文艺研究

1979—2018

四十年论文选

第一卷

金宁 主编

文化艺术出版社
Culture and Art Publishing House

图书在版编目（CIP）数据

《文艺研究》四十年论文选 1979—2018（全六卷）/
金宁主编 . — 北京：文化艺术出版社，2019.11
ISBN 978-7-5039-6784-9

Ⅰ . ①文… Ⅱ . ①金… Ⅲ . ①文艺评论—世界—文集
Ⅳ . ① I106-53

中国版本图书馆 CIP 数据核字（2019）第 208741 号

《文艺研究》四十年论文选 1979—2018（全六卷）

主　　编　金　宁
图书统筹　王　红　董良敏　韩　潇
责任编辑　蔡宛若　齐大任　程晓红　董良敏　王　红
　　　　　高天航　魏　硕　韩　潇　叶茹飞　王奕丹
书籍设计　顾　紫
出版发行　文化艺术出版社
地　　址　北京市东城区东四八条 52 号（100700）
网　　址　www.caaph.com
电子邮箱　s@caaph.com
电　　话　（010）84057666（总编室）　84057667（办公室）
　　　　　84057696—84057699（发行部）
传　　真　（010）84057660（总编室）　84057670（办公室）
　　　　　84057690（发行部）
经　　销　新华书店
印　　刷　北京雅昌艺术印刷有限公司
版　　次　2019 年 11 月第 1 版
印　　次　2019 年 11 月第 1 次印刷
印　　张　184.75
字　　数　3600 千字
开　　本　880 毫米 ×1230 毫米　1/16
书　　号　ISBN 978-7-5039-6784-9
定　　价　780.00 元（全六卷）

编委会

温故开新

——写在《文艺研究》创刊四十周年之际

金　宁

《文艺研究》，在思想解放中诞生，在改革开放中成长，沐时代新风，得实践机遇，承创新引领，蒙学界厚爱，四十年，到今天。

习近平总书记指出："历史表明，社会大变革的时代，一定是哲学社会科学大发展的时代。"他接着告诉我们："这是一个需要理论而且一定能够产生理论的时代，这是一个需要思想而且一定能够产生思想的时代。"作为时代亲历者、见证者和参与者，作为文学艺术研究领域思想和理论最重要的展示平台之一，《文艺研究》何其幸焉。

《文艺研究》是文化和旅游部主管、中国艺术研究院主办的大型综合性文艺理论月刊，内容涵盖文学艺术及美学的相关研究与批评领域。不能说我们发表的所有文字都经得起历史检验，有些烙印着某一时期特定的思想、理论乃至学术深度与规范的局限；肯定可以说，我们集中的相关领域最优秀的研究成果，链接在学术进程中，新时期以来很多重要的文艺理论领域的讨论从我们这里发轫，成为继续深化的起点和热点，成为后续研究无法绕过的文献，也使刊物自身成为学术史的一部分。于学术，于刊物，需要回顾，值得反思。从中检索过往，以开新篇；对作者、对读者，也是温故的良机。

这套书，用意即在温故开新。我作为《文艺研究》工作时间最长的老编辑并担负领导责任，有必要在这里说说刊物的一些事，还有感受。

一

《文艺研究》创刊四十年，杂志社按说应该做点什么。去年，时任社长兼主编方宁、时任副主编陈剑澜和我一起议过此事。他们相继退休、离任，我感到压力。其间多种事情缠身，“刊庆”之事也便一直拖延下来。在和诸位同事会商后，我们初步定下大体格局：一场专题研讨会、一套书。再探问几位遇到的新老作者，都认为是好事一桩，我们受到鼓舞。但响动渐渐弄大后，坦率地说，已多少有违我们的初衷。

2019年春末夏初，在中国艺术研究院领导和相关职能部门的亲切关怀、鼎力支持下，杂志社正式启动相关谋划和筹备。然《文艺研究》每月出版一期，“悠悠万事，唯此为大”，生日其实可以不过，但正常出刊必须确保选题和编校质量，这一中心任务，容不得丝毫松懈。

成倍加重的工作量使我们疲惫异常，而最感到艰难甚至痛苦的事，还是“文选”之“选择”，这情形，想必局内、局外人应该都不难理解。四十年间，先是双月刊（1979—2004），后是月刊（2005— ），截至2018年年底共322期，一共多少篇文字，这套书中附有“论文目录”，细数起来很费时间。再者，《文艺研究》涉及理论领域广，要兼顾各学科门类，“选”要体现整体面貌，不可偏废。“大目录”出来后，我始终犹豫不决、左右为难。坚定的副主编张颖博士适时果断决策，定下若干基本原则，其一即按年龄设一条硬杠杠，文选是某种历史化行为，相对年轻一些的作者应该进入《文艺研究》下一阶段的历史总结中。大家觉得有道理，就这么做了。至此，要向年轻作者致歉，这是我们现今主力作者群，是当下学术界重要的生产力。《文艺研究》收获的良好口碑之一，就是致力发掘、培养年轻作者。反过来说，他们是《文艺研究》的支柱性力量，使刊物得以持续具有活力和锐气，面对知识更新、学术增长和观点交锋。

如此看来，文选中出现的作者就都是师长一辈的学者了。但即便如此，我们也为进一步选择用去不少时间讨论，亲密融洽的团队开始有了“纷争”。各编辑室主事者先以理服人，再以情动人，理由都有道理，道理五花八门，并拿出了长长的令人骄傲的文章目录。确实，稍一回望，名家云集、佳篇簇拥，选择何其艰难。而且，这还是在我们两个非常重要的栏目——“访谈与对话”“书评”（“书与批评”）被整体拿掉的情况下。最终，严重“超载”的选目摆到了我的面前。一天下午，张颖和我认真坐下来“唱票”，然后再有几次反复，定下了目前这210篇。

实话实说，我们选择的理由只能是关起门来自圆其说，所有考量都未必可以再做细究。这里要向没有收入此次文选的文章的作者致歉，众多研究成果在《文艺研究》首发，是刊物欣喜的收获，我们也相互成就了各自的历史，虽未能再集中重现，但真正的评价已被学术共同体判定，铭刻在新时期学术史册上。

而在选择之艰难外，更有一份不易，那就是对过去文章的技术性修补。按我们现行的编辑标准，同时还有出版社方面的规范要求，我们以往发表的文章，不同程度上存在各种各样的问题。比如注释信息，特别是在早期，均发现不少缺项甚至错误；还有文字细节也有失察之处，有的甚而到了令我们“一惊一乍”的地步。故此次编选，我也视其为一次“体检”。出版社编辑高度负责，每每划出问题、打上问号，一批又一批待核查信息发过来，我们便要小心翼翼加以解决。这项非常辛苦的工作进行了很长时间，还怕替作者进行的加工和补充出现新的差错，也有文字由于种种原因无法核实，更因工期紧迫，某些内容没有再进一步细读，只能遗憾收尾。或可以推诿于早期标准不统一、技术手段落后、文献查找不易，上一辈学者也常有凭印象著述的习惯，但必须承认我们过去时有大意。我自觉这些问题与我等老同事难逃干系，所以在编辑会议上向现在的同事和出版社同人表达了歉意。“伯玉知非”，当时的疏漏乃至过失当引以为戒，但现在要进行补救，工作量之大，难以想象。所幸“实迷途其未远，觉今是而昨非”，此类情况在后来的刊物运行中得到了根本性的改变。

还要补充说明几点。首先，“访谈与对话”栏目的文章，有史料性，更有治学路径和方法上的启迪，也包括观点的面对面交流。该栏目至今收获不断，值得重视。我们在创刊三十年时编选过 3 本文选，总题为“阐释与创造：文艺研究书系”，其中有一本《学者之镜》（方宁主编，人民出版社、西南师范大学出版社 2009 年版），选收了 2002—2009 年的这部分内容。其次，“书评”（“书与批评”）栏目内容涉及我们对“书评”的定位，即区别于“表扬与自我表扬”的推介类书评，强调要以建设性的态度直面问题，展开学术探讨和学理批评，也包括有理有据的反批评；思想必须敏锐，观点必须鲜明，以犀利的文风清理问题、开展对话，也针对批评自身存在的问题。这和我们从创刊起就一直倡导的学术争鸣一脉相承。上述“书系”中有一本《批评的力量》，就是那一阶段相关内容的体现。虽然就办刊方针和理念而言，我们继续提倡批评写作，但这次我们没有考虑直接争鸣性的文章，因为从公平角度讲，“对垒”双方理当“成对”出现，不能只选择一方，这势必会使篇幅更加难以容纳。最后，该“书系”中还有一本《理论的声音》，是上述时段的论文选编。自然，我们也尽量不去重复上面的内容。

二

中国艺术研究院韩子勇院长在谈到编写院史时多次讲，修史的意义就在于明白我们是怎么来的，要发展，首先要搞清楚自己的历史并加以总结。（大意）我们深以为然，这也是我们目前这项工作的出发点。

众所周知，《文艺研究》创刊四十年，是以1979年5月15日第1期（总第1期）出版为起点的。但大家或有不知，实际上，《文艺研究》还有一段“前史”。

1987年我刚到编辑部工作时，听老同事们说：《文艺研究》曾经有过两期“试刊”。但语焉不详，也没拿出过实物，之后更没人再去提及。但此事一直存于我心。恰四十年刊庆，文学编辑室陈斐博士在前编辑部主任、副社长李香云历年认真记述的基础上，精心补充修订出我们的“编年纪事”，我审阅初稿时再次觉得，传说中的“试刊”不能就这样杳无踪迹，不了了之。于是，请副社长王伟博士对此搜索详考。几天后，两期纸张泛黄的《文艺研究》放在了我的办公桌上。

这两期上都写有“出版日期”：一本是1976年4月，封面有“1976·1”字样；一本是1976年12月，封面有“1976·2”字样。两本均注明为“内部刊物”。第1期“编辑者”是“文学艺术研究所《文艺研究》编辑组”，第2期“编辑者”是“文化部文学艺术研究所《文艺研究》编辑组”。刊物地址在“北京前海西街十七号”，老同事都熟悉，那里是恭王府，2002年夏天之前，整个中国艺术研究院除音乐研究所外都在此地办公（文化艺术出版社也曾长期位居恭王府后花园）。这个地址，我们不少作者也都不陌生。

先看第1期。“编后记”明确，“《文艺研究》是我所学报性的刊物”（详见《〈文艺研究〉编年纪事》），还有一篇署名“本刊编辑组”的文章：《坚持走“开门研究”的道路》。通览全本，无须详述，有鲜明的“大批判”色彩。值得考证的是印刷时间：4月出版，但不会是在月底，因为一份关于当年4月初事件的官方文字是以活页形式插入的；也不会是在月初，因为该期唯一一篇真正的学术文章即《曹雪芹家世史料的新发现》，严谨的作者、红学家冯其庸在文后注明，论文“1976，4，10，改定”。

再看第2期。本期扩充了半个印张，由136页增至144页。封面刊名“文艺研究”由前一期的红色印刷字体，改为同样红色的毛笔手书（繁体字）。经文学编辑室李松睿博士确认，是鲁迅字迹。当期内容亦无须详述，同样有着鲜明的“大批判”色彩，矛头转向“四人帮”。

提到鲁迅，不妨让我先再往远了说。熟悉中国现代文学史料的人知道，鲁迅在1930年也曾编辑过《文艺研究》。遗憾的是，这份“文艺季刊”只出版了一期，而具体面世时间，有学者考证也在5月初（虽然杂志上写明“2月15日初版”）。引起我注意的是，在其扉页后专辟两页，载鲁迅执笔之“《文艺研究》例言”，共8条。第一条开宗明义：“‘文艺研究’专载关于研究文学，艺术的文字……延及文艺作品及作者的绍介和批评。”并且要求，“凡泛论空谈及启蒙之文，倘是陈言，俱不选入”；“‘文艺研究’的倾向，在究明文艺与社会之关系，所以凡社会科学上的论文，倘其中有若干部分涉及文艺者，有时亦仍在绍介之列”；还计划刊登对“新出之关于文艺及社会科学书籍”的“批评”；此外，还有“在可能范围内，多载塑绘及雕刻之作”云云。

我丝毫也没有将这份刊物及鲁迅的相关工作一并视为我们“前史”的想法，只是惊讶其办刊意图与宗旨，竟与距它四十多年后我们所设定的编辑方针颇为贴近，更和再后四十年中我们的实践如出一辙。其间的精神承继和文脉延续，令人心生感慨，思绪绵绵。

话说回来，上述1976年的那两期“试刊”，的确属于我们的“前史”。《文艺研究》的上级主管部门曾致函当时的国家出版事业局，其中明确写道：“我部（按：文化部）文学艺术研究所主办出版的《文艺研究》……原为学报性质的内部刊物……拟从今年开始扩大发行……公开出版。”

请注意，那两期“试刊”虽然是在一年之内（1976年年中和年末）编辑、印制的，但却恰恰处在了重要的历史分水岭的两边。上面的文字，鲜明的时代印记，表征了两个时期文艺领域的特殊面貌。从中更可以看出，史称“艰难的转折”已经开始。就现有材料看，1977年至1978年冬天以前，“《文艺研究》编辑组”停止了工作。

毫无疑问，实体存在的这两期《文艺研究》，在中国期刊史上有其珍贵的见证、保留价值。但我必须要着重强调的是：它和后来被学界所认识的《文艺研究》完全不同。也正是在这个意义上，更应该说，《文艺研究》是改革开放的产物，是新时期文艺和学术春天的产物。它的真正诞生和成长，完全有赖新的历史时期“百花齐放，百家争鸣”局面的欣然降临，有赖国家高等教育和科研体系的恢复发展，有赖文学艺术家蓬蓬勃勃的创作实践，有赖学界中人孜孜矻矻的理论探索。

回顾历史，《文艺研究》与时代同行，伴随国家日益强盛的进程，受惠于这个开明的时代，也必定要感恩这个开明的时代，编辑部几代人勤勉工作，也正是为不辜负这时代的赋予。刊物的定位，决定了它应负的使命，有使命就要有担当。坚定正确的政治方向，展现最优秀的文艺研究学术成果，参与相关学科知识生产和在马克思主义指导下的中国特色学科体系、学术体系、话语体系建构，推动“以人民为中心”的文艺批评实践，就是我们担当的使命。

三

毕竟四十年，虽平稳，也艰难。作为面向全国人文学界的开放的学术平台，外界对《文艺研究》的描述和评价自然很多，“名刊”也好，“大刊”也罢，到底几斤几两，我们的读者、作者会有各自的评判。坦率地讲，我们自己对杂志上历年刊登过的文字也有理性的分析。有些看法，局外人或不好同我们讲，局内人或不便对外界说。当然，若将《文艺研究》整体视为一个有价值的学术文本加以认识，有几篇文章和围绕文章的我们的人与事，值得细说。

我不记得《文艺研究》在 1989 年创刊十周年时搞过“活动”。当年第 3 期（双月刊时是单月出刊，这一期出版日期是 5 月 21 日）一如平时：正常发稿，选题重要，看点不少，却唯独不见“庆贺”的内容。到第 4 期（7 月 21 日出版）才有了点隆重的味道。当期增加 3 个印张，由 176 页扩至 224 页。封面固定刊登美术作品的位置放了一方篆刻家王镛的篆刻：“文艺研究创刊十周年纪念专刊”（封面作品一般服务内文选题，是我们长期坚持的传统）。但“专刊”或名不符实，仅有 5 篇与此相关：除署名“本刊编辑部”的《纪念创刊十周年寄语》外，还有冯牧《一个理论刊物应有的品格》、荒煤《对〈文艺研究〉的祝贺与希望》、张庚《怀念林元同志》和李希凡《贺〈文艺研究〉创刊十周年》。

“本刊编辑部”的文章，感谢作者，总结成绩（“尽可能地反映了我国文艺理论十年间发展的轨迹”），明确提出今后办刊要努力的三个方向——要重视加强基础理论研究；要批判继承文化遗产，“反对民族虚无主义的学术主张”，反对无批判吸收与无选择引进域外理论；要营造健康、和谐、融洽的学术氛围，坚持真理、修正错误。同时强调，“本刊将坚持科学精神，强化建设意识，把建设有中国民族特色的文艺科学（包括中国化的马克思主义文艺理论）作为中心课题”。冯牧的这一篇，在后来许多分析、评价我们的文章中常被引用。他是《文艺研究》的创始者之一，“编年纪事”中有相关记载。他文中提到的人、事，是早期刊史的珍贵记录；他对我们评价中肯，希望实在。陈全面、深入的自我反思与总结，也是第一次从一份具体刊物的角度和立场出发，观照1979年以来文艺学术史的三十年历程。方宁是《文艺研究》任职时间最长的主编，身体力行、率先垂范，以其学术眼光和办刊理念，为刊物的长足发展开拓新路并引领编辑实践。他提倡研究与批评并重，致力维护良好学风；同时对内部建设，从审稿到编校，制定规则和制度，使刊物在这十多年里保持了最佳质量。他承前启后确立的高标准，仍被我们严格视为圭臬。

《文艺研究》发展至今，坚持办刊宗旨，坚持正确舆论导向，贯彻“双百”方针，奉行学术平等原则。近年来，更以习近平总书记关于文化、文艺和社会科学研究的系列讲话为指导，在对文学艺术各门类现状与历史的研究中，注重分析与解决发展中出现的新情况、新问题。在稿件遴选、选题策划、栏目设置等方面，坚持政治标准与学术标准相统一，力争展现中国文艺研究的最高水平，参与建设文学艺术健康发展的良好氛围，为社会主义文艺事业做出了应有的贡献，在理论界享有盛誉，受到尊重。四十年来，《文艺研究》作为重要学术刊物的地位及学术凝聚力、影响力稳步提升，保持着一以贯之的纯正严谨学风和学术公器原则。同时，在维护良好形象的前提下，也谨慎地对自身发展进行了符合学术期刊规律的探索。

所有这些，与历任主编、副主编，特别是方宁的努力分不开。毫不过分地说，他为《文艺研究》奉献了最好年华的全部精力，牺牲“小我”，成就“大我”。他在任的这些年里，和长期担任杂志社领导职务的创刊元老李香云、多年担任副主编的陈剑澜一道，把大家凝聚成一个专业、敬业的集体，凝神聚力，尽心尽责。剑澜是《文艺研究》的功臣之一。作为学者，钻研精深、持论严谨；作为编辑，密切联系作者，掌握学术动态，尤其对文艺学美学理论栏目的建设与拓展发挥了巨大作用。毋庸讳言，我们这样的“大刊”自然摆脱不了各种关系交往，我个人印象深刻的是，剑澜和学者打交道自有一套聪明的办法，原则性极强，坚持审稿标准从不妥协，但奇怪的是他好像并不得罪人，举重若轻间就能化解矛盾和尴尬。后来他工作调动去了高校，也算成就个人的教书心愿，但对刊物是一大损失。作为知交，二十多年的工作伙伴，于公于私均有不舍，但我尊重他的选择。

四

我前面说过，四十年刊庆活动，动静“多少有违我们的初衷”，原因有三。其一，我们人手少，日常编辑工作相当繁重，手边的稿子和清样，接龙般从未间断；虽说活动延续了某种惯例，但实际上我们历来不想在每期刊物之外有什么大的举动，也缺少运作经验。其二，了解的人知道，《文艺研究》历来不够“热闹”，只把这里视为成果发表的平台，引人注目的是刊登的论文，一切体现在期期纸面上，我们的心思就在各个选题中。有些情况索性在这里多说几句。我们兼跨两大学科门类，按现行评价体系，我们或在“艺术学”，或在“文学”，位列“权威”“核心”“索引”“A+”等，更是首批国家社科基金资助期刊（考核优秀），学术影响力位居国内相关专业领域前列。在国内具有重要影响力的三大报刊文摘《新华文摘》《中国社会科学文摘》《中国人民大学复印报刊资料》的年度统计中，《文艺研究》的转载率均名列前茅。在2019年由中国人民大学人文社会科学学术成果评价研究中心、中国人民大学书报资料中心发布的《复印报刊资料转载指数排名研究报告》中，《文艺研究》在艺术学学科期刊中，转载量、转载率及综合指数均位列第一（相关统计按学科门类分开，不是综合计算）。此外，还有“影响力指数”“影响因子”和各类“计量指标”，在“艺术”类居首，“文学”类第二（据《中国学术期刊影响因子年报（人文社会科学）》·2018）。特别感恩方方面面对我们的高度认可，但老实说，至少我是真看不懂这些统计“数学题”，不明就里。居高惶恐，要保持觉得压力很大，且不知如何着手。我们唯有相信，只要敬重学问，爱惜作者，认真做事，大体不会有错。其三，了解的人还知道，我们的编辑也足够低调，虽不言“安穷乐志”，却也“无风尘之慕”。尽管大家多是学者和专门家，有各自的研究方向，著述频出，但都懂得先做编辑再插空立说，轻重、界限分明；与外界打交道更是简单，能省则省且慎之又慎，也是为决定选题、审读稿件讨得清静。

而我们的“初衷”，只是想编选眼下这套书，希望是梳理，也有留观的价值。或可“以选见史”，看这四十年“旧学”如何“加邃密”，“新知”怎样“转深沉”。

一至六卷是《文艺研究》四十年（1979—2018）“文选”。“选择”之事前面说过，不再多言。事实上，用我们目前最年长者、综合艺术编辑室戴阿宝博士（容明）的话说：哪篇都可上，哪篇都可下。话虽极端，也确属无奈使然。

当然，对这六卷，我还有接续前文、再做些补充的地方。回首四十年历史，《文艺研究》其实有个渐变的过程。早期因为现实需要，我们多少有些像文艺时评类的刊物，在思想文化界拨乱反正中发挥主流媒体的作用（前述方宁的文章对这一时期的刊物定位有详细分析）；也因应清理“旧案”，有资料整理类的内容；又得开放之初风气之先，大量思潮引入，有译介和评述性的文字。一方面，我们的作者中包括不少领导同志及众多著名作家、艺术家，前者以讲话论述方向，后者用随笔言说经验，并结合创作实践杂谈议论。这些文艺史上的大家、名家，他们宝贵的切身感悟，文字无论长篇抑或短论，都应该引起研究者重视，更可以成为相关学术写作的重要参考。但出于篇幅考虑，也因和我们后来的“基本面”有些出入，所以这类文章我们大多没有选入。另一方面，某些论文，特别是早期的部分篇章，若按现在的学术标准，显得不够“专业”，偏重介绍、荒于深入，材料引用也不甚讲究和规范。这些都可以理解，也符合当时学术生产恢复期的大致面貌。但其中所面对的真问题、提出的新观点，我们以为值得重新研读。如果说创刊后相当一段时期内，我们的不少文章具有“惊雷”般的效果，那也是在理论的春天到来时对以往文艺禁区和僵化思想的突破使然。大致是在 20 世纪 90 年代以后，我们具有了较为纯粹的“学院化”特点，更注重史论结合的学理探讨，这也和高校与科研机构的发展及当代文论向深度和广度推进相适应，互为表里。

还有关于文章的编排，我们也进行了讨论。最终选择以原发表年份、刊期为先后，正是因为定位在对四十年文学艺术理论的大致轮廓有一个顺时序的描画。如前所述，可以将《文艺研究》整体视为一个学术文本，我们力图从一个特定视角呈现一种多元格局，以期于梳理中发现一个共在的文论场域，在问题、方法及研究范式等方面的协同演进。之所以没有按传统学科加以分类，一是考虑就现今文献检索技术，以专题论域查找专业论文已经非常方便，二是某些文章因早期学科界限并不分明、后期也存在大量交叉融合的现象，分类的价值因此并不显著。

还有一卷，主题是“《文艺研究》与我的学术写作”，我们约请了部分作者撰写，他们大体上具备两个条件，一是在我们这里发文时间长，二是发文篇数较多。当然，前提是他们有时间、有意愿，谈谈我们、聊聊自己。其中有四位，是曾经在编辑部工作过的老同事。一位是萧立军，他是创刊时期的元老之一，几年后去了中国作家协会，曾任《中国作家》副主编，如今显赫的大作家不少是被他发现并扶上文坛的。我常说自己在杂志工作三十多年，却没和他一起共事过，可见他有多“老”。但我们一直是好朋友，他以丰富的办刊经验对我多有指点。一位是李洁非，我们也未曾共事，他在杂志工作时间同样不长，在我来的那一年他去了中国社会科学院文学研究所，是研究文学史的知名学者。一位是傅谨，我们和廉静副主编曾同在一个编辑室多年，交往中我获益不少。他后来也去了高校，是研究戏剧史及戏剧理论的名家。再一位是赵伯陶，我们共事时间更长，他退休后因工作需要又返聘几年。伯陶是典型的学者型编辑，学养丰厚，著述甚丰，更是我们信赖的“活字典”。编辑部同事常笑谈他两点，一是懂得太多，二是离职太晚。后一句的意思是说，他若能早点摆脱编辑事务，个人成果会更加丰富。

我断续用了半个多月时间，集中细细阅读了这一卷文字，且读且思，颇多感慨。

文章大致是随笔性质的写作，有理论反思的内容，也谈及这本刊物和自己学术成长之间的密切关联。许多如今重量级的学者，他们在《文艺研究》最早登场时，正当年轻。不少人起步阶段的论文即被我们选用，这对尚显稚嫩的刚入行者是鼓舞，由此坚定了对所选道路的信心——这关乎个人志业的选择；不少人将不同学术阶段的重要论文均放在我们这里发表，这对逐渐成熟的钻研者是促动，乃至由此铸就其理论步步递进、层层深入——这关乎学术生命的绵延。

由于学术发展的不平衡，在那些人多拥挤的“显学”之外尚存不少乏人关注的领域，还有某些“小学科”和一些“跨界交叉”研究在不同时期缺少呈现的园地。对这些，《文艺研究》给予了足够的支持；而对一些或引争议、或尚属初创的新领域的成果，《文艺研究》也给予了及时的接纳。回过头来看，我们会发现其中的意义，但在当时确实需要点勇气。一些文章中对我们的这种勇气表示了赞赏。

有些作者忆及和编辑的点滴交往，钩沉往事，不少论文正是在相互启发、不断互动交流乃至督促下写作完成，也在反复推敲修改的双向“折磨”中慢慢成就了彼此真挚的友情。这也帮助了我们的回忆，许多情景在亲历者读来，仿佛真切地再现。

令我们感佩的是，几位作者下功夫翻阅了我们多年（甚至全部）的杂志，从问题的角度加以分析和总结，这和那些自我梳理和反思的文章一样，都可以视为一种学术史写作。历史是一条长长的水脉，每一期杂志都可以是定期的取样。对作者来说，每一篇论文是一个研究阶段的小结；对刊物来说，每一期杂志是若干领域的一个切片。连缀起来，可以清晰展现学术在不同时期的气象及其进程。我一直以为，学术刊物可以被看作一种标本，是关于学术史的写作现场。

我最初提出的明确要求是，这些文章要“见人、见事、见刊物、见学科”，现在看来，读者的确是可以从中见到这些的。

再有一卷是《文艺研究》四十年的“编年纪事”。基础是我们历年记录的“大事记”，四十年来承担这项工作的就是李香云。她 2019 年年初才离开返聘岗位颐养天年，是我们这里工作年限最长者，也是杂志社的领导和管家，四十年如一日，勤勤恳恳、默默做事、踏实工作。她的这份记录，何止关乎一个刊物，实际上也是在为改革开放以来的文学艺术研究史存一份档案，功莫大焉。此卷若通读下来不难发现，新时期对文学艺术理论诸多重大问题的讨论和批评实践，我们几乎都有在场。在场就是参与，就是介入，或有距离，但绝非隔岸观火。这是一个学术期刊与作者共同构建的学术现场。需要说明的是，首先，我们对“大事记”中一些纯属内部事务的记录进行了选择性删节（本卷也有关于编辑部人员变动情况的记述，我们的作者可以从中找到许多熟悉的名字），充实了大量涉及刊物和编辑参与学术活动的事项；其次，因为种种可以理解的原因，有些事情的记载未必准确和全面，遗漏和错误或难避免，我们当然希望各方亲历者有更翔实的材料提供，使这一有价值的记忆文本可以再补充完善。

本卷由在《文艺研究》工作时间最长的老同事和正式入职不久、目前最年轻的编辑合作完成。我要强调这点，正是将其视为一种传承的象征，体现一种接续的力量，意味深长。

要特别说明的是，这套书以如此规模面世，也是当初没有预计到的。这得益于文化艺术出版社的大力支持、无私协助与编校人员极佳的专业素养，我们才有了如此操作的勇气。杨斌社长非常重视，以极高的学术站位，方方面面加以统筹规划，事无巨细和我交流探讨，并委派最得力的干将参与工作。双方通力协作，和谐共建。因为频繁的编校往来，我们的编辑几乎每天都和王红编审联络，通过她，我们对出版社的编辑水平、敏锐的判断力和工作效率倍加钦佩。在弥补文字旧痕、修正早期疏漏的过程中，我们强化政治意识，以对学术历史高度负责的态度，一起加班加点，全力投入。据我所知，他们手上还积压着不少有相当难度的专业书稿，却依然不惧诸多或大或小的麻烦，为我们这套书付出了包括假期在内的大量时间和精力。我代表文艺研究杂志社和编辑部，诚心感谢这家同样隶属中国艺术研究院的高水平的学术出版机构。

五

前面我说，检索过往，以开新篇。其间之因果，我们近来感受颇深。

如果说《文艺研究》在学术期刊中或为翘楚，也是慢慢累积的声望。我们日常阅读许多优秀的同行杂志和荟萃专业成果的文摘刊物，从中既有学术新见和信息的收获，更有办刊经验的启示。我们必须在不断学习中发现自身的短板，以全新的作为，寻找层楼更上的阶梯。同时，我们正处在新老交替的关键节点上，我个人也已预感到我们今后的工作方式会有某些变化，但无论如何，《文艺研究》仍然要以其既定的面貌和品格服务学界，服务中国文论建设，服务文学艺术事业发展的新局面。在众声喧哗中保持淡定，在日新月异中持守传统，不改初心，不忘来路，方得始终。

我在不同场合提到老一代学者潘光旦在其《学问与潮流》中的看法。他说，假如你观察“山涧里一派激流的水”，感叹“逝者如斯夫”，但更可以看到“涧内种种东西应付水流的办法，是很不一致的”。第一种如树叶、水草或落花，完全跟着水流走；第二种如石块、大树的老根，任水流湍急却故自纹丝不动；第三种是“涧床深处，有许多鱼，头部一律向着上流顶着，鱼身的方向恰恰和水流的方向相反，好像争着往上流游去”。第一种是随潮流而动，缺少定力和坚守；第二种虽扎实稳定却缺少与时俱进，守成有余而进取不足；第三种是因应潮流却保持着既定的方向与格局，有前行进取的锐气与活力。潘教授显然推崇后者。我想，至少从学术的立场上说，这也是我们理应具有的姿态。我无意在此评价学界生态，更无意点评学人面貌。实话实说，以我们平时审读的大量来稿所获得的认知，我们对当今学界、学人自然会有不一而足的评价。如同互为镜像，亦如同“我看人人看我”的自省，我更愿在建设的意义上强调《文艺研究》的定位与作为。一个时段或有一个时段的问题，一代人或只能解决一代人的问题。在此，我知道《文艺研究》不曾缺席，也将继续在场。

四十年的历史表明，《文艺研究》顺应了社会的发展，呼应了理论的进程，一直坚定正确的政治方向，恪守严谨的学术立场，强调鲜明的问题意识，保持锐利的批评锋芒，并致力引导、促进相关专业研究向更深层次推进。这是我们在温故中所深刻体认的，也是我们在开新中所要全力维护的，更是我们在伟大的新时代继续坚持努力的方向。

无疑，面对新的形势和要求，编辑队伍建设对我们来说是重中之重。近年来，杂志社曾持续减员，且新老断层。可喜的是，在院领导和院内各单位的大力支持下，情况有所转好，编辑人员数量从渐渐走低开始渐渐回升。从老同事戴阿宝研究员、陈诗红副编审，到刚从院文化发展战略研究中心调入我们理论编辑室的孙伊副研究员，从长期默默奉献的办公室老主任宋林静、保持刊物内文版面素朴和谐的林亚茹，到刚刚来主持办公室工作的李瑶，还有负责微信公众号运作的逾白，我看到了刊物可持续发展的前景。我视人才梯队建设是必须加速推进的工作，努力已初见成效，一个全新的年轻化的学者型编辑团队正在形成中。我感谢我的这些同事，珍惜和他们一起工作的时间！说句心里话，大家明白，点到即止：如今的学术才俊，要留在编辑岗位上，他们真的是要抵御太多、太大的诱惑！

在此还要特别强调的是，《文艺研究》的工作团队包括了长期为刊物学术把关的来自不同学科的外审专家们。他们从各自繁忙的教学和科研中抽出时间，认真细读送审论文，提供专业研判，更对不少具备潜力的写作详尽指出修改提高的路径，严格、严谨，从不敷衍，常见不少审读意见，字数多达三四千字。他们“双向匿名”，但绝对为我们所倚重，同样是我们重要的不可或缺的编辑力量。

为适应新的媒介传播趋势，我们近年来加强了微信公众号建设，大致以每周两篇的频率推送。就学术关注面而言，围观者数万且与日俱增，阅读者稳定在相当高的数量。作为“数字影响力百强”刊物，《文艺研究》的“朋友圈”也由此更加壮大。

我以这篇文字作为我们这套书的开场，并不是要对《文艺研究》四十年历程进行全面总结，但所表达的，又确实是在总结过程中我的真切感受及想要实实在在陈述的看法。想到中国社会科学院新闻传播研究所一位研究传媒的专家，化用《陋室铭》说了一句妙言：山不在高有仙则名，刊不在大有学则灵。学，即真问题。对《文艺研究》，诚如斯言，更当自勉。

最后，我想表达的是：衷心感谢所有的作者、读者；感谢所有对我们的肯定和认可，感谢所有我们直接听到的或更多“道听途说”得到的对我们的批评；《文艺研究》的四十年是大家共同的四十年，一同经历，所以值得一同回顾、一同反思，也一同开启新篇。就我个人而言，编辑生涯已在倒计时中，但《文艺研究》正在进行时，仍是青春好时光，仍将继续其学术建设的旅程。唯愿它理论之树常青。未来，我若有可能，再从旁注视这本刊物迈入五十年、六十年乃至更长，将是我最大的荣幸。

2019 年 9 月 19 日　初稿

2019 年 10 月 25 日　改定

凡 例

一、本书选收1979—2018年《文艺研究》刊载的论文共计210篇，分6卷。由《文艺研究》编辑部选文，文化艺术出版社编辑出版。

二、本书力求整体性地反映四十年来我国文学艺术研究领域优秀成果，尽量均衡各学科。

三、文章按发表时间先后排序。同一期发表者按原刊顺序排序。

四、文章元素保留标题、作者、正文、注释、发表刊期和必要附图。

五、文章基本保持原貌，只对个别错字及个别表述进行删改。引文保持原貌。由于文章年代跨度大，有些字词保留原貌，未按出版规范首选字词校改。标点、数字等依最新国标规范统一。

六、除少数细节外，注释体例基本依照《文艺研究》现行发文格式规范。早期文章有注释信息不全的情况，其中能确定版本的文献皆补齐信息，其他保持原貌。

七、附录为1979—2018年《文艺研究》论文目录。其中文章名后括号内两个数字分别表示当年刊期和起始页码，如“3·15”表示：该文刊载于当年第3期，页码自当期第15页起。

总目录（全六卷）

第一卷

第二卷

第三卷

第四卷

第五卷

第六卷

目录

第一卷

戏曲的起源

张　庚

一、古代歌舞与古优

中国戏曲的起源可以上溯到原始时代的歌舞。

原始时代当然没有戏曲，但是在原始时代却已存在歌舞了。我们知道一切艺术起源于劳动，中国的歌舞也不例外。《书经·舜典》上说："予击石拊石，百兽率舞。"所谓百兽率舞，并不是像后来的儒家所神秘化的那样，说是在圣人当世连百兽都来朝拜舞蹈了。不是的，这只不过是一群原始的猎人披着各种兽皮在跳舞罢了。这种舞是用石相击或用手击石来打出节奏的，那时连鼓也没有，可见是很原始的。到后来才有了鼓，所谓"鼓之舞之"，这就进一步了。

这种舞可能是出去打猎以前的一种原始宗教仪式，也可能是打猎回来之后的一种庆祝仪式。《吕氏春秋·古乐》篇中说："帝尧立，乃命质为乐。质乃效山林谿谷之音以歌，乃以麋鞈置缶而鼓之，乃拊石击石以象上帝玉磬之音，以致舞百兽。"这是战国时代关丁古代乐舞的一种传说。传说当然不尽可靠，比方说"象上帝玉磬之音""致舞百兽"等，都是把古代生活的图景神话化了。但这幅图景中的真实情况却也被保存了几分。可以透过这段歌舞的描写看出一幅原始猎人在山林中打猎的景象：一面呼啸（"效山林谿谷之音以歌"），一面打着各种陶器（"置缶而鼓"）、石器（"拊石击石"）发响，去恐吓野兽，于是野兽们就狼奔豕突地逃走（"致舞百兽"）而终于落网了。这位原始时代的艺术家"质"（其实并不是一个人，而是当时全体人民）就是按生活中的实际来创造了狩猎舞。这时所谓"百兽"，实际是人披兽皮而"舞"的场景，不过是对于狩猎生活的愉快和兴奋的回忆罢了。当然，这时的场景都是已经艺术化了的，音乐、舞蹈都是已经节奏化了的。这种舞蹈带着浓厚的仪式性，它是向氏族的保护神或始祖祈祷，以求这次出去打猎获得丰收，或者是打猎回来为了酬谢神祇而举行的。但不管它是什么仪式，也不管它披着多厚的原始宗教的外衣，其实际的意义，乃是一种对于劳动的演习、锻炼。这不光锻炼了猎人们的熟练程度，而且也培养了年轻的猎人。《书经·舜典》中有命夔“典乐教胄子”的记载。“胄子”的注解是贵族子弟，但原始社会没有贵族，恐怕就是年轻武士了。用乐舞去教年轻武士，不是锻炼他们又是什么呢？因为它的内容就是对原始人狩猎动作的模仿。

既然是模仿劳动的动作，这也就可以说是最原始的表演了。

原始的舞蹈总是和歌相伴的，他们绝不是闷声不响地跳，而是一面跳一面欢呼歌唱。《吕氏春秋·古乐》篇中还说：“葛天氏之乐，三人操牛尾，投足以歌八阕。”略可想见当时的情形。

在原始时代，歌舞不止狩猎舞一种，还有战争舞。它的性质和狩猎舞是差不多的。进入农耕时代，又产生了一系列有关农事的祭典，如“蜡”，如“雩”。“蜡”是在年终时，为了酬谢与农事有关的八位神灵而举行的。在这一天，公社的成员是尽情欢乐，开怀畅饮，唱歌跳舞的。这种风气一直遗留到春秋时代。《孔子家语·观乡》说：“子贡观于蜡。孔子曰：‘赐也，乐乎？’对曰：‘一国之人皆若狂，赐未知其为乐也。’孔子曰：‘百日之劳，一日之乐。一日之泽，非尔所知也。’”可以看出这完全是劳动农民一年辛苦后的欢乐。相传“蜡”是伊耆氏所首创，一说伊耆氏就是神农氏，足见这是与农业发达时期密切相连的风俗。“雩”是天旱求雨的祭祀。《周礼·春官》“宗伯”下记载：“司巫……若国大旱，则帅巫而舞雩。”《周礼》的记载虽然是奴隶社会的事，但显然是原始时代所遗留下来的风俗。除此之外，在原始公社的许多节日也举行舞蹈。即如男女相爱，也有一个节日，大家会合在一起来唱歌跳舞。这个节日在汉民族就是祭祀氏族女始祖的日子，所跳的舞据说就叫做“万舞”（见闻一多《神话与诗》）。现在西南少数民族的所谓“跳月”“摇马郎”“歌墟”等可能就是这种节日遗留下来的形态。《诗经·陈风》中《东门之枌》也就是描写这种情景的，不过《陈风》所描写的已经不是原始时代了。

原始歌舞的一个主要特点是它的全民性。那时的社会形态是原始共产社会，人们在氏族制度下过着集体的生活，还没有出现阶级。民族是一种血缘关系的集体，他们崇奉着共同的祖先，相信着关于一位始祖和一群列祖列宗的神话和传说，相信自己的族类是自己的始祖和天神保护下的特别族类。在氏族内部人与人都是平等的，一切重要的社会活动都是全民性的；一切仪式、节日的庆典都是全民性的。这时在民族里有人民公推出来的行政首脑和军事首领，但他们并没有特权。

到了奴隶社会，有了阶级，在艺术上的情况也就起了变化。这时祭祀仪式已经不复是全民性的节日歌舞，成了只是奴隶主贵族所专有的了。第一个把天下传给自己儿子的禹，当他治水成功，做了部落联盟的首领之后，立刻“命皋陶作为夏籥九成，以昭其功”（《吕氏春秋·古乐》）。这里的乐舞已经开始失去全民的意义，而成为夸耀个人功绩的手段了。他的儿子启也学习他这一手，用歌舞来夸耀，并装点自己的威严。据传说，他三次上天，从天上偷来了《九招》（即《九韶》）歌舞，在“大穆之野”举行表演（见《山海经》、《路史》引《古本竹书纪年》等书）。从此以后，奴隶主贵族们便要把本是属于全民的歌舞拿来歌颂自己的功德，《吕氏春秋·古乐》篇中还说：“汤乃命伊尹作为《大護》，歌《晨露》，修《九招》《六列》以见其善。”而从大武之舞却又是歌颂周武王和周公灭商和平定奴隶叛乱的武功的。这是所谓“武舞”。它是手执盾牌和武器而舞蹈的。还有歌颂周朝统治者治国如何有秩序，如何天下太平的《韶舞》。这就称为“文舞”。

现从《史记·乐书》中引一段关于《大武》之舞的记载如下：

宾牟贾侍坐于孔子。孔子与之言，及乐……子曰：“……夫乐者，象成者也。总干而山立，武王之事也；发扬蹈厉，太公之志也；武乱皆坐，周召之治也。且夫《武》始而北出，再成而灭商；三成而南，四成而南国是疆，五成而分陕，周公左，召公右，六成复缀，以崇天子，夹振之而四伐，盛（振）威于中国也。分夹而进，事蚤济也。久立于缀，以待诸侯之至也。”

从这段对于《大武》之舞的解释来看，它包含着一段故事的内容，舞虽然不足以表现它的内容，但演故事的倾向却已存在了。

这时，国家已经形成，这些歌舞都成为国家祭典仪式中的重要部分。而所谓国家的祭典只不过是作为统治阶级祭他们的祖先，祈求他们的丰年、雨水等而设，与奴隶们是无关的；相反，有时还要把奴隶当做牲口杀了去祭他们的神，像在殷代卜辞中所记载的那样。

这些歌舞，当然不是统治者们凭空创造出来的，而是把原来属于整个部落的仪式歌舞加以改造而成的。开初的时候，商、周这些胜利的部落或部落联盟的成员们并不立刻觉得这些歌舞不再像从前一样是完全属于他们的了，但久而久之，就形成了一系列的等级规定：天子祭祀的时候是多大的场面，诸侯又只能是多大的场面，等而下之，大夫、士又只能有多大的场面，到了奴隶就根本没有祭祀了。从此就明明白白地看出来，祭祀再也不是全民的了，即在奴隶主们之中也各有各的祭祀，各有各的排场，甚至各有各的祖宗。再由于奴隶主们互相兼并，常常使得许多小国的整个宗族沦为奴隶，甚至连原是奴隶主的国君都变成了祭祀中的牺牲，如春秋时鄫国的国君就是。但是在自由民（也许还有奴隶）中间仍然保存了自己的节日，自己的风俗和敬神的仪式即歌舞。《论语·乡党》中说孔子在“乡人傩”的时候，自己也恭恭敬敬穿起朝服去看。“乡人”的“乡”是什么地方呢？这就是孔子出生的老家。《孟子·公孙丑》中说：“乡党莫如齿”，在这里是年龄大的人就算尊贵的。“乡”就是原来原始共产时代所遗留下来的氏族共同体的残余。在我们中国，虽然经过奴隶社会这一历史的变革，但氏族共同体在许多地方并没有完全解体，一直到孔子所生活的这个由奴隶制向封建制过渡的时代，它还残存着（在整个漫长的封建时代也是如此）。在这里也保存和发展着若干旧有的节日仪式，“傩”就是其中之一。傩是一种逐鬼除疫的仪式，特别在每年除夕时最为盛大（见《仪礼》及《淮南子》）。舞蹈者都戴着面具。春秋时代的傩舞是个什么样子已不易弄清楚了，但这种舞蹈对后来农村歌舞、戏曲的影响很深，它在以后的变化也很大。

以上所说的是古代北方民族的歌舞在奴隶社会的情况。至于当时的南方民族，比较起来在文化上是落后一些，比方楚国，在南方民族中是比较先进的，但他们的贵族和国君们在文化上、礼仪上和生活上很多地方也是向北方的贵族和国君们学习的。在《楚辞·招魂》中说：“二八齐容，起郑舞些。”他们就拿北方贵族们所喜爱的“郑舞”来作为宫廷的娱乐之舞。直到战国时期，这种学习、追随而始终落后的局面还没有完全改变过来，所以《史记·范雎蔡泽列传》中说：“楚之铁剑利而倡优拙。”

然而南方诸国的民间歌舞传统是非常深厚的。先秦以来的古籍上一直是说楚人信鬼好祠，巫风甚盛，而祠必歌舞。这不独从《楚辞》的《九歌》中可以看出来，即从更古一些的《诗经·陈风》中也可以看出来。而传说当陈国受周武王初封之时就已有了爱好巫觋歌舞之俗。朱熹说这是因为他们的君夫人陈大姬爱好这些，而“其民化之”（见《诗集传》）。那当然是恰恰说颠倒了。

到了战国末年，楚国的经济文化都大大发展，冶铁铸剑的技术在当时各国中成为先进。这时王室和贵族除了仍旧继续学习北方的文化、礼仪之外，对于民间的巫歌巫舞也逐渐注意，并且吸收采用起来。《吕氏春秋·侈乐》篇说：“楚之衰也，作为巫音”，恐怕说的就是这种现象。《汉书·郊祀志》所说的：“楚怀王隆祭祀，事鬼神，欲以获福助，却秦师。”也更证实了这点。游国恩先生认为屈原的《九歌》就是为了楚怀王祀鬼神而将民间巫舞的歌词加以改作成的，这是说得很有根据的。《九歌》中有《国殇》

一歌，这个歌所祀的对象与其他歌所祀诸神都不一样，其他的神都有名字，都有各自的传说故事，唯独《国殇》是笼统地指战死的亡灵，这恐怕正是原来没有，屈原新加进去以满足楚怀王“获福助，却秦师”的目的的。

从《九歌》的歌词中，我们可以看出这样的歌舞是很热闹的，乐队相当丰富，有钟、鼓、琴、瑟、篪等，服装相当漂亮，手里拿着香花等物；有时男女成队地作群舞，有时又有独舞，有时独唱（或齐唱），有时是对唱，既有抒情的舞，也有武装的舞。这里的描写虽然是经过踵事增华的宫廷排场，但也仍可看出相当浓厚的南方民间歌舞的色彩。

以上所说的是奴隶社会的国家祭祀大典和民间节日及祀神的歌舞。除此之外，这时候还出现了纯为帝王、贵族娱乐之用的歌舞。《史记·殷本纪》说纣王“使师涓作新淫声、北里之舞、靡靡之乐”。这好像是纯为帝王贵族娱乐而设的歌舞的最初记载。春秋时代的“女乐”，当就是这种东西的继续和发展。春秋末年，孔子反对“郑声”，说它乱了“雅乐”，其实，孔子所反对的“郑声”，也仍是当时各国奴隶主贵族们用来享乐的歌舞。“郑声”不只是“声”，还有“郑舞”与之相配合，所以孔子才说它乱“雅乐”。（见前引《招魂》）这种歌舞以八个人为一个单位称为一“八”，要是两个单位就称为二“八”。八人或十六人作群舞，舞姿一律，故称“齐容”。

在原始时代和奴隶制时代的歌舞，除了那些纯为给奴隶主歌功颂德的以外，虽然都带有相当浓厚的仪式性和宗教色彩，但它却也表现了当时人民群众的若干思想感情和愿望。它们就是中国民间歌舞和民间表演艺术最初的传统。

在西周末年最初出现了由贵族豢养起来，专供他们声色之娱的职业艺人——“优”，有时也称为“倡优”或“俳优”。优都是由男子充任的，和巫中男女都有是不同的。据传说：夏桀时代就有了倡优。刘向《古列女传·孽嬖传·夏桀末喜》中记载：“桀……收倡优侏儒狎徒能为奇伟戏者，聚之于弯，造烂漫之乐。”这段记载虽不能据以为信史，但优的产生很早，却可以由此得到证明。另外关于优的记载最初见于《国语·郑语》。史伯对郑桓公说周幽王“侏儒、戚施，实御在侧”。韦昭说“侏儒、戚施皆优笑之人”，可见就是当时的俳优了。郑桓公为周司徒是在幽王八年（前 774），三年后，幽王和桓公都被犬戎杀了。稍后在晋献公时代（前 676—前 651）优施的事迹记载得比较详细。这个优施是专供晋献公娱乐的，他既会歌，又会舞。《国语·晋语》中说了这样一件事：献公的夫人骊姬已经求得献公的许可，准备杀死太子申生而立她自己的儿子奚齐做太子，但是害怕大臣里克不答应，就向优施求计。优施说：我把里克说服过来只要一天工夫就行了。你给我杀一只羊，我来和他喝酒。我是一个优，说错了话是没有罪过的。于是优施就和里克一起喝起酒来。喝到一半，优施起来跳舞，并且唱了一首歌道："暇豫之吾吾，不如乌乌。人皆集于苑，己独集于枯。"（大意是讽示里克不会逢迎献公，还不如乌鸦。别人都知道栖息在茂盛的树木上，而里克却栖息在枯树上。）里克问他："什么叫苑？什么叫枯？"优施说："母亲做了夫人，儿子做了国君，可不是苑吗？母亲死了，儿子又遭到诽谤，可不是枯吗？何况这个枯树还有伤痕呢。"

从这个记载可以看出：（一）优是以"滑稽调戏"为主的；（二）说错了话是没有罪过的；（三）他们既能歌又能舞。

从别的材料中还可以知道，优除了歌舞的本事而外，也还能模仿别人的言语行动，如楚国的优孟就会模仿孙叔敖，装得很逼真。这段事迹见于《史记·滑稽列传》。大意说，楚国的宰相孙叔敖对优孟很好。他死之前对儿子说："我死了家里必然穷困，那时你可以去找优孟。"后来儿子果然没法生活，一天背柴时遇到了优孟，就向优孟说："我是孙叔敖的儿子，父亲死时要我穷了来找你。"优孟说："你别走到别的地方去了。"于是就模仿孙叔敖的穿戴动作、说话的神气，学了一年多就像了，楚庄王的左右都辨别不出来。一天楚庄王正在饮宴，优孟走进来向他施礼。楚庄王大惊，几乎以为孙叔敖复生了，想请他做宰相。优孟说："让我回去和妻子商量商量，三天来回话。"三天后优孟来了。楚庄王问："你妻子怎么说？"优孟说："妻子说决不要做楚国的宰相！你看孙叔敖那样忠心、廉洁，把楚国治理得成了霸业。现在他死了，儿子穷得连立锥之地都没有，落得打柴过活。要像孙叔敖那样，还不如自杀。"并且唱了一首歌，意思是种田吃不饱，做官也不好。做贪官要犯杀身灭家之罪，做清官也要受穷。庄王听了这番话，很感谢优孟，立刻把孙叔敖的儿子找来，封赠了田地奴隶。

但是从上述两段故事可以看出，无论是歌舞，无论是装扮以模仿他人，其中心目的还是讽谏或讽刺。有时候，优既不歌舞，也不模仿，而直接以俏皮的语言来进行讽刺。另如也是在《滑稽列传》中所记优旃谏秦始皇的故事说，始皇想扩大他的园囿，优旃就说："很好！多放些禽兽在里边。如果敌人从东方来，只要让麋鹿去触他们就够了。"这样，始皇就把这个念头打消了。

从以上的例子，以及许多其他的例子来看，优虽然有许多技艺，但其主要特点却总不离语言上的幽默讽刺的范围。司马迁在《史记》上所说的"谈言微中，亦可以解纷"，恰恰说出了优的这个特点。

为什么在优的行为中，会有着讽谏的因素呢？看来，在奴隶社会中多少还有些原始社会中民主习惯的遗留。原始时代的部落领袖们，是要受部落的会议所制约，不能随便行事的，所以那时根本用不着讽谏。到了奴隶社会，奴隶主虽可以对奴隶生杀予夺为所欲为，奴隶是没有一点民主权利的；但奴隶主贵族和自由民却还享有一定的民主权利，世卿制度和自由民议论、讽刺时政的自由都是证据。郑子产所听到的“乡校”中的议论就是具体事例之一（见《左传·襄公三十一年》）。但是自由民所享受的这种民主权利只是一种原始时代所遗留下来的习惯，并没有法律的保障，宽大些的君主可以不计较，甚至也还能采纳一些，如果遇到周厉王那样的暴君，说话的人就有掉脑袋的危险。因此在民间就产生了十五国风这样的歌谣，在宫廷中也有了大臣向君主直谏的职能。以上种种新事物的出现，可以看作自由民与奴隶主之间和奴隶主的这派和那派之间的一种斗争形式，而掌权者也常常反过来杀谏者以压制进言。因此进谏的形式也是无保障的。于是在政治斗争中，那最接近帝王而又最被宠爱的优就被利用起来了。至于优为什么有“言无邮”这种特权，即说错了话也没有罪过呢，这和歌谣的讽刺“言之者无罪，闻之者足以戒”是相同的一种习惯。歌谣的讽刺作用和言者无罪的情形，可以以春秋时代宋国的大夫华元所遇到的一件事为例。宋和郑打仗大败，统帅华元也被俘了，但他逃了回来。当时舆论对他很不满。有一次：

> 宋城，华元为植，巡功。城者讴曰：“睅其目，皤其腹，弃甲而复；于思，于思，弃甲复来。”使其骖乘谓之曰：“牛则有皮，犀兕尚多，弃甲则那？”役人曰：“从其有皮，丹漆若何？”华元曰：“去之。夫其口众我寡。”（《左传·宣公二年》）

华元虽身为大夫，但对于筑城工人对他当面的讽刺也不能怎么样，至多也只能用歌谣来答辩而已。歌谣不是一种一本正经的议论，是一种非正式地流露出来的意见、感想，即使说错了，也不应当加罪，优也有这种性质。所以优也不能一本正经地进行谏戒，必须托之于调戏歌舞，因此优还得从原始歌舞中继承遗产。从这一点，又可看出优对于巫有一定的继承关系。但从社会地位上来说，巫是一种官职，而优只不过是一种小臣的身份，即家内奴隶的身份，有时还直接用“圉人”（马夫）之类的奴隶来从事优戏。与巫比较，可以说优的艺术是不带宗教色彩的，纯粹用以娱人的表演艺术。这种表演者的身份是奴隶，是专业的，因此，优又是最早的职业演员。

二、角觝戏与参军戏

封建社会初期的歌舞表演艺术的情况和奴隶制时代相差不远。民间的艺术仍在继续发展，仍然带有祭神的节日仪式性和非职业性；宫廷贵族的祭祀礼乐则更加僵化，已难视为艺术；而宫廷艺术则因封建贵族、皇帝们日趋奢靡而大为发展。他们不断从民间艺术中吸取新东西来娱乐自己。而在此同时，民间的艺人也就跟着被吸收入宫廷来，在都市发达，失地农民流入都市，都市的贫民也随着出现的情况下，就有人专门学歌习舞准备随时为贵族来补充娱乐队伍。《史记·货殖列传》说："中山地薄人众……民俗懁急，仰机利而食。丈夫相聚游戏，悲歌慷慨，起则相随椎剽，休时掘冢作巧奸冶，多美物，多倡优。女子则鼓鸣瑟，跕屣，游媚贵富，入后宫，遍诸侯。"因此，民间的艺术如"角觝戏"（一作角抵）就不断流入宫廷之中。角觝戏的来源，据说是与蚩尤有关。宋陈旸《乐书》说："或曰蚩尤氏头有角，与黄帝斗，以角抵人。今冀州有乐名'蚩尤戏'，其民两口戴牛角而相抵，汉造此戏岂其遗象耶?"此说是不无根据的。按"角抵""蚩尤"均称"戏"，《说文解字》："戏，三军之偏也，一曰兵也。"这个解释从金文《师虎殷铭》中得到证明。可见"戏"字是与战斗有关的。但《说文解字》"谑"字却又注为"戏也"。《左传注疏》卷十六记载，城濮之战中，楚子玉向晋军挑战时说："请与君之士戏。"史家认为他这种说法是骄傲的、不庄重的。可见"戏"字又有游戏性或表演戏的相斗打的意思。古代凡称"戏"的一类表演，多带有竞技的意思。蚩尤是古代战争之神，蚩尤戏是一种竞技表演，很可能是原始时代祭蚩尤的一种仪式舞蹈，逐渐在民间发展成为武术竞技的角觝戏。《乐书》又说："角觝戏本六国时所造，秦因而广之……角者角其伎也，两两相当，角及技艺射御也，盖杂伎之总称云。"这种竞技进入宫廷，和俳优同场表演的记载，最初见于秦代。《史记·李斯传》说："是时二世在甘泉，方作觳抵优徘之观"，就是证据。但是竞技和优戏的结合，却也不是没有传统的。《国语·晋语》中曾有"侏儒扶庐"的记载。所谓"扶庐"，就是爬竿的意思，优人也可以表演爬竿的杂技，原来在春秋的初年就出现了。

到了汉代，民间更进一步把角觝戏剧化了。《西京杂记》上曾有这样一段记载：

> 余所知有鞠道龙，善为幻术，向余说古时事：有东海人黄公，少时为术能制蛇御虎，佩赤金刀，以绛缯束发，立兴云雾，坐成山河。及衰老，气力羸惫，饮酒过度，不能复行其术。秦末有白虎见于东海，黄公乃以赤刀往厌之。术既不行，

遂为虎所杀。三辅人俗用以为戏。汉帝亦取以为角抵之戏焉。

这《东海黄公》的角觝戏，主要的部分乃是人与虎的搏斗，它不出于角觝的竞技范围，但已经有一个故事了。其中的两个演员也都有了特定的服装和化装：去黄公的必须用绛缯束发，手持赤金刀，他的对手却必须扮成虎形。而在这个戏中的竞技，也已经不是凭双方的实力来分胜负，而是按故事的预定，最后黄公必须被虎所杀死。因此，这戏虽然仍是以斗打为兴趣的中心，却已具有一定的故事了。这段记载中所说的“三辅”，就是今日陕西关中一带地区，所以《东海黄公》乃是西汉京城长安附近地区的民间艺术。《西京杂记》是晋葛洪所著。一说是西汉末叶刘歆所著。他所知东海黄公的故事，也是听人说的。而传说这故事出在秦末，那么，它在民间编为角觝戏，恐怕是汉初的事，如计算年代，当是纪元前二世纪到一世纪之间的事了。

汉代的宫廷艺术，也仍旧从民间吸收艺术的养料，如引文所说，这《东海黄公》就被宫廷所采用了。不过角觝戏进入宫廷之后，自然要随着封建贵族的美学趣味发生许多变化，首先，这角觝和优以及歌舞等结合起来了（张衡《西京赋》总称之为“百戏”），虽然只是同场演出而还没有融合为一；其次则在外表上弄得很华丽炫目。《西京赋》在这方面有着形象的描写：

华岳峨峨，冈峦参差。神木灵草，朱实离离。总会仙倡：戏豹舞罴；白虎鼓瑟；苍龙吹篪；女娥坐而长歌，声清畅而蝼蛇；洪厓立而指麾，被毛羽之襳褷。度曲未终，云起雪飞，初若飘飘，后遂霏霏。复陆重阁，转石成雷，礔砺激而增响，磅礚象乎天威。

这里不仅有扮成豹、罴的舞蹈，有奏乐，有歌唱，演员们还穿上奇丽的服装，配上炫耀的背景，做出模拟真实的效果来，这些无非要使观者能够极视听的娱乐而已。不过《西京赋》是文学作品，而“赋”这种文体本是华丽铺张的，这里的描写很可能有些夸饰，不过宫廷演出的排场比民间华丽，这也是可以肯定的。而《东海黄公》也是在这种场合里演出的，可以想见，它一定是经过加工，使之与那些同场的节目在艺术风格上取得调和的，因之也就会和它原来的民间风格有了差异。这些贵族们是有一群清客帮闲之流来为他们改造艺术的。《西京杂记》上说：“京兆有古生者，学纵横、揣摩、弄矢、摇丸、樗蒲之术，为都掾史四十余季，善訑漫，二千石随以谐谑，皆握其权要而得其欢心……京师至今俳戏，皆称古掾曹。”这人不过是一名小吏，却能和大官们往来，而当时京城里的优戏界竟是那样尊重他，可见他相当内行，而且给予优戏的影响一定是不小的。

西域诸国的表演、杂技对于汉代优戏的影响是无可怀疑的，这是两汉数百年来长期在通西域方面做了许多工作的结果之一。但在初期，这种艺术上的影响首先是来到宫廷，而不是来到民间。两汉在与西域的交通上，都是通过官方来进行的，军事行动不必说，就是通商，也完全由国家经营，商队都是由政府所派。而当时的交通条件也极原始，一切交流，包括文化交流，是极不容易的。中国的丝绸运到西域，因为花销极大，所以价值高昂得可怕；同样，西域的东西运到中国也成了稀世珍宝。歌舞艺术既然要由高度训练的人来表演，这样的人来一个到中国又不容易，于是也就成了稀奇的把戏了，所以必须首先在皇宫里出现，然后才能慢慢传播开来。《史记·大宛传》载：汉武帝时，安息“以大鸟卵及黎轩善眩人献于汉。（韦昭云：‘眩人，变化惑人也。’《魏略》云：‘黎轩多奇幻，口中吹火，自缚自解。小颜亦以为今之吞刀吐火，植瓜种树，屠人截马之术皆是也。’）……是时上方数巡狩海上，乃悉从外国客……于是大觳抵出奇戏诸怪物，多聚观者……及加其眩者之工，而觳抵奇戏岁增变，甚盛益兴，自此始”。可知当时“黎轩善眩人”——罗马的杂技魔术演员是很稀罕，而它东来之后，使宫廷中角觝戏增加了不少的节目。但直到东汉安帝时，这种罗马的杂技还是很不普遍的。《后汉书·西南夷传》说：“永宁元年（120），掸国王雍由调，复遣使者诣阙朝贺，献乐及幻人，能变化吐火，自支解，易牛马头。又善跳丸，数乃至千。自言我海西人。海西即大秦也，掸国西南通大秦。”而大秦就是罗马。前后将近一百三十年，因为这种外来的技艺还没有深入民间，只在宫廷中活动，对于原来的角觝戏节目虽然有了极大的丰富，使它变得多样，成了真正的杂技，但二者却还未糅合起来，发展成为一种新的艺术形式。与此相反，原来的角觝因为出自民间，在从战国到汉初的发展过程中，关中人民就创造出《东海黄公》这种带故事性的角觝戏来。这种具有故事性的角觝戏后来有很大的发展，在中国戏曲形成过程中起了很大的作用。

但角觝戏发展的过程是比较慢的。它不能不受整个社会经济、政治的制约，以至战争的影响。这时我国北方的许多少数民族已经发展到家长奴役制阶段，人口增长，经济需要发展；而我国西汉以来建筑在小农经济上的初期封建政权，已逐渐随着土地兼并和战争而形成起农奴制的庄园经济来。由于封建割据势力间的不断战争，人口变得稀少，农业也被破坏了。从三国以来，各族人民迁居内地者一天天多起来。战争的频繁和残酷，封建统治者的压迫和剥削，使得汉族的农民或迁居内地的各族人民都遭受了很大的灾难，无法好好地生活，许多富庶地区和繁华城市弄得荒无人烟了。阶级矛盾和民族矛盾交织在一起，就形成了中国北方一个多世纪的极端混乱局面，这就是历史上所谓五胡十六国时代（304—439）。到了南北朝时代（421—589），政局虽逐渐安定，但长期的生产繁荣却还谈不到。这些情形，都使民间文化无法很好地发展。

即使如此，但中国的各族人民却进行了一次大的迁徙和融合。中原的汉族大量迁到江淮流域去，而北方的各族，却和汉族逐渐同化，到了唐代，几乎就融合成为一个民族了。这样一种种族的融合，当然带来了文化上的融合，这在艺术上也发生着许多影响。迁居内地的西北各族带来了他们自己的以及从西域方面所接受来的文化，和汉族的文化相融合。在戏曲方面，最重要的就是他们的歌舞和汉族民间的歌舞角觝的结合，而且循着《东海黄公》这个以角觝演故事的路子，发展出《踏摇娘》《兰陵王》《拨头》等等故事的歌舞来。这些歌舞产生的时代较晚，多在北齐、北周到隋末之世。这也是可以理解的。在这之前，无论从社会的安定方面来说，或从各族文化的融合过程来说，条件都不够具备。其中只有《拨头》这个节目，在记载上没有年代，只说是故事出自“西域胡人”，也许它是比较早的节目，还带有更多外来原型的吧？当然，这也只是一种臆度罢了。这些节目的特点是：综合了歌舞、角觝等技艺，并以一个故事贯串起来，虽然仍不是以演故事为主，而是以歌舞、角觝为主，但这与纯粹技艺表演和各族歌唱舞蹈的独立表演比较，却向着综合发展为戏曲艺术有了根本性的变化。它们较之无唱无白的《东海黄公》也迈进了一大步。

还得补充一点的是，自从有了角觝戏以来，它的表演都是在广场上进行的，直到我们现在所谈到的南北朝、隋、唐初的时代仍是如此。不仅如此，即一直到了安史之乱以后，这一部分表演仍是在露天广场上进行的。

以上说的是北方民间歌舞表演艺术的情况。这时南方的民间歌舞却与北方的不尽相同，其特点是更多保留汉族民间歌舞的老传统。这是因为当时的南方除原有的土著各族人民以外，还有大量由中原迁移来的汉族人民，他们把许多汉族的古老民间风俗习惯和艺术保留下来，并且和当时由于海外交通的发展而传来的佛教的和南海、西域的风俗、文化相结合，而形成了南方的民间歌舞。这就是在古老傩舞的基础上吸收外来的风俗和文化，加以发展所形成的歌舞。梁宗懔在《荆楚岁时记》上说：“十二月八日，谚云：腊鼓鸣，春草生。村民打细腰鼓，戴胡公头，及作金刚、力士以逐除。”这时的傩当然与孔子时候的大不相同了。其中“金刚”“力士”分明受了当时佛教出象行会仪式（这是在神的生日或节日，将神像抬着在路上游行的一种仪式）的影响。其中的乐器“细腰鼓”也非傩舞所旧有，乃是从西域或南方所传来。又“胡公头”，有的本子作“胡头”，恐怕也有外国传来之意。《荆楚岁时记》记载简单，除上面所谈到的以外，还知道这是戴着假面而舞蹈的；而傩乃是逐除的仪式，是在行进中表演的。除此之外，很难知道演出的详情了。

不过从旁证中还可以找出一些材料来。据日本一些古籍来看，日本所传“伎乐”很可能是荆楚傩舞传到日本所形成的。伎乐又称“吴乐”，据说是梁陈之间由中国南方传过去的。隋末又有林邑僧人从中国学了此伎传授给日本，日本当时即把它放在寺院里供佛。现存日本伎乐假面有所谓“治道”“金刚”“力士”“师子”“师子儿”“昆仑”“吴公”“吴女”等。治道在行像时走在最前面。“治道”者，开路之谓也，也就是所谓“开路神”，也就是“方相”。其中金刚、力士，在《荆楚岁时记》中已有记载。吴公疑即胡公之音转。“昆仑”是当时航行南海的商人贩卖土著黑人为奴的通称，名叫“昆仑奴”。据唐杜佑《通典》卷一四六《五方师子舞》有“二人持绳拂为习弄之状，五师子各依其方色。百四十人歌《太平乐》，舞抃以从之，服饰皆作昆仑象”。又日本伎乐中之师子儿手中也拿绳拂。伎乐的乐器是腰鼓。日籍《令义解》说：“伎乐谓‘吴乐’，其腰鼓亦为‘吴乐之器’也。”这也和荆楚傩舞中所用细腰鼓相同。据野间清六《日本假面史》说，伎乐是一种在行进中表演的有简单情节的舞蹈，正与荆楚傩舞相似。根据上面的事实看来，日本伎乐中保存着梁时荆楚傩舞的许多东西，但也还掺杂着梁的宫廷乐和梁以后至唐末从中国传去的一些其他民间舞蹈，如师子舞就可能是梁时的《上云乐》。因此，从日本伎乐也可看出一些我国南北朝时南方民间歌舞的情况。

南北两种民间舞蹈有其相同处，也有其不同处。相同处：它们都是扮人物的，有特殊扮相，戴假面，在露天表演，多少包含些故事情节（南方的虽则不知道具体的故事），等等。其不同处是北方的在固定地方表演，而且其中不带节日仪式性；而南方的则是在节日仪式中一面行进一面表演的。

两晋南北朝时期宫廷和贵族中间歌舞表演的材料不多，大体仍是承袭过去，或取自民间。梁时的《上云乐》，扮老胡、师子、凤凰等（见《乐府诗集》周舍《上云乐》），可以看出一面承袭汉角觝，同时也从荆楚傩舞中吸收了东西。

而古优在这期间，也在逐渐发展中。过去优本来是对皇帝进行讽谏的，到了三国时代的蜀，开始有了新的变化，反过来由皇帝用作讽刺臣下的手段了。《三国志·许慈传》说：

（许）慈、（胡）潜并为博士（一作学士）……典掌旧文。值庶事草创，动多疑议，慈、潜更相克伐，谤讟忿争，形于声色；书籍有无，不相通借，时寻楚挞，以相震撼。……先主愍其若斯，群僚大会，使倡家假为二子之容，傚其讼阋之状，酒酣乐作，以为嬉戏，初以辞义相难，终以刀杖相屈。用感切之。

这里还承袭着优孟的遗风，扮成真人，模拟其行动声口。但时代不同，又有了若干发展：开始由一个演员变成两个演员，而情节也较复杂了，除了有对话，还有斗殴。这里的斗殴可能不带技巧表演的性质，所以可能不是角觝，但把斗殴搬到表演中来，未始不是因为长期与角觝在一块演出，无形中受了影响之故吧。这件事的年代是公元221—222年。

到了约公元335年的时候，即后赵石勒时，又有这样一条记载：

石勒参军周延，为馆陶令，断官绢数百疋，下狱，以八议宥之。后每大会，使俳优着介帻、黄绢单衣。优问："汝为何官，在我辈中？"曰："我本为馆陶令。"斗数单衣曰："政坐取是，故入汝辈中。"以为笑。(《太平御览》卷五六九引《赵书》)

这也仍是皇帝利用俳优讽刺臣下。为什么优这时忽然反过来被用作讽刺臣下的手段了呢？这只证明时代愈后，帝王的权威愈高，已不是那么能容忍优随时拿他作为讽刺的对象，却要反过来拿优去讽刺臣下了。另有东魏时一条材料，时代虽稍后（约534—546），却更可说明这种情况。《北齐书·尉景传》说：尉景贪财贿。高欢"令优者石董桶戏之。董桶剥景衣，曰：'公剥百姓，董桶何为不剥公？'"这里是直接对"犯官"嘲弄，比起扮上犯官加以嘲弄在形式上更原始、更直接。从中可以看清优把目标从皇帝扩大到官僚的过程。这种变化，使得优戏的形式也起了变化，并且渐渐形成一种格式，即其中一个扮官的被戏弄的对象就叫"参军"，而那执行对他戏弄职务的演员就叫"苍鹘"。据说，正是因为周延原来的官衔是参军，于是以后担任被戏弄的角色才被称为"参军"，而优戏也就获得"参军戏"的名称了。

隋统一南北后，情形有了很大变化，一方面把各封建割据势力的宫廷乐舞及外国传来的乐舞集中起来归类为九部乐，另一方面又总追四方"散乐"，聚集到洛阳来表演。所谓九部乐是：一、讌乐，二、清商，三、西凉，四、扶南，五、高丽，六、龟兹，七、安国，八、疏勒，九、康国。（见《通典》）大体说来，多半是各国宫廷的乐舞或在艺术上经过更多加工的乐舞。关于散乐的集中，《隋书·音乐志》上有一段记载：

> 及大业二年，突厥染干来朝。炀帝欲夸之。总追四方散乐，大集东都。初于芳华苑、积翠池侧，帝帷宫女观之。有舍利先来戏于场内；须臾，跳跃激水满街，鼋鼍龟鳌，水人虫鱼遍复于地；又有大鲸鱼喷雾翳日，倏忽化成黄龙，长七八丈，耸踊而出，名曰黄龙变；又以绳系两柱，相去十丈，遣二倡女对舞，绳上相逢，切肩而过，歌舞不辍；又为夏育扛鼎，取车轮、石臼、大瓮器等，各于掌上而跳弄之；并二人戴竿其上有舞，忽然腾透而换易之；又有神鳌负山，幻人吐火，千变万化，旷古莫俦。染干大骇之。自是皆于太常教习。每岁正月，万国来朝，留至十五日。于端门外，建国门内，绵亘八里，列为戏场。百官起棚夹路，从昏达旦，以纵观之。至晦而罢。使人皆衣锦绣绘彩，其歌舞者多为妇人服。鸣环佩，饰以花毦者，殆三万人。

散乐本来是民间艺术，但从这里的描写看来，是经过了一番整理、装饰，吸收了历代宫廷艺术的遗产，已经相当贵族化了。其内容甚为广泛，包括歌舞、杂技等许多种类。这样，数百年来和数千里外的歌舞百戏都集中起来了。到了唐代，社会逐渐安定，生产也繁荣起来，贵族们的生活也更加趋于享乐，于是这些被集中起来的艺人们，受着皇帝贵族们的豢养，每天除了琢磨如何提高他们的艺术以博得主子们的欢心而外，再也不发愁衣食的问题了。如果说，艺术在民间的时候，农民们为了整年劳碌，只有在过年过节的休息日才能够偶一为之，是业余的性质；而进入宫廷之后，却是专吃这一行饭了，三天两头地要进行表演，因此，业务上也容易精进。再则过去在民间时，各种艺术由于地域的悬隔，互相交流的机会甚少，自进入宫廷，大家聚集在一起，见闻广了，互相学习的机会多了，因此也容易进步。最后，唐代宫廷还设有训练艺人的组织，如“梨园”等等，它们对演员都是加以严格选拔的。因以上这些原因，唐代的歌舞、音乐、滑稽戏等等，都很兴盛，而且在艺术上有很大的发展。概括起来，有以下几方面：（一）在音乐上有了极大的丰富。自从南北朝以来边疆各族入居中原，也就带来了丰富的音乐财富，这给原来汉族的音乐传统也带来了变革性的影响：首先在乐律的运用上引起了很大的变化，从苏祇婆的琵琶八十四调理论的形成，到燕乐二十八调的实际运用，这一系列关于宫调的理论与实践，对后世戏曲唱腔的结构规律的形成，有着巨大的影响。后世戏曲唱腔中的“宫调”就是从这里发源的。其次在乐曲形式上有了许多创造，如“大曲”，各种舞曲和歌曲，这些曲调对后世的戏曲也有极大的影响，其中有许多曲调后来经过若干变化就成了戏曲曲调中的组成部分。演奏和歌唱技巧上也都有了很大的发展，这对后世的戏曲中器乐演奏和声乐演唱，无疑地积累了丰富的经验。（二）舞蹈艺术也有了很大的发展，产生了好些有名的演员，他们都具有很好的技巧。（三）在戏剧文学上，虽还没有产生剧本的形式，但是诗人们的作品，有相当大的部分就是为演唱而作的；而口头的叙事文学——“变文”这时也已出现。

更值得注意的是带故事性的歌舞表演在这时候也有了很大的发展，首先是表演艺术的精进。《拨头》原来不过是一种民间艺术，到了唐代却已成为专业表演艺术家的节目了。唐张祜诗道：“犹学容儿弄钵头”，可见演员容儿的拨头戏是演得有足以令人回味的妙处的。《踏摇娘》这时也进入了宫廷，和《拨头》同为“鼓架部”中的节目之一。这时的《踏摇娘》已和从前有所不同，从前的主要在于夫妻殴斗一节，这中间可能有许多技巧的动作。所以唐崔令钦《教坊记》中强调其“丈夫着妇人衣”和“及其夫至，则作殴斗之状，以为笑乐”等方面，但这时表演的《踏摇娘》样子却全变了。崔令钦说：“今则妇人为之，遂不呼郎中，但云‘阿叔子’，调弄又加典库，全失旧旨。”还说：“或呼为《谈容娘》，又非。”为什么用女演员去扮，再加了一个“典库”的人物就“全失旧旨”呢？这是因为殴斗部分已经不成为表演的主要部分，而调弄歌唱等抒情部分却成为主要部分的缘故，所以唐常非月（一作梁德裕）《咏谈容娘》诗道：“举手整花钿，翻身舞锦筵。马围行处匝，人压（一作簇）看场圆。歌要（一作索）齐声和，情教细语传。不知心大小，容得许多怜。”可以从中看出，作者是很强调其歌舞说白中的抒情感人部分，而根本没有一个字谈到殴斗的。这种从粗犷风格转变成细致柔美的风格，不独《踏摇娘》如此，像《兰陵王》也有相同的情况。在唐舞中，有两个《兰陵王》，其中之一就是属于“软舞”一类，与舞姿轻盈柔美的《绿腰》并列，为舞艺最高的宫中“内人”表演节目之一，一般“教坊”演员都没有表演的资格。到了晚唐，宫廷里还模仿这类以角觝为基础的歌舞而进行创造，作出了表现鸿门宴故事的《樊哙排君难戏》来。

另外，就是参军戏的出现。前面说过，参军戏是来自三国以来用优人嘲弄犯官的传统，但这时形式已经比较固定，有了“参军”“苍鹘”两个角色的名称，表演情节也较曲折，扮演着具体的人物，有着不同的扮相了。关于参军戏的记载最早见于唐开元时

（实际上可能还早一些）。《资治通鉴·唐纪二十八》玄宗开元八年（720）载：

> 侍中宋璟疾负罪而妄诉不已者，悉付御史台治之。谓中丞李谨度曰：“服不更诉者出之，尚诉未已者且系。”由是人多怨者。会天旱有魃，优人作魃状戏于上前。问魃：“何为出？”对曰：“奉相公处分。”又问：“何故？”魃曰：“负冤者三百余人，相公悉以系狱抑之，故魃不得不出。”

这里扮魃的乃是参军，发问的是苍鹘。魃是有固定形象的，胡三省注引《神异经》说：“南方有人长二三尺，袒身，目在项上，走行如风，其名曰魃。”这个扮相大概当时的人一见便认识，好像我们今天见着舞台上的钟馗、包公就能认识一样。这一则参军戏的材料粗看似乎缺少滑稽调笑的因素，如果稍微用心细看，就看出对话原本是很可笑的。我们必须注意这是用写正史的笔墨来记述的，所以把调笑的气氛尽量冲淡，只留下了鉴戒的内容。如若不然，这样语言枯燥的戏有谁愿意看呢？参军戏虽然进一步戏剧化了，但古优戏的基本特质还是存在的。特别值得注意的是：参军戏虽已趋于复杂化、戏剧化，但参军戏的演员在宫廷中仍旧担任着优的职能。有时一个人在皇帝前面说着俏皮话，仍不失其“谈言微中，亦可以解纷”的特点。如唐明皇把黄幡绰的头浸在水池里，问他看见什么。他说：看见屈原，问他生逢明主，为何也到水里来，等等。从这点，可见参军戏与优原是一脉相承的艺术形式。

这里必须注意到一种情况：优在它的早期历史记载中，是既能作滑稽表演，又能歌舞的。但到了春秋末叶，女乐逐渐在宫廷中繁荣起来之后，有关优的记载中，歌舞的事逐渐稀少。秦汉以来，俳优、角觝、歌舞在宫廷中同时演出，似乎各有各的专业，互不相混。不过，在历史记载中，俳优与歌舞音乐等的关系，看来是很密切的，直到唐玄宗时代，优人黄幡绰、张野狐都非常知音（见唐南卓《羯鼓录》），都是证据。大概宫廷中的倡优歌舞的队伍越庞大，分工也就越细致，因为这样是便于提高业务的。这从《教坊记》里所记唐玄宗时代宫廷艺人的挑选、训练的严格来看，就知道了。所以优虽然也能歌，甚至也可能能舞，但可以肯定这不是他们的专行，一定不及专业的歌者像念奴这些人，或舞者如公孙大娘这些人。因此，一般说来优人就不大歌舞了。即令他们在表演时偶用歌舞，恐怕中间也是带着滑稽意味，和今天京剧中的丑所演唱的差不多。

直到我们现在所叙述的开元、天宝时期为止，特别是自隋统一到天宝末（589—755）这一百六十多年间，是我国统一之后国力日趋强盛，经济稳步上升的时期。文化艺术方面是国际和国内大交流、大汇合的时期，因此也是得到很快的发展与提高的时期。从戏曲发展过程的角度来看，是滑稽戏、歌舞、百戏在技巧上不断提高，人才辈出的时期。对于这个时期的文学、作曲、表演、声乐、器乐演奏、舞蹈杂技表演的成就，必须给予足够的高度评价。虽然现在在这方面已经没有足够的感性材料了，但从一些零碎的材料中还是可以看出来。例如在歌唱艺术上，唐段安节《乐府杂录》中就曾记述开元时期宫中一位著名的歌手永新的事例，说她“喉啭一声，响传九陌”。有一次唐明皇在勤政楼摆设盛大的宴会，观者据说有数千人，喧哗聚语，淹没了鱼龙百戏之音，明皇非常生气，要罢宴。这时高力士却献策说：“命永新出楼歌一曲，必可止喧。”果然，永新刚一启口歌唱，广场立即寂静无声，“喜者闻之气勇，愁者闻之肠绝”，足见这位歌手的歌唱，在艺术上是有着十分诱人的魅力的。至于器乐演奏的发展，以演奏技术颇为繁难的琵琶而论，在当时也达到了颇高的技巧水平。白居易在著名的诗篇《琵琶行》中就曾将他听过的一次琵琶演奏做过一番动人的描述，就是：“弦弦掩抑声声思，似诉平生不得志。低眉信手续续弹，说尽心中无限事。”他把演奏中所表现出来的情感变化，形容为一会儿如嘈嘈急雨，一会儿又如窃窃私语，一会儿如幽咽泉水，一会儿又如激流下滩，一会儿如水泉冷涩，一会儿又如刀枪齐鸣。从这种绘声绘色的描述中，一方面可以看出当时高度的作曲技巧，另一方面也可以看到演奏者惊人的表现能力。而在舞蹈的发展上，隋唐以来的乐舞确也达到了一代的高峰。杜甫在他的《观公孙大娘弟子舞剑器行》一诗中，就咏叹着舞姿的豪迈奔放，说是：“㸌如羿射九日落，矫如群帝骖龙翔；来如雷霆收震怒，罢如江海凝清光。”并且，杜甫在这首诗的序言中还说过有一位书法家张旭，自从看了公孙大娘的剑器舞以后，他的草书又有了很大的长进。这一事实说明舞蹈艺术在这一时期的发展，不仅使舞蹈本身具有很高的水平，而且对其他种类的艺术发展也给予了一定的影响。这一时期的艺术在各方面的成就，无疑给后来的戏曲艺术的形成从各方面做了充分的准备。

这个时期各种不同的表演艺术还有一种发展趋势，就是表演故事的趋势。这对于后来戏曲的形成也提供了便利的条件。还有一种值得注意的，就是各种艺术走向结合的趋势。这种趋势的继续发展在促使日后的戏曲成为综合性的歌舞剧方面起了很大的作用。

（1979 年第 1 期）

秦可卿晚死考

——石兄《风月宝鉴》旧稿探索之一节

戴不凡

在拙作《揭开红楼梦作者之谜》（1979年《北方论丛》第1期）论证曹雪芹是在石兄《风月宝鉴》旧稿基础上巧手新裁改写成书的时候，已曾指出雪芹成“片”剪裁、挪移利用石兄旧稿（以致造成故事时序和人物年龄前后矛盾）的一些情况，经过雪芹“增删五次”之后，要把这部旧稿全部“复原”是不可能的；不过旧稿的某些情况仍然依稀可睹。为了探索石兄旧稿面貌，从而为研究雪芹的改写意图提供资料，这里来看一下众所瞩目的秦可卿之死的问题。

今传本秦可卿死于第十三回；按小说正面叙述的岁月推移计算，这是故事开始后的第十一年亦即宝玉十一岁时的事（可参阅周汝昌《红楼梦新证·红楼纪历》）。可是，正如我已指出的，第七回宝玉初会秦钟时，正文两处写到和他同年的秦钟是个“小后生”，吴语词汇中的小后生至少也该是十五岁以上了；但从故事正面所叙年月来算，这是第九年亦即宝玉九岁时事，他并不是个“小后生”，此其一。我也曾指出，第十三回写秦氏死后贾珍正忧无人主内时，宝玉向他推荐凤姐的那段描写，字里行间所透露的宝玉，其言语行事之老成，绝非一个十一岁的孩子所可能办到的，此其二。即此二端，已使我们大有理由肯定，在旧稿中秦氏之死是很晚的事，她绝不会是宝玉十一岁这年死的。这一点是可以找到其他有力内证加以证明的。

一、“贾蓉之妻”的秘密何在？

这个问题是旧红学家早已指出了的：贾蓉之妻秦可卿早在第十三回已经死了，怎么到了二十九回（清虚观中）又“只见贾珍、贾蓉的妻子婆媳两个来了”呢？此后蓉妻在书中出现又不止一次。如果这位贾蓉之妻是续弦，那么，小说对宁国府的承重孙再娶不提一笔，无论如何是一个大疏忽。而且这位孙媳妇姓甚名谁、家世人品如何，书中几乎只字不道，岂非怪事?!

这究竟是怎么回事呢？要揭开这个谜，尽可能地收集书中的内证材料是非常必要的。今传本中提及贾蓉之妻的，有下列十四处值得注意（引文据戚本校庚辰本）：

① 第五回贾母命哄宝玉睡中觉时，“贾蓉之妻秦氏便忙笑回道……”。（按：这在旧稿中应是宝钗入府第一年冬天的事，见本文《附录一》）

② 第七回“……尤氏与贾蓉之妻秦氏婆媳两个……”。

③ 第十一回凤姐回王夫人说“我先瞧瞧蓉哥儿媳妇”。

④ 第十三回“人回东府蓉大奶奶没了”。

⑤ 第二十九回写清虚观中“只见贾珍、贾蓉的妻子婆媳两个来了”。（按：在旧稿中这应是宝钗入府次年五月的事，见《附录三》）

⑥ 第五十三回“一时贾珍进来吃饭，贾蓉之妻回避了”。（按：在旧稿中应是宝钗入府第一年年底事，见《附录二》）

⑦ 第五十三回祭宗祠时“每贾敬捧菜至，传至（于）贾蓉；贾蓉便传与（于）他妻子，妻子（×）又传与（于）凤姐、尤氏诸人”。（按：同上）

⑧ 第五十三回元旦献茶“蓉妻捧与众老祖母……蓉妻又捧与众姐妹”。（按：在旧稿中原应是宝钗入府次年事，见《附录三》）

⑨ 第五十四回元宵夜宴席次“再下便是尤氏、李纨、凤姐、贾蓉之妻”。（按：同上）

⑩ 第五十四回移席暖阁“下面横头便是贾蓉之妻”。（按：同上）

⑪ 第五十四回贾母笑道：“我正想着，虽然这些人取乐，竟无（没）一对双全的。就忘了蓉儿了。这可全了，蓉儿就和你媳妇坐在一处，倒也团圆了。”（按：同上）

⑫ 第六十四回贾母回家“见了尤氏婆媳，不免又相持大哭一场”。

⑬ 第七十五回尤氏房中“……贾蓉之妻也梳妆了（上）来见过。少时摆上饭（来），尤氏在上，贾蓉之妻在下（外相陪）……”。

⑭ 第七十六回写贾母让尤氏回家，尤氏未允，贾母说：“……既这样，你就率性别去，陪着我罢（了）。你叫蓉儿媳妇他（送去）就顺便回去罢。”尤氏说了蓉妻（给贾蓉之妻）答应着，送出邢夫人，一同至大门，各自上车回去，不在话下。

从以上列举并参阅《附录》可见：a. 在旧稿中，写到贾蓉之妻的①⑥⑦⑧⑨⑩⑪和⑤在时间情节上是衔接的。b.① 和⑥既为同年冬事，则“梦游”与“祭宗祠”“庆元宵”之间，断乎插不进《秦可卿淫丧西帆（天香）楼》这一大片文字。因为，①⑥时间相距太近，贾蓉绝不可能在可卿死后立即续弦，致这年除夕到翌年元宵的时候，在贾府中又出现一个“贾蓉之妻”的；同时，从贾府过年气氛和⑪所举贾母之言来审察，贾府中都丝毫没有新经大丧或新娶孙媳气氛。

明确了这一层，那就可以恍然大悟：自⑥至⑪以及⑤中的那个“贾蓉之妻”，在旧稿中原来就该是“贾蓉之妻秦氏”。

雪芹在石兄旧稿基础上重新改作时，将旧稿剪裁挪移，在情节上“掉头翻身”。他在④（第十三回）时已写秦可卿死了，故在⑥至⑪及⑤中，把旧稿中的“贾蓉之妻秦氏”一语的末后“秦氏”两字删去，这就变成了“贾蓉之妻”或“蓉妻”了。——根据《红楼梦》的“书法”，凡贾氏族人之妇，全都是称姓（如史太君、王夫人、邢夫人等）、道名（如李纨、王熙凤等）、书氏（如贾璜之妻金氏、贾茵之母娄氏等），绝少例外（仅贾母寿诞时贾瑞、贾琼二人之母无姓氏），可是对于宁、荣二府的长孙媳妇，在许多地方却仅书“贾蓉之妻”而不书姓氏，这可以作为上述论断的旁证。

“贾蓉之妻秦氏”早在第十三回就死了，可是此后又不断出现一个“贾蓉之妻”，全部“秘密”就在于此。贾蓉其实并未续弦。

既然①⑥至⑪及⑤的贾蓉之妻实全系秦氏，则⑫⑬⑭中的蓉妻亦应即秦可卿。

既然迟至（今本第七十六回）赏中秋时这个“贾蓉之妻”都还活着，则不能不认为“淫丧”是后来的情节，它在旧稿中原是时间很晚的事。

而这一点，正可以和上述宝玉初会秦钟时已是个“小后生”、宝玉向贾珍推荐凤姐协理宁国府言行之老里老气互相对证。——秦可卿该是在宝玉成年以后很久才死的。这就怪不得“路谒”时，北静王要他到府中和“海上众名士……常去谈会谈会”了。如果宝玉此时仅十一岁，北静王当不致如此邀请的。

二、秦可卿死于何时

从字里行间所透露的宝玉实际年龄来看，秦可卿之死，在旧稿中无论如何也应是宝玉十八岁以后的事了。这一点，还可以从小说的具体描写中得到参证。上引⑫至第六十四回写贾敬死后有“尤氏婆媳”；第七十六回赏中秋时贾母对尤氏先有“可怜你公公转眼（死了）已是（经）二年多了”之语，接着才是上引⑭贾母让蓉妻先回去。则贾蓉之妻秦可卿是丧于贾敬殁后“二年多”或更后，明甚。复查“二尤”文字是和贾敬之丧不可分割的，而在“二尤”文字中，贾琏和二姐谈及将三姐匹配宝玉，并不存在年龄悬殊问题（第六十五回）；宝玉在同湘莲谈话中也透露自己曾在东府和二尤姐妹“混了两（一）个月”（第六十六回），这都说明旧稿中贾敬死时宝玉的实际年龄至少也该在十八岁左右了。而秦氏殁于敬死后“二年多”或更后，则是宝玉二十岁以后的事了。——可见在石兄旧稿中这并不像雪芹改本所写的是宝玉十一岁时事。

是雪芹把《风月宝鉴》旧稿中很晚才发生的情节，移置到今传本的第十三回处的。

那么，秦可卿之死的具体时间在何时呢？——在旧稿中极有可能就是紧接“赏中秋”（今本第七十六回）这片文字的（但不包括黛玉、湘云联句情节）。

有关赏中秋这“片”文字（自第七十五至第七十六回前半）本是旧稿原有，经过雪芹润色而又未及细改（见《附录四》）。这“片”文字中有不少值得追踪的蛛丝马迹：

一是贾珍“开夜宴异兆发悲音”。从今传诸本第八十回前的文字来看，并找不出这“悲音”的“异兆”究竟具体预兆了东府贾珍何事。从第七十九和第八十回描写来看，赏中秋以后很久，甚至到了次年三月二十八日天齐庙烧香还愿时（此点详见拙作《八十回前的时间矛盾》），亦未见贾府发生什么重大事件以致惹得祖宗阴魂叹息。如果旧稿中不是写东府旋即有事，则此处似无“预兆”之必要。

二是在书中若隐若现的这个“贾蓉之妻”，在赏中秋这片文字中，忽然频频出现。

三是贾珍乃由于“近因居丧”“不得游玩”“无聊之际”才在“天香楼下箭道内”射鹄，以至发展成为大开赌局、玩弄男宠的。这位无所不为的珍大爷，如果在行为上没有更进一步的发展，那么，作书人当不致接着就写“异兆”；而且原本恰恰又是写秦可卿淫丧于“天香楼”的。

四是“秦可卿淫丧天香楼”，据靖本，原作“西帆楼”，这当然是雪芹因畸笏老人（实即曹頫——详见拙作《脂批考之一》）避曹寅讳怕见“西”字而更名的。但改名时为什么不改它名，却偏偏名之为“天香”呢？“桂子月中落，天香云外飘”，这是数百年来相传为在灵隐出家的骆宾王所咏的名句；雪芹之所以把“西帆”二字改为“天香”，是否由于秋桂盛开这一景物的触发和联想呢？——在赏中秋这“片”文字中，频频写到了桂花；雪芹是不是据此联想而将楼名改为“天香”的呢？

五是八月十三日晚，尤氏由荣府回家时，是“贾蓉之妻”领人“秉烛接了出来”。这是不是旧稿在旁敲侧击，先向读者点明注意以下情况：贾珍让贾蓉出面作局家聚赌，而尤氏又外出时，这个“贾蓉之妻”是宁国府中孤独的“女主人”了。特别值得玩味的是上引⑭，最后只是尤氏留在贾母身旁过中秋，让“贾蓉之妻”陪邢夫人先回家，“各自上车回去，不在话下”。——这无异于说，蓉妻（秦可卿）是单独一人回家的。这位无所不为的公公和无所不为的媳妇（她在几年前就引诱宝玉“梦游”了）在上述规定情景下可能发生什么事？这是不是旧稿要写前一天“异兆发悲音”的缘故？“天香楼下箭道”是否正是畸笏命雪芹删去的天香楼上《遗簪》《更衣》（据靖本批语）文字的张本？全都是值得考虑的问题。

六是秦氏的内房正可以直通天香楼。今传本第十一回写凤姐探望秦氏之病后，“从里头绕进园子的便门来”，“说话之间已（来）到了天香楼的后门”，这说明秦氏内室和天香楼后门很近。这里特别值得注意的是凤姐进园子便门以后和遇贾瑞之前，忽然插入一篇赞赋：

> 黄花满地，绿（白）柳横坡。小桥通若耶之溪，曲径接天台之路……

宁国府后花园中的小桥，怎么会通到浙东的诸暨苎罗村和天台山去呢？这明明是用范蠡遇西施（《浣纱记》）和刘晨阮肇入天台会神女（有杂剧）的典故（正和第五回写宝玉入秦氏卧室后所见的那些奇怪的陈设——如“安禄山掷过伤了太真乳的木瓜”之类，是同一构思下的描绘），在暗示秦氏卧室是可以直通发生秽事的天香楼的。又按，甲戌本第五回第四页反面朱眉批警幻赞赋云：

> 按此书《凡例》本无赞赋闲文，前有宝玉二词，今复见此一赋，何也？盖此二人乃通部大纲，不得不用此套词，却是作者别有深意。……

今第十一回又插入上述仅有的第三篇赞赋，这也该是曹雪芹“别有深意”之笔吧？（按：《凡例》不用赞赋，笔者以为这当是想“破陈腐旧套”的曹雪芹的构思；不过，由于这三篇赞赋却都是“通部大纲”的画龙点睛笔墨，故雪芹特予彻底修改加以保留。“不学无文”的石兄不太可能写出这样漂亮的词赋。）

七是据今传本，秦可卿死于晚上；而赏中秋时“贾蓉之妻”正是在夜里中途离席单独回家的。

八是凤姐是在晚上梦醒后得报知秦氏遽死的；赏中秋时凤姐恰好因病未参加，当是在家睡觉也。

九是第十三回秦氏死后，宝玉要去东府，贾母说“夜里风大”，这正可以和第七十五回鸳鸯拿斗篷来给贾母，说“夜深了，恐（怕）露水下来，风吹了头”并观——在气候、情景上这两处是相互沟通的。

十是林如海的死期可作为有力旁证。按，今传诸本都在第十二回末写“谁知这年冬底林如海……身染重病”，故由贾琏陪黛玉回家；可是第十四回写凤姐协理宁国府时，昭儿来报“林姑老爷是九月初三巳时没的”，贾琏还“叫把大毛衣服带几件去”（因为大约要到年底才能回家）。历来稍为细心的红学家，都已指出过这里文字叙述上的破绽（若如海是九月初三病死，则黛玉绝不会是头年冬底归家；若是头年冬底回家，则贾琏当不致特嘱昭儿又带大毛衣服）；虽然雪芹在增删五次过程中对黛玉“家门”的构思设计变动过不止一次（详另文），问题很复杂，但从现在可见的本子都存在的上述破绽来考察，不难看出，若谓雪芹据石兄旧稿改作的初期稿子写秦可卿死于中秋之夕，那么，这正和林如海殁于“九月初三”的日期紧紧衔接了。——雪芹初期稿该是据石兄旧稿稍加增删的；把初期稿打乱“拆散”重分另行结构，当是稍晚的事。稍晚的稿将可卿之死提前到今本第十三回处，那么，正如脂批所云：“若不遣去（黛玉），只写可儿、阿凤等人，却置黛玉于荣府，成何文哉！因必遣去，方好纵笔写秦。”（庚辰本第十二回末朱笔总批）同时，为了和贾瑞之死情节在时间上的衔接，所以第十二回末雪芹就写了“这年冬底”黛玉因父病归省。可是，原来写凤姐协理宁国府的文字没有来得及统一，这就难免造成以上矛盾了。

总之，就以上所举情况来看，我以为：一、秦可卿在石兄旧稿中的死期很晚；二、她当是死于“赏中秋”晚上的。至于雪芹为什么要改动石兄旧稿使秦可卿速死？这是个比较复杂的问题，我将在另文中评论。

附　录

（一）旧稿中“梦游”实为宝钗十四岁入府这年冬事，证据：a. 旧稿中宝钗入府后未久，就该是写“小恙梨香院”互识通灵、金锁（今本第八回）的，紧接着就是“玉生香”（今本第十九回）文字（此点在《揭开〈红楼梦〉作者之谜》中我已经指出了）。“梦游”之日，正是东府“梅花盛开”之时；根据第四十九回至第五十三回的时间排列，大致可以看出来旧稿作者脑海中的“白雪红梅”是在阴历十二月中旬前后，这在时间上正和“玉生香”回中黛玉说“寒冬十月”（庚辰本）紧相衔接。b.“玉生香”写黛玉以“冷香”“暖香”相讥，人物的这种情绪一方面是和“小恙梨香院”雪雁送手炉而报以双关的讥诮相承的，一方面又是和写“梦游”（今本第五回）开头的一段叙述“勾”得很紧的：“不想如今来了一个薛宝钗”，“比黛玉大得人心”，“因此黛玉心中便有些悒郁不忿之意”；“这天又和宝玉不合起来”，“黛玉又气得独在房中垂泪”。……“初试”前这一小节叙述，正和“玉生香”黛玉的情绪衔接。c.警幻许配给宝玉的是她妹子“乳名兼美”（戚本句下小双云：“妙！盖指薛、林而言也。”），这女子“其鲜艳妩媚有似宝钗，其袅娜风流则又如黛玉”，从作书人的命名构思来看，也透露了“梦游”该是宝钗入府这年冬天的事。——在《揭开〈红楼梦〉作者之谜》中，我已论证了宝钗入府时实为十四岁，宝玉与她同年（但生于四月，而钗生于正月，故称之为姐），故可断旧稿中的“梦游”实为宝玉十四岁腊月事。

（二）第五十三、第五十四回（以至第五十五回前半部分）写贾府过年前后情景，系雪芹剪裁挪置旧稿加工而成，痕迹非常清楚（表现在：晴雯补裘时作书人讳“寅”字，这“片”文字中出现不少吴语词汇及吴语谐音字，袭人和鸳鸯谈话中所透露的她俩家门和前面不一致，等等）；在旧稿中，这一大“片”文字，其实是写宝钗入京后贾府中第一次过年的种种情景（被雪芹移置到后面，改用来表现宝琴入府以后的事了），证据：a.第五十三回写贾府过年是这样开头的：

> 当下已是腊月，离年日近，王夫人与凤姐治办年事，王子腾升了九省都检点，贾雨村补授了大司马协理军机参赞朝政不题……

又，第五十五回写探春亦说“我舅舅年下升了九省检点去了”。查第四回写薛蟠一家——

> ……已将入都时，忽闻得母舅王子腾升了九省统制，奉旨出都查边。

按：据小说正面所叙排列，薛蟠一家入都是在故事第八年，而第五十三回是故事第十三年。王子腾既于五年前升了九省统制，五年后又升了九省（都）检点（统制与检点其实是名异实同的官职），二者何其相似（衔接）乃尔！b.第五十三回虽明写“宝琴是初次进贾府宗祠，便细细留神打谅”（戚本），作者仿佛是有意突出宝琴，从新来的她的眼中看贾府年景，但从这以后直到庆元宵，宝琴仅偶露姓名，书中对她实毫无具体描写。更值得注意的是第五十四回末写放炮仗时，贾母搂黛玉、薛姨妈搂湘云、王夫人搂宝玉、尤氏开玩笑搂凤姐，宝钗等则笑说湘云自己爱放炮仗，而新近入府又最为贾母疼爱的重要人物宝琴，却不见了！若明乎诗人才女宝琴实为雪芹新增人物，旧稿原有的过年这片文字是被雪芹移置于此的，则放炮仗时宝琴忽然不见，实无足异；盖旧稿中原是写“宝钗是初进贾府宗祠，便细细留神打谅”的，雪芹改“钗”为“琴”，以致在此以后的具体描写中，其实并无个宝琴。（且这个“细细留神打谅”的细心的“宝琴”，和第二十一回听了袭人语言便心中暗忖，“留神窥其言语志量”的初来的宝钗，作者所用的笔调是一致的。）c. 当唤文官等家优进来后，贾母说：“薛姨太太、李亲家太太都是有戏的人家，不知听过多少好戏的；这些姑娘都比咱们家的姑娘见过好戏，听过好曲子……咱们好歹别落了褒贬。”按，据今本叙写，薛姨妈早于五年前带宝钗入府了，梨香院十二女孩也早于三年前买来了，则贾母此时此地如此云云，语气口吻显然不合拍；盖薛姨妈既已入府多年，何用如此介绍（第四回写到的认为“女子无才便是德”的李守中家，恐未必会蓄家优，更未必会让他家姑娘们多看戏的）。这该是薛姨妈母女新入府后，贾母第一次出示家优才可能有的言语。d. 从众人想听凤姐说笑话，从尤氏和阿凤妯娌间的互相戏弄，特别从第五十五回开头写“年事方过”凤姐小月是因“禀赋血气不足，兼年幼不知保养”之语来看，这不像是协理过宁国府、经历过盖园省亲的凤姐，而是个新婚不久以后的人。e. 乌进孝交租时说“那府里如今添了事”。查封妃是在数年前，省亲是在这年元宵，乌进孝不当在同年腊月说“如今”。这该是元春刚刚被选入宫后的庄头口气（详后）。总之，从准备过年到元宵以后这一大片文字，在旧稿中其实是写宝钗初入府后不久的情节，是被雪芹移置到归省以后来的。

（三）有关“清虚观”前后文字（自第二十八回后半写贵妃打发夏太监出来吩咐打醮、赏赐端阳礼物起，至第三十回前半节宝玉自贾母处出来止），在旧稿中应是宝钗入府次年四五月事。证据：a.“羞笼红麝串”明是宝玉初见去年新来的宝钗“雪白一段酥臂”才使他想入非非，不觉成为“呆鸟”的。（如宝钗入府已数历冬夏，宝玉当不至如此。）b. 张道士提亲时说女方“今年十五岁”，贾母则说“这孩子”“等再大一大儿再定罢”，这和本年十五岁（与宝钗同年）的宝玉年龄正相当。c. 第三十回听了宝玉之言后，宝钗大怒，又抑止自己，最后冷笑道：“我倒象杨妃，只是没有一个好哥哥好兄弟可以作得杨国忠的！”——按：宝钗是前一年因“备选”来京的，但落选了（这从第二十六回宝玉说程日兴送薛蟠四样礼物时，宝钗说“我的命小福薄不配吃那个”之语中已经流露出来了），耿耿于心，故闻宝玉将她比杨妃，不觉脸红而反唇相讥——这是她进京落选后不久的情绪。d. 从二玉角口、砸玉，以至连“不是冤家不聚头”这句俗话也没听过等一系列情节来看，说这是宝玉十五岁（黛玉十四岁）时事，也正切合。e. 元春敕妃与宝钗落选均当是前一年冬天事，故乌进孝于这一年腊月才说：“如今那府里（虽）添了事，是有去有来，娘娘和万岁岂有不赏的！”（他是年年来交租的；若元春封妃已历数年，当不至如此说的。）总起来看，正因为这是元春封妃后的第一个五月，所以她才吩咐打醮酬神，“叫珍大爷领着众位爷们跪香拜佛”。故此讯一传出，冯紫英家先来送礼，“于是接二连三……凡一应远亲近友、世家相与都来送礼”，极一时之盛了。这种热闹正是反映了贾大小姐之新承恩宠。

（四）赏中秋这片文字（不包括湘黛联句）是石兄旧稿原有的（经过雪芹加工而未及细改），痕迹甚多，如：a. 贾珍在汇芳园丛绿堂中率妻妾赏月（而雪芹改作本中，汇芳园早就包括到大观园中去了）。b. 称邢夫人为“北院里大太太”（雪芹改作本中，邢夫人住东府，无论如何不能住于“北院”的——详见《揭开〈红楼梦〉作者之谜·内证之三》）。c. 邢德全和贾珍所谈的他的家庭情况（他只有三个姐妹，其一尚待字，家在都中），和第四十九回以后正面大张旗鼓所描写的（邢夫人之兄嫂带其女儿岫烟入京）有矛盾。d. 贾母吃“鸡髓笋”（中秋时节北方何来鲜笋）以及反复出现的桂花，明是江南景象，非雪芹笔墨。e. 行文中不仅半文半白的词句较多，且有时夹用吴语词汇如“好茶面子”“不自（是）在”“呆子气”“若再灌嗓下些黄汤去”……这些全是雪芹据石兄旧稿未及细改统一的残留痕迹。

1979 年新正据 1976 年 3 月初稿整理

（1979 年第 1 期）

象征派诗歌·意识流小说·荒诞派戏剧

——欧美现代派文学述评

袁可嘉

从19世纪70年代起，欧美各国开始从自由资本主义向垄断资本主义过渡，到19世纪末、20世纪初确立了垄断资本主义的统治地位。这个历史进程，反映在西方文学艺术方面，就是从浪漫主义、现实主义文学（19世纪前五六十年）经过唯美主义、自然主义阶段（70至90年代）向现代主义文学的演变。现代主义文学从本世纪20年代起逐渐在资本主义世界成为现代文学中的一个有代表性的流派，虽然并不是唯一的流派。[①]从总的倾向来说，现代派（又称先锋派或现代主义）文学反映了现代西方资本主义社会分崩离析的局面，表现了那个社会制度下人与社会、人与人、人与物、人与自然界和人与自我之间的畸形的脱节的关系。它在题材上侧重描写失望悲观的情绪、虚无主义的思想和扭曲反常的心理；在方法上强调运用以暗示和联想为主但直接诉之官能的象征手段和某些自然主义手法。但现代派文学是一个总称，其内涵错综复杂，既有一些具有进步倾向的作品，也有不少反动的颓废的作品，更有大量介乎其间的、在不同程度上以不同方式反映了现实生活的作品。作为一个缩影，我在这里扼要介绍现代派文学中三个主要品种——本世纪20年代前后的象征派诗歌，三四十年代的意识流小说和50至70年代的荒诞派戏剧，供读者参考。

一、象征派诗歌

在欧美现代派文学中出现最早、影响最大的派别要推象征主义诗歌。它的起源可以追溯到19世纪中叶，而在本世纪20年代盛极一时，其影响一直延续到今天，而且渗透到各种文学体裁中。无论在思想倾向或艺术手法上，象征主义都是划分古典文学和现代文学的分界线。

象征主义（le symbolisme）[②]这个称谓的提出虽在1886年，但为了叙述上的连贯和方便，我们还得从1857年该派先驱人物波德莱尔（Charles Baudelaire，1821—1867）发表诗集《恶之花》说起。波德莱尔是西方公认的现代派文学的远祖和象征派诗歌的先驱。这部诗集是有明显的颓废倾向的，它的一部分作品（并不是全部）用肉感的笔调描写病态的性爱，歌颂“心灵与官能的热狂”。但它在两个方面使自己与浪漫主义诗歌区别开来，开创了新的路子。在题材上，它把社会之恶和人性之恶作为艺术美的对象来写（《恶之花》的意思就是以“恶”为美），揭示了现代城市巴黎这座“地狱”中的种种罪恶现象（如乞丐、娼妓等），这与当时只知歌颂神圣的爱情、天真的童年、美丽的大自然和人的善良的浪漫派就有很大不同；在艺术方法上，波德莱尔发展了瑞典神秘主义哲学家史威登堡的“对应论”（theory of correspondence）[③]，把山水草木看作向人们发出信息的“象征的森林”，认为外界事物与人的内心世界能互相感应、契合，诗人可以运用有声有色的物象来暗示内心的微妙世界。这种强调用有物质感的形象（不只是比兴一端，而是包括诗歌的全部艺术手段，从命意、词藻、节奏、色彩到结构），通过暗示、烘托、对比、渲染和联想的渠道来表现的方法，后来就成为象征派诗歌以及整个现代派文学的基本方法，即艾略特（T. S. Eliot）所谓寻找思想的“客观对应物”和庞德（Ezra Pound）所谓建立“情绪方程式”的方法，这与只知狂叫怒喊的浪漫派写法又有极大的不同。当然这只是相对地说，不能划绝对的界线，事实上有些浪漫派诗人（如布莱克和雪莱）也是很强调形象和象征的，他们有些作品已经离开正统的浪漫派而接近象征派，这个事实足以说明象征派是浪漫派在特殊条件下的延伸，虽然最初它是以反浪漫派自命的。但是，就大多数浪漫派说来，形象一般只是作为事物的间接修饰用的，不像象征派把形象作为事物固有的本质，作为事物实质的直接表现来使用的。[④]

继波德莱尔之后，韩波（Arthur Rimbaud，1854—1891）和保尔·魏尔伦（Paul Verlaine，1844—1896）强调诗人的幻想和直觉以及诗歌的音乐性；至此，象征派诗歌的基本理论就具备了。但他们还处于象征派发展的初期。象征派作为自觉的文学运动始于19世纪80年代中期。1886年9月15日巴黎《费加罗报》上，一个并不知名的诗人让·莫拉（Jean Moreas）提出了“象征主义”这个名称，要求诗人们摆脱自然主义描写外界事物的倾向，努力抒写精神生活，探求内心的“最高真实”，要求赋予抽象观念以具体的可以感知的形式。这在当时是对日益发达的科学、工业引起的注重物质世界的思潮和自然主义文学的反拨。

史推芳·玛拉美（Stéphane Mallarmé，1842—1898）是象征主义运动中承前启后的中坚人物。理论上，他进一步发展了唯美主义的见解，把诗与散文的语言截然分开；创作上强调诗的雕塑美、音乐美，刻意追求形式上的工整和音韵上的和谐，加强了象征主义本来就有的形式主义倾向。他认为艺术品是用象征体镌刻出来的思想。在华格纳和德彪西的影响下，他认为写诗就和作曲一样，文字就是音符，要求诗篇产生交响乐一样的效果，为此，甚至不惜废弃标点符号。在《天鹅》一诗里，他以天鹅作为资本主义社会中诗人的象征，表达出他与社会的尖锐矛盾，完全通过形象和音韵来表示现代艺术家的苦闷，是象征派的一篇代表作品。通过玛拉美每星期二在巴黎寓所举行的谈话会和阿瑟·西蒙斯的著作《象征主义运动》，原来局限于法国的象征主义开始向英国、美国和德国传播，到本世纪 20 年代终于成为一个影响深远的国际性的现代派文艺运动。

前期象征派诗歌反映的生活面相当狭隘，颓废色彩较重，形式主义倾向比较明显，这些都是它的弱点；它在艺术方法上则有所创新，也有所破坏，主要为做过了头所造成。

第一次世界大战所引起的西方世界的精神危机在 20 年代兴起的后期象征主义诗歌中得到了反映。但这个流派本身在十月社会主义革命的冲击下也出现了分化。亚历山大·布洛克（Alexander Blok，1880—1921）的作品《十二个》是用象征派手法歌颂十月革命的进步诗篇。但这样的作品不多。总起来看，后期象征派诗人在更深刻的程度上表现了现代人的精神虚脱和苦闷心情。托麦斯·史登斯·艾略特（Thomas Stearns Eliot，1888—1965）的《荒原》是被称为这个时期英美现代派诗歌的里程碑的。他用万物枯死的“荒原”来比喻现代世界（具体指伦敦，那个“败坏了的房子”）；他把现代人比作“稻草人”“空心人”，“他们发出的干燥的声音，沉寂而无意义，就如风吹干草，或者像干燥的地下室里老鼠的脚踩过破碎的玻璃”。艾略特在这首长诗里宣传了要皈依天主教以求死而复生的错误思想。在他笔下的一个神经衰弱的求爱者的眼里，“黄昏向天边伸展，象手术台上服了麻药的病人”，夜深人静、连绵不绝的街道“如令人厌烦的居心不良的辩论”。用这种奇特的联想来表达人物的灰溜溜的畏缩、猜疑的心情，正是英美后期象征派的典型手法之一。

与艾略特相比，法国的保尔·瓦雷里（Paul Valéry，1871—1945）和德国的莱纳尔·玛丽亚·里尔克（Rainer Maria Rilke，1875—1926）显得更为倾向于内心的真实，更加脱离外在的实际。他们两位都可以称为沉思默想的诗人。瓦雷里在《年青的司命女神》中以细腻的笔触描写感性生活和理性生活的深刻冲突，他的著名长诗《海滨墓园》同样处理灵与肉、变化与永恒、生与死等哲理问题。他所处理的题材尽管抽象，但却运用了具体的有感染力的形象和比喻，例如在《脚步》一诗中他把诗人等待创作灵感的心情比作等候情人到来的脚步声，表现了象征派艺术的特色。里尔克以深刻的玄想和新奇的形象著称。他的《新诗集》在法国雕塑大师罗丹影响下力图在诗中创造雕塑的效果，而且获得了一定的成功。《严重的时刻》这首短诗显示了里尔克善于从日常现象中引申出深刻的思想：

谁此刻在世界上某处哭，
无端端在世界上哭，
在哭着我。

谁此刻在世界上某处笑，
无端端在世界上笑，
在笑着我。

谁此刻在世界上某处走，
无端端在世界上走，
在走向我。

谁此刻在世界上某处死，
无端端在世界上死，
在望着我。⑤

这诗讲的是人与人有千丝万缕的联系这样一个抽象的哲理，但诗人采用的却是形象的表现方法，不是空洞的说教，而且语言洗练，结构齐正，能引起人们的思索和回味，这正是象征派成功的小小样品之一。他晚年的《杜诺哀歌》有较重的神秘主义倾向，相当难懂，除个别章节外，不是成功的作品。

象征派诗歌值得我们注意的既在它有曲折地反映艺术家与资本主义社会相矛盾的思想内容，更在它开拓了一些新的艺术方法。这种艺术方法很难用一两句话来加以概括，但举其要者，不妨说，就是十分重视形象思维，用一个诗篇所拥有的全部手段来形象地构造作者所想创造的意境，极力避免泛泛的一般的陈述或描写，力求表现方法上的浓缩和精练，力求体现“音乐的美，绘画的美，建筑的美”（闻一多：《诗的格律》）。象征派就其内容说是有贵族主义和神秘主义倾向的，但也有曲折地反映现实生活的一面；就其形式看也有唯美主义、形式主义倾向，但我们不必因此否定他们对形式美的重视。艺术不讲形式美，还成什么艺术？当然要讲究得适度，要和内容结合得好，不可舍本逐末，片面地追求形式技巧。象征派的一些成功作品往往给读者留下回味的余地，他们的失败之作则往往朦胧晦涩，迷茫一片。对于这个流派的唯美主义、神秘主义的思想基础是应当给予批判的。在艺术上我们也要借鉴他们的长处，避免他们的缺点。我们的目的是要象征派为我们所用，而不是去当他们的俘虏。

二、意识流小说[6]

在西方现代小说中，影响较大的一个现代派是意识流小说，它曾流行于本世纪 20 至 40 年代的英、美、法等国家，对战后法国、美国的新小说也颇有影响。美国心理学家威廉·詹姆士（William James）在 1884 年的论文《论内省心理学所忽略的几个问题》中提出人类的思维活动是一股流水的概念，他称之为“思想流、意识流或主观生活之流”。后来一些作家受这种理论及弗洛伊德、柏格森等学说的影响，运用自由联想等方法来表现人物意识的流动状态，创造了“意识流小说”。

意识流小说家认为现实主义小说只注重对外界环境、人物行为的描写和故事情节的安排，而忽略对人物的感性和内心生活的描绘；在手法上，现实主义小说往往采取由作者（或叙述者）出面介绍、评论和说教的方法。这种责难有一定的片面性，但也不是全无理由。他们力图打破这些旧框框，深入人物意识的奥秘中去；在写法上，他们主张作者应当避免直接出面评头论足或说教宣传，放手让人物意识自动地、真实地展现出来。他们强调用内心独白、自由联想和种种象征手段来真实地显示人物意识流动的轨迹。在侧重描绘精神活动和运用象征手法两方面，他们不愧为小说中的象征派。

英国女作家维吉尼亚·沃尔夫（Virginia Woolf，1882—1941）的著名小说《达罗卫太太》写的是同名女主人公在 1923 年 6 月中旬某天，从早晨出去买花到晚上举行宴会，其间 12 个小时的生活，实际则通过主人公的回忆，追溯了她从 18 岁到 52 岁期间的几十年经历。小说着力描写达罗卫太太上街买花沿途所见事物在她的意识荧光屏上留下的印象，以及如何通过联想，唤起她对往日的回忆和未来的展望。当前的所见所闻只是一块跳板，让主人公的意识不断地从这块跳板跃前退后，向未来或过去流动。作家交替地采用两种方法使意识流动的方向不断改变：或则以时间（教堂的钟声）为固定中心，截取横切面，描写不同人物在同一时间内的思想活动；或则以人物为固定中心，截取纵切面，描写这个人物在不同时间里的思想意识。小说家这样用力地描写人们的意识流，仿佛本身就是目的，它好像在说："瞧！人的意识活动就是这个样儿！"当然，这只是一种简单化的说法，实际上小说的主题思想还是在宣传以仁爱为本的人道主义。

另一位英国著名小说家、西方公认的意识流小说大师詹姆士·乔伊斯（James Joyce，1882—1941）的《尤利西斯》是被称为这类小说的典范作品的。他特别注重发掘人们的下意识或无意识。小说写都柏林市的三个人物——愤世嫉俗、宣扬虚无主义的艺术家斯蒂文·达德路斯，能力平庸、品质卑劣的广告承揽员利奥普尔特·布罗姆及其不贞的纵欲的妻子毛莱在1904年某日早晨8点到夜间2点45分，近19个小时中间的活动。小说的主旨是通过这三个代表人物嘲弄现代人的不可救药以及"永恒的人性"的丑恶，部分地反映了资本主义社会的阴暗面。它的特点是在艺术方法。乔伊斯使用了不同的文体来影射性质不同的意识流，如在第八章中用模仿肠胃蠕动节奏的文体来描写布罗姆在饭店吃午餐的情节；在第十四章以英国历代的散文体裁——从最早的盎格鲁撒克逊体到晚近的新闻体——来暗示胎儿成长过程，借以描述普福哀太太在医院生产的经过；在第十五章以混淆主观印象和客观真实的表现主义手法来描写醉汉昏天黑地的感觉，最后一章则以只分段落不加标点的梦幻式文体来象征毛莱睡思朦胧的情状。这个长达40余页的内心独白在西方是很出名的，我们不妨摘译一段，以见一斑：

> 一刻钟以后在这个早得很的时刻中国人该起身梳理他们的发辫了很快修女们又该打起早祷的钟声来了她们倒不会有人打扰她们的睡眠除了一两个晚间还做祷告的古怪牧师以外隔壁那个闹钟鸡一叫就会大闹起来试试看我还睡不睡得着一二三四五他们创造出来的象星星一样的花朵象什么花龙巴街上的糊墙纸要好看得多他给我的裙子也是那个样儿的

这段独白中有两个联想中心：前半段是时钟，后半段是花朵。从时间尚早想到习于早起的中国人，想到修女的早祷和隔壁的闹钟。这时毛莱忽然看见了糊墙纸上的花朵，就联想到龙巴街旧居糊墙纸上也有这类花朵以及裙子上的相似的花朵。作者用这种表面的偶然的联想来描写朦胧的意识状态，是现代小说中的一种实验，本身无所谓好坏，只有作者的实践和社会的实践才能证明它们的成功和失败。至于这部小说所表现的思想内容，有反映现实的地方，也有散布毒素的部分，不能细论了。

美国南方著名小说家威廉·福克纳（William Faulkner，1897—1962）的《喧嚣和狂乱》是描绘密西西比州康普逊一家种植园主在工业化进程中的没落的。由于这种没落主要是精神道德的没落，作家在描绘白痴班吉的第一章和自杀者奎恩顿的第二章都采用了意识流的写法。为了表现班吉只凭知觉行事，分不清三种时式的特点，作者运用了时序颠来倒去的写法，第一章虽说只叙了一天之事，实际上却涉及了班吉30多年白痴的生活。白痴班吉固定于知觉，自杀者奎恩顿则固定于僵死的抽象概念。福克纳为了点明这个人物力求超出时间，使时间中止，也就是使变化中止这种反常心理，着重描写他对时间所抱的敌视态度。为了消灭对于时间的意识，他竟然把手表打得粉碎，但阳光下越来越长的自己的身影仍旧伴随着他，证明他无论如何也阻挡不住时间的前进。消灭不了时间，奎恩顿决心消灭自己对于时间的意识，因此投水自杀。对于奎恩顿说来，自杀的目的在于消灭对于时间的意识，阻止变化的产生，借以保全他那僵死不化的概念系统。福克纳对不正常的意识状态和心理活动的描写是与全书的主旨即一个庄园主家族的破落相结合的，并不是为描写反常心理而描写反常心理。看到这一层，我们就不会被他的特殊写法引入歧途，而能知所取舍，为我所用。

三、荒诞派戏剧

荒诞派戏剧[7]是继20年代、40年代表现主义[8]戏剧，在第二次世界大战后发展起来，至今未见衰退的现代主义文学的又一重要流派。它继承并发展了表现主义者突出主观精神和荒诞手法的一面。它的思想基础是战后流行欧美的存在主义哲学。存在主义者把“自我”看作存在的核心，把世界万物看成“自我”的表现、补充或阻碍。在资本主义畸形的社会关系的压力下，他们发现“自我”与世界处于敌对的关系中，人与人无法沟通思想，人在冷酷陌生的世界中存在，经受着生的痛苦和死的恐惧而无能为力，这种“存在”既无道理可讲，又无规律可循，实在只能说是荒诞的存在。这种主观唯心主义哲学当然是一种没落的世界观的反映。荒诞派剧作家由此出发，认为既然人的存在是荒诞的，他们也只能用荒诞的手法来表现这种荒诞的存在；这样，在他们的舞台上就出现了非理性的世界和非人化的人物。但是就在这种以毒攻毒的方式下，他们的一部分作品也还是反映了当代资本主义世界的一部分真实。

西方畸形发达的物质文明对人精神造成的压迫，是荒诞派戏剧中的一个重要题材，也是对现实生活的一种真实反映。法国剧作家尤奈斯库（Eugene Ionesco，1912— ）的《椅子》一剧描写一对老年夫妇等待客人来参加聚会的场面。作家用椅子这个具体形象来代表客人（虽然客人并未正式出场），结果椅子摆满了舞台，逼得这对老年夫妇没有活动的余地，只能艰难地在椅子夹缝中移动着蹒跚的步子。作者借此表明西方物质文明的发达不仅无助于拯救人们的精神，反而挤得人没有立足之地，造成精神上的沉重压迫，真是莫大的悲剧。他的另一个剧本《未来在鸡蛋里》描写一对青年夫妇努力生儿育女的荒诞故事。妻子罗伯达不断下蛋，生下来的不是银行家、猪猡，就是楼梯和皮鞋。这里“生产”与“生殖”成了同义语，反映出无政府状态的物质生产（包括繁殖人类本身）的毫无意义。这些剧作采用的是荒诞的艺术形式，但实质上是从物与人的畸形关系上触及了资本主义生产的固有矛盾。

法国著名荒诞派作家萨缪尔·贝克特（Samuel Beckett，1906— ）的名作二幕剧《等待戈多》揭示了人类在一个荒诞的宇宙中的狼狈处境。剧情很简单。两个主要人物，衣衫褴褛的流浪汉，在一条路上等待着戈多，总是等不来，在第一幕和第二幕终了时都有个男孩来说戈多今天不来了，可能明天来，他们就只好再耐心等下去。他们究竟等待什么，戈多又是什么都是不清楚的，但他们不可能等到他们所希望的东西则是剧作家可能有的含意。这个剧本使人想起30年代曾经震动美国剧坛的克立福特·奥达茨（Clifford Odets）的名作《等待老左》，它描写一群工人等待他们的左派领导人的激动人心的场面，充满了对光明的憧憬和希望。这两个剧本同以“等待”为主题，为剧名，但它们却反映了两个截然不同的时代和两个不同阶级的心情：人民运动高涨的30年代工人阶级的心情和战后五六十年代资产阶级的心情。

美国荒诞派作家爱德华·阿尔比的最新独幕剧《海景》（1975）表现出存在主义哲学必然派生的对人类本身的否定态度。剧中描写一对夫妇在海滨度假，与一对人形的蜥蜴夫妇的巧遇。作为人类代表的查理夫妇向蜥蜴们介绍人类的优越性，夸夸其谈地说什么人能使用工具、创造艺术等等。他们询问蜥蜴是否愿意移居陆地，也变为幸福的人类。出乎他们的意料，蜥蜴摇着尾巴，扬长入海而去。这个剧本像其他荒诞派作品一样，具有两重性：一方面它们揭示和讽刺了现实社会中的某些阴暗面或矛盾。另一方面，它们把具体社会制度下的矛盾扩大化、抽象化为普遍而永恒的人的存在问题或人性问题；把不公正的社会制度、不合理的社会关系所造成的痛苦和悲剧说成不可改变的“生之痛苦”。我们在评论它们的时候，一定要看到这两个方面：反映矛盾现象和掩盖矛盾实质的两重性。

在艺术方法上，荒诞派自称是反戏剧派，即是反对欧洲传统戏剧的程式的。他们突破了历来沿袭的戏剧要有连贯情节和揭示矛盾、展开冲突、得到解决的三部曲的老公式，而强调用离奇的、夸大的、荒诞的手法突出人的精神苦闷。他们所说的“纯粹戏剧性”就像象征派所说的“纯诗”、意识流小说所说的“纯感性”，要求直接用形象表现精神和心理活动，反对任何间接的介绍说明。他们不是要人物诉说自己的感受，而是要整个舞台直接通过形象表现人物的感受，使观众直接从形象体验到这种感受。他们打破了持续了千百年的以文学脚本和对白为基础的戏剧的老传统，依靠演出本身、舞台场面和人物形象来取得戏剧效果。有个《哑剧》，甚至连一句道白也没有，却相当真实地表现出现代人与社会环境分裂而产生的苦恼。尤奈斯库说过：“我试图通过物件把我的人物的局促不安表现出来，让舞台道具说话，把行动变成视觉形象。”这种强调感官知觉的艺术方法并不排斥思想，不过是要求“思想知觉化”即通过知觉来表达思想，实际上还是象征派的方法，只要用得适当，可以产生较强的艺术效果，有助于克服艺术上的一般化和概念化。对话上的凝缩、精练同样有利于形象的集中和效果的强化。当然，荒诞派作家常有做过了头，以致破坏了戏剧艺术某些基本原则的地方。

从上面的概述，我们可以看到现代派文学的产生是有其历史的、社会的、阶级的和哲学的根源的（这篇短文不可能申述这些问题）。它不是无中生有，也不会在这些根源消灭以前突然消失。它是西方垄断资本主义时代的资产阶级主观唯心主义哲学的一个产物，通常从个人与社会对立的角度，反映出个人与社会、个人与个人、个人与自然、个人与物质、个人与自我、感性与理性之间的被扭曲了的畸形关系，表现出现代西方一部分人深刻的悲观失望和精神苦闷。现代派作家对这种种畸形关系的感觉无疑是敏锐的，对它的揭示也有一定的深度，但他们对这种关系形成的原委和解脱的途径往往没有正确地理解，而归之于人性恶、人生苦等等唯心主义的宿命论观点，最终诉之于宗教迷信或感官刺激或虚无主义作为逃避的渊薮。它们在思想和艺术上显然都具有两重性：思想上既有曲折地反映资本主义社会矛盾现象的一面，又有掩盖矛盾实质的一面；在艺术上有所创新，有所成就，也有所破坏，有所危害。就大多数现代派作家来说，他们也是他们的时代和社会的受害者。我们只有在马克思列宁主义的引导下，对现代主义文学进行实事求是的、一分为二的、历史唯物主义的分析，才能指出它的危害所在，同时不放过可资参考的东西。

1979 年 4 月，北京

注释：

① 例如，还有十月社会主义革命以来的无产阶级文学运动和其他现实主义流派。

② “象征”一词在希腊文中本指“一块木板分成对半，双方各执其一，以示友爱”的信物，后来就引申为任何观念或事物的代表或符号。

③ 瑞典神秘主义哲学家安曼努尔·史威登堡（Emmanuel Swedenborg）认为在大自然界万物之间存在着神秘的互相对应的关系，在可见的事物与不可见的精神之间有互相契合的关系。

④ 这个区别，可举例说明。罗伯特·彭斯（Robert Burns）的《一朵红红的玫瑰》说，“我爱人象一朵红红的玫瑰，它在六月里初开”，这里的“玫瑰”是间接修饰他爱人的；叶芝（W. B. Yeats）的《玫瑰树》说，“只有我们鲜红的血，才能浇成一棵玫瑰树”，这里的“玫瑰树”直接表现他热爱的爱尔兰，并不修饰什么。

⑤ 里尔克：《严重的时刻》，载莎士比亚等《一切的峰顶》，梁宗岱译，上海时代图书公司1936年版，第115—116页。第三、四节的末句略有改动，以求划一。

⑥ 请参阅笔者所撰专文《美英“意识流”小说述评》，载文学研究集刊编辑委员会编《文学研究集刊》第1册，人民文学出版社1964年版。至于评价上已在本文作了修正。

⑦ 这个名称是1961年英国戏剧评论家马丁·艾思林提出来的，虽然“荒诞”这个概念和词语早在19世纪末期就出现了。

⑧ 20世纪二三十年代流行于德国和美国的文艺流派，以扭曲自然事物的形体来表现主观世界，弗朗兹·卡夫卡是小说方面的著名代表，盖欧尔格·凯撒、尤金·奥尼尔则是出名的表现主义戏剧家。

（1979年第1期）

关于人性、人道主义、人情味和共同美问题

朱光潜

我国解放的三十年中，文艺出现过前所未有的繁荣景象，但发展道路是崎岖曲折的。这期间，有右的和“左”的干扰，特别是林彪和“四人帮”对文艺界施行法西斯专政长达十年之久，对文艺创作和理论凭空设置了一些禁区，强迫文艺界就范，造成了万马齐喑的局面，滋长了一些歪风邪气，败坏了学风和文风。粉碎“四人帮”之后，局面才日渐好转。但对过去形成的一些禁区仍畏首畏尾，裹足不前。这是和四个现代化的步伐不合拍的，是不可能促进文艺繁荣的。当前文艺界的最大课题就是解放思想，冲破禁区。

要冲破的禁区很多。我只就文艺创作和美学中的一些禁区提出自己的看法。

第一，就是“人性论”这个禁区。什么叫做“人性”？它就是人类自然本性。古希腊有一句流行的文艺信条，说“艺术摹仿自然”，这个“自然”主要就指“人性”。西方从古希腊一直到现代还有一句流行的信条，说文艺作品的价值高低取决于它摹仿（表现、反映）自然是否真实。我想不出一个伟大作家或理论家曾经否定过这两个基本信条，或否定过这两个信条的出发点“人性论”，尽管在性善性恶的问题上常有分歧。我们中国过去在人性论的问题上也基本上和西方一致。可是近来“人性论”在我们中间却成了一个罪状或一个禁区。特别在流行的文学史课本中说某个作家的出发点是人性论，就是对他判了刑，至少是嫌他美中不足。为什么出现了这种论调呢？据说是相信人性论，就要否定阶级观点，仿佛是自从人有了阶级性，就失去了人性，或是说，人性就不起作用了。显而易见，这对马克思主义者所强调的阶级观点是一种歪曲。人性和阶级性的关系是共性与特殊性或全体与部分的关系。部分并不能代表或取消全体，肯定阶级性并不是否定人性。马克思《经济学—哲学手稿》整部书的论述，都是从人性论出发，他证明人的本身力量应该尽量发挥，他强调的“人的肉体和精神两方面的本质力量”便是人性。马克思正是从人性论出发来论证无产阶级革命的必要性和必然性，论证要使人的本质力量得到充分的自由发展，就必须消除私有制。因此，人性论和阶级观点并不矛

盾，它的最终目的还是为无产阶级服务。毛主席关于人性论的教导也很明确：

> 有没有人性这种东西？当然有的。但是只有具体的人性，在阶级社会里就只有带着阶级性的人性，而没有超阶级的人性。

很明显，到了共产主义时代，阶级消失了，人性不但不会消失，而且会日渐丰富化和高尚化。那时文艺虽不再具有阶级性，却仍然要反映人性，而且反映具体的人性。所谓“具体”，就是体现于阶级性以外的其他定性，体现于另样的具体人物和具体情节。就是说，那时候的文艺，将帮助人、影响人，把人性提得更高，更完美，更善良。

总之，凭阶级观点围起来的这种“人性论”禁区是建筑在空虚中的，没有结实基础的。望人性论而生畏的作家们就必然要放弃对人性的深刻理解和忠实描绘，这样怎么能产生名副其实的文艺作品呢？有不少的作家正犯此病，因而只能产生一些田园诗式或牧歌式的歌诵和一些概念的图解。要打破这种公式化、概念化，首先就要打破“人性论”这个禁区。打破这个禁区，文艺才能踏上康庄大道。这也是“不破不立”大原则中的一个事例。

第二，与“人性论”这个禁区密切相联系的还有壁垒同样森严的“人道主义”禁区。人道主义事实上是存在的。有人性，就有人的道德。人道主义是西方文艺复兴时代作为反封建反教会而提出来的一个口号，尽管它有时还披着宗教的伪装，但是以人道代替神道的基本思想最后终于冲破了基督教会在西方长达一千余年的黑暗统治。在法国资产阶级革命中《人权宣言》所标榜的“自由”和“平等”以及后来添上的“博爱”就是人道主义的具体政治内容。所以人道主义在近代西方起过推动历史前进的作用，尽管后来基督教会把“博爱”这个它早已用过的口号片面地加以夸大，成了帝国主义对内宣扬阶级妥协对外宣扬殖民统治的武器。总之，人道主义在西方是历史的产物，在不同的时代具有不同的具体内容，却有一个总的核心思想，就是尊重人的尊严，把人放在高于一切的地位，因为人虽是一种动物，却具有一般动物所没有的自觉性和精神生活。人道主义可以说是人的“本位主义”，这就是古希腊人所说的“人是衡量一切事物的标准”，我们中国人所常说的“人为万物之灵”。人的这种“本位主义”显然有它的积极的社会功用，人自觉到自己的尊严地位，就要在言行上争取配得上这种尊严地位。一切真正伟大的文艺作品无不体现出人的伟大和尊严。从古代的神话、雕刻、史诗和悲剧到近代的小说和电影都是如此。马克思不但没有否定过人道主义，而且把人道主义与自然主义的统一看作真正共产主义的体现。在美学方面，且不说贯串康德和黑格尔美学著作中的都是人道主义，就连激进派车尔尼雪夫斯基也说得很明确：

> 在整个感性世界里，人是最高级的存在物；所以人的性格是我们所能感觉到的世界上最高的美。至于世界上其他各级存在物只有按照它们暗示到人或令人想到人的程度，才或多或少地获得美的价值。

为什么我们中间有些理论家特别是文学史课本的编写者，一遇到人道主义就嗤之以鼻呢？据说因为它是资产阶级货色，反资产阶级复辟，就必须反人道主义。这无异于要倒掉洗婴儿的脏水，就连婴儿也一齐倒掉。他们不但忘记了他们天天挂在口头上的马克思和车尔尼雪夫斯基，而且竟忘记了许多善良的人从林彪和“四人帮”那里所受到惨无人道的法西斯迫害，这批人妖才是人道主义的死敌！

第三，由于否定了人性论，“人情味”也就成了一个禁区，因为人情也还是人性中的一个重要因素。在文艺作品中人情味就是人民所喜闻乐见的东西。有谁爱好文艺而不要求其中有一点人情味呢？可是极“左”思潮泛滥时，人情味居然成了文艺作品的一个罪状。对老舍、巴金等同志的一些小说杰作，艾青同志的一些诗歌以及对影片《早春二月》的批判和打击至今记忆犹新，而余毒也似未尽消除。人情味的反面是呆板乏味。文艺作品若没有人情味会成什么玩意儿呢？那只能是公式教条的图解式或七巧板式的拼凑。今天敲敲打打吹上了天，明日便成了泄了气的气球，难道这种“文艺作品”的命运我们看到的还少吗？无论在中国还是在外国，最富于人情味的主题莫过于爱情。自从否定了人情味，细腻深刻的爱情描绘就很难见到了。为什么有相当长的一个时期人们都不爱看我们自己的诗歌、戏剧、小说和电影，等到“四人帮”一打倒，大家都爱看外国文艺作品和影片呢？还不是因为我们的作品人情味太少，“道学气”太重了吗？道学气都有一点伪善或弄虚作假。难道这和现实主义文艺或浪漫主义文艺有任何共同之处吗？提到政治思想的高度来说，难道社会主义社会中的男男女女都要变成和尚尼姑，不许尝到，也不许表现出人世间的悲欢离合吗？

第四，人性论和人情味既然都成了禁区，共同美感当然也就不能幸免。人们也认为肯定了共同美感，就势必否定阶级观点。毫无疑问，不同的阶级确实有不同的美感。焦大并不欣赏贾宝玉所笃爱的林妹妹，文人学士也往往嫌民间大红大绿的装饰“俗气”。可是这只是事情的一个方面，事情还有许多其他方面。因为美感这个概念是很模糊的，美感的来源也是很复杂的。过去有些美学家认为美仅在形色的匀称，声音的谐和之类形式美，另外一些美学家却把重点放在内容意义上，辩证唯物主义者则强调内容和形式的统一。就美感作为一种情感来说，它也是非常复杂的，过去美学家大半认为美感是一种愉快的感觉，可是它又不等于一般的快感，不像渴时饮水或困倦后酣睡那种快感。有时美感也不全是快感，悲剧和一般崇高事物如狂风巨浪悬崖陡壁等所产生的美感之中却夹杂着痛感。喜剧和滑稽事物所产生的美感也是如此，同一美感中就有发展转变的过程，往往是生理和心理交互影响的。过去心理学在这方面已做过不少的实验和分析工作，得到了一些公正的结论，但未得到公认结论，待进一步研究的问题还很多。现在我们中间很多人对这方面的科学研究还毫无所知，或只是道听途说，就对美感下结论，轻易把“共同美感”摆入禁区，这也是一个学风问题。

究竟有没有共同美感呢?

根据何其芳同志在1977年《人民文学》第9期里回忆毛主席谈话的文章，毛主席是肯定了共同美感的。他说：“各个阶级有各个阶级的美，各个阶级也有共同的美，‘口之于味，有同嗜焉’。”我们在前面介绍《经济学—哲学手稿》和《资本论》论劳动的部分也已经看到马克思肯定了人类物质生产和精神生产都因为人在劳动中发挥了肉体和精神两方面的本质力量而感到乐趣。这种乐趣不就是美感吗？马克思因此进一步肯定了艺术起源于劳动。劳动是人类的共同职能，它所产生的美感能不是人类共同美感吗?

马克思和毛主席都是全世界无产阶级革命的导师，同时也都是“共同美感”的见证人。马克思在一系列著作中高度评价过奴隶社会、封建社会和资本主义社会的一系列的文艺杰作，从古希腊的神话、史诗、悲剧、喜剧，文艺复兴时代的但丁《神曲》，莎士比亚的悲剧，塞万提斯的《唐・吉诃德》，直至近代巴尔扎克的《人间喜剧》，而且早年还亲自写过爱情诗。毛主席也是如此，现代没有哪一位“国故”专家对中国古典有毛主席那样渊博而深湛的认识和终生不倦的钻研和爱好，而且在自己的光辉的诗词中吸取了中国古典精华，甚至不放弃古典诗词的格律，真正做到了推陈出新。难道这两位革命导师对各种类型社会古典文艺的爱好，不足以证明不同时代、不同民族和不同阶级有共同的美感吗?

还不仅如此，否定共同美感，就势必要破坏马克思主义关于文化（包括文艺在内）的两大基本政策：一是对传统的文化遗产的批判继承；二是对世界各民族的文化的交流借鉴，截长补短。在文艺方面这两大政策的实施不但促进了文艺繁荣，也促进了各民族之间的互相了解，和平共处。否定共同美感，就势必割断历史，不可能有批判继承；也势必闭关自守，坐井观天，不可能有交流借鉴。生今之世，能否定文化继承和文化交流吗?

第五，特别要冲破的是江青和她的走卒们所吹嘘的“三突出”谬论对于人物性格所设置的一些禁区。文艺作品总离不开人，特别是有故事情节的戏剧和小说，亚里士多德把戏剧中的角色叫做“在行动中的人”，马克思主义者把他们叫做“典型环境中的典型性格”。角色之中有主次之分，首要的角色叫做主角，在西文为hero，这个西文词的一般意义是“英雄”，主角可以是英雄人物，也可以是所谓“中间人物”和“小人物”。在封建时代，戏剧和小说的主角大半是些英雄人物，因为当时只有封建社会上层人物才能作为主角反映在文艺作品里，为着维护或表扬他们身份的高贵尊严，他们大半被描写成为英雄人物。不过只是在悲剧性或严肃性的作品里如此，至于在喜剧性的作品里，如莫里哀的《伪君子》和《暴发户绅士》之类喜剧主角却都不是什么英雄而是些卑鄙可笑的人。到了近代资产阶级登上了政治舞台，因而也登上了文艺舞台，文学创作中现实主义也占上风了，情形就有了彻底的变化。现实主义派抛弃过去歌颂英雄人物和伟大事迹的习尚，有意识地描写社会下层人物。马克思、恩格斯在《神圣家族》里评欧仁·苏的《巴黎的秘密》时曾指出：

> 最近十年来小说的性质发生了一次彻底的革命，先前这类作品的主人公（主角）是国王和王子，现在却是穷人和受轻视的阶级了。

马克思、恩格斯还称赞这新派作家“无疑是时代的旗帜”，在19世纪俄国现实主义中，写“小人物”和“多余的人”是作为一个正式口号提出来的。莱蒙托夫的著名小说《当代英雄》(应译为《现时代的主角》）中的主角毕乔林就不是什么英雄人物而是典型的小人物或多余的人物。过去时代的主角是统治阶级的领导人物，而“现时代的主角”却是毕乔林之类没落阶级悲观厌世行为卑鄙的人物了。

我约略叙述这种历史转变，因为从此可以揭示江青及其走卒们所吹嘘的“三突出”谬论的反动性。这批害人虫妄图把封建时代突出统治阶层首脑人物的老办法拖回到现代戏里来，骨子里还是为着突出他们自己，为他们篡党夺权做思想准备。他们理想中的英雄人物有两大特点：第一是十全十美，没有一点瑕疵；第二是始终一致，人物没有发展，结果使文艺作品中的主角不是有血有肉的人，而是概念公式的图解或漫画式的夸张。近代英国小说家佛斯特（E. M. Forster）在《论小说的各方面》一书中指出小说人物可分为两种：一种是看不出冲突发展的“平板人物”（flat character），另一种是看得出冲突发展的“圆整人物”（round character）。他认为小说不应写出前一种人物而应写出后一种人物。“四人帮”所吹捧的恰是前一种，所禁忌的恰是后一种，仿佛宋江不应有“坐楼杀惜”，李逵也应该莽撞到底，他们狂妄无知竟到了这种程度！

其次，由于他们要片面地突出“英雄人物的高大形象”，就把所谓“中间人物”和“小人物”列入禁区，把描绘小人物和中间人物的能手赵树理的作品打入冷宫，并把他迫害致死。想起无数类似的事例，谁不痛心疾首！遭殃的并不限于一些优秀作家和优秀作品，还应想一想由江青盗窃来加以篡改歪曲的八部“样板戏”成了几多大大小小作家的“样板”！几多人有意识地或无意识地陷入那批人妖所设置的陷阱？结果形成了什么样的文风？在青年一代思想中造成了多么大的危害？

冲破他们所设置的禁区，解放思想，恢复文艺应有的创作自由，现在正是时候了！

（1979年第3期）

管律辨讹

杨荫浏

从古以来，历代曾经过长期探讨的管律理论，原来是中国古代音乐史中所应解决的问题。我写了《中国古代音乐史稿》，但对管律问题，未加深论，只是提出了疑问而止。所以如此，一方面因为我们根本不能相信用三分损益法计算出来的管律是真正合于实用的，它与音乐的实践有不可调和的矛盾，它绝对经不起音响科学常识的检验，而问题本身却又相当复杂，不是片言只语所能解决的。另一方面，在主要介绍正面经验的音乐史中突然插入非驳管律的冗长篇章，也会为读者造成不必要的困难。但是，这个问题又必须解决，因而不得不写此专文，另行单独处理。

一、何以古人用管乐器，但管律不是本于实践

固定绝对音高，使多人奏唱能够取得一致，必须用管乐器。古代有大合乐。有合乐，就需要绝对音高一致；要绝对音高一致，就需要有一定的音高标准存在。远古时代，早有石埙、陶埙等原始管乐器，舜时伴奏韶乐用的箫，夏代伴奏大夏用的籥，也都是管乐器。有管乐器，就有绝对音高。在这个意义上，肯定古代管乐器上有绝对音高标准存在，是有道理的。

二、三分损益法是在弹弦乐器的实践中找到的

古代三分损益法的规律，是不是在管上找到的呢？可以断言不是。三分损益法，是弦律，只能在弦上找到，不可能在管上找到。音律理论，只能在音乐实践中出现，也只有通过音乐实践才能得到检验。古人虽然早已使用了埙、箫、籥等管乐器，但似乎没

有能从这些管乐器上找到正确的发音规律。管乐器上的发音规律比较复杂。它非但与乐器长度有关，而且又与管的直径大小有关；长度与直径之间又含有不容忽略的微妙关系，不容易简单地被发现出来。因而古人没有能从此得出其发音规律，是有理由的。弦乐器则不同。周代琴和瑟等弦乐器已很流行。从琴的按音和瑟的柱位，都很容易直觉到弦分的长短比例与形成和美的音阶各音之间的关系。可以相信，古来的三分损益律，就是从弹奏琴、瑟的实践中体会出来的。

后世所用的音阶，与三分损益弦律相一致或相接近，而与三分损益管律大相悬殊；这也可以说明，三分损益律是弦律，而所谓三分损益管律者，实际上并不存在，或存在了而并不合于实用。

三分损益弦律，最早见于《管子》。《管子·地员篇》上说：

> 凡将起五音：先主一而三之，四开以合九九，以是生黄钟小素之首，以成宫；三分而益之以一，为百有八，为徵；不无有三分而去其乘，适足以是生商；有三分而复于其所，以是生羽；有三分而去其乘，以是生角。

根据上文列成算式，为：

$1\times 3^4=81$……宫

$81\times\frac{4}{3}=108$……徵

$108\times\frac{2}{3}=72$……商

$72\times\frac{4}{3}=94$……羽

$96\times\frac{2}{3}=64$……角

这里求得了五个音的弦长比数。在有弹琴、瑟的实践为背景的时代，这种计算方法才有出现的充分可能。《管子》一书，代表着一家（一个学派）之言，不一定是管仲（卒于公元前645年）一人之作，可能是后来的齐人采拾了有关管仲言行的记载，附以他书汇集而成。尽管此书不是出于管仲的亲笔，而是出于后来别人的追记与编集，但仍可以相信，那些做追记与编集工作的人，不是在讲他们当时眼前的事，而是在追溯春秋时代的事；即使追溯可能有出入，但不会毫无根据。因此，我们将三分损益弦上五音推算的方法，视为管仲以前产物，还是可以的。

乘$\frac{2}{3}$，是三分损一，乘$\frac{4}{3}$，是三分益一，合称为三分损益法。这是计算弦律的重要原则之一[①]，其出现最早。在《管子》书中，虽只算到五个音，但这种三分损益法一经出现，就不难推算下去，由五音而七音，而十二律，甚至有人还推算到十八律（宋蔡元定）、六十律（汉京房）、三百六十律（南北朝时期宋钱乐之和梁沈重）等等。

用这种方法在弦上得到的各调音阶形式，基本上是好听的，而且是与传到今天并得到普遍应用的音阶形式，基本上是一致的。[②]这可以说明三分损益弦律在音乐上是符合于音乐实际的。

三、弦律与管律的混淆

从秦代吕不韦（卒于公元前235年）的《吕氏春秋》起，在所有讨论乐律问题的文献中，几乎无不将三分损益法用于管律。《二十五史》中的《乐律志》是如此，汉以来的历代训诂家所作的注释是如此，历代讨论乐律的专著也是如此。文献上出现混淆弦律与管律的情形，而且以误传误，长期不变，这不能不说是很大的不幸！何以会如此？请看《汉书·律历志》中著录京房（前77—前37）六十律的一张长长的数字表。仅有选择地摘录其中几行，以例其余如下：

黄钟……律九寸，准九尺。

太簇……律八寸，准八尺。

林钟……律六寸，准六尺。

准是指一种弦乐器，律是指律管。表中是以弦长的十分之一为管的长度，全表六十行都是如此。就是说，京房在弦上和管中，用的是相同的比值，他确信他这种简单地对照的办法是“对”的。其实不然。管和弦，发音的原理不同，各有各的特殊规律。京房如此贸然开列，可见他并没有踏踏实实地做过实验，并没有依着他所开列的尺寸，把一根一根的管子都做出来，一一吹听，以与其相当长度的弦音并比一下。若一做如此的实验，他就必定会发现，除了他曾据以定取准上“中弦”的黄钟管所发的一音之外，其余五十九管所发的音，都不能与其相当的弦音相谐和。在弦上做了实验，在管上没有做过什么实验，便贸然以弦上的正确计算法套用到管上，而开列出一套律管的数字来，这是不科学的。京房是如此，别人也是如此，以至于在历史上造成管律与弦律长期混淆的情形。三分损益法，在弦律上是对的，在管律上是完全不对的。要使管律与弦律相一致，除非用管口校正的办法，把管律重新计算一下。只要做一下实验，对这个道理，自然能确信无疑。

四、历史上对三分损益管律之否定

在历史上相信而且转辗贩卖三分损益管律的，大都是些轻信书本，不加实验的人。能亲自做一些实验的，便不是如此。在我国历史上，可以举出几个例子。晋荀勖于泰始十年（274）“依典制用十二律造笛”（见《晋书·律历志》），从表面看来，虽然好像他所用的是三分损益管律，实际上却并不是。他并不是根据律管的音去定笛孔的位置，就是说，他并没有使笛音去应合律管的音。在他制笛的实际经验中包含了许多与简单地引用管律很不相同的条件。第一，可以设想，他的笛的直径不可能与律管“三分”的径相同；第二，他不是像使用律管那样，一管一音，吹闭口管，而是连续开许多按孔，吹形式上比较特殊的开口管；第三，他不是以九寸为黄钟管的长度，而以黄钟加姑洗的长度为吹口与黄钟音按孔间的长度。他使用律管“上度”“下度”定取按孔位置，他所用的，就是三分损益法，但因为发音的条件不同，他笛上所发的音，与三分损益管律的音，完全不同，却与三分损益弦律的音相当接近。在荀勖的笛上，用的是三分损益计算法，发出的音，却不是三分损益管律的音，而是三分损益弦律的音。因此，可以说，荀勖的笛，是否定三分损益管律的实例之一。约在公元502年梁武帝萧衍曾作四通十二笛（见《隋书·音乐志》）。四通是四个各张三弦的音准。萧衍根据弦上的音制成笛，所谓“用笛以写通声”。可见他也是肯定三分损益弦律，而否定三分损益管律的。

古人所谓管律，大都是同径。不用管口校正，发音便不会正确。这个道理，明朱载堉早已发现。在《律吕精义》中，他说：

> 先儒以为长短虽异，围径皆同，此未达之论也。今若不信，以竹或笔管制黄钟之律，一样二枚；截其一枚，分作两段，全律半律，各令一人吹之，声必不相合矣。此昭然可验也。又制大吕之律，一样二枚，周径与黄钟相同；截其一枚，分作两段，全律半律，各令一人吹之，则亦不相合。而大吕半律，乃与黄钟全律相合，略差不远。

因此，他不用同径管律，而主张用异径管律。否定同径的三分损益管律，实际上就是否定历代文献中所经常记载的一般所谓三分损益管律。

同径管律之不合实际，一经朱载堉明白指出，清朝的康熙皇帝也就接着表示了他的看法。在1714年御制的《律吕正义》中，他说：

> 黄钟半律，不与黄钟合；而合黄钟者，为太簇之半律。

他既要用三分损益的计算方法，又不肯放弃管律，于是乎他就想出一个折中的办法。他的管律，不是用一般的十二律，而是用由正黄钟到清大吕的十四律。把三分损益十二律，改成十四律，也就是否定了历史上一般同径的三分损益十二管律。

理论必须经得起实践的检验，三分损益同径管律的理论，经不起实践的检验，所以必须否定。

五、为实验而设计的三组律管

为了说明管律问题，作者建议制三组律管；每组包含4、5、6、7、$\dot{1}$、$\dot{2}$、$\dot{3}$、$\dot{4}$一个八度内的八音：（1）以第一组代表古来的三分损益管律；（2）以第二组代表三分损益十四管律；（3）以第三组代表经过了管口校正的三分损益管律。用什么时代的律尺作为标准呢？因为康熙有十四律的律制，采用他的尺度比较便利。康熙曾用到六个倍律，十二个正律和六个半律，凡二十四律，以包含高低各音。[3]为了说明问题，我们用不到这么些律，只要从每组中选取若干个便已足够。康熙所有的律管直径都相同，都是8.73毫米，下表从略，不一一列出。

（1）第一组，不加管口校正，三分损益管律的八音长度：

黄钟232.256毫米

太簇206.450毫米

姑洗183.511毫米

蕤宾163.121毫米

林钟154.838毫米

南吕137.633毫米

应钟 122.341 毫米

半黄钟 116.128 毫米

（2）第二组十四管律的八音长度：

黄钟 232.256 毫米

太簇 206.450 毫米

姑洗 183.511 毫米

蕤宾 163.121 毫米

夷则 144.966 毫米

无射 128.886 毫米

半黄钟 116.128 毫米

半太簇 103.225 毫米

（3）第三组，应用了管口校正，三分损益管律的八音长度：

管口校正数为 $8.73\times\frac{5}{3}=14.55$ 毫米

黄钟 232.256 毫米

太簇 $(149.9874+14.55)\times\frac{4}{3}-14.55=204.8332$ 毫米

姑洗 $(131.7054+14.55)\times\frac{4}{3}-14.55=180.4572$ 毫米

蕤宾 $(115.4548+14.55)\times\frac{4}{3}-14.55=158.7897$ 毫米

林钟 $(232.256+14.55)\times\frac{2}{3}-14.55=149.9873$ 毫米

南吕 $(204.8332+14.55)\times\frac{2}{3}-14.55=131.7055$ 毫米

应钟 $(180.4582+14.55)\times\frac{2}{3}-14.55=115.4548$ 毫米

半黄钟 $(232.256+14.55)\times\frac{1}{2}-14.55=108.853$ 毫米

根据上列数字，可制成三组律管，像排箫那样，将每组八管各自编排成一行以便于吹奏听音。

有了这三组律管，一方面可以用闪光仪测量，另一方面也可以用耳朵的直觉去辨别。音乐院校上中国音乐史课时，至少需要能借助实物，说明三分损益弦律如何正确，三分损益管律如何不正确。弦律比较好办，只要利用七弦琴上的按音就能说明；管律比较难办，单靠书本说明，很不容易使同学们真正了解。作者设计这三组律管，目的就在解决这一问题。音乐院校的同学们辨别音程的能力往往相当的高，若用这三组律管，逐一吹奏出来，让他们听音辨别，他们一定会指出第一组如何错误，第二组如何勉强，第三组如何比较正确。

六、小结

音响学和实际唱奏经验，都告诉我们，在音乐上，既要求符合音律，又容许有些微的出入。在音律上，并不要求纯而又纯，而可容许一定限度音差的存在。一定限度音差的存在，非但无害于音乐的表达，反而有助于加强音乐的表达性能。我们的祖先创造而且长期应用了弦律，在弦上，非但应用了三分损益律，而且也应用了纯律与平均律，非但能应用各种精密的弦律，而且能取开明的态度，在一定的程度上容许音差的存在，有同时应用几种律制的习惯。这是我们应该从积极方面予以估价的。另外，在历史上也出现了管律与弦律的长期混淆，这是很不幸的。推其原因，一方面可能由前人如京房，对于管律没有做过认真的实验，而误以为管的发音规律与弦上的发音规律相一致，因而有着以弦律硬加于管律的倾向。另一方面，也可能由于统治阶级需要利用乐律推行其神秘主义思想，因而顽固地抱持管律而不肯放弃。

但传至今天的音阶形式和与这种音阶形式密切相关的许多乐器的存在，却足以说明，它们所体现的都是弦律所发的音，而不是同径管律所发之音。关于管律的无聊空谈，即使再多，在事实面前终究站立不住。真正掌握音乐艺术的劳动人民，戏子、吹鼓手、乐器工人，他们对于书本上有关管律的理论，丝毫没有买账。制笙的工人，常利用吹奏五度和声的办法，去校正簧片的高低；而正确的五度关系，则正是纯律的五度关系。当然，在统治阶级知识分子中间，也并不是没有发现管律之差误。荀勖利用管律于制笛，但为之加上了许多校正的条件；梁武帝制笛，不用律管定音，而用弦音定音；朱载堉改同径为异径；清康熙改十二律为十四律；都是因为走不通同径管律之路，而另寻别的路径。

我们通过制管实验，也一定能看出古代管律理论之不足恃。事实胜于雄辩。实践为检验真理的唯一标准。让我们通过实验，来辨别古来乐律理论之真伪罢。

注释：

---

① 另有别的律制的别的计算法，与此法同时存在。

② 所以说“基本上”，是因为琴上按弦时，弦身被按下，瑟上用柱时，弦身被抬高，弦身被按下或抬高时，因微微增加张力，发音会微微偏高。这样产生的差误虽然不大，可以忽略，但不能绝对正确。

③ 关于康熙所用的尺度，和对其十四律制所存在的缺陷的分析，参见拙著《中国音乐史纲》，万叶书店 1952 年版，第 310—312 页。

（1979 年第 4 期）

关于文学中的人性、阶级性等问题试探

黄药眠

关于文学中的人性问题，现在由于国内剥削阶级消亡，而又重新提了出来。在新的历史背景上，如何看待这个问题，现在就我的体会提出几点意见来向大家请教。

一

什么叫人性？所谓人性，在我看来就是所有人类共同有的特质，也就是说，人类的共同性，而又为别的动物所没有的东西。

从生物学的观点来看，人类的特质是人能够直立行走，从而解放了前两只脚成为手，因而能够劳动生产；大脑特别发达，各种生理机制使人有认识世界的可能；喉舌可以发出各种声音，传递自己的思想和感情。由于人能够用手来劳动、来创造生活所必需的物质资料以满足自己，这样人就创造了有异于动物世界的人的世界。

人怎样去认识世界？马克思主义者并不首先强调生物的本性，好像这个本性因为受外界事物的刺激，于是形成了感觉。不，马克思主义者认为，人并不是被动地去感受外在的刺激，而首先是在劳动实践中，改造世界的过程中，主动地去感觉和认识世界，同时并在感觉和认识世界的历史过程中积累了许多经验，因此人的感觉，有别于动物的感觉，它是社会文化历史所造成的结果。人一生下来，就在社会历史环境中生活、劳动，人们所闻所见以及其他一切感觉所及，几乎全都是人化了的事物。人们就是在和这些事物接触中养成了人化的感觉，因此人的感觉也只能是社会化了的感觉。

马克思的几句话值得注意。

马克思说："人的本质……是一切社会关系的总和。"（《关于费尔巴哈的提纲》）

又说："如同眼睛的对象成了一个社会的、人的、从人类并为人类发生的对象一样，眼睛就成了人的眼睛。"（兹按：据我个人的理解，这里所说的"社会的、人的"，也就是指具体的人与人之间的关系，在阶级社会里当然也包含有阶级的内容。）

又说：“人的感觉，感觉的人性都只凭着相应的对象，凭着人化了的自然才能产生。五官感觉的形成是已往的整个世界历史的工作……对于饿极了的人，并不存在食物的人的形式……而且不能说，这样吞吃和动物吞吃有何不同。”

又说：“诚然，吃喝、性交等也是真正人的功能。但是如果使它和其他的人的活动分离，并把它变成最后的和唯一的终极的目的，那么在这样的抽象中，它们是具有动物的性质的。”（以上均见马克思《经济学—哲学手稿》）

从以上所说，可以看出，马克思是如何把动物的感觉和人的感觉区别开来的。

可惜的是，现在有一种人性论的观点往往把动物性的感觉和人的感觉混淆起来，把动物性和人性混淆起来。一谈到人性，就以人有饮食男女的欲望、求生怕死的本能来解释。这是把文学艺术作品中的社会现象，社会事态，社会人的各种关系、矛盾，即这些社会的具体内容完全抽象掉，而赤裸裸的只剩下自然人的动物性。这种理论之荒谬，可以从具体的事实得到证明。我们只要试读读古往今来的文学艺术作品，就可以看出它们并不表现自然人的赤裸裸的本能。同样是写恋爱，在“五四”前后，我们对于描写男女青年的恋爱小说，是把它当作为提倡民主反对封建礼教的进步运动的一部分来看的。至于到了后来没完没了的卿卿我我的恋爱小说，那就被当作左翼文艺的对立物而加以批判了。《金瓶梅》对性行为方面的赤裸裸的描写是比较多的，但我认为这本书的好处恰恰不是在这个地方，而是在作者把小城市的恶霸生涯以及人情世态写得栩栩如生。抗战前的上海，在地下俱乐部有赤裸裸的男女性交的表演，这应该说“人性”的直接表现了。但这能算是艺术文学吗？这只能是社会的堕落。

又如有人把求生避死说成是人的本能，是人性。但如果把这个本能写成文学作品，那岂不是贪生怕死之徒、趋利避害的投机取巧之辈，倒变成顺应“人性”的行为，而为革命慷慨赴死、从容就义的烈士们倒变成违背人性，逆天而行的人物了？然而，文学艺术恰好是歌颂革命的仁人志士，鞭挞那些“顺应人性”而行的人物。

当然，革命者也要避免无谓的牺牲。但为了忠于自己的信仰，保卫革命的根本利益，头可断，血可流，表现出革命者的气节和反抗精神，而不是简单的“就是不怕死”。

再从艺术文学的特点来看，那种抽象的“人性论”也是说不通的。因为艺术文学是要写出人物的具体的性格的，而且最好是写出典型环境中的典型性格。而抽象的“人性论”却不能给艺术文学提出具体的人情世态、人物性格，也不能有助于读者对艺术文学的欣赏。试问这种抽象的“人性论”能有助于作家的写作吗?

二

人的本质在于人和人之间的关系的总和。当社会分裂成阶级以后，社会关系主要就是阶级关系。

人们在生产关系中的地位，他们获得物质生活资料的方式，决定着这个人属于哪个阶级。

社会存在决定人们的意识。所谓社会存在，当然主要是指阶级的存在，但亦包含有阶级的生活方式，如社会风尚、习惯、教养、传统。所谓意识，当然主要是指意识形态，但也包括其他的心理因素，如情绪、感觉等。如果把意识仅仅看成是意识形态，我认为也过于狭隘。

有阶级的存在就有阶级矛盾和阶级斗争。不过阶级，有自为的阶级和自在的阶级之分。而自为阶级，就其成员来说，也有觉悟较高或觉悟较低的区别。阶级与阶级之间，既有对抗性矛盾也有非对抗性的矛盾。而为了对付共同的敌人，两个对抗性的阶级也可以暂时结成联盟。而且阶级斗争固然主要是发生在两个主要阶级之间，但同时也包括有其他阶级的参加。而且主要的两个阶级下面，又分为各个阶层，各阶层又还可以有它们各自的倾向。同时在各个阶级矛盾和斗争的过程中，各个阶级内部也会发生运动和变化，重新编组，又有些人从这个阶级转移到那个阶级，或从那个阶级转移到这个阶级，或立场转移了，还可能带有原来阶级的若干倾向。

所以阶级斗争并不仅是两个阶级的事情，而是各个阶级通过其代表人物纵横捭阖，呈现出十分复杂的画面。从历史来看，阶级斗争有时和缓，有时激化，有时尖锐，甚至尖锐到一个被压迫阶级要起来推翻压迫阶级，成为统治阶级，从而建立起新的政治制度，也就是新的矛盾统一体。

当阶级斗争和缓时期，各阶级之间总是保持矛盾的统一体，即各阶级有各自的阶级性，同时从整个的社会来说，又有各阶级共有的社会共同性。为什么会有社会共同性，因为这些社会成员都共同生活在一个社会中，有共同或类似的环境，又共同使用着对自然斗争的工具，共同使用着同一的工艺技术，共同使用着同一的语言（如果是同一个民族的话），共同使用着思维的工具（如逻辑修辞学等），此外，还有血缘关系、地域关系（如同乡）等等，混杂其间。在阶级斗争矛盾不尖锐的时候，这些关系都在掩盖着实际存在着的阶级矛盾，从而反映到艺术文学里的阶级性也就显得模糊，在中间阶级当中，他们的文学作品表现了动摇的特点。

我认为一般人所说的艺术文学中的人性，往往就是指阶级斗争和缓时期人的社会共同性而言。

但当阶级矛盾激化，特别是到广大的被压迫者要起来推翻旧的统治的时候，各阶级的政治态度都明显地表露出来，各自成为壁垒。当然，这时艺术文学也就明显地表现出不同的倾向，各自代表其阶级作尖锐的或不尖锐的斗争。

假如在这时候，有人出来主张说，人与人之间有什么共同性，那他就肯定会受到革命阵营的批判，因为它会模糊革命的意识，不利于革命的前进。

从以上的两段话，我们可以看到阶级和阶级斗争都是属于历史的范畴。阶级斗争有时和缓、有时尖锐。而阶级的成员，不仅基本上为他们各自的阶级地位、环境所规定，而且也为整个阶级斗争的态势所规定。

作为一个文学艺术的作者，同样也是如此。当阶级斗争的形势比较和缓的时候，他表现的人类的社会共同性就比较多些，当阶级斗争比较尖锐的时候，他所表现的阶级性、战斗性就强烈了起来。

而且就是站在同是革命的阶级立场，但由于正如我在上面说的，阶级斗争是异常复杂的社会现象，各个作家又总因他们自己的禀赋、教养、生活经历、感受和个人的偏爱，而有各自不同的风格。所以文学艺术总是既有各个流派的倾向性，又有因人而异的各种风格的多样性。

“四人帮”把阶级矛盾和阶级斗争庸俗化。第一，他们把阶级的属性和其所包括的范围看成是永恒不变的；第二，他们认为阶级斗争一律是对抗性的矛盾，否认有非对抗性的矛盾，同时他们也否认对抗性的矛盾可以转化为非对抗性的矛盾，或采取非对抗性矛盾的方法来处理；第三，他们把阶级斗争永恒化，甚至认为我们今天的中国，矛盾也在愈来愈尖锐；第四，他们把阶级斗争扩大化，认为任何角落任何时候任何事件都是阶级斗争，因而无限上纲；第五，他们认为社会上只存在两个主要阶级的斗争。

“四人帮”不仅在阶级论上把阶级和阶级斗争的概念凝固化；同时也在认识论上把个别与一般加以绝对化。他们完全抛掉列宁说的话。列宁说：“这就是说：对立（个别的东西与一般的东西是对立的）是同一的：个别的东西不会存在于那导向到一般的东西的联系之外。一般的东西，只在个别的东西之中，通过个别的东西才能存在。”

他们特别无视列宁所说的“任何一般的东西都是个别的东西（底一部分、一方面、或本质），任何一般的东西只是近似地包括着一切个别的现象，任何个别的东西都是不完全地进入一般的东西之中，以及其他等等”，于是他们硬要求艺术文学中的人物个性都要完全适合于他们所规定的僵硬的阶级概念，同时又硬要把他们所规定的僵硬的阶级概念，无例外地包括一切个别。这样，艺术文学作品中的人物性格就变成定型化的概念。

必须顺便提一点，即这样僵硬的论点，在“四人帮”专权以前就早已在文艺界流行了。“四人帮”不过把这个庸俗化的论点推演到极端。而且他们的目的是通过文艺上的这个理论来篡党夺权。这就和以前的教条主义概念化的理论有原则上的不同。

三

我在上面提到过，在阶级社会里，文学主要是表现阶级中的人物，但也还有人类社会的共同性的问题。例如：在同一时期，或同一个时代，人们所处的社会环境相同，有大致相同的教养，因而人们有相同或近似的审美感。这一点是比较容易为人所理解。但为什么我们对远隔两千多年的古希腊的艺术文学还发生美感？难道这不是人性吗？

马克思曾说，人类童年期的艺术也能引起今天我们的美感。但如何来理解他的这句话呢？

我认为古代的艺术所以能引起我们今天的人们的审美感是有其理由的。我们不必乞灵于永恒的人性。现在我试图列举出以下几点。

第一，我们设想到当时作者写作时期，作品中的人物竟能够不怕强暴起来反抗不合理的事情，这种精神同我们今天的被剥削被压迫的人民以及广大劳动人民是有其相通之处的，因而我们对他们表示好感和同情。

第二，过去的一些科学家，他们在生前默默无闻，但他们宁愿牺牲自己，为人民谋福利，作品中生动地描写了这样人物生平的遭遇和他们的内心活动，这就不能不引起我们对他们的爱慕和同情。

第三，当我们遭到异族统治阶级侵略时，我们对于过去的爱国志士的诗歌，当然会有深切的感受和共鸣。

第四，因为文艺作品也包含某些技艺学的部分。有些作品，它们在技艺学方面有着光辉的成就，因而流传下来成为技艺学的规范，成为人类共同的财富。如宋人的花鸟画。花鸟画是很难表现出阶级性的，因此在和平时期，阶级斗争和缓时期，这种画也易于为后代有教养的人所共同欣赏。

第五，由于艺术文学的形式，具有相对的独立性，因此它也就构成了艺术之超越时代和超阶级的因素。但这种作品多数是属于装饰艺术或纯鉴赏的艺术。

因此在阶级社会中，特别是当阶级矛盾比较和缓时期，人们的生活，除了有阶级的区分外，也还有共同的社会生活，因而在艺术文学中也表现出不同程度的社会共同性。

过去人们对于艺术文学中的人性和阶级性的问题有许多的议论。如认为作品中的人物是人性和阶级性相加。这个提法有毛病，因为这就意味着人性和阶级性是绝对对立的，在人性中无阶级性，在阶级性中无人性。还有一种看法，认为人性和阶级性是交叉关系，即人性中有一部分有阶级性，一部分没有，而阶级性呢，则有一部分是人性，一部分不属于人性。这里的问题是，难道阶级社会里，阶级性是不属于人性吗？既然不属于人性，那么是属于生物性（或动物性）吗？又一说人性是社会的整体，而阶级性则是社会整体的一个部分。即人性是整体的观念，而阶级性则是部分的观念。人性和阶级性之间的关系是包孕关系。这也就是说，阶级性之外，另有一种脱离社会的独立的人性。这个说法，我也有点怀疑，究竟脱离社会而独立的人性是什么？莫非又是生物的人性么？

总之，我认为这些提法，都有缺点。第一，他们的所谓人性是从具体的社会现象孤立起来的东西，不能解释任何事物和现象；第二，所谓人性与阶级性的关系，也是脱离条件，时间和地点，只能在理论上存在；第三，在具体的艺术文学作品中，这些“性”都是在相互渗透具体存在在一个人物本身中，因此，我认为交叉关系、包孕关系等形式逻辑的说法，都不足以说明这个现象。

为了把事情容易说得比较清楚，所以我干脆把“人性”称为人类社会的共性。在文艺作品里这个共性同阶级性同时互相渗透，具体存在在一个人物身上，至于两者之间比重的多少，那就需要看阶级斗争的具体情况，以及人物本身、性格本身等而定了。以中国目前的社会具体情况来看，剥削阶级已经消亡，在艺术文学中所体现出来的人类社会的共性，将日益增加。但阶级斗争还存在，封建、资产阶级的残余势力在某一特定的时间、在某一特定地区或某一特定单位，依然还有可能猖獗，所以我们依然还需要无产阶级专政，而对于外来的资产阶级的影响，也还需要十分警惕。所谓警惕，也就是提高思想认识，提高辨别力，对于那些不正确的思想，要随时加以有说服力的批判。

至于人道主义的问题，我认为“人道主义”这个词有极多不同的含义，而且在历史上也可以因时代不同，倡导者不同，它所批判的对象不同，而起着极其不同的作用。有宗教家的人道主义，有伦理学家的人道主义，有无抵抗主义的人道主义，有对于某一具体事件的人道主义，如救济灾民等等。在阶级斗争激烈的时代，人道主义是为阶级敌人打掩护，又是削弱斗志的麻醉剂，是一种伪善！但在一特定的历史时期，人道主义可以是反对神道的进步的主张。它既可以是进步力量的盟友，也可以是宗教家敛钱的工具等等。这些都需要对于具体的历史问题作具体的分析。

我认为人性论和人道主义未必有必然的关系。有些人道主义者，也未必都是理论上的人性论者。

马列主义者主张要消灭一切人剥削人的制度，这就是最广义的人道主义；保卫和平，反对战争，这也是最广义的人道主义。对于放下武器的敌人，我们不杀，这也是我们的人道主义。

不过，尽管几千年来人们在宣传“同为人类，不应该互相残杀”或“人类爱”等的道理，但人们的互相残杀还是照旧进行，在历史上从未停止过。这就证明这种“人道主义”实际上不起多大作用。

我们尽管说我们要和平，但有人要坚持战争、坚持侵略；我们要安定团结，但有人硬要破坏、捣乱。在这个情况之下，我们就只好实行革命的人道主义。敌人如不投降，就坚决消灭他，对他们决不能手软。

因为人道主义的问题，还牵连到政治问题，伦理道德问题，我对此没有研究，我只好就谈到这里为止。“人性”问题，是一个很复杂的问题，这里我只表述了我的初步想法。希望从不同意见的讨论中大家互相学习，共同提高。

（1980 年第 1 期）

《论“文学是人学”》一文的自我批判提纲

钱谷融

我的《论“文学是人学”》一文，写成于1957年2月初。同年5月号的《文艺月报》上发表以后，不久就受到广泛的批判。但发展到把学术问题当作政治问题，甚至当作敌我问题来批，却实在是我所始料不及的。于是我在同年10月26日，写了一篇自我批判文章——《〈论“文学是人学”〉一文的自我批判提纲》。我在自我批判中是极力在强使自己接受当时一些批判者的观点的，自然难免有违心的地方；有许多提法，在今天看来更显然是不妥当的。但总的来说，我的态度还是严肃的，的确是想检查自己的错误，并认真探讨一些问题的；绝不是一味地苟合取容，一味地随风倒。特别是对我当时的想法的叙述，更是经过思考的，十分真实的。并且我觉得，其中的有些意见，即使在今天，还是很值得讨论的。

从《论“文学是人学”》一文的发表并受到批判以来，特别是在林彪、“四人帮”横行的十多年里，“文学是人学”这句话，是绝对不许提的。“四人帮”被粉碎以后，党所一贯倡导的实事求是的优良作风重又得到了发扬，高尔基的这句名言，也被人们重新提了出来。但究竟应该怎样理解并正确阐释这句话，并使它有利于我们社会主义文艺事业的发展，却仍是一个需要大家进行认真探讨的问题。我自受到批判以后，二十多年来，很少再考虑过这个问题，因此一时也谈不出什么意见。现在愿意把当年写的这份《自我批判提纲》中谈自己“当时的想法”的部分公开发表出来，以引起大家的讨论，并求得大家的批评帮助。这里，我只就原来的《自我批判提纲》删去了其中的“原文要点”和“今天的认识”两部分，此外基本上没有做什么改动。这不但是为了保存当时的真实思想，也因为今天我的想法并没有什么根本性的变化。

1980年3月16日

我在《论“文学是人学”》一文里，一共谈到了五个问题，就是：一、关于文学的任务；二、关于作家的世界观与创作方法；三、关于评价文学作品的标准；四、关于各种创作方法的区别；五、关于人物的典型性与阶级性。我认为谈文学最后必然要归结到作家对人的看法、作品对人的影响上。而上面这五个问题，也就是在这一点上统一起来了：文学的任务是在于影响人、教育人；作家对人的看法、作家的美学理想和人道主义精神，就是作家的世界观中对创作起决定作用的部分；就是我们评价文学作品的好坏的一个最基本、最必要的标准；就是区分各种不同的创作方法的主要依据；而一个作家只要写出了人物的真正的个性，写出了他与社会现实的具体联系，也就写出了典型。这就是我那篇文章的内容大要。

下面我想分别就该文所涉及的几个问题，说明一下我当时的想法。

一、关于文学的任务

我认为文学的任务，主要应该是影响人，教育人。应该是鼓舞人们去改造现实，改造世界，使人们生活得更好，而不在于反映现实。因为，正如周扬同志在《生活与美学》译后记中所说：“艺术再现现实，只说明了艺术发生的根源和内容的性质，并不能说明它在历史上的重大的作用。”（《生活与美学》，第 169 页。1949 年 6 月群益版）高尔基也一向认为消极的任务是文学所不足取的。把文艺的意义、作用，局限在反映生活这一点上，就等于是否定了文艺的存在的必要。（参看契同诺娃《高尔基——社会主义美学的奠基者和苏联作家们的导师》一文，文载《高尔基研究年刊 1948》）文艺之所以对人们有益，不仅在于人们可以通过它来认识现实（这当然也是重要的），而尤在于它能够激起人们改造现实的热情和毅力，能够使人们为实现人类的美好理想而斗争。文艺反映现实，这当然是个无可争辩的唯物主义的命题。但这一命题只是说明了存在的第一性和意识的第二性。并没有多告诉人们一些什么。人们通过这一命题，并不能对文艺的性质、特点有所了解。而且，“现实”这个概念是一个包罗万象的概念，一切存在，都是现实。文艺所反映的现实，是否有它的特定的范围呢？是否有与其他社会意识形态的不同的对象呢？根据别林斯基的意见，是没有什么不同的。他认为文艺与其他意识形态的区别，不在于内容，而只在于创造内容的方法。当代的苏联文艺学家布洛夫不同意这个看法，他认为文艺的对象是人，是人的环境，以及人对环境的态度（《苏联文学艺术论文集》，第116页）。我是赞成布洛夫的意见的。我认为在文艺中，所谓现实就应该是指的人的个性（人的思想和行动，理想和愿望）。因为，人是不能脱离一定的时代、社会和一定的社会阶级关系而存在的；离开了这些，就没有所谓“人”，就没有人的性格。所以人，可以说就是具体的现实。而一般观念中的现实，只能是文艺的背景而非对象，只能是文艺的出发点而非目标。否则的话，像抒情诗、音乐、舞蹈、雕刻等等，怎样能反映现实呢？正因为人是社会现实的焦点，是生活的主人，所以抓住了人，也就抓住了现实，抓住了生活。你只要真正地写出了人，写出了人的个性，就必然也写出了这个人所生活的时代、社会和当代复杂的社会阶级关系，就必然也反映了整个现实。我认为今天的许多作品之所以还缺乏巨大的激动人心的力量，其重要原因之一，就在于作家是从“艺术的任务是在于反映整体的现实”这一命题出发，力求在自己的作品中全面地反映现实的各方面的动态，而又不把它们集中到主人公的个性的成长发展的过程中来描写，因此，使得主人公的形象在作品中被冲淡了，好像它只是为了反映现实的需要才被引进作品来的一个工具，而对于现实的反映也由于没有能抓住作为现实的焦点，作为把现实的各方面联系起来的枢纽的人，因而也往往是支离割裂，不能给人以一个统一完整的感觉。

二、关于作家的世界观与创作方法

我以为世界观与创作方法应该是一致的。在创作过程中，作家的世界观是起着决定性的指导作用的。我一向反对世界观与创作方法可以分裂的说法。我认为这种说法在理论上既站不住脚，在实践上也缺乏佐证。分裂论者常以巴尔扎克、托尔斯泰等人为例，认为创作方法与世界观是可以互相冲突的，并引恩格斯论巴尔扎克的话以自证。其实，巴尔扎克与托尔斯泰这两个人的情形之所以会如此，正像许多人所已经指出的那样，并不是他们的世界观与创作方法有矛盾，而是由于他们的世界观的内部本身存在着矛盾。他们的作品中，既有进步的一面，也有落后的一面，正反映出他们的世界观中既有进步的因素，也有落后的因素。但这种说法，还嫌笼统。因为我们知道巴尔扎克与托尔斯泰两个人的作品，鲜明地表现了进步的、有利于人民的倾向，它们的消极落后的一面是次要的。笼统地说它们既有进步的一面，也有落后的一面，是不分主次的说法。是不太切合实际，因而也就不能真正解决问题的。于是，为求其与作品的实际相符起见，必须证明这两个人的世界观的主导倾向也是进步的。事实上，也的确有人在这样做，在做这样的论断了。但是，狭义的世界观，主要是指哲学观而言，像托尔斯泰与巴尔扎克这两个人，他们的哲学观点是很难被说成是进步的。那么，应该怎样来解释这种现象呢？我以为这又与我上面所说的文学的特性有关了。在文学领域内，既然一切都是为了人，一切都是从人出发的，既然一切都决定于作家怎样描写人、怎样对待人，那么，作家的美学理想和人道主义精神，就应该是其世界观中对创作起决定作用的部分了。于是我把托尔斯泰与巴尔扎克的胜利，说成是人道主义的胜利。

应该说，我是很重视世界观在创作过程中的作用的。但我所重视的只是包括在世界观中的某些观点的作用，而不是整个世界观的作用。具体说来，我所重视的，只是其中的道德观点与美学观点。对于自然现象的观点之得不到我的重视，自不必说了。就是对于社会政治的观点，我也认为并不是很重要的。因为，我看到历史上许多杰出的作家，他们并没有先进的政治主张与社会理想，甚至他们的政治主张与社会理想还是反动的。然而他们仍写出了伟大的极有教育意义的作品。而且，还有一些作品，特别是一些抒情的或写景的小诗。如“春眠不觉晓，处处闻啼鸟。夜来风雨声，花落知多少”之类，是很难看出其中有作者的什么社会政治观点在内的。可见社会政治的观点，对一个作家来说，并不是十分重要的东西。我之所以认为文学不必以反映现实为直接的任务，之所以把人道主义作为世界观中对创作起决定作用的部分，作为评价文学作品的最基本的、最低的标准，作为区别各种创作方法的主要依据，其根本的原因就在这里。当然，如果完全忽视作家的社会政治观点，那也是十分错误的。因为，世界观固然是人对世界、对周围的现实现象的各种观点的总和，固然它本身是既统一而又有矛盾的，我们为说明问题方便起见，是可以把它们加以分析的；但它们相互之间，却是有着有机的、不可分割的联系的。把它们彼此割裂、各自独立起来也是不对的。有一些并没有进步的（甚至只有反动的）政治主张与社会理想的作家，虽然也能写出进步的、有益于人类的作品。但是在他们的作品中，也一定必不可免地包含一些消极的、有害的因素。这些因素正是由于其社会政治观点的错误而来的。而且，这种作家的作品，尽管的确具有进步的意义，但这种进步意义也是有很大的局限性的。决不能与那些具有先进的社会政治观点的作家的作品的进步意义相比。同时，还必须指出，我们说他们具有反动的政治主张与社会理想，主要也只是说他们对社会的前途的看法，对究竟应该建立怎样一种政治制度来代替现有的政治制度的看法是错误的，或者反动的，而不是说他们对当时的社会制度、政权组织所作的评价也是错误的。假使他们对当时的社会制度、政权组织作出了错误的、与人民大众完全相反的评价，他们就绝不可能写出具有进步意义的作品来，而只能写出反动的作品了。有一些作品虽然并没有明确地表现出作者的社会政治观点，但我们仍可以而且应该从社会政治的观点来予以评价，就是首先要看它是有利于社会的呢，还是不利于社会的？有利于人民群众的生活的呢，还是不利于人民群众的生活的？不过，我认为我们对作家的社会政治观点的一般要求，也只不过是如此而已，不必要求作家一定要有最先进的政治主张与社会理想。能有，当然最好；否则，只要他能站在一般人民群众的立场，能关心人民的生活，同情人民的疾苦，也就行了。而关心人民的生活，同情人民的疾苦，不是别的，正是一种人道主义的态度。

三、关于评价文学作品的标准

我非常重视文学的教育作用、文学的影响人的心灵的作用。我认为文学作品的历史地位与社会意义，首先是从它描写人、对待人的态度上表现出来的。凡是能够美化人们的灵魂，引导人们向上、刺激人们起来为争取美好的生活而斗争的作品，就是好作品，反之就是坏作品。一切时代的进步艺术跟颓废派艺术之所以针锋相对，主要就在于它们描写人的态度的不同，对人的理想的不同。如果一个作家对人生抱着消极的态度，对人类的活动，对人类的理想与愿望，没有深切的关注与同情，是绝写不出好作品来的。世界文学史上的伟人，虽然不一定具有先进的政治主张，与劳动人民也不一定有着深厚的联系，但他们没有一个不是伟大的人道主义者。没有一个不是反对强暴、同情弱小、憎恨诈伪、赞美正直的。在有一些古典文学作品中，我们可能不容易找到人民性、爱国主义、现实主义等等。但人道主义精神却是绝不会缺少的。如果连人道主义精神都没有，那就绝不可能是好作品，绝不可能成为古典文学作品了。就拿人道主义与人民性、人道主义与现实主义的关系来说，我认为它们也绝不是互相对立的，而是有着异常紧密的联系的。可以这样说，人道主义是构成人民性和现实主义的必不可少的条件。哪儿没有人道主义，哪儿也就不会有人民性和现实主义。所以我认为人道主义原则是评价文学作品的一个最基本、最必要，也可以说是最低的标准。符合了这个标准就基本上是个好作品，就一定有其可取之处。至于好到什么程度，可取之处究竟有多大，那就得运用人民性等等的标准去衡量了。

我也知道我这种想法是颇有人性论的倾向的。但我以为马克思主义者本来并不否定人性的存在。毛主席在《在延安文艺座谈会上的讲话》中，说到有没有人性这东西时，也说当然是有的。文学既然是以人为对象（即使写的是动物，是自然界，也必是人化了的动物，人化了的自然界），当然非以人性为基础不可，离开了人性，不但很难引起人的兴趣，而且也是人所无法理解的。不同时代、不同民族、不同阶级所产生的伟大作品之所以能为全人类所爱好，其原因就是由于有普遍人性作为共同的基础。马克思在《〈政治经济学批判〉导言》中关于希腊艺术的不朽魅力所说的一段话，我以为也显然指出了人性在文艺中的作用。而且我也并不像资产阶级人性论者那样，主张文学应当描写永恒不变的超阶级的人性（那样一种人性是没有的。资产阶级的文艺学家之所以要提倡这样的人性论目的无非在掩蔽阶级矛盾，麻醉被压迫阶级的阶级觉悟罢了），我认为人性是随着时代、社会等等条件的发展而发展，因阶级性、个性的不同而有其不同的表现的。但尽管如此，仍不排除纵的方面的继承性，横的方面的普遍性。没有这种继承性与普遍性，人类的一切交往便都不可能，也就不可能组成社会，不可能有历史。而这继承性与普遍性的基础就是共同人性。所谓人道主义，我以为就是这种人性的肯定与发扬。文学既以人为对象，既以影响人、教育人为目的，就应该发扬人性、提高人性，就应该以合于人道主义的精神为原则。我认为人道主义原则与阶级性原则是并不矛盾的，只有历史上的先进阶级才能发展人性，才能讲人道主义。而那些落后的、反动的阶级，就只能阻碍人性的发展，甚至戕害人性。譬如今天的资产阶级虽然也在空喊着人道主义，但事实上他们的所作所为是完全违反人道主义精神的。今天最讲人道的阶级就是无产阶级；无产阶级的最终目的是实现共产主义，而共产主义也就是真正的人道主义，也就是最高的人道主义。

四、关于各种创作方法之间的区别

文学上的主要流派，如高尔基所说，有现实主义与浪漫主义两个。两者的区别是很显明的，既在描写的方法上，也在对待现实的态度[①]上。在态度上，现实主义者忠实于现实，他的作品是从忠实地反映他所理解的现实出发，对现实尽管有所不满，有所抗争，但决不歪曲现实以求合于自己的理想，而只是寓褒贬于忠实的记述中。浪漫主义者忠于自己的主观，忠于自己的热情和理想，他轻视客观现实，特别轻视现实生活的细节，他在作品中常常可以改变现实的面貌，使之适合于自己的理想，适合于自己的感情的要求。在方法上，现实主义者以生活本身的形式来反映生活，再现现实。他的题材是按照严格的生活的逻辑来安排的，他把他获得真理的过程真实地再现出来，使读者通过阅读，能够一方面认识作者所反映的现实，一方面得出与作者从现实所得到的大致相同的结论。浪漫主义者是通过一些想象出来的，甚至是离奇的情节，来表现他的热情与理想的。（当然，这种热情与理想的产生，也是有它的现实根源的。）他要使读者接受的东西，也是他的热情与理想。所以，要区别这两种创作流派是很容易的。但是，要区别积极的浪漫主义与消极的浪漫主义，要区别现实主义与自然主义，过去的现实主义与社会主义的现实主义，就不能从上面所说的态度和方法两方面入手了，而必须从另外的地方着眼。

我以为浪漫主义与一切颓废主义的区别，显然并不在描写的方法上，也不在对待现实的态度上，而是在对待人生的态度上。对人、对生活抱着积极的态度，作品中渗透着人道主义精神的，就是浪漫主义；否则就是颓废主义。同样，现实主义与自然主义的区别，也应该从它们对待人和生活的态度上去找。现实主义者对生活抱着积极的态度，把人当作世界的主人来看待，当作“社会关系的总和”来理解。他是用一种尊重的、同情的、充满人道主义精神的态度来描写人，对待人的。自然主义者对生活抱着轻蔑的态度，把人当作地球上的生物之一，当作一种具有一切“原始感情”——兽性——的动物来看待的。文学创作离不开对现实人生的概括。现实主义所概括的是人的社会性，社会关系，在概括中同时渗入了作者的社会政治的和美学的评价。自然主义所概括的是人的生物性，生物本能，在概括中同时做着生物学的和病理学的分析解剖。所以两者的区别，主要可以说是对待人，对待生活的态度的区别，有没有人道主义的精神的区别。一个服膺现实主义创作原则的作家，而缺乏人道主义的精神，他就无法成为现实主义者，而只能成为一个自然主义者。反过来，一个自然主义者而同时又是个人道主义者的话，那么，他就必然要突破自然主义的束缚，而使自己成为一个现实主义者。至于过去的现实主义与社会主义的现实主义的区别，我以为主要就在于前者是按资产阶级的美学理想，资产阶级的人道主义原则来描写人、对待人的；而后者则体现了社会主义的美学理想，按照无产阶级的人道主义原则来描写人、对待人的。我们可以清楚地看到：在过去的现实主义者的作品中，人，人民，都是作为一个被剥削、被压迫者，作为一个在物质上和精神上受到各种各样的束缚和折磨的人而被同情着的。而在社会主义现实主义者的作品中，人，人民，却是作为剥削与奴役制度的掘墓人，作为美好生活的创造者而被赞美着的。这就是过去的现实主义与社会主义的现实主义之间的最显明，也是最本质的区别，而这种区别的来源，就在于它们的作家的人道主义精神的性质的不同。

五、关于人物的典型性与阶级性

马克思主义认为：在阶级社会里，一切的人是作为阶级的人而存在的，人的社会本质，就由人的阶级地位来决定。在阶级社会里，所谓人的本性、本质，就是人的阶级性。文艺要描写人，不能脱离了人的阶级地位，脱离了人的阶级性来描写，这道理我是知道的。但是我认为，在现实生活中，阶级性只有通过个性才能表现出来，某一阶级的共同的阶级性，在该阶级各个成员身上的表现形式是千差万别的。而且各人身上所具有的阶级共性，无论在质的方面、量的方面，都是很不相同的。如果你写的是个真正的人，那么他在体现他的阶级特性时，必有他独一无二的、不同于任何其他人的方式的。而我们的一些理论家和创作家，却往往忘记了这样一个简单的、明明白白的事实，把人是有阶级性的，写人不能脱离人的阶级性来写这一原理，绝对化起来，专在抽象的（纯粹的）阶级性上用功夫，只知道把人划分成各种各样的阶级，然后按方配药地根据抽象的阶级性拼凑起他的所谓“典型人物”来，而不去从生活中，从每一个活生生的人身上，发现阶级性的各种不同的具体表现形式。这样，不但违反了文艺创作的特性，也完全违反了马克思主义了。

我认为文学中的所谓典型，应该是指的这样一种人物形象，这种人物，具有鲜明的、独一无二的个人特色。同时，通过他的活动，通过他与周围的人和事的具体联系，又能够体现出时代的和社会的面貌，体现出当时复杂的社会阶级关系来。无论从理论上或是实践上说，现实生活中的每一个人，都是一个独一无二的个性，而同时他又是社会关系的产物。从他的个性的成长发展的过程中，都可以鲜明地看到时代、社会和阶级的烙印，看到整个社会生活的面貌。所以，只要能写出人物和他周围环境间的具体联系，写出他的个性的形成根源，任何一个人都是可以成为典型的。过去的杰出的大师们的艺术实践，充分证明了这个道理。所以我认为，最重要的就是要写出人物的真正个性来，只要写出了个性，也一定写出了他的阶级性，因为在阶级社会里，绝不可能有不带阶级性的个性。反过来，你如果不是从具体的个性出发，而是从抽象的阶级性出发，那你就只能写出一些概念化的人物，而绝写不出真正的典型来。屠格涅夫说过这样一句话：“如果被描写的人物在某一个时期来说是最具体的个人，那就是典型。”我认为这是一句非常中肯、非常扼要的名言。可以和恩格斯的“典型环境中的典型性格”的说法相阐发。

注释：

① 这指的是作者选取题材的态度，即忠于现实，抑忠于主观的问题：从客观现实出发，抑从主观热情出发的问题，而不是指从一定立场出发的对现实的评价。下同。

（1980年第3期）

黄天霸戏产生的时代原因及其思想倾向

郭汉城　苏国荣

黄天霸戏主要是以武生应功的戏。描写康熙年间的"清官"施世纶率领其保镖黄天霸捉拿"绿林强盗"的故事。在现存京剧剧目中，这类戏约有三十余出。[①]其中部分剧目，也在徽、汉、秦、川、湘、河北梆子等剧种中演出。代表性剧目是《恶虎村》《连环套》和"八大拿"。[②]它们的故事来源，绝大部分取材于小说《施公案》和《续施公案》。

最早的黄天霸戏，大约出现于嘉、道之交（1821年左右）。道光四年（1824），这类戏已成批演出。[③]咸丰年间，武生沈小庆对一些主要剧目作了改编，并为其设计了精美的武功套子，黄天霸戏的表演艺术开始走向成熟。光绪年间，为黄天霸戏的鼎盛时代，经黄月山、俞菊笙、谭鑫培、杨小楼等不断创造，舞台艺术有了更大提高。民国以后，黄天霸戏仍在京剧舞台上演不辍，涌现出盖叫天、高盛麟等一批著名的武生演员，进一步发展了黄天霸戏的表演艺术。

解放以后，不少同志认为这些戏的思想内容存在着问题，除《盗御马》等个别剧目外，其他已很少演出。可是，也有些同志认为这些戏的思想倾向是好的，可以恢复上演。他们的理由主要有三点：一、这些戏歌颂的是清官施世纶，清官具有历史的进步性，因而这些戏也是进步的；二、黄天霸捉拿的"绿林"不是农民起义军，而是土豪、恶霸、强盗，这对人民有利；三、黄天霸是出卖结义弟兄的背叛者，但作品对黄的态度是批判的，因而这些戏也应肯定。以上不同意见的争论，目前还在继续。本文想就这些问题，谈谈我们的看法。

一

三十年来，在黄天霸戏的争论中，首先遇到的，就是对施世纶的评价问题。近年来，重新提出肯定黄天霸戏的同志，也是以历史人物施世纶是“清官”作为主要论据的。持有这种看法的同志认为：“作为历史人物施世纶，说他‘镇压农民革命’，史无所据；小说中的施公，也无‘帮凶’痕迹可寻；戏曲中的施公，又是清官无疑。施公与其属员黄天霸并没有帮助清廷镇压过农民起义军。”“因此不能说施公、黄天霸的艺术形象是反动的。”

说施世纶镇压过农民革命，确实史无所据；相反地，这个人物还做过一些好事，在历史上起过一定的进步作用。据《清史稿》本传记载，自康熙二十四年（1685）始，施世纶历任泰州知州，扬州知府，江宁知府，苏州知府，湖南按察使、布政使，云南巡抚、漕运总督等职，任职期间“摧抑豪猾，禁戢胥吏”，“革羡金、劾贪弁、除蠹役”，“尽革徭费，减京费四分之一，民立石以颂之”，“号曰青天”。尽管不无溢美之词，但基本史料还是可信的。说他是个“清官”，并没有错。关于这一点，争论双方的看法也没有什么不同。问题在于我们能不能据此作出小说、戏曲中的“施公与其属员黄天霸并没有帮助清廷镇压农民起义军”的结论？我们觉得这样的结论，无论从理论上、从实际上说，都是站不住的。《施公案》第五十二回明明有施世纶派遣黄天霸去河套捉拿“水寇”刘六、刘七的描写。刘六、刘七是明朝的农民起义领袖，作者把他们移用到清初，这大概是一种影射的手法。到了《续施公案》，作者干脆将刘六、刘七改为于六、于七，而于七就是清初的山东农民起义领袖，他的用意也就很明白了。此书自第二集二十五回起，至三十七回止，用很长的篇幅写二于是“山东的一宗祸害”，施世纶的属员黄天霸、贺天保等如何怀着“满腔忠义，一心恨贼”的心情去平定了他们。至于根据《施公案》改编的黄天霸戏，更是突出了原作这一反动旨意，几乎所有剧目都以施、黄捉拿“绿林强盗”胜利而告终，尤以《洗浮山》最为明显和突出。这说明小说和戏曲中的施世纶镇压农民起义并不是“无迹可寻”的。

由此可知，小说和戏曲中的施世纶，并不是历史人物施世纶。那么，黄天霸戏中施世纶这个“清官”形象，究竟概括了哪些人物呢？这个问题，我们只要研究一下清朝的历史条件和当时“清官”、循吏的特征，就可以得到解答。弄清这个问题，有助于我们正确地认识施世纶这个形象和整个作品的思想倾向。

“清官”是地主阶级长远利益的维护者，他们为了巩固封建统治，或把矛头指向内部的豪绅猾吏，或把矛头指向外部的农民革命。他们在各个历史时期的主要打击对象，随着各个历史时期阶级斗争的形势变化而转移。宋朝的包拯和明朝的海瑞属于前者，他们打击的对象，主要是贪官污吏、豪绅恶霸，在一定程度上对人民有利。但清初的历史条件与包拯、海瑞所处的那个时代不同。当时的政治危机主要来自农民起义和抗清力量，民族矛盾和阶级矛盾非常激烈。清兵入关后，镇压了李自成农民起义，但李自成、张献忠的余部大顺军和大西军仍在川陕鄂一带积极抗清；山东一带又相继爆发了榆园、于七农民大起义。其声势之浩大，成为清朝统治者最大的威胁。这时的清王朝急需把统治阶级的内部力量紧紧团结起来，集中精力打击外部的农民起义军和抗清力量。在这种形势下，"清官"、循吏为了维护本阶级的根本利益，在行动上往往和最高统治集团的政策相一致。像施世纶这样的清官，也会因不被重视而无所作为。史载他在处理平民和缙绅的案子时一味袒护平民，而使康熙很不满意，认为他"遇事偏执"，撤了他掌握全省吏治大权的湖南按察使职务，另任掌握"钱谷之事"的湖南布政使。可是康熙却十分赏识另一个"清官"于成龙。此人担任地方官吏期间，把精力集中在打击农民革命上，对地方豪强却百般袒护。康熙二十一年（1682）于任江宁知府时，有平民因"濒江芦洲多豪强所占"而赴京告状。清廷命于成龙和镇江知府会审。于成龙在审理这一案子时，处处袒护豪强，反说平民"诬告"[④]，由此他深得康熙的信任。"（康熙）二十五年二月，授成龙直隶巡抚。"他被召见时，康熙问他："治畿辅利弊，应兴革者宜何先?"成龙回答："弭盗为先。"康熙听了十分高兴，"赐白金千、表里二十端"[⑤]。这很能说明清朝统治者的政策。

在康熙年间，类似于成龙这种"清官"、循吏很多，如张克嶷、赵吉士、陈汝咸等。我们根据《清史稿》做了一个统计，列在康熙年间"循吏传"中的"清官"共三十三人，其中十七人参加了剿抚当地农民起义军。他们采取"剿抚并用"的反革命两手策略，收买农民起义队伍中的动摇变节分子，让他们去分化、镇压义军，这已成了清初"清官"的一大特点。所以，小说、戏曲中出现施公这种人物不是偶然的。

我们再来看一看小说《施公案》和黄天霸戏产生的时代——嘉庆、道光时期的情况。经过清初的"康乾盛世"，到嘉庆年间，清朝已走下坡路了。一度被扑灭的农民起义之火，又重新开始燃烧起来。嘉庆元年（1796）爆发了白莲教农民起义。这次起义从开始到被镇压，绵延时间长达十年。嘉庆十八年（1813），又爆发了天理教起义。这个时期"循吏传"中的十三个循吏，竟有十一个参加了剿抚农民起义军的活动，如盖方泌、史超登、伊秉绶等人的本传，全部都是记述他们"平寇"的事迹。山东邹平县知县李文耕，利用"清官"的名声去蒙骗、诱降起义军，曾说"身虽不能及者，精神及之，声名及之"[⑥]。农民起义军由于时代和阶级的局限，往往对"清官"寄予很大的幻想，致使自身力量遭到惨重的破坏。又如号称"刘青天"的刘清，在嘉庆三年（1798）

诱捕了四川白莲教义军首领之一王三槐。嘉庆皇帝廷讯时，三槐抗言“官逼民反”。嘉庆问：“四川一省官皆不善耶？”三槐答：“惟有刘青天一人。”嘉庆很高兴，特谕嘉奖：“朕闻刘清官声好，每率众御敌，贼以其廉，往往退避引去。”下旨“晋秩同知直隶州，赐花翎”。嘉庆十年（1805），白莲教农民起义平定，嘉庆还赐诗予刘清：“循吏清名遐迩传，蜀民何幸见青天。诚心到处能和众，本性从来不爱钱。”⑦

至道光时，大股白莲教、天理教农民起义军虽已被镇压，但小股农民起义军仍在各地活动。他们继续“抗赋戕官”，道光皇帝继承了康熙、嘉庆的衣钵，利用“清官”、循吏，进行逐个击破。或下“一番毒手”，“歼贼数千”，或以“清名”诱降，使其“自缚而出”⑧。道光年间循吏十八人，参加剿抚的十七人，几乎都参加了这一血腥屠杀。可见统治阶级对这类“清官”的重视，是因为他们很有欺骗作用。《施公案》及黄天霸戏，之所以要把有清官名声而并没有镇压过农民起义的施世纶作为作品的主人公，其秘密就在于此。光绪年间的慈禧太后那么喜欢看黄天霸戏，让昇平署经常为其演出，恐也不是简单的个人兴趣吧？所以，这样的“清官”绝不是人民的“救星”，而是革命人民的死对头。肯定施世纶形象的同志，对历史上的清官缺乏阶级的、历史的分析，而是抽象地、凝固地看待他们，因而得出了错误的结论。

二

在黄天霸戏的讨论中，肯定这些戏的另一条理由是，黄天霸捉拿的“绿林”人物，并不是农民起义军，而是“那些占山为王，打家劫舍，称霸一方，坐地分赃”的“真正的强盗”和“地方豪强”。黄天霸镇压这些人，有利于社会治安和抑止豪强，对人民有利。

是的，从小说和戏曲的描写来看，这些“绿林人物”几乎都是一伙杀人放火、行凶抢劫、霸占民女的十恶不赦的“强盗”。他们被杀被拿是罪有应得。我们如果据此就信以为真，难免要大上其当。反动统治者总要把革命人民描写成盗贼，翻开一部“正史”来看，把农民起义军描写成凶恶的“强盗”的，可说是比比皆是。例如徽宗宣和三年（1121），童贯率领大军镇压方腊农民起义军，杀了七万多人，“正史”却这样记载：“腊之起，凡破六州、五十二县，戕平民二百万，所掠妇女，自贼洞逃出，裸而缢于林中者，由汤岩、榴岭八十五里间，九村山谷相望。”⑨把方腊农民起义军的“罪恶”，描写得多么绘声绘色、耸人听闻，但这是反动统治阶级的诬蔑和欺骗，决不能轻易相信。“正史”如此，文艺作品何能例外。别的不说，单就与黄天霸戏产生于同时的《荡寇志》来说，不是也把农民起义军说成是“杀人放火”“怙恶不悛”“罪大恶极”的“盗贼”吗？而屠杀义军的刽子手张叔夜、陈希真却都被写成为民除害的“英雄”、治国安邦的“栋梁”！鲁迅在《中国小说史略》中的一段话，很好地说明了这类作品与当时政治的关系：

> 历康熙至乾隆百三十余年，威力广被……故道光时俞万春作《结水浒传》（案：即《荡寇志》），则使一百八人无一幸免（亦见第十五篇），然此尚有僚佐之见也。《三侠五义》为市井细民写心，乃似较有《水浒》余韵，然亦仅其外貌，而非精神。时去明亡已久远，说书之地又为北京，其先又屡平内乱，游民辄以从军得功名，归耀其乡里，亦甚动野人歆羡，故凡侠义小说中之英雄，在民间每极粗豪，大有绿林结习，而终必为一大僚隶卒，供使令奔走以为宠荣，此盖非心悦诚服，乐为臣仆之时不办也。

鲁迅这一段话讲得极其深刻，不仅说明了产生这两部作品的时间、地点和作者的特点，而且揭示出产生它们的共同政治背景。不论“使一百八人一无幸免”的“僚佐之见”也好，或“乐为臣仆”的游民心理也好，它们之间有一个共同的时代联结点，有一条共同的政治贯穿线，那就是它们都适应清朝反动统治者镇压革命人民的需要。所以，这些作品把农民起义军歪曲、诬蔑为“盗贼”，是不奇怪的。

有的同志会说：历史上有名有姓的农民起义领袖人物，如方腊、宋江，历史早有定论，反动统治阶级对他们的诬蔑，也是很明显的；但黄天霸戏中的濮天雕、武天虬等人，历史无从考稽，你安知他们不是“土豪恶霸”，而是农民起义人物呢？因此，我们必须把黄天霸戏中被捉拿的对象，按不同情况，分类加以研究：

第一类，是历史上实有其人的农民起义领袖有两个。一个是上面已经说到的《洗浮山》中的于七；另一个是《连环套》中的窦尔敦。据《山东通志》记载：“（顺治）五年，栖霞民于七亡命于锯齿山，肆行劫掠。七年攻宁海，知州刘文洪死之。”《清史稿·圣祖本纪》中也记载有于七起义的事：“（顺治十八年十月）山东民于七作乱，逮问巡抚许文秀，总兵李永盛、范永宗，命靖东将军济世哈讨平之。”于七领导的农民起义，发生在顺治年间，戏曲把它推迟到康熙年间，与康熙时的施世纶凑在一起，以便作为施世纶、黄天霸捉拿盗贼的对象。《洗浮山》中施世纶一上场就唱道：

今日来到淮安道，
百姓纷纷哭号淘。
都只为浮山出了二贼盗，
就是那于六于七二土豪。
抢劫行人命难保，
掠夺民间女多娇。
受害黎民把状告，
不除恶霸恨怎消！

作者利用观众对历史不甚了解，直截了当地把农民起义领袖于七，歪曲成被“百姓”痛恨的“贼盗”“土豪”“恶霸”，其手法虽不甚高明，反动目的却十分明显。

窦尔敦虽不见于“正史”，野史中却有记载，清人笔记《秋坪新语》（乾隆年间梓行）和《阙名笔记》都说他是河北献县人。后者还记述他在家乡发动起义时，曾向部下明确提出了“力除民间疾苦，为世界铲削不平”的政治口号，把斗争锋芒直接指向清王朝的最高统治者。戏曲对这样一个具有明确政治纲领的起义领袖在两个关键性的地方进行了歪曲。一是窦尔敦盗马的原因，据《阙名笔记》记述，窦尔敦是去“行宫”刺杀康熙未成而盗走康熙的御马的，可是《连环套》[10]却改成窦尔敦为报黄三太的私仇而盗走梁九公的御马。二是窦尔敦的结局，《阙名笔记》说窦尔敦因“屡欲行夙志（起义）”不成才“披缁入山”的；《秋坪新语》则说是被官府诱杀的。《连环套》却改成窦尔敦主动交出御马，“到官认罪”。这种篡改的目的也是不言自明的。

第二类，是庄头和大户。如《霸王庄》中的黄隆基，《独虎营》中的罗四虎，《殷家堡》中的殷洪，《薛家窝》（即《盗金牌》）中的薛家龙，《四霸天》《恶虎村》中的濮天雕、武天虬等。剧中除写他们各自种种为非作歹的恶行外，还有共同的一条，就是他们都与“绿林盗贼”勾结。如《霸王庄》中的黄隆基：“有两个表弟，名唤于六、于七，镇守大蒙山，年年有书，月月有信。”黄天霸血洗浮山（即大蒙山），打死于六后，于七逃到黄隆基家，由黄保护起来，黄声言要为于七兄弟报仇，最后连他自己也被黄天霸捉拿。作者在这里玩弄着一种手法，利用农民对地主大户的仇恨心理，把农民起义人物与剥削压迫人民的地主联在一起，明批地主恶霸，实指农民起义队伍。清初有些地主武装与农民起义队伍联合的情况是有的，当时民族矛盾十分尖锐，某些掌握武装的庄头、堡主，在政治上是反清的，他们和农民起义军联合起来抗击清军和官府的情形，也是有的。像河南的地主武装，在清兵入关后转为抗清的不在少数，“当是时开封汝宁间，列寨以百数，刘洪起最大。南阳列寨亦数十，肖应训最大。洛阳列寨亦数十，李标遇最大”[11]。盖叫天说戏时也谈到这个问题。他说：明亡以后，当时抵抗清兵的武将大都流落江湖，有的占立山寨劫富济贫；有的自种自食，抗捐抗粮；有的开镖局自食其力，保镖不保清，不做清朝的官。清政府对这很感头痛，软硬兼施，杀了不少天下豪杰。薛家窝、恶虎村都是这种自种自食、抗捐抗粮的村庄。这种分析是有一定的道理的。《阙名笔记》中谈到窦尔敦的岳丈石叟，就是“故明史阁部（史可法）部将”。“阁部殉国，走依张苍水。既苍水被杀，石携二女浪游四方，思物色人杰，得当以报故国。”窦尔敦就是被石氏觅得的“人杰”。关于地主武装依附农民起义军，当时还有一种情况，在义军势力强大的地方，如江西宁都一带，“县堡砦多从贼”[12]。但这些由于畏惧义军强大而依附义军的地主武装，往往被清廷的剿抚政策所分化，不少头人投降了清朝，转而充当镇压农民起义的鹰犬。黄天霸等的形象，倒是概括了这类投降变节分子的。所以黄天霸戏中，不仅歪曲农民起义，也歪曲反清的地主武装。不能因为这些戏表面上是“在摧抑豪强上着笔”，而看不到作者真正的用心所在。在黄天霸戏中，“在摧抑豪强上着笔”的戏，个别的也是有的，如《里海坞》（又名《李海坞》《拿郎如豹》）[13]，从整体上看，基本倾向是好的，也应予以区别对待。

第三类是“打家劫舍”者。如《莲花院》的九黄、七珠，《任邱县》的毛如虎，《东昌府》的郝文僧，《落马湖》的李佩，《鄚州庙》的谢虎，《淮安府》的蔡天化，《虮蜡庙》的费德功，《河间府》的侯七等。剧本描写了他们如何杀人越货，奸淫妇女等等一系列暴行。应该说明，当时这样的人是有的，受到惩处也是应该的。问题在于剧本之所以揭露这些暴徒的罪行，其矛头所指仍在农民起义军。剧本写这些人都与“绿林”有联系，几乎每一个上场都有“广结绿林英雄汉”的自我介绍。所谓“绿林”，实际上就是指农民起义队伍。这一点在《虮蜡庙》中最为明显。这个戏中的费德功，是所有这类人物中被描写得最凶恶的一个，他贪花好色，无恶不作，为了霸占人妻，杀了一家二十四口。剧本却有意安排他为于七的师兄弟，飞天豹的门徒[14]，点出他是于七一伙，借以中伤农民起义军。这些人物有个共同点，他们对抗官兵，反对官府，与施世纶、黄天霸们势不两立。所以剧本不但用这些人物的“罪恶”来影射农民起义队伍的“可恶”，同时还用来反衬施世纶、黄天霸们的“正义”，是“为民除害”的真正的“清官”，“忠肝义胆”的侠客。有的同志拘于“清官”的成见，总觉得作者是真心实意地反对打家劫舍的恶人，因而肯定这些作品的倾向。但是即使如这些同志想的，被施世纶、黄天霸镇压的人与农民起义无关，是真正的盗匪、恶霸，那又如何呢？是不是他们的思想倾向就好了？我们的答案还是否定的。用镇压几个坏人来歌颂官府，歌颂对官府“心悦诚服、乐为臣仆”的奴才，是对清朝反动统治的粉饰。好像造成广大人民痛苦的，只是那几个坏人；而反动统治者却与人民的利益完全一致，不存在什么矛盾。这样的清官戏与那些暴露封建政治腐败黑暗、有深刻社会意义的清官戏，如《十五贯》《秦香莲》等，有着原则的区别。

三

肯定黄天霸戏的另一论据，认为黄天霸是一个被批判的反面形象，剧本“刻划了一个外貌英俊，内心险恶的”“两面派典型”，《恶虎村》《连环套》就是这样的戏。我们认为，这种意见有一定道理，但也存在着片面性，所以需要全面地分析。

中国的传统剧目，凡是能保留在舞台上的，几乎每个戏都有长期流传的过程，众多演员参与了创造。演员往往根据观众的要求和自己的认识去理解他所扮演的人物，因而会使剧目在思想上、艺术上发生某些与剧作者意图不同的变化，这种情况在黄天霸戏里也是存在的。拿《恶虎村》的流行本与原中国戏曲研究院藏的清昇平署钞本（以下简称清钞本）对照，就可以看出这种变化。变化的地方很多，下面我们只举《恶虎村》中有关黄天霸的一例。黄天霸杀了濮天雕、武天虬，救出施世纶后，清钞本的结尾是这样的：

（施上，众白）太爷受惊了！

施　那濮武二人呢？

众　俱以丧命。

施　好。大家前途再议，趱行！

流行本改为：

（王梁白）老兄弟，这也够瞧的啦，走罢！

（黄白）待我取火烧他的庄院。

（放火介，王梁拦阻不成白）人也杀啦，房子也烧啦，走吓！

（黄哭介，王梁白）这才是猫哭耗子假慈悲！

（黄白）是！

（二人同下）

这个结尾，显然对黄天霸有暴露、批判的意味了。

在舞台演出中，我们也感受到黄天霸对主子卑顺恭敬，对绿林阴狠恶毒的奴才相加流氓气。杨小楼在《连环套》中表演黄天霸接到紧急火牌，奉召来到彭鹏衙前时，有意突出他的丧魂失魄，竟然忘记摘下腰刀，直入公堂，幸被朱光祖提醒，才诚惶诚恐地摘了下来。当旗牌官传下彭鹏之令，他一连三个抢步，然后跪在案前，俯首帖耳恭听彭鹏厉声述说梁九公失去御马一节，他脸上的颜色随着彭鹏的声音一步步地紧张起来，极尽其对主子忠顺之态。可是他在《恶虎村》中表演黄天霸对结义弟兄翻脸无情，杀兄逼嫂，火烧庄院，最后来一个假自刎、哭兄嫂，把他的阴狠、毒辣、虚伪表演得淋漓尽致。[15]这些表演与演员在实际生活中对这类人物的观察有关，也包含着演员对他们的认识和态度。

演员对剧本的改变和表演上的创造是可贵的。但我们也必须看到，这些个别情节或细节的改变，还不能从整体上改变作品的倾向。所谓“整体”，就是原作者歌颂官府、诬蔑革命人民、歪曲生活真实、颠倒阶级关系的反动思想，是贯穿在对立面人物矛盾冲突的全部情节进程中的。局部的或个别情节的变动，并不能扭转整个作品的倾向。试以《恶虎村》和《连环套》为例来分析一下，这两个戏经艺人在长期演出中的创造，较同类剧目艺术上成就较高，思想上的积极因素也较多，但并没有突破原作者以封建道德“义”的标准来衡量人物行为的是非、肯定黄天霸的总倾向。《恶虎村》是一个政治题材的戏，但它并不简单地以人物的政治态度来判断人物的是非，而是把政治上的是非与“义”的是非结合起来判断。所以由人物对“义”的不同态度，构成了四个方面复杂的矛盾冲突的关系：一、黄天霸从“绿林”叛变出来，投靠了施世纶，共同镇压“绿林”。作者认为，他们共同镇压“绿林”，是打击“盗贼”，“为民除害”，所以是“大义”“正义”。黄天霸和施世纶正是在这个“义”的基础上结合起来的，因而也是对的。很显然，这种“义”的道德，是封建地主阶级的道德，也即是封建道德。二、濮天雕、武天虬之所以要与施、黄作对，是因为他们要为被施、黄杀死的“九黄、七珠、莲花院一十二家英雄报仇”。九黄、七珠何许人也？剧中说他们是一伙反对官府、残害人民、作恶多端的“强盗”“土豪”“恶霸”。所以，濮、武要替他们的绿林同道复仇的义气，是不正义的，不符合封建道德标准的。三、黄天霸与濮天雕、武天虬原来都是“绿林”中的结义弟兄。现在黄天霸投靠了施世纶，成了对立面，而且对立面双方由各自不同的关系构成的“义”，也就发生了矛盾。矛盾的焦点则集中在黄天霸身上，因为他不但有与施世纶的新关系，还有与濮、武的老关系，处于新弦虽系而旧弦未断的状态之中，如何处理好坚持新关系，又能照顾老关系，双“义”俱全，实在是一个难题。全剧就是围绕着这个问题而展开的。四、王栋、王梁虽也同黄天霸一样，是“绿林”中转向人物，但他们的“觉悟”，也即对“大义”的认识，并没有黄天霸那么高，投靠官府的决心，也没有黄天霸那么大，因此他们不同意杀害濮、武，使黄天霸不能放手大干。这就使如何处理这个问题更增加困难和复杂性。但作者站在封建统治者的立场上，想出了一个解决的办法，使黄天霸杀了濮、武，“正义”仍在他的一边：在黄天霸夜入恶虎村去搭救施世纶之前，原是与王栋、王梁兄弟商量好的，到了恶虎村，说服濮、武放出施世纶，既保全了“大义”，又不伤了“绿林”的义气。这对于黄天霸，可说是委曲求全，情义备至的了。可是到了恶虎村，却听见濮、武们正在议论：

（濮妻白）我说你们杀赃官施不全倒不要紧，你们怎么对那黄老叔？

（濮、武同白）先杀赃官，然后再杀那忘恩无义的黄天霸！

（黄白）呵哈！

黄天霸在被激怒的情况下，才杀了濮、武及他们的妻子。这一笔实在厉害！先有濮、武的无情，才引起了黄天霸的绝义。矛盾解决了，全剧的主题也得到了完成：官府和“绿林”（实际上是被压迫的起义人民）的矛盾是不可调和的。黄天霸终于成了以“大义”战胜了“小义”，以“正义”灭了“非正义”的“英雄人物”——一只用封建道德观念巧妙地化装打扮起来的被官府收买、豢养的走狗。很明显，作者之所以要把黄天霸处理成一个在“大义”与“小义”之间还有些彷徨的人物，是一种欲扬先抑、欲擒故纵的笔法，用技巧来掩饰内容的虚伪。

《连环套》也与《恶虎村》一样，全剧的矛盾冲突也是建立在对立双方对“义”的不同认识和态度上的。作者在剧中故意回避“绿林”与官府之间政治上的矛盾，这方面的话在整个剧本中一个字也没有说到，而竭力渲染窦尔敦对黄天霸的仇恨纯粹出于个人恩怨。上面我们已经谈到，作者把窦尔敦为了反对官府而盗御马篡改为报复、陷害黄天霸而盗御马，是有意地进行的。其目的，是为后面窦尔敦认识自己行为的不“义”而投降官府做好思想准备，借以对照出黄天霸效忠于官府的“义”是“大义”“正义”。作者的这种意图贯彻于全剧之中，这里可举出两个关键的地方。一是“天霸拜山”一场双方的辩论。在窦尔敦说明当年与黄三太结仇以后：

黄天霸：哦，原来为此。当初我父指镖借银，乃是我父之过。请问寨主，但不知借银为的是何事？

窦尔敦：搭救彭朋罢职丢官。

黄天霸：彭朋为官如何？

窦尔敦：为官清正。

黄天霸：既然为官清正，为何罢职丢官？

窦尔敦：被恶霸武文华所害。

黄天霸：我父指镖借银之后呢？

窦尔敦：彭朋官复原任。

黄天霸：武文华呢？

窦尔敦：三河就地正法。

黄天霸：彭朋后升何职？

窦尔敦：河间知府。

黄天霸：如今何在？

窦尔敦：当朝一品，位列三台。

黄天霸：是忠是奸？

窦尔敦：大大忠臣。

黄天霸：却又来，想你我既称侠义二字，就该替天行道，救的是忠臣孝子，济的是义夫节妇。当初我父指镖借银，并非为己，皆因搭救清官原任。寨主，你不借银，还则罢了，反倒助强，为恶累累，与俺黄门作对，你称的什么英雄，论的什么侠义啊！

窦尔敦：住了，连环套岂容你絮絮叨叨，来吓，拿下了！

你看，黄天霸振振有词，侃侃而谈，说得窦尔敦理屈词穷，目瞪口呆，嘴里虽还逞强，心里早已服输了。黄天霸这一番大道理中，有个值得注意的地方，就是他对“侠义”的解释：只有像他们父子那样，保“清官”，救“忠臣孝子”“义夫节妇”，才称得起“侠义”。“绿林”也只有按照黄天霸父子那样做，才是真正的“义”。这样，把官府镇压“绿林”的“义”和“绿林”反抗官府的义的界限混淆起来，用封建地主阶级的道德冒充被压迫阶级的道德，那些叛变“绿林”、投靠官府、镇压人民的鬼蜮行径，都变成了凛然的“大义”！这样的话出自黄天霸之口，原不奇怪，问题在于，窦尔敦是一个绿林人物，居然听得心悦诚服，五体投地，称赞彭鹏“为官清正”，是个“大大忠臣”，这就可以知道作者用心之所在了。

另一个地方，是黄天霸和窦尔敦约好第二天在山下比武，当日晚上朱光祖混进连环套，用迷药醉倒窦尔敦，盗了他的虎头双钩，又把黄天霸的钢刀，插在桌上。窦尔敦醒来看见钢刀，以为是黄天霸没有杀他，心里暗暗感激。第二天山前比武，经朱光祖一番“开导”，使他认识到像黄天霸这类官府中人，也是懂义气、讲交情的，解开了存在心头十几年的个人恩怨的疙瘩，自动火焚山寨，解散喽兵，随黄天霸到官认罪。全剧的最高任务——用封建道德的“大义”感化“绿林”、归顺官府的主题，也就完成了。有的同志认为：用插刀的办法欺骗窦尔敦认罪，正暴露了黄天霸的虚伪、软弱，倒反衬出了窦尔敦的粗豪、直率。其实，朱光祖去连环套干盗钩、插刀的事，剧本明明再三写着，黄天霸并不知道，自然扯不上是他的阴谋，更谈不上黄天霸的虚弱（怕打不过窦尔敦）了。朱光祖盗窦尔敦的双钩，是有担心黄天霸打不过窦尔敦的成分，但也不止如此，不然，乘窦尔敦醉倒，一刀将他杀死，岂不更加干净利落？作者安排朱光祖借名插刀的情节，有更深的用意，是为了促使窦尔敦认罪归顺，完成剧本主题。所以这个情节无论对黄天霸也好，对朱光祖也好，从作者的主观上看，都没有暴露、批判的意思。相反，通过盗钩、插刀的情节，恰恰突出了朱光祖机智练达、老谋深算的性格。有的同志看了这个戏，对黄天霸、朱光祖有“时代警特”的感觉。其实这是今人认识的结果，也可能有演员表演的成分，并不是原作者的本意，这是必须加以区别的。至于窦尔敦的粗豪、直率，剧本倒是处处这样描写他的。不但如此，像加在《恶虎村》等剧中的“绿林强盗”身上的杀人放火、奸淫掳掠、挖心开膛等等恶行，在窦尔敦身上一件也没有。作者为什么厚此薄彼，难道他真的在歌颂“绿林”人物吗？不是的。作者对待他的人物是有原则的，这就是党同而伐异，在作者看来，濮、武们是死心塌地与官府作对的强盗，而窦尔敦则是归顺的强盗，终究还是自己人，就不免要手下留情了。所以《恶虎村》主剿，《连环套》主抚，一剿一抚，正是清统治者对起义农民实行反革命两手政策的形象体现。我们这种认识，是就全剧的主题思想而言的，如果单演《盗御马》，那就是另一回事了，正像不演《目莲救母》全本，而单演《思凡》一样。

从以上分析，可以看出黄天霸戏的总的思想倾向是不好的，但它们某些艺术上、技术上的成就，对我们仍有借鉴作用，不能简单地一概加以否定。这类戏自道光初年产生以来，长期在舞台上流行，是无数著名艺人（主要是武生）在舞台艺术上的精心创造。像咸丰年间对武功“尤极精研”的沈小庆，曾为《恶虎村》等设计了武功套子，“使观者目夺神摇，莫能测其变化”[16]。光绪年间蜚声剧坛的“京剧名伶”谭鑫培，他扮演《恶虎村》的黄天霸，在武打技术上也有独特的创造。据说《恶虎村》一场，濮、武等从四方“将酒坛掷来，鑫培从容不迫，乃用右肩头挡去一坛，用左磕膝盖撞去一坛。所有四个坛子，完全不用手接掷，纯以肩、肘、膝、足应付，而能使对方之人接住，决不落地”[17]。其他如《连环套》中窦尔敦的花脸表演，《洗浮山》中贺天保的趟马，都很有特点。黄天霸戏的武功艺术，是二百多年来众多艺人共同创造出来的，是戏曲的宝贵财富，我们应该继承下来。继承有多种办法，可以把它们的某些好的艺术移到新创作或改编的剧目中去，如《洗浮山》中贺天保的趟马，已被盖叫天移植到《英雄聚义》中朱仝的表演中了；有的艺术成就较高、积极因素较多、容易修改好的剧目，可以进行改编。这样做，不但继承和发展了遗产，也丰富了上演剧目。这类剧目，反动的思想倾向和精致的艺术形式往往紧密地结合在一起，改编起来有一定的困难；但艺术形式也有相对的独立性，经过改造以后，存在着从反动的思想倾向分离出来的可能。我们觉得，像《恶虎村》《连环套》这样的剧目，可以先着手来试一试，改编好的可能性是很大的。

1980 年 4 月初稿

1980 年 8 月修定

注释：

① 参见陶君起编著《京剧剧目初探》，上海文化出版社 1957 年版。

② 方问溪《梨园话》：“所谓‘八大拿’者，乃《施公案》中黄天霸拿恶霸之事也。据《东亚戏迷》云：‘《招贤镇》（按：即《虮蜡庙》）拿费德功、《河间府》拿一撮毛侯七、《东昌府》拿郝文僧、《淮安府》拿蔡天

化、《鄚州庙》拿谢虎、《落马湖》拿猴儿李佩、《霸王庄》拿黄隆基、《恶虎村》拿濮天雕等为‘八大拿’。”（方问溪：《梨园话》，中华印书局 1932 年版）此外还有别的说法，大同小异。一般说法，“八大拿”并不包括《恶虎村》《连环套》。

③ 参见周明泰编《道咸以来梨园系年小录》（商务印书馆 1932 年版）所引退庵居士（文瑞图）所引“庆升平班”戏目。

④ 陈开虞纂修：《康熙江宁府志》卷二五，名宦一，清康熙七年刻本。

⑤ 《清史稿·于成龙传》，中华书局 1977 年版，第 10124—10125 页。

⑥ 《清史稿·李文耕传》，第 13051 页。

⑦ 《清史稿·刘清传》，第 11383—11386 页。

⑧ 《清史稿·姚柬之、牛树梅传》列传二百六十五至二百六十六，循吏三至四。

⑨ 《宋史·方腊传》，中华书局 1977 年版，第 13660 页。

⑩ 《连环套》，写窦尔敦被黄三太（黄天霸之父）镖伤后，愤至口外连环套聚义。十数年后探悉梁九公去口外围猎，骑有康熙所赐的御马，为报前仇，将御马盗走，留下了黄三太的姓名，借以嫁祸于人。梁九公丢失御马，见柬上留有黄三太的名字，因黄已死，就问罪于黄天霸。由于彭鹏与黄三太有旧情，就暗中保护，限令黄天霸去访拿。黄与朱光祖到连环套察访御马，朱光祖乘窦尔敦酒酣熟睡之时，用盗钩换刀之计，使窦尔敦感黄天霸不杀之恩，主动到官认罪，交出御马。此戏根据《续施公案》第七集改编，彭鹏这一人物是改编时加入的。

⑪ 温睿临：《南疆逸史·陈潜夫传》卷二，中华书局 1959 年版。

⑫ 《清史稿·宋必达传》，第 12971 页。

⑬ 《里海坞》写皇亲国戚镇山东郎如豹“仗势欺人，因奸制死男女二命”。受害者告至宫廷，反被郎的后台“素国舅启奏一本”，“发回本处衙门审问”。“国舅又到千岁宫中拜求幼主爷”，秘密旨令太尉罗进忠前去通融施公，保全郎如豹性命。施公面对着罗太尉的威胁和利诱，铁面无私地进行了斗争，法办了郎如豹。此戏与其他黄天霸戏不同的地方，是施公成了主角，形象比较丰满，在一定程度上反映了历史人物“世纶当官聪强果决，摧抑豪猾”的进步方面。其思想内容和人物形象都有元曲优秀清官戏的余姿。黄天霸退居到次要地位。但是，这样的人物在戏中以正面形象出现，不能不说是一个不小的缺陷。

⑭ 《虮蜡庙》：“某姓费名德功……幼年曾拜飞天豹为师。”《洗浮山》：“那于六、于七，乃是兄弟二人，是费（飞）天豹门徒。”

⑮ 参见孟超《杨小楼演黄天霸》一文，《光明日报》1962 年 2 月 27 日。

⑯ 吉水（陈墨香）：《近百年来皮黄剧本作家》，《剧学月刊》1934 年 10 月第 3 卷第 10 期。

⑰ 郑菊庾：《鑫培武剧拾零·恶虎村》，载刘菊禅《谭鑫培全集》，上海戏剧报社 1940 年版。

（1980 年第 5 期）

中国新诗六十年

艾　青

一

中国新诗是新时代的产物。

中国新诗是为了适应中国现代的社会变革而产生的，从内容到形式都起了伟大变化的文学样式。

不用讳言，无论自由诗、格律诗、十四行之类，这些诗的形式都是从外国（主要是欧、美）移植来的品种。就像棉花和葡萄、西红柿是外来的一样。

正如已故的现代诗人朱自清所说："旧诗已成强弩之末，新诗终于起而代之。新文学大部分是外国的影响，新诗自然也如此。"

早在一个世纪以前，在我们国家里，人们把写诗和读诗，都看作是少数人文化教养的标志。那些诗，采用普通人不易理解的古奥文字，有严格的音调规定。一般流行的是两种诗的形式：五言诗和七言诗。每首诗通常由四句或八句构成，既不分行也不断句；虽有叫作"词"的那样长短句构成的，也有各种固定的格式。以文言写的旧体诗，只能适应生产关系很单纯的、经济上长期停滞不前的封建社会。

那个时代——整个旧时代，千千万万人的诗歌活动，采用口头传诵或说唱的方式，很少有得到印刷出版的机会。

到了上个世纪40年代，资本主义列强的炮火轰开了中国的大门。在来势汹汹的帝国主义联合进攻下，古老的封建王朝，彻底暴露了它的腐朽、衰败与软弱无能。

中国人民生活在屈辱中。一大批爱国的志士仁人，在各方面想着中国的革新。这种渴想也反映到文学艺术领域里。

当时，曾受到资本主义国家文化影响的上层知识分子谭嗣同、夏曾佑和黄遵宪等，提出了"诗界革命"的主张，认为应该用通俗的话写诗，写新的事物。

但是，他们所写的诗，无论从内容到形式不可能做到真正的突破，就像旧中国缠过脚的女人想跑步，显得很不自然。

新诗的崛起是在我国本世纪最初的二十年的最后一年，伟大的5月4日的反帝反封建的运动中。

第一次世界大战——尤其是1917年的俄国十月革命，一阵阵强劲的飓风摇撼着古老的中国。1919年，由于巴黎和会激起我国公众的义愤，在5月4日爆发了一次空前规模的反帝反封建的革命运动。这个运动是我国近代思想启蒙运动史上的大事，是中国新旧文化、新旧思想的分水岭。在民主与科学的世界新思潮的冲击下，为了适应自由地表达争取独立解放的思想感情的要求，我们兴起了生气勃勃的文学革命。

而诗体解放成了这场文学革命的开路先锋。《新青年》杂志最先连续发表白话诗，《新潮》《少年中国》《每周评论》等著名刊物也相继大量刊载。初期的白话诗，多少有些像民谣与儿歌，但已经打破了传统的旧诗的桎梏，采用了人民日常的口语，字数和行数都不受限制，分行排列，并开始使用标点符号。不管保守分子怎样反对，报刊上的新诗很快风行于全国各地。

如果从1919年五四新文化运动诞生了新诗算起，那么，我们国家的新诗已走过了整整六十年的路程。我们经历了太多的苦难和太长的坎坷，而我们的新诗却始终是在艰辛地发展、勇猛地前进着。

二

中国新诗的历史是光荣的六十年。

参加“五四”文学革命的成员是很复杂的。他们对文学、对诗歌的主张不可能一致。有的强调新诗的革命的社会功能；有的主张“为人生”；有的满足于形式的探讨；有的提出诗的“平民化”；有的坚持“诗只能是贵族的”偏见。

胡适（1891—1962）曾是新诗的积极鼓吹者，他把“五四”文学革命归结为“语言文字和文体的解放”。

事实上，形式上的冲破桎梏只能是为了适应内容的要求。在现实斗争的浪尖上，在革命的新思潮的感染下，众多的新诗人不能不面向社会，面向人生，触及现实生活中的大量问题，从各个方面去体现那个时代的反帝反封建的民主革命精神。在比较自由开放的政治思想和艺术的创造空气里，不拘一格、新鲜活泼的白话诗处于进攻的地位，用前进和创新打败了、并且取代了旧诗。

五四运动的最初几年，出现了我国现代诗歌史上第一次大繁荣的局面。

早期的共产党人李大钊的《欢迎独秀出狱》、周恩来的《生别死离》、蒋光慈的《中国劳动歌》、瞿秋白的《赤潮曲》、彭湃的《起义歌》、邓中夏的《游工人之窟》等等，都给人以强烈的鼓舞。

最初出现的新诗人，抱着“为人生而艺术”的宗旨，走的是现实主义的道路。一般都采用自由体。

诗人刘半农（1891—1934），早在五四运动之前的1917年即在《新青年》上发表《诗与小说精神上之革新》。他主张“增多诗体”。1917年10月他写的《相隔一层纸》，可说是最早的新诗：

屋子里拢着炉火，
老爷吩咐开窗买水果，
说“天气不冷火太热，
别任它烤坏了我”。

屋子外躺着一个叫化子，
咬紧了牙齿对着北风喊“要死”！
可怜屋外与屋里，
相隔只有一层薄纸！

他在《扬鞭集》里的许多诗，唱出了劳动者的血泪生活的哀歌。

和他同时的诗人刘大白（1880—1932），虽然中过“举人”，却也竭力提倡写新诗。他的诗集《卖布谣》里，许多诗反映了农民生活的悲苦。

最初阶段的诗人有：周作人、俞平伯、朱自清、冰心、陆志韦、康白情、冯至、王统照、徐玉诺……

当时的“湖畔诗社”的四个诗人——应修人、潘漠华、汪静之、冯雪峰，以纯朴的爱情诗开始走上文坛。他们的作品流露了青年的坦率的感情，对自由婚姻与自由恋爱的向往。

然而在那个时期，所有的诗人中，最能集中地、强烈地体现狂飙突进的时代精神的，是从日本留学归国的诗人郭沫若（1892—1978）。他是“创造社”的首脑。1921年8月出版的《女神》，接受了惠特曼的影响，大胆冲破形式的羁绊，歌颂大自然，歌颂地球、海洋、太阳，歌颂近代都市，歌颂祖国，歌颂力。

请看他写于1920年1月间的《晨安》：

晨安！常动不息的大海呀！
晨安！明迷恍惚的旭光呀！
晨安！诗一样涌着的白云呀！
晨安！平匀明直的丝雨呀！诗语呀！
晨安！情热一样燃着的海山呀！
晨安！梳人灵魂的晨风呀！
晨风呀！你请把我的声音传到四方去罢！

晨安！我年青的祖国呀！
晨安！我新生的同胞呀！
晨安！我浩荡荡的南方的扬子江呀！
晨安！我冻结着的北方的黄河呀！
黄河呀！我望你胸中的冰块早早融化呀！
晨安！万里长城呀！
啊啊！雪的旷野呀！
啊啊！我所畏敬的俄罗斯呀！
晨安！我所畏敬的 Pioneer 呀！
……
晨安！大西洋呀！
晨安！大西洋畔的新大陆呀！
晨安！华盛顿的墓呀！林肯的墓呀！惠特曼的墓呀！
啊啊！惠特曼呀！惠特曼呀！太平洋一样的惠特曼呀！
啊啊！太平洋呀！
晨安！太平洋呀！太平洋上的诸岛呀！太平洋上的扶桑呀！
扶桑呀！扶桑呀！还在梦里裹着的扶桑呀！

醒呀！Mesame 啊！

快来享受这千载一时的晨光呀！

郭沫若蔑视传统，勇于创新。他的诗洋溢着热情，一泻千里。他使新诗开阔了题材的领域，也为新诗提供了新的形式。他是那个时期最突出的革命新诗的代表。

三

1923 年起，中国诗坛上先后出现了两个新的流派——“新月派”和“象征派”。

“新月派”最早出现于 1923 年，然而作为《新月》月刊却在 1928 年 3 月才创办。

“新月派”的主将闻一多（1899—1946），他开始写诗的时间是“五四”前后。他初期写的《秋色》《红豆》《烂果》《红烛》《收回》等都采用自由体；不久却成了格律诗的狂热的提倡者、艺术上的唯美主义者，写了《也许》《死水》《静夜》《一句话》《飞毛腿》等，正如他所自嘲的“戴着脚镣跳舞”了。他的代表作是 1925 年写的《死水》：

这是一沟绝望的死水，

清风吹不起半点漪沦。

不如多扔些破铜烂铁，

爽性泼你的剩菜残羹。

……

那么一沟绝望的死水，

也就夸得上几分鲜明。

如果青蛙耐不住寂寞，

又算死水叫出了歌声。

这是一沟绝望的死水，

这里断不是美的所在。

不如让给丑恶来开垦，

看他造出个什么世界。

“新月派”的另一个主将是徐志摩（1896—1931），年岁比闻一多大，但出来却比闻一多晚。在诗坛上的影响比闻一多更大。他具有纨绔公子的气质。一句话可以概括了他的一生：

我不知道风是在哪一个方向吹

最初他也写过一些联系实际生活的诗，写过《大帅》《谁知道》《卡尔佛里》，尽管这种联系是多么稀薄。

他所擅长的是爱情诗：《落叶小唱》《翡冷翠的一夜》《起造一座墙》《我等候你》……他在女性面前显得特别饶舌。

他的诗以圆熟的技巧表现空虚的内容，如《沙扬娜拉》：

最是那一低头的温柔，
　　象一朵水莲花不胜凉风的娇羞，
道一声珍重，道一声珍重，
　　那一声珍重里有蜜甜的忧愁——
沙扬娜拉！

1931年11月，他从南京到北京的路上因飞机失事而死亡。他的创作生涯只有十年。

“新月派”的另一个成员是朱湘（1904—1933）。他是充满凄苦与幽愤的诗人，对人生抱着深刻的悲观。例如《当铺》：

“美”开了一家当铺
　　专收人的心，
到期人拿票去赎，
　　它已经关门。

早在1925年2月2日，他已写了一首《葬我》的诗；到了1933年，终于投河自尽。

属于“新月派”的诗人很多，活动的时间也最长。

假如说，徐志摩是以——

悄悄的我走了
　　正如我悄悄的来；
我挥一挥衣袖，
　　不带走一片云彩。

那么，到了陈梦家写的《雁子》，则是——

从来不问他的歌
　　留在那片云上?

“新月派”已经奄奄一息了。

1931 年徐志摩逝世。同年闻一多写了最后一首《奇迹》之后，“新月派”已不可能出现什么奇迹了。

中国新诗的另一个支流是“象征派”。这一诗派的代表人物是李金发（1900—1976）。他的很多诗是在外国写的，也好像是外国人写的；但他却爱用文言写自由体的诗，甚至比中国古诗更难懂。例如《弃妇》：

或与山泉长泻在悬崖
然后随红叶而俱去。

又如《夜之歌》：

彼人已失其心，
在混杂在行商之背而远走。

这一类句子，完全离开了一般人的思考方式，把人引向不可理解的迷雾中去，最后只得发出哀叹：

噫吁！数千年如一日之月色
终久明白我的想象，
任我在世界之一角，
你必把我的影儿倒映在无味之沙石上。

在人世里是很难找到知音了。

属于“象征派”的诗人也不少，大都陷于悲观厌世之作。

像于赓虞，他的诗集索性以《骷髅上的蔷薇》为名，可见已经颓废到无以复加了。

诗人戴望舒（1905—1950），1923年间就开始写诗，先受旧诗词的影响，后受象征派影响。他的《雨巷》就其音韵讲，近似魏仑的《秋》，不断以重叠的声音唤起惆怅的感觉。他常以怀念逝去的岁月来逃避现实的烦忧。就其艺术——采用的口语，却比所有同一时期的诗人都明快。而这也是他的诗具备了比他们进步的因素。

还有一个诗人废名（1901—1967），介乎“新月派”与“象征派”之间，或许加上“道家”思想，写的东西更难以捉摸。例如《寄之琳》：

……
我想写一首诗
犹如日，犹如月，
犹如午阴，
犹如无边落木萧萧下，
我的诗情没有两个叶子。

这样的一首诗，写于抗日战争爆发后的第三天，究竟要给谁看呢——中国人看不懂，日本人看了也不会懂，真是“我的诗情没有两个叶子”！

“新月派”与“象征派”演变成为“现代派”。

“现代派”并无艺术上特别明显的纲领，是以《现代》杂志为中心发表新诗的一群。他们里面包括各种不同的倾向，有些是原来的“新月派”或“象征派”的成员。

“现代派”影响最大的是戴望舒。

四

尽管出现上述的各种不同的流派，弥漫着不健康的思想感情，而作为主流的现实主义的诗歌，仍然在极艰难的环境中，十分顽强地、和它们相并行地发展着。

1930 年 3 月，中国左翼作家联盟成立。这是有统一的纲领、统一的战斗目标的组织。国民党立即采取各种残酷的手段进行迫害。

青年诗人殷夫带来了新时代的歌声，欢呼着进行斗争。他的《别了，哥哥》《血字》等诗篇，充满了胜利的信心。

《血字》毫不隐讳地宣称：

我是一个叛乱的开始，
我也是历史的长子，
我是海燕，
我是时代的尖刺。

他在《一九二九年的五月一日》里大声疾呼：

未来的世界是我们的，
没有刽子手断头台绞得死历史的演递。

1931 年 1 月 27 日，我们年轻的诗人第三次被捕。同时被捕的还有作家李伟森、柔石、胡也频、冯铿；十天之后，在 2 月 7 日的晚上，五个人被秘密枪杀。殷夫死时才 22 岁。

鲁迅为殷夫的诗集《孩儿塔》写序说：

这是东方的微光，是林中的响箭，是冬末的萌芽，是进军的第一步……

国民党的白色恐怖，不但不能扑灭革命的新文学的火焰，反而起了火上加油的作用，使许多作家和诗人更坚决更勇敢地参加了革命。

1931 年 9 月 18 日，日本帝国主义侵占了我国的东北，民族危机更加深刻化了。

中国的新诗随着反对日本帝国主义的运动一同高涨。1932年在上海成立中国诗歌会，出版诗刊《新诗歌》，号召诗人们“捉住现实”，歌唱“反帝反日”，倡导诗歌的大众化。

诗的题材扩大了：农村破产、灾荒、饥饿、流亡、抗租抗捐、工厂斗争、失业、罢工、暴动、监狱生活等等。现实主义的传统得到了继续与发展。左翼的文艺刊物像雨后春笋——《拓荒者》《奔流》《北斗》《萌芽》都不断地发表革命的新诗。

而敌人的迫害也更加紧了：应修人于1933年遇害；潘漠华于1933年在天津被捕，第二年死于狱中；冯雪峰潜入红色根据地井冈山。

在30年代前期，成就较大的诗人，具有现实主义倾向的诗人有蒲风（1911—1942）。他以炽热的反帝情绪，以惊人的产量和通俗易解的诗风，拥有读者。在他的《第一颗子弹》里，他喊出了：

田野里早就诞生了火的洪流；
众多田野的火
汇合着，
响应着；
中国的农村，
到处射出了第一颗子弹，
中国早就在燃烧着了呵！

臧克家（1905— ）是闻一多的学生。他以严肃的态度刻画了中国农村社会的一些侧面著称。例如《老马》：

总得叫大车装个够，
它横竖不说一句话，
背上的压力往肉里扣，
它把头沉重地垂下！

这刻不知道下刻的命，
它有泪只往心里咽，
眼里飘来一道鞭影，

它抬起头来望望前面。

田间（1916— ）当时很年轻。20 岁就出了《未明集》《中国农村的故事》《中国牧歌》等诗集。他的诗具有很浓的生活气息与独特的风格，节调受马雅可夫斯基的影响。在《中国的春天在号召着全人类》里，有诗人昂奋地战叫：

人民底
肩膀
在倚着
壕沟，
人民底
手
在抚着
枪口，
向法西斯军阀
人民的公敌
坚决战斗。
中国底春天生长在战斗里，
在战斗里号召着全人类。

五

在日本帝国主义步步进逼下，1937 年 7 月，抗日战争爆发了。（实际上，这场战争早在 1931 年 9 月 18 日夜晚就开始了。）

一百年来的民族郁愤，在一个巨大的决口上奔涌出来了。

炮弹可不会谈情说爱。硝烟里的风景也不可能明丽。许多诗人活跃在各个抗日根据地和各个游击区。甚至很多原来是属“新月派”和“象征派”行列里的诗人，也在民族危亡的关键时刻惊醒起来，唱起抗战之歌了。

他们在敌机轰炸下没有掩避的场所写诗；他们在冒着敌人炮火的进军途中写诗；他们在密密的丛林里和高高的山岗上写诗；他们在乡村宣传抗日的土墙上写诗……

他们的行李包里有诗集；他们的笔记本里抄着自己喜爱的诗；他们可以抛弃别的什么，却不愿意抛弃新诗。

他们可以背诵许多心爱的诗句。他们在一些集会上朗诵着诗。

这是继“五四”以后又一个中国新诗空前发展的时期。我国当代的许多著名诗人，大多是从伟大的民族解放战争时代涌现出来的。他们和人民一起思考，一起走上前线。他们的命运和整个民族的命运联系在一起。

抗战一开始，田间就从华东到华北，写了大量的鼓舞战斗的诗。他在《给战斗者》里发出战鼓般的声音：

在斗争里
胜利
或者死……
在诗篇上，
战士底坟场
会比奴隶底国家
要温暖
要明亮。

又如《假使我们不去打仗》：

假使我们不去打仗
敌人用刺刀
杀死了我们，
还要用手指着我们骨头说：
“看，
这是奴隶！”

田间的《给战斗者》等优秀作品，迅速地配合战斗的要求，在鼓动人民奋起抗战方面具有号角的作用。

（新月派的老诗人闻一多，从 30 年代就转向对古典文学的研究；抗战期间，终于从《死水》中发现新生的力量，以极大的热情推崇年轻人写的——尤其是田间的诗；日本投降后致力于民主运动，在 1946 年的一次集会之后，被国民党特务用无声手枪杀害于昆明。）

臧克家在抗战开始后，从《血的春天》《反抗的手》《从军行》等诗篇投入了反侵略的行列：

明天，灰色的戎装
会把你打扮得更英爽，
你的铁肩上
将压上一支钢枪。
今后，
不用愁用武无地。
敌人到处
便是你的战场。

王亚平（1905— ）写了不少诗，加入战地服务队，走遍了江、浙、鄂、湘、赣五省。

诗人卞之琳（1910— ）原来在《断章》里写：

你站在桥上看风景，
看风景人在楼上看你。

别人装饰了你的窗子，
你装饰了别人的梦。

抗战开始，他到了西北战线，写了《给西北的青年开荒者》：

你们和朝阳约会：

十里外山顶上相见。
穿出残夜的锄头队
争光明一齐登先。
……
不怕锄头太原始，
一步步开出明天，
你们面向现实——
“希望”有这么多笑脸！

这些有关抗战的诗，后来结成了《慰劳信集》。

战争也摇醒了写过《画梦录》的何其芳（1912—1977）。他走向了广阔的生活的海洋，为新的战斗的现实歌唱：

……谁都忘记了个人的哀乐，
全国的人民连接成一条钢的链索。

不久，他就到延安去了。

当时许多的青年诗人，深入到战区，深入到敌人占领的地区打游击，在激烈的战斗间歇写下的诗，是绝非空想所能企及，也非整天看着云彩能写出来的。这些诗，带着早上的青草和含着露水的花的香味。

陈辉（1920—1944）从19岁起就在晋察冀抗日根据地工作，领导青年抗战先锋队的斗争。这位牺牲在战场上的年轻烈士的诗作，映现着天真无邪的理想主义的光泽：

我的晋察冀呀，
也许吧，
我的歌声不幸停止，
我的生命
被敌人撕碎，
然而
我的血肉呵，

它将

化作芬芳的花朵，

开在你的路上。

那花儿呀——

红的是忠贞，

黄的是纯洁，

白的是爱情，

绿的是幸福，

紫的是顽强。

（《献诗——为伊甸园而歌》）

魏巍（1920— ）长期在河北、山西、内蒙古交界地区过着流动的战斗生活。他的感情纯粹是战士的感情。如在《蛔蛔，你喊起他们吧》一诗中，通过战地生活的描绘，刻画了革命战士美好的心灵：

……

你可曾看见，在他们的梦里

手榴弹开花是多么美丽

战马奔回失去的故乡时怎样欢腾

烧焦的土地上有多少蝴蝶又飞上花丛

呵，蛔蛔，你喊起他们吧

在升起笔直的青烟那边

早饭已经熟了

鲁藜（1920— ）写了《延河散歌》。他的《我们是这样走过来的》，不乏战斗者的坚毅：

以血染战旗

以生命燃烧理想

……

我们不容于黑暗

因为我们是火花……

在华北一带战斗的还有邵子南、曼晴、袁勃、方冰、史轮、蔡其矫……

力扬（1908—1964）是比较成熟的青年诗人。他本来学画，是中国左翼美术家联盟盟员，1932年7月被捕，1935年秋出狱。出过诗集《我的竖琴》。1942年5月完成的长诗《射虎者及其家属》，深刻地揭示了封建社会制度下的各种矛盾。

“现代派”的主角、著名的诗人戴望舒，走出了寂寞的“雨巷”，卷入抗战的漩涡，写了新诗；香港沦陷，他被日军投入监狱，写了《狱中题壁》以及《我用残损的手掌》等感人至深的诗篇。在作于1944年的《等待》里写尽了敌人的残暴：

……

屈辱的极度，沉痛的界限，

……

做柔道的呆对手，剑术的靶子

从口鼻一齐喝水，然后给踩肚子，

膝头压在尖钉上，砖头垫在脚踵上，

听鞭子在皮骨上舞，做飞机在梁上荡……

多少人从此就没有回来

然而活着的却耐心地等待。

让我在这里等待，

耐心地等你们回来；

做你们的耳目，我曾经生活，

做你们的心，我永远不屈服。

整个抗日战争期间，是中国新诗最蓬勃发展的阶段，绝大多数诗人都为民族解放战争服务。在八年抗日战争中，创作上收获比较大的有：田间、蒲风、臧克家、光未然、柯仲平、肖三、何其芳、卞之琳、严辰、邹荻帆、吕剑、公木、王亚平、天兰、绿原……南方有：林林、胡危舟、韩北屏、黄宁婴、陈芦荻、陈残云……

1942 年 5 月，毛泽东主席在延安发表了著名的关于文艺问题的讲话，号召我们的作家和诗人深入到群众的斗争和生活中去，进一步锻炼和改造自己，创作为中国老百姓喜闻乐见的作品。解放区的诗人努力学习民歌的优秀传统，出现了李季（1922—1980）的《王贵与李香香》、阮章竞（1914— ）的《漳河水》、张志民（1926— ）的《死不着》、王希坚的《佃户林》等新鲜活泼的民歌体的新诗，为我国诗歌的民族化、群众化开辟了新的道路。

毕革飞（1919—1962）的《毕革飞快板诗选》是战争年代枪杆诗的代表作。

日本投降后，在大后方出现了袁水拍的《马凡陀的山歌》这样一些取材于大众生活、具有政治讽刺意味的新品种。在上海，以《诗创造》与《中国新诗》为中心，集合了一批对人生苦于思索的诗人：王辛笛、杭约赫（曹辛之）、穆旦、杜运燮、唐祈、唐湜、袁可嘉以及女诗人陈敬容、郑敏等。他们接受了新诗的现实主义的传统，采取欧美现代派的表现技巧，刻画了经过战争大动乱之后的社会现象。

六

经历了八年的浴血抗战，我们打败了日本帝国主义，紧接着又以四年的时间摧毁了蒋家王朝。1949 年 10 月，中华人民共和国在隆隆的礼炮声中宣告成立。

我们各路诗人在北京会师了。

我们告别了苦难的岁月。我们走上了新的路程。新的时代需要新的歌声。

过去唱着悲愤与抗议的诗人们，迸发出新的热情，歌颂新的国家，新的生活；歌颂胜利了的人民。

石方禹（1925— ）写的《和平最强音》给诗坛以震动。

在战争年代成长起来的一批诗人，从思想到艺术走向成熟。

郭小川（1919—1976）投入了火热的斗争，他的很有号召力的《向困难进军》《秋歌》等诗篇，鼓舞着人们积极参加建设新生活的行列。

贺敬之（1924— ）很早开始写诗，歌剧《白毛女》的作者，他的诗吸取我国民歌、古典诗词和外国朗诵诗艺术上的精华，并且融会在一起，出了诗集《放歌集》，在《雷锋之歌》中创造了全心全意为人民服务的中国士兵的光辉形象。

闻捷（1923—1971）从西北战场转业到了新疆，写出了《天山牧歌》等反映新时代的爱情生活和繁荣兴旺的草原的诗篇，笔调轻松，语言明丽。

大批新的诗人从各条战线成长起来，走上了我国诗坛。未央（1930— ）的《祖国，我回来了》写出了参加抗美援朝的战士的心声；公刘（1927— ）的《在北方》，表现出他重视现实的思想内容，又讲求精妙的抒情方式；白桦（1930— ）在一批描画少数民族新生活的诗作中获得了成功；李瑛（1926— ）以勤奋的劳动写了大量的战士诗，他具有细致的抒情笔触，语言和形象比较清新；邵燕祥（1933— ）在他的《到远方去》等诗中，表现了新一代建设者的豪情。

50年代涌现了大批诗人：周良沛、雁翼、孙静轩、傅仇、陆棨、高缨、顾工、严阵、梁上泉……

由于向民歌学习，产生了一些好的叙事长诗，如乔林的《白兰花》和王致远（1925— ）的《胡桃坡》。

由于诗歌和人民群众的结合，一批直接来自工人、农民的诗人也不仅写诗，而且印刷和出版他们的作品（如工人黄声孝、农民王老九等）。他们往往是一边劳动一边歌唱，始终生活在自己的人民中间。

在过去，我国50多个少数民族的传统诗歌是进不了所谓诗的神圣殿堂的。中华人民共和国成立以后，我们加强了发掘和整理民间史诗和长篇叙事诗的工作，像撒尼人的《阿诗玛》、蒙古族的《嘎达梅林》、藏族的《格萨尔传》、壮族的《百鸟衣》等等，都先后出版发行了。

值得高兴的是，一批成长起来的少数民族诗人，以他们富有民族色彩的歌声，汇入了我国社会主义新诗的长江大河。蒙古族诗人纳・赛音朝克图的《幸福与友谊》，巴・布林贝赫的长诗《狂欢之歌》和《生命的礼花》，藏族诗人饶阶巴桑的诗集《草原集》，维吾尔族诗人尼米希依提的《祖国恋》和铁衣甫江的《柔巴依》，还有克里木・霍加（维吾尔族）、康朗甩（傣族）、康朗英（傣族）、包玉堂（仫佬族）、汪承栋（土家族）、韦其麟（壮族）、晓雪（白族）、金哲（朝鲜族）、吴琪拉达（彝族）等等众多诗人的新作，如同孔雀开屏，丰富了多民族新诗的宝库。

自然，在我国近30年诗歌发展的道路上，也受到过严重的挫折。我们提倡“百花齐放”，但在具体的实践中，没有达到理想的、有时甚至是完全相反的结果。特别是林彪和“四人帮”一伙，他们很早就插手我国诗歌界，发展到十年“文革”时期对诗歌也实行封建法西斯式的专政。这是我国新诗史上时间最长的、也是最黑暗的冬夜！

七

我国是富有诗歌传统的国家。我们的人民是不会长久地沉默的。

1976 年清明节前后，在天安门广场上爆发了“四五”诗歌运动。成千上万没有姓名的歌手们，以自己的血肉之躯和悲愤交加的战斗，用诗歌作武器，同“四人帮”进行了生死搏斗。

这场诗歌运动，成了同年 10 月的胜利的先声。这是我国新诗的光荣和骄傲。

同时出现了大量悼念周总理的诗篇：李瑛的《一月的哀思》、柯岩（1929— ）的《周总理，你在哪里？》……继之而起的，是无数控诉“四人帮”罪恶的诗篇。

《诗刊》社、中央人民广播电台于 1978 年 11 月联合举办的多次诗歌朗诵会，播送了：一、天安门诗抄；二、歌颂天安门事件、南京事件英雄们的诗；三、《为真理而斗争》；四、《阳光，谁也不能垄断》等诗作，得到了空前的反响。

我国的新诗又复活了。我们的诗人又同形象思维携起手来了。面对着建设社会主义现代化的丰富多彩的生活，我们又可以自由地歌唱了。而且，诗在这几年里，也越来越成为广大人民群众自己抒发感情的很普通的工具了。

现在，我国的新诗人和评论家们，正在总结我国诗歌发展的历史经验，探索前进路上不断出现的新问题。我们决心坚持社会主义的方向，加强诗与现实的联系，和自己的人民一同思考，一同歌唱，一同前进。我们既要发扬自己的好传统，又要吸取世界上一切进步诗歌的长处，使我们民族的诗歌从体裁、形式、风格都获得多样化的发展，为人民提供更美好的精神食粮。

中国革命的新诗，代替了旧诗而在文学的领域里取得了巩固地位之后，在这六十多年里，它一方面和各式各样的唯美主义、颓废主义进行了斗争；另一方面也和革命文学内部的概念化倾向、标语口号式的空洞叫喊进行了斗争。它十分曲折地发展起来了。

假如说，在开创时期的新诗只是一片小小的灌木林，那么，今天它已是一个葱郁参天的森林了。

1980 年 8 月北京

（1980 年第 5 期）

读《辽史》

——兼论《四郎探母》

李一氓

一、《辽史》

《辽史》是中国历史的《史记》系统的二十四（五）史之一。元脱脱等编修，元朝自认为正史；明朝的南监、北监都印过，承认它为正史；清朝的乾隆、道光印过两次殿本，亦承认它为正史。自有《辽史》以来，没有人说《辽史》是外国史。

辽朝的帝号，仿自中原，如“太祖”“太宗”“世宗”等计九帝；纪年亦仿自中原，如“神册”“天显”“保宁”“统和”等计十九建元。

契丹在中国东北方是一个古老的大部族，但前代史书，皆不著契丹之名，只是到了《魏书》（卷一〇〇）才有《契丹传》的记载。因此在追溯契丹部族的来源时，历史上或称“鲜卑之遗”，或称“匈奴同种”。以后《隋书》（卷八四）、《旧唐书》（卷一九九）、《新唐书》（卷二一九）皆著《北狄·契丹》。《五代史》（卷一三七）列为《外国列传》——《契丹》，《新五代史》（卷七二）改为《四夷附录·一》；《南唐书》有《契丹传》。当时契丹部族还以一个大游牧部落在北方活动，中原的大一统封建王朝把它列入北狄、四夷，不算什么错。但这个部族一直和这些历代王朝发生军事、政治、经济的关系，在中国史中始终列为一章。

到了宋朝就大不相同了，它已成为在大中国区域上的宋、西夏、辽鼎峙的三国之一。宋叶隆礼著《契丹国志》从宋人立场视为外国。辽历时二百十年，在中国的边陲部落中，没有哪一部族稳定地享有这么长的国运。宋朝的官文书及著作已不大恶意地称它为夷、狄、胡、虏了。有关宋给辽的国书称：“大宋皇帝谨致书于契丹皇帝阙下……”，“大宋皇帝谨致书大辽皇帝阙下……”。《契丹国志》《行程录》称“富郑公之使北朝也……”。秦观《淮海集》称：“夫契丹强大与中国抗衡……”，“大辽自景德结好之后……”，“北边之患……”。宋祁《景文集》《御戎论》亦称：“契丹所得……”。

朱弁《曲洧纪闻》称“北边自增岁币以来……”。苏辙《滦城集》称“臣等窃见北界别无钱币……”。苏轼《东坡集》称“泉州海舶……却发船入大辽买卖……”。这些宋人的文字记载，都称大辽、契丹、北边、北界、北朝，是很客观的。当然要找骂契丹为夷、狄、胡、虏的话，别的文字记载当中亦不是没有，但至少是不完全如此。

我们大家都不是魏收、魏征、刘昫、欧阳修、薛居正、陆游、叶隆礼这些史家。我们今天没有理由自居于唐人、五代人、宋人的立场，把辽视为敌国，咒为夷狄。

二、辽疆域

辽朝（耶律王朝 916—1125）历祚整二百一十年，相当于中原后梁、后唐、后晋、后汉、后周（五代），宋（建隆至宣和）这个历史时期，并与这些朝代共处于一个大地区之内。这个大地区现名中华人民共和国。五代、宋、辽，已经是历史名词。

辽的疆域，现置石敬瑭纳燕云十六州于契丹不论，北境至苏联贝加尔湖地区，包括蒙古人民共和国，东北境至庙街（苏联），东境临日本海，包括伯力、海参崴（苏联）。无怪俄国人叫中国作基塔耶，不是“秦”的对音，刚好是“契丹”的对音。而欧洲人则叫中国作遣那、希尼、希诺、奇诺，阿拉伯人叫中国作希尼。因为从中亚细亚人那里俄国人才第一次知道有契丹在这个区域，把中原也包括在内，以“契丹”来代表中国了。

辽首都是上京临潢府，在今兴安岭南麓内蒙古境内。这是在草原上平白地建立起的一个城市。据《新五代史》（卷七二）《附录》称：“城郭，邑屋，市廛，如幽州制度。”这是一个汉式的城市，不是一个洋式的城市。

南疆则从今天天津向西，沿河北霸县、容城、涞源，山西灵丘、应县、朔县、神池、五寨偏关，内蒙古准格尔旗，东胜以西。河北包括了今唐山、承德、北京、张家口在内；山西包括了今大同市在内；内蒙古自治区几全在内。北京叫析津府，是辽的南京，大同叫大同府（云中）是辽的西京。河北、山西太行山两侧这些地区，即所谓“燕云十六州”。这是后唐末期，石敬瑭靠契丹力量称帝时割让给辽方的。一直到辽被金灭为止，宋朝都没有能够收回。赵匡胤建立宋朝以后，首先是统一南方，消灭南唐、吴越、后蜀、南汉、荆湖等地方政权，然后用武力去收回燕云十六州，这原是无可厚非的举动。只是宋太祖时来不及，宋太宗用全力打了两次［太平兴国四年（979）—雍熙三年（986）］又都未成功。以后一直到澶渊和议（1004），双方都只是你打过来，我打过去，至于收回燕云十六州，宋朝未能用武力达到目的。

我不想评论宋辽之间和战的是非功过，我只想从疆域上说，宋辽虽然对立，但当时和以后，这个地方都属于大中国这个范围。特别在今天，谁也不会把这个疆域说成是外国，辽国。假如这样，那现在住在北京城的人，都是辽的臣民了。为了不当耶律王朝的顺民，我们都需要搬到河南开封去了。

三、辽经济

辽原是一个由游牧部族形成的奴隶主专制国家。辽的经济结构的改观，开始于从石敬瑭那里接收燕云十六州。这个地区的基本生产是农业，长期受封建制度的统治，居民绝大部分是汉人。于是从单纯的游牧经济而变成游牧经济和农业手工业经济并存。因此辽政府分设北院以治契丹人，设南院以治汉人。近代比利时政府亦有相类似的制度，对说佛拉芒语的设佛拉芒语国民教育部，佛拉芒区事务部；说法语的设法语国民教育部，瓦隆区事务部；众议院亦相应的设两个文化委员会。所以辽圣宗诏称："汉儿公事，皆须体问南朝法度行事，不得造次举止。"这就是说治汉人不用辽法，而要用宋法。这不是个政治问题、法律问题，基本上是个经济体制的问题。在这样一个广大的封建制的农业经济区域，法律必须适应这么一个经济基础，辽法是行不通的。辽法是管奴隶制游牧经济的，只有用宋法，才能管好这燕云十六州。

这样，在辽国，经济发展显然是不平衡的，北方一个大游牧区，南边一个大农业区。在北方，商品经济还没完全形成，因此在流通过程中，布、兽皮大量用作价值媒介。而在南方，则以制钱作为通货，作为市场交换的价值尺度了。依近人陈述：《契丹社会经济史稿》计算，前后一百年间，宋朝共给辽岁币计3150万两，绢1970万匹。除少量外，这些东西自然都会进入市场，作为交换手段了。辽亦自铸铜铁钱，统计约有十四种，量亦不会多，因为苏辙使辽时（1089），看见的是"北界别无钱币，公私交易，并使本朝铜钱"。

辽的羊、马、皮毛为宋人所需，宋的茶叶、丝织品、贵金属、铜钱、手工业产品为辽人所需。彼此就在这种产品上进行交换。互相贸易的口岸，宋辽时期叫"榷场"。前前后后，这些地方，镇、易、雄、霸、沧各州；静戎军，代州雁门；朔州、涿州；安肃（徐水）；定州等宋辽双方都曾设过榷场。

整个经济关系，辽代二百一十年间，不仅和宋存在，亦存在于和五代十国之间。从地区上讲，也和吐蕃、西夏、高昌、于阗有经济关系……

陈述在《契丹社会经济史稿》中断言："祖国各个部分发展的过程，也正是彼此互相结合的过程，政治虽有时分立，经济则始终是整体一国"（第153页），可解释为统一的市场。这是非常正确的历史唯物主义的论断。不把这种经济关系看成一体，而看成两体，不相干的两体，或对立的两体，都是不正确的，违背历史唯物主义的。

四、契丹语和契丹文字

契丹族肯定有契丹语，现《辽史》的《国语解》（卷一一六）对若干《辽史》上所用的辽语词意作了汉语解释。这些词的汉语对音即是原来的辽语音读。如耶律即辽皇族姓氏的汉语对音；常见的辽官职名，如"夷离堇""夷离毕""详稳""惕隐"等都是契丹语的汉语音读。

但契丹早期没有文字。契丹文字是耶律突吕不和耶律鲁不古受辽太祖之命制成的。（见《辽史》）又分为契丹大字、契丹小字两种。它一直沿用到金代明昌二年（1194）始废。契丹文的书籍几乎没有保存下来，但出土的碑刻、铜印、铜镜等还是有的。陈述《辽文汇》著录了两篇契丹文拓本的哀册：1.《道宗皇帝哀册》，2.《宣懿皇后哀册》。近年还出土有《故太师铭石记》《大金皇弟都统经略郎君行记》及《耶律延宁墓志》（986）、《肖仲恭墓志》（1150）。契丹字亦仿汉字的书写方法，有篆、楷、草。如上两哀册的题额，即作篆书体。查正文楷书，每字的写法即是折用汉字的笔画拼成。显然当其制作契丹文字时，基本是仿效汉字笔画，汉字偏旁或汉字单字。这和西夏文字的制成所用的设计差不多。

《辽文汇》录寺公大师《醉义歌》七古一首，原文为契丹文，元耶律楚材把它译为汉文。依汉文所表达的文学水平而论，还是很高的。

现在攻契丹语的专家，能辨认若干单字或单词，但尚未能通读一篇著作。反正我一字不识。但就字形而论，契丹文字应属汉文字系。至于契丹语应属何系，我无从说起，有人把它列入阿尔泰语系。

五、辽文艺

辽朝是契丹贵族和汉族地主的联合政权，所以辽的法定文字是契丹文和汉文，法定语言是契丹语和汉语，两种并行。

陈述承前人厉鹗、周春、缪荃荪、王仁俊及黄任恒、罗福颐累积的成绩，总集为《辽文汇》十二卷。从中完全可看出辽人的汉语水平，可以作诗，写骈体文，可以在文中用中国典故，并且还出诗文集子。可惜的是辽人禁止辽著作出境，到辽朝一旦被金覆灭，若干年后，这些著作就完全消失了。有些佛教经义著作，反而流传至日本，现有日本翻刻本可证。落入宋人手中的大概仅有一部《龙龛手鉴》，故有宋刻本。

当时，白乐天的诗集，一定在辽很受重视，故辽圣宗有“乐天诗集是吾师”之句。辽道宗亦能诗，有《题李俨黄菊赋》七绝：“昨日吟卿黄花赋，碎剪金英作佳句。至今襟袖有余香，冷落西风吹不去。”辽宫廷的汉文化亦很普及，如懿德皇后就会作“应制”诗，最有名的是《回心院词》十首；还留传有《怀古》一首：“宫中只数赵家妆，败雨残云误汉王。惟有知情一片月，曾窥飞燕入昭阳。”可说是诗才甚高。天祚文妃亦会作诗。不要以为这些人都是些只解射雕猎兔的游牧部族的无知男女。

辽信仰佛教。当时许多佛寺、佛塔、经幢等的建造碑，都是洋洋洒洒用汉文写成的大文章。还有各种人物的墓志铭。今传世皆存拓本。

当时辽人读过的中国古籍可考者计有《书无逸篇》《洪范》，由汉译为契丹文的有《史记》《汉书》《五代史》《贞观政要》《阴符经》《白居易讽谏集》等。这表明在政治上，在军事上，辽人极力向汉文化学习。

关于这方面，清人有倪灿《补辽金元艺文志》、厉鹗《补经籍志》、钱大昕《元艺文志》(附辽)、缪荃荪《补志》、王仁俊《辽史艺文志补证》等书，都加蒐辑。可惜都只能著录一些书名、卷数、著者的姓名，而很少有原书留传下来了。这些著作，汉人用汉文，就不用说了，辽人亦大都用汉文。

其实宋人亦有学契丹文的，特别是那些折冲于宋辽之间的宋使节，如刁纳使契丹诗，有“押燕移离毕，看房贺跋支”之句；余靖使契丹诗，有“衣宴设逻臣拜洗，两朝厥荷情感勒”之句，皆夹入契丹语。

六、辽佛教

辽朝信仰佛教。佛教经过唐宋时代已中国化。辽朝信仰佛教，实际意在吸收中原文化，收揽汉人民心。佛教在辽朝最发达的教宗是华严宗，其次是密宗、净土宗、律宗、唯识宗等。如辽兴宗（1032—1054）皈依受戒，编刻《大藏经》；辽道宗（1055—1100）通梵文，精究华严的《释摩诃衍论》，著有《华严经随品赞》十卷。为了便利阅读和加深了解佛典，唐代慧琳著有《一切经音义》，辽僧希麟则撰《续一切经音义》；辽僧行均则撰《龙龛手鉴》，此书有宋刻本，著辽统和十五年（997）释智光序。这些书对于辽朝的佛教传播和佛经校刻有极大的实用意义。还有许多辽代高僧著述了不少阐扬佛经的著作。

辽代关于佛教经典的汇编汇刻，称《契丹藏》或《辽藏》。仿宋刻《大藏经》，补《宋藏》的缺遗，改卷子为折本，起自辽兴宗，完成于辽道宗清宁八年（1062），共五百七十九帙。《辽藏》印本现已全部散佚无存。仿汉魏对中国典籍《五经》的石刻，辽圣宗太平七年（1027）起继隋唐石经《涅槃》《华严》之后，续刻成《般若》《宝积》，计四大部。辽道宗又续刻其他经典四十七轶。大安九年（1093）僧通则复募化续刻四十四轶。地点即在今北京市房山县石经山，现尚存完好经石14620片，残经石420片（据《房山云居寺石经》，吴梦麟《房山石经述略》）。

这些佛典著作，皆用的是汉字，不是契丹字，亦不是梵文。

至于辽朝宗教建筑，现保存下来的，在辽宁、山西、内蒙古、河北、天津、北京都可以列举出来。如辽宁朝阳的千佛洞石窟和后昭庙石窟，义县的奉国寺；山西大同的下华严寺（薄伽教藏），上华严寺（大雄宝殿），应县的佛宫寺木塔；内蒙古呼和浩特的“万部华严经塔”（白塔）；河北蓟县的独乐寺，易县的开元寺；天津宝坻的广济寺；北京房山的云居寺北塔。这些建筑（包括佛像雕塑）都已成为中国古代建筑艺术的宝贵遗产。这个说法，回溯到10世纪、11世纪，辽朝人不会有保留意见，宋朝人亦不会不赞成。

七、辽瓷

在我国的古瓷分类中，有一个支属叫“辽瓷”。这和“广窑”“耀州窑”“均窑”“定窑”等，或“唐瓷”“宋瓷”“明瓷”“清瓷”等都相类。它不是外国瓷。一般地说，它属于北方系统，和“定窑”“磁州窑”相近，特别是黑釉、白釉、刻花这一类；同时还有仿唐三彩的辽三彩。在造型上，如凤首瓶、长颈瓶，各种盘、碟、罐，大率皆仿唐制。唯适应游牧生活的鸡冠壶和穿带扁壶具有契丹族的民族特性。这类辽瓷，传世甚多，特别近年在东北地区，在内蒙古，出土不少；有的还可以指证是从辽朝的驸马墓出土的。这证明当时辽的制瓷手工艺工人的工艺水平是很高的，不下于中原地区的唐宋瓷的水平。

出土的还有金、银、铁的饰品和生活用品。辽的手工业产品，应属中国手工业系统，绝和外国手工业没有关系。

八、辽宋之间的战争与和平

辽作为契丹游牧民族，它的经济自然是很落后的。当其初期，首先是粮食和手工业品严重不足，本身又无法解决。社会历史发展的通例，它必然会采取军事手段向较发达的邻近的农业国家进行劫掠。契丹劫掠的对象自然是南方的隋、唐、后梁、后唐。隋、唐、后梁、后唐，亦必然要采取军事对抗手段，保卫自己的疆土和人民，保卫自己的统治。

辽从石敬瑭取得燕云十六州，是一个“水甘土厚，人多技术”，“锦绣组绮，精绝天下，膏腴蔬瓜果实，稻粱之属，靡不毕出”（《契丹国志·四夷附录》）的好地方。这就促进了辽地区的封建化；由于附有成千上万的汉人口，就会更加汉化。但是从后周的观点看来，从赵宋的观点看来，这些原是中原大一统王朝的土地、城郭、人民，自然就应该收回到自己的统治下来。柴荣和赵光义都曾经大动干戈，北伐辽。可是几场军事行动都无效果，都没有达到目的。辽为了保持这个已统治七十年的经济发达地区，采取军事对抗手段，亦理所宜然。

既然双方都诉诸武力、暴力，当时这个交战区自会遭到极大的经济破坏，是无可奈何的事。中国历史著作中把辽的“南侵”，以及打进开封等，说得如何如何残暴，而对于宋人的“北伐”，则又说得如何如何王道。至少说“王道”的一面，是虚伪的；封建军队打“北狄”，会王道？史书上有关记载都可以证明这种军事行动是不怎么王道的。因此，不管怎么样，军事手段亦是早期民族融合（兼并）的一种起进步作用的手段，符合历史发展的进程。

对宋来说，无力以军事手段收回燕云十六州，这是已经证明了的。对辽来说，它亦自忖无力取代宋朝，统治这个庞大的封建国家，这也是已经证明了的——后晋时打进了开封，后来还是放弃北撤了。因此“澶渊之盟”，是历史注定了，不能说辽怎么要挟，宋怎么屈辱。并且和议的提出主动来自宋方——当时主持大计的一代名臣寇准，就是力主和议的——在“澶渊之盟”上，说寇准是主战派，恐不合历史事实。我们看，宋先以“谨致誓书于契丹皇帝阙下”的照会形式，申称“共遵诚信，虔守欢盟……自此保安黎庶，谨守封疆……”，辽方以换文的形式，加以确认，申称：“共论戢兵，复议通好……某虽不才，敢遵此约，谨告于天地，誓之子孙……”（《契丹国志》卷二〇）。

“澶渊之盟”以后的七十年间，维持一个和平局面，双方之间的政治、文化、经济交往，密切了相互关系，对当时的社会安定和发展，对当时的民族关系，起了积极作用。金石《重评“澶渊之盟”》（《民族研究》1981 年第 2 期）所作的叙述，是合于历史规律的；结论，是合于马克思主义原理的。甚至《契丹国志》亦称“圣、兴、道三主以来，天诱其衷，革心慕义，贪婪岁弊，顾惜盟好，销锋寝析，号称无事，南北民不知兵……”。虽然著者用宋人口气，但他承认事实。我认为这种见解，应该肯定下来，不仅是对于某一特定的历史事件的正确评论，而且是认识和处理当前民族关系的准则之一。

九、民族形成

我们这个民族，不是只有汉族。

在传说中的黄帝和蚩尤、夏禹和三苗，不过都是中原地区的氏族部落。但黄帝和夏禹忽然成了汉族的祖先，一直“光荣”到现在，或称“炎黄”，或曰“华夏”。而蚩尤和三苗就贬为夷狄了。照理说，蚩尤和三苗也当是汉族的祖先。

古代又有周族与殷族并存，同时还有一个猃狁族。稍后在四川有巴族和蜀族，在湖南、湖北、安徽有楚族，在江苏、浙江有吴、越族。勾践要报仇打夫差，是可以理解的；但引申下去，就变成今天的绍兴人有理由去打苏州人了。

秦汉时期，有匈奴人，也有越人；《史记》《汉书》上常有“北走胡，南走越”的说法。在西边，有突厥、高昌、楼兰等等。三国时曹操打过乌丸，诸葛亮打过孟获。姜维就是羌人。南北朝时期有所谓拓跋魏，有所谓“五胡乱华”。唐朝，最主要的，就是出现了吐蕃和回纥。五代和宋时有契丹、西夏；后来有女真、金；宋朝就联金灭辽。以后蒙元、满清入主中夏，正式以大元、大清帝国之名代表中国。

这是一个很长的历史，既是汉族自身融合的历史，也是汉族和其他族融合的历史。当然，在民族构成上，作为社会发展的水平，汉族和其他族，其他各族之间，是有很大差别的。但这并不妨碍各族人民的社会经济活动对于这一伟大历史运动的内部联系和促进作用。这样一个中华民族形成的漫长过程，在历史上表现得既辉煌灿烂，也错综复杂；既有金戈铁马，也免不了兴亡盛衰；这里既有社会发展的必然规律，亦不排除天时人事的偶然因素。一个伟大的中华民族就出现在亚洲大陆了。

这个大中华民族，可以说以汉族为核心而团结起来，但不能说以汉族为主宰。满族入关以后，我们这个大民族融合的过程基本上完成了。历史长流奔向前去了，藏族、维吾尔族、哈萨克族、回族、蒙古族、满族、朝鲜族、壮族、彝族、白族……他们的祖先和现在各族人民都在中国发展的历史舞台上扮演过重要的角色，而且还在扮演重要角色。没有他们，只有汉族，成何世界！

我赞成周远廉对努尔哈赤这个历史人物的评价。他说：“努尔哈赤（1559—1626）是满族，统一女真，抗击明王朝的民族压迫……对满族的形成和前进，对东北地区的统一和多民族祖国的壮大，起了重要的促进作用。……为多民族国家的壮大和中华民族的发展，建树了功勋。”（《历史档案》1981年第1期）这是一个有创见的历史唯物主义的论断。从大中华民族的形成历史来理解，这是个正确的马克思主义的观点，或者说是一个公式，完全可以上溯运用到蚩尤、猃狁、共工……身上去。而且，作为中华民族的历史形态可以说已经固定下来了；作为这一形态的经济基础亦可以说已经巩固地奠定了。不管过去怎么样，三四千年的全部事变，只能是一卷共同遭遇的历史记录，过分地去分辨那些原来早不存在了的亲、仇、恩、怨，小里小气地去翻旧账，未免有些差劲。

有这么一个传说：溥仪某日去中山公园，有个清朝遗老见到他，立刻跪下来行礼，口称“皇上”。溥仪深以为怪，斥之，说他不是什么“皇上”，他跟着共产党走。该遗老仍然跪着口称：“皇上跟着共产党走，臣跟着皇上走。”我们更没有必要自居于汉朝的遗老，晋朝的遗老，唐朝的遗老，宋朝的遗老，明朝的遗老，为溥仪所非笑。

中国是社会主义的中国。各族人民都已经实行了社会主义改造的今天，各民族间的关系，实质上都应该是劳动人民之间的关系。这亦是马克思主义的观点。

十、民族和文艺

关于民族和文艺的关系，不是用一个通则可以统下来的。

有当时人物和当时事变的关系的问题，譬如文天祥的《正气歌》。他本人要处理的是他和宋朝与宋国人民的关系问题，他和元朝的关系问题，宋元之间的关系问题。《正气歌》应该是如它所表达的那样有正气的作品。我们今天亦是从他当时所处的历史环境来肯定这篇作品的。但并不等于我们也置身于和赵匡胤的后代的关系，和成吉思汗的后代的关系。我们不存在写《正气歌》的历史环境。

汉人有涉及匈奴族的文学作品；唐人的边塞诗，如高适、王昌龄、岑参等的作品；宋人如辛弃疾、陆游、陈亮、张孝祥、刘过等涉及辽、金、元的诗和词，都应当同样看待。即或如此，我们所肯定的亦是那些带有泛指性的作品，而不是那些带有很明显的实指性的作品。如王昌龄的“不破楼兰终不还”，“不教胡马度阴山”，岳飞的“壮志饥餐胡虏肉，笑谈渴饮匈奴血”等句，今天提到它们，无论从哪方面说都不能加以肯定。果真如此，那么不免要发生时代错误、地理错误和道德规范的错误。

但是这些都是前人的作品，而这些前人又都有他们自己当时特定的历史环境。这些文艺作品，有时评论起来，特别在文学史上，作为历史存在，还会给予一定高度的艺术评价。中华民族是长期的几千年的形成过程已经完成的。今天，虽然仍是多民族的，但已具有统一的共同民族心理，那就不能再去根据汉、唐、宋、明的历史条件，来处理这些民族关系，即使是文艺性质的关系。

譬如处理辛亥革命，只能是人民民主反封建专制的革命，不能是汉族反对满族的革命。即或当时利用了汉满的民族关系，特别是利用宋元之间、明清之间的一些历史和文艺著作，掀起一股仇恨满族的文艺思潮，历史是这样表现了，如章太炎、邹容、南社诸君子，但理论和实践终究都是错误的。近三四年来，有关这方面的历史著作，特别是文艺著作，从内容上讲，都会遇着这个问题，是否处理得当就要好好考虑了。如话剧的《王昭君》《岳云》，京戏的《文姬归汉》《三关摆宴》《正气歌》，电影的《邹容》《辛亥革命》，或者还有什么，我不知道。假如以当时人处理当时事为立足点，不是以现在的人来处理当时事，首先照顾到当前本来已经统一的和谐的民族关系为立足点，事情就不好办了。因此有时在民族关系上引起了强烈的反应，这是很自然的。尤其在广播的评话中，如《杨家将》《说岳云传》，不得不因为这些理由充分的反应而中止下来。老实说，评话广播员的说讲艺术应该承认是高超的，有声有色的，即或不违背历史，但确实违背了今天的民族现存关系。

我觉得凡涉及今天民族现存关系的历史著作和文艺著作，应该慎重其事。团结的方针，平等的方针，和谐的方针是正确的。稍为偏离一点，以汉族为主体，无视兄弟民族的存在和今天已融合为一个中华大民族的方针，都是有害的。

十一、近代民族和爱国主义

民族，姑且用“民族”这个词，在古代是和人种联系起来的，因此，不仅有语言、风俗习惯、信仰、生活地区等的差别，而同时又根据人体外形的差别来判断这个族、那个族。但是近代民族的概念不是这样的。近代民族是和近代国家、民族国家、主权国家这些新概念联系起来的。把汉族和其他族的历史关系，一个大民族融合过程的关系，用今天主权国家的概念，认为汉族的政治实体——国家为主权国家，各族的政治实体亦都是些主权国家，只要互相之间发生军事斗争就都是“侵略”。这是把近代国家之间的许多在资本主义发展中形成的国际准则，运用到中国历史上的民族关系上去了。在民族关系的概念上不能混淆近代民族和古代民族，不能认为两者是同一个概念，指的是同一个历史现象。

更歪曲的是把汉族国家作为主权国家，这样导致一种结论，认为汉族的周、秦、汉、唐、宋、明的固定中原疆域以外的其他周围的民族实体，都是敌国；中国历史上那些其他族对中国所进行的武装斗争，都是“侵略”。因此汉族用武装力量去对付那些族时，就名正言顺地是讨伐了。这种以汉族为主体的，大汉族主义的认识来对待中国的多民族关系，自居于不可侵犯的主权国家的地位，是不正确的。因为这种认识完全不能解释中国何以形成今天这个伟大民族，何以会有今天这么大的面积的领土，何以那么多民族都亲密无间地共处于这个统一的国家之内。

讨论历史上的民族问题也好，讨论今天的民族问题亦好，置民族形成过程这个主要前提于不顾，是违背辩证唯物主义的。朝代有兴亡，附于这个朝代的国家有存废，而民族总是连绵生息地持续存在下来。没有耶律这个家族，并不等于没有契丹人了；没有契丹——辽，并不等于契丹人不以另一形态的民族细胞留存在中国的土地上。没有元，并不等于没有蒙古族；没有清，并不等于没有满族。

某些史学家和文艺作家把汉族以外的其他族对中原（中朝）进行武装斗争时，叫作“侵略”，但却绝不论证汉族对其他族进行武装斗争时叫作什么。我以为我们应该根据历史。以清史为例，清政府武装镇压甘肃、青海、新疆一带的回民起义，是不正确的；而清政府武装讨伐有外国背景的准噶尔叛乱，则是正确的。轻率地断定凡是打其他族的汉族武装将帅，都是民族英雄，是难以令人信服的。

爱国主义是一个有广泛意义的伦理概念。不少文艺作家一提爱国主义总是把矛头指向中国除汉族以外的其他族，一打契丹人，一打匈奴人，一打……就是爱国主义了。忠君并不等于爱国。特别是今天，引用某些历史事件来颂扬爱国主义，这义恰是汉族爱国主义，就显然会影响全国各族人民的团结。其实，我们颂扬爱国主义的天地广阔得很，何必一定要纠缠着契丹人不放。我们，作为一个社会主义的近代民族和民族国家，反帝反霸的历史任务，远没有完成。抗日战争的小说、戏剧、电影，不是很多吗？也可以有历史题材，如电影《林则徐》《傲蕾·一兰》完全可以表现爱国主义和爱国主义精神。这方面还是嫌少了，不是嫌多了。

自从鸦片战争以来，作为我们民族独立，领土主权完整的斗争，联系到今天我们的民族生存和发展，都是文艺作品有声有色、威武雄壮的素材。针对我们今天所面临的民族威胁，不是除了契丹人还是契丹人，而代表我们爱国主义的英雄，不是除了穆桂英还是穆桂英。抗日战争亦已经过去四十多年了，照顾中日关系的现状，是否可以把笔锋一转呢。当然，我不是说过了四十年就不应该写了，我注重的要求是把笔锋一转。

十二、《四郎探母》

杨继业其人《宋史》有传（卷二七二），名杨业，杨延辉（假定有一个杨延辉）的父亲，所谓杨老令公，原是北汉刘王朝的一位武将，建雄军节度使。赵匡胤率兵攻取北汉时，围北汉首都太原，杨继业为北汉主刘嗣元划策，谓可“长享贵宠”，一同降宋。以后杨继业逐渐取得赵宋王朝的信任，为宋守边。雍熙三年（984）宋五路攻辽，杨继业军败于朔县，“至狼牙村，众军皆溃，继业为流矢所中，被擒。（辽将耶律）斜轸责曰……继业但称死罪而已”（《辽史》卷八三《耶律斜轸传》）。杨继业“遇斜轸，伏四起，中流矢堕马被擒，创发不食，三日死”（《辽史》卷一一《圣宗纪》二）。杨继业在被俘以后的实情，《宋史》《辽史》当有出入；后代史家谓杨继业“秉心忠义”，谓《辽史》有“曲笔”。其实《宋史》《辽史》都是元代脱脱所主修，有何“曲笔”可言。

杨延辉：杨继业的第四子，被俘入辽后当辽朝驸马，《宋史》《辽史》均无可考，是个虚构人物。但《辽史》上却有这么一个人：韩延徽。韩“幽州安次人……授幽州观察节度使……延徽来聘，太祖怒其不屈，留之。……诏与语，合上意，立命参军事。……居久之，慨然怀其乡里……遂亡归唐……乃省亲幽州，匿故人王德明舍。……延徽曰，‘吾将复走契丹’，德明不以为然……既至，太祖问故？延徽曰：‘忘亲非孝，弃君非忠……臣是以复来。’上大悦”（《辽史》卷七四）。延徽、延辉，音同，大概可以看作杨延辉的影子。

铁镜公主：《辽史》无此人。按景宗后萧绰生三女。一、魏国公主，嫁北府宰相萧继先；二、吴国公主，嫁宰相萧排押；三、越国公主，嫁萧恒德。（《辽史》卷六五）

萧太后：“景宗睿智皇后萧氏，讳绰，小字燕燕，北府宰相思温女，早慧。……帝即位，选为贵妃，寻册为皇后……景宗崩，为皇太后，摄国政。……后明达治道，闻善必从，故群臣咸竭其忠。习知军事，澶渊之役，亲御戎车、指麾三军、赏罚信明，将士用命。”“论曰：辽以鞍马起家，后妃往往长于射御，军旅田猎，未尝不从。……承天（即萧绰）之御戎澶渊，古所未有……。”（《辽史》卷七一）

杨延昭：《宋史》有传（卷二七二），但不一定为杨继业第六子，称“六郎”乃后代评话、戏曲附会成之。在军职上亦不是宋军的统帅，最后任莫州防御使，续任高阳关路副都部署（今沧州、保定地区）。

佘太君：戏剧中名佘赛花者，史无记载。清人谓即折德扆（《宋史》有传，卷二五三）女，有《折恭武公克行神道碑》可证，折佘一声之转。折姓世居河西今陕西府谷一带，为北魏拓跋氏鲜卑贵族的后裔。

穆桂英：史无记载。论者谓穆当为慕容一声之转，属前后燕慕容氏鲜卑贵族的后裔。

这两家都是当时陕西、山西北边的大豪族，所拥有的广大土地都在宋辖境内，为了保卫自己的农奴制，自然会归属于宋。汉化不汉化，不是问题，不能以为这两家汉化了，所以赤胆忠心保宋来与辽为敌。

在《四郎探母》中出现的其他人物，无论是真是虚，都不去一一提到了。反正，剧中人萧太后、杨延昭是实有其人。杨延辉、铁镜公主这两位主角以及穆桂英等是虚构的。佘太君则在虚实之间。

对《四郎探母》，就是杨延辉这个人物有争论，罪状是叛国贪生，不爱国主义。杨继业虽不在《四郎探母》的戏剧人物之内，但他确是这个假儿子的真父亲，拥刘嗣元降赵匡胤，北汉国亡，比势穷力竭犹为赵氏奋斗不已的文天祥可差远了。为什么不痛责那个真父，而力诋这个假子？这且不说。

对于契丹，对于辽，转弯抹角的，或者东拉西扯的，但真凭实据的，我从史实上论证了这个民族，这个朝代，或者这个割据性国家，在中国历史上的地位。鲁迅说过："时世屡更，人情日异于昔，久亦稍厌，渐生别流，虽故发源于前数书，而精神或正相反……其所以然者，即一缘文人有憾于《红楼》……一缘民心已不通于《水浒》……"（《小说史略》二一）杨家将故事是南宋时兴起来的，今天可以说民心已不通于杨家将了。《四郎探母》之所以成为一出好京戏，只是为了剧情紧凑，唱腔优美，哪里管得着什么杨延辉。

拿出大民族的气度，就让这个冒充将门子弟的辽驸马（？）去大唱几段西皮慢板，让这个不伦不类、弄姿作态的旗妆公主去大唱几段西皮摇板罢。

1981年6月15日

（1981年第4期）

梅耶荷德的贡献

童道明

一

梅耶荷德被他的学生们亲切地称呼为“大师”，而大师是桃李满天下的。

1961年10月，他的学生、著名苏联电影导演艺术家尤特凯维奇接受法国《电影手册》记者的采访时，感激地谈到了自己的老师：“他教给我们很多东西，并且还影响了我们整一代。我和爱森斯坦做过一个有趣的试验。这是在1941年，正是战争的前夕，我们第一次获得斯大林奖金……我们兴致勃勃地计算在第一次获得斯大林奖金的人中有多少是梅耶荷德的学生，结果我们发现他的学生占得奖者的百分之八十……他培养出整个一代的电影导演。不仅仅是电影导演，而且还培养出了演员和苏联的戏剧导演。我非常感激梅耶荷德，我认为他是一个天才。”①

而自己也是大师的爱森斯坦曾经坦率地说过：“没有梅耶荷德就没有我。”在《自传》中，他怀着火一般的激情写道：“我必须承认，我从未像热爱、敬仰、崇拜我的老师那样地去热爱、敬仰、崇拜过另外一个人。”②

即便不是梅耶荷德的学生，一旦和他发生了某种创作上的联系，也难免受到这位大师的潜移默化。剧作家法伊科的感慨就是例证：“我不是梅耶荷德的学生，也不是他正统的追随者，但他对我的戏剧观产生了巨大的影响。自从和他有了一段交往之后，我总是站在梅耶荷德的立场上，透过他的观点、他的方法和经验的三棱镜，来衡量新的戏剧现象并决定我对它们的评价。这往往是无意识的，而一当我发觉自己已被梅耶荷德的观点所左右的时候，我便惊讶于他的永不衰竭的魅力。”③

甚至，即便不是个戏剧工作者，照样不能抗拒梅耶荷德艺术思想的感染。作曲家肖斯塔科维奇承认：“毫无疑问，他对我产生了创作上的影响。在这种影响下，我甚至开始按照另外的一种方式来作曲。我总是想在某一个方面向梅耶荷德看齐。”④

然而，谁能想到，正当梅耶荷德的成就和影响趋向巅峰的时候，他的悲剧也接踵而至。

1936年新年伊始，一场所谓“反形式主义”的批判风暴在苏联拔地而起。打头的文章便是批判肖斯塔科维奇的歌剧《姆岑斯克县的麦克白夫人》。根子却要往梅耶荷德身上挖：“歌剧《麦克白夫人》乃是梅耶荷德作风在歌剧和音乐创作中的反映。”[⑤]

一年多后，也就是1937年12月17日，主管文艺的苏联政府艺术委员会主席基尔任采夫亲自出马在《真理报》上撰文，给梅耶荷德定了一条大罪：“他试图在自己周围组织一个盘踞在文学、美术和戏剧领域里的形式主义派别。”在这篇棍子式的文章发表半个月之后，致命的一击终于落到了梅耶荷德的头上。1938年1月8日，艺术委员会发布关闭梅耶荷德剧院的决定，理由竟是：“梅耶荷德剧院从它成立的第一天起，便一直不能从和苏维埃艺术格格不入的资产阶级形式主义中解脱出来。”

这种针对梅耶荷德的粗暴批判以及更为粗暴的行政措施，非常不得人心。当时很多人私下里对梅耶荷德表示了同情和支持。著名作家法捷耶夫甚至公开对这场批判运动申述了不同意见：“在批判梅耶荷德的人中，没有一个人客观地分析过梅耶荷德的全部创作道路。结果把这位著名苏联艺术家的全部创作一笔抹杀了。”[⑥]而大师本人在艺术的大是大非考验面前，表现出了宁折不弯的气概。1939年6月15日举行的全苏导演工作会议上，梅耶荷德当着应该对这场错误的批判运动承担责任的某些人的面发言说：“你们干了一件可怕的事情。你们想把脏水泼掉，结果连同婴儿也一齐倒了出去；你们想和形式主义斗争，结果毁坏了艺术。”谁知，这回更是直言得咎。就是这几句发自肺腑的陈词，竟然招来了杀身之祸。第二天，梅耶荷德锒铛入狱。半年之后，也就是公元1940年2月2日，梅耶荷德终于用自己的生命殉了艺术的事业。临刑前，梅耶荷德留下了这样一句遗言：“我活了六十六岁。我希望我的女儿和我的朋友们将来有一天会知道，直到生命的最后一刻，我始终是个诚实的共产党员。”[⑦]

梅耶荷德的悲剧已经过去了四十个年头。历史不仅已经证明了梅耶荷德作为共产党员的政治上的清白，而且也证明了他作为戏剧导演的艺术上的高卓。海涅当年曾经这样评论过那些试图把歌德批得一无是处的“批评家”：“……有些批评家戴着精工细磨的眼镜，甚至连月亮上的斑点也看见了，这些眼光锋利的先生们！他们当作斑点的东西，其实是花木繁茂的树林，银光闪烁的河流，巍峨高峻的山岭，风光明媚的峡谷啊。”[⑧]当年把梅耶荷德批得“体无完肤”的“批评家们”，不也是一些自诩“火眼金睛”，实际上却是目光短浅的人吗?!

梅耶荷德的悲剧的教训还在于，对于艺术上的是非问题只能通过艺术争鸣的方式加以解决；而用行政手段罢黜各家，独尊一派的做法，则是贻害无穷的。关于这一点，是不应该再发生任何疑问的了。

二

本来嘛，内容和形式是不可分割的。没有内容，形式如同空壳而失去意义；没有形式，内容因无所附丽而不复存在。给一定的内容赋予一定的形式；而且为了更好地表现内容不断地更新形式，这是文学艺术发展的客观规律。同样的，戏剧艺术的发展，也总是伴随着戏剧艺术的表现形式的革新。所以，无论是布莱希特还是梅耶荷德，都曾把追求新形式作为他们戏剧革新的战略口号提了出来。布莱希特说：“斗争促使我追求新形式。”梅耶荷德说：“我是真正的现实主义者，不过我需要鲜明的新形式。”[9]然而，他们追求新形式的努力遇到了多么大的阻力?！历史就是这样教育我们的：当一些人试图把一种传统的艺术表现形式“永恒化”或“样板化”的时候，新形式便常常要被扣上“形式主义”的帽子而革出艺术的教门。然而，时光的流逝又总是有利于艺术革新家的。几十年后，当那些先前被认为是“形式主义”的艺术形式重新被人们接受的时候，人们就必然会怀着双倍的热情，去追念那些在艺术世界里吃过第一只螃蟹的先驱者的贡献。

苏联著名评论家维列霍娃的长篇论文《和梅耶荷德的对话》就是从列举梅耶荷德创造的新形式开头的：“如果就60年代的舞台剧演出形式来看，那可以说，近年来的舞台艺术已经同过去大不一样。观众的眼睛不管投向哪儿，他都能发现戏剧舞台上出现了新的表现手法。如：写意的、不用大幕的舞台布景、框式舞台的突破、演员下剧场表演、演员的公开检场、道具特技、插入电影片段、艺术性的谢幕、灯光特写、歌队上舞台……毫无疑问，今天戏剧艺术的很多新手法，迫使我们想到导演梅耶荷德的美学……到处都能感到梅耶荷德的存在；有时，人们甚至并不知道梅耶荷德的艺术，但却在重复他的艺术手法。”[10]

是这样的。当人们发现今日舞台上的新形式实际上往往是在有意无意地重复梅耶荷德的艺术手法时，就忍不住要发出这样的感叹：“不论在演出中我们发明了什么，后来总会发见它早已为梅耶荷德所发明。他的想象力的丰富是无止境的。”[11]

梅耶荷德的想象力的丰富也表现在，有些他当年津津乐道过的新手法尽管自己并没有实践，但却被后人的实践证明是可行的。比如，现在有些外国导演成功地采用过几个演员同时在舞台上扮演一个角色的新手法（如苏联塔干卡剧院60年代上演的两出戏中有五个演员同时表演普希金和马雅可夫斯基）。但早在1929年，梅耶荷德就提出了两个演员同台表演哈姆雷特的设想。他说："我产生了这样一个念头：同时有两个演员来扮演哈姆雷特。一个念悲怆的独白，另一个念欢愉的独白。但并不是两个人轮流上台表演，相反，他们得形影不离。"⑫

但更使我们惊异的是，在梅耶荷德的技术武库中，也还有他在50年前就已经运用得得心应手，而我们迄今还没有付诸实践的手法。最近，云南省话剧团一位青年导演给我来信，谈到他读了《外国戏剧》上一篇介绍梅耶荷德的电影化手法的译文后的感想："学习电影的手法，近年来已有许多探索……但像梅耶荷德那样，对剧本动'大手术'，像电影导演那样进行'分镜头'——'分场景'，再按蒙太奇的组织原则进行剪接，是我没有想过的。"

这里说的"大手术"，是指译文中有关梅耶荷德重新结构《森林》的一段文字："梅耶荷德的《森林》的一个重要特色，是这个喜剧的戏剧结构较之原作有了变化……他把原作的第一和第二幕合并为一个部分（这是第一部分，全剧演出共有三部分）。这一部分从原作第二幕的第二场开始，然后好几次地交替第一幕和第二幕中的情节单元。"⑬

然而，梅耶荷德的这个今天引起我们浓厚兴趣的导演处理，在当时却引起了一场轩然大波。1924年4月20日，在莫斯科举行的《森林》讨论会上，有一个批评家极其粗暴地批评梅耶荷德道："梅耶荷德是个搞破坏的专家。他什么都破坏。他破坏了舞台布景，他伤害了剧本作者，他毁坏了舞台照明，除了剧院的票房没有被他破坏之外，他把什么都破坏了。"⑭对这句攻击性的话不妨做个注释。所谓"破坏了舞台布景"，是指梅耶荷德打破了框式舞台，撤去了大幕；所谓"伤害了剧本作者"，是指梅耶荷德大刀阔斧地改动了原剧的结构；所谓"毁坏了舞台照明"，是指梅耶荷德运用暗转、追光、切光等灯光技术；所谓"票房没有被他破坏"，则是"批评家"在无可奈何地承认《森林》的演出大受观众的欢迎。这位专横的批评家哪里知道，像后来那些把梅耶荷德打成"形式主义者"的人一样，他给梅耶荷德开列的这些罪状，也已经被后人写进了这位戏剧大师的功劳册。

梅耶荷德的最显而易见的功绩正在于：他通过"破坏"框式舞台的方式，达到突破传统话剧舞台的时空局限，获得了舞台的空间自由。因此，“空间感”乃是梅耶荷德导演意念的一个重要元素。梅耶荷德需要舞台的广阔空间，理由至少有三条：一是为了给演员提供更为充分的表演天地；二是为了扩大戏剧反映生活的广度；三是为了有利于表现剧本思想的深度。前两条不言而喻，后一条容易被忽略，有必要专门讲几句。一般地来说，追求哲理和追求空间往往是一致的。梅耶荷德显然也是懂得，同样一句台词，放在开阔的舞台空间去诵读，和演员站在封闭的四堵墙里去说，效果很不一样。就渲染诗情和哲理而言，前者远胜于后者。而这正是梅耶荷德所追求的。维列霍娃考察了梅耶荷德及其几个大弟子的导演艺术实践后，得出了一个结论：“空间给台词增添了深邃和恢宏的色彩。”⑮这个观察十分正确，而且对我们有极大的启示。它告诉我们，梅耶荷德的净化舞台的努力，追求空间的意向，归根结蒂是服务于发掘思想，是为了赋予演出以更浓的诗情和哲理。这样的戏剧美学思想的正确性，也已经被我们的越来越丰富的舞台艺术的实践所证明。在中国舞台上演出的哲理性较强的名剧如《伊索》《麦克白斯》和《请君入瓮》，无一例外地采用了写意的舞台空间。我们可以设想一下，要是让伊索、麦克白斯和维也纳公爵在封闭的框式舞台上诵念他们那些充满诗意和哲理的独白，那效果肯定要大大减色。所以，我们今天来回顾《伊索》等三个精彩演出时，也同样可以说：“空间给台词增添了深邃和恢宏的色彩。”我们没有必要来断定这三个演出的导演是否受过梅耶荷德的直接影响，重要的是说明：梅耶荷德当年强调的“空间感”，已经被越来越多的戏剧艺术家所重视。框式舞台尽管永远不会消失，但框式舞台一统的局面确实已经终结。这个世界规模的舞台艺术的历史性变化虽然是在 50 年代末、60 年代初出现的，但梅耶荷德关于舞台空间的理论和实践，无疑为这个历史性变革奠定了基础。

梅耶荷德戏剧美学的另一个重要的革新观念是关于戏剧节奏的理论。

梅耶荷德认为节奏是存在于任何的艺术形式中的。他特别欣赏法国著名诗人保尔·魏尔伦的格言：“音乐是第一位的。”在他看来，连建筑也是“静止的音乐”。至于戏剧艺术，那更是一种节奏性很强的艺术，所以他把“节奏感”视为戏剧艺术家的最重要的素质。他说：“导演应该不掏出上衣口袋里的怀表，就感觉到时间。舞台艺术乃是动态和静态以及各种形式的动态之间的有规律的转换。因此我以为，节奏感是导演的最重要的素质之一。”⑯这段话有很高的理论价值。所谓“动态和静态以及各种形式的动态之间的有规律的转换”，除了造型美外，说的就是“张弛有致”，这是戏剧节奏的真谛。在梅耶荷德看来，“舞台调度完全不是静态的场面，而是一个过程：时间对于空间的作用。除了造型的因素外，其中还有时间因素，也就是节奏和音乐的因素”。⑰梅耶荷德对剧本的结构进行改组，往往也正是考虑到了要使演出获得鲜明的戏剧节奏。《森林》无疑是奥斯特罗夫斯基的杰作。可是，奥斯特罗夫斯基的戏剧演出（包括《森林》在内）以往都因为节奏过慢而显得拖沓。梅耶荷德把原来的五幕戏改组成三十三个场景，正是为了要加快节奏，打破原先的沉闷。1924 年 2 月 8 日，梅耶荷德在和演员的一次谈话中指出："你们看小剧院演出的《森林》，一开始你觉得，这些优秀演员演得很不错，完全是按照传统的方式演的。但是很沉闷，没有那份耐心看完整个五场戏……正是这种沉闷感使我们产生了按场景重新改组剧本的想法。"[18]在《森林》的《导演阐述》中，梅耶荷德把这个意图说得尤其清楚："改编结构的结果，节奏缓慢的奥斯特罗夫斯基的五幕喜剧，被演出作者（即导演本人——引者）分割成一系列的场景单元，从而给演出带来紧凑的节奏和多种对比色彩的场景的迅速变换。"[19]

梅耶荷德不仅给《森林》动了"手术"，对其他的剧本，通过场景划分，也作了程度不同的结构调整。因此，梅耶荷德导演艺术的一个引人注目的特色是多场景结构。研究者们对这个艺术现象做过几种解释。"戏剧的电影化"——用蒙太奇剪接原理改造原剧，这是最常见的一种解释。也有人认为这是"梅耶荷德向莎士比亚的传统学习"[20]。最有趣的是苏联著名汉学家阿历克谢耶夫的观点，他认为梅耶荷德的"多场景"手法，是受了中国传统戏剧的影响。他说："以我之见，在梅耶荷德的演出中，中国传统戏剧的因素，已经渗透到了'多场景'的艺术思想里。"[21]

我认为，这三种解释都有道理，都是正确的。就具体手法而言，在《森林》的结构改组中，梅耶荷德的确借鉴了蒙太奇原理，何况梅耶荷德本人就提出过"戏剧的电影化"这一命题。但后两种解释也可以成立。和易卜生式的传统话剧相比，莎翁的戏剧作品和中国的传统戏曲都有多场景结构的特点。何况梅耶荷德本人还在起草于 1925 年的《梅耶荷德剧院的思想艺术纲领》中，明确提到了他们要借鉴莎士比亚和中国民间戏剧传统。这份《纲领》的第七条写道："要在舞台上确立真正的戏剧时代的传统，而主要是民间戏剧艺术的传统（即兴喜剧、莎士比亚戏剧、日本和中国的民间戏剧）。"

三

但是，梅耶荷德学习借鉴中国传统戏剧，是从更本质的方面着眼的。具体地说，是中国民间戏剧的假定性传统给他提供了戏剧艺术革新的原动力。可以这样说，梅耶荷德的一切戏剧革新都是借助于戏剧假定性的魔力。如果他不相信假定性，他就不敢冲破框式舞台，就不敢推倒第四堵墙，就不敢让演员在观众的众目睽睽之下检场，当然也不敢设想让两个演员同时扮演哈姆雷特……同样的道理，电影手法要在戏剧舞台上顺利推开，关键也是要推倒第四堵墙。因为电影手法在戏剧舞台上的运用，归根结蒂是要突破旧式舞台的时空局限。梅耶荷德借助灯光技巧切割舞台表演区，从而获得了本来只有在电影中才能达到的“而同时”的效果，大大加快了演出的节奏，加强了场景之间的对比色彩，提高了舞台反映生活的可能性。这里起决定作用的，是让观众对舞台空间有个“假定性”的认识。同一个舞台空间，由于灯光的变化而迅速改变着它自身的空间属性，并随之改变舞台的时间属性，这就像梅耶荷德所指出的那样，“时间是随着舞台空间的变化而变化的”[22]。

通过灯光调节突破舞台时空局限，这虽是梅耶荷德的创新手法，但在今天的话剧舞台上已经广泛使用。梅耶荷德还有一个赢得时空自由的技术——通过演员的表演。《森林》的演出舞台上方有一架小桥。这桥并没有固定的地点含义，不过是提供给演员表演的一个支点。当两个流浪艺人在小桥上走，这桥成了大路；当聂夏斯利夫采夫在小桥上表演垂钓的形体动作，这才成为名副其实的桥；而当阿克秋霞和彼得在这小桥上谈情说爱时，这小桥在观众的眼中顿时又变成了绿草如茵的山坡。《慷慨的乌龟》(1922)是在一个固定不变的带楼梯的平台上演出的，地点的暗示靠的也是演员的虚拟动作。这可以使我们想到中国的传统戏剧艺术的假定性的魅力。

可是长期以来，“假定性”这个词儿在戏剧理论界成了个恶谥。它几乎成了“现实主义”的反义词。1959年，梅耶荷德的大弟子奥赫洛普柯夫发表著名论文《论假定性》，就是尖锐地意识到了在理论上为“假定性”辩诬的必要：“现在，往往只需说一句：他是信奉艺术中的假定性的，习惯势力就会在你耳边低语道：‘很显然，这是个颓废派，是个反现实主义者，是个形式主义者。’反之，如果说：请看，此人是反对假定性的，于是习惯势力又向你窃窃私语道：‘这是个现实主义者，甚至是个社会主义现实主义者。’”奥赫洛普柯夫接着沉痛地写道：“所有这一切，对于艺术来说，是个可怕的祸害和严重的障碍。”[23]

关于在理论上把假定性和现实主义相对立的谬误，梅耶荷德早就指出来了。他说：“把假定性戏剧和现实主义戏剧对立起来是不对的。假定性的现实主义戏剧——这就是我们的口号。”[24]

这是梅耶荷德的一个纲领性的戏剧口号。这里显示了他以及他这一流派的基本戏剧观点。

梅耶荷德坚持戏剧假定性，是因为他认为，艺术和生活是不可能也不应该是“逼真地”相似的。“戏剧舞台不是一般地反映生活的镜子，而是放大镜。”马雅可夫斯基的这句名言也完全符合梅耶荷德的戏剧观点。梅耶荷德还多次引证普希金的观点，强调指出，“戏剧艺术就其本质来说，就是不同真的一样”。

既然戏剧艺术不同真的一样，那么舞台上模仿生活的幻觉式布景和第四垛墙便是没有必要的了。因此，梅耶荷德推倒框式舞台，以及采用象征性的写意布景等重大革新措施，归根结蒂是由戏剧假定性这个理论作支柱的。关于这点，当今梅耶荷德戏剧流派在苏联的代表人物留比莫夫说得尤其明白：“当我在舞台上置身于用地毯和硬纸板做成的草地和灌木丛，以及描绘成各种景物的舞台背景之中时，我开始感到羞耻……这是一种什么样的猴子式的摹仿？我在干什么？我在摹仿生活？但真正的天空要比舞台上的天空强一千倍，同样的，真正的草地，真正的树林要比舞台上的草地和树林的布景好不知多少倍……而且，看来问题甚至还不在于化妆和布景，而是在于我终于明白了：需要的是象征，而不是仿造；需要的是形象，而不是复制品。简而言之，在舞台上如要表现真实，就需要善于虚拟。”[25]

同不相信假定性的理论家不同，梅耶荷德认为假定性是戏剧艺术的本质，任何戏剧艺术都不能离开假定性。他说：“任何的戏剧艺术都是假定性的，可是有各种各样的假定性……我想，梅兰芳的假定性最接近于我们的时代……”[26]

所谓“梅兰芳的假定性”，就是中国传统戏剧的假定性。为什么梅耶荷德认为中国传统戏剧的假定性有较大的优越性呢？其中一个重要的因素是，中国传统戏剧的假定性是和激发观众想象力的虚拟和象征联系着的，而象征又总是和诗情交融在一起。奥赫洛普柯夫在《论假定性》中，正是从这个角度赞美了以梅兰芳为代表的中国传统戏剧艺术：“当我和爱森斯坦还是毛孩子的时候，我们完全被来莫斯科访问演出的中国京剧团陶醉了。我们看了梅兰芳的全部演出……想象！戏剧艺术应该为它高唱颂歌。因为正是靠了想象，空荡荡的舞台背景才变成了一抹山林，空空如也的舞台台板才变成了一碧湖水，一个手持刀戟的武士才变成了千军万马……想象产生现实主义，这是其他任何的自然主义或‘爬行的现实主义’所无能为力的。”[27]

而奥赫洛普柯夫的老师梅耶荷德是怎样对艺术“想象”高唱颂歌的呵！他称它是“我的亲爱的想象”。他向戏剧工作者呼吁说：“请你们去探索联想的过程！请你们通过联想进行创作！”[28]他认为，“依靠联想，我们就可以含蓄一些，留有余地，让观众自己替我们用想象去补充”。[29]梅耶荷德还说：“我的纲领是——单纯的、简洁的、可以引发出复杂的联想的戏剧语言。”[30]这实际上也就是假定性的戏剧语言。

梅耶荷德的这个“纲领”，显然是植根在东方古老民族的戏剧美学中的。但是，这样的美学思想在现在却特别地具有时代意义，因为它尤其符合现代观众的提高了的审美心理。现代观众并不需要一览无余的艺术品，他们在艺术欣赏的过程中，还需要思考、玩索、联想。现代绘画艺术的发展趋向，最明显地反映了时代的审美要求。戏剧艺术也不能例外。梅耶荷德是最早预言了这个戏剧艺术发展的趋势的。早在30年代，当“舞台上应该和真的一样”的戏剧观念在苏联占统治地位的时候，梅耶荷德就反复论证戏剧的假定性本质。梅兰芳1935年的访苏演出，则更加坚定了他和他的学生们的戏剧信念。我们上引的奥赫洛普柯夫的《论假定性》便是证明之一。梅耶荷德的最出色的学生爱森斯坦也说：“无与伦比的梅兰芳的舞台艺术，非常完整地给我们带来了一切古典戏剧的最根本性的原则。”[31]而梅耶荷德本人在1935年4月14日作的题为《论梅兰芳的表演艺术》的演说中，把梅兰芳的假定性称为“最宝贵的、失去了它们戏剧生命就会枯竭的精华”。也是在这篇演说中，他把梅兰芳和普希金相提并论：“我总能想到普希金当年论及改造戏剧体系时说过的那些充满激情和识见的话。恕我不能一字不漏地引证它：‘傻瓜！他们到剧院里去寻找如同真的一样的东西。真是活见鬼！殊不知戏剧就其本质来说，是不能同真的一样的。’在梅兰芳的剧院里，我看到普希金告诉我们的这个原则得到了最理想的体现。”[32]梅耶荷德对于梅兰芳的表演艺术给予很高的评价。很清楚，梅耶荷德在演说中如此强调梅兰芳和普希金的不谋而合，以及如此热情地宣传戏剧的假定性本质，也是有鉴于当时的苏联戏剧舞台上已经出现了和戏剧艺术的本质格格不入的自然主义的苗头。而要避免这个戏剧危机，唯一的出路是把戏剧艺术重新引向它的假定性本质。而且，梅耶荷德深信，梅兰芳剧团的凯旋式的访问演出，有可能促进这个使苏联戏剧艺术健康化的进程。所以他在结束那篇演说时预言：“梅兰芳博士的这次来访对于苏联戏剧艺术的未来命运将是关系重大的。”[33]这是非常深刻的预言。

是不是因为笔者是中国人，就囿于民族意识而竭力夸大梅耶荷德对于中国传统戏剧艺术的评价呢？不是的。梅耶荷德是个艺术上的诚恳的国际主义者，他对梅兰芳和卓别林的赞誉，完全是出于他本人的艺术良心，这也是梅耶荷德的不同凡响的地方。而重要的是，梅耶荷德的4月14日演说，绝不是他一时的心血来潮；向东方的传统戏剧艺术学习，用东方戏剧的假定性原则来改革欧洲的戏剧艺术，是他一贯的思想，因为正如他在一封书信中严肃地指出的，“我（即梅耶荷德——引者）深信，苏联戏剧艺术的最新技术成就，是建筑在日本和中国的假定性戏剧的基础之上的”[34]。而梅耶荷德本人抓住了这个假定性本质，而且有效地、创造性地运用到了自己的戏剧革新实践中去，给后人指明了一条可以登上艺术新高峰的道路。这是梅耶荷德的一个不可磨灭的历史功绩。只有在梅耶荷德死去多年之后，当他的以及也是在中国传统戏剧艺术中汲取养分的布莱希特的戏剧理论和实践被全世界所公认的时候，这个功绩才显得异样的夺目。梅耶荷德的大弟子、苏联著名演员伊里因斯基在写于1957年的长篇回忆录《我的自述》中，正是这样来称颂他老师的煌煌业绩的。他说：“梅耶荷德的主要功绩是在于，他回顾了中国和日本的民间戏剧的假定性传统，胸有成竹地把戏剧艺术引向它的假定性本质。据我所知，梅耶荷德是第一个运用假定性来解放舞台和创立新的戏剧艺术的戏剧导演。他运用假定性时，不是把它作为一种权宜的手段，而是把它视为戏剧艺术的不可分割的本质。”[35]

伊里因斯基的这个概括十分准确。当梅耶荷德1935年告诉青年导演们说：“一切戏剧艺术的最重要的本质是它的假定性本质”[36]，这位大师本人肯定也意识到了他“运用假定性来解放舞台”的历史使命感，因为对于他来说，“任何真正的现实主义应该建立在假定性的基础上。在自然主义的领域里不可能存在现实主义”[37]。所以，梅耶荷德提出“假定性的现实主义戏剧”的口号，是包含着运用假定性来解放舞台，使戏剧艺术的表现力越来越丰富的积极内容的。根据梅耶荷德的观点，假定性是戏剧的最重要的本质，各种戏剧都是假定性的。但是戏剧假定性变化发展着，它的形式丰富多彩，不能穷尽。创造性地运用假定性，是革新舞台样式的关键，而梅耶荷德运用假定性的艺术实践，也总是富于创造性的。他的《澡堂》的假定性舞台设计之所以别开生面，还因为像这样以大面积的标语字幕为背景的舞美设计，在梅耶荷德的创作实践中也是空前绝后的。从理论上说，只要凭借戏剧假定性，戏剧舞台可以表现任何艺术内容。然而，在实践中要能获得表现新事物的新形式，却需要艺术家的勇气、智慧和艰苦的劳动。梅耶荷德尽管是个大师，但他也远没有穷尽假定性的戏剧形式。但梅耶荷德从不停顿他的艺术探索，始终不渝地在依靠假定性的法宝开拓新的艺术可能性。他晚年的时候曾说过：“如果假我以时日，我将试验着用戏剧的手段来表现文学中称之为‘内心独白’的技巧。”[38]这就是梅耶荷德能够不断地充实、更新和完善他的技术武库的原因。

四

假定性原则运用到导演艺术上，梅耶荷德首先摈弃了对生活的照相式的模仿，充分体现了舞台是反映生活的“放大镜”的美学思想。梅耶荷德的导演思想的基本倾向是：强化舞台调度的对比，激化戏剧人物的冲突，突出舞台演出的鲜明“剧场性”。梅耶荷德导演实践中的一些著名的舞台调度场面，无不都是强化对比、激化冲突的范例。梅耶荷德处理《智慧的痛苦》中的“传谣”一场戏时，在舞台上摆了一张横贯整个舞台的长桌，桌后坐着三十四个散布流言蜚语的莫斯科贵族。他（她）们一边吃喝，关于“恰茨基疯了”的谣言也从桌子的一端传到了另一端。又如《钦差大臣》中“行贿”的一场戏，十五个行贿的官员同时推开十五扇门进来向赫列斯塔科夫行贿。

很明显，这种追求艺术夸张的做法，是和斯坦尼斯拉夫斯基的手法很不一样的。然而，这两位戏剧大师在导演艺术上的分歧还深刻地表现在他们对导演艺术的根本职能的不同理解上。概括地说：斯氏更主张“导演死在演员身上”，强调导演是“演员的老师”。梅氏则坚持“导演独立创作”，强调导演是“演出的作者”，也就是更加要求“导演活在舞台上”。

苏联另一位戏剧大师瓦赫坦戈夫曾说过：“就导演艺术而言，梅耶荷德是比斯坦尼斯拉夫斯基更为宏伟的人物。”撇开他的扬梅抑斯不管，使我们感兴趣的是，瓦赫坦戈夫正是在导演创作的独立性上看到了梅耶荷德的“宏伟”。瓦赫坦戈夫的学生扎瓦茨基在70年代写的一篇纪念文章中，特别提到了这一点，“梅耶荷德坚持了导演在现代戏剧艺术中的创作独立性。梅耶荷德的这种独立性鼓舞了正在排演《杜兰朵公主》的瓦赫坦戈夫”[39]。

即使从现在的观点来看，梅耶荷德的导演创作独立性也是惊人的。梅耶荷德认为“导演应该具有剧作家的素质”，鼓励导演发挥艺术创作中的编剧职能。原剧的结构，根据需要可以改组；原剧的情节和人物也可增添或删削。但这不是无目的地信手乱改。思想是首要的。删削或增添原剧的内容，无非是为了更好地展示他对该剧的独特的艺术解释。《智慧的痛苦》在梅耶荷德看来，是一部反映十二月党人思想的喜剧，于是他增添了一场表现恰茨基和他的志同道合的朋友们（这样的人物在原剧中当然是没有的），一起朗读普希金和十二月党人雷里耶夫的诗歌的戏。梅耶荷德认为在20世纪20年代，鞭笞赫列斯塔科夫这类骗子手，较之讥刺昏庸的市长更有现实意义。于是他挖空心思地设计一些能更痛快淋漓地揭露这个卑劣灵魂的戏剧情节。忠实于“传统”的批评家们当然是不能容忍梅耶荷德的“独立创作”的。只有少数具有远见卓识的人物，才从梅耶荷德的导演意念中，看到了他把戏剧导演艺术引向新阶段的历史功绩。这些人中有革命诗人马雅可夫斯基和马克思主义美学家卢那察尔斯基（他当时任教育人民委员）。马雅可夫斯基在一次辩论会上声明：“对我来说，这个演出的全部价值就在于导演的挖空心思。”[40]诗人还认为演出中的某些被导演添加进去的场景“给果戈理增色了百分之五”[41]。卢那察尔斯基不仅在辩论会上帮助梅耶荷德舌战群儒，而且还专门写了两篇替《钦差大臣》的演出辩护的文章。他的议论是那么的精到，使我们忍不住要在这儿多引几句：

> 问题是在于要努力打破传统，作出崭新的、新颖的、前人没有提出过的解释。这当然是任何一个大艺术家的权利。为什么我们的音乐批评家们可以理直气壮地提出要求，希望我们的音乐演奏家们即使是在演奏贝多芬的经典乐章时，也要赋以新的、符合于我们这个时代的解释，那为什么就不能把这样的要求向戏剧艺术的革新家提起来呢？[42]

> 有人说梅耶荷德歪曲了《钦差大臣》，这个看法不对。这里是对《钦差大臣》的新的解释。……演出也有不足之处。市长的形象不够鲜明。然而，这些缺点完全淹没进了这个卓越演出的巨大的、具有原则意义的成就里。每一个批评家们应该扪心自问：“假如演出不中我的意，那么是导演错了，还是我自己错了？看来，是我自己错了。”至少看过两三遍之后，你才有发言权。对一个巨大的文化现象，指责比颂扬尤为有害……梅耶荷德让《钦差大臣》接近于我们当今这个时代。[43]

五十年过去之后，我们已经比较容忍导演们的一反传统的崭新解释了。因此梅耶荷德的拓荒者的形象显得分外鲜明。我从一篇《请君入瓮》的排演侧记中读道：“罗伯森到京后，就指出：对莎翁的作品，导演和演员完全可以根据自己的理解和要求去进行再创作。他认为，莎翁作品中许多人物形象的意义已突破了时间和空间的限制。因此，不同时代、不同国度的艺术家们，都可以根据社会的需要和创作者本身的意图，用形象去解释和体现莎翁的作品。”[44]这使我顿时想起了梅耶荷德，使我想起了他曾经怀抱过的一个理想。他希望能建立一个专演《哈姆雷特》的剧院，让斯坦尼斯拉夫斯基、戈登・克雷以及他自己，以及其他的著名导演艺术家来此献技，向观众展示他们对莎翁这部不朽杰作的互相不同但各有千秋的艺术解释。梅耶荷德的这个设想现在还没有实现，将来也不知是否真能在世界上建立这样一个独特的专演《哈姆雷特》的剧院。可是，梅耶荷德的这一愿望中包藏着的那个艺术思想——导演不仅可以而且应该对剧本作出各自独立的解释，却已经越来越显示出强大的生命力。总之，不管梅耶荷德在具体的导演艺术实践中有多少的失误，但他关于“导演艺术不是搬演性质的艺术，而是独创性质的艺术”的这一基本思想，确实是启发了和正在启发着一代导演艺术中的闯将。

五

卢那察尔斯基对《森林》（1924）以后的演出，都从导演艺术的角度对梅耶荷德的创作给予了肯定的评价。但他对梅耶荷德的表演艺术理论——有机造型术（或译“生物力学”）则是基本上持否定态度的。后来到了30年代中期，有机造型术更是被当作和斯氏体系格格不入的形式主义而一笔抹杀掉。这种自上而下的“批判”造成的影响之深远，是使人惊讶的。以致直到今天我们有的同志还一听到“有机造型术”就斥之以“形式主义”，殊不知在那个当年把“有机造型术”批得一无是处的国度里，据一位很权威的戏剧家的介绍，“梅耶荷德的有机造型术现在成了包括莫斯科艺术剧院附属戏剧学校在内的所有苏联戏剧院校的舞台表演课程的基础”[45]。这不是“形式主义”的复活，而是理智的复苏。

本来嘛，每一个自成一家的戏剧大师，都各自有一套训练演员的办法。斯坦尼斯拉夫斯基培养演员着重心理元素的训练，而梅耶荷德靠的主要是“有机造型术”。而且斯坦尼斯拉夫斯基和梅耶荷德用各自的方法都培养了一批出色的演员，这就证明斯坦尼斯拉夫斯基和梅耶荷德的方法都有科学道理，“有机造型术”怎么能够轻易否掉呢？

什么叫“有机造型术”呢？梅耶荷德本人的理论阐述集中在1922年的几部著作中。（《演员的角色类型》中的有关段落已经译载在《外国戏剧》1949年第3期上）他说：“演员的创作是一种空间造型形式的创作，他就必须通晓自身力学。”[46]这是一句最核心的话。梅耶荷德认为舞台动作不是自然主义的动作，而是给人以一种美感的“造型”，所以“演员必须把自己的材料——身体操练好，要使之在转瞬间便能完成从外部（从演员、导演）所接受的任务”[47]。那么，如何根据自身的力学训练演员自己的材料呢？梅耶荷德开列了三项“最主要的进修科目：

1. 发展自身在空间的感觉……

2. 要把对音乐有本能的爱好，变为自觉地引导自己作为一个音乐家。

3. 要能精通表演方法”[48]。

梅耶荷德讲得太概括，这里需要做一番引申。

“进修科目”的首项——“发展自身在空间的感觉……”主要是指平衡的技巧。梅耶荷德认为，演员舞台动作的最基本的要领是掌握身体平衡。他的助理导演贝布托夫有一段回忆很能说明问题：“梅耶荷德有一次对我说，他是怎样开始懂得了舞台行动的基本原理的。有一次他在结了一层薄冰的街上行走，当他身体往左边倾斜的时候，他被迫将双手和头部扭向右边，这样才站稳了脚跟。梅耶荷德说：‘我这就懂得了，运动的自然规律永远是建立在失去平衡和恢复平衡的基础之上的。’梅耶荷德把这个运动规律创造性地运用到了有机造型术的训练课上。”[49]这就是要求演员训练出类似杂技演员的平衡功夫。有了这个功夫，演员就可以适应任何舞台环境。现在外国舞台演出很多采用斜台装置（有的倾斜度比人艺《请君入瓮》的斜台还要大），话剧演员的平衡功夫变得更为重要。而像今年4月间，日本话剧访华团演出的《文那，从树上下来吧》时，日本演员的精彩表演曾使我们的话剧演员目瞪口呆。日本演员的这套形体功夫，说明他们是经过“有机造型术”的严格训练的。

“进修科目”的第二项——“要把对音乐有本能的爱好，变为自觉地引导自己作为一个音乐家”。这里主要讲的是节奏感。梅耶荷德曾说，“应该教会演员像音乐家一样地有节奏感”，他认为，“演员的表演和人们在日常生活中的行动的区别，就在于特殊的节奏”[50]，他又说，“我强迫我的学生们在音乐的伴奏下表演，这倒不是为了把音乐搬上舞台，而是为了使演员们懂得时间的概念”[51]。梅耶荷德十分重视演员表演的节奏感和时间感。他1935年看了梅兰芳的表演后感叹不已：“看过梅兰芳表演的人会说，这位杰出的舞台大师所表现的节奏感，在我们舞台上是感觉不到的。我们的所有演出，从歌剧到话剧，没有一个演员意识到有必要十分注意到舞台上的时间。我们的演员没有时间感。”[52]梅耶荷德把节奏感和演技联系起来是很有道理的。宋长荣表演红娘时所显示的节奏感，恐怕也是他的表演使观众着迷的一个重要原因。这个节奏给了我们多大的艺术享受啊。

“进修科目”的第三项——“要能精通表演方法”。我想这是指“从外到内”的表演方法。梅耶荷德曾说：“康斯坦丁·谢尔盖耶维奇（即斯坦尼斯拉夫斯基——引者）和我在艺术中寻求着同一个目标，不过他是从内到外，而我是从外到内。”[53]这“同一个目标”，当然就是创造活生生的舞台形象。这可以看出表现派和体验派的异同。他们各自的长处和短处都值得我们认真研究。

由此可见，“有机造型术”的实际内容就是演员的形体训练，而且是高强度的和全面的形体训练。所以梅耶荷德的学生加林一言以蔽之地概括说：“有机造型术乃是训练演员‘材料’的体系。”[54]而且看来梅耶荷德也是借鉴了东方传统戏剧艺术练功的经验，据他的另一个学生尤特凯维奇说，有机造型术“不仅包括杂技动作，而且还包括有日本戏剧和中国戏剧中的经验”。

这个经验似乎对我们也应有所启发。要使我们的演员练就一副具有弹性的面孔和身躯，以适应舞台上的任何“规定情境”，非得有一门特别的形体训练课。苏联30年代批了“有机造型术”后，他们的演员只知道训练心理技巧，相对地忽视了外部技巧的训练，导致了表演艺术的衰退。舞台表演有两个要素——台词和形体动作。20世纪以前，台词据主导地位，现代戏剧艺术的发展趋势，越来越显示出形体动作这个要素的分量。这当然与戏剧创作的发展有关。就像小说中对话的所谓“电报风格”的流行一样，现代的戏剧台词也趋向简洁化，除了演出莎士比亚的戏剧，我们很少再能在舞台上听到长篇独白。现在的戏剧家越来越明白这样一个简单但又深刻的道理：思想不仅可以用言语来表达，而且也可以用形体来表达。日本话剧团给我们演出的《文那，从树上下来吧》，演了两个多小时，没有一句台词，但我们完全理解这个戏的思想，而且被演员们的高超的形体表演所陶醉。但在二十年前，就不能设想能有这样只有形体动作而没有一句台词的“话剧”。梅耶荷德的有机造型术的理论和实践的价值，我们今天是看得更为清楚了。

梅耶荷德的戏剧美学中最成问题的莫过于构成主义（Конструктивиэм）了。50年代后，尽管开始对梅耶荷德进行重新评价，但“构成主义”还被视为是个消极现象。这是与苏联对20世纪初的所谓现代派艺术基本持否定态度有关。我只是在维列霍娃的一篇文章中，看到了稍稍不同的见解。她认为梅耶荷德借助于“构成主义”而冲破了传统的框式舞台的束缚。这个见解我认为是有一定道理的。梅耶荷德无疑是在寻求一种舞台装置的新形式，这不仅是为了解放舞台，也是为了用非幻觉式的方式来装饰舞台。梅耶荷德的舞美意念不是全无可取之处。现在常用的梯级式舞台装置，斜台装置以及像在《文那，从树上下来吧》中采用的积木式装置，难道不也是在追求一种给人以立体感的形式美吗？

梅耶荷德一生的创作活动是和反对自然主义的斗争联结在一起的。因为各种现代主义的流派都是自然主义的敌人，因此梅耶荷德不可避免地要和现代主义发生瓜葛，而且在斗争中也不免矫枉过正。1936 年 5 月，他在一次谈话中说："我很早就是自然主义的敌人……但是你们也知道，当一个人在和某一种倾向拼命斗争的时候，他往往走向极端……"[55]梅耶荷德的"极端"特别表现在十月革命初期他提出的所谓"戏剧的十月革命"的口号，把攻击的矛头集中指向斯坦尼斯拉夫斯基体系，甚至希望他先前的老师"把他那洋洋大观的'体系'，按果戈理的方式，投入熊熊炽燃的壁炉"[56]。但当这种幼稚病的狂热过去之后，梅耶荷德终于认识到了他和斯坦尼斯拉夫斯基是在以不同的方式为同一个艺术事业而奋斗。梅耶荷德说，他和斯坦尼斯拉夫斯基是在"'挖掘'同一条'隧道'，不过是从两个不同的方向开掘"[57]。同样的，斯坦尼斯拉夫斯基对梅耶荷德也越来越表现出友好的感情。他当然不能同意梅耶荷德的戏剧观点，可是他却在梅耶荷德剧院的贵宾留言簿上写道："我喜欢梅耶荷德，喜欢他总是满腔热情地去干他的事业，而且真诚地相信他所追求的东西。"[58]这种"热情"和"真诚"洋溢在每一篇梅耶荷德的演说之中。我特别喜爱他 1935 年 2 月 11 日对青年导演的一次演讲，其中有这样一段掷地有声的话："艺术的美妙，就在于变化，就在于你时时觉得自己还只是个学生。当人们称我是大师的时候，我感到好笑。我知道自己还有很多的不足……要记住，每一次新戏公演都是一场新的考验，我会焦灼不安，因为每一次我都要创新。艺术的美妙就在于它在变化。"[59]

是的，艺术的美妙就在于变化。而梅耶荷德的伟大，也正在于他最敏于变化，他总是率先求变，总是开风气之先；打破常规，是他艺术创作的常规，他的眼睛盯住了戏剧艺术的明天。瓦赫坦戈夫在自己的日记本上写道："梅耶荷德在为未来的戏剧艺术奠定基础，未来将感谢他。"[60]那么，在梅耶荷德的心目中，这个"未来的戏剧艺术"又是什么样的呢？ 1936 年 2 月 15 日，梅耶荷德在和莫斯科戏剧学院的应届毕业生畅谈"未来的戏剧艺术"时，预言几十年后"将出现西欧戏剧艺术和中国戏剧艺术的某种联姻"[61]。于是我们不禁又想起了梅耶荷德的高足伊里因斯基评价他老师的一项重要贡献时说的话："梅耶荷德的主要功绩是在于，他回顾了中国和日本的民间戏剧的假定性传统，胸有成竹地把戏剧艺术引向它的假定性本质。"

全世界的戏剧工作者都不会忘记他的贡献。

注释：

---

①《电影手册》1961 年第 125 期。

②⑦㊺53㊾54 《和梅耶荷德的会见》，1967 年，莫斯科，第 219 页，第 360 页，第 274 页，第 200 页，第 322 页。

③ 法伊科：《一个老戏剧工作者的笔记》，1978 年，莫斯科，第 175 页。

④⑱㉒㉜㉝㊱㊲㊾㊿51525961 《梅耶荷德戏剧遗产》，1978 年，莫斯科，第 299 页，第 61 页，第 54 页，第 96 页，第 97 页，第 85 页，第 94 页，第 277 页，第 47 页，第 49 页，第 96 页，第 87 页，第 121 页。

⑤《真理报》1936 年 1 月 28 日。

⑥ 法捷耶夫：《三十年间》，1957 年，莫斯科，第 207 页。

⑧ 海涅：《论浪漫派》，1979 年，北京，第 52 页。

⑨⑯⑰㉔㉖㉘㉙㉚㊳ A. 格拉特柯夫：《戏剧回忆录》，1980 年，莫斯科，第 325 页，第 291 页，第 289 页，第 288 页，第 323 页，第 319 页，第 320 页，第 301 页，第 295 页。

⑩⑮《戏剧论文集》，1969 年，莫斯科，第 242—243 页，第 254 页。

⑪《外国戏剧》1980 年第 4 期，第 51 页。

⑫㊴575860 《戏剧》1974 年第 2 期，第 32 页，第 9 页，第 14 页，第 9 页，第 8 页。

⑬《外国戏剧》1981 年第 1 期，第 20 页。

⑭⑲《苏联戏剧资料汇编》（1921—1926），1975 年，列宁格勒，第 212 页，第 217 页。

⑳ Б. 阿尔彼尔斯：《戏剧札记》第 1 卷，1977 年，莫斯科，第 202 页。

㉑ В. 阿列克谢耶夫：《中国民间绘画和民间艺术中的古代中国的精神生活》，1966 年，莫斯科，第 111 页。

㉓㉗《戏剧》1959 年第 11 期，第 76 页；第 12 期，第 63 页。

㉕ Ю. 留比莫夫：《为职业和职业家辩护》，《戏剧》1973 年第 11 期，第 33 页。

㉛《爱森斯坦文集》第 3 卷，1964 年，莫斯科，第 288 页。

㉞《梅耶荷德书信集》，1976 年，莫斯科，第 296—297 页。

㉟《戏剧》1958 年第 7 期，第 131 页。

㊵㊶《马雅可夫斯基文集》第 12 卷，1959 年，莫斯科，第 307 页，第 309 页。

㊷㊸《卢那察尔斯基文集》第 3 卷，1964 年，莫斯科，第 355 页，第 575 页。

㊹《人民戏剧》1981 年第 4 期，第 53 页。

㊻㊼㊽56 《外国戏剧》1979 年第 3 期，第 78 页，第 78 页，第 77 页，第 76 页。

55《戏剧》1957 年第 3 期，第 124 页。

（1981 年第 5 期）

漫忆咿呀学语时

——谈谈我怎样学习民歌写《漳河水》

阮章竞

近几年来，我不断收到一些爱好写诗的朋友的来信来稿。他们除了要求谈谈对他们的诗稿意见之外，还要求谈谈我怎样学习民歌写《漳河水》，有的还要求帮助解决他们长期写诗所遇到的苦闷问题。我知道最后的一个问题我是解决不了的。但因来信较多，不能一一奉复，故曾答应将要写一篇文章供作参考。

今年，是毛泽东同志《在延安文艺座谈会上的讲话》发表四十周年，我想借重温《讲话》的机会，重新整理我去年年底的一次谈《漳河水》写作经过的谈话，变成文章，作为回答给我写信的朋友们。故曰：漫忆咿呀学语时。

一、咿呀学语

小鸟学飞，在母亲的引导下，从窝边开始。我学儿歌，是在乡下老祖母的身边开始。第一支歌，很可能就是：

鸡公仔，尾婆娑，
三岁孩儿学唱歌，
不用爹娘教知我，
自己精乖毋奈何。

稍大了，学唱歌谣。跟在扛着木制龙舟或纸扎的大鲤鱼、敲着锣鼓的艺人后面，学《龙舟歌》《鲤鱼歌》。什么“鲤鱼公，鲤鱼婆，公鸡母鸡喊抱窝”之类娱乐小孩儿的歌儿。在邻家妇女们做针线的时候，听她们唱《南音》《木鱼》。到了少年时期，学唱戏曲、粤讴段子。上了四年多小学，读了几首唐诗。听老师说过古诗要讲平仄，规矩是一三五不论，二四六分明。我一直没有弄懂，觉得非常神秘。全国解放后，才花了点时间去学习，现在仍然是半懂不懂。

我从小喜欢中国画。自己也自学过几天水彩画和油画。也爱好广东音乐。到了青年时期，很喜欢白话新体诗。对诗歌的体裁形式，我没有固定意见，但从心底里还是更喜欢中国风格的。

我曾梦想做个画家、诗人。但当时民族危难，抗日救亡的歌声震撼了我。我走进华北敌后方，参加了抗日战争。由于我爱好文艺，领导同志就把我从游击队调去搞剧团工作。这样我就从咿呀学语，趔趄学步，走上了文学的道路。

在华北敌后，从 1938 年下半年起，我开始了做文艺宣传工作。我们演出的节目，都是从大城市来的歌本和剧本。开始时，确实轰轰烈烈。部队和山区群众，从来没有见过、听过有布景、有声响效果、化妆认真的话剧和富于战斗情绪的歌曲，都来看我们演出。但我们很快发现，群众之所以欢迎，多半是尝新鲜、看热闹。群众对我们的演出，不是真正看懂。很多人都说我们的节目，不通俗，洋里洋气。对这些意见，我深深感到苦恼。但也常常引起我思索一个问题：究竟怎样才能写出反映现实生活、为群众所能接受的文艺作品来呢？我们反复思索这个问题。

1938 年夏天，因为工作需要，我开始学写剧本。我在学写的第二个剧本《保卫抗日根据地》中，头一次试用当地小调《卖扁食》填了一首《秋风曲》。歌词是：

秋风凉，叶儿黄，
片片吹落纺车旁，
手摇纺车念俺郎。
好男儿，去当兵，
俺郎参加抗日军，
杀敌报国有名声。

上前线，上前线，
俺郎冲锋在前面，
英勇名声飞家园。

这首插曲，群众接受了，很快传唱起来。

后来，抗战进入艰苦时期。我当时常听领导同志说：我们的宣传工作要有为中国老百姓所喜闻乐见的中国作风和中国气派。这对我启发很大。许多年以后，我才知道这是毛泽东同志在《中国共产党在民族革命战争中的地位》一文中说的。就在这时候，我们分散到许多村庄组织建立农村剧团。这是我们几十个青年，开天辟地头一次真正跟广大农民群众相结合，开展农村的戏剧活动。在与群众一起工作中，我们发现了丰富多彩的民歌小曲。这些作品，都在群众的脑子里，口头边，手指上。有辽州小调小花戏，襄（垣）武（乡）祁（县）太（谷）秧歌。这些民间的文艺形式，都是反映农村人民生活的。上党宫调、中路梆子和武安“落子”，几乎全是反映帝王将相、才子佳人等古代故事。我们当时尚未觉悟到这些民间文艺的重要意义，但也残缺不全地记录了一小本本。有了这些民间文艺启迪之后，我也借用这些形式编写歌舞、活报剧，群众都较喜欢看。1942 年春，我曾计划用当地的民歌曲调，串成一个反映减租减息斗争的多幕歌剧《柳亭郊》，未脱稿就在反“扫荡”中遗失了。和我一起工作的好几个同志，都写过名为“小调联唱”的歌曲。但真正自觉地去学习和运用民歌小曲，是在毛泽东同志的《在延安文艺座谈会上的讲话》传到抗日根据地，为工农兵服务的文艺方向确立起来之后。1943 年夏，我第一次在学习民歌的基础上写成了独幕歌剧《比赛》，虽然作曲在运用民歌曲调方面不足，但总是往这方面靠拢。同时写的小话剧《糠菜夫妻》，经张万一同志改为秧歌剧，则广为群众接受。

1944 年 1 月到 1945 年 4 月，我参加了一年多整风学习。学习之后，我参加调查研究、减租减息、土改、民兵和开辟新区的工作。这使我进一步在实际工作中得到锻炼。这对我的思想改造，进一步观察人生，提供了极其深刻、宽广而又十分艰苦的活动天地。

1947 年年初，我重新拿起笔来，要写一首诗，教育刚获得解放的农村干部，警惕地主阶级阴谋。我第一次运用民歌体试写了《圈套》。这首长诗被较多的读者肯定之后，接着运用民歌体写了歌剧《赤叶河》。在写之前我从一个盲人宣传队那里，多次听取了民间老艺人们丰富多彩的演唱，并向他们请教、学习，使我进一步摸到了民歌的脉搏，因此运用起来比较顺手。

在十二年中，我一天都没有离开太行山。我学习太行山人民的语言，写太行山人民的生活。但是放手使用民歌来创作，却是在《讲话》之后。我从自己的创作体会中感到，毛泽东同志《在延安文艺座谈会上的讲话》，是中国革命文学的伟大历史里程碑。

它哺育了两代革命作家、艺术家。激励他们到火热的斗争中去，与工农兵结合，向工农兵学习，写工农兵，为工农兵服务。从此，中国的劳动人民，洗净了被人强抹在鼻子嘴唇上的白粉，以历史创造者的英雄姿态，主角的身份，扬眉吐气地登上文艺舞台。《在延安文艺座谈会上的讲话》的历史功绩，是不可磨灭的。

二、我曾目睹旧中国农村妇女的命运

小时候，在我的家乡，见过不少贫家少女被卖到远方，先当婢女后卖为妾的凄惶情景。我远房一个姐姐，父死母要饭，她被卖到很远的地方当婢女，大了又卖为妾，因受不了大妇的虐待逃了回来。她是一个性情温顺的美丽的女子，但脸色如蜡，常是哀愁满面。我十分怜悯同情她，希望她回来就不要走了。可是不久，她就被比她大二十多岁的丈夫来捉拿回去，从此我就再没有见过她。中国大革命失败了，不但什么问题都未解决，相反失业的人更多。这时，家乡的旷夫怨女特别多。常发生青年男女不正常的恋爱问题，遭到无须有明文的封建习俗的惩罚，有时是很严酷的。

在战争环境的敌后根据地，妇女的贡献是很伟大的，纺线织布，做军鞋，加工军粮，养鸡养猪等等，都是她们的任务；动员青壮年参军，要她们作出自我牺牲。她们脚又小，在日寇的疯狂进攻时，最易遭到侮辱和杀害。她们除了和农民同样遭受到地主阶级的压迫之外，在家庭还要受封建习俗的另一层压迫。挨打受气，是家常便饭。我看见过丈夫打媳妇，公公在院子里呐喊助威。我见到过媳妇被打之后，不敢说话，独自跑到村外、坟头、岩根偷偷哀泣。她们自己也欺负自己。小时候被母亲缠了脚，但当了母亲，又给自己的女儿缠脚；自己吃透了买卖婚姻之苦，但当了母亲又叫女儿吃买卖婚姻之苦；自己受尽婆婆的虐待，可是当了婆婆，又毫不留情地虐待儿媳妇。正如一首民谣所说的：

三十年媳妇三十年婆，
水道流水流成河。
三十年炕头轮流坐，
三十年媳妇熬成婆。

就这样，中国农村妇女痛苦，轮流接替，恶性循环，没完没了。

男人小时候是大胖小子，大了是大小伙子，再大了是大丈夫。女儿是小丫头、小闺女、小媳妇，最后才挤进“老太太”行列。她们称丈夫是“掌柜”“当家的”。可是男人对别人说自己的妻子却是“俺家做饭的”。初听觉得很谦逊，细细品品极可恶！

三、从漳河走进《漳河水》

要为太行山农村妇女写个东西，我早有这个愿望，但迟迟没有动手。1949 年春天，我列席了太行山区党委召开的妇女工作会议之后，又沿着清漳河，回到过去的驻地看了看。路上，我回想起会议上各地所反映的妇女问题，也想到战争即将结束，自己很快就要离开太行山，就要离开那些和我们同生死共患难的父老兄弟，那些在战争中为我们纺线、织布、做鞋、缝衣服的太行山劳动妇女。要为她们写个作品的念头就像久蓄在太行山里的水，忽然打开了闸门。

开头，我只是想写一首分段落又能联串起来的、带有一定情节的、能唱的抒情诗，把太行山妇女的内心痛苦和渴望解放的心情，痛痛快快地呐喊一番；把农村中根深蒂固的封建恶习和坏思想，狠狠地批它一通，把中国共产党指出的妇女解放道路——参加劳动、经济自立的道理告诉她们，这样才能使自己不依附于男子，在家庭、在社会才能有发言权，才能真正和男子一样地当家作主。但是，当我的思想沉浸在现实生活海洋的时候，脑海里浮现出三个人物，另外还浮现出一个应该批判的和一个应该鞭笞的人物。脑海里浮出的三个女主人公，都是封建买卖婚姻的受害者。她们虽性格不同、特征不同、遭遇不同，但命运是相同的。我又从太行山中普通的、没有书本的女儿花名谱里，选定了荷荷、苓苓、紫金英三个名字作为三个女主人公的名字。我赞扬荷荷的明快勇敢，欣赏苓苓的活泼单纯，对紫金英则是充满同情，为她的痛苦而悲愤。她们善良、单纯、美丽。她们的思想情绪和希望，同我的思想是完全一致的。在农村，这样的女性，是普遍的，使人喜爱的。

《漳河水》写的是战争年代的漳河。人物籍贯是太行山，口音是太行山的，但取形取神，就不仅仅是漳河两岸的农村妇女。为了塑造这三个家住漳河畔的妇女形象，我动用了从南方农村到北方农村二十多年所摄的人物底片中的相当大的库存，动用了学习民歌的大量储蓄，也挪用了漳河两岸一切山光水色，风云天籁，鸟语虫鸣。凡能帮助我烘托人物，抒发感情，点染景色，表达欢愁的一切漳河色调，我都使用了。早两年我写的《圈套》，侧重故事；歌剧《赤叶河》就比较注意抒情。这次，我想诗总归是诗，所以决定进一步打破自己的常规，不侧重曲折的情节，而侧重她们的内心生活，不侧重故事而侧重抒发感情。

人物确立了，有了素描轮廓，我就把全诗划分成往日、解放和长青树三个部分，拟定每部开头都有首部首诗；全诗结束，也要有首终曲。这是从《乐府》、古典诗中，从声乐曲和器乐曲中取得的启示。

我从来赞成并且坚持这样的原则：诗贵精炼。同时也考虑到时代的不同。现代的生活，比古代复杂多了，应该长的，也不要怕长。但总的来说，四行的诗要讲精炼，一千行的诗更要讲精炼。诗不能随心所欲漫无边际地抒情下去。必要的排比是很需要的，但不要一直排比下去。诗要概括广而深，在复杂中求单纯。作者在写一个人物的思想情绪、斗争活动时，最好由笔下的人物去思想，去说，去做。不能没有作者离开人物说的话，但不要说得过多。哲理性的语言是需要的，但我警惕自己不要当牧师、传教士，最好是由人物的思想和行为去说明。还有一个最根本的要求，就是《讲话》里所说的文艺要为工农兵群众服务，这就首先要群众能听懂。我本着自己这些要求进行写作。

部首诗，我是把它当音乐的序曲来安排的。

三个对人生充满希望的姑娘的出场，我用了十二句话，就立刻揭开“断线风筝女儿命”的农村少女命运。最根本的问题是“爹娘盘算的是银和金，闺女盘算的是人和心”。如果是写戏，三个少女出嫁后，要写点在婆家的受气生活。诗的便利之处就是可以把许多复杂的事物省略掉，直接揭示情感。毛毛小女的幻想破灭了，在什么地方倾诉痛苦好呢？需要一个能烘托主人公悲惨遭遇的环境、场所和气氛，我选了桃花坞。在这个有月儿、流水、桃花、柳树、草儿、石鸡的漳河边上，我为每个人物诉说嫁后生活而配备的景物、声响，都是有意识的。荷荷是月儿云遮住，盼望光明自由；苓苓是石鸡夜半哭，诉不尽心中的怨恨不平；紫金英则不同，她要说话，河边的青草都打颤了。腮泪盈盈而不说话的情景，我是看见过的。三个主人公诉说完了，我替她们说了十四句话。

当时，中国农村妇女的解放，只有在中国共产党领导下的解放区里，才有可能。但是光靠党的领导，民主政府的法令，还是不行的，首先是要妇女自己站立起来，自己解放自己，不然的话，妇女是“商品”这把自人类进入阶级社会以后的牢固枷锁，是打碎不了的。在两个革命战争进入最后时期的解放区，这种枷锁，仍然套在妇女身上。荷荷，是当时农村基层各项工作的积极分子、带头人的典型人物。这种类型的女子，思想开朗，比较容易接受新鲜事物。因此，我把这种勇气、美德较充分地集中在荷荷身上。其实，这种要求自由解放的思想，早就在以往的民歌中呐喊着："住一天娘家上一天天，回一天婆家坐一天监。"太行山革命根据地的中期，青年们一反顽规陋俗，编出这样的顺口溜："种谷要种稀留稠，娶老婆要娶剪发头，种地要种金皇后（玉茭品种名），嫁汉要嫁个政治好。"荷荷这只"不坐花轿不骑马，不拜天地手拉拉"、敢于冲出旧世界阴云的带头雁，把一些顽固头脑冲得目瞪口呆。要有像荷荷这样的女子，才能使苓苓治服了"二老怪"，才能领着紫金英走上新天地。我是以这样的看法来写这个女主人公的。

"苓苓"这一章，我在欣赏苓苓的同时，主要是用来批判大男子主义。我曾见过不少"二老怪"，他们离不开老婆又打骂老婆，中国社会有不少这样的最佳丑角。这些丑角们，既不是坏人，更不是敌人，可是，他们都是"母猪不敬神，女人不是人"，"娶来的媳妇买来的马，任我骑来任我打"这些可恶顺口溜的"天才"创造者、推行者、夫权主义者、家庭专制独裁者。他们是应该受到批判的。我在诗里，对媒婆张老嫂，也鞭挞了几下，可惜，心软了些，着力不够重！

在第二部"紫金英"一章里，没有再用河边诉苦的桃花坞，我把场所安排在室内。环境不复杂：一盘土炕，一盏孤灯，立着一个系着水裙、啃着指甲、抱着婴孩儿的紫金英。我用这样的一个场所来衬托一个年轻寡妇的孤独生活。集中在三十六句诗里，我让紫金英来倒尽一个年轻守寡女子的内心痛苦。从"看尽花开看花落，熬月到五更炕头坐，风寒棉被薄"至"寄生草根缠树身，日日缠缠日日深，有刀割不断情"的一连串凄凉诉说，到从心底里发出最后的呼喊控诉："扪心自问我犯啥错？难道寡妇就不该活？"这既是紫金英的话，也是我自己要问的话。在阶级社会里，有钱人可以到处寻花问柳，三妻四妾，是合法的。寡妇有了相好，难道就不该活？当我写到"咽了吧，莫嫌苦，记住你娘是寡妇"时，停笔泪下，窗外怒风呼啸。旧中国，太不公平了！

四、学习民歌与运用民歌

《漳河水》虽然采用了太行山的民歌形式，但它不完全是靠现成的民歌调配合成的，它首先是靠现实生活和人民群众的语言。太行山斑斓夺目的民歌形式，就像色彩与光泽都很适合的一方石块，正好利用这个自然条件雕成一件物品一样。我是南方人，初到北方时，普通话说得很糟。听懂偏远山区的语言，并且使之用于写作，是花了很大的气力去学习和积累的。《漳河水》诗中的语言，除少量直接从民歌中抄录外，绝大多数是从群众的语言中取得原料加工提炼的。我只是利用了当地民歌的情调色彩，来反映太行山妇女群众的悲愁欢乐。如果说配搭得还可以，这乃是造化给我的便利，因为我在那里生活了十二年，就在老百姓家中写成，真是造化——福气。这在前面已经说过，我很早就试用小曲填词。但我有意识地自觉地大胆使用民歌形式，是始于头一首叙事诗《圈套》。《漳河水》的民歌曲调，在创作《赤叶河》时，已大量使用了。这部歌剧的最初演出，音乐几乎全是太行民歌曲调。太行山的民歌曲牌、词曲结构，同山西其他地区的民歌山曲，绝大多数相同或大同小异，也有完全不相同的。这些民歌字数，有三七言、七七言两句式，有五言或七言四句式；也有字数参差的长短句或杂言诗式。但更多的是七言两句式的。我写《漳河水》时，选择的几种最适合表达主题思想、人物感情的民歌结构，基本上是三七言式、七七言式、七七五言式和七言四句式。这些结构形式，多是两句一韵和四句一韵，韵母要求比较自由宽广，近似则可，很便利于变化。七七言两句式的曲牌非常之多，如《平调》《太平调》《开花》《对花》《摇三摆》《刮野鬼》等等，是最常见的。如下面的两个曲牌，都是两句式。

《平调》：

桃花红来杏花白，
爬山过岭看你来。

《开花》：

井里头打水称上几称，
凤仙花交根人交心。

拿上刀刀割韭菜，
慢慢品来知好坏。

七言四句式的结构形式的，如《一道湾》：

一道道河来一道湾，
妹妹在河湾把我喊。
有心过去谈一谈，
又怕别人偷瞅看。

如《苇嘴嘴开花》：

高粱开花红顶顶，
我是哥哥的要命人。
我的心来他的肺，
谁离开谁都活不成。

我在三个女主人公诉说痛苦时，用了七七五言三句式，有《割青菜》《拔葱》《绣荷包》等。如《放风筝》：

三月里来是清明，
姑嫂二人去踏青。
捎带放风筝。

我还见过一首情节有点像京剧的《拾玉镯》的，叫《掐蒜薹》：

我在园里边掐蒜薹，
隔墙撂进个戒指来，
叫人好奇怪。

《漳河水》的第一稿，我依稀记得都附有曲牌名，但这个本子已无法寻找了。现在的本子是发表后在修改过程中，感到过于烦琐，就按思想情节分章分段，进行合并，这样成了纯文学的东西，保留曲牌已无必要，故全部删去。《漳河水》九十九道湾这个主句，是我从许多民歌里得来的。如“天下黄河九十九道湾”“汾河九十九道湾”“漳河九十九道湾”“盘陀陀道道九十九道湾”。我从这许多“九十九道湾”里，用文学术语来说，使我获得灵感，于是就用了“漳河水，九十九道湾”作为领头主句。虽然有这句领头主句，但最初的“漳河小曲”，我总是感到不满意，无法记得改过多少次，也无法记得苦闷了多少天。最后，是在春天的清晨，我看到一个画面，才写成现在这个样子。这个画面一出现，一下子，这个“九十九道湾”，起了贯串全诗、回荡始终的主旋律作用。

中国民歌，产生于人民的生产劳动和人民生活，源远流长。很多古代诗人，都从民歌中吸取养分。我是喜欢民歌和古典诗的，一听一读都感到亲切，就像人都喜欢吃家乡风味一样，自己爱吃，即使朋友不大爱吃，也要极力向他宣传，劝他吃。

比兴，从来是中国诗歌的特点。这种特点，现在还在劳动人民群众生活中，不断在使用，在创造。如比喻劳动创造世界的“万物土中生，死地活人耕”，“刀在石上磨，人在干中学”。比如非常丰富的农谚，既贴切生动，又便于记忆。农民群众常把大量的生动语言，使用到民歌中去。

民歌的比兴手法，特别明显。很多是以起兴或比喻作第一句，第二句才是要讲的事情。许多民歌，头一句和后句不一定必须相联系，就是说要讲这事，先讲那事。如“二套牛车慢慢游，真魂魂跟在你后头”，“二饼饼牛车抹麻油，真魂魂跟在你左右”。这个两件事情一线牵的、外在无联系内在有联系的句法就是兴。如“满天星星一颗明，十三省挑中你一人”。“一对鸳鸯一对鹅，一对毛眼眼瞭哥哥”这是比喻。民歌还常用双关语意。如“火车车拉笛笛铁轨轨响，前半晌响（想）了后半晌响（想）”。一般民歌都比较短，上下两句式的更便于使用比兴。也有些较长或段落比较多的民歌，起兴之后，就直接进入叙事，但都保留着这种纯朴生动、充满生活气息的泥土芳馨。民歌的山风野气，天真烂漫，纯朴自然，具有情真意切的特点，很少有装模作样的虚假拼凑。如：“送郎送到大门东，可恨老天爷刮起风。刮它几年又下雨，留下咱二人过几冬。”“扭着你胳膊拉住你手，不说下个日子我不叫你走！”“扯烂你的袖口我给你缝，这一遭叫你口外走不成！”时代在前进，民歌也随着在前进，如上面提到的“火车车拉笛笛铁轨轨响”和“山雀雀飞在电线杆，打电话容易见面难”等等，就不是古代的了。在革命战争中，民歌发挥了它的战斗作用。用民歌体写农村生活，山野风光，是比较顺利的。同时，我也从古典诗词中吸取了不少营养成分，接受了它简炼典雅的句法。如“梨树花开月明天”，这表达紫金英的思想和情景能完全一致。我认为民歌也不是什么都好。应该承认，民歌中确实有不少不健康的东西，有糟粕。谈儿女情长的东西多，昂扬向上的东西少。民歌体也不是写什么都是合适的。从我的实践看，写现代工业，写政治诗，我不得不另辟蹊径，探索古典诗与民歌结合的道路，往新诗民族化的方向做番尝试。适应反映现代生活，新诗仍然是主要的，但它应该民族化。

五、生活　炉火　磨石

诗不能离开时代，不能离开人民。写诗的时候，不是自己在伸手问天，而应看见人民，他们在如何生活，想什么问题，想说什么话。我不管写什么诗，不管写得怎么样，总是多往这方面想。我在写作时，要能见到被写的人们，听到他们的声音语气、动作神情、悲欢喜怒，看见山林天云，也听泉鸣风响，浪啸涛声。我写《漳河水》的时候，年纪还不太大，记忆又好，故写得比较快。当时没有什么顾虑，心、手都很解放，我现在感到好像比写这篇文章还好写些。当时根本没有完整的资料，什么都在脑子里，忘了问问老百姓和别的同志，二十来天，我就写出第一稿，并在当地刊物发表了。当然，修改和定稿倒是花了很长时间的。那时全国解放我下了山，从五月到十二月，可以说是行踪无定，稿子带在身边，修改过多少次记不住，差不多磨了将近一年。

文学创作，是个很复杂的课题。没有较深的社会生活体会与观察，不能进行。有了较深的社会生活体会与观察，也不一定就能写成写好。但是如果没有较深的社会生活体会与观察，我看就更难写好。只有写诗的个人强烈要求，没有对祖国山河大地、人民群众的真诚的爱，即使文字写得很好，也是没有重量的。写自己周围的人们的生活，比较容易，可能写好，但不要满足。做一个革命作家，多接触、更广阔体验工人、农民、士兵的生活，了解他们，到挥臂大呼，替他们说话时，就更有根据了。为要这样做，我常常放下很想写的东西，到新的生活天地里去。看书本资料，听别人讲，都是很需要的，但我常常不大满足，事情虽小，总得亲自去看一看，做做实地调查，写作时，就有人有物有景色了。虽然如此，我常常到写作时，仍然感到体会不深，未走到头，总写不好。

我的经验，写诗要把墨池当炉火，在这炉火里，首先要炼意，再要炼字，再要炼句。立意炼意极其重要，不管长诗短句都要不断地炼。画家写生，可以写棵松，也可以写山写水，但他不是随便摊开速写本就写的，他首先要看这棵松树，这派风光，能不能挑起他的画意，寄托他的情怀。画家东选个地方，西选个地方，就是在挑选能否充分表达意境情怀的角度。所以写诗必须反复提炼出一个能表达情怀的意境。

我的经验，写诗要把稿纸当磨石。像磨刀一样，要把泥灰尘锈都磨去，要自己能见到棱角与光，别人是否这样看倒可不管。

我的经验，用绣的方法绣诗，不如用锤的方法锤诗。

较好的意境、句子，都是从炼、磨、锤中来。一写就好，我从来没有这个才能。

千万不要把未全尽了力气的东西去麻烦别人。人家随便说好，你却茫然；说坏，容易动摇信心。一定要把已经尽了极大气力的东西，才请别人看。这样容易找到差距。要有自信，又不要过分自信，也不要人怎样说我就怎样改。改一个作品，一定要经过反复的深思熟虑，不能一听就动手。我写的东西不多，但走过不少冤枉路，吃过苦头。作品不能叫人人满意。出生三十年的《圈套》，已被宣判了两次“死刑”，头一次是在老区土改后期，第二次是在“四人帮”打倒之后，故1978年再版的《漳河水》，同时把第二次“处死”的《圈套》尸体掩埋了。

我的经验是，不要吝啬气力。莫叹灯瓜油已干，应悲棉芯未尽燃！我现在就抱着这个主意。我每年都从电视上，看北京春节的马拉松赛，优胜者我真钦佩，但引起我最敬佩的是落了后而坚持跑到终点的人，因为他有跑到底的决心，而且不害怕有人笑。我看能跑到底就不是弱者。

毛泽东同志的《在延安文艺座谈会上的讲话》，为民族的生存，为人民的解放，曾像紫外线、红外线那样，消除了那些腐蚀人们的机体、使人精神颓废、麻木不仁、醉生梦死而不知民族存亡的病毒。今天，为了民族的繁荣昌盛，为了子孙的健康成长，它还继续在消除那些乘虚而入的侵蚀人们身心的病毒。我们的国家要在物质文明的建设方面尽快使自己步入世界先进民族之林，我们的精神文明也必须迅速地登上世界的崇高道德高峰。中国的文学家和艺术家，肩负着这个光荣使命，我愿与写诗的朋友们并肩攀登。

根据1981年12月讲稿，1982年2月整理

（1982年第2期）

关于美学研究的几点意见

宗白华

一、要从比较中见出中国美学的特点

中国美学有悠久的历史，材料丰富，成就很高，要很好地进行研究。同时也要了解西方的美学。要在比较中见出中国美学的特点。

就拿园林艺术来说，中国的园林就很有自己的特点。颐和园、苏州园林以及《红楼梦》中的大观园，都和西方园林不同。像法国凡尔赛等地的园林，一进去，就是笔直的通道，横平竖直，都是几何形的。中国园林，进门是个大影壁，绕过去，里面遮遮掩掩，曲曲折折，变化多端，走几步就是一番风景，韵味无穷。把中国园林跟法国园林做些比较，就可以看出两者的艺术观、美学观是不同的。

可否这样说，在美学思想发展的最初阶段，中国重形象，西方重理性。先秦诸子有多少美学思想？应该如何估价？要综合起来研究，看看它们有什么特点。比如庄子，他的文章做得很好，善于利用寓言故事，利用艺术形象来表达他的思想，生动活泼。有些故事，我们可以看成是他的艺术理论，但在他自己来说，是为了表达一定的哲学思想的。庄子的思想对后世的文学、绘画等的影响很大。它影响到后来的诗人如陶渊明、苏东坡，还有间接一点的谢灵运，对于山水风景等自然界的兴趣。对后人影响大的，还有老子、墨子、孔子、孟子等人的思想。儒家思想影响最大，时间最长。而西洋美学是从古希腊传下来的，基本上是一个理性主义的传统，注重规则、规律。方方正正的几何体园林布局也正是这种传统美学思想的体现。

世界上有两部书对后世的艺术影响很大。一部是中国的《诗经》，一部是荷马的叙事诗。《诗经》重情感，重对自然景物的欣赏，重道德；在抒情诗中，写的是情感，而大多表现的是一定的伦理思想。与此相异的是，希腊叙事诗重人，侧重于描写广阔的背景、人物、故事。荷马史诗也影响了雕刻，希腊雕刻就是以人体为主的。

中国的艺术，如人体画方面，受到希腊艺术间接的影响，那是通过丝绸之路从印度、波斯等国传进来的。中国的石刻，也受到印度的影响。但中国有自己的特点。中国重线条，古代画就用线条来勾画人物。在石刻中也如此，汉石刻，注意线条传神，不像希腊那样立体化。西洋的透视学在明代就传入中国，但在中国并不受重视，甚至还受抵制。中国的画同书法、诗结合得尤为密切。中国的毛笔灵巧得很。这个工具，对于中国艺术与美学思想的发展来说，其作用是不可忽视的。这是中国所特有的。研究中国美学就不能不注意它和外国美学的区别。中外美学思想的比较，我们做了一些工作，取得了一定的成果。这方面的研究还要深入做下去。

二、要重视中国人美感发展史的研究

中国古代文物很多。解放后地下发掘的文物增加了不少。北京条件很好，故宫博物院收藏的东西很丰富。西安、郑州等一带是我国考古工作的中心地区，最近还挖掘了一个东周的古城。在湖北发现了编钟、编磬。编钟的声音好极了，连今天的乐曲都能演奏。这是世界美学史上难得的东西。可以看出中国两千多年前对音律掌握的水平。那时我国的音乐就已很发达了。难怪孔子那么重视音乐。那么丰富的文物被发掘了出来，考古学家光忙于考古，还来不及对这些文物从美学等方面加以深入的研究，我们专门搞美学的同志要好好利用这些无价之宝。

对于文物的收集、保护和研究，是我们一个很重要的任务。中国的雕塑，如敦煌的雕塑，好得很。靠近内地一点，云冈石窟和龙门石窟，规模很大，很有水平。尤其是龙门石像，艺术价值更高。那么大的雕像，那么逼真的神态、衣服等，很了不起。西洋人一看，惊叹不已。那些古代艺术家连个名字也不留。当然也有例外。南京栖霞山有不少的山洞，洞里有石刻。我看到有尊佛像，在后面的一个角落里，雕了一个拿着斧头的石匠的像。这就是艺术家特别的签名法，很有意思。这说明艺术家发现了自我，看到了自己的力量："我有我的创造，我有我的地位！"像这些地方的雕塑，应注意保护并加以研究。西洋人对中国的文物很感兴趣，但毕竟研究起来不方便，文字就是一个大难关。还有他们搞不如我们搞那么亲切。敦煌的东西在巴黎不少，他们看不懂，至今也没有介绍出来。我希望，为了发展美学事业，可以合作研究，作为世界艺术的成果公之于世。

多少年来，有一种偏见，认为像中国象牙雕刻等装饰性的东西，是雕虫小技。这也是受文人的影响，瞧不起这些工艺美术。现在应该打破这种偏见。古老的陶器是中国最早的艺术品之一，也应重视。研究中国美学思想和艺术史，有一个不足，就是夏朝的东西找不到。那时有没有青铜器？现在不能断定。商代的铜器就很多，工艺水平已经很高了。从美学观点来看，最早的、值得研究的首先是陶器上的花纹。这些花纹不尽是模仿自然的形象，多是人的创造。这些花纹主要是图案，千变万化，丰富得很。研究中国古代的美感应该研究这些东西。仰韶文化时就有了彩陶了。最近出了一本《甘肃彩陶》，颜色、图案、花纹都很值得研究。那彩陶是中国最早的艺术材料。我们不仅应研究山水、人物画，也要研究图案。要研究各种文化遗产，如龙凤艺术。龙和凤都不是现实的东西，龙凤图案不是现实东西的模仿，但却对中国现实影响很大。古代装饰上尽是这些东西。研究这些东西，可以理解中国人的美感形态。现代西方的一些画派画家，譬如毕加索等，就是从一些小岛上发现最古老的花纹、原始图案，加以改造进行创新的。把图案几何化，于是就形成表现主义、立体主义、几何主义等新学派。他们都是从古代的东西中吸取营养，创立新画派，成为大画家的。我并不是主张我们今天应该像他们那样走，但是，中国古代的东西，我们自己应该研究。我们要从这些材料出发，研究中国美感的特点和发展规律，找出中国美学的特点，找出中国美学发展史的规律来。

三、路是走出来的，不是想出来的

中国有个传统说法，叫“诗中有画，画中有诗”。外国有人批评说，中国把画归入诗，变成文学作品了。其实我觉得，把诗、书、画结合起来，没有什么不好。艺术应该自由一些。艺术家应该自由创造，走自己的路。规定得太死了，对艺术没有什么好处。

在艺术方面，现在国外有各种动向。中国的路怎么走法？路是走出来的，不是想出来的。我们要研究中国的美学材料，研究中国美学史，找出规律性的东西，对今后的发展提出个意见，供人们参考，而不是要规定什么。

搞美学的人应打开眼界，多看看，对各种流派不要轻易地下结论。历史上这样的事例很多：一种新的派别出来，往往被人骂，但是到后来，影响都是很大的。毕加索的影响就很大，研究他的人不少。马蒂斯也是摸索出自己的新道路的。一度，徐悲鸿很恨马蒂斯，把他的名字译成“马踢死”。但是马蒂斯也有他的价值，他别出心裁。现在他的画比古画还值钱。像毕加索、马蒂斯等人，他们的画究竟怎么样，还要靠历史来检验。我主张在艺术上采取宽容的政策。现在有些外国画，我们看不懂，不知究竟它是不是艺术，画的是什么，美在什么地方，那就多看看，多研究研究吧。不好的，看过了就算了，丢掉就是了，对我们也没有什么妨碍。

对于搞创作的，我主张鼓励他们多创作。我有一些画画的朋友，过去画西洋画，画模特儿很认真，后来到晚年又转画中国画，取得很好的成就。因为他有过去画西洋画的基础，所以放开笔来画中国画，就形成了自己的特点。齐白石、徐悲鸿、刘海粟等人，到晚年画都有很大的进步。要鼓励创新，对有些新东西，不要轻易说这个是不美的、那个是不好的，要多了解，多研究。对绘画如此，对文学作品也是如此。一部小说，一篇散文，能有些新意那是不容易的。应该鼓励大家去创造。失败了也不要紧，可以重来。搞艺术批评的人要尽量宽容些。搞美学研究，也需要从发展的观点来看问题。要让作品在社会上多经一些人看看。这对中国美学和艺术的发展是会有好处的。

中国艺术有自己的悠久的传统。历史上，我们也吸收外来的东西，吸收之后就很快地发展了自己的东西。拿雕塑来说，虽然受到了印度的影响，也间接地受到希腊的影响，人物多是佛像，但是中国人的面貌，中国人的神态，很快就强烈地表现出来了；线条、衣服等，也都中国化了。越是靠近中国内地，中国化得越厉害。所以，我看吸收外国艺术表现手法这问题不用过于担心。他画西洋画，画得好了，也很好嘛。反过来再画中国画，创造自己的特点，也很好。“百花齐放，百家争鸣”，这确实是发展文化艺术的规律。至于艺术家创作的作品是不是花，先让它长出来，历史自会作结论。中国美学的发展，也只有“百家争鸣”，大家用认真的科学的态度对待问题，联系实际，好好讨论、研究，才有望取得更大的成果。中国人民是富有艺术才能的。随着社会的安定和进步，经过大家的努力，艺术必然会繁荣起来，美学也会大有发展。总之，对于艺术与美学的前景，我是很乐观的。

（1982 年第 2 期）

马克思思想的发展及其成熟的主要标志

——《经济学—哲学手稿》再探（上篇）*

蔡　仪

在1978年春，我曾写了一篇《〈经济学—哲学手稿〉初探》。当时只是因为多年来有些人利用《经济学—哲学手稿》（以下简称《手稿》）中某些个别词句，引申、歪曲它的意义，以为他们的唯心主义美学辩护，并公然号称"马克思主义美学"。为了要认清《手稿》究竟是一部怎样的著作，它在青年马克思的思想发展中究竟处于什么地位，那些美学家所引的词句究竟是什么意义，原话究竟和美学有什么关系，《手稿》中若表现有美学思想又究竟是什么样的等等，这就是我对它探索的意图，因此只是限于对《手稿》的主要的思想倾向和理论成就的简单理解。

前文的主要意思，认为它是一部没有定稿的、不完全的、可能是没有写完的稿子。而且根据当时恩格斯写给马克思的信中所说，原来还是马克思在写时就有些不满意之处，因而不打算写下去的。但我还是认为它在马克思的思想发展过程中是一部有重要意义的著作，是他第一次进行政治经济学的研究，并对黑格尔的辩证法和哲学、主要是对黑格尔的唯心主义历史观作了批判，尚求解剖市民社会，寻找以无产阶级为心脏的共产主义革命的道路。我们肯定它对旧经济学的批判，对黑格尔哲学的批判，也肯定它对经济学的新原则的提出，对市民社会解剖的要求，乃至于论到阶级和私有制的产生、共产主义和全人类解放的设想等。这些显然表明马克思的理论领域的扩大。但他的思想实质由于费尔巴哈的人本主义原则的影响，关于社会思想，特别是共产主义理论，还是空想的，不切实际的。它的中心论点所谓"人的本质异化"，以及由此而产生的阶级和私有制的论点，"私有制的扬弃"和"人性的复归"的论点，显然表明要由人本主义转落到唯心主义了。至于歪曲利用"人的本质对象化"和"自然的人化"的词句，引申出所谓马克思主义美学理论，也显然表明要由人本主义转落到唯心主义去的。

近三年来围绕着《手稿》又提出了一些在我国说来还是新的论题，引起思想界不小的波动，至今似乎仍在争论，好像一时还难以解决。首先就是所谓"马克思主义的人道主义”的说法，马克思的“异化的概念”以及共产主义的“人性的复归”的论点等等。特别是关于“马克思主义的人道主义”的提出，和它前后相呼应的文章，自1979年年初到1980年年末不到两年之间，据说即有近百来篇，形成一种强大的文化思潮，真可谓喧腾一时，达到前所未有的盛况了。

这种盛况究竟说明什么呢？实在是值得认真研究的。这种盛况在国际上并不是没有出现过，但它在我国之所以新，首先在于它对于马克思主义有新的解释，而且带着前所未有的新的装束和声势出现。马克思主义不是我们共产党人的指导思想吗？不是我们建设社会主义的理论基础吗？一时提出新的解释，而且具有新的声势，这就叫我们也不得不予以注意。虽然我们只是极普通的马克思主义者，没有什么研究，但是我们为什么不可以来认真考察这种新的意义究竟如何呢？于是不揣浅陋，就来写这篇文章。

因为前一篇《初探》的文章，只是对《手稿》本身的内容作简单的考察和评论，没有研究它主要思想倾向究竟是什么意义，又为什么自它公开发表以来竟然引起资产阶级学者和某些共产党人间热烈的思想兴趣。现在为了要对近年来学术界提出的这种论题和论点，得出应有的理解，就要对《手稿》从更广大的范围和更深刻的意义上去研究它，并评论有关的几个主要问题。

因此我们在这里即以《手稿》为中心来论述青年马克思思想发展的概况，且拟从他作为青年黑格尔派的时代谈起。

一、向唯物主义和共产主义的转变

关于青年马克思思想的发展，我想从1941年讲起。因为这一年他的生活上有几件事，标志着他思想的原有状况和开始变化。

在1841年3月底，马克思毕业于柏林大学，4月间他向耶拿大学哲学系提交了一篇博士论文《德谟克利特的自然哲学和伊壁鸠鲁的自然哲学的差别》。他当时的思想属于青年黑格尔派即左派。据恩格斯说，青年黑格尔派是重视黑格尔的辩证方法的，在政治上和宗教上是对于现状的最极端的反对派。青年黑格尔派的领袖人物鲍威尔，当时在波恩大学教书，和马克思友好，想推荐他到大学任教，就要有个博士学位。马克思虽然得到了博士学位，可是不久鲍威尔却被解聘了。于是马克思就不走学者的道路，而走向了新的道路。他的博士论文写的是关于古希腊的唯物主义哲学家，而他的观点却是唯心主义的；虽然是黑格尔左派的唯心主义，究竟还是唯心主义。这是他的思想的原来的情况。

大约在这年的秋初，他读到了费尔巴哈的《基督教的本质》。这部著作表现着强烈的唯物主义精神，华丽的文章风格，一时发生很大的影响。犹如恩格斯所说："这部书的解放作用，只有亲身体验过的人才能想象得到。那时大家都很兴奋：我们一时都成为费尔巴哈派了。"[①]而在 1842 年到 1843 年间，费尔巴哈先后发表了《关于哲学改造的临时纲要》和《未来哲学原理》，明确而有力地提出了人本学或人本主义原则和"德法原则"等。这些更强大地影响了马克思的思想。

而且马克思就在 1841 年秋，又由青年黑格尔派的朋友、共产主义者赫斯，推荐给刚创办的《莱茵报》当编辑[②]，次年春起即为该报撰稿，后又为该报主编，于是他即以报纸杂志为阵地进行革命宣传，主要有《第六届莱茵省议会的辩论》《共产主义和奥格斯堡的〈总汇报〉》和《摩塞尔记者的辩护》等文章，鼓吹民主革命，特别是表现对于备受压迫、非常贫苦的农民群众的热烈同情，并曾刊载介绍共产主义的论文。正是由于在报纸编辑中接触到社会实际问题，特别是如林木盗窃案和摩塞尔河谷农民生活贫困等经济问题，促使他研究政治，转而研究经济以至于研究社会主义。就在这年秋他阅读了一些社会主义和共产主义的书。到了 1843 年年初，普鲁士政府决定查封《莱茵报》，马克思就辞掉主编并声明退出该报，正想借此回到书斋中去，进一步研究政治，特别是研究经济有关的理论问题。

在马克思退出《莱茵报》这期间，另一位青年黑格尔派的重要人物卢格，原来创办的《德国年鉴》被迫停刊，想和马克思商议复刊。马克思这时由于接受了费尔巴哈的《关于哲学改造的临时纲要》中所宣传的新哲学的"德法原则"，即所谓"真正的、与生活、与人同一的哲学家，必须有德国人和法国人的混合血统"[③]。即所谓头脑要是德国的，心情要是法国的。马克思在复信给卢格时就说："即使《德国年鉴》重新获得出版……而现在这样已不够了。相反，《德法年鉴》这才是原则，是能够产生后果的事件，是能够唤起热情的事业。"[④]马克思在这封信的后面还说道："费尔巴哈的警句只有一点不能使我满意，这就是，他过多地强调自然而过少地强调政治。"显然，马克思这时的思想是受到费尔巴哈的很大的影响的。在 1843 年 3 月以后，马克思主要是写了《黑格尔法哲学批判》的手稿，和卢格积极筹备《德法年鉴》的创刊；又写了《论犹太人问题》及《黑格尔法哲学批判导言》两篇论文和几封与卢格的通信，都在第二年春出版的《德法年鉴》上发表了。这些文章就是标志着他的思想发展的重要里程碑。

我们在上面曾说，马克思在《莱茵报》编辑中所写的文章，批评反动统治，同情贫苦农民，鼓吹民主革命并宣传共产主义思想，按列宁所说：“从这些著作中可以看出，马克思已从唯心主义转向唯物主义，从革命民主主义转向共产主义。”⑤而在《德法年鉴》中所发表的文章，则是在这个基础上更前进了。在《论犹太人问题》一文中，驳斥了鲍威尔的对犹太人问题的唯心主义观点，即先要宗教解放而后政治解放的说法，并深刻地辨明了政治解放和人类解放的根本区别。而《黑格尔法哲学批判导言》一文，则是他当时最后写的一篇文章，也是表示他这个时期的思想水平的文章。这篇文章首先是热情地歌颂费尔巴哈对宗教批判的唯物主义的胜利，更进一步指出：“彼岸世界的真理消逝以后，历史的任务就是确立此岸世界的真理。”“于是对天国的批判就变成了对尘世的批判”，对法的批判，对政治的批判。⑥可是对于德国现实社会制度的批判，究竟难以掌握应有的标准，恰好合乎对象的实际水平，而对现代各国也有意义。于是他考虑到：“当我们不去批判我们现实历史的未完成的著作，而来批判我们观念历史的遗著——哲学的时候，我们的批判恰好接触到了本世纪所谓的‘问题所在’的那些问题的中心。”⑦这是说明他何以批判黑格尔法哲学的理由或原因。我们认为他的这个想法是非常深刻的、实事求是的，且富有战斗唯物主义精神的。这种唯物主义思想可以说基本上是接受了费尔巴哈思想的影响，却不是直观的，而是强调主观能动性的。

再说马克思在这篇文章中所表现的共产主义思想也是很明显的。按他的战斗唯物主义的要求，他就宣布“应该向德国制度开火，一定要开火”；而且表明：“批判的武器当然不能代替武器的批判，物质力量只能用物质力量来摧毁。但是理论一经掌握群众，也会变为物质力量。”⑧这也就是如《共产主义和奥格斯堡的〈总汇报〉》中所说：共产主义思想的理论论证，可以掌握群众的意识，支配群众的信仰。⑨所以在本文中又说，“哲学把无产阶级当做自己的物质武器，同样地无产阶级也把哲学当做自己的精神武器”⑩。由此去实现推翻私有制，解放全人类。因此在这篇文章中虽然连“共产主义”这个字眼也没有出现，但是认真地论述的、热情地赞赏的正是共产主义的革命要求。因而列宁又补充着说，马克思的从唯心主义向唯物主义、从革命民主主义向共产主义的转变，“在这里已彻底完成”⑪。

不过我们还必须说明，这里所说的向唯物主义的转变只是指一般所说世界观上或认识论上的转变，而不是指的社会观或历史观的转变；不是的，从社会观或历史观来说，还不是已经向唯物主义转变了或彻底转变了。又所谓向共产主义的转变，也只是指抽象的原则上的共产主义，而不是指的后来那种现实的科学的共产主义；不是的，那种科学的共产主义还是以后发展的。

也许有人因为恩格斯在《关于共产主义者同盟的历史》中的一段话，讲到他自己开始得到历史唯物主义观点之后，接着就说："马克思不仅得出同样的看法；并且在《德法年鉴》里已经把这些看法概括成为如下的意见：决不是国家制约和决定市民社会，而是市民社会制约和决定国家，因而应该从经济关系及其发展中来解释政治及其历史，而不是相反的。"⑫于是就根据恩格斯的这些话断言，马克思在《德法年鉴》里就已表述了他的历史唯物主义观点了。然而我们遍读《德法年鉴》中马克思的各篇文章，没有发现其中有这种思想表述的文句。另有研究者认为："在《黑格尔法哲学批判》手稿中，有几处直接或间接同'市民社会决定国家'相一致的思想，至少是相类似的思想。"但所引的《黑格尔法哲学批判》中作为论证的话，如说："家庭和市民社会是国家的前提，它们才是真正的活动者；而思辨的思维却把这一切头足倒置。……"又说："政治国家没有家庭的天然基础和市民社会的人为基础就不可能存在。"⑬这样的话，我们认为即使作为唯物史观的类似影子也还是有差别的。

也许以为马克思在《政治经济学批判·序言》中曾说到，他在对黑格尔的法哲学批判性的分析中得出一个结果："法的关系正像国家的形式一样，既不能从它本身来理解，也不能从所谓人类精神的一般发展来理解，相反，它们根源于物质的生活关系，这种物质的生活关系的总和，黑格尔按照18世纪的英国人和法国人的先例，称之为'市民社会'，而对市民社会的解剖，应该到政治经济学中去寻求。"因而他就开始来研究政治经济学。从他这些话看来，只能认为他预想要通过政治经济学的研究，以解剖"市民社会"，去寻求"法的关系和国家形式"的根源。而且这些话是在历史唯物主义观点早已形成了多年之后才说的。不能看作是他在对黑格尔法哲学批判时，已得到了"法的关系和国家形式"根源于物质生活的论点。

至于他当时关于共产主义的论述，除了在《黑格尔法哲学批判导言》中提出的抽象的根本原则之外，在给卢格的信里也只是一方面批评已有的共产主义思想，认为一种只是想象中的或可能存在的共产主义，而另一种如卡贝、德萨米、魏特林等人的那种实际存在的共产主义。后者也不过只是人道主义原则的特殊表现。另一方面表明他自己的主张称："我们是从世界本身的原理中为世界阐发新原理。"又说："新思潮的优点就恰恰在于我们不想教条式地预料未来，而只是希望在批判旧世界中发现新世界。……我指的就是要对现存的一切进行无情的批判，所谓无情，意义有二，即这种批判不怕自己所作的结论，临到触犯当权者时也不退缩。"这里说的并不是他已掌握了共产主义原理，只是表明他要根据战斗唯物主义精神，实事求是地去掌握具有现实性的、科学的共产主义的路向，正如他在上面所说的并不是他已找到了历史唯物主义原则，而是表明他要去寻求这种原则的路向一样。

综合上面所说，马克思在以《德法年鉴》的文章为标志的思想发展阶段，在世界观或认识论上已彻底完成了向唯物主义的转变，却不能说已掌握了历史唯物主义，或者说是已在向历史唯物主义的转变中；而在抽象的思想原则上说也已彻底完成了向共产主义的转变，却不能说已达到了科学的共产主义，或是在向科学的共产主义的转变中。可是应该说，这时马克思正要寻求去掌握历史唯物主义，去发现具有现实性的科学共产主义的路向。

但是这时马克思关于现实的社会生活的观点究竟是怎样的呢？若说它不是唯物主义的，难道是唯心主义的吗？从他对于黑格尔的法哲学的批判和对于鲍威尔的有关犹太人问题论点的批判看来，显然不是唯心主义的，而是费尔巴哈的新哲学观点，即人本主义观点。如马克思在《黑格尔法哲学批判导言》一文中的表现，一开始就完全肯定费尔巴哈对宗教的批判，并要接受他的观点继续来进行对现实的批判。他的话说："人的自我异化的神圣形象被揭穿以后，揭露非神圣形象的自我异化，就成了为历史服务的哲学的迫切任务。"[⑭]而且说："对宗教的批判最后归结为人是人的最高本质这样一个学说。"或者说是"宣布人本身是人的最高本质这个理论"[⑮]。这个学说或这个理论不是别的，就正是费尔巴哈的人本学或人本主义原则。因而他认为无产阶级在现代社会是这样的一个阶级："它本身表现了人的完全丧失，并因而只有通过人的完全恢复才能恢复自己。"[⑯]由此来说明无产阶级的特性，即无产阶级的彻底的革命性。然而这种学说，这种理论，并不是他所要寻求的具有现实性的科学的"无产阶级否定私有财产"的革命理论。[⑰]由此可以证明，这里表现的他的社会观点还不是唯物主义的；他的共产主义理论也还不是科学的。

二、在前进中的人本主义的偏向

马克思在1844年4月到8月间写下的《手稿》，应该说是在《德法年鉴》的思想基础上前进的产物。它的基本面貌，我们在《初探》一文中做过初步的分析，本文开始时也有过概略的介绍。现在为了避免重复，只就它的主要思想和中心论点及有关问题做比较详细的论述。

从《德法年鉴》原有思想的发展要求来看，一方面是要贯彻战斗的唯物主义观点，以考察社会生活，另一方面要寻求现实的共产主义理论，就得解剖市民社会，这两方面的要求都归结到要研究政治经济学。因此他在这个时期的研究政治经济学，是完全适合于思想向前发展的要求，是非常之对的。而《手稿》在对旧的经济学的批判，对黑格尔辩证法和哲学的批判以及对市民社会痼疾的揭露等等，都取得了相当的成就；但是由于原有思想实质的基础，即费尔巴哈的人本主义原则的影响，以致他的两个要求并没有能够得到应有的实现，这不能不说是《手稿》的非常严重的缺点，也是马克思思想发展的重大憾事。然而思想发展中的曲折道路，也许正是常情而难免的。

关于《手稿》中所表现的费尔巴哈的人本主义思想的影响，从实质上说，和《德法年鉴》的那些文章基本上是一致的，而在这种思想的表现的程度和方式上，显然超过了《德法年鉴》。在《德法年鉴》的文章中，人本主义或自然主义这种术语也没有用过，只是说“人是人的最高本质这样一个学说”，或“人本身是人的最高本质这个理论”，甚至更为简单地说“人的根本就是人本身”。但是在《手稿》中就不同了。当作和“人本主义”是同义语的“人道主义”[18]及“自然主义”这种术语连同使用，在四五处反复出现八九次。“人的本质异化”这个人本主义的论点，显然是《手稿》重要部分如“劳动异化”“私有财产和共产主义”这两节的根本论点。既说它是阶级和私有制产生的原因，而克服这异化就是废除私有制和实现共产主义的关键。因此我们认为《手稿》的这些部分的人本主义或人道主义思想显然是表现得很突出的。

马克思在《手稿》的《序言》中也曾说到，德国人对一般的批判以及对国民经济学的批判，是“全赖费尔巴哈的发现给它打下了真正的基础的。然而有些人出于小气的嫉妒，另一些人出于真正的愤怒，显然对费尔巴哈的《未来哲学》和收入《轶文集》中的《哲学改造纲要》——尽管这两部著作被偷偷地利用着——策划了一个蓄意使它们湮没无闻的真正阴谋”。接着又说：“实证的人本主义（或人道主义）和自然主义的批判是从费尔巴哈才开始的。费尔巴哈的著作越是无声无息，这些著作的影响就越是实在、深刻、广泛而持久；他的著作是继黑格尔的《现象学》和《逻辑学》之后包含真正理论革命的唯一著作。”[19]他这些话显然是对费尔巴哈的人本主义原则的高度赞扬，也显然表示他要靠这个思想原则给他的批判打基础；而且如上所说，他的对国民经济学的批判，对黑格尔哲学的批判以及他对市民社会的解剖，都是基本上用的这个思想原则。

关于费尔巴哈的思想，在《基督教的本质》中就已经提出了“神学的秘密就是人本学，神圣实体的秘密就是人的本质”[20]，这里就表明了他的人本主义原则。但是这个原则在当时还不是着重提出来的，那篇文章又是对宗教的批判，对神学的批判，因而主要表现的是唯物主义精神，而最惊动人的也是这种精神。但在后来的《关于哲学改造的临时纲要》，特别是《未来哲学原理》，则是反复说明人本主义是新哲学的最根本的原则。例如说：“新哲学完全地、绝对地、无矛盾地将神学溶化为人本学……简言之，溶化于完整的现实的人的本质之中。”又说：“新哲学将人连同作为人的基础的自然当作哲学的唯一的、普遍的、最高的对象——因而也将人本学连同生理学当作普遍的科学。”[21]这也就是所谓：“一切科学必须以自然科学为基础。一种学说在没有找到它的自然基础之前，只能是一种假设。这一点特别对于自由的学说有意义。只有新哲学才能将直到如今仍然是一种反自然主义的、超自然主义的假设的自由，自然主义化。”[22]这样反复强调人本主义和自然主义作为新哲学的新原理，因而容易引起人们的更大的注意。

而且这个时候的马克思，既要对旧的进行批判，除了从费尔巴哈找到批判的武器而外，又能从别的什么地方找到呢？何况他确实相信费尔巴哈对基督教批判的正确，对黑格尔哲学批判的正确，因而相信人本主义是新哲学的原则，现在他何不可以试用它来解剖市民社会，批判私有财产，更进而考虑共产主义理论呢？

费尔巴哈的世界观或认识论，虽有它的局限性，而根本上是唯物主义的。甚至于在《关于哲学改造的临时纲要》中，一方面宣传新哲学的人本主义原则，另一方面也还坚持唯物主义根本论点：“思维与存在的真正关系只能是这样的：存在是主体，思维是宾词。思维是从存在而来的，然而存在不来自思维。存在是从自身、通过自身而来的——存在只能为存在所产生。存在的根据在它自身中，因为只有存在才是感性、理性、必然性、真理，简言之，存在是一切的一切。存在是存在的，因为非存在是非存在，也就是虚无的、无意义的。”[23]这些话对于唯物主义原则的说明，是多么明确而坚定啊！

但是人本主义呢？按费尔巴哈关于新哲学的规定，就是“将人连同作为人的基础的自然当作哲学唯一的、普遍的、最高的对象”，这就是要把人和自然作为统一的东西来看，也就是把人包括人的本质都只是作为自然的一部分来看。原来他所谓人的本质是把人和动物相区别的族类的本质，所以是偏重于感性、偏重于爱或情欲的，也就是偏重于人的自然性，而不是人的社会性。他的不重视人的社会性，原是由于他不了解人的社会性，也就是由于他既不能从社会关系去了解人，更不能通过人去了解社会关系。因而他的这个人本主义原则，就正是表明他的唯物主义原则不能贯彻到社会历史领域中去的标志。

关于《手稿》中表现的人本主义原则，我们在《初探》一文里，曾做过概括的说明。首先是在政治经济学的范围之内论述商品生产时，指出了“劳动异化”的论点；主要是说：劳动生产商品是劳动的对象化，而“对象化表现为对象的丧失和为对象所奴役，占有表现为异化，外化”[24]。在政治经济学上的这样的论述，不用说是完全对的，是没有问题的。但是按费尔巴哈的族类概念把“劳动”作为“人的本质”，也就是把劳动作为人类和动物相区别的根本特质，这虽然不同于费尔巴哈那样把自然性的心理因素如“爱”之类作为人的本质；然而实际上还是从自然的族类关系来规定人的本质，这从自然科学说来是可以的，在特定情况下，也许是应该的。但是毕竟人是社会的动物，人的本质根本上是社会的，是由社会关系规定的；如果不从社会观点，而从自然观点来看人、来看人的本质，当然不可能认识现实的、实际存在的活生生的人及其本质的，这根本上是错误的。不仅如此，继而又把“劳动异化”套换成为“人的本质异化”，却用来作为研究社会生活的论点，这就又是把自然的族类关系套用在社会关系上，并以此来规定社会关系，不用说，这又是根本错误的。至于《手稿》中所说由于人的本质异化而产生阶级和私有制的说法，则无论在理论上或事实上都是更为明显的错误，这是我们在《初探》里论证了的。

也许以为马克思既然用劳动生产来规定人的本质，显然不同于费尔巴哈的把爱或情欲作为人的本质，后者是偏于自然性的，前者显然是社会性的，因此不能认为他的人的本质异化就和费尔巴哈的人本主义原则是一样的。诚然，把劳动作为人的本质这是一个值得注意的特点，而且可以说是带社会性的。但是在经济学范围内说的是劳动，而在论述“族类本质”时则是说的“自由的意识活动”或“有意识的生活活动”，因而意义也就很不相同了。再则这所谓人的本质毕竟是作为族类的本质来说的，也依然是从自然的观点来说的。《手稿》中说的是：“自由的意识活动是人类的族类特征”，“有意识的生活活动直接把人类和动物区别着”，这样的所谓人的本质果然是有什么社会性吗？我想是很难说的。何况在《手稿》中更进一步具体地论到“人的本质”时，又提出了所谓人的“全面的本质”，于是列举了“视觉、听觉、嗅觉、味觉、触觉、思维、直观、感觉、愿望、活动、爱——总之，他的个体的一切官能”；而在另一个地方又概括着说：“不仅五官感觉，而且所谓的精神感觉、实践感觉（意志、爱等等）。”这不正表明《手稿》中的人的本质，愈来愈说成是人的自然属性，以致把思维、意志等也说成是“精神感觉、实践感觉”，也就是愈来愈说成和费尔巴哈的一样了吗？

关于《手稿》中论到人的本质异化是阶级和私有制产生的原因，如上所说，这种论点是完全错误的。现在只想补充说明一点，即《手稿》的有关论述何以形成这种错误？按《手稿》中说，“人靠自然界来生活，这就是说，自然界是人为了不致死亡而必须与之形影不离的身体。说人的物质生活和精神生活同自然界不可分离，这就等于说，自然界同自己本身不可分离，因为人是自然界的一部分”。总之是说，人本身和人的本质都是属于自然界。在这样的理论前提下，接着就说：“人的异化劳动，从人那里（1）把自然界异化出去；（2）把他本身，把他自己的活动机能，把他的生命活动异化出去，从而也就把类从人那里异化出去。”[25]也就是说，异化劳动把自然界从人那里异化出去了。这就是《手稿》中认为人的本质异化是阶级和私有制产生的原因的理论根据。不用说，这个根据本身原来就是错误，而且是双重的错误。首先，把人的本质或人本身简单地看作自然界，即是错误的；其次，把劳动主体的本人简单地等于劳动对象的自然界，就更是错误的。

至于《手稿》中所说：“共产主义是私有财产即人的自我异化的积极的扬弃，因而也是通过人并且为了人而对人的本质的真正占有；因此，它是人向作为社会的人即合乎人的本性的人自身的复归，这种复归是彻底的、自觉的、保存了以往发展的全部丰富成果的。……”[26]这些话看来是简单、明快，文字也是非常美好的。但是私有制究竟如何才能被扬弃，人的本性究竟如何才能向人自身复归，而共产主义究竟如何才能得以实现；而且为了要实现它，人们又要如何进行具体实践的计划、方法、步骤、措施等，或社会现实本身究竟如何变化、推移、发生、完成等，凡是一切主观的行动和客观的条件什么也没有说到，难道就不应该考虑考虑它能实现吗？当然，我们现在认为根据自然主义的人本主义原则，来观察现实生活或解剖市民社会，是不可能真正认识现实生活的面貌和规律，不可能说出市民社会的发展和变化的，于是单从《手稿》中的所论来看，这种共产主义依然是抽象的、空想的，实际上和马克思在《德法年鉴》中批评过的那种共产主义是一样的，或者还粗糙些。

而且我们还要说到，费尔巴哈认为“唯物主义、唯心主义……都不是真理：只有人本主义是真理”[27]。不用说，这正表现他的哲学思想的严重局限性，也暴露他不是正确了解唯物主义的。然而马克思在《手稿》中也有类似的一段话说：“我们在这里看到，彻底的自然主义或人本学既有别于唯心主义，也有别于唯物主义，同时是把它们二者统一起来的真理。我们同时也看到，只有自然主义能够理解世界历史的活动。”[28]从这些话看来，这时马克思不是由于接受费尔巴哈的人本主义原则，以至于把唯物主义与唯心主义的根本区别也不顾及，而认为人本主义或自然主义可以把二者统一起来吗？这实际上不是在人与生活的观点上完全抛弃了唯物主义原则吗？

如上所说，在《手稿》中由经济学上的“劳动异化”，论到一般社会生活中的“自由的意识活动”或“有意识的生活活动”作为“人的本质”而异化时，这时所说的已不是“劳动异化”，而是“意识异化”了。《手稿》中说：“人（和动物一样）赖无机自然界来生活，而人较之动物越是万能，那么，人赖以生活的那个无机自然界的范围也就越广阔。从理论方面来说，植物、动物、石头、空气、光等等，部分地作为自然科学的对象，部分地作为艺术的对象，都是人的意识的一部分……同样地，从实践方面来说，这些东西也是人的生活和人的活动的一部分。”[29]按这种理论所说，凡是人的意识所及的自然物都是人的意识的一部分，也就是人的一部分意识；而凡是人的活动所及的自然物都是人的活动的一部分，也就是人的一部分的活动。于是人和自然界真正成为完全的统一体；也就是主观唯心主义理论早就倡导的“我没入于大自然，大自然也没入于我”“物我交融，物我同一”了。

应该说明，费尔巴哈的人本主义原是为了批判黑格尔的哲学、批判宗教的神学，要之是批判唯心主义而提出来的。为了克服黑格尔的强调理性而否定感性，使理性脱离感性，反对宗教的单讲精神而否认肉体，使精神脱离肉体。他反其道而行之，强调感性而轻视理性，强调肉体而轻视精神，以至于强调自然而把人的一切都归属于自然。从他的根本思想来说，是从唯物主义观点出发的，应该说，他的人本主义原则还是根据唯物主义观点提出来的，但是由于对人和社会生活的认识不够，也重视不够，不能在对人和社会生活的认识中真正贯彻唯物主义观点，因而终于不免走到唯物主义的反面去了。

马克思在1843年3月间写信给卢格曾说到费尔巴哈的警句，只有一点不能使他满意，那就是过多地强调自然，而过少地强调政治。所说“警句”当是指《关于哲学改造的临时纲要》。马克思的话也表明他早已看出了费尔巴哈的人本主义原则的弱点和缺点，但在《手稿》中为什么又沿用这种人本主义（或人道主义）原则，未能克服这种弱点和缺点呢？我们以为可能是由于马克思思想中的两点原因：（一）既然接受了人本主义原则，即使看出了它的弱点和缺点，但理论本身是有它的逻辑，有时是难以避免这种弱点和缺点。（二）马克思早在《共产主义和奥格斯堡〈总汇报〉》一文中就曾说，一种思想“支配着我们的信仰……同时也是一种魔鬼，人们只有先服从它才能战胜它”[30]。他既信仰了人本主义原则（如《序言》中所说），先且服从它，也许由此可能进一步了解它以求战胜它吧。要之，他虽然早已知道人本主义的弱点和缺点，而在《手稿》中仍然表现有它的弱点和缺点，也是有原因的。

然而在《手稿》中还有向着唯物主义社会观接近的论述，这种论述显然不同于人本主义原则，也是我们不得不说明的。例如：在“异化劳动”那一小节里批评国民经济学时有句话说：“它把私有财产在现实中所经历的物质过程，套进一般的抽象的公式，然后又把这些公式奉为规律。”[31]这里所表现的对于私有财产的看法是符合唯物主义观点的。此外在“私有财产和共产主义”一小节里还有一段话说：“这种物质的、直接感性的私有财产，是异化了的人的生活的物质的、感性的表现。私有财产的运动——生产和消费——是以往全部生产的运动的感性表现，也就是说，是人的实现或现实。宗教、家庭、国家、法、道德、科学、艺术等等，都不过是生产的一些特殊形态，并且受生产的普遍的规律的支配。”[32]在这一段话里，除个别词句表现有人本主义思想影响外，可以说基本上是唯物主义的论述了。只是这样的论述在《手稿》中是很少的，不是主要的，更不是主导思想罢了。

综上所述，我们认为《手稿》所表现的马克思当时的思想，是在《德法年鉴》的思想基础上的进一步发展。但是由于他对费尔巴哈的人本主义原则，在根本的社会观点上是完全接受，而且表现得较为突出，因此除了对于国民经济学和黑格尔哲学的批判取得相当的成绩，对于市民社会和私有制的分析也有的中要害的论述之外，则把人的本质异化看作是阶级和私有制产生的原因，而人性的复归看作是共产主义的实现。这样，他原来想在解剖“市民社会”中，贯彻战斗的唯物主义的观点，寻求现实的共产主义的理论，这个要求显然是没有达到的。虽然有些论述是唯物主义的，可惜没有得到发挥，以致湮没在大量的人本主义的空论中了。我们认为正是由于其中突出表现的那些人本主义的弱点和缺点，所以马克思“自己还感到有许多不满意的地方”，因而不愿意继续写下去了，这在马克思是自然，当然而无可置疑的。

三、唯物主义观点的再前进

马克思在1844年7月底写过一篇论文《评“普鲁士人”的〈普鲁士国王和社会改革〉》；又在8月底到9月初他和恩格斯合作写了他们的第一部著作《神圣家族》。前一篇论文，是在《手稿》的最后阶段写的，后一本书则是《手稿》停笔之后写的。我们认为这两个作品，从时间上说，可以看作是同一时期的，而内容的表现却有很大的不同。

马克思由《手稿》转到《评“普鲁士人”的〈普鲁士国王和社会改革〉》一文的写作，放下“人的本质异化”这套哲学议论，转到赞扬西里西亚织工的起义，我的印象似乎是通过幽暗而沉寂的长巷走到了明亮而喧闹的校场，反而和前一时期的《黑格尔法哲学批判导言》更容易接通起来一样。也就是说，在这里不是那么强调自然，而是非常强调政治的，虽然在《黑格尔法哲学批判导言》里也表现有费尔巴哈的人本主义思想，只是表现得少而淡薄，不是如《手稿》那样主要唱的那一个调子，空洞抽象而叫人难以捉摸。在这篇文章里，马克思首先是赞扬西里西亚织工起义的英勇，认为过去的“法国和英国的工人起义没有一次象西里西亚织工起义那样具有如此的理论性和自觉性”[33]，即由他们当时流行的那支革命歌曲，也可以看见他们是怎样坚决地反对私有制，表明他们怎样意识到无产阶级的本质，这是一方面。另一方面，是他对于实际的社会现实的注意，对于无产阶级革命运动的关心，这也是他对于无产阶级革命理论研究的前提。

其次是他对于现实生活的考察，或者说，对于市民社会的解剖，在贯彻唯物主义观点上也表现有显明的进展。文中就说：“国家是建筑在社会生活和私人生活之间的矛盾上，建筑在公共利益和私人利益之间的矛盾上的。”[34]而且还说：“这种市民社会的奴隶制（广义的——引者）是现代国家借以存在的天然基础，正如奴隶占有制的市民社会（也是广义的——引者）是古代国家借以存在的天然基础一样。国家的存在和奴隶制的存在是彼此密切相关的。古代国家和古代奴隶制这两种赤裸裸的典型的对立之间的联系也并不比现代国家和现代商业世界这两种经过伪装的基督教的对立之间的联系更紧密些。”[35]在这里关于国家的意义及其和社会制度的关系，比之《黑格尔法哲学批判》和《手稿》中的所论，是说得更明白些，而表现唯物主义观点也显著些了。

再次是关于社会主义运动究竟该怎么进行，这在当时本是问题。而在初步了解私有制、阶级和国家的关系之后，就有一种特定的看法。他在这里就是说：“一般的革命——推翻现政权和破坏旧关系——是政治行为。而社会主义不通过革命是不可能实现的。社会主义需要这种政治行为，因为它需要消灭和破坏旧的东西。”这里关于社会主义革命的方针和目的，不仅比之《手稿》中所论是切实的，而且比之《黑格尔法哲学批判导言》中的所论也前进得多了。

最后还得说到，文中所述德国无产阶级的理论任务的问题。它的话说：“谈到德国工人总的文化、知识的水平，或者他们接受文化、知识的能力，那我就提醒读者注意魏特林的天才的著作，不管这些著作在论述的技巧方面如何不如蒲鲁东，但在理论方面有很多地方却胜过他。资产阶级及其哲学家和科学家哪里有一部论述资产阶级解放（政治解放）的著作能和魏特林的《和谐与自由的保证》一书媲美呢？只要把德国的政治论著中的那种俗不可耐畏首畏尾的平庸气拿来和德国工人的这种史无前例光辉灿烂的处女作比较一下，只要把无产阶级巨大的童鞋拿来和德国资产阶级的矮小的政治烂鞋比较一下，我们就能够预言德国的灰姑娘，将来必然长成一个大力士。应该承认，德国无产阶级是欧洲无产阶级的理论家，正如同英国无产阶级是它的经济学家，法国无产阶级是它的政治家一样。……一个哲学的民族只有在社会主义里面才能找到适合于它的实践，因而也只是在无产阶级身上才能找到解放自己的积极因素。”马克思的这种思想，确实是早在《黑格尔法哲学批判导言》中说过了的。那里是说：“哲学把无产阶级当做自己的物质武器，同样地，无产阶级也把哲学当做自己的精神武器。思想的闪电一旦真正射入这块没有触动过的人民园地，德国人就会解放成为人。”这里的话是概括的、含糊的；但是后来文章中那些话的主要意思可以说是已包含在里面了。而且那些话所说的主要内容竟然终成事实，这是不能不令人惊异的。

《神圣家族》是马克思和恩格斯第一次合写的一部著作，它表现马克思思想发展的复杂情况。一方面，依然保留着费尔巴哈的人本主义思想的痕迹。如我们翻开书本的《序言》来看，第一句话就说：“在德国，对真正的人道主义说来，没有比唯灵论即思辨的唯心主义更危险的敌人了。”[36]如上所说，《手稿》中原文的 Humanicmus 一词，即是指的费尔巴哈的哲学原则，按哲学史的习惯，即可译为“人本主义”；而按通用语义，也可译为“人道主义”。在这《序言》的“人道主义”一词，实际所指的思想内容，还是费尔巴哈的人本主义原则，即和《手稿》的译文不同而意思是一样的。但是人道主义作为哲学原则的人本主义的同义语的用法是比较少的；一般的用法则是指更为广泛而普遍的社会思潮，如在欧洲文艺复兴时期以来新兴资产阶级用来作为反封建反宗教的思想武器的人道主义，显然就和人本主义的意义是很不相同的。在《神圣家族》中，关于人道主义的用法两种情况都有，因而它们的意义也是不同的。而且《神圣家族》中还表现有克服人本主义思想影响，更向唯物主义前进的言论，如恩格斯所说：“这个超费尔巴哈而进一步发展费尔巴哈的工作，是由马克思于 1845 年在《神圣家族》中开始的。”[37]关于这些，我们在下面都将要论到。

在《神圣家族》里论到人道主义的地方有四五处，却表现有两种不同的情况。首先如《序言》里所说的“真正的人道主义”是和“唯灵论即思辨的唯心主义”相对立而提出来的；也就是强调“现实的个体的人”和“脱离肉体的精神”相对立而说的。由此可以看出这所谓“真正的人道主义”显然说的是费尔巴哈的人本主义。只是在这里主要是作为历史事实提出来的。

其次是谈到德国哲学史上作为向形而上学的包罗万象的王国，即向黑格尔哲学进攻的费尔巴哈的唯物主义，认为它是和人道主义相吻合的。他的话说："这种形而上学（黑格尔哲学）将远屈服于现在为思辨本身的活动所完善化并和人道主义相吻合的唯物主义。费尔巴哈在理论方面体现了和人道主义相吻合的唯物主义，而法国和英国的社会主义和共产主义在实践方面体现了这种唯物主义。"[38]这里所说的人道主义，既然说是和费尔巴哈的唯物主义相吻合的，毫无疑问，这实际上也还是指的费尔巴哈的人本主义，因而这所谓人道主义也就是人本主义的同义语而已。

再次就是谈到英国和法国的共产主义，是根源于唯物主义也即现实的人道主义。他的话说："比较有科学根据的法国共产主义者德萨米、盖伊等人，象欧文一样，也把唯物主义学说，当做现实的人道主义学说和共产主义逻辑基础加以发展。"[39]这里说的人道主义虽然是结合历史事实来说的，却是具有更广泛的、普遍的意义，实际上和一般所说的人道主义思想是一致的。

以上三点可以说明，这里所说的人道主义，有时是代替人本主义而用以说明费尔巴哈思想，有时则不是指的人本主义而是用的它的一般意义。不用说，在第六章第二节中有一点是大力宣传费尔巴哈哲学的成就的。如说："到底是谁揭露了（黑格尔）'体系'的秘密呢？是费尔巴哈。是谁摧毁了概念的辩证法即仅仅为哲学家们所熟悉的诸神的战争呢？是费尔巴哈。是谁不是用'人的意义'而是用'人'本身来代替包括'无限的自我意识'在内的破烂货呢？是费尔巴哈，而且仅仅是费尔巴哈。"这一点是恩格斯执笔的，应是马克思看过的，同意的。这些话总的不外是说，批判黑格尔思辨的唯心主义根本理论的成就，都是由于费尔巴哈的唯物主义观点，却不同于他的人本主义原则。

既然在《神圣家族》里所说的人道主义也有作为一般意义来使用的，那么，这也表明费尔巴哈的人本主义思想影响的分量是减轻多了。而关于社会生活的唯物主义的论述却增加了，并包括许多方面，首先如现代国家和市民社会的关系，原是马克思在《德法年鉴》中已经谈到过，在这里就更明确地具体地说："正如古代国家的自然基础是奴隶制一样，现代国家的自然基础是市民社会以及市民社会中的人，即仅仅通过私人利益和无意识的自然的必要性这一纽带同别人发生关系的独立的人，即自己营业的奴隶，自己以及别人的私欲的奴隶。现代国家就是通过普通人权承认了自己的这种自然基础。而它并没有创立这种基础。现代国家既然是由于自身的发展而不得不挣脱旧的政治桎梏的市民社会的产物，所以，它就用宣布人权的办法从自己的方面来承认自己的出生地和自己的基础。”[40]在这里就明确地说，奴隶制是古代国家的自然基础，而市民社会及市民社会中的人是现代国家的自然基础；所谓市民社会中的人又“仅仅通过私人利益和无意识的自然必要性这一纽带同别人发生关系的独立的人”。而现代国家也通过普通人权承认这种自然基础。所谓国家是承认它的自然基础，而不是创立这个基础。这些话确实如恩格斯所说，是“开始越出费尔巴哈哲学的范围，进一步发展费尔巴哈的观点”，“以关于现实的人及其发展的历史科学来代替对抽象的人的崇拜”。这初步说明了政治法律和社会制度的现实关系，表明了初步的对于社会生活的唯物主义的观点。

其次，关于市民社会的私有制、阶级对立及其前途，马克思在这里的论述也显然和《手稿》中的说法是大不相同的。如他所说：“私有制作为私有制来说，从富有者来说，不能不保持自身的存在，因而也就不能不保持自己的对立面——无产阶级的存在。这是对立的肯定方面，是得到自我满足的私有制。相反地，无产阶级作为无产阶级来说，不能不消灭自身，因而也不能不消灭制约着它而使它成为无产阶级的那个对立面——私有制。这是对立的否定方面，是对立的内部的不安，是已被消灭的并且正在消灭自身的私有制。……”

“……无产阶级执行着雇佣劳动因替别人生产财富、替自己生产贫困而给自己做出判决，同样地，它也执行着私有制因产生无产阶级而给自己做出的判决。无产阶级在获得胜利之后，无论怎样都不会成为社会的绝对方面，因为它只有消灭自己本身和自己的对立面才能获得胜利。随着无产阶级的胜利，无产阶级本身以及制约着它的对立面——私有制都趋于消灭。”[41]在这里关于私有制和阶级对立的大段大段的论述中，有的地方偶尔也夹杂着“人的本质异化”“人的本性”的词句，但是总的说来，也显然表现着开始越出费尔巴哈哲学的范围，开始走上马克思自己早在寻求的关于市民社会解剖、关于私有制和共产主义理论的正确的道路。

再次就是由上文所引的那段话之后，接着就提出了无产阶级在社会革命中的历史作用，也是本书中突出的重要论点。他的话说：“如果社会主义的著作家把这种具有世界历史意义的作用归之于无产阶级……由于在已经形成的无产阶级身上实际上已完全丧失了一切合乎人性的东西，甚至完全丧失了合乎人性的外观，由于在无产阶级的生活条件中现代社会的一切生活条件达到了违反人性的顶点，由于在无产阶级身上人已失去了自己，同时他不仅在理论上意识到了这种损失，而且还直接由于不可避免的、无法掩饰的、绝对不可抗拒的贫困——必然性的这种实际表现——的逼迫，不能不愤怒地反对这种违反人性的现象，由于这一切，所以无产阶级能够而且必须自己解放自己。但是，如果它不消灭它本身的生活条件，它就不能解放自己。如果它不消灭集中表现在它本身处境中的现代社会的一切违反人性的生活条件，它就不能消灭它本身的生活条件。他不是白白地经受了劳动那种严酷的但是能把人锻炼成钢铁的教育的。问题不在于目前某个无产者或者甚至整个无产阶级把什么看作自己的目的，问题在于究竟什么是无产阶级，无产阶级由于其本身的存在必然在历史上有什么作为。它的目的和它的历史任务已由它自己的生活状况以及现代资产阶级社会的整个结构最明显地无可辩驳地预示出来了。”[42]在这段话里也已表明，关于无产阶级在社会革命中的历史作用，是以前的社会主义者在其著作中早已提出来了。同时则更着重地说明了无产阶级的现实的社会生活条件，使它在理论上意识到，而且在实际上也是非走自己解放自己的道路不可，何况它还经受了严酷的锻炼、钢铁的教育，是完全能够承受这个历史任务的。这点新的说明表明他的思想的前进是有重要意义的。

总括以上所述,《手稿》后期的《评“普鲁士人”的〈普鲁士国王和社会改革〉》及《神圣家族》这两个著作所表现的思想倾向，是减轻或削弱了《手稿》中所表现的费尔巴哈的人本主义的思想影响，继承并发展了费尔巴哈的唯物主义的根本精神，运用于考察现实生活，解剖市民社会，因而在社会生活的观点和共产主义理论上，都取得了显著的前进的成就。

四、马克思主义的成熟及其主要标志

《神圣家族》之后的一个时期，自 1845 年春到 1848 年春这三年间，马克思思想发展的经过，也就是马克思主义形成的过程。列宁曾说,《哲学的贫困》和《共产党宣言》已经是成熟的马克思主义的著作，而《关于费尔巴哈的提纲》及《德意志意识形态》等著作，就可以说是这种成熟著作的直接准备。由于这个时期既长，马克思的著作也多，而且主要著作的内容又特别丰富，我们不能详谈。我们所要谈的只是限于表明马克思主义的成熟过程及其主要标志的有关几点罢了。

首先,《关于费尔巴哈的提纲》(以下简称《提纲》)，恩格斯在《费尔巴哈和德国古典哲学的终结》的《序言》中即曾说：“这是一份供进一步研究用的匆匆写成的笔记，根本没有打算付印。但是这些笔记作为包含着新世界观的天才萌芽的第一个文件，是非常宝贵的。”[43]恩格斯的话，指出它是“包含着新世界观的天才萌芽的第一个文件”，对于我们理解这个《提纲》也是很重要的。《提纲》共十一条，批评费尔巴哈哲学思想的根本缺点主要是直观观点和人本主义思想。他的直观观点对于马克思没有什么影响。如上所说，马克思的思想原来就是强调实践观点的。而他的人本主义思想，则自《德法年鉴》的创刊酝酿时起，就显然表现有对马克思思想的影响。特别是在《手稿》中尤为突出，其中关于社会现实的主要论点就是赤裸裸的人本主义思想。到《神圣家族》中不再提“人本主义”，只说是“真正的人道主义”了，也是表现得少而淡薄了，但还有一定的影响。因而在《提纲》中对于费尔巴哈人本主义思想的批判，这正表现马克思的“新世界观的天才萌芽”，表现马克思克服了人本主义思想，同时“萌芽”了历史唯物主义的新观点。

在《提纲》的十一条中，主要有第六条、第七条，是批判人本主义、表现历史唯物主义观点的；和这相关的也还有第三条、第四条和第十条。且从第六条来说，正是批判了费尔巴哈把人的本质理解为和动物相区别的人类的本质，也即“理解为一种内在的、无声的、把许多个人纯粹自然地联系起来的共同性”。同时也批判了费尔巴哈撇开历史进程把人的本质相关的宗教感情，只当作抽象的、孤立的、人类个体去观察它，因而完全不是现实的。现实的人的本质究竟是怎样的呢？他这时的解答说：“人的本质并不是单个人所固有的抽象物；在其现实性上，它是一切社会关系的总和。”现实的宗教感情究竟是怎样呢？他在第七条中的解答说，“宗教感情本身是社会的产物”，而这是费尔巴哈没有看到的；他所分析的抽象的个人，“实际上是属于一定社会形式的”。总之，根据这时马克思的新的观点，现实的人是属于一定的社会形式的；人的本质“在其现实性上是一切社会关系的总和”，现实的人的宗教感情是一定社会关系的产物。换句话说，克服了人本主义，也就是破除了和自然主义相一致的人本主义，就能进而从新的社会观点去看人，所以我们认为这些论述正表现“新世界观的天才萌芽”。而且根据第十条，所谓旧唯物主义当然包括费尔巴哈的观点，这里所说的就是指的费尔巴哈的人本主义思想。因为这个思想是和“市民社会”相适应的。而新的唯物主义即马克思的新的观点，则是和“人类社会”相适应的。

在《提纲》之后着重发挥这个新观点的就是《德意志意识形态》，特别是它的第一章《费尔巴哈》，是马克思当时所理解的关于唯物主义历史观的全面论述，除了个别论点还不明白，个别术语还不准确之外，总的思想和主要论点，和《哲学的贫困》与《共产党宣言》的所论一致，即和以后经典著作中的所论也是一致的。

马克思在这里关于唯物主义历史观的第一次的试行表述，主要是说：“这种历史观就在于：从直接生活的物质生产出发来考察现实的生产过程，并把与该生产方式相联系的、它所产生的交往形式，即各个不同阶级上的市民社会，理解为整个历史的基础；然后必须在国家生活的范围内描述市民社会的活动，同时从市民社会出发来阐明各种不同的理论产物和意识形式，如宗教、哲学、道德等等，并在这个基础上追溯它们产生的过程。这样做当然就能够完整地描述全部过程（因而也能够描述这个过程的各个不同方面之间的相互作用）了。"[44]上面还有句话说："市民社会这一用语是在十八世纪产生的，当时财产关系已经摆脱了古代的和中世纪的共同体。真正的资产阶级社会只是随同资产阶级发展起来的；但是这个名称始终标志着直接从生产和交往中发展起来的社会组织，这种社会组织在一切时代都构成国家的基础以及任何其他的观念的上层建筑的基础。"[45]在他的这些话里，不是基本上已把唯物主义的历史观的主要论点大致都提出来了吗？最后还从唯物史观的主要论点论到共产主义，只是关于共产主义革命性质、革命要求和建立共产主义制度等，都只约略提及，语焉不详，现在这里我们也就不谈它了。

已经是成熟的马克思主义的代表作的《哲学的贫困》，对历史唯物主义有的论点作了进一步的说明，有的术语也给了应有的补正，而对于资产阶级的及小资产阶级的经济学理论的批判，关于马克思主义经济学理论的阐述是本书的主要内容，最后还从唯物主义历史观点和新的经济学理论到科学的共产主义。因此确实是初期的马克思主义的重要著作。

关于唯物主义历史观的基本概念的"生产力"，在《德意志意识形态》中着重提出，却没有表述它的明确的意义。如说："一个民族的生产力发展的水平，最明显地表现在该民族的分工的发展程度上。任何新的生产力，都会引起分工的进一步发展，因为它不仅仅是现有生产力的量的增加（例如开垦新的土地）。"[46]在这里关于生产力的概念就没有明确的规定。而在《哲学的贫困》有两段话却做了补充。一是说："随着新生产力的获得，人们改变了自己的生产方式，随着生产方式即保证自己生活的方式的改变，人们也就会改变自己的一切社会关系。手工磨产生的是封建主为首的社会，蒸汽磨产生的是工业资本家为首的社会。"[47]二是说："在一切生产工具中，最强大的一种生产力是革命阶级本身。革命因素之组成为阶级，是以旧社会的怀抱中所能产生的全部生产力的存在为前提的。"[48]这就把生产力的意义和内容说得明白多了。特别是和生产力紧密相联系的生产关系的概念，在《德意志意识形态》中还是所谓"交往形式"。譬如说："每一个社会中的生产关系都形成一个统一的整体"，其中的"生产关系"一词，如果仍然保留"交往形式"这个术语，意义显然广泛而不确切。所以自此以后的经典著作里都是采用这个新的术语了。

又在阐述社会发展的客观规律之一的重要论点，即在生产力和生产关系发生严重对抗，也就是旧的生产关系严重地阻碍生产力的发展时，必然形成重大的阶级斗争，推翻旧社会结构，创建新社会结构，这是社会发展的主要标志，而无产阶级的共产主义革命，则是要消灭私有制，消灭阶级，建设完全崭新的无阶级的社会。这个意思在《德意志意识形态》中已简略地说到过。[49]但在《哲学的贫困》中又补充着说："工人阶级在发展进程中将创造一个消除阶级和阶级对立的联合体来代替旧的资产阶级社会；从此再不会有任何原来意义的政权了。因为政权正是资产阶级社会内部阶级对立的正式表现。……只有在没有阶级和阶级对立的情况下，社会进化将不再是政治革命。"[50]这些话是马克思第一次关于社会主义革命后的新社会性质如何的说明，虽然在以后的经典著作中还有很大的修改和补充，但是这些话即使是初步的想象也是很有意义的。

至于《哲学的贫困》虽然是论战性的政治经济学的著作，也是很明显地表现出它的新的观点和新的论述，在这里也和他以后的《政治经济学批判》及《资本论》一样，从商品的"使用价值与交换价值的对立"讲到货币、工资、利润、地租等学说的某些基本原理，揭露雇佣劳动的剥削实质，资本主义经济关系的对抗性，并初步地指明生产的无政府状态、危机、工人阶级的贫困化，由自在的阶级在斗争中逐渐形成自为的阶级等。虽然在这里还没有提出剩余价值学说的原理，但是在论述利润、地租和资本主义的积累的规律中自然包含有它的因素。由此看来，马克思主义的政治经济学，也只能说是从《哲学的贫困》开始的。《手稿》中虽然提出了关于政治经济学的新的任务，却由于费尔巴哈的人本主义思想的影响，以人的本质异化作为市民社会形成的根源，自然不能够实现它提出的任务的。

这一时期最后的也是最重要的著作《共产党宣言》(以下简称《宣言》)，是马克思和他的战友恩格斯这一时期新世界观在相关各方面所取得的思想收获的概括和提高，又如列宁所说："在这部著作里极其清楚而鲜明地叙述了新的世界观，叙述了包括社会生活在内的彻底的唯物主义，叙述了作为最完备的最精深的发展学说的辩证法，叙述了关于阶级斗争、关于共产主义新社会的创造者无产阶级的具有世界历史意义的革命使命的学说。"[51]总之，都是新世界观发展的重大成就的主要表现，是和《手稿》中的所谓共产主义显然绝不相同的，而且应该说，两者的根本观点是完全对立的。

现在我想引用恩格斯在英文版序文中一段话，借以说明《宣言》思想的基本特点。那段话说："虽然《宣言》是我们两人共同的作品，但我终究认为必须指出，构成《宣言》核心的基本原理是属于马克思一个人的。这个原理就是：每一历史时代主要的经济生产方式与交换方式以及必然由此产生的社会结构，是该时代政治的和精神的历史赖以确立的基础，并且只有从这一基础出发，这一历史才能得到说明；因此人类的全部历史（从土地公有的原始氏族社会解体以来）都是阶级斗争的历史，即剥削阶级和被剥削阶级之间、统治阶级和被统治阶级之间斗争的历史；这个阶级斗争的历史包括有一系列发展阶段，现在已达到这样一个阶段，即被剥削被压迫的阶级（无产阶级），如果不同时使整个社会一劳永逸地摆脱任何剥削，以及阶级划分和阶级斗争，就不能使自己从进行剥削和统治的那个阶级（资产阶级）的控制下解放出来。”[52]

恩格斯的这段话，虽然不是要概述《宣言》的全部主要内容，但是讲了它的思想的几点主要特点。首先，他说的构成《宣言》核心的“基本原理”即唯物史观原理，这确实是《宣言》思想的“核心”，也是贯彻全文的理论基础。其次，所谓“从这一基础出发”，说到“人类的全部历史……都是阶级斗争的历史”，这表明的是阶级斗争观点。《宣言》本文第一节就讲的是历史上的以至现代资本主义社会的阶级斗争实况及其分析；恩格斯最后那句话所说的，实际上是由《宣言》第一节又讲到第二节的部分内容了。即由现代社会阶级斗争的发展，讲到无产阶级的历史任务，要用暴力推翻资产阶级而建立自己的统治，以至消灭私有制，解放全人类。恩格斯的话虽然没有说到《宣言》第二节以后的许多要点，但是他所说的这几个基本特点，已足以表明《宣言》所宣扬的正是马克思早就在寻求的“现实的”共产主义理论，也即一般所说的“科学的共产主义理论”。因此我们认为马克思的科学的共产主义理论，在《宣言》中已得到了充分的表述；而从这点来看，也只有在《宣言》中它才充分表明是“已经成熟的马克思主义”思想了。

由上所述，《哲学的贫困》和《共产党宣言》之所以称为“已经是成熟了的马克思主义的著作”，是因为它们在马克思的学说的三个组成部分已表现有三个主要标志。在他的哲学思想中已表现有唯物史观原则；在他的政治经济学思想中已表现有剩余价值说因素；而在共产主义思想中已表现有无产阶级专政理论。

我们大家都知道，恩格斯《在马克思墓前的讲话》中说：“马克思发现了人类历史的发展规律，即历史为繁茂芜杂的意识形态所掩盖着的一个简单事实：人们首先必须吃、喝、住、穿，然后才能从事政治、科学、艺术、宗教等等；所以直接的物质的生活资料的生产，因而一个民族或一个时代的一定的经济发展阶段，便构成为基础，人们的国家制度，法的观点，艺术以至宗教观念，就是从这个基础上发展起来的，因而也必须由这个基础来解释，而不是象过去那样做得相反。”[53]这里说明马克思在哲学方面关于唯物史观的重大发现。因此在哲学方面来说，当马克思还没有发现唯物史观原理的时候，也就是说，当他的哲学思想的唯物主义仅仅停止在一般世界观的根本观点上的时候，还不能说是已经成熟了的马克思主义的哲学。唯物史观应该看作是已经成熟了的马克思主义哲学的主要标志。

恩格斯接着上面的话还说：“不仅如此，马克思还发现了现代资本主义生产方式和它所产生的资产阶级社会的特殊运动规律。由于剩余价值的发现，这里就豁然开朗了，而先前无论资产阶级经济学家或社会主义批评家所做的一切研究都只是在黑暗中摸索。”[54]如上所说，在《哲学的贫困》里虽然没有正式论述剩余价值学说，但是在好些部分的论述中实际上是论到有关内容的。如所论工资、利润、地租等，即有剩余价值相关的内容了。

至于《共产党宣言》中也是除了明显地表现马克思的新观点、新论述方法之外，而作为马克思主义的共产主义理论的特点，还有马克思自己在1852年给魏德迈的信里曾概括地说明的内容。他的话说：“在我以前很久，资产阶级的历史学家就已叙述过阶级斗争的历史发展，资产阶级的经济学家也对各个阶级作过经济上的分析。我的新贡献就是证明了下列几点：（1）阶级的存在仅仅同生产发展的一定历史阶段相联系；（2）阶级斗争必然要导致无产阶级专政；（3）这个专政不过是达到消灭一切阶级和进入无阶级社会的过渡。”[55]我们认为马克思的共产主义学说，一定要包括这三点内容，其中主要之点就是无产阶级专政。因此无产阶级专政理论可以说是马克思主义的共产主义理论的主要标志。而抛弃无产阶级专政就很难说是马克思主义的共产主义理论了。至于说什么扬弃“人的本质异化”转而成为“人性的复归”，这种所谓共产主义的说法，显然完完全全是不现实的空想，或者，应该说是不切实的幻想，在思想实质上是和科学的共产主义理论根本相反的。

总之，当马克思在这以前，他的哲学思想只有一般的唯物主义的世界观，还没有发现人类历史的发展规律而获得历史唯物主义观点的时候；当马克思的经济学思想还只看到现代社会的生产和消费脱节，富有和贫困悬殊，还没有发现资产阶级社会的特殊运动规律而阐明剩余价值学说的时候；当马克思还没有掌握上述两种客观规律更进而认识现代阶级斗争发展的必然性，而创立无产阶级专政的理论的时候，不能认为是成熟了的马克思主义。

注释：

* 本文下篇为《论人本主义、人道主义和“自然人化”说——〈经济学—哲学手稿〉再探（下篇）》，发表在《文艺研究》1982 年第 4 期。

①⑫㊲㊸55 中共中央马克思、恩格斯、列宁、斯大林著作编译局编译：《马克思恩格斯选集》第 4 卷，人民出版社，第 218 页，第 192 页，第 237 页，第 208 页，第 332—333 页。

② 贺蒲内尔：《马克思的〈经济学—哲学手稿〉的写作背景》，熊子云摘译，《哲学译丛》1979 年第 4 期。

③㉒㉓ 费尔巴哈：《十八世纪末—十九世纪初德国哲学》，商务印书馆，第 596 页，第 602 页，第 599 页。

④ 中共中央马克思、恩格斯、列宁、斯大林著作编译局编译：《马克思恩格斯全集》第 27 卷，人民出版社，第 441 页。

⑤⑪ 中共中央马克思、恩格斯、列宁、斯大林著作编译局编译：《列宁全集》第 21 卷，人民出版社，第 59 页。

⑥⑦⑧⑨⑩⑭⑮⑯⑰㉚㉝㉞㉟ 中共中央马克思、恩格斯、列宁、斯大林著作编译局编译：《马克思恩格斯全集》第 1 卷，第 453 页，第 458 页，第 455 页，第 134 页，第 467 页，第 453 页，第 466—467 页，第 466—467 页，第 466—467 页，第 134 页，第 483 页，第 479 页，第 479—480 页。

⑬ 巴加图利亚：《马克思的第一个伟大发现——唯物史观的形成和发展》，陆忍译，中国人民大学出版社 1981 年版，第 19 页。

⑱ 费尔巴哈的用语是人本学（Anthropologile），意思即人本主义（Anthropologismus）。《手稿》中仅有一处用了人本学，别处都用的是人道主义（Humanimus），但所指的正是费尔巴哈哲学原则的人本主义，我们在这里就把它看作人本主义的同义语。

⑲㉔㉕㉖㉘㉙㉛㉜ 马克思：《1844 年经济学—哲学手稿》，刘丕坤译，人民出版社版 1979 年版，第 2 页，第 44 页，第 49 页，第 73 页，第 120 页，第 49 页，第 43 页，第 74 页。

⑳ 费尔巴哈：《十八世纪末—十九世纪初德国哲学》，第 576 页。

㉑ 费尔巴哈：《未来哲学原理》，洪谦译，生活·读书·新知三联书店 1955 年版，第 75、77 页。

㉗ 《费尔巴哈哲学著作选集》上卷，生活·读书·新知三联书店 1959 年版，第 205 页。

㊱㊳㊴㊵㊶㊷ 中共中央马克思、恩格斯、列宁、斯大林著作编译局编译：《马克思恩格斯全集》第 2 卷，第 7 页，第 159—160 页，第 167—168 页，第 145 页，第 43—44 页，第 44—45 页。

㊹㊺㊻㊾ 中共中央马克思、恩格斯、列宁、斯大林著作编译局编译：《马克思恩格斯全集》第 3 卷，第 42—43 页，第 41 页，第 24 页，第 77—78 页。

㊼㊽㊿ 中共中央马克思、恩格斯、列宁、斯大林著作编译局编译：《马克思恩格斯全集》第 4 卷，第 144 页，第 197 页，第 197—198 页。

51 列宁：《卡尔·马克思》。

52 中共中央马克思、恩格斯、列宁、斯大林著作编译局编译：《马克思恩格斯选集》第 1 卷，第 23 页。

53 54 中共中央马克思、恩格斯、列宁、斯大林著作编译局编译：《马克思恩格斯选集》第 3 卷，第 574 页。

（1982 年第 3 期）

读歌德诗的几点体会

冯　至

关于诗，人们常常谈到下边的几个问题：一、有人认为，诗首先要读得懂，可是有些诗不容易被理解；那么，懂与不懂是不是应该成为评定一首诗成功与否的标准？二、有些诗不是从实际，而是从概念出发，空话连篇，没有感人的力量。这类诗在“文化大革命”时最流行，现在也没有绝迹。三、由于对概念诗的不满，有人走向另一极端，过分强调“自我”，蔑视古今中外的一切传统，提倡要有“对权威和传统挑战甚至亵渎的勇气”。四、关于继承遗产问题，有人主张现阶段的新诗只应向中国古典诗歌和民歌学习，排斥外国影响；与之不同的意见是，中国新诗的成立和发展与外来的影响有密切关系，古典诗歌和民歌的精华当然要继承，外国诗歌也应借鉴。

这些问题，有的涉及诗的本质，有的只限于新诗范围，近年来有不少文章对此进行过讨论。我近来读歌德的诗和歌德关于诗的言论，感到有的地方与这些问题有关，现略加论述，作为自己的一点体会，对于考虑这些问题也可能有所帮助。

一、公开的秘密

歌德一生写过大量关于自然的诗，他青年时期以满腔的热情歌颂自然，随后又研究自然科学，以冷静的态度观察自然。无论是歌颂或是观察，他都反对18世纪在德国哲学界和文艺界有人主张的对客观世界的不可知论。自然无私地呈现在人们面前，供人欣赏或研究，无所隐藏，但它自身内的矛盾、它的规律，有的已被发现，有的还有待于深入的研究，这又好像还有不少的秘密。歌德把这种情况叫作“公开的秘密”。我不知道，这个词在歌德以前是否已经流行，可是它在歌德的诗文中一再出现，含有深刻的意义。凡是本来可以理解而尚未理解或难以理解的事物，他都喜欢用这个词来形容或概括。例如他在1777年冬，视察哈尔茨山区内的采矿场，在风雪中登上当时尚未开发的布罗肯峰顶，后来他在《冬日游哈尔茨山》[①]一诗里写这座高峰：

你以尚未探索过的胸怀
秘密而公开地
矗立在惊奇的世界之上。

歌德面对自然界的公开秘密，常把艺术看成是公开秘密“最可贵的解释者”。他在《说不尽的莎士比亚》一文中说：“莎士比亚与宇宙精神为友；他们同样洞察世界；没有事情对他们是隐藏的。可是如果说宇宙精神的职务是，在事先、甚至常常在事后也保守秘密，诗人的意图却是把秘密吐露出来，使我们在事先或至少在过程中成为通晓秘密的人。”歌德这样称赞莎士比亚，后来海涅也同样地谈论歌德，他说歌德“本身是自然的镜子。自然要知道它自己是什么样子，于是创造了歌德。甚至自然的思想、意图，他都能给我们反映出来……”这种对于伟大诗人的看法和由此而规定的诗人的职责，不一定适用于我们今天，但若是把自然的范围扩大，也包括社会现实，还是有意义的。可是完成这个职责，并不是轻而易举的，世界文学中只有少数伟大的诗人或作家能够做到。即便这少数伟大诗人的作品，也并不那么容易就能使我们“成为通晓秘密的人”。这里有作品本身是否容易被人理解的问题，也有读者感受能力的问题。歌德在《西东合集》里有一首诗，嘲讽一些语言学者对他所爱戴的波斯诗人哈菲兹片面的曲解，这首诗的标题就是《公开的秘密》。这样就使人感到，诗人在他的作品里所创造的世界也是公开和秘密并存，好像成为“第二个自然”了。歌德自己也常常把一件完美的艺术品称作“自然的作品”“生动的高度组成的自然物”。我们可以说，最完美的艺术和诗能解释自然，但它们作为“第二个自然”也有它们自身的“公开的秘密”，需要读者、研究者的探索和解释。

世界文学中历来伟大的著作如屈原的辞赋、但丁的《神曲》、莎士比亚的戏剧、歌德的《浮士德》，包罗万象，内容和语言都十分丰富，人们不断地对它们进行解释，随时都有新的发现，它们自身内蕴蓄着一种公开的秘密，所以歌德论莎士比亚，就以“说不尽的莎士比亚”为标题。但另一方面，有少数晶莹纯洁的抒情诗，往往只有短短的几行，语言简练，明澈易懂，好像没有深刻的内容，但它们却被人吟诵，流传久远，放射出最灿烂的光辉。在世界文学史上像屈原辞赋、《神曲》那样的巨著固然屈指可数，而这样短小精练的抒情诗也是稀世之珍，为数不多。世界上存在着大量优秀的抒情诗，为什么只有这些为数不多的诗，特别被人喜爱，视为珍品？回答这个问题，并不比解释那些艰深的巨著更为容易。其中是否也存在着说不尽的公开的秘密？

这里我想到的是歌德在1780年9月6日夜晚写成、1815年首次发表的《漫游人的夜歌》。[②]诗只有八行，没有遵守任何一种诗的格律，语言单纯，浅显易解，却普遍被人称赞，正如诗的第一行“一切峰顶的上空”那样，认为是抒情诗里的一个顶峰，据说被谱成乐曲就超过二百多种。它的特殊的魅力到底在什么地方，不少人曾对此进行过分析。有人从诗的音乐性来解释，说这首诗以u、au、a等元音为基调，显示出夜色的深沉；有人从歌德的生活来解释，说他在魏玛工作繁忙，渴望休息；有人还把诗的最后两行“且等候：不久，你也要安息”说成是歌德对他三年前逝世的妹妹的怀念。这些解释，各自有一方面的理由，但不能全面说明这首诗的特点。这首夜歌里没有月亮和星辰，没有一般夜景的描绘，没有明显的或深奥的思想内容，但是它浑然天成，只是一片寂静，从一切的峰顶到一切的树梢，直到林中的小鸟，最后诗人自己也要安息。它形成一个“世界”，这世界好像将永远存在，诗人也融化在这世界里。我这样解释，只能说是个人的体会，若使人人同意，也不可能。中国同样有容易懂而不容易解释的名诗或名句，如李白的《静夜思》“床前明月光，疑是地上霜。举头望明月，低头思故乡”；陶渊明的诗句“采菊东篱下，悠然见南山”。在寂静的月夜里思念家乡，在采撷菊花时忽然抬头望见远远的南山，本来是平常的事，诗里的语言也很自然，看不出诗人为此用了多少功力，好像是脱口而出。但它们经历了十几个世纪的考验，被人传诵，公认为不朽的名作。有经验的翻译家翻译它们都会感到困难，如果逐字直译，则索然无味，如果体会诗的境界，只是意译，就会失去原诗的质朴，甚至弄得面目全非。同样情形，中国有几个诗人和翻译家译《漫游人的夜歌》，都曾尽了相当大的努力，却很难表达出原诗的特点。苏联女作家沙金孃曾在她写的《歌德》一书中把这首短诗的几种俄文译本做了比较，认为莱蒙托夫译得是最为传神，但是莱蒙托夫的翻译不仅没有按照原诗的形式，而且内容也有增删，几乎成为译者自己的创作了。诚如翻译者遇到的困难一样，我们若想说明这样一些语言最容易懂、内容最平常的诗为什么会成为诗中的珍品，有时真比解释较为难懂的诗还要困难。

前边提到过的《冬日游哈尔茨山》就是一首较为难懂的诗。诗人在哈尔茨山区漫游半个多月，眼前的景物变化多端，心里的念头此起彼伏，他信步行吟，完成这首88行颂歌体的诗。诗人一开始就说，他的诗有如苍鹰在云端翱翔，寻索猎获物。他看到的有远有近，想到的有过去，有现在，也有将来。他把这些“猎获物”写在诗里，诗的跳跃性很强，转折较多，个别的节与节之间甚至不相联属，使人想到现代西方的某些诗。这首诗发表后，人们认为是一首不寻常的好诗，有的地方却读不懂，有人细心研究，由于不明白诗人写诗时具体的情况，也不容易解释清楚。歌德在四十多年以后为了这首难懂的诗写了一篇较长的文章，说明了他在1777年冬日游哈尔茨山的目的和当时的心境，不仅诗里的疑难迎刃而解，而且读起来也感到亲切，好像从一个陌生的路人变成了知心的朋友，不需要有更多的说明。可是只有八行的《漫游人的夜歌》，读者一读就懂，作者也无须给它做什么解释，但若要说明它为什么有那么大的魅力，成为抒情诗里的一个顶峰，反而有说不尽的公开的秘密。实际上懂与不懂是相对的，用这来衡量一首诗的成功与否，是不足为凭的。

二、从特殊到一般

歌德晚年常常谈他写诗的经验，其中最重要的是，他说他的创作大都以现实为基础，从特殊到一般。歌德在《格言与感想》里，在与爱克曼的谈话里，以及其他的评论文章里，都谈到过这个问题。歌德在1823年9月18日向爱克曼说："现实必须提供诗的机缘和诗的材料。一个特殊的情境通过诗人的处理，就变成普遍的和诗意的了。我的全部诗都是即兴诗，它们被现实所激动，在现实中获得坚实的基础。我瞧不起空中楼阁的诗。不要说现实缺乏诗意；诗人的本领，正在于他有足够的智慧，能从平凡事物中获取引人入胜的一方面。现实应该提供诗的主题、要表现的要点、根本的核心；但是从中熔铸成一个美的、生气灌注的整体，就是诗人的事了。"歌德在《格言与感想》里谈到他与席勒的分歧时说："诗人究竟是为一般而找特殊，还是在特殊中见出一般，这中间有一个很大的分别。由第一种程序产生出寓意诗，其中特殊只作为一般的例证或典范；但是第二种程序根本就是诗的本质；它表现一种特殊，并不想到或明指到一般。谁若是生动地把握住这个特殊，谁就会同时获得一般，而当时却意识不到，或事后才意识到。"

这两段话很重要。歌德说的是自己写诗的经验，同时也是诗的本质。这个论点在中国文艺理论界和美学界引起过很大的兴趣。因为它既符合中国古代诗歌理论关于"比"与"兴"的传统，也可以纠正诗歌里部分存在的"概念化"和"公式化"。但是我们也要认识到，歌德虽然这样明确地谈他写诗的经验，但实际上并不能像歌德自己所说的，他的全部诗都是这样。他也写过一些并非真情实感的应酬诗，甚至关于他的爱情诗，他说，“只在恋爱中才写情诗”，这句话在某种情况下也不无可疑之处。不过，这不是这里要讨论的问题。我们只能说，歌德大部分优秀的诗是以现实为基础、从特殊到一般的。

从特殊到一般，意味着从个别具体的事物中看出普遍的情理，特殊与一般结合，才有较高的诗的意境。那些概念诗，现实生活中没有实感，语言中没有形象，只讲一般空洞的道理，不会有感人的力量。但若是只写特殊事物，客观地描写风景，叙述事实，体现不出更高的一般意义，也不能说是诗的上品。从小见大，从个别见全部，从有限见无限，从瞬间见永恒，这种精神生动而形象地贯串在歌德一部分优秀的诗篇里，显示出作为诗的本质的从特殊到一般的功能。这种看法，在中国的诗歌里也是普遍的。陆机在《文赋》里就写过这样的名句：“观古今于须臾，抚四海于一瞬”，“笼天地于形内，挫万物于笔端”。“须臾”和“一瞬”是时间的短暂，“形内”和“笔端”是空间的有限，但是它们能扩展到“古今”“四海”“天地”“万物”。世界文学里著名的诗篇都能以这样的气魄开扩人的胸怀，引人向上。

歌德从特殊到一般的表现方法有不同的方式。一种是正如前边引用过的一段话里所说的，“表现一种特殊，并不想到或明指到一般。谁若是生动地把握住这个特殊，谁就会同时获得一般，而当时却意识不到……”这种情况是存在的，例如《漫游人的夜歌》是特殊与一般、个人与自然浑然无间的融合，当歌德在猎人木板房的墙壁上题这首诗时，他不会意识到他获得了一般。但这种方式在歌德的诗中只占一小部分，并不像他所说的那样普遍。

歌德有一部分诗用的是另一种方式，诗人面对特殊的具体事物，不像他所说的没有意识到，而是想到或明指到一般。歌德在《格言与感想》的另一段里说：“凡是发生的最特殊的事物，永远作为一般道理的形象和比喻出现。”这样有意识地从特殊到一般的诗，歌德中年以后写得更多一些。他观察客观世界，取得生动的形象，用以表达带有普遍意义的智慧。他在《银杏》一诗中，由于银杏扇形的叶子中间分裂成为两半，他就用以比喻两个爱人的亲密无间，既是一个，又是两个，使读者体会到自然和人生中有分有合、一分为二、合二而一的普遍真理。他在《幸福的渴望》中用飞蛾扑火焚身比喻人向往光明，追求更高的生存，不免于牺牲，由此而说出“死和变”的深奥的意义。[③]他从生物的呼吸中得到这样的启示：

在呼吸中有双重的恩惠：

把空气吸进来又呼出去。
吸进感到压迫，呼出就清爽；
生命是这样奇异地混合。
你感谢神，如果他压抑你，
感谢他，如果又把你放松。

我读到上边列举的这类诗，格外感到亲切，因为中国古典的诗词里有大量意味深长的诗句，从自然和现实生活中摄取生动的形象，以表达诗人的内心世界和普遍真理，千百年后人们读了，仍然觉得很新鲜。

从特殊到一般，在以上的两种方式外，还有第三种。歌德在解释《冬日游哈尔茨山》的文章里谈到他的创作经验，与前边的两段引文大致相同：“我的全部著作以及短小的诗歌都是如此，它们是被较多或较少有意义的机缘所感动、直接观看任何一个对象时写成的，所以它各不相同，却又和谐一致，在特殊表面的、往往是平凡的情况下，诗人面前浮现出一种一般的、内心的、更高的境界。”但歌德有时隐蔽了特殊的“机缘”和“对象”，只写出“一般的、内心的、更高的境界”，读者不了解诗的写作缘由，往往只被“内心的、更高的、比较可理解的含义所支配”，因此也就难以懂得透彻，需要有研究者的探索或作者本人的说明。《冬日游哈尔茨山》就是这样的一首。

歌德写过许多格言诗，语言简洁，是智慧的结晶，但没有说教气味，因为它们也是从个人特殊的生活经验里产生的。歌德有一次向爱克曼说：“说也奇怪，我写了多种多样的诗，却没有一首可以摆在路德派的颂圣歌本里。”爱克曼听后，心里想，“这句妙语的含义比刚听到时的印象要深刻得多”。歌德的这句“妙语”和爱克曼的感想都很有意义。歌德的诗没有一首被收入空洞的、从概念到概念的颂圣歌本，这不是歌德诗的缺陷，而是歌德诗的胜利。

三、我们都是集体性人物

歌德在他逝世前一个多月——1832 年 2 月 17 日，讲过一段很重要的话，无异于给他的一生事业做了一次总结。歌德说：“根本我们都是集体性人物，不管我们愿意处在什么地位。严格地说，可以称为我们自己所有物的，是微乎其微，就像我个人是微乎其微的一样。我们都必须从前辈和同辈接受并学习一些东西。……如果我们坦率地说，什么本来是我的呢？我只不过有能力和志愿，去看去听，去区分和选择，用自己的精神给所见所闻以生命，用一些技巧把它再现出来，如此而已。我绝不把我的作品只归功于自己的智慧，还应归功于我以外向我提供素材的成千成万的事情和人物。……”这段话，见于经过爱克曼整理的梭勒与歌德谈话的记录，在这以前，歌德向爱克曼也说过与之相类似的话，不过这段话说得更鲜明，更集中，更为有力。此外，在《文学上的暴力主义》《诗与真》的《序言》的个别部分都明确地谈到个人的成就与历史和社会的关系。

歌德的诗包罗万象，他广泛地吸收了本国诗和外国诗的成就，供自己使用。从古代到他那个时代为止的各种诗体，他都能运用自如，并有所发展。他运用的诗体常常随着他一生各阶段思想感情的变化而转换。他青年时曾在赫尔德的影响下重视民间文学，搜集民歌，他写的诗有的跟民歌很接近，有的本来就是民歌，经过加工改写，成为众口传诵的名篇，如《野蔷薇》《魔王》《渔夫》等谣曲的底本在赫尔德的《民歌集》里都可以读到。他在狂飙突进时期用颂歌体歌颂大自然，抒发豪情壮志。在意大利旅行后的古典时期他用罗马的诗体写哀歌和铭语，用古希腊六音步诗体写长篇叙事诗。19世纪初期，写十四行组诗。在《浮士德》悲剧里，随着时间地点的不同，各种诗体更是应有尽有，千变万化。歌德在65岁以后，他的视野越过了欧洲的范围，扩大到波斯、阿拉伯诗人所歌咏的世界，从而产生了充满真挚感情和深刻智慧的《西东合集》。这部诗集里的诗，作者不是出于好奇心，给自己的诗歌增添些异乡情调，而是在他习以为常的欧洲文化之外发现了另一个世界的文化和新鲜的诗的原素。《西东合集》出版后，歌德在1820年5月11日写信给采尔特说：“穆罕默德的宗教、神话、习俗给我一种诗的区域，它正适合我的年龄。”前边提到的《银杏》《幸福的渴望》《在呼吸中》等诗，都是这部诗集里的名篇。《西东合集》正如它的名称一样，是两个诗的世界、两个文化世界有机的结合。歌德在晚年好像恢复了青春，一方面热情地关怀英国、法国新兴的浪漫主义文学的成就，一方面以极大的兴趣阅读中国小说和诗歌的英文法文译本，从而提出世界文学将要到来的论点。他的组诗《中德四季晨昏杂咏》把中国人的和歌德自己的思想感情融会在一起，其中第八首《暮色徐徐下沉》竟有人以为是李白诗的翻译，实际上歌德当时并没有读过李白的诗，甚至不知道李白这个名字。但由此也可以说明，诗里灌注了中国诗的精神，才使人有这样的揣测。歌德从广大世界吸收了所能得到的、对他有益的事物，熔铸在自己的创作中，发展和开拓了德国的诗的领域，致使德国19世纪绝大部分的诗歌都没有超出歌德诗的范围。这也正如杜甫《戏为六绝句》中“不薄今人爱古人”“转益多师是汝师”的精神；杜甫不断吸取，不断创新，致使他在中国诗史上取得了极为重要的地位。

但是歌德很谦虚，他说：

我观看大师们的创作，
我就看到，他们做了些什么；
我察看我的身边用具，
就看到，我本来该做些什么。

这意味着，有些他应该做的事还没有做到。另一方面，他蔑视目中无人、自命不曾接受过任何影响的所谓“独创者”，他有一首诗《给独创者》：

有个人说，“我不属于任何流派！
没有大师值得我跟他竞赛；
这也是风马牛不相及，
从死人那里学过什么东西”。——
如果我真正了解他，这就是说：
我是亲手制造的一个蠢货。

“独创者”专门强调一个“我”字，事实上这个“我”是离不开历史和社会影响的，谁若否认这个，就等于痴人说梦。《浮士德》第二部第二幕第一场里作者对狂妄的“万物皆备于我”的主观唯心主义者给以尖锐的讽刺。《格言与感想》里也有这样一句话：“所谓‘自我创造’通常是产生虚伪的独创者和装腔作势的人。”拒绝一切传统、否定艺术规律、唯我独尊的极端“独创者”是不会有什么成就的，像第一次世界大战后的达达主义者，他们否定一切，也不过是叫喊一阵，很快就销声匿迹了，没有留下任何像样子的东西。

以上就歌德诗里涉及的公开和秘密、特殊和一般、个人和集体、继承和创新的关系，略加论述，这对于探索诗的本质和讨论诗歌界的问题是可以起些“他山之石”的作用的。

1982年4月

注释：

---

① 这首诗有两种中文译本，一见于《歌德抒情诗选》（钱春绮译，人民文学出版社 1981 年版），一见于《译歌德诗十二首》（冯至译，《世界文学》1982 年第 2 期）。

② 这首诗主要有三种中文译本，一见于《沫若译诗集》（人民文学出版社 1956 年版），一见于梁宗岱的译诗集《一切的峰顶》（上海时代图书公司 1936 年版），一见于钱春绮译的《歌德抒情诗选》（人民文学出版社 1981 年版）。

③ 《银杏》和《幸福的渴望》有两种中文译本，一见于钱春绮译的《歌德抒情诗选》，一见于冯至译的《译歌德诗十二首》。

（1982 年第 4 期）

马克思主义美学的崛起

——《一八四四年经济学哲学手稿》读后

陆梅林

宗教批判摘去了装饰在锁链上的那些虚幻的花朵，但并不是要人类依旧戴上这些没有任何乐趣任何慰藉的锁链，而是要人类扔掉它们，伸手摘取真实的花朵。

——卡·马克思

费尔巴哈只批判了彼岸世界的真理，揭露了人的自我异化的神圣形象，作了对天国的批判，但并没有确立此岸世界的真理，揭露非神圣形象中的自我异化，完成对尘世的批判。这个历史任务落到了马克思的肩上，直到他和恩格斯写了《德意志意识形态》，创立了唯物史观，才算大致完成。而马克思的《一八四四年经济学哲学手稿》，就是这个过程中的重要一环，它更接近于唯物史观的形成，但毕竟还未达到唯物史观的比较成熟的形态。

马克思在这部《手稿》里，继续发挥他在“市民社会”中寻求真理的思想，展开对尘世的批判，批判资本主义经济制度和古典经济学，批判唯心主义辩证法，批判形形色色的社会主义学说，其中趁便也涉猎了许多美学问题。在这里，马克思开始伸手摘取美学这枝“真实的花朵”了。我们不妨这样说：这部《手稿》的成书，预示着马克思主义美学的崛起，人类美学思想从此开始进入一个崭新的历史发展阶段。这部《手稿》本身以及在美学史上都是一个除旧布新的重要文献，从根本上宣告了旧美学的终结和新美学的滥觞，在历史、理论和实践上都有着重要的意义。

本文只是着重探讨一下《手稿》的一些美学方面的基本论点，看看它为新美学奠定了什么样的理论基础，按照马克思的看法，美学理论结构到底应该是一个什么样子。

一

马克思在《手稿》里为马克思主义美学初步奠定了科学方法论的基础。

马克思主义美学是一门革命的和科学的美学，是无产阶级的美学。我们说它是无产阶级的，是因为这种美学符合并代表了无产阶级和广大劳动人民的利益，符合他们认识和改造世界的伟大目的；同时，也只有无产阶级和进步人类才能接受和贯彻这种美学的思想和原则。马克思主义的阶级性质，也同此理。有位同志写文章不同意我的马克思主义不是人（为了一切人）学的看法，那我有什么办法呢？我想借此机会简单地这样提一笔来作答，就不另文奉复了。

马克思主义美学不是凭空产生的，它继承了两三千年来人类优秀的审美文化，但又同过去一切美学有着本质的区别，无论是在基本前提、方法论、研究对象和理论结构上都是不同或不完全相同的。马克思在《手稿》中虽然顺便涉及，但他一旦用开始形成的唯物史观原理在美学领域里初试锋芒，他的唯物辩证法思想便在这个领域中大放异彩。在他的笔下，尽管还有人本主义哲学思想的流露，但新美学由以出发的基本前提不同了，方法论不同了，研究对象乃至理论结构都不尽相同了。这种别开生面的创新工作，就是由马克思在这部《手稿》开始的。

所谓出发点，也就是基本前提，这是任何一种科学的起始点。出发点不同，由此得出的理论观点和结构骨架，自然也就各不相同。大凡一种美学，不论它是唯物的还是唯心的，都有它的统一原则或基本前提。亚里士多德的《诗学》从论摹仿自然出发，并以此为原则而贯串全书；黑格尔的《艺术哲学》以“绝对观念”为基石，筑起他那庞大而严整的美学大厦；车尔尼雪夫斯基的《艺术与现实的审美关系》则根据艺术再现现实这一中心思想，阐发他的全部美学思想。其中，要以车尔尼雪夫斯基在美学上取得的成果对我们说来更加亲切和接近，但他的美学仍然还说不上是科学的体系。而黑格尔的美学体系顶多只能望马克思主义美学之项背而不可同日而语。我们没有任何理由因赞佩黑格尔而菲薄马克思。

马克思主义美学的根本出发点是什么呢？马克思在《手稿》里告诉了我们一些什么呢？在谈这个问题时，首先要知道马克思主义是一种十分完备而严整的学说，它是由一个统一的原则贯串起来而结成一个极其彻底而严密的整体。它的三大组成部分自不待言，就是它的美学这个分支也不例外。离开整个马克思主义的出发点，就不可能理解马克思主义美学的出发点。这个出发点就是：物质生产实践。

黑格尔和费尔巴哈都忽视或不懂得物质生产的劳动作用。黑格尔把人看作是“绝对观念”的异化结果，人的产生和发展是一种精神运动，而人的本质在于自我意识。而费尔巴哈则撇开人类历史过程，撇开社会关系，对人的本质作抽象的解释，把人看成是一种以族类本质的生物学的联系而结合起来的人类机体。凡此种种，都不能说明人之何以为人，说明社会现象和人类历史。

马克思和他们不同，他在《手稿》中由分析资本主义的异化劳动，探讨劳动的本质，进而触及人的本质，终于发现人之为人是劳动的结果，正是物质生产把人和动物区别了开来，人的最本质的东西，就在于进行自觉的、自由的、全面的劳动生产，而人的本质力量就是实践的力量和理论（认识）的力量。不过，这时马克思还没有完全认识到社会生产关系的决定作用，没有完全认识到人的主观能动性，认为人与人之间之联系还没有完全割断天然的、作为类属的人本学的联系，他不但沿用了费尔巴哈的“类存在”和“类本质”一类的哲学术语，而且的确还有这种人本主义的思想。对人和人类劳动过程独有特征的界说，马克思是在《关于费尔巴哈的提纲》和《资本论》最后完成的。关于这一点，应当给予足够的重视。但是，不管怎么，人的物质生产这个人类历史的最根本的前提，马克思是在《手稿》中第一次作了科学的表述和论证的。一旦发现了这个“原始细胞”，人类、社会、历史就内在而有机地联结起来了，自然、社会、思维就内在而有机地联结起来了。由此便为马克思主义找到了基本前提。无怪乎，恩格斯要这样说：“在劳动发展史中找到了理解全部社会史的锁钥。”[①]

马克思在《手稿》中不仅规定了美学的基本前提，还由此确定了美学的研究方向和方法。这种方法就是历史主义的方法。人类、社会、历史从哪里开始，人类的审美关系、审美活动和审美意识便从哪里开始，真正科学的美学就应当从哪里开始。历史进程决定思维逻辑，逻辑和历史相一致。恩格斯说：“历史过程从哪里开始，思想过程也应从哪里开始，而思想进程的进一步发展不过是历史过程在抽象的、理论上前后一贯的形式上的反映。”[②]这是一种科学的研究方法和叙述方法。以历史主义方法作为研究的指导线索，就会促使我们重视理论联系实际，对具体的问题做具体的分析，力求达到历史的东西同逻辑的东西的辩证统一，取得应有的成果。

二

马克思以劳动实践为前提，在《手稿》里创立了他的审美理论，在美学史上第一次比较科学地阐明了审美主客体的生成以及二者之间的相互关系和作用的基本问题。这是马克思对人类审美文化的极大贡献。下面分两节来谈这些问题。

马克思在《手稿》中，从物质生产出发，初步地阐明了人的劳动实践创造了审美客体和艺术起源的问题。

关于人和动物的区别，马克思在《手稿》中是这样展开他的论述的：

> 诚然，动物也生产。它也为自己营造巢穴或住所，如蜜蜂、海狸、蚂蚁等。③

马克思用“诚然”这种语气，是在和谁辩论呢？为什么要用蜜蜂、海狸、蚂蚁作例子呢？这当然是一个细枝末节，而无关宏旨的。拿蜜蜂、海狸和蚂蚁作例子，是因为它们都有“巧夺天工”的本能。拉法格在《唯心史观和唯物史观》一书中，就指出古罗马有一位名医叫泽尔斯的，他曾以蚂蚁、蜜蜂和人相比，认为人会建筑，它们也会筑巢搭窝，因而人做的事情和动物做的事情并没有什么区别。18 世纪德国启蒙学家莱玛鲁斯在《论动物的艺术本能》一书中，也说人的艺术创造性的活动和动物的艺术本能并无二致，至多是量的差别。据里夫希茨说，马克思在青年时代曾钻研过他的这部著作。后来，法国名作家雨果在他 1831 年出版的《巴黎圣母院》中，以艺术的笔触，也描写过海狸和蜜蜂的生命本能：

> 旧时代庞大的文化遗物证明，建筑术上最伟大的作品，与其说是个人的创作，不如说是全社会的劳作；与其说是天才光辉的闪耀，不如说是人民创造力量的结果；这是各个民族的遗产、多少世纪留下来的积层、社会逐渐蒸发的结果所形成的结晶，总之，这是一种特有的结构。时代的每一个浪潮都在文化遗产上留下它的积土，每个时代都留下自己的一层，每个时代都填上自己的石块。海狸是这样做的，蜜蜂也是这样做的，人也是这样做的。

假若把这些思想材料串起来看，马克思为什么也用蜜蜂、蚂蚁和海狸作例子，为什么要用人按照美的规律进行生产而把人和动物区别开来，也就绝非偶然了。笔者在这里无意暗示马克思就是在和泽尔斯、莱玛鲁斯、雨果进行辩论。自然，笔者提到他们也并非信笔所至，一则是想说明这是一个很古老的问题，直到马克思才作出了科学的解答；再则是想说明知道这些情况，或许有助于理解马克思所要发挥的思想。

泽尔斯、莱玛鲁斯和雨果虽拿蜜蜂、蚂蚁、海狸和人做比较，却不能看出人和动物的本质区别，看来根本原因就在于他们没有也不可能察觉到劳动的作用。马克思不同，他拿这些生物和人相对照，从生物界中把人所固有的基本特征抽象出来，发现人的生产和动物的生产有五点不同，动物只能在它的肉体需要的支配下，生产它自己或它的幼仔直接需要的东西，而人却能自觉地、自由地和全面地进行“再生产”，即改变“整个自然物”。所以，马克思说：

> 动物只是按照它所属的那个种的尺度和需要来建造，而人却懂得按照任何一个种的尺度来进行生产，并且懂得怎样处处都把内在的尺度运用到对象上去；因此，人也按照美的规律来建造。[4]（着重点是笔者加的）

首先应当指出，对“内在的尺度”的理解，国内有很大的分歧：一者理解为客体，一者理解为主体。柏拉威尔的《马克思和世界文学》一书中引用马克思这句话的英译文是：“知道如何到处用客体的内在标准。”[5]（着重点是笔者加的）对此如何理解，有唯物唯心之分。

马克思遣词造句，一向十分严谨。他不独注意语言的辩证法，而且注意词汇的丰富涵义及其相互关系。他的“物种”这个概念，用的不是德文，而是拉丁文。据说，拉丁文的“物种”一词，要比德文和俄文的“物种”一词涵义丰富得多。它除了生物学、哲学上的“物种”的意思外，还有视觉、现象、形式、形象、观念、概念、外貌（特别是美的外貌）、美、漂亮（指人的形态美）等意。看来，马克思所说的“物种”这个概念，是含有外形适度的意思。

至于“尺度”一词，既含质与量的外在限度，又含量与质的内在对比关系。马克思所说的对象尺度，是指那种最适宜于各该物种的状态，即正常的状态来说的。这种状态也就是美的客观基础。譬如，就人的外形美来说，人的身段和面部的每种类型，都有它的最适宜的尺度和美的形式，因此，人的外形美实际上是非常丰富多样的。人的外形美的尺度，是人类经过多少万年才发现而后在古希腊雕塑这种造型艺术上表现出来的。

所谓“美的规律”，则是就客体的内容和形式来说的。内容指的是客体的内在属性、素质、结构等等；形式指的是客体的外观、形态，而且是那种最适于种属的外观和形态。因此，马克思说人是按照美的规律使物成形的。按照这一规律生产的东西，就在内容和形式上统一起来了。这种人化了的自然物，无疑会给人以功用，给人以享受，给人以美感。这是真、善、美的统一，也就是美。

马克思所说的人按照美的规律来生产，是指物质生产来说的，其结果是“自然的人化”或“人化的自然”，即人的本质力量的对象化，马克思后来便采用了“劳动物化”这种说法。这里讲的“人化自然”，不是谈的人对自然的单纯认识和感受，不是自然的拟人化或人格化。

人对物的内容和形式的对立统一的认识和掌握，是相对的、发展的、历史的。因为物的“尺度”绝非一次就能穷尽，在人类的曙光期尤其如此。但是，人类在其长期发展中，经过千百万次的反复实践，就会不断地发现新的尺度、新的规律。另外，在实践的长河中，人的创造美和欣赏美的能力也越来越丰富、越敏锐、越精细。为了按照美的规律来创造客体，人不但能根据经验摸索到物的尺度，而且能想象出预期的成果是什么样子。当发现客体的尺度越充分适合人的目的和用途，那它也就越完美。反过来说，人发现的客体的尺度越完美，那它也就越充分符合人的目的和用途。因此，客体美的内容和主体的审美鉴别力，都是不断发展的，不断扩大的。美的本质和美的概念也不是一成不变的。

假使这种理解大致不错的话，那么，我们就可以由此得出结论说：在马克思看来，美的规律寓于客体自身，美在客体之中。这种美的规律和美，通过人化自然而不断地丰富起来。这和黑格尔的客观唯心主义观点，即美是理念的感性显现，是根本不同的。美的客观存在是绝对的，而美的客观性则是相对的、发展的、历史的。这种相对性，不是就审美主体是否感知到，能否感知到来说的，而是从美的规律本身的发展来讲的。马克思不但从美的客体方面说明了美的客观存在、美的客观性，而且还从主体的美感中验证了这种客观性。关于这点，下面就会谈到。

人类的审美活动最早产生于生产劳动，随着历史的发展和社会生活的丰富，人的审美活动逐渐向纵深发展，相继发现了社会生活美和自然生活美的内容。人类为了进一步满足审美活动的需要，又在劳动的基础上和过程中产生了艺术活动。关于艺术起源的问题，已经探讨两千多年了。古希腊德谟克利特和亚里士多德创摹仿说，近世康德、席勒和斯宾塞等人主张艺术起源于游戏，雷纳克则倡魔法论。这几派主张虽不能完全说明问题，但也并非一点道理也没有。19世纪后期欧洲一些资产阶级心理学派提出心灵表现说，这是一种纯粹唯心之论，自然也就另当别论了。唯有马克思和恩格斯的艺术起源于劳动说，才真正科学地解决了这个悬案。

马克思的“美的规律”是指物质生产来说的，但它有高度的概括力，对艺术这种精神生产也是适用的。马克思在《手稿》里就指出：

……科学、艺术等等，都不过是生产的一些**特殊的**方式，并且受生产的普遍规律的支配。[⑥]

后来，恩格斯在《德国的革命和反革命》一书中说：任何一种艺术都要“遵守一定的规则”[⑦]。这一定的规则，就是“美的规律”。劳动创造了美，也创造了艺术，这是马克思《手稿》美学思想的精义。这是科学的结论，也是革命的结论：艺术原是在劳动中产生，为劳动者所创造，那它就不该被“异化”出去，而应当复归于人民。

恩格斯在《劳动在从猿到人转变过程中的作用》中又继续发挥了马克思的思想，指出：只是由于劳动，由于人的生理机能的遗传，由于遗传下来的灵巧性以愈来愈新的方式运用于愈来愈复杂的动作，“人的手才达到这样高度的完善，在这个基础上它才能仿佛凭着魔力似的产生了拉斐尔的绘画、托尔瓦德森的雕刻以及帕格尼尼的音乐”。[⑧]

这样一来，人类便通过艺术这种精神生产，把审美活动范围扩大了，把它推向一个更集中、更高级的发展阶段。不过，恩格斯在这里所说的艺术，已不是直接起源于物质生产的那种艺术了，而是说劳动创造了人，而人又按照美的规律创造了艺术。这就告诉我们，艺术只是在原始形态上和物质生产直接纠缠在一起的，后来便形成了独立的意识形态，具有相对的独立性。

三

马克思在《手稿》里还考察了审美主体生成和发展的问题，认为人的审美感觉也是在物质生产实践的过程中形成的。他说：

社会的人的**感觉不同于**非社会的人的感觉。只是由于人的本质的客观地展开的丰富性，主体的、**人的**感性的丰富性，如有音乐感的耳朵、能感受形式美的眼

> 睛，总之，那些能成为人的享受[9]，即确证自己是**人的**本质力量的**感觉**，才一部分发展起来，一部分产生出来。因为，不仅五官感觉，而且所谓精神感觉、实践感觉（意志、爱等等）——一句话，**人的**感觉、感觉的人性——都只是由于**它的**对象的存在，由于**人化的**自然界，才产生出来的。五官感觉的**形成**是以往全部世界历史的产物。[10]

在这里，马克思首先指出，人的感觉不是生物进化的结果，而是社会历史发展的产物。[11]劳动把人从自然界中分离出来，而与自然界相对立，在人与人之间产生了一种以物质生产为基础的新的联系和关系。人的感觉是以整个社会发展过程为中介的"世界历史的产物"。这里所说的人的感觉，非但包括官能感觉，而且包括更高的所谓"精神感觉、实践感觉"（意志、爱等等）。因此，"社会的人的感觉不同于非社会的人的感觉"。但马克思当时对这种新的联系，还没有完全认识到社会生产关系的决定作用，在认识上还没有割断人与人之间的天然的、作为类属的、人本学的联系。

其次，马克思又指出，人的美感和一般感觉一样，也是社会历史发展的产物，美感只为社会的人所具备，而为其他生物所没有。这种美感生成的实践观和生物进化论不同，达尔文就认为动物也有美感和美的概念。问题不在这里，而在于马克思怎样来鉴别美感的特点，即他怎样区别美感和一般感觉，对此作了怎样的质的规定。质的规定是一物有别于他物的一个基本尺度。马克思虽未详加阐明，却为解决这些问题提供了线索。

用马克思的说法，美感就是那种感受人的快乐的，"确证自己是人的本质力量"的感觉。这一点马克思在《手稿》里多次讲到。他在谈及人按照美的规律使物成形时说："正是在改造对象世界中，人才真正地证明自己是**类存在物**。"又说：人"在他所创造的世界中直观自身"。[12]马克思在这前前后后所讲的，把它们贯串起来，互相加以印证，实则只有一个意思，就是：人的美感只是人的一种本质力量的对象化的确证，它是美感的一个主要内容，从而不能像有人认为的那样，可以全用来说明"美"是什么。当然，美和美感这二者之间是有联系的。在马克思看来，人的美感内容是属人的，亦即社会的；因而也是客观的，即美感是人对客体的主观映象。可是，有的同志根据马克思的这句话，作出了这样的论断，认为马克思所说的是关于美的本质，即美是什么的问题，甚至进而为美是主客观的统一找根据。

马克思在这些地方所讲到的美感，也是一般地来说的，而不是讲的美感内容可以不问客体的内容如何，只有一种，即人"在他所创造的世界中直观自身"。这样就会把美感内容贫乏化。譬如，古希腊的神话和史诗至今还给人以极大的艺术享受，这种美感的内容就是人在这些神话和史诗中看到了人类的童年时代，而且是发展得最完美最充分的童年时代。这不但是一般的属人的美感内容，而且是具体的人类童年时代。再如，一种客体的形式给予人以美感，其内容也就在于形式美，所以马克思说眼睛是感受“形式美”的。还有，金银的审美属性就在于它们的天然光泽，这些光泽给人以强烈的美感，其内容在这光泽自身，而不是什么人“直观自身”。金银之所以成为装饰品的原料，正是由于它们本身所具有的审美属性，却不是由于它们成了装饰品的原料，才具有美的价值。因而，马克思这样说：恰恰是金银的审美属性“使它们成为满足奢侈、装饰、华丽、炫耀等需要的天然材料”。不但如此，马克思还进一步指出：“色彩的感觉是一般美感中最大众化的形式。”⑬

以上我们举了三方面的例子：有的美感内容是属人的，有的是形式美的，有的是色泽美的。因此没有必要把美感内容事事都同“直观自身”联系起来，这样就简单化、庸俗化了，而且这样会排除对形式美等问题的研究。总之，客体美的内容有多么丰富，主体美感的内容就有多么丰富，但这美感内容的性质却只能是客观的、社会的。

同时还要指出，马克思在《手稿》里所说的“类”“类的存在物”“类的本身”，等等，有一定的局限性。这些说法都是费尔巴哈的用语，还未完全抹去人本主义的痕迹。在他看来，人与人之间的联系在一定程度上还是族类的联系、人本学的联系，还不完全是由人在生产过程中结成的生产关系决定的。那时他还没有形成“生产关系”这个基本概念和范畴。不久，马克思即作了这样的定语：人的本质是一切社会关系的总和。这就将人的本质和人与人之间的联系性质讲清楚了。不过，关于“生产关系”这个概念，即使他在《德意志意识形态》中批判费尔巴哈思想和清除这些思想对自己的影响时，还是用“交往方式”“交往形式”和“交往关系”等术语来表达的。因此，马克思在《手稿》中所使用的那些术语及其涵义在一定程度上还有人本主义哲学上的意义，这也是不能不注意到的。

至于美感的特点，马克思作了质的规定，因而把美感同一般感觉区别了开来。在他看来，那些“能感受人的快乐”的，即能感受到人的乐趣和愉悦的感觉，即属于美感。这是美的客体在人身上引起的一种情感反应，是一种情感态度，是一种审美享受。马克思在这里正是用情感或情绪的反应把这二者区别了开来。一般地说，普通感觉仅仅感知其真，并不随此伴之以强烈的感情或情绪的反应，而美感则不同，它除了感知其真的理性活动之外，还往往带有强烈的情感色彩和因素。美的内容越强，美的价值越高

（如美，更美，很美，简直美极了），它所引起的情绪和情感上的反应也就越强烈、越持久，以致令人心旷神怡，爱不释手或流连忘返。这在自然美的欣赏上体验得最明显，最充分。当然，这不是说，社会美和艺术美便不如此。

在这里耐人寻味的是，马克思肯定了从主体的美感来说明和验证美的客观性和内容的方法。正如人的本质和人的本质力量在他们改造的自然物中，在人化了的自然中得到实现和确证一样，客体的美与不美，也可以通过人的美感得到实现和确证。这是辩证法，不是唯心主义。马克思把人的感觉当作客体的映象，因此他得出了唯物主义的结论。正如列宁所说："从感觉出发"，"可以遵循客观主义的路线走向唯物主义（感觉是物体、外部世界的映象）"。当然，"从感觉出发"，也可以沿着主观主义的路线走向唯我论，认为"物体是感觉的复合或组合"。[14]这就是说，问题不在于：能否"从感觉出发"，而在于怎样看待感觉，是把客体和主体的关系看作是"母子关系"，还是"子母关系"，即是不是认为感觉是主体对客体的映象，还是认为客体为主体的心灵所生。因此，一概排斥以主体感受去说明和验证客体内容的方法，是不对的。马克思的这种看法恰好告诉我们，研究美学问题，也不妨从美感着手，通过美感的初步分析，解决主体美感和客体美的关系问题。

当然，上面所讲的确证和实现，是就整体的美感经验，而不是就个体的美感经验来说的。因为个体美感经验，由于种种原因，并不能成为测定美的价值和客观性的稳定尺度。比方说，最美丽的自然景色是客观存在的，为大家所公认的，但它对于忧心忡忡的人就不一定有意义，虽然这并不等于它就不存在，就没有美的价值。所以，马克思说："忧心忡忡的穷人甚至对最美丽的景色都**没有什么感觉**"；"对于没有音乐感的耳朵说来，最美的音乐也**毫无**意义"。[15]

整体的美感经验是人类审美文化的历史积层，人们正是在长期的美感经验中，进行反复比较，概括，总结，从而找出一种主体反映和认识客体的比较稳定的客观标准。把整体美感经验和个体审美经验区别开来，一则可以解决个体美感过程的统一或差异的问题，再则也可以避免走向以人的意识为转移的唯心主义。

马克思正是在整体美感经验的前提下，用主体美感的情感和内容去验证美的客观性和内容的。车尔尼雪夫斯基在给美的概念作解说时，就是从"美的事物在人心中所唤起的感觉"入手的。他说：这种感觉"是类似我们当着亲爱的人面前洋溢于我们心中的那种愉悦"。接着，他便把"美包含着一种可爱的、为我们的心所宝贵的东西"，作为具体的特征引进美的定义中来。车尔尼雪夫斯基把"美在人身上所引起的感觉"当作他研究“美的本质”的出发点，并且像一切唯物主义者那样，很懂得这种感觉是现象的客观内容的主观映象，他由此探索美的本质，但不把它引起的感觉主观化，恰恰相反，以感觉为出发点，这就使他有可能找到阐明美的概念的有效途径。他只是由于还不曾掌握唯物史观，而得出了不够科学的结论：“美就是生活。”他的这种研究方法，确实不无借鉴之处。

与此相联系，马克思还从理论上彻底地、辩证地解决了美感过程中主客体的统一性和差异性的问题。

马克思说：

> 对象**如何**对他说来成为**他的**对象，这取决于**对象的性质**以及与之相适应的**本质力量**的性质；因为正是这种关系的**规定性**形成一种特殊的、**现实的**肯定方式。[16]

这句太富于哲理的话，揣其大义，就是说：物的本性和人的官能本性，二者要互相对应。譬如，光线对于耳膜不会产生颜色的感觉，声波对于视网膜也不会造成声音的感觉，因为二者本性互不对应。所以，马克思说：“眼睛对对象的感觉不同于**耳朵**。”正是这种关系的规定性创造了这种特殊的、现实的肯定方式。马克思由于把握了人与物的内在联系、外因和内因的相互关系，而看到了二者统一或差异的必然性。物的本性与人的官能本性的相互适应，造成人对审美客体的一定掌握关系和方式。也就是说，人要依照物的属性，用相应的感官去把握它。宇宙的光波美要由人的视觉器官去摄取，空间的声波美要由听觉器官去捕捉。倘若两者互移其位，那就办不到了。

不言而喻，审美过程的统一或差异，原因很复杂，其性质也是多方面的，其中包括生理的、心理的、文化修养的、社会的、阶级的、民族的和历史的，等等。马克思就给我们指出过，矿物商人只看到矿物的商业价值，而看不到矿物的美和特性，因为他没有矿物学的感觉。这说明主客体的不相统一，并不等于美就不存在。坚持马克思的这些基本观点，有助于我们跟美学上的种种唯心主义思想划清界限，有助于我们防止唯心主义思想的各种自觉或非自觉的侵蚀。辩证唯物主义反映论，是马克思主义美学解决美感心理活动问题的坚实基础，不坚持这种反映论的基本观点和原则，往往很难抵制各种唯心主义美学思想的渗透、融合和侵袭。

马克思讲的五官感觉和审美关系的规定性造成特定的现实的肯定方式这个论点，还有一层深意，对于美学和艺术有很大关系。艺术和科学不同，它们各以自己的特殊方式掌握世界。因此，自然界“一方面作为自然科学的对象，一方面作为艺术的对象，都是人的意识的一部分，都是人的精神的无机界”。这样，马克思便把自然美引进人对现实的审美关系之中，自然美也成了美学的研究对象。

后来，马克思又发展了他的思想，确立了人对世界的多种掌握方式说。马克思把科学对世界的掌握方式和艺术对世界的掌握方式，即把科学的理论思维方式和艺术的审美感知方式作了区分。艺术一方面同科学方式以及其他一些方式相区别，另一方面又以感觉这种生理心理活动过程为特征而在其自身之中作出分类。在人的五种感觉中只有视觉和听觉对于真正的审美感受来说，才是十分有价值的心理生理的基础。人类根据主客体各自本性的规定性，在长期劳动实践和艺术创造的过程中，历史地形成了各种艺术的分类。有的诉之于视觉，有的求助于听觉，因而向有视觉艺术和听觉艺术之谓。当然，在雕塑的创作中，艺术家的触觉可能有着重要的作用。但雕塑在任何时候都是一种视觉艺术，在观赏美的雕塑品的时候，视觉也会使人有一种触觉感。至于味觉艺术等，都不是严格意义上的艺术，没有重要的审美意义和价值。当然，由于科学技术的进步，现代又产生了综合性的艺术，如电影、电视等等[17]，它们同时诉之于视觉和听觉。凡此种种，其中都有美的规律可循，欣赏规律可找。美学没有理由把这些对象置于研究视野之外，马克思在《手稿》里就反复强调研究心理学的重要意义。他和恩格斯要求我们用唯物史观重新研究美学，创立新的美学，要求我们用新的以唯物史观和唯物辩证法为基础的艺术社会学和艺术心理学对艺术进行总体分析，二者不可偏废。无论忽视艺术社会学或艺术心理学，都是不对的，在实践上是有害的。

综上所述，尽管还是很粗糙的，我们也不难看出，马克思在这部《手稿》里已经为新美学的产生奠定了初步的理论基础，确定了它的基本前提和研究方法，指出了研究的方向和范围，草创了新的比较完整的审美论，也涉及了一些边缘学科的关系。因此，我们可以说，《一八四四年经济学哲学手稿》揭开了马克思主义美学的第一页。

注释：

---

① 中共中央马克思、恩格斯、列宁、斯大林著作编译局编译：《马克思恩格斯选集》第4卷，人民出版社，第254页。

② 中共中央马克思、恩格斯、列宁、斯大林著作编译局编译：《马克思恩格斯选集》第2卷，第122页。

③④⑥⑩⑫⑮⑯ 中共中央马克思、恩格斯、列宁、斯大林著作编译局编译:《马克思恩格斯全集》第42卷，人民出版社1979年版，第96页，第97页，第121页，第126页，第97页，第126页，第125页。

⑤ 希・萨・柏拉威尔:《马克思和世界文学》，梅绍武、苏绍亨、傅惟慈、董乐山译，生活・读书・新知三联书店1980年版，第115页。

⑦ 中共中央马克思、恩格斯、列宁、斯大林著作编译局编译:《马克思恩格斯选集》第1卷，人民出版社1956版，第585页。

⑧ 中共中央马克思、恩格斯、列宁、斯大林著作编译局编译:《马克思恩格斯选集》第3卷，人民出版社1960年版，第509—510页。

⑨ 原文含（高度）快乐、喜悦、（强烈）快感等意。

⑪ 还可参见中共中央马克思、恩格斯、列宁、斯大林著作编译局编译《马克思恩格斯选集》第3卷，第510—512页，恩格斯对此论述甚详。

⑬ 中共中央马克思、恩格斯、列宁、斯大林著作编译局编译:《马克思恩格斯全集》第13卷，人民出版社1962年版，第144页。

⑭ 中共中央马克思、恩格斯、列宁、斯大林著作编译局编译:《列宁全集》第14卷，第124页。

⑰ 近阅报载：我国上海实用电子研究所正在研制“彩色音乐”。这种音乐也称“视觉音乐”，是国外近年来综合了光学、电子学、机械工程学、色度学和激光等技术而发展起来的一种新技术。它的基本原理是利用电子技术和机械装置，通过光学系统，将音乐转换成色彩，使人们在欣赏音乐的同时，还能看到五彩缤纷的与声音相协调的变幻万千的彩色图案，使人们的听觉和视觉融为一体，帮助人们领悟音乐的含义，增加美的感受。

（1982年第5期）

西方影响与民族风格

——中国现代文学发展的一个轮廓 *

唐　弢

一

中国现代文学是在思想革命和文化革命中诞生的，深深地铭刻着五四运动的时代烙印，从内容到形式，从性质到方法，无不显示出这一引人注目的特色。五四运动的历史使命是反帝反封建。在初期的文化运动中，反帝的任务只是通过反封建的形式才体现出来，因此，这个运动呈露的色彩主要是对传统的否定——对几千年来压在人民头上的封建制度和封建观念的彻底的否定，人们大声疾呼：

“重新估价一切！”

这是一个口号。值得注意的是：大家并不认为这个口号太抽象、太空洞，反而觉得它是响亮的，合乎时代需要的；这是一种具有革命意义的历史的呼声，应当欢迎，应当贯彻到生活的各个领域去。

狂热的情绪使人看不到冷静的思索。

轰轰烈烈的运动起来了。陈独秀、胡适、李大钊、鲁迅等代表进步力量，领导了思想斗争和文化斗争。批判传统的潮流无孔不入。在教育和伦理方面，反对读经尊孔，扫除迷信落后，轰动一时的是林蔡之争，古文家林纾将矛头对准北京大学，指责学校“覆孔孟，铲伦常”，蔡元培揭起“思想自由”的旗子，逐条予以驳复。在道德和审美方面，冲破精神禁锢，鼓吹个性解放，曾使全国侧目的是有关人体美的争论，军阀孙传芳压制上海美专，禁止雇用模特儿作画，说画人体是“裸裎诲淫”，刘海粟阐述艺术规律，区分了两者之间的界限。在语言和历史领域内出现了“疑古派”，钱玄同讽刺假古董，反对用古韵。顾颉刚编订《辨伪丛刊》，陆续刊行《古史辨》。他们对伪造的历史和冒充的古书提出挑战，震惊了整个学术界。文学领域内的白话与文言之争，平民文学与廊庙文学之争，同样是以反传统的形式出现的。不过论争的时间持续得长，不仅吸收西方影响的社会基础更加丰厚，人们从近代文明的思想武库中取得了更多的兵器，从容应战，积极创作，触及的范围格外普遍，声势也便越发显得浩大和深远了。

造成这一现象既有社会基础，也有历史渊源。

二

中国自1840年以来，多次战败，多次兴起对外国的学习，虽然具体问题上存在着分歧，比如通过日本学习英美，还是直接向英美学习，走法国革命的道路，还是走俄国革命的道路，报刊上有过公开的论争。但主张打开门户，探首域外，向西方寻求真理——包括文学的真理，却成为比较一致的认识。这个渊源可以从两方面说明：一是翻译，开始介绍了大量西方作品，周桂笙、徐念慈、苏曼殊、马君武、伍光建等群起执笔，其中作用最大的是林译小说；另一是出国回来后对西方文明的介绍，游记、随笔、采风录、闻见记、杂事诗等等，雨后春笋，纷纷刊行，内容充实的不下几十种，叙录了西方社会的政教风俗、生活方式，在那时的年轻一辈中产生过并不很小的影响。

先说关于西方文明的介绍。

这些陆续刊行的访问游记，尽管有些还比较隔膜，比较浅薄，比较简单，但也埋藏着不少珍贵的史料——文化史料和革命史料。现在似乎很少有人知道，清末最初介绍西洋绘画、雕塑、音乐、文学的，不是后来那些专家和大师，而是曾国藩门下号称“桐城派四大家”（也称“湘乡派”）的张裕钊、薛福成、黎庶昌、吴汝纶。他们在《出使四国日记》《出使日记续刻》《西洋杂志》《东游丛录》里，对西方艺术作了绘声绘色的描画。而最初将郭脱派（哥特式）建筑和罗马派建筑作了艺术的比较，状其特点，在绘画方面阐发光的作用，“光肖，则无笔不肖”的，也是出身封建门第的大家闺秀单士厘。单士厘的美学造诣很深，她在《归潜记》里，还对劳贡（拉奥孔）雕像作了具有高度欣赏水平的分析，指出雕塑的三个形象展示了三个瞬间：“老者正被噬，长子将被噬，次子既被噬。此三瞬时者，感觉举动，迥不相同……而全像呼应，仍不少乖。”在当时确实算得很高的见解。在革命史料方面，我只想提一件事：1871年3月18日，巴黎工人武装起义，从公社成立到失败，从巴黎到凡尔赛，有一个23岁的中国青年，在法国住了一年，他在“烈焰飞腾”“死尸枕藉”的浴血斗争中，目击始末，从容记录，写下了工人被捕后栩栩如生的景象：有的抽烟，有的唱歌，“气象轩昂”，“盖虽被擒，以示无忧惧也”。（张德彝：《随使法国记——三述奇》）这是收在访问游记中的第一手材料，也是现在已经知道的由中国人执笔的关于巴黎公社的最早的实录。

不只是访问游记，我以为类似材料中特别值得吟味的是：有一部书叫《西学东渐记》，看来像是什么文化交流史，然而不，它是留美学生第一任监督容闳的自传，根据个人活动描写了欧美文化对中国文化的浸润。还有一部书叫《西潮》，又像是什么西方思想史，然而不，它是继蔡元培之后担任北京大学校长的蒋梦麟的自传，根据亲身经历描写了西方思想对中国思想的冲击。前一书结束于戊戌变法，后一书开始于中法战争后一年。两部书都是自传，都以日常琐事反映重大史实，通过个人感受写出了一个古老民族的变化和演进。不是一时一地的感慨，不像访问游记的零星，许多人把它当作文学作品读。即小见大，绘状入微，一百年来外来风气对中国社会的阵阵吹拂，这里留下了依稀可认的眉目。

再讲有关西方文学的翻译。

一般说来，小说没有主观论述，反映生活比访问游记更客观。虽然描写的不一定是现代生活，但对了解和研究西方社会仍然很有价值。自周桂笙在《新小说》《月月小说》上发表短篇译作，徐念慈也以“东海觉我”笔名，和曾孟朴等垦殖《小说林》上的翻译园地，一时介绍外国作品，蔚然成风。成就最大的是严复和林纾。严复介绍西洋近代思想，林纾介绍西洋近代文学，“译才并世数严、林”（康有为诗），正是大家公认的事实。根据现在掌握的资料，林纾翻译的作品共计 185 种，刊行成书的 138 种，有的散见于报章杂志，有的一直没有发表。林纾本人不懂原文，以耳代目，依靠别人口述笔录，造成了一些研究上的困难。在选题方面，作家作品，鱼龙混杂，也有虽是名家，译的却不是名著；或者虽是名著，却已难以辨认，例如将兰姆的《莎士比亚戏剧故事集》20 篇译成《吟边燕语》，另外又将莎士比亚原剧《理查二世》《亨利四世》《裘力斯·该撒》译成小说，这类情形很多。因此，直到现在，还有个别原作被弄错，张冠李戴，还有个别原作没有查出来，成为无头案件。就译本说，林译大多由商务印书馆出版，收入《说部丛书》。1914 年曾独立出版，另印《林译小说丛书》，初二两集，都 100 种。这些还算容易到手。有的比较难找，例如 1920 年译出的法国作家克里孟索（G. Clemenceau）的《膜外风光》（*Le voile du bonheur*），初版为当时外交总长陆徵祥家刻大字本。绢面线装，宣纸精印。全书分 15 幕，每幕间隙印青铜古器一叶，凡 16 图，画像清晰，精致绝伦。书口均印“膜外风光”，但和本文毫不相干，不知何以合在一起。由于版式奇特，找寻不易，客观上也成为普遍阅读和深入研究的障碍。

但是，不管怎样，在中国社会西洋化，也即近代化的过程中。开风气之先，林译的确起过很大的作用；一部翻译小说竟至成为官员阔佬的家刻本，事情本身已经充分说明，它在当时是如何受到社会的重视和欢迎了。何况180多种小说里，至少有40种以上，是大家公认的世界名著。其中《茶花女遗事》《黑奴吁天录》《滑稽外史》《孝女耐儿传》《贼史》《撒克逊劫后英雄略》《拊掌录》等十几种，又被认为是优秀译本，译者作出了重大的贡献。用古文译外国小说原是一件难事，林纾自称谨守“桐城义法”，要用司马迁写《史记》的笔调，将英国的司各德、法国的仲马父子“化”过来，可是事与愿违，遇上西方生活和异国情调，古文里出现“面包”“牛油”“小宝贝”等等，一句话，反倒被人家“化”过去了。难得林纾很有文学修养，对原书领会程度远远超过他的合作者——那些精通外文并为他口述的助手，因此听了梗概，便能驰骋艺术的想象，曲折地传达出作者的原意。他的文笔尤宜于译述狄更斯、欧文的作品，现代文学名家如胡适、茅盾、郑振铎、阿英、钱锺书等都曾表示赞叹和欣赏。胡适称道《拊掌录》，说叙事写情，富有特点，为古文开辟了一个新天地；茅盾赞扬《撒克逊劫后英雄略》，认为除几个小错外，基本上保留了原作的情调，人物也十分出色；郑振铎以为《孝女耐儿传》译笔传神，文字幽默，甚至译出了一些最难表达的细微的地方；钱锺书举出译文重复粗疏的例子，同时又肯定其匠心独运的妙处，他还说：“林译除迭更司、欧文以外，前期那几种哈葛德的小说也颇有它们的特色。我这一次发现自己宁可读林纾的译文，不乐意读哈葛德的原文。理由很简单：林纾的中文文笔比哈葛德的英文文笔高明得多。”锺书的评论是毫不含糊的，在严霜似的批评中夹着一阵和煦的春风，得来不易，这是个很高的评价。从这些现代文学重要人物亲笔的叙述中，可以看出林译的影响之大。清末以林纾为主的对西方文学的翻译以及访问游记中对西方文明的介绍，鼓吹渲染，对“五四”新文学运动的的确确起了积极的先导的作用。

三

随着时间的推移，文学上向西方学习的思潮越来越壮大，越来越高涨，到了“五四”反传统斗争时期，这种思潮终于形成了一次历史性的大汇合、大爆发。思想解放，学术自由，有人比之于百家争鸣的战国时代，也有人比之于14至16世纪欧洲的文艺复兴。当时文学革命有个显眼的现象：无论是作家个人还是文学社团，都和外国文学有着非常紧密的联系。几乎没有一个作家或社团不翻译外国作品，几乎没有一个作家或社团不推崇一个以至几个外国作家，并且自称在艺术风格上受到他或他们的影响。采用白话译出的作品大量地出现，每个出版社都有专收翻译的丛书，其中最著名而又一直延续下来的，如商务的“世界文学名著”、中华的“世界文学全集”、开明的“开明文艺译丛”、文化生活的“文化生活丛刊”和“译文丛书”等，为时最久，出书最多。丛书虽非全集，却大都成套发行，往往给人以一种强烈的和深刻的印象。

在这里全面展开论述是困难的，我就谈谈作家个人对外国作品的介绍与翻译吧。一个有趣的现象是，当时被介绍过来而有显著影响的，很大一部分是现实主义的作家，譬如法国的莫泊桑，最初介绍他的李青崖是个散文家，长期从事教育工作。20年代初，他翻译了包括46个短篇的3册《莫泊桑短篇小说集》，以后专门从事翻译，打算将莫泊桑短篇全部介绍过来，分20册出版，结果译了《哼哼小姐集》《苡威狄集》《鹧鸪集》等9册，包括107个短篇，以后又补译《橄榄田集》《天外集》两册23篇，他一个人译的莫泊桑短篇在150篇以上。再说契诃夫。契诃夫的剧本《海鸥》《伊凡诺夫》《万尼亚舅舅》《樱桃园》等，和果戈理、屠格涅夫、托尔斯泰等的戏剧一起，作为《俄国戏曲集》收入最早的“俄罗斯文学丛书”，于1921年出版。接着，写过诗和小说，后来成为文学史家的赵景深，准备专门介绍契诃夫的小说，他译的《柴霍夫（契诃夫）短篇杰作选》，计《香槟酒》《黑衣僧》《老年》等8卷，共计162个短篇，虽然译文受到鲁迅的指摘，却仍然因为契诃夫而受到广泛的欢迎。再有一个是莎士比亚。现在已经清楚，在1914年林译《吟边燕语》出版之前，早在1903年（光绪二十九年），就有人将兰姆《莎士比亚戏剧故事集》中的十篇，译作《澥外奇谭》一书，用“英国索士比亚著”名义，由上海达文社出版了。据我所知，此后剧作家田汉、顾仲彝，文艺理论家杨晦、吕荧等，至少有21个人译过莎士比亚。译得较多的如：朱生豪31种，曹未风12种，梁实秋（截至1939年）8种，方平6种；其中著名剧作家曹禺译的《柔密欧与幽丽叶》，诗人卞之琳译的《哈姆雷特》，另一诗人孙大雨译的《黎琊王》，都是呕心沥血之作。曹禺、卞之琳的译文既忠于原作，又独具风采，在艺术上有出色的成就；孙大雨熔形象塑造与学术探索于一炉，匠心独运，为我们提供了一部不凡的译本；诗人戴望舒也译了《麦克倍斯》。在世界历史上，摄取别国文学的精华以促进本国文学，不乏先例，但像中国那样大规模地、由著名作家同心协力，亲自动手，在保持原作的风格与个性的同时，融会了自己的创作经验，使译作在艺术上成为文字优美、形象生动的杰出的再创造，却是少有的。根据上海真美善书店1929年出版的《汉译东西洋文学作品编目》统计，除去哈葛德、科南道尔等三四流作家不算，到1929年3月31日止，中国一共翻译了299个西洋作家和50个日本作家。1930年以后，用单行本翻译过来的外国作家人数续有增加，尤其是第三世界各国的作家数字不断上升。全国解放至1979年止，翻译个人出有专著的外国作家276人，除重复的外，我们以专集形式介绍的世界著名作家大约为520人。

列举数字令人疲倦，现在来谈谈这些作家对中国的影响吧。

鲁迅是中国现代文学史上第一个用白话写小说的人，他回忆说：那时住在会馆里，想翻译，没有底本；想写论文，没有参考书；于是就写小说，这便是《狂人日记》，“大约所仰仗的全在先前看过的百来篇外国作品和一点医学上的知识，此外的准备，一点也没有”。这和茅盾所说：“开始写小说时的凭借还是以前读过的一些外国小说。”十分相似。两人口气里含有自谦的成分，但鲁迅曾经受过果戈理、契诃夫甚至安德列耶夫的影响，不仅自己多次提起，也可以从他的创作里看出来：他以幽默的笔墨描写日常生活，讽刺像果戈理，人物不多、场面简洁像契诃夫，又由此吸收其他影响，慢慢地建立一种看似乎淡，却又深刻的含蓄的风格，为中国现代文学开辟了一条现实主义的道路。

鲁迅而外，在其他一些重要作家的作品里，同样潜在着外国的影子。我们从茅盾身上看到左拉和托尔斯泰，从郭沫若身上看到歌德和惠特曼，从叶绍钧身上看到莫泊桑和契诃夫，从冰心身上看到泰戈尔，从巴金身上看到屠格涅夫，从老舍身上看到狄更斯和康拉德，从曹禺身上看到莎士比亚和奥尼尔。甚至卢骚、王尔德、梅特林克、艾吕雅、瓦雷里……都可以毫不费力地从中国作家中找到他们艺术的“代理人”。欧洲几个世纪先后产生的文艺思潮和创作方法，在中国，短短几年或者十几年内，竟然同时出现，足以说明社会变革的急遽，西方思潮冲击的猛烈，以及文学本身的未臻稳定。这个现象不仅表现个人气质的不同，更多的是反映了社团流派之间艺术风格和艺术情调的歧异。

1935年年初，茅盾为《中国新文学大系·小说一集》作序，总结了现代小说最初十年的成绩，认为前五年（1917—1921）创作比较岑寂，后五年（1922—1926）代表各个社团的刊物纷纷问世，流派丛出，创作开始蓬勃起来。他做了一个统计。根据《小说月报》的报道，当时有社团和同人刊物101个（或计社团，或计刊物，社团有一个或一个以上刊物的，仍算一个）；再加《星海》记录的53个，共计154个，各树旗帜，争妍竞艳。较大的社团如文学研究会标榜现实主义，主张“为人生”。语丝社、白露社、曦社（出有《爝火》季刊）、绿波社（出有《绿波》《诗坛》等刊）、霄箓社、玫瑰社（出有《心潮》）比较接近这一派。创造社标榜进取的浪漫主义。太阳社、流荧社、畸形社、血潮社、艺林社比较接近这一派。还有从不同角度提倡唯美主义的南国社、绿社（出有《绿》《诗篇》月刊）、声色社。带有“为艺术而艺术”的纯文艺色彩的弥洒社、飞鸟社、青年文艺社。赞扬古典主义的雅典社，拥护象征主义的狮吼社，介绍印象主义的摩社，宣扬国家主义的长夜社，倾向虚无主义的现代文化社。这些文学社团大抵都有同人刊物，他们的主张就公布在同人刊物上，有的还另出专集，发表阐述自己文学主张或者艺术主张的论文，刊登实践自己文学主张或者艺术主张的创作，百戏杂呈成为研究中国现代文学流派、倾向的重要的依据。

就我所知，文学研究会最初编了一本《雪朝》，就是八个会员新诗的合集，接着又以“会刊”名义印了综合性专集《星海》（上）；创造社编了两册合集，第一册《木犀》，第二册《灰色的鸟》；绿波社印了13人结合的《春云》，弥洒社印了两本《弥洒社创作集》，绿湖社编《绿湖》，狮吼社编《屠苏》，彩虹社编《彩虹》，血潮社编《澎湃集》，励前社丛书之二《同轨》也是“同人创作”集，艺林社除编《秋雁集》《海鸥集》两书外，还将论文单独印成《文学论集》。出版专集是当时文艺社团普遍流行的风气，也为一些同人刊物所采用。后来朝花社将译出的小说编成《近代世界短篇小说集》，先后分《奇剑及其他》、《在沙漠上》（第三册《果树园及其他》未正式发行）等出版，其实也是合集，不过内容不是创作而是翻译。在选材上，在语言和风格上，在对待生活的态度上，翻译也无异于创作，它们同样反映了执笔者在文学主张和文学倾向方面一致的旨趣。而就外来思潮对中国文学的作用而言，翻译的关系也许更深一些，更密切一些。

那时介绍欧洲文艺思潮的书纷纷出版，其中最多的是日文著作的翻译，也有一些自己编写的，内容并不理想，别的领域有人出来代庖。我还记得有两部书，一部叫《新文艺评论》，是从事文艺教学的人编辑的，从报刊上剪录有关欧洲文艺思潮的文章。将这些现成的文章排比一下：根据“国别”，介绍了德、法、英、美、俄、日各国文学的“现状”，根据“家别”，阐明了普希金、陀思妥耶夫斯基、莫泊桑、古尔孟、王尔德、萧伯纳、惠特曼、霍普特曼、梅特林克、易卜生、泰戈尔等十四家艺术的特点；又根据“篇别”，选录了《前夜》《父与子》《灰色马》《少年维特之烦恼》等书的序言；最后是根据“派别”，刊登了《文学上各种主义》（陈望道）、《自然主义的中国文学论》（李之常）、《文艺上的新罗曼派》（馥泉）、《未来派文学之现势》（沈雁冰）、《踺踺主义是什么》（幼雄）等五篇文章。这部书编辑草率，内容也比较一般，但因叙述文艺思潮的方面广，出版早，为我们留下历史的足迹。根据这些文章，可以进一步了解初期人们对西方各种文艺思潮依违迎拒的态度。

不久出版了另一部书。它是诗歌、音乐、美术、文学各方面重要作家的一次大合作，书名《华胥社文艺论集》。名曰《文艺论集》，里面却有诗，有散文，有翻译，看去像是文艺社团的合集。但从20年代末到30年代初，文艺界似乎没有一个华胥社，也从未听到过华胥社的具体活动。记得中国古代有个传说，一次，黄帝昼寝，梦游于华胥氏之国，“国无帅长，自然而已”，“民无嗜欲，自然而已”，醒来后“怡然自得，天下大治”。我怀疑华胥社也和华胥国一样，实际并不存在，只是表示这些执笔者对文艺的共同希望与理想。它刊登了梁宗岱、傅雷、萧石君翻译的《罗丹》（里尔克作）、《艺术论》（丹纳作）、《论文体》（居友作），另有斐德的《爵基阿勒画派》、赛孟慈的《魏尔伦》（以上萧石君译），歌德的《流浪者之夜歌》、鲁易斯的《女神的黄昏》、爱伦·坡的《赠海伦》（以上梁宗岱译），古特林的《家里的和平》（王了一译），以及《圣杨乔尔夫的传说》（傅雷译）；国人自己写的论文有王光祈的《音乐与时代》，朱光潜的《悲剧的喜感》，还有徐志摩的散文，萧石君、刘穆的诗。名著名译，荟萃一书，既发扬了现实主义、浪漫主义的传统，又以积极的姿态对待正在兴起的艺术风尚——不但介绍了爱伦·坡，又另外让徐志摩的学生翻译了波德莱尔的包括部分《恶之花》的散文诗。至于在这本书里，理论是作品的概括，作品是理论的依据，以集中的方式表现了各种主要的思潮。如果说当初《新文艺评论》的内容太浅、太一般，那么，《华胥社文艺论集》又似乎深了一点，专门了一点。不过真正从事文艺理论的人，却不难掌握它。因为这毕竟是写给中国人看的，选译给中国人看的，落笔之前已经或多或少地联系着当时文艺方面的实际。20年代末30年代初，发表在报刊上的一些卓有见地的介绍外国文艺的文章，以及这本《华胥社文艺论集》的出版，将“五四”以来西方思潮对中国文学艺术一阵一阵的吹拂，有意识、有目的地推向了汹涌澎湃的最高峰。

四

40年代，这是一个伟大的历史的转折点。

任何西方影响和文艺思潮都不能不受社会生活的制约。从30年代后期开始，我们的国家在各方面起了深刻的变化，战争改变了生活方式。文艺不再能维持原来的状况。

有人说，30年代革命文学没有从艺术特点着眼，正确对待政治一致性与艺术多样性的关系，西方思潮的传播受到限制。其实这只是表面的现象。又有人说，40年代群众文艺运动没有为历史的发展前途设想，适当地掌握普及与提高的关系，中国与外国的关系，西方思潮的作用还是被忽视，被冷落了。其实这也只是表面的现象。事实上，40年代不仅介绍了许多西洋作品，不少现实主义的世界名著正是这个时期译出的。举例来说，傅雷和高名凯各自译了一套《人间喜剧》，汝龙的27卷本《契诃夫选集》，毕修勺的8卷本《左拉选集》，朱生豪的31个莎士比亚剧本，卷帙浩繁，备受注意。他们的确为翻译园地移植了名花大树，更重要的是，这些以写真实为主的现实主义和自然主义译作的出现，推动了国内反映社会生活和客观真实的战斗的作品，同时，也在一定程度上唤醒和促进了中国固有的现实主义的传统，通过创作实践，它们在民族革命的伟大战争中，得到了锻炼，得到了充实和发扬。

我觉得谈一谈这方面的问题也很有意思。

40年代是民族意识继续抬头的时期。中国现代文学史上由鲁迅率先倡导，经刘半农、叶圣陶、朱自清、周作人、废名、台静农、张天翼、魏金枝等不断实践的民族气派和民族风格，在新的历史条件下有了新的发展。老作家如老舍、茅盾、巴金、丁玲、欧阳山，后起的如赵树理、孙犁，各以其个人独特的艺术手段，为中国现代文学的民族化作出了重大的贡献。时代浪潮对文学创作的冲击是巨大的，社会生活牵引着西方影响和文艺思潮，它自然地抵制了一些东西，也自然地吸引了一些东西，从40年代中国现代文学的发展看来，尽管依旧没有放松对西方作品和西方思潮的介绍，但文学创作归根结底是以生活为依据的，因此民族风格还是更加鲜明地体现出来。这一点并不矛盾，可以从三个方面观察和说明：

从生活出发，第一，民族传统的影响是历史的持续与发展，主要是自然形成、自然生发的，"五四"时期，为了反对封建思想和旧派势力，较多地引进西方思潮和外来形式，这是正常的、可以理解的现象。即使在那个时期，民族的传统影响和固有风格也并未真正间断或灭绝，相反地，以科学方法整理和研究中国古典文学，恰恰就从"五四"开始，我们有了像《中国小说史略》、章回小说考证一类的著作，并且对浩如烟海的中国古典诗歌作了初步的整理，在文学批评和美学理论方面，也有新的研究与发现。小说如《红楼梦》《儒林外史》《西游记》《水浒传》《镜花缘》，诗歌如乐府和民谣，不仅摆脱查禁烧毁的命运、登上了大学文科的讲台，而且，它们的艺术构思、表现手法、人物描写、语言运用等等，也都受到作家和诗人的重视。从30年代的《子夜》到

40年代的《新儿女英雄传》《王贵与李香香》《白毛女》，以及其他一些作品，或有意，或无意，或存心模仿，或自然流露，可以看出民族风格一脉相承的绵延不断的线索。

从生活出发，第二，西方思潮和外来形式输入中国以后，为了开花结果，必须熟悉新的气候，新的土壤，植根于中国的大地之中。看来有两种可能：或者经不起风雨，无法成活，或者逐渐适应，根深叶茂。这就是说，西方思潮和外来形式在同中国人民的欣赏习惯和艺术趣味相结合时，尤其是同中国人民的语言格调和生活方式相结合时，有一个自然淘汰的过程，而要经得起这个过程的考验，必须熟悉本地的气候，本地的土壤，使自己的根深深地扎在中国大地的泥土之中，否则就谈不到栽种和移植。由于不能同中国语言或者中国生活相结合，因而遭到失败的结果，在文学史上是不乏先例的。先说语言，譬如法国的象征主义，最初由李金发介绍过来，一度引起大家的注意，但李金发不谙习本国语言，他用半生不熟的中文模仿象征派写成的诗，没有产生应有的影响，必待戴望舒而后取得一定的成果。我还以为，用方块字写“商籁体”（“十四行诗”），无论采用英国式也好，意大利式也好，结果总是没有达到诗人们预先的愿望，原因也在这里。这些都是外来形式没有同中国的语言格调相结合的例子。再说生活，当中国人民同心协力，正在以各种方式——也包括文学的方式向日本法西斯军阀武装侵略进行拼死斗争的时候，像“战国策”派那样介绍德国的狂飙文学，歌颂尼采的艺术思想，翻译邓南遮的剧本，那就不只是不结合中国的生活，而是完全背道而驰了。他们的失败是不可避免的。所以说，西方思潮和外来形式要在中国成长，必须植根于中国的土地之中，不仅需要同中国人民的语言相结合，更需要同中国人民的生活相结合，能结合才能发展。

从生活出发，第三，西方思潮和外来形式联系客观现实，反映的是中国的生活，描写的是中国的人物，在实践中，表现方法不得不随着表现对象的变化而变化，因为这样才能使方法适应目的，理论联系实际。作家在写作的时候，首先想到的是创作的对象，而不是创作的方法；如果他也想到创作方法的话，那就是用什么方法才能更好、更真实动人地将对象表现出来，而不是方法本身。目的和方法是胶结着的。如果人们承认阿Q是一个中国农民的典型，那么，也不能不承认表现阿Q这个典型的艺术手段同样具有中国的特征。而事实也正是这样。鲁迅用夹叙夹议，一面介绍、一面批评，嘲讽中带着同情的手法描写了阿Q。这是经过作者吸收和改造的中国古典小说的传统手法，是《儒林外史》的手法，是《西游记》里描写猪八戒、有时也用来描写孙行者的手法。不过作者根据阿Q这个人物和辛亥革命前后的社会生活创造性地运用了它。鲁迅加速了小说民族化的进程。鲁迅之后，从30年代到40年代，由于生活变化而改变其原来的欧化手段的，为数不少。欧阳山的小说，由《七年忌》《生底烦扰》到《高干大》；何其芳的散文，由《画梦录》《刻意集》到《星火集》；柯仲平的诗，由《海夜歌声》《风火山》到《边区自卫军》，都有鲜明的可供追寻的踪迹。我并不认为《高干大》《星火集》《边区自卫军》是民族化作品的范例，而是认为，曾经在作家身上起过作用的西方思潮和外来形式的影响，在新的生活条件下的确已经渐渐地褪去，渐渐地淡却了。

不过这也不等于说，原来受到重视的西方思潮和外来形式从此被抛弃，被消弭了，不，它们存在着，它们已经被吸收，被溶化，成为新的机体的一部分。正如中国古代文学艺术历史上有过的经验一样，外来的东西在新的生活条件下终于成为民族的东西，文学如《华严》《维摩》《佛本行赞》，音乐如龟兹乐、天竺乐、高丽乐，还有吴道子、王维的画，杨惠之的雕塑，无不曾是外来艺术或者受了外来艺术很大的影响。虽然无支祁是不是孙行者的祖宗还有若干争论，但日本俳句已经溶入“五四”小诗，而胡琴更是不折不扣地成为中国民族音乐重要的部分，二胡京胡，独奏合奏，受到了普遍的应用与欢迎，早已没有任何人表示怀疑了。

关键就在于“化”，在于同新的生活、新的表现对象相结合。

西方思潮和外来形式，就其原来的情形而言，各有它本身发生、发展乃至被取代的历史。欧洲文艺复兴以来，从古典主义、浪漫主义、自然主义、现实主义、象征主义到现代派的表现主义、印象主义、未来主义、达达派、构成派、立体派等等，此起彼落，变化剧烈。浪漫主义之后又有新浪漫主义，现实主义之后又有新现实主义。但凡一种思潮的产生，仔细分析起来，都有其所以兴、所以衰的社会原由，前因后果，脉络分明，都有线索或规律可循。我们如果不顾一切，既不问其诞生的社会条件，又不给以成长的适宜土壤，拦腰截来，盲目应用，这种思潮或者形式脱离原来的环境，失去依附，像游魂一样随处飘荡，那就不但没有一点活气，不能给人以新鲜感，也无法同其他国家的民族形式结合，输出新的养料了。

一提到民族形式，我想在这里对当时“民族形式”问题的争论说几句话。有人认为 40 年代现代文学民族风格的发扬与进展，和这个争论的鼓吹有关，我觉得应当历史地加以考察与分析。民族形式问题的提出，一方面是 30 年代文艺大众化和利用旧形式的讨论之继续；另一方面，又是新的历史条件和新的生活环境下必然的产物。作家们感到文学创作表现方法同表现对象之间的隔阂，也感到创作成果同读者对象之间的隔阂，开始了新的追求与探索。作家的感觉同时也是评论家的感觉。因此，前者的探索和后者的讨论同在一个背景下产生，可能互相促进，而不存在谁促进谁的问题。争论头绪纷繁，概念也比较模糊，譬如过分纠缠于“中心源泉”（所谓民间形式是民族形式的“中心源泉”）的驳难，客观上反而造成以民间替代民族的声势；过分热衷于旧形式的利用（所谓“旧瓶装新酒”），同样存在着以形式削弱内容的嫌疑。我不否认形式有相对的独立性，但作为一件艺术品，它的内容和形式则是浑然的一体，绝不是酒和瓶的关系，虽然后来有人指出不是旧瓶而是旧皮囊，成语乃系《新约·马太福音》的误译，几经解释，也无非是一个过了时的笑话而已。

不过作家们的探索是认真的、具体的，他们从自己的创作实践出发，深知艺术形式的重要，但艺术形式不等于民族风格，后者要复杂得多。风格也不只是外表的东西，还包含着内在的思想感情；不仅仅存在于传统的文献作品里，还蕴蓄在人民生活的汪洋大海中，生活方式，文娱爱好，道德品质，风俗习惯，在在都是构成风格的因素。因此，他们追求与探索的最后结论是：

到生活里去！

五

然则，什么又是中国现代文学应当继承和发扬的我们长期以来艺术地形成的民族风格呢？

一个民族的文学具有自己的风格，正如一个作家具有自己的风格一样，都是走向成熟的标志。形成这种风格的因素是多方面的，重要的如我前面所说，是社会生活，是历史和环境的条件。歌德十分赞赏中国作品的民族风格，他读过《好逑传》《玉娇李》《花笺记》等小说，欣赏元剧《赵氏孤儿》，还亲自译过两首宫闱诗，这些都不是第一流作品。但他讲起来津津有味。根据爱克曼的《歌德谈话录》记载，歌德认为在中国小说里，人和大自然是生活在一起的，他从金鱼、鸟、室内陈设、白天阳光一直谈到夜晚的月亮，一种有节制的生活使他印象深刻。他对月亮谈了许多。我不知道为什么外国作家那么注意中国作品里的月亮，有个日本作家专门研究鲁迅作品里的月光，写了许多有趣的文章。歌德称赞中国人平易近人，性格纯洁，合乎道德，没有强烈的情欲和飞腾动荡的诗兴，至少小说里表现出来的是这样，而且文笔干净，结构集中。读到这些，使我想起鲁迅的话，鲁迅说：“我力避行文的唠叨，只要觉得够将意思传给别人了，就宁可什么陪衬拖带也没有。中国旧戏上，没有背景，新年卖给孩子看的花纸上，只有主要的几个人（但现在的花纸却多有背景了），我深信对于我的目的，这方法是适宜的，所以我不去描写风月，对话也决不说到一大篇。”鲁迅在这里说的是自己的艺术方法，但他举出中国的旧戏，新年卖给孩子看的花纸，一个是戏，一个是画，指的也不是生活中的偶然举措，而是艺术欣赏的传统风习与共同兴趣，和歌德的话印证起来，有的是气质和习惯问题，我想，这些大概是属于民族风格的范围了吧！

那时爱好中国文学的不只德国人，人们读的多是英、法文译本；在德国人中爱好中国文学的也不只歌德，席勒就改编过剧本《杜朗多——中国的公主》。可惜那是阿拉伯故事，和中国不相干。席勒追求中国风格，他在改编时竭力加强中国色彩，增进中国情调，他用中国人相信的“天”代替阿拉伯的神祇，用中国古代神话里伏羲代替老百姓信仰的佛教始祖——释迦牟尼，因为释迦牟尼不是中国人。我说的是1801年的事情。180年过去了。从歌德、席勒开始，人们用各种想象描绘中国，用他们能够接触到的文物古书总结中国艺术的特色，发掘民族风格。他们有的做得很好，很成功；有的还正在尝试。这些年来，有人夸奖临潼秦陵的兵马俑，恢弘奇伟，有人欣赏故宫画苑的绢扇画，精工细密，有人称唐诗想象丰富，有人赞元人小令意境深远，或说中国的小说长于白描，线条柔和，又有人争议说主要是传神，因此艺术形式多用象征手法：文人的写意画，舞台上的一条鞭子，四个大兵，还有孙行者一个筋斗翻到十万八千里。各抒所见，言人人殊。我以为这并不奇怪。一个国家有这么长的历史，这么多五花八门的艺术，几句话又怎么概括得了、约束得住呢？我在这里想要提醒的是，现代文学在转了一阵圈子之后，终于摆脱和溶化了外国的影响，各就各位，重又回到经过改造和开拓的传统基础上，形成了新的民族风格。

我们还是从鲁迅谈起，并且用他的话来做引子吧。因为接受外国作家影响开始写现代白话小说的，他是第一人；而脱离外国作家影响立志推动民族风格的，他也是第一人。鲁迅是中国现代文学奠基人。有趣的是，从他开始，已经在为中国现代文学形成新的民族风格而努力了。他回忆当初写小说的情形说：“以后虽然脱离了外国作家的影响，技巧稍为圆熟，刻画也稍加深切，如《肥皂》《离婚》等，但一面也减少了热情，不为读者所注意了。”鲁迅承认《狂人日记》里有果戈理、尼采的影子，《药》的结束也分明留着“安特莱夫式的阴冷”；至于脱离外国作家影响之后的作品，他举了《肥皂》《离婚》，优点呢，只说技巧的圆熟和刻画的深切，没有涉及我们想要探索的艺术传统上的民族风格的特点。

现在试就这个问题谈一点我个人的意见：

我觉得民族风格的第一个特点是风俗画——作品所反映的具有中国特色的社会生活：风土人情，世态习俗，也就是历来强调的采风的内涵。文学作品要表现社会生活，也要表现社会情绪，离不开富有民族色彩的风土人情，世态习俗。鲁迅小说描写这些，非常出色。且就上面提到的几篇为例，《药》和《狂人日记》各以巧妙的构思，组成触目惊心的故事：前者写一个肺病患者，由于无知，竟然吃了为拯救平民而被处死的革命者的血；后者写狂人语言，真理和废话交织，处处发人深思。政治在作品里只是伏流，然而感情强烈，字里行间可以听到作家心底的呼声。这种写法，我以为基本上还是外来的，如鲁迅自己所说，因为“表现的深切和格式的特别”，颇激动了一部分青年读者的心；《肥皂》和《离婚》就不同了，从政治转到社会，写了更多的日常生活，风土人情，世态习俗，莫不跃然纸上。《肥皂》里四太太糊纸锭，学程练八卦拳，四铭一面要结移风文社，一面想着买两块肥皂将那个讨饭姑娘“咯支咯支遍身洗一洗”，还有登报的题目太长，何道统大叫：“我算过了，还无须乎加广告费。”绘声绘色，简直将人物的精神面貌都写出来了。鲁迅之外，中国描写风土人情最出色的作家是老舍，他的第一个长篇《老张的哲学》，就被鲁迅称为“地方色彩浓厚”。这位自称受过狄更斯、康拉德影响的作家，专门描写城市下层人民的生活，地点在北京，主人公多半是唱戏的、当巡警的、拉洋车的、吃皇粮的、游手好闲的，老舍非常熟悉他们，也熟悉他们请安、作揖、赔笑脸、玩鸟儿、斗蛐蛐这一套生活。无论是描写洋车夫的《骆驼祥子》，还是描写巡警的《我这一辈子》，小说都是具有民族风格的中国城市下层社会生活的写照，这一艺术特点贯串在老舍所有的作品里，而以写于30年代后期和40年代的几部最为突出，显然是作者在特定历史条件下有意渲染的结果。《我这一辈子》头几节写学徒生活—— 一种流行于北方的裱糊匠的学徒生活，这个行当联系华北地区的风俗习惯；婚丧庆吊，繁文缛节。伺候鬼神的有“烧活”，伺候活人的有“白活”；“烧活”又分老死的，夭死的，害月子病死的，有各种名堂，有各样糊法。小说的深刻意义在于：作家从物质写到精神，从环境写到性格，从社会生活写到人物命运，由表及里，丝丝入扣。因为学徒生活“一半学手艺，一半学规矩”，“规矩就是委屈。当徒弟的得晚睡早起，得听一切人的指挥与使遣，得低三下四的伺候人，饥寒劳苦都得高高兴兴的受着，有眼泪往肚子里咽。……能挺过这么三年，顶倔强的人也得软了，顶软和的人也得硬了”。作家的确把旧社会的学徒生活写活了。最后，谁也不明白到底是怎么回事，这个年轻，漂亮，做事麻利，打扮入时的小伙子，他的老婆跟一个比他丑、比他黑，和他一样没有钱的男人跑了。他自己改行当了巡警。乍听起来不合情理，可是事实一点儿不假。我们的主人公说："我的精明与和气给我带来背运。"事实呢，作家从字里行间暗示：三年学徒生活练成的他的性格，鬼机灵儿、忍气吞声（也叫精明与和气），那种八面玲珑的性格，给他带来背运，决定了他的生活道路与悲剧结果。

老舍写的不只是社会某一部分人的生活与习惯，同时也写了他们的心理与情绪，他描绘的是过去年代里的整个社会。同样的例子还见于40年代执笔的《四世同堂》第一部《惶惑》第二节。祁家趁长孙瑞宣结婚，把房子全部翻修一下。祁老人做过60正寿，决定退休以后，他的劳作便都放在美化这所院子上。在南墙根逐渐种上秋海棠、玉簪花、虎耳草；院子中间四盆石榴，两盆夹竹桃；还在南房前种了两株枣树，一株结的大白枣，一株结的甜酸的"莲蓬子儿"。四代人住进了各自的房位，分配停当，小说接着写道：

> 当初，在他买过这所房子来的时候，他须把东屋和南屋都租出去，才能显着院内不太空虚；今天，他自己的儿孙都快住不下了。屋子都住满了自家的人，老者的心里也就充满了欢喜。他象一株老树，在院子里生满了枝条，每一条枝上的花叶都是由他生出去的！

院子里种满花果是北京人——尤其是旗人的爱好，小说写的一花一木都是真实的，富于地方色彩。值得称道的是作家的艺术手腕，即景生情，从花到人，将含有传统思想特点的祁老人，不，将所有老一辈中国人的喜欢子孙满堂、聚族而居的内心世界形象地传达了出来。作家写的是民族的习惯风俗，同时也是民族的心理情绪，整个气氛和社会生活胶结在一起，形成了鲜明的民族风格。40年代许多作家写了这样的作品，而老舍是最为杰出的一个。

我觉得民族风格的第二个特点是含蓄——善于运用比兴，引人遐想，中国传统美学的一个要义就是含蓄，每个读者都有自己的经历，都可根据不同的经历对作品作丰富的联想。艺术创作应当留有余地，让读者自己去思索，去想象，不必急急忙忙地将结论硬塞给读者，只要调动他们的想象力就够了。现代作家继承古典小说的传统，善于用暗示的写法：鲁迅在《明天》里不写"单四嫂子竟没有做到看见儿子的梦"，但他作了暗示，小说这样写："单四嫂子早睡着了，老拱们也走了，咸亨也关上门了。这时的鲁镇，便完全落在寂静里。只有那暗夜为想变成明天，却仍在这寂静里奔波；另有几条狗，也躲在暗地里呜呜的叫。"一切都静止阒寂了。作家没有直接描写单四嫂子的梦境，只说暗夜为想变成明天，仍在寂静中奔波，他让读者看到一个希望：明天终于要到来的。由含蓄而衍化的中国传统的“意在言外”“余音袅袅”的艺术表现手法，在现代文学创作中得到了充分的成功的运用。

这个特点到40年代有了深广的发展。许多作家以轻盈的文字，写战斗的生活，落笔简朴，寓意深远，其中最富民族风格的是孙犁。孙犁的小说专写生活，故事大都简单，而生活却十分新鲜，仿佛刚从枝头采下的花朵一样含露欲滴。试举《荷花淀》为例：

> 月亮升起来，院子里凉爽得很，干净得很，白天破好的苇眉子潮润润的，正好编席。女人坐在小院当中，手指上缠绞着柔滑修长的苇眉子。苇眉子又薄又细，在她怀里跳跃着。

读到这段描写，不由人不想起鲁迅小说《风波》的开场。而苇眉子在怀里跳跃，活活地描出了女人编席时手指的轻巧和动作的灵活，确是神来之笔。至于《芦花荡》收束处的“他狠狠地敲打，向着苇塘望了一眼。在那里，鲜嫩的芦花，一片展开的紫色的丝绒，正在迎风飘撒”。或者《吴召儿》第二段末的“下课回来，走过那条小河，我听到了只有在阜平才能听见的那紧张激动的水流的声响，听到在这山草衰白、柿叶霜红的山地，还没有飞走的一只黄鹂的叫唤”。则又分明留下《明天》似的耐人寻味、发人深思的饶有意义的结尾。不过我说孙犁小说具有民族风格的特点，指的还不是这些细节描写，而是说整个创作的思想意境与艺术情趣。他善于写老人们闲话，夫妻间对语，小儿女相互斗嘴，相互打趣，笔致飘逸，含情脉脉，读来清新自然，不事雕琢，但在这些受人赞扬的诗情画意后面，却蕴藏着代表中国人民几千年来一脉相承的坚贞刚强的民族气质与民族性格，这在许多人物形象——尤其是妇女形象如吴召儿（《吴召儿》）、秀梅（《光荣》）、水生女人（《荷花淀》）、浅花（《“藏”》）等身上都有隐约而又可感的体现，这正是孙犁风格中以含蓄出之的独创性的民族特点。不提这个，便失去了孙犁，不提这个，无异于将孙犁的诗一样的小说和元人小令、明人小品等量齐观，缩小了它在40年代出现的意义，也抹煞了民族风格在新的历史条件和新的生活条件下的创造性的发展。

我觉得民族风格的第三个特点是传神——语言精炼，表现集中，通过外在活动反映内心世界，寥寥几笔便勾出了人物的灵魂。中国传统美学强调传神，也许这就是歌德的所谓集中吧。晋朝顾恺之是个画家，相传他为裴楷画像，最后在颊上添了三根毫毛，立刻显得神情毕肖；他在为人画像的时候，把力气全用在眼睛上，说是四体妍媸，无关宏旨，“传神写照，正在阿堵（这个）中”。以后文人画家，都以“传神”作为描写的最高目的。鲁迅在《肥皂》中写四铭要儿子学程查英文口语发音“阿尔特肤尔”（old fool）的意义，学程捧着字典，手足无措，四铭断定那是一句坏话，转脸对学程说：“你只要在‘坏话类’里去查去！”据四铭看来，一切英文字典，都像他所理解的中国类书一样，而且分成了“好话类”和“坏话类”。只这一句，便将四铭的身份、阅历、识见统统暴露出来，落墨不多，却画活了人物的眼睛，勾动了人物的灵魂，栩栩如生。

这个传统受到作家广泛的重视和运用，也是40年代中期的事情。其中取得较大成果的是赵树理。赵树理向曲艺吸取养料，用评书方式写作，从不追求生僻的土话，只用普通的群众语言，力求口语化。这点很和鲁迅相似。鲁迅也用绍兴话写作，却大都是并不难懂的普通化了的口语。他称道方言土话里的“炼话”，认为经过提炼，“意味深长”，用起来很有意思。赵树理的小说，常有提炼得足以传神的语言，虽非鲁迅所说的“炼话”，却也相当精彩，小说如《小二黑结婚》《李有才板话》《传家宝》和《李家庄的变迁》，都可以从中举出例子来。赵树理创作的一个鲜明的民族特点是：故事进展迂缓，慢慢道来，语言运用生动，含意双关。例如《李有才板话》第七节写县农会主席老杨同志在老槐树底和几个“小”字辈谈话，村长刘广聚奉地主阎恒元之命，前来笼络老杨同志，小说有一段出色的描写：

> 他一走过来，大家什么都不说了。他向老杨同志道：“杨同志！咱们回村公所去吧！”老杨同志道：“好，你且回去，我还要跟他们谈谈。”广聚道：“跟他们这些人能谈个什么？咱们还是回公所去歇歇吧！”老杨同志见他瞧不起大家，又想碰他几句，便半软半硬的发话道：“跟他们谈话就是我的工作，你要有什么话等我闲了再谈吧！”

两句话实在说得好，可以看出作家匠心的安排：“跟他们谈话就是我的工作”，说明了此来的任务，已足使广聚大吃一惊，再补上“你要有什么话等我闲了再谈吧！”村长的汇报闲了再谈，不仅贬低广聚的地位，使当官的比群众低了一头，实际上也否定了他的汇报，说明在老杨同志心中，汇报早已是无足轻重的事情了。赵树理用的是普通语言，读起来却闪闪发光。两句话描绘老杨同志的心理活动：他表达了自己和刘广聚的关系，借此改变了群众和自己的关系，步步深入，令人信服。刘广聚在场，大家都不开口，小说接下去写：

> 老杨同志见他不走开大家不敢说话，已猜着大家是被他压迫怕了，想赶他走开，便向他道："你还等谁？"他呶呶唧唧道："不等谁了！"说着就溜走了。老杨同志等他走了十几步远，故意向大家道："没有见过这种村长！农救会的人到村里，不跟农民谈话，难道跟你村长去谈？"……

其实农救会的人跟村长去谈的多着哩。说是"难道"，这是老杨同志的故意表白，然而这却是群众的愿望与理想，他们终于得出了结论："老杨同志真是自己人。"小说不用直接或者间接的描写，只是通过人物语言——简单的几句对话，将各人不同的精神面貌传达出来。《小二黑结婚》里写二诸葛的卜课，三仙姑面对"看看！四十五了""看那裤腿""看那鞋"时的神态，《传家宝》里李成娘的心病话等等，都是这样。以及稍后继起于山西的一群作家，也都以其擅长的文学语言，发扬了民族风格中善于传神的艺术特点。

中国现代文学的民族风格当然不止这些，但我以为，从"五四"——特别是40年代以后的创作分析起来，这是三个比较重要的方面。

六

历史的发展规律告诉我们：一个国家的文学，民族特色愈鲜明，就愈是有国际性。鲁迅1934年在给一个青年木刻家的信里说："现在的文学也一样，有地方色彩的，倒容易成为世界的，即为别国所注意。"这对现代文学的发展历程是一个很大的鼓励。我们要继续吸收外国文学的精华，以发挥自己民族的特性，和以往的历史相比，今天的文学就更加是这样。

中国吸收西洋思潮和外来影响的门户是敞开的，而且必须敞开，应该敞开。作为20世纪的中国现代文学，唯我独尊是可笑的，墨守成规也一样行不通。我们必须了解世界上已经发生和正在发生的一切。就个人说，我是赞成现实主义的，但不是那种鼠目寸光、猥琐庸俗的现实主义。现实主义需要发展，需要吸收新的血液，不断壮大自己。我以为作家们应当注意两点：第一，必须从生活出发，从描写对象出发，选择最适合于生活和描写对象的方法；第二，必须了解西方文艺思潮——古典主义、浪漫主义、自然主义、现实主义、象征主义、表现主义，以至新浪漫主义、新现实主义的产生条件和发展规律，才不致拦腰截取，乱套滥用。艺术的交流是重要的。我们有句常说的话：青牛西去，白马东来。前者是说老子骑青牛出函谷关，将《道德经》带往西方，后者指汉明帝时，用白马将佛经从西域驮来洛阳。这是文化交流最早的例子。就文学说，过去接受俄国和东、北欧的影响多一些，接受英、美的影响相对地说少一些。1926 年，美国记者勃德兰（K. M. Bartlett）曾向鲁迅提出这个问题，鲁迅说：这是因为两国的社会相似，经济和文化都有一种不期而然的关系。有人认为，中国人太严肃了，不幽默，不能接受英、美比较幽默的文学。我想不是。史沫特莱（A. Smedley）有一次对毛泽东说，她听过许多人唱国际歌，中国人和欧洲人不一样，中国人唱起来悲哀一些。毛泽东回答说，近代中国人的经历是受压迫的经历，所以他们比较喜欢读古典文学中悲哀的作品。确是这样。我们这个民族承受的苦难太多了，太沉重了，我们的人民毫不畏缩、义无反顾地肩负起来，再大的痛苦也担承着。我们没有眼泪，我们不哭！但是，说实在话，在这样的环境里，我们也的确笑不出来！所以鲁迅说：中国无幽默。

现在，噩梦一样的日子过去了！我们的生活已经改变，这是一个翻天覆地的改变，不同于以往任何一次的伟大的变化，现代文学可以而且应当发挥更大的作用！我们有许多事情要做。我们的国家正在建设社会主义四个现代化，文学必须成为真正的文学，成为既无愧于我们民族的伟大传统，又能对今天的世界作出一份重要贡献的中国人民的文学。

1982 年 5 月写于北京

1982 年 11 月改定

注释：

* 这是作者 1982 年 7 月参加在英国剑桥召开的第 28 届欧洲汉学会议的专题论文。第一次发表。发表时，由作者对后半篇作了较大的修改与补充。

（1982 年第 6 期）

浅论自然美

——学习马克思《1844年经济学—哲学手稿》的体会

蒋孔阳

陶渊明说："久在樊笼里，复得返自然。"[①]杜甫说："我生性放诞，雅欲逃自然。"[②]这说明了诗人们对自然的美，是多么向往！席勒曾从理论上指明了诗人与自然之间的亲密关系。他说：人对于自然，总是充满了爱与尊敬的感情。一个具有优美感情的人，只要他在明朗的天空下散散步，就能够体会到这一点。至于诗人，那更是一直从自然那儿得到灵感的。"即使在现在，自然仍然是燃烧和温暖诗人灵魂的唯一火焰。"[③]随着人类文明的发展，人类愈来愈从物质的束缚中解放出来，愈来愈能以自由的个性面对自然，因而对于自然美的追求，也就愈来愈炽烈，愈来愈普遍。

那么，什么是自然美呢？一般有两种讲法：一种是指与艺术美相对称的美，把社会生活与大自然界的美，统称为自然美。另一种则把社会美划了出来，单指大自然界的美，如像云光霞彩、高山大海、小桥流水、珠玉贝壳、花草鸟兽等等的美。本文所谈的自然美，指的就是后一种大自然界的美。大自然界早在人类社会以前，就已经存在；大自然界的种种形态和变化，例如泰山的日出，钱塘江上的海潮，都是既不以人的意志为转移，也与人类社会无关的。那么，大自然界的美呢？是不是也不以人的意志为转移，也与人类社会无关呢？对于这个问题，随着对于美的本质的不同理解，我国美学界不仅一直存在着争论，而且成为争论的症结和关键。最近几年来，随着对马克思《1844年经济学—哲学手稿》的学习，这一争论，并没有得到解决，但是更为深化、更为深入了。大致说来，主要的有两派意见。

第一种意见，认为马克思"劳动创造了美"这一个命题，既适用于社会美、艺术美，也适用于自然美。自然美也是人类劳动的实践创造的。天生自在的生野的自然，还没有和人发生审美关系，因而无所谓美不美。只有和人发生了关系的自然，也就是"人化的自然"，才能成为审美的对象。例如红颜色，这只是一种自然现象，既不能说美，也不能说不美。可是，当红颜色和人发生了关系，我们说红彤彤的、红艳艳的，这就是一种审美的评价了。至于诗人所描写的“桃花乱落如红雨”“绿窗红泪冷涓涓”等中的“红雨”“红泪”，那更是充满了诗人的感情，更是美的了。因此，自然美也是人类在劳动实践过程中，当人与自然发生了审美关系的时候，然后才产生出来的。当然，这样说，并不是指自然美都是人用体力劳动去一个一个地创造出来，而只是说人类在劳动实践的历史过程中，创造了人类自己，同时也创造了“人化的自然”。当人与自然的关系不断地变化，发展到自然能与人发生审美关系的时候，自然美也就诞生了出来。

第二种意见，认为自然既然是独立于人类社会之外，不是人类社会的劳动实践所创造的，因而作为自然本身的属性的自然美，也应当是独立于人类社会之外，也不是人类的劳动实践所创造的。日月星辰的美，金银的美，都在于它们本身的自然的光芒。有人去观赏它们，它们是美的；无人去观赏它们，它们也是美的。它们的美不美，与人类的劳动无关。北极光、冰川瀑布、四川的九寨沟等等，早在人类之前就已经存在，又有谁去创造它们的美？人类的劳动，不仅不能创造自然的美，而且常常破坏自然的美。云南滇池的填海造田运动，花了大量的劳动，田没有造起来，但滇池的自然美却的确受到了破坏。一些原始的朴素的自然风景，一旦通了公路和铁路，它们的美也就随即遭到了破坏。一些西方资产阶级的美学家，就因此认为现代的工业化与艺术化是相互矛盾的。现代劳动技术的进步，是艺术和美的退步。

以上两派意见：自然美离不开人，是人类劳动实践的创造；与自然美不依赖于人，不是人类劳动实践的创造；我认为都有一定的道理，不必作最后的结论。第二派意见，使我们注意到自然美不同于社会美和艺术美，自然美之所以为自然美，在于它离不开自然，离不开自然本身的自然属性。而第一派意见，则使我们注意到美，包括自然美在内，是人的一种自我实现，人的一种自我创造。因此，我们不能离开人来谈自然美。自然美固然有其本身的自然性的特点，但也仍然是社会历史的产物，仍然具有社会性。把两派意见综合起来，我认为自然美是自然物的自然属性与人类的社会属性的统一，是自然的感性形式与社会的生活——思想内容的统一。在这一统一中，无疑的，人是主动的积极的因素。因此，总的来说，我还是倾向于第一派意见的。现在，我把我的理由，申述如下：

第一，我们在探讨自然美的时候，应当把自然与自然美区别开来。自然作为一种客观的物质存在，不仅早在人类以前就存在了，而且人类本身也是自然的产物。马克思说：“历史本身是自然史的一个现实的部分，是自然界生成为人这一过程的一个现实的部分。”[④]可是，自然美却不同了。自然的美是在人与自然的关系中产生出来的。在人还没有与自然发生关系以前，自然是自在的，因而是无法说明它自己的美的。只有自然和人发生了一定关系，自然对人才有美的价值。主张自然美在于自然物本身的自然属性的蔡仪同志，引了马克思《政治经济学批判》第二章中下面的一段话：

> 金银不只是消极意义上的剩余的、即没有也过得去的东西，而且它们的美学属性使它们成为满足奢侈、装饰、华丽、炫耀等需要的天然材料，总之，成为剩余和财富的积极形式。它们可以说表现为从地下世界发掘出来的天然光芒，银反射出一切光线的自然的混合，金则专门反射出最强的色彩红色。而色彩的感觉是一般美感中最大众化的形式。⑤

引了这段话后，蔡仪同志说：

> 按照马克思原话的意思，所谓金银的审美属性，很明显地就是指金银作为自然矿物的“天然的光芒”色彩。⑥

这里，蔡仪同志把金银的光芒色彩，当成了自然美可以离开人、离开人类劳动实践的根据。我认为这样看，就是混淆了自然与自然美，混淆了金银的光芒与金银的审美属性。首先，不论是“美学属性”或“审美属性”，都应当有一个主体。自然的光芒既然是自然光线的反映，它与审美主体并不具有必然的联系。仅仅有自然的光芒就能说是美的吗？我们从自然的光芒中可以分析出光线的色素，但能从自然的光芒中分析出美的属性吗？有光芒的东西，不限于金银，但能说有光芒的东西都是美的吗？同样有光芒的东西，当它和人发生不同的关系的时候，它在这一种情况下是美的，在另一种情况下却是丑的。例如火，是有光芒的，而且一般说都是美的，但发生火灾的时候，尼禄放火烧罗马、希特勒放火烧国会大厦的时候，你能说是美的吗？因此，自然物的美，不在于自然物本身，而在于它与人的关系。其次，马克思说：“这些物，即金和银，一从地底下出来，就是一切人类劳动的直接化身。”⑦因此，金银当其还埋藏在地下，只是作为自然物而存在的时候，它只是金银，再不是其他。当它成为货币，具有了使用价值和交换价值；当它成为装饰品，具有了审美的形式；这时，它都已经和人发生了关系，都是人类劳动实践的结果。这一点，马克思讲得很清楚：“随着贮藏的直接形式，发展着它的审美的形式，即金银作为奢侈品的占有。”⑧金银本身不会“贮藏”，也不会“发展”，因此，金银的“审美的形式”，是随着人类社会的发展而发展起来的。事实上，金银作为自然物的存在，并不比铜铁晚，但金银的审美形式，却要比铜铁出现得晚得多。这里的原因，当然不在金银本身，而在人类社会。

与金银同样能发出光芒来的，是宝石。朱狄同志曾从国外一本科普读物上，引过下面一段话，说：

> 宝石装饰品的闪光是由于光线被它的坚硬的镜状表面的外面和内面反射而产生。从地里采来的宝石石块一般看上去是发暗和粗糙的。经过切削和磨光之后，它们才发闪光，象内部燃着火似的。一颗切削过的宝石的人造晶面，或名“刻面”与天然的晶面不相同。[⑨]

这个例子，说明了几个问题：（1）宝石的闪光，并不是单纯地由宝石本身构成的，它本身的结构形式与外面的光线相结合，然后才闪光，才可能美。因而孤立地把自然美归属于某一自然物本身的属性，这是片面的。（2）宝石要经过人的加工，然后才成为宝石。一方面，宝石固然必须有它成为宝石的自然属性和自然条件，但它之所以成为宝石，这和人类的劳动分不开。（3）我们要和宝石发生审美关系之后，宝石才会美。“宝”字是对我们人而言的。珠宝商人虽然也认识到宝石之所以为“宝”，但因为他只看到宝石的商业价值，只和宝石发生商业关系，因此看不到宝石的美。

这一事实，还使我想起了中国的“和氏璧”。《韩非子·和氏篇》说：

> 楚人和氏得玉璞楚山中，奉而献之厉王。厉王使玉人相之。玉人曰：石也。王以和为诳，而刖其左足。及厉王薨，武王即位，和又奉其璞而献之武王。武王使玉人相之，又曰石也。王又以和为诳，而刖其右足。武王薨，文王即位，和乃抱其璞，而哭于楚山之下，三日三夜，泣尽而继之以血。王闻之，使人问其故。曰：天下刖者多矣，子奚哭之悲也？和曰：吾非悲刖也，悲夫宝玉而题之以石，贞士而名之以诳，此吾所以悲也。王乃使玉人理其璞，而得宝焉。遂命曰和氏之璧。

这个大家都熟悉的故事，非常生动地说明了自然的美，虽然与客观的自然物质分不开，但如果没有人类的劳动，仍然不能成为美。美本身不是一种物质的属性，并不天生自在地存在在自然物之中，因此，并不是任何人都能欣赏自然美。和氏璧当它没有成为璧，还处于璞的纯粹自然状态的时候，不仅一般人不能发现它的美，就是专门治玉的玉人也不能发现它的美。必须经过人的劳动、加工，它的美才能充分地表现出来，从而为人们所公认。但是有人会说，当和氏璧还是璞的时候，它的美虽然很少有人认识，但却是客观地存在于璞的当中。为了说明这个问题，我们想再进一步谈谈自然美本身的历史发展问题。

第二，自然和自然美，都不是永恒不变的，它们都有一个历史发展的过程。那也就是说，自然美不单纯是一个能不能欣赏和认识的问题，它本身就是人类发展的历史产物。经过了漫长的历史发展，自然界才成为人类的审美对象。马克思和恩格斯说：

> 自然界起初是作为一种完全异己的、有无限威力的和不可制服的力量与人们对立的，人们对它的关系完全象动物同它的关系一样，人们就象牲畜一样服从它的权力，因而，这是对自然界的一种纯粹动物式的意识。[⑩]

一些人类学家、考古学家和艺术史家，都用大量的事实，证明了马克思和恩格斯的这一论断。因此，没有经过人类劳动开发过的自然，还只是“生野的自然”，还不是人类审美的对象，还谈不上美。只有通过劳动实践，人和自然发生了关系，这时，人改造自然，“实际创造一个对象世界，改造无机的自然界，这是人作为有意识的类的存在物的自我确证”[⑪]。只有这时，人才和自然发生审美关系，自然成为人的自我确证、自我反映和自我观照，因而自然也才成为人的审美对象。马克思说：

> 通过这种生产，自然界才表现为他的创造物和他的现实性。因此，劳动的对象是人的类的生活的对象化。[⑫]

只有这种人的生活对象化了的自然，人才能“在他所创造的世界中直观自身”。事实上，马克思和恩格斯从来没有离开人来谈自然。与人不发生关系的、那种纯粹的、抽象的、绝对的、亘古不变的自然，他们从来不谈。

> 在人类历史中亦即在人类社会的诞生活动中变成的自然才是实在的人的自然；因此，通过工业变成的自然，尽管具有异化的形式，才是真正的人类学的自然。[⑬]

> 只有在社会里，自然才作为人自己的人性的存在的基础而存在。只有在社会里，对人原是他的自然的存在才变成他的人性的存在，自然对于它就成了人。[14]

这样，自然本身是因为与人发生关系，才对人取得存在的现实意义；那么，自然的美更必须和人发生关系，然后才能取得存在的现实意义。例如樱桃，马克思、恩格斯说：

> 樱桃树和几乎所有的果树一样，只是在数世纪以前依靠商业的结果才在我们这个地区出现。由此可见，樱桃树只是依靠一定的社会在一定时期的这种活动才为费尔巴哈的“可靠的感性”所感知。[15]

既然人对樱桃树的栽培离不开一定的社会历史时期，难道樱桃树的美能够离开一定的社会历史时期吗？从常识上来看，自然美看起来好像就在自然事物本身之中，就是自然事物的自然属性。但是，恩格斯早就指出过：“常识在它自己的日常活动范围内虽然是极可尊敬的东西，但它一跨入广阔的研究领域，就会遇到最惊人的变化。”[16]因为自然本身并不是上帝所创造的那么一个永恒的、对人没有回响和反应的东西。马克思曾谈到动植物的自然性和自然形态，他说：

> 动植物，虽常被人视为是自然生产物，但不仅它的本身也许是前年度劳动的生产物，它们现在的形态又还是许多代人，在人类控制下，以人类劳动为媒介而继续发生变形的生产物。要是特别说劳动手段，那就最浅薄地观察一下，也知道，其中极大多数会指示出过去劳动的痕迹。[17]

所以，事实上，整个大千世界的一草一木，一朵浪花，一块石头，都会有人类“劳动的痕迹”，无不处在和人的关系之中。因此，离开了人，离开了人类劳动的实践，离开了人与自然的审美关系，就没有自然的美。

其次，美虽然是客观的，但却不是具体的物质存在。樱桃我们看得见，摸得到，还可以吃到肚子里去。但樱桃的美呢？既摸不着，也吃不到，只能作为观赏的对象。因此，樱桃的美不存在于樱桃的本身，而只存在于樱桃与人的关系上。这样，它虽然具有审美价值的意义，但却不具有任何物质的实际意义。你要求这样的自然美离开人类社会而存在，那你不是要求把具有审美价值意义的社会现象，还原为死寂的自然物质吗？死寂的自然物质，又有什么美呢？

第三，我们再从作为审美主体的人来看。人也并不是形而上的，永恒不变的，一直是亚当、夏娃的样子。能够欣赏自然美的人，不仅是在劳动实践过程中产生和形成起来的，而且也是在劳动实践过程中发展和变化的。对于这一点，马克思曾经一再加以论证。尤其是马克思关于“无论从理论方面来说还是从实践方面来说，人的本质的对象化都是必要的”那段论述，科学地指明了人—劳动—自然三者之间的关系。通过劳动，人与自然发生了关系，从自然中生成起来，从自然的人变成社会的人。由于变成了社会的人，具有“属人”的感觉，因此，人才能欣赏美。例如音乐，当然，首先必须有音乐，然后才有音乐的美，才能产生人的音乐感。但是，如果人的耳朵还没有成为能够欣赏音乐的耳朵，人的耳朵还缺乏音乐的感受能力，那么，他既不可能创造音乐，他也不能欣赏音乐。再美的音乐，对他都不存在。因此，人能够感受音乐的耳朵以及感受形式美的眼睛，这样一些感受美的能力，都不是凭空掉下来的，都是人类在长期的劳动实践的过程中，在与自然不断地交往中，不断地丰富自己的本质力量，然后才产生和发展起来的。人的本质力量达到多大的程度，他的审美感受能力也达到多大的程度。饥饿的人，他只能像动物一样贪婪地吞咽食物，而不能像人一样地品味食物，欣赏食物的美。忧心忡忡的穷人，对于再美丽的自然风景，也都没有感觉。柳州的风景作为自然现象来说，应该说早已就存在了，但它的美和对于它的美的鉴赏，却待柳宗元的《永州八记》等作品，然后才为世人所普遍知道。为什么柳宗元能在柳州的一个小池塘里、一块小石头上，发见自然的美，而其他许多人却不能呢？同样，为什么对于懂音乐的人，会对贝多芬的交响乐如醉如狂、如痴如梦，而对于不懂音乐的人，却一无所动呢？没有别的原因，这就因为各人的文化修养、艺术修养、性格和情趣，也就是各人的本质力量和感觉能力，各不相同，因而他们对于同样的审美对象，感受也就完全不同了。不仅这样，就是在具有同样感受美的能力的当中，由于各人本质力量的高低大小不同，他们的感受不仅有量的差别，而且还有质的差别。例如同一个西湖，马二先生虽然也知道西湖的美，但他到了那里，除了乱吃一通、看看女人之外，就是用两句与西湖的美毫不相配的话，如什么“载华岳而不重，振河海而不泄，万物载焉”之类的话，来瞎赞一通。可是白居易就不同了。他在《钱塘湖春行》一诗中写道：

孤山寺北贾亭西，水面初平云脚低。
几处早莺争暖树，谁家新燕啄春泥。

乱花渐欲迷人眼，浅草才能没马蹄。

最爱湖东行不足，绿杨荫里白沙堤。

你看，他对西湖早春的美，体会得多么深刻、细致而又敏锐！他描写得又是那样自然、逼真而又引人向往！马二先生与白居易，由于两人的本质力量不同，感受美的能力不同，因而同一个西湖，在他们眼里竟变成了两个西湖。不仅同样的自然美景对不同的人来说，会形成不同的审美关系，因而产生出不同的自然美来。而且同样的自然美景，即使对同一个人来说，也会因这个人不同的境遇，以及他的思想感情和作为人的本质力量的变化，也将会产生出完全不同的审美效果。马克思在《神圣家族》中所分析的《巴黎的秘密》里的玛丽花，就是一个例子。玛丽花因为受骗而沦为妓女，沦为罪犯，但她的天性是善良的，“她总是人性地对待非人的环境”。正因为这样，所以她热爱太阳和花，“因为太阳和花给她揭示了她自己象太阳和花一样纯洁无瑕的天性”[18]。“在大自然的怀抱中，资产阶级生活的锁链脱去了，玛丽花可以自由地表露自己固有的天性，因此她流露出如此蓬勃的生气、如此丰富的感受以及对大自然美的如此合乎人性的欣喜若狂。”[19]但是，后来经过鲁道夫的安排，她受“感化”，接受了基督教。她的人变了，她与大自然的关系立即发生变化，从而她对大自然的美也就采取了完全不同的审美态度。马克思说：

教士已经成功地把玛丽花对于大自然美的纯真的喜爱变成了宗教崇拜。对于她，自然已经被贬为适合神意的、基督教化的自然，被贬为造物。晶莹清澈的太空已经被黜为静止的永恒性的暗淡无光的象征……[20]

那些坚持自然美只在于自然本身的自然属性的同志们，又如何来解释自然美在玛丽花身上所发生的变迁呢？要知道，我们欣赏自然美，并不是单有自然就够了，它还需要有主体，有人。那么，像柳宗元和白居易那样具有高度的审美欣赏能力的人，是不是因为他们是天才因而与众不同呢？我们说，从个别的人来看，可能有某种天生的（生理上的）因素，如气质、性情等；但从整个人类的历史来看，他们的审美欣赏能力，却是人类劳动长期实践的产物。恩格斯在《劳动从猿到人转变过程中的作用》一文中，就以非常确凿的事实，雄辩地论证了：人类是怎样通过劳动实践，创造了自己，创造了美，创造了艺术。他以手为例，说：

> 手不但是劳动的器官，它还是劳动的产物。只是由于劳动，由于经常和日新月异的动作相适应，由于这样所引起的筋肉、韧带以及在更长时间内引起的骨骼的特别发达遗传下来，而且由于这些遗传下来的灵巧在新的愈来愈复杂的动作上不断革新地使用，人的手才达到这样高度的完善，在这个基础上它才能仿佛凭着魔力似的产生拉斐尔的绘画、托尔百德孙的雕刻以及巴加尼尼的音乐。[21]

手如此，其他的人类器官，如眼、耳、脑等等，无不如此。整个人类的感觉能力和思维能力，整个作为审美主体的人，都是劳动的创造。因此，我们说，自然美像社会美和艺术美一样，都是通过人类的劳动实践创造出来的。但是，问题并没有到此为止。还有一个十分重要的问题，那就是审美主体的人和审美客体的自然究竟是怎样发生审美的关系，然后才产生出自然美来？以及在这一关系中，自然界本身究竟占什么地位呢？为了说明这个问题，我们想再谈一点意见。

首先，我们必须承认，劳动首先是为了生活和生存。人和自然的关系，首先是人以自身的活动引起的物质生活的需要，是实用的关系。但随着实用的关系，跟着也就产生了审美的关系。马克思说：

> 人比动物愈具有普遍性，他靠来过活的无机自然界的范围也就愈普遍。在认识领域里，例如植物，动物，矿石，空气，光线之类组成人的意识的一部分，时而作为自然科学的对象，时而作为艺术的对象，它们就组成人的精神方面的无机自然界，即精神食粮。[22]

可见，自然界的万物反映到人们的认识领域里，可以从实用方面来和人发生关系，作为自然科学的对象；也可以从审美方面来和人发生关系，作为人的艺术对象。这实用的方面和审美的方面，像两朵同时开在一棵树上的花，它们都是人类劳动实践过程中的产物。原始人用的石斧，既是实用的，同时也是审美的；原始人的装饰，既是审美的，同时又是实用的。因此，美与善（用），在人类历史的最初阶段，几乎是分不开的。正因为这样，所以古人常用善来解释美，又常用美来解释善。自然的产物，因为它们是有用的，善的，也因而是美的。原始人认为美的东西，几乎无例外的都是对于人类生活有用的东西。至于把自然风景单纯当成审美的对象来加以欣赏，这在原始人类是不可思议的事情。如果原始人看到北极光，一定不会当成自然美来欣赏，而会当作神灵来崇拜。中国古人看到彗星掠过天空，他们就不欣赏彗星所发出的天然的光芒的美，而是当作某种吉凶的征兆来判断。只有当人类的劳动向前发展，劳动有了剩余，人类开始从自然的束缚中解放出来，开始在自然的面前展开人的本质力量，展开人的自由的个性，这时，人才离开实用的观点，用审美的观点来看待自然，专门欣赏自然的美。最初具有这种条件的，不是那些忙于功名富贵的官僚政客，不是那些被庸俗的利益所缠绕的小市民，也不是那些被束缚在泥土上喘不过气来的劳动人民，而是一些基本上解除了生活的压迫，可以从事精神劳动的诗人、画家和具有较高文化修养的知识分子。这些人，具有比较独立的自我意识，能够以自由的态度对待自然，因而他们能够在自然中找到回响，在自然中寄托他们在社会中受到压抑和禁锢的个性和本质力量。于是，就是他们，最初发见了自然的美。中外文学艺术的历史，都证明了这一点。但这不等于说劳动人民不能发见和欣赏自然美，更不能说，自然美与劳动无关，因为知识分子本身就是人类劳动的产物，他们是站在人类劳动成果，也就是整个人类文化的肩膀上，来发见和欣赏自然的美的。

其次，上面我们谈到，现代工业的发展，有些地方阻碍和破坏了自然美。是不是我们因此就可以说，劳动不仅不能创造自然美，反而破坏了自然美呢？对于这个问题，我们也应当从人与自然的关系上，全面地加以理解。现代化在某些地方破坏了原始的古朴的自然美，这是事实，不可否认。但是，另外方面，现代工业却也同时创造了新的自然美。我在《小溪与灯海》[23]一文中，所描写的神户的灯海，不就是一个例子？电视中向我们介绍的北极光、九寨沟等等，如果没有现代工业文明，没有现代的交通工具，我们是不可能发见的。冰川考察队所看见的冰川瀑布，海底考察队所看见的海底奇景，宇宙飞行员所拍摄回来的那环绕着绿色光圈的地球景象……这些，都美极了，都是过去所看不见的奇妙的自然美。因此，现代工业化并不仅仅在破坏自然美，更重要的，是它在日新月异地创造着新的自然美。不仅这样，随着人与自然的关系的不断变化，不断发展，自然美也在不断地变化和发展。原来的荒山会变成果树园，原来并不怎么美的光秃的自然会变成绚丽多姿的自然。公路所通过的地方，有些自然美会受到破坏，但如果好好加以整理和修建，把原来的溪流和瀑布、原来的树木和石头，重新加以布置和美化，不是可以创造出比原来更美的自然美来吗？一些游览胜地，不都是原来的自然美景与现代化的建设相互交织的产品吗？因此，我们不能因为现代化，就把自然美与劳动对立起来。更不能把现代化与美化对立起来。从全局来看，从整个人类劳动发展的历史过程来看，人类的劳动，始终在不断地扩大自然美的范围。

最后，自然美既然是在人与自然的关系中，通过人类的劳动实践，产生和形成起来的，那么，自然本身的性质和特点，特别是作为审美对象的自然物本身的质料、它的内在结构形式和外部形状与面貌，就不是可有可无的，而是构成自然美的物质基础所必不可缺少的条件。正因为这样，所以黄山的美不同于庐山的美，西湖的美不同于太湖的美，大海的美不同于小溪的美，桃花的美不同于梅花的美。各种自然物具有各种不同的自然属性，因而它们就和人构成不同的审美关系，构成各种不同的自然美。离开了自然本身的物质材料，自然美也就不再存在。克罗齐认为美就是直觉，或者抒情的直觉；有了直觉就有了美，与自然的物质材料无关。对于这一点，美国的桑塔耶那，曾经加以反驳说：

> 如果巴特农神庙不是用大理石造成的，如果皇帝的金冠不是用金子造成的，如果星星不是一团团的火，那么，它们将是一些平淡而无味的东西。㉔

我认为桑塔耶那的这一反驳，是完全正确的。离开了自然物的自然属性，离开了自然物本身的质料、形式和外貌，自然美也就不存在了。自然美之所以称为自然美，区别于艺术美和社会美，就因为它离不开自然，它是自然所显示出来的美。正因为这样，所以自然美一方面离不开人，从它的产生和发展来看，是人类劳动实践过程中的产物；但另一方面，我们人类又不能任意地创造自然美，任意地用主观的情趣来解释自然美，或者单纯用社会性来解释自然美。我们应当把自然物的自然属性与人的社会属性统一起来，在人与自然的关系中，来探讨自然美。

注释：

---

① 陶渊明：《归园田居》。

② 杜甫：《寄题江外草堂》。

③ 席勒：《素朴的诗和感伤的诗》，载伍蠡甫、蒋孔阳编《西方文论选》上卷，上海译文出版社 1979 年版，第 489 页。

④⑪⑫ 马克思：《1844 年经济学—哲学手稿》，刘丕坤译，人民出版社 1979 年版，第 82 页，第 51 页，第 51 页。

⑤ 《马克思恩格斯全集》第 13 卷，第 145 页。

⑥ 蔡仪：《马克思究竟怎样论美》下篇，载中国社会科学院文学研究所文艺理论研究室编《美学论丛》第 1

辑，中国社会科学出版社 1979 年版，第 29 页。

⑦⑰ 马克思：《资本论》第 1 卷，中共中央马克思、恩格斯、列宁、斯大林著作编译局译，人民出版社 1954 年版，第 111 页，第 197 页。

⑧ 《马克思恩格斯论艺术》第 1 卷，曹葆华译，人民文学出版社 1960 年版，第 247 页。

⑨ 朱狄：《美学问题》，第 12 页。

⑩⑮ 马克思、恩格斯：《德意志意识形态》，中共中央马克思、恩格斯、列宁、斯大林著作编译局译，人民出版社 1961 年版，第 25 页，第 39 页。

⑬⑭㉒ 转引自朱光潜《美学拾穗集》，第 121 页，第 114—115 页，第 109 页。

⑯ 恩格斯：《反杜林论》，中共中央马克思、恩格斯、列宁、斯大林著作编译局译，人民出版社 1971 年版，第 19 页。

⑱⑲⑳ 《马克思恩格斯全集》第 2 卷，第 216—217 页，第 217 页，第 220 页。

㉑ 恩格斯：《劳动从猿到人转变过程中的作用》，载《自然辩证法》，曹葆华、于光远、谢宁译，人民出版社 1963 年版，第 138 页。

㉓ 《钟山》1982 年第 2 期。

㉔ 《论美感》，第 78 页。

（1983 年第 2 期）

中国古典意象论

敏　泽

20世纪30年代，我国新诗运动中的许多著名作家，都曾大谈“意象”对于诗歌创作的重要性。例如艾青的《诗论》，就专有“意象、象征……”一节，用很多篇幅论述这一问题。书中对“意象”作如是说：

“意象是从感觉到感觉的一些蜕化”；

“意象是诗人从感觉向他所采取的材料的拥抱，是诗人使人唤醒感官向题材的迫近。”①

在当时我国新诗作家们所说的意象，都被普遍地认为是一个舶来品，是本世纪初到20年代意象主义（imagism）运动在西方兴起后的产物。由于image这个词，在英语中具有“肖象”“形象”“写生”“意象”等等多种的含义，因此，当时的翻译名称也是各种各样的，例如梅光迪把imagism译作“形象主义”②，梁实秋把它译成“影像主义”③等等。但比较流行的译法是“意象”。国内学者谈到“意象”往往就离不开“image”，认为是从西方输进来的。闻一多先生在《说鱼》④一文中说：“《易》中的象与《诗》中的兴……本是一回事，所以后世批评家也称《诗》中的兴为‘兴象’。西洋人所谓意象，象征，都是同类的东西，而用中国术语说来，实在都是隐。”这可以说是有代表性的。

国外的学者们，主要是一些外籍华人，在他们过去所写的一些学术著作中，凡涉及意象的，往往也不假思索地视之为意象主义的产物，这就不足怪了。

西方在本世纪初兴起的意象主义运动，传入中国是二三十年代的事，在那时颇热闹了一阵。后来也就逐渐趋于沉寂了。从那时到现在已经半个世纪过去了，而随着我国闭关锁国多年后开始对外开放政策的实行，近年来国内诗学界和批评界又有很多文章再一次大谈意象以及意象美；“意象”一词，又重新风靡一时，但大多仍把它视为舶来品。

这，真可以说是一个历史的误会！

其实，关于“意象”的理论，在我国的美学史上有着源远流长的历史；对于意象，我国的美学和文学理论批评史上有过很多的、以至精辟的论述。而且，即使西方从本世纪初兴起的意象主义运动，也曾从传统的中国文学，主要是古典诗歌中吸取过丰富的营养。在本世纪的 20 年代，也就是我国的“五四”运动前后，当我国由于革命文学的兴起，而对传统的文学开始进行必要的，然而带着形而上学观点进行彻底的批判时，西方在这时却掀起了一个学习和翻译中国古典诗歌的热潮。一时出版的汉诗英译著作竟有十余种之多。意象主义的“大师”或翻译中国文学的名家，如美国的艾滋拉 · 庞德（Ezra Pound）、英国的韦利（A. Waley）等等都曾参与这一工作。他们在研究和翻译汉诗中仿佛发现了一个新大陆，一座五光十色、美不胜收的艺术宝苑，并一致对中国古典诗歌意象的丰富性、含蓄性、生动性，并具有鲜明的形象性和动态美赞叹不已，竞相折服。对中国古典诗歌意象的研究、翻译，在客观上促进了意象主义的发展，而意象主义的兴起，又推进了汉诗的英译艺术；用格莱汉姆（A. C. Graham）的话说，就是：“汉诗英译艺术是意象主义的副产品。”[⑤]这是说得完全符合实际的。因此，在谈到诗歌的意象问题时，我们虽然大可不必家有敝帚，视若珍宝，表现为国粹主义的态度，但也大可不必家有珍宝，视若敝帚，采取无视自己民族优秀传统的态度。

因此，本文想着重地论述一下我国美学史上有关意象理论的发生和发展，对这一问题做一些初步的史学的和理论的探讨，为进一步研究中西诗歌意象的同异提供一些资料和看法。至于西方关于意象问题的研究，这是一个很大的问题；关于意象的论述众说纷纭，莫衷一是。因此，本文在论述中虽偶有涉及，但不做具体的论述。

一、我国意象论的两个源头

在我国古代早期的典籍中，虽然不曾直接而明确地提出意象的概念来，但涉及意象问题的论述却有很长远的历史。意象论有两个历史的源头：《周易》和《庄子》。这两部书虽然并非文学著作，但它们对后世的美学和文学艺术理论的影响，却是很大的。

先说《周易》关于“意”与“象”的关系的论述。

我们知道，《周易》本来就是一部关于“象”的著作，其最根本的特点就是由变化多端的卦爻之“象”，来表现流动不居的现实的吉凶祸福。所谓“八卦以象告”，“《易》者，象也；象也者，象也”，“是故《易》者象也”（《系辞下》）等等，都是说的这一点。它关于“意”“象”关系的论述，散见在许多地方，特别集中地表现在《系辞上》的一段话中：

> 子曰：“书不尽言，言不尽意。”然则圣人之意，其不可见乎？子曰：“圣人立象以尽意，设卦以尽情伪，系辞焉以尽其言。”

这段话除了涉及“言”与“意”的关系之外，中心意思就是说，“言”“意”是不能完全表达的，可以由“象”来表达。从这里，就可以逻辑地推出一个结论：“象”比“言”“意”具有更丰富的表现力。那么，什么是“象”呢？《系辞上》回答说：“圣人有以见天下之赜，而拟诸其形容，象其物宜，是故谓之象。”或者更具体地说：是包牺氏“仰则观象于天，俯则观法于地，观鸟兽之文，与地之宜，近取诸身，远取诸物”（《系辞下》）的结果。这里讲的是八卦之象和象形文字之象。由于文字和文学有着密不可分的关系，所以在某种意义上讲，这里也包含着文学。说明文字和文学都是和模仿现实有关的。我们知道，在西方早期美学史上，由于叙事性的戏剧比较发达，所以很重视模仿。柏拉图主张艺术是理念世界的事物的摹本。亚里斯多德则主张艺术是客观现实的模仿，如他所说的：“史诗和悲剧、喜剧和酒神颂，以及大部分双管箫乐和竖琴乐——这一切实际是模仿。”[⑥]这里虽然有唯心、唯物之别，其强调模仿则一。而在我国艺术发展史上，由于最发达的是抒情性较强的诗、乐、舞，因此比较强调情感，很少关于模仿的理论；如果说有的话，我们从《周易》的上面一些论述中，多少可以看到一些这类消息。这一点虽然在后世我国美学史上也有某些影响，如刘勰在《文心雕龙·诠赋》中所说的“象其物宜”，但是，总的说，这方面的影响并不大。

《周易》所提出的“象”与“言”“意”的关系，对于后世美学和艺术理论影响最大的是两个相互联系的方面：一是它的由小见大、由具体表现一般的原则。因为“象”总是具体的和个别的，《易》的“象”则是要借助于具体、个别的形象去阐明一般的哲理。文学艺术的具体形象性，恰恰在这一点上和《易》是相通的。《系辞下》就言（辞）与象的关系所说的：“其称名也小，其取类也大。其旨远，其辞文，其言曲而中，其事肆而隐”等等，与文学艺术创作中以小见大、以少总多的特点完全是相一致的。因此，常常为后世的美学批评所运用。例如，司马迁在《史记·屈原传》中评论屈原创作的特点是“其文约，其辞微……其称文小而其指极大，举类迩而见义远”；刘勰在《文心雕龙·物色》中所说的“以少总多，情貌无遗矣”，在《总术》中所说的“乘一总万，举要治繁”，在《宗经》中所说的“辞约而旨丰，事近而喻远”等等，都是《周易》的这一思想的发挥。

既然《易》象应该具有以小见大、以迩见远、乘一总万的特点，那么“象”就应该很自然地具有最象征性的特色。而象征性，也恰恰是文学艺术创作的最重要的特色之一。黑格尔认为，艺术的象征具有两方面的含义：“意义”及其“表现”。具体的、个别的“表现是一种感性存在或一种形象”，而“表现”的目的，则是“一种较广泛较普遍的意义”⑦。这就是说，艺术的象征性应是具体、个别和广泛、普遍的浑然一体。《易》大量使用各种象征性的物象来表达《易》理，而很多爻辞本身就是优美的诗歌。如《中孚》九二的“鸣鹤在阴，其子和之，我有好爵，吾与尔靡之”；《屯》六二的“屯如邅如，乘马班如，匪寇，婚媾”；《否》九五的“其亡其亡，系于苞桑”等等。所以陈骙的《文则》认为《易》之象，就类似诗之比：“《易》之有象，以尽其意；《诗》之有比，以达其情。文之作也，可无喻乎？”这是说得很有道理的。比的手法，在很多情况下都是象征性的。其实，兴也不例外，所以章学诚《文史通义·易教下》说：“《易》象通于《诗》之比兴”，“与《诗》之比兴尤为表里”。《周易》之象之所以通于诗之比兴，在根本上就在于它的象征性上，以象征性的事物和手法来表达一定的思想情感或哲理，也即以象达意，通过个别表现一般。

近年来，西方关于诗的意象的研究中，许多人都把修辞学上的各种比喻手法，如明喻、隐喻等等，看作诗的意象的范畴或意象本身，在这一点上可以说是和陈骙、章学诚的意见相同或相通的。艺术总是离不开比喻的。中国人很早就认识到了这一点，这就是《礼记·学记》所说的：“不学博依，不能安诗。”“博依”，就是广泛的譬喻。因此，提出这些看法来，虽有道理，却又是远远不够的。

因为诗的意象的构成，虽然离不开象征和比喻，但又绝非任何象征和譬喻都是诗的，或诗的意象的构成条件，事情并非如此。哲学或其他著作，同样可以使用比喻和象征。艺术创作的象征性和设喻，必须是艺术的。所以，从这个意义上说，我们既要看到诗之象与《易》之象的相同或相通的方面，又必须清楚地看到它们之间的差别和不同，这区别是十分鲜明的，不能混淆。当代我国著名学者钱锺书先生对这一点析之甚精。他说：“《易》之有象，取譬明理也。‘所以喻道，而非道也。’（语本《淮南子·说山训》）求道之能喻而理之能明，初不拘泥于某象，变其象也可；及道之既喻而理之既明，亦不恋着于象，舍象也可。到筏舍岸、见月忽指、获鱼兔而弃筌蹄，胥得意忘言之谓也。词章之拟象比喻则异乎是。诗也者，有象之言，依象以成言。舍象忘言，是无诗矣，变相易言，是别为一诗甚且非诗矣。故《易》之拟象不即，指示意义之符（sign）也；《诗》之喻不离，体示意义之迹（icon）也。不即者可以取代，不离者勿容更张。”“是故《易》之象，义理寄宿之蘧庐也……《诗》之喻，文情归宿之菟裘也……倘视《易》之象如《诗》之喻，未尝不可以摭我春华，拾其芳草。……苟反其道，以《诗》之喻视同《易》之象，等不离者于不即，于是持‘诗无达诂’之论，作‘求女思贤’之笺，忘言觅词外之意，超象揣形上之旨；丧所怀来，而亦无所得返。”[⑧]

在《周易》中，虽然并未将意象作为一个组词、一个完整的概念提出来，但对“意”与“象”的关系的论述，却是很富有启迪意义的，它对后世的“意象论”发生了深远的影响。

对后世发生重大影响的，还有《庄子·外物》中的几句名言：“筌者所以在鱼，得鱼而忘筌；蹄者所以在兔，得兔而忘蹄；言者所以在意，得意而忘言。”庄子是哲学家，这是文学家。应该说明的是：他的这一段话是专为哲学家而发的，而且是专为那种语言文字无法表达的神秘经验而发的。他并不重视“象”在表达抽象哲理中的作用。因此，从《周易》的重“象”（“立象尽意”）和《庄子》的舍“象”求“意”来说，两者是相反的或矛盾的。《庄子》重“意”的思想，认为“言”的目的在“得意”，前者是手段，后者是目的，不应执着于工具性的“言”，而忘却了“得意”的目的；其哲理被运用到文学艺术理论中来，对后世反对追求语言的华美而忽视内容美有过很大的影响，如所谓的“但见性情，不睹文字”[⑨]，“不著一字，尽得风流”[⑩]，“不落言诠”[⑪]等等。还要看到，《周易》和《庄子》在求“意”这一点上，又是相一致的：都以“得意”“尽意”为鹄的。这对诗文创作来说，是最重要的，或者说是第一位的。有“象”有“意”的好诗自然多不胜数，但也有些诗虽然不一定有“象”，却必须有“意”。例如，“盈盈一水间，脉脉不得语”，“感时花溅泪，恨别鸟惊心”，“孤舟蓑笠翁，独钓寒江雪”，是“象”“意”具备的好诗；而“良时不再至，离别在须臾”，“生年不满百，常怀千岁忧”等等，也都是好诗，但“象”却较差，似乎没有。庄子等奢谈舍“言”弃“象”而求神秘的、不能言传之“意”，“舍象”和“不恋着于象”都是可以的，因为“象”对他们来说，充其量不过是一个借以明“意”的“理窟”，理之既明，“得意而忘象”自无不可；但“言”尽管被他们怎样视为累赘，不屑一视，终究还是离不开的。真的离开了，也就不会有他们传诸后世的著作了。至于文学家，实际上他们更加是离不开语言的。后世的文论家只不过是在运用语言的情况下，强调不宜执着于言，而应宣心写妙，意余言外，曲尽其情而已。如《诗品序》所说的“文已尽而意有余”，《六一诗话》的“含不尽之意，见于言外”，《沧浪诗话》的“言有尽而意无穷”，《水浒传》袁无涯、杨定见本第三十九回眉批的“情余言外”，等等，历代画论中类似的论点也很多。《庄子》的舍“象”求“意”而被引申为艺术应该含蓄、韵味无穷，近在咫尺、妙想天外的思想，从重“意”方面给了后世的美学思想、也给意象论的发展以很大的影响。

二、“意象”一词的出现

如果说在先秦时期，我国古代典籍中已经有了关于“意”与“象”的关系的论述，是美学和文学理论中意象论的萌芽时期，那么，魏晋至唐时期，便是意象论的开始走向形成的时期。这和当时文学的大的发展是分不开的，同时，也和佛教的广泛流行及魏晋玄学的兴起有关。

佛教汉末输入中国，其广泛的流行则在魏晋南北朝时期。那时到处建造佛堂，塑造佛像。与此同时，人们在广泛地思考和讨论佛像（“象”）和佛理（“意”）之间究竟是一种什么关系，普遍地认为：窈渺无边的佛理，存在于象外。如范晔《后汉书·郊祀志》论述佛教特点时所说的：“所求在一体之内，所明在视听之表”（袁宏《后汉记》也有类似的话），反对就象论象。还有的如所谓“执象则迷理”，而求“畅微言于象外”[12]，“极象外之谈”[13]等等。王弼的《周易略例》誉重一时，其《明象章》，对“意”与“象”的关系在《庄子》的基础上作了进一步的发挥：“言者所以明象，得象而忘言；象者所以存意，得意而忘象。”《明象章》可以说是沟通《周易》《庄子》和佛学思想之作。从前者而言，要求求理于象外，被后人引申发挥而为美学思想中的“象外象”“象外意”等等，成为意象论内容要求之一。从后者而言，王弼更加发展了庄子的舍“象”而求不可言传的神秘之“意”的思想。

而这对当时的文论是不能不发生影响的。

文学的特点是：使用语言这一思想的直接现实为手段，通过对社会生活和自然万物（“象”）的描写，来表现作者的思想情感（“意”）。这里自然就会有一个“言”“意”“象”的关系。艺术在根本上离不开“象”，对生活的观察、感受是如此，对生活的艺术表现同样是如此。陆机在《文赋》中提出的“恒患意不称物，文不逮意”，就是说的创作中的“言”不达“意”，“意”不尽“象”，即对外物的主观理解和观察常常不够，而笔下的表现就更逊一筹的问题。这确确实实是古今中外作家们创作中最经常遇到的。陆机作为一个问题提了出来，却并未对它作更进一步的研究和探讨。刘勰《文心雕龙》则深入了一步，在专论艺术想象和构思的《神思》篇中，不仅第一次提出了“意象”，而且将“意象”在创作中的作用提到了非常重要的位置。他在论述了创作的各种准备后接着说：“然后使玄解之宰，寻声律而定墨；独照之匠，窥意象而运斤：此盖驭文之首术，谋篇之大端。”刘勰在这里所提出的“意象”，是指作家在生活中有了深切的感受和感动的艺术想象的产物。它既是外物（“象”）感召的结果，却又绝不是外物本身，绝非与作者本身的主观情感色彩和艺术想象无关的自在的、独立的外物，而是一个与作者的感情色彩、形象思维密合无间的特定的“物”。

应该说明的是，“意象”作为一个组词虽然被刘勰第一次提了出来，但他所说的“意象”和我国文论史后期所说的“意象”，或西方所谓的“image”含意并不尽同，比之要广泛得多。《文心雕龙》由于是用骈体文写成的，“意象”实际上是一个偶词，其内含实即一个“意”字（包括艺术想象），其实唐代司空图的《诗品·缜密》中提到的“意象欲生，造化已奇”，同样是如此。当代西方关于“意象”的解释中，有一种把诗歌中出现的各种物象，例如梅花、兰花、柳丝、月亮、芳草、澄江等等都看作意象，如有些人对于唐诗的所谓“意象”的统计就是如此。这样的认识也是不妥当的。诗中的意象应该是借助于具体外物、运用比兴手法所表达的一种作者的情思，而非那类物象本身。那些物象本身如果离开了作者的艺术想象和构思，就只能是单纯的“象”，而非诗歌的“意象”。至于有人说：“中国古典的‘意象’是指用具体的形象曲传一个只能心会的玄妙的抽象意义，简单地说，就是象征。”（重点原有）[14]则更是不符合实际的。这一论断，要么是把《易》之象和诗之象等同了起来，把《易》之象和诗之象都看成了“义理寄宿之蘧庐”或“理窟”，或更通俗的说法，叫作理念的号筒。而不了解诗之象，乃“文情归宿之菟裘也”，其结果是“等不离者于不即”。要么是对中国“意象”理论的发展历史过于缺乏了解，不知道中国的意象理论所要求的，绝非“曲传”一个“抽象意义”，而是通过作者心灵、情感浸染、重新组合过的物象。在这里，“物”感情化了，作者的情感又是以物化的形式出现。也即刘勰所说的，创作中的物我是一种“情往似赠，兴来如答”[15]的关系。

三、意象论的成熟时期

意象的问题，虽然在我国提出得很早，但它的引起广泛注意，并趋于比较成熟的时期，却在明清。虽然这以前也有一些人提到它，如金代的元好问在《新轩乐府序》[16]中称赞苏词所说的“自东坡出，情性之外，不知有文字，真有‘一洗万古凡马空’意象”，但并不普遍。到了明代中期以后，关于意象的论述才骤然多了起来。茶陵派的首领李东阳，前后七子中的王廷相、何景明、王世贞、李攀龙、谢榛，胡应麟以至清代的钱谦益、沈德潜、李重华、薛雪、朱承爵、方东树等等，都曾以意象论诗。这时所讲的意象，才是真正意义上的意象，或西方所说的 image，而非六朝、唐人所说的意象。这里我们无法一一介绍他们关于意象的论点，只能将其中的一些主要论点，加以概括的叙述。

首先是强调诗的意象不宜过于质实和直露，而应该含蓄蕴藉，使人玩味无穷。这可以以王廷相为代表。他在《与郭价夫学士论诗书》[17]中说：

> 夫诗贵意象透莹，不喜事实黏著，古谓水中之月，镜中之影，可以目睹，难以实求是也。《三百篇》比兴杂出，意在辞表，《离骚》引喻借论，不露本情……斯皆色韫本根，标显色相，鸿材之妙拟，哲匠之冥造也。若夫子美《北征》之篇，昌黎《南山》之作，玉川（卢仝）《月蚀》之词，微子（元稹）《阳城》之计，漫铺繁叙，填事委实，言多趁帖，情出辐辏，此则诗人之变体，骚坛之旁轨也……嗟呼，言征实则寡余味，情直致而难动物也。故示以意象，使人思而咀之，感而契之，邈哉深矣，此诗之大致也。

这里关于意象的看法，很明显是吸收了严羽《沧浪诗话》中的镜花水月的观点，并对它作了进一步的发挥。反对诗歌缺少比兴，“言征实”和“情直致”，强调诗的意象要蕴藉含蓄，旨远寄深，余味曲苞，耐人寻味。这一意见一般说是不错的，特别是对抒情短制一类的诗歌，更是如此，它的意象应该很富有暗示性和象征性，也即即兴的手法。上引闻一多先生之说：“《易》中的象和《诗》中的兴……本是一回事”，这个看法从一定意义上讲是不错的。富有暗示性或象征性的诗句，在诗歌中基本上可以说都是兴句。《诗经》以后诗歌中的名句也常常都是兴句，这样的句子不仅在艺术上更精巧，并且往往凝聚着作者浓郁的情思。很富有感染力。正如明代的李东阳在《怀麓堂诗话》中为比、兴手法辩护时所说的："盖正言直述则易于穷尽而难于感发；惟有所寓托，形容摹写，反复吟咏以俟人之自得，言有尽而意无穷，则神爽飞动，手舞足蹈而不自觉，此诗之所以贵情思而轻事实也。"王廷相认为诗的意象应该深远，富有情思，作者得于心，览者会其意，不能太实，影响读者的想象力；也不能太直露，略无余味，更不能"情出辐辏"，缺乏感染力。这意见无疑是好的。认为只有具备了以上特点的诗歌意象才是优美的艺术意象，才称得上是"鸿材之妙拟，哲匠之冥造"，无疑也是正确的。但以这样的观点作为唯一的模式，甚至认为《北征》这样的诗史上的名篇，都非正体，而是诗坛的"变体"和"旁轨"，却无疑又是偏颇的。因为事情并不能概而论之，像《孔雀东南飞》这首长达一千七百四十五字的叙事诗，除少数几句外，用的是赋体，但也叙述得惟肖惟妙，堪称化工，正如沈德潜在《古诗源》（卷四）中所说的："淋淋漓漓，反反复复，杂述十数人口中语，而各有其声音面目，岂非化工之笔！"

可见并不能以抒情短制关于意象的要求，去要求一切诗歌，譬如说叙事诗。但由于我国古典诗歌中，抒情诗远比叙事诗发达，因此，这一关于意象的观点，就具有较大的概括性。司空图、苏轼、严羽等等关于诗歌的不即不离、不黏不脱的观点，基本上和这一要求是相通的。

王廷相和上述那些论者的不同之处，就在于他对诗歌意象的内涵不仅提出了自己明确的看法和要求，而且，既重视了诗歌意象的现实物质基础，认为它来自现实生活："凡具形象之属，生动之物，靡不综摄为我材品"；又十分重视虚构在意象形成中的作用："摆脱形模，凌虚结构。"[18]就是说诗的意象既来自生活，又不能是对生活中事物原型的模拟，而是要在生活基础上的艺术虚构，这一见解无疑是十分精辟的，在当时的历史条件下，也是难能可贵的。

持类似观点的还有李东阳。他在《怀麓堂诗话》中通过对温庭筠《早行》中的名句"鸡声茅店月，人迹板桥霜"这两句名诗的分析说："不但知其能道羁愁野况于言意之表，不知二句中不用一二闲字，止提掇出紧关物色字样，而音韵铿锵，意象具足，始为难得。若强排硬叠，不论其字面的清浊，音韵之谐舛，而云我能写景用事，岂可哉！"李东阳并没有正面提出对诗的意象的要求，如王廷相那样，而是通过对两句诗的分析，认为好诗除音律美外，最重要的是"意象具足，始为难得"。这两句名诗之所以被人们长久传诵而不衰，就在于它看来仿佛只是纯粹外在物象的罗列，实际上，这些纯粹的物象都是经过作者浓郁情思的熔铸，并被作者的情感的链条衔接起来的。或者用康德的话说，是经过想象力加工而重新建造起来的艺术形象。在这些物象的重新组合中，构成了优美的诗的意象；在这诗情画意的意象中，寄托了游子深切的羁愁，或者说游子深切的羁愁寄托在这些“野况”中。它含蓄、“不露本情”，却“使人思而咀之，感而契之”，如同身临其境，真所谓“语有全不及情，而情自无限者”。这就是兴句或优美的艺术象征性在诗的意象中的作用，它所“曲传”的绝非用知性可以理会的“玄妙的抽象意义”，而是一幅具体、感性、生动无比的艺术形象。而如果缺乏优美的意象，如李东阳所说的，只是在字句、音律、用典方面下功夫，都是不可能产生应有的艺术效果的。

其次，意象作为诗歌中的一个要素，虽然是一个完整的概念，是指作者在生活中因物有所感，选用最有象征性的物象最恰切地表达作者的情思，但意象本身从它诞生那一天起，就包含着客观的“象”和主观的“意”两方面的内容。因此，在这时的意象论中，从“意”和“象”两方面来论述优美意象的产生的，数量颇不少，如前七子的首领何景明所说的：“意象应曰合，意象乖曰离，是故乾坤之挂，体天地之撰，意象尽矣。”[19]

对意与象的关系论述得最多的，是后七子的首领王世贞。他认为诗的意象要超妙，就“要外足于象，而内足于意，文不减质，声不浮律”[20]。在《王少泉集序》[21]中，他曾更加明确地提出这一点，认为王少泉的诗的最大特点之一，就是善于在意、象之间“折其衷”：“公于意非不能深，不欲使其淫于思之外；于象非不能极，不欲使其游于见之表……”称赞他的诗意深而不滥，对物象的描写又比较含蓄蕴藉，并不直露。王世贞对后七子的另一成员谢榛的诗颇多不满，曾经代为删削，去取的标准之一，就是意与象是否“衡当”[22]。所谓“外足于象”“内足于意”，所谓“意象衡当”，就是要求外在的物象或物色和内在的情思都要表现得很充分，既不能以象胜，也不能以意胜，譬诸客观或主观，两者在诗中都要表现得充分而又处置得允当。王世贞的这类意见虽然是比较合理的，却远说不上精当。譬如说，他和王夫之论意、象和情、景的见解比较起来，就逊色了。王夫之说：“夫景以情合，情以景生，初不相离，唯意所适。”[23]“言情则于往来动止缥缈有无之中，得灵蠁而执之有象，取景则于击目经心丝分缕合之际，貌固有而言之不欺，而且情不虚情，情皆可景，景非滞景，景总合情。神理流于两间，天地供其一目，大无外而细无垠……”[24]这里对于象与意、景与情的精审卓识的论述，可以说是王世贞全未梦见的。王夫之对于意与象的关系的论述，是意象理论发展史上的一个高峰，他不仅十分重视诗的意象美，而且对怎样使意与象合，达到象中有意、意中存象的辩证的、微妙关系的论述，都是鞭辟入里，前无古人的。而王世贞虽然大谈意象，但是由于他文艺思想中形式主义见解的影响，甚至把诗的音乐美的重要性放在意象美之上，如他在《李氏古乐府序》[25]中，不赞成李伯承把意象美放在音乐美之上，所谓“稍稍先意象于调”，这显然是轻重倒置的。诗的音乐美无疑是好诗的一个因素，但比起意象美来，无疑是较为次要的。一首缺乏超妙意象的诗，不管在音律上怎样铿锵，终究是不能感动人的。

关于意象的理论，在这一个时期中，主要表现在以上两个方面。我们把这一时期关于意象的论述和这以前的理论加以比较，就不难看出这时的论述是更加细致入微、切中肯綮，从而表现了这一诗歌理论的成熟性的。在这一时期中，以意象论诗的，更是多不胜数。如胡应麟赞美《大风歌》等说：“《大风》千秋气概之祖，《秋风》百代情致之宗，唯词语寂寥，而意象靡尽。”[26]在《诗薮》内编卷一中说“古诗之妙，专求意象”，同书卷二中说“子建杂诗，全法《十九首》意象”。钱谦益以“意象萌茁，根荄屈蟠”称赞汤显祖“晚年之文”。沈德潜以“意象孤峻”[27]赞美孟东野的诗，在《唐诗别裁·凡例》中赞陶渊明诗“天真绝俗，当于语言意象外求之”。朱承爵在《存余堂诗话》认为“词家意象或与诗略有不同”。凡此等等，可见意象的问题，在这时已被普遍地重视和注意。

四、意象和意境的同异

诗歌中的意象既然包含着主观的“意”和客观的“象”两方面的含义在内的，那么，它和意境究竟是一种什么关系呢？国外的一些外籍华人学者，过去不认为中国有意象的理论，近年来有些人注意到了这个问题，却又认为中国古代文论中的意象、兴象、境界等等，都是一回事，如黄维樑的《中国诗歌纵横论》等著作就是持这种观点的。究竟应该怎样看待这些意见呢？

由于中国古代文论所使用的许多概念，虽然常常包含着很丰富的美学思想和艺术经验，却缺乏严密的、科学的界说。这就为国内外学者的研究带来了一定的困难。中国古文论的概念，多少有些像中医的概念。我们只能根据这些概念的使用者是在什么情况下和在怎样的意义上使用这些概念的，给予它们以接近于它们本来含义的解释和界说。意象和意境同样是如此。

应该说，意象和意境概念的内涵是很接近、很相似的，却不完全是一回事。

所谓它们在内涵上很相似和很接近，主要表现在以下两点上：

首先，意象和意境确实都包含着作者主观的意和客观的景、象两个方面，并且都是要求在创作中，物我水乳交融的，即意与境浑，心与物共。二者既不能相离，更不能相乖。如王夫之一再精辟论述的："情景虽有在心在物之分，而景生情，情生景，哀乐之触，荣悴之迎，互藏其宅。"[28]"情景名为二，而实不可离。神于诗者，妙合无垠。巧者则有情中景，景中情。"[29]"景中生情，情中含景。故曰：景者情之景，情者景之情也。"[30]这些论述无疑既适用于意象，又适用于意境。

其次，无论意象与意境，都要求意余象外、咫尺万里。具有优美意象和超妙意境的诗，它们所描写的具体、个别、感性的物或事，都是不能止于这些物象、境象本身的，而要求它所曲传的意想、情思，要比它所描写的具体、个别事物深远得多。"题中偏不欲显，象外偏令有余"[31]，正是说的这个道理。所以要求意余言外，运用比兴、明喻、隐喻等等，无论意象或意境，两者都是完全相同的。

但如果我们比较细致地考察一下意象与意境的关系，就可以发现它们之间也存在着明显的差异。本文不可能作详尽的历史考察，只能简要地提出一些初步的看法。

这区别首先表现在它们的渊源方面。我国意象的理论，是直接从《周易》和《庄子》两个源头演化来的，魏晋南北朝时期，虽然也曾受到佛家思想的某些影响，但佛学中关于意象关系的见解，仍是从老、庄哲学那里汲取来的。因此，可以说，它是最富有传统色彩、并具有最长远历史渊源的美学概念。而意境的理论却不同，它虽然和《周易》《庄子》等有关系，但它的诞生，主要是佛教输入中国后，佛教的哲学、塑像、绘画等影响的结果[32]，其萌芽阶段在魏晋南北朝，较为普遍使用于文学艺术，是唐以后的事。

其次，就意象和意境的内容说，意境这一概念，指的是通过形象化的、情景交融的艺术描写，能够把读者引入充分想象空间的艺术化境。而意象虽也具有这方面的含义，但它主要是指文学作品中的两个不可缺少的方面："意"与"象"，及其应该是一种怎样的关系。

以上只是笔者关于意象理论的初步认识。从以上的事实里，充分地说明了：意象是我国古代美学思想中的一个专用的术语，并非只是英语 image 的译名；关于意象的理论，我国古代美学中早有丰富而精辟的论述，把它视作纯粹外来的理论，是站不住脚的。

1983 年 2 月 24 日　　北京

注释：

① 艾青：《诗论·意象、象征、联想、想象及其他》二、四条。

② 梅光迪：《评提倡新文化者》，载《梅光迪文录》，（台北）"国防研究院"中华大典编印会1968年版，第2页。

③ 梁实秋：《现代中国文学之浪漫的趋势》，载《浪漫的与古典的》，新月书店1928年版，第6页。

④《闻一多全集·甲集》，开明书店1948年版，第118—119页。

⑤ 参见《晚唐诗》（*Poems of the Late Tang*）中的《中国诗歌之翻译》一节。

⑥ 亚理斯多德：《诗学》第一章，罗念生译，人民文学出版社1962年版，第3页。

⑦ 黑格尔：《美学》第2卷，朱光潜译，商务印书馆1979年版，第10页。

⑧ 钱锺书：《管锥编》第1册，中华书局1979年版，第12—15页。

⑨ 释皎然：《诗式》。

⑩ 司空图：《二十四诗品》。

⑪ 严羽：《沧浪诗话·诗辨》。

⑫ 释僧卫：《十住经合注序》，《全晋文》卷一六五。

⑬ 释僧肇：《般若无知论》，《全梁文》卷一六四。

⑭ 赵毅衡：《诗歌语言研究中的几个基本概念》，《诗探索》1981年第4期。

⑮ 刘勰：《文心雕龙·物色》。

⑯ 元好问：《遗山先生文集》卷三六。

⑰⑱ 王廷相：《王氏家藏集》卷二八。

⑲ 何景明：《何大复先生集》卷三二《与李空同论诗书》。

⑳ 王世贞：《弇州山人四部稿》卷六四《于大夫集序》。

㉑ 王世贞：《弇州山人四部稿》卷六八。

㉒ 王世贞：《弇州山人四部稿》卷六四《谢茂秦集序》。

㉓㉙ 王夫之：《姜斋诗话》卷二。

㉔ 王夫之：《古诗评选》卷五。

㉕ 王世贞：《弇州山人四部稿》卷六四。

㉖ 胡应麟：《诗薮》内编卷三。

㉗ 沈德潜：《说诗晬语》上卷。

㉘ 王夫之：《姜斋诗话》卷一。

㉚ 王夫之：《古诗评选》卷四。

㉛ 王夫之：《唐诗评选》卷一。

㉜ 参见拙著《中国文学理论批评史》上册（人民文学出版社1981年版）魏晋南北朝时期的"绪论"，及笔者论述佛教输入对中国古文论影响的专文《论魏晋至唐关于艺术形象的认识——兼论佛学输入对于艺术形象理论的影响》，《文学评论》1980年第1期。

（1983年第3期）

一节历史掌故，一个宗教寓言，一篇小说

钱锺书

诺法利斯（Novalis）认为“历史是一个大掌故”（Geschichte ist eine grosse Anekdote），那种像伏尔泰剪裁掌故而写成的史书（eine Geschichte in Anekdoten）是最有趣味的艺术品（ein höchst interessantes Kunstwerk）。[①]梅里美（Mérimée）说得更坦白：“我只喜爱历史里的掌故（Je n’aime dans l’histoire que les anecdotes）。”[②]在史学家听来，这是文人们地地道道的浅见薄识，只追求小“趣味”，看不到大问题。19世纪初的文人还敢明目张胆那样说。在人文科学里，历史也许是最早争取有“科学性”的一门，轻视或无视个人在历史上作用的理论（transpersonal or impersonal theories of history）已成今天的主流，史学家都只探找历史演变的“规律”“模式”（pattern）或“韵节”（rhythm）了。[③]要是现在的文人肯承认兴趣局限于掌故，他多少得赔着笑脸，带些自卑的语气。不过，假如他说自己专为看故事才去读宗教经典，他一定理直气壮，对宗教学家甚至信徒都不会心虚道歉。这种分别对待的态度很可以测验当代学术里的“舆论气候”（climate of opinion）。

实际上，一桩历史掌故可以是一个宗教寓言或“譬喻”，更不用说可以是一篇小说。

西晋三藏竺法护译《生经》第12篇《舅甥经》的全文如下：

> 姊弟二人。姊有一子，与舅俱给官御府，织金缕、锦绫、罗縠珍好异衣。见帑藏中琦宝好物，贪意为动。即共议言：“吾织作勤苦不懈，知诸藏物好丑多少，宁可共取，用解贫乏乎？”夜人定后，凿作地窟，盗取官物，不可赀数。明监藏者，觉物减少，以启白王。王诏之曰：“勿广宣之，令外人知。舅甥盗者，谓王多事，不能觉察，至于后日，遂当慴（翫？）伏，必复重来。且严警守，以用待之。得者收捉，无令放逸。”藏监受诏，即加守备。其人久久，则重来盗。外甥教舅：“舅年尊，体羸力少，若为守者所得，不能自脱。更从地窟，却行而入。如令见

得，我力强盛，当济免舅。”舅适入窟，为守者所执，执者唤诸守人捉。甥不制，畏明日识，辄截舅头，出窟持归。晨晓，藏监具此启闻。王又诏曰：“舆出其尸，置四交路。其有对哭、取死尸者，则是贼魁。”弃之四衢，警守积日。于时远方，有大贾来，人马车驰，填噎塞路，奔突猥逼。其人射闹，载两车薪，置其尸上。守者明朝，具以启王。王诏：“微伺，伺不周密。若有烧者，收缚送来。”于是外甥，将教僮竖，执炬舞戏，人众总闹，以火投薪，薪燃炽盛。守者不觉，具以启王。王又诏曰：“若已蛇维，更增守者，严伺其骨。来取骨者，则是原首。”甥又觉之，兼猥酿酒，特令醇厚。诣守备者，微而酤之。守者连昔饥渴，见酒众共酤饮，饮酒过多，皆共醉寐。俘囚酒瓶，受骨而去。守者不觉，明复启王。王又诏曰：“前后警守，竟不级获。斯贼狡黠，更当设谋。”王即出女，庄严璎珞，珠玑宝饰。安立房屋，于大水旁，众人侍卫，伺察非妄，必有利色，来趣女者。素教诫女，得逆抱捉，唤令众人，则可收执。他日异夜，甥寻窃来，因水放株，令顺流下，喝叫奔急。守者惊趣，谓其异人，但是株杌。如是连昔，数数不变，守者翫习，睡眠不惊。甥即乘株，到女室。女则执衣。甥告女曰：“用为牵衣？可捉我臂。”甥素殑黠，豫持死人臂，以用授女。女即放衣，转捉死臂，而大称叫，迟守者寤。甥得脱走。明具启王，王又诏曰：“此人方便，独一无双，久捕不得，当奈之何！”女即怀妊，十月生男，男大端正。使乳母抱行，周遍国中，有人见与呜𠯗者，便缚送来。抱儿终日，无呜𠯗者。甥为饼师，住饼炉下。小儿饥啼，乳母抱儿，趣饼炉下，市饼哺儿。甥既见儿，即以饼与，因而呜之。乳母还白王曰：“儿行终日，无来近者，饥过饼炉，时卖饼者，授饼乃呜。”王又诏曰：“何不缚送？”乳母答曰：“小儿饥啼，饼师授饼，因而呜之，不意是贼，何因囚之？”王使乳母，更抱儿出，及诸伺候，见近儿者，便缚将来。甥沽美酒，呼请乳母，及微伺者，就于酒家劝酒，大醉眠卧，便盗儿去。醒悟失儿，具以启王。王又诏曰：“卿等顽騃，贪嗜狂水，既不得贼，复亡失儿。”甥时得儿，抱至他国，前见国王，占谢答对，因经说谊。王大欢喜，辄赐禄位，以为大臣，而谓之曰：“吾之一国，智慧方便，无逮卿者。欲以臣女，若吾之女，当以相配，自恣所欲。”对曰：“不敢！若王见哀，其实欲索某国王女。”王曰：“善哉！”从所志愿。王即有名，自以为子，遣使者往，往令求彼王女。王即可之；王心念言：“续是盗魁，前后狡猾。”即遣使者：“欲迎吾女，遣其太子，五百骑乘，皆使严整。”王即敕外，疾严车骑。甥为贼臣，即怀恐惧，心自念言：“若到彼国，王必被觉，见执不疑。”便启其王：

"若王见遣，当令人马五百骑，具衣服鞍勒，一无差异，乃可迎妇。"王然其言，即往迎妇。王令女饮食待客，善相娱乐。二百五十骑在前，二百五十骑在后，甥在其中，跨马不下。女父自出，屡观察之。王入骑中，躬执甥出。"尔为是非，前后方便，捕何叵得。"稽首答曰："实尔是也。"王曰："卿之聪哲，天下无双，随卿所愿。"以女配之，得为夫妇。佛告诸比丘："欲知尔时甥者，则吾身是；女父王者，舍利弗是也；舅者，调达是也；女妇国王父、输头檀是也；母、摩耶是；妇、瞿夷是；子、罗云是也。"佛说是时，莫不欢喜。

这篇词句生硬的译文有了新式标点，清楚多了。我们看到"王曰善哉"以下那一大节，给一连串的"王"字搅得眼花，但不至于头晕，还能辨认出谁是谁。"连昔"就是"连夕"，"见哀"就是"见爱"，都是魏晋时用字；"蛇维"常作"阇维"或"荼毗"，火化的意思。"鸣"即亲吻，只要看《杂譬喻经》第二十二则："道士便抱其妇咽〔颈〕共鸣，鸣已，语婆罗门言：'此是欲味'"，和"嗽"字联结一起，意义更显明。《世说新语 · 惑溺》："儿见充喜踊，充就乳母手中鸣之"，也是这个意义，通常解释为"抚弄"，不够确切。

号称西方史学鼻祖的古希腊大史家希罗多德（Herodotus）《史记》里叙述了埃及古王拉姆泼西尼德斯（Rhampsinitus）时的一桩趣闻，全文据英译本转译如下[④]：

如是我闻（they told me），王积银多，后世嗣君，莫堪伦比。王欲固藏，乃造石室，为贮银库；室之一壁，毗王宫墙。筑室匠狡，虚砌一石，二人协力，即可移动，一人独力，亦能集事。室落成已，聚银为府。尔后多时，匠老垂死，谓其二子，勿忧衣食，告以库壁，有石虚置，石位何处，作何移法，"识此无忘，王之货财，便为汝掌"。父殁不久，二子黑夜，潜至宫外，按乃父教，即得其石，如意施为，窃取多银。王后启藏，睹贮银簏，不复满溢，遂大惊怪，而门密闭，封缄未损，无可归罪。贼窃再三，王频检视，见银续减，命设机关，傍逼银簏。二贼又来，一先蛇行，至于簏处，顿陷机中，无复脱理。急呼厥昆，示己处困，而谓之曰："趣断我首，免人辨认，殃及汝身。"弟解其意，依言而行，还石原处，携头回家。诘旦王来，睹无头尸，落机关中，户键依然，无出入处，惶惑罔措。王令肆尸，悬诸墙外，士卒严守，有赴哭者，捉搦以来。

死者有母，痛子陈尸，幸一子存，促其善巧，速取尸归。且恫吓言："苟违吾志，将告发汝，坐窝主罪。”子为开喻，兹事难成，母意不回，诃责愈厉。子心生计，以驴数头，载诸革囊，中满盛酒，遵大路行。驱近尸所，潜取数囊，弛其束口，酒便洋溢。其人喊呀，复自打头，欲塞囊流，无所措手。守尸卫众，见酒流注，持器奔赴，深自忻喜，不沾得饮。其人佯怒，骂詈卫众。卫众软语，其人回嗔，牵驴道侧，料理酒囊。卫众与言，杂以嘲戏，皆大笑乐。其人取酒，馈众一囊。众席地坐，其人被邀，遂止偕饮，众皆觞之。复馈一囊，俾共酣畅。卫众沉醉，倒于饮处，烂漫昏睡。贼待夜深，割绳取尸，复侮卫众，薙其右颊，须髯净尽。驱驴载尸，归家报母，不负慈命。

王闻失尸，赫然震怒，殚思尽力，必获巨猾。乃构一策，如是云云，我斯未信（Such is the story, but I myself do not believe it）。王命其女，处一室中，男子求欢，有来不拒；先问彼男，作何罪过，何事最恶，何事最黠，听其道已，方与行欲；如其所述，有同前事，即急执持，无使逸脱。贼察王计，斗智可胜。觅新死人，断臂连肩，匿臂袍下，来至女室。女问如例，贼乃答言：“兄入王室，陷机难拔，已断其头，此事最恶；兄尸陈市，已载酒往，饮卫众醉，得解悬尸，此事最黠。”王女闻已，伸手急捉，于黑夜中，持死人臂，以为得贼。贼由户遁。

王既知闻，叹贼智勇，榜示通国，促贼自首，宥罪获赏。贼遂叩见，王大称许，嘉其慧黠，以女妻之。王因谕众：“以智故论，万国之中，埃及为首，埃及国中，斯人为首。”

这桩掌故，被海涅采作诗料。“拉姆泼森尼脱王登宝殿”（Als der König Rhampsenit / Eintrat in die goldne Halle）那首诗，就是根据它改写的，还注明来历。[5]结尾婉而多讽，说那个贼驸马爷继承了王位，在他的统治下，盗窃事件极少发生（Wenig, heisst es, ward gestohlen / Unter seinem Regimente）。这对希罗多德的原文也许是画蛇添足，但在海涅的改写诗里正是画龙点睛。

下面一篇译自马太奥·邦戴罗（Matteo Bandello）的《短篇小说集》，一部16世纪意大利文学名著。中国研究莎士比亚的人会听说过它，因为《白费心力》（*Much Ado about Nothing*）和《罗米欧和朱丽叶》都取材于这部书。文学史家极口推崇，说它最“富于时代本质”（ricco di sostanza storica），其他16世纪意大利大大小小作品全比不上。[6]对于这个意见，我连随声附和都没有资格；我只敢说，在读过的薄伽丘的继起者里，我最喜欢萨恺谛（Franco Sacchetti），其次就是邦戴罗[7]。邦戴罗的每篇小说前面，有相当于“入话”或“楔子”的东西，叙述中也常铺比典故和穿插议论，译文把那些枝叶都删除了。[8]

普罗太欧（Proteo）逝世，拉波桑悌戈（Rapsantico）嗣位，是埃及历史上最富有的国王。他的财产，外加普罗太欧原有的积蓄，多得无可比拟，简直数也数不尽。国内盗风很盛，他担心宫里不保风险。他找到一个心灵手敏的建筑匠，特造一所库房，墙壁坚牢，门用铁裹。这个匠人懂得国王的心思，极力讨好，屋子造来又美观，又坚固。金子的光芒最害人，耀花了好些明眼；那匠人见财起意，贪心一动，再也压不下，就在临街的那垛墙上做了些手脚。墙用大理石严严密密地砌成，但有一块石头没有砌死，屋里还有几块石头也能松动，都安置得不露破绽，知情者在夜里进进出出，谁也不会觉察。库房完工，国王把金银财宝全搬进去，库门钥匙挂在自己腰带上，他对任何人都信不过的。

那匠人也许改变了主意，或者别有缘因，他始终没下手。这样一天又一天地拖，他害起重病来了。医药无效，他自知大限临头。他只有两个儿子，叫了他们来，把造库时捣的鬼一五一十告诉他们，教他们怎样把石块移动和还原。他叮嘱清楚，不久就断了气。这两个小子只想不费时日，不花力气，大发横财。老头儿死后没几天，一个夜里，他们携带器械，按计行事，来到库房，实地试验，果然石块应手活动。他们进去，把金子偷个痛快，然后照原样搁放石块，满载而回。

国王经常一个人进那金穴宝库里去消遣，端详各式各样的金币金钱、精铸的金器、成堆的宝石，享受眼福，自信得天独厚，世界上没有第二个这样的大财主。外国使臣或什么大贵人来到，他老忙着带领他们去瞻仰自己的财宝（以下节去六句）。那兄弟俩行窃后，国王照例到库里来，偶尔揭开几个桶子的盖，发现装满的金子减浅了。他大吃一惊，发了好一会的呆。库里找不到有人进来的痕迹，库门是他亲手上锁加封的，打开时也纹风未动。他想不明白什么道理。那兄弟俩又光顾了两三次，桶里的金子继续损失，国王才断定有了贼了。他以为那些刁徒准是设法配了钥匙，仿造了封条，所以随意进出，放手偷东西。他找着一位手艺顶好的匠人，命令他造一个捕捉机，造得非常巧妙，见者人人叹绝。这座机器的力道很足，掉在里面，别说一个人，就是一头公牛也给它扣得结结实实，只有国王本人用钥匙来解开那牢牢的重重锁链。国王精细地在金桶间安置了那机器，谁要碰上，就给抓住。他天天来瞧那个贼落网没有。

两兄弟还蒙在鼓里呢。一天夜里，他们照常挪动石块，放胆进库。哥哥一脚踏着机关，立刻寸步难行，两条腿夹合一起，再也分不开。他挣扎愈使劲，机器捆扎愈收紧。弟弟忙来解救，用尽手段，也无济于事，那捆住不放的锁链愈解愈紧。这人给机器扣住，自知没有生路，兄弟俩一齐叫苦，遭上了横祸，呼天怨命。哥哥就嘱咐道："兄弟呵，我误落机关，没有配合的钥匙，谁都打不开这具锁。明天准有人进库，假如国王亲自来到，看见我在这里，咱们的勾当就戳破了。我先得受尽刑罚，被逼招供出犯案的同伙来，到头还难逃一死。就算我咬紧牙关，不肯牵累你，也终保不了命，你也脱不了嫌疑。国王会立刻派人去搜咱们的家，找到那些金子，赃证确凿。妈妈是知情人，得跟咱们一起受刑挨罚。一家母子三口就死得太惨了！既然一连串祸事摆在前面，咱们得马上挑选害处最小的一桩。我知道自己注定要死，再没有救命的办法。好兄弟，空话少说，白费唇舌，耽误了大事。你狠狠心，把我的头连脖子斫下来，剥光我的衣服，人家就认不出是我了。你把带得了的金子，和我的脑袋、衣服，都扛上肩膀，快溜走吧。记住我的话：这是你末一次来，不能再来了。你很容易掉在这圈套里，身边没有人救你。也千万别和人合伙来冒险；即使你本人没给逮住，你那同犯为了洗身清，博取恩赦，会向国王告发，再不然，他会把秘密泄漏给口风不紧的亲戚朋友。千句并一句，别上这儿送死，别向谁露底。"弟弟听了哥哥恩义深重的忠告良言，也知道别无他法，痛哭起来，实在狠不下心。只有这一位同胞兄弟，要向他下毒手，真是穷凶极恶，天理难容！他只打算陪着哥哥同归于尽。哥哥横说竖说，总算说服了他。那时天将分晓，弟弟背起装满金子的口袋，一边哭，一边拔刀割断哥哥的脑袋，包在尸身上脱下的衣服里，含悲忍痛，和金子口袋一起带出墙外，把石块好好放还原处。他眼泪汪汪，回到家里，妈妈得知惨事，也淌眼泪叹气。母子俩把脑袋埋在家里地下，又把血衣洗净。

明天国王进库，瞧见那光膀子的无头尸，呆了半晌。他想不出贼怎样进来的，丝毫找不到线索。他把那具尸体逐部仔细察看，也不知道是谁；大门封锁依然，牢裹铁皮的窗户也没人碰过；难道那贼精通妖术，会用搬运法，否则金子是偷不走的。他气糊涂了。

国王心里老不痛快，下令把尸体示众，悬赏招认。来看的人却不少，没一个认出死者是谁。国王于是下一道新令。远离宝库，逼近大街，有一块草地，那里竖起一个绞刑架，把那尸首两脚朝天倒吊着，由六个人日夜看守。国王严旨：要是尸首给偷走，六个人全得钉死在十字架上，他们务必注意来往行人，瞧见掉泪的、叹气的、流露悲悯的，马上抓住，押送王廷。

贼的母亲非常哀痛，也没人来慰问。她听说儿子尸体像奸细那样倒挂在绞架上，觉得是奇耻大辱，忍无可忍，什么也不顾了。她对二儿子又气又惊地说："我的儿呀！你杀掉你的同胞哥哥，还割下他的脑袋，仿佛他出卖了你，和你有怨仇似的。你说为了逃命，万不得已，还编了一通话，说他中了圈套，没法儿解救。我不知道你这话是真是假。保不定你想独吞这笔金子，杀害了哥哥，把黑的说成白的来哄我（a me mostri il bianco per il nero）。现在他的尸体又给国王那样糟蹋，我吩咐你夜里去偷它回来，我要把它安葬，好好按礼办事。我给你两天的限期，至多三天。你哥的尸首老挂在那里，我伤心得也活不成。所以你务必弄它回来，要不然，我就去见国王告发你。这不是说着顽儿的。"儿子深知那地方戒卫森严，母亲任性不懂事，向她解释开导，要她回心转意。他说，去偷尸一定给人抓住，娘儿俩都会完蛋；落到国王手里，盗案就破，自己是贼，得受绞刑，她是知谋从犯，必然同一下场，他还讲了好些道理，劝她打消本意。可是，随他讲什么理由，说多么危险，他妈全听不进。她像一匹拗性子的劣马，横着心，不听话，只发疯似的叫嚷，要是儿子不依她，她就到国王那里去出首（以下节去四句）。

娘固执己见，非把那尸首弄回不行，儿子知道违拗她是白搭。这位变得小孩子气的老婆婆有了古怪念头，做儿子的只好挖空心思使她如愿。他胡思乱想出千百条计划，都是难兑现的，盘算来，盘算去，只有一条切实可行，风险也少。家里有两头驴子，正用得着。他把四个皮袋盛满了香甜美酒，酒里都搁麻醉药，装在驴子背上，夜里走近尸场。等到半夜，他假装远路客人，顺着大街，向绞架走去。临近时，他解松捆扎皮袋的绳子，大声呼救。守尸的兵士全跑来，只见皮袋快从驴背掉下。这小伙子作出气恼样子，生怕袋里的酒外流；多亏大家帮忙，他又把皮袋在驴背上扎稳。他忙向众人道谢，说："壮士们，多亏了各位了！我是贩酒的，靠它养家活口。今天要没有你们，我的酒就流光，我的本钱也折光了。我真感激不尽。表示一点儿谢意，我请各位赏脸喝几口酒，品品这酒的好味道。"他从背包里拿出面包和熟肉，一起坐下吃喝。卫兵们一尝那香甜美酒，放开喉咙，大杯子直灌，不多时个个昏倒，躺在地下，鼾呼大睡。这乖觉的小伙子一滴酒也没喝，立刻从绞架解下哥哥的尸体，又挂上去一个酒袋作替身，高高兴兴回家。临走，他还把那些醉汉右颊上的胡须剪掉。

国王明天听到消息，对那贼的本领十分惊叹，称赞他智勇双全。一个人为了遂心如愿，往往不恤丢脸，什么下流事儿都干得出，这位国王要找到那个精细刁钻的贼，也就不择手段。他有一个待嫁的女儿，十八九岁年纪，十二分人才。他布告全国，谁都可以和这位王女欢度良宵，但是那人得先指天宣誓，不撒谎隐瞒，把干过的奸诈勾当讲给她听，才许和她亲热。王女去住在一所私宅里，夜不闭户。国王叮嘱她，要是来人自述盗过金库、斩过贼头、偷过尸首、哄过卫兵等等，快抓住他不要放手。好一位昏君！还算是一国之王呢！他这种荒唐意愿就和孕妇的奇怪食欲也差不多了。（以下节去一句）

那犯案累累的小伙子看见庄严颁布的上谕，心里明白，就打算再捉弄国王一次。恰巧一个杀人犯被法庭处决，肢解成为四块。他在黑夜里偷偷从尸体上割下一只手臂，然后到王女那里去。王女牢记父王的面谕，巴巴地等候着。他登门入室，直到床前，说特来和她双双同睡。她说很欢迎，但必须遵照告示办事。他把所作所为一股脑儿讲了。王女很有勇气，两手揪他，这鬼精灵家伙把那条死人断臂送在她手里，溜之大吉。公主又怕又惊，满以为自己劲儿太大，扯断了来人的胳膊呢。

国王知道又中狡计，断定那贼是个有才有胆的非常人物，应该破格重用。他于是公告全国，召犯案者入朝面君，诸罪赦免，并有重赏。那小伙子就来叩见国王，把前后坏事源源本本陈述一遍。国王听着，惊奇赞叹，把女儿配他为妻，封授他一等男爵。好多王公贵人都是这样起家的，他们位高爵贵的来头并非德行，而是为非作恶（E cosí avviene che molti sono chiamati nobili, la cui nobiltà cominciò per commesse sceleraggini, non per opere vertuose）。那个残杀同胞、盗窃财产的贱种就也摇身变为贵族和上等人了。

海涅把希罗多德的记载随意改编，邦戴罗把白描的简笔画点染成着色的工笔画，对原来的故事线（story-line）还是贴得紧紧的。[⑨]两篇有一点很相像。仿佛蜜蜂的尾巴是尖刺，诗的收梢是冷嘲，小说的结束是热讽。邦戴罗的末了两句也许正是所谓“富于时代本质”的例证。他是马基雅弗利（Machiavelli）同时人，这部《小说集》里有一个大笑话，就是马基雅弗利亲口讲的，那篇的“入话”还描写马基雅弗利操练士兵时出的丑。[⑩]马基雅弗利观察古今社会和政治生活，归纳出一个臭名昭著的事实：“导致光荣显赫的欺骗和罪恶（frodi onorevoli, sceleratezze gloriose）。”[⑪]邦戴罗对那个贼的美满收场，也鉴古慨今，发了同样的议论。

《生经》《史记》《小说集》三部书显然讲了同一件事。希罗多德不用说是邦戴罗的渊源；我近来看到两个意大利民间故事，《一对贼搭档》（Cric e Croc）和《强盗被盗》（L'uomo chi rubò ai banditi），都有展转承袭的痕迹。[12]佛经和古希腊史曾结下这段文字因缘，很耐玩索，也许已有人指出或考订过。《舅甥经》是“佛告诸比丘”的；三篇相形之下，佛讲故事的本领最差，拉扯得最啰嗦，最使人读来厌倦乏味。有不少古代和近代的作品，读者对它们只能起厌倦的感觉，不敢作厌倦的表示。但是，我相信《生经》之类够不上特殊待遇，我们还不必把厌倦就当作最高的审美享受和艺术效果。

邦戴罗讲完故事，加上两句论断，说明包含的意义。《舅甥经》是宗教寓言，更有责任点清宗旨，以便教化芸芸众生：“佛告诸比丘，‘欲知尔时甥者，则吾身是’。”原来它和全书里其他《经》一样，寓意不过是宿世轮回。整部《生经》使我们想起一个戏班子，今天扮演张生、莺莺、孙飞虎、郑恒，明天扮演宝玉、黛玉、薛蟠、贾环，实际上换汤不换药，老是那几名生、旦、净、丑。佛在这里说自己是甥，在《野鸡经》里说“尔时鸡者，我身是也”，在《鳖猕猴经》里说“猕猴王者，则我身是”，诸如此类；那个反面角色调达，也一会儿是“猕”，一会儿是“鳖”，一会儿是“蛊狐”。今生和前生间的因果似乎只是命运的必然，并非道理的当然，例如贼外甥犯了盗、杀、淫等罪过转世竟成佛祖，就很难了解。国王在“诏”里说明“舅甥盗者”，而舅甥曾“给官御府”；按理两人都是有姓名、有着落的，国王只消派差役拘捕，不就干脆完事了？他偏巴巴地等贼上门。故事虽因此免于流产，情理上很说不通。保不定《生经》也会荣列“名著宝库”，那时候自有人细心和耐心地找出各种满意的解释来。《史记》和《小说集》写的是只身单干的贼，独往独来；佛经里这个贼有一伙家里人充帮手，“将教僮竖”，本领就此比下去了，保密程度也降低了。为了使“守者”麻痹大意，他连夜“因水放株”，干的活儿不轻，定的计策很笨。《史记》和《小说集》都容许我们设想有些“利色”之徒不肯错过好机会，但因交代的罪行对不上口，于是取乐一番，逍遥离去；那个贼是唯一没有得手而险遭毒手的人。《舅甥经》里的贼是第一个，也是唯一的冒险采花者，似乎公主静静地、乖乖地由他摆布，到她伸手抓来人、放声叫“守者”时，早已让他得尽便宜。要不然，她哪里会“怀妊十月生男”，而且那孩子货真价实是他下的种呢？这里的叙事很有破绽；也许表面上的败笔恰是实际上的妙笔，那要擅长文评术语所谓“挽救”或“弥补”（recuperation）的学者来证明了。《史记》和《小说集》里的贼有个母亲，佛经里的贼有个儿子；那母亲起了发动机的作用，这儿子只是无谓的超额过重行李。佛经一开头曾提起那贼的母亲（“姊有一子”），以后再没讲她；就她在故事里起的作用而论，那贼竟像李逵所说“是土窟坑里钻出来的”，没有“老娘”。佛经里把偷尸一事铺张为先烧尸、后偷骨，把入朝面君一事铺张为先在外国做官、后回本国招亲，情节愈繁，上场人愈多，时间愈拖拉，故事就步伐愈松懈，结构愈不干净利落，漏洞也愈大。中世纪哲学家讲思想方法，提出过一条削繁求简的原则，就是传称的“奥卡姆的剃刀”（Occam's razor）。对于故事的横生枝节，这个原则也用得上。和尚们只有削发的剃刀，在讲故事时都缺乏“奥卡姆的剃刀”。

希罗多德写的是历史，有传真记实的职责。他对真实性的概念，当然远不如后世历史家那样谨严。但是他对神话、传说等已抱有批判态度，并不一概采用，正像咱们的司马迁在上古“轶事”里，只“择其言尤雅者”，才写入《太史公书》。[13]希罗多德写到埃及王定下美人计，使亲生女儿沦为犯罪分子不花钱来嫖的娼妓，也觉得这事太荒唐离奇，一般读者准以为不可能，因而不足信。照顾普通人的常情常识，同时维护历史家的职业道德，他特意插进一句话：“如是云云，我斯未信。”既把它大书特书，又自表不轻信全信，仿佛又做巫婆又做鬼，跟兔子逃跑而也和猎狗追赶。这样一来，两面都顾全了。这个修词上的策略可以表现为各种方式，从《庄子·齐物论》：“予尝为汝妄言之，汝以妄听之。”到现代英美流行语：“信不信由你！”（Believe it or not！）[14]文艺作品里的情事原是乌有子虚，但作者讲到常情常识不易接受的事，也往往采取同样手法，向读者打招呼，为自己卸责任。[15]就从邦戴罗的同世纪本国人杰作里举一个例，差不多是希罗多德那句话的翻版。阿里奥斯托（Ariosto）叙事诗的女主角（Angelica）告诉人说，自己虽然和男主角（Orlando）多年一起漫游，依然是个黄花闺女（E che'l fior virginal cosi avea salvo, / Come se lo portò del materno alvo）；作者于是插话道：“这也许是事实，然而头脑清醒的人不会相信（Forse era ver, ma non però credibile / A chi del senso suo forse signore）。”[16]邦戴罗大大充实了原有故事的内容，增添了人物的内心活动和对话，周密地补加细节，例如剥去尸体的衣服、酒里下蒙汗药，还裁减一些曲折，省得故事拐弯走冤枉路，例如兵士喝酒序幕的简化。他对国王的美人计，准也觉得岂有此理、或无其事，需要照顾常情常识，向读者打个招呼，所以他强调国王的“不恤丢脸”，“不择手段”，“昏君的荒唐意愿”。归根结底，这是出于作者的一种客观真实感、一种对事物可能性的限度感。作者没有这个感觉，就不会想到那种需要。在某一意义上，这个感觉对作者的自由想象是牵制，是束缚，正如文娱和体育游戏的规则拘束了下棋者或足球运动员的手脚。然而即使在满纸荒唐言的神怪故事里，真实事物感也是很需要的成分；“虚幻的花园里有真实的癞蛤蟆”（imaginary gardens with real toads in them）[17]，虚幻的癞蛤蟆在真实的花园里，相反相成，才添趣味。佛讲故事时，常常流露出他缺乏真实事物感，《舅甥经》也是一例。也许我们不应该对佛这样责望，因为他并没有自命为小说家、历史家或传记家。

注释：

① 《碎金集》（*Fragmente*）第 4 部 17 节，载米诺（J. Minor）编《诺法利斯集》（*Schriften*）（1923）第 3 册，第 6 页。

② 《查理九世王朝纪事》（*Chronique du règne de Charles IX*）“自序”，载梅里美《小说与故事集》（*Romans et nouvelles*），《七星（la Pléiade）丛书》本，第 31 页。

③ 参见伯林（I. Berlin）《历史的必然性》（*Historical Inevitability*）（1954），第 5—8 页。

④ 希罗多德：《史记》第 2 卷第 121 章，戈德来（A. D. Godley）英译，《罗卜（Loeb）古典丛书》本第 1 册，第 415—423 页。

⑤ 《歌谣集》（*Romancero*）第 1 卷《故事诗》（*Historien*）第 1 首，载海涅《诗文书信合集》（*Werke und Briefe*）（东柏林版，1961）第 2 册，第 7—10 页，自注，见第 181—182 页。

⑥ 弗洛拉（F. Flora）语，转引自罗索（L. Russo）编《文学批评论文选》（*Antologia della critica letteraria*）（修订第 2 版，1958）第 2 册，第 207 页。

⑦ 参见《管锥编》第 341 页注 2，第 1521 页注 2；《增订》第 85、109 页。

⑧ 布洛纽利果（G. Brognoligo）编《邦戴罗小说集》（*Le Novelle*）（修订第 2 版，1928），第 1 卷，第 25 篇，第 1 册，第 334—343 页。

⑨ 《十日谈》的第一部仿作、佛罗伦萨人约翰状师（Ser Giovanni Fiorentino）的《公羊集》（*Il Pecorone*）第九日第一篇威尼斯建筑匠父子的故事，也根据希罗多德，但情节添改得很多。关于这个故事在希、意、法、英作品中的传布，英语里很早的西洋小说史、约翰·邓洛普（John Dunlop）《小说史》（*The History of Fiction*）（1814）就有考论。柯尔律治（Coleridge）曾臭骂这本书，称作者为“文评肛门里钻出来的蛆虫”（a worm from the rectum of Edinburghian Criticism），参见《书信全集》（*Collected Letters*），格里格士（E. L. Griggs）编本（1956—1971）第 4 册，第 647—648 页。然而邓洛普的开路功绩是不容低估的。我的一本是 1845 年第 4 版，亡友郑西谛先生所赠，有关这个故事的一节见第 250—251 页。

⑩ 《小说集》第 1 卷第 40 篇，第 2 册，第 83—100 页。

⑪ 参见《君主论》（*Il Principe*）第 8 章，《读古史论》（*Discorsi*）第 3 卷第 40 章，《加斯脱拉加尼传》（*La Vita di Castruccio Castracani*）第 7 章，《弗罗伦萨史》（*Historie fiorentine*）第 6 卷第 17 章，俱载庞方提尼（M. Bonfantini）编《马基雅弗利集》（*Opere*），《理却地（Riccardo Ricciardi）意大利文学丛书》本，第 28—31 页，第 409 页，第 555 页，第 843 页。斐尔丁《大伟人华尔德传》（*Jonathan Wild the Great*）第 4 卷第 15 章里那十五句格言可算是这种理论的提纲。

⑫ 加尔维诺（Italo Calvino）编选《意大利民间故事》（*Italian Folktales*）第 17 则、第 193 则，马丁（G. Martin）英译本（1980），第 51—52 页，第 689—690 页；参见第 719 页、第 756 页自注。

⑬ 参见考林沃德（R. G. Collingwood）《史的观念》（*The Idea of History*）（1946）第 18—19 页说希罗多德的书名在希腊语里就有“考究、探讨”（investigation or inquiry）的意思；又《管锥编》第 251—252 页。

⑭ 参见巴德列治（E. Partridge）《口头语词典》（*A Dictionary of Catch Phrases*）（1977），第 22 页。

⑮ 参见《管锥编》，第 826—828 页，第 1302 页。

⑯《奥兰都的疯狂》（*Orlando furioso*）第 1 篇第 55 节，《欧普利（Hoepli）经典丛书》本第 6 页；参见第 19 篇第 33 节又第 31 篇第 61 节，第 194 页，第 335 页。

⑰ 玛丽安·摩尔（Marianne Moore）：《诗》（*Poetry*），载摩尔（G. Moore）编《企鹅本美国诗选》（*The Penguin Book of American Verse*）（1979），第 346 页。

（1983 年第 4 期）

诗无达诂

张隆溪

据柏拉图记载，苏格拉底曾挑出诗人们著作中一些精彩片段，问他们这些诗的意义是什么，却发现“当时在场者几乎无一不能比诗人们更好地谈论他们的诗”[①]。苏格拉底（或者说柏拉图）相信诗人们在神灵附体、陷入迷狂时才能歌唱，所以他们并没有自觉的创作意图，也不理解自己作品的意义。新批评派把注意力集中到作品本身，感到作者意图在诠释过程中总有点碍手碍脚的时候，难怪会征引柏拉图这段话来支持他们有名的“意图迷误”说了。他们褫夺了作者的权威之后，并没有把它交给别人，而是留给了批评家们自己。文萨特（W. K. Wimsatt）和比尔兹利（M. Beardsley）不仅用“意图迷误”砍断把作品系在作者身上的绳索，又用“感受迷误”砍断了作品与读者的联系。“感受迷误”否定了一切从读者所受影响的角度来评论一首诗的做法。新批评家说作品的意义是独立存在的，实际上他们对于文学作品有如中世纪教会对于《圣经》，拥有唯一的阐释权利。

当代更新的批评并不否定“意图迷误”，却打破客观本文的局限，猛烈抨击“感受迷误”，而在读者反应中界定文学作品的意义。德国阐释学权威伽达默就说，作品意义并不局限于作者原意，因为“它总是由解释者的历史环境乃至全部客观的历史进程共同决定的”[②]。所谓接受美学（Rezeptions ästhetik）正是在研究各种理解之间的阐释差距的基础上建立起来的。文学的产生和接受可以理解为由作者、作品和读者这样三个环节构成的信息传递过程。实证主义批评完全围绕着作者，新批评则只顾作品，当前的接受美学和读者反应批评又似乎把读者推到前台。这情形用法国文论家罗兰·巴尔特戏剧性的语言说来就是：“为了给写作以未来，就必须推翻那神话：读者的诞生必须以作者的死亡为代价。”[③]

伽达默在说明阐释何以不能以作者原意为准时说，“语言表达无论如何都不仅不够准确，需要再推敲，而且必然地总不能充分表情达意”[④]。作者原意既然不能借语言充分表达，从有限的语言中去重现作者原意也就是不可能的。这不能不使我们想起中国古人类似的意见。《周易·系辞上》:“书不尽言,言不尽意”,就指出了语言达意能力的局限。欧阳修认为这种说法不够准确,因为古来圣贤之意毕竟有赖于书和言才保存下来,传于后世。因此他做了一点小小的修正,指出“书不尽言之烦而尽其要,言不尽意之委曲而尽其理”(《欧阳文忠公文集》卷一三〇《试笔·系辞说》)。这正符合庄子的意见:“可以言论者,物之粗也,可以意致者,物之精也”(《秋水》);“意之所随者,不可以言传也”(《天道》)。然而文学所要表现和描绘的不是粗略抽象的“理”,恰恰是具体事物的“委曲”精微,所以对于它的目的说来,文学语言似乎尤其有严重的局限性。陆机《文赋》说:“恒患意不称物,文不逮意,盖非知之难,能之难也”;刘勰《文心雕龙·神思》也说:“意翻空而易奇,言征实而难巧也”;都是就文学创作的方面,浩叹抒情表意的艰难。事实上不独文学的抒情表意,就是哲学的传道明理,也往往如此。哲学家们常常说,最高的理是无法用语言达出的,即《老子》开宗明义所谓“道可道,非常道。名可名,非常名”。钱锺书先生在评论老子这一命题时,征引了许多哲人诗家慨叹和责难语言局限的话,指出这样一个常见的矛盾:“立言之人句斟字酌、慎择精研,而受言之人往往不获尽解,且易曲解而滋误解。‘常恨言语浅,不如人意深’(刘禹锡《视刀环歌》),岂独男女之情而已哉?”[⑤]

这也正是阐释学力求解决的矛盾。由于作者和读者存在于不同的时间空间里,他们之间的时空距离从本体论角度说来是不可克服的,所以尽合作者原意的理解在本质上也就难以达到,而曲解和误解倒会自然地产生。以施莱尔马赫(Schleiermacher)和狄尔泰(Dilthey)为代表的传统阐释学企图排除理解当中属于解释者自己历史环境的成分,即主观成见,最终达到作者原意的重建。但海德格尔把存在定义为在世界中的存在,定义为定在(Dasein),即总是限定在历史性中的存在,这种历史性也决定着存在者对世界的理解,于是德国阐释学思想便发生了激烈的变化。自海德格尔强调了存在与时间的密切关系之后,新的阐释学就不再寻求超越历史环境的“透明的”理解,却倾向于承认主观成分的积极价值。正像伽达默所说,在海德格尔赋予理解以存在的意义之后,“就可以认为时间距离在阐释上能产生积极结果”[⑥]。伽达默甚至宣称:“成见是理解的前提”[⑦];大卫·布莱奇则把一切批评都称为主观批评,因为“主观性是每一个人认识事物的条件”[⑧]。由于语言的局限性和人的存在的历史性,于是“人凡有理解,就总是不同”[⑨]。

另外,当我们说文学语言对于它的目的来说似乎尤其有严重局限性时,我们的用意不仅仅是这句话字面上的意思。因为文学语言的有趣正在其基本的反讽:诗人正是在慨叹找不到适当语言表达的同时，找到了比直说更适当的语言表达。因此，诗人们写到高潮时，往往放弃一切铺叙形容，留下一片空白，而在读者的想象中，这片空白却比任何具体描写更富于刺激，正所谓“此时无声胜有声”。李清照《凤凰台上忆吹箫》：“生怕离怀别苦，多少事、欲说还休”，勾画出一位多情女子的无限愁苦。辛弃疾《丑奴儿》词写一个少年不懂得忧愁而“强说愁”，老来饱经忧患，反而“欲说还休，欲说还休，却道‘天凉好个秋’”。在莎士比亚的名剧里，哈姆莱特临终最后的一句话：“此外唯余沉默”[10]，也为我们提供了一个好例证——在惊心动魄的悲剧场面那特定的语言环境里，这沉默显然比任何雄辩更能打动我们的心。法国诗人维尼的名句“唯沉默伟大；其余都是贫弱”[11]，虽非为写诗而发，却未尝不可借以说明写诗的道理。卡莱尔引德语古谚，“言语的白银不如沉默的黄金”，更进一步改为“言语不过一时，沉默属于永恒”[12]。这样一来，本是无可奈何消极的沉默一变而为意味深永积极的沉默，本来由于语言的局限性，至理和深情都说不出来，但作家诗人们发现了语言的暗示性，许多东西就故意不说出来。实际上，语言的局限性和暗示性并不互相矛盾，反而互为依存。文字作为象征符号总有其两面性，如保罗·里科所说：“掩饰与展示，藏与露，这两种功能不再是互为外在的了，它们代表着同一种象征功能的两个方面。”[13]

希腊文学里最有名的美女海伦，在荷马的《伊利亚特》里很少具体描写。《伊利亚特》第三卷写海伦登上城墙观战，没有一个字描写她的容貌仪态，只从特洛伊王侯们轻声的赞叹中，侧面写出她的美。汉乐府《陌上桑》描写美女罗敷最精彩的句子，也不是直陈，而是反衬：“行者见罗敷，下担捋髭须。少年见罗敷，脱帽着帩头。耕者忘其犁，锄者忘其锄。来归相怒怨，但坐观罗敷。”这样写都是为读者的想象留出充分余地，司空图所谓“不著一字，尽得风流”（《诗品·含蓄》）。如果较早期的诗人抱怨自己没有足够的言语来抒写胸臆，这种语言的不足现在却成为打开诗意之谜的钥匙。苏轼说：“欲令诗语妙，无厌空且静；静故了群动，空故纳万境”（《送参寥师》）；姜夔说：“语贵含蓄”（《白石道人诗说》）；严羽《沧浪诗话》说：“语忌直，意忌浅，脉忌露，味忌短”（《诗法》）；诗应如“空中之音，相中之色，水中之月，镜中之像，言有尽而意无穷”（《诗辨》）；都强调诗歌语言的暗示性和言外之意，要求诗达于一种空灵的境界。汤显祖认为诗“以若有若无为美”（《玉茗堂文之四·如兰一集序》），便是把含蓄朦胧作为诗的最高品格了。这种主张和西方象征派以来的一些批评理论颇为切合。法国诗人魏尔仑似乎有很接近中国古人的文心，在被誉为象征派宣言的《诗艺》（Art poétique）一诗里，他宣称：“最可贵是那灰色的歌，其中朦胧与清朗浑然莫辨。”（Rien de plus cher que la chanson grise / Où l'indécis au precis se joint）在同一题目的一首诗（Ars poética）里，美国诗人麦克利希（Archibald MacLeish）故作惊人之谈，说诗当“无声”（mute）、喑哑（dumb）、沉默（silent），“诗当无言，如众鸟翩翻”（A poem should be wordless / As the flight of birds），甚至说：“诗当无意义，只须存在。”（A poem should not mean / But be）这种种说法都不外追求刘勰所谓“文外之重旨”“复意”（《文心雕龙·隐秀》），都努力想“以不画出、不说出示画不出、说不出”[14]。

不仅讲以禅入诗的神韵派强调语言的含蓄，就是主张“诗言志”“文以载道”的儒家正统派，也讲究《春秋》笔法，微言大义。孟子说：“言近而指远者，善言也”（《尽心章句下》）；《周易》说：“夫《易》……其称名也小，其取类也大；其旨远，其辞文；其言曲而中”（《系辞下》）；即便强调的是意“旨”，但也主张不应直说而须“曲”致。董仲舒由此总结出“《诗》无达诂，《易》无达占，《春秋》无达辞”（《春秋繁露·精华》），更是有影响的提法。“诗无达诂”云云，诚然是汉儒解经制造的理论根据，目的完全在于便利他们断章取义，给古代诗篇以符合儒家正统的解释。“诗无达诂”只是诗的语言不能照字面直解，而绝不是承认理解的历史性和多种解释的合理合法。事实上，正是汉代的经学家们给《诗经》的每一句话都作出功利主义和道德论的解释，乃至“诗的地位逐渐崇高了，诗的真义逐渐汩没了”[15]。因此，汉儒承认诗无达诂至多不过类似新批评派承认诗的含混和反讽，至于诗的内容或意义，他们都有相当明确而固定的解释。可是，一旦承认诗的语言不能照字面直解，也就不可避免地为各种解释打开了缺口。清代的沈德潜似乎意识到这一点，他说：“读诗者心平气和，涵泳浸渍，则意味自出，不宜自立意见，勉强求合也。况古人之言包含无尽，后人读之，随其性情浅深高下，各有会心。如好晨风而慈父感悟，讲鹿鸣而兄弟同食，斯为得之。董子云：‘诗无达诂’，此物此志也。”（《唐诗别裁·凡例》）要是董仲舒能听到这样的话，他会作何感想呢？

在中国传统文论里，固然是文以载道、知人论世的儒家观念占据主导，但自古以来对文学语言的复杂性和阐释差距的可能性，也有充分的认识。《周易·系辞上》：“仁者见之谓之仁，知者见之谓之知”，大概是最早肯定理解和认识之相对性的说法。具有反传统思想的王充、葛洪反对一切都以古人为准，要求有更大的学术自由。王充说：“百夫之子，不同父母，殊类而生，不必相似，各以所禀，自为佳好”（《论衡·自纪》），主张作文不必尽合于前人。葛洪认为德行粗而易见，文章则精而难识，“夫唯粗也，故铨衡有定焉；夫唯精也，故品藻难一焉”（《抱朴子·尚博》），则是从鉴赏品评的角度要求一定程度的灵活性。对诗歌语言的两面性深有体会的，要数晋代大诗人陶渊明。他的诗里有这样的句子："此中有真意，欲辨已忘言"（《饮酒》之五），而在他的文里则有"好读书，不求甚解"（《五柳先生传》）这样的名句。欲辨忘言是从写的角度讲，不求甚解是由读的方面看，前者是意识到语言的局限性，后者则认识到语言的暗示性。不求甚解并非不能解或不愿解，而是明白言与意的复杂关系而不拘泥于唯一的解。谢榛《四溟诗话》说得很清楚："诗有可解、不可解、不必解，若水月镜花，勿泥其迹可也。"（卷一 · 四）为什么诗有不可解呢？薛雪《一瓢诗话》有一段话好像在回答这个有趣的问题，而且明显地模仿《周易》里的句式。他认为：杜甫诗"解之者不下数百余家，总无全璧"，原因在于它内涵丰富，从不同角度看可以见出不同的意义，"兵家读之为兵，道家读之为道，治天下国家者读之为政，无往不可"。金圣叹评《西厢记》，也说它"断断不是淫书，断断是妙文。……文者见之谓之文，淫者见之谓之淫耳"（《读第六才子书西厢记法之二》）。王夫之《薑斋诗话》更明确指出读者的作用："作者用一致之思，读者各以其情而自得。……人情之游也无涯，而各以其情遇，斯所贵于有诗。"（卷一 · 诗绎）这些例子都说明，中国传统文评已经认识到文学作品的意义与读者体会之间密切的关系，而这一点也正是西方现代文评十分关注的。由庄子关于言意粗精的分辨到苏轼关于诗语空静的要求，直到李渔关于作诗作文的意见："大约即不如离，近不如远，和盘托出，不若使人想象于无穷。"（《笠翁文集 · 答同席诸子》）中国古代的批评家实际上已意识到文学作品应有许多空白点，即罗曼 · 英伽顿（R. Ingarden）和伊塞尔（W. Iser）等人所谓"未定点"（die Unbestimmtheitsstelle）。读者在阅读过程中发挥自己的理解力和想象力，填补这些空白，各自在心目中见到作品的种种面貌。这就是说，中国传统文评里所理解的作品已经类似于伊塞尔所谓"呼唤结构"（die Appellstruktur）或意大利批评家厄科（U. Eco）所谓"开放作品"（opera operta），它在读者心中的具体化或最后实现在颇大程度上取决于读者本人的性情、修养和经验。不仅如此，中国批评家还认识到一篇作品里的虚要以实作铺垫，未定点要以相对稳定的结构作基础。刘熙载说："诗中固须得微妙语，然语语微妙，便不微妙。须是一路坦易中，忽然触着，乃足令人神远。"（《艺概卷二 · 诗概》）罗兰 · 巴尔特在讨论作品中的空白点时用了一个也许是典型法国式的比喻，他说："肉体最具挑逗性的部位不正是衣服稍微露开的那种地方吗？……恰如精神分析所证明的，正是这种间歇处最具刺激性。"[16]这里一位是清代的中国批评家，另一位是现代的法国批评家，他们的话说得很不相同，但他们讲的道理不是很有些相通么？伽达默认为文学作品总的意义"总是超出字面所表达的意义"，艺术语言“意味无穷”，就因为有“意义的过量”[17]；这和司空图所谓“韵外之致”“味外之旨”（《与李生论诗书》），不是也很相像么？李渔论戏剧的“小收煞”，认为“只是使人想不到、猜不着，便是好戏法、好戏文”（《闲情偶寄·词曲部·小收煞》）；接受美学认为好的文学作品应不断打破读者的“期待水平”（Erwartungshorizont），和李渔的说法不是有异曲同工之妙么？如果说诗无达诂导致承认作品结构的开放性，见仁见智最终承认读者对作品意义的创造作用，那么，认为接受美学和读者反应批评的基本原理在中国传统文评里已能窥见一点眉目，也许并非牵强附会的无稽之谈。当然，中国古人的意见往往不成系统，只是在批评的灵感突然彻悟的时刻讲出来的片言只语，然而这些精辟见解往往意蕴深厚，并不因为零碎而减少其理论价值。我们作出这样的比较，并不是说中国古人早已提出了现代西方的理论，只是指出两者之间十分相近。然而相近并不是相等，在仔细审视之下，两者的差异会更明显而不容忽视。但是，正像海德格尔、伽达默和雅克·德里达（J. Derrida）等人所强调的那样，差异正是事物显出特性和意义的前提。在这里我们可以说，差异正是比较的理由。

从上面的讨论可以看出，承认作品是开放性结构，就必然承认阐释的自由。自古以来，从功利和道德的观点看待文学，对文学作品的意义和价值就总是提出唯一的解释和唯一的标准。承认阐释自由使我们能够摆脱这种狭隘观念，充分认识到鉴赏和批评是一个百花盛开的园地，那儿艳丽缤纷的色彩都各有价值和理由。葛洪说得好：“文贵丰赡，何必称善如一口乎？”（《抱朴子·辞义》）海德格尔所折服的诗人荷尔德林（Holderlin）也问道：“只能有唯一的一，这怪念头从何而来？何必一切须统于一？”[18]文学的创作是广阔的领域，文学的阐释又何必局限于唯一的权威？承认阐释自由正是由于任何个人的理解和认识都受到这个人历史存在的限制，都不具有绝对的真理性。换言之，阐释自由正是以阐释的局限性为前提，而不是意味着任何人可以不受限制、随心所欲地作出自己别出心裁的解释。因此，当斯坦利·费希认为“作品本文的客观性只是一个幻想”时[19]，他显然把话说过了头。没有可读可解的作品，也就不可能有阅读和理解，摆脱本文客观性的阅读本身正是一个幻想。作品虽是开放的，有许多空白，但它的基本结构却把读者的反应引向一定的渠道，暗示出填补那些空白的一定方式。由此可知，在阐释活动中和在一般哲学认识论中一样，我们所谓自由并非必然的否定，而是必然的认识。

注释：

① 柏拉图（Plato）:《申辩篇》（*The Apology*），乔哀特（Benjamin Jowett）英译。

②⑥⑦⑨ 伽达默（H. G. Gadamer）:《真实与方法》（*Wahrheit und Methode*），杜宾根 1960 年版，第 280 页，第 281 页，第 261 页及以下各页，第 280 页。

③ 罗兰・巴尔特（R. Barthes）:《作者之死》（The Death of the Author），载《形象—音乐—本文》（*Image-Music-Text*），希思（S. Heath）英译，纽约 1977 年版，第 148 页。

④ 伽达默:《语义学与阐释学》（Semantics and Hermeneutics），载《哲学阐释学》（*Philosopbical Hermeneutics*），林格（D. E. Linge）英译，柏克利 1976 年版，第 88 页。

⑤ 钱锺书:《管锥编》第 2 册，中华书局 1979 年版，第 406 页。

⑧ 大卫・布莱奇（D. Bleich）:《主观批评》（*Subjective Criticism*），巴尔的摩 1978 年版，第 264 页。

⑩ 莎士比亚:《哈姆莱特》，第五幕第二场第 358 行。

⑪ 维尼（A. Vigny）:《狼之死》（*La Mort du Loup*）。

⑫ 卡莱尔（T. Carlyle）:《成衣匠的改制》（*Sartor Resartus*），第二部第三章。

⑬ 保罗・里科（Panl Ricoour）:《阐释学：象征研究》（Hermencutics: Approaches to Symbol），载格拉斯（V. W. Gras）编《欧洲文论及其实践：从存在论现象学到结构主义》（*European Literory Theory and Practice: from Existential Phenomenology to Structuralism*），纽约 1973 年版，第 90 页。

⑭ 钱锺书:《管锥编》第 4 册，第 1359 页；参见《谈艺录》，第 321—322 页。

⑮ 罗根泽:《中国文学批评史》第 1 册，中华书局 1962 年版，第 71 页。

⑯ 罗兰・巴尔特:《作品的快乐》（*Le plaisir du texte*），巴黎 1973 年版，第 19 页。

⑰ 伽达默:《美学与阐释学》（Aesthetics and Hermeneutics），载前引林格编译《哲学阐释学》，第 101、102 页。

⑱ 转引自海德格尔（M. Heidegger）《诗、语言、思维》（*Poetry, Language, Thought*），霍夫斯塔特尔（A. Hofstadter）英译，纽约 1971 年版，第 219 页。

⑲ 斯坦利・费希（S. E. Fish）:《读者心中的文学：感受派文体学》（Literature in the Reader: Affective Stylistics），载汤普金斯（J. P. Tompkins）编《读者反应批评》（*Reader-Re-sponse Criticism*），巴尔的摩 1980 年版，第 82 页。

（1983 年第 4 期）

试论欧洲十四行诗及波斯诗人莪默凯延的鲁拜体与我国唐代诗歌的可能联系

杨宪益

我想提出供讨论的题目是比较一下我国唐代兴起的新体诗歌和欧洲的十四行诗以及古代波斯的鲁拜体四行诗，并提出一个假设，即两者之间会不会有某种联系。我这样说，也许会使人们感觉这是毫无根据的臆测，因为中国语文不属于印度欧罗巴语系，汉文与西方语文差别很大；在诗歌形式发展上，走的是完全不同的道路；所以乍一看来，很难相信在诗歌体裁方面能够互相影响。但是我们可以提出，我国从魏晋时开始，讲究声律，创作了新体诗，早已有人说过，这是受了梵文声律的影响。虽然由于汉文的特点，齐梁以后讲究双声叠韵和四声对偶，在诗歌形式方面，有其独特的发展，然而过去中国诗歌曾受过外来影响，似乎也是一个不能忽视的事实。如果我国六朝以来兴起的新体诗歌可能受到过外来声律学的启发，我们说唐代诗歌可能影响过欧亚其他地方的诗歌形式，这个假设似乎也是可以成立的。

让我们先看看欧洲十四行诗的起源问题。西方学者一般都认为十四行诗的起源还弄不清楚。大家都知道英法等国的十四行诗体源自意大利文艺复兴时期贝特拉伽（Francesco Petrarca）等所写的十四行诗。莎士比亚的十四行诗是意大利十四行诗的一个变种，即莎士比亚的十四行诗由三个四行诗组（quatrain）加上末尾同韵的两行诗组成，而较早的意大利十四行诗则是由一个八行诗组（octave）和一个六行诗组（sestet）组成，前面的八行又可分为两个四行诗组（quatrain），但在前八行和后六行之间，音乐上一般要有个顿挫，最后六行更加急促奔放，以结束全诗。一般西方学者认为最早的一首十四行诗是13世纪初西西里岛的诗人披埃·德勒·维奈（Pier delle Vigne）的作品。维奈此人的名字见于但丁《神曲》“地狱篇”（Inferno）第十三章，这也是很多人都知道的。维奈约生于1190年，死于1249年；他曾是腓德烈皇帝二世的宠臣，因皇帝怀疑他不忠，被监禁备受苦刑，并被弄瞎了眼睛而自杀，根据当时基督教义，凡自杀者都要在地狱受苦，但丁把他在地狱受苦的情景写成了动人的诗句。13世纪中除了维奈以外，还有一些别的意大利诗人用过十四行诗这一体裁，也都是属于西西里地方的这一流派。西西里岛当时还是在阿拉伯影响之下，当时西欧文化远比近东一带文化落后，很多东西都是从东罗马和大食文化传过去的，西西里岛则是接受东方文化的一个首站。当然，当时受到阿拉伯文化影响的西西里岛诗人也可能自己创造了这种诗体，但另外一个可能就是十四行诗这种体裁是从阿拉伯人方面传过去的。由于我们对中古阿拉伯诗歌知道不多，一时还没有根据来证明这个假设。可是当时阿拉伯势力横跨欧亚，在大食文化的东边就是强盛的中国文化。从历史年代和地理条件来看，如果我们在唐代诗歌里找到类似十四行诗的体裁，这个假设，即不但欧洲最早的十四行诗是从阿拉伯人方面传到西西里岛的，而且其来源还可远溯到中国，似乎也是可以成立的。

我国唐代著名诗人李白写过不少“古风”体的诗歌，其中有些从形式上来看，很像西方的十四行诗。著名的《花间一壶酒》就是很完整的一首，全诗如下：

花间一壶酒　　独酌无相亲
举杯邀明月　　对影成三人
月既不解饮　　影徒随我身
暂伴月将影　　行乐须及春
我歌月徘徊　　我舞影零乱
醒时同交欢　　醉后各分散
永结无情游　　相期邈云汉

开头是一个八行诗组，用的是一个韵；然后是一个间隔，下面是一个六行诗组，用的是另一尾韵。

前面的八行诗组又可以分为两个四行诗组；第二个四行诗组是第一个四行诗组的延伸和发展。这和意大利的十四行诗体的规律是完全符合的。

在李白的“古风”体诗歌中，我们还可以举出其他一些诗，也都同十四行诗的形式相似，如他为当时文士的不遇慨叹的一首：

咸阳二三月　　宫柳黄金枝
绿帻谁家子　　卖珠轻薄儿
日暮醉酒归　　白马骄且驰

意气人所仰　　冶游方及时
子云不晓事　　晚献长杨辞
赋达身已老　　草玄鬓若丝
投阁良可叹　　但为此辈嗤

头八句描写当时得宠的权贵骄纵浪游，洋洋得意，后六句以扬雄的遭遇为例，写当时文人不受重视，受到权贵们的嗤笑，也是一个八行诗组加上一个六行诗组合成的。再如他的一首游仙诗，写中原遭到战祸的悲惨情景：

西上莲花山　　迢迢见明星
素手把芙蓉　　虚步蹑太清
霓裳曳广带　　飘拂升天行
邀我登云台　　高揖卫叔卿
恍恍与之去　　驾鸿凌紫冥
俯视洛阳川　　茫茫走胡兵
流血涂野草　　豺狼尽冠缨

头八句写登山后看见天上玉女邀请他登上云台峰，后六句写驾鸿升天，看见尘世的情景，也是一个八行诗组加上一个六行诗组合成的。我们还可以举一首嘲笑不识时务、食古不化的鲁儒的诗为例：

鲁叟谈五经　　白发死章句
问以经济策　　茫如坠烟雾
足著远游履　　首戴方山巾
缓步从直道　　未行先起尘
秦家丞相府　　不重褒衣人
君非叔孙通　　与我本殊伦
时事且未达　　归耕汶水滨

头八句描写鲁儒形象的可笑，后六句是对鲁儒的斥责，也是一个八行诗组加上一个六行诗组合成的，前八行又可分为两个四行诗组。以上所举的例子都是五言古诗，我们还可以举一首七言古诗《行路难》为例：

金樽清酒斗十千　玉盘珍馐直万钱
停杯投箸不能食　拔剑四顾心茫然
欲渡黄河冰塞川　将登太行雪满山
闲来垂钓碧溪上　忽从乘舟梦日边
行路难　　　　　行路难
多歧路　　　　　今安在
长风破浪会有时　直挂云帆济沧海

这也是前面一个八行诗组，又可分为两个四行诗组；后面的六行诗组，虽不完全整齐，有四行是三字句，但前面的八行诗组与后面的六行诗组之间有一个顿挫，这也是同意大利的十四行诗形式完全一致的。

有人也许认为李白的古风体诗一般都是由若干四行诗组合成，其中有些偶然是六行诗组，所举各诗都是此例，只是在行数上同西方的十四行诗巧合，算不得是真正的十四行诗，但是前面所举各例都是两个四行诗组加上末尾一个六行诗组；至少这可以说明李白的古体诗常常喜欢用这个组合。李白的时代比西西里岛的披埃・德勒・维奈要早好几百年，维奈只留下一首十四行诗，而前面随便举出的李白的十四行诗则已有四五首之多，因此不管李白的诗歌影响到西方这一假设是否能成立，如果我们说李白是世界上最早使用这种诗歌体裁的鼻祖，似乎也不算过分。

下面我还想把唐代盛行的绝句体同莪默凯延的鲁拜体（Rubai）作一比较。大家都知道莪默大约生于公元1048年，死于公元1123年。他的出生地方是呼罗珊（Khurasan）省的首都尼沙波尔（Nishapur），靠近阿姆河，在波斯（今伊朗）的东北部，也就是说，离今日的阿富汗不远。鲁拜体诗在公元11世纪到12世纪间盛行于波斯东北一带，这正是莪默的时代。实际上，莪默也并不是首创这种诗体的第一人，这种诗体的起源可能还要早一些。据传说，古代波斯人鲁达吉（Rudaki）在今阿富汗境内的嘎兹尼（Ghazni）城，看到小孩子们玩核桃，并唱着："滚呀，滚呀，滚到巷子那头去呀！"他就用这个调子创作了这种诗体。这当然只是民间传说，不足以证明鲁达吉就是鲁拜诗体的创始者，但至少可以说明鲁拜诗体大概起源于民间歌谣，而且早在公元10

世纪就出现了，因为鲁达吉死于公元941年，还有，这种歌谣形式很可能是从阿富汗传到伊朗境内的。

鲁拜（Rubai）的原意是四行诗，在这四行中，第一行、第二行和第四行需要押韵，第三行不押韵，所以在形式上同我们唐代盛行的绝句是很像的。这种诗体在古代波斯又被称为“塔兰涅”（Taraneh），意思正是“断章”或“绝句”。两种诗体形式既然相似，名称又如此相同，说明两者之间很可能有某种联系。从时间和地域方面来看，如果说鲁拜体是从唐代绝句演变而来，这并不是不可能的。这个假设也并未为我首创，一位意大利学者包沙尼（Alesandro Bausani）就曾经指出鲁拜体可能来自中亚的西突厥，而且他也认为可能与唐代的绝句同出一源。我们知道突厥人于公元1031年越过阿姆河，从东方侵入波斯境内，并在1041年占领了莪默的出生城市尼沙波尔，这正是莪默出生前八年。鲁拜体既然可能起源于民间歌谣，很可能是由西突厥从中国传播过去的。

关于莪默凯延所用的鲁拜体在中亚盛行于公元10世纪前后的问题，不少西方学者还认为这与当时在中亚流行的一种宗教派——苏菲派（Sufism）有关，这种信奉苏菲教派的人是一种在野修行的隐士，穿粗布衣裳，一说苏菲（Sufi）这个字即指粗布衣裳而言，但他们不反对耽乐饮酒，他们的人生观和世界观很类似我们唐代不得意的在野文士，吟诗饮酒，以佛教和道教思想寄托自己的理想。相传为莪默凯延所写的鲁拜体四行诗就反映了这种思想感情。唐代李白的不少诗篇的内容也与此非常相似，我们可以引下面的一首著名绝句为例：

问余何事栖碧山　笑而不答心自闲
桃花流水窅然去　别有天地非人间

由此可见，不但鲁拜诗体在形式上很像我国唐代的绝句，就是在思想内容上，同某些唐代文人的诗篇也是很相似的。从历史时代和地理条件来看，李白的诗歌传到中亚，影响了当地的诗歌创作，这也并不是不可能的事。

当然，以上我提出的假设，由于西方十四行诗和莪默凯延的鲁拜诗体与我国唐代诗歌的可能联系，实际上是属于中西交通史性质的探讨，已经不完全是属于比较文学研究的范围。从比较文学方面来看，我们把不同国家或地域的文学作品或现象加以比较，并不要求证明两者之间一定要有直接影响的关系。历史时代上或地域上距离很远的文学，即使两者之间不可能有任何实际联系，也可以拿来比较。但是我们中国学者们是历史唯物论者，我们认为文学艺术是人类社会活动的一种反映。在不同时代和不同地域的人，如果他们属于类似地位的社会阶层，具备类似的社会条件，经受类似的社会压迫，就可以有类似的思想感情，即使他们在时代和地域上距离很远，不可能有任何直接或间接的相互影响。相反，即使在同一地区，属于不同阶级的人却可以具有完全不同的思想感情，这就是如鲁迅所说过的，《红楼梦》里的焦大和林妹妹，虽然都在大观园内，却并没有共同的审美观念。我们不能同意某些西方学者从人性论出发的观点，认为只要是人，就会有相同的思想感情。比较文学是一门新兴的学科，我们认为只有坚持科学的反映论，认为文学是人类社会在一定的物质条件下的产物，比较文学这个学科才能有坚实的可靠的基础。无论唐代李白的某些诗篇是否曾经直接影响过中亚和欧洲的诗歌，我们认为中外文学上这种偶合现象也总是可以给以科学的解释的。

（1983 年第 4 期）

中国新诗中的现代主义

—— 一个回顾

王佐良

中国新诗中有无现代主义？回答是：有过。大致上可分两个时期，即30年代之初和40年代中间。有几个诗人的活动贯穿两个时期，但其主要创作可以归属其中之一。

我们的任务不是替他们分期，而是从比较文学的角度，看看这两段时间内中国一些诗人的创作怎样受到西欧现代主义的影响，写出了什么样的作品，后来发生了什么变化，以及变化的原因。

一

现代主义在西欧突出地表现于诗歌，而中国则是一个诗歌传统深厚悠长的国家。这两者的遇合是世界文学史上的一件大事，其重要含义未必已全弄清。而问题的复杂性还在于：在现代主义诗歌兴起于西欧之时，中国刚刚发生了一场诗歌革命。1919年左右，突然之间，中国的年轻诗人们摈绝了曾是那样光辉灿烂的旧诗传统，纷纷用白话文写起了以自由体为主的新诗。

然而旧诗的传统不是能够轻易推翻的。最早的新诗当中，除了语言学家刘复所作比较成功地运用口语以外，多数读来像是不甚高明的词的仿作。因此，当另一代诗人出现于文坛的时候，他们看到：除非他们愿意写淡而无味的类似散文诗那样的东西，他们得寻找新的模型，以及一整套新的美学。在此之前，人们谈的主要是用白话去表达一个平民时代的新题材。现在则人们发现创造社的郭沫若在学惠特曼，新月派的徐志摩等在学英国浪漫主义诗人，闻一多在用英语诗的格律约束新诗。然而当时已从西欧传来了别的声音，别的美学观。不久，创造社里的年轻一代借用了法国象征派的主题和节奏：

我从 Café 中出来
身上添了
中酒的疲倦
——王独清《我从 Café 中出来》

诗人不仅模仿了巴黎世纪末文人的姿态，而且公然在中文诗里用了一个法文字 Café！他的同伴冯乃超则唱《生命的哀歌》，其中魏尔仑（Paul Verlaine）的影响是显然的。继起的两位诗人，李金发和戴望舒，也学象征派而写下了更好的诗。后者同创刊于 1932 年的上海刊物《现代》有联系，因此人称“现代派”。李金发的中文写得很别扭，文白掺杂，为人所病，但他的诗形式整齐，不乏佳句：

夕阳之火不能把时间之烦闷
化成灰烬
——《弃妇》

这无边的“烦闷”（Ennui），这把时间、夕阳和灰烬连在一起的触目形象，是纯然波德莱尔式的。

当然，戴望舒的成就更大，他的名作《雨巷》至今传诵。这首诗表现了音乐的胜利；其响亮、曳长的韵律宛如魏尔仑的《秋之歌》（Chanson d’automne），而其意境则是中国古典的，令人想起“丁香空结雨中愁”“小楼一夜听春雨，深巷明朝卖杏花”之类的名句。但是不久诗人却宣告：

诗不能借重音乐，它应该去了音乐的成分。[①]

果然也出现了一种新风格：口语化，散文化，把原来严谨的韵律放松了：

我的记忆是忠实于我的，
忠实甚于我最好的友人。……
——《我的记忆》

不再是歌唱的声音，而是絮谈的声音。这新风格产生了一连串好诗：《对于天的怀乡病》《秋天的梦》《村姑》《秋蝇》《乐园鸟》，等等。诗人显得自由自在，在语言上也进行了各种试验，例如把古典引语放进现代氛围：

士为知己者用，
故承恩的灯，
遂做了恋的同谋人。
——《灯》

或追求一种日本和歌式的效果：

木叶的红色，
木叶的黄色，
木叶的土灰色：
窗外的下午！
——《秋蝇》

或改造法国的哲学名言：

我思想，故我是蝴蝶……
万年后小花的轻呼，
透过无梦无醒的云雾，
来震撼我斑斓的彩翼。
——《我思想》

这是把笛卡儿（“我思故我在”——Descartes：Cogito ergo sum）同庄子（庄周梦蝴蝶）合而为一了。看着这些有新意的作品，我们不禁悬想：如果这位诗人沿着这条路继续探索下去，中国新诗又会出现什么局面？

然而，探索和试验停止了，而其原因除了诗人家庭生活上的波折——妻子离开了他——就是中国的现实：上海的白色恐怖，文艺上的围剿和反围剿，日本的武力侵略，以及终于到来的中国的全面抗战。诗人想要避免卷入而不可得。《现代》杂志上登出了苏汶等人标榜“第三种人”的文章，但是为这个杂志写作的戴望舒却在经历着缓慢然而明显的变化。《断指》一诗已见其端：

关于他“可笑可怜的恋爱”我可不知道，
我知道的只是他在一个工人家里被捕去；
随后是酷刑吧，随后是惨苦的牢狱吧，
随后是死刑吧，那等待着我们大家的死刑吧。

如果说在这里诗人还只是意识到有一个残酷的现实世界存在于诗的想象世界之外的话，那么不久他就对于这残酷有了亲身体验：

我用残损的手掌
摸索这广大的土地：
这一角已变成灰烬，
那一角只是血和泥……
——《我用残损的手掌》(1942)

中日战争爆发了。诗人离开上海，去到香港。接着太平洋战争爆发，香港被日军占领，诗人也被投入牢狱。上引这首诗就是他遭受“残损”的见证。然而诗并不以哀叹告终：

无形的手掌掠过无限的江山，
手指沾了血和灰，手掌沾了阴暗，
只有那辽远的一角依然完整，
温暖，明朗，坚固而蓬勃生春。
在那上面，我用残损的手掌轻抚，
象恋人的柔发，婴孩手中乳。
我把全部的力量运在手掌，
贴在上面，寄与爱和一切希望，
因为只有那里是太阳，是春，

将驱逐阴暗，带来苏生，
因为只有那里我们不象牲口一样活，
蝼蚁一样死……那里，永恒的中国！

几位有眼光的同行诗人赞赏这首诗。艾青说："诗人在《我用残损的手掌》里，写自己用手抚摸祖国的地图，用高度压缩的词句，概括地描述了祖国的广大的陷落了的土地，句句都充满了哀痛；到后来笔锋一转，对解放区（我想他指的是延安）寄予极深的爱。"②卞之琳说：这首诗"应算是戴望舒生平各时期所写的十来首最好的诗篇之一，即使单从艺术上看也是如此"③。

有意思的是，艾青和卞之琳经历了同样的虽然程度不同的变化。艾青是一个至今仍在活跃的诗人，几个月前他的诗集《归来的歌》获得了全国作协的一等奖。人们容易忘记这位最初学绘画的诗人原是维尔哈仑（E. Verhaeren）和阿波里内尔（G. Apollinaire）的爱好者。他写过一首纪念后者的诗：

我从你彩色的欧罗巴
带回了一支芦笛，
同看它，
我曾在大西洋边
象在自己家里般走着，
如今
你的诗集"Alcool"是在上海的巡捕房里，
我是"犯了罪"的，
在这里
芦笛也是禁物。
——《芦笛——纪念故诗人阿波里内尔》

阿波里内尔曾经写过两行名句：

J'avais un mirliton que je n'aurais pas échangé
Contre un bâton de maréchal de France

艾青把它们译成了中文，作为他自己诗篇前面的引句：

当年我有一支芦笛，
拿法国大元帅的节杖我也不换。

多么有气概的宣言，道出了诗歌艺术是何等的灿烂和自负！然而这位超现实主义的先驱者死于第一次世界大战的法国战场，而他的倾慕者艾青发现在西方帝国主义和国民党联合统治的上海，诗人根本没有人身安全，更谈不上保持他的艺术的纯洁和独立性了。艾青的觉醒比戴望舒早，后来的发展也不同，然而他们两个人都经历了同样性质的变化：从法国象征主义、超现实主义回到了中国现实，而在这过程里他们的芦笛改了调子，吹出了不同的声音。

卞之琳也是珍惜他的芦笛的，而且细心倾听来自西欧的几乎全部有新意的芦笛声：波德莱尔、魏尔伦、艾略特、叶芝、里尔克、瓦雷里、奥登、阿拉贡、布莱希特。这名单，连同名字的次序，是他自己开列了来说明他在各个时期所受到的影响的。[④]可以说，几乎所有西欧现代主义的大诗人全在里面了。但是卞之琳又是一个深受中国古典诗熏陶的人，他自己就说他的诗里“出现过晚唐南宋诗词的末世之音，同时也有点近于西方‘世纪末’诗歌的情调”[⑤]。这是指的他的“前期诗的一个阶段”。后来，他更多地从英国现代诗吸收，痕迹也是清楚可寻的。试比较：

伸向黄昏的道路象一段灰心
——卞之琳《归》

街连着街，象一场冗长的辩论
带有阴险的意图
要把你引向一个重大的问题……
——T. S. 艾略特《普鲁弗洛克的情歌》

只不过中国诗人写得更简练、更紧凑，而这是传统的绝句律诗多年熏陶的结果。30年代中期，二十几岁的卞之琳达到了他诗艺上的高峰。他写了非常现代主义化的诗篇，题名《距离的组织》，其末行是：

友人带来了雪意和五点钟。

对于这迅捷的串联手法，不少人觉得难懂。诗人不得不加注说明用意，结果一首不过十行的短诗一共加了七个注，可谓现代世界上自注比例最大的诗篇了！其实诗人也可以不用注而写出好诗，例如《断章》：

你站在桥上看风景，
看风景的人在楼上看你。

明月装饰了你的窗子，
你装饰了别人的梦。

而这时期的最好作品，无疑是《尺八》：

象候鸟衔来了异方的种子，
三桅船载来了一支尺八，
从夕阳里，从海西头。
长安丸载来的海西客
夜半听楼下醉汉的尺八，
想一个孤馆寄居的番客
听了雁声，动了乡愁，
得了慰藉于邻家的尺八，
次朝在长安市的繁华里
独访取一支凄凉的竹管……
（为什么霓虹灯的万花间
还飘着一缕凄凉的古香？）
归去也，归去也，归去也——
象候鸟衔来了异方的种子，
三桅船载来了一支尺八，
尺八乃成了三岛的花草，

（为什么霓虹灯的万花间
还飘着一缕凄凉的古香？）
归去也，归去也，归去也——
海西人想带回失去的悲哀吗？
（1935年6月19日）

“尺八”是中国的竹管乐器，7世纪时传入了日本，诗人在京都屡次听见有人在吹奏它。“动了乡愁”，然而这乡愁之中，有他自己所说的“对祖国式微的哀愁”。[⑥]中国的现代诗人，不管怎样醉心于艺术的完美——而在讲究艺术方面，卞之琳的精细和严格是少有的——对于自己民族、国家的处境都是感触很深的。这一点，在西欧北美的现代主义诗人里似乎是少见的。另外，这首诗又揭示了中国现代主义诗歌的另一共同特点，即中国古典诗歌传统仍然强大有力。诗人采用了西洋的自由体和一行三或四顿的英国式格律，然而诗的支柱却在三个复句，特别是那用纯粹的旧文体、旧词句写出的一行：

归去也，归去也，归去也——

复句本身之中又有复句：三声呼叫，哀怨而又毅然决然，其响亮的长音和中世纪的余韵表达了这一乐器的特点和诗人听它时的心情，诗和音乐、形式和内容在这里达到了完美的统一。

这也就是说，诗人已在变化当中。等到抗日战争来临，诗人到了戴望舒神往而未能到达的地方：延安。时间是1938年，全中国都处在与侵略者决斗的高昂情绪之中。诗人写了《慰劳信集》。这是一本似乎还未得到足够重视的诗集。它不仅写下了活跃于华北前线的八路军战士、游击队员、老年农民、妇女、儿童的神态——中国人民从来没有这样扬眉吐气，这样的聪明、能干，每一首小诗都是一个生动的人物侧影；它还表明：西欧式的现代手法在一个敏感的中国诗人手里是可以用来传达滋生于中国现实的大的情感的。例如：

《论持久战》的作者

手在你用处真是无限。

如何摆星罗棋布的战局?
如何犬牙交错了拉锯?
包围反包围如何打眼?

下围棋的能手笔下生花,
不,植根在每一个人心中
三阶段:后退,相持,反攻——
你是顺从了,主宰了辩证法。

如今手也到了新阶段,
拿起锄头来捣翻棘刺,
号召了,你自己也实行生产。

最难忘你那“打出去”的手势
常用以指挥感情的洪流
协入一种必然的大节奏。
(1938 年 11 月 20 日)

这是写给毛泽东的“慰劳信”:亲切,虚实结合,充满了欣赏和佩服的感情,然而完全不同于后来出现的千万首颂歌。诗人在这位领导空前规模的人民战争的伟人之前并不感到胆怯或自卑,他用“你”字表达了真正的同志爱;他把当时正在进行的大事写进这首小诗,然而选择了他自己的形象:手,手所下的围棋,所写的文章,所用的锄头,最后是“打出去”的手势,这些正是能体现主人公的为人和思想的形象。而诗的形式则是完全属于西欧的:一首格律整齐、一个韵脚也不出错的十四行!

几乎在同一时间,有一个青年英国诗人也在用十四行体写他在中国战场的感受,那就是奥登(W. H. Auden)。这些十四行诗出现在他与伊修伍德合著的《战地行》(*Journey to a War*,1939)一书中。后来卞之琳译了其中若干首。他显然是带着喜爱和欣赏去译的,然而这是一个诗人对另一个诗人的欣赏,没有屈就,也没有高攀,而带着自信,因为这位中国诗人刚刚完成了一件困难的工作:用那谨严的西欧诗体写出了中国战场上的“感情的洪流”。

二

而此后是长长的空白。卞之琳从延安到了昆明，停止写诗 11 年。但是诗并没有完全失去他；他在西南联合大学讲诗，译诗，而且正好看到另一个现代主义诗歌潮流在那所大学兴起。

中国历史上有过几次学者们为了不屈于入侵的异族而大规模从北方迁移到南方的例子。1938 年，最有名的三所北方大学的师生经过长沙、南岳、蒙自到了中国西南角的昆明，生活困苦，然而精神并不颓丧，不减智识和艺术上探索的劲头。师生中多的是诗人、作家，其中有闻一多、朱自清、沈从文、冯至、李广田，学生诗人穆旦、杜运燮、郑敏等等。钱锺书在那里教过文艺复兴和 20 世纪文学，还有英国人燕卜荪（W. Empson）开了一门颇有影响的《当代英国诗》课程。

现代主义并不风靡联大，但它有一种新锐的势头，而且这一次，在法国象征主义派和英美现代诗派之外，出现了德语诗人里尔克（R. M. Rilke）的影响。

这影响见于冯至。冯至早就以《北游》（1928）等诗见称，鲁迅曾誉之为“中国最为杰出的抒情诗人”[⑦]。后来他几乎消失了，原来他埋头在海德尔堡大学研究德国文学。等到他在 1940 年左右出现在昆明联大的时候，他的诗歌趣味有了改变。1941 年，他重新写诗，一年之内写了 27 首十四行诗，例如：

从一片泛滥无形的水里

从一片泛滥无形的水里
取水人取来椭圆的一瓶，
这点水就得到一个定形；
看，在秋风里飘扬的风旗，

它把住些把不住的事体，
让远方的光、远方的黑夜
和些远方的草木的荣谢，
还有个奔向远方的心意，

都保留一些在这面旗上。
我们空空听过一夜风声，
空看了一天的草黄叶红，

向何处安排我们的思想？
但愿这些诗象一面风旗
把住一些把不住的事体。

这里有沉思，有追求，有对于艺术抽象的探索，而出之以一种过去中国诗里少见的形象：用椭圆的瓶子给泛滥无形的水以“定形”，又依靠风旗来“把住一些把不住的事体”。但是诗里有足够的实在东西——秋风、远方的光、黑夜和草木的荣谢等等——和那略带忧郁然而动听的韵律来稳住读者，使他愿意随着诗人进一步探索，这样就使得诗本身经得住多次阅读。同时，人们也听到了里尔克《杜伊诺哀歌》的回响，特别是来自第九章的：

……因此
纯粹是无法说出的事情。……
漫游人从山坡带回山谷的
不是一把无法说出的土，而是
抓到了一个词，纯净的词，那黄蓝色的
龙胆花。……

两首诗都关注“把不住的事体”或“无法说出的事情”，也就是说想表达那些从未表达过的东西；冯至的“取水人”和里尔克的“漫游人”都起着同一作用，即替诗人们自己说话；两人都寄望于艺术：冯至的“这些诗”和里尔克的一个“纯净的词”都指的是文艺创造；而在这一切之上，还有同样的既普通又含有哲理的形象，同样的沉思气氛。

冯至的十四行诗里还有另一类现代主义色彩明显的作品，例如：

我们听着狂风里的暴雨

我们听着狂风里的暴雨，
我们在灯光下这样孤单，
我们在这小小的茅屋里
就是和我们用具的中间

也有了千里万里的距离：
铜炉在向往深山的矿苗
瓷壶在向往江边的陶泥，
它们都象风雨中的飞鸟

各自东西。我们紧紧抱住，
好象自身也都不能自主。
狂风把一切都吹入高空。

暴雨把一切又淋入泥土，
只剩下这点微弱的灯红
在证实我们生命的暂住。

人的孤独感，无助感，文明复归原始的向往，都通过恰当的形象传达出来了，而且诗经历了一个变化：开始的紧迫情势在后来得到了暂时的和缓。

可是它又不同于相似题材的西欧现代诗。它的形象多数是西方罕见的一类：茅屋、铜炉、瓷壶；它的孤独感也不是无边无际、叫人无法承受的一类，因为毕竟还有“我们”两人，还有彼此的爱和依靠。如果我们细看一下，我们还会发现这里是诗中有诗，有写“茅屋为秋风所破”的杜甫的某些遗留，也有千百首写夜思的中国古典诗篇的某些类似情调。这后者可以用两首作于清末——另一个危机时刻——的律诗为例：

千声檐铁百淋铃，
雨横风狂暂一停。

百望鸡鸣天下白，
又惊鹅击海东青。
沉阴曀曀何多日，
残月晖晖尚几星。
斗空苍茫吾独立，
万家酣梦几人醒。
——黄遵宪《夜起》

苦月霜枯微有阴，
灯寒欲雪夜钟深。
此时危坐管宁塌，
抱膝乃为梁父吟。
斗酒纵横天下事，
名山风雨百年心。
摊书兀兀了无睡，
起听五更孤角沉。
——谭嗣同《夜成》

冯至未必读过上引两诗，但是他的最隐秘的耳朵里有这些和其他类似的中国古典诗的不断回响，不仅给他以某些场景、情调的暗示，而且使他对于诗的形式也有一种特殊的预定目标。他同卞之琳为什么选择了西洋的十四行体？难道不是因为在十四行体同中国的传统律诗之间有着相当多的结构和用意上的相似处？甚至律诗中间的对仗也保存在冯至的现代诗里：

狂风把一切都吹入高空，
暴雨把一切又淋入泥土，

冥冥之中，冯至是把十四行当作律诗在写！

当然，两者之间，差别又是巨大的。主要差别在于：黄遵宪、谭嗣同和他们的前辈杜甫都在深夜忧国忧时，而冯至则关心人在一个有敌意的宇宙里的处境。前者抒写政治感，是属于公众的诗；后者吐露内心感，是属于个人的诗。但是冯至的吐露还不是来自内心最深处，比起里尔克在《杜依诺哀歌》里所写的固执的、上天下地无所不往的精神上的追求，他显得温柔敦厚得多。这也就说明里尔克的影响毕竟属于外表，而中国古典诗则是深入骨子的。

他的孤独感也是不持久的。在十四行集内部，就有别样的甚至相反的感情。当他写梵诃的画给他的印象的时候，他注意到这位笔下似有火焰的画家也画了监狱小院里剥着土豆的不幸的穷人们，“象永不消溶的冰块”，从而问道：

这中间你画了吊桥，
画了轻盈的船：你可要
把些不幸者迎接过来？
——十四行之十四《画家梵诃》

声音轻微而意思深厚；诗人是在表达一种希望：让艺术同不幸的人们连接起来，而当一种紧急状况终于使各方面的人聚集起来的时候，他受到了鼓舞：

和暖的阳光内
我们来到郊外，
象不同的河水
融成一片大海。……
——十四行之七《我们来到郊外》

诗句的短促有力——一个新调子——使我们听到跑空袭警报的人们的脚步声，日本军国主义者的进攻使中国人民团结起来了。最后，诗人提出了警告：不要一等危险过去就又出现分歧！同戴望舒、艾青、卞之琳一样，他也从一个抒写个人情感的诗人变成了一个焦虑民族命运的诗人。他不幸而言中，抗日战争一胜利就发生了国民党军人杀害西南联大学生的“一二·一”惨案。这样的中国现实使得冯至放下了诗笔。以后他还要拿起诗笔，但却再也不写十四行了。

从西南联大还涌现出来一批学生诗人，其中颇有几个现代派：用奥登式的口吻写滇缅公路上见闻的杜运燮，写里尔克式哲理诗的女诗人郑敏，而把现代主义更加推进一步的则数穆旦。他缺乏他的师辈冯至和卞之琳所有的整齐、雅致的形式感，但是他写出了一种以前中国诗里少见的受折磨的心情：

我知道
一个更紧的死亡追在后头，
因为我听见了洪水，随着巨风，
从远而近，在我们的心里拍打，
吞蚀着古旧的血液和骨肉。
……
在一瞬间
我看见了遍野白骨
旋动
——《从空虚到充实》

几乎强烈得像艾略特所推重的英国 17 世纪剧作家如韦勃斯特。

伴随着对死亡的关注，还有对暴力的凝思：

勃朗宁，毛瑟，三号手提式，
或是爆进人肉去的左轮，
它们能给我绝望后的快乐，
对着漆黑的枪口，你就会看见
从历史的扭转的弹道里，
我是得到了二次的诞生。
——《五月》

这就一下子进入了充满恐怖行动的 20 世纪。这里的形象完全是属于现代世界的。然而这一切并不来自书本。年轻的诗人曾经在离开北平的美丽校园之后，度过一段颠沛流亡的生活。他跟着一部分联大师生从长沙一直步行到昆明，在几千公里的跋涉里他看到了由农村和小城镇所组成的真实的内地中国。他又参加了中国军队在缅甸同日本侵略军的作战，在随后向印度丛林的大撤退里几乎丧了命。他同死亡和暴力打过照面，所以才写得这样沉痛而无所畏惧。

因此，他所写的情诗也异乎寻常：

你的眼睛看见这一场火灾，
却看不见我，虽然我为你点燃，
唉，那烧着的不过是成熟的年代，
你底，我底。我们相隔如重山！
——《诗八首》之一

静静地，我们拥抱在
用言语所能照明的世界里，
而那未形成的黑暗是可怕的，
那可能的和不可能的使我们沉迷。
——《诗八首》之四

读着这些奇异的然而十分耐读的诗行，再想一想中国古典诗人或者新月派里的徐志摩等人是怎样咏唱爱情的，我们就会看出西欧的现代主义已经在中国造成了多大的影响。

同他的师辈冯至、卞之琳相比，穆旦对于中国旧诗传统是取之最少的。他用的词、形象、句法都明显欧化："死的子宫""观念的丛林""我缢死了我错误的童年""我从我心的旷野里呼喊""你给我们丰富，和丰富的痛苦""水流山石间沉淀下你我"，等等。当穆旦偶然运用传统的词句、韵律的时候，他是有意拿两种意境来加以对照，既强调了现代社会的复杂和紧张，也嘲笑了旧的文学公式的无济于事：

负心儿郎多情女
荷花池旁订誓盟
而今独自依栏想
落花飞絮满天空

而五月的黄昏是那样的朦胧，
在火炬的行列叫喊过去以后，

谁也不会看见的
被恭维的街道就把他们倾出，
在报上登过救济民生的谈话后，
愚蠢的人们就扑进泥沼里，
而谋害者，凯歌着五月的自由，
紧握一切无形电力的总枢纽。
——《五月》

这最后的两行是多么像奥登的早期诗呵！那概括化的“谋害者”，那城市里的工业性比喻，那带着嘲讽口气的政治笔触！但这不是没有出息的模仿。生在西欧文学传统里的奥登没有这样古老的回响，他对现代社会的态度也没有我们的作者那样认真——换言之，穆旦有他独特的深度。

穆旦的现代主义色彩是鲜明的，但是这是一种同现实——战争、流亡、通货膨胀等等——密切联系的现代主义。他的师辈需要经过一段曲折才到达的境界，穆旦和他的同代人如杜运燮是一直就在其中。在穆旦写诗的全部过程里，他都敏锐地意识到现实世界里的矛盾、冲突。然而他不是没有发展。这发展见于两个方面：情绪上的深化，从愤怒、自我折磨进到苦思、自我剖析，使他的诗显得沉重；诗歌语言上的逐渐净化，从初期的复杂——“丰富和丰富的痛苦”——进到能用言语“照明世界”，使他成为中国新诗里最少成语、套话的新颖的风格家。这两者的结合产生了像《裂纹》《五月》《先导》《诗八首》等出色作品。

然而他没有能够把这类现代主义的诗一直写下去。抗日战争胜利之后内战再起，使他感到刚到30岁就已落“在毁灭的火焰之中”[8]。于是他逐渐少写以至终于不写了。他的诗友们也星散了，而他的读者们——在任何时期也是人数不多的——也转向了别种样式的诗歌。

就这样，现代主义的第二个浪潮消退了，尽管后来在北平和上海，还有一点余波。而同时，中国诗歌的主流还在澎湃向前。这个主流就是艾青等人在放弃了象征主义之后所帮助形成的，现在在解放区和重庆、桂林等地以更大的声势滚腾着。就在穆旦等人所在的西南联大，也有人听到了这远方浪潮的声音。这个人就是昔日新月派的主要诗人闻一多。他称解放区诗人田间为“时代的鼓手”，并且这样分析他的特点：

> 这里没有弦外之音，没有绕梁三日的余韵，没有半音，没有玩任何花头，只是一句句朴质、干脆、真诚的话，简短而坚实的句子，就是一声声的鼓点，单调，但是响亮而沉重，打入你耳中，打在你心上。……
>
> 它只是一片沉着的鼓声，鼓舞你爱，鼓动你恨，鼓动你活着，用最高限度的热与力活着，在这大地上。⑨

这里不仅歌颂了新的，也批评了旧的，即那些有“弦外之音”“余韵”“半音”或玩了“花头”的诗。这当中是否也包括他身边联大诗人们的现代主义诗？我们所知道的，只是闻一多也把穆旦等人的作品多首收进了他的《中国诗选》。这时候，闻一多自己已不写诗，但是仍然十分关心他身旁青年诗人的成长，对于有新意的诗作他是衷心鼓励的。然而他自己的文学观又不容置疑：他始终主张——而且曾经出色地实践——中国新诗要抒写对民族和人民的关切。现在，他又在讲演和文章里高度赞扬了生根于中国大地的诗，认为只有在那里中国人才能“用最高限度的热与力活着”。话是指着群众性的战斗诗说的，然而未必同现代主义的诗毫无关联。西欧的现代主义诗歌给中国的诗创作带来了新风格新音乐，但并不能为所欲为，因为它面对的是处在战争与革命的环境里的中国诗人，他们对未来的公正社会有憧憬，而在他们背后则是世界文学里一个历史悠长、最有韧力的古典诗歌传统。这里并未出现先进诗歌降临落后地区的局面，思想上如此，艺术上也如此。除了大城市节奏、工业性比喻和心理学上的新奇理论之外，西方现代诗里几乎没有任何真正能叫有修养的中国诗人感到吃惊的东西；他们一回顾中国传统诗歌，总觉得许多西方新东西是似曾相识。这足以说明为什么中国诗人能够那样快那样容易地接受现代主义的风格技巧，这也说明了为什么他们能够有所取舍，能够驾驭和改造外来成分，而最终则是他们的中国品质占了上风。戴望舒、艾青、卞之琳、冯至、穆旦——他们一个一个地经历了这样的变化，而在变化的过程里写下了他们最能持久的诗。

注释：

---

① 参见《诗论零札》，载《戴望舒诗集》，四川人民出版社 1981 年版，第 161 页。

② 艾青：《望舒的诗》，载《戴望舒诗集》，第 7 页。

③ 卞之琳:《序》，载《戴望舒诗集》，第 8 页。

④⑤⑥ 参见卞之琳《自序》，载《雕虫纪历》(增订版)，生活·读书·新知三联书店香港分店 1982 年版，第 20 页，第 19 页，第 6 页。

⑦ 鲁迅:《〈中国新文学大系〉小说二集序》，载《鲁迅全集》第 6 卷，人民文学出版社 1981 年版，第 243 页。

⑧ 穆旦:《三十岁诞辰有感》。

⑨ 闻一多:《时代的鼓手》，载《闻一多全集》丁，开明书店 1948 年版，第 235、238 页。

(1983 年第 4 期)

总要选最“趣”的画

——民间美术研究漫谈

王朝闻

一

我不企图在这里探讨民间美术的定义，只不过谈谈我对民间美术研究的兴趣。

美术与非美术例如诗歌、传说、音乐、舞蹈之间，有差别也有联系。为了明确民间美术的本质，结合非美术的其他民间艺术进行研究，这不应当说是我们的格外负担，这不可以说是“不务正业”。有些同志研究陕西的莲系美术，反复引证了与它有联系的民歌，有的同志为了研究地戏的脸壳，连同研究了地戏。应用这种比较的方法，有利于特定问题的探讨。

关于民间美术的研究对象，似乎可以分为直接的与间接的两种。年画、剪纸、挑花、刺绣、泥塑以至日用陶器，只要它具备审美价值，只要它和人民的审美需要相适应，只要我们能从这些产品认识民间美术的特殊性，它们都可以说是应当研究的直接对象。至于其他姐妹艺术，例如民歌、神话、传说、舞蹈以至谚语、歇后语，虽然不属于民间美术，但和民间美术之间有艺术的一般本质，同样体现着民间的中国作风、中国气派，都可以说是应当研究的间接对象。

既然非民间美术体现着民间美术的共性，我们应当在较大范围内比较地把握民间美术的个性，仅仅知道它是劳动人民的精神生产是不够的。只有当我们广泛研究了与民间美术有共性的其他艺术，才有可能比较全面地认识它所体现的精神——例如审美趣味的普遍性与特殊性的联系和差别。年画、剪纸或刺绣的构图，讲究均衡、对称、和谐。民歌虽然不是造型的而是语言的，但同样在结构方面讲究均衡、对称，达到多样统一这一美的要求。在构思方面，合理的虚构与变形是各种民间艺术的共性，但是这一点在各种艺术中也有各自不同的表现形式。他山之石可以攻玉，认识非本行有助于明确认识本行，这是一种博与专的关系。民间美术与非民间美术之间，既有区别也有联系，为了

“专”就必须“博”，因为有“博”才可能更“专”。

这次参观了许多物质性的精神产品，开阔了我的眼界。但我想，作为我们的研究对象，还有不少精神性的精神产品值得掌握。金山农民画家关于他们怎样作画的动机，他们的艺术论所体现的美学观，例如有关创作的艺诀等等属于理论性的东西，对于我们的研究工作也是一种十分重要的对象。凡是健在的民间艺人，多少都有些关于创作的理论。要是能够及时把这些活资料记录下来，对自己对别人的研究工作都十分重要。由于民间美术长期未能受到应有的重视，文人的艺术论出版的不少，而民间艺人的艺诀等精神产品却很难从书本里查阅。资料对研究十分重要，资料工作也是一种值得重视的研究工作。包括非美术的有关资料，我们当前还面临着一个抢救它的任务。

二

为什么要研究民间美术？我看至少有如下三种意义：一是充实美术史的主要内容，二是加速美术创作的提高，三是普及审美教育。

长期以来，民间美术在美术史中没有得到应有的地位，这是很不公平的。如果说原始社会的生产工具、斗争武器和日用品，在满足适用需要的同时，已经产生了审美需要，所以美术史不能不从原始社会写起。那么，不仅应当给予劳动人民创造的作品以一席地位，还应当认识它们所体现的美的规律性的普遍作用。如果说均衡、对称、和谐的结构开始于适用，因为适用而产生了审美的快感，那么，包括工具例如陶纺轮的装饰纹样，表明人民不再满足于适用，而且在切合适用的同时，要求获得美的享受。原始社会里的坛坛罐罐，在形体结构方面所体现的均衡对称、变化谐和，作为一种美的法则，经过了长期考验，至今仍是各种美术的基本特征。在幅员广大和历史悠久的中国，体现这种美的结构的具体形态虽是千变万化的，但是一切新作品不能改变上述美的规律性。民间美术是一切美术的基础，不同时代的民间美术理应为美术史家所尊重。

传统的民间艺术怎样影响专业创作的发展，这是一个有待于深入探讨的具体问题。但金山农民画已经足够证明，新的美术创作与传统的民间美术的血缘关系。

审美教育简称美育，过去不被重视。“五讲四美”的内容主要是善，但也意味着美与善的关系。不只是群众而且是干部，都很需要接受审美的教育。公共场所的陶制熊猫、狮子、青蛙成为垃圾桶这一事实表明，人们对于美感和丑感的界限不清。随地吐痰是不善也不美的，但是向珍奇动物或益虫张开着的大嘴吐痰，难道这就是善和美的结合吗？有一个以神话为题材的传统戏曲，本来是表现白鳝仙姑向往人间幸福的。也许因为服装设计者或设计的指导者认为固有的服装陈旧，改了，改成薄纱罩着红白二色的裤子，裤筒是喇叭形的。如果说这样的结果有损于形体的完整性和整体感因而不美，但当事人却以为这是最新最美的设计。至于片面讲求适用而破坏风景点的自然美者，时有所闻。目的为了美化而结果是丑化了自然美的建筑表明，美育对于人们是一种迫切的精神需要。而纯朴、自然以至天真的民间美术，因为与人们的衣、食、住、用、行密切相关，它们所体现的美的法则例如多样统一等等，有助于培养中国作风中国气派的审美观念，有利于创造全面发展的新人，所以必须强调。

三

陶罐，包括贵州贞丰生产的独把手陶罐，制作目的当然是为了适用。但它的造型很完美，有条件称为民间美术品。它可能被人们当作一件美术品观赏的重要原因，在于形体的每一局部都仿佛正在争着向外凸出，看起来好像肌体丰满的雕塑那么吸引人。局部与局部的关系是统一的，也是很有变化的，因为它的形体单纯而避免了单调感。罐口和罐脚内收，罐腹给人一种向外扩张的感觉。貌不惊人而很耐看，有一种持续地令人感到愉快的力量。人们可能以为这样的坛坛罐罐是常见的，没有什么了不起。我们却不能不佩服，这些统一了适用与美观这两点的日常用品，表现出设计者那质朴而聪明的构思。云南出产的另一种陶罐，形态与贵州生产的大致相同，没有格外附加装饰，但在陶器泥坯上，旋出了一圈接一圈的并列着的线纹。正如罐子的脚部不上釉，上下不同的色彩的对比增加了罐子的活泼感那样，装饰性的横纹增加了罐子的粗壮感，成了不一定故意装饰的装饰。

这些显得既稳定又活泼，寄活泼于稳定中的陶罐，个性鲜明地体现了适用与审美的依赖关系。审美需要与适用需要相一致的这种观赏对象，有可能在人们反复接触的情势之下，潜移默化地改变审美感受的麻木性、迟钝性。人们和艺术品相接触的过程中，可以不期然而然地培养他们对美的敏感。这就是说，陶罐的形式美虽然从属于陶罐的适用价值，但这种足以引起人们快感的形式美有相对的独立性。当人们从这些仿佛平淡无奇，其实非常耐看的形体以及釉色的美受到教育，多样统一的审美观念作为一种精神力量，又将反作用于人们的生活。人们把针线不整齐的衣服说成是“狗啃的”，这种轻蔑态度也可表明，人们不满足于衣着适用而且要求美观。许多民歌表明，青年人选择恋爱对象不只要求对象长得像花那么鲜艳，而且要求对象有一手出众的好针线。长于挑花、刺绣的姑娘，既是美的享受者也是美的创造者。也许，正因为她们是美的享受者，所以才有可能成为美的创造者。

上半年我曾在《美育》杂志上写的短文《美育三题》中说：“包括这些富于民族和民间性征的工艺美术品，搜集起来可以成立民间美术馆，让它对美育贡献力量。”看来大家都有这样的要求，有的同志已经动手搜集资料，开始撰写地方的美术志，有不少同志主张建立民间美术馆，我很赞成这些有远见的设想。包括民族、民俗博物馆的建设，其中的民间美术的陈设，可能成为爱国主义教育的组成部分。贵州出版的民族美术画册，就在国际上为祖国争得了声誉。这一切措施对人民也可能增加民族自尊心和民族自豪感。同时，这些无限丰富、非常优美的各种民间艺术，对人民还将会产生免疫力或抗毒素的积极作用，避免接受商品化和低级趣味的侵袭。

四

任何事物都有复杂的属性，民间美术当然也不例外。既然它的内容有精华也有糟粕，既然它的形式有高级与粗糙之分，研究者当然不能认为好就绝对好，一切皆好。不管情况多么复杂，必须掌握它那带决定意义的方面。年画、剪纸、木雕、泥人等常常取材于戏曲，而旧时代的戏曲和民间传说一样，往往既有民主性的精华，也有封建性的糟粕。但是，正如不能因为梁山伯和祝英台出身于地主阶级，就否定了他们在婚姻问题方面反封建的性质那样，不能因为《白蛇传》带有迷信色彩就否定了它那反封建的进步性质。所以，有的同志企图区别龙凤纹样在宫廷美术与民间美术中的不同性质，有的探索年画《老鼠娶亲》的社会意义，有的区别老虎这一题材在民间美术与非民间美术中的特殊内容，等等。这种努力无疑都是有益的，有反对唯心论形而上学的积极作用。

民间美术领域中，存在着许多尚待研究的问题。例如武强年画《猴抬箱官》《扛箱官》，分明具有反对官僚统治的进步意义。在半封建半殖民地社会里，竟然出现这种讽刺压迫者的年画，这在旧时代是一种非同小可的社会现象，它的创造动机不是很值得研究吗？

作为研究对象的民间美术，有许多问题值得研究。这次会议的文章和发言涉及的领域相当广泛，有的从长期深入少数民族所掌握的资料出发，有的从年画市场对年画风格变化的反作用出发，有的从熟悉的泥玩具的历史发展资料出发……对民间美术的主题、题材、形式、风格的特殊性提出了前人和同时代人都很关心的问题。这一切足以表明，这次学术讨论会对民间美术的研究，是一个良好的开端。我深感研究工作自身也是一种群众性的工作，也是令人感到既艰苦又有趣的工作。

强调研究工作的集思广益，并不意味着抹煞个人研究的愿望和兴趣。只有当研究工作者从不同对象或同一对象的不同侧面着眼，经过自己的独立思考，才有可能提出前人或同时代人所没有发现和提出过的新问题，才有可能各抒己见，掌握和提出并非重复现成结论的新见地。在不尽相同的研究过程中，只有分别掌握到各自不同的对象的特殊性质，才有可能从特殊到一般，掌握民间美术的发生和发展的共同规律。

五

作为观摩品而陈列出来的民间美术，有传统的作品和新创作的作品。新创作的金山农民画，分明可以看出传统的民间美术的特征。为了认识传统民间美术的特征，金山农民画对我们可以作为认识方面的参考。他们那关于自己作品的言论，简直可以当作民间美术的美学观来认识。

从幻灯上看到一些金山农民画之后，金山农民画的辅导员吴彤章同志介绍了一些情况。我觉得他的辅导方法是名副其实的辅导，不是不顾对方的艺术个性，把美术院校的绘画常识——写生法、解剖学、透视学、色彩学生硬地向对方灌输的。所以，在他的辅导下，金山农民画的民间色彩被保持了；民间趣味得到了创造性的发挥。用他的话来说，就是“辅导老师在指导创作的同时，有一个了解和熟悉农民的生活、农民的情感、农民的审美习惯和审美理想以及审美趣味的问题，从而懂得他们的艺术语言。另外必须尊重他们的艺术个性。只有随着农民的艺术想象，因势利导地给予某种补充，使其作品取得更完美的效果”。他反对“代劳”——自己动手给农民修改作品。“因为个性是不好掺杂的，特别是农民画，见画如见其人。”尊重农民艺术个性的这位辅导者，还充满热情地介绍了一些农民画家精彩的言论。

农民从自己的爱好和兴趣出发，画他们头脑里的东西。农民画家阮四娣说：“我的画笔是随心走的”；画画为了好看，总要选最有“趣”的画。这些话很有道理，传统艺术论不是有“言为心声”的论点吗？五十岁的张新英，《迎新客》《厨房一角》等画的作者，谈起画来仿佛是·个充满自信的成熟的艺术家。她说，我从小在农村长大，十九岁去上海做工，城里住了二十几年，还是感到农村好，农村的东西自然、朴实。我退休到金山县参加农民创作，看到早年的花灶头、青花瓷的鱼盆、酒甏、漆果盘、木桶等等，特别感到亲切好看。所以我想，农村有的是题材。现在我一闭眼睛，小时候那些儿童玩的东西，灶头上描的图画，鞋头的花样，五颜六色就出现在眼前，显得特别好看。我画农民画就是采用这种大块原色对比。画画的时候，自己心情也很愉快，有时一面画，一面自己也会笑出来，好像回到了童年时代，非常开心。……这些话足够说明，农村也是培养审美趣味的基地。

对照着《迎新客》等画面得来的印象，听这些话也感到“非常开心”。张新英还说：我画画就像造一间房子，要装门窗。一个房间没有门窗就觉得发闷。所以我爱用重颜色的时候，往往在画面中处理几块白色，或是用几块亮的颜色。有些专家问我为什么要这样画，我说这是“开天窗”。《迎新客》里的四只白杯子，就是开的“四扇天窗”。这些话令人“非常开心”，它反映了民间美术家质朴的美学观。

六

我最感兴趣的金山农民画之一，是陈木云的《网中鱼》。这个三十岁的农民画家是否接受过原始艺术彩绘陶纺轮的形体结构的启示，我来不及打听。即使这是一种巧合，也是特别令人感到开心的。

画面上群鱼的行走方向和相互关系的结构，使我直觉地联想到陶纺轮那种旋涡形的纹饰。基本形接近在静止中显示了动势的太极图的这一画面。没有在强调鱼群的紧张时，去画鱼的跳跃，而是让鱼们的走向构成了旋涡形。尽管画面上没有画人，但我分明感到捕鱼人的兴奋心情和喜悦心情。不妨这么说，人的兴奋和喜悦，不是依赖直接出现在画面的捕鱼人来表现的，而是通过画家对于群鱼的动势的把握而间接表现出来的。画家自己的喜悦，间接在群鱼的动势中得到了生动的非常耐看的表现。这好比民间艺人在挑花、刺绣、蜡染中表现了花或鸟的动势，把人们挚爱什么的情感对象化了一样。作者的构思无愧于造型艺术家的职责。

不消说，这幅画和其他金山农民画一样，是强调形式美的。然而，形式美的强调不仅无损于形象的表现力，而且是增强了形象的表现力。画面旋涡形结构的空间感，相应地表现了鱼的动势的时间感。能够这样达到画面的装饰性与表现力的统一，正好是画面引得起观众开心的力量之所在吧？

同一作者的《养鸡场》，和张新英的《迎新客》《厨房一角》《将军鸢》一样，构图和色彩都使人感到画面的热闹、新鲜和活泼。正如贵州各族的挑花、刺绣以至蓝印花布那样，我来不及介绍的金山农民画的一个很有魅力的特点，是它们即使以静止的东西作题材，形象也拥有静中有动的美，越看越有运动感。也与苗族、布依族、侗族的挑花、刺绣一样，金山农民画不斤斤计较形象逼真感。因为它们是艺术家"从心中出"的生活感受的表现，不是机械地对某些物象的逼真的再现，因为它们不受焦点透视等技术教条的拘束，所以它们才得以这么动人地表现出知名的和不知名的民间艺术家的审美理想吧？如果用美术院校的基本练习的标准来衡量这些民间美术，当然难免以为它们是"原始""落后"和"不科学"的。甚至，可能认为它们的创作方法是"形式主义"的。然而，这些作品既然合目的地表现了作者特定的审美感受，符合观众审美的心理特征，可以用科学的态度加以分析，这就恰好说明，作者的创作构思有真情实感。如果画面不能表现作画者的真情实感，即使形象画得像自然形态一样，画得足以乱真，画得足以和彩色照相比美，那不过是技术而不是艺术。尽管它可能使人佩服作者拥有模仿自然现象的本领，但它至少不能企及或代替这些民间美术构思的创造性。

上述民间美术那种拙中见巧的艺术风格，使我再一次联想起我一再称赞过的北京的布老虎。这次所看到的河南、山东的泥玩具，更加使我感到我国那些尚不知名的民间艺人，真正是美的发现者和创造者。

七

包括陕西各地的剪纸，我国民间美术虽然不是某些自然现象的逼真的记录，但它们合目的地表现了民间艺人来自生活实践的审美感受和理想。因此，不妨认为它们较之自然现象的逼真的记录，是在更深入的程度中，更广阔的范围内反映了生活美的。一如前述，民间美术的共性是形式美的强调，但这些美的形式不是形式主义的，它们的形式服从特定的审美趣味。结构方面的均衡、对称与和谐，作为一种审美趣味的体现来考察，它自身是对生活美的生动概括。正因为这些要素使形象在更广泛的范围内反映了生活美，所以，这样的结构才可能广泛地引起人们的审美快感。符合人们的审美理想的形式美，包括上述张新英给画面“开天窗”的主张即审美需要，它自身就是对美的准确反映，就是对美的感受的恰到好处的表现。反映了这种审美感受的《迎新客》，正如曹金英反映了动势的美的《村头小市》，正如把老虎塑造得像天真活泼的小猫的布老虎，形象以其具有特定内容的形式美去影响观众，体现着艺术创造人们的审美能力这一积极的社会作用。

这就是说，从适用等目的转化出来的形式美，才有可能适应拥有审美禀赋的人们的审美要求。民间美术的形式美，虽然不直接诉诸人们的理智和思考，但它对人们所引起的情感的共鸣，也就意味着对于人们审美能力的创造。

金山农民画家用他们自己所掌握的朴素的语言——“好看”“开心”和“自己也会笑出来”等语言来表达他们对于形式美的挚爱。张新英说：我的脾气喜欢爽爽气气，不爱看灰调子的画，一看灰颜色就会想到厂里的灰烟，感到不舒服。容或这些话带有她个人的偏爱的意味——特定生活实践所形成的偏爱，但作为形式美的一种理论的论述来读，这些话也有普遍的代表性。要求“爽气”而避免引起“不舒服”之感，是包括挑花、刺绣等民间美术的共性。长期以来，我国民间美术既创造了这样的形式美，也用这样的创造来创造具有审美能力的观众。

附带提到：有人问，商品性与商品化有没有区别？在我看来，即使在社会主义社会，艺术的商品性是不可避免的。不论多么富于艺术个性的作品，它在一定条件之下不免成为一种商品。如果说“商品化”不是这样的情势，而是指不顾艺术个性而迎合市场的需要，赶时髦——也就是我们习惯地说的“向钱看”，那么，这种趣味不健康的作品不仅不能创造懂得美的观众，而且也意味着对于自己健康的艺术个性的破坏。任何艺术都可能因为投合市场的行情而使艺术个性受到毁灭，但不能因此否认观众正当的审美需要可能反过来创造艺术的繁荣局面。满足自己的审美要求，同时也适应着人们的审美要求的民间美术有群众性，它体现着“生产”与“消费”的辩证关系。

八

可能有人会说，既然社会主义时代的社会关系与封建社会不同了，哪里还有民间美术与宫廷美术、文人画美术的对立？

是的，人的社会地位的改变，不能不导致传统的审美趣味的改变。但是，作为一种风格和形式来看，历史地形成的形式美有延续性和继承性。某些形式风格的稳定性不可否认，差别也许还会不同程度地继续作用于新的艺术创作。

我不想在这里预测，时代不同，区别于宫廷美术、文人画美术的民间美术今后将会发生怎样的变化。我不过想说，为了使研究工作和艺术创作从僵化了的艺术教条中解放出来，譬如说真正做到“选‘趣’的画”，从而发展健康的审美趣味，我以为民间美术那新鲜活泼的形式风格之于艺术才能正在成长的艺术家，正如生命力旺盛的民歌对于有出息的诗人那样，不仅是一种重要的审美对象，而且是一种重要的哺育条件。

民间美术作为情感交流的一种手段，它是敢于变形和虚构，敢于排斥丑的因素，对事物的美的因素作相对意义的抽象的。在这样的美术创作里，单纯的模仿只能是美感迟钝的表现，相反，那些为自己、为别人提供美感对象的民间艺人，在描龙绣凤等方面充分表现出他们长于虚构长于假定的智慧和才能。排斥丑而集中表现美的造型，在形体和色彩等方面十分强调变化与和谐的主观原因，在于恰如其分地表现人们直接对自然、间接对社会所唤起的审美感受，所形成的审美理想。形体、线条和色彩所构成的形象的形式美，不只美在于它的形式也美在它的内容——人对客观事物的审美感受和理想。

金山农民画家阮四娣说她的画笔“随心走”，说她画画“为了好看”，她“要选最‘趣’的画”。作为画论，这些论点道出了灵感在构思中的作用。灵感是艺术创作的一种宝贵的心理状态，用艺术形式记录这种状态可能引起作者的陶醉——即张新英所说的“有时一面画一面自己会笑起来”。这些陶醉于自己的灵感的民间艺人，作为美的发见者和创造者，她们才有可能获得情绪饱满的创造性喜悦，才是名副其实的艺术家，才可能用美来适应和满足人民的审美需要，她们的作品才是可能创造懂得审美主体的美术品。“要选最‘趣’的画”一语，作为艺术境界的形成过程的概括来说，它表明这位农民画家很懂得艺术创作的能动性和主动性。这一论点足以解释这些农民画所体现的主观与客观的关系，也就是说，审美主体尊重审美客体面又不受具体状态所拘束。贵州少数民族那些优美动人的挑花、刺绣、印染的艺术成就，也间接地、相应地体现在金山农民画的创作里。包括构思的独创性，即艺术创作反映美的规律和创造美的成果，已经不同程度地影响过各种美术。我相信，体现了美的规律性的民间美术，对于专业美术家积极影响的可能性并没有过时。

九

民间美术和其他美术一样，就其基本性来说，是对现实生活的反映。不过，既然它要着重表现人由自然和社会引起的审美感受，即使形象是在模仿可视的花鸟和人，这一切形象的外形的准确性不是创作的最高目的。不能否认，民间艺术在造型方面的写实能力，和美术院校青年的写实能力相比，显然较为逊色。但是，既然年画、玩具、挑花、刺绣、蜡染等艺术创造，不以如实模仿客观事物的外在形态为最高目的，它就有权不服从艺术教条主义的束缚。如果阮四娣等人画的鸡和生活里的鸡一模一样，但是画面不能体现她那稀奇古怪、五颜六色，要画得好白相的创造意图，那么，对她的审美感受的表现来说就是不准确的。有人问她，为什么画鸡要画出鸡脚底，她说鸡脚底像朵花，比鸡脚板更好看，所以她才这么画的。正如她画鸡下蛋，把鸡肚子里的蛋也直接画出来的画法那样，这是她忠于自己对生活的感受而不受素描基本练习的要求所束缚的表现。着力表现自己的审美感受的农民画家，你可以对她的画法采取不加认可的保留态度，但你不能否认，画面和形象的特殊点，对她的审美感受的表现来说是准确的。

金山农民画家陈德华，是一个从小就爱看戏和听民间传说的中年妇女。在她画的《柳荫记》的《鹊桥相会》一画里，把天上的银河画得近似地上的河流，河里有许多鱼。从自然科学的角度看来，这样的画法当然是于理不通的。但是，如果排除了审美心理而甘受自然科学束缚，那就只能否定这种异想天开、很有创造性的画法的优越性。她的辅导者介绍说，在作者看来，因为银河里的小星星在发亮，所以她联想到鱼的眼睛。所谓天河当然不会有鱼的，她却敢于这么把鱼画在天河里，她那构思的独创性怎么可以轻视？当我们对于以习作代替创作的作风已经感到乏味的时候，看到这样的作品怎能不觉得新鲜而开心？

金山农民画家曹金英的《四季春》引起我兴趣的原因，在于画面不只突破了焦点透视的束缚，在于她把育苗的塑料薄膜帐篷里的人和物都画了出来。这种画法使我联想到戏曲艺术的假定性，它体现着艺术家的创作自由。她说，看不到的东西，只要心里有，就可以画到纸上；画画全靠心思巧，农村妇女绣的花，不比真的像，但比真的好看得多。把艺术创作当作抒情手段的这些民间艺人，在她们那仿佛幼稚的言论里，道出了怎样创造美也就是怎样反映美的原则。

因为材料比较方便，在这里多半是以金山农民画家的言论为例。其他的民间美术例如剪纸等等，在创造过程中也一定有许多值得记取的经验和议论，等待着我们去忠实地搜集和整理，去做认真的科学研究。但是这一切，只有解放思想，敢于顶住唯心论形而上学的种种教条的限制才能做到。

十

研究民间美术不只限于对它自身的研究，而且要把它摆在特定历史条件之下作研究。包括什么是民间美术发生和发展的历史条件自身，也属于研究的对象。如果像过去某些“研究”那样，把历史条件看成一种现成的东西，写文章就是那么用有关历史背景的话来一套，结果虽然省事，却解决不了具体问题。特定的历史条件与民间美术创作之间，一定还有相应的中间环节。我们必须尽可能掌握这种中间环节，才有可能解释某些形态的民间美术发生和发展的具体条件。

特定历史条件之下的人民对美的感受，审美的经验、习惯、理想和标准，是在特定的历史条件之下形成的。但它一旦形成，就不能不作用于艺术的创作。具体作品那形式风格的特点的产生，主要受作者特定的审美观念所支配。这种支配作用不仅表现在创作的完成，而且表现在创作构思的准备。这就是说，劳动人民在他的生活实践里，与美或丑的事物接触的时候，审美活动为创作实践提供了前提。金山农民画家说她们“心里有”“画心里的东西”，其实这种东西不过是她们对美或丑的事物有了自己的感受的结果，也就是“画由心出”。既然美丑判断决定于审美主体，因而不能否认主体那历史地形成的审美能力。如果说曹金英的《村头小市》对现实生活的反映是相对意义的抽象，不妨说这种抽象是作者在接触生活时，在观念上已经有所提炼，有所取舍。当然不能否认，艺术创作表现作者对生活的审美感受，要受表现能力例如技巧的限制。但是，感受的深浅和是否有独到之处，才是决定作品有没有独创性的重要原因。如果说这些民间美术创作对于其他专业美术家具备着示范意义，那么更根本的不在于它的表现形式和风格，而在于作者怎样在接触实际的过程中的审美感受。

《庄子》云：“吾生也有涯，而知也无涯。”作为研究者个人，能力有限得很，但作为研究者的整体，可能像接力赛跑那样，依靠大家的力量，对问题穷追到底。基于这种看法，我以为民间美术研究工作的困难不过是暂时的，一定会有丰硕的成果；基于这种看法，我相信民间美术研究一定会为精神文明的建设贡献更加巨大的力量。

本文根据 1983 年 7 月 20 日在民间美术学术讨论会发言记录改写，
同年 8 月 3 日改成于贵阳花溪

（1983 年第 5 期）

赵孟頫论

伍蠡甫

一

元代著名画家、书家赵孟頫（1254—1322），字子昂，生于南宋理宗宝祐二年，卒于元英宗至治二年，年69岁。他是宋太祖子秦王德芳的后裔，南宋孝宗时，其族获赐第于湖州，故为湖州人。他在南宋生活了25年，做过小官——真州司户参军，在元朝度过44年，官至翰林学士承旨。兄弟八人，老大孟頔，老八孟籲，他是老七。他的生母邱夫人教诲他，“圣朝必收江南才能之士而用之，汝非多读书，何以异于常人”，因此，“益自力于学”。有《松雪斋文集》十卷和《外集》（即《附录》）一卷，《〈尚书〉集注》，以及《琴原》《乐原》各一篇，他的门人杨载曾编《松雪斋谈录》，已佚，仅存文集。他的生平见于《元史・本传》，而以杨载所作《大元故翰林学士承旨、荣禄大夫、知制诰兼修国史赵公行状》所记较详。下面酌引几段。

元世祖至元二十三年（1286）“丙戌一月，行台治书侍御史程钜夫奉诏搜访江南遗佚，得二十余人，公居首选，又独引公入见”；“丁亥（1287）六月，授奉训大夫、兵部郎中”（从五品），他的书法作品《庄子・马蹄篇》，“乃初被召为兵部郎中时书”。[①]至元二十九年（1292）出任济南路总管府事。[②]元成宗大德三年（1299）“己亥八月，改集贤直学士（从二品）、行江浙等处儒学提举”，元仁宗延祐元年（1314）改翰林侍讲学士，迁集贤侍讲学士，资德大夫，三年（1316）拜翰林学士承旨，荣禄大夫。他死后，追封魏国公，谥文敏。由于声名显赫，画史称他为赵魏公、赵荣禄、赵文敏、赵承旨等。他的家乡又名吴兴，他的松雪斋中有鸥波亭，因此又称赵吴兴、赵鸥波。元朝几个皇帝对他“圣眷甚隆”。仁宗曾说：“文学之士，世所难得，如唐李太白、宋苏子瞻，姓名彰彰然，常在人耳目。今朕得赵子昂，与古人何异！”但是也有人表示不满，仁宗“作色视之曰：‘汝言赵子昂乃赵太祖子孙，岂家世不若汝邪！’其人惶惧趋出”。不久，又有人说：国家大事“不宜使公与闻”，仁宗大怒曰：子昂乃“世祖皇帝所简拔，以为帷幄之臣，朕置之于馆阁之间，使之讨论古义，典司述作”，如再有人“呶呶，非加罪一二，无以戒来者。于是谤者始息”。仁宗还“与左右论公，有人所不及者数事：帝王苗裔，一也；状貌昳丽，二也；博学多闻，三也；操履纯正，四也；文辞高古，五也；书画绝伦，六也；旁通佛老之旨，造诣玄微，七也”。仁宗收藏子昂所书《千字文》多至十七卷，延祐三年四月二十七日下了一道圣旨给李叔固大学士：“赵子昂写来的《千字文》手卷一十七卷，教秘书监里裱褙好了，好生收藏者，合用的裱褙物料，与省家文书应付：者么道，圣旨了也，钦此。”[③]子昂的夫人管道昇（号仲姬）也受命写《千字文》，仁宗大加赞叹：“今后世知我朝有善书妇人，且一家皆能书，亦奇事也。”并“勅玉工磨玉轴，送秘书监装池，收藏”[④]。元英宗登位后，子昂体力渐衰，“畏寒不出”，英宗“勅御府赐貂鼠翻披”。元朝最高统治者意在笼络汉族上层，尤其是江南文人，而子昂则感到皇恩浩荡，当然有所表现。例如皇太后想给自己所住的隆福宫换上更好的名称，交群臣商议，子昂提出“光天”二字，一位大臣认为“光天”曾见于陈后主诗中[⑤]，未免不详，不如“光被”，子昂说：“‘帝光天之下’出《虞书》(《尚书》)，何曰不详?”最后还是用了“光天”。子昂踌躇满志，写出了《宫中口号》：

日照黄金宝殿开，雕阑玉砌拥层台。
一时侍御回身立，天步将临玉斧来。
殿西小殿号嘉谟，玉座中央静不移。
读罢经书香一炷，太平天子正无为。[⑥]

以歌颂新朝的至尊本于儒家精神以治理中国，因而出现了太平盛世。

子昂和元朝权贵往还亦密，如七律《赠脱帖木儿总管》：

将军铁马拥雕弓，壮岁分符镇越中。
山水多情留贺监，儿童拍手爱山公。
紫髯似戟君犹健，白发如丝我已翁。
悦礼敦书殊不忝，看君真有古人风。[⑦]

称道总管早年镇守江浙一带留下“功德”，又借唐代诗人贺知章官至秘书监而回家乡做道士的故事，比喻这位以越中为故乡的大官儿如何同当地小孩、老人，当然也包括诗人在内，亲热得很，颇有古代儒将之风。

但是我们还须一分为二，看到子昂也有内疚的时候，不免故国之思，好比京剧中的杨延辉，虽入赘萧辽，还会偷偷地回宋营探母。不妨先看他的诗句：

在山为远志，出山为小草。⑧

意思是，不仕元还可保持高远的情操，而仕元则卑如草芥了。还有一些散句：

……重嗟出处寸心违；

……

往事已非那可说，且将忠直报皇元；⑨

表示良心谴责之余，想帮助元朝行点仁政，有益于人民，以赎自己的罪愆。他说："士少学之于家，盖欲出而用之于国，使圣贤之泽沛然及于天下。"⑩确是道出他的心事。至于他的故国之思，则集中表现在以下的诗、词中：

岳鄂王墓

鄂王坟上草离离，秋日荒原石兽危。
南渡君臣轻社稷，中原父老望旌旗。
英雄已死嗟何及，天下中分遂不支。
莫向西湖歌此曲，水光山色不胜悲。

浪淘沙

今古几齐州，华屋山丘。杖藜徐步立芳洲，无主桃花开又落，空使人愁。　　沙上往来舟，万事悠悠。春风曾见昔人逝，惟有石桥桥下水，依旧东流。

诗的意思比较明显，词写得婉转，"无主桃花"隐喻异族入主中华，失了真宰；清代朱彝尊《词综》卷二十七收入此词，所引邵长蘅评语，比较恰当："公以承平王孙而婴世变，黍离之悲有不能忘情者，故长短句深得骚人意变。"此外，他还关心人民的疾苦。元武宗至大三年（1310）北京地震，"地陷，黑沙水涌出，死伤数万人。……公素与阿剌浑撒里公（平章）善，密告之曰：'今理算钱粮，民不聊生，地震之变，实繇于此。宜……大赦天下，尽与蠲免，庶几天变可弭。'阿剌浑撒里奏如公言，上悦，从之。"他还间接参与清除残害人民的桑哥丞相的活动。

然而他的内心世界究竟不很平静，时常出现思想矛盾。例如已仕新朝，而仍宣扬高蹈；甘居荣禄，却又歌颂不畏权贵，不恋名位；又如，等同贫富，以掩盖自己的名利之心；甚至深信贵贱决定于骨相和世变，非人力所能左右，以此为自己的出处进行辩解；等等。下面举些例子。

他在唐代韩滉《五牛图》上写过一段跋语："右唐韩晋公《五牛马》神气磊落，希世名笔也。昔梁武帝欲用陶弘景，弘景画二牛，一以金络首，一自放于水草之际，梁武叹其高致，不复强之。此图殆其意云。"[11]实际上陶弘景并非决然不涉政治，武帝遇到国家大事，经常向他请教，因而有"山中宰相"之称。子昂此跋颇具弦外之响，殆向往弘景的"高致"耳。

他画过《子贡见原宪图》(又名《瓮牖图卷》)。子贡和原宪乃孔老夫子的阔学生和穷学生，子昂加上这么一段题语："右子贡见原宪图，要见贫无谄、富无骄之意，乃为尽其能事耳。然二子同出夫子之门，以道德为悦，岂以贫富为嫌哉！子昂。"[12]可见他这幅画的创作动机，是强调或富或贫，都无所谓，态度超然，以自鸣高。

柳贯曾有一段记载：南宋时期，"士气渐已萎茏，端明殿学士陵阳牟公"不容于朝，"公（子昂）审知之，作《高力士为太白脱靴》《黄太史（庭坚）罢郡返棹》二图，且自为赞。当是时，公之气固已高揖李、黄而与之肩"[13]。换而言之，子昂感叹南宋王朝不能任贤，终于灭亡，他的画和赞都反映了故国之思。但是，袁桷对子昂这个作品也有一段跋语，意思却不同了："念昔至元乙酉（1285），尝从子昂承旨公于钱塘，于时年少气锐，各欲以文墨自见，此图之作，实在是岁，鳌头之兆，殆表于是。"[14]末了两句，点出了子昂和他自己一样[15]，都是官瘾不小，元、宋都可，而一年之后（1286），子昂果然接受程钜夫的推荐，仕于新朝了。

商朝末代贵族箕子因进谏纣王而被囚，周武王灭商后，释放箕子，《尚书·洪范》有箕子和武王一篇对话[16]。赵孟頫特意书此对话并画这段故事，合成一卷。明代文徵明跋云："……画既古雅，而小楷精绝，殆无遗恨……公以宋之公族，仕于维新之朝，议者每以为恨。然武王伐纣，箕子以至亲既受其封，而复授之以道，千载之下不以为非；然则公独不得引以自盖乎！公素精《尚书》，尝为之集注，今皆不出，而独此一篇，不可谓无意也。"[17]子昂这个书画合卷，意在表白自己处处之间皆合"君子之道"，这样的辩解还赢得后代文人画家的赞许。

他有时更借相术为自己解说，曾向一位相面先生表示：

我生瘦软乏骏骨，浪许腾骧防失真。[18]

意思是我的相貌平平，官运却还不差，但恐真命并非如此。他接着给自己辩解：

我昔放浪江湖间，举头开眼看青山。
安知世故不相舍？坐受尘土凋朱颜。

我本来落得安闲，谁料终于出仕，劳累之至，面孔都消瘦了；世势如此，我将奈何。然而事实并非如此。他在《致希魏帖》中就曾说过："官曹虽闲，而应酬少暇，以故欲作数字，道区区之情，而不可得。"[19]

推而至于评品书画，他有时也很圆通。当时画家何澄官至秘书监，笔墨气息都很平庸，但名盛一时，他给何澄的《归庄图卷》写了这样一段话："何澄年九十，作此卷，人物树石，一一皆趣，京师甚重其迹……延祐乙卯（1315）九月七日吴兴赵孟頫书。"十一年后，也就是泰定乙丑（1325）二月，虞集也题一段："吴兴赵公松雪鉴裁精严，而不与物忤……。"[20]所谓"不与物忤"，就是随大流，不愿说出真话，得罪一位虚有其名的艺坛庸手。像何澄这样的画家，古今中外画史上都曾有过，真正的艺术批评还是应该予以指出啊！

最后，不妨看看赵孟頫的经济情况和晚年境遇，因为这和他的艺术也有一定联系。他是宋室苗裔，本有领地，但"入国朝后，田产颇废，家事甚贫，往往有人馈钱米肴核，必作字答之"。而且"必得钱然后乐为之书"。[21]有这样一段故事："一日有二白莲道者造门求字。门人报曰：'两居士在门前求见相公。'松雪怒曰：'甚什居士？香山居士（白居易）、东坡居士耶？个样吃素食的风斗巾，甚什也称居士？'管夫人闻之，自内而出曰：'相公不要恁地焦躁，有钱买得物事吃。'"[22]最后还是为了钱而落笔。此外，他也曾在一封信里婉转地说出生活贫困，难以白写、白画的苦衷："所恨贫家无可将接……知我最深，必不见咎。别后贱体老病交侵，药裹不离左右者一年于兹，独坐空斋，愦闷无聊。承谕《三皇庙碑》及《光福寺铭》，托爱如此，其敢不书，但恐笔墨芜秽，不堪上石耳。漫尔书付去人，更在裁之。外蒙润笔之赠，子诚何必邪？不敢引辞，领次愧惶之极。”[23]至于他的老境也很可怜：“为官八年，告老回乡后，管夫人随即逝世：哀痛之极，几欲无生。忧患之余，两目昏暗，寻丈间不辨人物，足胫瘦瘁，行步艰难，亦非久于人世者。”[24]

赵孟頫对于自己的 ·生，也有一些看法，不妨引作木节的收场：

> 齿豁头童六十三，一生事事总堪怜，
>
> 唯余笔砚情犹在，留与人间作笑谈。[25]

所谓“笔砚情”，实际上并非什么“笑谈”，而是标志着他的艺术观，并体现在他的艺术创作中。这种“情”，不妨看作他的审美感情，下文试作初步分析与评价。

二

赵孟頫的艺术观，表现在诗、书法和绘画三方面，本文以后者为主，但首先须谈谈他对诗的看法，因为是跟他的书论、画论相通的。他认为：“今之诗虽非古之诗，而六义则不能尽废，由是推之，则今之诗犹古之诗也。”又说：“必得其才于天，又充其学于己，然而能尽其道。”[26]意思是诗之道首在崇古，其次天才和学力并重。他的诗作在元代可与元好问相埒：“元诗承宋、金之季，西北倡自元遗山好问……粗豪之习，时所不免。东南倡自赵松雪孟頫……时际承平，尽洗宋、金余习，而诗为之一变。”[27]也有人认为：元初的赵孟頫，元末的萨天锡“皆有可观”。[28]实际上，他由于一味学古人，虽有一定功力，但才情不足，只好舍豪放而求温婉，不免逊于元、萨了。

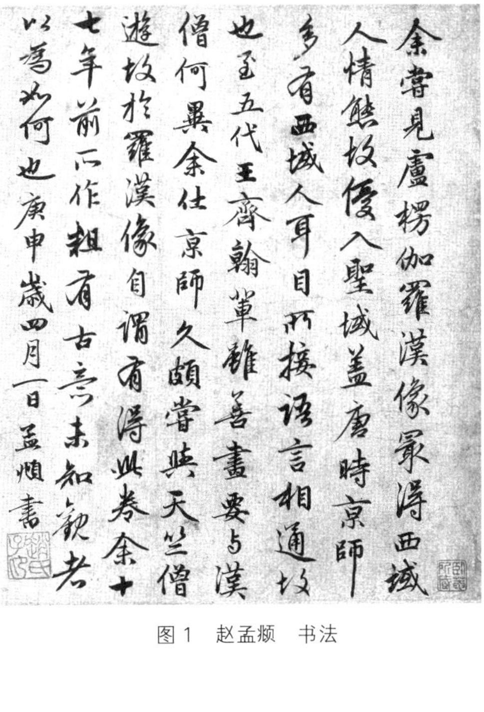

图 1　赵孟頫　书法

赵孟頫对于书学，主张以古帖（而非古碑）为师，讲求笔法、字形，而用笔最为重要。“学书在玩味古人法帖，悉知其用笔之意，乃为有益。”“书法以用笔为上，而结字亦须用工，盖结字因时相传，用笔千古不易。”[29]“学书有二，一曰笔法，二曰字形。笔法弗精，虽善犹恶，字形弗妙，虽熟犹生。”[30]子昂为了讲求笔法，而勤修苦练，他曾说：“仆二十年来写《千（字）文》以百数。”有客曾对另一书家康里巎巎说：“闻赵学士（孟頫）言：‘一日可写万字。’”[31]延祐七年，即去世前二年，他还在两天内书就大篆、小篆、隶、章草、楷、今草六体《千字文》[32]。至于学古他总感到古人不可及，他“偶得米海岳（芾）书《壮怀赋》一卷，中阙数行，因取刻本摹搨以补其缺，凡易五、七纸，终不当意，乃叹曰：‘今不逮古多矣！’”[33]他更赞美鲜于枢勤学古人书法：

刻意学古书，池水欲尽黑。[34]

此外，子昂的苦苦学书是为了能传后代：

学书工拙何足计？名世不难传后难。
当有深知书法者，未容俗子议其间。[35]

也就是书法艺术须经得起历史考验，求得后代有知音，对俗子或时论的阿谀则不必理睬。赵孟頫确是经得起这一考验，赵书的影响至今未衰，为画所不及（详后）。至于子昂的书法学过哪些古人，明宋濂曾予指出：“公之字法凡屡变，初临思陵（南宋高宗赵构），后取则锺繇及羲、献，末复留意李北海。”[36]但清初孙承泽认为：“陆司谏所书《文赋》全摹《禊帖》（王羲之《兰亭序》），而带有舅氏虞永兴（世南）之圆劲，遂觉韵、法双绝。唐初诸公仿晋，率涉板直，如此妙腕未见其匹。赵文敏晚年书法全从此得力，人鲜见司谏书，遂不知文敏所自来耳。”[37]这可作宋说的补充，如果细察用笔转折处，则赵确曾学陆。子昂的书法负有盛名，当时和后世的评价，也不妨谈谈。虞集认为子昂虽学晋人书尚未“入室”：“元初士大夫多学颜书，虽刻鹄不成，尚可类鹜。……自吴兴赵公子昂出，学书者始知以晋名书。然父执姚先生曰：此吴兴也，而谓之晋，可乎？此言盖深得之。”[38]这大概是指他的行草，至于他的楷书，则称许者较多。郭畀（天锡）说：“子昂百技过人，就中楷书大妙绝。”[39]鲜于枢认为：“子昂篆、隶、正、行、颠草，俱为当代第一，小楷又为子昂诸书第一。”[40]明张亚则和郭、鲜于所见相同：“子昂好迹，传世者十不得一，余录其目睹之精美者而品第之，自当以《过秦论》为小楷之冠云。”[41]鲜于枢的题跋还提道：子昂写这篇《过秦论》时，“笔力柔媚，备极楷则，岂知下笔神速，如风雨邪？又古今之一奇也”。袁桷也指出：“承旨公作小楷，着纸如飞，每谓欧、褚而下，不足论。”[42]元人黄溍则做了广泛的论说：“赵公用意楷法，穷极精密，故其出而为行草，纵横曲折，无不妙契古人。不善学者，下笔辄务为倾侧之势，而未尝窥其用意处，是以愈工而愈不及也。”[43]综观以上诸说，主要一点是经过勤修苦练，最后做到笔随心转，于是行笔迅速而意不走，在这基础上从柔媚的楷书，转为纵横曲折的行草。也就是说，赵书纯从功夫中来，而功夫主要用在楷书上。至于他的书品，不妨看看当时和明清的评论。当时由于元仁宗的大力吹捧，一般评论也就随风倒。除上述的鲜于、袁、黄等外，更有姚安道跋赵书小楷《过秦论》值得注意：“字，心画也。松雪斋此书……风格整暇，意度清和，可以观公之心矣。”所谓“整暇”“清和”，反映了温顺的品格，元仁宗所赏识的也正在此，实际上缺乏雄劲奔放的气势。但是元人的评语，也有褒贬各半的。“李西台书名重一时而东坡乃谓‘虽可爱，终可鄙，虽可鄙，终不可弃’。吾尝妄意借为子昂方寸大字之用，闻者瞿然，因难为浅见寡闻者道也。至其尺牍挥洒，奕奕有晋人一种风气，亦不可掩，且未易及哉！”[44]到了明代，赵书的政治支柱不复存在，出于真心的评语逐渐多了。王世贞说得相当率直：“赵承旨各体俱有师承，不必己撰，评者有书奴之消，则太过。”实际上指出他没有自家面目，无甚独创精神。接着又说：“小楷《黄庭经》《洛神赋》于精工之内，时有俗笔。碑刻出李北海，北海虽佻而劲，承旨稍厚而软。”[45]这“俗”和“软”正是雄劲奔放的反面。董其昌则从侧面说出赵书不足之处：“书家以险绝为奇，此窍唯鲁公、杨少师（凝式）得之，赵吴兴弗解也。”[46]这话不啻前引姚安道一跋的注脚，因为“观公之心”，不难发现最怕的就是“险绝”，当然也就无从领会鲁公、少师书法艺术的境界了。张丑认为赵书“过为妍媚纤柔，殊乏大节不夺之气”[47]。将其书法风格归结到政治立场上去，亦即以文论书了。此外清代傅山主张“作字先作人”，对于赵孟頫书品，则“薄其为人，痛恶其书浅俗”，同时指出，“赵却是用心于王右军者，只缘学问不正，逐流软美一途，心手之不可欺也如此。危哉！危哉！”只有“宁拙毋巧，宁丑毋媚，宁支离毋轻滑，宁直率毋安排，足以回临池既倒之狂澜矣”。[48]说得也很深刻，并可联系到对孟頫画品的研究。包世臣更从笔法论赵学王书：“以吴兴平顺之笔而运山阴矫变之势，则不成书矣。”[49]这里的“平顺”，实质上也和赵的为人分不开。

我们看了上面的评论和赵书真迹，可以得出这样的结论：赵书首重古人笔法，次讲古人笔意，但由于自己的政治地位和气质都倾向折中、调和，于古人雄强奔放的境界格格不入，所以只剩下自家的温润细谨，结果是得古法而失古意，终于沦为“妍媚纤柔”。他以一身而兼擅书法和绘画，这两门艺术彼此互通，我们既已看到赵书的基本面貌和审美感情，那么赵画亦不会例外了。

我们首先引他的几则画论。第一，是旗帜鲜明的复古主义：“作画贵有古意，若无古意，虽工无益。今人但知用笔纤细，傅色浓艳，便自为（谓）能手，殊不知古意既亏，百病丛生，岂可观也？吾所作画，似乎简率，然识者知其近古，故以为佳。此可为知者道，不为不知者说也。”古意是指古代绘画相当质朴的意趣，绝不追求表面的华饰，而不知者以为过于简单率直，无甚可观了。其次，对于历代遗产，他总是以为近不及古：“宋人画人物，不及唐人远甚。余刻意学唐人，殆欲尽去宋人笔墨。”如果学得唐代人物画的笔墨，便可心满意足，不求创新了。再次，关于运笔取象，不应停留在形似：“吾自少好画水仙，日数十纸皆不能臻其极，盖业有专工，而吾意所寓，辄欲写其似。若水仙、树石，以至人物、牛马、虫鱼、肖翘之类，欲尽得其妙，岂可得哉？”也就是说，如果要“专工”一个画科，必须从其形似进而得其神似，这样才算“能臻其极”，但任何一位画家又怎能做到每科都是“专工”呢？最后，就画科而论，则强调竹石一科的用笔通于书法：“石如飞白木如籀，写竹还应八法通；若也有人能会此，方知书画本来同。”赵氏这几则论画，似乎可以总结如下。一味追求古人意趣，认为这就是绘画的目的，而为了达到这个目的，须从摹拟古人笔墨入手，因此统摄意、笔的，必然是古代的质朴无华，而非后代的雕琢文饰了。就人物画而论，唐代质朴自然，胜于宋代矜持造作。因为自己又是书家，所以能够以书入画，经过一番尝试，感到竹石较易综合书画的古趣。所有这些看法都无可非议，但是问题在于质朴、凝重不限于古代作品，今人何尝不能质朴，贵在脱去前代窠臼，从自己的创作实践中争取真实感情的表现。至于以书法入画，除了技法，还可深入情思意境的相互影响。赵孟頫不像宋代郭熙或清代原济，创作之余写出大量理论著作，但以上这几段话毕竟是他的经验小结，而且可以作为他的绘画美学，其核心在于求古人意趣。倘若进一步分析，就不难看出，他是以士大夫的身份来提倡崇尚古代法变的文人画，反对讲求创新的文人画，如南宋的梁楷；同时，还把矛头直指南宋马、夏的院体画。关于这个特点，启功先生《论戾家》一文值得参考[50]，现在转述其中一些有关部分。明代朱权《太和正音谱》曾引赵孟頫论杂剧：“良家子弟所扮杂剧，谓之行家生活，倡优所扮者，谓之戾家把戏。”据启功先生考证，“戾”字通于“隶”字，这就联系到子昂和钱选所论“隶家画”的真正涵义，在于标举士大夫的创作，以区别于画院中职业画家的作品。这一论点，见于明人抄集的《唐六如画谱》："赵子昂问钱舜举曰：'如何是士大夫画？'舜举答曰：'隶家画也。'子昂曰：'然。观王维、徐熙、李伯时皆士大夫之高尚画，盖与物传神。在尽其妙也。近世士大夫画者，其谬甚矣。'"钱、赵都在绘画方面替士大夫争取"行家"称号，而赵的补充则进而强调：士大夫画如不学古人，将与流俗为伍，犹如杂剧中的"戾家把戏"。由此可见，在子昂看来，不仅士大夫画、文人画才算是绘画，师法古人，求其古趣，更为绘画的美学原则。对于这一原则，我们评述他的作品时，应加注意。

下面就从他的人物画开始。

三

赵孟頫的人物画大致有写生、写真和写意、想象两个方面。关于前者，以《红衣罗汉卷》较有代表性。他于 17 年后补题："唐时京师多有西域人，耳目相接，语言相通"，所以"卢楞伽罗汉像最得西域人情态"。接着，他批评五代人物画家王齐翰"虽善画（罗汉），要与汉僧何异"，因为不曾钻研西域僧的具体形象。最后说"余仕京师久，颇与天丝僧游，故于罗汉像自谓有得。此卷余十七年前所作，粗有古意，未知观者以为何如也"。描写罗汉，原有梵（西域、天竺）象和汉（中土）象之别，应分别表现民族的特征，卢、王二氏的罗汉像之所以不同，是由于所取的对象不同。佛教传入中国后，中国佛教画里的罗汉形象逐渐汉化，而赵孟頫却坚持只画早年的梵象罗汉，自称"粗有古意"，今天看来，就未免顽固守旧了，因为，"今意"的汉象罗汉何尝不可入画呢？另一方面，他力求忠实地刻划梵象罗汉，却表现了现实主义精神。但是，子昂也有变通的时候。董其昌跋此图，特别提到这一点："赵文敏曾画历代祖师（几位禅宗祖师）像，皆梵、汉相杂，都不著色（即皆用白描），不若此图尤佳，其自题知为得意笔也。"意思是梵、汉相杂，毕竟有损艺术的真实，白描也不如著色能较多反映对象的特征，而赵氏此图正是在梵像与设色两方面取得成功；可以说董氏是主张写实的。试看面部和左手著深褐色，深目、隆准、厚唇、浓须，以及深红袈裟等，都是为了突出梵僧的形象和衣着。至于线条十分凝重，是学唐代阎立本，诚如他所说："余刻意学唐人，殆欲尽去宋人笔墨。"此外，坡石间点缀花草，间以米色嫩瓣，则纯粹为了装饰效果，明代陈洪绶也时常如此。

赵孟頫的写意或想象的人物画见于著录的有袁安、陶潜、谢琨等图，这里只介绍现

图 2　赵孟頫《红衣罗汉图卷》（书法、绘画）

存而有影本的《陶渊明故事图卷》[51]和《谢幼舆丘壑图卷》[52]。

《陶渊明故事图卷》卷末署款："至大元年二月望识，子昂。"为 54 岁时作，纸本，墨笔，全卷共六段。第一段右题"渊明先生像"。渊明袒胸，趺坐席上，面向左，左足裸露，左手执图卷，卷反折而握其两端，卷中略见图迹。右手援笔舐砚，砚后有一水盂。席左置一大盂，中有巨勺，盂左一酒杯，则甚小，席右稍远有一大坛酒。席左端置竹简两卷，席外一卷则较大。这一段着重描写渊明生活的两个重要内容——饮酒与赋诗，面部颇有沉吟自得的神态。试读渊明《饮酒并序》："偶有名酒……顾影独尽……既醉之后，辄题数句自娱。"或渊明《读山海经》："泛览《周王传》，流观《山海图》，俯仰终宇宙，不乐复何如。"再对照画中的艺术结构，不难看出子昂对主人公的诗、酒生涯，是怎样进行形象思维和高度概括的。第二段为群像，题曰："先生为彭泽令，遣一力（佣人）给其子书，嘱曰：'汝旦夕之费，自给为难，今遣此力助□□水之劳。此亦人子也，可善遇之。'"图左为渊明，左手执家书一卷，右手略举，作叮咛状。图右一僮，向渊明拱手，表示接受使命。主仆间呼应自然，而渊明面容和蔼。第三段亦为群像，题曰："每岁终，郡守遣督邮至县。吏跪曰：'应束衣带见之'，先生叹曰：'吾岂能为五斗米折腰，俟乡里小儿！'即日辞绶去职。"渊明赤足着草鞋，顾视小吏，同时双手从腰间解下印绶，面容愤憾交集，写出了诗人弃官归隐的决心。第四段是单人像，题曰："解绶弃职，赋《归去来兮辞》以见志。"渊明头戴葛巾，束以长带，左手持竹杖，右手提裙，腰间系长带，赤足着草鞋，向左行去，而巾带、腰带和袖缘都向右

图3　赵孟頫《陶渊明故事图卷》（局部）

飘举，复用墨染，显得突出，既有“风飘飘而吹衣”之感，复以急遽的步伐，托出归隐情切，尤其是面容于严肃中略带舒畅，揭示了“实迷途其未远，觉今是而昨非”的思想主题。第五段是群像，题曰：“郡守尝候先生，值酒热，取头上葛巾洒酒毕，复着之。”画渊明蹲身，两手倒持葛巾，露出双髻，一僮捧酒坛，倾酒入巾中，巾下承以巨盂。渊明则面有喜色。这几段里，主人公的面貌基本一致，而神情各别，由于画家运思精微，行笔谨细，所以写出了诗人不同时期的内心活动。可以说是继承发扬顾恺之所谓“以形写神”的理论传统，亦即子昂自谓的“粗有古意”了。至于衣折、器皿，笔墨凝重，线条细劲，用而力均，衡无顿挫扬抑，乃师法唐人的静穆，而去“吴生之习”（米芾语，意思是纵横习气）。赵氏另有一幅《陶渊明像》，虞集跋云：“……盖公之胸次，知乎渊明者既深且远，而笔力又足以达其精蕴，是以使人见之，可敬、可慕、可感、可叹而不忍者若此。”[53]值得注意的是“可感、可叹”：虞集虽也仕元，但他和子昂不同，非宋室后裔，对于子昂以丹青赞扬高蹈，觉得比他自己更有难言之隐，所以不胜感慨了；至于“笔力达其精蕴”，则点出子昂的人物画的艺术成就。这里，不妨联系孟頫所画《扣角图》[54]谈谈。《艺文类聚》引《琴操》：卫人宁戚“饭牛车下，叩角而歌……齐桓公闻之，举以为相。”宁戚以言语投合人主而登显要，孟頫却作为画题，可以想见他的官瘾也不小；而且既写渊明，又画宁戚，反映了他的思想矛盾。

《谢幼舆丘壑图卷》，据卞氏《式古堂书画汇考》卷一六，有二本，甲本作《赵文敏谢幼舆丘壑图卷》无款，卞氏注：“仿赵千里著色横卷”，后有王琦、赵雍、倪瓒、董其昌等跋；乙本作《赵魏公幼舆丘壑图并题卷》，题有两段：“予自少小爱画，得寸缣尺楮，未尝不命笔模写。此图是初傅色时所作，虽笔力未至，而粗有古意。……”“右之迩来苦心学道，不畜长物，故此卷亦复弃置姑苏，金实之收而藏之，诚好事哉。”卞氏注云“严氏（嵩）藏”，但只有赵雍一跋，而无王、倪、董等跋。日本出版《中国绘画总合图录》所印一卷，无赵二题，而有甲本诸跋。现在根据照片，参考甲本诸跋，做些探讨。先谈谈谢鲲（幼舆）：东晋庾亮历仕元帝、明帝、成帝三朝，任中书令，执朝政，谢幼舆则是当时的儒臣、名士，明帝曾问他：“君自谓何如庾亮？”他回答：“端委庙堂，使百僚准则，臣不如亮，一丘一壑，自谓过之。”后世便以“一丘一壑”这个短语比喻淡于仕进、寄情山水，赵孟頫画此题材，而且不止一幅，其思想动机可能和画渊明像、渊明故事相同，是故为高蹈以自解耳。我们知道东晋大画家顾恺之先于孟頫画过谢鲲像，把他位置在岩壑里，人问其故，恺之回答：“幼舆一丘一壑自谓过之（指庾亮），故宜置此子丘壑中也。”那么，赵氏图此，殆将与恺之争胜乎！其次，两本都有孟頫次子赵雍（仲穆）跋语，前一本是：“先承旨早年所作，真迹无疑，拜观之余，悲喜交集，不能玄乎”，后一本是：“先平章初年所作……至正十七年……拜观之余，悲喜交集，不能玄乎”，但没有说“真迹无疑”。所谓“早年”“初年”，可能还在仕元之前，感到真州司户参军没啥做头，也可能在仕元之始，五品的兵部郎中不很够味，忽萌入山之想。再次，董其昌题语涉及此图的艺术，我们最应注意。“此图乍披之，定为赵伯驹（千里）。观元人题跋，（特指赵雍一跋）知为鸥波笔，犹是吴兴刻画前人时也。

诗、书、画家成名以后，不复模拟，或见其杜机矣。”用今天的话说，绘画从临摹古人入手，亦步亦趋，笔墨拘谨，未免杜塞生机，而少真趣；必须摆脱前人窠臼，反复实践，而后丘壑内营[55]，技法熟练，心手相应，有个人创造，方成名家。董氏这段评语，是很恰当的。至于孟頫于若干年后重览旧作所写跋语：“初傅色时……虽笔力未至，而粗有古意。”我们把这段话结合下注和董跋，知道孟頫是在悉心模拟赵千里的设色山水。赵千里的真迹罕见，北京故宫博物院所藏《江山秋色图卷》，称为千里作品，台湾故宫博物院所藏《明皇幸蜀图》，称为唐代小李将军昭道作品的摹本，如果将二图和子昂此卷对照一下，似乎后图在技法风格上更相近，这是因为赵千里原有学李昭道处。因此我们可以从此图摸索千里的艺术风格。下面试行分析此图的一些艺术特征。卷首，近处坡岸上一松向右斜出，松下溪水，水中碎石聚散有致。对岸山势起伏萦回，石层交错，上不见顶，下临溪水，水中亦多碎石，是为卷之中部。其右方松树或成双或单一，挺立于山麓，其左方，山顶始露，而势直落，下接平坡，在坡上，四松、三松各为一丛，坡后溪水从深壑流出，一人临流而坐，回首谛听水声，他便是谢幼舆了。卷末，远山一带和近处石上三松相呼应，引出了象外之境。全图山石均用勾勒，设色之外，无皴，无点，树木只有松，不杂其他，比《明皇幸蜀图》《江山秋色图》都简练得多，笔墨厚重、生拙，而无甜、软之病。子昂自题“粗有古意”，我们正可从这里体会。然而细玩全图，对结构的开合、交错、衔接、疏密曾惨淡经营，大动脑筋。尤其是抓住主题的特质：不

图 4　赵孟頫《谢幼舆丘壑图卷》

仅仅是人，而是人与自然的关系，既有美好的丘壑环抱主人翁，更有主人翁在美好的丘壑中的审美享乐，从而赞扬这位胸中自有丘壑的东晋名流，点出了“幼舆丘壑”的涵义。大致说来，赵孟頫这一图卷虽为早年习作，却是成功的。倘若从观者的欣赏过程说，也有值得大书特书之处。作品的主人公既然有山水之癖，所以屋宇、台、榭、楼、阁等为大、小李将军和赵千里所重视的素材，全被作者略去，不让它们分散观者的视线。至于主人公，须待展卷过半之后方始出现，使观者先去大量接触松、石、溪、涧种种自然形象，充实了对自然的审美感情，等到倚山傍水、席地而坐的谢鲲进入眼帘，于是他便和画中人物的审美观一拍即合，精神上起了共鸣，而作者的创作意图也就完成了。以上的评述，涉及山水画方面比较多，本可移至下文关于赵氏山水的部分，但是作者是借自然背景的安排，来突出图中的人物形象，所以就提前讲了。

此外，还有几幅赵氏人物画，只见著录，如《玄帝像》《高士图》《游春图》，也不妨谈谈。

《玄帝像》[56]有临本传世。虞集曾写道：

> 《玄帝像》吴兴赵公子昂写其梦中所见者，而上清羽士（道士）方壶子（方从义）之所临也，青城山樵虞集述赞之曰：
>
> 吴兴赵公，前代公族。
> 神明气清，静处贞独。
> 乃梦天人，披发跣足。
> 玄衣宝剑，坐临崖谷。

这位“天人”并对子昂说：

> “尔善绘事，追步顾、陆。
> 凡吾真仪，子善记录。
> ……
> 旁有介士，玉版金籙。”
> 曰：“帝告汝，锡尔荣禄。”
> 冉冉而升，梦亦遂觉。[57]

原来老子托梦给子昂，要他画像，并通过一位武士之口，许以荣禄，子昂一梦醒来，居然为老子写真了。虞和赵是同僚好友，彼此之间无所不谈，这段话谅非捏造，而赵画的动机也未免幼稚可笑，以“天人”赐禄为仕元辩解。至于在艺术处理上，不过是披头散发，穿黑衣，持宝剑，赤足坐在崖谷里，比起描绘“幼舆丘壑”要简单容易得多吧。

《高士图卷》[58]有子昂自题两段，八弟孟籲一题能说明一些问题。子昂题云：“袁安……严重有威，见敬于州里。时大雪，洛阳令自出案行……至安门，无有行路，谓安已死。令人除雪入户，见安僵卧，问何以不出，安曰：‘大雪人饥，不宜干人。’令以为贤，举安孝廉也。大德癸卯二月二十五日，姑苏寓舍制。孟頫。”子昂画完，补此长题，也许意在暗示：苟能清高，官运自来，至于做哪朝的官乃次要问题，同时给自己解释：我本无心仕元，乃程钜夫奉诏举贤，犹如洛令阳之荐袁安耳。子昂还在卷后再跋：“余为通甫（袁静春）作此图，正以通甫好修之士，使之景慕其高节耳。然予自谓颇尽其能事，此难与不知者道也。明年四月七日子昂重题。”这里未免自我标榜，而所谓“尽其能事”不一定指艺术处理上功夫到家，而是假设：若非真心景慕高节，哪能画出此画啊！至于孟頫一跋尤为腐朽昏昧：“袁氏自司徒安后，（袁安任司徒）世为上公，猗欤盛哉，斯其积德累行有以致也。而传者又以得葬地之故，岂其然乎？”意思是七兄孟頫出仕新朝，赵氏一门都得到光彩，而引以为豪了。

《游春图》[59]，绢本，挂幅，设色，作于至大庚戌春日，想来是工细之笔。元杨维桢题云：

白头乌啄延秋门，渔阳尘起天地昏。
珊瑚宝玦散原野，空令野客哀王孙。
平原公子五色笔，俗史庸工俱辟易。
写成图画鉴兴衰，未必奢淫不亡国。

赞许孟頫此图的创作动机：希望元朝君主吸取唐明皇奢淫误国的教训，励精图治，庶几国祚久长。明代王穉登一跋，先肯定作者绘事的成就，如“人物都冶，裘马蹁跹，宛有东风芳草驰逐之态，而松株石涧萧闲野逸，又不为町畦所缚”，但却提出问题：“吾独慨赵王孙者，画成绝代，而无黍离麦秀之感，何邪？”矛头终于指向孟頫的出处问题。

孟頫的人物画也还有描写宫廷生活的，如《宫女啜茗图》，清王士禛《渔阳诗话》卷上，曾引孔和（节之）所题二绝，和杨维桢不同，全是贬辞了：

秋宫肃肃古衣裳，静女无愁黛亦苍。
不点疏萤和月色，绢头已作百年凉。

厓山遗恨卷黄沙，彩笔王孙不忆家。
忍向卷中摹旧事，直须羞煞后庭花。

看了此图，不禁要问：张世杰、陆秀夫背着南宋末代皇帝赵昺，在中国南端广东新会的厓门投海而死，誓不降元，但是宋室王孙赵孟𫖯竟忘了家国之恨，入仕新朝，甚至忍心描绘宫女啜茗这样歌颂承平的图景啊！

赵孟𫖯的政治生涯，始终影响着他的绘画创作以及当时和后代的评论，那种难以解开的思想疙瘩，不仅反映在他的人物画中，推而至于鞍马、竹石、山水等，也不例外。

四

赵孟𫖯于鞍马一科很有成就，连不大懂画的人也知道他善画马。他自己曾说："幼好画马，每得片纸，必画（马）而后弃去。"[60]他对这画科学得最早，而且着重观察，勤学苦练，态度认真，管夫人曾从牖中窥见他"据床学马滚尘状"[61]，赵孟𫖯更以唐代画马名家韩干为师。他曾跋韩干画马图卷："吾自小（少）年便爱画马，迩来得见此韩干真迹，乃始得其意云。子昂题。"[62]他还写道："吾自幼好画马，自谓颇尽物之性。友人郭佑之尝赠余诗云：'世人但解比龙眠，那知已出曹韩上。'曹、韩固是过誉，使龙眠无恙，当与之并驱耳。"[63]不过，孟𫖯也曾自谦，说五代梁时赵岩画马胜过他："赵岩所画之马，深得曹、韩笔法。余亦好画，何能及也？"[64]但实际上，他对自己的画马艺术是相当得意的。宋濂曾说："郭佑之作诗，至以'出曹韩上'为言，公闻之微笑不答，盖自负也。"[65]也就是不仅与龙眠并驱，实已超越龙眠，胜过曹、韩，赵岩更不在话下了。谈到这里，还须介绍他自己关于画马经验以及对曹、韩画马艺术的看法。他的经验是："马前足不过眉，后足与肩相对（以上是指马在跑动时）；水墨远观意，着色辨精神；走马看传神，举动看体势（以上是着重马的精神和动势）。"[66]他有两段话评价曹、韩画马："唐人善马者甚众，而曹、韩为之最，盖其命意高古，不求形似，所以出众工之右耳。""此卷（《人马图》）曹笔无疑，圉人、太仆，自有一种气象，非俗人所能知也。”所谓“高古”，是指形似之外，更求写出马的精神，而圉人、太仆也不例外。至于历代评论孟頫的画马，也和其他画科一样，涉及他的出处或政治立场。例如黄泽诗云：

黑发王孙旧宋人，汴京回首已成尘。
伤心忍见胡儿马，何事临池又写真？

无名士诗云：

塞马肥时苜蓿枯，奚官早已看貂狐。
可怜松雪当年笔，不识檀溪写的卢。

徐渤诗云：

宋室王孙粉墨工，银鞍金勒貌花骢。
天闲十二真龙种，空自骄嘶向北风。[67]

以上两诗大致有这样一些意思。或者问子昂：元灭宋时，胡儿马曾立战功，你本宋室王孙，怎么忍心以它作为范本？或者责怪子昂：只知描摹塞外的肥马和披着貂狐的马官，却从未想起那匹使刘备越过檀溪、保全性命、延长汉祚的好马——的卢，而写其精神？或者全盘否定子昂摹拟唐明皇的名马（如玉花骢）那类作品，因为这适足证明他虽为宋室王孙，却还不如宋朝御马尚有故国之思。总之，这些批评都是相当严肃的。我们就以子昂的画马经验，对曹、韩的看法以及后代评论家侧重政治的观点，作为分析孟頫鞍马作品的主要参考资料。限于篇幅，只选了五幅有影本的：《人马图》《古木散马图》《秋郊饮马图》《浴马图》和《调良图》，分述如下。

《人马图》作于元贞二年（1296），年43岁。马身痴肥，马面无神，只腿、蹄尚见筋力，圉人亦形象平庸，用笔细软，殊少刚劲。

《古木散马图》，大德四年（1300）作，年46岁，平坡细草，枯树两株，树左右各一马，分作正面站立和侧面俯身吃草之状，均无鞍、勒，显得悠闲自适。马身轮廓细若游丝，虽不失遒劲，但体状平平，绝非神骏。有王宾一跋，谓马“不作腾骧之状，乃散行于萧疏古木之下，从平原而息力，就野草以自秣，鞭策之弗加，控勒之无施”，认为文敏殆有所喻：“士大夫鞅掌之余，宁无休逸之思耶?!”结尾则说“物各有时，又莫可齐耶?”也就是看到了画中的马疏放自得，又安知画家本人不作引退之想？但出处之间各有其时，原当各是其是。换而言之，想为孟頫仕元开脱。

《秋郊饮马图卷》作于皇庆元年（1312），年59岁，绢本，设色，卞永誉所记较为确切，特引如下：“秋林疏树，野水长堤，一朱衣奚官持竿驱马就饮。马凡十，立水者一，踏沙者三，在陆者三，一为奚官所乘，隔岸驰逐者二。笔简意闲，古秀溢目。”卷后柯九思跋，认为气韵可比韦偃《暮江五马图》、裴宽《小马图》，至于“林木活动，笔意飞舞，设色无一点俗气；高风雅韵，沾被后人多矣。”韦偃和裴宽画马真迹早佚，现存李公麟临韦偃《牧放图》尚可参考。韦图有马一千二百多匹，圉人将近二百，笔意造型高度统一，堪称杰作；而孟頫此卷虽人、马之数不及韦图的什一，但也是形象生动，精神饱满，可谓以少胜多了。倘若我们细看影本，还可补充一些：马首都向左方，偶有回顾者；涉水就饮的，行动舒缓，饮后上岸的，奔驰竞赛；既寓纷歧于统一，更写出马的性情。至于清溪宽广，坡岸逶迤，长堤回抱，林木交错；对岸丛林只见树根，树后又是一湾溪水；这样，就把自然环境画得十分开阔，而十匹马就在这宽广的空间里过着自由的生活。子昂的种种艺术处理，不仅增强画面的节奏感和整体美，并且寓主题于自然的描绘，犹如在丘壑缜密中写出谢鲲形象，其审美效果就远胜于单画马、单画人了。这一特征，和子昂的多面手不可分，而非一般画马者所能及，是应该予以指出的。

《浴马图》，绢本，重设色，描绘奚官九人在岸边、树下和溪水中洗马情状。马共十四匹，黑、白、灰、褐、黄或花斑不一，有卧、立、涉水、饮流、顾盼、嘶鸣、昂首、俯身

图5　赵孟頫《秋郊饮马图卷》

图 6　赵孟頫《浴马图》(局部)

诸态。奚官或立水中，裸上身，以盆勺水；或骑在马上而手提湿巾；或仰身整理缰勒；或牵马入溪就浴；或浴后，系马林间，袒胸脱靴，稍事休息。人和马各有动势，而彼此呼应，结构整一，无零星散漫之病。倘若把唐代佚名《百马图》和孟頫此卷相比，便觉前者罗列现象，动态杂呈，类似马谱，而非艺术作品了。

《调良图》，纸本，墨笔，署款“子昂”。《淮南子·说林训》：“马先驯而后求良”，子昂描绘“求”得了一头“良”马的情况。画中狂风大作，吹得马鬃、马尾和圉人的长须、长袖都向右方飘扬；圉人吃不消了，高举右袖以掩面，站立也不稳，但马却若无其事，四蹄着地，低头吹草，这一对照，形象地、成功地表达了“调良”的主题。在结构上，人和马之间是通过马尾和缰绳而互相联系的，使我们看到了孟頫高度的艺术手法，值得仔细描写：马的长尾向前蹄扫去，成一弧线形，缰绳从马首向右引去，亦成一弧形线，但绳却握于圉人左手，而左手搁在身后；先由前蹄隔开长尾和缰绳，复由衣服遮断了缰绳和左手；这样，人和马便在两个弧线形的虽断而实连之中互相结合了。若使庸手为之，未必会想象出这前蹄的间隔作用，却让缰绳经过衣前而全部暴露了。读者不妨玩味此图影本，庶不辜负作者的匠心独苦啊！至于马身和靴、帽、腰带，以深墨染；鬃、尾和长须，用细线描而淡墨笼罩；四蹄和衣服则勾勒，不复渲染，留出白地。浓淡之间配合得当，对此，观者亦不可等闲视之。

另一方面，赵氏画马也有不足之处。由于竭力求古，写马的轮廓时，只用唐人的铁线描，力量均匀，凝重有余，而生动不足。看上去似乎不及李公麟不怕“吴生习气”，舍铁线描而取蓴叶描，例如他的《五马图》中的“好赤头”的躯体，以具有顿挫、起伏、宽狭的线条，表现出马身的质感、立体感。此外，赵氏的圉人、奚官的形象，也因为用笔讲求细整，放不开来，局限了线条的造型功能。至于像李氏《五马图》中“凤头骢”的马官，从其面貌可以看出久经风霜而富于经验，或“好赤头”的圉人，洗马完了，握刷索缰而从容不迫的神态，子昂都有所不及，就圉人面貌说，《浴马图》似乎逊于《秋郊饮马图》。

最后，可读孟頫《双马图卷》[68]的自题七绝：

飞腾自是真龙种，健笔何年貌得来？
照室神光欲飞去，秘图不敢向人开。

先是谦逊，随后又十分自负。而董其昌跋此卷云：“赵吴兴画马，直与曹、韩抗衡，此卷尤为合作。”也很加赞许。我们不妨说，在赵氏的绘画中，鞍马的成就不亚于人物。

五

竹石一科大都出于文人墨戏，而以人论画，更成了画竹理论的基调，对于赵孟頫的竹石，画史所作评价也是如此。本节先引用这方面的部分资料，再介绍赵孟頫对画竹的看法，并选几幅有影本的作品，试行评述。

虞集关于赵氏竹石的介绍，讲得比较全面，使我们先有一个轮廓，例如《子昂画竹》七律：

高崖数竹凌风雨，老可当年每画之。
修影自怜流水远，虚心如待出云时。
纵横鸿爪留沙碛，宛转鹅群向墨池。
百年湖州仍见此，故知王子善参差。[69]

第一句说此图局势开阔，层次较多，并且写出竹的斗争精神，使我们联想到这幅画竹和疏淡、恬静的小品不相同。第二句、第七句讲子昂成功地继承北宋文同（与可）的墨竹传统。第三句、第四句是写子昂画此图时的心境：好比水中竹影，顺流而逝，不复返了，那么只有效虚心之竹，胸无芥蒂，方能自由自在，即便是入仕新朝，也只当作“云无心而出岫”了！观者若以人论画，那么这一幅上，竹中之“我”便是如此。第五句、第六句、第八句才是子昂画竹的艺术特征：运笔沉着，如鸿爪划沙，而又异常灵活，好比王羲之观鹅颈转动而笔法愈加矫变[70]，又仿佛《诗·周南·关雎》：“参差荇菜，左右流之”，面面生姿了。虞集此诗把子昂画竹的主题——自喻、自解，以及全幅结构和技法传统等，讲得相当明白。此外，虞集《送吴真人序》[71]，对孟頫写赠吴真人的《古木竹石之图》更作了生动深刻的描写：“乃合两卷大幅……竹并立如铁石，枝叶交错，深不可测，而历历可数。老木参植其间……苍然，真有以共夫千岁之冰雪者。石脉缜密，八面具备，蔚乎高深而坚润，有以见其所托之固而且厚者焉。”我们读后，如见两根身躯坚挺的巨竹，枝叶重深，若无边际，而又一一可辨；它们和苍然的古木，一起生长在磐石间，共同经历了无数寒冬，使人感到由于根深，生命力方始坚强。最后，虞集写道：“盖其翰墨法度深稳，能极古人神巧之所至而兼之，固数百年之寥寥者矣。”又归结到子昂的笔墨功力上去。虞集这段描述相当重要，因为我们倘若以为子昂的竹石都像现有之作，率皆清简平淡，而不能以凝厚的笔力，表现幽深的境界和磅礴的气势，那就是未窥全豹。至于虞序所谓“八面”和“坚润”，则可从下文介绍的子昂几幅竹石中领会到。

除虞集外，前人关于子昂竹石、木石的创作思想，以及他对这些自然景物的审美感受，也有不少评论。元袁桷《题子昂枯木竹石图》：

> 亭亭木上坐，楚楚湘夫人。
> 因依太古石，融夜无边春。[72]

古代诗人常以竹比湘水的女神，如白居易请萧悦给他画竹十五竿，分东西两丛，并作《画竹歌》为报，有“东丛八茎疏且空，忆曾湘妃雨中看”之句。袁诗则分析此图的构思有两个重要的组成部分：或者竹木相依，而湘妃的鲜明形象出于林端；或者竹石结伴，而湘妃又如与石为伍，石寿无疆，湘妃也就处于无限的生命中了。这诗描写观者可能引起的一番浮想，而画家落笔时也未必没有一种浪漫主义的感伤之情：竹能生得其所而作者的归宿又将如何！又如虞集《为欧阳学士（玄）题子昂墨竹》，其二：

先生归到归鸿阁，阁下应生此竹枝。
定有凤凰来共宿，可怜翡翠立多时。[73]

诗人援引宋玉《招魂》所谓“翡翠珠被”[74]以喻归鸿阁下的竹，犹如翡、翠比翼，凤、凰同栖，主人与竹结下不解之缘，点出了赞美隐逸、高蹈乃子昂此图的主题。当然啰，竹喻清高，石喻坚贞，从而形成竹石一科的自然人化的思想源泉，也不仅子昂之作才是如此。

至于一年四季中，秋天木叶摇落，容易唤起艺术家悲秋之感，并结合思乡、怀旧、身世，等等，有时也成为画竹的主题思想。虞集另一首《子昂竹》绝句说明这一点：

忆昔吴兴写竹枝，满堂宾客动秋思。
诸公老去风流尽，相对茶烟扬鬓丝。[75]

我们还记得晋时吴人张翰，感到晋王朝的政局混乱，急想南归避祸，就托词秋风已起，想尝尝故乡莼菜和鲈鱼的滋味，于是挂冠归去。骚人墨客便以莼羹鲈脍为士大夫归隐的美谈，诗人则更称道秋思乃悲秋的“净化”途径。因此虞集赞美子昂写竹而能引起座上诸公大动秋思，真乃艺苑的风流韵事；尤其是人到老年，回忆往者不可再，而只见茶烟飘绕于霜鬓间，心情将比悲秋更加恶劣了。可以说虞集这种相当消极的情怀，子昂这位末代王孙也未尝没有。虞集还有一首《子昂竹石》，似乎说得愈加明白了：

数尺琅玕近玉阶，连昌宫苑少人来。
庚庚苍石如人立，恐有题名上紫苔。[76]

连昌宫是唐王朝的一座行宫，安史乱后，行宫荒废，诗人元稹（微之）并未到过此宫，却凭想象写出七古长篇《连昌宫词》，刻画宫中盛衰之景。虞诗把子昂此图的景物，比作宫中一处荒凉的园林，虽人迹罕至，而竹石依然，尤其是石质坚硬，所以石上的前人题名还在。这样，画竹石与吊古相结合了。其实，人们首先须怀古，然后才能吊古。前面所说，子昂满脑子的“粗有古意”，这是指艺术风格而言，至于子昂这幅竹石的主题，虞集认为有故国之思，也许没有说错吧。

以上所引，都是他人评论赵画竹石的审美感情。但更为重要的是孟頫本人关于画竹的主题以及表现的方式、方法。因为这些是第一手资料。他指出墨竹应以“寄兴”为目的，而宋代文同与苏轼最为能手：“墨竹者所以游戏寄兴者，然而造妙者不多。唐王右丞维皋平石本，既经重刻，甚不足观。而文石室（文同）独能超绝今古，东坡谓此枝乃推广其意者，虽曰推广，或者过之。”[77]他曾题元代李仲宾《野竹图》，道出了他的画竹艺术的审美观：

> 吾友李仲宾为此君（竹）写真，冥搜极讨，盖欲尽得竹之情状。二百年来以画竹称者，皆未必能用意精深如仲宾也，此《野竹图》尤诡怪奇崛，穷竹之变，枝叶繁而不乱，可谓毫发无遗恨矣。然观所题语，则若悲此竹之托根不得其地，故有屈抑盘蹝之叹。羲尊清皇，木之灾也，拥肿拳曲，乃不夭于斧斤，由是观之，安知其非福耶!？乃赋小诗以寄意云：
>
> 偃蹇高人意，萧疏旷士风；
> 无心上霄汉，混迹向蒿蓬。[78]

李仲宾，名衎，号息斋道人，也仕元，官至吏部尚书，是当时画竹名家，但和子昂异趣，侧重写生，而非完全寄兴。他曾去产竹甚多的交趾（今越南北部）就地考察，著《竹谱详录》[79]。他除墨竹外，常用双钩和青绿设色等法，于元代文人画竹外，别树一帜。子昂所谓“写真”“深得竹之情状”“诡怪奇崛，穷竹之变”，是说仲宾能画其所“见”，并悉本原状，故“毫发无遗恨”。但子昂真正欣赏的并非这些，而是仲宾还能进一步写出感想：“屈抑盘蹝”乃叹息士大夫托根非所啊！子昂更补题一绝，表示宁愿安于“野竹”的身份，不求显贵，虽混迹蓬蒿，仍不失高雅。这里，子昂道出了自己画竹也是为了赞扬孤芳傲世的精神，或者说，以“寄兴”为目的。他曾自题画竹，表明同样的思想动机：

> 怪石太古色，丛篁苍玉枝。
> 相看两不厌，自有岁寒期。[80]

换而言之，竹嫩而石老，却都能不畏寒冬，互相砥砺，何况人乎，更应以节操自守了。这里也反映出子昂的思想矛盾。

我们在简单介绍元人论赵画竹石以及孟頫自论的基础上，试行评述现存的、有影本的孟頫竹石三幅。

《秀石疏林图卷》[81]，纸本，墨笔。卞氏所记构图：“平坡秀石间，古木三株，小竹数丛，笔意萧闲，云林之蓝本也。”所谓倪瓒本此，似欠斟酌，因为二人画竹究有区别，赵以法度为先，着意经营，倪若出于无意。且看孟頫自书七绝：

石如飞白木如籀，写竹还应八法通。
若也有人能会此，方知书画本来同。

是说自己运用汉代飞白书中枯笔露白的宽线条，来画石的轮廓，并继承周时一位名

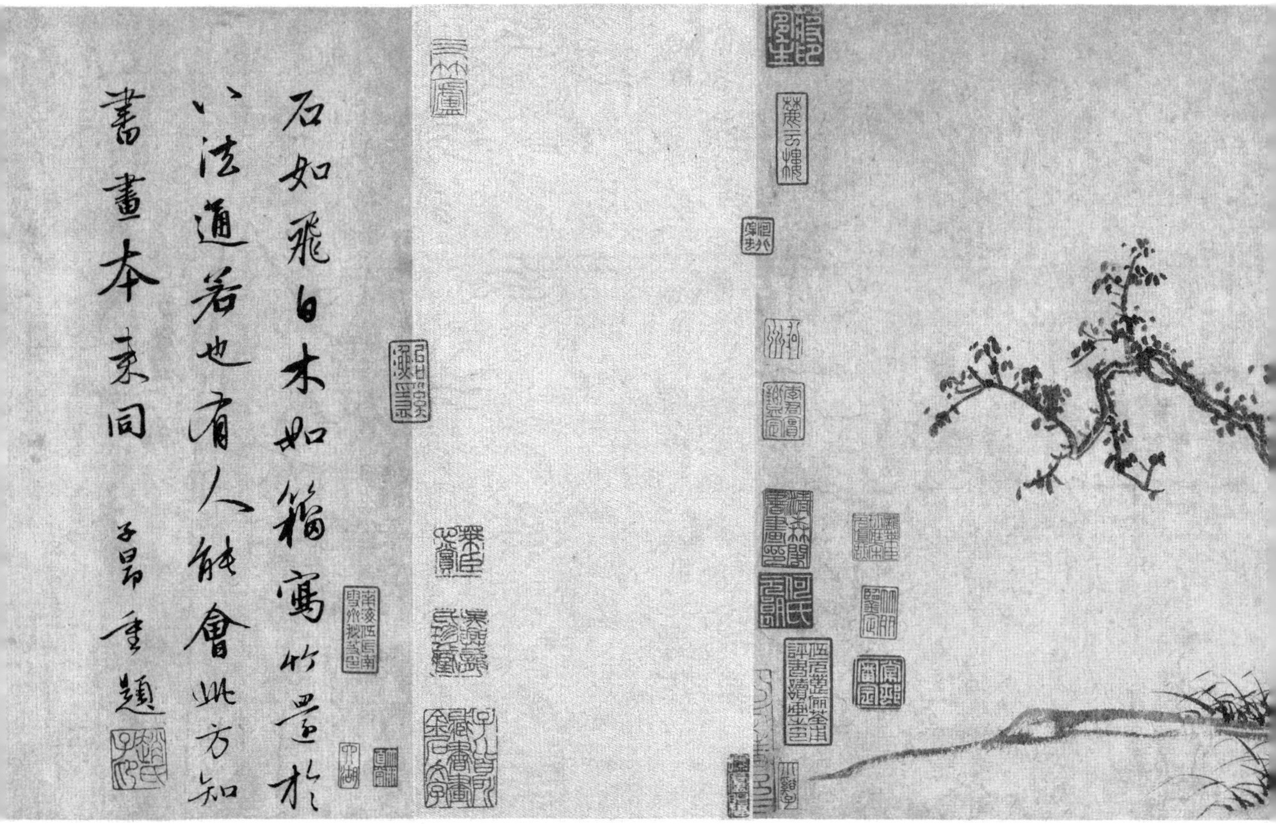

图 7 赵孟頫《秀石疏林图卷》

叫史籀的史官的笔法，来勾取树身与树枝，希望观者能从图中领会画和书原为一家眷属。主要是讲求笔法，和云林重在传神，毕竟不相同。我们细察此图的枯木、垂藤、修篁、小草，笔笔皆用中锋，而且“劲直如矢，宛曲如弓，铦利精微”[82]，籀文的笔法一一可辨。再看近处小石二，坡上大石二，坡后大小石各一，多用阔笔取其轮廓，有几处铺毫而能留出空白；左面大石，有数笔向下直落，扫出皴纹，复又互相间隔，发挥了“飞白”的妙用。但见白、黑、虚、实，交错舞动，诚如张怀瓘所谓“轻微不满”“微露其白”，而“浅如流露，浓若屯云”[83]，这两种书体的特征，子昂基本上掌握而用之于竹、石。尤其是石的粗轮廓，如果只见几处空白，它们之间却无联系或呼应，便不能汇成线条的运转，托出空白的动势，那末只有一块块的“死”白，而无“飞”白，未尽飞白之妙，正如梁武帝所说，“王献之白而不飞，萧子云飞而不白”[84]了。我们细玩子昂所画数石，笔法却是亦“飞”亦“白”，倘非精于书学技法，难以办到，可以说他自题一诗，并非虚语了。不过，元代艺术史家汤垕则认为子昂飞白石

图 8　赵孟頫《怪石晴竹图》

法，是学自赵孟坚（子固，1199—1267），并说“览者当知其高下”[85]，言外之意子昂仕元，应以人论画（其实，子固曾作贾似道的幕僚）。接着，再看卷后几段跋语。王行的六言绝句：

玉署当年雅度，苕川晚日高居。
每向诗中见画，今于画里观书。

玉署即官署，也叫玉堂，唐宋以后称翰林院为玉堂，这一句是想见子昂任新朝的翰林学士承旨时的风度。次句则写子昂晚年回到故乡苕川（湖州附近有苕溪），更有一番高逸之致。末两句称赞子昂平生兼擅诗、书、画，复能一以贯之，从这个画卷可以欣赏诗、书双妙。总之，是针对这一作品，肯定孟頫的出处和艺术的。柯九思所题七绝：

水晶宫里人如玉，窗瞰鸥波可钓鱼。
秀石疏林秋色满，时将健笔试行书。

水晶宫指四面环水的屋宇，孟頫的家乡湖州也多水道，陶宗仪说：“赵魏公刻私印曰‘水晶宫道人’。”[86]柯诗首句的“人如玉”，是重述元仁宗赞许这位道人有“人所不及者数事”之一：“状貌肤丽”；次句描写这如玉之人望见窗外鸥波亭畔鱼儿往来可供游钓；末两句则说，到了秋天，木石疏秀最堪入画，何况兼擅八法，遂能画中参以籀文飞白，而题诗则用行书了。孟頫的题语和以上二诗，都讲到竹石、木石一科和书法艺术相通。这本是我国艺术史上一大特色，倘若不能领会两者的内部联系，懂得从造型到达意，端赖亦画亦书的线条，那末还是难解其中的奥秘啊！[87]

图9　赵孟頫《墨竹轴》

《怪石晴竹图卷》，纸本，墨笔，自识“子昂为成之作”。卷的中部一大石，势向左，卷左卷右各一石，略小，右者倚大石而势向左，左者与大石略有距离，势则相若，合而观之，颇得参差、聚散之致。下作平坡、棘、草。大石上端生出细竹三株，间以枯树大小各一，前者笔墨丰满，后者出以籀文笔法。石的皴法则披麻与解索交错，而略施斧辟、刮铁。全图线条轮廓无不经意，稍嫌刻露耳。《中国绘画史图录》认为“从苏轼画法中变出”，这一点很值得研究。按苏轼之作仅存《枯木竹石图》卷，据俞希鲁跋：“今观坡翁此画，连踡偃蹇，真有若鱼龙起伏之势，盖此老胸中磊砢，落笔便自不凡。”这种“起伏之势”，实为作品生命所在。我们试分析如下：苏轼大胆运用近乎圈状（或环状）的、平行的粗线条和细线条，以及枯、润、浓、淡的墨色，来描写石的皴纹和树枝的转折，而疏密、顿挫，有墨处、无墨处相互作用，遂觉画面充满生机，其中奥秘也许就在于若不经意，平平淡淡，却有意趣。而孟頫此图，石法虽类似东坡，但笔笔求好，反少参差与节奏，过于矜持，也就没有纵逸之趣了。这和他的书法，笔笔交代清楚，反伤刻露，不无关系，都是用法反为法用，而其根子则在于胸中原无磊砢吧！

《墨竹轴》，墨竹一根，无石、坡、棘、草以为点缀。主干从左下端向上生发，中间微向左斜，复又朝右，整体呈长S型，结构上打破对角线的平板。由干而枝，由枝而叶，以及叶的分布，疏密交错，但俱作仰势，使全图有整一之美，若非意存笔先，是办不到的。尤其是笔法峭劲，细看右下枝梢的“回笔”和右上一叶的“折笔”，更可想见当时运笔流畅的自得之乐。倘若撇开木、石而单论竹，此图可以说是所举三幅之中最为熟练之作了。

最后，想提一下子昂曾谈到画竹时，缣素的尺寸关系着构思和布局："竹石狭纸不可作。"[89]这一经验是可取的。

（未完待续）

注释：

① 文徵明跋赵孟頫《小楷尚书·洪范》，载张丑《清河书画舫》波字号。

② 见下文《鹊华秋色图·题语》。

③ 王士点等修：《秘书监志》卷五，《秘书库》，广仓学窘丛书本。

④《魏国夫人管氏墓志铭》，载《松雪斋诗文外集》。

⑤ 南朝陈的末代皇帝陈叔宝，能诗。

⑥⑦⑧⑨⑩⑱㉕㉖㉞㉟78 《松雪斋文集》。

⑪ 此图及赵跋，现藏北京故宫博物院，有影印本。

⑫59 61 62 64 65 68 77 80 参见卞永誉：《式古堂书画汇考》。

⑬《跋赵松雪重画牟公〈脱靴〉〈返櫂〉二图》，载柳贯《柳待制文集》卷一八，第4—15页，《四部丛刊》本。据《宋史》本传，南牟子才，字存斋，历仕宋宁宗、理宗、度宗三朝，时常上书言"朝政之阙失，臣下之蔽蒙"，曾忤贾似道，累疏辞归，度宗时"进端明殿学士"。

⑭㊷72 参见袁桷《清容居士集》，《四部丛刊》本。

⑮ 袁桷在元朝从翰林国史院检阅官，逐渐升为侍讲学士。

⑯ 这是后人拟作。

⑰ 参见张丑《清河书画舫》波字号，赵孟頫条。

⑲㉓㉔㊱㊴㊵㊸88 参见《式古堂书汇考》。

⑳《艺苑掇英》第6辑，有影印本。

㉑㉒ 孔行素：《至正直记》卷一。

㉗ 顾嗣立：《寒厅诗话》。

㉘ 宋荦：《漫堂谈诗》。

㉙《兰亭跋》。

㉚《佩文斋书画谱》引方鹏《昆山志》。

㉛㉝86 参见陶宗仪《辍耕录》。

㉜ 北京文物出版社，上海古籍出版社有影印本。

㊲ 陆柬之：《书陆机〈文赋〉》，上海书画出版社影印本，第22页。

㊳53 69 73 75 76 参见虞集《道园学古录》，《四部丛刊》本。

㊶㊼ 张丑：《清河书画舫》波字号。

㊹ 元泰定甲子（1324）蜀梁子寅跋《赵魏公二帖》，载《式古堂书汇考》卷一六。宋初书家李建中，学唐欧阳

询、徐浩书，因多次想做西京留司御史台，人称李西台。

㊺ 王世贞：《艺苑卮言》。

㊻ 汪之元《天山有山堂画艺》引，西泠印社石印本。

㊽ 傅山：《作字示儿孙》。

㊾《艺舟双楫·答熙载九问之四》。

㊿ 参见《启功丛稿》，中华书局1981年版。

51 此图不在国内，影本见日本东京大学东洋文化研究所户田祯佑教授主编的《中国绘画总合图录·续编》第2卷。

52 此图《式古堂书画汇考》卷一六著录，现为E.爱略特家族藏，影本见《中国绘画总合图录》第一卷，户田祯佑教授寄赠此图照片。

54 张丑《清河书画舫》波字号第52页著录，评为“绝妙，人物山水皆可爱”。

55 “丘壑内营”乃董氏论画名言，这里借用，可作为“意存笔先”的注脚。

56 玄帝即玄元皇帝，（唐正元二十年）正月追崇老子为玄元皇帝。

57 参见虞集《道园学古录》，《四部丛刊》本。

58 卞永誉：《式古堂书画汇考》卷十六，这是中国人物画的流行题材，亦作《卧雪图》，赞美汉代袁安志行高洁。

60 宋濂：《题赵子昂马后》，载《宋文宪公全集》卷三。

63 陶宗仪《辍耕录》卷七。宋李公麟（龙眠）善画马，存世有《五马图》；唐曹霸、韩幹皆画马名家，后者有《照夜白》《牧马图》，现均藏台北故宫博物院。

66《赵氏家法笔记》《涵芬楼秘笈》第四集，1949年前商务印书馆。

67 均参见明《徐兴公笔精》，载1949年前《故宫周刊》第90期；兴公名（火勃），附《明史·郑善夫传》中。

70 这里借用清包世臣《艺舟双楫·答熙载问》：“山阴（羲之，山阴人）矫变之势。”

71 虞集：《道园学古录》卷四六。道士吴全节，号全德真人。

74 翡翠本为鸟名，其羽有赤、青、棕、绿诸色，雄赤曰翡，雌青曰翠。

79《丛书集成》有影印本，图谱都全。

81 徐邦达编：《中国绘画史图录》上卷，上海人民美术出版社1981年版，第332页；《式古堂书画汇考》卷一六，第55—56页有《赵鸥波古林竹石图》，所记构图和所录王行、柯九思、危素三题都与此卷相合，但无赵孟頫自书七绝，而1949年前《神州大观》的影本则有全部题跋。

82 张怀瓘：《书断》神品、史籀。

83 84 张怀瓘：《十体书断》，载《法书要录》。

85 汤垕：《画鉴》。

87 兰石也是如此。

（1984年第2期）

赵孟頫论（续前）

六

现存的子昂绘画，山水之数仅次于鞍马。本节试结合子昂山水画的艺术论点和旁人对他的山水画的评论，对现存而有影本的《江村渔乐》《洞庭东山》《水村》《鹊华秋色》《重江叠嶂》等图，做些介绍，探寻其基本面貌和艺术特征。

师古以至继古、泥古，原为赵画的基本原则，他的山水画当然也不例外。但另一方面，他偶尔也学习自然，师法造化，写过实景，如《洞庭东山》《鹊华秋色》等，有时还在诗中加以强调，例如所题《苍林叠岫图》七绝：

桑苎未成鸿渐隐，丹青聊作虎头痴；
久知图画非儿戏，到处云山是我师。[①]

意思是绘画可寄隐逸之怀，但同时也要学习自然。至于师法古人，则全在笔法，他曾有段自白："仆自幼学书之余，时时喜弄小笔，然于山水独不能工。盖自唐宋以来，如王右丞（维）、大小李将军（李思训和李昭道）、郑广文（虔）奇绝之迹，不能一二见，至五代荆（浩）、关（仝）、董（源）、范（宽）辈，皆与近世笔意辽绝。仆所作者，虽未敢与古人比，然视近世画手，则自谓少异耳。"[②]他为了求古，就必须舍近，所以南宋的李唐、马远、夏圭，少碰为妙，而唐代的几位山水画家可谓古了，无奈真迹太少，那么剩下来的只有唐代之后，南宋之前的五代、北宋间那四位大师可作楷模，进而想象唐代的风范了。倘若依据这段自述，参考现存的作品，那么可以看出他的山水画的主要面貌大致如下：远师董源，兼学与唐代二李及王维相似的赵令穰（大年）、赵伯驹（千里），近法当代的钱选；至于树法，则折衷董源和李成、郭熙；而南宋李唐、马远、夏圭的斧劈皴，只偶尔用之。子昂的山水画可以说大都从前辈的笔墨技法中讨生活，而真正自运之作毕竟罕见。但是善于融合古法，也是他的长处，这一点应予指出。下面先简介历代有关子昂山水的评论。

在元代，张雨认为“吴兴公蚤（早）岁得画法于舜举（钱选）”③。黄公望说得较全面：“雪溪翁（钱选）吴兴硕学，其於经史贯串於胸中，时人莫知之也。……而赵文敏公尝师之，不特师其画。”④到了明代，文嘉指出子昂的《渊明归田图卷》“青绿设色精妙，师伯驹而杂以士气，非止于伯驹也”⑤。董其昌评论赵画山水特多，大都见于《画旨》，我们引用较为重要的几段：“钱舜山水师赵令穰。……赵文敏尝从之问法。”“赵令 穰、伯驹、承旨（赵孟頫）三家合并，虽妍而不甜。”“李昭道一派为赵伯驹、伯骕⑥，精工之极，又有士气。”⑦“赵吴兴已兼工二子（赵伯驹、赵大年），余所学则吴兴为多也。”此外，董其昌还从王维谈到赵孟頫，虽牵涉的面较广，但对于孟頫山水画法渊源的探索有些帮助，也照录如下：“王维《雪江图》都不皴擦，但有轮廓耳。赵大年临右丞（王维）《湖庄清夏图》亦不细皴，稍似《雪江卷》。……赵吴兴《雪图》小帧，颇用金粉，闲远清润，迥异常作，余一见定为学王维。”理由是：“文敏此图，行笔非僧繇，非思训，非洪谷（荆浩），非关仝，乃至董、巨、李、范皆所不摄，非维而何？”董氏此语虽讲不出王维山水的面貌，但使我们联想到一些情况。（一）今天要想知道王维山水究竟如何，只好看那幅无款而由宋徽宗题为《王维雪溪图》⑧，图上端有董氏一题，但无关画法，而安岐所记却很有参考价值：“以焦墨作画，傅粉为雪，渍墨成阴，笔法高古，树石奇异。其溪桥、篱舍、野店、村居、坡陀、远岸，皆具天真。溪面一舟，二人撑渡。篱边作大小四豕，一人驱逐，更为奇绝。”⑨如果以安岐所记对照影本，则石的轮廓隐约可见，而“渍墨成阴”也相当明显，因此董氏说王维无皴，只有轮廓，是有一定根据的。⑩（二）现存唐人无款的《明皇幸图》⑪，其石法亦为渍（淡）墨成阴，而后敷以青、绿，一般认为此图风格似赵伯驹，并渊源于李思训。（三）《式古堂书画汇考》卷八载《大李将军（思训）明皇幸蜀图》，附有宋叶梦得《石林避暑录话》关于此图摹本的记载，则和现存《明皇幸蜀图》大致相同：“方不盈尺，而山川、云物、车辇、人畜、草木、禽鸟，无一不具。峰岭重复，径路隐显，渺然有数百里之势。……明皇作骑马像，前后宦官、宫女、导从略备。”（四）张丑《清河书画舫》波字号，也载赵伯驹《明皇幸蜀图》：“绢本，重色，虽小幅，甚妙，秀雅超群，绝无皴法。”张氏还著录赵伯驹《访戴图》，指出“笔意全师李思训《御苑采莲》山水”。（五）现存传为李思训的《江帆楼阁轴》，则石阴略施皴斫。⑫综合上述，使我们认识到，李思训、王维、李昭道以至赵伯驹，他们画石，基本上都以渍墨、渍色写其阴面，而尚未大量用皴，而赵孟頫的《谢幼舆丘壑图卷》⑬则摹仿了这种较为早期的技法。因此董其昌从孟頫山水画的笔法中窥见了王维、李昭道、赵伯驹的痕迹，而加以条贯，还是很有眼力的。到了清代，恽格对子昂山水的看法，比较切合实况："观摹赵伯驹，小变刻画之迹，归于清润，此吴兴一生宗尚如是，足称大雅。"[14]这也就是学古而兼求士气了。至于另一方面，子昂兼师董源画法，这也不容忽视。这里不妨先提一下，他自己对董画颇能道出一些妙处，如所题董之《溪岸图》[15]五古：

石林何苍苍，油云出其下。
山高蔽白日，阴晦复多雨。
窈窕溪谷中，邅回入洲溆。
冥冥猿狖居，漠漠凫雁聚。
幽居彼谁子，孰与玩芳草。
因之一长谣，商声振林莽。[16]

若非深刻玩味画中林壑幽深，溪云掩映，一片浑厚郁苍，是写不出这样一首诗的。至于上文所举他的《扣角图》，董其昌认为是"仿关仝用笔，皆用横皴，如叠高坡"，则知子昂画石兼学关仝。

从以上一些资料，我们可以归纳出赵孟頫山水画的基本特征：1. 学钱选进而学钱所师的赵令穰，遂能清润；2. 学赵伯驹并上溯李昭道，但力戒院习，而得其士气；3. 学董源树法与披麻皴，以浑厚补救千里、昭道的刻露；4. 以上一切，就是为了不入南宋马、夏的窠臼，而达到"粗有古意"的目的。总之，孟頫的山水画风与笔墨，是周旋于前辈的厚重、工稳、秀润、清丽之间，至于抒发真情，或苍浑豪放，或平淡天真，而意味深遥，则非其所长，倘若在他和黄大痴、王叔明、倪云林之间画上等号，那是值得商榷的，尽管他们同为元代山水名家。换而言之，黄、王、倪等不像子昂多方面地学习古法，所以比较容易突出士气了。

下面试评介孟頫的山水画迹。《谢幼舆丘壑图卷》的山水部分，上文提过，就从略了。

《江村渔乐》[17]：团扇，绢本，青绿设色，构图可分三重（chóng）。一重：近处坡岸、窠石，长松三，枯树二，江中二人分立艇首，举臂投网，作捕鱼状。二重：江流右注，上架木桥，对岸大片平原，村舍、疎林，舍旁一棚，棚下置一缸，一人牵牛就食，一人倚门而望，其左二树。三重：平原外又是一段江景，江上众山起伏，坡岸萦回，山外远峰左高而中、右相平。综观全图布局，由右下方推向左上方，中间坡岸逶迤，约有几叠，频添江流婉转之趣。虽是小幅，而经营位置，颇具匠心。

就艺术技法说，近处大树学李（成）、郭（熙），但枝干布叶，均无复笔。窠石勾轮廓而线条极细，不加皴擦，只淡墨染过，再敷重青，避免郭熙《早春图》《窠石平远》那种层叠繁复。中部小树之叶，似用隋展子虔《游春图》高峰上的大苔点法，先以淡墨染出，后施汁绿，但不似展氏再用细线圈出。坡脚均先勾轮廓，后略加皴斫，再设赭石、朱膘。岸上大都平画数笔，而分出远近，复以石绿染过。上部群山的轮廓也用细线条，左面的较浓，右面的较淡，以至于无。山不用皴，但于山阴稍渍淡墨，近者敷石绿，远者、高者敷石青，其浓郁处使色稍稍渍出，以增山石体、质之感。山、石、坡、岸皆无苔点，保持了李昭道、赵伯驹的遗法，比之《洞庭东山》《水村》《鹊华秋色》等以点辅皴，显得更符合子昂所谓的“粗有古意”了。清吴其贞记子昂《松溪》一图：“画法有勾无皴，丰姿妍媚，复有古雅之气。”⑱想来和此团扇的风格相似。远峰纯为没骨，轻淡中仍见浅深，而其势更远。至于众山合抱的江水与坡岸，则横拖几根很长的线条，便见曲折回旋之趣，而且水陆衔接，了无痕迹。江水都不画波纹，和下述的《东洞庭图》迥异，却自具平远开辟之势。

就笔力论，树身轮廓虽然劲细，终嫌纤弱，尤其是枯木的枝干。坡脚平沙的线条和皴斫，落笔厚重，更参以董源长披麻，凝练、疏宕结合，皴、染交融，干、湿互破，十分自然，极见功力，乃子昂最得意处。人牛屋宇，虽用细笔，而不求劲利，形象也就隐约一些，这部分本是江村生活场景，观者反须细索而后得之，遂觉更有意味，可见子昂所以笔力特轻，是不为无故啊！

读者如果也画山水，对上述诸点，自然体会较为亲切，然而一般观众，也不难感觉到作品的若干艺术效果。首先，景物布置由近及远，曲曲折折，层次较多，很能引人入胜，去逐段欣赏，视线最后落在左边那座远峰的尖上。其次，在山重水复的大自然中，岸上的牧者和江面的渔夫各自操作，而遥为呼应，共同组成生活场景，既表现真实感，也点出了画题。再次，清润疏秀之气扑人眉宇，而且没有背离现实，能与人以十分亲切的审美享受。

《东洞庭图》：立轴，绢本，淡青绿。据安岐《墨缘汇观录》卷四，东洞庭和西洞庭二图乃是对幅，各有子昂题语（今只存前图），前图题云：

洞庭波兮山崨嶪，川可济兮不可以涉，

木兰为舟兮桂为楫，渺余怀兮风一叶。

后图题云：

> 山水凹兮水之汇，沙棱棱兮石礌礌（磊磊），
> 有孅（美）人兮如彼兰茝，思不来兮，使我心痗。

安氏详叙二图布局，值得参考："前图山自右出而高，缘岸老树数株；后图山自左出而小，愈见湖天空旷之势。"现存《东洞庭图》的结构与题词，和安氏所记皆合。我们首须明确"洞庭"这个地名，既指山，也指湖，江苏省境内的太湖有洞庭山，分东西两部分。东山古名莫釐山、胥母山，元、明以后山和陆地连接。西山又名包山，明代吴门派画家陆治居于包山自号包山子。湖南省有洞庭湖，西纳湘水、沅水，古代传说，湘水有配偶神——湘君和湘夫人。《离骚》的作者屈原"怀忧苦毒，愁思沸郁"，就湘、沅一带民间祭神乐歌加工改写，遂成楚辞《九歌》[19]，其中《湘君》和《湘夫人》描写神的恋爱故事，借以抒发诗人怀念楚国的深情。赵孟頫有感于屈原的忧思，因而糅合湘水神话主题和太湖自然景色，进行想象与艺术构思，写成山水对幅，题辞亦沿用骚体，借以表达宋王孙黍离之思和内疚心情。这也许就是此图的创作动机吧，因此我们不宜把它看作完全描绘洞庭湖或太湖的某一实景。其次，试就此图的技法、布局、艺术处理和艺术风格等，做些分析。子昂崇尚师古，下笔都有来历，山、石、木、叶、苔点，均师董源；皴法以董氏披麻为主，兼用解索；山石的向背渲染较多，则本于巨然；水波若鱼鳞，安岐认为"水法唐人"，其实传为隋代展子虔《游春图》已有网状水纹，或为赵氏所祖。[20]至于结构，近处坡岸错落，岸上树木数株，其居中者直立，左、右者向外倾斜，并稍稍下垂，以取摇曳之势，落笔时似乎较多着意于点叶，而非枝干分布。图之中部，或为胥母山（？），湖水绕其左侧，而山势则从右边斜出，湖、山合抱，全图呈现出由右向左上升的对角线。山间的向背、浅深，波纹的疏疏密密，使山影湖光相互映发，颇得浩瀚缥缈之趣。水上一人驾扁舟，岸上一人伫立，乃待渡情景，点明题词的次句"川可济兮而不可以涉"，衬托出作品的主题思想。至于这座斜出的山，其势高峻，既左右抱合，又起落自如，山间岩石层叠，小径萦回，并转入山后，增添了空间的深度。山上小树和山脊、石隙的苔点，用笔简略，而且恰到好处；山上虚多于实，阳面突出，和湖上的波光相映发，使得山与水、静与动融为一体了。山麓点叶树一丛，亦左右取势，但与近处主树未免雷同耳。图之上部，山势落而复起，成马鞍形，其后一片云气，云端更淡淡地显出远峰数重。再看图之中部，由远峰而胥母山（？）而近处坡岸，感觉到全图结构又呈

现出从左向右直落的另一对角线。这里，联系待渡的部分，不难发现二人之间暗示着一条“横线”，正是它打破了上述两个对角线的交叉，使整幅的布局趋于稳定，对视觉给予一种舒缓与安静的反应。这就正如郭熙所谓“山水有可居者”[21]，从而突出创作意图：寄故国之思于山水间了。刘勰曾说：“山林皋壤，实文思之奥府……屈平（原）所以能洞察风骚之情者，抑亦江山之助乎。”[22]我想这番话正可说明子昂此作以骚入画，于湖山清旷、水波荡漾的环境中，借待渡之景，抒发“木兰为舟兮桂为楫，渺余怀兮风一叶”的思致，以为自我写照。总之，这是一幅画中有我的山水。

《鹊华秋色图》：短卷，纸本，淡青绿，作于元贞元年乙未（1295），年42岁，是赠给周密（公谨）的，描绘山东济南东北的华不注（山）和鹊山一带秋天景色。《左传》成公二年传：“齐师败绩，逐之，三周华不注[23]。”据《春秋地理考异》，此山“孤秀如华跗之着水也”，有花萼临水之状。《古今图书集成·方舆汇编·山川典》卷二十三，《山部汇考》：“华不注山，单椒独秀，不连丘陵以自高，虎牙桀立，孤峰特拔以刺天，青崖翠发，望同点黛。”总之，其主要特征是秀拔多姿。赵孟頫自题云：“公谨父（甫）齐人也。余通守齐州，罢官归来，为公谨说齐州之山川，独华不注最知名，见于左氏[24]，有足奇者，乃为作此图，其东则鹊山也。命之曰《鹊华秋色》云。”隔水有董其昌题，卷后有张雨、杨载、范椁、虞集[25]、董其昌等跋。周密和赵孟頫都是湖州人，但周的原籍为齐州（济南），却未去过，而孟頫则为宦齐州，熟悉当地景物，特写此图相赠。至于此卷的布局、笔法、笔意、设色等，大致如下。

在布局上，水岸相接处多作芦苇，岸上推出一片平原。其右方，以溪水隔断，汀岸萦回，两小舟东西相向，出没其间。复右，平沙数叠，一舟向东撑去。沙岸之后，耸立华不注山，其正面主峰，状如两等边三角形，其左以侧面衬托，山麓环植柏树。左方

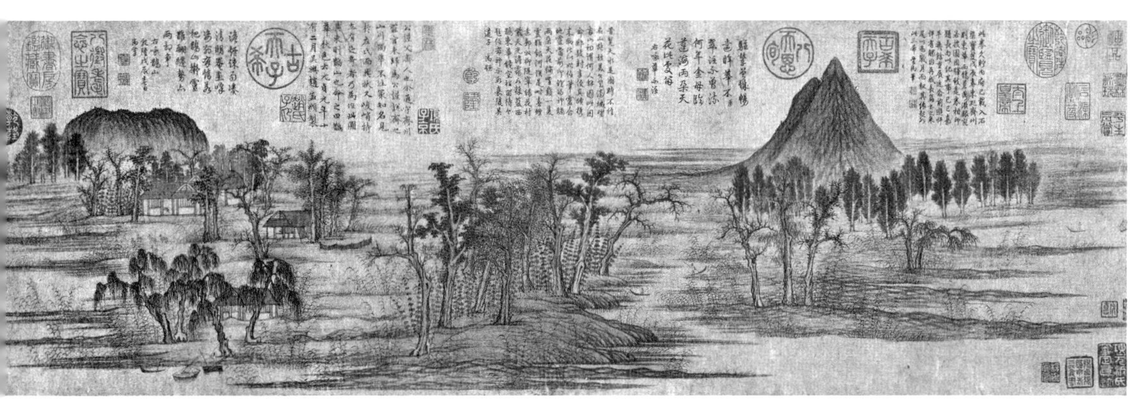

图1　赵孟頫《鹊华秋色图》

平原，远近屋宇凡四，均以树林隔开。近处一屋，一妇人倚门而望，门外柳荫之下一渔人正扳起渔网，其旁泊一小舟。左上一屋，门内置长几，屋外有五牛，三牛东向，二牛回首。右上一屋，窗间一人只见半身，屋外晒一渔网，网前一人策杖东行，和五牛相距不远，似为放牧者。左方二屋之后，一带丛林，林后一山作半圆形，即鹊山也。综观全图，平原之上两山遥峙，溪流、村树、芦苇映带其间，而捕鱼、放牧、荡舟、起网、倚门种种形态，复互相呼应，可以想见子昂当时经营位置是煞费苦心的。

就笔法而论，平原、汀岸用董源长披麻皴，而较多干墨和淡墨。树身皴纹类董源《溪山行旅》（半幅），运笔精细灵活，而又重叠往复，以增质感，更间以枯枝疏叶，并能于枯硬中透出秀润，比之董氏树法多在厚密处下功夫，似乎有所突破。几株垂柳，全学董氏《夏景山口待渡图》与《寒林重汀图》[26]，而树身皴法虽多旋转，却能沉着，枝叶分布则较为疏朗。芦苇学董源《潇湘图》，但更加精细。主树之旁，芦苇丛中，黍稷杂生，俱用垂头小点，沿茎而上，疏密有致；此法后世少用，曾于文徵明《拙政园图册》中偶尔见之，盖文氏本有学赵处也。

至于树的点叶，则参用垂头点、胡椒点、芝麻点、介字点、小圆点和半圈点等。后者先作“∩”状，复于上下左右之间作同一状，使相互交叉，如，有灵活透风之感，为前人所未有。在设色方面，华不注山为淡青绿，鹊山为花青和墨，平原上有赭黄屋顶、粉衣、黄牛，树叶于墨青中间用朱膘，芦苇先染墨绿，再淡青笼罩，下映碧水，合而观之，深得北方秋景明净和萧索的调子，与江南相比，就不尽同了。

从笔意、笔势来说，溪岸、平原均用长披麻，线条交错起伏，疏密有致，复层层推去，由近而远，笔笔到底，极见腕力，沉着而不呆板，显得一片空灵，为董源画中所少见。平原之上位置两山。华不注的正面主峰，解索、荷叶二皴并用，其势直下，左面侧峰，皴染较重，以托出主峰，但其势向左徐徐下落，遂和主峰保持一定均衡，也就是说，正面虽状如两等边三角形，却不嫌板刻了。至于林、屋、人、畜、捕鱼、荡舟等，虽很仔细，却都见笔踪、笔力，而又力求含蓄，无刻画之病。董其昌跋语，认为子昂此图“兼右丞、北苑二家画法，有唐人之致去其纤，有北宋之雄去其犷”。倘若我们这样理解：得右丞（王维）之法，而去唐人之纤，是指笔墨清润，而力戒刻画，得北苑之法而去北宋之犷，是指化厚重为劲细，也许符合董氏的原意吧。此外，张雨所题七律，“鹊华秋色翠可湌（餐），耕稼陶渔在其下”二句，是赞美子昂讲求笔意，但本于实景。

此外，我们观赏子昂此图时，还可联系元代诗人王恽的《游华不注山记》[27]：“自历下[28]登舟东行，约里余……水渐弥漫，北际黄台，东连叠径，悉为稻畦莲荡，水村渔舍，间错烟际，真画图也。于是绿萍荡桨，白鸟前导，北望长吟，华不注之风烟胜赏，尽在吾前矣。”王氏这段描写，有助于领略子昂图中许多艺术形象之美，不过画家是采取宏观、综合、概括的构图法，所以和诗人泛舟所得，也就未必相同，但所谓“风烟胜赏”，子昂却有所领会而尽收笔底了。

如上所述，此图在技法上颇有创新。但是由于学古人胜于学自然，有些地方不免为法所用，例如华不注下的平原和坡脚效董源披麻，而线条交错之间，距离几乎相等，复不厌层叠，遂嫌过于匀称，未免造作了。

《水村图》：手卷，纸本，墨笔。卷首，赵自书“水村图”，卷末自题：“大德六年十一月望日为钱德钧作。子昂。”时年49岁。卷后另纸复题：“后一月，德钧持此图见示，则已装成轴矣。一时信手涂抹，乃过辱珍重如此，极令人惭愧。子昂题。”据张丑《清河书画舫》波字号赵孟頫部分，卷后有48人题咏，现在将卞永誉《式古堂书画汇考》卷十六,十三至二十七页著录，摘要叙述如下。

通川钱德钧（名重鼎）是吴郡陆季道翰林的门客，在卷后所写的《水村隐居记》《水村图赋》和《依绿轩记》中提道：陆季道有别墅在“松江之南，分湖之东”，而他自己也想一舒“城市委巷偪仄之怀”，因此“季道悉余念，为卜筑于其别墅之旁”，让他移居水村换换空气。德钧对新居环境之美有一段描写：“……聚书其中，以自怡悦。屋前流水清澈鉴毛发，居人类汲以饮。时有鸥鸟舞而下，若相忘于江湖，可以玩也。异时，子昂赵集贤为作水村图。”图中景物大致如下：“林樾荫乎茅屋，略彴[29]横乎荒湾，秋风鸿雁，夕阳网罟，短棹延缘苇间，不闻拏音[30]。”子昂的八弟赵孟籲（号子俊）题五古一首：

暧暧水边村，萧条绝尘滓。
钱君智者徒，而后能乐此。
平生丘壑情，所尚政在是。
问谁为此图，吾兄固能尔。

诗虽不佳，而意在赞美德钧隐逸之情和子昂写景之功。子昂的侄儿赵由儁（号仲时）也有题识：“德钧先生隐居之志，适与家叔子昂所画《水村图》相符合。”大德八年，更有高克恭一题：“夏五，还自江西，过虎丘，舟中子敬（何人？待考）携此卷见示，俗客以恶酒相挠……构诗不成，遂书途中所作（七绝八首），少答雅意。”（诗略）高克恭

对子昂的画是很钦佩的，因为来不及题咏，深感遗憾。明代吴宽一题，则谓曾“过独树湖，泊船苇间，阅此景物宛然，益叹松雪翁画手之妙”。点出了这幅《水村图》是写真景。卞永誉还录明陈继儒语：“子昂《水村图》学摩诘（王维）。”按：王画真迹传世极少，上文说过子昂也未曾见到，陈语出于穿凿附会，不可轻信。我们从以上诸跋可以了解三点：（1）此图大致上描绘真景，和《鹊华秋色》相类似，至于“水村”之名，则是画家从现实环境中想象得之。（2）题者（如赵由㑺）认为子昂落笔之际，对于德钧的心情颇有同感，故能通过自然景物的描绘，反映出德钧、子昂二人的主观世界，做到了以形写神。（3）由于隐逸高蹈是元代文人的共同意趣，因此《水村图》在子昂的山水画中被给予较高的品价。

下面想谈谈此图的一些艺术特征。首先，在学古方面最为突出的，是垂柳的画法，一如《鹊华秋色》里的几株，我们可以从董源的《夏景山口待渡图》和董其昌题为“魏府收藏董北苑画天下第一”[31]中看到，其形状几乎一模一样，可谓笔笔都有来历。右半幅，远山披麻略带解索，山下坡岸长披麻，笔力深稳。左半幅，作全图的主峰，约五个开合，起落有致；山的皴法，披麻而带渍染，尤以后者墨法精微，颇具神采；山间小圆点或疏或密，都从石礴中出。通过这种种的艺术处理，遂能于形势、凹凸、浅深中赋予山的质感，在现存的子昂山水画中，最见功力；但皆本于董源，特秀润过之。其次，全图作鸟瞰之景，水村位于远山与近岸之间，而层层推出，使人意远，如此结构颇具匠心。仔细观察，则由几个方面组成：湖水数湾，环抱村舍，村中水道萦回，架以长桥，小径盘绕于杂树丛中，由近而远通往三处屋宇，或即德钧别墅；路旁柳林聚散，高下横

图 2　赵孟頫《水村图》

斜，各有意趣，而最远者俱列于屋后，也许是别墅中的消夏胜地；德钧如果从这里观赏山景，势必以子昂所精心描绘的那个主峰为对象了。复次，局部的结构也极为经意，如近处汀岸，于苇间立数石，石后作柳二株，一直上，布叶较匀，一右斜，叶左密右疏；柳后一枯杨向左横出——这部分线条交错，变化多端，自身便是一幅结构不凡的小景。至于桥畔高柳三株，柳荫小舟荡漾，远处林舍错落，衬托出消夏这个主题。此外，因系湖山横看之景，故由近而远，特多水陆相接处，若使庸手为之，只知道分层画去，必伤于平板，而子昂深解重叠、参差、聚散、掩映、萦回之趣，所以紧抓不放，既长披麻而参解索，徐徐取之，复渍墨间枯墨分施于要害，故能清旷幽静，而富生意。再看他的那些绵延的横线条，运笔凝重而又空灵，可以说是对北苑的优良传统有所发展了。

此图虽描写实景，但多在“意匠惨淡经营中”[32]，尤其是以澹远为基本情调，但笔墨必须厚而不浊、秀而不佻，方入画品，子昂在这方面是很成功的。但也须看到图中一些程式化，如卷端近处的丛树，和《东洞庭图》下端的丛树，都作“左右开弓”之势，而且形象雷同。不过，在元代山水画家中，子昂此病尚属轻症耳。

《重江叠嶂图》：纸本，手卷，作于大德七年（1303）二月六日，时年 50 岁。卷端，近处坡岸芦苇与卷末近处双松、枯树，遥相呼应。江水约占全卷的下半，澜汗而多曲折，写出了“重江”的气势。卷的上半群山起伏，岗岭层叠，主峰左侧点缀寺宇，寺前一人刚走到桥上。其左坡岸沙碛，虚实相间，一船泝流而上，岸上三人“拉而牵之，其绳一笔写成”[33]。这三人和桥上的人，距离虽远，好像有条虚线把他们连接起来，可见子昂用心处。群山后面，远峰亘带，都用淡墨而有深浅，显出远中有近，得辩证之

图3　赵孟頫《重江叠嶂图卷》(局部)

理。树石学李成、郭熙，山石皴染比郭熙《早春图》简化，但略嫌单薄。双松、枯木的植根与分枝，与《江村渔乐》同属一个程式。山间小树的点叶用大墨块，微露枝梢，和展子虔《游春图》相似，只有几个模样，轮流使用，未免单调。

总之，此图虽刻意求工，终嫌浅薄，在子昂的山水画中，可谓最乏苍茫之气了。卷后虞集所题五绝，其中

百年经济尽，一日画图开；

意谓对民生的疾苦已无可奈何，只好以丹青自遣，点出子昂当时的心情；而

萧条数株树，只有海潮来。

则借卷末与江水结伴的苍松、枯树，以喻画家孤寂之感。明末吴宽题七古一首，回忆自己十年前北方之行，满目疮痍，因此写道：

归来已是十年事，看画偶然思旧游；

进而想象子昂的境况：

苕溪影落鸥波亭，王孙弄笔何曾停？

于是深深地感到：

北来戎马暗江浒，千古遗恨归沧溟。

言外之意，这位王孙抚今思昔，如何还有图山摹水的雅兴，而且乐此不疲呢？虞集仕元，所以同情子昂，吴宽则出于汉民族的爱国精神，而批评了子昂。这位毕生纠缠在出处问题的画家，如果只作点小景，而不描写像重江叠嶂这类壮丽雄伟的题材，也许不会招致一番微词吧！实质上，这是审美标准中善、美一致的老问题。

总的看来，赵孟頫的山水画在艺术和风格上大致折衷于北苑和大年、千里，而力求秀润、清和、恬静，并且学古法而稍能自运；但因鄙弃马、夏的粗放，苍茫之气亦随之而去。另一方面，也偶有精心设计、风骨奇崛的作品，可惜只见于著录，而未能流传，这里应予补充，以保持赵画山水的全貌。例如《溪山仙馆图》册页："水墨兼淡色，重峦叠嶂，万木森深……山势奇伟，墨气沉着，观之骇然。"[34]又如《五湖溪隐图》："青绿绢画，气色尚佳。下段之右，画一地坡，上有藤萝古木，大小六株，半为夹叶，半为平叶，各自不符。树之后则水也。中起平坡，连络于左，上有树木，下有路径，桥梁过去，便是高山。重峦列磴，势若奔腾，石若虎豹。山上有乔松，中有工细楼台。山下皆为水痕，各尽其处而止。水中有二舟，每舟上有二人捕鱼，身长不满寸。桥之上有二人看捕鱼者。桥之旁有一道水气布在水上，宛若白云。桥内树后有一山，不设青绿，盖用墨水，为其夕阳不到之意。其松有苔绿色，有石绿色，其山有披麻皴，有解索皴，有鬼脸皴，有荷叶皴，皆随其山势而皴之。至用笔粗细柔健相间，无不臻妙……为松雪生平神品第一。"[35]再如《临川图》："青绿重色，法唐人……上面山亦披麻皴，而下面巅崖峭壁，乱石参差，或巨或小，并作刮铁，兼小劈斧。此处苔，先用墨中锋正点，极细，仍复加苦绿点。至上面山，苔乃不用墨点，纯用淡苦绿横点。中一山，乃以胭脂和苦绿，饱笔中锋正点，与人浑然层层以状秋景。"[36]这三段资料贵在不作空洞语、门面语，而讲出了子昂攻坚御难的真功夫、真本领。所谓"石若虎豹""水气宛如白云""上披麻、下乱石"，以及"随其山势"而诸皴兼用，等等，表现了艺术处理和审美效果的多样化、丰富化，但在本文所述四幅山水画中都看不到，尤其是"观之骇然"更不可得。至于刮铁、劈斧乃南宋院画的看家本领，子昂也化为己用，而詹氏所记多种颜色的多样苔点，也未必都是前人陈法。除了这些技法的创造外，我们更应从“观之骇然”中来探讨一些问题：例如子昂的山水画和当时高克恭以及黄、王、倪、吴诸家之作相比较，是否于士气之外，另有所得呢？又如子昂既尚士气，而能法度谨严，这样的文人画和讲求纵逸的文人画，是否可以等量齐观呢？

七

关于赵孟頫在画史上的地位和影响，先引前人几种论点，再谈自己的粗浅看法。

赵孟頫仕至翰林学士承旨（一品），高克恭是吏部尚书，并称赵承旨、高尚书，他俩和在野的黄公望、王蒙、倪瓒、吴镇地位迥异，当代和后代大都把高、赵列于四家之外，以示在朝和在野之别，评品也互不相犯。到了明初，片面吹捧高、赵者，以张羽的二诗比较突出：

房山尚书初事米，晚自名家称绝美；
艺高一代谁颉颃，只数吴兴赵公子。[37]

近代丹青谁最豪，南有赵魏北有高；
风流浑厚各臻妙，下视刘、商儿女曹。[38]

孟頫和克恭南北对峙，为一代高手，刘、商固不足道，那么四家又当如何，却避而不谈，不妨说在这位批评家的心目中，官职重于艺术。到了明末，董其昌却所见不同，把高、赵和四家放在一起，进行比较，分别与以适当地位，这比张雨高明多了，但其评价，先后也不一致。他有时特尊黄公望，并对元四家关于高、赵的评价表示怀疑：“元季四家以黄公望为冠，而王蒙、倪瓒、吴仲圭与之对垒。此数公评画，必以高彦敬配赵文敏，恐非耦也。”[39]有时以子昂为元画之冠，但又不同意倪、赵共同推崇高克恭：“赵集贤画为元人冠冕，独推崇高彦敬，如后生事名宿。而倪迂题黄子久画云：‘虽不能梦见房山，特有笔意’，则高尚书之品几与吴兴埒矣。高乃一生学米，有不及无过也。”[40]有时又认为黄、王有不及高处，而且子昂也难达到：“胜国名手以赵吴兴为神品，而云林以鸥波为房山所称许者，或有异同，此由未见房山真迹耳。余得《大姚村图》，乃高尚书真迹，烟云淡荡，格韵俱超，果非子久、山樵所能梦见也。”[41]董氏更进而分析：“元时画道最盛，唯董、巨独行外，皆宗郭熙画……其十不能当倪、黄一，盖画风使然，亦由赵文敏提醒，品格眼目皆正耳。”[42]则认为传董、巨衣钵者，首先是赵孟𫖯，而非大痴、仲圭。倘若细究董氏诸说，基本上是折衷子昂、子久，而稍稍左袒子昂，但董氏自己却感到学黄易于学赵，这一点可从董氏山水画中领会得到，因为赵的艺术技法比黄复杂多样，董氏入黄较深，自然离赵就远一些了。在明代，除董氏外，顾凝远对子昂的看法，也值得注意：“元人用笔生，用意拙，有深义焉。善藏其器，惟恐以画名，不免于当世。惟松雪翁哀然冠冕，任意辉煌，与唐宋名家争雄，不复有所顾虑耳。然则其仕也未免为绝艺所累。”[43]所谓“深义”，指不仕元，不求闻达，四家是也；所谓“争雄”“以画名”，子昂是也。笔者试下一转语：子昂所“争”，在于以“古”胜“古”，而非若三家[44]能自运而更多创新；这样来评论子昂的地位，也不为无理吧！

此外，不妨连带提一下子昂和钱选（舜举）的关系。他俩都是吴兴八俊，但子昂早年曾问道于舜举（见上文“论戾家”），画法上亦受舜举影响。舜举远师唐人，山石仅勾轮廓，而不用皴，树法力求质朴而不忌生拙以至板滞；近师赵千里，淡墨渍染与青绿设色相结合，以增华彩；如此等等，不时在子昂山水画中留有痕迹。现存钱选《幽居图》[45]和《右军观鹅图》[46]，也是遵守古法，不求豪放，和子昂一般风格。至于《浮玉山居》[47]，山石嶙峋，而又回环深邃，墨、青层层染渍，几乎不辨笔踪，颇多奇趣，位置奇崛，则源于唐人，比诸安岐所称子昂《溪山仙馆》的“观之骇然”，也许是伯仲之间吧！因此，在元代山水画中，子昂的风格虽有别于黄、倪，但和舜举却比较接近。

至于在中国山水画史上，受赵孟𫖯的影响的，元代有王蒙、唐棣、盛懋等，明代有文徵明、董其昌等。王蒙是赵孟𫖯的外孙，“得外氏法”[48]，“从赵文敏风韵中来，故酷如其舅（外祖）……其纵逸多姿，又往往出文敏规格之外，若使叔明（王蒙）专门师文敏，未必不为文敏所掩也”[49]。叔明的“纵逸多姿”，其《青卞隐居图》[50]可充分证明，而文敏似乎望尘莫及了。唐棣也是吴兴人，“学画于松雪公，得其华润森郁之趣”[51]，赵画中有李、郭，唐画亦然，从现存《霜浦归渔图》[52]不难看出；同时唐棣兼学高克恭。所以张雨诗云：

前朝画品谁第一，房山尚书赵公子。
……
唐侯本是霅川秀，爱画仿佛董与李。

……　　　　　　参以房山势莫比。

尚书公子不复见，得见唐侯斯可矣。

唐棣俨然是孟頫的传人了。盛懋山水传世较多，大都布局平稳，笔墨远宗董、巨、李、郭，并学孟頫，关于后一方面，吴其贞曾予指出，如《青绿山水图》“仿松雪”，《秋江垂钓图》“仿赵松雪”[53]，这些也有参考价值。

在明代，文徵明的山水，“人称其兼有赵孟頫、倪瓒、黄公望之体”[54]。谢肇淛则说：“文征仲远学郭熙，近学松雪。”[55]陈继儒谓“文待诏”所学，“自元四家以至子昂、伯驹、董、巨及马、夏”[56]。他在子昂《水村图》跋语中更谓“文太史临摹一卷，如出赵手”。吴其贞认为“余今日得见此图，方知文衡山平生仿松雪画，皆祖此”[57]，则和陈继儒看法有相同处。董其昌说得尤为明白：“文太史本色画极类赵承旨，但微尖利耳。”[58]我们倘以上列诸说，对照文氏山水，觉得大致上相符合，并且感到他从自运中写出情思意境之作毕竟不多，而子昂不足之处也正在此。董其昌的山水是继赵孟頫之后崇古主义的突出代表。他远师董、巨，近法黄、倪，参以高、米（小米），这是一般公认的看法。如果细味董氏对自己山水画的评语，就不难看出他以超过子昂而自豪了。他曾说：“赵令穰、伯驹、承旨三家合并，虽妍而不甜，董源、米芾、高克恭三家合并，虽纵而有法。两家法门，如鸟双翼，吾将老焉。”[59]意思是子昂只能妍而不甜，自己则兼能纵而有法，事实上不过是片面地谈论笔墨技法罢了。但在明季所存的三赵真迹中，子昂远远多于大年、千里，董氏可以不时看到子昂的作品，因此，上文所引董氏之语“余所学以吴兴为多”，倒是真实情况。不过，对子昂创新技法的精神，董其昌以及文徵明都未继承下来。

到了清代，在摹拟之风极盛时期，“仿松雪翁”“拟赵承旨”“学赵魏公”的字样不时见于画题，但子昂的技法或笔墨功夫，并没有学到。例如王翚（石谷）的山水画册中也有《拟赵松雪鹊华秋色》，则只剩原图的布局，并大大简化，其秀润之气不可复得，而子昂在中国画史上的影响也就愈来愈小了。部分的原因，是由于：赵氏多方面地学习古法，揣摩古意，一幅画中古人的总多于自己的，显不出一个完整的自家面貌，后来的画家也就难于把握。等到石涛、八大、扬州诸家的创新之风畅行之后，子昂的艺术技法更是无人问津，也许只在华嵒部分的秀润作品中看到一点痕迹，但可能是不谋而合，非有意学他。

八

石涛论画尚气势，触及了艺术创作的根本。因为气势是从画家的平生涵养以及较高意境中来，它沟通心手，统摄笔墨，纵横驰骋于创作全过程，而莫可抑制。石涛所说“一画之法，乃自我立”“吾道一以贯之”，也就是气势的最好注脚。然而子昂独独缺少这个根本，于是乎古意古法进居首位，只好在技法、程式中讨生活了。这里不禁联想到西方现代一些讲求格式、准则的艺术理论家，对创作所加的桎梏，其中较为显著的如德国美术史家亨利希·乌尔甫林（1864—1949），在其名著《艺术史诸原理》（1932）中，认为现代艺术风格的发展有个基本概念，它象征着五种纯粹可见度（英译文 pure visibility），即从线条的（linear）到组合画面的（pictorial）或彩绘的（painterly），从平面到凹陷，从紧凑的形式到开阔的形式，从多样到统一。他完全毋视艺术风格决定于艺术家的思想感情，尤其是审美和社会现实的关系。不难看出，乌尔甫林在贩卖形式主义的美学观点。限于篇幅，我们只看他所列的第一种讲些什么？意大利艺术批评家温图里所作解释比较易懂，不妨翻译出来：“‘线条的’是指通过触觉而感到事物对象的轮廓与平面，‘组合画面的’意味着抛开可以捉摸的构造而代之以纯属可见的现象。前者强调对象形状的准确性，后者追求并无定限的、变化之中的形状。如果从塑造性和轮廓来观察事物，将使事物各自分离；为了组成画面而观察事物，它们便混为一体了。”[60]事实上，画面上个别和整体的结合以及结合的多种方式，也不限于西方艺术，我国的绘画实践也有“经营位置”一条法则，画家运用这条法则时，也会触及乌氏所举的几种方式，不过画家须以“意存笔先”或“丘壑内营”作为总纲，才能使思想领先，避免为结构而结构，为形式而形式。然而乌尔甫林偏偏短少这个总纲，抽掉了思想意境，片面地搬运五种公式，把艺术风格完全架空了。其实，西方关于艺术风格和艺术形式，早有正确的看法，例如法国自然科学家布封（1707—1788）是第一个提出“风格即人”之说，这里的“人”意味着人的情思意境；又如歌德（1744—1832）强调“克服形式的制约，方有创作可言”，也就是说作家重视思想的表现，便不会被形式所役使。乌尔甫林是搞艺术理论的，对于这些名言竟然一无所知，这也不足为奇，因为他是彻头彻尾的形式论者。那么，我们不禁要问：赵孟頫落笔之前、落笔之际，是否也舍“人”而先求“风格”？以为风格决定于捉取轮廓、组成画面的某些技法？一味仿效前人名作的某些结构？倘若我们从他的生平际遇、政治关系进而考察他的绘画作品，便不难看到，由于思想境界比较空虚，难以激发雄浑的气势，胸无“一画”，缺乏真实的感情以主使笔墨的运用，因此虽然多方描绘，锲而不舍，却往往落在古人的线条、色彩、构图等几套程式中，从美学观点看，他和乌尔甫林又何等相似！他的作品，正是由于人的因素少了，风格也就不够鲜明突出。他虽追求士气，主张以书法写竹石，却又是从技艺而非品性出发，所以他对中国文人画发展的贡献，毕竟亚于黄、倪诸家。不仅如此，在由宋而元这段时期，如果说苏轼木石、小米云山墨戏、云林小景等和子昂的山水竹木同属文人画，那么苏、米等尚意而子昂尚法，这个区别也不应忽视吧。本文开端以较多篇幅叙述子昂的整个精神世界，就是为了阐明凡不足于“内”辄侧重于“外”这个不可避免的规律，而它也体现在子昂的绘画中。

然而，我们还应该说，赵孟頫是极有才华和毅力的艺术家，可惜襟怀不够开朗，精神不够奋发，复囿于古人、古法，只能搞些技法革新，作为一位完美的艺术家，是令人深表遗憾的。当然，我国绘画史上入于古而不能出者，又何止子昂一人，我们从事艺术创作的人应注意到这个失败的经验，并牢记毛主席关于“古为今用”的教导啊！

不过，我们也还可以把眼光放大一些。子昂的那些见于著录而未传世的作品，为虞集所描写的“高崖数竹凌风雨”，或安岐所谓“观之骇然”的山水，我们都不可能看到，却以细谨、秀丽作为他的艺术的主要成就，将是不够全面，有欠公允。犹如清末民初许多修养深厚、路子宽广的京剧表演家，今天已不能直接欣赏他们的艺术，倘若只凭他们所灌的几张唱片来进行评价，也是不够恰当啊！

本文提出一些问题，聊供研究中国画史、画论参考，至于错误之处，请读者指正。

1982 年初稿

1983 年二稿、三稿

注释：

① 《松雪斋文集》卷五，此图《式古堂书画汇考》卷一六，第 29 页，“岫”作“嶂”。

② 自题《双松平远图卷》，安岐《墨缘汇观录》卷三。

③④ 均参见钱选《浮玉山居图卷》跋，上海博物馆藏。

⑤ 《式古堂书画汇考》卷一六，第 7 页。此卷虽以人物为主，文氏则讲其山水背景，故放在这里。

⑥ 伯驹弟，字希远，有《万松金阙图卷》，赵孟頫鉴定为真迹，参见徐邦达编《中国绘画史图录》上卷，上海人民美术出版社 1981 年版，第 207—208 页。

⑦ 董氏所见和文嘉不同，认为伯驹亦有士气。
⑧ 现藏台北故宫博物院，影印本参见《中国绘画史图录》上卷，第 35 页，但模糊难辨。
⑨ 安岐:《墨缘汇观录》卷四。
⑩ 不过，董氏此说亦非绝对，因为他跋王维《江干雪意图》:“自右丞始用皴法，用渲晕法。”参见《式古堂书画汇考》卷九，王维七。
⑪ 台北故宫博物院藏，有多种影印本。
⑫ 台北故宫博物院藏，参见《中国绘画史图录》上卷，第 25、26 页。
⑬ 还有下面介绍的赵氏《江村渔乐图》。
⑭ 沈子丞:《历代画论汇编 · 南田论画》，第 356 页。
⑮ 影印本见《艺苑掇英》第十五卷，第 9 页。
⑯《松雪斋文集》卷二，第 9 页。
⑰ 美国明德堂藏。日本户田祯佑教授主编的《中国绘画总合图录 · 续编》第 1 卷有影印本。
⑱ 吴其贞:《书画记》卷一，第 1 页。
⑲ 王逸:《楚辞章句 · 九歌序》。
⑳ 传为唐李思训《江帆楼阁图》也有网状水纹。
㉑ 郭熙:《林泉高致 · 山水训》。
㉒《文心雕龙 · 物色篇》。
㉓ 绕山三匝。
㉔《春秋》左丘明传。
㉕ 虞集的跋，乃明钱溥所录，参见《石渠宝笈》初稿第 25 册。
㉖ 详见下一节《水村图》。
㉗ 王恽:《秋涧文集》。
㉘ 亭名，在今济南市大明湖西。
㉙ 小木桥。
㉚ 拏，船桨。
㉛ 张丑《清河书画舫》溜字号第 69 页云：此图“真极笔也；与元宰家藏《潇湘图》、巨然《秋山图》二卷皆是无上神品”。现在日本，有多种影本，名曰《寒林重汀图》，笔墨气韵远胜董氏其他作品。但有人见其近处枯树状若南唐赵幹《江行初雪图》卷首数株，而不辨笔墨高下，遂目为赵作或后人伪作。暇当为文论之。
㉜ 借用杜甫《丹青引》句。
㉝ 录吴其贞所记。
㉞ 安岐:《墨缘汇观录》卷四。
㉟㊸㊼ 吴其贞:《书画记》。
㊱ 詹景凤:《东图玄览》卷一。
㊲《静居集》卷三，赵画《青弁云林图》。
㊳《静居集》，卷三《临房山小幅感而作》；商指商琦，山水师李营丘；刘可能指刘贯道，山水宗郭熙。
㊴㊶ 董其昌:《画旨》。
㊵ 董其昌:《画禅室随笔》。所谓学“米”，应指小米，因大米真迹本希。赵子昂则所学广于高克恭。
㊷㊽ 董其昌:《画禅室随笔》。

㊸ 顾凝远:《画引》。

㊹ 吴镇自家面目较少，与黄、王、倪略有不同。

㊺《中国绘画史图录》上卷，第 297—300 页。

㊻ 詹姆斯 · 卡希尔:《中国绘画》，里索里国际出版公司 1977 年版，第 102 页，有彩色影印本。

㊼ 上海博物馆藏，有影印本。

㊽ 王达善:《听雨楼诸贤记》。

㊾ 董其昌:《容台集》。

㊿ 上海博物馆藏，有影本。笔墨飞舞，气势雄强，董其昌题“王叔明画，天下第一”。

51 李日华:《六研斋笔记》。

52《中国绘画史图录》上卷，第 362 页。

54《佩文斋书画谱 · 文徵明传》引自《名山藏》。

55 谢肇淛:《五杂俎》。

56 陈继儒:《妮古录》。

59 董其昌:《画眼》,《美术丛刊》本。

60 据温图里《艺术批评史》英译本，杜登公司 1964 年版，第 286 页。“纯属可见的”即超越触觉，进入视觉领域；“混为一体”指画面结构全部完成。

（1984 年第 3 期）

论书法欣赏的特殊性

——兼论书法艺术的美学特征

陈振濂

笼统来说，没有文字就没有书法。几千年来，它是颠扑不破的真理。但这又是含糊的。在我们的理解中，“文字”在书法中有两个截然不同的含义。第一个含义是指书法中是否含有文字结构这一素质，也就是说，书法所写出来的是不是字？第二个含义是指书法欣赏中文字内容是否起主导作用，即懂不懂文字内容与欣赏书法是否有必不可少的联系？这是两个完全不同的命题。

从美学角度来看，区别这两个命题间的差别是有意义的。作为对前一命题的回答，我以为书法应当遵循文字结构的约束，没有这一点，也就丧失了书法艺术绝大部分的美学内容。现代西方流行的所谓“书法画”[①]、日本的“前卫书道”[②]，都有意无意地想打破文字结构的限制，只撷取其线条、笔墨方面的内容，结果则是把书法特殊的美混同于一般抽象绘画的美，也就随之丧失了书法之所以成为书法的根本所在。作为对后一个命题的回答，我却认为书法中文字内容的可识可读与否并不是艺术的终极目标，甚至也不是书法艺术的一般目标。书法艺术要提供给观众的不是一张抄得很整齐（也许很美）的文件，而应该是一件通过笔、墨、点、线、造型结构等有机组合而臻完美的艺术品。我们不但可以看到，书法展览中有许多作品如甲骨、大篆（见图1）、狂草（以及日本书展中假名书法）(见图2)，一般欣赏者是无法卒读的；甚至就是作为一般学生

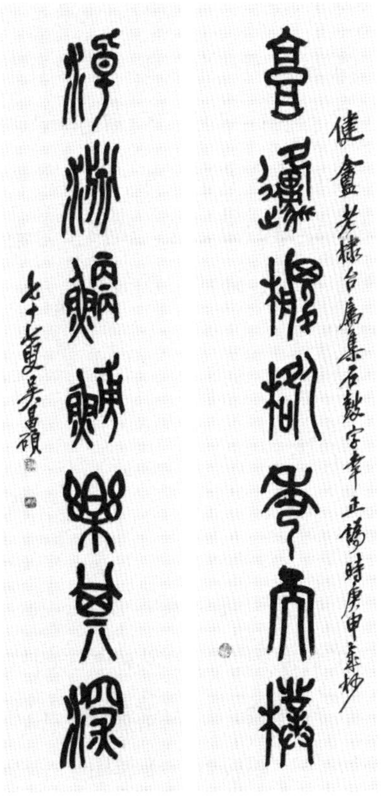

图1　吴昌硕大篆对联

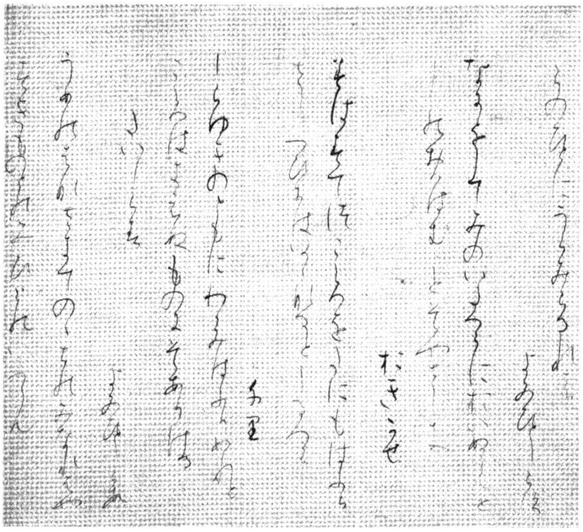

图 2　日本高野切第三种

练习所用的选字本字帖，也不具有任何文字意义。无疑，人们却能深刻地理解创作者审美情趣、主观精神乃至心理节奏的显示，换言之，人们懂得该欣赏的是作品的怎么写而不仅是写什么。

1945 年，第二次世界大战行将结束之前，日本领土遭到轰炸，身历其境的书法家手岛右卿，在胆战心惊之余，把这种感受保存下来，创作了一幅题为《崩坏》的书法作品。在国际展览中，它受到人们的注意。一位著名的外国评论家彼德罗萨（ベトローサ）认为，虽然不懂写的是什么字，但他感受到了一种物体被摧毁、结构趋于崩溃的情景，当他最后被告知作者的意图时，不禁感到大为惊讶。③

事实上，中国书法也有类似的情况，但我认为这个例子是很有价值的。它至少可以帮助证明一个历来人们没有重视而对书法却至为关键的课题：不懂汉字意义的观众，只要能捕捉到创作者在作品中所倾注的各种感情、意匠、追求，他仍然可以较完整地走完作品欣赏的全过程，并与作者产生共鸣。当然，这里面的先决条件是：作为创作者必须在作品的点、线、结构中有第一流的寄托和追求；作为欣赏者则必须具有第一流的体察、感受、理解、发掘的能力。两者缺一，这种创作与欣赏间完美交流的过程就会遇到障碍。

一、书法的美学特征及欣赏原则

作为审美对象的书法，在欣赏时离不开它本身提供的艺术特征。要准确把握书法欣赏的原则，就必须对书法的特征进行较具体的整理与探讨。

应该说，中国书法是一门独特的艺术。任何其他艺术门类的现成概念、术语、分类方法，都很难直接套用于书法之上。我们不希望国外的一些研究者用对待抽象派艺术的眼光来评论书法，把它简单地看作一种黑白艺术。事实上，书法除了黑白之外还有些更深刻的内涵。同样，我们也不希望国内的一些研究者用对待绘画的习惯来评论书法，硬在书法中找具象的影子，甚至在抽象的线条与具体的实物间进行牵强的比附，从而使书法与绘画[④]似乎不分彼此。必须承认，书法的一些特征不但有它的不可类比性，而且正因如此，才使它获得了巨大的经久不衰的生命力，无视这一点，就等于否认书法存在的必要性了。

对书法的美学特征进行归纳之后，我提出如下一些也许不尽全面的看法：

（一）以线条作为主要表现手段的独特艺术形式

表意的文字符号，使书法带有明显的抽象属性。它所提供给观众的，就是一些线条。符号是组合线条的一种途径，而线条则是书法创作的最基本元素。

美国评论家库克曾说过，凡是带有明显的横向线（即水平线），通常表示着安闲、和平和宁静；斜线在一幅作品中通常包含着运动；锯齿状线通常包含着痛苦与紧张；圆线或弧线则较圆满而完美。这是一种纯线条的研究。[⑤]确实，即便是同一粗细的线，长短曲直不同，引起的心理感情也迥然不同，曲线比较能引起舒适感，这是大多数人公认的。

作为线条的艺术，书法得以成立的各种原因中，这是很主要的一条。当然还不仅仅于此。比如，随着中国人采用毛笔书写的风气，书法对线条还提出了不仅仅是外观直曲短长的一般要求；书家们进而探求线条本身的力度、厚度、节奏等更深一层的课题，这是库克限于条件所无法认识到的。如果说门采尔、罗丹的速写中也有线条；马蒂斯、蒙得里安的画中也有线条；甚至，建筑中的著名作品如意大利米兰大教堂、北京天坛也有线条的话；那么，这些线条的塑造者绝想不到要像书法家那样去追求每一根线条本身所具有的立体感、力量感，等等，因为他们太不习惯于这样去观察、认识线条了。在他们眼中，线就是线，它只是作为形体或造型表现的一种媒介而存在罢了。

艺术表现要求的不同和使用工具的不同，这种种比较使我们感觉到：书法家们对线条的追求简直有点苛刻。我们可以称书法为纯粹的线条艺术，从某种意义上说，以表意的文字符号为基础，使书法的线条可以不受客观外物的形、光、色所限制，它具有独立的审美价值。因此，对于库克所总结出的直曲、横斜等不同线形的心理效果的结论，中国书法家们当然会感到不满足，因为它只涉及线条的外形，而书法中的线条除了上述之外，还有疾、缓、轻、重、枯、湿以及节奏、衔接、线条的感情内涵、丰富的寓意性等更为复杂的美学内涵，只有了解了它们，才能真正理解书法美之所在。

（二）创作过程中绝对重要的时间属性

同属视觉艺术的绘画，在创作过程中，制作顺序是不严格的。先完成这一笔和那一笔，其间并没有明确的规定。但书法却不同，在每个字的结构关系中，它有笔顺；在一幅作品中，它有字与字之间的推移顺序。这种顺序绝对受到书法家们的尊重。

从特定角度来看，虽然书法只有线条，但它却不是孤立的。每一根线条的头尾，每一组线条的连接（表现为结构），乃至整篇作品的线条呼应（表现为章法），都有特殊而内在的运动规律。这个规律就是既定的序列。它至少为书法带来如下几个方面的好处：

1. 它使书法的创作步骤形成了完整的推移过程，这一过程对于确定书法风格的基调具有重要作用。

2. 它使书法家的抒情活动在线条序列的推移过程中能保持连贯的持续性。

3. 它导致了这样一个事实，书法线条除了空间平面的视觉功能之外，还具备了其他视觉艺术所难以具备的特征：立体的时间属性的渐进。每一组视觉空间（往往表现为结构），本身绝不孤立，而是与上、下组的空间构成紧密的因果关系。

4. 它使书法这一视觉艺术兼具了听觉艺术如音乐的特征：和谐的旋律——线条的旋律。每一作品的线条基调：粗重、轻逸、苍茫、秀润……就是一个个旋律。

由于顺序而导致的时间推移，必然使线条具备了运动的而不是静止的性格（见图3），同时也使书法家的感情倾注呈现出一种有线索可循的相对明确的状态。抽象属性的书法提供的线条本身是没有具体内容的；一旦线条按照一定空间，特别是一定时间序列组合起来之后，它立即显示出一种独特的追求方向，就像音符没有内容，而当音符按照一定序列排列起来立即构成美妙的音乐一样。所谓线条的感情内涵，从精确的意义上说，我以为即是指此。

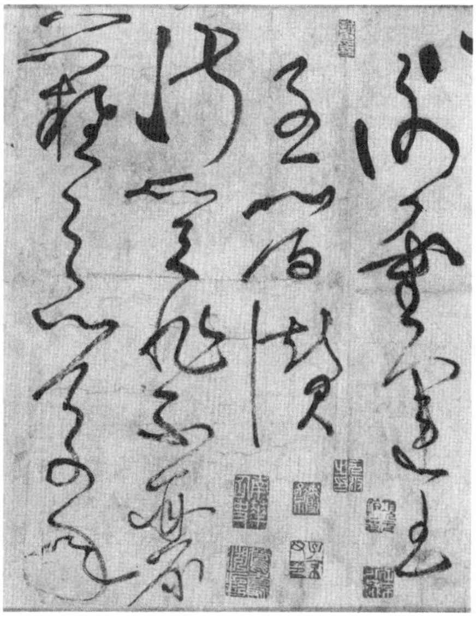

图3　张旭《古诗四帖》

有人曾称“建筑是凝固的音乐”，与之相比，书法那种在视觉艺术中独一无二的时间性和既成的线条表现手段，也堪称“凝固的音乐”——它的既成效果是空间性的，而它的构成过程则是时间性的。

（三）汉字结构对于书法的重要价值

保持书法线条价值所在的，除了线条之间时间序列上的连贯之外，还有特定的空间结构：方块汉字。从某种意义上说，没有汉字就没有书法。

汉字的方结构造型，就像一个个建筑物一样，本身具备了艺术的对比、平衡、穿插、均匀等素质，它为书法施展艺术手段带来了难以估量的美学价值。

首先，方结构使线条组织不至于杂乱无章，而是有了明确的核心（见图 4）。每个字有自己的结构核心；一行、一篇字组合起来又构成了大的核心。每一核心都有自己的平衡能力，在不违反它的前提下又可以各施其能，这就叫作“从心所欲不逾矩”。“从心所欲”是变化，“矩”是核心规律的限制。

其次，有了核心也就有了向四面扩张的趋向——以核心为起点的运动趋向，固定不变的静止的汉字结构中，包含了运动变化着的态势。它有“正在进行时”（可视的结构）、“过去进行时”和“将来进行时”（虽不直接可视但通过想象可以补充的结构的延伸）。很明显，运动趋向，是连接结构和线条的过去、现在、将来的最大枢纽。

再次，保持了结构，也就使书法的线条（用笔）在更大范围内丰富自己的表现力，每一根线条的提按、粗细乃至撇捺，在结构上都有明显的需要性，它的存在有造型上的理由，为造型的建筑式的美感服务。

更次，空间结构的存在使书法艺术的时间性也能得到更好的体现，它使线条的推移丰富多彩、跌宕多姿，各种疏密不同、方向迥异但依附于结构的线条，在推移过程中显示出美妙多变的旋律展开和音符变换的效果。

总之，汉字的结构美意味着它具有建筑造型的抽象美学特征。在视觉艺术范围内，它是严格按照抽象美的规律构成的，但又不像抽象派绘画作品那样漫无边际，而是一种有规律的空间占领。不但作品本身提供了一个美妙的空间，而且在作品构成的每一基本元素中，也无一不包含着小空间。汉字结构的规定性，不但不会成为书法家感情驰骋的障碍，相反，正是由于这种限制，使得书法家们的情感和

图 4　蔡襄《告身跋》

技巧显示变得巧夺天工、美妙无比。两者是辩证地存在的。

在平面中塑造视觉感受的美，书法与绘画是有共同点的，但同时书法又具有建筑和音乐的美。这就导致了如下一种现象的出现：作为视觉艺术的书法的美学特征，竟兼有了绘画、建筑、音乐三者的共同特点。它从绘画那里吸收了平面表现的方法；从建筑中吸收了抽象造型的手段；从音乐中吸收了时间推移的元素；同时，它又舍弃它们的一些特征。所以，本文在开始时就提道："任何其他艺术门类的现成概念、术语、研究、分类方法，都很难直接套用于书法"。这，迫使我们对书法刮目相看，并对书法艺术的美学特征以及它在美学园地中的独特地位不至于太忽略。

明确了书法的美学特征后，对书法欣赏的原则也就容易把握了。综上所述，我以为，建立在线条美基础上的书法欣赏的原则应反映在如下几个方面：

1. 由于它的抽象造型的特征，因此它的欣赏也不是自然主义的。必须习惯于以抽象的造型的眼光去欣赏书法，而不必斤斤于在书法的笔划、结构中寻找客观自然对应式的再现。

2. 由于它的不具体性和高度概括性，因此需要发挥丰富的想象以进行补充，这种想象以视觉感受和再创造为基础，它来自生活，但又经过了取舍选择。

3. 由于它的时间推移的特征，因此在欣赏时需要明确的同步式的体验，观众不是旁观者，应该努力"进入角色"，寻找与创作者共同感受的默契。即使两者相隔几百年之久，也应该能找到这种默契。

二、书法欣赏的具体途径

以抽象为起点，来看看书法欣赏的大致过程，尽管欣赏活动因人、因时、因地而异，但它仍然有相当明确的特征可抓。也就是说，欣赏的高低、深浅、粗精会有差别，但书法欣赏的途径仍然有大致的范围。更兼我们的古人在这方面还有许多很有价值的论述，可以引导我们去进行深入的思考。

（一）从静止到运动

书法提供给观众的是既成的点划结构，它是静止不动的。欣赏者的一个重要任务，就是必须把静的点划还原成动的过程，从而去探索书法家创作时感情的起伏、笔法技巧的变化乃至它们的心理依据。宋代书家姜夔在《续书谱》中谈道："余尝历观古之名书，无不点划振动，如见其挥运之时。"静止的点划变得振动起来，在观赏之时还能同步地体察到前代作者挥笔作书的推移过程，这确实充分显示出了书法艺术的时间性在欣赏中的重要作用。

颜真卿是仅次于王羲之的书法大师，他的名作《祭侄稿》(见图5)惊天地泣鬼神，是中国书法艺术宝库中熠熠闪光的一颗明珠，历来为鉴赏家推崇备至。元代书法家陈绎曾在欣赏之余，曾做过这样一段题跋：

> 自"尔既"至"天泽"逾五行殊郁怒……自"移放"乃改。"吾承"至"尚饷"五行沉痛切骨，天真烂然，使人动心骇目，有不可形容之妙。与《禊序稿》哀乐虽异，其致一也。⑥

陈绎曾居然能从《祭侄稿》的某五行看到郁怒的情绪，在某五行看到沉痛彻骨的情绪，甚至还能抓住线条所反映出的情绪改换，他靠的是什么法宝？既成的静止点划并没有任何可见的郁怒或沉痛形象，只有像姜白石那样，通过对静止的线条进行还原，探索书法家在此中留下的不断转换的痕迹——挥运之时，才有可能体会到书家感情的起伏变化并准确地叙述出来。

陈绎曾的最后一句话也不可忽视，"与《禊序稿》哀乐虽异，其致一也"。这就是说，这类"如见其挥运之时"的从静止点划中探求运动过程的欣赏方法，是一种带有普遍性的规律的欣赏。王羲之《兰亭序》哀乐不同于《祭侄稿》，但也同样"其致一也"。

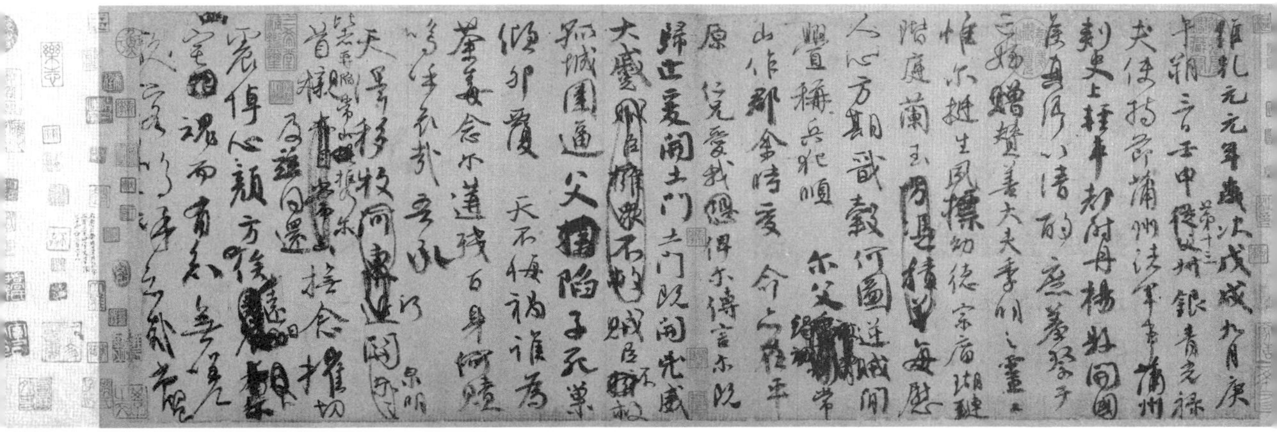

图5　颜真卿《祭侄稿》

其他第一流的书法作品也皆可作如是观。

运动着的欣赏离不开书法的时间特征。我们可以借用19世纪德国美学家谷鲁斯的“内摹仿”的理论来说明。诚然，任何一种艺术欣赏都带有“内摹仿”的痕迹，但书法中的这一审美活动却有特殊的价值。因为它是创作过程中动态纪录与欣赏者动态体验的综合，它称得起一种真正的彻头彻尾的摹仿。欣赏者通过这种心理上的摹仿，不但可以探求到书家创作时的场景、创作技法的基本顺序、书家感情在线条中的显示，甚至还可以了解书家的心理节奏的变化。姜白石的“挥运之时”，寥寥四字中包含着多么丰富的内容！

（二）从抽象到具体

抽象的书法结构和点划，在欣赏活动中，离不开欣赏者的联想和补充。有意识地在某些相同或相近的事物与形象上进行类比，也是欣赏者喜欢采用的一种方法，尽管这种类比不是固定不变的，但它符合视觉欣赏的特点。这表明，书法的抽象绝不是没有形象，相反，正因为书法所提供的抽象的形象具有高度概括性，它才能为欣赏者提供广泛的想象余地。

中国古代的书法理论家就喜欢将抽象的书法以形象化的具体比喻出之。从最早的书法著作后汉崔瑗《草势》中所用的大量比喻可以看出，书法理论中以形象化比喻来欣赏的风气是很久远的。“横之如千里阵云，点之如高峰坠石”，以及“龙跳天门，虎卧凤阁”，这些比喻或指笔划形象，或指风格特征，都显示出古代欣赏家们丰富的想象能力。他们采用抽象的手法创造了书法的艺术美，又时而用形象鲜明的比喻去补充这种美，使之显得更为丰富多彩，五光十色。每一个书法结构，每一笔线条，都会由于其造型上的或形态上的倾向，导致人们产生联想，并不由自主地拈出生活中的类似现象来进行比较。文学上，这种手法叫“拟人化”；书法中，我们不妨就把它称为抽象结构的“拟物化”。毋庸置疑，汉字中还残存的象形痕迹，也使这种联想与类比显得生动巧妙，情趣盎然。

必须强调的是，虽然这种比喻在古代书法理论中不胜枚举，但它的功能是极其有限的。想象是一种补充或再创造，它因人、因地、因时而异，无所谓精确性。每个欣赏者根据自己的经历、素养、气质、性格以及所熟悉的生活，会对同一个字甚至同一笔划进行不同的类比，因而它就只能作为欣赏过程中的某一可行方式而存在，而不能作为一种原则而存在。我们可以感觉到，联系生活和大自然的类比，往往会使抽象的书法变得更亲近、更易理解或更有趣味些，但却不能指望这种类比有什么科学的或理论上的依据。对书法作品的各种比喻，只是对某一个特定的欣赏者有意义，但不会对所有的欣赏者都有价值。如果每一个比喻都准确得像原则一样没有异议，人人必须遵循，那书法的抽象美也就丧失殆尽。书法所提供的只是一种感觉，这种感觉有大致的方向，但却没有具体形象。根据感觉的方向进行延伸，进行形象化的联想和比喻，只是每一个欣赏者个人的审美活动，如果把它强调到过于重要的位置上，那就与书法的追求南辕北辙了。

（三）从原形到延伸

每一个点划在视觉上都是实际存在的。它直接作用于欣赏者的感官。这是书法欣赏的基本准则，也是任何视觉艺术的基本准则。但是，书法还需要一种特殊的欣赏活动，即从实际的点划中延伸出并不存在但通过想象可以补充完成的虚拟线条，这些虚拟线条与实际存在的点划同样重要。

我们在这里提出一个“势”的概念。

陈绎曾《翰林要诀》对“势”有过很好的疏解：“势，形不变而势所趋背，各有情态。势者，以一为主，而七面之势倾向之也。”

在这里，“势”的实际含义有三个：1.“形不变而势所趋背”，即势的效果不在表面的形（结构）的改变，而在于笔划间的呼应，它是内在的；2.“以一为主七面倾向”，即势有方向性，既然有倾向，自然也有了冲击的张力；3.“各有情态”，这种呼应和方向的显示，并不单单是一种表象，它是活生生的，有表情，有姿态，故而可以引起对生活的某些联想。

现存的笔划结构就是可视的“形”。“形”既不变，则“势”的体现另有所属，它在于什么呢？在于现存的形（实际笔划结构）所预示的方向，在于原有笔划符合运动逻辑的延伸；一个捺笔，先向右下角运行，在线条收尾时向水平运动而戛然停止。这个貌不惊人的戛然而止，暗示着线条的延伸形态将是水平的而不是下斜的。这就叫作“势”，它不是形本身（下斜），而是原有形的方向性的延伸（水平）。

放着现成的线条不顾，而去研究那种必须通过想象补充的“势”即延伸，这对书法欣赏来说有什么意义呢？我以为，每一个汉字结构都是一个建筑造型，都符合建筑力学的原则，因而才不会歪斜不稳。但书法是艺术，它如果按照标准的力学结构去写，那就千篇一律，变成美术字或铅字了。只有当它舍弃一部分平衡，力求在不平衡中求平衡，这样才能显示出它那美妙的意匠与情趣，即所谓的书法艺术结构，

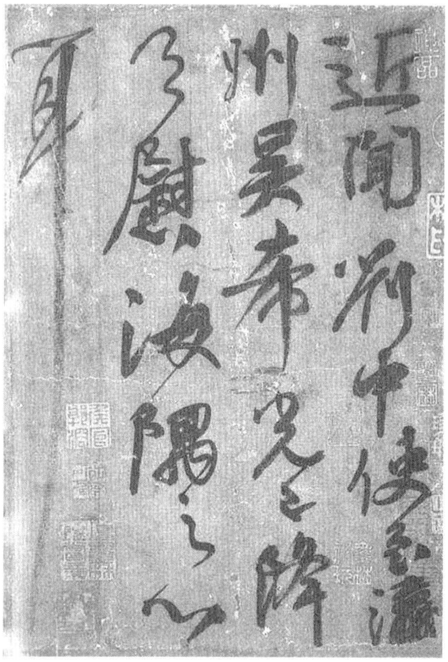

图 6　颜真卿《刘中使帖》

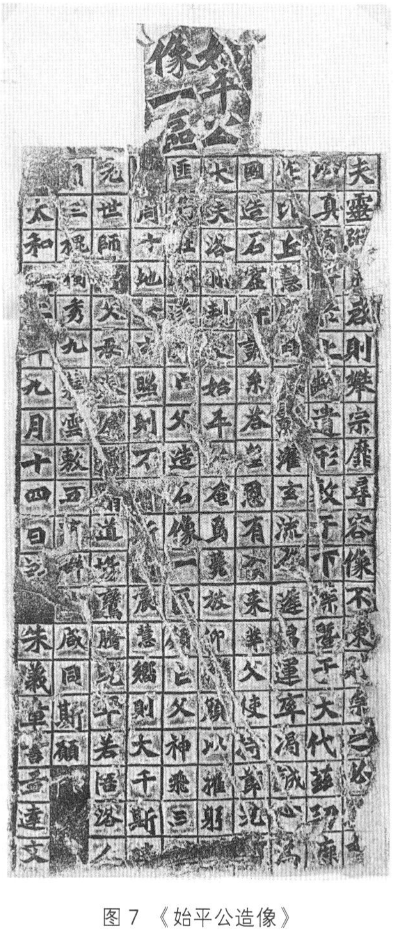

图 7 《始平公造像》

而不是汉字文字结构，其价值就在于此。自然，不平衡中要有平衡效果，就必须在线条的由长变短、由粗变细、由重变轻的（舍弃）过程中，相应地加强另一部分线条（补充），造成一种线与线之间的拉力（见图 6）。依靠各种平衡关系组成的拉力，就可在奇趣横生的效果中保持严格的造型力学原则。欣赏者在品味作品时，就应该把那些被省略的部分提取出来，找出这种种变格（艺术结构）中所包含的正格（标准结构），以此来判断结构或线条本身的美（见图 7）。

线条的运动感，线条的引起联想，其实都离不开这种“势”的延伸。“企鸟峙，志在飞；猛兽骇，意在驰”⑦，是一种动势很强的比喻。但实际的线条是没有这种飞、驰的表现力的。只有通过欣赏者的联想和对线条的延伸，才会寻找出欲飞欲驰的预示，并把这种欲飞欲驰进一步与企鸟峙、猛兽骇等鲜明的形象挂起钩来，构成艺术的美感。可见，对线条或结构的势的延伸的理解，实际上是对书法这种既抽象又有固定结构法则的独特艺术门类在进行欣赏时必须具有的一个重要方面。

（四）从平面到立体

在平面中塑造视觉形象，是书与画的共同要求。绘画不满足于平面，它要求在平面中表现立体，强调三度空间的必要性，这当然与它的具象描绘有关。书法是抽象的，汉字结构是平面的，然而与绘画一样，它也要求表现立体的审美效果。绘画的立体追求是以自然形象的立体视感为依据，又有形、光、色等作为手段，书法既无再现自然表象的要求，手段也只限于黑白对比，它追求立体，依据是什么？

首先，在平面中表现立体，便增加了表现手段的丰富性，也增强了表现功能的广泛性。这对于书法这样较单纯的艺术而言是十分重要的。其次，在大自然中所接触到的东西是没有绝对平面的，人们在生活的审美活动中已经养成了立体视觉欣赏的习惯，这也必然影响到对艺术的要求。艺术表现的追求与自然生活中培养成的习惯，使人们对视觉艺术（而不仅仅是某一作品）的欣赏提出了相应的要求；绘画较易做到这一点，书法也被要求做到这一点。

当然，在欣赏中要书法去模拟绘画式的三度空间是不明智的。但我们的古人对此有深刻的理解，对这一方面也提出了种种要求。书法中历来强调中锋运笔的美感，正可被看作是这一要求的典型表现。汉代的蔡邕在《九势》中强调“藏头护尾”“宜左右回顾，无使节目孤露”，其实都出于要求笔划厚实，不抛筋露骨，从而有立体感。到了宋人陈槱和清人刘熙载，对用笔的立体效果极为重视：“徐铉小篆，画之中心有一缕浓墨正当其中，至于屈折处亦当中，无有偏侧处。”[⑧]笔划中心墨浓，两边稍淡，使平面的线条具备了圆柱体的立体效果，它的感觉，与绘画的三度空间其实是可以类比的。董其昌则谈到了苏东坡《赤壁赋》的用墨，说是“每波画尽处，隐隐有聚墨痕如黍米珠”[⑨]，平面纸上的墨痕，居然会突起如黍米珠，这还不是强调立体感？

从历来书法家的追求看，他们也把立体感当作主要目标，并在书法的技巧法则中积累了一整套经验。我们完全可以想象，在笔划上如此强调立体感，那么对结构的立体效果也不会太忽视。有人曾认为书法的结构中也具有明显的三度空间效果，如枯、湿笔的穿插，前一笔枯，相叠的后一笔湿，这枯笔在视觉上显然离观众远，湿笔则近，其余浓、淡、粗、细的穿插也可作如是观，这样就构成了一个立体的空间框架。作为欣赏者，如果忽略了这一部分美的品味，岂非可惜之至？

（五）从明确到朦胧

书法的黑线与白纸是最强烈的对比，这种对比界限分明，毫不含糊，清晰得很。但是，无论在技巧运用方面还是在章法气韵方面，书法家养成了以朦胧美为最高境界的观念。作为欣赏者也不能仅停留在简单的黑白对比上，应该努力去捕捉这种朦胧的意境，并从中获得丰富多彩的艺术感受。

朦胧美在技法上的要求是含蓄蕴藉，不一目了然。所谓“乍显乍晦，若行若藏”[⑩]，就是行笔过程中追求朦胧意趣的典型表现。笔是行的，但又要藏；墨是显的，但又要晦。

纸质粗糙，笔划运行的痕迹不太明确，有时兼或出一些枯笔飞白，这些都能帮助朦胧美的产生，它往往能造成线条间的虚实关系，从而对比出虚处的一片混沌，有包罗万象、纵横八极之妙。宣纸的渗化，掩盖掉一些笔触或动作的痕迹，也是一种“不着一字（笔），尽得风流”的美。至于意到笔不到，笔断意连，则更是朦胧美在作品中的出色表演了。

朦胧美在书法审美上的功能是巨大的，这与书法艺术的美学特征有关。抽象的书法在被欣赏时，人们很难用具体的形象去进行衡量比较，只能在抽象的形式上进行想象和补充，并与创作者达到心理上的默契与共鸣。这种想象有相当自由广阔的驰骋天地，朦胧美感正是这种想象驰骋的较好媒介。所谓“大味必淡”，淡，正是朦朦胧胧的。老子称之为最高境界，那么，书法艺术欣赏中作为“大”的最高境界，也应努力在把握这个淡字（准确地说是虚）上做文章。若不然，对于书法中像颜真卿《祭侄稿》、陆机《平复帖》、杨凝式《神仙起居帖》、李白《上阳台帖》（见图8）之类的书法杰作中混沌苍茫的境界，就难以会心品味了。

书法中的朦胧美实际上是实笔以虚出之。实是历历可数，虚则浩瀚博大。为了开拓表现技巧，为了廓大精神意境，书法必然不满足于实际点划的有限效果，而试图去探寻无限的韵趣。作为书法家来说，抽象点线在运行的瞬间，将综合地显示出其学养、格调、素质、性格、情绪、意趣以及迁想妙得等各种积累，它本身就是相当复杂的。因此，过于清晰明确的点划在观感上自然难以传达出书家寄托的思想感情的深度和广度，而易于使欣赏者在欣赏时采取简单的理解态度，这显然又是违背书家初衷的。

图8　李白《上阳台帖》

总之，从某种意义来说，看不到朦胧美在书法欣赏中的特殊价值，实际上也很难说是了解了书法欣赏的真谛。比如，一个古拓本，有点斑驳脱落，所谓有金石气；这斑驳本来是损害了笔划外形，但它有时却恰恰构成了一种似是而非的朦胧美，反而使观众感到这斑驳不可或缺，已经成为艺术作品的一个构成部分。如果你手中拿着的是一本线条修得光滑挺括的《石门颂》或《礼器碑》，那将是何等地大倒胃口？像乾隆重摹的淳化阁帖中的刻刊，之所以永远比不上古摩崖碑铭的精拓，不正是说明了这样一个道理吗？

欣赏活动是一种层次极为丰富、结构极为复杂的心理活动，每一个观众都有自己独特的欣赏程序，硬性地规定几种过程，其实是毫无意义的。但作为一种探讨，我以为还是有必要的。因此，本文不揣浅陋，提出拙见，希望得到方家指正。

（1984年7月）

注释：

① 参见法国勒内·艾蒂安布尔《东方书法与西方书法画》，《美术》1983年第3期。

② 参见拙文《现代日本书坛概观》，《书法研究》1983年第4期。

③ 参见小木太法《略谈日本现代书道》，《书谱》第6卷第6期。

④ 此处所谈绘画，都是指具象的绘画，凡涉及抽象绘画，均另标明。

⑤ 参见库克《大师绘画技法浅析》。

⑥ 卞永誉：《式古堂书画汇考》卷一〇。

⑦ 宋曹：《书法约言》。

⑧ 刘熙载：《艺概·书概》，又见宋陈櫄《负暄野录》。

⑨ 董其昌：《跋赤壁赋书后》。

⑩ 孙过庭：《书谱》。

（1984年第6期）

诗美的嬗替

——新诗潮的一个侧影

谢　冕

一

历史上任何一个朝代的人很少能如我们这般幸运，我们正站在一个伟大的变革时代。也许从康有为、梁启超、谭嗣同、孙中山到五四运动的前驱者们几代人都梦想过，但都未能实现的中国走向现代世界的事业，将从我们这里开始——“就从这里开始，从我个人的历史开始，从亿万个死去的、活着的普通人的愿望开始”（江河）。我们愿意把诗和文学所产生的革命性变革放置于这样的大的背景之中。事实上，正是变革的时代催促文学和诗的变革，而不是其他。

艺术上的变革在整个文学流变中是最激动人心的节目。每个时代都有自己的声音，每个时代都为自己的声音寻索最适当的载体。要是我们都不否认诗歌已告别了一个时代并已开始了一个时代，那么对于这一时代的艺术变革的考察就是不可少的。在我们作这样考察之先，有一个关于艺术的现代变革的论断，不能不引起我们的注意：

> 这里没有占统治地位的艺术流派，没有非此即彼的艺术风格。我们到处都处于不同艺术时代的交叉点上；在任何一种艺术领域里，我们都还要经过一段时间才能到达一个可以驻足并予以明确定义的阶段。在未做到这一点之前，成千上万个艺术流派和艺术家都在竞妍争辉而没有新的领袖出现。（约翰·奈斯比特）

我们面临的正是这样一种局面。很难说我们目前已经完全进行了艺术的革新。事实上，我们当前的诗歌艺术状况呈现的是某种无秩序的“零乱”的状态。原有的艺术形态大体上都还存在并在发展。新生的艺术因素虽然充满了鲜活的挑战力量，但也并没有得到普遍的承认。这是一个多种现象纷呈杂现并且没有形成绝对统治地位的艺术时代。也许正是由于艺术的这种完全捉摸不定的局面，才证明了诗歌内在生命力的跃动。

因而我们目前对它的考察，只能集中在这样一点上：较之以往而言，新诗潮（这是我们对 20 世纪 70 年代后期正式出现的新诗变革潮流的一种概括）提供了哪些新的艺术因子。这只能是对于总的艺术现象的一种描述，而不是一种排斥其他因素的非此即彼的判断。

二

前已述及，新诗目前的变革是受到变革时代的鼓励并促成的。我们生活在世界进行对话和交流的时代。它把我们放在了空气流通的世界的通衢之上，它使我们普遍地获得了开放的世界性观念。

在新诗发展的历史上，我们又一次被放置在中西文化交流融汇的新的高潮之中。这一代新诗人终于又如他们的前驱那样，充当了这个潮流的先锋。无可否认，一次新的艺术解放同样地始于诗歌。

基于我们固有的现实，即中国自有历史以来就顽健生长着一个自足的文化实体，它的丰富足以与世界最古老的文明相抗衡。唯其因为中国文化丰富、悠久而强大，它可以把一切加以同化，而不会同化于一切。超稳定的文化系统宣告了它的闭塞、保守和天然地排拒外物，以及当外物向它侵蚀时所表现出来的浓重的怀旧病。这一切，使中国文化构成之一的诗歌，浓腻如枯水季节的黄河，似是没有运动，但它的顽健足以吞噬一切。

世界文化对中国文化的影响，首先依然是观念的冲击。五四时代突出地体现以科学、民主为两大旗帜的现代文明对于封建道德文化的批判，现今的潮流依然保持着这种方向和势头。但已有了新的时代内涵：它突出地表现为现代的人的意识的萌醒以及对于现代迷信的批判。它理所当然地与五四新文化运动的任务相衔接，并极大地开启了中国当代诗人的心智泉源。

但最为深刻的依然是开放与交流带来的艺术的冲击。“五四”时期诗歌最根本的变革在于寻找并创造了叛逆的语言和形式，表达对于传统诗歌来说是最具异端性质的反对封建宗法礼教的内容。那个时代诗的拓荒者们以西方现代诗歌为模式，勇敢进行了彻底挣脱旧有格律的自由表达的“尝试”——那时最具生命力的创造，是对于旧形式和旧节奏的破坏。

现在轮到了第二次中西文化大交流时代的诗歌艺术的嬗变。这一现象产生于中国严酷的文化专制主义最后、也最严重的阶段。在濒于死亡的文化饥渴中有着最顽强的追求。早先那一代新诗潮的探索者，当他们在“样板戏”与“语录歌”的灾祸中寻觅到世界诗歌的残片，恍若是蛮荒中的野人发现了燧石。虚空得过久的肠胃迫不及待地吞噬和咀嚼着这些劫余的食粮。一种明显的逆反心理迫使他们充当了艺术叛逆者的角色。暗夜结束之后的曙色，带来了政治开放的温馨，不管遇到了多么强大的传统艺术的偏见的阻扼，生活毕竟鼓涌起变革诗艺的浪潮。

三

中华人民共和国成立初期进入诗歌的是创造了新生活的胜利者的形象，这是一些征服了落后和黑暗的英雄。这些英雄对于旧世界的使命是改造乃至摧毁。在早期的诗歌中，物我关系并不谐调，而且表现为理所当然的并峙状态。50年代诗歌的抒情主体往往成为号召群众进步和自觉进行改造的先知和预言人。它们都和客观世界保持着间隔，更和人的内心世界拉开了距离。因此才有了对这些诗“喜欢高人一头”，和“缺乏人与人之间的平等感”一类的指责（《请听听我们的声音》，《诗探索》1980年第1期）。

新时期大量诗作改变了传统的格局，普通人的平凡代替了超人的神圣，人不再高高驾临世界之上成为全知的神明。流沙河的《故园六咏》袒露了受屈辱的流血心灵；赵恺的《第五十七个黎明》把普通女工艰辛的生活劳动表现得庄严神圣；梁南的《我不怨恨》吟叹的是知识分子情感扭曲的伤痕。此后涌现的舒婷式的忧伤而美丽的情绪宣示，北岛式的建立于深沉的思考而对生活作出的严峻的“回答”，都曾以宣言式的激情抒发引人关注。

随后出现的重要迹象，是诗人不再以因外界情势的触媒生发的直接抒情为唯一手段，而开始了自我的隐匿。顾城诗中那样伫立于夜空前“拒绝了幻梦的爱”而“思考另一世界”的《年青的树》，不直接显示抒情主体，却体现了物我交流的潜深感。至于韩东的《山民》，写山民的后代已有一些走出山去的渴望，但是关于山的思考却令他疲倦不堪：

海是有的，但十分遥远
他只能活几十年
……
他觉得应该带着老婆一起上路
老婆会给他生个儿子
到他死的时候
儿子就长大了
……
他只是遗憾
他的祖先没有像他一样想过
不然，见到大海的该是他了

尽管留有明显的愚钝的印记，但闭塞的灵窍显然已经开启，传统的心理结构正在受到破坏。从这种极平淡也极平静的词语中，我们觉察出灵魂的潜在的骚动。这种骚动当然是开放性的时代所使然。

这些诗句透露的最重要的信息是部分诗对于外在激情的宣泄的失去兴趣，以及诗对于“动”的冷淡而关注于“静”的向往。山民的一切不是从行为上而是从思考上展示，是心灵对于世界的占领。我们现在就宣告激情的弃置也许有点冒失。但外在的奔腾显然已被潜流的内在涌进所代替，至少在《山民》一类诗中是这样。诗不像以前那么“热”而变得有点“冷”了。这种冷抒情悄悄地代替了过去的激情的呼喊、号召，但它所展现的潜深意旨，却远远地超越了以往的抒情方式。

审美上的由激情的宣泄到理性的思辨，使诗情导向深邃和开阔。舒婷在她稍近的作品中，也使她那种忍受不住的叹息和哭泣得到了沉淀。《神女峰》和《惠安女子》呈现的是一种按捺住激情的冷静。《惠安女子》动人的力量不是自来热情的倾泻，而是悄然无言的理性思索：

天生不爱倾诉苦难
并非苦难已经永远绝迹
当洞箫和琵琶在晚照中
唤醒普遍的忧伤

你把头巾一角轻轻咬在嘴里

这样优美地站在海天之间
令人忽略了：你的裸足
所踩过的碱滩和礁石
于是，在封面和插图中
你成为风景，成为传奇

从这里我们依稀还可听到这位女诗人当年“人啊，理解我吧”这种呼吁的余音，依然是渴望理解而不被理解的题旨。但诗人的自我却使用了“隐身术”，它让人从这些女子不仅不被理解反而受到尽情炫耀的苦难中，了解到诗人内心的战栗。她的另一首《船》展现的“不知什么缘故”的“倾斜地搁浅”，以及船在咫尺之内不能到达彼岸的永远的阻隔感，都通过这种冷抒情取得极深刻的悲剧性效果。

不仅是青年诗人，前辈诗人如艾青的《鱼化石》，曾卓的《悬岩边的树》，都以“不动声色”的冷静处理，掀起了惊心动魄的内心风暴，从而极鲜明地表达特定时代的气质与氛围。几代诗人的创作都留下了以“冷”与“热”的艺术变革的时代痕迹。抒情主体的由显而隐，抒情方式的由热而冷，抒情效果的由动而静，说明现阶段诗在短时间内的自我超越。一个成熟的生命当然会以人生悲欢体验的深沉代替青春的浮躁与狂热。这就是现阶段诗歌中由“沸泉”的热烈转向“火山湖”的深潜意识的审美变革。

四

在新诗潮涌现之前，诗歌对于客体的再现以形象的描绘为基本方式。诗人对于世界的把握，是通过对于这些形象的说明和叙述。新诗潮带来了艺术基本符号的意象化。一种被庞德称之为“一刹那间表现出来的理性和感情的集合体”的意象，使构筑的每一个具象的单元中都包蕴了情与理、象与意。如顾城的《眨眼》：在喷泉中游动的彩虹，一眨眼就成蛇影；在银幕上绽开的红花，一眨眼就变成血腥。毋需繁琐的说明，寓意却为自身所包孕，并且精深宏远。借助意象以间接手法处理主观和客观的对象而摒弃直接的描绘和夸叙，成为当今诗人的普遍艺术追求。其好处在于不仅省略了贯通和关联的过程的叙述，而且以蕴藉和含蓄直接显示内在的力量。北岛的《迷途》由“鸽子的哨音”“迷途的蒲公英”“灰色的湖泊”“深不可测的眼睛”的系列意象的组接，构成了一个执着追寻而又捉摸难定的情绪世界。这世界显然是不明晰和不确定的，但它的朦胧氛围造成的诱人深入的神秘感却持久而有力。

不是通过形象的比喻，而是“寓意于象”的意象化，正在成为一种重要的艺术趋向。要是考察一下非青年诗人的创作，对此就可有更鲜明的印象。以50年代的公刘为例，在他引起人们重视的佧佤山组诗和上海的那一组工业诗中，大致总是采用以形象寄托情感的叠合方式，其长处亦在于这种叠合的熨帖和切实。但70年代末他写的《绳子》《哎，大森林》《枕头》却以富有时代感的意象造成一个又一个幻梦般的诗的世界，让你在它所包蕴的尖锐的思想中战栗。

组成新诗潮的诗篇，仿佛是由整合的“预制板”（将主体的情思包蕴于客体的形貌中）累积堆砌而为一个一个的“单元”，再由一个一个的“单元”组合起蜂房般的构架。意象与意象之间失去明显的关联，本体与喻体之间舍弃了媒介，造出的是一个朦胧的诗境。如北岛的《枫叶与七颗星星》：

那七颗星星升起来
不再像一串成熟的葡萄
这是又一个秋天
当然，路灯就要亮了
我多想看看你的微笑
宽恕而冷漠
还有那平静的目光

不能说“七颗星星”“一串成熟的葡萄”“又一个秋天”之间没有关联，但至少这些意象的嫁接已经摒弃了过去那种密不透风的线型叙述方式。它把因果省略了。因断续而留下了一个又一个“蜂房”，这些几何形组成的迷宫是诗人留与读者的立体的空间。从这个空间到那个空间，有多种选择的通道。这种追求与产生于本世纪后半期的接受美学的原理不谋而合。后者特别强调作品内容的不确定性和意义的空间，并确认其为文艺作品的基本结构，亦即作品的召唤结构。

诗歌艺术表达情感的基本方式，是通过一个或一组人情事象，寻求相应的客观投影。那些人情事象是作为抒情的触媒而存在，亦作为沟通诗人与读者情感交流的媒介而存在。而在以往，我们往往视它为艺术的终极目的。新诗潮的诗人都已懂得，他们没有理由如同往常的诗人那样，把所有的路加以规定，把所有的房间都予以占领。马拉美甚至认为直呼一件事物的名称，会毁掉用诗意引发这件事物的全部乐趣的四分之三。

他们基于对世界和人生的总体观念的转变，首先不再相信协调一致的自我的存在，甚而把这种统一完美的自我视为不真实的虚幻。他们也对统一和谐的生存秩序产生怀疑。世界不停地向他们涌来的消息、符号与我们时代随时爆发的复杂现实相符。这种现实的由完整而碎裂，由有序到混沌，由精微而模糊的感觉，使诗人更为崇尚对对称破缺的表现。

整个审美意识产生了倾斜。平衡遭到了破坏，它可以概括为连续性及直线型的弱化和基本终止，间断突变型的方式被广泛地尝试乃至成为普遍的趋尚。这只需看看当前诗歌创作中对于完整严格的格律之忽视以及不用标点的、随意切割完整词句的自由体的盛行，便说明了它的倾斜度。在这样的观念统御下，有的诗人以更为活脱的方式驾驭意象这一艺术的精灵，他们使之自由叠加，乃至相互冲撞，“随意”地化合和组接以造成艺术上更为扑朔迷离的境界。其实，人们早就说过，散文是走路，诗是跳舞。但在以往，人们往往习惯于千篇一律的“蠕动”和“爬行”，并认定这是诗的合理方式。

诗歌的“弹跳”的习性在现阶段得到了重新承认——尽管由此也遭到了欣赏惰性的挖苦和排斥，但它的确开拓了想象力的空间。要是用这样的眼光来审视舒婷的《路遇》，我们便会领略到以意象创造组接代替形象描绘的特优性：

凤凰树重又轻轻摇曳
铃声把碎碎的花香抛在悸动的长街
黑暗弥合来又渗开去
记忆的天光和你的目光重迭

与轻轻摇曳的凤凰树、铃声、碎碎的花香相衔接的是“悸动的长街”，这是一种意象的组接。它们以空间的转换而暗示了时间的推移。弥合而又渗开的“黑暗”，浓重地渲染了下面出现的“记忆的天光”的无所不在的空阔。记忆的天光和现时的目光的“重迭”，又一次展示了时空的交错和互换。

五

当前诗歌艺术重心的倾斜，是突出表现为意象的组合造成总体象征的效果。整个的诗歌审美追求，趋向于一种重组世界的感觉和情绪的宏大结构。诗歌对于自身使命有了合乎理性的醒悟。它不回避以外观上的断裂与破缺，重建并强化心灵世界的整体意识。诗人不再如往常那样视局部世界为全部，他们摒弃了对这个表面完整实际上并不完整的世界的亦步亦趋的描绘。他们追求以富有历史的纵深感和延伸感的对于世界的综合把握。“诗的威力和内在生命来自对人类复杂经验的聚合”（杨炼：《诺日朗》前言）。这种聚合包括了历史与现实，理性与感情，思辨与直觉，鲜明的批判精神与不断的自我更新诸多方面内涵的汇聚。

诗歌的实践正向着不是单层的意蕴，而是多层乃至高层结构的方向发展。这种被称为诗的高层建筑的实质不同于闻一多提倡的“建筑美”。诗除了现实性描写的一层意义，还蕴有更深一层或多层的象征意义。如梁小斌的《中国，我的钥匙丢了》，除了现实画面上的钥匙的丢失和寻找，还有钥匙所象征事物的丢失和寻找。把握到这更深一层的意蕴，它所释放的美感力量，便会以几何级数增长。用这种方法来读舒婷的《在潮湿的小站上》，读邵燕祥的《等待》，便会感受到这种深刻感伤的分量，从而深刻体验到浓重的时代气氛。用这种方法来读顾城的《小巷》：“小巷／又弯又长／我把一把钥匙／敲着厚厚的墙”便会在它平静而单调的画面的后面，发现一个更深的痛苦的寓意。至于杨炼的《布达拉宫：城堡》：

悬崖被狂风抽打得支离破碎
而大地的一百五十六层阶梯依然向上流动
一根粗壮的藤蔓，叶子是沉静的灰色
旷野、草原、历史和天空
曲曲折折，在石头间等我——
重重叠叠的金顶下，人，很小很孤独

这与一般旅游或状景描物的诗有了质的区别。人生的经验和思考在这里聚集，它打乱了传统的现实主义的具体画面，也打碎了传统的浪漫主义的自我凸现的抒情气氛，它使象征的深层含义闪烁在现实的城堡的画面中跳跃着和变幻着，并通过“切割”和“随意”

的情绪流动，把历史和现实、思维和情感、直观和抽象作了奇妙的组合。江河的组诗《太阳和它的反光》，显示的是中国神话的内容，但它绝非神话的复述，甚至也不是神话的引申和发挥，贯穿其中的是人对于自身力量的思考，对于民族精魂的寻找与探究。这些诗，都开展了一座多层的诗意思维的空间，都属于诗的一座座高层建筑群。

仅就以上艺术实践的一个侧面来考察，新诗潮的确呈现了明显的倾斜，这种倾斜对于传统的诗艺至少是不驯的反抗。要是我们客观地考察诗歌的异化曾经造成的危害，那么，我们必定也承认目前产生的这种倾斜的合理性。

（1985 年第 5 期）

缪斯的空间：一个诗学原理

杨匡汉

在谈到世界当代诗歌的发展问题时，我欣赏罗马尼亚当代著名诗人尼·斯特内斯库的如下论述：“一首诗之所以能有普遍的感染力，一方面是因为它结合一定的空间和特殊的民族文化对人类的普遍状况进行了探索，另一方面则在于它表现情感意境的独创的和特殊的方式。”①如果没有理解上的误差，那么，这里指的是空间意识、民族特色和独创性问题。但我以为需要做点补充。就当代诗歌而言，在语言文字的表述力方面还鲜有明显的创新——若是对辉煌的诗歌遗产进行深掘，现时的许多诗歌技艺大抵都可以同往古的神韵相沟通；在民族特色方面也很难说有从理论到实践的突出建树——因为今日真正的歌者，无一不在表现作为特定地域的各色人等千差万别的外貌以及和自己共同着命运的人们的文化心理结构；然而，跟从荷马、屈原、但丁到惠特曼、普希金、郭沫若所处的时代相比，由于人对宇宙、自然、历史、人生的认识的巨大进步，由于诗所表现的人最特殊的内容——感知、理解、情绪与幻想等的发展变化之近似爆炸性，因此，拓展包括艺术思维在内的思维空间，让自己生活和创造的星辰照向浩瀚的人间宇宙，把凝神辽阔的身外世界和检视深邃的内心世界在更高的层面上协调起来，摄取新的审美情感并进行新的艺术开发，必然成为有时代使命感和公民责任感的中国诗人的强烈欲求。也因之，空间感的增强与扩大，对于当代诗的发展具有重要意义。

这当然并非新观念。战国末年吕不韦招集幕客所编《吕氏春秋》，论及艺术以养身心，就提出过“精通乎天地，神覆乎宇宙”②的审美思想。以后，历代杰出的诗论诗作也曾有过空间意识的描述，只是以往有所疏忽罢了。我们常常引述刘勰的“神思方运，万途竞萌，规矩虚位，刻镂无形，登山则情满于山，观海则意溢于海，我才之多少，将与风云而并驱矣”（《文心雕龙·神思》）。且多从想象的超迈方面予以理解，倘若换一下“坐标”，也不妨可以理解为对扩大诗的空间的一种强调；我们每每吟咏陈子昂“前不见古人，后不见来者，念天地之悠悠，独怆然而涕下”的《登幽州台歌》，且仅仅以那个失意的士大夫独自登临时的几声哀叹目之，倘若扩大一下，也不妨视作在宇宙空阔之刹那间所激发的诗人对小与大、短暂与永恒、有限与无限的沉思，让一种生命的共感现象包容于天地之间；我们往往赞赏李贺的“南风吹山作平地，帝遣天吴移海水，王母桃花千遍红，彭祖巫咸几回死”（《浩歌》），且以炫奇翻异的风格不俗去进行评价，倘若变一个视角，也不妨认作李诗是用空间的意象和神话传说之结合，来表达自己对时间的宇宙性展望——传说中每三千年才开一次的西王母桃花，活得最长的彭祖和巫咸的寿命合起来又能有几多？这不啻是以宇宙为背景的一种人生感叹。诗之概括、意象和联想，诗之内涵的深厚和外延的伸展，可以说都直接或间接地同空间情境的描绘与开拓联系在一起。

恩格斯指出：“一切存在的基本形式是空间和时间。”[③]时空作为物质世界（包括作为血肉之躯的人类自身）客观存在的最基本的形式，通过社会实践，使我们获得了时间和空间这两种基本的思维框架（表象、观念）。它使我们观察世间事物时，首先看到的是以一定的动态的先后延续（时间）和上下左右的静态的物与物的关系（空间）来表现其现实的存在。因此，时、空表象或观念不带先验性和先天性，它作为客观的存在并通过一定的社会实践（诗歌创作自然也是一种社会实践），不断地向我们的主观意识中移入与沉淀，是一切有理智的人都可以共感的客观现象。这是问题的一方面。另一方面，我们同时又不可不注意到，作为物质运动的形式的时间与空间，其客观性并非单单是社会实践赐予的——一如并非使用了地球仪，作为空间的地球的概念遂成为客观那样。定向反应的时空感觉，因是个体感知性的反映，其主观性和差异性相当明显。况且，对于精神产品的创造者来说，还要求语言符号的特殊规范与艺术细胞的奔突跃动，故而对于不同的人来说，“真实”的时间与空间，从一定意义上讲，也是“我”的时空即主观时空，是个体的、不同质的、与观察者坐标相紧密联系的时空，具有相对性，依赖于主体（观察者）的运动状态。而上述两方面——主观与客观的对应关系，就产生着不同历史时期、不同审视方位的人们的时空表象与观念，并且因时空意识与感性直观的相生相长，因外在实践向内在理性的转化，年复一年、一代一代地积淀于人们感性知觉之中，逐渐形成由狭隘到广阔、由简单到复杂、由初级到高级的空间意向。

诗歌的意义自然不是像科学抽象那样去发现规律，而主要是赋予规律以情感的境界。也就是说，主要是通过艺术思维、艺术情感去传导客观规律，特别是作为宇宙的主宰的人的本质的规律，以在千百万读者心灵深处燃起强烈的欲望，去追求更为高尚、开阔的东西。基于上述原理，我们何尝不可从如下的角度对诗歌作这样一种界说：诗的本身就是开阔和自由。诗是一种强烈的感应着空间意识的抒情艺术。这里有宇宙的空间和心灵的空间。诗人的幸福是对这二度空间的高度体验和自由发展。只有在开阔、自由的空间进行创造性思维，诗人的才智与情思才能全面地发展起来。

这一认知自然不等于诗的全部。但我以为，它有助于使我们的诗歌观念从封闭走向开放。或者说，至少有助于某些迄今处于一种自得而狭窄的境地中的诗作者们也思考一下自身，看到在诗的面前还有一个开阔的思维台基。这并非故作惊人之谈。因为在目前的我国诗坛上，那些片面寻求与社会生活“同步”、实际上造成了与现实太过切近的尾随、然而留给审美的空间极为有限的作品，依然不乏存在；那些满足于现成的政治术语或时新的技术名词的罗列堆积，对于生活的表层现象作线性的描绘和单向的图解的诗行，依然占有市场；那些并未舍弃平庸的思想程式，只是一味地在幻想领域里作文字游戏抑或无目的地增加形象数量的咏唱，依然使读者从混沌与围闭中透不过气来；那些但求外形之清晰、音响之单纯和节律之入流，却独独缺少对于心灵的最高希望的新的结构之吁请的篇章，依然令人过目即忘；那些拘泥于“一种场景”+“一点描摹”+“一个理念拔高”的程式化的抒唱，依然在诗坛的一角喘息……这些都是由于惯性与惰性的力量所造成的。多年以来的居于一隅、画地为牢，用一些急功近利的观念上凝滞的模式去要求诗歌创作，这只有在封闭的意识天地中方能存在。然而，世界大得很，由大约1000亿颗恒星组成的银河系，建构了蔚为壮观的“外宇宙”；由大约1000亿个神经元构成的大脑，成为接收巨量信息的“内宇宙”。诗美的历程正是运动着的“外宇宙”渐现于变幻中的“内宇宙”。而“内宇宙”和“外宇宙”的对应，本当千汇万状，了无挂碍，为什么要用某些简单化的理论自己束缚自己？从根本上讲，我们强调开拓诗的思维空间，是为了学着同一个新的世界进行诗的对话，为了使这个世界得以人格化、诗意化，也为了使诗歌显示出自身追求进步、追求理想的无穷潜力。

从封闭走向开放，拓展思维空间的核心的问题是智力空间的开拓。

所谓智力，无非包括这样两个内容：一要有关于社会、世界、未来的现代化知识，而不只是上世纪以前的或本世纪二三十年代的。法国大哲学家笛卡儿在他的名著《方法谈》中有一句话，大意是：为了达到真理，一个人在他的一生中，往往要一次性地抛弃他所接受的全部意见，并从头开始，重新建立他的知识体系。这当然不是鼓吹否定过去的一切，而是提倡一种追求真理的勇气，也说明不断更新知识结构对于创造的重要。毋庸置疑，对于今日的诗人来说，获取广博的知识视野显得相当迫切。其二，知识有“死”与“活”之分，“硬搬”与“善用”之别。一个“满腹新知”、但缺乏内部整合能力的诗人，可以把歌唱深圳拔地而起的52层大楼的诗写得拥挤和平庸；相反，一个知识丰富而又善于驾驭的诗人，可以在别人反复咏叹过的茫茫戈壁上，创造出宏伟的空间意象和全新的情感范型。诗人的智力源于丰富的知识，却表现在对知识的创造性的、聪敏的汇聚、统一和整合。

从诗的角度看，智力的空间体现为现实的、历史的、美学的、心理的以及文化的多元因素的合成。这种合成整体综合的程度越高，内部律动和外在情境之间的张力越大，越能输进更多诗意的血液。

这种智力空间的开拓，意味着对平面型思维的突破。把艺术对象当作一个二维的平面来考察，是过去常规的智力表达方法。60年代盛行过“我思念北京”一类的诗题，诗里抒写的从知春亭、谐趣园、太和殿、九龙壁到石景山的高炉、北京站的钟声，从博物馆的辉煌到欧罗巴的红旗，所有的情景和思念都发生在一个平面，彼此平列和处于同一级位。我们并不怀疑诗人“思恋”时的真情实感，却看不到“存在”者或“思恋”者智力内部的客观现实有的深层结构。人们运用平面型思维去写这类诗几乎一度成为驾轻就熟的捷径。智力空间感观则确认世界是个四维（三维空间加上时间维）平直时空，在思考艺术对象时，一方面对二维平面上的多元素进行“分割”与“编配”，一方面在表层背后寻找与之“垂直”的层次，一方面注视事物的动态变化，把它们同时引入空间和时间的向量，使不同级位逐层组合和旋转运行，发出诗意之光。同样是“思恋”的主题，不妨看看70年代余光中的一首《民歌》：

传说北方有一首民歌
只有黄河的肺活量能歌唱
从青海到黄海
风　也听见
沙　也听见

如果黄河冻成了冰河
还有长江最最母性的鼻音
从高原到平原
鱼　也听见
龙　也听见

如果长江冻成了冰河
还有我，还有我的红海在呼啸
从早潮到晚潮
醒　也听见
梦　也听见

有一天我的血也结冰
还有你的血他的血在合唱
从 A 型到 O 型
哭　也听见
笑　也听见

作品在同类主题和题材中并不是最深刻的，但这首音响诗，至少提供了一个以有限（物化成形）把握无限（智力内涵）的动态模式。所有意象并非在同一平面上铺开，而包含着具象（江河）、象征（红海）、抽象（苦恋）三个级位，且与不断的变形与流动构成潜在的呼应。它摆脱了对于历史的静固断面和时间的刹那凝冻，把读者的注意力从习惯的嗜睡中唤醒，引向亲切而敬畏的奇异，在空旷的天宇间飞旋。这是智力空间的功效。

在一般意义上，空间感往往同无规则状态相联系，但诗美的目标应当创造秩序，因而写诗也是一种有序化活动。诗人对于四维时空的思索，带有网络的特征。网络又有杂乱和有机两种情形。杂乱的网络思维是指发散了的多条思维线索不能形成互补，但常常为有机的网络思维提供前提，并在一定条件下转化为既交叉、“冲突”又很好互补的有机的网络思维。这条件就是智力的运算。诗歌创作中不难看到这样的现象：由于灵感的引爆而一发不可收，奔涌、多变、跳跃的思绪趋于某种芜乱状态，情感的“支离破碎”极易导致艺术的“分崩离析”。智力空间所期待的是对这种混沌的征服，造成真善美的凝结。当代诗人邵燕祥早年有《到远方去》的歌吟，那是沉着单一指向的乐观明朗的憧憬；在历尽颠踬顿踣后的 80 年代，诗人又一次“到远方去”，在苍茫、高寒的青海，倾听着永久喧嚣的噪音。不过，诗人没有用紊乱的目光去扫描世界，而找到了智力上的控制：

一个老死流刑犯的地方

一个呼唤开发者的地方
一个使弱者望而却步的地方
一个向强者捧献高山雪莲的地方
一个过去与未来相会的地方
一个沉寂与喧哗交响的地方
一个在往事的废墟上悲歌往事的地方
一个在希望的基地上铸造希望的地方[④]

表面上看，诗的空间纷呈万象，但诗人以矛盾逆折维系之，一组组正反相合的层面形成差异、重迭，激起了顺逆互荡的感情潮汐，含纳了深沉的忧患与奋取相交汇的意识波澜。这一诗例说明，智力空间的形成，往往是从无序到有序、从无机到有机的实现；也正如歌德说的“在限制中显出身手”，才能造成诗的特定情境所需要的美学效果。

这样，开拓诗的思维空间和智力空间，必然带出又一个命题，即空间结构。空间结构是为了把诗人的审美感知和智力辐射高度地组织化与形式化，使之在空间秩序上具备更见诗化的美质。

莱辛曾经道出作为理论家的一个苦衷：“情感和激情的网是既精微而又繁复的，连最谨严的思辨也很难能从其中很清楚地理出一条线索来，把它从错综复杂的牵连中一直理到底。就假定这是可能的，那又有什么用处呢？自然界从来就没有任何一种单纯的情感，每一种情感都和成千的其他情感纠缠在一起，其中任何最细微的一种也会使基本情感完全发生变化，以至例外之外又有例外，结果那个所谓普遍规律就变成只是少数几个事例的经验。”[⑤]我们在探讨诗的结构空间时自然也会遇到类似的困难。诗里抒写心灵的艺术，是表现情感与经验的艺术。在化“外宇宙”为“内宇宙”的美的创造活动中，在对无比丰富复杂的精神形态的维系方式中，很难确定（也无必要认可）一种普遍模式。尽管如此，我们还是希望把思考推进一步，哪怕是寻求某些结构空间的类型也好。若作审视细察，我们不难看到如下的一些式样常被诗人们所运用。

拉开“心理距离”制造空间。朱光潜先生说：“凡是艺术作品都是旧材料的新综合，惟其是旧材料，所以旁人可以了解；惟其是新综合，所以见出艺术家的创造，和实用世界有距离。”[⑥]诗是人生的返照，但在返照时需有“我”与“物”在实用观点上的隔绝。“距离”太近，让纯粹实用的动机压倒美感，诗就缺少回味的余地。“心理距离”的理想境界是“不即不离”，以造成空间的适度得体，既不切近，又不空疏。艾青有一首《礁石》，就是拉开一定距离去以“我”观“物”，通过想象而塑造了若具象、若抽象的完整的形象。你用太实用的观点——如 A 是 B（“礁石即祖国”）去判断，往往无法解释；而只能在诗的象征物与被象征物之间划出开放性的约等号。由这种距离制造的空间，带来了内涵的多义性和诗意的丰厚性，也引发着欣赏者多样的审美情趣。

利用变形产生空间效果。莎士比亚有句艺术箴言，意思是：斜过来试试，拐弯抹角而找出直截了当。我们可以把这个比喻引申一下：科学家在向目标进攻时使用完美的球形，并且是直来直去的；诗人头脑中好像总是进行着草坪上橄榄球的比赛，变了形的球棒使他抛出优美的曲线，使球传到选定的方位上去。一般地讲，艺术的“变形”是创作主体在一定审美理想的观照下，从重“物质性”的囿域中解脱出来，对人、景、物、象所作的非如实、非“常轨”的“破格”描写，既允许与实际相悖，又须与情理相通。“变形”的奇妙在诗里并不限于想象与机智的表征，它的动人之处，还在于扩大空间效果。李瑛使井冈山的五大哨所“变形”为五堆可以燎原的篝火。舒婷在歌唱祖国时，自我同时“变形”为古莲的胚芽、挂泪的笑窝、新刷的起跑线和正在喷薄的黎明。原形的转动与变幻，造成了横向或纵向的倾斜，呈现出某种空间轮廓，在人们的视网膜上形成新的投影式样，启发读者的自由联想。

运用重迭获得空间的深度层次。在中国画中，山峰与白云，绿树与青水之间，常在纵深中有相对的位置，正是通过重迭方式建立起来的空间；即使那山峰的形体，也往往被描绘成犬牙交错的峭壁或阶梯组成的构架，显示具有不同深度的重迭。不过，这依然仅仅是获得空间深度的一种条件。运用到诗歌创作中来，往往通过由重迭所构成的“高层建筑”来体现的。但并不像山水画里的实际景物那样具有空间经验，而是依据内容的延伸，一个意象群构成一层天，层层相迭。例如，从“高层建筑”的视角去欣赏某些诗作，可以发现在现实（由意象群组成）的一层之上，还有象征（也由意象群组成）的一层，在象征的一层之上还有抽象（也由意象群组成）的一层，——当然，这里的层序结构可以有各种变换。建立层序的功能通常是，以象征的一层去渲染现实的一层，而抽象的一层赋予现实以思辨的含义。这种“高层建筑”的效应，就在于使诗歌日益从外在题材的束缚中得以解放，成为一种所谓净化了的“自由的形式”，作用于读者心灵，产生开阔而有深度的审美感受。

以“召唤结构”呼应“期待视野”。诗以形象的艺术呈示人们生活的和想象的世界，传达人们的思想感情。诗不求“形似”，也不贵详尽。意在言外、宕出远神才是诗人的着力处。既然诗的时空感和个体变异性（即所谓仁者见仁、智者见智）因其现实性存在于读者的想象力之中，那么，诗歌字里行间的“模糊集合”与“意义空白”，就成为联结创作意识与接受意识的天然桥梁，而且是前者向后者转换的必要条件。适度的“模糊”“空白”，构成了诗的基础结构之一。这种“召唤结构”成为对读者的“期待视野”（对一首诗接受的前提条件）的呼应。“召唤结构”中的“模糊”不是“隐晦”的同义语，而是赋予意象以蕴藉、虚灵、诱发想象的特征；“空白”也不是“实象”的荡然，而是以诗意的空白留出可供回旋的地带，造成一种飞动的境界，期待读者自觉地以思维与想象参与诗作意义构成的再创造活动。这样，诗的空间也在“召唤结构”和“期待视野”的链条中得以拓展与延伸。

诗的空间结构，就是诗的组合关系的整体。其组合方式自然不仅限于上列数端。诗人的本领在于通过对题材的处理达成一个复合空间。由于对世界多角度的观察，对思想多层次的把握，对意象（诗的基本符号）多方位的“布局”，使诗人创造出缪斯的空间的容纳和体现活跃的生命。也因此，对于长久以来人们探讨不息的诗究竟是“纯时间艺术”还是“纯空间艺术”的问题，我们不妨提供一个以具有综合性、交叉性和动态性的“四维时空艺术”的审美判断。当然，指出开拓诗的空间主要具有思维方式的意义，不可能代替诗人们各自独特的艺术创造，不等于只要照此办理就可以产生好作品；但是，不论从认知还是从实践的意义上讲，在“四维时空”的世界图景和有着创造活力的诗歌之间建立“同构”关系，将促使审美主体的心理结构和审美对象的物态结构之间，在空间的拓展过程中以多种形式进行交流、感应，促进诗歌打破单元结构而进入多元体系，成为开放时代敞开了灵魂的艺术。增强这一创作意识，我们有可能站到当代诗歌美学的进化台阶上，赢得如一位青年诗人所描绘的可望的前景：“世纪的空间，交织着万古常新的目光。”

1985年6月　北京龙潭湖

注释：

---

① 尼·斯特内斯库：《文学的作用》，《世界文学》1984年第3期。

② 《吕氏春秋·孟春纪·本生》，载北京大学哲学系美学教研室编《中国美学史资料选编》上册，中华书局1980年版，第81页。

③ 恩格斯：《反杜林论》，载中共中央马克思、恩格斯、列宁、斯大林著作编译局编译《马克思恩格斯选集》第 3 卷，人民出版社 1972 年版，第 91 页。

④ 邵燕祥：《青海四首》，《诗刊》1983 年第 9 期。

⑤ 莱辛：《拉奥孔》，朱光潜译，人民文学出版社 1979 年版，第 28 页。

⑥ 朱光潜：《文艺心理学》，载《朱光潜美学文集》第 1 卷，上海文艺出版社 1982 年版，第 25 页。

（1985 年第 5 期）

心理学方法在美学和文艺研究中的运用

张玉能

目前，方法论问题在美学界和文艺理论界普遍引起了极大的关注。本文仅就心理学方法的运用谈一些意见。

一、范围

我们这里所谓的心理学方法并不是指心理学所运用的诸如观察法、内省法、实验法等具体方法，而是指从心理学的角度或者借鉴心理学研究的成果来阐发其他相关科学的理论问题的途径。那么，这样的心理学的方法在美学和文艺研究中运用的范围如何确定？

首先，心理学本身的性质、对象和任务制约着心理学方法在美学和文艺研究中的运用。一般来说，心理学是研究心理活动规律的科学，是一门介于自然科学和社会科学之间的科学。这就决定了从心理学角度来阐发美学和文艺理论的问题不可能超越与人类心理活动相关的范围。

其次，心理学与美学或文艺理论在研究领域上的交叉范围也就是美学或文艺研究运用心理学方法的范围。这个交叉处仍然是人类的心理活动（心理过程和个性心理特征）及其形成和发展的规律。但是，这里必须明确，这个范围并不是仅仅局限于人类的主体方面或主观意识方面，把心理学方法的运用范围简单地界定在审美主体或文艺创作和欣赏的主体方面、主观意识方面是片面的。应该说，不论审美（或文艺创作和欣赏）的客体或主体，只要涉及人类心理活动及其形成和发展规律，都可以运用心理学的方法。同样，以心理学方法为前提和手段的审美心理学和文艺心理学，也应该以此来划定自己的研究范围。

此外，从心理学、美学和文艺理论三者之间的关系还可以进一步明确心理学方法的运用范围。众所周知，美学和文艺理论有着共同的研究对象，即艺术。而心理学、美学和文艺理论之间的共同研究领域就是艺术中的心理活动及其形成和发展的规律。所以，我们可以明确地说，心理学方法在美学和文艺研究中运用的范围主要就是艺术（包括艺术作品、艺术家、艺术的创作和欣赏）之中的心理活动的形成和发展的规律，其中又分为心理过程和个性心理特征及其形成和发展的规律两大部分。这也可以说就是文艺心理学的研究范围和审美心理学的中心研究对象。

二、功能

运用心理学方法究竟能阐发哪些美学和文艺研究的理论问题？换言之，心理学方法在美学和文艺研究中的运用具有哪些功能？

心理学方法的功能当然是随着心理学本身的不断发展而不断扩大的。从目前已有的研究水平来看，我认为心理学的方法主要有定性功能、定量功能和定构功能这么三个大的方面。

所谓定性功能，就是从心理学的角度和利用心理学的研究成果来确定美学和文艺理论中某些范畴的本质。古往今来许多美学家和文艺理论家早就注意发挥这种功能了。从西方美学史上看，古希腊时代，德谟克利特和柏拉图对灵感问题的关注，亚里士多德从求知本能论证艺术摹仿自然说，英国经验派美学家博克从人类的自我保存本能和社会交际本能论证崇高和美的本质，德国古典美学家康德把美和审美划定在情感的领域、用共同的心理结构来论证美和美感的普遍性，英国美学家布洛用心理距离而德国移情派美学家用情感的外射来阐释美的本质，都或多或少、自觉或不自觉地利用了心理学方法的定性功能。但是，由于在 19 世纪末叶以前心理学还未成为一门独立的学科，往往与哲学混为一体，美学和文艺理论诸范畴的本质探讨仍然带有浓厚的思辨色彩，机械唯物主义和主观唯心主义往往窒息或取代了心理学方法的定性功能。20 世纪以来心理学研究的迅猛发展以及辩证唯物主义和历史唯物主义的广泛传播，为发挥心理学方法的定性功能提供了广阔的天地。

关于美感与快感的质的区别，人们早就意识到了，并且试图做出解释。以往的种种解释虽然也有某些合理之处，却总不能切中肯綮。有的从对象的性质来界定，如克罗齐及其追随者所宣扬的“形象的直觉”说；有的从对象与主体的关系来划分，如康德的美感无利害关系说和布洛的心理距离说；有的从感官上来确定，如夏夫兹博里和哈奇生的“第六感官”（“内在感官”）说以及许多美学家反复申述的高级感官（视觉和听觉）说，等等，大都停留在表面的经验描述，并未触及美感的心理深层。有的虽然力图从深层心理上来解释，但是或者反而把美感归诸无意识中的本能，如弗洛伊德学派的性欲升华说，或者把美感看作先验心理结构的适应性，如格式塔学派的同形同构说，又往往流于主观唯心主义和反理性主义。其实，以马克思主义的观点来汲取和运用现代心理学的研究成果，就可以比较科学地解释这个问题。本世纪 50 年代，美国人本主义心理学家马斯洛在他以“自我实现”为中心的动机理论中提出了需要层次说。他把人的需要按顺序排列为七个层次：1. 生理的需要；2. 安全的需要；3. 相属关系和爱的需要；4. 自尊的需要；5. 认知的需要；6. 美的需要；7. 自我实现的需要。这为我们区别美感和快感提供了一把钥匙。也就是说，美感是满足人类较高层次需要的一种心理活动，它是对满足其下五个层次需要的快感的扬弃。结合马克思关于人在自己所创造的对象世界中直观自身的论述，我们就可以概括出美感在社会实践发展过程中形成的，区别于一般快感的本质特征——社会性、精神性和形象性，从而更深刻地理解审美活动和审美教育在人类全面发展和实现自身的本质力量（即马斯洛所谓“自我实现”）的伟大历史进程中的巨大作用，而这种巨大作用是席勒等前辈美学家和思想家早已天才地猜测到了却无力加以科学解释的。

关于艺术的本质，从古至今，聚讼不已，众说纷纭。纵观各种关于艺术本质的主要理论，例如摹仿说、镜子说、再现说、直觉说、表现说、交流情感说、意识形态说、有意味的形式说、情感符号说、性欲升华说、原始印象（原型）说、有目的的操作说，等等，都有两个致命的缺点：一是把本质单级化，即把艺术这个复杂事物的本质归于单一的层级，或归于认识，或归于直觉，或归于情感，或归于生活内容，或归于外在形式（或符号），或归于个人无意识，或归于集体无意识，或归于操作技巧，各执己见，相持不下；二是把意识单元化，即把艺术中所凝聚的人类意识简化为单一的元素，或简化为认识，或简化为直觉，或简化为情感，或简化为意志行为，或简化为无意识（本能）。如果我们根据列宁在《哲学笔记》中指出的事物本质的多级性原理，运用心理学的研究成果，也就可以比较全面地阐述艺术的本质。从艺术的存在和实践出发，我们可以看到，艺术的本质至少可以分为三级。第一级由艺术与社会生活的关系所规定，显示出艺术的意识形态性；第二级由艺术与人类意识的关系所规定，显示出艺术的创造性；第三级由艺术与物质媒介的关系所规定，显示出形象性。本来这三级本质用我们通常所说的“艺术是用形象反映社会生活的意识形态”来概括，原则上并不算错。但是，由于长期以来的单级化和单元化的流弊未除，在我国美学界和文艺理论界对艺术本质的理解就只剩下了“形象认识”这样一个抽象概念。从心理学上讲，就是把艺术中凝聚的人类完整的审美意识简单化地归结为单一的认识活动。现代心理学的发展和研究成果恰恰可以在规定艺术本质的这一点上为我们补缺救偏。无论是主张心理活动三分法（知、情、意）或者二分法（认知、意动）的心理学家，现在都越来越清醒地认识到人类的心理活动是一个完整的有机统一体。西方心理学史上由元素主义到机能主义，再到格式塔学派和精神分析学派，直到日内瓦学派和人本主义，对心理活动的研究各有侧重，表现形态也不相同，但其发展总趋势是整体意识的加强，强调对心理活动的整体分析和发生发展的研究。同时，现代脑科学的研究成果也从神经系统的生理机制上证实了人类心理活动的整体性。苏联心理学家鲁里亚通过大量临床研究，创立了神经心理学，提出了高级心理机能的系统动力定位的理论，认为人的任何心理活动都是人脑各个部位协同活动的结果。他把人脑分为三个机能联合区：第一机能联合区包括脑干、皮层下部和上下行网状系统，其作用是激活皮层；第二机能联合区包括枕叶、顶叶和颞叶以及相应的皮层下组织，其作用是接受、加工与保存信息；第三个机能联合区主要是前额叶，它与其他联合区有着双向逆反联系，其作用是整合、规划、调节和监督行为。因此，大脑任何部位，特别是额叶的损伤，必然造成心理的障碍。这些心理学研究成果昭示我们，在探讨涉及高级心理机能和过程的艺术之本质时，切不可忘记高级心理过程的整体性而把艺术本质仅仅归结于认识、情感和意志的任何一个单独的方面。当然这并不妨碍我们理解艺术中认识、情感和意志的各自不同的特点以及情感在艺术中的突出地位，因为大脑的机能毕竟还有相对的定位，脑内还存在一个快乐中枢（大致在边缘系统和下丘脑，它能引起人和动物的强烈快感）。这就要求我们以辩证唯物主义的观点来运用心理学的研究成果，来确定艺术与心理活动有关的那一级本质。

所谓定量功能，就是从心理学角度和利用心理学的研究成果，来确定美学和文艺理论所探讨的各种现象和对象之间的数量关系和量的结构，也就是把在心理学中成功地运用了的数学方法运用到美学和文艺研究之中去。马克思认为，一门学科只有在成功地运用了数学以后，才算达到了完善的地步。随着社会的进步和发展，许多自然科学已经日趋数学化，在许多社会科学的具体学科中数学方法的运用也越来越广泛，因此美学和文艺研究也面临着如何运用数学方法这个很棘手的问题。为了解决这个问题，看来借鉴心理学所成功地运用了的数学方法的成果是一条比较可靠的途径。这是因为与美学和文艺理论密切相关的各门具体学科中，心理学是最早也是比较成功地运用了数学方法的。比起文艺理论和美学来，心理学是独立得最迟的一门学科。从亚里士多德的《诗学》开始，可以说文艺理论就已经成为一门独立的学科。一般认为，1750 年德国美学家鲍姆加登的《美学》问世，就标志着美学作为一门独立学科出现了。但心理学则是以 1879 年冯特在莱比锡建立第一个心理实验室而宣告独立的。文艺理论和美学从独立发展以来一直主要是在依赖着思辨的方法进行研究，而心理学从独立伊始就与实验室的操作和定量分析结下了不解之缘，运用了数学方法，取得了不少成果。

当然，心理学目前所取得的定量分析成果，一方面多半是在较低级的心理活动方面，如反应时间的测试，通过费希纳—韦伯定律对感觉阈值的确定等；另一方面大多侧重在认识方面如记忆、学习、智力测验等方面。这就使美学和文艺研究的定量分析不能大幅度地运用心理学的现有成果，因为艺术和审美活动既不是单一的感觉活动，也不是单一的认识过程，而是一种心理整体的创造性活动。但是，即使如此，也不能说以上那些成果对艺术和审美活动的定量分析就丝毫没有启发和用处。例如，视觉和听觉的感觉阈值对绘画、音乐、建筑乃至文学的创作和欣赏过程的定量就提供了一个可靠的参数。反应时间和智商的个别差异，对于审美和艺术的个性特点的定量具有重大作用。艾宾浩斯的遗忘曲线所揭示的记忆量变规律，对揭示艺术家和欣赏者的社会生活储备与审美和创作活动的函数关系也是有用的。此外，像面部表情的三维模式和圆形量表，对于研究表演艺术中各种情感表达方式的量的结构无疑会有重要的参考价值。这里的关键是，首先要破除美学和文艺研究不可能定量分析的旧的传统观念，其次要注意审美和艺术活动整体创造性特点，辩证地运用心理学的定量分析成果，不要重蹈费希纳的实验美学的覆辙。这样，运用心理学方法的定量功能，就会不断开拓出新的领域，又可避免一般数学方法忽视主体性的片面性。

就目前心理学、美学和文艺理论发展的水平和状况来看，我认为，比较切实可行的是，运用心理学方法的定量功能，建立起比较合乎事实的美学和文艺理论中诸现象和对象各种关系的理想数学模型，由简到繁，由浅到深地逐步综合，不断地过渡到演算定值的水平（而且定值看来也主要得依靠概率论和模糊数学）。在这方面，我们可以借用心理学已取得的许多成果。例如，机能主义和行为主义心理学的刺激—反应（S–R）公式；格式塔学派和日内瓦学派的刺激—机体—反应（S–O–R）公式；格式塔心理学家勒温关于行为与人和环境的函数关系：B = f（P，E）= f（LSP）(B 代表行为，P 代表个人，E 代表环境，LSP 代表“这个人和他的心理环境的生活空间”)；韦伯定律的数学表示：$\frac{\Delta I}{I} = K$，以及费希纳进一步总结的数学表达式：$E = K\log I + C$（K、C 为常数，E 为感觉，I 为刺激强度），等等。这些数学表达式都从不同角度测定或表述了心理过程，当然也有其局限性，只要我们不以偏概全，如实地加以推广，对美学和文艺研究的数学模型化是有启发的。像 S–R 这样的反应模式在心理学上已经被认为是错误的，但是它对运用控制论和信息论来研究心理过程还是有启示的。因为在大脑作为黑箱的情况下，我们仍然主要是通过信息的输入和输出来处理心理事实的。我们也看到，目前国外已经有人在探讨审美和文艺现象的数学模型。例如，美国数学家伯克霍夫归纳出审美知觉的数学模型：$M = \frac{O}{C}$（M 是审美知觉的程度，C 是审美对象的复杂性，O 是审美对象的品级）。另一美国学者艾森克对这一公式作了修正，提出了另一个公式：$M = O \times C$。这样的公式有助于我们进一步研究审美知觉与审美对象之间的量的关系和结构。当然这两个公式所揭示的审美事实和规律各有侧重，完全可以继续争鸣和探讨。不过，我认为前一个公式更合乎审美的经验。因为一个审美对象愈复杂，给我们的审美感知程度就越低。因此，审美知觉对审美对象的要求是有序、统一，这就可以在一定程度上解释简朴之美和多样性统一（寓杂多于统一）、典型的突出个性特征等美学规律。由此，我在考虑布洛心理距离的定量分析时，也从心理距离与审美对象的复杂性和审美意志强弱的关系中抽象出一个简单公式：$S = K \cdot \frac{A}{W}$（S 表示审美心理距离，K 为主要审美感觉的阈值，A 为审美对象与现实的相似程度，W 为审美意志力的强弱）。这就是说，审美心理距离大致上与审美对象和现实事物相似程度（相当于对象的复杂性）成正比，而与审美主体的意志力的强弱成反比；审美对象愈毕肖现实，心理距离就应愈大，欣赏者的意志力愈强则心理距离就可以愈小，当二者的比值等于 1 时，心理距离就可能大致等于审美活动中主要感觉器官的阈值。当然，这些表述都只概括了一个方面，还有待检验和完善，而且审美和艺术活动的复杂性也要求我们要特别审慎地进行定量分析。

所谓定构功能，就是从心理学角度和利用心理学的研究成果来确定美学和文艺理论所探讨的各种对象、主体和客体的内在结构及其性质和功能。凡是由多种因素组成的整体或系统都有一定的结构，即各种因素之间呈现出稳定的相互关系。结构对于事物来说绝非无关紧要，它不仅能使组成事物整体的各种因素发挥它们单独所不能发挥的作用，而且能改变事物的性质，简言之，能使事物获得一种“系统质”。因此，研究各种事物的结构就成为各门学科的重要任务，而复杂的事物就需要从多门学科的角度来探讨其结构。对于像艺术、审美、美学范畴这样一些对象，就必然要从文艺理论、美学、心理学、伦理学、生物学等学科来进行结构的研究。其中，心理学方法的定构功能的发挥正是一个重要的方面。

近年来，随着学术研究的自由开展和深入发展，人类的审美心理结构普遍引起了注意。审美心理结构不是外在于人的整个心理结构的东西，而是人类整个心理结构的定向发展的结果。从现代心理学的观点来看，人的心理结构总体上可以分为三个层次。第一层次是无意识，它主要包括人类的本能，与生理需要和安全需要相关而形成低级的情绪和促成本能式的行为，而且仅仅在特殊情况下受意志的作用。第二层次是隐意识。第三层次是意识。意识包括通常所说的认识、感情和意志，这三者之间形成相互作用的双向逆反联系，并与相属关系和爱的需要、自尊的需要、认知的需要、美的需要、自我实现的需要等相关，形成高级的情感（理智感、美感、道德感）并促成自由自觉的行为。意识是人类所特有的心理活动过程。隐意识是传统心理学忽视然而又非常重要的心理结构层次。它分别与意识和无意识有着双向逆反联系。正是在这里，意识和无意识交汇、整合，通过中枢神经的联合区形成动力定型，从而能够构成格式塔心理学派所谓的“完形”，皮亚杰所谓的“图式”，乌兹纳捷所谓的“心理定势”，列宁所谓的“逻辑的格”，并使人的低级情绪具有人的本质特点，还使人的意识活动过程显示其整体性、自觉性、创造性和社会性，又能形成认识、情感、意志的定向发展，从而形成既统一又各具特点的认识活动、审美活动和伦理活动。这里要特别着重指出，隐意识的形成，既不是格式塔学派的先天构架，也不是皮亚杰所说的动作的普遍协调作用（动作的内化），更不是弗洛伊德所说的超我和自我的压抑，而是列宁所说的通过千百万次的实践的重复，即“人的实践经过千百万次的重复，它在人的意识中以逻辑的格固定下来”，也就是社会实践的“内化”或“积淀”，其生理机制是动力定型。正因为有隐意识的存在，才有可能出现认识中的顿悟、审美中的直觉和意志中的当机立断等现象。人的心理结构大致就由这三个层次以及各自的诸因素之间的双向逆反联系，构成了一个网络式（立体交叉式）的动力体系。

人的审美心理结构正是这种网络式动力结构定向发展的结果。当然这种定向发展是经过了一个漫长的历史过程的，是随着整个以物质生产劳动为中心的社会实践的不断发展而发展的。由于社会实践的长期发展，对象的各种物质属性和实用价值逐步转化为美的属性和审美价值，而人的心理结构也同时构造出具有整体性、转换性和自我调节性的审美心理结构。而这种整体性表现为审美活动的意象的直觉把握，这种转换性表现为以情感为中介的创造性规律，这种自我调节则表现为整个人类需要层次沿着自我实现的轴线由低向高的升华。总之，这种审美心理结构及其自我实现功能的发挥，就规定了审美活动是人“在他所创造的世界中直观自身”，“以全部感觉在对象世界中肯定自己”。具体地说来，审美心理的动力结构大致如下：审美活动与任何心理活动一样都必须从认识开始，一旦对对象有了感性的和理性的认识，随之也会产生情感和意志的活动，同时无意识层次也会或多或少地活动起来，整个心灵就被激活起来，从而形成隐意识层次的诸因素的交融、汇合、矛盾、斗争；这里有表象借助想象（联想）的作用而与情感往复运动所形成的审美意象，也有不同层次的需要在意志调节和控制下的相互斗争，还有意志通过思维对情感的控制和整理，又有意志通过情感对认识的驱动和定向；由于每个人的审美活动都有以动力定型为机制的隐意识的定势和格局，在这里的整合活动就是意想不到的迅速和有序，最终汇合为意象的直觉、弥散的情感和自由的意志，它们一起指向审美对象，并主要表现为情感体验。因此，审美活动就明显地呈现出（积淀着理性的）直觉性，（隐含着功利的）情感性和（合规律性和合目的性相统一的）自由创造性。这就是许多西方美学家们强调过的审美的直觉、移情、非功利性的真正秘密所在。那么，情感为什么能够成为认识和意志的中介呢？这是因为认识所包含的想象（联想）和记忆具有表象性和情感性这样的二重性，心理学上就有情感想象、情感联想和情感记忆这些区分概念，而情感也有指向性，即情感总是指向一定的对象（包括心理意象），因此可以由认识和情感的相互作用形成审美意象。同时，情感和意志之间都以需要作为基础。对象是否符合人的需要而产生的态度的体验是情感，而对象与人的需要的关系就决定着人的动机和目的而构成意志和意志行为。因此，可以说情感在审美过程中的中介作用主要是通过想象和需要得以发挥的。还须注意，在通常的认识和意志的活动中，二者与情感的双向逆反联系一般是在意识这个层次上进行的，自觉性较高，隐意识主要作为定势起作用或者在特殊情况下发生作用（即产生顿悟和当机立断），而在审美过程中认识和意志与情感的双向逆反联系主要在隐意识层次内进行，因此往往显示出一种不由自主、物我相忘的情态。

定构功能在运用心理学方法的过程中是一个最重要的和中心的功能。审美心理结构的确定对于审美性质的确定是很关键的，这正如相同元素以不同结构出现时就是一种新的物质一样。而且我们在分析审美心理结构时也大致结合着谈到了审美的性质和特征。同样，审美心理结构的确定就为定量功能的发挥奠定了基础，因为定量分析和数学方法的基础正是异质同构。格式塔心理学对美学的贡献之一就在于提出了同型同构说，因此在对象的表情的形式结构与以感情为中介的审美心理结构之间找到了共同之处，能够比较好地解释一些审美经验，同时也给定量分析和数学方法的运用开辟了途径。然而要想得出可喜的成果还有待于今后多方面的协作研究，特别需要研究者有较高的数学知识修养。

三、局限性

心理学方法，同任何方法一样都有其在所难免的局限性。

这种局限性首先是由其性质和范围所规定的。从心理学角度或利用心理学的研究成果来探讨美学和文艺理论问题，也必然只能局限在美学和文艺理论中有关心理活动和个性心理特征的范围之内，越出了这个范围就势必导致荒谬的结论。这种的失误在美学史上并不鲜见。亚里士多德把艺术对自然的摹仿归因于人类的求知本能，当然就会在唯物主义和唯心主义之间摇摆不定；柏拉图把艺术对自然的摹仿归结为神灵附体的诗人对理式的摹仿，也就不得不走进了客观唯心主义和神秘主义的死胡同；克罗齐把艺术等同于直觉，那必然导致主观唯心主义的艺术观；弗洛伊德把艺术当作本能（特别是性欲）的升华，也毫不例外地滑向了反理性主义的唯心论，等等。同样的谬误在美的本质的探讨中也是司空见惯的。美即愉快，美是情感的投射（移情），心理距离说，美是直觉，美是主观合目的性的形式等主观唯心主义的美论，其谬误之一就是把心理学的方法运用到不由心理活动规定自身本质的那些对象上去了。美恰恰就是这种对象，美虽然与审美心理活动有密切关系，美的价值的实现也依赖于审美心理活动，但是，美的本质却不是由审美心理活动规定的，美也不具有由审美心理活动规定的那一级本质。美是一种不以人类意识而转移的特殊的社会属性和价值。

其次，这种局限性表现为要受心理学本身的发展水平的制约。心理学尽管在一个多世纪的时间内有了长足的进步，获得了非常可喜的成果，而且正在更加迅速地前进着，据有关专家估计，在21世纪可能成为带头的学科，但是，离基本弄清人类心理奥秘还是十分遥远的，特别是对与审美和艺术活动密切相关的高级心理活动还了解得很少。这就势必限制了心理学方法在美学和文艺研究中的运用。正因为如此，从费希纳开始的实验美学一百多年来成果几希，用简单的视觉、听觉对单纯的色、形、音的感受来归纳审美活动的规律也就会差之毫厘而失之千里。同样，正因为如此，我们也不同意有些同志提出的以审美经验作为美学研究中心对象的意见。如果真以审美经验作为美学的中心研究对象，那么美学就不可能真正深入复杂现象的本质，至少目前还不可能达到这一步。对心理活动的规律、结构还不能精确地了解，以其昏昏，怎么能够使人昭昭呢？所以，我们现在只能从艺术活动中所反映出来的各种心理活动出发，利用心理学的研究成果尽可能地进行探讨，这样或许可以反过来促进心理学对高级心理活动的更加精密的研究。

再者，心理学方法的运用还要受到美学和文艺研究的复杂对象的限制。美学和文艺理论的研究对象主要是艺术，而艺术不仅关系到人类的审美心理活动和个性的审美心理特征，还与艺术所反映的整个自然界和社会生活的各个广阔领域密切相关。要全面地把握艺术的本质，艺术作品的创作和欣赏，以及内容和形式，艺术的起源和社会功能等重要问题，要正确地进行文学批评，总结艺术发展的规律和经验，凡此种种都不是仅仅从心理学角度和利用心理学的研究成果所能够达到目的的，还需要从经济、政治、伦理、文化、宗教、语言、符号、历史、哲学等各方面（当然也包括心理学）进行综合性研究。

此外，心理学方法在方法论中的地位也决定了它的局限性。一般来说，方法论中分为三个层次：哲学的方法、各门科学中一般的研究方法和各门科学中特殊的研究方法。我们这里所说的心理学方法，处于方法论中的第二个层次，它不具有哲学方法的高度概括性和普遍有效性，也不具有各门科学中特殊研究方法的鲜明独特性和深刻精确性。因此，在美学和文艺研究中运用心理学方法还必须注意结合哲学方法与美学和文艺理论的特殊方法，以期提高研究成果的普遍性和精确性。同时，也要注意结合运用与心理学方法处于同一层次上的其他科学的一般研究方法，如数学方法、物理学方法、生物学方法、控制论方法、信息论方法、系统论方法，等等，以便加强美学和文艺研究的整体性。

在美学和文艺研究中，我认为，运用任何方法都可以揭示美学和文艺研究的对象的某些方面和某些规律。但是任何方法的运用都还必须有科学的世界观作为指导，并且要充分注意美学和文艺研究的对象的特点，否则就会以貌似科学的方法得出似是而非或者根本错误的结论。因此，我认为在美学和文艺研究中运用任何方法都有一条元理论的原则：多样化的统一。具体地说就是，运用多种多样的研究方法都要指向历史唯物主义地揭示美、审美和美的创造（尤其是艺术美及其创造和欣赏）的本质和规律。在这个意义上也可以说历史唯物主义是元方法，即方法之方法。

为什么这样说呢？第一，历史唯物主义是马克思主义哲学的有机组成部分之一。而当人们用哲学去说明世界的时候，哲学就是世界观，当人们用哲学去指导认识和改造世界的活动的时候，它就成为方法论。因此，历史唯物主义作为世界观对其他各种方法的运用具有启发和指导意义，而作为方法论属于哲学方法的层次，比其他各种方法具有更普遍的有效性。第二，历史唯物主义是关于社会发展的普遍规律的科学。而包括美学和文艺理论在内的各门社会科学根据自身的特点而产生和发展出来的各种研究方法，不可能代替探讨社会发展的普遍规律的方法，相反应该包容于其中。因此历史唯物主义是社会科学研究最一般的方法论。第三，从特殊和一般的辩证关系来看，历史唯物主义的元方法与社会科学研究的特殊方法相互不能替代，但是，前者可以而且应该包含后者，后者是前者的具体化，前者是后者的抽象化，后者可以丰富前者，前者可以规范后者。第四，美学和文艺理论的历史已经证明，凡是以历史唯心主义作为其世界观和方法论基础的美学体系和文艺理论体系，都不可能科学地解决美学和文艺理论的任何问题，不论其运用何种具体方法。现实还正在证明，脱离历史唯物主义的世界观和方法论，就无法正确运用任何方法，也不可能从整体上得出科学的结论。总之，在方法论的探讨中务必不要忽视了根本原则，更不能认为唯有方法论的变革才能够繁荣我们的美学和文艺研究。方法固然重要，但是更重要的是运用方法的人，他的观点、态度和对方法的理解。

（1986 年第 1 期）

意象的激流

李　陀

昨夜星辰昨夜风。

现在提起汪曾祺怎样在许多年的沉默和寂寞之后发表第一个短篇小说《受戒》的事，似乎已经是“旧话”了。想一想《受戒》发表前后的那一段日子里的文学状况和文学氛围，再比一比今天的文学状况和文学氛围，好似恍如隔世。汪曾祺立刻受到了注意，也立刻受到了欢迎，他以后每发表一篇小说都被人争相阅读，可以说掀起了一股不大不小的汪曾祺热。但是无论一般读者，还是文学评论界，那时候之所以特别注意他，多半是因为觉得他的作品清新，有如酷暑中突然飘来的一阵冰凉。人们都称道他的小说“有味儿”。可这到底是什么“味儿”？似乎认真研究者不多。人们又在欣赏、喜爱他的小说的同时，差不多都不无遗憾地想：可惜只有一个汪曾祺，不过大概也只能有一个！至于汪曾祺自己，对这样突然走红不仅觉得十分意外，而且似乎还有些尴尬；只要一有机会他就一再声明，他这路小说不能——永远不能——进入文学的主流。

可是历史的发展常常出人意料。

先是悄悄地出现了一个何立伟，当他发表《小城无故事》《淘金人》等小说的时候，还完全默默无闻，就是小说发表之后的一段时间里，也如天边一颗孤寂而暗淡的星，丝毫不惹眼。后来又有了在一片喝彩声中登场的阿城，一篇《棋王》引起纷纷议论，直到今日。再接着就是韩少功、贾平凹、郑万隆等几个作家的惊人变化，他们的新作使熟悉他们的读者和评论家几乎目瞪口呆，仿佛遇到了初次相识的陌生人。再后来又出现了莫言。他在 1985 年一年里写下的一系列中短篇小说（在此之前莫言也写过一些作品）有如一串“透明的红萝卜”，使人惊喜交集。当 1985 年还没有完全结束的时候，人们已经常常在认真的评论和活泼的议论中把这些名字联系在一起：何立伟、阿城、韩少功、贾平凹、郑万隆、莫言。当然读者或评论家把他们联系在一起加以审视和评价的理由是各种各样的，例如说他们都是“寻根”者之类。大家显然都感觉到这一群作家的创作有某种共同或相通的地方，虽然他们散居于全国各地、艺术个性和作品风格也相差甚大。那么，使人们把他们及他们的作品联系起来的真正原因究竟是什么？是否就是“寻根”？

探究这类问题，我们不能不想起汪曾祺。不管乍一听多么奇怪，把汪曾祺归入上述作家群中是合情合理的，甚至是很自然的（实际上，已经有人开始这样做）。但是说“归入”显然并不合适，因为汪曾祺不仅远比何立伟、阿城、韩少功、贾平凹、郑万隆、莫言诸人年长，是一位老作家，而且《受戒》发表于1980年，那时候这些青年作家不是还没有发表作品，就是初出茅庐，无论对自己的艺术个性或自己的艺术追求都处于摸索之中。另外，汪曾祺的作品有如“落花依草”，有它特殊的情致，于这情致中渗透着的情思又相当复杂，其中既有中国传统士大夫文化的某些精神，如充满博爱的伦理意识和在今天看来多少有些消极的旷达，等等，又有对中国人及中国文化的冷静的反思和温和的批评——从这批评中人们可以看出，这位表面如闲云野鹤似的老头儿并不是一个守旧人物，相反，他的作品悄悄地散发着一股虽不浓烈但却相当经久的现代气息。这一切都使汪曾祺与阿城、韩少功等后生们有着极大的区别。然而，很明显的是，自从这批后生小子相继出现，并以他们的作品形成一种人们再也不能忽视的文学现象之后，汪曾祺就不再是孤独的一片闲云。不论青年作家们在表面上与汪曾祺有多么大的距离（当然其中也有距离较近者，如何立伟），只要对这几年的文学发展做一番鸟瞰式的回顾，人们还是要把他们很自然地联系在一起。因此，与其把汪曾祺“归入”这一艺术群体，莫若说他是这一群体的先行者，一只相当偶然地飞在雁群之前的头雁。这是有点奇怪，有点不寻常，因为这只头雁是个老头儿，当年是西南联大的学生，听过闻一多先生的课，平日好书，好画，好花木，好与各种各样的怪人闲谈，还是个真正的美食家，绝不像一个先锋人物。

但只要我们把韩少功、阿城等人看成一个艺术群体，并且认真研究这一群体所共同具有的美学特征的时候，汪曾祺的小说确实是这些美学特征的最初体现，并且它们无疑也在相当程度上影响了后来者。这是些什么样的美学特征呢？那就是意象的营造，就是在现代小说的水平上恢复意象这样一种传统的美学意识，就是使小说的艺术形象从不同程度上具有意象的性质，就是从意象的营造入手试图在小说创作中建设一种充满现代意识的中国作风和中国气派。

意象作为一个美学范畴，经常见于中国古典诗论，长期以来人们都把它当作一个诗的批评概念。但是今天我们似乎应该对这一美学范畴在中国传统美学中的地位重新进行评价。如果我们认真研究一下中国传统绘画、书法、雕塑、小说、戏曲以及民间艺术中的剪纸、刺绣、陶瓷、花灯乃至鞋帽衣饰、小儿玩具，其实不难发现这些艺术虽然门类不同，但其艺术形象的构成差不多都具有意象的性质。当然，同中有异，由于各门类艺术所使用的媒介和材料全然不同，故而构成形象的方法和规律也不同，所以意象在不同门类的艺术中会有不同的形态，在营造方法上也有各自的特点。这该建立一门叫作意象形态学或意象艺术学的专门学问去研究。不过无论如何，意象的营造是几千年的文化和艺术的发展积淀在中国人心理深处的一种普遍的审美意识，这大约是不错的。当然，这一切都应该在严格的理论意义上得到科学的说明或者证明。但有时候生动活泼的实践比逻辑严密的理论更能使人觉醒。近几年来创造意象的意识突然在小说艺术领域中迸发，并且使一批作家的作品熠熠生辉，就是这样的事例。如果说自汉魏时的志怪小说开始，中国古典小说一直是以营造意象为主要创作方法（写实方法往往是辅助手段），并以此形成中国小说形态的主干（当然也有脱离这主干的大作品，如《金瓶梅》），形成中国小说特有的艺术传统，只是在近半个世纪以来这个传统才日渐衰微，特别在三四十年代之后，由于写实方法的昌盛而近于完全中断，那么近来小说中创造意象这种意识又突然复活，并似乎经过脱胎换骨，获得更旺盛的生命力，就不能不是中国小说发展中的一件大事。这是否说明意象这种东西乃是中国人审美意识中一种深层的构成？是否说明它是中国人在艺术地把握世界时所共有的一种“原始模型”？当然这也需要在严格的理论意义上得到科学的说明或者证明。不过“悟”也是一种十分重要的认识方法。我们应该能从汪曾祺、韩少功等人的小说实践中悟出许多东西。

记得有人曾指责汪曾祺的小说“不真实”，那是因为他们还是以写实的眼光去审度和感受这些已不是着重写实而是营造意象的作品。最近又有人认为郑万隆那些题为“异乡异闻”的小说提供的是一种“无根的理想或理想化的根”，认为作家对理想世界的表现大大超过了对民族文化的“根”的深入的挖掘。这恐怕也是没有注意郑万隆这些小说的意象性质，其实郑万隆在这些小说里根本没有从真实生活的描绘中对中国文化的“根”（如此说“根”极易造成混乱，而且也真的造成了混乱，但许多人都这样说，姑且从之）进行艺术概括的意思。不错，郑万隆写过《我的根》一文，其中也的确提及“根”什么的，但如果把作家在表达自己的艺术观念时的某些不够准确和清晰的提法和论述当作枝节撇去不论，我们似乎更应当重视他如下的一段话：“黑龙江是我生命的根，也是我小说的根。我追求一种极浓的山林色彩、粗犷旋律和寒冷的感觉。那里有母亲感叹的青春和石冢，父亲在那条踩白了的山路上写下了他冷峻的人生。我怀恋着那里的苍茫、荒凉与阴暗，也无法忘记在桦林里面漂流出来的鲜血、狂放的笑声和铁一样的脸孔，以及那对大自然原始崇拜的歌吟。那里有独特的生活方式、价值观念和心理意识，蕴藏着丰富的文学资源。但我并不是认真地写实。我小说中的世界，只是我的理想世界和经验世界的投影。我不是企图再现我曾经经验过的对象或事件，因为很多我都没有也不可能经验过，而且现实主义并不等同再现。”作家还说：“更重要的是我企图利用神话、传说、梦幻以及风俗为小说的架构，建立一种自己的理想观念、价值观念、伦理道德观念和文化观念；并在描述人类行为和人类历史时，在我的小说中体现出一种普遍的关于人的本质的观念。”这些论述在表达上可能有不够精确之处，但它们的主旨是非常清楚的。那些以自己熟悉的文学观念去理解并解释郑万隆的“寻根”主张的人，如果认真体味这些话，应该明白在“真实”问题上对这位作家及其作品大可不必那么认真。当然郑万隆没有提到意象，不只是他，阿城、韩少功、贾平凹、莫言似乎都没有。只有何立伟在努力试验把唐人绝句中的种种艺术因素如何化入小说形象，并且有行亦有言。他或许是在小说创作中经营意象方面最自觉的一个。但理论恰恰应从作家终止的地方起步。面对这样一群作家和他们的作品，当旧有的理论的分析框架明显地变得不很适用的时候，需要调整的不是作家的创作，而是理论自身。

当然，对理论研究来说，特别对理论自身也要发展这种内在要求来说，仅仅指出或者承认当前小说中出现了一种以营造意象为美学特色的文学潮流是远远不够的。理论应该做更多的事。例如拿汪曾祺、韩少功、阿城的小说与中国传统古典小说相比，尽管都以意象做小说艺术形象的核，但其区别有如天壤。那么，这种区别究竟是什么？现代小说中的意象与古典小说中的意象有何异同？其意象构成的材料和内部机制都发生了什么样的变化？这都是十分有意思的研究课题。再如，在现代小说中营造意象是不是对自五四时期从西方引进的写实方法的否定？如果是，那是在什么意义上的否定？这种否定是否有必然性？是否是一种进步的否定之否定？如果不是，那么它们是什么关系？它们会长期并存并且进行竞赛吗？它们会互相渗透交融最后变为一体吗？诸如此类。最后，我们虽然说汪曾祺、韩少功、阿城、何立伟、贾平凹、郑万隆、莫言诸家的小说艺术中都有创造意象的共同追求，但很明显，他们小说中的意象又各有自己的特征和形态，就是每个作家自己的作品，这一篇与那一篇也不尽相同，甚至有些作品根本不以意象为追求。因此同中见异，异中见同，我们对现代小说中的意象研究不能不区分这种种复杂的情况，并极力从中引申或归纳出一种明晰的逻辑。

这大约很难。因为我们面临的小说世界正处于一场大变革所必不可免的混乱之中，而意象的追求只不过是这场混乱中的一小部分，是汹涌的大河中的一股激流。但不管怎么说，这是一场令人兴奋异常的乱。因为在这场有时让人昏头昏脑的混乱中，我们似乎已经隐隐看到新秩序的轮廓。

无可奈何花落去，似曾相识燕归来。

（1986 年第 1 期）

’85 青年美术之潮

高名潞

一、缘起

1984 年的“第六届全国美展”以后，各地很快兴起了许多自发性的青年群体展览，遍布于全国二十多个省、市、地区，它们好似众多的涓涓溪流，汇成了一股颇有冲击力的’85 青年美术之潮。

这股艺术思潮有着广阔的文化背景，它是近年来中国大地上展开的中西文化比较热潮的一个缩影，也是近年中西文化碰撞现象的一个组成部分。这股潮流的核心精神是，面对开放后的西方文化的再次冲击，反思传统，检验上一个创作时代，并与此同时大胆进行中国美术走向现代化的试验。理论方面，在对民族化与世界性、传统与现代等问题的认识和选择上，出现了针锋相对的观点。而实践方面，其主导倾向则是“拿来主义”，从表面看，短短的一年多时间里，几乎西方现代诸流派的所有样式、手法均蜂拥而至，在中国画坛上熙熙攘攘、摩肩接踵。

如何评价和认识这一思潮？简单地斥之为“洋垃圾”，或“模仿”“照搬”是不解决问题的。首先，我们必须正视这股潮流；其次是剖析它研究它，而且要从当代中国与世界的社会变革和国民心理结构的变异这一深刻层面上去把握和理解，同时还应将其置于近现代中国文化发展历史的纵横比较中去解释，方可明其实质与意义。

这样，我们就会提出一些值得深思的问题。当我们指责这一潮流是重复前人和照搬西方的时候，我们是否想到，一部中国近现代文化史从某一角度说就是不断接受融合西方文化的历史，而当我们肯定前人如林风眠、徐悲鸿吸收外来文化的勇气时，是否也想到彼时彼地他们吸收的对象和终极因与此时此地有何层次上的差异，而他们初始为之奋斗的目标究竟完成没有？即便完成了，是否就是唯一不变的未来的既定样式？

其实，关于这些问题的思考和行动，在新时期开始的最初几年就已出现了，’85 青年美术之潮的群体形式那时就曾出现过，但是，二者在目的性上有着层次差别，前者更多的是出于情感上的逆反，是出于对“十年浩劫”的愤懑，较少上升为理性的文化层次上的反思。多年来，我们较少地在人类文化这一高层次上去反思过去与现在，从而构筑未来，更多的是在文化的某些部分、某些领域中进行，因此，使我们的艺术的自身调节和吸收、互补只能在一个较狭窄的天地中展开，反思的愿望极为微弱，而文化的创造正是基于叛逆的反思之上。

“五四”以来，中国现代美术诸派，如以吸收西方科学写实为主旨的徐悲鸿画派（包括受俄罗斯批判现实主义的影响，然而却是理想现实主义的写实派），以调和中西，倡导发扬中国表现情蕴优长为目的林风眠、刘海粟画派，立足国粹的再发展的黄宾虹、齐白石、潘天寿画派，等等，经过半个多世纪的沧海桑田，殊途同归于倡情趣意蕴的传统文人画的大范畴中了。它们经过新时期最初几年的彼升我降的筛选后，于 20 世纪 80 年代中叶又均面临了强烈的挑战，这又似乎是它们在现象上的殊途同归。

经过新时期以来的“伤痕”“唯美”“生活流”“矫饰自然主义”诸画风的几经变迁之后，在 30 年来国内最大型的“第六届全国美展”中，这几种曾经是新的绘画样式的代表与 30 年来形成定式的理想现实主义画风也握手言和，似乎形成了现代中国艺术“多元”的局面。六届美展就是这样一个创作时代的大总结、大检阅，无论其经验是正面的还是反面的，其意义均是深远的。它对中国当代画家的心理作用，是导致’85 青年美术之潮的直接原因之一。而历史的不断地戏剧性地回归，社会的经济物质开放所带来的文化审视，则是这一思潮兴起的气候和土壤。

二、现象

第六届美展以后，各地涌现了规模不等、形式相异的美术展览几十个，其中绝大多数是自发的青年群体性展览，少数是配合国际青年活动所举办的。其中还有中年群体展览。这些展览大多历时不长，争议很大。这种遍布全国的此伏彼起的展览热为历年所罕见，这无疑是新时期以来难得的好现象。

这些青年群体虽然大都有着各自较一致的群体创作宗旨，各群体成员在艺术观、趣味、对现状的看法等方面也有共同之处，但是，每个青年画家、每个创作主体的目的却不在于趋同，而在于求异，创作过程是为了挖掘和表述主体的意志和选择目的。这里的群体更多地体现为一种组织形式，是一种将势单力薄强化为人多势众的民间学术团体的形式，但就创作主体的意识而言，并非都是群体意识。“群体”与“群体意识”仍有一些本质的差异。因此，许多群体展览虽然口号与前言很鲜明，但作品面目仍很多样。当然，也有较为统一的群体展览。但是，不论这些展览的面目如何庞杂，只要我们上升到一定高度去审视、把握它们，仍然可以理出贯穿其中的几种主流趋势。从展览宗旨、群体性口号以及作品体现的创作主体的艺术观来归纳，’85青年美术思潮大体可分为三种倾向：

（一）理性精神与宗教气氛

这方面以“北方艺术群体”“浙江’85新空间”“江苏青年艺术周大型展览”等较突出。他们的创作多是为一定的理论思索指导的。如“北方艺术群体”，这是十余个绘画、文学及其他社会科学或自然科学专长的青年的自发组织，他们提出了建立“寒带—后”文化和“北方文明”的艺术主张。“寒带—后”是针对世界文化北移及目前温带文化解体这两种倾向而提出的象征性概念。他们认为当代东、西方文化正面临着空前的困境，这时就要有一种理性的、崇高的、庄严肃穆的艺术形式崛起，这就是“北方文明”的出现。为此，他们创作了一些系列作品，试图展示世界的壮阔、永恒与不朽，甚而要感受到一种超然但不带迷信色彩的宗教精神。他们的作品将世界的运动状态和形态结构团块化，并置于广漠、冷寂（北方极地）的空间中，在“静穆式的伟大”和“凝固的崇高”中展示他们的理念。

浙江的一批青年画家也崇尚理性精神，他们的理性多指创作前的先发性的思考，而创作过程必须重直觉。比如谷文达认为，理性是历史的、纵向的，而直觉在创造中乃是主要的。他反对自我表现，认为自我是小我，要将世俗情感升华，超凡为某种精神，这精神不依赖视觉经验，而应以推论视觉之外的精神形象而得到。因此，他的巨幅水墨画淋漓地“表述”着他的灵性天地和充满理念的宇宙。严格而言，谷文达还不属理性派，似介于理性与直觉之间。“浙江’85新空间”画展是由平均年龄27岁，大多为浙江美院毕业生组成的“青年创作社”举办的。他们的作品极力避免田园诗意，要与前几年风靡一时的生活流绘画相左，从司空见惯的城市生活中挖掘现代人的意识，画面构成追求实在、严谨、平静，手法采用“新写实派”。或许是受接受美学的影响，他们很强调欣赏主体的参与，在创作过程中，注意需要由欣赏者的思维想象去填充的部分，这使画面的不可译成分增强。由于创作者追求现代大生产和城市文明带来的视觉感受而摈弃农业经济田园诗意的自然感受，注重第二自然的条理化和有序化，机械、建筑与几何装饰相谋合，产生静态效果，遂有一种冷漠、孤寂的外观。展出后引起了较激烈的争论，有人指责他们“画面人物麻木、孤僻，到底现实如此还是作者冷冰冰地对待现实?”此外，在看不懂与哲理性、模仿与创新、题材与模式诸问题上也展开了不同意见的讨论。相比之下，“浙江’85 新空间”的理性因素少于“北方艺术群体”，后者是理论先行，前者的理性因素则是较多地从有序构成中体现出来。

与“浙江’85 新空间”相似，“江苏青年艺术周大型展览”也是从反思生活流绘画而起步的。所不同的是，他们的思索更注重人类、历史的历时性，即动态型的比较，而前者则较重共时性，即静态型的比较。自然，不能以此概括这一展览的全部，但就其中较主要的有代表性的作品来看，他们试图将画面中的场景、物象及其组合置于某种文化背景中展开，场景与物象对于背后的精神意蕴而言，不过是一种象征符号。而文化背景又是传统与现代、东方与西方纵横交错的某一瞬，在这个特定的时空中寻找个体和这一代人的位置，寻找某种判断力。因此，他们认为生活流绘画不是真正的人自身的反省，而是以怨抱怨，没有忏悔精神。故而，摈弃戏剧性和情趣化，倡导现实性和理性化。杨志麟的《人是鱼的进化——人喜食鱼》（追求人类哲学的意味）、丁方《城》系列画（追求文化哲学的意味）、沈勤《师徒对话》（追求宗教哲学的意味）等作品代表他们的主旨。他们苦于没有理论家的指导，因此，有时还要履行理论家的职责，但是自身理念如何物化，仍是他们的苦恼。不过，这苦恼是好现象，是自觉地将自己纳入人类文化发展洪流的自觉意识。

在上海也有一批中青年画家，走着理性之路，他们努力涉猎东、西方哲学、人类学和现代物理学，他们认为传统应从整个人类的角度来谈，这样，无论中、西、古、今，绘画表现的只是一个“人”。张建君《人类与他们的钟》将不同人种置于某种宇宙空间之中，时间倒置，星球超移，表现人类不断地向自身的认识能力冲击，追求“超知识”的意念。李山则似乎在他那既有形而又无定止的“圆”中述说着纵贯人类古今的某种“有无相生”的恒定内涵。

1985 年的这股理性之风最早是从国际青年年美展中吹起的，《在新时代——亚当、夏娃的启示》《渴望和平》《画室》《春天来了》等一批作品强调思维框架的画面结构，扬弃了情趣化的构成样式，画面的空间分割和物象置陈较多地受创作主体的意念的支配，而较少地为某种生活情趣或现实场景的一瞬服务。不过，这时的理性精神对于’85 青年美术的理性之潮来讲带有启蒙性质，它更多地关注的是绘画样式的反思和个性反思，虽然也有文化反思的意味，但并非主要目的。紧接青年年美展之后的浙江美院毕业生作品将这一潮流推前一步，随即这股理性之潮又散布于各地的群体展览之中。如安徽油画研究会的一些作者的作品也追求构成的思维化，将主题分解为诸意念单元，然后，附着于某种物象或情节之上，并将它们跳跃地连在一起。甘肃五位青年画家举办的“探索、发现、表现”展览，则强调在冷抽象的形式中极大地包容某种哲理，以方、圆、三角等几何形色块解说着天与地、人生与宇宙空间的一些奥秘。此外，在江西第二届青年美展和湖南“○”的艺术集团展中也有不同程度、不同表现形式的理性追求，但已有转入文化反思层次的倾向了。

伴随着理性之潮的兴起，又萌生了一种对宗教精神和宗教气氛的追求。由于理性绘画多采用静观式的构成和有序化的铺陈手法，而物象和场景又注重其象征功能，遂有一种超现实的冷寂气氛，而这种气氛又恰恰与创作主体崇尚崇高和永恒等伟大的终极目标相吻合，也与他们倡思索、爱否定、敢反叛、寻觅超人意志的心态相合，因此，追求宗教精神和宗教气息，并不是信奉某种宗教，而是与文化和传统的反思相关。事实上，大多数画家所实指的宗教精神是泛宗教精神，对于他们来说，宗教精神在这里只是一种对世俗情感不加控制的流溢（自我表现）和对现实持浪漫化和诗意化解释（理想现实）进行反叛的精神载体，本来是基于正视现实的心理状态却以超现实、超自我、超人的意念表现出来。因此，冷漠、孤寂、神秘、麻木等一切宗教外形式的词汇也就均可用于评判这些绘画的外貌（外形式）了。但真正的剖析还须深入他们的哲学、心理和社会意识的那一层次去，如此才能解开其“新宗教”之谜。

（二）直觉主义与神秘感

这种倾向在北京“11月画展”，上海、云南“新具象展览”、深圳“零展”、山西“现代艺术展”等展览中较为突出，但是在其他展览，甚至是理性因素较强的展览中也有所存在，正如理性之潮不只存在于几个展览之中，而是一种普遍现象一样。

对直觉的崇尚并非近一两年以来才出现，它是伴随自我表现的口号一起兴盛的。它强调直接抒发创作主体内心深处的真挚情感，并自然地引导其外泄，物化为画面中的线条和色彩团块，并使线条色块的运动趋力与创作主体的情感之力同构。这种直觉因素在热抽象绘画中成为主要构成动力。’85青年美术思潮一方面趋于极端理性化，另一方面更强化了这种直觉因素，而且从感受型步入冲动型，从温和变为粗犷，线色团块的躁动充满野性。如山西“现代艺术展”王纪平等人的画，色彩的高浓度和线条色块的强力冲突使画面喷发着原始状态的野性，他们声称要追求西北人的粗豪，而有别于江南的温润之气。

上海、云南“新具象展览”的前言写道：“首先是震撼人的灵魂，而不是愉悦人的眼睛，不是色彩和构图的游戏。”他们强调真，要回归到人类童年，甚至回到生命的本初——原生物。“新具象展览”作者毛旭辉（云南）与其同伴画了多幅运动中发展、变异、膨胀着的体积，在他们看来，这就是人的本能和血性，这就是生命的同义语。他记住了蒲宁的话：艺术是祈祷、音乐、人的灵魂之歌，因此他们自信，艺术是灵魂本身在摇撼着灵魂，而那一切外在的形式就是灵魂的符号，是灵魂的“悟”。又如深圳“零展”王川等一批青年画家，通过某些带有生命及历史意蕴的躁动的画面挖掘人类和民族甚至动物世界中生与死的搏斗。

相比之下，北京的“11 月画展”要温和得多了。他们的生命表现建基于某种超脱感之上，他们崇尚纯艺术、排斥社会性因素。而上海、云南“新具象展览”、深圳“零展”、山西“现代艺术展”等则反对超脱社会，提倡艺术要触及人生，应该像马雅可夫斯基所说，给社会趣味一记耳光。而北京“11 月画展”的画家们则更注重自我的完善。他们注重导向内的净化，而反对向外的流泄。曹力倡不可言传的真情实感，夏小万在寻找自己的位置和意志，并将它皈依到宗教领地，因此他的画总带有神秘色彩。施本铭的一套素描似乎在与自己讲述着一个自身心灵中的爱情故事的片段。作者讲，这是一种自我需求，是当时的一种情感和深层心态的流露，因此作品不存在社会意义的针对性，自然，社会也可以对其漠然。丁品则强调音乐节奏与绘画线色的直觉联系。当然，内中也有躁动型的，如马路的画，以抽象的色块组合（他自己称为符号）表述着某种社会心理矛盾，破坏着冲和与中庸。

因此，在青年画家中，不仅理性之潮与直觉主义形成了创作宗旨的分歧，即使在直觉、非理性主义一派中，对于绘画终极因此也存在分歧，这又集中在自我表现和反自我表现、个性与反个性的口号之上。前者强调个人心灵的挖掘和个体潜意识中的原始童心的复归，是重个体的，因此他们首先关注艺术性、绘画性，注重手段与心灵的和谐。后者则认为表现的终极因应是人类及其生命的灵性和运动，是非个体的，而是超人、超世俗情感的，所以他们在形式体现的躁动感和外扩扭曲之“力”中包容更大的精神内涵，力的超越性和跨度似乎展示着意蕴的宏远，因此与前者的性灵直觉相比，他们更多的是意念直觉。前者认为后者（包括理性派）的追求超出了艺术范畴，而后者则认为前者过于游戏，缺乏精神实体。

还有一类情趣直觉的绘画，是一种对逝去和正在出现的幻象的追索和捕捉，但没有达利式的荒诞，也没有佛洛伊德的解释和推理，是符合视觉原型的朦胧的境界幻象，这种对幻象的追索不是要述说某种生命哲理或直抒隐私（性灵），而是表达创作者的某种情趣，这或许是出于对先前表述式的、文学式的情趣的厌恶，而去挖掘一种属于个人的心照不宣的“小神秘”的情趣。

但是，直觉主义的几种类型不论怎样差异，却共同呈现着神秘感。首先是因为他们多采用抽象形式，其次是所表述的情感、意念、精神的实体，无论它是个体的还是人类的，抑或是宇宙的，都处于某种不可知的混沌状态中，或者虽然有着强烈的目的感和终极意象，但由于创作过程强调超知性，遂使欣赏者更难把握主体的本意，个体世界和星系大宇宙同样呈现在游离与缥缈的状态之中。这种感应形态欣赏主体是无法还原为创作主体的初衷的。按照接受美学的解释，也没有必要追求还原。事实上，创作主体自己也未必可以还原，正如安徽的一位青年画家所说：“我只想把我表现出来，希望能够看到自己，我虽然出现了，但它好像还缺什么，她正用焦急的眼光看着我，好像是期待我再次去寻找，可是，那已经过去了。”因此，他们通常所说的要表现自我，要认识主体意识，并不是个人的情感和意识，而是普遍的主体。人类不应当用人来说明，而是人应当用人类来说明。从这个观念看，目前许多青年人反对自我表现，认为这是“小我”，是“世俗情感”，而倡导挖掘表现人类长河的永恒精神的观点和相应的作品（哪怕是生硬的、拼凑的），是否有其一定的道理和存在价值呢？

（三）观念更新与行为主义

1985 年是艺术观念更新口号最强烈的一年。这是中国艺术面临如何走向现代的一种思索，它首先出现在理论和评论界，随之画家（包括老、中、青画家）也为之倾心。但是，观念首先是特定文化圈认知水准的体现，因此在没有上升到文化与历史的层次上讨论观念的时候，必然会出现“观念”的参照系，以及这一概念为人们共同认可的涵义和它未来的趋向都处于混乱和不明确状态的现象，所以这场讨论也就很快转入更高层次的传统与文化讨论热潮中去了。

但是，对于实践家，特别是青年画家，观念更新仍有其巨大的魅力。

在创作中，首先体现为试图打破我们以往的造型观念。具体又有如下几个方面：

1. 强调作品的劳作过程的价值和整体意志。通常讲作品的制作过程，这里又加入了劳动的意义。通常的整体，指一件作品的整体构成，这里却要减弱独幅作品和创作个体的涵量，将它们只作为某种创作宗旨的具体和局部的手段，而非最终目的和结果，往往将几人合作的一个展览会作为一件作品，展厅（室）内置放的绘画和雕塑等只是这个整体作品的局部，不能成为完成的作品。因此，展厅的布置甚至比作品的绘制还要重要，因为它体现了整体意志，展厅中大量地堆置实物，波普作品一时纷纷拥进展厅，而且还要借助于音响、录像甚至光线，等等。这方面突出的例子是中央民族学院的“三人展”和山西“现代艺术展”，湖南“〇”的艺术集团展览也有类似的追求。此外，不少青年画家搞系列作品，本意亦恐在此。他们觉得高容量的思维负载靠单幅画完成是很困难的。

2. 行为主义。基于这种劳作观念，遂认为过程比结果重要，气氛比作品重要，而结果似乎早已在预料之中了，预先有了结果，再去制作原因，这种因果倒置的创作完全是一种行为主义。这种行为主义的展览往往会收到预期的“效果”，至少达到了某种程度的刺激性。于是，行动和姿态就极为重要，往往由于这种行为的刺激性较强，使得这些展览大都中途夭折，然而，就某种程度而言这也正是作者们的追求。无疑这是一种逆反心理的极端表现，是一种有针对性的冲击。这种冲击波无论为社会认可与否，都会在人们心理上产生影响。

3. 波普热。中国美术馆展出的劳生柏展览是近年最有刺激性的国外展览，不论是被羞辱后的恼怒还是“看破红尘”式的感叹，都不能对艺术家的开阔的思维领域持不以为然的态度。在中国画家正苦苦寻觅新观念，而又窘于思维空间的狭窄之时，它无疑是一种冲击，尽管这已是西方60年代就已出现的旧“玩艺儿”了，但在中国这个特定空间中，却还是新东西。于是在各地很快出现了一批“小劳生柏”，对于这个称号，他们并不难为情。山西“现代艺术展”的作者说：“我们就是模仿劳生柏，要说模仿，谁又能免得了模仿。”其实，早在劳生柏展览之前的一两年内，各地已相继出现过这种材料拼合和集合物的作品。走到这一步似乎也是势所必然，而劳生柏展览只不过是一个偶发性的催化剂而已。

有人要在传统造型样式和艺术构成规律中谋求更新，改造语言的单调或贫乏，又有一些人干脆连这种所谓造型语言也要更新。前者仍在讨论着瓶子的多种构成途径和最佳效果，后者则说要以小便池代替瓶子。对于后者来说，已不在于瓶子或小便池的本身样式，而在于这种换置的行动。热衷于波普艺术的青年人的目的似乎也正在于此，他们未必不知道绳子、纸板、纸盒、布幔是人家早已用滥的东西，但是，他们也看到，油彩每天都还在为无数画家所用，滥与不滥全在于特定文化背景下的某种述说需要，这似乎就是他们的初衷。

以上我们所概括的现象还不足以深入说明地域和群体之间乃至创作者之间的复杂而丰富的差异。有时，上述各种因素会互相渗化、游离，似乎无壁垒可言。而且，似乎更有较例外者，如河北省有个“米羊画社展”，其思考的重心则在中国文化（文人）传统和民间传统的差异方面，他们试图在这种关系中确定自己的价值和创作方向。从表面看似乎溢出了当代青年运动潮流之外。但广而言之，仍有神合之处。

三、潜流

我们从这样三个方面概括’85 青年美术之潮，岂不是重复了西方现代美术流派的基本特征了吗？还有何现时中国美术的特点呢？然而，也许这所谓没有特点的特点正是现时中国青年美术的特点，是’85 青年美术之潮的特征。艺术变革需要运动与潮流，没有运动就没有艺术的发展，当然艺术毕竟不等于运动，运动初始也不一定会出大师。这种狂热的“拿来主义”潮流是开放的必然产物，虽然有某种破坏性，但正如克莱夫 · 贝尔所说，在一个伟大的情感复兴之前，必然有一场破坏的运动，它很可能是统领时代的流派与大师出现的序曲，尽管随着日转星移，运动与潮流中的绝大多数作者和作品也许会泯灭，然而运动之潮的精神长存，其主要价值在于作为整体的作用而非与其同步的某件作品。何况也出现了相当一批有前途的画家和好作品。

’85 青年美术之潮的这种性质使参与其中的青年画家们产生了悲剧感与牺牲意识。

面对着强大的同化力极强的，然而确实不能与这些现代青年的心态同步的传统和过眼云烟般的西方诸流派，他们产生了强烈的位差感。新观念、民族化、中西合璧是那样遥远的理想，在这西方文化不断冲击东方文明古国，遂使古国的堤坝不断决口而又不断后移的时代，当务之急的选择本身就是实在的行动和现时最高的艺术价值，他们何曾不想去构筑艺术的理想殿堂，然而这殿堂怎能构筑在堤坝之上？与其如此，还不如充当一粒沙子或一块石头投入洪流中去，这样，首先就要淹没于洪流之中。当西方的绘画语言为要超越自己，并从东方吸收养分时，中国的一些青年画家却舍弃了“复古开新”的老路，甚至要“反传统”，这传统可能在另一个层次的文化系统中看来是精华，而在这里却是沉重的包袱。于是，不得已重复人家走的路，正如浙江的一位青年引西贤之言说：“既知某事无望，决意反其道而行之”，一个劲儿地朝那个极端走，哪怕作出勇敢的牺牲。这种牺牲恐怕正如日本明治时代的全盘西化，没有这个过程就不会出现冈仓天心和日本画。

一方面是勇敢自信的冲冲杀杀，一方面是自我的哀叹。有的青年画家总有一种危机感，担心自己的艺术生命会过早结束。浙江的一些青年画家则戏谑地说完成了一批作品，好比结束了自己的生命。自信心与悲剧感，冲杀与牺牲似乎是不可避免的时代矛盾。谁不想当大师呢？但是，他们知道，现在或许还不是立刻出现大师的时候。一些青年画家甚至认为百年内筑成中国现代艺术的体系是困难的。这或许过于悲观。如果他们看到我国开放政策走向稳定，多元化的艺术局面正在形成，’85 青年美术之潮正向更为深沉和开阔的前景发展着，就会断言，中国的现代艺术体系的建立为期将不会太远。

但是，在大多数青年画家那里，这种悲剧感和牺牲意识又是一种不断否定中的积极的进击意识，是一种甘当铺垫者的精神状态，为了步入世界文化潮流，就要选择和应战，哪怕是一种姿态，’85 青年美术之潮从某种意义上说，或许就是一种勇敢者在应战的姿态。

为了应战，有时就不得不“拿来”人家的现成样式。但是，这种“拿来”并不是为了拿来而拿来，一旦拿过来后，样式的值就发生了变化，这种“姿态”行动的背后有自己的选择意志，这意志也不能简单地斥之为照搬。事实上，我们一直在选择与拿来，不同的是我们经常只是以其中一种作为我们的主要参照系，那么现在参照的多了，又有何不好呢？至少说明我们的表现空间和思维空间的需求拓展了。

尚且，这不过是表面现象。在这现象的下面，流动着与大洋相通的千沟万壑。这一代青年的许多哲学意识和心理状态自发地具有世界性，这种现象是基于某些世界性的心态之上的，并非只是效颦之举。这种心态体现在如下两方面。

（一）自我认识的危机

人类文化越往后发展，认识人自身的内向观察就变得越加显著。文艺复兴时期的思想家蒙台涅说：“世界上最重要的事情就是认识自我”，随着人类生存空间和宇宙空间的不断拓展，人对自身思维的认识越来越迫切，人类学与宇宙学将并驾齐驱。但是，正如宇宙具有无限性一样，人的思维与认识也是无有终极的。同时，外部空间的雄浑伟大和人类科学的日益丰富时时影响着人的自明性，于是超人、超知识的愿望和希望即成为一种普遍心态，这种心态又以求知与怀疑的矛盾体现出来。求知必然崇尚理性，随着世界性的知识阶层的出现，艺术的知识化和思维化是必然趋势，而’85 青年美术中的绘画学者化和泛生活化的倾向就不足为怪了。但是，’85 青年美术的理性不仅仅是由知识性和文化反思成分构成的，还有着现实批判性因素在内，理性的觉醒，首先是怀疑，到底凡是现实即是合理的，还是凡是合理的方为现实？这种魔圈似的正反命题虽然仍在循环，但当务之急的裁决与判断是人的本性，特别是在文化转折时期。因此，依靠渊博的知识和冷静的分析增强主体对外部世界的判断力和选择的准确性，就尤为重要，绘画自然也承担了这一重任，于是，宇宙的奥秘，空间的构成也就成为风行一时的主题了。

（二）自我价值的失落与回归

这里所说的价值并非某种现实性的功利价值，而是指的一种人的本性的价值。这价值即是判断力。这判断力是判断主体对社会道德、人类生存方式和人在宇宙世界中的地位判断的自信程度。随着大工业文明的出现，科学技术的迅猛发展，人们一方面自信于判断力，另一方面也时时感到判断力的丧失，又由于人类生活的价值在于不断地对生存状况进行批判性的审视，因此，一旦判断力存在危机，那么马上导致更强烈的对生存状况进行审视的欲望，同时，相应地也会出现一种失落感。'85青年美术作品中出现众多的“冷漠”“麻木”“孤僻”气氛的画面恐怕与这种远距离的审视有关。这种远距离的审视正是出于摆脱主体判断力丧失的窘境的动机，因为“人总是倾向于把他生活的小圈子看成世界的中心，并且把他的特殊的个人生活作为宇宙的标准。但是，人必须放弃这种虚幻托词，放弃这种小心眼儿的、乡下佬式的思考方式和判断方式”（恩斯特·卡西尔《人论》）。科学与文化在不断地扩张人们的生活圈子，因此人们的判断力也就不断地丧失，这种失落感是人类思维进步的体现，相反，自给自足的小农经济，只会给人带来安然知足，不会有什么失落感的。

新时期以来，经济物质和文化的开放使旧有的生活圈子和文化圈子不断地扩张，层次不断变化，因此导致了旧有的对生活价值、道德和主体在外部世界中的地位的判断模式面临挑战和考验。对这些旧有模式的怀疑和否定在青年人中间最为明显，然而，他们又不可能马上形成稳固而自信的判断力，怀疑与否定旧有模式也就包含着对自己的否定，因为，事实上他们并没有与原有的生活圈和文化圈脱离。因此，跳出原有的生活圈子去审视生活，而且要站得高些、远些，天上、地下、横向的、纵向的、多角度地去审视，即是强化判断力和主体意识的必然途径。'85青年美术中出现那么多宇宙与时空意识的作品，就体现了这种有意或无意地回归主体判断力的愿望。这种回归的欲望体现在作品中，一方面是极力升华，超人、超我、超社会、超时空，这方面多体现在理性因素较强的作品中；另一方面体现在直觉表现的作品中，则是强调扩张，线、色、体积均生发出膨胀、外拓、躁动的力度。这类“躁动”型的作品又往往以生命、原生物、幻梦等与直觉表现相吻合的意蕴主题为对象，以高浓度和强刺激的线条、色彩表现出来，并极力将表现的终极气氛引入神秘的境地。这境地又与理性绘画的宇宙时空相谋合，只不过是外观不同，一个是躁动、热烈，一个是静观、冷寂。这种反向回归的创作意图是一种寻找自我价值的过程和方法，这与早先我们习惯的以一个视角、一个方向去寻找价值（包括美的价值）的方法是大相迥异的。在现时期，这也是一种挣脱农业经济式的自然感受型的落后生活圈而步入城市文明的现代生活圈的现实需求，是参与世界文化的自强心的体现。这无疑是一种积极的认知欲望。

但是，也正是这种求知与怀疑、回归与否定的矛盾心理，这种多视角的价值寻求方式造成了一定数量、一定程度的意蕴与语言、精神内涵与表现形式的不相吻合与游离的作品和现象。由于急于拓展艺术所反映的创作主体的思维空间和意蕴深度，往往顾及不到语言的深化与开拓，常常匆忙中草草定下样式。然而，非此无它的独特形式的出现并不是一蹴而就的。为了艺术，他们有时不得已先拿来别人的一些现成样式，这是他们的苦衷，而人们也往往一眼就看到了这个“疮疤”，于是指责它是“模仿”“照搬”。应该说，这是个必然的过程，如前所述，这也可能是一种牺牲。青年画家们也是不满足于此的，要允许他们再思考、再寻找，甚至再否定。成熟与成功，大师和流派，往往就是这样出现和产生的。

总之，’85 青年美术之潮是随着党的开放政策而出现的现象，它是近现代以来中国新文化运动精神的延续和发展，是一个值得我们认真对待、深入研讨的艺术活动。以上，只是对’85 青年美术之潮的一个简单的介绍和描述，深入的分析研究，将留待另文探讨。

（1986 年第 4 期）

传统的创造性转化与小说叙事模式的转变

——从“新小说”到“现代小说”

陈平原

如果说在20世纪初期的中国文学形式变革中，散文基本上是继承传统，话剧基本上是学习西方，那么小说则是另一套路：接受新知与转化传统并重。不是同化，也不是背离，而是更为艰难而隐蔽的“转化”，使传统中国文学在小说叙事模式的转变中起了不容忽视的作用。正因为相当艰难，难免时有失误，正因为过于隐蔽，故又常为研究者所忽视。

时人争论五四文学革命的功过得失，有责其“断裂”，有赞其“再生”，主要依据都是五四作家激烈的反传统言论。但运动的实际进程跟发起运动者的宣言乃至演讲有很大距离，没有理由在这两者之间画等号。如果说“断裂”，那也是一种“脐带式的断裂”，如果说“再生”，那也是一种“凤凰式的再生”。强调“五四”新文学“变异”一面的同时，不应忽略这一传统的“脐带”。正是这也许不起眼的“脐带”，隐隐约约限制着这一“变异”的方向、程度与效果。

也许，五四前后文学形式的变迁比起思想文化的变迁来，更明显地体现这一传统的“脐带”。在思想史家为“五四”先驱者未能很好实现传统的创造性转化而叹惜不已的时候[①]，我却想从中国小说叙事模式的转变这一特殊的角度，勾勒传统文学形式的创造性转化在其中发挥的积极作用。

一

论述20世纪最初30年中国小说叙事模式转变中传统文学形式的创造性转化所起的作用，面临的第一个难题是，研究对象不单很少提供可资直接引用的论据，反而冒出不少反面的证词。也就是说，主要的“新小说”家不大论及他们接受西洋小说的影响，而强调他们跟传统小说的联系；反之，主要的“五四”作家则大都否认他们的创作跟传统小说的联系，而突出外国小说的影响。

鲁迅说过，他写小说“大约所仰仗的全在先前看过的百来篇外国作品和一点医学上的知识”[②]，“我所取法的，大抵是外国的作家”[③]。言下之意，中国传统小说对他的创作不曾起过举足轻重因而值得一提的作用。叶圣陶说过，他青少年时代读《水浒传》《三国演义》《红楼梦》，“并不觉得写作方面有什么好处”，而华盛顿·欧文的《见闻杂记》等西方小说则直接激起他创作的欲望。[④]茅盾说得更直截了当：“以前有一个时期，我相信旧小说对于我们完全无用”，至今“仍旧怀疑于这些旧小说对于我们的写作技术究竟有多少帮助”。[⑤]可论者很容易指出鲁迅小说的讽刺艺术跟《儒林外史》的历史联系，而《彷徨》之所以如鲁迅自评的“脱离了外国作家的影响，技巧稍为圆熟，刻画也稍加深切”[⑥]，跟其时鲁迅对中国古典小说的研究与借鉴更是密切相关。至于叶圣陶早期用文言写作的小说如《贫家女》《终南捷径》等，更是从中国古典小说脱胎而来，而以后的创作，据其自称，在选材和描写上也与早期文言小说相仿佛。[⑦]另外，在郁达夫、王统照等人的小说中，也不难找到早年嗜读中国古典小说留下的印记。

“新小说”家可能承认西洋小说某些表现技巧的价值，但很少想以之改造中国小说。吴趼人赞扬译本小说“别具一种姿态”“亦颇有令人可喜者”，故戏作“欲令读者疑我为译本”的《预备立宪》[⑧]；可又斥责翻译西方侦探小说者为“舍吾之长，而崇拜其所短”，并着意采辑点窜《中国侦探案》“以塞崇拜外人者之口”[⑨]。林纾高度评价狄更斯的写作技巧[⑩]，可创作时则仍以段成式为榜样[⑪]。说“新小说”家借鉴西方小说技巧，大概没人反对；说“新小说”家借西方小说转化传统，则可能是吴趼人等人所始料未及的。就像多米诺骨牌一样，搬动的可能是一小块，放倒的则是一大片。承认并借鉴西方小说某些叙事技巧（如倒装叙述、第一人称限制叙事等），就不能不引起一系列连锁反应，在重新选择、重新解释、重新确认传统的过程中，自觉或不自觉地转化了传统。而正是这“转化了的传统”，对中国小说叙事模式的转变起了至关重要的作用。

关键不在于指出“新小说”家和“五四”作家误解了文学变革中传统所起的作用，而在说明为什么这么多真诚而又精明的作家会同时产生这么一种显而易见的“错觉”。

不管意识到与否，这两代作家都必须在东西方文化碰撞这一大背景下思考问题、发表意见。对传统文学的估价，往往是对西洋文学估价的另一侧面。理论上西方文学与中国传统文学并非真的你死我活、水火不相容，理想的方案应是可有轻重但不宜偏废，共同呼唤“中西艺术结婚后产生的宁馨儿”[⑫]。但作为一种倾向性情绪的表达，为突出锋芒，却又难免有所偏废。“新小说”家也罢，“五四”作家也罢，表达的都是一种倾向性情绪，而不是严谨的理论思考。对于五四作家来说，当务之急是旗帜鲜明地反对复古派，提倡学习西方文学——从思想意识到表现技巧。任何折中公允的宏论都在强大的习惯势力面前显得苍白无力，不利于运动的实际进展。因而“五四”作家不得不牺牲理论的完整性，而把倾向性推到第一位。就像早期提倡白话文者明知“人民的语言贫乏欠缺”“或者也须在旧文中取得若干资料，以供役使”，可还是坚决主张“将活人的唇舌作为源泉”[13]，将“欧化的国语”作为出路[14]。只有将“五四”作家的理论还原到特定的历史环境，才能正确理解这些省略了前提，因而显得偏颇的艺术主张。正是这种论争中的策略考虑，使“五四”作家不愿承认传统文学对中国现代小说的滋养作用。

“新小说”家的策略考虑又是另一种情况。十年前大骂小说者，十年后转而大作小说[15]，这就逼得十年前提倡小说者，十年后反过来批评小说[16]。中国人喜欢“随声附和”[17]，任何创举都可能因无数次复制、模仿而显得拙劣陈腐。为防止被学步者投机者拉下水，不少“新小说”家不得不于开风气时呼风唤雨，风气既开则潜声匿迹。更有甚者，如吴趼人辈，一方面创立“译书交通公会”，催促友人译泰西小说，并为之作评作序[18]；另一方面又攻击“今夫汗万牛充万栋之新著新译之小说”，大部分是“凭借其宗旨以附和之，诡谋一己之私利而不顾其群者”[19]。不能怨作家言行不一，实为不得已之“自卫手段”。不像五四作家一以贯之旗帜鲜明地赞赏西方小说，“新小说”家对西方小说大都经历了一个从热情介绍到冷嘲热讽的过程。这里面有叶公好龙的因素——从修养到趣味，“新小说”家毕竟跟传统文学有更多的联系；但也不无出于策略的考虑——为自己声誉、也为社会进步计。

“新小说”家和“五四”作家之所以不大承认传统的创造性转化，很大原因是这种转化是在作家不自觉状态下完成的。对于“五四”作家来说，少年时代熟读经史、背诵诗词以至明里暗里翻看《三国演义》《水浒传》《红楼梦》《聊斋志异》，那似乎只是一种自然而然的功课或没有艺术功利的娱乐，并没想从中得到什么写作技巧；而青年时代如痴如狂地啃外国小说，却颇具学习借鉴之心，“一半果是欲介绍他们的文学艺术来，一半也为的是欲介绍世界的现代思想”[20]。这就难怪他们创作小说时，理直气壮地以外国作品为榜样，即使师法中国古典小说，也有意无意把它西洋化因而合理化。一方是无意中接受，一方则是着意去模仿，尽管后世的研究者可能对那无意中接受的观念如何歪曲模仿的对象、限制模仿的效果更感兴趣，“五四”作家则大多只意识到后者而忽略了前者。还不只是前者“得来全不费工夫”，故视而不见；后者“踏破铁鞋无觅处”，故弥足珍贵；而是因为传统文学更多作为一种修养、一种趣味、一种眼光，化在作家的整个文学活动中，而不是落实在某一具体表现手法的运用上。无疑，具体而可视的“手法”比抽象而隐晦的“趣味”，更易为作家、读者所觉察。

如果说“五四”作家是过分看重了西洋小说的作用，因而忽视了传统的创造性转化；“新小说”家则是过分看轻了西洋小说的作用，因而忽视了传统的创造性转化。“新小说”家介绍西洋小说，颇多“犹抱琵琶半遮面”的。可能是怕羞，但更可能是拿不定主意，西洋小说技巧到底是好是坏心中无数。众多评论家论证了大半天中国小说数人数事漫天开花的布局方法，如何优于西洋小说的一人一事贯串始终；可回过头来，猛然发现中国作家正暗暗“舍己所长学人所短”。这样充满喜剧性的尴尬局面时有出现。最有效而又最保险的是林纾的“化夷为夏”。用“史迁笔法”来解说西洋小说叙事技巧，当然不能尽如人愿，可也时有新意（如《斐洲烟火愁城录·序》）。实际上梁启超、吴趼人、刘鹗等“新小说”家，尽管在创作中已有所突破，可谈论小说叙事技巧时，使用的仍是传统小说批评术语。并非只是理论术语的缺乏，大家似乎都有“以中化西”的良好愿望，只不过不像林纾讲得那么露骨而已。在借鉴西洋小说技巧的同时，尽量在传统文学中寻找对应物，一旦证明“古已有之”，用起来自然更理直气壮。接受外来文化本来就有重新选择、解释传统的权利，在最初阶段“以中化西”也无可厚非，只要不至于太离谱。可这么一来，很容易造成一种错觉，似乎并没接受什么新东西，只不过是“文物出土”。姑且不论还有好多是“舶来”的文物；即使“出土文物”也赖于“舶来”的眼光才得以“出土”。不理解这一点，“新小说”可能显得很“旧”，似乎除了几点皮毛的装饰外，跟传统小说没什么区别。这就难怪大部分“新小说”家不曾意识到他们的点滴改良正一步步地转化文学传统，并借以完成中国小说叙事模式的转变。

也许更重要的是，“新小说”家和“五四”作家接受的不仅仅是中国古典小说，而是整个中国古典文学的影响。这就更容易造成“新小说”跟中国古典小说没什么差别而“五四”小说跟中国古典小说没什么联系这一错觉。单单从小说史这条线抓住《儒林外史》跟《官场现形记》的联系或者《狂人日记》跟《水浒传》的区别，当然无法把握这一传统的创造性转化及其在中国小说叙事模式转变中的作用。只有把 20 世纪初中国小说叙事模式的转变放在整个文学变迁的大背景下考察，才能纠正这一并不轻微的“错觉”。

论述 20 世纪初小说叙事模式转变部分得益于其他文学形式的介入，这很容易让人联想到俄国形式主义理论家施克洛夫斯基关于文学演进动力的理论构想：随着时间的推移，曾经十分新鲜有效的表现手段变得陈旧不堪，无法被感知了。于是，敢于创新的作家一面尽情揶揄这种因袭的旧套，一面从通俗的体裁里把表现手段引进到文学的发展主线中，以此推动文学的进化。这里不准备评论这一构想的功过得失，只想指出本文论述的对象跟这一构想的差异，可能是一种反驳，但更希望是一种建设性的补充。

施克洛夫斯基这一构想也许可分解为两个层面：一是某一文学形式为获得新鲜感与生命力，从其他文学形式吸取养分；一是高雅的文学体裁从通俗的文学体裁借鉴表现手段。前一层面适应性广，在一切时代一切民族的文学变革中都可能找到例证；后一层面适应性狭些，但似乎更富创见。从后来学者受其启发注重各种民间文学体裁对正统文学的冲击[21]，以及把它称为“文学的再野蛮化”[22]或者“向来卑不足道之体忽然列品入流”[23]看，这后一层面才是施克洛夫斯基这一构想的重心及其真正的价值所在。证之以中国古代诗歌发展史，这一构想无疑是很有说服力的。正是在民间粗俗的歌、谣、词、曲的刺激与哺育下，中国文人诗歌才得以一次次蜕变更新。正如鲁迅说的，“旧文学衰颓时，因为摄取民间文学或外国文学而起一个新的转变，这例子是常见于文学史上的”[24]。可是，证之以20世纪初中国小说的突变，这一构想却颇有纰漏。

首先值得注意的是，在20世纪以前，小说在中国文学中地位低下。尽管经过吴敬梓、曹雪芹等大家的改造，白话小说已带有不少文人文学的成分，可到19世纪末白话小说还被认为是粗俗的文体。这就决定了它的变革，不一定像高度成熟的文人诗那样，非从粗俗而刚健、清新的民间文学汲取养分不可，而反过来可能向高雅的诗文等借鉴表现手法。“小说为文学之最上乘”这一时代思潮，把小说从文学结构边缘推向中心，无疑给小说的高雅化（而不是粗俗化）提供了条件。从小处看，似乎是白话小说与文言小说的对话；从大处看，却是小说在向文学结构中心移动过程中与整个文学传统的对话。初步完成了叙事模式转变后的中国小说，不是比以前更民间化，而是更文人化。可见其发展趋势刚好跟施克洛夫斯基的构想相反。

更重要的是，施克洛夫斯基显然是在单一文化背景下考虑文学形式的演变，因此其文学发展的理论虽然十分精彩，却难以涵盖20世纪初中国小说的演进。早在1902年梁启超就预言：“20世纪，则两文明结婚之时代也”；“彼西方美人，必能为我家育宁馨儿以亢我宗也”[25]。在东西方文化碰撞与交汇中演进的中国小说，既不可能完全固守传统，也不可能被西方小说同化，而是在诸多个平行四边形合力作用下蹒跚前进。起码我们可以指认出如下四种作用于20世纪初中国小说演进的“力”：（一）中国古典小说表现技巧的继承；（二）西洋小说表现技巧的移植；（三）传统文体之渗入小说；（四）

西洋诗文的熏陶。对中国小说叙事模式的转变影响最大的，除了西洋小说技巧的移植外，当推各种传统文体之渗入小说。

二

晚清小说界革命的最大功绩在于极力提高小说和小说家的地位。清人云："余为斯人悲，竟以稗说传"[26]；"然亦何事不可为哉，何至降而为小说"[27]。晚清小说理论家则宣称："小说为文学之最上乘"[28]；"混混世界上，与其得百司马迁，不若得一施耐庵；生百朱熹，不若生一金圣叹"[29]。随着小说的升值，小说家的地位和作用也跟着上升。梁启超论证"欧洲各国变革之始"，其"魁儒硕学、仁人志士"多有做小说的。[30]于是时人有主张"开小说科举以考试，定其出身"的[31]，周桂笙也断言马克·吐温得过"进士学位"[32]。尽管朝廷不会真的设"小说进士"（如严复之得"译学进士"），也不会真的让小说家当官掌权[33]，可在一般舆论中，小说家已由诲淫诲盗合该"子孙三代皆哑"的万恶之徒，一变而为"改良群治"的有功之臣了。

在晚清，的确有不少政治活动家以小说为武器，真的成为"改良群治"的有功之臣，如梁启超、陈天华、黄小配等；但更多的是在小说或小说序跋中表达作家明显的政治倾向，以此服务于他们所理解的变革现实的政治运动，如李伯元、吴趼人、刘鹗等。可以这样说，几乎所有晚清小说家没有不关心"改良群治"的，只不过立足点着眼点不同而已。纯粹"借以吐露其所怀抱之政治理想"的政治小说[34]，本身成绩并不可观；可影响于"谴责小说"的写时事与发议论，"言情小说"的借男女情事写时代变革，"社会小说"的政治热情与寓言式象征……以至在晚清大部分小说中都隐隐约约可见政治小说的影子。

"新小说"家创作小说，可能为了崇高的政治，也可能为了并不怎么高尚的金钱。中国古代文人作文虽也有"润笔"[35]，但无定例，带有酬谢性质。随着近代出版业与出版制度在中国的形成，作家的精神产品可以直接转化为生活资料。不过在开始时并非所有的文艺创作（如诗、文）都能拿到稿费，只有得到读者欢迎、发行量大因而出版商有利可图的小说才发给作者稿费。[36]小说单行本何时开始发稿费有待进一步考证，不过，创刊于1907年的《小说林》已连续刊出如下"募集小说"启事：

> 本社募集各种著译家庭、社会、教育、科学、理想、侦探、军事小说……入选者分别等差，润笔从丰致送：甲等每千字五圆；乙等每千字三圆；丙等每千字二圆。

可见起码到1907年，小说杂志的稿酬已完全制度化。1910年，清政府更颁布了中国历史上第一份“著作权律”。

做笔墨生意，名家自然多占点便宜，可常人也能从中得到好处。按当时费用，每千字两元也还是颇有诱惑力的。本来不过译着玩写着玩，能发表就很不错了，没想到还有稿费。这就难怪不少读书人要“把考书院博取膏火的观念，改为投稿译书的观念了”[37]。中国文学史上第一次有了真正意义上的职业作家，而这些职业作家又不能不是小说家，这对晚清小说的发展影响甚大。

科举路绝（1906年起停开科举），小说又有利可图，这就难怪读书人要蜂拥到这块宝地上“淘金”。批评后期“新小说”家孜孜求利，草率成篇，“朝脱稿而夕印行”，因而质量低劣，时人已有言在先。[38]我感兴趣的是小说有利可图因而吸引一大批文人这一事实对小说形式转变的潜在作用。搞宣传的写小说，谋生计的写小说，本对诗文辞赋感兴趣的受时代思潮影响也转而写小说。一时间小说园地聚集了各路英雄，不免各拿出看家本领，无意中悄悄改变了小说的面貌。梁启超自认其“多载法律、章程、演说、论文等”的《新中国未来记》，“似说部非说部，似稗史非稗史，似论著非论著，不知成何种文体”[39]。像这种作者明言或有明显蛛丝马迹的“变格”好把握，难说的是那些连作者也没意识到的对小说形式潜移默化的改造。而正是这千百个可能并不具备小说家素质的文人不自觉的改造，使20世纪初期的中国小说出现了一些奇异的特征。

既然写小说，就得遵守小说的“规则”，要不读者不买你的账，这点作者其实心里清楚。并非故意要写得不像小说，只是积习难改，一出手就是如此。钻研了几十年辞章或八股，你要他下笔著小说不带出辞章、八股的味道，能行吗？前几年还视小说为壮夫不为的雕虫小技，忽而自己也下海“玩”小说，即使临时抱佛脚虚心学习，学得像吗？梁启超著小说当然不会忘记他那“笔锋常带情感”的“新文体”长于论辩；林纾著小说当然不会放下他那古文家的架子，得便总让你欣赏他那史迁笔法；苏曼殊著小说当然会发挥他的诗画之才；徐枕亚则相信他的尺牍绝对哀艳……愿也好不愿也好，这么一批本不该写小说的小说家，下笔总难免“不合小说体裁”——至少按传统眼光看来是如此。“不合小说体裁”的小说多了，可能也就成了一种新的小说体裁；当然更可能因读者实在不能接受而被淘汰。可“接受”也罢，“淘汰”也罢，这对传统小说叙事模式都是一种冲击。从单一的固定的模式中解放出来，中国小说一下子呈现出那么多种发展的可能性，尽管并非每种可能性都有转化为现实性的价值。

跟极端复杂的小说家队伍相表里，晚清的小说概念也极端模糊。在中国古代，不同朝代小说的概念不同，但在某个具体历史时期，文言小说、白话小说都有社会公认的确定内涵。而在晚清，中国的小说概念和外国的小说概念搅和在一起，以致当人家提到“小说”时，你不知道他指的是叙事诗还是戏曲，是长篇小说还是短小的笑话。同一个杂志，登白话小说，也登文言小说；同一部外国小说，译成文言，也译成白话；同一个作家，既写文言小说，也写白话小说——在晚清作家心目中，文言小说与白话小说的关系远不像先辈作家设想的那样水火不相容。再加上弹词、传奇自然也都属于小说。[40]一时间谁也弄不清“小说”这家族到底有多庞大。你拿白话小说的标准衡量，说它“不合小说体裁”；可也许它刚好合中国文言小说或西洋小说的体裁，你有什么理由指责？概念的模糊有利于未获正名的新事物的生存。正是在这种文体混乱的状态中，一些艺术修养较高的作家自觉或不自觉地进行了不同艺术形式之间的互相渗透与互相改造。

尽管晚清小说理论家大声疾呼“敝屣群书”，尊小说为“文坛盟主”[41]，但真正使小说取代诗歌一跃而为最引人注目的文学形式的，却只能是“五四”作家的创作实践。晚清小说理论家从有益于世道人心，有助于社会改良的角度来推崇小说，容易被习惯于文以载道的中国读者接受，可妨碍小说界革命的深入。实际上整个社会的审美眼光和文学标准，不可能被梁启超几句充满激情的大话扭转，晚清文学修养高的文人真心赞赏小说的并不多[42]，宋诗派、魏晋文在文坛仍有很大影响。所谓“易其浸淫‘四书’‘五经’者，变而为购阅新小说”[43]，基本局限于南方几个商业经济比较发达的大城市中的新学之士[44]。最明显的一个事实是，从1902年到1917年，全国共创办小说杂志27种（含日刊一种），除出版于日本横滨的《新小说》（第二年移至上海）、出版于香港的《小说世界》和《新小说丛》、出版于广州的《中外小说林》和《广东戒烟新小说》，以及出版于汉口的《扬子江小说报》外，其余21种均出版于上海，而作为政治、文化中心的北京却未见一种小说杂志出版。“五四”作家不靠“最上乘”之类的煽动性语言来提高小说地位，而是扎扎实实地介绍西洋小说，研究中国古典小说，并创造了一批艺术水准较高的现代小说，以此来证明小说的审美价值。“五四”时代的文学杂志大多刊载小说（除个别专门的诗歌、戏剧杂志外），“五四”时代的主要作家大都积极翻译或创作小说，即使日后成为文学理论家、诗人、戏剧家、散文家的也不例外（如周作人、胡适、郭沫若、朱自清、俞平伯、徐志摩、冯至等）。正是“五四”作家的积极努力，才使小说真正成为整个社会公认的最有艺术价值的文学形式。

为了思想启蒙而创作小说，“五四”作家有这种倾向；但注重艺术氛围，尽量切近文学自身特性。为了金钱而创作小说，“五四”作家很少有此俗念；不少书刊要靠作者自费出版，即使名家如鲁迅、郁达夫也无法成为职业小说家。真正吸引“五四”作家创作小说的，还是艺术自身的魅力。但这不等于说“五四”作家真正掌握小说的艺术特性，不曾像“新小说”家那样用传统诗文来改造小说。只是由于“五四”作家更多接受外国文学的影响，自觉除旧布新，因而对传统的继承显得更加隐晦，甚至很难找到时人的直接证词。尽管如此，我们仍可从“五四”作家的文学修养和小说观念中，辨认出传统对“五四”小说创新方向的规定性制约。

“五四”作家或则出洋留学，或则在国内受过中学以上新式教育，不像上一代作家必须为博取功名苦攻制艺诗赋。但即使如此，这代人仍有相当深厚的传统文学修养。鲁迅、周作人、郁达夫、郭沫若出国留学前就能作相当漂亮的旧体诗，冰心、庐隐、朱自清、俞平伯的散文中则明显透出古文的影响。“五四”作家中像陶晶孙那样长期居留国外古文基础很差的只是极个别，只因那时的教育仍未真正挣脱旧学的框架。这种较为深厚的传统诗文修养，既是前进的包袱，又是成长的养分，落实到小说创作中就是作家很容易不自觉地用诗文来改造小说。“五四”初期的小说好多像散文（如冰心的《笑》、朱自清的《笑的历史》、俞平伯的《花匠》等），有刻意追求创新的，但更多的是不大了解小说的表现特性，用熟习的散文笔法写小说的结果。

“五四”作家的小说概念并不严格，周氏兄弟把西洋的寓言、拟曲、散文当小说介绍给中国读者[45]，胡适则把中国古代的叙事诗当短篇小说论述[46]。一方面是小说理论不发达，概念没来得及科学界定，各种文学体裁之间的划分并不明确；但另一方面，也跟他们接受的外国文学有关。“五四”作家接受的不只是巴尔扎克、莫泊桑等19世纪小说家，更接受契诃夫、安特列夫、曼殊斐尔德、叶芝等20世纪小说家。而后者的作品很可能没有完整的情节和人物，只不过是“一个面貌，一个喜乐的态度，一件悲惨的事件的意笔画”[47]。这就难怪“五四”作家不曾严格区分小说与散文，甚至创造出“抒情诗的小说”这样模糊的概念。[48]

由于外国文学的冲击，中国文学布局进行了内部调整，把小说推到中心位置，使其有可能借鉴其他文学形式的表现方法；又由于小说家原有知识结构的限制，可能更倾向于借鉴诗人辞赋的技巧写小说，再加上小说概念的模糊造成批评家和读者的“宽容”，给作家的探索创造了必要的条件。这三者决定了“新小说”家和“五四”作家有可能更多接受整个中国古典文学而不只是古典小说的遗产。

三

不管是“新小说”家，还是“五四”作家，对传统文学的借鉴，都不只是一种简单的“接受”，而是复杂得多的“转化”。引入小说中的笑话、轶闻、答问、游记、日记、书信，已不再只是笑话、轶闻、答问、游记、日记、书信，而是作为小说整体中的有机组成部分，自有其新的表现形态、美感效果与结构功能。《二十年目睹之怪现状》中的笑话当然不同于吴趼人《新笑林广记》中的“笑话小说”；《官场现形记》中的轶闻也不同于李伯元《南亭笔记》中的“名人趣事”。同样，梁启超《新中国未来记》中的“论时局两名士舌战”不能等同于政论文《论进步》《破坏主义》；刘鹗《老残游记》中“大明湖游记”也不能等同于《乙巳日记》中的“虎丘游记”。作为本事的索隐或作家创作构思的把握，有必要指出它们的联系；但无论如何两者是不能同日而语的——这不是指这两者自身的笔墨繁简或价值高低，而主要是各自具有的功能不同。我不大关心小说中轶闻或游记等的独立价值，而注目于它跟其他小说因素的联系，亦即由于它的插入引起的一系列小说形式的变异。

由于大量轶闻的插入，晚清长篇小说结构解体，为短篇小说的兴起提供了条件；更重要的是，它使一部分作家开始尝试采用倒装叙述和限制叙事——尽管还十分简陋。由于答问形式的启迪，“新小说”家创造“似说部非说部”“似论著非论著”的小说形式，以议论而不是以情节为结构中心，这对传统小说叙事结构是一个冲击，尽管成就很小，不失为一次悲壮的失败。借鉴游记手法，把心理描写局限于旅人一人，把故事讲述隶属于旅人耳目，把景物呈现依附于旅人脚步——这样一来，中国长篇小说无意中突破了传统的全知叙事，采用了第三人称限制视角。至于采用书信体形式叙述故事，当然不可避免地抛弃传统的说书人腔调；倘若注重人物思绪并突出作家审美个性，书信体小说更可能因不再采用连贯叙述，也不再以情节为结构中心，而全面突破传统小说叙事模式。

“史传”与“诗骚”，既是文学形式，又是文学精神。强调引“史传”“诗骚”入小说由来已久时，我更多从文学形式着眼；突出“新小说”家和五四作家所受“史传”和

“诗骚”影响时，我更多着眼于文学精神。“史传”传统诱使作家热衷于以小人物写大时代，倘若把历史画面的展现局限在作为贯串线索的小人物视野之内，小说便突破了传统的全知叙事。“史传”传统间接促成了小说叙事角度的转变，可又严重妨碍了这一转变的真正完成——作家往往为了补正史之阙而轻易抛弃视角人物，转而大写事变的各种琐事异闻。“诗骚”传统使中国作家先天性地倾向于“抒情诗的小说”。引“诗骚”入小说，突出情调和意境，强调即兴与抒情，必然大大降低情节在小说整体布局中的地位和作用，为中国小说叙事结构的转变铺平了道路。

“史传”与“诗骚”作为支配中国叙事文学发展的两种主要的文学精神，不单自身影响中国小说叙事模式的转变，还制约着小说家引其他文学形式入小说的方向和效果。“新小说”家注重“史传”，故更热衷于引轶闻、游记入小说；“五四”作家注重“诗骚”，故对引日记、书信入小说更感兴趣。“新小说”与“五四”小说的基本面貌跟这两代作家对这两种文学精神的不同选择大有关系。

传统的创造性转化并非自然而然完成的。在这期间，西方小说起了不容抹煞的积极作用。《儒林外史》和《红楼梦》并没有直接演变为《老残游记》，更不用说《狂人日记》。“新小说”家和“五四”作家对西方小说态度有差别，接受能力也有高低，可接受过其“洗礼”则是毫无疑问的。不管是林纾“西人文体，何乃甚类我史迁”[49]的“以中化西”，还是郁达夫“中国小说的世界化”[50]的“以西化中”，都是特定历史环境下的中西对话。立足点不同，效果也不同，但追求创造性转化的心态却是一致的。

这种西方小说（文学）的洗礼，可能表现为直接模仿，也可能表现为间接借鉴；可能有明显蛛丝马迹可寻，也可能只可意会难以言传。落实在传统文学形式的创造性转化上，则大致有如下三种类型：

第一种，西方小说只是提供一种跟具体表现技巧没多大关系的新的文学概念，由此诱发出新的文学运动；在这运动过程中，中国作家无师自通地转化了传统文学形式。如接受“小说为文学之最上乘”这一观念，中国作家于提高小说地位的同时，自然会自觉不自觉地引诗文入小说。

第二种，西方小说提供了一种转变的契机，当作家抓住这契机的同时，也就找到了通往新境界的关口；再迈进一步，很可能也就峰回路转豁然开朗。当“新小说”家借鉴西方小说以一人一事为贯串的布局技巧时，并没有自觉意识到要改变中国小说的叙事角度。只不过一旦掺和中国游记录见闻的笔法，居然无心插柳柳成荫，突破了中国小说全知叙事的藩篱。

第三种，西方小说提供了一种可供直接模仿的样板，只不过中国作家也并非依样画葫芦，而是试图在中国文学中寻找对应物，然后进行一番改造、转化，使其洋味中混合着泥土味。书信体小说无疑是从西方传入的，可即使是这样典型的洋玩意儿，中国作家也有办法帮它找到一点相对间接一点的“根”，提供一些适合其生长的“泥土”和“水份”。

前两种容易被误认为纯粹的传统文学内部结构的调整，与西洋小说无关，第三种又容易被误认为纯粹的西洋小说的模仿，与传统文学无关。当然，并非每种“转化”都是成功的。随着时光的流逝，有的保留下来并继续发展（如书信体小说）；有的经过调整仍能发挥作用（如游记式的小说），有的则渐渐为人们所遗忘（如答问式小说）。即使如此，当年诸多文学形式的创造性转化造成的对传统小说叙事模式的冲击，仍然值得肯定。本文试图描述这三种类型的转化的运动轨迹，故暂时把中国小说移位引起的传统文学形式之间的渗透、改造推到前景来着重论述，而把西洋小说的启迪、诱发乃至示范只是作为背景略加评说。

这样说，不等于承认这是两个可以截然分开的运动过程。恰恰相反，我所要强调的正是这两者的合二为一——西方小说的输入与传统文学的创造性转化不过是同一过程的两个不同侧面。如果要准确概括20世纪初中国小说形式的演变，我仍倾向于采用这样可能相对繁琐的语言：西方小说输入引起的对其表现技巧的模仿，与中国小说从文学结构的边缘向中心移动过程中对传统文学养分的吸收（通过传统文学形式的创造性转化来实现），这两者的合力共同促成了中国小说叙事模式的转变。尽管在此中间，“输入新知”占主导地位，但不能无视并非无足轻重的“转化传统”。

注释：

① 参见林毓生《中国意识的危机：“五四”时期激烈的反传统主义》，穆善培译，贵州人民出版社1986年版；李泽厚《启蒙与救亡的双重变奏》，《走向未来》1986年第1期。李文指出，这种创造性的转化，“五四以来到今天，以文学在这方面作得最好”“例如新文学中爱国主义感情和批判现实主义精神与关心国事民瘼以天下为己任的士大夫历史传统便不能说毫无关系”。

② 鲁迅：《我怎么做起小说来》，载《南腔北调集》，同文书店1934年版。

③ 鲁迅：《致董永舒（1933年8月13日）》，载《鲁迅书信集》，人民文学出版社1976年版。

④ 叶绍钧：《杂谈我的创作》，载《文艺写作经验谈》，天地出版社1943年版。

⑤ 茅盾:《谈我的研究》,《中学生》1936年第61期。

⑥ 鲁迅:《〈中国新文学大系〉小说二集序》,载《且介亭杂文二集》,三闲书屋1937年版。

⑦ 叶圣陶:《过去随谈》,载《未厌居习作》,开明书店1935年版。

⑧ 吴趼人:《预备立宪·前言》,《月月小说》1906年第2号。

⑨ 吴趼人:《中国侦探案》"弁言",载《中国侦探案》,上海广智书局1906年版。

⑩ 参见林纾《孝女耐儿传·序》《贼史·序》和《块肉余生述·序》等。

⑪ 林纾《践卓翁小说·序》云:"计小说一道,自唐迄宋,百家辈出,而余特重唐之段柯古。"

⑫ 闻一多:《〈女神〉之地方色彩》,《创造周报》1923年第5号。

⑬ 鲁迅:《写在〈坟〉后面》,载《坟》,北京未名社1927年版。

⑭ 参见傅斯年《文言合一草议》《怎样做白话文》二文。

⑮ 寅半生:《小说闲评·序》,《游戏世界》1906年第1期。

⑯ 对比梁启超作于1902年的《论小说与群治之关系》与作于1915年的《告小说家》。

⑰⑲ 吴趼人:《月月小说·序》,《月月小说》1906年第1号。

⑱ 参见《新庵谐译》中吴趼人和周桂笙的序,以及趼廛主人(吴趼人)为《毒蛇圈》作的评语。

⑳ 郎损(沈雁冰):《新文学研究者的责任与努力》,《小说月报》1921年第12卷第2期。

㉑ 如巴赫金、诺思若普·弗赖等。参见托多罗夫《批评的对话》第五、六章,此书中译本将由生活·读书·新知三联书店出版。

㉒ 参见韦勒克、沃伦《文学理论》,刘象愚等译,生活·读书·新知三联书店1984年版。

㉓ 钱锺书引录施克洛夫斯基此语后赞曰:"诚哉斯言,不可复易。"(载《谈艺录》,中华书局1984年版,第35页)

㉔ 鲁迅:《门外文谈》,载《且介亭杂文》,三闲书屋1937年版。

㉕ 梁启超:《论中国学术思想变迁之大势》,载《饮冰室合集·文集》第3册,中华书局1936年版。

㉖ 程晋芳:《勉行堂集》卷二"春帆集"。

㉗ 强汝询:《求益斋文集》,载孔另境编《中国小说史料》,上海古籍出版社1982年版,第260页。

㉘ 梁启超:《论小说与群治之关系》,《新小说》1902年第1卷第1号。

㉙ 伯耀:《小说之支配于世界上纯以情理之真趣为观感》,《中外小说林》1907年第1卷第15期。

㉚ 任公:《译印政治小说序》,《清议报》1898年第1册。

㉛ 佚名:《读新小说法》,《新世界小说社报》第6—7期。

㉜ 《新覔译萃·英美二小说家》,《月月小说》1908年第19期。

㉝ 吴趼人《李伯元传》和江庸《趋庭随笔》都记载光绪辛丑朝廷开经济特科,曾慕涛荐李伯元而遭弹劾事。

㉞ 《中国唯一之文学报〈新小说〉》,《新民丛报》1902年第14号。

㉟ 宋人洪迈在《容斋随笔》中说:"作文受谢,自晋宋以来有之,至唐始盛。"宋人王楙在《野客丛书》与清人顾炎武在《日知录》中均把"作文受谢"上推到汉代。

㊱ 参见包天笑《钏影楼回忆录》[(香港)大华出版社1971年版]中"时报的编制"一节。另外,对比《小说林》每期刊登的"募集小说"启事与第4期刊登的"募集文艺杂著"启事。

㊲ 参见《钏影楼回忆录》中"在小说林"和"译小说的开始"二节。

㊳ 如寅半生《小说闲译·序》、眷秋《小说杂评》、解弢《小说话》等。

㊴ 梁启超:《新中国未来记·绪言》,《新小说》1902年第1卷第1期。

㊵ 参见几道、别士《本馆附印说部缘起》、知新主人《小说丛话》，蛮《小说小话》等。

㊶㊸ 老棣：《文风之变迁与小说将来之位置》，《中外小说林》1907 年第 1 卷第 6 期。

㊷ 梁启超曾讥笑严复、夏曾佑提倡小说而又不著译小说（《新小说》7 期《小说丛话》）；可后来在《国学入门书要目及其读法》中他也说："吾以为苟非欲作文学专家，则无专读小说之必要。"

㊹ 觉我（徐念慈）《余之小说观》（《小说林》1908 年 10 期）云：当年购"新小说"者，"其百分之九十出于旧学界而输入新学说者"。

㊺ 参见《域外小说集》第 1、2 册，东京，1909 年版。

㊻ 参见胡适《论短篇小说》，《新青年》1918 年第 4 卷第 5 号。

㊼ Bliss Perry：《小说的研究》，汤澄波译，商务印书馆 1925 年版，第 264 页。

㊽ 周作人：《〈晚间的来客〉译后记》，载《点滴》，北京大学出版部 1920 年版。

㊾ 林纾：《斐洲烟水愁城录》"序"，载《斐洲烟水愁城录》，商务印书馆 1905 年版。

㊿ 郁达夫：《小说论》第 1 章，上海光华书局 1926 年版。

（1982 年第 5 期）

艺术学的构想

李心峰

我们的文学艺术理论研究将迎来一个认真、扎实的“建设的时代”。在当前文艺理论的建设中，需要宏观构架的改造、创建与完善；需要新学科、新领域的开拓、探索。其中，我认为，就要抓一个极为重要而迫切的、涉及全局的环节——这就是要尽快确立艺术学的学科地位，大力开展艺术学的研究。

一、艺术学的诞生及历史

所谓艺术学，就是以整个艺术领域为研究对象的一门学问。正像鲍姆加登被称为“美学之父”一样，人们把“艺术学之父”的桂冠戴在了德国的康拉德·费德勒（Konrad Fiedler，1841—1895）的头上。本世纪初德国倡导艺术学的主将之一乌提兹（E. Utitz，1883—1965）明确地说过：“费德勒是我们现代形式的艺术学之父。”[①]这一看法已得到国际艺术理论界的公认。如日本著名美学家竹内敏雄编修的《美学事典》也认为费德勒是“艺术学之祖”[②]。费德勒之所以成为“艺术学之父”，倒不是因为他为这门学科命了名，艺术学（Kunstwissenschaft）这一德语专门术语是在他之后形成的。费德勒的贡献在于他最先指出了“美学的根本问题与艺术哲学的根本问题完全不同”[③]，认为艺术并不只是与美有关，用美无法涵盖艺术中的所有问题，极力主张把美与艺术加以区别，把美学与关于艺术的学问加以区别。因而，他基本上解决了建立艺术学这门学科的关键性问题，即指出了艺术学在研究对象上的自律性。

艺术学在19世纪末诞生，除了理论上的自觉之外，还有两个重要的原因。第一是艺术实践提出了问题。西方的文学艺术自文艺复兴时期形成一个辉煌灿烂的黄金时代之后，又形成了新古典主义和浪漫主义两个艺术高峰。可以说，文艺复兴艺术、新古典主义艺术和浪漫主义艺术尽管在艺术精神上各有自己鲜明的特色，但它们有一点是一致的，即都把“美”奉为圭臬，甚至在许多艺术家和理论家那里，艺术即美；另一方面，则认为真正的美就是艺术美，甚至否认艺术之外美的存在。因此，从18世纪以后，艺术的哲学基本上就是美的哲学，美学也主要是艺术哲学。所以，黑格尔说他的《美学》就是艺术哲学；谢林干脆把他的美学著作命名为《艺术哲学》，就毫不奇怪了。但是，到了19世纪中叶，整个西方艺术精神为之一转，批判现实主义的飓风疾速卷走了浪漫主义创造的审美世界，尽管它还没有完全丧失艺术的审美理想，但对美的直接追求已降到非常不起眼的位置上，取而代之的，是他们在自己的艺术旗帜上赫然写下了“真实”这个词。在批判现实主义的艺术王国，对丑的描绘、再现已不亚于对美的描绘，而且，这种丑已不再是美的简单陪衬或对照物，而是取得了独立的艺术价值。时隔不久，艺术世界又闯出了自然主义和颓废主义两匹黑马，在它们的艺术殿堂里，美的皇冠差不多已完全被踩在脚下，相反，盛开的是“恶之花”“病态之花”、丑之花……一些现代主义艺术流派也已在上世纪末萌芽，它们也无不以与以往的审美价值规范相对抗为乐事。在这种艺术氛围笼罩下，继续承袭以往艺术即美，美的典型形态就是艺术，艺术哲学即美的哲学或美学即艺术哲学的观念，就不免给人以隔世之感。所以，自觉到艺术与美的原则区别，意识到艺术之学的独立要求，乃是当时艺术自身的需要。

第二是实证主义思潮影响下的结果。在19世纪后半叶，伴随着自然科学的巨大发展，产生了以孔德为代表的实证主义哲学思潮。这种思潮迅速渗透到自然科学和社会科学领域，其主要影响表现在方法论上拒斥形而上学的即哲学思辨的方法，而注重于经验的、实证的科学研究方法。于是，一些研究文学艺术的学者也主张拒斥以德国观念论的美学为代表的哲学美学研究，主张以科学的方法研究艺术现象，确立艺术之学的独立地位。这种实证主义的方法论原则催化了艺术学的诞生。

如果回顾一下艺术学形成的历史，可以说它大体上经历了如下的过程：首先，是费德勒为艺术学的形成开辟了道路，奠定了最初的基石。他认为，必须把美与艺术加以区别，把美学与艺术理论加以区别。美与快感有关，艺术则是遵循着普遍性法则的、对于真理的感性认识，艺术的本质是形象的构成。艺术理论主要探讨艺术固有的规律性。接着，一些艺术理论家沿着费德勒开辟的道路，开展了富有成效但各不雷同的艺术学研究。相对于费德勒主要是从对象角度提出艺术之学的独立性来说，格罗塞着重是从方法论上来倡导艺术科学的研究，即主张运用科学的方法，在当时人类学、民族学的基础上研究艺术现象。格罗塞在他的《艺术学研究》（1900）中指出：艺术学的课题主要是，第一，探讨艺术的本质，把艺术活动及其作品从其他事实中区别出来；以及把各种艺术互相加以区别；第二，研究与艺术家和艺术素材有关的艺术的各种动因，以及艺术的自然的（风土的）、文化的各种制约关系；第三，研究艺术给予个人及社会生活以影响的各种机能，等等。他的艺术学研究明显地偏重于社会学，是社会学艺术学的极为重要的著作。按照他提出的上述方法论原则，他在《艺术的起源》（1894）中，着重考察了原始民族的艺术。费德勒、格罗塞都是强调艺术学的独立性的代表人物，但当时也有人持美学＝艺术学的见解。如康拉德·朗格（Konrad Lange，1855—1921）就是这种观点的代表，在他那里，美学也就是研究艺术事实的艺术学。这可以说是艺术学形成的第一阶段。

艺术学形成的第二阶段，是进入本世纪以后，由狄索瓦（Max Dessoir，1867—1947）和上文提到的乌提兹大力倡导“一般艺术学”所掀起的热潮。他们的探索和活动使一般艺术学的思想得到广泛的普及。狄索瓦明确提出了“一般艺术学”的概念，主张把它作为与美学相并列的一门学问。在他的代表性著作《美学及一般艺术学》（1906）中，他联系美学及特殊艺术学，阐明了一般艺术学的本质和课题。他认为，这种一般艺术学要把丰富多样的一般艺术现象全都涵盖进来，并把根据各种方法对各种艺术领域的研究也都包容进来，而不能局限于某一种方法或某一种体系。他指出，对于各门类艺术进行体系性的理论研究，探讨它们各自的特性、规律、形式等，是特殊艺术学的课题，比如诗学、音乐理论、美术学，等等。相对于它们来说，一般艺术学的课题“要在认识论上探索它们的前提、方法及目的，对它们的最重要的成果加以概括和比较”④，此外，还包括对艺术的创作、艺术的根源、各种艺术的功能及划分等问题的考察。狄索瓦还在他的上述著作出版的同一年创办了《美学及一般艺术学杂志》，这个杂志后来成为国际性的美学与一般艺术学研究的最负盛名的杂志，一直办到1943年，由于二次大战而被迫停刊。

乌提兹则在理论上深化了一般艺术学的问题，巩固了一般艺术学作为一门学科的基础。他在其代表作《一般艺术学基础论》（Ⅰ，1914；Ⅱ，1921）中认为，一般艺术学这门学科包括由艺术的一般事实中产生的所有问题领域，它需要以美学为主的文化哲学、心理学、现象学、史学、价值论等其他学科的辅助。但他不是像狄索瓦那样简单地把各种研究成果汇拢起来，而是用更为统一的研究态度把它们作为艺术学的问题予以考察，主张用某种核心的东西贯穿整个体系。他认为，首先必须探讨“艺术是什么”的问题，要从这种认识出发开始研究，而且探讨所有艺术问题的最终目的也要归结于此。一般艺术学包括了狄索瓦所指出的上述那些课题，但是，“艺术本质的研究”是最根本的问题，其他研究要以此为背景来进行。[5]

此后，德国和其他一些国家的许多美学、艺术理论家，以狄索瓦、乌提兹为中心，围绕艺术学的有关问题开展了热烈的讨论，有的理论家则开始艺术学理论体系的创建工作，出版了一些很有力度的学术专著。如P.弗兰克的《艺术学的体系》(1938)，留采勒、R.雅克、F.卡因兹等人的艺术哲学性质的艺术学著作等。由于这一大批艺术学著作的出版，以及《美学及一般艺术学杂志》的广泛影响，艺术学实际上已确立了它的学科地位。

艺术学形成的第三个阶段是这门学科的国际化。在日本的美学界，自大正五年（1916）开始，到二三十年代，围绕艺术学的问题也展开了热烈的讨论，问题的焦点集中在艺术与美的关系和艺术学与美学的关系问题上。之后，艺术学这门学科在日本大体上确立了地位，产生了多种“艺术学序说”、艺术学概论性质的系统性著作。艺术学在苏联也确立了它的学科地位。早在20世纪20年代，苏联就出版过《艺术学研究》方面的论文集，现在也经常有这方面的文集、著作问世。就是在我国，在解放前，也曾出版过少量的艺术学方面的译作和著作。如1922年上海商务印书馆出版的日本黑田鹏信著、俞寄凡译的《艺术学纲要》，1933年上海光华书局出版的张泽厚著的《艺术学大纲》等。总之，艺术学自从在德国诞生之后，已走上了国际学术领域，得到了较广泛的研究。

二、目前在我国创立艺术学学科的基本依据

如果说，艺术学自诞生以来，在世界上已有近一个世纪的历史，因而我们也应该开展艺术学研究以填补空白。这还不是今天提出确立艺术学学科地位这一课题的充分条件。我们还必须进而考察我国目前文学艺术理论研究的现状，看一看提出这一问题是否真的必要。

首先，让我们考察一下我们关于文学艺术理论研究这一学科领域所使用的术语。目前，在理论批评界对于这一学科领域的命名，最常运用的术语就是“文艺理论”和“文艺学”。显然，“文艺理论”作为前科学阶段的词语，其范围、含义均十分含混，不能成为对一门学科的命名。除此之外，要算“文艺学”概念使用频率最高。但是，关于“文艺学”一词含义的理解和运用却十分混乱，歧义纷呈。从汉语中的“文艺学”一

词的词源来看，虽然目前还无法确定它究竟产生于何时，但可以推定，它基本上有两个来源：一是从日文中引进的。在日语中，有一个与汉语完全相同的“文艺（芸）学”（ぶんげいがく）它是19世纪中叶诞生于德国的Literaturwissenschaft一词的翻译，实际上专指文学研究，即“文学学”，意义十分明确，它与“艺术学”的关系是后者包容前者，前者从属后者，没什么疑义。我国的文学艺术理论在现代受日本影响极大而且较早，因而在各个学科从日文直接引入专门术语乃属司空见惯（如哲学、美学等），因此，“文艺学”极有可能是从日文照搬过来的。再一个来源是对俄语“艺术文学学”的翻译。⑥但俄语原词指的也是“文学学”，“艺术”只是“文学”的修饰语。在俄语中，“文学”除艺术文学，还包括其他的文献、书籍等，冠以“艺术”是为了与其他艺术文学区别开。可见，从它的词源来看，它本来都是指的文学研究。那么，在我们日常语言实践中它的含义又如何呢？就我们出版的一些“文艺学引论”或“概论”性质的书看，这一术语的用法与它们的原义也无甚大的区别，大多指的是文学理论，或基本上以文学为主要对象或典型形态的文艺理论。即使在今天，沿用这一义项的也大有人在。1987年4月4日的《文艺报》刊登了一组《我国当代文学理论的走向和趋势——第一届全国高校文艺学研讨会发言摘登》的文章（着重号为引者所加），不仅其总标题就把文艺学与文学理论划了等号，其中至少还有四篇文章也是直接把“文艺学”看作文学的理论。我以为，这一义项倒是符合“文艺学”的原义的。但也应看到，还有相当多的人把文艺学看作关于所有文学、艺术现象的学问，而不只是文学学了。在这一层含义上，文艺学实际上等于艺术学或一般艺术学了。这后一层含义是人们引申出来的。可见一个“文艺学”术语的搬用，带来了多少混乱，它已严重妨碍了艺术科学的研究和深入发展。一方面，它不利于对整个艺术的一般的、综合的研究，阻碍了一般艺术学的建设；另一方面，它也妨碍了对文学的专门研究，容易以笼统的文艺代替对文学特性的探讨。显然，现在应该尽快对上述术语做一番清理、正名的工作，以利于文学艺术领域的科学研究的顺利发展。

第二，从我们艺术科学研究的具体状况来看。应该说，我们的艺术学研究不仅无名，而且无实。说得严格些，我国当代只有美学和文学研究，而没有艺术学（主要是一般艺术学，关于各门类艺术的专门研究即特殊艺术学，如音乐学、美术学、戏剧学等的研究已有一定的基础并正在迅速发展）。我们关于一般艺术规律、艺术原理的探讨，或者为美学所包办，仅能从审美角度来研究艺术中的局部现象，而把艺术中大量的、不一定用审美所能完全概括的现象置之不理，无法对艺术作出完整、系统的全面的把握；或者被文学学（所谓的“文艺学”）以点代面、以偏概全地取而代之。这样的“文艺学”尽管在对象上局限很大，但在做结论上，又往往把来自文学分析得出的结果遽而抽象为整个艺术的规律或原理。三十多年来，我们仅在新时期出过一本《艺术概论》算是以整个艺术为对象的，但它却显得很不成熟，基本上是对以往文学原理、文学概论的复制，从基本理论构架到基本观点，都不脱文学概论的窠臼，只不过把文学的例子改为绘画、音乐等艺术种类罢了。虽然文学是文艺领域阵容最庞大的主力军，但它并不能体现所有艺术的特征，在某些方面甚至还不如其他艺术种类更能体现艺术的特性，如艺术的具象特点、艺术媒介的特性、艺术中实践—技术要素的作用等，其他艺术都比文学更为典型。日本当代一位文学理论家桑原武夫在他的《文学序说》中甚至认为：文学并不是艺术的典型形态，而是艺术与理论的中介形态，用他的说法，“文学具有艺术的异端的性质”。因为它与理论著作共用同一种物质传达媒介——语言。也许我们会不同意他的这一断语，但他的思考对我们是有启发意义的，至少可以打破“文学中心”的思考格局。

第三，从我国艺术学科机构的设置来看。我们以往一直没有确立艺术学的学科地位，不重视一般艺术理论的研究，一个重要的客观原因，就是我们在“文革”以前建立的社会科学（包括文学艺术）的科研机构的设置还很不健全、很不完善。我们基本上没有一个包括各种艺术门类在内的综合的艺术研究机构，有计划地进行一般艺术学研究和特殊艺术学研究。现在已专门成立了由国家统一规划、统一领导的，包括各种主要艺术门类的大型艺术研究机构——中国艺术研究院。在一些省市的文化部门也相继成立了艺术研究所之类的研究机构，为艺术的整体性、一般性研究创造了最重要的客观条件。同时，各门类的特殊艺术学（音乐学、美术学、戏剧学、舞蹈学、电影学等）正在积极展开、迅速发展。在此基础上，建立各门艺术学的基础性学科即一般艺术学，明确整个艺术学内部的体系、结构，它的对象、方法等一系列问题，确立艺术学应有的学科地位，无疑已提上日程。这对整个艺术学科研究走向科学化、系统化、计划化，显然也有积极的参考意义。

第四，从对象上看，艺术学这门学科的最初的创始者和奠基者们已较充分地讨论了艺术学在对象上的自律性，这种对象上的自觉，主要是针对美学提出的。而上世纪末本世纪初艺术与美的尖锐矛盾更强化了艺术学的自律意识。那么，从今天的艺术实践来看，是否存在着这种艺术与美的尖锐矛盾呢？

一般地说，社会主义时代的艺术是对资本主义时代的批判现实主义、自然主义、颓废主义和各种现代主义艺术的积极扬弃，它必将高扬起鲜艳明丽的艺术审美理想的旗帜，将资本主义时代典型的恶之花、病态之花、丑之花，在一个更高的层次上还原为绚丽多彩、充满活力的善之花、健康之花、美之花，就是说，它必将重新高扬起“美”的标帜。因此，社会主义时代的艺术在总体精神上，与美保持一种和谐的关系。但是，我们不能把这种和谐关系理解得简单化，重弹艺术即美的陈旧观念，而必须看到它们之间的复杂关系。应该指出，社会主义艺术不仅要贯穿着审美理想，而且还将自始至终地贯穿着一种现实主义的艺术精神（这里说的是现实主义精神，而不是狭义的创作方法），因此，在社会主义艺术中，艺术的真实性原则也是它的基本规范。既要真实，那么，它就要在艺术中表现社会主义审美理想的同时，对现实生活中可能出现的各种虚伪、丑恶的现象加以无情地暴露和批判。在这种意义上，就不能把我们的社会主义艺术的全部问题都归结为美的问题而附于美学名下。退一步说，即便社会主义艺术可以完全归结于美的创造问题，把艺术中对丑的描写批判看作表现审美理想的必要手段，那么，我们艺术理论研究也应把以往时代包括资本主义时代的并不以美为最高原则的艺术放在自己的视野之内，看到艺术与美的差异性。再退一步说，即便所有艺术中的“丑”的问题，都可以作为美学的一个范畴（与美、优美、崇高、悲剧喜剧等并列）加以研究，那么，也不能把所有的艺术问题都看作美学问题，包容在美学之内。因为，艺术中除了具有美学的问题，可以从美学角度加以探讨之外，还有许多不同侧面、不同层次的其他问题，如艺术中的心理学因素、社会学因素、文化学因素、人类学因素、思维学因素、艺术掌握世界的方式、艺术生产与艺术认识、艺术意识形态问题，等等，显然并不能都由美学来解决，而需要专门的艺术学加以综合的研究。从这个角度来看，可以认为艺术学与美学的关系，既不是包容、从属的关系，也不是毫无瓜葛、互不相关的并列关系，而是一种交叉关系，即美学要考察艺术中的与美学相关的问题，而艺术学中也存在艺术美学的课题，它们在这里发生重合。日本的一位音乐学家福田达夫把音乐学划分为十一个分支学科，把音乐美学作为与音乐心理学、音乐社会学、音乐史、音乐批评、音乐教育学等相并列的一个分支学科。这也可作为思考艺术学与美学的关系的参考，即把艺术美学作为整个艺术学体系中的一个分支学科。总之，从对象上看，也必须提出艺术学的建设问题。

第五，从方法论上来看。如前所述，艺术学诞生于上世纪末，一个重要原因是在方法论上受实证主义、科学主义影响对思辨美学传统的反动，试图用经验的、实证的方法对艺术作独立的探讨。但是，由于任何对象都既可以用哲学思辨的方法来研究，也可以用经验的、科学的方法来研究，比如，就是在美学内部，在19世纪下半叶，也已产生了分化，出现了以冯特为代表的所谓“自下而上的”美学即科学美学，所以，艺术学如果仅仅强调自身的实证方法，那么，它就不能为自己地位的确立提出毋庸置疑的方法论根据，甚至还会落入忽视哲学方法的片面性之中。

今天，我们提出确立艺术学学科地位的问题，从方法论上说，主要不是从哲学方法与实证方法的区别上提出问题，而毋宁说已超越了这种无谓的争论。我们的立足点主要是基于这样一个人所周知的事实，法国当代著名哲学家、美学家米·杜夫海纳这样来概括这一事实：

> 今天，现代思想在各个领域都最难对付的对象：整体性。对于它的研究，是同时由场物理学、形式哲学、生物学和历史学引进的。这里，整体性有一个侧面应该引起我们注意，那就是收集任何时代、任何地方的风格与艺术，把它们收集在马尔罗（Malraux）所谓的想象博物馆之中。……

杜夫海纳还对此打了个十分形象生动的比喻：

> 今天，地球终于是圆的了。⑦

这就是说，现代的系统整体观已成为人们认识对象世界的普遍的思维方式，渗透到了各个学科领域，它总是把对象看作自成系统的世界，是个相对独立的整体。其实这种整体观在古代的亚里士多德，近代的歌德、黑格尔等人那里都有丰富的阐发，马克思所倡导的辩证思维方法也特别强调对象的系统联系和整体属性。现代的系统整体观不过是在现代科学基础上对辩证思维方法的具体化。这种思维方式已极大地促进了科学的发展。我们现在提倡艺术学的建设问题，也正是这种系统整体的思维方式对文学艺术理论研究提出的必然要求。

按照这种系统整体的思维方式，我们就应该把整个艺术世界作为一个相对独立的系统，作为一个有内在统一性和共同的本质、规律和特性的整体来把握，建立一门以整个艺术系统为对象的艺术之学即艺术学。

现代系统整体的思维方式不仅要求把研究对象作为一个整体，而且尤其强调把这种相对独立的系统放在更大的系统联系中来考察，同时，还要考察该系统自身内部的各种要素、结构及层次。这就要求我们在进行艺术学研究时，既要考察艺术系统与它的各种上位系统（如社会结构、上层建筑、意识形态、人的思维活动、人们的实践以及文化、审美等大系统）之间的联系，还要考察艺术系统内部的各种子系统，建立艺术学的各种分支学科，真正把艺术学的学科地位确立起来。

三、关于艺术学内部构架的设想

确立艺术学的学科地位所要做的，首先是要对艺术学自身内部的体系、结构、基本框架做一番思考，提出一些具体的设想，为艺术学的进一步展开奠定基础。

现代科学发展的趋势，一方面是注重整体性的综合研究，另一方面则是各种分支学科、新兴学科更为发达丰富，分工更为细密。这两种趋向却有一个共同的目的，就是使针对某一特定对象世界的科学图景更加完整、更加系统，全面而细致地把握对象世界。就艺术学来说，应该用怎样的构架来把握艺术这一系统整体？必须指出的是，由于思考问题的视角不同，或进行构架的立足点不同，等等，人们可以构想出各种不同的艺术学的结构体系来。当然，人们最好能够规划出某种体系，按照统一的立场和观点，把艺术学的各种分支学科都包涵进来。不过，我认为，在我们刚刚提出确立艺术学学科地位的今天就要求构造出那种结构、体系来，是很不现实的想法。目前最好的办法是允许人们按照不同的结构原则，基于不同的立足点和视角，构想出各不相同的结构体系，让它们八仙过海，相互竞争，相互提高，逐步向较完备、统一的综合性艺术学体系过渡。

基于这种想法，这里打算提出几种有关艺术学结构体系的设想。

第一种构想：从研究对象上，以整个艺术为对象，还是以各具体门类的艺术为对象，可以把艺术学划分为一般艺术学与特殊艺术学。这种划分方法自艺术学问世以来，比较通行，已为国际艺术学界许多人所认可，而狄索瓦、乌提兹就是最早倡导一般艺术学的人，试图以一般艺术学统摄各种特殊艺术学。按照这种方法，就可以把艺术学的体系划分为：

一般艺术学
- 文学学（文艺学）
- 美术学
- 音乐学
- 舞蹈学
- 戏剧学
- 电影学
- ……

关于这种划分方法，应该说明几点。一是在一般艺术学和特殊艺术学之间，还可以根据不同的原则，把各门类艺术学研究整合为几大部类，以作为一般与特殊之间的中介，如根据是否运用语言媒介，把各种艺术划为语言艺术、非语言艺术与综合艺术三部分；根据艺术存在的时空形式，把所有艺术划为空间艺术、时间艺术、时空艺术；等等。这种研究对于探讨艺术的本质、规律，各种艺术间的异同，等等，具有重要意义。而这方面的研究，在我国也几乎是空白。二是在上述特殊艺术学中，关于艺术基本种类的看法也是言人人殊，还有对有的相近的艺术（如电视剧与电影等）如何划分也有不同意见，都应深入研究。三是各特殊艺术门类，都还存在着各自的分类体系，如文学中就有诗、散文、小说、剧本、神话、寓言，等等，因此也应该相应地建立诗学（狭义）、散文学、小说学等以完善文学学的系统。其他艺术门类也同此理，这里就不一一赘述了。

第二种构想：从理论的抽象性与应用性的不同，把艺术学划分为三大部分，即

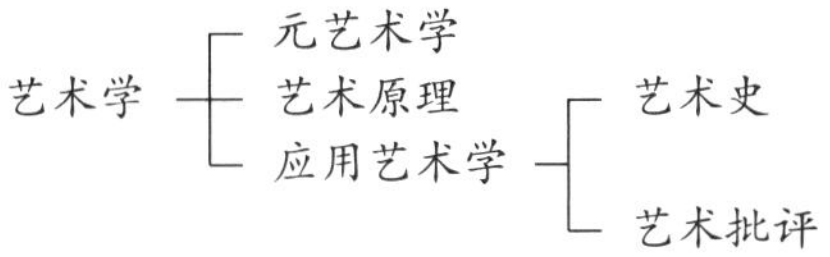

在艺术学史上，人们按照理论的抽象度，一般把艺术学划分为这样三大块，即体系性的艺术学（艺术原理）、历史性的艺术学（艺术史）、应用性艺术学（艺术批评）。但这里存在着一个明显的问题：就理论的抽象程度看，艺术史与艺术批评实际上都是运用艺术原理去探讨具体艺术存在的发展、变化、趋势，它们都是应用性的学科。最近看到一篇文章在探讨文艺学（也适用于艺术学）的范围时，试图弥补这种划分方法的不足，认为在这三大块之中还应增加两个部分：一是文学史论，用以联结文学理论与文学史；二是批评哲学，用以联结文学理论与文学批评。这样，文艺学就由这五个部分构成：文学理论、文学史论、文学史、文学批评学、文学批评。[⑧]这一构想比起上述的三分法要系统得多，完整得多，是值得重视的探索。不过，我认为，把这五个部分并列起来，还难以见出它们在理论抽象程度上的层次性。在这五大部分中，具体地分析一下就不难发现：文学理论是一个层次，文学史论与文学批评学属同一个层次；文学史与文学批评同属一个层次。那么，如何确定这三个层次的序列呢？

如前所述，艺术史与艺术批评都是运用一定的艺术原理、艺术观念去研究丰富具体的艺术现象，或从具体的艺术存在中抽象概括出一定的艺术原理、艺术观念，因而它

们都是应用性的学科，构成艺术学的基础。在这一应用层次之上，显然就是一般所说的艺术原理（或叫艺术理论），它为应用性艺术学提供一般的艺术观念、艺术原理和艺术价值标准，等等。而在艺术原理这一层次之上，还应设立一个专门反思、探索艺术学自身的对象、方法、范围、体系结构等问题的学科，这就是艺术学学，或叫元艺术学。我们知道，本世纪以来，产生了科学哲学（又称科学学、元科学），并在各门具体学科中形成了反思本学科自身规律的热潮，在数学中产生了数学哲学（元数学）；在物理学中产生了物理学学；甚至出现了哲学学，美学学，等等。近年来，在国内也出现了一些探讨“文艺学学”的文章。我们提出设立艺术学学这一层次，乃是科学哲学兴起后对艺术学领域的一个必然要求。

第三种构想：把艺术作为人类的一种特殊精神生产活动，按照整个人类艺术发展的过程和具体艺术作品的创作、接受的不同环节来设计艺术学的学科体系。按照前一种原则可以划分出艺术发生学（探讨艺术的起源）、艺术发展论（探讨艺术的演化、传承、变革、发展的规律）、艺术存在论（探讨艺术的本质及类型）、艺术未来学（探讨艺术预测的原理及艺术的发展趋向）；按照具体艺术作品的生产过程，可以划分出艺术创作论、艺术作品论、艺术接受论（包括鉴赏论与批评论）。这两大部分可以作为一个完整体系的上下篇来处理，概括起来就是：

- 艺术学
  - 上篇
    - 艺术发生学
    - 艺术发展论
    - 艺术存在论
    - 艺术未来学
  - 下篇
    - 艺术创作论
    - 艺术作品论
    - 艺术接受论

第四种构想：从艺术学的根本方法论上是偏重于哲学方法还是偏重于科学方法，可以把艺术学划分为两大类，一类是哲学性的艺术学即艺术哲学；一类是科学性的艺术学，在特定意义上也可以称为艺术科学。在哲学性艺术学中，由于哲学思维的侧重点不同，以及所遵循的哲学方法的不同，有可能出现一些艺术哲学的分支学科，如艺术本体论、艺术意识论、艺术思维学、艺术价值论、艺术现象学、艺术解释学，等等。在科学性艺术学中，根据与不同的学科及其特定方法的联系，则会出现更为丰富多样的艺术学的分支学科，如常见的艺术心理学、艺术社会学、艺术文化学、艺术符号学，以及所谓的艺术生理学（乃至艺术病理学）、艺术媒介学，等等。近年来讨论得十分热烈的所谓艺术系统论、艺术控制论、艺术信息论，由于构成其方法论基础的系统论、控制论、信息论虽然不是具体学科的科学方法，但它们都是具有跨学科性质的一般科学方法论，还不是哲学方法，因此，它们也可列入科学性的艺术学之中。以上这种划分方法虽然主要是依据方法论上的区别，但也可以说是以艺术活动这一客观对象具有不同的构成要素及层次为依据的。层次越高，对于艺术就越具有本质规定的意义，因而也越应引起我们的关注。我们在艺术研究中，不应以高层次因素的研究贬低、否定对低层次要素的研究，也不应以低层次要素的研究代替对高层次要素的研究。就是说，我们对艺术中存在的各种层次、各种要素都要给予充分的重视和系统的研究，以利于更为精确、完整地描绘艺术世界的科学图景。按照这样的构想，艺术学的体系就应该是这样：

- 艺术学
  - 哲学艺术学
    - 艺术本体论
    - 艺术意识论
    - 艺术思维学
    - 艺术价值论
    - ……
  - 科学艺术学
    - 艺术媒介学
    - 艺术生理（包括病理）学
    - 艺术心理学
    - 艺术社会学
    - 艺术符号论
    - 艺术文化学
    - 艺术系统论
    - 艺术控制论
    - 艺术信息论
    - ……

必须指出，上述哲学方法与科学方法的区别，只是就其主导倾向相对而言的，在具体的研究实践中，两种方法往往是相互渗透、相互影响的。而且，关于某些学科的方法论究竟是哲学方法还是科学方法，也不是没有争议的。例如，关于符号学方法，在符号学艺术论的创造人卡西尔及苏姗·朗格那里，显然是一种艺术哲学，只是带有一种科学主义倾向罢了。但在日本著名美学家竹内敏雄生前总结性的美学著作《美学总论》

里，则把符号学方法与心理学方法和社会学方法一起作为科学的方法来对待。[⑨]再如，社会学方法一般认为是注重实证研究的科学性的方法，但也有人把卢卡契和其他西方马克思主义美学、艺术理论家如戈德曼、E.布洛赫、列斐伏尔、本杰明等人的艺术社会学研究看作“艺术的社会哲学的考察”[⑩]。我们的上述划分方法只是按照一般对哲学方法与科学方法的理解所进行的初步尝试。

注释：

① 乌提兹：《美学史》，日文版，东京大学出版会，1979年。

②⑤ 参见竹内敏雄编修《美学事典》（日本弘文堂1974年增补版）的“艺术学”词条。

③④ 转引自《美学事典》，第77页。

⑥ 参见栾昌大《文艺学体系变革论纲》，《文艺理论与批评》1987年第1期。

⑦ 米盖尔·杜夫海纳：《美学与哲学》，孙非译，中国社会科学出版社1985年版，第180—181页。

⑧ 参见张首映《文艺学研究对象刍议》，中国社会科学院文学研究所《文学研究参考》编辑部编《文学研究参考》1986年第10期。

⑨ 参见竹内敏雄《美学方法论的确定》，载《马克思主义理论研究》编辑部编选《美学文艺学方法论》上册，文化艺术出版社1985年版。

⑩ 木幡顺三：《最近的艺术社会学的研究》，载《美学事典》。

（1988年第1期）

马克思主义文艺学当代形态论纲

董学文

一、问题的提出

我们华夏之邦已是在意识形态领域确立了马克思主义指导地位的国度。在文艺学方面，这种指导地位也是毫无异议的。马克思主义应该成为我们文艺科学的指南。

可是，人们却日渐感到社会主义改革、当前文艺实践与马克思主义理论研究之间的巨大反差。世界在发生巨变，人类文明在突飞猛进，整个文学艺术展示了新的面貌和前景。现实“要求马克思主义者开拓新视野，发展新观念，进入新境界”。

在文艺学界，发展马克思主义文艺观并非新鲜的提法，可以往谁又敢去真的发展呢？今天，形势变了。党给了我们“解放思想”的武器，也给了我们发展马克思主义的权利。在这样的时刻，建设一支包括大批新生力量的富有创造精神的马克思主义理论队伍，建设一个崭新的马克思主义文艺学，已成为一代人甚至几代人的共同事业。

一段时间以来，我一直呼吁“建设中国马克思主义文艺学的当代形态”。有人赞成，有人反对，有人怀疑。有的朋友这样劝我：既然你搞“文艺学的当代形态”，何必要加上“马克思主义”的定语，干脆就叫你的主义的文艺学多好！中国人为啥绕不过马克思主义，干什么事，搞啥理论研究，都要加上“马克思主义的”帽子？

说实话，在中国，在今天的时代环境下，乃至在世界的范围内，从事社会科学研究——如果不是只顾一点、不计其余的话——“绕过”马克思主义、“抛弃”马克思主义，几乎是不可能的。就文艺学而言，倘没有偏见地放开视野，进行比较，应该说，马克思主义对文艺科学的总体把握和宏观认识，仍然是最完整的，最有分量的，最经得起历史检验的。她的科学的生命力并没有完结。我们并不是甘当理论上的侏儒。我们总是踩着科学巨人的肩膀前进的。当一种学说还在放射着光芒，还有巨大的潜能时，我们使她更加漂亮、更具亮色，这是理论工作者的光荣和职责。这不是囿于传统的格局，而是希求老树结出新的花果；这不是一般地清除对马克思主义教条的理解和附加到马克思主义名义下的错误观点，而是一种创造，一种建设。

那么，建设中国马克思主义文艺学的当代形态，可能不可能呢？为此目的，我们需做些什么？怎样做为好？应当避免些什么？这个“当代形态”的基本轮廓该是什么样子？它与其他各种文艺学说的关系如何？……这些问题都是需要解决的。

二、如何理解马克思主义

如果以19世纪为界把西方的历史分成两大阶段的话，那么马克思、恩格斯的地位就很像恩格斯所说的但丁：他们是前一阶段的最后两个哲学家，又是后一阶段最初的两位思想家。

先说前一点。马克思主义是自古希腊至初期资本主义全部文明的结晶，是理性主义的集大成，是无产阶级意识的集中体现。马克思、恩格斯对西方传统哲学、伦理学、政治学、经济学、美学和宗教的批判继承是显而易见的：他们都是清醒的理性主义者；都相信美，崇尚理性，肯定必然、价值、规律、本质等古典范畴；否认绝对自由；对历史抱乐观主义态度；内心深处洋溢着人道主义感情；追慕古希腊罗马和文艺复兴时期文化，以普罗米修斯、但丁作为自己的精神导师；他们并不试图建立任何体系，明确表示过反体系化倾向，然而对自然、社会和精神的全部决定论解释又事实上使他们的理论成为庞大的体系，而且他们对自己的解释充满自信。正如罗素所说，他们是大思想体系的最后两个建立者。由于这一切，马克思主义成为理性主义的现代形态的大综合。

过去，我们忽视了马克思主义对西方文化的承继关系，甚至人为地造成了它们的对立和割裂。我认为，就深层的心理结构和思维方式来看，马克思、恩格斯与基督教文化和唯心主义学说也很有些内在联系。譬如，共产主义学说虽然从空想变成了科学，但从思想方法和理论思路上讲来，很像是地上的“黄金世界”（基督教）、“目的王国”（康德）和“理念王国”（黑格尔）。马克思、恩格斯得力于黑格尔尤多，当黑格尔式的“巨大的历史感”变成历史唯物主义的时候，黑格尔在许多层面上就变成了马克思和恩格斯。

然而毕竟是变了。马克思主义毕竟与传统理性主义划出了本质的区别。它是西方文明（也是人类文明，尤其是劳动者文明）的一次飞跃。造成这次飞跃的因素很多，有主观的，有客观的；有历史的，有现实的；有横的方面，有纵的方面，但其理论的核心因素，则是他们对人类实践的无比重视。与实践概念基本等价的是这样一些概念：存在、意识、物质、劳动、生产、生活、现实、社会、历史，等等。它们中的每一个扩展开来，都延伸和包含着别的概念，而它们共同组织起来，便构成了历史唯物主义的体系。

历史唯物主义是马克思主义的世界观和方法论。用它来解释、阐述和研究人类社会，便构成了马克思主义的理论。正是由于创造性地运用历史唯物主义和辩证法去研究资本主义，马克思才发现了剩余价值规律；也正是由于运用这一方法考察全部既往历史，马克思主义创始人才提出了共产主义学说并参与了变革现实的革命实践。而现实的文艺运动的发展，势必造成一种全人类的共产主义的文学艺术。这就是他们的结论，也是他们的功绩。

这一切确实是破天荒的。它们使以前的一切宗教的呓语、唯心主义的幻想和旧唯物主义的粗陋都相形见绌。它们的现实政治成果——产生了一系列社会主义国家——更是此前的一切哲学无法比拟的。马克思主义是面向未来的科学，它的巨大影响将长期笼罩着今后的人们的思想和世界历史。如果说，雅斯贝尔斯曾敏锐地发现，至今人类的思维还处在轴心时代（前 8 世纪—3 世纪）的哲人们的思想藩篱下的话，那么，我们同样可以说，任何企图一下子超越马克思主义的妄念无疑都是不现实的。

我希望上面的论述有助于解决“两个马克思”的问题。在文艺上也和在其他学科一样，两个马克思是不存在的。马克思及其马克思主义的文艺观，是一个历史发展的动态结构，即阿尔都塞所说的逻辑结构。青年时代的马克思和晚年时代的马克思确有侧重点的不同：前者更多地表现为对历史材料的继承，如理性、人道主义、爱和美，等等；后者则更多地表现为自身的创造性成果，如剩余价值规律、严格的历史唯物主义理论、阶级和阶级斗争的学说等。这两个时期的马克思各有其缺欠：前一个时期显露出某些历史唯心主义因素和人本主义的痕迹；后一个时期则又过分地突出和强调了经济的决定性作用（正如恩格斯 1893 年 7 月给弗·梅林的信中所指出的）。

然而，马克思毕竟只有一个。有两点足以支持这一结论：第一，我们不能要求一个人的思想从青年到老年完全一致，毫无变化。第二，青年时期的马克思已在逐步运用历史唯物主义方法，老年时期的马克思也并未抛弃人道主义和人本主义，而是用唯物史观充实了人道主义、人本主义罢了。因此，“两个马克思”不是马克思自身的现象，而是马克思之后社会历史的反映：西方资产阶级学者过分夸大了马克思的人道主义、人本主义成分，而对历史唯物主义视而不见，对阶级斗争学说敬而远之；苏联、东欧和我国的某些学者，则往往抓住阶级斗争理论、剩余价值学说不放，而漠视甚至否定了马克思主义中虽已发生质变但却仍然存在的人道主义和人本主义因素。过去有人之所以认为马克思主义只是批判的科学，造反的理论，而不是建设的科学，建设的理论，正是由于这个原因。事实上，马克思主义既是批判的，革命的，又是科学的，建设的。它是批判与建设二者的结合。

三、关于马克思主义的文艺学

当我们大致地把握了马克思主义学说体系的上述特点后，再来理解它的美学、文艺学就比较容易。马克思主义的文艺学、美学，是从其大体系出发并隶属于这个大体系的。

马克思主义的美学，是“实践”观（“劳动”观）美学，不是所谓“主客观统一”的美学。没有“实践”概念的引入，主客观统一就是表面的、浅层的、空洞的。直到现在，我仍然认为，从实践角度解释美和美感的产生、美意识的发展、主客体的统一、自由等问题仍是最深刻的（当然不是唯一的）。

马克思、恩格斯正是从文学的实践（生产）出发来建构自己的文艺理论的。马克思主义文艺学是无法分成“外部研究”和“内部研究”的，因此也无法准确地界定文艺的“内部规律”和“外部规律”。但我们却可以试图把它分解成两层，即哲学社会学层次和“美学和历史的”批评层次。把文学放在社会结构中做历史考察，那么它是上层建筑中的意识形态形式；把作品形态的文学与包括作家在内的整个社会生活对置，把作品的内在结构与该社会的政治经济结构和精神结构照应起来，那么它是生活的反映。在这个层面上，能动的反映论和辩证的认识论是能够解决问题的。考虑到文学与社会政治斗争和思想冲突的关系，那它必然具有倾向性、阶级性，必然表现生活的内在意蕴和本质，必然表现为某种哲理和思想的形式。这是文学艺术的哲学社会学层次。现实主义、真实性、典型性、风格、悲喜剧色彩以及节奏、韵律、体裁、语言、结构、格式等诗学问题，则属于“美学和历史的”批评层次。这个层次，马克思主义经典作家留下了一定的思想遗产，但毕竟没有留下系统的专门的论述。诗学和作品的本体论研究，应该说是马克思主义文艺理论中的薄弱环节。相反，资产阶级文艺理论家在这方面做了大量的工作，写出了一批专著。20 世纪 60 年代以来，苏联的文艺理论界也认识到了这些问题的重要性，正急起直追。

文艺学的哲学社会学层次和美学的历史的批评层次是互相关联的。第一层次的问题，在经典作家那里，除了在某些哲学和经济学著作中有一些纲领性的论述外，主要靠第二层次的具体批评来充实；而第二层次的问题，又渗透着第一层次的基本原理，纯艺术的、纯结构的、纯语义的、纯符号的、纯形式的批评，实际上是不存在的。

从这个视角看，已有的马克思主义文艺学的长处和短处都是一目了然的。以历史唯物主义高度对文学艺术所作的总体把握固然是深刻的、正确的、开创性的。但艺术之所以为艺术，之所以是一种不同于政治、法律、道德、宗教的意识形态形式，总有它的特殊性。因而，在承认马克思主义的总前提下，研究文学艺术的特殊性和相对独立性，倒成了更重要的课题。承认了文学艺术的特殊性和独立性，承认了艺术是人类一种“专有的掌握世界的方式”，也就意味着把形式的问题提高到特别重要的位置。而在这方面，马克思主义的文艺科学还有许多待开垦的处女地，还有不少的理论空白。现代西方文艺理论中的形式主义、结构主义、新批评派，如果说还有可取之处的话，那它们的价值主要也就在这里。

马克思主义文艺学要走向现代化，或者说马克思主义文艺学要建立自己的当代形态，要对文艺的相对独立性和特殊性作出新的概括，至少要揭示下面一些问题：

（一）文学反映社会生活的各种中介机制；

（二）作家对社会生活把握的意向性特点；

（三）审美的直观性问题；

（以上是主客体双向逆反运动的问题）

（四）艺术思维的具体特征与心理机制；

（五）艺术把握世界的方式与艺术生产机制；

（六）文艺的情感机制；

（以上是创作过程问题）

（七）作品的语言、语义、内外结构及符号因素；

（八）作品的技巧、手法和风格等；

（以上为作品—本文问题）

（九）读者对作品的接受机制、阐释机制和流通规律；

（十）多功能、多方位的批评方法。

（以上是欣赏、消费、接受和交流学问题）

当然问题并不只这些。文艺学当代形态的建设，要比这复杂得多，繁难得多。但是，如果我们能在唯物论和辩证法的根基上解决这些课题，那我们对文学艺术的本质及特征的认识就会深刻一大步。

四、马克思主义文艺学的曲折道路

为了说明问题，我们不妨对马克思以后的马克思主义文艺学的走向和趋势做一番粗略的考察。历史是一面镜子。

恩格斯在马克思逝世后，自觉地发展了现实主义美学理论。特别是恩格斯晚年给保·恩斯特、康·施米特、弗·梅林和瓦·博尔吉乌斯等几封关于历史唯物主义的通信，对我们全面地理解马克思主义的文艺观，弥补和纠正以往理论认识上的偏颇，其思想价值和理论意义是极其值得重视的。这可以说是马克思主义思想史（包括美学和文艺思想史）上第一次认真的反思。它实际上指示了一条文艺学的科学的大道。

可是，以后的道路并不平坦。

恩格斯逝世后，马克思主义文艺学基本上是沿着两条路线发展的：一条是西方马克思主义学派路线，或者称马克思主义文艺学的批判学派路线，以法兰克福学派为代表，在德国、法国、意大利，其后还有美国，掀起了一股“补充”、修正和批判马克思主义美学和文艺学的浪潮；一条是以苏联为代表的社会主义国家的马克思列宁主义文艺学路线。这两条路线，各自在自己的环境和条件下对马克思主义文艺学做着丰富和研究性的工作。关于前一条路线，拟另文论述。而后一条路线，它的理论道路，某种意义上说是越走越狭窄了。直到苏联的60年代初，中国的70年代末，这种情况才开始有所变更，有所改革。

恩格斯之后的拉法格、梅林、普列汉诺夫和考茨基等，早有将马克思主义文艺学庸俗化的迹象。尽管他们不无自己的理论贡献，但就其方法论和文艺观而言，他们与马、恩相比，已从高峰变成小山了。李卜克内西、卢那察尔斯基、沃罗夫斯基、奥里明斯基、卢森堡、蔡特金、加里宁、季米特洛夫、葛兰西等人，都很关心文艺问题，也发表了许多宝贵的意见，特别是像卢那察尔斯基这样的行家里手，对美学和艺术问题是很精通的，素养很高的。但是，从整体看来，这一代人对马克思主义文艺观并没有大的发展，也没有重点的突破。

在列宁、斯大林和毛泽东的时代，应该说在创造性地运用马克思主义文艺观，辩证地解决和观察艺术问题和文艺运动方面，又形成了一个高潮。尤其是列宁和毛泽东，提出了一些新的命题，如“文学的党性原则”，“两种文化”学说，批判与继承的关系，普及与提高的关系，作家世界观和感情、立场的改造问题，以及工农兵方向等，把马克思主义文艺学推向了新的阶段。但是，我们也可以说，他们在使马克思主义文艺观现实化、实践化的同时，也在某些方面使马克思主义的艺术理论简单化和单一化了。例如，马克思、恩格斯确实讲过“意识不过是意识到了的物质存在”，也偏爱现实主义的文学艺术，但他们多是从哲学的、认识论的角度论述问题，他们从未简单地讲过文艺是对现实生活的反映。提出这个口号的列宁和强调生活是文艺唯一源泉的毛泽东同志，至少在理论层面上没有充分发挥“艺术并不要求把它的作品当作现实”这一艺术哲学。再如，马克思在《巴黎手稿》和《资本论》等著作中，初步地研究了艺术生产中的人的思维特点和审美趋向，打开了揭示“艺术掌握世界”的理论思路。列宁也意识到：“各门科学的历史，儿童智力发展的历史，动物智力发展的历史，语言的历史，注意：+心理学+感觉器官的生理学，这就是那些应当构成认识论和辩证法的知识领域。”[①]列宁虽没有展开论述，但还是埋下了未来探索艺术创作心理规律的种子。可是，这条理论线索，到毛泽东同志那里就已经断裂了。马克思主义的后来思想家们，也没有进行自觉的理论开掘。这样，就给科学的文艺心理学研究留下了一片空地和缝隙。还有，我们知道，恩格斯提倡并实践的文艺批评是“美学和历史的”方法，他评论歌德和拉萨尔历史剧《济金根》的榜样，今天亦堪称文艺批评的范例。列宁带系统论成分的托尔斯泰批评，基本上承续了恩格斯式的批评艺术，尽管对托翁的艺术特色的分析显得单薄。可是，到了毛泽东同志那里，丰富的、充满历史感和诗学精神的批评方法却被浓缩为“政治标准第一，艺术标准第二”。这不可能不带来文艺批评的倾斜与曲解。马克思、恩格斯器重和偏爱现实主义艺术这是事实，但他们的艺术趣味和审美视野却是相当广泛和丰富的，更何况当时的批判现实主义艺术，正是一个引导艺术走向的“新流派”，“无疑的是时代的旗帜”[②]。列宁对20世纪初期出现的未来派、表现派、立体派和其他各现代派不甚理解，但他在重申了自己的美学原则的同时也承认：“我们不再懂得新的艺术了，我们只是一瘸一拐地跟在它的后面。”[③]表现了一个革命家的宽容和坦诚。可是，其后的大多数马克思主义批评家，都对西方现代派艺术抱批评和否定的态度，没有对这一现象做深入的、一分为二的分析。到了后来，斯大林提出“社会主义现实主义”，我们提出“革命的现实主义”“革命现实主义和革命浪漫主义的结合”，实质上就把文艺的现实主义定为一尊了。

在马克思主义文艺思想发展史上，有一个重要而奇特的现象，那就是卢卡契。这是一个复杂的人物，也是一个复杂的思想。他有突出的贡献，也有突出的失误。他把马克思主义文艺思想体系化了，也把马克思主义文艺思想异端化了。他坚持了许多传统的观念，也尝试了许多大胆的背离。他既是正统的理论家，又是叛逆的思想者；既是现代意识的传播者，又是现代艺术的狙击手。他是所谓“西方马克思主义”的鼻祖，又被西方指责为教条主义的马克思主义者。在他身上，凝聚着新旧时代、新旧思想、新旧意识的强大投影。他留给后人的理论遗产是极其丰厚和宝贵的。应该说，把他作为“西方马克思主义”（包括美学和文艺学）的代表人物是不公道的。我认为，他应属于科学马克思主义行列中的一位大家。他的历史并不是没有疵点，他的理论也并不是白璧无瑕的，但对卢卡契的“批判”，其结果是在许多方面捆住了自己的手脚。路越走越偏了，道越来愈窄了。

我们粗线条地回顾了这个马克思以后将近一百零五年的历史。这其中有发展，有飞跃，也有肢解和倒退，往往给人的总体印象是，仿佛日渐加大了对艺术独特性认识的距离。美学、艺术哲学和诗学的味道愈来愈淡薄了。

五、西方现代文艺理论的勃兴

也就在这个同时，20世纪的西方哲学、美学和文艺学却呈现出此起彼伏、一浪高过一浪的势头。科学技术的革命，思维观念的发展，人类文明的猛进，在西方思想界和美学界结出了大片花果。

我同意这样的结论：西方现代文学艺术是西方现代资产阶级精神危机的反映，尽管这种反映主要是客观上的，并且不是全部的。作为一种概括，一种阶级性分析，它没有错。从文艺复兴到19世纪中叶，以欧洲为中心的资产阶级文学一般说来是乐观的、反抗的、战斗的。但是，当资产阶级开始清醒地看到自己连同现存制度的“掘墓人”——无产阶级以大力士的姿态登上历史舞台之后，这个阶级的精神文化和文学艺术便发生了深刻的转折。资产阶级文化随着时代的波动出现螺旋形下降的趋势。资产阶级的文学艺术也普遍地呈现出遁入内心、表现自我、脱离现实、非理性主义和悲观主义的特色。对此，早在上个世纪的中叶，马克思就再三地敏锐地指出，他从基佐的近著中看到资产阶级“天才人物”的“趋于没落”，从卡莱尔的一本小册子里看到“和历史斗争的尖锐化相抵触的文学天才”的陨落。关于后者，他写道：“过去至少社会发展的某一阶级的兴盛时代使他欢欣鼓舞，现代却使他悲观失望，未来则使他心惊胆战。”④后来的发展，确实进一步证明了马克思智慧预言的正确。

诚然，马克思的论断更多地是指文学的内容方面，而非形式和技巧的方面；诚然，我们不赞成弗·梅林那种简单的说法：“没落的资产阶级再也不能创造出伟大的作品”，实际状况要比这复杂得多。但是，从本质上讲，西方现代派文学艺术是欧、美国家道德、理智、社会、经济上危机的表现，则是可以成立的。“这一危机标志着从文艺复兴开始的、人类历史上最伟大的一个时期的结束。”⑤

关于现代派文艺的兴起和鼎盛的时期，西方评论界说法不一。我国有的学者确定现代派的上限为1890年，下限为1970年，我认为这是符合实际的。这80年间现代派的发展可分为两个阶段。前40年为第一阶段。这是一个危机的时代。欧洲资产阶级陷入深沉的精神恐慌。西方批评家把这场危机看作12级地震，与此相应出现了所谓“文化上的地震”，先后涌现了后象征主义、意象主义、未来主义、达达主义、超现实主义、表现主义以及意识流小说等现代主义诸流派，而在十月革命的1919—1922年法国人称之为“非理性主义凯旋”的年代里，出现了现代派的鼎盛期。这个阶段的中落期是1925—1930年，这是各个资本主义国家在大震动之后转入暂时的稳定，资产阶级惊魂稍安，又开始对未来抱一定的乐观态度。第二阶段以经济危机的卷土重来、法西斯主义的猖獗、第二次世界大战爆发、欧亚许多社会主义国家出现和亚、非、拉民族解放运动的高潮等事件为中心，在当时，整个资本制度和资产阶级精神有进一步土崩瓦解的态势，随之便出现了存在主义小说、荒诞派戏剧、新小说等流派。而它们的衰落，则又是与世界资本主义重新站稳脚跟相先后的。与两个阶段国际政治形势的不同相适应，这两个阶段的现代派文学艺术在内容上也有区别。在第一个阶段，未来主义表现得狂热，表现主义显示了激进，超现实主义也标榜革命；而在第二阶段，正如一位美国批评家说的，“政治的影子”消失了，现代派的“限于美学范围内的叛逆中产阶级当成心爱的慰藉来接受了”。另一方面，在前一阶段，现代派固然带有浓厚的悲观主义色彩，但还只有个人感受的性质，而第二阶段的各个流派，却大都沉湎于存在主义哲学，断言整个世界的荒诞，怀疑生存的意义，悲叹人在世界上对一切无能为力，陷入了更宽泛的宇宙悲观主义。当然，我们也不应低估现代派的艺术成就。

当我们的视线从西方现代派文学艺术移向当代西方文论的时候，我们会发现，虽然它们之间有千丝万缕的联系，但仍然存在着差异。

当代资产阶级文艺理论就其整体而言，具有反历史主义的性质。它同马克思主义文艺学依然是对立的。然而，实事求是地看，20世纪的资产阶级文艺理论确乎提出了一些十分重要的和有意义的研究课题。这些课题在过去一个相当长的时间内，是马克思主义文艺理论或不曾提出的，或忽视回避的，或很少研究的，或简单对着干的，或中断探讨的。这些课题，恰恰构成了我国文艺理论研究的“盲区”“弱区”“错区”或“禁区”。如果要建设马克思主义文艺学的当代形态，这些课题是不能躲过的。例如，文艺领域的直觉、意识与无意识的关系，感情和理性的关系，非理性在创作中的地位，文学的本文结构、艺术意识的结构、艺术符号学、文学语言学、读者理论、接受美学、交流学、阐释学、艺术人类学和文化学，等等，这些领域，都需要从当代西方美学和艺术理论中找寻借鉴。

严格地说，当代西方资产阶级文艺理论也没有完全正确地、合理地、全面地解决这些课题。不过，它能从多侧面、多角度、多层次、多环节上向艺术科学堡垒进军，已经是一个不小的功绩。其致命伤在于把问题绝对化。比如说，直觉、非理性因素在作家创作过程中的作用是不容忽视的，可当代西方文论中许多意见却把整个创作过程都归为直觉、非理性；艺术作品的价值有一部分确乎是在读者接受和阐释过程中实现的，可当代西方某些文论却根本否认了作品价值的客观性，把价值的实现全然归于接受过程；符号因素在生活中和文艺中是重要的，它体现了人类精神的特质，可是把一切文艺现象都看成是符号，否认文艺现象中还存在非符号性这一面，又成了符号学美学的特征；作品的结构分析是不可或缺的，它有助于我们深入认识作品的形式和内容，可是，他们不把结构主义看作一种方法，而实际上看成带世界观意义的方法论，硬把它推到极端。总之，这种绝对化的现象俯拾皆是。

20世纪西方文论活跃、兴盛的原因，很重要得力于方法的变革。它深受现代西方哲学的影响。从一个侧面说，从上世纪80年代后广泛流行的叔本华和哈德曼的悲观主义，“复活”了的施蒂纳和尼采的极端个人主义、虚无主义和无政府主义，柏格森的直觉主义，弗洛伊德的无意识说和泛性论，克尔凯郭尔，海德格尔和雅斯贝尔斯的存在主义，等等，是当代西方文论的精神哺育者。从另一个侧面说，当代自然科学的许多重大进展和突破，如分子生物学对人类遗传机制的揭示，宇宙天体物理学的推进，物理学从几何统一场论向量子统一场论的移动，信息系统与信息科学的建立，新能源、“新自然界”和新技术的开发，脑科学、思维科学和生命科学的发展，这也给当代西方文论带来不可估量的影响。传统的观念被大面积地抛掉了。文学和美学的天平上，减少了以往古典主义、理性主义、乐观主义和现实主义的砝码。一切似乎都倒了一个个儿。一切前人忽视的都变成了最重要的，一切前人固守的珍品都被像抹布一样的抛弃或践踏。人的思维方式、心理结构和审美趋向发生了极大的变化。从前人们严肃信奉的美、理性、正义、和谐、必然、规律、国家、集体、准则……都变得空泛了。人们津津乐道的是丑、感性、本能、意志、自我、选择、个体、现实、行为、欲望……萨特呼吁"人就是自由"。艾略特甚至露骨地说："人的个性是独一无二的，是不可侵犯的。"⑥这样，从这个重新变得"新奇"和"丰富"起来的世界出发，人们有可能建立各种新的理论和学说。20世纪西方文论中的人本主义传统，就是在这个基础上产生的。

当代西方文学方法论变革的另一特点是非体系化和问题的极度展开。它们一般都不再谋求黑格尔式的大体系，而更看重的是文学的独立因素，抓住一点，加以深入，无限扩展。以前似乎是站在全知全能的位置看世界，现在则以井蛙的身份看天空和周围。不再相信"上帝"，不相信自己能当"上帝"，也不愿意当"上帝"。他们认为：有自己的独特感受和看法就行了，用不着四平八稳、面面俱到。形式主义、新批判主义、结构主义、精神分析主义等，便都是这种方法的产物。这就是当代西方文论中的科学主义传统（精神分析主义亦可属人本主义传统之列）。

人们常常以为现代西方哲学、美学和文艺批评都是反马克思主义的。这是一种偏见。当然，从某一个层面讲，这样说也不错。但从历史和全景方面看，这样界说就有偏颇。马克思已被西方世界看成19世纪"三大颠覆性思想家之一"（另外两个是尼采和克尔凯郭尔）。他的思想很早就引起西方人的重视并越来越受到重视。马克思作为面向未来的哲学家，尽管与现代西方哲学诸流派有文化观念、阶级属性和心理结构的差异，但二者仍有许多共同之处。如强调感性个性、强调人的和谐的全面发展、重视实践行动、突出主体过程感受和个性的异化、批判资本主义，等等。不然，它也难以成为流行至今的一大思想派别。马克思从乐观的、决定论的角度走向未来，而现代哲学往往从悲观的、自我论的立场预告世界。

常常有这种情况：西方学者先是对马克思主义抱偏见，一旦他们接触到了真正的马克思主义，就会迅速地抛却自己的偏执意见，从中吸收灵感并作出创造性的发挥。系统科学的创始人和提倡者，就习惯将马克思认作系统论思想及应用的"鼻祖"。结构主义者也有时以马克思的社会历史学著作作为结构主义方法的楷模。至于比较方法、人类学方法、文化学方法，马克思的启示都是显而易见的。西方学者从马克思主义思想大海中引发出的成果，令我们搞了几十年甚至一辈子马克思主义的人感到惊讶。

西方现代文论的发展确可给我们一些启示。比如，在新的文艺学建设过程中，我主张先走一段分类研究的路，然后再进行综合。这似乎与前面提出的“建设马克思主义文艺学当代形态”的要求相矛盾。其实，这是不抵牾的。所谓“马克思主义文艺学的当代形态”，更多的是指对原有理论进行一些原则性的突破；更多的是指如何把我国和西方古代、现代、当代文艺思想中有价值的东西吸收到马克思主义体系中来；更多的是指运用新方法对当代文学现象和文学运动规律进行新总结、新概括。而这正是分类研究的任务。综合是一个过程。“当代形态”的建设也是个过程。只有在各分类研究的基础上有相当的进展和突破，“新形态”的建立才有着落。所以，主张走“先分类、后综合”的路，这与建设马克思主义文艺学当代形态的构想是一致的。

从大背景上看，人类的哲学、美学和文艺科学已经经历了三次分析两次综合：从泰利士到柏拉图是第一次分析，亚里士多德完成了第一次综合；从文艺复兴到19世纪初是第二次分析，黑格尔和马克思完成了第二次综合；20世纪是人类更大的分析时期，目前仍处在这个过程中。显然，第三次综合的时代还未到来。所以，我们不能老是企望综合，那样只会限制发展，很难走出现有的理论框架。

六、哲学研究的推进是文艺学进展和突破的总阀

随着时代的发展，马克思主义文艺学如何既保持“自我”，又不断超越“自我”，寻求和选择发展自己的生长点和突破口呢？

这里，先从哲学的角度谈一点粗略的看法。我深深感到，哲学研究的推进和进展，往往是文艺学和美学进展和突破的总阀。我认为，首要的一环是对认识论研究的突破。这一环解决得好，它将会像发生核裂变反应一样，带来整个文艺学面貌的变化。

我们的认识论一般称为反映论。它的基本原理是正确的。现在的问题是，要根据科学的发展使这种反映论的内涵现代化和精确化，使反映过程的描述更完善化，实现反映论从“经典形式”（或“历史形式”）到“现代形式”的转换。这对建设马克思主义文艺学的当代形态是至关重要的。

所谓“经典形式”，即马克思主义经典作家对反映论的原初表述以及后人对此作的传统的解释与说明。这种形式，已经不够用了。所谓“现代形式”，它将主要概括在宏

观低速领域中以“非相干”事物为对象的认识活动的本质特点，同时说明认识活动在不同条件下其规律的层次性；它将说明主体对客体的把握与客体状况和属性的一致性、相关性，说明主体把外在活动图式转变为内部结构的过程；它将成为一个与认识的创造性、选择性、随机性具有相容、互补性质的统一体；它将克服以简单、直观的方式说明认识的客观性，以外在、抽象的方式说明认识的能动性，以机械决定论说明认识发生机制的倾向及总的静态研究方法。⑦

实现这种转换，一是要实现由以客体为轴心考察主客体关系到以主体为轴心考察主客体关系的转换，并由此出发，探讨作为知、情、意有机统一体的主体性结构在认识活动中的铺展和在认识结果中的积淀，从而科学地说明主体在认识活动中的能动性和创造性。二是要实现从认识活动的社会机制向认识活动的思维机制的转换，也就是从社会主体层次向个体主体层次的转换，从而研究主体究竟怎样在思维中对其实践活动所引发的信息流进行接收和加工。三是要实现界说认识本质的定义域从认识结果到认识活动与认识结果统一体的转换，建立“重构论”，即建立认识是主体在思维中对客体信息重新构造的理论。这样，有马克思主义认识论的基本精神作为既设前提，就可能形成“现代形式”的马克思主义认识论。我们遵循这一思路，也就有可能形成和建立“现代形式”的马克思主义美学和文艺学的反映论。

当今，哲学认识论研究的科学化倾向、分析的倾向（认识论已不再仅仅是分析认识活动的尺度和应当遵奉的原则，而同时或首先是科学研究的对象）、多维倾向、主体性倾向，必然导致美学和文艺学体系改革潮头的高涨。

我想，与文艺科学再一个息息相通的哲学问题，就是历史唯物主义了。马克思的唯物史观的精华，是人的劳动实践活动的自我创造过程、社会发展的自然历史过程和现实的人的发展过程三者统一原则。这是马克思历史观的思想轴心和深层结构，也可以说是认识美的规律和艺术发展规律的马克思主义钥匙。现代历史唯物主义的生长点则是系统研究当代科技革命的发展趋势和社会主义实践的新经验，从中提炼出历史唯物主义的新方法、新原理、新规律和新范畴。“现代唯物主义”与“经典唯物史观”不同的地方，主要是：1. 问题现代化，即从哲学高度回答 20 世纪后半期的两大时代课题——现代科技革命和通过改革重新探索社会主义的道路；2. 内容和形式现代化，即内容上要对当代“两大课题”做出哲学总结，在历史观的理论范畴、原理、规律上进行全面的知识更新，其叙述形式、逻辑形式又要具有现代水平，能从一般的“应用逻辑”上升到哲学科学的“大写字母的逻辑形式”。这种内容和形式的变化，某种意义上又是从历史观上升到历史认识论和历史本体论相统一的历史哲学，从而为进一步研究作为认识主体的人对于以人为主体的各种历史现象的认识过程及其一般规律，揭示社会意识和社会存在如何达到一致的辩证途径提供新的前提、基础和条件。

马克思主义文艺学的当代形态是应该建立在当代形态的历史唯物主义基石之上的。

七、对“文艺是意识形态”理论重新评价与界说

马克思主义文艺学的革新，除了上述哲学领域的变革内容向文艺学领域延伸以外，最重要而且最繁难的，莫过于对文艺的意识形态理论进行重新评价和界说了。

“文艺是一种意识形态”，是“意识形态的上层建筑”，是一种“特殊的意识形态”，可说是无须质疑的定论。几乎在我们所有的文艺学教科书和专著中，众口一致地都这样说，而且把这样的命题作为马克思主义文艺思想最核心和基础的部分。

我认为，只要我们深入地探讨马克思主义的文艺观，只要我们注意从文学艺术的大量事实出发，就会发现，“文学艺术是意识形态”这个看上去像是“颠扑不破”的“真理”，其实是有漏洞和理论空隙的。

其一，这种界说，并没有反映出马克思主义经典作家对文艺本质认识的全貌，就是与现存的马克思主义思想材料相比，也有出入、有距离。

其二，我们只有在意识形态理论的基础上，科学地打开文学艺术非意识形态层面的研究，才会更全面、深入、完整地接近文学艺术的本质，才会得出令人满意的结果。

简言之，文学艺术的特殊性在于它是意识形态和非意识形态的集合体。我们只有创立文学艺术的意识形态属性和非意识形态属性相结合的理论体系，才能完成马克思主义文艺学当代形态的创造和建设。

先说第一个方面。马克思主义创始人在考察人类的精神生产活动时，是把包括文学艺术在内的各种精神生产形式作为“意识形态的上层建筑”来考察的。正如恩格斯《在马克思墓前的讲话》中所指出的：“人们首先必须吃、喝、住、穿，然后才能从事政治、科学、艺术、宗教，等等；所以，直接的物质的生活资料的生产，因而一个民族或一个时代的一定的经济发展阶段，便构成为基础，人们的国家制度、法的观点、艺术以至宗教观念，就是从这个基础上发展起来的，因而，也必须由这个基础来解释，而不是像过去那样做得相反。”[8]马克思在《〈政治经济学批判〉序言》中，明确地把文学艺

术作为“庞大的上层建筑”的一个组成部分。恩格斯在晚年几封著名的历史唯物主义通信中，也反复地强调：文学艺术、宗教、哲学观念，等等，是远离经济基础的上层建筑，是那些更高地悬浮于空中的思想领域。不管它们的现象多么复杂，只要拨开繁茂芜杂的意识形态的遮掩，我们总可以找到它们与一定社会、一定经济骨骼和一定物质生产结构的联系。

显然，马克思主义经典作家在对整个人类社会和生产实践模式进行宏观分析时，抓住了这条不以人的意志为转移的红线，始终关注文学艺术同一个时代经济、政治和生产方式的内在联系，反对单纯从文艺的自身出发，从抽象的思想材料和思想观念出发，孤立地解决文艺问题。可以说，这是马克思主义的巨大发现，是对文艺学的巨大奉献。关于文学艺术“意识形态上层建筑”学说（准确而不是歪曲的、完整而不是片面的、细致而不是粗糙的界说）的科学价值，毋庸赘言。因为就是这个学说，道破了文艺的最基本的事实，带来了文艺思想的重大转折，开创了文艺科学的一个新的时代。

与这个学说相对照，诚然，那些把作家、艺术家的意识绝对化，把接受者（读者、听众、观众）的意识绝对化，或把作品的形式和结构绝对化，似乎文艺与现实无关，与生活无关，与作家的创作个性和审美评价无关等的意见，显得是很苍白、贫血的。

但是，这不是马克思主义创始人对文艺本质界说的全部。不能把马克思主义对文艺的认识就集中、凝缩和局限在“意识形态”这一个层面上。马克思主义文艺学说本身，还含另外的思想成分。因为，文艺问题的本身，要比这种界说丰富得多，复杂得多。应该说，正视和承认文学艺术的非意识形态因素，也是马克思主义文艺观的题中应有之义。而忽略、排斥和反对非意识形态的研究，正是多年来文艺领域庸俗社会学、教条主义和形而上学观念在方法论的起点上失足和滑坡的地方。因此，我们说，承认不承认、坚持不坚持文学艺术的意识形态与非意识形态的结合，同样是个“原则问题”。

我们不主张文学艺术的“非意识形态化”。但把文学艺术的一切问题都“意识形态化”，把文学艺术的所有层面都进行意识形态的解说，把本身属于非意识形态的因素，也捆绑在意识形态的名义下，那也是牵强附会，不能自圆其说的。这是从一种片面性走到另一种片面性。科学的日益昌明既进一步证明文艺不能改变它具有的意识形态性质，也进一步证明非意识形态的属性不是强加于文艺的身外之物，它们都是文艺的固有层面。

这里，我想通过马克思主义经典作家自己的意见、有关大文艺思想家的论述和本人的理解来使这个论题得到有力地印证。

第一，任何事物都不是纯粹的单一的东西。辩证唯物主义说得好，任何事物都存在着内部的矛盾性，矛盾双方既互相依存，又互相对立。一切都存在于这种对立统一体中。文艺作为一种事物来考察，也不能例外。

第二，“意识形态”这个概念的德文原文是“Ideologie”，英文写成“ideology”，俄文是“Идеология”，翻译过来是“思想体系”“观念形态”“思想意识”的意思（郭沫若最早翻译的马克思恩格斯的《德意志意识形态》，就译成《德意志思想体系》）。当然，“Ideology”还包含“思想方法”“空想”“空论”“思想”等意思。不管从哪个意思上讲，显然，从语义学、语源上考察，把文学艺术就看成一种思想体系、意识形态，即便是说成“特殊的意识形态”，也是不准确、不完全的。

第三，马克思并没有直接把文学艺术称为“意识形态”或“特殊的意识形态”，而是把它说成一种“社会意识形式”或“意识形态的形式”[9]（请注意“形式”两个字，着重号为引者加）。在《〈政治经济学批判〉序言》中，马克思对法律的、政治的上层建筑、观念的上层建筑和各种表达观念的“意识形态的形式”是有严格区别的。这种区别具有不容忽视的科学意义。联系到马克思、恩格斯在《德意志意识形态》中讲人的分工，人变成精神的“生产者”、意识的“生产者”，联系到马克思在著名的《导言》中指出，“在艺术本身的领域内，某些有重大意义的艺术形式只有在艺术发展的不发达阶段上才是可能的”，它“绝不是同仿佛是社会组织的骨骼的物质基础的一般发展成比例的”[10]，我们可以说，马克思是重视文学艺术的非意识形态“形式”因素的。

第四，马克思从来没有把意识形态看作人类史的全部。他认为自然史和人类史“这两方面是密切联系的；只要有人存在，自然史和人类史就彼此相互制约。自然史，即所谓自然科学，我们在这里不谈；我们所需要研究的是人类史，因为几乎整个意识形态不是曲解人类史，就是完全排除人类史。意识形态本身只不过是人类史的一个方面”[11]。他还说：“人们之所以有历史，是因为他们必须生产自己的生活，而且是用一定的方式来进行的。这和人们的意识一样，也是受他们的肉体组织制约的。”[12]恩格斯也指出，像文学艺术、宗教、哲学等“更高地悬浮于空中的意识形态领域”，“它们都有一种被历史时期所发现和接受的史前的东西，这种东西我们今天不免要称之为愚昧”，“但是，要给这一切原始状态的愚昧寻找经济上的原因，那就的确太迂腐了”。[13]马克思、恩格斯预言：在共产主义社会里，没有单纯的画家，只有把绘画作为自己多种活动中的一项活动的人们。[14]文艺的意识形态性就大为削弱了，甚或消除了。可见，文艺是一种“活动”，不能单作意识形态方面的解释。马克思曾把科学成果既作为思维成果、精神财富纳入“人的生产力”中，又把它作为物质财富、活动的形式纳入“人的行为”中去。他说：“科学这种既是观念的财富同时又是实际的财富的发展，只不过是人的生产力的发展即财富的发展所表现的一个方面、一种形式。”⑮我想，人的文学艺术思维和活动的成果，不也是同样如此吗？

第五，马克思、恩格斯的这一思想也很重要，即“‘精神’从一开始就很倒霉，注定要受物质的‘纠缠’，物质在这里表现为震动着的空气层、声音，简言之，即语言。语言和意识具有同样长久的历史；语言是一种实践的、既为别人存在并仅仅因此也为我自己存在的、现实的意识”⑯。也就是说，意识形态的因素要表述出来，是要受到具有物质属性的语言的限制的。我们知道：语言和上层建筑是根本不同的。语言本身没有阶级性。语言不是某一个社会内部这种或那种基础、旧的或新的基础所产生的，而是千百年来社会历史和各种基础历史的全部进程所产生的，是整个社会、社会各阶级世世代代的努力所创造的。语言是全民的，对社会是统一的。它像生产工具一样，一视同仁地服务于新、旧各种制度。语言比任何基础、任何上层建筑都生存得长久得多，而且，它同人的生产活动、同人的工作的一切领域都有直接联系。⑰文学是用语言表现心灵审美的艺术。语言是文学观念的载体，是文学的形式，是文学的物质外衣。既然语言有它的物质属性（或曰“工具属性”），我们怎么能简单说文学就是一种意识形态呢？苏联学者特罗菲莫夫于1950年在关于斯大林《马克思主义和语言学问题》的一次讨论会上说过：“从体现在艺术中的审美价值来看，艺术是许多时代的产物，它在这些时代里形成、丰富、发展、洗练。它的生存较之任何一种基础、任何一种上层建筑都要长远得多，就此来说，它是同这两者的定义不合的。艺术中有上层建筑的东西，这就是其中所体现的大部分思想；但也有非上层建筑性的东西，这就是包藏在艺术名著中的客观真理和审美价值。”⑱这种观点，曾被人批评为非马克思主义的观点，而我认为则是正确的。因为艺术和艺术观念尽管有共同之处，但它们之间毕竟有原则的区别。

第六，如果再找一条理由，那就是列宁的意见。当十月革命初期，俄国青年普遍在文学、伦理、道德和生活方式上狂信“杯水主义”⑲，并硬说“那是马克思主义的”时候，列宁尖锐地指出：“我得谢谢这样的马克思主义，它把社会的意识形态上层建筑中的一切现象和变化，都直截了当地归诸社会的经济基础！问题完全不是那样的简单。”历史唯物主义作这样的解释，那就太庸俗化了。同样，文学艺术中一切人情和人性的现象都界定为基础的上层建筑，那也是太蹩脚、太生硬了。因为这其中“不仅应该考虑到单纯的生理上的要求，而且也应考虑到文化的特征”⑳。这就给“文学是人学”

的命题提供了新的论据。

我们当然还可以列出其他一些论述，但仅从上面的六点来看，把文学艺术一言以蔽之说成是“意识形态”的观点也是不符合马克思主义经典作家完整思想的原意的。

八、文艺具有非意识形态因素的新论据

我们再说第二个方面。

在马克思主义传统内部——无论西方还是东方——对马克思到底说了些什么，对马克思主义意识形态理论的含义是什么，以及对从这个理论引发出来的认识论、社会学及其他学说的内涵，都存在着各种不同意见。据英国学者珍妮·沃尔芙说：“威廉斯从马克思的手稿中分辨出了意识形态概念的三种一般含义（Williams，1977）。阿兰·哈恩特重申格尔维奇（Gurvitch）‘从马克思那里发现了“意识形态”的不少于13种的含义’（Alan Hunt，1976）。而科林·萨姆雷则列举出‘目前出现中的’这一概念的十种主要定义（Colin Sumner，1979），所有这些定义，他说都可以引证马克思作为权威出处并宣称是对马克思原文的阐释。不仅对意识形态是什么的问题有不同意见，而且对意识形态与社会生活的其他方面是如何相关联的问题，也有不同意见。”[21]情况确乎是如此。

我认为，简单地说，意识形态理论所要说明的是人们的观念、信念和思想与他们的实际的和物质的存在条件是有规律地联结在一起的。这样讲，既没有限制对这种联系采取什么方式、或物质的存在状况怎样产生观念的创造性揭示，也没有忽视主体——人在实践活动中的能动作用和突出地位。这样讲，对研究美学和艺术规律同样是有益的。

当前，意识形态借以构筑在物质存在基础之上的现实方式问题，还是一个有待解决的问题，而且是一个肯定不应该被当作包含某种简单的自动的因果联系在内的问题。不解决这个问题，美学和文艺学的研究中就会有不少“斯芬克斯之谜”。

首先，各种意识形态的物质基础并非必然是社会阶级。例如。知识社会学[22]的创建人曼海姆（Mannheim）曾提出几种重要的具有其特有思想模式的社会集团。他把“世代”当作某种独立变化的成形的意识形态，认为对早期文化的研究已证实，“世代”是某种独一无二的现象。它有自己的特性及其复杂性。局限于阶级因素去讨论它们将会忽视一些重要的社会学上的特征。对于性别和种族划分的强调，也保证了意识形态分析重视阶级以外的其他成分。

其次，说明意识形态的各种形式不仅是各种思想、文化价值和宗教信仰，而且是它们在文化制度中的具体性（学校、教堂、美术馆、法律系统、政治党派），以及在人造产品中的具体性（文章、绘画、建筑，等等）。事实上，这种文化的物化——当然包括艺术——一直是在坚持把“上层建筑”和物质世界区分开来的模式中被混淆了的一个方面。文学艺术和其他文化现象一样，是在具体的社会历史条件下被人或人的集团生产的。因此，文学艺术明显地是一种意识形态的活动和意识形态的产物。我们不能忘却它的文化特征。

又次，文学进而艺术产品的本质在于其本身就是复杂的事物，它们介于阶级或社会集团的意识形态及其在美学形式中的表达之间。因此，审美中介问题便是一个极其重要的问题。像卢卡契、戈德曼和其他一些社会学家，他们对艺术和社会之间关系的分析业已超出了所谓“反映论理论”。许多作家和理论家也一直关注美学层次的具体化问题。在确定了文艺与生活的联系的同时，承认文艺的风格和形式本质，就显得十分有用了。某个阶级或社会集团的意识形态被表达在文学中的方式，大致可以说在美学层次上由两组条件所影响和传递：（一）文学作品生产的各种条件；（二）现存的文学、美学惯例。这两者同时使某种特定的文学作品的构造成为可能，并且对这种构造施加种种限制。比如，受各种艺术生产的技艺——印刷和复制手段、印刷机构和发行机构、艺术生产者的技能——等非意识形态因素制约。

在文学的审美中介中，还有一个“语言的物质性”和“符号的物质性”问题。语言是“某种特殊的物质实践”（威廉斯）[23]。语言和其他各种代码，作为现存的规则和程式体系，决定在文化传统中被言传的一切东西的属性。既然各种艺术作品都无法逃避其物质性，那么，研究涉及各种代码和程式运用的具体层次的理论，就不是无关紧要的了。在这个领域，符号学——关于各种符号和代码的科学，极大地有助于我们对各种语言和文化形式运用方式的理解，同时也更正了我们对于社会形式和文化形式之间关系的颇为简单化的意识形态理论。而美学符号，作为居于意识形态和特定文艺作品之间的中介力量，它通过其本身作为各种规则和程式系统的参与而起作用，这些规则和程式形成文化产品，并且必定被艺术家和文化生产者所使用。在这个意义上，审美符号又具有非物质性。

对于文学家、艺术家来说，可以运用的各种审美形式在建构艺术作品过程中发挥着积极的作用。正如文艺家使用艺术生产的技术材料来创作一样，他（或她）也可以使用可能达到的审美惯例的材料来创作。在作品中，意识形态不是以某种纯粹的形式被表达的，而作品也不是只作为某种消极的载体起作用。相反，是艺术作品以美学的形式重现意识形态，这种形式与同时代艺术生产的各种规则和惯例相关联。作品成了所谓“批判的形象化的意识形态”。为此，那种把文学艺术简单作为意识形态的理论，在其审美作用模式的观念上是有些幼稚的。用英国理论家珍妮·沃尔芙的说法：他们犯了把“意义系统”和审美符号当作“透明的（transparent）”的错误。[24]而各种审美符号和惯例传载意识形态的方式都是特定的、特殊的。“西方马克思主义”文论家马舍雷（Macherey）在论述列宁论列·托尔斯泰的一组短文时指出，如果说文学是一面反映现实的镜子，那么，它更像是一面被打破的镜子，分裂着、折射着和歪曲着这种对现实的表现。他认为，对艺术必须进行“双重的研究”，即研究“艺术作为意识形态的形式和艺术作为审美过程”。[25]这种意见的表述有值得商榷的地方，但它却真实地道出了作品意识形态与美学模式的不同。

再次，科学哲学的代表人物卡尔·波普尔的“世界3”理论，对我们理解文艺作品是意识形态因素与非意识形态因素集合体的思想是有启发的。波普尔从一度信仰社会主义到自觉反对马克思主义哲学，走着一条特殊的理论道路。但这并不妨碍我们利用他的理论的合理成分来印证和丰富马克思主义的文艺观。波普尔说：如果我称“事物”——“物理对象”——的世界为第一世界，主观经验（例如思维过程）的世界为第二世界，我们可以称自在陈述的世界为第三世界。[26]（现在我宁愿称这三个世界为“世界1”“世界2”和“世界3”……）[27]波普尔认为，在内容或自在陈述意义上的思想和在思维过程意义上的思想属于两个全然不同的“世界”。区分精神过程和在其逻辑意义或“世界3”意义上的实际内容是重要的。波普尔说：“我认为世界3基本上是人类精神的产物。……我们可以把人类精神的一切产物，例如工具、机构和艺术品都包括在更广义的世界3中。”[28]当然，“世界3”还包括问题、理论或批判论证，但按波普尔的说法“书籍和杂志可被认为是典型的世界3对象”[29]。世界3的成员是实在的。它是已被解释的信息。世界1和世界2能相互作用，世界2和世界3能相互作用，但是没有世界2的中介作用，世界1和世界3就不能直接作用。世界3带来了特殊的客观物质性。我们不仅能发现它的历史，而且能创造和发明它的历史。用这种视角来观察文学艺术活动，我们就会进一步发现，它既有精神性实践的成分，又有物质性实践的成分；艺术品已不是意识、情感和愿望本身，而是它们的物化物；文艺创作的源泉是客观现实生活，文艺创作的对象则主要是被主体所把握并融入了主观性的心理现实，文学创作的作品则是心理现实的审美表现和反映，而且这其中有一个纯然外表的制作过程。

波普尔的哲学是“证伪哲学”，其方法是“证伪方法”。这一学说中显然饱含唯心主义的成分，但反对“归纳”的证伪方法也有它的效用。如果我们在某种条件下观察到文艺作品的非意识形态层面，那么，也就可以说：并不是所有的艺术成分都是意识形态性的。“文艺的一切皆意识形态”是假的。

最后，我们想从非理性问题研究的层面再掀开文艺非意识形态因素研究的一角。现代人喜欢将各种东西放到“上层”非理性的范围里，企图为价值和意义找出一些令人乐观之处。以往人的精神难题是“自主的自由与自主的自然”（卢梭）问题，是“本体世界和现象世界”（康德）问题，现在变成了“理性和非理性”问题。理性等于悲观主义，非理性等于信心，等于乐观主义。于是，现代的悲观主义和割裂风气，就弥漫和吹遍了整个文化和文艺世界。西方现代非理性主义文学的兴起，反映着欧美社会漫长而曲折的精神匮乏。一些现代主义者吸收西方哲学中的反理性主义，把艺术创作看作直觉的产物，否定创作的逻辑性。尤其是弗洛伊德创立“精神分析学说”以来，热衷于无意识、潜意识的“开掘”，热衷于本能的、性力的展览，努力“逃进精神病理学”中去，已成为诸多现代主义文学流派的热门。人被抽象化了，生物化了，荒诞化了，反理性化了。他们甚至搞“下意识创作”，即“用一种似乎不及思索的速度写作”[30]，或者搞集体的无意识写作，把每人偶尔浮现于脑际的字汇聚拢起来，于是便出现了各种各样怪诞不经的东西。非理性主义文学所需要的是作家彻底忠实地写“自我”、写“内心”、写“自己”。艺术家不能揭示真实便只能以荒诞、悖理、丑恶方式排解胸中块垒。非理性主义文学带着脱离现实的病魔已经发疯式地快跑完了自己的全程。

但是，非理性主义文学理论与非理性主义文学创作所留下的和正在留下的思想遗产，却有值得重视的一面。

现代科学已经证明，人的精神结构具有“无意识”的存在。无意识是一种尚未被主体意识到的心理状态，一种不知不觉中起作用的心理反应。至于文学创作中的直觉现象、灵感现象、“自由联想”、顿悟现象，更是被文艺心理学及创作实践所证明。而且，文学创作中的非理性、无意识因素，确是古已有之、被以往作家所经验过的一种创作思维特征。不过，我们的文学理论没有好好地给以研究罢了。

非理性现象的研究，有助于探索人的内心世界，有助于把握人的复杂人格，有助于重视创作的主体性，有助于运用时空倒错等多样手法。人有非理性方面，非系统方面，不平衡方面，不可解释方面（即使是暂时不可解释，不是永远不可解释，也不排除它的非自觉特色），因此，在文学理论上忽视对认识过程中主体认知结构与价值、情感、意志、审美等评价结构内在联系的揭示，缺乏对形象思维、直觉思维、情感体验、艺术感觉等“非理性”认识因素和形式的考察，显然是难以从原有形态向现代形态过渡的。

我们不赞成“非理性主义”。文学活动根本上说来是理性的。把“非理性”推广成“主义”，无异于文学的堕落。但是，不赞成“非理性主义”，不等于不承认“非理性”因素。我们只有在认知系统中打开“非理性”研究的层面，使对艺术现象的解释在理性的基础上达到与“非理性”因素的有机结合，文艺学的面貌才会有一个新的起色。

九、主体化：文艺学改革的生长点

文艺学的新形态表现为自身范畴的变化和侧重点的转移。我们必须遵循文艺学自身发展的规律来使它现代化。当前，无论是创作实践和文艺科学的发展，还是读者的接受行为和艺术思维的深化，都越来越突出了主体性问题。这是文学社会化进程和人类主体能动性提高的必然产物。主体化也似一条主线贯穿到文艺学的所有领域中，它使文艺学更具时代性、能动性和指导性。本来，主体化原则是马克思主义经典作家创立自己文艺学体系的根本原则，也是马克思主义文艺学的本质性特征。

文艺思想史告诉我们：粉碎旧唯物主义美学和机械论文艺观错误的任务，已经由德国古典美学、特别是黑格尔唯心主义艺术辩证法完成了。马克思、恩格斯面对的是一个更深入、更重要的问题，即为什么旧唯物主义文艺观会没有“能动性”？为什么从主观方面去理解的“能动性”会让唯心主义艺术理论抽象地发展了？他们关心的是艺术的唯物史观如何同艺术的辩证法结合起来，如何使唯物主义的文艺学和美学具有“能动性”。为此，他们提出了“实践的唯物主义”学说，亦可以说提出了“实践的”文艺观或实践论的美学。他们看到了费尔巴哈的文艺观比“纯粹的”唯物主义者文艺观优越的地方是承认了人是“感性的对象”，但也批判了费尔巴哈“从来没有把感性世界理解为构成这一世界的个人的共同的、活生生的、感性的活动”[31]这种直观的、缺乏能动性的错误。马克思主义把“人是感性的对象”上升到将一切作为“人的感性活动”，作为“实践”去理解，这就从根本上提出了人——包括文学艺术家在内——的主体化问题。而主体化（主体性是主体化的一个层面）问题乃是全部马克思主义文艺学现代化的关键和要害。

文艺学的“逻辑起点”就是文艺学体系的“种子”。它孕育着、产生着文艺学的不同形态，决定着它们能否具有辩证的方法论形式和能动性特点。主体、实践主体、特别是生产实践主体，这就是马克思主义文艺学的起点。它既是马克思主义文艺学区别于旧文艺学的根本之处，也是马克思主义文艺学所以富有能动性和辩证性的原因。文艺学就是艺术主体实践展开的必然理论形式。主体化是体现出艺术能动性最切近、最现实的层次。主体化是一种现时代的“普照光”。因为，人的艺术需要，人的艺术能力，人的艺术活动，人的艺术发展，构成了艺术世界发展的中心和链条。寻求人的精神和审美的自由、发展和解放，构成了马克思主义文艺学的最高宗旨。因此，马克思主义文艺学的当代形态，应该以对文学艺术主体性的全面准确研究为主线，实现对其整个艺术世界的真实把握。

贯彻主体化原则，将改变文艺学体系中各部分的结构、比重、侧重点，会在这一新的分叉口上滋生出许多新的艺术范畴。主体化原则，将引起文艺学内部的一场广泛的变革。原有的理论视角将发生大幅度转移，原有的范畴、规律将一一变形，产生出新的功能。新的艺术图景论将取代传统的艺术本体论、艺术认识论模式。文艺学将从客观辩证法上升到主观辩证法、再上升到主体辩证法的高度。

文学主体化是时代的要求。但实现文学本体化并不是目的。它的目的是在文学领域乃至整个现实领域实现人的自由发展，从而为实现马克思主义的人道主义铺平道路。因为文学的发展与人的发展，与人的本质力量的表现是一致的。人的本质力量表现得越充分，对文艺学的主体化需求就越迫切。马克思主义的人道主义是符合人类进步的人道主义。文艺学主体论是马克思主义“人的科学”的一个分支。

如何发展马克思主义文艺学的主体化思想呢？我认为至少有这样四个方面：

其一，要完成一般认识论文艺学向主体认识论文艺学的飞跃。以往以一般人的五官感觉为基础的对艺术认识过程的说明，或者说从感性到知性再到理性，然后再回到实践的对艺术创作过程的说明，并没有揭示全部艺术认识和行为的本质。反映的概念也没有揭示人类艺术认识的真实情况。马克思指出：“已经产生的社会，创造着具有人的本质的这种全部丰富性的人，创造着具有丰富的、全面而深刻的感觉的作为这个社会的恒久的现实。”[32]马克思认为，人不仅具有五官感觉，而且具有精神感觉、实践感觉（意志、爱，等等）。因此，一切人的感觉、感觉的人性，都应该进入主体认识论的行列，彻底立足于“人化的自然界”。这其中，所谓艺术的客观辩证法或艺术主观辩证法，都应进一步转化为艺术的主体辩证法，从主体角度来反映主体和客体的相互关系、艺术主体的“活动过程”和“行为过程”。

其二，从主体性结构入手研究文艺创作主体的复杂性。马克思主义创始人基本上没有涉及主体性结构问题。他们对黑格尔和费尔巴哈的重视远远超过了康德和费希特。

这样，他们在结束了德国古典美学时，又对其中的主体精神结构学说的批判继承有遗漏。此外，20 世纪以来，唯心主义对主体能动性和主体性心理和人格结构的研究成果，应该进行合理地吸收。例如精神分析学说从“无意识”的角度对主体性结构的新描述，从性力（Libido）与人类文化的相互关系角度对某些文艺现象的说明，对我们了解文艺创作主体的复杂性是有帮助的。又如皮亚杰的发生认识论，揭示了认识能动性的内在机制，即主体认识外界事物时认识结构表现出同化即选择功能，使人只能把与主体认识结构相适应的那部分外界事物作为认识对象，揭示了主客体间的双向建构运动，这对理解文学主体把握客体的复杂性无疑很有启发。至于脑科学表明的大脑神经元的发生和运行机制，信息论表明的外界消息成为大脑具有确定性信息和知识的规律，儿童智力与心理、语言与思维关系等的研究，都是发展文艺学主体化的必要课题。

其三，要进一步揭示为什么摆脱了直接物质需要的生产主体将会是自由的，这种自由是怎样获得的，艺术生产的主体同其他活动的主体有什么区别。马克思指出过这一点，但没有展开，没有继续分析主体目的的差异。现在需要把这篇文章接着做下去。本来，主体的自由是受到自然物的规律和自身生理需求的双重制约的。但在艺术生产领域，艺术主体面对着的并不是客观存在着的自然物。他并不去实际改变客观存在的世界，而仅仅改变这个世界留在头脑中的表象，以及这些表象的感性存在形式。由于这种艺术客体经过了人的感知过滤和实践改造，由于主体感知的时空与客观的时空并不一致，这样，原来的客观现实就失去了制约威力，反而需要主体赋予这些已经无序的、可分离的客体以秩序性和完整性。同时，改造精神性的表象及其使之物态化，又超越了主体自然力的限制，使之比任何其他生产都更充分地调动了主体的意识、潜意识、直觉、情感、思维和意志，等等。这样，主体在客体方面和自身方面就获得了双重自由。自由度的大小也就意味着主体性的强弱。当然，在实际中，艺术主体虽是独立的，但不会是自足的，他要成为集超越性和世俗性为一身的矛盾集合体。为此，研究主体创作过程的异化和劳动产品的异化，研究人类走出艺术异化阶段的途径，也就成了文艺主体化问题的一个分支。

其四，必须明确，文艺主体化也不是文艺学发展的最后的进程。主体化只是文艺学在现代发展的一个阶段，但绝不是最后的阶段。尽管文艺学的侧重点已经历着本体—认识—主体这样几个过程的转移，但经过主体化阶段，还会进入更高级的阶段。主体化原则是艺术走向未来的一个阶梯。“‘解放’是一种历史活动，而不是思想活动。”[33]当人类把自己的审美能动性和创造性同改造客观世界和主观世界的实践进一步结合起来，当文学艺术真正成为人的自由自觉活动的一部分，那么，文艺也就结束了对“主体性”的呼吁，而是真正去为人的自由发展，为彻底的人道主义实现开辟道路。那时，文学艺术才能真正进入自由的阶段，对艺术真理——无论是相对的，还是绝对的；对艺术价值——无论认识的，还是审美的；对艺术主体——无论对象的，还是自身的，才会有更少狭隘性的界说。因此，研究文艺的主体化也不能把眼光限制死，而要同时去探索文艺主体化发展的可能前景与必然趋势。

十、结语

以上从宏观的角度对“马克思主义文艺学当代形态”的建设做了一个粗线条的勾勒。显然还是遗留下一些需要展开的范畴和课题，如马克思主义文艺学当代形态的中国特色问题，“当代形态”与“经典形态”（或曰“历史形态”）的内在关系问题，“当代形态”在文艺学多元、多样的方法论格局中的地位问题，以及“当代形态”框架中的其他理论内容的界说问题，等等。这是需要继续钻研并从更多的角度和视界来加以研究和探讨的。

中国的马克思主义文艺学走过了自己的途程，目前正处在变化、发展的时期。它在挑战中前行，在建造中反思。一个更加走向宏放，更加潜入纵深的态势，是已经呈现在我们文艺理论工作者的面前了。马克思主义文艺学在种种磨难和撞击中，正在摸清自己的底气和转机。如果它要焕发青春和朝气，那么它就应该重整装束，切实创造可以一争短长的权力。

前面的论述，无非是想打开马克思主义文艺学研究的心理空间和思维空间，努力求得对马克思主义文艺科学更加全面、更有现代感的理解，但是否一切都妥帖，一定会成功，那是说不准的。探索本身就带有危险，推进本身就意味着艰辛。不要说整体突破，恩格斯说得好，“即使只是在一个单独的历史实例上发展唯物主义的观点，也是一项要求多年冷静钻研的科学工作，因为很明显，在这里只说空话是无济于事的，只有靠大量的、批判地审查过的、充分地掌握了的历史资料，才能解决这样的问题”[34]。我们目前是多么需要对文艺学领域的改革进行“多年冷静钻研的科学工作”啊！没有实验，没有探索，没有失败，也就没有文艺学的进步。

经过了几十年反复思索的中国文艺理论界，在有了前进和倒退、开放和封闭、活跃和僵化、成功和失败的多次正反两方面的教训和经验之后，现在对一种新形态的马克思主义文艺学的建设不会是胆颤心惊、或无从入手了。只要我们保持马克思主义的长处，又大胆地吸收一切对我们有益的东西，我们的文艺学就会获得空前的生机，就会迎来马克思主义文艺学的新的伟大复兴。

注释：

① 列宁：《哲学笔记》，人民出版社 1974 年版，第 339 页。

② 中共中央马克思、恩格斯、列宁、斯大林著作编译局编译：《马克思恩格斯全集》第 1 卷，人民出版社 1972 年版，第 594 页。

③⑳ 蔡特金：《列宁印象记（摘录）》《列宁论文学与艺术》，人民文学出版社 1983 年版，第 435 页，第 441 页。

④ 中共中央马克思、恩格斯、列宁、斯大林著作编译局编译：《马克思恩格斯全集》第 7 卷，人民出版社 1972 年版，第 300—301 页。

⑤ 《抽象主义—美学的败坏》，苏联社会经济出版社 1961 年版，第 191 页。

⑥ 托 · 史 · 艾略特《文学与现代世界》，载中国社科院文学研究所西方文学组编《现代美英资产阶级文艺理论文选》上编，作家出版社 1962 年版，第 71 页。

⑦ 参见《国内哲学动态》1987 年第 8 期王杨《马克思主义哲学发展的生长点问题　九校青年哲学讨论会侧记》一文。

⑧ 中共中央马克思、恩格斯、列宁、斯大林著作编译局编译：《马克思恩格斯选集》第 3 卷，人民出版社 1972 年版，第 574 页。

⑨⑩㉞ 中共中央马克思、恩格斯、列宁、斯大林著作编译局编译：《马克思恩格斯选集》第 2 卷，第 83 页，第 113 页，第 118 页。

⑪⑫⑯㉛ 中共中央马克思、恩格斯、列宁、斯大林著作编译局编译：《马克思恩格斯选集》第 1 卷，第 21 页注 ①，第 34 页注 ①，第 35 页，第 50 页。

⑬ 中共中央马克思、恩格斯、列宁、斯大林著作编译局编译：《马克思恩格斯选集》第 4 卷，第 484—485 页。

⑭ 中共中央马克思、恩格斯、列宁、斯大林著作编译局编译：《马克思恩格斯全集》第 3 卷，第 460 页。

⑮ 中共中央马克思、恩格斯、列宁、斯大林著作编译局编译：《马克思恩格斯全集》第 46 卷下册，第 34—35 页。

⑰ 斯大林：《马克思主义和语言学问题》，载中共中央马克思、恩格斯、列宁、斯大林著作编译局编译《斯大林选集》下卷，人民出版社 1979 年版，第 502—506 页。

⑱ 转引自关元辽《探索集》，外国文学出版社 1986 年版，第 91 页。

⑲ 即认为“在共产主义社会，满足性欲和爱情的需要，就像喝一杯水那样的简单和平常”的理论。

㉑㉓㉔㉕ 珍妮 · 沃尔芙：《艺术的社会生产》，英文版，麦克米伦出版社 1983 年版，第 50 页，第 63 页，第 65 页，第 65—66 页。

㉒ “知识社会学是社会学年轻的分支之一；作为一种理论，它试图分析知识生活方式之间的关系；作为历史—社会研究，它力求探索在人类智力发展中这些关系所获得的各种形式。”（曼海姆，1960 年）

㉖㉘㉙ 卡尔 · 波普尔：《无穷的探索：思想自传》，福建人民出版社 1987 年版，第 191 页，第 197—198 页，第 193 页。

㉙ 卡尔·波普尔接受了约翰·艾克尔斯的建议。参见《反对观点》，斯普林格尔出版社，1970 年英文版。

㉚ 柳鸣九编选：《萨特研究》，中国社会科学出版社 1981 年版，第 519 页。

㉜㉝ 中共中央马克思、恩格斯、列宁、斯大林著作编译局编译：《马克思恩格斯全集》第 42 卷，人民出版社 1979 年版，第 126—127 页，第 368 页。

（1988 年第 2 期）

文艺研究

1979—2018

四十年论文选

第二卷

金宁 主编

文化藝術出版社
Culture and Art Publishing House

第二卷

目录

神韵论与意象主义

吴调公

一、经验世界的两种超越："神境"与"物境"

如果说中国的诗歌神韵论强调"偶然得之"的话，那么崛起于20世纪初期的英、美意象主义者却是强调诗人所表达的意象应该是"直觉语言的本质"[①]。这中间，横向联系是不存在的；但意象主义却确乎是有意识地汲取日本俳句和中国古典诗歌的意象，特别是吸收了以有限传无限，以形传神、并从"神"中体验韵味的实践。概括地说，意象主义者重视审美直观，所以力求通过一刹那间的片段感受，表达所谓理性和感情的综合体，而神韵论者，则力求捕捉倏然而来的灵感，进而促使灵感所涵容的意象与"自然"水乳交融，淡化自我的存在，抒发一种天人合一的情境。意象主义者因为一再强调诗歌语言要贴切地表达意象，有所谓"每个词应有意象贴在上面，而不是一块平平的筹码"[②]。因此他们忽略了诗歌意象的余味作用，忽略了由于心理空间的距离所导致的朦胧性和在语言表达上的多义性，相反地执着于意象的客观性而漠视意象的主观性。神韵论者虽然也重视意象，但由于重视诗人的悟性作用，承传发扬中国文艺的"表现"传统，所以能因情铸物，以形写神，甚至表面看来脱略了形，但却愈加显示精神的弥漫。从司空图到严羽到王渔洋，神韵论者心目中的最美妙的意象可以是朦胧而含蓄的，踌躇不定的，其妙处在于表现审美感知未必能毕其功于一役的特色。司空图有云："脱有形似，握手已违。"这是"似"与"不似"之间因认知层次浅深的变化而变化。严羽把"意象"看成"镜中之象"，并谓"其妙处透彻玲珑，不可凑泊"。既然是"不可凑泊"，那么"意象"的美感要求就不只是语言外壳能完全切合意象的问题了。相反地，神韵论诗人大多能领会语言功能的有限性和读者接受的多义性。比如，司空图为了强调意象的"千变万状"和深层意象的超越性，提出了"近而不浮，远而不尽"的规律。"近而不浮"求意象的贴切，"远而不尽"求意象的开拓，包含着味外之味的体验深化，实际也就是"超越"了语言之外的一种诗味的路转峰回。王渔洋论咏物诗有云："须如禅家所谓不黏不脱，不即不离，乃为上乘。”（《蚕尾文》）他也并不一味强调“贴切”。他提醒作者的是“切”而“不切”的两面观：既“黏”又“脱”，既“即”又“离”；或由“黏”而“脱”，或由“离”而“即”。意象主义者的强调贴切，说明他们受了马赫主义影响，所以更多地考虑感觉的复合问题。

“意象”之“象”，在东西方这两个流派间，是都受到重视的，但二者对“象”的内涵，所侧重者却各有不同：神韵论侧重诗人主观的“风神”之象；意象主义者侧重于被“直接处理”的事物[③]之象，特别是通过视觉的象。前者主要是“情境”，后者主要是“物境”。

当然，这只是一个大体地区分的说法。不必引起一种误解，认为意象主义者诗歌形象的源泉只是诗人心中的表象。事实表明，他们在“事物”之前，还给加上了“直观处理”这一个定语。也正因为意象主义者懂得“直观处理”有助于诗人直接把握宇宙的精神实质，心与物游，所以他们对中国以情景交融见长的诗歌，特别是对一些兴象悠长和余味隽永的凝练短诗，异常欣赏。

尽管神韵论和意象主义在艺术构思上有侧重“情境”或“物境”之不同，但两派在审美追求的终极目的上却又都要求达到心灵超越的境界。神韵论追求的是体现造化机杼的人的内宇宙和外宇宙的契合，是“情性所至，妙不自寻”（《诗品·实境》）。意象主义追求的，是要让艺术可以成为任人随心所欲地享受的创造。庞德就曾说过：

> 艺术却从来不要求任何人去做什么，去想什么，去成为什么。艺术就像一棵香蕉树那样存在着，你既可以观赏它，也可以在树荫下小坐，也可以摘香蕉吃，还可以把它当柴烧，你满可以随心所欲。[④]

在这位意象主义的领袖眼中，艺术的价值就在于能引起审美者的兴趣和需要。也就是从这一个观点出发，他把文艺家的创造过程中审美情趣的标准完全归结为超越了社会实践的产物，无视于特定作品中个体意识所融汇的群体意识。这自然是不恰当的。然而庞德看到了处于新时代中物质文明的飞跃发展及其所引起的人们生活和心灵的震撼，因而他希望优秀的诗人能突破经验世界的桎梏，把“意象”放到广阔的人类价值关系中考察。他看到了作为意象整体中的多层次和多侧面，以及它们对持有不同审美情趣的读者做出广泛而个别的适应，正如在我国早已有之的所谓“诗无达诂”，这种“各取所需”的情况是可能存在的。对于这一观点，我们不妨汲取其部分可取的思想材料。这将有利于认识意象的多维性和作为感情张力场的意象的张力。当然，这也就促使诗人自我意识高度升华，让作者和读者在自己所创造的广阔的审美世界中直观自身，让诗人的艺术经验通过真正理解对象而成为人们“某种普遍的和共有的感觉”。⑤

这种包含着多义性的“物境”，在意象主义的作品中，经常以异类的意象的重叠交叉、错综变化的形式出现，用以抒发那些显示深沉哲理的意象。这物境一般是“无我之境”。至于神韵论者，则因为承传了中国传统的侧重“表现”的审美意识，不同于西方意象主义者是后期浪漫主义和感伤主义的反拨，因而除了司空图主张主客体的和谐统一外，南宋的严羽和尔后明、清的一些神韵诗人，在他们的诗论中审美的主观意识都相当突出，或而讲“兴”，或而求“悟入”，或而耽“情韵”，显然都偏于“有我之境”。

神韵论者是利用感情建构的“我”作为动力，进行心理时空的开拓，从而超越于经验世界。意象主义是借助于柏格森的直觉主义，把自我融汇在作为审美对象的客体“物境”之中，让难以言说和微妙错综的多种直觉的综合物通过具体的物象境界或恰如其分的比喻形象，把那些纵然缥缈、但却贴切的感知如实揭示。

以“物境”见长的意象主义诗人劳伦斯有一首名作，叫《沉思中的痛苦》。全篇围绕着一片黄叶而展开，从凝视黄叶到凝视一位故世的人，到凝视积雨的水坑，终于写下了一片黄叶和路灯、车辆迷茫一片的情景。作者移步换形地、跳跃自如地展开感知的画页，并不直接抒情，而是深沉地呈现其所见的事物，从而冷静地揭示其内心体验。

以“情境”见长而饶有韵味的大历才子司空曙，有一首《喜卢纶外弟见宿》，写世路悲凉中一个要好的表兄弟来家里住宿。也是突出黄叶意象。

静夜四无邻，荒居旧业贫。
雨中黄叶树，灯下白头人。
以我独沉久，愧君相见频。
平生自有分，况是霍家亲。

是静夜荒村，是陋室贫士，是寒雨中的黄叶，是昏灯下的白发老人相对。四个侧面的意象构成了一幅形象整体，表现为一种特定境界的气氛，虽说不着一字，但表兄弟情怀，结合诗的后半首一看，还是跃然纸上的。即使写“黄叶”，也还是让它和“雨”和隐喻的“白头人”，打成一片。俨然成为一个个息息相通的意象群组合，体现了以“表现”为主的“诗中有人”的中国文学传统特色，不像意象派在“物境”背后隐藏着断断续续的叠合、跳荡的感觉复合，给人以扑朔迷离之感。

二、审美感发："伫兴"与"情感对应"

在东方神韵论与西方意象主义之间，虽说有侧重"情境"与"物境"之不同，但在重视和醉心于诗歌意象的探微和表微的艺术实践说来，却都是大体一致的；同中有异的只是神韵论更多追求以有限示无限的"意在言外"的境界，而意象主义者则是着意追求作为"写下感觉的工具"的"意象"是否能和"意象本身"⑥相结合。

为了表明优秀诗歌中必然倾注着诗人深沉的个人意识和不可代替的创作个性，神韵论和意象主义都曾就审美感发问题分别加以阐述。

"神韵"理论的出现远远早于神韵派的诞生。这不能不归功于道家。原来先秦道家在文艺观上就和儒家理性主义背道而驰。儒家重躬行实践，道家好浮想联翩；儒家较多地谛视客体，道家较多地倾心主体；儒家崇刚毅，道家喜通脱；儒家研求文艺的外部规律为多，道家研求审美的内部规律为多。特别是庄子，他最懂得"向内转"的道理。在他笔下，那位解牛的专家庖丁，制造出优良乐器的良工梓庆，狂放不羁的画家宋元君，都没有一个不是沉浸在忘我而又有我的、用志不分的境界之中的。由于"熟参"既久，就"径路绝而风云通"⑦了。这正是道家文艺思想给后人的长期影响和深刻启示。魏晋时期的玄学也仍然是以道家思想为主，对内宇宙的探索，不仅更为精细，也更切合审美规律。陆机的《文赋》，承传和发挥了扬雄的观点，开宗明义之始，就提出了文章的"用心"。尔后的刘勰不仅以"文心雕龙"作为书名，还以无比赞叹的口气盛称"心哉美矣"的"文心"，把卓越的审美意识提到艺术创造动力的高度。至于与他们大致同时的画论，也都以"心"以"神"为主。如谢赫的《古画品录》提出"六法"，首先是"气韵生动"。所有这些观点，都可以为中、晚唐的神韵论作为先驱。

没有道家和玄学的"向内转"，就不会出现哲学上的"言能尽意"问题的一场大辩论。当然，也就难以引出唐人对"兴象"特别是诗境的想象和含蓄问题的探讨。

没有"兴象"的提出，就难以启发人们对审美兴趣和意象内涵的探索。雄辩的事实说明，神韵论正是以司空图的意境论为源头而逐步深化了前此对审美感发的认识的。如果说司空图还是保留着古典主义的审美主、客体和谐统一之境的遗绪，那么，吸收了禅宗思想的严羽就迸绝了这"遗绪"，而是以心灵作为创作动力了。在审美感发上，司空图面对的是客观的“境”，认为由于“境”的感发，与境相扣合的主观的“情”就油然而生。他的终极的要求是“思与境偕”。但“偕”的过程，不能离开意象的化分化合，由隐而显。正如他所说：“是有真迹，如不可知。意象欲出，造化已奇。”⑧一些记忆淡忘了，但曾经引起关心和兴趣的记忆，却还以事过境迁的形式浮现出来。

当诗人在潜心内索，也就是为了观照和调遣它们而加以体验、欣赏、迭合、剪辑、作出艺术判断时，也总是显得目迷五色。要找出其中的脉络、结构，要清晰地追溯作为意象前身的表象，探寻出作为表象所反映的生活本源，人们就往往感到渺渺难知了。因而，有时也的确会出现这一种情况：在将然未然之际，一幅“意象”的图画忽然豁露，有如电光石火。这近于今天所说的灵感。不过，司空图并非如此认识。他却把这情况归之于造化之奇。他把审美感发提到天人合一的哲学高度。由于如此，他认为，当主观没有渗透到“造化”即审美对象之中时，“情”和“景”固然无从融汇，诗人的创作个性更无从和自然造化统一。

严羽不像司空图那样力求把主体渗入客体之中从而使主客体合一。他是不愿受客体约束的。他需要追求主体的无限延伸。因而他切身体会到的创作动力是“意兴”，也就是富有盎然意趣的、倏然而来的、触发诗意的外物形相。严羽深知，感发不是纯然的被动物，它包含着诗人“悟入”的主动体验过程。

王渔洋的审美感发兼取了司空图和严羽之长：一方面是汲取了司空图的“境外之味”，获得意象之“神”，一方面他又汲取了严羽的“境中之趣”，获得意象之“韵”。他善于把在感受的飞跃中保持心理距离，不期然而然地把淡远的空间和片刻的时间结合起来，这便成为王渔洋集神韵论大成的“伫兴论”。所谓“伫兴”，这便是他说的：“大抵古人诗画，只取兴会神到。若刻舟缘木成之，失其旨矣。”⑨“兴会”之来是承传和发扬严羽的“兴趣”，“神到”是承传和发扬司空图的作为造化和文艺二者不可缺少的本质。既说明了诗人审美感发的敏锐和旺盛，也说明形成作者和读者在艺术品中形成共鸣的聚焦点。明代竟陵派领袖钟惺极力提倡“真诗”原本是诗人“精神”的创造，也正是这个意思。

概括说来，神韵论摆脱了理性的烦琐羁绊，突出了心灵观照的体验作用，而尤其突出审美的“潜能”及其难以言说的特点。因此，作为内外宇宙整体把握的“气象”，往往体现为朦胧的诗感。它并不同于单纯直感，而恰恰表明诗人的精神力量，超脱了既有经验的空间，突破了局于常规的思维格局。

意象主义者虽然不讲悟性和创造性的直观，但他们对中国古典文艺的传神得韵是为之倾倒的。意象派领袖庞德，虽说他对中国古典诗歌了解不太多，但他却能以敏感领会了其中的一些滋味。他认为，对西方诗歌起作用的诸多的“异国影响”中，“以中国诗人的最为有用。中国影响促成了……他（指庞德——引者注）的理解越来越完美的实现，使他发现了最终的自我”[10]，有助于人们自我的发现。这说明意象主义在自我观照上是有其丰富实践和比较中肯的体验的。因而他和司空图所谓的“情性所自，妙不自寻”，严羽的“入神”，都有相应之处。特别是庞德对中国书法艺术的意象很感兴趣。这一点值得我们注意。他把意象派常用的比喻和书法的审美特征相提并论，因而引起了英国一位女作家的兴趣，对此有所评述：

> 他（指庞德）说：“中国书法的过程，是一种譬喻，使用物质的表象提示非物质的东西。”……他（指庞德）又说：“诗是一种充溢灵感的数学，它给我们以恒等式，却不是抽象图案的三角形、圆球体等的恒等式，而是人类情感的恒等式。”[11]

庞德之用中国书法说明中国艺术的审美特征是有其真知灼见的。中国书法家对艺术素养的要求一向是强调外师造化，中得心源。刘熙载论书法就对这点很注意。首先他引用《易》的话，突出书法的意象问题，指出“立象以尽意”为书法之源。具体说来，“象”是书之用，“意”是书之本。这和孙过庭说的“意先笔后”是一个意思。同样，也就是庞德论诗所说的通过物质的表象展示出非物质的东西。东晋名书家卫夫人曾把有形之笔和笔外之意联系起来加以发挥。比如说：“横”“如千里阵云，隐隐然其实有形”，一“点”“如高峰坠石，磕磕然实如崩也”。(《笔阵图》) 这很有点像意象主义者用比喻来揭示意象。如以“雪落在樱花里”显示“失望”，以“空寂的门廊中一片红叶”烘托出“悲伤的历史”。因而这就难怪意象主义者盛赞中国书法了。书法的一点一划，一般比绘画层面简单，可它引起人们联想和想象的东西却并不少，正如卫夫人所透辟发挥的“笔”中有“意”。而其以少胜多，也恰恰和意象主义者一再强调的“简洁的意象”相似。中国的古典诗歌，特别是绝体短诗，富于风神韵味，亦复是以少许胜多许，饱和抽象的空灵之美。由此可见，意象派之倾倒中国古典诗歌和赞赏中国书法，并借用书法的审美结构来说明诗歌的审美特征，确是有其内在依据，并非生拉硬扯。

“以少许胜多许”并不是一件简单的事。表面看来，意象派诗歌不过寥寥数行以至数十行，更有些意象表面看来好像是风马牛不相及的，然而，在形和神间，在具象和物象间，在语言所表达的自然范畴和语言所蕴蓄的社会范畴之间，有个“情感对应”特色。作为审美主体的诗人的情感特征，只有和作为审美对象中渗透着的外物的情感特征相吻合，这才能形成情感的转换、同化的活动，使主体得以对象化。意象主义需要感情找到它的对等物，防止浪漫主义末流的感情泛滥，因而他们强调坚硬、确切、简洁的风格和技法以约束感情。他们在论及艺术构思的感发时提出了“客观对应物”的观点。那就是说，要把主体情感转化为外物的感情，就必须找到一种与主体感情相对应的“一系列客体、一种情景、一连串事件，将是那种独特的情感的公式”[12]。当主体感情纳入意象结构的规范之中时，客体中所渗透的感情就不会超溢于意象规范之外了。

作为意象派代表作，庞德的《在地铁站》就是在“情感对应”的感发中酝酿而成的。

这些面庞从人群中涌现
湿漉漉的黑树干上花瓣朵朵。

据诗人自述，当他在巴黎协和广场走出地铁，突然在人丛中看到一些姣美的脸庞。因为刚从地铁下走出，感到脸庞的丰采分外生辉，并由此而更联想到黑色树干上的鲜花朵朵。从地下铁的气氛想到树干的黑色，又从女人的面庞之美想到花朵之妍。特别是湿漉漉的花瓣，显得生意盎然，引起了诗人对自然美的钟情和为她们在繁嚣、紧张的都市中生命短暂而烦心。这首诗的感情很复杂，但却贯穿着对都市的厌倦和对自然美与女性美的赞扬，对青春与生命力的歌颂。作为物质的表象，地铁之下，地铁之上，桃花，人面，光明和黑暗，都市文明和大自然……一切一切的交织，引起了诗人的遐思，通过“人”和“花”的叠合来完成他的含蓄、精练的意象画幅。

对自然和人的赞歌，就是这样的戛然而止。感情不泛滥，语言不冗赘。就意象的表层和意象的深层而言，情感完全是“对应”的。这诗只是准确而平淡地表现了诗人对都市的微微的惆怅感，不同于浪漫主义者因诅咒都市而去吟咏中世纪牧歌。

他的任务只是描写下他所见的、可以“为真实作见证的人”，写下人的真实和生活的真实。当他发现一些不知名的普通的人态和城市中的自然美的易逝性而引起感发时，当他发现有这么一种具体的物象恰恰和由于自己感发而引起如上的一些意蕴时，他便感到主客体融合的会心了，他必须写诗了。正如他所说的，“一股有点像电流或放射作用的力量”[13]，扩大了他的错综微妙的想象。这时候，尽管他的感发方式不与神韵论相同，但却多少有点像王渔洋说的“情来神会”，“机括跃如，如兔起鹘落”（《渔洋诗话》）。

他自我欣赏的“超然物外”，自然是偏离现实，这和中国神韵派王渔洋的置身“仙城十二楼”，徜徉于无何有之乡有些仿佛。

这种非理性主义的文艺思潮在西方的萌芽是相当久了。长期统治西方的理性主义一直到康德出现，才有所改观，康德尽管有肯定天才的理性因素一面，但与此同时，他却又否定理性因素。他认为，美是以“一无目的底合目的性为根据的”。这就为多种多样的形式主义开辟了道路。尔后，神秘主义者把宇宙看成一座杳渺莫测的大森林，这是从本体论给现实笼罩的雾障。马赫主义者把感觉经验归结为纯粹主观的产物，并认为主观感觉的复合就是“实在”，这是从认识论给现实笼罩的雾障。就在这两股潮流之间，意象主义选取了后一条道路。他们不相信神秘主义把世界归结为子虚乌有之说，因而他们反对文艺的模糊风格而强调精确。为此，他们提倡要有“极大的细心的技巧”，写得“更确实些”[14]。可见他们是以表现外物的真实为艺术追求目标的。但尽管他们的“确实”，不同于神秘主义，毕竟由于没有把构思提到理性高度，没有把感性的提高和包孕着感情的有血有肉的、闪射着思想光辉的理性统一起来，因而他们的意象往往呈现一鳞半爪的格局。虽然从细节说，也“确实”地反映了他们的敏锐感知，但并不等于说这就能全面、深入地反映现实。就审美机能的建构而言，这仍然是停止在感知阶段，而没有能进一步地去体验、回味并做出形象推理和艺术判断。由于如此，作为意象主义者的审美对象，有时是杂乱而非纯一的，无序而非有序的。

意象主义者在对“意象”的机制和建构的看法上存在着二律背反的情况：一方面看到悟性来自长期的生活孕育，认为有些意象“看似零星而随便的东西”，但它们实际上都是经过长期研究的结果”。显然，这是领会了感性背后的思维，有点像我们所说的“厚积薄发”。但另一方面，却又强调：“最重要的目的在于正确的、精细的、明确的描写。”极力主张：诗歌必须是“视觉上具体的……使你持续地看到有形的东西，阻止你滑进抽象的过程中去”[15]。以论者把“具体”和“抽象”的关系割断看来，意象主义似乎又接近自然主义。至于注重写实，排斥感情泛滥，主张冷静，不满于浪漫主义的奔放不羁，则又和厨川白村所分析的法国浪漫主义思潮发展到戈蒂耶时出现的“无感”（vmpasilillitie），即压抑自我和崇尚冷静的客观美[16]，有很多相似。因此，意象主义者尽管也讲主客观的“情感对应”，但实际上是对主体意识有所约束，或者可以说，因为满足于狭小天地中的审美感发，片面强调物象的“有形”，过多地在艺术技法和语言上琢磨，因而其结果，一方面是失去表象运动的自觉性。一方面是不可能在各部分具象之上，出现统摄整体的精神力量。

就以这一点与神韵论相比，二者有其互异。神韵论者大多以“意境”说作为理论基础，以求正确把握审美主客体的关系。他们并不像意象主义者为物象所拘，相反地，强调主体的通脱“精神”作用和作为客体的“气象”的浑然整体性。由于如此，神韵论者的意象便弘扬了主体的创造力，发挥了主观能动性，因而在内省自我的同时，能“发现艺术结构与生命结构的相似之处”，达到“天然入妙”的境界。在反对感情泛滥上，他们和意象主义者是一致的；但在对艺术客体真实性的要求上，神韵论者求神似而不多谈形似技法，这又是和多数意象主义者不一致的。

三、审美情趣：弘扬“自然”风格

“自然”，本来是一个哲学命题，但因为它自始就是文艺家的审美对象和创作源泉，二者有难解难分的关系。所以当“自然”延伸而为文艺创作的客观规律，并由于其符合客观自然，因而表现为作品的真实、平易、淳朴时，它又成为文艺家的优秀风格和审美规范。这在中国和外国都是一样。源于老子的“道法自然”和与之相关连的“无名之朴”一直是成为儒家异端的道家的理论基础和反对矫揉、虚妄的思想武器，在历代文人中起了难以估计的影响。围绕着“崇尚自然”这一个思想核心提倡“淡然无极”(《庄子·刻意》)之美，提倡“无意乎相求，不期而相遭”[17]的厚积薄发的素养，提倡“作诗，不可以无我”（袁枚）的个性追求，这些都可以说是中国诗论中不绝如缕的民族特征和宝贵传统。而神韵论者由于受了玄学的影响，包含着所受道家的熏陶，对“自然”之美的重视几乎成为他们诗论的基础：司空图是醉心于“俯拾即是，不取诸邻”；严羽是要诗在构思时保持内心真情的“本色”；王渔洋是赞美得于“神韵天然，不可凑泊”的境界。

在西方的文艺思想中，“自然”这一个命题也始终成为文艺家关注的中心。诚然如席勒所说，诗坛之上，有模仿现实的朴素诗人与表现理想的感伤诗人之分，但他们之要贴近“自然”却都是共同的，不同的只是朴素诗人“就是自然”，而感伤诗人则“寻求自然”。[18]作为浪漫主义诗人，英国的柯尔立治，固然是认为要描写真实，首先“要掌握住本质——有生气的自然……在自然与人的灵魂之间有一种结合”[19]，即使直觉主义者柏格森，他也要从创化论角度提出这样一个观点：“艺术以它跟自然的长期密切关系，补偿自己的不足。”[20]尽管他所谓的“自然”，只是存在于个性意识中的“实在”，但他却希望从自然的风云变态中得到感情的有力启示，通过艺术以获得共鸣，并由此与自然相交流。

众所周知，受柏格森影响的意象主义者在诗歌主张上一直强调“直接处理的方法”，其实这也就是柏格森所说的排除思想分析而能触及人类精神本质的变相观点。把诗歌意象归诸直觉的复合，自然是错误的，但与此同时，意象主义者却能从柏格森那里汲取了人和自然相和谐的观点，表明由此而体验到“时空不受限制的自由的感觉”，就可以扩大意象的时空领域，深化意象的“一种流动的内容”[21]，体现诗人的盎然生气。应该说，这是可取的思想材料，和司空图所说的“自然”的艺术风格源于一任自然之道的“悠悠天枢”依稀仿佛。司空图说的“俱道适往”，表明天人契合就可以“着手成春”，达到一种说来艰辛，却也容易的化境。当然而然，不知其所以然。尽管柏格森并不同于司空图，但柏格森所谓的人和自然在感情上的共鸣，确乎也近于司空图的“适往”。司空图的“适往”是说诗人与自然携手走进天人合一的“大道”中去，而柏格森则是要进入他所认为的直觉王国的深处，把握宇宙的精神实质。二者都是要“俱道”，要和谐，要消除诗人和实在之间的障碍。

意象主义者之所以强调直接处理，捕捉瞬间的感觉，也正是为了消除这种艺术体验的障碍。不同于柏格森的，只是他们“把自然主义者和法国著名雕刻家戈蒂耶他们的潜心致志于对外部世界作雕刻家和绘画家那样的观察和表达”[22]也吸收过来，舍弃了柏格森所致意的诗人和自然的交感及其创造力，这结果，就不免在艺术的“直接处理”中增加了形式主义因素。

意象主义者的自然风格论除了受直觉主义者“生命自由论”影响外，还受了中国浪漫主义和神韵论影响。意象主义者摒弃了维多利亚诗风和感伤主义的华而不实，而对于中国的富于丰神远韵的诗歌则是感兴趣的。意象派领袖庞德曾利用他的前辈诗人、美国东方学大师费诺罗萨编写的有关中国古典诗歌的译注《笔记》作为基础，选用了其中十九首诗，以《神州集》命名出版。一时震动了美国诗坛，不仅使自己飞声，也让中国古典诗歌的自然意境走向世界。原来费诺罗萨《笔记》中有许多诗，如屈原的《离骚》、宋玉的《风赋》、魏武帝的《短歌行》、蔡琰的《胡笳十八拍之七》、白居易的《琵琶行》等，注释串解都相当完整，可是庞德并没有选用。入选的十九首中，以李白诗为最多，计十二首；另外就是《诗经》一首，古乐府二首，陶潜、卢照邻、王维各一首。从庞德的取舍中，我们大体可以看出这么一个标准：他喜欢天然兴会的意境风格。李白以奔放、飘逸著称，但李白的《古风》名篇未入选者不是没有，他所喜爱的大体是一些“平淡而到天然处”的作品。另外，也还有一些名诗之所以未选，大概因为篇幅较长，不符合庞德特别强调的简短标准；也还有些诗篇有类《文心雕龙·明诗》篇所说的“慷慨以任气，磊落以使才”的建安风格，纵使思想性、艺术性都很高，也终于被摒弃了。

汲取了柏格森的“感觉”进行反思，发挥生命的创化作用，从而使意象富于跳跃性，这便是意象主义的艺术构思特色。汲取了“中国式意象”，审美主体沉浸在客体事物特别是唤醒心灵的大自然怀抱之中，这就更成为意象主义者所醉心的奇妙而独特的感情之自然流露和向往于真切表现的心态。

总的说来，在追求自然美上，意象主义者把创化论的主观动力和神韵论中诗人直入世界内部的高度领悟力二者无形融汇。

关于自然观之于意象主义的重要性，意象派解散后的一位意象主义者，名诗人兼医师卡洛斯·威廉斯对此曾做过深辟的发挥。他说：

> 模仿自然，我们就扩大了自然，我们变成了自然，或者说，我们在自己身上发现了自然的积极成分……事物本身是超越的。[23]

从内心观照看出外物对自然的投影，从而领悟自然，领悟物我交融，也领悟了主体意识的积极作用。这一来，诗人的心理时空就无限延展了，自我的感受也超越了。与此对应的，也正是强调表现功能的神韵论者由“自然观”而派生的美学。司空图说的“观花非禁，吞吐大荒。由道返气，处得以狂”，正是表明由于“能洞悉造化而略无滞窒”[24]，所以能胸襟廾阔，浮想联翩，神游万仞，尽管奇思狂想，层出不穷，但却都源于自然之道。与此相应，威廉斯说的“变成自然”，实际也就是契合自然。唯其契合自然，才能领悟自然，发挥自我的积极因素，这才有豪气，有胸襟，“吞吐大荒”，超越于现实的时空之外。

以“自然观”为规范的美学对诗歌神韵论的孕育，起了长期、深刻的作用，既为神韵论提供规律，也引起了意象主义者的共鸣。

由于“自然观”的作用，文艺的本质和功能就有可能被理解为抒发人们的实感。这对神韵论者说是“吟咏性情”，而对意象主义者说，则是“追求美的直觉”。

由于“自然观”的作用，文艺风格的理想和追求，就必然表现为冲淡、含蓄，有余不尽。比如，神韵论者司空图主张“韵外之致”；严羽主张“言有尽而意无穷”；王渔洋认为司空图的诗品虽多种多样，但“冲淡”“自然”“清奇”，“是三者美之最上”，而这三者实际也是他最倾心的风格。意象主义者虽说有时陷入追求具体事物的表象或作为技法钻研的比喻的贴切而舍本逐末，但他们在借镜中国古典诗歌的韵味上，在体验“中国式意象”的切身感受上，在他们评价或移译中国古典诗歌时的情感共鸣上，他们当中有一些人的确是“从中国和日本诗里，找到了完美的含蓄”[25]。“含蓄”而臻于“完美”，这就是“味外之旨”了。

由于“自然观”的作用，为了保持形象的干净而涤尽芜杂，诗歌技法就必然注重精纯、简洁、以少胜多。这在神韵论者是要求“如矿出金”地下炼冶功夫，而在意象主义者则是“反对废话连篇”，强调要“更接近骨头”，“不要把你想说的都放进去”。庞德甚至于开门见山地宣称：“写诗就是简洁。”

英国现代著名美学家里德曾推崇华兹华斯的“师法自然”，说它显示了英国艺术传统。而我则认为，意象主义尽管反对后期浪漫主义，尽管没有能更好地把握“自然”的整体和本质，但却部分地承传了这一传统的精华，并在尊重自然和捕捉自然奥秘上与神韵论成为大体相应的东西艺术流派。

注释：

---

① 庞德说：“诗中的意象不是装饰，而是直觉语言的本质。”参见戴维・洛奇等编《二十世纪文学评论》，葛林译，上海译文出版社 1987 年版。

② 休凯勒：《艾兹拉・庞德》，伦敦，1972 年，第 196 页。

③ 艾略特：《艾兹拉・庞德文集》，纽约，新方向，1954 年，第 3 页。

④⑬ 《严肃的艺术家》，载伍蠡甫编《现代西方文论选》，上海译文出版社 1983 年版。

⑤ 赵执信《谈龙录》谓，曾见昆山吴乔与友人论诗书有云：“诗之中须有人在，余服膺以为名言。”

⑥⑫ 彼德・琼斯编：《意象派诗选》“导论”，裘小龙译，漓江出版社 1986 年版，第 23 页，第 43 页。

⑦ 李重华：《贞一斋诗说》。

⑧ 《诗品・缜密》。

⑨ 《池北偶谈》。

⑩ 英国女作家辛克莱评庞德语，转引自赵毅衡《远游的诗神：中国古典诗歌对美国新诗运动的影响》，四川人民出版社 1986 年版，第 302 页。

⑪ 卫姆塞特、布鲁克斯：《西洋文学批评史》，颜元叔译，中国人民大学出版社 1987 年版。

⑭㉕ 马库斯・坎利夫：《美国的文学》，张方杰译，今日世界出版社 1963 年版，第 315 页，第 249 页。

⑮ 赵毅衡：《意象派简介》，载何望贤编选《西方现代派文学问题论争集》上册，人民文学出版社 1984 年版，第 20 页。

⑯ 厨川白村：《西洋近代文艺思潮》，陈晓南译，（台湾）志文出版社 1975 年版，第 384 页。

⑰ 苏洵：《仲兄字文甫说》。

⑱ 席勒：《论素朴的诗与感伤的诗》，载古典文艺理论译丛编委会编《古典文艺理论译丛》，人民文学出版社 1961 年版。

⑲ 《文学生涯》，载外国文学研究资料丛书《欧美古典作家论现实主义和浪漫主义》下册，中国社会科学出版社 1981 年版，第 279 页。

⑳ 转引自伍蠡甫编《现代西方文论选》，第 92 页。

㉑ 庞德：《回顾》，载戴维·洛奇编《二十世纪文学评论》，第 109 页。

㉒ 布朗：《爱兹拉·庞德——比较研究者》，载刘介民编《比较文学译文选》，湖南人民出版社 1984 年版，第 182 页。

㉓ 转引自赵毅衡《远游的诗神：中国古典诗歌对美国新诗运动的影响》，四川人民出版社 1985 年版，第 302 页。

㉔ 孙联奎：《诗品臆说·豪放》。

（1988 年第 3 期）

“京味儿”小说

李希凡

一位浙江籍的同行告诉我，他读鲁迅与茅盾的《祝福》《林家铺子》，感到中国南方味很浓郁，语言都是以浙东一带为基点的，带有乡土气息，处处显示吴越一带的风土人情。可是，如果读了鲁迅的《示众》，哪怕是开头的这一小段描写：

> 首善之区西城的一条马路上，这时候什么扰攘也没有。火焰焰的太阳虽然还未直照，但路上的沙土仿佛已是闪烁地发光；酷热满和在空气里面，到处发挥着盛夏的威力。许多狗都拖出舌头来，连树上的乌鸦也张着嘴喘气，——但是，自然也有例外的。远处隐隐有两个铜盏相击的声音，使人忆起酸梅汤，依稀感到凉意，可是那懒懒的单调的金属音的间作，却使那寂静更其深远了。
>
> ……
>
> “热的包咧，刚出屉的……”
>
> 十一二岁的胖孩子，细着眼睛，歪了嘴在路的店门前叫喊。声音已经嘶嘎了，还带些睡意，如给夏天的长日催眠。他旁边的破旧桌子上，就有二三十个馒头包子，毫无热气，冷冷地坐着。

你又不能不承认，这节描写反映了十足的京味儿风情，特别是那“隐隐有两个铜盏相击的声音”，和那胖孩子细着眼睛歪了嘴在路的店门前叫卖的形象，我们甚至在40年代的北京街头仍能听到和看到。

严格地讲，《示众》不是一般意义上的小说，而应属于鲁迅所说的“速写”一类。这篇作品里没有出现有姓名标志的张三、李四、王五、赵六的具体人物，只是描写了一幅特定时代都市街头的“示众图”，但在这篇作品的艺术境界里，被示众者又并非作品的主角，《示众》的主人公，倒是赏鉴示众者的一群。作者对于这些出场人物从形体到精神状态的描写，都极为精密生动，一共写了13个人，活画了这拥挤的一群互相赏鉴的呆看。这幅冷漠、麻木的社会众生相的白描，虽内蕴丰富，具有哲理品格，但透出的，却是浓郁的“京味儿”风情，大异于《阿Q正传》与《祝福》所显示的浙东的习俗和情趣。

自然，这不是说，鲁迅写过一篇富有“京味儿”风情的《示众》，鲁迅就是“京味儿”小说派。应当说，作为五四新文学的奠基人，而又“显示”了五四文学革命“实绩”的鲁迅的小说创作，“并不局限于某个流派，而是实际上开辟了多种创作方法、创作体系的源头”。但是，从《呐喊》《彷徨》所展示的富于乡土气息和地方色彩的风俗画面来看，它又的确对“五四”以来出现在中国文坛上的所谓“乡土文学”，产生过巨大的影响。所以，在当时就有一位评论家讲过这样的话：鲁迅“的作品满薰着中国的土气，他可以说是眼前我们唯一的乡土艺术家”。（张定璜）而《示众》给我们的启示——鲁迅能如此随手拈来地捕捉住京味儿的民俗风情，恰足以说明，他当时作品的现实主义已经相当地成熟了。

二

我以为，“京味儿小说”，该是“乡土派”文学的一脉，但它又和现代文学史上以沈从文为首的被称为“京派小说”并无渊源。

从历史的源流来讲，在现代文学的发展中，毕生以写北京擅长，并且直到今天在这个领域还载誉文坛的前辈，当然是北京人民艺术家老舍先生。提起老舍写北京的作品，当代人立即想到的，可能首先是他的剧作：《龙须沟》《方珍珠》《茶馆》。毫无疑问，这些剧作都是老舍先生1949年后写北京生活的脍炙人口的名著，特别是《茶馆》，尽管老舍自己说过：“《茶馆》这出三幕话剧，叙述了三个时代的茶馆生活”，“这三幕共占了50年的时间。这50年中出了多少多少大变动，可是剧中只通过一个茶馆和下茶馆的一些小人物来反映，并没有正面评述那些大事。这就是说，用这些小人物怎么活着和怎么死的，来说明那些时代啼笑皆非的形形色色”。（《老舍论创作·谈〈茶馆〉》）但是，这三幕剧蕴含的历史深度和时代意义，远不止显像在舞台上这些小人物怎么活和怎么死的本身，它通过这不同历史时期独特的北京的生活风习画，埋葬了旧中国的三个旧时代。我还记得1958年在首都剧场看北京人民艺术剧院《茶馆》首演时的情景，那时的“直觉”是什么，现在已说不清，我只觉得，一下子被那各色人物正在活动着的大转台的社会风习画般的全景吸引住了：

从形象上看：满台奔跑着端茶倒水，送烂肉面的跑堂儿，坐着喝茶的主儿，多数旗装打扮，长袍马褂服饰鲜艳，腰间还挂满了零碎儿——玉石坠儿、鼻烟壶、小梳子，头上则高悬着鸟笼子，但也混杂着衣衫褴褛的乞讨者，真是色彩缤纷，使人眼花缭乱……

从音响上听，茶客们的高谈阔论，茶房的高声吆喝，后面灶上传来的炒勺的敲打，时而又穿插着动听的叫卖声……这确是一曲别致的交响乐，使人应接不暇。

对于长期生活在北京，哪怕是当今的现代人，尽管他并未亲眼看见过茶馆生活，他也会冲口而出地说出，这是北京的茶馆，融汇在这里的是一幅人们即使未曾目睹也听说过的清末市井生活的多彩画卷。而《茶馆》至今还是北京人艺的保留剧目，以其“经典性”成就的美学风格，获得了国内外观众的击节称赏。

不过，《茶馆》毕竟是戏剧，作者只能把他的擅长描写民俗风情的画笔局促在有限的舞台框架里。只有到了小说创作中，作者才能“无限”地展开这老北京民俗风情更为丰富、更为多彩的描绘。何况，老舍先生早年并非剧作家，他是以小说成名于世界文坛的。他的名著《骆驼祥子》，固然堪称描写北京下层市民生活的杰作，就是在抗战后方写出的反映沦陷于日寇统治下的北京的《四世同堂》，在今天搬上荧屏，还能以其熔铸着时代风雨的独特的京味儿习俗深切地感染着广大观众。

“京味儿”也者，不言而喻，它当然离不开北京这块地盘儿，离不开北京这文明古都历史形成的民俗风情。以老舍而论，确如舒乙所说：“不论从作品数目，还是从字数上看，可以说：老舍的作品大部分是写北京的。”“老舍写了一辈子北京”（《谈老舍著作与北京城》）自然这并非只是指出现在老舍作品里的那些真实的地理环境，如护国寺、德胜门、东安市场之类，常出现在他的笔下，甚至作者的诞生地“小羊圈胡同”（现名小杨家胡同），还以丰满而生动的形象构成了《四世同堂》主人公们的主要活动场景，而是指北京这座文明古都近百年来的民俗形态的生活细节和风土人情，都以其浓郁的色调渗透着老舍作品所反映的生活。老舍自己也曾说过：“我生在北平，那里的人、事、风景、味道，和卖酸梅汤、杏仁茶的声音，我全熟悉。一闭眼我的北京就完整的、像一张彩色鲜明的图画浮立在我的心中。”（《三年写作自述》）也正因如此，所以身在抗日后方重庆的老舍，却能写出沦陷后北京的长篇小说《四世同堂》。对此，胡絜青同志曾经有过一段很生动的回忆：“到了重庆，大后方的朋友们纷纷到我们家来，听我述说着日本侵略者残害中国人的兽行。他们问这问那，打听得非常详细。每当这时候，老舍就点着一根烟，皱着眉头，静静地坐在一边陪着听，两三个月的时间，我把四五年间所见、所闻，以及我的感想和愤慨，对着一批一批来访的朋友们反复地说了几遍。慢慢地，朋友们这方面的话题谈得不多了，老舍却开始忙碌起来。他仔细地询问，日本侵略者在北京的所作所为，市民的反应如何？挨着个儿和我漫谈北京亲友和一切熟人的详细情况。我说某家死了人，大家怎么热心地去帮忙，他就把那家办丧事的一些细节绘声绘色地补充上去；我说某人当了汉奸，他就把那个人吃什么，穿什么，见了什么人说什么的神情，一一表演给我看，好像他也在沦陷区的北京住了四五年似的。我佩服他对北京和北京人的了解，那么深，那么细，那么真。这种漫无边际的漫谈，谈了很久，终于有一天他对我说：‘谢谢你，你这次九死一生地从北京来，给我带来了一部长篇小说……’”（《老舍夫人谈老舍》）

《四世同堂》是老舍唯一的大部头，近百万字的“三部曲”。据统计，这部小说的出场人物有一百三十多，有名有姓的六十余人。其中三教九流，无所不包。尽管作者的用墨浓淡不一，它却以其独具特色的错综复杂的人物体系，展现了这特定历史时期北京市民社会的那充满耻辱与悲苦的声情色相。

任何一个国家、民族以至地域的民俗风情，都是源远流长，有其历史的生成、发展和积累，世代相传，而且在不断前进的社会生活里还能保持着相对稳定的形态。就“京味儿”的民俗风情和文化蕴含来说，中国的最后一个封建王朝的清代统治者的建都北京，当是给它带来的影响最大。不过，在老舍的作品里，绝不是为了猎奇而写民俗，无论是戏剧还是小说的创作，他笔下的北京的民俗风情，都密切地联系着作品所反映的时代与社会现实，渗透着人物的生活命运与性格刻画。只要想一想王利发、松二爷（《茶馆》）、祥子、虎妞（《骆驼祥子》）、祁老人（《四世同堂》），以及那个三等警察的“我”（《我这一辈子》），我们就会明白，离开了那浓郁京味儿的民俗风情的有力渲染与烘托，就不可能有它们的鲜明丰满的形象性格和特有的人物世界。作为“京味儿小说”的开拓者，近百年来北京市民社会的变化，时俗的沿革，地理风光的着色，特别是下层市民的苦难与挣扎，在老舍的笔下，都留下了历史的真实的声影。我不知道《老张的哲学》算不算“京味儿小说”的发轫之作，但是，从《骆驼祥子》《四世同堂》到压卷之作的《正红旗下》，确实是展开了这老北京民俗风情的长幅画卷，囊括了清末北京社会的各个阶层，可以说从王公贵族到下层市民，以至地痞流氓、三教九流，各色人等，都活现在他的笔端了。而在清末封建社会的崩溃中，尽管这些人物的生活经历、职业阶层、社会地位、个人命运千差万别，却由于都生活在这文明古都，受着特定时代的习俗民情的浸润，在不同的个性中显示出各自的京味儿的文化蕴含和心态，可谓琳琅满目。从这方面来看，老舍的未完成的杰作《正红旗下》，称得起既是压卷也是顶峰。它是《茶馆》同一创作母题的扩深。如果说《茶馆》第一幕，是为末代王朝送葬的丧钟，那么，这《正红旗下》，则是清末北京社会生活的一面镜子。

《正红旗下》只写了11章，重点是写了下层旗人的生活。作者的意图是想暴露八旗制度给满族人民所造成的灾难性的恶果，却又相当广泛地触及了清末中国社会各种尖锐复杂的现实生活矛盾。在小说里，作者曾以第一人称明确地讲道："我赶上了大清皇朝的'残灯末庙'，至于我们穷旗兵们，虽然好歹还有点铁秆庄稼，可是已经觉得脖子上仿佛有根绳子，越勒越紧！""二百多年积累下的历史尘垢，使一般的旗人忘了自谴，也忘了自励。我们创造了一种独具风格的生活方式，有钱的真讲究，没钱的穷讲究。生命就这么沉浮在有讲究的一潭死水里。"仅仅从这写好的11章里，我们已经可以看到，作者对这旗人"独具风格的生活方式"，诸如送灶过年，敬神拜佛，生孩子洗三、做满月，以至养花、蹓鸟，放鸽子，饮食、行事、穿着打扮等，描绘得如此细致入微、惟妙惟肖。当然，如前所说，老舍小说的民俗风情的描写之所以饶有情致，都是和反映生活、刻画性格、创造艺术形象密切结合的，而在《正红旗下》，这一切更是熔融一气，相映成趣。所以，老舍研究者都把这未完成的《正红旗下》，誉为"扛鼎"之作，确实是当之无愧的。

短篇《柳家大院》和中篇《月牙儿》，都写的是旧北京社会生活底层妇女的悲剧。《柳家大院》写的是发生在老北京大杂院里的故事。大杂院，是北京下层市民"群居"的所在，长期形成了特有的生活方式、人际关系，到今天虽已有了变化，如苏叔阳的《夕照街》《傻二舅》中所写，但也还有不小的遗留，像陈建功的《辘轳把胡同九号》《找乐》主人公们的住所。

柳家大院石匠家媳妇的悲惨遭遇，是旧社会日常生活中极普通的悲剧——媳妇不堪公公、丈夫和小姑的虐待而被迫自杀，但是，作品的底蕴并不在于这生活表象的悲惨，而在于作者通过这个普通的悲剧故事深刻地揭露了不把妇女当人的封建道德如何渗透了下层人民的思想感情：当媳妇的就该挨揍，"男的该打女的，公公该管教儿媳妇，小姑子该给嫂子气受"，媳妇"还不如那锅饭值钱"，等等。正是在这样道德观念的支配下，终致把媳妇逼向死亡，而石匠一家也因此而破了财，虐待嫂子的二妞，又正在走上嫂子的路。作者通过北京大杂院的生活风情，用活的北京话，把这个普通的悲剧故事叙述得娓娓动人。

中篇小说《月牙儿》，写的是母女为娼的悲剧。它的凄婉动人之处，重点还不在于母女为娼这惨剧本身，而在于它相当有深度地写出了这险恶的社会怎样把这些善良的妇女逼上屈辱的痛苦的绝境的。第一人称的“我”——为娼的女儿，痛苦地求索造成自己悲剧的原因，是小说后半部着重描写的内容。她曾愤激而悲苦地发问：“不是妈妈的毛病……是粮食的毛病，凭什么没有我们的吃食呢？”她也清楚地看到了自己未来的命运与结局：“我妈妈是我的影子，我是好不过将来变成她那样，卖了一辈子肉，剩下的只是一些白头发与抽皱的黑皮。这就是生命。”最后使她领悟了造成她悲惨处境的社会根源，已是在她被投入监狱之后。作者这样写下了她的痛切感受：“监狱是个好地方，它使人坚信人类的没有起色，在我做梦的时候都见不到这样丑恶的玩意。自从我一进来，我就不再想出去，在我的经验中，世界比这强不了许多。”

这既是这悲惨为娼的女孩子对她所经历的残酷人生的哲理思考，也是她对旧中国的有力的宣判。那寓意是深远的！它启示着人们：旧的社会制度的“大监狱”不推翻，不打破，就不会有受迫害人民的真正解放。

可以看出，《月牙儿》作为一篇反映旧社会妇女悲剧的作品，较之《柳家大院》，作者在思想主题上有了更深层的开掘。

同时，我以为，选同一母题的两篇作品，不仅有着思想上的考虑，也有着艺术与语言风格特点方面的选择。如果说《柳家大院》是用活的北京方言土语（当然也有文学上的提炼），抒写了北京市民大杂院角落的风情，那么，《月牙儿》，则把北京话升华为诗的语言，用作者自己的话说，他写《月牙儿》，是企图“以散文诗写小说”的尝试。老舍在语言的运用上，“总希望能够充分的信赖大白话”，因而，他小说中的语言，也总是通俗易懂，流畅自然但又凝练、含蓄，往往还在大白话中蕴含着深刻的哲理。《月牙儿》在艺术表现上更侧重这一特点的发挥。这篇作品重叠出现“月牙儿”的形象，在“我”的心目中，自然也渗透着“我”的感情色调，前后照应，呼和着全篇的韵律，融汇成一个浑然整体。从整体来看，“月牙儿”是“我”的苦难的见证，但当“月牙儿”作为景物呼吸时，它又是通过“我”的感觉的溶化而着笔。譬如作者重叠描绘的“月牙儿”“斜挂于澄碧的夜空”，实际上是暗喻着孑然无依的“我”的身世与遭遇，特别是开头与结尾的两段对照的描写：

> 多少次了，我看见跟现在这个月牙儿一样的月牙；多少次了，它带着种种不同的感情，种种不同的景物，当我坐定了看它，它一次一次地在我记忆中的碧云

上斜挂着。

我又看见了我的好朋友，月牙儿！好久没见着它了！妈妈干什么呢？我想起来一切。

显然，“月牙儿”在小说结构中是起了构造氛围和意境的作用，它使全篇贯串着统一的情调和色彩，表现了这个为娼的女孩子，在短短的一生中始终处于清冷孤寂、悲苦无告的境遇，陪伴她的，只有那“斜挂于澄碧夜空”无可依傍的月牙儿，在无言相对中倾诉着无尽的悲哀。浓重的感情色调浸染着老舍的那种带京味儿的语言，构成了舒缓有致的诗的情韵，确实是实现了作者“以散文诗写小说”的意图，给读者以强烈的感动。

二

王蒙在《北京优秀短篇小说选·序》里曾说过：被称为“北京作家群”的“这批作家近年来写的小说不少，有点影响，也是真的。不论题材、风格、手法，各干各的，没有什么人想搞个什么小说‘京派’，大概也符合事实”。苏叔阳也说：“当初我连想也没有想到要特意表现‘北京味儿’。只是因为我笔下的人物都是北京人，生活在北京的环境里，只有用他们自己的语言，叙述他们独特的经历和命运，描摹他们生活的环境和氛围。”(《赤脚踏在小路上》)的确，在中国现代小说流派中虽有被称为“京派小说”者，那里却并无老舍，而且在老舍生前，却也并未见有一个“京味儿小说”的称号。但是，粉碎“四人帮”以后，特别是近几年来，在中短篇小说空前繁荣发达之际，北京作家中逐渐出现了几位以抒写北京这座文明古都民俗风情为主的作家，他们当然也是属于“北京作家群”中的一员。他们没有人想搞一个什么“京派”，但他们作品的题材、风格、语言以至韵味，又实实在在地满薰着北京的浓郁的“土气”。

这本选集里除去选了老舍的《月牙儿》《柳家大院》，还选了邓友梅的《那五》《寻访画儿韩》，汪曾祺的《云致秋行状》《安乐居》，韩少华的《红点颏儿》《少管家前传》，陈建功的《辘轳把胡同九号》《找乐》，苏叔阳的《傻二舅》《我是一个零》以及以写京郊农村为主的刘绍棠的《花街》《青藤巷插曲》，浩然的《穿蓝背心的男人》《弯弯绕的后代》，一共8家16篇作品。

“京味儿”小说之为“京味儿”小说，首先当然在于这些作家以各自特有的艺术画笔，真实地、生动地描绘了北京这座古都富有特色的民俗形态的生活与风情。虽然作为中华人民共和国首都，北京的历史并不算长，但是，明清两代以至民国初期，它却有作为京都的较长的历史，因而，即使到了今天，也依然有着新旧北京历史生活的汇流。老舍逝世以后，在历史新时期的小说创作中，以其新鲜的生活气息，重新在这方面唤起人们审美情趣的，的确又是以上提到的这几位作家。在他们的这些作品里，我们不仅看到了正在变化中的首都北京的新貌，而且领略了几代帝都北京的历史与民俗的风光。

我们不妨摘录几段，看看他们反映了什么独特的社会画面：

> 这清音茶社在天桥市场的西南方，距离天桥中心有一箭之地，穿过那些撂地的卖艺场，矮板凳大布棚的饮食摊，绕过宝三带耍巾播的摔跤场，这里显得稍冷清了一点。两旁也挤满了摊子。修脚的，点痦子的，拿猴子的，代写书信、细批八字，圆梦看相、拔牙补眼，戏装照相，膏药铺门口，一个学徒耍着两根棒槌似的东西在搅锅里的膏药……

这是邓友梅《那五》中旧北京天桥的一段描写，在今天的青年人看来，这似乎是一个光怪陆离的市场，但是，只要在40年代还到过北京的人，就都会感到这曾是当时身临其境的天桥的社会众生相，它既不是上海的城隍庙，也不是南京的夫子庙，它就是北京的天桥，虽然杂沓相陈，却是京味儿十足的老北京市井社会最具特色的一角。

> 据我所知，北京有两条辘轳把胡同。一条在西城，一条在南城。我说的，是南城的。胡同不长，真的像过去井台儿上摇的辘轳把儿一样，中间有那么一个小弯儿。门牌儿数到“9”，正是要拐弯儿的地方。9号的门脸儿也不漂亮，甭说石狮子，连块上马石也没有。院儿呢，倒是咱们京华宝地的“自豪”——地道的四合院。四合院您见过吗？据说一位建筑学家考证：天坛，是拟天的；悉尼歌剧院，是拟海的；“科威特”之塔，是拟月的；芝加哥西尔斯大楼，是拟山的。四合院儿呢？据说从布局上模拟了人们牵儿携女的家庭序列。嘿，这解释多有人情味儿，叫我们这些“四合院儿”的草民们顿觉欣欣然。不过，说是“牵儿携女”，不如说是“搂儿抱女”更合适，对吗？不信您留心一下看，现在“四合”固然还有，“院儿”都在哪儿呢？哪个院里不挤满了自盖房、板棚子，几大家子人把个小院塞得满满当当。这不是“搂儿抱女”是什么……唉，当然，也是无可奈何的事。

我们中华儿女，愈衍愈众，牵儿携女是领不过来了。不密密层层地搂着，抱着，行吗？

这是陈建功《辘轳把胡同九号》中关于“胡同”与“四合院”的一节介绍性文字，虽蕴含着“现代意识”的幽默，但在由“四合院”嬗变为“大杂院”的时代着色中，也还是与历史氛围相纠结，散发着浓厚的民俗味：

大门外的势派不必说。一进门，迎面就起着细磨对缝青砖垛子，双泥鳅背的筒瓦顶子垂花门。门里头，并不是那种“芒种”搭了“白露”拆，杉篙支架子，苇席苫顶的天棚；要搭，也是那种利物浦海运进口的洋铁页顶子，镶着威尼斯彩色玻璃明瓦的花檐子罩棚。厅前廊下，也少不了乌木架子支着的八对或五彩或三蓝的细瓷鱼缸，养着各色各种龙睛；却又另辟着跨院儿后园，太湖石假山子拱绕着月牙儿河，里头翠藻扶疏，金鳞掩映，别具一派风流……

这是韩少华《少管家前传》开头的一段描写，写的是前清遗老中堂大人家，“够得上爵品大府门头儿，大宅门口儿”。这显贵的府第，虽属于守旧的叶赫那拉氏家族，但这府第的建筑和气度，却透着有点赶时髦，在老的格局做派里处处掺杂着洋味儿。其实这段简洁的点染，正是真实地反映了这座帝都在清末民初半殖民地化过程中没落贵族生活的一个侧面。

安乐居是一家小饭馆，挨着安乐林。

安乐林围墙上开了个月亮门，门头砖额上刻着三个经石峪体的大字，像那么回事。走进去，只有巴掌大的一个地方，有几十棵杨树。当中种了两棵丁香花，一棵白丁香，一棵紫丁香，这就是仅有的观赏的植物了。……这么一片小树林子，名声却不小，附近几条胡同都是依此命名的。安乐林头条，安乐林二条……这个小饭馆叫作安乐居，挺合适。

安乐居不卖米饭炒菜，只卖包子，花卷……这家饭馆其实叫个小酒铺更合适些。到这儿来喝酒的比吃饭的多。这家的酒只有一毛三分一两的。……

酒菜不少，煮花生豆，炸花生豆。暴腌鸡子。拌粉皮。猪头肉……最受欢迎的是兔头，一个酱兔头，三四毛钱，至多也就是五毛多钱，喝二两酒，够了。……

这些酒客们吃兔头是有一定章法的，先掰哪儿，后掰哪儿，最后磕开脑绷骨，把兔脑掏出来吃掉。没有抓起来乱啃的。吃得非常干净，连一丝肉都不剩。安乐居每年卖出去的兔头真不老少。这个小饭馆大可另挂一块招牌：“兔头酒家”。

酒客进门，都有准时候。

这是汪曾祺的《安乐居》中对安乐林和安乐居的一节风物描写，正像他其他作品描写自己家乡倾注着感情一样，在这里，他不只生动地画出了北京街头小酒铺的里里外外，使人如身临其境，而且观察细微，融情于物，写得色香味俱全，让你舌下生津，有滋有味，仿佛同经常到安乐居喝酒的老哥儿们一起，体会着那二两“一毛三”、一个酱兔头入肚的每天不可或缺的“享受”，这是标准的北京街头小酒铺的习俗风光！

这四节描写，当然都还只是从一个方面——市井、大杂院、大宅门、小酒铺，描写了北京民俗形态的生活细节与风土人情，在表象上，尚属静止的画面，而一个民族或一个地方的民俗，却是渗透在它们的生活的一切方面，正如我们对老舍作品分析的那样，诸如婚丧礼仪，节日往来，衣食装饰，居所陈设，以至说书唱戏，习惯爱好等，这几位作家也都各有其刻意经营的笔墨，创造出迥然不同的独特的民俗风情的美。韩少华的《红点颏儿》有这样两段关于鸟笼子和鸟的描写：

炕桌上摆着个鸟笼子，那是个中号六棱紫竹笼儿；上头满是白铜顶盘儿、白铜抓、白头小甩头钩子，周围六面紫竹玄框，上中下三圈紫竹横档；笼子门儿上还刻着五只细巧蝙蝠；那叫“五蝠献瑞”；里头呢，一根黄杨洋木站梁，一对白地蓝花儿、外“卍”字不到头，沿边锁口的铜釉子食水罐儿，就连笼子底上的衬垫儿，都是崭新的高丽纸，随着底形铰成六角儿，铺得平展展的。不说那成套的白铜饰件儿亮得能照见人影儿，紫竹挺也油润得打了蜡似的；就那对罐儿，甭细瞧，晚说也是同、光年间景德镇的上品……

……

我五哥打这儿就养起红点颏儿来。一年之后，把个小东西调教得甭提多出息了。您瞧那骨架：立腔儿，葫芦身儿，再瞧那毛色：茶褐里透着虾青的背儿，银灰里泛着象牙白的肚儿，唯独下颏儿底下指甲盖儿大小那么一块儿，红得像八月里蒸透了壳儿的团脐螃蟹子，润得像四月里腌满了油的鸭蛋黄儿。再添上那对不慌、不愣，另有一股神气的眼睛，两道清霜似的眉子——诌句文词儿，真称得起

"神清骨峻"！要是那小蜡嘴儿微微一张，略偏着头儿，小不溜儿地那么一哨，嘿，真是五音出口，百鸟儿压言……

提笼架鸟，应当说，曾经是清代八旗子弟有闲的遗风，但在历史的变迁中，它逐渐变成了北京市民特别是颐养晚年的老人们的一种爱好，一种同养花一样的美的鉴赏艺术，而且至今还是首都各大公园、绿化园地里的京味风情的一部分。不过，作家能用笔饱和着物我双会的艺术感受，描绘出如此饶有情致的独特画面，却是我在小说里第一次看到。

三

巴尔扎克在他的《人间喜剧·前言》中说，他的多卷本的小说是在写"历史"，写"许多历史家忘记了的那部历史、风俗史"，而他的《人间喜剧》，也确实通过其错综而瑰丽的风俗史画，通过众多人物形象和五光十色的特定生活场景，创作了恩格斯所说的"一部法国'社会'特别是巴黎'上流社会'的卓越的现实主义历史"(《致玛·哈克纳斯》)。我们的"京味儿"小说的作家们，是否已立下了巴尔扎克这样的雄心壮志，我不知道，但十分明显的是，他们都熟悉北京、热爱北京，而且在熟悉和热爱中又都有自己独特的发现，并有志于把自己"发现"的北京写出来。至少邓友梅和陈建功都在写"系列作品"，《寻访画儿韩》和《那五》，在人物形象上就是联袂而来，有着交叉出现的历史的衔接。《辘轳把胡同九号》和《找乐》，也具有同样的特点，陈建功还用"谈天说地"作为他这些小说的副标题，可见在他们的创作中，是有同一母题的"远景规划"的。从这已见端倪的风俗史画可以看出，其中渗透每个作家特有的心灵的感受和捕捉，而又是从笔端自然流出的，这才使他们的作品独具"京味儿"风光的精华。

邓友梅在《〈寻访画儿韩〉篇外缀语》里说：他正在"探讨""民俗风味的小说"，又说：他很"向往一种《清明上河图》式的小说作品"。作者的这种"探讨"，给人以耳目一新之感，大概是开始于《话说陶然亭》，其后，《双猫图》《寻访画儿韩》以及中篇《那五》等奔涌而出，形成了他所反映的独特的生活领域和浓郁"京味儿"的艺术天地。有的同志把它称为"市人小说"，或"新兴的城市文学"，联系起作者所"向往"的《清明上河图》，"或者说是市人相的民俗画"(张韧)，我以为，这是很有见地的概括。只不过，邓友梅笔下的北京“市人相”，似更侧重于它作为文明古都的民俗风味。以《寻访画儿韩》和《那五》为例，呈现在读者面前的艺术画面，虽然融合着北京社会政治、经济、世态、人情多式多样的生活场景，而其情节中心却是回旋在历史文化的活动领域。《寻访画儿韩》围绕着制造假画、识别假画、“揭露”假画，不仅突出地塑造了画儿韩的独特的性格，而且内蕴着多少民俗掌故和有关历史文物的丰富知识。请看小说中有关画儿韩“寿宴烧画”前的这节剖析假画的描写：

“我不说大伙也有耳闻，我收了幅假画。我落魄的时候自己也做过假，如今还跌在假字上。一还一报，本没什么可抱怨，可我想同人中终究本份人多。为了不让大家再吃我这个亏，我把画带来了，请大家过过目。记住我这个教训，以后别再跌这样的跟头。来呀，把画儿挂上。”

一声吆喝，两个学徒一人捧着画，一人拿着头上有铁爪儿的竹竿，把画儿挑起来，挂在铁梁下准备悬灯笼用的铜钩上。众人齐集画下，发出一片啧啧声，说：“造假能这样乱真，也算开眼了。”画儿韩说：“大家别叫它吓住，还是先挑毛病，好从这里学点道眼。”

……

画儿韩爽朗地笑了两声说：“我这回作大头，可不是因为他手段高，实在是自己太自信，太冒失。今天我要劝诸位的就是人万不可艺高胆大，忘了‘谨慎’二字。这画看来惟妙惟肖，其实只要细心审视，破绽还是挺明显的。比如说，画名《寒食图》，画的自然是清明时节。张择端久住汴梁，中州的清明该是穿夹袄的气候了，可你看这个小孩，居然还戴捂耳风帽！张择端能出这个笑话吗！你再细看，这个小孩像是在哪儿见过，在哪儿？《瑞雪图》上！《瑞雪图》画的是年关景象，自然要戴风帽。所以单看小孩，是张择端画的。单看背景，也是张择端画的。这两放在一块，可就不是张择端画的了！再看这女人，清明上坟，年青寡妇自然是哭丈夫！夫字在中州韵里是闭口音，这女人却张着嘴！这个口形只能发出啊音来！宋朝女人能像张飞似的哇呀哇的叫吗？”

当然，画儿韩煞费苦心地聚集友好大宴宾客，又挑出“假画”高谈阔论，并非只为卖弄知识，其“撒帖打网”的目的，正是用心周密地报复这上当受骗的偶然失误。作者运用文物字画的丰富知识，渲染气氛，勾画人物，把一个心志内蕴的多面性格写得妙趣横生，意味隽永。

苏叔阳的《傻二舅》，也有这样一段关于傻二舅糊顶棚技艺的描写：

> “傻小三，瞧瞧二舅的手艺，赛灰顶！”二舅依旧没完没了地吹他的手艺。反正北京城里民房大多都是纸糊的顶棚，他施展本领的机会多得很，春秋两季总是忙得不亦乐乎。我亲眼见过他的手艺，那两下子确实不含糊。他可以不用登梯上高，只用一根T字形的秫秸架，搭上刷了糨糊的大白纸，站在地上，往上一送，再用一把长柄笤帚那么一“呼噜”，就把纸平展展地贴在棚架上。如此这般，三下五除二，很快地就糊一间屋顶。他说让主家买几张纸，就用几张纸，剩下一两张，裁成小条，做贴墙缝的搭头，手指头大的纸也不会剩下。待到顶棚干透，您上眼瞅吧，连纸缝都难以发现，确确实实的“赛灰顶”。

很明显，如果缺少这些与人物性格相融合的知识和趣味的魅力，就很难写出赏心悦目的风情画，很难把“画儿韩”和“傻二舅”这些北京特殊文化与风习土壤里培养出来的人物写得栩栩如生。

如果说，邓友梅的《寻访画儿韩》和《那五》所提供的北京的独特的民俗画面，渗透着这座古都的历史文化的情致，那么，陈建功的《辘轳把胡同九号》和《找乐》，则是要读者跟着他的“谈天说地”的笔锋，到老北京普通市民居住的小胡同和大杂院里去“转悠”。我们姑且不谈他的名篇《辘轳把胡同九号》所创造的韩德来的形象，具有哪些独特的认识价值和美学价值，因为那不是本文力所能及的。我们只想从《找乐》这篇的民俗风情描写，看一看在他笔下的社会画面，对新旧北京的历史生活有着怎样的独特的概括和反映。

“找乐”，看来，像是北京人长期形成的一个悲喜剧的心绪特征，作者以这句富有哲理内涵的俗语为引子，对北京人精神气质的韵律（当然只是一个方面）进行了综合的考察。《找乐》开头有这样一段描述：

> “找乐子”，是北京的俗语，也是北京人的“雅好”。北京人爱找乐子，善找乐子。这“乐子”也实在好找得很。养只靛颏儿是个“乐子”，放放风筝是个“乐子”。一碗酒加一头蒜也是个“乐子”。即使讲到死吧，他们不说“死”，喜欢说：“去听蛐蛐叫去啦”，好像还能找出点儿乐儿来呢。

过去天桥有八大怪，其中之一叫“大兵黄”。据说当过张勋的“辫子兵”，也算是“英雄末路”吧，每天到天桥撂地开骂。三皇五帝他爹，当朝总统他妈，达官贵人他姐，芸芸众生他妹。合辙押韵，句句铿锵，口角流沫，指天划地。当是时也，里三层，外三层，喝彩之声迭起，道路为之阻绝。骂者俨然已成富贵骄人，阔步高视，自不待言。听者仿佛也穷儿暴富，登泰山而小天下。戳在天桥开“骂”，是为一“乐儿”。

自打乾隆五十五年“四大徽班”进京以后，北京人很少有不会两段“二黄”的了。蹬三轮儿的，卖煎灌肠的，把车子担子往马路边上一搁，扯开嗓子就来一段。这辈子想当诸葛亮没指望了，时不时“站在城楼观山景”，看一看“司马发来的兵”，倒也威风呢。要不，就“击鼓骂曹”：“平生志气运未通，似蛟龙困在浅水中，有朝一日春雷动，得会风云上九重。”撒一撒胸中的闷气也好。就连那些押去二道坛门吃“黑枣儿”，吐“山里红汤”的犯人们，背上插着招子，被五花大绑地扔在驴车上，也要唱一嗓子，招来一片喊“好”声呢。唱这“嗓子”和听这“嗓子”，也是个“乐子”。

我们北京的老百姓们，素有讲个脸面的传统，“耗财买脸儿”更是一个“乐子”啦。口袋里镚子儿没有呢。别着急，只管往大酒缸里泡就是了。别看不过是个扛窝脖儿的，打执事的，引车卖浆者流，那大爷的派头也足着哪，围在酒缸沿上，二两烧刀子入肚，哥几个便对着拔起脯儿来啦。这位只管说自己如何过五关、斩六将，那位尽管说他的长坂坡。如果素昧平生，刚刚相识，更来劲儿，反正都是两眼一抹黑，加上一个个喝得红头涨脸，迷迷瞪瞪，只顾沉醉在自己的文韬武略之中，你就说自己上过月亮，别人也会哼哈哼哈地应和。酒足饭饱之后，气宇轩昂地站起来，即使阮囊羞涩，也要端起腰缠万贯的神气，吩咐一声“抄”，伙计们赶忙清账，写水牌儿，道一声“记上”，言犹未落，人已经高掌远蹠，雍容雅步，踱将出去，这不又是一“乐儿”吗？

这个历史的概括，虽不是在塑造典型，却内蕴着生活的哲理品格，作者通过这样一幅社会众生相的勾画，透视了北京人心灵窗口的一角。它使我们想起“清末之谴责小说”，如《官场现形记》《二十年目睹之怪现状》所描绘的某些人物群象的精神风貌；它也使我们联想到鲁迅笔下的所谓“寄植”在阿 Q 身上的“精神胜利法”。鲁迅曾说过：他的《阿 Q 正传》，是“要画出一个现代的我们国人的魂灵来”，并写出他“眼里所经过的中国的人生”。陈建功的这个“找乐”，可能还没有升华到如此高层次的概括力度，但至少也是他对“北京人”在历史长河中被扭曲的心态进行了立体观察的结晶，是具象化的抽象。因而，在这抽象概括的描述里，仍使人们感受到跃动着的社会生命。

自然，作者先以抽象的概括描述北京人“找乐”的历史形态，意图还在于过渡到揭示他笔下现实主角们“找乐”的新形态。辘轳把胡同文化活动站的这些老人们，并非天桥八大怪，也没有过押去上道坛门吃黑枣的“经历”，但他们的“找乐”，又的确表现了“北京人”固有“精神遗产”的部分内蕴。譬如“老头儿们有点爱神吹”，“大多数是‘梨园行’门清的主儿”，“听一耳朵，便知道这是，‘梅老板’，那是‘麒麟童’，”可这些“戏篓子”“戏包袱”到这里来神吹，唱两嗓子，找“乐儿”，却又各有各的苦衷。像被李忠祥拽到“戏班子”来的赫老头儿、乔万有，以至大学教授贺鑫，就都没有唱两口的瘾，而被李忠祥“开了一个方子”来此“找乐”的。在他们的现实心态里，已没有了旧社会那种不顺气的伤痛，可却有新生活不顺心的根由，也包括这位在活动站“统领群芳”的李忠祥，虽生活在“儿子孝顺”的“福窝”里，但心气儿也何尝时时那么顺畅，他的过分热心为别人“找乐儿”，最后只落得自己无处“找乐儿”。

《找乐》的取材，虽也不脱历史的内涵；“找乐儿”，在北京民俗风情中也确有其长期沿袭的历史，但时代的光照，却依然在这民俗“雅好”的演变中折射出或浓或淡的新的生活矛盾的轨迹。

《那五》的天桥的市井描写，当然不同于《少管家前传》的大宅门的介绍，也与《找乐》《傻二舅》这类北京大杂院的情致迥异，但是，这些作品里所描绘的多彩多姿的民俗风情，在内在意蕴上，又确实给人以相通的感受。这意蕴不仅渗透在它们的富于个性的艺术画面上，而且更为丰富地展现在这些作品所创造的各不相同的人物画廊里。无论是邓友梅的那五、画儿韩，汪曾祺的安乐居的酒客们，陈建功的韩德来、李忠祥，还是韩少华的胖老头儿“梆子”和他的老哥儿们、少管家连喜和那中堂府一家人，苏叔阳的傻二舅，他们的出身、教养、经历、脾性，那是很难找到相似之处的，但你又不得不承认，在他们的性格与生活情趣里，总是飘散着一种特有的京味儿烟尘的熏陶。

文学是语言的艺术，而风格又是语言的表现形态。高尔基说：文学的“第一个要素是语言，语言是文学的主要工具，它和各种事实生活现象一起，构成了文学的材料”。又说：“语言把我们的一切印象、感情和思想固定下来，它是文学的基本材料。文学是用语言来表达的造型艺术。”特别是对“京味儿”小说的作家们来说，语言于他们的创作，似更有着特殊的意义。方言是语言的地方特色的变体，失去了北京的方言俚语的地方特色，就不足以称为“京味儿”。自然，即使从旧北京市井社会来看，那也是三教九流，行业不同，又有不同的行话，而时代的变迁，也会给语言带来新鲜的色泽。如果不能把握这些更细致纹路的语言特色，同样也写不出“京味儿”，更何况言为心声，语言还是人的内在感情的外在表现形态。在现实社会生活中，人们的语言和对话，总是反映着一定的个性特征。鲁迅在谈到对人们在生活交往中的语言的集中提炼时，说：“如果删除了不必要之点，只摘出各人的有特色的谈话来，我想，就可以使别人从谈话里推见每个说话的人物。”他还特别主张采用活泼的方言土语，他认为，“方言俚语里，很有些意味深长的话，我们那里叫‘炼话’，用起来是很有意思的，恰如文言的用古典，听者也觉得津津有味。各就各处的方言，将语法和词汇，更加提炼，使他们发达上去的，就是专化。这于文学是很有益处的”（《且介亭杂文·门外文谈》）。

老舍固不必说，他早已被人尊称为中国当代语言大师之一。如前所说，他一生都是在用北京方言俚语进行创作，到了晚年的顶峰之作，如《茶馆》和《正红旗下》，其语言艺术已达到炉火纯青的境界。当然，我们决不能排斥吸取外来语的营养，以加强我们语言的精密化。但是，生吞活剥地制造一些国人不懂的“语言”，又自以为深奥，却该是我们创作界所不取的。我以为，语言既然是文学的基本材料，总还是要从现实生活出发，以“活着的白话”为基础，又博采古今语言的营养，推敲斟酌，千锤百炼，来提炼自己的文学语言。从《那五》，特别是《寻访画儿韩》来看，邓友梅作品的语言艺术，就不仅注意于“地区性”——“京味儿”的提炼，更注意于把握描写对象的职业的个性的语言特色，像《寻访画儿韩》，在“寿宴烧画”的场面里，通过画儿韩富有个性和状写书画的职业特点的语言，把他的身份、经历、知识、禀赋和心机，写得多么透亮，而令人神飞遐想。比较起来，邓友梅的“京味儿”语言，似少用方言俚语，却接近于内城“官话”，凝练含蓄、自然流畅，却不单薄浅露、贫乏干枯。陈建功、苏叔阳，在语言方面则充分运用了“京味儿”的方言俚语的特点，陈建功还在“炼话”方面下了功力。如《辘轳把胡同九号》冯寡妇爱说的“敢情”，《找乐》开端解释的“找乐子”，都蕴含丰富、意味深长，结合着开掘主题、塑造性格，有力地发挥了“炼话”的功能。汪曾祺和韩少华毕竟长期从事散文创作，他们很重视“京味儿”语言的音乐美和色彩美。韩少华的《红点颏儿》和《少管家前传》，描绘的完全是不同阶层的生活，却都写得声态并作，色彩鲜明而又富于节奏感。

四

我们说“京味儿小说”的特点，是注意描写北京文明古都特有的民俗风情，并不意味着把这生活的区域只局限于城圈子里的民俗形态，或者只能写北京市民的生活，因为哺育这古老都城的——也包括它的“精神文明”——还有四郊的农民。就以“京味儿”民俗画著称的作家来说，在所谓的“北京作家群”里，就还有以抒写北京田园风情民俗画擅长的刘绍棠和浩然，这里选了他们各自的两篇作品。

刘绍棠，是市郊通县人，几乎从他少年时代崭露头角的《青枝绿叶》《大青骡子》开始，到他近年来的获奖名作《蒲柳人家》，以至这里选的两篇，作者的取材始终没有离开他的故里京东运河两岸的风物习俗。就我这“同乡人”所知，甚至他的风俗画框里的那种秀美的水乡景色，还是他幼年记忆的留存。正像在今天的绍兴，已经不再能见到鲁迅笔下的“美丽、幽雅、有趣”的山阴道一样，通县的北运河两岸，也已失去了原有的水乡美色。浩然虽是京东河北人，但他多年来的生活基地，仍是在顺义和通县一带。

京东运河两岸虽是“京边子”，但确如刘绍棠所说，它是“地处京津之间的北运河的航道上，农民又兼作船夫、渔夫、脚夫、苦力，上京下卫，得风气之先。不像边远农村那样闭塞，因此，我的家乡的农民又具有开通、狡黠、机智、风趣的特点。北运河的农民有习武的传统，又由于地处天子脚下，文化水平也较外地略高。……我们儒林村以及沿河的一些村庄，本是清朝王公贵族跑马占圈的领地，讲北京土话，穿衣打扮，生活习惯，风俗礼节都是‘京派’……”

不过，城郊农村的民俗风情，又毕竟不同于城圈子里的市井街头，那“京味儿”风俗画的结构与色调，也会有很大的差异。刘绍棠深爱自己的家乡，在他的作品里，作者把自己挚爱的深情倾注在家乡的景物描写里，运河浇灌着两岸的沃土平原，也哺育着千千万万苦难的农民。在刘绍棠的笔下，作为一种不屈的绿色生命的象征，是水与柳的结合，是杨柳装点着村舍农家的独特风情：

> 十八里一片绿荫如伞，牛羊行走在北运河畔十八里柳巷中，十八里柳巷，杂花生树，群莺乱飞。(《芳草满天涯》)
>
> 河边绿柳垂杨，杂花生树，远瞧近看，风景如画。(《蛾眉》)
>
> 四面是柳枝篱笆，篱笆上爬满了豆角秧，豆角秧里还夹杂着喇叭花藤萝，像密封的四堵墙。墙里是一棵又一棵的杏树，桃树，山楂树，花红果子树，墙外是

杨，柳，榆，槐，桑，枣，杜梨树……（《蒲柳人家》）

鱼菱村的鱼尾菱尖上，河边沙岗绿树浓荫下，一道水柳篱墙，相邻两户人家。（《绿杨堤》）

……只见两岸绿柳垂杨夹着一条满槽碧水的大河。岸边，一丛丛芦苇里，苇喳子吵架似的欢叫。碧水上的鸭群，像天上扯下的白云，一只只放鸭子的小船，像一片片水上的浮萍。两岸两道翠堤，是青青的草滩，黑的牛，白的牛，满天星似的洒满草滩上。（《凉月如眉挂柳湾》）

这运河滩头的水柳篱墙，虽着墨不多，却写得生机盎然，令人陶醉，传达出北运河沿岸自然风光的特有韵律。当然，在任何作品里，景物描写都不是孤立的，也不是纯客观的，而是必然地融合着作家主观的情致，融合着人物的创造，以及适应着雕塑性格的需要，以造成特定的氛围、色调和意境，更何况刘绍棠笔下这一幅幅风景画面，又总是和北运河的乡土风俗画面以及苦难岁月里运河儿女的生活命运融合、交织、渗透，它们蕴含着古朴、纯真、自然的美，也展现了天子脚下带京味儿的泥土气息，赋予他所创造的艺术形象以独特的生命活力。

《花街》的自然风光画面是这样展开的：

花街上的人搬个家，就像燕子串房檐，费不了多大力气。泥棚茅舍，一踹就倒，拔锅拆灶，拔腿就走。乔迁新居，再定门户，也不很难，砍几根柳桩，支起四梁八柱，柳条子编墙，蒲苇铺顶，上下抹泥，砌灶安锅，翘尾巴的烟囱就又冒起了袅袅青烟。

北运河走的是天子脚下，通州坐落在京东地面，冬春两季无风三尺土，运河滩，外无山岗，内无城墙。就像敞开门张着嘴，大吃大嚼口外的风沙。花街的三道沙丘，年年长个儿，步步登高，早先柳枝糊泥巴的棚屋，不是被风沙挤倒，就是被风沙淹没。夏秋两季，三日阴五日晴，大雨小雨穿插着下，小河汊子大雨大涨，小雨小涨，柔水似刀，割坍沙丘，柳枝糊泥巴的棚屋常常一屁股坐空，堕入水中。于是，家家户户开始房前屋后，院内院外，里三层外三层，四框填满了红柳绿蒿，不但锁住了风沙，屯住了水，而且芳草萋萋，花木葱茏……

可见这“花街”虽着其名，却只不过是“运河滩上的一个锅伙”，而在这“花街”繁衍生息的人们，又是有着什么样的生活命运呵：

> 花街上没有多少老人。花街上的老人都交不了甲子，过不去六十这一关，就芦席一卷，埋在河坡上，歪脖儿树下孤坟一座。可六月连阴天，七月下大雨，运河满了槽，一涨一落，坟头涮平了，尸首冲走了，便只留下趴了架的歪脖儿树，挂满了水草和绿藻。
>
> 花街也没有多少孩子。花街上的孩子十有八九立不住，不出满月就抽四六风，蒲草一捆，草丛中刨个坑儿一埋，下一场小雨，草芽又发了，十天半个月，小草儿长高了，也就不见了痕迹。
>
> 花街上更没有多少女人，女人都不愿嫁到花街来。花街上的女人大都来路不正，来历不明。不是私奔，就是拐卖，没有一个是明媒正娶，鸣锣响鼓花轿抬来的。
>
> ……
>
> ……花街上的姑娘黄连的命，没有一个例外的。她们刚刚蹒跚学步，爹娘就给她们编一只小小的柳篮儿，挎到胳臂弯上，到河滩上刨野菜。再大几岁，篮子换成了筐，爬树摘杨芽儿，登高捋榆钱儿，下河打鱼虾……长到十三四，她们就要卖的卖，嫁的嫁。不是卖给过往行船的老客，就是嫁到远离运河滩的外村……

正是在这样的特定的自然风光与社会生活的背景里，作者展开了叶三车和篓嫂的同命运抗争的悲欢离合的故事。故事哀婉曲折。男主人公叶三车性格淳厚、刚强，肝胆照人，是典型的京东一带的农民“好汉”，他和篓嫂、玉姑先后两次不同的婚姻悲剧，虽烙印着传统的道德意识，却并未淹没他的重信义、重然诺的丈夫气概。只不过我以为，这篇小说里写得更为动人的，该是篓嫂这个人物。作者以细密的情思抒写了她在苦难熬煎中的不屈的形象和忠贞的柔情。而男女主人公的这种精神气质在作者笔下又确和花街的民俗风情融洽和谐，满薰着运河水乡的土气。

刘绍棠是“乡土文学”的热情的鼓吹者，虽然他自己说，他的“乡土文学创作，是从中篇小说《蒲柳人家》开始的，中篇小说《渔火》和短篇小说《蛾眉》，是进一步试探性地扩展”。(《刘绍棠小说选·序言》) 而按照他所确定的“乡土文学”的创作内涵：“我缺乏实际工作经验，性格气质上热情外溢而不深沉内向，不善于发现问题和抓住矛盾，只能写风土人情；因此，我又决定致力于乡土文学。乡土文学是农村题材创作领域中的一个区域，是文学创作百花园中的一朵野花。”（《刘绍棠小说选·序言》）那么，这篇《花街》当也是这“野花”中的一朵，似更散发着那“土著”的芬芳！至于另一篇《青藤巷插曲》，则写的是老北京的市井街头和市民人物，虽“京味儿”十足，却并非他大部分作品中的那种北运河沿岸农村的风土人情特色，它只能说明刘绍棠对于“京圈子”和“京边子”民俗风情都很熟悉，独特的地域色彩，在他的笔下是自然流出的。而这也正是刘绍棠的“京味儿”小说的特色。

谈到浩然的作品，大家会公认的代表作是他的长篇小说《艳阳天》。尽管那取材和主题有着时代和历史的局限，被称为“十七年文学的幕终之曲”，但是，从艺术上看，《艳阳天》的个性的塑造，民俗风情的描写，农村生活语言的运用和提炼，在十七年农村题材的长篇小说中，都算得上结构宏大而又成就突出的作品。

在进入历史新时期以后，浩然虽然“安于寂寞”，却并未脱离农村，相反，他仍在“深入农村”，“跟京郊和冀东故乡的农民、基层干部一起，在新的政治形势下总结过去的经验教训，一点一点地提高了认识，同时酝酿起这几部作品”（《追赶者的几句话》）。他最近献给读者的《苍生》，得到的评价是“与时代共着脉搏、丰溢着现实血肉的长篇巨制”；而在《苍生》以前，又有着“以《山水情》为代表的一批反思之作”。据我看，这本选集里选的这两篇，似乎都还够不上前两类作品的那种“新水平”。相反，《弯弯绕的后代》，从题目就可以看出，这个短篇是和《艳阳天》相互衔接的。

“弯弯绕”是作者在《艳阳天》里创造的一个深印读者脑际的人物。我不知道“弯弯绕”算不算浩然笔下“太多的直接负担着阶级意识”的那类人物。我只知道，在广大读者中间，弯弯绕够得上是个“流行的代名词”的典型。作者在《弯弯绕的后代》开头追述说：“回头倒数二十五六年的那个时期，提起‘弯弯绕’来，可以算个远近闻名的人物。”“一个普通庄稼人，能闹腾得这样一种情况，真叫不容易。他凭什么？凭的一身‘真本领’：心肝尖上挂帐，肋条骨上穿线；好图个小利，爱捡个便宜，尤其具有绕着弯儿算计别人的特殊技能。”最后，终于因为毁坏苹果林，被罚一百多元，得病归天。读过《艳阳天》的人，只要一看到弯弯绕的名字，眼前就会浮现出这个人物的形象和性格。有的同志在总结浩然创作道路时曾指出，浩然对于他笔下的农民的“作为小生产者的封闭性和狭隘性”，“很少触及”。但是，却不能说，浩然对于农民中的小私有者的狡黠、自私的狭隘性，也曾忽略。弯弯绕的悲喜剧，就表现了他在这方面的观察和概括，都有一定的生活深度。

那么，弯弯绕有一个什么样的后代呢？人的性格虽不遗传，但人的秉性、为人，在社会生活中却也有“继承性”呢！弯弯绕的长子马起，“从小在弯弯绕的手底下拨拉过来，拨拉过去的，能不学到点家传的‘真本领’？可是他从不施展那号‘真本领’，那是因为他不敢施展。他接受了他爸爸‘弯弯绕’的教训，不干弯弯绕的勾当”。他曾经“一天到晚皱着眉头看东西，耷拉着脑袋走路，对家里人都少言寡语，对两姓旁人更没有多少话，他不贪便宜，也不吃亏……”，所以，连队长都“当面说他太窝囊”。可是，当“东山坞成了全县执行国家养猪派购任务的先进大队”时，马起大概是看准了时机，觉得有“弯”可“绕”了，于是，他开始施展了先父的故伎，结果又重演了一出害人不成反害己的悲喜剧。

毛泽东同志在《同音乐工作者的谈话》中曾经说过：“艺术有形式问题，有民族形式问题。艺术离不了人民的习惯、感情以至语言，离不了民族的历史发展，艺术的民族保守性比较强一些，甚至可以保持几千年。古代的艺术，后人还是喜欢它。”因而，批判地继承民族的艺术传统，是提高民族自信心、发展民族新文艺的必要条件。鲁迅又从另一个角度讲过这样的意见：“现在的文学也一样，有地方色彩的倒容易成为世界的，即为别国所注意。”（《致陈烟桥》1934 年 1 月 8 日）

我想，这两方面的意见，都是对文艺史的正确总结，它们反映了艺术发展的客观规律，也为我国当前对外文艺交流的现实所证明。自然，文学艺术又是一种创造性的劳动，因而，一切模仿和照搬都是创作的大敌。而且，在文学艺术领域里，百花齐放，争奇斗艳，自由竞赛，也同样是艺术发展的创作规律，因为只有如此，才能满足不同层次的读者和观众对艺术美欣赏的多方面的需求。我们赞扬“京味儿”小说的创作，就是因为它是当代文苑中的一丛新葩，它们生长在自己的土壤里，有着自己的独特的神采和韵味！

我们祝愿“京味儿”小说之花更加勃发，盛开！

1988 年 2 月 11 日初稿

1988 年春节假日修改

（1988 年第 4 期）

戏剧化、心理分析及其他

——鲁迅小说叙事形式枝谈

汪　晖

在鲁迅看来，作为语言的艺术作品，叙事作品的虚拟性是读者阅读作品的基本前提，因此叙事人称的混用是叙事作品的一种特殊技巧，而无碍于小说的真实性，鲁迅说："幻灭之来，多不在假中见真，而在真中见假。"[①] 叙事形式内部的统一并不能保证艺术的真实性——后者取决于作品表现生活的艺术深度。

"借别人以叙自己，或以自己推测别人"[②]——多样的叙事形态、复杂的生活内容总是离不开作家的主体结构：第一人称叙事小说中那种把客观存在的世界纳入自我精神历程并思考其意义的叙述原则同样体现在第三人称小说中，但在叙述形式上却无法以"我"的独白或思考的方式呈现。从叙事体态与叙事语式两方面看，《呐喊》《彷徨》中的第三人称叙事小说大致可分为两类主要文体："全景"文体和"场景"文体。按照亨利·詹姆斯和其后的珀西·路博克的观点："这两个术语各自包括两个概念：'场景'，既是描写又是'同时'观察（叙述者等于人物）；'全景'则既是叙述又是'从后面'观察（叙述者＞人物）。"鲁迅小说中的"场景"文体可以称为"戏剧式"陈述：叙述人隐于画面背后，不表示主观态度和价值判断，文本的意识倾向由场景、情节、人物的行动和对话在较短的时间内呈现，小说的风格手段如象征、比喻、对比、讽刺……一般都有较强的外在表现性，而人物的心理动作是外显的，即在视觉范围内呈现，因此这些作品的对话包蕴着丰富的潜台词，表情、动作往往是和人物的心理动作相联系的。这类小说包括《药》《长明灯》《示众》《风波》《肥皂》《离婚》等。鲁迅小说中的"全景"文体可称为"心理分析"式小说，正如罗兰·巴尔特说的，这些小说"一般都是两种（人称）体系混在一起，先后交替使用无人称符号"，叙述者既外在于人物作描述与分析，同时又潜入人物内部，使人物的意识活动和潜意识活动不经过叙述中介而直接呈现在读者面前，但这两种体系都集焦点于人物的心理。这类小说包括《幸福的家庭》《白光》《弟兄》《高老夫子》和《端午节》。此外，我把《阿 Q 正传》《明天》另归一类。

这两篇小说虽然也属“全景”文体，与“心理分析”式小说在叙述形式上有一致之处，同时若干描写又近于戏剧化的“场景”。但从人称形式看，它们却由于直接出现了第一人称叙述者——一个与鲁迅本人的态度和精神状态甚为相近的虚拟的叙述人——而区别于前面两种类型。与纯粹第一人称叙事不同，这两篇小说的第一人称始终是局外的叙述者，叙述者的评论不涉及自身的主观精神历史，但叙事过程却将主体的精神内容渗透到严格非己的人物的心理过程中，使得客观的叙事对象包含双重的心理内容：既是特定环境中的客观真实人物的真实心理状态，又体现着作家自身的、与人物所处的具体情境不相一致的精神感悟。

一、“场景”文体——“戏剧式”叙述

“戏剧把已经完成的事件当作好像目前正在发生的事件表演在读者或观众面前。戏剧把史诗和抒情诗调和起来，既不单独是前者，也不单独是后者，而是一个特别的有机的整体。一方面，戏剧的动作范围不是与主体毫不相干的，相反地是从它那里起始，又返回到它那里的。另一方面，主体在戏剧中的存在具有完全不同于抒情诗中的意义：他已经不是那集中于自身的感觉着和直观着的内心世界，已经不是诗人（作者）自己，他走了出来，在自己的活动所造成的客观世界中自己就成了直观的对象；他分化了，成了许许多多人物的生动的总和，戏剧就是由这许许多多人物的动作和反应所构成的。正由于这样，戏剧不允许史诗式地描述地点、事件、情况、人物——这些全都应当摆在我们的直观面前。”[③]别林斯基对于戏剧的艺术形式与主体关系的分析恰可移用于鲁迅的“戏剧化”小说：“一切叙述的体裁使眼前的事情成为往事，一切戏剧的体裁又使往事成为现在的事情”[④]，而“戏剧化”小说由于把叙述者的作用降低到幕前说明或舞台指示的位置，小说的连贯性依赖于场景与场景之间的那种可以意识到的联系。

《药》《长明灯》和《示众》属于悲剧性小说，其叙事结构上的特点是将传统悲剧中的悲剧英雄隐于幕后或置于次要的不显眼的位置，但实际上这个人物却支配了前台人物的言行举止。小说采用叙述人＝人物（“同时”观察）的叙事体态，叙述者和人物知道得同样多，对事件的解释，在人物未找到之前，叙述者不能向读者提供；同时，叙述人可以从一个人物转到另一个人物，从而构成托多罗夫称之为“立体观察”的特殊效果：“感受的多样性使我们对描写的现象有一种更为复杂的看法。另一方面，对同一事

件的各种描写使我们把注意力集中到感受这一事件的人物身上”⑤，而不是那个居于中心又隐于幕后的悲剧人物身上。因此，这些小说是以社会群体为中心的。

夏瑜，疯子、“犯人”及其故事是在众多的眼光与话语中呈现。夏瑜之死始终没有正面叙述，但在四个场景中通过不同人物的眼光和语言被叙述了四次；仔细研究这些叙述，我们会发现，它们不仅使我们对事件有一种立体的看法，而且它们在质量上也各不相同，当隐在与显在的故事通过“馒头”产生了喻意联系的时候，四个以不同人物作为主角的场景之间的接续，显然使这种喻示意义变得更加复杂和深刻。第一场景从华老栓的眼光和感觉描写杀人场的情景，伴以鲜红的人血馒头、黑色人刀样的目光和突兀的锋利语言，形成紧张恐怖的气氛。第二场景接续第一场景结尾老栓得了人血馒头的“幸福感”，转入小栓吃“药”的场景，从小栓的感觉与目光中呈现的是父母的温情和对“馒头”与“自己的性命”之间的联系的奇异感，刑场的恐怖转变为家庭的温情。第三场景人物众多，中心话语是康大叔的陈述，从而把第一场景与第二场景以馒头作为道具接续起来。康大叔的语言保持了那种鲜明，简劲，锋利如刀的特点。他与茶客的对话中隐含了夏三爷告密与夏瑜劝牢头造反两个故事，由于这两个故事是通过康大叔及茶客们的冷酷和漠然的语调呈现，夏瑜的牺牲实际上成了显示登场人物心理与性格特点的试纸，“牺牲”作为传统英雄悲剧的主题，从“药”这一道具以及环绕道具而出现的种种戏剧性言行，由此获得了新的意义：“牺牲”的正面意义被隐入背景，作者却将环绕“牺牲”的社会群体态度作了正面的描写。第四场景相当于戏剧的尾声，“时间”已是第二年清明（前三个场景保持了时间前后的持续），场景设计具有深刻的象征性：华夏两家的生者与死者第一次在同一时空出现，却分明隔着一条由人踏出的小路。夏母对儿子的不理解与精神隔膜以“爱”的方式表达，从而强化了前三个场景的主题。场景设计的象征性显示了叙述者已由人物视角转入“外视角”，场景自身具有深刻的自我表现性，“消融了内面世界与外面表现之差，而现出灵肉一致的境地”。沉思与抒情的语调已不再是人物的语调，而是以“旁知观点”观照这幕悲剧场景的、未出场的叙述者的语调。革命者与群众的双重死亡，生者与死者、死者与死者的双重隔膜，同坟场的凄清一道构成了“安特莱夫式的阴冷”——这“阴冷”其实是一种画面化了的心理现实。《长明灯》也包含四个场景，吉光屯的人们阻止疯子扑灭长明灯这一行动过程构成贯穿四个场景的基本动作，动作从秋天的下午延续到黄昏，道具长明灯与《药》中的馒头一样具有简单和象征的特点。这两篇作品结构形态的区别在于悲剧英雄在《药》中隐于幕后，而在《长明灯》中却是幕前的现实形象，并对其他登场人物的存在方式与生活理想直接构成挑战。显然，情节的戏剧性冲突及其呈现过程在时间上的紧凑性大大加强了。在一般叙事文学中，人物行为可能是外现的，也可能是内在的。人物内心激起的愿望，产生的意向，作出的决断，对往事的追忆——所有这一切对别人诉说或者自白，都已构成人物的一种“行为”。在“戏剧化”小说里，作者或叙述人不直接叙述人物的内心世界，因此，在这里，人物自己必须用他们的语言、表情、手势和动作来表现这一切，也因此，《长明灯》《示众》（后者像一段戏剧小品）描写的那些人物的极其外显的行为与言论其实隐含着他们的内在行为、他们的愿望、心理状态。这些内在行为就构成了人物生活的“潜台词”或“潜流”，在这个意义上，鲁迅的戏剧化悲剧小说是以表现普遍而内在的精神状态为艺术宗旨的。在《长明灯》中，茶馆议论、社庙辩论、客厅筹划和社庙尾声四个场景环绕“灭灯”问题展开，除第二个场景出现了疯子与村人的正面争执，小说实际上并未表现双方冲突的具体过程，这个过程是在场景与场景的接续和人物的对话中隐而不露地呈现的。《示众》展现的街头小景甚至连冲突本身都不存在，而是通过“示众”的场景表现看客们的心态。

戏剧化小说叙述方法的特点——众多人物的动作与不同的语调体现为“姿态表演的直观性”，而不是在叙述者的叙述语调中出现——使得小说呈现了“客观”的面貌。但正如别林斯基所说，直观的戏剧动作范围“不是与主体毫不相干的，相反地是从它那里起始，又返回到它那里的”。在《药》《长明灯》《示众》中，我们在客观的场景中，在外现的与内在的冲突中，恰恰深刻地感受到一种复杂的主观抒情性，这种抒情性是在作品中表现出来的、作家对于他所再现的社会性格的积极的思想感情评价，这种评价源于这些社会性格的客观特征，同时也呈现了创作主体的心理的与情绪的结构。

由于戏剧化小说不能通过作家和叙述人的叙述直接地表现主观性内容，因此这些小说必须使读者通过场景描写语言的表现力、人物对话和语言的表现力感受到作品的激情。上述几篇小说的主观抒情性首先体现为小说结构设计与场景描写的象征性。药、长明灯作为一种比喻象征，小说丰富、众多的生活实相与冲突凝聚于这个象征点；“示众”的场景由于描写的高度集中和强化，显然已不是普通的街头小景，而成为具有深刻含义与象征性的场景。这种象征性是主观拥抱客观的产物，作家的主观激情虽然不消解叙述对象的客观意义，并由于主观性的浸透而使客观结构呈现出内在的“诗意”。主观的沉思、伤感、落寞、悲怆与焦虑，通过高度比喻意义的象征而在客观的描绘中渗透出来。《药》《长明灯》的结尾部分，在情节展开过程中伴随着作者的“情景说明”，作家在这里抒情地描绘了初春和秋天的黄昏景色：凄清的坟场，红白的花环，寂静中支支直立、有如铜丝的枯草，死一般沉默中铁铸似的乌鸦和它那令人悚然的大叫与箭一般的飞去……这些描写伴随着两位母亲忧伤、温情而又隔膜的凭吊，构成了一种象征的抒情的画面；在另一个场景中，秋天的黄昏与暮色中，绿莹莹的长明灯更其分明地照出神殿，佛龛，而且照到院子，照到木栅，由近至远地响彻着天真孩童的歌声，在永世长存的宁静中我们又听到了那个细微沉实的声息："我放火！"却终于汇入了孩子们的随口编派的歌："白篷船，对岸歇一歇。/此刻歇，自己熄。/戏文唱一出。/我放火！哈哈哈！/火火火，点心吃一些。/戏文唱一出。/……/。"主人公的呼唤和他的行动一样，充满了浪漫主义的象征性：惊慌不安和某种预感。在这样的场景中，社会存在的某种明确的特征只是不显著地暗示到，而作家本人的主观情绪却得到了更为鲜明的表现。很显然，《长明灯》中的疯子既是作品中的人物，又是一个抒情主体——他那"略带些异样的光闪"，"悲愤疑惧的神情"，他那"低声，温和"的劝说，"嘲笑似的微笑"，"阴鸷的笑容"和沉实坚定的呼唤，正复杂多面地、象征性地体现了作家面对现实世界的态度与感受。相比之下，《示众》的叙事过程最为客观，未出场的叙述者以一种平静的语调细致地展开街头看客的莫名其妙的观看，而读者在阅读过程中似乎也加入了观看者行列，冷静地观看着淡漠而又津津有味的观看者——在这里，直观的叙事方法恰恰取得了《孔乙己》里那种通过主观的叙述人的有意误导而最终导致读者的内省的效果。

《示众》中那位缄默的示众者远不具备夏瑜，疯子那样的理想色彩，因而在相当大的程度上是一个工具性人物。这个人物道德面貌的模糊性使读者得以越过对受害人命运的关注而侧重于看客的表现，这也便使得"示众"的悲剧性场面获得了某种喜剧性的表现。在这个意义上，《示众》与《风波》《肥皂》《离婚》等小说有某种相似的地方：以简洁的戏剧性技巧勾勒登场人物的内在矛盾性，而不必借助于隐在的悲剧英雄反衬他们的精神面貌。

《风波》《肥皂》《离婚》在叙事方式上保存着戏剧化的特点：叙述者以不动感情的冷静笔调让人物的言行直观呈现，小说主要不是以故事的叙述，而是以场景的内在联系构成完整的结构，头发，肥皂，屁塞等简单的道具获得了喜剧性的比喻效果，人物的语言不仅包含了情势的语言，而且包括了性格的语言，如九斤老太的"一代不如一代"，四铭的"咯支咯支"，爱姑的"老畜生小畜生"，等等。小说的事件单纯、人物生动、时间紧凑、场景分明、对话简捷而富于个性，完全合于"姿态表现的直观性"。鲁迅在30年代总结自己的艺术经验时把白描、简洁的风格特点同中国旧戏相联系，由此，我们是否也可以认为在这里白描与简洁的风格特点恰恰是戏剧化叙述方法的结果呢？鲁迅说："我的取材，多采自病态社会的不幸的人们中，意思是在揭出痛苦，引起疗救的注意。所以我力避行文的唠叨，只要觉得够将意思传给别人了，就宁可什么陪衬拖带也没有。中国的旧戏上，没有背景，新年卖给孩子看的花纸上，只有主要几个人（但现在的花纸却多有背景了），我深信对于我的目的，这方法是适宜的，所以我不去描写风月，对话也决不说到一大篇。"⑥但平心而论，鲁迅小说并不缺乏较长的对话、内心独白、心理分析，风月的描写虽然不多却也并非没有（《故乡》中的月亮，《在酒楼上》中的老梅与山茶，《社戏》中的风景等）。白描的方法在他的戏剧化小说中才真正构成根本性的叙述手法，从这个意义上说，戏剧化的叙事结构与白描的方法确乎存在有机的联系。

《风波》的第一场景中，河里驶过文人的酒船，文豪见了，大发诗兴，说"无思无虑，这真是田家乐呵！"紧接着的叙述与描写是：

> 但文豪的话有些不合事实，就因为他们没有听到九斤老太的话。这时候，九斤老太正在大怒，拿破芭蕉扇敲着凳脚说……

场面的直观描写被纳入了叙述者的判断与陈述，在这时候，它使我们了解叙述者的形象，而不单是人物的形象。事实上，即便是戏剧化的小说里，也同样包含叙述者的话、描写与人物描写三种不同的话语。"众所周知，任何话语，既是陈述的产物，又是陈述的行为。它作为陈述物时，与陈述物的主体有关，因此是客观的。它作为陈述的行为时，同这一行为的主体有关，因此保持着主观的体态，因为它在每种情况下都表示一个由这个主体完成的行为。任何句子都呈现这两种体态，但程度不同。"⑦一般而言，场景描述中往往包含直叙体，比喻和一般的感想三种不同的话语，后两种属于叙述人的话，而不是叙述，它们在场景的客观描写中恰恰呈现了主体的特点，例如《肥皂》结尾的场景：

> 她已经伏在洗脸台上擦脖子，肥皂的泡沫就如大螃蟹嘴上的水泡一般，高高的堆在两个耳朵之后，比起先前用皂荚时候的只有一层极薄的白沫来，那高低真有霄壤之别了。

第一句是直叙，第二句是比喻，第三句则是感想与议论，对客观事实的陈述中呈现着那个面带幽默与讥讽表情的叙述者的形象。但是，这样的例子并不多见，鲁迅的白描手法使得他极少出面议论，甚至连比喻也极少运用。对话与场景采用白描手法，创作主体往往是通过叙述人透视人物的语言、表情、行动背后的心理过程并给予不脱离场景与情势的扼要分析来呈现自己。在这种情况下，小说的叙事体态由旁知进入全知，叙述人由于对场景及人物的内隐部分的洞悉而增加了自身的权威性。例如《风波》第二场景，赵七爷从独木桥上走来，接下来一节先是叙述者对赵七爷的学问、身份与辫子做一番叙述，紧接着又以七斤嫂的眼光观看赵七爷头发的变化，并直接展开七斤嫂内心的恐惧，同一场景描写赵七爷扬长而去后村人们幸灾乐祸的心理，也都是以不出场的叙述人的语调与目光呈现的。但是，全知的叙述人在戏剧性场景中容易破坏“姿态表现的直观性”和外观的叙事风格的统一性，因此鲁迅在对人物进行心理分析时往往紧密地配合着情势的发展和人物的外部动作，例如《肥皂》中四铭向妻子讲完孝女的故事后，并未意识到自己的讲述过程中潜藏着的变态性意识，却感到自己“崇高”起来，“仿佛就要大有所为，与周围的坏学生以及恶社会宣战”，这一段心理描写伴以他在昏暗的空院子中“来回地踱方步”，“意气渐渐勇猛，脚步愈跨愈大，布鞋底声也愈走愈响”的外部动作，内面的描写与外面的表现在整个情势的发展中自然地交融在一起，心理分析的部分并未破坏阅读者身临其境的感觉。

一般而言，直叙体与言语的主观体态相联系，“场景”文体的直观呈现难以容纳叙述主体的过多参与，在这种情况下，鲁迅往往从不同人物的眼光与感受表现人物的心理并伴以外显的语言和动作，从而获得与直叙体同样的效果而不破坏场景的直观性，叙述主体如同戏剧导演对剧情无所不知，却从不出场，一切都由登场人物的自行存在来展现给读者。由于喜剧性小说无法出现抒情主体或主观抒情性的画面，因此，这种叙事体态便成为上述几篇小说的基本叙事方式。《肥皂》以四铭作为戏剧中心，在一个晚上的短暂的家庭生活场景中展开训儿子、表孝女、立文社、拟诗题等场面，主要动作由四铭的言行自行呈现，但同时伴随四铭太太的感受与观察——人物的感受与观察，却道出了叙事主体的观点，叙事主体隐于幕后却巧妙地表达了自身：

“他那里懂得你心里的事呢。”她可是更气愤了。“他如果能懂事，早就点了灯笼火把，寻了那孝女来了。好在你已经给他买好了一块肥皂在这里，只要再去买一块……给她咯支咯支的遍身洗一洗，供起来，天下也就太平了。”

……

“我们女人怎么样？我们女人，比你们男人好得多。他们男人不是骂十八九岁的女学生，就是称赞十八九岁的女讨饭：都不是什么好心思。‘咯支咯支’，简直是不要脸！”

四铭太太的犀利观察与她作为妻子的敏感心理高度契合，作家选择这个人物作为观察与评论四铭言行的视角显然恰到好处。《离婚》与《肥皂》一样被鲁迅称为“技巧稍为圆熟，刻画也稍加深切”，——白描式的手法、场景式的画面、性格化的对话、戏剧表演似的人物心理的自然呈现，构成了《离婚》与《肥皂》共同的叙事风格。但《离婚》在表现上更为含蓄，几乎没有任何直接的爱憎褒贬和道德评判。小说在不到一天的时间里描写了两种场景——航船和慰老爷的客厅，由爱姑和庄木三作为贯穿两个场景的人物；小说并没有写离婚的具体过程，而是通过场景展现了不同阶层的人物——八三、蟹壳脸、汪得贵、念佛的两个老女人等下层村民，七大人、慰老爷、少爷跟班等上层人物。小说描写了这些人物对离婚的态度以及爱姑伴随情势发展而变化的心理过程。小说中并行存在着旁知的叙述者、庄木三与爱姑三个视角，基本场面是旁知眼光中人物的自行存在，但一旦涉及人物的心理变化，叙事角度便转入人物的感受与目光，尤其是爱姑的感受与目光。很显然，作家力图使人物的外部动作与内部动作都在一种“自在的”状态下呈现，竭力隐去自己的身影。

戏剧化的叙事方式似乎力图使创作主体在写作过程中、在小说（尤其是喜剧性小说）的艺术天地中趋于泯灭，但恰恰是这种主体的“泯灭”显示了主体观察与表现生活时的内在原则——客观化的原则或真实性的原则；“泯灭”的状态正是主体在小说中的存在方式，这种存在方式中隐含着深刻的主观性。别林斯基说得何等好呵：“真正艺术的喜剧的基础是最深刻的幽默。诗人的个性在喜剧中仅仅从表面上是看不出来的；但是他对生活的主观的直观，作为 arrierè pensée（法文，‘反面’的意思），直接出现在喜剧中，您仿佛从喜剧中描绘的动物般的畸形的人物身上看见了另一些美好的和富有人性的人物，于是您的笑不是带有快乐的味道，而是带有痛苦和难受的味道……在喜剧中生活所以要表现成它本来的样子，目的就是要我们清楚地认识到生活应该有的样子。”[8]对生活的主观的直观——这就是戏剧化小说的根本特点。

二、“全景”文体——“心理分析”小说

戏剧化小说以直观的形态出现在读者面前，每一个登场人物因而都具有“主体”的特点，即他是自行活动的人物，而不是另一主体叙述的对象。叙述过程的多声部现象是现代小说的一般特点，戏剧化小说则把这种多声部现象以戏剧化直观的方式，即以外显的动作、神态或对话表现出来。因此，尽管戏剧化小说也表现人物的内在精神世界，但一般却不是以直接的内心独白或心理分析的方式呈现，而是在“姿态表现的直观性”中出现的，在叙事体态上则是以等于人物的旁知眼光作为基本视角。

鲁迅的“心理分析”小说则把旁知与全知两种眼光结合起来，在场景叙述中同样借助于人物的眼光和语言，但这些场景、语言、眼光始终将焦点聚集于某一人物的内心状态，尤其是人物的潜意识、幻觉，而不再是以群体为中心。戏剧化小说如《肥皂》虽然也以人物的内面意识为中心，但呈现方式却是外显的，即从对他的语言、动作的从旁观察中呈现，而心理小说却把人物的幻觉、玄想、梦境、潜意识这些内隐的、不为旁人所知的精神现象直接地呈现在读者面前，而与戏剧化小说相似的那些外现的场景、对话、动作、表情在功能上往往是为了映衬或反衬那些不为人知的心理现象：在明确的意识层与不明确的意识层、在外在的现象与内在的本质、在旁知的叙述眼光与全知的叙述眼光、在外在的史诗的现实与内在的人物精神世界、在听得见的声音和语调与内心不由自主的、听不见的声音和语调等多层次的复合结构中，构成多重的喜剧性的矛盾对比或反语结构，而作品所要表达的内在的真实不是一般地呈露于外部动作或场景中，而是深藏在人物的隐在意识流动里，小说的题旨则体现在由内外之别而形成的反语结构里。

以第三人称叙述人物的内在世界必然导致实际叙事过程中人称体系的不一致，在非人称的叙事体系中势必隐藏着人称体系。罗兰·巴尔特在《叙事作品结构分析导论》中指出：“严格意义上的叙述（或叙述者的代码）同语言一样，只有两个符号体系：人称体系和非人称体系。这两个体系不一定利用与人称（我）和非人称（他）有关的语言记号。譬如，可能有些叙事作品，或者至少有些插曲，是以第三人称写的，而作品或插曲的真正主体却是第一人称”，“实际上，（奇怪得很）‘心理状态’也不可能只用一个人称体系来表达。原因是，如果整个叙事作品只用一个话语主体，或者如果大家愿意，都是言语行为，那么人称的内容就会受到威胁。（所指对象的）心理上的人称与语言上的人称没有任何关系，语言上的人称一向不用性情、意向或外貌特征来说明，而只用它在话语中（规定的）地位来说明”。[⑨]鲁迅的心理小说始终坚持非人称体系，但叙述部分

的第三人称是稳定的，而人物心理呈现的部分的第三人称却可以替换为第一人称。例如《弟兄》中张沛君的梦境只有自我辩解的一句话出现“我”，其他一律用“他”；《幸福的家庭》里，“作家”的玄想部分也以第一人称出现，但在第一人称言语后面总要加上“他想”，从而保持了外部非人称体系的统一。值得注意的是，这些“他想”“他说”一面表明作家让叙事对象得以自行呈现的努力，另一面又提醒人们作者的存在——小说中的内心独白或对话尽管显出独立的样子，却不能像戏剧的对话那样脱离开作者，不能自己悬在空中；这些巧妙地插在对话或心理活动中的附加物是一种轻而结实的连接线，把人物的风格和口吻连在作者的风格和口吻上，并使前者服从后者。[10]比较这类心理小说人称体系的设计与《头发的故事》《在酒楼上》《孤独者》的人称变化很有意思，后者内含着双重第一人称体系，内部第一人称在自身的叙述范围内始终是明晰的，而前者却竭力在人物的独白中隐去明确的人称，其原因在于：后者涉及的是人物意识范围的、在人物意志支配下的内容，而前者却深入人物的潜意识或幻觉之中，主体（“我”）的意志几乎不起作用；同时，第一人称小说中的内部叙述者包含着作家自我纾解的内容，第一人称必然强化小说的自我表现性，而心理小说的主角自始至终都处于叙述人的冷峻的审视之下，他不仅在形式上而且在内容上都是他者的、非“我”的。

心理小说人称体系的潜在的替换意味着小说中包含了不同话语主体的语言，从人称角度看可分为两类四种。第一类是作者的叙述，其中包括现实环境、人物外部动作的客观叙述和对人物心理的间接描写两种；第二类是人物的语言其中包括人物的对话、出声的独白和潜意识、心理活动亦即无声语言两种。除作家的客观介绍外，其他三种语言形式分别联系着心理小说的三种主要的艺术技巧或呈现方式：心理分析，内心独白，感官印象。

鲁迅的第三人称心理小说大多是喜剧性的，讽刺与幽默突现出作家理性上的优越感。“喜剧的实质是生活的现象同生活的实质和使命之间的矛盾。在这个意义上，生活在喜剧中便表现为自我否定”[11]，当鲁迅表现那些离开了自己精神天性的本体基础的喜剧主人公时，他把自己的兴趣集中于人物的心理方面——主观幻想的世界或者似乎存在而实际上不存在的现实的方面，而作家的理性优势总是在追寻着人物的内在不一致：“这一思想与那一思想的脱节，这一感情和那一感情的相互排挤”[12]，人物自觉与不自觉的追求与狂想总是被置于与之完全悖逆，并使之陷于荒唐可笑境地的现实背景。因此，尽管小说深入人物的意识和潜意识或无意识的变化多端、异常活跃的心理领域，但在整体上却始终受制于作家高度的理性范围，而不是让人物的“意识流”漫无节制地流淌。

小说结构谋篇体现出的高度理性精神突出了叙事主体作为一个冷峻深刻的审视者与剖析者的形象，与此相联系，小说在表现人物的心理时，更多地采用心理分析的技巧，内心独白和感官印象在许多场合被纳入心理分析的范畴内加以表现。按照 M. 弗里得曼的说法，“内心分析是要把人物的印象汇总在作者的叙述内，因此它永远也不会脱离直接的思想和理性控制的范围”[⑬]，这个方法虽然直到亨利·詹姆斯的后期作品和普鲁斯特的《追忆流水年华》才完全实现，但早在司汤达和陀思妥耶夫斯基的作品中就已在一定程度上存在了，因此，鲁迅的心理小说技巧获益于他的现代医学知识和对弗洛伊德心理学说的了解，但却并未过分地违背现实主义传统的文学实践。

在鲁迅小说中，心理分析包含两种趋向：一类热衷于通过心理分析刻画性格的轮廓，说明感情与行动的联系，这类小说呈现的主要是心理活动过程的起点与终点，作家总是把内心生活的表现、而不是内心生活的隐秘的过程置于描写的中心，《端午节》《高老夫子》《弟兄》就是如此；另一类“却注重一些感情和思想如何从另一些感情和思想演变而来，他津津有味地观察：一种从特定境遇或印象中直接产生的感情，凭着回忆作用和出于想象的联想力，如何转化为另一些感情，又如何回到原先的起点，而且随着回忆线索的反复更迭，游移不定。同时他又饶有趣味地审视：一种由原始感觉产生的思想，如何引起另一些思想，而联想翩翩，把幻想与真实感觉、未来憧憬与现实反映都融为一体”[⑭]，居于描写中心的不是心理过程的结果，不是性格，而是如同云霞明灭般千变万化、波卷浪涌、闪耀不定的隐秘的心理过程本身，小说的叙事方法无论是间接文体还是直接文体都体现了一种“精神的速记法”，《白光》《幸福的家庭》便是这方面的例子。

这两类小说在文体上的显著区别在于，第一类小说的叙述追踪着人物及其故事，叙述语言服从于陈述的目的而呈现出顺理成章、合乎逻辑的散文语式，而第二类小说由于直接表现人物转瞬即逝的微妙心理，因而叙述语言也就必须从那种单线性的语法逻辑的支配下解放出来，语句与语句、词与词之间的逻辑关系被打碎，却依靠人物活跃的非理性联想在灵活跳跃的连接中构成多层交织的立体空间；叙述者不直接以理性的语言进行陈述，却把自己降低到舞台说明的位置，这样，小说力求在传达心理活动时能够充分地达到一种“身临其境”和“同心共感”的幻觉——这种按照人物意识的实际变化——即按形成的顺序，而非逻辑来说明它们的转变——把不断的幻想表达出来的手法在语言上更接近于诗歌而不接近散文。当然在第一类小说里，作家以旁知观点进行的叙述和以人物的心理眼光进行的叙述中有时也包含了那种非逻辑的语言特征，最显著的例子是

《高老夫子》中高尔础上课时及课后的心理幻觉与《兄弟》中张沛君的梦境。高尔础在紧张不安的授课中忽然听得“吃吃地窃笑”，“他不禁向讲台下一看，情形和原先已经很不同：半屋子都是眼睛，还有许多小巧的等边三角形，三角中都生着两个鼻孔，这些连成一气，宛然是流动而深邃的海，闪烁地汪洋地正冲着他的眼光。但当他见时，却又骤然一闪，变成半屋子蓬蓬松松的头发了”。这里的叙述者显然伸缩自如：他始终控制着人物活动的外部形态，但一旦进入人物的意识他立刻在语言中隐去自己的存在，因此尽管使用了间接文体，人物的感官印象仍然保持了独立的形态：从吃吃的笑声到半屋子眼睛，从小巧的等边三角形到鼻孔，从流动深邃的海到蓬松松的头发——叙述为了接近感觉，把陈述语言的内在逻辑转换成一个接另一个的直接印象，最终呈现出消极被动、只受瞬间即逝的印象约束的心理过程。《白光》与《幸福的家庭》则把上述作品中心理描写的叙述法发展成小说的基本结构要素，小说虽然也有外在的时空环境，但小说的延展却完全依随着人物心理的种种不合逻辑与事实的玄想与变化，小说展示的主要是一种心理时空，而人物也主要生活于这种心理时空之中，因此小说的基本结构不是建基于人物性格与现实故事的叙述之上，而是建基于人物的心理过程之上或者说就是心理过程本身，现实时空中的事物无非是触发人物心理转换或构成幻觉的契机。对于鲁迅来说，这一结构特点早在《狂人日记》中就已使用过，但这两篇作品摆脱了新文学初创时惯用的第一人称和日记形式，使得中国现代心理小说从“自传”形态向虚构的、客观化的叙述形态迈进了一步。

《白光》《幸福的家庭》利用中心人物的意识对于场景和事件的感受描写场景，作者不以评论员的身份插足其间，也不把心理活动的胡思乱想整理成合乎语法的句子，或者理出逻辑程序，在人物心理过程中，感觉同有意识的和半意识的思维、记忆、期望、感情和胡乱联想浑然杂陈。但是，鲁迅并不是不加控制地表现人物的易变的感情，这首先表现为他总是为人物的心理流动选择一个具有象征性的中心，人物的心理变化始终如旋转的水波围绕着这个中心意识——象征着旧式知识分子升官发财梦想的“白光”与象征着新式知识分子生活理想的“幸福的家庭”，其次则是使对人物幻觉的追踪与对现实状况的点拨构成讽喻性对比。但所有这些又需要通过独特的文体来表现。这两篇小说都用间接文体，但形态各异。在《幸福的家庭》中，心理独白与叙述者的叙述、心理幻觉与真实状态常常截然分开（虽然也有例外的情况），其手段是在人物内心的直接语言的两端括以引号；而《白光》则用第三人称的独白来记录思想、情绪和印象，这样，人物的“音调”与叙述者的“音调”由于这种间接文体而惑人耳目地表现为某种似乎“语调”一致的“整体感”（小说末尾以空行隔开的叙述是个例外），但细心的读者不难从隐蔽的不谐和音和语调变化中分辨出人物与叙述者的不同态度。这两篇小说显示了鲁迅对人物心理变化的规律与节奏的把握。

但是，心理小说中叙述人的权威是极其有限的，一旦深入心理领域本身，梦境、幻觉、内心独白、感觉印象总是自行呈现。在这种状态下，小说呈现“无我”状态，间接文体依据的不是叙述者的叙事逻辑，而是人物的实际心理进程。但是，心理过程在小说中呈现的这种“无我性”不是否定了创作过程中创作主体的存在，恰恰相反，对于“时时解剖别人，然而更多的是更无情面地解剖我自己”[15]的鲁迅来说，这种“无我”的心理分析正显示着作家的自我深省和不倦地观察自己的努力。“更无情面地解剖我自己”是鲁迅艺术才华的根本特点之一，这不仅表明他十分重视在自己身上研究人类精神生活的奥秘，而且显示了本文已多次提及的那个深刻的人生—哲学—创作的原则：一切都与“我”有关。这种关于人的知识之所以珍贵，不仅由于它使鲁迅能够描绘出那些人的思想内在活动的画面，而且更重要的是因为它给了鲁迅一个牢固的基础，能据以全面地研究人的生活，透视人物性格和行为动机、激情和印象的冲突。

三、人称与非人称叙事的交织

较之前两类小说，《明天》和《阿Q正传》在叙事形式上呈现了人称体系的明显变化和语调上的不一致：《明天》的非人称叙事中插入了第一人称的评论，《阿Q正传》则由第一人称的全知叙事人转向非人称叙事，而这种人称变化伴随着语调由冷静、客观到热情、主观的变化，叙事人与人物之间的显在差距逐渐缩小，在某些场景描写中，叙事人与人物在细微的内心感觉上甚至趋于同一。尽管小说的第一人称叙事人由幕后而至幕前或由幕前而至幕后，但他不同于第一人称叙事小说中的叙事人，对于故事而言他始终是局外的传达媒介，即便抹去他的人称特点也不会影响小说的基本内容，因此，这类小说的基本人称体系仍然是第三人称，小说中“我”的出现对整个叙事过程而言只具偶然意义。然而，从另一个角度说，“我”的出现又是和小说的叙事人在叙事过程中的介入程度相联系的。其特点是由客观的或如同传统说书人的那种社会上普遍公认观点的一般评价，转变为主观的或体现作家个人的体验与感受的描写和评论。按照普实克的观点，这两种态度正标志着中国小说中传统叙事模式与现代叙事模式的重大差别，而鲁迅将两者汇于一体，显然体现着小说叙事形式正处于变化和过渡的阶段。

《明天》描写单四嫂子在儿子宝儿死亡前后的一天的经历与感觉，夜病、晨诊、回家、死亡、死后等五个场景前后接续，场景描写主要借助于单四嫂子的眼光和心理感觉，因此，初读时并不感到叙述者的深刻存在，他的偶尔的评论恰恰使人觉得叙述者与人物之间存在无法逾越的鸿沟，在前两个以空行隔开的章节中一连三次出现了“单四嫂子是一个粗笨女人”的语句，显然强化了这种感觉。然而，当同一语句以第一人称形式出现在最后一个场景时，叙述者与人物在内心感觉上几乎趋于同一，以致冯雪峰感到单四嫂子对于空虚与寂寞的感受“也表现了鲁迅自己的一种痛苦的经验”[16]，甚至可以说，对单四嫂子心理感觉的描绘和关于“暗夜为想变成明天，却仍在这寂静里奔波”的象征性描写，隐喻着鲁迅“反抗绝望”的人生哲学，与作家相契合的叙事人与人物之间的俨然鸿沟变得混沌不清以至难以截然分开。小说这样描写单四嫂子在宝儿葬后的寂寞与空虚：

> ……他定一定神，四面一看，更觉得坐立不得，屋子不但太静，而且也太大了，东西也太空了。太大的屋子四面包围着他，太空的东西四面压着他，叫他喘气不得。
>
> 他现在知道他的宝儿确乎死了；不愿意见这屋子，吹熄了灯，躺着。他一面哭，一面想：想那时候，自己纺着棉纱，宝儿坐在身边吃茴香豆，瞪着一双小黑眼睛想了一刻，便说，‘妈！爹卖馄饨，我大了也卖馄饨，卖许多许多钱，——我都给你’。那时候，真是连纺出的棉纱，也仿佛寸寸都有意思，寸寸都活着。但现在怎么了？现在的事，单四嫂子却实在没有想到什么。——我早经说过：他是粗笨女人，他能想出什么呢？他单觉得这屋子太静，太大，太空罢了。

从形式上看，“我”的插入性评语仍然是想表明叙事人与人物的距离，但“太静，太大，太空”的感觉却像弥漫飘逸的雾把叙述者、人物与景物奇异地搅在一起。

《阿Q正传》的显著特点是它的“双重性”，受害者与害人者——人物的二重性，喜剧性与悲剧性——艺术风格的二重性，传统说书人的技巧与现代小说技巧——叙事方式的二重性，而前两个二重性正是在两种截然不同的叙事方式的独特融合与变化的过程中呈现出来。小说原是为晨报副刊的“开心话”栏目的连载而写，中途却被孙伏园编入“新文艺”栏目，这一变化显然是和鲁迅“渐渐认真起来”的创作态度和由此而引起的叙述方式的变化相契合的。[17]从叙事观点看,《阿Q正传》是在全知观点的基本设定下自由地转换视角:叙述人直接出面的议论和讲述,特殊场景与对话的客观的、戏剧化的呈现,人物眼光中的客观世界,群体(未庄人)眼光中的人物行状,角色内心的意识、潜意识、梦境和幻觉……在这种自由转换中隐藏着某种有规律的趋向:叙事人的主观色彩逐渐消解于客观描写之中,由全知叙事人的高高在上、近于幽默和嘲讽的语调造成的叙事人与人物之间的距离逐渐接近,伴随着叙述由讲述到描写的基本发展过程,叙事人的权威性逐渐缩小,而恰恰是在小说叙事的客观化或"无我化"的过程中,创作主体的心理结构反而在小说中愈趋鲜明,以至第九章描写刑车上的阿Q的心理幻觉时,你已经感到这不是人物,而是作家自身在承担和体验死亡的恐怖:

> 阿Q于是再看那些喝彩的人们。
>
> 这刹那中,他的思想又仿佛旋风似的在脑里一回旋了。四年之前,他曾在山脚下遇见一只饿狼,永是不近不远地跟定他,要吃他的肉。……(他)可是永远记得那狼眼睛,又凶又怯,闪闪的像两颗鬼火,似乎远远的来穿透了他的皮肉。而这回他又看见从来没有见过的更可怕的眼睛了,又钝又锋利,不但已经咀嚼了他的话,并且还咀嚼他皮肉以外的东西,永是不远不近地跟他走。
>
> 这些眼睛们似乎连成一气,已经在那里咬他的灵魂。
>
> "救命……"

与吃人、死亡相联系的"又凶又怯"的眼睛,"连成一气"、咬啮灵魂的无法躲避的痛楚感觉:这几乎是鲁迅世界中最使人惊心动魄的独有意象。《狂人日记》中的一系列"眼睛"构成的吃人意象可无论矣,鲁迅对往事的追忆似乎更为恐怖:"我幼小的时候……常常旁听大大小小男男女女谈论洋鬼子挖眼睛。曾有一个女人……据说她……亲见一罐盐渍的眼睛,小鲫鱼似的一层一层积叠着,快要和罐沿齐平了",而据鲁迅考证,"小鲫鱼"的意象最初来自S城庙宇中的眼光娘娘,有眼病者前去求祷,愈,则用布或绸做眼睛一对,挂神龛上或左右,状如小鲫鱼。[18]"小鲫鱼"的阴暗意象其实是中国文化的"结晶"。鲁迅在漫长的人生经验中淤积起的"眼睛"意象,竟在不通文墨、毫无自知能力的阿Q心中唤起超越肉体感觉之外的啮人灵魂的痛楚与恐怖,这说明了什么呢?这不正说明鲁迅的感觉与阿Q的感觉在叙事中竟趋于同一?!不正说明此时的鲁迅已沉潜于阿Q的灵魂之中并以自己的敏感来承担阿Q的痛苦?!不正说明小说的叙事过程中已如此鲜明地呈现着创作者灵魂的悸动?!

普实克在《〈中国现代文学研究〉导论》中曾论证：中国的文学传统中有着两个分枝，一枝是文人文学，另一枝是以说书人为代表的民间文学。

《阿Q正传》正是在文人文学与说书人文学之间获得了某种平衡的典范性小说。小说的叙事形式既保留了说书人文学的特点，又显示了作家个人的那种主观的、抒情的、对现实所持的思想认识和情感态度。它一方面超越了个人的经验范围，虚构地创造出完全非己的人物形象，涉猎中国近代历史事实的广阔生活领域，用通俗活泼的“引车卖浆者流”的文体论列中外古今之事，甚至“陈独秀办了《新青年》提倡洋字，所以国粹沦亡”和有“历史癖与考据癖”的胡适之及其门人等“当代”生活中的人与事也被信手拈来地写进小说。另一方面，这篇小说正如前文所述，又深刻地体现了作家个人的独特人生感受和他对客观世界所作的思想感情评价。然而，这样一种个人性的内容对小说的渗透必然形成对传统说书人叙事形式的挑战和改造，这在小说叙事过程的叙事人的功能变异中表现得尤为明显。小说第一章的序基本上是叙述人关于“传”的散漫的独白，类似于说书人在等待陆续到来的听众时的滑稽幽默又未进入正文的叙述，其中的旁征博引和介绍虽然已托出了阿Q的生活状貌，但幽默调侃的语调显然突出了叙述人的权威地位。第二、三章“优胜纪略”“续优胜纪略”，虽然其中的故事也有隐约可见的时间顺序，但总体的效果却是静态的，共时的，即叙事人组织起一系列并无因果联系的事件说明阿Q的“精神胜利法”，这种“举例式”的写法显示出叙事人作为组织要素的基本功能，却没有推动故事情节自身的发展。从第四章起，恋爱的悲剧，生计问题，从中兴到末路，革命，不准革命直至第九章大团圆，各章的故事情节呈现出内在的逻辑发展。但即便在第四章，传统说书人的叙事技巧仍然是基本的方法，叙述者关于“胜利者”和关于男人对于女人在历史上的作用的跳出故事之外的散漫议论，显然是征引着普遍性的社会道德观念，而内中所含的论争性的反语意味对故事而言毕竟又属插入性的。叙事的语气显示了叙事人高高在上的地位：“我们的阿Q却没有这样乏”，“我们不能知道这晚上阿Q在什么时候才打鼾”，“我们虽然不知道他曾蒙什么明师指授过”——“我们”引导的句子使叙述显得像是说书人在与听众对话，或者对听者讲述。然而，从第五章生计问题起，小说中就不再出现这样的句式和叙述人随意插入的议论，场面描写（而非讲述）的成分大大增强，叙述者的功能发生了很大变化，故事基本上是从人物的观点（如第五章基本上是从阿Q的观点看，第六章从中兴到末路基本上以未庄人的眼睛作视角）或客观的戏剧化场景呈现出来，叙述者隐于幕后，而那种超越的、高高在上的地位却动摇了，人们可以感到叙述者的个人情感正在被激动起来，并渗入画面；直到第九章大团圆，作家通过阿Q的心理感觉与目光观察打量自己面临的困境和周围的人物，先是表现对话中的语义误解，继而就出现了上文引述的阿Q的心理幻觉——咬他灵魂的饿狼的眼睛。显然，伴随着小说表现方式的客观化趋势，伴随权威的直接出面的叙事人的消失，那种真正富于个性的悲剧情感反而越加鲜明地突现出来。经过这样一个变异过程，当叙述人再次出面讲述故事的尾声时，叙述语调已与前几章的议论发生了深刻的变化：更加客观而不带主观偏见，却完全失去了高高在上的轻松与幽默：

> 至于舆论，在未庄是无异议，自然都说阿Q坏，被枪毙更是他的坏的证据；不坏又何至于被枪毙呢？而城里的舆论却不佳，他们多半不满足，以为枪毙并无杀头这般好看；而且那是怎样的一个可笑的死囚呵，游了那么久的街，竟没有唱一句戏：他们白跑一趟了。

那种鲁迅久久体验的深入骨髓的寂寞、孤独与悲愤，那种对于民众的不觉悟、麻木的精神状态的痛切感受，以至那种由此而生发出的对于先觉者命运的隐忧，竟那样不着痕迹地浸透了这几句似乎是客观陈述的话语。从这个意义上说，《阿Q正传》的叙事过程，又是把叙述者从高高在上的优势位置上拖入作品的内在世界的过程。

一个值得玩味的现象是：《明天》与《阿Q正传》的第一人称并不以自身的心理状态展现作家的精神历史，而在前述的几类小说中第一人称自身总是体现着某种自我表现性。尤其是在《阿Q正传》中，主观精神最深刻的体现恰恰是在严格非我的人物身上，这个人物与“我”的距离由于“我”的权威性而深深地烙在读者心里。在这两篇小说中，主观精神形成了对客观叙事对象的强有力的渗透，却并没有破坏叙事对象的真实客观的品性。从这个角度说，鲁迅小说不仅是认识的现实主义，而且是渗透了主观精神的现实主义。

注释：

①② 鲁迅：《怎么写（夜记之一）》，载《鲁迅全集》第4卷，人民文学出版社1981年版，第23页。

③⑧⑪ 别林斯基：《诗的分类》，载《西方文论选》下，上海译文出版社1988年版。

④ 席勒：《论悲剧艺术》，载《古典文艺理论译丛》第6册，人民文学出版社1963年版。

⑤⑦ 托多罗夫：《叙事作为话语》，载中国艺术研究院外国文学研究所编《美学文艺学方法论》下，文化艺术出版社1985年版，第567页。

⑥ 《鲁迅：我怎么做起小说来》，载《鲁迅全集》第4卷，第512页。

⑨ 《美学文艺学方法论》下，第553—554页。

⑩ 参见N.萨洛特《对话与潜对话》，郭宏安译，《文艺理论译丛》1983年第1期。

⑫ 赫列斯特：《英国的喜剧作家》，载《西方文论选》下，第40页。

⑬ 《文艺理论译丛》I，第365页。

⑭ 车尔尼雪夫斯基：《列·尼·托尔斯泰伯爵的〈童年〉〈少年〉和战争小说》。

⑮ 鲁迅：《写在〈坟〉后面》，载《鲁迅全集》第1卷，第284页。

⑯ 冯雪峰：《鲁迅的文学道路》，湖南人民出版社1980年版，第168页。

⑰ 参见鲁迅《〈阿Q正传〉的成因》，载《鲁迅全集》第3卷。

⑱ 鲁迅：《论照相之类》，载《鲁迅全集》第1卷，第181页。

（1988年第6期）

东方美学研究末议

金克木

关于东方美学研究，我曾提出过一点设想，发表于《文艺研究》；现在再提点想法，供参考。

一、缘起

从世界看东方。所谓东方，不仅是地理上的或则政治上的，还是文化上的。这是当前和最近将来世界趋势所要求注意的一个方面。从研究美学说，这不仅是分列东方各国的美学，也不是将东方当作一个整体。前者早已有，后者还做不到。

美学起于欧洲近代。欧洲人从哲学传统中分出美学，建成体系，其中有各种理论派别，也不仅是艺术哲学或则艺术科学。这些在20世纪向全世界扩张。许多民族照欧洲发源的美学思想模式考察自己的美学。经过了将近一百年，取得了不少成绩，但是也出现了问题。一是本身在发展中的新问题。二是原来以为可以包罗一切的模式在许多地方包罗不了。越是知道得多，研究得直接，越会发现问题。以下略说三点。

首先是美学史的问题。用原来模式一量，世界各地的历史上的美学都相形见绌，往往套上去很勉强。（例如真、善、美格式或则康德、黑格尔体系）尤其是有古老文明而留下丰富艺术文献和文物及哲学的亚洲民族中更多这种情况。好像是哲学式的美学只有欧洲式，其他很难算是美学，不成体系。

其次是当前现实的问题。散播世界各地的艺术发展并不是欧洲起源的艺术可以都包揽进去的，而且还有从所谓文明落后的民族向所谓文明先进的民族倒流的现象。音乐、舞蹈、美术等都有这种情况。那么美学或艺术思想呢？各地都有传统和外来的文化思想矛盾冲突，美学自必在内。于是有了艺术和美学的对应问题。艺术有歧有变，美学岂能仍旧？

还有第三问题。原有的美学模式是从哲学出来的，本来附属于哲学。哲学和科学是分了家的，现在有的地方还打起架来。研究美学是哲学还是科学，还是两兼，还是自有一套？

有了这些问题便不能不在欧洲发源的近代传统美学模式之外参考其他，就新问题找寻新思路。大家习惯于将已经流行世界的美学称为西方美学。有足够的艺术文献和文物又有理论以及庞大的文化力量跟它对抗的主要在亚洲，也就是所谓东方。因此，研究东方美学的问题自然提出来了。实际上，这不是欧洲和亚洲或则西方和东方的问题，而是20世纪在国际和民族际文化交锋及交流越来越快越猛的形势下出现的问题；所以我们只好从世界全局的背景上来考察。东方、西方不过是个通用符号，而且含有相对意义。例如东罗马帝国和拜占庭艺术算东还算西？这样，东方美学也有比较美学的意义。尽管可以仍分别国家来讲，却和只重自身的国别研究有所不同，是要超越国界的，或则说是用世界人类眼光来看一时一地的。因此，研究东方美学需要对西方美学有点底子。不是套用，而是参照。没有这个参照系就不容易进行研究。还要多少了解东方各国的大致情况和特色及其交流。这也就是说，要从全局看局部。

二、问题

由实见虚。用原有的西方美学模式研究东方美学往往陷在哲学史和艺术史的圈子里。较容易的是用一个哲学体系的框子去套。较困难的是应用一般的科学实验和分析。是不是可以将东方美学研究的对象定为艺术思想？从艺术出发追索思想，是不是比从哲学出发寻找实证要好些？如果研究美学不是从建立体系开始或由破开始，而是从实际开始，就会出现一些问题，从哲学说未必重要，从人类文化说却很重要。

例如书法作为一种艺术，只有汉字和阿拉伯字有。一个用软笔，一个用硬笔。可以从字体和工具等说明条件，但这不能说明其中的艺术思想。阿拉伯字（波斯体）是笔画分阴阳，填满成图案，比较简单。汉字是由篆隶到楷行草并行，由实而虚，不仅是图案，涉及许多方面，很复杂。这和图画有什么异同和联系？书法美学有特殊性，尤其是汉字。这是西方艺术和美学中所没有的。

又例如美学史中的问题。古代印度有那么多艺术品留下来而艺术理论却很少。除讲技巧的以外，理论多半依附于宗教哲学。这可以用艺术出于匠人而书籍长久只口传不书写来说明，但这是条件不是思想。在中国的艺术史中，从印度及中亚传过来的，雕塑发展最大，绘画和音乐舞蹈的发展较小，为什么？可以说明条件，但是思想内容呢？需要仔细分辨唐和宋的艺术及艺术思想。印度产生的佛教本来是修苦行，连戴花环和看戏都禁止的，可是一发展，建塔、塑像、壁画、音乐、舞蹈一直到戏曲都兴旺起来，影响了大半个亚洲。怎么变化的？又是为什么？只当作宣传手段是不会长期大发展的。中国现代的李叔同（弘一法师演音）本是擅长美术和音乐及戏剧的艺术家，出家当了和尚，精研戒律，和艺术断绝关系，可是保留了书法。当然这是因为可以写佛经，但在他的思想中书法还是不是艺术呢？诵经、唱“梵呗”是不是音乐呢？宗教和音乐舞蹈的文化思想关系怎么样呢？一说宗教就想到出世，忘了它是人间的活动，这就难以解说了。

还有，日本今道友信的《东洋美学》指出了中国魏晋以前音乐理论发达，这以后转变了，理论从音乐转到了美术。他简单地用佛教思想传入作说明。这很不够。嵇康的《声无哀乐论》是个关键。六朝时的诗论、画论都很发达，建体系，做总结，如谢赫、刘勰等人并不是承袭嵇康的理论的。刘勰是和尚而嵇康属道家，思想有无联系？唐太宗是政治家而好艺术，他采纳了嵇康的理论，是只为了政治利用吗？究竟艺术本身是不是独立的或中立的？这类问题和欧洲古时美学问题很不一样。看来六朝的艺术思想不能用欧洲的哲学框架和术语来解说，又不能重复用古人原话，需要译解成现代语言。艺术语言也是语言。

诸如此类问题，若不仅作国别的历史的研究，不孤立而放在现代世界之中和东方国家的艺术背景上，有更广大的参照系，研究可能更为方便。

以上说的都是从全局观察局部，由总体看个别，由此可以同中见异，异中见同，由比较而见整体。以下再提两点。

三、由俗测雅

由下而上。前面说的看法和问题都是从艺术实际出发而不是从哲学思想出发的。艺术不是哲学家的事而是艺术创作者和接受者的事。尤其是接受者对创作者有“反馈”作用，影响很大，不可忽略。据说以前有一位京剧名演员曾经说过，他的老师是观众。无论什么艺术品，若接受者不欣赏，当然流传不广。曲高和寡的有，但若没有人听或长期不听，艺术家成为伯牙，只好“摔琴谢知音”钟子期了。梵高等人并没有长期被埋没。现在要研究的艺术对象和思想内容不是个别人的而是群体的，是社会的和民族的文化现象；因此，不必，也不能，从哲学家的体系开始。传播艺术品的是接受者。这些人不是哲学家甚至不知道哲学家。当然他们有思想，可以追溯到哲学，可是只有从他们所欣赏并传播的艺术品才能有根有据地追查。若不知道希腊的雕像和史诗、悲剧，那怎能完全理解柏拉图的美学？艺术家自己说的话有种种情况，也不能完全依以为据。孙过庭的《书谱自序》并不和他的字一致。同样，也只有从作品才能证实作者的思想。画家和诗人自己写出的艺术理论并不一定是他们的作品所启发的接受者的艺术思想。在一幅名画面前，看的人并不是都会和画家一样想的。我们若把艺术作为文化现象，包括文明和野蛮都在内，把接受者的艺术思想作为社会心理，把创作者的思想作为一种社会思想的散播中心，那就可以有和原有美学不同的观点和研究方法，不限于哲学家的判断、推论和抽象问题。这样就可以不惑于一家之说。例如不因王国维说“一代有一代之文章”的现代观点而以为曲兴代词，词兴代诗，而可见其各有功能和指导思想，只说代兴不能概括。又如中国历代理论都以艺术为手段（政治的或修养的或消遣的），“为艺术而艺术”的思想极稀罕，但从民间实际看则艺“迷”甚多。可是欧洲式地说“人生要模仿艺术”的又少，却见于实际生活，有所谓“风流”“风雅”。此中奥妙颇可追寻。由此不仅知古，且可论今，知日本俳句断非中国绝句、小令，各有千秋。由俗测雅即由下而上，也是由实见虚，由全体观局部。这样，美学不仅有“述”，且可有“作”。

四、由今溯古

研究不能脱离历史，但不一定照历史顺序研究。我们所知道的过去只是凭文献、文物和口传。能直接考察的对象只是现在有的。若是从艺术追思想，从文化现象查社会心理，再上升到哲学，那就不必照历史顺序而可以颠倒过来，从现在上溯过去。既然研究是由艺术而思想，由外而内，由实而虚，由下而上，同时也就可以由今而古。

举一个例。已九十多岁的刘海粟先生在上海首先在美术教学中用了裸体模特儿，引起轩然大波。此事离现在已经大半个世纪了。这个问题还没有完全解决。当过模特儿的女子还有受歧视以致发疯而死的。为什么欧洲人从古希腊起就以裸体为美，印度人也在艺术中和哲学中并不忌讳裸体，甚至接受了不少中国文化的日本人也不像中国人这样对裸体那么恐惧？对人体的看法牵涉到对活人的看法。中国从来没有亚当夏娃的乐园生活的理想。我们的始祖是生下来就带有“智慧果”的。“黄帝始作衣裳”，子孙在这方面智慧特别高，感觉特别敏锐，联想不知道是丰富还是狭窄。我们祖先看人以为不是神就是鬼，没有一个一个人格相等的各自独立的普通的人。古希腊人是乐生的。他们住在小小的不相隶属的自由人组合的城邦里，重视一个一个的活人。奴隶不算人，但也可以解放变成人。神也是像人一样的。古印度人是又乐生又轻生的，对人的肉体既不重视也不轻视。宣传出世的佛教徒也说“人身难得”。他们都不像中国人祖先那样说“身体发肤受之父母”，不是自己的，不能独立。生命和肉体不属于个人自己而属于父母或则君王。只有君、父才是人，或不如说是神。道家讲长生不老，比较重视肉体，但成仙也得“尸解”。汉唐宋皇帝中公然崇奉道教的很少。在中国，人体既不是至上，更不是至美，只是欲望的象征，如同魔鬼。美术中有裸体画，著名的仕女画家如明代的仇英（十洲）、清代的改琦（七芗）、费丹旭（晓楼）据说都画过，但很难传下来。那是“不登大雅之堂”，大家讳莫如深的，不像印度公开刻出来和神庙并列。这在汉代还不忌讳。更早的孔子、孟子也不忌讳。一个说：“吾未见好德如好色者也。”一个说：“知好色则慕少艾”，“逾东家墙而搂其处子”。不忌讳并不是认为美，和希腊人不一样。由此一例可以追查社会心理的历史根源，一直到哲学思想。哲学家是普通人思想的高层代表。由近而远，从当前的思想冲突可以追溯到古代的美学。

当前不仅中国，在东方各国，包括日本，都有艺术中“东”和“西”，或说旧和新，传统和外来，并存的现象。在中国，新诗、话剧、油画没有取代旧诗、戏曲、水墨画。并不是人人都能欣赏贝多芬的交响乐。民歌、俗曲仍然流行。社会艺术心理不可以作为美学研究的一种对象吗？由此追历史，查哲学，也不是不可以的吧？从此入手探讨东方美学也许比从西方传统美学的抽象问题入手要方便些。

既然可以“上挂”，也就可以“下联”，由今天的趋势预测未来的发展。这一点就不必多说了。

以上意见当然决不妨碍按照原有方式做专门研究，而且一定要参照和吸收西方美学研究的已有成果。中国文化中本来含有印度和阿拉伯的文化成分，后来又有了欧美的，客观条件比别国好些，这方面研究又何必让他人占先呢？

（1989年第1期）

从万寿寺到镜泊湖

——关于“20 世纪中国文学”研究

王晓明

那还是 1985 年的暮春时节，北京西郊的万寿寺里，几十个神情热烈的年轻人，正在七嘴八舌地讨论中国现代文学研究的“创新”问题。就在那座充当会场的大殿里，陈平原第一次介绍了他和钱理群、黄子平酝酿已久的“打通”现当代中国文学研究的基本设想；几个月之后，《文学评论》又以醒目的篇幅刊登了他们三人署名的题为《论“20 世纪中国文学”》的长篇论文。我不知道以后的人们将会怎样看待这两个事件，但在当时，我却和许多同行一样受到了强烈的震动。就是今天，一回想起当初会场上的热烈气氛，甚至回想起 1984 年的深秋，我在未名湖畔听钱理群介绍他们三人的初步设想时的兴奋心情，我都觉得仿佛就是昨天才发生的事情，历历如在眼前。

一般来说，在一个发展正常的学科领域里，你要确立一个新的研究课题，并不是很难的事情；如果你未能就这个课题展开深入的研究，获得足以启示人心的成果，单是确立新课题这件事本身，也并不会对整个学科的研究格局产生多大的影响。可是，如果这个学科领域深受某种外力的压制，基本的研究格局长时期僵滞不变，那情形就完全不同了。各种各样的新的学术思想，就好像是早春时候江中的暖流，在冰层下面到处冲撞，只要有谁率先融坍一个缺口，四近的暖流就都会聚拢过来，迅速地分割和吞没周围的冰层。

的确可以这么说，正是中国现代文学研究的长期停滞，赋予了“20 世纪中国文学”的新课题一种格外重大的意义。在学术范围内，大概任何学科都是以自己的研究对象作为生存的首要依据的，你改变了它的对象，也就改变了它自身。这三年多来，随着有越来越多的研究者都捋起袖管，合力来拆除隔在现、当代文学研究之间的那一道非学术的障壁，随着绝大多数人都逐渐意识到现代文学和当代文学的深刻的内在联系，中国现代文学研究的对象正在发生越来越大的变化。单就它的时间范围来讲，就已经不再局限于从“五四”到中华人民共和国成立这短暂的 30 年，而是一直扩展到今天，看样子还将继续扩展下去。对象变化了，整个学科的研究格局势必也要发生变化，原先的那个封闭性的“现代中国文学研究”，事实上已经不再存在，尽管我们常常还是沿用这个名称，但那顶着旧名出现的，已经是另一个完全不同的新物了。当然，从大的思想背景看，这个变化绝不是几个人便能促成的，它其实是整个现代文学研究界乃至整个学术界共同努力的结果。但另一方面，从具体的学术发展的线索看，这些深刻变化的最初的起点，却正是划在了这三位作者的脚下。也许人们会感到悲哀：仅仅提出一个新的研究课题，便能引发如此众多的连锁反应，甚至改变整个学科的研究格局，这究竟说明了什么？

在今天，对我们的文学研究现状沾沾自喜的人，大概是没有的罢。自 20 世纪 70 年代末以来，要求变革的呼声传遍了整个文学研究界。一般说来，你怎样做一件事情，总会受到你对这事情本身的看法的影响，你所以不用押韵的句式去写论文，就因为你判定了论文不是诗。这在文学研究当中也是如此，为什么过去相当长一段时间里，几乎绝大多数研究者都会按照同一个公式去撰写论文？除了来自外界的压力之外，我们许多人都自觉不自觉地接受了那一套有关理论研究的独断论思想，都自觉不自觉地以为我们能够掌握有关文学的终极真理，恐怕更是一个深刻的原因。正是因为有这独断论的思想在心中作怪，我们才会自欺欺人地将那些机械唯物论和庸俗社会学的教条奉为至理，才会心安理得地钻到那些现成的公式里面去。也正因为我们已经习惯了这种独断论的思想，即便到了今天，外界的压力大大退缩，有的研究者依然会缩在那些公式里面不肯出来。所以，要想变革文学研究的既成格局，首先就应该反省我们对这研究本身的既成认识，一切对具体的研究现状的激烈不满，最后都会转化成这样一声深沉的自问：我究竟应该如何来理解文学研究？的确，不把根底刨个明白，单单修剪枝叶是没有用处的。

到目前为止，我国的文学研究基本上还是按照过去的习惯，分成为理论研究、批评和文学史这三大类。因此，文学研究界的自我反省也就相应地指向了三个方向。不妨回想一下 1984 年和 1985 年的情形。先是那一场遍及全国的“新方法热”，这无疑是拉开了文学理论研究的自我反省的序幕，当人们激动地争辩什么是“方法”，什么是“方法论”的时候，他们实际上已经触及“文学理论究竟是什么”的问题了。紧接着就是有关“批评观”的讨论，一时间，全国大小报刊上纷纷出现“批评是……”一类的标题，批评家们讨论得那样入迷，有人竟不得不去提醒他们别忘了阅读作品。相比之下，对文学史理论的反省就冷清多了，无论是中国文学史研究界，还是外国文学史研究界，虽不能说就没有人发出倡议，那声音却总是过于微弱，引不起四面的呼应。而所谓“20 世纪中国文学”，本身就是对一段文学进程的概括，是一个“史”的判断。正如同那些既成的历史判断背后，都竖着既成的历史理论的支柱一样，一个新的历史判断里面，也多半会包含新的历史理论的胚芽。在最初的时候，许多人的眼光似乎都还是集中在他们对新文学历史的具体评价上面，可很快人们就明白了，那些具体的判断并不重要，重要的是他们面对历史时的基本态度，那种既尊重前人的判断，更信赖自己的体验的高度自信的风度。这也就是为什么，这个分明局限于中国新文学研究范围内的课题，竟会赢得其他学科中人的越来越多的关注。不但在当代和现代文学研究界，它已经成为人们热烈讨论的一个论题，就是在近代和古代文学研究界，它也引起了一些学者的认真的思考，有一位专门研究中国古代文论的朋友，就来向我详细地询问过“黄子平他们三人的理论出发点究竟是什么”？他这句问话再清楚不过地表明了，至少在他看来，“20世纪中国文学”这个新概念的主要意义，并不在提出一种新的历史判断，而在于显示一种新的历史观念。我相信，从类似他这样的角度来理解这个新课题的人是很多的，而且以后还会越来越多。自然，也许这三位作者当初并没有明确自觉到要来充当文学史理论的反思的首倡者，可是，我们每个人在社会生活中担任的那些角色，又有多少是真正由自己事先选定的呢？在今天，反省文学史理论的潮流已经颇为壮阔，它的某几个分支，甚至已经延伸进了哲学本体论之类更为深广的精神水域，我却仍然要说，这股大潮的最初的源头，正是来自三年前那一个在大庙里召开的座谈会，来自那一篇《论“20世纪中国文学”》，那一组解释这个新课题的生动活泼的“三人谈”。

今年春天，为了参加编辑《上海文论》“重写文学史”的专栏，我认真清理了一下对于“文学史”的基本认识。按照通常的理解，这个词似乎应该包含这么两层意思，一是指客观存在的文学的历史，二是指人们对这个历史的主观的描述。可实际上，这客观的文学历史究竟是怎样的，谁也不能够知道，即便有谁自称他已经知道，只要他一说，就还是变成了主观的描述，不具备客观的性质了。所以，严格说起来，“文学史”的含义只有一个，那就是人们对文学历史的主观的描述。这种描述有许多已经印成了清晰的铅字，就是那一厚本一厚本的文学史著作；但更多的却还止于朦胧的印象，仅仅以一种估计，一种设想，甚至一种猜测的方式，存在于我们心中。正是这些已经成文或者尚未成文的描述，构成了每个人心目中的文学史，就好像对譬如政治史或经济史的各种各样的描述，构成了人们心目中的政治史或经济史一样。

我还觉得，与其他类型的历史相比，文学史更具有一种强烈的个人性。就拿军事史来说吧，尽管对一场战役的意义，不同的军事史家都会有不同的解释，但对这场战役本身，譬如它的时间、地点、规模、交战双方的胜负，等等，只要能找到足够详细的记载，这些军事史家却会达成共同的确认，至少是有可能达成共同的确认。也就是说，我们在譬如军事史这样的领域里，尽管不大可能确认同一个历史判断，却有可能确认同一个历史事实。可是，文学史就不同了，在这个领域里，我们非但很难形成对整个历史进程的共同的理解，甚至也很难形成对个别历史现象的共同的确认。在文学史家眼中，最重要的历史现象自然是文学作品，可对一部作品，我们所能共同确认的又是些什么呢？篇幅，作者，写作时间和地点，至多再加上故事梗概：我们能够取得一致意见的，大概就只有这么几条了。一旦涉及作品的最重要的方面，也就是它的艺术风貌的时候，我们立刻就会争吵起来，因为我们现在所依据的，已经不再是他人留下来的记载，而是我们自己对作品的情感体验了。因此，倘说军事史家有可能客观地概述一场战役的基本内容，文学史家却很难同样客观地概述一部作品的基本风貌，在某种程度上，文学史不过就是文学史家对自己阅读体验的一种系统的整理，不但他这整理是个人性的，他所整理的对象也是个人性的。这两种个人性还常常互为因果，你根本就分不清它们谁先谁后。可能正是因为看到了文学史的这种深入骨髓的个人性，有的论者才会整个否定“文学史”的概念，认为文学根本无史可言。我自然不完全同意这个看法，但我也感觉到，在“文学史”这个词的前后两半之间，似乎的确有某种深刻的矛盾。至少你不能不承认，文学史是一种非常特殊的历史，而这特殊就在于，它具有一种根深蒂固的个人性。

文学史竟是这样一种主观而且个人性很强的东西，那又该如何理解它的科学性呢？是不是大家从此就可以随兴之所至，乱说一气了呢？其实，正如世界上没有绝对的客观一样，也没有绝对的主观。我们每个人都生活在特定的时间和空间范围内，都从属于特定的文化传统。照我的理解，所谓文化，或者说它的核心，就是一套感受和理解事物的习惯方式，一套约定俗成的判断标准。既然人本身就是文化的产物，那在接受同一种文化的人们身上，就必然会形成某种共同性，某种思维方式和价值标准上的共同性。为什么我们都会怀疑那坚持说一加一等于三的人是神经不正常？为什么都不相信人死了以后灵魂依旧在大街上游荡？就是因为有这共同性在暗中制约着我们。当然，这种共同性并不是永恒不变的，随着整个文化的不断变化，各种约定俗成的理解和评判标准也都会发生变化，说不定在一千年以后，人们又会再度相信灵魂和肉体的分离，至少你不能完全排除这种可能性。这就构成了一个辩证的关系：一方面，要尊重文化传统所提供的那一整套约定俗成的评判标准，尽可能使我们的文学史经得起它的检验，决不能信口开河。事实上，所谓相对的客观性，就是指与这一套标准的相符性。可另一方面，又要看清楚这套标准本身也是在不断变化的，它只具有相对的意义，倘若它的变化已经非常显著，而大多数人却尚未察觉，依旧按原有的习惯来理解它，那我们就应该有打破“公论”的勇气，以富于独创性的文学史见解，率先来迎接新的评判标准的检验。这绝不是故意要背离文化传统赋予我们的共同性，恰恰相反，我们重写以前的文学史，正是为了要紧紧跟上这共同性的不断变化的节奏。文学史的确是应该讲究科学性，但这却并不仅仅是指那种说服大多数人的雄辩的力量，在许多时候，它也会表现为那种惊骇大多数人的挑战的锋芒。

说来惭愧，我一面清理着上述这些对于“文学史”的看法，一面却又惴惴于它们的正确程度：是不是太偏颇了？会不会暗藏着什么大漏洞？一直到今年夏天，我去镜泊湖畔参加一个中国文学史讨论会，才终于放下心来。听着同行们的发言，我才知道，这些看法一点都不新鲜，它们早已经是许多与会者普遍认可的常识，一种毋庸赘言的前提了。再翻阅一下报刊上的有关文章，更发现这些看法是早就有人说过多次，简直可以说是已经构成文学史研究界的一个约定俗成的新的公断了。人的认识的进步，真是常常会出人意料。

我还想再来谈谈在镜泊湖畔举行的那个中国文学史讨论会，因为这次会议上的不少议题，至今仍然吸引着许多人。八月的镜泊湖竟是那样炎热，湖面上吹来一阵阵热风。会议室里的气氛就更热烈了，几十个人挤坐成一圈，不停地挥着扇子，打着手势，极力增强自己说话的气势。不用说，一个最热烈的话题就是文学史的多样化。看清了文学史是那样一个主观性和个人性都很强的东西，接下来就自然要谈到它的多样化了。

“多样化”可是个含混的字眼，别看人人都在提倡它，各人对它的解释却大不一样。譬如镜泊湖畔的这几十个自以为还是志同道合的与会者，他们对文学史多样化的理解就很不相同。有的人从尊重读者的角度立论，说是既然读者有不同，文学史的撰写也就应该有不同。倘是编写大学一年级的教材，那自然得注重知识性，不但要广泛地陈列史实，还应该客观地介绍已有的史评，尽量把话说得周到些，含蓄些。可如果是写给学术界同行看的所谓“专家史”，那就应该相反，着力凸现个人的研究视角，突出史评的独创性，你就是把话说得再极端，再尖锐，也没关系，甚至效果反而好。人们常常抱怨中国的作家和批评家眼中没有读者，社会上分明有那么多形形色色、各不相同的读者群，他却总是用同一种声调对他们说话。其实，这种抱怨同样也可以移赠给今天的文学史家，就拿我比较熟悉的现代文学史来说吧，大多数文学史互相“复写”，彼此雷同，自然不好说都够得上“专家史”的水平；可另一方面，以它们论述范围的狭窄和分析角度的单一，似乎又很难说它们符合大学教材的要求。我至今还清楚地记得一位与会者的仰面长叹："唉，我们现在的文学史真是太不伦不类了！"

更多的人却是从文学史家主观差异的角度来立论的。既然文学史是过去的文学现象的一种解释，那文学史家怎样理解"文学"这个词，也就很自然会决定他将选择怎样一批文学现象，来充当自己解释的对象。因此，有位与会者斩钉截铁地一挥手："你有什么样的文学观，就会有什么样的文学史！"这句话当然并不新鲜，在去年深秋的一次现代文学研究会的年会上，就有好几位年轻的研究生相继宣布过类似的主张；我还相信，至少从 1985 年开始，许多现代文学研究者就已经意识到这一点了。但是，早就意识到这一点是一回事，能不能在具体的研究中把对这一点的意识充分地表现出来，那又是另一回事。可能是因为文学理论研究的多样化局面尚未真正形成，更可能是因为许多现代文学研究者本身就缺乏对文学的个人见解，尽管他们早已意识到应该依据不同的文学观来撰写不同的文学史，这个"应该"却始终没有变成现实。你说有什么样的文学观，便有什么样的文学史，那我从现有的文学史著作的雷同，是不是也可以反推出文学史家在文学观念上的雷同呢？我甚至怀疑，这些人所以再三强调文学观念对于文学史研究的重大意义，恐怕也正是因为看到了这种雷同吧。文学史的多样化离不开一系列前提，其中很重要的一项，就是文学观念的多样化。倘若这一条不能实现，那就无论已经有多少人谈论过文学史的多样化，还是会有更多的人继续谈论下去的。

当然，从读者着眼也好，从作者立论也罢，虽然角度不同，却都是为了学术。但我还听到另一种有关文学史多样化的意见，是在镜泊湖会议结束不久就传开了的。这种意见认为，即便是过去那些渗透了极左思想的"钦定"或者"御用"色彩很浓的文学史论断，也是一家之言，应该予以承认，不能完全否定。抽象来看，所谓多样化就意味着宽容，不能用新的独断论来反对旧的独断论，等等，这些道理都是不错的。可是，如果你把相对性原则的网兜织得无限大，什么货色都往里面塞，这本身是不是又构成了一种新的独断论呢？在我看来，多样化并不是绝对的，它应该有不同的层次，不同的前提。我们现在讲的多样化，是指学术范围内的多样化。倘若你真是从学术出发，即便提出再特别的意见，也总是一家之言，理当受到尊重；可如果你原来就不是出于学术研究的动机，而是为了迎合某种"圣旨"，那就先自取消了自己的学术身份，我们自然也就不能再把你迎入多样化的学术殿堂。像中世纪欧洲宗教裁判所对科学的粗暴否定，像"十年浩劫"期间我国宣传机器对人道主义和人性论的肆意诋毁，你能说它们也是一家之言，也该在我们今天的多样化殿堂里占据一席之位吗？

"文学史"这个词，是由"文学"和"史"两部分组成的，那从有什么样的文学观，便有什么样的文学史这句话，就很自然会引出另一句话：有什么样的历史观，也就有什么样的文学史。中国向来有悠久的史学传统，有人甚至把华夏文明叫作“史官”文明。可是，进入现代以后，由于各种特别的原因，机械进化论逐渐成为主宰学术界的唯一的历史理论，丰富深厚的史学土壤，竟长出了这么个干瘪偏狭的史论侏儒。历史是包容一切的，我们对任何一个生活现象的理解，都不可避免地要牵涉到我们对历史的基本认识，在某种意义上简直可以说，正是一个人的历史观，决定了他对生活的全部理解。因此，可别小看了那个机械进化论的侏儒，它同样在背后牵制着我们对文学历史，尤其是五四以后的新文学历史的基本估价，正是那种认为整个民族从此跨进了天堂之路的历史判断，使我们坚信文学也从此走上了通往辉煌的大道。当然了，这一切现在都被证明是错觉，是幻想，我们是上了那个史论侏儒的当。因此，这十年来我们民族精神生活的每一个发展，就同样不可避免地牵涉到对机械进化论的反思，至少在我的印象里，许多文学研究者对历史观念的反省，是和他们对文学观念的检讨几乎同时展开的。不用说，这种反省对文学史研究的影响就尤其强烈，且举几个例子。

首先是对机械进化论的文学史模式的直接怀疑，这在现代文学研究界似乎表现得格外明显。中国新文学的历史并不是一部持续发展的历史，它分明经常会陷入停滞和倒退，一度还坠入过灭亡的绝境，我们为什么还要死抱住那个线性进化的文学史模式不放呢？文学史绝不仅仅等同于文学的进步史，如果停滞和衰败已经构成了某个时期文学历史的基本特征，那我们就应该着重来写一部文学的停滞史和衰败史，从这停滞和衰败当中，正可以窥见这一段文学历史的真谛。应该说，这种以“历史真实”为依据的反省和怀疑，在逻辑上是有漏洞的，“历史真实”这个东西太空泛了，人们很容易会对它各执一词，谁也说服不了谁。单以“历史真实”为理由，恐怕不容易驳倒机械进化论。但还有一种更为深刻的怀疑，它以历史的主观性作为理由。既然历史原就是人们对于过去的一种主观的解释，那就没有什么理论能够自称是唯一正确的解释，你用线性进化的模式把某些文学史现象解释得头头是道了，我也还可以用另外的模式把它们重新解释一遍。这些不同的解释当然都还要接受人类的那种文化共同性的评判，但在接受评判之前，各种解释却应该先获得平等的表现权。并非是想把机械进化论整个赶出文学史的领域，而只是要将它从那至尊无上的高位上拽下来：与前面那一种完全否定机械进化论的意见相比，这似乎是后退了一步。可是，也唯其如此，这后一种意见反而显得沉稳有力，至少在逻辑上，它是立于不败之地的。

从历史的主观性出发，不仅会走向对历史运动的形态的多样化描述，而且会走向对历史运动的主体的多样化描述。比方说吧，究竟是谁在历史舞台上唱主角？是大多数默默无闻的百姓，还是极少数叱咤风云的天才？这个分歧体现在文学史上，就是所谓“消解大家”和突出大家的问题，文学史是应该着重表现大多数所谓中、小作家的文学活动呢，还是着重去表现少数大作家。假如站在前者的立场上，你可以说文学史的本义，就在于确定和解释文学现象当中的普遍性和共通性，可一切真正伟大的作家，都多多少少是他们各自时代的特殊现象，带有很大的偶然性；如果文学史家仅仅把眼光盯在这些大作家身上，那就非但是忽略了文学史的真正对象，而且放弃了文学史家的解释的职责，你把文学史看成是一批偶然现象的汇集，也就等于是说它不可理解。可如果是站在后者的立场上，你又可以这样来回答，文学史是一部不断遗忘和舍弃的历史，只有真正伟大的作品才可能流传下来；既然一切历史都是现代史，文学史家必然是依据今天的需要去回顾过去，那为什么眼前明明有许多直接影响着当代读者的伟大作品，却偏偏要绕过它们，到故纸堆中去翻检那些已经被当代人遗忘的作品呢？事实上，所谓寻找过去的文学现象当中的普遍性，这根本就不切实际，文学史上那么多现象都被时间抹得一干二净，你靠那极少数存留下来的材料，能归纳出令人信服的普遍性么？我觉得，单是这消解大家和突出大家的两种意见，就各有各的道理，很难说谁是谁非。至于其他那些对历史主体的不同认识，也大都如此，都能向文学史家提供新的启示。因此，在什么是历史主体的问题上放开了思路，也就放开了文学史研究的手脚，消解大家的文学史可以写，突出大家的文学史也可以写。

承认历史的主观性，也就意味着加重我们作为历史解释者的责任感，一旦你发现要对自己的历史判断负全部的责任，你再开口的时候就自然会谨慎得多。照我的理解，所谓真诚，不但是坚决捍卫自己信奉的主张，也是指坦率承认自己思考的局限；所谓讲真话，也不但是指说话的内容，它同样包括说话的方式。在今天，我们越是彻底摆脱独断论的束缚，越是习惯于从不同的角度去打量世界，似乎也就越缺少那种深信不疑的气魄，那种抓住一个观念便一头扎进去的胆略。我们倒是常常要东张西望，犹犹豫豫，似乎这样也有道理，那样也有道理，简直不知道如何判断才好了——在很大程度上，这就是我们思考历史时候的真实的心态吧。倘依照过去的历史观念，以为历史必定有某种秩序，那我们就会违背自己的实际感受，心里明明矛盾得很，却总要拼凑出一套系统的认识来。可现在我们明白了，历史不过就是人对于过去的主观认识，一切历史描述都应该从自己的真实感受出发，倘若这感受本身就包含着深刻的矛盾，那就尽管把这矛盾表现出来好了。我觉得，这种新的治史观念必然会极大地影响文学史研究。谁说文学史就一定是对于文学现象的系统的理解，就一定要把各种复杂的文学现象都纳入某一个井井有条的秩序中去？又有谁规定了，我们的文学史描述就非得要引出一个总括性的结论呢？能够形成对历史的某种系统的理解，那当然好，可要是做不到这一点，反而越来越清楚地看出我们对历史的感受充满了大大小小的问号，那也就没有必要非得在文学史的最后一章断上一个句号不可。我们完全可以写一部没有结论的文学史，一部以问号贯穿始终，甚至以矛盾贯穿始终的文学史。我们常说，历史是由过去和现在的对话构成的，既然如此，那文学史越是具有开放性，越是善于向读者提出深刻的疑问，它对历史的阐发不就越深刻，对人的启示也就越大吗？看起来，在整个历史观念的变革潮流的推动下，今天的文学史研究正在走向原来那种流行的文学史观念的反面，不再把寻找“规律”奉为自己的唯一目标。这似乎正是文学史研究取得重大进展的一个先兆。虽然还说不清这种进展究竟意味着什么，我却可以感觉到它正在一步步向我们逼近。

在某种意义上讲，“20世纪中国文学”这个研究课题的确立，以及它所引起的一系列连锁反应，本身就已经构成了一个相当重要的文学史现象。我们经常感慨人类历史的遗憾太多了，其实，这种遗憾的很大一部分，正在于我们总是无法把自己的思想充分地表达出来，就拿这“20世纪中国文学”的研究来说吧，研究者内心思考的外化程度，就尤其是非常有限。这当中的原因自然很多，我无法在这里一一详述。但我却由此想到了，如果把这些研究者内心思考的大致轨迹，哪怕是极其片面地勾勒出一小段来，是不是也能构成一种特殊的“外化”，能够弥补那遗憾于万一呢？说到究竟，我们真正能负责的，只是我们自己的思想，它们能够在多大的程度上得到外化，那却要看造物主的高兴了。

1988年12月于上海

（1989年第3期）

元杂剧与正统文学

幺书仪

文学有雅俗之别已久。

“雅”的含义，是“正确”“规范”“高尚”“文明”。雅正文学，属于高雅的士大夫阶层。从关系着国计民生的诏命、奏章、卜辞、史传，到士大夫文人平时所写的书信、碑志，乃至言志咏怀、娱乐遣兴的诗词文赋，也即我们平时笼而统之地称之为“正统文学”的那部分，都包括在内。“俗”与“雅”相对，意为“凡庸”“平庸”“浅陋”“鄙俚”。俗文学属于市井小民，其职能多半是为了耳目声色之乐而作。优语、歌词、平话、说唱、戏曲、小说都属于这一范畴。

经史要籍从发端起始，即与治国平天下有关。如《易》可“以通神明之德，以类万物之情”；《诗》可“观风俗，知得失”；《史》可“慎言行，昭法式”；六艺之文可以“和神”“正言”“明体”“广听”(《汉书·艺文志》)。由于它们被视为经世治国之妙术，有着劝化风俗的妙用，因此取得了正统地位。

几乎是在这些正统文学出现的同时，俗文学也问世了。《书经·舜典》中的“百兽率舞”,《国语·晋语》中优施以歌舞向里克进行讽示,《史记·滑稽列传》中“优孟衣冠”的表演，都记载了戏曲的原始形态。而《山海经》《淮南子》中的上古时代神话传说，则可视为志怪小说的远祖。

正统文学顺理成章地从楚骚、汉赋、骈文、诗词发展下来。俗文学却总是东一下、西一下，琐屑零落，不成体系，这当然与“君子弗为”大有关系。

从整体来看，俗文学与正统文学处于殊途异域，所属文化层次，作者、接受者的圈子都大不一样，但在文学发展的历史上，俗文学与正统文学却并非永远是两条平行的河流，互不交叉。比如唐宋时期，正统文人下顾俗文学的情况，就曾经非常普遍：唐朝赶考的风流举子客串写小说，拿去“温卷”；宋朝文人经营笔记小说，刻绘了当时的风俗人情，到了元朝，沦沦于社会底层的文人写戏曲，明清不得志的文人写小说，就更使雅、俗文学一次又一次地呈现了合流的趋势。

雅、俗两个层次的文学，由于各自都有着漫长的发展历史，因此，彼此都保存了比较稳定的相对独立性，之间的分野也非常清晰。如果说属于正统文学的诗词对俗间民歌的借鉴，一直不足以使它发生质地的变化，那么同样，戏曲和小说无论曾经怎样向正统文学靠近，也未能使二者合而为一。

但是，元杂剧在文学史上是这样地特别，它既属于俗文学的范畴，又沾上了雅文学的灵光，正处于俗文学和正统文学的交叉点上。从俗文学的发展线索看，它的远祖是先秦歌舞和滑稽表演，母体是唐宋之际逐渐趋于综合的民间伎艺、表演、歌舞、说唱。而从正统文学的发展线索看，它又在目前已被公认的骚、赋、骈文、诗、词、曲（主要指元杂剧）、小说的发展进程中，占据了一个重要的位置——从正统文学向俗文学发展的衔接点。也就是说，元杂剧既与俗文学血肉相连，又与传统文学之间，无可怀疑地表现了一种割不断的联系，这就是元杂剧自身所具有的特征。

从这点出发，如果从正统文学发展的角度去观察，并把元杂剧的创作与诗词创作作为一个系列，观察元杂剧与正统文学的关系，那是很有意义的。

人们在研究元杂剧作为俗文学的特点时，可以从多方面来进行论证。在我看来，元杂剧作为俗文学，有别于正统文学的特征主要表现为上述雅、俗两个方向不同的文学的融合，这个特征可以从三个方面进行阐述：一是创作队伍的构成；二是接受对象的变迁；三是内容上新的特质。

在实际上几乎成为老生常谈的“曲高和寡”的说法中，其实已经包含了接受美学的内容。不同层次的文学创作，其创作者和接受者都有不同。当阳春白雪的正统诗词，降而为下里巴人的杂剧时，创作者和鉴赏者都从仍然属于文人骚士范围的社会中下层文人，进入了下层市井这个广阔的对象世界。

如果仅仅从创作者队伍所属的阶层去判断他们的作品所属的层次，当然容易失于偏颇，但如果某一阶段或某一文学形式的创作队伍在构成上出现了不可忽视的变化，那么，就势必要引起创作上出现质的变化。

据史料记载，元杂剧的作家，除了个别的如史樟、杨梓之流身为贵胄和达官之外，绝大多数和最重要的作家，都是“门第卑微，职位不振”的下层社会的下吏或书会才人，且常常有此双重身份。比如关汉卿曾任过“太医院尹”，但他的主要身份是以写杂剧为业的书会才人。马致远出任过“江浙省务提举”，同时又是杂剧界公认的“曲状元”。白朴出身于金朝仕宦书香门第，但以杂剧创作名于后世。“早卒”的高文秀，编撰杂剧三十多种，曾为“东平府学生员”。庾吉甫做过“省部员外郎，除中山府判”，至今有十五种杂剧的芳名，留在《录鬼簿》中，为此，他被称为“倜傥”的儒生。宫大用任过“钓台书院山长”，郑德辉补过“杭州路吏”，他们都是元杂剧后期的著名作家。此外，李寿卿做过“将仕郎”“县丞”，刘唐卿作过“皮货所提举”，赵公辅任过“儒学提举”，李子中曾任“知事”“县尹”，李文蔚在江州当过“瑞昌县尹”，张寿卿曾充任“浙江省掾”（以上均见《录鬼簿》）……从这些元杂剧创作队伍的主要成员来看，有两大特点不应忽视：一是这些杂剧作家显然都受过正统的文化教育，因为元代充任“下吏”的角色，都是儒生。二是他们的“下吏”和“书会才人”的双重身份，决定了他们属于下层社会。

这里说“下吏”和“书会才人”是属于“下层社会”的下层知识分子，主要是因为“下吏”和“书会才人”在元代确实被认为在政治上是“卑微”的，在经济上是“不振”的，也还因为这些杂剧作家多是与倡优杂艺人为伍，混迹于勾栏瓦舍、城乡闹市，从这个意义上看，把他们归入“下层社会”，也并非言过其实。

唐诗宋词作者基本上是赶考的举子，已仕或不仕的书生。中间虽有个别的僧尼歌妓，却不足以改变其构成的主体，又何况僧如贾岛、妓如薛涛，都不是一般的僧人、歌妓，贾岛屡试而不第，薛涛也是出身于书香仕宦之门，出入于幕府，绝非一般风尘女子，实际上还都属于知识分子的行列。宋词名家如姜夔、吴文英等，虽然仕途失意，遭遇困穷，却也是依附于名公巨卿、投靠达官显贵，没有加入市井杂流的行列。如果说这些人还算是处于上流社会的中下层文人，那么元杂剧的多数作家就只能算是飘浮在下层社会中的下层文人了。其间的区别主要在于，前者仍然寄命于士大夫阶层，而后者却是栖身于市井社会。因此，应该说，元杂剧作家队伍所处的社会地位，与正统诗文作者是颇不相同的，这种不同，对于创作显然发生了影响。

其次，从接受者来看，大赋是要呈献给帝王的，骈文的欣赏者也未能跨越贵族的范围。唐诗的唱和赠答，都是在知识分子之间进行，作者和欣赏者基本上是一批人。像白居易那样，希望以诗歌“补察时政”“泄导人情”，追求“士庶僧徒孀妇处女之口，每每有咏仆诗者”的广泛社会效果的人，毕竟是极少数的特例。宋词稍有不同，因为词有娱人的职能，接受者的范围要大些，宴饮会集、酒楼茶肆，歌妓唱词侑酒佐宴已成寻常之事，但这种地方又“往往皆学舍士夫所据”（《武林旧事·酒楼》），那么，词的作者和欣赏者也仍然可以说基本上是文人——得志的文人和失意的文人。像柳永那样，词可以普及到“凡有井水饮处，即能歌柳词”（叶梦得《避暑录话》）的情况，毕竟也是比较特殊的。

元杂剧则出现显著的不同。它的对象世界简直是官员、士庶、引车卖浆者流雅俗兼容、无所不包了。元代的内廷，以戏剧招待外使及官员。王恽《秋涧集》中就有“诏翼日都省官与高丽使人每就省中戏剧者”的记载。身为下吏和书会才人的知识分子除了热衷于编剧演戏之外，也成为热心的观众，高安道的套曲《嗓淡行院》就描写了一个下级官吏去歌楼观戏。南戏《宦门子弟错立身》中有“积世簪缨”“宦门之裔”延寿马，弃家追随东平散乐王金榜去“冲州撞府”流动作场，这虽是戏中的情节，也当有现实根据。此外，城中居民和庄农百姓，也成为杂剧的看客，如杂剧《蓝采和》中的许坚在洛阳梁园棚内待客卖艺，就以城中士庶百姓为招徕对象。元人笔记《南村辍耕录》“勾栏压”条记载松江府一个勾栏棚倒塌，压死四十三人，看客中有“抟银为业”的沈氏子，还有一僧二道……杜善夫《庄家不识勾栏》散套，详细描述了一个乡下人进城去勾栏看戏的经过……可见，元杂剧的接受者完全冲破了正统诗词仅限于士大夫知识分子的范围，囊括了竟是以下层市民为主的整个社会。促成这种改变的根本原因，盖与杂剧的商品化有直接关系。而这一改变，又成为造成元杂剧不同于正统文学的新特征的重要原因。

当我们谈到元杂剧作为俗文学产生的新特征时，当然不能避开与正统文学的比较，这种比较常常是就其总体特征而言，很难包容进所有的个体特征。

传统中国儒学，从一开始就把文学视作“顺美匡恶”“感物吟志”(《文心雕龙·明诗》)的工具，立下“明道”“言志”的宗旨。因此，尽管历代大大小小、得志和不得志的文人的修养各异，成就不一，从他们传世的作品来看，其内容和对叙事所取的观察角度竟可以算是大致相同的：作品的内容不出兼济和独善，作家用事的态度则都是对君主和家国鞠躬尽瘁，对百姓居高临下。辅佐国君时竭忠尽智，批评时劝百讽一，管理百姓时，要“治”要“牧”，为政以德，使“子民”能安居乐业，不生事，不造反。可以说，传统诗词文赋主要驻足于治国安邦和齐家修身。进而辅佐天子，退而放浪江湖，萦萦于知识分子的忧患、疑虑，喜怒哀乐和进退得失。

杂剧孕育、产生于市井社会，并非纯出于书生的构想；发展于勾栏瓦肆，远离了文人的书斋；面向整个社会，打破了文人学士的一统天下，因此，它就受到另一个范畴的现实的制约和历史的规定。于是杂剧中就非常惹眼地出现了一个全新的、完整的世俗社会的世界和一个同以往的知识分子的世界完全不同的儒生的精神世界——一个充满了痛苦和没落情绪的世界。

元杂剧的主体是为下层百姓“立言”的那个世俗世界。这批作品继承并且发展了唐宋传奇的优良传统，对整个社会的观照更其全面和深刻，目光也更多地关注到社会底层。

比如《酷寒亭》杂剧中描写了小酒店主人“南人”张保，为奴作婢时，被主人“蛮子前蛮子后”地辱骂，即使脱离奴籍之后，也仍然不能摆脱卑下的社会地位。一个显然是地位优越的“官人”（蒙古人？色目人？）吃了酒不给钱，还蛮横地问：“你是什么人？”他受到欺侮还不敢或不愿直接回答自己是第四等级的“南人”，就说：“也不是回回人，也不是答答人，也不是汉儿人……我是个从良自在人。”他从内心鄙视异族统治者的粗俗：“他家里吃的是大蒜臭韭水答饼，秃秃茶食，我江南吃的都是海鲜。”但他还是不敢不俯首听命——这是一个在异族统治之下敢怒而不敢言的小百姓，带有点阿Q精神的自尊和自卑。《生金阁》杂剧里的主角，庄农出身却“幼学经史”的书生郭成，拿着祖传的宝贝生金阁，想投靠达官显贵，换得“一官半职”，结果一下撞到“花花太岁为第一，浪子丧门世无对”，“若打死一个人，如同捏杀个苍蝇相似”的庞衙内手里，最后弄得家破人亡，丢了性命——这是一个想要依靠机遇得到发迹，却又没有什么手段，甚至没有保护自己的能力的软弱书生的悲剧命运，其间蕴藏着多少百姓与官府、豪强之间的仇怨！《珠砂担》中的小本生意人，货郎王文用，为躲灾求利，远离故里，一边感叹“你看那人间百灾姓，在红尘中都要干营生，两下里行船走马，各要夺利争名”，一边“戴月披星，忍寒受冷，离乡井”奔波于行旅。然而，他无论怎么忧愁、恐惧，也没能逃脱强盗铁旛竿的利刀——当作者把逐利商贾的生涯表现得如此艰难辛苦的时候，他们的喜怒哀乐、希望和痛苦也就透露出非常强烈的人情味。《金凤钗》中的穷秀才赵鹗与他的妻、子及店小二之间的关系，完全以金钱为转移。当他穷得付不起店钱时，店小二对他说：“秀才，看你这等也不能够发迹。”又挑唆秀才的妻子说：“嫂嫂，你向他要纸休书，拣着那官员大户财主别嫁一个，我与你做媒人。”秀才娘子也说：“哥哥，我心里也是这般说。”等到赵鹗得了头名状元的消息传来时，店小二马上“把媳妇裙儿当了一瓶酒”给他贺喜。及至又得知他“失仪落简”获罪革职时，店小二便又追索房钱，妻子也大叫道：“你这等模样，还不与我休书，快将休书来。”——以金钱为支撑点的世俗冷暖，正在取代被公认为传统美德的刘月娥式的“嫁鸡随鸡”的同甘共苦的伦理观念。《神奴儿》《合同文字》表现了由遗产问题而引起纷争，以至于谋杀人命的社会问题；《东堂老》对于不能守住祖业的败家子弟进行谴责，对某种社会责任感进行了表彰；《看钱奴》《冤家债主》一方面对富贵穷通、命中注定表示不平，一方面又笃信生死有命、富贵在天的矛盾思想；《救孝子》《蝴蝶梦》对牺牲精神和善良行为表示歌颂；《金线池》《谢天香》描述了妓女生活的苦闷与悲欢；《调风月》《望江亭》演述了痴男怨女之间的情爱离合；等等，都表现了下层百姓的好恶、崇尚以及道德观念的变迁。这个属于下层百姓的世俗世界，以新的观念、新的情感关心着和批判着市民生活，与正统文学划开了一条明显的界限。

元杂剧中儒生的自我表现，也有因时而异的新特点。元代的失意文人，不必再穷经和走举业之路，传统的兼济和独善，也失去了实际价值。内心没有了精神支柱，没有了追求的终极目标，因此元代儒生的心境比较晦暗。马致远的散曲《秋思》描写的景色："枯藤老树昏鸦，小桥流水人家，古道西风瘦马，夕阳西下，断肠人在天涯"就恰切地表现了儒生灰色情绪的极致。在受到压抑的知识分子的精神世界中，性格的被扭曲是一个普遍的存在。希望维持自尊，却被整个社会所轻视，希望维持自信，却没有实现自身价值的机会。于是，怨愤和仇恨现实，就成为元人杂剧中儒生自我表现的基调。

当然，怨愤不平的情绪并不是只存在于元杂剧中，即使在科举盛行的唐、宋，能够蟾宫折桂的也毕竟是少数，所以，怀才不遇，怨愤不平原是一个古老的主题。但是唐、宋士子躬逢科举"盛世"，既不能说没有遭遇明君，也不能说生不逢时，文人又有自视偏高的习惯和文人相轻的毛病，便只好说自己命途多舛，把不遇的责任归之于个别和偶然因素的影响。因此，他们对于穷通的感唱，他们的怨愤情绪也就带有更多个人命运的色彩。

元代80年科举路断，人为地制造了读书无用，对汉族知识分子来说，想要实现参政的愿望，要么靠有权势者汲引入官，如同赵孟頫辈那样，要么靠在吏途上苦熬，这样的例子极多。但前者需要名气和机会，后者需要勇气和耐心。对于大多数身世并不显赫而又不屑与刀笔下吏为伍的清高之士来说，确是走投无路了。这样现实的存在，引起了几乎所有儒生的仇视和反感，他们毫无例外地都将谴责的矛头对准了当权者：杂剧作家笔下的书生们指责当权者卖官鬻爵的卑鄙，憎恨达官显贵垄断朝政的恶行，谩骂当政者的凡庸无能，斥骂用人者愚贤颠倒……这种批判的指向，对当权者的谴责和怨恨就比正统文学中的自叹自嗟，带有了更广阔的社会意义。而且，以它对问题认识的深刻程度和思辨特征而论，通常需要在与现实拉开一定的时间距离之后才可以实现，而元杂剧却提前实现了。

元杂剧中的这两个世界，应当说，分别来源于士子阶层和下层社会这两个不同的方面。作家在构撰这两部分作品时，立足点时常是不同的，作品中表现出来的对这两个世界的现实的批判和思考也不相同。当然，不同的作家在这两个方面所获得的成就因而也不同。比如“教坊勾管”张国宾的作品更多地显示出他对下层社会的熟悉和理解，而儒生马致远的作品则更多地表现了他对士子的思想和生活的体验和眷恋。有时候在同一作家的不同作品中，甚至可以显示出这两个方面的共存和差异。比如关汉卿的《窦娥冤》揭露社会黑暗时毫不留情，在《调风月》中，对下层婢女燕燕的爱情要求和不幸倾注了深切的同情，这都证明了关汉卿与下层百姓感情上的息息相通，这可能得力于他的下层社会的经历和生活体验。而他的《陈母教子》却狂热地鼓吹“学而优则仕”的生活道路，对能跻身于封建统治阶层羡慕不已，在《玉镜台》中，对刘倩英的不幸婚姻又采取了轻薄的态度，则完全取了士子的立场，显然表现了正统儒生的思维方式。当我们肯定关汉卿平民化的时候，常常遗憾他没能在任何时候都摆脱固有的、正统的思维逻辑和方式。从另一个角度也可以认为：关汉卿的作品能够表现出正统文学与俗文学的衔接与融合这一元杂剧普遍的倾向，这正是他的创作的伟大之处。

元杂剧中相当一批作品所具有的前所未有的批判性（这里所说的批判，是带有否定意味的批判，不是劝百讽一式的批判）可以使我们相信，元杂剧的作家开始用一副新的眼光来观察、表现社会问题。特别是他们在表现下层百姓的疾苦时，改变了传统知识分子俯视众生的角度，表现出一种由切身的体验产生的对社会的洞察和判断；在表现对统治者的揭露和责难时，则改变了劝百讽一的奴才作风，表现出对秦汉以来敢于形诸声色的优秀传统的继承；在抒写自身的怀才不遇时，改变了以往自怨自艾的无力空叹，表现出一种对个人的命运和社会弊病的较为深刻的认识和抗争。

元杂剧中两个世界的出现和元杂剧的作者审视、理解问题视角的变化，清楚地昭示了历史环境的变迁与置身其中的感受主体之间，有着多么直接和必然的因果关系，而这又恰恰是造就一个时代有特色的新文学的最重要的动因。雅俗共赏的元杂剧本身所具有的特征，无论从思想倾向或从艺术特征上，都显示了两个不同层次文化的沟通，其中既有两种不同文化传统的对立和矛盾，也表现出它们之间的渗透与交织。

我们不应该再犯前人犯过的错误，企图将正统文学对元杂剧的影响、渗透，加以生硬的、简单的、难以避免某种误解的进行条分缕析的说明，如像元人赵孟頫将杂剧分为“行家生活”和“戾家把戏”，以“鸿儒硕士骚人墨客所作”和“娼夫之词”（《元曲选・吴兴赵子昂论曲》）解释元杂剧作品的雅俗共存那样，或像明人王骥德以“教坊乐工”“撰成间架说白”而“供奉词臣作曲”（《曲律・杂论》）来解释同一杂剧作品中常常存在的语言和内容上的雅俗共存那样。这种渗透和融合，应当是一种构成上的根本问题，包括正统儒生的思维方式、正统文学的语言方式、表现方式与下层市民社会经验、感情方式的协调或不协调的结合。这种结合，是在元代那些有着双重身份、两副眼光的书会才人的灵魂的蜕变中，痛苦地完成的。

我们说过，雅俗文学合流，并不是第一次出现在元代。在唐代和宋代，也有由“士”与“民”这两个阶层的交流变动而引起的两种不同层次文学的合流。我们应该注意到，历史上出现的任何一次多层次文学之间的交汇，都不是对等的“化合”，总有一个主和次的区分，总有一个谁化谁的问题。朱自清先生对这个问题曾有过高论：“原来唐朝的安史之乱可以说是我们社会变迁的一条分水岭。在这以后，门第迅速地垮了台，社会的等级不像先前那样固定了，‘士’和‘民’这两个等级的分界不像先前的严格和清楚了，彼此的分子在流通着，上下着。而上去的比下来的多，士人流落民间的究竟少，老百姓加入士流的却渐渐多起来。”（《论雅俗共赏》）这些说法我以为是有道理的。唐和宋都处于整个社会文化的上升提高时期，因此社会的变动都促进了“民”向“士”，下层俗民向上层雅士的流动和靠近。从文学交流上看，也是以俗近雅，或者叫以雅化俗，正统文学和俗文学即使有交汇融合，也总处于主导地位。

元代却相反。士失其业，转而向下层市井讨生活，在“士”与“民”的流动中，百姓加入“士”的行列的成为少数，却有大批的“士”流入民间。要运用他们手中掌握的正统文学为下层百姓服务，就必须非常理会和迁就俗士的趣味。换句话说，变成书会才人的儒生，要以杂剧卖钱，就必须考虑到接受者——市井俗人的欣赏水平、习惯和好恶，于是就出现了文学上的以雅近俗，或叫以俗化雅，正统文学也不得不作一点相对来说是脱胎换骨的改造。说得形象一点，元杂剧的“雅俗共赏”，不是像唐宋诗词那样，好像一些俗士挤到文学殿堂中来，接受熏陶和洗礼，却是将神圣的文学殿堂拆去了一面墙，招揽进来许多吵吵嚷嚷的平民百姓。

在元代，正统文学的衰败和通俗文学的兴盛都是事实。从前者看，说元代整个文学水平有所降低固无不可；但若从后者来看，正统文学的一部分精髓化入了俗文学，使广大市井小民提高了文学水平和鉴赏力，这未始不可以认为是整个民族文化水准的提高。

（1989 年第 3 期）

美与“人的本质力量对象化”

洪毅然

马克思《1844年经济学—哲学手稿》中涉及的“自然的人化”和“人的本质力量对象化”，国内美学界除极少数同志认为根本无关于美学问题外[①]，一般都很重视，不少同志已经做过许多探讨：有的侧重前者，有的侧重后者，却都理解颇不一致。我曾先后写过三篇文章[②]讨论“自然的人化”，现再谈谈与其密切相关的“人的本质力量对象化”之问题。

“自然的人化”与“人的本质力量对象化”，虽然原是同一个统一过程之不可分的两个不同侧面，但就一般逻辑因果言，后者似应先于前者，故被一部分研究者片面抓住此点，并将“人的本质力量对象化”，有意无意换成了“人的本质（按：指抽象本质）对象化”[③]或“人的对象化”，从而这样那样地导向人本主义、人性论。不能不看到：“人的本质力量对象化”与“人的本质对象化”，是有重大区别的。“人的本质”，指人（人类）之所以为“人”（人类）的“质”的规定。“人的本质力量”，则指的是人（人类）之独特“本质”所具有的一种“力量”——一种本质性的“力量”（本质性的特殊能力）。据此可知：“人的本质对象化”，实际意味着主体——人（人类）的“本质”，转化成为客体——对象事物的“本质”，转化为主体可观照的“对象”，亦即主体客体化。等于是原本存在于主观方面（“人”一方面）的东西，化成了客观方面（“物”一方面）对象世界里的东西。于是，反过来当然也就可以说：客观方面（“物”一方面）对象世界的东西，无非原本存在于主观方面（“人”一方面）主体的——“人”的东西之外射显现，客体无非原乃为主体之“他在”形式，“对象”无非原乃为自己。因而“从对象观照自身”，其实无非自我观照而已。

至于“人的本质力量对象化”，含义则迥异：盖谓“人”（人类）一诞生，便同时具有与其所以为“人”（人类）的独特本质而俱来、并始终与之相伴存在着的一种特殊“力量”或“能力”，那种“力量”或“能力”，自然而然起作用于客观物质世界，首先遂使原来非人的“自在”自然界，一变而成为“为人”的——为人类而存在的自然界。

即成为“人化的自然”，成为属人（属人类）的“人”的“对象世界”，而不仅仅是属于一般动物的那种动物的“对象世界”（各种动物——生物互为对象的世界）。这也就是说：“人”（人类）为自己“创造”出了一个“人”（人类）所特有的“对象世界”。故“自然的人化”，实乃为“人”（人类）的上述“力量”在外间世界的“表现”（等于那种“力量”显示于自然界中）。易言之，即主体——“人”（人类）的上述“力量”，转化到客体——自然中去了，“人”（人类）主体方面的东西，因而“对象化”了，成了客体方面“对象世界”里的东西，成了主体之可观照的“对象”。

于此必须注意：以上两种“对象化”的内容，是颇不相同的。其一，被“对象化”者（“对象化”了的东西），为人之所以为“人”的“本质”（不管对“人”的“本质”作何理解）；其二，被“对象化”者，则是人之所以为“人”的“本质”所具有之“力量”（人的本质性“力量”）。从而，两种“自我观照”之实质，相应地亦有所不同：其一，所“观照”者，是其自身（自身之本质特性）；其二，所“观照”者，是其自身独具的“力量”之作用与效果（即其所取得的成就业绩）。前者所“观照”的，始终自囿、自蔽于主体——人自身内部固有的东西之“他在”投影（恰如观镜自照）；后者所“观照”的，则是自身“力量”作用于外间世界所引起、所造成的变化之种种具体“成绩”（成果）。所以，前者必然只向“人”自己内部主观精神世界去寻找“美”的根源；后者则必然要向外间客观物质世界去寻找“美”的根源。

我在另一篇文章④中，曾对高尔泰同志和李泽厚、刘纲纪两同志各自关于这个问题的观点，试作简要比较剖析，初步认为：

高尔泰同志由论“美”而论“人”（为论“美”而论“人”），强调“美的本质”就是“人的本质”，就是“自由人性”——人的“自由”本质或本性“对象化”之结果，显然属于前一条思想路线最具有代表性的理论。

李泽厚、刘纲纪两同志与高尔泰同志不同，他们认为：“人的本质力量”所在，在于唯“人”（人类）能从事自由、自觉的生产劳动，正是通过“人”（人类）的物质劳动实践，“人的本质力量对象化”了，即在被“人”（人类）的物质实践所改造（创造）的“对象世界”中，见出“人的本质力量”而有“美”。不难看出：被“对象化”者，不是“人”（人类）的“自由”本质或本性，不是“自由”人性或人性的“自由”，而乃是“人”（人类）所独有、独能的自由、自觉地实践（生产劳动实践）之“本质力量”（人之所以为“人”的本质性力量）。他们这种观点，无疑比高尔泰同志的观点正确得多。

不过，如再进一步思考，李、刘两同志由之而得出的结论：美是自由的“表现形式”（李谓美为“自由的形式”。刘谓美为“自由的表现”），似乎亦尚有可商讨之处。

那么，问题在哪里呢？

诚然，美作为“自由”的“表现形式”与作为“自由”的“象征符号”，是大有区别的。何况他们各自所说的“自由”之实质，亦有区别：一者指的是“自由人性”；一者指的是“自由实践”；两者不宜相混同。

但是，既然都认为美乃植根于“自由”，而“自由”，原本只能是对人而言，即只能是人的“自由”。如此说来，“美”的根源，岂不仍然还是主要在“人”而并非主要在“物”，是取决于存在主体方面之条件，而并非取决于存在客体方面之条件吗？难怪有人指出李泽厚同志的美学，是“实践人本主义”的美学（简称“实践美学”）。须知：实践的“人本主义”虽有别于一般“人本主义”，毕竟也还是一种“人本主义”啊！而马克思主义是不是“人本主义”？却是个不可不辩明的根本原则性大问题。

关于这个问题，我初步认为：马克思早期思想中，虽然包涵某些人本主义因素，但其后来成熟期的思想，已不完全是那样。

马克思说过：“充分的自然主义＝人道主义；充分的人道主义＝自然主义”（见《手稿》，译文语词不尽同）。大意可能是：充分的“自然主义”，要求一切自然物，皆得各尽其性，即各尽其天性——自然之性。其中尖端产物的人类，不消说亦自当尽其特有之性——即“人性”。是故充分的“自然主义”，必通向“人道主义”；而“人性”——人的天性，说到底，其实就是“人”的自然之性（自然性），所以，“人道主义”充其极，又无非“自然主义”耳。⑤

我们从中不难领悟：马克思对“人”与“自然”，实持辩证统一观，并未割裂两者而特别片面强调或夸大“人”。而且视“自然主义”原本通向“人道主义”；“人道主义”充其极，亦无非“自然主义”。表明对于单独或片面的“人道主义”，实含一定程度“否定”之意（虽非完全彻底否定）。故其整个思想体系之实质（至少主导方面），恐怕不能说是属于“人本主义”范畴吧？

我赞成以下看法：“西方马克思主义”者，往往过分夸大马克思思想中的人道主义、人本主义成分；而我们过去则对之未免重视不足。重视不足之处，诚须弥补。然而不可不注意到：马克思后期（成熟期）思想中的人道主义、人本主义因素（或痕迹），虽然仍尚存在，却已发生质变，已经是用唯物史观充实、改造过的了。所以，并无必要还去突出它！（引入“实践”观点的“人本主义”，即使或可认为就是已经发生质变的，亦无此种必要）

再则，上述需要弥补的那种缺欠，乃因我们过去长期深受“左”的教条主义影响所造成。自从思想禁锢解除以来，为求弥补，适当高扬“人”的主体性，固属完全必要。然而，与此同时，从一个极端趋于另一极端，一种倾向掩盖着的另一种倾向，亦殊不宜忽视！

何况马克思还说过：“历史是自然史的现实的部分。”（见《手稿》）其意似可理解为：尽管历史的主体是人（实践的人），而人的实践，不能违背自然规律，所以，人类社会的历史，虽是人类自己创造的历史，却实际上仍然与“自然史”相贯通，仍然体现着“自然史”的根本普遍规律。质言之，人类的一切历史性“创造”——一切历史现象（包括真、伪、善、恶、美、丑等“价值”在内），虽然皆以满足人类自身之需要为目的——即以人类自身的生存意志为准则，却还是始终受着物质世界客观规律支配及制约的。不是绝对“自由”的。其中最根本的规律，就是：归根到底乃客观决定（制约）主观，环境决定（制约）人，并非相反（尽管人的主观能动性具有巨大反作用）。这一点，无论在自然界和人类社会，一律无例外。

因此，“美”（及“丑”）的产生，应是客观物质世界自身存在、发展到一定阶段（或一定程度）之必然结果，其根源主要在于客体——自然（指“人化的自然”）一方面之条件，而并非主要取决于主体——人（人类）一方面之条件。（请注意：“实践”为人的实践，故实践的“自由”与否，属于主体——人一方面之条件）

然则，客观世界又是怎样由无“美”而有“美”（及“丑”）的呢？其前提，就是“自然的人化”。（请参见相关拙作）

于是，问题又转回来了，不得不再一次思考作为“自然的人化”之逻辑原因——“人的本质力量对象化”，究应如何理解才对？

我所理解的“人的本质力量”——人（人类）之所以为“人”（人类）的独特“本质”之“力量”，与李、刘两同志的认识基本上并无二致，但对“人的本质力量”如何“对象化”的看法，却不尽相同。

我以为：正因人（人类）具有其唯“人”才有，而为其他一般动物所根本没有也不可能有的独特“本质”之“力量”（自由、自觉地从事生产劳动实践之力量），故当自然界这个尖端产物——人（人类）一出现，由于他的此种“威力”所及，他的“本质力量”对于客观存在着的世界自然而然起了作用（首先仅因世界从此处于与“人”互为“对象”之关系中，遂使世界取得一种前所未有的新性质——由非人的“质变”成为人的“对象世界”；同时也包括通过人的劳动实践活动，而对世界所起的实际改造作用），于是乃使整个世界——变而成为人的生存环境、生活资料、生产劳动对象，一句话，成了“人化的自然”。并在此基础上，依其对于人的生存、生活所起和可起作用之益损、利害的不同性质；进而客观地相应产生出“正”“负”形象审美价值——“美”和“丑”。这一切，都是完全客观地、自然而然地发生的，客观地不得不然的。不是由人“造成”的。人无能耐使其如此或不如此。人（人类）其实对此是根本无能为力的！

这样理解“人的本质力量对象化”，我不敢自信其一定完全正确，但却似乎可以避免滑入任何人性论或人本主义之岔道。

再则，“人的本质力量”，无疑包括“人”的视力、听力等“人”的感觉——“感觉的人类性”之力量在内。“人”的感觉与非“人”的（一般动物的）感觉存在着本质差别，例如鹰的眼不同于人的眼。前者尽管比后者锐敏得多，后者却远比前者能见出蕴含于对象事物中的更深、广的内容、意义。这种“人”的视觉的“本质力量”，从被视世界——即由其所“看”到的、无比丰富多彩的“人”的视觉世界“表现”出来（从中见出其“效果”与“威力”），于是获得“对象化”，并成为主体——人自己的可“观照”之“对象”（等于转化成为客体方面的东西）。

这种“人的本质力量对象化”——主体“人”的力量（“人”的视力等）转化为客体（“人”的视觉世界及其他感觉世界）的东西，诚然不能不是“人”（人类）在长期“实践”（归根到底为劳动实践）过程中完成的，但被“对象化”者（“对象化”了的东西），却乃为其“实践”所造成的独特感觉力（视力等）——“人”的感觉或“感觉的人类性”之能力，亦即“人化”了的“自然”力。并不是其“实践”本身直接所起之作用与效果。

于此当知：这种“人”的感觉或“感觉的人类性”之“本质力量”，其实也是一种“人化的自然”之力量，它是人类自身内部“自然”的“人化”之结果。（就这一点而言，“自然的人化”却又先于“人的本质力量对象化”。两者孰先孰后？颇似“鸡生蛋、蛋生鸡”问题；故我始终认为：两者本是同一个统一过程之不同侧面）

有必要指出：人类自身内部“自然”的“人化”，实乃整个自然界按“自然史”规律，在其一定条件下（借佛语即“缘所缘缘”——缘其所缘之“缘”），逐步“向人生成”而不得不然的。是取决于“自然”，而并非取决于人（人类）的。故殊不宜夸大人（人类）的作用（尽管其能动作用，十分巨大，毋庸置疑）。同时，人（人类）自己，亦不应该妄自尊大，自视为整个自然界之主宰，仿佛“万物皆备于我”，而流于以人为本或“以人为中心”的人本主义。——虽然人（人类）确实是自然界的尖端产物，确实为“万物之灵”。

最后，还须再提一下：如果“美”真的就是“人”（人类）的“自由实践”或其“实践”的“自由性”之对象化“表现形式”，而“人”的（人类的）实践，既然本质地一律都是“自由、自觉的”实践（否则不成其为“人”的、“人类”的实践），那么，势必不得不认为：凡属“人”的（“人类”的）实践之一切成果（包括全部物质产品与精神产品），尽都一律是“美”的。可惜事实并不尽然。那么，与“美”相对立的“丑”，由何而来呢？持其说者也许会解释曰：那另一部分实践成果之所以“丑”，乃由于“异化”的人和“异化”的劳动所致。然而，我们仍然不禁要问：那么，是不是说将来历史彻底消灭了劳动的“异化”及人的“异化”以后，世界就再也不会有“丑”而只会有“美”呢？其实，恐怕很难那样断定。因为那样一来，“矛盾统一”及其对立、斗争、发展的宇宙大法——唯物辩证法根本规律，岂不也就随之而被取消了。那难道是可能的吗？

1988年5月22日于西北师院

附记：本文写成后，读到《美学讲坛》第二辑中批评“实践观点美学”的几篇文章，虽然有些批评意见，未必尽当，不敢苟同，但有同志指出：马克思《费尔巴哈论纲》第一条那段著名的话，实乃仅就“人类社会生活”而言，原本并非“包括自然和社会两者”。（参见严昭柱《评所谓“实践观点的美学”》）因而，以之作为把自然（主要指未经改造的），也从人类主体的实践去理解之依据，不免就有问题。似颇值得重视并考虑。不知泽厚、纲纪两同志以为如何？故特于此亦顺便提一下，以便大家一并共同研究。

1988年8月13日　补记

注释：

① 蔡仪同志为此说代表。诚然，《手稿》讲的主要是“经济学—哲学”问题，其中涉及“自然的人化”与“人的本质力量对象化”，也是就人类的生产劳动而言。然因人类的生产劳动原本“按照美的规律而造作”，实亦具有创造广义的“艺术美”之性质，故不能认为与“美”完全无关。不过，如把“自然的人化”及“人的本质力量对象化”直接等同于“美之本质”则不免为简单化的错误理解。其实，它们只是“美”之诞生的前提而已。

② 洪毅然:《自然的人化与美的规律》,《西北师院学报》1984 年第 3 期；洪毅然:《再论自然的人化和美的规律——答王人恩同志》,《西北师院学报》1986 年第 1 期；洪毅然:《关于〈自然的人化与美的规律〉》的几点补充——再答王人恩同志暨刘平同志》,《西北师院学报》1987 年第 1 期。

③ 虽然马克思《手稿》中极少几处亦曾用过“人的本质”，并非完全用的是“人的本质力量”。据谙德文的同志说：“本质”德文为 Wesen，“本质力量”德文为 Wesenkraft，两词有区别，亦非无联系，其区别在于：后者乃就各种“主体的能力”而言，如视、听、触、嗅等生理与心理能力，以及精神感官、实践感官的诸能力（包括意志、爱情等等）。前者乃就其总体（即各种“主体的能力”之总体）而言，但却并非“抽象品”。可见马克思使用“人的本质”一词时，是从总的方面而言，实际还是说的“人的本质力量”之“总体”，并非另指某种抽象的本质。所以，有些人把“人的本质”拉向“人性”（人的抽象本性）去解释，不能不是对于马克思原意的歪曲。

④ 洪毅然:《“美是自由的象征”说质疑——与高尔泰同志论美》,《文艺研究》1988 年第 5 期。

⑤ 通俗地譬喻言之：恰如某个独生子，只是其父母的儿子；但当其父母再生一个孩子以后，他就立即自然而然相应地同时成为“其弟之兄”，他便有了另一新“身份”。——我的以上这种理解，虽未必为马克思原意，但似乃为其应有之义。

（1989 年第 4 期）

回归与漂泊

——关于中国现当代作家的乡土意识

赵　园

“怀乡”作为最重要的文学母题之一，联系于人类生存的最悠长的历史和最重复不已的经验。自人类有乡土意识，有对一个地域、一种人生环境的认同感之后，即开始了这种宿命的悲哀。然而它对于人的意义又绝不只是负面的。这正是那种折磨着因而也丰富着人的生存的诸种“甜蜜的痛楚”之一。这种痛楚是人属于生活、属于世界的一份证明。

人类学家观察到原始人类有关人与特定地域之间神秘联系的感知。“每个图腾都与一个明确规定的地区或空间的一部分神秘地联系着，在这个地区中永远栖满了图腾祖先的精灵，这被叫作‘地方亲属关系’……”“每个社会集体（例如澳大利亚中部各部族）都感到自己与它所占据的或者将要迁去的那个地域的一部分神秘地联系着；……土地和社会集体之间存在着的互渗关系，等于是一种神秘的所有权，这种所有权是不能让与、窃取、强夺的。”①这应是乡土意识萌发之始。这种神秘的空间体验也与人类祖先的其他文化经验一样，经由精神遗传，影响着此后人们对其生存空间的知觉形态。

乡土感情又属于那种索价高昂的感情。地域文化特性从来与地方孤立性相因依。我们有所谓“两浙”“百越”“八桂”，国中之国，省中之省，农业文明下发展到极致的地域文化分割。何士光小说中的小县城人“像藤络一样，缠绕在这城里的砖墙上”，生命像是被这土地吸食而干瘪。作者说：“谁要是不深味这一点，就不会深味这偏远的人生……”（《蒿里行》）牺牲于孤立、封闭的，首先是“乡民”。当着“乡土”被作为仅有的生存倚托时，乡土即人的全部视野，集中了历史与生活加之于人的限制。最惊心动魄的，是历史上那些农民带着家乡的大迁徙——即使不能带走土地，也要带上全部亲族关系和全部乡土意识，以至在南方诸省演成连绵不绝的土、客争斗，也算是农民枯寂生涯的血腥点缀。

这无妨于乡情作为文学艺术中最足动人的诗意情感。一个农民出身的兵士，八年间患着怀乡病，“他无时无刻不在做梦，他要到那干燥的土地上去，他要睏一个赤条条的觉！”（师陀：《金库》）另一个客居台湾的老兵的乡愁，竟“好像一腔按捺不住的鲜血，猛地喷了出来，洒得一圈子斑斑点点都是血红血红的”（白先勇：《那血一般的杜鹃花》）。——无论朴质还是奇警，作为情感符号都令人怦然心动。

新文学初期曾有过一批集束出现的怀乡（及“回乡”）之作，鲁迅因此拟出了那个事后歧义丛生的名目：“乡土文学”。乡土文学的代表作品有许钦文的《父亲的花园》，王鲁彦的《柚子》等；写知识者因身处城市、更因置身东西文化撞击中而有的特殊文化经验，人生体味，不免囿于旧有框架，意为文缚，终难转出既有境界——包括郁达夫的怀乡诸作。中国文学中的有关积累是太过深厚了。受缚于传统怀乡之作的格局，初期新文学没有写怀乡、回乡的巨构，也没有如张承志那种诗情如潮壮丽辉煌的凯旋式的回归。然而此后怀乡、回乡之作的诸种胚芽，“原始型态”，诸种有关主题、情感意象，又都可以溯源到此。五四时期文学即使在这一方面，也显示其为新文学的虽粗糙幼稚却包容广大的开端。

一、乡土：“过去”的祭坛

苏联七八十年代阿斯塔菲耶夫《最后的问候》、拉斯普京《最后的期限》《告别马黛拉》等，以宛曲低回的情思向旧乡村告别，被人称作“告别文学”。中国文学中也有如许漫长的告别仪式。[②]“怀乡”在这里，是对于“过去”的祭奠，对过去、对历史的巡礼。巡视和祭奠出于人的精神需求，仪式行为都有其强固的心理依据。《奥德赛》的主人公顽强地从特洛伊城下回返故土，即使诸神的留难、财富的诱惑、令人忘却乡土的甜莲也不能阻断这行程。我由如此顽强百折不回的回乡意志中读出了人对于“忘却”的原始性恐惧，对于忘却本原，忘却故土，迷失本性，丧失我之为我的恐惧。怕是因这份恐惧，回乡才有仪式般的庄严性，回乡之作才可能具有史诗特征的。对于失去乡土记忆的恐惧，对于背叛、遗弃乡土的恐惧，是农业社会人们的普遍心理。由此“怀乡”“回乡”或多或少地道德化了。上述道德心理（“不忘本”）即使到今天，也仍然是人所熟悉的。艺术既象征性地满足了人“生活于过去”的需求，又以完美的象征形式“告别”“忘却”，使一种现实过程因艺术化而减少痛楚。以象征性的回归实现“告别”与“忘却”，也许是人所能为自己选择的自我抚慰的最好方式。而审美心理定式下的规范化、因袭倾向，又有力地展示出“过去”对于精神、情感活动，对于审美过程的覆盖，证明着“过去”的现存性，“过去”之为一种极现实的文化力量。

文学作为过去的祭坛，致力于呈现“过去”的现存性、具体可感性，依循人的感觉、记忆的逻辑，尊重人类普遍经验的单纯性质，诗化人最基本的生活体验和生活感情。王蒙写味觉记忆中的乡土：“烙饼使他想到家乡、童年、母亲、前妻，他都快掉泪了。”(《烙饼》) 施叔青人物怀乡的诱因，则是“牛铃的声响”——那是记忆中家乡黄昏从晚烟深处传来的(《牛铃声响》)。乡土正是这样，在怀乡病者那里，有时不过是路摊上热气腾腾的豆汁儿，后花园里嗡嗡嘤嘤的蜜蜂，静夜的蛙鸣或蛐蛐叫。但情境太过琐细与“日常”，又可能使文学中的乡情传达流于平庸。莫言式的奇突感觉或正是补救。莫言使人看到，当着摆脱了某种惯常的体验和表达方式，童年记忆会以怎样的诡幻奇谲复现。莫言在感觉中“复活”乡土，诸种感觉记忆——视觉、听觉、触觉等，在脱出惯例后一并苏醒；由生动的阳光感，空气感，冷、暖等肌肤感觉中，浮出了陌生而真切、真切到令人不忍逼视的乡土。这才是真正艺术家的还乡之路，艺术家所应找到的还乡之路。

“乡土”不但宜于细碎的日常经验，也宜于豪迈的诗情。艺术家的精神还乡，当着呈现于艺术作品之中时，有可能是壮丽辉煌的。借助于“记忆材料”的激情喷发，使张承志、郑万隆得以拥有他们的大草原、“金牧场”或“赫赫山林”。郑万隆对于那片“华严浩荡的山林”的呈示，犹如一次呼唤生命力量、寻索“生命图腾”的神圣之举。张承志写大草原，更是一次因极尽渲染而颇为张扬的盛大回归。另有莫言写高密东北乡红高粱的那种泼墨如“血”的狂放激情。赫然印出在卷首的题辞，是全篇的调性符号：“谨以此书召唤那些游荡在我的故乡无边无际的通红的高粱地里的英魂和冤魂。”写在《透明的红萝卜》之属以后，这的确是与《枯河》《爆炸》甚至与《红萝卜》不同的“故乡”。“故乡”在诗化想象中由凡俗世间升腾而起，搅起一片金红的光雾。“故乡”是要在目力不及的“前辈”脚下才见出辉煌，才如红高粱般溢彩流光的。这乡情因而更是一种历史感情。历史热情有时的确是扩大了的乡情。张承志写大西北，写出了凭吊古战场似的气氛。这“历史”又似不着形迹，只作为叙述中的情绪力量，增益其气魄、其境界的深邃阔大。大西北因历史的沉埋，那一片土地本身已历史化了。作品则在历史的苍莽感中，令人感到寻根者的浓重乡思。所有那些为意义所充满的“凝固历史”(古老河道、寺观、城墙等)，都唤起广义的乡思，对先民的追怀。由新时期的文学作品中，你尤其能感到其中温暖浩大的情感之流，无论其所写为“洼狸镇”，为高密东北乡，为太行或吕梁山，为苏北黄河故道。不囿于怀乡之作传统格局的，或有更自由阔大的乡情。对此需要另一种方式的分析。

融汇入“历史热情”的乡思，往往执着于“起源”的追寻。历史在“起源”处沟通了神话，最辽远的种族记忆，于是“乡土”扩张其个人经验性质，增添了人类性。如《科尔沁旗草原》（端木蕻良）中先民历史的史诗场景和《古船》中古莱国的传说。这种追寻将乡土生存提升出日常情景，使乡思接通更深远的人类感、历史感。怀乡之作对童年记忆的“复制”，对童年人格的反顾、审视，也是一种起源的追寻——个体生命起源。如萧红的《呼兰河传》《小城三月》《后花园》诸作。孙犁谈《铁木前传》的创作缘起颇出人意表，他说创作契机触发于由现实所刺激的童年回忆。[③]正是这种回忆赋予作品以独特形式，“乡土”则脱出“事实”，渐次被给予形态、意义。应当说，中国知识分子关于土地、乡土的情感经验，最近于童年经验。童年记忆的乡土，最是一片毫无异己感、威胁感的令人心神宁适的土地，也是人类不懈地寻找的那片土。

同时我又发现，正是对童年人生不同的审视眼光（借助于心理学等现代科学），使乡土感情呈现出罕见的复杂性。比如你看到了“童年世界——乡土”的荒凉，和其作为情感符号的苍白颜色。如莫言《透明的红萝卜》《枯河》等作。在萧红之后，莫言强化了乡土记忆中的梦魇感：童年生存的严峻，生命对于苦难、对于孤独的最初感知。这种乡土感也许更值得细细品味，这里有使“乡土”作为符号象征脱出原有意义边界的新的文化眼光、情感态度。只有以知识分子的敏感，才能察知“乡土”作为支配人生、命运的神秘力量，人的宿命的不自由。萧红最后的作品即像是对自己一生悲剧的溯源。王蒙《活动变人形》的主人公想起家乡的一段民谣，“这首歌谣似乎有一种神秘的、彻骨的力量。……他觉得这首歌谣似乎是与生俱来的，似乎是预先镌刻到了他的骨头上的。这首歌谣的先验性使他感到不寒而栗”。这种意义上，乡土即人的命运。

莫言对于乡土的憎爱交织（因而有描写中的美丑泯灭）多少让人想到鲁迅的写“未庄”与“鲁镇”。[④]直到后来在《红高粱家族》中，关于这种“混乱的激情”，他还说：“我曾经对高密东北乡极端热爱，曾经对高密东北乡极端仇恨，长大后努力学习马克思主义，我终于悟到：高密东北乡无疑是地球上最美丽最丑陋、最超脱最世俗、最圣洁最龌龊、最英雄好汉最王八蛋、最能喝酒最能爱的地方。”贾平凹这样说到家乡：“我恨这个地方，我爱这个地方。”[⑤]脱出普遍经验模式，更直率地面对个人的心理—情感体验，使作者经由内省达到乡土文化把握中的更大深度。新时期乡村文学的风格变化，有“乡土”心理含义的变动作为背景。[⑥]

新时期之初，文学史曾又一度以集束出现的“怀乡”“回乡”之作构成颇具规模的集体性的精神还乡，较之前此的怀乡之作，更仪式化，是一次绝非为了告别的告别，酝酿已久的“还愿”，其庄严性质令人不期然地想到宗教游行。其间确实有宗教性的热情：回乡，为了寻求救赎之道，为了净化。

1976 年以后的几年里，文学似乎进入了“记忆的年代”。无论随手由那里择出一个线头，都能提出一串串的记忆来。突发事件的巨大震动总造成时间意识的淆乱，令人莫辨此身所在。“乡土”一时负载了前所未有其沉重的意义。在《蝴蝶》（王蒙）、《月食》（李国文）的作者，乡土意味着一度失去了的纯朴，失去了的农民感情，失去了的与人民群众的联系，以至失去了的单纯朴质泥土般的夫妇爱，等等。文化革命使罪错普遍化了。历史无情地戏弄了亵渎了“清白的良心”，因而有以“还乡”，“归家”为忏悔、补赎，偿还，追回，恢复；不惜乘了硬卧、公共汽车甚至闷罐子车急匆匆地赶回去。“……这是一桩宿愿，要不做这一次旅行，大概心里永远要感到欠缺似的。”（《月食》）驱迫者是道德良心。意识到失去了绝对的无辜，失去了童贞，失去了赤子式的纯洁的人们，总要寻求净土的。即使没有乡土，心灵也会造它一个出来。乡土（这里常常指“老根据地”之类的“第二故乡”）成为宗教圣地，施洗的圣水，与其说由于其本身的性质，不如说出于作品未能直接表述的知识者的自我意识。这里有那一时期朦胧而肤浅（此后也未能更深刻）的罪感，中国知识分子至今仍对之陌生的一种道德、宗教感情。最彻底的，是回到那个婴孩、幼童的赤条条的我，即“在他还不是张思远，当然更不会是张教员、张指导员或是张书记，在他只是石头，或者象母亲称呼的那样——小石头的时候……”（《蝴蝶》）这也是折磨着成年人的绝望的怀念，“乡土—童年”怀念。上述作品所写也并不是前所未有的“回乡”，它太容易令人想到浪子回头的情节原型了。此外，这一种寻根决不会混同于此后出现的寻根文学——考之那一批青年作者的创作历程，他们的寻根正开始在“怀乡”“回乡”渐告中止的时候。或者换一种说法，他们是在脱出对各自心中那一方太过具体的“乡土”的眷恋时才发起寻根的。

文学，作为一种象征化了的记忆行为，承担了非传统怀乡之作所能想象的使命。在此一时刻，记忆、追忆简直像是生死攸关，国家、个人存亡绝续所系似的，俨若生命要经由这一番记忆才能接续被截断的行程，为自己找到存在意义。那是个放逐者、漂泊者回归的时期。文坛上几乎每一个归来者，都谈论着他们那些年间的栖息地，接纳过他们的那片土地。人们还记得一度的知青文学，如《南方的岸》（孔捷生），如《今夜有暴风雪》（梁晓声）等，写着更悲壮更英雄主义的重返乡野。这种情境中的回归者，对于乡土（包括“第二故乡”）总会更宽容，充满着感激，感激收留，感激抚慰，感激拯救：由丁玲的写北大荒，到张贤亮写那些大地母亲般的女人们。

“精神还乡”当然不限于那一时期那一束作品。“回乡”被继续作为假定情景，比如在朱晓平的“桑树坪系列”、矫健的《河魂》里。郑万隆的“异乡异闻录”也以回乡寻访的“笔录”为形式框架，虽则如他自己所承认，那片山林多半是由他那“开辟一片生土”的愿望生成的。这里的“回乡”毋宁看作对记忆（回忆）过程的模仿。甚至郑义的写作《远村》《老井》，李锐的写《厚土》，都不妨视为广义的怀乡、回乡。“回乡”不但为便于回忆，而且为便于反思、评估。回忆往往即评估。这也是一种易于收效的“乡土认识”的文学组织、文学呈现方式。至于林斤澜的《矮凳桥风情》，则不妨以为是“梦回”，而且是描写极见精彩的“梦回”，以文字对梦思的模仿，写出个真幻交织、飘忽迷离的世界。

乡土总要到失落或即将失落时才被寻找，追怀。在目下普遍的文化失落之中，或许怀乡主题会再度行时的？只是怕会沦为意义愈加空洞俗滥的符号，伪感伤主义的廉价点缀。在普遍的浮躁中，我怀疑会有更深刻的乡思。刻骨铭心的怀念是要有所从发出的深渊似的心灵的。

二、文化乡愁

不妨说，我们谈论的那种乡土意识，更是知识分子的意识特征。即使在这一点上，知识分子也是较之农民更完整的“传统人格”。文学中的怀乡病，多半是一种知识分子病。“乡土”的象征使用也是道地知识分子的创造。“文化怀乡”则根源于知识分子的文化存在，是近代知识分子的社会角色规定了的精神形式。近代以来文学中的怀乡，也以此区别于传统文学。

上文提到的怀乡之作，所写大多正是所谓“文化乡愁”。一个时期文学对于50年代的脉脉深情，亦可看作文化乡愁。刚刚谈到的新时期之初的回乡之作，自然更是一种明示其价值选择的文化回归。知识分子以“故乡”为一种人生境界的象喻中，包含对某种文化价值的怀念。因而朱自清的《毁灭》才在表达人生选择的惶惑和对自我迷失的抗拒时，激昂地写道：

我宁愿回我的故乡，
我宁愿回我的故乡；
回去！回去！
归来的我挣扎挣扎，
拔烟尘而见自己的国土！

新文学的文化怀乡，集中呈现为对于城市的异己感和对于乡村的情感回归。这也是知识者最为熟悉的作为普遍经验的乡思。沈从文在这种意义上，可称新文学史上拥有最多数量怀乡之作的小说家，他的湘西诸作是严格合于鲁迅所拟定义的“乡土文学”。近现代中国城市的畸形发展，鼓励了上述乡恋，阻碍了对于乡土的理性审视——也以沈从文作品为突出。居住于城市却拒绝认同的知识者，自以为如蓬飘萍寄，是羁旅中的“乡下人”。城市厌倦与逃避多少也习惯化了。正如人有时需要呻吟，未见得真有什么病痛。传统主题，文学惯例，都便于用来逃避平庸，逃避情感的匮乏。中国知识分子哪里真的对城市一味嫌厌！何家槐30年代的一篇小说写道：“乡村仿佛是块已经发了霉的烂铁，陈旧而且可厌。这样单调寂寞的生活，在以前也许能够使我发生兴趣称它为诗的生活，可是在大都市里享乐惯了以后，我却失去这样淡泊的心情了。”张承志的某些小说，寻找“休憩之园”，是因生命在极度紧张中的亢奋。都市歌手“在战场般的都市里”以狂放的歌唱把自己弄得精疲力竭时，“家乡这青濛濛的静寂的麦子地是唱歌人歇脚喘息的地方”（《黄昏ROCK》）。又迷恋又逃避，他何尝真的厌弃城市！而那永恒母性的大草原，正是凭藉城市的助力才足以飘升到神圣空际的。

当代人不必为了脱俗而隐讳其城市向往。“出国热”正是涌向城市。自然，一面向往着，一面大唱其牧歌，也并不就虚伪。人的需求——尤其心灵的需求本是多种多样的。然而也的确犯不上摹仿厌倦了物质文明的西方人，蓬头垢面而作“醉饱的呕吐”。除非你真的厌倦。在城乡之间作出俗、雅，肤浅与深刻，世俗与哲理种种区分，已不显得高明。我们很可能会有一天感染西方式的城市病、城市厌倦的，那个时代自会有它的怀乡之歌。

最具有“自然形胜”写文化乡愁的，不能不是台港及海外华人文学，日见发展的“留学生文学”。那些作者也最便于因其地势作中西文化、城乡文化比较。施叔青曾写过一位把其纽约住所布置成非洲丛林的人类学家，厌恶着纽约非人性的“水泥森林”。这其实已是广义的“城乡”，世界都会与世界乡村。正因乡愁的纯粹文化性质，尽管

“故乡的街道”常在梦中“飘浮”，却仍然“只能留在此地，与自己对抗”（施叔青：《驱魔》）。“此地”是香港。⑦同样地，於梨华小说中的旅美知识分子也难于决然回归，宁远远地“乡愁”着，体味被放逐和自我放逐的怅惘。愁思中的乡关也就扩展到无边无际，混混茫茫，是一个广大而又古远的“故国”。白先勇《蓦然回首·〈寂寞的十七岁〉后记》写到文化乡愁萌发滋长的过程：

> ……像许多留学生，一出国外，受到外来文化的冲击，产生了所谓认同危机。对本身的价值观与信仰都得重新估计。虽然在课堂里念的是西洋文学，可是从图书馆借的，却是一大叠一大叠有关中国历史、政治、哲学、艺术的书，还有许多五四时代的小说。我患了文化饥饿症，捧起这些中国历史文学，便狼吞虎咽起来。……
>
> 暑假，有一天在纽约，我在 Little Caregie Hall 看到一个外国人摄辑的中国历史片，从慈禧驾崩、辛亥革命、北伐、抗日、到戡乱，大半个世纪的中国，一时呈现眼前。南京屠杀、重庆轰炸，不再是历史名词，而是一具具中国人被蹂躏、被凌辱、被分割、被焚烧的肉体，横陈在那片给苦难的血泪灌溉得发了黑的中国土地上。我坐在电影院内黑暗的一角，一阵阵毛悚然的激动不能自已。走出外面，时报广场仍然车水马龙，红尘万丈，霓虹灯刺得人的眼睛直发疼，我蹭蹬纽约街头，一时不知身在何方。那是我到美国后，第一次深深感到国破家亡的彷徨。
>
> ……对自己国家的文化乡愁日深，于是便开始了《纽约客》，以及稍后的《台北人》。⑧

这自然只是白先勇的个人精神经历，不足以概其余，但触发乡愁的时空条件，在海外华人知识分子，却是共通的。

喧嚷一时的文化寻根，并非仅仅是拉美文学爆炸的遥远回声。在文化贫困和大规模的文化毁灭之后，“寻根”在倡导之初，只能出诸重建文化乡土的意向。移民文化强调“原乡”概念，“原乡”即移民所要寻的根。施叔青曾以一篇小说写到过海外华人中的上述时髦的盲目与肤浅（《摆荡的人》），因为那寻根者并无根在这“本土文化”里，他所寻觅的不过是现成文化模式，或者说为既定文化模式求证而已。发生在大陆文坛的寻根，有严肃得无可比拟的动因，而且越到后来，艺术实践越少了当初宣言中“文化复兴”的浪漫激情，而增益着反思、批判的严峻性。但与大陆以外发生过的寻根又确有理论背景上的沟通，有时显得更像借诸文学的理论活动，意在为“中国文化”寻求新的概括，有关作品即不免刻意求深，意念饱满外溢。甚至不止于整合、“复原”，更有借诸寻根名义的文化设计。一时某些寻向荒原、寻向边地山野林莽的，不妨认为是在“寻找酒神”，应和着新文学史上的国民性批判和对原始强力的颂扬，又一度地呼唤野性来归，以不同形式重提本世纪中国最为重大的历史主题。凡此，都出于意识到了的时代需求：在批判和引进中重建民族精神，再造民族文化性格。因而实际创作自不像宣言、理论文字那般空灵或绚烂，充满着改革时代躁动不安的忧思与渴望。上述大意图影响于文学，有一批构想奇特意境深邃之作，提升了一时期文学的境界。

在海外华人作者的文化怀乡和大陆青年作者的文化寻根中，“乡土”都逸出了其语义边界。在日渐摆脱狭隘性（地域文化以至“本土文化”眼界的狭隘性）的现代人，人与乡土的关系将获得更深刻的精神文化性质，表现为人与其世界在相互寻找中的遇合，更能反映人主动的文化选择和个体人的精神特性。“乡情”自然也将日渐失去其“天然性”。在这种情况下，怀乡之作或能进一步挣出传统形式的篱墙，一新其意境的吧。

三、回归与放逐

屈原写在《九章》《离骚》里的，或许是中国古文学中最动人心魄的放逐与回归，与荷马史诗中的回乡，同样是关于人类精神历程的永恒象喻。

支撑回归的顽强意向的，应有对母性乡土的依恋。这是人类顽强的母体依恋的象征形式。回乡冲动中有人类最纯洁“无害”的情欲：渴望依偎，渴望庇护，渴望如肌肤接触的抚慰。而在“礼义之邦”，受制于讲求“男女大防”的正统文化，人们可以自信其“思无邪”、放心大胆地发抒的，也许就是这对母性（亦女性）乡土的一往情深吧。也因此常言不尽意，情有郁结，更增惘然。乡愁似水。诸种极缠绵之至的表情方式，令我疑心其间藏了某种暧昧的情思，有不得已的心理置换、情感转移。这是未得其依归的情感所便于觅得的依归。

备受束缚之苦的人类仍寻求着温情的束缚，一种柔滑的绳索。乡情中正有温情的束缚，令人忧伤而又甜蜜的不自由。至于“归宿”，更属于那种持久的诱惑，于是有古典诗人不厌其烦地吟唱“不如归”“当归”，赋“归去来”。为生存而辛苦辗转劳苦倦极的人们无不隐秘地企望着“最后的停泊地”，以安置困顿的身子和疲惫的灵魂。这是极端现世化、世俗化了的彼岸向往。“乡土”也天然地宜于布施这类多半是空洞的抚慰。

芦焚（师陀）曾表述过他的有关经验：“……这时候，或是等到你的生活潦倒不堪，所有的人都背弃了你，甚至当你辛苦的走尽了长长的生命旅途，当临危的一瞬间，你会觉得你和它——那曾经消磨过你一生中最可宝贵的时光的地方——你和它中间有一条永远割不断的线；它无论什么时候都大量的笑着，温和的等待着你—— 一个浪子。自然的，事前我们早已料到，除了甜甜的带着苦味的回忆而外，在那里，在那单调的平原中间的村庄里，丝毫都没有值得怀恋的地方。我们已经不是那里的人……”（《看人集·铁匠》）

甚至孤独也是需要。因而城市知识者未必不是有意以乡恋加深自己的漂泊感，以感唱“空虚”造成某种情感的充实。人类常有为了生存而设计的精巧骗局，无害于人且温柔可爱的小小骗局。我怀疑乡情缠绵的人们是否还能感受“绝对的孤独”。那一缕乡愁，足以在“孤绝”的坚壁上凿出一孔，使悬浮空际的精神瞥见自己的世俗性，与世俗生活的关联。“回归”（即使只是意向）则正是走出绝对孤独，纵然这回归只不过意味着再次的放逐。

上述意义上的乡土，曾一再地拒绝回归者。你无法“回到”你自己的诗意创造，你的心理假定，你无法回到你的梦境。知识者的“乡土”通常出于精神制作，它本是不可还原，不可向经验世界求证的。还不止于此。集体意识和共同情感经验以至形式惯例、通用艺术模式，更使你的“乡土”早已失去了其作为纯粹“个人情境”。在这种情况下，不能不有寻梦者的永远失落，回归者的再度放逐。上面提到的芦焚，写过几个逐梦者于回归后，陷进了一个鬼世界（《落日光》）——是芦焚瞥见的乡土拒绝的手势。这里甚至没有实在的“放逐”，因为放逐是由梦境中，多少剥夺了你幻灭的权利。无所谓真的幻灭，也无所谓真的失落。其补偿则是，因梦的无可追寻而使“诗”升值，情境借助于象征遂成“永远”。至于以“故乡”为“中国”的缩微形态，出诸批判性的观照，回归与放逐更是时代的精神意象，“乡土”也更出离纯然作者私有的经验形式。凡此，都足以使“回乡”成为道地“感伤的行旅”，令人想到古代诗人由黄昏深山听到的鹧鸪啼鸣：“行不得也么哥哥！”

某些现代人自以为深刻的感受，其实已由古人以近乎完美的形式表达过了。亦如他们关于大地创造了“载”（天覆地载）这生动的意象，他们关于人的漂泊感，也有令人惊叹的语词和意象创造，如“旅”，如“寄”。李广田在其长篇小说《引力》的收束处，发挥了一篇关于人生如旅行、家庭只是旅店的大议论，究其实际，不过袭用了古人通常的说法，并没有什么了不起的新意。

我们还未及说到“漂泊”更是知识分子的命运。余英时在《士与中国文化》里写道：“历史进入秦、汉之后，中国知识阶层发生了一个最基本的变化，即从战国的无根的‘游士’转变为具有深厚的社会经济基础的‘士大夫’。”变化集中在“士族化”与“恒产化”两方面，“其作用都是使士在乡土生根”。而“战国时代的士几乎没有不游的。他们不但轻去其乡，甚至宗国的观念也极为淡薄。其所以如此者正因为他们缺少宗族和田产两重羁绊”[9]。“士”的再度成为“无根的‘游士’”，是从中产生出近代意义上的知识分子的时候。知识分子命定的漂泊是由其在世界历史新时期的社会、文化角色规定的。但或许因为曾有“士族化”与“恒产化”的历史，一时反而不复能如战国游士的“轻去其乡”，俨然也与接纳近代思想同时，承袭了一份情感负累：以漂泊为反常，为苦；以“归”为当然，为宁适。

新文学中的“回归与放逐”，绝非对古老“乡土主题”的简单承袭，那里有中国现代知识分子对于其命运的最早憬悟与表达。我们又回到了前文提到的“乡土—命运”。在人们仅仅感知“乡土”作为一种情感牵系的地方，艺术家发现了乡土作为“命运”之于人的严峻性。“未庄人”“鲁镇人”（鲁迅）或“鹿城人”（李昂）正是命运。台湾作家李昂当年的极力“甩脱”鹿港[10]，正是违拗命运，抗拒塑造，抗拒一种文化制约或者说“文化规定”。因而是“放逐”更是“出走”。我在下文中还将谈到，这毋宁说是一种出自知识者自觉的主动的文化姿态。当着乡土被理解为“命运”时，你会觉得“爱”“恶”一类语词用于描述这样的关系时，过分单纯明快了。我于此又想到，我们谈论的毕竟是作家而非一般意义上的“知识者”。作为艺术创造条件的内省体验、自我人生省察，无疑构成了作家乡土审视的内在视野。他们所写“乡土”，更是一种“内在现实”，属于他们个人的一份“现实”。乡土既内在于我的生命，写乡土作为一种自我生命体验的方式，所可能达到的深度是难以预测的。

关于上述命运感表达得深沉有力的，不是鲁迅说到过的“乡土文学”诸作，而是他自己的《故乡》，以及《祝福》《孤独者》《在酒楼上》等篇。回乡文学传统的叙事模式是“漂流—回归”（或“失落—找回”），欧洲文学史上“流浪汉小说”的主人公，通常也回归到被认为正当的价值态度，被以为合理的人生秩序。这里强调的却是“放逐”的命定性质，是“漂流”的无可避免。平心而论，《故乡》在世界文学数量巨大的“还乡”之作中说不上有什么异彩，但在同时期诸作以至30年代题材类同的作品中，却有深长的意味。倘若说《故乡》还不免低回缠绵眷念顾盼，那么收入《彷徨》中的《祝福》《在酒楼上》《孤独者》，即以更严峻的态度，表达了对命运的确认，有诀别中的忧愤沉痛。“放逐”（更确切地说，是“自我放逐”）由于不能认同。不是放逐于幻景，而是因“不能认同”，这是真正知识分子——刚刚获得近代自觉的知识分子——的文化经验。命定的漂泊中有他们对于命运的主动选择：“走异路，逃异地，去寻求别样的人们”。[11]当着那一代人以漂流为自我放逐，或许可以说，他们作为近代知识者在一个重要方面成熟了。

这里也才有近代知识分子当作宿命承受的孤独。在失去传统的归依感、归属感之后，知识分子才能深味这一种孤独。我因而感到瞿秋白关于“狼孩”，关于“莫里斯”，关于“故乡的原野”（自然这“故乡”有别解）的说法，不免囿于流行的思维模式。这个灵魂绝没有寻常的回归之路，其孤独也绝非结束在投身“群众运动”的那时候。《野草》中的《过客》作为自画像最近于逼真：永远的走，走即是命运，无乡土，无故园，更没有“上帝的天国”。断念于回归，亦决不去寻求“故乡”的代用品……我不敢说这即是五四一代知识者普遍的自我意识。陌生的文化经验总是属于少数人的。“过客”是真正的异人，是那一时期文学中最可称“陌生”的人。在鲁迅本人，或者也是寻求验证，验明自己漂流者的身份，确认已明的事实，以便更无羁绊地作精神浪游？

当然，这命运感仍无妨于情感的顾盼。因憎爱交织，放逐中的回望，梦回，才续有写之不尽的“怀乡”。即使鲁迅，又何尝真能“决绝”！他仍然是中国的知识分子。他于病逝前作《女吊》等篇，也应是最后一度对家山回首。“乡土”亦在这悲壮的凝视中，呈现出猩红如血的狞厉之美。

一代（这里指於梨华、张系国那一代）海外华人“边际人”的自我感受，略近于上述放逐感。他们写远游者回到故乡，发现的是陌生的乡土和失却归属的自己，文字间一派苍凉。我在上文中写到海外华人最宜于“文化怀乡”，这里还得说，他们以其回归与再度放逐，以其对于居留地与乡土的双重“认同危机”，将一种哲学情境现实化、个人情境化了。“多伦多的安详，台南的温厚，没有两样，她却都没有参与感（苏伟贞：《红颜已老》）。似可借用一句鲁迅的话：我将“彷徨于无地”。在异国人中，总觉自己“是陌生人、局外人，不属于他们的国家、他们的团体、以及他们的欢笑的圈外人”；回到乡土，又“像个圈外人一样地观看别人的欢乐而自己裹在落寞里”。于是只能说：“……我不喜欢美国，可是我还要回去。并不是我在这里（指台湾——引者注）不能生活得很好，而是我和这里也脱了节，在这里，我也没有根。”（以上见於梨华《又见棕榈又见棕榈》）这种在城乡文化、异质文化间的孤独，有天然的现代风味，一并包含了人类最古老的孤栖感和最现代的无归属感、文化选择中的困惑。似乎几千年的人类命运和20世纪文化裂变中的痛苦，汇集起来由这一代人去品尝——尽管由作品看，他们尚缺乏为承受这命运这痛苦所必备的巨大心灵。

至于无从选择的徬徨系于一代人自身的过渡性质，也与五四那一代略近。“没有根的一代”（语见《又见棕榈又见棕榈》）：或许这也将是最后一代如此感受自己描述自己的海外华人作者？作为后续的当代留学生文学，对“本土”与“他乡”，对“归属”与“认同”，对于“根”，都将有另一番解释与感受。其实於梨华那一代人咀嚼不已的，谁又能说不也是一种“甜蜜的忧伤”，其中有“世界公民”的自由感，因文化视野开阔、更大的选择权在握的文化优越感（如於梨华的小说人物以“曾经沧海”的神气看国内幼稚肤浅的同代人）！那种自伤多少也是一种情感的奢侈。

现代人的遥望故乡诉说放逐都应有苦涩的甜蜜。他们以“遥望”和“诉说”证实其不承担故乡现实、解除了某种契约的心灵自由。及至连“望乡”也失去其情感性质，成为纯粹的运思过程，一种惯性的心理程序、心智活动，人与乡土关系的最重大调整也就发生了。

本文试图从尽可能多的方面，谈论现当代文学中的怀乡主题及其知识分子意识、心理背景；怀乡主题本身的丰富性，不同时代、不同文化经验的作者（知识者）对“乡土”这一文本的读解、诠释，以及作者们本人在其所绘乡土形象上的映像——他们作为作家与乡土的文化关联，等等。这无疑是个太大的题目。我只不过零碎地触碰了它的某些方面而已。

1989年2月

注释：

---

① 列维-布留尔：《原始思维》，丁由译，商务印书馆1985年版，第84、114页。

② “过去”被现代史上的知识者以为是绝大的负累，使“告别”带有悲壮色彩。如瞿秋白《饿乡纪程——新俄国游记》所写，摆脱“过去的留恋”，不啻重生再造。其实这几代人何尝真能忘情乡土！即使“过去”在记忆中崩解，也会散落成美丽的碎片，烂若云锦，成其为“好的故事”。

③ 孙犁：《关于〈铁木前传〉的通信》，载《秀露集》，百花文艺出版社1981年版。

④ 关于家乡，莫言说：“尽管我骂这个地方，恨这个地方，但我没有办法割断与这个地方的联系。生在那里，

长在那里，我的根在那里。尽管我非常恨它，但在潜意识里恐怕对它还是有一种眷恋。”(《与莫言一席谈》上，《文艺报》1987 年 1 月 10 日）莫言写丑、写残酷、写脏时的那种精细，俨然在实施报复，并迫使人分担那份折磨人的记忆，尤其对于家乡的伦理记忆。他有时使人感到是在用丛生的意象遮掩深到刻骨的伦理感受。蓄意掩盖中的泄露也就挟了更强大的情感力量，那里有因压抑而倍加凶狠的发泄欲。

⑤ 贾平凹:《〈古堡〉介绍》,《中篇小说选刊》1987 年第 3 期。

⑥ 写乡土的文学也由此摆脱着前一时期的诗意感伤，不少作者写出了乡土、乡村的丑陋、蒙昧、原始性的残酷等，而把乡土爱封在更深的里层，必要通过上述诸界才能到达。此种情感态度与包含其中的文化批判意识，与五四新文学相应和，显示为对文坛流行过的伪浪漫主义的反拨。

⑦《驱魔》:“故乡的街道在梦中飘浮了起来，我知道这一辈子再也回不去了，我失去依凭，只有在此地浮沉。”“……我将如何来对付那种可怕的隔绝孤立感?”

⑧ 白先勇:《寂寞的十七岁》,（台北）远景出版事业公司 1981 年版。

⑨ 余英时:《士与中国文化》，上海人民出版社 1987 年版，第 77、78 页。

⑩ 李昂:《花季・洪范版序》:“……我发现鹿港与我的创作的必然关联。这个孕育我创作的地方，早期曾被我引为是创作的所在地；中期当我到台北读书，曾恨不得远远甩脱它；到近期写《杀夫》又给予我无尽的创作泉源的鹿港，终究会在我的一生中，扮演怎样的角色呢?”（载《花季》，洪范书店有限公司 1985 年版）

⑪ 鲁迅:《呐喊・自序》，载《鲁迅全集》第 1 卷，人民文学出版社 1981 年版，第 415 页。

（1989 年第 4 期）

《西厢记》的历史光波

王季思

人类历史像长江大河波涛汹涌的曲折前进。随着人类历史进程而出现的文学作品，它们放射的光波也有强有弱，有远有近。司马迁说屈原的《离骚》可以跟日月争光。明人李献吉说《西厢记》可以直接继承《离骚》，清初人金圣叹说它可以跟《庄子》《史记》并驾齐驱。这说明它跟我国文学史上第一流的作品产生同样强烈的光波，具有不朽的艺术价值。

一、一块补天石激起的波涛

《西厢记》是一部大型戏曲，它演唱唐代青年书生张君瑞和贵族小姐崔莺莺的爱情故事。600年前这本戏在元代一旦诞生，它就像女娲炼石补天时掉下来的一块神灵的大石头，被抛进这个文明古国的历史长河里。它激起的波涛如万马奔腾，势不可挡，在每一个新的历史时期，都出现继承它的反封建精神的新创作，并赢得了千千万万读者和观众的赞赏。明代汤显祖的《牡丹亭》，清代曹雪芹的《红楼梦》就是这样的作品。同时，它也溅起了河底的淤泥浊浪，惊醒了一些乌龟、王八、癞蛤蟆，哇哇起哄，要求烧了它的书版，禁止它的演出。“《西厢》诲淫、《水浒》诲盗”，“《琵琶》教孝、《西厢》教淫”，就是这些从淤泥浊浪里钻出头来的王八相公、蛤蟆学士给它定的考语。封建文人说“万恶淫为首”，《西厢记》既是一部“诲淫”的戏曲，它就该被打入十八层地狱。然而历史长河，滔滔不断，当年活跃在大都舞台上的崔莺莺、张君瑞，今天又披上时代的新装，在人民的首都北京演出；还被搬上银幕、译成外文，扩大影响到世界，而那些癞蛤蟆的叫嚣只在山西永济的莺莺塔下留下一点隐约的回声。

在《西厢记》流传过程中，对它的本事、作者、版本、评价，以及全书的宗旨、字句的解释，都曾引起种种争论，有些问题到今天还没有完全解决。本文想通过对有关问题的说明，谈谈笔者对这些问题的理解和看法。

二、悲剧性的本事

《西厢记》的故事原本出于唐人传奇小说《莺莺传》。书中写莺莺聪明美丽，有较高的文艺修养，但由于封建礼教的压力，从来没有轻易流露。她最初出见张生时，就不顾张生的挑逗，一言不发；后来张生轻举妄动，跳过墙来求爱，她又一本正经地教训了他一顿，使张生莫测高深；直到她被张生无情抛弃，她暗中写信给张生，还说“临纸呜咽，情不能伸”，有苦无处诉。这些都表现她性格深沉的一面。后来张生另外结婚，莺莺也嫁了人，张生还想再见她一面。她写一首短诗拒绝张生说：“弃置今何道？当时且自亲；还将旧时意，怜取眼前人。”莺莺既理直气壮指责张生的背信弃义，又为他眼前的妻子着想，希望她不会再遭到像自己那样被遗弃的命运。这又表现出她性格的正直和善良。可是像莺莺这样聪明、美丽、深沉、善良的女子，虽然一度获得爱情的幸福，结局却十分悲惨。张生在功名得意之后，反而无情抛弃了她，还骂她是害人精，把莺莺秘密写给他的情诗情信都公开了。这对于一个已经嫁人的女子来说，该是多么难堪的啊！

这篇小说原来不知作者，经后人考证，才知是元稹的作品。小说中的张生、莺莺，是以元稹和他热恋过的女子为模特儿的。当然，它不是元稹的个人传记，同时还概括了唐代青年文人婚前恋的生活内容。元稹的好友白居易，他同时的著名诗人李益，也有过类似的经历。

这悲剧性故事有它的时代特征和历史根源。从时代特征看，唐代进士的婚前恋往往以悲剧告终，它反映当时青年士子在恋爱问题与功名事业上的矛盾。唐代士子一旦考取科举，将有高门贵族招他做女婿，如果过早地结婚，就不利于他们在功名事业上的进展。然而科举能否考取，何时考取，都难有把握，他们就往往在考取前私自爱上某个女子，到考取后再明媒正娶，造成欢爱不终的悲剧。然而青年男女双方的自愿结合，比之明媒正娶的封建婚姻，总是更激动人心也更难以忘怀的。因此在元、白二家的集子中，怀念他们婚前热恋过的人物的作品就更多，也写得更动人。

从历史根源看，男权社会男女在恋爱婚姻问题上的地位是不平等的。婚前恋在男方不过风流小事一桩，在女方却是生命攸关的大事。张生在抛弃莺莺后，还津津乐道，自说“善于补过”，而莺莺却只能“临纸呜咽，情不能伸”。从现实主义角度看，小说的描绘是成功的，问题在于缺乏理想的色彩，因此它的结局不能令人满意。

三、从悲剧性故事向喜剧性戏曲的转化

元稹的《莺莺传》，经过唐末五代的兵乱，到北宋初期，被收集到当时官方编辑的小说总集《太平广记》里。北宋王朝结束了兵荒马乱的长期分裂局面。随着政治局面的安定，经济生产的繁荣，一些工商业集中的都市，如河南的汴京、江南的杭州、四川的成都，兴起了一种为市民阶层所喜爱的说书、说唱等艺术。《太平广记》是这些说书、说唱的艺人们经常要翻翻的本子。他们从中发现了《莺莺传》，把它改编为通俗的话本或唱本，在都市里演唱，可惜年长月久，他们的本子都没有流传下来。另一方面，《莺莺传》的文笔诗才也打动了北宋上层的文士。苏轼在诗词里多次引用过《莺莺传》的材料。他门下的秦观、毛滂、赵令畤都利用这题材写过说唱文学的作品。赵令畤的《蝶恋花鼓子词》特别值得注意。他用 12 首《蝶恋花》词和穿插在各首词前后的叙事散文，边唱边说，说唱了崔张恋爱故事的全过程。赵令畤在《蝶恋花鼓子词》的末段里还说张生的背信弃义、抛弃莺莺，是人世间永远的缺憾。后来董解元的《西厢掐弹词》、王实甫的《西厢记》杂剧，写崔、张恋爱故事，都以团圆终场，就进一步填补了这个人间永恒的缺憾，使《莺莺传》的悲剧性故事逐步向喜剧性戏曲转化。

董解元的《西厢掐弹词》，是在南宋和金国对立时期的北方产生的。从《西厢掐弹词》的全部内容看，作者在继承了许多前辈的宝贵遗产之后完成了一项重要工作，那就是把《莺莺传》这个悲剧故事改写成一篇喜剧性的说唱文学作品。在人物方面，他把老夫人写成一个不顾信义，硬要自作主张把莺莺嫁给郑恒的反面人物；把张生写成一个有情有义，始终热爱莺莺的正面人物。这样，一方面使整个故事环绕着崔、张的婚姻问题，展开了反封建的斗争；一方面使崔、张以团圆终场，说这是表现了“才子施恩，佳人报德”的美满婚姻，改变了原传里以张生的始乱终弃为“善于补过”的结局。向来广大人民是不会同意封建社会士大夫把自己的幸福建筑在别人痛苦之上的做法的，因此这个对于《莺莺传》带有根本性质的改变和张生这个用情专一的人物的塑造，赋予了崔、张故事以新的生命，使它明显地带有反封建礼教的精神，并表现为青年一代在反封建斗争中取得胜利的喜剧，为后来的王实甫《西厢记》杂剧在思想内容和艺术风格上都打下了基础。

四、由悲转喜的艺术成就

王实甫的《西厢记》杂剧，继承董解元《西厢掐弹词》的格局，精雕细琢，进一步完成了莺莺、张生、红娘三个喜剧性人物的塑造；粗线条地勾勒出孙飞虎、郑恒这两个反面人物的可笑嘴脸；还在适当场合，带上一两笔，点出老夫人的强词夺理、弄巧成拙，法本和尚的逢场凑趣、势利庸俗，引起观众和读者的会心微笑。它在喜剧艺术上的高度成就，体现了我国人民乐观主义的精神，值得今天读者细心体会和认真分析。下面我想分五个方面谈谈它的艺术成就，既帮助读者理解和欣赏，也希望对今天的戏剧编导人员和舞台表演艺术家有所启发。

（一）恋爱婚姻主题

这部作品在青年人的恋爱婚姻问题上，提出一个皆大欢喜的愿望，这就是作者在全剧结束时提出的“愿普天下有情的都成了眷属”。这不但使封建社会的青年男女看到崔张的美满结合皆大欢喜，对今天一些赞成恋爱自由，婚姻自主的青年男女和他们的家长来说，也将感到欢欣愉快。

那么崔张双方是怎样达到美满结合的愿望的呢？作者继承董解元《西厢掐弹词》的成就，把张生塑造成为一个有志气、有才能而又用情专一的青年书生。张生一出场，就对着眼前浩浩荡荡的九曲黄河，表现自己阔大的胸襟和对功名事业的信心，后来普救寺解围，进一步表现他的才能。另一方面他对莺莺又是用情专一的，如果得不到莺莺的爱情，他觉得比死还痛苦。因此就千方百计施展他的聪明才智，克服重重困难，终于取得胜利。在封建社会的恋爱过程中，男方如有才无德，像《莺莺传》中的张生；或者有德无才，像《梁祝哀史》中的梁山伯，结果都只能以悲剧终场。再看崔莺莺，她继承了《莺莺传》以来早就形成的深沉性格，尽管对老夫人把她许配给不成器的表兄，“闲愁万种”，依然“无语怨东风”，使老夫人对她究竟为什么心事重重一点也觉察不到，反而叫她跟红娘到佛殿上散散心。她在佛殿见到张生后，当夜对月烧香，只为父母祷告，到最后一炷香，又沉吟不语起来。正是她的这种深沉性格，使她在这场秘密进行的恋爱过程中，一次次瞒过了老夫人。直到她跟张生的私情败露，生米已煮成熟饭，老夫人才跌脚叫苦，说“都是我的冤业啊，才养下这个倒霉的女儿来！”她性格中还有聪明机智的一面，在“赖简”“闹简”等场合，一手遥控着张生，像红娘说的“把他弄得七死八活”，决不让他轻易得手；一手拉拢了红娘，替她通风报信，传书送简。这才有可能达到爱情的目的，她得到的爱情也比较巩固。莺莺性格的这一面，使她跟《莺莺传》里的悲剧性人物可以明显区别开来。

封建社会的大家闺秀，在家长严密监视之下，要跟闺门外的青年书生通情达意，千难万难。热情、勇敢而又老练的红娘，在这场戏中，就必不可少。因此红娘这个人物在《莺莺传》里就出现了，但很简单。在《西厢掐弹词》里这个形象有所丰富，仍不够完美。到《西厢记》里，作者以更饱满的笔墨写出了她热情、勇敢和老练的性格特征。在替崔张双方穿针引线，成就他们的美满婚姻中表现出她的热情；在回击老夫人、郑恒对崔张美满婚姻的破坏时，表现出她的勇敢。至于说老练，则不论她处在任何场合，不论她面对的是老夫人、郑恒或崔张双方，都显得棋高一着。张生、莺莺、红娘这三个正面人物既性格各别，又彼此默契，使崔张的美满团圆，在观众眼中显得现实、可信，感到皆大欢喜，同时体现了作者“愿普天下有情的都成了眷属”的理想。

（二）三种矛盾的转化

没有矛盾便没有戏。《西厢记》是喜剧，作者按照它的主题思想和人物不同性格而展开的戏剧矛盾，也带有喜剧的特征。仔细分析全部剧情，各个人物之间存在三对矛盾。首先是老夫人与莺莺、张生、红娘之间的矛盾。老夫人要把莺莺许配当朝尚书之子郑恒为妻。郑恒是莺莺的表兄，他丑陋的外貌和恶劣的德性，是瞒不过聪明的莺莺的。为了防止莺莺的越轨行为，老夫人简直不许外人见莺莺一面，可是莺莺一见张生，不仅秋波暗转，在后来一些或明或暗的交往中还互相爱慕，不顾封建家长的反对，私自结合了。红娘则是积极帮助他们结合的人物。这就在封建家长所极力维护的礼教与青年一代所全力追求的爱情之间，展开了难以调和的矛盾冲突，构成一条贯穿全剧的主线。老夫人作为相国遗孀、封建家长，在家庭内部有支配一切的权力。她在跟莺莺、红娘的矛盾冲突中表现出大权在握、仗势欺人的蛮横态度。她虽则道貌岸然，却口不应心，背信弃义，为了维护封建礼教，不惜牺牲爱女纯洁的爱情和终身的幸福，严酷地设置了几乎难于跨越的障碍，从而激起了莺莺强烈的反感，她和张生、红娘联结在一起，一步步走向背叛的道路。在当时，剧作家如此大胆地（较董解元更跨进一步）处理这一对尖锐矛盾，无疑是对封建思想的极大震撼，无怪它会引起后世数百年剧评家们的种种争论。这正是《西厢记》典型意义所在。

这对矛盾贯穿全剧，但不能说双方就毫无共同之处。如张生的献计破贼，进京考取功名又回来完婚，即符合崔氏一家的利益，因此才有可能出现皆大欢喜的团圆结局。

解放后有些演出本过分丑化老夫人，甚至认为张生进京科举是对老夫人的投降，这是不符合封建社会的历史实际和作者的创作意图的。

其次是莺莺、张生、红娘之间的矛盾。他们都是剧中的正面人物，有共同的奋斗目标，但由于各自的身份、教养、处境、性格的不同，随着剧情的展开，也不时引起矛盾冲突。它是在前一对矛盾的制约之下时紧时弛地出现的。它集中表现在“闹简”“赖简”等几场戏里。这一对矛盾不是以一方失败、一方胜利告终，而是由于彼此猜度、误会引起冲突，表面剑拔弩张，实则心心相印。到误会消除，三方抱成一团，就为主要矛盾的解决准备了充分的条件。在处理这一对矛盾时，王实甫还成功地运用了旁白和独白，使观众清楚地知道她们之间的矛盾纯属误解。

最后是孙飞虎的叛军跟崔莺莺一家、张生以及普救寺和尚之间的矛盾。它爆发为半万贼兵跟白马将军之间的一场战斗。在这一对戏剧矛盾中，显示了张生的才能，满足了莺莺的心愿，也转变了红娘的态度。孙飞虎的兵围普救寺，恰好对崔张的美满结合，从反面起了促进作用。从孙飞虎兵围普救寺的“寺警”，到老夫人在兵退身安后的“赖婚”，既直接刻画了老夫人的背信弃义，又使莺莺对张生的爱慕由一见钟情向心心相印发展，大大加快了剧情的内在节奏。

上列三对矛盾的转化，带有喜剧的特征。表现为对抗性矛盾的双方，代表传统势力的一方原来处于强大的地位，在矛盾发展过程中逐步暴露了它的弱点，由强而转弱，直至失败；代表新生势力的一方原来处于弱小的地位，在矛盾发展过程中逐步消除它的弱点，由弱而转强，直至胜利，引起读者和观众的愉快心情，收到了喜剧的艺术效果。

表现为非对抗性矛盾的双方，一般带有误会性，误会消除了，彼此理解了，团结了，为他们斗争的胜利准备了条件，同样会赢得读者和观众的愉快心情，收到喜剧的艺术效果。

（三）冲破重重障碍的四个涛头

《西厢记》是五本二十一折的大型戏曲，涛头迭起，波澜壮阔，是它情节上的艺术特征。崔张的恋爱过程是在把男女双方的私自结合看作淫奔的封建社会进行的，它必然会遇到封建势力的重重障碍，同时激起他们冲破重重障碍的涛头。总观全剧，它激起的有四个涛头。

正当崔张双方通过隔墙唱和诗篇，在斋坛上彼此偷看，逐步接近时，孙飞虎兵围普救寺，不但他们的恋爱进程受到障碍，连崔莺莺一家和全寺和尚的生命都受到威胁。

这就必然激起全寺和尚、莺莺一家和张生要合力冲破这个障碍的大涛头。这是全剧的第一个大涛头。站在这个涛头尖端的是张生，因此剧情、唱段，是以他为主展开的。张生出谋献策，请来白马将军，平定了孙飞虎之后，老夫人摆酒请客，崔张双双赴宴，以为他们美满的婚姻马上可以实现，哪知老夫人突然变卦，使他们的满怀希望，顿成泡影。这不但激起崔张双方极大的反感，连红娘也为他们抱不平，站出来替他们出谋划策，通风报信，从而在剧中形成一连串反封建家长斗争的涛头。在这场斗争中，红娘起了关键性的作用，她的戏份最重，唱段也较多。从崔张的私情败露，老夫人找红娘来拷问，直到长亭送别，崔张双方从合而复离，从喜而转悲，是剧情发展的第三个涛头。张生进京后能不能考取功名？考取功名后会不会被别的贵家小姐抢去做女婿？莺莺瞻望前途，心事重重，因此她的唱段较多，唱词也写得更动人。张生考取功名后，来信告诉莺莺，准备衣锦还乡，双方团圆的喜果就在眼前，哪知郑恒这个癞蛤蟆忽然从阴沟里跳出来，造谣破坏，说张生已成了卫尚书的女婿。老夫人本来想把莺莺许配郑恒，就轻易答应了他。这最后一次阻力，说明封建婚姻的习惯势力多么难于突破。但它也激起一个更大的涛头，先是红娘挺身而出，驳斥郑恒的谎言，稳住了阵脚；接着是白马将军拔刀相助，主持了公道；由于张生这时已是皇朝的新进士，连皇帝也出来替他撑腰，派使臣来捧场，一场反封建家长制婚姻的斗争，就以皆大欢喜的胜利场面结束。

（四）曲词的优美和说白的机趣

前人说王实甫的曲词像鲜花，像美人，像杨玉环从华清池出浴，像绿珠在洛水边采莲。这是形容得不错的。《西厢记》的主要风格是优美，这更多地表现在曲词的优雅上。它的常用手法，是把烂漫春光，澄清月色，跟崔张这两位优秀青年的恋情结合起来描写，使人感到可亲可喜。像莺莺对着满目春光抒写自己想念张生的【混江龙】“落红成阵，风飘万点正愁人”曲，又像张生对着长空皓月，等待莺莺来私会时唱的“彩云何在，月明如水浸楼台”的同调曲，都是比较典型的例子。就是后来“长亭送别”，莺莺唱的【正宫·端正好】一套曲子，以“碧云天，黄花地”的凄清秋色，衬托崔张的离情别意，也是同样的艺术手法。

在曲词的组织上，它一面继承诗词家的传统，摘取或化用唐诗宋词里常用词汇或名句，用口语加以衬托，化雅为俗；另一方面继承金元散曲家、说唱家的传统，吸收北方民间的口语，使之依腔合律，化俗为雅。一面化雅为俗，一面化俗为雅，这就收到雅俗共赏，案头场上两擅其胜的艺术效果。

说白的机趣，主要在表现人物的聪明活泼、随机应变上。张生在“白马解围”时，莺莺红娘在“闹简”“赖简”时，都有表现人物聪明才智的说白，这是一种歌颂性喜剧说白的特征。其次是适度夸张人物弱点的说白，引起人们的喜笑。剧中表现张生的书生气、莺莺的小姐气的说白属于这类。它幽默而不至刻薄，跟讽刺性喜剧如《看钱奴》《一文钱》等可以明显区别开来。最后是反面人物虚张声势或自打嘴巴的说白，老夫人在“拷红”一场有典型的例子。

（五）喜剧中的悲剧性意蕴

一本大型喜剧，如果没有包含一定悲剧性的意蕴，它将成为一连串廉价笑料的堆积，在一阵阵哄笑之后，将不可能给观众留下什么值得回味的东西。《西厢记》虽然在元代统治比较稳定的年代产生，但是以骑射征服中原的蒙古贵族，对汉族知识分子的歧视依然存在，封建社会家长制的婚姻并没有改变；青年男女双方在恋爱婚姻问题上的不平等地位，也造成他们在恋爱过程中的重重心理负担，女方的心理负担，尤其深重。《西厢记》的悲剧性意蕴，有些是根据《莺莺传》的悲剧内容生发的，如“长亭送别”“草桥惊梦”两场戏就是。有些是借古讽今，表现元代知识分子对现实的不满的，如张生一上场就自叹“才高难入俗人机，时乖不遂男儿愿”，表现他对现实的满腹牢骚。到张生考取进士，琴童报信给莺莺，还说他吃游街棍子去了。这分明是对元代停止科举，断绝了知识分子上进道路的讽刺，也是对元代统治者把起义人民绑在马背上游街吃棍子的反感。明代大思想家李贽读了《西厢记》之后说：“想见它的作者在当时的君臣、朋友之间一定有大不得意的地方，因此借崔张的夫妇离合因缘来引发它。”这是有一定道理的。最后是在一些喜剧场子中，也包含着悲剧性的意蕴。“月下佳期”是崔张经过长期思念，得到美满结合的喜剧场子，在好事成全后，莺莺对张生说：“妾千金之躯，一旦弃之，此身皆托于足下，勿以他日见弃，使妾有白头之叹。”“白头之叹”指司马相如得志后把卓文君撇在一边，爱上了别的女子。这就表现了莺莺沉重的思想负担，是悲剧性的意蕴。“拷红”一场，是红娘凭自己的聪明、机智，挫败了老夫人的喜剧场子。当红娘听到老夫人要唤她去拷问时，她对莺莺说：“姐姐，你受责理当，我图什么来？”接着唱【调笑令】一曲：

你绣帏里效绸缪，倒凤颠鸾百事有。我在窗儿外，几曾轻咳嗽，立苍苔将绣鞋儿冰透。今日个嫩皮肤倒将粗棍抽，姐姐呵，俺这通殷勤的着甚来由？

这真是“大和尚偷馒头，小和尚打屁股”，写尽了奴婢成为主子替罪羊的悲哀。这些悲剧性意蕴包含封建社会男女不平、主奴不平的深刻意义，提高了全剧的思想价值。

五、《西厢记》的作者及流传

《西厢记》的作者，从明代中叶以来一直有争论，争论的焦点集中在关汉卿作还是王实甫作，也有人说是王实甫、关汉卿合作，即王实甫写前四本，关汉卿写第五本，合成一部大型的爱情故事戏。我们从早期的历史文献，如《录鬼簿》及《太和正音谱》等书的记载，以及作品本身的风格看，定《西厢记》为王实甫作，根据比较充分。明代也有人认为关汉卿作，但根据不足。至于王实甫作前四本，关汉卿作第五本的说法，是由于第五本的艺术成就比之前四本确有不及而引起的。但关汉卿写戏的本领决不在王实甫之下，如果真是王、关合作的话，将会像珊瑚玉树，彼此交辉，春兰秋菊，前后竞秀，何至于有愧前四本的续笔，给后人以“狗尾续貂”之讥呢？这说法显然不能成立。据我个人考察，王实甫创作活动的年代在元成宗元贞、大德年间，即公元 13 世纪末至 14 世纪初。科举制度的长期停止，使他只能把自己的创作才能贡献给舞台艺术，供大都市民阶层的欣赏。当时全国统一的局面，使他有可能兼取南北各种崔张故事演唱本的长处，如北方的《西厢掐弹词》，南方的《崔莺莺西厢记》等，形成自己独特的艺术风格。因此可以说，这五本二十一折的大型戏曲，是特定历史时期的产物，是都市观众、舞台艺人的共同创造，最后由杰出的戏曲作家王实甫写定的。

《西厢记》在元代大都上演后，逐渐流行全国。明中叶后，传奇戏流行，用南曲改编的本子又纷纷出现。李日华的《南西厢》，由于保存王实甫的原词较多，在舞台上逐渐取代了王本的地位。但它的文学成就远不能跟王本相比。这时王本的刻本却越来越多，它被称为“北曲之祖”，赢得了更多的文人、学者的爱好。到明末清初，王本原词除“惠明送书”“长亭送别”等少数折子戏外，整本演出的很少。清末民初，用昆腔演唱的《南西厢》，又逐渐为京剧本及其他地方戏的改编本所替代。中华人民共和国成立后，京剧、昆剧、越剧和其他地方剧种又改编《西厢记》上演。田汉同志改编的京剧本，马少波同志改编的昆剧本，曾多次在北京演出，收到较好的艺术效果。越剧本《西厢记》曾到苏联和东欧演出，受到当地观众的欢迎。这说明它的舞台生命的久远和影响的越来越大。

在王实甫《西厢记》的流传过程中，从郑德辉的《㑇梅香》到高濂的《玉簪记》、李渔的《风筝误》，在关目安排、人物塑造等方面，都可以看到《西厢记》的影响。《㑇梅香》被称为"小西厢"。《玉簪记》的"琴挑""偷诗"，《风筝误》的"前亲""后亲"等轻喜剧场子，都是按照《西厢记》"赖简""闹简"等的路子安排的。

在明清两代的文学作品里，汤显祖的《牡丹亭》、曹雪芹的《红楼梦》，都受过《西厢记》的积极影响。汤显祖不仅对《西厢记》的艺术成就评价十分精到，而且继承了它的思想倾向。在《牡丹亭》里，汤显祖描写杜丽娘怎样为崔张双方经过密约偷期得到美满婚姻所感动。曹雪芹在《红楼梦》里写林黛玉、贾宝玉怎样沉醉于《西厢记》的艺术欣赏中，成功地塑造了这两个追求自由结合的青年的形象。

《西厢记》现传明清刻本不下百种。其中有些刻本，如明弘治本、徐士范本、王伯良本、凌濛初本，还有图像、有注释、有评语、有考证，对后人的欣赏和研究都很有用。清初金圣叹评点的《西厢记》，高度肯定《西厢记》的文学成就，认为它可以跟《庄子》《离骚》《史记》等古典文学名著并列，对它的思想、艺术的分析，也比较细致，因此流传比较广泛。但他固执第五本为关汉卿的续笔，大肆指责，又往往妄改原文，以迁就他的主观评价，因此近代以来渐少流传，代之而起的是现代一些学者的校注本。

早在 18 世纪末，日本就出现了《西厢记》译本。19 世纪中叶以来，又陆续出版了法文、英文、德文、意大利文和俄文的译本。可略见王实甫在戏曲创作上的杰出成就在国外产生的巨大反响。

（1989 年第 4 期）

逝者如斯夫

——古曲钩沉和曲调考证问题

黄翔鹏

一、难以追寻的时间艺术

古代音乐作品能通过历代流传的方式保存到现在吗?

人们现在只相信，根据唐代乐谱作了解读以后奏出的音乐才可能是唐代音乐。这种时候，倒很少去研究：这是否真正是唐代记录下来的乐谱？译谱是不是基本上对有关符号作了准确解释?

相反地，真有流传下来的古代音乐作品当面演奏给我们听，我们却没有任何辨认的根据了；即使有人分辨了来告诉我们，怕也得不到人们的承认。

这是因为，现有的考古学、考据方法，哪怕不讲现代考古学而远从汉魏时代讲起，也是凭依物质手段而不能离开有形有质之物的。无论是文物典章制度的考证，经义的考据，金石学的鉴定，都离不开文字、卷册、遗存实物的堪比探究。人们还从来没有研究过不凭实物，不凭文字来鉴别古代文艺作品的经验。

难矣哉!

音乐作品恰恰就是一种无形无质之物。我们无法采用鉴定实物的办法，像对待书画卷轴、雕塑碑刻或建筑遗址那样来鉴定古代音乐。

文学的存在形式、表现形式是语言和文字。可是，音乐的存在与表现却不是有形的信息和符号如乐谱等；人们并不能通过阅读古谱来欣赏古乐。即使是拥有内部听觉的超级专家也做不到这一点，因为古代乐谱不能像现代谱式那样比较完备地携带各种不同角度的信息；更因为还要加上：古谱的真伪、译法的正误、表演风格的未知因素等再加三重的困难。音乐的存在、表现形式并不是乐谱；乐谱只不过是音乐信息的一种间接而又间接的载体；或者，对音乐本身说来，它连载体都说不上，只是某种痕迹而已。我们不能像鉴定古代文学作品那样，直接根据文字的记录或符号信息来鉴定古代音乐。

舞台艺术如戏剧、舞蹈也都是经历某种时间过程而展现的艺术，因此也许就有略同于古代音乐之处，但是戏剧艺术在主要方面仍可通过它的文学脚本而得到保存。舞蹈已经可以算是和音乐同胎而出的姐妹了，但她的某些特定的舞姿仍可凭借绘画或雕塑作品把原样保存下来。这就是为什么当代舞台上的《敦煌乐舞》在舞蹈艺术上可以言之有据，而音乐却不能之故了。

相传王维能够从《按乐图》的画面中辨别出演奏的是“《霓裳》第三叠、第一拍”。这早有沈括《笔谈》、王灼《碧鸡漫志》先后辨明是神乎其神的妄论。我们也不必按照同样思路来幻想音乐艺术的保存和鉴别问题。因为音乐天然就是时间的艺术，尽管文学语言可以夸张地说她“余音绕梁、三日不绝”，她实际上还是随着演奏时间的消逝立即就无迹可寻。无怪乎人们曾经相信音乐艺术的无形无质就是超脱于其他一切艺术形式的、最自由的、不染尘埃而只属于性灵的、纯而又纯的艺术，等等。总之，人们之所以用尽各种比喻来描述她，只不过是因为不可捉摸而总是隔着重重面纱来窥探她的容貌吧！

随着时间而流变的中国音乐可以比作从远古一直流到现在的大河。如果说吴淞口的入海处是这条长江的今天，我敢不限次数地再三宣布：这里的宽阔江面中有的是来自源头、来自金沙江等地的活水。

我自己证明过：晋西南沿河一带缺“角”声的音阶结构，自古以来就是当地春秋时代侯马钟的音阶结构①；也指出过，曾侯钟与随州当地至今犹存的“楚声”，仍然有着联系②。

杜亚雄同志证明过：两千年和千万里之遥都不能磨灭掉古代匈奴族传统曲调分别在匈牙利和中国甘肃流传中的惊人相似。③

王庆元同志还证明了：800年前从湖北神农架迁往福建永安的移民中至今仍然保留着故地民歌的特性音调。

王耀华同志最近更又证明：琉球群岛的《打花鼓之歌》对中国人来说尽管像是异国情调，它的来源却是中国《茉莉花》古时传去这个岛国以后的一个变体。证据在于，只用定弦法的改变，就可以有规律地恢复这一古曲的本来面目。④

看来，时间的“黑洞”未见得就把中国古代音乐吞噬得无影无踪了。只怕我们仍有机会听得见那些无价的艺术珍宝时，却因不能辨认而当面错过，失之交臂。

可以说：古乐的宝藏原在今乐之中。但是，往者如烟，今者如海，我们面对这个无形无质的宝藏，又从何处去寻觅它的钥匙呢？

二、埋藏在今乐中的古乐

传统音乐的研究者当中，其实有很多人正在今乐宝藏中“发掘”着古乐。不过，这类“文物”一不得考古学家的鉴定，二不得文物部门视为稀世之宝的收藏与保护而已。

问题在于怎样从古今混杂和历代的名实紊乱中把它们鉴别出来。一见古代曲名就被思古之情所动的轻信态度当然是有害的；我们需要的是证据，以及如何取得证据的研究。

只从山西五台山一地的青、黄庙音乐中，就可以举出两例唐代音乐作品。一首歌曲：《忆江南》；一首乐曲：《万年欢》。

歌曲《忆江南》是陈家滨、刘建昌两位同志从青庙《三昼夜本》中发现的。⑤发掘者注意到歌词虽然是“降临法会布阴功”之类的宗教活动内容，但标题却是词牌《望江南》，因而给它配上白居易的原词，却发现了词曲间的天然契合（见谱例1）。

谱例1

陈家滨、刘建昌据五台山青庙《三昼夜本》《望江南》填白居易词。

古清乐南吕宫调头#g=晋北笙管乐乙字，e=宫=晋北笙管乐合字（原译谱合=d=宫）。

从译谱者发表的油印本算起，这已是9年前的事了。作学问，每有新创，哪怕能听到反对意见也是有了反应，而最怕“泥牛入海”，消息全无。如果是人们出于慎重而在等待证据，我就愿意通过唐代宫调问题的考证来证明：陈、刘两位的填词并非轻率的仿古之举，而却是一种很有意义的发掘工作。

请注意我在上例中用了五台山黄庙乐工尺谱“合”字为e的调高，而不是原译谱“合”字为d的调高。这是因为晋北笙管乐自古的黄钟标准为e而青庙乐遵宋制改用大晟律（即后世的小工调）之故。

复原为古老的调高是为了便于观察：它是否能和文献记载中此曲的唐代宫调互相印证？幸而宋人还能知道《望江南》的唐代宫调之名。王灼在《碧鸡漫志》中说：“予考此曲自唐至今皆南吕宫。”当然，王灼并不知道：唐代俗乐南吕宫实际是角调式；北宋初教坊律虽然仍称此曲为南吕宫，却是d音上的宫调式；王灼当时的南吕宫，才是他自己所知的a音上的宫调式。

文人词《望江南》在唐代应是清乐琴歌一类作品。它的“南吕宫”可从琴调“清商调”推得。慢一弦得B音作微声为清商调黄钟。它的清商音阶[⑥]宫声是仲吕E音，南吕音当然是升G而成为此曲的角调式主音，即古代宫调理论中的“调头”了。

现在，上谱从调高、调式结构、调头位置和古文献中的唐代俗乐调名称都已取得了可以互相印证的结果。最后只需说明，宋人的燕乐调理论为什么会与唐代不同，为什么他们不知道南吕宫实为角调式，却把它错定为宫调式了？这是学术史上面临失传之事时，轻视实践，迷信旧说，顾名思义而盲目推理的一大实例。原来，北宋初年，欧阳修早已知道：由于“声器寖殊”[⑦]，二十八调已不可解。其实早在五代间，某些乐工已不再懂得“羽、角、宫、商”并非调式之名而只是相当于一二三四的宫调序列而已，所以宋人先后在“瞎子摸象”的过程中也是屡变其说了。宋人不同解释的共同点是不知名、实之异，始终以为某某宫即宫调式乐曲；因此，他们的“南吕宫”决不会成为角调式，他们如去假造一首唐代南吕宫乐曲，就更不会把它写成角调式了。

据此可知：此曲如非传自唐代，断不能与早被湮没的唐代乐调理论如此若合符契。

乐曲《万年欢》出自五台山青庙的“吹腔”，原题《万年花》。陈家滨、刘建昌同志根据青庙“上字调”乐谱译作宫音为g的谱式。他们虽然并未指出这是唐代乐曲，但却已为进一步的研究提出了第一手的依据。我在这里仍同前例采用移高二度的办法，以“上”字译作a音，但以e音作清商音阶宫声来读谱（见谱例2）。

谱例 2

万 年 欢

这是一首并无歌词依据，亦无宫调名称可考，仅能依靠曲名与曲调风格、乐律特点来进行考证的例子。

第一，曲名第三字“花”字为“欢”字之误，应为山西僧人俗写乡音之故。《教坊记》著录唐代曲名《万年欢》，无调名。明胡震亨《唐音癸签》列于无年代、无题义可考诸曲中，无调名。据此，前曲如非后人妄作，有可能即此一《万年欢》之遗存。

第二，这是一首近代极少见的，通篇多用“变律”的作品。音调中呈现出的变音体系是中国古风的“新声变律”，不同于宋元以来戏曲音乐影响下的风格。很有可能是歌舞伎乐时代[8]的作品，应非后世可出。

第三，细察此曲所用变音，与其作犯调分析，不如看作 e 音为宫声的九声结构更觉自然。这是中国传统音乐中，在五声核心音之外用全了中、和、闰、变四个偏音的好例子。歌舞伎音乐时代的角调音乐中出现八声、九声，原为常规现象；不像宋以后，由于读谱法的理论错误导致角调失传，终使这种多声结构成了稀见之事。

可以解释这一历史现象的证据是：晋北笙管乐（五台山青黄庙乐属此体系）作为历史渊源极为古老的一个乐种，它的“上字调”同均乐曲中还有一些曲子在艺人口头流传着别的调名。不叫“上字调”而叫“夹调”。据景蔚岗同志的研究，实即晋北口音中的“角调”。晋北这种乐调是以 d 音为起点的。⑨

仔细分析《万年欢》的九声，它们确是从 d 音开始，按照五度圈关系连续 8 次得到上面五度的结果。从这个角度看来，把它看作真正的隋唐伎乐的角调遗存，已难说是猜测之谈了。

也许什么时候可以发现古文献中原有《万年欢》的唐代俗乐调名著录，就可以进一步对证上述判断的正误。这类研究，原需如此积累经验，本文列举晋北二例，意在说明古乐藏于今乐，如此古老乐种中必有古代作品在；意在说明“无形之文物”有如音乐作品，亦有途径可予考证。

三、无形文物的考证问题

音乐艺术的表现形式既然同样是物质的运动形式，人们也就有办法根据其中的种种痕迹作出有理有据的判断。

因为，乐音的无形，毕竟产生于有形的音数之理的规律之中；这种有形的规律在当代技术条件下，甚至可以做到极为精密的计量研究。因为，音、数之理的规律往往表现为具体作品的律学的、乐学的特点，并随着作品的知名度得到过历史上不同重视程度的记载；其中某些材料，往往在古曲鉴定工作中可以成为有力的文字佐证。

论者也许以为可疑，因为音乐史中的乐律学也像音乐艺术本身相类情况那样形无定质地流动变化着。宫调名称在历史记载中同样叫作“黄钟宫”的作品，不也是历代都不大相同的吗？但是，岂不知专业研究到了通透之际，这种困难因素恰可反转来成为断代证据的有利条件了。

认为无形文物也可考证，还因为：古代音乐作品天然和诗、词、曲、剧等音乐文学的形式规律有着紧密联系。杨荫浏先生根据汉、唐横吹曲辞《关山月》的句式，用李白“明月出天山”为琴曲《关山月》填词，即是一例。[10]

还因为：中国歌曲作为汉藏语系的诗歌艺术，它的曲调走向和字调之间是有同一性的。古代的填词艺术之所以讲究声、韵，很大程度上实在是出于用旧曲歌新词之故。

关于这种属于音韵学领域的音乐规律研究，我们暂时还只有局部的经验总结。例如创始于杨荫浏先生《语言音乐学初探》专论的，以苏南昆腔曲调规律研究为核心而展开的，以及词曲关系的讨论[11]等。稍后，又有厦门大学黄典诚教授将唐代《切韵》研究的成果试用于“福建南音”的历史语音研究。音乐学者如果能和音韵学家合作，进一步对历代语音，特别是古音声调调值的研究获取系统知识并能辨析毫厘之时，通过词曲关系来为古曲断代作出判断，就不会是什么稀奇的事了。

乐器史的研究又是关系于曲调变化的重要物质根据。某一根筚篥的失传与恢复，某一个古乐种的乐器配置及其乐器性能的研究，都是古曲考证工作中极有关系的知识。

音乐风格史的研究则是当前国际上音乐学界正在追逐的课题之一。从这一角度来观察艺术史上不同时期的作品，其实早已是我国古代美术史研究者运用于美术作品考古与断代研究的重要方法。中国音乐史和传统音乐研究的学者为什么不把这种探索纳入自己的视野呢?

我愿天下有心人，共同致力于上述有关知识的开拓与积累，为曲调考证工作的探索、建设，准备火种并传播火种。

余论：对无形文化财富的社会关切以及保护措施问题

世界上有些先进国家是注意到了演出艺术，特别是其中的传统音乐之存活问题的，并且早就提出了“无形文化财富”这个概念。可惜这个提法在我们这里还显得十分生疏。认真地说，问题涉及我们这个社会能否在重视物质文化的同时，一样也重视到某些非物质性的珍宝。

要讲古乐的宝藏即在今乐之中，首先就有一个保护现存传统音乐的问题，接着就是怎样辨认出其中的古代作品，即曲调考证问题。曲调考证这个议题，是在1983年第2届“华夏之声”活动中初次提出的。[12]当时似乎迹近狂想，到现在也不过才可以进一步讨论它的可能性。本文的发表只在于说明类似考证的有路可循，还在于说明寻找途径的工作又得有待于多学科的合作，有待于从头积累经验。它不像美术考古那样已有历代相传的成熟经验：无论是对于纸张、笔墨、颜料，还是印泥、款式、笔法、艺术风格的考查，都粗可推定朝代，细可不待款识即定作者，或能审定作品之真伪，甚至某一画家之早、中、晚期笔法变化皆可辨析毫芒。我以为，音乐与美术间这种鉴别能力之差，主要地不在于本体的差别。本体的特征之异，原可由此产生不同方法而使之服役于大体相同之目的；但社会性的不平等遭遇却应引人深思。

这种际遇的不同，原先早有历史原因。

古代文人从来以他人求书求画为荣，却以即席歌奏娱人为辱；鉴定书画自来可称风雅博学，研究乐曲却要算是贱工之学。文人论乐，言道而不言器，重歌词而轻曲调；兼之耻于下问，动辄曰："正俗失以存古义"，实则迷信书本而拒绝总结乐工实际经验。因此，曲调考证一事原非古人不能，不过是儒者不为，再加文字失载，遂致经验流散，造成了须从我们今人从头试辟途径的这个局面而已。

要讲本体问题，从音乐艺术的特殊性说，古代音乐作品的保存问题也真有它天然的弱点和难处。书画、雕塑作品本身即是文物，古代音乐作品的本身（非其遗迹）却无法被认作文"物"。我们现在可以称之为"音乐文物"或"音乐考古学"的研究内容却不像其他那些有形有质的艺术品那样可等同于艺术作品本身的研究。音乐文物或音乐考古学的研究对象，最多不过是乐音的载体：乐器，或是音乐活动、音乐行为留下的遗迹：演出场所、文字记载、乐谱或有关图像等形式的记录而已。

如果曲调考证之成为一种考证，要受到考古学定义的限制，使之不得成立；只要它真正能成一种实学，哪怕它不被学术的殿堂接纳呢！如果音乐考古学的研究对象只限实物而反倒不能研究音乐艺术品的本身，我就要劝它改用乐器考古学之类的名称；或者由我自去研究历史上音乐艺术品的本身，宁愿不当那个什么"音乐考古学家"。

重视古代音乐作品的辨认与研究，其实最重要的并不在学术、理论方面；而在于实践性的社会问题。因为，我们既然已知宝藏就在今日犹存的传统音乐之中，那么当这些传统音乐正在随着经济生活的变革而逐渐消逝之时，我们就不能掩饰自己的忧心。

来得及不俟它们自然消失，就把古代的优秀作品辨认出来，并且给予进一步的保护吗？

1982 年，第五届全国人大第二十五次会议通过了《中华人民共和国文物保护法》。这个庄严的立法，保护了地上和地下的有形的文化财富。我们满心称颂，但不满足，还想呼吁政府部门特别是文化事业部门的注意，希望进一步对于无形的文化财富也能给予立法的保护措施。

现实的问题：如果我们能对宋代钧窑烧出的普通民用瓷器也视如珍宝的话；为什么对于唐代已非普通乐曲而是艺术珍品的《万年欢》，或与名曲《霓裳》有关的《望月婆罗门》等类乐曲却采取不闻不问的态度呢？如果我们在基建工程动土之前，就先注意到发掘地下可能出现的文物；那么当我们还没有来得及从如海的今乐中发掘出古代重要音乐作品之时，就听任传统乐种随着老艺人的谢世而渐为人所不知，那还算得上重视文化财富吗？能应以是否是物质性的，而作不同的对待吗？

我祝愿：人类对于自己创造的文化财富，永远不要采取拜“物”教的态度。

1989年3月13日初稿

注释：

① 参见《侯马的钟声》，《并州文化》1982年第8期。

② 黄翔鹏：《释“楚商”——从曾侯钟的调式研究管窥楚文化问题》，《文艺研究》1979年第2期。

③ 此处及下例所引用的材料均见黄翔鹏《论中国传统音乐的保存和发展》，《中国音乐学》1987年第4期。

④ 参见王耀华《琉球、中国音乐比较论》（日文版），那霸出版社1987年版。

⑤ 参见山西省文化局音乐工作室1980年2月油印刊出的《五台山寺庙音乐》第1册。

⑥ 文学工作者可以借传统的“鄌鄠调”或秧歌剧《兄妹开荒》所用七声来理解“清商音阶”。

⑦ 参见《新唐书·礼乐志》志第十二。

⑧ 其说详注③论文第1部分第3节“中国古代音乐的三大历史阶段和其间的断层现象”。

⑨ 参见景蔚岗的论文《晋北笙管乐字谱考索》，1988年7月油印本。

⑩ 此为50年代初之事，曾用为1954年中国音乐研究所建所纪念音乐会之演出节目。至60年代，琴家詹澂秋曾在《音乐论丛》中著文提出不同意见，以为琴曲源于山东民歌《玉娥郎》，笔者以为民歌之例反更足见《关山月》之古老，原可一面流为琴曲，一面又流为民歌。判断其间流向，孰先孰后，原可研究艺术品本身之内证，如下文即将论及的词、曲关系、唐代字音之调值研究等。

⑪ 《语言与音乐》，人民音乐出版社1983年版。

⑫ 参见1983年《中国音乐》关于该活动的报导与成组的有关文章。笔者对这问题的追记，参见《明末清乐歌曲八首》“译谱后记”，《黄钟》1987年第4期。

（1989年第4期）

意脉与语序

——中国古典诗歌语言的札记

葛兆光

“语序”不须解释，而“意脉”却有必要说明。“意脉”并不是杜撰而是一种来头颇早的诗歌概念，从刘勰《文心雕龙》以来，就有过“义脉”“血脉”“语脉”“筋脉”“气脉”等等不同的称呼，但中国古人不屑于对概念作精确界定的老毛病，却使得这一概念始终缺乏一个确定的意义范围。人们有时凭借汉字“望文生义”的陋习总是把它用得超过了它本身可能有的最大限度，在诗歌评价领域里横冲直撞，越俎代庖，有时又由于“顾名思义”而过分小心翼翼地把它局限在“意指内容”的圈子里，不肯越雷池半步，生怕被扣上“偷越国境”的帽子而招致误解。那些把人体解剖学的名词用到诗论里的评论家们所谓的“诗有肌肤，有血脉，有骨骼，有精神”（《环溪诗话》），“大凡诗自有气象，体面，血脉，韵度”（《白石道人诗说》），听起来好像指的是诗的“血管”，似乎缺了它，诗就面色苍白，而那些颇有三家村夫子气味的诗论家们所谓“从首至尾，语脉既属，如有理词状”（《诗人玉屑》），听起来好像指的又是诗的逻辑，似乎没有它，诗就一团浮肿，反正，总让人觉得有那么点儿夹缠不清。中国诗论里的名词总是“道可道非常道”似的含含糊糊，以至于古往今来爱偷懒的评论家和沉湎于玄妙感受的评点家总可以顺手牵羊地用来用去而不犯一点错误。且不说“气”“道”“韵”之类形而上的词眼，就连“含蓄”“放荡”“冲淡”“自然”之类的形容词，也搞得人们不敢限制它们的领地，于是很宽容地放纵它们在各类诗论里抢地盘争座次，还害得不少研究家写了洋洋大文来“论”“辩”它们各自本来的界限和意义。

所以，在使用“意脉”一词时，我们不得不“委曲”它进入我们可以“言传”的范围，把它定义为：

> 诗歌意义的展开过程，或者换句话说，是诗歌在人们感觉中所呈现的内容的动态连续过程。

而我们要讨论的，是它——意脉——与语序的关系，即在中国古典诗歌里，思维之流与语言之流的分离错综与同步和谐问题。

一、诗的语序：老话题的新诠释

从古老的格言"言为心声"到现代的理论"语言是思维的表述"，大概都会使人产生一种误解，即除了有意伪饰或故为谎言外，人都是"怎么想怎么说"的，因此，语言之流应当和思维之流有一种基本的对称关系，换句话说，就是语言之流的顺序与思维之流的顺序应该是平行而同步的。尤其是汉语，一位叫戴浩一的语言学家曾断言，在所有的语言中，汉语的——

> 语序并不是联系语义和句法的任意的抽象性质的机制……它的语序跟思维之流完全自然地合拍。[①]

也就是说，比起诺姆・乔姆斯基为西方语言所总结的"世界语法"来，汉语的语序更自然，更吻合说话人感觉世界中的"事实程序"，这位语言学家称之为"时间顺序原则"（the principle of temporal sequence）。而另外一些语言学家则从汉语并不非得遵循西方语言主语句的"主、谓、宾"顺序不可，而可以把主体感觉中最紧要的主题放置在句首加以提示这一点上感到，汉语的语序在相当大的程度上受说话人的意识中对所要强调对象的关注左右，所以他们又称汉语为"主题化"（topicalization）语言，就像 W. P. 莱曼在《描写语言学引论》里所提到的：

> 直到最近，我们……才清楚，主语（句）不过是（西方）几种语言的特征，在许多别的语言里，例如汉语，居突出地位的是主题而不是主语。

无论是戴浩一氏的"时间顺序原则"（简称 PTS），还是 W. P. 莱曼的"主题化"，都是在解释一种日常汉语，正确与否我们可以把它交给语言学家日后去辨别，但是，语言学家煞费苦心为汉语寻找的这些原则，在中国古典诗歌中却失去了它的一般通用性。当人们审视中国古典诗歌并试图也为它寻找一些"语言通则"时，人们发现，所有语言学家所提供的钥匙都捅不开这把古老的锁，就好像一个手持“世界通用银行”的信用卡却闯进了以物易物的原始部落一样，尽管卡上明白无误地印着“世界”与“通用”字样，却偏偏兑不出一文钞票，因为中国古典诗歌的语序既不是按时间顺序原则展开的思维流动来安排的，也不是有意强调的主题前置。比如刘长卿《秋杪江亭有作》：

寒渚／一孤雁／，夕阳／千万山。

和人们所熟知的“枯藤／老树／昏鸦”一样，十个字四个平列的意象，有什么主题化？又比如杜甫《陪郑广文游何将军山林》的“绿垂风折笋，红绽雨肥梅”，诗句错综，有什么时间顺序？难道说是诗人先看到绿色、下垂，然后感到风，看到折，最后才看清楚笋么？显然，用“通用”的语序来讨论诗歌无疑是圆凿方枘。

但是，语法通则毕竟是从语言现象中抽象出来的一种“程序”，人们总是凭借这种“程序”来领会语言的意义与表达思维的结果的，按理说，不遵循这种既定“程序”，对谈有可能就变成了“两股道跑车”或“三岔口打架”，就像面对一盘剪得寸寸断裂又拼得乱七八糟的磁带，无论你有多高的音乐修养也还是七荤八素地听了个莫名其妙，不知所云。然而，为什么像“客病留因药，春深买为花”（杜甫《小园》）、“日照虹霓似，天清风雨闻”（张九龄《湖口望庐山瀑布水》）、“柳色春山映，梨花夕鸟藏”（王维《春日上方》）这样语序颠倒的句子出现在诗里并不会引起人的误解？为什么“细草／微风／岸，危樯／独夜／舟”（杜甫《旅夜书怀》）、“白花／檐外／朵，青柳／槛前／梢”（杜甫《题新津》）这样省略错综的句子出现在诗里并不会让人感到别扭？同样，杜甫《秋兴八首》那一联“香稻啄余鹦鹉粒，碧梧栖老凤凰枝”，实在不成句子，而王嗣奭却觉得它“非故颠倒其语，文势自应如此”（《杜臆》卷八），所谓“文势自应如此”，就是说这两句诗的语序完全正常，读起来就像“坂上走丸”或“水到渠成”那样顺溜。可是，按照鲁道夫·阿恩海姆的研究，“语言是语词在一个维度上（直线性的）的连续排列，因为它被理性思维用来标示各种概念出现的前后次序”，所以它和能够同时显示各种意象的共时性状态的绘画或能够混融伴生的“二重唱”或“四重唱”不一样，写在纸面上的诗句文字只能“一个接一个地按顺序结合在一起”[②]，既然如此，那么像这种错综颠倒得不成文句的诗歌本来应当像一堆撒落地面的铅字一样，无从寻绎它的肌理和意脉，可是，为什么沈括却能毫不费力地把它排列成符合语法的“鹦鹉啄余（之）香稻粒，凤凰栖老（于）碧梧枝”，而赵次公又能自信地把它想象成“香稻（则）鹦鹉啄余

（之）粒，碧梧（乃）凤凰栖老（之）枝”的“倒装法”呢？似乎他们都觉得正常语序的破坏并不妨碍他们与诗人的对谈，这是因为“文势自应如此”，诗自有诗的“错综句法”呢？还是因为美学上的考虑，有意地“语反而意奇”呢？

古往今来的许多人都试图解释这种现象，语言学家特意开辟“颠倒”和“省略”专节来收容这一溢出了语法规则的句式，文学鉴赏家千方百计用玄虚的赞词含糊地称颂这一奇特的诗歌语句。前者和《禁脔》一样，企图把语法规范的领地再拓宽一路，给它一个容身之处，借承认它的合法“身份”来维持自己语法“家族”的大团圆；后者则和《古今诗话》一样，在无法解释的窘境下，承认它“违反”语法却说它“意奇”，就好像俗话说“啄木鸟打筋斗卖弄华丽屁股”，反是反了，但很好看，显然前者的宽容只是搪塞而后者的搪塞近乎是哄骗。因此，为了避免旧诠释的缺憾，我们不得不扯远些，从“思维—语言”本源上来寻找新的诠释途径。

如果我们承认乔姆斯基“表达意指的深层结构是所有语言共有的……它是各种思维方式的一种简单反映，使深层结构向表层结构转变的转换规则则会因语言而异”这样一种理论[③]，那么，首先我们应当指出，所谓“深层结构”（deep structure）乃是思维最初刹那所印在脑海中的一组具象事物及动态印象，人生活在一个由时间、空间共同构成的四维世界里，而世界又“是以万花筒般的‘印象’展示出来的”[④]，因此“思维—语言”最初捕捉到的只是若干个共时性也就是在时间上平行呈列的组合印象，美国垮掉的一代代表诗人艾伦 · 金斯堡说的“从乳腺癌病毒到摆摇舞影视这样一些压根儿毫不相干的事会突然反射在大脑屏幕上……谁也不明白，下一瞬间，什么闪念会在头脑中浮现，或许与廷巴克图有关，或许是热狗、夹鼻眼镜或照像机”[⑤]，也许近乎痴人说梦，但冯 · 赫尔德（Herder）在那部《论语言的起源》中所描述的视觉世界的复杂混乱微妙与心灵世界的狭仄单一整齐却告诉我们那个“共时性世界”的确存在，当然经过焦点的调整与选择，它只剩下了若干个被感觉到“有意味的”印象，这些印象就是“思维—语言”深层结构的本相（true features）。尽管这些共时性的“块状”印象是经过思维的“打包”“捆绑”才整理出意义过程的，尽管这些单个词汇是经过思维的“转换”才表述为句子的——就像鲁道夫 · 阿思海姆所说的，思维—语言的理性机制迫使被陈述的事物按照语法式样变成“一种线性的序列”——但依然是那些印象决定意义，因为它们才是说话的“内容”，它们才限定了句子的“意指范围”，所以乔姆斯基说：

隐藏在实际表述之中的深层结构……才传达了句子的语义内容。

从不合语序的“深层结构”向合符语序的“表层结构”的转换，一方面是一个历时性问题，尽管乔姆斯基只愿意用儿童能无师自通地把握语序规范的“先天语言习得机制”（languag eacquisition device）来解释“转换”的由来，但事实上这种能力并非仅仅由DNA、基因、核糖核酸的“遗传”，而是由于历史的积淀，在人类学与历史语言学所提供的资料中可以看到，沿着“思维—语言”进化历程越往上回溯，语法越简略、破碎，这一点，残存的古埃及象形文字与古中国甲骨文均可以作证，而当代原始部落语言的调查也可以作证。另一方面则是一个共时性问题，从思维转换为语言也就是从深层结构转换为表层结构的过程，在人们脑海中实际上是理性对“印象”的“编码”过程，正像B.沃尔夫所说的，世界像万花筒，“因此需要我们的意识加以组织——这就是说，需要我们的语言系统去编码”，在这一编码过程中，共时呈现的印象被迫改编为线性呈现的。一串名词、动词、形容词，这些词又被迫按照一定顺序依次排列，可是，理性要求这些印象又不能不交代它们的时、空、因、果关系，因此，越是需要清晰而准确地表达，就越要加进“如果、因为、像、虽然、就、在、的、是”等等连词、介词、副词等表示“逻辑链”的成分来参与演示[⑥]，由于这些并不表示任何实存印象的虚词的参与和语序的整理，思维才“转换”成语言，平行的“印象”才编码为直线的句子。但是，正像乔姆斯基所说的“转换规则会因语言而异”，各民族“思维—语言”天然不同，所以或精密准确，或朦胧含糊，或连贯，或跳跃，尽管或语序完整而繁琐，或语序简略而利落，但应当指出，这并不妨碍对谈的进行，因为一方面深层结构中决定语义内容的基本因子已经限定了意指范围，另一方面每个人对母语都能凭借习惯与语感来理解对谈的内容。

于是我们有了三点结论。

第一，“思维—语言”并不是先天就存在一套语序规则的，所谓“语法”，只不过是人们思维和语言理性化精密化的产物和语言学家煞费苦心地抽象归纳的结果，它并不能削足适履地将语言现象截长补短，更不能硬性宣判什么句式和语序属于“非正常”，像原始“思维—语言”就很难纳入这种后天的框架——而诗的思维恰恰与原始思维相近而拒斥理性思维。

第二，当作为“深层结构”中“块状”因子的印象以实词的形态直接呈现时，句子的意指在一个宽泛的范围内已经显现，当然由于语法的不完整与语序的不整饬，时空、因果、主客等逻辑关系不明确、意义比较含糊朦胧——而诗歌语言追求的正是这种效果。

第三，语言使共时的平行的世界转换成一种直线性的词汇系列，越是准确精密的、语法完整的语言越使世界的本相“变形”，相反，那种语序省略错综的语言却表现的是深层结构即思维本初的原貌——而诗人希望的正是恢复这一体验世界。

恰恰中国古代的思维方式是一种原始思维孑遗极浓重的思维方式——这样说绝没有贬低中国人的意味，因为各种不同思维方式之间并非线性的历时性关系——这在两件趣事上可以得到说明：列维－布留尔那部大名鼎鼎的《原始思维》竟是在看了《史记》后受启发而写的；C. G. 荣格则从《周易》中发现了思维的“因果性原则”（西方的）、“同步性原则”（中国的）。而这种思维方式投射在中国古典语言文字上，又使中国古典语言尤其是书面文字呈映出以下特征，一是它保存了原始文字的图画性，文字直接表示事物，就像 L.R. 帕默尔所说的“汉字不过是一种程式化了的简化了的图画的系统”，或者像 E. 庞德所惊诧的，汉字就像一幅幅连缀起来的画面，它无须经由语音便达成意义——而西洋文字却总是“隔”了一层——并保留着鲜明的视觉印象；二是由于它的图画性，每个汉字都是独立完足的，并不需要上下文来确定它的“所指”，因此，它无论安放在句子的任何位置，那种直接呈现意义的视觉印象总使人不至于误解；三是因为图画式的文字已经决定了语句的意指，限定了话语的语义范围，而传统的“以意逆志”式的阅读习惯又自动组合了这些“块状”的文字，使它们不言自明地呈现着意义，因此它保存了原始“思维—语言”的那种简略性。正如中西两位语言学大师不约而同所说的那样：

> 在汉语的句子里，每个字排在哪儿要你斟酌，要你从各种不同的关系去考虑，然后才能往下读。由于思想联系是由这些关系产生的，因此这一纯粹的默想就代替了一部分语法。⑦
>
> 国语底用词组句，偏重心理，略于形式，词句底形式既不象西文那么完备，若非多用图解法，那心理的表象定多“疑莫能明”。只要伦理（逻辑）的关系保持清楚，任凭文学方面（修辞）怎样移动变更，可以毫无限制。⑧

因此，汉语词汇不定位，能任意转换它在句中的位置，语法简略而松散，伸缩舒卷的随意性强，这正表明中国古典语言文字比西洋表音文字更多地残留了思维的深层结构原貌，而这又正是中国古典语言文字的特色所在。

汉语的优劣且交给语言学家去评判。这里应该指出的是，恰恰因为汉语与汉字的这一特色，却使它非常适用于诗歌。诗人面对着的是一个五彩缤纷、众相杂陈的生动世界，而不是一个由冷冰冰的逻辑链条缀合起来的抽象世界，所以汉字的充分视觉性、图画性和汉语非直线性组合的特征使它正好成为诗人直接触摸与描述世界的天然质料；诗人的思绪有如儿童——正如维柯所说的原始民族和儿童天然地是诗人一样，因为他们的思维都淡化了逻辑性而富于跳跃性——所以汉字块状的拼合与语法的简略松散恰好在诗人那里是诗思的直接呈现；诗人的体验乃是一个朦胧浑沌的境界，所以汉字语法的省略错综恰好在他试图表现这种境界时是一种避免确定与限制的极佳工具；最后，诗人希望于诸读者的正是追求多义性即多向的意会，所以汉字构成的诗句由于词汇间的“脱节”“颠倒”所引起的歧义，恰好是启发读者“纯粹默想”以神游诗境的手段。以温庭筠那一联著名的“鸡鸣茅店月，人迹板桥霜”为例，如果我们采取简单的方式，可以把它分为六个名词性词汇，它们都是平行陈列的听觉意象和视觉意象，互相之间并无关联：

鸡鸣／茅店／月／人迹／板桥／霜。

除了第一个“鸡鸣”之外，平列的五个视觉意象构成了一个“全景图”，使读者似乎在瞬间就领略了诗境。但是，如果我们按照现代人的习惯来表述的话，那么就不得不添加若干成分，使它“转换”为：

〔我听见〕鸡鸣，〔知道天将破晓〕〔我抬头看见〕茅店〔上空的〕月，〔我低头看见〕人迹〔在〕板桥〔上〕〔因为桥上有〕霜。

此外，恐怕还得补上一句潜台词：“行人何等辛苦。”可是，在诗人直接呈现思维深层结构的诗句中，只有那些看见的与听见的意象，但你能说它没有规定语义范围么？你能说它的意脉没有贯穿这些孤立呈现的“块状”因子并使它们流动起来么？可是，语法所必需的那些粘连成分，却都隐没不见，正如《麓堂诗话》所说，它“不用一二闲字，止提缀出紧关物色字样”，而“意象具足”，因为它以深层的本相直接呈现，待读者“以意逆志”，把它们再度转换组构成形。

因此，语序的话题如果追寻它的“思维—语言”本源的话，那么，它乃是中国传统思维及其赖以表述的汉字所决定的，这语序无论如何“省略”与“颠倒”都“毫无限制”并且人们都能接受，乃是由于中国人的思维及阅读习惯所决定的。因此这汉字，乃是天然的诗歌质料，它可以由诗的建筑师随心所欲地挪来移去地建造诗境，而这思维，乃是天然的“诗性思维”，它那似乎漫无统绪的“积木”尽可等待诗的设计师天马行空地任意设计“八宝楼台”——因为诗的欣赏者与它的创造者一样，有着同样建构的大脑，有把握这种质料与成果的天然能力。宋人范温在《潜溪诗眼》中说：

古人律诗……似语无伦次，而意若贯珠。

这“意”既是诗人之“意”，也是读者之“意”，他们凭借如丝如缕的“意脉”以意逆志似的把意象的珍珠串成一条项链，无论它如何“大珠小珠落玉盘”般地散乱无序也无妨。因为这“美丽的混乱”正是诗歌——

艺术的象征。

二、陌生化：意脉与语序的分离及诗歌语言的形成

当然，中国古人讲话并非全是七颠八倒，让人自己去猜去想的；中国古人写文章也并不是完全没有语法，让人如读天书般地丈二金刚摸不着头脑的；同样，中国古代诗人一开始也并不是那么自觉地利用语序来制造诗歌的。至少，在古人心目中尚未有自觉的诗歌语言观念，在诗歌还没有完全脱离应用性质而成为纯文学形式之前，诗歌语言还是与散文语言相似的：意脉清晰流贯，让人一读之下便理解了诗人的思路；语序正常平直，使人读来毫不感到别扭难过，诗与文之间的区别只在于文无韵而诗有韵，文多虚字而诗少虚字，文句不齐而诗句齐，只不过人们在读诗时先存了个“诗”的念头，所以便在心里把它读出了诗歌节奏而已。

我们不妨随意看一些例子。《诗经》多用“之”“乎”“焉”“也”“者”“云”“矣”“兮”“而”之类“语助之字”的特点，虽然刘勰《文心雕龙·章句》一再回护它是“据事似闲，在用实巧”，而宋人洪迈《容斋五笔》卷四却已看出了它与散文的相通，说“至今作文者亦然”，费衮《梁溪漫志》卷六虽然指出“（诗）用语助太多或令文气卑弱”，可是他并不曾明确意识到当时诗歌与散文在语言上并没有分家，如：

关关雎鸠，在河之洲，窈窕淑女，君子好逑。

诗人的思维之流很自然地从鸣叫的雎鸠站立河洲这样一个外在视境流向窈窕淑女匹配君子这样一个内在视境，而语序也同样很自然地吻合人的习惯，“关关雎鸠，在河之洲”是一句完整的句子，定语在前，补语在后，“窈窕淑女，君子好逑”，虽然缺少系词，但同样吻合先秦人语言习惯，如果直译为白话，就是：

关关（叫）（的）雎鸠在河之洲，窈窕（的）淑女（是）君子（的）好配偶。

除了现代汉语必不可少的系词“是”、连词“的”外，几乎没有什么变化。又如汉乐府《长歌行》末四句“百川东到海，何时复西归，少壮不努力，老大乃伤悲”，如果加上少许虚词，就成了散文句：

百川东到海，何时复西归耶？少壮若不努力，老大乃伤悲矣。

意脉依旧，语序依旧，显然当时诗文之间语序相差无几；至于被钟嵘誉为“古诗第一”，被皎然称为标准“东汉文体”的《古诗十九首》，就像《文镜秘府论》南卷《论文意》说的那样，“语近而意远……不以力制，故皆合于语而生自然”。我们只要借用明代谢榛《四溟诗话》卷三的一段评语就可以明白它的语序也和散文相似——

平平道去，且无用工字面，若秀才对朋友说家常话，略不作意。

然而古诗语言与散文语言的难分难舍造成了它自身的窘境，它的语序由于过分吻合人们的“约定俗成”而使意脉过分清晰，它的语序由于过分完整正常而使意义过分明确，虽然这种合符人的思维与语言习惯的诗句容易让人感到自然、质朴、亲切、熟悉，但是它也使诗歌的独立品格受到损伤。当人们习惯了这种平直流畅的诗句之后，不免又会由习惯变为淡漠。它吻合人的思维之流，因而听了顺耳看了顺眼，并没有什么特异惊人之处；它符合人的理解顺序，因而听得明白看得清晰，并没有什么扞格陌生之处。可是，顺耳顺眼未免会令人倦怠而忽略，明白清晰未免会让人觉得“不过如此”，就像玩腻了的玩具让儿童讨厌甚至像“杰米扬的汤”令人倒胃口。那么，怎样才能使诗歌变得更像诗歌，怎样才能更好地构造一种与散文全然不同的诗歌语言世界呢？

从谢灵运、齐梁永明诗人的探索到唐初近体诗律的形成令人想起俄国形式主义诗论家V. 什克洛夫斯基（Viktor Shklovsky）的“陌生化”（defamiliarization）理论。谢灵运诗的“典丽新声”已经开始对古代诗歌质直、自然语言习惯有意矫正，虽然苛刻的严羽曾经用翻了个儿的标准批评他不及建安诗人那么“全在气象，不可寻枝摘叶”，但这种“寻枝摘叶”的诗歌语言正好是对过于凸显意义而埋没语言本身的日常语言的刻意违反——关于这一点我们将在后面详细论述——他的诗里越来越少用虚字，多用对语，讲究韵律，善镶丽字等趋向及与他同时的颜延之、谢庄等人对“直寻”式的诗歌语言的违背，使诗歌语言大大变形，并影响了一代诗风[9]；沈约、谢朓、周颙、刘绘等人“务为精密”的努力与“八病”说的提出，更进一步使诗歌语言与散文语言分道扬镳，逐渐完成了对日常语言与散文语言的“陌生化”过程。什克洛夫斯基认为，诗歌语言是“歪斜”“别扭”“弯曲”了的语言，“诗歌的目的就是要颠倒习惯化的过程……‘创造性地损坏’习以为常的、标准的东西，以便把一种新的、童稚的、生气盎然的前景灌输给我们”[10]，因此，当古诗经过漫长岁月仍以它一成不变的、与散文语言相近而不能引起人们新奇感的语序讲述着各种内容时，人们就感到了变革诗歌语言习惯的意义。同时，正如韦勒克·沃沦《文学理论》所说的那样，“多数诗歌的理性内容往往被夸大了，如果我们对许多以哲理著称的诗歌作点分析，就常常会发现，其内容不外是讲人的道德或者是命运无常之类的老生常谈”。中国古诗的主题确实多集中在人与社会（道德与功业）、人与自然（死亡与永恒）、人与人（爱情与仇恨）这些“老生常谈”里，如果意象与形式再重复而陈旧，诗歌便将衰亡了。因此，从谢灵运以来的诗人们在意象更新（自然山水中的生命意识与人生情趣）的同时，也开始了对语言形式的开拓。谢榛《四溟诗话》卷三在称赞了《古诗十九首》“平平道出，且无用工字面”之后，曾用极不屑的口吻调侃说“魏晋诗家常话与官话相半，迨齐梁开口，俱是官话。官话使力，家常话省力，官话勉然，家常话自然”，如果我们抛开明代诗论家这种对陈年老窖的偏爱和对自然的误解而从历史主义角度来理解诗歌语言的话，那么我们应当追问：“使力”与“勉然”不正是诗歌创作的一种“陌生化”追求么？如果都图省力，诗人何必苦思，如果都图自然，诗人何不作打油钉铰诗？家常话固然亲切，听多了却令人生腻，就好比说车辘轳话成天唠叨令人讨厌一样。六朝以来诗人正是意识到了这一现象，因此，他们不断对习惯了的语言形式进行改造，他们追求意象的密集化，尽可能少用虚字，他们追求字词的错综，尽可能地使句式变化，他们追求音韵的杂错，在句内、句间甚至双句间寻求对称而参差的声韵效果……逐渐把诗歌语言与散文语言的距离拉开，形成了一整套独立的诗歌美学形式，而语序的省略与错综正是构成这一形式的重要内容之一。

诗人的思维之流是没有变的，变的只是语言形式。而语言形式的变化中，首先是省略（如古诗中常见的“我”“汝”等主语代词、“于”等时空位置介词、“乃”等判断系词、“之”等连词、“乎”“也”“焉”等句尾虚词）[11]，由于中国传统思维方式常常使人能以意逆志似的补足句子的省略部分，使意脉在若干跳动的点之间潜存，由于汉字自我完足地具有意义与形象，可以脱离句法结构显示意指内容，所以使省略成为可能。而省略不仅使诗句词汇整齐化与意象化，具备了音步整饬与节奏有序的前提条件，而且使诗歌意蕴复杂化。副词、介词在诗中的逐渐消失，使时空位置模糊了，因而“直线的过程”还原为“平列的组合”，时间空间一下子变得无限广阔；主语性代词的逐渐消失，使诗句的视觉角度模糊了，读者可以从这边看那边，可以从那边看这边，这种“视角转换”即视点游移构成了电影蒙太奇的奇异效果，使诗境处于一种不断的叠变之中。其次是词序，省略使诗句结构关系松散，关联词逐渐消失，就像本来环环相扣的链条一下子松散开来一样，词汇与词汇之间的关系松动了，因而词汇可以互相易位，这种词序的错综，使得本来就朦胧的诗境变得更加屈折多变，意蕴复杂，包容了多种组合的可能性与意义的互摄性。以比较早的两联诗为例：

百年／积／死树，千尺／挂／寒藤。（何逊《渡连圻》二首之一）

风／窗／穿／石窦，月／牖／拂／霜松。（江总《入龙丘岩精舍》）

你能说清楚是“百年（间）积（的）死树，千尺（崖上）挂（的）寒藤”还是“死树积（了）百年，寒藤挂（下）千尺”吗？你能说得清是“风穿（过如）窗（的）石窦，月（光）（透过）牖拂（照）松（如）霜”呢，还是“风穿（过）窗（如穿过）石窦，牖（外）月（光）拂霜松”呢？这种被重新排列组合得错综颠倒的诗句整个儿地改变了人们的阅读习惯，使原来依次呈现的直线过程变成了平行呈列的叠加印象，而怎样叠加，怎样组合，则全可凭读者的审美经验。这样的诗句在唐代近体诗中就更多，如：

惯看宾客儿童喜，得食阶除鸟兽驯。（杜甫《南邻》）

声早鸡先知夜短，色浓柳最占春多。（白居易《早春忆微之》）

特别是杜甫《旅书夜怀》中的：

细草／微风／岸，危樯／独夜／舟。

诗人的所思所见，依照日常语序，应是——

微风（吹动）岸（上）细草，
舟（上的）危樯（在）夜（中）独（自矗立）。

或者是——

微风（吹动着）细草（之）岸，
独（立）夜（中的）危樯（之）舟。

或者是——

岸（上的）细草（在）微风（中摆动），
舟（上的）危樯（在）夜（中）独（立）。

这里，省略的成分不仅有表示处所的介词“在”，表示方位的“上”“中”，表示从属关系的“的（之）”，还有谓语动词“吹动”“矗立”，这样，诗境便“还原”为物象平列杂陈的这种“生成转换”为语言之前的视觉印象，并由此发生了理解的歧义，平列错陈的视觉印象使读者更贴近诗句中的自然境界，理解的歧义则给读者留下了艺术想象的“空白”，而诗的魅力不就在于这种真切的境界与朦胧的意味么？没有必要担心读者对“意脉”的误解，欧阳修《六一诗话》评“鸡鸣茅店月，人迹板桥霜”时云：

作者得于心，览者会以意，殆难指陈以言也。

既然能“会以意”，显然就不至于误解，纵然误解，那么也是在那幅已经“给定”了的视境中的误解。既然视境已经“给定”，意义范围就有了限制，那么，在这个范围中能多出若干种理解与体验，恰恰是诗歌语言所追求的艺术效果，正像特伦斯·霍克斯所说：

诗人意在瓦解“常规的反应”，创造一种升华了的意识；重新构造我们对“现实”的普通感觉。[12]

三、埋没意绪：意脉与语序分离的意义

中国古典诗论对意脉与语序的错综有过种种说法。刘勰所谓“外文绮交，内义脉注”（《文心雕龙·章句》）似乎比较简切，一个“交”字和一个“注”字把语序的错综和意脉的流贯形容得很清楚；而司空图所谓“似往已回，如幽如藏”，把人体的“脉”改为大地的路，用人的行走来表示语序的流动（《二十四诗品·委曲》），却不如姜夔“血脉欲其贯穿，其失也露”（《白石道人诗说》）那么来得干脆，姜夔的意思就是说，意脉既要连贯畅通得像人身上血管，又不能像剥了皮的猪羊一样血管暴露在外。用清人方东树《昭昧詹言》的话来说，就是“草蛇灰线，神化不测，不令人见”，如何不令人见？就得把意脉像埋自来水管一样埋在地下，用错综的语序当花斑草皮，一块块地盖上，方东树还告诉人们，语序的错综并不妨碍意脉的流动，“苟寻绎而通之，无不血脉贯注生气，天成如铸，不容分毫移动，昔人谓之‘无缝天衣’”，只不过在错综的语序掩护下，“意”隐藏得很深，不容易轻易地让人摸着“脉”，他还挺风趣地用了两句诗来形容：

美人细意熨帖平，裁缝灭尽针线迹。

这和皎然《诗式·明作用》里“抛针掷线，似断而复续”差不多，似乎省略和错综的语言就好像游击队埋地雷时的大竹扫帚，尽管地雷和长长的引火线埋下了地，但两扫帚一扫，地上挖的土痕与人的脚印就全没了。

这些说法实在是太玄乎太微妙，古代诗论经常使用的这些象征语言和印象词汇虽然总能“意会”到它有那么点味儿却也让人费了大力仍琢磨不出准确“边界”，我们举个具体例子，宋人陈善《扪虱新话》卷八记载：

> 王安石读杜荀鹤《雪诗》“江湖不见飞禽影，岩谷惟闻析竹声”后，认为两句后三字应该颠倒次序为“禽飞影”和“竹析声”，又读王仲至《试馆职诗》“日斜奏罢《长杨赋》，闲拂尘埃看画墙”后说，前一句后五字应该改为“奏赋长杨罢”。

为什么呢？王安石只说了四个字：“如此语健。”又《麓堂诗话》曾举杜甫诗中“风”字倒用的几句“风帘自上钩”“风窗展书卷”“风鸳藏近渚”为“诗用倒字倒句法”，称赞道“乃觉劲健”，而“风江飒飒乱帆秋”则是极致，评语也只有四个字：“尤为警策。”究竟什么叫“语健”、“劲健”或“警策”？实在很难说清楚，从上面第一例来看，“飞禽影”改为“禽飞影”似乎不违背正常语序，而“析竹声”改为“竹析声”则未免不那么通，第二例“奏赋长杨罢”就更不合符语言习惯，至于杜甫那句“风江飒飒乱帆秋”，就干脆无法分辨它的主谓宾定状补次序，简直是一团乱麻了，但是，为什么这样就“劲健”“警策”，而不这样就不“劲健”不“警策”呢？是不是语序与意脉的分离就能造成所谓的“劲健”“警策”效果呢？显然，躺在古人现成评语上搪塞不是办法，而乞灵于现代“鉴赏家”们内心独白式的印象主义或象征主义也不是办法，我们毋宁老老实实地从意脉与语序的关系说起。

第一，由于省略简化和错综颠倒所造成的意脉与语序的分离引起了诗歌意象的密集化。

沃尔夫冈·伊塞尔曾说过：

> 读者是以一种游动的视点在“文本”之内进行阅读的。⑬

他之所以用“游动的视点”这个词，大概是指阅读诗歌时人们脑荧屏上依字词的次序复制视境。在人们对习惯对象的阅读过程中，视点确实以一种吻合心理秩序的顺序流动的，人们阅读时都有一种“心理期待”，读上一个词时，心里就在预期下一个词，读上一句诗时，心里就在预期下一句诗，而期待的范围常常来自自己的阅读经验。正如英伽登所说的，“一旦我们沉浸于 satzdenken（句子的思想）的流动中，我们在完成实现句子的思想后就准备细心考虑‘延续部分’”⑭，如果期待到了，与经验相符，那就顺畅而轻松，反之，则别扭而难受。通常，人们习惯于正常的普通语言，古诗的自然语序当然使人感到舒服，比如：

客从远方来，寄我双鲤鱼。呼童烹鲤鱼，中有尺素书。

正像《四溟诗话》卷三说的“若秀才对朋友说家常话”，人们读它时可以感到，语序像“家常话”那么完整而顺畅，视点也从“客来”“鲤鱼”“烹鲤鱼”到“尺素书”这样一个正常顺序流动，确实没有凸出的“字面”造成思维之流的障碍。可是，正如法国诗人P. 瓦莱里（P. Valéry）在《诗与抽象思维》中所说的那样，熟悉而普通的话语“往往使语言完全丧失其本身意义”，因为“如果你懂了，这些词语就已经从你心中消失，而由它们对应的事物取代”，一首诗太自然地“流”，于是就“流”过去了，语词即意象便消融在整体结构之中而不再被人注目。可是，当省略与错综的语言使意脉这条本来流得很顺畅的小溪突然梗阻屈折的时候，小溪便流得似乎涩滞起来，省略了连词、介词甚至动词的意象的错综组合，使本来很顺畅的心理小溪曲折回环，不像一座通往“意义”彼岸的平直桥梁却像散乱铺设在河中的石块，使你不觉得此岸与彼岸来去那么便当，却无可奈何地要去注视那错杂的石块中哪些可以通往对岸，于是，意象被凸显了，而凸显的意象又显得密集了。像杜甫《重经昭陵》的“风尘三尺剑，社稷一戎衣”分明是从庾信《周祀宗庙歌》“终封三尺剑，长卷一戎衣”中脱化而来，可是，当“终”“长”这种状语和“封”“卷”这种谓语从诗中剔出，两组意象密集地出现在你眼前的时候，你就不得不同时注视着四个平列的意象，力图从中找出意脉的关联来；而《复斋漫录》说，吕吉甫的“鱼出清波庖脍玉，菊含寒露酒浮金”比苏舜饮“笠泽鲈肥人脍玉，洞庭桔熟客分金”好，就在于“人、客两字虽无亦可”（《苕溪渔隐丛话》后集卷二十四），也是因为“人”“客”二字充当了下半分句的明确主语，使意脉和语序都吻合了人的习惯，因而意象变得疏落；《诗人玉屑》卷八里记韩子苍把曾吉甫“白玉堂中曾草诏，水晶宫里近题诗”改为“白玉堂深曾草诏，水晶宫冷近题诗”，于是“迥然与前不侔”，乃是因为曾诗中的“中”“里”二字把“白玉堂”“水晶宫”当作了方位而失去了意象的独立品格，变成了“草诏”“题诗”的方位，于是人们只注目了草诏、题诗而显得意象单薄，而韩子苍的改动则使每句各有两个平行呈列的意象，便显得绵密繁富起来。《四溟诗话》卷三记载一则故事说，有王氏父子向谢榛请教作诗方法，谢榛便让父子二人改写李建勋“未有一夜梦，不归千里家”，父子二人便先后写成了：

归梦无虚夜。

夜夜乡山梦寐中。

当父子二人向谢榛请教为什么要改李建勋诗时，谢榛就说："建勋两句一意，则流于议论，乃书生讲章：'未'尝'有一夜'之'梦'，而'不归'乎'千里'之'家'也。"在引号外的字固然是散文所有，就连那十个引号内原有的字也显得啰唆而不像诗歌语言。因此，诗人不能不痛加删除，使意象真正地密集凸显。谢榛很得意地称这种诗法为"缩银法"，是否正意味着诗人把非具象词语像丹士炼银时排除杂质一样剔出去，只剩下密集而脱节的组合意象供人涵咏体验？仇兆鳌在注杜甫《衡州送李大夫七丈勉赴广州》"日月笼中鸟，乾坤水上萍"时说：

> 须添字注释，句义方明……不如"乾坤万里眼，时序百年心""身世双蓬鬓，乾坤一草亭"语意明爽也。（《杜诗详注》卷二十二）

那么添什么字呢？王嗣奭《杜臆》是这样分解的，"日月（照临之下），（身如）笼中（之）鸟，乾坤（覆载之中），（迹若）水上（浮）萍，（此垂老飘零之状）"，添了括号中的字，意脉便流动通畅，意义也确实"明爽"起来，可是，去掉括号中的字之后呢？便只剩下四个挤得紧紧的意象，它们平行地呈列在读者眼前，让人不得不专注地盯着它们去寻绎意蕴所在。

意象密集化在中国古典诗歌史上是伴随着诗歌语言的独立过程而来的。钟嵘《诗品》所谓"颜延、谢庄，尤为繁密"，"（颜延之）体裁绮密"，"（谢灵运）颇以繁芜为累"，其实都是以"皆由直寻"的古诗为比较基准的批评，在这种姑且不论是非的批评背后，我们也能看出颜、谢诗歌中业已显露的意象密集化特征，至于谢朓"微伤细密"，任昉、王融"句无虚语，语无虚字"，沈约"词密于范"，其实已经蔚为风气，语序与意脉的分裂已经成了大势之趋。省略简化的结构与错综颠倒的语序把意脉切割成似乎互不关联的几组意象而把意义的"链"埋藏起来，并把意象一古脑儿呈列在读者面前，使读者在这拼接砌合的"八宝楼台"前目不暇接，就像快速转换的蒙太奇镜头一样在脑荧屏上映出一幅（而不是如连环画似的若干幅）叠叠重重的（而不是一个接一个的）画境，至于这画面应该如何结构布局，由于省略和颠倒的语序既没有标示从属关系，方位关系，也没有给定时间顺序，密集而鲜明的意象便只有挤在一起互相碰撞，像魔方一样，任读者自行组合，因此——

第二，意脉与语序的分裂显然拓宽了诗歌阅读与理解的空间，使诗歌语言赢得了日常语言所没有的"张力"（tension）。

诗人生活在一种与科学论证的世界或日常活动的世界全然不同的情感世界里，正如J. C. 兰色姆（John Crowe Ransom）所说的那样，科学的世界是“简化的，经过删削的、易于处理的世界”，而日常活动的世界则往往又被种种实用性意义变得非常庸俗，因此，诗歌“旨在恢复我们通过自己的感觉和记忆淡淡地了解那个复杂而难以复制的世界”[15]。可是，如果诗人把他所见所闻所思用日常语言描述出来的话，那么，读者所能领略的只不过是经过诗人“理性语言”之网筛过或滤过的清晰意义。

如果我们仅仅从诗歌语言技巧角度来思考这种语言现象的话，那么，也许分析可以就此结束。但是如果我们进一步从诗歌的本质来理解诗歌语言的话，那么还应该指出——

第三，语序省略简化、错综颠倒的诗歌拆除了人与世界之间的一堵高墙——语言之墙，使人们通过诗歌更直接地投入活生生的世界。

人们曾惊异于M. 海德格尔这样一位哲学家对荷尔德林诗歌的热心研究，为什么哲学会对诗歌发生兴趣？在《荷尔德林与诗的本质》一文中，海德格尔指出了奥秘所在，原来，诗的语言与日常语言不同，后者威胁着存在，因为自从人类理性觉醒以来，过分的理性制造了一个天衣无缝的逻辑世界，同时又把这个世界用语言显示出来，当人们通过语言去思考、去认知、去表达周围一切的时候，语言便使人们落入了一个精心编织的陷阱而忘记了自己与世界之间并没有任何障碍，也忽略了自己是可以用心灵与感官去感受和触接世界的。于是，人们常常匍匐在语言之下，语言给万物命名却使万物隐去而只以名称显示，语言告诉我们“是”，我们就“是”，语言告诉我们“不是”，我们就信以为真地当作“不是”，所谓“甄士隐去，贾雨村言”，正使人丧失了对世界的直接感受力，于是概念代替事物就像广告取代商品，使人们在未见真货时便从腰包掏钱，而逻辑代替感受就像指路牌取代眼睛，使人们尽管南辕北辙仍坚定不移。所以，哲学家们试图在摆脱了逻辑的另一种语言——诗的语言——中为人们寻找一种与世界发生直接关联的工具，因为——

> 写诗是一种游戏，一无羁绊的，诗人发明了他自己的那个意象（images）世界，而又沉浸在一个想象国度中，这种游戏因而逃避了**决断的严肃性**。

也正如施太格缪勒所说的那样，一个“超越世界”（des Transzendieren über die Welt）只有通过“逻辑上的矛盾，循环论证，以及取消（范畴）”等等“失败的思想活动”，才能“在一瞬间出现在面前”[16]，所谓“失败的思想活动”其中就包括诗歌，因为它不受人的逻辑理性摆布，不被因果、时空、主客等因果束缚，而是以“原初直观”——即先于理性的直觉感受——面对世界，因此在它这里，人才不会被语言“魔圈”套住。当我们读到“阶前/短草/泥/不乱，院中/长条/风/乍稀”（杜甫《雨不绝》）、“卷帘/残月影，高枕/远江声”（杜甫《客夜》）、“双双/归/蛰燕，一一/叫/猿群伙韩愈《晚泊江村》）、“渔浦/南陵郭，人家/春谷溪”（王维《送张五谨归宣城》）等诗句的时候，我们确实能感到诗人并没有在我们的视境外加上边框，当我们看到“雨中/黄叶树，灯下/白头人”（司空曙《喜外弟卢纶见访》）、“寒诸/一孤雁，夕阳/千万山”（刘长卿《秋秒江亭有作》）及“楼船/雪夜/瓜洲渡，铁马/秋风/大散关”（陆游《书愤》）时；我们也能感到这诗中没有束缚我们的时空、因果等逻辑链条，似乎在那诗句中呈现的是一幅平面的开阔的印象画，而这画面究竟该如何“经营位置”，这意脉又究竟该如何贯通印象，却完全听凭自己的心灵，没有“理性”在那里指手划脚地指挥我们，甚至诗人也隐没不见，因而我们是自由的。我们脑荧屏里出现的那个世界是我们自己想象的产物而不是别人通过语言一一指示的结果，所以它“逃避了决断的严肃性”而以“游戏”的轻松赋予自我一个“想象的国度”，一个活生生的世界，在某种意义上说，它是一个比语言所构造的世界更“真实”的世界。

乔治·斯坦纳在《通天塔》一书中介绍说，“在近代释义学中，荷尔德林的诗作、书信和译作具有特殊地位，海德格尔的语言本体论在一定程度上就是以荷尔德林的这些材料为依据的”。因为——

> （荷尔德林）使用颠倒语序，把谓语与宾语分开，把名词与前面或后面的定语分开，打破谓语和定语的对称等修辞手段，制造了一种讲德语的人能懂的“德语——希腊语”。（中译本第83—84页）

遗憾的是，海德格尔没有读到中国古典诗歌，在中国的古典诗歌尤其是近体诗中，语序的省略简化和错综颠倒，意脉——诗人的思维之流——的潜藏埋没与屈曲变形，使得诗人与读者都摆脱了语言的牢笼，造成了一种既“能懂”又不能毫无孑遗地穷尽意义的语言效果，它使“意象”不加限定地平行呈列在人们眼前，让读者透过这汉字直接触摸到诗人思维的原初本相，把语言“世界”直接还原为印象“世界”，在没有任何“理念”——包括诗人的理念——的干预下自我完足地在脑荧屏上制造着属于自己的意象世界。这不正是20世纪哲学家们所期望的那个“超越世界”么？也许，这也是20世纪诗人们所追求的那个世界呢！因为艾略特曾说过：

> 我们现存的这样一个文明包含了巨大的多变性和复杂性，而这种复杂性通过细致的感受，自然会产生复杂的结果，因此诗人必须更具有暗示性，以迫使——必要时甚至错乱——语言来达到意义。⑰

注释：

① 戴浩一：《时间顺序和汉语的语序》，黄河译，《国外语言学》1988年第1期。

② 鲁道夫·阿恩海姆：《视觉思维》第十三章“语言应有的位置”，滕守尧译，光明日报出版社1987年版，第361页。

③ 转引自《哲学与语言》，《哲学译丛》1987年第1期。

④ B. 沃尔夫：《语言·思维·现实》，1951，第213页。

⑤ 艾伦·金斯伯格：《诗人的追求》，文楚安译，《文艺报》1989年2月4日。

⑥ 关于这一点，语言学家对失语症的调查也许有助于我们理解，患失语症的人能够说出词汇，但不能构成句子，这就是逻辑思维障碍。参见王士元《语言和文字的生理基础》，《语言学论丛》第11辑，商务印书馆1983年版。

⑦ 洪堡特：《论语法形式的性质和汉语的特征》。

⑧ 黎锦熙：《新著国语文法·引论》。

⑨ 《诗品·总序》：“于时化之，故大明，泰始中，文章殆同书抄。”

⑩ 转引自特伦斯·霍克斯《结构主义与符号学》，瞿铁鹏译，上海译文出版社1987年版，第61页。

⑪ 清人徐位山《志宁堂全稿·序》中就说过：“世称语助者七字：之乎也者矣焉哉，诗家所希用，尤律诗所禁用也。盖自汉魏以来，树帜骚坛，驰骋艺苑以自命为不朽者，初未尝假途七字。”

⑫ 特伦斯·霍克斯：《结构主义与符号学》，第61页。

⑬ W. Iser, *The Act of Reading: Theory of Aesthetic Response*, London: Routledge and Kegan Paul, 1978, p. 48.

⑭ R. Ingarden, *The Cognition of the Literary Work of Art*, Evanston: Northwester University Dress, 1973, p. 32.

⑮ 赵毅衡编选：《“新批评”文集》，中国社会科学出版社1988年版，第74页。

⑯ 施太格缪勒：《当代哲学主流》，王炳文等译，商务印书馆1986年版，第234页。

⑰ 艾略特：《玄学派诗人》（1921），载《艾略特文学论文集》，李赋宁译，百花文艺出版社1994年版，第24页。

（1989年第5期）

批评：全史眼光与哲学背景

阎晶明

在读者范围渐小，社会轰动效应大大减弱，群体朝拜难以复始的今天，从文学低谷中打捞作家作品，使其或长或短地惹人眼目的主要工具，落在了批评的肩上，这是现当代中国批评从未有过的殊荣。但是，从根本意义上看，批评远未独立，换言之，批评还未能完全以一种独立的姿态跻身于缪斯群中，它的根深蒂固的依附性还犹有所见，虽然它远不再是文学的奴婢，但由于它的荣衰兴败还大大取决于文学潮流的潮涨潮落，所以，它至少是与文学保持着“连体婴儿”的关系。我们可以盛赞批评的自觉，但自觉之后通过行为实现独立自足，还有一个漫长的过程。与西方批评比照，我以为当代中国批评需要树立两个要义：一、全史眼光；二、哲学背景。

十年批评的发展，令人眼花缭乱，但有一点似乎始终未能改变，这就是对文学潮流的不断追逐。其根据在于，它总是以一种适合批评对象需求的角度和方式进入批评活动，并随波逐流，在更新的潮流冲来之时，不惜丢弃以往的对象，掉转枪口，匆匆上阵。这一过程中，批评逐渐和文学潮流形成互相制约的趋势。但从总体上看，文学潮流的自发演变往往操纵了批评的自觉转换。批评家从根底里，始终把批评对象当作一种既成的、合乎规律的产品，它总是小心翼翼地迎着批评对象最为闪光的角度接近它，这当然就容易被对方所摄迫，不能周全。回头来看，十多年来，我们的批评对各种文学潮流及其现象所采取的角度和方法是多么整齐划一。对伤痕文学，用的是历史批判；对改革文学，用的是现实针砭；对寻根文学，用的是文化人类学；对现代派文学，用的是个性主义；对实验文学，用的是语言文体理论；对时下的先锋文学，用的是生命哲学。理论根据往往按批评对象故意提供的那一面来选择。所以，尽管事实上这些文学现象在当前意义和未来价值上肯定存在差异，但在批评家那里，把当时的结论总合起来看，所给予的高度是大体一致的。几乎每一种现象都“划时代”，并同时期待更新的潮流不断涌来。按照作品本身最为突出的侧面打开缺口，当然是批评的主要方法之一，但为什么不能从它所缺少的那一面打开呢？如果用语言文体理论评论改革文学，用现实针砭态度看取实验小说，用历史批判眼光评说先锋文学，我们会得出怎样的结论呢？如果这样的发问并非毫无道理，那么，我以为，它会使我们对批评对象得出另外一种非常不同的结论，它将影响这些作家作品的当时声誉，使我们对文学有一种更全面、更深入的认识。批评长期以来的那种单一的阐释方式，正是它对文学依附的一种具体表现。

近年来，批评领域开始松动，但更多的人，是向作家索要更新的观念，更新的语言，更新的叙述方式。表面上这种索求是一种超越，但事实上，却无形中是承认并把“新”的发明权、领先权和使用权交给了作家，变追逐为追赶，以往是批评家追逐作家，气喘吁吁，现在是作家被批评家追赶，大汗淋漓。追到现在，过往的一切皆成过眼烟云，不足取，不足谈，整个中国文坛，仿佛只剩下几个或十几个初来乍到的“少年先锋”，一大批批评大军享用为数极少的几个先锋作家，各种名目的桂冠加在了这些虽出手不凡，但出手尚且不多的作家们头上，“新现实主义”“第三代小说”，等等，不一而足。对于这些作家来讲，这是一种殊荣还是悲哀？这样做，会使他们的创作更加自觉还是被绑缚手脚？

批评应当是一种充满激情的活动，否则它将背离文学，但批评不是一种狂热的行为，它应保持一种超然的冷静，批评这种融激情与冷静的素质，来自批评家敏锐的艺术感觉和全史的理论眼光，对于当代中国批评来讲，后一种素质或许更需强化。我们拥有了足够多的印象式的、自娱式的批评，我们更应以全史的眼光来看待过往的、现时的文学现象。

全史的眼光，首先在于对文学发展趋向性的认识和把握。对于文学潮流的发展，尤其是现当代文学的发展，我们无意中接受了一种观念，就是“步步高”，总以为文学的发展必定是一浪高过一浪，一代胜于一代，即使我们感觉到它存在回潮、停滞和平面跃动，但在为文时，却始终把它看成愈加自觉、愈加成熟、愈加辉煌的过程。于是我们总是苛求前人，指出其诸多局限，又总是相信、宽容时人，寻找他们的优点。我们当然已经学得比以往要冷静客观得多，比如再不会把曹雪芹和现代革命理论联系到一起，指责他的阶级局限和时代局限，但无形中，这种惯性仍然影响着我们对文学现象的认识和把握。在这一点上，我们的确应当有分析、有选择地借鉴一点西方批评理论，如现代阐释学和神话—原型批评理论。现代阐释学和神话—原型批评的一个共同特征，在于它们的全史的理论眼光。它们把文学的发展演变看成一种循环的链条，而非哪怕是螺旋式的上升运动，在原型批评那里，文学的发展像大自然一样，依据春（喜剧）、夏（传奇）、秋（悲剧）、冬（讽刺）的规律循环，任何作家都处于这一循环链条的某一环节上，它既能映照出具体作家的历史贡献，也能揭示出它与此前历史的不可分割的必然联系。

现代阐释学对待文学史的发展演变有着与此相近的态度。伽达默尔的“视界融合”说或许更为直接明晰。他首先否决批评活动中的权威释义，把文学文本看作不断流动的生命活体，他不把批评发展看成相互替代的运动，而视其为扩大差异和消融差异的循环过程，他承认理解和释义的差异，但不愿硬分彼此的高下优劣，他曾形象地宣称，我们今天对柏拉图的理解并不比柏拉图自己对自己的理解更好，而只是理解的不同而已。所谓视界融合，正是要以全史的眼光来对待批评对象，由此便削弱了那种今是昨非的观念。细想起来，我们的批评不正是在这一点上显示出观念的固执和偏狭吗？我们的潮起潮落和过于强烈的新旧替代观念，不正暴露出一种全史眼光的缺乏吗？即使当代西方批评理论存在着诸如客观主义、相对主义的局限，但这种全史的批评眼光，实在值得中国批评吸取。

全史的眼光不仅只是一种对文学史的认识，它还有一个深厚的哲学背景。中国当代批评在印象式的层面上有了长足进步，所缺少者，或许还在哲学观念的匮乏上。十几年来，我们的实践批评较为活跃，但理论批评却始终没有大的进展，从批评理论上，尚不能为世界文学批评提供有价值的东西。这其中，哲学背景的空虚是症结所在。西方当代批评理论的背后，大都有深厚的哲学背景，它们实际上是特定哲学观念和人文思想在文学批评领域内的显现。精神分析批评之于精神分析学说，神话—原型批评之于文化人类学，现代阐释学之于现象学，语言文体批评之于现代语言学，都有不可分割的必然联系。我们至今未能产生有理有力的独特的文学批评，改变这一局面当然非一日之功，但认识这一点，至少可以使我们感到我们背后的空疏，使我们的批评家在今日有一种危机感，使我们的渴望和追求有一种尽可能明确的目标。当代批评变得较为开阔和聪明了，在批评文风和批评语言上与此前中国批评有了明显区别。越来越多的批评家意识到批评作为一种“美文”的重要性和必要性，意识到了批评语言是批评过程中的重要环节。今日批评界，举凡活跃者，在批评文风上的确或大或小地显示出各自独特的一面，这或许是十多年来文学批评的重要收获之一，它使中国批评走上独特之途有了一个别致的起点。但是，到最终，批评还是一个徘徊于艺术与科学之间的中介物，它还会长久地在灵活性与系统性，艺术性与科学性，悟性与知性，感觉与智慧之间往来徘徊，寻找契合点。我以为，当代批评目前最缺乏的是后者，实现的途径，或许正是树立全史的理论眼光和寻求坚实的哲学背景。非此，批评无法真正显示它自己的独特性。君不见，时下的不少并不刻意专注批评和沉迷理论的作家，也纷纷以批评家的姿态出现，其对文学的认识往往与批评家没有明显的区分。有时，得力于他们创作上的成就和更为自由挥洒的语言，反而在许多问题上取代了批评家的声音。这难道不值得当代批评家在庆幸的同时思考自身的位置吗？

1989年3月21日

（1989年第5期）

马克思主义对现代西方美学思潮的影响

——兼谈现代美学体系的基本要求

王　杰

在我们这个时代，在当代中国，对马克思主义美学的发展和地位，以及马克思主义与现代西方美学思潮的关系，人们的认识曾显得相当模糊和混乱。且不说各种信口开河的议论，就连一些专治马克思主义文艺思想发展史的同志也感到困惑和茫然。乍看起来，马克思主义与现代西方美学思潮之间的关系是很容易说明的，然而，细细想来，这不仅涉及一系列美学史的问题和事实，而且还包含着非常重大的美学问题。例如，关于西方马克思主义美学是否属于马克思主义美学传统的问题，最终必然涉及对马克思主义美学本质的理解，反过来影响我们关于现代形态的马克思主义美学体系的理论建设。在西方文化中，本世纪 50 年代英美新批评派解体的同时，马克思主义美学的方法和原则在当代美学思潮中的影响是引人注目的，成为后现代主义美学发展的重要动因。认真地思考和分析这种现象，对我们建立现代形态的马克思主义美学理论可提供一个有益的借鉴。

韦勒克的《现代批评史》把现代美学的起源确定为意大利文艺复兴时期的浪漫主义文学理论。从维柯到诺·佛莱的原型批评，西方现代美学一直围绕着现象与现实的关系而展开。由于现代人和现代艺术所承受的沉重的文化压力和现实压力，现代美学极力割断想象与现实的关系，把思辨的焦点聚集在想象的哲学本质和审美功能方面来。正如马克思早就指出的，现代资本主义社会以深刻的分裂和对立为基础，这种分裂和对立不可能在资本主义生产方式的范围内得到彻底解决。但是，否定这个基础的需要和力量却只能从这个社会中孕育出来。显然，马克思的这个思想对于西方现代美学思潮也是适用的。以想象为中心，以二元分裂为哲学基础的西方现代美学，其终结和出路只能来自从现代资本主义社会中产生出来的某种力量。从这个角度理解问题，我们就会看到，西方马克思主义美学可以成为我们超越西方现代其他美学思潮，建立现代形态的马克思主义美学的一个中间环节。

早在16、17世纪，英国浪漫主义诗人就敏锐地感受到诗人与社会大众的分裂，看到了感性与理性的对立。英国浪漫派把诗人放到至高无上的地位，看作社会的理想和希望的化身。他们用民俗、乡间故事、远古传说等大众化的题材和形式来创造艺术，把个体感受和普遍的文化形式结合起来，从而超越现实中所感受到的对立和孤独。从雪莱到柯勒律治，英国浪漫派诗人系统地论述了现代艺术的核心概念：想象。想象不仅伴随着巨大的情感和热情，而且绝对自由，不受外在现实世界的干扰和支配。现实生活在一切方面都已经完全异化了、破碎了，美好而完整的世界仅仅作为一个美丽动人的梦而残留在人们的意识深处。人与人之间在血缘上、情感上、理智上相互联系的纽带都断裂了。人不再信任他人，也不再具有共同的情感交流媒介（远古的祭坛、中世纪的教堂）。因此，诗人们从梦中获得灵感，从远古神话和乡野的秋愁中寻求心灵的寄托。由英国浪漫派诗人提出的这个主题，经过德国古典哲学的系统论证，成为近百年来美学和艺术理论著作最基本的主题。

在西方现代美学的理论发展中，英美新批评系统地用康德哲学来说明艺术和艺术的发展。新批评的主要旗帜是文学的艺术性，其理论基础一个是康德关于想象力的哲学论证，另一个是近代实证主义思潮关于“科学性”概念的理论假定。在英国浪漫派那里，文学的艺术性是通过新柏拉图主义的神秘观念来说明的（例如雪莱），而20世纪的英美新批评则致力于用现代的“科学”方法来说明这些问题。新批评详细研究了文学作品的形式，提出了后来影响很大的文学自律性原则。新批评认为，文学作品与一般文献的根本区别就在于，在作品的形式方面，文学作品是完美的、自成一体的艺术世界。优秀的作品彻底摆脱了外在世界的原形和现实世界的阴影，构筑起一个仅仅属于文学的内在世界。这是一个由想象、变形、隐喻、象征、神话和传奇所构成的美丽世界，艺术家自由的想象，便是这个世界的基础。事实上，随着文学自律性原则的确立，康德关于现实与彼岸世界、感性和理性、优美与崇高，关于纯粹美与依附美对立的一系列论述，关于艺术与现实的对立，关于想象与必然性的对立，关于艺术家高于一般大众的二元论观点也就得到了普及和确立，以及“科学的”表达。

新批评是一种非常狭隘的形式主义理论，它把文学与社会生活决然地分割开来，试图论证纯粹完整的文学内宇宙。新批评在英美批评界雄踞了几十年之久，至今仍然有相当大的影响，这原因是复杂的。新批评理论来自实证主义和美学人道主义。这两种在现代西方文化中相互冲突的文化动因，在康德式的二元论哲学的框架中却达到某种协调与统一。从某种意义上说，康德哲学是一个现代神话，具有极大的理论张力，历史的发展和变革被拒斥于这个恒定的理论模式之外，时间的河流外在于文学内宇宙而随意奔流。艺术想象的内在自由因为它具有客观的、外在于我们的对象（语言形式）而确证，文学的客观规律存在因为文学是想象和心灵的产物而具有绝对的权威性和至上性。在二元论的理论基础上，这两个命题相互确证。要打破这种理论格局只有一种可能：把历史的辩证法引入文学理论和美学命题。

从某种意义上说，马克思主义美学对现代资产阶级美学思潮的一次有力冲击与本世纪二三十年代在德国兴起的现象学运动密不可分。本雅明、布洛赫、费歇尔、阿多诺、马尔库塞都是在当时现象学占统治地位的德国获得博士学位或开始学术生涯，萨特虽然在法国接受高等教育，但也是在赴柏林进修后才完成自己的理论准备。我们知道，从胡塞尔开始的现象学运动一开始就把批判的矛头指向长期在英美哲学界占统治地位的实证主义思潮。胡塞尔写道："有人打算把属于物理学的那种同样的客观性给予心理学，这就使心理学成为不可能的了。实际上，就精神，个人的主观性，亦即一个孤立的存在者的主观性或包含在历史和社会中的主观性而论，要给予它以与自然科学的客观性相类似的客观性就显然是荒谬的了。"①把文学的存在与自然的存在并列起来，用自然科学的科学性要求文学理论和美学，是英美新批评的基本特征。因此，从本雅明到萨特，西方马克思主义美学家的一个共同的理论特征，就是对文学自律性这个新批评运动的理论基础进行批判。文学不是一个纯粹客观的对象，它的存在和意义都与我们主体的状况息息相关地交融在一起，由此，马克思所热望的改造世界的努力，就从仅仅对客观必然性的关心转移到对主体状况的批判性考察方面来。正是在这个背景上，本世纪 20 年代到 50 年代，马克思主义美学与现象学运动相结合，其结果不仅导致了马克思主义美学理论本身的变化，也强化了现象学运动对实证主义思想的攻击和批判。

从马克思主义美学思想发展史的角度讲，法兰克福学派美学群体的崛起是以对卢卡契现实主义美学思想的批评为开端的。在二三十年代，卢卡契撰写了一系列抨击现代派文学，阐发现实主义理论的文章。卢卡契认为，在现代社会，尽管人们更多地陷入了异化和分裂，现实主义的创作原则和创作方法仍然是可能的。卢卡契强调，以卡夫卡为代表的西方现代派文学是资本主义走向腐朽堕落在文学艺术上的表现，是艺术自身的异化。现代派把具体的个人描绘成一个独一无二的和孤立的主体，在卢卡契看来违背了艺术的基本前提。卢卡契指出，现实主义小说中的典型人物是对一般社会条件和特殊个体作整体观照的产物："问题的关键是作为一个单个个体的人和作为社会团体一员的社会存在的人之间的有机的和不可溶解的联系。"②当卢卡契和他的学生们用这些观点分析现代艺术时，自然对现代艺术的极度主体化倾向和艺术典型的衰败提出了严正的批评。论战由怎样评价布莱希特发端，随着布洛赫、本雅明和阿多诺等人的积极介入，论战很快上升到是根据理论原则还是根据现实的社会存在来分析和评介作品这样一个马克思主义艺术理论的根本原则上来。双方都从马克思的著作中找到了论据而各不相让。本雅明和阿多诺指出，社会进入现代资本主义阶段以后，人与人之间的异化日益加剧，人们在物质生活方面和精神生活方面都丧失了自我的存在。由于丧失了理解事物和相互沟通的基础，现代人普遍陷入一种空洞无根的状况之中。现代派艺术正是对这样一种社会存在的反映和批判，其精神实质是否定异化的社会现实的，因而与社会主义运动存在着某种内在的联系。法兰克福学派的思想家们特别强调，社会生活的规律与自然界的规律截然不同。在现实生活中，并不存在类似于自然规律那样严格的、“铁的”客观规律，社会是一个充满着复杂矛盾和众多可能性的领域。在现代社会生活中，自由并不是建立在必然性的基础之上，而是建立在主体性和可能性的基础之上，因而现实主义的理论模式不能说明现代派文学。

这场大论战已经过去半个多世纪了，然而它的余波和影响却仍然存在，特别是在论战中提出的在什么样的基础上理解现代艺术的问题，以及现代艺术的真正功能究竟是建构一个完美的理想还是摧毁和破坏资本主义的各种现代神话，实现意识的启蒙等问题，是向马克思主义美学理论建设提出一系列须加探讨的课题。现在回过头来反思一下那场论战，虽然论战的直接参加者均已作古，我们却仍然难以做出明确的结论（这不是本文的任务）。大体来说，虽然论战的双方都以异化现象作为思考的焦点，但卢卡契偏重于从理性和哲学的角度把握异化现象，而本雅明、布洛赫和阿多诺则力图从感受、体验、记忆这些方面去把握现代生活的破碎性特征，因而与心理学和美学有更多的联系。卢卡契强调艺术作品必须高于生活，使人的丰富潜能在艺术这个理想的境界中充分展开和实现；而本雅明和阿多诺则强调，艺术必须不同于我们的日常生活，只有充分主体化的艺术才能打破这样一种僵化的幻觉：我们的生活必然如此，因而就是合理的。我认为，撇开论战双方各自的理论缺陷不说，双方的观点并不直接构成矛盾，在某种更高的意义上是能够统一起来的。这里所要强调的是，这场论战不久就越出了马克思主义美学阵营的范围，扩展到更大的美学领域中去，强烈地震撼了文学自律性的纯美学思想，也动摇了以实证主义为基础的各种文学理论。在三四十年代，英美新批评完全地学院化了，新批评的“细读”方法成了一种贵族性的特权。在这种情况下，法兰克福学派的美学家们反对实证性的“细读”，抨击把文学经典化从而垄断起来的文化倾向，强调现代生活与艺术的直接联系（包括古典艺术和现代艺术），无疑有助于把现代美学从某种小圈子中解放出来。

西方马克思主义美学强调美学与现实生活以及与社会主义运动的联系，势必把英美新批评为代表的形式主义理论作为论战的主要目标。从卢卡契到阿尔都塞，西方马克思主义美学家们都一再强调，在现代社会，马克思所提出的改造世界的号召，首先表现为改造主体和主体意识。因此，他们特别强烈地否定文学自律性理论，注重现代艺术的启蒙能力以及颠覆资本主义制度的功能。

50年代初，法兰克福学派越出了学术界的狭隘圈子，积极地介入社会生活的各个方面，在西欧和北美资本主义世界获得了相当大的影响。但是1968年“五月风暴”的失败，不仅证明法兰克福学派以及其他西方马克思主义者对现代资本主义的认识，对社会主义革命的理解都比较幼稚，而且还证明了根据这些认识所制定的斗争策略的错误。五月风暴以后，马克思主义在青年学生和知识分子心中的威信大大降低，这一事实刺激了许多马克思主义思想家，经过一段时间的思考和反省，终于在理论上出现了一个比较明显的转向，然而，美学和文化问题仍然是思考的核心。

从卢卡契到马尔库塞，浪漫主义美学的影响在他们的思想和体系中一直时隐时现，例如卢卡契关于艺术实现了完整的人类本性的观点，本雅明艺术哲学中深沉的怀乡病倾向，马尔库塞关于艺术与快乐原则关系的理论，都或多或少地建立在美学人道主义的基本前提上：艺术和美是绝对自由的世界，人的本性在这个世界里得到了充分的实现。“五月风暴”的失败动摇了这种幻想。1968年“五月风暴”以后，法国及西方世界知识分子心理上普遍蒙上了一层厚重的阴影，知识分子在现代社会的无力状况这个严峻的现实打破了许多人一直沉溺于其中的幻想。文化是软弱无力的，文学的丰富世界在现实面前突然发现了自己的贫乏和虚弱，“文人是现代社会的无产者”这个本雅明所偏爱的主题成为许多知识分子议论的中心。想象力这个文学的源泉和现代文化的内在杠杆，美和自由这类美丽的乌托邦在现实力量的冲击下都彻底破碎了。现实提出了严峻的问题：美和艺术的世界是否都是自由的，是否都具有现实的启蒙能力？

从某种意义上说，阿尔都塞学派的马克思主义正是为了回答“五月风暴”所提出的一系列问题而产生的，从美学的角度讲，其批评的锋芒一开始就指向了长期在西方文化中占统治地位的美学人道主义传统。阿尔都塞是法国共产党的权威理论家，很早就开始了自己的理论研究和著述，但真正获得广泛影响却是在1968年“五月风暴”之后。阿尔都塞深入研究了马克思的全部著作，在许多问题上提出了与法兰克福学派相反的看法。阿尔都塞认为，马克思的早期著作是不成熟的，仍然处于黑格尔哲学以及浪漫主义文艺思潮的影响之下，卢卡契和法兰克福学派所强调的马克思的人道主义思想其实质仍然属于资产阶级意识形态，为成熟以后的马克思所抛弃和否定。阿尔都塞着重阐发了马克思的意识形态理论。如果说，从卢卡契到马尔库塞的美学理论主要关注美学人道主义问题以及艺术与完整人格的关系，从异化的现实与艺术的完整世界的对比中对现代资本主义现实进行抨击和批评，那么可以说，阿尔都塞学派的美学理论则正好相反，他们从对艺术是完美的、超阶级的自律世界进行批判入手，全面抨击了在西方文化中流行了几个世纪的美学人道主义传统，对艺术的概念和内涵进行了彻底的解构，在艺术与社会、理论与实践、艺术的启蒙作用等方面都提出了一系列全新的观点。

阿尔都塞认为，意识形态的基本功能是使人们适应于他们生存的现实条件。意识形态不只是对现实的歪曲性表述（这是法兰克福学派的基本观点），更确切地说，它是一套为人处世、行为态度的教诲原则，在这种谆谆教诲的引导下，人们能够与支配他们生活的现实条件达到和谐一致。远古神话时代人与人的关系，资本主义上升时期的勃勃朝气，都凝聚在相应的作品和观念里，以某种方式影响和支配着我们。现实被想象的或过去了的生活关系所“多元决定”着。阿尔都塞强调指出，个体自由这种开明的意识形态是资产阶级用来体验和证明它们自身的阶级地位的方法手段。在阿尔都塞看来，意识形态不仅是一套神秘的思想或观念，而且是具有生活实践基础的“物质性”存在，它不仅仅是哲学、艺术等观念形态的东西，意识形态还存在于国家机器所产生的社会实践和礼仪之中。因此，在现代社会，阶级斗争的重心就转移到意识形态方面来，意识形态领域成为现代社会进行阶级斗争的战场。阿尔都塞以马克思对《巴黎的秘密》的深刻批判为依据，具体地剖析了某些现代艺术致力于传播虚幻的意识的资产阶级本质。阿尔都塞的意识形态理论启发后结构主义思想家们把批判的锋芒转向艺术观念本身。19 世纪批判现实主义用以剖析和批判社会的艺术和艺术观念，正受到越来越严厉的批判。天才、想象、艺术家的贵族性，这些曾经非常神圣的概念无一不受到重新思考。

然而，在现代社会的启蒙力量和变革社会的力量究竟来自何处这个关键问题上，阿尔都塞却未能作彻底的说明。在阿尔都塞看来，只有科学的认识理论和真正的艺术才能与资产阶级意识形态进行战斗。他指出，艺术对现实的反映并不是照镜子式的反映，真正的艺术总是在某个地方打破日常思维和现实结构的封闭性和完整性，削弱意识形态以自然的和自我解释为特征的概念。阿尔都塞认为，艺术的启蒙能力并不来自艺术作品结构上的完整性和自主性，而是来自艺术作品内在的裂缝和匮乏（internal gap and absence)。真正的艺术作品描绘现实的不完整性，使我们“看见”意识形态的影响和要求，从而产生否定资产阶级意识形态的启蒙意识。在艺术的审美活动中，艺术作品内在的匮乏揭示了意识形态和艺术之外事物的联系，使我们得以看清社会生活的现实条件。从理论上说，阿尔都塞的意识形态理论成功地驳倒了长期流行的文学自律性理论，解构了一直在美学领域中占统治地位的人道主义传统，为后结构主义文学理论提供了哲学基础。③

后结构主义美学是最近十几年在西方文学理论领域中兴起的一个美学思潮，这个思潮的来势很大，流向也非常复杂。大体上来说，后结构主义的思想来源除了马克思的思想和理论（通过法兰克福学派和阿尔都塞学派的中介）以外，还有尼采的思想和拉康的精神分析理论。我认为，现代精神分析提供了深刻剖析作品和人的内在世界的具体方法，尼采的思想则主要表现在对现代工业化文明的一种情感性反映上，而马克思主义却有能力系统地论述资本主义文明的各种内在矛盾，为后结构主义美学思潮提供了非常有力的理论武器。例如，福柯关于话语和权势的分析，在很大程度上就依赖于马克思主义的意识形态理论。福柯认为，通过分析话语，也就是说，在具体的、历史的情况下考察文化的内驱力，就能够在社会实践的辩证法中确立对意识形态进行抵抗的基础。因为话语在本质上是一种力量关系，因此，在发现特权和压迫的地方也就能够发现反抗的力量。在深刻解剖现代社会意识形态怎样以隐蔽的形式实现统治阶级的意志以及这种支配关系的形成过程方面，福柯的思想史研究显然受益于马克思的政治经济学研究和意识形态理论研究。当然，后结构主义与马克思主义的关系比较复杂，而且后结构主义目前仍然在发展，因而很难作出确切的估价。但有一点是肯定的，即后结构主义的兴起与马克思主义直接有关。在我看来，当代美学思潮从马克思主义美学传统中吸取了三个非常重要的东西，这就是：对审美幻觉以及资本主义意识形态的猛烈批判态度，理论与实践、创造与消费相统一的原则，以及对待文学艺术现象的历史主义眼光。马克思主义美学传统中这三个重要动因强烈地震撼了现代西方美学的根基——康德的二元论哲学，使当代西方美学终于摆脱了文学自律性的基本流向，开始向多元的、广阔的文化视野的方面发展。可以毫不夸张地说，近三四十年西方美学和文学理论出现空前的繁荣，原因之一就是马克思主义美学对现代美学思潮的影响和冲击。

从卢卡契到阿尔都塞和福柯，西方马克思主义美学在不到一个世纪的时间里创造了各种各样的理论模式，为解决马克思主义美学提出的基本问题作了深入的思考，其中不少观点是有价值和有创见的。应该承认，在近几十年的理论发展和思想交锋中，西方马克思主义美学提出了三个非常重要的理论命题：怎样超越分裂和异化的状况，文学艺术怎样与现实世界联系起来，以及艺术怎样通过改造主体来改造我们所生活的世界。正如我们已经看到的，西方马克思主义者的各种美学模式对这些问题的解决并不一致，也不一定是正确的或是马克思主义的，但他们提出的问题无疑有助于我们的思考。

我们也应该看到，西方马克思主义美学阵营中的这些著作家和理论家都在资本主义的大学里从事理论和教学工作，不可能摆脱社会环境和文化氛围的制约。作为一种批判性和实践性的理论，西方马克思主义美学长期脱离工人阶级运动，脱离了改造世界的物质力量，其结果必然陷入绝望的悲观主义和主观主义。在谈到西方马克思主义美学理论的这些弱点时，佩里·安德森曾经写道："谈方法是因为软弱无能，讲艺术是聊以自慰，悲观主义是因为沉寂无为：所有这一切都不难在西方马克思主义的著作中找到。因为造成这种传统的根本决定因素在于它是失败的产物——1920 年后西方工人阶级经历了长期的挫折和死气沉沉的局面，其中许多年头之可怕是历史上罕见的。"④从大的时代背景方面说，安德森的这些结论是有根据的，但是，也应该看到，西方马克思主义美学在理论上的转向也有某种必然性和历史的合理性。例如，西方马克思主义美学的悲观主义和进一步主体化的问题，就是时代的产物。随着工人阶级运动进入低潮和第二国际演变成改良主义，意识问题和文化问题在马克思主义哲学和美学中的地位突出出来。考察整个西方马克思主义美学的发展，我们可以看到，西方马克思主义美学家们始终关心艺术作品对接受者的影响这个关键性的问题，强调艺术作品在现代社会中对资本主义社会日常生活以及意识形态的颠覆和破坏作用，因此这种悲观主义并没有陷入彻底的绝望和颓废。然而，不管是卢卡契、本雅明、马尔库塞还是阿尔都塞，都没真正说明在审美活动中使接受者获得启蒙的力量究竟来自何处。他们或者把这种力量归结于伟大作品所包含的人类潜能，或者认为这种力量依赖于已经启蒙了的、具有高度文化自觉的批评家的指导。总之，他们都忽视了现实生活中的力量，他们只看到资本主义社会的现实充满了异化的一面，不同程度地忘记了马克思早在一百多年前就已科学地预言了的论断：否定和破坏资本主义制度的力量只能产生于资本主义社会的现实生活本身。

不容否认，从卢卡契到阿尔都塞和福柯的美学理论具有一个致命的理论内伤，这就是在他们理论中表现出来的贵族性倾向。马克思主义美学的一个基本原则是理论联系实践。由于各种各样的原因，西方马克思主义美学普遍地对马克思早年提出的哲学不仅要解释世界而且要改造世界的号召丧失信心，对现实生活，对现实的斗争丧失信心。马克思主义美学则重视艺术与日常生活的关系，强调艺术所具有的启蒙能力和解放作用的根据和力量最终都产生于现实的日常生活。因此，要真正说明艺术在现代资本主义社会的启蒙作用，就必须深入地研究日常生活以及日常生活所产生的审美需要，特别是研究大众的日常生活及审美需要。然而，正是在这个关键问题上，西方马克思主义美学却普遍表现出对于现实和一般大众的高傲态度。无论是本雅明关于波德莱尔和普鲁斯特的研究，还是阿多诺关于现代派艺术和现代文化工业的分析，或者马尔库塞美学的浪漫主义倾向，都明显地具有这个特征。阿尔都塞学派虽然有所不同，注意到了意识形态的实践性作用，强调科学的理论和艺术是反抗资本主义意识形态以及资本主义国家机器的主要力量，然而他们却坚持认为，只有像他们那样已经启蒙了的知识分子才能创造科学的理论和真正的艺术，人民大众在现代社会中所具有的革命潜能被忽略掉了。我们知道，马克思主义关于资本主义社会日常思维的神秘性和虚幻性的分析是以对资本主义社会生活的具体分析为基础的，由于阿尔都塞过分强调了资本主义时代意识形态的相对自主性和独立性，放弃了分析资本主义商品拜物教的概念和方法，因而必然产生出理论上的主观主义和贵族性色彩。关于这一点，马克思在一个世纪前对青年黑格尔派的批评至今仍然具有力量。马克思指出："我们开始要谈的前提并不是任意想出来的，它们不是教条，而是一些只有在想象中才能加以抛开的现实前提。这是一些现实的个人，是他们的活动和他们的物质生活条件，包括他们得到的现成的和由他们自己的活动所创造出来的物质生活条件，因此，这些前提可以用纯粹经验的方法来确定。"⑤

的确，虽然经历了半个世纪的理论发展，但是，在西方马克思主义美学那里，超越浪漫主义美学，建立现代形态的马克思主义美学体系的任务并没有完成。由于各种各样的原因，西方马克思主义美学家们在建立现代形态的马克思主义美学理论方面的努力都失败了，然而，无论在吸取现代文化的优秀成果方面还是深入研究马克思主义经典著作方面，他们都做了大量的工作，许多研究成果也是富于建设性的。在半个多世纪的努力中，西方马克思主义美学家们不仅成功地摧毁了各种各样的文学自律性理论，而且他们的理论探讨也为我们提供了很好的经验教训。可见，认真地研究西方马克思主义美学的发展，是我们建立现代形态美学体系的一件必要的工作。结合西方马克思主义美学的历史发展来看，我认为，现代形态的马克思主义美学体系必须超越建立在二元论基础上的浪漫主义理论，具体说来起码有以下几个要求。

首先，现代形态的美学体系必须超越二元分裂的理论框架，建立能够真正沟通现实和文化中的各种分裂和对立的理论体系。正如前述，整个20世纪美学都建立在二元分裂的理论基础之上，这个基础最初是康德的二元论哲学，后来是索绪尔关于所指和能指分裂的语言学理论。马克思主义认为，自从人类脱离自然界以后，经过不断的劳动分工和社会分工，人与自然、主体与对象、个体与群体就处于充满辩证精神的分裂和对立状况中，马克思分析资本主义的基本矛盾也是从劳动的二重性开始的。马克思主义和所有近现代的文化理论的区别在于，马克思认为人类创造文化不是为了肯定和强化个人与社会、人与自然的对立，而是为了实现它们之间的辩证沟通，达到新的和谐统一。在阶级社会，文化为统治阶级所利用，成为强化分裂与对立的工具，这一点即使在强调文学的绝对自律性的英美新批评那里也仍然是可以辨识的。真正现代形态的美学体系必须摈除剥削阶级偏见和文化偏见，成为把人们与他们的现实生活条件联系起来、相互沟通的中介。由于学科自身的特点，在人类社会进入阶级社会的门槛上，美学和艺术曾长期落后于现实，醉心于乌托邦，成为制造幻觉的媒介；然而，根据同一个特点，在人类扬弃阶级分裂和对立，创造一种崭新文化的过程中，我们也有理由期望艺术和美学走在时代的前面。

其次，现代形态的美学体系必须超越理论与实践相分离，能指和所指相分离的畸形现象，正如我们在前面的分析所述，在传统美学理论的范围内不可能彻底解决这个问题。美学不能仅仅研究艺术以及艺术的审美活动，它还应该研究我们的日常生活，研究从不同的日常生活中产生出来的不同的文化需要和审美需要，研究现代人和现代人的日常生活。正如马克思所要求的，只有这样才能真正确定现代美学的理论前提。也正是在这个意义上，现代形态的美学体系必然与历史科学联系起来，必然与人类学研究联系起来。

再次，现代形态的美学体系必须克服长期以来美学所处的被动地位，在改造世界的现实活动中发挥积极的力量。在黑暗的时代，艺术与美学往往成为逃避现实的避难所，这种习惯造成了美学的高傲和贵族性的传统。现代形态的美学体系必须克服美学的自恋情结，把注意力的中心转移到大多数人的日常生活和审美需要方面来，寻找艺术作品在现代社会中产生启蒙效果的真正源泉。通过意识的启蒙而积极地介入生活，通过解构传统的文学观念而介入艺术创作，充分发挥艺术的积极潜能，在建设新文化的过程中发挥能动的作用。

今天，马克思主义美学的当代发展已经成为我国美学界所普遍关心的课题，在我看来，我们的理论思考不可能绕开西方马克思主义美学。虽然从总体上说西方马克思主义美学是失败了的理论，但它可以被认为是马克思主义美学现代化的一个环节。不管从哪一个角度否认这一点，无疑都会给我们的理论建设带来不利的影响。

注释：

---

① 胡塞尔：《存在与思维》，转引自约瑟夫·祁雅里《二十世纪法国思潮：从柏格森到莱维－施特劳斯》，吴永泉、陈京璇、尹大贻译，商务印书馆 1987 年版，第 58 页。

② 卢卡契：《欧洲现实主义》，梅尔林出版公司 1972 年版，第 8 页。

③ 阿尔都塞的思想参见陆梅林编《西方马克思主义美学文选》所收的文章，陆梅林、陈燊译，漓江出版社 1988 年版。

④ 陆梅林编：《西方马克思主义美学文选》，第 175 页。

⑤ 中共中央马克思、恩格斯、列宁、斯大林著作编译局编：《马克思恩格斯全集》第三卷，人民出版社 1960 年版，第 23 页。

（1990 年第 2 期）

中国现代美术史上的吴冠中

水天中

吴冠中生在1919年。这是中国现代史上具有重要意义的一年，中国的知识分子在欧风美雨的吹拂下，开始了追求科学与民主的漫长路程。而中国艺术和西方艺术也开始了它们互相沟通、交流的新阶段。吴冠中进入国立艺专时，西方式的绘画已经在中国建立了相当牢固的地位，那是通过了几个不同阶段才建立起来的。第一个阶段是欧洲传教士和商人把西方绘画带入中国，引起中国人的惊叹。这一阶段的代表性人物是郎世宁、王致诚、艾启蒙等欧洲传教士。在中国人中间，虽有同一时代的广东油画家关作霖和稍后的林呱（关乔昌）这样的先行者，但他们的活动并没有进入艺术圈内。倒是康有为、薛福成这些文人对欧洲绘画的介绍，在知识分子中间留下相当广泛的印象。第二个阶段则以许多年轻的艺术家从海外学艺归国为标志，他们的归来使中国出现了一种不同于传统文人画家的、从事绘画创作的知识分子。他们播下了艺术新品种的种子，也引发东方和西方、古代与现代的矛盾和争论。李叔同、刘海粟、林风眠、徐悲鸿，是这一阶段的代表性人物。第三阶段是西方绘画在中国已经落地生根，传统绘画和西方绘画的画家，都必须以自己的艺术创作而不是以自己的高谈阔论去证明自己所从事的艺术的价值。传统绘画吸收外来因素和西方绘画建立民族特色，已成为这一代画家无法回避的课题。绕过这一难题固然不失为一种方便的选择，但对于富于创造精神的艺术家来说，他们更愿意跃入生活和艺术矛盾的漩流一展身手。林风眠的学生吴冠中，则属于这一阶段的代表性画家之列。

刘海粟、林风眠、徐悲鸿开始学画时，中国美术教育的情形与1936年吴冠中进入杭州艺专时大不相同。当时中国还没有一所传授美术的专门学校，不满足于师徒相传的传统绘画教育的青年，只能自己去摸索追寻理想的艺术门径。甚至他们的理想也是模糊的，刘海粟在周湘的“布景画传习所”学画三月，便有勇气创办“上海图画美术院”；徐悲鸿初到上海，进入刘海粟的上海图画美术院学习、后来宣称这是由于“诚懿之愚，惑于广告，茫然不知其详……鄙人于此野鸡学校，固不识一切人为师也”；颜文樑为了求得油画表面“发亮”的效果，曾在水彩画上涂胶水、涂蛋白，用菜油、蓖麻油、瓷漆、桐油调和颜料。从这些早期西画家学画时的小插曲，可以想见20多年间两代人学艺的不同起点。

吴冠中到杭州学画时的国立艺专，“从授课方式和教学观点的角度看，当时的杭州艺专近乎是法国美术院校的中国分校……塞尚、凡·高、高更、马蒂斯、毕加索……我们早就爱上了这些完全不为中国人民所知的西方现代美术大师”[①]。他到巴黎是1947年，林风眠、徐悲鸿等老师们已成明日黄花。但他到巴黎后的心境和学习经历，他学成归国时以艺术报国的志向，却与他的前辈大致相同。在历史上，20年只是短暂的一瞬。但中国现代绘画正是在这20年中出现了很大的转变，整个社会环境更发生了天翻地覆的变化。他的老师们当年所倡导的艺术，已经不被社会认可。正是在这样的形势下，他被分配到中央美术学院当教师。“我多么想将西方学来的东西倾筐似的倒个满地，让比我更年轻的同学们选取。”[②]但50年代的中央美术学院不是30年代的杭州国立艺专，就在吴冠中被看作资产阶级形式主义堡垒的时候，林风眠、庞熏琹、倪贻德在杭州国立艺专绘画系检讨他们以资产阶级形式主义毒害青年学生的过错。这些老师表示要改弦易辙，以执行新的教学计划的实际行动来“赎罪”[③]。与林风眠等人素有不同艺术观点的徐悲鸿，也在检讨自己“未能接近大众”的缺点。在这种形势下，认为美术院校教学的主要任务是认识、理解对象的美感，分析、掌握构成美感的形式的吴冠中被调离美术学院，也就算不上是什么奇怪的事了。

吴冠中有过多次选择的机会。第一次是在他25岁时，他在科技和艺术之间选择了艺术，“毅然转入杭州艺专”，“从此陷入茫无边际的艺术苦海”；第二次是在他30岁时，在巴黎和北京之间，他选择了北京——三年公费读完之后，虽然怀着尖锐的矛盾，但终于断然谢绝了苏佛尔皮教授替他申请延长公费的好意。前两次选择把他带向第三次选择，这一次比前两次选择要复杂得多。在30多岁的吴冠中面前，走哪条道路，并不只是他个人艺术旨趣所能决定的。他必须在艺术理想、个人前途、社会需要和政策所容许的诸多因素之间，寻找一条可以发挥自己一技之长的道路。事过境迁，今天的青年艺术家也许很难体会当时的画家所面临的困惑。但想想吴冠中的老师潘天寿画农民缴爱国公粮，方干民画军事学院毕业考试，也就会知道30多岁的吴冠中有多少勇气和固执。吴冠中毕竟是吴冠中，“我实在不能接受别人的‘美’的程式，来描画工农兵。逼上梁山，这就是我改行只画风景画的初衷”[④]。第三次选择，吴冠中不改变自己的艺术理想，他宁肯忍受冷落和寂寞，也不放弃对美、对形式的追求。在此后的20多年间，他不是那种被广泛宣传、引人注目的画家。但吴冠中生活在20世纪的中国，他不能对广大观众的艺术趣味置之不理，“群众点头，专家鼓掌”便成为自我审视的标准。这里的“群众”是他的乡亲，是山乡的老大娘或者南国海滨的渔民；而“专家”，他想到的是在巴黎的同行老友。他从未表示过要让中国传统绘画的“专家”对他的作品予以认可，这是值得注意的。有人指出，这种想在群众和专家的艺术趣味之间取得平衡的良好愿望，很可能搞得两头不落好。但吴冠中自得其乐地从什刹海边的斗室走向全国，“30个寒暑春秋，我背着沉重的画具踏遍水乡、山村、丛林、雪峰，从东海之角到西藏的边城，从高昌古城到海鸥之岛”，为了画画，他住大车店、渔家院子、工棚、破庙，啃干馒头、喝凉水[5]。数十年风雨兼程，他与普普通通的群众建立了紧密的感情和心理联系。如果有人因为吴冠中在艺术上的选择进而视他为脱离人民、疏远生活的画家，只能说是他对吴冠中缺乏最基本的了解。

当吴冠中在“群众点头，专家鼓掌”的原则指引下，寂寞地追求风景画的形式美感时，大多数中国画家走的是和他不同的道路。60年代初，他与董希文一起去西藏写生，他们都获得许多新鲜感受，带回来许多写生作品。但他的作品却不像董希文的西藏写生得到广泛的介绍。这里当然有种种因素在起作用，其中有一点是他们的写生有不同的出发点和追求。在50年代的油画家之中，吴冠中和董希文都是比较注意绘画性、表现性的，但董希文把这些作为表现社会、历史含义的手段，西藏的人和自然的美，不是他西藏之行的目的，他的目的是为《春到西藏》《千年土地翻了身》这些具有政治主题的作品积累感情和形象素材。而吴冠中更注意形象意境和形式美构成。我们拿他的写生《扎什伦布寺》和董希文的写生相比较，就可以感受到他对形式节律的感受和追求。他对那种认为凡是写生、描写或刻画具体对象的都是“习作”，只有描摹了事件、情节、故事的才算“创作”的观念十分反感。他的这种艺术思想之不合时宜，随着60年代社会形势的急骤变化，越来越显得突出。客观地讲，身在60年代中国的画家，没有哪一个不曾受到当时社会政治气氛的影响和感染。大家力图追赶不断变化的政治形势，感叹自己原有的艺术观念和艺术语言无法适应眼前的生活。有不少已经具有个人艺术面貌的画家，改变原有的手法和熟悉的题材，朝狭窄的“时代风格”靠拢。这种发展的极致便是那些表现“反修防修”、赞颂“无产阶级文化大革命”的绘画的出现。抛开这一类绘画不谈，以历史的眼光看60年代的绘画，能够代表当时中国社会精神的绘画绝不是吴冠中的风景作品，但“文化大革命”中的吴冠中，在“背朝青天，面向黄土”参加劳动之余，仍然在“天天看惯了的，极其平凡的村前村后去寻找新颖的素材……摸索形式美的规律和生命的脉络”。有相似心情与行动的画家不止吴冠中一人，石鲁在这方面有更强烈的表现。如果从日常生活的角度看待他们在60—70年代的特殊表现，无非是一些性格坚定的人对自己感兴趣的事物的迷恋，而从艺术史的角度看，他们代表着人类在一切反艺术、反人性的时代对于艺术和美的执着追求。正是靠这些艺术家，在艺术活动受到打击和压制的时候，维系艺术的传统精神于不坠。

一个画家的形象，只有在作品与观众进行了交流，并给观众留下某种情感印象时才能形成。在现代中国画家中，吴冠中与董希文、王式廓、石鲁、罗工柳、古元年辈相若。吴冠中、石鲁、古元同年出生，他们几个人在中国现代美术史上都具有不能忽视的地位，但他们艺术成熟、定型的年代却不相同。古元在40—50年代就已是著名版画家，此后他继续从事版画、水彩画创作，但他的主要作品的风格并没有显著变化；石鲁早逝，60年代是他的绘画创作成熟和全盛的年代；吴冠中开始绘画创作的时间和他们相同，但能代表他的风格的作品，是在80年代才出现的。他们三人作品的题材和绘画语言都不相同，这种差异的原因除了他们个人的性格、学养和艺术追求不同外，他们的创作也散射着不同年代文化气氛的反光。古元以质朴、浑厚的手法表现了革命岁月难忘的场面，《人民的刘志丹》《人桥》《调解婚姻诉讼》《减租会》等作品，是毛泽东《在延安文艺座谈会上的讲话》精神在美术创作方面的体现，是40年代时代精神的记录；石鲁从拘谨的写实转向慷慨激越的写意，是在50年代之后，他画中的黄土高原、华岳奇峰、傲岸倔强的花草，连同他那由朴厚转向奇险的皴线，堪称60年代长安风骨；80年代是中国人民穿过炼狱之苦的活跃、明朗的年代，时代气氛恰与吴冠中作品的整体情调相谐。“波洛克的狂肆洒泼出现在第二次大战的灾难之后，冠中的自由挥洒出现在‘文化大革命’灾难之后，经历大摧毁，生命显现出蓬勃新生如醉如狂的激情，也是自然的吧。”⑥吴冠中属于以后的年代。

吴冠中属于80年代。因为到80年代才有了发挥他艺术才华的环境，因为他的艺术与80年代的中国相依相契，因为我们从他的创作中感受到80年代中国人对美的自由追求。还在“文化大革命”结束之前，吴冠中已经在艰难的条件下画油画风景了。虽然恶劣的政治压力曾中断了他的艺术活动，但使人惊奇的是他不像同年龄的许多画家那样，需要一个苏醒、恢复期。从70年代起他一口气不歇地向前走，创作了好多乡野风景。《野菊》（1972）、《山间春》（1974）、《紫竹院公园》（1977）、《渔家院》（1977）、《小院春暖》（1976）、《苗圃》（1976）等画，充满了清澄质朴的韵味。这些画中往往满布草木枝杈，他有时用斑驳的笔触，有时用细挺的刀锋或笔杆来画出错落有致的线条，使朴素的乡野景色充满生意，它们成为吴冠中风景画中的特殊符号。70年代后期，江南水乡的粉墙黑瓦“回到”他的画幅之中。《绍兴》（1977）、《故乡小巷》（1981）等画将江南民居组织成明快而变化微妙的节奏，画面上大片墙壁构成灰白色调，似是在故里的怀恋中渗入了郁特里约式的情思。80年代中期的《江南村镇》《家》等画，依旧是粉墙、黑瓦、蓝天、灰地，但已不再有郁特里约怀旧的沉思，古老的水乡景色增添了前所未有的动感，宁静的屋宇似将与水波、飞燕一齐飞动，从来没有哪位画家以这种独特的方式表现过古老的水乡景色。

80年代吴冠中油画风格的变化，是与他在中国画创作的创新同步出现的。这种超越于题材特征的中国韵味，是画家同时耕耘于油彩、水墨两方园圃的收获。中国油画家之中有许多人兼擅水墨，但像吴冠中这样始终坚持齐头并进的画家却极少。他认为“油画的民族化与国画的现代化其实是孪生兄弟，当我在油画中遇到解决不了的问题时，将它移植到水墨中去，有时倒相对地解决了。同样，在水墨中无法解决时，就用油画来试试……”[⑦]在他的作品中，可以看到一些同一题材、构图而以水墨和油彩两种形式画成的两幅作品，他以这样对比、移植的方式，不断地丰富两种工具材料、两种绘画形式的不同表现力。他认为“吾道一以贯之”。欧洲古典画家有用油彩和版画（或素描）绘制同一作品的，但他们的版画（或素描）是油画作品的准备或复制；19世纪俄国风景画家列维坦曾同时在两幅画布上画同一幅风景，但像吴冠中这样，从建立在两种不同的文化基础上的两种绘画媒体间，寻求绘画语言的沟通和移植，确乎是创造性的试验。

1989年春天，吴冠中以70岁高龄再访巴黎，这次旅行的收获是一批描绘巴黎风情的油画。这批风景画在同年9月展出于东京，观众看到了以中国人的眼睛和韵律描画的法兰西文化情调。这些清逸淡雅的作品，显示出吴冠中在油画语言的发挥和中国式的诗情创造上已臻“着手成春”的境界。

吴冠中“回归”水墨，是在“文化大革命”之后，1979年在中国美术馆举办的个展，让观众第一次看到他的水墨画，这是一个流溢着生命的光彩和生命的活力的天地。《山村》（1977）中满目新绿的芋头叶芽，《笋林》（1979）中破土而出的遍地新笋，虽然作品表现大自然生命的萌动，在同时代中国观众心目中，却引发很多历史的、社会的联想。进入80年代之后，他的画笔越来越轻快有力，他从各种不同类型的对象身上抓取生命运动的旋律。70年代末在湘西、重庆所画的风景还保留着早期绘画的风味，从1980年画的《渡河》《根》，1981年的《桑园》《流》，到1982年的《春雪》和1983年的《汉柏》等，显示画家已经找到了一条属于他个人的风格路径。这是一条由清丽、工

图1　吴冠中《汉柏》

谨向欢快恣肆发展的道路。到80年代中期，吴冠中到达具象与抽象的临界线。《松魂》（1984）、《大江东去》（1985）、《春山雪霁》（1986）这一批作品标志着吴冠中风格的成熟。

《松魂》的创作始于80年代初，他曾登泰山，为传说是秦代古松的“五大夫松”（是清代在“五大夫松”旧地重植者）写生传神，但现实生活中的“五大夫松”没有他所想象的那种气势。后来又画了巨幅的“五大夫松”，仍然没能使他自己满意。一个偶然的机缘，他从“五大夫松”想起了罗丹的《加莱义民》，坚毅不屈的自然界勇士与坚毅不屈的人类历史上的勇士两种形象在他心灵中撞击融合，他所酝酿的不再是具体的树木，而是体现着某种人格力量的生命运动，“我想捕捉松魂，试着用粗犷的墨线表现斗争和虬曲，运动不停的线紧追着奋飞猛撞的魂。峭壁无情，层层下垂，其灰色的宁静的直线结构衬托了墨线的曲折奔腾，它们相撞相咬，搏斗中激起了满山彩点斑斑，那是洪荒时代所遗留的彩点？”[⑧]从画家本人的创作笔记中，我们清楚地了解到在这幅“已偏于抽象”的作品创作的全过程中，他从来不曾离开中国传统文人心目中松树的精神力量去单纯考虑它的形式构成。吴冠中常常提示自己保持“风筝不断线”，即作品与现实生活的联系，绘画形象与自然物象的联系不能中断。他担心《松魂》“已濒于断线的边缘”，从绘画形象的角度看似乎是如此，但从对描绘对象——松树的理解和表现看，《松魂》仍然是十足的中国魂。数千百年来，中国的诗人和画家就是这样观察、想象、评价松树的性格、力量和灵魂的，吴冠中并没有脱离这条思路。但他的“担心”绝不是空话，《松魂》之后，吴冠中确实“濒于断线的边缘”而止步。以他喜爱的山岳和树木来比较，80年代中期以后，这类题材的绘画处理在不断发展，但大都循着“减法”的趋势

图 2　吴冠中《鱼之乐》(油画)

走。1987 年的《彩山》，1988 年的《山村》和《戒台寺卧松》在整体构成和点线运用上，比 80 年代中期诸作显得更为精练和精致，但就抽象性因素而言，并不比《松魂》《春山雪霁》走得更远。1979 年画的《卧佛》和 1988 年画的《阿旃陀佛》，也能看出类似的发展，两幅画的题材、构图大致相似。《卧佛》画的是四川大足石雕，画面上有着较多的"物质性"，经过十年岁月的冲洗，这种"物质性"在《阿旃陀佛》中已所余无儿。画家用极度简略的细线、淡墨勾画了一个充盈着精神性的梦幻世界。它不一定是佛陀“永生常乐”的境界，但我们可以品味出画家在艺术探索跋涉中的觉悟。画上题有这样一句话：“常梦印度 AJANTA”，吴冠中在经历了长期、大量艰辛繁重的写生活动之后，终于进入了另一个艺术世界：他像画史上的那些中国画家那样，在画室里回味、想象、放笔直写。这种自由却是他走南闯北、东寻西找、上下求索之后才得到的自由。我再次想到宗白华先生所欣赏的一段话，那是一位诗人谈美的创造之艰辛，我们可以借用来理解吴冠中的艺术道路。这位诗人认为诗并不像大家所想象，徒是情感，而是经验，“单要写一句诗，我们得要观察过许多城许多人许多物”，得要亲身经历种种不同的情感体验，“可是单有记忆犹未足，还要能够忘记他们，当它们太拥挤的时候，还要有很大的忍耐去期待它们回来。因为回忆本身还不是这个，必要等到它们变成我们的血液、眼色和姿势了，等到它们没有了名字而且不能别于我们自己了，那么，然后可以希望在极难得的顷刻，在它们当中伸出一句诗的头一个字来”⑨ 。当中国观众在 20 世纪 90 年代欣赏吴冠中自由轻快的笔墨时，很少有人会同时想到他所经历的一切，曾经激励过他的希望和热情，曾经使他流汗的攀登和跋涉，还有使他流泪的横暴和幻灭……熊秉明说吴冠中是“画幸福的画家”，但画幸福的画家所经历的绝不只是幸福，甚至可以说正因为他有过太多的经验、记忆和“忘却”，他艺术中的幸福才显得那样丰厚和自然。

作为画家的吴冠中，也是一个有独特贡献的美术评论家。他本来就有着出色的文笔，那是像泉水一样喷涌而出的思绪，并且不曾经过着意修饰。他写的评论，由于基本见解来自丰富的创作实践，更显得明晰、锐利、一针见血。1978 年以后，他接连著文⑩，论述绘画形式美和抽象美在美术创作中的重要意义，并对美术创作中“内容决定形式”的命题提出质疑。如果以哲学教科书的尺度去衡量，也许能找出一些论证欠充分，推理不严密的地方。但如果看理论文章对美术创作的积极影响，看理论文章对开阔美术家思路的作用，80 年代中国美术理论领域里，吴冠中的地位是不可忽视也无可替代的。吴冠中的成就，最使美术史家注意的一点是在他身上重现了一个有独立思想、有独立人格，对自己的时代和人民满怀热情的画家形象。

吴冠中是以油画家的身份登上现代中国画坛的。作为半个世纪以前去西方学画的留学生，他是能够完全摆脱西方美术院校画室、模特儿而不影响绘画技能发挥的人物。在他之前有许多留学欧美、日本归来的画家都曾学得可观的油画技巧，不过他们一旦脱离学院型的画室和模特儿，油画技巧便大打折扣，前后作品判若两人。向往“油画民族化”的油画家数量也不少，在这方面真正有所进展的油画家却并不多。吴冠中在油画创作上的贡献是在保持油画本身表现力的前提下，画出了一批中国风味的油画。

吴冠中对传统中国绘画的贡献，是走出了一条不受传统程式拘束的融汇中西的道路。他不以文人画的继承者自居，不以传统笔墨的继承者自居，在无所顾忌、无所约束的心态下画出了具有中国艺术精神，而非中国艺术形式的作品。

但他并没有抛弃传统笔墨的精神。他在传统笔墨形式如皴法之外，对线和点的表现力做了新的拓展，他创造出了新的水墨画节奏，因此也就拓展了现代观众的审美趣味。这种新节奏的核心是表现生命的运动。

这样，他给后来者展示了一个新的可能性——不刻意摹古，不刻意追随历史上的大师，也有可能创作出有十足中国风味的绘画。而我们向来认为离开古代大师的具体形式，我们就会失去绘画的民族特色。

吴冠中也是中国现代绘画史上最强调形式、形式美、抽象美意义的画家。在他之前，没有哪个画家对这些问题作如此直截了当的透彻阐述；在他之后，虽然新手如林，但他们在艺术实践方面还没有超越吴冠中所曾探讨过的问题的范围。

吴冠中对自己的艺术并不满足，他认为自己的创作“从造型艺术角度看，不成熟，经不住锤打”[11]。但他的勇气、韧性和热情，弥补着那些不成熟的方面。对于一个艺术家来说，他具有许多中国画家所缺乏的那种对生活和艺术的不息的热情。

1991 年 5 月 4 日

注释：

① 吴冠中：《出了象牙之塔——关于前国立艺术专科学校的回忆和掌故》，《美术史论》1985 年第 1 期。

②④ 吴冠中：《忆我的艺术生涯》，载《中国当代美术家・吴冠中》，四川美术出版社 1989 年版。

③ 《杭州国立艺专绘画系教学小组会议记略》，《人民美术》1950 年第 1 期。

⑤ 吴冠中：《望尽天涯路——记我的艺术生涯》，《人民文学》1982 年第 10 期。

⑥ 熊秉明：《吴冠中画集》“序”，香港德艺艺术公司 1987 年版。

⑦ 吴冠中：《土土洋洋　洋洋土土——油画民族化杂谈》，《文艺研究》1980 年第 1 期。

⑧ 吴冠中：《风筝不断线——创作笔记》，《文艺研究》1983 年第 3 期。

⑨ 里尔克：《柏列格的随笔》，转引自宗白华《美学散步》，上海人民出版社 1981 年版，第 16 页。

⑩ 《绘画的形式美》,《美术》1979年第5期;《关于抽象美》,《美术》1980年第10期;《油画实践甘苦谈》,《文艺研究》1981年第2期;《内容决定形式?》,《美术》1981年第3期。

⑪ 熊秉明:《访问吴冠中》,原载《文星》杂志,引自《中国当代美术家·吴冠中》,四川美术出版社1989年版。

(1991年第4期)

中西诗学中的镜子隐喻

乐黛云

类比是人类认识世界的重要途径。一个比喻，如果偶尔提及，那只是在特定时间和空间说明某一问题；如果在某一领域被多次提到，并成为反复说明某种理论的依据，那么，它本身就成为构筑这一理论的组成部分。在这种情况下，研究这种比喻就成为理解这种理论的一个方面。

在中西诗学中，镜子就属于这样一种比喻。

西方从柏拉图开始，就用镜子作为比喻来说明文学艺术的模仿本质。他认为艺术家就像旋转着镜子的人一样，“拿一面镜子四面八方地旋转，你就会马上造出太阳、星辰、大地、你自己、其它动物、器具、草木……”[①]在他看来，绘画、诗歌、音乐、舞蹈、雕塑……都是模仿，有如镜中的影像。在柏拉图之后，镜子这个隐喻在诗学领域内长期被沿用，并派生出了多方面的意义和用法。

沿着柏拉图的思路，镜子被许多西方诗学家用来比拟映照出周围世界的艺术作品。相传曾是古罗马著名修辞学家西赛罗的名言，喜剧是“生活的摹本，习俗的镜子，真理的反映”[②]，这句话曾被广泛引用；荷马的史诗《奥德修纪》被称为“人类生活的一面美丽的镜子”[③]，莎士比亚被认为“应该受到这样的称赞：他的戏剧是生活的镜子”[④]。

但是，镜子隐喻毕竟是用两维的平面来反映多维的生活，当19世纪长篇小说兴起，反映的生活更为复杂时，镜子的隐喻就被赋予了动态的性质。例如法国著名作家司汤达就说：“一部小说是一面在公路上奔驰的镜子”[⑤]，是在运动中反映生活。卡夫卡在讨论毕加索的画时更指出毕加索的艺术“是一面像表一样‘快走’的镜子”，“记下了尚未进入我们意识范畴的变形”[⑥]。

然而，文学艺术毕竟不只是反映客观世界，它与作者的思想感情密切相关。16世纪英国诗人马洛已开始指出诗歌不仅反映周围的客观现实，同时也反映了诗人的心灵，他说，“就像永不凋谢的花朵，从诗中我们可以看到人类智慧的最高成就，就像镜中反映的一样”[⑦]。浪漫主义的前驱，德国诗人歌德进一步借少年维特之口，喊出：“啊！要是我能把它再现出来，把这如此丰富，如此温暖地活在我心中的形象，如神仙似的哈口气，吹到纸上，使其成为我灵魂的镜子，就像我的灵魂是无所不在的上帝的镜子一样，这该有多好啊！”[⑧]这里，歌德强调的是作品不仅反映外在世界，而且也反映作者的灵魂。英国浪漫主义诗人雪莱进一步指出，“诗是生活惟妙惟肖的意象，表现了它的永恒的真实……一个失实的故事有如一面镜子，模糊而且歪曲了本应是美的对象；诗歌也是一面镜子，但它把被歪曲了的对象化为美”[⑨]。雪莱赋予镜子隐喻新的含义，这不是一面普通的镜子，而是能够“把被歪曲的对象化为美”的镜子，它只反映生活中的美好方面。列宁在谈到“托尔斯泰是俄国革命的一面镜子”时，他也是在不只一般反映而且反映某些本质方面这个意义上来应用镜子隐喻的。列宁提出问题说：“把这位艺术家的名字与他所显然没有了解，显然避开的革命联在一起，初看起来，也许显得是奇怪和勉强的。分明不能正确反映现象的东西，怎能叫它作镜子呢？”列宁指出，托尔斯泰的作品里“反映出革命的某些本质的方面”，“的确是我们革命中的农民的历史活动所处的各种矛盾状况的一面镜子”[⑩]。可见列宁所用的镜子隐喻不只是反映浅层的现象，而且有深入反映本质的作用。

无论是反映周围生活，反映作者主观思想感情，反映美，反映本质，西方诗学都是用镜子来比喻作品。作为镜子，首先被强调的特征是逼真，不仅是表面的逼真，而且是实质的逼真，不仅逼真地反映外在世界，而且也逼真地反映内在心灵；不仅是静态的反映，也是动态的反映。

镜子，在中国诗学中也是一个贯穿始终，经常被用来说明文学艺术本质的隐喻。但是用法与西方很不相同。比柏拉图早一百多年，老子就已经用了镜子这个隐喻，他用镜子来比喻人心。《道德经》第十章：“涤除玄览，能无疵乎！”高亨注说：“览、鉴古通用。玄者，形而上也，鉴者，镜也。玄鉴者，内心之光明，为形而上之镜，能照察事物，故谓之玄鉴。”[⑪]老子认为人心就像镜子一样，必须洗涤除尘，免去瑕疵。比柏拉图晚一百年左右的庄子进一步指出：“至人用心若镜，不将不迎，应而不藏，故能胜物而不伤。”[⑫]他认为人心能和镜子一样公正完美地反映周围的事物，而镜子所以能起这种作用就因为它的不偏不隐。庄子又说：“水静则明烛须眉，平中准，大匠取法焉。水静犹明，而况精神！圣人之心静乎！天地之鉴也，万物之镜也。”[⑬]只有保持一颗圣人才有的明静的心，才能理解万物之情，所以说：“抱大圣之心，以镜万物之情。”[⑭]

自从佛教传入中国，镜子的比喻又多了一层含义，那就是“空”和“虚”。东晋时期的长安和尚僧肇（384—414）认为，“夫至人虚心冥照，理无不统，怀六合于胸中，而灵鉴有余；镜万有于方寸，而其神常虚”[15]。这显然和庄子所说的“至人用心若镜”一脉相承。但他所强调的不仅是镜子“不将不迎”的“正”，和“应而不藏”的“真”，而首先是镜子的“虚”。正因为镜子本身的空无一物，它才有“怀六合”，“镜万有”的可能。

唐末，洞山良价禅师在他所传的《宝镜三昧》中更进一步认为镜（心）、形（物）、影（镜像）三者都是虚幻，他说：“如临宝镜，形影相睹，汝不是渠，渠正是汝。”[16]形不是影，影却正是形。如果“以镜照镜”，虚幻的形影就会至于无限。《楞严经》和《华严经》都谈到佛教讲经场所，常在四面八方安置许多圆镜，“方面相对”，“使其形影，重重相涉”，“交光互影，彼此摄入”，以说明世间万事万物都是一“理”在镜像中的反映，有如“月映万川”：作为“理”的“月”，只有一个，作为事像，映于“万川”的月影却可以无限。宋《高僧传》记载法藏和尚为了说明同一道理，曾取十面镜子，“八方安排，上下各一，相去一丈余，面面相对，中安一佛像，燃一炬以照之，互影交光，学者因晓刹海（瞬息万变的世界）涉入无尽之意。”类似的比喻道家也有。唐末道士谭肖所著《化书·道化·第一》就说：“以一镜照形，以一镜照影，镜镜相照，影影相传；是形也，与影无殊，是影也，与形无异。”总之，形影相照，全属虚幻。

中国诗学受佛、道的影响极深。当诗论家用镜子作为隐喻时，也是一方面强调其“静”，一方面强调其“虚”。明代诗论家谢榛就曾以镜子来比喻诗人之心。他说：

> 夫万景七情，合于登眺，若面前列群镜，无应不真。忧喜无两色，偏正唯一心，偏则得其半，正则得其全。镜犹心，光犹神也。[17]

除“静”之外，镜子的“真”与“正”也作为特征被强调出来。只有一颗纯真而正直的诗人之心才能描绘出客观和主观的“万景七情”。用镜子来比喻诗人之心的“静”与“真”和“正”，这样的用法在中国诗学中经常出现，直到20世纪，著名现代诗人郭沫若，还在类似的意义上用了镜子的比喻。他说：“我与诗人的心境譬如一湾清澄的海水，没有风的时候，便静着，如像一张明镜，宇宙万汇的印象都涵映在里面……”[18]

不仅明静，还要虚空。明代哲人王阳明的弟子徐爱曾说：“心犹镜也，圣人之心如明镜，常人之心如昏镜”，“昏镜”就是镜中已有物而不能“空明”。因此，王阳明说：“圣人之心如明镜，只是一个明，则随感而应，无物不照，未有已往之形尚在，未照之形先具……只怕镜不明，不怕物来不能照。”有了“已往之形”或“先具之形”，镜子就成了“昏镜”，必须在“磨上用功”，“磨镜而使之明”[19]。从诗学上来说，就是必须要有像明镜一样“虚”和“空”的心境，才能写出好诗。因此，陆机强调创作之始，首先就要“收视反听”，才能“耽思旁讯”，才能“精骛八极，心游万仞”[20]。意思是说，只有不视不听，心不外驰，才可沉思广求，以至精神驰骛于八极，心灵浮游于万仞。苏东坡也说：

欲令诗语妙，无厌空且静。

静故了群动，空故纳万境。[21]

像镜子一样“静”和“空”的心境，是审美创作的重要条件。

综上所述，中国诗学通常不是用镜子来比喻作品，而是比喻作者的心。如果说西方诗学的镜子隐喻强调的是逼真、完全、灵动；中国诗学的镜子隐喻则是强调空幻、平正、虚静。

另外，中国典籍对镜子还有另一种用法，根据这种用法，镜子既不是喻作品也不是喻作者之心，而是比喻向作者提供作者自我形象的周围环境。墨子在其著名的论文《非攻》中，很早就说过：“君子不镜于水而镜于人，镜于水，见面之容，镜于人则知吉与凶。”唐太宗也常说：“夫以铜为镜可以正衣冠；以古为镜，可以知兴替；以人为镜，可以明得失，朕常保此三镜以防己过。”[22]这和当代精神分析学代表人物拉康所说的“镜像阶段”当然有本质的不同，但在用镜子隐喻来说明客体对主体的映照这一点却是相似的。拉康认为六个月至两岁半之间的儿童通过自己在镜子中的影像认识自己。最初，他把镜子中的影像看作一个现实事物，后来把它看作他人的影像，最后才把它与自身主体联系起来，主体形成了自己基本的人格同一性。因此，拉康说：

镜像阶段是一个戏剧，根据对空间的确认，这个戏剧的内在动力逐渐把儿童从身体的不完整形象导向我们称为他的身体的整体性的外科形状学的形式。[23]

后现代主义文学进一步认为主体——“我”这个概念正是由语言和社会赋予的，恰如镜子给儿童提供了自己的形象。动物没有语言，它们就很难知道自己是什么模样。人总是在语言和对他人（社会）的模仿中形成自己的自我。这和中国的“镜于人”“镜于古”就有某些相通之处。

钱锺书先生把中国和西方关于镜子隐喻的多层含义综合在一处，作了极富启发性的描述。在他的一篇早期论文中有这样一段意味深长的话：

> 我们对于世界的认识，不过是一种比喻的、像征的，像煞有介事的诗意的认识。用一种粗浅的比喻，好像小孩子要看镜子的光明，却在光明里发现了自己。人类最初把自己沁透了世界，把心钻进了物，建设了范畴概念。这许多概念慢慢地变硬、变定，失掉本来的人性，仿佛鱼化了石。到自然科学发达，思想家把初民的认识方法翻了过来，把物来统治心，把鱼化石科学概念来压塞养鱼的活水。[24]

“小孩子要看镜子的光明，却在镜子里发现了自己。”这既包含拉康的“镜像阶段”的意味，也包含了中国的“镜于人”“镜于古”的意味。以下关于鱼化石的比喻进一步说明了各种通过语言表现出来的规范和模式原是人造的，是一种诗意的认识，但却反过来“僵化”“固定”了人的“自我”。孩子在镜子里“发现自己”应有两层含义：一层是说原属于“非我”的“客观”的一切概念，其实是人类自造的；另一层是说人类通过语言建设起来的“范畴概念”，有如镜子为人类的自我提供了模式。因为人类自我的形成无法离开语言和对他人的仿效。由此可见，孩子在镜子中所发现的自己，既是自己又不是自己，它包含着他人眼光中的自己，也包含他人认为自己应该是如此的“自己”。这里，镜子所比喻的，就是形成和塑造（通过仿效）自我的语言和社会。

如上所述，中国和西方虽然用法不同，但都有把镜子喻为映照人类自身的客观世界的。前面所谈西方多以镜子喻作品，中国多以镜子喻人心，也无非是大体而言，事实上中国也有以镜子喻作品，西方也有以镜子喻人心的，但其用法也往往截然相异。例如意大利著名画家达·芬奇就曾明确指出：“画家的心，应该像一面镜子，永远把它所反映事物的色彩摄进来。前面摆着多少事物，就摄取多少形象。明知除非你有运用你的艺术对自然所造出的一切形状都能描绘（如果你不看它们，不把它们记在心里，你就办不到这一点）的那种全能，就不能做一个好画师。”他还强调：“画家应该研究普遍的自然，就眼睛所看到的东西多加思索，要运用组成每一事物的类型的那些优美的部分。用这种方法，他的心就会像一面镜子，真实地反映面前的一切。”[25]显然，达·芬奇也是用镜子来比喻艺术家的心。但这和中国的用法全然不同，他强调的不是镜子的空、幻，恰恰相反，而是它反映复杂色彩、形象、类型的能力。中国诗学中也有用镜子来比喻作品而不是比喻作者之心的，如严羽《沧浪诗话》：“诗者，吟咏情性也……如空中之音，相中之色，水中之月，镜中之像，言有尽而意无穷。”谢榛《四溟诗话》认为：“诗有可解、不可解，若水月镜花，勿泥其迹可也。”这里虽然用镜子比作品，但所强调的仍然是“空幻”。明代诗论家胡应麟在《诗薮》中说：

> 譬如镜花水月：体格声调，水与镜也；兴象风神，月与花也，必水澄镜朗，然后花月宛然，讵容昏鉴浊流求睹二者？

胡应麟把文学作品分成两部分，一部分是“体格声调”，即声调、格律、辞藻、章句等所构成的诗的“载体”（水与镜）；另一部分则是体现在这一载体之中的“兴象风神”，即诗人想要传达给读者的形象、兴味、联想、寓意、精神等等（月与花）。胡应麟认为前者必须清朗、澄明，才能将后者加以呈现。虽用镜子比喻作品的形式，但强调的是明静，而不是西方诗学用镜子隐喻时通常强调的完全、逼真。

再拿“以镜照镜”来说，也可以看出全然不同的用法。例如德国新教教义的先驱者爱克哈特，德国著名的诗人戏剧家黑贝尔，爱尔兰伟大诗人、剧作家叶芝等都曾用过“以镜照镜”的比喻。但他们都不是像佛典、道籍那样用这个例子来说明“理”和“事”的深奥玄理，而是用来说明并无创造力的相互模仿。例如叶芝说：“你的通信人引我的话说辛格先生的作品过于文饰，满是以镜照镜反映出来的形象，他是正确的。”[26]中国文论中也有类似叶芝的用法，清代李元复的《常谈丛录》就曾批评司空图的《诗品》以诗体谈诗艺，难以充分说明，他说：“《诗品》原以体状乎诗，而复以诗体状乎所体状者，是犹以镜照人，复以镜照镜。”[27]但是，大部分中国诗家却在佛、道典籍的基础上用“以镜照镜”来比喻一种复杂交错的意境。正如钱锺书所说：“己思人思己，己见人见己，就犹甲镜摄乙镜，而乙镜复摄甲镜之摄乙镜，交互以为层累也。”[28]他举了许多实例，最明显的如张问陶《船山诗草》第14卷《梦中》“已近楼前还负手，看君看我看君来”，王国维《苕华词·浣溪沙》：“试上高峰窥皓月，偶开天眼觑红尘，可怜身是眼中人。”其实，日本镰仓初期的禅师明惠上人关于月亮的一首和歌也是同样的意思：“心境无边光灿灿，明月疑我是蟾光”，是就“我”以纯洁无垠的心面对明月（甲镜摄乙镜），“我”是甲镜，“月”是乙镜，第二句“明月疑我是蟾光”，明月“因我”明静如月的心境而误以为“我”就是月亮本身。作为乙镜的明月摄取了“我”（甲镜）的面对明月（甲镜之摄乙镜），“而”我（甲镜）又进一步理解了月亮对我的理解。这就有了三层意思：甲镜摄乙镜，乙镜摄“甲镜之摄乙镜”，甲镜复摄“乙镜摄甲镜之摄乙镜”。这正是佛家所讲的“镜镜相照，影影相传”，这就不是叶芝所讲的反复摹仿，而是钱锺书所讲的“互为层累”，层层相映，引向更为深邃的缥缈虚无。

为什么西方总是用镜子来强调文学作品的逼真、完全、灵动，而中国却往往用镜子来形容作者心灵的空幻、平正和虚静呢？为什么即使是西方艺术家也同样用镜子来比喻心灵，中国诗学家也同样用镜子来比喻作品时，其所强调的内容仍然如此不同呢？甚至用同一个比喻“以镜照镜”来比喻诗学现象时，其美学之间的距离仍然如此遥远呢？

这可能与传统的中西思维方式不同有关。一般来说，西方传统思维方式往往强调主观与客观的二元对立。主体独立于客观世界并为它赋形和命名。认识世界是一个对外在于主体的客观对象进行观察、分析、切割、反映和综合的过程。人要超越自身，只有依靠外在的力量，如上帝的拯救。因此，西方诗学所强调的也就是如何逼真、完全、灵动地反映这一认识和超越的过程。中国传统思维方式认为主体与客体世界原属一体，所以强调“反求诸己”，强调“尽心、知性、知天”，“天道”本来就存乎人心，穷尽人心乃知天理，对世界的认识不假外求，而只要从内心去发掘。人要超凡入圣也无须从外在的力量去探求，而只要从人内在的本性去领悟。因此，最要紧的是一颗空灵、虚静、澄明的心。中国诗学所强调的也就不是如何去视、听、观察、反映世界，而是“收视反听，耽思旁讯”，也就是说，不视不听，静思以求。

另外，中国古人还常常用一种“负”的方式来进行思维。近人冯友兰先生认为：“真正形上学的方法有两种，一种是‘正’底方法；一种是‘负’底方法。‘正’底方法是用逻辑分析法讲形上学。‘负’底方法是讲形上学不能讲。讲形上学不能讲，就是一种讲形上学的方法。”[29]例如画月，用“正”的方法画，则可以用线条描一月或用色彩涂一月。他画的月亮，就在他所画的地方。用“负”的方法画，则他不用线条或色彩来画月亮本身，而是在纸上“烘云”，即画许多云彩，而在所画的云彩中留一圆形或半圆形空白。他画的月亮正在他所不曾画的地方。这种“负”的方法是中国传统的一种思维方式。在古远的《道德经》中，老子就举了很多例子，谈“无”的作用。例如说：“埏埴以为器，当其无，有器之用。”意思是用陶土制成饮食的器皿，真正起作用的并不是陶器本身，而是陶器所构成的空间。中国传统诗学强调的也是“不涉理路，不落言筌”，“不着一字，尽得风流”等等，也就是说中国传统诗学主要关注的不是语言实体本身，而是语言所构成的各个层次的空间。因此，当用镜子来作比喻时，中国诗学首先强调的就是镜子的虚幻和空无一物。

综上所述，我们是不是可以说中西诗学关于镜子隐喻的不同用法正是反映了中西思维方式和中西诗学着重点之不同呢？

注释：

① 柏拉图：《理想国》第10卷，载《柏拉图文艺对话集》，朱光潜译，人民文学出版社1959年版，第65页。

② 这句话曾广泛被引用，相传出自古罗马演说家、修辞学家西赛罗（前106—前43）之口。参见G. G. 史密斯编《伊丽莎白时期批评文选》第一卷，第369—370页。

③ 亚里斯多德：《修辞学》Ⅲ，iii，第1406页。

④ 塞缪尔·约翰逊：《约翰逊论莎士比亚》，第11页。

⑤ 转引自普林斯顿大学《诗与诗学百科全书》，1986年，第640页。

⑥ 转引自冯宪光《艺术毕竟是一面映照人生的镜子》，《文艺报》1990年6月30日。

⑦ 转引自艾布拉姆斯《镜与灯——浪漫主义文论及批评传统》，郦稚牛、张照进、童庆生译，王宁校，北京大学出版社1989年版，第363页。

⑧ 歌德：《少年维特之烦恼》。

⑨ 雪莱：《文学批评和哲学批评》。

⑩ 列宁：《列甫·托尔斯泰是俄国革命的镜子》。

⑪ 高亨：《老子正诂》，第24页。

⑫ 庄子：《应帝王》。

⑬ 庄子：《天道》。

⑭《淮南子·齐俗训》。

⑮《肇论·涅槃无名论·妙存第七》。

⑯《五灯会元》卷一三。

⑰ 谢榛：《四溟诗话》卷三。

⑱ 郭沫若：《三叶集·郭沫若致宗白华》，载《郭沫若全集》文学编第15卷，人民文学出版社1990年版，第14页。

⑲ 以上三段引文均见王阳明《传习录》。

⑳ 陆机：《文赋》。

㉑ 苏轼：《东坡集》卷一〇。

㉒ 转引自《太平御览》，第3177页。

㉓ 拉康：《拉康文集》，第97页。

㉔ 钱锺书：《中国固有的文学批评的一个特点》，《文学杂志》1937年8月第4期。

㉕ 达·芬奇：《笔记·卷二》，载胡经之、伍蠡甫主编《西方文艺理论名著选编》上卷，北京大学出版社1985年版，第161页。

㉖ 参见钱锺书《谈艺录》，中华书局1984年版，第371页。

㉗ 李元复：《常谈丛录》卷六。

㉘ 钱锺书：《管锥编》第一册，第115页。

㉙ 冯友兰：《新知言》，载《三松堂全集》第五卷，河南人民出版社1986年版，第173页。

（1991年第5期）

新时期篆刻艺术派别论

牛克诚

新时期篆刻艺术派别的形成与存在已是一个基本事实。这种派别不同于篆刻史上的浙派、皖派，它是跨越了地域的界限、超出了师承的脉络，完全是靠着各个作者在审美价值取向上的趋同而自然组成的聚散无定的集合式群体。心理流向的相通是这种派别由以建立的基础，而它最终，也是最直接地在印面形式上被我们切实地感知。诚然，在整个篆刻史的长河中，新时期的篆刻创作还正处于一个继往开来的阶段，它不是凝固了的，它仍在向着未来不断地发展、流动。但是，这并不会成为我们在界定与分析这一时期篆刻派别时的困难，也不应该成为我们逃避这种界定与分析的遁词。因为，尽管新时期的篆刻创作仍处在发展与流动之中，但一个明显的趋势却正益愈呈现出来，即，这种发展与流动并不是漫无目标的，它波澜壮阔也罢，它默默潜淌也罢，最终，它是向着两个基本的端点奔赴而去的。“金”与“石”这两个我们久已用滥了的概念，就分别成为这两个端点的标志：它们既是新时期篆刻创作的两种取法对象，以此，新篆刻家们与遥远的传统相沟通；又是两种印面形式，以此，我们可以直接地领略到这一时期篆刻的基本风貌。它既浓缩了新时期篆刻家们的两种审美意识、造型观念，以此，新篆刻家们自动地、无形地结成了两大体系与阵营；又折射了我们民族心理深层的两种哲学观念，以此，新时期的篆刻从技术与艺术的天地中走出而涌入民族文化的洪荒巨流之中。

一、金派与石派：以印章为本体的划分

（一）“金的景象”与“石的景象”：两种印面形式感

铸金与刻石是我国古代记录语言的两种重要方式，“金”与“石”成为那一时期的文字所附着的物质载体。从汉代以来，人们就习惯于把记有文字的材料称为“金石”，

至宋代，便已蔚为一种显学。但是，从文人篆刻兴起后的历史看，“金石”这一古代文字材料的总体，正日益被“金”与“石”这样两个具有各自明确界域的范畴所划分。其实，这不过是对“金石”的原初意义的复归，因为，在金石并称之前，金与石就分别充当着类似于今天的“纸”的角色。

“金”在古代有两种意义。一为金属的总称，如《尚书·吕刑》疏：“古者金银铜铁总号为金”；《诗·小戎》疏亦云：“金银铜铁总名为金。”所谓的“五色金”，大体代表了作为金属之金的含义：金为黄金，银为白金，铜为赤金，铅为青金，铁为黑金。“金”的另一种意义是指的铜。因此，一切铜质器具也便称为“金”。如《国语·楚语》“而以金石匏竹之昌大嚣庶为乐”，注云：“金，钟也”；《周礼·钟师》“掌金奏”，注：“金谓钟镈也”；《国语·楚语》“金足以御兵乱”，注云：“金，所以为兵也”；《庄子·列御寇》“为外刑者金与木也”，注曰“金谓刀锯斧钺”……《素问·五常政大论》“革金且耗”，注：“金谓器属也”，算是对金的这种意义的总括。或是为着记功、或是为着标明器用的所有、或是为着祝愿吉祥，这些金属器具上往往铸、凿或多或少的文字，这也便是“金石学”意义上的“金”了。亦即是说，我们所着意与“石”区别开来的“金”，是指古代以金属（主要为铜）为物质载体的文字形式，可称之为“金系文字”。它主要包括铜器（主要指三代铜器）铭文、诏版文、权量文、货币文、铜镜文等。而古代印章文作为明清文人篆刻的远宗就更自然地归入这种“金”的范围之中。因此《淮南氾论》“盗管金”注曰：“金，印封”，《后汉书·冯衍传下》注云：“金谓印也。”

尽管“石”的定义古今一辙（如《说文解字》云：“石，山石也”），但在“金石”意义上的“石”却也不仅仅是对自然性状下的石的称谓。《文选·文赋》“被金石而德广”注曰：“石，碑碣也”；《吕览·求人》“故功绩勒乎金石”注：“石，丰碑也。”可见，最初的与金石学中的“金”相对的“石”主要指的是碑刻文字。这种定义一直延续到明代。清代以来，“三古遗物，应世而出，金石之出于丘陇窟穴者，既数十倍于往昔，此外如洹阴之甲骨，燕齐之陶器，西域之简牍，巴蜀齐鲁之封泥，皆出于近数十年间，而金石之名，乃不足以该之矣”[①]。“石”的所指范围在扩大。陆心源《千甓亭古砖图释》，高鸿裁《上匋室砖瓦文攈》，陈介祺《簠斋藏陶》，吴式芬、陈介祺《封泥考略》等即主要集录的是陶文、砖文、瓦文、封泥等。这些也都成了金石学意义上的“石”了。我们所着意与“金”区别开来的“石”，也即是以石质材料为物质载体的文字形式，可称之为“石系文字”。它包括刻石、碑文、墓志、陶文、砖文、瓦文、摩崖、买地莂等。

我们把古代文字的载体区别为“金”与“石”两个系统，我们不再把古今篆刻家们所取法的文字形式笼统地称为“金石”。这不仅仅是个概念之争，这也不仅仅是一种质地与形态的区别。实际上，当我们沿着“金”与“石”的两条轨迹，去观照明清以来的文人篆刻时，我们不禁有些惊讶地发现，一部篆刻史不过是金系与石系两种文字形式的再生与创造的历史。这部历史的大概是：自明初至清末，是“金系文字”占主导地位的阶段，这一时期的文彭、何震，乃至赵之谦的篆刻都是在石质材料上变化了金系文字。此后，以黄士陵、吴昌硕、齐白石等为代表的近代篆刻则进入了金系（黄）与石系（吴、齐）并存的时期（见图 1）。[②]同样，新时期的篆刻艺术也仍沿着金与石这样两个基本走向而发展，并由此形成了新时期篆刻创作的两大派别：金派与石派。金派篆刻胎息于金系文字，他们以古玺、汉印、镜文、刀币文等为取法对象，并借鉴了同样是来源于金系文字的黄士陵、赵之谦等人篆刻中的形式因素；石派篆刻则取法于砖文、陶文、碑文等石系文字，并把吴昌硕、齐白石、来楚生等人变化于石系文字的艺术结晶融会到自己的创作中。

但是，对于金系、石系文字的取法，只是为新时期篆刻艺术规定了金、石两派分野的潜在可能。这种派别的确立最终总要以显性的状态呈现在印面形式之中，这种印面形式依仗一种“金的景象”与“石的景象”而为我们所感知（见图 2）。或者说，“金的景象”与“石的景象”是在印面形式感上区别金派与石派的两种标志。

图 1–1　吴昌硕篆刻

图 1–2　黄士陵篆刻

图 2–1　石的景象

图 2–2　金的景象

清代袁三俊在《篆刻十三略》中提出了“苍”与“光”的对立范畴：“苍兼古秀而言，譬如百尺乔松，必古茂青葱，郁然秀拔”；“光即润泽之意。整齐者，固无论矣。亦有锋芒毕露，而腠理自是光润”。“苍”与“光”这两种印面形式感其实正分别呈示了“石的景象”与“金的景象”，只是古代印论家们还没有把它们同石系、金系文字联系起来。而在浩瀚的古代文字材料中，因金、石二系物质载体的质地不同，文字刻就的方法有别，从而，两种异样的文字形象与风神就十分明显地表现出来。这也就是我们通过直觉就可感受到的“金的景象”与“石的景象”（见图 3）。“金印……其文和而光。银印……其文柔而无锋。铜印……壮健而有回珠。”[3]这是对金的景象的描述。在明清的印论中，类似的描述还很多。这透射出金系文字在那一时期的篆刻中居主要地位的事实。相反，对石的景象的描述则比较缺乏。倒是康有为在书法领域为我们展示出以北碑为代表的石的景象：魄力雄强；气象浑穆；笔法跳跃；点画峻厚；意态奇逸；精神飞动；兴趣酣足；骨法洞达；结构天成；血肉丰美。

图 3-1　秦“宫庄”陶文

图 3-2　汉“上林共府”铜升铭文

我们或可以这样去识别和感受印章形式中的金的景象：光润的；光洁的；劲健的；俏利的；静逸的；妍秀的；雅丽的；娟整的；华美的……

石的景象：苍朴的；奔爽的；浑厚的；峭野的；奔放的；稚拙的；苍辣的；简率的……

在新时期的篆刻艺术中，王镛、朱培尔、马士达、刘江、许雄志、徐正廉、吴颐人等人的印面刀法奔爽、线条苍朴、结构天成，给我们以石的景象的感受；石开、韩天衡、黄惇、李刚田、熊伯齐、刘一闻、陈平、苏金海、陈茗屋等人的印面刀痕光洁、线条匀整、布局端庄，给我们以金的景象的感受（见图 4）。前者代表了新时期篆刻的石派，后者代表了金派。

	石派	金派	
王镛			刘石开
朱培尔			韩天衡
马士达			黄惇
徐正廉			熊伯齐
许雄志			李刚田
吴颐人			刘一闻

图4 新时期篆刻艺术中的“石派”与“金派”

（二）“刀趣”与“篆法”：运作中的两种侧重

取法对象提供了金派与石派的潜在向度，印面形式感则为它们的显现形式。这二者同样不过是金派与石派的外在标志。取法对象是创作素材，印面感觉是实现形式。在前者向后者的推移中，创作主体的具体运作起着决定性作用。金的景象、石的景象产生的契机即在于创作主体在运作层面上的两种不同侧重：石派重“刀趣”；金派重“篆法”。

作为金派、石派取法对象的金系、石系文字原本即是因不同的制作方式而形成的——金系文字为“铸”，石系文字为“刻”。铸字因为工序上的安排而使最后形成的文字形式已不见刀痕。即是说，它在制模、范时虽然也是刻字，但在以后的几道工序中，刻痕和刻意已被全部消溶掉了。因此，在金系文字内，“刻”对于文字的形成不具有直接性。[④]而石系文字则是以刀在石上直接“刻”成，不仅刀痕赫然，而且石“质泽理疏，能以书法行乎其间……”[⑤]

篆刻艺术尽管都是用刀刻，但因其对金系、石系文字的不同承接，也便产生了明清以来文人篆刻的两种相应的运作手法——“刻印有作篆极工，但依墨刻之，不差毫发即佳者；有以刀法见长者。大约不露刀法者，多浑厚精致；见刀法者，多疏朴峭野”[⑥]。

1. 刀趣

如果说篆刻也是一种生命实现形式的话，那么，这种生命形式则大半是在挥刀运作中实现的。一刀刻去，在石上所留下的是生命的轨迹，它折射着创作主体的性格与激情。开石派新风的王镛指出：“充分地利用刀法，发挥‘石味’，才能抒情达意，才能体现出篆刻的独特之美。”[⑦]这一派的徐正廉也认为：“篆刻毕竟是刻的艺术。刀在行使笔的功能，表现笔的抑扬顿挫、轻重疾徐的时候，不应该抹杀，而应该保留甚或夸张刀特有的情趣。”[⑧]由于石派在创作上注重刀的独特品性的发挥，因此，在做篆上便往往不很经意。他们一般只是草草地将字写在石面上，并不追求毫发俱到，从而为刀的展示留下充分的余地。在这里，写篆和奏刀是两个独立的阶段。这不仅仅是因为它们从程序上必定是先、后可分的，更重要的是，它们是两个同样贯彻了主体性情的过程；运刀相对于写篆，是一次艺术的再创造。这体现在：（1）运刀中线条的即兴创作。线条的形质、整印的意境等在石派这里是通过“刻”来实现的。在布局谋篇时，还没有确定出整方印的清晰面貌，而在刻制过程中，则驱刀如笔，任其纵横，线条与意境即在每一刀的步步生发中逐渐形成。特别是他们注重对捉刀入石时的偶然机趣的把握，从而使印面生出许多无意识的效果。“信刀所至意必无，恢恢游刃殊从容”[⑨]，这是吴昌硕对自己运刀过程的表述，而石派的创作也同样是“信刀所至”，让刀获得更多的、更自由的表现。（2）线条的一次性完成。石派注重线条对心态的充分表达，在他们这里，每一个刀痕都是一个不可重复的精神世界，线条与心态直接对应，心与手、手与线条达到了一个无阻碍的连通。石派作者大多用一往而无返的“单刀”，这种刀法省去了像双刀那样的修造的功夫，而成为直接反映主体生命意志的表现形式。用单刀刻成的作品，可以使我们从中清楚地寻觅到刀的运行的走向和力度，它斑斑爽爽的刀痕向人们毫无掩饰地坦露着主体的内心世界。这一点在石派的白文印中表现得尤为突出。石派的白文印行刀如笔，一刀即完成一根线条，其文字就像在石上“写”出的（见图 5）。而朱文印的线条，因其无论如何不能一刀完成，便缺少了“写”的意味。但石派的朱文印通过“向线落刀”的运作，也同样在石面上留下了真切的刀刻的痕迹，刀的起、止、转、折，刀的迟、疾、顿、挫，连同它们所反映的主体的心理节律同样被我们深切地感受（见图 6）。因此，石派的运刀像中国书法一样，每一次实现的形式都是一个不可重复的过程。这个过程本身甚至成了主体的创作目的，或者说，对石派而言，篆刻的要义即在这种过程之中。

图 5　石派白文

图 6　石派朱文

2. 篆法

无论是金派还是石派，其刻刀的运行规定与毛笔书写的运行规定都是不一致的。书写字要依照“笔顺”，而刻字则依照“刀势”。刀势与笔顺的不一致就已经表明了刀法是不同于字法的别一系统。在这一点上，金派与石派的区别在于：石派强调这种系统的独立性，并赋予它独特的审美价值。因此，刀在石上的每一个动作都以显性的状态留在石上，使人们充分地感受到他们作品中的“刀趣”及“石的景象”。金派则视这一系统为字法的从属系统。他们尽管也是强调刀法的，如他们重视刀法的锐利、流畅，刀法的力点准确、不失毫发精微等，但是，与石派不同，刀法在金派这里成为如何尽善尽美地表现字法的工具。金派对刀法的重视旨在如何不致使字的线条臃肿、呆板。如果说石派的运刀是一次再创作，那么，金派的运刀则是对印稿的忠实复制。黄惇多次在印款中题道："刀法也者，所以传笔法也。如朱简所云，刀法混融，无迹可寻，神品也。"[10]作为有别于字法的刀法在金派这里没有得到应有的展示。在金派的印章中，我们看不到刀的运行方向，刀的轻重缓急，所见到的只是线条本身的走向、流动。他们似乎是在一种匀速的节奏中去完成一根根线条的。在石派那里的赫然刀痕，在这里都变得隐锋匿迹了，从而金派的印面呈现出光洁秀润的"金的景象"。这不但使我们联想起清代印坛上的皖派刀法，也使我们看到了金派在对刀的领悟上与明清文人篆刻家的沟通。[11]如果说石派的刀法所留下的痕迹是直接表达了主体的生命意志的话，那么，金派主体的天然性情则已在对线条的修整、把握中转移和内化掉了。这也正是石派篆刻显得"外拓"，金派篆刻显得"内敛"的原因。我们面对石派作品所感受到的是一片快爽与直率，而面对金派作品则"乍视之若无妙处，及谛审久，始觉其妙……"[12]

当刀的价值退到幕后，字的价值就被推到台前。金派一方面把刀法牺牲在对字形的把握中，而在另一方面，他们对字的篆法则倾注了无限的关心。他们别具匠心地营造着各自的文字结构形式。我们知道，明清篆刻家对金系文字的取法还主要是对字形的直接搬用，而金派对于篆法的关注则是在新的形式美的原则指导下而创造出一种适合于印面的文字形式，他们称之为字的"印化"[13]。印化了的文字在两个方面体现出金派作者们的创意：（1）线条的形状。（2）字的结体。这一派中的石开在结篆时特别注重"开发篆书的内在表现力"[14]，他的印中的文字结体，已经消除了固有的篆字形态，而建构起属于他自己的结构形式。他不但重新组合了篆书的结体，而且对结体中构成要素的文字偏旁部首都进行了独特的塑造，他的印文中的心字底、三点水、石字盖、双人旁等都极具特色。石开在结篆上已经形成了可以同化一切线条的字体体系，任何一个文字进入这个体系中，就都要被打上属于他自己的戳记。同样，韩天衡以他深厚的古代工匠印的功底，取法汉碑额篆，融入汉代装饰篆书鸟虫篆，从而创造出特征明显的篆书形式。[15]刘一闻的结篆"比锲刻更显出厚重的分量"[16]，他采取了稍异于传世小篆的结体方式，在原本对称的结字中，寻找出不尽相同、互有变化的结字姿态。[17]李刚田则在一种对统一基调的把握下，把汉隶、小篆、古玺熔铸为一个排列有序、疏密相映的结体。陈平的“印文多取隶意，字形突破方整，线条中喜用肥笔”[18]，特别是他对宋人活版字体的应用，拓展了金派字形取法的领域。因此，如果说石派的“刀趣”是作者的心律与激情的反映，那么，金派则在字的结体、篆意上映射出作者的苦苦匠心。

（三）形式层面的比较

“刀趣”与“篆法”显示出石派与金派在篆刻运作程序中的两种不同关心。由此而形成的两种不同的运作不但直接营造了作品的“石的景象”与“金的景象”，而且也决定了这两派在印面的形式构成上的差异。这首先表现在作为形式构成的基本要素的线条上：金派重“形”，石派重“质”（见图 7）。

图 7–1　线条的“质”

图 7–2　线条的“形”

1. 线条的“形”与“质”

一方印章，最终是各种朱、白线条在方寸之中所构成的美的空间。线条本身的形式决定着印面整体的形式，这就如同我们只要分别看到《兰亭序》和《张迁碑》的一根线条，就可感受到“雅丽”与“雄朴”的书风一样。而线条本身又具有双重意义，即同一根线条既是几何学意义上的线，又是书法意义上的线。前者显露出这根线条在“形”上的规定，后者则蕴寓着这根线条在“质”上的规定；前者所展示的是线条的外在形式，后者所表现的是线条的内在品质。

对线条“形状”的敏感体现在金派创作中，这与他们对“篆法”的偏好是分不开的。线条构成印的一部分，首先是因为线条构成了字的一部分。金派中每个人的独特篆法是靠他们各自独特的线条来组织的。刘一闻的线条曲直、粗细等变化生动，特别是线条的起笔和收笔的形状更见诸多对比；黄惇的线条源于青花瓷押记，他为了追求毛笔书写于器面上的效果，而将线条的首尾两端处理成钝三角形。可以说，刘、黄对线条形状的塑造是通过对线条起止处的加工而得到的。韩天衡以其对鸟虫篆的再创造而为印坛所瞩目，他的这一类作品，把鸟或鱼的形象嵌入线条之中，线条的形状因此既形象化，又装饰化。李刚田的线条“或局部部首以圆代方，或偶以一弧线出之诸平直线中”[19]。陈平的线条具有楷书的形态特征，起笔呈方形，收笔呈尖状，而他的宽扁肥硕的一些线形，不仅增加了印面的几分险峻，也使他的这种线条同刘一闻的线条区别开来。韩、李和陈是金派中把握线条的另一类，即对整根线条的加宽、变圆、变方和增加装饰。如前所述，明清篆刻家（取法金系文字者）在字法上多是对古代文字的直接借用，因此，除了黄士陵外，他们的线条形状也从属于所借用的字。而新时期的金派作者则完全用属于自己的独特形状的线条来重新整理篆法、构筑字形。这不但是对金系文字的线条的重新解释，也是对篆刻这种形式最终能够包容多少种线条形状的命题的可贵探索。他们的线条中贯彻了每一位作者内心独特的美的法则，他们的线条富于极强的理性，他们的线条明显地区别于石派作者把刀落在石上所生出的自然形状。

与金派对线条的理性营造相对照的是，石派作者对线条的外在形状透露出一种漠不关心。他们有些近乎随心所欲的运刀使得生成的线条的形状具有偶然性与未知性；而他们运刀的轻重迟疾及心律节奏则凝结在线条之中，这便形成了线条的“质”。“尤其是线条，其精到处表现在调整诸多矛盾的手段之中：单纯而不失变化，松动处又能紧结，迟涩中不失灵动，细劲中又透出粗放……”王镛在《治印追记》中这样表述了线条的质。通常，我们用“苍浑”“质朴”“急迅”“抒缓”等来比况对这种线条的“质”的感受。王镛运刀的恢宏从容、朱培尔运刀的苍爽疾迅、马士达运刀的迟重丰厚、许雄志运刀的急缓有度等都变作线条的质的一部分而呈现于印面，这也就是我们通常所说的线条中的“味”。如果说齐白石的运刀还由于一味地纵横驰骋而显出“质”的单一的话，那么，石派的用刀则给我们或迟缓或疾速，或苍雄或劲利等多重的审美感受。

线条的“形”与“质”是金派与石派对印面造型因素的两种基本塑造。而线条“形”与“质”又进一步决定了金派、石派在篆刻形式层面上的另外两种差别：一是“线条构成”的差别；二是线条所集合的“空间形态”的差别。

2. 线条构成的比较

在印面上，依靠线条的组合、排列所形成的线条之间的对比关系，叫“线条构成”。这种对印面形式的处理呈现出一种脱离开字形的趋向。人们只是通过线条间各种质与量的关系而获得对这种印面的形式感受。因此，它更能使篆刻摆脱开“印信”的实用的束缚，而进入一种由纯粹的线条所构筑的形式美之中。

由于金派注重篆法及线条的形状，因此，金派的线条构成就着意于各线条间的曲直、粗细、长短、形状及疏密的对比（见图 8）。如这一派的石开“把篆书的笔画看成粗细、长短、横竖、曲折、交叉的线，按缪篆的一般篆法作精心的有机组合，来体现印文的意象色彩……”[20]。而石派由于注重刀趣与线条的质，因此，这一派的线条构成就展示的是线条间的“质”的对比，如它们的力度、刀的走向，还有苍朴、深厚等意趣（见图 9）。

图 8　金派的线条构成

图 9　石派的线条构成

3. 空间形态的比较

“空间形态”指线条集合成块面，各块面间形成朱白的空间关系，并以此构成印面上的对比效果。它与“线条构成”的区别在于：后者是单独线条间的形与质的对比、呼应，前者是线条所排叠成的块面间的对比、呼应；后者强调各线条自身的形式特点，从而构成线与线之间的某种关系，前者的线条则淹没在它所由此构成的块面之中，线条自身的形式价值变得不再明显。印面中的各种空间形态可以形成强烈的朱白对比，因此它对视觉有一种震撼力。金派的线条，其自身形状比较规整，其边缘轮廓线比较洁净，因此，在把线条组合成空间的时候就极其合适而易于成型。空间的对比几乎成了这一类印作所维系的生命。熊伯齐多年研究古玺布局，在把古玺布局转变成印面的空间形态时“讲求疏密、欹正的错落，强调红白对比”[21]（见图 10）。李刚田“其章法时用开合、揖让，以疏为密，善留大空……”[22]。在他们的印作中，线条叠并成空间，空间形成不同的面积与形状，这种不同面积与形状的空间组成了各种平衡、对称、反差、对比、顾盼、呼应等关系，从而形成印面的跃动的节奏感。而石派的线条在运刀的不经意中形成，单刀所留下的痕迹使线条轮廓呈不规则状。因此，尽管他们中有的作者也认识到“‘留空’可以关系到章法的疏密、节奏、平衡、气韵等方面”[23]，但他们在把线条构成空间的过程中却总因为缺少线条形状的“适合”而造成线条与空间的脱节。看来，除非我们承认石派的线条本来就不适于构筑空间形态，否则，石派对空间形态的把握就一定要首先解决线条与空间的“归顺”问题。

图 10　熊伯齐篆刻

在“线条形、质”“线条构成”“空间形态”的三组关系的比较中，我们发现，正是由于对线条“形”“质”的不同偏爱与把握，才产生了金、石派对“空间形态”与“线条构成”的不同处理；而线条的“形”“质”最终又分别是由“篆法”与“刀趣”决定的；我们前面所提出的“金的景象”与“石的景象”也即在这两种对比中孕育、形成。这种由主体情趣、取法对象、运作程序、形式安排及印面效果等等所形成的篆刻艺术的综合系统，可表述如下：

线条构成
↑
石系文字→刀趣→线条的“质”　} 石的景象
↓
空间形态

线条构成
↑
金系文字→篆法→线条的“形”　} 金的景象
↓
空间形态

这种以印章为本体的研究，使我们可以深入地而不是浮泛地、全面地而不是局部地把握金、石派分野在形式与操作上的来龙去脉。但是，这种研究与分析也极容易使我们陷入纯技术考察的狭隘之中。篆刻艺术也是一种文化的浓缩，它凝结着民族文化及这种文化之下的个人心理等因素，因此，我们进行金、石派分野的研究，和把两株树区分为乔木与灌木不同，我们要得到远比形式更为重要的“文化”上的证明。

二、金派、北宗与石派、南宗：两种造型观念的分野

绘画上的“南、北宗”说，以禅学中的南、北坐功的不同相比照，而把历代画家区别成两大系统，它是我国古代绘画领域中的一个具有重大影响的理论。它究竟是由董其昌，还是莫是龙首倡，这并不是我们的兴趣所在，重要的是这种理论所提供的对画家派别的划分及这种划分的意义。但是，这种划分的标准又是以中国传统思维的模糊性而建立起来的，像“道”的概念涵盖了无限的丰富内容一样，“南宗”与“北宗”也同样以它的模糊性而部分或全部地包含了诸如文人画与院体画、逸家与作家、水墨与青绿、渲淡与勾斫、元画与宋画等内容。这个问题如果反过来看则是，文人画、院体画，渲淡、勾斫等都不过是从某一个侧面切近了南宗、北宗，它们不可能与南宗、北宗的定义域完全重合。这也正是这种理论出现后就一直纠缠不清的原因。在南、北宗与其余的分类相对应的划分中，尚有一种起到调和二者的作用的中间分类，它既与南、北宗的划分相一致，又协调于其余的分类，这即是“写意”与“精工”（它既为两种风格亦为两种造型观念）的对立体系。为了保持本文的历史连贯性，我们仍沿用“南宗”“北宗”的概念，只是它们是在“写意”“精工”意义上的运用。而如果我们能够把眼界拓展开来，则不难发现，这种写意与精工其实并不仅仅是发生在绘画领域中的事情，在音乐、诗歌及人类其他创造行为中都具有与绘画的写意、精工在本质上相类似的发展。即如篆刻而言，“如画家一般，有工有写。工则精细入微，写则见意而止”㉔。而且，这两种观念也绝不仅仅是某一特定历史时期所独有的，它乃是从远古以来就一直流淌在人们心底的两种创作潜流。即使在我们今天的文化格局中，它也并未曾消匿，或者说今天的艺术创作同样不会越出写意与精工这两条基本轨迹。因此，新时期篆刻的金派、石派与绘画上的北宗、南宗只是从不同的时期、不同的领域反映着精工与写意观念的根本差异；而我们说金派与北宗、石派与南宗具有内在的同一性，也即是指它们在造型观念的层面上分别对应着精工与写意。

（一）石派与南宗：对物象（形）的超越

“逸笔”与“刻画”是南、北宗在绘画表现手法上的一个重要区别。这使得他们的作品形式分别在“意趣”和“形似”方面获得了成功。南宗画家米元章“以山水古今相师，少有出尘格者，因信笔作之，多以烟云掩映，树木不取工细，意似便已”[25]。这代表了南宗画家们的创作旨趣。他们不计较物象形态的准确与否，而是力图把握对象的生命本质，并通过绘画来抒发自己的胸中逸气。倪云林画跋云：“仆之所谓画者，不过逸笔草草，不求形似，聊以自娱耳。”又云：“余之竹，聊以写胸中逸气耳；岂复较其似与非，叶之繁与疏，枝之斜与直哉！”因此，南宗画家的线条形式就可以超越对自然物象的摹写，而为作者情感与意志的涌入提供可能。他们“画梅谓之写梅，画竹谓之写竹，图兰谓之写兰……”[26]，其每一挥笔，都是在做同如书法一样的“写”，有无限的意趣融进在这写的过程中，凝结在线条的完成形态上。在山石的表现上，他们喜欢使用由具有书法意味的线条构成的披麻皴，这种皴法全方位地调动了毛笔的笔锋，充分地发挥了笔毫的柔、劲，墨容量的大小及运行时的快慢摆动等毛笔的特性，同时它把线条从对对象的刻画中移开，而强调以线条本身的“情质”为代表的美的效应。在树的表现上，他们与北宗的“夹叶”法不同，而多用“点叶”的手法完成。这种点叶是南宗画家们在观察了自然对象的特征后而把握到的一种自然事物的本质形态。它在操作上以“写”为特征，具有像书法一样的提按轻重。总之，南宗的绘画超越了物象（形）而直接与物“性”对话，他们的绘画表现出一种非凡的气韵，在更本质的意义上捕捉到了外物的“真”相。这实际上是对于绘画的操作过程的一种解放，因为它不必再受物形的约束；同时，绘画工具笔的性能便有机会得到充分发挥，绘画过程本身也就成了创作和抒怀的过程。在客观物象与其物性之间更注重对物性的直觉，在表现对象与表现手段之间更注重表现手段，在作品完成形态和创作过程之间更注重创作过程。这是我国传统艺术中一种特定类型的观察与表现方式。在绘画上，它由南宗画家们来实现，在篆刻艺术中，它则被石派作者所运用。南宗画家与石派篆刻家共同完成了一个对物象（形）的超越，这就是绘画上的“不求形似”和篆刻中的对篆法、字形的漫不经心。这种篆法上的漫不经心表现为石派作者对字的结体形式和线条形状的随其自然的处理方式，从而，为创作意识的发挥敞开了一条途径。与对字形的把握相对照的是，石派作者更注重对篆刻工具的刀的性能的发挥，这包括对于各种刀法的综合运用和刀的表现性对篆法的规定性的凌驾。他们把刀在石上划过的一切痕迹都无保留地呈现给读者，为的是让这些糅进了作者主观性情的“刀味”能更直接地向读者坦露。与刀相联系的刀的运作过程更被他们看作一个相对于印稿的艺术再创造过程。他们的单刀行走即是在石上的“写”，刀的运行留下的是如同书法的线痕。而且，单刀的运作是一刀刻过便不再修整，这和南宗画家运笔的尽意挥洒具有同样的精神实质。在同双刀比较时，单刀就益愈显示出它的“草草”与潇散自由的特征（见图11）。可以说，南宗的逸笔与石派的单刀实际上都是写意艺术的造型手段，只是它们分别运用在绘画与篆刻两个领域；只是它们一个使用笔，一个使用刀。对刀的推崇和对笔的推崇一样，使石派篆刻成为一种富有“意趣”的艺术形式。

图 11-1　单刀

图 11-2　双刀

（二）金派与北宗：对物象（形）的追摹

北宗画家属于另一种类型。在客观物象（形）与物性之间，他们选择了前者。他们苦于对自然物象的摹写，在中国画工具材料所提供的可能范围内，殚精竭虑地追求与自然的形似。他们的笔法等创作手段是作为塑造自然对象形象的一种方式而使用的。他们不惜牺牲每根线条本身的情质与生命，而以集合式的笔触或无笔意的线条去完成对对象的准确刻画。如果说南宗画家的线条是“写”出的，那么，北宗画家的线条就是“画”出的。所谓集合式的笔触，是指这一派画家用来描绘自然对象的重叠、密布的短线，这种短线的累积可以造成山壑肌理、石坡凹凸等“逼真”的效果，但这每一根短线本身则是缺少韵味和生命的。这样，北宗画家一方面在描绘自然物象方面获得了成功，另一方面，也正是在这种一笔一笔地对客观物象的追摹中，北宗画家泯去了主体的天然性情。至于他们绘画中所运用的双钩线条也更主要地是通过双钩所形成的形状而获得自然对象的一个真实轮廓，线条的曲回转折都是在追踪自然物的外形，属于线条自身的独特的审美价值则降为物形的附庸。因此，北宗的绘画是受制于外物外形的，物形的逼真成了它的目的，工具的性能及手段的运用过程都在服务于这个最终目的。这种对艺术的把握自然也有其特定的心理、观察方式等依据，从而，以这种把握方式而从事创作的画家就形成了足以和南宗相抗衡的绘画派别。它不是一种孤立的、偶然的艺术现象，在篆刻领域中，金派作者以其对“字形”的刻意经营而成为北宗的艺术同盟者。当我们指出北宗绘画的笔墨服务于物象（形）时，一个相类似的事实也在篆刻中出现，即，金派篆刻的刀法服从于字形。南宗所极力推崇的“笔”在北宗这里基本失去其自身的审美品性而成为刻画物象的工具，同样地，石派所极力推崇的“刀”在金派这里则成为忠实地复制印稿、字形的手段。本来可以尽情地展示主体性情的刀法在金派这里几乎失去其独立存在的意义。刻制的过程就不是为着展示刀的丰富表现性，而是在照例完成字的形状、线条的形状。这种形状由金派作者通过“双刀”的手法而完成。作为字的构成要素的每一个笔画，在单刀那里是往而无返的一次实现，而在双刀这里则要靠往复二次运刀才能完成。毋宁说，这种双刀是“刻画”出的。像北宗双钩的线条一样，双刀的轨迹最终是要构成某种线条的形状，因此，每一刀的自身的效果便被忽视，线条中也便不再具有反映方向、取势等的刀痕。在刻制中，双刀所形成的线条带有一定的修整性，在反复的、一刀一刀的剥削中（这有类于北宗的集合式短线），主体的性情已被淡化、软化掉，因而，如果抛开线条的具体形状，我们就几乎很难分辨出金派篆刻家们在刀法上的各自特色。

在作品的完成形态上，以逸笔与刻画为契机，南、北宗绘画分别表现出“简”与“繁”的两种形式特征。同样，在新时期的篆刻中，因单刀（包括向线落刀）、双刀的不同运用，石派与金派的印面形式也具有“简”与“繁”的区别。单刀以它不假修饰的运行轨迹而获得了“简”的品格，双刀则以它对形状的刻意塑造而成为“繁”的铺张。韩天衡、刘一闻等的装饰性线条几乎把印面的秾丽与繁缛推到了极致。也许我们或者可以从“简”与“繁”这一角度来分别把石派与金派看作“平民式的”与“贵族式的”。（见图 12）

图 12-1　石派的“简”

图 12-2　金派的“繁”

（三）石派与南宗：对“整体”的把握

宋人沈括《梦溪笔谈》云：“大体源（指董源）及巨然画笔，皆宜远观。其用笔甚草草，近视之几不类物象，远观则景物粲然，幽情远思，如睹异境。如源画《落照图》，近视无功，远观村落，杳然深远，悉是晚景；远峰之顶，宛有反照之色，此妙处也。”南宗的逸笔不以描摹对象为能，它实际上是作者的主观性情在笔纸间的外化。因此，他们的绘画便“近视之几不类物象，远观则景物粲然”。或者说它的笔墨造就了作品的总体意境，局部的、片段的景象的真实与否并不为作者所关心。一景一物虽被忽略淡化，但万千景象却潜涌在整个作品的“浑然一体”之中。

当我们把这种“浑然一体”看作不仅仅存在于绘画之中，而是流布于整个中国艺术中的一种妙境时，我们发现，新时期篆刻的石派正像南宗一样把握着作品的“整体感”。当然，如果这里所说的整体感只是指作者对印面布局的整体安排，那么，这个整体感就不能算是石派区别于金派的一个标志，因为金派对印章的布局也是同样倾注匠心的。因此，我们把石派的作品与整体感联系在一起，主要是由于：1．石派作者由整体而局部的刻制过程。石派刻印不是从逐一完善每一根线条开始，而是先初具其印之规模，再在对整体意境的把握下而对各局部略作调整。在整体“神完气足”之后，便不再理会局部的精致与否。因此，作品的“整体感”在创作中就始终被他们把握，局部的、具体的运刀都以与整体的和谐为原则。如果说石派篆刻也讲求刻意与准确，那么，它即是“对整体的准确把握而不在于对细节的精心刻画”[27]。2．线条形质对印面整体的服从。局部线条的形状、粗细、长短，线条间的交接、转折等等往往不引起石派作者的敏感。我们随便拿出一方石派的作品，以之同秦汉印的典范来对比，即发现它在局部细微处与秦汉印的处处形离（见图13）：垂直的交叉成了不规则的转角；停匀的笔画成了粗细无端的线条；线条交接处的当断不断、不断反断等等都会成为我们在这种比较中所发现的疵点。但是，这些局部的漫不经心实际上恰恰是为了使整方印的大气息更为人所关注。失去了局部的

图13-1　汉印

图13-2　朱培尔印

刻意与精到，就不会使整体淹没在每根线条及线条间关系的尽善尽美之中。因此，石派的印作“好像不拘于笔意刀味，然而笔意刀味很浓；不太在乎造型布局的讲究，然而造型布局都常常能独辟蹊径；浑然赏去，一切似乎被它的大气势、大感觉、大韵律所笼罩，所吸引，令人流连”[28]。我们在获得了对石派印章的大气息、大韵律的激动以后，如果还要细致入微地去找寻它在线条上的某些瑕疵，则无异于我们在天生丽质、纯朴稚气的山村野姑面前，却还一定要挑剔出她的衣领不整、裤线不直了，尽管这种挑剔我们可以非常轻易地做到。因此，我们在欣赏石派篆刻时，虽然因为印章面积的限制而不可能像对南宗绘画那样地“远观”，但却可以像面对南宗绘画那样去领略它的“整体”。

（四）金派与北宗：对“局部”的匠心

观赏北宗的绘画，给我们以局部精到、处处为境的感受；这一派绘画的整体的繁复富丽正是通过片段的精致谨严来构筑的。在南宗那里，远山、水波、屋宇、人物等都不过是信笔勾之，而北宗则要对之一丝不苟，仔细刻画。由此，与南宗绘画的“浑成”相对照地，北宗的绘画则由界线分明、各自独立的局部组合而成，它的整体便被淹没在局部、片段的精美与工巧之中。

金派篆刻家们以其形态各异的线条形式而争奇斗艳于当今印坛。可以说，在对线条的基本塑造上，他们取得了空前的成功。但是，也许正是因为他们对每根线条形状太过于着意，才反而使他们作品的整体（浑然一体）感被内耗、削弱了。这就有如我们在欣赏一首全然由高音组成的合唱。当我们把金派篆刻看作同北宗绘画一样偏爱局部与片段时，主要是根据：1. 金派作者由局部到整体的刻制过程。与石派正好相反，金派的刻印程序是从一根根线条的完善做起的。石开在这一点上表现得尤为突出，他刻印“是一笔一划地解决清楚再移刻第二笔或第二划。依此类推，到最后一笔或一划刻好的时候，整个印章即告完成”[29]。这种“积线成印”的过程，使每一个线条都成为一个独立的单元，都上升为一个至善至美的空间。这就有如北宗山水中对楼阁梁栋乃至树节草根的精心刻画。它使人感到作者匠心的无所不在。这种印的动人之处也就全在于每根线条的细微变化上。2. 金派对局部特征的敏锐观察与把握。金派作者在临摹和创作中都表现出远远超过石派的对局部特征细致的捕捉能力，他们往往能够发现在石派作者看来无关宏旨的某一笔画的特殊处理。石开在“归纳、比较中发现了许多以前难以发现的东西，比如黄牧甫的三点水，是何时从曲线转为直线的；而同为直线的水部又是如何进行细致变化的”[30]。这种对局部特征的敏感也体现在他们的创作上。积线成印的过程为他们把这种敏感集中在每一根线条上提供了可能。起笔的形状、中段的形状、转折处的形状、收笔的形状等都无不被他们着意为之。如黄惇“在外在形式上则注重边栏的笔趣、弧线的变化、向内弯曲的边框、框与印内线条合并与碰撞、四角起笔处的点团等手法”[31]。对局部的偏爱，使金派印作中的每一根线条都经得起推敲，以致可以用放大镜来检验它们的准确程度[32]，这倒真正是在“近观”了。

金派、石派与北宗、南宗之间的比较，是跨时间、跨艺术类别的，在这种比较中我们发现，尽管它们之间存在着当代与古代、篆刻与绘画的不同，但精工与写意这两个造型观念却把它们沟通联系起来，而围绕这两个造型观念，金派、北宗与石派、南宗之间便形成了如下的对立：

金派＝北宗	刻画的 局部的 繁缛的 理性的 建筑式的 贵族式的	精工的⟷写意的	逸笔的 整体的 简淡的 直觉的 书法式的 平民式的	南宗＝石派

三、金派、石派与儒家、道家的审美哲学

在对精工与写意这两种造型观念的把握下，我们把篆刻中的金派与绘画中的北宗、篆刻中的石派与绘画中的南宗联系起来。这说明，篆刻与绘画之间并不是一种从属关系，而是并列关系。在这两个艺术领域中表现出了造型观念的一致性，或者说，在这两个不同领域里反映了某一个共同的命题。那么，这是否就仅仅是两种造型观念体系的对立呢？在这样的追问中，我们就又把金派与石派差异的原因推展到了一个更为深层的本质规定之中。

在这个意义上，我们认为，新时期篆刻的金派与石派不仅仅是两种艺术风格、两种造型观念的对立，它也不仅仅是我们新时期所特有的艺术现象；它是两种文化思潮、两种哲学观念，它是我们民族传统的审美观念在新时期的体现。

这种思潮、观念的源头，在我们民族文化的早期，在我们民族思维的深处。我们每在追寻思想的根源时，总是要追溯到两千多年前的儒家与道家。而在我们看来，这两家其实不只是两种学说派别的对立，而更是两种把握自然与人生的观念意识的对立。在

儒、道以后，我们民族的思维发展就几乎是按照他们所开拓的两条思路而进行了；儒、道两家在宇宙、人生、社会、群体、个人、自然、道德等诸多问题上所表现出的对立和补充，成为塑造我们民族性格的基本力量和决定我们民族文化发展的基本杠杆。在美学思想上，儒家推崇"人工"，他们盛赞"郁郁乎文哉"的周文化；道家则"法天贵真"，崇尚"大朴不雕"的自然美。因此，在我们民族的思维中，精工雕琢与不假雕琢就都可以达到"美"的境界，人工与自然在我们的文化中就都可以被同样推崇。李白与杜甫的诗作同样传诵千古，就已经证明了我们民族对美的二元取向；绘画上的南、北宗各领风骚也正在于他们各自发展了自然与人工的一端；而新时期篆刻创作中的金派与石派又何尝不浸染着浓郁的儒、道美学思想？像严羽把禅学用于文学只是一种类比一样，绘画上所使用的南、北宗也是一种类比，实际上这两种画派并不是两种禅学义理的反映；而我们把金派、北宗与石派、南宗同儒家、道家的哲学观念联系起来，也并不是因为这两派作者在身份上的儒家型与道家型或他们信仰上对儒、道教义的遵奉，而是因为在他们的作品和创作中显现着一种自然生成的和无法掩饰的与儒、道哲学相一致的观察自然、体悟人生的方式。

"无伪则性不能自美"[33]与"天地有大美而不言"[34]代表了儒、道两家对美的对象与本质的不同认识。在道家看来，美即在于万物的自然本质；而儒家则认为美在于对自然本身进行了人工改造之后的状态。我们前文所讨论的金的景象与石的景象，线条的形与线条的质，刻画与逸笔、精工与写意等的对立，实际上都无一不是"人工"与"自然"这个根本的对立范畴在不同侧面的展开。因此，金派与石派从本质上也是在"人工"与"自然"的两个端点对于美的不同把握：金派尚人工；石派尚自然。

（一）"自然"：石派与道家的审美哲学

石派篆刻所呈现的石的景象是一种"自然"的景象，是一种"不雕""大朴"的美。王镛"从汉晋砖文里找到了不假雕饰，以质朴自然为美的典型"[35]。他在把这种砖文转化成自己的作品时，也正是以"质朴自然"为变化宗旨的。因此，他的印作便能以率真、无华的美而激动起无数他的追随者。在石派的这一类作品面前，我们感到了自身与自然间的距离在愈益接近，作品中的"苍朴""稚拙"等石的景象很容易使我们联想起庄子所叹美的"十步一啄，百步一饮"的泽雉[36]，和"陆居则饮草食水，喜则交颈相靡，怒则分背相踶"的野马[37]的天然性情和神态。这是一种"淡然无极"[38]、"素朴而天下莫能与之争美"[39]的天地之大美。

王弼在《〈老子〉注》中对“道法自然”解释道：“道不违自然，乃得其性。法自然者，在方而法方，在圆而法圆，于自然无所违也。”于自然无所违，一切任着自然的本性运行，乃是道的最高境界。而要进入这一境界，就要求人们一方面要尊重“物性”，让万物按其本性展示自己；另一方面也要尊重人的“性命之情”，不要让外在的规范限制住人的自由生命的发展。于篆刻而言，因为它以印石为物质载体，以刻刀在石上的运行为主要的操作程序，因此，“石性”的发挥与表现也便是尊重了石的“物性”。如前所述，石的纹理比之金类物质要疏松，石的质地比之金类物质要酥脆，那么，奔爽、苍朴的线条就是刻刀在石上最自然的表现。从这个意义上讲，石派作者所注重的“刀趣”也即是“石味”。当石派作者豁然奏刀，纵横运作，在石上留下了根根不假修饰的线条时，那其实是完成了刀与石之间的最自然的连接状态。《庄子・骈拇》云：“彼至正者，不失性命之情。故合者不为骈，而枝者不为歧；长者不为有余，短者不为不足。是故凫胫虽短，续之则忧，鹤胫虽长，断之则悲……天下有常然。”万物都因体现了“道”而为“常然”；万物也只有在体现了“道”的自然无为的特征时，才具有了美的品性。刻刀在石上留下的轨迹，当它是自然呈现，而不是刻意为之时，即是最美的形态。这种线条“丰神跌宕，姿致鲜举，有不期然而然之妙”[40]。因此，如果说石派印章的“石的景象”所呈现的是自然的景象的话，那么，这首先是因为石派作者最大可能地发挥了物质载体的“石性”。

万物都可以区别为物象（形）与物性，物象（形）是某一客观物在特定时空中的位置与形态，而物性则是以物象（形）为载体的，与人的性命之情相沟通的一种自然生命之流，它是超越了物、我界限的一种存在。能够把物性与人的性命之情统一起来，并把自己的创作置身到这种统一之中，这又是石派作者另一种意义上的“法自然”。石派主要在“金系文字”之外，特别是印系文字之外取法，汉印的潜在规范对于他们的约束力相对较小，他们在进入创作阶段后，便往往不以楷则为念，而是“以情为本”[41]，刀在石上，一片神行。我们知道，篆刻由于受其自身形制的限制而不能像书法、绘画那样尽意挥洒[42]。因此，石派作者便在情感发挥的极限境界中赋予印石以生命。所谓极限境界，即是指在印石“制”的规定内和在遵从物性的前提下，创造意识的最大可能发挥。石派朱培尔治印不做事先的墨稿，他只是把刻刀直接运行于石上，每一刀都完全依据前一刀的痕迹而因势施展，因此每一刀的结果对于他都是未知的。但也正是在这种对未知的捕捉中，他的创作才能使法度似有似无、若明若暗地出没在刀端锋颖。在字形面前，石派作者表现出非职业篆刻家一般的茫然与天真，字形的选择与安排是近乎随意的，驱动他们的是创作当时的思绪与兴致，他们永远忠实于这种瞬间的艺术感受，并为了捕捉这种感受而不使用一些“外行人”的刻制方法。如此而生成的印面形式也许可称作“非正规的”或“非必然的”，但正是这样的创作，才在融会了（而不是机械复制）古法、超越了字形的同时，把作者丰富的内心世界展示出来，把作者即时的审美冲动贯注到每一根线的轨迹之中。石派的作品乃至作品中的所有线条都因此而具有“不可重复性”。石派作者用铁笔记下了他们的瞬间感受，这其实是把自己带进了“兴”[43]的创作状态。在这种状态中，创作主体获得了最大限度的舒展和自由，这也正是石派所获得的生命价值。石派篆刻的作品虽然也一定出于人工之手，但它却处处显得“自然天成”，他们无违于石质的自然属性和人的天然性情，他们把握了美的“自然无为”的特征，他们的作品仿佛就是一部“自然的作品”。

（二）“人工”：金派与儒家的审美哲学

金的景象是一种人工的景象。在金派篆刻中，作为物质载体，石质的自然品性则被弃之不顾。整齐的、装饰的、俏丽的线条与印面效果处处都在显示出人对石性的超越与战胜。古代印论曾指出：“汉世封拜多铜印，皆凿铸，后世易之以石，欲其浑朴简厚，倍难。”[44]但金派作者却仍在石上创造出了“金”的艺术效果。石材只是他们外化自己审美意识的媒介，它本身的质地、石性、石味等自然属性已无关紧要。在把自己的审美意识投注到这个石材上后，石材就完全失去了自身性能的独立性而纯然成为印章形式的物质依托。石质的印材与金属质的印材对于金派而言就不再具有区别的意义。这仿佛是一种宣言，它告诉我们，外在自然物的属性既可以被利用，也可以被改造，一切都将听命于人的自由意志。如果把它作为哲学观念来看待，则不难看出它与儒家所倡导的人类征服外界的“大神”精神及儒家所崇尚的人工之“伪”的审美意识之间的内在联系。荀子在《天论》中提出了“则天地官而万物役”的“勘天”思想，即自然中的一切都可以在人的实践中而成为符合自己的意志的东西。与此相关，儒家在审美创造问题上就极其重视人的制作。荀子指出：“性者，本始材朴也；伪者，文理隆盛也。无性则伪之无所加，无伪则性不能自美。”[45]在儒家看来，事物的自然形态本不是美的，只有在其上加以人工改造（即“伪”），才能成为美的样式。因此，金派篆刻中的双刀就在构成了线条形状的同时，也消除了线条痕迹中的“石味”，从而显示了作者改造、超越印石石性的得意与自豪。韩天衡“认为在自在的秦汉工匠之后，从最自然处下功夫是很难奏效的。人工的气息未必一定与艺术相悖，倒是一定的刻意中包孕的自然之趣，使美显得更醇、更耐人寻味，而且更凝练”[46]。整齐、光洁等富于人工气息的词汇，也便成了金派在艺术上的成功的标志。

金派对于外物的战胜与超越在于他们对于物性的改造与破坏；相反，对于物形及其美的外在形式则投入了无比的热情。《论语·颜渊》中“子贡曰：‘文犹质也，质犹文也；虎豹之鞟犹犬羊之鞟也。’”他以虎豹与犬羊的皮与毛色的关系，指出了事物的外在形式的重要。而孔子更是对尧时的黄黼黻衣、丹车白马、雕琢刻镂之类的美的物质形式赞叹曰：“焕乎！其有文章。”[47]荀子的“文理隆盛”也同样是在强调美的形式的重要。金派篆刻中对线条形状的敏感和对线条的装饰性的经营，无一不是对一方无生命的石头的“文理隆盛”。金派的装饰有其特殊的意义：“如果说丁敬身们与邓石如们的装饰是一种技法的装饰，而吴昌硕、齐白石则是从不经意处着眼，因而在某一意义上是有意无意地抛弃了形式美的表面效果的话，那么，韩天衡则想努力回归，再回到装饰中去”[48]。这种回归，是对古代鸟虫篆的全方位的再生，这一类作品很容易使我们联想起反映了儒家“礼”的精神的两周铜器上繁密的花纹（见图 14）。

图 14-1　韩天衡印

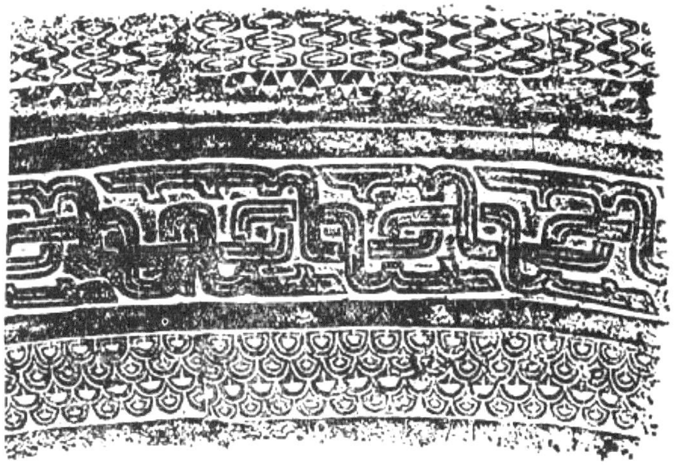
图 14-2　辉县琉璃阁墓铜器花纹

金派把金系材料的线条刻制在石质材料上，这本身即标志着他们是在把人的意志凌驾于石的自然属性之上。这一方面可以说金派的印章因具有“人工”的趣味而显示出实践主体的自由意志；而在另一方面，金派却又为这种自由意志的发挥凭加了一重外在枷锁，这就是“法”与“制”的规定与限制。金派印章变化于金系文字体系，它们较之石派印章，具有与秦汉印更为亲近的血缘关系，秦汉印的形制的规定（如线条的光洁，布局的严整等）更为直接地限制着金派的创造性的发挥；创造性的无“度”的发挥就有可能导致对印章本体的偏离。金派作者特别强调秦汉印的风范作用，认为“汉印为典型的篆刻艺术的审美定势是不可背离的，否则即无‘印味’”[49]。刘一闻“以秦汉印为基础，攀援魏晋六朝官印”[50]；黄惇“以汉印为基调而多方汲取”[51]。这种出入规矩、以古为尚的心理又何尝不是儒家尚礼、尚制精神的表现呢？孔子以周礼作为理想的行为道德规范，号召人们“克己复礼”[52]。这种礼虽然被他用“仁”来解释为人的内在需要，但它作为人们行为的外在规范的特征却还是十分明显的。荀子从他的性恶说出发，认为人的生命欲望必须要受礼的限制。因此，他极为赞赏规矩法度，认为“故绳者直之至，礼者人道之极也”[53]。这种对礼制、规矩的基本认识，使儒家学派在艺术创作上重人工美的同时，又特别强调法度的重要。人们在艺术创作中的情感的宣泄也便因此而有了“度”的界限。《关雎》正因为“乐而不淫，哀而不伤”[54]才得到孔子的赞许。“发乎情止乎礼义”才是情感表达的最完美状态。在金派的篆刻中，对规矩的讲求即表现为“从心所欲，不踰矩”，一切创作都以“不背遗制”[55]为前提。对周礼的服从是先秦儒家作为人格完善的行为准则，而金派对规矩的遵循，则表现出他们在篆刻中的优越的“正宗”意识。金派作者自幼便浸染于印章规矩中，他们丰厚的秦汉印的功底，可以使他们成为当今印坛中传统遗制的继承者和传播者。他们对秦汉印的崇敬与遵从，一方面使篆刻这门艺术保存了其基本的法理和独特的审美特征，使它不至于沦为雕刻与书法的附庸。另一方面，当这种对传统规矩的恪守达到“发乎情止乎礼义”的地步时，规矩无疑便成了限制人性的异己力量。金派作者刻制时的双刀运行，不正是为着遵循汉印的规范，而把感情的奔发慢慢地消解在往复运刀的过程中了吗？这种以理节情实在使金派篆刻陷入一种悖论：既要以遵循规矩来维护篆刻本体的存在，又要打破规矩以舒展人的自由性情。从这个意义上讲，金派篆刻的沉重的形式负荷、规矩负荷使它的创新的历史使命变得更为严峻。

四、金派与石派共同的文化价值

在我们把新时期的篆刻艺术创作区分为金、石两派之后，我们发现，他们不仅仅是金的景象与石的景象这两种印面特征的不同，也不仅仅是精工与写意这两种造型体系的不同，他们更是我们民族心理中儒、道的观念意识的不同显现。为了使我们的行文更加清晰，分析更加严整，我们几乎是在一种“对立”的意义上来分别描述金、石二派的。我们对有关的每一对范畴的展开也几乎把该范畴推到了它的定义的极限。而事实上，像我们民族文化中的“儒道互补”才使得我们的文化实体以有别于西方文化的样态发展至今一样，金派、石派也正因为各自在观念、心理、形式、风格等方面的两极发展，才使它们成为既互相区别，又互相映衬的两种派别。它们既满足了不同的审美需求，又促进了新时期印坛的绚丽纷呈。我们没有理由偏袒任何一方。金派与石派在当今印坛中都具有各自无法替代的地位；金派与石派在当今的文化格局中有着共同的文化价值。

这种共同的文化价值在于他们对“真”的虔诚与探索。只是这种“真”在他们又有各不相同的表现：石派以“游戏”为真；金派以“执着”为真。在石派作者的或漫不经心、或纵横驰骋的挥刀中，石性不为所违，人性不为所拘，一切都如同自然天工一样地流露，这难道不是一种“真”？金派作者刻意求工，他们以古为法，苦心地经营着线条的形式；秦汉古印是他们的楷模，他们全心全意地去切近传统的内在实质，这难道不是一种“真”？石派挥刀不拘小节，这是在追求刀痕的真，金派运刀巨细无遗，这是在追求造型的真；石派落刀经常有偶然的机趣，这是瞬间的真的显现，金派运刀刀刀有来历，这是把握了恒定的真；石派作品浑然一体，那里面藏着一个真的意境，金派作品处处精绝，每一处都是一个真的天地；石派捕捉感性的真，金派把握理性的真；石派是真的人性，金派是真的人格……

在纷纭的现实中，去构筑一个可以寄托我们精神的理性的“真”的天地，是我们的渴求；而去打破现实的规范，回归“真”的自我，不同样也是我们的热望？做一次虔诚的对“真”的目标的追寻与做一次全身心都投入的“真”的游戏，这在我们的现实文化中究竟何者是更好的一种生存方式？如果我们不能回答这一问题，那么我们又怎能区别出金派与石派之轩轻？

1991 年 10 月初稿
1992 年 3 月二稿

注释：

---

① 王国维：《齐鲁封泥集存》“序”。

② 参见拙文《吴昌硕与黄士陵篆刻艺术的分野》,《书法丛刊》1992年第3期。

③ 甘旸:《印章集说》。

④ 即使偶尔有些以“凿”等的形式制成的急就章,也终因铜质质地的紧密厚润,而与石刻文字迥异。

⑤ 吴名世:《翰苑印林》。

⑥ 陈澧:《摹印述》。

⑦㉗ 王镛:《治印追记》,《书法通讯》1990年第1期。

⑧ 徐正廉:《篆刻要有“刀味”》,《书法报》1990年12月26日。

⑨ 吴昌硕:《刻印诗》。

⑩㉛ 黄惇:《碗底拾得》,《书法报》1991年7月31日。

⑪ 明徐上达《印法参同》云:“意主夫笔,意最为要。笔管夫刀,笔其次之。刀乃听役,又其次之。”明朱简《印经》云:“刀法混融,无迹可寻,神品也。”

⑫ 《印学管见》。

⑬㊾ 李刚田:《篆刻创作中的“印化”》,《书法导报》1991年第79期。

⑭⑮⑳ 辛尘:《扩展与超越》,《书法家》第10期。

⑯ 郑伟平:《刘一闻篆刻艺术简论》,《书法报》1988年5月25日。

⑰ 刘一闻:《自然,传统艺术的至高境界》,《书法报》1989年3月15日。

⑱ 徐本一、黄惇:《提挈天地委万物,期许变通致高崇——谈陈平的书法篆刻》,《中国书法》1990年第3期。

⑲㉒ 黄惇:《一事能狂便少年》,《书法报》1990年第39期。

㉑ 刘恒:《转益多师,不断探索》,《书法报》1988年12月7日。

㉓ 袁道厚:《张耕源篆刻作品观感》,《书法报》1988年11月2日。

㉔ 徐上达:《印法参同》。

㉕ 米芾:《画史》。

㉖ 汤垕:《画鉴》。

㉘ 默声:《试论当代篆刻的雄强美与自然美》,《书法导报》1990年3月28日。

㉙㉜ 陈兆育:《浅谈石开篆刻特征》,《书法导报》1991年9月25日。

㉚ 石开:《学印琐谈》,《书法报》1986年6月11日。

㉝㊺㊿③ 《荀子》。

㉞㊱㊲㊳㊴ 《庄子》。

㉟ 薛永年:《质朴浑成造意新——王镛的书法与篆刻》,《中国书法》1987年第3期。

㊵ 袁三俊:《篆刻十三略》。

㊶ 《王镛篆刻选》“自序”。

㊷ 陈振濂:《篆刻美学导论》,《文艺研究》1987年第2期。

㊸ 杨士修《印母》云:“兴之为物也无形,其勃发也莫御。兴不高则百务则不能快意。印之发兴高者,时或宾朋浓话,倏而成章;半夜梦回,跃起落笔,忽然偶然而不知其然,即规矩未遑。譬如渔歌樵唱,虽罕节奏,而神情畅满,不失为上乘之物。”

㊹ 姚晏:《再续三十五举》。

㊻㊽ 李辰:《关于韩天衡篆刻的思考》,《中国书法》1987年第2期。

㊼52 54 《论语》。

㊿ 胡传海:《刘一闻篆刻的文化意义》,《书法导报》1990年第32期。

㉛ 司熹:《黄惇的新大陆》,《书法导报》1991年10月9日。

㊵ 方介堪:《刘一闻印稿》"序",上海书店出版社1990版。

（1993年第1期）

后现代文化现象研究

——后现代知识与美学话语转型问题

王岳川

无论如何，我们都不能忽略20世纪末发生在当今世界著名思想家之间的一场著名后现代论争，这就是德国的哈贝马斯、法国的利奥塔德[①]和美国的弗·杰姆逊之间的思想交锋。[②]

当哈贝马斯以一种“新理性”眼光在文化领域逡巡，并依据“整体性”原则构筑起“交往理论”，以期打通人与人、人与社会的隔膜，从而达到交流的认同和普遍共识时，法国哲学家利奥塔德则以独特的“去中心”视界，将后现代是否可能的问题转化为后现代时期知识状态的研究。他在对后现代知识状况的叙事危机的考察中，一方面批判了哈贝马斯的整体观、交往理论和共识真理观，另一方面展示了一个后现代学者独特的时代敏锐感受力和消解同一性，以及对整体性而开战的决心。

一、后现代状况下的知识分子危机

法国哲学的当代氛围和禀性对利奥塔德的研究提供了完全不同于德国当代哲学的向度。法国思想家所禀有的那种法国人特有的浪漫激烈的情怀，在20世纪的灾难中却发生了逆变。哲人们痛感理性主义的信誉扫地和审美乌托邦的虚幻性，这个痛苦的现实，对于法国哲学产生了转变方向的中心压力。飘浮在不合理的、为科学所迷惑的世界中的心灵和思想的现实，失去深邃的历史眼光和曾经激励人们走上街头的理想之光。在主体与结构双元中，哲人们抛弃了主体而选择了结构和语言。现在，主体消失在语言结构中，主体失去了它自身的结构的同时也失去了世界的结构，因为语言的结构取代了这两者。人的哲思活动就被归纳为一个本体论的实体（语言）的自我组织和构造，语言变成了存在着的存在物。德勒兹一语中的：思维就是掷骰子。真理已经变成由技术和计算机处理的东西。这个世界除了作为由可证实性、可证伪性、系统明晰性和循环解释这些科学标准所支配的认识论以外，似乎没有给人的哲学留下地盘。

法国当代哲学勾勒出这样一幅现代图景：从结构主义到后结构主义，哲人们意识到语言的存在和个人意识的存在之间不可调和的不相容性。他们以彻底地摧毁形而上学的勇气，拆除了理性的庙宇和人的殿堂，使思想成为清道夫而寻找残迹的工作。所有建立体系的尝试趋于结束，因为在解构的旗帜下，必然拒绝接受体系、等级制度、传统的道德、美学、政治和宗教的教条，而把一切事物都抛入重新检验的熔锅里。

当今西方时髦的态度是反叛、抵达虚无的否定和不断置疑的审视。哲学和宗教的古老偶像坍塌下来，对本文和语言的批判成为中心。本文就是一切，而个人意识、历史理性、实践生活退出了舞台，纯粹抽象的非人性化的观念和体系充斥前台。过去往往依赖于理性和逻辑的哲学话语现在已裂成碎片，它已丧失解释、描述和敞亮存在的性质，而被用为破坏（解构）的武器，从事尼采式“价值重估”的事业。自福柯率先走出“人的时期”以降，哲学中的人的主题、理性、进步的话语消失了，剩下的只是关于话语（discourse）的哲学争论。

利奥塔德处身于这种文化氛围中，思想上经历了一系列的转变。50年代大学毕业，毅然选择了去阿尔及利亚任教，以激烈慷慨之情声援阿尔及利亚的民族解放斗争。回国后，又参与组织了1968年农泰尔学院新左派师生联盟，并因大量撰写文章而声誉日增。然而以1974年出版的《力必多经济学》为其转捩点，利奥塔德发生了重大变化：政治上，由前期激烈斗争到后期的保守折中；哲学上，由现象学的本质直观转向后结构主义所标示的西方文化精神裂变症候；学术上，由对人的问题的重视到对语言研究的重视；人生态度上，由前期的反权威的先锋到后期的成为反权威的权威。利奥塔德受福柯、德勒兹、德里达的激烈的学术解构的影响，反对哈贝马斯的整体性哲学和交往理性的幼稚病，以冷峻的目光去探求当今世界究竟发生了什么重大裂变，并力求寻找一条新路。他没有完全走向否定主体性的立场，而只是折中地将自己的研究方向，确定在质疑后现代知识话语转型上。

转型时期的“知识状况”研究，首先触及后现代状况下知识分子问题。利氏指出，“五月风暴”后，巴黎知识分子任务已经发生变化：他已从“介入型”（如萨特走在民众前列呼吁革命的真理），变为介入与非介入的“中间型”（如在讲坛、沙龙里仍就自由解放高谈阔论，却不再有面对要塞和街垒的热情冲动）；再变为“非介入型”，即像福柯、德里达由现实退回书斋，在本文的世界里重展法兰西的浪漫激情：消解结构，打破语言牢房，颠覆传统意识形态，抵牾所有重建理性的企图，在哲学的话语的“游戏”中，掀起书本世界里类似前苏格拉底雅典诡辩学派的喧哗声。这种远离现实的“本文”世界的喧嚷，使知识分子发现自己成为新时代的“堂吉诃德”。只不过这一次是拖着笔同人自身作战。

如此一来，西方知识分子所立足的基地不断坍塌：理性消失了；真理隐退了；正义丧失了标准；价值失去了主体；知识失落了尊严。作为“上帝的宠儿”的知识分子正在变成不可能，知识分子的地位和存在价值发生了危机。问题远不止于此，知识分子在“本文”世界和“话语”世界里玩解构“游戏”时，已将真理、自由、理性、幸福一概拆除，他们失去争论的内容，不再愿意争论了。因此，西方知识分子的危机表层次上是大学的危机，而深层次是文化的危机和情怀的危机。

1983 年，利奥塔德以《知识分子的坟墓》引起法国学界的震惊。文中并没有要重建理性，振兴主体性的看法，相反，他认为后现代状况下的知识分子的职责已完全不同于昨昔。那种为理想的统一目标而奋斗、为集体责任而牺牲个人利益的时代已成为过去，今天知识分子要对整体性（totality）开战，标举差异和自由欲念的局部独特性（sigularity），从根本上颠覆一切专制赖以存在的统一性和理性根基。

从一种对“知识和权力整合”的偏激否定中，利奥塔德注意到弗洛姆和霍克海默的“权威人格”观点。这种权威人格“机械地向传统价值投降，盲目顺从权威，憎恶所有反对者和外人，反对自省，思想僵化，酷爱迷信并习惯于半说教，半讥讽地蔑视人类天性”③。在利奥塔德看来，知识分子中一味奢谈传统，抱着旧价值体系不放，敌视创新和价值重估，为统治者效劳的不乏其人。这种人以人性全面伸张和社会开明进步为由，要求人们丧失个体的独特性以成全对秩序权威的与日俱增的服从。在他看来，这种知识分子的痼疾，其源盖出于整体性、元话语，因此，只有以彻底反叛的姿态，才能打破“权威人格”。

遗憾的是，利奥塔德看到了知识分子的危机，却不去触动那压抑先进思想的体制、制度，反过来却去否定知识分子本身。这位“知识分子的掘墓人”也在自己不断消解的游戏中为自己立下十字架：由激烈抗争到冷静自戕；由外部世界到内心意识；由政治批判到文化（语言）批判；由行动（社会）到写作（书斋）。他终于通过批判德国式的对真理和远景的追求，而拥有了法国式的不断拆解、不断创新的“消解”游戏。

二、后现代的知识话语转型

利奥塔德作为晚出的思想家，在70年代末却敏锐地把握到“后现代主义”问题。他注意到贝尔对“后工业社会”的分析，也注意到哈贝马斯对抗后现代的雄姿，但他并不认为后现代是可怕的，要以所谓的“新宗教”去救治，以“新理性”来对抗。利奥塔德感到后现代氛围标志着历史气候的深刻变化，标志着对一种永恒的幻象的承诺的失效。因此，他以一种真正的多元、宽容、“怎么都行”（费耶阿本德语）的态度去对待。他甚至认为，那些一心想成为“历史的把犁人”的思想家，却有可能因对历史的阻挡而成为“历史的‘肥料’”。因此，利奥塔德认为应重新检验“合法性”问题，揭露哈贝马斯所张扬的“交往理性”和“普遍共识”下面掩盖的回归统一、重树霸主地位的实质。

沿着这条思路走下去，必然使利奥塔德在众多的研究方向中，确立唯一的方向：对后现代知识话语的考察，看看这牵涉到社会、人、知识分子、未来世界、科技、进步、幸福的“知识”在进入后现代时期时，究竟出现了何种病态症候？究竟发生了什么危机？而对应的策略是什么？这些就是他的《后现代状况》这一富于挑战性著作的主要内容。

（一）知识地位

利奥塔德在《后现代状况》中指出：“本书研究主要对象是高度发展社会中的知识状况，我用‘后现代’一词描述这种状况。‘后现代’正流行于美洲大陆的社会学家和批评家中间。19世纪以后，我们的文化经历了一系列转变：科学、文学、艺术的游戏规则完全改换。‘后现代’一词，恰好标明了文化目前的地位境况。”[④]他认为，当社会进入贝尔所言的“后工业社会”，当诸多文化进入哈桑、贝那蒙、卡拉梅洛称之为的“后现代文化”时，知识的地位就发生了变化，这一转变，从50年代末期即已形成，在性质上，则主要表现为以下几个方面。

首先，科学知识是一种“话语”。现代先进的“科技”无一不与“语言”相关，如语音学、语言学理论、传播学和控制论、电脑语言、信息传播、数据储存及流通、电传学、电脑终端机等，这已经改变了传统知识两大功能即知识研究功能和知识传递功能。知识研究功能在现代出现了库恩所说的“范式”危机，而知识传递功能则随电脑的微型化和商品化改变了人类知识的获取、分类、提供、应用的方式，数据库和信息处理机的暴增，将对知识的流通产生巨大影响。在这种状况下，知识的本质产生了重要变化：大规模将知识移入电脑，使知识成为可操作运用的资料。不易精密化、电脑化的人文科学的命运似乎前途未卜。

其次，随着电脑霸权的形成，一种特殊的逻辑应运而生，知识者过去由心灵和智慧的训练获知的方法已经式微。现今的知识者以一种彻底“外在化”符号化的方式，淡漠道德灵魂的修养而奉行商品世界那工具性的操作伦理。后现代知识不再以知识本身为最高目的。知识失去了“传统的价值”，而成为商品化的重要领域。更令人担忧的是，应了培根的名言：知识即权力。知识与权力整合，知识（科技知识）成为一种当代“话语”，一种压迫、排斥、控制的权力形式。这必将导致一个“新的战场”出现，人类而今为信息的控制权而战。

再次，科学如今与社会进步的距离加大了，前沿科研领域（诸如量子论等）呈现出规律反常，验证证伪，前后矛盾，中心消散等非稳定随意状态，因此，科学一变积累模式和稳定形态，为求新而求新，生产未知成为当代科技的第一需要和首要目的。后现代状况下的科学技术终于从叙事知识（人文科学）同源母体中撕裂出来，它在洋洋得意地否定人文科学合法地位之时，殊不知也铸成自身的“合法性危机”。

（二）叙事与科学“范式不可通约”

知识本质和地位的思考，必然引向科学是否等同于知识问题。利奥塔德认为，科学知识并不代表知识的整体，科学知识与叙事知识（narrative knowledge，即人文知识）同时并存，缺一不可。但是到了当代，科技知识与人文知识改换了“游戏规则”，双方互相排斥冲突，产生了危及西方文化的“叙事危机”。

从语用学层面，利奥塔德分析和阐释了叙事和话语与社会文化形态的重要方法论原则。他指出，在任何谈话中总存在三个要素，即讲述者（sender）、聆听者（addressee）、指涉物（referent），三者形成一种特定话语模式（modes of discourse）关系：讲述者处于“知者”或“行家”（knower）的地位，听者则成为表示赞成或否定的角色，并通过指涉物达到双方的认同与表达。讲叙者总是被赋予一种权威性，而且随其指示性语法的运用，会无形中改变听者与指涉物间的地位。据此，利奥塔德引入后期维特根斯坦的“语言游戏”（language-games），据此表示，在每种不同性质的“话语”中，都可以用说明其特质和用法的随意游戏规则去设定。但是必须注意，这些游戏规则本身不能给自己提供自身的合法性，它们只能是游戏者之间的契约式产物；规则是游戏得以进行的关键，其任何变化都将改变游戏的本质；每种“话语”的发言，都如同游戏一样，具有对抗竞争的意味，因此具有一种不断推陈出新的特征。正唯此，利奥塔德一针见血地指出，当代知识危机，恰恰在于知识状态改换了“游戏规则”，使三要素之间“契约”破裂，造成了讲述者绝对权威，导致话语本质的改变，以及科技知识和人文知识同源并列的对抗冲突。这种局面，使得人们认识到，知识危机导源于两类知识（科技和人文）的“范式不可通约”性，因此，寻找并指出两类知识的差异矛盾，成为解“合法性危机”的重要环节。

利奥塔德的总体目标是以“叙事危机”（the crisis of narratives）为中心，展示后现代的文化变迁图景。因此，他将知识问题放在高度发展的工业社会构架中，在叙事知识与科技知识之间做出区别。他认为：“长期以来，科学一直与叙事学（narratives）相互冲突。以科学的尺度去衡量叙事话语，那么大多会沦为寓言传说之类。但科学本身并不仅仅限于提出一系列有用的公式去探求真理，科学还必须在其游戏中使本身所运用的规则合法化。因此，科学便针对自身的地位状况，制造出一种合法化话语（discourse of legitimation），这种话语我们称之为‘哲学’。”⑤

知识（savoir）既不能等同科学，也不能等同学问。学问是一套陈述，排斥另一套陈述，对各种现象加以描述和定义，以判定其真伪；科学是学问的一个方面，是能重复加以论证并得到专家权威认定的定义性陈述；而知识是一种总体能力（competence）问题，它包括描述定义以求真理，具体的操作效益，关于生活的善、正义的观念，幸福和美的理解，以及真、善、美标准的确定和应用。这类知识符合专家的判定和普遍的标准，因此又称这种合法叙事的模式为“鉴定”（opinion），这种共识（consensus）使得这类知识被界定，并构成一个民族的文化。

在利奥塔德看来，叙事知识的用法没有一个永恒不变的模式，而只能通过“语言游戏”来设立各种话语的合法性地位。叙事话语的功能，就是在所论及的文化里，确定大家应该谈什么和做什么。这些叙事话语之所以是合法的，是因为这些话语能够自己确立合法地位——只要在听、说、指三者中占据叙事者位置便自获权威。⑥

科学知识作为叙事知识的派生，以验证真理和修正谬误为其根本目的。它不关涉正义、幸福、美善，它只存身于一种指示性陈述的语言游戏中，并以能否重复验证为尺度，去检验对象，做出真理性的陈述，使大家产生共识。科学叙事仅仅在专业行当内部开展话语游戏，在专业阶层的范式中谈论彼此的话语，而不直接形成社会制约。同时，它在讲、听、指三者网络中，其研究游戏能力只与讲述者有关。这里，与叙述知识不同的是，聆听者不必学习如何去成为一个“某种知识”认为他应该成为的那种人。科学话语只能说出已被证明为真的理论，才能具有合法性而被人接受，而一旦提出新说则必须在提出证据去推翻旧说的基础上，才能成立。因此科学叙事恪守“或此或彼”“二中择一”的诺言，以单一的标准企图去统一所有的话语，它不断反拨过去，强调创新，并强硬地认定自己的游戏话语是唯一的真理。因此，从时间维度看，科学叙事是一连串“否定史”，这种历时性的推翻旧说，创立新说，使得任何当代科学话语的主述者必须熟悉他所研究指涉物的一切既成话语，所提出的新说必须和以往的话语有所不同，凭此即可获唯一正确的霸主地位。

叙事知识和科学知识构成人类文化相辅相成的双元，作为具有不同游戏规则和合法性的两类知识，不可以前者来判断后者是否成立及效能如何，也不能以后者断定前者。这是因为两类知识的评估标准不同。然而，科学禀有一种强劲的“知识意志”，当它从萌芽时期的叙事知识母体中衍生出来时，便一再对叙事话语的正确性提出质疑和挑战。叙事知识将科学话语看作叙事文化家族里的一个“变种”（variant），因此总是对科学的侵吞和否定采取宽容退让的态度，并逐步放弃整体维系功能，并割让自己的地盘。而科学却步步进逼，认为叙事知识缺乏根据，永远无法用证据来证明其合法性，是“野蛮的、原始的、低度开发的、落后的、异化的，因为叙事知识是由意见、习俗、权威、偏见、无知和意识形态所构成的叙述知识，只是一些适合女人和小孩阅读的寓言、神话或传奇而已”⑦。这种人文科学容忍退让，自然科学步步扩张，成为“文化帝国主义的全部历史”⑧。这种“不平等关系”导致当代西方的不治之症；科学知识在否定叙事知识之后，因其单一话语和仅仅指涉科技理性，而无法完成文化意识的替代，也无法具有人文科学的多种价值关怀和多种社会效益。科学独霸的内在冲动在损毁叙事知识的历史根基时，也使自己置身一个共时性平面上，导致包括它自身在内的普遍知识的“非合法化状态”。

（三）解“合法性”

利奥塔德在分析了知识的状况、知识地位的变化和叙事知识与科学知识的“范式不可通约”以后，直接切入“合法化危机”问题，并展开对哈贝马斯的批判。哈贝马斯认为：资本主义社会危机是一种连锁式危机，由经济危机、管理危机向同一性危机和生存意义危机发展，最终因科学成为意识形态，而造成意识形态（科学）合法性危机。为解救这一危机，哈贝马斯提出交往理论，以达到普遍共识，使社会得以重新协调而消除危机。这种通过交往理论使社会以进化的方式跃入一个新理性社会的憧憬，被利奥塔德斥为“整体性”哲学传统所留下的令人无法接受的残渣，因为，在整体性的压力下，强求沟通共识，很容易在貌似平等的“交往”中，造成另一种形式的霸道，将会导致各种语言游戏的异质特色的破坏，形成新的思想控制和独裁统一。

利奥塔德对合法性问题进行了极广泛的研究。进而认为：传统的合法化因时过境迁而失效，只有通过解合法化，走向后现代的话语游戏的合法化。换言之，那种以单一的标准去裁定所有差异也统一所有的话语的“元叙事”（metanarrative）已被瓦解，自由解放和追求真理的“两大合法性神话”、或两套“堂皇叙事”已消逝。如此一来，科学真理只不过是多种话语中的一种“话语”而已，与人文科学“话语”一样，不再是“绝对真理”。因此，把当代科学重新加以合法化，意味着应该尊重各种话语的差异、依照不同的游戏订出不同的规则。各种话语游戏之间是平等的，无高低之分，也不可相互侵吞。

将上述思想具体化，成为利奥塔德得心应手的理论展示过程。利奥塔德从科学非合法化过程和否定“元叙事”两个方面详加论列进入后现代时传统合法化的失效，然后从事“解合法性”操作，最后提出自己的“谬误推理”策略。

利奥塔德认为，从柏拉图以来，科学合法性问题便和立法者的合法性紧密相关。实际上科学自诞生之日起，就依赖于非科学的叙事将自己合法化。科学离开了人文科学，就既不能自证为真理，也无法让别人知其为真理。没有叙事知识的某种形而上的预设（如第一因，泛神论，绝对理念等）充当其真理前提，科学将处于一种自我假设自己为真的状况而导致自我否定。在日益发达的科学看来叙事知识是不科学的，根本就不能称为“知识”，因此，凭借不科学的叙事使科学合法化，形成不同时期的“合法化叙事”，成为科学的“永恒的磨难”。随着现代科学的兴起，科学放弃了“第一因”和超验性证明，因为现代科学认识到真理的条件并不在超验的神或第一推动力上，相反，真理的条件存在于科学话语游戏规则中，而这些规则源于一群专家的内部共识。21世纪科学革命揭示了科学的非合法化的荒谬史及其证明法则，转而奉守操作主义和可错尝试性科学否定论。科学已经看到自己合法性是建立在不科学的叙事知识基础上，它要从中挣脱出来，使自己结束“非合法化”局面。

事实上，除了形而上的超验性和第一证明之类的传统合法性失效以外，一种以权威性陈述使人承认其真理的“元话语”（metadiscourse）也遭到瓦解。后现代主义以对“元话语”的质疑精神，反叛一切既成话语的陈词滥调，导致了元话语的“两大合法化神话”（或“两套堂皇合法叙事”）的失效。

在利奥塔德看来，启蒙运动促使科学求真与自由解放齐头并进，造成两套堂皇的合法化叙事。一是以法国革命为代表的关于自由解放的“堂皇叙事“（grand narrative），富于激进的政治性，其特点是注重人文独立解放的思考模式；二是以德国黑格尔传统为代表的关于思辨真理的“堂皇叙事”，注重同一性、整体性价值的思维模式。这两种“神话”（myths）观念以冲突对立的交互出现的状态，为制度化的科学研究辩护。这种“解放的英雄”（hero of liberty）和“知识的英雄”（hero of knowledge）以一些堂而皇之的叙事，如精神辩证法、意义的阐释、理性（或劳动）主体的解放、财富的创造，为追求真理和追求正义作了承诺，并导致了科学的迅猛发展和主体性极端膨胀，出现了始料未及的后果：科学在追求真理的要求中，一方面逐步解拆牛顿式宇宙论殿堂，同时，使科学更进一步地占领人文科学地盘，并宣告作为同源叙事的人文最高范式和整体叙事的失效。这种导致人文科学非合法化的进攻所产生的信仰危机，通过虚无主义又反过来对科学加以反抗。从而使包括科学自己在内的整个知识合法性受到威胁。

在论列了传统合法性失效以后，摆在面前的问题是，在后现代社会，属于“堂皇叙事”的“纯思辨理论叙事”和“自由解放叙事”归于无效以后，知识合法性如何确定？或许合法性本身也应“消解”？

在利奥塔德看来，后现代的特殊透视角度是“解合法化”（delegitimation）和对“元话语”的质疑。在后现代境况下，元话语那套合法性装置已过时，堂皇叙事的社会语境：英雄圣贤、拯救解放、伟大胜利、壮丽远景等，全都因社会背景的变故而散入叙事语言的迷雾中，人们不再相信政治和历史的言论，或历史上的伟大“推动者”和伟大“主题”，取而代之的是“小型叙事”（petit récit）。后现代是一个“凡人”的世界，是一个只重过程而不重结果的时代。这个时代，百科全书式的学术网络已经分化而成为繁杂细微的学科，各种不同学术范式之间的界限消失，于是后现代“大道”展示出来：科学只能玩着自己的语言游戏，传统社会范式在语言游戏的“播撒”下，濒临瓦解；任何人都无法用科学来判定其他语言游戏的合法性，科学自己也无法使自己合法化。利奥塔德不无乐观地认为，人们对已消逝的叙事话语已不再怀旧，因为他们清楚，唯有从自己的语言运用及相互沟通上，合法性才会来临。

（四）策略：谬误推理

后现代来临，在知识领域悄悄地进行着一场哥白尼式的革命。1. 研究的范式发生了逆转：由外在呼唤人性解放、理想、正义等堂皇话语转入人的意识拓进、语言游戏和结构分析，由追求传统同一性辩证法转到现代否定辩证法。2. 学者的使命变了：不再具有“元话语”，转而日趋精细剔解与局部论证；由知识的启蒙变为知识专家控制信息。3. 教育的本质变了：学生不再是关心社会解放的“自由精英分子”（liberal elite），而是在终端机前面获取新类型知识的聆听者；教师再也不是传统传道授业解惑的精神导师，其地位将被电脑信息库所取代，出现在学生面前的不再是教师，而是终端机；学校中心场所不再是教室、图书馆，相反，“数据库成了明日的百科全书，其所存信息，超过了任何听者的容量和接受力。数据库成为后现代人的本性”⑨。

后现代知识最为推重的是“想象力”，具有这种不断创新的想象力，就具有了将分离的知识有系统组合并迅速清晰表达的可能，“想象力可以包容整个后现代的知识领域。”⑩同时，后现代知识追求“不稳定性”（instabitities）而拒斥稳定系统和决定论。“后现代科学的发展特性是：非连续性、灾变性、非修正性和似非而是性。后现代科学最关注的是：难确定和精确控制的、因信息不足而导致的互斥和对抗、支离破碎的、灾变的、语用式的似非而是论的，后现代科学把知识的意义扭转了，同时也对这种扭转加以解释。后现代科学生产未知而不是生产已知。”⑪

提出上述观点以后，利奥塔德对哈贝马斯的合法性和共识理论进行清算，认为人类话语交往的目的，并不在于追求共识，而在于追求谬误推理。

传统知识合法化已经失效，而无法成为后现代科学的有效学说。那么，由哈贝马斯的交往理论能否达成舆论共识呢？利奥塔德认为，哈贝马斯将共识作为经由对话获得的人与人之间的智性契合和自由意志契合，这一论点仍建立在解放独立的“元话语”的有效性基点上，“是不恰当的”。正因为“那种一致的共识，是一条永不可及的地平线”，因此，必须“找到一种完全基于谬误推理（paralogy）的合法化模式”。利奥塔德明确表示，自己的目的就是要“摧毁作为哈贝马斯研究的基础的那样一种信仰。这种信仰相信，作为集体或普遍主体的人性，可以通过所有语言游戏的操作规则化而达到普遍解放，相信：任何言语的合法性在于它对人性普遍解放的贡献”⑫。利奥塔德宣称，他已经证明“共识只是属于讨论问题时的某种特殊情况，共识并不是科学讨论的终极目的，正相反，讨论的目的不是追求共识，而是追求谬误推理”⑬。即从内部破坏以前的“正常科学”（normal science）已建立好的基础构架。

究极而言，后现代的特色不求同（所以不需要什么共识），而是求异。后现代达成正义思想的实现靠的不是同一性的中心维系作用，而是靠语言游戏的异质多重本质，一切都是可能的，怎么都行，只要语境变了，结构变了，关系就变了。在游戏规则上则打破中心论和专家式的一致性，以更深广的气度去宽容不一致的标准，以一种多元式的有限元话语，创立后现代知识法则：追求创造者的谬误推理或矛盾论，倡导一种异质标准（incommensurability）。这就是利奥塔德在承认知识的非合法状态后，重新确立的后现代合法化方式。

十分显然，利奥塔德与哈贝马斯的现代性对抗后现代性针锋相对：以后现代性对抗现代性。“现代性”以堂皇叙事的元话语证实自己合法的理论，企图使用理性进步话语来判定知识合法性和社会制约的有效性，并借此形成真理验证与合法性神话的双重控制。“现代性”高悬一个理想的远景，以使知识理性作为历史的主角在不断克服谬误中走向社会的沟通和人类的大同。而“后现代”在知识层面上则标志着宣布元话语无效，对一切历史性伟大主题和英雄主角使命持怀疑态度，对任何企图返回同一性，重新造神（或英雄）的努力加以否弃。后现代是不再追求至全至美的“准英雄时代”，后现代人更宽容地承诺一切话语的局部合法性，更乐于承认知识局限、断裂、矛盾和不稳定性，于是形成自己的语言游戏规则并建立局部决定论。

平心而论，利奥塔德与哈贝马斯之争，反映了西方思想界最前沿的思想交锋。他消解主体性，害怕陷入有关“主体”自由解放的元话语中；他远离一切加之于他的制度和限制，因为这样可以保证自己不会被造成这一制度的恶势力所利用；他力求淡化叙事知识和科学知识的区分，力图争得人文科学的当代权利；他看到知识境况的不同往昔，而提倡多元性、游戏理论和宽容的后现代精神，是值得我们认真加以对待和深入研究的。

三、后现代主义文艺美学

作为后现代知识状况的重要表征的文艺美学是利奥塔德关注的中心问题之一。后现代主义文化精神以宽容、多元、边缘性、不稳定性、悖论性、差异性为标志，一扫传统的同一性、整体性、中心论、稳定性、元话语。宣告这是一个宽容的时代，一个“怎么都行”的时代。

处于后现代境况下的文艺美学也产生了根本性的逆转，与写实主义和现代主义有本质的差别。

利奥塔德坚决反对写实主义对“铲除”先锋主义作品的努力，在他看来，处于资本主义时代的写实主义所禀有的一种浪漫怀旧情绪和嘲讽色彩，表现出一种失落的痛苦。因为现实已是“如此破碎不堪”，除了影视图像占领文化领域，畅销书和明星风靡一时，实验派的浪潮此起彼伏以外，现实失却它的优美宁静，再也无法给人提供“美”的经验。“在这样的世界，古典主义失却了存在的根基”。前现代的写实摹拟再现的“手工操作”方式，已被“机械复制时代”（本雅明语）的“复制”方式所取代。后现代特性鲜明的影视图像逐渐取代文字，它以一种特定的视点去组织指涉物，并赋予其独特的意义，重新生产出一套新句法和新词汇，使观众在强大的声波和图像的冲击下，解悟到所看到的意象及意象间的联系，达到自我自觉的认同和人际交流。这同写实主义所期望的将影视纳入对现实的歌颂中，以防止任何自觉怀疑意识的产生是格格不入的。画家和作家也不希望自己成为现状的支持者，并拒绝自己的作品被人拿去作为点缀现实或取得拯救不古的人心之效。他们的反抗是如此之彻底，以至于连任何传统的绘画和叙事规则也彻底否弃，因为在他们看来，这具有欺骗性的规则是永远无法臻达艺术真理的。艺术媒体、审美观念、传播媒介、发行渠道、读者趣味的改变，使文艺领域发生了一项空前未有的分裂。于是，当今美学问题已不是“什么才是美？”而是“什么才可以称之为艺术？”

在利奥塔德看来，以哈贝马斯为代表的“批判”精神，鼓励先锋艺术的颠覆创新作用。先锋艺术不向专制屈服，不向大众趣味逢迎，它为残破的大地奋斗，为争取自由而努力。然而，哈贝马斯最终目的仍是对现实的折中，因为如他所说，社会目标应该以合乎和谐化的兴趣的“优美”方式去达成，而不是远离别人的兴趣，以彻底消解、彻底反叛的“崇高”方式去达成。先锋艺术以“崇高”的方式，反抗写实主义对当权者和“正统”势力的歌功颂德，反抗符合当政者要求的而选择倡导的“正确”意象、“正确”叙事、“正确”形式，先锋艺术以打破正统审美趣味为己任，愈来愈走向纯艺术一极。而与正统审美趣味发生裂变的艺术的另一极，以折中主义为特征的“通俗文化”也在当代迅速发展起来：“人们听着西印度群岛上的流行音乐，看西部电影，午餐吃麦当劳，晚餐则吃本地餐点，在东京却喷着巴黎香水，在香港穿‘复古’服装，知识则变成了一项电视竞赛游戏。反正，要替折中主义式的作品找观众是很容易的。由于艺术变为庸俗流行之物，艺术遂开始去迎合艺术赞助者的杂乱‘品味’。艺术家、画廊老板、批评家和一般大众，在‘什么都好’中，一起打滚浮沉。”[14]利奥塔德认为，这种折中主义无益于传统价值的彻底消解，而且有可能重新迎合大众趣味，失去消解的作用。

那么，后现代是什么呢？后现代主义美学特性是什么呢？利奥塔德认为，“后现代属于现代的一个组成部分”，“如想成为现代作品，必须先是后现代的才行。因此，后现代主义并不是现代主义的末期，而是现代主义的初期。而且，这一状况是不断地持续下去的"[15]。利奥塔德这一论点，表面上看似乎矛盾，其实，包含了一个非常深刻的思想，是其后现代精神的集中体现。

毫无疑问，利奥塔德认为存在两个划分后现代的标准，1. 历时态标准：后现代主义是不同于现实主义、现代主义的一个历史时期，它由60年代发生发展，将随历史而不断地向后延展。2. 共时态标准：后现代是一种精神，一套价值模式。它表征为：消解、去中心、非同一性、多元论、解"元话语"、解"元叙事"；不满现状，不屈服于权威和专制，不对既定制度发出赞叹，不对已有成规加以沿袭，不事逢迎，专事反叛；睥睨权威，蔑视限制；冲破旧范式，不断地创新……

后现代文化精神是利奥塔德衡量任何文化现象是否具有后现代性的圭臬。据此，他认为，"后现代主义是现代主义的初期状况"。这就是说，现代主义创生初期，以独标新说，反叛权威陈说，从事消解和否定，不断为自己的新生而扫平地基。这时，现代主义理论和艺术，朝气勃勃，充满活力，充满破坏和创新的精神，以宣告新世纪诞生的崇高和豪迈，宣告旧世界和旧规范篱藩的瓦解。因此，它具有典型的"后现代"精神。然而，当现代主义一经全面占领文化和思想阵地，它就不再声言反叛和否定（因为它的批判武器只对着别人），它此时讲求新范式、新权威，讲究肯定、秩序、等级、和谐（优美），而成为为现存制度辩护的保守的现代主义，最终彻底丧失"后现代"精神。于是又有更新的"现代主义"以"后现代精神"为武器去反抗它，然后再放弃"后现代精神"而成为秩序和等级的拥护者。……如此不断，以致无穷。正如利奥塔德所说："后现代是现代的一部分，昨天之新即被今日看作过时而加以怀疑。塞尚所挑战的是什么样的空间观念呢？是印象主义式的空间观念！毕加索和勃拉克所抨击的对象是什么呢？是塞尚的。杜尚在1912年所突破的假设是什么？他所要突破的是：要画画，就一定要画立体派的这种观念。然而布伦却对另一个假设提出质疑，他坚信此一假说尚未被杜尚的作品所触及：那就是作品的展出地点。"[16]

毋庸置疑，利奥塔德的后现代美学理论是一种不断创新的理论，"这使他成为先锋派和实验艺术中，最敏锐、最负有使命感的当代思想家之一"[17]。

以这一后现代美学标准看，那么，现代美学与后现代美学的区别在于：现代美学注重表现人对再现能力的无力感，以及伴此而生的以人性自由解放为主题去感受生命存在状况而引发的怀旧情绪。现代美学属于崇高的美学，它对那不可表现之物以无内容的形式表现出来。而后现代是在现代中，以表象自身的形式使不可表现之物表现出来。后现代不再追求形式的优美愉悦，不再凭借趣味的共识，去达成对永难企及之物的缅怀。后现代寻求新的表现方式，其目的不在于从中获得享受，而是为实现对那不可表现之物的体认。就是说，后现代知识状况在文艺美学领域引起“表征危机”，这状况使得“后现代艺术家或作家往往置身于哲学家的地位：他写出的文本，他创作的作品在原则上并不受制于某些早先确定的规则，也不可能根据一种决定性的判断，并通过将普通范畴应用于那种文本或作品之方式，来对他们进行判断。于是，艺术家和作家便在没有规则的情况下从事创作，以便规定将来的创作规则。所以，事实上作品和文本均具有了某个事件的众多特征”[18]。

从上述美学观念出发，返身回去检查利奥塔德的态度，杰姆逊惊异地发现：“利奥塔德所开创的后现代美学理论，与现今流行的各式各样的后现代主义关系不大，反倒更接近高峰现代主义（high modernism）的传统意识形态，这实在是够矛盾的。”杰姆逊认为，虽然利奥塔德曾以存疑的态度认可“后现代主义”此一口号，并且曾插手为某些在后现代主义旗号下所产生的备受争议的作品辩护，然而在事实上，利奥塔德很不愿意设定一个跟极端现代主义时代迥然不同的后现代主义时代，也不愿意制造一个根本的历史文化的分裂。他宁可视后现代主义为对这种或那种极端现代主义者风格的不满，而分裂出来的产物。他曾以一连串惊人的公式，来形容描绘后现代主义，表示后现代主义并非尾随现代主义或其特殊的合法化危机而来。后现代主义只不过又回到严格定义下，接连不断出现的“新”现代主义，在出现之前的那一段循环时刻而已。

在杰姆逊看来，利奥塔德与哈贝马斯从各自不同的角度（哈贝马斯对抗后现代性，利奥塔德推进后现代性）对后现代主义运动提出看法，并不是他们的全部结论。对他们而言，共同之处在于都崇尚“批判性”和“创新性”，以此反对旧有的僵化板滞的文化和意识形态。因此，这就出现了具有以下两个特征的后现代主义：第一，旧有现代主义的原型政治的使命感以及激进冒险主义沦丧；第二，所有高峰现代主义所独擅的深度模式、焦虑、畏、纪念碑式的不朽情怀都消解了，不断发明新的游戏规则和审美幻象成为一切。这样，丧失了历史深度的“为创新而创新”导致后现代主义必然退回到平面模式和语言解析之中，专门注意表面并专心探讨字面上极端肤浅的意义。

应当说，杰姆逊的意见是中肯的。纵观利奥塔德的整个思路，可以肯定，利奥塔德并没有完全反对启蒙以来的理性主义，因为现代主义的主要特征是普遍怀疑否定和主体性确定（我思故我在），其历史使命是反对愚昧保守和迷信。利奥塔德虽然在拉康、德里达、福柯的影响下，反对主体性，转而质疑现代知识的充分条件，但他坚持怀疑否定精神，以独特的学术视界，代表着西方人文科学自语言学转向以来的最新趋势。他与同一性决绝的态度是坚决的，因他是以这样的话来结束《后现代状况》一书的："让我们向同一整体宣战；让我们成为那不可表现者的见证人；让我们持续开发各种差异并为维护'差异性'的声誉而努力。"⑲

创造一种新理论和否定一种理论同样是困难的。利奥塔德的后现代理论对语言游戏的强调，使他的研究大胆逼近当代文化争议核心的知识论和知识社会学问题。他的研究没有止步，他正在为他的各种游戏规则寻求一种"公正"（juste）的法则，以保障各个"游戏"的自由发展。如何找到判定"公正"所依据的准则，已成为后现代文化或社会中所面对的重大课题。

利奥塔德的意义在于，他将后现代文化的状况清晰地展示出来，逼得人们从知识领域的巨变看到后现代的巨变，并提醒慧者哲人为其找到更坚实的哲学基点。在这个意义上说，后现代哲人的时代和困境已同时来临。

注释：

① 让－弗朗索瓦·利奥塔德（Jean-Francois Lyotard, 1924—　）法国著名哲学家、法国战后思想界第三代中坚人物（第一代为萨特、列维·斯特劳斯；第二代为阿尔图塞、拉康、巴尔特；第三代是福柯、德勒兹、德里达、利奥塔德）。1950 年大学毕业，去阿尔及利亚的康士坦丁市中学任教，1953 年回到法国的一所中学任教，60 年代末期继续深造，并于 1971 年获巴黎大学哲学博士学位，现任教于巴黎第八大学哲学系，并为美国加州大学教授。主要著作有：《现象学》（1954 年）、《从马克思和弗洛伊德开始偏航》（1973 年）、《话语、图像》（1974 年）、《力必多经济学》（1974 年）、《后现代状况》（1979 年）、《公正》（1980 年）、《公平的赌博》（1985 年）、《辩论中的用语差异》（1988 年）、《历程：法则、形式，事件》（1988 年）。

② 对这次思想交锋以及整个后现代主义思潮的发生发展，可参见王岳川《后现代主义文化研究》，北京大学出版社 1992 年版。

③ 霍克海默：《权威人格》，1950 年。

④⑤ 利奥塔德：《后现代状况：知识的报告》（*The Postmodern Condition: A Report on Knowledge,* Manchester University Press, 1984），第 XXiii 页。

⑥⑦⑧⑨⑩⑪⑫⑬⑭⑮⑯⑱⑲ 利奥塔德：《后现代状况：知识的报告》，第 24 页，第 27 页，第 27 页，第 51 页，第 52 页，第 60 页，第 66 页，第 65 页，第 76 页，第 76 页，第 79 页，第 81 页，第 82 页。

⑰ 杰姆逊为《后现代状况》所写的"序言"。

（1993 年第 2 期）

新手工艺术论

——兼评中国当代新手工艺术创作

吕品田

不断推进的现代文明正以新的态势突破传统观念，在当代艺术领域创立了一种新形态。其美学本质决定了它的原创性，以致该有揭示其自身的新概念。只是殚精竭虑仍难觅理想之名，故暂且以“新手工艺术”名之。

所谓新手工艺术，系指那些由传统手工业实用形态蜕变而出，既有手工业文化渊源又在本质上受惠于工业文化的、纯审美的新型视觉艺术样式及其创作实践，即如现代陶艺、漆艺、木艺、泥艺、纤维艺术和锻金艺术，等等。

敏悟新时代文化心音的一大批艺术家，掀动了全球范围的新手工艺术创作大潮，其势锐不可挡。本文拟对新手工艺术的原动力、美学本质、审美特征以及国内的创作实践进行初步的探讨和概略的评述。

一

如果“全部文明的过程是以精神法则战胜自然法则——人战胜自然为标志的”[①]，那么，大工业生产无疑标志着人类文明的空前发展。然而，伟大的工业化力量和成就并未削弱现代人对原始的手工创造方式的满腔热情，反而增进了这种热情。其情形不仅表现为个人主义经典艺术的广泛发展，而且表现为新手工艺术由传统手工艺蜕变出来并得以迅猛发展。作为一种反映现代人文化心态的审美现象，新手工艺术的原动力和美学本质当和工业文明条件下人与自然关系的变化密切相关。

应该说，人类自摆脱造物主的控制之日起，便失去了原本可以寄生于自然的专门化的器官[②]。从此，凭借自身力量求取维持族类生存的实用成果，就成为人类与生俱来所追逐的目标。这个目标似乎注定人类要在与自然对立的立场上发展技术理性。因为，严谨的科学知识和实用的技术手段，对于排除自然界施加给人类的压力或最终控制它具有明显的效力。

当然，技术理性并非初始就与自然法则尖锐对抗。对于前工业时代的人类来说，耕作和锻造的能量形式是不容选择的。人们若想在人工形式上占有自然物质，只能依靠自身的自然力，即依靠四肢和脑协调运动的“手工”。虽说手工业时代的工匠不断开发和强化自身的技能乃是力图对抗自然，但这种对抗在本质上是为自然力自身的较量，因为人的体力就是一种自然力。在“手工”基础上建构的前工业技术理性，具有大量的人类感性因素。它只教导人们如何用泥条盘筑成富有人情韵味的器皿，或如何借溪流引动合乎天籁节奏的水排连磨。人类体力和感性的介入，使前工业技术以一种“艺术”的方式而揭示，以与自然合作的方式生产人工制品。“在某种普遍意义下它们都是技术客体。但实际上，它们又像是艺术客体。它们揭示了世界某些特殊部分的全部深度，本质上以某种方式依存于世界。”[③]本着这种意义，达・芬奇认为可敬的工匠技艺是世界的希望。

可是，直到本世纪，世界的希望不仅未能靠工匠技艺实现，甚至就连它自身的存在也成了一种“世界的希望”。

西方世界自文艺复兴以后，摆脱了中世纪封建制度和神权统治的束缚，逐渐赢得生产力的解放和主体精神的解放。资本的原始积累、工场手工业的繁荣、自然科学的发展和资产阶级势力的扩展都为新技术形式的产生创造了条件。随后发生的资产阶级产业革命，以新的技术形式——大工业机器，否定了延续数千年的手工生产方式，揭开了工业时代的序幕。高效率的钢铁机器提供了市场世界化的动力，工业文明带着它的商品气宇轩昂地向全球推进。从此，古老的手工业在机车的笛鸣和飞梭的撞击声中迅速凋零，一个理性的世界则在自动流水作业线上高速生成。

理性主义、归纳法哲学和实验科学是这个时代具有决定性的领域。它们的旨趣似乎都在于把存在当作一种认识对象和存在物来思考，把人视为孤立的思维主体并将其思维推演为本体论的存在，以致将世界作为一个整体的对象置于人的面前。这种思路奠定了主体与客体对立的根据，使人与自然的原初同一性在主体的思辨中遭到破坏。当这种理性催生并接纳了现代技术形式进而确定了新型实践范围时，便构成了现代技术理性并发展成普遍的世界观。它以理性的尊威把人推到与自然尖锐对抗的立场，诱使人们把自己安身立命的生活世界沦为唯图探究、利用和占有的世界。

技术理性支配了工业生产。现代技术以全新方式开发世界——把自然物质和人类自身中存储的能量抽取出来，转换成可以另行存储的非感性的形式，使之可按人的意志重新分配和使用。往昔感性的、自然的“手工”，如今已为一种抽象无形而又具有独立存在形式的能量所取代。倘若驱动引擎、运转自动生产线的电能真能无条件地受控于人类自由意志的话，那么它可视为人类自然力的一种延伸形式。可实际情况并非如此，海德格尔警觉到这一点。他意识到有一种可以理解为非人格化思维认识结构的“思想框架”，规约着人对待世界的技术态度，驱使人以特殊的方式从事活动。它“在更基本的意义是一种非人格化的意志，不仅思想框架‘创立’世界和向世界‘挑战’——这种表述自己有意志成分；它还创立人并向人‘挑战’。最后，并非人的自由需要和愿望使现代技术得以产生”④。技术理性便是这种咄咄逼人的“思想框架”的现代形态，并以历史规律或命运的姿态统摄世界。对于整体的人和世界而言，技术理性的非人格化意志的价值目标是“分裂”。它把人类从自然界中孤立出来，复又投入现代技术的奴隶庄园。作为技术理性物化形态的主机，大工业机器代“手”而起，成为新型的现代人类的“所有器官的器官”。它所规定的技术内涵和效益目标，使分裂性因素向反被操控的主体全面渗透，以致现代人日益表现出人工的专门化，人类像奴仆那样，在单一方面为现代技术的意志实现作出贡献，为唯物质和经济效益的机器和自动化服务。因此，在实质意义上，现代人正在失去支配自身能力的自由，正在失去形成和表达自我意志的可能。现代技术在极大地提高人类生存能力的同时，日臻上升为一种超越人类控制的外在力量。它成功地从对象世界和主体世界那里抽取了征服自然的巨大能量，同时也冷酷地将人的灵性和自由意志从现代文明中抽离出去。

急剧扩张的工业化，打破了前工业时代的宁静与和谐。田园风光离包豪斯风格的都市远去，原生材料被工业再生材料取代，渗透人情意味的手工痕迹被理性的机床铣平，因材施艺的随机性和创造性被预先设定的技术规范所排除——整个现实生活和心灵世界，都被冷静、简洁、规整、精确、标准、严密等修饰词所限定。人们由失望进而惊惧地看到：现代技术愈强有力地控制自然，人离异于自然和自身的现象就愈明显；物的价值愈增值，人的价值就愈贬匮。现代文明的这种二律背反，导致疏离社会、厌恶机器、崇尚自然的心理情绪迅速滋生和蔓延。

哲人的沉思和大众的感性体验，在本世纪中叶汇聚成一股披靡全球的文化反省势力。人们对既定价值准则和现实生活模式普遍持批判性的态度，并试图以各种方式来改变现状。然而，旨在愈合有限与无限、现实与理想、必然与自由、经验与超验、历史与本源的普遍分裂，希望复归人类自然本真状态的文化反省势力，并不可能彻底摆脱现实历史的境遇，使世界退回到莫理斯所眷恋的冰岛传说时代或中世纪手工行会时代。历史使人类不得不正视这种难以逆转的命运：在技术理性的“思想框架”中，人工的非专门化注定要趋向极端发展的人工的专门化，衍生出人类现代文明特有的文化规定性。也就是说，现代科学技术已深深地规定了当今世界的生存方式和有限现实。显而易见，像“电”一类的现代技术产物，已是主控今日社会秩序和经济运作的君主，现代人已无法想象出失去了电的世界图景。事实上也是这样，一切可以由机器来干的活（也就是应该由机器干的活），仍在由机器干着。

难以逆转的命运，促使现代文化反省势力将现实改造的希望寄托于主体自身的主动调整和把握，即诉诸主观体验的感性超越。工业发达国家出现的一些热潮现象，如旅游观光、高刺激体育运动、迁居市郊乡村和“自己动手运动”等等，可谓现代人寻求感性超越的积极行为。人的自然情感、自由意志和生命活力，在这些行为活动的过程体验中有可能获得充分的表露和证实。现实生活所发生的一切，应了奈斯比特的预言：“我们正走向高技术与高情感的两个方向，人类会给每一种新技术都配上起补偿作用的反应。”⑤

以自我的方式主动调整、把握人与自然的关系，以感性的主观体验来超越理性的、人工专门化的有限现实，正是新手工艺术崛起的主体性因素或原动力。当然，这仅仅是在文化哲学的普遍意义上，也是在社会生活的深层意义上的原因探究。至于新手工艺术以其特有的样式、风采和价值态度现身于当今世界，还有一重缘自艺术系统内部的重要原因。对于新手工艺术的崛起，这重原因同样具有决定性。

事实上，我们在艺术领域同样可以感受到专门化的压力，特别是在工业文明高度发达的今天，随人类生产实践而萌生发展的专门化倾向，早在前工业时代曾导致一定程度的艺术的专门化。这表现在人们的部分精力和技艺主要地被用于精神生产，其产品具有比较突出的非实用性价值。虽然如此，前工业时代人类社会活动的广泛联系和互渗，却使得艺术的专门化倾向在整体上并不十分严重。至于工业时代，分裂性的技术理性价值追求和工业技术形式的实现要求，迫使人类的能力以其单一方面为新目标服务。艺术也因此以空前的深度和广度，整体地转化为一种极端专门化的人工活动部门。艺术的专门化，随着实践形态的职业化和观念形态的理性化而日臻严重。从广泛社会生活中孤立出来的艺术，其价值本体、结构模式、表现手法、物质媒介以及创造主体都被理性地加以规限，形成了一套完整系统的理性原则。当理性原则确立了艺术，并指示它以绝对的、有限的、精致的方式去垄断人性的浪漫方面时，艺术便背叛了它最初的承诺，伤害了它那无限、自由和超越的真性本质。广泛的艺术产生方式被专限为职司和屈指可数的品类样式，丰富的艺术表现媒体被规定为数量甚微的几种物质材料，深刻的艺术创造目的被阐释为手段性表现形式的模式化玩味……总之，理性原则给艺术戴上了神圣光环的同时也给它套上了紧箍咒，既把艺术推崇为至尊的贵族又使它沦为卑微的奴婢。这种专门化现象和压力，其实是技术理性之“思想框架”对艺术的笼罩，是非人格化意志对人类自由天性的扼制。

人的专门化导致了人的反抗，艺术的专门化则导致了艺术的反抗。后者是为前者的具体化，是为抗争专门化命运的现代人在艺术领域寻求感性超越的所作所为。因此，突破既定艺术的疆界、反叛经典美学的价值准则、否弃常态规范的结构模式、探索丰富多样的表现手法和媒介，便构成反抗性现代艺术的中心意向和普遍特征。自19世纪末以来的现代艺术运动，在总体上是一部“艺术的反抗”的历史，是向艺术归还其冥合自由人性的真性本质的历史。其中，开掘“次要艺术”潜力的种种努力，在本世纪中叶逐渐形成一种共识，奠定了现代陶艺、漆艺、锻金艺术、纤维艺术等新手工艺术的基本概念和价值取向。相对那些专门化了的经典艺术，陶瓷、棉麻、竹木、大漆和铜铁等久违的手工业原材及其技艺，以独特的魅力带给人们全新的感受。包括毕加索、克利等大师在内的一大批现代艺术家，有如开发新大陆一般，纷纷投身于新手工艺术的创造，汇聚成一股国际性的艺术潮流。时风所趋，每年都有国际性或地区性的新手工艺术展览在世界各地举行，一些国家还设立了国家手工艺术协会。艺术家们对陶艺的兴趣尤浓，从欧洲大陆到美洲、澳洲大陆，“陶艺热”方兴未艾。

就上述意义而言，新手工艺术无疑是工业时代的新兴艺术。不过，其形态学本源却可追溯到人类最原始的物质实践。早在人猿相揖别的300万年前，生息在亚洲、非洲和欧洲一些地区的人类祖先便始造石骨器，这是手工艺的萌芽。至新石器时代，人类不仅发展了对天然材料的加工技术，而且发明了最早的人工合成材料——陶。古代中国、印度、埃及、波斯、克里特、迈锡尼、腓尼基、墨西哥和秘鲁都有过发达的原始陶业。青铜时代以降，人类手工艺术样式和技艺日趋丰富和发展，并逐渐建立起专业性的手工作坊和手工业工场。在世界的广大地区，工匠们充分利用岩石、泥土、草木、兽骨、皮革、纤维和金属等材料，制作具有特定实用内涵和观念内涵的器物。埃及的彩釉陶、波斯的织毯、希腊的彩绘陶瓶、拜占庭的教堂陈设品、意大利的针绣、爱斯基摩人的皮革制品、哥伦比亚的金银器以及非洲地区的木雕和编织物等等，都是人类手工艺术的璀璨明珠。中国古代的手工业文化，更是集中地展示了手工艺术形态的丰富性，并为人类的创造提供了高雅卓越的风范。

前工业时代的文明创造，奠定了新手工艺术的形态学基础，却未能规约它的美学本质。新手工艺术毕竟是现代人对高技术工业生产方式作出的“一种起补偿作用的反应”，是一种顺应主体感性超越要求的“艺术的反抗”，是一种具有内在新质的新型艺术。

诚如历史所表明的，手工业时代的技术建立在生产主体的直接经验和直观感受基础上。工匠对于尺度、比例、节奏、材料及工具的把握富有鲜明的个人性。主体作用于客体的直接性，使主体感性因素可以比较完满地传达到制品的表层或内部，以致制品具有一定的艺术属性。当然，古代手工艺并不出自纯粹的审美动机，而主要表达实用内涵。其美学特质在于它的物化形式不仅服从实用要求，亦显露出包括精神要求在内的人的生命存在的丰富性。这种双重性质，致使现代工业既摧毁又催生了手工艺。

现代工业所摧毁的是古代手工艺。功能主义造物思想在提高工业产品的实用价值上起了决定性的作用。现代工业因此获得对抗手工业的绝对优势，并且几乎彻底排除了后者在实用领域复兴的可能。然而，理想的文明结构，应该维护人类理性和感性的平衡。“手”的损失，意味着感官构成的损失，意味自由意志和自然情感的失落。在这一点上，古代手工艺可以向现代工业文明提出控诉。历史的参照系揭露了工业文明的阴暗面，它迫使人类文化的调节力量召唤“手”再次出场。新手工艺术的美学新质，正是生成在工业文明的阴影中。正是工业文明在揭示人的生命存在丰富性方面的缺憾，为新手工艺术创造规定了它的审美性质和超越起点，并为之提供了现实的感觉依据和价值尺度。因此，新手工艺术的美学本质是由工业文明提供和规定的。于是可以这样判断新手工艺术在现代文化结构中的美学本质：通过“手”的重新出场，使那些被非人格化的技术理性所否弃的人类自由意志、自然情感由潜抑转向开释，成为一种存在的样态。也就是说，人的自然本真状态，通过手工操作而在物化形式上得以敞开和证实。

作为补偿性反应而崛起的新手工艺术，势必与机器文明保持一种互逆的关系。相对工业制造的高理智追求，新手工艺术创造则鲜明地指向高情感的目标。这种悖论维系着新手工艺术的生命活力，亦规范了新手工艺术的美学旨趣和审美特征。由之，我们可以从以下几个方面来认识新手工艺术。

（一）解放物性。前工业技术和工业技术都重视材料的物性，但追求实用目的理性尺度不可能容纳它的全部丰富性，这意味着物性的禁锢。自然的物性与人的自然状态有着某种同构性，对物性全部丰富性的充分揭示和体认即是主体自身丰富灵性的充分开敞和自觉。故追求高情感目标的新手工艺术，崇尚材料自然性态的维护和显露，注重合乎物性的表面肌理和质感。

（二）非智性构成。古代手工制品和现代工业产品的形制结构，均受到功利观念的约束。它们对单纯实用意义的肯定，则意味着对主体其他方面的感性要求的抑制。反抗的意向促使艺术家将新手工艺术的形制结构从理性禁锢中摆脱出来，抑制和消除原型与现实世界相联系的现实深度关系，追求超现实、超功利的平面性品格和纯粹主观意象的空间构形，以便引导审美主体向丰富而深潜的感觉层面回归。

（三）认同偶然性。偶然性作为一种反秩序、反规范、反计划的非理性因素被工业技术理性完全否弃。古代手工技术规范虽较宽容，但这种宽容是十分有限的，它不能容忍偏离实用轴心的东西。纯审美的目标则允许新手工艺术的创造者自由、主动地认同种种偶然性际遇，并将之凝定为主体灵性的确认或激发这种确认的媒体。无论就过程或结果而言，新手工艺术都承诺高度的适应弹性，可以为创造主体或接受主体提供难以穷尽的认同契机。

（四）追求并显露过程。机械化、自动化、集约化的工业生产操作过程，缺乏愉悦的审美体验。古代手工劳动过程虽有审美的因素和审美的可能，却容易耗损或消失在谋生计虑之中。否定实用目的性的新手工艺术，其制作过程不仅可以造成愉悦的审美体验而且它本身就构成创造目标一项重要内容。超功利的无虑操作过程，使主体可以松释心灵世界并与技术客体融为一体。对过程流迹的显露也因过程体验的美感而具有审美价值，以致新手工艺术往往追求并富有“凝固的流动”之性态和品质。

二

放眼中华，工业化的文化背景，同样映衬着崛起的中国新手工艺术。

然而，工业文明在中国毕竟是姗姗来迟。19 世纪中叶，西方的工业机器已经开得震天作响，中国却刚刚在其神经末梢般的沿海地区感受到新文明的刺激。而认同于西方人的选择，发展自己的民族工业，在中国则是更晚近的事了。真正像样的现代工业实际上是在本世纪中叶以后逐渐发展起来的。于这种工业发展现实，我们隐约地察觉到中国新手工艺术似乎是在非一般的情境中起步的。

诚如我们现在仍然能看到的那样，中国新手工艺术的确嵌处在一个充满矛盾、反差极强的文化环境之中。

一方面，古老的手工业生产方式并没有完全退出历史舞台，甚至还活跃在一片很大的土地上。在乡村，许多基本生活资料或精神产品仍以手工方式生产着；个体或家庭手工作坊等原始的生产组织形式仍有很大程度的保持；古老的文化观念在一些远离都市的地域支配着人们，他们仍按中世纪的田园生活方式制定起居、耕作和祭祖的时间表。在都市，传统手工业也占据着一席之地，并为国家争取发展现代工业急需的外汇。

另一方面，现代工业文明在迅速生长。齐步于世界的雄心使中国人自己打开禁锢已久的大门。顿时，可口可乐、雪铁龙汽车和劳森柏的瓦楞纸艺术像潮水般涌入；冶金、能源、电子、轻纺等现代工业广布于都市并向城镇乡村扩展；电视机、电冰箱、组合家具等现代工业消费品纷纷挤进百姓家庭的居室；茶余饭后人们津津有味地大侃美国总统竞选或艾滋病问题。

当代中国所呈现的便是这样一幅古文明与新文明对峙并立的图景——从乡村到都市，仿佛经历了两个世纪。鲜明的文化时空差，使它们彼此都暴露出自己的“生理缺陷”。作为新手工艺术生发土壤的工业文明的阴影，在西方国家是显示在历时态文化屏幕上的，而在中国则是一种共时态的显现。因此，工业文明所失落的人性因素或许可以在那些属于另一世纪的现实中得到补偿，但共时态的现实却以最直接的对比性体验强化着艺术家内心的失落感。这种极为矛盾的情形，导致艺术家于心理层面上超前地接受了文化反省势力的感召。仿佛出于顿悟的对失落的人性的追寻，构成中国新手工艺术崛起的基本文化氛围和心理条件。也正是这种极为矛盾的情形，决定了中国新手工艺术的基本流向特征和某些局限性。

可以说，上述的仅仅是起因的隐秘方面而不是全部。中国新手工艺术于70年代末崛起的契机，有一部分来自对视觉“美”的渴望。“文革”十年的政治狂潮，曾将宽阔的艺术道路整个地淹没了。艺术家被逐赶到单一的程式规范中，去表现一种宗教式的政治理想和革命的浪漫激情。这是具有中国特色的“艺术的专门化”的现象——艺术的全部涵义都被“政治理性”加以规限，它单纯地为革命的政治服务。艺术家久违了自我感性和艺术本体，造成强烈的“形式饥渴”。政治形势一经变化，玩味形式构成的“唯美”大潮以决堤之势流泻艺坛。以首都机场壁画为先声，各种追求形式趣味，抒发内心情感的作品接踵而至，其中包括瓷塑、陶板壁饰、纤维挂毯、漆画等等。彼时，与其说是主体在形式媒介上发现了解脱生命焦虑的方式，毋宁说是玩味形式的渴望找到了更为如意的材料。不管怎样，中国新手工艺术是从这个起点上奋追它的本体价值的。

其实，还应注意到横向艺术氛围对中国新手工艺术发展的影响。80年代中期，青年前卫美术左右了画坛，并引起了全国性的震动。其中洋溢的愿为艺术殉道的普罗米修斯式的精神，人们并不会忘怀。然而，或许是那些制作质量欠佳的形式承受不了过多的哲学观念；或许它们太热衷慷慨激昂的社会学宣言而冷落了艺术语言；或许它们太钟情画布、油彩、水墨等等艺术美学的“贵族”……冷静的艺术家很快就产生了一种逆反心理，提出了“纯化语言”的强烈要求。此种情形下，很多艺术家对黏土、砂石、大漆、棉毛、丝麻、竹木、金属等一系列原属于手工匠人的材料表现出强烈的兴趣、热情和幻想。70年代末期以来，西德、法国、瑞士、芬兰、比利时、捷克、日本、泰国以及塞内加尔等一些非洲国家的有关艺术展览在国内先后展出；美国纤维艺术家罗斯高和法国纤维艺术家万曼先后来中国讲学；波普艺术家劳森柏在中国美术馆展示了美国人驾驭材料的广泛性和从容性，并声称：“纤维、金工、陶艺、版画是当代四大艺术潮流，它们影响一切艺术的发展。”这一切都在拓展中国艺术家的视野和观念，激起新手工艺术的勃兴。

显然，当代新手工艺术的发展，还得益于亘古丰厚的中国手工艺传统。当代中国不仅直面世界，也全面地开掘自身的历史文明。发掘出土的古代手工艺文物和古风犹存的乡土手工艺术频频在都市亮相；许多艺术家风尘仆仆、潜身乡间采集和考察民间艺术。手工艺文物、乡土创作以及现存传统手工业商品生产所构成的工艺文化氛围，给予现代艺术家以创造的灵感和启迪，并唤起他们内蕴灵性中的创造天赋。这一切不仅为新手工艺术提供了积极的发展条件，也为它的美学品质留下了难以磨灭的民族文化感。另外，星罗棋布的传统手工产业，还为年轻的新手工艺术提供了必要的艺术作坊。

图1　贾京生《无题》(纤维编织)

具有鲜明文化时空差的文明对峙，使人们在一种强烈的失落体验中，超前地接受了世界性文化反省势力的感召。所谓超前性是说支撑中国人文化反省观念的工业化进程远未达到西方发达国家的水准，但是那种对新文明莫可名状的忧虑，对现实存在的疏异感以及生命价值虔诚求索的程度似乎不亚于西方人。当然，这种超前性并不意味中国人的文化心态、历史责任感、对新文明的理性观照以至真切感受都等同于西方人。从心理层面看，即便敏感、视野开阔的中国现代艺术家所具有的反省意识，也很难说得到感性的逆反心理的强烈支持。这种力量的刚性随时都可能为柔缓的田园文明所削弱，以致整个当代中国的工业文明现实从内到外似乎都被“后工业文化”的幻象所笼罩。

如果说新手工艺术的心理基础是失落感所包含的那些焦虑、苦闷、孤寂、哀婉、失望以至恐惧情绪的话，那么可以说中国艺术家的失落感中则包含着更为复杂的因素。一位西方经济学家曾忠告第三世界国家：“绝对有必要‘摆脱’照抄今天西方现代技术，和一个世纪前西方老技术的错误困境。”[⑥]然而，我们目前似乎是哪一点都难以做到。“工业进步观”鼓起中国工业化的风帆，它划破了自然生态环境的宁静海洋，飞溅的浪花却是一些不甚精良的仿制品；由传统技术驾辕的牛车也未必能给人们带来摆脱衰落、贫穷和苦难的希望。人们实际上被卷入一种行将告别古老的文明，却又未能同步于世界，充满希望却又不知希望何在的矛盾的境地。古典文明与现代文明的双重失落感不断纠缠着人们，挽留与否弃、奋追与踌躇的困惑感也经常折磨着人们。由此，支撑中国现代艺术家文化反省观念的心理情绪和表现行为，多被统摄在强烈的历史责任感和使命感之中。扎根在这种心理基础上的新手工艺术，普遍带有思辨性色彩。

根据观念色彩的强弱、价值取向的侧重和形式风格的比较，我们能够分辨出当代中国新手工艺术创作的三种相对性倾向，即“唯美”流、“唯理”流和“唯物”流。逐次出现于70年代末期、80年代早期和中期的三种流向，并列共进，交织互动，构成当代中国新手工艺术创作的基本格局和整体风貌。

70年代末期，日趋开放活跃的政治形势为艺术的发展创造了有利条件。艺术家抑圉已久的形式冲动和如释重负的轻松感，孕育出一种比例匀称、色彩优雅、线条柔婉、装饰适度的造型语言。一批具有深厚艺术功底和稳重人格涵养的中年艺术家，在比较温润的社会氛围中，很快地建立起一种“唯美”的结体范式。这种结体范式以一般形式美法则为构架的圭臬，倾向于先将现实原型分解为点、线、面等形式元素再给予新的组织结构。其中心旨趣在于追求带有一定抽象性的、和谐的纯形式结构，而对观念内涵和材料物性则不甚注重。沿其逻辑指向势必深进到一般超验艺术的抽象无机组合层面，但写实主义的要求和习惯明显地影响这种逻辑发展的进度和纯度。“分解—重组”的建构意向未能触及原型与世界的全部现实深度关系，而多倾向于表象意义上的平面性形式结构。因此，形式美法则和相应的形式美，被高度重视并得到了充分的体现。“唯美”流热衷以动植物、风景或人物为母题，反复玩味形式元素的组合配置。艺术家凭借相对稳定的结体范式，驾轻就熟地推出一批形式考究、格调轻快、装饰趣味浓郁的作品。这种风格的创作反映了人们当时的一般审美心态，深得社会的欢迎和赞扬。社会风尚使“唯美”范式迅速传播，一时“机器式”“螳螂式”“分割式”“并列式”等等模式化造型风行中国，甚至在其他流向中亦显见其影响。

如果说早期的“唯美”追求是出于“表达自己所理解的生活‘美’”（郑于鹤语）的真诚要求的话，那么在许多后继者那里，这种真诚的“唯美”却沦为虚浮的矫饰。这种情形使“唯美”流夹杂了许多平庸、做作的模式化作品，并为“唯理”流的发展造成了一种审美要求。

进入 80 年代后，人们对国家和民族的前途命运，进而对个体在社会中的境遇和价值日益关注。那场关于人道主义问题的大讨论，便是社会性思虑的汇聚。艺术空间中的思辨气息愈来愈浓，它在 1985 年的青年前卫美术运动中达到高潮。艺术家们开始由“伤痕”追思“文革”十年和自身的经历，而后转由“自我表现”直面现实。年青一代艺术家自觉负有传播新时代信息和改造社会现实的使命。强烈的责任感促使他们把目光投向社会学的广阔领域，把心思倾注于哲学的抽象思辨。

在新手工艺术领域，亦弥散着玄想思辨的气息。一些艺术家不满于“唯美”流专注结体形式的倾向，主张“沿着心灵的轨迹去思索”（范新林语），要求“借形与色的构筑，显示精神气氛”（陈立德语）。他们热衷以作品来表述和阐释自己信奉的哲学或价值观念，赋予泥陶、竹木、纤维、金属或大漆等媒体以种种隐喻、象征的符号性结构。理性的追求，使他们的作品普遍显示出冷峻、崇高、肃穆的“精神气氛”。便于抽象理念结构组织的串联、叠加、集合等结体手法，因此成为“唯理”流的一般造型模式。“唯理”倾向的艺术家也不满于整个美术界表现媒介单调贫乏的现状和故作高深玄奥的庸俗行为，希望在“最普通的针、纽扣、木瓢、麻、杏仁等等不起眼的东西”上寻找更新颖、更有表现力的艺术语言，以期内涵与介质的有机统一。在理性主义高涨的氛围中，这种意向使他们的作品带有更多的感性色彩。

遗憾的是，“唯理”倾向的追求难能实现彻底的感性回归，达到物性与心性的冥合。不难理解这一点，即一当理念表达在主体创造意向中成为中心目标时，这种遗憾便

图 2　林晓《夫妇》（布贴）

已注定。显然，理念结构的自向实现要求，势必预先构成某种非感性的选择定势，从而导致对丰富物性的规限和遮蔽。因此，那些力图建构某种观念图符的艺术家往往会面临一种巨大的困惑——他们希望把握新手工艺术的本体语言，却又因为自我感性的拘谨而难以使它们通过物性的彻底解放而现身。于是，他们往往会自觉或不自觉地回到一般雕塑或绘画语言的俗套之中。事实上，对中国新手工艺术家来说，这种困惑是非常普遍的，多数人仍受范于雕塑和绘画观念，或者只想以材料形态而非语言特性去实现做雕塑家或画家的愿望。

根本意义上的心扉敞开，是主体感性契合材料物性的前提。1985 年以后，中国的社会和文化氛围显得更为活跃，议论政事似乎不必那么谨小慎微了；国际性文化景观更清晰地呈现在眼前，观照世界的距离大大缩短；中国工业化的进程进一步加速，虽然财政经济仍不尽如人意，但工业化的景观却典型多了；人们消费鉴赏的品位也大大提高。这一切新的气象悄悄化解以前那严肃沉重的社会氛围，中国人逐渐由思想家转向鉴赏家、美食家或艺术家。现实感和历史感极强的思想主题，逐渐趋升到一种超越性层面。人们君临整个世界、大地和人类，以更宏观的方式设定思想主题。文化人类学、价值哲学、浪漫美学、生态学进入了学者的书斋和艺术家的工作室。开阔的视野和历史老账的淡忘，使人们更有兴趣思考海德格尔那玄奥而浪漫的哲学命题——人如何进入诗意的栖居？感性在社会生活条件相对改善下的松释，思想在闪避现实难解之结中的升华，萌动了现代人以本己的心性去体味、去感受生存价值的要求。“有时我觉得自己的胸膛仿佛像一座牢笼，心底禁闭着一只活蹦乱跳的鸟儿，它时刻碰撞着笼子，总想冲出去。以致，我经常想用双手剖开胸膛，袒露心底，让它飞出去。我渴望创造，一种不断超越自己的渴望，使我没有安宁的时候。”（廖志惠语）这位艺术家隐隐地表露了当时比较普遍的一种心态。

正是挣脱牢禁、超越有限的敞开要求，引发了“唯物”的流向。1985 年的“中国现代艺术壁挂展览”“软雕塑展”“石湾现代陶艺展”都推出了一些带有标志性的作品。

在“唯物”流向那里似乎正在发展着这样两种趋势：一方面，创造主体由面对现实世界的失落感中引出补偿要求。他们不希望把一个理性的现实自我沉潜到对象中去，而试图借对象直接地呈现存在于人类有机结构中的抽象的合规律性的法则。这种法则并不是通过理性介入而形成的认识规约，而是凭纯粹直觉体悟所达到的存在的开敞，是“对生命的真挚的体验和追求”（何立平语）。因此，他们一改“唯理”流艺术家或一般理性主义艺术家那种专注于“思”“识”的理性自我的取向，转而强调超越有限现实和理性逻辑的自我“感”“悟”。其终极目标是标示非主体思维性的、非对立于自然的感性个体的存在方式，追求朴素而真实的幸福感。另一方面，呈现非有限现实和感性自我的意向唤起创造主体对物性的关注。自然开敞的“呈现”性质相应要求非理性操控的呈现性媒介，于是，他们主张“将技术理性所遮蔽的材料自身的丰富品质和潜能充分地发掘出来”（吕品昌语）。与“唯美”流和“唯理”流相比，“唯物”流更为重视和强调材料媒体的物性，尽力维护和显露不同材料自身的质地、肌理、光泽、色彩等朴素的感官感觉性特征，并且在顺应物性的情势下，延展诸如轻重、软硬、钝利、刚柔、张弛、恬躁、晦明、畅滞、缓疾、虚实等心理感觉性特征。在制作上，他们大都比较强调技术对材料的感觉性特征的揭示而非改造或破坏，力图使人工技术与自然物性在作品中保持和谐统一的关系，以去雕琢生造之迹。对于此材料而非它材料的感觉性特征的保持，意味着对物质对象“永恒”之质的深入和亲近。艺术作品因此有可能获得对应于开敞心性的感性形式，呈现心性与物性的冥合。

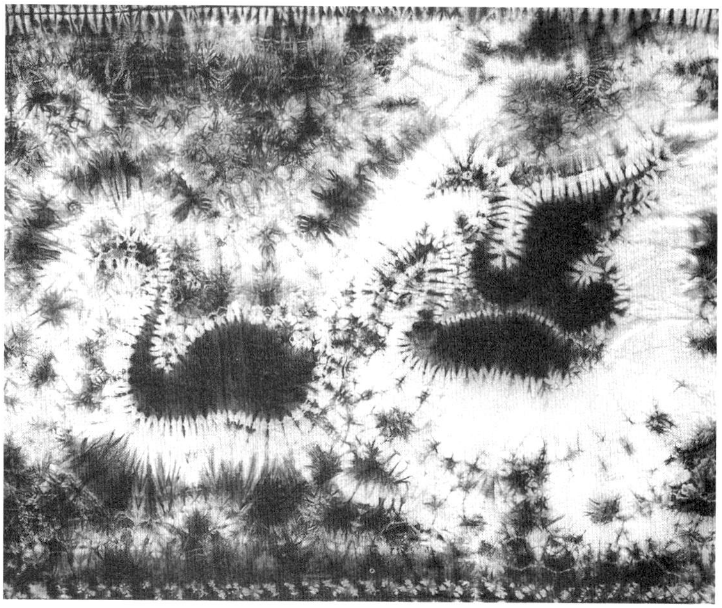

图3　钟茂兰《三只黑天鹅》(扎染)

敞开心性和物性的意向，实际上就是沃林格所谓的“抽象冲动”，即人处在失落境遇时的一种调节性反应。“这种活动把特别容易唤起人们功利需求的外在世界的单个事物从其对其他事物的依赖和从属中解放了出来，并根除它的演变，从而使之永恒。”[⑦]他据此，人们有可能在对“永恒”的观照中，使自己从所有的与外在世界的关联中解脱出来。这种心理效应正是敞开意向所期望的。因此，“唯物”流的作品多具有一般抽象艺术那种抑制具象和空间表现的特征。需附带说明的是，所谓抑制空间表现不是排除作品的现实形式三维性，而是要求将关联尘世意义的功利性质的现实深度关系尽可能地转化成一种超尘世意义的纯观照性质的超现实平面关系。结体形式的抽象性，使材料特性摆脱了应对现实的关系而得以独立的展示。“在这样的事态中心灵才能得以摆脱相对性的烦恼，从而获得栖息。”[⑧]

先后出场的“唯美”流、“唯理”流和“唯物”流以相对而言的不同艺术倾向，共同构成中国当代艺术领域里的一股富有活力和魅力、不断开拓进取的艺术潮流。它们相互影响，相互渗透，在特定历史条件和文化氛围的制约下，合塑了中国新手工艺术的美学个性。

这种美学个性显示为一种“将至而未至”的状态，即当代中国的新手工艺术创作正在向新手工艺术的本体样态趋近，换句话说，是和一般特征相对而言的局限性。

我以为，形成这种个性或说局限性的原因根本地在于工业化氛围不够纯粹和完备。

中国现代艺术家对现实世界的失落感，来自古典文明和现代文明并存所造成的文化时空差，而非单纯的工业化现实。这种带有超前性的失落感随时可能被现实环境中的古典文化因素淡化，以致影响补偿要求的纯粹性。所谓补偿要求的纯粹性，是相对回归人类自然本真状态的文化理想而言的。在当今中国，人们既无情地用理性去批判旧传统又纯情地去维护那些似乎行将逝去的尤物；人们既义无反顾地发展现代工业又深深地为这种新文明所困扰。纠缠心灵的双重失落感，使中国现代艺术家在理性和感性的两种指向上都表现出补偿要求。

现实历史境遇中的文化时空差，铸成了艺术家内心世界的心理时空差。相悖的心态，构成一种“必要的张力”。它使艺术家们普遍觉得应该“在传统与现代的交汇中找到属于自己的艺术形式”（黄雅莉语），认为“民族的、现代的——除此，无他路可行”（韩美林语）。因此在中国新手工艺术中，既少见日本式的立足于古典传统之上的沉静之态，亦少见欧美式的横架现代文明之上的坦然之质，甚至也少见中国传统工艺的雅逸之趣。历史的冲突、文化的撞击往往以作品的躁动感扑入观照者的心扉。它们渲染和传达了一种沉重肃然的情绪，人们从中更多感闻的是神秘荒古的原始意象、粗犷浑朴的乡土古风或匆促疾迅的工业化足音。如果说这一切构成了中国新手工艺术独特的审美格调的话，那么可以说它的美学魅力和效应很大程度上不是出自创造主体或欣赏主体心平气和的心境。

在心理的张力场中，理性与感性相互照亮也相互遮蔽。出于强烈历史责任感和使命感的理性思考，唤起现代艺术家的创造热情和灵感，渗透着炽热情感的思想主题也在唤起欣赏者的严肃思考。这不仅是新手工艺术也是整个新时期美术震撼人心的力量所在。然而一定理念的逻辑结构具有封闭性，在艺术创作中，它作为主要原动力，势必要求自向的实现。与此同时，感性的活力便会为理念阐释的绝对要求所抑制。感性的拘囿，难免使艺术的感性形式成为一种冷峻、僵硬的思想结构，以致审美的共鸣常常因为孤傲的思想结构而怯场。中国新手工艺术的局限性不只在于主体感性的拘囿，还在于理念表现要求影响了物性感觉的纯粹性。材料物性的本质是非向心结构状态的存在，受理性牵制的感觉不可能在向心状态中细腻、敏锐地体悟材料物性的存在风貌，以致主体难于透彻地把握新手工艺术的本体语言，相应地，主体的自然本真状态也难以昭明呈显。物性的遮蔽，使新手工艺术不得不求助于一般绘画和雕塑的语言，从而失却了自身的价值和美学优势，并削弱了它在现代文明结构中所要担负的补偿性文化功能。“唯物”倾向的艺术创作也未很好地解决这个问题，这就更显出了中国新手工艺术的局限性。当然这种局限性并不完全是由有些喧宾夺主的理性追求造成的，传统的实用意识、狭隘的艺术价值观念、因循的习惯势力、受困的制作条件和低下的工业化水平等等都是造成这种局限性的因素。在这些因素中，工业化水平的提高是中国新手工艺术超越局限的基础条件。因为在很大程度上，透彻的物性感觉是在对高技术景观感性特征的逆反体验中获得的，尽管艺术家自己不可能改善这种条件，但是无论如何中国新手工艺术的希望在于感性的彻底解放。

许多成绩卓著的艺术家，常常会乐滋滋地向朋友们描述自己在制作过程中获得的那些铭心的快乐体验。他们认为过程体验是新手工艺术创造中一个不可忽视的主题。遗憾的是，这种观念尚未成为新手工艺术家普遍的自觉意识，他们往往将成品作为最终的或全部的价值目标，以致主体或作品丧失了许多“开敞”的机会和品质。许多过程性因素的审美光彩，消失在预先图案的厘定和“尽善尽美”的雕琢之中，真是可惜可叹。

另外，中国艺术家没有自己的作坊，他们像以前的游方艺人那样四处“流浪”，全仰赖工厂提供制作条件。这种不稳定的工作状态，使艺术家难以充分、精纯地把握工具材料的特性和工艺操作的技巧。因此，艺术家的创作计划大多要靠技工付诸实施。这种制约性的“中介”“滤筛”，阻碍了“过程”成为作品本身，也阻碍了许多过程性因素进入物化形式。可见，中国新手工艺术的深进，还有赖艺术家拥有自己的作坊，有赖艺术家自己完成全部制作过程。

局限性并非否定性。诚如我们在分析局限性的同时也将它视为一种美学意义上的肯定性那样，唯希望新中国手工艺术在未来的发展中能够尽快显示出更高层次的“局限性”。这是摆在中国现代艺术家面前的一个艰深而兴味无穷的课题。

三

为了向人们提供一份观照新手工艺术和中国创作现状的具体材料，这里试以风格倾向为依据，分别对三种流向的艺术家及其作品逐作分析。鉴于艺术家个人旨趣和探索目标的多样性以及作品风格的复杂性，笔者无意以一孔之见来为气象万千的中国新手工艺术盖棺论定。

(一)“唯美”流

中国新手工艺术的这一流向覆盖着一大批艺术家，其中许多人早些年就给人们留下过深刻的印象。像袁运甫、韩美林、郑于鹤、周国桢、乔十光、陈圣谋、刘雍等艺术家都是承托“唯美”流的佼佼者。近年来，他们以及其他一些艺术家曾作过多方面的探索并取得了显著成绩，但这些探索仍然流露出某种“唯美”的意趣，或者说这种探索尚未构成一种足以改变人们以往印象的主流风格。

提到机场壁画，人们自然会想起袁运甫。当他和同人一起掀起了美术界的“唯美”流之后，曾一度将他的创造热情和兴趣转移到纤维编织艺术上。显然，他在超时空地把握物象方面有着一种特殊的敏感和兴趣，以致很快地就把大型壁画的语言变换成他的壁毯语言。《彗星回归》典型地显示了袁运甫驾轻就熟的结构范式：分解—重组。流转不息的宇宙空间实体乃至瞬息万变的时间性光华，被有序地分解为纯粹的色素和几何形态，同时又将它们纳入机器式结构中加以重组。时空的凝固性，赋予神秘的梦幻般的太空天象以永恒的观照形式。《船队》一作出自富春江黎明的启迪，画面似乎透露出一种于坐标式恒稳而又散漫的格局中挽留悠然之心绪的意图。作者基于宽松心态的形式建构，以其浅表的完美性令人陶醉。指向内部的引力，则是《窗》的魅力所在。画面上，被开启之窗斜折的地平线集聚着一种悄然无声的召唤，寻“声”而去，那世界静寂而清澄。然而，这种感人的魅力，未必完全出于纤维艺术语言的贡献。

潜心于动物主题的陶瓷雕塑家周国桢，以其深厚的造型功底在雕塑与陶艺的交接地带建立起颇具个性的艺术语言。他那洗练饱满的线形、浑然天成的釉饰和富有扩张力的形体，曾是人们追摹的对象。近年来，他试图改变原有模式而转向现代陶艺，致力于朴素材质肌理语言的探索。《黑豹》明显地带有这种试探性，他试图以泥条盘筑方式显化泥料特性。质朴、率意的表层肌理附着在严谨的形体上，隐约的冲突感构成一种含蓄的造型张力。物性与结体形式在《牛脾气》《十年》等作品上，呈现着比较和谐的关系，意蕴的潜台词也更为丰富。与沉静、优雅的前期作品相比，其新作突出了跳动、野性的因素。像周国桢一样，韩美林的作品也曾深深地感动过于噩梦中初醒的人们。他对装饰性形式构成有着一种天性秉好，善于利用各种母题创造优美轻松的气氛和情趣。纤维编织《猫头鹰》《鸡》和陶质《装饰挂盘》都是典型之作。其结构范式与袁运甫相似，但韩美林的特点在于他的分解—重组最终都复归母题的现实状态。以韩美林为代表的这种造型模式在倾向按现实逻辑解读艺术的欣赏群中颇受欢迎，以致成为“唯美”流早期最有影响的基本模式。乔十光在 80 年代前期也曾创作了一批类似的作品。1985 年以来，他得益于楚汉漆艺，在“唯美”的基础上追求内蕴和形式的新意。《旋纹漆盘》和《日、月、山》两件作品都试图以简洁的几何形和纯朴的色彩表达诸如天地、阴阳、规矩、方圆等辩证哲理。他给大漆的物性创造了较好的显示条件，理念也能够比较从容地进入形式。《云图》所追求的显然是大漆特有的流动性和渗变性，它隐隐地传出了现代漆艺语言的开启之声。南方的陈圣谋所走过的路程与乔十光大致相同。如果说《春新》体现了他的早期风格的话，那么在《雾中吟》则减弱了主题性和矫饰味的写实特征。雅淡的白色基调似乎执意要消解纵深空间关系，以便强化无深度感。这种无深度感在《寻》中进一步得到发展，物性自身的感性特征成了主导性的语言。然而难于排除的感觉是，这两位漆艺家富有开拓性的探索之举或多或少地为某种思维定势所牵制，致使主体感性与材料物性的完美融合受到一定的影响。蒋硕在锻金艺术领域贯彻了“唯美”流的优雅风格。《夜曲》和《民族姐妹》系列作品都以一种训练有素的装饰性语言，细腻地表现了闲适的现实主题和柔婉悠长的情趣。倘若金属的展延性能充分地解放出来的话，恐怕这些作品会有更强的感染力。

由于以袁运甫为代表的那种颇带抽象性的结构范式，在展示材料特征方面有着一定的自由性，近年来成了“唯美”流较常见的模式。林乐成成功地运用了这种结构范式，并对纤维艺术本体语言有着更深入的把握。在《山韵》和《桥乡印象》等作品中，他将材料的感性特征与心灵意象轻松地糅合于一体，渲染了一种朦胧而富有韵律感的气氛。贾京生的《牧归》以“机器式”结体表现了来自田园的意象。它在空间分割、色彩配置和线面穿插方面都显得有序适度，纤维感也较强。

林晓在形式美感方面似乎特别敏锐。他显得非常自如地将趋向抽象与归返具象的两种结构范式整合或交叉地用于形式构成，为“唯美”流增添了一种意境幽淡、稚趣盎然的平面性风格。在《捕鱼人》《夫妇》《人·鱼》等作品中，现实原型被分解为纯粹的形式因素，并按一种意念性的空间深度关系进行组合。其中虽然保持了原型的现实性，但这种现实性却被延压成浅平的“板块”。很明显，林晓的很大一部分灵感来自民间艺术。他的另一些作品如《鸟窝》《捕羊人》则试图以材质肌理来表达半抽象的现实关系，可见出“唯物”流的某些旨趣。

“唯美”流还有较大一部分作品是直接受惠于民间美术的。艺术家们将民间艺术的结构形式，从文化学的深度关系中抽离出来，使之成为一种具有浓郁乡土意味，却不含原始精神内涵的结构模式。刘雍在这方面取得了成功。他机智地将浪漫而浑朴的乡土艺术语言转换成富有装饰性的语言。《驭龙纹瓶》《鲵纹瓶》以化妆土将民间剪纸的形式韵味固置瓶器皿上，衍生出一种朴素而典雅的风韵。刘雍近期的作品《无题》《高辛氏的女儿》《枫林歌》为强化内涵，有意运用了文学性语言。但是，有这么一种可能是应该引起注意的，即当它们将苗族神兽或瑶人祖先的故事娓娓道来时，其自身却可能被人冷落。北方的郑于鹤与南方的柳家奎都成功地从民间泥塑中抽离出一种结构模式。郑于鹤的《盘山虎妞》，便是十分典型的超越惠山阿福原型的无现实深度感的作品，原型的色彩、笔势和体积等形式因素，被艺术家夸张处理成表达个人审美见解的新形式。面具式作品《心明眼亮》《三眼人》似乎在表达某种宗教理念，但结构模式的抽离性却会强有力地将你引回到纯粹形式的玩味上。柳家奎是位训练有素的艺术家。他对空间形体的敏感使《虎头》和《猴家》两件作品准确地转述出传统惠山泥人在塑形方面的美妙风韵，而尖细的线刻则是颇得传统绘彩精神的点醒之招。李继友是在西北民间社火脸谱的原型上进行语音转换的，虽然《蚩尤》《判官》《杨任》《巨灵》等作品的主题容易使人卷入原始文化氛围之中，但作者的本意实超然其外。看上去他试图以流动扭曲的几何形、强烈对比的色彩和组合式的结体，烘托出神秘、怪诡、狞厉等崇高性感觉气氛。相比之下，马正荣和钟茂兰提供的审美对象则轻松得多。钟茂兰的《白孔雀》和马正荣的《四花》《四鸟》《苗族鹡宇鸟》的共同特色都在于对原型的移植，其抽离性来自重组。钟茂兰的另些作品如《三只黑天鹅》《熊猫》则在潜心探索蜡染的物性语言。倘若类似的探索能更自由地处理现实深度关系，艺术的精灵是否会更潇洒地降临世间？

（二）“唯理”流

事实上，上述好些艺术家曾在某个阶段或某些作品上表现出追求“精神气氛”的兴趣。虽然这种兴趣并不恒定，却也构成“唯理”流的一方支撑，这里，所要论析的则是“唯理”倾向明显的对象，尽管他们可能会表现出别的兴趣。

有“怪才”之誉的尹光中的确推出了一批“怪诡”之作。其作品之“怪诡”性，似乎是因为每一位观照主体都不能不为某种神秘的质素所震慑。而藏匿在作品之中的“神秘的质素”，便是带有东方神秘主义色彩的原始文化观念。它们的存在似乎不像刘雍的作品那样是原型移植所致，而是作者的有意之为。但我们不必将此理解为他试图释读原始观念的密码，这甚至是文化人类学家都深感困惑的。恐怕他的意旨是以某种感觉因素的凝定，来造设一种逆反文化现实的氛围。这种建立在感悟之上的“思”，不可能发展出澄明的观念结构来，于是他自然地要求助于作为原始观念载体的某些原型的感性特征。这就构成了尹光中陶艺作品结体的叠加性特征和沉重的格调，《陶类组合》《罐罐神》《女性》《生育者》可谓典型之作。那些带角的人头、符号性纹饰、凸出的双乳或种种佩饰都不是作为物象，而是作为自然崇拜、生殖或祖灵观念的感性载体进入作品形式结构中的。叠加的结构方式虽然很难造成直观形态的有机性，却足以渲染出怪诞、狞厉、神秘或恐惑气氛。贵州的另外两位艺术家与尹光中颇为相近，一位是廖志惠，他作品中的原始文化观念虽不及尹光中的浓重，但他要捕捉的“味”恐怕也在此中。作品《组合》之二、之四、之十的结体形式亦属叠加性的。但他同时表现出另一种兴趣。诚如《组合》之一、之六、之七所显示的，作者的意趣更多在于材质肌理的玩味，其间很少流露出“精神气氛”。不过，处在西南那种文化环境里，艺术家很难令其作品保持无深度感的平面性，也许他们本就不愿意放弃那些容易造成地域风格的现实深度关系。《组合》之一那挂在牛头上的竹刷，无论它怎样地悠然，却总在引诱感觉向理念之端滑去。另一位是范新林，他在作品中表露出的理念有着更复杂的潜台词。他似乎不希望单纯地表达荒古的文化观念，而力图对自我领悟的生命哲学加以阐释。《多脸人》《载人双头马》中那些集合的蠕动挣扎着的机体器官，宛若梦境中的蒙太奇景象，似乎隐喻象征着被抑制和扭曲的“生命力”和“生命的渴望”。《除邪》同样是在表现某种难以表述的生命哲学观念，尽管它具有一种神话式的现实形态。上面三位艺术家的追求，反映了整个西南地区艺术创作的普遍倾向。他们追寻在封闭性地域文化中保留着的原始生命力，热衷于将民间原型的感性形式变换成新的理念性符号结构。支撑这种结构的心理基础未必是对现代工业文明的失落感，而主要是对传统文化价值规范的逆反心理。因此，整个西南地域艺术的基调是非感性超越的沉思。

同样在追寻原始生命力之主题下建构空间形象的吴少湘，则赋予理念性符号结构以一种不那么凝重的基调。诚如《锁》《醒》《呼唤》所显示的，它们的“精神气氛”好像无意诱使观者进入沉思的迷宫，而着意要唤起潜抑的原始本能。他另一种作品《少女》的旨趣，几乎全在于金属感的玩味，其中隐现的生命哲学主题恐怕仅仅是一种惯性因素。谢跃、邓箭今、唐英、曾力、曾鹏、高龙、徐东林、徐伯初、何立平等艺术家似乎都置身在这种惯性之中，他们没有放弃思辨的热情，但主旨却不在阐释哲理。与其说他们的作品是某种理念的载体，倒不如说是借助一种符号结构来满足自己日益增长的探索或玩味材料物性的兴趣。谢跃的《魔箱系列》，邓箭今的《瓶》《马》，唐英的《大地·火焰·美酒》《村姑》，曾力的《羊》，曾鹏的《人形》，高龙的《猪肉炖粉条》《迷朦的远方》，徐东林的《小国王》，徐伯初的《面具系列》《南国韵味》，何立平的《欢乐的小鬼》等都比较鲜明地表现出对材料物性的热情。这些作品处在“唯理”流与“唯物”流的接壤地带，兼有两种趋向的审美特征。

能够看到的是，这些艺术家对本体语言的认识已获得深化。他们的作品，在强调智性的同时，也重视并显示了物性的魅力。他们日益广泛的探索，逐渐涉及新手工艺术更为本质的方面，也因此他们当中的许多人逐渐转向“唯物”之途。就“唯理”流的典型倾向而言，由于表现理念的意向时常会干扰或削弱创造主体物性感觉的敏度与强度，随之就有可能导致向一般雕塑和绘画语言妥协的结果。因此，“唯理”流很多作品尚没有完全拉开它与一般架上雕塑和绘画该有的距离。

（三）“唯物”流

“唯物”流的艺术家，许多仍一定程度地带有前两种艺术倾向的影响。李少文就表现得比较典型。他的中国画《九歌》曾支持过80年代初期的唯美画风，之后他一度尝试从大漆等传统材料中发掘新语言，结果推出了一系列以远古神话为主题的漆艺作品。在《西王母》《夸父》《蚩尤》等作品上，“唯美”的痕迹甚显，而且仿佛被神话主题的“精神气氛”所笼罩。但是这些因素没有淹没材料的感性特征，相反作者似乎希望以抽象性构成和远离当下社会氛围的主题来摆脱现实深度关系，希望将大漆、金属、麻、羽毛、石子等材质肌理的整合效果推向前台。刘子龙的彩色蜡染作品也具有较明显的“唯美”因素，其中有些形式处理容易使人联想到韩美林。然而像《染情》《牧羊女》《暖色的阳光》这三件装饰感很强的作品，对布基、染料和蜡的物性把握却颇有深度，洋溢着的天趣匠心使“形”消融在物性之中。《节日的歌》借助蜡的斑驳造成布基上微妙的皴擦趣味，这是蜡染物性的完满呈现。略嫌美中不足的是，“绘画意识”的潜作用为呈现的物性留有向“水墨画”暗转的隐患。李艾东表现在《金人》上的对陶泥原始“意味”的追求令人耳目一新，该作品以具象性的结体凝固了泥的柔软感和搓揉过程中的展延性。他的镀银陶艺作品《神饰》和《披肩女子》，则试图探索金属感觉与泥性感觉的整合效应。尽管陶泥在基底上难以展示其泥性特征，但这种叠合手法仍不失再行探索的价值。

值得注意的是，近几年来，在诸种流向的相互影响、相互作用下，艺术家对新手工艺术本体语言的探索和把握，着重在陶艺和纤维艺术领域取得一些更为深入的成就。这些努力和成就，逐渐拉开了新手工艺术以其自身面貌独立于中国当代美术之林的序幕。

杜宏宇的《力的通过》，以“门”形紫砂陶扁平体的自然断裂，呈现出抽象元形之

“力流”的一次“通过”过程。作品上那条泥性“开敞”的裂缝记录并转述着时间与空间、无形与有形、心性与物性的对话，感性的扩张欲通过物性的默契获得表露。《不安的排列》则以弹性和僵直、动态与静态、变化与规则、柔软与刚硬的物性冲突，无声地倾诉某种难言的矛盾感受。孙人的作品与范新林的一些作品有相似之处，但前者更强调陶艺的本体语言。在《眼柱瓶》《嘴·鼻·牙瓶》上，作者将感官器官从有限现实状态中抽离出来并予以蒙太奇式的组接。摆脱了现实深度关系的“器官”，成为一种以感性形态存在的平面性“感官”意象。如果说无论具象形式怎样特别，仍有可能损害平面性而流露智性结构痕迹的话，那么在《蜂窝牌咖啡具》《天柱》《蜂窝彩绘长颈瓶》等作品上，这种痕迹则被完全地消除。非实用性的形体结构、器表的蜂窝状隆起以及填满黑影的灿口是对物性的完全开敞，人工意象荒疏、苍茫。吕品昌试图从自然意象中寻获默契于不断变幻的心灵感觉的造型契机，因此他注重过程体验和操作监视，并能敏捷地将随机偶发、宛若天成的形迹予以定格和涵化。潜心过程、认同偶然的意趣，赋予他的陶艺作品以一种既幽奥静谧又富有流动感的特质。《死寂的河谷》《白色的梦》《蚀系列》《互逆的空间》《贝》等作品都比较完满地保持着过程性迹象，逸散出天机与心机、物性与灵性融浑归一的颖异超然情调。在姜波看来，“陌生”中包蕴着现代人久违的生命本体存在状态的自由。为此，他致力于陶艺结体的“陌生”感，以揭示人类自我重建的无限可能性。从《蕴育》《归真》《返朴》《无题》等作品看，姜波与吕品昌一样都追求心物的冥合，建构纯感觉的实体。但后者的结体方式强调认同客体的偶然，而他则强调主体“外溢”之必然。是故，姜波那些形态奇幻超验的作品富有强烈的生命律动感。黄雅莉《红土系列 1—10》的结体方式与姜波大致相仿，亦是感性冲动的直接“外溢”。但她的旨趣不在“陌生”感而在“力量”意象的夸张性呈现。她赋予粗粝的陶土以坚稳厚实的结构形式，造成静态的扩张感和雄浑的气势。此外还有许多陶艺家潜心于本体语言的探索，并取得了一定的成绩，如李正文浑朴刚健的素陶；姚永康丰润力劲的釉陶；杨喆苍“厚若堆脂”的陶釉；秦锡麟洒脱逸淡的民风青花；潘刚飘逸清奇的造型；潘德海返璞归真的泥味都给人们留下了颇为深刻的印象。

中国当代纤维编织艺术在 80 年代中期取得了突破性进展。万曼壁挂艺术研究所、北京壁毯艺术中心以及其他地区的一批青年艺术家揭竿而起，切入纤维艺术本体的语言，塑造了一些纤维感较强的艺术形象。徐进、王一波、穆光、赵伯巍、韩眉伦等，是从“装饰绘画的羊毛复制品”之格局中脱身而出的几位具有代表性的艺术家。他们广泛地采用棉、毛、麻、丝、人造纤维以及金属、木竹等其他材料，以抽象的结体形式直接揭示纤维材质肌理的天然感性特征或由针法、扣结、网纹以及颗粒形状等织造工艺和组织秩序造成的人工感性特征。徐进的《白色系列 No.1》以麻、竹为基本材料，采用多样的经纬组织秩序结体，呈现了粗犷博大、苍茫浑朴的崇高心理感觉。《丝竹·构成》一作借鉴汉墓帛画的样式，自然地将一种宗教性的神秘气氛变换成材料和结构自身形成的语境。材料肌理和组织结构的有序与无序、紧张与松弛、封闭与辐射等的对比，是王一波在《裂-I》中用以表达生命意志的基本语汇。从作品形态看，作者对纤维物性和组织特征有着颇强的把握力，能够谨严精巧地遣调它们归顺主观意向。万曼艺术壁挂研究所一些青年艺术家推出的作品大都具有这个特点。然而对制作过分地考究却有可能损害纤维艺术语言的流畅性，造成作品形态的板滞或拘谨。相比之下，北京艺术壁毯中心的穆光、赵伯巍、韩眉伦，在运用纤维语言上显得松快自然些，且较少理念的规定性。穆光的《蓝鸟》和《交流》严谨中显空灵，没有沉思的意味而多是感觉意象的呈现。韩眉伦在《巨》中对尺度感和心绪氛围把握得比较适度。若是充分弃绝现实暗示的话，这件作品则会引发更彻底的感觉回归。

中国新手工艺术的崛起及其日益凸显、自觉的追求心性与物性双向敞开的创造旨趣，正在为人们提供新的审美视野和审美经验，也在拓宽造型艺术的表现形式和语言媒介。尽管中国新手工艺术尚处在发展的初始阶段，但就弥补现代生活那种失落人性、离异自然的缺憾而言，它不失认识论和方法论上启迪性和建设性意义。在今天的文化环境中，参与新手工艺术的审美过程就像体育竞技、旅游、绿化环境等方式一样，有可能被愈来愈多的人视为一种至少有助于自我调节、自我解救的积极方式。

中国新手工艺术无须讳避的局限性，使我们意识到：若想荣膺辉煌的桂冠，它还有一段与工业文明结伴而行的艰难历程。但是，既然命运已注定人类势必沿着高理性和高技术的道路向无限的归宿走去，那就敢信“手工艺”的文化价值和美学魅力是永恒的，更敢信中国新手工艺术的未来是光辉灿烂的。为此，作为本文的结束语，且借一位哲人给予贝多芬的赞誉之辞，来表达我对用双手掀动中国新手工艺术大潮的艺术家们的敬意：

“这双灵敏的手创造了新的自然语言形式。”[9]

注释：

① 乔治 · 萨顿:《科学的生命——文明史论集》，刘珺珺译，商务印书馆 1987 年版，第 51 页。

② 生物学家认为动物的器官经自然选择后都变得专门化，以便在特定环境中生活。而人之所以能适应各种环境是因为他没有动物那种专门化的器官。

③④ C. 米切姆:《技术哲学》,《科学与哲学》1986 年 5 期。

⑤⑥ 约翰 · 奈斯比特:《大趋势——改变我们生活的十个新方向》，梅艳译、姚琮校，中国社会科学出版社 1984 年版，第 1 页，第 454 页。

⑦⑧ 沃林格:《抽象与移情》，王才勇译，辽宁人民出版社 1987 年版，第 21 页，第 136 页。

⑨ 维特根斯坦:《文化和价值》，黄正东、唐少杰译，清华大学出版社 1987 年版，第 122 页。

（1993 年第 3 期）

中断和连续

——论电影美学中的一对范畴

颜纯钧

在把中断和连续作为电影的美学范畴提出来时，如下的两个问题成了思考的出发点：

其一，提到电影艺术的基本特性，最不容置疑的是它的综合性。然而，当理论家以纯粹经验性的描述指出电影是综合的艺术时，却未去深究它之所以能作出如此结论的原因。为什么不是电影被其他艺术所综合，而恰恰是其他艺术被电影所综合？而这至今没有进入研究的视野。

其二，爱森斯坦曾说过：

> 笼统地谈论运动——等于是一切都谈和什么也没有谈。
>
> 电影语言——是运动的语言（在有声片中加上话语）。
>
> 然而戏剧的语言——也是运动的语言（如果不是哑剧，就加上对话）。
>
> 运动和运动。
>
> 然而“运动”在两种情况下却是不同的。
>
> 而且正是它决定着两者的特性。[①]

可见，只是一般地谈论电影的运动而丝毫不涉及它的特性，除了重复那些人所共知的知识之外，可以说不能再有什么理论价值。对理论研究来说，最大的思维诱惑莫过于问题的发现。中外许多电影理论家不约而同地看到蒙太奇理论和长镜头理论明显的局部性和互补性，也看到把这两个局部理论有机地统一起来，去探讨属于电影整体的形式结构和综合美学的前途。

一、工具和材料

人类的许多文明成果是由知识的重组带来的。这样文明的积累才理所当然地成为文明发展的前提。电影作为现代技术文明的重大成果，导致它诞生的，是人类文明的很不相同的三个方面，即：由活动画面产生幻觉运动的视觉游戏、照相术及放映术。这三个不同方面的文明成果在人类对光的控制和利用这一点上被统一起来，而电影恰恰是由光影成像的。值得注意的是：照相术和放映术（在当时是指幻灯投影）都涉及这样的操作，就是在生活的自然流程中截取某个静止的瞬间，导致现实的连续时空在某个时刻的中断。视觉游戏则相反，它的操作是由中断的静止画面的连续性运动而导致运动的幻觉。中断和连续，这是一对显而易见的矛盾。当电影把上述的三个文明成果重新加以组合，使自己得以诞生时，不可避免地要把它们互相矛盾的特性罗织在自己身上。而矛盾的罗织不是导致自身的消解反倒是矛盾在自身被消解。这恰恰说明电影这种艺术形式有容纳这个矛盾的可能，而可能性则是由电影特定的工具和材料造成的。

1872年加利福尼亚州州长斯坦福就一匹小跑的马是否四蹄同时凌空的问题进行打赌。摄影师伊德维德用一排照相机间隔一定的时间拍下了一系列照片。[②]这大概是人类最早获得的有一定连续性的图像。据说，也是导致电影摄影机发明的直接原因。就每一张照片来说，都是对小跑的马所进行的连续动作瞬间的中断，而就照片的整个有序的系列来说，又是对连续运动的粗糙的模仿。说它是模仿，就在于照片的系列在中断之中还包含着动作的连续；说它粗糙，又在于这种连续并未能重现真实的运动幻觉。人们通过照片的系列只能意识到小跑的马在运动，却不能真正看到这种运动。尽管如此，这种最原始的活动照相已经基本具备了现代摄影机的技术原理。从工艺学的角度看，两者都是相同地把现实的连续时空中的连续运动按一定的速度频繁地作瞬间的中断，以便在感光胶片上留下静止的图像。当然，使电影得以诞生的还有另一个工具——放映机。作为和摄影机在功能上互逆互补的工具，放映机把一系列由连续性的中断拍摄下来的静止图像通过放映重新转换成银幕上的连续影像。胶片的运动是所谓的“间歇运动”。当胶片以每秒二十四个画格的速度运动时，在每个画格通过光孔的1/24秒中，只有1/96秒时间胶片处于运动状态，剩下的3/96秒运动的连续性却被中断。对于电影来说，如果没有胶片运动连续性的中断，人眼就不足以看清画面。反过来，如果没有中断之后的运动连续，人眼也不足以因“视觉暂留”的生理机制和产生“运动幻觉”的心理机制而看到活动的影像。

任何一种艺术，都一无例外地产生于工具和物质材料的相互作用。电影是由摄影机和放映机这样的工具，与胶片这样的物质材料互相作用才得以产生的。首先是摄影机的连续拍摄导致现实的连续时空和连续运动一系列瞬间的中断，把它们转换为相连续的一个个静止的画面——这是由胶片的感光和洗印的工艺操作来实现。然后，感光胶片在放映机中的“间歇”运动，通过胶片运动时中断和连续的转换，一个个静止的画面投射于银幕，又被观众感知为连续的活动影像。可见，电影的工具和材料的互相作用，包含着不同层次、不同性质的中断和连续的统一问题。这是电影在工艺技术方面的一个基本特征。

当然，胶片的“间歇运动”并不仅限于产生活动的影像。更重要的是，影像的活动所必然带来的穿越时间和空间的感觉还进一步使观众把银幕感知为某种时间空间的存在形式。把银幕当作某种时空形式来感知，是比影像的活动更加意味深长的方面。可以说，它是全部电影感知的心理前提，它赋予视觉一个坚定不移的组织原则。银幕的时空感知比影像的活动更为重要的是，它使观众不仅把银幕感知为活动的影像，而且感知为一个“世界”。这个“世界”因为有时空的存在形式，有影像在时空中的活动而极其逼真于现实的世界，同时又因为其时空形式不同于现实的时空，影像的活动不同于现实的活动而超越于现实的世界。而电影恰恰是在与现实的分野中走向艺术的。

此外，银幕的“世界”和现实的世界之间更多表现出来的是差异的一面。这些差异性的方面都和电影的工具和材料之间的互相作用，和电影所进行的一系列中断和连续的操作有直接的内在的关系。在现实世界中，我们对周围事物的连续感觉其实不是视觉的事实（因为事物实际上并不连续）而是心理的事实。原因在于：其一，我们所处的现实世界是个时空连续体；其二，我们又总是把感觉活动的连续性转移到被感觉的事物之上。心理学提供了如下的资料：视觉活动从眼睛这方面看，包含着眼动和眼停这两个基本动作。眼停是注视外界事物的阶段，眼动是转移视线的阶段。眼睛在转移视线时，是不间断地扫过一段连续的空间，然后在另一个事物上眼停而加以注视。除非有时闭住眼睛，视觉活动不可能中断这种感觉的连续性。但是，现实世界中的各种事物彼此之间却是不连续的。我们对被感觉到的事物的连续感觉是由感觉活动的连续性带来的心理事实。这就意味着，视觉活动中眼动（即转移视线）的阶段，实际在心理上是被省略了的，因为它是不被意识所注意的中间环节。尽管银幕的“世界”和现实的世界是如此不同，观众却总是宁愿信以为真，原因就在于感觉心理的同构关系。而把非连续性（亦即连续性中断）的对象感觉为连续性，这和电影中省略掉中间环节，把两个画面组接起来的电影语言，在心理感受上本质是完全相同的。这就是中断和连续的统一。也正是在这个意义上，让 · 米特里才认为：“感觉的非连续性和视线的变动有可能成为一种美学结构，一种语言。”[③]电影在工艺水平上的中断和连续的统一也由此转换到审美的水平。

任何艺术形式，都是从创造某种改变现实的可能性中获得生命的。电影以它特定的工具和材料之间的互相作用，首先是通过中断和连续的不同方式的多次转换，使现实世界的连续时空改变成中断和连续相统一的银幕时空。银幕时空的中断和连续的统一体，既不同于现实世界的时空连续统一体，又和人对现实世界的感觉心理相一致。所以电影的逼真性，绝不仅仅表现在影像和声音的还原，更在于被还原的影像和声音所存在的时空形式，重现了人对现实世界的中断和连续相统一的心理感受。从根本上说，电影的逼真不是感觉的逼真，而是心理的逼真。

二、电影史的回顾

可以说电影的发明是以传统的照相术为其背景的。当最早的一批摄影师对着拍摄对象不间断地拍完所有的胶片时，拍电影的魅力似乎只在于表现活动的影像，只在于技术的发明。由于照相术只能通过瞬间的中断来成像，而电影表现活动影像的前提条件却是时间和空间的连续性，这就使电影合乎逻辑地把连续拍摄视为革命性的一步。然而，电影对于照相术的这种革命性，一开始并不是使它成为艺术而是回到生活。摄影师所引以为自豪的是电影还原活动影像的那种魔力。他们所致力去探索的是如何使电影更逼真于生活，而不是如何去超越它。

当梅里爱因为一次偶然的卡片事故而发现停机再拍的技巧时，作为一个里程碑，这意义绝不仅仅限于发现停机再拍的技巧，而是发现了更根本的电影使连续性中断的可能性。这个可能性包含着极大的艺术空间，而最基本的一点是改变了电影对现实生活的单纯模仿。正是在有可能使现实生活的连续时空和连续运动中断的条件下，电影才找到了使主体介入而用以表情达意的途径的。从美学观念上看，电影从发现连续性的中断出发，开始掉转它回到现实的势头，为艺术的发展开拓了前景。后来电影所创造的景别处理、蒙太奇切换等一系列技巧，可以说正是从连续性中断的发现开始的。这一时期是以景与景的切换为特征，通过连续性的中断来叙事和表情达意的蒙太奇电影时期。

林格伦正确地指出：“在蒙太奇技巧方面首先要注意的一点是：蒙太奇使电影导演获得了一个发挥选择能力的新场所。”[④]如果电影只有连续拍摄这一种可能性，那么导演是无须选择也无从选择的。当电影既可连续拍摄，又可中断连续性时，选择的可能就出现了。然而，蒙太奇电影探索连续性的中断并不仅仅限于时间方面，更为人所忽视的则体现在空间上。巴赞说过："画面后景的模糊是随蒙太奇而出现的。它不仅是因采用近景而产生的必须的技术手段，而且也是蒙太奇合乎逻辑的结果，是它的造型手段。"⑤蒙太奇镜头既中断了画内和画外的空间连续性，也中断了画内纵深空间和平面空间的连续性。它总是尽可能使信息表现在镜头的平面上，以便让它和下一个同样是平面性的镜头构成一定的含义。不管是叙事的还是表现的蒙太奇，它在构成上都是以中断时间和空间的连续性为条件的。通过这种中断，蒙太奇镜头所追求的恰恰是经过艺术处理的新的连续性——银幕时空的连续性、叙事和表现的连续性。耐人寻味的是，蒙太奇镜头之所以能把中断当作自己的手段，恰恰是因为观众已经具有把电影的放映当作连续过程的心理定势。如果中断不能造成新的连续，如果观众在两个镜头之间找不到一定的关系，蒙太奇对连续性所作的中断实际上也就失去了意义。它表明蒙太奇镜头处理连续性的中断并不是没有限度的，它还表明蒙太奇镜头是处理中断和连续的矛盾统一关系的一种方式。正像任何艺术现象总是在发展的过程中走向自己的反面那样，蒙太奇镜头在探索其艺术的可能性时同样逐渐忘记了把连续当作自己的限度。当中断在理性蒙太奇那里表现出极大的随意性和强制性时，另一种电影观念便通过否定来寻求新的发展途径了。

在电影史上，巴赞作为旗帜鲜明地反对蒙太奇理论和实践的代表，其艺术观念建立在真实美学的基础上。他不是把电影仅仅看作电影，而是把它置于19世纪文明发展的潮流中来考察。巴赞说："……支配电影发明的神话就是实现隐隐约约地左右着从照相术到留声机的发明，左右着出现于十九世纪的一切机械复现现实的技术的神话。这是完整的写实主义的神话，这是再现世界原貌的神话……"⑥巴赞除了对蒙太奇理论的批评之外，在电影实践方面的基本主张是景深镜头和连续摄影。

从鲍特和格里菲斯开始的电影蒙太奇，是把现实时空的连续性有意识地中断，从而分解为若干个依次衔接的镜头，以此替观众选择可看的内容和先验地确定内容的含义。当奥逊·威尔斯在《公民凯恩》中系统地运用景深镜头时，巴赞便敏锐地发现了它对电影的革命性意义。景深镜头不再像蒙太奇镜头那样把信息的传递尽可能局限在平面上，以若干个平面镜头依次衔接来取代空间连续性的中断。当景深镜头把同样的清晰度赋予纵深的空间时，纵深空间和平面空间重新建立起来的连续性，实际上已破坏了蒙太奇镜头依靠画面信息的单一才得以表情达意的条件。这也就意味着在景深镜头中，由于利用了技术的进步，蒙太奇得以施展其主观随意性和强制性的那个基础已不复存在了。

如果说景深镜头所恢复的是现实的空间连续性，那么连续摄影则意在恢复现实的时间连续性，巴赞是从意大利新现实主义电影中看到电影艺术发展的这一曙光的。这印证了巴赞复现现实的神话，而不仅仅是连续摄影这个局限于艺术方面的创新。所以在巴赞看来，连续摄影所导致的时间连续和影像连续只是它的结果而已，更根本的则是在于一种新的关于电影的时间观念。电影时间不再是突出要点，省略中间环节的中断了连续性的时间，而是和现实时间毫无二致的东西。这样，电影时间才真正抛弃了那种戏剧式的性质。巴赞说："应该指出，表现连续时间的这类实验，在电影创作中，并不新鲜。譬如，阿尔弗莱德·希区柯克拍摄的《绳索》就是连续几十分钟不切换镜头的一部影片。不过，那还是一种戏剧式'动作'。问题实质不在于胶片上的影像的连续性，而在于事件的时间结构。"⑦不能不承认，巴赞关于连续摄影导致时间观念、时间结构的根本改变这个看法是相当深刻的。

作为一个电影史时期，巴赞电影理论的革命性表现在，当蒙太奇电影和先锋电影以中断连续性为艺术的契机，把电影看作充满主观色彩的创作而发展到某种极致时，巴赞的理论作为新的艺术导向，把电影重新拉回尊重客观现实的轨道上来。这当然是电影艺术发展自身的逻辑。从表面上看，巴赞的理论是使电影回到它草创时期的那种连续性。实际上这两个电影史时期的连续性已存在根本的不同。这不仅表现在从自发的活动照相到自觉的电影手段，而且近代长镜头还以复杂的场面调度拓展了更丰富的艺术空间。其结果，是把电影从注重探索镜头之间的关系引向探索镜头内部的艺术问题。而这一转移更进一步深化了对电影艺术的认识。在电影艺术的发展中，中断和连续构成一对最基本的相冲突的范畴。它使电影史划分成界限分明的几个发展时期。

三、运动、镜头及其他

现实世界的一切运动都是以穿越现实时空的连续体为其特征的。通过这样的穿越，运动物体才在现实时空中连续地改变空间位置和连续地经历时间。现实时空的连续性决定了现实运动的连续性。正是连续性导致了人对运动的感知。它构成人的一种经验，并以此去感知电影中的运动。

从工艺学的水平看，当胶片在摄影机里以每秒二十四格的速度运动时，运动的连续性就在每秒里被中断了二十四次而形成一个个静止的画面。反过来，当胶片在放映机里以每秒二十四格的速度作“间歇”运动时，那些静止的画面相连接又被观众感知为运动了。胶片运动的连续性按一定速度频繁地中断，产生对电影画面的运动感知。由此可知，观众对电影中运动的感知取决于连续性的感知。虽然电影的胶片并不直接地表现运动，但如果画面显示出某种时空的连续变换，观众依然能借助过去的经验来形成对运动的感知。对电影来说，这样的连续性本身是利用了观众的生理心理经验的非真实的连续性，就是通过对现实的连续性的中断来形成新的感觉中的连续性。这就是电影的运动最基本的奥秘。由此出发，电影的运动才进一步从画格与画格之间的连续发展到镜头与镜头之间的连续。最常见的情况便是像汽车飞出悬崖的镜头后面接一个汽车跌入水中的镜头，或是某人飞出毒镖的镜头后面接一个人中镖倒下的镜头。这样的镜头都是在汽车或飞镖的运动连续性中选择两个中断的切入点，再通过镜头的连接在观众的想象中（而不是感觉中）形成新的连续性的。更为经典的是《战舰波将金号》中那个摔盘子的场面。在现实中，一个盘子落地的运动是个穿越时空的连续过程。但爱森斯坦却没有采用一个连续的镜头来拍摄，而是从不同角度拍摄了九个镜头来加以剪辑。他频繁地中断盘子落地的连续过程，而代之以新的拍摄角度。这九个镜头表现出运动的不同阶段，互相又有重叠，但从总体上仍然再现了盘子自上而下的落地的运动过程。在观众运动感知的经验支持下处理运动中断之后的连续，与飞镖之类的运动镜头其不同在于，它不是连续时空的省略，反倒是一种夸张，并因此而成为引导观众读解的艺术手段。可见，中断之后的连续是存在多种可能性的。

电影的运动是通过对现实运动的连续时空有意识地加以中断，然后再根据艺术表现的需要重新连接的结果。在中断和连续的操作中拓展了丰富多样的表现方式。

电影对事件的连续性所作的中断，经历了一个从段落到场面再到镜头景别的逐渐细致化的过程。这就像法国的布·阿尔卡拉在复述德洛兹的观点时所说的那样：“从电影角度看，德洛兹是这样提出问题的：仅把连续性作为传统影片的特点与现代电影的不连续对立是不够的。电影一直处于不连续性中，因为它总是通过切分（特别是在剪辑时）来表现的。”[8]从这里，我们便获得了一个看待镜头景别的新视角。景别的问题从其内部看是个处理人物和环境之间关系的问题，从镜头与镜头的关系看则是个处理事件或动作的连续性问题。当一个镜头被纳入影片的叙事结构之后，无论它被处理成怎样的景别，也无论它包容了多大的空间和延续了多长的时间，它在其上下镜头之中总是因为切换而形成某种连续性的中断。因为镜头的本质便是对事件的时空连续体进行分解，再选择若干切入点来重新连续。这样，无论两个镜头之间在时间和空间上多么接近，总是不可避免地因为连续性的中断而存在一定程度的跳跃性。这种跳跃的感觉正是因为镜头的景别总是一再打乱观众对连续性的感知。而值得进一步深究的更在于：镜头所表现出来的连续性中断，从叙事的结构上看是由于它的分解特性，从其景别来看，还和它所表现出来的时空感觉有关。至于空间，则如巴拉兹所指出的："当我们与那张孤立的脸面面相对时，我们便忘记了空间，我们的空间意识消失了，我们发现自己进入另外一个领域：面相学的领域。"[⑨]不同的景别在观众那里，其对时空连续性的感知也是决然不同的。如此一来，镜头的切换就不仅是中断了事件的连续性而已，时间和空间的感知也在中断和连续中不断变化。

声音是除了影像之外电影的另一个基本元素。在现实中声音的存在具有在时间和空间上连续的特点。声音就像运动那样，是以连续地穿越时空作为其存在方式的。由于技术的原因，声音在电影中的出现要晚得多。一开始，电影对声音的运用还停留在还原的水平上。这不仅表现在画面上出现什么发声体就马上配以什么声音，而且表现在声音还原的时空连续上。当电影利用声音的音高、音质、音强等可能的手段来刻画声源在空间中的位移、声波传播的空间距离感等等方面时，便是利用了人对声音在空间上的连续性的感知。而声音在占有连续空间时势必同时占有连续时间。一般来说，声音必须有较明显的连续的时间过程，才能对其性质和意义作出正确的判断。正因为这样，声音的时间特性是比它的空间特性更早被认识的。然而，当观众对电影中声音的好奇逐渐消失之后，简单的声音还原就不再是富有意味的了。声音开始被看作有效的艺术手段来加以发掘和利用。而这一点，又是和对声音的时空特性的认识不断发展和深化相同步的。对声音的艺术利用主要表现在越来越具有选择性。这种选择不可避免地影响到声音的时空存在形式。它不仅表现在电影音乐改变了过去那种在时间上无限连续的"背景音乐"，而是考虑到它和画面之间的关系适时地中断，还表现在人声和音响通过有意地破坏空间的连续来表情达意。特别是声画对位，一般来说，这种对位效果的产生更是以画面空间和声音空间的不连续为前提条件的。而当另一个空间里的声音被用来与画面空间相匹配时，自然画面本身的声音在时间上的连续性也是中断的。显然，声音在自然形态下时空的连续性并不是不可改变的。一旦连续的声音时空可以被中断，中断和连续的统一便发展出一系列的艺术可能性供创作者选择。

除此之外，中断和连续的问题还表现在电影的种种艺术技巧中，如定格、闪回、叠化及各种剪辑手法等。长期以来，对于"中断和连续"的认识停留在感性直观的水平上，因此导致了创作中的滥用和错用。

四、形式结构问题

艺术的形式规范是个发展的概念。当一种艺术从它的实用价值中分离出来时，它在形式上被规定，主要是自身在发展中逐步建构的结果。从物质材料和工具的互相作用这基本的层次开始，经过不同层次的转换和叠加，艺术在形式上才真正形成一种结构。这种结构的内部自洽是艺术在形式上相对稳定的前提。它使艺术的重复生产成为可能。

时空结构是艺术的形式结构的重要方面。

历代的美学家和艺术理论家曾一再地对艺术的时空结构问题倾注了极大的热情。其中最著名的当是莱辛在《拉奥孔》中对诗和画的界限的讨论。莱辛从媒介、题材和对感官的作用三个方面界定了诗歌作为时间艺术，绘画作为空间艺术的形式特征。从今天的眼光来看，莱辛的界定只不过指出了诗和画在时空结构上的不同倾向和侧重而已。事实上，并不是说诗歌就没有空间形式，绘画就没有时间形式。至少有一点是可以肯定的：诗歌的空间表现为想象的空间，而绘画的时间则表现为某种连续性的中断。更进一步，即便是绘画的空间，也不是那种无限连续的空间。巴赞说得好："传统的画框上雕饰繁杂，形态奇异，为的是在画作与墙壁之间，即在绘画与现实之间造成几何形态上难以确定的无连续性。"[⑩]这就意味着，绘画的空间同样包含着某种连续性的中断。

每一种艺术都有自己的时空问题、时空结构。人类对电影时空特性的认识同样经历过一个发展过程。在早期电影那里，由于和照相术的天然渊源，电影理所当然地被看作空间造型的艺术（如卡赞斯基）；而当戏剧式的电影兴起，故事对电影的决定作用又使理论家把电影看作延续时间的艺术（如马赛尔·马尔丹）；到了近代，造型意识的强化又开始使电影的空间被看重，认为感性的真实来自空间的真实（如巴赞）。理论家们对电影时空特性的认识之所以会如此翻来覆去，说明他们更关注的是电影发展史的角度，而不是电影本性的角度。新认识的提出总是基于某个创作或理论的发展背景。

从物质材料和工具的互相作用开始，电影艺术所表现出来的便是既有空间的展开又有时间的延续。也因此电影才被称为"时空艺术"。然而关键是要进一步深入它的时空结构之中，更具体更细致地研究其关系形式，才有可能真正揭示电影艺术的奥秘。

可以说，电影是自梅里爱一次偶然的卡片事故，才逐渐与现实分野而走向艺术的。从这个事故中发掘出来的，是电影对现实的连续时空加以中断和重新连续的可能性。这一点对电影成为一种艺术至关重要。普多夫金曾以拍摄游行队伍为例来说明问题。他说，如果摄影师只是把摄影机放在一个固定的地点，让游行的行列川流不息地在镜头前面走过，那么观众看银幕上所表现的游行，就像他们看游行队伍真正从面前走过所费的时间一样久，也像实际的游行队伍从观众面前走过时看到的一样多。现在，摄影机除了拍摄群众的远景之外，还推到人丛中把最具有特征的细节，如红军战士、工人和少先队员选拍下来，再把这三个片段连接在群众游行的远景之中，这就构成了这个游行队伍的完整形象。普多夫金说："实际发生的事件与它在银幕上的表现是有显著区别的。正是这个区别使电影成为一种艺术。"[11]普多夫金指出的这个区别也许带有他作为蒙太奇学派的理论色彩，然而还是得承认，通过中断和连续的一系列操作，使现实的连续时空被改造而成为电影的相对时空，这正是电影本性之所在。这种相对时空是如何形成的，又具有怎样的结构还须进一步去深究。实际上，由于中断和连续的矛盾统一关系，电影的时空结构已呈现出十分复杂的情况：它既有像蒙太奇那样以中断时空连续性作为艺术手段的，也有像长镜头那样尽可能保持时空连续性的；既有像叠化那样以空间的中断来表现时间的连续的，也有像闪回那样以时间的中断来表现空间（在想象中）的连续的……至于像声画对位、各种剪辑技巧，更是充分利用了电影相对时空的中断和连续的矛盾统一关系。中断和连续的矛盾统一，就是电影相对时空的结构特征。

电影正是由于具有这样一种相对时空结构，才使得其他艺术形式，如文学、美术、摄影、戏剧、音乐、表演等的被改造、被容纳、被综合成为可能，同时也才形成了电影不同于戏剧的运动形式。从物质材料和工具的互相作用中开始表现出来的中断和连续的矛盾统一，经过一系列的层次转换，最终成为刻画电影本性的一对美学范畴，这本身便是十分意味深长的。

中断和连续这一对美学范畴的确立，还使蒙太奇和长镜头作为电影局部理论的局限性表现得更加突出了。从根本特征上看，蒙太奇是以时空连续性的中断作为其形式结构的基础的。它的艺术表现的空间也因此更多地放在两个或两个以上互不连续的时空的并列上。为此它势必要忽视乃至有意地放弃对镜头内部的艺术探索。长镜头理论在形式结构上的基础则是时空的连续性。它克服了蒙太奇理论最终走向的那种拼接镜头的主观随意性和违背真实原则的弊病。然而由于所表现的内容，各种器械和设备等方面的原因，长镜头所追求的时空连续或迟或早总要碰到不可逾越的障碍而被迫中断。电影的蒙太奇理论和长镜头理论，究其实质，正是中断和连续这一对美学范畴矛盾运动的两种基本的形式。它们各自强调其中的一个方面，并在发展中以自身的对立面作为其限度。作为局部的理论，它们在电影史上的意义在于各自从所强调的那个方面拓展了电影的艺术空间，同时又以其局限为进一步的突破创造了条件。这个带有根本性的认识给电影的理论研究提供了多方面的启示。中断和连续作为美学范畴，与影像和声音、时间和空间、运动和静止等美学范畴之间所存在的联系，它们之间互相的影响和制约，还有待于进一步的研究。

注释：

① 转引自查希里扬《银幕的造型世界》，伍菡卿、俞虹译，中国电影出版社 1983 年版，第 16 页。

② 参见斯坦利·梭罗门《电影的观念》，齐宇译，中国电影出版社 1983 年版，第 8 页。

③ 让·米特里：《蒙太奇的心理学》，崔君衍译，徐昭校，《电影艺术译丛》1980 年第 3 期。

④ 欧纳斯特·林格伦：《论电影艺术》，何力、李庄藩、刘芸译，刘芸校，中国电影出版社 1979 年版，第 56 页。

⑤ 安德烈·巴赞：《电影语言的演进》，崔君衍译，徐昭校，《电影艺术译丛》1980 年第 2 期。

⑥ 安德烈·巴赞：《"完整电影"的神话》，载《电影是什么》，崔君衍译，中国电影出版社 1987 年版，第 21 页。

⑦ 安德烈·巴赞：《真实美学——电影现实主义和解放时期的意大利学派》，载《电影是什么》，第 347 页。

⑧ 布·阿尔卡拉：《借电影谈哲学：吉尔·德洛兹，时间与思维》，王国卿译，《世界电影》1990 年第 3 期。

⑨ 贝拉·巴拉兹：《电影美学》，何力译，邵牧君校，中国电影出版社 1979 年版，第 46 页。

⑩ 安德烈·巴赞：《绘画与电影》，载《电影是什么》，第 198—199 页。

⑪ B. 普多夫金：《论电影的编剧、导演和演员》，何力译，中国电影出版社 1980 年版，第 55 页。

（1993 年第 5 期）

禅和韵

——中印诗学比较之一

黄宝生

禅发源于印度，原本与诗无缘。印度禅传入中国，转化成中国禅。中国禅引发以禅喻诗，与中国韵融合。而中国韵又与印度韵相通。本文论述的就是中印文化中的这一有趣现象。

一、印度禅和中国禅

禅是印度古代瑜伽修行方式。这种修行方式起码可以追溯到公元前三千年，在现已发掘的印度河流域文明遗址的印章图案中，就有坐禅的神像①。佛陀时代前的奥义书已开始论述瑜伽。《白骡奥义书》（Ⅱ. 8—15）认为瑜伽行者端坐调息，控制思想和感官，有益身心健康，进而亲证梵性，获得解脱。《慈爱奥义书》（Ⅵ.18）将瑜伽分为六支：调息、制感、静虑（dhy na，音译禅或禅那）、执持、思辨和等持（Sam dhi，音译三昧或意译定）。后来，波颠阇利在《瑜伽经》中，将瑜伽分为八支：1. 禁制：不杀生，不妄语，不偷盗，不邪淫，不占有。2. 遵行：清净，满足，苦行，读经，敬神。3. 坐法：坐姿安稳自如。4. 调息：调节呼吸。5. 制感：感官摆脱感官对象。6. 执持：心注一处，如肚脐、鼻端、舌尖等。7. 静虑（即禅）：心注一处，持续不断。8. 等持（即定）：与沉思对象同一，心智仿佛消失。这八支中，前五支为“外支”，后三支为“内支”，也就是外修和内修。据《瑜伽经》描述，瑜伽行者能获得天眼通、天耳通、宿命通、他耳通等特异功能。但瑜伽的最终目的是获得解脱。

瑜伽作为一种生理和心理修行方式，为印度古代各种宗教派别所接受。早期佛教将佛学归结为戒定慧三学。戒是戒律，用以约束身口意，不做恶业。定是禅定，用以抑制内在欲望，排除外界干扰，达到心地清净，思虑集中。慧是智慧，修习四谛和十二因缘等佛教教义，由此获得解脱。戒定慧三者之间的关系是依戒而资定，依定而发慧，依慧而证理。这与瑜伽修行原理完全一致。释迦牟尼本人也是通过禅定悟道成佛的。据巴利文佛典《中尼迦耶·大萨遮迦经》(Ⅳ. 36）记载，释迦牟尼在菩提树下，由初禅进入二禅、三禅和四禅，以至内心沉静，思想清澈，回忆起前生事迹，意识到业报轮回和苦集灭道，大彻大悟而成佛。[②]

佛教传入中国，自然也包括禅法。佛教分成小乘和大乘，禅法也分成小乘禅和大乘禅。小乘教义强调“无我”，否认作为主体的自我真实。大乘教义强调“法我两空”，既否认作为主体的自我真实，也否认作为客体的世界真实。但无论是小乘禅，还是大乘禅，都是印度禅。印度禅向中国禅的转化，发轫于达摩禅的传入。

菩提达摩于北魏由南天竺来华传授禅法。达摩禅的教理依据是《楞伽经》。[③]达摩对传法弟子慧可说：“我观汉地唯有此经，仁者依行，自得度世。”(《续高僧传》）此后，僧璨、道信和弘忍都以《楞伽经》为禅法心要，代代相传。所以，达摩禅也称楞伽禅。

《楞伽经》将禅法分成四种：“愚夫所行禅，观察义禅，攀缘真如禅，诸如来禅。”愚夫所行禅以“人无我”为禅要。观察义禅以“人无我，法无我”(即“法我两空”)为禅要。攀缘真如禅是“妄想二无我妄想，如实处不生妄想”，意思是如实知两种无我，不起分别心。诸如来禅是“入如来地，得自觉圣智相，三种乐住，成办众生不思议事”，意思是进入佛的境界，以自觉圣智为特征。按照宗密《禅源诸诠集都序》的说法，达摩门下展转相传的是如来禅。在这四种禅中，第一种为小乘禅，后三种均为大乘禅。

《楞伽经》还提出渐净和顿现、说通和宗通的理论。渐净是逐渐清除“自心现流”(即外界污染)，顿现是顿时“显示不思议智最高胜境”。或者说，“顿现无相无有所有清净境界”。说通是通过讲经说法，“令得度脱”。宗通是“远离言说文字妄想”，“自觉圣境界”。对于渐净和顿现、说通和宗通，《楞伽经》都没有采取偏废态度。从达摩至弘忍五代楞伽师也都是依经修禅、借教悟宗的。

楞伽禅在弘忍之后，分出神秀和慧能两系。神秀一系为北宗禅，慧能一系为南宗禅。《坛经》中记载的两首著名偈颂分别代表神秀和慧能的禅学观点。神秀的偈颂是：“身是菩提树，心如明镜台，时时勤拂拭，莫使有尘埃。”意思是只要不断修行，排除无知妄念，便能成佛。慧能的偈颂是：“菩提本无树，明镜也非台，佛性常清净，何处惹尘埃。”意思是自性即佛，本来清净，只要顿悟自性，便能成佛。也就是说，神秀坚持渐修，而慧能主张顿悟。慧能还对坐禅和禅定作出新的解释：“何名坐禅？此法门中，一切无碍，外于一切境界上念不起为坐，见本性不乱为禅。何名为禅定？外离相曰禅，内不乱曰定。”这在实际上否定了传统的坐禅形式，也简化了禅定的原始意义。慧能创立的南宗禅后来成为中国禅宗的主流，以至我们现在所谓禅宗，主要是指南宗禅。

慧能在《坛经》中突出《金刚经》的地位，声称“但持《金刚般若波罗蜜经》一卷，即得见性，入般若三昧”。但禅宗在发展过程中形成的共同宗旨——“不立文字，教外别传，直指人心，见性成佛”，主要还是导源于《楞伽经》。

《楞伽经》遵循大乘瑜伽行派的观点，将人的精神分为八识：眼识、耳识、鼻识、舌识、身识、意识、末那识和阿赖耶识。前五识是人的感官功能，意识是人的思维功能。这前六识都是分别事物的功能。末那识（意译为“心意”或“思量识”）是人的自我意识，也是前六识的依托。正是由于这种与客观事物相分别的自我意识，人执著自我，产生我痴、我见、我慢和我爱等人生烦恼。阿赖耶识（意译为“识藏”或“藏识”）是储藏和统辖前七识的潜意识。阿赖耶识也称如来藏。《楞伽经》认为如来藏犹如大海，前七识犹如波浪。如来藏不生不灭，前七识有生有灭。如来藏自性清净，而被前七识的种种妄念熏习覆盖。如上所说，《楞伽经》提出渐净和顿现。渐净是藉教修行，逐渐清除种种妄念；顿现是自觉圣智，顿悟自性情净。这原本清净的自性就是佛性，就是如来藏，就是涅槃境界。这是一种无分别的境界，非语言文字所能表达，只能依靠自觉圣智悟入。也就是说，在这里起作用的是“宗通”，而不是“说通”，因为语言文字是为分别事物而设，不适用于无分别的境界。佛陀演经说法，只是权巧方便，以引导众生消除无知妄念，摆脱思想束缚，为众生自觉圣智创造条件。而从根本上说，“诸佛及诸菩萨，不说一字，不答一字。所以者何，法离文字故”。因此，《楞伽经》强调要“依于义，不依文字”。“依文字者，自坏第一义”，“如愚见指月，观指不观月”。也就是说，一切用文字写下的佛经都是第二义，都是能指之指，而非所指之月。

《楞伽经》还认为即使不用语言，用动作也能显法：“或有作相，或有扬眉，或有动睛，或笑或欠，或謦咳，或念刹土，或动摇”，都能“令诸菩萨得无生法忍及诸胜三昧”。这无疑也是“世尊拈花，迦叶微笑”这个著名的禅宗传说以及禅宗实践中棒喝、竖拂子、绕三匝、画圆相、掷杖、弹指、展手和沉默等开悟方式的理论依据。

对于《楞伽经》中的渐净和顿现、说通和宗通，禅宗只取其顿现和宗通，同时不再拘泥坐禅形式。这样，印度禅就转化成为中国禅。禅宗保留了禅的名号，但禅宗之禅已改变了禅字的本义，并非严格的禅定之禅。无怪乎明代袁宏道别出心裁，欲以禅的中国字义取代禅的印度字义：“禅者定也，又禅代不息之义，如春之禅而为秋，昼之禅而为夜是也。既谓之禅，则迁流不已，变动不常，安有定辙，而学禅者，又安有定法可守哉？”[④]

二、以禅喻诗和神韵论

如上所述，无论是印度禅，还是中国禅，原本都与诗艺无关。然而，禅宗思维中的第一义和第二义，与诗歌思维中的所指和能指相似，成为两者沟通的契合点。

禅宗主张顿悟自性，便可成佛。但自性是什么？怎样顿悟？却又不可言说。禅宗语录中，“言语道断，心行处灭”；“有名非大道，是非俱不禅”；“说似一物即不中”；“才涉唇吻，便落意思，尽是死门，终非活路”，说的都是这个意思。语言文字是分别心的产物，是知性的工具，无法描述超越知性的、无分别的自性境界。可是，众生在顿悟之前，凡心未脱，知性未泯，只能用言语问道。而禅师本人即使已经见性成佛，面对尚未开悟的众生，也只能用言语授道。因此，尽管以“不立文字”为教旨，禅宗还是留下了大量的记载参禅公案的语录。

但禅宗语录显然不同于以往的佛经。佛经重说理和因明，而禅宗语录重机锋和妙悟。对于“如何是祖师西来意”“如何是佛”“如何是佛法大意”这些禅众经常提出的问题，禅师从不提供正面的、说理的回答。例如，沙弥仰山问性空禅师：“如何是祖师西来意？”性空回答说：“如人在千尺井中，不假寸绳，出得此人，即答汝西来意。”仰山问话的意思是怎样见性成佛，性空答话的意思是见性成佛必须靠自己体悟，无法用言语描述。仰山不领悟性空的答话，说：“近日湖南畅和尚出世，亦为人东语西话。”也就是抱怨禅师们都是问东答西，答非所问。后来，仰山问耽源禅师：“如何出得井中人？”耽源喝道：“咄！痴汉，谁在井中？”意思是不能执著于性空答话的字面义。仰山还是不开悟，又去问沩山禅师。沩山直呼仰山名字：“慧寂！”仰山随口答应。于是，沩山说：“出也。”这是一语双关，表面上指井中人，实际上指仰山本人。仰山由此顿悟自性。[⑤]又如，某僧问文偃禅师：“如何是佛法大意？”文偃回答说：“面南看北斗。”[⑥]意思是佛陀不说一字，你询问佛法大意，无异面南看北斗。你只有转过身来，才能看到北斗（即反观自性）。

可见，禅宗使用文字，又不执著文字。禅师的机锋中常常含有隐喻、暗示或象征，需要禅众参究领悟，缘指见月。这样，机锋的表现方式与诗相通。事实上，禅师也常常作诗或引诗表达禅意。慧晖禅师举傅大士《法身颂》云：“空手把锄头，步行骑水牛。

人从桥上过，桥流水不流。”[7]此诗暗示禅悟要破除日常的思维习惯。灵澄禅师有《西来意颂》曰：“因僧问我西来意，我话居山七八年。草履只栽三个耳，麻衣曾补两番肩。东庵每见西庵雪，下涧长流上涧泉。半夜白云消散后，一轮明月到床前。”[8]此诗呈现清净悠闲的禅居生活和豁然开朗的禅悟境界。这类禅诗甚至也采用艳诗形式。克勤禅师呈偈曰：“金鸭香销锦绣帏，笙歌丛里醉扶归。少年一段风流事，只许佳人独自知。”[9]此诗暗喻自性只能内证自知。中仁禅师念诗曰：“二八佳人刺绣迟，紫荆花下啭黄鹂。可怜无限伤春意，尽在停针不语时。”[10]此诗暗喻禅意不可言说。

禅宗创始于中唐，盛行于晚唐和五代。而禅宗语录汇编成书创始于五代，盛行于宋代。唐宋诗人或与禅师交往，或读禅宗语录，领悟到诗心和禅心相通。晚唐诗僧齐己明言“诗心何以传，所证自同禅”。司空图《诗品》暗合禅理。入宋以后，“学诗浑似学参禅”，几乎成了诗家口头禅。苏轼：“暂借好诗消永夜，每逢佳处辄参禅。”杨万里：“要知诗客参江西，政如禅客参曹溪。”陆游：“我得茶山一转语，文章切忌参死句。”而严羽《沧浪诗话》力倡“以禅喻诗”，成为这股诗学新潮的代表人物。

《沧浪诗话》[11]强调“禅道惟在妙悟，诗道亦在妙悟”。严羽认为孟浩然学力远不如韩愈，而诗在韩愈之上，原因在于“妙悟”。因此，“惟悟乃为当行，乃为本色”。严羽反对“以文字为诗，以才学为诗，以议论为诗”。他认为“诗有别材”，“所谓不涉理路，不落言筌者，上也。诗者，吟咏情性也。盛唐诸人惟在兴趣，羚羊挂角，无迹可求。故其妙处透彻玲珑，不可凑泊，如空中之音，相中之色，水中之月，镜中之象，言有尽而意无穷。”严羽这里提出的“兴趣”，是对“妙悟”的进一步阐释。诗的妙处不在于以文字说理，那是经论的功能。诗的妙处在于传达文外之旨，言外之情。同时，他点明“诗者，吟咏情性也”，划清了诗和禅的界限。他毕竟是以禅喻诗，而非以禅为诗。严羽以禅喻诗的直接目的是揭示江西诗派的弊病，推崇以李白、杜甫为顶峰的盛唐诗法。所以，他在论诗品时说：“诗之极致有一，曰入神。诗而入神至矣，尽矣，蔑以加矣！惟李杜得之，他人得之盖寡也。”

严羽所谓的“入神”，联系他的“妙悟”说和“兴趣”说，也可理解为“神韵”。在中国诗学史上，清人王士禛力倡神韵论。王士禛神韵论[12]的直接先导当推司空图和严羽。他说：“表圣论诗，有二十四品，予最喜‘不著一字，尽得风流’八字。”又说：“严沧浪以禅喻诗，余深契其说。”王士禛所谓的神韵多指清远，冲淡，句中有余味，篇终有余意，兴会神到，天然成趣。他认为“严沧浪借禅喻诗，归于妙悟”，“乃不易之论”。他进而提出“舍筏登岸，禅家以为悟境，诗家以为化境，诗禅一致，等无差别”。他举例说明道：“如王、裴辋川绝句，字字入禅。他如‘雨中山果落，灯下草虫鸣’，‘明月松间照，清泉石上流’，以及太白‘却下水精帘，玲珑望秋月’，常建‘松际露微月，清光犹为君’，浩然‘樵子暗相失，草虫寒不闻’，刘昚虚‘时有落花至，远随流水香’，妙谛微言，与世尊拈花，迦叶微笑，等无差别。通其解者，可语上乘。”又说：“唐人五言绝句，往往入禅，有得意忘言之妙，与净名默然，达磨得髓，同一关捩。观王、裴《辋川集》及祖咏《终南残雪》诗，虽钝根初机，亦能顿悟。”

从严羽的“以禅喻诗”到王士禛的“诗禅一致”，核心都是贯通禅之妙悟和诗之神韵。在严羽和王士禛之间的各家诗话中，也时有论及神韵者，并且不约而同地借喻禅悟。谢榛在《四溟诗话》[13]中提出作诗“体贵正大，态贵高远，气贵雄浑，韵贵隽永。四者之本，非养无以发其真，非悟无以入其妙”。他倡言“妙在含糊，方见作手”。他说：“诗有可解、不可解、不必解、若镜花水月，勿泥其迹可也。”他认为“作诗有专有学问而堆垛者，或不用学问而匀净者，二者悟不悟之间耳。惟神会以定取舍，自趋乎大道，不涉于歧路”。胡应麟在《诗薮》[14]中提出“作诗大要不过二端，体格声调、兴象风神而已”。所谓“风神”或“神韵”主要是指盛唐诗艺（如“盛唐以风神胜”，“盛唐气象浑成，神韵轩举”）。他认为“筋骨立于中，肌肉荣于外，色泽神韵充溢其间，而后诗之美善备”。他将“体格声调”称为“法”，将“兴象风神”称为“悟”。他说：“吾于宋严羽卿得一悟字，于明李献吉得一法字，皆千古词场大关键。”又说：“严氏以禅喻诗，旨哉！禅则一悟之后，万法皆空，棒喝怒呵，无非至理。诗则一悟之后，万象冥会，呻吟咳唾，动触天真。”

在中国美学中，神韵论源远流长。但在宋代以前，神韵主要用于品评人物和书画。钱锺书《管锥编》指出：“首拈‘韵’以通论书画诗文者，北宋范温其人也。”范温著有《潜溪诗眼》，今已失传。钱锺书从《永乐大典》中发掘出范温论韵一则诗话，“洋洋千数百言，匪特为‘神韵说’之弘纲要领，抑且为由画‘韵’而及诗‘韵’之转捩进阶”[15]。范温给韵下的定义是：“有余意之谓韵。”具体地说：“备众善而自韬晦，行于简易闲澹之中，而有深远无穷之味。观于世俗，若出寻常，至于识者遇之，则暗然心服，油然神会。测之而益深，究之而益来，其是之谓矣。”值得我们特别注意的是，范温也打通禅之悟和诗之韵，以禅喻韵：“如释氏所谓一超直入如来地者，考其戒定神通，容有未至，而知见高妙，自有超然神会，冥然吻合者矣。是以识有余者，无往而不韵也。”[16]

总之，自宋至清的诗学中，神韵和禅悟形影相随。或者说，在中国诗学神韵论的产生和发展中，禅宗妙悟说始终起着催化剂的作用。从诗艺的角度看，诗和禅的关系并不在于诗中是否含有禅理或传达禅意。所谓以禅喻诗或诗禅一致，究其实质是以禅喻韵或韵禅一致。

三、中国韵和印度韵

中国传统诗学中的一些批评术语往往语义含混。同样以韵论诗，对韵的理解和把握常常因人而异，各有侧重。但大体说来，韵的内涵可以分成广、狭两种，前者以范温为代表，后者以王士禛为代表。

范温将“韵”明确界定为“有余意”。凡诗中“有深远无穷之味”，即有韵。同时，文体风格“有巧丽，有雄伟，有奇，有巧，有典，有富，有深，有稳，有清，有古”。只要“一长有余，亦足以为韵”。也就是说，韵适用于所有的文体风格。但韵的表现形态往往以“简易闲澹”为特色，诸如“巧丽者发之于平澹，奇伟有余者行之于简易”。范温以陶渊明为典范，说陶诗“体兼众妙，不露锋芒，故曰：质而实绮，臞而实腴，初若散缓不收，反复观之，乃得其奇处；夫绮而腴，与其奇处，韵之所从生，行乎质与臞，而又若散缓不收者，韵于是乎成”。他所举陶诗有韵之例是：“《归田园居》诗，超然有尘外之趣。《赠周祖谢》诗，皎然明出处之节。《三良》诗，慨然致忠臣之愿。《荆轲》诗，毅然彰烈士之愤。”

严羽将诗的品格分为九种：高、古、深、远、长、雄浑、飘逸、悲壮和凄婉。或大致分为两种：优游不迫和沉着痛快。而诗的极致只有一种，即入神。换言之，入神是各种诗品的极致。他以李白和杜甫为“入神”典范，也充分说明这一点。如上所述，严羽所谓的“入神”也可理解为“神韵”。因此，他的神韵内涵与范温一致。

而王士禛的神韵内涵偏于清远冲淡一路。他尤为欣赏严羽所谓“羚羊挂角，无迹可求”和司空图所谓“不著一字，尽得风流”。他说：“或问‘不著一字，尽得风流’之说。答曰：太白诗：‘牛渚西江夜，青天无片云；登高望秋月，空忆谢将军。余亦能高咏，斯人不可闻；明朝挂帆去，枫叶落纷纷。’襄阳诗：‘挂席几千里，名山都未逢；泊舟浔阳郭，始见香炉峰。尝读远公传，永怀尘外踪；东林不可见，日暮空闻钟。’诗至此，色相俱空，正如羚羊挂角，无迹可求，画家所谓逸品是也。”王士禛所引李白诗和孟浩然诗都是抒发怀古之幽情，前者蕴含知音难遇的悲凉，后者蕴含若有所失的惆怅。“羚羊挂角，无迹可求”和“不著一字，尽得风流”确实道出了韵之真髓。只是王士禛作茧自缚，独主清远冲淡，限制了神韵的适用范围。正如《四库全书总目》所说：“士禛论诗，主于神韵，故所标举，多流连山水，点染风景之词，盖其宗旨如是也。”又说：“其推为极轨者，惟王、孟、韦、柳诸家。”[17]司空图在《与李生论诗书》中标举“韵外之致”和“味外之旨”，也以风格“澄澹精致”的王维和韦应物为典范。[18]这说明王士禛的神韵内涵实与司空图一致。

清人翁方纲倡“肌理说”，但不否定“神韵论”。他只是觉得王士禛的神韵论有失偏颇：“专举空音镜像一边”，“堕入空寂”(《神韵论上》)。他认为“神韵乃诗中自具之本然，自古作家皆有之”(《坳堂诗集序》)。而且，“神韵无所不该，有于格调见神韵者，有于音节见神韵者，亦有于字句见神韵者，非可执一端以名之也。有于实际见神韵者，亦有于虚处见神韵者，有于高古浑朴见神韵者，亦有于情致见神韵者，非可执一端以名之也”(《神韵论下》)[19]。这样，翁方纲的神韵论回归原始，与范温一致。

在印度古典诗学中，也有韵论。欢增的《韵光》(*Dhvanyāloka*)[20]是印度韵论的奠基作，产生于9世纪，相当于中国的唐代。欢增认为韵是“诗的灵魂”，是“一切优秀诗人的诗的奥秘”。他对韵的本质和分类作了详尽的阐释。

诚然，印度古典诗学在发展过程中，也间吸收瑜伽哲学的养分。例如，新护将《瑜伽经》中的心理“潜印象”运用于味论，以揭示美感的奥秘[21]；王顶在《诗探》中提到有的梵语诗学家认为“三昧”(即禅定)是诗歌创作成功的首要因素，因为只有思想专注，才能认清事物，看出意义。但印度韵论的产生与瑜伽或禅定没有直接关联。它是在梵语语法理论的启示下产生的。这“韵”(dhvani)字本身就是借用的语法术语。

按照梵语语法理论，一个词由几个音组成，其中个别的音不能传达任何意义，只有这几个音连在一起发出时才能传达某种意义。以gauh(牛)为例，这个词是通过连续发出g、au、h三个音素展示的。其中，任何一个单独的音素都不能形成牛的词义。而这三个音素也不可能同时发出。那只是依次发音至最后一个音素h时，才能结合保留在印象中的前两个音素g和au，形成牛的词义。这种能展示某种词义的发音就叫做“韵”[22]。梵语诗学家正是受此启发，将诗中具有暗示作用的词音和词义也称作“韵”。所以，欢增在《韵光》第一章中说道：“在学问家中，语法家是先驱，因为语法是一切学问的根基。他们把韵用在听到的音素上。其他学者在阐明诗的本质时，遵循他们的思想，依据共同的暗示性，把所指和能指混合的词的灵魂，即通常所谓的诗，也称作韵。”

梵语语法家一般确认词有两种功能——表示功能和转示功能，由此产生表示义（字面义）和转示义（引申义）。而梵语诗学家认为词还有第三种暗示功能，由此产生暗示义（暗含义）。以“恒河上的茅屋”这个短语为例，“恒河”一词的表示义在这个短语中不适用，因为茅屋不会坐落在恒河上。于是，采用这个词的转示义——“恒河岸”。而这个短语还具有暗示义，即恒河岸上的茅屋清凉圣洁。我们可以换用一个汉语例句，如杜甫《春望》中的“白头搔更短”。“白头”一词的表示义在这个短句中不适用，于是采用这个词的转示义——“白发”。而这个短句还具有暗示义，即离乱催人衰老。印度韵论中的“韵”指的就是这种暗示功能及其产生的暗示义。

欢增给“韵”下的定义是：“若诗中的词义或词音将自己的意义作为附属而暗示那种暗含义，智者称这一类诗为韵。”欢增在这里是从诗篇的角度给韵下定义，即韵是具有暗含义的诗篇。而在欢增的具体论述中，韵实际上是泛指诗中一切起暗示作用的因素和所暗示的内容，相当于翁方纲说的“神韵无所不该”。诗中能起暗示作用的因素有词、句、篇、音素、词形变化和词语组合方式，所暗示的内容有味、本事和庄严。

欢增依据诗中表示义和暗示义的关系，将韵分成两大类：非旨在表示义和旨在依靠表示义暗示另一义。所谓“非旨在表示义”是指不重视表示义，仿佛作者无意用它表达意义。例如：

如今月亮不如太阳有
　　魅力，月轮笼罩在雾中，
犹如因哈气而失明的
　　镜子，它不再发出光芒。

这首诗描写冬季的月夜。诗中的“失明”（andha，盲目）一词的表示义是“丧失视力”。但镜子并没有眼睛，因而这个词是暗示“失去映照能力”。读者领会了这个暗示义后，“失明”的表示义就被抛弃。这一类韵的特点相当于中国神韵论中常说的“得鱼忘筌”、“得意忘言”和“舍筏登岸”。

所谓“旨在依靠表示义暗示另一义”是指诗中的表示义本身适用，同时又涉及暗示义。例如：

这小鹦鹉在哪座山上，用了

多长时间，修炼哪种苦行，
女郎啊！因而能吃到这频婆
果，像你的嘴唇那样殷红？

这首诗描写某个男子恭维某个女子。诗中的表示义是称羡小鹦鹉吃到殷红的频婆果，而它的暗示义是希望自己能亲吻这个女子的嘴唇。

这类韵又分为“暗示过程明显”和“暗示过程不明显”两类。所谓“暗示过程明显”是指从表示义转化为暗示义的过程可以觉察到。它也被称作“余音”韵。欢增说：“暗示义逐步展示，犹如余音。”印度古代注家对“余音”（anusv na）的释义是：“如钟等等的余音。”这正如范温论韵时，借王偁之口，以余音喻韵：“盖尝闻之撞钟，大声已去，余音复来，悠扬宛转，声外之音，其是之谓矣。”这类“余音”韵按照暗示的内容分成本事韵和庄严韵。本事（vastu）是指故事或情节。庄严（alank ra）是指修辞意义。上引“小鹦鹉”这首诗可以作为本事韵例举。下面是庄严韵例举：

坐在诗人莲花嘴上，
语言女神胜过一切，
仿佛为了嘲笑老梵天，
展现另一个崭新世界。

这首诗暗示较喻（vyatireka）修辞手法，即以梵天大神坐在毗湿奴大神肚脐上长出的莲花中创造世界，比喻语言女神借助诗人的嘴表现世界，而梵天创造的这个世界已经陈旧，语言女神能展示另一个崭新的世界，由此表明语言女神优于梵天大神。

所谓“暗示过程不明显”是指从表示义转化为暗示义的过程迅速，几乎觉察不到其中的先后次序。这类韵主要是味韵。味（rasa）是印度诗学中的重要术语，用现代美学概念来说，就是由审美感情体验获得的快感。味的著名定义是：“味产生于情由、情态和不定情的结合。”味一般分为九种：艳情、滑稽、悲悯、暴戾、英勇、恐怖、厌恶、奇异和平静。与九种味相对应的是九种常情（即人的基本感情）：爱、笑、悲、怒、勇、惧、厌、惊和静。情由是指诗中的背景和人物，情态是指诗中人物感情的外在表现，不定情是指辅助基本感情的各种感情。情由、情态和不定情的结合激起常情，读者由此品尝到味。例如：

看到卧室空寂无人，
　　新娘轻轻从床上起身，
久久凝视丈夫的脸，
　　没有察觉他假装睡着；
于是放心大胆吻他，
　　却发现他脸上汗毛直竖；
她羞涩地低下头去，
　　丈夫笑着将她久久亲吻。

在这首诗中，情由是空寂无人的卧室和一对新婚夫妇，情态是亲吻和汗毛直竖，不定情是羞涩和嬉笑，这三者的结合激起常情爱，读者品尝到艳情味。也就是说，这首诗中的情由、情态和不定情是表示义，艳情味是暗示义。而读者通过情由、情态和不定情直接感受到艳情味，因此，“暗示过程不明显”。

我们也可以范温所举陶渊明有韵之诗为例。《归田园居》（五首）描写岑寂恬静的田园风光和诗人悠然自得的农耕生活，《赠周祖谢》描写周续之、祖企和谢景夷三郎应官府之请讲礼校书，而诗人不改归隐田园的志趣，两者都传达超脱的平静味。《三良》描写秦国子车氏三子以死效忠秦穆公，《荆轲》描写荆轲为燕太子复仇，行刺秦王未遂而被杀，两者都传达悲壮的英勇味。宋张戒在《岁寒堂诗话》[23]中称“陶渊明诗，专以味胜”。他也以《归田园居》为例：“渊明‘狗吠深巷中，鸡鸣桑树颠’、‘采菊东篱下，悠然见南山’，此景物虽在目前，而非至闲至静之中，则不能到，此味不可及也。”而味和韵是相通的。所以，他又说道：“渊明‘狗吠深巷中，鸡鸣桑树颠’，本以言郊居闲适之趣，非以咏田园，而后人咏田园之句，虽极其工巧，终莫能及。……所谓含不尽之意者此也。”

欢增还强调指出：“对味的领会与味的名称（即艳情、滑稽和悲悯等等味的名称）无干，只能通过特殊的情由、情态和不定情。只有味的名称，无从领会味。”而“即使诗中出现味的名称，对味的领会也主要是依靠诗中对特殊的情由、情态和不定情的描述”。这相当于司空图所说“不著一字，尽得风流”。或者，如《金针诗格》（旧题白居易著）所说“诗有义例七：一曰说见不得言见，二曰说闻不得言闻，三曰说远不得言远，四曰说静不得言静，五曰说苦不得言苦，六曰说乐不得言乐，七曰说恨不得言恨”[24]。也就是景淳《诗评》所说：“一曰高不言高，意中含其高；二曰远不言远，意中含其远；三曰闲不言闲，意中含其闲；四曰静不言静，意中含其静。”[25]遍照金刚在《文镜秘府论》中列举九意：春意、夏意、秋意、冬意、山意、水意、雪意、雨意和风意，引用了大量诗句，均不直接使用春夏秋冬山水雪雨风这些字眼。[26]又如沈义父指出："咏物词，最忌说出题字。如清真梨花及柳，何曾说出一个梨、柳字？"[27]王骥德更是贯通禅和韵，说道："咏物毋得骂题，却要开口便见是何物。不贵说体，只贵说用。佛家所谓不即不离，是相非相，只于牝牡骊黄之外，约略写其风韵，令人仿佛中如灯镜传影，了然目中，却摸捉不得，方是妙手。"[28]当然，咏情不同于咏物，但两者在暗示的表达方式上是一致的，前者是味韵，后者是本事韵。

欢增对韵的分类，以上只是择要言之，略去了大类底下的一些细小分类。无疑，这表明印度古人擅长理论的抽象思维和分析，也说明印度韵的适用范围是很广的。印度古代诗学家是将韵作为一种带有普遍性的、诗的艺术特征提出的。

从理论上说，范温所说的"有余意之谓韵"，加上翁方纲所说的"神韵无所不该"，大体相当于印度韵，尤其是印度味韵。而实际上，中国韵的适用范围并不像印度韵那样广泛。究其原因，大致有四：一是范温的韵论长期默默无闻，二是中国的韵论与出世间的禅悟结下不解之缘，三是严羽的以禅喻诗的影响远甚于他的入神说，四是力倡神韵论的王士禛偏爱清远冲淡的诗风。这样，尽管中国韵和印度韵基本原理一致，但就其发展的最终结果而言，定名为"神韵"的中国韵的内涵和表现形态偏向于清远、冲淡、飘逸、空灵、含蓄、朦胧、幽闲和洒脱，成为中国诗学中别具一格的诗学理论。

注释：

① 这个神像有三张面孔，头顶有犄角装饰，盘腿而坐，双手扶膝，阳物勃起。他是后来的印度教大神湿婆的雏形。湿婆是位"大瑜伽行者"（mah yogi），通过最严格的苦行和最彻底的沉思，获得最深奥的知识和最神奇的力量。古代印度各地崇拜的"林伽"（linga，即阳物）就是他的创造力的象征。

② 汉译佛经可参见《方广大庄严经·成正觉品》和《普曜经·行道禅思品》。

③《楞伽经》有三个汉译本：南朝宋求那跋陀罗译《楞枷阿跋多罗宝经》、北魏菩提流支译《入楞伽经》和唐实叉难陀译《大乘入楞伽经》。本文《楞伽经》引文均据求那跋陀罗译本。

④《袁宏道集笺校》，上海古籍出版社 1981 年版。当然，禅定之定的本义也非"定辙"或"定法"。因此，这里有意无意，也包含以定的中国字义取代定的印度字义。

⑤⑥⑦⑧⑨⑩ 普济：《五灯会元》，中华书局 1984 年版。

⑪ 郭绍虞：《沧浪诗话校释》，人民文学出版社 1983 年版。

⑫ 王士禛神韵论引文均据《带经堂诗话》，人民文学出版社 1982 年版。

⑬ 丁福保辑：《历代诗话续编》下册，中华书局 1983 年版。

⑭ 胡应麟：《诗薮》，上海古籍出版社 1979 年版。

⑮ 钱锺书：《管锥编》，中华书局 1979 年版。

⑯ 范温论韵引文均据郭绍虞辑《宋诗话辑佚》上册，中华书局 1980 年版。

⑰《四库全书总目》，中华书局 1981 年版。

⑱ 袁枚：《诗品集解》，人民文学出版社 1981 年版。

⑲ 翁方纲论神韵引文均据郭少虞主编《中国历代文论选》下册，中华书局 1963 年版。

⑳ 引文据 K. Krishnamoorthy 编订本，1982 年版。

㉑ 参见拙文《印度古典诗学和西方现代文论》，《外国文学评论》1991 年第 1 期。

㉒ 梵语 dhvani 一词源自动词词根 dhvan（发音、发声），词义为声音、回声、余音或音调。作为诗学术语，译作汉语的“韵”，最为贴切。

㉓ 丁福保辑：《历代诗话续编》上册，中华书局 1983 年版。

㉔㉕ 王大鹏等编选：《中国历代诗话选》，岳麓书社 1985 年版。

㉖ 王利器：《文镜秘府论校注》，中国社会科学出版社 1983 年版。

㉗ 沈义父：《乐府指迷笺释》，人民文学出版社 1981 年版。

㉘ 中国戏曲研究院编：《中国古典戏曲论著集成》，中国戏剧出版社 1980 年版。

（1993 年第 5 期）

雅俗之辨与文艺家的责任

聂振斌

雅与俗是中国传统审美文化理论中的一对重要范畴，分别概括不同性质、不同层次的审美文化类型。雅是高雅，指一种高层次的审美文化，讲究文饰技巧，较为精雕细刻，非有一定的文化艺术修养，难以成趣，反映着社会上层的审美要求和情趣。俗是通俗，指一种低层次或基础层次上的审美文化，自然朴素，平易浅显，文化程度低，甚至无文化教养的人也可以接受，反映着普通社会大众的审美要求和情趣。当然，做这种区分是理论上的，在实际上，二者并没有一种泾渭分明的界限，也没有十分严格的划分标准。

在历史上，雅与俗的对立，反映了贵族统治阶级和封建士大夫对平民大众的歧视，具有阶级对立的意义。雅是符合"礼义"，有利于巩固等级秩序，因而是"正"；俗是放荡无拘，有伤风化，因而是"淫"。在音乐批评上，孔子"放郑声，远佞人。郑声淫，佞人殆"（《论语·卫灵公》），"恶郑声之乱雅乐也"（《论语·阳货》），正是此义。为什么说郑声淫呢？因为郑声不仅来自民间，且不加掩饰地表达男女之间的追慕之情。扬雄论乐云："中正则雅，多哇则郑。"（《法言·吾子》）李轨注曰："中正者，宫商温雅也，多哇者，淫声繁越也。""郑声"是怎样一种音乐，早已失传，作为歌词的"郑诗"，又经过孔夫子的删改，也已无法评判是淫还是不淫。但孔夫子及儒者对俗乐、对平民文艺抱着贵族式态度，我们也不必为圣贤讳。而且这种历史偏见影响达两千多年。与雅俗密切相关的是古今。儒家有复古倾向，乐则崇尚"先王之乐"，诗则以《诗经》为标准。宋明理学家看不起唐诗，也是认为它专供玩好，不起道德教训作用，不像古诗那样符合礼义。朱熹认为作诗"亦须先识得透古今体制，雅俗向背"，"近世诗人，正缘不曾透得此关，而规规于近局，故其所就，皆不满人意，无足深论"（《答巩仲至》）。因此古则雅则正，而今则俗则淫。在中国的文艺批评中，"古雅""雅致"是褒词，而"媚俗""甜俗""聋俗"等等统统是贬词。评论人时用"儒雅"与"村俗"来区分高下，这种区分同"君子"与"小人"的区分有些相近，只是前者侧重于文化教养，而后者侧重于道德修养。总之，正统的文艺观点对于通俗文艺如小说、戏曲、民歌等，对于文艺的通俗性如语言上的白话、口语，趣味上的大众化等，都是歧视的，正如郑振铎所说：“于小说则卑之以为不足道，于书写性灵的小诗，则可持排斥的态度，于曲本则以为小道不足登大雅之堂。所以《四库总目》不录《西厢》《还魂记》诸曲本，亦不列小说一门。”（《新文学观的建设》）这些的确反映了贵族统治者和封建士大夫的阶级偏见，但却不能因此而说凡是贵族统治者和封建士大夫都鄙视通俗文艺和文艺的通俗性。事实上，有很多贵族统治者与封建士大夫以及属于统治阶级的艺术家，早已认识到雅与俗的密切联系，注意从民间文艺、通俗文艺汲取营养，甚至派专人采集民歌、民谣，经过加工、润色，让其登上大雅之堂。比如《国风》《乐府》，都是来自民间，又是民间文艺的升华。并且在历史上真正为通俗文艺正名者，都不是劳动人民，而是统治阶级中的人物，如明代中叶之后的李贽、袁宏道、冯梦龙以至复古主义者中的李梦阳、何景明、李开先等，近代的梁启超、王国维以及五四白话文运动的鼓吹者们。他们或是封建士大夫，或是资产阶级知识分子。他们之所以肯定通俗文艺，提高通俗文艺的地位，其理由不仅仅是因为它“俗”——浅显易懂，能为占人口绝大多数的普通人民所易于接受，更重要的理由是通俗文艺具有审美属性，能产生美感力量。俗文艺的作者不为名不为利，只为抒写性灵，因而情真意切。王国维在评论元曲时说：元曲的作者“非有藏之名山，传之其人之意”，不怕被视为“拙劣”，不怕被骂成“卑陋”，不回避矛盾，不粉饰太平，“彼但写其胸中之感想，与时代之情状，而真挚之理，与俊杰之气，时流露于其间”，岂不比那些以文学沽名钓誉的人高尚得多吗（《宋元戏曲考》）！冯梦龙说，今之世，“但有假诗文，无假山歌，则山歌不与诗人争，故不屑假”（《序山歌》）。李开先说：“语意则直出肺肝，不加雕刻，俱男女相与之情，虽君臣朋友，亦多有托此者，以其情尤足感人也。故风出谣口，真诗只在民间。”（《市井艳词序》）袁宏道说：“且夫天下之物，孤行则必不可无，必不可无，虽欲废焉而不能。雷同则可以不有，可以不有，则虽欲存焉而不能。故吾谓今之诗不传矣！其万一传者，或今闾阎妇人孺子所唱《擘破玉》《打草竿》（皆为当时民歌）之类，犹是无闻无识真人所作，故多真声。”（《叙小修诗》）他们都不是为俗而俗，而是因为俗中流露出真情性，有个性，足以感动人。

以上的历史借鉴，可以印证和引发以下我的几点看法：

第一，雅与俗既是区别的，又是密切联系的，二者是一种辩证统一关系。历史上，把雅与俗根本对立起来，并且以雅否定俗，这是等级制度和阶级对立社会的产物，是贵族式的偏见。在消灭了等级制度和阶级对立的社会中仍然坚持这一历史偏见，显然是陈腐的。但我要强调指出，目前，对于文艺最有害的倾向不是以雅否定俗，而是以俗否定雅。以俗否定雅，同样是一种偏见，一种狭隘的文化艺术眼光，极不利于审美文化的健康发展和提高。

第二，雅与俗的等级歧视和阶级对立的含义，是一定社会制度（阶级社会）下的产物，这是社会赋予的，并不是本质关系。雅与俗的本质关系是文化艺术的、审美的，是精与粗、技巧与素朴的关系。文化艺术发展史的总趋势是从粗俗到精致，从依赖于自然的恩赐到讲求技巧的运用和创造。人的审美情趣，也是从粗陋、简单到精细、多样的发展过程。

第三，雅与俗还存在一种普及与提高的关系。用毛泽东的话说，在普及的基础上提高，在提高指导下的普及。像时下的某些流行歌曲、相声以及耍贫嘴的小品，一味追求俗，迎合一种低级趣味，放弃雅的目标，实在是艺术审美的一种堕落！传统的文艺批评常常提出“脱俗”的要求，正是要求艺术审美要超越感官之乐和情感随意发泄的初级阶段而达到高尚自由的精神境界。

第四，雅可以训为美，还可以训为有典有则。艺术要起到审美教育作用，必须要有雅的目标，受雅的制约。古训“发乎情性而止乎礼义”，是有普遍意义的。关键是“发”与“止”掌握在一种什么样的分寸上才恰到好处，只“发”而不“止”，只俗而不雅，会把人们的审美趣味引向邪路。艺术家、教育家和一切文化工作者，不应该忘记这一严肃的社会责任！

（1994年第1期）

当代审美文化与“对话意识”

滕守尧

当代审美文化的基本形态是怎样的，这是一个令人困惑的问题。对当代审美文化的认识，说到底就是对我们亲身生活的这个时代的认识。由于我们与这个时代距离太近，对它的认识有时反而模糊不清。再者，对任何一个时代及其审美文化的认识，也像每个人对其“自我”的认识一样，永远处于一种非完成态中，因为“自我”也总是处于一种永恒不断的变化和生成过程中的。因此，对上述问题的每一次回答都会引发出一种新的问题，然而正是在这种追求答案的努力中，才有可能领略到这个时代之审美文化的独特性。

当代中国审美文化已经不是单纯文人的文化，也不是单纯中国传统的文化。它一方面与大众化的审美趣味紧紧地缠绕在一起，另一方面又与种种假冒的或原装的进口文化相交混。但有一个事实必须承认：曾经充当这个文化的先锋的新型知识分子如今逐渐对它大为不满起来，面对这个文化怪物，注视着这个自己曾经参与创造的业绩，他们不免有一种辛酸的感受。

回顾过去，这些先锋们终于悟到一些东西：在参与这种新型文化的创建中，自己曾经不知疲倦地辛劳，但是，在一段繁忙和辛苦之后，却发现自己已经自觉不自觉地被西方文化牵住了鼻子，拖着沉重的传统文化和西方现代文化的双铧犁，在广漠的文化荒原上划出一道道连自己也感到莫名其妙的痕迹。他们在这片荒原上播种，竟收获到种种“猴子的学样”和一批“见人学样的猴子”。这些“猴子们”一刻也不停地动作着，对于外来的每一种文化形态，往往还来不及深入地咀嚼和研究，就盲目地模仿起来。一种文化形态，只要外国有了，这儿不久也会有，只不过是冒牌的。有人正确地指出，这是后殖民文化的通病。这种病会导致自己文化的死亡。这样说不无道理。

要知道，世界上任何一种新的文化形态，都是同一种特定的文化需要联系在一起的。文化需要也同物质需要一样，必须要有一个循序渐进的过程。比如，必须是先有现代主义，才会有后现代主义。换句话说，必须是现代主义思潮存在了一段时间，逐渐引起一种不满的情绪，最后导致人们对它的反抗，将它推翻，以一种新的文化形态取代它，才会出现与之不同的后现代主义。当代中国文化缺乏的，恰恰是这样一个由“苗头”到“壮大”到“丰满”到“衰落”到“新生”的过程。这也许是信息时代的一个负面的冲击，但是，缺乏这样一个丰富的和必要的过程，我们的“文化舞台”就自然地被缩写为一片空白的屏幕：外国每出现一种新思潮，我们的屏幕就反射，多种思潮的不断涌入，就造成一种令人眼花缭乱的频闪现象。这块大屏幕表面上辉煌万千，内在的东西却少得可怜。

不是说不能介绍外国最时髦的东西，但必须清醒地看到，外国的种种主义和思潮的更替和兴衰，总是根据外国文化消费者的内在需要运转的，与中国的内在文化需要并没有直接的“血缘关系”。多数国人对种种外来新奇文化形态的接受，纯粹出于好奇，并不能真正消化它和理解它。没有一种内在的需要，对任何外来文化的接受都会导致变态和虚伪。相反，人一旦有了一种内在精神需要，就成为海绵式的。海绵之所以会吸水，是因为它有潜在的“内在空间”；同理，一个国家的人民之所以会喜欢另一个国家的文化，是因为在他们身上有与之对话的“基因”。如果我们在一种缺乏真诚的“内在需要”的情况下接受西方文化，就会导致“猴子学样”。见人学样的猴子没有自己的主心骨，没有好坏标准，因此，对自己学来的东西的好坏判断，只能到“人”那里去讨一个说法，然而在多数情况下，当人在指手画脚地谈论猴子的动作时，是在把它当作一个滑稽的动物观赏着，并不认真地鉴定它的动作与人像不像。近年来，在文化领域，越来越多的人到“外国人”那儿去讨一个说法，外国人说我们哪个作家好，哪个作家就神气起来，哪怕他过去是一个末流作家；外国人给我们的哪一部作品发奖，哪部作品就立即身价百倍，哪怕多数中国人根本不能真正欣赏它。不能说外国人的“说法”是没有道理的，但是我们决不能促成这样一种到外国人那里讨说法的习惯。这种习惯往往使许多作家和画家专门为了迎合外国人的口味而创作，毫不顾及中国人自己的“内在需要”，也不愿意听取我们自己批评家的正确意见，这不能不说是一个悲剧。

很明显，不管怎样，当代中国审美文化的形态和大众的审美趣味已经与国人对外来文化的态度息息相关。在这种情况下，一个有自尊心的中国文化人，就要因势利导，尽量采取一种健康的态度去对待外来文化，尤其是审美文化。什么是一种健康态度呢？我认为，最主要的是要变消极被动为积极主动，变无自信为有自信，变被动接受为主动对话。具体地说，一方面应该积极主动地介绍、了解、解释和理解外国文化，另一方面，要以对话的姿态去正视它，迎接它，使我们自己的社会、历史、文化视野与外来文化代表的新的社会、历史、文化视野交相融合，并极力地在这种相交中产生出一种新的视野。只有这样，我们的文化才既不是对传统文化的重复，也不是对西方文化的机械模仿和搬运。

对话，按其原义，指人与人之间的一种谈话方式。在任何一个社会中，人都不可避免地要同别人接触和谈话。但同样是同别人谈话，方式和效果却大不一样。对话式交谈要求谈话者的整个身心融进去，在谈话后使人如同得到一次脱胎换骨的变化，使人与人之间很快达到协调，相互扩大眼界，精神生活进入一个新的和更高的层次。这种交谈是一种高级的、带有审美色彩的说话形式，是一种平等、开放、自由、民主、协调、富有情趣和美感、时时激发出新意和遐想的交谈。在对话中，我们完全敞开自己，好像要去经历一场冒险。对话者的头脑不再忙于阐明和说出自己的偏见，而是使自己的偏见暴露出来，处于危险状态中。这种暴露不仅是对他人而言——在它暴露给别人的同时，也暴露给了自己，使自己处于一种对自己的怀疑和对他人的反驳中。

“对话”和“对话意识”以这种对话式的交谈为原型，但不限于语言的交谈。或者说，上述对话式交谈只是它的一种隐喻形式，它自身大大超出了交谈的范围，是一种渗透于人类的一切行为和一切生产和消费方式的意识或哲学。对话哲学如尼采所说，是一种与以往的形而上学根本不同的哲学，其不同点在于，“形而上学的基本信仰，就是对对立价值的信仰”，而对话哲学就是要将这种“对立”打破，追求一种开放和自由的境地。它的真理就存在于对话所产生的新的发现和新的认识之中，而不是像传统的形而上学的真理，存在于对对立两极中的一方的证明和肯定之中。因此，所谓对话，就是两极的相互理解，相互理解最终生发出全新的和超越的真理。换句话说，这种真理是两极在相互作用和相互肯定中“生发”出来的，而不是一极吃掉另一极后创造出来的。

相比较之下，种种非对话式的交谈则充满了教训与受教、灌输与接收、暴力和反抗、强迫与服从、施与和拒绝、激情与冷酷等种种对立、摩擦和互不相容。在这种交谈中，偏见不仅得不到制止和暴露，反而得到肆无忌惮的发泄。这两种截然不同的交谈方式，最终代表了两种截然不同的思维方式、行为方式和生存方式，最终体现了两种不同的文明和文化模式。用一句通俗的话讲，“对话”最终导致解放，“对立”最多导致翻身。“翻身”是让对立两极中被压在下面的那一方翻到上面，压在上面的那一方被压倒在下面，双方整个地翻一个个儿。而“解放”是要彻底消灭这种一方压倒另一方的模式，以使我方和对方、自己和别人同时解脱和自由；翻身只是把压迫与被压迫的关系颠倒了一下，那种压迫和被压迫的关系并不因为这种颠倒而自动消失；“对话”导致的解放，则使对立两极全都转化成一种新的社会动力，使整个社会进入自由解放的新天地。总之，一个具有对话意识的社会，会呈现出与以往截然不同的风貌，为人和自然提供一种有利的生长和发展环境。

因此，现代意义上真正的对话，绝不是一种达到某种目的的功利性手段，其本身就是一种高级形态的文化和高尚的目的，具有极其高贵的价值，或者说，它是一种具有“无价之价”的活动，是文化发展到高级阶段的一种形态：文化发展到高级阶段，就会自觉不自觉地审美化，或者说，高级的文化必然是审美文化，而审美文化又多是一种对话的文化。我想强调的是：对话本来是文化的重要源泉，也是其重要的动力。我国和西方古代的许多大家，如苏格拉底、柏拉图、孔孟、老庄等，都是具有强烈对话意识的人，他们生活在对话的审美境界里，他们的对话性作品既是哲理性的，又是审美性的，正因为如此，才为人类奠定了文化的根基。我们还注意到，在近现代，凡是开创一个时代的哲学家、科学家、文学家，如海德格尔、德里达、爱因斯坦、毕加索等，也无不具有强烈的对话意识。现代西方文学哲学领域中的解释学革命，高扬的也是一种对话意识。

我们的文化是否进入对话阶段？以现在的学术为例，封建时代是“重文轻理”，现在一翻而变为“重理轻文”。理科“翻身”了，文科又被压到底层。而只要这种一方压倒另一方的模式存在，文化中就少有对话，文科与理科之间就少有交流。而缺少交流，就意味着缺少能够同时指导文科和理科的全新意识，整个文化就显得陈旧和落后。再如东西方关系，过去是“西方什么都坏”，现在一翻而为“西方什么都好”。在这改革开放的年代，这种倾向会使人民在科学技术极其强大的西方面前丧失自信心，使“奴才心理”泛滥，从而成为改革开放的绊脚石。有了这种心理的绊脚石，即使打开国门，也不一定能开眼界，长见识，真正学习到别国的长处。

因此我主张在国民中建立“对话意识”，而这种建立活动的最关键也是最艰难的一步，就是树立我们应有的“自信心”。这种自信心不管对一个人和对一个民族的发展，都是至关重要的。众所周知，唐僧是在唐朝改革开放的年代到西方取经的，他在取到真经之前经历过诸多磨难，然而最大和最难于克服的苦难，是自己对佛和西方世界的盲目崇拜和自信心的缺乏。他越是盲目崇拜西天和佛祖，妖怪和困难越是要找上门来。这种心理弱点直到他快要到达西天遇到假佛祖时，连头也不敢抬起来，一个劲地朝拜，结果是上当受骗。孙悟空则大胆地抬起头，始终保持着自己的尊严和清醒的头脑，因此能识别真假善恶。当然，唐僧最后还是彻底觉悟了，取到了真经。

这种觉悟是什么？不仅仅是不怕磨难，不怕艰难险阻的勇气——虽然这种感天动地的精神使持有经书的对方对他刮目相看。真正的觉悟就是想到“佛”其实存在于一切具有自信心和坚强信念的人心中。没有这一点，即使得到经书，那也是一堆乱纸。佛祖可能深知这一点，所以在唐僧快要达到西天时，还要以假西天一难去磨炼他。

这一故事告诉我们，要想取得真经，首先要从精神上脱胎换骨，只有自信心增强，才能识别真经、理解真经和消化真经。

什么是我们需要的真经？说到底，就是平等的对话产生的新的视野，就是通过对话，在东方和西方、古代和现代、文科和理科等传统的对立范畴之间的边缘地带产生的新的文化形态，这种新的文化形态是美好和谐的，也就是我们说的审美文化。因此，我认为，形成和强化“对话意识”，是中华民族最大的“内在需要”，同时也是使我们的文化向“审美文化”飞跃的必由之路。

（1994年第1期）

谈中国的问题剧与社会剧

谭霈生

中国新时期的戏剧历经了十几年的艰辛曲折，目前正在商品经济大潮的冲击下飘摇颠簸，深重的危机感笼罩着全国剧坛。在这种心境中，一大批专业人员改行他就，很多剧院（团）已无戏可演，有的在为经济收入奔忙，有的试图用重金求取剧本而不可得，有的只为晋京演出或参加评奖而推出少量剧目，却对票房冷清的局面一筹莫展。与此同时，仍有一些演出团体和专业人员呕心苦斗，戏剧艺术的领导部门似乎也在用多种方式施行急救手术，企盼多病体弱的中国戏剧能尽快康健，闯出危境并求取辉煌。在我看来，中国戏剧欲尽快走出危境并求取辉煌，只靠组织调演、多设评奖名目以及制造报刊宣传效果是远远不够的。如果说戏剧的生存与发展取决于观众对戏剧的态度，“没有观众就没有戏剧”乃是至理名言；那么，能否求取观众的青睐，首先取决于上演剧目本身的吸引力。失去这一根基，所谓调演、评奖以及排山倒海的宣传攻势，都只能是收效甚微，甚至会成为掩盖危机、营造表面繁荣的举措。就目前的中国戏剧而言，演出剧目吸引力的贫弱，关键在于剧本，在于缺少真正具有艺术魅力的作品。在这一意义上，对中国新时期戏剧历程的探索进行认真反思，并以戏剧与当代观众的关系为视角，对戏剧创作已经取得的进步以及继续前进的潜在可能性，进行多方位的研讨，可能是有益的。

进入新时期以来，中国戏剧（话剧）在探索中求取进步的一条重要线路，则是从“问题剧”向“社会剧”的进步。在我看来，中国戏剧的未来走向也将是以社会剧为主潮。为此，本文研讨的对象也首先集中于这一命题。

一、“问题剧”为什么失宠？

中国新时期戏剧的第一个辉煌期是在1978—1980年。“十年动乱”刚刚结束，中国戏剧从“冬眠”状态中复苏，很快显示出自身特有的活力。在这三年期间，不少剧院

（团）争先奉献出新创作、新排演的剧目，而观众反响最热烈的则是一批问题剧。这类剧目的显著特点是：剧作家凭借政治热情和社会责任感及时发现某些重大的社会问题，以提出问题为出发点，把问题转化为冲突，再以解决矛盾、回答问题为归宿。这批剧目提出的问题基本是国家政治生活中的现实性矛盾，诸如对“十年动乱”造成的种种灾难及其后遗症的反思，进入新时期以后国家政治生活中涌现出的新的矛盾和问题，等等。在那个特定年代中，这类剧目应时而出，使沉寂了十年的戏剧舞台一下子生机勃勃，观众席中那种激情洋溢的景象令人振奋。然而，这一辉煌期持续了只有三年的时间，到1980年，观众对这类剧目的热情迅速冷却。在80年代，同类的问题剧虽有不少，但已不能再吸引观众。如果说，这类问题剧在1978—1980年成批涌现并受观众青睐，乃是特定年代中的特殊现象，那么，观众对这类剧目的兴趣冷却得如此之快，理应引发深刻的反省。可是，在90年代初，中国戏剧界却发出一种导向性的呼声：中国新时期最有价值的正是这批问题剧，它们乃是中国戏剧传统的真正继承，欲求取戏剧艺术的健康发展，必须沿着这条线路勇往直前。这种导向性的舆论又造就成一个特异现象：问题剧的回潮。两三年内，在几批晋京演出的剧目中，问题剧又成为报刊宣传、评论以及评奖的主要对象。然而，在这类剧目演出时剧场里却极为冷清，观众并不接受。在宣传、评论、评奖等人造的表面繁荣的背后，又是一次失去观众的危机感。如果“为大众服务”在中国剧坛并不是一个空洞的口号，而是把观众看成“上帝”，那么，观众已不接受这类剧目反复出现的事实，不应该引发一次对“问题剧”的全面反思吗？针对观众而言，问题剧的失宠乃是历史的必然，欲追寻这一现象的成因，需要有直面现实的勇气。如说中国的问题剧乃是对传统的继承，那么，已经应该把传统置于时代的镜子之前还其真相；如说这类问题剧的创作自有某种理论观念为根据，对这种理论，这种观念，也需要进行认真的清理。

那么，问题剧的失宠，究竟给予我们哪些启示？

（一）传统的继承与断裂

关于传统，中国当代戏剧足以引为自豪的乃是充分发挥戏剧的“教育”与“宣传”功能。在50—60年代，这一传统以“为政治服务”为根基，曾发展到极致。不仅“教育”与“宣传”的功能已被囿于“为政治服务”的眼界，戏剧的其他功能也被净化得相当彻底。跟随政治风云的变幻选取题材，以宣传特定时期的方针政策为基本主题，形成了一条固定的创作线路。在那时，剧院（团）、创作主体与观众对戏剧的功能曾取得共识。创作主体以“教育者”自许，而观众看戏也把自己当作“受教育者”。当然，这种共识也只是暂时的、表面的，因为，作为戏剧艺术的欣赏者，观众毕竟怀有潜在的审美需求。在60年代，周恩来总理曾经提醒戏剧界正视“话剧已不被人接受”这一事实，并呼吁戏剧界要认真研究艺术规律。但是，由于剧院（团）与观众表面上的共识，由于“为政治服务”这一根基的坚实，戏剧界并未萌发由于观众不接受而造成的危机感，甚至也未曾把观众的兴趣看作决定戏剧兴衰的重大问题。为此，中国戏剧在这一时期形成的传统，至少是片面性的。

在50—60年代，尽管大批戏剧作品也以某种现实性的社会矛盾直接构成冲突，但其主旨并不在于对矛盾和问题本身的揭示，而是在于歌颂与宣传正面力量，为观众树立“榜样”，还不能称之为“问题剧”。而且，在批评界对“问题剧”的界定乃是“只提出问题，并不对问题的解决做出回答”，这似乎与“鲜明的倾向性”这一创作原则相悖。在新时期开始时的“问题剧”，虽然在创作上继承了以现实性的社会矛盾直接构成冲突的思维模式，也未改变歌颂正面力量的宣传性，但却强化了主体对社会生活的“干预”意识，因而也就强化了矛盾和问题本身的严重性，强化了振聋发聩的舆论效果。

前面曾经提到，在1978—1980年，问题剧曾经引发观众的热情，这乃是特定时代的特殊现象，原因只在于：在“十年动乱”刚刚结束、国家政治生活发生巨大变动的岁月里，创作主体与观众所关注的重心仍然是国家政治生活的变动，这一领域发生的一切矛盾和问题，都直接关系到每一社会成员的命运；剧作家在作品中反映的矛盾和问题，正在困扰着观众，剧作家对问题的回答，也反映着观众的意愿，在这一层面上，舞台与观众厅之间打通了交流的渠道，引发强烈的共鸣。政治激情也具有现场的感染力，然而，这种共鸣将取决于观众对问题本身关注的程度。当政治生活趋向稳定，困扰观众的那些矛盾和问题已经缓解，观众对它们已不再关切，靠矛盾和问题本身引发的共鸣自会失去，这类剧目的生命也自然结束。在1980年以后，国家政治生活趋于稳定，社会生活的重心转向经济建设，这时，此类问题剧也就随之失宠，这同样是历史的必然。

在70年代末，中国戏剧沉寂了十年之后刚刚复苏，承继50—60年代的传统，把“为政治服务”的方针作为选材视角和功能取向，这是历史的必然，也是历史的局限。然而，当社会生活的重心已经转移，观众看戏已不再把“接受教育”“接受宣传”作为目的，以往潜在的审美需求已经进入自觉意识时，依旧抱定片面化的传统，已经与观众的需求相悖。在这一意义上，如果说观众的冷漠标志着传统的断裂，那么戏剧的真正出路则在于探索新路。正因为如此，中国新时期戏剧在从80年代初开始的多方位探索，乃是适应时代的要求。不管这一阶段（约10年）的探索尚有哪些不足，它毕竟是中国戏剧求取进步的起点，而这一起点已是相当辉煌。对此，后面还要详加说明。这里只想强调一点：传统，乃是前人辛勤劳作的积累和凝聚，虽然很值得珍惜，然而，针对戏剧艺术本身而言，在某一特定时期出现的特殊现象，固然在当时有其合理性，却未必具有规律性的价值。何况，戏剧作为一种艺术，它与时代的关系，它与观众之间的现实性关系，都不应凝定为一种模式。再言之，戏剧乃是一种艺术，仅仅用外在的关系（如“为政治服务”）去制约它的发展，而置其本性于不顾，如果这是传统，其本身就具有片面性。这样的传统的断裂，乃是戏剧艺术求取进步的必经之路。在90年代初，否定80年代探索的成果，企图回归“问题剧”的传统，面对把看戏作为文化消费的广大观众，岂非是很不明智的举措？

（二）对一种理论主张的反思

在1978—1980年问题剧一度辉煌的时候，与此类剧作的走红相呼应，戏剧界曾经提出一种理论主张：戏剧必须“贴近生活”“贴近现实”，才能受到观众的欢迎。在90年代初，与回归问题剧线路的呼声相伴随，这一理论主张又被强化为导向性的原则。认真说来，这一理论的真理性尚值得研讨。

问题在于，针对戏剧艺术而言，作为表现对象的“生活”“现实”究竟意味着什么？

如说70年代末出现的问题剧是“贴近生活”“贴近现实”的范例，也只是在这一意义上：它们所反映的乃是政治生活领域已经生成的矛盾和问题，创作主体凭着政治敏感，发现它们的尖锐性和普遍性，把它们作为直接反映的对象，用它们构成冲突，按照冲突安排人物，围绕虚构的事件把冲突化为情节，并通过情节的进展和冲突的激化与化解来传达某一观念，明辨正确与错误。在这种思维模式中，人物往往成为矛盾和问题的说明者，成为观念的载体，成为正确与错误的化身。它们以提出的问题的应时性，使正在为这类问题所困扰的广大观众感同身受，激起共鸣。针对这类作品，所谓“贴近生活”“贴近现实”，已经成为“应时性”“时事性”的同义语。坦诚地说，一篇关于时事的新闻报道，也可能及时反映现实政治生活中的矛盾和问题，并在广大读者中产生轰动效应，而此类问题剧在初演时凭借矛盾和问题的尖锐性和应时性获得的现场效果，与一篇新闻报道的轰动效应乃是同质性的。在诸多戏剧类型中，有所谓“时事报道剧”，乃是直观化的新闻报道。在中国抗日战争时期，由于强调戏剧的政治教育、政治宣传的功能，时事报道剧曾经盛行一时，像《保卫卢沟桥》等均以配合当时的政治斗争为主旨，在初演时也曾引起轰动效应，社会反响强烈。新闻报道贵在真实，杜绝虚构，时事报道剧也以真人真事为本，而问题剧虽为及时反映，却是虚构。为此，此类剧目的直接效果消失之后，连新闻报道的历史资料价值，也是微乎其微。

如说政治生活中具体的矛盾和问题，其本身就具有变异性，中国当代观众由于社会生活重心的转移，在80年代已不再关切这类问题。那么，在商品经济大潮冲击下的今日之中国，已经习惯于这种应时性的思维模式和创作模式的作者，自然也可以从政治生活转向商品经济大潮，从中汲取题材，及时反映与此相关的各种矛盾和问题。事实上，这类问题剧已出现不少，但它们只是政治问题剧的同质性转向，并未能引发观众的热情。

在这里，欲求命题的深入，不妨从戏剧艺术的对象谈起。戏剧的对象是人，这一定论似乎已被普遍接受。所谓“生活”“现实”，自然也应以人为本。然而，把对“生活”“现实”的观照点滞囿于某一生活领域中具体的矛盾和问题，能不能说已经把观照点对准了人？我看未必如此。如说这类矛盾和问题都发生在人与人之间，那么，只把人物置于这类矛盾之中，让他（她）们昭示矛盾的具体存在，并通过对他（她）们行为的是非评判，表达创作主体对矛盾和问题的态度，充当观念的载体，在这一意义上，他（她）们只能说是创作主体手中的玩偶，作为人自身的生命活力已被扼制了。戏剧艺术的对象乃是个性生命的动态过程，戏剧作品中的人的形象应具有感性的丰富性。如果说，具有审美价值的戏剧作品应该表现情感内容，那么，这里说的情感内容应指人的心灵最深沉最多样化的运动。自然，政治情感也是一种情感，但是，这种情感只是以个性生命为依托，仅是完整的感性心灵世界的局部，而且往往是浮在表层的局部。如果这样界定戏剧的对象，那么，所谓“贴近生活”“贴近现实”，针对戏剧艺术而言，应与当代人感性丰富的精神世界贴近，更深入地洞察当代人的生态与心态。如一定要说矛盾和问题，也应指向当代人精神世界的矛盾和问题。面对这一对象，有用的原则是深入，愈深入愈具有现实性、普遍性和永久性。在这一层面上，戏剧可望摆脱“应时性”“时事性”的局限，而具有审美意义上的现实性。

我仍然认为，中国戏剧在80年代所进行的探索，恰恰是从“应时性”“时事性”向现实性的突进。从某种意义上说，也就是从问题剧向社会剧的进步。不过，在进入对中国80年代的社会剧进行具体评述之前，尚需对“问题剧”与“社会剧”正名，要完成这一课题，则需要对易卜生的传统以及这一传统在中国的变形进行简略的评述。

二、易卜生的传统及对它的误解

易卜生的名字常常与“社会问题剧”这一概念密切相关，这并非没有根据。有人把“社会问题剧”视为易卜生传统的同义语，对这种观点则需要进行分析，因为它只是在有限的范围内才是正确的。

一般地说，易卜生的“社会问题剧”是指其中期的少数作品，亦即《社会支柱》《玩偶之家》《群鬼》《人民公敌》等。有人甚至把它们称为“问题剧”的代表作。然而，易卜生本人并不接受这一荣誉。这当然不是出于谦逊，而是涉及对问题剧的理解。他曾经申明：他不想成为宣传家，他无意为妇女权利运动做些什么，因为他对妇女权利运动根本不了解，他所关心的只是人类。而剧作家萧伯纳在捍卫易卜生主义时却强调说：易卜生对戏剧的新贡献就在于把讨论问题引进了戏剧。出于同样的误解，挪威著名作家认为：“易卜生总是对某些问题感兴趣”，“他的作品只注重社会问题”。美国作家劳伦斯则称易卜生为“无可救药的唯理论者”。与此相关的是，对“问题剧”也有截然相反的评价，有人把它看作“真正的戏剧”，有人则贬之为“短命的戏剧”。这只能说明，易卜生本人的作品及其传统，都具有内在的复杂性。

在我看来，尽管易卜生中期的剧作大都触及某些社会问题，严格地说，把它们称为“问题剧”并不贴切。仅以《玩偶之家》为例，这部剧作虽然触及法律问题、家庭问题，甚至也触及女权问题，但却并非全剧的深层意义所在。易卜生只是把女主人公置于一个尖锐的婚姻情境中，表现她潜在的欲求——对她心目中真正的爱的追求；而她与海尔茂之间的矛盾，与其说是男权主义与女权主义之间的冲突，倒不如说是夫妻之间两种欲求在特定环境中的碰撞。易卜生本人的申明是符合实际的：“我的主要的生活和工作目的是刻画人物个性和表达人类命运。”娜拉的个性生命并不是以女权运动的自觉意志为中心，她只是根据自己的天性在幻想中营造了一个爱的世界，她全身心地爱着海尔茂，当丈夫病危之时，她凭着这种爱借钱为他治病，在紧急情况下在借据上伪造父亲的签字。八年来，她一直省吃俭用，并偷偷地干些零活攒钱还债。这一切，都瞒着海尔茂，只是在内心感受着为爱而进行奉献的自豪感、满足感。丈夫把她视为小鸟，视为爱花零钱偷吃糖果的孩子，她都欣然领受，甚至也从中感受着丈夫的疼爱。当柯洛克斯泰为保住职位而以八年前的借据进行要挟时，她甚至认为法律也应该宽容伪造签字是出于爱的动机，这种爱应该高于一切。当她感悟到那张借据可能导致一场灾难时，在惶恐的心境中，她依然躲在自己用幻想营造的爱的天国之内，向往着“奇迹”的出现，这奇迹就是丈夫以挺身承担责任而体现对爱的奉献。她深知这种奉献的后果，当丈夫明确表示希望有一次类似的机会时，她决心已下：用自杀杜绝奇迹的出现，以保护丈夫。最后，由借据引起的家庭危机已经化解，但是，丈夫面对危机时的表现，却摧毁了她幻想中爱的天国，·下子跌入现实的废墟之中，而在这里，她已无法容身。至于海尔茂，他也爱着娜拉，不过，他更现实，有自己的欲求，有自己的方式，甚至认为自己也在为妻子奉献着自己。不过，他的现实感使之永远不能进入娜拉幻想中的世界。我之所以费些笔墨对《玩偶之家》的情感内容进行解析，只想借以说明：这部作品的现实性并非局限于与现实社会中某个具体的矛盾和问题贴近，而是在于通过心理过程的揭示向人的精神领域深化。正因为如此，它就能超越“女权”问题本身的时空局限，而享有普遍性和久远性的价值。据此，与其说它是一部“问题剧”，倒不如称之为“社会剧”。

有人认为：与《玩偶之家》等中期作品相比较，易卜生晚期的作品具有更高的审美价值。随着时间的延伸，这种看法也愈来愈具有普遍性。对其晚期的作品，有些研究家曾经冠之以“象征主义”“神秘主义”等等称谓，我看未必贴切。如说易卜生是现实主义戏剧之父，作为一种风格类型的内质，在易卜生的作品中是贯彻始终的，其晚期作品只是中期的延伸和发展。有人把他晚期的作品称为“独特的新型的社会剧”（弗利茨·保尔）。我想，所谓“新型的”，主要应指大量的象征意象的出现，但对“象征意象”的运用，并非就是作为一种风格类型的“象征主义”的同义语。英国的评论家约翰·黑尔认为，“在易卜生的创作中，他的悲剧观并不是要放弃现实主义，而是要在更高意义上表达社会和现实。就此看来，易卜生最重要的社会剧不是《社会支柱》《玩偶之家》《人民公敌》，而是后期的五个剧本：《群鬼》《野鸭》《罗斯莫庄》《海达·高布乐》《博克曼》”。我赞成这一见解。如说贴近现实，而戏剧的“现实”意指当代人具有感性丰富性的精神世界，那么，易卜生晚期的作品，其中还应包括《建筑师》《小艾友夫》《我们死者醒来时》，它们都是向同时代人的生态与心态贴近，那种更浓重的悲剧性的气氛，正是当代人深重的精神矛盾和精神危机的凝聚。在这一意义上，它们确实是在更高的角度和更深的层面揭示社会和现实，艺术家心灵的穿透力，已经使他拨开那些浮在现实表层的矛盾现象，直入当代人精神世界深层的角落，在这里发现人性的奥秘。在这些作品中，主人公精神上的追求与幻灭、前进与退缩、光明与黑暗、高尚与卑贱、真实与虚伪、困惑与解脱，等等，都昭示着人类的命运取决于自身的内在生命。较之娜拉、斯多克芒等，诸如罗斯莫、吕贝克、高布乐、博克曼、索尔尼斯以及鲁贝克，这些形象蕴含的情感意义要更深邃、更宽阔，也更具有人类学的价值。

如说“社会剧”，易卜生晚期的剧作确实可以称为社会剧的典范；如说“易卜生的传统”，这类剧作乃是这一宝贵传统的重心。

易卜生的社会剧的传统，对现代戏剧与当代戏剧的影响极为深远。然而，对这一传统又多有误解。就西方戏剧而言，正如霍华德·劳逊所指出：“现代剧作家从易卜生那里学来的许多东西都是通过萧伯纳。现代剧作家钦佩易卜生紧凑的技巧、社会的分析和性格化的方法。但是现代剧作家跟萧伯纳一样地把这些因素大大的变了质：技巧松散了，事件变得散漫无序，以便包容各式各样的议论；同时，抽象的社会意识代替了特殊的社会意义，不再在动作中表现社会的因素，而是乱发跟事件毫无关联的议论，从社会问题一直扯到伦理问题。”可见，对易卜生社会剧的扭曲是世界性的。然而，应该指出，易卜生社会剧的传统确实被承继下来，而且在现代和当代戏剧中渗入多种流派的戏剧，汇合成一股强大的潮流。我甚至认为，当代现实主义戏剧、表现主义戏剧以及荒诞派戏剧，都有一批卓越的社会剧陆续涌现。正如美国当代剧作家阿瑟·米勒所说，在当代戏剧中，“社会剧是主流”。他认为“这一代人的社会剧一定不能只停留在对盘根错节的社会关系的剖析和批评这一步上。它必须去探索人存在的本质，找出他的需要是什么，以便使这些需要在社会中受到重视，得到满足。因而，新型的社会剧作家如果想做好本职工作，必须是比过去更高明的心理学家，必须至少意识到把人的心理生活世界封闭起来的做法是徒劳无益的”。无疑，他所呼吁的这种社会剧，乃是易卜生社会剧传统的继承。

谈到对易卜生社会剧传统的误解，最甚者莫过于中国戏剧。在五四运动时期，易卜生被介绍到中国。如说一个国家引入外国作家是根据自身的现实需要，那么，在当时，中国文化界之所以集中地、大张旗鼓地介绍易卜生，并选择这位现代戏剧之父作为中国戏剧开端时的榜样，乃是出自社会革命的需要。在那个特定的历史年代中，进行社会革命乃是新文化运动的主旨。1918 年，《新青年》杂志发表了《玩偶之家》（译为《傀儡家庭》）中译本，同时刊有胡适的长文《易卜生主义》。该文强调说：“人生的大病根在于不肯睁开眼睛来看世间的真实现状……若要病好，须先认有病；若要政治好，须先认现今的政治实在不好；若要改良社会，须先知道现今的社会实在是男盗女娼的社会！易卜生的长处，只在他肯说老实话，只在他能把社会种种腐败龌龊的实在情形写出来叫大家仔细看。”于是，易卜生就被当作一位抨击社会、推进革命的剧作家：“易卜生把家庭社会的实在情形都写了出来，叫人看了动心，叫人看了觉得我们的家庭社会原来是如此黑暗腐败，叫人看了觉得家庭社会真正不得不维新革命——这就是易卜生主义。”(《易卜生主义》) 把这样的“易卜生”作为榜样，在创作实践中自然只能造就出一批问题剧。而“问题剧”的主旨则在于：“专研究社会的种种重要问题。”在这里，戏剧的对象被等同于社会学的对象，戏剧的目的被等同于社会学的目的，易卜生的传统被改造成社会革命的武器。针对这一时期出现的问题剧，余上沅曾有尖锐的批评，他指出：“新文化运动期的黎明，易卜生给旗鼓喧闹地介绍到中国来了。固然，西洋戏剧的复兴，最得力处仍是易卜生的介绍；可是在中国又迷入了歧途。我们却只见他在小处下手，却不见他有大处着眼。中国戏剧界，和西洋当初一样，依然兜了一个画在表面上的圈子。政治问题，家庭问题，职业问题，烟酒问题，各种问题，做了戏剧的目标；演说家，雄辩家，传教士，一个个跳上台去，读他们的辞章，听他们的道德。艺术人生，因果倒置。他们不知道探讨人心的深邃，表现生活的原力，却要利用艺术去纠正人心，改善生活。结果是生活愈变愈复杂，戏剧愈变愈繁琐；问题不存在了，戏剧也随之而不存在。”(《〈国剧运动〉序》) 向培良在批评当时出现的问题剧时指出：它们的作者“只知道社会问题，却忘了剧”(《中国戏剧概评》)。当然，在肯定这些批评的合理性的同时，还应该承认这类问题在20年代出现的必然性。当新文化运动的精英们以社会革命为己任的时候，他们引入西方戏剧，自然是以急切的功利目的使之成为社会革命的工具。至于戏剧作为一种艺术，它是否能承受这样的革命重任，似乎是无暇思考的。何况，在中国现代戏剧的开端期，对西方戏剧认真的研究，对戏剧艺术本体的认识，都还处于童稚期，而剧作家在这一时期对易卜生的模仿，由于心力与笔力不足，难免是画虎类犬。在此之后，中国现代戏剧总是在革命斗争、民族解放战争的浪涛之中颠簸，苏联当代戏剧被选定为自己的榜样。在30—40年代，中国戏剧的总体价值仍然在于对现实革命斗争的密切配合，以政治意义上的革命性和战斗性求取应时性的辉煌。但由于对易卜生社会剧传统的片面理解，而使这种“应时性的辉煌”以戏剧艺术本体的失落为代价。如说易卜生的传统，在这一年代中，也造就出像曹禺、夏衍这样的剧作家，诸如《雷雨》《日出》《北京人》《原野》《上海屋檐下》等等，都可以被称为社会剧。比如《雷雨》，它展示的只是两家人伦理关系的历史和现状，似乎并没有正面展现社会生活的时代背景，但是，由两代人错综复杂的伦理关系构成的情境，以及以此为契机深化成的命运的曲线及其悲剧结局，却蕴含着相当深邃的社会意义。在这部剧作中，无论是周朴园、鲁侍萍的沉重的精神负荷和情感历程，还是蘩漪源于情感生活抑郁的病态性挣扎，以及几位青年人的欲求、伤痛、困惑和绝望，都渗透着剧作家的心灵体验和对社会意义的发现。在《日出》中那间豪华的客厅和肮脏的妓院里，各色人物尽管都忙着自己的追求，大都以失败告终，但是，由个人生命欲求结成的网却辐照出特定时代社会生活的影像，可以从中发现剧作家在自觉意识中对社会意义的强化。《上海屋檐下》中挤缩在一座弄堂房子里的五家人，各自叨念着一本苦涩的经，他们各行其是，各唱其调，由多声部汇合成的低沉、阴郁的基调，让人感受到特定时代社会生活的内蕴。如果说这类剧作乃是易卜生社会剧的传统在中国土地上结出的果实，那么，我们可以从中发现一些基本特征：主人公的个人命运总是在特定时代环境的影响、制约之下，显示出普遍的社会意义；而具体的人物关系之网与各种大小事件的相互作用，既是社会环境的个性化体现，又赋予人的命运以特殊的形式结构；在这种形式结构中，尽管人的生命活动的内在世界的深度与广度不等，剧本的社会意义却是通过这种生命活动具有了实体性的内涵与外延。如说中国戏剧的传统，革命性、应时性的传统，与这类剧作构成的社会剧的传统，曾经是两条并列的线路，那么它们有时相互对立，有时又相互影响。然而，在相当长的时间内，由于庸俗社会学渗透于戏剧批评和戏剧研究，致使对上述社会剧作品的内在意义及作品中主要人物形象均作了简单化的解析，它们的实体性经验也往往被误解。在50—60年代，社会剧的传统已经断裂。

三、80年代中国戏剧的重要成果——社会剧及其走向

在1980年前后，问题剧在一度辉煌之后，很快显示出它的致命弱点：当国家政治生活趋向稳定、社会生活的中心已经转向生产—消费的时候，观众已不再为满足单纯的政治兴趣而走进剧场。失去观众的危机感，迫使中国戏剧界必须离开问题剧的线路，在广泛的探索进程中寻找与当代观众的新的契合点。针对中国80年代的戏剧创作，其总体形象乃是：在探索中曲折前进。而在多方位的探索中，具有历史性进展的标志，则是一批社会剧的涌现。可以作为社会剧代表性作品的，如《黑色的石头》《一个死者对生者的访问》《洒满月光的荒原》《狗儿爷涅槃》《古塔街》《大荒野》等，而作为社会剧已经达到的水准，则应以《桑树坪纪事》为标志。如果说80年代中国戏剧的探索曾经始于内在意义与外在形式两条线路并行的状态，那么，《桑树坪纪事》则可以称为两条线路汇合并趋向完整的代表作。这批社会剧的外在风格形态固有差异，然而，与此前的问题剧相比较，创作主体观照当代社会生活的视角的转移以及作品本身的内在意义的深化，却显现出一些共同的特征。

人与现实社会的关系，乃是这批社会剧关注的焦点。在这类作品中，现实的社会环境，不仅被定性为具体的人与人的关系，而且，对主体的内心生活总是有着深重的影响。也可以说，个别人物的内心生活都是社会环境的产物。在问题剧中，人只是生活在具体的社会矛盾之中，完整的社会关系被纯化为单一的政治关系、道德关系，个别人物只是社会矛盾的参与者和政治原则、道德原则的载体。在这批社会剧中，个别人物之间的关系固然也是社会关系的定性化、具体化，但是，它们已不再囿于政治上、道德上的是非关系，显得更为开阔，更有活力；置身于这种关系中的人，虽尚未达到个性生命的深度，剧作家一般只是通过社会心理分析的方法显现出类型化的特点，但是，内心生活却有着主体性和丰富性。

《黑色的石头》是较早出现的一部社会剧。石油基地的几位青年工人与传统造就的老队长构成一个特殊的世界。这些青年人身居荒原深处的简陋的列车房里，新时期精神解放的社会潮流，却深重地影响着他们的内心生活，他们内心深处萌动的种种个人的欲求已经进入自觉意识，他们力求在简陋、拥挤的列车房里营造起一个个属于自己的角落，并欲使这个小小的角落神圣而不可侵犯。与此同时，老队长却生活在另一个世界，坚守传统乃是他的生命的唯一内容，在他的青年时代，曾经以舍弃一切属于个人的欲求为代价创造了这个石油基地，这一传统由他所创造，传统也是他的生命。他真诚地要求青年人也这样营造自己。怀着这种动机，他把青年人为实现自我而营造的个人的角落完全打碎，还一个传统的本来面目。于是，他和他们发生碰撞……在这里，青年工人和老队长之间的关系体现着现实与历史的关系。青年人内心生活中个人欲求的神圣性，老队长面对一个个属于个人的角落发生的困惑、痛苦，都折射着现实社会的变异与进程。与那些应时性的问题剧相比较，已是更具有艺术的现实性。《荒原与人》发表于1986年，这部社会剧不仅标志着剧作家本人在创作道路上的突进，也是中国当代戏剧已经进入新的里程的代表性作品之一。尽管这出戏的实体生活大都是在“十年动乱”的历史背景下展开的，尽管出场人物都置身于这一背景之下，他们之间的关系也受这一背景制约，但是，无论是关系的实体内容，还是主要人物行动的动机，都在创作主体的人性的广阔视野中显得更为开放，更为深邃。在问题剧中那种政治批判、道德批判的尺度，已经转化为人性的分析。正因为如此，剧中的诸多人物，如马兆新、细草、天甜、于大个子等等，都蕴含着更丰富、更坚实的人性内容和情感意义。在问题剧中，受制于具体社会问题的冲突，主要是人与人之间的外部冲突，个别人物只是按照是非标准各居一方，与其他人物的斗争似乎成为主体行动的全部。在《荒原与人》中，个别人物与其他人物之间虽然也潜存着矛盾，有时也发展为冲突，然而，剧作家所着力表现的则是处于矛盾关系中的主体的内部矛盾和冲突，诸如感情欲求与传统意识的冲突，感情趋向与选择意向的冲突，内心对完美的追求与这种追求被现实毁灭而生成的绝望感，被权力欲扭曲的灵魂与潜在的感情需求的冲突，等等。由外部冲突与内心冲突交织成“落马湖王国”，熔铸着剧作家对人性的体验与思考。正是在这个无限广阔的世界中，剧作家的每一发现都具有现实性和普遍性。《大荒野》与《黑色的石头》出于同一手笔，前者虽然离开了繁忙、喧闹的石油基地施工现场，而转向了更为幽静、与群体分离的荒原的尽头，然而，那对邂逅的老人与一条能解人意的狗构成的空间，却蕴含着更深更广的人性的内容。两位孤寂老人的情感时而沟通、时而堵塞的生活流程，也更具有现实性和普遍性。《桑树坪纪事》所展现的是生产力处于半原始状态的黄土高原上的农村，这一现实性的社会背景，不仅制约着人与人之间特定的关系，也制约着出场人物的精神建构。在这里，人们的一切欲求、厄运、争斗、挣扎、失败，都相当强烈地映照出社会生活的某些本质方面，并呼唤着生产力的发展和人的解放。在这一意义上，这出戏由一个个具有震撼力的戏剧场面组合成的悲惨世界，却能折射出时代的精神。我之所以稍费笔墨重提这几部剧作，只想借以说明，这类社会剧较之前的问题剧所取得的进步主要在于：它们已经超越了把戏剧的对象和目的囿于提出和解决某个表层的社会问题这种狭隘眼界，而转向以人为对象，以人自身为目的。如说戏剧与现实社会的关系，这批剧目已经更为贴近现实社会的主体——当代人的生态与心态，更为贴近当代人复杂的精神建构。如说社会剧的旨趣在于表现时代的精神，那么，针对戏剧艺术而言，所谓时代精神既非囿于社会学范畴的具体的社会矛盾和社会问题，也并非指通过政治批判、道德批判肯定的某种急功近利的价值取向。如说戏剧艺术以人自身为对象，以人自身为目的，那么，社会剧所求取的时代精神，自然也应蕴含于当代人的生命活动之中。如果说中国进入新时期以后，社会生活的中心已经转向解放生产力、发展生产力，那么，正如马克思所说：“发展人类生产力，也就是发展作为目的本身的人类本性的丰富性。”在当代中国，完成这一终极目的，已成为一种潜在的历史要求，戏剧艺术必须洞悉这一历史要求，透过浮现在社会生活表层的种种矛盾现象，把握和表现当代人精神世界最深沉的、最多样化的运动。如果一定要说“干预社会”，那么，戏剧艺术对社会的干预，也应是本体性的、终极性的。针对人自身而言，以此为对象、为目的的戏剧艺术，进行所谓本体性、终极性的干预，也应以人类本性的丰富性、完整性为目的。人们所呼吁的人性内容与情感意义，也均在于此。在这一意义上，本节提到的社会剧作品，可以说是走在戏剧艺术本体回归的正路上，它们的价值是不言自明的。

还应该提到的是，80 年代涌现出的一批社会剧，其风格形态也呈现出多样化的格局，诸如最大限度地发展“综合性”与追求“纯戏剧”的本体优势，写实性的客观再现方式与主观表现方式的并存与融合，等等。如说它们已经形成了多种风格类型，可能过于溢美，但这批作品已经显示出中国社会剧的发展之路是十分宽广的。

要求取社会剧的持续进步，并能出现高水准的艺术精品，将取决于创作主体的内在能力。如果说把戏剧的对象从浮现在社会生活表层的具体矛盾现象和问题转向人自身，转向当代人灵魂的最深沉最多样化的运动，在这一空间把握时代的精神，这乃是从问题剧向社会剧进步的前提；那么，社会剧自身的发展，将要求剧作家不仅具有洞察社会生活底蕴的理性能力，还要求具有心灵体验的感性能力，更要求这两种能力的平衡、和谐。我常常感到，中国社会剧作品求取长足进步显得相当艰难，只是在同一水准上徘徊不前，重要原因之一，恰恰在于创作主体这两种能力或是贫弱，或是失调。然而，这种内在能力的构建，又岂是一时一日之功！

四、走向与期望

在 90 年代刚刚开始的两三年内，中国社会剧的创作陷于疲软状态。值得注意的是：在商品经济大潮的冲击下，剧场票房价值的低落，引发起戏剧失去观众的危机感。在深重的危机感的压迫下，中国戏剧必须全面调整自身的机制，以适应广大观众的文化消费心理。如果机制的调整得当，戏剧创作和演出暂时的沉寂，可望成为求取持续进步的前奏。对此，尚难预料。

1993 年，中国剧坛最突出的事件乃是全国小剧场剧目展演。在有些理论家看来，“小剧场”乃是进行戏剧实验的场所，因而，它只能是少数人的艺术。这次参展的剧目却反其道而行，显示出对“通俗性”的追求。有人把这种追求看作为求取生存而选择的权宜之计。“没有观众就没有戏剧”乃是一条定律。针对中国戏剧的现状而言，这句话最浅显的含义在于：如果观众不进剧场，戏剧就难以生存。以此为前提，即使只是出于求取生存的动机追求通俗性，并把节省人力、财力的小剧场作为对象，也是无可厚非的。如果票房无人问津，观众厅零零落落，尽管新闻宣传热火朝天，评论家们发表溢美之词，每年都有剧目获奖，也难以使戏剧摆脱困境。

如果说1993年全国小剧场剧目展演作为一个征兆，中国戏剧为争取观众回到剧场而更重视通俗性；那么，就这次参展的大部分剧目而言，所谓“通俗性”，并非仅仅在于外在形式和演出方式，还包括题材及其内在意义的追求。这次参展的大部分剧目，把题材角度集中于夫妻、朋友之间的情感关系，并在这种私人生活空间的开掘中与当代普通观众的心态相贴近，产生出容易引发他们共鸣的情感内容。在这一意义上，它们也可以被称为社会剧，或者归之于通俗社会剧。如参展的《情感操练》《留守女士》《灵魂出窍》，连同《泥巴人》《夕照》等等，都是如此。戏剧评论界对这次参展剧目的总体评价并不一致，有人认为：与80年代社会剧已经达到的水准相比较，上述参展剧目的内在意义尚显浅俗，留给观众思考的空间也显得狭窄，甚至更缺少情感与理性的震撼力。这一评价确有道理。然而，在我看来，当问题剧回潮，而观众已不再对这类剧目怀有兴趣的时候，当演出团体由于资金匮乏而不得不重视票房价值的时候，创作主体把观照社会生活的视角转向个人的感情关系，并力求在这一领域寻找与普通观众相沟通的情感内涵，以此作为提高票房价值的举措，可能是明智的。其中有的剧目已演出几百场，观众反响热烈。这已可以说明，当代普通观众对这种通俗社会剧是可以接受的。

在今年年初，针对中国戏剧面临的困境，我曾在一篇文章中提出：“如果把通俗戏剧作为中国当代戏剧的一条线路，大概是必然的趋势。”提出这一命题的本意在于：中国当代戏剧重宣传、教育功能，并以急功近利的眼界规范这种功能，同时却忽视广大观众的欣赏趣味，已经品尝到失去观众的苦果。而通俗戏剧的本性之一，正是在于重视、适应广大观众的欣赏趣味，以此为契机，不仅可望把观众请回到剧场里来，也有助于调整戏剧自身的机制，以适应时代的需要。也可以说，这批通俗社会剧的演出，多少可以证明这一预测。

然而，尽管我主张把通俗戏剧作为一条线路，却不认为它是唯一的线路。我仍然期望，社会剧在80年代已经达到的水准上继续求取进步，创造出情感意义深邃、蕴含着时代精神的精品。前面已经提到，解放生产力，发展生产力已成为社会生活的中心，而发展生产力乃是以发展人类本性的丰富性为目的，这一目的已成为历史的潜在要求；为此，在当代中国，人与现实社会的关系，人自身的精神构建，人的内在生命活动，都更具有丰富性、多样性、微妙性。面对这一现实社会，如果剧作家具有足够的内在能力，在社会剧领域有着广阔的用武之地，也可以说，时代在呼唤着社会剧的精品出现。然而，就中国当代戏剧的总体而言，能够在这条线路上攀登高峰的创作主体，毕竟是少数。中国戏剧拥有众多的演出团体和庞大的专业队伍，同时，数以百计的剧场在等待着观众光临。在这种情势下，两条线路并行发展，使创作主体各尽其能，使广大观众各求所好，乃是戏剧振兴的必经之路。仅就通俗戏剧而言，所谓“通俗”也包含着变异性。观众潜在的审美需求和对戏剧作品的鉴赏力，并不会停留在一个恒定的水准，而通俗戏剧自身也必须不断提高。把“通俗戏剧”视为举手可得，一旦观众欢迎就可以不求进取，乃是极大的误解。君不见通俗歌曲、电视小品、相声、通俗电视剧等等，由于滞留在几年前的水准，原初的欣赏热度已在逐渐消退吗！所谓“通俗 ××”与“严肃 ××”，它们之间的分界也是流动的。如以“雅俗共赏”为追求的目标，这两者往往是你中有我、我中有你。“通俗戏剧”中也渗透着“严肃”（并非只就创作态度而言），而“严肃戏剧”中也不能丢失通俗性。社会剧的精品可能为通俗戏剧指向，而戏剧艺术固有的本性之一就包含着通俗性，在后一意义上，“通俗戏剧”把观众视为“上帝”的品格，对社会剧不断求取进步而又不忘“上帝”，可能有借鉴之处。为求取“严肃”，或以“严肃”自许，却把戏剧演出囿于专门家的小圈子之内，并不利于戏剧的发展。

社会剧应求取发展，在相当长的时间内，它将是中国戏剧的主潮。与社会剧相对应的心理剧，尚待开发。历史剧有待突破传统的史剧观念开拓新的路子。通俗戏剧作为一条线路，尚有广阔的发展空间。对此，有诸多理论与实践上的问题，有待深入研讨。本文只在论题的范围内谈谈个人的看法，与其说是为了讨论，倒不如说是借以表达对振兴中国戏剧的一种期望。

（1994 年第 4 期）

高度符号化时代的美学理论

——20 世纪西方语言论美学的特征和实质

王一川

20 世纪西方语言论美学（linguistic aesthetics），是对如下种种美学及有关艺术理论的一个方面的宽泛概括：俄国形式主义、心理分析美学、象征形式美学、存在主义美学、视觉意象美学、符号学美学、阐释学美学、后结构主义、西方马克思主义、新历史主义和文化唯物主义等。这些美学理论彼此各有不同，但都共同地以语言为中心问题，把语言学和广义的语言论视为解决美学关键问题的理想途径，从而呈现出与传统认识论美学（epistemological aesthetics）迥然不同的语言论美学风貌。本文拟对这种美学的特征和实质作初步探究。

一、语言论美学的含义和演化

在语言论美学兴起之前，居于主流地位的是认识论美学。认识论美学建立在认识论哲学基础上，相信理性是一切的中心和主宰，主张创作支配作品和接受，理性内容决定语言形式，强调美的本质问题先于其他问题，追求理论的体系性，等等。笛卡尔、布瓦洛、鲍姆嘉通、康德、黑格尔等是其中的突出代表。这种美学从笛卡尔发端，到黑格尔达于极致，竟雄霸了近三百年。

到 19 世纪末、20 世纪初，自笛卡尔以来一向沿“理性”河床奔流的西方现代美学，发生了“语言论转向”（linguistic turn）。其结果是把美学导向一个迥然不同的“语言”河道——以语言为中心的语言论美学取代了以理性为中心的认识论美学。不仅俄国形式主义、结构主义（符号学）直接发端于语言学，不仅分析美学实质上属语言分析美学，而且注重阐释的现象学、心理分析学、阐释学等也把语言置于中心地位。“毫无疑问，语言问题已经在本世纪的哲学中获得了一种中心地位。”[①]就连似乎远离美学论争中心的视觉艺术美学家如阿恩海姆和贡布里希，也给予语言以特殊重视。正是这些事实使得伊格尔顿能够在“语言论革命”的名义下指出：

> 从索绪尔和维特根斯坦直到当代文学理论，20世纪的“语言论革命”的特征即在于承认，意义不仅是某种以语言“表达”或者“反映”的东西：意义其实是被语言创造出来的。我们并不是先有意义或体验，然后再着手为之穿上语词；我们能够拥有意义和体验仅仅是因为我们拥有一种语言以容纳体验。②

语言成为20世纪美学的中心，但“语言性”却被重新理解了。后结构主义语言观完全不同：语言不再是表达理性、意义的次要“工具”，而是创造并构成理性、意义的东西。杰姆逊索性把这种新的语言观称作“哥白尼式革命”：“说话的主体并非控制着语言，语言是一个独立的体系，‘我’只是语言体系的一部分，是语言说我，而不是我说语言。”③

应当注意到，这里的“语言”概念在术语和观念两方面都不同于以往。从术语运用看，“语言”不仅继续指（1）语言符号；而且更主要地被扩大到（2）非语言符号（如绘画、时装、广告、电影等），后者可作为“拟语言”去研究；甚至还用来指（3）现代大众传播媒介（如报纸、杂志、广播、电视、电脑等）。显然，“语言”就等于“符号”，或者一切符号表达方式。不仅如此，在深层意义上，语言还指语言行为“背后”的整个惯例、价值、信念体系即文化。而从观念上看，语言不再是表达的工具，而成为人类存在的基础或存在方式。语言学家萨丕尔说：“‘现实世界’在很大程度上是建立在团体的语言习惯之上的……语言习惯预先给了我们解释世界的一些选择。”④这意味着，语言已从方法论概念转化为本体论概念。可见，语言已从狭义的语言符号扩大到广义的一切符号表达方式，并由次要工具或方法而上升到存在方式本身。

由语言概念的变化可以进而梳理出语言论美学的含义。语言论美学不是指一个统一的流派或运动，而是指种种美学流派体现出的一种大致相同或近似的倾向或兴趣。这种倾向或兴趣就是以语言为中心问题，并且把对语言的语言哲学研究和语言学分析视为解决美学关键问题的理想途径。当然，同样面对语言中心，人们却可能从不同角度去追问，这就形成不同的语言论美学流派。与此不同，从笛卡尔理性主义直到黑格尔绝对唯心主义的认识论美学，则是以理性为中心，突出理性内容决定语言形式，语言只被当作理性的工具。在这里，理性是最高主宰，“一切都必须在理性的法庭面前为自己的存在作辩护或者放弃存在的权利"[5]。

对语言论美学含义的上述界定，可以通过它从本世纪初到90年代各种流派的演化得到具体说明。弗洛伊德的《梦的释义》(1900)标志着语言论美学的第一个流派——心理分析美学的兴起。它通过"讲述疗法"深探无意识语言结构和语法，成为"某些诗歌和美学理论的基础"[6]。由于拉康的独特推进，人们更意识到：不是"梦"或"无意识"，而是"语言"才是心理分析学的最重要"记录"[7]。20年代，卡西尔从"人是象征的动物"出发，在语言哲学和语言学的基础上建立象征形式的美学。30—50年代，后期海德格尔以"语言是存在的寓所"和"语言本身在根本意义上是诗"为基本命题，把语言视为人的诗意存在方式。与这种现象学和存在主义模式几乎同时，后期维特根斯坦在"日常语言"分析中把语言的本质界定为广义的"语法"，主张"想象一种语言就意味着想象一种生活形式"，这就在50年代诱发了分析美学流派。五六十年代，阿恩海姆和贡布里希分别对艺术"格式塔质"和"视觉意象语言学"的研究，表明语言论美学已伸展进绘画、雕塑等视觉艺术领域。更值得注意的是，在现代语言学模式基础上建起的符号学美学，经过俄国形式主义、捷克结构主义到法国结构主义的持续演进，已变得模式化、科学化，体现出以语言学模式驾驭一切艺术现象的宏伟抱负。正是借助被称为"哥白尼式革命"的现代语言学模式的威力，符号学美学把20世纪语言论美学的语言中心论发展到顶点。

从大约60年代起，语言论美学的"语言乌托邦"从建构逐渐转向解构。伽达默尔的阐释学美学力求打破语言学模式的封闭、绝对，在开放视界上思索存在—理解以及艺术部颠覆结构主义的同一性、整体性原理，强调语言中"差异""裂缝"的力量。西方马克思主义美学自阿尔都塞始也经历了"语言论转向"，继起的马歇雷、杰姆逊和伊格尔顿等在与结构主义和后结构主义的对话中确立起独特的语言论战略。到了80年代初兴起的美国新历史主义和英国文化唯物主义，历史、政治和功利重新受到重视，但语言的中心地位却并无根本改变。与20世纪前期突出整体、绝对、确定不同，20世纪后期的语言论美学则更强调语言中差异、碎片、相对和不确定性。虽然都是以语言为中心，但"进入"语言的方式却发生了重大变化。

至此我们已明白20世纪语言论美学的含义及其演化的大致情形。追究它形成的复杂原因、各种流派的发展及其相互关系等，需另作专文。本文集中讨论20世纪语言论美学的特征问题，尤其是它不同于认识论美学的话语特征，并进而就它的实质作初步描述。

二、语言论美学中的语言角色

以语言中心取代理性中心，是语言论美学的最显著特征。语言不再是理性的次要工具，而是创造、构成意义的东西，甚至就是人的“能被理解的存在”本身（伽达默尔）。语言在语言论美学中是以怎样的方式存在的呢？

如果把语言论美学看作一出戏，那么语言就是这出戏中至关重要的角色。但这同一出戏（脚本）却又是由不同导演及演员去演出的，他们对这戏的处理因人而异，因而语言在不同的演出中就会呈现不同的角色风貌，这也会导致语言论美学的情状各异。

在卡西尔、雅各布逊、巴尔特、前期维特根斯坦、海德格尔那里，语言总是充当肯定性角色。语言被认为是实现人的主体性、思索审美与艺术关键问题的积极的和正面的因素。卡西尔的“原根性隐喻”、海德格尔的语言即“诗”、阿恩海姆的“格式塔”、贡布里希的“图式”和巴尔特的语言即“文学”等，尤其充满着语言乌托邦色彩。语言在这里扮演着浪漫的、诗意的角色。但他们的观点并不是单一和始终一贯的。

弗洛伊德、拉康、巴尔特（部分地）、德里达、后期维特根斯坦和阿尔都塞，则往往把语言理解为否定性角色。语言是重要的，其重要性不在于它对主体、审美和艺术构成建构性力量，而相反在于它构成了颠覆性力量。这种语言角色所呈现的语言乌托邦，就难免是否定性的或反面的。

当然，与前面两种评价性态度不同，列维-斯特劳斯、巴尔特、艾柯和洛特曼等更愿意把语言理解为中性角色。语言总是在学问探究、事实描述意义上使用的，给人一种不褒不贬、不偏不倚的“科学”对象的感觉（也有褒贬偏倚，只是更隐蔽）。其实，这些论者对语言和语言学模型的科学探究热情本身，就带有肯定性的乌托邦冲动，只是不那么浪漫化与诗化罢了。

最后，语言被当作兼容性角色，即同一论者会认为语言兼具肯定性、否定性和中性等多重角色。海德格尔认为语言既是存在的家也是其牢狱。巴尔特相信写作既是肯定性的也是否定性的，本文兼具双重功能：覆灭主体和给主体快乐。在伽达默尔那里，语言是一种不确定的和开放性角色。对巴赫金、本雅明、德拉·沃尔佩、马歇雷和杰姆逊等而言，语言往往可能是“辩证”的。而这些语言乌托邦，就更闪烁着奇异多变的光芒。

总之，在语言论美学中，语言角色不是单一的和固定的，而是各不相同的、多重的和多变的。看来，把语言单纯视为肯定性或否定性角色，是不足取的，应当采取的是兼容性的或辩证的态度。语言的角色应该视它在具体历史舞台上的所置身其中的整个历史剧情而定。

三、语言论美学的话语特征

虽然语言论美学的显著特征是以语言为中心，但这个说法还流于一般化。如果把语言论美学看作一部叙事性本文，依照热奈特（Gerard Genette）关于叙述话语（本文）、叙述内容（故事）和叙述动作（声音）的“叙事”三分，那么，就不难求得关于语言论美学特征的较具体观察。叙述话语指直接供读者阅读的语言构成物，即本文，如表述文体、语词运用等；叙述内容是读者根据本文阅读而重构的本文中被描述事件即故事，如被谈论的话题、角色的命运等；叙述动作则是由本文描绘中显露出来的支配这种描绘的背后的主体行为即声音，如元叙事体、叙述者能力等。

（一）与认识论美学的理论性和体系性文体不同，语言论美学主要运用批评性和论文性文体。认识论美学总是以美学理论形式去表述的，总有概括一般的气势。而语言论美学则往往以美学批评形式表述，不再有那种理论概括气度，而主要是对具体或单个对象的分析。与理论性文体“降格”为批评性文体相应，语言论美学也把认识论美学的体系性文体“下降”为论文性文体。体系性文体总是结构浑成、连贯和统一，如亚里士多德那种“有机整体”，有时甚至篇幅庞大，内部机制复杂而有序；而论文性文体往往是单篇独立论文或其松散结集形式，它不是“有机整体”中的章节，而是不可复原的或本来如此的碎片。理论性和体系性文体的典范是黑格尔《美学》，它把认识论美学的文体特征发展到极致；批评性和论文性文体，则可以在本雅明、巴尔特、贡布里希、阿尔都塞、海德格尔、德里达和杰姆逊的论著中找到范本。

有力的转折来自50年代兴起的分析美学。它从语言清理角度，以论文这短兵相接形式，向美学“体系”和“理论”发动突袭。这种论文文体本身就意味着一种反叛。自60年代起，这种文体转折的步伐加快。贡布里希的《艺术与错觉》等“著作”实由单篇论文松散地拼贴而就。伽达默尔的《真理与方法》明确主张美学没有方法论和统一的体系。70年代，当巴尔特相继写出《本文的快乐》《S/Z》《恋人絮语》时，其理论性和体系性文体已完全被批评性和论文性文体所取代了。更早的海德格尔的《存在与时间》只写了一半便中止，他晚期更主要以单篇论文宣讲其语言论，这符合克尔凯戈尔制定的存在主义信条："我宁愿做个体的一刹那，不愿做体系的一章一节。"80年代，杰姆逊的《政治无意识》是他写过的最能引发理论和体系"幻觉"的著作，但除长长的第一章概说和结论有较强烈的理论色泽以外，其余四章都只是关于具体对象的批评性文字。这里的每一章之间并无体系性文体所要求的那种密切的和有机的联系。然而，这并不意味着说语言论美学已不再是"理论"，而只是表明，其理论性已极度衰微，正在向批评靠拢。理论的批评化，正是语言论美学的一个鲜明特征。

（二）与认识论美学著作语句明晰、行文流畅不同，语言论美学论著总是语句含混、行文滞涩。前者如席勒《审美教育书简》、黑格尔《美学》，而后者如拉康、本雅明、海德格尔、维特根斯坦、巴尔特、贡布里希等的论著。语句含混、行文滞涩印象的造成，与格言、警句、双关语、寓言等的大量运用密不可分。拉康的文风诡谲人所皆知。本雅明是制造警句的"专家"。海德格尔式的模棱两可和有悖常理曾被分析哲学家卡尔纳普剖析得体无完肤。但分析美学泰斗维特根斯坦本人的论著同样经不起语言清理。巴尔特后期著作更是采取了反理论的随意书写方式（如《恋人絮语》）。贡布里希的卷帙浩瀚的著作常常把理论主张分割或消隐在丰富的实例分析之中，令人难以捉摸。

（三）从叙述内容上看，在被谈论的话题方面，感性与理性问题转换为语言与意义问题。认识论美学曾集中思索理性在感性领域的盟主性权威问题。语言与意义的关系只是感性与理性关系的"影子"。只要理性成功地处理了感性化问题，语言具有意义或意义进入语言也就确定了。语言只是理性使自身感性化的中介或工具，而感性化过程自然也就是语言被赋予意义的过程。然而，当语言论美学使这虚幻的从属的"影子"转换为实体问题，语言与意义的关系就得到重新对待。

这已不再是语言与意义何者为主、何者为仆的统治关系，而是语言如何使意义呈现，或意义如何在语言中呈现的对等组合关系。恰如卡勒所说："实际上两者是不可分割的，因为如果要研究符号，那就必须考察使意义得以产生的关系系统，反之，我们也只有在把研究对象当作符号看待时，才能确定这些研究对象之间哪些是相关的关系。"⑧

如果说，认识论美学虽然看到意义在语言之中，但倾向于把意义视为一种主体行为，即源于艺术家亲身经历、灵感或"时代精神"的东西；那么，语言论美学更突出的则是：意义是一种语言符码系统的产物，即本文事实。不过，意义作为本文事实并不被认为完全与主体行为隔绝。诚然，"主体可能不再是意义的起源，但是，意义却必须通过他"⑨。因为，意义仅仅是由主体去发现、认可的东西。在语言论美学的建构时期，可以发现有关语言与意义关系的两种不同认识：

（1）意义是本文事实，即语言符码系统的构成物，同时也有赖主体以其知觉、判断或直觉去加以配合。基于索绪尔语言学而建立的俄国形式主义和结构主义，大致归属此类。这种观点力图排斥认识论美学那种主体情感或理智及其置身其中的“时代精神”的直接的和主导性的存在，而把主体的参与很大程度上仅仅理解为象征性的，即仿佛只是能使意义从本文中现形的假想前提或诱因。假如，俄国形式主义把“陌生化”归结为语言系统的构成物，但也不忘说它依赖于主体以“感受”去获得认可：“艺术的目的是使你对事物的感觉如同你所见的视像那样……艺术的手法是事物的‘陌生化’（остранениие）手法，是复杂化形式的手法，它增加了感受的难度和时延……”[10]这里的主体感受是意义的必要条件，但早已消解了认识论美学所钟爱的天才、灵感、想象等特殊而深沉意味，而只具有一般感觉含义。

（2）意义虽然仍是本文事实，但这种本文事实本身就是主体的符号行为。属于此类的，有弗洛伊德、卡西尔、阿恩海姆、贡布里希和海德格尔等。这种观点既承认语言（本文）的中心地位，更突出主体的主导作用。认识论美学把这种主体的主导作用看作先于语言而发生的、理性与感性融合的产物，语言只是这种主体作用的忠实记录而已；而语言论美学则把主体的主导作用视为始终不离语言并依赖语言而起作用的东西，即主体的符号行为。本文事实就是主体的符号行为。

到了语言论美学解构时期，上述两种认识又发生了变形或转换：

（3）意义不再如（1）那样被认作本文的同一、确定和整体事实，而是本文中的差异、不确定和碎片事实。德里达、巴尔特的后结构主义是这种认识的代表。

（4）同（2）一样，意义被看作作为本文事实的主体符号行为，但不同的是，这里的主体符号行为不再被认为总是主导性的、能动的、理想的或有效的，而被看作充满差异、冲突、矛盾、不完善或无效的结合体。阐释学、西方马克思主义、新历史主义和文化唯物主义持这种观点。

以上表明，在语言与意义问题上，语言论美学体现出一种强烈倾向：意义不再是理性与感性融合的产物，不再是理性的感性化的结果，而是语言的事实。从理性的感性化角度，必然引申出意义主要在于理性内容的结论，而从语言与意义角度，则会推导出意义在于语言形式。因此，以语言为中心，具体讲就是以形式为中心。同理，语言乌托邦其实是形式乌托邦，由此可以见出语言论美学的又一特征。

（四）以形式移置内容。移置，不等于简单地取消或代替，而是位置的偏移或转换。认识论美学出于理性统治感性的基本考虑，总是追求内容（理性）为主、形式（感性化）为辅、内容与形式的统一，而语言论美学从语言与意义的组合着眼，认定形式就是内容，内容已移置为形式，作为形式而存在。按照索绪尔后继者叶尔姆斯列夫的见解，语言只是形式即“语符”，它由“意符”（含意义）和“音符”（不含意义）合成。过去归属于内容的意义在此已被形式化。在杰姆逊那里，内容已被“寓言化”，即被切割、隐蔽、淡化或涂抹在形式迷宫之中。

与语言论美学的建构与解构时期相应，对形式的认识也经历了两个阶段：

形式建构：语言结构 = 作品 = 所指 = 中心 = 整体
↕ ↕ ↕ ↕ ↕
形式解构：话语 = 本文 = 能指 = 边缘 = 碎片

在形式建构阶段，形式主要是从语言结构—作品—所指—中心—整体角度被理解的，而到了形式解构阶段，形式则主要同话语（或言语）—本文—能指—边缘—碎片联系了起来。语言结构是普遍的和集体的，话语则是特殊的和个体的；作品是被阅读与理解的，本文则是有待于阅读与理解的；所指被突出表明形式是确定的和完整的，能指被重视则说明形式是不确定的和片段的；标举中心和整体，显示出对掌握绝对、永恒的乐观信念，偏爱边缘和碎片，则披露出这种乐观信念已遭破灭。前者的代表是列维-斯特劳斯、前期维特根斯坦、前期巴尔特等，后者的代表则有后期维特根斯坦、后期巴尔特、德里达、福柯、拉康、阿尔都塞、杰姆逊、格林布拉特和道利摩尔等。从语言结构到话语、作品到本文、所指到能指、中心到边缘和整体到碎片的转变，表明语言论美学的语言——形式乌托邦从肯定性的演变为否定性的，从乐观的沦落为悲观的。看来，单纯追逐形式，难逃此结局。

（五）结果必然是，与认识论美学述说“理性王国”的兴衰史不同，语言论美学叙述的是关于“语言乌托邦”的故事。在关于理性王国的故事里，一方面，理性君王以审美和艺术（感性）为自己的臣民，力求建立永久性不平等的等级秩序；另一方面，审美和艺术不甘屈服于做理性的从属角色的宿命，起而反抗暴政，争取平等和自由权利，从而展开理性愈益专权而感性愈求篡权的恶斗。结局却是语言乘虚而入，坐收渔利。

至于有关语言乌托邦的故事，则讲述语言主角如何呈现意义，相应的语言哲学和语言学模型如何在艺术研究领域成为艺术的安身之所，如何解救美学危机于水火之中。理性王国是等级森严的君主国，理性与感性、内容与形式、美与美感、艺术创作与艺术品等之间总是主从关系；语言乌托邦则是平等互助的民主城邦，语言与意义、所指与能指、语言结构与话语等形式因素主要构成平等组合关系。当然，语言乌托邦里在许多情况下，平等和民主只被用作达到某种新的等级制的口号。如，德里达正是以这样的名义而实际上使能指挖空所指、书写高于说话、边缘颠覆中心。同样，在推翻了绝对理性主义、机械唯物主义、旧历史主义等昔日权威后，新的危险如“形式主义”“符号学帝国主义”“本文中心论”等正接踵而至，新权威取代了旧权威。

（六）从叙述动作看，支配语言论美学的“声音”是什么呢？如果说，认识论美学回荡着一种全知全能的强音，那么，语言论美学则受制于一种半知半能的弱音。全知全能的强音是独白型绝对声音，它仿佛知晓世界的一切，自信真理在手，可以随意号令天下。在黑格尔那里，似乎一旦确定了终极的和原初的绝对理念的辩证运动规律，世间的万事万物就能各就其位，忠实地按既定轨道围绕绝对理念这中心转动。与此不同，半知半能的弱音却是异声同啸型杂音，内部不同嗓门的相互“斗嘴”削弱了它的总体威力，从而在叙述世界时自觉无力知晓和讲述那“背后”的终极、绝对和永恒，而只能知晓和讲述人们叙述世界的语言本身。语言本是用以叙述世界的符号，当发现这被叙述的对象即世界已变得神秘莫测时，能做的就只是谈论叙述方式即语言本身了。因而所谓半知半能，就是指无力知晓和讲述世界的终极、绝对和永恒，而只能知晓和讲述人们的叙述方式即语言本身。

不仅如此，即便是谈论语言这“一半”，语言论美学也表现出进一步的半知半能。在建构时期，维特根斯坦、列维-斯特劳斯、巴尔特、卡西尔和海德格尔还自信能知晓和讲述语言的总体奥秘，但到了解构时期，他们或他们的后继者如德里达等则只能知晓和讲述语言总体之“一半”了：无所指之能指、无中心之边缘、无整体之碎片、无说话之书写等。

可以说，半知半能弱音之取代全知全能强音，从语言角度看，根源在于：那支撑人们叙述能力的“元叙事体”或“元话语”已然支离破碎。这里的元叙事体或元话语指组织人们叙述的更根本的文化符码系统，如神话、历史、信念体系或价值体系等。正像安泰离开大地便神力全失一样，人们倘是丧失元叙事体，便会丧失叙述能力。当然，这里的元叙事体并未消失，而是支离破碎——这样，人们只能依据元叙事体碎片去叙述世界或历史碎片。就语言论美学来说，它所能做的就只是谈论语言或语言碎片了。

对以上描述作进一步归纳可见，语言论美学的话语特征集中表现在：美学已从认识论时代直接地全知全能地谈论世界，而退到只能谈论那借以谈论世界的语言，甚至进而退到谈论语言碎片了。

那么，语言论美学的这种特征昭示着什么更深层次的东西?

四、语言论美学的实质

语言论美学的特征从一个侧面披露出一个事实：20世纪西方世界已变得非同一般地注重语言。如果把这里的语言理解为广义的一切符号表达方式，那么，语言或符号正在20世纪生活中扮演愈益重要的角色；换言之，20世纪生活正在变得高度符号化。语言论美学，正是高度符号化时代特有的美学理论。

符号化，与自然化相对，也就是语言化、象征化或文明化。如果说，自然化指人类原初的类似动物的生存状况，那么，符号化就是人类创造符号、在符号中认识和掌握自身与世界、并使符号成为自身环境的进程。人类愈是以符号为自身环境，便愈是与自然环境相疏离，与原初感性相离异。这一方面表明人类正超越自然，上升到更高阶段，但另一方面，也可能使人类的原初自然本性遭到破坏。人类试图以符号去看护并超越自然，但却可能以符号束缚、控制或肢解了自然。这就是符号化的巨大代价。

其实，且不说人类说话和书写，成为“语言的存在物”，即便当人类能制造简易工具时，符号化进程也就开始了。但只是在20世纪，西方世界才真正达到了高度符号化的程度。首先，资本主义生产力创造出高度现代化的符号表达方式，如精密印刷术、无线电通信、摄影、电影、电视、传真、电脑等，这就为高度符号化时代的形成提供了物质基础。其次，高度符号化的重要标志在于，新闻媒介（广播、报纸、杂志、电视等）成为人们的日常体验模式。当人们更多的不是凭借亲身、直接参与而是依赖报刊阅读去体验世界时，“间接体验就侵蚀了对世界的直接、具体体验”。人们成为“被动的旁观者而不是积极的参与者，即成为别人所创造的形象与感觉的消费者”。再次，与消费社会相应，商业广告语言（街头广告、报刊广告、广播广告、电视广告、商店广告等）成了人们日常生活的新的规范语言。“广告赋予商品自己的语言——一种人类创造史上崭新的充满许诺的语言。”但这种语言却并不提供真实。“广告的特殊之处在于它的根本前提就是虚假、欺骗，因为它的目的在于掩盖劳动及其产品之间的联系，从而说服顾客去购买特定的牌子。”[11]这样，高度符号化的标志还在于，充满虚假、欺骗的广告语言成为人们的存在方式。最后，随着符号表达方式尤其是大众传播媒介的高度发展，信息量日益增多，知识分类愈加复杂，这使人们有理由既为自己的语言创造力而惊叹，同时也为这些纷纭繁复语言的难以自如掌握而焦虑。总之，高度符号化意味着不是直接的世界体验而是间接的符号体验成为人们的体验模式。这也说明，语言成为美学的中心问题并非偶然，因为它不过是生活的高度符号化在美学上的折射而已。

生活的高度符号化对西方人来说究竟是“福”还是“祸”呢？从理想角度看，凭借符号去认识并掌握世界，是人类进步的标志；这进步带来的巨大便利确实不容否定。但20世纪西方思想家更多地看到高度符号化所造成的危机方面，并为此而忧心忡忡，由此不难窥见语言论美学得以兴盛的秘密。

本雅明敲响了这样一声警钟：“没有任何一份文明的记录不同时也是一份野蛮的记录。”⑫这种关于文明总是伴随对自然的野蛮蹂躏的洞察，在阿多尔诺、杰姆逊和伊格尔顿那里激起深深的回响。福柯甚至惊问：

> 这不正是一个信号吗？整个结构摇摇欲坠，而人却在语言日益照亮生命地平线的时候走向死亡。⑬

符号化的充分发展意味着人的自然生命的绝灭。让-弗朗索瓦·利奥塔以分析美学和后结构主义的语汇指出：“社会主体看来正在语言游戏的播散中瓦解自己。社会制约网是语言性质的，但它并非仅由一根线索织成。”例如，我们无法不置身于密如网络的众多符号系统中：化学方程式与微积分标志法，机器语言，游戏理论图谱，音乐标码新系统，逻辑的非指示性形式坐标系统（时态逻辑、伦理逻辑和形式逻辑），遗传密码语言，音位学结构图示等。利奥塔对此深切感叹道：

> 如今无人能够运用所有这些语言，人们也不再拥有普遍通用的元语言，而那项系统——主体工程业已失败，解放目标同科学毫无关系，我们全都陷入了这种或那种知识的相对主义之中，渊博的学者变成了科学家，科研任务日益细碎的分割致使无人能够把握全部。⑭

这样一份知识的“报告”是触目惊心的：人们在密如蛛网、细如碎末的符号世界里再也找不到总体了。尤其是随着电脑霸权的形成，知识被大规模移入电脑，由电脑操纵，数据库变成当今人的本性。那么，真正自由的人性及作为其语言化的知识安在？

如此，人们已难以同真实的、本真的自然世界相遇，而是处处遭逢语言迷宫或符号陷阱。符号化本是“文明”的记录，如今岂不成了“野蛮”的记录？

确实，正是在20世纪，西方人从来也没有像今天这样享受到高度符号化环境所带来的舒适和便利，同时，也从来没有像今天这样为高度符号化环境所造成的人性分裂和寂灭危机深切悲叹。高度符号化，意味着与人的原初自然与感性生活相诀别，而退回到内在的、形式的因而是理性化的生存中去。这里的“理性”已不同于那种作为绝对实体的始基形式，可以演化出种种感性事物的理性，而只是无法实体化和感性化的空洞形式。这同在德里达那里，能指总是充满“延异”“播散”“印迹”的空洞链条一样。因此，高度符号化作为与实体化和感性化无缘的空洞的形式化，正是理性化。

西方语言论美学，正是在这种高度符号化与理性化的文化语境中兴起和衰败的，因而也是这种高度符号化与理性文化语境的显示。伊格尔顿在评论结构主义时指出：

> 结构主义是在语言成为占据知识分子全部注意力的事物时才开始产生的；它的产生也因为，在十九世纪后期和二十世纪的西欧，人们感到语言正在深刻的危机中痛苦挣扎。……最好是把结构主义视为……社会和语言危机的症候和对于这一危机的反应。[15]

其实，不仅结构主义，而且整个西方语言论美学，都是高度符号化时代社会和语言危机的产物。不妨说，语言论美学宛如一面神奇的、迭现着双面镜像的想象态镜子：既是高度符号化语境的显示，又是美学自身特殊境遇的显示。

作为显示当今高度符号化文化语境的镜子，语言论美学交织着两种相互拆解的乌托邦幻象：或者映现出人与符号完满同一的肯定性乌托邦远景，或者暴露出人在符号中濒临死亡的否定性乌托邦图画。一般来说，前者是语言论美学得以兴盛的巨大诱因所在，因为人类能在自己创造的语言—符号世界中安身立命，岂不是尤具诱惑力之事？相反，后者却是语言论美学走向衰败的重要缘由所在，因为，人们对语言—符号世界探究愈多，便愈发现始料不及的否定性征兆：主体在其中被颠覆。人们从这扇门进来，想不到它却通向另一种境界。这“潘多拉的盒子”打开又关闭，打开的是瘟疫和灾难，关闭的却是希望。这种肯定性与否定性乌托邦幻景的交替，确实正与语言论美学的建构和解构相适应。

不过，这面想象态镜子毕竟具有魔幻般奥秘，它不会只反射两种幻景，而是能映现万花筒般奇观——语言论美学的兴衰，能使我们发现高度符号化世界所带来的种种问题，这里交织着复杂而多变的冲突、矛盾，既有同一也有异化，失望与希望并存，压抑与解放共在。历史的进程是不可逆转的，只能顺应、改革，而不能倒退、复旧。面对高度符号化所引发的困扰，倒退并无出路，不能走反文明或反符号化之路，只能力求创造性转型。

另一方面，作为美学自身在当前面临的特殊境遇的镜子，语言论美学映现出什么呢？当美学在此已变得不是理论化而是批评化、不是伸展自身而是抵制自身、悬搁起理性与感性而只问语言与意义、以半知半能弱音取代全知全能强音……时，它已不可能重返18、19世纪的黄金时代，而似乎只能日趋衰落或终结了。这衰落或终结当然主要是按认识论美学的标准而论的。因为，对认识论美学来说，由于据有绝对的、终极的理性支点，美学的完整的理论大厦是可能的。相反，语言论美学却是随生命美学、象征主义和唯美主义的理性摧毁行动而兴盛的，并且它自身参与了这一反叛活动。由于推倒了这个理性支点，语言论美学也就等于推倒了美学的完整的理论大厦。这也就是为什么德・曼会认为，美学理论的兴趣恰恰在于“其界说的不可能性”，或“理论之不可能性”，它的目的正在于抵制理论本身。[16]这样，同认识论美学时代相比，语言论美学确实已使得美学衰落了。那么，这是否意味着美学的终结？在我们看来，语言论美学所标明的终结决不是西方美学的终结，而是西方美学的转型，即是现有美学的衰落和新的美学的萌芽。当然，新的美学会有怎样的面貌，它是否会给危机四伏的西方美学带来真正生机等，却实在是有待于深入考察的问题。

五、面对语言论美学

如果以上关于20世纪西方语言论美学特征和实质的描述尚能成立，那么，这说明，现有的西方美学研究格局围绕西方认识论美学建立的、还没有语言论美学的一席之地，需要作出调整。即便我们对语言论美学有所容纳，也是把它装填进认识论美学研究框架之中，还缺乏把它作为语言论美学本身加以对待的相应框架。我们应该既注意加强对语言论美学的引进和研究，又重视对它与认识论美学的关系的考察。

在引进和研究的同时，不应放弃批判、评价的权利。这就要求我们以独立自主的态度去冷静地审视西方语言论美学，不仅看到它的借鉴价值，而且注重它的固有偏颇。应当承认，语言论美学顺应高度符号化时代的特定条件，以前所未有的注意力和多种有效手段探索语言，展现语言的丰富、复杂世界和惊人魅力，从而为我们追寻语言的奥秘提供了宝贵的启迪。同时，它在美学话语方面所作的变革，如论文文体、批评化、语言与意义话题等，突破了传统认识论美学的绝对化界限，打开了美学的新维度。语言论美学的这种价值是认识论美学所缺乏和无法提供的。可以说，认识论美学在探寻理性内容方面难以匹敌，而语言论美学在追索语言形式时则优势明显。因此，我们的美学在保持和伸张传统认识论美学的特长的同时，应注意借鉴语言论美学的有益方面。

值得注意的是，语言论美学的价值又是不能与其明显的偏颇相剥离的。它诚然正确地揭示出语言的丰富性、复杂性和神奇魅力，但却往往对此作非历史主义（如列维-斯特劳斯、卡西尔、维特根斯坦等）或相对主义（如巴尔特、德里达和拉康等）解释；即便如新历史主义和文化唯物主义那样重返"历史"土壤，这种重返并不是彻底的历史主义的，不过是后结构历史主义的；同时，它往往为语言而遗忘理性内容，甚至放弃对内容的必要探索。显然，这样的偏颇是应当加以拒斥的。

中国当代美学有自己的全然不同于西方美学的发展脉络。因此，我们研究西方语言论美学，绝不是要跟在西方人后面亦步亦趋，而是想为发展中国当代美学的独立自主品格提供一个有益的参考框架。

注释：

① 伽达默尔：《科学时代的理性》，薛华等译，国际文化出版公司1988年版，第3页。

②⑮ 伊格尔顿：《二十世纪西方文学理论》，伍晓明译，陕西师范大学出版社1986年版，第76—77页，第175—176页。

③ 弗·杰姆逊：《后现代主义与文化理论：弗·杰姆逊教授讲演录》，唐小兵译，陕西师范大学出版社1986年版，第28—29页。

④ 萨丕尔：《语言、文化和个性论集》，加利福尼亚大学出版社1949年版，第162页。

⑤ 恩格斯：《反杜林论》，载《马克思恩格斯选集》第3卷，人民出版社1995年版，第56页。

⑥ 霍夫曼：《弗洛伊德主义与文学思想》，王宁等译，生活·读书·新知三联书店1987年版，第32—33页。

⑦ 布洛克曼：《结构主义》，李幼蒸译，商务印书馆1980年版，第109页。

⑧⑨ 卡勒：《结构主义诗学》，盛宁译，中国社会科学出版社1991年版，第25页，第60页。

⑩ 维克托·什克洛夫斯基等：《俄国形式主义文论选》，方珊等译，生活·读书·新知三联书店1989年版，第6页。

⑪ 特拉登堡：《美国的公司化：镀金时代的文化与社会》，中国对外翻译出版公司1990年版，第123、139、143页。

⑫ 本雅明：《单行道及其他作品》，伦敦，1979年，第359页。

⑬ 福柯:《事物的秩序》，纽约，1970 年，第 386 页。

⑭ 利奥塔:《后现代状况》，载王岳川、尚水编《后现代主义文化与美学》，北京大学出版社 1992 年版，第 37—38 页。

⑯ 德 · 曼:《对理论的抵制》，载王逢振等编《最新西方文论选》，漓江出版社 1991 年版，第 215—226 页。

（1994 年第 4 期）

儒家思想与中国艺术

葛　路

孔子创立儒家学派，于今已经两千多年。在此漫长岁月中，儒家思想几经发展几经演变。春秋战国，儒家思想与老庄对立；魏晋之际，儒家与道释由对立而逐渐走向融合；宋明之世，理学家以穷极义理为己任，儒家意识形态又是一变；明朝中叶，不堪儒家礼法约束，出现了主真情性灵的学派。总之，汉代以后，纯儒思想愈来愈少。儒家思想虽有几次历史性的转折，有的甚至离经叛道，走向异端，然就总体而言，自有不离其宗的核心内涵，即仁义和由仁义生发的伦理道德意识。它对中国古代艺术有广泛深刻的影响，时至今日，在某些方面，儒家思想仍在艺术中起作用。本文阐明儒家思想与中国艺术，联系诗、乐、书、画等，就道与艺、雅与俗、人品与文品、中和与非中和四个问题论述之，只求切中要害，不求面面俱到。

一、道与艺

中国古代艺术不论表现社会生活或表现自然美，都体现出儒家之道与艺的一体。表现社会生活的艺术，以明鉴戒、助人伦、成教化作为艺体道、艺为道服务的主要功能。春秋战国，周王朝中央政权衰落，等级制度解体，出现礼崩乐坏的局面。孔子认为乐能起到区分等级，调和人际关系的作用。“八佾舞于庭，是可忍，孰不可忍”，为什么不可忍？大夫越级享用天子的乐舞，是违反礼制的行为。那时乐与舞与诗，三位一体，它们的功能也是相同的。学《诗》，“迩之事父，远之事君”，利于忠孝的实施，人伦的巩固。从事外交和社交也需要学《诗》，“不学《诗》无以言”。基于此种观念，孔子衡量艺术的标准，首先重视艺术的思想内容是否符合善，然后才是美，孔子谓《韶》“尽美矣，又尽善矣”，谓《武》“尽美矣，未尽善也”，即这种思想的体现。《韶》是表现舜帝的乐舞，舜是让位于贤的大德之君。周武王伐纣，虽为顺天应人之义举，终究是动干戈而得天下，比舜逊一筹。故《韶》尽美尽善，《武》尽美而未尽善。《乐记》对先秦时期的诗、乐、舞的特性及功能，作了这样的表述：“诗，言其志也；歌，咏其声也；舞，动其容也。”“乐者，德之华也。”仍是从儒家思想看待诗、乐、舞的艺术本质。至于绘画，孔子认为也有体道的功能。孔子观周明堂画，看到周公抱着年幼的成王接受诸侯朝拜，感叹道：“此周之所以兴也。”这种“明鉴戒”的体道图画，在中国历史上几乎代代都有。汉、唐帝王命画工图貌功臣像于麒麟阁、凌云阁；山东武氏祠汉画像石，表现忠臣、义士、孝子、节妇，应有尽有。东晋顾恺之的《女史箴图》和《列女图》，为妇女的美德懿行着丹青。张彦远论画所说“成教化，助人伦”，从理论上确立了儒家道艺一体的主要内容。儒家的伦理观有积极的一面，也有消极的一面。愚孝愚节是消极面里突出者。孔子答子游问孝曰：“今之孝者，是谓能养。至于犬马，皆能有养。不敬何以别乎？”养亲是孝行的最低层次。后世所宣扬的某些孝行，正是限于养亲，王祥卧冰，危及生命，郭巨埋儿，何其残忍。汉画像石中的为示贞节而割鼻毁容的“梁高行”，亦是蠢事一桩。

儒家对表现自然美的艺术，也常以道德的眼光视之。“岁寒，然后知松柏之后凋也”，孔子从松柏耐寒的自然之性联系君子的节操，这种比德的审美观，盖始于孔子。九方皋相马，意在千里，支遁养马，爱其神骏，孔子却说“骥不称其力，称其德也”。“知者乐水，仁者乐山。知者动，仁者静，知者乐，仁者寿”，孔子将自然物比拟人的品德，引彼连此，在精神意识领域内沟通人与自然的关系。山，孕育草木，栖息鸟兽，此山之自然特性，孔子由此联想到仁者的怀抱；山亘古少变，青春常在，此也是山之特性，孔子由此联想到人之长寿，并作出善有善报的推论——仁者寿。水，其性动，孔子由此联想到善于思维的知者，水为知者所乐。孟子也爱观水，“原原混混，不舍昼夜，盈科而后进，放乎四海。有本者如是，是取之尔”，他从水的运动形态中，悟出其生命活力在于有源头。儒家的比德思想对后世表现自然美的艺术影响很大。杜甫咏马“实堪付死生”，可谓颂马德之作。朱熹名诗“半亩方塘一鉴开，天光云影共徘徊。问渠那得清如许？为有源头活水来”（《观书有感》），将孟子观水所得转化为哲理诗。推崇孔圣人的帝王们在风景胜地建造宫殿，常取仁知之乐命名，北京颐和园的几处殿堂名的由来即是。

比德思想影响艺术更大的则在为花鸟画开导了独特的艺术象征手法和借物抒情的门径。大约在东晋南朝之际，独立的花卉翎毛画诞生了，此后许多美的动植物便逐渐被赋予人才具有的美德。松鹤象征卓然不俗，梅、竹、兰、菊象征君子的情操品格。又由于汉字的谐音，六鹤可以意会为六合，薛稷、黄筌曾画过六鹤图。宋徽宗赵佶题《芙蓉锦鸡图》有“已知全五德”云云，将人的品德赋予鸡身上。唐宋之世，自然物入画的各种比德名目已基本集全，《宣和画谱》有所记载。宋元明清的文人画家以比德的手法寓意、言志、抒情达到了随心所欲的程度。文同画纡竹，以示生涯坎坷，苏轼画枯木，写胸中盘郁，运用之妙，可谓到家。儒家学派从道艺一体的思想肯定艺术的社会作用，从孔子的兴、观、群、怨到曹丕的文章乃经国之大业，将文艺的地位提得很高；可是至宋朝，以穷究义理为务的理学家们却轻视艺术。二程中的程颐素不作诗，认为学诗作文妨碍悟道，尤其轻视写景诗，说杜诗“穿花蛱蝶深深见，点水蜻蜓款款飞”只是些“闲言语”。他“可惜张旭留心于书，若移心于道何所不至”。朱熹作诗写字都见功力、才华，但他只将其作为业余活动，与程颐一样将艺与道对立起来，说韩愈、柳宗元“只是要作好文章，令人称赏而已”。理学家们的文以害道说，眼光窄，不为广大的从艺者接受，故影响很小，但是由此可见儒家道艺观的历史演变。

二、雅与俗

儒家论艺术的雅俗观，有两个性质截然不同的大范畴。其一，所谓的雅与俗，主要指宫廷艺术与民间艺术；其二，所谓的雅与俗，是指艺术的格调的高雅与平庸。《韶》和《武》以及《八佾》，属于雅的宫廷艺术，“郑声”属于俗的民间艺术。《诗经》中的《颂》《雅》部分的祭祀、宴会篇章属于雅的艺术；十五国风则属于地方民间的俗艺术。孔子主张用艺术维护、协调君、臣、父、子的伦常关系，故他看待雅俗艺术是泾渭分明的。“恶郑声乱雅乐也”，郑声无益于助人伦、成教化，所以要不得，它像官服上的“紫之夺朱”一样可恶。孔子之所以恶郑声乱雅乐，是怕导致伦常的败坏，对于地方性的民间艺术，他并不一概反对。他要弟子研究《周南》《召南》，说不研究《周南》《召南》，就像面壁而立。《诗经》十五国风前两部分诗篇《周南》《召南》，是地方性的，主要是南方的乐调民歌。其中《关雎》，孔子评为“乐而不淫，哀而不伤”。孔子听鲁国太师挚演奏《关雎》乐章时，感到“洋洋乎盈耳哉!”好听的乐声充满了两耳。荀子继承了孔子的思想，要“夷俗邪音，不敢乱雅”。孟子与他们的见解有所不同，认为“今之乐由古之乐也”，他所说的今乐即俗乐，古乐即雅乐。这与他的民为贵，及与民同乐的新思想有关，在重“仁声”中不能排除俗乐。

典雅的乐舞是为庙堂服务的艺术，在长期的封建社会中一直延续存在。隋以前雅俗乐不分，隋时始分雅俗二部。盛唐雅俗分部设立，各司其职。今日我们尚能欣赏到清代的祭祀、朝会等乐舞。雅乐与俗乐同为中国古代艺术的一部分，宛若宫廷绘画与民间绘画。

儒家雅俗观的另一个大范畴，是艺术格调的雅与俗，即高雅格调与平庸格调。雅俗是中国艺术批评、特别是六朝以后士大夫文人艺术批评中的一个重要审美准则，它含着许多小的审美标准，如书法的神采、绘画的气韵生动等，但它们都不能代替雅俗观。高雅的艺术格调，即书画所追求的书卷气，此种艺术素质与作者的文化修养及人品胸次直接关联。书法家评字，如果能给予“脱俗”的评语，那就表明作品已经非平庸之格，升到高雅的境界，肯定字的雅，也间接肯定了作者的不俗。战国时期儒家评人即有雅俗之分。荀子曰：“不学问，无正义，以富利为隆，是俗人者也。”没有正义感，不学无术，热衷逐利，便是俗人。魏晋之世，称汲汲功名者为俗士，骂作俗物。宋代论人的雅俗，着眼点依然在道义。黄山谷说：“余尝为少年言，士大夫处事可以百为，唯不可俗，俗便不可医也。或问不俗之状，老夫曰，此难言也。……临大节而不可夺，此不俗人也。”德操如何，是辨别雅俗者最主要之点。艺术作品是艺术家创造的精神产物，艺术格调的雅俗取决于艺术家人品的高低。艺术格调雅俗的表现特征何在？首先在于作品有无内美。从墨与色说，黄宾虹认为唐李思训的金碧山水画重外美，宋元的文人画有内美的素质。米芾认为黄筌、赵昌的画俗，其中也含有对艳丽色彩的富贵气格的厌恶。明代王绂释俗云：“丹华夺目，一流俗则不韵。”认为丹华夺目是美的外饰。用墨用色的雅俗观，是由审美的民族传统和作者的情感爱好等因素形成的。潘天寿认为以墨配色是使画成为雅俗共赏的一个条件。他说：“色易艳丽，不易古雅，墨易古雅，不易流俗，以墨配色，足以济用色之难。”齐白石的花鸟画是以墨配色的成功者。从形与神上说，王僧虔论书法所说的“神采为上，形质次之”，是重内美的见解。刘熙载将“务为妍美”视为俗书的一个特征。他又说：“黄山谷论书重一韵字，盖俗气未尽者，皆不足以言韵也。”有内美的字，始有韵味。黄宾虹认为“意境平凡”，是俗的表现，虽谓画格，书亦莫能外。书画重内美，并非摒弃外美因素。书法的神采，离不开布局、结字、笔画的形质，绘画的气韵生动，没有象形、用笔、赋彩等外美因素，内美也无从体现。重内美之说，实指内外美统一下侧重内美。

元代以后的文人画逐渐形成诗、书、画、印的有机结合体。明代沈周、文徵明是这方面的代表画家。近代吴昌硕的写意花卉的古雅格调，赖此而生。诗、书、画、印的结合，既涉及作者的文化修养，也涉及创作格调的高与低、雅与俗。

三、人品与文品

儒家衡艺，将作者的品格与作品的品格联系起来看待，视二者为表里关系。前面所论述的艺术格调的雅俗问题，已涉及人品与文品的关系，这里侧重阐明儒家人品观的核心思想及其在艺术上的体现。孔子的“志于道，据于德，依于仁，游于艺”和“不知言，无以知人也”以及孟子的知人论世思想，为人与文的关系立下了理论基础。人品的内涵，其核心是仁义，由此生发出忠君爱国意识和民族气节，举一例便可明此理。南宋灭亡，文天祥被囚于元大都，在就义前留一纸写道：“孔曰成仁，孟曰取义，读圣贤书所学何事，而今而后，庶几无愧。”文天祥的气节，乃是孔孟仁义思想培养的结果，他用生命实践了仁义之道，光大了仁义之道。他在狱中写的《正气歌》及被俘前在途中写的诗篇，其人格与文格相一致，相互辉映。人与文的关系的理论，虽早在春秋战国即已提出，但被长期束之高阁。秦汉出现了李斯、程邈、杜度、崔瑗，蔡邕、张芝等有名的书法家，书史书论中没有谈他们的人品与书品的关系。赵高的人品极次，可是在书史里只提及他擅篆书，没有论及奸臣为什么能写出一手好字来。这种论艺不及人的现象，到了魏晋南朝始有改变。其时士大夫文人参与文学艺术创作增多，艺术步入自觉的新阶段，于是产生了文与人的研究。曹丕首次论述诗文风格与作者的气质个性等方面的关系，指出风格如其人。刘勰续有阐明：“嗣宗倜傥，故响逸而调远。叔夜俊侠，故兴高而采烈。”曹丕、刘勰论人与文的关系尚限于风格的范围，唐宋之世才论及品德高下与艺术优劣的问题，如柳公权答皇帝问书学所说的“心正则字正”，可能是人品和书品论的开端。颜真卿写的《争座位》，尤其是《祭侄文稿》，历代书法评论者都认为是书如其人的杰作。到了宋代，文人艺术思潮兴起，米芾把纯儒意识的杜甫的功名思想无情地嘲讽了一番；米芾固然有些狂癫，但他的谈艺理论，却代表了一部分文人的新观念。当时论人品，在重道义的同时，强调清高脱俗的襟怀。宋宗室赵令穰学文同画竹，把作品拿给黄庭坚看，黄说：“若更屏声色裘马，使胸中有数百卷书，便当不愧文与可矣。”这种见解与元初钱选论士气所说“无求于世，不以赞毁挠怀”，以及董其昌所说的读万卷书，行万里路，都属于人品修养论。

艺术史表明，人格与文品是一致的，但也存在不一致的现象。早在晋朝，《闲居赋》中的潘岳，和现实生活中的潘岳，分明是两种精神境界。宋朝书法四大家中的蔡，是蔡襄还是蔡京？这个至今争论不休的问题，焦点仍是人品与书品一致与否的问题。其他如严嵩的字与人，也是这类问题。在中国长期的封建社会中，每逢改朝换代，士大夫们都要在精神上遭受亡国之苦，更何况非汉族入主中原？因此在元朝和清朝两次政治大地震中，气节问题尤为突出，傅山对赵孟頫字的贬责就是典型一例。我认为分析人品与艺品的关系，不能机械地画等号，要充分考虑到艺术创作还有其自身规律，尤其是师承关系对艺术风貌的影响。赵孟頫的书法初学高宗赵构，继则长期潜心于羲、献，此外还受褚遂良等人的影响。赵孟頫字体风格在青壮年时期的形成，显然与师承的取舍及阴柔美的熏陶密切相关。赵孟頫三十几岁到元朝做官，此时他的书法的秀媚风格已经形成，硬将他的政治行为与他的书法艺术强加在一起，是不符合实际情况的。书画兼工的赵孟頫，作画宗法唐人，气度深厚，丹青古雅，别是一种风格，于此也说明师承关系对艺术创作的制约作用，其理书画莫二。

字的确如其人，在哪些方面如其人呢？刘熙载论道："如其学，如其才，如其志"，"贤哲之书温醇，骏雄之书沉毅，畸士之书历落，才子之书秀颖"，这是书法的个人表露。扩而大之，"秦碑力劲，汉碑气厚，一代之书，无有不肖一代之人与文者"，这是书风的时代表露。个人书法表露的是书者的才、学、志，时代书风，表露的是书法的时代气魄精神。而作者的性情、才智、文化修养、审美崇尚以及挥毫时的情绪，这些也只能透过有生命韵律的线条给读者以可意会的朦胧感受而已。

四、中和与非中和

孔子论艺所说的乐而不淫、哀而不伤的温文尔雅的思想，都是讲过犹不及的中庸之道。这既是一种思想方法论，又是一种掌握情感的尺度。任何艺术都是人的情感产物。庄子说过"有人之形，无人之情"，实际上连他自己也做不到。孔子是有情论者，他的情感很真实，喜怒皆出自内心。他喜欢弹琴唱歌，欣赏音乐，在齐闻《韶》，三月不知肉味，情感投入之深，古今罕见。颜回早逝，他连连哀叹："天丧予！天丧予！"尽管如此，孔子还是主张自觉地控制情感，使之适中而不过度。这种思想哲理对中国诗、书、画影响很大，中和已经成为儒家文艺的一大审美观。世界上的事物往往是在对立统一中而存在而发展，有中和之道，就有非中和之道，两者矛盾又统一。就以孔孟而言，程颐将孔子比作玉，"有温润含蓄气象，无许多光耀"，将孟子比作冰、水晶，"有些英气，有英气，便有圭角"。孔子认为"思无邪"的《诗经》，有温情似水者，也有怒怨诅咒如火者。以传接儒家道统自任的韩愈，其思想方法与艺术主张就有悖于中和之道。在他看来，“不平则鸣”是自然界的规律，也是思想领域中存在的意识规律。基于此种认识，他将非中和的艺术视为有真实感情的表露，“有不得已者而后言，其歌也有思，其哭也有怀”，将非中和的艺术提到美学的高度来评价。韩愈在《石鼓歌》说的“羲之俗书趁姿媚”，曾引起宋人的惊骇不解。实则这是韩愈的不平则鸣的非中和思想在书评中的运用，并非偶然现象。韩愈批评王羲之的字，表明他不欣赏晋人的中和书风。米芾论书所说“草书若不入晋人格，辄徒成下品”，及其对张旭、怀素的批评，则是以中和思想衡艺的表现。韩、米之论，各有片面性。中国书法受古典哲学影响，形成了内向型的阴柔之美与外向型的阳刚之美的两大风格范畴。清人阮元的南北书派论、北碑南帖论，以及董其昌等人的山水画南北宗论，都是书画领域中按不同的审美追求而划分的风格流派说。刘熙载看到了南北书派的异中有同，说“北书以骨胜，南书以韵胜；然北自有北之韵，南自有南之骨也”。他认为，孙过庭论王右军书所说的“不激不厉”，杜甫论张旭书所说的“豪荡感激”，“实则如止水、流水，非有二水也”。按刘熙载的说法，唐宋绘画大家吴道子、石恪、梁楷为“豪荡感激”的“流水”，王维、孙位、李公麟为“不激不厉”的“止水”，书与画其理无殊。

明朝中晚期，封建社会渐趋衰落，而束缚思想个性的封建礼法却愈演愈烈，一些有胆有识的文学艺术家开始愤慨反对。他们在艺术个性解放的要求中，成为儒家的异端，以己意解释或修改儒家的传统文艺理论。主张独抒性灵的公安派，是文学家中非中和的代表。戏剧家汤显祖不满意当时“有法之天下”，向往“有情之天下”的唐代盛世。他在不满意现实又无法脱离现实的情况下，找到了一条通过艺术创作而与理想接连的道路，那就是因情成梦，因梦成戏，在《牡丹亭》中创造出情至“生者可以死，死可以生”的杜丽娘形象。虽然汤显祖谈艺也提到儒家的君臣父子长幼的伦理关系，实际上他的戏剧已经不复起成教化、助人伦的作用了。徐渭也是明代主情派中的重要角色。他对封建礼法恨之入骨，视为“碎斫吾肉”的坏东西。他认为读之“果能如冷水浇背，徒然一惊，便是兴、观、群、怨之品”，这种强调诗的强烈的艺术刺激力的论释，已与孔子论诗的原义相去很远了。徐渭借艺术创作宣泄愤疾之情，写剧本指桑骂槐，甚至编出女婿有病而医丈母娘脚丫的寓庄于谐的作品情节。他作画，意之所到，情之所至，不计物象形色，如挟风雨般地挥毫起来。他写草书，一片神行，重气势，不重章法布局。

明代晚期，与主情的非中和的艺术思潮相对立的，是书画家董其昌等人。从艺术理论上说，董其昌有集文人论画大成的贡献，其中有以禅理解画理的探索。从创作上说，董其昌字画的淡雅秀润，有其独自的风格，体现了中和思想。与董同倡山水画南北分宗说的陈继儒，谓董的艺术风格“温厚中有精灵，潇洒中有肃括”，“平淡自然，浮华刊落”，是颇能道出其特点的。

中国古典哲学名著《周易》阐发阴阳相反相成之理，据此哲理看待艺术，无论是书学的南北派，还是画学的南北宗，无论是尚静美的艺术，还是尚动美的艺术，都各有千秋，各有欣赏者，“短长肥瘠各有态，玉环飞燕谁敢憎？”苏东坡所言是。

（1995年第2期）

“英雌女杰勤揣摩”

——晚清女性的人格理想

夏晓虹

伴随着妇女观念所发生的变化，晚清人心目中的理想女性也开始更新。贤如孟光，良似孟母，自然仍有人想望，而接受新思想的知识者，对贤妻良母的囿于家庭已很不满足。适逢其时的女国民意识的发生，使得新女性形象的出现成为可能。而不少诗文中一再重复的“娶妻当娶”与“嫁夫当嫁”套式，以及英雄与英雌的对应，恰好以其丰富的意蕴，为我们提供了可资研究的典型。

探寻“娶妻当娶”与“嫁夫当嫁”的出处，原与爱国主题相关。1902年创刊不久的《新民丛报》，便发表了一组题为《史界兔尘录》的杂记，中有一则云：

> 英女皇额里查白终身不嫁。群臣或劝之嫁，答曰：“吾已嫁得一夫，名曰英吉利。”意相嘉富儿终身不娶。意皇尝劝之娶，对曰：“臣已娶得一妇，名曰意大利。”善哉爱国之言！①

此故事既传布了新知识，又切合时人的救亡心情，因而在刊物中虽不过聊备一格，不见重要，却还是引起了极大关注。当年，柳亚子便写作了《读〈史界兔尘录〉感赋》一诗，单挑此段记事开说，最先将其引入诗歌；

> 嫁夫嫁得英吉利，娶妇娶得意大里。
> 人生有情当如此，岂独温柔乡里死。
> 一点烟士披里纯，愿为同胞流血矣。
> 请将儿女同衾情，移作英雄殉国体。②

柳诗本出自一位十六岁的热血少年，于是在本事之外，更渲染出一派慷慨激昂的情调。

这也为其后的作者所沿袭。

1906 年，高旭与务本女学堂的高才生何昭结婚，“英雄儿女相得益彰”[③]。同人纷纷作诗祝贺，《复报》第 8 期之“诗薮”，因之几成贺新婚专栏。开篇之作为马君武的《祝高剑公与何亚希之结婚》，再次使用了“娶妻”与“嫁夫”对举的格式。不过，喜欢发表独立见解的马氏，对这段史事也有所挑剔：

> 娶妻当娶意大里，嫁夫当嫁英吉利。
> 我读欧史每怀疑，知是英豪欺人语。[④]

其实，“英豪欺人”的底细，《史界兔尘录》已有揭露：加富尔的不娶是“真不娶也”；至于伊丽莎白女王，则“相传大儒倍根实额里查白之子也”。马君武尽管对此类名人不婚的逸事持怀疑态度，而其将“娶妻”“嫁夫”的对句置于篇首，作为庆婚诗的开头，且由柳诗“嫁得”“娶得”的叙述语调，变为“当娶”“当嫁”的价值肯定，无疑更突出了以何种标准择妻选夫的实在内容。由此，用来宣抒爱国激情的句式，便开始向寻找理想女性转型。

理想女性的模范，在晚清诗文中屡有提及。若为这些古今中外的女子列一排行榜，高居榜首的中国女性应数花木兰，外国女子，则贞德、罗兰夫人、批茶、苏菲亚大致不相上下。

其实，与花木兰同一类型的还可举出宋代的梁红玉与明代的秦良玉，三人都有过为国抗敌、亲临沙场的英勇行为。因而，在革命情绪昂扬的《女子世界》杂志，便曾分别为三女立传。柳亚子的《中国第一女豪杰女军人家花木兰传》《中国民族主义女军人梁红玉传》，职公的包括《秦良玉》在内的系列《女军人传》[⑤]，无一例外，均以现代语汇，强调了各人的女军人身份。军人的本务是保国保种、战场杀敌。若论救国，自以从军手段最直接。其时已萌发国民意识的女性，又屡受外患频仍的刺激，便不能满足于以笔墨、宣讲发抒爱国热情，而对行动充满渴望，军旅生活于是为其所衷心向往。男性作者的撰写中国女杰传记，尚属以之期望于女子；女性自我表述中的英豪情怀，则因决心实践，而更为动人。拒俄风潮中，浙江石门文明女塾教员吕筠青写作的《忧国吟》五首，即吐露了这般情思，所追步的古人，也正不出上述三杰：

> 沉忧日抱杞人思，怕见江山破碎时。
> 叹息娥眉难用武，临风空读《木兰词》。

（其一）

千秋女杰有秦梁，不信军中气不扬。
我愤时艰无死所，拼教马革裹沙场。

（其四）[6]

从空羡花木兰到效法梁红玉与秦良玉的描述，真实、完整地展现了晚清女子由文弱到刚强的人格改塑。其诗以留日女学生的报名入拒俄义勇队以及上海对俄同志女会的成立为事实依托，故能缩影式地反映时代女性的感情生活。而像柳亚子一般特别标榜“民族主义”，“祝二万万女同胞，有继梁红玉而起，以助我杀异种、保同种之遗志者”[7]，又在抗击外侮之外，揭出排满革命的意旨，是为另一层发挥。其他为时人称颂的古代妇女尚有西施、聂嫈、缇萦、王昭君、班昭等。古来女子有名者本不多，经过晚清文人的大面积发掘，且重新阐释，或表彰其爱国心，或推其救父情以救世，或赞赏其侠肝义胆，或佩服其著述流传史册，故都以新形象榜上留名。

与中国古代女性的举例多半须断章取义不同，外国女杰的事迹运用起来因贴近晚清国情，而更少曲解。所以，中外并举者固不乏人，如金天翮之《女学生入学歌》所歌唱的“缇萦、木兰真可儿，班昭我所师。罗兰、若安梦见之，批茶相与期。东西女杰益驾驰，愿巾帼，凌须眉”（其三）[8]，所立女杰楷模东、西各半；而在以新思想自豪的新人物中，充盈笔下的便尽多西方女英。甚至尚未明了其人身世，也照样称说，畅言无忌。《女军人传》的作者，即赞扬西方女权学说盛行，“遂胎孕二十世纪女权发达之美果，罗兰、贞德、若安、批茶辈女杰乃不绝踵于欧洲”。短短两句话中的错误已不止一处。

被上文作者一分为二的贞德与若安，其实是同一人的不同译名。相对于罗兰与批茶，贞德（St. Joan of Arc，1412—1431）对现代中国人尚不算陌生。这位抗击英军、被俘牺牲的法国农家少女，在晚清也获得了普遍的尊敬。她的名字，因译法出入，而有贞德、若安、若安打克娘、如安打克娘等多种。关于她的介绍，《女报》(《女学报》)登载过《法国女子贞德演说》[9]，其传记也屡经编写，如《中国新女界杂志》发表过梅铸的白话体《法国救亡女杰若安传》，《鹭江报》刊登过天纵子的文言体《法国爱国女子若安传》，后文更被《选报》《政艺通报》等多家报刊转载[10]，使贞德的大名轰传人口。晚清人最赞赏的是贞德以一弱龄女子，而能跃马疆场，挽救国运，英勇献身。所以，《中国新女界杂志》专门选刊了表现贞德英姿的绘画《法国救亡女杰若安打克娘征尘跃马图》[11]，各篇传记也都在“爱国”与“救亡”上做文章，以应合中国时势。更有作者将贞德与中国最著名的女杰花木兰比较，而以为木兰有所不如。因木兰的事业，“亦不过代父从军，并没有什么大功劳。能以把一个亡国，都振兴起来，照法国若安那种样子，那真是从古以来少有的女杰哩”⑫。贞德因此以“爱国女子”“救亡女杰”的形象，留驻在晚清中国人心中。马君武也正是在这一意义上，赋诗称赞其“初逢便倾倒”的女士张竹君。所谓“沦胥种国悲贞德”，所要凸现的，乃是张竹君“慷慨国艰”、救国救种的豪杰志行⑬。1903年元旦，吴保初为两个女儿弱男、亚男作诗一首，希望“女勿学而父，而父徒空言”。吴为其女选择的取法人物，不在中国，而瞩目西方：“西方有美女，贞德与罗兰。”⑭着眼之处，仍在其人的爱国能付之行动。

与贞德一同被吴保初举示的罗兰，实指让-马里·罗兰（Jean-Marie Roland）的妻子罗兰夫人（Jeanne-Marie Roland，1754—1793），晚清又译作玛利或玛利侬。其名常见诸诗文，如广东香山女学校的《学约》中，要求女学生“勉为世界之女豪”，所称引的也是“罗兰夫人，若安少女，有为若是，何多让焉”⑮。柳亚子则更喜欢并提罗兰与玛利，以赞美革命夫妇。思念刘师培、何震，便作诗曰：

别有怀人千里外，
罗兰、玛利海东头。

高旭与何昭将举行婚礼，柳氏填词寄意，亦有句云：

却羡女权新史艳，
更罗兰、玛利雄心贮。

而且，此称谓既已赠何昭，又再送其妹：

一编布鲁《英雄传》，
玛利、罗兰好定情。⑯

其实，持激进革命主张的柳亚子等人之赞赏罗兰夫人，多少有点历史的误会。因罗兰夫人虽参与法国大革命，却属于温和的吉伦特派，最后更被激烈的雅各宾党人送上断头台。她留在世间的最后一句名言是：“自由自由，天下古今几多之罪恶，假汝之名以行！”而柳氏等人的接受罗兰夫人，主要还是梁启超的一篇传记发生了作用。

和这一时期潮涌而来的众多文章风格相同，梁启超以他一支挥洒激情的笔，为法国历史上的杰出女性画像，而写作了《罗兰夫人传》。正题前的冠以“近世第一女杰”之定语，表现出梁氏对罗兰夫人的极为推崇。传文中的一段话，更是流传众口的一时名言：

> 罗兰夫人何人也？彼生于自由，死于自由。罗兰夫人何人也？自由由彼而生，彼由自由而死。罗兰夫人何人也？彼拿破仑之母也，彼梅特涅之母也，彼玛志尼、噶苏士、俾士麦、加富尔之母也。质而言之，则十九世纪欧洲大陆一切之人物，不可不母罗兰夫人；十九世纪欧洲大陆一切之文明，不可不母罗兰夫人。何以故？法国大革命为欧洲十九世纪之母故，罗兰夫人为法国大革命之母故。⑰

因梁文之言，其时还流传过一则“考试新笑话”，说某考生作文曰：“拿破仑与梅特涅，一母所生，而一则为民权之先导，一则为民权之蝥贼。”⑱而晚清寻求新知识的读书人，确少有未读过《罗兰夫人传》者。梁传的感染力，不但来自其所塑造的爱国女性形象，还在于一幕悲剧的完成。罗兰夫人为爱国而革命，又为救国而被革命吞噬，这也使其人对充满浪漫革命理想的文人具有无穷魅力。一首吟咏罗兰夫人的诗，最能体现此种心理：

> 巴黎狮吼女罗兰，卷地风潮宝袂寒。
> 我爱英雄尤爱色，红颜要带血光看。⑲

崇拜罗兰夫人，于是带有一种爱国与流血交融的悲壮感。

对于救国革命的向往以及壮烈牺牲的渴慕，在这一时期的虚无党故事中得到了充分的表露。与中国同处专制统治之下的俄国，当时正是革命风潮迭起，虚无党的暗杀行动捷报频传，这自然给予中国的志士们以极大鼓舞，特别是女性成员之为俄国虚无党中坚力量的事实，尤其令晚清革命者动心。不断见诸报刊的新闻报道以及流传坊间的小说传记，使其事迹广泛传播，为人熟知。以致并非激进党一路的孙雄，也有欧洲国家“无论王党、政党，以及进步、保守、激烈、温和各种党派，几无不有惊天动地之女杰，厕乎须眉之列，以扶翼而左右之”⑳的印象，虚无党的故事无疑在其间起了重要作用。柳亚子更认定："法兰西何以有革命也？俄罗斯何以有虚无党也？欧洲各国何以有无政府主义也？其女侠之赐哉！"[21]而虚无党女党员中，最著名的人物便是苏菲亚（Sophie Perovskaya，1854—1881）。不仅革命派的刊物《民报》登载过《苏菲亚传》，金一（天翮）记述虚无党历史的《自由血》中有苏菲亚的事迹，而且，改良派人士对苏菲亚也相当敬重。并且，真正使其广为人知、英名远播的，也是康有为弟子罗普写作的《东欧女豪杰》。[22]这部小说虽未完成，在当时却已激起强烈反响。单是《女子世界》杂志，便先后刊出和罗普小说中诗的作品多首，马君武、高旭、蔡寅均有份[23]。经过大量渲染，苏菲亚这位血统高贵而又献身革命、流血牺牲的女性，在晚清于是赢得极高崇敬。歌咏罗兰夫人的作者，因而也以同样的热情礼赞苏菲亚。诗中所选取的光辉一刻，正是此女在莫斯科街头指挥刺杀沙皇亚历山大二世的场景：

> 胭脂队里苏菲亚，枪火丛中墨士哥。
> 欲为须眉邀幸福，慈肠终比侠肠多。[24]

诗人虽然为表彰苏菲亚的救世精神，特别道破其慈悲心怀，却恰好显示出该女子普遍留于国人心目中的女侠形象。

而晚清正是一个侠风高扬的时代，"壮怀激烈""热血沸腾"，用于形容此一时期的救国志士，正是异常贴切。其时认同于侠烈精神的不仅为男子，女性亦不例外。即使持论较为平和，如肯定"幽""淑""贞""静"为中国女子传统美德的《女德论》作者，也主张在新女德中加入"侠烈"一品，可见其确为一时风尚。激烈派如柳亚子，更是大张旗鼓歌颂侠女。为此，他不但发掘古籍，为红线、聂隐娘两位传奇小说人物重新立传，而且将贞德、苏菲亚等人一并归入女侠之列，所取者全在"重然诺，轻生死"，"一往不返，一瞑不视，卒至演出轰霆掣电惊天动地之大活剧"。[25]

在文人革命的浪漫情调中，以苏菲亚等女侠为榜样，本世纪初诗文作品所歌颂的理想女性便大有激烈者在。柳亚子既已呼吁男子"与其以贤母良妻望女界，不如以英雄豪杰望女界"，并寄语女子"献身应作苏菲亚，夺取民权与自由"[26]；署名"一尘"的作者，更直截了当用《理想的女豪杰》作诗题，抒写内心的想望。而其所仰慕的女性，正是"磊磊此身惟嫁国"的"铮铮民党女中豪"：

> 高风千古慕罗莲，爆弹钢刀在手边。

赤血救回人世劫，苍鹅斫死地中眠。
神州汉种三千姓，铁里新硎十九年。
朝刺将军暮皇帝，谁能无价买民权！[27]

在俄国虚无党的感召下，中国革命志士也纷纷开始实行暗杀。有苏菲亚之举的女性在晚清虽终未出现，刺客的妻子们却因共同分担着英雄行为，而具有同样的慷慨悲壮情怀。吴樾刺杀出国考察的五大臣行前，其妻即赋诗三章，以示诀别：

劝君爱国救同胞，几个男儿意气豪。
愧我无才能共济，莫因离别赋牢骚。

诸般讲解殷勤教，领悟无缘恨未消。
从此窗前谁共语，奈何天里度终朝。

茫茫后会知何日，痛哭分离在目前。
好梦岂知容易散，痴心空望月常圆。[28]

诗篇有情有义，情足义完，更使其感人至深。与吴樾的《复妻书》合观，吴之语妻，“吾所谓复仇者，非私子于我，而为我复仇也，吾之意欲子他年与吾并立铜像耳”，并以造成“惊天动地之革命事业”的“区区一弱女子”罗兰夫人相期许，激励妻子“天下事人能为者，我亦能为之”[29]，奇情壮采，正可互相发明。

由壮举与情诗相互烘托，吴樾夫妻也成为晚清革命文人追慕的理想配偶。“娶妻当娶”与“嫁夫当嫁”的表述，于是又与行刺暗杀的现实关合，而出现在高旭诗中。这次英烈行为的预备实行者换成女性，诗人写来更辞采飞扬，悲歌激荡。诗题作《报载某志士送其未婚妻北行，赠之以诗，而诗阙焉，为补六章》：

仗卿演出大风潮，东亚虚无帜特标。
左手快枪右炸弹，行看指日翦天骄。

革袋风腥触鼻酸，长途万里报平安。

归来说是蚩尤血，倾入杯中饮合欢。

娶妻当娶苏菲亚，嫁夫当嫁玛志尼。
漫说金闺无国士，黄金铸像古来稀。

万一屠鲸事不成，女儿殉国最光荣。
后先我亦终流血，肯向温柔老此生！

歌成易水赴沙场，始信裙钗有侠肠。
此后国旗扬异采，黄龙摘去绣鸳鸯。

无情风雨落花红，敢恨佳期败乃公？
绾就同心坚俟汝，灵山他日笑相逢。[30]

六首诗一气贯下，情、义相融，一如吴樾之妻的送别诗。“黄金铸像”一语更直接承袭吴氏的《复妻书》，证明其诗情确有本源。高旭所塑造的这对未婚夫妻，虽为革命行动而舍弃了已定佳期，然其情却是生死与共，地久天长；且因既是情人、更兼同志的双重关系，而越发浓挚。古语所谓“英雄儿女”，今人所谓“革命加恋爱”，此为最佳范例。烈士吴樾勉励其妻“为同胞复九世之仇”“生则辱，死则荣，不惜一己之牺牲，而为同胞请命”诸语，也发生了效应。俄国虚无党女杰苏菲亚与“少年意大利”党领袖玛志尼（Giu-seppe Mazzini），于是被诗人所代表的革命志士取为选夫择妻的模范。以共同革命为基础的爱情生活，便成为这个时代激进青年理想的结合方式。

渴望人生的轰轰烈烈，期盼实现生命的最高价值，古来视为悲苦的离别，便一转而充满豪情。对文弱的旧国民性的批判，以及对尚武精神的呼唤，更加强了分离在即的亲友为国献身的决心。不少旅东人士目睹过日本国内为军人送行而大书“祈战死”的场面[31]，尤令晚清志士心折。一反“平安归来”的祝愿，此时的送别诗也往往期以“殉国”，而不讳言死亡。顾灵石便仿杜甫的《新婚别》，反其意作诗二首，极写新婚夫妇相互激励的壮别情。妻子对丈夫如是说：

岂无伉俪情，国仇终难忘。

坐家守妻子，大局沧可伤。
恨我非男儿，梦魂飞战场。
事成当封侯，不成为国殇。
去去好自为，管取家国光。
莫将儿女泪，柔折铁石肠。

词意已够激昂。其夫则更壮烈，以为妻子亦可从军同行：

国民各有任，男女无低昂。
酬子一樽酒，愿子毋相忘。
红飞十字旌，联袂更褰裳。
同袍赴国难，子为疗痍创。
柔情与热血，灿烂而琳琅。
壮士忘其痛，跃起飞战场。
妇人在军中，兵气日以扬。
努力挽陆沉，女权赖尔昌。
须眉到巾帼，国运不可量。[32]

与杜甫“君今往死地，沉痛迫中肠”，“妇人在军中，兵气恐不扬”的诗句对比，实为大异其趣。而丈夫希望妻子作随军护士的想法，在其时也带有普遍性。《女子世界》杂志即曾刊出过郑锦湘《致同学某女士书》，因拒俄事急，郑故慷慨陈词：

有义勇队乎？湘愿为义兵。有赤十字社乎？湘愿为看护妇。果能保全吾国，固为幸事；即不幸国灭，吾辈亦当捐此生之躯，以殉我祖国也。[33]

张竹君也为此从广州北上，“欲投身红十字会以自效于国”[34]。做看护妇既为女性救国的实行途径，女护士职业的创始人南丁格尔（Florence Nightingale，1820—1910）之名一时为人所熟知，也便在情理中。《女子世界》与《中国新女界杂志》均登载过南丁格尔传，并配发图像，译名亦有南的猂尔与奈挺格尔之不同。[35]两传均突出其战场救护的随军身份，显然意有独取。

无论是临阵杀敌，还是火线救人，都有英勇的意味在。令人惊奇的是，晚清不少作者在女英雄的行列中，竟然会加入批茶女士。高旭诗先是歌颂“批茶女，玛利侬，彼何人，树奇功”，末后回顾中国，叹息“谁为女英雄，我泪欲红”；杜清池作诗亦云：

玛利、批茶著美欧，立身当与彼为俦。
救亡事业无男女，几辈英雄亦我流。[36]

而此批茶女士并非他人，乃是《汤姆叔叔的小屋》作者，美国女作家斯托夫人（Harriet Beecher Stowe，1811—1896）。高、杜之诗均写于1902年，则与当年《选报》对其人的介绍大有关系。初刊《选报》的《批茶女士传》，又被发行量颇高的《女报》(《女学报》)以及在日本横滨出版的《新民丛报》转载、摘录[37]，因而流传更广。传记中关于批茶女士拯救黑奴的一段话，无疑给时人留下了深刻印象：

当十九世纪，美洲有名女子，以一枝纤弱之笔力，拔无数沉沦苦海之黑奴，使复返于人类，至今欧美人啧啧称之为女圣者，则批茶女士是也。

此传之影响，一时竟超过林纾译述的小说《黑奴吁天录》，使斯吐活女士之名也为批茶所掩。谈论斯托夫人的小说，人们提及的往往只是《五月花》，而不是著名的《汤姆叔叔的小屋》(即《黑奴吁天录》)。直到1909年《女报》刊登的一首诗，仍然这样表彰：

女子慈心未有涯，共和祖国早萌芽。
放奴义务高千古，收效原从《五月花》。[38]

取意正来自《批茶女士传》所赞述的批茶行事及以《五月花》为其关涉释奴的代表作。斯托夫人的小说《五月花》本与反对奴隶制无关，由于译介的错误，这个误会一直被延续下去。晚清读《黑奴吁天录》的人，也从未将其与批茶合为一说，似乎批茶与斯吐活并不相关。于是，批茶女士便独领放奴之美名，成为众口争传的外国女杰。

传扬其事，意在取法。中国的有志女子因而竞相以批茶为楷模，立誓学步。《香山女学校学约》还只从戒除陋习的角度，反对“虐待奴婢”，而称颂“美国放奴，批茶之力；我辈女流，曷不瞻仰”；立志创办“女界自立会”的云南女子张雄西，则完全是受了批茶事迹的感染，才有此雄心与动议。其《创立女界自立会之规则》即称言：

> 夫批茶者，不过美洲一女子耳，目睹黑奴惨状，且思有以救之。自《五月花》一书出，未一年而数千百万黑奴，竟能脱离苦海，复返人类，诚千古未有之盛事也。且黑奴与美人，并不同种，而批茶尚能苦口婆心，挽回数百余年圣贤豪杰未及挽回之积习。某睹今日女界之状况，其出于种种下等不堪之事者，又皆我同种也，能不慷慨悲愤泣下沾襟乎？[39]

其拟创之“女界自立会”，正是以拯救被鬻卖之女子为主旨，学法批茶，行迹亦求相似。张雄西的思路是因批茶的救拔异种，而反躬自责，起意援救同胞；蒋智由的联想方向正好与之相背，却更具气魄。蒋为《批茶女士传》的译稿润色者，对批茶的推服也在众人之上。他比较木兰、贞德与批茶，将其英雄豪杰之行厘为三等，分别命之为“身家主义”“国家主义”与“世界主义”之代表。木兰替父从军，“未尝曰吾为国则然也”。蒋氏因此“据其知识言之，固只知有身家者”，虽“敬之重之而推为奇女子”，终嫌其不免狭隘。比之贞德的“奋臂大呼，身先士卒，累战克捷，尽返法之土地，而国以不灭”，木兰自然落于下风。而“知有国家主义”的贞德，在蒋氏看来也不能满足，因其所救不过一国耳。更胜一筹的则有批茶在：“夫批茶之与黑人，不同种也，一白人而一则黑人也；不同国也，一美洲而一则非洲也。而批茶一视同仁，不分畛域，此可谓知有世界主义者也。”蒋智由为上海爱国女学校学生演讲，既倡言“今开学堂，则将使女子为英雄豪杰之女子”，自然要“取法乎上”：

> 木兰能为之，吾何不能为之？贞德能为之，吾何不能为之？批茶能为之，吾又何不能为之？若木兰者，吾行且驾而上之；贞德者，吾将与之比烈，而批茶者，吾将与之相颉颃矣。是则今日之开学堂，主义在此；吾之演说，主义在此；诸女士之来学，主义亦当在此！[40]

如批茶一般，以拯救全人类为职志，不许之以英雄豪杰，又当何谓？

受中外女杰榜样的感染，晚清具有壮烈情志的女子日益增多，由此使得以往用于女性的赞美词语大有相形见绌、不敷应用之势。此时因而出现了一批新造用语，试图准确概括这些新女性形象。万昭平、秦浩之称许创立“对俄同志女会”的郑素伊等人为“女中大志士”,《云南》杂志编者之赞美只身赴日留学的女士孙清如为“巾帼而须眉者”[41],终不如高旭诗中喜用的“金闺国士”更精彩。“国士”乃国之精英,世上当得此称号的没有几人。女子而为国士,自是极高的赞誉。而高氏1905年作《游爱宕山》(其四)诗所寄怀的“金闺国士”[42],正是其未婚妻何昭。二人日后的结合,被柳亚子比作“罗兰、玛利”,并非毫无来由。不过,无论是“女英雄”“女志士”“巾帼须眉”还是“金闺国士”,其构词方式,都是把关联女性的用语叠加在原本指涉男性的语汇上,意在指出,其人虽为女性而有男子气概。与此同时,也有人为了突出女性的中心地位,将上述形式倒置,而成“英雄巾帼”一词,如马君武之“英雄巾帼古来难”、广东女士同怙之“英雄巾帼岂无人”[43],均此例也。其说法仍不过是具有男子一般英雄气概的女性。此类用法,字面上不免互相矛盾,且终究脱不开男性语境的范围。

为避免这一类的尴尬,其时已有人提出彻底解决的办法。《支那女权愤言》的作者便站在女性的立场,主张使用“英雌”一语。文章厉斥“扶阳抑阴”之说流行,而使女子成为男子的“寄生物”,也失去了独立的表述语言:

世世儒者,赞诵历史之人物,曰大丈夫,而不曰大女子;曰英雄,而不曰英雌。鼠目寸光,成败论人,实我历史之污点也。[44]

作者为清洗历史污点,便自我创意,自署其名曰“楚北英雌”,以为女界表率。而这一更改,使女性由“女英雄”之类的修饰语变为中心词,并完全摆脱了与男性历来剪不断的语言直至潜意识的依附关系,方始画龙点睛地揭示出晚清女子独立自主的全新精神境界。柳亚子也正是在这个意义上使用“英雌”一语。所言“良妻贤母真龌龊,英雌女杰勤揣摩”[45],实乃其反对“贤母良妻”教育的男性中心立场,要求女子教育以培养女英女杰为宗旨的诸多论述的诗语表述。不过,这一次对男性中心的否定,一直贯彻到与女性相关的词语运用上。因而,其标举“英雌女杰”,便不只是对“贤母良妻”的语词贬抑,还将柳氏对女性一贯的尊重爱敬态度,准确、完满地映现出来。晚清少数先觉之士对于男女平等要求之强烈、思虑之深入,也在以“英雌”与“英雄”对举的语言改造层面上得到充分展示。尽管“英雌”这一新创词语日后并未流行,却无碍于其作为历史遗留物的价值存在。

注释：

① 《新民丛报》1902年5月第7号。

② 《江苏》1904年1月第8期。

③ 柳亚子《我和南社的关系》第三节“虎丘雅集前后的南社”，载《南社纪略》，开华书局1940年版。

④ 《复报》1907年1月第8期。“当娶”与“英豪”，《马君武诗稿》（上海文明书局1914年版）改作“须娶”与“英雄”。

⑤ 分见《女子世界》1904年第3、7、2期。

⑥ 《女子世界》1904年第7期。

⑦ 《中国民族主义女军人梁红玉传》。

⑧ 《江苏》1904年3月第9、10合期。

⑨ 《女报》(《女学报》)1902年11月第8期。

⑩ 《中国新女界杂志》1907年4月第3期；《鹭江报》第19册，1902年12月；《选报》1902年12月第39期；《政艺通报》1903年4、5月。

⑪ 《中国新女界杂志》1907年第3期。

⑫ 梅铸：《法国救亡女杰若安传》。

⑬ 马贵公（马君武）：《女士张竹君传》，《新民丛报》第7号。

⑭ 吴保初：《元旦试笔示二女弱男亚男》，载《北山楼集》，黄山书社1990年版。

⑮ 《香山女学校学约》，《世界女子》第7期。

⑯ 柳亚子：《海上题南社雅集写真》，载《磨剑室诗词集》上，上海人民出版社1985年版；柳亚子：《金缕曲·天梅将行婚礼，制词自纪，属步其韵。意有所寓，情见乎词。世有伯乐，当相识于牝牡骊黄之外耳》，《复报》1906年12月第7期；柳亚子：《贺郁少华、何问湘自由结婚》，载《磨剑室诗词集》上。

⑰ 《新民丛报》1902年10月第17号。

⑱ 《拿破仑与梅特涅同母》，《新小说》1902年11月第1号。

⑲ 么凤：《咏史八首》其七，《中国新女界杂志》1907年第3期。

⑳ 《论女学宜注重德育》，《北洋学报》1906年第13期。

㉑ 柳亚子：《中国女剑侠红线、聂隐娘传》，《女子世界》1904年4月第4期。

㉒ 无首：《苏菲亚传》，《民报》1907年7月第15号；金一：《自由血》，东大陆图书译印局1904年版；罗普：《东欧女豪杰》，《新小说》1902年11月—1903年7月第1—5号。

㉓ 《和羽衣女士〈东欧女豪杰〉中作》同题三篇，《女子世界》1904年第4期。

㉔ 么凤：《咏史八首》其八。

㉕ 巾侠：《女德论》，《中国新女界志杂》1907年2月第1号；参见柳亚子《中国女剑侠红线、聂隐娘传》。

㉖ 柳亚子：《论女界之前途》，《女子世界》1905年第1期；柳亚子：《读孟广得韩女士平卿为义女之作和其原韵》，《女子世界》1904年第11期。

㉗ 一尘：《理想的女豪杰》三首，载《国民日日报汇编》第3集，东大陆图书译印局1901年版。

㉘ 《吴樾君献身意见书》附《吴夫人送别北上诗三章》，《复报》1906年6月第2期。

㉙ 《暗杀时代》，《民报》临时增刊《天讨》1907年4月。

㉚《天梅遗集》(1908年作),万梅花庵1934年版。

㉛ 参见梁启超《饮冰室自由书・祈战死》(《清议报》第33册,1899年12月),秋瑾的《警告我同胞》(《白话》1904年11月第3期)也有对日本军人送行场面表示羡慕的描写。

㉜ 顾灵石:《反杜新婚别征妇语征夫》,载《国民日报汇编》第4集。

㉝《女子世界》1904年2月第2期。

㉞《记张竹君女士演说》,《警钟日报》1904年5月2日。

㉟ 觚庵:《军阵看护妇南的搿尔传》,《女子世界》1904年5月第5期;巾侠:《创设万国红十字看护妇队者奈挺格尔夫人传》,《中国新女界杂志》1907年第1—2期。

㊱ 高旭:《女子唱歌》其二,《觉民》1904年第1—5期;杜清池:《赠吴、庄、周三女史》,《女报》(《女学报》)1902年12月第9期。

㊲ 分见《选报》(1902年6月第18期)、《女报》(《女学报》)(1902年7月第3期)、《新民丛报》(1902年7月第12号),后刊文改题《五月花》。

㊳ 王绍嵌:《题词》,《女报》1909年4月第1卷第3号。

㊴《云南》1906年10月第1号。

㊵《爱国女学校开校演说》,《女报》(《女学报》)第9期。

㊶《女中大志士郑素伊、陈婉衍、童同雪合拍小影》同题二篇,《女子世界》1904年第7期;"诗选"栏《编者识》,《云南》1906年10月第1号。

㊷ 诗曰:"手折芙蓉慰所思,夜深露冷倚阑时,征人眠食原无恙,报与金闺国士知。"(《天梅遗集》)

㊸ 马君武《女士张竹君传》附《赠竹君诗二首》其一;同怙《甲辰春夕,独坐挑灯,偶读羽衣女士东欧女豪杰唱和诗,神韵魄力,迥异寻常,唤起国魂,断推此种,依韵感和》其二,《女子世界》1904年第6期。

㊹《湖北学生界》1903年第2期。

㊺ 柳亚子:《题留溪钦明女校写真为天梅作》(1908年作),载《磨剑室诗词集》上。

(1995年第6期)

文艺中的人文精神和历史精神

陆贵山

一

在人文精神和历史精神的关系问题上，我们过去十分强调历史精神，要求文艺揭示社会生活的本质和历史发展的趋势，这是必要的、合理的，但在突现文艺的历史精神的同时，由于不同程度地受到庸俗社会学和狭隘阶级论的影响，自觉不自觉地忽视了、淡忘了文艺的人文精神。现在，我们的舆论特别弘扬人文精神，这几乎成为20世纪以来世界范围内人文科学的强音和主调。这种意向当然也是积极的、有意义的，但我们注意到，有些作家作品有意识无意识地将追求文艺的人文精神和揭示文艺的历史精神割裂、对立起来，甚至明显地流露出用人文精神诅咒、躲避、消解、反叛历史精神的强劲的势头。我认为，这两种倾向都是值得研究的。文艺史实表明，世界上没有无人文精神的文艺，也不存在无历史精神的文艺，将文艺非人化、非历史化都是不妥当的。

在文艺中的人文精神的普同性和差别性的关系问题上，也存在着理解和阐释上的偏执。人文精神尽管有普同性，但不是抽象的。应当辩证地把握人文精神的差别性和普同性的对立与和谐。从差别性中提炼出普同性，从普同性中发现差别性，从人文精神的普同性和差别性的既相激又互补、既相逆又互渗的双向复杂关系中体认和理解人文精神自身。不能不看到，人文精神的差别性，包括时代的、民族的、人群的和个体的诸多方面的殊异，即便是处于大体相同历史条件下的人，由于社会地位、占有物质财富、金钱和权力的不同和人生观、价值观和思想政治倾向的不同存在着明显的差异，甚至有天壤云泥之别。

在文艺中的人文精神的雅俗关系问题上不作认真的鉴别和区分，而是笼统地情绪化地扬雅抑俗或褒俗贬雅。事实上，雅既有能为广大读者层所能接受的俗雅，也有那种倡导纯审美的傲睨一切的贵族化的高雅；俗既有粗俗、鄙俗、媚俗，也有那种正常的健全的雅俗。雅和俗既存在着对峙和冲撞的一面，也存在着交融和互渗的一面。雅与俗在合理的位置和界限内，都有自己生存和发展的权利。因为，整个文艺格局及其人文精神必然具有不同的层次性和多元性。

二

人文精神的核心内涵是指人为了适应和改变自己的生存状态和追求发展前景而生发和表现出来的文明程度的总和，属基于认知关系的价值关系的范畴。人的最基本的需要是生命自身的生产和再生产，人的最高目标和终极关怀是经过深刻漫长的历史过程所不断趋向的社会理想和人生理想。

文艺中的人文精神所呈现出来的状态和向度是曲折的。从总体和全局上看，自文艺复兴、启蒙运动、狂飙运动到二次大战后，尽管在诸多层面上开掘和丰富了人文精神的内涵，但十分明显地表现出主观化、内向化、脆弱化，或者可以表述为坠落、滑坡、委顿、困惑、迷茫、焦灼、痛苦、孤独，产生病态和畸变，造成一定程度上和一定范围内低级化和低能化。这大体上符合 20 世纪以来西方社会的文艺史实。人文精神颓败的历史根源是人同人的生存状态与人赖于活命和发展的现实生活和社会环境不相协调的产物，是由此产生的心理上的失衡和病变在文艺中的投影和射光。在一段相当长的时期内，文艺创作中的主要内容表现为咒骂和反叛现实、逃遁和拆解历史等等。这些文艺创作中所流露出来人文意蕴或意向似乎是作家艺术家们为摆脱不相协调的生活困境辟出的“种种逃路”，决不会对人们的现实的生存状态发生实质性或根本性的完善和变革。因此，这种人文主体性的功能是非常有限的，恰好表现出处于社会底层的中、小知识分子代表或客观上代表处于社会底层的人群所发出的带有这样那样反叛情绪的不和谐音，反映出中、小知识分子的脆弱、懦怯、绵善和幻想。

三

正常情况下，人文精神和历史精神是共态的、同步的。人文精神和历史精神宏观上是平衡的，微观上是不平衡的。在更多的情况下，历史精神和人文精神的运行并不总是呈现着和谐的状态，甚至往往会发生抵牾和冲突。历史的发展和社会的进步有时是以人文精神的变异和滑坡，伦理道德的沉沦和堕落为代价的。这只是历史前进过程中所必然发生的一种短暂的过渡性现象，因之咒骂和阻挡时代发展的脚步的舆论和行为是一种昏昧愚钝的表现。

脱离历史谈人，或脱离人谈历史都会自觉不自觉地滑向理论的误区。因为历史是人的历史，人是历史的人。人文精神是历史的人文精神，历史精神是人的历史精神。人是历史的主体和创造者，历史是人的实践活动的过程和成果，人是历史使命的承担者，历史是实践主体的人格化，是人文精神的载体和受体。人的目的性和历史的规律性的一致是实现两者统一和交融的契机和内在依据。一般地说，社会发展的上升期，两者表现出高扬突进的态势；当社会发展不健全或处于委顿、迷乱的没落期，容易产生两者的分裂和对抗。

20 世纪以来，我们尽管应当考虑到不同地域和民族的社会发展程度的差异性，但从总体和全局上看，人文精神和历史精神的分裂和对抗日趋突出和强烈。人们往往把历史精神理解为生产力发展的要求。这种看法尽管说出了问题的主导方面，但显得简单和偏狭。历史精神和历史状态一样是全方位的。我认为，历史结构表现为三种形态：（一）物质形态，由生产力发展水平所提供的和科技手段所创造出来的资本和物质财富以及相应的物化世界；（二）制度形态，指制导和摄辖、管理整个社会的国家机器及一切所隶属的机构、体制和机能；（三）人文形态，人和人群的生存境况与发展前景。我们应当力图从历史结构和历史形态的相互关系中去寻觅人文精神和历史精神分裂和对抗的基因，探索人文精神被压抑被扭曲所造成的人的生存状态的困顿和危机。

人文精神对历史精神的反叛和抗争（积极的或消极的）都是人与历史结构和现实生活不相协调的产物，但不能理解为脱离历史的人对历史的这样那样地谴责和声讨，而应视为历史精神内部的人文形态、物质形态、制度形态的疏离和冲突。从人文形态和物质形态的关系而论，这主要表现为生产力的发展既历史地解放了人，增强和扩展了人的手段和技能，同时又在一定条件下使人成为单纯的生产工具、机器的附庸，受高超的科技成果的威慑和恫吓，成为人为物役的处于异化状态的“单面人”，被“商品拜物教”“金钱拜物教”所形成的超验力量摧残和作践；从人文形态和制度形态的关系而论，益人的符合大多数意愿和利益的国家机器、制度、机制、体制和技能可以维护和发展人的良性生态，如果出现了两者相悖谬相冲突的境况，国家的政权机构和体制则可能变成压抑威慑、嘲弄人文精神的粗暴的强制的铁腕，侵犯和剥夺人们的正常的合理的民主生活，“权力拜物教”的强力意志压迫着人们的身心。通观整个西方 20 世纪以来的文艺的发展都程度不同地受到“三大拜物教”（即“商品拜物教”“金钱拜物教”“权力拜物教”）和“三大机器”（即“国家机器”“战争机器”“工业机器”）的侵蚀和诱发才发生人文精神的坠落和畸变的。正是由于历史结构和历史形态中的不合理的因素才造成了人文精神的滑坡和颓废。

然而，如果我们只将人文精神的危机笼统地仅仅归结为历史结构和历史精神中的物质形态和制度形态本身则是表面的、肤浅的，甚至是幼稚的。从社会结构的物质形态看对人文形态的关系，我们必须清醒地体察到，物的关系既掩盖着同时又表现着人的关系，或者说，物的关系只不过是从物的角度、以物的形式反映出来的人的关系。世界的被物化或被物化了的世界仿佛是一部打开历史、人文之谜的感性心理学，是一本可以破译和解读的人与人之间的本质联系的书。有些善良的空想的人道主义者的批判锋芒只指向社会结构的物质形态本身，甚至酿成人本主义和科学主义的对峙和冲突。须知，物质财富、科学技术本身是无罪的，关键在于财富的占有和分配方式，关键在于科技成果转让得是否合理，使用得是否有益、正确和适度。人类发现了核能，可以造福人类，也可以威慑和毁灭人类。解决问题的根本出路是财产、科技成果和权力的再分配和不同人群之间的社会地位的再调整。历史问题必须也可能还原为历史的人的问题，必然正义地提出合理地解决人对物的占有和分配方式。一般地笼统地谈论和诉讼物对人的压抑是没有力度的。这种人文舆论不能说明如下基本事实：为什么生活在同一社会物质生活中的人，有的豪富，挥金如土，生态洒脱，近乎奢靡；有的穷酸，一贫如洗，生态困顿，以至不能满足活命的生理急需。因此，物对人的排挤和压迫只能理解为拥有巨额物质财富并转换为强大物质力量的人对处于社会底层的穷酸贫困的弱者的捉弄，是从物质关系表现出来的占主宰和起支配作用的人对物质力量匮乏的小人物的摆布。从理论上看，人应当是社会和历史的主人，富于想象或幻想的文艺作品可以把人绘成梦中的皇帝，但这丝毫不意味着睡醒以后对他们作为社会底层的小人物的境况和命运有什么实质性的改变。

从历史结构的制度形态看对人文形态的关系，诸如国家机构、体制、机制等作为一定的意识形态的载体和受体都带有程度不同的甚至是十分强烈的政治倾向性和强制性。这种制度形态的物质力量体现着、推行着一定的人群、阶级、集团的政治经济利益和愿望。制度并非是空壳和虚幻的形式，它的背后站立着人，展示着人与人之间的意欲指向，往往转换为代表当权者利益的政府官员和社会成员之间的功利关系。有的国体和政体本质上是反人民的，有的国体和政体本来是代表和体现大多数群众的意志和利益的，但一定条件下也会发生病变，或因运行过程中的失策或失衡，或因发育的不成熟，存在着不健全、不完善的方面。所有这些制度形态的弊端不可能同进步的、美好的人文精神相协调。官场中的腐败现象，钱权交易的丑恶行为是诱发人文精神趋于堕落和畸变的毒菌和腐蚀剂。我逐渐意识到，通过表现人与人之间的关系的变态和病态，呼吁财产和权力的再调整以及人的社会地位的再提高是20世纪的文艺潜话语和隐语境的核心，诸如现代西方的生存状态理论、异化理论、文化批判理论、审美乌托邦理论正是在这种历史和人文背景下产生的，并不可遏制地弥漫开来。维护这个历史阶段的物质形态和制度形态的传统的理性主义的旗帜开始褪色，逐渐失去了它的时代的合理性和进步性，作为一种人文信仰的精神支柱已经败落和坍塌。正是在这样的历史和人文背景下出现了非理性主义对僵化、刻板、背时的旧理性主义的反叛和挑战。在一段相当长的时期内，非理性主义作为一种强劲的主导思潮成为人文精神的基本特征，对以新人本主义为核心内容和内在灵魂的非理性主义应作出全面的评估和剖析。从思想发展的角度看，它是对古典的传统理性的反弹和消解；从完善人格结构和意识结构的角度看，它是一种重要的发现和填补；从对社会进步作用的角度看，它撕去了神圣的假面，冒犯了权威，具有不可忽视的揭露和批判功能，同时张扬了丑、荒诞和迷乱；从对人文精神建构的角度看，它给被压抑处于孤独、焦灼、痛苦的小人物营造一个特殊的精神家园，使他们受伤的紧张的惊恐不安的心灵得到慰藉、安顿和憩息；同时又明显地表现出不可忽视的负面作用，导致人文精神的滑坡和颓唐，道德的失范，人的素质和性格力量的低级化和低能化。由于非理性主义反对一切理性，这种“弃水泼婴”的偏狭的态度，使非理性主义在摈弃僵硬的压抑人的理性的同时，竟连同正确的有益的蓬勃着活力的有价值的理性思维传统、科学的认知、历史的规律和人生的真谛都一起抛掉了。我们必须看到这种功过参半是非互补的双重性，汲取非理性主义的合理内核，改制和重塑新时代的历史精神和人文精神相交融的新理性，才是我们所应当采取和选择的创造性思维的新思路。

历史精神和人文精神的分裂和融合是彼此转换相互推进的。分裂是对融合的相对的瓦解，融合是对分裂的相对的克服。人文精神和历史精神的融合既是理想的，也是现实的，只有经过一个深刻漫长的历史过程才能趋于更高水平上的实现。只有当人弄虚作假成为历史的主人，或只有当历史成为真正的人的历史，具体地说，只有消解和根除了历史存在过程中的人文精神同历史的物质形态和制度形态的矛盾、冲突和对抗，才能建构起健全的社会，健全的人生，方能产生健全的文艺。反而言之，荒诞的病态的反叛的文艺只不过是畸变的社会和痛苦烦恼的人生在作家艺术家的不平衡的心镜上的投影和折光。然而，历史精神和人文精神的矛盾、冲突和对抗又是不可能终止的，尽管它们的形式和内容伴随着时代的发展发生着相应的变异。从社会进步的角度看，人文精神和历史精神，必须同样得到尊重，精神文明和物质文明的建设必须同样得到关注。但精神文明应当推动物质文明的发展，物质文明反转来又促进精神文明的高扬。当两者发生矛盾、冲突和对抗时，前者应当服从后者，因为尽管有时付出高昂的代价或承受着像分娩般短暂的阵痛，但终归由于完成和实现了历史的转型和社会的变动，把人推上了一个新的台阶和一个新的生活空间。从文艺和文化发展的角度看，人文精神和历史精神的关系往往转换为人本主义思潮和科学主义思潮的关系，具体表现为对创作或作品的道德评价和历史评价的关系。人本主义思潮和科学主义思潮既有对立的一面，也有统一的一面，对文艺的道德评价和历史评价亦既有统一的一面又有对立的一面。当两者发生冲突和矛盾时，应当以是否有利于社会的进步、历史的变革和符合人民的全局的根本的长远利益作为衡量和评估文艺创作、文艺理论的权威性尺度。

四

东方和西方、中国和世界文艺格局中的人文精神和历史精神既存在着相沟通的普同性，也存在着相阻隔的差异性。

我国正处于历史大变动时期。党的改革开放政策的有效实施和社会主义市场经济的启动和运作给社会的进步和发展带来了希望。新的历史精神呼唤着中华民族将以醒狮和巨龙的雄姿屹立于世界的东方。然而，我们必须清醒地看到处于社会主义初级阶段的社会主义市场经济的发育是初步的、是不健全、不成熟的。社会的物质基础不够丰厚和强大，资金缺乏，生产力水平低下，科技成果转换为生产力的能力不尽如人意，教育滞后，人的素质不高，使得我们面对相当贫穷、落后的境况，鼓起沉重的翅膀，进行艰难的起飞。一切负有社会责任感和历史使命感的作家、艺术家应当凭靠自己真诚的艺术良知，响应中国当代历史精神的感召，用自己的理论和创作，通过呼唤健全的高尚的人文精神优化人的性格结构，促进社会的进步和历史的发展。令人忧虑的是，新时期以来尽管文艺出现了空前的繁荣，但一些疏离和悖谬历史精神和人文精神的文艺创作和文艺理论时有出现，以至愈演愈烈。有些作品将生活平面化、庸常化、鄙俗化，有些文论倡导反中心、反神圣、反权威，主张非典型化、非英雄化、非理想化、非崇高化，甚至非文化化，诸如“后现代主义”“后结构主义”等等舆论尽管有一定的批判功能和借鉴意义，但总体上同中国当代的历史精神和人文精神存在着明显的历史错位和现实反差，当然，我们也不必苛刻地责怪这些事实本身，而应挖掘和正视产生这些事实的现实的土壤和根源。我们不能不重视外域思潮对文论家和创作家的影响，但外因只是条件，寻找和考察借以滋生和蔓延的内因才能获得清醒的体认。由于经济大潮的猛烈冲击和诱惑，金钱的杠杆一经同权力结合起来，可以产生拜物教般的超验的魔力，公平竞争的商品交换的原则遭到破坏，借改革以营私，打着冠冕堂皇的旗号巧取豪夺，用文雅的合法的形式从事着违法的龌龊的丑恶勾当，成为败坏中华民族的人文精神，诱发离心力和涣散力的酵母剂。假手于文艺创作，撕下假面，暴露出令人憎恶的尊容，挥动起思想的解剖刀，剔除社会机体上的毒瘤，引起世人的警策和疗救的苦心，这完全是合理的义举。长期和平发展时期，由于缺少激动人心的借以表现正义感和英雄气的历史风暴，个体为本位的人生目标和价值观念有所滋长，主观的意欲不断扩张，英雄业绩和崇高精神被疏远，提升到群体自觉程度的意识形态被淡化，因追逐利益和金钱的贪欲的驱遣，提供感官享乐的大众文化暴热走红，给人以深刻启迪的史诗般的严肃文化受到冷遇。人文精神的变异、弱化和堕落是对当代中国历史精神的背离。我国毕竟是发展中的前工业社会，张扬虚无的世纪末情绪是缺乏历史的合理性和进步性的。通过文艺创作增强民族的凝聚力和向心力，调动、激发中华民族的自觉而雄健的人文精神，增强、坚定社会主义新人的理想、信念、崇高和悲剧精神，献身于伟大的社会变革，实现振兴中华的历史使命，理应成为当代中国文艺创作和文艺理论的强音和主调。败坏理想、崇高和悲剧精神是错误的；虚假的理想、崇高和悲剧精神是可怜而又悲哀的；因此去躲避和嘲讽理想、崇高和悲剧精神是不明智、不负责任的；抛弃理想、崇高和悲剧精神的民族是没有希望、没有前途的。

（1996 年第 1 期）

中国文艺批评现代转型的起点

——论王国维的《〈红楼梦〉评论》及其他

饶芃子

中国现代文艺批评的主流样式——“理论批评”，在思维方式、理论构架和批评话语等各个方面、层面，是同中国传统的文艺批评样式完全不同的（我在狭义上用“批评”一词，系与“文学理论”和“文学史”并列的范畴）。中国传统的文艺批评样式，主要是两种：一是评点、妙悟式的批评，如诗话、词话、小说评点等，形式自由，重直觉，重经验和感悟，多为鉴赏式诗意语言，主要是表达一种阅读中的审美经验，启发人去发现美、感受美、评审美，赋予人精神和情感的魅力；二是实证式的考据、注疏和索隐，这样的文艺批评样式，不无精微之处，具有自己民族的特色，却缺乏西方那种抽象分析和逻辑思辨，缺少理论系统性。而本世纪初在西方文化影响下发展起来的中国现代文艺批评，却已具有西方科学推理的思维特点，是一种“西化”了的“理论批评”，而不是传统的经验性批评。这里，就有一个文艺批评古典形态向现代形态转型的问题，我把它称为中国文艺批评的现代转型。那么，这一转型始于何时？它是怎样发生的？转型前后批评形态有哪些差异？这种新的批评形态为什么会成为中国现代文艺批评的主流样式？

我认为，中国文艺批评的现代转型始于王国维在1904年写的《〈红楼梦〉评论》。正是它，在中国文艺批评史上第一次突破了传统批评的批评样式，自创一种新的批评范式，我将这一范式名为“理论批评”。这一新的批评范式后来经过许多人的参与发展成为中国现代批评的主流样式。关于王国维《〈红楼梦〉评论》在文艺批评史上的创新意义，在这之前，已有叶嘉莹、郭豫适、温儒敏、罗钢等不少学者在他们的著作中涉及。他们的看法强调的是它的批评思维方法同传统批评的差异及其在文艺批评史上的开创意义。本文则在这一基础上，将它作为中国文艺批评现代转型的起点来研究。因为中国现代的理论批评是从它开始的（所谓“理论批评”和“经验批评”，都只是一种显示“差异”的“事实性陈述”，而非高下判定的“价值定位”）。

为何称《〈红楼梦〉评论》为理论批评？它与传统批评的差异何在？

首先，理论批评的基础或根据是某种“理论”，而不是读者的感性经验或作者的传记材料。王国维的《〈红楼梦〉评论》是以德国哲学家叔本华的哲学和美学理论作为批评的理论根据，去研究《红楼梦》的精神价值。它既不是以往那种建立在读者感性经验基础上的随感式、妙悟式的评点，也不像旧红学的考据派、索隐派那样，把批评的基础建立在作者传记材料、作品版本和写作背景上，而是把叔本华的“欲望—解脱哲学”和“悲剧美学”作为论文美学建构的思辨基点。王国维在1905年《静庵文集自序》中谈及《〈红楼梦〉评论》这篇论文，就明确地说，其立论“全在叔氏之立脚地”[①]。对于中国传统文艺批评少有理论旨趣问题，王国维早有认识。[②]他撰写《〈红楼梦〉评论》，正是他凭借西方既有之理论体系，来革新传统批评样式的一种尝试。他从叔本华那里借来一套理论，将之应用到《红楼梦》研究中，把着眼点放在作品审美和伦理精神的总体评价上，整个思维特点是智性、思辨和逻辑的，这就使他的论文具有理论的色彩和深度。

其次，理论批评的结论是某种理论内涵的展开，被评论的作品主要是某种理论意蕴的“例证”和“见证”。在《〈红楼梦〉评论》中，作品《红楼梦》显然成了叔本华“欲望—解脱哲学”和“悲剧美学”的证明。《〈红楼梦〉评论》全文共五章。第一章“人生及美术之概观”，阐述其对人生和美术的看法，实际上是他对自己人生观和文艺观的概述。他借用叔本华有关的哲学观点，重点在说明：“‘欲’与‘生活’与‘苦痛’，三者一而已矣。”认为美术之价值在使人“忘物我之关系”，从日常“生活之欲”所导致的“苦痛”中得到“解脱”，表明自己评论《红楼梦》，正是根据这样的美学与伦理的标准。第二章“《红楼梦》之精神”，论断《红楼梦》一书的精神，是借贾宝玉由“欲”所产生的痛苦及其解脱的途径，象征说明“人生之苦痛与其解脱之道”。第三章“《红楼梦》之美学上之价值”，他以叔本华的悲剧理论，阐明《红楼梦》的悲剧类型特征，指出《红楼梦》是中国文学中唯一真正具厌世解脱之精神的“彻头彻尾之悲剧”，是“悲剧中之悲剧”。第四章“《红楼梦》之伦理学上之价值”，承接第二、第三章所述，说明“解脱”为“伦理学上最高之理想”，《红楼梦》正是“以解脱为理想者”，此即为《红楼梦》伦理学上之价值。第五章“余论”，主要是批评旧红学索隐派、考证派的错误观念。因为“美术之所写者非个人之性质，而人类全体之性质也”，所以文艺批评须着重于“美术之性质”，引叔本华“美术之源出于先天”之说，说明《红楼梦》一书的价值，不在于书的主人公是谁，而在其所表现的“人类全体之性质”[③]。总观全文，《〈红楼梦〉评论》确是一篇有严密理论体系、有层次、有组织的论作。在文中，理论与作品之间是互证互释的，批评者以《红楼梦》来证明叔本华的理论，而叔本华的理论又为作品的意义阐释提供了一种“眼界”，一种“理论视野”，使批评者有可能对《红楼梦》作出全新的意义的阐释，如果没有叔本华的哲学和美学理论框架，这种意义阐释是不可能的。这里我关注的是他“能读出意义”和“为何能读出意义”，因为这个问题关系到中国文艺批评的现代转型。传统的鉴赏批评和考证批评不关注作品的“意义”，前者关注的是作品的审美价值，后者关注的是有关作者和作品的事实，均难以通向文艺作品抽象意义的寻找。而理论批评的功能与旨趣，主要是对作品抽象意义的阐释，也就是王国维说的对作品所具有“人类全体之性质”的意义阐释，这种阐释必须具有“理论价值”，是言之有理的。

再次，理论批评话语的基本语词是某些“理论术语”，而不是印象形态的“经验术语”；批评话语的内在结构是基于这些理论术语之上的“逻辑构成”，即是推论式关联而非联想式的关联。《〈红楼梦〉评论》所运用批评话语的基本语词，如“本质”“欲望”“意志”“解脱”“理想”“苦痛”“悲剧”“壮美”“优美”等等，都是一些具有哲学和美学内涵的“理论术语”，而不是“经验语词”；基于这些理论术语之上的批评话语的内在结构，是由严密的逻辑关系构成的，它们之间的关联是推论式的关联。如王国维在文中关于生活的本质是“欲”的论证就十分精严。他先论证“欲”的本性的“无厌”，“无厌”之“欲”使人永处于“不足之状态”，这就给人带来“苦痛”；然后是论证人的“欲望”即使“悉偿”，就会产生“倦厌之情”，而“倦厌”也为“苦痛之一种”；接着是论证虽存在可除去“苦痛”与“倦厌”的“快乐”，但为求得“快乐”，就“不得不加以努力”，“而努力也苦痛之一种也”；最后进一步指出，“欲”与“世界之文化俱增”，文化愈进，“欲”弥多，“苦痛也弥甚”。整个论证过程反映出作者的一个思维过程，不同于以往的经验表述。

由于王国维的《〈红楼梦〉评论》主要立论的基础是叔本华的哲学和美学理论，他想完全用叔本华的理论来解释《红楼梦》，因而在结论上就有许多勉强立说和牵强之处。如他完全以“生活之欲”之“苦痛”与“示人以解脱之道”作为评论《红楼梦》一书的依据，甚至认为贾宝玉之“玉”不过是“生活之欲”的“欲”的代表，就明显与作品的实际与主旨不尽符合，是一种误读。其失误在于他把叔本华的哲学思想，完全等同于曹雪芹在《红楼梦》中所表现的思想，把整部《红楼梦》变成叔本华“欲望—解脱哲学”的文学演绎，认为这部古典名著的价值，正在于宣传了欲望的自我解脱，从而忽略了在《红楼梦》本身去寻找它的哲学和美学的意义，它的“人类全体性质”的思想。关于王国维对《红楼梦》的“误读”问题，过去人们已提出过不少批评，新近又有学者从影响研究和发生学的角度，对王国维与叔本华的美学思想联系，作专门性研究，提出若干新颖的见解[④]。在这里我只想说明：王国维在《〈红楼梦〉评论》中对《红楼梦》的具体结论是有缺陷的。但他以哲学与美学为批评之基础，用一种严肃的眼光和观点来探讨文学作品，重视对文学作品作整体的美学评价，在论文中建立起批评理论体系，用自己的批评实践“尝试了一种现代性的批评视野和方法，以前所未有的理论思辨力给当时学术批评界以强烈刺激，一下子打开了人们的眼界”[⑤]。其价值和意义是深远的。

回顾20世纪的中国文艺批评史，由《〈红楼梦〉评论》首开其端的“理论批评”，事实上已成为一种“批评范式”，它规范着中国文艺批评的现代转型，并逐步确立为现代文艺批评的主流样式，进而雄霸了近一个世纪。这种“理论批评”形态之所以成为中国现代文艺批评的主流样式，原因错综复杂，但至少有三点是明显的。一是整个现代思想文化在“西学东渐”影响下的“西化”，“西化”一再成为“现代化”的事实标准。在西方思辨化文论参照下，理论化、明晰化、系统化，是现代批评包括文艺批评所要求的。二是由于外在环境的急剧变化，中国传统文艺批评的两种主要样式，已经不适合注重精密和系统的现代思维习惯，自身正面临着一场彻底性的变革，需要借助西方的思维方式，来重构一种能适应时代要求的新的批评样式。三是权威学者的价值选择，而这方面是从王国维开始的。我们从《〈红楼梦〉评论》首开其端的“理论批评”样式中就可以清楚看到这种“西化”倾向。到了“五四”时期，中西文艺的大交流，无论在其规模、深度和巨大影响等方面，在中国文艺史上都是空前的，那个时期著名的文艺思想家几乎没有一个不受到西方文艺思潮的影响。中国近现代文艺思想家们正是凭借这些西方的思想材料，建构起中国现代文艺批评理论的“屋宇”。十分显然，“理论批评”作为中国现代文艺批评的主流样式，同样是在“西方参照”“西方影响”下逐步形成的。

在弄清楚“理论批评”原本是“西化”的这一事实之后，我们就可以尝试着对中国文艺批评的现代转型作一初步的评价：

1. 转向“理论批评”的中国现代批评获得了一个全新的角度或视野，即一个“他者”（西方的）角度或视野，从而使文艺批评的“总体空间”扩展了，并增加了批评的维度。但由于这种“理论批评”唯我独尊的霸权地位的确立，以及它本身所具有的内在排他性，贬低、排斥非理性的批评，使中国传统批评失去了合法性而不登“学术”的大雅之堂，从而耽误了我们对传统文艺批评的深入认识，在某种意义上也就缩小了我们文艺批评的空间。

2. 转向“理论批评”的中国现代批评获得了一种“理论深度”，从而使中国文艺批评由个人化的感性操作和索隐式的实证，转向某种具有“普遍有效性”的思想性论说。但由于这种“理论批评”发展到后来变成对抽象思辨的无度追逐，从而导致批评与作品之间感性关联的脱落。文艺批评似乎不再是对作品的批评，而只是用作品作为例子来证实某种理论。

3. 作为中国现代文艺批评主流样式的“理论批评”，主要是在西方近代思辨哲学和体系美学的影响下被建构的。所以，它既不同于西方前苏格拉底时代的“神话批评”，又与西方 20 世纪的“后现代批评”无甚关系，只是到了 80 年代末 90 年代初，这种“理论批评”才因西方后现代思潮的涌入而受到根本的挑战。

由此可见，中国现代文艺批评的发展是以放弃、遗忘、忽略中国传统批评的样式为代价的，这一点，尤其是在今天，当我们对西方文艺批评有较为深入的了解之后，回过头来看这种“理论批评”就更为清楚。为此，我们应该认真反思：在这一过程中，我们真正得到了什么？失去了什么？ 21 世纪的中国文艺批评还能这样下去吗？我们应如何在面对“西方”的同时返回民族文化精神性泉源和原则性？ 20 世纪很快就要过去，21 世纪即将来临，世界正处在一个大的文化转型期，在新的中西文化交汇的热潮中，中国现代文艺批评要超越自己，同样需要“他者”的参照，尤其重要的是要做到中西互补，在中西文化、文艺的交汇重叠中寻求新的起点，所以对上述问题的思考和回答是我们所不能回避的。

注释：

---

① 《静庵文集自序》，载周锡山编校《王国维文学美学论著集》，北岳文艺出版社 1987 年版，第 226 页。

② 王国维：《论新学语的输入》，载周锡山编校《王国维文学美学论著集》，第 111 页。

③ 王国维：《〈红楼梦〉评论》，所有出自这篇论作引文均见《王国维文学美学论著集》。

④ 夏中义：《世纪初的苦魂》，上海文艺出版社 1995 年版。

⑤ 温儒敏：《中国现代文学批评史》，北京大学出版社 1993 年版，第 7 页。

（1996 年第 1 期）

二十世纪的中国画研究

郎绍君

从庚子事变、辛亥革命到当今的改革开放，20世纪的中国几乎没有间断过革命、战争和变革。它们牵动着整个中国向现代社会的转型，构成了近百年文化艺术的最大背景与动力。与社会革命并生的专制与民主，激情与任意，断裂与偏执，创造与破坏，无可奈何的怀旧与天真烂漫的憧憬，也制约了常常被社会所忽略的中国画研究。

虽然自鸦片战争以来，西方列强就以炮舰为助力向中国输入了他们的思想和商品，但中国人自己对西方"开闸放洪"，还是20世纪的事。西方文化的无孔不入，成为本世纪中国的一大景观。中与西，古与今，它们的对立与同一，中国文化发展的两难处境，选择的困惑……20世纪中国人面对的这些基本课题，也存在于中国画研究之中。

以文字数量计，本世纪有关中国画的著述绝不少于历史上的任何朝代。其中论争文章多，系统著作少；综合议论多，分门别类的研究少；共时性的当下评论多，历时性的史学研究少。提出了大量问题，但解决得较少，同一问题反复出现，乃常见之事。缺乏专门的美术史学者，参与研究的大多是画家或"艺术文化人"[①]；他们的著述常常带有经验论、庞杂、不够专一等等特色。

本文试从六个方面对这些研究作一述评。*

一、对传统绘画的重估

对整个中国文化进行重估，是"五四"时期思想的一大特色。自陈独秀在《新青年》杂志著文抨击各种传统观念，提出"自主的而非奴隶的""进步的而非保守的""进取的而非退隐的""世界的而非锁国的""实利的而非虚文的""科学的而非想象的"著名主张[②]起，思想界便掀起了一场空前规模的以批评传统道德和传统文学为主要内容的新文化运动。中国画和中国画史的研究也受到波及。

最先对传统绘画重加论评的是“戊戌维新”的领袖、近代思想家康有为。1917年，他在《万木草堂藏画目》的序文中，对宋元以来的画史进行了全新的评估：推崇五代两宋画，贬斥元、明、清画；推重形似之画，贬斥写意之作；认为宋画“为西十五世纪前大地万国之最”，而清朝以来的绘画则“衰敝极矣”。衰败之由，是文人画家对写意画的倡导，以及把元四家“超逸淡远”画风视为正宗的画论。他以权威口吻提出的“矫正”意见是：“以形神为主而不取写意，以着色界画为正而以墨笔粗简者为别派。士气固可贵，而以院体为画正法。”若依此，“庶救五百年来偏谬之画论，而中国之画乃可医而有进取也”[3]。康有为的主张得到许多响应，对他执弟子礼的两位著名画家——刘海粟和徐悲鸿，都接受了他的观点[4]，特别是徐悲鸿，一生坚守不二[5]。

康有为写《万木草堂藏画目》序的第二年，五四新文化运动主将之一的陈独秀，在《美术革命——答吕澂》的公开信中，发表了与康氏一致且更为极端的观点。他说：“中国画在南北宋及元初时代，那刻摹描画人物禽兽楼台花木的功夫还有点和写实主义相近。自从学士派鄙薄院画，专重写意，不尚肖物；这种风气，一倡于元末的倪、黄，再倡于明代的文、沈，到了清朝的三王更是变本加厉。人家说王石谷的画是中国画的集大成，我说王石谷的画是倪黄文沈一派中国恶画的总结束。”[6]

康与陈并非美术史家，他们批评中国画现状与历史，不是为了美术史本身，而是为了动员改革与“革命”——作为实现他们各自政治文化主张的一环。鉴于他们在政治、思想与文化界的崇高地位，这些并非学术研究成果的言论，仍对20世纪的中国画和画史研究产生了较大影响，直到五六十年代出版的美术史著作，还能听到他们观点的回声。[7]

本世纪，美术史界三次对董其昌及其“南北宗”论进行了再评价。第一次（30年代）是从美术史的角度进行的，发表意见的学者滕固、童书业、启功、俞剑华等，都以考证历史事实的方法，对流行了几百年的南北宗论提出质疑，指出它是“明末宗派论者之牵强的意见”（滕），是“伪画史说”（童），是为了“便于褒贬”（启）等。[8]第二次（50年代）参与讨论的大体还是那些学者——多了一个郑秉珊（拙庐），少了一个滕固。由于政治环境的关系，他们在进行史辨的同时，都附加了“批判”。如启功把南北宗论与“封建宗法”“宗派观念”联系在一起，郑秉珊则说南北宗论是“封建社会里统治阶级唯心论观念的反映”，不能再把它“作为论画的根据”；俞剑华更尖锐地批判它是“迷惑画界三百年的骗局”，“造成四王以后的形式主义倾向，使山水画萎靡不振”[9]。与这些批判相一致的是，画界、美术史界大大降低了董其昌及四王一系在画史上的地位，把他们视作中国绘画走向“形式主义”和“衰落”的根源。在美术学校的课堂上，他们的画也受到冷落，不再被视为楷模，甚至不再被临摹与借鉴了。这种情况，直到改革开放新时期，特别是以上海董其昌国际学术讨论会、美国“董其昌世纪”国际讨论会、上海清初四王画派国际学术讨论会为代表的第三次再评价前后（90年代初），才逐渐改变。[⑩]

“明清绘画衰落论”或“元明清绘画衰落论”，是20世纪流行很广的观点，持这种观点（或曾经持这种观点）者除康有为外，还有滕固、高剑父、徐悲鸿、林风眠、李可染、阎丽川、李裕等。滕固《中国美术小史》（1929），从批评“门户之见”而论及明清绘画，说“自元至清，画家的艺术心境，日益浅狭，莫能自救，陷于死刑期了”。高剑父和康有为的看法几无二致，说自元四家至明清、民国，陈陈相因的文人画风“支配着艺术坛”[⑪]。林风眠说：“元明清三代，六百年来绘画创造了什么？比起前代画实在是一无所有；但因袭前人之传统与摹仿之观念而已。”[⑫]李可染说：“远在六七百年以前，中国画就跟着封建社会的没落，走着下坡路。”[⑬]阎丽川《中国美术史略》（1956）更断言明清绘画“走向形式主义道路”；李浴《中国美术史纲》（1957）则把明四家、董其昌及四王一概划为“反现实主义”艺术。[⑭]阎、李两著均为美术院校的教科书，大体代表了50—60年代美术院校美术史教学的观点。在意识形态统一的历史情境里，流行的观点即正统观点。那些年代，学习明清文人画常常受到责难，是不奇怪的。“明清绘画衰落论”的流行性与正统性，还与下述原因有关：（一）封建社会至明清衰落的史学观；（二）把“反映论”看作艺术的哲学根基；（三）苏联人“艺术史是现实主义和反现实主义斗争史”的理论。[⑮]明清绘画衰落与否，是个纯粹的学术问题，人们发表各种看法本是正常的事。不正常的恰恰是政治和政治意识形态的介入和干预。以非学术的力量（哪怕只是惯性力量）推行学术，那“学术”一定是异化的。

在批评元明清文人画“复古主义”“形式主义”的同时，人们选择了另外的传统加以褒扬与承袭：其一是唐宋古画；其二是明清非画学正宗如青藤、八大、石涛、扬州画派和海派；其三是民间绘画如杨柳青年画等。民初以后（约1927年前），许多画家对传统的关注，由明清文人画转向了宋画、院体和“北派”——如金城和他的众多追随者[⑯]，稍晚的吴湖帆、溥儒、张大千、陈之佛等。较早宗承青藤、八大、扬州画派并造成影响的，是吴昌硕、陈师曾和齐白石。为此他们曾被老的正统派骂为“野狐禅”。直至1934年，秦仲文《中国绘画学史》在批评扬州八怪“为近代不屑拘守绳墨，粗枝大叶，草草成画的始作俑者”的同时，还特别指斥吴昌硕、陈衡恪等的“粗笔重墨，痛快舒畅”画风“流毒所被，不可胜言，古法精微，扫地以尽”呢。[17]有意思的是，在秦仲文发表这种批评的时候，尊崇石涛、八大、八怪等清代非正统绘画的观点正风靡大半个中国画坛。俞剑华在述及这段历史时说：

> 自民国十六年（1927）至二十六年（1937），这十年期间，北平的画界已日渐消沉，虽有湖社之组织，然大势已去，无能为力。上海方面，则于吴派消沉后，代之而起的是石涛、八大派的复兴时代。石涛、八大在“四王吴恽”时代，向不为人重视，亦且不为人所了解，自蜀人张善孖、张大千来上海后，极力推崇石涛、八大，搜求遗作，不遗余力。……于是，石涛、八大之画始为人所重视，价值日昂，学者日众，几至家家石涛、人人八大。连类而及，如石溪、瞿山、半千，均价值连城。
>
> ——《七十五年来的国画》，《申报》1934年9月21日

俞说不免夸张。张大千之喜石涛，先是受其师曾熙影响。当时有影响的画家或美术史家齐白石、郑午昌、钱瘦铁、刘海粟、潘天寿、俞剑华及更晚的傅抱石等，都推重石涛、八大等[18]，从而形成了一股以上海画家为中心的重估明清非正统画家画派的潮流。这股潮流扩延到40年代的重庆。[19]至50年代，又被涂上新的意识形态色彩，于是视石涛八大为“革新派”代表，董其昌和四王为“形式主义”和“复古主义”典型，成为新的正统观点。老的正统与非正统恰好换了一下位置。

兼有学者身份的画家黄宾虹，也对画史作了一番清理。他在总体上也推崇宋元，批评明清；但衡量标准全在笔墨，与一般史家及论者不同。《古画微》自序说：

> 五季之衰，至于北宋，文治转隆，艺事甚盛。及其南渡，残山剩水。马远、夏圭，稍稍替矣。惟赵鸥波、高房山及元季四家黄、吴、倪，王，集唐宋之大成，追董巨之遗矱，画学昌明，进于高逸。有明枯硬，而启、祯特超。前清荼靡，而道、咸复起；盖由金石学盛，究极根柢，书法词章，闻见博洽，有以致之，非偶然也。

他对五代北宋画，是推重其“皆积数十遍而成……浑厚华滋，不为薄弱”，完全不同

于康有为等以形似为准则，视院体为正宗的意见。他称赞元四家“实中转松，奇中有淡”，“用笔生，用力拙，有深义焉”，与斥元四家为画学衰微之祸首的观点也正相反。对明画，他否定浙派，对明四家有褒有抑，而特提出“启、祯”年间的李长蘅、程孟阳、程嘉燧、邹之麟、恽向、项又新、孔璋等，认为他们“得董巨真传”。对清代绘画，他肯定新安派诸家和龚贤，而对时人极为推重的石涛、八大有所保留，认为石涛“开扬州八怪江湖恶习”。四王中除麓台之外，均以“软弱”“柔靡”评之。所谓“道咸中兴”，指的是兼治金石书法的吴让之、吴荷屋、姚元之、翁松禅、张叔宪、赵之谦、何绍基等。在他看来，这些人要比扬州八怪出色得多。[20]这和一般论者把嘉、道时期绘画视为空前衰敝的观点毫无共同之处。

黄宾虹去世30年后（80年代中期），又有一场关于中国画的大讨论。一位名叫李小山的研究生，提出“中国画已经到了穷途末日”和“中国画作为保留画种而存在”等惊世骇俗的观点。他首先据以社会决定论下断语，说传统中国画“作为封建意识形态的一方面”，与中国封建社会的形成、发展、没落保持着“平衡的进程”，即封建社会没落，中国画必然也没落。其次从中国画自身下断语：“……中国画的技术手段达到最高水平的同时，变成了僵硬的抽象形式”，“到任伯年、吴昌硕、黄宾虹的时代，已进入了它的尾声”[21]。文章发表后，《江苏画刊》《美术》《中国美术报》发表了大量讨论文章。李文反映了80年代前期一部分艺术青年反叛传统模式（包括近代直到“文革”模式），追求思想解放和艺术创造的急切要求，但他用以批评传统绘画的观念与方法，还没有脱出曾长期流行的机械唯物论和意识形态决定论模式，其简单与粗暴，尚带“文革”遗风。

在讨论李小山文章的同一时期，卢辅圣发表了探讨绘画发展规律的论文《历史的“象限”》，继而又有《“式微”论》《“自洽”论》，并在1990年结集为《天人论——球体说：一个关于历史发展的假说》。“球体说”涉及的是如何“认识人自己的位置和行为”这样一个哲学命题，借绘画来展开并圆通其所论，以与众不同的方法提出了关于中国画史的新见解。他认为，绘画的发展不是直线型的前进或倒退，而是弧线型的“轮回再世”，就像在球上的“自我循环运动”[22]。绘画在球体上回环运动的每一个“生态周期”，都分为“草创”“成熟”“升华”“式微”四个时期。具体到中国绘画，春秋战国是它的草创期，魏晋南北朝走向成熟期，宋、元、明三代，人物画、山水画和花鸟画分别完成了它们的升华过程，先后不同地进入了式微期。“黄宾虹、齐白石、潘天寿，作为最后一批幸运儿，带着从传统的大山上下来的自足情怀，把我们推到了山穷水尽的最后边缘。"[23]"球体说"的具体结论，和20世纪以来讨论中国画的某些观点有相似之处，但角度、方法与解析几乎完全不同。《天人论》的意义，也主要在方法与视角的新颖。

对绘画史的重估，人们确实有着不同的角度与方法。康有为、徐悲鸿以写实能力为准绳，来重新区分画家与风格优劣，与传统文人画标准大相径庭。陈独秀谈美术的背后，有他发动新文化运动、反对封建文化的背景，与其说他着意于美术，莫如说是社会政治。政治家看问题很尖锐，但又往往把艺术问题简单化，以政治取代或统制艺术。陈独秀方式在中国曾有很大市场，但负面影响也最大。陈师曾、郑午昌、潘天寿等，都或多或少参照了日本人的著作方法，通过分期的办法寻求中国绘画发展变化的脉络。如郑午昌把中国绘画史分为"实用时期""礼教时期""宗教化时期""文学化时期"，力图进行科学化的总结。[24]但在具体论述时，又只是分门别类地罗列文献材料。滕固曾留学德国学美术史，他的《唐宋绘画史》借鉴沃尔夫林（Heinrich Wolfflin，1864—1945）风格论的观念与方法，在当时可说是别开生面。黄宾虹把笔墨作为衡量绘画高下的根本标准，但他的论说方式与概念系统完全是传统的。50年代后的著作和论文，都力图用马克思主义历史唯物论方法，但许多流于庸俗社会学，用社会发展论公式去套美术的发展，忽视艺术自身特征、艺术家的创造性和其他与艺术相关诸因素的作用。其中套用苏联教条，将艺术史视作"现实主义与反现实主义的斗争史"之类公式，影响尤为恶劣。80年代以来，年轻学者开始接受20世纪西方的各种观点方法，概念系统也急迅发生了变化。生吞活剥和简单套用的情况虽屡见不鲜，但自由探讨的环境和气氛已经形成，研究的新局面正在出现。

二、中国画与西洋画

自从西画传入中国，对两种绘画的认识与比较就开始了。但只是到了本世纪，这种比较认识才逐渐受到重视。作中西艺术的比较要有相应的知识前提，因此真正学术意义上的比较研究，至今仍很薄弱。大致来说，所谓中西比较可分为优劣论和异同论两类，即对两者优劣与异同等浅表层面的议论，而较少联及深层文化或专在某一方面（如视觉语言）作详尽探讨。许多文章只是出于一种切近的功利动机，如回答中西绘画能否结合、怎样结合等新国画面临的问题。

大约从1915年到1927年，中国文化界爆发了一场规模空前的关于东西文化的大论战。参加论战的主要人物是陈独秀、李大钊、杜亚泉（伧父）、章士钊、梁启超、张东荪、梁漱溟、胡适等。这场论争围绕的主要议题是：东西文化的异同与优劣，与东西文化相关联的新旧文化能否调和，以及第一次世界大战后中国选择什么社会道路与文化等。“全盘西化论”“新旧调和论”“东方文化优于西方文化论”“社会主义文明论”等，是论争中出现的著名观点。[25]这场文化论战没有直接触及美术，但它们作为大背景，对美术也产生了不容忽视的影响。

康有为、梁启超、蔡元培、鲁迅、陈独秀等著名文化人，对中西艺术发表了不少议论——他们的政治观点不同，但对中西艺术的看法却很相近。康有为肯定西方古典写实绘画，推崇拉斐尔，认为未来中国绘画“当以郎世宁为太祖”。他大声疾呼“国人岂无英绝之士应运而兴，合中西而为画学新纪元者，其在今乎”[26]！蔡元培比康氏熟悉西洋画和西方文化，他的看法是：“中国画始自临摹，西洋画始自实写”，这种不同，是中国人重文学、道德学，西方人重自然科学所致。现代中国人“当用科学方法以入美术”，即“采西洋画布景实写之佳，描写石膏物象及田野风景”[27]。在“五四”一代艺术文化人中，最关注美术并为新美术付出了最多劳动的，莫过于鲁迅。对中国传统，他推重汉唐艺术和民间艺术，对西方绘画，他大力介绍写实艺术和不脱离写实性的表现主义艺术，对中国文人画和西方现代绘画则持批评态度，其意在导引美术家关注人生，参与社会变革，而不是像传统中国画家那样柔退避世。[28]陈独秀从个性解放的角度说这个问题：“……要改良中国画，断不能不采取洋画的写实精神。这是什么理由呢？譬如文学家必用写实主义，才能够采古人的技术，发挥自己的天才，做自己的文章，不是抄古人的文章。画家也必须用写实主义，才能够发挥自己的天才，画自己的画，不落古人的窠臼。”[29]在他看来，采用西方的写实主义是天经地义的事。梁启超不作中西美术的比较，但他强调美术与科学的关系，号召美术家像达·芬奇（Leonardo da Vinci，1452—1519）那样研究科学，观察自然，求得“自然之真”，获得“自然之美”[30]。可以看出，康、蔡、陈、鲁、梁大同小异，所倡者均与“五四”时代张扬的科学精神相符，其对美术的实际影响，是从思想上引导了对西方写实美术的选择，这可以从当时留学生大多选择西方写实美术的情况得到印证。[31]20 年代，梁启超在《五十年中国近代概况》一文中总结说，从洋务运动到新文化运动 50 年中，中国人对西学的认识经历了三个阶段：一是“先从器物上感觉不足”；二是“从制度上感觉不足”；三是“从文化上感觉不足”。上述这些思想家、文学家对西方美术的倡导，正是因“文化上感觉不足”所作的选择。这种选择背后，情绪多而理智少，缺乏学术根基，因而常导致全盘西化意识，并不奇怪。

画家谈论中西绘画，是更为经常的事。民国初就倡“折中中西”的二高一陈，在广州受到传统派的质疑，20年代中期以后，双方展开了一场激烈的辩论。高奇峰说他自己“研究西洋画之写生法及几何光影远近比较各法”，同时又“将中国古代画的笔法、气韵、水墨、赋色、比兴、抒情、哲理、诗意那几种艺术上最高的机件，通通都保留着”[32]。高氏弟子，则又以“国画革命”为由，论及“沟通东西画法，为世界艺术之结晶”，为“现在之趋向”，对反对者，动辄以“革命的敌人”相恫吓。[33]传统派针锋相对，说：“吾国自有吾土地之自然物性在，吾国自有吾民族之心性在，吾国自有吾流俗之习惯性在，非率尔操觚者所可窥其堂奥也。西洋画所描画者，西洋民族心与夫西洋风土物俗之性所感结而成其美。……或有以西洋画与东洋画之美而绳于吾国国画之美者，是犹举吾中国文化而置西方文化之下，是犹举吾民族而羁勒于西方民族性之下，是盖迷于西方之偶像者与？否，亦可谓学步邯郸，忘其故步矣。”[34]两家的论辩慷慨激昂，但也止于慷慨激昂，都没有对中西绘画作认真的研究。其情绪化的程度，较上述文化界人士更甚。

以“调和中西艺术”为矢志的林风眠，1926年发表了首篇论中西绘画的文章《东西艺术之前途》。在对中西美术史作了一番回顾后，总结说：

> 西方艺术是以摹仿自然为中心，结果倾向于写实的一方面。东方艺术，是以描写想象为主，结果倾向于写意一方面。艺术之构成，是由人类情绪上之冲动，而需要一种相当的形式以表现之。前一种寻求表现的形式在自身之外，后一种寻求表现的形式在自身之内，方法之不同而表现在外部之形式，因趋于相异……
>
> 西方艺术，形式上之构成倾向于客观一方面，常常因为形式之过于发达，而缺少情绪之表现，把自身变成机械，把艺术变为印刷物。如近代古典派及自然主义末流的衰败，原因都是如此。东方艺术，形式上之构成，倾于主观一方面。常常因为形式过于不发达，反而不能表现情绪上之所需，把艺术陷于无聊消遣的戏笔，因此竟使艺术在社会上失去其相当的地位（如中国现在）。
>
> ——《艺术丛论》，第13—14页，正中书局1936年版

在林风眠看来，无论东西方艺术，都是情绪的表现，但因了寻求形式的方法不同，形式的发达程度不同，才产生了各自的不同特色和短长。他由此建立起自己“调和中西”的

目标："当极力输入西方之所长，而期形式上之发达，调和吾人内部情绪上的需要，而实现中国艺术之复兴。"[35]

几乎在同一时期，邓以蛰发表了一篇题为《观林风眠的绘画展览会因论及中西画的区别》的文章，针对林风眠调和中西的观点，提出不同看法。他的意见是："中国画重视自然，西洋画注重人生。两下体裁不同，所以发展的艺术（和技术两方面），也就不同了。这种畛域，似乎很难沟通。强要混一，必成得此失彼之势，恐怕风眠是不肯惹起这种莫大的牺牲吧？"[36]从题材和相应精神方面论及中西绘画的区别，应当说是有道理的，但在断言两种艺术不能调和时，却没有举出具体的理由。林风眠用几十年艰苦卓绝的奋斗，对他的担心作了回答。

作为画家兼文学家的丰子恺，也在同一时期发表了对中西美术的看法。他说："论到画与诗的接近，西洋画不及中国画；论到剧味的浓重，则中国画不及西洋画。中国画妙在清新，西洋画妙在浓厚。"又说"中国画是注重神气的，西洋画是注重描实形的。中国画为了要活跃地写出神气，不免有时牺牲一点实形；西洋画为了要忠实地描出实形，也不免有时抹杀一点神气"[37]。这种论述，虽略显一般，但表达了许多力图不带感情色彩，对中西艺术作客观评述者的意见。

30年代，随着西画和融合型中国画的逐渐强大，对中西绘画的探讨也多了起来。一个突出的现象是，不少画家、理论家特别强调了中国传统绘画的优长。1930年，丰子恺在《东方杂志》发表了长篇论文《中国美术在现代艺术上的胜利》，从"东洋画技法的西渐"和"东洋画论的西渐"两个方面论述近半个世纪以来东方对西方的影响，说："偏安于亚东的中国美术忽一跃而雄飞于欧洲的新时代的艺术界，为现代化艺术的导师了。"他以印象派和后期印象派从东方艺术吸取营养为证，但不免有些沾沾自喜和夸大其词。文中对中西方艺术所作的对比，旨在证明中国艺术比西方艺术更高一筹。在他看来，"中国画好在'清新'，西洋画好在切实"；"中国画不免'虚幻'，西洋画不免'重浊'"，"在人的心灵的最微妙的活动的艺术上，清新当然比切实可贵，虚幻比重浊可恕。在'艺术'的根本意义上，西洋画毕竟让中国画一筹。所以印象派画家见东洋画不得不兴叹了"。丰子恺的论述从容潇洒，没有类似国粹家们的偏激态度，但字里行间却透出一种本土艺术的优越意识。至于把德国心理学家利普斯（Theodor Lipps，1851—1914）的"感情移入"（也译为"神入"）和中国的"气韵生动"拉上关系，说中国古代画论是西方现代艺术"思想上的先觉"，则主要取自日本人金原省吾、伊势专一郎和园赖三等的观点，其勉强之处，是不言自明的。

画家凌文渊以“六法论”对中西绘画作比较：认为中国画偏重“气韵生动”与“骨法用笔”；西洋画偏重“应物象形”和“随类赋彩”；中西画都重视“经营位置”，都不看重“传移摹写”。最后说：“中国画偏于主观的、精神的、艺术的，西洋画偏于客观的、形式的、科学的……至西洋画亦间有偏重精神者如意人利之未来派，德国之表现派之类，则属于异军突起之别派，而不能概括其全体，亦犹之中国画不能以扬州八怪为正宗也。”[38]凌论看似只谈异同，实包涵优劣评价在其间。

自从1931年“九一八”事变后，日本侵略者在不到一年的时间里，相继占领了中国的辽宁、吉林、黑龙江三省，并开始向热河省进攻。民族危亡的阴影压上中国人的心头。在民族意识和民族主义情绪日益高涨的形势下，文化界像“五四”时期那样反省传统、借鉴西方的热情迅速消退，关于中西绘画的论述，强调中国传统绘画价值的声音空前增强。郑午昌、傅抱石、丰子恺等都发表了长篇文章，详述其说。1934年，郑午昌《中国的绘画》一文在论及中国画的精神、同化力和法式的同时，专列“国画与世界画学”一节作中外对比，以西方风景画比中国山水画的发明“至少迟一千五百年”；19世纪西洋画对艺术理解的程度相当于中国“隋、唐之时代”；康丁斯基关于“内面自我的表现”的主张也不过“有契于我元人之论调”等理由，说明中国绘画之“悠久”与“精进”。然后把批评的矛头指向国内论者，说“顾国人对于现代西画派，或存势力心理，人云亦云，致声赞美；独于祖国久已发明而演化成熟之简淡高逸的作风，反不能有相当之认识。甚至倡中西调和之说，举西画而中化之，或中画而西化之，卒至东施效颦，丑态百出，而犹美其名曰新派画。此种作风，在明清之际，曾亦盛行一时，后以两不讨好，俱归失败，与其谓为新派，毋宁谓之老套”。在文章的“结论”中，赫然提出“国画已受世界文化侵略之压迫”说，把世纪初以来中国对西方艺术的引进和帝国主义的文化侵略混为一谈。[39]1935年，31岁的傅抱石在日本东京写了《中华民族美术之展望与建设》的长文，激赞中国美术“过去之灿烂”，感叹近代中国美术的“危机”。在他看来，近几十年，“尤其近二三十年——中国的美术，可以说踮在十字街头，东张西望，一步也没有动”。并认为这是“不断地蒙受外国的种种侵略和压迫”，民族意识“为之减退”造成的。他惊呼“整个民族的美术，全被外国的‘形式’‘色彩’所支配”，主张美术家“引导大众接近固有的民族美术”。但他不要回到隔绝状态，而是希望像汉唐融化西域文明那样，“尽量吸收近代的世界的新思想新技术”[40]。情感愿望胜于客观冷静的分析，是当时许多文章的特色，傅抱石大作亦复如此。

在众多的谈论中西的艺术家、理论家中，宗白华是最值得注意的。[41]他对中、西艺术（尤其美术）和相关的美学都有较深的理解，从不简单地否定、贬低中国艺术或西方艺术，既不追随要以西方写实主义取代中国写意艺术的风潮，也不像一些人那样由惊恐于西方文化“入侵”而退向传统主义和国粹主义。他把康德、叔本华、尼采的哲学观念和方法，融入中国式的体悟和鉴赏，形成他研究中国艺术的独特方式。在《论中西画法的渊源与基础》（1934）、《中西画法所表现的空间意识》（1936）、《中国诗画中所表现的空间意识》（1957）等有着广泛影响的文章中，他结合艺术史、艺术史上的著名理论和自己的鉴赏经验，对中西艺术在精神、形态、语言、历史渊源各方面的区别作了多层分析。在他看来，中西画的不同，除了“一为写实的，一为虚灵的；一为物我对立的，一为物我浑融的”之外，还有“中国画以书法为骨干，以诗境为灵魂，诗、书、画同属于一境层。西画以建筑空间为间架，以雕塑人体为对象，建筑、雕刻、油画属于同一境层”的不同。概而言之，“以‘气韵生动’即‘生命的律动’为终始的对象”，而以“笔法”作为“绘画的手段”，是中国画的核心；而“‘模仿自然’及‘形式美’（即和谐、比例等）却系占据西洋美学思想发展之中心的两大中心问题”。他又补充说，“逮至近代西洋人‘浮士德’精神的发展，美学及艺术理论中乃产生‘生命表现’和‘感情移入’等问题，而西洋艺术亦自20世纪起乃思超脱这传统的观点，辟新宇宙观，于是有立体主义、表现主义等对传统的反动。然终系西洋绘画中所产生的纠纷，与中国绘画的作风立场究竟不相同”。两种画法境界的渊源，西洋追溯到希腊和基督教的思想与美术，中国则追溯到《易经》的宇宙观及老庄、禅宗思想和商周艺术。[42]他总结说：

> 中国画真像一种舞蹈……画家用笔墨的浓淡，点线的交错，明暗虚实的互映，形体气势的开合，谱成一幅如音乐如舞蹈的图案。物体形象固宛然在目，然而飞动摇曳，似真似幻，完全溶解浑化在笔墨点线互流交错之中！
>
> 西洋自埃及、希腊以来的传统的画风，是在一幅幻现立体空间的画境中描出圆锥式的物体。特重透视法、解剖学、光影凸凹的晕染。画境似可走进，似可手摩，它们的渊源与背景是埃及、希腊的雕刻艺术与建筑空间。
>
> ——《论中西画法的渊源与基础》，载《美学与意境》

他还以诗的语言描绘中西艺术精神之不同：

> 希腊神话里水仙之神（Narciss）临水自鉴，眷恋着自己的仙姿，无限相思，

> 憔悴以死。中国的兰生幽谷，倒影息照，孤芳自赏，虽感空寂，却有春风微笑相伴，一呼一吸，宇宙息息相关，悦怿风神，悠然自足。
>
> ——《中国艺术意境之诞生》，载《美学与意境》

一个追求无限，天人对抗，富于悲剧精神；一个适可而止，与自然合一，怡然自足。宗白华对两种艺术“差异相”的揭示，也洋溢着智慧的诗意。

从40年代到90年代，中国画的发展依然伴随着“剪不断，理还乱”的中西情结。徐悲鸿学派所主张和推行的写实水墨画逐渐得势，至50年代又与苏联“社会主义现实主义”相合，成为新的正统中国画。在相当长的时间里，西方素描特别是讲究明暗调子的苏式素描，成为美术学校唯一的造型基础课，但有关中西画关系的不同意见从来也没有停止过。1947年国立北京艺专几位中国画教授与校长徐悲鸿的公开对抗，50年代潘天寿主持浙江美术学院后对中国画自身传统的强调，是最明显的两例。[43]这一时期，潘天寿成为对抗中国画西化倾向的主将。在他看来，中西画各有自己产生的背景与条件，各有自己的“最高成就”。它们“就像两大高峰，对峙于欧亚两大陆之间”。“这两者之间，尽可以互取所长，以为两峰增加高度和阔度”，但两者“不能随随便便的吸收，否则，非但不能增加两峰的高度与阔度，反而可能减去自己的高阔，将两峰拉平，失去了各自的独特风格。……中国绘画如果画得同西洋绘画差不多，实无异于中国绘画的自我取消”。潘氏曾私下与友人说：“我向来不赞成中国画西化的道路。中国画要发展自己的独特成就，要以特长取胜。”[44]正是基于此，他在浙江美术学院改变了以素描为唯一造型基础课的方针，并将中国画按传统人物、山水、花鸟三大类分科而教，从而在实际上形成了与强调素描是“造型艺术唯一基础”的中央美术学院中国画系在学术上的对峙局面。“文革”后，写实主义中国画的正统地位迅速衰落，代之以自由发展、重新探索的状态。在文化开放的新情境里，中西情结在青年人身上有所淡化，他们钻研传统或借鉴西方，渐渐不再受主流意识形态和集权观念的左右，而趋于个人的自主选择，也没有前辈们那种强烈的中西界限感和心理压力了。当中西结合成为一种自然而然的、再不会引起大惊小怪的过程时，是不是意味着一个新阶段的开始呢？

三、中国画本质与特征的研究

中国画能否生存与发展，与它自身的状况、条件分不开。这就不免要探究中国画的本质与特征，并思考它们还有无效用和价值，以及西方绘画是不是可以取而代之等等。数十年来，理论家、画家围绕这一问题发表了各种意见，成为近现代中国画研究的一个重要方面。蔡元培、高剑父、陈师曾、丰子恺、宗白华、邓以蛰、黄宾虹、潘天寿、伍蠡甫、林风眠、徐悲鸿、徐复观、周韶华、刘国松、郎绍君、潘公凯、卢辅圣等，都有专文或专著行世。限于篇幅，这里仅择其典型略作评述。

高剑父、徐悲鸿、林风眠等著名画家，毕生为改革中国画奋斗不已。他们着眼于创新，常常对传统中国画（尤其写意画）否定多，肯定少；对中国画的历史缺少系统的研究和认识。高剑父在其长篇遗文《我的现代绘画观》中，谈到了中国画史、中西绘画的不同和古今中国画的区别。对元以来的文人画，他采取轻蔑的否定态度，称赞宋画却又无端认为宋代院画是受了“舶来品的滋养”，还把中国画讲究气韵、诗意、人品、画外意等等，视为经不起“科学分析”的玄谈。[45]徐悲鸿是继高氏昆仲之后开创新学派的人，发表过不少关于中国画的文章。但从1918年的《中国画改良论》到1950年的《漫谈山水画》，始终都只以“写实”二字衡量传统绘画。他24岁时就提出“画之目的，曰惟妙惟肖”，并大大嘲笑陈老莲画人物像“日本侏儒”[46]，至57岁还是标举“写实精神”与“写实工力”裁定画史，于是除了范宽的《溪山行旅》等个别作品外，传统山水画再难找到“杰作”[47]，至于以笔墨形式见长的董其昌、四王等，在他眼里不过是“乡愿八股式滥调子”货色[48]。对于高、徐，我们可以尊重他们的主张乃至偏见，但也无须回避他们对中国画认识的偏狭与浅肤。

林风眠《中国绘画新论》（1929）一文从形式语言的角度谈论中国绘画，和时常以激情表达极端观点的徐悲鸿相较，显得理性得多。他认为，传统中国绘画“只能表现体量之观念”而“不能表现体量之真实观念”，其对于时间的表现，“只限于风雨雪雾和春夏秋冬……而对于色彩复杂、变化多端的阳光描写，是没有的”。这不足是环境思想与绘画原料两个原因造成的。前者指“民族的个性、思想、风俗、区域、气候，各种环境”，后者指水彩、水墨诸原料“易流动、易变色、不经久”种种特性。它们反映在“绘画的技术上、形式上、方法上，反而束缚了自由思想和感情的表现”。在林风眠看来，体量真实和时间变化是绘画表现的成熟阶段和高级阶段，西方近代绘画达到了这一步，而中国绘画没有达到这一步。[49]中国画不像西画那样重视体量表现，不表现光色，确与材料和环境思想有关。从某种意义说，它不尽是不能为，也是不欲为。中西两种绘画属两种体系，各有短长，像林氏这样用一把尺子去量，不免要抹杀中国画的许多长处。林氏本人的绘画探索强化体量真实，刻画光色变化，给中国画注入了活力，开创了一种新的结构方式或变异方式，应视为对中国画本质与特征的丰富与发展。但这与我们肯定传统中国画本质与特征的价值并不矛盾。近百年特别是新时期以来中国画革新的经验证明，坚守传统的结构方式与语言方式，不强调体量真实与光色表现，也能成功地进行变异，使传统绘画有所拓展。

陈师曾《文人画之价值》，是一篇颇有影响的论文。最初发表于1921年的《绘学杂志》，其时，正是康有为、陈独秀、徐悲鸿和“折中派”画家慷慨陈词批评文人画为“恶画”为“衰败”之后不久。此文即是对这些批评的回答。文人画问题基本上也就是传统绘画问题，对文人画的研究必定涉及整个传统中国画。在陈师曾看来，绘画在本质上“是性灵的，是思想的，是活动的，不是器械的”。而文人画正以抒写“性灵感想”为宗旨。他将文人画的肇始追溯到庄老盛行的六朝，“当时文人含有超世界之思想，欲脱离物质之束缚，发挥自由之情致，寄托高旷清静之境”，由是创造了借自然物象寄意抒情的文人绘画。他将文人画的要素归纳为四：“第一要人品，第二要学问，第三要才情，第四才说到艺术上的工夫。”[50]针对关于文人画“形体不正确……任意涂抹，以丑怪为能，以荒率为美”的批评，他回答说：

> 夫文人画又岂仅丑怪荒率为事邪！旷观古今文人之画，其格局何等谨严，意匠何等精密，下笔何等谨慎，立论何等幽微，学养何等深醇，岂粗心浮气轻妄之辈所能望其项背哉！但文人画首重精神，不贵形式，故形式有所欠缺，而精神优美者，仍不失为文人画。文人画中固亦有丑怪荒率者，所谓宁朴毋华，宁拙毋巧，宁丑怪毋妖好，宁荒率毋工整，纯任天真，不假修饰，正足以发挥个性，振起独立之精神，力矫软美取姿，涂脂抹粉之态，以保其可远观不可近玩之品格。

20—30年代，与《文人画之价值》观点较为相近的文章，有蒋锡曾《中国画之解剖》、滕固《诗书画三种艺术的联带关系》、丰子恺《中国画的特色》等。蒋锡曾把中国画“所含要素”列为七项，依次是：物形、诗、书法、符号、个人品格及理想、前人之楷模、不可思议之水墨晕章。其中诗为其“内部之灵魂”；符号指描法与皴法，即笔墨程式；水墨晕章则指与材料特性相关的笔墨韵致。这七方面固与中国画有密切关系，但它们彼此并不相等，也不在同一结构与意义层面。把它们罗列起来，而不能指明它们的内在关系，还是有些知其然而不知其所以然。滕固《诗书画三种艺术的联带关系》一文，乃作者 1932 年留学德国时所写，只拈出诗、书、画三者并列，在逻辑上就比曾氏胜了 ·筹。他认为中国诗书都与中国绘画的本质相关，要理解中国绘画，“不能不兼究书法与诗歌”。对书画本质上的联带关系，他举出四点：（一）书法很早就成为“纯粹的艺术”；（二）书画所依凭的物质材料相同；（三）书画的构成美，都依托于线的流畅和生动；（四）书法的运笔结体，为绘画不可缺的准备功夫。他进一步说，“书与画的联结状态，不是书要求于画，而是画要求于书，就是书为画的前提”，这是唯独中国画所有的。此外，书画的靠近，与中国艺术“每倾向于人格表现，超脱自然而不屑为逼近自然”有密切关系。关于诗画的结合，他把原因归为：（一）唐以来山水画和赞美自然的诗歌的发达及相互影响；（二）倾吐情绪的墨戏画“与抒情诗的要素相同”；（三）画家兼诗人的出现。

由是他总结说：

> 书与画的结合，不能说没有本质的通连，虽多半是技巧和表现手段（工具）的相近；而诗与画，一用文字与声音，一用线条与色彩，故其结合不在外的手段而为内的本质。诗要求画，以自然物状之和谐纳与文字声律；画亦要求诗，以宇宙生生之节奏，人间心灵之呼吸和血脉之流动，托于线条色彩，故彼此结合在本质。

书画联带在形式方面，诗画联带在精神方面，这一概括抓住了关键，但书画有无内在通连，诗画是否也有外在结合？他的回答是模糊的。在元明清绘画中，书法的作用不止于外在方面，诗歌的功能则逐渐向外在方面转化，是一个明显的事实。不过，滕固批评明清以来把诗书变作装饰物的风气为“积久生弊的坏习惯”，是尖锐而确切的。

丰子恺《中国画的特色——画中有诗》，首先把绘画分为两类，一类为“注重心的”，另一类是“注重眼的”，即一个重内容、意义，一个重形式、视觉效果。中国画和西洋画都包括这两类作品，但“中国画大都倾向于前者，西洋画则大都倾向于后者”；两者难以讲“孰高孰下”，而以后者“为绘画的正格”。他反对两种极端：“使绘画为政治、宗教、主义的奴隶，而不成为艺术，自然可恶！然因此而绝对杜绝事象的描绘，而使绘画变成像印象派作品的感觉的游戏，作品变成漆匠司务的作裙，也太煞风景了！”他认为最好的选择是“画中有诗”的中国画。所谓“画中有诗”，不是“画与诗的表面结合”而是“内面的结合”——“画的设想，构图，形状，色彩的诗化”。这种“诗化”的绘画，创造的是一个“梦幻的世界”[51]。丰子恺向以温和的眼光、中和的态度看待一切，对东方、西方都能容纳，但往往不够深入。其画如此，思想与理论亦如此。

著名学者钱锺书的《中国诗与中国画》一文，意在谈“中国传统批评对于诗和画的比较评价”，而不在探讨中国画的本质与特征，但其笔锋所及，也触到了“诗画一律”“有画如诗”这个传统观念。他说“中国旧诗和旧画是有矛盾的，并不像我们常说的那样融合无间”，并指出人们常说的“有画如诗”的画，指的是以空灵、简约为尚的“南宗画”；“有诗如画”的诗，指的是神韵淡远的“神韵派”诗。[52]在另一篇题为《读“拉奥孔”》的文章中，他以大量例证阐述“诗中有画而又非画所能表达”的观点。说诗中所刻画的嗅觉、触觉、听觉，悲、喜、怒、愁各种内心状态，情调、气氛，以及诸如“一朵妖红翠欲流”之类的描写，都“可能使造型艺术家感到自己的凿刀和画笔技穷”[53]。这些论述，对于深化中国诗画关系问题的研究，是很有启示的。

80年代以来，诗画关系课题的研究仍在继续。郎绍君的《苏轼与文人写意》和另一篇研究苏轼的论文《“诗画一律”的内涵与外延》，把“画中诗”概括为“绘画的诗的表现性：具有中国古代抒情诗诸种特征的表现性”。他认为宋画是中国诗意绘画的典型，并把它们区分为“空间境界的诗意、情趣的诗意、隐喻的诗意和生活情味的诗意”四种类型。宋代诗意画和抒情诗的相通处在思维方式、描写方式、境界和评价标准几个方面。到了元代，“诗的表现性，让位于书的表现性”，而“以书入画的结果，是增强了绘画的抽象性格，突出了形式因素即笔法墨法独立的审美意义”。他认为，诗、书、画三者，以书画关系更具有本质性：书法形式，是人格化、情感化、音乐化了的形式；书法的艺术实践和理论，在相当程度上规定着中国画的本质，它“不只影响着，甚至引导着中国的古代绘画。这是世界上独一无二的”[54]。这和滕固把诗画关系看得更为本质的意见有很大区别。

以“意境”的阐说概括中国画的本质特征，是许多理论家曾经致力的。其中最富特色和深度的是宗白华。他把人与世界的关系依次排为五层境界：功利境界—伦理境界—政治境界—学术境界—宗教境界。在主“真”的学术境界与主“神”的宗教境界之间，以宇宙人生的具体为对象，赏玩它的色相、秩序、节奏、和谐，借以窥见自我的最深心灵的反映；化实景而为虚境，创形象以为象征，使人类最高的心灵具体化、肉身化，这就是“艺术境界”。艺术境界主于美。中国艺术的意境，是“中国文化史上最中心最有世界贡献的一方面”，由它可以“窥见中国心灵的幽情壮采”。意境是“情与景（意象）的结晶品”，“景中全是情，情具象而为景，因而涌现了一个独特的宇宙”。意境本身也是分层次的，这就是“从直观感相的模写，活跃生命的传达，到最高灵境的启示”三层（亦如李日华所言“身之所容”“目之所瞩”“意之所游”三境层），总之是“由丰满的色相达到最高心灵境界”。中国艺术意境如何创成？他说：

> 即须得屈原的缠绵悱恻，又须得庄子的超旷空灵。缠绵悱恻，才能一往情深，深入万物的核心，所谓“得其环中”。超旷空灵，才能如镜中花，水中月，羚羊挂角，无迹可求，所谓超以象外。色即是空，空即是色，色不异空，空不异色，这不但是盛唐人的诗境，也是宋元人的画境。
>
> ——《中国艺术意境之诞生》

宗白华对意境的解释，与他接受叔本华（Arthur Schopenhauer，1788—1860）、尼采（Friedrich Nietzsche，1844—1900）、海德格尔（Martin Heidegger，1889—1976）诗化哲学的影响有联系，也与他对中国哲学特别是庄子、魏晋玄学和禅宗的体认分不开。两种修养在他的著作里水乳交融，了无痕迹。这是他的特点，也是他的审美理想与追求。

复旦大学教授伍蠡甫写于1947年的关于中国画意境的两篇专论，试图用社会学的方法“去寻国画基础，而溯其原委”。他说，中国历史只有上古、中古而“缺少一个近古”，在漫长的上古、中古社会中，居支配地位的“儒家保守主义”又融合了“老子的复古主义”“庄子的厌世主义”，于是受着中庸、复古和出世思想左右的中国画意境，也就必然产生了。这种意境，也“就是达官贵人或依榜他们而生存的文人‘雅士’之意境”。据此，他还对中国画所讲究的“简”“雅”“古拙”等进行了批评与否定。[55]对这种幼稚的“社会学”方法，伍先生后来也有所认识，在实际研究中有所改变。限于篇幅，就不一一介绍了。

这里还应特别提及黄宾虹对中国画本质与特征的看法。黄氏作画，向以笔墨为根本，其论画、论史，也向以笔墨为准则。“国画民族性，非笔墨之中无所见”，“究笔墨之微奥……此大家之画也”。在他看来，作为中国画最高境界的“自然”“气韵生动”“传神”“品格”等，都由笔墨体现；他极力反对的做作、修饰涂泽，极力痛斥的“江湖”与“市井”习气等等，都围绕着笔墨这个中心。他一生在绘画中追求的“内美”“静气”“浑厚华滋”“刚健婀娜”“刚柔得中”等等，也都要落实到笔墨上。[56]这也就是说，笔墨是具体的形式，也是风格、人品和精神，是中国画最本质的东西。在这点上，黄宾虹使我们想起强调精神与抽象形式的康定斯基（Wassily Kandinsky）。但他们在艺术和观念上又相差何止千万里！了解中国艺术，没有中国文化与中国语言的根柢，是无法想象的。

注释：

* 全文共六个部分，这里选用了前三个部分，后三个部分为：雅俗之辨及相关情境；革新与现代化的论争；重要画家的个案研究。——编者

① “艺术文化人”是笔者杜撰的词汇。在20世纪，有不少撰述艺术文章或著作的人，并非某一专门的研究者，而是兼着多重身份、涉足多种门类的人。如蔡元培：教育家、文化教育官员而兼作美学研究、艺术评论；鲁迅：文学家、思想家而兼艺术评论、编辑等；李叔同：画家、音乐家、篆刻家、书法家、佛学大法师；丰子恺：画家、翻译家、散文家、艺术评论家；倪贻德：画家、小说家、翻译家和艺评家；宗白华：美学家、艺评家、诗人……这样的例子不胜枚举。在这里择其擅者一而称之，莫如呼之为“艺术文化人”更恰当。

② 陈独秀：《敬告青年》，《青年杂志》1915年9月15日第1卷第1号。

③㉖ 康有为：《万木草堂藏画目·序》，载《康有为先生墨迹》，中州书画社1917年。

④ 参见刘海粟著，柯文辉执笔《忆康有为先生》，载《齐鲁谈艺录》，山东美术出版社1985年版。又参见《悲鸿自述》，载徐伯阳、金山合编《徐悲鸿艺术文集》，艺术家出版社1987年版。

⑤ 参见郎绍君《四王在20世纪》，载朵云编辑部编《清初四王画派研究论文集》，上海书画出版社1993年版。

⑥㉙ 《新青年》1918年1月15日第6卷第1号。

⑦ 这一时期有影响的美术史著作如祜曼（胡蛮）《中国美术史》（上海新文艺出版社1953年版）、李浴《中国美术史纲》（人民美术出版社1957年版）、阎丽川《中国美术史略》（人民美术出版社1958年版）等，都还留有这种影响的痕迹。

⑧ 参见滕固《关于院体画和文人画之史的考察》，辅仁大学出版社1930年版。参见滕固《唐宋绘画史》，神州国光社1933年版。童书业：《中国山水画南北分宗说辨伪》，《考古社刊》1936年第4期。《中国山水画南北分宗说新考》，《齐鲁学刊》第2期。启功：《山水画南北分宗说考》，《辅仁学志》第7卷第1、2合期。

⑨ 启功：《山水画南北宗问题批判》，《美术》1954年10月号；郑秉珊：《山水画南北宗的创说及其影响》，《美术研究》1957年第3期；俞剑华：《中国山水画的南北宗论》，上海人民美术出版社1963年版。

⑩ 80年代以来，对董其昌及南北宗论的再评价还反映在《中国美术全集》《中国大百科全书》美术卷和许多美术史著述、论文中。此外，上海、天津、北京、杭州等地还出版了董氏及四王的大型画集。这种情况，是近90年来不曾有过的。

⑪ 高剑父：《我的现代绘画观》，于风整理，载广州美术学院岭南画派研究室编《岭南画派研究》第一辑，岭南美术出版社1987年版。据李伟铭《我的好奇心——岭南画派研究杂记》（《美术家通讯》1995年第6期）

介绍，此文是高氏的学生根据他的讲义“整理扩充”的，于“1936年上海出版刊行，1955年10月，在高氏的弟子游云山等人的主持下，香港原泉出版社又印行了这个整理稿”，李伟铭认为，手稿“当成于30年代中期高氏执教于南京中央大学艺术系期间”。如果是这样，行文中“前次之世界大战，至此次世界大战，在人类大屠杀之过程中……”云云，就不可解释，或者出于整理者之手？待查。

⑫㊾ 林风眠：《中国绘画新论》，载《艺术丛论》，正中书局1947年版。

⑬ 李可染：《谈中国画的改造》，《人民美术》1950年创刊号。

⑭ 阎丽川：天津美术学院教授；李浴：鲁迅美术学院教授，在50年代，“反现实主义”是一个很大的罪名，都要加以否定的。

⑮ 参见涅陀希文《艺术概论》，杨成寅译，朝花美术出版社1958年版。

⑯ 《金拱北讲演录》（1920）云：“工笔虽固为未足以尽画之全能，而实足奉为常轨，写意虽亦画之别派，不足视为正宗。”他把抑工扬写归咎于明人，说清代绘画无论工写“皆失古人言画之本旨”而独崇宋人。在他的影响下，北京、天津画家如于非闇、刘奎龄、徐操、陈少梅、秦仲文、吴光宇、李鹤筹、刘凌沧、黄均，张其翼、李智超等，大都致力于工笔或严谨的宋元传统。

⑰ 1917年康有为向文人写意画发起进攻的时候，这些非正统画家还没有被颂扬；《万木草堂藏画目·序》把“二石”与“四王”并提，说他们是“一丘之貉”。陈独秀有所不同，认为扬州八怪“还有自由描写的天才；社会上都看不起他们，却都要把主画当作画学正宗”。陈师曾《中国绘画史》（作于20年代初，翰墨缘美术院印于1925年）述及清代时，大抵还是以介绍“四王吴恽”为主，没有提及八大，用“尤能自成一格”评石涛，对扬州画派也只是说“往往不拘绳墨，或变其师法，自出机杼”而已。黄宾虹《古画微》（商务印书馆1929年版）始对渐江、石溪、石涛“三高僧”有很高的评价。

⑱ 陈小蝶《从美展作品感觉到现代国画画派》（1929）一文，把钱瘦铁、张大千、郑午昌等称作“新进派”，说“此派以石涛为主，辅以髡残八大”。

⑲ 40年代的重庆，除张大千外，还有深受八大影响的潘天寿，极力研究、崇拜石涛的傅抱石，以石涛、八大山水画为主要研习对象的李可染等。

⑳㊺ 参见汪己文编《宾虹书简》，上海人民美术出版社1988年版；赵志钧主编《黄宾虹论画录》，浙江美术学院出版社1993年版。

㉑ 李小山：《当代中国画之我见》，《江苏画刊》1985年第5期；《中国画存在的前提》，《美术思潮》1985年第7期。

㉒ 卢辅圣：《历史的“象限”》，《江苏画刊》1985年第11期。

㉓ 对“弧线型发展形式”，作者在同一篇文章中解释说：“旧结构的瓦解并不产生新结构，而是以同样的结构形式循环往复、生生不息，所谓瓦解，实际上只是结构本身所具备的一种消灭不稳定因素而恢复稳定的自调手段——周期性闭合。这种发展形式，我们称之为弧线型。”

㉔ 郑氏在《中国画学全史》“自序”中说：“近世东西学者，研究中国画殊具热心毅力……而日本人藤冈作太郎之《近世绘画史》，大村西崖之《文人画之研究》等，所言皆极有条理根据，中村不折、小鹿青云合著之《支那绘画史》，早于大正二年出版，其内容如何，且勿论；亦足见日本人之先觉，而深愧吾人之因循而落后。”潘天寿《中国绘画史》的第一版，本是参照中村与青云之《支那绘画史》编写的讲义，日人影响痕迹更为明显。

㉕ 参见陈崧编《五四前后东西文化问题论战文选》，中国社会科学出版社1985年版。

㉗ 蔡元培：《在北京大学画法研究会上的演说》，《北京大学月刊》1919年10月25日。

㉙ 参见郎绍君《鲁迅的美术思想》，载《论现代中国美术》，江苏美术出版社 1988 年版，第 232—241 页。

㉚ 梁启超：《美术与科学》，1922 年 4 月 15 日在北京美术学校的讲演。参见《晨报副刊》1922 年 4 月 22 日。

㉛51 参见朱伯雄、陈瑞林编《中国西画五十年（1898—1949）》，人民美术出版社 1989 年版。

㉜ 高奇峰：《画学不是一件死物》，载《高奇峰先生荣哀录》。

㉝ 参见方人定《艺术革命尚未成功——答岭梅君》，《国民新闻》1927 年 6 月 17 日；《国画革命问题答念珠》，《国民新闻》1927 年 6 月 26 日。

㉞ 念珠：《美之民族性》；岭梅：《什么是东洋画西洋画》，载黄小庚、吴瑾编《广东现代画坛实录》，岭南美术出版社 1990 年版。

㉟ 林风眠：《艺术丛论》，第 15 页。

㊱ 邓以蛰：《艺术家的难关》，北平古城书社 1928 年版。邓以蛰（1892—1973），字叔存，安徽怀宁人。清代著名书法家邓完白五世孙。1907 年至 1911 年留学日本学习语言，1917 至 1923 年留学美国学习哲学与美学。归国后长期任北京大学哲学系教授。著有《书法之欣赏》《画理探微》《六法通诠》等。《艺术家的难关》是他的第一本文集，以黑格尔美学为立足点提倡表现理想、有益人生的新文艺。参见中国大百科全书总编辑委员会《美术》编辑委员会、中国大百科全书出版社编辑部编《中国大百科全书》美术卷第 1 册“邓以蛰”条，中国大百科全书出版社 1990 年版，第 170—171 页。

㊲ 丰子恺：《中国画的特色》，《东方杂志》第 24 卷，第 11 号，1926 年。

㊳ 凌文渊：《国画在美术上的付价值》，载姚渔湘编《中国画讨论集》，立达书局 1932 年版。

㊴ 郑午昌：《中国的绘画》，《文化建设月刊》创刊号，1934 年 10 月。

㊵ 《文化建设》第 1 卷第 8 期，1935 年 5 月。

㊶ 宗白华（1897—1986），祖籍浙江，生于安徽安庆，1916—1917 在同济大学预科学医，后参加“少年中国学会”，并开始发表哲学文章和诗歌创作。1920—1925 年留学德国，在柏林大学学习美学与历史哲学，授业于德国美学家 Dessoiz Bolschman、哲学家 Riehl，归国后历任中央大学、北京大学教授，长期从事中国艺术和美学的研究。著有《美学散步》《美学与意境》《宗白华美学文学译文选》等。

㊷ 宗白华：《论中西画法的渊源与基础》，《文艺丛刊》（中央大学）第 1 卷第 2 期，1934 年 10 月。又见宗白华《美学与意境》，人民出版社 1987 年版。

㊸ 1947 年秋，徐悲鸿在国立北平艺专提出国画专业也必须学一年素描的要求，艺专三位兼职教授以罢教表示抗议。北平市美术协会决议支援三教授，并举行记者招待会，散发了《反对徐悲鸿摧残国画》的传单，说徐要“以西洋画改造中国画”。徐悲鸿接着也举行记者招待会，并散发题为《新国画建立之步骤》的书面发言，表示了针锋相对的态度。在这场论争中，反对徐氏主张的以寿石工、徐燕孙和秦仲文为代表。参见徐伯阳、金山编《徐悲鸿年谱》，台湾艺术家出版社 1991 年版。浙江美术学院（1958 年前称中央美术学院华东分院）1955 年成立彩墨画系，以素描为造型基础课。1957 年，彩墨画系改称中国画系，潘天寿出任副院长，强调重视中国画的民族风格与特点。1958 年，潘天寿、吴弗之提出中国画系分为人物、山水、花鸟三科进行教学。1962 年，潘天寿提出以白描为基本训练内容，明确反对“素描是一切造型艺术基础”的观点。舒传曦、方增先提出以结构和线条为主的素描方法。此后，浙江美术学院中国画系的素描教学就与中央美术学院拉开了距离。参见《浙江美术学院中国画六十五年》，浙江美术学院出版社 1993 年版。

㊹ 《潘天寿谈艺录》，浙江人民美术出版社 1985 年版。

㊺ 高剑父：《我的现代绘画观》，于风整理，载《岭南派研究》第一辑，岭南美术出版社 1987 年版。

㊻ 徐悲鸿：《中国画改良之方法》，《北京大学日刊》1918 年 5 月 23—25 日。又刊于徐伯阳、金山合编《徐悲

鸿艺术文集》上册，台北艺术家出版社 1987 年版。

㊼ 徐悲鸿：《漫谈山水画》，《新建设》1951 年第 1 卷第 12 期。又见《答杨竹民先生》，《新建设》1951 年第 3 卷第 6 期。他在后文的“结论”中说：“中国绘画，虽是自然主义，但花鸟画，保有写实精神为多，故凡北宋之花鸟，向乎一半是好作品，但北宋人之山水，只有写实工力好的文人，方能产出少量好的作品！（如巨然可能写出杰作，但现世无一幅杰作。范中立《溪山行旅》，我虽举之为今日中国山水画中第一，但其他作品，佳者不多）因为有写实功夫，方做得到空而能进，否则便成空虚，所以只要保持写实精神，可不必问时代。”

㊽ 徐悲鸿：《新国画建立之步骤》，在北平记者招待会的书面发言、传单，1947 年 10 月。

㊿ 陈师曾此文写了两篇，第二篇把四要素改为：“第一人品，第二学问，第三才情，第四思想。具此四者，乃能完善。”

52 53 钱锺书：《旧文四篇》，上海古籍出版社 1979 年版。

54 郎绍君：《苏轼与文人写意》，载中国艺术研究院研究生部编《中国艺术研究院首届研究生硕士学位论文集》美术卷，文化艺术出版社 1985 年版。《“诗画一律”的内涵与外延——苏轼与中国绘画美学之二》，《朵云》1987 年 1 月第 12 期。

55 伍蠡甫：《中国绘画的意境》《再论中国绘画的意境》，载伍蠡甫《谈艺录》，商务印书馆 1947 年版。

（1996 年第 1 期）

文人画与文人画传统

——对20世纪中国画史研究中一个概念的界定

万青力

在论及20世纪中国绘画史的出版物中，“文人画”仍然是经常出现的名词，但是有时似乎被使用得过于宽泛，甚至被滥用。

笔者认为，使用“文人画”这一概念时，应该首先界定其内涵。“文人画”是一个历史的概念。“文人画”是历史上文人这一特定社会阶层的成员所作的绘画，这是“文人画”最基本的定义。随着19世纪末参照西方建立起来的新式教育体系逐步取代了以儒学为中心的旧学体系，以及1905年清廷被迫废除科举制，历史上的文人阶层由此逐渐分化解体，“文人画”也自然逐渐淡出历史舞台。因此，在论及20世纪中国绘画时，或许以“文人画传统”替代“文人画”较妥，不宜笼统地把某种传统的中国画样式泛称为“文人画”，更不宜称本来不是文人的画家为“文人画家”。

一、文人画是一个历史的概念

文人画是中国绘画史的特有现象，是在特定历史阶段，文人（士、士夫、士大夫）这一特殊社会阶层的成员投入绘画活动并渐成风气后所产生。后人为区别于画工之画，泛称士夫所作之画为“文人画”。

“文人”一词，古已有之，如“秬鬯一卣，告于文人”（《诗·大雅·江汉》），又如“文人，文德之人也”（《毛诗故训传》），原指周之先民。汉以后，泛称读书识文之士人，如曹丕《与吴质书》：“观古今文人，类不护细行。”“文人画”一语，明代已流行，如董其昌《画旨》：“文人之画自王右丞始……”即“士人画”或“士大夫画”的同义语，“文人画”中的“文人”二字，亦即指历史上“士”和“士大夫”社会阶层。

“大夫”“士”这一社会阶层虽然在历史上形成很早，但是到春秋末年以后才成为知识阶层的通称。“大夫、士，日恪位著，以儆其官。”（《国语·周语上》）“大夫食邑，士食田。”（《国语·晋语四》）“士”又称为古代“四民”之一：“士、农、工、商，四民有业；学以居位曰士。”（《汉书·食货志上》）由此可见，“大夫”或“士”原是王室之下，与农、工、商同属于庶民的一个社会阶层，其生活来源或靠田产，或学以居位，靠官俸。

东汉末年以后，“士”阶层分化，大姓豪门出现，称为“士族”或“世族”，余者称为“寒门”。“士族”凌驾庶民之上，成为特权阶层，“寒门”依属庶民。魏初设九品选官之制，“延康元年（220），尚书陈群以为天朝选用，不尽人才，乃立九品官人之法。”（马端临：《文献通考》）这种选官制度经晋、南北朝，延续三百余年，实为门阀士族所操纵，“遂计官资以定品格，天下唯以居位者为贵。……高下任意，荣辱在手，操人主威福，夺天朝权势，爱恶随心，情伪由己。上品无寒门，下品无世族。”（《文献通考》）魏晋以降，“士”“庶”区分愈见森然，“魏、晋以来，以贵役贱，士、庶之科，较然有别”（《宋书·恩幸传》）。以至引为社会规条，“士、庶区别，国之章也”（《南史·王球传》）。士、庶之间甚至不允许通婚，平起平坐。（《新唐书·高俭传》卷九五）

隋、唐废九品官人法，以科举取士，“唐制，取士之科，多因隋旧……其天子自诏者曰制举，所以待非常之才焉”（《新唐书·选举志》）。“开元以后，四海晏清，士耻不以文章达。其应诏而举者，多则二千人，少不减千人，所收百才有一”（《文献通考》）。此时，门阀士族势力开始削弱，庶民中的士层得以有限参与政治。至五代，门阀士族全面衰落，标举门第，崇优族望之风亦随之不再。

宋代改革扩大科举制，“国初以行举诱偏方之士而聚之中都……由是家不尚谱牒，身不重乡贯，以此得人”（陈傅良：《止斋文集·答林宗简书》卷三五）。甚至“工商、杂类”出身的士人，皆可应试。（见《宋会要辑稿·选举》）宋太祖所谓“兴文教，抑武事”，以文士执掌各级政军官职，强化中央集权，建立起士夫官僚制度。“宋时及第不拘人数，遇非常恩泽。”（谢肇淛：《五杂俎》卷十四）官俸之高，为历代之最。（见彭信威《中国货币史》，第468页，《历代官吏月俸比较表》）而宋代土地买卖盛行，所有权浮动，士层经济地位变化无常，“今骤得富贵者，止能为三四十年之计，造宅一区，及其所有，既死则众子分裂，未几荡尽，则家遂不存”（《张载集·经学理窟·宗法篇》）。因此，应举以入仕途，成一代风气，形成了历史上空前庞大的士夫官僚阶层。与此同时，宋代学术、艺文繁荣，士夫官僚阶层中的不少成员成为领衔人物。苏轼（1037—1101）等人在这时代背景下发出影响远及后世的所谓“士人画”之说，实非偶然。

“士人画”一词，见苏轼为同代人宋子房（字汉杰）所作的画跋：“观士人画如阅天下马，取其意气所到。乃若画工，往往只取鞭策、皮毛、槽枥、刍秣，无一点俊发，看数尺便倦。汉杰真士人画也。”（邓椿：《画继》卷三）虽然，唐代张彦远已有画分贵贱的议论，如所谓“自古善画者，莫匪衣冠贵胄、逸士高人，振妙一时，传芳千祀。非闾阎鄙贱之所能为也”以及“今人之画，错乱而无旨，众工之迹也”。（《历代名画记·论画六法》卷一）但是尚未明确提出“士人画”的概念。

元代蒙古族入主中原，士人阶层社会经济地位有所变化，如部分成员转为僧侣道士或以医卜等职业谋生，但是仕元居官或充为掾吏者亦不在少数，而任书院儒师者尤其普遍，故多数仍以田亩或薪俸存活。元代虽中断过科举制，但是文教实权仍在士层之手，宋儒之理学得以在北方传播。（参见《元史·选举志》）元仁宗时定制，专以宋儒《四书》及《经》注试士，科举内容趋向统一，启端明、清两代。（参见《明史·选举志》）“士夫画”在元代有相当发展，首先在于士层的存在及其活力。赵孟頫（1254—1322）倡“古意”，贬南宋院体画风，将文人画推向另一高峰。

明代士层更为壮大。明朝专以科举取士，学校之兴，超越前代。南北两京设国子学，盛时学生近万人。（黄佐《南雍志·储蓄考》）此外，“迄明，天下府、州、县、卫、所，皆建儒学，教官四千二百余员，弟子无算”（《明史·选举志》）。官学之外，私人书院复加兴起，讲学之风流行民间，不分贵贱。如《明儒学案》载：“樵夫朱恕，泰州草堰场人，听王心斋讲，浸浸有味”，而“陶匠韩乐吾，兴化人，以陶瓦为业，慕朱樵而从之学。久之，觉有心得，遂以化俗为任，随机指点，农、工、商贾从之游者千余”。这种事例，前所罕见。明“吴门四家”之一的唐寅（1470—1524），即出身于社会下层，仕途失败之后，以鬻文卖画自助，反映了明代士层的变化。仇英（约1498—1552）也被列为“吴门四家”之一，说明画工地位在明代有所提高。文人画家与职业相互转化、合流的事例，在明代并非个别现象。故董其昌（1555—1636）等作“画有南北宗”之说，再为“士大夫画”张目。此说一出，影响贯穿清代，甚至波及日本。

清代前期，学校、科举，承袭明制。然而，明代试文“制义”（八股）之弊，清代更有增无减（参见孟森《心史丛刊》）；清代官制，虽曰满、汉并用，但汉官多无实权；明代胥吏政治黑暗，清代沿习未改，且愈演愈烈（参见陈壁《请除各衙门积弊疏》，载《光绪政要》）。明代科举不重门第，清代则定例“贱籍”不得应试，如《清朝文献通考》载：“定例：娼优隶卒之家，不准考试；其皂隶、马快、小马、禁卒之子孙，有蒙混捐纳者，俱照例斥革……”加之清廷屡兴文字冤狱，摧挫士气，故清代士阶层的处境，远不及明代自由。自乾隆中叶起，清代内治日趋腐败，至道光、咸丰间，外患内乱交困之下，已是疣决溃患，自身难保，被迫不得不变革图存。至光绪二十七年（1901），学校参西法改制，设小学、中学、高等学府，课程已见根本转化，实用科技知识占绝大比重，经学内容只占七分之一，标志着旧学制的结束（参见《光绪政要》）。由于这一变革，历来以经学为主考内容的科举制则陷入危机，终于在光绪三十一年（1905）被迫废止（《光绪朝东华录》）。由此，中国自隋唐以来延续了1400年的科举制亦宣告结束。

科举制的废除，近代文官制的形成，新式学堂育才制的确立，以及知识结构内容的改变，导致了存在数千年的士大夫阶层的分化解体，并逐渐消失。皮之不存，毛将焉附，文人画亦成为历史概念。

19世纪末和本世纪初出生的中国知识分子，绝大多数受教于新式学堂，少数曾留学日本，或欧美西方国家，他们的知识趋向专门，职业取向多元，生活来源主要是靠薪酬，与历史上士大夫阶层根本不同。

虽然，本世纪初仍可见以“文人”泛指作家或卖文为生的人，但是对知识分子的称谓通常是以其职业、职位或学衔来区分，如医生、工程师、律师、作家，编辑、教授、讲师、博士之类，不能以“文人”泛称知识分子。因此，所谓“广义的文人画”的提法亦不能成立。前些年，中国有标榜所谓“新文人画运动”者，人非文人，画更不文，与“文人画”风马牛不相及也。

20世纪的中国画家有各自教育程度、文化背景的差异，有专业画家、业余画家的区分；然而，与历史上文人画与画工画，戾家与行家相对立的现象，有根本的不同。即使是本世纪知识分子中的业余画家或学者型的画家，也不能再称为文人画画家。

文人画已经成为历史的概念，这是毋庸置疑的事实。

二、文人画不是一种绘画风格

文人画是中国绘画史曾经存在过的一个类别，但是严格地说文人画并不是一种绘画风格，更不是中国画的代名词。在20世纪中国绘画史研究或当代中国绘画评论文字中，“文人画”这一名词被过于宽泛地使用甚至滥用，原因之一，是把“文人画”误解为一种绘画风格。

关于文人画的历史以及文人画理论的衍变，近人论著甚丰，本文不拟再作详述。以下仅就“文人画”是不是一种绘画风格的问题，略抒己见。

在宋代画论中，区分文人画与工匠画的不同，在于文人画的业余性以及画工画的职业性，因为各自社会身份及作画动机不同。苏轼《书朱象先画后》：“松陵人朱君象先，能文而不求举，善画而不求售。曰：文以达吾心，画以适吾意而已。昔阎立本始以文学进身，卒蒙画师之耻。”（《经进东坡文集事略》卷六〇）作画如非自娱而受制于他人，即唐阎立本，虽为士大夫，居高位，亦不免要沦入画工的处境。邓椿《画继》中论吴道子与李公麟：“画之六法，难于兼全，独唐吴道子、本朝李伯时始能兼之耳。然吴笔豪放，不限长壁大轴，出奇无穷；伯时痛自裁损，只于澄心纸上运奇布巧，未见其大手笔。非不能也，盖实矫之，恐其近众工之事。”吴、李皆善人物，风格相近；但吴画大壁长轴，乃受雇于佛寺道观，李有意不作大幅，是怕陷入画工的处境。吴、李之区别，事实在于社会身份、作画目的不同。

所谓文人画理论，文人画主张，都是由文人的特殊身份以及作画非职业性、非功利性所引申出来的。

如“学养阅历”说。黄庭坚论赵令穰：“若更屏声色裘马，使胸中有数百卷书，当不愧文与可。”（《山谷题跋》卷五）南宋赵希鹄：“今名画工绝无，写形状略无精神。士夫以此为贱者之事，皆不屑为。殊不知胸中有万卷书，目饱前代奇迹，又车辙马迹半天下，方可下笔，此岂贱者之事哉。”（《洞天清禄集·古画辨》）

如“诗画相通”说。张舜民：“诗是无形画，画是有形诗。”（《画墁录》，载《知不足斋丛书》卷二二）苏轼论王维：“味摩诘之诗，诗中有画；观摩诘之画，画中有诗。”（载赵令畤《侯鲭录》卷八）又论李公麟：“古来画师非俗士，妙想实与诗同出。龙眠居士本诗人，能使龙池飞霹雳。”（《苏诗补注》卷三六）

由此又引出“得意象外”说。欧阳修：“古画画意不画形，梅诗咏物无隐情。忘形得意知者寡，不若见诗如见画。”（《欧阳文忠公全集》卷二）晁补之题李甲画雁：“画写物外形，要物形不改。诗传画外意，贵有画中态。我今岂见画，观诗雁真在。”（《鸡肋集》卷一三）苏轼书鄢陵王主簿所画折枝：“论画以形似，见与儿童邻。赋诗必此诗，定非知诗人。诗画本一律，天工与清新。”（《苏诗补注》卷二九）又论王维、吴道子：“吴生虽妙绝，犹以画工论。摩诘得之于象外，有如仙翮谢樊笼。吾观二子皆神俊，又于维也敛衽无间言。”（《苏诗补注》卷四）

如“物我两忘”说。苏轼：“与可画竹时，见物不见人。岂独不见人，嗒然遗其身。其身与竹化，无穷出清新。庄周世无有，谁知此凝神。”（《苏东坡全集》卷一六）董逌：“夫为画而至相忘画者，是其形之适哉。非得于妙解者，未有此者也。”（《广川画跋》）

如“出尘脱俗”说。邓椿记米芾“又以山水古今相师，少有出尘格。因信笔为之，多以烟云掩映树木，不取工细。有求者，只作横挂三尺……更不作大图，无一笔关仝、李成俗气。”（《画继》卷三）黄庭坚：“余尝论右军父子以来，笔法超逸绝尘唯颜鲁公、杨少师二人。立论者十余年，闻者瞠若。晚识子瞻，独谓为然。”又论苏轼简札“字形温润，无一点俗气”（《山谷题跋》卷五）。米芾与李公麟一样，有意不作大幅，目的乃是供“斋室清玩”，题材取山水，其次竹木水石，再其次花草，“至于仕女翎毛，贵游戏阅，不入清玩”（《画史》）。

再如“平淡天真”说。米芾：“董源平淡天真多，唐无此品，在毕宏上，近世神品，格高无与比也。”又论巨然画“岚气清润，布景得天真多。巨然少年时多作礬头，老来平淡趣高”（《画史》）。此说对明、清文人画发展影响至深。

由此可见，文人画理论并非主张建立统一风格。宋代文人画风因人而异，如文同、苏轼、李公麟、王诜、米芾各不相同。

元代文人画理论，以赵孟頫“古意”说以及“书画本来同”说影响深远，余多沿宋代诸说而有所发挥。元代纸本水墨画流行，中后期山水画形成时代风格，以“元四家”为代表；但是，受董、巨画风及赵孟頫主张影响的“元四家”也是风格各异，而且元代文人山水画亦有继承李成、郭熙等其他传统的。

将文人画误解为一种绘画风格，是从明末董其昌等人的“南北宗”说提出之后才产生的。董其昌说：“禅家有南北两宗，唐时始分；画之南北二宗，亦唐时分也，但其人非南北耳。北宗则李思训父子著色山水，流传而为宗之赵幹、赵伯驹、伯驌，以至马、夏辈。南宗则王摩诘始用渲淡，一变钩斫之法。其传为张璪、荆、关、董、巨、郭忠恕、米家父子，以至元四大家。”（《容台集》）本来，董其昌不过是以禅喻画，提倡重灵性而非苦功的文人画境界；但是他不合史实的比喻以及不合逻辑的分类，却造成文人画理论的混乱。把钩斫青绿作为院体传统（其实赵孟頫、文徵明等文人画家也作过钩斫青绿山水），而把水墨渲淡作为文人画传统（难道马远、夏圭不用水墨渲淡吗?），使后人产生种种误会。至今，不少美术评论中仍把“写意”当作与“工笔”相对立的中国画术语，把前者作为文人画，后者作为院体画，即逻辑混乱之一例。其实，与“工笔”

相对的术语应是“率笔”而不是“写意”；“写意”是相对“写形”而言的。无论是工笔、率笔，都有重写形或重写意，或以形写意（或写神）、以意写形等差别。相对于西方写实主义绘画传统而言，中国绘画传统本质上则是“写意主义”而不是写实主义。以西方“写实主义”（或苏联用语“现实主义”）为标准衡量中国绘画史，是十分荒谬的。

试图以绘画媒介和技法界定文人画的共同特征，则必然陷入自相矛盾的困境。如日本学者大村西崖认为文人画有三个特点：一是用线，舍弃阴影；二是水墨画；三是重气韵。诚如张安治先生所说，“其实这三者都不是文人画所专有”（《中国画研究》第一辑，第132页），而大村西崖先生却又说“然则吾人之所谓文人画，非流派、样式之名，盖由作者之身份区别之者也”（同前，第126页）。

三、文人画传统的价值并未终结

文人画虽然已经成为历史，但是文人画传统的精神及文人画理论中的精华，却是可能也应该有所继承的。如陈衡恪先生所归纳的“文人画之要素：第一人品；第二学问；第三才情；第四思想”（《文人画之价值》，载《中国画讨论集》，第10页）。又如文人画之业余自娱、非功利性，以及与文学、书法、篆刻相结合等。这些对今日之绘画，仍不失有借鉴的意义。因此，我认为“文人画”的价值并没有终结。实际上，在多元文化并存的今天，文人画传统仍在某些业余、有较高文化素养的绘画爱好者中有所承继，只不过在拍卖场上见不到而已。

基于以上理由，我以为在20世纪中国绘画研究中，以“文人画传统”替代“文人画”的提法较为妥切。

（1996年第1期）

抒情话语与抒情诗

南　帆

一

抒情话语是一个庞大的部族，这个部族下面容纳了众多的抒情话语类型。从简短的呼号、诅咒、祝愿到繁复的祈祷、颂歌、抒情诗，这些类型组成了洋洋大观的抒情表意系统。分析众多抒情话语类型排列出来的光谱，这不仅意味着概括某个时代的抒情模式，同时还意味着为这个时代的抒情诗——一种最为重要的文类——提供形式层面上的背景资料。这些背景资料可以表明，一方面种种抒情话语类型如何挤压乃至插入抒情诗；另一方面，抒情诗又如何依赖文学传统的名义抵制和拒斥这些类型——两者之间的张力恰恰为这个时代的抒情诗样式提供了重要的坐标。

在巴赫金看来，类型显然是话语的一个强大规约。人们首先按照语法的约定排列每一个字、词，使之成为句子；但是在更大范围内，句子的组织并不是杂乱无章的“言语流”，句子与句子之间的秩序将由类型决定。巴赫金指出，人们只能在固定的类型里面言说，所有的言说无不依循一个相对稳定的总体结构。语句和类型同时进入人们的经验和意识，掌握某种语言也意味着熟知种种话语类型。不论是礼亲致意、商务用语、宾主告别还是外交辞令、情人私语或者街头争吵，这一切无不显示出千差万别的类型规约。言说和倾听，这是将自己的话语纳入特定的类型，并且猜测对方表述的所属类型。巴赫金作出了一个类比：类型对于话语的组织如同语法一样。[①]

但是，巴赫金并没有忘记补充说，类型和语法之间的相似仅仅是有限的。字与词在语法的意义上结合为标准的句子。可是，如同巴赫金反复论证的那样，从字、词到句子，这些语言的表意元素均无法在语境之中显出完整的意义。任何人都可以调用这些字、词、句；作为一个孤立的片段，它们不可能专门归属于特定的言说主体，并且得到恰当的回应——除非这些字、词、句超出了语法层面而体现出类型的意义。类型比语法更为可塑而且富有弹性，这是由于类型之中保存的社会因素。最为重要的是，类型的规约形式充分地考虑到言说主体的社会关系——说者、听者、参与者之间的交织和回声。类型意味着在三者之间制造出适宜的格局，最为有力地表述自己和回应对方。所以，巴赫金把类型视为语言历史和社会历史的交叉地带，某些类型的兴衰暗示了某个阶层、某种对话场合、某些交流圈子的崛起或者隐没。这里，时代压力通过言说主体与他者的关系改变了众多类型的光谱排列。这种调整无疑可能延伸到文学王国，导致文类的震荡、瓦解和重组。事实上，这同样是抒情话语类型与抒情诗之间的连锁关系。

抒情话语类型的集中展览可以证明，人们刚刚经历过一个抒情的时代。这个时代炽烈如火，声势惊人。种种激动人心的事件不断出现在地平线上，让人们应接不暇；许多人被这些事件搅动的轩然大波席卷而去。他们身心振奋地为这些事件纵声高唱，或者掷出一连串愤慨的诅咒。一波三折的历史沧桑并没有引出多少深刻的唱叹和感慨，人们更多地为各种巨变而亢奋。黑暗、曙光、解放、乌托邦、劫难、再解放，这一切都成为抒情话语的温床。周围出现了强大的抒情气氛之后，人们放纵地将所有的心情投入大气磅礴的风起云涌。散文时代的务实、沉思、宁静、玩味乃至慵懒在这样的时刻没有地位。黑格尔仅仅将散文意识形容为僵硬的知解力，形容为孤立和静止地割裂事物的呆板之见，这多少有些偏心。[2]散文时代意味着，人们已经从一个狂热的飓风中心撤离出来，慢慢地咀嚼某一个时代片段，或者立身局外为一个时代画像——这也就是叙事或者论说。叙事或者论说排掉了多余的一己之情，言说主体必须深刻地洞察因果关系、历史逻辑和人类性格，而不是将外部世界的事迹当成了言说主体心情的镜像。相反，抒情的时代抛开了叙事和言说的超然风格，逻辑、推断、衡量被压缩到了最小限度；人们进入了沉醉的迷狂状态。在抒情的迷离眼光之中，许多景象变得简单了，同时也变得强烈了。

在这样一个抒情的时代，抒情诗的命运如何？这是一个有趣的问题。抒情诗是这个世纪变化最大的文类之一。“五四”时期新诗的出现无疑导致诗史上一个至关重要的转折。从此，抒情诗的解放似乎带来了一个明显的繁荣。人们遇到了繁多的抒情诗品种。从民歌、歌谣、打油诗、政治抒情诗到象征主义、意象派、口语派，一茬一茬的抒情诗从五颜六色的文学刊物上冒出来，等待人们的收割。可是，数量并没有成为造就杰作的必然基础。相反，铭记于诗史的经典与浩浩的新诗不成比例。许多名噪一时的抒情诗迅速地黯然失色，成为一些无滋无味的过时词句。这显然在抒情的时代成了一个悖论。也许，不少人可以察觉到某一类型抒情的匮乏——通常，人们的耳朵灌满了口号所抒写的时代最强音，但是，人们很难听到一个灵魂充血的真诚吟唱。集体的声音将雄壮的夸张姿态赋予抒情，个人的声音在这种姿态的反衬之下显得微不足道。一些诗人认识到了抒情诗的潜在危机，不满驱使他们一次又一次地出发，冲出种种已有的抒情诗边界，企图为抒情诗找到一个称心的家园。另一些诗人站在今天的时间纬度上，用不无怀疑的眼光重新打量“五四”时期的白话文为新诗带来了什么。遥想中国古典抒情诗的光荣历史，这些诗人痛心地认为，莽撞地抛弃古代汉语——亦即文言文——也许是一个历史性的严重错误。[③]

如果将抒情诗置入抒情话语类型光谱内部，共时性的类型关系有可能为抒情诗演变提出一个不同寻常的解释——类型光谱的特征如何投射到文类之上。可以从许多初级的抒情话语类型之中看到，它们是明朗的，具有震撼性的，并且或深或浅地引致身体的亢奋。语义识读之后，人们的意识将产生某种巨大的冲动、起伏，而后，这种冲动将进入身体，流注于五官四肢百骸，形成生理反应。这是我企图引入的一个视域：身体，准确地说是抒情话语与身体的关系。日常环境之中，许多类型抒情话语的旨归都指向了身体。这些抒情话语是身体激动的前奏，或者是身体激动的一个疏导。无论是叫骂、哭嚎、诅咒还是祈祷、命令、祝福，这些抒情话语都程度不同地隐含着身体的动作性，包围着语词的特殊语调暗示了身体企图参与的强大欲望。作为身体的一系列器官，喉部的高昂发音、全身肌肉的紧张到手舞足蹈，这是一个必然的递进。不难发现，抒情诗的高雅并不能拒绝所有的身体亢奋；文类的意义不过是富有技巧地将身体亢奋纳入美学情调。换一句话说，身体亢奋恰恰是抒情诗从属抒情话语类型光谱的标志。因此，抒情诗的超越毋宁说在于，这些精心组织的词句将在穿过身体之后继续击中了人们的精神纵深，开启精神纵深的一个崭新维度，或者重构一个内在空间。只有在这样的意义上，文类的功能是通常的抒情话语类型所不可企及的；这时，抒情诗才成了反抗庸常、尘俗和琐碎的精神结晶。

一个风云际会的时代并不缺乏激动人心的抒情话语。但是，这些抒情话语不可能毫无保留地转成隽永的抒情诗。抒情诗与通常抒情话语之间的紧张——更大意义上，这也是文学与常规话语的紧张——表明，两者之间隐藏着一种对抗。这是美学与庸常、个性与集体的对抗，也是精神的多种维面与身体束缚的对抗。黑格尔描述过抒情诗理想的历史环境。在他看来，抒情诗更适宜存在于生活秩序大体固定的时代：“因为这时个别人物才开始把自己和外在世界对立起来，反省自己，把自己摆在这个世界之外，在内心里形成一种独立绝缘的情感思想的整体。”[④]但是，近代以来的中国抒情诗并没有遇到这种宜人的气候。种种强大的激情猛烈地燃烧着，诗人找不到自己的空间优雅地吹奏美妙的短笛。改天换地的时候，集体抒情更合乎潮流，集体抒情不仅是意志的凝聚，同时还是身体的控制和使用，精神统一之后，身体的动员是一个重要的任务。可以看出，作用于身体的集体抒情话语在很长的时间里占据了上风。这是历史环境的产物。不言而喻，抒情诗必须为此付出沉重的代价。

二

在文学批评的范畴之内，抒情话语与身体的关系是个陌生的主题。抒情诗怎么能负担笨重不堪的身体呢？诗是高超的精神之舞，身体这样的低级物质不可能企及诗的精微词句与曼妙意境。身体内部充满了种种欲望，欲望引起的功利之心必然破坏美的凝神观照。因此，许多人心目中，诗人应当超脱身体之累而成为某种精神偶像。如果说“纯诗”是一种诗人的理想，那么，这个概念并未给身体留下位置。福楼拜曾经喜欢用身体结构检验句子——不好的句子会“压迫胸口，阻碍心脏跳动”，但是，这更多地被看成没有理论意义的作家个人癖好。一些崇信文本理论的批评家从另一个意义上拒绝了身体，德里达讨伐了柏拉图所维护的语音中心主义，强调书写文字的独立性。截断了书写文字与交流现场语音的联系，实际上亦即排斥了言说主体的身体。也许，巴特是一个醒目的例外，按照他自己的形容，文本的欢悦包含了身体的色情性享乐，这喻指了文学实践的另一个向度。然而，不同于巴特所关注的精致而又复杂的文本，我更愿意广泛地引证文学之外的种种抒情话语类型。这种引证力图表明，可以依循抒情话语类型光谱的结构描述身体的不同意义，抒情诗的演变将在这样的描述中得到相应的解释。

分辨抒情话语不同功能的时候，我想指出两组相对的特征：

简单类型	复杂类型
对白	独白
口语	书写
表层涵义	深层涵义
暂时效果	长久效果

（一）简单类型与复杂类型

简单类型与复杂类型之间的差异曾经引起巴赫金的很大兴趣。[⑤]对于抒情话语说来，这样的推断仍然适合：言说主题和言说参与者是不同类型的选择依据。通常，简单类型的抒情话语主题单纯，情绪强烈；更为重要的是，简单类型的抒情话语往往直接进入具体的现实对话环境。无论是口号、命令、怒斥还是欢叫、祝愿、撒娇，这些抒情话语的言说和接受具有面对面的形式。这时，身体以及一系列附属的表情动作不可避免地参与其间，某些抒情话语甚至随即导致了身体的相应动作，例如怒斥与殴打，欢呼与拥抱，等等。人们不难得出这样的结论：身体激动是简单类型抒情话语的终结之处。

复杂类型很可能吸纳、消化了各种简单类型。复杂类型多半是一些高级的文化样式，例如小说、戏剧、科学著作，等等。抒情话语之中的复杂类型首推抒情诗。通过比较可以看到，复杂类型推迟、延缓乃至取消了简单类型的现实对话，使之进入一种泛指状态。人们很难断言屈原的《天问》是寻求某一个人的回答，也很难认定李白《静夜思》的此时、此地以及所思故乡的何人何物。复杂类型的抒情话语更具自足意味，它降低了身体与现场的意义，从而让精神越出身体与实物的束缚开始遨游。

（二）对白与独白

叶维廉区分过狭义的抒情主义与广泛的抒情主义。情诗、情书均可以视为狭义抒情主义的代表作。情诗、情书与其说是独白，毋宁说是对白——对方的可能回答通常已想象性地包含在独白之中了。广义的抒情主义时常对山川星辰作出倾诉，而后者是沉默无声的。叶维廉说："对外物的抒情主义所采取的方式，与其说是戏剧式的独白，毋宁说是冥想式的独白。情诗里的陷入其最后的结合是肌肤与精神二者俱有，其节拍是激动的。对外物的陷入其最后的结合（如果有的话），是一种神秘主义的结合，纯然是形而上的，其节拍缓慢，其状态是出神的。"⑥

这无疑是相当精致的分析。我倾向于这样总结：对白式的抒情话语——亦即所谓狭义的抒情主义——更易于调动身体的热情，反之，独白式的抒情话语——亦即所谓广义的抒情主义——更易于进入精神。这并非优劣之分，而是指明两种抒情话语的不同波长。

（三）口语与书写

不难理解，口语式的抒情话语易于导致身体的激动，甚至导致暴力性抒情。口语多半简朴、干脆、短暂，适合于表现明朗坚定的夸张情绪。委婉、曲折、朦胧、含蓄很难由口语充分展示。配合口语表述所出现的声调、音量、面部表情、手势以及肌肉的颤抖、痉挛无不意味着各种程度的身体亢奋。口号是一个典型的例子。口号之中常常出现种种抽象的概念，诸如国家、和平、战争、民主以及种种主义。这样的场合，人们是用肌肉、骨骼、神经、血液和剧烈的动作承受这些概念。纯粹的思辨此刻已经中止。这些概念是活生生的，炙手可热。口号具有强大的行动意味，许多口号的谓语是由描写动作的动词承担。这些动词与身体动作近在咫尺。从口号的呼喊进入身体动作的冲突，这是一个常见的现象。口语式的抒情话语和血液奔涌的身体行动，它们之间的过渡并不突然。

书写式的抒情话语增添了许多复杂的修辞，这一点在抒情诗之中十分明显。繁多的修辞将句型配备得灵活巧妙，从而可以承受起伏不定、闪烁回转的情绪。只有细腻的心灵才可能追踪这些情绪，身体被修辞的丛林阻挡于中途。相对于心灵的细腻，所有的身体动作都过于粗笨了。书写式的抒情话语就是在繁杂的修辞之中甩下了身体而专心投入精神纵深的景观。

（四）表层涵义与深层涵义

许多抒情话语仅有表层涵义。言说主体的情绪单纯、集中、强烈，这决定了抒情话语的语义不可能犹疑、两可和迂回。这些抒情话语有时极为简单，甚至只有一个字，例如“好！”“滚！”“不！”“呸！”，等等。当然，这并不意味着减弱抒情效果。相反，这些字眼可能产生远远超出了语义范围的冲击。身体的介入和兴奋将使这些字眼具有超重的意义。

抒情话语的深层涵义通常是修辞的后果。比兴，言在此而意在彼，象征，隐喻，意象，如此等等。可以肯定，并不是语言游戏的欲望让人们兴致勃勃地从事修辞练习；抒情话语之中的修辞毋宁说是一种紧张的语言搜索。人们察觉到，身体性的冲动后面还存在种种微妙的灵魂冲动，后者远比前者缜密、多变、丰富。很多时候，修辞即是使抒情话语的语义超越感官范围，响起灵魂的声音。“一个丁香一样地／结着愁怨的姑娘”——在这里，诗句所包含的比喻无疑使姑娘的形象急剧地复杂起来，以至于单纯的感官经验——例如眼看、鼻嗅、手摸——无法把握。事实上，只有特殊的精神统觉才能使丁香、愁怨和姑娘结合为一体。换一句话说，只有精神空间才可能对抒情话语的深层涵义作出响应。

（五）暂时效果与长久效果

准确地规定“暂时”和“长久”的时间长度是不可能的，但是，将生理性疲惫作为“暂时”的注解却持之有据。怒吼、哀鸣、口号、争吵这些抒情话语震撼了身体，使之热血沸腾；同样的理由，这种震撼因为生理的极限而衰退的时候，这些抒情话语随即耗尽了自身的意义。假如不是伴随着强大的身体亢奋，诸如“滚”“打倒”“好”“坚决拥护”这些字眼的造句涵义浅显，甚至兴味索然。这些句子的简朴很可能让人惊奇不已——它们为什么曾经出现过那么大的魔力呢？

相对地说，进入精神空间的抒情话语具有长久的效果。至今为止，人们还在为许多抒情诗的经典之作而感动。这些抒情诗意味无穷，历久弥新，甚至成为人类灵魂的永恒守护。

上述两组特征分别涉及了心理学、生理学、修辞学、语言学诸多领域。显然，两组特征的区别仅仅是相对的，同时，它们之间的差异在每一个领域程度不同。现在，我愿意事先阐明下一步的考察层面：第一组特征在何种气氛之中开始支配中国的抒情诗？这产生了何种后果？

三

20 世纪初的白话文运动无疑为中国的抒情诗开启了一段崭新的历史。作为这场运动的领袖和《尝试集》的作者，胡适对于文学形式的革命具有清醒的认识：

> 形式上的束缚，使精神不能自由发展，使良好的内容不能充分表现。若想有一种新内容和新精神，不能不先打破那些束缚精神的枷锁镣铐。因此，中国近年的新诗运动可算得是一种“诗体的大解放”。因为有了这一层诗体的解放，所以丰富的材料，精密的观察，高深的理论，复杂的情感，方才能跑到诗里去。
>
> ——《谈新诗》

可是，时至如今，这一段权威的解释却遭到了另一位诗人的质疑。郑敏挑出了胡适新诗的得意之作《应该》作为反驳的例证。胡适自认为，《应该》第一句的复杂内涵是古典诗难以企及的。可是，郑敏通过比较说明，古典诗“在凝练、强度和层次复杂方面决不下于最好的白话诗"[7]。人们没有理由怀疑郑敏的诗人眼光，因此，人们宁可从诗学之外解释白话文对于新诗的干预。不止一个人指出，文化激进主义的气氛理所当然地选择了白话文。换言之，白话文的出现是历史的必然结局，诗学意义上的优劣不可能阻挡这样的结局如期而至。

在我看来，这种激进主义气氛的意义还可以估计得更为充分一些——它们甚至无形地进入了诗学历史，左右了抒情诗的文类特征。朱自清曾经在《〈中国新文学大系·诗集〉导言》之中概括道："若要强立名目，这十年来的诗坛就不妨分为三派：自由派、格律派、象征派。"然而，通常人们更愿意将郭沫若的诗——亦即"自由派"——看作新诗的首席代表。显而易见，郭沫若诗中那种"二十世纪的动的反抗精神"[8]——那种狂飙式的浪漫主义更为吻合"五四"时期激烈的反叛空气。郑敏也曾对《女神》之中松散的口语和任意加上的"呀"颇有微词。可是，不管怎么说，恰恰是郭沫若而不是闻一多或者李金发，恰恰是这种口语、这种呼叫、这种放肆的乃至泛滥的情绪喷涌、这种郑敏形容为几乎"没有深度的浪漫主义口号"成为"五四"新诗的偶像。

也许，同白话文的命运一样，《女神》的至高位置同样是历史之手的安排。某种程度上，这暗示了抒情文类面临的一个转折：抒情诗从唐诗宋词的古典主义楷模之下解放出来，打碎了宁静、节制、澹淡，"力的绘画，力的舞蹈，力的音乐，力的诗歌，力的律吕"[9]明显地指向了身体的踊跃和昂扬。事实上，这种高调而激烈的抒情风格主宰了未来数十年的抒情时代。在抒情话语类型的光谱上面，抒情诗文类不由自主地出现了重大的位移。

如前所述，作为抒情话语类型光谱之内的一个成员，抒情诗文类已经包含了身体的动作。《毛诗序》一段众所周知的名言清晰地揭示了抒情诗与身体亢奋之间的联系："诗者，志之所之也。在心为志，发言为诗。情动于中而形于言，言之不足故嗟叹之，嗟叹之不足故永歌之，永歌之不足，不知手之舞之、足之蹈之也。"中国古代文学批评家擅长以身体为喻，设立文学批评的基本范畴。《文心雕龙》曾经"以情志为神明，事义为骨髓，辞采为肌肤，宫商为声气"，"辞之待骨，如体之树骸；情之含风，犹形之包气"[10]，如此等等。人们已经发现，"体"是中国古代文学批评家十分喜爱的一个核心概念。[11]在他们那里，文学的解剖类同身体的解剖，文学和身体构成了感应式的关系。另外，作为一种韵文，诗的押韵、节奏、句式的长短以及语调都将对身体产生特殊的震撼。身体的众多神经能够统一地应和节奏的打击、押韵形成的回环和语调的起伏。苏珊·朗格甚至猜测："这种语言的韵律节奏是一种神秘的品格，它或许能证明至今还没有进行探索的思维与情感的生物学统一性问题。”[12]

尽管如此，我仍然有理由强调，是激情如火的浪漫主义诗人毫无顾忌地将抒情诗与身体的关系挑明到令人瞩目的地步。柯勒律治说过，天才诗人能够唤起一种感觉——“即一种经常伴随着肉体与精神健康的恢复而来的那种清新的感觉。”[13]柯勒律治、雪莱、华斯华滋都喜欢用“快感”形容抒情诗，这种快感显然包含了身体“快感”；拜伦对于抒情诗与身体有着更为形象的形容：“诗歌是想象的岩浆，喷发出来可以避免地震。”[14]如果说，“地震”喻指情绪的无序泛滥而导致身体的崩溃，那么，抒情诗即是一种保护性的疏导。根据艾布拉姆斯《镜与灯》的考察，浪漫主义诗人倾向于认为，抒情诗是情绪的本能性吐露，诗人的特殊在于与生俱来的强烈情感、细腻感觉，而这种易于激动的机体时常进入亢奋状态，以至于他们的脆弱神经备受折磨。这样，抒情诗就成为这一类机体的“安全阀”，调动机体在美学形式之下高度兴奋，而后恢复平静。[15]这是一种与弗洛伊德学说有着某种亲缘关系的理论视域；在这里，抒情诗、激情、气质、身体成为一个互相关联的整体而得到考虑。也许，人们仍然可以用郭沫若的例子作为形象的注释。郭沫若回忆说，写作《凤凰涅槃》的时候，诗意的袭击使他全身作寒作冷，连牙关都在打战。他明白，“由精神病理学的立场看来，那明白地表现着一种神经性的发作”。而《地球，我的母亲》的写作过程更为典型：

> 那天上半天跑到福冈图书馆去看书，突然受到了诗兴的袭击，便出了馆，在馆后僻静的石路上，把“下驮”（日本的木屐）脱了，赤着脚踱来踱去，时而又率性倒在路上睡着，想真切地和“地球母亲”亲昵，去感触她的皮肤，受她的拥抱。——这在现在看起来，觉得是有点发狂，然在当时却委实是感受着迫切。在那样的状态中受着诗的推荡、鼓舞，终于见到了她的完成，便连忙跑回寓所把她来写在纸上。
>
> ——《我的作诗经过》

写下了《地球，我的母亲》之后，郭沫若意犹未尽，他又帮别人扛了一阵行李，方才平静了下来。显而易见，这种不可阻遏的激动包含着大幅度的身体动作。郭沫若后来甚至不惮于说：“我高兴做个‘标语人’‘口号人’，而不一定要做‘诗人’”[16]——标语口号似乎与跃跃欲试的身体更为合拍。这个时候，古典诗人那种“吟安一个字，捻断数茎须”的沉吟形象已经距离得很远了。

不过，中国抒情诗的历史告诉人们，这种浪漫主义的狂飙突进并没有维持多久。空泛的热情所带来的疲倦，冲破压抑之后的骤然松弛，尤其是启蒙主题的受挫和战争环境的降临，这一切很快使浪漫主义的激情开始衰退。强大的个性张扬无法继续成为抒情话语的情感资源。于是，那种发自内心同时又排山倒海、叱咤风云的气势销声匿迹了。

然而，令人奇怪的是，浪漫主义所遗留的抒情诗文类并未遭到完全的废弃。的确，闻一多随后曾经批评过“伪浪漫派”的滥情浮夸，提出重返格律；李金发的象征主义力图把抒情诗引向凝练含蓄；但是，这些诗学内部的精致调整很快被大刀阔斧的革命与战争截断了。抒情诗的历史证明，浪漫主义式的激越、豪放、纵情、明朗似乎更为投合时代风气。五六十年代盛极一时的政治抒情诗和新民歌分别从不同的方面继承了浪漫主义的诗学遗产，以至于郑敏至今依然把“新诗中一直忽隐忽现的伪英雄气概和滥而失真的中式浪漫主义高调”追溯到郭沫若式的语言。⑰

这无疑带来了一个问题：什么代替了浪漫主义的强烈个性而继续供奉着浪漫主义所遗留的抒情诗文类？这时人们遇到了“大我”这个概念。“大我”意味着超出乃至抛弃具体的个人情怀，在抒情主人公后面注入民族和国家的内涵——亦即政治话语。胡适和陈独秀当初已经毫不掩饰地表示，“文化革命”是实现政治理想的一个迂回策略；在这个意义上，政治话语并不是一套政治家独自操作的冷漠概念，政治话语同样在情感上震撼着诗人，从而成为抒情题材。30 年代以后，救亡的形势致使这一点更为明确，王光明曾经解释过这个转折：

> 在民族生存问题压倒一切，国家民族主义情绪高涨的情况下，自觉或不自觉地放弃了“诗是诗”的纯诗要求，经由民族现实诗歌话语的过渡，转变成阶级的群体话语。它最醒目的特征，是诗歌中个人意象与具体情境的削弱，转向了历史现实斗争的场景，以人民代言人的主体抒情定位表现时代的斗争激情。
>
> ——《艰难的指向》

这里可以看出，政治话语替代浪漫主义的“自我”并没有导致抒情的削弱和衰竭。相反，许多诗人情愿放弃自我，毫不犹豫地投入政治话语，并从中感到了激昂的活力。他们也许不可能在政治话语之间抒写最为深刻的内心经验，但是，这种抒情诗挑动的身体亢奋从另一个方面弥补了这样的缺憾。经历过五六十年代一系列疾风骤雨式的政治运动之后，政治话语终于和抒情诗文类牢固地结合在一起，成为固定的抒情主人公。某些试图恢复“自我”的努力受到了严厉的呵斥，从艾青、何其芳、郭小川到流沙河、公刘、邵燕祥，众多诗人因此被划入另册。这样，强大的政治话语成了抒情诗文类特征后面的全部依据。

四

政治抒情诗一度成为中国抒情诗的典范，这显示了政治话语与诗学的互相满足。政治抒情诗出任时代的号角，这隐伏着双重的意义。首先，诗学完成了向政治话语的归顺，诗人不再扮演独往独来、傲视权势的叛逆者，相反，他们自愿地把诗变成——如同马雅可夫斯基所宣布的那样——政治阵地上面的“旗帜和炸弹”。其次，政治抒情诗最大限度地表明了政治话语与抒情文类携手合作的可能性，表明了抒情诗文类的特征如何充分地制造出政治效果。如果说前者已经非议颇多，那么，我更愿意谈论后者。

政治抒情诗文类的特征并不复杂。也许，人们首先会察觉到，政治抒情诗十分适于朗诵——贺敬之的《放声歌唱》或者《雷锋之歌》这些诗作时常被演员作为朗诵的脚本，并且取得了可观的现场效果。政治抒情诗所常见的复沓、排比、对偶、铺陈、铿锵的音调以及一度十分时髦的阶梯式排列无一不是为朗诵提供了良好的条件。这表明政治抒情诗从书写式、独白式向口语式、对话式靠拢。换句话说，政治抒情诗同时还成功地让身体进入亢奋状态，有效地实现了政治话语的完整意义：理想的政治话语不仅仅是精神指令，同时还可以鼓舞人们的身体，使之实践这些指令。这些政治抒情诗一扫低靡之音，诗人的充沛豪情、雄辩气势与宏大的篇幅相辅相成。人们的精神和身体都将在吟诵之中保持昂扬的状态。可以从政治抒情诗之中看到一些独到的修辞：“长征路上／那血染的草鞋／已经化进／苍松的年轮”，“淮海战场／那冲锋的呼号／已经飞入／工地的夯声”，这一类修辞将政治话语与日常景象巧妙地缀合起来。可是，政治抒情诗的修辞通常停留在理性综合的平面上而难以进入个人意识的幽深——例如像庞德那样将“这些面庞从人群中涌现”同“湿漉漉的黑树干上花瓣朵朵”叠加在一起。由于口语和对白的局限，政治抒情诗的修辞难度不该超过口耳交流的承受能力。事实上，在政治抒情诗大量出现的时候，围绕着“红日”“战鼓”“东风”“青松”“红旗”“春燕”“风暴”“大海”所出现的比喻和象征迅速沦为惯用的政治代号，形成僵硬的程式。这不仅是想象力的贫乏，同时还是口耳交流的病态后果。如今，人们可以反向地证实政治抒情诗对于身体的作用：一旦这些诗句的气势不再激动人们的身体——一旦高亢的音调和有力的节奏不再让人们心跳加快，肌肉紧张，全身绷紧，那么，精神内涵的匮乏就会成为一个醒目的缺陷。除了矫揉造作，人们很难从这里体会到更多的什么了。

始于50年代后期的“新民歌运动”与政治抒情诗异曲同工。许多人指出，“我就是玉皇／我就是龙王／喝令三山五岭开道／我来了！”这样夸饰的诗句其实与“大跃进”年代的盲目气氛息息相关。尽管如此，人们仍然不得不追问文类上的依据：为什么是“新民歌”而不是别的什么入选？这里，民歌的民间来源是一个不可忽视的原因。除了节奏齐整，朗朗上口，甚至互相对唱，民歌还时常具有热烈泼辣的内容，尤其是在情爱方面。这种生气勃勃的风格与冥想沉吟的抒情主人公格格不入。民歌是外显的，充满了身体行动的意味。如果政治话语获得这样的风格，它将更为有效地兴奋人们的神经。据考，新民歌的先声是政治、生产口号的歌谣化，歌谣与身体动员的关系已经初见端倪。[18]新民歌运动兴起之后，政治话语置换了民间内容的同时，口语与对白的特征却得到了持续的放大——许多地方甚至通过人为的外部形式实现这些特征，诸如赛诗会、诗擂台、田头山歌牌、献诗台，等等。多数时候，这些新民歌的写作粗率随意，泥沙俱下，庞大数量之中的闪光之作少得可怜。尽管如此，平庸、重复、肤浅并没有被视为缺陷，新民歌运动毋宁说是强调一种现场气氛，一种既是演员又是观众的共同激动，一种名副其实的集体抒情。按照当时的尺度，这种气氛、激动和集体抒情远比一些佳句妙语更为重要。前者可以凝聚身体的力量，后者却可能是不无危险的赘物。政治话语对于民间文化的内容清洗曾经引起批评家的注视[19]；在我看来，新民歌运动更像是政治话语对于民间文化形式的征用。

在政治抒情诗和新民歌运动的背景下面，70年代末涌动的新诗潮迅速形成一个惊世骇俗的崭新景观。北岛、江河、舒婷、顾城、杨炼、梁小斌、芒克、多多这些诗人的名字出现在公开出版物上面，他们的诗产生了迥然不同的巨大反响。新诗潮曾经获得一个别称“朦胧诗”，这个别称一度成为新诗潮最为响亮的概括。相对于政治抒情诗和新民歌，新诗潮之中的许多诗作晦涩难解。晦涩难解是阐述新诗潮所必须穿越的第一道关隘，也是新诗潮向政治抒情诗和新民歌所习惯的诗学传统提出的挑战。我不必重复人们对于新诗潮的种种论述，我仅仅想继承遗留下来的理论线索：新诗潮越过了身体亢奋的阶段，继续进入了精神的纵深。诗人向人们证明，精神的纵深并非一面光滑的镜子，如同感官经验一样平面地映现外部世界；精神纵深种种神秘的喜悦、悲哀、起伏、冲动是身体和感官所难以企及的。新诗潮动用了象征、意象、变形、隐喻等一系列修辞手段。

这并不是一种语言的浪费；相反，这恰恰表明，那些诉诸感官经验的现实主义白描在这里不够用了。艾略特在谈论《哈姆雷特》时提出的“客观对应物”时常被挪用到这些诗作上面：“用艺术形式表现情感的唯一方法是寻找一个‘客观对应物’，换句话说，是用一系列实物、场景、一连串事件来表现某种特定的情感；要做到最终形式必然是感觉经验的外部事实一旦出现，便能立刻唤醒那种情感。”[20]换句话说，精神纵深所发生的一切无法由简单的抒情话语和身体亢奋予以解释，它必须通过种种复杂的修辞进行暗示、反衬，迂回传述。这即是没有感叹词的冷抒情。概括而言，新诗潮意味着对于人的重新发现：这些诗作从政治话语和身体亢奋的呼应后面继续看到了精神深部的景观。这是身体重量后面人的深度，也是政治框架之外的生存维度。在抒情话语类型的光谱上，新诗潮恢复了抒情诗文类的传统位置。

提到了新诗潮之后，人们不能不随即联想到新生代诗人——新生代诗人正是在pass舒婷和北岛的一片嘘声之中隆重登场。显而易见，“新生代”诗人仅仅是一个描述性——而不是概括性——的概念。新生代诗人的纷杂面貌是难以概括的。他们之间涌现出一批富有冲击性的诗人，同时，某些诗人还提出了相当深刻的诗学理论。强行统一他们无疑是不智之举，他们的共同点毋宁说是对于新诗潮第一代领袖的反叛——那种如同抓中药一样配置意象的修辞遭到了他们的辛辣嘲笑。抛弃意象主义之后，一批新生代诗人选择了平民化、口语化、反意象，等等。这批新生代诗人眼里，深刻、崇高或者美都是没有来由的造作，他们所看到的仅仅是生存的乏味、平淡、琐屑。他们的平民化、口语化和反意象毋宁说在于矫正贵族气，表现日常的生存体验。这的确是诗学理想的改写，但是，这样的挑战已经超出了抒情话语类型光谱。这批新生代诗人通过庸常的现实放逐了抒情语境，抒情话语的撤出导致了叙事话语的入侵。在文类的意义上，丧失“诗意”的后果是，这批新生代诗人的诗作开始向小说——来自世俗乐园的文本——靠拢。对于抒情诗说来，这是凶吉未卜的一个重大事变。

无论如何，人们可以肯定，新生代诗人不宜也不屑于成为当今众望所归的抒情歌手。尽管新生代诗人不惮于故作庸俗，但是，他们疏离大众的姿态已经在调侃传统诗学理想的时候表现得淋漓尽致。于是，诗人的匮乏促使另一批人乘虚而入。他们在一系列机械技术和商业手段的协助之下完成了一个篡夺，成功地掌握了这个时代的抒情园地——当然，我指的是流行歌曲的制作者。没有人能够否认，流行歌曲已经成为当今大众抒情的首选对象，由于电视机、歌舞厅、影碟、录音带等传播媒介的出现，流行歌曲的覆盖面是以往的抒情诗所不可比拟的。不必讳言，多数流行歌曲的歌词主题狭窄，修辞平庸。但是在许多场合，流行歌曲征服大众的时候重新启用了一个卓有成效的古老手段——身体的介入。如果说抒情诗的身体亢奋必须通过文类特征间接地产生，那么，配合流行歌曲的传播媒介则是直接将身体呈露在大众面前。从现代包装之下金碧辉煌的歌星、MTV 屏幕上面的性感女郎到歌舞厅里手执话筒自唱自娱的消费者，抒情所带动的身体亢奋得到了空间的集聚。这有效地弥补了流行歌曲的文字不足，使之魅力倍增。如果在摇滚乐队的演奏现场，身体的因素甚至比歌词还要重要。身体配合着有力而疯狂的节奏毫无顾忌地扭动，一个巨大的抒情行动艺术宣告诞生。很难预测，流行歌曲的崛起和完善将对抒情话语类型光谱产生什么样的震荡。这很可能是抒情话语未来历史上的重要一章。

注释：

①⑤ Cf. Bakhtin, "The Problem of Speech Genves", in *Speech Genres and Other Late Essays*, Austin: University of Texas Press, 1986.

②④ 黑格尔：《美学》第三卷下册，朱光潜译，商务印书馆 1981 年版，第 23 页，第 200 页。

③⑦⑰ 郑敏：《世纪末的回顾：汉语语言变革与中国新诗创作》，《文学评论》1993 年第 3 期。

⑥ 叶维廉：《中国诗学》，生活·读书·新知三联书店 1992 年版，第 292 页。

⑧ 朱自清：《〈中国新文学大系·诗集〉导言》。

⑨ 郭沫若：《立在地球边上放号》。

⑩ 参见《文心雕龙·附会篇》《文心雕龙·风骨篇》。

⑪ 这方面论文颇多，近期论文可参见吴承学《生命之喻》，《文学评论》1994 年第 1 期；韩湖初《"生命之喻"探源》，《文学评论》1995 年第 3 期。

⑫ 苏珊·朗格：《情感与形式》，刘大基等译，中国社会科学出版社 1986 年版，第 299 页。

⑬ 柯勒律治：《文学传记》，载《西方文论选》下，上海译文出版社 1979 年版，第 32 页。

⑭⑮ M. H. 艾布拉姆斯：《镜与灯——浪漫主义文论及批评传统》，郦稚牛、张照进、童庆生译，王宁校，北京大学出版社 1989 年版，第 213 页，第 158—159、224 页。

⑯ 参见《我的作诗经过》一文。

⑱ 洪子诚、刘登翰：《中国当代新诗史》，人民文学出版社 1993 年版，第 163 页。

⑲ 陈思和：《民间的沉浮：从抗战到文革文学的一个解释》，载《鸡鸣风雨》，学林出版社 1994 年版。

⑳ 艾略特：《哈姆雷特》，载《艾略特诗学文集》，王恩衷译，国际文化出版公司 1989 年版，第 13 页。

（1996 年第 2 期）

论卞之琳的新智慧诗

王泽龙

金克木在1937年的一篇新诗批评中称30年代崛起的“以智慧为主脑”的主智诗潮为“新的智慧诗”①。新智慧诗的突出代表是隶属于现代派群体的卞之琳、废名、曹葆华等。他们的诗歌以冷静的哲思倾向与深邃的智慧的凝聚，追求诗与哲学的融会而与其他现代派诗人形成鲜明的区别，开辟了中国现代主义诗歌探索的一条新途径。其中以卞之琳的诗歌最具代表性，艺术成就最高。本文的探讨只包括卞之琳30年代的现代主义诗歌创作。卞之琳30年代的诗集包括《三秋草》《鱼目集》《数行集》（即《汉园集》的第三部分）以及《音尘集》。1942年桂林明日社出版的诗集《十年诗草（1930—1939）》基本上收入了他30年代诗歌创作的大部分。

上篇：感性与智性的融合

卞之琳是现代主义诗人中最具有现代审美意识与文体意识的诗人之一。他说自己写诗：“规格本来不大，我偏又喜爱淘洗，喜爱提炼，期待结晶，期待升华。”②卞之琳的创作是受他的老师徐志摩的影响而发端的，但是他的审美趣味却不像新月派的大多数诗人那样钟爱18、19世纪英美浪漫主义诗人，他主要欣赏的是法国象征主义诗歌，关注的是世纪之交的西方现代主义诗潮。有人称他是一个“在《新月》上写诗而又能跳出同侪的圈子，保留了个人特点的诗人”③。他曾在新月派的阵地《诗刊》上译介了马拉美、罗刹蒂的诗，节译过波特莱尔的《恶之花》，还翻译了尼柯孙的论文《魏尔仑与象征主义》。他说过，“我就在1930年读起了波特莱尔，高蹈派诗人、魏尔仑、马拉美以及其他象征派诗人。我觉得他们更深沉，更亲切，我就撇下了英国诗”④。他在30年代初期的创作开始明显呈现出与新月派其他诗人不同的特点。

卞诗与以情动人的主情诗相反，以不使人动情而使人深思为特点，极力避免情感的发展而追求智慧的凝聚。他的诗学原则是直接受西方现代主义诗学影响而形成的。艾略特在他的著名论文《传统与个人才能》中标举的“诗并不是放纵情绪，而是避却情绪”这样一个以经验代替情绪的智性化诗学原则在现代主义诗坛产生了重要影响。现代主义诗论认为：“写作诗的人比之他的情绪，更应用他的智慧”，“睿智（intelligence）正是诗人最应当信任的东西”。[⑤]艾略特的诗学贡献主要就是集中在对智性怎样恢复到诗中去的关注。在西方诗歌史上，感性与智性、情绪与理智长期是二元对立物。新古典主义反对非理性和神秘怪诞的成分，实际上呈现出理性主义的意味。在浪漫主义对理性主义的反拨中，情感的宣泄，主观的表达受到了鼓励，但又向另一极端发展。他们认为理性和智性都是不利于艺术和情感的，是诗歌创作中应该被摒弃的。因此，在现代主义诗歌崛起之前，英美诗坛上呈现出一个共同倾向：诗人们要么沉溺于肤浅的个人伤感，仅仅从一些规范化了的意象或比喻中来唤起情感，要么全神贯注地说教，只是用诗的韵律包裹着某些老生常谈的道理。在他们的思维方式中，理性与感性是完全分离的，既没获得真正的感情，又没能真正理性地思维。艾略特的努力，就在于致力修复这种理性与感性的脱节。艾略特认为，诗应当“创造由理智成分和情绪成分组成的各种整体”，在理智与情绪的诗学关系中，“诗给情绪以理智的认可，又把美感的认可予思想”。并认为，“最高的哲学应该是最伟大的诗人的最好材料”[⑥]。他把诗中所表现的哲学是否伟大以及表现得是否圆满和精到作为衡量诗人高下的两个准则，可以说这正是艾略特诗学中“智性美”的双重内涵。卞之琳的诗歌正是在这样一种诗学原则的诱导下，开始他诗歌的智性美的探求的。

卞之琳30年代的诗歌大都是经过了理性淘洗后的结晶。让我们先解读他的一首爱情短诗：

我在散步中感谢
襟眼是有用的，
因为是空的，
因为可以簪一朵小花。

我在簪花中恍然
世界是空的，
因为是有用的，

因为它容了你的款步。

——《无题·五》

短短八行诗句，看似写得漫不经心，意象的获取仅是一个生活中毫不惹人注意的衣服上的“襟眼”。他散步中忽然发现空着的扣眼可以插入一朵象征爱的小花，心中顿觉欣喜快慰。平时襟眼空着的时候，你没有想到它的用处，一旦它给你带来慰藉，你便觉得这空着的东西成了有意义的存在。在“簪花”之时，诗人突然间悟到，这世界也宛如襟眼，它也是空着的，正因为它空着，方能容了你的款步。一个更深刻的人生哲理由此而暗示：“无之以为用”，一切都在貌似无用中显示出它的用处。热恋中的那种激情、欢悦或感伤、思恋都被淘洗得一干二净。诗人在簪花于衣襟的散步中体味到的是宇宙的自然规律，感悟到的是存在于世间的一切事物的相对性质，任何事物在有用与无用之间，不可能存在着绝对的界线。诗人就这样在一种恍然的诗意中升华出一种宇宙人生的哲学。

卞诗既有深邃的哲理意蕴，又有丰富生动的艺术感性。智慧诗以形象的语言描绘宇宙世界，以象征的形象暗寓人生哲理。智性之美是深邃的理性美、艺术的想象美、灵动的意象美的融合。给卞之琳影响较大的法国后期象征派诗人瓦雷里在《诗的艺术》中指出：“诗歌与艺术都以感觉作为起源和终结，但是这两端之间，智力的各种思维才能，甚至是最抽象的，同各种技巧才能一样都能够，也应当得到施展”，诗歌是一个“感应、改造和象征的系统”，是感性与知性的“融合”。卞之琳诗风明显受到了瓦雷里诗学与诗风的影响，偏于抽象的沉思、内省、分析，同时具有形象感与暗示性。卞诗的智性与感性的交融又呈现出自己的个性特征。

第一，善于将具体意象和抽象思想融化为一体，常常是整体抽象而细节具体，意象鲜明。因此，卞诗虽然深奥抽象，却有生动的形象外壳。如《倦》：

忙碌的蚂蚁上树，
蜗牛寂寞地僵死在窗槛上
看厌了，看厌了；
知了，知了只叫人睡觉。

蟪蛄不知春秋，
可怜虫亦可以休矣！

华梦的开始吗？烟蒂头
在绿苔地上冒一下蓝烟？

从艺术感性上看，它呈现的是自然生命世界的忙碌与寂寞、知与不知，它内含的是观物者的一种心理的厌倦与茫然情绪。从为生而忙碌的蚂蚁，到死后蜗牛的寂寞，从夏日叫唤“知了”的知了，到春秋“不知”的蟪蛄，在这两组意象的对举与四个意象的排列组合中，传达的是观物者对宇宙世界的思索与经验。最后两句由外象世界转向内心体验：“华梦的开始吗？烟蒂头／在绿苔地上冒一下蓝烟？”这两行似实似虚，看似猜测联想，又是逼真具体的细节，绿苔地上烟蒂头冒出的蓝烟就是人生的华梦吗？这样一个朦胧神秘而又具体生动的意象情景正是从前面四种自然生命意象世界中得出的“感悟”，形成了对人生世界的“达知”，其中所蕴含的是包括了生与死、忙碌与闲适、知与不知的宇宙人生的相对性哲理，又隐含了较明显的人生孤寂中的厌世心态与虚无情绪。

再看《归》这首小诗：

像观察繁星的天文家离开了望远镜，
热闹中出来听见了自己的足音。
莫非在自己圈子外的圈子外，
伸向黄昏的道路像一段灰心。

这首诗的意象有鲜明的对比性：从无限阔远而繁闹的宇宙万象，缩回到自身孤寂的心灵世界，像是离开了宇宙星座，出来寻找自己的人生归宿，“伸向黄昏的道路像一段灰心”，渺远、茫然、无依无归，越追寻越暗淡的生命体验便油然而生。这种生命归宿的哲思与经验感受是在异常生动的意象中包容的，其中不乏艺术的想象美与朦胧幽远的意境美。这正是卞诗追求智性与感性交融的佳构。这类智性诗正如后期象征派诗人里尔克所指出的：最真实的内在精神表现为活生生的事物、现象和过程，感性存在与抽象存在统一为活的形象。优异的智性诗，智性与感性不是分离的，二者又不是生硬的无机性黏合。若只有智性的深邃，而无感性的有机融合，这种诗只能类似于哲学的冥思玄谈；若只有感性的形象呈现而缺乏哲理的蕴含，诗就不会有深厚的审美张力与智性美的神韵。

第二，卞诗的智性与感性的交融，还体现在诗的表面的平淡与暗示的深刻相统一的艺术之中。卞之琳曾说：“可能我着墨更平淡一点，调子更低沉一点。我开始用进了过去所谓‘不入诗’的事物，例如小茶馆、闲人手里捏磨的一对核桃、冰糖葫芦、酸梅汤、扁担之类。我也常用冷淡盖深挚（例如《苦雨》）或者玩笑出辛酸（例如《叫卖》）。”[7]卞诗的“表面平淡”与“暗示的深刻”主要表现为两个方面：一是采撷凡人小事入诗，从平常生活画面或意象中开掘丰富的人生哲理；二是采用平淡的表现风格，表达冷峻幽深的哲理沉思。这种平淡的表现风格又具体地体现为叙述的平实、亲切，格调的冷峻，用语通俗明了。卞诗的智性表现与哲理意味有一种“大智若愚”“大巧若拙”的风格之美。且看《道旁》一诗：

家驮在身上像一只蜗牛，
弓了背，弓了手仗，弓了腿，
倦行人挨近来问树下人
（闲看流水里流云的）：
“请教北安村打哪儿走？”

骄傲于被问路于自己，
异乡人懂得水里的微笑；
又后悔不曾开倦行人的话匣
像家里的小弟弟检查
远方回来的哥哥的行箧。

废名称道这首诗“古朴得好，新鲜得好，句子是真好，意境也是真好，把作者的个性都显出来了”[8]。村头一位行人，路旁的一段问话，生活中常有的事情。诗歌却在倦行人与树下人的神态、言行、心理的比照中显现出一种理趣与人生态度。倦行人如蜗牛的形象近乎白描，却写尽了“倦行人”负累的无限愁苦；而树下人看行云流水的悠然自得，对倦行人问路微笑而不答的骄傲，无不表现出一种无牵无挂、无忧无虑的自在与闲适。树下人的后悔不曾开倦行人的话匣之中，又无不表露出对尘世所累的倦行人的几分揶揄。这里，树下人真有几分如小弟弟，他不理解远方回来的哥哥这位倦行人的劳碌而无所归依。归向自然的人生超脱与现实的生命困顿与挣扎的矛盾情景两相并置，包含了对生命本质形态的某种悲凉体验。全诗的语态自然、亲切，深意尽在人物朴实可感的形神举止之间，宇宙人生的经验感受在古朴而新鲜的画面之中凝结。

再看《车站》一诗的片段：

抽出来，抽出来，从我的梦深处
又一列夜行车。这是现实。
古人在江边叹潮来潮去；
我却像广告纸贴在车站旁。

这当然是生活中常有的情景：深夜候车时的典型感受与经验。这情景既平实、具体，又空灵恍惚。感受与细节是逼真的：夜行车由远方而来仿佛来自梦中，“我”寂寞地候车，就如同广告纸贴在车站旁。然而诗的内在蕴含却是空灵、幽深的：古往今来，身同逆旅，人生经历如同梦中行车，生命的驿站正似那梦中的车站，这就是卞诗内蕴的深刻与表面平淡相统一的艺术创造。

卞诗中的生活化意象或小景物中包孕着丰厚的现代意义的人生哲学的启示。他的诗歌意象虽然平常，甚至有些是传统诗词中常见的，但一经诗人的艺术淘洗，诗歌所呈现的却是现代人生哲学观、宇宙观、生命观，充满了现代理性美与诗情美。现代哲学意识与审美意识的渗透，给平常意象吹进了活泼新鲜的生命气息，使传统意象焕发盎然生机。且看《雨同我》：

“天天下雨，自从我走了。”
“自从我来了，天天下雨。”
两地友人雨，我乐意负责。
第三处没消息，寄一把伞去？

我的忧愁随草绿天涯：
鸟安于巢吗？人安于客枕？
想在天井里盛一只玻璃杯，
明朝看天下雨今夜落几寸。

诗中“雨同我”构成了一种不可分离的关系，“雨”是人生忧愁的总体象征。两地友人雨，都因“我”而落，他们的愁绪“我乐意负责”。“第三处”是“我”牵挂的又一友人处，或许也是“我”人生旅程的又一驿站，想必那里也会因“我”而雨吧？我的忧愁无处不在，它“随草绿天涯”。“雨”成了一种人生形态与人生漂泊者无可奈何的心态象征物。第二节由外在情景描述转向内心的沉思，这沉思又是在想象之中的意象上凝聚的。“我的忧愁随草绿天涯”与“明朝看天下雨落几寸”皆是由传统诗歌意象化用而来的。“天涯何处无芳草”，“记得绿罗裙，处处怜芳草”，“离恨恰似春草，更行更远更生”，或表现为爱的忧伤追抚，或写人生的离愁别绪。卞诗中的“我的忧愁随草绿天涯”，是弥漫了一切时空，与“人”同在，不可分离的生命忧伤。它不仅仅是艺术处理上将传统意象的静态比喻化为了动态的抒写，而是在“雨”这个传统意象中吹进了现代生命气息，“雨”不单是“愁”的喻体，而是成了“我”的愁绪的外化物，“雨”本身具有了一种本体存在的意义，从艺术观念到艺术呈现皆体现了卞诗对传统的现代革新。“天下雨今夜落几寸”，最容易让人们联想起卞之琳所喜爱的李商隐的诗句：“春心莫共花争发，一寸相思一寸灰。”卞诗将“随草绿天涯”这一阔大的时空感作了近距离的浓缩，从虚幻的想象变为凝定的实写，将满天涯的愁绪容注于小小的玻璃杯中来测量。显然，诗人在对古典主义诗歌意象的化用中，渗透的是现代人的情绪，形式上也完全是现代化的包装。废名十分喜爱这首《雨同我》，他说：“明朝看天下雨今夜落几寸”，这个句子真是神乎其神，这个思想真是具体得很。李商隐有一句诗写雨真是写得奇怪，这句诗是“雨不厌青苔”，然而新诗还不是美丽的溢露，是一座雕像，是整个的庄严。[9]废名看到了在意象艺术上卞诗与传统诗歌联系中的根本差异。

卞诗在乎淡中寓深刻的艺术天才，使他能在短小的形式里容纳深厚的哲学内容。他的诗大都篇制短小，却凝练饱满，充满了智慧的奇特，勃发着生动的诗情，显现出一种特有的神智之美。他说过：“有些诗行，本可以低回反复，感叹歌诵，各自成篇，结果只压缩成一句半句。”[10]卞诗的高度凝练，是与它绵密的理意分不开的。他的一首短诗中往往浓缩着一组诗的内涵，一二行诗句包容一首诗的意蕴。像《归》这首诗，全诗仅四行，却可分解为三个理意单元：第一、二行的“归”是从极远归向极近，从极闹归向极静，从宏观归向微观，从外界归向自我。至第三行，显示的理意则为主人公发现这归向的茫然或错误，自我之外尚有圈子外大得多的世界，归回并不解决归向何处的问题。最后一个理意层次呈现的则是无处可归的心理外化状态：归去的路就像走在伸向黄昏的路上，越走越灰暗。卞诗中这种绵密的理意，除废名的诗歌外，其他现代诗中是不多见的。

第三，卞诗的感性与智性的融合在语言艺术上突出表现为具象词与抽象词的巧妙嵌合。语言的具象性是现代主义诗歌感观性特征的重要显现。在西方浪漫主义、古典主义诗歌中，主要是以抽象的语言说理或直抒胸臆。而现代主义诗歌语言，再不是号码式的符号，而是一种看得见的具体的形象语言。卞之琳将这种具有感官性的具象语言理解为“完全是具体的境界”。然而卞诗语言的具象特征的感官性又不是一种缺乏内涵的“图画式印象主义”，也不是诗歌的生动如画或传统的“诗中有画”，他致力追求的是一种智性美或思辨美。为达到感观性与思辨性的统一，在语言组合上他有意将抽象词与具象词搭配，构成一种既具体又模糊的虚实相交的境界，形成一种物质状态的具象化向精神状态的抽象化转化，从而体现出特有的抽象理性美与具象感性美的融会。如：

我喝了一口街上的朦胧

（《记录》）

友人带来雪意和五点钟

（《距离的组织》）

伸向黄昏去的路像一段灰心。

（《归》）

呕出一个乳白色的“唉”。

（《黄昏》）

听一串又轻又小的铃声
穿进了黄昏的寂寞，
我们便随地搭起了篷帐，
让辛苦酿成了酣眠。

（《远行》）

踉跄的踩着虫声，
哭到了天边。

（《夜风》）

上述具象词与抽象词的组合并非一般修辞意义上的通感手法，因为不少抽象词是不具质感的，或质感不易捉摸的，而且常常是不具质感的词被作为质感词使用。像“铃声穿进了黄昏的寂寞”中的“寂寞”，“辛苦酿成了酣眠”的“酣眠”，“友人带来雪意”的“雪意”等皆是抽象词被质感化了。上述具象词与抽象词的组合，基本上是实动词谓语与“虚”名词性宾语的搭配。这种语言的奇妙的艺术组合，打破了语义的逻辑关系，构成一种诗意的逻辑，既大大地扩充了诗歌语言的弹性与张力，丰富了诗歌语言的表现内涵，又扩展了诗的官感性范围，加深了诗的理意。卞诗这种语言艺术对他之后的中国现代主义诗歌的影响十分明显。

下篇："非个人化"的艺术

"非个性论"是西方现代主义诗学中一个重要诗学范畴。艾略特在 1917 年提出了"非个性论"这个著名的诗学概念："诗不是放纵感情，而是逃避感情，不是表现个性而是逃避个性。"⑪在艾略特、瓦雷里等后期象征派诗人的诗中，很少有个人遭际的直接表现与个人内心情感的直接袒露，有的是"重要的印象和经验"的艺术呈现。艾略特认为："诗人没有什么个性可以表现，只有一个特殊的工具，只是工具，不是个性，使种种印象和经验在这个工具里用种种特别的意想不到的方式来相互结合。""艺术的感情是非个人的"，"因为诗不是感情，也不是回忆，也不是宁静。诗是许多经验的集中，集中后所发生的新东西"⑫。卞之琳不仅译介过艾略特的这篇著名的诗学文章《传统与个人才能》，而且明显地接受了"非个性论"诗学的影响。他说：

> 最初读到 20 年代西方"现代主义"文学，还好像一见如故，有所写作不无共鸣。
>
> 没有真实情感，我始终是不会写诗的，但是这时期我更少写真人真事。我总喜欢表达我国旧说的"意境"或西方所说的"戏剧性处境"，也可以说是倾向于小说化，典型化，非个人化，甚至偶尔用出了戏拟（parody）。所以，这时期的极大多数诗里的"我"也可以和"你"或"他"（"她"）互换。⑬

卞之琳还明确表白，"写《荒原》以及其前短作的托·斯·艾略特对于我前期中间阶段的写法不无关系；同样情况是在我前期第三阶段，还有叶慈（W. B. Yeats）、里尔克（R. M. Rilke）、瓦雷里（Paul Valery）的后期短诗之类"⑭。这种西方后期象征主义的"非个性化"艺术影响在卞诗中表现有下面几个方面的特征。

第一，主体变位。卞诗经常采用人称的换位，追求一种多重声部的复合效果。换位的第一种形式是，他的诗中常常不是一个抒情主体，而是多个主体的交换变位。如

《白螺壳》：

空灵的白螺壳，你，
孔眼里不留纤尘，
漏到了我的手里
却有一千种感情：
掌心里波涛汹涌，
我感叹你的神工，
你的慧心啊，大海，
你细到可以穿珠！
可是我也禁不住：
你这个洁癖啊，唉！

玲珑剔透的白螺壳是一个蕴含丰富、具有哲理意味的象征性喻体。它，空灵、纯洁、丰富、美丽，是一座小小的迷宫，是扑朔迷离的人生理想世界的隐喻，是掩映着作者智性思考的一座七宝楼台。诗歌中的人生感慨与经验的诗意传达，是在多个主体的对话互换中完成的。上面所引第一节中的对话主体包括“白螺壳”“我”“大海”。作为抒情主体的“我”没有变，而与“我”对话的主体“你”却是变换了的。同是一个“你”，开始指代“空灵的白螺壳”，继而到“我感叹你的神工，你的慧心啊”中的“你”则是大海的借代。“可是我也禁不住：你这个洁癖啊，唉！”此句则又是对白螺壳（“你”）的纯洁品格的咏赞。到诗的第二节，主体人称“我”出现变化：

请看这一湖烟雨
水一样把我浸透，
像浸透一片鸟羽。
我仿佛一所小楼，
风穿过，柳絮穿过，
燕子穿过像穿梭……

这一节是白螺壳作为主体的“自我”独白，“我”成了白螺壳的代称，已不是第一节中抒情主体的"我"了。当然作为象征体的白螺壳中也隐含了诗人自我的心境，白螺壳的内心倾诉中暗示了人生理想的美丽与悲哀，欢悦与彻悟。这种主体的多重变换，传达的是人生经验的复合交响，构成了一种多元立体空间，从多角度表现人生感兴与诗思，又可接纳读者多侧面的欣赏与阐释，这不是个性化抒情所能达到的。

卞诗主体换位的另一种形式则是可以互换人称。如诗人所说，他的"极大多数诗里的'我'也可以和'你'或'他'（'她'）互换"。与主体的多重变换不同，这种互换指人称可以互相替代，互换后非但不妨碍诗意的表现，反而扩展了诗的内涵，使诗思复杂化，表现具有辩证意味或普遍性的哲理蕴含。如《旧元夜遐思》：

灯前的窗玻璃是一面镜子，
莫掀帏望远吧，如不想自鉴。
可是远窗是更深的镜子：
一星灯火里看是谁的愁眼？

"我不能陪你听我的鼾声"
是利刃，可是劈不开水涡：
独醒者放下屠刀来为你们祝福。

全诗抒写节日深夜孤灯独坐，难排难遣的离愁。第一节由眼前景起兴，其中暗含了一个抒情主体的对话形象。不过这个对话主题可以作双重的理解，具有可换位的特征。一是可看作抒情主体"我"与"你"的对话：你如果不想自鉴，就"莫掀帏望远吧"；二是可看作抒情主体自我的内心对话，自我告诫：如果不想自鉴，自寻忧愁，就"莫掀帏望远吧"。然而，"不想自鉴"，"莫掀帏"也无用，窗户这面镜子中的"一星灯火"，"看是谁的愁眼？"这一个"谁"字用得极妙，它指代不定，可以是"你"，也可以是"我"，更可以是"她"（他）。这一节中虽然没有出现主体人称，却隐含了主体人称的可换性机制。第二节则更有意味："我不能陪你听我的鼾声"，"我"在梦中，"我"的鼾声自然只有"你"才能听到，"我"当然不能陪"你"。这正如："你"的鼾声也只有"我"能听到，"你"也不能陪"我"一同听"你"自己的鼾声，因为"你"在梦中。这个诗句的人称可换性表明，它表现的再不是个人的情感体验，而是一种非个人的普遍的人生经验。由此而感知："人在你梦里，你在人梦里"，"人"与"你"的互换所要表达的正是某种人生哲理：自我永远只能在别人的梦中似有似无的存在，自我是永远无法理解自我、认清自我的；“人”与“人”也如在梦中，彼此也是无法相知的；终归“人”永远是孤独的、寂寞的、不可认知的。这是一个解不开的人生宇宙之谜，劈不开的“水涡”，这是清醒的理性之刃在混沌的人生之壁上的卷刃，任何“独醒者”只有放下屠刀。这首诗表现了一种对宇宙人生与人的生存本质的悲剧体验。人称的互换与主体的变位，直接节制了自我情感的铺张，使诗的意理成为一种具有形而上的普遍意义的智性的凝聚。它构成了卞之琳新智慧诗不可或缺的玄思特征，又是卞诗十分重要的艺术表现手段。

第二，戏剧性对白，是卞诗“非个人化”特征的又一表现形式，它与主体变位紧密相关。艾略特曾论述诗有四种戏剧性对白方式：（1）对他人说话；（2）相互说话；（3）对自己说话；（4）对上帝说话。在现代主义诗歌中，一首诗的作者往往可以有多种显现，充任多种角色。或是客观叙述者，或是抒情主人公，或作隐含的抒情主体，或充任分离的双重自我。浪漫主义抒情诗中，主体的多重性往往很接近，许多场合甚至是迭合的，即抒情诗中的“我”就是作者。现代主义诗中主体角色可以是作者，更多的不是作者。卞诗中较多地采用了这种非个性化的戏剧性对白，卞之琳称之为“戏拟”（parody）。如《鱼化石》：

我要有你的怀抱的形状，
我往往溶化于水的线条。
你真像镜子一样的爱我呢。
你我都远了乃有了鱼化石。

这首诗采用了十分典型的与自然对话（对他人说话）的“戏拟”方式。作者在诗题“鱼化石”下用括号注明“一条鱼或一个女子说”。诗中发话主体“我”可以是鱼，也可以是一个女子。诗中的“你”自然是鱼化石，但诗人在诗的后记中却说：“诗中的‘你’就代表石吗？就代表她的他吗？似不仅如此。”诗的受话主体也成了既确定又不确定的可换性角色。这正是诗人通过“戏拟”的叙述与角色的换位方式要达到的非个性化表现。诗从模糊性感性升华出具有形而上意义的相对性哲理：“从盆水里看雨花石，水纹溶溶，花纹也溶溶”，究竟是水给雨花石带来了“溶溶”之感呢，还是雨花石的花纹给水带来了“溶溶”之感呢？是“我”因水而溶化了自身的线条呢，还是水因人的线条改变了自己的形态呢？但愿“你”“我”相爱溶溶，如同“你”是“我”的镜子，“我”是

“你”的镜子一样。然而，“你我都远了乃有了鱼化石”，“鱼成化石的时候，鱼非原来的鱼，石也非原来的石了”，“往日之我已非今日之我，我们乃珍惜雪泥上的鸿爪，就是纪念”[15]。在这种戏拟对话中，“我”并不是与抒情主体迭合的自我，诗歌所表现的是一种非个人化的人生哲理经验。

“对自己说话”是戏拟方式中常采用的。这是一种自我内心体验与理性分析，它不同于浪漫主义内心激情的主观袒露，它是过滤了主观情感后的一种冷静沉思。浪漫主义的袒露是由内心向外宣泄，而现代主义的沉思则是归向意识深层的理性内敛，是感性向理性的深沉凝聚。像《归》这首诗，就是抒情主体的自我对话：“像一个天文家离开了望远镜／从热闹中出来听见了自己的足音”，一种典型的寂寞情绪的自我体验与心理咀嚼。“莫非在自己圈子外的圈子外？／伸向黄昏的道路像一段灰心”，一种自我沉思中的理性分析与探索，这种沉思中的感悟是超越了个性化意识的人生经验的智性思考。

戏拟性对话在卞诗中有一种相互说话形式。它不同于主体“我”与他人的对话，是两位与两位以上的角色互相对话，它又与自我对话中所具有的内心体验不一样，具有较强的客观叙述性，这是一种更接近于“戏剧性处境”的戏拟形式。如《水成岩》：

水边人想在岩上刻几行字迹：

大孩子见小孩子可爱，
问母亲“我从前也是这样吗？”

母亲想起了自己发黄的照片
堆在尘封的旧桌子抽屉里，

想起了一架的瑰艳
藏在窗前干瘪的扁豆荚里，

叹一声“悲哀的种子！”

“水哉，水哉！”沉思人叹息
古代人的感情像流水，

积下了层叠的悲哀。

诗中大孩子与母亲对话：大孩子见小孩子可爱而问母亲“我从前也是这样吗？”孩子的问话唤起了母亲沉睡的记忆，叹一声“悲哀的种子”，便是母亲对水流无情、时光不再的伤感回答。大孩子的疑惑也正是母亲曾有的疑惑，母亲现实的悲哀将是大孩子将来的悲哀。而小孩子长大后，等待他的又将是大孩子的疑惑与母亲的悲哀。小孩子的欢悦——大孩子的疑惑——母亲的悲哀正是人类童年、成年、老年生存境遇与命运三个阶段的象征。大孩子与母亲的对话是“水边人”想象中的情景，“水边人”在诗中是一个“旁知者”的叙述角色，最后作为“沉思者”介入这场对话，表达自己的人生态度。“水哉，水哉！”山川依旧，流水无情，人世之悲哀依岁月流逝而增长，古往今来，流水积下了它载不动的悲哀。全诗构成了一个交叉性立体对话，大孩子与母亲的虚拟性对话也可看作水边人心灵的对白。戏拟角色的复杂化，扩充了哲理蕴含，加强了非个性化的表现强度。

卞诗的这种戏拟性对话方式并不十分成熟，表现出对后期象征派诗歌“戏剧性处境”的较生硬的模仿，但是在中国新诗人中，他是自觉进行这种借鉴性尝试的第一人，为中国现代主义诗歌的非个性化艺术表现提供了有益启示。

注释：

① 柯可（金克木）：《论中国新诗的新途径》，《新诗》1937 年第 4 期。

②⑦⑬⑭ 卞之琳：《雕虫纪历》“自序”，人民文学出版社 1984 年版。

③ 唐弢：《晦庵书话·臧克家的诗》，生活·读书·新知三联书店 1980 年版。

④ 《开讲英国诗想到的一些体验》，转引自《八方》第 2 期。

⑤ 阿部知二：《英美新兴诗派》，高明译，《现代》第 2 卷第 4 期。

⑥ 转引自周煦良《诗与宣传》，《新诗》1938 年第 1 期。

⑧⑨ 废名：《谈新诗·十年诗草》，人民文学出版社 1984 年版。

⑩ 《十年诗草》，（香港）未名书屋 1941 年版，第 214 页。

⑪⑫ 《传统与个人才能》，卞之琳译，载《艾略特诗学文集》，国际文化出版公司 1989 年版。

⑮ 卞之琳：《雕虫纪历·鱼化石后记》。

（1996 年第 2 期）

鲁迅对“现代化”诸问题的历史回应

钱理群

中国伟大的现代文学家、思想家鲁迅，他的文学活动是于本世纪初在日本开始的：1903年、1908年在留日学生刊物《浙江潮》《河南》上先后发表了《说铂》《人之历史》《科学史教篇》《文化偏至论》《摩罗诗力说》《破恶声论》等六篇论文。他在其中一篇文章中引人注目地引述了德国思想家尼采的一段话：“吾行太远，孑然失其侣……吾见放于父母之邦矣。”[①]这是一个不祥的预感，似乎预告了鲁迅一生的命运，以及他在中国现代文学史、思想史上的历史地位（与处境）：他永远是一个孤独的思想先行者。

这乃是因为在现代中国所提出的一系列重大思想、文化命题上，鲁迅都有着完全独立的思考，作出了自己的独特的回应，他绝不是人们通常所形容的“时代的弄潮儿”（在这一点上存在着可悲的误解），他的见解往往是不合潮流的，看似落后（因此左翼青年讽刺他是“时代的落伍者”不是毫无根据的），却常常被以后的历史发展证明是具有预见性的。正是这种“思想的超前”使鲁迅付出了极大的代价。

一

自从上一世纪中叶西方世界打开了“闭关自守”的中国的大门以来，如何看待西方文化及其对中国文化，以至中国社会的冲击与影响，一直是困扰着中国知识分子的思想（文化）难题，由此而展开的种种争论甚至延续到了世纪末的今天，可以说这是一个世纪性的论题，它直接关系到中国现代化（或称近代化，下同）道路的选择，以及对中国现代化历史进程的评价。困难（困惑）之处正在于，与历史上曾经有过的中外文化交流不同，西方文化（文明）是作为帝国主义侵略大炮的伴随物而强制输入的，它所引起的中国文化、社会的变化具有两重性：既促进了中国封建社会的解体，又使中国迅速沦入半殖民地的悲惨地位；既对中国封建文化产生了巨大冲击，又具有明显的文化侵略的性质。这就使得中国知识分子在西方文化面前，不能不时时感到一种压抑，以至屈辱，不能不时时对西方文化的输入、冲击的“后果”产生种种忧虑：担心传统文化的失落，自身文化独立性的丧失，等等。由于中国传统文化的悠久与深厚，使得中国知识分子的这种忧虑与担心似乎比其他东方国家更为强烈：在他们的潜意识里，或许始终没有摆脱传统的“中华中心主义”的诱惑。

鲁迅也正是从这里——对传统的“中华中心主义”的批判性审视开始他的独立思考，他在《文化偏至论》一开头就对中国与外国文化的关系作了一番历史的考察：据说“昔者帝轩辕氏之戡蚩尤而定居于华土”，由于周围的小部落“无一足为中国法”，所以文化的形成与发展，“咸出于己而无取乎人”；“降及周秦，西方有希腊罗马起，艺文思理，灿然可观，顾以道路之艰，波涛之恶，交通梗塞，未能择其善者以为师资”；“洎元明时，虽有一二景教父师，以教理暨历算质学于中国，而其道非盛”：由于中国长期处于“屹然出中央而无校雠”的地位，就自然产生了“益自尊大，宝自有而傲睨万物”的所谓“中央大国”心态，也即我们所说的“中华中心主义”。在鲁迅看来，这“固人情所宜然”，却是隐含着一种民族文化的危机：“唯无校雠故，则宴安日久，苓落以胎，迫拶不来，上征亦辍，使人茶，使人屯，其极为见善而不思式。”正是上世纪中叶以来西方文化的冲击，使这种潜在的危机变成了现实：“有新国林起于西，以其殊异之方术来向，一施吹拂，块然踣僵，人心始自危。”[②]——人们很容易就注意到，鲁迅的上述历史考察中，西方文化并没有被蔑视为“蛮荒文化”，也没有被简单地看作绝对优于中国传统文化的“先进文化”（尽管这两种看法在当时以及以后很长时间在中国都是很流行的观点），鲁迅强调，西方文化（从希腊罗马到 20 世纪）是一种有自己的“灿然可观”的历史与特点的，与中国（以及东方）文化“殊异”的异质文化，也就必然具有为本民族文化所没有的，足“为师资”的“善者”即特殊优异处（价值）。这样，鲁迅就从根本上走出了中华中心主义的、封闭、独断的传统思路，而建立了开放、多元的世界（全球）文化的新眼光、新视野。鲁迅由此而引申出一个极为重要的结论：“欲扬宗邦之真大，首在审己，亦必知人，比较既周，爰生自觉。”[③]这就是说，只有在正确的“知人”，也即与“异质文化”的“比较”中，才能客观地“审己”，科学地把握（与发扬）自己之“真大”（真正价值），正视（与克服）自己之不足，从而产生一种文化（对本土文化与异国文化）自觉——从下文即可知，“自觉”是鲁迅的一个基本概念；所谓“自觉”，就是克服盲目性。在鲁迅看来，当务之急就是要打破“中华中心主义”，它赋予中国传统文化以一种“至高、至上、至善、至美”的神圣灵光，从而产生盲目的民族自大，鲁迅以为这才是真正的民族文化危机之所在。这正是表现了他对中国的国情、国民性、民族文化痼疾的深刻认识与清醒正视，直到今天仍不失其意义。也正是从这一基本警惕与批判立场出发，鲁迅认为，前述西方文化的侵略性强行输入，在造成了中国本土文化的危机的同时，也为古老的传统文化的更新提供了新的生机：异质文化的输入，正可以作为全新的参照系统，以便在"比较"中打破传统文化的至高、至上、至善、至美性的神话，进而产生变革的自觉，变被动为主动。鲁迅十分珍惜这一以民族屈辱的形式出现的难遇的历史机会，几乎是集中了自己一生的精力，一再地大声疾呼，要"放开度量，大胆地，无畏地"将西方文化"尽量地吸收"[4]，在"比较"中不断破除将传统"古董化"（神圣化与凝固化）"的"瞒"和"骗"的迷梦。正像我在另一篇文章中所指出的那样，"鲁迅只是选择了在'现在'的具体时空下，历史所要做的事，他没有，也绝不会奢求自己对中国历史与传统作全面而无偏至的超时空的，具有永恒意义的判断（按照他的哲学，所谓'全面''永恒'本身就是可疑的），因而他也不会封闭了自己的意见而自诩终极圆满，他只不过不愿向现在交了白卷而做属于未来的事而已。但也正因为他以自觉的'中间物'意识作出了这样的选择，他也就在中国现代思想文化史上取得了自己应有的、别人所不能替代的、独特的地位和价值：在'传统文化的现代转化'的历史过程中，鲁迅（也许包括他的同时代人）是一个不可缺少的中介，一个对中国传统文化的弊端（核心是专制主义的文化）的否定环节，而缺少了这样的历史的否定环节，传统文化的继承与发扬是根本谈不上的"[5]。但鲁迅却为他的这一独特而深谋远虑的选择，受到国人的无情惩罚：无论是生前或身后（甚至直到今天）都有人或明或暗地将鲁迅视为"民族文化的罪人"。而鲁迅的立场却始终坚定："我相信自己的主张，绝不是'受了帝国主义者的指使'，要诱中国人做奴才；而满口爱国，满口国粹，也于实际上的做奴才并无妨碍。"[6]鲁迅因此提醒人们要警惕在"爱国者"中羼入的"爱亡国者"[7]，以及那些"希望中国永是一个大古董以供他们赏鉴"的别有用心的外国"友人"[8]——这一警告至今也还没有过时。

作为一个真正深刻的（而非肤浅的、庸俗的）东方国家的思想家（与文学家），鲁迅当然有自己的民族立场，在他号召他的国人向西方学习时，当然不会忽视输入西方文化时所先天具有的不平等性；因此，他在本世纪初所写的第一批论文里，在肯定以武力侵入中国的西方文明自有其"殊异"之处的同时，也否定了"胜负所判，即文野之由分"的说法[9]，尽管鲁迅这一时期也接受了"进化论"，但他自有独特见解[10]，如前所述，他并没有像当时（及以后）有些思想家那样，将强盛的西方国家的文化绝对"先进化”。相反，他却发出了这样的号召：要坚决反对那些“兽性的爱国者”，他们“生于强大之邦，势力盛强，咸足以凌天下，则孤尊自国，蔑视异方，执进化留良之言，攻小弱以逞欲，非混一寰宇，异种悉为其臣仆不慊也”[11]。鲁迅这里的批判锋芒自然首先是指向那些西方帝国主义者的，再鲜明不过地表现了他的民族主义、爱国主义的立场。但也是指向一切试图将自己一国的文化绝对化，进而“混一寰宇”的文化独断主义和霸权主义的，在一定意义上可以看作鲁迅对未来终会强盛起来的中国的一个“预先警告”。他深深地忧虑深植于中国传统文化中的“中华中心主义”的死灰复燃。而在生活于世纪末的我们后人看来，这恐怕绝非鲁迅的“杞人忧天”。不过这毕竟是后话。在本世纪初，对于处在弱势地位的中国国人，鲁迅主要号召他们“且置古事不道，别求新声于异邦”，以西方“立意在反抗，指归在动作”的摩罗精神，反抗西方强权，“为独立自由人道”而战。[12]值得注意的是鲁迅的以下观点：“尼佉（今译尼采——引者注）欲自强，而并颂强者；此则亦欲自强，而力抗强者。”[13]这里，“颂强者”的西方强权逻辑与“力抗强者”的被压迫民族的反抗哲学的界限是泾渭分明的。但更有意义的却是鲁迅的如下思路：为了“自强”必须先学习西方。在以后的有关文章里，鲁迅把他的这一思想表露得更为清晰：只有把“自欺欺人的假面全部撕掉”，“屈尊学学枪击我们的洋鬼子，这才可望有新的希望的萌芽”[14]；“即使那老师是我们的仇敌罢，我们也应该向他学习”[15]。鲁迅的这一选择，是充分理智的。两人（两国）相抗，弱者一方，只有将对方一切强过自己的长处全部学到手，并在与对方的较量、比较中充分认识与发挥自己胜于对方的长处，从而在根本上剥夺对方的强势，使己方由弱势转为强势；如果只顾逞一时之意气，因不堪屈辱而拒绝向对方学习，甚至不承认彼强我弱的现实，进而自欺欺人地将自己的病疾也当作“艳若桃花”的“国粹”供奉起来[16]，那就只能将彼此的距离越拉越大，最后自取灭亡。在人类历史上并不缺乏这样的先例。鲁迅这种忍辱负重、咬着牙向西方入侵者学习（几十年后他又以同样的精神号召国人向日本入侵者学习）的立场与态度，表明他不愧为真正的民族主义者。在他的这一选择中显示了强大的民族自信力。正像他自己所说的那样，当人们“具有不至于为异族奴隶的自信心，或者竟毫未想到，凡取用外来事物的时候，就如将彼俘来一样，自由驱使，绝不介怀。一到衰弊陵夷之际，神经可就衰弱过敏了，每遇外国东西，便觉得仿佛彼来俘我一样，推拒，惶恐，退缩，逃避，抖成一团，又必想一番道理来掩饰，而国粹遂成为孱王和孱奴的宝贝”[17]。那些借口东西方交往中不平等的存在，而拒绝向西方学习的“爱国者”，不仅是幼稚，更是表现了一种内在的怯弱，极度的自尊正隐藏着极度的自卑。

鲁迅强调向西方学习，绝没有因此而赋予西方文化以绝对的至善至美性。在鲁迅这里，从来不存在任何“文化神话”。正是鲁迅在《文化偏至论》等论著中，十分小心地将“近世文明”与“西方文化”区别开来，反对“喋喋誉白人肉攫之心，以为极世界之文明”的西方崇拜。[18]他任何时候、在任何问题上都提倡自觉性，而反对盲目性。他坚决地认定，对西方文化也应与中国传统文化一样，采取分析的态度，那种“言非西方之理弗道，事非西方之术弗行”[19]的盲从也是一种文化幼稚病。鲁迅由此而提出了一个重要的观点：应将西方文化作“枝叶”与“根柢”的区分[20]，所应吸取的必是后者而非前者，尽管鲁迅本人对这一命题并没有作更多的展开，但仍然能给后来者以丰富的启示，比如说，我们能不能将这一命题理解为西方文化（以至包括中国传统文化、东方文化在内的一切文化）同时包含着“个别性”与“普遍性”（鲁迅在《摩罗诗力说》里已经提出了“人类普遍观念”的概念[21]）的因素，正是后者构成了各民族文化互相吸取的基本依据呢？

在分别考察了鲁迅对中国传统文化和西方文化，以及它们彼此关系的分析与态度以后，我们可以发现，在鲁迅的一切分析中，都贯穿着统一的文化观（和思维方式），即“偏至”（不完美，不完善，有缺憾，有弊端）才是包括东、西方文化在内的一切文化的现实存在形态，而至善至美的理想文化只存在于彼岸世界，可以追求（这种追求构成了文化进步的一个强大动力）而不可得的。正视这一人类文化的现实形态的偏至性，既可以使人们不会陷入任何“文化神话”，又因此而对一切现实存在的文化形态都采取宽容的态度，从而在承认一切文化（东、西方文化）既是有缺陷的，同时又是各有不可替代的独特价值的这一基本事实的基础上，建立起多元的世界文化发展观：不同质的文化将在彼此平等的“比较”中，既互相吸取、补充，又互相拒斥、竞争，既互相融合，又保持着各自的独立性。按照这样的世界文化观，鲁迅又作出了发展中国现代文化的设计：“明哲之士，必洞达世界之大势，权衡较量，去其偏颇，得其神明，施之国中，翕合无间，外之既不后于世界之思潮，内之仍弗失固有之血脉，取今复古，别立新宗。”[22]应该指出，这样的全面而无偏颇的文化设计（选择）仍然是理想状态的，它的现实实现，特别是个体现实选择又必然是偏至的。就鲁迅个人而言，如前所述，他终生的文化活动总是偏向于在与西方文化的比较中批判中国传统文化的种种弊端，言他人所不能（不敢、不愿）言，可以说这是一种“偏至”，但这也正是他的独特价值之所在。

二

鲁迅在本世纪初对西方文化作出“枝叶”与“根柢”的区分，有着深刻的社会、思想、文化的背景。正是在上一世纪末与本世纪初，中国（以及东方国家）被迫打开大门，开始广泛接触西方文化，西方19世纪工业文明（或者说西方式的现代化道路）已经日益显露出种种弊端，成为世纪初西方新思潮（鲁迅称为“神思新宗”）的批判对象。即使是鲁迅所生活的日本社会，按照日本学者的研究，在本世纪初也出现了“日清战争后产业界的快速病”，引起了日本知识分子的种种“怀疑”和“苦闷”，前述西方批判新思潮的著作也纷纷介绍到日本。[23]这种情况，使得“如何认识19世纪工业文明与西方现代化道路”就成为中国一切现代思想家必须作出回应的世纪性课题，并且直接关系（和影响）着中国现代化道路的历史选择。面对“西方现代病”，最容易作出的选择有二：一是把所出现的种种弊端看作不可避免的、历史必须付出的代价，仍然坚持全面引入西方文化，即后来人们所说的“全盘西化”；二是因此而拒绝西方文化，皈依于中国传统（东方文化），进而以之作为拯救西方文化危机的灵丹妙药。这两种选择都立场鲜明，操作简便，不仅在当时，而且在以后很长时间内，以至今天，都有相当多的知识分子为之热情鼓吹。但却为鲁迅所拒绝：在他看来：“馨香顶礼”于异域“偏至之物”，“横取而施之中国”固不可取[24]；抱守残缺，“心神所注”全在远古，必然“为无希望，为无上征，为无努力”，无异于“自杀以从古人”。[25]尽管各执一端，其实无论对西方文化或是中国传统都缺乏真切的理解，鲁迅批评他们“近不知中国之情，远复不察欧美之实”[26]。而他本人，正是要从考察“实情”开始自己的独立思考与探索。他的方法是，从西方19世纪工业文明的几个基本命题（科学理性、民主、社会平等、物质）入手，把它们放到“科学史”“人之历史”以及“西方思想文化发展史”中去进行历史的考察，从中引发出了一系列深刻而独到的思想。

鲁迅在《科学史教篇》一开篇即描绘了一幅人类社会进步发展的图景：“自然之力，既听命于人间，发纵指挥，如使其马”，“虽高山大川，无足沮核”，“饥疠之害减，教育之功全”，“较以百祀前之社会，改革盖无烈于是也”；他把这一切都归结为一点：“多缘科学之进步”。[27]在他看来，科学不仅“以其知识，历探自然见象之深微，久而得效，改革遂及于社会”，“人间生活之幸福，悉以增进”，而且是“人性之光”的显示，足以改造与振奋民族精神，以至拯救民族于危难。[28]因此，他总是以一个改革家的敏感，关注着科学的发展：在居里夫人于本世纪初发现了“镭”仅仅五年之后，鲁迅就写了《说铂》一文，热情赞扬这一发现将“辉新世纪之曙光，破旧学者之迷梦”，并预言“由是而思想界大革命之风潮，得日益磅薄”[29]。在鲁迅的“科学史”的考察中，他不但十分注意和强调中世纪宗教暴力对科学的“压抑”，而且高度重视罗吉尔·培根的如下观点：“摹古”“伪智”“泥于习”“惑于常”等传统思维习惯也同样妨碍了科学的发展。[30]而尤其显示了鲁迅思想特点的是，他从科学的发展中发现了潜伏的危机。他尖锐地指出，在科学史上，曾有“以科学为宗教”“别立理性之神祠”之说，尽管其首创者不乏“博大渊邃”之士，但流弊所至，将科学理性绝对化，“辄欲以所拾质力杂说之至浅而多谬者，解释万物”[31]，“举世惟知识之崇，人生必大归于枯寂，如是既久，则美上之感情漓，明敏之思想失，所谓科学，亦同趣于无有矣”[32]。鲁迅进而向将科学限制在绝对理性范围内的观念提出挑战，他指出，“事理神变化，决不为理科入门一册之所范围”[33]，“科学发见，常受超科学之力”，“本于圣觉”，本于“非科学的理想之感动”。[34]鲁迅就这样发现（揭示）了“科学”与“信仰（非科学）”，“理性”与“非理性”之间既相互矛盾，又互相渗透的复杂关系，从而对作为西方工业文明的基本命题的“科学理性”采取了“既肯定，又质疑”的立场（与态度），既没有陷入科学理性的“神话”，也没有走向“反智主义”的极端。

鲁迅在肯定西方科学理性的同时，也就充分地肯定了在科学之光照耀下的物质文明。他在《文化偏至论》里，高度赞扬了19世纪西方物质文明所达到的成就“直傲睨前此二千余年之业绩”，“世界之情状顿更，人民之事业益利”。但他同时指出，事情发展到极端就会走向反面：“久食其赐，信乃弥坚，渐而奉为圭臬”，进而产生了物质崇拜[35]：“诸凡事物，无不质化，灵明日以亏蚀，旨趣流于平庸，人惟客观之物质世界是驱，而主观之内面精神，乃舍置不之一省”，“林林众生，物欲来蔽，社会憔悴，进步以停”[36]。鲁迅据此而提出了尖锐的质问：“物质果足尽人生之本也耶？”“将以富裕为文明欤？”[37]答案自然是否定的。但鲁迅并没有因此而否定“物质”与“富裕”本身，他在写于同一时期的《摩罗诗力说》里就曾批评过因现实的“恶浊阽危”而将“人兽杂居”的远古蛮荒文明美化的复古倾向。[38]据说，鲁迅在将近三十年后面对死亡威胁时，还在计划写一篇文章，以告诫后人：“穷并不是好，要改变一向以为穷是好的观念，因为穷就是弱。”[39]——看来鲁迅也是在“肯定”与“质疑”的矛盾张力中去认识与把握物质文明的，并且始终不变。

鲁迅还对“民主”与“社会平等”等西方启蒙观念进行了历史的考察。他指出，当“教皇以其权力，制御全欧”，“思想之自由几绝”，宗教改革就是不可避免的，并且

"自必益进而求政治之开张"；而封建君主"以一意孤临万民，在下者不能加以抑制"，由此而引发的英、美、法诸国的大革命中，"扫荡门第，平一尊卑，政治之权，主以百姓，平等自由之念，社会民主之思，弥漫于人心"[40]，毫无疑问，都是具有历史必然性与进步性的。问题在于，当人们把"民主"归之为"众数"（多数、群众、人民等等）崇拜时，就必然陷入历史的循环：依然是"同是者是，独是者非"，只不过"古之临民者，一独夫好；由今之道，且顿变而为千万无赖之尤"[41]，即所谓"以独制众者古"，"以众虐独者今"[42]，专制、暴虐的本质始终不变。当很多人都还沉湎于西方"民主"神话时，鲁迅却能对之提出如此犀利的质疑，这是多少具有某种超前性的。他对"社会平等"的分析也复如此。作为一种乌托邦理想，"社会平等"似乎是无可置疑的；但鲁迅却发现，当人们把社会平等理解为"使天下人人归于一致，社会之内，荡无高卑"，"风俗习惯道德宗教趣味好尚言语暨其他为作，俱欲去上下贤不肖之闲，以大归乎无差别"，"此其为理想诚美矣"，付诸实践，却会带来灾难性的后果，"所谓平社会者，大都夷峻而不湮卑，若信至程度大同，必在此进步水平之下。况人群之内，明哲非多，伧俗横行，浩不可御，风潮剥蚀，全体以沦于凡庸"[43]。——这样的质疑甚至已经具有某种预见性。

从以上简略的介绍中不难看出，在鲁迅对19世纪西方工业文明的基本命题的历史考察中，仍然贯穿着一个统一的思维方式，即他从不对某一个单一的命题作孤立的考察，而总是同时提出（关注）与之相对立的反题，也即在正、反题的对立中（例如，"科学"与"非科学"，"理性"与"非理性"，"物质"与"精神"，"群体、多数的民主"与"个体、少数的自由"、"平等"与"不平等、差别"，等等）进行辩证的思考；但他又从不把正、反题的对立绝对化，对任何一方作绝对肯定或否定的价值判断，他总是在肯定的同时提出质疑，又在质疑的同时作出肯定，这种双重肯定与双重否定（质疑）的立场（态度），使他的价值判断带有很大的相对性；但他又从不追求折中的"合题"，与其说他在抹平正、反题之间的矛盾、对立，毋宁说他在正视正、反题的对立的同时，更不回避自身在选择上的矛盾与困惑；他在"肯定"与"质疑"中往返、反复正是深刻地反映了他已经将正、反题的外在矛盾内化为他自我精神上的矛盾与痛苦。而他自己最后的个体选择又始终是"偏至"的，这正是我们在下文所要分析的：他更强调个体的精神自由——尽管在强调中仍然充满了矛盾：他从来不试图给世人提供一个毫无偏颇、矛盾、缺陷，全面而完美的"救世良方"。

三

现在我们终于可以谈到鲁迅的自我选择，也即他对时代所提出的如何建立中国的“近世文明”的历史课题所作出的回答。如上所说，鲁迅是在对中国传统文化以及西方文化（从希腊罗马到19世纪工业文明，直至20世纪初“神思新宗”）进行了深入的历史考察，同时也对19世纪中叶大门被西方打开以后中国思想文化界的现实做了广泛的调查以后，才逐渐形成了自己独特的思路，并做了如下明确的表述：“将生存两间，角逐列国是务，其首在立人，人立而后凡事举；若其道术，乃必尊个性而张精神”，在同一篇文章的另一处他还作了类似的表述：“国人之自觉至，个性张，沙聚之邦，由是转为人国。人国既建，乃始雄厉无前，屹然独见于天下。”[44]应该说这正是鲁迅写于本世纪初的六篇文章的“中心思想”，有着丰富的内涵。这里只能就与本文有关的论题略做一些解说。

人们首先注意到在鲁迅的命题里，仍然包含着若干对立的因素，其中最引人注目的有二：一是“个（人）”与“国（家）”、“世界（列国）”的正、反题，二是“个（体）”与“群（国人）”的正、反题。鲁迅曾把他的主张概括为“掊物质而张灵明，任个人而排众数”，并且从不讳言“个人”这一概念是从他所说的19世纪末“神思新宗”派思想家那里引入的。鲁迅解释说，所谓“个人”绝不包含“害人利己之义”，除了强调“个性之尊严”外，主要内涵有两个侧面：一是“极端之主我”，“凡一个人，其思想行为，必以己为中枢，亦以己为终极：即立我性为绝对之自由者也”；二是强调个体的主观意志（精神力量），以“张大个人之人格”为“人生之第一义”[45]。从这样的“个”的绝对自主性的观点出发，自然认为强调人的“类”的归属性（例如强调人首先是“国民”“世界人”）必然是“灭人之自我，使之混然不敢自别异，泯于大群”[46]，进而认为“苟有外力来被，则无间出于寡人，或出于众庶，皆专制也。国家谓吾当与国民合其意志，亦一专制也”[47]。这反映了鲁迅作为一个有着“个（性）”自觉的思想家对来自一切方面的“专制”的高度警惕（这种警惕几乎贯穿他的一生）。但作为一个有着现实感的思想家，鲁迅却不能不正视人总是要生活在一定的社会关系中，也即人的“类（群体）”的存在。而作为一个被压迫民族的思想家，鲁迅更不可能放弃对国家、民族的责任。于是，鲁迅又从19世纪西方以拜伦为首的“摩罗诗人”那里引入了“摩罗精神”：作为前述世纪末新派思想家的先驱，他们自有一种“争天拒俗”的强大个性与意志力，同时又“自尊而怜人之为奴，制人而援人之独立”[48]。鲁迅由此而形成了他的“立人”而“立国”的思路：首先着力于建立和张扬少数先驱者的强大而独立的个体精神自由；再通过对民众的启蒙，达到“国人之自觉”；而伴随着每一个“个体”的自由与自觉，也就自然产生作为集合体的“国家（民族）”的自由与自觉。这样，鲁迅就为建立中国的现代文明同时提出了两个目标：“立人”与“立国”；所谓“立人”即是“人（首先是个体的人）”的自由与解放，所谓“立国”即是“现代民族国家”的建立。在鲁迅看来，这两个目标是不可或缺的，同时又是存在着矛盾的。因此他强调，必须以“立人”为基础（或者说他更偏向于“立人”）。而他的由“立人”而“立国”的思路则带有明显的启蒙主义的色彩，其理想主义的烙印也是清晰可辨的。鲁迅对此也是清醒的，他并不以为自己已经找到了一条中国现代化的康庄大道，相反，他因此而长期陷入了深刻的矛盾中，这就是以后鲁迅所说的“个人的无治主义（以‘个’的人为出发点）”与“人道主义（以‘类’的人为出发点）”的消长起伏。[49]这其实是根源于人性的基本矛盾的。

无论如何，鲁迅的结论——不能简单地“以富有为文明”“以路矿（即科学——引者注）为文明”“以众治（即民主政治——引者注）为文明”[50]，而必须同时把“人（首先是个体的人）的精神自由”作为中国现代文明的基本指标，这在20世纪中国仁人志士寻求中国的现代化道路的历史进程中，无疑具有重要的理论与实践意义。而尤其值得注意的是，鲁迅“个体精神自由”的思想所具有的双向批判性。它首先是指向中国传统文明中的专制主义的，同时它也是针对前述西方19世纪工业文明的种种弊端的。鲁迅在《文化偏至论》的结尾，曾总结性地将前者称作“本体自发之偏枯”，将后者看作“以交通传来的新疫”，二者并称为“二患”[51]，这是意味深长的：它表明包括鲁迅在内的中国现代知识分子，始终怀有对传统的专制主义及西方现代文明弊端的双重疑惧与忧患，这样的心理重负无疑影响着他们对中国现代化道路的选择。同样发人深思的是，许多中国现代知识分子都因此而形成了所谓“乌托邦情结”，力图寻求一条一劳永逸地免除灾患、避免弊端的理想之路，从而陷入狂热与颓废的交替循环之中。几乎只有鲁迅，敢于正视弊端所带来的污血，以及因此而造成的心灵的创伤，在绝望中挣扎，寻求一条“似乎可走的路”[52]。——他从没有许多知识分子常有的自信、自得、自满与自足。

鲁迅对人的精神自由的特殊关注，使他确认“精神现象实人类生活之极颠”[53]。立于这样的理论基点，他对文学、艺术、科学，以至宗教，就有了自己的独特观照：他更重视作为人类精神现象的文学、艺术、科学、宗教彼此的相通。他在《破恶声论》等著作中，反复论证它们同是人类自由精神的产物。鲁迅创造性地使用了中国传统文论中的“神思”一词，赋予更为丰富的内涵，并以此作为贯通文学、艺术、科学、宗教的共同范畴。在这一方面，日本学者曾有过相当精辟的研究，他们指出，鲁迅的“神思”一词可译成“想象力”，至少有两个方面的意义：一是“能够与森罗万象之神秘世界相感应，感到畏敬和不可思议的感受性”；二是“能动的精神，于物质生活感到不安而向上追求的民众的心不受一切既成教义和多数意见束缚的自由的空想力”[54]。在鲁迅看来，文学、艺术的基本作用也在“涵养人之神思”，即所谓“不用之用”[55]。以后鲁迅所强调的文学启蒙作用看来也应从这方面去理解。——应该承认，我们对鲁迅在本世纪初提出的上述文学、艺术观，科学、宗教观至今还缺乏足够的重视与研究。

在结束这篇论文时，我们还要回到开头所说的鲁迅的孤独命运上来。鲁迅在 20 世纪 30 年代谈到他的文学活动时，曾重申“仍抱着十多年前的‘启蒙主义’”[56]。这表明他是始终把自己定位为一个“启蒙主义者”的。但正如前文所说，鲁迅早在本世纪初就已经对十多年后成为五四启蒙主题的“科学”“民主”等命题提出了尖锐的质疑。后来他参加了五四新文化运动，却是怀着“绝望之为虚妄，正与希望相同”的复杂心态：他根据经验而怀疑启蒙的作用，又出于对自我经验的怀疑而肯定了启蒙。[57]正是这种对启蒙既肯定又怀疑的双重态度，使他与中国绝大多数充满理想主义和浪漫主义情怀的启蒙主义者区别开来。也正因为如此，他的立场就很难为习惯于作绝对肯定与绝对否定的中国人（包括知识分子）所理解：在高扬启蒙旗帜的时代，鲁迅常因其怀疑而被视为“落伍者”；在批判启蒙时，鲁迅又被作为启蒙主义的代表备受责难。他确实被人为地抬为“中国现代圣人”，但他对“众数”等命题的前述质疑却同时受到了严厉的批判。鲁迅对中国一代又一代知识分子的影响自然不可忽视，但学他者大多没有好命运。他的只属于他自己的思想，因为他所说的过于“黑暗”与“冷酷”而超前[58]，更无法对人们产生影响。因此，尽管不乏崇敬者，鲁迅在中国却很难找到真正的传人。但鲁迅也许根本不希望有传人，他早已立下遗嘱，要后人忘记他，而我们还在这里写文章，偏偏不肯忘记他——这也是个矛盾，不可解的矛盾。

注释：

①②⑨⑱⑲⑳㉒㉔㉖㉟㊱㊲㊵㊶㊸㊹㊺㊼㊿51 53 《坟·文化偏至论》，载《鲁迅全集》第 1 卷，人民文学出版社 1981 年版，第 49 页，第 44 页，第 45 页，第 45 页，第 44 页，第 46、56 页，第 56 页，第 46 页，第 45

页，第 48 页，第 53 页，第 48、56 页，第 48 页，第 48 页，第 48、50、51 页，第 57、56 页，第 51、54 页，第 51 页，第 56 页，第 57 页，第 54 页。

③⑫⑬㉑㉕㊳㊽㊺ 《坟 · 摩罗诗力说》，载《鲁迅全集》第 1 卷，第 65 页，第 65、66、81 页，第 78 页，第 72 页，第 67 页，第 67 页，第 66、82 页，第 71 页。

④⑰ 《坟 · 看镜有感》，载《鲁迅全集》第 1 卷，第 200 页，第 198 页。

⑤ 参见钱理群、王乾坤《作为思想家的鲁迅》，《鲁迅研究月刊》1993 年第 6 期。

⑥⑮ 《且介亭杂文 · 从孩子照相说起》，载《鲁迅全集》第 6 卷，第 82 页，第 82 页。

⑦ 《集外集拾遗补编 · 随感录》，载《鲁迅全集》第 8 卷，第 80 页。

⑧ 《华盖集 · 忽然想到 · 六》，载《鲁迅全集》第 3 卷，第 44 页。

⑩ 在鲁迅看来，“进化论”是表现了一种历史不断前进，向上发展的趋势；但他所看到的中国社会现实却是不断地循环。这也构成了鲁迅思想的基本矛盾。

⑪㉛㉝㊷㊻ 《集外集拾遗补编 · 破恶声论》，载《鲁迅全集》第 8 卷，第 32 页，第 28、29 页，第 28 页，第 26 页，第 26 页。

⑭ 《华盖集 · 忽然想到 · 十一》，载《鲁迅全集》第 3 卷，第 96 页。

⑯ 《热风 · 随感录 · 三十九》，载《鲁迅全集》第 1 卷，第 318 页。

㉓ 参见伊藤虎丸、松本正义《明治三十年代文学与鲁迅——围绕爱国主义问题》，载《鲁迅研究资料》第 16 期，天津人民出版社 1987 年版，第 371 页。

㉗㉘㉚㉜㉞ 《坟 · 科学史教篇》，载《鲁迅全集》第 1 卷，第 25 页，第 25、35 页，第 28、29 页，第 35 页，第 29、30 页。

㉙ 《集外集 · 说铂》，载《鲁迅全集》第 7 卷，第 20 页。

㊴ 冯雪峰：《鲁迅先生计划而未完成的著作》，载《雪峰文集》第 4 卷，人民文学出版社 1985 年版，第 17 页。

㊾ 《两地书 · 二四》，载《鲁迅全集》第 11 卷，第 79 页。按，据原稿，“个人主义”原为“个人无治主义”。

52 《两地书 · 二》，载《鲁迅全集》第 11 卷，第 15 页。

54 参见伊藤虎丸《鲁迅早期的宗教观——“迷信”与“宗教”的关系》，《鲁迅研究动态》1989 年第 11 期。

56 《南腔北调集 · 我怎么做起小说来》，载《鲁迅全集》第 4 卷，第 512 页。

57 《呐喊 · 自序》，载《鲁迅全集》第 1 卷，第 419 页。参见钱理群《解读鲁迅小说的一把钥匙》，《语文学习》1993 年第 9 期。

58 参见《两地书 · 二四》，载《鲁迅全集》第 11 卷，第 80 页；《坟 · 写在〈坟〉后面》，载《鲁迅全集》第 1 卷，第 284 页。

（1996 年第 6 期）

从百年文论史得到的启示

——关于文学价值取向与观念嬗变的审思

陈传才

当我们面对20世纪与21世纪之交美学和文艺理论研究的新情况、新问题，去探求既往“历史的启示”时，首先想到的是，当中国社会发展到一个新的历史阶段，特别是新旧交替的变革时期，从文学实践到文学理论，明显表现出不同的价值取向，形成多元文学价值观念的规律性问题。从上个世纪末至本世纪末的百年文论史中，不难发现，每个重要时期学术文化界围绕文学价值取向与观念嬗变所进行的论争，都不是偶然的现象，而是有其历史和现实的原因。其中，始终引人关注的问题之一，就是不同倾向的文学理论的分歧，往往体现人们对文学的特质、功能和美学理想的不同看法，并总是在文学价值观念上表现出来：有的肯定和强调文艺的社会价值，有的却淡化或否认文艺的社会价值。在前者之中，对文艺的社会价值的理解颇不相同；后者对文艺社会价值的淡化或否定也各各特殊；甚至在前者与后者之间，还常常呈现出错综复杂的情形。因此，认真审思百年文论史中关于文学价值取向与观念嬗变的规律性，从中获得历史的启示，对于当今文学价值理论的探讨与构建，无疑具有重大的现实意义。

一

我国近代的美学和文学理论，并不是从古代诗论、文论传统上自发地延展，而是在西方近现代美学和文学思潮直接影响下文艺变革的产物。它所具有的反封建传统的革新性与理论、观念的不成熟性，是同我国半封建半殖民地的社会性质及资产阶级改良运动与革命运动构成的历史文化背景，紧密地联系在一起的。

当年，作为资产阶级改良派代表人物之一的梁启超，就是从改良主义的政治要求出发，倡导“小说界革命”的。鉴于“欧美东瀛，其开化之时往往得小说之助”，而在理论与实践上引进欧美、日本政治小说的新概念、新文体，从而一反我国传统视小说为“小道”与“邪宗”的偏见，使小说从文学中突出，从先前“寓劝戒，广见闻，资考证”，甚至作“经”“史”的补充的微不足道的文体，一跃成为改良社会、改造人生的有力工具的文学样式。1897 年，梁启超在谈及日本变法时指出：“日本之变法，赖俚歌与小说之力。”[①]第二年，他在《译印政治小说序》一文中，又因欧美各国社会变革与小说的必然联系，总结出小说的社会政治作用：“……彼美、英、德、法、奥、意、日本各国政界之日进，则政治小说为功最高焉。英名士某君曰：‘小说为国民之魂。’岂不然哉！岂不然哉！”[②]

由于梁启超认识到小说在社会变革中“为功最高”，其价值关乎“国民之魂”，致使其 1902 年所著的《论小说与群治之关系》，将小说的社会政治作用夸大到无以复加的地步。文章一开头就说：“欲新一国之民，不可不先新一国之小说。故欲新道德必新小说，欲新宗教必新小说，欲新政治必新小说，欲新风俗必新小说，欲新学艺必新小说，乃至欲新人心，欲新人格，必新小说。”总之，在梁启超看来，小说决定着国家和民族的命运，“用之于善，则可以福亿兆人”，“用之于恶，则可以毒百千载”。因此，他不加科学分析地全盘否定我国古代小说，把社会存在的落后、愚昧统统归之于旧小说的毒害，甚至把旧小说说成“中国群治腐败之总根源”，并大声疾呼：“今日欲改良群治，必自小说界革命始；欲新民，必自新小说始。”可见，梁启超的文艺观与政治观一开始就是同一的。导致他在“小说界革命”中形成的文艺价值观，不仅彻底否弃重诗文、轻小说戏曲的旧文学传统，而且反转过来置小说于“文学之最上乘”的重要位置，指出“小说学之在中国，殆可增‘七略’而为八，蔚四部而为五”[③]；从而超越传统小说“劝善惩恶”的旧价值观，构建与政治、群治休戚相关的新价值观。在梁启超推进中国小说理论的革新和价值观念的嬗变中，人们不难发现，其中既包含主张小说具有改造社会、人生的作用的正确、合理的思想，又存在着淡化、忽视小说固有的审美价值与片面夸大其政治功利价值等理论弊端。

其实，在梁启超整个文艺思想中，文艺价值观（包括中国传统的或西方近代的影响）并非如此单一、褊狭。即使在他倡导“小说界革命”前后的著述里，对于文艺的多方面价值，特别是审美价值，也多有论及。比如，在《美术与生活》一文中，他就曾这样写道：“我确信‘美’是人类生活的一要素，或者还是各种要素中最重要者。倘若在生活全内容中把‘美’的成分抽出，恐怕便活得不自在，甚至活不成。”[④]说明他对构成艺术的美、情感与趣味等价值是相当重视的。特别是在上引那篇《论小说与群治之关系》的著名论文里，更认为小说“之支配人道”有“熏”“浸”“刺”“提”“四种力”，说明他已明确意识到艺术形象对小说的重大意义，以及小说社会作用的实现离不开其艺术价值在作者与读者中间的生成。

那么，为何他在“小说界革命”的理论与实践中，单单看取小说的社会政治价值，以致片面夸大小说本身无法负载的政治宣传功能呢？这就不能不涉及他作为资产阶级改良派思想家的政治立场和艺术理想了。因为随着资产阶级政治改革运动的酝酿与发展，改良派的活动家们，为了广泛宣扬他们的政治主张，在进行“诗界革命”和“文界革命”的同时，还需要有一种更通俗、更普及、更有力的舆论宣传工具。特别是戊戌变法失败后，他们已失去了政治权力的根基，更进而重视舆论宣传的作用，加强对新小说（特别是政治小说）的创作引导，以此达到“抨击时政”、宣传改革的目的。诚如鲁迅所说：“戊戌变法既不成，越二年即庚子岁而有义和团之变，群乃知政府不足与图治，顿有抨击之意矣。其在小说，则揭发伏藏，显其弊端，而于时政，严加纠弹，或更扩充，并及风俗。……”[⑤]梁启超就是在这种理论观念和政治倾向的驱动下，身体力行地创作政治小说《新中国未来记》的。为了“抨击时政”，宣传政治主张，他明知其“三不像”的文体缺乏移人性情的艺术感染力，也要发挥它宣传政治改革的舆论工具的作用。正如他在《新中国未来记》的绪言里所言：“……既欲发表政见，商榷国计，则其体自不能不与寻常说部稍殊。编中往往多载法律、章程、演说、论文等，连篇累牍，毫无趣味，知无以餍读者之望矣。”他对这种小说文体的选择的解释表明，其所进行的“小说界革命”，固然对小说这一重要文学样式作出了全新认识，“是古代中国的杂文学观念向现代中国的纯文学观念迅速演进的显著标志”[⑥]；更由于社会变革的客观要求，使其小说革命的价值取向，主要不在于这种文学样式的独特审美价值，而在于它的社会政治价值与舆论宣传功能，从而开了以小说创作为政治宣传服务的先河。以致有的论者做出如下论断：“他提出小说革命，为的是要推动政治改革，而不是要改革小说本身，所以，他不可能以政治去迁就小说，而是愿意牺牲小说，以求更好地为政治服务。”[⑦]

如果说，当年“小说界革命”的倡导者梁启超出自宣传资产阶级改良主义的政治立场，导致他从传统杂文学观念向现代纯文学观念的变革中，执著选择文学多维价值构成中的政治价值，以致对文学的社会价值作出狭隘和急功近利的理解的话；那么，稍后出现的著名学者王国维的文艺、美学思想的革新，则是沿着学术探索的独特路径，侧重从“文学即人学”以及艺术自身的特点与规律，去看取文艺的性质与功能，并在深化文艺的审美价值的研究中，为现代纯文学观念的建立作出了重要贡献，虽然其唯美主义、形式主义的倾向有着叔本华等西方主观唯心主义美学的深深印痕，但其复杂的文艺价值观念同样值得深入探究。

王国维作为我国近现代之交的著名学者，虽然其生活和思想充满着深刻的矛盾，“在资产阶级的政治、伦理、社会思想和他的很可能并非自愿采取的顽固保守的政治态度之间，在思想上的软弱、保守、妥协性和学术研究上的勤于思索、实事求是、敢于创新之间，都存在着尖锐的对立”[⑧]；然而，他的《红楼梦评论》《人间词话》《宋元戏曲考》等文论、美学、艺术史的著作及其杰出的史学成果，在近现代学术史上的地位却是颇重要的。王国维的学术生涯是从戊戌变法失败后，在罗振玉资助下于1901年留学日本，并于当年夏季归国后从事教职开始的。从1901年至1905年间，主要研究哲学和美学，深受西方叔本华哲学、美学思想的影响，在《红楼梦评论》及其他的著述中，他根据叔本华的唯意志论及悲观主义哲学，以及美或艺术的本质是无利害的观照和暂时解脱的美学观，阐释优美与壮美这两个重要美学范畴，揭示了一切事物都不过是意志的盲目、不可阻遏的冲动的派生物，因而优美或壮美绝非客观的存在，盖因人有优美或壮美之情所致。同时，还阐释叔本华的天才论，指出只有天才才能进行审美静观，而庸众是决不能真正欣赏美的。这段时间，他对文艺的性质和功能的认识，显然是艺术无功利性，反对把文艺当作“道德政治之手段”[⑨]，认为“美术之务在描写人生之苦痛与其解脱之道，而使吾济冯生之徒于此桎梏之世界中，离此生活之欲之争斗，而得其暂时之平和，此一切美术之目的也”[⑩]。他对《红楼梦》的评论，就几乎成了叔本华哲学、美学思想的图解与证明。虽然该著存在着套用唯意志论和悲观主义哲学造成曲解《红楼梦》的弊病，但他对作品悲剧精神的发现与肯定，还是很了不起的。由此，还透露出王国维当时的文艺价值观念是充满矛盾的：一方面，他视文艺与哲学一样，是“最神圣、最尊贵而无与于当世之用”[⑪]的，因而只能起到治疗人生“空虚之苦痛”的作用，即只具有缓解人生苦痛的精神慰藉的功能；另一方面，虽然他在《红楼梦评论》里主张艺术家超乎现实，忘却自己，才能把握、创造先天地存在于人的自身的美，但由于其“理念”范畴是客观唯心主义的，因而仍承认创作中表现“美之预想”，“必须有经验以为之补助”。这就为他后来的词论从人生、人性的审美视角去总结、提升民族艺术中“忧生”“忧世”的悲剧美感奠定基础。

可见，随着王国维从照搬西方的哲学、美学转向以西方近现代的美学观念，去深入研究传统文艺的实践经验和理论材料，其创造性的学术探求使他逐渐摆脱纯粹文艺价值的偏执取向，对于文艺的性质、功能的认知也趋向于理念与自由、客观与主观、现实

（经验）与审美超越的统一与融合，虽然存在着康德、叔本华等唯心主义美论的深刻影响，但其《人间词话》（1908）和《宋元戏曲考》（1912）则昭示其价值观已转向“忧生”“忧世”的朴素唯物主义倾向。不但论述艺术境界是由主观和客观、理想和现实、情感和理智统一构成的艺术现象，而且还用“意余于境”和“境多于意”来概括以抒发诗人强烈感情为主和以冷静的理智描写社会人生或自然风景这两种类型的作品，从而确证这两种境界“常互相错综，能有所偏重，而不能有所偏废”[12]。他正是以这种多维、整体的价值观，去沟通“有我”与“无我”之境，并进而从作者与读者的相互关系去提出“不隔”的理论新见的。其中关于境界的情景交融，关于艺术形象的鲜明、具体、逼真、传神的特征，关于文学语言不假雕饰、自然本色和反对“无言外之味，弦外之响”的观点，其实是对我国古典词、曲的丰富创作经验的新阐释，体现其沟通中西方美论的民族化的有益尝试。

尤其在其《宋元戏曲考》的研究中，更预示着他原先对叔本华等的“超功利”审美价值论、天才创作论的极端认识已得到遏制，因为他对元曲价值所作的史学、文学、音乐、语言学等方面的发掘和阐释，首先拈出的是它“能写当时政治及社会之情状，足以供史家论世之资者不少”[13]，足见他已注重艺术与现实生活的审美关系，对文艺深刻蕴含的社会、人生内涵，以及重视劳人思妇的通俗文艺，反对媚俗阿世之艺术等观点，已与前期的文艺观有很大的不同，从而使其艺术的审美自由与艺术的独特的社会作用相联系的现代美学思想得以形成。这就是王国维在学术研究中运用西方近现代新的理论、方法与我国艺术实践固有的经验相结合，外来的思辨方法与传统的直觉方法相结合，历史的方法与艺术的方法相结合所结出的文艺理论成果和所历经的复杂过程。

二

“五四”前后，中国近现代社会变革的基本走向，经历了一个对政治的关注转为注重于文化再到回归政治的过程。在此种时代精神、倾向的影响下，中国现代的文艺理论嬗变，也大体由专注于新观念、新价值、新思潮的提倡，转向文化批判和革命文学与革命文艺理论的建设。

作为现代文艺和文艺理论的开拓者与新文化方向的代表者鲁迅，随着政治、思想上从激进的革命民主主义者向共产主义者的转变，他在创作实践和理论探索中对文学的特质与社会价值的认识也不断全面、深化和科学。探求鲁迅在如此复杂、多变的革新时代对文艺的特质与社会价值的认识的发展过程，其所包孕的思想价值，对今天的启迪也许更切近与深刻。

鲁迅于1907年发表了著名的文学论文《文化偏至论》和《摩罗诗力说》，在广泛介绍西方诸多美学、文艺思想的同时，还比较全面地论述了他的文艺价值观。虽然鲁迅也是坚持救国先救人，救人必先启蒙，启蒙必先革新文艺的基本立场；但因为他同改良主义者的文艺革命的目的及其政治理想不同，所以他所推崇的是那些具有爱国思想与反抗精神的欧洲积极浪漫主义诗人，极力颂扬其作品“立意在反抗，指归在动作”，充溢着“不为顺世和乐之音”，“刚健抗拒破坏挑战之声”，大胆地抗击和揭露封建主义和资本主义的社会批判的内容。鲁迅正是从欧洲积极浪漫主义诗人的身上看到中国文学的希望，期望我国也能出现这样的“精神界之战士”，诞生出与改良主义不同的彻底反封建的新文艺。他不但这样提倡，而且通过其《狂人日记》的创作，写出了“反封建的第一篇宣言书”。

与此同时，他认为文艺应能“宣彼妙音，传其灵觉，以美善吾人之性情，崇大吾人之思理”，即通过审美创造和艺术独创之途径，表现作者对社会人生的情感体验与思想倾向，以提高读者的审美趣味、思想境界和道德水平。从美善的统一中阐明了他的文学价值观。尤其在《摩罗诗力说》这篇浪漫主义的文学宣言中，他还提出：“盖世界大文，无不能启人生之閟机，而直语其事实法则，为科学所不能言者”，从而进一步论及文艺以形象真实地反映社会人生，具有重要认识作用的问题，说明当时鲁迅对文艺的性质、功能的认识，已涉及真、善、美的统一，以及艺术性、倾向性与真实性三者的关系。

尽管如此，他对文艺的社会作用的认识仍有较大的片面性，即存在着西方近现代文艺思潮所固有的，或过分夸大文艺的社会作用，或否认文艺的社会作用这两种倾向的影响。前者表现在他视文艺能够影响一个国家的兴衰存亡，认为印度、伊朗、埃及等国所以衰落，“转为影国”，就因为文艺“灿烂于古，萧瑟于今”。所以，中国要避免成为“影国”，就必须用新文艺改造国民之精神，“则国人之自觉至，个性张，沙聚之邦，由是转为人国”。这自然与尼采的超人哲学的思想影响有关，同时也与改良主义片面夸大文艺的社会政治价值一脉相承，因为鲁迅对康有为、梁启超的文艺主张曾有过广泛的接触和研究。后者表现为他受“纯文艺”的美学观的影响，以致从夸大文艺的社会作用走向否定文艺的社会作用的另一个极端，认为文艺只能是“使观听之人，为之兴感怡悦”，至于“与个人暨邦国之存，无所系属，实利离尽，究理弗存”。这显然与叔本华、王国维“非功利”的唯美主义的思想影响有关。

其实，在文艺价值认识上的复杂性与片面性，对于那时还没有真正掌握辩证唯物主义科学世界观和文艺观的鲁迅来说，是很自然的事情。而且正由于他既看到文艺有“用”的一面，又感受到“不用”的另一面所提出的“文章不用之用”的命题中，包含着辩证的深刻的因素。鲁迅于1920年所作《〈域外小说集〉序》中，曾回忆自己在东京翻译外国小说的目的，“以为文艺是可以转移性情，改造社会的”，这就比较恰当地概括了文艺本身所能产生的作用；而他后来在《呐喊·自序》中，又将改变国民的精神说成“第一要著”，以为文艺可以直接通过提高人们精神世界的途径，去间接达到改造社会的目的。在1925年前后，“鲁迅又因为受到北洋军阀政府及其帮凶的围攻和迫害，更加感到文学艺术的社会作用是十分微茫的，所以对自己启蒙主义的强烈信念感到失望，上下求索的想探寻另一条振兴民族和国家的新路”[14]。鲁迅就是在这种否定之否定的认识过程中，寻找到科学的世界观与方法论，运用马克思主义文艺观去构建科学的现代的文艺价值观的。

鲁迅以历史唯物主义关于经济基础与上层建筑的关系为基石，从文艺与社会生活的宏观把握中，首先认识到无产阶级领导的人民革命是当时社会前进的动力，故“无产文学，是无产阶级解放斗争底一翼”[15]。同时指出：“文学与社会之关系，先是它敏感的描写社会，倘有力，便又一转而影响社会，使有变革”[16]，揭示文学通过艺术的特点与规律，影响和作用于社会的审美意识形态特质。其次，他结合普列汉诺夫的美学论述，认同人类审美活动的历史过程是从“功利”到审美的演进，富有创造性地阐释了文艺的“不用之用”的命题，指出：“……功用由理性而被认识，但美则凭直感的能力而被认识。享乐着美的时候，虽然几乎并不想到功用，但可由科学底分析而被发现。所以美底享乐的特殊性，即在那直接性，然而美底愉乐的根柢里，倘不伏着功用，那事物也就不见得美了。”[17]再次，鲁迅以文艺的审美特质为核心，按照文艺实践中“真”“善”“美”的内在关系，揭示了文艺的审美、认识、教育等多层次价值构成一个有机的价值系统。

当然，鲁迅对马克思主义文艺基础理论的研究，是始终结合着创作实践与文艺论战进行的。为了发展无产阶级革命文学，克服革命营垒内部把文艺的特殊工具混同一般政治宣传工具，总结文艺发展中复杂、多样的价值追求，反对各种“为艺术而艺术”的极端论调，而到马克思主义学说寻找科学的理论武器，促使革命现实主义创作实践和无产阶级文艺理论研究不断跃上一个新的高度。

三

恩格斯说，对于“历史的启示”，我们是“不能怀疑或轻视”的。[18]那么，从梁启超、王国维到鲁迅的理论探索中，我们所获得的重要启示是什么呢？我以为以下两点最值得珍视。

其一，不同的文艺价值观念，反映了人们对文艺性质、功能认识的不同哲学、美学基础，以及不同社会实践和文艺经验必然提出的价值标准。因此，每当社会历史处于重大转折时期，文艺价值问题的论争就愈加突出。这时，最能科学、深刻揭示文艺的特质和价值、功能系统构成的，就是建立在辩证唯物主义和历史唯物主义世界观、方法论基础上的马克思主义文艺理论。

因为马克思主义是从人类的需要和发展的目标去看待文艺的价值、功能的。因此，它一再强调，人类的实践活动离不开自身的本质及其需要，在“按照美的规律来建造”的过程中，自然包括按照美的规律实现人类的自我塑造。文学艺术适应人类认识、建构和完善自身的追求，成为走向人类自我完善的实践的一种，所以才有真正的社会价值。可见，马克思主义对文艺的价值功能的总体把握，就在于文艺作为一种特殊的审美活动，以人类的本质和自身存在的状态为动因与根据，是自我教育、自我塑造的一种独特方式。马克思在《〈政治经济学批判〉导言》中指出：“艺术对象创造出懂得艺术和能够欣赏美的大众，——任何其他产品也都是这样。因此，生产不仅为主体生产对象，而且也为对象生产主体。”因此，尽管文学艺术具有多种多样的价值，诸如政治价值、道德价值、宗教价值、娱乐价值、认识价值、心理补偿价值等，但文学的基本的特性与价值则是审美意识形态与审美价值，历史上具有强大生命力的传世之作，所以能超越时空局限，满足一代代读者的审美需求，就因为其审美价值不是“纯审美”的，而是以审美为核心和中介，比较广泛深刻地融合了政治价值、道德价值等内涵，因而其所实现的社会价值，显然不是直接为某种现实功利之用，而在于提高人们的审美能力，美化人们的精神世界，以促进实现完美人格的建构。[19]

马克思主义正是从审美实践论基础上总体揭示文艺的特质与价值，并进而确立文艺价值的选择与评价的科学标准。自从文艺形成独立的审美形态以来，人们就在总结文艺实践的基础上为评价它的价值提出了各式各样的标准，并在多种标准中反映出两种不同的观点：一种视文学为社会现象，在文学与社会的广泛联系中提出了真、善、美的标准，政治标准和艺术标准，美学的历史的观点这一最高标准，既表明了社会对文学的要求，也表明了对文学自身特性的要求。另一种观点，把文学看作独立自足的现象，主张从文学作品自身提取出标准，反对从作品之外获得标准。从这种评价标准出发，往往是偏于纯形式的要求，着重从语言、结构、模式诸方面判断作品，忽视甚至抹煞对文学作品中的意义、价值的追求。按照马克思主义的观点，既然实践证明文学与社会存在着广泛的联系，并且是众多社会现象中的一种特殊的精神现象，具有其审美的特点与规律，那么，就应当承认，价值评价的标准既来自社会方面，也来自文艺自身。前者反映了社会对文学在整个社会生活中的地位与作用的要求；后者则体现了文学自身审美经验的积累，以及对这些经验的条理化、规范化。不过，对于反映社会对文学的要求的标准，它能否成立和有效，应以是否同文学相关为前提，在批评实践中，又必须同具体的作品相关，不能离开文学及其具体作品去提出一些风马牛不相及的要求。

联系到百年文论史，每个重大的阶段，常常重复当年梁启超的情形，片面夸大文艺的社会政治价值，原因就在于人们往往把社会对文艺的要求，看成可以脱离文艺本身特质而使之直接为政治服务的工具。鲁迅经过教训，从马克思主义文论中深刻地指明了这一点："木刻是一种作某用的工具，是不错的，但万不要忘记它是艺术。它之所以是工具，就因为它是艺术的缘故。斧是木匠的工具，但也要它锋利，如果不锋利，则斧形虽存，即非工具，但有人仍称之为斧，看作工具，那是因为他自己并非木匠，不知作工之故。"[20]而当这种片面性得到批评和遏制之后，另一种片面性"唯美主义"的价值评价标准又会出现，导致艺术的形式价值成为一种无声的、直观的、无人称的非历史存在。于是，越来越多的创作者和理论探索者，便在历史经验的启迪中懂得，必须坚持马克思主义关于美学的、历史的普遍指导原则，结合不同作家的审美创造实践，对具体作品的审美价值、理想作出符合文艺特质与功能的具体评价。

其二，马克思主义的理论不是教条，而是引导实践的正确指针。随着文艺实践的不断发展，新的价值论争也随之产生，这就要求我们在应用马克思主义观点去分析新的文艺现象中，丰富和发展科学的文艺价值观，使新的文艺在理论的作用下得以繁荣、发展。例如近年来围绕通俗文艺与市场经济关系所讨论的文艺价值与商品价值问题，就是值得探究的新课题。

诚然，在市场经济条件下，商品经济价值观不仅适用于物质产品，也往往作用于精神产品。商品经济的价值杠杆，总是要求商品的价值决定于社会必要劳动时间，以实现等价交换。文艺作品在流通领域中作为商品的价值量，也应由创作文艺作品的劳动量决定，即由创作文艺作品的社会必要劳动时间决定。然而，文艺创作是一种极其复杂精妙、具有高度创造性与个性化的精神劳动，需要创作主体长期的生活积累和心灵孕育，甚至还需要才气、灵感等。因此，显然与那种模式化、标准化等批量、集中的商品生产形式绝缘，核算社会必要劳动时间往往极其困难。这样，作品在流通过程中的交换价值，多是由构成创作过程中的物化劳动时的物质消耗部分所决定，而与创作主体的活劳动并没有紧密、认真地挂起钩来。所以，并不与其真正的使用价值，即艺术价值相等值。可见，商品价值规律在这里难以充分发挥作用。正如马克思所说："在一定的生产条件下，人们能准确地知道，做一张桌子，需要多少工人，制成某种产品，需要某种劳动量应多大。许多'非物质的产品'的情况却不是这样。这里，达到某种结果所需要的某种劳动量多大，和结果本身一样，要靠猜测。"马克思所说的"非物质的产品"，就包括文艺作品在内。

马克思主义关于文艺是一种特殊商品，既有商品性，更有非商品性的观点，仍把创造审美价值作为文艺的核心，说明文艺创作的目的与一般商品生产不同，不是单纯为了交换以获取利润，而主要是供人审美，作用于人们的精神世界，完善人的灵魂，促进人的精神和个性的自由、全面发展，因而是一种崇高的、无私的、非物质功利的社会公益事业。正如马克思所说："诗一旦变成诗人的手段，诗人就不成其为诗人了"；"作品就是目的本身；无论对作家或其他人来说，作品根本不是手段，所以在必要时作家可以为了作品的生存而牺牲自己个人的生存"[21]。只有以马克思主义的基本理论为指导，认识到作为精神产品的艺术价值及其社会作用是不能用金钱来衡量，而只能以作品价值内涵的丰富、深刻及其艺术魅力为标准，而且是在作用于人们精神世界的潜移默化的长期积累过程中完成的，才能正确摆正文艺价值与商品价值的关系，从而一方面促进作家、艺术家自身的文化人格建设，提高文艺（包括通俗文艺）的格调、品位；另一方面影响读者不断提高自身的文化素养和审美趣味，以形成有利于文艺健康发展的社会文化氛围。

当前关于文学社会价值问题的不同理解中，还有一种现象值得研究，就是把"价值"和"有用性"简单化等同起来。在一些人看来，价值就是对主体的有用性，只关注满足个人的需求，甚至只追求自然人性需求的满足，这种思想倾向还颇有市场。这同样需要应用马克思主义观点加以辨析。上述马克思主义的实践论文艺观，已经深刻地指出，人不仅是自然的人，而且还是社会的人，人的生存与发展离不开社会。因此，总是把个体放在一定社会发展的历史范围内来察看，从社会的发展和人的个体发展两个方面的统一来看价值。总之，如果离开社会历史的进步与倒退、文明与落后，人类逐步走向自我完善的总目标，那就无法正确地理解文学的社会价值问题，甚至会混淆价值与负价值的根本区别。我想，这一点，也许是“历史启示”的精髓所在。

注释：

① 《蒙学报演义报告合序》，载《饮冰室文集类编》上卷。

② 转引自阿英《晚清文学丛钞·小说戏曲研究卷》。

③ 参见简茂森《高论千言出胸臆》，载《古代文学理论研究》第 2 辑，上海古籍出版社 1980 年版。

④ 《美术与生活》，载《饮冰室文集》第 39 卷。

⑤ 鲁迅：《中国小说史略·清末之谴责小说》。

⑥ 黄保真等：《中国文学理论史》五，北京出版社 1987 年版，第 186 页。

⑦ 王宏志：《“专欲发表区区政见”》，《文艺理论研究》1996 年第 6 期。

⑧⑫ 参见滕咸惠《试论王国维的美学思想》，载《古代文学理论研究》第 2 辑，第 339 页，第 344 页。

⑨⑪ 《静庵文集·论哲学家与美术家之天职》。

⑩ 《静庵文集·红楼梦评论》。

⑬ 王国维：《宋元戏曲考》。

⑭ 参见林非《鲁迅对文艺社会作用见解的演变与发展》，《文艺理论研究》1983 年第 3 期。

⑮ 鲁迅：《二心集·对于左翼作家联盟的意见》。

⑯ 鲁迅 1933 年 12 月 20 日致徐懋庸的信。

⑰ 鲁迅：《二心集·〈艺术论〉译本序》。

⑱ 恩格斯：《反杜林论》，载《马克思恩格斯选集》第 3 卷，第 56 页。

⑲ 参见郑国铨《论文学的价值观念》，载《毛泽东文艺思想研究》5，湖南文艺出版社 1990 年版，第 103 页。

⑳ 鲁迅 1935 年 6 月 16 日致李桦的信。

㉑ 中共中央马克思、恩格斯、列宁、斯大林著作编译局编译：《马克思恩格斯全集》第 1 卷，第 87—88 页。

（1997 年第 2 期）

“移风易俗”后的中国民间艺术之路

杭　间　曹小鸥

一、并非题外话：“江湾”的遭遇

今年春节，我回老家看望年老的父母。我的家乡是浙江东部的一个名叫“江湾”的小镇，在过去长时间里，这里因为有婺江的支流东阳江流过，在交通运输不发达的年代，曾因船队的川流不息而繁荣过。三四十年代，它和南方所有的热闹小镇一样，商业及娱乐业均十分发达。即使在我出生的60年代初，附近农村节俗里的活动，譬如春节的祭祖祝福、守岁、贴春联、拜年，正月十五元宵节的闹龙灯，清明节的踏青以及吃清明糕，端午节的喝雄黄酒挂香袋，中秋节的月光下守着各色造型的月饼以防天狗偷吃等活动，还十分盛行，让人久久不能忘怀。从怀旧的角度说，我不讳言我的故乡之行一次比一次失望，然而我总是怀着失望离别，过了不久又怀着美好的憧憬再去，始终不悔。

但是这一次回乡却让我吃惊不小。镇上白天很少见到年轻人，已经快接近年关了，他们却仍在生意场上忙，留在家里的老人置办年货的热情也不是太高，原来必置的粽子不包了，十分好吃用自己熬的糖做的麻糖片也不切了，现代食品五花八门，自家的土产不易做也难在暖冬里保存；我家的老屋原来在镇子中心，可是近年来无数富起来的乡亲在镇外盖起了新楼，曾经给我以无限遐想回忆的小镇骑楼、石子街、青堂瓦舍，如今日见破败。更让我吃惊的是，居然家家户户连春联也不贴了。

从文化史的角度看，民艺确实曾是一种类似活化石的东西，它长期顽强地保留着民族绝大多数人的古老生活形态和意识轨迹。即使在1949年后的中国，意识形态有了巨大变化的情况下，在相当长的时间内仍未能改变民艺传承的内容和特性，这是因为占中国人口绝大多数的农民，他们的耕作方式，以及由此而来的生活方式，从本质上说没有太大的变化，以至于在合作化、人民公社的岁月里，播种收获后的农民，在年节里仍然有暇来考虑民俗活动。这是乡土本色所决定的，诚如费孝通先生说：“只有直接有赖于泥土的生活才会像植物一般的在一个地方生下根”，“乡土社会在地方性的限制下成了生于斯、死于斯的社会。常态的生活是终老是乡”。[①]

但是这种常态的生活，在经过本世纪无数次剧痛后，最近终被彻底打破，这其中的重要原因，就是“经济”的发展。我没有考证过“经济”的古典释义究竟是什么，但在时下农村的词汇里，“经济”这个词几乎和“经商”近义，也就是说农村经济的发展，是和乡镇企业以及商品流通密切相关着的。上述我回乡的遭遇就说明了这样一个事实。在乡镇企业繁荣的同时，农村青壮人口大量涌向城市。昔日的耕田农民如今正忙于接受订货，组织加工，甚至招募从边远地区来的农民在家庭工厂里打工。从土地里拔出脚来的新式农民企业家，不但没有空闲，而且也没有心思来从事传统的民俗活动。

另外，现代化的文化浪潮正在通过电视等传媒手段进入乡村的每个角落，在传统民艺赖以生存的小农经济急速解体和工业商品经济对传统市场的无情占领的同时，也使习惯的生活方式和价值观念发生了很大的变化，继而引起了审美观念的变化，许多民艺品被乡村新一代认为是过时、落后的东西而遭到冷遇。

我的母亲就告诉我，镇上最高明的老油漆匠也过世了，临去世前还惋惜没有带徒弟，枉把一身手艺都带到他自己亲手做的棺材里去了。

老油漆匠原是我们家邻居，是方圆数个镇乡有名的架子床油漆匠。我的老家靠近木雕之乡东阳，但是民间用品却很少用木雕，原因是太奢侈，因此，那由明式架子床演变而来的柴木架子床，便以油漆画作装饰。

新做的架子床是做嫁妆用的，通常由女方家里承担，同时置办的还有樟木衣箱、脸盆架之类的家具，等到迎娶的时候，由娘家雇人吹吹打打，抬着送过去，由于架子床是最重要的家具，这种仪式俗话就叫“迎架子”。小时候，在传统的吉祥日子，如果有这种活动，就是儿童最好的节日了。

然而，时风渐变，原先在城市流行的捷克式家具也风行到了农村，架子床开始不时兴，以油漆画做各种装饰的活儿也越来越少，年轻人都追求高低床、五斗柜、大衣柜等新样式，就连樟木箱这类既实用又能防蛀虫的家具，也没有人订做。

曾经有很长一段时间，在老油漆匠的荣誉到达最高点的时候，“老”“越老越好”“原汁原味”的手艺和装饰题材，是乡村普遍认可的原则。我所处的周围乡村，历史上几乎没有出过什么显赫的人物，富有之家也是寥寥，因此乡里人的审美标准有许多便来自这些曾经走南闯北、见多识广的手艺人。但是就在老油漆匠还没清楚是怎么一回事的时候，乡里人的爱好便变了，老油漆匠津津乐道的绝招神来之笔，因没有人找他干活而不知不觉荒废，只是偶尔还有一些老派的家庭还请他做架子床，但那也只是个别。我上北京读书前后，又开始时兴软床，老油漆匠则除了邻居以外，已差不多被人们遗忘。

众所周知，民艺的特性之一，是在相似的生活形态下代代传承，而这传承中的主角——人，便成为主要因素。因此民间艺人的流失，就成为民艺发展的严重问题。历史上，民间艺人的流失多同当时的社会状况有关，行业内的不正当竞争或时尚等因素，都会造成艺人的改行或歇业，兵荒马乱等更是重要原因。但是，在自然经济的传统社会，这种流失或有复兴的可能，因为社会的本质没有变。但是现代社会里产生的流失却有面临人亡艺绝的可能，手工艺作为传统生活方式的产物，如果仅从功能角度看，现代大工业产品的先进较之手工产品何止胜过百倍！

我在上述的文字里，以一个亲历者的口吻来叙述这些事实，所流露出来的情绪是显而易见的。但是我对它没有作臧否，我想我还没有不理智到反对人民生活改善，反对历史前进的地步。尽管我老家的情况，就全国范围看，或许属个别，但是它所透露出来的问题，却具有典型意义，我上述的带有感情倾向的文字，是为了提请大家注意和思索，即民艺首先是生活，没有生活就没有民艺，民艺学的研究不仅仅是追寻那些因时代变迁而已经失落了的东西，更应以活的生活姿态去看待它。这个道理大家都清楚，但是如何来理解生活与民艺的关系，却是一个复杂的问题。

二、从近代开始的阵痛

实际上，民艺的处境在社会变化面前所呈现的尴尬状态，不是最近才有，前面说的活化石，当然只是一个权宜的比喻，只用来说明民艺在时空关系中的相对稳定性，而作为一种人的创造，它的内部的发生发展，却是一刻也没有停止过，只是在中国两千多年漫长的封建社会里，变化极为缓慢而已。

习惯上，我们将明末江南一带由纺织业的发达所形成的生产关系，称为资本主义萌芽。与今天不同的是，由这种生产关系而来的商品经济，并没有给民艺的发展带来致命的后果。冯梦龙编《醒世恒言》里有一篇，描写的是苏州盛泽镇机户施润泽本身同农村有着千丝万缕的联系，他拾金不昧所交得的朋友朱恩，也是将卖蚕丝所得之银两投入农业生产的农民，于是通过织绸匹富起来的施润泽在添加织机扩大再生产的同时，重要的措施便是置办家产盖房子。有的史学家认为这是中国的早期资本家来自乡土的局限性，他没有不择手段扩大再生产，追求剩余价值，所以中国的资本主义在封建社会始终是萌芽。但从民艺生存的角度来看，正是这种乡土本色保持了民艺的延续性。他们从来没有想过要离开乡土，在这种意识前提下，从伦理到习俗，他们必须遵从传统的自然经济下所形成的一切规范。

1840年以前的清代中国社会就拥有与自身的生产和生活方式相适应的一整套传统的工艺技术，包括民艺形式。从耕作到灌溉到收获，从衣食到住行到用玩，自给自足，自成体系，千百年一贯而来，上承下传，几乎没有什么变化。

那么第一次鸦片战争以后，中国社会所面临的又是一种什么状况呢？道光五年举人、桐城派的古文家、当时地主阶级保守派的代表人物管同在《禁用洋货议》中举例说：“今乡有人焉，其家资累数百万，率其家人妇子，甘褕衣食，经数十年不可尽。既而邻又有人焉，作为奇巧无用之物，以诳耀乎吾，吾子弟爱其物，因日以财易之，迨其久，则吾之家徒得乎物之奇巧无用者，而吾之财尽入于邻。”[②]管同这里说的两户人家，其实说的是中国和西洋，他所痛恨的正是“弃其土宜，不以为贵，而靡靡然争求洋货”的“中国之人”，这些人“虽至贫者亦竭蹶而从时尚”，致使“西洋之人作奇技淫巧以坏我人心”。[③]

洋货对传统生活的冲击，一生从事传统工艺研究的陈之佛先生说得更直接一些：“自从那些五光十色的舶来品，像潮水一般地冲进了我们的城市乡村之后，那所得的代价，就是民脂民膏的不断地往外倾流。城市虽然一天天的繁荣灿烂，满街都是华丽耀目；就是农村也显见得不同起来，以俭朴为本位的我国农民，也居然有不少换下粗蓝布，穿起洋货来了。……自从五口通商以后，自给自足的太平时代，显见得被剥夺净尽了，农村一日比一日衰颓下去，直到目下已到了人人都知道的经济大恐慌的非常时候了。”[④]陈之佛先生说这段话是在1936年，可见近代民艺处境困难时间跨度之长。王树村先生在他著的《中国民间年画》一书中，则干脆以“洋枪炮轰跑了门神”这样的标题，来说明“在战火连年不休的时局下，农村经济破产，人民生活在饥荒和战祸交织下，已达到欲死不得的地步，哪里还想着过年贴门画”[⑤]（着重号为引者所加——引者）。

如果按管同的理解，我们可以试着在1840年以后中国社会的变化和民艺在近代的衰微之间寻找一个等式：因喜欢西洋奇巧而唾弃中国传统技巧，因争求洋货成为时尚而“惟利是趋”，进而“弃其土宜”，离开了土地，乡土不存，民艺的乡土情怀也就失去了寄托。所以管同有《拟言风俗书》，呼吁变风俗而救人心。然而从近代经济的发展的眼光来看，管同的思想是落后和保守的。当近代中国在西方的坚船利炮面前挨打，自给自足、闭关锁国的小农经济再也无法面对欧美新兴的资本主义气势汹汹的扩张，中国的有识之士如魏源、林则徐等起来号召“师夷长技以制夷”，直至洋务运动开始学习西方创办西式工业的时候，管同试图以社会的不变来维持风俗人心的纯朴，无疑是迂腐之见。从这一点看，我们今天在对近代民艺式微的得失评价之中，无疑也是要十分谨慎的。“在我们社会的激速变迁中，从乡土社会进入现代社会的过程中，我们在乡土社会中所养成的生活方式处处产生了流弊。陌生人所组成的现代社会是无法用乡土社会的习俗来应付的。于是，土气成了骂人的词汇，‘乡’也不再是衣锦荣归的去处了。”[⑥]乡村生活在社会价值判断中受到轻视，实际上昭示着这样一个事实：具有崭新的生产方式和价值观念的工业文明的崛起，使封建自然经济解体，手工生产方式主导地位丧失和民众生活改变，传统性质的民艺，包括组织和艺人便失去了原有的保障。于是，民艺的挽歌也就自然而然地唱起了。在这样的背景下，如果我们（姑且假定为城市的读书人，有识的文化志士）要费尽心机振兴传统民艺，那么在现代社会，此“民艺”也早已不是彼“民艺”了。

毋庸讳言，今天的许多人对民艺的喜欢，是鉴于当代社会复杂状态下对于朴素和单纯的一种怀念和肯定。我们爱民艺不是爱一个绣荷包仍能装东西，一幅剪纸仍能用来作窗花，民艺当年直接的功能已经远远退回到历史去了，民艺剩下的是一种观念、一种思想，也是一种独特的将要彻底逝去的文化情怀。也就在这个层面上，我们可以理解孙中山的民生思想对于近代中国的深刻意义。

1924年，孙中山曾以“民生主义”为题，做过四次系统的讲演。他的出发点就是在承认现代工业发展带来社会进步的同时也产生弊病的基础上，来看待一般人的生活问题。他举例说：“古代一人耕田，劳身焦思，所得谷米，至多不过供数人之食。近世农学发达，一个所耕，千人食之不尽，因为他不是专用手足，是借机械的力去帮助人工，自然事半功倍。故此古代重农工，因他的生产刚够人的用度，故他不得不注重生产。近代却是两样。农工所生产的物品，不愁不足，只愁有余，故此便重商业、要将货物输出别国，好谋利益……”[⑦]他接着分析，推此欧美各国的人民应该很幸福，然而事实并非如此，资本家对剩余价值的最大限度剥削，使人们对工业文明的进步性产生了怀疑，但是“文明进步是自然所致，不能逃避的。文明有善果，也有恶果，须要取那善果，避那恶果”[⑧]。“总之，我们革命的目的，是为中国谋幸福……”[⑨]在这里，孙中山将民生问题从人道主义出发提到了幸福的高度。孙中山重视民生问题，甚至把民生主义看作他的三民主义思想的中心，因为归根结底，民族主义也好，民权主义也罢，在他的心目中都是要解决几亿人民的生活问题，革命是为了使中国人民摆脱贫困，获得幸福。孙中山的这些主张，也正是中国共产党早期文献里经常提到的内容，毛泽东在1940年1月所写的《新民主主义论》中也明确表示是继承了中山先生的主张。

三、在经济和文化之间沉浮的民艺

本世纪初开始的有识之士，对于这种因工业文明的冲击而对中国传统社会产生深刻影响的历程，多保持着清醒的认识。李大钊在《东西文明根本之异点》中说：对于西洋"动的文明物质的生活"，"吾侪日常生活中之一举一动，几莫能逃其范围，而实际上亦深感其需要，愿享其利便。例如火车轮船之不能不乘，电灯电话之不能不用，个性自由之不能不要求，代议政治之不能不采行。凡此种种，更足以证吾人生活之领域，确为动的文明物质的生活之潮流所延注，其势滔滔，殆不可遏"[10]。实际上，这也是五四运动产生的背景之一。五四运动的志士仁人们已不再纠缠讨论"重器轻道"或"中学为体、西学为用"，而是从一个更广阔更实际的层面——社会，去思考中国传统文化的出路。事实上，中国乡土民艺的命运，从宏观上看，也是包含在文化的出路当中的。

与今日民艺所面临的问题一样，文化的出路还是要从"经济"入手去寻找。

本世纪60年代，战后的日本经济经过恢复阶段，有了飞速的发展。同许多国家所出现的情况一样，它也出现了乡村人口大量涌向城市，城乡差别增大，传统观念产生了很大的变化等现象，在传统生活方式改变的同时，传统民艺也因工业产品的冲击和观念的变化而日益式微。虽然曾经因旅游业的兴起，而出现很多传统工艺形式的旅游产品，但是它们急功近利的粗制滥造，连日本人自己也觉得难为情。自问：这是我们的优秀的传统工艺吗？而另一方面，大量引进和发展起来的大工业体制，在满足人们的日常生活需求的同时，工业制品的机械刻板也同日本原有的文化传统产生了矛盾，于是，便出现了旨在提升原文化面貌，使传统文化进入现代生活的"造乡运动"。"造乡运动"不是"完全回归农村时代"，而是"从生长的地方寻求文化的根源"，思索如何面对未来，向"现有的高度物质文明、缺乏人性的生活环境挑战"[11]。"造乡运动"强调内发性，即一村一品，各不雷同，由村民组成类似的"开发故乡协议会"，经过论证，提出建村构想，吸引外乡人将所在地当成自己的故乡，从而收到了很好的经济效益和文化效益。足助町是爱知县加茂郡的一个山区小镇，靠近丰田市，山间溪水流淌，山上草木茂盛，风景优美。60年代，足助町居民争着到丰田汽车厂工作，村里的工艺品制作和民俗活动全部停止。70年代，居民开始拒绝汽车公司设厂，町里建起供游人参观的民艺村落“足助屋敷”，集工艺制作、表演、收集、陈列、研究、培训、销售于一体。箍桶、竹编、机织布、打草鞋、造纸的民间艺人，一边制作，一边授“徒”，人们可以参观，也可以动手制作，将自己作品买去。现在的足助町，以自然风光和传统文化特色吸引着大批游客。[12]

“造乡运动”的主要提倡者、千叶大学教授宫崎清强调，社区建设要“向内发掘。社区营造不要着盛装给别人看，而要穿居服，和老人们在一起”[13]。所以日本造乡运动不搞推倒重来和大量投资的工程建设，而立足于在自身基础上，强化自身文化特色，一村借一品扬名，地域文化得以发扬保护，而不是营造旅游点，相反旅游业是造乡派生出来的成果。80年代以来，台湾地区也开始学习日本的做法，推出了“社区营造”运动，也取得了令人瞩目的成就。

不过，日本的成功对于我们固然不乏借鉴意义，但中国作为一个幅员辽阔，农业人口占80%以上的国家，是不可能照搬过来的。近年来我国乡镇企业的发展也同样取得了举世瞩目的成就，但乡镇企业的经济模式并不完全是开发乡土的结果，像温州的纽扣、广东佛山一带的家具批发等就是明显的例子。然而不容置疑的是，时下的乡镇经济发展起来了，文化却还远远没有跟上去，我的家乡就是鲜明的一例。现代民艺的出路仍是经济和文化何时能够交汇走到一起的问题。

写到这里，我确乎是有些悲观。在上面的段落里，我先开始说服自己大工业对于民艺的冲击，乃是人们为了生活的改善的结果，不能因民艺的保持而不考虑国计民生问题；接下来日本的经验固然是一个启发，但对于中国来说又难以照搬，何况我总有些怀疑，失去了自然经济土壤的民间艺人，在给人们表演中做出来的民艺，是否还是原来那个民艺呢？这样的民艺还有没有再创造的活力呢？“移风易俗”，风已移，俗的改变便是不可避免的了，“俗”和民艺好比是皮与毛的关系，皮之不存，毛将焉附？

基于以上的认识，我意识到民艺自生自灭的时代已经结束，民艺已不再是乡土的事，而是我们大家的事；已不仅仅是文化研究的事，而关乎到我们未来的生活。

四、“伪”民间和真民间

既然民艺已不仅仅是乡土的民艺，而是大家的共同的民艺，如何认识民艺就是一个至关紧要的问题。

对民艺的纯朴、自由、大胆的表达感情的特点，虽然长期以来被许多人视为粗鄙和低下，但是从20世纪初开始，就有许多有识之士关注和研究它。鲁迅和郑振铎、阿英等人对民间木刻的重视，便是突出的例子。三四十年代活跃在上海的许多装饰艺术家，其创作也深受民艺的滋养，杰出如张光宇兄弟等，延安时期的许多革命文艺家，从艺术的人民性出发，更是重视当地民艺的开发和研究，从民艺中汲取无产阶级大众艺术的创作灵感，如当时在鲁艺的张仃和陈叔亮，后者甚至出版了我国较早的一本陕北地区剪纸集《窗花》；1949年以后，他们将这种民艺之风带到了城市，带到了艺术学院，自然，他们的出发点有别于人类学家和社会学家，作为艺术家，他们首先着眼的是，如何从民艺中汲取营养，创造出社会主义社会下的新的美术形式来。在这一点上，张仃的影响是深远的，他在中央美术学院实用美术系开始指导学生做系统的实践，尔后又在主持中央工艺美术学院期间，大力推行他的主张，自己也在创作上身体力行，著名的动画《大闹天宫》的设计以及首都国际机场的壁画《哪吒闹海》，堪称向民间学习推陈出新的典范。

改革开放以后，西方现代派艺术涌入，使无数习惯于高大全革命现实主义创作方法的艺术家目不暇接，如饮甘露。但不久，不满于全盘西化的美术家们开始考虑建立中国本土艺术的问题，他们从民艺中找到与西方某些大师艺术创作的共同点，认为民艺中蕴藏着巨大的艺术发展的动力，于是向民艺学习，请民艺家登上大学课堂，成立民艺系，出版民艺研究刊物，掀起了一股遍及全国的热潮。一方面，这股民艺热的积极的结果，是促使人们重新回望传统民艺，去认真思考过去几千年来为士大夫统治阶级所唾弃的东西，并对经过“十年动乱”几近散失的民艺传统作了抢救和整理；但是另一方面，在这种热情中，也神化了民艺以及它的创作者，正如我们长期以来对“人民”的正确性和“历史动力”不能有任何怀疑，这种神化了的民艺，也使无数的城市人和文化人，看不到民艺的缺点，民艺在“人民”的大旗下鱼龙混杂，精华和糟粕并出，民艺作为文化的提升工作还远远没有完成。

民艺的爱好者或是研究者，往往把民艺想象成一门经典式的学科，是与那些文人画、宗教雕塑一样的东西，去考证去研究，而忽视了民艺首先是生活。当南方的乡镇企业蓬勃发展的时候，当费孝通先生从社会学家的眼光越过“江村经济”看待新的一村一品的时候，当乡镇工业把农村的剩余劳力从土地里拉出来开始改善自己生活的时候，有些民艺研究家出于善意起来反对这种因生活的改善而使民俗改变民艺失落的现象，而有的民艺研究家则对当代的乡村变迁表示漠然，躲在书斋里研究他的本世纪初，以至于有的舆论将他们称为“伪民间”。

这种称谓自然失于偏颇。但是却也说明这样一个事实：无视当代乡村变化或袖手旁观的态度，在我们试图重建中国文化的努力中，是不可取的。我们看到，在我们全社会都高喊热爱民艺十余年后，民艺的现状却是日见萎缩。在我们谈论民艺研究时常常提到英国莫利斯、日本柳宗悦那样的身体力行者，但在我国却时至今日始终也没有出现。一个无情的事实是：在民艺界，研究和生活分离，研究和新的创造分离，已成为普遍现象。

五、民艺之路

民艺如何发展？在这个问题上要想开张药方便能药到病除，是不可能的。一个令人忧虑的问题是，在几乎人人都在肯定民艺的同时，对民艺的认识却始终停留在感性阶段，这种不断重复着的感性实际包含着对民艺的冷漠。即使是在90年代初掀起的“文化热”中，地方上流行“文化搭台、经济唱戏”，利用某个地方名胜或土产资源吸引外资的做法，也仍然是急功近利的。

在传统社会，民艺就是我们的日常生活，因此柳宗悦可以说：“只有工艺的存在我们才能生活。从早到晚，或工作或休息。我们身着衣物而感到温暖，依靠成套的器物来安排饮食，备置家具、器皿来丰富生活……因此，如果工艺是贫弱的，生活也将随之空虚。”[⑭]柳宗悦说的这些我们现在仍然需要，但是所有的物品都已由大工业生产所取代，我们无须亲自去制作，甚至无须知道材料、工艺和制作过程。我们对于自己的一双手，在自己的大脑支配下能独立做些什么东西，已很久没去想过。法国启蒙时期哲学家卢梭在《爱弥儿》中谈到，工艺的功用最大，它通过手、脑合力工作，使人的身心得到发展，它是人类职业中最古老最直接最神圣的教育方法之一。然而，这种思想还远远没有为全社会接受。因此，从这个角度看，民艺之路首先取决于全社会对它的正确认识。

前不久，我和我的同事发起，以《装饰》杂志的名义，在山东烟台召开了一个题为“当代社会变革中的传统工艺之路”研讨会，邀请了全国部分关心传统工艺文化并有研究成果的专家学者，以及一些传统工艺生产厂家的领导人与会，旨在从文化的角度，探索当代经济格局下的传统工艺的生存和发展道路。会上，大家形成了一个《保护传统工艺　发展手工文化》的倡议书。

《倡议书》虽然不完全是针对民间艺术的，但是，实际上，时至今日，除了少量的宫廷工艺外，传统工艺中仍保持着活力的，大多属于民艺范畴。因此《倡议书》对传统工艺的判断和当代格局的分析，同样也适用于民艺。

《倡议书》提到：“中国手工文化及产业的理想状态应是：一部分继续以传统方式为人民提供生活用品，是大工业生产的补充和补偿；一部分作为文化遗产保存下来，成为认识历史的凭借；一部分蜕变为审美对象，成为精神产品；一部分则接受了现代生产工艺的改造成为依然保持着传统文化的温馨的产品。同时，还要建立适应现代生活的新手工文化。”

不管我们感情上如何难以接受，工业革命以后，以机械化、自动化为标志的大工业生产方式，已在世界范围内逐步取代手工劳动，随着中国现代化进程的步伐，大工业的生产方式也将必然地占据主导地位，这是一个不以个人的意志为转移的现实。在承认这个现实的基础上，传统民艺有一部分已成为传统工艺史的组成部分，作为古代物质文化的组成，它补充了文字书籍记载的不足。民族民间的刺绣、传统家具、工具等在各个时期的代表作品，均在此列，可以进入博物馆保存。同时被保存的还有技艺。其中的有些物品，在反映各个不同历史时期的生产力发展水平以及生存状态、生产关系的同时，还因其高超的艺术性，成为民族审美内容的组成。在当代艺术设计的发展过程中，全方位满足消费者功能使用的需要，已不是唯一的设计追求，经过长期审美积淀的使用者，总感有许多民族传统和习惯，是功能所不能满足的，因此各国产品设计风格的形成，必然要到本民族文化中去寻找，而这些优秀民艺便是源泉之一。另外，不可否认，我国是个农业国家，全国人口绝大多数是农民，这个现实决定了即使在中国农村完全现代化以后，一部分传统民艺仍有生命力，会以传统的方式为他们提供生活用品，甚至，久居城市的人们也会因厌倦了工业产品的千篇一律和机械而转而有这样的需求，譬如盛饭的器皿并非总是不锈钢制品最好，木勺和竹勺拿在手里无论从功能或心理感受看，都甚或更佳；土烧的砂锅或陶锅，用来炖肉，可能会更香。这一部分中，在有些仍然沿用传统工艺的同时，有些需求量更大的，则由现代技术加以改造，如绣花便是明显的例子，电脑绣花的应用给现代服饰的装饰开辟了广阔的前景，但是如果图案是传统的，从整体上说，它仍带给我们以传统文化的温馨和慰藉。再有一部分，则由包括职业艺术家在内的一些人，将传统民艺中的要素抽离出来，成为以传统技艺表现新的当代形态的东西，如现代陶艺、漆艺、纤维艺术等，这部分，则应算是新手工艺，它是传统民艺在现代的发展。

当然，上述的几个部分仍是一种理想状态的分析，在今天还远远没有做到，但是正如《倡议书》中所说："中国手工文化的命运是实现中国现代化进程中不可回避的问题。"可以预想，在不久的将来，现代人在享受由信息世界带来的高技术的自由的同时，也在日益丧失自我，现代技术在极大地改变人类的生存状况成为延伸人类手以外的能力的同时，也反过来成为一种异化的力量并且超越人类的控制；它在将人类从繁重的体力劳动中解放出来的同时，也剥夺了他们接触自然、身心合一的快乐。这些，都并非危言耸听，也并非西方未来学家的老生常谈。我们今天正视它，是因为民艺的内在价值和本质意义，可以成为解决这种人类文明发展过程中将要出现的问题的重要补充手段。

因此，我们应该把民艺看成一个系统工程，它不仅是学术的也是生活的；不仅是经济的也是文化的；不仅是乡村的也是城市的；不仅是过去的也是未来的。一双朴素的手，合起来，能让世界更和谐！

注释：

①⑥ 费孝通：《乡土中国》，生活·读书·新知三联书店 1985 年版。

②③ 《因寄轩文集》卷二，道光十三年管氏版。转引自赵靖、易梦虹主编《中国近代经济思想资料选辑》，中华书局 1982 年版。

④ 《中国美术会季刊》第 1 卷第 2 期。

⑤ 王树村：《中国民间年画》，浙江教育出版社 1995 年版。

⑦⑧⑨ 《孙中山选集》上卷，人民出版社 1956 年版。

⑩ 参见蔡尚思主编《中国现代思想史资料简编》第 1 卷，浙江人民出版社 1982 年版。

⑪⑫⑬ 张燕：《经济的追求和文化的维护同样重要——日本"造乡运动"和台湾"社区营造"的启迪》，《装饰》1996 年第 1 期。

⑭ 柳宗悦：《工艺文化》，徐艺乙译，中国轻工业出版社 1991 年版。

（1997 年第 3 期）

关于中国艺术学的建立问题

张道一

两年前我写过一篇《应该建立艺术学》的文章，作为《艺术学研究》论丛的代发刊辞发表在第一集上。文章和刊物的出版，在学术界引起了较大的反响。一篇文章只是表述了个人的一种认识、见解、观点，但是一本刊物却包括了许多篇文章、许多个作者，已经构成了一种行动，因为大家所讨论的是关于艺术的理论发展和艺术学科的建设，所以说艺术学已在建立之中。

建立艺术学是个酝酿已久的问题。据我所知，不论在艺术界还是在学术界，许多有识之士都在议论，主张建立起艺术学的学科来，它是人文科学的重要支柱之一，也有人为此奔走呼吁，写了文章。一个学科的建立标志着国家在这方面的学术水平和事业成就，是大家的事，绝非个人的“专利”。我是因为从事了艺术理论研究工作，带着一种历史的责任感而热心于此的。艺术学像是一幢大厦，个人所能做的，无非是搬几块砖瓦而已。

艺术学的建立，涉及很多方面。深入研究各类艺术的特点，整合地探讨艺术的共性，从而解决一些带规律性的问题，不是靠写几篇文章就能奏效的，需要从完整的体系上进行思考，包括艺术自身的若干分支，以及艺术与其他学科的结合与交叉，分别完成学术性的专著。学校教育很重要。学校作为教学中心培养研究人才，同时作为科研中心创造研究成果。在综合大学中建立艺术学系已成定势，可有多学科的支撑增强活力，同时与艺术院校产生互补的作用。两年多来，在学科设施与系科建设方面，已取得可喜的进展。

现在的问题是，艺术学已经提出，学科正在建立，必然会出现各种不同的议论。这不但是正常的，而且是必要的。任何学问的发展都是在讨论、辩论中升华，逐渐走向成熟，艺术不但不例外，而且显得更为突出。因为大量的艺术家活跃在社会的各个方面，从事各种艺术的创作、设计、表演和演奏。他们在艺术实践上有许多是老手、高手，以及后起之秀，对于艺术创造达到了炉火纯青的地步，成为一代之骄。艺术家的自我修养，练功和技巧，尤其是观察生活和体验生活，不仅细致入微，而且顽强艰苦。所以在他们的创造过程中，有很多感受、体会、心得、经验，是非常深刻、非常可贵的。一旦用语言表达出来，诉诸文字，便成为理论的火花。然而这毕竟是一家之言，而艺术理论的概括是要由个别上升到一般，需要综合无数艺术家的经验之谈进行熔炼，才有可能找到带有原理性的东西。很多从事艺术实践活动的人不了解这一点，以为写出的经验就是理论，谁的作品好，谁的经验多，谁的理论也就高。这样，就混淆了实践和理论这对关系的区别。经验的可贵可能上升为理论，但对待不当也可能阻碍理论的发展。如同一个商人经营得很好，赚了大钱，成了亿万富翁，但不等于说他就是经济学家。同样，一个母亲生了很多孩子，都调养得很健壮，出息得很好，但这位母亲也不等于就是生理学家或人类学家。这样说不存在贬褒的问题，而是为了研明事理，是说明社会的细致分工，不能互相替代，才有助于理论研究的深化。

在理论研究上，我曾经将艺术理论分为三个层次：第一个层次是“技法性”的理论，如美术的构图学、色彩学、解剖学、透视学以及图案学、平面构成、立体构成等，音乐的基本乐理、视唱练耳、和声、对位、配器等。这个层次对于基本功的训练是必不可少的，各类艺术院校的教学也都非常重视。第二个层次是“创作性”的理论，即创作方法论的研究。这一层次的理论既要解决创作过程中的规律和方法，又要进行艺术的修养和增加必备的知识。在这方面，专门的教科书是没有的，系统的论著也不多，但心得体会式的文章和作品分析的文章很多。不论是艺术家还是院校的师生，大都喜欢这类文章。因为既有“理论”又有“实例”，容易看懂，所谓“有骨头有肉”，能够从中得到启迪，解决创作上的实际问题。第三个层次是“原理性”的理论。这里涉及艺术学的很多内容和方面。由于它经过了高度的概括，抽象性大，一方面是研究的人很少，另一方面接受者也不多。目前，有关这类著作区区可数，主要是从美学的角度谈艺术，一些拗嘴的思辨式的语言，不切实际的举例，让从事艺术的人读起来如入五里雾中，捉摸不透，引不起读书的兴趣。所以在这个层次上还处于空白状态。以上三个层次是相互联系、相互衔接的，没有前者后者做不实，没有后者前者搞不透。在艺术的实践和理论这一对关系上，两者如何协调发展，是发展艺术事业、建立艺术学科的一个关键，但是历史的经验告诉我们，在教育上一开始就忽略了这一点。

早在1918年和1919年，正是五四新文化运动时期，当时在艺术上的若干分类名词还没有固定，更谈不到对于艺术的整合研究，在蔡元培先生的倡议下，于北京大学先后成立了画法研究会、乐理研究会和书法研究会。“画法”和“乐理”也就是绘画和音乐。他在《北京大学画法研究会旨趣书》中说："科学美术，同为新教育之要纲，而大学设科，偏者学理，势不能编入具体之技术，以侵专门美术学校之范围。然使性之所近，而无实际练习之机会，则甚违提倡美育之本意。于是由教员与学生各以所嗜特别组织之，为文学会、音乐会、书法研究会等，既次第成立矣。而画法研究会，因亦继是而发起。"(《北京大学日刊》1918 年 4 月 15 日。笔者注：文中所指的"美术"，即今通称的艺术）这种研究会的性质是业余的，类似今日大学生的社团活动，所不同的是教员也可参加，似乎较正规一些。这是蔡元培先生提倡美育的一项具体措施。对于普通大学加强文化素质教育，提高审美能力，不失为一种高明的创举。然而，我们引这段话还有另外一个意思。如果对照中国近现代教育发展的历程，便不难发现，在蔡元培先生考虑到"大学设科，偏者学理"，而以各种艺术研究会相辅时，可能没有想到各种艺术的"学理"。也就是说，只注意到艺术"为一种助进文化之利器"，忽略了这一"利器"自身的理论建设。如此下去，这"利器"怎么能够锋利呢？将近一个世纪的经验证明，艺术的实践和理论造成了严重的脱节。只有实践，没有理论；只有分类，没有综合。十多年前，当有的年轻人在美术上提出"中国画走向危机"时，不是引起了连锁反应，出现了一片危机之声吗？于是话剧也危机了，高雅音乐也危机了，京剧变成了"夕阳艺术"。有位前辈不无讽刺地说：戏曲的实践非常丰厚，出现了像梅兰芳这样高水平的大表演艺术家，但是理论研究非常可怜，用历史学家的话说，没有文字的历史称作史前史，也就是说，戏曲只能叫"史前艺术"，不能叫"夕阳艺术"，太阳还没有升起，怎么就日落西山了呢？这种现象的出现原因很多，主要是在社会转型期的一种新的适应关系尚未建立，表现为面对市场经济和改革开放的经济大潮，普遍反映出的心理不平衡。在这种情况下，艺术理论和理论工作者显得软弱无力，不能正面解释。

现在所存在的问题，已经不单是艺术自身建设的薄弱，甚至在学术界和有关行政部门也存在着一种糊涂的认识，以为艺术不需要理论，也没有理论。且看我们国家的哲学社会科学五年规划，竟然不列"艺术学"，把它载入另册，岂不荒唐！在我国建立学位之初，对于要不要设立"艺术学"的学科，竟然有人站出来反对，说什么"拉拉二胡唱唱歌"也搞博士硕士，以为不可理解。在我们的现实生活中，人们从事各种学问的研究，这是社会进步的结果。所谓三百六十行，行行都有自己的理论，没有理论的指导，事业怎么能发展呢？所以说，各行各业的学问要研究，要发展，将三百六十行概括成"士农工商"或"工农商学兵"的大学问也要发展。在学问与学问之间的关系上，没有重要与次要之分，哪种学问也不应看轻。另外，学问之间的内在联系也决定着它们的从属和主次，这是不以人的意志为转移的。至于国家在不同的历史时期和为了推进某项工作的顺利开展，确定了什么优先，什么重点突出，这是理所当然的，无可置疑的，但是，它与学科之间的关系不是一回事。

不久前听友人说起一件事：在一次研究学科的会议上，他提出了“美术学”的问题。与会的一位学者表示反对，说我不知道什么叫“美术学”，也不知道“美术学”包括什么，只知道国际通行的是“美术史”。需要加个注释，这里的所谓“国际”只能说是西方的某些国家。确实，西方的大学中有不少设立了美术史系或艺术史系，而且有的已逾百年。这与他们的文化发展和文化背景有关。从教学和研究的内容看，他们的所谓“史”，有些像“以史带论”，另外又是同美学的分工。在多数西方人看来，美学也就是“艺术哲学”。虽然，德国的马克斯·德索（Max Dessoir，1867—1947，又译作德苏瓦尔）早在1906年就发表了《美学与一般艺术学》，并创办了《美学与一般艺术学》杂志，连续出版达30年之久；他主张将美学与一般艺术学区分开来，使艺术学成为更有科学性与实用性的独立学科。他认为美学研究审美趣味、审美经验，研究从客体的和谐结构中产生令人愉悦的印象和直觉，在理论上力求逻辑的明晰，是一种纯粹的科学；艺术学则是研究艺术作品的创作及其本质、价值、形式、分类等，以架起一座从具体艺术通向艺术哲学的桥梁。他的这种观点，虽然在国际上产生了一定的影响，但并没有从根本上改变西方人的传统观念，即在美学上仅仅把艺术作为表现加以研究。20年代宗白华先生留学德国时，曾是德索的学生。他回国后于1926—1928年在东南大学——中央大学开设了“艺术学”课。当时虽然听讲的人很多，曾经轰动一时，但因为是在哲学系开设的一门课程，在艺术院校并没有引起反响，更谈不到艺术学科的建立。从那时的提纲内容来看，与宗白华先生后来几十年的活动和追求，已经有了很大距离，因为他倾向于中国美学的探讨。

对于西方文化和在学科建设上，参考和借鉴是必需的，但不能以西方为准绳，用来“匡正”自己。现在流行着一种提法，叫作“接轨”。本来，在一些有关的国际条例和经济交往上，应该取得一致，以便于交流和操作。可是在文化上怎么能强调“接轨”呢？试想，中国的戏曲、国画、书法、评话、相声、评弹、民间器乐，乃至中医、中药、气功、武术、烹饪、茶艺等等，原是自成体系的，怎能同西方接轨呢？从另一方面讲，在中西文化的比较上还存在着文化渊源、文化背景的不同，社会制度和意识形态的不同，所谓“接轨”无非是改变自己以顺应西方，这又是为什么呢？反过来说，西方的学者从未见有人提出要改变自己，同中国“接轨”，可见这是很不够自尊的。诚然，当今世界已不能再封闭，国际间的交往频繁，“地球村”变小了。我们没有理由故步自封，但也不能没有志气，连自己的学问都不能独立进行。至于说到中西文化交流，关键不在“接轨”与否，而是对等的双方有没有可借鉴、可吸取的东西。只要是好东西，就应该虚心地学，用鲁迅的话说，采取“拿来主义”，拿来之后再经消化，变成自己的东西。在中西文化的形式特点上，相同的或接近的东西是有的，但并不多，更多的是存在着差异，不能统一。无法“接轨”的当然有隔阂，只能是相对应，找它们的相近处。一般地说，当本民族的文化基础不具备条件时，是难于采取完全“移植”的。拿语言和文字来说，不知为什么，五四运动的先锋们提出的第一个口号竟是废除“汉字”。中国人（汉族）使用汉字已有3000年到4000年，逐渐演化成今天的模样。从人类最初的文字看，可说都是从象形开始的，以后大家又走向了拼音化，唯独中国没有走这条路，而是在象形的基础上采取了“指事”“形声”“会意”“假借”等，不仅将这条路走通了，并且在表意上更精确。应该说这是世界文字史上的一大奇迹。过去有人只看到学汉字的难处，数以千计的常用方块都要一个一个的记牢，难是难的，可是却忘记了它的好用之处。现代符号学家则认为，汉字是世界上表意最准确的一种符号；特别是电子计算机的出现，汉字又是最容易输入的一种文字，甚至有的学者预言，300年后，汉字可能成为人类最常用的几种文字之一。

由汉字所衍生出来的“书法”也是中国人独特的创造，在西方的艺术史上是不存在的。中国的书法艺术已经升得很高。宗白华先生说：

> 中国书法是一种艺术，能表现人格，创造意境，和其他艺术一样，尤接近于音乐的、舞蹈的、建筑的构象美（和绘画雕塑的具象美相对）。中国乐教衰落，建筑单调，书法成了表现各时代精神的中心艺术。中国绘画也是写字，与各时代书法用笔相通，汉以前绘画已不可见，而书法则可上溯商周。我们要想窥探商周秦汉唐宋的生活情调与艺术风格，可以从各时代的书法中去体会。西洋人写艺术风格史常以建筑风格的变迁做基础，以建筑样式划分时代，中国人写艺术史没有建筑的凭借，大可以拿书法风格的变迁来做主体形象。（为胡小石《中国书学史》绪论所加的编者后语，1938年）
>
> 中国的书法，是节奏化了的自然，表达着深一层的对生命形象的构思，成为反映生命的艺术。因此，中国的书法，不像其他民族的文字，停留在作为符号的阶段，而是走上艺术美的方向，而成为表达民族美感的工具。这也可说是中国书

法的一个特点。(《中国书法艺术的性质》，1983 年）

很明显，在中西文化的这些方面，不论从哪一边看都不存在“接轨”问题。然而，真正的文化思考，绝不会首先想到的是“接轨”，而是在文化上所达到的深度和高度。越是高深的文化，越能够产生一种特殊的魅力，吸引彼方，以探究它的奥妙。这恐怕是“接轨”论者所没有想到的。

关于为什么要建立艺术学，我在《应该建立艺术学》一文中已经表述了自己的意见。在本文中为何又冠以“中国”的名称呢？“中国艺术学”在字面上可作以下的解释：

中国的艺术学；

中国人所研究的艺术学；

中国艺术之学。

我所指的“中国艺术学”，三种解释都有，也都可用。它既是中国的，中国人所做的，也是中国艺术的。所谓“中国的艺术学”，并非地域性的艺术学。我们通常所说的学术无国界，是指它研究的问题、结论和深度，如果真正找到了事物的客观规律，把握住相对真理，对谁都有用。为什么我们在讨论艺术或美学时要冠以“西方”呢？所谓西方，实际上就是指欧洲在艺术或美学上研究成就较大的几个国家，如古希腊的、古罗马的、意大利的、英国的、法国的、德国的、俄国的、美国的等。这些国家，有的在古代艺术上或美学上达到了很高的成就，有的在 18 世纪、19 世纪或现代作出了突出的贡献，甚至可为别国所取法。回首看我们国家，论实践的广度、深度、高度，哪一点都不比西方国家差，体现在对艺术的认识和美学思想上，也是很高的，但是缺乏系统的研究，作为“美学”和“艺术学”的学科建设却是很晚的。因此，“中国的艺术学”不但要建立起来，并且要进入世界之林。

中国的艺术学应该是中国人研究的艺术学。虽然同是理论，甚至研究的是同一个问题，中国人所表述的方法同西方人是不会一样的，甚至得出的结论也会不同。说到底，还是一个文化背景的差异。有人研究西方人唱《国际歌》节奏比较快，雄壮中带着自豪，但中国人唱起来就有些悲壮，实际上只有一个曲谱，为什么会出现不同的效果呢？唯一的解释是民族所处的景况不同，感受也不一样。战国时期的《尹文子》说：

钟鼓之声，怒而击之则武，忧而击之则悲，喜而击之则乐。其意变，其声亦

变。意诚，感之达于金石，而况于人乎？（《北堂书钞》一〇八引）

这段富有哲理性的话，不但说明了一个艺术上的道理，并且联系到做人。中国艺术的所谓“程式化”，譬如曲牌、唱腔和民歌的曲调，以及民间画工的“式子”，不同的内容都可套用，并没有造成千篇一律，梅兰芳说这是“死法活唱味儿长”，即人们常说的寓于程式而不拘泥于程式。同样，在语言艺术上也是如此。有人认为诺贝尔奖的文学奖是带有地域性的，严格地讲还不能算作世界的。因为他们在评论中国人用汉语写的文学作品时，不是根据汉语原著，而是根据其他语种的翻译。文学翻译作品虽有高下之分，但是最上者也只能是通达而已。不消说唐诗宋词的韵味和表现出的汉语形式之美难以传达，就是很多古典作品的名称一经翻译往往也味同嚼蜡，如《红楼梦》译成了“在红色楼房中做的梦”或是“一个大家族的衰亡”，《西游记》译成了“一个僧人带领弟子往西方探险”或是“神猴”，《贵妃醉酒》是“一个妃子的苦恼”，《打渔杀家》是“一个渔民家庭的悲剧”，《汾河湾》是“一双绣鞋的秘密”。

我举这些最普通的例子，是想说明艺术理论尤其如此，因为中国人长期所形成的一些传统概念，对于不具备这种文化背景的人来讲，不只是习惯与否，而是无法理解。譬如说中国绘画的分类，即“中国画”的分科，由题材而分人物、山水、花鸟，每一类在表现形式上又分“工笔”和“写意”，从中国文化的内蕴来说是很有道理的。由“天人合一”的思想出发，在现实世界是人与自然，在自然界是山水和花鸟，所以说艺术上将人物画、山水画、花鸟画三足鼎立，已经涵盖得很全面。画人物是表现社会，揭示人与人的关系；画山水是表现人的生存空间，揭示人与环境的关系；画花鸟是表现大自然，揭示与人相处的生灵与万物，三者不可缺少，构成一部完整的大乐章。而工笔和写意，则是在表现的深度和适应观者的欣赏习惯上，如同下里巴人和阳春白雪；工笔写实而表现细微，可以雅俗共赏，写意夸饰而疏笔淡写，用以抒发胸怀。所谓“写意”，是在“形神兼备”的基础上强调“传神”，元代汤垕便说：“画之当以意写，不在形似耳。”这种追求“神似”的写意，似乎是在西方写实派与现代派的两个极端之间，有的虽已离开“形似”甚远，却又带着三分写形，不至于使人看了摸不着头脑，不能说不是它的高明之处。

有人将中国的山水画与西洋的风景画作比较，虽以为各有长短，总以为在表现“风景”上若得若失，却不知山水画家所表现的是自然的精神，是“写胸中逸气”，而不是停留在外在的形、色上。一幅《长江万里图》一泻万里，气势磅礴，不消说对景写生，就是使用航空摄影也难以做到。如若是西洋的风景画，只能画成多幅的“组画”，但在中国画的“手卷”中却是一贯到底，奔腾流入大海。在画面上，你可能找不到每段流程的具体所在，只是感受到大江的雄伟，巨流的气势，使精神为之振奋。这正是艺术所追求的，也正是中国艺术家所体现的。画山水、画花鸟也同画人物一样，是要表现出人的心灵之美。如果了解到这一点，就会找到一把开启中国艺术大门的钥匙，不至于像前些年所泛起的那种议论，说“中国画”连名称也不“科学”了。

研究美学，研究艺术学，要从研究中国艺术入手。特别是对于中国的学者来说，不仅是学理的需要，也是历史的使命。这样说似乎带来嫌疑，研究中国艺术不是局限于一个地区吗，一方面要加强美学与艺术学的基本理论建设，另一方面又强调面向中国艺术，搞得不好，不正是产生民族排外思想，产生民族主义吗？我们知道，民族主义和民族排外思想是一种有害的狭隘保守观念，它的产生原因很多，主要是只看到本民族的利益，不顾整个人类各民族之间的关系，不单纯是因为在艺术上强调了什么。我们所主张的下大力气研究本民族，研究中国的艺术，是在全面了解世界的同时提出的，是在宏观人类艺术整体之下进行的，因为包括我们自己，对于中国艺术的整体研究是个薄弱环节。即使对于本民族的东西，只有了解了全世界，也了解了自己，有了比较，有了鉴别，才会有对全局的掌握，不至于产生片面和偏见，才能更深刻地认识自己，实实在在地建立起学科的理论。

就当前情况看，中国的美学研究基本上还是西方的模式，而西方美学是在哲学中孕育成长的，虽然它的产生已逾几个世纪，出现了不少大美学家和他们的不朽著作，理应得到我们的尊重和借鉴，但是无论如何不能替代自己。其理由也很简单，因为任何理论只能是相对真理，不可能是绝对真理。理论由个别上升为一般，离不开实践。法国丹纳的《艺术哲学》是讨论艺术的，他所依据的是意大利和尼德兰（包括荷兰、比利时及卢森堡等欧洲“低地”）的绘画史，古希腊的雕塑，以及诗歌等。因此所得结论不可能包括他们实践之外的认识。请问：有哪个欧洲的大美学家和艺术学家，他的研究对象来自于中国的实践呢？难道中国数千年来的艺术创造没有为人类提供有益的经验吗？如是，就应该研究中国，从中国人的艺术经验中提炼西方人所未取得的艺术理论和美学理论，以补其残缺和不足。唯其如此，才能使艺术学和美学真正全面地发展起来。要说明这一点，其例证是很多的。譬如戏剧，欧洲人早在古希腊时代就提出悲剧情节的“整一性”和演出时间对戏剧创作的限制。至文艺复兴时期，逐渐形成了时间、地点、情节三者必须完整一致的创作法则，叫作“三一律”（或称“三整一律”）。这一法则曾被人们看作天经地义的，只是到了浪漫主义兴起，才被怀疑以至打破。中国戏剧的产生要比欧洲晚，但是一开始就与“三一律”不同，并且以演唱为主，成为艺术的大综合，被称为“戏曲”。戏曲的表演程式诸如手势、甩袖、走步、亮相以及化装、脸谱和摹拟动作等，不仅有机配合，而且展开了无限的空间。一个牵马、上马的姿势，表示已在马上，马鞭一摇，随着演员的台步像是骏马奔驰；一个开门、关门的动作，同在舞台上的演员好像隔着一层墙，各唱各的，谁也听不见。在电影“蒙太奇”出现之前，西方舞台上以为不可能的事，中国的戏曲早就解决了。欧洲戏剧对于正剧、悲剧、戏剧和歌剧、舞剧等分得很清楚；中国戏曲多是悲喜交集，既歌又舞，即使是悲剧，也要以喜剧收场，给观众留下圆满的印象。《梁山伯与祝英台》是发生在封建社会的一个悲剧，叙述一对青年人为爱情被旧礼教所吞没。他们生前不能结合，死后化作蝴蝶，成双飞舞。所以鲁迅说：追求圆满实在是中国国民性的一种表现。

我曾说人类的造型艺术，五百年前是一家。也就是说，在平面上绘画，都是表现为二维度空间。只是到了文艺复兴，欧洲的艺术巨匠们融汇了自然科学的一些方法，如解剖学、透视学、光学的色彩学和明暗法等，在平面上画出了立体的形象，达到了三维度空间的效果。然而在中国，也像文字的延续一样，仍然保持着二维度的造型，也仍然能够进入艺术的理想境界，达到完美的效果。如若以此作中西艺术的比较研究，越是钻得深，越会感到异趣，人类智慧的大门有两扇，道路也非一条；在这些不同的艺术面前，作为欣赏者，你会为之陶醉，体味到异曲同工的奥妙。所谓“科学”与否，是不应存在的议论，可能出于不了解、不明其实质和表现力的缘故。

拿西方的“透视学”来说，是机械制图的借用。中国的山水画有“三远”法，是宋代画家郭熙提出的。他在《林泉高致》中云：“山有三远：自山下而仰山巅，谓之高远。自山前而窥山后，谓之深远。自近山而望远山，谓之平远……”宗白华先生评论说：

> 西洋画法上的透视法是在画面上依几何学的测算构造一个三进向的空间的幻景。一切视线集结于一个焦点（或消失点）。正如邹一桂所说：“布影由阔而狭，以三角量之。画宫室于墙壁，令人几欲走进。”而中国“三远”之法，则对于同此一片山景“仰山巅，窥山后，望远山”，我们的视线是流动的，转折的。由高转深，由深转近，再横向于平远，成了一个节奏化的行动。郭熙又说：“正面溪山林木，盘折委曲，铺设其景而来，不厌其详，所以足人目之近寻也。傍边平远，峤

岭重叠，钩连缥缈而去，不厌其远，所以极人目之旷望也。”他对于高远、深远、平远，用俯仰往还的视线，抚摩之，眷恋之，一视同仁，处处流连。这与西洋透视法从一固定角度把握“一远”，大相径庭。而正是宗炳所说的“目所绸缪，身所盘桓”的境界。苏东坡诗云：“赖有高楼能聚远，一时收拾与闲人。”真能说出中国诗人、画家对空间的吐纳与表现。

由这“三远法”所构的空间不复是几何学的科学性的透视空间，而是诗意的创造性的艺术空间。趋向着音乐境界，渗透了时间节奏。它的构成不依据算学，而依据动力学。清代画论家华琳名之曰“推”。(《中国诗画中所表现的空间意识》。宗先生在此文中引华琳论“推”时，加了按语说：“推”是由线纹的力的方向及组织以引动吾人空间深远平之感入。不由几何形线的静的透视的秩序，而由生动线条的节奏趋势以引起空间感觉。如中国书法所引起的空间感。我名之为力线律动所构的空间境。如现代物理学所说的电磁野）

在西方艺术的分类中，首先包括的是文学，尤其是文学中的诗歌。但在中国人的概念中却是文学和艺术并列，虽然美学家在讨论审美时又视为“语言艺术”。诗在中国，有雅有俗，非常广泛，几乎渗透于社会的各个层次。文人的五言、七言和长短句是诗，老百姓的“顺口溜”“数来宝”也是诗。迎春的春联，炉边的谜语，摇篮的歌曲，劳动的号子，可说都是诗。在这种文化的氛围中，所出现的“诗中有画，画中有诗”和“诗画配合”，是很自然的事，不仅大人小孩都能理解，而且不如此反觉乏味。可是有一位西方的理论家苦思不得其解，非常郑重地问我：诗与画是两种不同的艺术，怎么能够合在一起呢？即使合在一起，又应该叫什么名称呢？我以“文人画”为例，说明在它的发展过程中将“诗、书、画、印”熔为一炉，相得益彰，有的画还可请别人题诗落款，是文人之间的一种美好的风气。他一边看着那满缀书法及印章的竖条画幅，和以墨色为主的黑压压的画面，轻轻地摇着头，自言自语地说：太深奥了，难以理解。确实，这里不仅有文化背景的差异，而且还有习惯的因素。对于一件有把握、有成算的事，在他们看来，是不必说成“成竹在胸”的。

总之，这种文化上的差异，只能相互了解、沟通、交流，不可能大家都拉平，全世界都一样。假如有朝一日，世界文化大一统了，将是精神的萎缩，人类的没落。譬如说旅游，人们风尘仆仆、不辞劳累地到各地观光，为的是欣赏不同的名胜古迹，领略风土人情，感受人生异趣，借以见世面，长知识。如果各地千篇一律，何苦还要出门，满可以“坐地日行八万里”了。

理论家观察问题和思考问题要寻找事物的个性与共性。个性是单一的、特殊的，共性是类属的、一般的。表现在艺术上，每个艺术家的创造都应有鲜明的个性，然而理论家所努力以求的则是无数个个性之间的共性。“共性寓于个性之中。”艺术理论正是要舍弃个性的特殊因素，提炼出艺术的共性来。共性是带有原理性的，带有规律性的。扩大而言，表现在美学和艺术学上，如果我们通过对于中国艺术的审视，总结和归纳出中国艺术的共性和各自的个性，我们不仅深刻地认识了自己，展现出中国特色，同时，也能够以其共性同西方艺术的共性相比较，甚至相综合，以构建成为更为完备的美学和艺术学。

这是一项巨大的文化工程，需要一代人甚至几代人的共同努力。一个民族能否像巨人般地站起来，没有深厚的文化基础和理论思维是不行的。从这一意义上说，思辨型的哲学美学固然要研究，应用型的艺术美学也要研究。美学从书斋中走出，下到艺术中来，既为艺术增强了活力，也为自身补充营养。我国的艺术学还处在初建阶段，特别需要美学从艺术的实践中托起，使他步步升高，健康地成长起来。

敢问路在何方？路在脚下，路在我们的土地上。

（1997 年第 4 期）

论中国画的荒寒境界

朱良志

明李日华说，王安石："有诗云：'欲寄荒寒无善画，赖传悲壮有能琴。'以悲壮求琴，殊未浣筝笛耳，而以荒寒索画，不可谓非善鉴也。"在李日华看来，王安石以"荒寒"评画，大得画之要旨。在这里，他实际上是把"荒寒"作为中国画的基本特点。若征之以中国画创作，此并非妄说。打开中国画的天地，在烟云腾迁、古木逶迤之后，总有一种幽幽的寒意，直沁心脾。在中国古代，荒寒不仅被视为中国画的基本特点之一，而且也被当作中国画的最高境界，它是文人画审美趣味的集中体现。日本绘画推崇凄冷的美感，为绘画界所熟知，如十六七世纪时雪舟、雪村的山水画就有强烈的冷寒韵味。而中国绘画推崇寒冷之境，今之论者鲜有道及。其实这种情况在中国更普遍，更带根本性。本文试对这一问题作初步探讨。

一、荒寒画境之体现

从题材上说，中国画家喜画雪景。明文徵明说："古之高人逸士，往往喜弄笔作山水以自娱，然多写雪景。"乐卿题李成《江山雪眺》图云："古人最喜画雪。"而且，中国画家又爱画寒林，秋日的疏木，冬日的枯槎，春日的老芽初发，都被笼上了一层寒意。

荒寒为中国画所重，和水墨山水的勃兴有关，被称为南宗画祖的王维就是大量以寒入画的画家。《清河书画舫》卷三说："右丞喜画雪景。"仅见《宣和画谱》卷十著录的王维雪景图就有26幅。王维可以说是中国画史上第一个将雪景作为主要表现对象的画家。今从所传其画迹《雪溪图》尚可见出"雪意茫茫寒欲逼"①的特征。王维酷爱画雪，是因为要追求那雪之后的寒意、寒神；大量创造荒天寒地，使王画显示出"云峰石迹，迥出天机，笔意纵横，参乎造化"的境界特点。王维的创作对中国画荒寒地位的确立具有重要的意义：一因他被画史上当作“一变钩斫之法”，创为“水墨渲淡”的发轫者，是水墨山水的实际创始人，他的画所带有的那一份雪情寒意也被注入后来山水画创作中；二因王维又被视为南宗画的始祖，是文人意识的集大成者，而他对寒意的追求，也是对文人意识的高扬，后代许多画家对荒寒境界的推崇正与提倡文人意识有关。

荒寒一境为画坛所重，与水墨山水的流布密相关涉。在唐代，除王维之外，水墨山水的几位创始人都力图以水墨这一新形式来表现磊落、玄深而又冷寒的境界。明傅山说：“何奉富贵容，得入冷寒笔?”所谓“富贵容”，就是重彩，而“冷寒笔”，即水墨之体也。与青绿易于表现浓艳富丽的感觉相比，水墨氤氲本身就意味着气氛阴冷。正因此，它才能“独得玄门”（荆浩语）。在唐代地位甚至超过王维的张璪，就善为水墨，曾经创作《寒林图》等，朱景玄《唐朝名画录》云其“山水之状，则高低秀丽，咫尺重深，石尖欲落，泉喷如吼，其近也若逼人而寒，其远也若极天之尽”[②]。而创为泼墨之体的王洽，其画也使人有“云霞卷舒，烟雨惨淡”之感。另一位水墨创始人项容，曾作《寒松漱石图》，也表现出对荒寒境界的重视。

五代之时，随着水墨山水的流行，荒寒趣味越来越为许多画家所接受。北方的荆、关和南方的董、巨激其波而扬其流，立意创造荒寒画境，以寄托自己幽远飘逸的用思。《宣和画谱》卷十说关仝“善作秋山、寒林，与其林居野渡、幽人逸士、渔市山泽，使其见者悠然如在灞桥风雪中，三峡闻猿时，不复有市朝抗尘走俗之状”。这就是说，关仝之画是以“冷”之面目出“逸”之用思，这基本上是符合事实的。从《宣和画谱》著录的关仝的94幅画来看，标明秋景的就有一半，且关仝之画秋山，尤重寒林、硬石、枯槎，《图画见闻志》说他“石体坚凝”，沈括《图画歌》谓：“枯木关仝极难比”，以古淡幽冷而见称。今从其流传画迹《关山行旅图》亦可见其寒而硬的特点。生于南方温润之乡的董源，也对寒天雪地情有独钟，《宣和画谱》卷一一著录其画，就有《雪浦待渡图》《密雪渔归图》《雪陂钟馗图》《寒江窠石图》等。董源作画重平远幽深之境，而秋的高远和冬的严凝最宜出此境，这也就使得他在少雪之乡而多画雪，于温润之地而多出冷寒了。实际上，到了五代的荆、关、董、巨，荒寒已经相融于艺术家的哲学、艺术观念中，成了山水家的自觉审美追求了。

在题材上，李成更追求荒寒境界，确立了荒寒在中国画中的正宗位置，画史上多有人论及。但他画中的寒境不似关仝那样阴冷几至可怖，他把荒寒和平远相融为一体，出之于惜墨如金的淡笔，使荒寒伴着萧疏、宁静、空灵、悠远，这样就更接近于文人欣赏趣味，故在宋时被目为第一。他的寒林之作最富特色，北宋江少虞《皇朝事实类苑》

图1　关仝（传）《关山行旅图轴》

卷五一载："成画平远寒林，前所未有，气韵潇洒，烟林清旷。"同时他也因对画雪作了创造性的发挥，而享誉画坛。邓椿《画继》云："山水家画雪景多俗，尝见营丘所作雪图，峰峦林屋皆以淡墨为之，而水天空处，全用粉填，亦一奇也。"《宣和画谱》卷一一载宋时御府藏有李成多幅寒林雪景，惜其流传画迹甚少。

宋代山水画家真正得李成荒寒骨气的，最可称范宽、郭熙二人，以致在北宋时形成了以李、范、郭为主的喜画雪景寒林、推崇荒寒画风的潜在绘画流派。郭若虚以李、范之作为一文一武，而二家皆以寒称。范宽的雪景足称高格，清恽格说："雪图自摩诘以后，惟称营丘、华原、河阳、道宁。"而四家之中，尤以范宽为甚，今从其《群峰雪霁图》《雪山萧寺图》《雪景寒林图》中，仍可见出雪意中那混莽而又荒寒的韵味。宋荦《论画绝句》云："华原雪景特雄奇，笔底全将造化窥"，当不为诬说。而郭熙特工山水寒林，于营丘寒林之外，别构一种灵奇。其树作鹰爪，石如鬼面，皴似乱云暗渡，于荒寒中多了一份萧森之感。

两宋时推崇荒寒画境已蔚为时尚。《宣和画谱》卷一一评许道宁工"寒林平远之图"。《画继》卷三谓苏轼："又作寒林，尝以书告王定国曰：予近画得寒林，已入神品。"《图画见闻志》卷三谓燕肃："尤善画山水寒林"；谓宋迪和宋道："悉善画山水寒林，情致娴雅"；谓黄赟、侯封、符道隐："工画山水寒林"；而南宋院体画家如马远、夏圭、马麟诸人，个个是画寒林雪景的行家里手。

喜画寒林雪景，成了中国画创作的一种倾向，其风气传至元季四家、清之四王和三画僧等，形成了中国画独有的荒寒境界。

寒林雪景本自寒，中国画的荒寒境界不仅体现在这些独特题材的创造中，同时作为一种审美风格和审美趣尚，贯穿于中国画的创作中，使中国画普遍带有冷的韵味、寒的格调。王伯敏在谈到元四家的创作风格时说："他们的作品，尽管都有真山真水为依据，但是，不论写春景、秋景，或夏景、冬景，写崇山峻岭或浅汀平坡，总是给人以冷落、清淡或荒寒之感，追求一种'无人间烟火'的境界。"[③]中国山水画在宁静的氛围中，总有一种幽冷的气息，总似有一种淡淡的忧愁在。画面大多取深深的崖谷、黝黑的山林、萧瑟的旷野、微茫的天空、兀立的孤雁，而且墨分五色、以玄色代替天下无穷之色的表现方式，更加重了这种气氛，绚烂的世界被凝固成如冰的墨色，雍容富丽的色彩被汰尽，剩下的就是高寒之水墨笔法所表现出的高寒趣味。

正如清李修易所云：作画"唯一冷字"为难，而中国画家恰恰于这冷处讨生活。清张庚评徐溶画时说："萧疏闲冷，直逼元人。"[④]以一个"冷"字评元画，当为得乎三昧之语，元四家恰可以一个"冷"字当之。元四家重冷又各有面目，倪云林以萧疏简淡称胜，清画僧担当云："大半秋冬识我心，清霜几点是寒林。荆关代降无踪影，幸有倪存空谷音。"云林所有山水之作，皆有冷寒之相，萧疏古木，淡云微拖，一派凄寒阴冷。清布颜图说得好："高士倪瓒师法关仝，绵绵一派，虽无层峦叠嶂，茂树丛林，而冰痕雪影，一片空灵，剩山残水，全无烟火，足成一代逸品。"（《画学心法问答》）以"冰痕雪影"评云林，真可谓的评。而黄公望、王蒙、吴镇之作却是另外面目，黄以苍莽，王以细密，吴以阴沉湿漉的气氛，共筑冷的世界。清龚贤《柴丈画说》说："冷非薄也，冷而薄谓之寡，有千丘万壑而仍冷者，静故也。"黄、吴、王之画正是在千丘万壑、崇山峻岭中求冷。如王蒙的《夏日山居图》，墨笔写夏山之景，丝毫没有那种浓郁葱茏之感，相反却使人感到阴沉冷寂，气氛苍莽，浑厚华滋，无骄躁之态，有隐逸之思。

进而言之，中国画的荒寒韵味，不仅体现在山水画中，在其他画科也有体现。如在竹画创作中，以竹显寒痕冷意素为画界所重。如文同的竹画被郭若虚称为"富潇洒之姿，逼檀栾之秀，疑风可动，无笋而成"，显出飒飒之冷意。而吴镇的竹画，为表现文人韵味，也以冷寒高洁为尚。其自题竹画云："亭亭月下阴，挺挺霜中节。寂寂空山深，不改四时叶。"中国梅画创作又以墨梅、雪梅为尚，也意在表现寒冷清迥之致，如逃禅老人扬补之的墨梅，清气冷韵，令人绝倒，黄庭坚以"嫩寒清晓，行孤村篱落间"许之。在菊画中，也不忘求冷追寒，画史中有所谓冷菊之称，如胡糙善菊，尤善冷菊，周亮工说："冷菊花，红石公手，洗尽铅华，独存冰雪，始称真冷，然笔墨外，备极香艳之致。"[5]不以绚烂富丽表现香艳，而以冷去表现，由此也可看出中国画家对冷的偏好。

中国画对于荒寒的推重，可以分为三个层次：一是将荒寒作为一种审美趣尚，喜欢作寒景，出寒意，使得雪景屡出，寒林叠现，形成了中国画选材上的定向性。二是将荒寒作为绘画的一种境界，自唐宋以来的中国画家热衷于创造这种境界，不仅于雪景寒林中寻其荒寒寂寥之趣，同时也给不同的题材笼上寒意，使得幽冷成了中国画的典型气氛。就像上文所引王安石所说的"欲寄荒寒无画意"，将荒寒作为中国画的代名词。三是将荒寒作为中国画的最高境界，绘画境界有多种，而荒寒则雄视众境之巅，是自我生命意识和宇宙情调的最完美的体现。在这里，荒寒之画境已经从"情意化的山水"转为"宇宙化的山水"。王昱《东庄论画》云："又一种位置高简，气味荒寒，运笔浑化，此画中最高品也。"李修易《小蓬莱阁画鉴》云："凡画之沈雄萧散，皆可临摹，唯一冷字，则不可临摹。"他以冷为画之最微妙最玄深之处。

从上述三个层次可以看出，荒寒感在中国画中不是个别人的爱好，而是普遍的美学追求；不是一些画家荒怪乖僻的趣味，而是构成中国画的基本特点之一；不是一般的创作倾向，而是在一定程度上代表着中国画的最高境界。它伴着水墨画的产生而出现，又被扩大到青绿着色的画作中，而且从山水画越出，渐渐影响到花竹翎毛诸种画科，它是绘画中文人意识崛起后的产物。鉴于荒寒感在中国画中的独特位置，它理应成为探讨中国画民族特点的不可忽视的因素。

二、荒寒画境之特点

为什么中国画家如此推崇荒寒？是因为中国画家在此找到了自己的生命家园，荒寒画境是画家精心构筑的"生命蚁冢"，以期安顿自己孤独、寂寞、不同凡响、不为俗系的灵魂。中国画中的荒寒包孕着生命的温热，我们分明可以在王维雪景的凄冷中感受到吟味生命的热烈，在李成的冰痕雪影中听到一片生机鼓吹的喧闹，在郭熙寒山枯木的可怖氛围中体味出那一份生命的亲情和柔意。一叶扁舟是要带着自己渡向生命的彼岸，舒卷的白云寄托着画家自由潇洒的性灵，枯松兀立见出人们的耿介，寒鸦飞来是要于寒天中寻找生命的灵囿。

中国画家借生命之“冬山”，表现不同的意绪，这也使得荒寒境界显现出不同的特点，或孤介，或静寂，或冷寒，或野逸，或枯淡……对它的分析有助于我们揭示荒寒画境的内蕴。这里选取四个方面来加以分析。

（一）孤之寒

寒冷与孤独蒂萼相生，以寒冷表现画家孤独之心态，在中国画中最为常见。凄清寒冷为孤独心态的表现提供了一种氛围，而孤独心态的表现又加重了荒寒的色调。从心理学的角度看，凄寒本身就是孤独者典型的情绪体验，画中的凄寒就是为了显现这种体验。

在山水画中，这种孤寒境界随处可见。如范宽的《雪山萧寺图》，是作者早年之作，充斥画面的是皑皑雪山，老树尽秃，雾气严凝，沿蜿蜒雪径，至山峰处有数间屋宇，当为画题所云之萧寺。从空间上说，雪山深深无尽，无尽之处有萧寺，表现了远离尘世，不为俗系的情怀；从气氛上说，独立高标之萧寺是在一片荒寒的境界中形成的，整个画面阴冷沉重的气氛，强烈地反衬了孤迥特立的情怀。董其昌说得好：“范宽山水浑厚，有河朔气象，瑞雪满山，动有千里之远；寒林孤秀，挺然自立，物态严凝，俨然三冬在目。”云林也以孤寒见称于画坛，其画处处在“冷”中表现“孤”的特点，两三株树，一两片石，再就是一痕远山淡如无，就大致构成了他的画面。读其画，如同见一位清癯的老人拈须自立，耿耿嶙峋之志跃然于画面。虞堪曾题云林《惠麓图》云：“天末远峰生掩冉，石间流涧落寒清。因君写出三株树，忽起孤云野鹤情。”⑥颇可视为对云林孤寒之境的一种概括。今从其流传画迹来看，中年时所作之《渔庄秋霁图》，其后之《江岸望山图》《溪山图》《虞山林壑图》《紫芝山房图》，以及晚年之《幽涧寒松图》，均是如此。如《幽涧寒松图》，是作者晚年得意之笔，画面正中干笔勾出三四株萧疏之树，当风而立，木叶几脱尽，旁侧只是一湾瘦水，背面乃淡淡山影，极苍古老辣。整个画面所要突出的就是几株枯树，境界苍凉凄清，沉着痛快，正具一种孤寒的韵味。

花竹翎毛中也颇多这种孤寒姿态，如宋迪《雪树寒禽图》，枯树参差，覆以白雪，衬以竹叶，枝杈细劲虬结，上栖一寒鸟，意态幽闲，似静静地承受这冷寒孤独。宋僧法常将佛情禅意也带入自己的花鸟之作中，如其所作《枯树八哥图》，也是孤鸟寒枝以立的典型面貌。明吕纪也善写寒禽，如其所作《雪景翎毛图》《雪岸双鸿图》，画的均是寒天雪地中，寒禽缩颈而立，冷然欲逼人。而八大山人的禽鸟画更生动地表现了这孤寒境界，如作于其晚年的《浴禽图》，笔法枯健，画枯石当立，石根处有一斜枝横上，盘虬

图 2　黄公望《天池石壁图》

而上，枯枝上立一鸟展翅，自剔其羽，独立寒天，而从容自度。尤其是那一只典型的“白眼”，更显出冷眼看世界、孤迥立天地的精神。

在中国画中，我们总是能看到这样的画面：寒鸦，野鹤，一叶孤行舟，倚岸独钓人，两三株参差树，一两位萧寺人，还有那孤峰孑立，闲云盘桓，独芳自妍，都是一样的冷寒本色，寂寞清魂。画家们喜欢在画跋中细研其中的韵味，拈出其安顿生命的意旨。如说寒鸦者，庄澹庵题凌又惠画云：“性癖羞为设色工，聊将枯木写寒空。洒然落落成三径，不断青青聚一丛。人意萧条看欲雪，道心寂历悟生风。低回留得无边在，又见归鸦夕照中。”[7]画家们也钟爱那野鹤孤雁，李日华《题画》诗云：“闲云开处雁行单，老木西风落叶寒。”[8]而寒江孤舟、寒江独钓是画家们特喜的画题，赵孟頫曾得到南宋名画家胡澹庵于谪居中所画的《潇湘夜雨图》，题云：“一片潇湘落笔端，骚人千古带愁看。不堪秋入枫林港，雨阔烟深独钓寒。”[9]画家们更把寒天迥地中的孤峰、孤树、孤馆作为心灵之象征。李日华云：“江深枫叶冷，云薄晚山孤。”[10]不是去感受孤峰晚照的余晖，而是以一峰兀立表现茕独和凄清。

在中国文化中，虽云孤独，却有两种形态，一是现实孤独，孤独感是由现实的原因所引起的，或是不被人理解，所谓“有恨无人省”，因而感到落落寡合，孤居独处，静静地体味为世人抛弃所带来的痛苦；或是感到世态污浊，主动选择一条脱离世俗、遁向精神避难所的道路。一是宇宙孤独，与现实孤独不同的是，它不是自我身世之体验，而是思考人类在浩浩宇宙中的地位，从而油然而生一种“宇宙般的孤独”。如庄子所说的，通过体验达到“见独”的境界，从而“独与天地精神相往来”。

绘画作为一种“宇宙语言”，将这二者紧密结合到一起，画家将自己的孤独放到凄冷荒寒的境界中，因为这正是体验孤独心境的最佳氛围，画家们选择了一些独特的意象，将自己的生存感受和宇宙体验相融为一体，如上举倪云林的《幽涧寒松图》，幽涧可以象征地位低下，寒松萧瑟可以象征身世淹蹇。云林自题此画云："秋暑多病暍，征夫怨行路"，作此送友以表"招隐之意"。但是仅仅停留于此，还不足以体味此画的孤寒之意。在那萧瑟的古树中，我们分明可以看到画家天真荒率、纵横高标的情怀，看到于极荒寒处与宇宙并立、与苍天同流的浩落心宇。一幅萧疏古树，可以出于尘格，荡以远思，令人产生"与元化游"的感觉。因此我们可以说此画也表现了一种宇宙般的孤独。

中国画之孤寒境界，有三个环节，一是逃向孤寒，视孤寒为自己心灵的港湾，画家精心构筑一个个孤寒画境，就是为了盛下那一缕现实的潸然清泪。如赵孟頫所说的："雨阔烟深独钓寒"，在寒中独钓，又钓出寒来，钓出了自己的心之寒。倪云林《题赵文敏画梅二幅》："幽姿不入少年场，无语只凄凉，一个清虚身世，十分冷淡心肠，江头月底，新谱旧恨，孤梦清香，任是春风不管也，曾先识东皇。"而戴熙题画诗云："落落长松瘦干礌，风欺雪压半摧残。而今蜷曲知无用，留与清山伴岁寒。"正是：如孤松，逃于空山雪涧，自伴岁寒；似寒梅，置于江头月底，独圆孤梦。

第二个环节，乃孤寒之压抑。秋风萧瑟，毕竟不比春风骀荡；寒冬凛冽，毕竟不如莺飞草长；群居之处，毕竟胜过孤舟苦渡、古寺清凉。中国画极力渲染这种境界，范宽的严凝阴晦，郭熙的森然可怖，云林的萧疏简淡，都重重地压在作者和观者的心头。然而，这又构成了强大的心理张力，使人们于雪意中追求热烈，于冷漠中追求温情，于阴冷中寻求自由。

由此中国画孤寒境界的第三个环节，又上升为享受孤独，吟味孤独。中国画虽多孤独气氛，但极少有在孤独中哀叹并希望挣脱这孤独，相反画家们却留连于斯，不是要借孤寒表示性灵之痛苦，而是极力强调自己的适意，强调性灵的自由挥洒，穿过自我欲望的障碍，而浩然与天同流。因为孤寒境界又可以说是一种"净界"，是自己生命的"乐园"。恽格有一幅作于1677年的《槐隐图》册页，画枯木竹石小景，一片孤寒天地，他自题云："幽澹荒寒之境，非尘区所有，吾将从髯翁游此间，堪相乐也。"孤寒之境成了他的娱情之所。倪辅题吴镇《秋江独钓图》云："空山灌木参天长，野水溪桥一径开。独把钓竿箕踞坐，白云飞去复飞来。"[11]在寒天迥地中，画家性如高天之云随意卷舒，"钓"出了一片自由的寒来。因此画家常常是有意追求那份孤寒。吴镇说："我亦有亭深竹里，也思归去听秋声。"[12]文徵明也说："漠漠空江水见沙，寒泉日落树交加。幽人索莫诗难就，停棹闲看绕树鸦。"[13]由于孤寒境界具有独特的表现内容，故它有独特的美感，因而也值得画家们去吟味。

（二）清之寒

荒寒境界是一片清静的世界，寒者，清也，冷也，寒就意味着冰清玉洁，故荒寒中自然包含着清的特点，如谢樗仙自题画所云："雪满青山掩画船，中流泛泛水如莲。无端棹入冰壶去，一片清寒万里天。"[14]清寒乃是中国画寒境的一个重要特点。

画家喜欢画雪，是因为雪具有和画家心灵密相关涉的内含，雪景是一种象征物。文徵明说："古之高人逸士，往往喜弄笔作山水以自娱，然多写雪景，盖欲假此以寄其岁寒明洁之意耳。"清恽格云："雪霁后写得天寒木落，石齿出轮，以赠赏音，聊志我辈浩落坚洁耳。"可见画家作雪景，并非专是为了强调冰天雪地的冷寒，而常假此以寄托清寒之思，白雪连绵，荡尽污垢，在雪意阑珊中，使画家不落凡俗，从而自保坚贞，自存高迥，反映了中国画家的超越情怀。明王稚登赞赵大年《江干雪霁图》有"皎然高映"之趣。[15]明徐有贞评高克明《雪意图》有"人在冰壶玉鉴中"之感[16]，就是就超越情怀而言的。清寒之雪景还表现了画家之远思。《绘事发微》云："凡画雪景，以寂寞黯淡为主，有玄冥充塞气象。"雪为白，白为无，白雪提供了一片空无的世界。在这一世界中，画家同于宇宙浑莽之中，致玄冥，通鸿蒙。恽格在《题石谷雪图》中云："雪图自摩诘以后，惟称营丘、华原、河阳、道宁，然古劲有余而荒寒不逮。"（《画跋》）在他看来，所谓"荒寒不逮"者，就是没有能表现出如王维《雪溪图》《辋川图》等所表现出的天浑地莽、玄冥充塞的气象，画家作雪景的妙意，就是以清寒之心去涵括天地、气通万象，如《二十四诗品》所说的"空潭泻春，古镜照神"，吴宽《书画鉴影》所说的"冰壶莹澈，水镜渊渟"。

清的特点，不仅体现在雪景上，而且也体现在其他绘画题材中，苏大年题方方壶《碧水丹山图》云："溪亭风致似蓬瀛，古木寒泉也自清。"[17]山水寒林花鸟都有清寒可求。在中国绘画史上，清寒之境享有极高的位置，为文人画不争之法式。王维的画被荆浩称为"笔墨宛丽，气韵高清"，被黄庭坚称为潇洒有出尘之姿[18]，这里就注意到清寒的特点。元赵孟頫特重一个"清"字，他在《题雨溪图赠鲜于伯几》中说："坐对山水娱清晖。"他认为，自然山水出清气，因而山水画也必以清之自然出清幽之怀抱。而倪云林的画，论者亦以一个"清"字评之，张绅在题云林《墨竹》时说："窗前疏雨过，石上晚云生。不是云林叟，无人有此清。"潇潇寒泉漠漠云，淡淡远山参差树，正是清寒之表征。云林自题《晚梢图》也说："雨后空亭秋月明，一枝窗影墨纵横。沈君雅有临池兴，潇洒濡毫托意清。”吴镇的墨梅墨竹承文同之余绪，也甚获清寒之誉，汪砢玉题其《水石竹枝图》云：“夜色入高秋，寒影逝湘水。日午晚风凉，清风为谁起?”吴镇本人也自觉追求这种境界。

清寒之画境具有独特的美感，因而引起许多画家去追求。《二十四诗品》有“清奇”一格，作者先写景之清奇，雪后初霁，青松挺立于一片玻璃世界中，雪下细流潺潺，清气袭人；再写人之清奇，如玉之“可人”，悠然前行；接着写天地之清奇，云浮空碧，其清虚杳然而莫知其极；最后说清奇之神，如清晨之月，秋日之气，幽寒历历，清气缕缕，真是乾坤唯一清气可贵。绘画中的清寒之境与此颇相当。王冕题曹云西画云：“翠岚生嫩寒”，岚气飘渺，远峰掩冉，寒玉滑落，虽有山红涧碧，都付与清清寒气，薄薄雾纱，这正可以说是“嫩寒”。嫩寒即清寒。中国古代画论中颇多玩味嫩寒之语，周亮工《读画录》卷三录明胡长白题画诗数首，如“一水带寒月，孤村幕夕烟”“残月半窗白，寒星彻夜疏”。正所谓冷风过林，自协音徽；凉月晖席，都成秋痕。嫩寒之意，历历可见。

（三）野之寒

荒寒之寒，本来就有荒率、野逸的意思。在中国画中，寒往往是和野相联在一起的。寒中出野，野中出寒，野寒相融，成一绝妙之绘画境界。

野寒首先要创造一种山高水远、地老天荒、飘渺无着、尘埃不到的境界，真可谓没有一点人间烟火味，如竟陵派强调诗歌要有一种“荒寒独处、稀闻渺见”的美，其意绪“譬如狼烟之上虚空袅袅一线耳。风摇之，时聚时散，时断时续，而风定烟接之时，足以此乱星月而吹四远”（谭元春《诗归序》)。绘画中虽不像竟陵派那样过于强调幽情单绪和孤警奇特，也总以表现宇宙苍莽、古淡天真为尚。虽然画中对象是山水林泉、花木禽鸟，但却要在其中挖掘高远的意境、冷幽的情致。方士庶有诗云：“野田野人野人境，热客不来山自秋”[19]，正此之谓也。清戴熙《赐砚斋题画偶录》云：“崎岸无人，长江不语，荒林古刹，独鸟盘空，薄暮峭帆，使人意豁。”空空茫茫，寂寂历历，真是幽迥孤绝了。

清恽格曾谈到过绘画中的寂寞之境，其实就是野寒之境。他说：“云林通于南宫，此真寂寞之境也，再着一点便俗”；“寂寞无可奈何之境，最宜如想”；“偶一批玩，忽如置身荒崖邃古寂寞无人之境”。他欣赏绘画“散散落落，荒荒寂寂”的美，并认为画家应该脱略凡尘，逐步靠近这一境界，他在评论一位画家的创作时说：“观其运思，缠绵无间，飘渺无痕，寂焉寥焉，尘滓尽矣，灵变极矣。”这正是寂寞之境的最好写照，所谓：“心同野鹤与尘远，诗似冰壶彻底清”（韦应物《赠王常侍》）。中国画中多有这种寂寞之境，王蒙曾与倪云林合作一阔幅山水，王蒙于上题词云：“苍崖积空翠，怡我旷古心。飞泉落深谷，泠泠弦玉琴。尘消群翳豁，松雪洒闲襟。清谣天籁发，如聆正始音。”文徵明曾作《古木幽居图》，画人幽居于空山古木之中，自题云：“古木隐隐山径回，雨深门巷长苍苔。不嫌寂寞无车马，时有幽人问字来。”正所谓山寒有古意，路曲出冷幽，苍深野寒之趣盎然其间。

从表现的襟抱看，野寒之境提倡沉着痛快放旷豪逸的气势。李日华《题画》诗云：“野亭容傲士，山翠落幽襟。”（《竹嫩画媵》）颇可概括这一特点。疏野之人，襟抱超然，天然放浪，无所羁束，一任真心实意自然流淌，这样所作才能荒率自然。中国画提倡“解衣盘礴”、旁若无人的气势就属于此。

从表达方式上说，为造野逸荒寒之境，中国画又常将寒与古、苍、老等联系起来，力求表现大自然的混莽、苍率、古淡、天真来，这样才能体现出野寒荒迥。因此，在中国山水画中常常是古木、老泉、幽亭、苍苔、古潭，树萧瑟，石冷峻，山山水水布满了岁月的年轮，似乎成了悠然渺远的人，文徵明自题《古木老泉》云：“北风入空山，古木翠蛟舞。何处鸣天球，老泉洒飞雨。”正道出了这一特点。

（四）静之寒

中国画中所创造的冷寒境界也是一片宁静的天地。宁静驱除了尘世的喧嚣，将人们带入幽远清澄的世界中；宁静荡涤了画家和鉴赏者的心灵污垢，使心如冰壶彻底清，从而会归于浩然明澈之宇宙；而宁静本身就是道，就是一，就是宇宙之本，宇宙生命之秘密就在宁静中跃然显露。

清戴熙《赐砚斋题画偶录》中说：“宵分人静，风起云涌，长林萧萧，如作人语。聆之者，唯一丸凉月而已。荒寒幽杳之中，大有生趣在。”一丸凉月倒是一个绝妙的象征，凉月播下的清晖，砌成一幽冷宁静之世界，幽夜之逸光照人心扉，使人通体透凉，物欲尽涤，在宁静中归于宇宙之本体。这一丸凉月似乎在中国画中永远照耀，烟林寒树，古木老泉，雪夜归舟，深山萧寺，秋霁岚起，龙潭暮云，空翠风烟，幽人山居，幽亭枯槎，渔庄清夏，这些习见的画题，都在幽冷中透出宁静，这里没有鼓荡和聒噪，没有激烈的冲突，即使像范宽《溪山行旅》中的飞瀑，也在阴晦空寂的氛围中，失去了如雷的喧嚣。寒江静横，雪空绵延，淡岚轻起，孤舟闲泛，枯树兀自萧森，将人们带入那太古般永恒的宁静中。

中国画家酷爱静寒之境，是因为静反映了一种独特的心境。画之静是画家静观默照的结果，也是画家高旷怀抱的一种写照，画家以静寒来表现他与尘世的距离，如陆治自题画云：“松下寒泉落翠阴，坐来长日澹玄心。”在静寒之中冶澹心灵；同时，画家也通过静寒来表现对宇宙的独特理解。中国哲学强调，宇宙的本根是静，静是道的代名词。《老子》说：“万物云云，各归其根，归根曰静，是曰复命。”中国画家以静穆的意象，去把握宇宙的妙道。

中国画静寒之境，绝不是追求空虚和死寂，而是要在静寒氛围中展现生命的跃迁。以静观动，动静相宜，可以说是中国艺术的通则，在荒寒画境中这种表现又带有自身的特点，它一般是在静寒中表现生趣，像戴熙所说的“一丸凉月”，则“大有生趣在”，恽南田所说的，在“荒荒寂寂”中，感受到一片生机鼓吹，即属于此。静寒为盎然的天机跃动提供了一个背景。明沈周自题山水云：“行尽崎岖路万盘，满山空翠湿衣寒。松风涧水天然调，抱得琴来不用弹。”[20]文嘉自题《仿倪元镇山水》：“高天爽气澄，落日横烟冷。寂寞草云亭，孤云乱小影。”在静寂冷寒的天地中，空亭孑立，似是令人窒息的死寂，然而，你见那孤云舒卷，轻烟飘渺，使青山浮荡，孤亭影乱，这不正是一个无比喧闹的世界吗！彻骨的冷寒，逼人的死寂，在这动静转换中全然荡去。

静与空是相联系的，静作用于听觉，空作用于视觉，听觉的静能推荡视觉的空，而视觉的空也能加重静的气氛。在中国画中，空绝非别无一物，往往与静相融合，形成一宁静空茫的境界。因此静之寒，在一定程度上，就是空之寒。这里涉及中国画创作中的一个重要思想，即热衷于创造“空山无人，水流花开”的境界，不介入人世的概念、俗世的欲望，不介入人的复杂文化活动，人的社会活动场景渐渐从绘画的主流中隐去，尤其在文人画创作中，尽量保持“山水的纯粹性”，即以山水面貌的原样呈现，不去割裂自然的原有联系，画家选材，组织物象，安排山水泉石等，都重在体现大自然的原有生命联系。经过人工创造的第二自然，原是对自然内在机理的一种发现，空山无人，任物兴现，山水林泉都加入到自然的生命合唱中去。曹云西自题《秋林亭子图》云：“天风赴长林，万影弄秋色。幽人期不来，空亭绮萝薜。”空山无人，空亭寂寥，然而却有萝薜自盘绕，万影自浮动。王绂自题《水墨小景》云：“云山淡含烟，疏树晴延日。亭空寂无人，秋光自萧瑟。”又是一个曹云西所说的境界。万物自在兴现，无劳人作，故突出一个“闲”字，所谓闲看浮云自舒卷，心付孤舟随意还。奚冈说：“闲将散笔写倪迂，树色岚光淡欲无。心随孤蓬随去住，一窗寒雨梦江湖。”[21]物自起而人自闲，人自闲则物之生意更浓。郑板桥诗云："流水澹然去，孤舟随意还"，正是此境。

三、荒寒画境产生之根源

从时代来说，荒寒画境蔚为时尚主要在唐五代，至宋元而达高潮；从绘画形式上看，荒寒画境为世所重，主要是伴着水墨画的产生而出现的；从思想上看，荒寒画境又是文人画出现以后所出现的独特美学追求。荒寒画境之所以能产生，一方面是为了适应崛起的文人意识的表现需要，另一方面又是道禅哲学影响所致，而禅宗尤其是南宗禅在其中起了关键的作用，本节集中对这个问题进行分析。（其他问题限于篇幅将另文讨论）

（一）维摩真性在清寒

禅境本清寒，明张珍题姚广孝《竹图》云："维摩真性在清寒，写出潇湘碧玉竿。"[22]以清寒言佛性，真可谓善言佛者。

禅宗认为，人性本明，然而业障攀缘，顿生妄念，使人染污重重，失却本真。如大珠慧海禅师所云："嗜欲深重者机浅，是非交争者未通，触境生心者少定，寂寞忘机者智沉，傲物高心者我壮，执空执有者皆愚。"[23]而要去除染污，禅宗认为，必归心悟，因为三界唯心，万法唯识，一念心清静，处处莲花开。在悟中体露真常，迥脱根尘，但离妄缘，本自圆成，于是乎心如木石，体用不异，有无双泯，心境两忘。禅宗常将这境界称为"心月孤圆"。盘山空寂禅师云："夫心月孤圆，光吞万象。"[24]临济宗始祖义玄禅师曾描绘过这种境界，《五灯会元》卷一一："孤蟾独耀江山静，长啸一声天地宽。"《临济录》载："孤轮独照江山静，自笑一声天地惊。"语虽不同，其义大体相当，即在顿悟中但歇一切攀缘，进入一片虚明境界中，主体迥然独立，犹如一轮冷月，照彻无边法界，森罗万象都溶入这冷月清晖中。"心月孤圆"这一意象告诉我们，禅宗所达到的最高境界，是孤立、真实、虚空、无染，但又是一冷寒的境界，冷寒为孤立虚空的禅境提供一种氛围，佛性真如总在这冷寒中展开。

禅宗为何以寒境为最高境界？寒冷本是一种感觉，感觉和心理相通，生理能引起心理的变化，禅宗和中国画都是利用寒冷和人心理的密切关系来高扬寒境的。现代心理学也证明了生理上的寒冷能促进心理沉静、冷寂和内收等。而禅宗抓住了这种关系，将寒境作为禅境的典型表征。首先，寒冷与热烈相对，寒冷乃佛性滋生之所，而热烈为欲望温床，热烈出烦躁，烦躁心必不静，心不静必生妄念，妄念起而众欲滋。精通佛禅的明代思想家宋濂说："大圣全体皆真，不失其圆明本性，如月在寒潭，无纤毫障翳，清光晔如也。凡夫为结习所使，业识所缚，而惟迷暗是趋，如月在浊水，固以昏冥无见，加以狞飙四兴，翻涛鼓浪，鱼龙出没，变幻恍惚，欲求一隙之明，有不可得矣。"㉕寒潭喻圆明佛性，狂涛比欲望沟壑，这便把寒冷的心理感觉和心灵的体验联系起来了。其次，寒冷有一种内敛的感觉，禅门体验可以说是一种逐步接近寒境的过程。寒意味着脱俗、高迥。《五灯会元》卷四载罗汉宗彻禅师事，有僧问："性地多昏，如何了悟？"宗彻说："烦云风卷，太虚廓清。"又问："如何得明去？"宗彻说："一轮皎洁，万里腾光。""烦云风卷，太虚廓清"意即在悟中荡尽一切污垢；"一轮皎洁，万里腾光"即上言所谓冷月照虚明的境界。复次，寒又能使人产生空、寂、无的感觉。郭熙："冬山阴霾连绵，人寂寂。"这也是禅宗所最强调的。为了表现这空无寂寥的境界，禅宗也多于寒上作文章，舒卷飘渺的是寒云，宁静渊涵的是寒潭，幽深寂寞的是寒山，朦胧如梦的是寒月，莽莽苍苍的是寒天，没有黑云压城的沉闷，没有波涛汹涌的长河，禅之境是片云点太清，寒潭映孤月，孤鹤入白云……此即是所谓冷禅了。

禅的世界是一个由深山、古寺、太虚、片云、野鹤、幽林、古潭、苍苔所组成的世界，正是寒山栖真性，冷云藏孤情，幽冷的深山古寺，实际上是禅中人追求幽冷孤独情怀的一种外化形式。时有白云来闭户，更有风月四山流，在幽冷中使心随寒云舒卷；寒山古寺闻钟鼓，灵境六月也天寒，在寒中净化和深化自己的灵魂。于是禅中人躲进深山，专寻寒境。永明延寿禅师描绘禅门之境云："步步寒华结，言言彻底清"㉖，所言正是。

（二）一滴声声入画禅

皎然有《山雨》诗云："风回雨定芭蕉湿，一滴声声入画禅。"这两句充满禅机的诗，使我们看到了在荒寒背后的禅艺合流的精神。

白云深处坐山僧，冷月空山安孤魂。寒作为大自然的一种存在形式，本身就具有美感：太虚片云的不粘不滞，枯木寒风的萧疏简淡，白云孤鹤的高渺幽远，苍苔寒潭的古朴荒率，都是典型的禅境，又都充满一定的美感。禅中人真可谓个个是啼听大自然奥秘的诗人，挥扬山光水色的画手。他们在妙悟中，归入了空虚寂寥的禅境，而漫长的体悟过程，又往往是与美同行的。对孤寂禅境的追求，也使他们格外重视寒境，使追求寒境成为一种“禅尚”，在一定程度上，也成为一种审美趣尚。

“山僧们”吟味荒寒的禅境，也着意于创造荒寒的艺术境界，盛唐时期的诗僧寒山，正像他的法名一样，是一位耽于寒吟于寒的诗人，他笔下的荒山古寺，总有一种荒寒阒寂的韵味：“山中何太冷，自古非今年。沓嶂恒凝雪，幽林每吐烟”“一片寒林万事休，更无杂念挂心头”“下窥千尺崖，上有云磅礴。寒风冷飕飕，身似孤飞鹤”。[27]晚唐诗僧皎然，如同寒山，也重视寒禅之境，如其《西溪独泛》诗云：“真性怜高鹤，无名羡野山。径寒丛竹秀，入静片云闲。”[28]

禅门的荒寒境界搅动着中国画家的锦心绣肠。许多画家或身为禅门中人，直接体验冷寂孤寒境界的禅意、诗意和画意；或与禅门交往甚密。与其说他们醉心于盎然之禅意，倒不如说更欣赏禅家的生存方式，画家们将荒寒禅境化为画境，寄托自己超凡脱俗、迥然高蹈的志趣，也借此表现自己的宇宙情思和生命情调，中国画中的荒寒境界在一定程度上说就是禅境。

唐山水人物画家贯休，本是寒山寺和尚，对冷寒境界有一种由衷的向往，他在诗中写道：“身心闲少梦，杉竹冷多声。”（《闲居作》）“清吟得冷句，远念失佳期。寂寞谁相问，迢迢天一涯。”（《蓟北寒月作》）[29]他对“冷句”的偏好，也使他的画散发出浓厚的冷味，正所谓寒山寒寺栖寒人，寒诗寒画见寒心。明张丑《清河书画舫》卷五上言其所作大阿罗汉像“树石幽奇”，冷然欲逼人。唐末五代的荆浩，隐居太行山之洪谷，于禅理尤有会心，据《五代名画补遗》载，当时邺都青莲寺大愚和尚向他求画，并附有一诗云：“六幅故牢建，知君恣笔踪。不求千涧水，止要两株松。树下留盘石，天边纵远峰。近岩幽湿处，惟藉墨烟浓。”大愚意在请荆浩画出荒寒古淡味。而荆浩对此心领神会，作一大幅山水，并附诗一首：“恣意纵横扫，峰峦次第成。笔尖寒树瘦，墨淡野云轻。岩石喷泉窄，山根到水平。禅房花一展，兼称空苦情。”峰峦迢递，气氛阴沉，寒树瘦，野云轻，这一荒寒境界，不但足慰禅房空苦之情，也体现了画家本人的审美追求。画僧巨然，也力图展示深山古寺的幽岑冷寂气氛，《圣朝名画评》谓其画“古峰峭拔，宛立风骨，又于林石间多用卵石，松柏草竹，交相隐映，旁分水径，远至幽墅，于野逸之景甚备”。其《秋山问道图》最为典型，若以唐齐己的一首诗评之，倒颇为恰当：“天际云根破，寒山列翠回。幽人当立久，白鸟背飞来。”[30]

元人山水普遍将禅之寒境融入画境，像赵孟頫、黄公望、王蒙、吴镇、倪云林等均曾出入禅门，赵孟頫与元著名禅师梵琦有密切关系；王蒙隐居山中，名其居为“白莲精舍”；吴镇的画被人称为“有山僧道人气”[31]；而倪云林晚年即归于佛禅，他作诗道：

“嗟余百岁强半过，欲借玄窗学静禅。”《云林遗事》称其“好僧事，一住必旬日，篝火木床，萧然晏坐”。日本著名哲学家福永光司说：“倪瓒（云林）的山水画表现出最强烈的禅境，其实多是韵文化的‘画境’。”（《中国的艺术哲学——诗书画禅一体化》）不唯云林，整个元四家的画作均有这倾向，以荒寒为代表的禅的境界（空、虚、寂、静、远、幽、淡、枯、古、孤、清等），全都进入到山水画境中。

（三）寒禅本与寒画通

中国画的荒寒境界与禅宗的荒寒一脉相通，荒寒之画受到了荒寒之禅的直接影响，我们可以通过以下几个方面来看：

1. 禅喻与画题。禅宗强调“不立文字”，曹溪慧能就说过：“诸佛妙处，非关文字”（《坛经·机缘品》）；同时也反对以物说禅的比喻方法，抚州曹山元证禅师说：“一切物类比况不得。”禅门之秘，唯在默悟，但又不得不说，有时也只好借助于比况。净图唯正禅师善书能诗，人与其谈禅，他不言，少顷曰：“徒费言语，吾懒，宁假曲折，但日夜烦万象为敷演耳。言语有间，而此法无尽，所谓造物者无尽藏也。”[32]“烦万象为敷演”，即以物喻禅，这也成了禅宗说禅的最主要的方法，而物取之不尽，“造物者无尽藏”，一物又具多意，很适宜传达禅家微妙玄深的义旨，禅门之取象成了理所当然又不得不然的事。细研禅门取象之例，有一突出印象，就是对冷寂物象的偏好，所谓寒林幽谷缕出，月夜寒蝉不断，请看以下数例：“虚天无影象，足下野云生。”（夹山善会禅师）“黄峰独脱物外秀，年来月往冷飕飕。”（抚州黄山月轮禅师）“朗月当空挂，冰霜不自寒。”（径山洪湮禅师）“古佛镜中明，三日孤月皎。”（道吾悟真禅师）“松因有恨萧疏老，花为无情取次开。”（琅耶智迁禅师）

若以此比之画题，倒也别有韵味。在中国画中，尤其在宋元山水中，也正如禅喻一样，以“幽寂之山谷，合幽寂之人心”（杨维桢），极为平常，画家们也善于选择那些独特的对象来表现岑寂的境界，在元画中，自然山水普遍作了变调处理，山必求幽深，林必求萧疏，云必求飘渺，荒寺深山无人至，时有白云过林端，成了许多画家追求的境界。明李会嘉说：“何处写荒寒，枯槎瘦石边。”（《醉鸥墨君题语》）似乎山总是表现幽寂孤远的符号，林总是孤介独立的象征。用以入画的题材与禅喻的对象有惊人的一致。如自号梅花道人的吴镇山水画，选材不外乎古涧、长松、渔父、飞泉等，他自题《古涧长松图》云：“长松生风吹不歇，古涧幽泉鸣自幽。”又自题《松泉图》云：“长松兮亭亭，流泉兮泠泠，漱白石兮散晴雪，舞天风兮吟秋声……”幽冷的气息，隐逸的意味，使人如入禅境。

2.“空山无人，水落花开”的自在境界。中国画中的荒寒并未流于死寂，而以此表现生命的热烈。中国画之荒寒境界并非如有的论者所说的，只是表现不食人间烟火的超然物外情怀，借深幽之山水来逃避现实，这里实际上表现的是中国画家对大自然的一种理解，对个体生命和宇宙意识的一种领悟，画家们是要真实呈现大自然的原来面目。他们之所以要热衷选择冷寒的对象，就是要极力去除那些妨碍大自然原样呈现的因素，绚烂有失于天真，雕琢远离于古拙，市井易流于欲望，狂动易滞于表象。在荒寒中，画家摆脱了外在的牵绕，而玩味其内在的趣味。这种强调自然原样呈现的思想来自于禅宗。禅宗强调自我心性的自由，禅门中人大都过着“卧青山，望白云”的生活，于是，独鹤飞舞，云卷云舒，轻舟漫游，就成了他们心性的象征。他们对待大自然也是一样，不以理智去接近它，不以人为的意志去分裂它，而是让其自在兴现。禅宗强调，“青山自青山，白云自白云”㉝，青山白云摆脱了人赋予的一切外在因素，而自在兴现。禅宗有三境之说，第二境为“空山无人，水落花开”，这正是任物兴现的境界，在一片空无中，花开花落，云卷云舒，优游自在。有人问黄山月轮禅师，“如何得见本来面目”，月轮说：“不劳悬石镜，天晓自鸣鸡。”㉞正是长空不碍白云飞，寒潭不改冰月影，所谓大自在是也。画家借禅入画，不劳人虑，任物兴现，力求在荒寒氛围中展现一个生机鼓吹的境界，像清画家方士庶所说的：“鸟迹点高空，人影落烟树”㉟，实际上就是一种自在兴现的禅境。

3.“万古长风，一朝风月”的永恒美。中国画荒寒之境所蕴含的永恒追求，受到传统哲学的影响，其中最主要的是受到禅宗影响。禅的精神在一定程度上说，就是永恒精神。禅宗强调“大道无形，真理无对，三界不摄，非古非今”，禅宗对佛性的体悟，就是对永恒的悟得，“孤轮独照江山静，自笑一声天地惊”，在独立无待非果非因的境界中顿入虚空，自归本明，识破永恒。禅悟之最高境界就是天柱崇惠禅师所说的“万古长风，一朝风月”，当下即永恒，一刻即千古，满目青山，心中皎月，这些“须臾之物”，在刹那间都幻化为永恒。而绘画中所体现的多是这种“须臾之物”。

中国画对荒寒境界的偏爱，在一定程度上也缘于中国画家对道的追求，山水以形媚道，而荒寒之境最易于呈露道的精神。我们在范宽的《溪山行旅图》中，感受到一团混莽之元气；在渐江的《黄梅松石图》中，感受到气象凛冽的高严境界；在黄公望的《九峰雪霁图》中，感受到地老天荒的萧疏气息。在苍凉中将画作提高到宇宙创化的境界。中国画由荒寒而直入永恒，主要通过时空两个向度，从空间上说，中国画强调远，通过视觉之远达到心灵之远，远处即寒处，在一片远的荒寒中展露宇宙精神。从时间上说，中国画又强调古，这不是复古，而是提倡苍古、率古、高古的境界，如漏雨滴苍苔，古镜照云影，枯木临西风，怪石当中流，这些物象均记载着时间，而它们又都在向无限的时间延展，以至于达到非古非今、亘古如斯的永恒境界，这种境界也正是荒寒境界。

4.“片云点太清”的不粘不滞特征。《五灯会元》卷四载：“问：‘混沌未分时，念生何来？’师（灵云志勤禅师）曰：‘如露柱怀胎。’曰：‘分后如何？’师曰：‘如片云点太清。’”禅宗强调万法皆空，所谓“万古碧潭空界月，再三捞取始应知”。㊱空灵，飘渺，奇幻，不滞色相，无涉梗概，有不粘不滞之秘，如太虚片云，又如禅宗最著名的比喻：镜花水月。由于禅宗追求空无，自然界中的一切虚幻的对象便受到他们的重视，如皎月、游云、太虚、鸟迹、潭影等，这种思想对绘画产生至为重要的影响。中国画有一重要的原则，即沈灏所说的“太虚片云，寒塘雁迹”，在荒寒的氛围中产生空灵飘渺、不粘不滞的美感。如恽南田曾以“落叶聚还散，寒鸦栖复惊”来评论黄公望的画，就注意到这一特点。越到荒寒之处，越渺远空灵，就越能体现这种特点。清戴熙题画就非常注意这一特点，如“崎岸无人，长江不语，荒林古刹，独鸟盘空。薄暮峭帆，使人意豁”，正有只可意会不可言传之妙处。

注释：

① 张丑：《清河书画舫》卷二《题〈江干雪意图〉》。

② 据《宣和画谱》卷十，画史丛书本。

③ 王伯敏：《中国绘画史》，上海人民出版社 1982 年版，第 401 页。

④ 《国朝画征续录》卷下，画史丛书本。

⑤ 周亮工：《读画录》卷三，读画斋丛书本。

⑥ 参见汪珂玉《珊瑚网》卷三四，四库全书本。

⑦ 《读画录》卷四。

⑧ 《竹嫩画媵》，载《美术丛书》第二集第二辑。

⑨ 韦居安：《梅硐诗话》卷上。

⑩ 《为项于蕃画》，载《竹嫩画媵》。

⑪⑫⑬⑭⑮⑯⑰⑳㉒ 《珊瑚网》卷三三，卷三九，卷三九，卷四一，卷二七，卷二六，卷三三，卷三八，卷三六。

⑱ 《豫章黄先生文集》卷二〇。

⑲ 《天慵庵随笔》下，丛书集成初编本。

㉑ 《冬花庵题画绝句》，载《美术丛书》第三集第五辑。

㉓㉞ 《景德传灯录》卷六，卷一六。

㉔㉖㉜㉝㉟㊱ 《五灯会元》卷三，卷一〇，卷一〇，卷四，卷九，卷一二。

㉕ 《瑞岩恕中和尚语录序》，载《续藏经》第一辑第二编第二十八套第五册。

㉗㉘㉙㉚ 《全唐诗》卷八〇六，卷八一五，卷八三一，卷八三二。

㉛ 孙大雅：《沧螺集》卷二，载《佩文斋书画谱》卷五四引。

（1997年第4期）

传统文论范畴体系之现代阐释及其方法论问题

党圣元

中国古代文论现代转化的学术文化价值已经逐渐被学界所认同，至今已成为文学理论研究领域的热点问题之一，无论是古代文论研究界，还是普通文学理论研究界，都非常关注其进展，许多学人围绕这一问题从各自的专业角度发表了大量的研究成果，从而使得讨论一步步地走向深入。中国古代文论现代转化并非仅仅是一个属于观念认识层面的问题，而更主要的是一个属于学术实践层面的问题，由于其涉及了一系列学术文化思想和方法论方面的问题，比如“现代转化”命题本身的界定、“现代转化”的目标与方向、“现代转化”的方法论以及前景展望等等，所以尽管大家对这一命题提出之价值意义可以认同，但是对如何进行“现代转化”却会因文化立场和知识结构的不同而产生分歧。这既是正常的，也是非常必要的，因为只有在多元的学术思想和方法的相互碰撞过程中，一些理论问题才能得到解决。笔者认为：中国古代文论现代转化是一个历史过程，“现代转化”的文化价值目标是重建当代文论话语系统，核心是中国古代文论范畴体系的转化。现代转化与现代阐释之间有着内在的关联，虽然现代阐释不等于现代转化，但现代转化是以现代阐释为基础的，也就是说现代转化是在现代阐释基础上所进行的一种文化选择，因而讨论中国古代文论范畴体系之现代阐释及其方法论问题，其意义是不言而喻的。本文即围绕这些问题谈谈自己的一得之见，祈请方家指正。

一

中国古代文论现代转化作为一个命题而被正式提出来，并且成为文学理论研究方面的热点问题之一，不过是近年来的事情。但是，确切地说，关于中国古代文论现代转化的实践，却从 20 世纪初就已经开始了。

熟悉近代以来中国文化、学术思想变迁经过以及中国古代文论研究史者都不难知道，早在本世纪初，王国维、梁启超等就已经在做这方面的工作了。如王国维，他在立足于民族文化本位之同时，又参融西方哲学、美学理论，创造“新学语”，在《人间词话》中对“境界”“隔”与“不隔”等传统文论概念进行诠释，从而大大地丰富了这些概念的意涵。在我看来，这种从新的美学观念和方法出发对传统的东西所做的阐释，实际上便是在尝试对古代文论进行现代转化。1927 年，陈中凡的《中国文学批评史》出版，其后又有郭绍虞、罗根泽等的中国文学批评史著作相继问世，中国文学批评史学科正式形成，而这一学科创建之意义正在于真正地实现了自觉地以现代学术研究的眼光来观照传统文学批评的历史，完成了研究观念和方法上的由传统向现代的转型，所以从诗文评到文学批评史，实际上就是中国古代文论由古典形态向现代形态的一种转化。从本世纪 50 年代初开始，“古为今用”成为文史研究的价值追求，在 50 年代末，又提出了建设有民族特色的马克思主义文艺学的口号，古代文论的研究受到重视，学术界以辩证唯物主义和历史唯物主义为指导思想，对传统文论进行梳理、研究，开展了一系列讨论。这些讨论虽然不可避免地受到了庸俗社会学和极端功利主义的干扰，但是所取得的成绩亦不容忽视。在此，围绕建设有民族特色的马克思主义文艺学这一目标而对古代文学理论遗产加以整理、发掘，同样是在谋求古代文论的现代转化。

我在此提出古代文论现代转化的实践随着中国现代学术的产生就开始了，至今已近一个世纪之久了，并不是轻视现在提出“中国古代文论现代转化”这一命题之价值，而只是意在说明中国古代文论的现代转化实际上是一个历史过程，并非一朝一夕可以完成之事。因为社会现实、学术文化思想总是处于流动状态，而人们对于传统资源的认识、利用也是因时而异的，也只有这样，才使得传统成为活的传统，而非死的，才为传统参入当下提供了一次次的契机，所以“现代转化”将是一个永远作不完的学术文化课题。

那么，我们今天提出“中国古代文论现代转化”这一命题之意义又何在呢？笔者以为，这一命题的提出具有其特定的学术文化思想方面的价值目标，即重新建构当代中国文学理论体系，实现文论话语的本土化。它是文论界同仁在当前文化学术思想背景下认真地反思本世纪以来我国文学理论发展演变的历史，着眼于当代中国文学理论学科建设之未来而提出来的，因此可以说它是置身于当前多元化文化学术思想氛围中的当代中国文论面对种种价值可能而所能作出的一种最具有文化理性精神、最能体现理论学术的自主性的价值抉择。世纪之交，我们的文学理论以什么样的理论形态进入 21 世纪，这是当前文学理论界同仁们都在思考的一个问题，而要对这一问题作出深入的思考，则首先必须在学术史的层面上对本世纪以来中国文学理论演变发展的历史进行认真的清理与反思，同时又必须清楚地了解和把握世界范围内当代文艺理论发展的态势与走向，二者不可或缺。在对历史与现实进行双向反思与观照的过程中，人们将不难达成如下之共识：建设有中国特色的文学理论体系，形成我们自己的既具有民族文化特点而又不隔绝于世界潮流的文论话语，是当前的文艺理论研究所面临的一个重要课题，也是下一个世纪中国文学理论发展的方向。为此，我们在实事求是地研究当代中国文学及理论批评现状之同时，既应该充分重视中国传统文论的资源价值意义，创造性地吸收古代文论的理论精华，又必须正确地借鉴西方文论中有价值的观点和方法。而鉴于本世纪以来中国文学理论批评嬗变的历史经验与教训，前者尤为重要，因为如果没有对传统文学理论的继承与融合，我国当代文学理论实际上便很难获得较为完整的理论形态和文化特质，便无法获得学科的自主性，更无法形成可持续性发展所必需之内部文化机制。而要发掘利用传统文论资源，关键问题又在如何实现中国古代文论的现代转化。钱锺书先生在《古典文学研究在现代中国》一文中有云："古典诚然是过去的东西，但是我们的兴趣和研究是现代的，不但承认过去的东西的存在并且认识到过去东西的现实意义。"笔者认为，其正好可以作为"中国古代文论现代转化"这一命题提出之学理依据。

作为一个命题，"中国古代文论现代转化"包含着诸如古与今、中与西、体与用等几对矛盾，而这些矛盾又是已经困惑了中国文化、文论一个多世纪之久的老问题，因此可以说它的提出触及了本世纪以来中国文化和文艺思潮变迁过程中的一个焦点问题，体现了在当前社会、文化转型所提供的思维空间以及人们的认识水平所能达到的程度这一前提条件下，文论界同仁在清理、反思 20 世纪中国文化、文论发展历史以及学术思想得失之基础上，对当代文论发展中古与今、中与西、体与用关系的认识、解决向前推进一步之良好愿望和信心，而价值目标则是促进有中国特色的当代文论体系之建立。所以，作为一个命题，中国古代文论现代转化实际上是当代文论民族化、本土化的另外一种表述方式，它们可以相互包容、相互置换，既对普通文学理论研究提出了明确的文化目标，又对传统文论研究提出了特定的价值要求，而且拆除了这两方面的研究之间在本世纪以来逐渐形成的不该有的藩篱，使它们在 21 世纪中国文论体系这一具有特定文化意涵的价值建构目标的统摄下走到了一起，不再相互疏离、相互对峙，而是围绕共同的"问题清单"，寻求共同的"话语"，进行对话，从而为实现古代文论研究与普通文论研究的一体化提供了可能，否则这一命题在今天提出之意义就值得怀疑了。

由于近代以来社会和文化学术思想之变迁，传统文学理论批评自“五四”以来逐渐退出了文学创作和理论批评的现实舞台，而一种理论一旦停止了对现实文学运动之参与，它也就只能被搁置在历史的橱窗之中，从而蜕变为一门专门化的学问，中国古代文学理论批评在本世纪的遭遇正复如此。虽然这样，然而对古代文论“今用”之思想却又一直存在于人们的观念之中，而我们今天在“今用”之基础上再提出“现代转化”之要求，笔者认为其中除涵盖了“今用”之意而外，更突出了古代文论如何参入、如何适应当代文论系统以及当代文论如何接纳、如何安置古代文论这一意旨。对于这些问题，人们已经议论、实践久矣，批判继承、中西比较、现代诠释、以西观中、援西入中、新方法采用、跨学科宏观察示、重新建构等等，不一而足。但是，无论如何，总不能跳出这样一个怪圈：一方面，我们期待着通过对中国古代文论资源的利用来促进当代中国文论之民族化；另一方面，又坚信这一利用必须以现代诠释为中介，而所谓的现代诠释又只能是在以西方文论为范型、为工具这一前提下方可实现。这难道不是一个怪圈、一个悖论吗？我们在文论方面的中与西、古与今的对话交流，多少年来就是这么艰难地进行着。然而我们也大可不必气馁，也可能就在这种对话交流中，人们可以为古代文论在未来的文论体系中找到一个生长点。由此看来，中国古代文论现代转化更主要的是一个文化价值方面的命题，而由于文化立场、知识谱系之不同，人们对于中国古代文论现代转化这一命题本身的理解与界定、古代文论现代转化的目标与方向及其价值意义、转化的方法论原则以及实际操作等一系列问题的认识与实践便势必会有所不同。但是无论如何，在着眼于21世纪中国文论体系之建构，将中国古代文论作为一种重要的理论资源来利用，以重建当代文论话语系统这一点上，应该达成共识。

二

中国古代文论现代转化既然是一个历史过程，那么这一转化自然有一个由疏到密、由表入里、由浅入深从而一步步逼近传统文论核心部分的经过，毫无疑问这一核心部分就是中国古代文论的理论范畴及其体系，而这同时也是中国古代文论现代转化的核心。

回眸本世纪中国古代文论研究的历程，基本上是在批评史研究、理论专题研究和范畴研究三个方面展开的。但是，专题研究和范畴研究在事实上又是无法截然分开的，因为中国古代文论中的那些主要范畴，如“通变”“气”“意境”“味”“韵”等，在它们的产生和演变过程背后隐藏着丰富而复杂的历史文化、哲学因素，形成了它们深厚的理论内涵和多方位的理论指述和阐释功能，而且作为主范畴它们又派生出一系列子范畴，形成以一个主范畴为纲目，统领众多子范畴的所谓“范畴群”或曰“范畴家族”，所以足以构成一个个重要的理论专题；而中国古代文论中的一系列理论专题，如通变论、文质论、意象论、韵味说等等，又无不是由若干范畴构成其理论的系统质的，所以只有通过梳理、研究这些范畴的形成、演变历史以及考辨和诠释它们的理论意涵、指述功能，我们才可以对某一个理论专题有系统而深入的了解把握。所以，在以下的阐述中，将它们作为一个问题来讨论。

批评史撰写是以时代、批评家为单元，或曰以朝代为经、以人物为纬，重在描述、还原传统文学批评史的总体面貌，而目的则是“从文学批评史以印证文学史，以解决文学史上的许多问题”[①]，这种意向在早期的批评史撰写者中间具有一定的代表性。本世纪 80 年代以来陆续出版的几部批评史著作开始比较自觉地注意到了古代文学理论演变历史的梳理与研究，对一些重要理论命题和范畴的发生、发展作了大量的追溯源流、考察流变、阐释内涵的工作，与一般批评史著作的平面化叙述比较已有很大的不同，但是又毕竟要服从批评史写作的目的以及框架结构的要求，所以不能充分展开，因而终不能取代理论专题和范畴的研究。理论专题、范畴研究之所以有别于批评史研究，在于它们的研究对象往往是那些构成中国古代文学理论体系的主要命题或概念，研究的目的也不单单是描述、还原研究对象，而更重要的是对研究对象之理论意涵作出现代阐释，这就决定了不能仅从史的角度来讲述，不能仅局限于某一个文论家或某一时期的材料，而是历时性考察与共时性研究相结合，就某一重要理论问题或范畴加以梳理、阐释。由于理论专题和范畴史的研究目的在于考察、阐释中国古代文学理论的发展历史和内涵特质，所以不但是探讨整个中国古代文学理论体系的一项基础性工作，而且对于当代文论的建构亦具有提供理论资源的不可替代的作用，其意义实在不可低估。正如有的论者所指出的那样：“专题和范畴研究所以重要，最主要的一点即是它关注作为中国古代文论体系的基本构件所包蕴的理论内涵。对于古代文论的建设来说，这一点尤具特殊意义。如果说史的研究更多地与文学史相关的话，那么论的研究——专题与范畴的研究则更能吸引理论家或理论史家的兴趣。因为在他们看来，中国古人的文学思想并非只属于历史，更不应视为历史的陈迹，它们依然焕发着理论的活力，可以在重铸中国当代文论话语的工程中发挥巨大的作用。”[②]对于这一问题，笔者也曾在有关论文中作过阐述[③]，故这里不再展开。正因为如此，理论专题和范畴研究便一直是中国古代文论研究的重点之一。从本世纪初开始，一些古文论研究者便在梳理史料和考辨史实的基础上对有关理论专题进行考察，如对于传统文论史上的“体”与“派”、“神”与“气”、“动”与“静”、“文”与“质”等问题的考释。其后，视野逐渐开阔，考察范围逐渐扩大，内容广泛涉及文学的价值论、本体论、发展论、文体论、创作论、作品论、批评鉴赏论等方面，传统文论中的重要理论命题和主要范畴都得到了不同程度的梳理、研究，在史料征引和义理阐发上较前也有了长足的进步。尤其是80年代以来，随着社会科学研究的观念和方法的逐步拓宽，古代文论研究领域也及时地革新自己的研究观念和方法，从文艺心理学、文化哲学、比较诗学等角度切入古代文论的有关命题或范畴，对其内涵特质进行阐释，因而使这方面的研究上了一个台阶。

但是，毋庸讳言，在以往的理论专题和范畴研究中，不同程度地存在着种种不尽如人意之处。比如，早期的研究，由于研究者从观念到方法还没有跳出旧学的圈子，因此理论视野较为狭窄，基本上还是在“以古释古”“述而不作”，不能深入地发掘所要研究的命题或范畴之理论特质，故而离创造性的阐释尚有较大的距离；研究范围亦较为狭窄，所选定的专题或范畴主要集中在关于文学的功能、价值思想方面，而对于大量的关于文学本体论方面的命题和范畴则注意不够，则说明还缺乏整体观照传统文学理论体系的意识。另外，一些研究者虽然能自觉不自觉地以域外文学理论为参照坐标，对有关命题或范畴的理论意涵加以阐释，但是有时又走向了“以西解中”的另一极端，削传统文论之“足”以适西方文论之“履”，研究者以西方文论为尺度，经过一番精心的剪裁，传统文论命题和范畴便被“异化”，被纳入与自己完全异质的另一话语系统，成为西方文论的一种注释。在这方面，50年代以来至70年代末的研究，由于受苏联文艺理论模式的强制性约束，对古代文论之理论内涵阐释便不得不适应这一模式，最典型者莫如一些研究者曾经试图从现实主义与反现实主义之区分来分析、说明整个中国古代文学理论批评发展的进程，另外对某些文学观念或美学概念勉强作“唯物”与“唯心”划线以及进行阶级排队，也是明显地受到了庸俗社会学的影响。80年代以来西方现代文学、美学的种种观念和方法陆续被译介过来，并且迅速产生了泛时效应，影响所及，古代文论研究方面也不可避免地出现了将传统文论的一些命题或范畴与西方现代文论或美学作简单比附，如把传统诗歌审美论附会为“模糊美学”，把“味”说称为“接受美学”，正好犯了罗根泽曾经批评过的学术研究中“揉合异同”而“流于附会”[4]之忌。这就引出了一个视界融合问题，即我们在通过中西比较方法对中国古代文论作现代阐释时如何缩小乃至消除研究主体的知识结构、思维习惯与传统的知识特点、思维义法之间的文化差异的问题。

这并非是说比较的方法在古代文学理论专题和范畴研究中不可采用，事实上，从中西比较的角度来观照传统文学理论，在本世纪的古代文论研究中一直被采用着。如王国维研究传统诗学就是“取外来之观念与固有之材料互相参证”[5]，而陈中凡撰写《中国文学批评史》则采用了“以远西学说，持较诸夏”的方法[6]。《中国诗学大纲》的作者杨鸿烈说自己的研究是“把中国各时代所有论诗的文章，用严密的科学方法归纳排比起来（这里所说的‘严密的科学方法’实际上就是采用西方文学理论的逻辑分类思想——笔者），并援引欧美诗学家研究所得的一般诗学原理来解决中国诗里的许多困难问题”[7]；另一批评史研究者方孝岳则提出了“比较文学批评学”的概念，认为“‘海通以还’，中西思想之互照，成为必然的结果”，而“‘比较文学批评学’，正是我们此后工作上应该转身的方向”[8]。同样，钱锺书主张在研究中要探讨古今中外共同的“文心”，这是因为他认为“东海西海，心理攸同；南学北学，道术未裂”，所以在《谈艺录》中“颇采‘二西’之书，以供三隅之反”[9]，也正因为如此，钱氏《谈艺录》《管锥编》在沟通中西文论方面取得了巨大的成就，对当代中国的古代文论以及比较文学研究产生了深远的影响。朱光潜说自己的《诗论》是运用文艺心理学的基本原理，来讨论诗的问题，“对于中国诗作一种学理的研究”[10]，而在他看来，“一切价值都由比较得来，不比较无由见长短优劣。现在西方诗作品与诗理论开始流传到中国来，我们的比较材料比从前丰富得多，我们应该利用这个机会，研究我们以往在诗创作与理论两方面的长短究竟何在，西方人的成就究竟可否借鉴”[11]。钱锺书、朱光潜、梁宗岱、宗白华等在研究中取得的成绩，与他们所运用的方法是分不开的。

此外，我们尚需指出，过去大量的理论专题和范畴研究，在对中国古代文论范畴体系及其结构特点的整体把握方面力度不够，有的甚至缺乏这方面的自觉意识。在已有的研究中，传统文论中的关于文学价值、文学发展、文学本体以及文体论、创作论、批评论、风格论等等理论专题以及其中所包含的概念、范畴，几乎都得到了不同程度的梳理与阐述，但是这些理论专题和范畴是按照什么样的逻辑依据展开的呢？它们之间是依照何种方式与次序结构在一起的呢？这些问题在做单个概念范畴的考释时未必需要涉及，但是当我们在作一个理论专题或一个范畴群的研究时，就一定不能忽略掉了，因为正是它们体现了中国古代文论范畴体系的结构特点。问题在于这些逻辑依据、结构方式与次序以及我们在前面所谈到的中国传统的知识特点和思维义法在古代文论中到底存在不存在呢？回答是肯定的。中国古代文论具有悠久的发展历史，具有深厚的文化、哲学的土壤，形成了自己独特的话语系统，这些如果没有一定的深层逻辑依据和结构原则确实是不可想象的。如果我们一边对传统文论之特殊魅力赞叹不已，一边又认为它纯粹是属于经验型的、感悟式的，缺乏逻辑与系统，此便不是把它看作一种关于文学的理论了，而是将它视为一个古老东方的“文化寓言”“文化童话”了。而当我们这样认为时，正好说明在评估系统中有一个参照物，这就是西方文论的理论形态。“除却巫山不是云”，面对不同于西方文论的中国传统文论，对它的独特的理论形态，不是积极地体会、接受它们，而是怀疑它们的存在，这正是人们在西方文化学术长期影响下产生的一种文化认同方面的遮蔽。知识、理论可以有不同的形态，我们不能要求其只能以一种模式存在，因而不能认为我国古人对于文学的思悟、体会、言谈以及由此而产生的批评论著不是一种关于文学的“知识”。

我们在本节开头曾提出古代文论现代转化的核心是范畴体系，之所以如此，是由这一“转化”的价值追求所决定的。当代文论话语系统在重新建构过程中所需古代文论之参与，绝非是为当代文论提供一种寻章摘句式的点缀品，而是对古代文论资源的有机利用，使其融入当代文论，具体而言，就是吸收其内在思维特性，选择其合理的观念、范畴乃至体系，以增加当代文论的民族文化底蕴，从而实现重建中国文论话语之目标。正因为如此，在近年来的古代文论研究中出现了一种非常值得注意的趋向，就是在已有的研究的基础上更进一步深入到对传统文论范畴之思维特征、逻辑义法、认知模式、指述方式以及其内在的体系结构特点展开研究，以充分认识、把握古代文论的理论形态，有论者将这一现象概括为是“从范畴研究到体系研究”，并且认为这种“从微观渐及于宏观，从对概念、范畴的诠释逐渐拓展、深入到对我国古代文论或美学思想体系的深层研究”，是实现对我国古代诗学体系、文学理论体系或美学思想体系的整体把握以及进行现代阐释的一条有效途径，因而对当前中国古代文论现代价值的实现具有重要的意义。[12]所以，无不值得我们充分注意。

三

但是，由范畴研究深入到体系研究，并进而对中国古代文论的理论形态作出清晰的体认和准确的阐释，又毕竟不是一件容易之事，其中存在着许多方法论方面的问题需要研究者认真思考，因为正如我们前面所言，成功的现代阐释对于古代文论的现代转化来说，是非常关键的。如果我们将古代文论的现代转化看作与当代意识的一种成功的接轨的话，那么其中便存在着一个如何使其在方法和规范两方面适应当代学术文化水准的问题，因为任何对传统文化、学术资源的汲用，都不得不受到当时的学术方法和规范的制约。所以，讨论方法论问题绝非多余。

首先，对于“现代转化”，即存在着不同的认识。有人认为所谓“转化”就是用在本土和外来文化基础上形成的现代汉语学理把古代意识转换为现代意识，或曰将古代文论翻译成现代汉语学术思想文化；有人认为把古代文论概念范畴的原意解释清楚就是转化了，因为这种解释就是现代的阐释；有人认为现代转化不一定要绝对地忠实古人，可以通过某种“误读”“曲解”来为其注入新意，因为“转化”就是一种发展。而我们的看法则是应该以“视界融合”为前提，通过创造性的阐释，发掘传统文论的意涵，厘清其思维特征、基本范畴、形态乃至体系，同时通过必要的评估来彰显传统文论中所蕴含着的理论价值，“转化”的重点应该放在传统文化范畴体系的体认和建构方面，同时尝试运用传统文论概念范畴进行思维以及运用于理论批评实践，以激活之，或曰活化之，从而使其真正参入、融合到当代文论话语系统中来，如此也就实现了“现代转化”的目的。“转化”是对传统资源的真实汲取、利用，而不是通过简单比附为其作现代包装，或者进行偷梁换柱式的改写，所以“翻译”“误读”云者，极易产生歧义。当然，原封不动搬来就用，不进行必要的现代阐释和价值评估，必定食古而难化，让现代人之文化“胃口”承受不了，因而无补于当代文论话语重建之事。

其次，这里之所以一再强调“现代阐释”与“建构”两点，是由研究对象的特殊性所决定的，这便涉及了传统文论范畴及其体系的理论形态特点问题。对于这一问题，笔者曾经在《中国古代文论的范畴和体系》[13]一文中对传统文论范畴的哲学基础、思辨特征、认知体性，传统文论范畴之知识类型、诠指方式、理论形态，以及它们的展开层次、相互结构关系乃至整个中国文论范畴体系的系统结构特点作过较为详细的论述，故不再重复，而仅作几点必要的补充性说明，以为是我们在进行“现代阐释”“现代转化”时必须加以注意的。兹分述如下。

（一）关于“潜体系”问题。中国古代文论范畴体系属于“潜体系”，这一评估意见已得到了学术界广泛的认同，应该说是不无道理的。但是，在这里又必须要指出，当我们这样说的时候，已经表明了我们在对传统文论范畴体系特点进行体认时自觉不自觉地采用了一个参照系统，这就是西方的、现代的理论形态和学术范式，对此实在无须讳言。由于受中国传统文化的知识类型之影响，古代文论范畴及其体系与西方文论范畴及其体系比较，具有文化方面的质的差异，比如讲求名实相一、本末相兼、体用不二；注重内容涵盖面和阐释范围之宽广而使其多功能化；在认识审美、美感的本质时采用显中探幽的方法，力求观照现象背后所隐藏着的幽冥寂灭、超言绝象的本体存在（即“道”“无”）；在分析和指述方面运用与研究对象相同的审美——艺术思维方式来体验对象，从而使其亦具有情感性、意象性、虚涵性；等等。另外，传统文学批评的表现形式灵活多样、长短不拘，除了如刘勰《文心雕龙》、钟嵘《诗品》、叶燮《原诗》等文论著作而外，大量的论著不以建构体系为专务，一个文论家的理论见解散见于他的许多篇文字之中，如果不全面了解，便不能完整地把握之。还有，中国传统文论范畴体系及其结构颇具有一种超越性能很强的历史稳定性，其发展是渐进式的，后人是在充分继承前人的基础上再作一些补充、丰富当然也有创新的发展工作，除极少数者外，在发展过程中一般没有质的改变，而是逐步丰富、逐步完善。其状犹如滚雪球，先有了一个小小的内核，然后越滚越大，而先秦思想正好提供了所需之“内核”。而西方文学理论批评家个人建构理论体系的意识非常强烈，后出之理论学说如果不对前面的理论学说构成一种解构、颠覆，便不能算是成功。由于文化心理、思维方式、语言习惯、知识类型、学术范式等方面的原因，西方的理论批评家在阐释时洋洋洒洒，下笔不能自休，而中国传统的理论批评家则往往以从事艺术创作的态度来从事批评，在表述方面务求简约、凝练，点到为止。如果作一个比较，西方的文论便像汉大赋，而中国传统文论则像六朝小赋。当然这仅仅只是就个人印象而言，并不是一种全面性的判断，有必要声明一下。所有这些，使得中国古代文论范畴体系与西方、现代的文论体系比较，便自然有些“潜”而不“显”了，如此而已。所以，当我们采用这一说法之时，并不等于说传统文论范畴没有自己的体系结构方面的“自性”，只是这一体系结构对于我们今天的在思维习惯、知识谱系等方面已经与古人有了很大差异的学者来说，已经存在着一种文化上的隔膜，不容易认识清楚了，有些地方甚至疑惑不解，接受起来更非易事。但是，这一问题对于古人来说是不存在的，所以在古人看来是“显在”的东西，在我们今天看来就成为“潜在”的了，其原因恐怕只能从我们自身的文化隔膜方面来寻找。笔者曾经考虑放弃这一说法，但是又想到事实上包括自己在内的当代学人尤其是中青年一代在思考、评估传统时，是无法摆脱内在的参照系统的，而这一说法之合理很大程度上正是真实地体现出了人们面对传统而所产生的印象，所以仍在使用。

（二）传统文论范畴体系的发展规律问题。中国古代文论范畴体系是在漫长的历史发展过程中形成的，在其发展演变过程中呈现出了这样几个具有规律性的特点：1. 传统文论、美学范畴大都由传统哲学观念、范畴转化而来，在体系结构方面亦与传统哲学的体系结构有一致性。如果追溯一下众多范畴的源起，我们差不多都可以从先秦思想学说中找到它们的“内核”。大体而言，关于文学价值功能方面的范畴多出自儒家，创作论、审美论方面的范畴多出自道家，本体论、发展论方面的范畴则与《周易》的关系最为密切。另外，《吕氏春秋》《淮南子》《论衡》、玄学以及禅宗均不同程度地对传统文论范畴的产生和发展提供了资源。传统思想体系的特点是以“和谐”观念为原则，天地人三才相互沟通、相互渗透，圆融流动，本末相兼，整体观照，有机统一，充满了系统辩证的色彩，这些特点在传统文论范畴体系中也得到了充分的体现。所以我们在对古代文论范畴作现代阐释和体系建构时，必须首先对传统哲学范畴及其体系之特点有一个深入的了解把握，否则难以达到预期的目的。但是，对哲学范畴及其体系的研究又不能代替文论范畴体系的研究，这是因为文论范畴从哲学引入后，经过了创作、审美实践的运用，在文化意识向审美意识转换的过程中，内涵、外延自然发生了一定的变化，难免有所调整、修正，所以在研究文论范畴体系的同时又需要将其与文学创作联系起来考察，以辨析哲学范畴与文论范畴之间的异同，在这方面，钱锺书对于传统哲学与文学在意与象的关系认识上之同与不同的考释，辨析毫厘之间，堪称精湛，为我们提供了一个很好的典范。[14] 2. 传统文论范畴的形成与发展演进，与文体的发展演变联系密切，后者推动、促进了前者的发展、成熟。对此，我们可以举出魏晋南北朝文学艺术创作繁荣和文体革新与当时一系列文论和美学范畴的形成、唐宋诗体进步与当时诗学范畴的演进而趋于成熟、明清戏曲和小说兴盛与有关概念范畴的产生之间的密切关系，等等。总之，理论概念范畴的演进、成熟与文体的进步、成熟是保持同步的。所以，当我们考察文论范畴发展的历史分期时，除了需要把握思想文化、文学理论批评以及文学创作在不同发展阶段的不同特征而外，尚需注意到文体演化的阶段性特征，将它们综合起来加以分析研究，则大致可以见出传统文论范畴在不同的发展阶段所体现出的历史特征。之所以强调这一点，是因为其有助于我们还原传统文论范畴、体系的理论形态，虽然现代阐释不是还原历史，但是又必须在还原历史的基础上进行，不能有违于历史，否则就成了简单比附和主观臆测。3. 传统文论范畴在不同时期的批评家或同一时期的不同的批评家那里的理解和运用情况不尽一律，因而具有学派性，比如，汉儒、陈子昂、白居易、朱熹等对“比兴”的诠释就相互不同，而明代前、后七子与公安派对有关概念范畴的理解和使用也是有差别的。故需仔细辨析，不能笼统言之。在这种情况以及前述两点的影响制约下，传统文论范畴在发展过程中承中有变，变中有承，内涵越来越丰富，包容性越来越大，体系越来越完善，当然也不免越来越庞杂。明代诗论家许学夷曾说："古今诗赋文章，代日益降，而识见义论，则代日益精。……研究日深，故代日益精，亦理势自然耳。"[15]古今诗赋文章是否"代日益降"，大可商榷，但理论批评"代日益精"，却是千真万确之事。总之，我们认为，对古代文论范畴体系的规律性特点认识得越准确、深入，就越能充分地把握传统文论的理论形态及其独特价值所在，而越有助于进行现代阐释、体系建构乃至现代转化。

（三）整合与建构问题。对传统文论范畴体系加以必要的整合与建构，是现代阐释的题内应有之义。传统文学理论批评著作中，刘勰的《文心雕龙》对文学作了全方位的整体性理论观照，具有严密的体系框架，因而被章学诚誉为"体大虑周"；叶燮的《原诗》也有较为系统的理论体系，体现出较强的思辨能力，被纪昀评为能"极纵横博辩之致"。此外，还有一些文论著作具有自己的一定的理论体系，这里不一一罗列。但是，大量的论著缺乏完整的理论体系，一些文论家的理论见解散见于他们的各种评论文字之中，然而其见解中又包含着许多真知灼见，如果将它们收集起来经过一定的归纳、排列，大致上也能显出一定的系统性。这就是一种整合，对于一个文论家来说是如此，对于众多的文论家来说同样存在着这样的问题。我们探讨传统文论范畴体系，不能将眼光仅仅盯在少数的几个文论家身上，而应该以开阔的视野，对任何在理论上有建树的文论家的见解均给予足够的重视，只有这样，才能对传统文论范畴体系有一个全面而完整的把握。所以，在充分占用资料的基础上，按照一定的原则、方法对传统文学概念范畴加以搜集、梳理，将它们整合在一起，形成一个有层次之分，有法度义理，逻辑与历史相统一而能充分体现传统文论及其概念范畴之特点的体系，这正是我们所需要付出努力之处，我们所说的建构即指此而言。按照这一原则，我们可以尝试对传统文论范畴体系作一个简单的描述，即：以"道"为历史原点与逻辑起点（元范畴），根据天—地—人这一系统结构框架，依循气—人—文或物—心—文这一生成模式，由源到流，由体到用，由实到虚，由对待到统一，以范畴为基本单元，围绕着作为一种文化或精神现象的文学艺术所涉及的各个认知方面而具体展开，形成文源论、文体论、价值论、通变论、主体论、创作论、作品论、风格论、批评论等九个层面或曰理论专题，彼此之间相互贯通，从而呈现出一种网状式的结构特征。

我们在前面的阐述中曾提到"视界融合""创造性阐释"以及"活化"问题，笔者以为这三者在传统文论范畴体系的现代阐释和现代转化中应予以充分的注意。所谓"视界融合”，就是追随体验，把握文论家从创立概念范畴到在实际批评中运用的思维义法，消除文化隔膜，出入各家各派，统观各个断代，在还原的基础上重新整合、建构，使其思维更加明晰，义法更加井然。同时，又保持一定的距离，发现其中所存在的相互矛盾、舛杂甚至简陋之处，以便剔除。所谓“创造性阐释”，就是在诠释、建构过程中力求发掘对象中可能隐藏着的精妙意涵，并且进一步从这一意涵中开发出新的思路，导引出新的概念、范畴或命题。所谓“活化”，就是运用传统文论概念范畴进行思维，指述与诠释当代文论系统中需要解决的理论课题，或作当代文学方面的实际批评，真正做到思理、义法层面上的运用，而不是名词镶嵌。古代文论只有参入当代文学中来，才能活起来。

古代文论范畴体系的现代阐释与现代转化，实际上就是传统文化与现代文化的碰撞、对话，其中自然会产生许多文化上的冲突与变异，但是中国文化向来具有一种包容、融合精神，这无不对传统文论融入当代学术文化提供了一个便利条件。钱穆指出：“中国人常抱着一个天人合一的大理想，觉得外面的一切异样的新鲜的所见所值，都可以协调，和凝为一。这是中国文化精神最主要的一个特性。”⑯所以，中国古代文论现代转化这一跨世纪的学术文化课题是一定可以达到预期之目的的。

注释：

① 郭绍虞：《中国文学批评史》“自序”，商务印书馆 1934 年版，第 1 页。

② 张海明：《回顾与反思：古代文论研究七十年》，北京师范大学出版社 1997 年版，第 217 页。

③ 分别参见拙文《中国古代文论范畴研究方法论管见》，《文艺研究》1996 年第 2 期；《中国古代文论的范畴和体系》，《文学评论》1997 年第 1 期。

④ 参见罗根泽《中国文学批评史》第 1 册，上海古籍出版社 1984 年版，第 31—32 页。

⑤ 陈寅恪：《王静安先生遗书序》，载《金明馆丛稿二编》，上海古籍出版社 1980 年版，第 219 页。

⑥ 陈中凡：《中国文学批评史》，中华书局 1927 年版，第 6 页。

⑦ 杨鸿烈：《中国诗学大纲》，商务印书馆 1933 年版，第 1 页。

⑧ 方孝岳：《眼力和眼界的相对论》，载《中国文学批评》，生活·读书·新知三联书店 1986 年版，第 227 页。

⑨ 钱锺书：《谈艺录》“序”，中华书局 1984 年版，第 2 页。

⑩ 朱光潜：《文艺心理学·作者自白》，载《朱光潜美学文集》第 1 卷，上海文艺出版社 1982 年版，第 6 页。

⑪ 朱光潜：《诗论》“抗战版序”，载《朱光潜美学文集》第 2 卷，第 136—137 页。

⑫ 参见蒲震元《从范畴研究到体系研究》，《文艺研究》1997 年第 2 期。

⑬ 参见党圣元《中国古代文论的范畴和体系》，《文学评论》1997 年第 1 期。

⑭ 参见钱锺书《管锥编》第 1 册，中华书局 1979 年版，第 11—14 页。

⑮ 许学夷著，杜维沫校点：《诗源辨体》卷三五，人民文学出版社 1987 年版。

⑯ 钱穆：《中国文化史导论》，上海三联书店 1988 年版，第 162 页。

（1998 年第 3 期）

试论汉诗的传统艺术特点

——新诗能向古典诗歌学些什么?

郑　敏

每位选家都必然有自己的标准。我虽非选家，但在阅读中国古典与现代诗时也难免有自己的诗论尺度。我们生活在一个艺术多元的时代，并无统一尺度可言，但各类诗歌本身必有其实质，就如同每种植物，譬如菊花，无论其有多少品种，也必然有一种菊类的共性。花如此，树如此，为什么诗歌作为一种文学品种，而不能有其品类之属的共性呢？尤其在汉语诗中，由于其受中华文化传统及汉语语言之特点等先天性的实质性的定规的限制，它必然有某些汉诗本质，这种本质就成了各种流派都会必然自觉不自觉遵守的规则。所谓多元的自由也是要随心所欲而不逾矩，在破除一些不符合新诗的要求的约束后，如果不再费心琢磨汉诗的艺术特点，是不可能写出好的新诗的。横向参考西诗的艺术特点是必要的，但如不能将西方的诗艺融化在汉诗自己的诗艺中，只是移植，就可能产生相异语言体系的排斥现象。今天有些新诗作者忽略了汉语诗的特点和中华文化的特点，写出一批非汉语的汉语诗和非西语的西方诗，对于汉、西两个诗歌体系而言，这些都是难以被接纳的。下面我想提出一些我认为汉诗的传统艺术特点（不论古典与现代都值得考虑的诗艺特性），以供诗人和诗评家参考、指正。

一、简而不竭

汉诗的一个较西诗更重要的诗歌艺术特点就是简洁凝练。经过唐代文风对六朝文风的扬弃，汉诗文字的凝练之美才能以极高的艺术体现在律诗中，其后虽在宋词中又得到一定的松弛，增加了弹性和节奏的参差美，但始终都在追求精简语言、增加语言的表达强度。新诗诞生后，由于遗弃了古典汉诗诗歌语言，走口语化的道路，在近百年的新诗创作实践中始终面对一个语言精练与诗语表达强度的问题。30 年代诗语比较平易，

40年代诗语吸收了某些翻译体的语言结构与词藻，在20世纪的后半叶，新诗语言又经历了苏联语言结构、政治术语的冲击，在80年代后由于经济开放和文化交流，当代汉语诗语几乎完全舍弃了古典与20世纪上半叶的新诗诗语，而转向彻底吸收移植西方语言的翻译体，又由于在半自觉中模拟西方叙事体，及70年代美国诗歌的垮派诗体，致使今天的诗语大量的散文化，远离汉诗诗语的凝练、内聚和表达强度。诗愈写愈长，愈写愈散，愈写愈忘记汉语诗语对诗人的约束和要求。也许这些诗人会引金丝柏格的“嚎叫”为依据。从诗行上讲，不错，“嚎叫”的诗行长短差距很大，似乎没有什么约束，但其实是一种误会，因为金丝柏格曾表示他的诗行在节奏上是符合一定的节拍和呼吸设计的，再多的字也必须纳入一个节拍，如同音符的数目并不影响音乐的节拍型，当这类貌似零乱的诗一旦按照节拍（如摇滚）朗诵就产生一种激动人心的诗语节奏。不知我们的当代诗中，长诗行作者有没有预先想到其节拍模式？恐怕绝大多数忽略了用节奏来约束诗行、诗语的要求，只是信马由缰地写着长长短短的诗行。领导70年代美国诗歌突破艾略特的现代主义的威廉·卡洛斯·威廉斯的诗论，反对将诗语纳入英诗传统的抑扬格与音步模式，而用可变的音步来控制诗行，即每行三步，但每步中的字数可多少不一。可见70年代后，貌似自由的美国诗，并没有完全放弃诗歌的音乐节奏，黑山派的奥森提出以呼吸来作为诗行的衡量单位。总之貌似十分自由的美国当代先锋诗在其高峰期（七八十年代）是十分注意音乐性对诗行的约束的。这种自由中的不自由，大约是世界诗歌形式的共性。而我们的新诗在解放自己之后，很少考虑这种艺术性的不自由的必要，加上对西方叙事手法的误解和对当代美国诗歌自由体的错觉，已经到了自由感泛滥的程度，这是应该认真思考的。除了诗行不能毫无节奏模式之外，如何用字凝练、内聚与加强词语表达的强度，也是值得我们研究的课题。

“简”是我们努力的起点，但“简”又必须给读者一种不枯竭的感觉。意枯力竭的“简”自然达不到艺术效果。如何简而不“竭”？这就有字内与字外两种路子。字内就是要使字的内涵饱满，用庞德的话说，每个字都是充好电的。这是讲字的强度。但作为汉语文化，字的内涵不仅有强度，还有深度。如果字能如一口井那么深，那么在诗中它的不穷竭就是当然的了。同时内涵又有外展的广度。一个字它所触发的联想就是它的外延的广度。这在古典诗中是常见的，如以杜诗《山寺》为例：

野寺残僧少，山园细路高。麝香眠石竹，鹦鹉啄金桃。（重点为笔者所加）

“残”字的强度比“余”字要更大，因为它带有强烈的感情色彩与形象的具体性。“细”与“高”似有数量上相反的倾向，但效果上，却是相成的。因细而更显其高，因高而愈显其细。这种视觉透视的效果尽在不言中。它体现了字愈简与意愈丰，此所谓简而不竭的典型。“眠石竹”与“啄金桃”两个动词表达出一动一静的效果，而无论是动是静都刻画了山寺的荒废，僧人数目之“残”，呼应着诗的始句。诗的下半如：

乱水通人过，悬崖置屋牢。上方重阁晚，百里见秋毫。

“通”与“置”一动一静相反衬，“重阁”是近，“百里”是远，由近扩展至远，自然大大增加了空间的辽阔感。“晚”虽是时间，但又包含光线的强弱，及其对可见度的影响，在傍晚的弱光中仍可见百里外的秋毫，可见重阁之高，“悬崖”本有一种“险”的含义，但屋之“牢”又起了相反的补衬；乱水主动，悬崖伫立主静，动静呼应，包括了宇宙的两种力量，自然扩展了诗歌的外延，这种用字之凝聚内敛，起到增加诗之深度与广度的艺术效果。这是在当今新诗中很难做到的，但又是应当追求的诗艺。如何增加我们的白话诗语的强度？在用字的设计上大有可推敲之处。自由诗在摆脱古典诗的阴阳对称的设计后如何寻求艺术的不自由，以加深新诗的内涵？言简才有强度，诗行内外的相反力的撞击使得诗的内涵拥有生命力。

二、曲而不妄

诗歌中“曲”与“直”是两个相反但又相成的力量，一味的曲，或一味的直都不会是好诗。“曲”在表达的过程是一种增加空间，平添风景的手法，有如建筑中的回廊和曲径。80年代以后由于对“直白”的反感，很多新诗都追求“曲”。如果“曲”在途中，其结尾就必须有直中“鹄的”的快感。如果弯弯曲曲走了很久，最后还到达不了目的，或者根本就没有目的，那就会使读者有上当受骗之感。近年也有些诗的“曲”成了弯弯绕，最终不知所云，使很多读者失去了耐心。诗歌吓走了读者的一个重要原因就是没有艺术效果的、甚至破坏欣赏快感的“曲”。也许有诗人以为诗总是只有少数人真正能欣赏的，这话有一定的道理。因从广义的语言观来讲，言外有意，言内有比兴，而兴是最深的一种语言，其中包括联想、跳跃，超“象”的诗人的独特发现，如果读者跟不上诗人悟性的急速运转，就可能产生读的障碍，所谓“懂”的问题。因此一时间人人传诵的诗并不一定有永久的价值，而暂时难懂的诗也可能日后被认为是有突破性的创作。当然相反的情形也可能存在。不过作为诗人，心态上要区分“甘于寂寞”与以“孤高”自许的两种状态。“孤高”有时容易放纵自己，而不体谅读者，表达一种诗意的途径并非只有一条，诗人还是应当在诗歌艺术方面多尝试，能够传达信息而又不失真的艺术途径。当然，不要为了媚俗而放弃自己的艺术趣味与准则。这时“甘于寂寞”正是一种可贵的品德。如果根据自己的艺术良知，某种表达是最好的形式，那只有坚持和等待。

“曲”是一种很高的诗艺，太多太少都不行，如果“曲”和“直”不是在诗中起呼应、对抗、并存的作用，这种艺术就不会有效。古典诗词由于字数有限，跳跃联想是必需的，通常在上半写景后就立即转入抒情，在景与情之间的连系及情感的内涵与外延则因人而异，一方面有诗人本身的诗才问题，另一方面也看读者解读中的悟性敏感程度。古典诗用典较多，这其间又涉及当代文论所热衷的“文本间”（intertextual）的外延内引，这种用典在高明时，是一种诗歌艺术，文本外延的很重要的展示，它大大丰富和拓展了语境的深度，为诗打开了意想不到的新的空间、新的一维。以《锦瑟》为例，“沧海月明珠有泪”和“蓝田日暖玉生烟”，“珠有泪”和“玉生烟”都是典故。“珠有泪”暗指鲛人临别“泣而出珠满盘，以与主人”[①]的故事，“玉生烟”暗指吴王夫差小女名“玉”，因与童子韩重的婚姻受父亲的阻挠，殉情而死，曾以烟的形状再现。[②]两句都是写永别与依恋的情怀。此外庄生物化与望帝变杜鹃也都是典。描抒人生为恍惚思念之情所缠绕时的心灵状态，使典故成为诗人悼念妻子的感情的意象。这首诗在用典方面的高超成就，在于使这些典故在诗的整体中成为不可缺少的结构部分。因其非装饰物，而获得全新的诗意。艾略特在《荒原》中曾大量地使用西方的典故，效果是使全诗的今天包括了历史的昨天，时空上得到极大的开拓，意义延伸贯彻今古，无限地增加了诗篇的含意，所以用典得当能达到奇特的艺术效果，使典成为一扇门、一个窗户，使文本从今天开向昨天，预示明天，增加了一个诗篇的文本间的空间，使其与其他的伟大著作和历史相连接，因而获得深厚的言外、文外、故事外的意义，是一种了不起的诗歌艺术。但如果典不能起到上述的作用，只成为一种言说的代替物，装饰品，就使人厌倦。中国古典文论对“用事”（即用典）的负面作用曾有批评，而伟大的中国诗人在用典方面都有很高的造诣，因此，不应简单地对用典一概否定。人毕竟是希望“过去与未来都在今天中”（如艾略特在《四个四重奏》中所说），打开今天使它通向过去与未来，是诗歌艺术很重要的功能。中国古典诗词无论在故事与词句语言上，都不失时机地将自己的诗作与古人的杰出诗句和深为人们喜爱的传说神话相联结，起着使诗歌史中不同时空的珠玉诗篇相映生辉的作用，增加了艺术整体感。将今天纳入伟大的文化积累，是中国古典汉诗的一种美好传统。但是，这种和历史及传统相呼应的品质在新诗创作中却消失了，笔者认为是新诗显得单薄、落寞、无传统支撑的一个原因。令笔者惊奇的是在读当代美国新诗时，却发现诗人往往在诗中呼应同时代的诗作中的名句。而威廉·卡洛斯·威廉斯的6册巨著《帕特森》(*Paterson*)与C. 奥森的长诗《马克西姆斯》(*Maximus*)则是将史诗与美国的城镇帕特森及渔村葛洛斯特的历史与今天，传统与现代的风土生活相联结。美国作为一个西方各国移民所建成的现代大国，在“二战”后人民的文化自豪感随着国势的强大也大大上升，因此在诗歌上选择了更强调美国自己的风土人情，美国人民自己生活的诗歌理论，也就是威廉斯的诗歌理论。以威廉斯代替艾略特作为当代美国诗论的传统。人们都知道艾略特强调欧洲中心的文化传统，曾遭威廉斯的谴责，这并不是说威廉斯对欧洲文化传统反感，但他认为美国诗人更有责任关心和表达美国人自己的生活，而不应生活在欧洲文化中心的阴影下。我们有几千年的诗歌实践留下的诗歌理论，为什么我们不去解读伟大的汉语诗人和诗论家的作品，使他们的智慧和美的源流流入我们今天的诗歌和理论呢？立国仅200多年的美国在“二战”后民族文化意识大大觉醒，对美国文、史、哲、艺术的发展注入强心之素，我们汉文化拥有几千年的文、史、哲、艺术的宝贵遗产，现在再用近一个世纪的时间调整人民的心态建立现代意识之后，也必须立即回到解读自己家园所拥有的大宗文化遗产的工作上，使之成为汉文化现代化之根，否则是谈不到文化现代化的。汉文化必须如一棵树，有自己的根。以诗歌来论，今天的新诗歌颇有寄生于西方诗歌之嫌。由于汉语与西方拼音语言的巨大差异，这种寄生是没有前途的。英、法、德、意语言由于都与拉丁语有过“交配”，其诗歌彼此可以相互寄生，而成为嫁接品种。汉语诗寄生于西方诗歌的发展前途不是无限的，现在颇有些诗人鉴于口语的承受力太单薄而主张走翻译语体的路，笔者认为这是一种错误的选择，语言是不容人们任意捏造的。在拼音语系与汉语的形声意体系间的语言性别是难以互换倒置的。白话语言只有从自己的母语中寻找口语之外的文学语言的源泉，使现代汉语也像古典汉语一样拥有自己的文学语言，这种不完全同于口语的文学语言，姑称之为“文”。当代汉语一旦有了自己的“语”和“文”，也就是口语和不完全依赖口语的“文”，我们的诗歌创作才能有突破性的发展。因为戏剧、小说都可以在“口语”中得到充分的发展，唯独诗歌必须要有自己凝练、简约、深邃、内敛的超出日常用语的文学语言，才能完成它的发展，其难度要远远大于小说和戏剧。这也是一向充满诗情的中国为什么在本世纪没有产生伟大的达到古典诗同等水平的诗歌著作的一个原因。今天仍有不少年轻诗人涌现，但他们的成功率远不如小说、戏剧、电视剧界的同龄作者，他们所受到的语言压抑和痛苦是诗外的人所不能理解的，他们之中有些人所以主张走翻译体的路也是迫不得已的，虽然那对于汉语诗来说是一条饮鸩止渴的路。诗人们在下一个世纪需要做的是如何从几千年的母语中寻求现代汉语的生长素，促使我们早日有一种当代汉语诗歌语言，它必须能够承受高度浓缩和高强度的诗歌内容，每首诗歌所能享有的外在时空比小说、戏剧、散文要少得多，除非我们能找到承受力更大、内涵更深的诗歌语言，我们的诗将会愈写愈长，愈写愈无形式美，愈写愈没有耐读性。近来以大题材为由而写的长诗令我们愧对《长恨歌》，正好像肥胖症不能培养出拳王一样，新诗必须调整自己的饮食。新诗需要能在更少的语言时空中表现比小说戏剧更多的内在时空。

三、“歌永言、声依永”（《尧典》）

汉诗从《尧典》诞生时就被认为是一种由音乐性来谐调的文种。“歌永言”是说诗是用歌来吟诵、延长其语言的。“声依永”是说声音的高低抑扬是和诗歌的语言相配合的。总之，自汉诗诞生日就有音乐的因素在内。这种音乐因素在汉以后，特别在南北朝时，强调与汉字的四声结合。从此诗与音乐的五声宫、商、角、徵、羽离得远了些，而和汉字的四声相结合，成了字内的音乐。到唐代律诗诞生后，声调的和谐落实为平仄所代表的四声之间的调配，此外关于韵脚和对偶也都有了规定。这些规定使得律诗的音乐性达到极致，在诗句的呼应、平衡、对立方面的艺术性也达到空前的精美。古典汉诗的“艺术不自由”正是其艺术超凡成就的原因。正如同跳高，如果没有“高度”的不自由，还有什么破纪录可言呢？在“艺术的不自由”的挑战面前，诗的艺术得到呈现，诗的才能得到施展。也许有人在宣传诗歌改革时，斥这种格律的不自由为“缠足”，以为取消格律写自由体诗是解放天足，实则凡是严肃的“自由诗”，它的艺术正在于使“不自由”隐藏在貌似自由的潇洒外表之下，其成就取决于作者对这种不自由的敏感和将其转变成令人惊叹的艺术的才能。因此自由诗的成功率比格律诗要低得多。诗行的音乐感、内容的表达艺术、结构的转合，都没有规定，只有靠诗人独自去创造。那些对自由诗缺乏这种艺术不自由的认识和要求的作者，只能生产一些够不上称之为诗的散行，其价值如同格律诗的打油诗。

自由诗在本世纪初诞生后，在行列与韵脚及节奏（顿）方面有过一些讨论，但多半参考西方诗的形式，特别是“十四行”。它始自意大利，后在英诗中出现过莎士比亚、华兹华斯等英国特殊型的十四行诗。在中国现代诗人中冯至的《十四行集》成就最高。但汉语新诗始终没有在母语音乐性上有所突破。新诗节奏或可参考词，而音调之抑扬，在抛弃了律诗的平仄各种模式后，并没有找到自由诗的汉语音调性的关键，原因是对汉语的声调研究没有得到重视。启功先生在他的《诗文声律论稿》中对律诗的规律有极清晰的阐释，并指出“声调抑扬的现象是古代汉语习惯的一个部分，也是古代汉语语言艺术的一个部分”，但同时也说“如果问这些规律是怎样形成的，或者问古典诗文为什么有这样的旋律，则还有待于许多方面的帮助来进一步探求，现在只能摆出它们的‘当然’，还不能讲透它们的‘所以然’”。正因为不知其所以然，在走出律诗后，中国新诗再也没有能拿出任何音调的设计，在这方面无法与很讲究“音乐耳朵”的西方自由诗相比，白话自由诗在音乐性方面至多做到流畅，诗内并无旋律抑扬可言，在朗诵时往往由朗诵者自己用语调，根据内容为它外加上一些情绪的变化，使其获得某种话剧性。与白话诗相比，律诗的音乐性是在诗本身的，只要吟诵，自然就带出诗的抑扬顿挫。在青少年时，笔者常听长辈用闽语吟诵律诗，即使并不解诗的内容，也能感受到其回肠荡气、一吟三叹的感情，说明律诗本身拥有音乐的某些共性，它是独立于内容而存在于诗的格律中的。如果白话诗也希望有一天拥有律诗这种音乐魅力，就必须探究汉语本身所具有的音乐性。掌握它的规律，在创作中加以灵活的运用。对不少诗人讲新诗的音乐性还是一个非常困惑的问题。今天西方的自由诗并无一定之法规要遵守，但人们仍在谈诗时要求有一双好的能辨别语言音乐性的耳朵。笔者认为中国新诗作者可能也应当通过朗诵分辨一下什么样的诗歌语言和词的搭配有音乐效果，什么样的诗歌语言令人听来索然寡味或甚至难以“入耳”。这样也许能在实践中逐步提高对汉语的音乐敏感。

四、道、境界、意象

在写本节时恰好读到《文艺研究》1998年第1期上两篇关于“意境”与“意象”的文章，听到学术上不同的声音是很可高兴的事。由于每个人自己的读书与创作经历的不同，对同一理论往往有不同的体会。在人文科学中这种差异恰恰是精神生活丰富多元的现象，笔者对于“意境”与“意象”也有过相当时间的思考，现陈述于下。

“意象”一词由于当代西方诗论的介入，其内涵已有所发展。庞德（E.Pound）在受到中国古典汉语和诗的启发后创立了意象派诗论。他在一本重要的讲稿《读解入门》（*ABC of Reading*）[③]中提出语言的两大组成要素为：意象性和音乐性（phanopoeia和melopoeia）。而意象性是中国语言的特殊成就。他的诗《在地铁站》是意象派诗歌的第一首试验诗。在这首诗中他将从地铁涌出的灰暗的人群中一些美丽的年轻面孔转换成雨后深黑的树干上朵朵含雨的鲜艳花朵。全首诗只有两行，是经过多次删改而成的，主要的试验是将都市繁忙的人群，从黑暗的地铁涌出时，其中几张年轻美丽的脸孔在瞬间转化成雨后黑树干上的花朵。“转换”就是艺术的创作活动。两个生活中的实物，两幅实景，突然在诗人的创造魔术中相融合了，构成一首诗，一幅图画，一个“意象”。意象是现实生活中和自然中并不存在的，它是艺术想象力的产物。它在两个实在的“象”（面孔、雨后花瓣）之间产生出一个第三“象”，纯艺术的“象”，诗歌中的“象”，它是主观的创造力将两个客观的“象”有机地融合在一起而得的第三“象”。这种意象派的“象”，按照庞德和艾略特的理解是智性与感情在瞬间构成的图象，它的感性具象与它的灵性实质是完全相符合的。在这个第三象中，黑压压的人群中发亮的面孔被创造的魔棍点化成了雨中的花瓣。这就是本世纪初庞德所创造的意象诗论。它对于现代主义诗歌创造起了点铁成金的作用，诗歌走出了描述现实，外加上抒情的老路子，而开始用一个或多个意象晶体管组成诗歌的线路，大大加强了诗篇的内涵和诗行的强度。这和中国古典诗的情景交融有相似处但不等同。它更多的是以“情”及“意”创造出艺术之“象”，它的原初素材是自然或生活中的实“象”。与这种西方意象论最接近的也许是李商隐的《锦瑟》，它既不是“锦瑟”实物，也不是爱情本身，而是二者的艺术“象”——意象。象中寓有诗人之“意”，是这“意”借助于某物，创造了它自己的艺术之“象”。在本世纪中国新诗中这种意象不难找到。如卞之琳的圆宝盒、风筝、垃圾堆，徐志摩的“一片云”“波心”（《偶然》），戴望舒的“雨巷”，闻一多的“死水”，这些物象都早已失去它本身的现实，也非比兴，而是涂上诗人所赋予它的特殊心态的艺术色调。虽称之为“意”之象，实则是说不清的，非逻辑推理能讲清的“意”，也因此更耐人寻味。从这个角度来讲，陶渊明的“飞鸟”也并非寻常之鸟，而是负有往返于诗人和南山间的使命的一个意象。

“意境”二字如果解释为情景交融的境界，就似乎浅显了。诗格之高低与诗中诗人的精神境界有很大的关系。中国诗与书、画确实以境界为其灵魂。不论诗中之具体内容是否有诗人自己的情，也即是否“有我”，其境界必须是超我的，在抒情写物之外又有一重天，这重天是超我，超人世间的，其超脱、自由、潇洒的程度愈大，也就是境界愈高，这种精神境界的追求是中国儒、道、释共同的修行，它比西方的宗教修行要更虚、更空阔。在境界中没有全能的主，没有权威，没有控制与被控制，人在境界中进入完全的“无待”的“自在”状态，因此完全自由、完全的“自在”意味着超我，超物，超神，也即完全超“有”；与“无”同在。或说：无在无不在。这种境界的追求在汉语古典诗词中是常见的，但在西方诗中却不是一种常有的素质。即使有，也往往被宗教感情所渗入，或玄理所投影，而不那么“自在”。在创作时这种诗人的境界是从诗外影响诗作的，它并不直接出现在诗中的具体情况中，但却决定诗的精神高度。境界本身是非具象的，是一种无形的力量，一种能量，影响着诗篇。或可借用“神思第二十六”(《文心雕龙》) 讲诗人在创作时他的境界的力量。

> 形在江海之上，心存魏阙之下；神思之谓也，文之思也，其神远矣。故寂然凝虑，思接千载；悄焉动容，视通万里。吟咏之间，吐纳珠玉之声；眉睫之前，卷舒风云之色。

诗人是以他的境界与宇宙交往：

> 故思理为妙，神与物游，神居胸臆，而志气统其关键。

这里所讲的神是一种无形的能量之源，它能使诗思游于宇宙中，与无限的时空相连接，千载与万里都能进入诗人思维与视觉。在如此高邈的境界中就能“物沿耳目”“物无隐貌”。这种境界是诗人终生修养所达到的，诗人平时必须有“贵在虚静，疏瀹五藏，澡雪精神”的修行。境界并不属于哪一首诗，并不是一时一刻可以形成的，但它是创作任何好诗所需要的精神状态，它如一种无形的烛光从诗中流出，但并不静止地有形地停留在哪一首诗中，因为它是一种运转的神思：“夫神思方运，万涂竞萌。”如此看来，诗人有高的境界，他的诗才能有这种高邈的精神内涵，而正是诗的这种精神内涵是人们读诗时最渴望接触到的，它使读者得到心灵的飞越。境界是诗人的道德与审美凝聚而成的。它既是“道”，也是“文”，或者说是道自文中溢出，文因其所涵之道而放异彩。刘熙载在《艺概》中称这种文章“浩乎沛然，旷如奥如”。用冯友兰先生关于境界的理论来定位，也就是达到“天地境界”。

当然，诗文都有各种风格。境界是一种无形无声充满了变的活力的精神状态和心态。它并不“在场”于每首诗中，而是时时存在于诗人的心灵中，因此只是隐现于作品中，但诗人与作品之间的关系并不能比成体力劳动者与物质产品之间的关系，记得在30年代中国文坛曾掀起一场关于厨师的道德是否会影响包子的质量的讨论，想以之说明作家、艺术家的品德是否影响其作品的质量，今天看来这种比喻是不恰当的。艺术作为技术的一面，自然与物质产品的技术有相通之处，但诗歌艺术又是精神产品的源头，因此它需要诗人心灵的直接抚育。从这点来看，包子的生产与诗歌的生产所需要的艺术有很大的不同，因此刘熙载在《艺概》中引苏东坡称赞韩愈的话：“文起八代之衰，道济天下之溺”，后问道：“文与道岂判然两事乎哉？”

“道”自然不能保证诗人一定写出好作品，但当道与艺术（审美）结合，凝为一体时，无形的道能使诗有着超凡的力量和魅力。神思使诗人衔接千里之外、千年之外的时空，还有什么更能使诗歌超凡入圣呢？

五、对偶功不可没

“对偶”是汉诗和汉语一个极为独特的艺术。它曾经是诗人们精心追求的艺术表现手法，但也曾受到严厉的批判和指责。其实像所有的艺术一样，当其被作为技巧进行卖弄时，就成为浮华虚假的风格。如果在一个天赋高诗品好的诗人手里，却会成为一种可贵的艺术。

对偶作为一种诗歌艺术，在美学上反映了中华哲学中的阴阳相反相成的原则。令人赞叹的是，几千年前中国哲学就能够既认识到宇宙间有矛盾的力量存在，而又不陷入二元对抗的狭窄思维。追求开放、旷达，承认变化是人类在20世纪才普遍达到的共识，而中华哲学却在古代就已经将它作为自己的原则，不幸这些至高的古老智慧在封建时期为君权至上和西方中古时期神权至上以及近代二元对抗的斗争理论所干扰。从美学上讲，西方美学在对称方面是有所应用的，可见于教堂的建筑和园林设计方面。但如何将相反的两种力量作为宇宙两极，结合在一个整体中既保持其歧异的本质又使它们能纳入一个整体，组成一个整体，那只有中国的太极图了。阴阳两极如此相抱而又相逆于一个整体中。在诗歌美学中这阴阳两极的相异相亲的原则就体现为“对偶”。在南北朝的骈体中达到登峰造极的地步，艺术的“不自由”在适当的情况下是艺术卓绝成就的催化剂。但当这不自由太极端，成为压抑、垄断创造的时候，它的负面影响就突现了。此时它就会受到指责。因此在唐代中后期对魏晋以来矫揉造作的对偶及修辞开始了批判，但同时唐代的骄傲——律诗，却吸收了“对偶”的艺术，并且为律诗的辉煌成就平添了不少神采。因此对偶之功不可没。

对偶在诗里究竟起了些什么作用呢？它对于诗人起着打开思路，对于诗作起着扩大空间的作用，且不说它所带来的不和谐中的和谐的对称美、异而同，其给人的惊讶感远超过以同补同的满足感。反衬是最强烈的一种审美刺激，对偶就是一种以反衬来增强两种相反力量相成效果的艺术。在对偶中时间、空间中两种相异力量必须有一个近乎对等的质量，才不致失去平衡，破坏了整体的完美。色彩、情感内涵在两种力量中也必须相匹配。以杜诗《游修觉寺》为例：

野寺江天豁，山扉花竹幽。
诗应有神助，吾得及春游。
径石相萦带，川云自去留。
禅枝宿众鸟，漂转暮归愁。

整首诗在内部结构上是非常对称的。上联与下联都是头两句写景，后两句写人。而写景方面除了字面的对偶十分工整之外，内涵也是相反相成的：

野寺（整体） 山扉（部分）
江天（远大） 花竹（近小）
豁（外展） 幽（内敛）
径石（静止） 川云（流动）
相（集体） 自（独个）
萦带（联结） 去留（分散）

上联写人的两句“诗应……”“吾得……”在对偶方面完全是内涵的，非词句字面的表层对仗。但也隐含着神—我，诗—春游的对仗。诗的成功靠神助，我的春游是一种运气。“得”字意味着有幸得以在春天一游修觉寺。神助自然使诗卓绝超凡，有缘游寺与神助成诗对仗，使得游寺更具有深意，而不是一般的游记。这两句的对仗关系是经过诗思的跳跃而获得的，因此更深刻难得，不是有杜甫那样的境界和才能是绝不可能写出的。对偶由表层发展到如此深层真是令人叹绝。

下联“禅枝……”“漂转……”两句也是写人的感情和处境，两句的对偶也是深层的。众鸟很幸运，能在寺内带有禅功的树枝上找到归宿，而诗人此时正流浪于成都，深叹自己漂泊半生，人不如鸟。鸟的憩息与人的动荡流亡相对偶。

从上诗看来对偶并非形式，而是天地人间事态的差异及差异中的维系，从对偶的关系观察自然与人世，就能深入地了解天地的深奥，人世的庞杂。因此可以说对偶用在文学上是助诗人打开一条仰观天地，俯察人间的道路，大大丰富了诗歌的内容。这对诗人的智性、感性和艺术性都是极大的调动和挑战，因此律诗能在有限的上下联八句中浓缩人生百味，天地玄冥，给读者深奥、强烈的震动和启迪，以及无穷的审美享受。今天的诗歌作者如何能在语体新诗中重获这等效果，是未来诗人的一个课题。古典对偶之所以能成立和古典诗歌语言的结构在词法、句法上与口语不同有关。今天的新诗有没有可能在语言方面不完全限定在口语的结构上？这是一个大胆的提问，因为今天的诗歌已没有自己的诗语，今天的汉语已完全服从于口语的基本结构，正像今天西方拼音语言一样，可谓口语中心有语无文，只是笔者仍抱有对未来诗歌语言发展的信心，因此仍留下这样一个看来难以解答的问题。

以上所讲的汉语诗的传统艺术特点，很多是与中华哲学及汉语语言的特点有紧密的关系的。其中如简洁凝练，曲而不妄，音乐性、意象、境界、道都是新诗可以参考加以继承和发挥的，而“对偶”这种诗艺，从狭义来讲是不易与语体相融合，但对偶的思维或者仍可以作为一种诗歌结构在新诗中得到新的发展。用典也是一种对语体诗可以适用的诗艺。当然由于20世纪初汉语发生的天翻地覆的变化，传统的诗歌艺术在语言层面上都不能为白话诗所直接采纳，因此白话诗（以口语为基础）虽然眼下面对如何发展，如何增加语言承受力问题，却很少展开有关继承汉诗艺术传统的研究，多半是采取横向移植西方的语法、句法及手法。但由于汉语与拼音语言在本质上有形体及血型，生理与心理，灵和肉，发和肤的根本差别，汉语诗如同整个中华文化如何能舍弃自己的语言艺术传统而靠移植他文化的传统来发展呢？这就是人文学科与自然学科在借鉴与发展上的根本不同之处。今天中国新诗的处境十分窘迫，一方面它无法汲取母语文化的诗歌传统艺术，一方面又不可能以外语文化的诗歌艺术传统取代之，对于语言艺术来讲，语言就是不允许代替的，不像音乐、图画都还可以直接以他文化的音乐模式及线条、色彩、形体来替代自己的传统，或掺杂在一个作品内或水乳相融的共存。这就迫使我们必须在近百年的隔绝后再一次打开通向汉诗艺术传统的大门，舍此我们的新诗将永远是一个流浪儿，一个寄生在他者文化外壳下的寄生蟹。无源之水，无根之木，如何能长出硕果，如何能涌出汩汩泉水？由于笔者学疏识浅，本文只是提出一些自己常思考的问题和设想，以表达自己对新的世纪新诗走出今日的困境的热切期望。

注释：

①② 李商隐著，冯浩笺注：《玉谿生诗集笺注》，上海古籍出版社 1979 年版，上册第 118 页，下册第 494 页。

③ Ezra Pound, *ABC of Reading*, New York: New Directions, 1960, p. 42.

（1998 年第 4 期）

和谐美学的总体风貌

周来祥

近来有些学界的同仁和青年朋友经常来函来电索要我的一些论著，但这些论著有的出版于50年代到80年代，有的散见于国内外各种报纸杂志，很难于找寻寄赠。请他们到有关单位去买，他们说书店已很难寻购，连出版社也把库存的售之一空了，因此，不少同志敦促我出一本较完整的选集，以供有关读者和研究者参考。我考虑再三，也觉得有必要，就这样做了。

为了说明我美学思想的整个体系和研究的总体风貌，这个选集（按：指《周来祥美学文选》）大体分美学原理、文艺美学、中国美学、西方美学、中西方比较美学五大部分。每个部分又大致按专题予以类编，如美学对象论、美学方法论、美是和谐论、美学体系论、艺术审美本质论、艺术形态论等。每一专题中又希望能见出我思想发展、变化的一些历史轨迹，以说明我美学思想的来龙去脉。

为了便于了解我的美学思想，使人们在接触每篇文章、每个观点时，能首先把它放在总体之中来掌握，以期真正达到在总体中把握局部，在局部中理解整体，在综合中进行分析，在分析中实现综合的现代辩证思维的高度，我想在这里先把我的美学思想体系作一个极简略的勾勒。

我从事美学文艺学的研究，始于50年代初，经过近10年的探索，到50年代末、60年代初，我在北京参加高等教育部组织的大学生《美学原理》教材的编写时，在一次美的本质问题的讨论会上，才首次提出了“美是和谐”的观点。我认为和谐为美，不和谐就不美，反和谐就是丑。有人说和谐是属于形式的范畴，我觉得它包括形式的和谐，但比形式要深刻丰富得多，它大致包括这样紧密相联的五层内涵：1. 感性对象形式的和谐，如人、物、艺术品等，其构成的质料及媒介的粗细、软硬、方圆、大小，及其比例、均衡、对称、多样统一的和谐（形式美）。2. 感性对象内容的和谐，如人的心理、情感和精神世界的和谐，艺术中的主观与客观、再现与表现、情感与理智、想象与思维等各种因素的和谐。3. 内容与形式的和谐统一。内容的和谐要求着形式的和谐，并制约着内容与形式之间的和谐，形式的和谐也规范和陶铸着内容的和谐。这个意义上的和谐在艺术美中体现得尤为显著。4. 审美对象和审美主体之间的和谐。从发生学的角度看，审美对象和审美主体是在实践中同时产生的。人类在实践中分化出理性认识关系、伦理实践关系和体验观照审美关系。只有在审美关系中，对象才呈现为审美对象，主体才被规定为审美主体。在这一意义上，对象才不是一般的对象（不是认识对象，也不是意志对象），而是特殊的审美对象，或者说对象才呈现为美。正因为如此，所以我说美是由和谐自由的审美关系规定的，或者说美是和谐的审美关系的对象性属性，是和谐自由的审美关系的载体。从现实的审美角度看，审美对象规定着审美主体，而只有审美主体才能观照和体验审美对象。对牛弹琴，琴不是牛的审美对象，牛也不是琴的审美主体，二者是互为条件的，否则就构不成现实的审美关系，也就构不成现实的审美对象和审美主体。因此也可以说现实的美同样是由现实的审美关系规定的。而且这种审美主体和审美对象浑然难分的无差别境界，常常成为人们追求的一种最高的理想境界。5. 上述所说的和谐，从历史唯物主义的角度看，说到底又被决定于社会历史过程中人与社会、人与自然、人与自身的复杂关系，这种复杂的社会关系又集中凝结在特定历史阶段的人身上。在我们社会主义不断向共产主义发展的今天，又特别体现于完美的和谐的全面发展的新人身上。只有感性与理性、个性与共性、肉体与灵魂全面和谐发展的新人，才能创造新的和谐的美，才能观照和谐的美。在当今，和谐为美，归根结蒂是以培育和塑造全面和谐发展的新人为最高理想。总之，和谐乃宇宙、人间之大法，之根本原理和运动规律，不可谓不大也。和谐为美的理论，在中国日益为人们所认同，出版了不少美学论著，已形成了一个很有生命力的新学派，被称为“和谐美学体系”及“和谐美学学派”。

和谐还是一个抽象的范畴，逻辑范畴必须与历史相结合。和谐的逻辑展开与审美关系的历史发展（其根源是人类社会历史的变迁），与人类文化艺术的历史嬗变，与人类审美活动的历史实践，总体上是一致的。纵观历史，和谐的嬗变，大体经过了古代素朴的和谐美、近代对立的崇高（广义的美）和现代辩证的和谐美三大历史阶段，或者说三大美的历史形态。

古代的美是素朴的和谐美，它把构成美（和艺术）的各种因素有序地、稳定地、平衡地、和谐地组合为一个有机整体，这被制约于古代主客未充分分裂的农业社会，同时也被决定于古代素朴辩证的哲学思维和古代人平衡和谐的心理模式及强调中和的文化传统。

近代的美是对立的崇高（广义的美），它把构成美（和艺术）的各种对立的、无序的、动荡的、不和谐的元素组合为一个矛盾复杂体。这种分裂与对立，又经历了从崇高、丑向荒诞发展的三部曲，这与从自由工业社会经垄断工业社会发展到后工业社会相适应，同时也受制于形而上学的哲学、否定的辩证法和悖论思维的演进。

现代的美是辩证和谐的美，它彻底否定了近代崇高的绝对对立，也扬弃了古代美的素朴和谐，它又吸收了近代的对立和古代的和谐并加以综合的发展，成为既追求深刻的对立，又追求高度和谐的最新的美。它既有近代的无序、动荡、不平衡、不稳定，又有古代的有序、稳定、平衡和宁静，这是与社会主义、共产主义的时代特征，以及辩证唯物主义的哲学和现代人的辩证和谐的心理结构相一致的。

艺术作为现实美、生活美的反映，是审美意识的物化形态，现实美的本质、审美意识的本质规定着艺术的审美本质。现实美与艺术美只有物质与意识之分，在美的和谐自由的关系上是一致的。美是和谐，是感性对象内容与形式、审美主体与客体、人与社会、人与自然、人与自己的和谐，这在艺术中相应地表现为主观与客观、表现与再现、意志情感与理性认识、理想与现实、真与善以及物化审美意识的各种艺术媒介的和谐组合。所以在和谐自由的本质上，美、审美、艺术是三位一体地内在地统一在一起的。不了解这一点就会把美和艺术砍成两橛，说美与艺术无关，论艺术也就在美之外了，这就使得有些文艺理论和艺术理论的著作，难于进入美学的层面，其研究的深度也受到一定的局限。

艺术作为美的反映、审美意识的物化、审美关系的典型，一方面与意志、目的、善相联系，一方面又与理智、认识、真相关联；或者说，一方面与感性伦理实践相联系，一方面与理论科学思维相联系。审美、艺术介于二者之间，是第三王国。从艺术与理论科学的关系看，艺术不以概念为中介，但又趋向于一种不确定的丰富多义的概念。艺术的特质在于以情感为中介的感知、理智、想象等多元因素和谐组合的审美意识形态，或者说它是一种模糊概念，是确定性与不确定性、明确性与不明确性的统一。从艺术与感性伦理实践的关系看，它是无目的的，但又符合于一定的社会目的。形式上无目的，实质上又体现了一定的社会目的，这是从必然到自由的一个飞跃，是更高的理性自由的产物，是艺术家长期自觉追求、刻苦实践、勤奋劳动的创造，绝不只是天赋的、本能的、潜意识的升华。因而，艺术在本质上是自由的审美意识。正因为艺术介于感性伦理实践和理性科学认识之间，介于科学的真和伦理的善之间，它才能保持着自己审美的品格，它才能在审美的感受、体验和愉悦之中，一方面导向思维、概念、真理的认知，具有深刻的认识价值；一方面又导向情感、意志、行动、实践，教育和鼓舞人们去参加改革现实的伟大斗争。艺术的审美本质就在于这二者之间，妙就妙在这个“之间”上，艺术创造的秘密和艺术家才能的高超，就在于对这个“之间”的“度”的把握和运用上。把握运用得巧妙，就能创造出艺术的珍品，而一旦跨越了这个“之间”的界限，完全倒向了意志实践领域，就可能导致标语、口号式的伪浪漫主义；而完全倒向理性科学思维领域，就可能导致概念化、公式化的假现实主义，从而失去了艺术的审美品格，失去了艺术感人的魅力。严格地说，这已经不是真正的艺术。

与美的三大历史形态相对应，艺术也依次出现了三大类别。与素朴的古典和谐美相呼应，艺术中出现了古典主义。古典主义要求把构成艺术的各种元素，如再现与表现、客观与主观、现实与理想、理智与情感、思维与想象、空间与时间、内容与形式以及物化艺术意识的艺术媒介等处理和组织为一个平衡、稳定、有机、和谐的统一体，这是艺术和美学第一个成熟的形态（在此之前还有一个原始崇高的时代，但那时艺术还在萌芽状态，它与原始的宗教、哲学、科学混为一体，尚未分化为独立的审美意识，准确地说它只能作为艺术的源头，混迹于原始文化的模态之中）。随着资本的发展和封建制度的崩溃，人与人、阶级与阶级之间的日益尖锐对立和古代人与自然、人与人素朴和谐关系的异化，形而上学思维的兴起和素朴辩证思维的裂变，在主体自觉的基础上，萌发了近代对立的崇高和与之相适应的浪漫主义和现实主义艺术。近代崇高型艺术有一个总体特征，就是把艺术中主观与客观、表现与再现、理想与现实、情感与理智、想象与思维、形式与内容、时间与空间以及构成形式的诸元素，予以分裂、对立，组成为一个不均衡、不稳定、不和谐、无序的、动荡的矛盾体。正因为一切元素处于不均衡、不稳定、不和谐之中，便逻辑必然地分裂为两种对立的形态，或偏于客观、再现、感性、现实、理智、思维、形式，或偏于主观、表现、理性、理想、情感、想象、内容。前者是现实主义，后者即浪漫主义。它们是近代社会分裂对立的一对双胞胎。

本来崇高的出现，是丑的升值和介入的结果。但丑在崇高中还是有限度的，崇高中的不和谐最终要导向和谐，痛感要转化为快感和解放感。崇高中的不和谐、不均衡的进一步发展，它的日趋极端化，便必然导致一切和谐因素的大涤荡，崇高中只剩了不和谐甚至反和谐，这便蜕变为丑。丑与崇高有共同的对立原则、裂变原则，但崇高是不和谐与和谐的组合体，而丑则是不和谐、反和谐的组合体，这里已杀尽了一切和谐。丑带来了新的艺术，这便是西方人所说的现代主义。现代主义表面上像是一个大杂烩，这里流派纷呈，“主义”众多，此起彼伏，令人眼花缭乱，似难于有一个统一的认识。不过，它们虽变化万千，但有一条是不变的，那就是从对立走向极端化。与浪漫主义和现实主义的对立一样，这里出现了表现主义和自然主义两个极端。在这个意义上也可说，表现主义是浪漫主义的极端化，自然主义是现实主义的极端化。现实主义重客观、再现、感性、认识，但并不否定主体、表现、理性、观念，只是强调主体、表现、理性、观念要通过情节、场面“自然地流露出来”；浪漫主义强调主体、表现、情感、理性，但并不全然否定客观、再现、感性、现实的内容。而现代主义的极端化则不同了，它们由浪漫主义和现实主义的裂变开始，自然主义走到彻底否定主体、表现、理性、观念，追求纯粹客观、再现、感性、逼真的极致；而表现主义则彻底抛弃客观、再现、感性、现实、认知的因素，而追求纯粹主体、表现的极致。

不和谐、反和谐的极度发展必然导致无序、混乱、颠倒的荒诞。荒诞本质上同丑是一致的。丑还在反和谐中承认对立的两面，只是将对立推向极端，而荒诞则走到否定排斥一切对立面的混乱、无序、颠倒的地步。但荒诞又不同于丑。在丑中还有理性，即使从丑向荒诞、从现代主义向荒诞的后现代主义过渡的萨特、加缪，在描写非理性的荒诞事件时，处理的方式也还是理性的，但到贝克特、尤内斯库，则是从内容到形式彻底的非理性化了。这是其一。其二，丑否定统一性，是把对立极端化、绝对化的结果，而荒诞之否定统一性，则是走到根本取消一切对立的结果；丑的否定统一性，还在认识论的范围内，而荒诞则从认识论走到否定本体论的统一性，从而在根本上彻底粉碎了整体、本质、中心、秩序、和谐等观念，从本体上把一切都推入无序、颠倒、错乱的深渊。其三，丑使对立的两面，日益尖锐对立、日益极端化；荒诞则将这一极端化发展到只取一面而摒弃另一面的地步，即由两面走向单面化，更重要的是当它走到单面化之时，同时发现这个极度的单面正导向一个自相矛盾和悖论。一方面它在丑的极度对立和纷乱激荡中，否定了整体、本质、中心、秩序，追求着单面的无差别的和谐境界；而当它一旦达到这无差别的和谐之境，同时也就陷入否定整体、本质、中心、秩序之后的最根本的无序、颠倒、错乱之中，这一个悖论就像一个怪圈，渗透到荒诞和荒诞的后现代艺术的骨髓和血肉之中，成为它们总体的美学精神。就像丑的现代主义分裂为自然主义和表现主义一样，荒诞的后现代主义也必然对峙着相互否定的荒诞的戏剧和新小说派（这在绘画、雕塑中表现为抽象表现主义和超级写实主义、照像写实主义的对峙）。前者以“人本主义”为基础，后者以“物本主义”为基础。一个只要“主体”，一个只要“物种”。这种相互彻底排斥，各自单面化的两极对峙，本身就是一个单面化的自我悖论。失去客体的主体，本身就是一个非理性的荒诞自我；而失去“统一性”“本质”“中心”“秩序”的客体“平面”，也必然是一个无序、颠倒、错乱的荒诞世界。或者直接展示那主体的荒诞的精神世界；或者以非理性的荒诞的自我去观察、描绘、处理那颠倒、错乱、无序的荒诞世界，这便是后现代主义艺术基本的审美特征。

随着社会主义之代替资本主义，并不断地向共产主义跃进，随着自觉的辩证思维之否定形而上学思维，随着和谐全面发展的社会主义、共产主义新人之替代分裂、异化、片面发展的近代人，新型的辩证和谐美和艺术必将否定近代对立的崇高（包括丑和荒诞）和崇高型的艺术。辩证和谐美的社会主义艺术，既否定了素朴和谐的古典主义艺术，也否定了近代对立的现实主义、浪漫主义、现代主义、后现代主义艺术。但这种否定是辩证的否定，是包含着肯定的否定，它既吸取了古典的和谐，又包容了近代深刻的对立，它是在辩证思维的基础上实现的一种更高的综合。它在构成艺术的各种元素之间，既追求着本质的对立，又追求着更高的和谐统一，真正达到了一种现代最高的辩证和谐的艺术。总之，与古典和谐美、近代对立的崇高（包括丑和荒诞）和现代辩证和谐美的发展同步，艺术也由古典主义，经浪漫主义、现实主义、现代主义、后现代主义，向现代辩证和谐艺术发展（当然现在还是一种美学的预测，还需要历史的发展来检验）。我觉得这是世界美学范畴和艺术范畴的逻辑发展史，也是人类美学思潮在逻辑形态中的发展史。

古代美（包括艺术，下同）、近代美、现代美是逻辑的形态，还是一般的规律，中西方美学和艺术总体上也体现着这一规律，但又有各自独特的风采。在素朴和谐的古代，西方偏于人神以和，有更多的宗教意味，中方偏于人人之和，有更浓的人间气息；西方偏重物理、感性形式的和谐，中方更重心理、伦理理性的和谐；西方偏于分解对立，相生相克，中方更重均衡和谐，相辅相成；西方更重壮美，有更多的悲剧因素，中方更重宁静、优美，崇尚大团圆；西方偏于模仿再现，中方则偏于抒情表现；西方偏于创造艺术典型，中方则偏于创造艺术意境；西方偏于美真统一，有更大的认识价值，中方则强调美善相合，寓教于乐，有更强烈的思想道德意义。西方在奴隶制的古希腊就达到了艺术和美学的峰巅，其精神一直延续到文艺复兴。中方则在封建制的唐宋时代出现了艺术和美学的高度繁荣，其流风余韵，迄今不绝。这是人类古代世界所创造的两大艺术和美学的高峰，是古典和谐美与和谐美的古典艺术的两个黄金时代，辉煌灿烂竞放异采，形成了各具特色的两大美学体系和艺术传统，犹如两峰对峙、双水分流，日月经天，光照千秋。

近代对立的崇高在西方随着资本主义工业文明充分发展，也发展得比较成熟、完整，可以说是研究近代美学和近代艺术的一个典型形态。无论从古代和谐向近代崇高的转换，还是从崇高经丑向荒诞的历史嬗变，以及相应的在艺术中从浪漫主义、现实主义向现代主义（它的两极是表现主义和自然主义）和后现代主义（它的两极是荒诞戏剧、黑色幽默与新小说派）的发展，都相当充分、相当完整，各有一个独领风骚的相对独立的时期。而中国则不同，它几乎是在五四运动前后和改革开放的十几年之间，一齐涌进审美王国和艺术天地的。时间短，变化快，发展不充分，特别是在马克思主义美学和辩证和谐理想的光照之下，它们只能居于非主流文化的地位，而不能像西方那样一直坐在主宰的宝座上。从严格的现代美学观点来看，从整个人类社会发展的历史形态来看，西方总体上还处于近代资本时代。虽然它已有高科技的发展，也有前现代、现代和后现代之分，但那只是把近代的分裂、对立不断推向极端而已，在本质上并没有开创一个新的历史时代和艺术时代。这一点我们中国倒是更有了优势，从毛泽东、邓小平到江泽民，都在崇高精神中高扬着辩证和谐的光辉，这才是真正现代美学的开始，这才真正开创了一个现代美学和现代艺术的新时代。而西方却只在荒诞和悖论中，朦胧地透露出一线期望融解一切对立的和谐之光。

从以上极简略的概述中，可以看出我的美学思想以美是和谐这一基本命题为核心，辩证地发展出美学的整个体系，延伸于美学的各个分支学科。1. 我从美的本质是和谐，深入到文艺美学，研究艺术的审美本质，得出了艺术的审美本质也是和谐的结论，从而在深层的内在本质上，把两者统一起来考察。2. 接着我从和谐的历史发展和演变上，观察和区分了它的三大历史形态（包括三大艺术的历史形态）。3. 逻辑的发展又与历史的发展相结合、相一致，从而进一步描绘美和艺术在人类整个历史发展中的具体过程和感性风貌，这就是揭示中国美学和艺术与西方美学和艺术的一般历史进程。这在我的《论中国古典美学》和主编的《中国美学主潮》《西方美学主潮》中作了较详尽的叙述（在选集中只选了我论述的部分）。4. 中、西方美学和艺术的历史发展过程中，不但呈现出共同的规律，而且呈现出不同的规律，显示其各异的风采，它们虽然都经历了从古代素朴和谐、近代崇高向辩证和谐发展的一般进程，但又有不同的侧重，不同的现象形态，这种历史发展中的共同性和不同性，便构成了我中西方比较美学的基本内容。总之，我的美学思想从抽象到具体，从逻辑到历史，从美学原理到文艺美学，从美学理论到中国美学史和西方美学史，以及在历史发展中的中西比较美学，都以美是和谐为核心，为基本概念，美学的整个体系、美学各个分支学科的内涵，都由它逻辑必然地自生发自组织而来，都浑然为一个紧密联系的总体，正所谓吾道一以贯之。这使我同那些把美的研究与艺术的研究分割开来，把美学理论和美学史脱离开来，把中国美学史的研究和西方美学史的研究对立（或互相套用）起来的倾向相区别，这也使我避免走一些不必要的学术弯路。

应该说明的是：我的美学思想体系与我的研究方法是一体的，是内在地联系在一起的。方法有多种多样，而且有各种不同的层次。有的仅仅作为一种工具，是形式的，不关内容的；有的是关于内容的，或者说就是内容本身，是同一个问题的两个方面。我这里强调的方法不是前者，而是后者。在这个意义上我的美学体系是由我的美学方法转化而来的，而我的美学方法又植根于辩证唯物主义和历史唯物主义的世界观，也与辩证思维的认识心理结构融为一体。长期以来，我以辩证思维为统帅，借鉴现代自然科学的方法，竭力吸取近现代西方美学一切有益的方法，形成了多样综合的一体化方法。这一方法是开放的，多样的（不是多元的），一切有益于美学研究的，来者不拒，多多益善；这一方法又是一体的，融化于辩证思维之中，又为它所统摄的，不是并列的，杂阵的，各自为政、互不相关的。在这方面我写了一系列文章，现选集于卷首，以示其地位之重要。我想研究每一个理论问题，研究整个美学体系，以及美学各个分支学科之间的联系，都应体现着抽象上升到具体、逻辑与历史相结合的精神。假若说美学原理是抽象的，文艺美学则是相对具体的；假若说美学原理、文艺美学是抽象的、逻辑的，那么中国美学史、西方美学史则是相对具体的、历史的。总之，美学及其各个分支学科的内在结构也应是一个辩证思维的逻辑体系。

还应该强调的是，我的美学体系和方法，总的倾向、总的精神都是由抽象指向具体、由理论指向实践、由历史指向今天，由古典的和谐美经近代崇高，逻辑必然地走向现代辩证的和谐美，由古典主义艺术经近代崇高型艺术，历史必然地走向社会主义新型的美的艺术。辩证和谐美是最新、最高的美，社会主义艺术是人类最新、最高、最美的艺术。目前它还正在成长、发展，它的日益成熟、完善、繁荣，将不断地丰富、检验、发展我们的美学理论，我们期待着这一天的到来，现在我也正全力关注着我们时代审美和艺术活动的发展，不断地以历史实践检验、纠正、充实和评判我自己的美学思想，更望读者和方家多多给予关怀、支持和批评指正。

最后还需要特别补说一句的是，我的美学思想是一种哲学的思考、社会的思考、历史的思考、文化的思考，最终是关于人的思考。美学是社会、历史、文化、哲学综合的产物，最终这些因素又集中到人身上，也可以说是人的产物。人的社会、文化、哲学思维的现状不同，人的历史发展不同，制约着美、审美和艺术的不同形态。在这个意义上说，正是感性与理性、主体与客体未彻底分化，尚处于素朴的低层次的和谐完满的古代人，创造了古代的素朴的和谐美和艺术。正是不断裂变、异化的资本社会的近代人，创造了崇高、丑和荒诞，创造了浪漫主义、现实主义、现代主义和后现代主义艺术。而未来的新型的辩证和谐美和社会主义艺术，则依赖于马克思所说的以“个人全面发展”为基础的自由的现代人来完成。人一方面创造着美和艺术，一方面又以自己创造的理想的美和艺术，陶铸、规范、提升和生成着自己，发展着自己。在这里我的美学正是以社会、历史、文化中的人为焦点、为关注中心的，是以促进人的不断发展、不断完善、日益达到至真至善至美的和谐自由境界为目的的，这是我的终极关怀，这是我的奋斗目标，这是我追求的理想之境。

以上关于我美学思想的概述，极其简略，欲知其详，请细读全书。读完全书，更期待您宝贵的批评和教正。

（1998 年第 5 期）

文艺研究

1979—2018

四十年论文选

第三卷

金宁 主编

文化艺术出版社
Culture and Art Publishing House

第三卷

目录

生疏的话题：中国现代文学理论批评与传统

陆耀东

也许有的朋友会感到惊诧：中国现代文学理论批评与传统有什么关系？也许更多的人有生疏之感。因为学术界很少讨论这一问题。其实，任何作家除非他在牙牙学语之前离开祖国，否则，必然会自觉或不自觉、或多或少、或深或浅地受到传统的影响。中国现代文学理论批评虽在“反对旧道德，提倡新道德，反对旧文学，提倡新文学”的锐意求新的浪潮中勃兴，但仍与中国文学理论批评传统有着千丝万缕的联系。胡适是文学革命理论的最初提出者，然而他在《文学改良刍议》等文中反复说明，“吾惟以施耐庵曹雪芹吴趼人为文学正宗”[①]。也就是说，他反对的只是古代的非白话文学；至于古代的白话文学，则必须继承。他后来喊出“全盘西化”的口号，据他自己解释，完全是一种策略手段，“文化上的惰性自然会把我们拖到折衷调和上去的”[②]。陈独秀的《文学革命论》[③]，高张文学革命大旗，声言打倒“贵族文学”“古典文学”“山林文学”，致力建设“国民文学”“写实文学”“社会文学”。就在此文中，他还是肯定了从《国风》《楚辞》到马东篱、施耐庵、曹雪芹这一文学潮流。鲁迅在文学理论批评上，也主张“收纳新潮，排挤旧物”[④]，但他对中国古代文学传统，有精当分析，如对小说《儒林外史》《红楼梦》，他称赞前者为讽刺小说之“绝唱”；肯定后者“敢于如实描写，并无讳饰，和以前的小说叙好人完全是好，坏人完全是坏的，大不相同，所以其中所叙的人物，都是真的人物。总之自有《红楼梦》出来以后，传统的思想和写法都打破了”[⑤]。将创作中的新特色，上升到文学理论高度加以概括。周作人在“五四”时期，理论建树甚丰。最著名的《人的文学》[⑥]，提倡人的文学，反对非人的文学；对古今中外，主张立论于时代，而不分地域（中外）。稍后，他认为文学作品“有独立的艺术美与无形的功利”[⑦]；“文艺的条件是自己表现，其余思想与技术上的派别都在其次——是研究的人便宜上的分类，不是文艺本质上判分优劣的标准。”[⑧]他在《中国新文学的源流》[⑨]中说，明代公安派、竟陵派的文学运动和“五四”新文学运动，“很有些相像的地方”；公安派、竟陵派的文学理论“独抒性灵，不拘格套”，“和胡适之先生的主张差不多”。在笔者看来，周作人自己的文学观念，也有与公安派、竟陵派接近的一面。

从20年代中期起，中国现代文学理论批评大致可归纳为两大流派，两大流派中又可分为若干支流。一大流派是主流意识，主张文学是革命的工具。鲁迅（后期）、瞿秋白、冯雪峰、周扬、胡风、茅盾等[10]，其文学理论批评虽然千差万别，在某些原则性问题上甚至存在尖锐的对立（客观地说是互补），但对文学为革命服务的看法是一致的。他们的文学理论来源很杂，并不相同。如俄国别林斯基、车尔尼雪夫斯基、杜勃罗留波夫的，苏联和日本"拉普"的，马克思、恩格斯、列宁的，普列汉诺夫的，美国辛克莱的，匈牙利卢卡契的，还有其他人的。各人都将自己的文学理论视为马克思主义文学理论。这一大流派中，鲁迅、冯雪峰、胡风的文学理论较为接近，与周扬的观点冲突之处不少，茅盾自成一家，和前两分支都有些抵牾。上述诸家的文学理论批评，字面上很少沿用传统的文学理论批评术语，但精神和中国传统的主流意识——儒家的"载道"主张相通。

另一大流派的文学理论批评主张，一时难以用一个恰当的词来概括，姑且称之为"自由主义文学论"。梁实秋、朱光潜、李健吾、钱锺书等可算是代表，其中梁实秋国学根底较浅，又甚浮躁偏激，稍逊一筹。他们都精通几种外语，深受西方文学理论影响；同时，除梁实秋外，他们都精通中国古代文学理论。在朱光潜的诗学中，我国传统的"意境说"居于重要位置。李健吾的文学批评，有印象派韵味，但他对中国古代文论，如数家珍，只要读一读他的《情欲结》等文，即可借一斑而见全豹。钱锺书博览古籍，融合中外，他的《管锥编》《谈艺录》，虽不能说没有可商榷之处，但绝无生搬硬套某人理论痕迹，出神入化，精深之见多多，即使在形式上，也有传统理论批评的特点。

从这些历史现象可以看出，文学理论批评家不可能与自己国家的文学理论批评传统一刀两断；但各个文学理论批评家对待传统的态度是多样的，并不相同的。我们没有必要也不应该将是否自觉地继承传统，作为评价文学理论批评家的标准。主要接受外国文学理论批评影响的，或主要接受中国文学理论批评传统影响的，或兼而取之的，都可能成为一位杰出的或平庸的文学理论批评家。传统对文学理论批评家，应该是一种素养。

关于文学理论批评传统，我们容易把它视为单一的整体。实际上，它是复杂多样的集合体。中国文学理论批评传统，主流是儒家以诗教为核心的功利派。但在先秦，也有庄子那种比较超脱的"出世之说"。魏晋曹丕的文学理论，鲁迅说它"是为艺术而艺术"[11]。唐代白居易是"载道"的现实主义文学理论大家，他主张"文章合为时而著，诗歌合为事而作”(《与元九书》)，也可说是“为君为臣为民为物为事而作，不为文而作也”(《新乐府序》)；认为“诗者根情苗言，华声实义”(《与元九书》)，“非求宫律高，不务文字奇，惟歌生民病，愿得天子知”(《寄唐生诗》)。然而唐代也有以司空图等为代表的与白居易对峙的文学理论批评。[12]司空图赞扬“韵外之致”“味外之旨”“象外之象”“景外之景”，颇有点近于现代主义文学理论的风味。明代有“前七子”“后七子”的复古主义文学理论，又有“公安派”“竟陵派”的“性灵说”文学理论。不能说只有儒家一脉相传的文学理论是中国文学理论的传统，而与之异趣的文学理论不是传统。我们的现代文学理论批评对传统的不同流脉，都有所择取，有所承传，这种择取和承传，都经过新文学理论批评家的再创造。

还应注意，外来的（外国的）文学理论批评，传入中国后也可转化成为中国的文学理论批评传统的有机组成部分。如所周知，佛教和佛学，本非中土产物。它从印度传入中国后，逐渐中国化了。宗教和文学是近邻，一些文学理论批评家以禅说诗解诗，唐代的皎然、司空图，宋代的严羽等，他们的文学理论批评著作，如《诗式》《二十四诗品》《沧浪诗话》，受禅宗影响明显，它们已成为中国古代诗歌理论的一支，自然是“传统”的一部分。又如中国的话剧及其理论，是从外国移植过来的，它们正在转化为我们的传统。

还有些文学现象，我们很难区分是外来的，还是传统的。如意象派诗及其理论，最初是外国诗人从中国唐代某些诗作中获得启示而创造的一个诗歌流派，“五四”时期开始传入中国。它既不是纯粹的外来品，也不是纯粹的中国传统的文学理论，它和“出口转内销”的商品也不同，但似也不宜将它完全排斥在传统之外。

在中国现代文学理论批评与传统的关系上，我们还存在一些迷误。比如混淆不同概念的内涵，将是否重视传统与爱国与否搅在一起。无数事实表明：爱国者可能重视祖国的传统文化；也可能不重视传统文化，而重视择取外来文化。“五四”时期文学革命的倡导者胡适、陈独秀、钱玄同、鲁迅、周作人等都属于后一种情况。闻一多终其一生，是热烈的爱国主义者，前期他持“中华文化的国家主义”，对传统文化推崇备至。后期接受革命思想影响，对待传统的态度转了一百八十度的弯，如论及新诗时，他主张“放弃传统意识，完全洗心革面，重新做起”[13]。而爱国热情并不减弱。

历史还告诉我们，传统文化并不能挽救国家的命运。世界上历史最悠久、文化传统最丰富辉煌的古国，除中国（也曾濒临存亡边缘）外，都曾被灭亡过。一个国家今天的文化或文学所达到的高度，也并不与它的文化传统的丰厚久远成正比例。

中国现代文学理论批评，不论是继承传统或是择取外来的，都应立足于创造，即创造使文学能最大限度得到发展和提高的理论，这种理论，一方面使文学有一个良好的外部条件，另一方面尊重文学内在规律，包括充分发挥每位作家的天才智慧和创造性。对待传统，研究者可取超脱态度；在决定取舍时，则取决于当前和今后文学发展的需要，有益之处则吸收，重新创造，不利于当前和今后文学发展者，则仍然可采取鲁迅当年的态度："苟有阻碍这前途者，无论是古是今，是人是鬼，是《三坟》《五典》，百宋千元，天球河图，金人玉佛，祖传丸散，秘制膏丹，全都踏倒他。"[14]自然，这里所说的"踏倒"是指一种精神状态，而不是实际的破坏。因为古代文物都有历史价值，应该妥善保存。

我认为，中国现代文学理论批评在继承传统方面，还做得不够，特别是对儒家以外的诸家和儒家内部非主流的不同的声音不够重视，尤欠尊重。我们的有些文学批评史往往用"唯心论""为艺术而艺术""反现实主义"这些帽子，将古代文学理论批评中的许多精到之见予以否定。中国古代的文学理论批评著作，浩如烟海，整个理论体系（如果说有的话）似难以继承，局部则卓识良多。就各种文学体裁的理论批评而言，除一般文论外，似以诗话、诗论、词话最为丰富多彩，小说、戏剧（含戏曲）理论批评也不少。不仅现实主义，包括象征主义在内的现代主义也可从中得到启示。本世纪对传统的文学理论批评论著的整理、出版，做了大量工作，成绩斐然，研究则相对弱些。整理、出版是继承传统工作的第一步，研究是第二步，研究成果可逐渐转化为影响当前和今后文学的因素，转化为未来文学的因素。这，也是我妄论这个大课题的目的。

注释：

---

① 胡适：《文学改良刍议》，《新青年》1917 年 1 月第 2 卷第 5 号。

② 胡适：《编辑后记》，《独立评论》1935 年 3 月 17 日第 142 号。

③ 陈独秀：《文学革命论》，《新青年》1917 年 2 月第 2 卷第 6 号。

④ 鲁迅：《坟 · 未有天才之前》。

⑤ 鲁迅：《中国小说的历史变迁 · 清小说之四派及其末流》。

⑥ 周作人：《人的文学》，《新青年》1918 年 12 月 15 日第 5 卷第 6 号。

⑦ 周作人：《自己的园地》，载《自己的园地》，北京晨报社 1923 年版。

⑧ 周作人：《文艺上的宽容》，载《自己的园地》。

⑨《中国新文学的源流》，人文书店 1932 年版。

⑩ 毛泽东同志的文学理论，已有不少人在专门研究并有许多成果问世，本文不拟涉及。

⑪ 鲁迅：《而已集·魏晋风度及文章与药及酒之关系》。

⑫《二十四诗品》是否为司空图所作，目前有争论，这里仍沿用旧说。

⑬ 闻一多：《文学的历史动向》，载《闻一多全集》第 10 卷，第 20 页。

⑭ 鲁迅：《华盖集·忽然想到（六）》。

（1999 年第 1 期）

中国文艺学的世纪转换

高　楠

20世纪是中国文艺学大转换的世纪，这是全方位的转换，从功能到体系到思维再到话语，几乎一切都今非昔比，一切都备受审视，一切都重新建构。这又是纵贯世纪的碰撞、消长与融合，处处都有对立，都有对立方的彼此批判而且时常是刀光剑影的批判。可以说，这是历史的非常态转换。转换的结果，则有了非常态的当代中国文艺学。在中国文艺学的世纪反思中，非常态是应予首先确认的基本情景，对这基本情景中的每道景观，都应做非常态的理解与分析，并据此给予评价。非常态的世纪转换为中国文艺学的规律性认识提供了难得的视角，也为下世纪将转入常态发展的中国文艺学提供了开阔的现实思路。

本文主旨在于对本世纪中国文艺学的转换作以描述及评析。

一、本世纪中国文艺学的三次转换

转换即转变、更替、新陈代谢。中国文艺学的发展史亦即转换史。不过，中国文艺学的转换在漫长的中国封建社会中一直处于高稳定状态，其高稳定程度从成型于先秦时代的文艺学的基本观点，居然可以逾2000年不变，而且愈到后来愈加神圣，愈加不容质疑。高稳定性也见于文艺学的一些基本范畴的恒常不变，旷日久远的文艺学转换史在这恒常性作用下差不多成为可以古今直接对话的现实共在。如此高稳定性的文艺学的历史转换过程，在世界文艺学转换史中是罕见的。

中国传统文艺学的高稳定性来于它产生并栖身其中的中国封建社会的高稳定性。中国封建社会是一个巨大的碾盘，它在不断地重复中缓慢地转动，每一次改朝换代几乎都没有带来多少螺旋式上升，相反，几乎哪一代人都在慨叹一代不如一代。而有朝一日，当高稳定性的封建社会母体失去其高稳定性时，产生并栖身其中的文艺学便被推入必须弃旧从新的急剧转换的路途。这样的“有朝一日”在本世纪初确定地到来了。

（一）第一次转换

这是一个惨痛而相对短暂的过程，上世纪短短几十年间天朝大国便在洋刀洋炮的淫威下威风扫地。“启蒙”与“救亡”，经由上世纪末一批先行者的奔走呼号，终在本世纪初成为万众瞩目的时代课题。中国传统文艺学在这样的大图景中迅速而有力地开始了它的本世纪第一次也是中国历史上首次全方位的大转换。

“启蒙”与“救亡”是第一次大转换的主调，它以生存的紧迫性和切身性规定着文艺学各方面的转换。这次转换由此获得如下特点：

（1）强调文艺功能的启蒙性与救亡性。尽管文艺的“兴、观、群、怨”说在此前也一直没有失去理论力量，但它却一直没有成为文艺的整体规定性与时代规定性。在本世纪的第一次大转换中，继“群”“怨”而生发的启蒙性与救亡性，一跃成为当时文艺学的理论首倡。体现这一特点的代表性理论刊物与代表性人物、代表性主张，中国现代文学史已有定论，不必多说。

（2）强调文艺价值的写实性与通俗性。救亡则需要写实，启蒙则需要通俗。写实与通俗成为第一次转换中文艺价值的基本标准。陈独秀曾就此明确提出“三大主义”，影响一时，轰动一时。

（3）强调小说文体的发掘与创作。尽管中国古代有《三国演义》《水浒传》《红楼梦》等旷世小说名著，但小说在中国传统文艺学中却不被重视。在传统文艺学的文体论中，坐第一把交椅的一直是诗。第一次转换就转换了这一位次，小说赫然居首。这一转换在上世纪末便已发端，著名的发端人物有梁启超、严复、夏穗卿等。此后，鲁迅、叶绍钧、冰心、朱自清、王统照、郭沫若、郁达夫、郑伯奇、成仿吾等，既是小说的文艺学的积极倡导者，又是小说创作的得力实践者；文学研究会、创造社、语丝、未名、沉钟、新月等社团，则是在这方面不同程度地作出贡献的团体。

（4）强调文艺的思想意义。传统文艺学的重点在于对文艺的抒情特征、规律与意义的揭示与阐释。在第一次转换中，随着对文艺的写实价值与对小说文体的强调，文艺学的重心由抒情性向思想性偏移。这种偏移是当时中西方文化大碰撞的结果，是西方有影响的哲学思想对中国哲学思想渗入的结果，也可以看作中国哲学思想向西方哲学思想主动投入的结果，这是迫于“救亡”的精神依重。

第一次转换使文艺学主动放弃了学科自主位置，成为“启蒙”与“救亡”的工具。

这虽然是一个极为匆忙又别无选择的过程，但却显现了一种历史必然性，即当政治或民族危机成为时代的中心问题时，文艺学的转换只能以这时代中心问题为根据。

（二）第二次转换

第二次转换兴起于本世纪中叶，中华人民共和国成立之后。在此之前的几年中局部转换就已发生，这主要见于解放区的文艺学，以 1942 年毛泽东《在延安文艺座谈会上的讲话》（简称《讲话》）为旗帜。后来，随着解放区的不断扩大，由局部而全国，文艺学的第二次转换终酿成全国之势。

第二次转换带给文艺学的突出特点是文艺学的政治化。蔡仪于 1943 年出版的《新艺术论》，为这种政治化的文艺学转换提供了模式。

需要强调指出的是，在第二次转换中，作为文艺政治化旗帜的《在延安文艺座谈会上的讲话》发挥了极为重要的引导、匡正、深化的作用。《在延安文艺座谈会上的讲话》蕴含着文艺学的第二次转换，文艺源泉、文艺功能、文艺批评标准、文艺内容与形式、文艺的主体条件、文艺的创作方法、文艺学的理论根据等一系列重要问题都在《讲话》中作了确定的解答或者规定。《讲话》发表时的政治需要是生死存亡的需要，毛泽东在当时出于这种需要所提出的文艺政治化要求具有不容否定的历史合理性。也正是基于这种合理性，《讲话》的文艺政治化方向才为文艺学的第二次转换所接受，并对具体的文艺学实践起到了有力而且有效的指导作用。这是文艺学的被动政治化，是不得不为之的政治化。被动政治化的历史要求正与第一次转换的“启蒙”与“救亡”的历史要求相承继。因此在第一次转换中具有代表性的文艺学思想，如文学研究会所强调的文学是“人生的镜子”的观点，主张在“被迫害的国里”，文艺应揭露社会的黑暗、人民的“苦痛”以及新旧两代思想上的冲突的观点[①]；创造社所提出的对旧社会“要不惜加以猛烈的炮火”的主张[②]，及“要在文学之中爆发出无产阶级的精神，精赤裸裸的人性”的号召[③]；尤其是鲁迅的“战斗文学”的主张与实践，等等，便没有什么障碍地化入第二次转换，并在第二次转换中充满活力。

中华人民共和国成立之后，文艺学第二次转换的全方位的、多层次的展开就不再具有生死存亡的被动性，而成为一种主动的、自觉的建构与发展，它依附于加强人民民主专政的社会政治要求，并在“政治挂帅”“阶级斗争为纲”的时代任务中实现着更为充分的政治化。第二次转换的文艺学政治化的基本取向与基本特征，决定了马克思主义理所当然地成为文艺学的理论基础。第二次转换的中国文艺学只有一家也只能有一家，即马克思主义文艺学，尽管当时一些建构马克思主义文艺学的学者所理解的马克思主义是机械的、教条的。

在第二次转换中，苏联季莫菲耶夫的文艺学体系为中国文艺学的体系化或系统化提供了基本根据。中国文艺学第二次转换的体系化过程选中苏联文艺学体系模式绝非偶然。这里有三个必然性根据，一是中国与苏联大体相同的社会政治制度与思想主张，二是对马克思主义的思想理论指导意义的共识，三是前几十年中十月革命的伟大影响所造成的苏联“权威”印象。应该指出，苏联文艺学体系的中国选择，其实是极为充分的“苏为中用”，苏联文艺学体系的引入主要是为了阐释与丰富《在延安文艺座谈会上的讲话》的基本观点。《讲话》是体，苏联体系是用。

第二次转换的基本特点在于：

（1）明显的政治化倾向。这种倾向突出地表现为政治标准成为文艺学所强调的文艺创作的首要标准，同时这也是文艺学建构的标准。从这样的标准出发，政治角度成为文艺学探索文艺规律的基本角度。文艺学政治化的理论根据是意识形态论与阶级斗争论。

（2）唯物论之认识论的哲学基础。第二次转换的一个十分重要的特点在于马克思主义理论基础的文艺学确定，而在这种确定中马克思主义唯物论的认识论又成为基础的基础，即哲学基础，它成为衡量文艺学理论或观点是否合于马克思主义的试金石。首要的划分便是唯物与唯心的划分，继之便是据此进行的政治排队，唯物的便是革命的，否则便是不革命甚至反革命的。第二次转换中普通接受的生活源泉说、文艺起源说、文艺形象说、文艺典型说、文艺价值说、创作方法论等都据此而生发。

（3）逻辑两分的方法论。逻辑两分法成为第二次转换中文艺学理论建构的基本方法，几乎各个文艺学理论的基本问题都要经由两分法的分解与剖析，并且都要经由两分法的检验。如唯物与唯心、经济基础与上层建筑、个别与一般、具体与抽象、偶然与必然、现象与本质、形式与内容等。

第二次转换的代表人物有蔡仪、以群、霍松林、周扬、茅盾等。第二次转换经由当时的各种政治运动、政治手段而有效地引导、发展了全国的文艺实践，先后出现了一批肃反文学、合作化文学、反右文学、大跃进文学、历史题材的革命斗争文学、无产阶级专政下继续革命的文学（反走资派文学），等等。

（三）第三次转换

第三次转换起于80年代初，从这次转换的起动说，它是被动的。不过，这种被动不同于前两次转换的被动起动，前两次起动均来于民族的或社会政治的压迫性，是民族或民众生死存亡的压迫，因而这是学科外部的压迫。这种压迫使文艺学丧失其学科主体性而成为工具。第三次转换的被动性不是来于外部的工具性压迫，而是来于外部压迫的解除，是解放于工具性的在本学科领域内构建学科主体性的压迫。因此，这次转换是文艺学由工具性向学科主体性的转换，是文艺学由代言向主讲的转换。

第三次转换的规模性展开首见于"伤痕"文艺的讨论，这次讨论是文学向文艺学的挑战，文艺学在未备状况下被迫应战。这次挑战的文艺学实质并不是如当时一些人认为的那样，是如何反映"文化大革命"的问题或在何种程度上清算"文化大革命"的问题，而是如何改变文艺的政治化倾向问题。"伤痕"文学是用超越政治的政治批判的方式向文艺的政治工具性提出了挑战。文艺学此时所面临的问题是文艺该如何真正文艺地说话。"伤痕"文学的讨论引发了进一步的歌颂光明与揭露黑暗的研讨，文艺功能与文艺价值问题于此便更醒目地提出。"朦胧诗"的讨论继之而起。这一讨论对于文艺学第三次转换的重要性在于它进一步促成了由文艺的政治意义向文艺的人生意义的转换以及对于文艺表现的自身规律的探索。第二次转换的政治化文艺学在如此的文艺学问题面前深感窘迫，以致在一段时间内文艺学陷入"冷场"的尴尬。然而，文学的现实挑战却接踵而来，并且愈加有力。大墙文学、平反文学、暴露文学、象征文学、先锋文学、痞子文学、改革文学、警探文学、武侠文学、女性文学等，如春潮涌来，奇波怪谷，一浪高似一浪。

文艺学在改革开放的大环境中，在政治化压力日渐逝去的氛围中，在文艺实践的挑战中，被迫地开始了它的第三次转换。

第三次转换的先期阶段是西方文艺学、美学思想的大量引入，从叔本华、尼采、柏格森，到弗洛伊德、马斯洛、皮亚杰，到胡塞尔、海德格尔、萨特，到苏姗·朗格、罗兰·巴尔特、卡西尔，到阿恩海姆、冈布里奇……一时间，文艺学界视野大开，第一次转换中的西学涌入又在80年代及90年代重演。这使得疲于应付的文艺学界柳暗花明。于是，文艺学进入第三次转换的活跃期。我国学术界对于文学研究新方法论的探索，刘再复等对于文学主体性的剖析，对于文艺心理的深层揭示，对于中国古代文论的转换性研究，以及文学发展论、创作论、作品论分析等等，共同构成了一道风光旖旎的景象，演奏着第三次转换的交响乐。第三次转换是文艺学的自身复归，是中国社会世纪发展的结果。

二、世纪转换与中国文艺学之根

中国文艺学本世纪的三次转换与中国社会本世纪的三次转型具有明显的对应关系，而且在这对应关系中社会转型一直处于主导位置，文艺学转换总是应社会转型而动。这表明文艺学对于社会发展状况的依附，它只能是社会母系统中的一个子系统，它在社会母系统中获得存在与发展的整体规定性。中外文艺学概莫能外。

但这不意味文艺学只能是社会发展的随波逐流，它在社会的整体定性中又总保持其学科定性，即是说，它有自己的根。中国文艺学所以经本世纪三次转换而仍为文艺学，在于它未变其根；中国文艺学无论怎样受西学影响而仍为中国文艺学，也在于它未变其根。自觉其根，则转换的努力更能见出成果。盲目其根，则千回百转仍归其根，只是要多走些弯路多费些时间。

根即传统即历史定性，这是民族的、社会的历史产物。对比一下同样启蒙的欧洲文艺复兴时期和法国启蒙运动时期的文艺学以及同样救亡的两次世界大战期间的西方文艺学，都没有发生像中国文艺学前两次转换那样普遍的自觉的工具化现象。西方人也重视文艺在当时的启蒙作用或救亡作为，但他们并不主张文艺因此而丧失自主性并沦为工具。“不管写什么题材，崇高还是谐谑，都要永远求良知和音韵密切符合”[④]——在启蒙运动中新古典主义的立法人物布瓦罗看来，诗艺的价值与光芒只能在诗艺自身。而正是在两次世界大战的“救亡”期，在西方世界出现了一批形式主义的、结构主义的、语言学的、现象学的、存在主义的、符号学的充分体现着文艺学“自主”性的理论著述。

在中国文艺学的前两次转化中，文艺及文艺学的工具化被看作顺理成章的事，即便是超然世外的“国粹”派们，也很少有反工具化的主张，他们主要是主张以“国粹”为工具。而在第二次转换中，被公推为中国文艺学导师的马克思与恩格斯的劝教式格言也无力阻止工具化的进程——“这样，你就得更加莎士比亚化，而我认为，你的最大缺点就是席勒式地把个人变成时代精神的单纯传声筒”[⑤]；“我认为，我们不应该为了观念的东西而忘掉现实主义的东西，为了席勒而忘掉莎士比亚”[⑥]。导师们对于文艺“自主”性的强调被我们的转换者普遍理解为对于创作方法的阐述。

中国文艺学的这种必然性转换，就是中国文艺学的“根”在起作用。那么，中国文艺学区别于其他文艺学的“根”又是什么呢？弄清这“根”，才能在文艺学的现实转换中依根而繁叶，才能求得文艺学的更好发展。

概括地说，中国文艺学的根便是中国文化的人伦特质。

特质这一概念，就其系统性意义说，首见于人格心理学家阿尔波特的人格理论。阿尔波特确认人格是一个具有相对完整性、稳定性与独立性的结构，这人格结构是一个动态系统，它反应刺激并产生行为与思想，对人格结构予以组织从而使之形成的便是特质。文化学的研究成果证明，文化也正是一套系统结构，这一系统结构的动态运作恰似人格结构的反应刺激、规约行为。所不同的是人格结构制约着、组织着个体思想与行为，文化结构则制约着、组织着这一文化结构中人的群体性行为、社会化行为。文化学家们早就注意到不同民族文化结构的形成与发生作用有不同的深层规定，他们或将这深层规定称为“种性”，或称为“文化基元”。而从功能与同构角度说，借用人格的特质概念于文化，似乎更为贴切。我曾在《中国古代艺术的文化学阐释》这部专著中专门谈过这个问题。[⑦]文化特质是整个文化系统的一种深隐不显的程序，它历史地规定具有这一特质的文化的展开与发展，它是文化的主体定性；它同化异质文化，当异质文化足够强大时便将自身程序性向着异质文化的作用做出相应调整；它的现实功能在于组构文化发展的动力系统，并为文化的现实发展予以深层次定向。而构成中国文化特质的，是商周时代便已形成的一套人伦模式，这一模式经由后来儒家的理论与实践的强化日趋定型。这模式在中国文化发展中体现出巨大的活力，它导引着中国古代文化在整体性上进行人伦模式的充分展开，使它在这一方向上细密地分化和多系统地网络化，并历史地推衍出一个严整的自上而下的以帝王意志为文化展开动力、以三纲五常为人伦网络关系准则、以科举制为帝王意志的政体理性、以天人合一的浑融体验为人伦理性的思维特征、以农业经济为根基的文化本体。这一文化本体历经2000年不散不灭，充分证明这一文化的人伦特质的同化功能已达到超常的程度。

中国文艺学受制于文化母体的这一人伦特质，它以此为“根”，进行着自己的历史转换与发展。

作为中国文艺之根的中国人伦文化特质，对于中国文艺学的生成与发展表现出如下规定性：

（一）人伦本体性

中国文化之最突出点，在于它的人伦本体性。所谓人伦本体性，即把人与人之间的关系置于核心位置，这既是文化展开的出发点，又是文化发展的归依。以人伦关系为问题的核心和以人为问题的核心不是一回事。固然，人在人伦关系中，但在之中并非就为其是。通常理解，人在人伦关系之中并构成人伦关系，不过，着眼于人并以人的自由肯定为前提去探究构成人的人伦关系，与着眼于以人伦关系的现实性关注为前提探究与规约构成人伦关系的人，这两点之间差距甚大。以人伦关系为核心，关系的得以维持必以部分地剥夺人的个性自由为前提，人的个性自由的实现程度只能以人伦关系状况为条件，并以不否定人伦关系为前提。这种人伦本体性特征概括地说，就是强调人伦关系的历史与现实时代的中心性。

这一特征在文艺学的前两次转换中体现得非常充分。第一次转换是战斗地否定既有的人伦关系而建构新的人伦关系，第二次转换则是肯定现有的人伦关系而否定其他人伦关系。至于眼下正发生着的第三次转换，积极参与转换的文艺学学者们都表现出一种民族群体性的或历史性的关注与焦虑，都不乏以中国文艺学的发展为己任的民族或社会群体意识，这也正是人伦关系的整体性意识。为社会而非为个人、个性，为人情的现实而非为概念的体系，这正是中国文艺学世纪转换的割不断的根。

（二）知行统一观

中国文化特质的人伦本体性见于时间维度，在过去、现实与未来的三个时段中，便总是对现实报以极大热情并充分投入。对人伦本体性而言，唯有人伦关系构成的社会现实才是实在，人生的意义是见于人伦关系的意义，人生与人伦关系的意义又是现实的意义。“今吾生之为我有，而利我亦大矣。论其贵贱，爵为天子，不足以比焉；论其轻重，富有天下，不可以易之；论其安危，一曙失之，终身不复得。此三者，有道者所慎之也。”[⑧]在这里，《吕氏春秋》是为中国古代的人生珍重确定了哲学地位。从这种传统的人生态度出发，中国古代形成了一套严整的人伦规范和卓有成效的人伦教育手段。生存的人伦或人伦的生存一向被看作极为重要的事情。这样，西方传统的精神超越与智性抽象，在极为看重现实具体人伦关系、人伦生存的中国文化传统中就很难派上用场。在厚重的中国人伦传统中，精神共在于行为，智性不舍于具体，这是现实生存的基本定性。这基本定性体现在知与行的关系上，便是所谓知行统一观。王阳明“知之真切笃实处即是行，行之明确精察处即是知，知行功夫本不可离”之说法虽也引起过争论[⑨]，但总体上说，他还是道出了基于人伦生存传统的知行统一观的真谛。

知行统一观的重要作用在中国文艺学本世纪的三次转换中充分地发挥着。第一次“启蒙”与“救亡”的功能转换，这本身就是以知践行，以行求知。陈独秀、李大钊、胡适、鲁迅等重要人物的文艺观点，都不离开具体实践并求真于具体实践。第二次转换，无论是被动的政治化转换还是主动的政治化转换，也都在追求着知行统一，只不过这里所转换的是政治化的文艺学之知，此时的行是文艺学的政治化之行；作为第二次转换旗帜的《在延安文艺座谈会上的讲话》本身就是知行统一的文艺学。第三次转换，虽然深受西方文艺学抽象理性或观念理性的影响，表现出很强烈而且很自觉的非用倾向，但从根本上说，知行统一观仍被坚持着而且成为转换的重要特征。拿眼下正讨论热烈的中国古代文论的现代转换问题来说，恰如有的学者所言："古代文论的现代研究，应该为建设有民族特色的马克思主义文艺学服务。这一表述，在一定的范围内已经成为可以接受的共识。"[10]对第三次转换的知行统一问题，有的学者说得更明确也更急切："理论与创作本应联系得最紧密，却隔了一层厚厚的墙。责任在谁？主要在理论，不在创作。我们的文艺理论工作者在构想自己的理论著作或论文时，常常不是从对创作实际的考察研究中抽绎出命题，形成判断，得出结论，而是已有概念、范畴的演绎、推论。"[11]这就是"根"的效应。知行统一观作为中国人的理性沉积不仅凝结为各种精神成果与物质成果，而且已经沉积为心理结构，它在自觉与不自觉中把人们的各种理论思考推入"行"，带入"行"，使之成为"行"的理论之思。文艺学建构与理论之思当然也不例外。因此说，第三次转换的中国文艺学仍将是带有明显的实用特征或释文艺实践之疑特征的文艺学。

（三）整体性思维

中国古代文化人伦特质的最为概括的哲学表述便是"天人合一"。人取象于天，定序于天；天解释于人，定性于人。天人互释互构，合而为一。"天人合一"要点在于"合"，世间万物成于这"合"，"天""人"之序见于这"合"。"合"并不是客观的，客观地说，天非人人亦非天。"合"合于思维，这是中国古人面对自然界苦苦思索的结果，尽管这思索不乏实践的根据。"天人合一"的思维便是整体性思维，即总是从关系的整体性去把握世界，去把握世界的关系整体性。也有学者将此称为综合性思维："综合的思维方式主张整体概念、普遍联系，不像西方那样只见树木，不见森林，东方是又见树木，又见森林。"[12]当然，整体性与综合性有所差异，整体性未必先要经由构成整体的要素分析再将之整合而获得，它可以就是一种不经分解、分析的直接把握；综合性的一般理解则暗含了一个分解、分析的前提，是分而合。"天人合一"的整体性思维，是一种人在世界之中世界在人之中的抗拒"天""人"分解分析的世界整体性的直接把握。这种思维的长处在于它适于把握那些无法分解的关系属性及某些模糊属性，它的短处是难于准确地、分析地把握非关系整体性的构成要素属性。

中国文艺学经由整体性思维，有效地把握了一些见于文艺创作、文艺作品及文艺接受的关系属性，并将之形成文艺学的基本范畴，如气、神、韵、味、风、境、趣等等。但对于构成文艺实践、文艺现象的一些要素属性或子系统属性，如西方文艺学所深入研究的本质与现象、内容与形式、个别与一般、感性与理性等（这些两分要素或两分系统的属性研究对于切入现象或过程内部，对其多元质或多极质的研究显然也十分必要），则难免模糊与笼统。

整体性思维是中国文艺学的发于“根”的思维。即便在前两次转换中，参与转换的学者们已经不同程度地掌握了西方的两分法或演绎法，但他们仍很难将这种两分法或演绎法贯彻到底，常常是用两分法拓出范畴，却用整体性思维去“模糊”地释解这些范畴。普遍地说，是经验分析多于逻辑分析，而经验分析正是整体性思维的特点。眼下的第三次转换，大家对中国古代文论的浓厚兴趣，证明着整体性思维的现实活力。第三次转换中不少显露头角的学者对于显现出一定整体性思维倾向的西方学者的哲学观点、美学观点，如尼采的超人哲学、弗洛伊德的精神分析学、胡塞尔的现象学、海德格尔的诗化哲学，也包括马克思的实践观点哲学等，情有独钟，恐怕离不开大家能从这些哲学、美学观点中体验到归于“根”的亲切与自如。

总之，中国文艺学的世纪转换是有“根”的，尽管一些人可能不自觉这“根”的存在，甚至以为自己是在进行“根”的革命，但这“根”却仍然深扎于转换之中，构成转换的深层规定。

三、第三次转换与文艺学“构语”

“构语”概念是相对“失语”概念而提出的，它不同于“失语”的话语缺失或无言以对，它强调话语在运用中的创建或创构，尽管在创构过程中也难免出现语塞的尴尬，但这不是“失语”。

中国文艺学的“失语症”近两年来成为不少文艺学界学者的自我定论，大家从不同角度谈及“失语症”，几十年来文艺学界絮絮叨叨地讲了成车成船的话，连篇累牍地推出了成百成千的论著，可是回味一下，传统文艺学的一些基本话题被舍弃了，当代文艺学的基本话题有不少偏离了正题，导致文艺学自主性的失落，而大家反复谈及并乐此不疲的又主要是些西方文艺学的话题。由话题想到谈论话题所用的话语，由此就引出一个热门话题，关于话语的话题，即中国文艺学的“失语症”。

“中国现当代文坛，为什么没有自己的理论，没有自己的声音？其基本原因在于我们患上了严重的失语症。我们根本没有一套自己的文论话语，一套自己特有的表达、沟通、解读的学术规则。”[13]曹顺庆的这段话可看作“失语症”的代表性诊断。

话语，不只是说话，更是说自己的话，是用自己的方式或语言说自己的话。从这样的意义理解本世纪的中国文论或文艺学，恐怕“失语症”的诊断就大有商量。就本世纪的前两次转换而言，第一次“启蒙”“救亡”的功能转换，要解决的是“启蒙”“救亡”的时代课题，这一课题的要点便是走出重复了2000年的传统之路，在没有路的地方开拓一条振兴民族的新路。尽管在后来，在“启蒙”与“救亡”的压力不再是现实时代性的而仅体现为一种历史阶段性特征时，人们发现走出传统无异于自断其根，开拓新路不可能割断旧路，哲学地说这只是传统的扬弃而绝非抛弃，但作为文艺学的第一次转换，它还是发出了时代的呼喊。这呼喊是唯有中国才能在当时发出的声音，解决的是当时中国的课题，至于这呼喊所用的话语，可以说是传统话语与西方话语所融合而成的“杂语”。

以王国维的《人间词话》而论，它虽然不是第一次转换的产物，却是第一次转换的前启与自觉，其间的“杂语”特点就非常突出。如王国维说：“境非独谓景物也，喜怒哀乐，亦人心中之一境界。故能写真景物、真情感者，谓之有境界。否则谓之无境界。”这里，景为情用，情因景发，话语的传统味不难品出。接着，他又说：“大家之作，其言情也，必沁人心脾，其写景也，必豁人耳目。”这就把叔本华的物我分立、物质世界以我之表象为根据的哲学话语糅了进来。在叔本华，世界由两个半面构成，一半是主体，一半是客体，二者“存则共存，亡则俱亡，双方又互为限界，客体的起处便是主体的止处”[14]。王国维的“写景”与“言情”的两分式表述，以及他进一步由此引申出的“客观之诗人”与“主观之诗人”之说，便是西式话语的套用。

其实，对中国文艺学的话语而言，也就是中西之分，非中即西或即中即西。第一次转换的“启蒙”特征规定了中国当时的文艺学话语不可能全然运用传统话语，传统话语难于进行非传统的启蒙，借西方话语进行非传统启蒙是不得已而为之的选择，又由于它是向传统启蒙，要向传统述说，它又离不开传统话语，否则就无所谓话语启蒙。所以，当时的“杂语”就正是文艺学的时代话语，它只能如此去说自己的时代的话。这不是“失语”。

至于第二次转换，那些在那个时代为大家所司空见惯的文艺学政治化话语，如

“社会主义内容与民族形式”“文艺的阶级性与时代性”“文艺的革命作用与战斗作用”“创作方法与无产阶级世界观”“‘两结合’的创作方法”等，尽管这些话语不少是取于苏联文艺学体系，但也大都被作了中国文艺学的“同化”，成为确实发挥着文艺学功能、为当时所不能不说也不能不如是说的话语，这也是唯有彼时的中国文艺学才能说出的话语，是“我们自己的话语”。这也不能算是“失语”。

眼下的第三次转换，这是文艺学的“自主”转换，文艺学要改变先前的工具地位而成为自己学科领地的主体。这时，前两次转换的工具性话语自然难于适用，为前两次转换所用的西式话语也自然难于适用，大家都处于寻找与确定文艺学主体话语的奔忙中。应该说，这种主体话语的确定工作在第三次转换的前启阶段即70年代末80年代初便已进行，而且也正是这一确定工作的进行，构成第三次转换的重要标志。不过，眼下正在进行的这一主体话语的确定过程乃是文艺学的“构语”过程，是已成为文艺学重要理论课题与实践课题的“构语”过程，大家同感于既有话语的贫乏，因此形成新话语的期待与创构。“构语”不是“失语”，“构语”是发展，“失语”是病症，二者不能混为一谈。而且从以上分析，也难以得出中国文艺学患了“失语症”的结论。

“失语”与否，不仅是个提法问题，这直接关涉中国文艺学在第三次转换中的发展，从根本上说，这是如何确立中国文艺学自主位置问题。究“失语症”误诊的原因，似乎有如下几点：

（一）话语主位的偏移

中国文艺学在中国文艺学界据有主位，这是中国文艺学确立自主性或主体性的首要条件。它首先是自主的存在与发展，第三次转换的要点正在于此。即便研究国外文艺理论与文艺现象，也要拿出中国文艺学的理解与阐释。文艺理论的民族性是客观存在的，它的理解角度、思维方式、实践探究、论证形式、理论承继等，都离不开它的民族文化母体，都受民族文化母体规约。恩格斯在论述从康德到黑格尔的德国哲学革命时，就特别强调了德国本身的规定性：“在法国发生政治革命的同时，德国发生了哲学革命。这革命是由康德开始的。……费希特和谢林开始了哲学的改革工作，黑格尔完成了新的体系。……德国从康德到黑格尔的发展是连贯的、合乎逻辑的、必然的。”[15]欧洲各国间各方面的密切联系与互融是传统性的，但这也不能改变其各国理论的各国自身限定。封闭得多的中国古代理论的民族规定就更具有自身性了。这奠定着理论也包括文艺理论发展的重要前提。定性即国家的、民族的定性。在各国理论界，理论的国家或民族的自身性都是必然的，由此决定着各国理论在其本国自身都占据主位。德国的理论、法国的理论、俄国的理论、美国的理论，尽管共同地构成着世界理论，但它们首先是各国的理论，具有其各国的自身性。

中国文艺学在中国文艺学界的主位体现为它总要解决自己的问题，发表自己的见解，说自己的话。而其他各国的文艺学不论何等博大精深，也只能居于客位，即所谓他山之石，可以攻玉。这也就是所谓体用关系。近年来学术的世界性经常被谈及，这种世界眼光并不错，但问题是学术的世界性首先来于学术的本国自身性，而这一点却被一些研究者忽略了。“失语症”的误诊正来于这种学术主位的忽略。似乎说自己的话不算是说话，借用别人的话说自己的话也不算是说话，也似乎我们的话不被别人接受同样不算是说话。于是别人占了主位，我们自己就只能“失语”了。所以，我很赞成季羡林先生的说法：“一谈到中国文学，我认为，患‘失语症’的不是我们中国文论，而正是西方文论。我们中国文论家必须改弦更张，先彻底摆脱西方文论的枷锁，回归自我……”[16]

（二）话语功能的错序

话语功能对内是组织思想，对外是表述思想。组织思想，使话语成为思想本身；表述思想，使话语成为思想的形式或符号。人们用话语说话，用话语作文；话是被说，文是被作。这是说什么与如何说的问题，作什么文与如何作的问题。

组织思想，是思想经话语而在思维中呈现或跃出。思想与话语在这里是相互作用的关系，当然，未经话语组织的思想还不能算是思想，这只是思想的先在，即组成思想的各种可以进入思维过程的思想资料、资料的理解，先在的思维方式、话语方式等。这些又共同为确定的思想课题所调用，形成确定的思维指向。现象学称此为意向性。

资料理解、思维方式、思想课题，这是思想经话语而组织、而呈现或跃出的先在。对于这些先在，话语是被用。话语不能自己说话，它总是话语者的话语，它被话语者所用。被用是话语组织思想的首要功能。话语的被用，亦即话语被上述先在从语言中选择与组织出来。思想先在的选择与组织不是话语主体个人随意性的，尽管这看上去很像是随意性操作，但它却受着深层限定。思想先在的资料获取、资料理解、思维方式、话语方式以及思想课题的形成与提出，都受制于一定的主体心理结构。这主体心理结构按照认知心理学的理解，乃是社会经验的产物。而社会经验与语言又是一体的，语言经验化或经验语言化，这是社会经验的基本社会形态与心理形态。这里深隐着社会经验的共性结构亦即语言结构。语言结构先于经验个体或思维个体而在，个体形成于社会经验的心理结构不过是先在的语言结构的分承或个性化。规定着话语被用的思想先在便是这种先在于思维主体的语言结构在起作用。是语言结构经由话语者及话语者思想课题而组织话语。即是说语言结构是先在的，语言结构对于话语被用的规定也是先在的。话语主体不过是在语言结构的先在规定下组织话语，形成思想。对此，结构主义文论大师罗兰·巴尔特说的十分明确："说话，或更严格些说发出话语，这并非像人们经常强调的那样是去交流，而是使人屈服：全部语言结构是一种普遍化的支配力量。"[17]

语言结构是文化的产物，也是文化本身。而文化又以民族性与历史性为其基本属性和基本形态，进而才有不同的文化变体、文化的时代特征。所以话语被用的语言结构具有民族文化的差异，话语的组织与创构也只能在民族文化的语言结构中进行。话语首要功能亦即被用功能的探究应该立足于此。

"失语症"的诊断恰恰没有给予话语首要功能的立足点以应有的注意。这一诊断是把话语的交流功能、对话功能，而且是把与国外文艺学的交流功能、对话功能强调为首位性根据。这种强调的要点在于我们无法与西方文艺学对话，离开西方文艺学话语我们就没有可以对话的话。其实，与西方文艺学对话和用西方文艺学话语与西方文艺学对话，对于中国文艺学话语而言只涉及它的非首要功能。就话语的首要功能即中国既有语言结构的文艺学话语组织功能而言，它是一直在发挥作用的。在本世纪的文艺学转换中，思想总是被及时地组织为话语，话语也总是被及时地转化为思想。中国文艺学始终在说着历史要求它说的话，时代要求它说的话，它说出了自己的思想理论，它并未"失语"。不能因为我们从今天的角度看到了它当年所表述的思想理论的历史局限，就指认这是"失语"。新陈代谢，超越局限，代代如此，这是话语的不间断性，也是话语组织的首要功能的历史与时代的体现。

（三）话语根基的疏忘

前面已经谈到，话语是有根基的。这根基便是它所由生出的民族文化。中国文艺学话语的根基在于中国民族文化。中国民族文化形成于这一文化圈中的所有话语者必须遵从的语言结构。中国民族文化或语言结构像其他民族文化或语言结构一样，既是历史的又是时代的。历史总是经由时代而说话，说话的时代话语是历史的语言结构的时代组织，时代的推移使曾经说过的时代话语转入历史，从而也就对曾经组织过这些话语的语言结构发生结构学的作用，使之有新的建构，并进而去组织新时代的话语。

中国民族文化或语言结构是中国文艺学的话语根基，本世纪中国文艺学的三次转换，都在这一根基上进行，是基于这根基的转换。“失语症”诊断者告诫我们不能搞文化虚无主义。其实，中国文艺学经历百年的三次转换本身也就是文化发展过程，现实地说，也就已经转化为文化史，已经成为眼下正进行着的第三次转换包括话语转换的文化根基。我们同样不能对之持文化虚无的态度，视之为没有理论，视之为“失语”。

还是那句话，中国文艺学百年中三次转换，尽管是非常态的转换，但它所讲乃是时代要求它讲的话，这也是历史规定它该讲的话。它并未“失语”。至于新的话语创构，当然十分必要，只是我们要时时注意把上述这些前提实现在中国文艺学的“构语”之中。

注释：

① 郎损：《社会背景与创作》，《小说月报》1921年7月第12卷第7号。

② 成仿吾：《新文学之使命》，《创造周报》1923年5月第2号。

③ 郭沫若：《我们的文学新运动》，《创造周报》1923年5月第3号。

④ 布瓦罗：《论诗艺》，转引自朱光潜《西方美学史》上卷，人民文学出版社1979年版，第187页。

⑤ 马克思：《致斐迪南·拉萨尔》，载《马克思恩格斯全集》第29卷，人民出版社版，第574页。

⑥ 恩格斯：《致斐迪南·拉萨尔》，载《马克思恩格斯全集》第29卷，第585页。

⑦ 参见拙著《中国古代艺术的文化学阐释》，辽宁人民出版社1998年版。

⑧《吕氏春秋·重己》。

⑨ 王阳明：《答顾东桥书》。

⑩ 梁道礼：《回顾与前瞻——古代文论现代转换中应该注意的问题以及可以选择的方向》，载钱中文、杜书瀛、畅广元主编《中国古代文论的现代转换》，陕西师范大学出版社1997年版，第56页。

⑪ 杜书瀛：《世纪之交：文艺理论从哪里突破》，载钱中文、李衍柱主编《文学理论：面向新世纪》，山东人民出版社1997年版，第115页。

⑫ 季羡林：《门外中外文论絮语》，载《中国古代文论的现代转换》，第11页。

⑬ 曹顺庆：《中外比较文论研究的基本目标与重建中国文论话语》，载《中国古代文论的现代转换》，第317页。

⑭ 叔本华：《作为意志和表象的世界》，石冲白译，杨一之校，商务印书馆1986年版，第29页。

⑮ 恩格斯：《大陆上社会改革运动的发展》，载《马克思恩格斯全集》第1卷，人民出版社版，第588—589页。

⑯ 季羡林：《门外中外文论絮语》，载《中国古代文论的现代转换》，第6页。

⑰ 罗兰·巴尔特：《符号学原理》，李幼蒸译，生活·读书·新知三联书店1988年版，第5页。

（1999年第2期）

我的学术总结

季羡林

我本来还想继续写下去的，一直把《学术回忆录》写到今天。但是，事与愿违，近半年来，屡次闹病，先是耳朵，后是眼睛，最后是牙，至今未息。耄耋之人，闹点不致命的小病，本来是人生常事，我向不惊慌。但却不能不影响我的写作，进度被拖了下来，不能如期完成。“期”者，指敏泽先生给我定下的期限：1997 年年底。其他诸位写同样题目的老先生，据说都有成稿，至少都有“成竹”，只有我另起炉灶。我不愿拖大家的后腿，偏偏运交华盖，考虑再三，只好先写到 1993 年了。

另外还有一个原因。我性与人殊，越是年纪大，脑筋好像越好用，于是笔耕也就越勤。有一位著名作家写文章说，季羡林写文章比他读的还快。这当然有点溢美地夸大。实际上，他读到的所谓“文章”都是我的余兴，真正用力最勤的《学术回忆录》，除了我自己以外，世界上还没有第二人读到。我不是在这里“老王卖瓜”，我只想说明，从 1993 年到 1997 年这四年中我用中外文写成的专著、论文、杂文、序、抒情散文等等，其量颇为可观，至少超过过去的十年或更长的时间。

总之，我不过想说明，无论从身体状况上来看，还是从写作难度上来看，甚至从时间限制上来看，我只能暂时写到眼前的程度，暂时写到 1993 年，剩下的几年，只有俟诸异日了。

说句老实话，我从来压根儿没有想到写什么《学术回忆录》。但是，敏泽先生一提出他的建议，我立即一惊，惊他的卓见。继则一喜，喜他垂青于我。我不敢用“实获我心”一类的说法，因为在我心里原本是茫然，懵然，没有想到这一点，最后是“一拍即合”，没有费吹灰之力，立即答应下来。

我一生都在教育界和学术界里“混”。这是通俗的说法。用文雅而又不免过于现实的说法，则是“谋生”。这也并不是一条平坦的阳关大道，有“山重水复疑无路”，也有“柳暗花明又一村”。回忆过去六十年的学术生涯，不能说没有一点经验和教训。迷惑与信心并举，勤奋与机遇同存。把这些东西写了出来，对有志于学的青年们，估计不会没有用处的。这就是“一拍即合”的根本原因。

紧跟着来的就是“怎样写”的问题。对过去六十年学术生涯的回忆，像一团纠缠在一起的蜘蛛网，把我的脑袋塞得满满的，一时间很难清理出一个头绪来。最简单易行的办法就是，根据自己现在回忆所及，把过去走过的学术道路粗线条地回顾一下，整理出几条纲来，略加申述，即可交卷。这样做并不难，我虽已至望九之年，但脑筋还是“难得糊涂”的。回忆时决不会阴差阳错，张冠李戴。但是，我又感到，这样潦草从事，对不起过去六十年的酸甜苦辣。于是决意放弃这个想法。

经过了反复思考，我终于想出了现在的办法。这样做，确实很费精力。自己写过的许多文章，有的忘得一干二净，视若路人。我在这里不能不由衷地感谢李铮、令恪、钱文忠等先生细致详尽地编纂了我的著译目录。特别是李铮先生，他几十年如一日，细心整理我的译著。没有这几位朋友的帮助，我这一部《学术回忆录》是无论如何也写不出来的。

我现在就根据他们提供的目录，联系我自己的回忆，把我过去六十年所走过的道路描画出几条轨迹来，也把本书之所以这样写的理由写了出来。下面分项加以解释。

一、本书的写法

关于本书的写法，经过考虑，我采用了以著作为纲的写法。因为，不管在不同时期自己想法怎样，自己的研究重点怎样，重点是怎样转移的，以及其他许许多多的问题，最终必然都表现在自己写的文章上。只要抓住文章这一条纲，则提纲而挈领，纲举而目张，其他问题皆可迎刃而解了。

二、我的学术研究的特点

特点只有一个字，这就是：杂。我认为，对“杂”或者“杂家”应该有一个细致的分析，不能笼统一概而论。从宏观上来看，有两种“杂”：一种是杂中有重点，一种是没有重点，一路杂下去，最终杂不出任何成果来。

先谈第一种。纵观中外几千年的学术史，在学问家中，真正杂而精的人极少。这种人往往出在学艺昌明繁荣的时期，比如古希腊的亚里士多德、文艺复兴时期的达·芬奇，以及后来德国古典哲学家中几个大哲学家。他们是门门通，门门精。藐予小子，焉敢同这些巨人相比，除非是我发了疯，神经不正常。我自己是杂而不精，门门通，门门松。所可以聊以自慰者只是，我在杂中还有几点重点。所谓重点，就是我毕生倾全力以赴、锲而不舍地研究的课题。我在研究这些课题之余，为了换一换脑筋，涉猎一些重点课题以外的领域。间有所获，也写成了文章。

中国学术传统有所谓“由博返约”的说法。我觉得，这一个“博”与“约”是只限制在同一研究范围以内的。“博”指的是在同一研究领域内把基础打得宽广一点，而且是越宽广越好。然后再在这个宽广的基础上集中精力，专门研究一个或几个课题。由于眼界开阔，研究的深度就能随之而来。我个人的研究同这个有点类似之处，但是我并不限制在同一领域内。所以我不能属于由博返约派。有人用金字塔来表示博与约的关系。笼统地说，我没有这样的金字塔，只在我研究的重点领域中略有相似之处而已。

三、我的研究范围

既然讲到杂，就必须指出究竟杂到什么程度，否则头绪纷繁，怎一个“杂”了得！

根据我自己还有一些朋友的归纳统计，我的学术研究涉及的范围约有以下几项：

1. 印度古代语言，特别是佛教梵文
2. 吐火罗文
3. 印度古代文学
4. 印度佛教史
5. 中国佛教史
6. 中亚佛教史
7. 糖史
8. 中印文化交流史
9. 中外文化交流史
10. 中西文化之差异和共性

11. 美学和中国古代文艺理论
12. 德国及西方文学
13. 比较文学及民间文学
14. 散文及杂文创作

这个分类只是一个大概的情况。

四、学术研究发展的轨迹——由考证到兼顾义理

清儒分学问为三门：义理、辞章、考据。最理想的是三者集于一人之身，但这很难。桐城派虽然如此主张，但是，他们真正的成就多半在辞章一门，其他两门是谈不上的。就我个人而言，也许是由于天性的缘故，我最不喜欢义理，用现在的说法或者可以称为哲学。哲学家讲的道理恍兮惚兮，以我愚钝，看不出其中有什么象。哲学家公说公有理，婆说婆有理，天底下没有哪两个哲学家的学说是完全一样的。我喜欢实打实、摸得着、看得见的东西。这是我的禀赋所决定的，难以改变。所以，我在三门学问中最喜爱考证，亦称考据。考据，严格说来，只能算是一个研究方法，其精髓就是：无证不信，"拿证据来"，不容你胡思乱想，毫无根据。在中国学术史上，考据大盛于清朝乾嘉时代，当时大师辈出，使我们读懂了以前无法读的古书，这是它最大的贡献。

在德国，实证主义的研究方法，其精神与中国考据并无二致，其目的在拿出证据，追求真实——我故意不用"真理"二字，然后在确凿可靠的证据的基础上，抽绎出实事求是的结论。德国学术以其"彻底性"（Gründlichkeit）蜚声世界。这与他们的民族性不无联系。

至于我自己，由于我所走过的学术道路和师承关系，又由于我在上面讲到的个人禀性的缘故，我在学术探讨中在潜移默化中受到了中德两方面的影响。在中国，我的老师陈寅恪先生和汤用彤先生都是考据名手。在德国，我的老师 Prof. Sieg 和 Prof. Waldschmidt 和后者的老师 Prof. H. Lüders，也都是考证巨匠。因此，如果把话说得夸大一点的话，我承受了中德两方面的衣钵。即使我再狂妄，我也不敢说，这衣钵我承受得很好。在我眼中，以上这几位大师依然是高山仰止，景行行止。我一生小心翼翼地跟在他们后面行走。

可是，也真出乎我自己的意料，到了晚年，“老年忽发少年狂”，我竟对义理产生了兴趣，发表了许多有关义理的怪论。个中因由，我自己也尚不能解释清楚。

五、我的义理

我在我一生所写的许多文章中都讲到我不喜欢义理，不擅长义理。但是，我喜欢胡思乱想，而且我还有一些怪想法。我觉得，一个真正的某一门学问的专家，对他这一门学问钻得太深，钻得太透，或者也可以说，钻得过深，钻得过透，想问题反而缩手缩脚，临深履薄，战战兢兢，有如一个细菌学家，在他眼中，到处是细菌，反而这也不敢吃，那也不敢喝，窘态可掬。一个外行人，或者半外行人，宛如初生的犊子不怕虎，他往往能看到真正专家、真正内行所看不到或者说不敢看到的东西。我对于义理之学就是一个初生的犊子。我决不敢说，我看到的想到的东西都是正确的，但是，我却相信，我的意思是一些专家绝对不敢想更不敢说的。从人类文化发展史来看，如果没有绝少数不肯受钳制、不肯走老路、不肯固步自封的初生犊子敢于发石破天惊的议论的话，则人类进步必将缓慢得多。当然，我们也必须注意常人所说的“真理与谬误之间只差毫厘”“真理过一分就是谬误”。一个敢思考敢说话的人，说对了了不得，说错了不得了。因此，我们决不能任意胡说八道。如果心怀哗众取宠之意故作新奇可怪之论，连自己都不信，怎么能让别人相信呢？我幸而还没有染上这种恶习。

总之，我近几年来发了不少“怪论”，我自己是深信不疑的，别人信不信由他，我不企图强加于人。我的怪论中最重要的是谈中西文化同异问题的。经过多年的观察与思考，我处处发现中西文化是不同的。我的基本论点是东西方思维模式不同：东综合而西分析。这种不同的思维模式表现在许多方面。举其荦荦大者，比如在处理人与大自然的关系问题上，西方对自然分析再分析，征服再征服。东方则主张“天人合一”，用张载的话来说就是：“民，吾同胞；物，吾与也。”结果是由西方文化产生出来科学技术，在辉煌了二三百年，主宰了世界，为人类谋了很大的福利之后，到了今天，其弊端日益暴露，比如大气污染、臭氧层出洞、环境污染、淡水资源匮乏、生态平衡破坏、新疾病层出不穷，如此等等，哪一个问题不解决都能影响人类生存的前途。这些弊端将近 200 年前英国浪漫诗人雪莱就曾预言过，如今不幸而言中。这些东西难道能同西方科技的发展分得开吗？

令人吃惊的是，到了今天，竟还有少数学者，怀抱“科学”的上方宝剑，时不时祭起了“科学”的法宝，说我的说法不“科学”，没有经过“科学”的分析。另外还有个别学者，张口“这是科学”，闭口“这是科学”，来反对中国的气功，甚至中国的医学，针灸、拔罐子等等传统医疗方法。把气功说得太神，我也无法接受。但是实践是检验真理的唯一标准，经过国内外多年的临床应用，证明这些方法确实有效，竟还有人视而不见，听而不闻，死抱住“科学”不放，岂不令人骇异吗？

其实，这些人的“科学”，不过是西方的主要在近代发展起来的科学。五四运动时，中国所要求的“赛先生”者就是。现在事实已经证明了，这位“赛先生”确实获得了一部分成功，获得了一些真理，这是不能否认的。但是，通向真理的道路，并不限于这一条。东方的道路也同样能通向真理。这一个事实，刚才露出了端倪，还没有被广大群众所接受，至于后事如何，21世纪便可见分晓。

六、一些具体的想法

同我在上一节谈到的“我的义理”有一些联系的是我的一些具体的想法，我希望这些想法能变为事实。

我在下面把我目前所想到的一些具体的问题和想法加以简略的介绍：

（一）关于汉语语法的研究

世界语言种类繁多，至今好像还没有一个为大家所公认的“科学”的分类法。不过，无论如何，汉语同西方印欧语系的语言是截然不同的两类语言，这是无论谁也无法否认的事实。然而，在我们国内，甚至在国外，对汉语的研究，在好多方面，则与对印欧语系的研究无大差异。始作俑者恐怕是马建忠的《马氏文通》。这一部书开创之功不可没，但没能分清汉语和西方语言的根本不同，这也是无法否认的。汉语只有单字，没有字母，没有任何形态变化，词性也难以确定，有时难免显得有点模糊。在五四运动期间和以后一段时期内，有人就想进行改革，不是文字改革，而是语言改革，鲁迅就是其中之一，胡适也可以算一个。到了现在，“语言改革”的口号没有人再提了。但是研究汉语的专家们的那一套分析汉语语法的方式，我总认为是受了研究西方有形态变化的语言的方法的影响。我个人认为，这一条路最终是会走不通的。

汉语有时显得有点模糊，但是，妙就妙在模糊上。试问世界上万事万物百分之百地彻底地绝对地清楚的有没有？西方新兴科学“模糊学”的出现，给世界学人，不管是人文社会科学家，还是自然科学和技术科学家，一个观察世间错综复杂的现象的新的视角。这对世界文化的进步与发展是大有裨益的。

因此，我建议，汉语语法的研究必须另起炉灶，改弦更张。

（二）中国通史必须重写

从历史上一直到现在，在世界民族之林中，最重视历史的民族是中华民族。从三皇五帝一直到今天的中华人民共和国，在长达几千年的时期内，我们都有连续不断的历史的文字纪录，而且还不止有一种，最著名的是“二十四史”，这是举世闻名的。我们每一个朝代都有断代史。正史之外，还有杂史。至于通史这种体裁，古代我们也有，司马迁的《史记》、司马光的《资治通鉴》都有通史的性质。我们决不敢说，这些史籍中所记录的全是事实，那是根本不可能的。但是，中华民族是一个颇为实事求是的，没有多少想入非非的不着边际的幻想的民族，却也是大家所公认的。

近代以来，一些学者颇写了一些《中国通史》之类的著作。根据丰富的历史资料，而观点则见仁见智，各不相同。这是很自然的事。这些书不同程度地受到了读者的欢迎。中华人民共和国成立以后，大事提倡学习马克思主义。这事情本身应该说是一件好事。可惜的是，我们学习的马克思主义是苏联版的，带有斯大林的印记。在“一边倒”的影响下，我们的人文社会科学的研究，其中当然包括历史研究，都受到了感染。专以中国通史而论，历史分期问题议论蜂起，异说纷纭，仅“封建社会起源于何时”这一个问题，就争论不休，意见差距超过千年，至今也没有大家比较公认的意见，只好不了了之。我真怀疑，这样的争论究竟有什么意义。再如农民革命战争问题。史学家们窥伺上意，纷纷赞颂不休，说什么农民战争是推动社会前进的动力。真是这样子吗？历史事实证明，农民战争即使是胜利了，也不过是以暴易暴，哪里谈到什么推动社会前进。如果不胜利，则不过破坏生产，破坏经济，使生民涂炭而已。假如一定要说它有进步意义，则只有肯定翦伯赞的“让步政策”的主张。唐太宗说得再清楚不过了：“民能载舟，亦能覆舟。”可是这个主张被认作“修正主义”，议论者谈虎色变。再如一些书对佛教的谩骂，语无伦次，连起码的常识和逻辑都不讲。鲁迅说，谩骂不是战斗。它决不能打倒佛教，更谈不到消灭。这样的例子，我还可以举出一些来，现在先到此为止吧。

在这样“极左”思想的指导下，颇写出了几本当时极为流行的《中国通史》，大中小学生学习的就是这样的历史。不管作者学问多么大，名气多么高，在死守教条的基础上，在迎合上意的前提下，写出来的决不会是好书，有时是违反作者本意的产品。有人称之为“以论代史”，而不是“以论带史”。关键在于一个“论”字。这是什么样的“论”呢？我在上面已经指出来过，这是带有苏联印记的“论”，而不是纯正的马克思主义的“论”。历史研究，贵在求真，决不容许歪曲历史事实，削足适履，以求得适合他们的“论”。

另外还有一些情况，我们必须注意。一个是中国历史长短的问题，一个是中国文化发源地广袤的问题。关于第一个问题，我们过去写通史，觉得最有把握的是，最早只写到商代，约公元前 17 世纪至 11 世纪，在《古史辨》派眼中，夏禹还只是一条虫，遑论唐虞，更谈不到三皇五帝。这样我们的历史只有 3000 多年，较之埃及、巴比伦，甚至印度，瞠乎后矣。硬说是五千年文明古国，不是硬吹牛吗？然而，近年来，由于考古工作的飞速进步，夏代的存在已经完全可以肯定，也给禹平了反，还他以人形。即以文字发展而论，被称为最古的文字的甲骨文已经相当成熟，其背后还必有一段相当长的发展的历史。我们相信，随着考古发掘工作进一步的发展，中国的历史必将更会向前推断，换句话说，必将会更长。

至于中国文化发源地的广袤问题，过去一般的意见是在黄河流域。现在考古发掘工作告诉我们，长江流域的文化发展决不可轻视。有的人甚至主张，长江早于黄河。不管怎样，长江流域也是中国文化发源地之一。这只要看一看《楚辞》便可明白。没有一个比较长期的文化积淀，《楚辞》这样水平高的文章是产生不出来的。长江流域以外，考古工作者还在南方许多地区发现了一些文化遗址。这一切都说明，过去只看到黄河流域一个地方，是不够的。今天我们再写历史，决不能再走这一条老路。

因此，我主张，《中国通史》必须重写。

（三）中国文学史必须重写

在 20 世纪以前，尽管我们的正史和杂史上关于中国文学的记载连篇累牍，可是专门的中国文学史却是没有的。有之，是自本世纪初期始，可能受了点外来的影响。在中华人民共和国成立前的几十年中，颇出了一些《中国文学史》，书名可能有一些不同，但内容却是基本上一样的，水平当然也参差不齐。连《中国文学批评史》也出了几种。

中华人民共和国成立以后，四五十年来，更出了不少的文学史，直到今日，此风未息。应该说，对学术界来说，这都是极好的事情，它说明了我国学术界的繁荣昌盛。

但是，正如可以预料的那样，同上面讲到的《中国通史》一样，《中国文学史》的纂写也受到了“极左”思潮的影响。中国的“极左”思潮一向是同教条主义、僵化、简单化分不开的。在“一边倒”的指导方针下，我们中国的文学史和文艺理论研究，也唯苏联马首是瞻。50年代，我们聘请了一些苏联文艺理论专家来华讲学。他们带来的当然是贴着马克思主义标签的那一套苏联教条，我们却奉为金科玉律，连腹诽都不敢。苏联一个权威讲的一部哲学史就是唯物主义与唯心主义斗争的历史，把极端复杂、花样繁多，然而却又是生动活泼的哲学史上哲学家的学说，一下子化为僵死、呆板、极端简单化了的教条。可在一段相当长的时期内，这就是我们研究中国文学史以及中国历史上文艺理论的唯一的指针。在这样的重压下，文学史和文艺理论的研究焉能生动活泼、繁荣昌盛呢？

在外来的重压之外，还有我们自己土产的同样贴上了马克思主义标签的重压。权威人士说，文学作品有两个标准：政治标准和艺术标准。政治标准内涵极丰，其中有“人民性”一种东西。什么叫“人民性”呢？一看就明白，一追问就糊涂。对一些人来说，它是恍兮惚兮，其中无象，只可意会，不能言传。于是一些文学史家就在“人民”二字上下工夫。遍搜古籍，如果侥幸能找到“人民”——不管这两个字古今是否同义——或与“人民”相近的字眼，就如金榜题名，洞房花烛一般，狂喜不已。这样怎能写出好的文学史来呢？

另一个标准叫作“艺术性”，这个标准比较具体，比较平易近人，理解起来比较容易。但是，既然它被搁置在第二的位置上，也就是次要的位置上，又因为第一条政治标准被强调得天一般高，这个老二根本不能与老大平起平坐。于是一般的中国文学史家，为了趋吉避凶，息事宁人，就拼命在第一条标准上作文章，而忽视了这个第二条艺术性标准。翻看近四五十年来所出版的几部部头比较大、影响比较大的《中国文学史》或者有类似名称的书，我们不难发现，论述一个作家作品的政治性或思想性时，往往不惜工本，连篇累牍地侃侃而谈，主要是根据政治教条，包括从苏联贩来的洋教条在内，论述这位作家的思想性，有时候难免牵强附会，削足适履。而一旦谈到艺术性，则缩手缩脚，甚至噤若寒蝉，潦潦草草，敷敷衍衍，写上几句着三不着两的话，好像是在应付差事，不得不写。

根据我个人的浅见，衡量一部文学作品的标准，艺术性应该放到第一位，因为艺术性是文学作品的灵魂。如果缺乏艺术性，思想性即使再高，也毫无用处，这样的作品决不会为读者所接受。有一些文学作品，思想性十分模糊，但艺术性极高，照样会成为名作而流传千古，李义山的许多无题诗就属于这一类。可惜的是，正如我在上面说过的那样，近几十年来几乎所有的文学史，都忽视了作品艺术性的分析。连李白和杜甫这样伟大的诗人，文学史的作者对他们的艺术风格的差异也只能潦草地说上几句话，很少言之有物切中肯綮的分析，遑论其他诗人。

这样的文学史是不行的。因此，我主张，中国文学史必须改写。

（四）美学研究的根本转型

在中国古代，美学思想是丰富多彩的，但比较分散，没有形成体系。“美学”这一门学问，在某种意义上来看，可以说是一个“舶来品”，受到了西方影响之后才成立的。这一个事实恐怕是大家所公认的。中华人民共和国成立以后，有一段时期，美学浸浸乎成了显学，出了不少人才，出了不少的书，还形成了一些学派，互相争辩，有时候还相当激烈。争论的问题当然很多，但是主要集中在美的性质这个问题上：美是主观的呢，还是客观的？抑或是主客观相结合的？跟着西方学者后面走，拾人牙慧，不敢越雷池一步，结果走进了死胡同，走进了误区。

何以言之？按西方语言，“美学”这个词的词源与人的感官（sense-organ）有关。人的感官一般说有五个，即眼、耳、鼻、舌、身。中国和印度等国都是这样说。可是西方美学家却只讲两官，即眼与耳。美术绘画雕塑建筑风格等属于前者，音乐属于后者。这种说法实际上已可归入常识。

可是，中国美学家忘记了，中国的“美”同西方不一样。从词源学上来讲，《说文》：“美，羊大也。”羊大了肉好吃，就称之为“美”。这既不属于眼，也不属于耳，而是属于舌头，加上一点鼻子，鼻子能嗅到香味。我们现在口头上时时都在讲“美酒”“美味佳肴”等等，还有“美食城”这样的饭店。这些在西方都不能用“美”字来表述。西方的“美”不包括舌头和鼻子。只要稍稍想一想，就能够明白：中国学者讲美学，而不讲中国的“美”，岂非咄咄怪事！我说，这是让西方学者带进了误区。

现在，中国已经有了一些美学家谈论美学转型的问题。我认为，这谈得好，谈得及时。可惜这些学者只想小小地转一下型，并没有想到彻底走出误区，没有想到我在上面提到的那一些带根本性的问题。

我从30年代起就陆续读过一些美学的书，对美学我不能说是一个完全的外行。但是浅尝辄止，也说不上是一个真正的内行，只能说是一个半瓶醋。常识告诉我们，只有半瓶醋才能晃荡出声。我就是以这样的身份提出了一个主张：美学必须彻底转型，决不能小打小闹，修修补补，而必须大破大立，另起炉灶。

（五）文艺理论在国际上“失语”问题

近七八十年以来，在世界范围内，文艺理论时有变化，新学说不时兴起。有的延续时间长一点，有的简直是“蟪蛄不知春秋”，就为更新的理论所取代。我常套用赵瓯北的诗句，改为“江山年有才人出，各领风骚数十天”。可是，令人奇怪的是，在这国际文艺理论论坛上喧嚣闹嚷声中，独独缺少中国的声音，有人就形象地说，中国患了“失语症”。

难道我们中国真正没有话可说吗？难道国际文艺理论的讲坛上这些时生时灭的“理论”就真正高不可攀吗？难道我们中国的研究文艺理论的学者就真正蠢到噤若寒蝉吗？非也，非也。我个人认为，其中原因很多，但是最主要的原因之一是，我们有一些学者过多地屈服于“贾桂思想”，总觉得自己不行；同时又没有勇气，或者毋宁说是没有识见，回顾我们自己有悠久历史传统的、水平极高的旧的文艺理论宝库。我们传统的文艺理论，特别是所使用的“话语”，其基础是我在上面提到的综合的思维模式，与植根于分析的思维模式的西方文艺理论不同。我们面对艺术作品，包括绘画、书法、诗文等等，不像西方文艺理论家那样，把作品拿过来肌擘理分，割成小块块，然后用分析的“话语”把自己的意见表述出来。有的竟形成极端复杂的理论体系，看上去令人目眩神摇。

我们中国则截然不同。我们面对一件艺术品，或耳听一段音乐，并不像西方学者那样，手执解剖刀，把艺术品或音乐分析解剖得支离破碎，然后写成连篇累牍的文章，使用了不知多少抽象的名词，令读者如堕入五里雾中，最终也得不到要领。我们中国的文艺批评家或一般读者，读一部文学作品或一篇诗文，先反复玩味，含英咀华，把作品的真精神烂然映照于我们心中，最后用鲜明、生动而又凝练的语言表达出来。读者读了以后得到的也不是干瘪枯燥的义理，而是生动活泼的综合的印象。比方说，庾信的诗被综合评论为“清新”二字，鲍照的诗则是“俊逸”二字。杜甫的诗是“沉郁顿挫”，李白的诗是“飘逸豪放”。其余的诗人以此类推。对于书法的评论，我们使用的也是同一个办法，比如对书圣王羲之的书法，论之者评为“龙跳天门，虎卧凤阙”。多么具体凝练，又是多么鲜明生动！在古代，月旦人物，用的也是同样的方式，不赘述。

我闲常考虑一个问题：为什么在中国文学批评史上，除了《文心雕龙》《诗品》等少数专门著作之外，竟没有像西方那样有成套成套的专门谈文艺理论的著作？中国的文艺理论实际上是历史悠久、内容丰富，而又派别繁多、议论蜂起的。许多专家的理论往往见之于《诗话》中，不管什么“神韵说”“性灵说”“肌理说”“境界说”等等，都见之于《诗话》(《词话》）中，往往是简简单单的几句话，而内容却包罗无穷。试拿中国——中国以外，只有韩国有《诗话》——《诗话》同西方文艺理论的皇皇巨著一比，其间的差别立即可见。我在这里不作价值评判，不说哪高哪下，让读者自己去评议吧。

这话说远了，赶快收回，还是谈我们的“失语”。我们中国文艺理论并不是没有“语”，我们之所以在国际上失语，一部分原因是欧洲中心主义还在作祟，一部分是我们自己的腰板挺不直，被外国那一些五花八门的“理论”弄昏了头脑。我个人觉得，我们有悠久雄厚的基础，只要我们多一点自信，少一点自卑，我们是大有可为的。我们决不会再“失语”下去的。但是兹事体大，决不会是一蹴而就的事，我们必须付出艰苦的劳动，多思考，勤试验，在不薄西方爱东方的思想指导下，才能为世界文艺理论开辟一个新天地。任何掉以轻心的做法都是绝对有害的。

七、重视文化交流

对于文化产生的问题，我是一个文化产生多元论者。换句话说就是，文化不是世界上哪一个民族单独创造出来的。世界上民族众多，人口有多有少，历史有长有短，但是基本上都对人类文化有所贡献，虽然贡献大小不同，水平也参差不齐。而且，我认为，文化有一个特点：它一旦被创造出来，自然而然地就会通过人类的活动进行交流。因此，文化交流，无时不在，无地不在。它是推动人类社会前进的主要动力之一。

我对文化交流重要性的议论，在我的很多文章中和发言中都可以找到。我对中外交流的研究，其范围是相当广的，其时间是相当长的。我的重点当然是中印文化交流史，这与我的主要研究课题——印度古代的佛教梵语——有关。我的研究还旁及中国、波斯和其他一些国家的文化交流。就连我多年来兀兀穷年搞的貌似科技史之类的课题，其重点或者中心依然是文化交流史。

八、佛教梵语研究

我在德国十年学习期间，主要精力就用在学习梵文和巴利文上。Prof. Waldschmidt 给我的博士论文题目是研究佛教梵语的，有人也称之为“混合梵文”或“偈陀语言”。这是一种基本上是梵文但又搀杂了不少古代方言的文字。在小乘向大乘过渡的期间，或者在我称之为“原始大乘佛教”的期间，许多佛典都是用这种文字写成的。有的佛典原来是用纯粹方言写成的，随着“梵文的复兴”以及一些别的原因，佛典文字方言成分逐渐减少，而梵文成分则逐渐增多，于是就形成了所谓“佛教梵语”。在这些方言中，东部方言摩揭陀语占有很大的比重。于是，有的学者就推测，最初可能有用古代东部半摩揭陀方言纂成的“原始佛典”（Urkanon）。有人激烈反对这种说法，但是，依我之见，这种假设是合情合理的，反对者的花言巧语是一点也没有用处的，是徒劳的。

我研究这种语言有我独特的特点，我不仅仅是为了分析语法现象而分析，我有我的目的，我是尝试着通过语言现象来探寻一部经典的产生的时代和地区。根据我个人的经验，这是行之有效的办法，而且是证据确凿的，别人想否定也是不可能的。印度古代的众多方言，既云方言，必然具有地域性，而且这地域性表现得十分明显，阿育王在印度许多地方树立的石碑和石柱，上面的铭文明确无误地指明了方言的地域性，是最有价值的参照资料。

先师陈寅恪先生以国学大师，特别是考证大师，蜚声国内外士林。但是，明眼人都能在陈师著作的字里行间窥探出其中蕴含的义理。考证的目的在于求真求实，而真实乂是历史研究的精髓，对史料不做考证求实的工作而妄加引用，或歪曲原意，或削足适履，不管有意还是无意，都是不道德的行为，为真正有良心的学者所深恶痛绝。寅恪先生的义理，内容极为丰富，笼统言之，不外中国文化的本质、中国文化的衍变、中国文化的传承、文化与民族的关系等等，总之是离不开中国文化的。以我愚钝，窃不自量力，也想在自己的语言形态变化的踏踏实实的考证中寓一点义理，义理就是我在上面讲的佛教历史的演变，以及部派的形成与传承等等。

我在 1940 年和 1941 年在德国哥廷根大学获得哲学博士学位。为什么我写成了两年呢？因为当时“二战”正在激烈进行，我的导师 Prof. Waldschmidt 被征从军。因此，我的博士答辩共举行了两次：一在 1940 年，一在 1941 年，这是极为少见的现象。这一点我从来没有讲过，我现在在这里补充说明一下。获得学位后，由于战事关系，我被迫留在哥大教书，仍然集中全力，在极端艰苦的条件下，从事佛教梵语的研究，发表过几篇我自认颇有份量的论文，我今天未必再能写得出来。“二战”结束后，如果我继续留在哥廷根大学教书，或者赴英国剑桥大学去教书，那么，我的佛教梵语研究一定还会继续下去的，我自信在这方面还能有所发明、有所创造的。但是，人是无法真正掌握自己的命运的，我回到了祖国，来到了北京大学，一转眼就过了半个世纪。由于受到资料和信息的限制，我的佛教梵语研究，无法继续下去，只好顺应时势改了行。我在科学研究方面是一个闲不住的人，我尝试了很多研究领域，成了一名“杂家”。现在追忆起来，有一个问题我自己也无法回答：是我留在欧洲在学术上发挥作用大呢，还是回到国内来发挥作用更大？一般的看法是后者发挥作用更大。我虽然还没有对自己的生命划句号的计划，但自己毕竟已经到望九之年，这个问题留待后人去回答吧。

九、吐火罗文

统观我在将近 60 年中学习和研究吐火罗文的历史过程，大约可以分为三个阶段：

（一）在德国哥廷根的学习阶段；

（二）回国后长达 30 多年的藕断丝连的阶段；

（三）80 年代初接受委托从事在新疆焉耆新发现的《弥勒会见记剧本》（缩写为 MSN）的解读和翻译工作的阶段。

现分述如下：

（一）这一阶段，我在《学术回忆录》“吐火罗文的学习”一节中已经做了相当详细的叙述，这里不再重复。

（二）1946 年回国以后，在吐火罗文研究方面，我手头只有从德国带回来的那一点点资料，根本谈不到什么研究。五六十年代，在“极左”思想肆虐的时期，有“海外关系”，人人色变。我基本上断绝了同德国以及其他国家的联系。偶尔有海外同行寄来吐火罗文研究的专著或者论文，我连回信都不敢写。我已下定了决心，同吐火罗文研究断绝关系。但是，在思想中，有时对吐火罗文还有点恋旧之感，形成“藕断丝连”的尴尬局面。

（三）80 年代初，新疆博物馆李遇春馆长亲自携带着 1975 年在新疆焉耆新出土的吐火罗文残卷，共 44 张，两面书写，合 88 页，请我解读。我既喜且忧。喜的是同吐火罗文这一位久违的老朋友又见面了。忧的是，自己多少年来已同老友分手，它对我已十分陌生，我害怕自己完成不了这一个任务。总之，我一半靠努力，一半靠运气，完成了委托给我的任务。从那以后，我对吐火罗文的热情又点燃了起来，在众多的写作和研究任务中，吐火罗文的研究始终占有一席地。在1983年我就开始断断续续地用汉文或英文发表我的吐火罗文A《弥勒会见记剧本》的转写、翻译和注释。到了写这一篇“总结”的时候，1997年12月，我对吐火罗文A《弥勒会见记剧本》所应做的工作，已经全部结束。一部完整的英译本，1998年上半年即可在德国出版，协助我工作的是德国学者 Prof. Wernerwinter 和法国学者 Georges Pinault。这一部书将是世界上第一部规模这样大的吐火罗文作品的英译本，其他语言也没有过，在吐火罗文研究方面有重大的意义。我60年来的吐火罗文的学习和研究工作，也就可以说是划上了一个完美的句号了。

十、《糖史》

我对科技史懂得不多，我之所以走上研究糖史的道路，可以说是大部分出于偶然性。与其说我对糖史有兴趣，毋宁说我对文化交流更有兴趣。

糖是一种微末的日用食品，平常谁也不会重视它。可是“糖”这个字在西欧各国的语言中都是外来语，来自同一个梵文字 śarkarā，这充分说明了，欧美原来无糖，糖的原产地是印度。这样一来，糖一下子就同我的研究工作挂上了钩。于是我就开始注意这个问题，并搜集这方面的资料。后来，又由于一个偶然的机会，一张伯希和从敦煌藏经洞拿走的，正面写着一段佛经，背面写着关于印度造糖法的残卷，几经辗转，传到了我的手里。大家都知道，敦煌残卷多为佛经，像这样有关科技的残卷，真可谓凤毛麟角，绝无仅有。从伯希和起，不知道有多少中外学人想啃这个硬核桃，但都没有能啃开，最后终于落到我手中。我也惊喜欲狂，终于啃开了这个硬核桃。详情我在《回忆录》中叙述《一张有关印度制糖法传入中国的敦煌残卷》这一篇论文时已经写过，这里不再重复。

时隔不久，我又写了一篇《蔗糖的制造在中国始于何时？》的论文。这篇文章的意义，不在于它确定了中国制造蔗糖的时间，而在于它指出中国在唐代以前已经能够自制蔗糖了。唐太宗派人到印度去学习制糖法，不过表示当时印度在制糖技术的某一方面有高于中国之处。中国学习的结果是，自己制造出来的糖“色味逾西域远甚”。文化交流的历史往往如此。在以后的长时间内，中印在制糖方面还是互相学习的。下面还要谈到这个问题。

到了1982年，我又写了一篇《对〈一张有关印度制糖法传入中国的敦煌残卷〉的一点补充》。补充不牵涉重大问题。到了1983年，我写了一篇《古代印度沙糖的制造和使用》。促成我写这篇文章的原因是德国学者奥斯卡·封·辛吕白（O.von Hinüber）的一篇关于古代印度制糖术的文章。奥斯卡·封·辛吕白的文章引用了一些佛典中的资料，但显得十分不够。我于是也主要使用汉译佛典中的资料，写成此文，资料比德国学者的文章丰富得多了，我们对于古代印度制糖术的了解也充实得多了。到了1987年，我又写了一篇文章《Cīnī问题——中印文化交流的一个例证》，讲的是中国白沙糖传入印度的问题。糖本是一件小东西，然而在它身上却驮着长达1000多年的中印两国文化交流的历史。同年，又有我的一篇文章《唐太宗与摩揭陀——唐代印度制糖术传入中国的问题》。我在这篇文章里更有系统地、更深入地、更详尽地叙述传入的过程。

上面提到的这一些文章，加上以后所写的一些文章，我都搜集了起来，准备结集成一部《糖史》。据我所知，迄今世界上只有两部完整的《糖史》，一本是冯·李普曼（von Lippmann）的，一本是德尔（Deerr）的，一德一英，我在上面都已经提到过。二书的写法不尽相同，德文的谨严可靠，材料也丰富。英文的则差一点。二书都引用过中国资料，英文的引用时错误多而可笑，可见作者对中国以及中国材料是颇为陌生的。我的《糖史》既然后出，应当做到“后来居上”。至于我做到了没有，则不敢说。反正我除了参考以上两书外，我的重点是放在中国蔗糖史上，在我的《糖史》成书时，编为上编，国内编。我不讲饴糖，因为在饴糖制造方面，不存在国际交流的问题。我的第二个重点是文化交流，在蔗糖制造方面的国际交流。这方面的文章在成集时，我编为下编，国际编。上编已收入我主编的《东方文化集成》中，改名为《文化交流的轨迹——中华蔗糖史》，已于1997年由经济日报出版社出版，将来出《季羡林文集》时，仍恢复原名：《糖史·上编·国内编》。

我现在想讲一讲我写《糖史》搜集资料的情况。写文章引用别人的著作甚至观点，是决不可避免的，但必须注明出处，这是起码的学术道德，我决不敢有违。如果想开辟一个新领域，创造一个新天地，那就必须自找新材料，偷懒是万万不容许的。我自知不是大鹏，而只是一只鷃鹩，不敢作非分想，只能低低地飞。即使是大鹏，要想开辟新天地，也必付出巨大的劳动，想凭空“抟扶摇而上者九万里”，其结果必然是一个跟头栽下来，丢人现眼，而且还是飞得越高，跌得越重。搜集资料，捷径是没有的，现有的引得之类，作用有限。将来有朝一日，把所有的古书都输入电脑，当然会方便得多。可是目前还做不到。我只有采用一个最原始、最笨、可又决不可避免的办法，这就是找出原书，一行行，一句句地读下去，像砂里淘金一样，搜寻有用的材料。我曾经从 1993 年至 1994 年用了差不多两年的时间，除了礼拜天休息外，每天来回跋涉五六里路跑一趟北大图书馆，风雨无阻，寒暑不辍。我面对汪洋浩瀚的《四库全书》和插架盈楼的书山书海，枯坐在那里，夏天要忍受书库三十五六摄氏度的酷暑，挥汗如雨，耐心地看下去。有时候偶尔碰到一条有用的资料，便欣喜如获至宝。但有时候也枯坐半个上午，把白内障尚不严重的双眼累得个“一佛出世，二佛升天”，却找不到一条有用的材料，怅然拖着疲惫的双腿，返回家来。经过了两年的苦练，我炼就一双火眼金睛，能目下不是十行，二十行，而是目下一页，而遗漏率却小到几乎没有的程度。

我的《糖史》就是在这样的情况下写成的。

十一、抓住一个问题终生不放

根据我个人的观察，一个学人往往集中一段时间，钻研一个问题，搜集极勤，写作极苦。但是，文章一旦写成，就把注意力转向另外一个题目，已经写成和发表的文章就不再注意，甚至逐渐遗忘了。我自己这个毛病比较少。我往往抓住一个题目，得出了结论，写成了文章，但我并不把它置诸脑后，而是念念不忘。我举几个例子。

我于 1947 年写过一篇论文《浮屠与佛》，用汉文和英文发表。但是限于当时的条件，其中包括外国研究水平和资料，文中有几个问题勉强得到解决，自己并不满意，耿耿于怀者垂 40 余年，一直到 1989 年，我得到了新材料，又写了一篇《再谈“浮屠”与“佛”》，解决了那一个悬而未决的问题，心中极喜。最令我欣慰的是，原来看似极大胆的假设竟然得到了证实，心中颇沾沾自喜，对自己的研究更增强了信心。觉得自己的“假设”确够“大胆”，而“求证”则极为“小心”。

第二个例子是关于佛典梵语中 -am ＞ o 和 u 的几篇文章。1944 年我在德国哥廷根写过一篇论文，谈这个问题，引起了国际上一些学者的注意。有人，比如美国的富兰克林·艾泽顿（F. Edgerton），在他的巨著《混合梵文文法》中多次提到这个音变现象，最初坚决反对，提出了许多假说，但又前后矛盾，不能自圆其说，最后，半推半就，被迫承认，却又不干净利落，窘态可掬。因此引起了我对此人的鄙视。回国以后，我连续写了几篇文章，对富兰克林·艾泽顿加以反驳，但在我这方面，我始终没有忘记进一步寻找证据，进一步探索。由于资料缺乏，一直到了1990年，上距1944年已经过了46年，我才又写了一篇比较重要的论文《新疆古代民族语言中语尾-am > u的现象》。在这里，我用了大量的新资料，证明了我第一篇论文的结论完全正确，无懈可击。

例子还能举出一些来。但是，我觉得，这两个也就够了。我之所以不厌其烦地谈论这个问题，是因为我看到有一些学者，在某一个时期集中精力研究一个问题，成果一出，立即罢手。我不认为这是正确的做法。学术问题，有时候一时难以下结论，必须锲而不舍，终生以之，才可能得到越来越精确可靠的结论。有时候，甚至全世界都承认其为真理的学说，时过境迁，还有人提出异议。听说，国外已有学者对达尔文的"进化论"提出了不同的看法。我认为，这不是坏事，而是好事，真理的长河是永远流动不停的。

十二、搜集资料必须有竭泽而渔的气魄

对研究人文社会科学的人来说，资料是最重要的。在旧时代，虽有一些类书之类的书籍，可供搜集资料之用，但作用毕竟有限。一些饱学之士主要靠背诵和记忆。后来有了索引（亦称引得），范围也颇小。到了今天，可以把古书输入电脑，这当然方便多了，但是已经输入电脑的书，为数还不太多，以后会逐渐增加的。到了大批的古书都能输入电脑的时候，搜集资料，竭泽而渔，便易如反掌了。那时候的工作重点便由搜集转为解释，工作也不能说是很轻松的。

我这一生，始终从事人文社会科学的研究工作。我搜集资料始终还是靠老办法，笨办法，死办法。只有一次尝试利用电脑，但可以说是毫无所得，大概是那台电脑出了毛病。因此我只能用老办法，一直到我前几年集中精力写《糖史》时，还是靠自己一页一页地搜寻的办法。关于这一点，我在上面已经谈到过，这里不再重复了。

不管用什么办法，搜集资料决不能偷懒，决不能偷工减料，形象的说法就是要有竭泽而渔的魄力。在电脑普遍使用之前，真正做到百分之百的竭泽而渔，是根本不可能的。但是，我们至少也必须做到广征博引，巨细不遗，尽可能地把能搜集到的资料都搜集在一起。科学研究工作没有什么捷径，一靠勤奋，二靠个人的天赋，而前者尤为重要。我个人认为，学者的大忌是仅靠手边一点搜集到的资料，就贸然做出重大的结论。

我生平有多次经验，或者毋宁说是教训：我对一个问题做出了结论，甚至颇沾沾自喜，认为是不刊之论。然而，多半是出于偶然的机会，又发现了新资料，证明我原来的结论是不全面的，或者甚至是错误的。因此，我时时提醒自己，千万不要重蹈覆辙。

总之，一句话：搜集资料越多越好。

十三、我的考证

我在上面叙述中，已经谈到了考证，但仍然觉得意犹未足，现在再补充谈一谈“我的考证”。

考证并不是什么神秘的东西，把它捧到天上去，无此必要；把它贬得一文不值，也并非实事求是的态度。清代的那一些考据大师，穷毕生之力，从事考据，给我们带来了极大的好处。好多古书，原来我们读不懂，或者自认为读懂而实未懂，通过他们对音训词句的考据，我们能读懂了。这难道说不是极大的贡献吗？即使不是考据专家，凡是从事人文社会科学研究工作的学者，有时候会征引一些资料，对这些资料的真伪、迟早都要进行一些必要的考证工作。这些几乎近于常识的事情，不言自喻。因此，我才说，考证不是什么神秘的东西。而且考证之学不但中国有，外国也是有的。科学研究工作贵在求真，而考据正是达到这个目的的手段。焉能分什么国内国外？

至于考证的工拙精粗，完全决定于你的学术修养和思想方法。少学欠术的人，属于马大哈一类的人，是搞不好考证工作的。死板僵硬、墨守成规、不敢越前人雷池一步的人，也是搞不好考证的。在这里，我又要引用胡适先生的两句话：“大胆的假设，小心的求证。”假设，胆越大越好。哥白尼敢于假设地球能转动，胆可谓大矣。然而只凭大胆是不行的，必须还有小心的求证。求证，越小心越好。这里需要的是极广泛搜集资料的能力，穷极毫末分析资料的能力，坚韧不拔、锲而不舍的精神，然后得出的结论才能比较可靠。这里面还有一个学术道德或学术良心的问题，下一节再谈。

在考证方面，在现代中外学人中，我最佩服的有两位：一位是我在德国的太老师海因里希·吕德斯（Heinrich Lüders），一位是我在中国的老师陈寅恪先生。他们两位确有共同的特点。他们能在一般人都能读到的普通的书中，发现别人看不到的问题，从极平常的一点切入，逐步深入，分析细致入微，如剥春笋，层层剥落，越剥越接近问题的核心，最后画龙点睛，一笔点出关键，也就是结论，简直如“石破天惊适秋雨”，匪夷所思，然而又铁证如山。此时我简直如沙漠得水，酷暑饮冰，凉沁心肺，毛发直竖，不由得你不五体投地。

上述两位先生都不是为考证而考证，他们的考证中都含有“义理”。我在这里使用“义理”二字，不是清人的所谓“义理”，而是通过考证得出规律性的东西，得出在考证之外的某一种结论。比如海因里希·吕德斯通过考证得出了，古代印度佛教初起时的印度方言林立，其中东部有一种古代半摩揭陀语，有一部用这种方言纂成的所谓“原始佛典”（Urkanon），当然不可能是一部完整的大藏经，颇有点类似中国的《论语》。这本来是常识一类的事实。然而当今反对这个假说的人，一定把 Urkanon 了解为“完整的大藏经”，真正是不可思议。陈寅恪先生的考证文章，除了准确地考证史实之外，都有近似“义理”的内涵。他特别重视民族与文化的问题。这也是大家所熟悉的。我要郑重声明，我决不是抹煞为考证而考证的功绩。钱大昕考出中国古无轻唇音，并没有什么“义理”在内，但却是不刊之论，这是没有人不承认的。类似的例子还可以举出不少来，足证为考证而考证也是有其用处的，不可轻视的。

但是，就我个人而言，我的许多考证的文章，却只是手段，而不是目的。比如，我考证出汉文的“佛”字是 pud、but 的音译，根据这一个貌似微末的事实，我就提出了佛教如何传入中国的问题，我自认是平生得意之作。

十四、学术良心或学术道德

“学术良心”，好像以前还没有人用过这样一个词儿，我就算是“始作俑者”吧。但是，如果“良心”就是儒家孟子一派所讲的“人之初，性本善”中的“性”的话，我是不相信这样的“良心”的。人和其他生物一样，其“性”就是“食、色，性也”的“性”。其本质是一要生存，二要温饱，三要发展。人的一生就是同这种本能作斗争的一生。有的人胜利了，也就是说，既要自己活，也要让别人活，他就是一个合格的人。让别人活的程度越高，也就是为别人着想的程度越高，他的“好”或“善”也就越高。“宁要我负天下人，不要天下人负我”，是地道的坏人，可惜的是，这样的人滔滔者天下皆是也。有人要问：既然你不承认人性本善，你这种想法是从哪里来的呢？对于这个问题，我还没有十分满意的解释。《三字经》上的两句话“性相近，习相远”中的“习”字似乎能回答这个问题。一个人过了幼稚阶段，有意识地或无意识地会感到，人类必须互相依存，才都能活下去。如果一个人只想到自己，都绝对地想到自己，那么，社会就难以存在，结果谁也活不下去。

这话说得太远了，还是回头来谈“学术良心”或者学术道德。学术涵盖面极大，文、理、工、农、医，都是学术。人类社会不能无学术，无学术，则人类社会就不能前进，人类福利就不能提高，每个人都是想日子越过越好的。学术的作用就在于能帮助人达到这个目的。大家常说，学术是老老实实的东西，不能搀半点假。通过个人努力或者集体努力，老老实实地做学问，得出的结果必须是实事求是的。这样做，就算是有学术良心。剽窃别人的成果，或者为了沽名钓誉创造新学说或新学派而篡改研究真相，伪造研究数据，这是地地道道的学术骗子。国际上和在我们国内，这样的骗子比比皆是。这样的骗局决不会隐瞒很久的，总有一天真相会大白于天下的。许多国家都有这样的先例，真相一旦暴露，不齿于士林，因而自杀者也是有过的。这种学术骗子，自古已有，可怕的是于今为烈。我们学坛和文坛上剽窃大案，时有所闻，我们千万要引为鉴戒。

这样明目张胆的大骗当然是绝不允许的。还有些偷偷摸摸的小骗，也不能不引起我们的戒心。小骗局花样颇为繁多，举其荦荦大者，有以下诸种：在课堂上听老师讲课，在公开学术报告中听报告人讲演，平常阅读书刊杂志时读到别人的见解，认为有用或有趣，于是就自己写成文章，不提老师的或者讲演者的以及作者的名字，仿佛他自己就是首创者，用以欺世盗名。这种例子也不是稀见的。至于有人在谈话中告诉了他一个观点，他也据为己有。这都是没有学术良心或者学术道德的行为。

我可以无愧于心地说，上面这些大骗或者小骗，我都从来没有干过，以后也永远不会干。

我在这里补充几点梁启超在他所著的《清代学术概论》中谈到的清代正统派的学风的几个特色：“隐匿证据或曲解证据，皆认为不德”；“凡采用旧说，必明引之，剿说认为大不德”。这同我在上面讲的学术道德（梁启超的“德”）完全一致。可见清代学者对学术道德之重视程度。

此外，梁启超同上书还举了一点特色：“孤证不为定说。其无反证者姑存之。得有续证，则渐信之。遇有力之反证则弃之。”可以补充在这里，也可以补充上一节中。

十五、勤奋、天才（才能）与机遇

人类的才能，每个人都有所不同，这是大家都看到的事实，不能不承认的。但是有一种特殊的才能一般人称之为“天才”。有没有“天才”呢？似乎还有点争论，有点看法的不同。“文化大革命”期间，有一度曾大批“天才”，葫芦里卖的是什么药，我至今不懂。根据我六七十年来的观察和思考，有“天才”是否定不了的，特别在音乐和绘画方面。你能说贝多芬、莫扎特不是音乐天才吗？即使不谈“天才”，只谈才能，人与人之间也是相差十分悬殊的。就拿教梵文来说，在同一个班上，一年教下来，学习好的学生能够教学习差的而有余。有的学生就是一辈子也跳不过梵文这个龙门。这情形我在国内外都见到过。

拿做学问来说，天才与勤奋的关系究竟如何呢？有人说“九十九分勤奋，一分神来（属于天才的范畴）”。我认为，这个百分比应该纠正一下。七八十分的勤奋，二三十分的天才（才能），我觉得更符合实际一点。我丝毫也没有贬低勤奋的意思。无论干哪一行的，没有勤奋，一事无成。我只是感到，如果没有才能而只靠勤奋，一个人的发展是有限度的。

现在，我来谈一谈天才、勤奋与机遇的关系问题。我记得60多年前在清华大学读西洋文学时，读过一首英国诗人托马斯·盖瑞（Thomas Gary）的诗，题目大概是叫《乡村墓地哀歌（elegy）》，诗的内容，时隔半个多世纪，全都忘了，只有一句还记得：在墓地埋着可能有莎士比亚。意思是指，有莎士比亚天才的人，老死穷乡僻壤间。换句话说，他没有得到“机遇”，天才白白浪费了。上面讲的有张冠李戴的可能；如果有的话，请大家原谅。

总之，我认为，“机遇”（在一般人嘴里可能叫作“命运”）是无法否认的。一个人一辈子做事、读书，不管是干什么，其中都有“机遇”的成分。我自己就是一个活生生的例子。如果“机遇”不垂青，我至今还恐怕是一个识字不多的贫农，也许早已离开了世界。我不是“王半仙”或“张铁嘴”，我不会算卦、相面，我不想来解释这一个“机遇”问题，那是超出我的能力的事。

十六、满招损，谦受益

这本来是中国一句老话，来源极古，《尚书·大禹谟》中已经有了，以后历代引用不辍，一直到今天，还经常挂在人民嘴上。可见此话道出了一个真理，经过将近3000年的检验，益见其真实可靠。

这话适用于干一切工作的人，做学问何独不然？可是，怎样来解释呢？

根据我自己的思考与分析，满（自满）只有一种：真。假自满者，未之有也。吹牛皮，说大话，那不是自满，而是骗人。谦（谦虚）却有两种，一真一假。假谦虚的例子，真可以说是俯拾即是。故作谦虚状者，比比皆是。中国人的“菲酌”“拙作”之类的词儿，张嘴即出。什么“指正”“斧正”“哂正”之类的送人自己著作的谦词，谁都知道是假的，然而谁也必须这样写。这种谦词已经深入骨髓，不给任何人留下任何印象。日本人赠人礼品，自称“粗品”者，也属于这一类。这种虚伪的谦虚不会使任何人受益。西方人无论如何也是不能理解的。为什么拿“菲酌”而不拿盛宴来宴请客人？为什么拿“粗品”而不拿精品送给别人？对西方人简直是一个谜。

我们要的是真正的谦虚，做学问更是如此。如果一个学者，不管是年轻的，还是中年的、老年的，觉得自己的学问已经够大了，没有必要再进行学习了，他就不会再有进步。事实上，不管你搞哪一门学问，决不会有搞得完全彻底一点问题也不留的。人即使能活上1000年，也是办不到的。因此，在做学问上谦虚，不但表示这个人有道德，也表示这个人是实事求是的。听说康有为说过，他年届三十，天下学问即已学光。仅此一端，就可以证明，康有为不懂什么叫学问，现在有人尊他为“国学大师”，我认为是可笑的。他至多只能算是一个革新家。

在当今中国的学坛上，自视甚高者，所在皆是；而真正虚怀若谷者，则绝无仅有。我不认为这是一个好现象。有不少年轻的学者，写过几篇论文，出过几册专著，就傲气凌人。这不利于他们的进步，也不利于中国学术前途的发展。

我自己怎样呢？我总觉得自己不行。我常常讲，我是样样通，样样松。我一生勤奋不辍，天天都在读书写文章，但一遇到一个必须深入、更深入钻研的问题，就觉得自己知识不够，有时候不得不临时抱佛脚。人们都承认，自知之明极难。有时候，我却觉得，自己的“自知之明”过了头，不是虚心，而是心虚了。因此，我从来没有觉得自满过。这当然可以说是一个好现象。但是，我又遇到了极大的矛盾：我觉得真正行的人也如凤毛麟角。我总觉得，好老多学人不够勤奋，天天虚度光阴。我经常处在这种心理矛盾中。别人对我的赞誉，我非常感激。但是，我并没有被这些赞誉冲昏了头脑，我头脑是清楚的。我只劝大家，不要全信那一些对我赞誉的话，特别是那一些顶高得惊人的帽子，我更是受之有愧。

十七、没有新意，不要写文章

在芸芸众生中，在五行八作中，有一种人，就是像我这样的教书匠，或者美其名，称之为“学者”。我们这种人难免不时要舞笔弄墨，写点文章的。根据我的分析，文章约而言之可以分为两大类：一是被动写的文章，一是主动写的文章。

所谓“被动写的文章”，在中国历史上流行了1000多年的应试的“八股文”和“试帖诗”，就是最典型的例子。这种文章多半是“代圣人立言”的，或者是“颂圣”的，不许说自己真正想说的话。换句话说，就是必须会说废话。记得鲁迅在什么文章中举了一个废话的例子：“夫天地者乃宇宙之乾坤，吾心者实中怀之在抱。千百年来，已非一日矣。”（后面好像还有，我记不清楚了）这是典型的废话，念起来却声调铿锵。“试帖诗”中，也不乏好作品，唐代钱起咏湘灵鼓琴的诗，就曾被朱光潜先生赞美过，而朱先生的赞美又被鲁迅先生讽刺过。到了今天，我们被动写文章的例子并不少见。我们写的废话，说的谎话，吹的大话，这是到处可见的。我觉得，有好多文章是大可以不必写的，有好些书是大可以不必印的。如果少印刷这样的文章，出版这样的书，则必然能够少砍伐些森林，少制造一些纸张，对保护环境、保持生态平衡，会有很大的好处的，对人类生存的前途也会减少危害的。

至于主动写的文章，也不能一概而论，仔细分析起来，也是五花八门的。有的人为了提职，需要提出“著作”，于是就赶紧炮制。有的人为了成名成家，也必须有文章，也努力炮制。对于这样的人，无须深责，这是人之常情。炮制的著作不一定都是“次品”，其中也不乏优秀的东西。像吾辈“爬格子族”的人们，非主动写文章以赚点稿费不行，只靠我们的工资，必将断炊。我辈被“尊”为教授的人，也不例外。

在中国学术界里，主动写文章的学者中，有不少的人学术道德是高尚的。他们专心一志，唯学是务，勤奋思考，多方探求，写出来的文章，尽管有点参差不齐，但是他们都是值得钦佩、值得赞美的，他们是我们中国学术界的脊梁。

真正的学术著作，约略言之，可以分为两大类：单篇的论文与成本的专著。后者的重要性不言自明。古今中外的许多大部头的专著，像中国汉代司马迁的《史记》、宋代司马光的《资治通鉴》等等，都是名垂千古、辉煌璀璨的巨著，是我们国家的瑰宝。这里不再详论。我要比较详细地谈一谈单篇论文的问题。单篇论文的核心是讲自己的看法，自己异于前人的新意，要发前人未发之覆。有这样的文章，学术才能一步步、一代代向前发展。如果写一部专著，其中可能有自己的新意，也可能没有。因为大多数的专著是综合的、全面的叙述，即使不是自己的新意，也必须写进去，否则就不算全面。论文则没有这种负担，它的目的不是全面，而是深入，而是有新意，它与专著的关系可以说是相辅相成吧。

我在上面几次讲到“新意”，“新意”是从哪里来的呢？有的可能是从天上掉下来的，是出于“灵感”的，比如传说中牛顿因见苹果落地而悟出地心吸力。但我们必须注意，这种灵感不是任何人都能有的。牛顿一定是很早就考虑这类的问题，昼思梦想，一旦遇到相应的时机，豁然顿悟。吾辈平凡的人，天天吃苹果，只觉得它香脆甜美，管它什么劳什子“地心吸力”干嘛呀！在科学技术史上，类似的例子还可以举出不少来，现在先不去谈它了。

在几十年前“极左”思想肆虐的时候，学术界曾大批“从杂志缝里找文章”的做法，因为这样就不能“代圣人立言”，必须熟读圣书，心中先有一件东西要宣传，这样的文章才合乎程式。有“新意”是触犯天条的。这样的文章一时间滔滔者天下皆是也。但是，这样的文章印了出来，再当作垃圾卖给收破烂的（我觉得这也是一种“白色垃圾”），除了浪费纸张以外，丝毫无补于学术的进步。我现在立一新义：在大多数情况下，只有到杂志缝里才能找到新意。在大部头的专著中，在字里行间，也能找到新意的，旧日所谓“读书得间”，指的就是这种情况。因为，一般说来，杂志上发表的文章往往只谈一个问题，一个新问题，里面是有新意的。你读过以后，受到启发，举一反三，自己也产生了新意，然后写成文章，让别的学人也受到启发，再举一反三。如此往复循环，学术的进步就寓于其中了。

可惜——是我觉得可惜——眼前在国内学术界中，读杂志的风气，颇为不振。不但外国的杂志不读，连中国的杂志也不看。闭门造车，焉得出而合辙？别人的文章不读，别人的观点不知，别人已经发表过的意见不闻不问，只是一味地写开写开。这样怎么能推动学术前进呢？更可怕的是，这个问题几乎没有人提出。有人空喊“同国际学术接轨”。不读外国同行的新杂志和新著作，你能知道“轨”究竟在哪里吗？连“轨”在哪里都不知道，空喊“接轨”，不是天大的笑话吗？

十八、对待不同意见的态度

端正对待不同意见（我在这里指的只是学术上不同的意见）的态度，是非常不容易办到的一件事。中国古话说："良药苦口利于病，忠言逆耳利于行"，可见此事自古已然。

我对于学术上不同的观点，最初也不够冷静。仔细检查自己内心的活动，不冷静的原因决不是什么面子问题，而是觉得别人的思想方法有问题，或者认为别人并不真正全面地实事求是地了解自己的观点，自己心里十分别扭，简直是堵得难受，所以才不能冷静。

最近若干年来，自己在这方面有了进步。首先，我认为，普天之下的芸芸众生，思想方法就是不一样，五花八门，无奇不有。这是正常的现象，正如人与人的面孔也不能完完全全一模一样。要求别人的思想方法同自己一样，是一厢情愿，完全不可能的，也是完全不必要的。其次，不管多么离奇的想法，其中也可能有合理之处的。采取其合理之处，扬弃其不合理之处，是唯一正确的办法。至于有人无理攻击，也用不着真正地生气。我有一个怪论：一个人一生不可能没有朋友，也不可能没有非朋友。我在这里不用"敌人"这个词儿，而用"非朋友"，是因为非朋友不一定就是敌人。最后，我还认为，个人的意见不管一时觉得多么正确，其实这还是一个未知数。时过境迁，也许会发现，并不正确，或者不完全正确。到了此时，必须有勇气公开改正自己的错误意见。梁任公说：不惜以今日之我，攻昨日之我。这是光明磊落的真正学者的态度。最近我编《东西文化议论集》时，首先自己亮相，把我对"天人合一"思想的"新解"（请注意"新解"中的"新"字）和盘托出，然后再把反对我的意见的文章，只要能搜集到的，都编入书中，让读者自己去鉴别分析。我对广大的读者是充分相信的，他们能够明辨是非。如果我采用与此相反的方式：打笔墨官司，则对方也必起而应战。最初，双方或者还能克制自己，说话讲礼貌，有分寸。但是笔战越久，理性越少，最后甚至互相谩骂，人身攻击。到了这个地步，谁还能不强词夺理，歪曲事实呢？这样就离开真理越来越远了。中国学术史上这样的例子颇为不少。我前些时候在上海《新民晚报》"夜光杯"副刊上写过一篇短文：《真理越辨越明吗？》。我的结论是：真理越辨（辩）越糊涂。可能有人认为我是在发怪论，我其实是有感而发的。

十九、必须中西兼通，中西结合，地上文献与地下考古资料相结合

这一节其实都是“多余的话”，可以不必写的。可我为什么又写了呢？因为，经过多年的观察，我发现，在中国学者群中，文献与考古相结合多数学者是做到了。但是，中外结合这一点则做得很不够。我在这里不用“中西”，而用“中外”，是包括日本在内的，并非笔误。

我个人认为，居今之世而言治学问，决不能坐井观天。今天已经不是乾嘉时代了。许多学术发达的外国，科学、技术灿然烂然。人文社会科学方面，也已达到了相当高的水平。我们中国学者，包括专治中国国学的在内，对外国的研究动向和研究成果，决不能视若无睹。那样不利于我们自己学问的进步，也不利于国与国之间的学术文化交流。可是，令人十分遗憾的是，国内学术界确有昧于国外学术界情况的现象。年老的不必说，甚至连一些中年或青年学者，也有这种现象。我觉得，这种情况必须尽快改变。否则，有人慨叹中国一些学科在国际上没有声音，这不能怪别人，只能怪自己。说汉语的人虽然数目极大，可惜外国人不懂。我们的汉语还没有达到今天英语的水平。你无论怎样“振大汉之天声”，人家只是瞠目摇头。在许多国际学术讨论会上，出席的一些中国学者，往往由于不通外语，首先在大会上不能自己用外语宣读论文，其次在会议间歇时或联欢会上，孑然孤立，窘态可掬。因此，我希望我们年轻的学者，不管你是哪一门、哪一科，尽快掌握外语。只有这样，中国的声音才能传向全球。

二十、研究、创作与翻译并举

这完全是对我自己的总结，因为这样干的人极少。

我这样做，完全是环境造成的。研究学问是我产生兴趣之所在，我的几乎是全部的精力也都用在了这上面。但是，在济南高中读书时期，我受到了胡也频先生和董秋芳（冬芬）先生的影响和鼓励，到了清华大学以后，又受到了叶公超先生、沈从文先生和郑振铎先生的奖励，就写起文章来。我写过一两首诗，现在全已佚失。我不愿意写小说，因为我厌恶虚构的东西。因此，我只写散文，60 多年来没有断过。人都是爱虚荣的，我更不能例外。我写的散文从一开始就受到了上述诸先生的垂青，后来又逐渐得到了广大读者的鼓励。我写散文不间断的原因，说穿了，就在这里。有时候，搞那些枯燥

死板的学术研究疲倦了，换一张桌子，写点散文，换一换脑筋。就像是磨刀一样，刀磨过之后，重又锋利起来，回头再搞学术研究，重新抖擞，如虎添翼，奇思妙想，纷至沓来，亦人生一乐也。我自知欠一把火，虽然先后成为中国作家协会的会员、理事、顾问，我从来不敢以作家自居。在我眼中，作家是“神圣”的名称，是我崇拜的对象。我哪里敢鱼目混珠呢？

至于搞翻译工作，那完全是出于无奈。我于1946年从德国回国以后，我在德国已经开了一个好头的研究工作，由于国内资料完全缺乏，被迫改弦更张。当时内心极度痛苦。除了搞行政工作外，我是一个闲不住的人，我必须找点工作干，我指的是写作工作。写散文，我没有那么多真情实感要抒发。我主张散文是不能虚构的，不能讲假话的，硬往外挤，卖弄一些花里胡哨的辞藻，我自谓不是办不到，而是耻于那样做。想来想去，眼前只有一条出路，就是搞翻译。我从德国的安娜·西格斯的短篇小说译起，一直扩大到梵文和巴利文文学作品。最长最重要的一部翻译是印度两大史诗之一的《罗摩衍那》。这一部翻译的产生是在我一生最倒霉、精神最痛苦的时候。当时“文化大革命”还没有结束，我虽然已经被放回家中，北大的“黑帮大院”已经解散，每一个“罪犯”都回到自己的单位，群众专政，监督劳改。我头上那一摞莫须有的帽子，似有似无，似真似假，还沉甸甸地压在那里。我被命令掏大粪，浇菜园，看楼门，守电话，过着一个“不可接触者”的日子。我枯坐门房中，除了送电话、分发报纸信件以外，实在闲得无聊。心里琢磨着找一件会拖得很长，但又绝对没有什么结果的工作，以消磨时光，于是就想到了长达2万颂的《罗摩衍那》。从文体上来看，这部大史诗不算太难，但是个别地方还是有问题有困难的。在当时，这部书在印度有不同语言的译本，印度以外还没有听到有全译本，连英文也只有一个编译本。我碰到困难，无法解决，只有参考也并不太认真的印地文译本。当时极“左”之风尚未全息，读书重视业务，被认为是“修正主义”。何况我这样一个半犯人的人，焉敢公然在门房中摊开梵文原本，翻译起来，旁若无人。这简直是在太岁头上动土，至少也得挨批斗五次。我哪里有这个勇气！我于是晚上回家，把梵文译为汉文散文，写成小纸条，装在口袋里，白天枯坐门房中，脑袋里不停地思考，把散文改为有韵的诗。我被进一步解放后，又费了一两年的时间，终于把全书的译文整理完。后来时来运转，受到了改革开放之惠，人民文学出版社全文出版，这是我事前绝对没有妄想过的。

我常常想，如果没有“文化大革命”，如果我自己不跳出来反对那一位臭名昭著的“老佛爷”，如果我没有成为“不可接触者”，则必终日送往迎来，忙于行政工作，《罗摩衍那》是绝对翻译不出来的。有人说："坏事能变成好事"，信然矣。人事纷纭，因果错综，我真不禁感慨系之了。

"总结"暂时写到这里。有几点需要说明一下：

第一，书名叫《学术回忆录》，是以回忆我这一生六七十年来的学术研究的内容为主轴线来写作的，它不是一般的《回忆录》，连不属于狭义的学术研究范围的文学创作和文学翻译，都不包括在里面。目的无它，不过求其重点突出、线索分明而已。但是，考虑到文学创作与文学翻译与学术研究工作毕竟是紧密相联的，所以在"总结"的最后又加上了一节。

第二，《学术回忆录》本来打算而且也应该写到1997年的。但是，正如我在上面说到过的那样，我是越老工作干得越多，文章写得也多，头绪纷繁，一时难以搜集齐全，《回忆录》写起来也难，而且交稿有期，完成无日。

考虑了好久，终于下定决心，1994年以后的《学术回忆录》以后再写，现在暂时告一段落。

第三，但是，我在这里却遇到了矛盾。按理说，《回忆录》写到哪一年，"总结"也应该做到哪一年。可是，事实上，却难以做到。《回忆录》可以戛然而止，而"总结"则难以办到。许多工作是有连续性的，总结必须总结一个全过程，不能说停就停。因此，同《回忆录》不能同步进行，"总结"一直写到眼前。将来《回忆录》写到1997年时，"总结"不必改动，还会是适合的，有用的。

第四，"总结"的目的是总结经验和教训的。我这一生活得太长，活干得太多，于是经验和教训就内容复杂，头绪纷纭。我虽然绞尽了脑汁，方方面面，都努力去想。但是，我却一点把握也没有，漏掉的东西肯定还会有的。在今后继续写《学术回忆录》的过程中，只要我想到还有什么遗漏，在《回忆录》暂告——只能暂告，我什么时候给生命划句号，只有天知道——结束时，我还会补上的。

（1999年第3期）

中国文化对 21 世纪人类社会可有之贡献

汤一介

在人类社会即将进入 21 世纪的时候，我们回头看看 20 世纪的历史，可以发现即将过去的这个世纪是人类社会飞速发展的世纪，是取得辉煌成就的世纪，但同时又是充满矛盾悲惨的世纪。在这百年中间，发生了两次世界大战，死亡几千万人，破坏了人类多少世纪辛勤建造的大量文化遗产。几个世纪以来，西方列强对其他民族和国家的掠夺和压榨，从而使得一些民族和国家沦为殖民地或半殖民地的地位，这造成了某些西方国家越来越富有，而其他民族和国家越来越贫穷。虽然在第二次世界大战后，殖民体系逐渐瓦解，但这并未解决富国和穷国在经济上的巨大悬殊，而形成发达国家与发展中国家的矛盾。从全世界看，现今虽然走出了冷战时代，可是人类面临的问题更多、更复杂，我们可以看到，科学技术高度发展，虽然给人类社会带来巨大的进步，但是作为自然界一部分的人，在他们征服自然的过程中，不仅掌握了大量破坏自然的工具，而且也掌握了毁灭人类自身的武器。1992 年世界 1575 名科学家发表的一份《世界科学家对人类的警告》在开头就提到，人类和自然正走上一条相互抵触的道路。我认为，这个观点是非常深刻的。对自然界的过量开发，资源的浪费，臭氧层变薄，海洋的毒化，环境的污染，人口的剧增，生态平衡的破坏，不仅造成了“自然和谐”的破坏，而且严重地威胁着人类自身生存的条件。由于多少世纪以来形成的各个民族和国家之间在文化上的差异，影响着他们在生活方式、价值观念和思维方法等方面的不同。发达国家往往企图把他们的生活方式、价值观念、思维方法强加给发展中国家，从而造成了人类社会的纷争和不安定。所有这些都是全世界各个国家和民族的人民在 21 世纪面临要解决的问题。

各民族和国家的有识之士，越来越认识到 21 世纪人类社会所面临的主要问题应是“和平与发展”的问题，即要争取实现不同民族和国家之间的“和平共处和共同发展”，这样才能保证人类社会能够合理和健康的发展。为此，我们必须认识到民族和国家无论大小、强弱，他们都应该可以从自身文化中找到为“和平共处”与“共同发展”提供有意义的文化资源。在这种情况下，中国文化可以为人类社会的合理和健康的发展提供一些什么样的有价值的文化资源呢？我想就以下四个方面简单地谈谈自己的看法：一、得道多助——21世纪的政治格局；二、兼爱互利——21世纪经济发展的趋向；三、崇尚自然——21世纪的环保模式；四、和而不同——21世纪处理不同文化关系的准则。

一、得道多助——21世纪的政治格局

世界的政治格局发展到今天，虽然欧美发达国家相对地说仍然居于支配地位，但是我们可以看到大国的霸权地位已处在江河日下的境地，完全支配世界政治格局的日子已是一去不复返了。我们可以看出，在世界政治的运作中是否合乎道义正在成为处理国家与国家、民族与民族之间关系的准则，“得道多助，失道寡助”将会成为21世纪支配世界政治格局的重要观念。在《孟子·公孙丑下》中有一段讲到“得道多助，失道寡助”的话，这段话是讨论战争胜负问题的，而战争是政治的继续，因而也适用于政治。孟子说：“天时不如地利，地利不如人和。……得道多助，失道寡助。寡助之至，亲戚畔之；多助之至，天下顺之，以天下之所顺，攻亲戚之所畔；故君子有不战，战必胜矣。”孟子的意思是说，在战争中天时不及地利重要，地利不如人和更重要。“人和”之所以最重要，是因为“得道多助，失道寡助”。当一个国家拥护她的少到极点，那么就是说她的盟国都叛离了她；当一个国家拥护她的多到极点，那就是说世界上的绝大多数国家都会支持她。这样就造成用世界上绝大多数国家支持她的力量，去和那个连盟国都叛离的国家去斗争的局面；合乎道义得到绝大多数国家支持的并不一定用战争的办法来解决问题，如果用战争的办法，那一定是战无不胜的。孟子这段话虽是针对我国的战国时期而发的，但他的这一“得道多助，失道寡助”将适用于21世纪的世界政治形势。不仅如此，而且在今天的20世纪之末，这种“得道多助，失道寡助”的情况已见端倪。当然人们会问，在当今什么是合乎“道义”的，什么是不合乎“道义”的？我想也许可以这样来回答：第一，合乎于国家与国家平等的原则，也就是说国家无论大小、贫富、强弱都应在平等的原则下参与国际事务；第二，有利于维护和平共处，这是鉴于20世纪的战争给人类社会带来巨大的灾难，维护和平，避免战争，对21世纪人类社会发展是至关重要的。“得道多助，失道寡助”这一中国儒家的思想作为一种有价值的资源应受到我们的重视。

二、兼爱互利——21世纪经济发展的趋向

我国春秋末期、战国初期稍晚于孔子的思想家墨子（约生于公元前480年，死于公元前420年），针对当时的社会情况提出了一个重要的思想观念："兼相爱，交相利。"他说："夫爱人者，人必从而爱之；利人者，人必从而利之；恶人者，人必从而恶之；害人者，人必从而害之。"（《兼爱中》）墨子的这段话，从人类走过的历史看，很难找到真正实现"兼相爱，交相利"的实例，但是从当今人类社会的发展看却是很有意义的。上引那段话所讨论的虽是人与人之间的关系，但实际上也包含着民族与民族、国家与国家之间的关系。从本世纪世界经济发展的趋向看，如果仍然沿着富国更加富、穷国更加穷的路子发展下去，人类社会是得不到安宁的，这样富国的利益最终也无法继续保持。许多有远见卓识的政治家和思想家已经看到，富裕的国家必须改弦易辙，以求经济上的"共同发展"，而"共同发展"就必须把经济关系建立在"交相利"的基础上。在21世纪，任何民族和国家在考虑自身经济利益的同时，也应考虑到其他民族和国家的经济利益，应该建立一种互利的经济关系，这样经济才能共同发展，政治才能保持"和平共处"。

然而"交相利"如果没有"兼相爱"作为条件，那么在经济上的互利也是不可能做到的。爱自己，同时也应对他人有爱心，这样双方才可能都得益。以损害其他民族和国家的利益来发展自己的民族和国家的利益，归根到底也会损害到自己的利益，这已为历史和现实所多次证明了，所以墨子说："凡天下祸篡怨恨，其所以起者，以不相爱生也。"（《兼爱中》）如果"诸侯独知爱其国，不爱人之国，是以不惮举其国以攻人之国；今家主独知爱其家，而不知爱人之家，是以不惮举其家以篡人之家；今人独知爱其身，不爱人之身，是以不惮举其身以贼人之身。是故诸侯不相爱，故必野战；家主不相爱，故必相篡；人与人不相爱，故必相贼。"（《兼爱中》）文虽是针对春秋战国时说的，但看来它有着一定的普遍意义，多少世纪以来人类社会不正是因为不能"兼相爱，交相利"而互相争夺和残害吗？这种情况不仅弱者、弱国受到严重损害，其实从长远看，强者、强国也很难得益。所以墨子主张对这种"相害""相贼"的局面，应以"兼相爱交相利之法易之"，也就是说，把人与人、国与国之间相互损害的情况改变为"兼相爱，交相利"，这才是21世纪人类社会之福，世界经济才能得到"共同发展"。

三、崇尚自然——21 世纪的环保模式

人类对自然的过量和无序的开发，不仅破坏了自然的和谐，而且也危及人类自身的生存条件，这已是当前人们有目共睹的事实。一些国家的政府和某些社会团体以及众多的学者都在呼吁应该重视自然界的保护，并且注意到从各个民族的文化资源中找寻保护自然的资源。在 1983 年举行的世界哲学大会上，国际现象学会主席女哲学家田缅尼卡（Tyminecka）在大会发言中说："西方常常在不知不觉中受惠于东方而不自觉，像莱布尼兹之重视普遍和谐观念即是个例证。"她甚至认为西方有三点可以向中国哲学学习：（1）崇尚自然；（2）体证生生；（3）德性实践。我认为田缅尼卡提出的这三点很有意义。在中国文化中，道家可以说是特别注意"崇尚自然"，它是保护自然界的一个非常重要的观念。早在 2000 多年前，中国伟大的思想家老子从对宇宙自身和谐的认识出发，提出了"人法地，地法天，天法道，道法自然"的理论，这是一个反向的自然生化过程，它提示了一种应遵循的规律，人应该效法地，地应该效法天，天应该效法道，道的特性是自然而然的（不是人为的），也就是说归根结底人应效法道的自然而然。为什么人应该效法"道"的自然呢？因为老子认为，"人为"和"自然"是相对立的，违背了"自然"，人就会受到惩罚。所以老子说，作为宇宙规律的"道"，由于它的特性是"自然无为"，对天地万物并不命令它们做什么，人就更不应该破坏自然了。比老子晚一些的道家思想家庄子，他提出了"太和万物"的命题，意思是说在天地万物中本来存在着最大的和谐关系，因此人们应"顺之以天道，行之以五德，应之以自然"（有的学者认为，这几句话是郭象的注，即使是郭象对《庄子》的注，它也属于道家思想）。人应该顺应天道的规律，按照五德来规范自己的行为，以适应自然的要求。为此，在《庄子》一书中特别强调人应顺应"自然"，如他说"顺物之自然""应之以自然"等等。他认为，远古时代是一个人与自然和谐的时代，那时人类社会是"莫之为而常自然"，不做什么破坏自然的事，而经常是顺应自然的。比庄子稍后的儒家学者荀子曾批评庄子，说庄子"蔽于天而不知人"，意思是说庄子只知道"天"（即指自然界）应该顺应，而不知道人有能动性。因此，荀子主张对"自然"应去利用它，应去征服它，故他主张"制天命而用之"。老子和庄子的"顺应自然"思想是有某种片面性的，他们过分强调对自然的顺应，而不注重对自然界的合理开发和利用。但是，在自然界遭到严重破坏的情况下，在自然资源被过量开发情况下，在环境污染严重地威胁着人类社会生活的情况下，道家"崇尚自然"的思想无疑对 21 世纪人类社会有着重要的意义。

四、和而不同——21世纪处理不同文化关系的准则

今日世界的纷争虽然不能说主要是由文化之冲突引起的，但也决非与文化冲突无关。因此，关于文化冲突与文化共处的讨论正在世界范围内展开，是增强不同文化间相互理解和宽容而引向和平，还是因文化隔离和霸权而导致政治冲突，将影响着21世纪人类的命运。自从第二次世界大战结束之后，由于殖民体系的瓦解，文化上的“西方中心论”也逐渐随之消退，世界文化呈现出多元发展的趋势。近半个世纪以来，世界经济贸易、信息传递的发展，使民族与民族、国家与国家、地域与地域之间文化上的交往越来越频繁，世界日益成为一个不可分割的整体。目前，在世界文化发展中，出现了两股不同方向的文化潮流：某些西方国家的理论家从维护自身传统利益或传统习惯出发，仍然坚持“西方中心论”。与此同时，某些取得独立或复兴的民族，抱着珍视自身文化的情怀，形成一种返本归根、固守本土文化的民族主义和回归传统的保守主义。甚至某些东方学者鉴于两个世纪以来西方文化对世界造成的灾难和自身所曾受到的欺压，而提出文化上的“东方中心论”。如何使这两股相悖的潮流不致发展成大规模的对抗，并得以消解，实是当前一大问题。同时，我们也还必须注意，在西方国家与民族、东方国家与民族之间由于文化传统的不同也会引起纷争和冲突。这在历史和现实中所在多有，不能不引起我们关注。

如何使不同文化传统的民族、国家和地域能够在差别中得到共同发展，并相互吸收，以便造成在全球意识下文化多元化发展的新形势呢？我认为中国的“和而不同”原则或许可能为我们提供有正面价值的资源。

《左传·昭公二十年》记载有齐侯与晏婴的一段对话，齐侯对晏婴说：“唯据与我和夫。”（按：“据”指梁丘据，齐侯侍臣）晏子对曰：“据亦同也，焉得为和？”公曰：“和与同异乎？”对曰：“异。和如羹焉，水火醯醢梅为烹鱼肉，燀之以薪。宰夫和之，齐之以味，济其不及，以汇其过。君子食之，以平其心。君臣亦然。……今据不然，君所谓可，据亦曰可。君所谓否，据亦曰否。若以济水，谁能食之？若琴瑟之专一，谁能听之？同之不可也如是。”又据《国语·郑语》，有史伯回答桓公的一段话说：“夫和实生物，同则不继。以他平他谓之和，故能丰长而物归之，若以同裨同，尽乃弃矣。故先王以土与金、木、水、火杂，以成百物。”这都说明，“和”与“同”的意义全不相同。孔子说得更为明确，他说：“君子和而不同，小人同而不和。”（《论语·子路》）从以上的几段话看，“和而不同”的意思是说，要承认“不同”，在“不同”基础上形成

的“和”(“和谐”或“融合”),才能使事物得到发展。如果一味追求“同”,不仅不能使事物得到发展,反而会使事物衰败。把这一“和而不同”作为处理不同文化传统之间关系的一条原则,是不是能得到某些有益的,甚至是对当前世界文化的发展极有意义的结论呢?

在不同文化传统中应该可以通过文化的交往和对话,在讨论中取得某种共识,这是由“不同”到某种意义上的相互“认同”的过程。这种相互“认同”不是一方消灭一方,也不是一方“同化”另一方,而是在两种不同文化中寻找交汇点,并在此基础上推动双方文化的发展,这正是“和”的作用。我们可以用中国历史上中国传统文化与外来文化相遇后发生的情况为例,说明“和而不同”的意义。本来印度佛教文化与中国传统文化(如儒家、道家等)是两种很不相同的文化,但从汉到唐的几百年中,从中国文化自身方面说,一直在努力吸收和融化佛教这种异质文化;从印度佛教方面说,则一直致力于改变着不适应中国社会要求的方面。因此,在印度佛教传入中国的近千年中,中国文化在许多方面受惠于印度佛教。印度佛教深刻地影响着中国哲学、文学、艺术、建筑以及民间风俗习惯诸多方面。在此同时,印度佛教又在中国这块大地上得到了发扬光大,在隋唐不仅形成了若干中国化佛教宗派(如天台、华严、禅宗等),并且中国文化仍然是中国文化,并未因吸收了印度佛教文化而失去其特色,这种文化上的交流和互相影响,可以说是很好地体现了“和而不同”的原则。不仅中印文化之间的关系如此,其实欧洲文化的发展也可以说明这一点。罗素在1922年写的《中西文化比较》中有这样一段话:“不同文化之间的交流过去已经多次证明是人类文明发展的里程碑。希腊学习埃及,罗马借鉴希腊,阿拉伯参照罗马帝国,中世纪的欧洲又模仿阿拉伯,而文艺复兴时期的欧洲则仿效拜占庭帝国。”一种文化之所以能吸收他种文化,往往是在两种文化交往和商谈中体现“和而不同”思想的结果。欧洲文化在自身发展中吸收了各种各样不同文化传统的因素,但它不仅没有失去其欧洲文化的传统,而且大大丰富了自身文化的内涵,这无疑是符合“和而不同”原则的。

各个民族文化中都会有一些对当今社会健康合理发展有价值的思想观念。上面我们提到的四个中华民族文化对21世纪发展有积极意义的思想观念只是它的一部分,其他如作为金律的“己所不欲勿施于人”,作为道德伦理原则无疑也是非常重要的。因此,我们可以从各个方面发掘出对当今人类社会生活的不同领域有意义的思想观念来。但是古人的思想观念无论多么有价值,我们都必须给它们适应现代社会生活的新的诠释,并使之能落实于操作层面,它们才能对现代社会生活发生实际的效用。然而我们知道，在历史上有没有这样一些有意义的宝贵思想观念以及还没发掘出这些有意义的宝贵思想观念是很不相同的。有这样一些宝贵思想观念并把它们发掘出来对人类社会发展是至关重要的。因为这些宝贵思想观念不仅具有某种真理的意义，而且它们曾在历史上发生过巨大作用。而今天是历史的继续，它们必定会对今天的社会产生重大影响。所以这些作为人类精神财富的思想观念需要我们很好地加以利用，使之得以促进人类社会生活健康合理的发展，带领我们迈向伟大的21世纪。

（1993年第3期）

文学鉴赏中的地域文化因素

何西来

地域文化因素是影响文学鉴赏的外部诸因素之一。这种影响大体通过三个相关的方面反映出来：一是通过作为鉴赏对象的作品，二是通过作为鉴赏主体的读者，三是通过具体的鉴赏环境。作品、读者、环境，这是任何一个具体的鉴赏过程得以进行的必备条件，缺一不可。但在不同的鉴赏过程中，来自这三个不同方面的地域文化因素的具体差异，可能是相当大的；即使处于同一个鉴赏过程之中，这三个方面所携带的或展现的地域文化因素也不可能完全一样。随着鉴赏过程的推移，这些来自三个方面的地域文化因素的信息，在以读者为中心、为主导的情况下，相互交流、渗透、震荡、会合，最终，以读者获得特殊的审美满足而使相关的鉴赏过程走向完成。

一、文学作品携带的地域文化信息

地域文化因素之所以会影响文学鉴赏活动，首先是由于作为鉴赏对象的文学作品所携带的或强或弱的地域文化信息。这方面的信息越强，则作品的地域文化特色也就越浓郁，越鲜明，而它对鉴赏过程的影响也就越大。

由作品带进鉴赏过程中的地域文化因素，是作为一种可供鉴赏的内容、特色，乃至风格，而发挥作用的。它的被觉察，被辨识，被把握，是在读者的具体鉴赏实践中实现的。然而，多数读者对此都不十分自觉。倒是少数文学研究家、批评家，因为具有行家的眼光，具有较一般读者敏锐得多的文化分辨力和艺术洞察力，往往能够较快、较准确地捕捉到这方面的信息，并给以条分缕析的说明。他们的判断往往会影响广大的读者群，甚至影响久远。比如曹丕在《典论·论文》中曾说过“徐干时有齐气”的话。“齐气”，概括的是一种地域文化特色或地域文化风格。李善注解释说：“言齐俗文体舒缓，而干亦有斯累。”尽管此后在“齐气”的释义以及到底是“齐”还是“逸”的辨字上，很有一些争议与分歧，但多数论者还是接受了曹丕的概括和李善的注解。

作品中的地域文化特色或地域文化风格，主要来自两个方面：一是来自描写对象；一是来自作家。从描写对象来说，包括特殊地域的环境、人物、风俗、方言、文化传统等。比如环境，在美学家泰纳那里是被当作与种族、时代并列的文学三要素之一来看待的。他认为环绕人的自然环境，乃至气候，都会对人产生影响。他是这样分析自然环境对阿利安人的影响的：“虽然我们只能模糊地追溯，阿利安人如何从他们共同的故乡到达他们最终分别定居的地方，但是我们却能断言，以日耳曼民族为一方面和以希腊民族与拉丁民族为一方面，二者之间所显出的深刻差异主要是由于他们所居住的国家之间的差异：有的住在寒冷潮湿的地带，深入崎岖卑湿的森林或濒临惊涛骇浪的海岸，为忧郁或过激的感觉所缠绕，倾向于狂醉和贪食，喜欢战斗流血的生活；其他的却住在可爱的风景区，站在光明愉快的海岸上，向往于航海或商业，并没有强大的胃欲，一开始就倾向于社会的事物，固定的国家组织，以及属于感情的气质方面的发展雄辩术、鉴赏力、科学发明、文学艺术等。”这里值得注意的有两点：一点是在泰纳看来，自然的地域环境是通过对人的影响而后影响文学艺术的；另一点是他明确提出了自然地域环境对鉴赏力的影响，而这正好直接关乎鉴赏主体文化心理的形成。

有人认为泰纳所讲的环境，只是自然环境，不包括其他社会文化因素。这其实是一种误解。因为他在分析了自然环境的影响之后，紧接着就谈到国家政策、军事干涉、教皇地位、城邦政权稳固等的影响，只不过理论的归纳不十分明晰罢了。

地域文化因素作为人物活动的外部环境进入作品，大体包括自然景观和人文景观两部分。在小说中，它们主要起一种情调、氛围的烘托作用，让鉴赏者产生身临其境的感觉，以增强逼真、似真的审美效应。比如在鲁迅的小说里，《药》的开头华老栓出场时对于秋天的后半夜的描写，夏母上坟时对于柳树和乌鸦的描写，《故乡》中对于海滨月圆之夜、沙滩、瓜田的描写，《风波》起首对于夏日黄昏临河土场上的乌桕树和花脚蚊子的描写等，都属于自然景观。而《孔乙己》中对于包括咸亨酒店在内的鲁镇酒店格局的描写，《阿Q正传》里对于土谷祠的描写，《社戏》里对于水乡人坐在船上看戏的情景的描写等，又都属于人文景观。在鲁迅笔下，无论是自然景观，还是人文景观，都具有很强的地域特色，因而能够把鉴赏者很容易地带进绍兴一带城镇、乡村的文化氛围中去。

在某些带有叙述性的诗歌作品中，也有类似于小说的情况。以白居易的《琵琶行》为例，在最后部分有这样一段描写：

我从去年辞帝京，
谪居卧病浔阳城。
浔阳地僻无音乐，
终岁不闻丝竹声。
住近湓江地低湿，
黄芦苦竹绕宅生。
其间旦暮闻何物？
杜鹃啼血猿哀鸣。
春江花朝秋月夜，
往往举酒还独倾。
岂无山歌与村笛，
呕哑嘲哳难为听。

这里住地的潮湿低洼，绕宅而生的黄芦苦竹，啼血的杜鹃，哀鸣的孤猿，春江花朝，秋江月夜等，都是自然景观，而粗犷得难以入耳的山歌村笛，以及终年听不到高雅音乐的荒僻与偏远等，则属于人文景观。两种景观相补充，适足以渲染出白居易谪贬地的地方特色和诗中所要营造的凄苦情调，这就为收尾处的“座中泣下谁最多，江州司马青衫湿”做了最好的铺垫。

从鉴赏的角度看，地域文化特色的传达，环境描写与烘托固然不可或缺，但它在作品中毕竟是较为外在的东西，而真正处于核心位置的是人物，在抒情性作品中则是抒情主人公。一方水土养一方人。我们的祖先常爱讲“钟灵毓秀”，这里的“钟”和“毓”都作聚集、聚拢讲，一方土地的山川灵秀之气丛聚于人，逐渐形成这一地域人群特有的文化传统、文化心理、文化性格。如“会稽乃报仇雪恨之乡”“燕赵多慷慨悲歌之士”等。至于元好问说“关中风土完厚，民质直而尚义”，则更是直接以地域特点论定三秦故地的民风民气和性格特点的。文学作品只要写好了带有地域文化特征的人物性格，其他的地域文化因素如方言、风俗，乃至生活方式、想事方式、情感方式等等，都能够带起来。

肖洛霍夫的《静静的顿河》是一部地域文化色彩很浓的名著，作者对于他笔下的那些顿涅茨草原上的自然风物固然写得非常传神，使鉴赏者常常能够产生一种恍如置身其间的幻觉：冬日肆虐的暴风雪，春来冰泮雪融的春潮、泛浆的路面、耕地上蒸腾的水气，夏日暴风雨将至时，你甚至不难嗅出青草味和土腥味夹杂着的那种特殊气息。然而，最重要的却是肖洛霍夫写活了祖祖辈辈生活在这里的以麦列霍夫家族为主的那些顿河哥萨克的特殊命运和性格。这类人物，即使在俄国，也属相当特殊的群体。由于作家惟妙惟肖地写出了人物的文化心理、肖像、动作，以及从这些生动逼真的心理、肖像、动作中所传达出的深厚的地域文化传统，还有他们在长期的历史过程中形成的风俗习惯等，所以顿河草原浓郁的自然特色和人文特色，也就几乎可以触摸得到。作家写得细致，读者看得投入，以致多年以后，闭上眼睛，不少人物和场景仍能从记忆的深处清晰地浮现出来。这种情况当然不独《静静的顿河》才有，许多地域文化特点较浓的名作，在鉴赏者那里都会产生类似的效应。

二、作家的地域文化心理素质

然而，进入读者鉴赏视野的文学作品，毕竟都是由作家创造出来的，因此体现于其中的地域文化特色，无论是环境，还是人物以及其他因素，都无不是经过作家体验、选择、加工、提炼的结果。没有作家前创作的经验和通过创作在心灵中完成对这些经验的审美转化与升华，作品就不可能携带任何有关地域文化的信息供读者去欣赏。因此，作家本人的地域文化心理素质、地域文化知识积累，以及他对不同地域文化传统和特色的敏锐感受力等，就成为最关键的了。

作家本人的地域文化心理素质，首先来自童年和少年时代的生长地，来自他的故乡、故园。那里的自然风物、乡俗人情、历史遗迹、文化传统等，从他刚刚能够理解这个世界的时候开始，便感染他，熏陶他，日积月累，遂形成他最初的、也是基本的地域文化心理素质。这种心理素质表现为乡土依恋，表现为悠悠的乡情、乡思，它甚至可以伴人终生。柳宗元的“海上尖峰若剑芒，秋来处处割人肠。若为化作身千亿，遍上峰头望故乡”传达的就是这种意绪。人们非常熟悉的李白的《静夜思》，更是如此。在现代小说创作中，鲁迅的《故乡》则对此表现得尤其深致感人。这可以称为故乡情结，或乡土情结。它构成作家地域文化心理素质的核心与基础。

正因为如此，大凡地域文化特色写得深致感人的作家，很少不是写故乡或从写故乡起步的。《楚辞》的地域文化色彩是很浓很浓的，至今仍是学者们研究楚文化的重要资料，屈赋中那种生死不渝的执著与纠缠，那种烈火一样燃烧着向读者奔扑而来的情思，固然与诗人追求“美政”的理想，追求人格的完美有关，但无论是早年《橘颂》里“深固难徙，更一志兮”的坚定，还是后来《离骚》里“陟升皇之赫戏兮，忽临睨夫旧乡。仆夫悲余马怀兮，蜷局顾而不行”的难割难舍，都有诗人更深挚的乡土之思、之恋、之爱在。屈原终其一生都在为他的故园、故国而歌。这一点对后世影响很大。

以现代作家而论，鲁迅自不必说，他的许多重要作品都是取材于故乡的，其地域文化特色因乡土情结的作用而给鉴赏者留下极深的印象。鲁迅非常肯定的萧红和萧军，他们的名作《呼兰河传》和《八月的乡村》，其东北黑土地的文化特征是相当鲜明的，它们均取材于作者的故乡。此外，如老舍的写北京，沈从文的写湘西，沙汀的写四川等，都是在写着自己的故园，写着他们非常熟悉的那里的人和事。而在当代作家中，孙犁的写白洋淀、写冀中，赵树理的写晋中，陆文夫、范小青的写苏州，刘绍棠的写北运河，莫言、张炜、尤凤伟的写胶东，周大新的写豫西南等，在地域文化特色的表现上，也都各有招数，各见特色。他们都因为写了自己的故乡而取得了极大的成功，并以其笔下色调不同的地域文化风采而见重于当代广大读者。

三、简析陕西作家地域文化心理的细微差异

从全国地缘文化的分野来看，陕西许多当代作家的作品都具有秦文化的风貌，按其地域特色都可以划归秦文化圈。但细加比较，就会发现他们之间细微的差异。柳青的故乡在陕北，他的《种谷记》和《铜墙铁壁》写的也是这里的生活，虽然未必着意于要表现乡土特色，但因其比较严格的现实主义写作态度，故作品的地域文化信息还是不难被鉴赏者捕捉到的。到了写《创业史》的时候，他已经把自己的生活基地建立在长安县的皇甫村。虽说此地仍在陕西，但却属三秦故地的中心，与接近塞上的陕北相去颇远了。《创业史》升华了他在关中农村多年深入生活的体验，从外部环境的描绘，到人物内在性格的把握，到相关的社会风习的反映，已经有了比较明显的关中地域文化的风貌。特别值得注意的是这部作品的语言，除仍保留了柳青原来的部分风格特色外，又大量地提炼并吸收了长安一带的地方方言，最终形成了柳青自己的以厚重为特色的文学语言系统。这种语言对后来的路遥和陈忠实都有颇大的影响。所不同者在于，路遥更多地向陕北方言倾斜，而陈忠实则更多地向关中方言倾斜。

陈忠实是关中人，他的颇得好评的《白鹿原》在探索地域文化传统的表现上，无

论与柳青比，还是与路遥比，都要自觉得多，甚至不妨说，这是他在这部作品中的一项重要的美学追求。白鹿原，又称霸陵原，雄踞于关中腹部，横亘于灞水与终南山之间，原体高平而谷岸耸立，显得浑厚而见气势，确实是一个巨大的存在。但在陈忠实的笔下，它并非单纯的自然物象，而更多是一种文化的和历史的象征。陈忠实像他所描写的那些人物一样，世世代代生于斯，长于斯。当他把自己半个世纪的人生体验对象化到白鹿原的巨大象征之中的时候，他也同时带进了对这一块土地的爱，带进了悠悠的乡心和乡情。他的语言比柳青更见三秦腹地地域文化的神髓与气韵，而整部作品也更多些历史的蕴积，独特的思索。特别是那位朱先生，通晓关学，道德学问俱佳，立身行事多古风，过世之后，精魂化作白灵，于雪后晴日的红妆素裹中，横空而过，飘然远逝。然而那形象，那气韵，却长留在鉴赏者的心里。作家在这个人物身上寄托了他的地域文化理想、人生理想和道德理想，有关这些理想的价值的评估，自然不妨见仁见智，比如我就认为很有一些可以商榷之处，但是朱先生之作为白鹿原及其所负载的历史文化的人格化的表现，则是确定无疑的。

贾平凹的家乡在商洛，他也是从写自己的故乡，写那里山川风物、人情世态而步入文坛，确立风格，赢得才名的。在地域文化特色上，他的作品不仅有别于国内其他地区的高手们，而且也与秦地的比如路遥、陈忠实，包括老一辈的柳青、王汶石等互见差异，尽管同属秦文化系统。在文学史上，他应该算是第一个全面地向世人展示了商州故地之美的作家，也是那一块土地上迄今为止哺育出来的最重要的文人。商州在地理位置上处于南、北方的结合部，交会部，战国时期是秦楚交兵之地，其东界，秦强则属秦，楚强则归楚，拉锯、易手，屡见不鲜。秦孝公时改革家卫鞅的封地就在这一带；秦楚交恶，楚师败绩，其所丢失的商於之地六百里，也在这一带。贾平凹作品中透出的某些南国气韵，如秀逸、柔婉、空灵等，其地缘文化上的根源，很可能与商洛故地的这种虽秦而近楚的传统地位有关。

四、读者的地域文化心理素质

作品中形态各异，浓淡不同的地域文化因素，都是作家把自己的体验自觉不自觉地注入的结果。读者在鉴赏活动中通过阅读接触到这些因素，进行欣赏和玩味，以实现其与作家的交流。然而，进入鉴赏过程的读者的心灵并不是一张白纸，也不是空无一物的单纯容器，故鉴赏过程决不是消极的容受，而是在相互的交流中进行选择，彼此发生影响。一方面是作家对象化在作品中的地域文化特色被辨识、被评价，另一方面读者也就同时在拓展自己地域文化知识的视野，当然还会获得鉴赏的快感。

进入鉴赏过程的读者，也有自己的地域文化心理素质和地域文化知识积累。这种素质和积累，是他理解作品中的地域文化因素的出发点和参照系。读者地域文化心理素质的形成，与作家并无大的区别，也首先是由童年和青少年时代生活过的地方熏陶出来的。作为人，他们也有自己的乡情乡思，有对故园的依恋，有摆不脱、驱不走的故乡情结。由故土的自然环境和地域文化传统而来的这种素质和情结，是每一个读者在阅读活动中对于具体作品中的地域文化因素采取何种态度的根据，也是他进行比较与选择的尺度。当然，也还要看他在进入鉴赏过程之前有关地域文化知识的积累丰厚到何种程度等等。

一般来说，作家赋予作品的地域文化特色越鲜明、越动情，就越能够吸引读者。读者被作品中的地域文化因素所吸引，有这样几种情况：一种情况是读者在作品中看到了与自己地域文化心理素质相近，或在某些重要点上相通的东西，这时往往会唤起他的有关记忆，可能是一山一水，一花一木，也可能是早已淡去了的某个场景，某段意绪；另一种情况是作品中与地域文化因素交融在一起的作家的乡情，深深地感动了读者，勾起了读者不尽的乡思，这是一种乡心的共鸣，一种乡愁的慰藉，一种人情的泄导；还有一种情况，就是作品中的地域文化因素对于读者来说，是异质的、陌生的，然而却写得很成功、很见特色，这时吸引读者的就是作家营造出来的异域情调，使读者的猎奇心理从中得到极大的满足，有助于他的地域文化知识的积累。

五、不能忽视鉴赏时的外部地域环境

在具体的鉴赏活动中，读者所处的特定地域文化环境对其鉴赏的进程也有不可忽视的影响，这是必须予以注意的。比如读者恰好是在远离乡关的地方，并且处于如王勃在《滕王阁序》里所说的那种“关山难越，谁悲失路之人？萍水相逢，尽是他乡之客”的境况之下，阅读一部带有浓厚的家乡地域文化色彩的作品，他就会感到异常亲切、异常温馨。相反，如果这位读者不是身在异乡，没有羁旅之感，读同样的作品，那效果则会相当不同。

命运无常驻，人生无定所。对于每一个人来讲，生存的地域文化环境的变迁，是经常发生的。由于命运的播迁和生存地域的变换，人们的文化心理也会发生相应的调整，就是说会在原本形成于故土故园的文化心理素质中注进新的因素。对于作家来说，这种随迁徙而来的地域文化心理的变化，自然会在创作中反映出来。庾信曾有从南朝到北朝的命运播迁和仕宦经历，其间外部地域文化环境的变动是很大的。这给他的心理与创作都带来了极大的影响。杜甫评价他说："庾信文章老更成，凌云健笔意纵横"；又说："庾信平生最萧瑟，暮年诗赋动江关。"显然考虑到了庾信文章自南而北之后的变化。庾信早年身居被后人以"六朝金粉"形容的建康，出入宫禁，诗文轻纤绮艳；中经变故，滞留北朝，又做了鲜卑人的官。屈身两朝，名节有亏，心中是异常痛苦的，加上北国地域文化的熏染，遂使他的诗文风格之中很增加了些沉郁苍劲的气韵。刘师培在《南北文学不同论》里是从两个方面谈及庾信的：一方面说由于他和江总"身旅北方"，在他们的影响下，"南方轻绮之文，渐为北人所崇尚"；另一方面也充分注意到了身仕北朝之后庾信诗文风格的趋于深沉，所以又说："子山（按：庾信字子山）继作，掩抑沉怨，出以哀艳之词，由曹植而上师宋玉，此又南文之一派也。"在这里，刘师培"掩抑沉怨，出以哀艳之词"的评价，主要是指庾信晚年在北方的作品，应该说是准确的。掩抑沉怨，已非南音，而哀艳之词，遗响犹存。故刘师培虽说仍把庾信晚年的作品归之于"南文"，却又别为一派，这也是不错的。

杜甫是很欣赏庾信的，入川以后的诗作受其影响较深。如果我们把杜甫作为鉴赏者，把庾信晚年的诗赋作为鉴赏对象，来进行分析，则不难看出由于外部地域文化环境的变换而对鉴赏活动所造成的影响。杜甫名作《咏怀古迹五首》的第一首，可以说是用诗体形式形象地记录了他对庾信晚年诗赋的鉴赏体验：

支离东北风尘际，
飘泊西南天地间。
三峡楼台淹日月，
五溪衣服共云山。
羯胡事主终无赖，
词客哀时且未还。
庾信平生最萧瑟，
暮年诗赋动江关。

清人沈德潜对这首诗的分析是："此章以庾信自况，非专咏庾也。五、六语已与庾信双关。以上少陵自叙。"诗的首联是说，杜甫自己从因安史之乱而风尘滚滚的中国北方的地域空间，携家小飘泊到地处西南的蜀中。颔联的三峡楼台，五溪衣服，还有云山等，俱为蜀中风物。此联与首联一起，非常具体地勾勒出了播迁中杜甫所处的特定鉴赏地域文化环境。颈联沈德潜说是双关，实际上可以认为是杜甫在鉴赏庾信的诗赋时找到了二人命运的某些契合点、相通处，比如同是不尽的飘泊和淹留，都有深沉的乡思和乡愁等。尾联看似评庾信，实际上杜甫也把自己对象化到他所鉴赏的客体中去了。

六、地域文化环境影响的复杂性

庾信和杜甫都是在中年以后出现了生存的地域文化环境的远距离转移。转移之前，他们各自的地域文化心理素质，均已基本定型，因而在作品中常常表现出对于新的地域环境的不能完全认同，这就更加强化了他们对于故国故园的思念。他们谁也不会"错认他乡作故乡""错把杭州作汴州"。但如果是从小离开故乡，而且不是因为如庾信和杜甫所遭逢的那样的战乱，则情况又会大为不同。以当代小说家刘心武为例，他的故乡在四川，但很小的时候就随家人迁居北京，其地域空间转移的距离，远大于庾、杜。后来北京地域文化环境对他的熏陶，也远大于他的家乡四川，可以说他的地域文化心理的形成主要是在北京。他的小说创作，无论从题材上看，还是从人物性格的创造上看，抑或是从总体的气韵上看，都透着京味儿。如果按地域文化来进行划分，则只能把他划归当代的京派作家群，而不能划归川派作家群。对他来说，第二故乡才是真正的故乡。

笔者本系秦人，自弱冠初度之年负笈京华，屈指算来盖 40 年矣。称北京为第二故乡，应该说不算过分。然而至今仍有客居之感，总觉"梁园虽好，不是久恋之家"，并且常有一抹淡淡的乡愁袭上心头。这就与刘心武在地域文化归属上的"反客为主""假故乡作真故乡"颇不相同。倒是很像贾平凹从商州老家来到西安，至今无法完全认同都会生活，即使化身为《废都》里的哲学家"牛"，做梦也往终南山里跑。笔者读刘心武的作品，觉得在地域文化的渊源上，他距老舍远比距沙汀近得多。而无论是读他的作品，还是读老舍的作品，笔者都颇为欣赏其中地道的京味儿，并常常为之击节，然而却从来没有产生过如读柳青、读陈忠实时的那种"君自故乡来"的体验。这也足以说明，地域文化环境对创作主体和鉴赏主体的影响是相当复杂的。

地域文化的研究，在中国是“古已有之”的，而从地域文化出发的文学研究，也是“其来尚矣”，但近几十年有断裂。自80年代中期以来，由于文化热的出现，也由于研究角度从单一的阶级斗争模式和泛政治模式下的解脱，地域文化与文学活动的关系问题越来越引起学术界的关注，研究工作也开始向这个方向拓展，并且伴以作家的比较自觉的实践。其中，由北京大学严家炎教授主编的《二十世纪中国文学与地域文化丛书》，在这方面是一项值得注意的开拓性学术工程，目前已出专著10种，虽以撰写者功力不齐而稍见参差，但颇能开人眼界。笔者受到启发，选了鉴赏的角度，把往日一些零碎的想法稍加梳理，谈了以上的意见，不当之处，恳望专家和读者指迷。

（1993年第3期）

略论 19 世纪末至 20 世纪马克思主义美学

刘纲纪

马克思主义美学在 19 世纪 40 年代产生之后，并没有对当时德国和整个欧洲的美学产生明显的影响。这是由于马克思把他的注意力集中到了对社会政治经济问题、工人运动、社会主义理论、政治经济学、青年黑格尔派唯心主义批判等问题的考察上，美学只是在他考察这些问题的过程中附带涉及的问题。这又是因为对于马克思和马克思所处的时代来说，上述这些问题的考察比美学问题更重要。马克思没有像他早年的朋友卢格（A. Ruge，1802—1880）那样写出专门的美学著作，他的包含有重要的美学思想的著作《1844 年经济学—哲学手稿》，以及他与恩格斯合著的、对理解马克思主义的哲学与美学有重大意义的著作《德意志意识形态》，又是在 1932 年才公之于世的。另一篇对理解马克思主义的哲学与美学同样具有重大意义的著作《关于费尔巴哈的提纲》，是在 1888 年才作为恩格斯的《路德维希·费尔巴哈与德国古典哲学的终结》一书的附录发表的。就是在上述这些著作发表之后，由于种种历史原因，在相当长的时期内也还没有得到深入的研究和正确的理解。所以，从 19 世纪 40 年代到 19 世纪末以至 20 世纪，人们对马克思主义美学的理解，基本上是局限于马克思、恩格斯在论述他们的历史唯物主义时所提出的艺术是反映社会存在的意识形态，是由经济基础决定的上层建筑这个一般性的原理上。但就是对这个原理的理解，也常常存在不少误解以致曲解。马克思、恩格斯的同时代人，英国的莫里斯（W. Morris，1834—1896）曾写了《艺术与社会主义》一书，集中论述了劳动与艺术的关系，至少在英国的范围内产生了一定的影响。但莫里斯是一个空想社会主义者，所以他的书虽然也有某些价值，但没有也不可能真正解决劳动与美和艺术的关系，以及社会主义艺术的本质特征等问题。莫里斯的美学来源于英国艺术批评家罗斯金（J. Ruskin，1819—1900）的美学，本质上是对资产阶级人道主义的美学作一种空想社会主义的解释。

真正从历史唯物主义的一般原理出发来思考研究马克思主义的美学，始于 19 世纪末 20 世纪初。这是因为随着德国工人运动的高涨出现了一些工人艺术团体，有些同情社会主义的艺术家也站到了工人一边，于是就在理论上提出了无产阶级、社会主义与艺术的关系这个问题。德国社会民主党的主要理论家、曾得到恩格斯赞许的梅林（F. Mehring，1846—1919）集中考察了这个问题。他一方面提出艺术应当成为无产阶级所进行的阶级斗争的武器，另一方面又仍然受着康德美学的深刻影响，认为艺术具有超功利性与自律性，不可能成为政治意识形态的直接表现。梅林自己还不能解决他的理论所包含的明显的矛盾，但这个矛盾本身所包含的问题却是需要予以解决的重要问题。尽管如此，无产阶级革命运动的发展把梅林提出的问题抛到了一边，并被认为是梅林思想的不彻底性的表现。艺术是阶级斗争的武器的说法得到了大多数人的肯定。和这种说法相关，为了说明艺术与无产阶级斗争的关系，法国的拉法格（P. Lafargne，1842—1911）、俄国的普列汉诺夫（Г. В. Плеханов，1856—1918）对经济基础、物质生产、社会存在与艺术的关系作了许多研究，其中尤以普列汉诺夫的成就为最大。我们知道，马克思主义对俄国很早就产生了明显的影响。1883 年，以普列汉诺夫为主要代表的“劳动解放社”成立，开始致力于在俄国传播马克思主义，找寻俄国革命的道路。为了在普遍关注艺术问题的俄国知识界传播马克思主义以及解决无产阶级、社会主义与艺术的关系问题，普列汉诺夫利用德国美学家格罗塞（E. Grosse，1862—1926）、芬兰美学家希尔恩（Y. Him，1870—？）等人研究原始艺术取得的成果，对审美和艺术的起源与物质生产劳动的关系作了马克思主义的考察，写成了《没有地址的信》（1899—1900）这部重要的著作。他还十分具体地考察了 18 世纪法国戏剧和绘画的发展，写成了《从社会学观点论十八世纪法国戏剧文学和法国绘画》（1905）这篇长文。在这两种著作以及《无产阶级运动与资产阶级艺术》（1905）、《艺术与社会生活》（1912—1913）等一系列著作中，普列汉诺夫以大量艺术史的事实很有说服力地论证了马克思主义认为艺术是由社会存在所决定的社会意识形态这一根本观点，批判了唯心主义美学以及法国美学家丹纳（H. Taine，1828—1893）脱离物质生产，用种族、环境、时代三要素来说明艺术的发展的艺术社会学。普列汉诺夫对马克思主义的历史唯物主义的艺术社会学的研究作出了重大的贡献，但他还没有认识到马克思在《1844 年经济学—哲学手稿》中已经指出的，美与艺术是人在劳动中改造自然、创造自己生活的实践活动的产物这一根本性的观点，当然也还没有充分认识到资本主义下劳动的异化引起了美与艺术和人的本质相异化这一重要观点。他忽略了人类社会实践对理解马克思主义美学所具有的极为重要的意义，仅仅在社会意识与社会存在的关系的范围内来考察美与艺术的问题。因此，他虽然正确地指出了劳动先于艺术、功利先于审美，但没有真正解决艺术是如何由劳动中产生出来的，原先是功利的对象后来何以能转变为审美对象的问题。在他看来，是生物学上的人的本性决定了人类能够产生审美的观念，至于劳动、物质生产的作用，则只在于决定人们为什么会具有这种或那种审美观念。在审美与功利的关系问题上，普列汉诺夫与梅林不同，他对康德认为审美是超功利的说法采取了否定的态度。他认为，功利是审美的前提、基础，在审美中包含着或潜伏着人们没有明确意识到的功利。但这只指出了审美与功利的联系，还没有真正解决审美与功利的本质区别问题。

1917 年俄国十月社会主义革命的胜利使德国 19 世纪末已经提出的无产阶级、社会主义与艺术的关系问题成为更加受到关注的、直接的现实问题，从而有力地推动了马克思主义美学研究的发展。这一时期俄国和苏联的美学，大致上可以 30 年代为界划分为前后两大时期。在前一时期，出现了所谓“无产阶级文化派”，对艺术与阶级斗争、马克思主义哲学与艺术创作的关系作了极其简单、狭隘、错误的解决，鼓吹打倒一切非无产阶级的艺术，推行“辩证唯物主义创作方法”。列宁尖锐地批评了“无产阶级文化派”的观点，也批评了艺术超阶级、超政治的观点，并在他关于列夫·托尔斯泰的一系列论文中作出了如何应用历史唯物主义和马克思主义的反映论来分析艺术的典范。列宁对美学、艺术问题的研究虽然不及普列汉诺夫那样详细具体，但在对历史唯物主义的理解和应用上比普列汉诺夫更正确、更深刻。列宁美学思想的阐明者卢那察尔斯基（Пунаyарский，1875—1933）对马克思主义美学有重要贡献，但又一度受到西方生理学美学的错误观点的影响。另外，弗里契（В. Фрuye，1929—1952）在这一时期建立起了直接用生产力与生产关系的发展来解释艺术发展的庸俗社会学的美学，并被许多人认为就是马克思主义的美学。到了 30 年代，前一时期的一些显然错误的思想被清算，多数人认为艺术虽然与阶级斗争分不开，但它的主要任务应当是为苏联的社会主义建设服务，真实地反映广大人民建设社会主义的新生活。这样，前一时期的阶级斗争美学和庸俗社会学的美学被反映论的美学和现实主义的美学所取代。艺术的本质与目的被看作用一种形象化的方式帮助人们认识社会生活的本质，而在所有的艺术流派中，只有现实主义才能做到或最好地做到这一点。依据这种看法，“社会主义现实主义”于 1935 年被正式确立为苏联文艺的根本原则。这种反映论美学和现实主义美学在确认艺术是现实的反映上，在用马克思主义来解释现实主义艺术上，在促进艺术与社会主义的结合上，都曾起过不能否认的重要的历史作用，并且在实际的创作中也曾推动了一批优秀作品的产生。因此，在 30 年代左右，苏联的马克思主义美学开始在世界范围内发生影响。西方一些学者在讲到美学与艺术的发展时，通常都把苏联的“社会主义现实主义”列为一个方面，并把它看作马克思主义美学的代表。但是，真正从马克思主义的观点来看，这种反映论美学和现实主义美学有一个重大的缺陷，那就是还没有认识到或没有充分认识到马克思、恩格斯在19世纪40年代就已指出的，美与艺术是人类社会实践改造了世界的产物这一根本性观点的深刻意义。它也讲实践，但只把实践看作使主体的意识与对象发生关系，从而反映对象的一个必不可少的重要条件，不承认或不理解那为意识所反映的对象同时也是主体的实践活动的产物，它成为主体的对象以及主体在意识中如何反映它，是由主体在一定历史条件下参与的社会实践决定的。因此，这种反映论美学和现实主义美学所讲的反映、认识，基本上还停留在主客二元对立的旧唯物主义反映论的水平上。它还认识不到或不能充分深入地说明艺术对现实的反映的特殊性与复杂性，把这种反映等同于一般哲学认识论所说的反映、模写，区别仅仅在于艺术是用一种形象化的方式进行的反映、模写。此外，它也不可能从人类社会实践出发去具体历史地解决艺术对现实的反映的真实性问题。它正确肯定了现实主义艺术在人类对现实的认识中曾经起过的重大作用，但否定了其他流派的艺术在一定历史条件下和一定范围内也能达到对现实的真实反映。它狭隘地理解艺术对现实的反映的真实性，甚至把全部艺术史归结为现实主义与反现实主义的斗争史。

在上述反映论美学和现实主义美学形成发展的过程中，早年参加了共产党并曾在苏联研究马克思主义美学的匈牙利著名美学家卢卡奇（G. Lucács，1885—1971）起了十分重要的作用。他为这种反映论美学和现实主义美学作了最系统的论证，超过了苏联其他美学家。卢卡奇直至晚年写作《审美特性》（1963）一书时也仍然坚持他的反映论美学和现实主义美学。尽管他在书中许多地方讲到了劳动、实践和美与艺术的关系，但他只把劳动、实践看作艺术对现实的反映、模写得以产生的重要条件。这就是说，他仍然只是从反映与被反映的关系来讲实践的作用，不承认美及艺术的反映对象本身是人类实践改造了世界的产物。卢卡奇一方面坚持他的反映论美学和现实主义美学，另一方面又在1923年出版了《历史和阶级意识》一书。在这本书中，他脱离资本主义下物质生产的发展来讲人的异化的产生与消灭问题，并从德国社会学家韦伯（M. Weber，1864—1920）那里借来了“总体性”这一概念，认为异化的消灭和无产阶级革命的胜利决定于无产阶级能否用“总体性”概念去认识资本主义社会的本质和自身的历史使命。这样，卢卡奇就把无产阶级革命的胜利问题变成了无产阶级能否借助于“总体性”概念而使自己的阶级意识发生转变的问题，脱离马克思主义的科学社会主义而陷入了历史唯心主义。但正是这种主张从意识的活动和意识的分析中去认识资本主义社会的本质和解决资本主义社会的矛盾的历史唯心主义观点很快就受到了不少人的欢迎，使卢卡奇成为西方马克思主义的创始人。在这种观点的影响下，产生了以对资本主义社会进行思想文化批判为特征的德国法兰克福学派的马克思主义，其主要代表人物有本雅明（W. Benjamin，1892—l940）、阿多诺（T. W. Adorno，1903—1969）、马尔库塞（H. Marcuse，1898—1979）等。他们对资本主义社会的思想文化批判包含了美学、艺术方面的批判，并且是其中的一个重要组成部分，这样就形成了所谓西方马克思主义的美学。

西方马克思主义美学在扩大马克思主义在西方现代美学中的影响上无疑是起了作用的，它对西方现代资本主义社会的审美意识与艺术的批判也提出了某些有价值的观点。但从总体和主要倾向来看，这个被称为马克思主义的美学已经脱离了马克思、恩格斯从物质生产实践的发展出发来观察、解决包含艺术与美学在内的一切意识形态和思想文化问题的历史唯物主义观点。它对卢卡奇所坚持的、虽然还有重大缺陷的反映论美学和现实主义美学也采取了根本否定的态度。卢卡奇的美学以它的反映论和现实主义理论为依据，对西方现代派艺术统统加以否定，这是一种缺乏历史分析的、简单化的、偏狭的见解。法兰克福学派的美学家则转而夸大现代派艺术所包含的对资本主义的某些批判成分，主张通过发展现代派艺术来造资本主义的反。这种美学是一种所谓“否定的美学”“造反”的美学，看来它又回到了19世纪末梅林以艺术为阶级斗争的武器的观点上。但梅林在根本上还是从历史唯物主义出发来解释艺术与阶级斗争的关系的，不否认艺术是经济基础、社会存在的反映。法兰克福派的美学，如阿多诺、马尔库塞的美学则不同，为了“否定”资本主义社会和向它“造反”，它认为艺术不反映任何现实中已经存在的东西，只追求现实中尚未存在的东西。因此，艺术在本质上是异于现实的，是非现实、超现实的，从而也是非模仿、非反映的。这种号称马克思主义的理论，竟然忘记了马克思、恩格斯早就多次指出的观点，任何看来是不可思议的离奇的幻想，同样是现实生活在人们意识中的一种反映。此外，这种理论还鼓吹通过艺术以及审美来拯救心灵、拯救世界、拯救人类，即鼓吹一种脱离现实的审美与艺术的乌托邦。早期法兰克福派的美学，如本雅明的美学注意到了现代资本主义社会下生产技术的发展变化对艺术产生的影响，并提出了个别有启发性的看法。但它又把艺术生产和物质生产作简单的比附，认为艺术家进行创造的技术或技巧就是艺术的生产力，艺术家与欣赏者的关系就是艺术的生产关系。这实际上又回到了与20年代俄国弗里契的庸俗社会学的美学相类似的思路上去。在法兰克福学派之后的西方马克思主义的美学家，如美国的詹姆逊（F.

Jameson，1934— ），英国的伊格尔顿（T. Eagleton，1943— ），在美学上都各有他们的某些贡献，但从根本上看，又经常是脱离马克思主义的实践观点、历史唯物主义来观察解决美学问题的。包含在整个西方马克思主义美学中的一切合理的、可取的成分，最终只有放到马克思主义的实践观点、历史唯物主义的基础上予以批判的分析、改造，才能成为真正有意义、有价值的东西。

中国的马克思主义美学经历了自己的与俄国、苏联和西方不同的道路。它可以1942年毛泽东《在延安文艺座谈会上的讲话》（简称《讲话》）发表为标志，划分为前后两大历史时期。前一时期，以“中国左翼作家联盟”为中心，基本上是从俄国、苏联引入、介绍马克思主义美学的时期，其中不仅介绍了马克思、恩格斯、列宁、斯大林有关文艺的言论，苏联文艺界各个派别关于文艺问题的看法与争论，而且还介绍了普列汉诺夫、卢那察尔斯基以及车尔尼雪夫斯基等人的美学，在俄国20年代甚为流行的弗里契的美学也被介绍过来了。在鲁迅（1881—1936）、瞿秋白（1899—1935）的大力支持下，“左联”进行的这种介绍工作做得很认真，为中国人了解马克思主义美学打下了良好的基础。但在长时期内，如何将马克思主义美学应用于中国的实际，促进中国革命文艺的发展，这个问题还没有得到全面、正确的解决。因为这个问题的解决并不仅仅是一个文艺本身的问题，它直接牵涉对整个马克思主义（特别是哲学）以及中国革命的性质、任务、方向、前途的认识问题。1937年，毛泽东写了《实践论》《矛盾论》，深入考察研究了马克思主义哲学。1939年，毛泽东写了《中国革命和中国共产党》，次年又写了《新民主主义论》，科学系统地解决了中国革命的性质、任务、方向、前途问题。这样，毛泽东就从马克思主义哲学和中国革命问题的研究两个方面为文艺问题的解决作了充分的理论准备。此外，毛泽东青年时代就酷爱文学，进行诗歌创作，这与马克思、恩格斯是类似的。毛泽东本人还是一个有卓越成就的诗人、文章家和书法家，并且对包含文艺在内的中国历史文化有极为广泛深入的了解，这对他研究解决文艺问题有重要的影响，并使他对文艺的特征有一种深刻的理解。

《在延安文艺座谈会上的讲话》的发表，第一次科学地总结了“五四”以来中国文艺发展的历史经验，把马克思主义美学和中国文艺发展的具体实际相结合，使马克思主义美学真正在中国生根，并在中国这个东方大国中推进了马克思主义美学的发展。在20世纪的马克思主义美学中，以毛泽东为代表的中国的马克思主义美学，是足以同苏联和西方的马克思主义美学并列而无愧的，并且在一些重大问题上作出了超越前两者的贡献。

在中国处于激烈严酷的抗日战争的条件下，毛泽东在他的《讲话》中指出文艺应当成为“团结人民、教育人民、打击敌人、消灭敌人的有力的武器”，但毛泽东又没有像苏联或后来西方马克思主义美学中的某些人所主张的那样，简单地认为艺术是“阶级斗争的武器”。毛泽东是从文艺与生活的关系出发来提出他对文艺的本质的看法的，他指出文艺是“一定的社会生活在人类头脑中的反映的产物”，生活是文艺的“唯一源泉”。毛泽东的种看法与马克思主义认为文艺是社会存在或经济基础的反映的原理完全一致，但它不直接用对社会存在或经济基础的反映而用“生活”这一概念来规定文艺的反映对象，并指出“生活”是文艺的“唯一源泉”，这更符合文艺区别于其他意识形态的特殊本质，并且确定了“生活”是文艺的本源，从根本上反驳了西方现代包括海德格尔在内的一切唯心主义美学关于艺术的本源的看法。而毛泽东所说的“生活”，又是同他在《实践论》中作了深刻阐明的马克思主义的实践观点联系在一起的。毛泽东指出实践是“变主观的东西为客观的东西”的活动，其中物质生产活动是“最基本的实践活动，是决定其他一切活动的东西”。实践“不限于生产活动一种形式，还有多种其他形式，阶级斗争，政治生活，科学和艺术的活动”，包括“社会实际生活的一切领域”。因此，说“生活”是艺术的“源泉”，在毛泽东的思想中也即是说人类改造世界的实践活动是艺术的源泉，两者是完全一致的。[①]值得注意的是，在《在延安文艺座谈会上的讲话》发表之前，周扬（1908—1989）在1937年已依据马克思、恩格斯、列宁和毛泽东的实践观点来研究、介绍了车尔尼雪夫斯基所主张的“美是生活”和“艺术是生活的再现”的美学，既肯定了它的合理性和贡献，同时又批评了它的不足，并在《我们需要新美学》一文中明确提出：“无论是客观的艺术作品，或是主观的审美能力，都不是本来有的，而是从人类的实践过程中所产生的。这就是我们和一切观念论美学者分别的基点。”[②]由于周扬对车尔尼雪夫斯基美学的评介符合于毛泽东的《实践论》的思想，因此毛泽东在《讲话》中明显针对车尔尼雪夫斯基美学以及它所批判的黑格尔美学对生活美与艺术美的关系的看法提出了自己的看法，指出艺术美来源于生活美，但又高于生活美。这就既肯定了车尔尼雪夫斯基认为艺术美来源于生活美，生活美具有艺术美不能比拟的生动性、丰富性的思想，同时又批判地吸取了黑格尔认为艺术美是人类心灵创造的产物，因而高于现实美（自然美）的辩证观念，克服了车尔尼雪夫斯基声称艺术只能是生活的苍白的复制，永远也不能超过生活美的直观唯物主义的错误。毛泽东还指出反映社会生活的文艺能够“帮助群众推动历史的前进”，“使人民群众惊醒起来，感奋起来，推动人民群众走向团结和斗争，实行改造自己的环境”。这同样是马克思主义哲学的实践观点在美学上的应用，与车尔尼雪夫斯基认为艺术的作用只在于“再现”和“说明”生活根本不同。但毛泽东又“不赞成把文艺的重要性过分强调到错误的程度”，因此，如前所述阿多诺、马尔库塞等人认为凭借艺术就可以“否定”和超越资本主义的现实和拯救世界，从毛泽东的观点看来，当然是一种错误的、唯心的空想。总起来看，毛泽东的美学是建立在马克思主义实践的唯物主义基础上的美学，与苏联及卢卡奇的忽视马克思主义实践观点的反映论美学和现实主义美学有重要的不同③，当然更不同于否认马克思主义实践观点的西方马克思主义美学。高度重视和强调马克思主义实践观点，是中国的马克思主义美学的一个重要特征，也是一个重大的优点。从本世纪50年代开始到“文革”后的80年代，中国美学界围绕着美的本质问题展开了一次大讨论，最后在多数人当中形成了一种共同的看法，即认为美既不是人的意识活动的产物，也不是物所具有的与人的存在无关的某种属性，而是人在社会实践中改造了客观世界的产物。这一观点的确立是同毛泽东的《讲话》以及周扬在研究介绍车尔尼雪夫斯基美学时提出的观点一脉相承的，并且在20世纪马克思主义美学的发展中具有不可忽视的重要意义。

除了以马克思主义实践观点为基础，从文艺与生活的关系对文艺的本质作了深刻的规定与阐明之外，毛泽东的《讲话》还详细论述了文艺与人民和文艺与政治的关系这两个重要问题。毛泽东指出革命文艺的服务对象是广大的人民群众，首先是工农兵。这就从文艺的接受者方面科学地规定了革命文艺、社会主义文艺的本质属性。和这个问题直接相关，毛泽东还批评了文艺工作中轻视普及的倾向，对普及与提高的关系即“初级的文艺”与“高级的文艺”的关系作了辩证的、深刻的解决，提出了在普及的基础上提高，在提高的指导下普及的方针，并强调指出普及是用“工农兵自己所需要、所便于接受的东西”去普及，提高是“沿着工农兵自己前进的方向去提高，沿着无产阶级前进的方向去提高”。毛泽东的这些论述，为革命的、社会主义意义上的大众文艺的发展奠定了坚实的理论基础。这种大众文艺不同西方马克思主义美学所研究的资本主义下完全为商品生产所支配的大众文艺，而是在马克思主义、社会主义思想指导下的大众文艺。这是当代大众文艺发展的两种不同的方向、道路，后者将随着社会主义的发展而日益显示其优越性，最后成为大众文艺发展的普遍必然的历史趋势。在文艺与政治的关系问题上，毛泽东指出“在现在世界上，一切文化或文学艺术都是属于一定的阶级，属于一定的政治路线的”，反对艺术超政治，与政治并行或互相独立的主张，并指出马克思主义所说的政治指的是集中反映了千百万群众利益的政治，不是其他任何意义上的政治。与此同时，毛泽东又指出“政治并不等于艺术”，“缺乏艺术性的艺术品，无论政治上怎样进步，也是没有力量的”。在马克思主义美学的发展史上，毛泽东对文艺与政治关系的考察具有重要的理论意义。它的根本思想至今看来仍然是正确的，但毛泽东在阐述他的思想时，一方面明确地主张艺术与政治必须统一，并反对将艺术等同于政治；另一方面又提出艺术“必须服从于政治”，政治标准第一、艺术标准第二的主张，从而导致对艺术与政治的关系的狭隘的理解，忽视了艺术的相对独立性和艺术与政治之间所存在的复杂关系，在实践上对文艺的发展产生了不利的影响（特别是在这种思想被发展到了极端的时候）。④从西方马克思主义美学来看，艺术与政治的关系是它很为关注的重要问题，特别是法兰克福学派之后的詹姆逊、伊格尔顿的美学所关注的问题。但西方马克思主义美学至今为止并没有真正对这个问题作出马克思主义的正确解决。在被视为西方马克思主义创始人卢卡奇的美学中，艺术被看作与政治相互独立的。在法兰克福学派及詹姆逊、伊格尔顿等人的美学中，则经常把艺术等同于政治，并竭力对艺术在政治上的作用作一种历史唯心主义的夸张。

邓小平在新的历史条件下继承和发展了毛泽东的美学。他在 1979 年发表的《在中国文学艺术工作者第四次代表大会上的祝词》中指出，“我们要继续坚持毛泽东同志提出的文艺为最广大的人民群众、首先为工农兵服务的方向”⑤，“人民是文艺工作者的母亲。一切进步文艺工作者的艺术生命，就在于他们同人民之间的血肉联系。忘记、忽略或是割断这种联系，艺术生命就会枯竭”⑥。针对新的历史条件，邓小平把文艺看作在建设高度的物质文明的同时建设高度的社会主义精神文明不可缺少的一个重要方面。这是对文艺的功能、作用的新的历史定位，具有重要的理论意义。它包含了政治，同时又修正了毛泽东的带有狭隘性的“文艺服从于政治”的提法，符合于文艺本身的特征，为文艺的发展打开了广阔的天地。邓小平还指出人们的艺术爱好是多样的，“雄伟和细腻，严肃和诙谐，抒情和哲理，只要能够使人们得到教育和启发，得到娱乐和美的享受，都应当在我们的文艺园地里占有自己的位置”⑦。党要根据文学艺术的特征和规律来领导文艺工作，正确总结过去的历史经验，解放思想，实事求是，研究新情况，解决新问题，发挥文艺家个人的创造精神，在艺术创作上提倡不同形式和风格的自由发展，在艺术理论上提倡不同观点和学派的自由讨论。邓小平在文艺问题上发表的言论，是他所创立的中国特色社会主义理论的一个有机组成部分，标志着马克思主义美学在中国的发展进入了一个新的历史时期。

回顾 19 世纪末至 20 世纪马克思主义美学的发展，是同对文艺与阶级斗争、政治的关系，物质生产的发展与文艺的发展的关系，马克思主义哲学的实践观点与马克思主义美学的关系等问题的解决分不开的。各国马克思主义美学的研究者在解决这些问题的过程中走过了曲折复杂的道路，既提出了一些正确的或部分正确的观点，也存在着不少对马克思主义和马克思主义美学的误解以致曲解。例如，声称“马克思主义美学主要是一种讲艺术与社会的功利关系的理论，是一种艺术的社会功利论”[⑧]，就是由对马克思主义美学的误解和曲解产生的一种看法。马克思主义认为人类物质生活需要的满足是审美与艺术产生、发展的前提和基础，但它从来没有认为社会功利目的的实现就是审美与艺术的本质。毛泽东在《讲话》中批判了资产阶级反功利主义的虚伪性，同时也批评了“狭隘的功利主义”。他要求文艺要有益于人民，但并没有把文艺的本质看作就是社会功利目的的实现。马克思主义美学同马克思作过深刻阐明的在物质生产力高度发展的基础上实现人类从“必然王国”向“自由王国”的飞跃这一根本思想分不开。人的个性才能的全面自由发展是马克思主义美学所追求的根本目的。依据这一根本思想，马克思主义一方面批判了资本主义下的贪欲和利己主义的功利追求的极度发展对审美与艺术的否定，把它看作人的本质的异化的表现；另一方面又批判了脱离物质生产力的发展，企图用审美与艺术来拯救世界的各种各样的美学乌托邦。马克思主义美学高度重视艺术的社会效应、功能、意义，是为了充分发挥艺术特有的作用，推动广大人民群众起来改造压制着人的全面自由发展的旧社会，解放生产力，建立社会主义、共产主义的新社会，使审美与艺术从物质生活需要满足的限制与束缚下彻底解放出来，获得过去所不能设想的繁荣和发展。所以，马克思主义美学决不是什么“艺术与社会的功利关系的理论”“艺术的社会功利论”，而是在物质生产力高度发展的基础上超越一切功利的束缚，使审美与艺术真正成为人的全面自由发展的实现的理论，是关于美、美感、艺术的真正科学的理论。

注释：

①④ 引文分别参见毛泽东的《在延安文艺座谈会上的讲话》和《实践论》。

② 周扬：《我们需要新的美学——对于梁实秋和朱光潜两先生关于“文学的美”的论辩的一个看法和感想》，载《周扬文集》第1卷，人民文学出版社1984年版，第217页。

③ 毛泽东《在延安文艺座谈会上的讲话》中曾讲到中国的革命文艺是“主张社会主义的现实主义的”，这说明毛泽东对“社会主义的现实主义”是采取肯定态度的，同时也和当时中国革命与苏联的密切联系有关，但

不能因此认为毛泽东在《讲话》中阐明的美学思想和当时苏联或卢卡奇所讲的美学是一个东西。苏联美学家在论述马克思主义美学在世界各国的发展时，常常绝口不提中国毛泽东的美学，这显然不是由于偶然的疏忽。

⑤⑥⑦ 邓小平:《在中国文学艺术工作者第四次代表大会上的祝词》，载《邓小平文选》第 2 卷，人民出版社 1994 年版，第 210 页，第 211 页，第 210 页。

⑧ 李泽厚:《美学四讲》，香港三联书店 1989 年版，第 17 页。

（1999 年第 3 期）

古文论研究杂识

罗宗强

三年前，曹顺庆先生提出文学理论研究最严峻的问题是“失语症”[①]。同一时期，他又提出医治此种“失语症”的办法是重建中国文论话语。[②]而重建中国文论话语的途径，主要是借助于古文论的“话语转换”。对于文学理论界来说，这个问题的提出确实反映了面对现状寻求出路的一个很好的愿望。因它接触到当前文学理论界的要害，因此引起了热烈的响应，一时间成了热门话题。学者们纷纷提出利用古文论以建立我国当代文论话语的各种可能性。张少康先生认为应该以古文论为母体和本根，吸收它的精华；同时深入研究西方文论和我国当代的文学创作实际，来构建具有中国特色的文艺学。[③]蔡钟翔先生提出“古文论的现代转换，可以先绕开范畴体系的建构这个难题，而从局部性的理论入手，这样推陈出新之路可能走得更顺利、更有效”[④]。蒋述卓先生则特别强调了“用”，在用中达到古文论与当代文论的融合。他还提出了若干个可用的方面。[⑤]这些见解都是文论界为寻出路而思虑再三的有得之见。但是，如何建立有中国特色的文学理论，实在是一个非常复杂的问题。它不仅牵涉古文论的利用，而且牵涉当代的文化现状（社会的文化水平、文学创作的实际情况、文学理论界的现状等）。而且，能否很好地利用古文论，也与目前的学术水平有关。因此，对于“失语”和“话语转换”这样的命题，也就自然地存在不同的意见。蒋寅先生认为“失语症”这一命题难以成立[⑥]；陈洪、沈立岩先生认为，传统文论的某些命题迄今仍被广泛认可并采用，并不意味着它可以在不远的将来再生、复兴，因为它自身的弱点妨碍其直接转化为现代意义的文论话语系统。他们指出这些弱点是：概念术语使用的随意，分体文论不平衡，理论创新的动力不足，主流理论发展不明显。王志耕先生更进一步，提出中国古文论的语境已经缺失，只能作为一种背景的理论模式或研究对象存在，如要将它运用于当代文学的批评，则正如两种编码系统无法兼容一样，不可在同一界面上操作。他认为，不能回归古文论，却必须回归文化母体。[⑦]这些意见分歧说明讨论已经深入。但是，至今为止，对于古文论的利用似仍停留在纯理论的探讨上。古文论的话语究竟能不能转换，如何转换，转换是否就能建立有中国特色的文学理论等问题，尚未得到实践的证明，甚至如何付之实践，也未见有开始操作的迹象。在未付之实践之前，是是非非，恐怕一时是难以论定的。我对于文艺理论并无研究，本无资格谈论此一问题。由于此一问题涉及古文论的研究，而我多年来的教学工作，正在这一领域，对此也就有了一些很不成熟的零碎的想法，愿提出来就正于行家。

一、古文论研究的目的：用与不用之用

古文论的研究目的，一直是个有争议的问题。这个学科创立之初，研究目的似较单一，那就是作为史的研究的一部分，能够帮助更好地了解文学史。后来逐渐地转向了为建立新的文学理论而研究。[8]这种转变有它的大的文化背景。50年代提倡“古为今用”以来，一切涉及“古”的研究对象，目的都是“今用”。因为研究的前提是为了今用，凡能说明今之合理的、于今有益的，就是“精华”；反之，就是糟粕。于是哲学史的研究以唯心、唯物分界，以唯心、唯物定是非。对于一些思想家究竟属于唯心还是唯物争论不休，而不问其思想的原有特色如何。文学史的研究以阶级性、人民性、真实性分界，于是有诸如山水诗有无阶级性之类的令人啼笑皆非的讨论。这些在当时是很“有用”的，是为现实服务的。现在回过头来看，又有多少用处呢？反思这段历史，我们应该从中有所领悟了吧。急功近利，对于文化遗产的研究来说，孰得孰失，值得思考。

古文论的研究为今所用，非始于今天。1957年就有研究者在《新建设》上提出这个问题；1961年《文艺报》在五、七两期里开展专题讨论，宗白华、俞平伯、孟超、唐弢、王朝闻、王瑶等著名学者都就此发表意见。1982年《文史哲》为此专门召开座谈会。1983年贺敬之、徐中玉诸位先生又发表文章，就此提出建议。[9]这些讨论，出发点都是很好的，都是为了反对民族虚无主义，反对教条主义，以祈建立有中国特色的马克思主义文艺理论。从这一问题提出至今，40余年过去了，一直未能很好解决，现在又提了出来。这次是从“失语症”说起，并且提出了达到重建的途径：“话语转换。”这一次会有什么结果，目前还不清楚。40年来反复提出同一个问题，指导思想其实都一样，都是“古为今用”。“古为今用”可以说是我们几代人在对待古文论上的思维定势。至于如何理解“古为今用”，是急用先学，还是把对于古文论的研究看作整个文化遗产研究继承的一部分，在深入研究的基础上，让其自然地、不知不觉地融入当前的文

化建设中，似乎就有不同的看法。我以为，研究古代文学、古代文论，以一颗平常心，意在求真，其实是学术研究的一种正常现象，在其他国家似乎并不成其为问题。而在我们这里却需要反反复复讨论如何“古为今用”！这实在是一种很特异的现象。

学术研究的一个重要目的就是求真。我在1989年、1991年先后两次提到古文论的研究不一定要急于为今所用。古代文学理论研究的目的应该是多元的，它可以有助于当前建立有民族特色的文学理论；也可以在无形中提高民族的文化素质；可以有助于其他学科如文学史、思潮史、艺术史、社会史、士人心态史的研究。它可以有益于今天，也可以有益于将来。从文化承传的角度说，弄清古文论的本来面目，也可以说是研究目的。我们不能把古文论的研究目的理解得过于狭窄，就像自然科学中的基础理论研究虽不能直接为生产所用而对于未来生产的发展却至关重要一样，人文、社会科学的基础研究也往往具有更为深远的意义。[10]后来有一些学者对此提出异议，我却至今坚持这一认识。文化建设是多层次的，每个层次之间都存在着无形的微妙的关系。对于传统的深入认识本身，也就帮助我们提高文化素养，帮助我们认识今天的许多事物，帮助我们对传统中优秀部分的选择与吸收。求真的研究，看似于当前未有直接的用处，其实却是今天的文化建设非有不可的方面。我们的文学创作、书法、绘画创作，无不与文化素养的深厚与否有关。近年来海峡两岸暨香港、澳门都在讨论国画要不要革新的问题，意见分歧颇大。其实革新是必然的，时代发展了，审美趣味变了，我们总不能固守原来的审美标准，千年同一模式。当代有成就的国画家，无不是革新者。徐悲鸿、傅抱石、李可染、林风眠、吴冠中都是例子。李可染那样表现光和影，吴冠中那样运用线和点，无疑都是对传统国画的革新，但我们仍然在他们的画中看到非常中国式的东西。在李可染的画中是静谧的诗情，有古代诗歌境界的影子；在吴冠中的画中我们感受到旋律和节奏的美。他们的画中都有着浓烈的情思氛围，有生命的律动。我想除了他们的高度的艺术素养之外，就是因为他们都有深厚的文化素养。这深厚的文化素养，正是他们绘画的根基。而我们看另外一些画家的作品，他们也着意革新，但我们看到的只是形式上的新变，只有图形而找不到情思韵味的美，找不到丰厚的民族文化内涵，显得单薄、乏味。我曾见过一位有点小名气的中年画家画的一幅人物画。他画的是嵇康，满身鬼气。原来他对嵇康并无些微的研究，只据《语林》所记嵇康弹琴遇鬼的故事加以生发。小说家言本不足为凭，却据以把一位历史上有名的敢于非汤武而薄周孔、任个性而轻利禄、风神潇洒的人物，丑化得不像样子。由于缺乏必要的传统文化的素养，纵有笔墨又如何！近年的书法也有类似的情形，行笔与结体是刻意求变了，也挺好看，但就是没有韵味。我非常同意杨守敬关于书法七分天资三分苦功的说法，不过天资之外应该还有文化素养。气质和素养是艺术的生命。我们看王羲之的《哀祸帖》、王献之的《鸭头丸帖》，那一种潇洒飘逸、神采飞扬，完全在不经意中表现出来，那就是气质与素养。当代的林散之亦如此。现在的一些书画家，缺乏的不是没有自己的艺术语言，而是缺乏深厚的文化素养。从这里我想到文学理论的对话问题，关键恐怕也不是有没有自己的话语，而是学术层次问题。钱锺书先生不存在“失语症”，就是一个很好的例子。这一点其实用不着忌讳，对于我们来说，是很正常的。我们的文艺理论界50年来经过多次的波折，先是闭目塞听，唯尊苏联一家；近20年来又饥不择食，有的研究者慌慌张张、似懂非懂地塞进许多西方的各式各样的理论。缺乏独立思考的能力在先，缺乏消化能力在后，来不及充实自己，处于这样一个转型期，社会文化积累也还不够，要建立自己的理论与国际文学理论界对话，又谈何容易！

以一颗平常心对待古文论研究，求识历史之真，以祈更好地了解传统，更正确地吸收传统的精华。通过对于古文论的研究，增加我们的知识面，提高我们传统文化的素养；而不汲汲于“用”。具备深厚的传统文化的根基，才有条件去建立有中国特色的文学理论。这或者才是不用之用，是更为有益的。

二、范畴转换可能遇到的困难

退一步说，我们的文学理论界今天确实感到在国际交流中无话可说，需要“急用先学”，需要从古文论中获得自己的话语。那么，面前遇到的还有一个可能性的问题。这个可能性的问题包括两个层面，一是范畴自身的性质是否为我们提供转换的可能性；一是我们现在对范畴研究的水平是否已经达到了应用的层次。

先说第一点。许多的论者都提到古文论的最为主要的特色是它的范畴。因此提到范畴的“话语转换”问题。范畴能否转换，我同意陈洪先生的意见，转换是非常困难的。这困难陈先生认为在于：文论家使用某一概念时内涵并不统一；同一概念，古今含义不同；概念的象喻性特点使得它的义界无法界定。[11]我这里想就古文论的范畴和命题能否通过“话语转换”为今所用的问题，再作一点发挥。古文论中的每一个范畴和命题，都有其产生的文学创作思潮的背景。我们现在研究古代文学，常常运用古文论中的一些术语和范畴，这是因为，那些术语和范畴适合于说明古代文学的某些特点。即使如此，要作更深入、更科学的研究，仅仅运用那些术语和范畴也还不够，需要有新的观念、新的用语。如果把古文论的术语和范畴转换为今日之话语，把它当作一种具有普遍意义的理论，用以说明今日远为复杂的文学现象，恐怕难度就会更大。文学是一种历史现象，文论也是一种历史现象，古今时异、事异，要用同一个标准（即使是经过改造的标准）来要求，是很难的，也是不合理的。不仅如有人已指出的那样，语境的丧失使得古文论无法用以评论今日之文学，其实在古代也同样存在这样的问题。在一个文学思潮上产生的理论范畴，用以评论另一个文学思潮的文学，也常常存在不贴切的现象。用风骨来论定公安派的是非，用神韵来批评龚自珍的诗，不仅说不清，也不合理。其他许多范畴也有类似的情形。相当多的一部分范畴，代表着一种特定的美学要求，是文学发展到一定阶段的产物，并不具备普遍的意义。即使一些属于艺术方法的范畴，也并非全都具有普遍性，我们不妨从最早的诗论范畴说起。赋、比、兴是在诗、乐、舞合一的条件下产生的，它的含义是什么，至今也还在争论。不过最初的意思，似与乐教有关。[12]汉人加以改造，给出新的解说，才被用于脱离乐舞之后的诗歌创作和诗歌批评。但是这改造过的赋、比、兴，也还只是适用于诗歌发展的一定时期、一定范围。当意境创造成了诗歌创作的主要追求时，赋、比作为写作方法，就不大适用了。同样，用来评论发展了的诗歌现象，也不易做到贴切。比如，王维、孟浩然的一些诗，兴象玲珑，无迹可寻，很难分出哪是赋、哪是比、哪是兴。若用赋、比、兴去解读，就会解得大煞风景。李商隐的一些诗，你就很难从中看到赋、比、兴的影子。一些固守古训的陋儒不知这种新变，还用赋、比、兴去解读，结果就闹出许多笑话。这是可举出不少例子来的。例如，《昨夜》伤时光之流逝，叹生命之日渐衰老。有的学者认为，若与《夜冷》《西亭》并读，有“伊人云逝”的伤逝之情。[13]这是对的。而清人冯浩解此，则谓：“‘流尘’比流言，玩下二句，必慨谗人间之于座主西川者。”[14]一篇个人的伤怀之作，就这样成了政治遭遇的比附。义山的一些著名的无题诗，抒写恋情，而清代的一些学者，爱用比、兴的评诗模式去作僵化的解读，香草美人，处处附会义山与令狐绹的关系，爱情诗也就成了政治诗。诗歌的表现方法丰富了、发展了，评诗的人却仍然停留在老观念上。义山大量使用象征、暗示、意象的非逻辑组合的方法[15]，这是他之前的诗歌中少有的（阮籍《咏怀》与之有某些相似处，但阮以思，李以情，意象组合的方式也不同），仍用传统的批评术语、范畴去范围他的诗，当然也是可以的，不过总给人以怪异之感。而这一点，正是中国古代文论长期发展缓慢的一个原因，古文论研究者至今对此仍未给予必要的注意。一个范畴，反复使用，说它具有相对稳定性吧，又不尽然。相对稳定，必须是范畴具有普遍适应的功能，与不同的被批评对象之间相契合。而在许多情况下不是这样，文学创作实际变化了，而文评家的评论观念却是陈旧的。就说这个“比”吧，原是诗歌发展早期的一种非常简单的表现手法（以彼物比此物，喻类之言），应该是原于民歌的一种创造，并无万能之蕴含。由六诗而六义，文评家们都把它当作圣人之遗教[16]，遂奉为金科玉律，不敢违抗，从而用于一切诗评，虽不契合也不自知。当然在一定的范围内，有的范畴加以申说还是可以用的，如兴。叶嘉莹先生把它作为“兴发感动”来理解，用以分析古诗，不知是否也可用于分析一切现代诗。至于后来出现的一些诗歌批评、诗歌理论范畴，特定的适应性就更强些。往往一个文学思潮过去之后，相应的术语和范畴也就渐归于冷落。其中的一些可能后来还被应用，但含义已发生变化。大致说来，属于某一思潮代表的美学范畴，更具特指的性质；属于艺术表现方法的范畴，较具普遍性。但即使如此，它也往往只适用于文学发展的一定阶段。

一定的范畴与产生它的文学思潮密切相关，并不适于文学发展的一切阶段。那么能否通过“话语转换”为今所用呢？从目前所见，通过“话语转换”为今所用不外是这样几种方法：（一）改变语境，把古文论的范畴直接拿来，纳入新的理论框架里，与从西方学来的话语并存，所谓“杂语共生”。已经提到的范畴如言、象、意、道、虚、实、气、神、韵等（这些能否都称为范畴，似尚可研究）。（二）用现代话语对古文论范畴加以阐释而后运用。（三）改造原有范畴的内涵，而后运用。（四）误读、别解，也就是“六经注我”的方法。把固有的范畴作新的解释，变成一个既有原含义，又有新含义的范畴。细细思之，这几种转换方法似都存在不易克服的困难。第一种方法，如果把原有的一些范畴纳入新的文学理论阐述过程中，它必须是与所要言说的理论一致，这是最起码的要求。范畴是理论体系的构成部分，是理论展开的必备部件。如果有一个新的理论体系，那么它必定与所使用的范畴契合无间，这就要求范畴的内涵与外延具有一定的明晰性。可是我们古文论的一些范畴，并不是这样。即以上面提到的那些“范畴”为例，道，是什么“道”呢？有原道的道，有明道的道。如纪昀所说：“文以载道，明其当然；文原于道，明其本然。”[17]我们是用原道的道呢，还是用载道、明道的道呢？即使用明道、载道的道，那么道的内涵也还有所区别，是哪一家的道。是唐宋人说的儒家之道，还是把那个内涵抽掉，先把它变成完全抽象的东西（就是韩愈所说的“仁与义为定名，道与德为虚位”的那个虚位的“道”[18]），然后加进我们今天的思想（或如20年前说的为政治服务）。如果是按我们今天的要求，载的、明的道是今天政治、思想内容，那又有一系列的问题必须解决，如文学的特质、功能、社会角色，不同文体的不同要求等等。道是这样，言和意，虚和实呢？当言与意、虚与实独立言说的时候，似乎并不能构成古文论的独立的范畴，只有当言和意构成言意关系时，它才成为古文论的一个命题。虚实问题也一样。在这些范畴的意蕴尚未弄清之前，即使选择一部分，杂语共生，不要求清一式的民族化，恐怕也不好办。第二种办法较为简单，如果风骨不叫风骨，神韵不叫神韵，而改以现代话语表述，那么原有范畴即已消失，不存在利用的问题。用第三种方法，范畴经过改造。我现在还想不出在多大程度上如何改造，是完全赋予现代含义，还是给进一点新的东西？因此不好妄下断语。不过，我想，如果完全赋予新的含义，那范畴性质已改变，那就近似于第二种；如果赋予部分新的含义，那就与第四种方法相同。第四种方法“六经注我”，这是我国思想家惯用的方法。就文学批评、文学理论来说，先例多多。但这里有一个问题，就是必须考虑文学发展不同阶段的性质。也就是说，范畴含义的基本方面与文学创作的实际应大致相对应。如前所述，我国的古文论范畴有的在文学创作发展之后评论古代文学也存在不尽适用的现象，用来评论今天的文学，要它适用当更为困难。我们今天的文学理论建构，虽也要用于研究和评论古代文学，但主要的还是用于批评或者引导今天的文学创作，这应该是着眼点。今天的文学创作形态已大异于古代文学，给古文论范畴以新解恐怕就会遇到许多限制，可选择的对象，数量不会太多。又由于我国古文论大量的是诗文理论，这些诗文理论范畴许多并不适于用来评论或要求其他文体。最具普遍适应性的一些范畴和命题，如意象、意境、形神关系等，数量有限。这些有限的数量，能否构成一个有中国特色的体系，就不好说了。

再退一步说，假若我们能找到一种方法来改造古文论的原有范畴，为今所用，我们目前也还有不少的工作要做，需要假之以时日。关于需要假之以时日，还有更为重要的另外的原因，我们后面将要谈到，这里只就古文论研究本身说。我们目前古文论研究所达到的水平和我们的文艺理论工作者对我国古文论的了解程度，限制了我们对古文论的利用。急用先学不是一个有效的可以采用的办法，必须全面地深入地理解才能自如地应用它。所谓自如地应用它，是说能用现代的观念正确解读它，透彻了解其含义，了解其精华之所在；有所会意，有所选择，给以新解而洞悉本源，虽六经注我而在精神上不离六经。前辈许多大师给古文论以新解，大都如此。蔡钟翔先生提到的王夫之、黄宗羲对兴、观、群、怨的解释，王国维对意境的解释莫不如是。[19]我们近 20 年来在古文论研究上确实取得了很大的进展。但这进展，也只是我们把古文论研究的一些重要命题展开了，在一些点上深入了。至于这些命题是否已经都得到满意的解决，回答恐怕否定的居多。即以曹顺庆先生提到的问题为例，也可说明这一点。曹先生说，古文论研究界一直对于“气”的解释莫衷一是，原因是不从根本上即从中国文化的特点上去理解。他说：

> 其实，“气”是中国人对天地万物本源及其根本活力的一种认识。它既不是精神，也不是物质，但却可以具体地表现为一定的精神或物质之中，在中国传统文化中，人们认为，是气构成和推动了世界的运行和形成了人和自然生命发育生长。由于气有各种不同的表现和具体形态，可以表现为自然、社会的各种人、物、事，所以中国文化也有相应的气的地理学、气的政治学、气的军事学、气的医学、气的文学艺术，从某种意义上讲，中国文化也可以说是一种“气的文化”，因为气是中国人世界观中的一个核心范畴，代表了中国传统看待世界的基本方式。在这个“气的文化”中，我们再来看“文气说”的有关概念，就比较好理解了。人是气的精华，即所谓气之精所产生的，如果人体内的精气充溢，那么人的思维、智慧必然就旺盛、活跃。所以，其表现于一定的文学艺术形式也就必然有力。个人所秉赋的天地精气越充盈，他在言语中把气表现得越充分，他所创作的文学作品也就越有其艺术的感染力。这样我们就明白了，所谓才气、文气、气格和作品的气韵的确是本为一体，同出一源，一点也不神秘，而且只有在“气文化”的背景上，而不是在西方逻各斯中心主义的背景上，传统的“文以气为主”这一命题才能显示它丰富的理论内容。[20]

我引了这么一大段文字，是因为这段文字涉及古文论中的一个重大问题，而曹先生的论述中又让人感到这个问题他已经给解决了。而且这种解决还连带涉及古文论范畴研究的一些基本原则，有必要加以讨论。曹先生这段话的意思是说，文学艺术中的气是艺术的感染力，而这种感染力的有无，取决于作者体内是否精气充溢。而这样解读，是只有在“气文化”的背景上才能做到的。曹先生把对于文气的解读与哲学思想联系起来，是非常正确的。至于是否有气的地理学、气的政治学、气的军事学，我不了解，无法肯否，留待地理学家、政治学家和军事学家去回答。气在我国古代的思想中，的确占有十分重要的地位，但能否把我国的文化称为“气文化”，我觉得似乎还需要研究。记得十年前，是什么都叫作“文化”的，有龙文化、麒麟文化、牡丹文化、竹文化、茶文化等等，不下几十种，而且是“文化搭台，经济唱戏”地闹了好一阵的。文化包含的内容极为广泛，用张岱年先生的说法：“包括哲学、宗教、科学、技术、文学、艺术、教育、风俗等，是一个包含多层次、多方面内容的统一的体系。”[21]从广义说，它其实包括人类创造的一切精神、制度和物质形态（如文物）。即使从狭义说，“气”也只是哲学思想的一部分，并非我国哲学思想的全部。即使只就“气”这一范畴而言，也有不同的理解，儒、道、释各家对气的解释也不同。这不同的哲学基础影响到文学观念上来，对于文论中的气的理解当然也就不同。曹先生对“气”的解释，显然是从道家说的，因为他讲的是个人所秉赋的天地精气。那么文论中儒家一派的气说呢？梁肃、柳冕、韩愈的气论，包含有道德修养、道德力量的影响在内，与曹丕等人的气论就有明显的差别。我们要不要承认这种差别呢？这就说明我们在对古文论范畴的清理过程中，用一种简单的方法是解决不了问题的。要对范畴进行“话语转换”，就比如说气吧，选取哪一个含义，不弄清楚是不行的。因为选取对象的不同，有可能牵连到我们对于文学的特质、文学的社会功能的理解角度。正是从这个意义上，我以为只有对古文论范畴含义的了解达到相当的清晰之后，才有可能比较正确地利用它。而这一点，又实在很不容易。曹顺庆先生也注意到这一点，他说：“长期的文化失语症，导致了人们对中国古代文论解读能力的低下……甚至一些古代文学和古代文论研究专家，也不可思议地出现解读的困难，其后果是非常严重的！这种解读能力的低下，并非意味着古代文学与文论专家水平不高，而是所操文论话语的不同所致。”[22]把解读的困难全归之于失语症，有些不公，影响解读的因素似更为复杂。即以曹先生所举《文心雕龙·议对》和同书《夸饰》篇中“风格”一词为例，曹先生批评祖譔、舒直两先生错把此两处“风格”当作西方文论的“风格”，他认为还是杨明照先生说得对，《夸饰》的“风格训世”，“格”应作“俗”，“风俗训世”，就是“讽俗训世”。这问题说来话长！祖譔、舒直先生的解读当然是错的。但杨先生考定“格”为“俗”，就对了吗？1941年徐复先生在《文心雕龙正字》中就从顾千里校本提出“格”应作“俗”的看法[23]，杨先生同意了这一看法。其实，这一看法未必对。《夸饰》篇论写法，非论内容，前后文义，皆依此立论。“虽《诗》《书》雅言，风格训世”，意谓《诗》《书》雅正之言，其风范可为世之法式，亦《定势》所说“模经为式”之意。训“格”为“俗”，义不可通。[24]目前存世《文心雕龙》有《夸饰》篇的最早本子元至正十五年（1355）刊本正作“风格训世”而非“风俗训世”（前于此的敦煌遗书唐写本《文心雕龙》无《夸饰》篇）。杨先生是《文心雕龙》研究的权威，穷毕生之精力，用于《文心雕龙》研究，尚且如此，何况我辈！由此可见，罪过不在“失语”、解读能力的低下，当另有原因。古文论本身的特点造成解读的困难，为原因之一，已如前论。

是否具备理论思维能力，恐怕也是一个原因。1991 年我在《中国四十年来古代文学理论研究的回顾》中说："古代文学理论本身是一种理论形态，对它的研究当然不能停留在史料的清理上，对它作理论的阐释与评估，应该是这一学科研究的最终目的。"当时是有感而发的，不过并未言明。训诂家注释理论著作，往往会遇到麻烦。大师如俞樾，亦在所难免。[25]要对古文论的范畴作确切的解读，必须借助于现代科学训练起来的严密的理论思维能力，不仅仅是运用现代的文学理论观念。观念的更新不等于说用现代文学理论观念去解读古文论，因为现代文学理论观念与古文论范畴不一定都能对应。而是说用严密的理论思维能力，去辨析、判断，用现代的明晰的逻辑和语言，去说明古文论的含义和实质所在。事实上有的学者在这些方面已有出色的收获，如钱锺书、王元化诸位先生。蔡钟翔先生主编的《中国古典美学范畴丛书》中，就有好几本相当精彩，如蔡先生的论自然，涂光社先生的论势等等；近来又有詹福瑞先生的《中古文学理论范畴》，其中对一些范畴和命题的阐释也是相当用力的。但就古文论涉及面的宽广和我们目前的研究状况而言，许多的范畴和命题还有待进一步去研究、阐释。我们还有很长的路要走。

这一部分说了这么多，我的意思是说，古文论的范畴、命题为今所用的问题，是不是还可以等一等。在这个过程中，古文论研究者加深理论的修养和对于当前文艺理论研究的进展的了解；文学理论学者加深对于古代文学、古代文论的了解。二者融通的同时，加强对当代文学创作实际与理论需要的考察，不汲汲于求用，或者会有大的收获。

三、关于古文论的体系及其利用问题

我国的古文论有无体系，在什么意义上谈体系问题，一直有不同的看法。而这一问题与"话语转换"、为今所用又有着重要的关系，无法回避。在这个问题上，我有许多的疑问，现在把这些疑问提出来。我们说理论体系，一般说来，指的是某一位理论家的理论体系；或者指一个学派的理论体系。从这个意义上说，我认为我国的古代文论领域，确实存在着有自己的理论体系的文学理论家。刘勰就是一位。最近还有学者认为《文心雕龙》建立的是一个表面体系化而内里充满经验实证的"体系"，意谓其无体系。这里有一个问题：用实证的方法建立的理论体系能不能算体系？刘勰的《文心雕龙》有其理论核心，围绕这核心展开他的作家论、文学创作论、文学批评观和文学史观。在这些命题下面，又展开子命题，如文学创作论中的物色、神思、风骨、体、势、味、术等命题。从理论核心到子命题，都有着内在的严密逻辑。怎么能说它没有体系呢？我以为，像严羽、叶燮他们的诗歌理论，也应该认为是有体系的，不过规模较小，也没有刘勰的理论那样严密而已。

从另一个范围说，我国的古代文论，有没有一个统一的体系？这个问题就不大好回答。有人说有，有人说无。而且说有的人还占多数，好像说无就有点很对不起自己的祖宗。我目前还想不清楚，只是有许多疑问。比如说，我们似乎未曾听说过哪一个国家在其历史上有一个统一的文学理论体系；只听说过某个国家在其历史上有若干个文学理论家有其文学理论体系。可能有例外，如苏联。但那并不是说在他们的历史上只产生过一个文学理论体系，而是因为他们在一个特定的时期，被规定为只能接受“这一个”。那么是不是因为我们的文学传统的特殊性，终于形成我们的古文论传统里只有一个体系呢？如果我们面对历史事实，那么回答是否定的。刘勰的理论与严羽的理论，如何把它们捏到一个体系里呢！或者我们可以说，只有刘勰的理论代表我国古文论的精华，而严羽的不算，可以排除掉。如果那样，那公平吗？这是疑问之一。如果从我们认为的角度，把古文论的各色各样的论点，按我们的需要，加以分析综合，构拟出一个体系来（已有研究者这样做了），“六经注我”，当然是可以的，历史上常有。不过，那是“我”的体系呢，还是古文论家的体系？也就很难说了，这是疑问之二。疑问之三是古代文论的范畴有没有内在的统一体系？这问题也说来话长，似乎是从哲学界谈起来的。有的研究哲学的学者认为，我国古代的哲学范畴有一个内在的体系。我不懂哲学，本无发言权。但常常有疑问，中国哲学有许多范畴，如道、气、理、心、性等等。学者们认为这些个范畴相互之间存在着内在的联系，这些联系构成了一个中国哲学的完整体系。在中国古代，各家各派的哲学家大都涉及一些共同的范畴，这是事实。可以说，这些范畴是中国古代哲学家共同涉及的命题。同样的范畴，各道其所道。老子的道与孔子的道是一样的吗？当然不是，天差地别！其他范畴也一样。如果我们抽掉范畴的具体内容（就像韩愈所说的“虚位”），把道、理、气、心、性等等，构成一个哲学体系，那么这个由没有具体内容的范畴构成的体系是个什么样子呢？恐怕是一个无法言说的空壳，是个“透明的塔”！如果我们把每个有着不同内涵的范畴构拟成一个体系，虽各道其所道，各得其所得，而杂糅之，牵合之，那么这个体系又会是一个什么样子呢？会是一个完整的统一的体系吗？哲学范畴如此，古文论范畴更是如此。我想，各家各派的文论家、文评家都涉及一些共同的范畴，我们恐怕也只能说这些范畴是中国古代文论的基本框架，这框架里各人装进各人的东西，各道其所道，各自成其体系。而这框架，可以看作中国古代文论的某些特色，因为他们感兴趣于这些共同的领域，力求通过对这些范畴的阐释，探讨他们共同关心的一些重大问题。如此而已！

二十几年前，一个民族有两种文化这话是常常说的，现在不说了，只说一种。以至于中国古代文论的体系也只有一个！我想，要找到这样一个体系，把它“转换”成现代文论体系，怕是很难的吧！

最终我们恐怕还是要面对史实，即面对有着不同理论、不同体系的古代文论来选择我们之所要。那么我们选择什么呢？是儒家的系统，还是道家的系统，还是儒、道互补的系统？还是每样都选取一点，只要它有用就行。那么什么是有用的呢？这就联系到另一个问题，即我们应该立足于什么基础上来建立我们的有民族特色的文学理论。

四、建立有民族特色的文学理论的立足点

提出“话语转换”的学者的着眼点，是在国际对话中没有自己的话语。因此需要建立自己的文论话语，便于对话。让国际文论界能听到中国学者自己的声音，这样一个目的，不能说它不对。但我以为，这着眼点似乎有点错位。理论建设的目的，应该首先想到我们今天的现实需要什么。文学理论的建立是为了解决文学创作、文学批评中的现实问题。我们现在的文学创作处于一种什么样的状态，有些什么样的问题有待理论的探讨；我们现在的文学批评、文学理论探讨都有些什么问题需要解决，这才是我们的文学理论赖以建立的主要依据。其实我们面对的问题是很多的，无论在创作上，还是在批评上，我们正处于百花齐放的最好的时期。多元的发展为我们提出了许多新的课题，一些还是最基本的问题，比如说，文学是什么呢？它是一个永恒不变的概念，还是一个历史的概念？是一个严格规范的概念，还是一个弹性的概念？从它的形态看，从创作的动因看，从它的社会角色看，它的特质是什么？文学的社会角色，与它的功能是不是同一个概念？它的功能是自在的，还是受外界诸因素决定的？在现代科技迅猛发展的今天，它的功能与存在价值有没有受到影响？应该如何给它定位？它的社会的角色，从不同的层面看，有没有不同，如从政权的层面看，从社区的层面看，从接受者的层面看有没有区别？左右文学的构成因素是什么，文学批评的标准等等，还可以提出一系列问题。这些问题在现实的多元化的批评与理论探讨中常常被隐蔽起来了。当然，这些问题的解决由

于各人所掌握的文学理论体系不同而会有不同的答案。但是什么样的答案更切合我们的文学发展的现实，通过讨论，会明朗起来。即使讨论的结果得出多元的答案，那也会加深我们对问题的认识。有了这些认识，我们才会明白我们缺乏什么，需要什么，需要从古文论中获得什么样的理论遗产。

我们不能把建立有中国特色的文学理论体系仅仅理解为对于古文论的话语转换，它涉及的是如何对待整个文化传统。文化传统不仅存在于文化遗产里，而且也遗存在现实生活中，在我们每个人的精神世界里。只靠古文论话语的“转换”是不够的，需要我们加强对整个文化传统的了解，分辨出哪些有用，哪些对今天并无用处。而这些问题我们在现实生活里实际上并没有解决。前些年关于新儒家能够救中国的说法热闹了好一阵子，近来相对沉寂了，但问题也并没有解决。我们究竟要什么，是文化传统里的人文精神，还是君君、臣臣、父父、子子（我说得有些极端，不过在现实生活里也并非空穴来风）？是天行健，君子以自强不息，还是中庸之道？是要魏晋人的个性张扬，还是要儒家的礼的约束？等等，等等。或者我们什么都要，各人要各人的！文化传统中应继承什么，不继承什么的问题不解决，古文论如何继承的问题便无法完全地得到解决。因此我以为，利用古文论以建立有中国特色的文学理论的问题，尚须积之以时日！

要建立有中国特色的文学理论，还有一个主观条件的问题。要担负建立此种理论的人，至少必须对古代文学、古代文论有深入的了解；对国内外文学理论的研究进展了如指掌；对我国当代文学创作实际、对当前的社会文化状况和需要有所研究。而我们现在从事这三个领域研究的人，大多独立于本领域之内，兼通者较为罕见。一种新的理论的建立，不是单靠技术操作所能办到的，它是对创造者学术水准的全面要求。考虑到这些，我想，我们可用一颗平常心来对待这个问题。可能还会有一个六神无主的过渡期，那也不要紧。无望其速成，无诱于势利，只要我们以一种严谨的学风，一个问题一个问题扎扎实实地研究，我们就有可能更快地前进，更快地接近新理论创造的境界。

我以为，妨碍我们达到这个目标的大敌，是我们自己。我看过一位博士生的论文，他写的是中外文论诗学语言的比较，综论中国、印、欧三大文化系统诗学语言学理论范式的差别。这样一个涉及三个文化系统的大问题，做起来谈何容易！因此就只能凭印象、凭感觉，那结果可想而知，不确切、似是而非的观点便在所难免，如说语言是万物之母，可以化成天下；说我国中古的文学观念是尚质、重道轻文，中古是文学观念的复古期等。这样飘浮的研究是无益于学术的前进的。我不是说这位学生水平低，而是说不要急于求成。我有一种感觉，在我们的文学研究领域，有一大批青年学者，他们无论在才华上、知识面的宽广度上，都远远地超过我们这一代（我指的是像我这样把一生最好的年华都浪费在行尸走肉的岁月里，根底既不足，知识面也狭窄的这一代人）。他们中的一些人，必当能达到中西兼通、有扎实的国学根底、有高度的理论素养、有自己的学术思想的学术境界。他们中必定有创造有中国特色的文学理论体系的人，而且会是不止一人，不止创造一种体系。当然，也必定会有一个先从具体问题解决起的过渡期。

注释：

①㉒ 曹顺庆：《文论失语症与文化病态》，《文艺争鸣》1996 年第 2 期。1991 年王一川先生在《卡里斯马典型与文化之镜（一）——近四十年中国艺术主潮的修辞学阐释》中对《爸爸爸》里的人物丙崽的“失语症”进行了精彩的分析。他说：“丙崽的失语症意味着话语能力的历史性丧失。在两座同样神圣而富于权威的话语体系——中国传统文化和西方现代文化之间，‘自我’发现自己置身于不可超越的历史性话语‘空白’之中。”（《文艺争鸣》1991 年第 1 期）1993 年，张新颖先生在《存在的难题：我们如何表达自己》中虽未用“失语症”一词，但实际上涉及“失语症”问题。（参见其专著《栖居与游牧之地》，学林出版社 1994 年版，第 27—34 页）但他们都不是直接谈论文学理论国际对话中的失语问题，所以我从曹顺庆先生正式谈论此一问题算起。

②⑳ 曹顺庆、李思屈：《重建中国文论话语的基本路径及其方法》，《文艺研究》1996 年第 2 期。

③ 张少康：《走历史发展必由之路——论以古代文论为母体建设当代文艺学》，《文学评论》1997 年第 2 期。

④⑲ 蔡钟翔：《古代文论与当代文艺学建设》，《文学评论》1997 年第 5 期。

⑤ 蒋述卓：《论当代文论与中国古代文论的融合》，《文学评论》1997 年第 5 期。

⑥ 蒋寅：《文学医院：“失语症”诊断》，《粤海风》1998 年第 9—10 期。

⑦⑪ 陈洪、沈立岩：《也谈中国文论的“失语”与“话语重建”》，《文学评论》1997 年第 3 期。王志耕：《“话语重建”与传统选择》，《文学评论》1998 年第 4 期。

⑧ 参见张海明《回顾与反思：古代文论研究七十年》，北京师范大学出版社 1997 年版。

⑨ 参见罗宗强主编《古代文学理论研究概述》，天津教育出版社 1991 年版，第 5—7 页。

⑩ 罗宗强、卢盛江：《四十年古代文学理论研究的反思》，《文学遗产》1989 年第 4 期。罗宗强主编：《古代文学理论研究概述》，第 7—8 页。

⑫ 王昆吾先生最近提出，六诗中的赋，是用言语传达诗的方式，比与兴，是用歌唱传达诗的方式。亦一说，可参考。参见其《中国早期艺术与宗教·诗六义原始》，东方出版中心 1998 年版，第 213—309 页。

⑬ 刘学锴、余恕诚：《李商隐诗歌集解》，中华书局 1988 年版，第 1080 页。

⑭ 《李商隐诗歌集解》引冯浩《玉谿生诗集笺注》。

⑮ 王蒙对此有精彩的论述，参见他的《一篇〈锦瑟〉解人难》，《读书》1990 年第 7 期；《再谈〈锦瑟〉》，《读书》1990 年第 10 期；《通境与通情——也谈李商隐的〈无题〉七律》，《中外文学》1990 年第 4 期；《对李商隐及其诗作的一些理解》，《文学遗产》1991 年第 1 期；《锦瑟的野狐禅》，《随笔》1991 年第 6 期；《混沌

的心灵场——谈李商隐无题诗的结构》,《文学遗产》1995年第3期;《李商隐的挑战》,《文学遗产》1997年第2期。

⑯ 六诗之说，见于《周礼·春官·大师》，六义之说见于《毛诗序》。

⑰ 范文澜注:《文心雕龙注》引，人民文学出版社1958年版，第4页。

⑱ 韩愈:《原道》，载《韩昌黎全集》卷一一,《四部备要》本。

㉑《张岱年全集》第6卷，河北人民出版社1996年版，第130页。

㉓《斯文》1941年10月第2卷第1期。

㉔ 参见王礼卿《文心雕龙通解》,（台湾）黎明文化事业股份有限公司1986年版。张立斋:《文心雕龙考异》，正中书局1974年版。冯春田:《文心雕龙释义》，山东教育出版社1986年版。冯著对此有详细论证。

㉕ 如他注《庄》，就常有不理解义理而错注处。《大宗师》:“古之真人，其状义而不朋，若不足而不承。”俞注：“郭注训义为宜，朋为党，望文生训，殊为失之。此言其状，岂言其德乎？义当读为峨……朋读为崩。……其状峨而不崩溃者，言其状峨然高大而不崩坏也。”他批评郭象注，而其实倒是他自己错了。义是宜，宜是指他处于一种他应处的自尔、自适的状态。林希逸《庄子鬳斋口义校注》释“义而不朋”为“中立而不倚也”是。《大宗师》这段话是状真人的精神风貌的，谓其随自然之所宜而独立不倚，虚怀无物而无所秉承。俞樾却把它解成了对于真人外貌的描写，联系下文，义皆不可通。他注《庄》，每有此类错误，见其《诸子平议》卷一七《庄子平议》，载严灵峰编《无求备斋庄子集成续编》第36册,（台湾）艺文印书馆1974年版。

（1999年第3期）

乐舞文化和舞蹈史学

孙景琛

一

我国的舞蹈史学，作为近代科学的中华文化史之一支，是本世纪中期才开始建立的新兴学科。1956 年 6 月，国务院哲学社会科学规划办公室主持制定了哲学社会科学十二年规划。舞蹈学科的课题主要有中国舞蹈史、各民族舞蹈和世界各国舞蹈、舞蹈概论等。其中，舞蹈史的研究任务落实到了当时的中国舞蹈艺术研究会。[①]这是我国历史上首次提出把舞蹈史研究作为一项科学命题。同年 10 月，舞蹈艺术研究会正式建立中国舞蹈史研究组，组长由舞研会主席吴晓邦兼任，同时聘请热心于舞蹈史研究的著名戏剧家欧阳予倩担任学术指导。这是我国建立的第一个有组织的舞蹈史研究机构，我国的舞蹈史学从此开始起步。

中华民族的乐舞文化源远流长，历史悠久，由于它和现实生活及各种观念的紧密联系，在我国的文明进程中曾经发生过深远广泛的影响。但长期以来，有舞而无史，在浩似烟海的古史文献中，只留下了为数不多的史料，而且其中的大部分是作为封建社会的礼制仪典记录下来的（如二十四史中的乐志），有着明显的局限性。到近代，面对当时剧烈变化的时代风云，在新文化运动的影响和推动下，不少具有近代意识的学界前辈开始了对民族传统文化的全面回顾和反思，纷纷运用近代科学的观念和方法，追溯各种文化形态的形成、发展过程，将它们置于世界文化的大背景下，评估优劣，议论取舍。其间，美术史、戏剧史、文学史、音乐史……都取得了相应的成果。唯独乐舞文化，却像是被遗忘了的角落，业绩寥寥，仅有的零篇散章，也屈指可数。

当时也有一些学者敏感到了乐舞在我国民族艺术和美学思想中的重要地位和作用，从而提出了要加以研究及利用的中肯意见，如著名的教育家、美育的积极倡导和实践家蔡元培先生，就曾多次提出音乐舞蹈在美育中不可偏废的意见。在他一系列追溯美育源头的文章和讲演中，甚至已接触到了舞蹈起源及发展等问题的探讨，如：

初民的美术（指艺术——笔者），最有大影响的是舞蹈。可分为两种：一种是操练式（体操式）；一种是游戏式（表演式）……他们的举行，最重要的，是在两族间战后讲和的时候。其他如果瓜成熟，牡蛎收获，猎收丰多，儿童成丁，新年，病愈，丧葬，军队出发，与别族开始联欢等，也随时举行。

舞蹈的快乐，一方面是舞人，又一方面是看客。舞人的快乐，从筋骨活动上发生。看客的快乐，从感情移入上发生。因看客有一种快乐，推想到鬼神也有这种感情，于是有宗教式舞蹈。(《美术的起源》)

又如：

跳舞的起源很简单，动物中，如鸽、雀，如猫、狗，高兴时候，都有跳舞的状态……到跳舞之进化的时候，我们所知道的非、澳、亚、美等洲的未开化人，都有各种跳舞，他那舞人，必是身上画了花纹，或加上各种装饰；那是图案与装饰品的起源。跳舞的地方，有在广场的；但也有在草舍或雪屋中间的，这就是建筑的起源。又如跳舞会中，必要唱歌，是诗歌与他种文学的起源。跳舞时，常用简单的乐器，指示节拍，这就是音乐的起源。似乎各种美术都随着跳舞而发生的样子。所以有人说最早的美术就是跳舞，也不为无据。(《美术的进化》)

蔡先生在论述中所依据的资料，主要来源于国外的人类学调查，这也从一个侧面反映了我国当时舞蹈史研究的滞后。但他根据这些资料得出了一个具有普遍意义的观点，即原始舞蹈是最早形成的一种艺术形态，与其他各类艺术有着渊源关系。这一观点不仅已为众多学者所普遍接受，也为我国的调查资料所证实。正由于原始歌舞的高度综合性，尽管当时还没有乐舞专史，但各种艺术史著在追溯源头时，往往要接触到乐舞的产生及其原生形态，艺术史、音乐史难以避免，戏剧史、文学史也很自然的会上追到原始歌舞。如鲁迅先生的《汉文学史纲要》开始一段所述就是原始歌舞的发展概况：

在昔原始之民，其居群中，盖惟以姿态声音，自达其情意而已。声音繇变，寖成言辞，言辞谐美，乃兆歌咏。时属草昧，庶民朴淳，心志郁于内，则任情而歌呼，天地变于外，则祇畏以颂祝，踊跃吟叹，时越侪辈，为众所赏，默识不忘，口耳相传，或逮后世。复有巫觋，职在通神，盛为歌舞，以祈灵贶，而赞颂之在人群，其用乃愈益广大。

在戏剧史中，歌舞与戏曲的嬗递关系更为明显，因此在戏剧史著作中，有关戏曲形成前的乐舞发展流变更是少不了的章节。例如近代戏曲研究的开创者王国维在对古典戏曲“究其渊源，明其变化之迹”后，于1912年完成的《宋元戏曲考》中，第一章“上古至五代之戏剧”所论述的内容，实即古代歌舞的演变轨迹。又如他的《唐宋大曲考》，所考究和论证的内容，全属乐舞，也可看作断代的乐舞专题史著。

然而，尽管在各类艺术史著作中，已经涉及了古乐舞的内容，由此也反映出研究乐舞历史发展的实际意义和迫切性，但在相当长的一段时间内，仍然没有专治舞蹈史学的学人，也没有出现舞蹈史的专著。据目前看到的资料，直到1934年，才有钱君匋《中国古代跳舞史》（上海神州国光社）一书的出版，这也是中国社会科学院历史研究所编辑的《八十年来史学书目》中著录的唯一的一本舞史专著。尽管它的起点和所达到的高度，与同属开创性的专题史著《宋元戏曲考》不能相提并论，但它毕竟填补了文化史研究中的一项空白，开拓之功实不可没。在此之前，还有中华书局1933年出版的一册《古中国的跳舞与神秘故事》，署名李璜译述，原作发表于1926年，作者是法国社会学家葛兰纳。原著着眼点本不在史，而是试图从古代乐舞传说中寻找上古社会的残迹，加以是读书笔记式的译述而非全文，书中论述还没有充分展开，但作者从社会学的角度来分析研究古代舞蹈，并首次引进了图腾舞蹈的新概念，对拓宽舞蹈研究的思路是很有启发的。

然而上述两书出版后在当时的学术界似乎并没有引起太大的反响，也不见有后来者继起。只是在岑家梧所著《图腾艺术史》（长沙商务印书馆1937年出版）中，有一篇《中国图腾跳舞之遗制》，篇幅不大，却是探讨我国图腾舞蹈遗迹的第一篇专文，弥足珍视。此后，又是一段漫长的沉寂时期，直到中华人民共和国成立以后，随着舞蹈艺术的发展，开始有些学者注意到了舞蹈和舞蹈史的研究，1956年社会科学发展十二年规划中提出舞蹈史专题，同年10月正式组建中国舞蹈史研究组，我国的舞蹈史学才走上了有组织有计划的发展道路。

建组以前，舞研会曾为开展舞史研究进行了一系列准备工作，主要有两方面：一是制造舆论，推动研究；一是实践。前者，有意识地组织专家写作舞史专题论文，发表在会刊《舞蹈学习资料》和以后公开出版的《舞蹈》杂志上，如在1954年出版的学习资料第四辑上，就集中发表了欧阳予倩的《狮子舞》和他翻译的《胡旋舞小考》，阿英的《中国古代的民间舞蹈》，阴法鲁的《从敦煌壁画论唐代的音乐和舞蹈》，以及向达的旧作《柘枝舞小考》等多篇。第九辑发表了魏尧西的《宋代队舞》，李拓之的《中国的舞蹈》，这是中华人民共和国成立以后第一篇意图从总体上论述舞蹈发展历程的专论，上自原始社会，下迄清末民初，对我国舞蹈进行了系统的探讨，已初具通史的框架。

实践方面，开展了对古代舞蹈遗存的社会调查，1956 年春节期间，组队到江西进行了傩舞调查，对这一古老舞种的音乐、舞蹈、面具、服饰，通过学习、摄影、绘画、录音（以后还补拍了记录电影）等手段，作了全面的收集和记录。这次调查结束回京后，于 7 月间在中国文联礼堂举办了图片、面具展览和汇报演出会。10 月，又出版了以傩舞调查资料为中心的学习资料第十一辑。同年 8 月，在吴晓邦主席亲自主持下，又在苏州进行了道教乐舞的调查工作，拍了记录片，出版了内刊《苏州道教艺术集》。

这些工作无疑对开展舞史研究和研究组的建立起到了良好的促进作用，可以说是近代舞蹈史学科的准备阶段。

舞史组建成后，除更有计划地继续以上两方面的工作外，在由欧阳予倩主持的经常性活动中，还有目的地邀请各种艺术史家报告他们治学的经验，介绍各种古代舞蹈专题。著名戏剧家李少春访日归来后，应邀来介绍了日本保存的中国古代舞蹈并表演了他刚学回来的唐代名舞《兰陵王》。

在此期间，舞研会继续进行了两次较大规模的古代舞蹈调查活动。一次在 1957 年 1 月至 4 月，与山东省文化局、曲阜县有关部门共同组成孔庙古乐古舞整理委员会，整理记录祭孔乐舞，拍摄了记录片，编印了《曲阜祭孔乐舞》。一次是同年的 6 月至 8 月，赴广西调查古老的巫舞——跳神，后因“反右运动”开始，被迫中止。这一年的 2 月间，舞史组还布置了“中国古代舞蹈史陈列室”，内部展出，这是首次举办的舞蹈史专题展览。应该说自舞史组建成后，工作开展得很有声势，很有朝气，使舞蹈史学这门新兴的学科得到普及，受到重视，引起了文化学术界的关注，为舞蹈史研究的进一步发展奠定了基础。

舞史组还组织舞协全体业务人员检索了《全唐诗》，汇编出版了《全唐诗中的乐舞资料》（人民音乐出版社出版）。还协助欧阳予倩完成了他的断代舞蹈史专著《唐代舞蹈》（上海文艺出版社出版）。这两项成果在舞史研究领域中都具有开创性和示范意义。

舞史组一直工作到 1961 年春。这年 4 月，全国高校文科教材编选计划会议召开，成立了舞蹈教材编写办公室，决定由舞协组建中国古代舞蹈史教材编写组，负责编写古代舞蹈史教材。由于原舞史组部分成员调到了教材组，舞史组的工作无形中宣告结束，而由教材组接替。

教材组组成后，由欧阳予倩任主编。经集体讨论，确定首先编写《中国古代舞蹈史长编》，在长编基础上再编教材。这个组一直工作到“文化大革命”前，长编于1962年秋完成初稿，在舞协举办了舞蹈史讲座，又在北京舞蹈学校进行试讲。经广泛听取意见后，1964年初修改定稿，编印了征求意见本。接着编写出教材，于同年7月完稿，交教材办公室（此稿“文化大革命”后下落不明）。7月27日舞史教材编写组宣告撤销。

长编在“文革”后又进行了一次修改，由北京舞蹈学院编印出版作为试用教材。经再次修订，于1983年10月由文化艺术出版社分册出版，1984年出齐，这就是今日所见五卷本的《中国舞蹈史》。这一成果的取得，如从1956年10月舞蹈史研究组建立算起，经历了28年。

岁月匆匆，近半个世纪过去了。经过几代学人的辛勤耕耘，舞蹈史学这门学科从孕育、诞生，终于逐步成长起来，取得了初步成果，当然，对一门学科的建立来说，几十年的时间并不算长，要走向成熟，还须假以时日，有不少新的领域有待开拓，有不少具体环节、问题有待深入弄清、搞通，但至少，目前对我国乐舞文化的发展已不再是一片混沌了。

二

我国幅员辽阔，民族众多，复杂多样的生态环境和文化传统，不平衡的社会发展历程，为我国乐舞文化渲染出一幅色彩斑斓、品类繁多的绚丽画卷。高山的凝重，湖海的深邃，大漠的刚毅，草原的豪迈，黄土高原的淳厚，江南水乡的灵秀……不同民族、不同地域、不同舞种都有各自不同的性格和色调。但百川归海，人们也不难发现，中华乐舞是一个整体，有着大致相同的美学特征，有着相通的神韵和风貌。历史上民族的迁徙，地域之间、文化之间的频繁交流、渗透和融汇，构建成我国各民族歌舞你中有我，我中有你，而又各具特色的统一整体。

乐舞的萌芽和形成，可以远溯到人类发展的洪荒时期，远远超出了人类的记忆范围。因此当后人想起对其寻根究底的时候，光剩下一些朦胧的传说和神话了：

> 昔陶唐氏之始，阴多滞伏而湛积，水道壅塞，不行其原，民气郁阏而滞著，筋骨瑟缩不达，故作为舞以宣导之。（《吕氏春秋·古乐》）
>
> 帝尧立，乃命质为乐。质乃效山林溪谷之音以歌，乃以麋輅置缶而鼓之，乃拊石击石，以象上帝玉磬之音，以致舞百兽。（同上）
>
> 舜德大明，于是夔行乐，祖考至，群后相让，鸟兽翔舞，箫韶九成，凤凰来仪，百兽率舞。（《史记·夏本记》）

这些神话传说，反映了古人对原始歌舞的一种认知，甚至是远古事实的一种已模糊了的记忆，其中的历史信息是值得我们认真探索的。类似的神话故事，民间至今仍有流传。景颇族重大的节日歌舞“木脑纵”，传说就是孔雀到天上学来后，人类又向孔雀学会了唱歌跳舞。壮族铜鼓舞所用的铜鼓，传说是老祖宗布洛陀依照天上星辰的样子做的。苗族芦笙，有一种说法是仿效鸭子模样做的。纳西族用象形文记录下来的东巴舞谱《祭什罗法仪跳的规程》中，记下的第一个舞蹈就是《舞的起源》，经文中说：世上的东巴原来不会跳舞，后来向海里的金色神蛙学会了跳舞的方法和本领。而金色神蛙又是从住在天上的盘珠萨美（纳西族传说中智慧美丽的歌舞女神）那里学来的。这些神话至今仍流传在人们的口头。

这些见于史书或口头传说的故事，无疑都已经过很长时间的流传。由于流经的人文环境的不同，时空的变异，故事中的人物和情节不可能没有变化。但令人注意的是，在这些不同地域、不同族系的古老传说里，却同样反映了原始歌舞与天地自然、飞禽走兽、氏族祖先及原始宗教信仰的密切联系。古代学者所说“大乐与天地同和”，从美学逻辑上升华了这些神话传说所包含的深层意识，反映了先民在精神活动中追求与天地自然协调和谐的意愿。

原始舞蹈在邈远的洪荒时代度过了它的萌芽期。这是一个时间跨度极长，舞蹈自身及所依存的生态环境、文化氛围变化也很大的阶段。随着原始信仰的产生，又出现了图腾舞蹈、巫术舞蹈、祭仪舞蹈，到原始社会后期，已经是一门日趋成熟的艺术形态了。乐舞发展的这一历史阶段，据现已掌握的考古资料，在我国大概是从新石器时代开始的。

由于舞蹈艺术以人体自身作为主要表现工具这一特性，舞蹈本体是无法存留的，但是我们可以从相关的出土文物推知当时乐舞的发展水平。

距今六七千年前的浙江河姆渡文化遗址中曾出土过不少木筒、骨哨和无孔陶埙。河南舞阳贾湖遗址出土的骨笛，属于七八千年前的裴李岗类型文化，多为七孔，个别也有六孔或八孔的，经音乐家测音鉴定，已是具有六至七个音阶相当进步的乐器。陶埙，也是我国新石器时代普遍使用的乐器，除河姆渡外，在河南、陕西、山西等地仰韶文化和龙山文化遗址中都有发现。山西的陶寺龙山文化遗址早期墓葬中，还出土了石磬和鼍鼓、土鼓。鼍鼓鼓腔为直筒形，木质，外表有红地和黄白黑蓝诸色描绘的纹饰，鼓腔内有散落的鳄鱼骨板，推想是用鳄鱼皮所蒙的鼓。[②]《吕氏春秋·古乐》中有这样一则神话：

帝颛顼生自若水，实处空桑，乃登为帝。惟天之合，正风乃行，其音若熙熙凄凄锵锵。帝颛顼好其音，乃令飞龙作效八风之音，命之曰《承云》，以祭上帝。乃令鱓（通鼍，鳄鱼的一种）先为乐倡，鱓乃偃寝，以其尾鼓其腹，其音英英。

鼍鼓的发现，正好为这则神话作了注脚。

从这些文物的发现不难看出，至少从七八千年前的新石器时代早期开始，生活劳动在神州大地上的各族先民，歌舞时不仅已经有了鼓、磬、钟等多种多样打击乐器伴奏，而且也有了埙、笛、管等可以奏出不同音调的旋律乐器，说明当时音乐舞蹈水平已相当先进。与同为反映原始公社时期的种种乐舞传说相印证，我们不妨认为，神话中反映的情况，剔除其中的幻想成分，也未必全属虚构。

传说还普遍反映了原始歌舞与宗教祭祀活动的密切联系，这在近代民族学调查中已获得充分证明。卓越的美国民族学家莫尔根在《古代社会》（生活·读书·新知三联书店 1957 年版）中，根据他对印第安部落的实地调查得出了这样的结论：

舞蹈在美洲土著中间是一种崇拜仪式，并且成为一切宗教祭日所举行的仪式的一部分……通印第安部落间，舞蹈只是一个系统，且与他们的信仰及崇拜系统有着直接的联系。

我国 5000 余年前的辽河流域红山文化中，近年在牛河梁遗址发现数室相连的“女神庙”，同时出土的还有泥塑彩绘的神像残块。神庙的周围还发现环列着十几座积石冢，形成一个互为联系的祭祀建筑群。喀左东三嘴遗址发现的大型祭坛，属距今 5400 年前的红山文化后期，祭坛建筑相当规整，从中出土了几件陶塑的裸体孕妇像，以及祭祀用的玉石饰品，说明这是一处氏族的祭祀圣地，所祭对象可能是生育神、地母或农神。[③]由这些相当完整的祭祀建筑及规模来看，原始宗教已发展到一定的成熟阶段，由此也可想见当时作为祭仪中不可或缺的乐舞之水平。

更为直接的还有考古文物中的舞蹈图像，这些图像的直观和形象，为我们勾画了我国新石器时代的乐舞面貌。

首先是已为世人熟知的青海大通上孙家寨出土的舞蹈纹彩陶盆。彩陶盆是马家窑文化具有代表性的器皿，舞蹈纹绘于陶盆内壁上部，共有三组，每组五人，牵手而舞。这种形式可能就是文献史料中记载颇多的“踏歌”，至今仍在很多民族中流传，尤其是西南地区相当普遍。

此后在青海、甘肃等地的马家窑文化遗址中又出土了几件绘有舞蹈纹饰的器皿。青海宗日遗址中出土的一件彩陶盆的内壁上绘有两组舞蹈人像，其中一组有13人携手共舞，舞人的服饰动作完全一致，腰下画成一圆球形，似为短裙，双腿交并成一直线。情景和大通彩陶盆有相似之处，只是场面更为盛大壮观。同一遗址中还出土了一件陶埙，至今仍能吹奏出悠扬动听的曲调。[④]虽然画面上没有出现乐手，但在集体舞蹈中，动作的交替，队形和地位的变化，节奏强弱，速度快慢，都是离不开音乐提示的。再联系相应的舞蹈场景看，统一的动作，整齐的队形，相同的服饰，很可能已是一种用于某种特定目的和场合的氏族传统舞蹈。为了保存、传承这种特定的舞蹈，氏族中就应该有乐舞的掌握者、教学者和组织者，原始社会中的巫觋就肩负着这方面的职责。这在原始宗教和原始舞蹈的发展过程中都是至关重要的一步。

珠江流域的广东石峡文化遗址中发现的一件陶罐残片，上有拍印的舞人图，现存四人，亦作携手踏舞的姿态。江淮流域的安徽临泉新石器文化遗址中，也发现了刻有舞人纹的磨石刻画。

上述这些乐舞文物史料，时间上贯串新石器时代的早、中、晚三期；地区上遍及黄河流域、长江流域、珠江流域以及淮河流域。所呈现的乐舞面貌大体上已趋向成熟阶段，后世各类舞蹈的质素也大致具备了。此外，我国的考古工作者还在西藏、新疆、内蒙古、黑龙江、宁夏和广西、广东、云南、福建等地发现了大批岩画点。这些岩画从东到西，由南至北，分布地区十分广泛，时间虽先后不一，然而大都描绘先民在氏族社会中的劳动、生活、宗教活动的情况，其中普遍都有原始舞蹈的生动场面。

大量地上、地下古文物中的舞蹈图像，真实地再现了不同地区、不同族群的乐舞文化风貌，揭示了舞蹈在当时社会中的地位和功能。

中华乐舞在走出蛮荒，进入文明社会之后，更加快了发展步伐。夏、商两代，随着奴隶制国家的建立和发展，氏族社会后期的巫舞发生了职能的分化，一部分衍化成各项祭祀典礼中的仪式舞蹈，另一部分则成为节日活动中的群众性习俗舞蹈，也还有一部分保持着巫舞原有的占卜、治病、驱鬼、求雨、祝祷丰收等等原始信仰的功能。与此同时，供奴隶主贵族欣赏享乐的女乐——乐舞奴隶表演的娱人舞蹈也开始成形，并很快繁荣起来。夏朝末年，据《管子·轻重甲》："昔者桀之时，女乐三万人，晨噪于端门，乐闻于三衢。"发展到商末纣王时，《史记·殷本纪》说他好酒淫乐，"使师涓作新淫声，北里之舞，靡靡之乐……大最乐戏于沙丘，以酒为池，悬肉为林，使男女倮，相逐其间，为长夜之饮"。所说"女乐三万人"等等可能有夸张，但这种供人观赏的表演舞蹈在奴隶社会中的大发展，则可以信为史实。

公元前 11 世纪，武王伐纣，建立周朝。西周初年制定的雅乐体系，便是我国乐舞步入成熟期的里程碑。史载：周初"功成作乐，治定制礼"，周公姬旦因袭夏、商的礼仪乐制，建立了周王朝的礼乐制度。作为一种统治手段、礼乐教化的工具，乐舞的地位也被提到了前所未有的高度。当然，出于政治需要，也是在吸收前代经验教训的基础上，作为教化工具的乐舞是有限制并经过选择的，这一部分乐舞就是在前代祭祀礼仪乐舞基础上发展完善的雅乐雅舞。作为礼乐文化传统的重要组成部分，雅乐体系在我国几千年封建社会中，始终居于乐舞的正统地位。

雅乐舞蹈的主要内容是"六大舞"，也称"六代舞"，代表六个朝代，即黄帝乐《云门大卷》，尧乐《大章》，舜乐《大韶》，禹乐《大夏》，商乐《大护》，周乐《大武》。其中除《大武》是周初创作的现实题材舞蹈外，其他五部，大抵是各氏族传统的祭仪舞蹈，或起自图腾信仰，或源于祖先崇拜，而且大多和农业生产有关，渊源都还在氏族社会中的原始舞蹈。姬旦将这些乐舞加以集中、加工、规范成一个整体，作为礼仪制度，用于祭祀、典礼等重大政治活动。并对他们的演出程式、祭祀对象、服饰道具、乐歌宫调和舞者身份、表演场合，一一作了等级规定。雅乐体系中还包括《帗舞》等"六小舞"。这些乐舞也都用作教育贵族子弟的教材，是乐教的主要内容。

原始舞蹈在氏族社会中本不是单纯的娱乐手段，也是宗教和教育工具，承担着社会生活中的多种职能，具有极强的功利性。作为娱乐，既能自娱，也能娱人；而作为教育工具，所包含的内容更是多方面的，诸如民族历史、生产劳动、战斗技能、伦理道德，强身健体，甚至性教育等等，都曾是舞蹈教育的内容。但它归根结蒂是一种审美行为，在履行多种职能的同时，都不能没有审美的、使人（包括舞者自身）得到愉悦、宣泄和美感享受的作用。而雅乐单纯强调乐与礼的结合，使之和表现社会伦理的政治理念、典章仪制紧密联系在一起，强调礼乐互为表里、相互为用的教化功能，礼规定了贵贱尊卑的等级差别，乐则在其中发挥调和的作用。协调配合，就能维护社会稳定，达到统治者所谓“揖让而治天下”的政治目标。这一方面反映出当时上层社会的知识分子已经从长期的实践中，更深刻地认识到了乐舞对人们思想感情、意志品行所产生的强烈感染和陶冶作用，而另一方面也反映出我国传统乐舞理论中不切实际的片面性。

礼与乐的统一，在艺术上追求的就是内容和形式的统一，理和情的统一，伦理观念和审美意向的统一。也就是孔子提出的“尽善尽美”的审美标准。

孔子之后，尽善尽美就成了儒家学派对乐舞的最高审美理想。要达到这样的美学境界，当然不是所有乐舞都能做到的，这就要对出于自然的乐舞进行节制，引导，进而改造，依据“温柔敦厚、平和直易”的美感标准来规范它们。也就是按照政治教化、道德理念来管理和约束乐舞，把乐舞纳入雅乐的统一框架中。经过如此一番限制、改造、规范化了的雅舞，必然远离现实，和人世间的饮食男女绝缘，从而泯灭生机，也就丧失了它的审美本性。因此这套雅乐雅舞推行不久，就无可避免地走向衰落。到春秋战国时期，随着周王朝政治势力的进一步削弱，终于走上了“礼崩乐坏”的末路。后世统治者虽几度给它输血，引进俗乐，甚至胡乐，也都未能挽回它最终走向衰颓的命运。

独尊一时的雅乐迅速由盛而衰，其间的因果关系值得后人深思。东周时的礼崩乐坏，周王室的衰微固然是主因，但在审美领域里起决定作用的，却是与雅乐相对立的俗乐（与古乐相对又称新乐）之兴起。俗乐中，既有由女乐倡优发展起来的娱人的表演歌舞，而其主流则是流行于桑间濮上的“郑卫之音”，也就是群众性的民俗歌舞活动。

这些俗乐既遍及诸侯后宫，又广泛流传于民间，形成了燎原之势，猛烈地冲击着雅乐的至尊地位。以致令孔子也不能不惊呼：“恶紫之夺朱也，恶郑声之乱雅乐也。”（《论语·阳货》）但这并不能扭转形势的发展，《诗经·陈风·宛丘》描写当时的群众歌舞活动：“坎其击鼓，宛丘之下，无冬无夏，值其鹭羽。”这是一幅多么狂热的群众歌舞活动场面，和雅乐的衰微形成强烈的反差。这时的俗乐，实际上已居于社会生活中歌舞活动的主流地位。

雅乐的兴起，标志着乐舞文化在奴隶社会中发展的高峰。雅乐的衰颓，结束了奴隶社会舞蹈发展的历程而进入封建社会的发展时期。

经过春秋战国时期的动荡战乱，至秦而建立起大一统的封建帝国。在分裂状态下发展起来，因而各具特色的地域性歌舞，也得到了大范围的交流和融汇，促进了乐舞文化的发展，也为两汉的繁盛准备了条件。

两汉正处于我国封建社会的上升时期，经济发展，国力强盛，这对文化艺术的发展极为有利。尤其是汉武帝时，通西域，开辟丝绸之路，促进东西方的乐舞文化交流，为我国乐舞的发展增添了新的因素。创设国家的乐舞机构乐府，集中各地优秀艺人，广泛采集民间歌舞，组织加工和演出，对两汉及后世的乐舞发展都产生了深远的影响。

由于乐府的建立，大量民间歌舞被引进宫廷和贵族生活。官方奉为乐舞正宗的雅乐形同虚设，由倡优伎工表演的伎乐俗舞实际上已成为表演艺术的主流。《汉书·东方朔传》载，汉武帝时宫廷中“设戏车，教驰逐；饰文采，丛珍怪；撞万石之钟，击雷霆之鼓，作俳优，舞郑女”。可见其时所谓郑声的伎乐舞蹈已公然登堂入室，登上了皇家舞台。《盐铁论》评说当时的豪门富户“中山素女抚流徵于堂上，鸣鼓巴俞作于堂下”，“富者钟鼓五乐，歌儿数曹。中者鸣竽调瑟，郑舞赵讴……歌舞俳优，连笑伎戏”，俗乐舞蹈已深入普及社会各阶层日常生活之中，为乐舞文化的蓬勃发展提供了深厚的群众基础。

集中反映当时乐舞繁盛面貌的是散乐百戏。百戏在秦以前称角抵。原为角力比武的军事体育项目，战国时逐渐添加内容，形成为一种“戏乐”，到秦二世时，更发展为“角抵俳优”同场演出，到汉代，内容愈益丰富，形成为一种综合性的大型演出形式。其中包括今天所说的歌舞、杂技、马戏、音乐、幻术等等门类的表演，统称为“鱼龙曼衍百戏”。汉武帝为向外国使臣炫耀国力，曾组织盛大的百戏演出，其中包括由西域引进的各种技艺，使各国使臣惊叹不已。此后，百戏不断有所增益，越演越盛。百戏演出的宏大场面和高超技艺，在两汉文献中留下了生动的记录，尤其是近年在汉墓中发现了不少画像石和壁画，提供了丰富的形象史料。

百戏的综合性表演，对我国舞台艺术的发展及总体风格特色的形成，有着深远的影响。

汉亡以后，我国又经历了三国两晋南北朝动乱年代，至公元589年，隋文帝灭陈，才重新统一。唐继隋而起，经济繁荣，国势强盛，文化艺术空前发展，乐舞文化也进入了封建时代的鼎盛时期，达到了超越前代的新水平。

唐代乐舞之兴盛，既有生活稳定、经济发展等客观因素，也取决于乐舞文化本身的内在发展规律，与上层统治者的爱好倡导也有关。据《新唐书·礼乐志》载：“唐之盛时，凡乐人、音声人、太常杂户子弟，隶太常及鼓吹署，皆番上，总号音声人，至数万人。”规模如此庞大的专业歌舞班子，如无最高统治者的支持，是不可能存在的。

乐舞在唐代不仅为皇帝贵胄所喜爱，也为中下层官僚、文士以至平民所好。由于繁华的商业都市兴起，歌舞的普及较之两汉更为广泛深入。歌舞伎足迹遍及社会各阶层，使伎乐舞蹈更为盛行。加以疆域扩展，民族和国际间的贸易、文化交流频繁，为传统乐舞扩大了借鉴吸收空间，增添了新的成份。当时以国都长安为中心，各国使节、富商巨贾以及乐工舞伎，四方幅凑，使长安成为国际乐舞文化交流的圣地，唐代很多著名的音乐舞蹈家就来自西域诸国。唐代舞蹈在继承借鉴、吸收外来文化等方面的成功经验，值得我们认真总结和吸取。

“渔阳鼙鼓动地来，惊破霓裳羽衣曲”，安史之乱成为唐王朝由盛而衰的一个转捩点，它的影响也波及乐舞艺术的发展。中唐以后，唐代舞蹈虽还保持着盛世余势，但已失去盛唐那种勃勃生气。大历二年（767），诗圣杜甫在战乱之后，重睹《剑器》，满怀沧桑地写下了一篇史诗《观公孙大娘弟子舞剑器行》，其中有句：“五十年间似反掌，风尘倾动昏王室。梨园子弟散如烟，女乐余姿映寒日。金粟堆南木已拱，瞿唐石城草萧瑟。玳筵急管曲复终，乐极哀来月东出。”激荡慷慨中蕴含着深沉的盛衰之感。唐代舞蹈的这一转折点，也可以说是我国封建时代乐舞的转折点，从此我国古代舞蹈走上逐步衰退的道路，其间虽也有几度起伏，但始终没有再现过盛唐的气象。

唐末五代，我国又经历了一段动荡分裂时期。自宋以后，我国乐舞发展的基本趋势是：由于多种表演形式的兴起，尤其是戏曲的形成和发展，使乐舞退出了表演舞台的中心地位；一部分乐舞进入戏曲，成为戏曲的重要组成部分，从而发展起着重于刻画人物、表述故事的戏曲舞蹈。与此同时，原来主要盛行于宫廷及上层的伎乐舞蹈逐步消歇。专业的表演舞蹈主流由公室豪门转向广大市民阶层，贵族舞蹈日趋衰微，市民文艺代之兴盛（如宋元的瓦子勾栏）。此外，由于专业舞蹈表演在市场竞争中的失利（大部分观众为戏曲所吸引），流传在广大农村的群众性民俗舞蹈成为这一时期乐舞文化的主体。当然，此种局面并非形成于一朝一夕，而有一个漫长的历史发展过程，但由于各方面条件的促成而展现出明显变化，则由宋代始。这种情况，基本上一直延续到晚清。

鸦片战争后，我国乐舞也随之进入近代社会，但除各民族的民俗舞蹈持续活动外，表演性的艺术舞蹈仍处于沉寂状态。经过五四新文化运动，20年代初，在西方文化影响下，开始有教育舞蹈的引进；黎锦晖开展了儿童歌舞创作，以后又创办歌舞学校，组织职业歌舞团，使表演舞蹈又出现在舞台上。三四十年代，吴晓邦、戴爱莲相继从海外学成归来，为舞蹈艺术注入了新鲜血液。他们致力于舞蹈普及运动，为发展新舞蹈艺术培养人才，并努力以舞蹈来反映新的时代、新的生活，在抗日战争和解放战争时期发挥了革命文艺的作用，从而扩大了舞蹈艺术在社会上的影响。与此同时，苏区和革命根据地的文艺工作者，也对民间舞蹈加以改造，用来表现新的内容，进行革命宣传。并引进了一些苏联舞蹈，在红军中开展群众性的舞蹈活动。

1942 年的延安秧歌运动，吹响了我国乐舞文化复兴的第一声号角。从此舞蹈艺术走上了新生的道路，形成了热火朝天的秧歌大普及、大发展的局面；国统区的边疆舞运动也在秧歌普及形势的带动下开展了起来，影响及于全国。中华人民共和国成立以后，新舞蹈艺术就在这基础上蓬勃发展起来。

三

漫长的历史进程，多源的民族文化，千差万别的生存空间，不同的命运遭遇和由此陶铸出来的民族心理、个性，既有联系又独立的发展道路，构建成我国乐舞文化独具特色的庞大系统，其内涵极为丰富深厚。新兴的舞蹈史学所面对的就是这样一个客观存在，因而，初步梳理出它的发展轨迹，勾勒出历史的基本面貌，这仅仅是研究的开始。前路漫漫，要全面透彻地了解我国乐舞文化的内涵，把握其独特的发展规律，确定它在社会生活及民族文化整体中的地位和作用，舞蹈史学还有很长的路要走。

近年来，具备史学专业训练的中青年学者的参加，壮大了舞史研究队伍。多种舞史专著的出版，活跃了学术空气，使舞蹈史学又有了进一步发展。

值得一提的是，自 80 年代开始的《中国民族民间舞蹈集成》的编纂，这是我国乐舞发展史上划时代的一项大工程。它动员了全国舞蹈、音乐、美术等方面专家，在文物考古、民族学、民俗学、文学等相关学科专家的配合下，对全国各民族舞蹈进行了普查、收集、整理、记录工作，开展了多侧面、多层次的探讨和研究，从而深化了人们对民族乐舞文化的认识。在舞蹈和生活、舞蹈和历史、舞蹈和宗教、舞蹈和民族心理以及其他意识形态的关系上，都有所发现和突破。

通过这次全面普查，人们惊讶地发现，民族舞蹈称得上是一部百科全书；也可以说是各民族社会发展和心灵历程的形象化载体。许多已经消逝了的岁月，已经成为幻梦般的历史烟云，人类幼年期的生活、信仰和习俗，竟还神话般地铭刻在民族舞蹈之中。

民族学调查已证实，人类早期发展过程中，曾经产生过图腾信仰，形成各种图腾崇拜的仪式和禁忌。随着生活生产方式的变化，人们早已淡忘了这种信仰习俗，但在传统舞蹈中却仍有遗留。

广东蓝田瑶族每年农历八月十五晚上都要举行的“舞火狗”，显然就是远古遗留的图腾祭祀活动。这一习俗的起源，传说早先瑶族峒主幼年丧母，是靠吃狗奶长大的。为了不忘养育之恩，永记狗是再生之母，峒主便要全体峒民对狗要像对待祖婆一样，并制定族规：全族不准打狗、骂狗、卖狗，更不能杀狗、吃狗肉。还规定，每年八月十五晚都要举行“舞火狗”，以示纪念。从此这一习俗就一代一代传了下来，直到今天。

扮火狗的还一定要是族中少女，因为“繁衍后代主要靠她们”。舞火狗也是族中少女的成年礼活动，每个少女至少参加三次，才能进入成年人行列。此外，舞火狗也有驱邪逐疫、保佑丰收的含意。此项活动的内容可能随着时间的推移而有所发展，但其基干是远古的图腾祭，是显而易见的。

人类发展的一定阶段，曾产生过生殖崇拜，这也早已成为人类进化史上的陈迹，而在民俗舞蹈中却还有踪迹可寻。云南勐海有些偏僻的拉祜山寨里，每年春节都要跳三天芦笙舞，其中包括祭祖宗、求平安等内容。到第三天的深夜，也就是初四凌晨寅时，必须跳一种叫“嘎内嘎”的舞蹈。跳完这个舞，年才算过完了。所谓嘎内嘎，汉译就是“交媾舞”。据老人介绍，这舞是从遥远的年代里一辈辈传下来的，祖辈相传：“草一早（年）要发一次新芽，树木一早要开一次花、结一回果，草木才会永远茂盛。人类只有通过交媾，才能繁衍后代。”并不讳言交媾对人类繁殖的决定作用。此类舞蹈也可以看作氏族社会中的一堂性教育课。

兰坪普米族的丧事活动中有一系列的仪式歌舞，其中之一是在新坟垒成后跳的“压土舞”（普米语称“寨细磋”）舞者为男性，成对起舞，其中一人在右腿内侧画一“○|○”符号，象征男性，另一人则在右腿内侧画一“♁”符号，象征女性。舞蹈时，按东西南北中五个方位做右腿内侧相碰的动作，以象征性交。寓意是感谢祖宗生育后代的恩情。这个舞蹈在丧事仪式中跳，不仅是普米先民性崇拜信仰的延续，还表现了普米族对天地间阴阳交合、化生万物、生死更替等现象朦胧的哲学思考。

原始人群中还曾有过分食亡故老人的野蛮习俗，这已是梦魇般的过去，而在广西南丹县瑶族山寨丧葬仪式中流传的一种铜鼓舞“勤泽格拉”（意为“打老猴”）的起源传说中，却说此舞即由这一习俗而起：过去瑶寨中死了老人，都要分给寨中人吃掉。后来出了个叫老洒的后生，他老母死后，不忍被分食，就打起铜鼓，请大家来跳勤泽格拉，砍牛分牛肉给寨人吃。从此以后，人们就学着老洒的样子，老人死了不再吃掉而改为砍牛，打铜鼓跳勤泽格拉，代代相传直到今天。

云南沧源佤族打歌中有一种“孤儿舞”。庆祝播种节时，全寨男女围着火塘打歌，歌中唱道："达赛玛教我们唱歌，教我们跳舞。我们的舞就一直没有断过。阿爹先耕地，阿奶来播种。我们盼兴旺，我们庆丰收，让阿佤人的儿女像麻雀一样多，让阿佤人的寨子像鹦鹉一样热闹。"

歌中的达赛玛，传说就是他创造了孤儿舞，并教给大家用歌舞来代替"砍头"祭谷，阿佤人才兴起了打歌。过去佤山上盛行砍头祭，部落间常为此发生械斗，死人多，造成孤儿也多。他们无人照看，衣食无着，只得到处流浪，沿门乞讨，很是凄惨。达赛玛本人也是一个孤儿，就领着一群孤儿到处奔波，唱唱跳跳，诉说孤儿的苦情，宣传用歌舞来代替砍头祭谷。天长日久，孤儿的哭诉感动了善良人的心，逐渐接受了达赛玛的主张，不再猎头了。打这以后，佤山上的人丁慢慢兴旺起来，粮食多了，孤儿少了，竹楼越盖越好，姑娘们的裙子越穿越漂亮。达赛玛也因此受到了阿佤人的尊崇，有的地方至今还供奉着他的神位，祈求他保佑阿佤山五谷丰登，人丁兴旺。

上述几则关于歌舞的起源传说，虽不是直接表现原始的野蛮风习，但都从一个侧面反映了人类在进步过程中曾产生此类现象的事实，也都反映了原始人群在此类现象中挣扎前行和逐步甩脱的历程。

流传在黑龙江满族中的"鞑子秧歌"，其中有一个角色叫"鞑官"，身穿官服，坐官轿，手抓酒壶，边喝边在队中乱窜，见有年轻妇女，就追逐调戏。更特别的是，他官服后背缀有"银牌天使"四字，十分醒目。原来其中记载着满族先民在辽王朝统治下的一段屈辱史。《松漠纪闻》载："大辽盛时，(搜求海东青的)银牌使者至女真，每夕必欲荐枕者……女真浸忿，遂叛。"所谓荐枕，就是强迫女真妇女伴宿。《三朝北盟会编》也载："又有使者号天使，佩银牌，每至其国，必欲荐枕。"可见秧歌中这一人物并非出自虚构，而是史实，这一段屈辱史就这样形象地被记录在民族舞蹈之中。群众也通过对秧歌中这个人物的丑化，以及当他调戏妇女时遭到痛打等情节，倾泄了内心的愤恨。

此类记录历史，教育后代的民俗舞蹈，普遍流传在各民族中间，是中华乐舞文化中颇具特色的现象。

通过这次民族民间舞蹈的全面普查，还发现了一些过去鲜为人知的新舞蹈品种。如专为祭祀各行业祖师所特有的行业舞蹈。

浙江德清县是杭嘉湖蚕丝的主要产区之一，这里的蚕农中流传着一种仪式舞蹈"扫蚕花地"。每年清明，蚕农家清整蚕房、扫除尘埃，供上马鸣王菩萨神位，做好一切育蚕准备工作后，必先跳扫蚕花地，然后才能"关蚕房门"开始蚕桑生产。很明显，这是一种祭祀蚕神——养蚕业始祖的仪式舞蹈遗存。

湖北沙市及江汉平原各地，流传着一种灯舞“五虾闹鲇”，俗称虾子灯。舞蹈形式和一般灯舞类似，但不一般的是，这个舞蹈只有制鞋工匠才玩，原来这也是一种祭祀行业神的舞蹈。鞋业行世代相传，鞋匠的祖师是春秋战国时代的军事家孙膑。孙膑早年遭庞涓陷害，双足受刖刑。断足被投入河中后化成了两条鲇鱼（俗称靴头鱼）。后被一渔夫网起，孙膑将它们接在断腿上，伤口立即愈合成了一双靴头鞋。后来孙膑在马陵道大败庞涓，报了仇。之后，孙膑弃官归隐，周游列国，与穷人乞丐为伍。他见穷人没有鞋穿，就将做鞋的手艺传给了大家，开创了制鞋业。因而民间至今还流传着这样的谣谚：“庞涓不把孙膑害，世间没有靴鞋穿。”鲇鱼就是孙膑靴鞋的象征，而鞋匠制鞋，整日躬身如弯虾，五虾闹鲇就由此组合而成制鞋业的行业舞蹈。

河南鹿邑，原为楚国苦县，是道家学派创始人老子李耳的故里。而在民间，李耳也被尊为铸铁行的祖师爷。这里流传着种种关于老子筑炉冶铁的神话传说，也流传着一种特有的“打铁舞”。相传农历二月十五是老子的诞辰，这一天，鹿邑老子庙举行各种祭祀活动，其中最吸引人的就是由铁匠们表演的打铁舞。舞者都为壮汉，边舞边歌。歌声激越，唱述了老子打造农具和兵器的一段传说，也唱出了铁匠们的职业自豪和自尊。

行业舞蹈是我国经济民俗中独标一格的行业文化。“尊师重道”“敬业乐群”，是我们民族的传统美德，行业舞正是这种高尚品质的产物。它通过各具特色的艺术形象，伴随各种习俗活动表现了行业同人所共有的职业特点和心理素质，反之又藉以塑造了这一群体所特有的强烈的自我意识，在行业圈内增强了任何群体所不能少的凝聚力。行业舞蹈大多表现本行业的生产操作过程，显示了舞蹈与劳动的密切联系。是我们民族乐舞文化中不容忽视的组成部分，而且是很有特色的一部分。

除一些新的舞蹈品种外，普查中还发现了不少新的舞蹈节目，也发现了一些原以为早已失传了的舞蹈形式。《山海经·海外西经》记录了这样一则神话：“刑天与帝至此争神，帝断其首，葬之常羊之山。乃以乳为目，以脐为口，操干戚以舞。”这次在河南发现有个别地区流传“独角兽”“腰里头”“大小人”等节目，表演者遮住头部，而在胸腹间画一张大脸，正是这种“以乳为目，以脐为口”的表演形式，可见《山海经》所记虽是神话，但这种舞蹈形式却并非子虚。

这些与民族生活和心灵紧相联系的鲜活史料，以其丰富深厚的历史文化内涵，加深了人们对我国民族乐舞文化本质的理解和体认，拓宽了舞史研究的视野，尤其是它的具体直观和形象性，正是文献史料所缺乏的。它们的发现和进一步深入发掘，必将一扫那种从书本到书本的学究式沉闷学风，在舞史研究领域中有所突破。

四

年轻的舞蹈史学从无到有，从蹒跚学步开始，至今已跋涉了半个世纪。面对着即将来临的新世纪，作一番理性的认真的回顾和总结很有必要。

当前社会是一个开放性的社会，科技的飞速发展缩短了人与人之间的距离，也在逐步消除各民族文化之间的空间隔阂，在世界范围内加强了各种新文化、新思想的交流、吸收、融汇和较量，优胜劣汰，这是事物发展的必然结果，乐舞文化也不例外。在新世纪中，这种形势可能还会加剧。但我坚信，不管未来的世界将发生怎样的变化，在可以预见到的将来，整个国家的舞台仍将是一个群芬争妍的百花园，国际舞坛也仍将是百花齐放、万紫千红的世界。如果全世界都是单一品种、单一色调的舞蹈，岂不太灰暗沉闷、枯燥乏味了吗？而在如此多采多姿的国际舞坛上，没有自己民族的特色和光彩，是很难有立足之地的。

在漫长的历史进程中，我国的民族乐舞几经盛衰，有阳光灿烂的时候，也有风雨如晦的日子。一段时间里，甚至专业表演的艺术舞蹈已在舞台上绝迹，但是民俗歌舞深深扎根于生活土壤之中，依然在山林田野间存活并延续了下来，与人民朝夕相伴。其生命力之顽强和介入社会生活的深度和广度，都是世所罕见的。

民族歌舞是民族总体的心灵结晶，是生命意志的最集中的表现，“舞是生命情调最直接，最实质，最强烈，最尖锐，最单纯而又最充足的表现”（闻一多《说舞》）。而民族歌舞又在群体内培养着民族的品格，锻炼着民族的意志，塑造着民族的气质，熔铸着民族的灵魂。“为人不跳乐，白在世上活；为人不跳弦，白活几十年。”“生活离不开水火，彝族离不开跳歌。”（彝族民谣）这些谣谚反映了人们对民族歌舞发自内心的深沉执著的爱，这正是民族歌舞得以生生不息、顽强存活下来的根本保证。可是在新时代中，情况又将如何？从世界环境看，民族乐舞正面临着种种外来文化的冲击，从内部条件看，随着物质文明的发展，人们的生活和思想都在改变，民族乐舞文化的生态环境不可能凝固不变。面临种种更为尖锐的挑战，古老的民族歌舞能不能经受得住？会不会萎缩衰微，一蹶不振，甚至消亡？还是一如既往，依旧生机勃勃地发展下去？或仅仅作为历史文化遗产保存展示？任何结果都存在着可能，关键在于民族整体的体认和抉择。一个有自信、有自尊、有高度文化素养的民族是会做出符合历史发展趋势的正确结论的。当然，传统的乐舞文化要发展变化，有取有舍，这是肯定的。但取和留不能是盲目乐观，舍和弃也不应出于自轻自贱，都应该立足于历史的理性基础上，对民族文化传统具有深透的理解，正确评估其短长优劣，该舍则舍，应留则留，要变就变，促使民族乐舞向更高的境界发展。这是摆在全体舞蹈艺术工作者面前的一个急需答案的课题。在这一认识过程中，舞蹈史学应该通过认真细致的工作，全面认识历史进程，探索符合客观实际的历史规律，配合整体寻求最佳抉择，发挥史学研究的本职作用。从这一战略高度来要求舞蹈史学，就需要更快地完善自身，提高学科水平，以适应时代的要求。

舞史研究的着眼点不应局限于“舞蹈”本身。在宏观上把握民族乐舞总体的贯串线，了解它发展变化的脉络；在微观上弄清楚一种或一个舞蹈，一种历史潮流的来龙去脉。这是舞史研究所必不可少的，也还有很多方面有待我们着手去做，如各个民族（也包括古代民族）的乐舞史，各个地域的乐舞史，一些主要舞种的专题史，乐舞美学思想史等等，没有这些方面的研究成果，对于乐舞文化的整体也是难于把握的。但这毕竟不是舞蹈史学的终极（至少不是全部）目的。何况这样做，很有可能到底也认不清民族乐舞文化的庐山真面。我们有必要把目光投向舞蹈之外，在作舞蹈历史考察时，也深入研究各时期的经济、政治以及统治思想对舞蹈发展的影响和制约，考虑不同的哲学思想、宗教信仰、民俗风尚、审美心理等文化因素在乐舞发展变化中或隐或现的深刻作用。总之，应该把乐舞看作民族文化整体中的一个组成部分，深入认识它在这一整体中的地位和作用，是怎样在与外部条件的配合下实现其审美和社会功能的。通过对乐舞历史的多向联系、纵横贯通的综合考察，就有可能突破局限于史料罗列，仅对表面现象作客观描述的狭小天地，而在探索舞蹈发展的社会条件及内在因素方面，取得较有深度和广度的成果，真正把握住我国民族乐舞的个性特征，总结出规律性的历史经验，指导未来。

舞蹈史学的完善，还需要不断引进和借鉴其他学科研究的新方法，以及开发和建设新的分支学科。例如：系统的观念和方法，总体历史论及其综合研究法，比较研究，考古学的田野考察，人类学的社会调查，历史学的口述研究……新方法可以开阔我们的思路，增加考察的方位和角度，扩大探索范围，有利于多层次立体化的认识乐舞文化的整体。相关的分支学科的建立，也是帮助我们更深刻全面地把握研究对象的重要一环，如舞蹈史料学，舞蹈考古学，舞蹈音乐，舞蹈美术，舞蹈文学等等学科的研究工作，都亟待进行。

完善舞蹈史学更为关键的环节，是培养跨世纪的研究人才，能站在时代的最前列来审视历史的专家学者。他们具备科学的历史观点，丰富的历史知识，深厚的舞蹈专业基础，扎实的史学研究基本功和多方面的文化史修养。能不能培养、组织起这样一支研究队伍，对舞蹈史学能否健康地发展和完善具有决定性的意义。从历史上看，我国的民族歌舞在社会生活中从来就不是单一的存在，而是多因素的综合体。无论它的形成、发展、介入生活的方式，都是多种物质和精神因素的复合结构。和这样的客观实际相对应，舞蹈史学也必然是一门由多种相关学科和专业交叉组成的综合学科，因而也只有既具备坚实的专业基础，又有深厚的多方面文化修养的研究人员，才能适应舞史研究发展的需要。我期盼着这样一支队伍的早日出现。

附记：本文引用资料除已注明出处者外，均采自《中国民族民间舞蹈集成》，特此说明并致谢。

注释：

① 中国舞蹈艺术研究会（简称舞研会）的前身是中华全国舞蹈工作者协会（简称舞协）。在第二届全国文代会上，决议撤销舞协，筹建舞研会。舞研会于 1954 年 10 月正式建立，主席吴晓邦，副主席戴爱莲。1960 年第三届文代会上，为适应当时形势的发展，舞研会又改组为舞协，但仍保留了研究室和舞蹈史研究组。

② 参见孙英民、李友谋主编《中国考古学通论》，河南大学出版社 1990 年版；李绍连《华夏文明之源》，河南人民出版社 1992 年版。

③ 参见傅仁义等《东北古文化》，春风文艺出版社 1992 年版。

④《青海宗日遗址有重要发现》，《中国文物报》1995 年 9 月 24 日。

（1999 年第 3 期）

中国古代诗与书、书与画、画与诗之关系例说

启　功

首先说明，这里所说的诗是指汉诗，书指汉字的书法，画指中国画。

大约自从唐代郑虔以同时擅长诗书画被称为“三绝”以后，这便成了书画家多才多艺的美称，甚至成为对一个书画家的要求条件。但这仅止是说明三项艺术具备在某一作者身上，并不说明三者的内在关系。

古代又有人称赞唐代王维“诗中有画，画中有诗”，以后又成了对诗、画评价的常用考语。这比泛称三绝的说法，当然是进了一步。现在拟从几个不同的角度，探索一下诗书画的关系。

一

“诗”的涵义。最初不过是民歌的谣谚或带乐的唱辞，在古代由于它和人们的生活有着密切的关系，又发展到政治、外交的领域中，起着许多作用。再后某些具有政治野心、统治欲望的“理论家”硬把古代某些歌辞解释成为含有“微言大义”的教条，那些记录下来的歌辞又上升为儒家的“经典”。这是诗在中国古代曾被扣上过的几层帽子。

客观一些，从哲学、美学的角度论的“诗”，又成了“美”的极高代称。一切山河大地、秋月春风、巍峨的建筑、优美的舞姿、悲欢离合的生活、壮烈牺牲的事迹等等，都可以被加上“诗一般的”这句美誉。若从这个角度来论，则书与画也可被包罗进去。现在收束回来，只谈文学范畴的“诗”。

二

诗与书的关系。从广义来说，一个美好的书法作品，也有资格被加上“诗一般的”四字桂冠，现在从狭义讨论，我便认为诗与书的关系远远比不上诗与画的关系深厚。再缩小一步，我曾认为书法不能脱离文辞而独立存在，即使只写一个字，那一个字也必有它的意义。例如写一个“喜”字或一个“福”字，都代表着人们的愿望。一个“佛”字，在佛教传入以后，译经者用它来对梵音，不过是一个声音的符号，而纸上写的“佛”字，贴在墙上，就有人向它膜拜。所拜并非写的笔法墨法，而是这个字所代表的意义。所以我曾认为书法是文辞以至诗文的“载体”。近来有人设想把书法从文辞中脱离出来而独立存在，这应怎么办？我真是百思不得其法。

但转念书法与文辞也不是随便抓来便可用的瓶瓶罐罐，可以任意盛任何东西。一个出土的瓷罐子，如果摆在案上插花，在懂得古器物的人看来，究竟不雅。所以即使瓶瓶罐罐，也不是没有各自的用途。书法即使作为“载体”，也不是毫无条件的；文辞内容与书风，也不是毫无关联的。唐代孙过庭《书谱》说：“写乐毅则情多怫郁，书画赞则意涉瑰齐，黄庭经则怡怿虚无，太师箴又纵横争折。暨乎兰亭兴集，思逸神超；私门诫誓，情拘志惨。所谓涉乐方笑，言哀已叹。”王羲之的这些帖上是否果然分别表现着这些情绪，其中有无孙氏的主观想象，今已无从在千翻百刻的死帖中得到印证，但字迹与书写时的情绪会有关系，则是合乎情理的。这是讲写者的情绪对写出的风格有所影响。

还有所写的文辞与字迹风格也有适宜与否的问题。例如用颜真卿肥厚的笔法，圆满的结字来写李商隐的“昨夜星辰昨夜风”之类的无题诗，或用褚遂良柔媚的笔法、俊俏的结字来写“杀气冲霄，儿郎虎豹”之类的花脸戏词，也使人觉得不是滋味。

归结来说，诗与书，有些关系，但不如诗与画的关系那么密切，也不如那么复杂。

三

书与画的关系问题。这是一个大马蜂窝，不可随便乱捅。因为稍稍一捅，即会引起无穷的争论。但题目所逼，又不能避而不谈，只好说说纯粹属于我个人的私见，并不想“执途人以强同”。

我个人认为“书画同源”这个成语最为“书画相关论”者所引据，但同“源”之后，当前的“流”还同不同呢？按神话说，人类同出于亚当、夏娃，源相同了。为什么后世还有国与国的争端，为什么还有种族的差别，为什么还要语言的翻译呢？可见“当流说流”是现实的态度，源不等于流，也无法代替流。

我认为写出的好字，是一个个富有弹力、血脉灵活、寓变化于规范中的图案，一行一篇又是成倍数、方数增加的复杂图案。写字的工具是毛笔，与作画的工具相同，在某些点划效果上有其共同之处。最明显的例如元代柯九思、吴镇，明清之间的龚贤、渐江等等，他们画的竹叶、树枝、山石轮廓和皴法，都几乎完全与字迹的笔划调子相同，但这不等于书画本身的相同。

书与画，以艺术品种说，虽然殊途，但在人的生活上的作用，却有共同之处。一幅画供人欣赏，一幅字也无二致。我曾误认文化修养不深的人，不擅长写字的人必然只爱画不爱字，结果并不然。一幅好字吸引人，往往并不少于一幅好画。

书法在一个国家民族中，既具有“上下千年、纵横万里”的经历，直到今天还在受人爱好，必有它的特殊因素。又不但在使用这种文字的国家民族中如此，而且越来越多地受到并不使用这种文字的兄弟国家民族的艺术家们注意。为什么？这是个值得探索的问题。

我认为如果能找到书法艺术所以能起如此作用，能有如此影响的原因，把这个“因”和画类同样的“因”相比才能得出它们的真正关系。这种“因”是两者关系的内核，它深于、广于工具、点划、形象、风格等等外露的因素。所以我想与其说“书画同源”，不如说“书画同核”，似乎更能概括它们的关系。

有人说，这个“核”究竟应该怎样理解，它包括哪些内容？甚至应该探讨一下它是如何形成的。现在就这个问题作一些探索。

（一）民族的习惯和工具：许多人长久共同生活在一块土地上，由于种种条件，使他们使用共同的工具。

（二）共同的好恶：无论是先天生理的或后天习染的，在交通不便时，久而蕴成共同心理、情调以至共同的好恶，进而成为共同的道德标准、教育内容。

（三）共同表现方法：用某些语辞表达某些事物、情感，成为共同语言。用共同办法来表现某些形象，成为共同的艺术手法。

（四）共同的传统：以上各种习惯，日久成为共同的各方面的传统。

（五）合成了“信号”：以上这一切，合成了一种“信号”，它足以使人看到甲联想到乙，所谓“对竹思鹤”“爱屋及乌”，同时它又能支配生活和影响艺术创作。合乎这个信号的即被认为谐调，否则即被认为不谐调。

所以我以为如果问诗书画的共同“内核”是什么，是否可以说即是这种多方面的共同习惯所合成的“信号”。一切好恶的标准，表现的手法，敏感而易融的联想，相对稳定甚至寓有排他性的传统，在本民族（或集团）以外的人，可能原来无此感觉，但这些“信号”是经久提炼而成的，它的感染力也绝不永久限于本土，它也会感染别人，或与别的信号相结合，而成为新的文化艺术品种。

当这个信号与另一民族的信号相遇而有所比较时，又会发现彼此的不足或多余。所谓不足、多余的范围，从广大到细微，从抽象到具体，并非片言可尽。姑从缩小范围的诗画题材和内容来看，如把某些诗歌中常用的词汇、所反映的生活，加以统计，它的雷同的程度，会使人吃惊甚至发笑。某些时代某些诗人、画家总有爱咏、爱画的某些事物，又常爱那样去咏、那样去画。也有绝不“入诗”“入画”的东西和绝不使用的手法。彼此影响，互相补充，也常出现新的风格流派。

这种彼此影响，互成增减的结果，当然各自有所变化，但在变化中又必然都带有其固有的传统特征。那些特征，也可算作“信号”中的组成部分。它往往顽强地表现着，即使接受了乙方条件的甲方，还常能使人看出它是甲而不是乙。

再总括来说，前所谓的“核”，也就是一个民族文化艺术上由于共同工具、共同思想、共同方法、共同传统所合成的那种“信号”。

四

诗与画的关系。我认为诗与画是同胞兄弟，它们有一个共同的母亲，即是生活。具体些说，即是它们都来自生活中的环境、感情等等，都有美的要求、有动人力量的要求等等。如果没有环境的启发、感情的激动，写出的诗或画，必然是无病呻吟或枯燥乏味的。如果创作时没有美的要求，不想有动人的力量，也必然使观者、读者味同嚼蜡。

这些相同之处，不是人人都同时具备的，也就是说画家不都是诗人，诗人也不都是画家。但一首好诗和一幅好画，给人们的享受则是各有一定的分量，有不同而同的内核。这话似乎未免太笼统、太抽象了。但这个原则，应该是不难理解的。从具体作品来说，略有以下几个角度：

（一）评王维的“诗中有画，画中有诗”这两句名言，事实上已把诗画的关系缩得非常之小了。请看王维诗中的“画境”名句，如“山中一夜雨，树杪百重泉”“竹喧归浣女，莲动下渔舟”“草枯鹰眼疾，雪尽马蹄轻”“坐看红树不知远，行尽青山忽见人”等等著名佳句，也不过是达到了情景交融甚或只够写景生动的效果。其实这类情景丰富的诗句或诗篇，并不止王维独有，像李白、杜甫诸家，也有许多可以媲美甚至超过的。李白如“朝辞白帝彩云间”“天门中断楚江开”，《蜀道难》诸作；杜甫如“吴楚东南坼”“无边落木萧萧下”，《奉观严郑公厅事岷山沱江画图十韵》诸作，哪句不是“诗中有画”？只因王维能画，所以还有下句“画中有诗”，于是特别取得“优惠待遇”而已。

至于王维画是个什么样子，今天已无从得以目验。史书上说他“云峰石迹，迥出天机；笔思纵横，参乎造化”。这两句倒真达到了诗画交融的高度，但又夸张得令人难以想象了。试从商周刻铸的器物花纹看起，中经汉魏六朝，隋唐宋元，直到今天的中外名画，又哪一件可以证明“天机”“造化”是个什么程度？王维的真迹已无一存，无从加以证实，那么王维的画便永远在“诗一般的”极高标准中“缺席判决”地存在着。以上是说诗与画二者同时具备于一人笔下的问题。

（二）画面境界会因诗而丰富提高。画是有形的，而又有它的先天局限性。画某人的像，如不写明，不认识这个人的观者就无从知道是谁。一个风景，也无从知道画上的东西南北。等等情况，都需要画外的补充。而补充的方法，又不能在画面上多加小注。即使加注，也只能注些人名、地名、花果名、故事名，却无从注明其中要表现的感情。事实上画上的几个字的题词以至题诗，都起着注明的作用，如一人骑驴，可以写“出游”“吟诗”“访友”甚至“回家”，都可因图名而唤起观者的联想，丰富了图中的意境，题诗更足以发挥这种功能。但那些把图中事物摘出排列成为五、七言有韵的“提货单”，则不在此内（不举例了）。

杜甫那首《奉观严郑公厅事岷山沱江画图十韵》诗，首云“沱水流中座，岷山到此堂”，这幅画我们已无从看到，但可知画上未必在山上注写“岷山”，在水中注写“沱水”。即使曾有注字，而“流”和“到”也必无从注出，再退一步讲，水的“流”可用水纹表示，而山的“到”，又岂能画上两脚呢！无疑这是诗人赋予图画的内容，引发观画人的情感，诗与画因此相得益彰。今天此画虽已不存，而读此诗时，画面便如在眼前。甚至可以说，如真见原画，还未必比得上读诗所想的那么完美。

再如苏轼《题虔州八境图》云：“涛头寂寞打城还，章贡台前暮霭寒。倦客登临无限思，孤云落日是长安。”我生平看到宋画，敢说相当不少了，也确有不少作品能表达出很难表达的情景，即此诗中的涛头、城郭、章贡台、暮霭、孤云、落日都不难画出，但苏诗中那种回肠荡气的感情，肯定画上是无从具体画出的。

又一首云："朱楼深处日微明，皂盖归来酒半醒。薄暮渔樵人去尽，碧溪青嶂绕螺亭。"和前首一样，景物在图中不难一一画出，而诗中的那种惆怅心情，虽荆、关、李、范也必无从措手的。这八境图我们已知是先有画后题诗的，这分明是诗人赋予图画以感情的。但画手竟然用他的图画启发了诗人这些感情，画手也应有一份功劳。更公平地说，画的作用并不只是题诗用的一幅花笺，能引得诗人题出这样好诗的那幅画，必然不同于寻常所见的污泥浊水。

（三）诗画可以互相阐发。举一个例：曾见一幅南宋人画的纨扇，另一面是南宋后期某个皇帝的题字，笔迹略似理宗。画一个大船停泊在河边，岸上一带城墙，天上一轮明月。船比较高大，几占画面三分之一，相当充塞。题字是两句诗，"泬寥明月夜，淡泊早秋天"，不知是谁作的。也不知这两面纨扇，是先有字后补图，还是为图题的字。这画的特点在于诗意是冷落寂寞的，而画面上却是景物稠密的，妙处在即用这样稠密的景物，竟能把"泬寥""明月夜"和"淡泊""早秋天"的难状内容，和盘托给观者。足使任何观者都不能不承认画出了以上四项内容，而且了无差错。如果先有题字，则是画手善于传出诗意，这定是深通诗意的画家；如果先有画，则是题者善于捉住画中的气氛，而用语言加工成为诗句。如诗非写者所作，则是一位善于选句的书家。总之或诗中的情感被画家领悟，或画家的情感被题者领悟，这是"相得益彰"的又一典范。

其实所见宋人画尤其许多纨扇小品，一入目来便使人发生某些情感的不一而足。有人形容美女常说"一双能说话的眼睛"，我想借喻好画说它们是一幅幅"能说话的景物，能吟诗的画图"。

可以设想在明清画家高手中如唐六如、仇十洲、王石谷、恽南田诸公，如画泬寥淡泊之景，也必然不外疏林黄叶，细雨轻烟的处理手法。更特殊的是那幅画大船纨扇的画家，是处在"马一角"的时代，却不落"一角"的套子，岂能不算是豪杰之士！

（四）诗画结合的变体奇迹。元代已然是"文人画"（借用董其昌语）成为主流，在创作方法上已然从画橙上贴绢立着画而转到案头上铺纸坐着画了。无论所画是山林丘壑还是枯木竹石，他们最先的前提，不是物象是否得真，而是点划是否舒适。换句话说，即是志在笔墨，而不是志在物象。物象几乎要成为舒适笔墨的载体，而这种舒适笔墨下的物象，又与他们的诗情相结合，成为一种新的东西。倪瓒那段有名的题语说他画竹只是写胸中的逸气，任凭观者看成是麻是芦，他全不管。这并非信口胡说，而确实代表了当时不仅止倪氏自己的一种创作思想。能够理解这个思想，再看他们的作品，就会透过一层。在这种创作思想支配下，画上的题诗，与物象是合是离，就更不在他们考虑之中了。

倪瓒画两棵树一个草亭，硬说他是什么山房，还振振有辞地题上有人有事有情感的诗。看画面只能说它是某某山房的“遗址”，因为既无山又无房，一片空旷，岂非遗址？但收藏著录或评论记载的书中，却无一写它是“遗址图”的，也没人怀疑诗是抄错了的。

到了八大山人又进了一步，画的物象，不但是“在似与不似之间”，几乎可以说他简直是要以不似为主了。鹿啊、猫啊，翻着白眼，以至鱼鸟也翻白眼。哪里是所画的动物翻白眼，可以说那些动物都是画家自己的化身，在那里向世界翻着白眼。在这种画上题的诗，也就不问可知了。具体说，八大题画的诗，几乎没有一首可以讲得清楚的，想他原来也没希望让观者懂得。奇怪的是那些“天晓得”的诗，居然曾见有人为它诠释。雅言之，可说是在猜谜；俗言之，好像巫师传达神语，是永远无法证实的。

但无论倪瓒或八大，他们的画或诗以及诗画合成的一幅幅作品，都是自标新义、自铸伟辞，绝不同于欺世盗名、无理取闹。所以说它们是瑰宝、是杰作，并不因为作者名高，而是因为这些诗人、画家所画的画、所写的字、所题的诗，其中都具有作者的灵魂、人格、学养。纸上表现出的艺能，不过是他们的灵魂、人格、学养升华后的反映而已。如果探索前边说过的“核”，这恐怕应算核中一个部分吧！

（五）诗画结合也有庸俗的情况。南宋邓椿《画继》记载过皇帝考画院的画手，以诗为题。什么“乱山藏古寺”，画山中庙宇的都不及格，有人画山中露出鸱尾、旗杆的才及了格。“万绿丛中红一点”，画绿叶红花的都不及格，有人画竹林中美人有一点绛唇的乃得中选。“踏花归去马蹄香”，画家无法措手，有人画马蹄后追随飞舞着蜜蜂蝴蝶，便夺了魁。如此等等的故事，如果不是记录者想象捏造的，那只可以说这些画是“画谜”，谜面是画，谜底是诗，庸俗无聊，难称大雅。如果是记录者想象出来的，那么那位记录者可以说“定知非诗人”（苏轼诗句）了。

从探讨诗书画的关系，可以理解前人“诗禅”“书禅”“画禅”的说法，“禅”字当然太抽象，但用它来说诗、书、画本身许多不易说明的道理，反较繁征博引来得概括。那么我把三者关系说它具有“内核”，可能辞不达义，但用意是不难理解的吧？我还觉得，探讨这三者之间的关系，必须对三者各自具有深刻的、全面的了解。在了解的扎实基础上才能居高临下去探索，才能知唐宋人的诗画是密合后的超脱，而倪瓒、八大的诗画则是游离中的整体。这并不矛盾，引申言之，诗书画三者间，也有其异中之同和同中之异的。

（1999年第3期）

超越古典：文艺美学新方向

胡经之

我对文学艺术的爱好，初始是由对自然山水的陶醉而引发。有对文学艺术的爱好，然后才有对文艺美学问题的思考。

引发我理论兴趣的，还是朱光潜的那本小书《谈美》。这本书不是故作深奥，使人望而生畏，而是紧密结合生活和艺术中的实际现象，从中引出道理，娓娓道来，平易近人，通俗易懂，让人感到亲切。特别是对艺术美的分析，使我茅塞顿开，豁然开朗。但也引起我的困惑，那就是说："自然中没有美，自然本身无所谓美。"这，对于我这个中学生来说，无法理解。然而，也正是这种困惑，使我心中萌发了作美学思考的念头。接着，我读到了周扬编的《马克思主义与文艺》，苏联季摩菲耶夫的《文学原理》，知道研究文学艺术这是门大有可为的学问。于是，我为奔向文艺学而跨入了大学之门。

在我面前展现了一个广阔的文学艺术的海洋，任我自由观赏。不过，在我们那个学习年代，主潮还是古典。在讲堂上，除了吴组缃、王瑶为我们分析当代文学和现代文学之外，其余一概是古典文学。游国恩、林庚、浦江清为我们讲中国古典，甚至何其芳、吴组缃开的专题讲座也是评说《红楼梦》。冯至、季羡林、李赋宁为我们讲的是外国古典。苏联季摩菲耶夫的门生毕达柯夫在北大讲文学理论，我一听，分析的实例，也都是俄罗斯的古典。大学时代，我读的大多是古典名著，欣赏的大多是古典艺术，中外都有。毕业后当研究生，跟随杨晦学文艺学，他要我研究中国古典文艺理论。而向朱光潜、宗白华学美学，接触的也主要是古典美学。于是我的学术研究，最早是集中在这个问题上：古典作品为何至今还有艺术魅力？这，马克思曾经关注过，也引起了我的学术兴趣，我开始尝试从美学上来分析，千百年前古典艺术这一审美客体本身所具有的审美特性，怎样会激起了千百年后的我们这一审美主体的兴趣，从而作出审美反应。我写出了一篇数万字的研究生毕业论文，在 20 世纪 60 年代初的北大学报上发表。

古典传统哺育了我，但我终究又生活在当今，离不开当下现实。50 年代后期，文学艺术有了新的实践。周扬一再倡导，要关注现实，建立和发展马克思主义文艺学、美学。他自己还亲自带着何其芳、邵荃麟、林默涵、张光年到北大开设讲座。作为这个讲座的助教，我也被卷进了这个潮流，不能不受影响。于是，我在关注古典之外，也开始关注现实。我曾探讨过文学艺术中表现理想和再现现实怎样才能统一起来，现实主义和浪漫主义如何做到相互结合，在《文学评论》和《文艺报》上都发表过长篇论文。随着现实发展的需要，我还曾写过一些文艺评论，如评论王愿坚的短篇小说、李英儒的《野火春风斗古城》等。那时，文艺评论的影响远远超过文艺学、美学，不仅可在著名报刊上发表，而且一本薄薄的评论小书，一下就能印上10万册，书斋中人很难想象。

但是，平心而论，我真正的学术兴趣还是在文艺学和美学。在参加编写《文学概论》的过程中，我和蔡仪、王朝闻都有许多学术交往，我逐渐萌发了一种意向：想融文艺和美学为文艺美学。但是，在那政治运动连绵不断、高潮迭起的年代，这仅仅只是一种意向而已。“文化大革命”中，我的主要心思，一是集中在评论《红楼梦》，二是认真研究了马克思的资本论和剩余价值学说。但我读马克思的书不是为了研究经济学，而是想弄懂价值论。我们过去的文艺学、美学靠认识论，而缺少的正是价值论。

改革开放之初，我得以集中精力来思考文艺美学自身的问题。

从我自己的体验出发，如果美学只停留在争论美是客观的还是主观的这样抽象的水平上，不能解决艺术实践中的复杂问题。审美现象，乃是一种特殊的社会现象。美学，要研究审美现象，实乃审美之学，必须揭示审美活动的奥秘。人类的审美活动产生于实践活动（生产实践、生活实践），这审美活动又生发为艺术活动。因此，艺术活动离不开审美活动。但艺术活动又自成系统，从文学艺术家体验生活，到艺术创造，再到艺术为人所接受，均需按照美的规律进行。这种艺术活动的审美特质和审美规律，应该获得系统的研究。为了和其他美学相区别，我把这称为文艺美学。

我这想法形成之后，就开始了自己的探索。1980年春，中华全国美学学会成立，我陪朱光潜老人赴昆明与会。在会上，我提出，艺术院校和文学系科，应该开设文艺美学课程，发展文艺美学这一学科，使美学和文艺学结合起来。我这想法，引起了艺术院校从事理论教学的教师的共鸣，也得到了美学前辈王朝闻、朱光潜、伍蠡甫等的支持。这使我受到了鼓舞。

散会后，我回北大写的第一篇文章就是《文艺美学是什么》，在北大的《大学生》创刊号发表。后又写了《文艺美学及其他》一文，发表在《美学向导》（1982年）。接着，我在1980年初写成的长文《论艺术形象》也发表了，其中我论及了艺术的审美本质。差不多在同时，我的《艺术掌握世界的方式》《艺术的意境》以及论艺术美的文章也陆续发表。为了使美学理论尽量和艺术实践相结合，我也陆续写过一些从美学上分析古典文学的文章，对《红楼梦》和古典诗词尝试作美学阐释，目的还是想具体地而不是抽象地谈论艺术的美学问题。

我全力投入文艺美学的研究，在80年代初期我招收硕士研究生时，一开始就明确定向为文艺美学。当我开设的文艺美学课程不仅引起了中文、英文、西语、东语、俄语以及哲学等系研究生的兴趣，而且也吸引了一些大学本科生时，我确实受到了很大鼓舞。于是，北京大学文艺美学研究会也应运而生，使文艺美学爱好者得以相互沟通。由我主编的《文艺美学丛刊》曾出版过数期。由叶朗、江溶和我发起的北京大学《文艺美学丛书》，曾出版了数十种，我的《文艺美学》一书也收入其中。此外，我也担任了王朝闻主编《文艺美学丛书》的编委。文艺美学，成了我学术关注的中心。

围绕文艺美学的学科建设，我和我的研究生曾编辑过几种理论资料出版。中华书局出版了我和王一川、陈伟、丁涛编的《中国古典美学丛编》三册（1988年）。北京大学出版社出版了我和陈伟、王一川选编的《中国现代美学丛编》（1987年）。有了中国传统的材料，却缺少外国材料，当代的更少。为此，我尝试走出古典。这时，国家教育委员会为推动教材建设，鼓励我主编一套当代西方文艺理论的教科书。我说，还是得请前辈学者伍蠡甫来主编。但80高龄的伍蠡甫老人说，20世纪的西方文论他也所知不多，还是要我张罗。这样，我就把这当作为自己补课的机会。为此，我曾去过香港大学、香港中文大学搜集资料。后来又去过美、欧数十个地方，结识了刘若愚、叶维廉等华裔学者，并和美国美学家布洛克等有了学术交往。于是，学术视野逐渐扩大。开始时，我和李衍柱等几位编写的《西方文艺理论名著教程》（北京大学出版社1985年版），涉及现代的只有4章，篇幅极少。到1988年再版，我邀王岳川请了一些青年学者增写了十多章，现代部分共有20章，专成一卷，才弥补了出版的缺憾。此后，我受国家教育委员会之托，和张首映合著了《西方二十世纪文论史》，由中国社会科学出版社在1988年出版。不久，我和王岳川又主编了《文艺学美学方法论》，由北京大学出版社在1994年出版。

然而，我的学术兴趣并不因此而走向西方现代。我关注西方现代，是想解释我们自己的艺术现象，取其新视界，借用新方法，以促进我们自己的学术发展。

如今，经过共同努力，文艺美学已经作为文艺学的一个专业方向，被纳入国家高等教育的学科建设之列。那么，文艺美学今后将如何发展？我以为，文艺美学必须面向现实，不断创新，超越古典，走向现代。

文艺美学要超越古典，并非不要古典。文艺美学仍需要继续总结历史上的丰富的艺术经验，作出新的阐释，推进古典文艺学的深入研究。但是，文艺美学的当务之急是要走向现代，面向现实，总结新的艺术经验，作出新的理论概括。

我们正在走向现代化。我们的文学艺术在现代化过程中有了新的变化，哪些是推动社会主义现代化的艺术经验，需要总结。而在发展过程中，艺术生产迅速商品化和技术化，人也越来越走向“物化”，人和世界的关系也增生了新的异化。文学艺术还要不要按美的规律创造？文学艺术的审美价值和交换价值的关系是否颠倒了过来？审美和实用的界限是否已消失？艺术生产和其他物质生产是否已无区别？文学艺术中的审美价值判断是否已经消解？文学艺术是否只成了符号游戏？这都需要文艺美学作出新的阐释。我高兴地看到，改革开放以来，已出现一代青年学者，密切关注现实，研究新问题，取得了很多新的成果。只要文艺美学能回答时代提出的新的问题，超越古典，走向现代，未来必将大有可为。

（2000 年第 1 期）

谈世纪之交的中西文化和艺术

李泽厚

李泽厚：我不准备讲什么，主要是和大家见见面，很多朋友，10年没有见面了。我也好奇，想看看，现在的中国美学和艺术有些什么样的问题。我离开美学已经10年了，出版了《美学四讲》以后，就基本上没有再搞美学，不了解美学的情况。虽然我每年回国一次，但是毕竟出去7年多了，所以，我主要是想听听大家的发言。当然，有些问题也可以交换一下意见，或者尽我所能发表一点个人的看法。

关于你们这个会的题目，比较艺术和中西文化的比较，我先讲几句。我对中西艺术的比较考虑得比较少，而对中西文化的比较，这个时期想得多一些。我多次提到，文章里也写过，有一次外国学生问我：你们中国人不相信上帝，怎么还能维持这么久？这问得很有意思，是一个大问题，牵涉到中华文化一些根本性的问题。假如把中国文化和西方文化说得非常粗浅和非常简单的话，我说，中国文化的特点是一个世界，西方文化是两个世界。在西方，无论是*Bible*（《圣经》）也好，柏拉图也好，康德也好，都是强调理念世界或现实世界，本体界或现象界，一个是灵的世界，一个是肉的世界，灵肉的区分比较明显。中国则是强调身心合一，即使在宋明理学那里，它的心也不离开身，包括王阳明、朱熹都是这样的。中国出不了陀斯妥耶夫斯基的那种东西，出现不了那种对灵魂拷问的东西。中国总是强调人际关系里的和谐，人与自然的和谐，让灵魂在那里得到安息，认为这就是本体、实在。这是一个重要特点。我在思想史里讲的实用理性、情理合一、乐感文化，便正是相对于西方的那种罪感文化和思辨理性来说的。而它的根源，我在最近一篇文章里讲，是“巫”的传统。“巫”字，巫术的“巫”字，甲骨文写作“夾”“[illegible]”，后面那个字也是“舞”字，跳舞的“舞”，跟大家搞的艺术有关系。所以，在“美”字字源学上，我同意“羊”“人”为“美”。“美”就是人拿着羊头的mask（面具）在跳舞。跳什么舞呢？跳通神的舞。这个舞带有很大的神圣性和神秘性，它可以请来“神”。神就在这个舞蹈中间，也就是说，巫术化的神不是一个对象化的存在。你看，跳着跳着，神就在舞蹈中间出来了。中国艺术都强调过程，以音乐为指归，都与此相关。包括中国建筑，它不是一个很大的空间，不像梵蒂冈的教堂，走进去就会感到灵魂的震撼。中国建筑是把它化到时间里面去。中国文化的本质是“舞”“乐”，是becoming（变），不是being（在），它没有对象化为一个外在的世界，它就在过程中间。这与我讲的一个世界、两个世界有关。我就先讲这一点吧。大家有什么问题，可以讨论。

马肇元（《文艺研究》副主编、编审）：有一个问题大家都很关心：世纪之交，全球经济一体化的趋势日益加强，文化交融日益明显，在这样一个背景下，中华艺术如何面对21世纪，如何在交融中保持既有的民族特性而不被吃掉？李先生学贯中西，又在国外多年，很希望能听听您的意见。

李泽厚：这个问题太大了，不知从何谈起。怎样面对21世纪？我的一些看法，很多人大概不会同意。我在国外只是作为教授上课，一点也没有奢望去搞中西文化交流之类的事。我在德国讲过，在美国讲过，也在书上写过，我讲我们中国了解你们西方比你们西方了解中国不知要多多少倍。拿知识分子来说，从古希腊到当代，哲学也好，艺术也好，历史也好，我们能够说出很多很多西方人的名字来。我说，你们知道几个中国人的名字。当然，不是指汉学家，因为汉学家的专业就是汉学。我说，包括一般的教授学者，你们能数出几个中国人的名字呀？鲁迅，有人知道吗？知道的人极少，几乎等于零。《红楼梦》没看过，也不喜欢看，尽管有几个翻译版本。他们大概知道老子、孔子、《易经》，然后是毛泽东、邓小平，最多也就能数出10个人的名字吧。这完全不是夸张。我讲为什么呢？很简单，就是他们不需要知道，中国的存在或不存在与他们没什么关系！但是中国人必须了解西方。我们一直挨打，不了解不行。我们在汉唐盛世的时候，大概也可以不了解西方，但到近代不行了，我们必须得去了解。所以，假设有一天中国的存在到了使他们一般人感到非了解不可的时候（当然不是说去打他们），文化交流的基础就奠定了。这是一个很简单的看法。我说，你们现在了解中国是一种玩古董似的兴趣。这个好玩，这个挺有意思呀，茶余饭后之类的猎奇玩赏。与他们真正的生活，与他们现在的生存，没有直接的关系。他们对中国的文学艺术的了解，还停留在欣赏京剧《大闹天宫》的水平，那个猴子打得好看。这能代表京剧艺术吗？能代表中国艺术吗？让他们听一段清唱，他们根本受不了。他们不了解，也没有强烈的愿望去了解。当然，我不是指所有的人，也不乏一些人是有兴趣的。但是，从根本上说，欧洲中心论轻视中国文化或外来文化，包括对中国非常友好的人士，包括非常好的汉学家，下意识里仍然存在着他们自己文化的优越感。当然，即使在这种情况之下，千里之行始于足下，我并不反对做一些交流工作。中国这样大的一个时空体，一直没有断。我们这个文化可以推到8000年前，甚至10000年前，这在世界上的确是没有的。这么长一个历史，这么长一个文化，这么大一个面积，这么大一个人口，当它在全世界起到应有的作用时，那个时候的中国文化就不一样了。现在，他们对中国文化的表面都不了解，何况那些真正好的精彩的呢，他们更不了解。所以，现在不能抱太大的奢望，总想一下子让人家了解中国，那是不切合实际的。但是，我深信我们这个文明将来在世界上是会有很大影响的，因为这个文明之所以能够存在到今天，不是偶然的。可以想想，为什么那些古文明都消灭掉了，只有我们的文明存在下来了，而且还在不断地更新和发展？

但目前一个很大的问题是，商业化、Globalization（全球化）。全球化带来同质化。生活的方式、节奏，人们的趣味、习惯，都逐渐趋同。不但大家都吃麦当劳，而且好莱坞、迪斯科、网络游戏在全世界风行，无远弗届。所以现在的交流基本是单向的、片面的。我们翻译了外国不少书，外国翻译了我们几本?!但不能因此便搞国粹主义，义和团式的妄自尊大，盲目排外，说什么在文化上21世纪是中国的世纪，同时又说别人是西化、同化等等，其实中国文化是不会被人家化掉的，是化不掉的。中国有这么多的人口，还有很多落后的地区，中国还保留了很多真正传统的东西。问题在于怎么样把保留在普通中国人中间的一些东西挖掘出来，并且逐步地在50年到100年以内，创造出新的东西，这是需要我们努力去做的。搞艺术或艺术理论的也如此，只科学是个例外。科学上的2加2等于4，任何地方都是等于4，不会等于5。科学可以“同质化”，但是艺术可就不一样了。怎样才能够发挥每个人的特长呢？艺术的发展与人类的发展是相协调的，因为人类最后的东西就是实现个人的潜在的能力，潜在的一切。人生的意义就在这个地方。每个人是不一样的，你的能力和我的能力，你的风格和我的风格，中国的和外国的，是不一样的。怎样能把这个实现出来，这是人类也是中国的一个远景。这个问题就讲到此为止吧，我不知道回答没回答，大而化之吧。

丰林（中国艺术研究院助理研究员）：不知道李先生是否注意到，国内近10年来一直在讨论中国古代文论的现代转换问题，可以说，这一问题也还是世纪之交中国学界的一个理论热点，我想请李先生就此谈一下自己的看法。

李泽厚：我不太知道。中国古代文论的现代转换都有些什么问题？有些什么争论？

杨乃乔（首都师范大学教授）：中国古代文论的现代转换这一问题的提出，与您当时写的《美的历程》是很有关系的。就是说，对中国古代文学现象、对中国古代文学批评的一整套话语，把它放在汉语语境所接受的西方话语这样一个 context（语境）下进行现代诠释，那么，中国古代文论已经退出了过去时的语义场，它只成为一种当下学者所研究的对象。所以，问题由此而生。比如，原义问题。是否存在原义？如何理解中国古代文论中的原义？怎样在现代诠释下使中国古代文论获得新生？

高建平（中国社会科学院文学所博士）：很多年前，我们对原有的那种文学理论模式开始产生怀疑。那么，我们以什么样的模式来建构我们的新设想呢？有这样一些看法。搞古代文论的人认为，中国古代文论是我们的根，要以古代文论为基础；搞现代文论的人说，我们已经走过的这一段历史不能跳过去，要以这一段为主；搞西方文论的人认为，西方文论代表先进的东西，要以那个为基础。所以，存在着很多很多的争论。

丰林：要么保留传统，要么走向现代化，这是中国传统文论的现代转换所面临的困境。中国古代文论不转换，它在现代的地位和价值在何处呢？它的作用在何处呢？如果转换，它失掉了它本来的基本的东西，也就是说，本体的东西，它还能叫中国的古代文论吗？这是一个尖锐的矛盾。怎么办？这一问题大概也是与林毓生先生的观点有关吧？

李泽厚：关于中国文化的改造问题，林毓生先生提出了“创造性的转换”的思想。这里可能有人知道有人不知道，我把它改了一下。我说，不是“创造性的转换”而应该是“转换性的创造”。为什么呢？因为“创造性的转换”是以一个既定的模式为转换对象，也就是说以西方的模式为转换对象。当然，他不是讲艺术，是讲整个的中国文化，经济、政治都包含在内了，就是说，整个的中国社会都应该有一个“创造性的转换”。相反，我讲“转换性的创造”，倒过来了。我说，我们不能以一个既定的模式作为前进的目标，而要创造新的东西出来。这种创造不是革命性的。以前一讲创造就是革命的创造，认为只有打碎旧的才能创造新的，不破不立，破了以后才能立。我是主张改良主义的。大家大概也知道。我以为旧的东西不必经过彻底打碎，而可以通过各种形式逐渐转换变成新的东西，这个新的东西不一定就是西方世界已经有的或既成的模式。因此，这里的重点是在创造。比如，现在中国经济上的有些东西就是没有先在模式的，什么乡镇企业之类，根本与西方不一样。所以，这既不同于全盘西化，也不同于国粹主义。我对目前国内这场文论的争论不清楚，但我觉得或许也可以用到这个方面来。

刚才高建平说，争论的焦点之一是到底应以古典为基础、现代为基础，还是以西方为基础呢？我想，恐怕还是要以 12 亿中国人的现代生存为基础。这个基础到底是古典的，是现代的，是西方的？恐怕都概括不了，因为它既是中国的又属于现代生活。这牵涉到现代性和民族性的问题。我强调现代性。你是生活在现代生活里面，不是生活在 100 年以前，不是生活在宋元明清画山水画的那个年代。比如，我们讲的“理”呀“气”呀这些哲学概念，与西方的概念相比，有它的优越性，但是你现在不能还用那些概念，还是老讲“气”呀“理”呀，而不用现代概念、范畴。“哲学”这个概念传到中国有 100 多年了。这个概念其实不很合适，因为中国没有西方意义上的那种哲学。说得夸张一点，中国没有“哲学”。“哲学”这个词是西文翻译成日文，然后，王国维、梁启超他们引到中国来的。中国没有“哲学”这个词，只有“哲人”“圣哲”。100 年来拿西方的这个模式套，老套不进去。讲中国唯物论、唯心论，就套不进去。现在搞了很多范畴，也套不进去，因为中国“哲学”跟西方哲学不是一个东西。西方哲学史上，比如 Locke（洛克），他的政治理论非常重要，但在讲他的哲学时可以一字不提。但是，讲中国哲学史，讲孔子、老子，不谈他们的政治思想行吗？那就没东西可讲了，你不讲“仁”，不讲“礼”，不讲“正名”，那怎么讲呢？中国没有那种先于经验的形而上学，没有那种逻辑学。他们有，我们没有。老实讲，“哲学”“宗教”这种词对于中国都是不合适的。但是，你能废掉这些词吗？现在不用“哲学”这个词语，行吗？不行的。只有我们在用到这个词的时候，注意哪些地方是不合适的，哪些地方是合适的，就好办。所以，这本身就说明还是必须以现代生活为基础。

刚才提到原义问题，西方解释学里有好几派。有的认为原义可寻，有的认为根本没有原义，有的认为视界融合解释古人。总是从现在出发，因为现在说的话总带有这个现代的 horizon（视野）。克罗齐讲一切历史都是当代史，也是类似的意思。你脱离不了这个时代。就好像你 20 年前和现在来评价毛泽东，那是不一样的。每个时期带有它那个时期的东西，那是免不了的。要防止两种倾向：一种是一定要弄清“原义”，其实“原义”是很难彻底弄清的。另一种倾向，就是现在比较流行的新历史主义，那就是没有什么历史、什么原义、真实可言，随便编都可以，现在在西方很时髦。在这方面，我是比较保守的。我经常是在这两种倾向之间挨批。我还是讲中国这个传统，就是“中庸之道”，这个度的把握很难，掌握得恰当才好。对“原义”也如此。

假设你抓住了中国传统的基本精神，就不在乎外在形式的变化。我说，中国人在某种意义上说是最善于变化的了。只要是合理的，就接受。这在衣着上就表现得很清楚。我一再讲过在大学一年级的时候，学生中好些人仍然穿长袍，但说变就变，第二年就没有一个人穿长袍了。这并没有人强迫，政府也不管这些，但因为穿长袍毕竟在现在生活中不方便，你要赶公共汽车，在大操场坐着听报告，长袍就不行了。实际上，中华民族精神的特点就是能够变化。有一些人害怕西方的东西传来，中国的东西就会丢了。我说不会丢的。重要的是要创造，创造出新形式，“转换性的创造”便是这个意思。不是说要与西方对话吗，只有自己创造出新的东西来，不管是哪个方面，你才能够有一个对话的条件，你才能够表现自己的特点。如果和对方是一样的，如何对话？根本一点就是把握中国文化的基本精神，包括文学和艺术。我记得10年前，《文艺研究》访问我，我讲不在乎强调保存一些什么词汇，什么“意境”啊，等等，不一定。关键在于你要作出新的解释，创造性的解释。

廖奔（中国戏剧家协会副主席、研究员）：我想问一下李先生对国外汉学家的印象，尤其是对美国的汉学家的印象。是否能给我们作一些介绍？他们的成就和局限如何？

李泽厚：在美国的华裔汉学家，特别是搞文化思想史方面的，我接触过一些，有的还是很好的朋友。在这里要评论他们的成就和局限，不知道应不应该。不过，问题提出来了，我就简单说一下吧。大家都知道，华裔汉学家搞的领域，包括他们的成就，是不完全一样的。余英时、刘广京、林毓生、杜维明、张灏、成中英、汪荣祖，这么一批人吧，其实也不是很多。杨连升、肖公权等上一辈大都已经死了。总的来说，余英时被公认中学功底相当好，远远超过其他人。他的文章大部分是用中文写的、出版的，英文的当然有，他现在Princeton（普林斯顿）。另外一个跟他恰好相反的是杜维明。杜维明中文写得少，英文写得多一点，在洋人中间比较有名。Pope（教皇）搞的世界宗教对话，请了六七个人吧，他是被邀请的其中一个。他经常参加各种会议，包括北京的会议。他主要是学术活动家。林毓生主要是搞政治学自由主义，在台湾地区有影响。他是哈耶克的学生。哈耶克当然是了不起的。张灏现在香港，大陆不太熟悉他，他是搞中国近代思想史的，学问相当不错。我刚才说了，整个汉学在西方学术圈里，从某种程度上说，只是个小角落。整个水平也不见得很突出。我觉得，大陆的希望比海外大。不管怎么说，大陆人多，人多总会有好东西出来的。我在香港、台湾、美国都待过，在台湾待了半年。台湾搞新儒学搞了几十年，大陆才搞了几年。10年前或者15年前，大陆都不知道牟宗三为何许人。牟宗三有许多弟子，他的弟子称为牟派。大陆搞了几年，出了几本书，质量就相当高。所以，他们请大陆学者过去开儒学会，都是年轻的学者，你们这一代的。我跟杜维明在理论上是有分歧的，不仅是杜维明了，我对牟宗三也一直持批评态度。我最近在香港出版了一本书，年内会出大陆版、台湾版，大陆版的书名是《己卯五说》，其中一篇文章讲到了他们。牟宗三的说法是儒学有三期，第一期是孔孟，荀子不算；第二期是宋明理学；第三期以熊十力、牟宗三为代表。杜维明鼓吹这个三期说，他在中文和英文书里都这么说。外国人，包括有些中国大陆的学者，如刘梦溪先生，在文章里也同意三期说。我是不赞成的。我认为儒学不是三期，而是四期。我认为孔孟荀是一期，不能把荀子排在外面。第二期是汉儒，汉代儒学不能排除。三期说把汉儒排除在外，因为他们认为只有讲心性论才算儒学。我认为这样来概括中国儒学是片面的，是不对的。第三期，我认为是宋明理学。而牟宗三他们只是宋明理学在现代的“回光反照”。这个词用得也很重。十年前我就说过，新宋明理学即现代新儒家到牟宗三这里就差不多完成了。他们在理论上、在整个的格局上并没有超过宋明理学多少，不过是用现代西方的哲学语言作了一些解释，这些解释还构不成一个新时期，而且在社会影响方面，差得很远。我讲，现代要儒学的话，必须另起炉灶，开辟一个新的时期，就是我讲的“转换性的创造”。这里一个根本的理论分歧是，我不赞成用心性理论来概括儒学。这个争论刚刚开始，大概还要继续下去。详细内容可看我那本新书。当然，杜维明先生是很热心的人。他负责的哈佛燕京学社经常邀请中国学者（我除外）去那里搞学术交流。说到林毓生，我跟他的分歧，他是“创造性的转换”，我是“转换性的创造”。他不赞成我的“西体中用”，我强调我的“西体中用”。还有余英时先生，他对康有为、对鲁迅、对马克思、对毛泽东，基本持否定态度，但对康、鲁未在文章中明确说。我基本持肯定态度。总之，我跟他们都是朋友，特别是林、余，但是学术上是有分歧的。我想，这应该属于孔老夫子讲的“君子和而不同”吧。

杨光华（中国艺术研究院副研究员）：现在有一个口号，越是民族的东西越能走向世界。这个口号到底对我们的发展有什么样的影响？

李泽厚：越是民族的越能走向世界？我完全不赞成这个口号。这口号实际上是抵制接受西方的东西。当然，这里有政策问题，我就不说了。现在需要的是接受，原封不动是不行的，是没有出路的。这个口号也不符合中华民族的精神。中国儒家讲“日日新”。“日日新”才能生存！我强调创造，这个创造不脱离民族基础，但要以现代生活为根本。所以，我讲“西体中用”。但我的“西体中用”不是全盘西化，我讲的“西体”，是说社会存在是根本性的。现代化这个东西，哪儿来的？西方来的！你不靠这个，你怎么办？因此，接受西方，不可避免。所要注意的是，不要被它完全化掉了。我倒不相信被化掉。只要汉字不灭亡，就不会被化掉。当然，我们也面临新的问题。Internet（因特网）的出现，还有刚才讲过的经济的全球一体化，都会使整个的生活方式，包括文化方式，发生很大的改变。这个改变现在才刚刚开始。在这个改变的过程中间，能保留多少民族的东西？我想，只有创造出新的东西才行。我一直在强调创造，包括理论上、学术上、思想上。照搬，行不行？照搬后现代这种东西，行不行？尽管它们有合理的部分，但原封不动地搬过来，行不行？这些问题都是值得考虑的。艺术方面，我不太了解情况。怎么样能够一方面不是亦步亦趋，另一方面又不是固步自封，这个掌握起来很难。从整体来说，仍然是一个强调“转换性的创造”的问题。

章利国（中国美术学院副教授）：现在有这样一种说法：一个世界多种声音。这无非是要强调我们自己也有声音。但是，我们看到的却恰恰相反，其实是多种世界只有一个声音，说得绝对一点，这个声音就是西方的声音。西方，它的根本的东西体现在理性至上里面，而理性至上的必然结果是科学唯一。我们现在讨论的艺术是属于感性领域的，是感性的。所以，在这样一个大的理性至上、科学唯一的背景下，艺术的发展会受到怎样的负面影响？

李泽厚：“西体中用”讲的正是精神文化的多元性。今天，任何一个国家、任何一个民族、任何一种宗教，都不可避免地在物质领域越来越走向同一。为什么？因为大家都希望物质生活好一点。记得大约十年前有一个西方人跟我说过，他很赞成毛泽东的政策，说你们知识分子就应该到乡下去，跟农民住在一起，“三同”嘛。你们发展汽车干什么？自行车不是挺好吗？有些教授的确也是这样做的。我认识一个教授，他每年要到自己买的一个地方去，那个地方在山上，有一个小屋子，没有任何现代化的东西，没有电。他说那是真正的生活。其实，他也只能在那儿住一个月，住一年不行。我想，知识分子到农村去也是一样的，短期可以，你让他长期在那里，那不行。我还举过这样一个例子。我到过内蒙古一次，原来住蒙古包的人，改住了楼房，他们很高兴。蒙古包不是很 romantic（浪漫）吗？不是很好吗？为什么要改住楼房呢？因为毕竟没有楼房舒适。所以，衣食住行一定会走向同质化。理由很简单：大家都希望改善生活，都希望生活好一点。这也就是我的“吃饭哲学”。梁漱溟当年说，外国的火车、汽车虽然快，但是我的马车呀坐着很舒服。我讲，到广州到北京，你现在还是要坐飞机、坐火车，不坐马车，是不是？这是很简单的道理。这是现代生活必需的物质生活水平。大家都是人，都有感性的存在，都希望衣食住行好一点。

现在的问题是，物质世界一元化带来了精神世界的一元化。科技本身带来了它的一整套文化，侵入到几乎所有领域。这种现象是很突出的。在某种意义上，提倡多元化有两种我不赞成的情况：一种是提倡多元化而反对物质一元化，另一种是提倡民族主义。我不赞成任何形式的民族主义，包括文化民族主义，主张文化心理或文化结构的多元。多元就比较丰富。当然，要多元文化，首先要了解自己的文化，了解自己的文化并不是文化民族主义。只有了解了自己的文化，才能够知道其他文化中的哪一部分能够接受或不能够接受，才可以作出选择。选择就是创造。从思想史这个角度来看，从“五四”或者更早一点的时候起，传来了那么多的思想，哪些思想中国人比较容易接受，哪些思想中国人不大容易接受，从中可以看出我们民族的选择。拿哲学界来说，分析哲学，中国始终很少人懂，传播很难，但是海德格尔一传过来，接受率就大得多。这是很奇怪的事情。这并不见得是好事情，它暴露了我们民族的弱点。弗洛伊德二三十年代就传到了中国，几乎和马克思主义同时，马克思主义很快被接受了，而弗洛伊德则没有。为什么？为什么中国选择这个而不选择那个？学习这个而不学习那个？这到底有些什么好处，又有些什么坏处？这些问题都值得认真研究。我刚才讲，大概中国不喜欢太极端的东西，中国总想保持整个的社会系统和自己的身心系统处于一种比较稳定的状况。深刻的片面，尽管深刻，但因为太片面了，中国人不易接受。中国人喜欢把两个深刻的片面搞一个折中。中华民族之所以存在这么久，发展这么大，正在于既接受、吸收了很多很多外来的东西，又能折中、创造的原故。我跟国外学者讲，中国这个概念是一个文化概念，不是种族概念，因为我们的血液没有那么纯粹，我们的身体里都有少数民族的血液。先秦以前就是这样，何况“五胡乱华”以后。中华文化所以能够存在，能够发展，能够维持下去，就是它能不断地吸收新的东西，这个吸收是有选择的。传到日本去的禅宗，就是中国的创造，印度没有这个东西。玄奘翻译了那么多佛经，他那唯识论，只流行了几十年。近代的杨文会继续提倡，但影响仍然不大。这些问题都值得研究。对我们中华民族特性的自觉把握，如何扬长去短，要有一个比较清醒的、比较明确的认识。

杨乃乔：外国学者似乎希望中国学者能在中国自身的文化中寻出一个本体，我觉得这个很有意思。我一直在思考，为什么中国5000年的文化没有产生一个最高存在，以至于每个朝代的emperor（皇帝）都可以享受到上帝一样的神圣和权威，把自己的形象作为上帝？这是很可怕的。李先生对这个问题如何看呢？

李泽厚：中国儒家文化特征之一是宗教、政治、伦理三合一，这是从先秦开始的。这当然带来很大的问题。任何一个文化总有好的方面和坏的方面。好的方面同时就是坏的方面。现在出土的郭店楚简，其中有一篇东西说鲁穆公问子思，什么是忠？子思讲，常讲君王的恶的为忠，就是说，常常批评君王的人就是忠。孟子也讲，君王不好，便可以背叛。所以，有汤武革命。日本就没有这个观念。因为日本的天皇是半个神，那是不能动的。所以，日本的那些大儒家批判孟子，因为孟子讲可以讨伐君王。“闻诛一夫纣矣，未闻弑君也。”孔子讲君君臣臣，君要是不君就不是君。所以，在儒家原典理论中，君王并不是至高无上的。儒学成为没有宗教的文化。我在西方讲，中国没有人格神，但它能维持，因为中国有一个天人 system（系统），这个系统本身就是 God（上帝）。天人即包含自然、社会、人际、身心在内而互相牵制作用的人与自然的和谐、人际关系的和谐等等，这才是至高无上的。

钱岗南（中国艺术研究院副研究员）：关于信仰，我觉得，西方和东方有很大的区别，西方大概是靠宗教，中国是靠迷信。这是不是中国特色？

李泽厚：中国的民间宗教，包括佛教，是儒家化了的，它的很多教义都是儒家的东西。我在《论语今读》中说过，在台北我曾遇到一个出租司机，他信佛，他讲佛怎么怎么好，他也给我看了一些佛教宣传品，孝敬父母啊，与人搞好关系啊，帮助穷人啊，完全是儒家的东西，儒家的东西与佛教完全融合在一起了。儒家的厉害在于，它不一定特别声明反对什么，而是不声不响地把自己的基本东西放进去，把别的东西同化掉。基督教从明中叶以后就进入中国，也有 300 多年的历史了，却始终很难在知识分子层传播。我在美国听说现在中国农村一亿多人信基督教。但在知识分子里面要大量推广，却仍然比较难。为什么？因为它没有和儒家融合，中国知识分子还是在采取孔老夫子对鬼神的态度，敬而远之，也不是不信，也不是信，既不讲它存在，也不讲它不存在。干脆把它搁在旁边。什么时候理它呢？自己碰到困难的时候。那还是为着你自己的现实利益、现实生活，不是为了拯救你的灵魂嘛。西方的宗教是拯救灵魂，它可以和改善现实无关：你越受苦，你越能够得救。

丰林：我有一个感觉，中国的传统文化为什么在现代化过程中会如此地陷入困境，而西方的传统文化为什么在现代化的过程中能够保存得很好，这是什么原因造成的呢？

李泽厚：这个说来话太长了。我想，重要的是，他们有希腊文化中的个体精神。中国的传统文化是不强调个体，这是一个根本的原因。基督教强调在上帝面前人人平等，父亲跟儿子是一样的。在中国，父亲就是父亲，儿子就是儿子，所谓“父父子子”是不平等的。现代化在西方经过了几百年，中国才经过了 100 年。从历史上看，100 年算什么！当然，在现代化的过程中，中国文化会发生巨大改变，汉语比较难学，300 年以后全世界的统一语言恐怕是英语，但即使如此，汉语所奠定下来的文化心理结构仍将存在。特别是，大家不要轻视汉字，汉字在塑造中华民族的文化上，功劳极大。假设没有汉字，我想中国现在绝对不是这个样子，至少是十几个、二十几个国家。汉字是中华文化的载体，是汉字把大家联系起来的。我从 50 年代起就不赞成文字改革。我认为改不了。我赞成汉字的简化，不赞成拼音化。当然，这个世界发展很快，现在的因特网大都是英文。但是，中国有 12 亿人，12 亿人在讲汉语，这是汉字长久存在的基础。当下的中国某些方面已经很现代化了。我这次回来，发现一个现象，就是很多电视台都有英语广播的节目、英语新闻，包括好些省级电视台。这种现象，在好些国家，都是没有的。而且，这个做起来似乎一点障碍都没有，说明这个民族是乐于接受外来事物的。中国在变。我希望，中国真正来一个“转换性的创造”，走出自己的路子来。只有这样，未来的中国文化才会对全人类作出巨大的贡献。

（2000 年第 2 期）

文艺美学：定位的困难及其问题

王德胜

整个20世纪八九十年代，随同中国美学界理论研究热情的复苏、高涨与回落，可以说，“文艺美学”的兴起既是一个洋溢着激情与希望的学理事件，同时也是一场充满了理论扩张的艰难、学科建构的重重困惑的过程。尽管在此之前，20世纪初王国维拿叔本华美学的眼光来考察《红楼梦》的悲剧世界，30年代朱光潜对于文艺活动的心理学探究和诗艺的审美发微，40年代宗白华之于中国艺术意境创构的深刻体察，以及邓以蛰、丰子恺、梁实秋等中国学者对于文艺问题的诸多讨论，实际都已经在美学上直接进入了艺术活动领域，并且已经提出或构造了种种有关文艺的美学观念和理论；甚至，再往前追溯，全部中国古典美学的行程，大体上就是一个在文艺创作、体验活动的基点上所展开的美学思想发生、发展和变异的历史；但“文艺美学”被正式当作一门特定的“学科”理论来研究，文艺美学研究之在一种学科意义上得到展开，毕竟还是80年代以后所发生的事情。我们有理由认为，作为20世纪中国美学接受了西方美学学科方法以后在自身后期发展中的一种特殊努力，文艺美学研究活动不仅一般地追蹑了中国美学的现代建构意图，而且，它在某种程度上还超越了人们对于美学的思辨理解，在20世纪中国美学进程上呈现了一种新的理论尝试图景。

然而，也正由于文艺美学研究是最近20年里才出现的事情，所以，迄今为止，在其学术经历中还存在种种不成熟的方面，或者说还存在这样那样的问题，便在所难免——它一定程度上也折射出当代中国美学研究中的某些学科困惑。本文主要就文艺美学研究的学科定位问题，提出一点个人的初步看法。

一

一般而言，“文艺美学的学科性质”涉及了“文艺美学何以能够成立”这一根本问题，以及它作为一门特定理论学科的存在合法性——为什么我们在一般美学和文艺学（诗学）之外，还一定要设置同样属于纯理论探问性质、同样必须充分体现学科体系的内在完整性建构要求，并且又始终不脱一般美学和文艺学（诗学）学理追求的这样一种基本理论？因此，在我们讨论“文艺美学”问题的时候，总是需要首先解决这样两个方面的疑问：

第一，“文艺美学”学科确立的内在、稳定和连续的结构规定是什么？也就是说，我们根据什么样的方式来具体确定“文艺美学”自身唯一有效的理论出发点和归宿点，以及它们之间的逻辑关联？

第二，在“文艺美学”与一般美学、文艺学（诗学）之间，我们如何确认它们彼此不同的学科建构根据？又如何在这种根据之上来理解作为一门理论学科的“文艺美学”建构定位？换个表述方式，即“文艺美学”之成为“文艺的美学研究”而不是“美学的文艺学讨论形态”的学科生长点在哪里？

显然，在上面两个问题中，有一个共同的症结点：当我们把“文艺美学”当作一种自身有效的学科形态来加以对待的时候，我们总是将之理解为有别于一般美学和文艺学的具体规定（范围、对象、范畴及范畴间的联系等）的特殊理论存在；然而，由于这种“特殊性”又不能不联系着一般美学和文艺学的研究过程、讨论方式和学理对象，甚至于还常常要使用它们的某些带有本体特性的理论范畴，因而，对于“文艺美学是什么”的理解，总是包含了对于“美学是什么”“文艺学（诗学）是什么”的确认。“美学是什么”和“文艺学（诗学）是什么”的问题，既是据以进一步阐释“文艺美学是什么”这个问题的逻辑前提，也是“文艺美学”确立自身独立形象的学科依据。尤其是，当我们试图从一般美学和文艺学突围，并且直接以“文艺美学”作为这种“学科突围”的具体形式和成果，以“文艺美学”标明自己新的学术身份的时候，对于一般美学和文艺学的确切把握，便显得更加突出和重要。正因此，我们常常发现，绝大多数有关“文艺美学”学科定位的阐释，基本上都这样或那样地服从了对于美学或文艺学的定位理解，而正是在这里，“什么是文艺美学”成了一个仍然需要廓清的学科定位的难题。

就我们目前所看到的各种有关“什么是文艺美学”的解答来看，在它们各自的定位理解中，基本上都流露着这样一种一致的倾向：“文艺美学”是一般美学（包括文艺学）问题的特殊化或具体化，而且还是一般美学自我发展中的逻辑必然。①

我们不妨拿 20 世纪 80 年代以后中国美学界出现的几种比较有代表性的说法来看一下：

周来祥认为“文艺美学是一般美学的一个分支”，是“对艺术美（广义上等于艺术，狭义上指美的艺术或优美的艺术）独特的规律进行探讨”；“文艺美学的首要任务是以马克思主义世界观为指导，系统地全面地研究文学艺术的美学规律，特别是社会主义文学艺术的美学规律，探讨和揭示文学艺术产生、发展，以及创造和欣赏的美学原理”。[②]最早把“文艺美学”作为自己学术努力目标的胡经之，则这样来界定“文艺美学”的学科位置：“文艺美学是当代美学、诗学在人生意义的寻求上、在人的感性的审美生成上达成到的全新统一”；“文艺美学不像美学原理那样，侧重基本原理、范畴的探讨，但文艺美学也不像诗学那样，仅仅着眼于文艺的一般规律和内部特性的研究。文艺美学是将美学与诗学统一到人的诗思根基和人的感性审美生成上，透过艺术的创造、作品、阐释这一活动系，去看人自身审美体验的深拓和心灵境界的超越”；它“以追问艺术意义和艺术存在本体为己任”。[③]

杜书瀛主编的《文艺美学原理》一书，虽然出版于90年代，但它也基本是在相同的起点上提出：“一般美学结束的地方正是文艺美学的逻辑起点”，“一般美学是研究人类生活中所有审美活动的一般规律”，“文艺美学则主要研究文艺这一特定审美活动的特殊规律”；“文艺美学的对象是一般美学的对象的特定范围，文艺美学的规律也是一般美学普遍规律的特殊表现”。[④]

这里，我们就看到，上述对于“文艺美学”学科性质的把握中，非常明确地包含一个前提：“文艺美学”理所当然地是一般美学的合理延续（发展），而一般美学（包括文艺学）本身在这里乃是一个“不证自明”的存在。如果说，一般美学以人类审美活动的普遍性存在及其基本规律作为自己的研究课题，那么，“文艺美学”之不同于一般美学的特殊性，就在于它从一般美学“照顾不到”的地方——文艺创作、文艺作品、文艺消费/接受的审美特性和审美规律——开始自己的学科建构行程，并进而提出自己对“特殊性”问题的“独特”追问，“系统地全面地研究文学艺术的美学规律”，“研究文艺这一特定审美活动的特殊规律”。而如果说，文艺学（诗学）主要着眼于综合考察文艺创作、文艺作品、文艺消费/接受现象的内部本性、结构、功能等，那么，“文艺美学”则探问了文艺学（诗学）所“不涉及”的文艺作为审美活动的本体根据，或者是“以追问艺术意义和艺术存在本体为己任”。

一般美学（包括文艺学）何以在学科意义上充分表明自己具有这种“不证自明”的可能性？

如果一般美学仅仅是以探讨人类审美的一般性（共同性）规律、普遍性本质为终结，那么，为什么我们的任何一部“美学原理”中，都几无例外地要详尽表白自己在诸如“文艺（艺术）的审美特征和活动规律”“文艺（艺术）创造的审美本质”“文艺（艺术）活动中的主体存在”等等具体艺术审美问题上的讨论方式和结论，甚至于将对于整个艺术史或各个具体艺术部类的审美考察纳入自己的体系结构之中？就像黑格尔曾经向我们展示的那种美学形态——关于艺术审美问题的思考正构成了黑格尔美学体系的内在结构和具体特色。⑤显然，问题的重点，似乎不仅在于“文艺美学”是否能够从一般美学和文艺学中“逻辑地”延伸而来，而且还在于：一般美学和文艺学的“不证自明性”本身就是十分可疑的。实际上，就在最近20多年里，中国美学界围绕“美学是什么”的问题一直存在不休的争论，许多美学家曾经试图对美学的学科定位作出自己的理论判断，得出明确的结论。但直到今天，我们都很难说已经获得了一种令人确信的关于美学学科合法性的结论；围绕美学学科定位问题所产生的许多意见，甚至进一步困扰了我们对美学其他许多问题的深入探掘。相同的情况也出现在文艺理论领域：“文艺学”的名称本身就被指责为一个含混不清的概念；它作为一种文学理论研究的总称，既反映了20世纪50年代以来中国文艺理论界所受到的苏联理论模式和观念的影响，同时也体现了某种强烈的政治意识形态立场——强调文学与社会的实践关系，强调文学研究的社会总括性，始终是文艺学在学科建构方面为自己所设定的美学本位。因此，尽管“文艺学”作为一个二级学科名称已经列入国家教育主管部门颁布的学科、专业目录中，但人们却几乎从未停止过对它的纷纷议论。⑥

由此可见，“美学是什么”“文艺学是什么”作为问题仍然有待具体探讨，亦即在美学和文艺学的学科定位上，还存在着各种各样的不确定性；所谓美学（文艺学）的“不证自明”的可能性，其实成了一种虚妄的理论假设。既然如此，以这种并非“不证自明”的存在当作确立自身学科特性的逻辑前提、理论依据，对于“文艺美学”的建构热情来说，便已经不止于简单的误会，甚而可能是一种灾难了——当我们企图在美学或文艺学的“分支”意义上来设计“文艺美学”及其合法性的时候，学科存在前提上的某种“想当然”，普遍地造成了对于美学（包括文艺学）无限扩张的幻觉性热情，并且在实际研究过程中又反过来严重危及了美学（文艺学）本身的合法性。

另一方面，从学科对象和研究范围的“普遍性”与“特殊性”、“一般性”与“具体性”层面，来划分一般美学与“文艺美学”之间的不同规定，把对于美的普遍性、审美规律的共同性的探讨归于美学范围，而把“文艺活动、文艺作品自身的审美特性和审美规律”当作“文艺美学”的独特领地，这里面又显然充满了某种学科定位上的强制意图。一般美学虽然突出以理论思辨方式来逻辑地展开美的本质、审美普遍性的研究，强调从存在本体论方面来寻绎美的事实及其内在根据，并且不断在思维抽象中叠架自身，然而，一般美学又从来不曾离开文艺活动这一人类审美的基本领域，从来没有在抽象性中取消文艺创造、文艺作品、文艺消费 / 接受过程的审美具体性。事实上，不仅一般美学之于美的思辨是一种由“具体的抽象”而达致的“抽象的具体”，而且，这一“抽象”的所指也同样是文艺之为人类价值实践的审美特性与审美规律。这也就是为什么一般美学总是把对于文艺活动的审美考察放在一个十分重要位置上的原因。更何况，在一般美学中，一切有关人类审美经验问题的探讨，以及对于人类审美发生问题的理论回答，都总是具体联系着（或者说是依照了）人在自身艺术实践过程中的具体行为而进行的。特别是当代美学，无论其具体定位方式和定位形态是怎样的，几乎都侧重将对于文艺活动的具体审美分析，包括对于文艺创作过程中的主体结构、文艺批评的价值标准、文艺文本的审美结构形式及其历史特性、文艺文本的接受—阐释活动等的思考，十分严整地包容在美学自身的结构性规定之中。可以这么说，一般美学的确是以思辨和抽象来展开美的问题的研究，但它又始终不脱人类文艺活动的具体审美事实；其对于普遍性、一般性的发现，很大程度上正是通过对于文艺活动的深刻审美把握而体现出巨大理论意义的。至于文艺理论研究，当然就更不可能超脱文艺活动的审美具体性了。

由此，我们便可以十分清楚地看出，如果只是把“文艺美学”定位为“系统地全面地研究文学艺术的美学规律”，“研究文艺这一特定审美活动的特殊规律”，或者是“追问艺术意义和艺术存在本体”，难免给人以这样的印象：为了使“文艺美学”作为一门独立学科能够成立，就必须首先将一般美学在思辨层面对于文艺活动的审美特性和审美规律的探讨、将文艺理论从审美的具体过程出发之于文艺活动的分析，统统“悬搁”起来，以便为“文艺美学”留有余地。否则，“文艺美学”所针对的“文艺的审美特性和审美规律”就不免要同一般美学所必然包容的文艺考察相重叠，其所讨论的“艺术的意义和艺术存在本体”就会同文艺理论实际研究的问题相重合。换句话说，为了保证“文艺美学”作为一门学科的存在合法性及其理论演绎顺利展开，一般美学和文艺学必须无条件地出让自己的研究范围和对象。

且不说这样的“悬搁”，实际是对美学和文艺学的学科基础作了一次流血的“外科手术”。即便“文艺美学”的出现真能让一般美学和文艺学这样做，我们也不禁要问：“文艺美学”是不是真的已经实现了一般美学和文艺学发展的逻辑必然性？即作为一种“独特的”理论学科，“文艺美学”果然在一般美学和文艺学“顾及不到”的方面担负起了“独特的”理论任务吗？这个问题，我们后面再予以专门讨论。

毫无疑问，我们在这里看到了一个悖论：如果说，建构“文艺美学”是为了克服一般美学抽象玄思的局限，那么，前者之能够成立的前提，实际又要求后者彻底放弃对于文艺审美特性的具体深入；这显然与提出“文艺美学”学科建构的初衷相矛盾。如果说，“文艺美学”有助于我们在强化文艺的审美本位基础上，真正发现人类艺术实践的本体特性，那么，把对文艺特殊审美规律的研究从文艺学中抽取出来，最终其实又更加孤立了文艺理论，并且也无益于我们真正理清文艺与特定社会政治的关系。

当然，“文艺美学”的提出本身有其理论研究上的积极性；最起码，它促进了近20多年来中国美学界对于文艺活动进行认真的审美研究，把美学的理论视野进一步引向了人类艺术领域。不过，由于“文艺美学”的学科定位问题不仅直接关系着其自身作为一种新学科设想能否真正得到落实，同时也关系到我们对于一般美学和文艺学学科性质的把握，因而，从学科建构的实际要求出发，对“文艺美学”的特性进行更加细致的探究，仍是一件十分严肃的工作。而要准确定位“文艺美学”，下面三个问题不能不先行得到回答：

第一，如果说，“文艺美学”以一般美学的独立分支身份出现，它将如何可能逻辑地体现一般美学的学科特性要求？这里，对于美学学科规定性的认识，是从理论上确定“文艺美学”存在合法性的基础。

第二，如果说，“文艺美学”的学科合法性，是基于文艺理论研究无法有效完成文艺活动的审美本质探索，那么，文艺学的存在合法性又是什么？也就是说，作为文学理论研究活动的文艺学将何去何从？

第三，无论把“文艺美学”归于美学的分支，还是将之视作文艺学的“另类”，其学科建构都首先要求能够找到专属自身的、无法为其他学科所阐释和解决的独一无二的问题（对象）。那么，这个问题是什么？解决这个问题的“文艺美学”的学科方式又是什么？

二

至少，就目前“文艺美学”的实际形态来看，我们很难将它与一般美学或文艺学（诗学）体系相区分。在总的方面，现有的“文艺美学”要么程度不同地重复演绎着一般美学对于文艺问题的讨论形式，尽管这种演绎过程可能具有某种形式上的具体性、形象性，往往更注意把讨论引向“作品—作者—读者”的审美联系及其联系方式的美学语境之中，试图在一个较为实在的层面来反证某种美的观念或概念，以此完成“美学的艺术化构造”；要么大体上与文艺学（诗学）框架相重叠或交叉，即突出文艺理论研究的审美基点，在“作者—作品—读者”或“创作论—作品论—接受 / 阅读论”的内在关联方面形成某种本质论的美学解释，从而实现对于“文艺学的美学改造”。因此，就实质而言，现有“文艺美学”在体系构架上还没有达到一般艺术哲学的广度——在丹纳那里，艺术哲学就已经发展成为一个庞大、系统的理论，其中不仅有着种种本质论的观念，而且还十分具体地深入艺术发生、艺术效果和艺术史等的哲学与实证研究，广泛论证了“艺术过程的美学问题”。更何况，由于某种非常明显的人为意图，既将艺术的美学本体论探讨留在了一般美学领域，又将艺术过程的结构分析划给了文艺学的讨论，因而，现有的文艺美学研究仍然还没有真正达到抽象与具体、思辨与实证有机统一的理论境界，既难以有效地实现对于艺术的本体追问，同时也缺乏对于艺术内部结构的深入的美学证明。

这里，我们可以从研究对象的范围构成方面，拿现有的几种“文艺美学”著作同文艺学著作做一个形态对照：

周来祥先生的《文学艺术的审美特征和美学规律》一书，除“绪论”专讲“文艺美学”的对象、范围和方法以外，其余六章分别为“艺术的审美本质”“美的艺术和崇高的艺术”“再现艺术和表现艺术”“艺术创造”“艺术作品”“艺术欣赏与批评”。

胡经之先生《文艺美学》的体例为“文艺美学：美学与诗学的融合”“审美活动：审美主客体的交流与统一”“审美体验：艺术本质的核心”“审美超越：艺术审美价值的本质”“艺术掌握：人与世界的多维关系”“艺术本体之真：生命之敞亮和体验之升华”“艺术的审美构成：作为深层创构的艺术美”“艺术形象：审美意象及其符号化”“艺术意境：艺术本体的深层结构”“艺术形态：艺术形态学脉动及其审美特性”“艺术阐释接受：文艺审美价值的实现”“艺术审美教育：人的感性的审美生成”。

相似的，杜书瀛先生主编的《文艺美学原理》在“序论”部分简要表述了“文艺美学”的学科性质与地位之后，同样地直接进入对于“审美—创作”“创作—作品”“作品—接受”的论述，分别讨论了诸如“审美活动与审美活动范畴”“文艺创作作为审美价值的生产活动”“审美价值生产的基本类型”“文艺创作中的美学辩证法”“艺术品的魅力”“审美智慧”“审美形式”“审美价值”“艺术传播”“接受美学的遗产背景与课题意义”“‘读’的能动性与历史性”“‘释义循环’及处置策略”“‘接受的幽灵’文艺与历史实践”等等。

蔡仪在20世纪70年代末主编的《文学概论》，是一部比较能够体现1949年以后至“新时期”初中国文艺理论研究情势的著作，发行量达到70多万册。全书九章，分别为“文学是反映社会生活的特殊的意识形态”“文学在社会生活中的地位和作用”“文学的发生和发展”“文学作品的内容和形式”“文学作品的种类和体裁”“文学的创作过程”“文学的创作方法”“文学欣赏”“文学批评”。

而由童庆炳先生主编的《文学理论教程》，作为20世纪90年代中国文艺理论研究的产物，是目前公认较为完备的一部著作，在文艺学成果中具有一定代表性。其五编十七章，除阐述文学理论的性质、形态及中国当代文学理论建设问题以外，更详细列论了“文学活动”“文学活动的意识形态性质”“社会主义时期的文学活动”“文学作为特殊的精神生产”“文学生产过程”“文学生产原则”“文学作品的类型”“文学产品的样式”“文学产品的本文层次和内在审美形态”“叙事性产品”“抒情性产品”“文学风格”“文学消费与接受的性质”“文学接受过程”“文学批评”等。

客观地说，仅是这种对象构成形态的对照，就已经可以让我们清楚地看到，现有“文艺美学”在对学科建构的把握上，基本没有超出原有的美学、文艺学范围。如果一定要说它们之间有什么不同的话，那也主要是叙述形式上的，而基本没有体现本质性的差别。这就不能不让我们疑惑：“文艺美学”的建构究竟是为了一种叙述的方便，还是真的能够从根本上找到自己的所在？

事实上，热心于“文艺美学”学科建构的学者，也并非完全没有看到这种学科体系构架上的重复性。只是出于一种“新学科”的设计，他们大多数时候更愿意将这种重复性理解为某种结构方面的序列性组织，亦即认为：在美学系统的纵向结构上，“文艺美学”处在一般美学和部类艺术美学之间的中介位置；在横向上，“文艺美学”又同实用美学、技术美学等一起组成了美学的有机部分。在文艺学系统中，“文艺美学”是文艺学诸多学科中的一种，与文艺社会学、文艺哲学、文艺心理学、文艺伦理学等相并列。显然，这种结构上的归类，至少从表面来看是有诱惑性的，它一方面“避免”了“文艺美学”在理论上的悬空，而让其一头挂在美学的大山上，一头伸进了艺术的活跃空间；另一方面又“化解”了“文艺美学”在逻辑关系上的孤立——因为在一般美学理论与各种具体艺术部类的美学讨论之间，当然要有某种中介、过渡，尽管这种中介和过渡本来可以，也应该由美学自身所内在的艺术话题来完成；而文艺学研究也总是必然会衍生出相互联系的各个层面，包括哲学的、人类学的、伦理学的、心理学的和社会学的探讨等，尽管所有这些探讨在根本上都没有，也不可能回避艺术的审美特性及其审美构造、审美规律。然而，且不说这种“结构序列”设计本身，就是建立在我们前面已经讨论过的那种对于“美学—文艺美学—文艺学”各自话题的人为强制之上，仅就把一般美学作这种纵向和横向的结构排列而言，就是相当可疑的。我们很难同意，一般美学之于日常现实的审美方面和技术的审美因素、形式的研究，竟然同美学对于艺术问题的深入把握，是处在两个不同结构序列中的；我们也很难设想，作为美学之纵向结构“中介”环节的文艺的审美研究，如何可能摇身一变成了美学横向方面的一个部类？除非“文艺美学”是作为整个美学系统坐标的中心点而出现。可是，这样一来，既然“文艺美学”成了整个美学系统坐标的中心，在纵向上连接了美的哲学思辨与部类艺术问题的美学研究，在横向上联合着实用美学、技术美学等等，那么，所谓“文艺美学”所研究的，不正都是美学的应有之义、美学的问题吗？如此，在一般美学之外再另立一种“文艺美学”，又岂非画蛇添足？于是，问题又回到了我们原来的疑问上：美学究竟是什么？美学的学科定位该当何解？

况且，既在一般美学结构序列上为“文艺美学”分配了座次，又如何能够将“文艺美学”过继为文艺学的合法子民？我们将何以在逻辑上令人信服地说明，已经是美学分支的“文艺美学”，如何在文艺学体系中获得自身确定的学科规定性，而不至于让人“丈二和尚摸不着头脑”？

也许，所谓“文艺美学”的真正建构难题（矛盾）就在于：一方面，为了区别于一般美学的理论形态，必须有意识地淡化对于美本体的思辨，弱化美学思维之于具体艺术问题的统摄性；另一方面，为了撇清与文艺学的相似性，必须有意识地强化一般艺术问题的美学抽象性，增加文艺理论的哲学光色。应该承认，这种学科建构上的难题不仅没有在已有的文艺美学研究中得到有效克服，相反，倒成了支持某种学术自信的理由。当然，在20世纪八九十年代的中国美学领域里，同样的情况并不仅止于“文艺美学”一家。从80年代初开始，许多自称是美学分支学科的部类问题研究纷纷出现，例如文化美学、性美学、生理美学、服饰美学……中国美学界一时间仿佛一派“欣欣向荣”。或许，正像有学者所指出的：“已经没有任何统一的美学或单一的美学。美学已成为一张不断增生、相互牵制的游戏之网，它是一个开放的家族。”⑦可是，作为“开放家族”的当代美学“游戏”，原本同样必须依照一定的有序性和内在规矩来展开自身，同样应当在知识价值上体现出一定积累、变化形态的合理性与真实性。那种缺失学科建构的基本出发点和特定逻辑依据的“学科”增生，实质上并没有能够进入这张“游戏之网”。

三

从以上分析出发，我们与其说“文艺美学”是一种新的美学或文艺学的分支学科形态，倒不如说，文艺美学研究是中国美学在自身现代发展之路上所提出的一种可能的学理方式或形态，它从理论层面上明确指向了艺术问题的把握。由是，可能会更易于我们把问题说清楚。这样说的理由主要在于：第一，就像我们已经反复指出的，迄今为止，“什么是文艺美学？作为一个问题，仍然是含混不清的。在学科建构意义上，“文艺美学”的独特规定性仍然有待于证明和阐释，而这种证明、阐释能否真正解决问题也还是可疑的。

第二，由于几乎所有“文艺美学”的讨论话题，都可以在一般美学和文艺理论体系中找到其叙述形式或阐释过程，而美学与文艺学的当代发展也正朝着人类艺术活动的审美深层探进；特别是20世纪的各种美学、文艺理论研究，更不断将深入发现具体艺术活动的审美特性当作自己的直接课题——美学和文艺理论不仅没有拒绝具体艺术的审美考察和发现，而且越来越趋向于把研究视点深入艺术母题之中。[8]因此，所谓“文艺美学”其实不过是美学、文艺理论内在话题的当代延伸，而不是区别于当代美学、文艺理论发展的又一种学科存在方式，其建构本来就不可能超逸美学、文艺理论的当代维度。

第三，就此而言，文艺美学研究的任务，其实在于向人们提供一种从内在结构层面上观照艺术的具体审美存在特性、审美表现方式、审美体验过程和规律等的特定理论思路、讨论形态；它不是在一般美学和文艺学的结合点上，也不是作为一般美学和文艺学的中介，而是作为当代美学或文艺理论的自身问题而存在。换句话说，文艺美学研究（更准确地说，是艺术的美学研究）形态的合法性，不是建立在它的学科不确定性之上，而是建立在它作为一种具体理论思路的稳定性与可能性之上的。

当然，我们现在依然可以在约定俗成的意义上继续使用“文艺美学”这个术语，但同时我们应该清楚一点：作为艺术的美学研究，当前“文艺美学”所面临的任务，不在于一定要把它当作一个“学科”来理解和建构某种“体系”。[9]也许，最明智的做法，就是放弃在“学科”意图上对于“文艺美学”的设计，而转向依照美学、文艺理论的当代发展特性来找到深化艺术的美学研究的真实理论问题[10]，以对问题的确定来奠定文艺美学研究作为一种学理方式或形态的合法性基础，以对问题的阐释来展开文艺美学研究的合法性过程。以下几个方面似可作为当前文艺美学研究关注的重点：

（一）艺术现代性的追求与文化现代性建构之间的关联问题

在美学、文艺理论的各种讨论中，艺术从来都是作为一种“人类生命价值”的自我表现 / 体验形象而出现的。它不仅意味着艺术是人的精神解放的实践载体，是人在自身内在精神活动层面上所拥有的一种价值肯定方式，而且还意味着艺术作为人类精神演化的自我叙事形式，其身份的确认总是同人在一定阶段上的文化利益相联系的。而在当代文化现实中，现代性建构之为一种持续性的过程，不仅关系着文化实践的历史与现实，而且关系着人对于自身存在价值的表达意愿和表达过程，关系着人在一种历史维度上对自我生命形象的确认。所以，文化的现代性建构不仅涉及人在历史中的存在和价值形式，同时也必然地涉及了人的艺术活动对人的存在和价值形式的形象实现问题。文艺美学研究在探讨艺术的审美本体时，理应对此问题作出回答。这里应注意的：一是文化现代性建构的理论与实践的具体性质；二是艺术现代性追求的内涵及其在文化现代性建构中的位置；三是艺术现代性追求的合法性维度。

（二）艺术发展中的美学冲突及其历史变异问题

这本来是一个艺术史的话题。但在文艺美学研究的视野上，艺术史问题同样可以出这样几个方面的美学讨论：其一，艺术发展所内含的美学理想的文化指归，究竟怎样通过人的艺术活动而获得实现？其二，美学上的价值差异性，怎样实现其对于艺术发展的控制、操纵？艺术形式的冲突与美学理想的冲突是一种什么样的关系？其三，艺术发展中的美学冲突的历史样态及其实践性变异。应该说，这种讨论过程，将有可能带来文艺美学研究更为深刻的历史根据。

（三）艺术作为一种审美意识形态的社会实现机制、过程与形态问题

这个问题与上一个问题是相联系的。所不同的是，这里更接近于探讨艺术作为一种理想价值形态的社会学动机。也就是说，作为特定社会意识形态的特定表现，艺术、艺术活动的内在功能是如何在社会层面上得到体现和认同的？尤其是，当我们常常以不容置疑的态度将艺术表述为一种“人对世界的掌握”时，其意识形态力量又是如何具体体现在人的社会实践过程中的？对于这个问题，我们既不能仅凭审美的心理经验方式去加以把握，也不能只是通过纯粹思辨来进行主观化的推论，而只有借助于艺术历史与艺术现实的运动关系来进行说明。而这个问题的难点则在于：为了说明艺术的意识形态功能，我们必须首先理解意识形态的历史具体性；为了把握审美意识形态的本质特征，我

们又不能不把艺术与其他意识形态形式的共时性关系纳入讨论范围，以便从中确认艺术的意识形态特殊性。

（四）艺术的价值类型问题

这一研究，主要针对艺术价值的形态学意义，即艺术价值的分化及其美学实现形态。在以往的美学或文艺理论研究中，有关艺术价值问题的探讨常常被放在一种严密的整体性上来进行；艺术价值的美学阐释并不体现形态分析的历史具体性，而只是从审美本质论立场对艺术价值作出某种统一的概括，所反映的是艺术之为艺术的先在合理性。实际上，在艺术价值问题上，由于人的生存形态不同、人的价值实践的分歧，艺术价值的实现方式和实现结果都是具体的、分化的和相异的。不仅不同艺术之间在价值形态上是有分化的，而且由于实践方式、实践基础和过程等的不同，相同艺术的价值构造、价值取向、价值体现也是存在各种差异的——由于这样，“艺术是什么”才会变得如此复杂。文艺美学研究的工作，就是要找出这种不同、差异，并对之进行形态分析，从而使艺术价值问题落实在具体的类型层面上，真正体现出艺术的审美具体性。

（五）艺术效果特征问题

“艺术效果”一向受到人们的关注。不过，我们在这里主要关心的，还不是一般意义上艺术活动与人的精神修养、情感陶冶等的关系，而是当代文化语境中大众传播制度对于艺术活动、艺术作品自身效果的具体影响，以及这种影响的实现过程和美学意义。因为很明显的是，当代艺术的美学变异，很大程度上是依据其与当代文化的大众传播特性来决定的；所谓“艺术效果”，一方面取决于艺术的表现特性以及艺术在一定文化语境中的自我生存能力，另一方面则取决于艺术活动、艺术作品、艺术接受活动与整个大众传播制度的关系因素和关系结构。包括艺术效果的发生、艺术效果的集中程度、艺术效果的结构方式、艺术效果的体现形态、艺术效果的延伸和艺术效果的变异性转换等等，都以一种非常直观的形式同当代大众传播制度联系在一起。把艺术效果问题与整个文化的大众传播制度问题加以整体考虑，是当前文艺美学研究中的一个重要课题。在此基础上，我们才有可能获得对于艺术审美本质的当代性把握，在理论上真正体现出现实的价值和立场；文艺美学研究也才可能产生理论的现实有效性。

（六）艺术审美的价值限度问题

这个问题所涉及的，实际是对我们过去一直坚信不疑的那种艺术至上性观念。按照一般的美学理解，在人类价值体系的内在结构上，"真""善""美"虽然有着某种内在的、稳定的统一性，但在发展逻辑上，它们又是有级别、有递进性的；艺术在其中始终扮演了一种至上价值的表演角色，成为人类在自身实践过程上的最高目标。这种观念在当代文化语境中，其实已经呈现了某种风雨飘摇的景象。不仅人的现实生存实践不断质疑了这种内含着概念先在性的理想，而且，就这一观念把美 / 艺术当作人类不变的既定实践而言，它也是值得怀疑的。在当代文化语境中，不仅艺术本体立场的改变已经是一种十分显著的事实，同时，艺术与美的关系的必然性和同一性也正在被艺术活动本身所拆解。由是，在人类生存实践的价值指归上，艺术审美的价值限度问题便凸显了出来。我们所要讨论的是：艺术在何种意义上可能是审美的？艺术审美的有效性和有限性是如何通过艺术活动自身的方式而呈现出来的？艺术作为人的生命理想的审美实现方式，在什么样的范围内为人类提供了一种具体的价值尺度和客观性？

（七）艺术中的审美风尚演变问题

我们经常说，艺术是一个时代的社会生活关系、生活实践、生活趣味等现实价值形式的反映，美学、文艺理论也常常论及这方面的话题。但是，这种对于艺术的谈论往往还只停留在一般概念的归结上，很少非常具体地从美学角度透彻分析过艺术创作、艺术作品、艺术接受与社会、时代的风尚演变之间的审美关系特性，也很少充分揭示艺术体现社会审美风尚的具体过程和规律问题。因而，把这个问题作为当前文艺美学研究的对象，目的就是要通过对艺术发展与社会审美风尚演变之间关系的探讨，深入揭示：第一，艺术生成中的社会审美趣味、理想与观念的存在和存在方式；第二，社会审美风尚演变所导致的艺术的时代具体性、意识形态性；第三，艺术创造如何能够顺应并体现一定社会审美风尚的特性；第四，艺术风格、艺术审美创造的改变，又如何融入社会审美风尚的演变过程之中；第五，艺术的历史在什么意义上可以反映为一种审美风尚的历史；第六，艺术活动又是如何体现一个时代社会审美风尚的分裂性的；第七，具体艺术文本的风尚特征；等等。这些问题的研究，对于我们更加深刻地理解艺术的美学规律，把握艺术发展的内在过程及其外部因素，都是十分重要的。比如对于艺术的民族审美特质问题的理解，就与这一研究直接相关。

（八）艺术活动与日常活动在人类生存之维上的现实美学关联问题

这个问题的重点，是我们如何能够在当代文化的现实性上，认真、客观地理解当代艺术的美学转移。由于当代文化发展本身的规律及其影响，当代艺术和艺术活动已经发生了巨大的改变。这种改变甚至不是一般形式意义上的，它更带有本体颠覆的特性。艺术和艺术活动在当代文化语境中，逐渐自我消解了自身肩负的沉重历史使命和社会责任，艺术的“创造”本性正在急剧转换之中。[11]原本超然于人的日常生活、普通趣味之上的艺术的“美学封闭性”，正在不断被当代社会生活的世俗化、享乐化追求所打破；艺术不仅不再能够必然地超度人的灵魂、提供超越性的精神方向，甚至它自己有时也不得不屈服于人的日常意志的压力及其具体利益。这样，把艺术活动与人的日常活动的现实美学关系放在一个现实生存语境中来加以把握，既是对于当代艺术的美学追求的一种具体体会，也是美学和文艺理论研究扩大自己的学术视野、体现自身当代性追问能力的内在根据。

注释：

---

① 从 20 世纪 80 年代初开始，“文艺美学”作为一个具有一定现实性的新的理论话题，得到了中国美学界的关注。其时尚执教于北京大学中文系的胡经之先生，首先在 1980 年召开的第一届全国美学会议上，针对当时中国高校文科理论教学的实际情况和发展需要，提出：美学教学不能只停留在讲授哲学美学上，应该开拓和发展文艺美学的研究与教学。其《文艺美学及其他》一文（收入文艺美学丛书编辑委员会《美学向导》，北京大学出版社 1982 年版），作为 80 年代中国最早的一份讨论“文艺美学”的理论文献，具体阐述了“文艺美学”的建构理由，认为“文艺美学是文艺学和美学相结合的产物，它专门研究文学艺术这种社会现象的审美特性和审美规律”，是“文艺学和美学的深入发展”，促使文艺美学这门“交错于两者之间的新的学科出现了”。此后，“文艺美学”被正式纳入 80 年代中国美学研究的范围，并且引起美学界不少学者的关注和研究兴趣。而我们现在所见到的那些以“文艺美学”为名称，或虽不以“文艺美学”标明身份但却实际是作为“文艺美学”研究成果而出现的论著，大体上都是八九十年代的中国“美学产物”。这反映出：第一，“文艺美学”的提出，其实是一种现实形势的结果，是“应时而生”的理论话题，具有较强的理论应用企图。第二，对于“文艺美学”的种种建构设想，也是中国美学界在 80 年代“美学热”的催动下，对于“美学的中国化”“美学体系建设”的一种具体回应方式和成果，它在一定意义上既体现了中国美学家对待美学这门学科的现实态度，同时也体现了最近几十年来中国美学研究的一种基本态势，即强调美学之西方传统与中国固有思维成果的结合——把美学的纯思辨过程延伸进感性形象的文艺活动之中，正是自王国维以来 20 世纪中国美学一以贯之的学理追求之一。

② 周来祥：《文学艺术的审美特征和美学规律》“绪论”，贵州人民出版社 1984 年版。

③ 胡经之:《文艺美学》"绪论"，北京大学出版社1989年版。需要说明的是，在这里，作者的说法同他在《文艺美学及其他》中的表述有了微妙的差别，增加了对于文艺美学"以追问艺术意义和艺术存在本体为己任"这一特性的强调。

④ 杜书瀛主编:《文艺美学原理》"序论"，社会科学文献出版社1992年版。

⑤ 由凯·埃·吉尔伯特和赫·库恩撰写的《美学史》中，就这样讲道:"努力把艺术概念从过分狭窄的理性解说中解救出来，为严格维护艺术的独特性和自主性而奋斗（这种观念意在使艺术同最高尚的精神活动并列，并揭示艺术在文化生活中的地位和作用）——所有这一切，又重现于黑格尔的《讲演》中。"（凯·埃·吉尔伯特、赫·库恩:《美学史》下册，夏乾丰译，上海译文出版社1989年版，第577页）

⑥ 参见孟繁华《激进时代的大学文艺学教育（1949—1978）》，载吴思敬主编《文学前沿》第一辑，首都师范大学出版社1999年版。

⑦ 李泽厚:《美学是什么》，载《美学四讲》，生活·读书·新知三联书店1989年版，第14页。重点号为原书所有。

⑧ 西方美学自50年代以后，基本上都显现了对艺术领域的关心和热情。格式塔心理学美学、原型批评美学、现象学美学、符号学美学、结构主义美学、解构主义美学、阐释—接受美学以及法兰克福学派的美学等，尽管它们立场各异、指归不同，然而都十分关注艺术领域的变动，对于艺术的审美分析成为它们各自体系结构上的重点之一。像《审美经验现象学》（杜夫海纳）、《情感与形式》（苏珊·朗格）、《批评的解剖》（弗莱）、《艺术与视知觉》（阿恩海姆）、《走向接受美学》（姚斯）、《艺术与审美》（乔治·迪基）、《美学理论》（阿多尔诺）等，如今已成为当代美学的经典。

⑨ 在这一方面，当代思想家怀特海讲过一段很有意思的话。他说:"体系化是最无关紧要的"，"体系化是通过源于科学专业化的方法而进行的普遍性的批判，它预设了一个原初观念的封闭集合"，因而造成了"所有有限系统中固有的狭隘性"。（参见阿尔弗莱德·怀特海《思想方式》，韩东晖、李红译，华夏出版社1999年版）

⑩ 在当代西方的艺术美学研究中，"文学美学"（literary esthetics）是一个引人关注的动向。彼得·拉马克就认为，文学美学把注意力集中在文学作品的各个方面，正因为文学作品是艺术作品，所以"文学美学的主题就是出现在美学中有关一般艺术作品论述中的那些专门针对文学而提出的美学问题"（参见朱狄《当代西方艺术哲学》第二章第五节，人民出版社1994年版），这种学理确定路向很值得我们重视。它至少是明确地把自身存在的可能性前景放在了一个十分确定的对象上，找着了自己据以展开的问题域——"针对文学而提出的美学问题"。

⑪ 参见拙著《扩张与危机——当代审美文化理论及其批评话题》第四章和第五章，中国社会科学出版社1996年版。

（2000年第2期）

九十年代：先锋文学的终结

孟繁华

“先锋文学”在中国是一个有具体所指的文学概念。在80年代后期至90年代前期，它曾在夹缝中艰难地生存，最终以不可阻挡之势，完成了一场声势浩大的文学革命的策动。当“先锋文学”确立了自己在社会文学结构中的合法性地位，度过了“苦难的历程”并被社会普遍接受之后，“先锋文学”的使命即告终结。今天来谈论它，事实上是在谈论一段业已消逝的历史，或是在谈论曾经给过我们激情和冲动的文学遗产。“先锋文学”之所以值得怀念，是因为作为一场文学运动，它不作宣告却有声有色地实施了一场“无边的挑战”，先锋作家和他们的阐释者、代言人，已成为那一时代的文学英雄写入了切近的历史，他们创作的代表性作品和相关的理论，被后来者不断地做着类似“考古学”的研究；作为一种文学的意识形态，它已被广泛地认同。甚至可以这样说，是“先锋文学”最后颠覆了传统的文学秩序。它所建立起来的文学意识形态，相对来说更接近文学的本质，因此也就更适于维护正当的文学生产。然而，近些年来，“先锋文学”这一概念和它的具体内容被关注的程度在渐次下降，这不仅意味着“先锋”的身影已逐渐远去，而且证明了“先锋文学”在悲壮地颠覆传统文学秩序的同时，终于被自己呼唤出来的“妖魔”所颠覆。

在以往的研究中，“先锋小说”“现代派小说”“新潮小说”等概念是可以相互置换的。但事实上，这些相互联系的概念具体所指的对象并不完全相同，尽管它们发生于大体相同的时段里。“现代派小说”是指刘索拉、徐星、残雪、刘西鸿等创作的《你别无选择》《无主题变奏》《苍老的浮云》《你不可改变我》等作品。这些作品，一般被认为与塞林格的《麦田里的守望者》、凯鲁亚克的《在路上》、海勒的《第二十二条军规》存在着源流关系。他们在主题选择和表现方法上，直接承继了西方现代派。因此，荒诞、变形、夸张等表现手法被广泛运用。在这些小说中，年轻一代不同于前辈的价值观念得以突出的强调。人物没有历史，被前辈夸大了的历史和价值标准对他们来说，不仅不具有支配性，而且从来没有产生过影响。一方面，他们以愤怒的方式嘲笑了流行的价值标准，同时也在无所事事和归宿难寻的痛苦中，表达了一种深刻的惶惑。“现代派小说”是“文革”结束后合乎逻辑的一种文化现象。它同诗歌所表达的“我不相信”的怀疑和愤怒精神，在思想气质上同属一脉。虽然因这些作品引发了“真”“伪”现代派的争论，但它却开启了中国当代小说新的革命则是事实。

“现代派小说”创作并没有持续更长时间，这与“先锋小说”的崛起并得到了更多的关注有直接关系。将“现代派小说”和“先锋小说”作出区别，是批评界在那一时期的重要贡献之一。如上所述，“现代派小说”更注重思想和精神上的表达，在这一点上，他们与50年代美国的金斯堡有许多相似之处。金斯堡抗议“繁荣昌盛”的美国，这个天堂般的神话在《嚎叫》中一无是处。年轻人的精神世界是个苦难的深渊，金斯堡将自己的感受复写后还给了现实世界，年轻人也在这样的表达中找到了知音。但这被夸大了的苦难书写，不仅没有缓释痛苦的感受，反而加剧了它。完成了痛苦的“嚎叫”后，金斯堡也对年轻人的玩世不恭，“漠不关心是与非、真诚与虚假”，“对愚蠢和残忍持暧昧态度”等，表示了极大的不满。①同时他认为，文学的关键在于通过帮助人们不怀怨恨地理解当前的状况。它在多大程度上减轻人们的痛苦——不是责怪他人，不是把恐惧留给他人，不是造成新的苦难。“人类活动的意义一直都在于减轻存在时的痛苦。”②这一状况在中国的“现代主义”运动中又大体相似地重演了一遍。刘索拉、徐星、刘西鸿们创造的激进、压抑而又徒有反抗姿态的人物，终于被概括为“嬉皮士”或“多余人”而“愤火冷却”。③

“先锋小说”与“现代派小说”的不同之处，就在于“先锋小说”更注重“形式”的探索，更强调小说是“叙事的艺术”，“形式的意识形态”受到先锋作家的普遍认同。上述人物，一般被认为是“现代派”作家而不是“先锋派”作家。“先锋小说”的起点自马原开始。叙事的问题成为作家和批评家关注的焦点。罗布-格里耶、罗兰·巴特、博尔赫斯等人的创作和理论被先锋作家与批评家奉若神明。叙事理论是解读先锋小说最有效的金钥匙。于是，“零度叙事”“叙事的圈套”“有意味的形式”以及对西方叙事学的学习和阐释一时蔚然成风。余华、苏童、格非、孙甘露、叶兆言等在文体上的实验和处理故事的方式，是批评界最热心谈论的话题。应该说，“先锋小说”实现了让文学“回归自身”的目标。无论是政治文学所强调的政治与文学的支配与被支配的关系，还是“现代派小说”没有节制的自我膨胀，都在“先锋小说”这里被终结。但是，“先锋小说”事实上所实现的，也并非仅仅是“形式革命”。它所具有的意识形态涵义，在下面的论述中得到了揭示：“它们对于‘内容’、‘意义’的解构，对于性、死亡、暴力等主题的关注，归根结蒂不能与中国现实语境、与对于‘文革’的暴力和精神创伤的记忆无涉。笼统地说在‘先锋小说家’的作品中，寻找象征、隐喻、寓言，寻找故事的‘意义’都将是徒劳的——这种说法，并不是事实。只不过历史和现实的有关社会，人性的体验的记忆，会以另外的方式展开。不过，‘先锋小说’总体上的以形式和叙事技巧为主要目的的倾向，在后来其局限性日见显露，而不可避免地走向形式的疲惫。”④

“先锋文学”的出现，与两种现实语境相关：一方面，80年代中期政治文化开始落潮，读者在文学作品中试图寻找政治倾向或解答现实困惑的期待已经弱化，作家也不再以代言人或人民利益守护者的身份从事写作；他们的身份诉求是在另一种表达中体现的：80年代，赶超西方仍然是一个民族共同的情感愿望。在文学上，“走向世界”的口号不仅被视为一种尊严的要求，同时还被赋予了一种“前赴后继”的悲壮感，它密切地联系着20世纪中华民族的痛苦记忆，因此它也理所当然地成为强势的文学意识形态。但它又是一种弱势文化的心态，这种心态往往被一种高昂的民族激情“合理化”。在文学意识形态的驱动下，“先锋文学”一开始就陷入了与“现代派小说”创作相同的心态。他们首先要找到一个具有世界意义的经典性作家或范本，然后将其“东方化”。在不同的时期，几乎都有一个为“先锋文学”认同的文学英雄：马尔克斯、罗布-格里耶、博尔赫斯、卡尔维诺等，都曾是被崇拜并被热爱的文学偶像。弱势文化是边缘文化，也是一种处于被压抑状态的文化。这一文化处境不仅极大地伤害了我们的文化自尊心，同时也极大地激发了我们反抗强势文化的情感需要。“翻身解放”始终是我们熟悉并认同的真理意志。我们无法容忍压迫，无论是政治的还是文化的。因此，“先锋小说”背后，不仅喻示了对传统文学制度的解构，其实恰恰又从另一个方面表现了对强势文化的屈从。貌似自尊自强的文化要求，无意间恰恰成为弱势文化自卑心理的佐证。

“先锋文学”的终结不仅与先锋作家的分化有关，与全球化的文化处境有关，同时更与多元文化时代的各式新潮前卫文化的彼此消长起伏有关。“先锋文学”成就了一批声名显赫的作家，但是他们最初的影响仅局限于趣味相近的文学圈内。他们被广泛地认知和接受，显然还来自电影家通俗化的“转译”工作，无论是《红高粱》《活着》还是《妻妾成群》，如果没有这种通俗化的“转译”是不可能走进千家万户的。当“先锋文学”经历了这一通俗化过程后，先锋作家对待故事的处理方式也就离开了原来的立场。1989年，“先锋文学”的代表作家余华在《虚伪的作品》中说：“当我发现以往那种就事论事的写作态度只能导致表面的真实以后，我就必须去寻找新的表达方式。寻找的结果使我不再忠诚所描绘事物的形态，我开始使用一种虚伪的形式。这种形式背离了现状世界提供给我的秩序和逻辑，然而却使我自由地接近了真实。”这时的余华迷恋罗布-格里耶、普鲁斯特，并经常和国内的“文学先锋”讨论诸如叙述语言和思维方式的问题，这一时期的创作，对暴力、死亡或者复仇主题的处理都是极端化的。但是他却认为“已找到了今后的创作的基本方法”⑤。十年之后，余华在《许三观卖血记》的“中文版自序”中又作了如下表述：“在这里，作者有时会无所事事。因为他从一开始就发现虚构的人物同样有自己的声音，他认为应该尊重这些声音，让他们自己去风中寻找答案。于是，作者不再是一位叙述上的侵略者，而是一位聆听者，一位耐心、仔细、善解人意和感同身受的聆听者。他努力这样做，在叙述的时候，他试图取消自己的作者的身份，他觉得自己应该是一位读者。事实也是如此，当这本书完成之后，他发现自己知道的并不比别人多。”⑥这时的余华说的几乎都是自己的体会。作为一个成熟的作家，余华不再把西方大师奉若神明挂在嘴边。他尤其强调了小说人物，他的这一立场与此前是不尽相同的。余华自己也曾谈到他的变化：“我以前小说里的人物，都是我叙述中的符号，那时候我认为人物不应该有自己的声音，他们只要传达叙述者的声音就行了，叙述者就像是全知的上帝。但是到了《在细雨中呼喊》，我开始意识到人物有自己的声音，我应该尊重他们的声音，而且他们的声音远比叙述者的声音丰富。”⑦《许三观卖血记》是一部好评如潮的小说，对其肯定性的评价几乎超过了余华以往任何一部作品。我们不仅肯定余华在日常生活经验中激活了来自民间的历史记忆，对普通人生存及心理苦难的书写就是对真实历史的想象和复写。而且国外的传媒也以热情的笔调称赞“作者以其卓越博大的胸怀，以其简洁人道的笔触，讲述了这个生动感人的故事”⑧。“显然，余华是惟一能够以他特殊时代的冷静笔法，来表达极度生存状态下的人道主义。”⑨这些评价已经远离了形式的意识形态，而更多地注意到了小说的故事和人物。“先锋小说”在90年代的变化，决不是重返一个纠缠不休的文学命题的起点。但这一变化改变了“先锋”的性质。这是“先锋文学”终结的内在原因。

“先锋文学”终结的外在原因，一方面是全球化审美趣味的流行，一方面则是各种“文化带菌者”——多发性制造时尚前卫的冲击。全球化是这个时代的主流意识形态，在经济领域它不仅是具有支配性的观念，而且已经诉诸实践。但所谓“全球化”事实上就是美国化。这不仅表现在美国对当今国际事务所具有的支配地位，不仅表现在“麦当劳”“肯德基”已遍布全球。更重要的是，美国因强权地位和经济地位与欠发达国家之间所造成的文化交流的不平等。应该说，美国从第三世界国家拿去的都是他们的文化精粹，但美国流向这些国家的文化制品多是与“麦当劳”“肯德基”相似的快餐文化。文化交流的不平等不仅实现了美国的文化霸权意图，更重要的是，这些快餐文化极大地改变了第三世界文化消费的趣味。于是，即便在中国，审美趣味也是朝着越来越简单化、通俗化、平面化和影像化的趋向发展。值得注意的是，“走向世界”的情感诉求不仅没有在向西方学习的过程中获得实现，现实提供给我们的恰恰是一幅“全球化”无处不在的卡通图景。

另外，前卫性的时尚有了相对自由的生长环境，特别是在青年中易于流行的文化时尚，不断在商业化的推动下被制造出来。文化时尚并不是审美行为，而是追逐潮流的心理现象。在时尚中并不是审美体验，而是具有狂欢性参与的“身体叙事”。比如“网上文学”的兴起，尽管这一文学形式为每个人的参与提供了极大的可能，并具有空前的书写自由，但“网上文学”同样也有新的专制，同样也有“文化带菌者”的肆意妄为和有意设置的陷阱与圈套。但是，因为它是时尚，涉足这一领域不仅不会受到“健康带菌者”的怀疑，相反，参与者还会获得可资炫耀的置身潮流的身份。这正是文化时尚的魅力和力量。

“先锋文学”终结的原因当然还可以总结出更多，但上述两个外部原因可能是不可忽视的。在消费文化盛行的时代，文学探索的命运也许只能如此。“先锋文学”在它辉煌的时刻戛然而止，绚丽之极归于平寂，对于“先锋文学”来说，这也许是最好的结局。

注释：

①② 杰弗里·古德史密斯：《艾伦·金斯堡专访》，向阳译，《创世纪》1993年第2期。

③ 王晓明：《潜流与漩涡——论二十世纪中国小说家的创作心理障碍》，中国社会科学出版社1991年版，第207页。

④ 洪子诚：《中国当代文学史》，北京大学出版社1999年版，第338—339页。

⑤ 余华：《虚伪的作品》，《上海文论》1989年第5期。

⑥ 余华：《许三观卖血记》“中文版自序”，南海出版公司1998年版。

⑦ 余华：《’99余华小说新展示》“自序”，新世界出版社1999年版。

⑧⑨ 参见《许三观卖血记》封底评价。

（2000年第6期）

全球化、好莱坞与民族电影

尹　鸿

现代化的动力，在20世纪的最后20多年中，将中国别无选择地推向了国际政治经济文化舞台，卷入了以跨国公司、跨国市场的形成为基础，以传播和媒体科技的发展为助力的全球化过程中。尽管政府在维护社会结构和文化产业利益的双重诉求下，对电影、电视以及大众传媒的信息资源的全球化流通一直采取比较谨慎的立场，但随着中国在政治、经济上融入一体化世界的程度增加，随着中国与国际社会的联系日益密切，也随着国际国内各种冲击和压力的增大，中国的大众传媒业也逐渐被卷入了全球化的旋涡。然而，当全球化处在以强势国家的政治经济文化优势为主导力量的后殖民背景中时，好莱坞电影便成了文化帝国主义大军的一支生力之师，它用《泰坦尼克号》《星球大战前传》等重磅炸弹轰炸全球，几乎将全世界变成了美国电影的超级市场，它不仅在获得巨大经济利益的同时吞噬着其他国家的本土电影工业，而且还因为其对美国式的时尚、风格、意识形态价值、文化理念的传播而深刻地影响着其他国家的民族想象和文化认同，因而，以经济、政治、文化力量为驱动的全球化过程往往不可避免地呈现一种“单向性”，一种单向的“同质化”和“同步化”；这一点，也越来越突出地表现在好莱坞电影对中国所产生的影响中。显然，一方面，全球化为电影文化的广泛流通，甚至为创造世界性的文化空间提供了背景；但另一方面也对维护各个民族的文化传统、保持多元的文化趣味和思想价值提出了挑战，潜在的媒介帝国主义垄断在一定程度上影响着文化的开放性、丰富性以及创造活力的保持。从这个意义上说，讨论全球化背景中的好莱坞与中国民族电影便具有了意义。

一

20世纪以来，伴随美国政治、经济力量的壮大，特别是媒介产业的迅速发展，好莱坞电影一直是世界电影工业体制中最引人注目的现象。中国从世纪初期就开始进口好莱坞电影，“国片”一直处在洋片的冲击下，早在1946年11月，《中美商约》签定以后，好莱坞电影当时的年进口量就多达200多部，“米高梅”等八大电影公司还试图利用《中美商约》垄断中国各大城市的电影院业务，甚至提出要自由支配电影院线的营业方针并限制国产片的放映。好莱坞电影对中国电影市场的占领在1949年以后宣告结束，美国电影几乎完全被拒之门外。

直到70年代末，好莱坞电影又重新逐渐进入中国。90年代以后，由于全球化的经济交往和信息传播的发展，世界越来越成为一个密切互动的网络，全球化不仅作为一种背景而且也作为一种动力，交互作用于中国的政治/经济/文化。而中国大陆电影则正处在这种全球化互动语境之中，再次面对好莱坞的挑战。特别是从1994年开始，中国允许按照分账发行方式进口外国“大片”，美国电影更加直接和迅速地进入中国电影市场，尽管中国国产电影具有数量上的绝对优势，而且政府规定各电影院必须保证国产电影占有2/3以上的营业放映时间，但在90年代的最后几年，10部左右的进口影片（其中多数为美国电影）、1/3以下的放映时间，在中国各大城市却几乎占有了电影票房的60%以上。[①]1999年11月15日中美双边签署了关于中国加入世界贸易组织（WTO）的协议，根据协议，“入世”后，每年将可能有20部美国电影进入中国市场，而且，与1946年相似的是，美国也提出要在中国建立自己的电影院线，好莱坞各大公司甚至已展开对中国电影市场的全面研究，有的还设立了“中国部”，以进行更适合中国市场的调整。好莱坞已经对中国电影市场虎视眈眈。显然，加入WTO以后，中国电影将面对美国电影更大规模的进入，这对于中国电影来说，既是政治权力问题，也是工业经济问题，同时还是文化主权问题。许多人担心，好莱坞电影所贯穿的美国式神话是否会在影响民族认同的同时创造一种美国情结，好莱坞电影那种个人英雄的叙事原型是否会解构民族发展的自我凝聚力，好莱坞电影那种奇观化趋势是否会压抑人们对本土生存状态的关怀和体验，好莱坞电影那种消费主义的价值观是否会对第三世界国家的价值观念产生负面的影响，好莱坞电影的艺术规则是否会完全替代中国叙述美学的传统，好莱坞电影是否会彻底摧毁中国的民族电影工业，好莱坞电影是否会使中国电影丧失所有的本土意识和本土责任。应该说，在中国电影目前的情况下，所有这些威胁都是一种现实的存在。

好莱坞电影对于中国电影的威胁，来自美国国家力量和“现代化”文化的强势背景，也来自百年来美国资本主义电影工业机制的经验，还来自其对国际电影文化消费市场的多年培育，当然也来自它利用自己的优势对于电影人才、资金、技术的广泛吸纳和融合。面对这种威胁，中国政府采取了种种行政措施来支持国产影片的生产和流通并限制和控制进口电影的数量和传播，并采用制作、发行、放映业的体制变革和走大型化集团化的方式来与外来电影抗衡。而与此同时，中国的许多电影人则试图在中国意识形态的有限空间中通过电影文化的选择来寻找本土电影的生存道路；或者，通过国际化策略扩展电影的生存空间，如张艺谋、陈凯歌的电影；或者，通过本土的产业化运作，制作消费娱乐电影，如冯小刚的“贺岁片”；或者，通过对本土文化和民族生存现实的关照来提供一种本土人文关怀，突出好莱坞重围，在全球化进程中保持民族的视野，如黄建新的城市影片。显然，面对 WTO，增强中国电影的竞争力已经成为当前中国电影面临的现实考验。

二

当前世界这种被称为“后殖民”图景的不平衡互动性带来了“第三世界”国家在全球化状态中的一种普遍的民族情结：走向世界。而所谓“世界”在很大意义上就是支配世界主导经济文化秩序的西方发达国家，而所谓“走向”则意味着试图受到西方本位的世界经济文化秩序的接受和肯定。因而，进入世界市场一直是中国电影积极争取进入电影全球化进程的一种方式。80 年代后期以来，许多中国电影人采用各种方式来寻求进入国际电影市场的通道，在投资上，有的中国电影从海外获得相对于本土投资更为雄厚的制作经费以提供能与世界电影发展相适应的制作水平；在发行上，中国电影借助于与海外的合作制片来开发更具回收潜力的海外市场；在途径上，中国电影依靠各种国际性电影节和跨国电影交流来获得世界命名和被世界认可，获得国际通行权；而在制作上，一些中国电影也努力按照所谓的世界性标准来进行意识形态 / 文化 / 美学包装和改造。

90 年代初期，随着张艺谋的《红高粱》《菊豆》《大红灯笼高高挂》《秋菊打官司》，陈凯歌的《霸王别姬》等纷纷成功地“走向世界”，一种“国际化电影”类型在当时便流行开来。这种类型为中国最优秀的电影导演提供了一个填平电影的艺术性与商业性、民族性与世界性之间的鸿沟的有效的手段，同时也为这些影片寻求到了获得国际舆论、跨国资本支撑并承受意识形态压力的可能性。于是，在滕文骥的《黄河谣》、何平的

《双旗镇刀客》等影片之后，经典"国际化电影"创造了它新的摹本：从黄建新的《五魁》，我们看到了对《红高粱》的叙事结构和影像造型的临摹；从何平的《炮打双灯》，我们看到了《红高粱》《黄河谣》《大红灯笼高高挂》的各种文学元素和电影元素的奇特的混合；从周晓文的《二嫫》，我们看到了对《秋菊打官司》的有意无意的重复；还有《桃花满天红》和青年导演刘冰鉴的《砚床》，都走着几乎同一条国际化的道路——中国民族电影的国际化已经形成了一系列成规化策略：黄土地、大宅院、小桥流水、亭台楼阁的造型，京剧、皮影、婚丧嫁娶、红卫兵造反的场面，与乱伦、偷情、窥视等相联系的罪与罚的故事，由执拗不驯的女性、忍辱负重的男人以及专横残酷的长者构成的人物群像，由注重空间性、强调人与环境的共存状态的影像构成所形成的风格，使这些电影具有了一种能够被辨认的能指系统，获得了一种公共形象走向了世界，创造了一种中国式样的电影商标或者说品牌。尽管电影的这种全球化策略如今仍然还为一些后来者模仿，但随着以张艺谋、陈凯歌为代表的中国电影逐渐进入国际艺术电影的主流，这些电影所具备的边缘性优势开始消失，尽管张艺谋、陈凯歌都试图改良他们的全球化电影策略，但是他们电影的国际影响却已经减弱。随着这些电影的类型化，它曾经在一定意义上所具有的某些艺术和观念的前卫性和探索性消失殆尽，艺术创造力和想象力也因为不断的自我复制而失去了精神震撼力和美学震撼力，中国电影通过国际电影节进入全球化的道路应该说已经不是一条康庄大道了。

如果说，从80年代后期张艺谋的《红高粱》到90年代中期新生代导演张元等人的《北京杂种》等几乎都还是通过国际电影节来开辟国际化道路的话，那么90年代中期以后，从《秦颂》《兰陵王》到后来的《红色恋人》《鸦片战争》《红河谷》《黄河绝恋》《洗澡》等影片，则试图通过一种国际化的商业运作方式强化电影的全球性，进入国际电影市场。这些影片都具有自觉的国际意识，在制作水平和工艺水平上力图最大限度达到国际通用标准，特别是在文化/艺术层面上也都试图与西方通用意识沟通交流。许多影片不仅投资巨大，而且有意识地采取了东西方交叉的故事题材或者东方化的奇观策略，甚至在《红色恋人》中还基本采用了英文的对白处理。这种国际化的意图，在很大程度上创造了一批按照赛义德所谓的西方人的"东方主义"进行文化编码的中国影片。而1999年最典型的影片样本之一就是青年导演张扬执导的由西安艺玛电影技术有限公司（外资公司）和西安电影制片厂联合摄制的《洗澡》。

《洗澡》具有特殊的文本意义，这不仅因为该片在加拿大、在西班牙或者其他地方获得了各种大奖小奖，更重要的是因为它提供了一个90年代末期全球化背景中的一部具有明显“东方主义”色彩并试图进入西方世界的样本。这是一部贯穿父子关系的影片。80年代，在第五代电影中，作为一种精神依托的“父亲”形象悄然退场，陈凯歌、张艺谋在《黄土地》中所塑造的那个苍老、沧桑、愚钝的父亲形象正如同罗中立那幅经典油画《父亲》中的形象一样，是对“父亲”/传统的一种含泪的追忆和无奈的告别，小憨憨与父辈们的逆流而动，正象喻了与过去的艰难而执著的决绝。进入90年代以后，当第五代解开了那个曾经让他们神采飞扬的俄狄浦斯情结而不断出席各种国内外的加冕仪式的时候，60—70年代出生的更年轻的一代电影人则开始了新一轮的电影冲击，在他们的影片中，常常情不自禁地表达出“父亲死了”的空洞、绝望和寻找“父亲”的迷惘、努力。先是阿年在《感光时代》中，叙述了一个在物欲现实中青年人的成长故事，一个与商品社会格格不入的艺术青年在“父亲/精神”和“母亲/物质”之间进行着艰难的拒绝与认同，在那个教育他成长的“父亲”一样的老人死去以后，这位青年也告别了那个试图豢养他的“母亲”一样的款姐，最后成了一个孤苦无告的流浪者；路学长更是在《长大成人》一开始，就借用唐山大地震来隐喻失父时代的降临，直到故事结束，一对青年男女还在继续他们寻找早已失踪的父亲式的“朱赫来”[②]的心路旅程。新生代电影一次又一次地表现了一群没有父亲庇护，也没有父亲管制的青年人那种飘荡和游离的迷惘和狂乱，处处洋溢一种没有家园和憩居的青春骄傲。但是，在《洗澡》中，那个被告别、被遗忘、被丢失的父亲却重新款款登场，而且不仅是以一种家庭身份出场，还以一种文化符号出场，在影片所提供的父与子的冲突中、父与子的隔膜中，最后以子对父的全面认同而结束了叙事。影片中的父亲老刘，是一位“澡堂”老板，不仅外貌造型慈祥、温和，而且性格开朗、豁达，倔强但通情达理、与人为善，叙事极力回避“澡堂”作为经营实体的经济运作和金钱效益而极力渲染“澡堂”对于社区、对于远亲近邻的亲和作用和凝聚作用，“澡堂”似乎是一个供人们共享天伦之乐、人情之乐的大家园，而老刘就是这个家园的家长。不仅各种各样性格各异、年龄各异、身份各异的人都能在这里得到快乐，而且即便是二明这样的傻儿子也能够在这一世外桃源中找到自己的位置。这似乎更像是一个老少咸宜、妇孺同乐的人间天堂。而影片中唯一与这个天堂般的“澡堂”世界格格不入的人，就是老刘的大儿子大明。大明因为不认同父亲的“澡堂”生活，曾经离开（背叛）了父亲和他的澡堂，离家出走到了被80年代中国文化符号化为与“内地文化”“传统文化”迥然区别的“他者”——深圳淘金，显然，父与子的冲突不仅仅是一种血缘亲情的冲突，而是澡堂文化与深圳文化的冲突，或者可以更准确地说是父/传统/东方与子/现代/西方的冲突（由濮存昕饰演大明，显然与这位演员被当作消费社会中男性偶像的广告象征有互文本联系）。而影片的意义并不在于父与子的冲突，子对父的背叛在影片中是被作为过去时来间接叙述的，或者说，背叛在影片中几乎从来没有真正出场过，我们在影片中看到的仅仅只是当二明用一幅图画将大明从深圳“误骗”回北京以后，大明如何目睹父亲的“澡堂 / 天堂”生活的过程，如何亲身体验父亲的“澡堂 / 天堂”生活的魅力，最后终于意识到自己的早年叛逆的轻狂，而心甘情愿地臣服在父亲慈祥的形象面前，不仅成了一个“浪子回头金不换”的血缘亲情意义上的孝子，而且也成了告别叛逆、皈依传统的父亲所维护的“澡堂”文化的精神遗产继承者。大明一直被安置在一个被动的观看位置上，在影片中没有任何真正意义上的主动性，只是一个被教育者，如同我们所有观众一样，是通过看而成了父亲和父亲所代表的“澡堂文化”的俘虏，我们被父亲的宽厚、被父亲的亲切、被父亲与周围人的和谐和睦、被父亲所代表的超功利性的东方人伦情感所感动、所征服，于是我们也同大明一样，在不知不觉中完成了恋父认同，也完成了对“澡堂文化”的认同。

“洗澡”离不开“水”，但是在《洗澡》中，“水”却是负载了明确文化意义的符号。在影片中，当老刘回忆陕北缺水的过去时，插入了一个相当突然的陕北农民祈求雨水的画面，无论是画面造型或是秀儿、弟弟的人物设置，都使我们不得不联想到当年的《黄土地》，或者更准确地说，这一段落其实就是想让我们联想到《黄土地》。而在《黄土地》中人们所祈求的“雨水”渺茫无望，翠巧消失在黄河的滔滔急流中，憨憨仍然在绝望地期待，但《洗澡》中，人们终于有了源源不断（但隐逸了来源）的水，这水就是所谓东方的仁慈、宽厚、和睦、亲情，是一种以老刘和他的“澡堂文化”所代表的东方人伦。在《黄土地》中，“水”是一个悲剧性的期待，而在《洗澡》中，“水”则成了一个正剧性拯救。《黄土地》中的西部造型被有意识地生硬地插入当代都市空间中，的确显示了张扬整合第五代的勃勃野心，那似乎是对第五代的一种消解：当年陈凯歌、张艺谋们沉痛地展示了中国农民祈求“水”的执著和愚昧，而这救命之“水”在《洗澡》中早已预备妥当，《黄土地》中那个逆人流而奔向新生活的憨憨已经得到了“水”的滋养。第五代的文化反省经过 15 年的演化，在《洗澡》中成了文化回归。可以说，影片中所有对“水”的赞美，其实都是对父亲、父亲所代表的“澡堂文化”、“澡堂文化”所象喻的东方传统的赞美，我们不仅在影片中看到赫然醒目的“上善若水”的匾额，而且也一次又一次地听到人们对水的崇拜和留念，水之万能在影片中作为一种意念反复被强调。当然，我们可能会提出质疑，水（传统人伦）之万能作为一种神话，它是否真的能够解决我们正在经历的走向现代化的危机和我们每天体验的生存危机。

任何人都能清晰地感受到这部影片是如何将东方与西方、现代与传统、市场与天伦进行二元对立的设计的，我们也会感受到这部影片是如何将东方、将传统、将人伦想象为人间天堂的，尽管我们其实面对的是一个被西方强势文化诱惑着“走向世界”“国际接轨”“现代化”的现实。在西方人的“东方主义”中，东方其实常常都是一个双面人，一面是面目狰狞的妖魔化的东方，专制、愚昧、落后，那是西方人通过一个“反面”的“他者”来确立自己的优越性的文化 / 心理策略；另一面则是含情脉脉的天使化的东方，温馨、宁静、祥和，这是西方人借助一个“正面”的“他者”来平衡自己文化矛盾的另一种文化 / 心理策略。其实，无论是妖魔化的中国，还是天使化的中国，都与我们正在遭遇和正在经历的中国无关。东方主义视野中的中国只是他们为了他们自己的需要而建构和想象出来的中国，正如我们从义和团、五四运动直到现在也常常有一种将西方想象为天堂和地狱、使者和强盗的西方主义一样。但是，在文化全球化背景中，西方的东方主义不仅是西方人的想象，它也可能成为东方人的自我想象，特别是当我们试图“走向世界”，试图“国际接轨”，试图“文化输出”的时候更是如此。而《洗澡》则正是在一个西方人精心策划下满足了西方人的东方主义想象的精巧文本，它将以澡堂文化为象征的东方传统人伦书写得如此暖气融融，无论是澡堂内那腾腾的热气，或是人与人和平共处的大量的全景镜头以及两人或两人以上相濡以沫的镜头，或是关于父与子关系的叙述、关于“水”的隐喻，都提供了一个想象的安全、温暖、平和、干净的东方家园，那也许可以为处在后现代主义、后工业时代的西方人饭后茶余提供一点多愁善感，为他们在丰衣足食、灯红酒绿之外呈上一盆奇花异草。《洗澡》与西方人的东方主义视野中那种天使化东方的需要不谋而合。加上影片本身制作精良、节奏流畅、造型鲜明，一些细节也相当精彩，它能够在西方国家得到认可、接纳（当然，作为对西方主流文化的一种补充，这种认可和接纳的空间相当有限）并不奇怪。

显然，《洗澡》是自觉地试图将新时期以来的文化反省转化为文化回归，影片在叙事上的从容、视听造型上的精致以及影像、声画表意上的营造，都显示了一种远离弑父渴望、恐惧和焦虑的恋父认同。这一认同的意义相当复杂，联系到影片的投资者身份，也联系到这部影片诞生的特殊语境，我们说，它是对青年一代叛逆意识的审判和对权威文化的一次靠近，同时也是对西方主流文化中的“东方主义”的一次义演，在满足西方人的“东方想象”的同时，影片也为我们自身提供了抵制西方他者的优秀民族传统的“自我”想象。这是一个既满足了世界主流文化对东方的文化想象，也满足了中国权威文化对自我的文化想象的电影大餐。弘扬传统的主旋律化策略与面向西方的东方主义策略在《洗澡》中竟然如此天衣无缝地叠和在一起。尽管这两种文化策略的立场和出发点并不完全相同，但是它们却殊途同归。正像《红色恋人》《黄河绝恋》用一个人道博爱、高大英俊的美国男性（阳性 / 主动者）对年轻、美丽、楚楚动人的中国女性（阴性 / 被动者）的认识、理解、崇拜来证明革命历史的合法性一样，在《洗澡》中，主旋律也利用西方人的东方主义来强化传统的承传性、民族的同根性以及民众的向心力，而西方人的东方主义则借用主旋律将中国故事变成了一个情意绵绵的文化传奇。《洗澡》和它的制作人通过对主旋律化和东方主义的双重满足，获得了自己的主流定位和利益回报。

应该说，中国电影的国际化往往只能像《洗澡》这样，通过将自己奇观化来作为以好莱坞电影为中心的世界主流电影市场的陪衬。对于大多数中国电影来说，它们很难获得真正意义上的国际交流的公正性，中国电影在全球电影市场的位置是与中国在全球的政治 / 经济 / 文化位置联系在一起的，作为一个发展中国家的基本定位，使得中国电影很难在国际市场上占据重要的地位。

三

在全球化背景中，中国电影试图进入国际电影市场却举步艰难；与此同时，中国电影也试图通过对电影工业的商业化改造来抵御好莱坞电影对国内市场的占领。现在，好莱坞电影和其他国家的电影通过各种合法和非法的方式，以及各种传媒手段纷纷进入中国，于是，中国电影也试图模仿好莱坞，借用商业娱乐元素争取票房利益，不仅那些直接面向市场运作的商业 / 类型电影追求电影的娱乐性，而且许多主旋律影片也都自觉地采用了商业 / 类型电影的策略，呈现主旋律电影商业化的趋势。然而，从 90 年代中期以来，电影成了国家主旋律文化的焦点领域，在电影意识形态化的处境中，中国主流电影事实上很难成为完全意义上的好莱坞式的商业 / 类型电影，好莱坞电影那种个体宣泄、个人英雄、感官刺激、弑父原型的叙事策略与中国主旋律文化所强调的稳定、团结、昂扬的基调并不和谐，因而，中国模仿好莱坞的商业 / 类型电影往往又或多或少地被进行了主旋律改造，呈现出商业电影主旋律化的趋势。

1999 年出品的由张建亚导演的《紧急迫降》就是一部体现了在好莱坞与主旋律之间尴尬徘徊的当前中国商业娱乐电影处境的典型文本。这部以一次飞机空难事件为题材的影片试图模仿和遵循一个我们早已熟悉的好莱坞灾难片的类型模式：倾斜的构图、轰鸣的飞机声、简短而紧张的剪辑——似乎都为正在草地上玩耍的李嘉棠父女俩蒙上了灾难的阴影；接下来夫妻俩的冷眼相向和冷言相对也揭开了家庭危机的序幕；当两人不期而然地登上同一架波音客机的时候，观众已经开始期待一个冲突与解决的故事；伴随那些透露着紧张和不安的短促的镜头剪辑和令人心惊的效果声音，一种山雨欲来风满楼的气氛已经为这部影片提供了充分的关于灾难的预期。飞机上的婴儿使我们联想到了“敖德萨阶梯”中婴儿车所起的惊险而恐慌的叙事功能；农民企业家作为喜剧性调节因素进入了惊险叙事的格局；两位西方人为飞机上即将出现的事故埋下了文化冲突的伏笔；端然而坐的气功大师似乎为飞机内喧嚣的空间提供了某种诡异莫测、老谋深算的神秘；李嘉棠、刘远和丘叶华的出现使人们意识到两个男人和一个女人的三角恋爱故事将在与世隔绝的飞机上和陆地间拉开序幕。影片到这里，似乎一切都准备就绪了，正如那架即将冲天而起的飞机一样，观众也正等待着一个虽然并不陌生但却始终充满刺激的灾难性的电影游戏旅程的开始。

但是，电影并没有按照我们的预期进行。影片虽然给了我们一切关于灾难的预期和伏笔，但灾难，甚至是微小的灾难都没有真正发生，严格地来说，这部按照灾难片模式开始的影片在灾难还没有出现时就迅速地被一个救难的故事所替代。于是，尽管影片采用了大量的交叉性、对比性的蒙太奇剪辑来强化视听效果的危机感，大量使用短镜头、小景别的快速切换来制造节奏上的紧张感，大量使用电脑特技来创造各种貌似惊险的空中场面和离奇景观，最后甚至采用了夫妻俩逃离记者独自团聚的好莱坞类型电影的典型桥段作结尾，这一切似乎都想使观众能够继续以一部灾难片的预期来完成叙事经历，但是，我们还是逐渐意识到，我们面对的不是，也不可能是一部真正的灾难片。灾难在这部影片中是被放逐的、被遮蔽的。牺牲、受难甚至惊恐在影片中都被降低了，唯一的灾难奇观只能通过一场假想的可能性被展示而失去了逼真所带来的惊恐体验，我们没有看到英雄的出现而只是看到了所有人都按部就班地采用一切常规手段排除故障直到脱离似乎危险性并不大的危险，以至于影片一开始埋下的许多人物的伏笔、设计的许多叙事功能到后来都有头无尾地消失了，观众对于灾难片的期待被影片的进程逐渐否决了。

影片不是一个灾难的故事而是一个救助的故事，在这个故事中我们目睹的是上下同心、四方协力患难与共的场景。从中央到地方，从党、政、军到企业、百姓都无一遗漏地出现在影片救难过程中，从民航总局、市委领导到航空公司、消防部门都直接在影片的叙事中亮相，而尤勇所扮演的刘远无非是这种集体智慧的代表。几乎所有的救助者都是一种无个体性的功能性符号，是共享相同的思想和行为模式的“群体人”的代表，人与人之间没有矛盾、没有冲突、没有差异，在整个救助过程中，参与者构成了共性化的群像，从而也构成了万众一心的社会理想的象征。而飞机上的几乎所有人都成了被救者，都失去了行为的主动性，只是等待救助或者等待救助的命令。在救助故事中，没有一般灾难片类型中不可缺少的个体化的行为英雄，他们都没有表现出作为英雄所独有的巨大的智慧、勇气或者个人意识、胆魄。影片展示的救助过程，是一个表现集体智慧、集体团结的过程，个人仅仅是“集体”指令的模范接受者和操作人，以至于机长的“英雄性”最后只能通过妻子的广播来得以传达。显然，这是用集体力量、用团结来解决危机的主流文化模式的一种自觉阐释，在这一阐释系统中，基本上没有为好莱坞式的个人英雄主义精神留下空间，甚至也没有为中国电影传统中那种革命英雄主义精神留下空间。

毫不奇怪，从《紧急迫降》以及当前许多中国的所谓商业类型电影中，我们主要看到的并不是关于勇气、关于牺牲、关于生死考验的故事，而是关于信仰、信心、团结、理解的故事，这是没有英雄崇拜的故事，是找不到牺牲者和受难人的故事，是没有人性冲突和人格较量的故事，是依靠集体力量、依靠团结精神渡过危机的故事，应该说，几乎所有我们主流文化对于现实和现实危机的理解都通过差事灾难性事件得到了完整呈现。因此，这些电影讲述的不是自救的救助故事而是一部被救的救助故事，我们从这部影片中得到的不是英雄主义的崇高感而是一种被人救助的庆幸感，从而影片完成着它主流意识形态的使命：我们面对危机但是我们能够渡过危机，如同“抗洪抢险”一样，这部影片也是一个党政军民众志成城的大叙事的组成部分——无论我们面临什么样的危机和患难，只要我们有核心、有秩序，甘苦与共，那么所有的危机和患难都不过是一场虚惊。

尽管许多人都认为好莱坞主流电影也是一种“主旋律”影片，但那是一种美国 / 西方式的主旋律影片，那是建立在个性主义、自由主义基础上的主旋律影片，它的基本意识形态策略是通过欲望的宣泄来完成个体的净化，通过对叛逆情绪的疏通来维护核心秩序的稳定，通过对个人自由的渲染来证明人道主义的意念。而在我们当前的主旋律意识中，欲望、享乐、宣泄、叛逆、刺激等商业 / 类型元素的生存空间却相当狭窄。因而，主旋律化与商业化的共谋往往很难在宣泄与认同、叛逆与维护、个体与整体之间达成共识，因而也很难在权威的价值观念与观众的观影快感之间达成共识。而这正是中国主流电影文化所面对的“症候性”难题。从《龙年警官》到《烈火金刚》直到《紧急迫降》，都是处在市场产业与规划控制、消费领域与政治领域夹缝中中国主流电影应对好莱坞电影进入的一种方式，当好莱坞电影培养了越来越多的好莱坞观众的时候，民族商业电影这种“欲学还休”的尴尬很难为国产电影保存广阔的市场疆域。

四

尽管全球化为中国电影带来了一种未必公平、公正但却越来越自由的竞争环境，尽管好莱坞电影对于中国民族电影带来了越来越大的冲击，但民族电影正如本土文化一样，始终是这个民族文化经验的一个组成部分。对于中国来说，人口众多、地域辽阔，源远流长的文化传统，纷繁复杂的现实处境、民族认同的社会心理都仍然为民族电影的生存和发展提供了条件。

近年来，在世界上的一些国家和地区，本土民族电影都显示出了市场竞争力和生存力。如日本1997年以来票房纪录前10位的影片中都有多部本土电影，影片《幽灵公主》还以100亿日元的票房高居榜首。在波兰，影片《凶手》的票房收入达到了380万美元，超过了当年美国影片《空中大灌篮》240万美元的票房纪录。[③]而在中国大陆从1995年到2000年，各地都有国产影片突破进口大片票房纪录的现象。从历史上看，在1949年以前，好莱坞影片曾经大量进入中国，但据当时的票房纪录，30年代最卖座的影片是《渔光曲》，40年代票房纪录的保持者是《一江春水向东流》。90年代以后，国产影片《阳光灿烂的日子》《红樱桃》《我的父亲母亲》《黄河绝恋》《不见不散》，以及神话题材的动画片《宝莲灯》等，都在每年10部外国“大片”进入中国以后创造了辉煌的市场成绩，许多影片的票房收入甚至超过了当年的进口好莱坞电影，1997年《甲方乙方》在北京的票房达到1150万元，创造了当时北京单片票房的历史纪录。[④]可以说，华人世界有着深厚的历史文化根基，有其独特的人生观、价值观与审美观，这些都是民族电影得天独厚的文化优势。

当我们被像《橄榄树下的情人》这样朴素地展示人性善恶的伊朗电影所打动，被《中央车站》这样细腻地揭示人与人之间的隔膜和沟通的巴西电影所感染，被《美丽人生》这样凄苦地叙述生命故事的意大利电影所征服，被《青青校树》《给我一个爸》这样娓娓地透视人的心灵的捷克电影所吸引的时候，甚至也被《真实节目》这样创造性地揭示当代人梦幻困境的美国电影所惊异的时候，反省民族电影，也许会意识到，中国电影所缺乏的不仅仅是电影市场运作机制，不仅仅是金钱和技术，不仅仅是艺术能力和艺术想象，最缺乏的还是对于本土生活的真诚、洞察和热情。应该说，面对好莱坞电影的进入，中国民族电影真正能够具有生存优势的，还是在广泛融合和吸收世界文化氛围的基础上，充分利用本土的文化资源，关注本土的社会人生，与中国人自己的生存状态和文化状态相联结，成为对于人，首先是中国人的生命、生存和心灵的观照、呵护和热爱。

中国作为一个发展中国家，正处在转型和发展的过渡时代，面对着与西方国家完全不同的社会现实和经历着完全不同的文化体验，社会关系、人际关系、家庭关系都处在不断的变动和调整中，人的命运以及人们的价值观念、心理状态都在转型中动荡、变化，几乎所有人都在重新寻找自己的人生位置，现实的生活本身已经提供了比任何戏剧都更加富于戏剧性的素材，也提供了比任何故事都更加鲜活的人生传奇。因而，对于中国观众来说，不仅仅需要电影教导我们如何独善其身或者兼济天下，也不仅仅需要电影带给我们梦幻想象和心理刺激，同时也需要通过电影这面“镜子”来“反映”心灵的变异和外观世界的诡异，通过电影来与同样处在转型时期的其他人共享苦难、迷惘、欣悦和渴望，通过电影来理解、面对和解释我们所遭遇的现实。

然而，这一切恰恰被许多民族电影有意无意地遗忘了。民族电影的危机不仅来自好莱坞电影的冲击，更多地也来自实用主义和商业主义的双重威胁。电影脱离了人文关怀，也脱离了人们对于电影的期待。因而，在政治 / 道德电影和商业 / 娱乐电影之外，应该期望真正的民族电影的生存可能和成长空间，期待一些真诚地关怀人的生存状态、现实境遇、人生困境和人性经验的电影的出现，这样的电影将不再是对好莱坞电影模式的东施效颦，也不是对王冠和花冠的翘首以待，而是对我们所遭遇的现实和我们所经历的人生的一种挚爱，它们将连通我们对现实的体验，不是用利益而是用真诚守望人生，与观众对话。

应该说，90 年代以来，在政治 / 道德电影和商业 / 娱乐电影的夹缝中，这种民族电影，依然还是在默默地坚守和默默地生长着。这些影片虽然一直不是电影市场运作和电影政治活动的中心，但却一直是中国电影中最具艺术震撼力和现实主义精神的作品。李少红的《四十不惑》《红西服》，宁瀛的《找乐》《民警故事》，刘苗苗的《杂嘴子》，张艺谋的《秋菊打官司》《有话好好说》《一个也不能少》，黄亚洲的《没事偷着乐》，黄建新的《站直了别趴下》《背靠背脸对脸》《埋伏》《红灯停绿灯行》等系列影片，特别是 90 年代后期出现的一些新生代青年导演拍摄的影片如《巫山云雨》《城市爱情》《美丽新世界》《那人那山那狗》《天字码头》《爱情麻辣烫》《成长》等，都显示了对于人性、对于艺术、对于电影的诚实，这些影片最基本的艺术动机不是去演绎先验的道德政治寓言或政治道德传奇，也不是去构造一个超现实的欲望奇观或梦想成真的集体幻觉，而是试图通过对风云变幻的社会图景的再现和对离合悲欢的普通平民命运的展示，不仅表达对转型期现实的体验，而且也表达人们所表现出来的生存渴望、意志、智慧和希冀。

这些影片因为对当下中国普通人身心状态和境遇的关怀而以其洞察力、同情心和现实精神，与大众共享对于自我以及自我所生存的这一世界的理解，从而与观众达成心灵的融合。观众从那些仿佛生活在周围的“熟悉的陌生人”所经历的事件中，从平日的那些司空见惯的行为中体会到了其中常常被忽视或者遗忘的生命的哀乐愁苦，传达出了一种对于人和生活的关怀。这些作品不仅以其真实而且也以其人文关怀为观众带来一种“无情世界的感情”。尽管由于电影市场本身的不健全，也由于各种原因使这些影片在表述现实时还没有足够的力度，使得这些影片并没有成为市场的主流，但是它们无论是对人性的理解和关怀，还是对现实的观察和体验，甚至包括对电影艺术美学潜力的发掘，都成了这一时期电影文化发展高度的一种标志，也体现了民族电影不可替代的生存价值。

尽管好莱坞电影依赖其强势力量，正在继续将全世界变成美国电影的超级市场，正如一位学者在谈到全球的文化同步化所说的那样，“以前从来没有过一个特定文化类型的同步化，充斥全球到了这样的程度和广度”⑤。但近年来，欧洲艺术电影的坚守，日本新电影的崛起，东欧国家优秀电影的不断涌现，伊朗电影的独树一帜，韩国电影的本土追求，也都对好莱坞电影帝国提出了挑战。对于中国这个有着几千年东方文化历史和承受着浩大的现实磨难的民族来说，好莱坞电影更不可能替代我们对本土现实、本土文化和本土体验的殷切关怀。因而，中国的本土电影也许应该成为一种艺术力量，与亚洲、西欧、东欧、美洲的所有“民族电影”一起，形成与好莱坞电影不同的更现实、更人性、更关怀、更丰富的世界性多元电影思潮，为全球化提供一种多元的而不是一元的格局。保持这种多元，当然不是根源于一种复活传统文化符号、推广民族神话，创造保守的国族一体的狭隘民族主义，也不是用“文化帝国主义”的借口来自我封闭，而是试图维护一种能够相互补充、相互借鉴、相互影响的世界格局，全球化的未来也许不应该是霸权化同质化而是意味着更多的选择，更多的边缘和弱势享受到相对平等的权利。从一定程度上说，文化的多元，是文化活力的前提。

注释：

---

① 参见王庚年《一年好景君须记　最是橙黄橘绿时——就当前中国电影发展态势答〈当代电影〉记者问》,《当代电影》2000 年第 1 期。

② 苏联作家奥斯特洛夫斯基小说《钢铁是怎样炼成的》中的共产党英雄形象的名字。

③ 参见《中国电影周报》1998 年 2 月 19 日市场报道。

④ 参见高军《聚焦一九九七北京市场“九七国产片年”述评》,《当代电影》1998 年第 1 期。

⑤ C. J. Hamelink, *Cultural Autonomy in Global Communication*, New York: Longmans, 1983, p. 4.

（2000 年第 6 期）

民俗学对文艺学发展的作用

钟敬文

我不是专门搞文艺理论的，今天在这里谈文艺理论，是应了中国的一句俗话，叫“孔子门前卖《孝经》”吧。我年轻的时候喜欢文学，也从事创作，后来在大学里讲课，也担任过文艺理论方面的课程，所以说，文艺理论与我的关系是比较密切的，但又不是我的本行，因此我讲的话可能有些是自己的体会，也有些是外行话。我主要讲两点。

一、现行文艺学著作对民间文学的认识和取材是否适当?

现在的文艺学著作，主要讲精英文学、作家文学。作为一门学科，文艺学主要是从专业作家作品中抽象出一般的理论。但我觉得，从一个民族文化的整体来看，专业作家作品终究只占一部分，而一个民族的文学是全民族上、中、下层文学的综合体。具体一点讲，中华民族除了上层文学或精英文学外，还有别的文学，如有大量的通俗文学，即城市市民享用的一种文学。此外，中国是一个古老的农业国家，所以在上层文学和通俗文学之外，还有一种被更广泛地创作和传播的文学，即农民文学、口头文学。这三层文学都是中华民族的文学财富。过去由于中国长期是封建社会，所谓文学观只是着眼于上层阶级的正统诗文，至于小说和戏曲这个中间层的文学是唐宋以后才繁荣起来的。大量的农民口头文学到了明代以后，由于少数进步文人学者的文学观的变化，才开始受到了一定的关注，比如杨升庵搜集了《古今风谣》《古今谚》，冯梦龙搜集了山歌、笑话和谜语等。到了清代，还有一些作家，比如李调元和黄遵宪，都搜集了一些民间文学作品。当然，在整个中国学术界里面，把中、下层文学作为一种理论研究的对象，还是从“五四”以后才开始的。现在的文学史，不管是北大的，还是中国社科院的，开篇也写神话、歌谣，中间也插写了历代的歌谣，这都反映了一种新文艺学现象。但总的说来，在民间文学方面，取材的量还是很少。现在的文艺学著作中所研究的作家作品，如有些体裁的古代文学作品，像传说故事之类，原来是人民的口头创作，后来被文人化了。魏晋南北朝以后，我国还出现了许多志怪笔记文学，其中也有不少口头文学，但经过历代文人加工之后，也成了作家文学。再比如，汉乐府原来是口头文学，后来也被作为作家文学来对待和研究，而像上面说的更大量的、原初的、有价值的东西，却被忽略不计了。一个民族的大量的民间文学创作，没有被这个民族的文艺学作为应有的研究对象进行理论概括，而只集中于上层文学或精英文学，这样的文艺学，应该说是不完全的。

在我看来，文艺学应该分两个层次：一个层次是能够总括整个民族的各层次文学现象的，可称作一般文艺学；第二个层次，是针对不同层次的文学进行专门研究，应产生几个分支学科，如作家文艺学、通俗文艺学、口头文艺学等。这样的文艺学理论和文学史体系才是比较完整的。

晚清以后，受了西洋文学理论的影响，我们的文学理论范畴有所扩大，至少不再像古代文论那样，主要拘泥于诗文，而是对通俗文学中的小说、戏剧等也加以注意，但总的说，还是侧重于作家文学。解放后，我们由于受到苏联的影响，在文艺学的建设上，不管是文学理论，还是文学史，在研究对象上，都不包括民间文学，即中、下层文学。即使在《讲话》里面，也只是把广大人民创作的民间文学当成人类早期的、萌芽状态的文学。应该说，相对于作家文学而言，大多数民间的东西，出现的时间要早一些，原始性比较重一些，但也不尽然，比如大家都知道的藏族史诗《格萨尔王传》，不仅在长度方面数世界第一，而且在内容和艺术上也都达到了一定的高度，对这些宏大精美的民间创作，我们就不能把它简单地归为原始文学阶段的产物了。

总之，我认为，我们的文艺学如果不包括作家文学、通俗文学和农民文学这三个方面，而只搞作家文学，显然是一种残缺。20 世纪 60 年代以后，西方和苏联的一些学者也有这种看法。我是从民俗学的角度来看待这个问题的。

二、民俗学对文艺理论的建设有何作用?

这是一个研究方法问题。中国传统文学的诗话和文论，里面可以继承的东西很多，其中有些是讲创作的，也有些是讲思想的，如讲人与人的关系，讲规范人的行为等。到了清末民初，以及“五四”以后，文学理论、文学概论或文学原理之类，又受西方文学理论的影响，强调文学的个性，在分类上也是照抄。中国古代的正统文学只重视诗与文，小说、戏曲都不算，受西方影响后，算是把小说和戏剧的地位都提高起来了，诗歌和散文也还是有一定的地位。后来的30年，受苏联文学理论的影响，我们的研究方法主要侧重在社会学，把文艺现象作为一种社会现象来研究，对不对呢？对。文学虽然是个人的创作，但这个人是社会的人，所以从社会学的角度来看，这没有什么不对。近20年来的情况又有些改变，现在又倾向于把文艺学作为一种人文科学或文化科学来研究。

我的想法是，作家虽然是社会的人，但人很复杂，有老年人、青年人、聪明人、笨人，各种各样的。就作家而言，像老舍、郭沫若，乃至鲁迅先生，都是“五四”以后的文学思想培育出来的，这些人的作品都一样吗？有共同的地方，也都有不同的地方。从前我有一位朋友，在香港达德书院中文系当老师，讲文学理论，讲创作，学生不满意，说他分析作品，每部都反封建、反资本主义，篇篇如此。这是个笑话。为什么他讲来讲去，都是反封建、反资本主义的呢？因为他主要是从社会学的意义上讲的，没有对作家作品进行具体分析。其实从鲁迅、郭沫若到老舍，他们的性格各有不同，创作方法区别很大，但都有反封建的倾向，如果都用社会学的方法一刀切，那就没有什么可讲的了，所有的作品都一样了，没有什么差别了。当时学生提出的这个问题至今还在让我思考。总之，作家生活在一定的社会里，当然有共同的东西；但是作为个人，他是个特殊的存在，他的作品，也是个特殊的存在；在这个意义上，进行具体的、个别的研究仍很重要。

文艺，不仅是社会现象；还是一种文化现象，一种多方面的文化现象，而任何文化现象都不会只是一个层面。比如讲理性，人都有理性，但也有许多人的一些行为不是理性的，而是情感化的。人是多方面的存在，把他简单化，就不行。在此基础上产生的文学，可以、也应该从社会学的角度来研究，但同时也应该从民俗学、民族学、心理学、人类学等多角度来进行研究，这样才能把文学的内涵都挖掘出来，否则每个作品都是反帝反封建的，没有什么特点，也就谈不上研究了。所以，在这一点上，文学的多学科多角度的研究就显得非常重要。只用一种方法，就想解释文学的整体，一定会很不完整。

前两年，我在社会科学院的《文学评论》上写了一篇文章，提到可以从民俗学的角度研究文艺学。[①]这不是因为我搞民俗学，就自卖自夸，卖菜说菜好，的确是因为文艺学采用民俗的视角，有利于对作品进行人文的或文化现象的研究。人是民俗的动物，一个人出生后，走路、说话、叫妈妈，都是在民族风俗里面形成的。上个世纪的很多理论家把民族性作为研究作家文学的一种观点，在我看来，民族性就不能不包括民俗。现在我们看许多作家的创作，比如鲁迅和老舍等人的作品，都反映了大量的民俗现象。鲁迅是绍兴人，在他的笔下，那个有名的女仆祥林嫂的不少观念、不少行为细节，都是民俗的。也有不少北京人的民俗生活反映在老舍的作品里面。所以说，民俗学作为文艺学的一个角度，是研究者应该考虑的。

注释：

---

① 参见钟敬文《文艺研究中的艺术欣赏和民俗学方法——在〈文学评论〉创刊40周年纪念会上的讲话》,《文学评论》1998年第1期。

（2001年第1期）

20世纪中国美术史研究的回顾和展望

薛永年

中国对美术发展的研究，起步很早。在瓦萨利（Giorgio Vasari）写出第一部西方美术史——《意大利著名建筑家、画家和雕塑家传记》的700多年前，张彦远的《历代名画记》（847）已经成书，而且形成了既重视视觉性又重视文化性，既有叙论又有评传的传统。此后，从10世纪到19世纪，古代中国的美术史著述持续不断，成果亦多。可惜发展到明清，史料的价值增多，史学的意义减少，进入20世纪以后，随着西方文化的引入和随之而来的社会变革，美术史的研究也出现了完全不同于古代的局面。虽然百年来的中国美术史研究，早已越出了中国的国界，成为一门有愈来愈多国外学者参与的世界性学问，但研究条件最充分也最需要研究成果的首先是中国本土。因此，对20世纪中国美术史研究的回顾与展望，自应从回顾中国本土特别是大陆的研究开始。20世纪的中国美术史研究，先后经历了三大时期，逐渐形成了相对古代和外国的五方面特点。了解这三大时期的演进，思考这五方面特点的形成与得失，对于展望新世纪的中国美术史研究，可以提供若干有益的启示。

一

第一个时期从1900年至1949年，是中国美术史研究改步变古的时期。在此以前，美术史的研究者大多是收藏鉴赏家，著述的范围大体只限于中国美术，撰述的形式主要是与鉴赏关系密切的美术家传记和美术作品著录，著述的方向则以文人美术为要务，使用的资料来自文献与见闻，至于研究方法也已丢失了张彦远奠立的传统，重记载而轻论述。本世纪初以来，由于西学的引进，学堂的兴办，面向公众的艺术博物馆的出现，出版机构中美术部门的设立，特别是新文化运动的展开，新史学（含考古学）、新美术的兴起，既造就了若干吸收西学并任教于美术校科的美术史作者，又开辟了美术史研究的新方向，既增加了用于美术史研究的考古资料，又提倡了科学系统的研究方法，于是现代中国美术史研究迈出了关键的第一步。其改步变古表现在以下几个方面。

（一）研究撰述中国美术史著作与传播西方美术史知识齐头并进，成为前古所无的现象。本世纪之初由中国人推出的第一本美术史，不是中国美术史而是西方美术史。为学校授课而编写的第一本美术史教材，不限于中国，而中西兼容。在民国成立的前一年（1911）就由商务印书馆出版了吕澂编写的《西洋美术史》[①]，其后从民国元年（1912）至新中国成立（1949），据不完全的统计，至少已有57种外国美术史出版，约占全部美术史著作出版量的三分之一[②]。尽管很难认为这些有关外国美术史的编著和译著有深入研究，但却普及了外国美术史主要是西方美术史的知识，也推动了中国美术史研究的变古为今。在吕澂一书出版的翌年，亦即民国元年（1912），美术史这一学术名称正式出现在政府文件中。当时教育部颁行的《师范学校课程标准》上，在图画课程内列有“美术史”科目，但注明“得暂缺之”。而五年以后，即民国六年（1917），毕业于两江师范图画手工科，任教于浙江省立第一师范的姜丹书，填补了这一空白，出版了内容涵括中西的《美术史》教材[③]，虽然作者自谓“行粗浅之文字，述中外之大略，自惭獭祭成篇”，却标志着美术史研究划时代的变化。

（二）撰写系统而非片断、有见解而非仅史料的通史，成了反映美术史研究新认识的主要著作方式。明清以来，古代美术史著述在仕绅商贾赏鉴需要的引导下，日益陷于记载美术家生平和作品流传的具体知识，所著多传记、著录，片断零碎，不成系统，罗列材料，淹没见解。对此接受了新学洗礼的历史学家兼美术史家朱杰勤指出：“前人之说，率多东鳞西爪，破碎支离，且语多抽象，难索解人。而致力于有系统的美术史之编著，则阒无其人。”[④]画家兼美术史家郑昶亦在相同的意义上指出：“欲求集众说，罗群言，冶融抟结，依时代之次序，遵艺术之进程，用科学方法，将其宗派源流之分合与政教消长之关系，为有系统有组织的叙述之美术史，绝不可得。”[⑤]况且在美术史著作中解决上述问题，不仅关乎科学方法，而且涉及普及美育，新文化运动时，蔡元培即在《文化运动不要忘了美育》一文中指出：“文化进步的国民，既然实施科学教育，尤要普及美术教育。”同时把在大学校中开设美术史讲座列为普及美育的措施。[⑥]在这种情势下，用科学的方法，编著“通古今之变”的通史，就成了美术史著作者的共同选择。遍观本世纪上半叶的美术史著作，可以发现，在20年代中以前，按传统方式编写的书画家传和书画作品著录依然不少，但到30年代以后，随着在学校中接受了新学教育并在新文化运动后走上美术史讲席的画家的增长，除了因资料较多或便于讨论问题而编写的少数断代美术史以外，一批中国美术通史和绘画通史陆续成书。主要如表 1 所列。

表 1　民国时期主要中国美术史绘画史著作

书名	作者	出版年月	出版单位	备注
中国绘画史	陈师曾	1925.1	翰墨苑美术院	据陈氏在北京艺专讲稿整理而成
中国美术小史	滕固	1926.1	商务印书馆	滕固执教上海美专时所写
中国绘画史	潘天寿	1926.7	商务印书馆	潘氏执教上海美专时所编
中国画学全史	郑昶	1929.5	中华书局	郑氏 1921 年任教杭州时写
中国绘画变迁史纲	傅抱石	1931.9	南京书店	傅氏 1930 年在江西省立一中担任国画教师时写
中国美术的演变	王钧初	1934.10	文心书业出版社	
中国绘画学史	秦仲文	1934.11	立达图书公司	与执教京华美专有关
中国美术史	郑昶	1935.7	中华书局	
中国绘画史	俞剑华	1937.1	商务印书馆	写于俞氏任教上海美专时
中国美术史	胡蛮	1942	延安新华书店	其时胡氏供职延安鲁艺
中国美术发达史	刘思训	1946.5	商务印书馆	

（三）对文人画正统观念和南北宗论的批判，初步拓宽了美术史研究方向，也刺激了对文人画更深层的研究与阐释。在古代的中国美术史著作中，普遍存在着重文人画家轻工匠作者和重书画轻工艺的倾向，明代董其昌更把重文人绘画轻工匠绘画的倾向发展成“南北宗论”，树立了以文人画为正统的绘画史观念[⑦]，对清一代影响甚巨。进入 20 世纪以来，首先批判以文人画为正宗观念的人物，是曾经领导戊戌变法的康有为，他在 1917 年成书的《万木草堂藏画目》中指出：“昔人诮画匠，此中国画所以衰败也。”“士夫游艺之余，能尽万物之性欤？必不可得矣。然则专贵士气，为写画正宗，岂不谬哉。”“士气固可贵，而以院体为正法，庶救五百年来偏谬之画论，而中国之画乃可有医而进取也。”[⑧]接着，滕固、童书业和启功等人均在著作和论文中一致批判“南北宗论”[⑨]，指斥其为有意抬高文人画而无视历史实际的伪说，从而提高了院体画工匠画的历史地位。滕固在《唐宋绘画史》中指出：“既到了宋代院体画成立了后，院体画也是士大夫画的一脉，不但不是对立的，且中间是相生相成的；没有像他们所说的那样清清楚楚地分成做为对峙的两支。”“所以我说南北宗说是无意义是不合理，不是过分之辞”，“有了南北宗说以后，一群人站在南宗旗帜之下，一味不讲道理地抹煞院体画，

无形中使人怠于找寻院体画之历史的价值”。[⑩]尽管一些美术家包括美术著作家并不赞同这一认识，甚至于更看重文人画的合理内核，但对南北宗论的批判，毕竟启发研究者能以无名工匠创造的石窟艺术史和工艺美术史为治学对象，在前人忽视的领域中迈出了拓荒者的步伐。

（四）科学方法的引进，成为变史料为史学并在历史阐释中寻求美术发展经验的有力凭借。当时，对新方法的采用，从两个层面影响了美术史研究。

第一个层面是在具体史实的复原和固有历史联系的把握上，不但讲求文献的考证，也开始使用考古资料。19 世纪以前，中国的美术史著作，虽注意史料的收集和积累，也不忽视作品真伪的辨析，但在文献的考据上，远比同时代的历史学粗疏。20 世纪开始之后，中国美术史研究的一大进展，便是讲究了文献史料的考据，对关于一个画史人物或一件画史事实的文献记载，总能够在广泛收集佐证材料的前提下，追溯史源，辨明真伪，尽可能恢复历史的本来面目。滕固称之为“实证论”[⑪]。在这一方面，历史学家陈垣为加入天主教的清初画家吴历所编的《吴渔山年谱》[⑫]，便是旁征博引考据精详的一个范例。而师从《古史辨》作者顾颉刚的历史学家兼美术史家童书业，更明确提倡以考据方法研究画史。他在《怎样研究中国绘画史》一文中指出：“元以前的古画，既然真迹绝少……我们研究的材料，自然应当以文献为主，实物只能做参证之用。”他又说：“文献上的记载也不是完全可以当作正确史料运用的。文献也有真伪，有先后，有可靠不可靠，须得用考据的方法去审查它。……考据工作完事了，进一步才可以写作贯述大势的通史。”[⑬]而随着西方考古学的东渐和中国考古学的兴起，美术文物陆续出土，美术研究者在讲求文献考证的同时，也尽可能地运用考古新发现，甚至投身到美术遗迹的考察之中。抗日战争期间，主持发掘重庆江北汉墓群的胡小石、马衡和常任侠，即是成立于 1937 年的中国艺术史学会的成员。他们打开了尘封已久的宝库，获得了明清美术史著者不能梦见的辉煌。

第二个层面是在美术发展过程及其因果关系的阐释上，亦即滕固所谓的“观念论”上[⑭]，既放弃了古来相袭的历史循环论，又在不同取向的阐发中引申出关系到中国美术去从的启示。这一时期的中国美术通史和绘画通史作者，普遍重视梁启超在《中国历史研究法・补编・文物专史》中论及的分期问题[⑮]，通过分期来体现历史观，通过分期来表示研究取向，通过分期来阐发对中国美术史发展内在逻辑的认识。就历史观而言，有的著作，如秦仲文的《中国绘画学史》，显然接受了进化论，全书所分的萌芽、成立、发展、变化、衰微五大时期，既隐含了生物演进的模式，又在结合中国绘画发展实际中进行了具体阐发。有的著作，如王钧初在留学苏联之前写作的《中国美术的演变》，与任教于延安鲁迅艺术学院之后进一步发展补充而成的《中国美术史》，则是试图用马克思主义研究中国美术发展的早期代表。书中对艺术起源的解释，对士大夫美术与工匠美术之异的分析，对现代美术“矛盾是前进的力”的论断，都在结合实际中表现出别具慧眼的见解。

学者们按不同取向对美术史发展过程进行的阐释，大多并不为方法而方法，而是在联系实际中注意说明中国美术发展的特点及其演变，并且较为自觉地寻求有利于借古鉴今地发展中国文化和美术的启示，从而出现了关乎中国美术去从的两种全然不同的见解。留学德国专攻美术史并获博士学位归来的美术史家滕固引进了西方讲求风格学的美术史方法，他指出：“绘画的——不只是绘画，以至艺术的历史，在乎着眼作品本身之‘风格发展’（stillentwicklung）。”但他同时注意寻找更深层的动力，认为：“某一风格的发生、滋长、完成以至开拓出另一风格，自有横在它下面的根源的动力来决定。”[16]并通过“生长时代、混交时代、昌盛时代和沉滞时代”[17]的分期，总结出与域外文化混交有利于美术昌盛的经验，把文化交流视为风格演进的动力。而画家又兼美术教育家的潘天寿，在所著《中国绘画史》及附文《域外绘画流入中土考略》中，则参酌日本人中村不折、小鹿青云在《支那绘画史》中从文化学的角度说明东西绘画之异的方法，通过考察中国绘画发展以及中外绘画交流，阐发了中国绘画不同于西画的深层原因。他指出中西绘画是两个不同体系，“中国的绘画，被养育于特种文化之下，他所发展的根底，笔、墨、绢、纸等的材料，四周围不同的境遇，与西洋绘画大异其趣。因之东西画的沟渠，亦十分严厉，不能相越”，甚至批评了以科学主义要求中国画的看法，认为“东方绘画之基础在哲理，西方绘画之基础在科学，根本处相反之方向而各有其极则”，进而得出了中国画应独立发展的见解，指出：“若徒眩中西折中以为新奇，或西方之倾向东方，东方之倾向西方，以为荣幸，均足以损害两方之特点与艺术之本意。”至于画家兼美术出版家和美术教育家的郑昶则在《中国画学全史》中使用了社会学方法，从美术的社会功能及与其他社会意识的关系入手，把自古以来的中国绘画发展，分成实用时期、礼教时期、宗教化时期和文学化时期[18]，在诸多社会文化因素的制约中说明中国绘画在特定历程中自成体系而与西画异趣的深刻原因，支持了潘天寿世界绘画两大体系不能相越的看法。上述对中国美术史和绘画史的不同分期、不同阐释角度与不同见解，实际上既是以今观古的结论，又是借古鉴今的结果。

二

第二个时期始于 1949 年新中国成立，终于 1976 年“文化大革命”结束，是中国美术史研究在马克思主义指导下推陈出新的时期。新政权的建立，一开始并没有改变美术史研究人员的成份和研究对象的选择，美术教育超过以前的发展，文物博物馆工作的日益兴旺，以普及为基础的美术运动和普及基础上提高的美术创作的需求，都像前半个世纪一样地推动着中国美术史的研究。已经走向马克思主义的现代历史学、美学、考古学、文艺学，也影响着美术史的研究。但和前一个时期比，三方面条件较大地左右了中国美术史的研究。一是在国际交往处于半封闭状态下，除了西方研究中国美术史的学者喜龙仁（Osward Siren）50 年代曾经访华以外，中西学术交流十分稀少。二是在一边倒的国际政策下，美术史界像整个文化界一样，加强了与苏联的联系，既翻译出版苏方专家的美术史著作，又派遣美术史留学生赴苏学习。当时，学者们多数尚不熟悉已确定为一切事业理论基础的马克思主义，不清楚怎样把辩证唯物主义和历史唯物主义与本专业的研究实际结合起来。在这种情况下，苏联的历史学、美学、文艺学和美术史学，都成了中国同行学者学习和效法的范例。三是在学术工作也强调集中统一的条件下，既便于荟萃优势，发挥群体力量，又在政治代替了专业之时，使研究步入迷津。不过，从总的方面看，这一时期的中国美术史研究，发扬了新文化运动批判旧文化倡导新文化的精神，走向了推陈出新。具体表现在下述几个方面。

（一）编写通史教材仍是 50 年代最主要的美术史撰述形式，试图以马克思主义的观点方法进行阐释成了大势所趋。本来在美术史研究中，对个别问题的研究，是编写通史的基础，但若阐释对整个美术发展的看法，则非通史莫属。50 年代较有影响的美术史论著大略如表 2 所列。

表 2　50 年代较有影响的中国美术史著作

书名	作者	出版单位	出版年月	备注
论中国古代艺术	（苏）阿尔巴托夫著，林念松译	万叶书店	1953.4	
中国美术史	胡蛮	新文艺出版社	1953.12	系胡氏据在延安鲁艺所写再次修订
中国美术史讲义	王逊	中央美术学院	1956	系王氏在中央美术学院授课讲义

续表

书名	作者	出版单位	出版年月	备注
中国美术史纲	李浴	人民美术出版社	1957.9	系李氏在东北美专授课讲义
中国美术史略	阎丽川	人民美术出版社	1958.8	系阎氏在河北艺术师范学院之授课讲义
中国年画发展史略	阿英	朝花美术出版社	1954.6	
中国连环图画史话	阿英	中国古典艺术出版社	1957.10	
敦煌艺术叙录	谢稚柳	上海出版公司	1955.11	
敦煌莫高窟艺术	潘絜兹	上海人民出版社	1957.12	
北朝石窟艺术	罗未子	上海出版公司	1955.12	
中国北部石窟雕塑艺术	温廷宽	朝花美术出版社	1956.9	

从上表可以看出，50年代美术史著作中引人瞩目的一类成果，是多种中国美术通史教材，而编写教材是政府十分重视的工作，王逊讲义编出后，文化部即曾组织为期半年的讨论。从美术史研究而言，从个别和局部进行，比通史更易深入，但通史之所以受到欢迎，根本原因在于有利于用马克思主义进行宏观的阐释，在于这种阐释有利于对遗产的批判继承，古为今用。当时的编者普遍相信马克思主义是一种可以揭示美术发展客观规律的科学，运用它进行阐发则可以使美术史研究变成科学，进而洞悉客观法则，区分遗产的精粗，以利于当前的创作。对此，李浴的《中国美术史纲·绪论》指出："科学的美术史著作能通过许许多多极其复杂的客观现象来揭示出其发生发展的客观法则"，"作为我们继承和发展古典艺术之优良传统的理论基础，从而有利于我们今后的艺术创作"。[19]王逊的《中国美术史讲义·叙论》也认为，这种阐释为的是以"科学的、有分析的态度"，"区别精华与糟粕地继承遗产"，以利于"发展新文化，提高民族自信心"。[20]

当时，由于从事美术史教学与教材编写的人员，像中华人民共和国成立前一样，多出身于画家，虽有人从事过研究，却没有接受过马克思主义美术史学的训练，派去苏联学习美术史者也尚未学成归来，所以翻译出版苏联阿尔巴托夫的《论中国古代艺术》，以及其他美术史著作[21]，再版修订的胡蛮《论中国古代艺术》，便成了在美术史研究中运用马克思主义的直接参照。而马克思主义历史学、文艺学的著作与译作，也对中国美术通史的编写产生了影响。画家出身，从事美术教育多年的阎丽川，即是把中国美术发生发展的过程，严格地按照马克思主义社会发展阶段的分期，即原始社会、奴隶社会及封建社会的前、中、后、晚期和近代而展开论述的。而毕业于国立艺专，曾在敦煌进行过研究的李浴，则依照苏联的文艺学理论，把“现实主义与非现实主义之矛盾斗争又终归胜利”作为了中国美术发展的基本线索与基本经验。[22]王逊是学习哲学、美学出身，又从邓以蛰修习过美术史的学者，学习马克思主义也较努力，所以他的《中国美术史讲义》在有限篇幅内较全面系统地论述了中国绘画、雕塑、建筑、工艺多种美术门类在不同历史阶段的发展脉络和艺术成就，既重视了美术赖以产生、发展、变化的社会条件，重视了美术与政治、经济、哲学、宗教、文化的相互关系，又没有忽视美术本身在审美能力（题材）与表现能力（艺术技巧）上的自律发展，在当时是公认水平较高的一部著作。

另一个同样引人瞩目的现象，是与民间工匠艺术家关系密切的石窟艺术史、年画史和连环画史受到了前所未有的重视，并推出了一些发轫性的著作。这当然与运用马克思主义两种文化的观念分析美术遗产并肯定以往忽视的民间艺术精华大有关系，同时也直接服务于彼时发展年画、连环画等美术创作的政策。[23]如果注意一下当时的美术史著作和刊物，便可发现，一方面是民间美术、工匠艺术在美术史著作中获得了前所未有的地位，另一方面则继续着“五四”以来对文人画和南北宗论的批判，不仅各种中国美术通史大体如此，而且启功 1939 年发表的《山水画南北宗说考》，此时经过增改又以《山水画南北宗问题的批判》的标题重新在《美术》杂志发表了。[24]

（二）50 年代后期，中国美术史的研究，开始通过个案、断代画史、画种专史的著述，迈开了深入探讨的步伐。促成这一深入的要求，既来自美术创作的借鉴，也来自博物馆的收藏和陈列。推动这一趋向的条件，除《文物参考资料》自 1958 年改为《文物》，故宫博物院的陈列部保管部合为美术史工艺美术史部之外，还有两件大事。一是 1957 年中国第一个美术史系在中央美术学院开办并创刊了《美术研究》，至 1960 年便开始持续招生，而赴苏学成美术史归来的毕业生亦投入教学研究。二是 1961 年全国高校文科教材会议召开，高等美术院校的美术史论教材编写会议在北京举行。至翌年又在杭州举办了关于王伯敏《中国绘画史》教材初稿的研讨会。后者是 50 年代以来首次举行规模较大的美术史研讨会，长达 40 余天，涉及了美术史上诸多具体问题。而美术史研究走向深入的标志亦有三方面。一是一些新编的断代画史和画种专史还有认真整理的美术年表在 50 年代后期至 60 年代初期陆续出版。主要有童书业的《唐宋绘画论丛》（中国古典艺术出版社，1958 年 5 月），刘凌沧的《唐代人物画》（中国古典艺术出版社，1958 年 11 月），傅抱石的《中国的人物画和山水画》（上海人民出版社，1960 年

3月），俞剑华的《中国壁画》（中国古典艺术出版社，1958年3月），王伯敏的《中国版画史》（上海人民美术出版社，1961年10月），郭味蕖的《中国版画史略》（朝花美术出版社，1962年12月）、《宋元明清书画家年表》（中国古典艺术出版社，1958年11月）和徐邦达的《历代流传书画作品编年表》（上海人民美术出版社，1963年10月）等。这些著述，有的论述充分亦有见解，有的只是材料的梳理。其中刘凌沧的《唐代人物画》研究较为深入，不仅打开了按朝代就某一画科撰写画史的体例，而且材料丰富，脉络清楚，见解透彻。这本书不是把画史研究看成文献资料的辑录，而是既使用传世作品，尤注意考古成果，还能从三个方面致力："（一）从每一时代的政治、经济结构，探索这个时代绘画内容和形式的构成；（二）从各个时代的作品本身，研究每一个作家的创作思想和风格的形成；（三）把古代的绘画作品和美术理论，共同排比，互相印证，加以研究分析，求得符合实际的结论。"[25]从而阐明了唐代人物画在民族传统上对外来文化兼收并蓄导致的繁荣昌盛。

（三）具有个案研究性质的画家研究、画家评传的出版及已经整理的画家研究资料和经过考证的画家年谱陆续问世。虽然自称为研究的，大约只有郑拙庐的《石涛研究》（人民美术出版社，1961年11月）一本，但据温肇桐《1949—1979美术理论书目》[26]统计，仅上海人民美术出版社出版的上至东晋《顾恺之》下逮清代《吴昌硕》等"中国画家丛书"就已达50余册。虽然这些书详略不一，未能一一占有详尽的作品图片资料，能充分进行风格分析和理论阐发的也不很多，对时代环境、画家生平和艺术创作关系的论述有些缺乏内在联系，但大多占有了丰富的文献资料，梳理了画家的生平经历与创作情况，有分寸地论列了画家的成就，大体反映了个案研究的初步成果，提供了各种绘画通史不可能囊括的有益知识和历史经验。这一时期，还出版了若干资料性的著述，基本从画家画派入手，纂集其生平传记、作品著录、诗文杂著和前人评论等方面的详尽研究资料，关乎书画家者有《顾恺之研究资料》（俞剑华等，人民美术出版社，1962年3月）、《柯九思史料》（宗典，上海人民美术出版社，1963年10月）、《黄公望史料》（温肇桐，上海人民美术出版社，1963年1月）、《渐江资料集》（汪世清等，安徽人民美术出版社，1964年1月）；关乎画派者则有《扬州八家史料》（顾麟文，上海人民美术出版社，1962年10月）等。这些资料性著述不仅重视翔实地占有资料，而且也注意了版本校勘，故对深入研究也是有益的。黄涌泉的《陈洪绶年谱》（上海人民美术出版社，1960年9月），表面上接近系统的编年资料，而实质上却是含有"丛考""评论""传派"和研究论文的研究成果，其资料的翔实，考证的审慎和评论的精当在60年代是殊为难得的。

（四）对考古资料的重视和书画鉴定理论方法的探讨，为有效地从作品抽引结论的基础研究打下了前古所无的基础。在美术史研究中，有些是宏观的研究、综合的研究，通史的编写属于这一类。这一类研究虽可以利用基础研究的结论，不直接研究作品，但归根结底要以作品为基础。对此，滕固远在 1933 年便已指出："研究绘画史者，无论站在任何观点——实证论也好，观念论也好，其惟一条件，必须广泛地从各时代的作品里抽引结论，庶为正当。不幸中国历来的绘画史作者，但屑屑于随笔品藻，未曾计及走这条正当的路径。"[27]而要从作品中抽引结论，首先必须保证被抽引结论的作品在时代和真伪上具有可信性。为了解决这一问题，自考古学在国内广泛兴起，美术史家便重视取用可信的考古出土文物，至 1954 年 7 月，王逊曾在《美术》上专门发表了文章《考古发现与美术史研究》，对此加以强调。但除去考古出土的美术品之外，还有大量传世的美术文物，书画就是最大一宗。倘不解决真伪问题，有的阐释都可能成为沙漠中的楼阁。要解决真伪鉴定问题，就不能像古人一样凭直觉，靠望气，而是要建立科学的理论和方法。1962 年文物局组织张珩、谢稚柳等人赴各地鉴定古代书画的活动，中央美院美术史系延请张珩、徐邦达讲授书画鉴定的课程，促进了这一学科的奠立，使书画鉴定不再是经验之谈而成为一门学问。张珩的《怎样鉴定书画》（文物出版社，1966 年 4 月），从风格入手，运用历史唯物主义和辩证唯物主义于书画鉴定实际，提出主要依据和辅助依据之说，初步奠立了现代书画鉴定学的学理和方法，推动了从作品抽引结论的基础研究的健康发展。

如上所述，这一时期的中国美术史研究，有宏观的，也有微观的，有阐释的，也有资料的，有考证的，也有鉴别的，而且在每一个方面都取得了可观的进展。要取得研究工作的进展，当然离不开理论的指导，在这个意义上也可以强调"以论带史"，但正确理论指导应该是提供科学的方法论，在实际研究中引出创造性的具体结论，而绝不是先设定一种具体的结论，再附会以美术史实。但是，随着政治对美术的冲击，这种以具体结论符合美术史实的现象出现了，"以论带史"终于蜕变成了"以论代史"，终至在"文化大革命"中发展成"儒法斗争美术史"的提倡，彻底失去了学术自身。

三

第三个时期从1976年至今，是中国美术史研究在中西互动中交流开拓进取的时期。这一时期开始于“文化大革命”的结束，经过思想上的拨乱反正，学术上的正本清源之后，整个国家进入了改革开放的新时期，西方文化的迅猛传入，国内美术新潮对传统的挑战，引发了对中国美术现状、历史和未来的大讨论，促成了美术史界的反思与投入，也迎来了美术史研究前所未有的繁荣昌盛和开拓进取的新局面。有几个因素推动了新局面下美术史研究的态势。

第一，是专业新人的造就、研究队伍的扩大和众多研究中心与重镇的形成。“文革”结束之后，为了复兴美术文化事业，各美术高校与研究部门均把培养美术史论研究生当作使命。不出十年，新手辈出，进入90年代后更形成了一支在老专家扶植下以中年学者为主力不断有年轻力量参加的专业队伍。在80年代，以美术史为主要教学内容的专业系所，还只有中央美术学院的美术史系、中国艺术研究院的美术研究所和中央工艺美术学院的工艺美术史论系。前浙江美术学院在80年代末已经建系，但尚未从共同课教学的综合职能中彻底分离出来。至90年代初，先是前浙江美术学院的美术史论系完全独立（1992），接着则在湖北美术学院（1994）、广州美术学院（1995）、西南师范大学（1996）和北京大学（1997）陆续建成了今称美术学或艺术学的专业系，由于专业队伍的壮大，在北京、上海、杭州、南京等地，开始形成以美术史教学单位、研究单位（如中央美术学院美术史系，中国美术学院美术史系，中国艺术研究院美术研究所）、艺术博物馆（如故宫博物院、上海博物馆）、美术出版单位（如上海书画出版社）为中心的研究重镇。各中心单位通过培养美术史学士、硕士、博士，出版学刊（如中央美院《美术研究》、中国美院《新美术》、上海书画出版社《朵云》、故宫博物院《院刊》)，举办美术研讨会等形式，开展活动，相互竞争，彼此合作，有力地推动了学术发展。

第二，是无数璨灿辉煌的古代美术品破土而出，不少公私收藏前所未有地公诸于世，大量经过系统审辨、整理、鉴别的文献和图录不断出版。以文献纂集为主者有《六朝画家史料》《隋唐画家史料》《宋辽金画家史料》《元代画家史料》《明代院体浙派史料》《扬州八怪研究资料丛书》《画品丛书》等。各种画家史料不但引用资料一一注明出处，甚至注意了版本的选择与校勘。以编集图录为主者，有《中国古代书画图目》《中国美术全集》《中国书法全集》《中国美术分类全集》《敦煌石窟》等石窟艺术图录、《故宫博物院藏文物精品》系列（即所谓六十卷）。这些图录收录作品均能说明藏所（窟号、位置）、尺寸、本地乃至时代与真伪。上述两类工作，并非简单地汇集图文史料，视野亦不局限于习见美术通史论及的少数名家名迹，而是旨在较系统地推出丰富而翔实的资料。为此，编者继承了讲求目录学、文献考证学、文物鉴定学等传统方法，在资料的甄别与恢复历史原貌上开展了不厌其烦的基础研究工作，为深入研讨与综合研究准备了条件。

第三，是不断加强的国际学术交流与合作形成的互补与互动。美术史领域的交流活动 80 年代初已从文博界和教育界开始，从中方而言，文博界主要是举办出国文物展，教育界是接受留学生和进修生。从对方而言，主要是主动来访或邀请出访。彼时，中国从事交流的老辈专家，对国外学术信息的吸纳，偏重于散佚海外的作品资料和外国同行对中国美术史的研究成果。至 80 年代中以后，交流的范围已由西方扩及东方，交流的形式增加了主办国际学术会议和应邀出席学术会议，交流的人员已有不少中年学者，交流的内容已从古代美术史扩展到 20 世纪美术史，从成果追溯到方法。进入 90 年代中以后，交流进一步发展为合作。合作方式有三：一是合作写书，如中美学者合写的《中国绘画三千年》[28]、中日学者合写的《沈铨研究》。二是合作举行师生共同参加的研讨班，如中央美院美术史系与美国耶鲁大学美术史系、堪萨斯大学美术史系在 1996 年合作举行的“中国古代宗教美术考察研讨班”，又如中国美术学院与美国俄亥俄州立大学并邀中央美院、上海博物馆专家合作举行的“中国 1848 至 1930 年上海画坛考察研讨班”。三是合作举行学术会议，如中国中央美术学院、故宫博物院和美国的伯克莱加州大学、斯坦福大学合作举行的“明清绘画透析中美学术讨论会”。这些交流以至合作，不仅加强了了解与沟通，而且推进了国内中国美术史研究与国际社会的互补互动。

第四，是对美术史方法论的讨论、译介与争论，促进了研究方法的讲求和多元并存。重视方法论问题，始于 80 年代初对李浴《中国美术史纲》袭用“现实主义与非现实主义矛盾斗争最终胜利”之流行公式的反思和批判[29]，随后，通过《美术译丛》编者范景中等从贡布里希（Ernst Hans Josef Gombrich）入手对自沃尔夫林（Heinrich Wolfflin）的风格学到帕诺夫斯基（Erwin Panofsky）的图像学的译介，西方美术史家的方法开始被人了解。从 80 年代末到 90 年代初，美国林嘉琳《美国的中国美术史研究概况》、本人的《美国研究中国画史方法述略》两文[30]和洪再新所编《海外中国画研究文选》一书[31]，进而评析了美国同行研究中国美术史方法的源流和派别，接着在上海“清初四王绘画国际学术研讨会”上出现了“哲学—美学的研究方法”与“美术史研究方法”的论争，发表的论争文章有徐建融的《四王会议与美术史学——对一种文化研究方法的质疑》、刘纲纪的《关于美术史学的论辩》和李德仁的《对“对一种文化研究方法的质疑”的回答——兼述东方绘画学与美术史学研究》[32]。这种争论，也反映了持美术史方法主张者对西方美术史学科方法的借鉴与参照，讨论的结果则从正确认识美术发展中的自律性与他律性的关系并采取相应方法上深化了认识，推动了研究方法深入而多样的发展。

第五，是90年代以后市场经济的活跃，引起了对古代和近现代美术的投资热，导致了有识者对艺术创造与研究中人文精神的呼唤。人文学科中朴实学风的兴起，改变了80年代一度在中西古今文化之争中出现的浮躁、盲目与空疏，形成了专业领域内较全面深入地研究历史以弘扬优良传统，也较系统透彻地研究外国以吸收良规的稳健、自觉与扎实的学风。在上述条件下，这一时期中国美术史研究的规模更加宽广，出版的画册图录更加精美，不少老中青学者的文集次第问世。[33]而在研究大势上呈现了五个特点。

一个是中国美术通史和绘画通史的编写由简明而详赡，由单一模式而走向多样发展，带动了断代史、专史和个案的研究。开始，出版的美术通史和绘画通史，主要编写于“文革”前而于此时正式问世，如王伯敏《中国绘画史》、张光福《中国美术史》。或早已出版此时又修订重印，如王逊《中国美术史》、李浴《中国美术史纲》。这些著作，大多为一本，最多不过上下两本。稍后，两套多卷本的中国美术通史在老一辈专家的主持下吸收中青年学者进行编写。一套是八卷本的《中国美术通史》，主编者为“文革”前已活跃于学术界的老专家王伯敏，参加者主要是“文革”前已投入中国美术史教学研究的中年学者，指导思想是马克思主义唯物史观和美学思想。与以往美术通史的不同，一是充实了丰富的资料，包括出土资料；二是除绘画、建筑、雕塑、工艺门类外，还包括了中国美术发展中特有的书法篆刻。另一套是十二卷本的《中国美术史》，主编是早已著名的美学家王朝闻，参加者主要是“文革”以后走上美术史教学研究岗位的中青年学者，指导思想也是马克思主义，但不同于前一部中国美术通史之处，在于具有美学史的性质，在于突出了以审美关系为轴心线的思路。因此可以说，前一部美术通史更看重知识性，后一部美术通史更看重理论性。然而这两部书在历时较长的编写过程中，都注意了两个问题。一个是在美术史研究中如何正确认识史与论的辩证关系，明确了就研究的整体而言要以科学的理论体系和方法为指导，就研究的具体过程而言，又要具体问题具体分析，从事实引出结论。另一个是带动培养中青年学者。正因为这两部书在组织编写上的上述特点和较大规模，不少参加者，都是按断代和专题承担的任务，因此理所当然地促进了断代史和专史以至于个案的研究。应该指出，促进个案研究的因素是多方面的，老专家金维诺《中国美术史论集》等论文集的出版，以纪念研讨个别画家为题的学术会议的召开，中国画家丛书的扩大编写都是重要因素。

另一个是对古代的非主流美术在继续拓宽研究领域中获得了比前人更全面的认识。对古代非主流美术的研究，大略集中于三个方面。第一个方面是对宫廷院画和非正统派文人画的关注。这种关注在本世纪第一个时期已经开始，就宫廷院画而言，康有为的《万木草堂藏画目》即黜文人画而倡院画，主张“以院体为画正法”[34]，只是当时极少有学者研究，有之也局限于少数外籍画家，此时则不但杨伯达撰写了《清代院画》（1993），而且聂崇正也出版了《宫廷艺术的光辉》（1993）。后者从宫廷绘画的功能、宫廷绘画者的不同身份出发，探讨了宫廷绘画与正统派文人画以及西画的具体联系，把宫廷艺术的研究从一个方面推向了深入。就非正统派文人画而言，自 1994 年在安徽举行“纪念渐江大师逝世三百二十周年暨黄山派学术讨论会”，随后出版《论黄山诸画派文集》（1987）及《新安画派史论》（1990）以来，清代非正统画派及其代表人物不断成为学者研讨和撰述的对象，不仅围绕郑板桥、黄慎、龚贤与金陵八家召开了学术会议，围绕郑板桥、龚贤、张夕庵、任伯年出版了论著，而且出现了从不同角度研究非正统画派的专著,《扬州八怪与扬州商业》（1991）和《京江画派研究》（1994）可为代表。前者在个案研究的基础上，紧紧把握因时因地而异的书画创作与欣赏的供求关系，深入讨论 18 世纪扬州新兴的市民文化观念与审美意识潜变，及其在供求关系中对非正统派职业化文人画家选择传统和艺术新变的影响，联系社会文化的背景阐述美术发展而不简单套用相关学科的成果，着重于创作意识、艺术精神的变化又紧密结合着风格形态的演进。第二个方面，是对少数民族美术史、地区美术史与女性美术史的投入。虽然专门的研讨会不多，展览会也仅有“清代蒙古族文物展览”（1993，承德）和“古代女画家作品展”（1996，北京）数例，但却出版了不少研究著作与研究资料，如《中国北方民族美术史料》（苏自召，1990）、《中国古代少数民族美术》（陈兆复，1991）、《中国少数民族美术史》（王伯敏主编，1995）、《西藏艺术》（含绘画、雕塑、民间工艺各卷，1991）、《中国新疆古代艺术》（穆舜英主编）、《楚艺术史》（皮道坚，1995）、《东北艺术史》（李浴等，1992）、《云南艺术史》（李昆声，1995）、《广东美术史》（李公明，1993）、《四川新兴版画发展史》（潘承辉等，1992）、《台湾美术简史》（吴步乃等，1989）、《台湾现代美术运动》（陈履生，1993）、《洛都美术史迹》（宫大忠，1990）等。这些著作有些是史料性的，有些是美术史论著，但或者继承发扬了古代编史的传统，或者按照新时代的需要开创了美术史编纂体例，其中的《中国少数民族美术史》便具有开创新例的意义。该书共六卷，由王伯敏主编，另八位中青年学者合力完成，上起神话传说时代，下迄20世纪90年代，以现有55个少数民族为经，以每一少数民族美术的发展历程为纬，已佚古代少数民族美术则分别情况贯穿其中或写入附编。在文献上钩沉抉微，在遗迹上深入调查，在传记和作品上广泛征集，比较重视各民族美术的特色和演进中的相互影响。内容丰厚，持论矜慎，图版众多，并附有年表、文献书目及索引。虽然对已佚某些古代少数民族美术的开掘因客观条件不足而有待完善，历时的线索脉络从整体上也欠突出，但仍是一部颇得好评的填补学术空白的皇皇巨著。第三个方面是在卷轴书画外，按媒材或功能之异而划分的其他门类美术史，包括壁画史、岩画史、陶瓷史、工艺美术史、园林艺术史、雕塑艺术史、宗教美术史和石窟美术史等，都有新的成果面世，举办了不少展览会，出版了不少著作。就出版著作而言，主要有《中国壁画史纲》（祝重寿，1995）、《中国岩画》（盖山林，1996）、《中国雕塑史》（陈少丰，1993）、《中国陶瓷美术史》（熊寥，1993）、《中国园林史》（任常泰、孟亚男，1993）、《中国宗教美术史》（金维诺、罗世平，1995）、《敦煌佛教艺术》（宁强，1992）、《中国石窟寺研究》（宿白，1996）、《新疆石窟艺术》（常书鸿，1996）、《中国连环画发展图史》（白纯明）、《中国民间年画史论集》（王树村，1991）等。这些研究成果，或重点深入，或系统展开，或吸取新机而别开生面，或积学多年而取精用宏，从不同方面丰富了美术史研究。其中由老中年学者合作的《中国宗教美术史》是我国第一部宗教美术史，在治学方法上也有别于考古专家或美术家的著作而讲求治史的学术性。全书按历史进程分期记述中国宗教美术的源流嬗变，始于原始巫术时代，终于元明清多种宗教美术的并行时期。重视文件载籍与名家，尤重视宗教美术遗存与无名工匠的成就。大体按历史本来面目，以佛教美术为记述主体，把道教美术、伊斯兰教美术和基督教美术穿插其中，在阐释论述中比较注意宗教美术的布教功能、原有仪轨与民间艺术家突破仪轨表现群众感情愿望的关系，佛教美术的中国化与世俗化和佛道合流与水陆画的出现等关键问题。资料翔实，论理审慎，要言不繁，末附中国宗教美术年表，堪称一部填补学术空白之作，在中国宗教美术史的系统研究上具有承前启后的意义。

再一个是重新评价本世纪初以来否定甚多的文人画，特别是几乎全盘否定的文人画正统派，实事求是地恢复其本来面目。对文人画的重新评价，始于1984年纪念元代文人画之首黄公望在常熟举行的学术讨论会，其后，分别举行了较大研讨会的有“吴门画派国际研讨会”（故宫博物院主办，1990）、“董其昌国际学术研讨会”（上海书画出版社举办，1989)、“四王绘画国际研讨会”(上海书画出版社举办，1992)、“倪瓒生平艺术及其影响国际学术研讨会”(无锡市文联等举办，1992)、“赵孟頫国际学术研讨会”(上海书画出版社举办，1995)，配合这些活动也出版了作品集、研究论文集，以至个案研究的专著。其中以明末清初董其昌、四王的学术活动最有代表性，不仅与美术创作界彼时关注本体相呼应，而且与美术界拨开历史迷雾重新揭示董其昌与四王艺术被20世纪文化变革掩蔽的意义相联系，甚至也与国际美术史界的前沿课题相衔接。这两个活动的主要筹划人是中年美术史论家兼画家卢辅圣。他在筹办董其昌活动的过程中，已敏锐地预见到直承董其昌衣钵的四王会理所当然地引起关注。这是因为，以科学民主为旗帜的新文化运动以来，对传统文人画特别是文人画正统派的批判，尽管在反因袭反模古反对脱离物象方面是正确的，但也存在否定一切的片面性，对作为镐失的董其昌与四王画派的评价亦欠公允。基于此，卢辅圣在主持董其昌学术活动后，便着手筹办清初四王活动，并在出席美国“董其昌世纪展”及研讨活动归来不久付诸实施。这一既有古代美术史专家又有近代美术史学者出席的会议，从方方面面实事求是地研讨了四王的成就得失与历史地位，推动了后期美术史研究从一个方面的深入。虽然，在四王的评价方面，学者们仍有尺度分寸之异，但一致论证了四王在董其昌开辟的道路上以学古求新变向着集大成或符号化发展的有效探索和稳健步伐，追溯了四王地位200年来升沉起伏的历史根源，超越了世纪初以来一味批判至多也仅在技法上略有肯定的简单化倾向，从认识艺术本体自身的规律上总结了不以西方写实主义为标准的历史经验。而80年代至90年代初林木相继出版的《论文人画》(1989)和《明清文人画新潮》，也产生了相当影响。

第四是近现代美术史研究的兴起。自从用延续型和开拓型两类画家概括百年绘画的《中国现代绘画史》(张少侠、李小山，1986)出版以来，关于编写现代美术史问题，在《美术》杂志上讨论不断，进入90年代以后，出现了前所未有的活跃。在出版现代美术史著述上，由于学者和出版家的携手合作，不但重视了个别性与资料性，也重视了整体性与学术性，既奉献了一批断代美术史和断代美术专史的著作，也推出了许多名家的系统资料和个案研究成果。在20世纪的美术史和近代美术专史的著述以及专题研究上，主要有《当代中国美术》(王琦主编，1996)、《中华民国美术史》(阮荣春、胡彦华，1994)、《中国当代美术史》(高名潞等，1991)、《中国现代美术史》(吕澎、易林，1992)、《中国新兴版画发展史》(齐凤阁，1994)、《现代版画史》(李允经，1996)、《中国油画百年图史》《现代中国书法史》(陈振濂，1993)、《中国现代书法史》

（朱仁夫，1992）、《民国书法》（王朝宾，1997）、《民国篆刻艺术》（孙洵，1994）、《现代中国画论集》（郎绍君，1995）、《中国画与现代中国》（刘曦林，1997）等，反映近代美术活动与美术传播的《中国美术社团漫录》（许志浩，1992）也同时出版。其中，《当代中国美术》是《当代中国》丛书之一，由美术界老中年著名学者编写，始于1949年，终于1992年，按各美术门类撰写，附有图版与大事记。编者遵循实事求是的态度，用可靠的事实资料如实地记载新中国美术的发展与成就，并用马克思主义毛泽东思想加以总结，便于读者按美术门类了解建国后的美术演进与收获。《中国现代艺术史》由年轻学者合写，始于1979年，终于1989年，是对“文革”后十年美术特别是美术新潮的史实记载与理论描述。该书作者自称全书编写遵循着批判历史主义的主旨，本着“存在就是合理”的原则，在按三个时期的记载评议中强调了精神变革与批判传统，持论未见平实而资料异常丰富。在美术家个案资料的系统整理与研究方面，90年代成果尤多，但凡重要的美术家，尤其是画家，差不多都推出了包括专论与年表的画集，其中许多人还有传记、年谱、文集、研究专著面世。应该提及，在把个案研究与系统出版图录结合为一的尝试中，以郎绍君等人主编的八卷本《齐白石全集》用力最勤。以系列丛书出现的图录与论著，更显示了编著者在总体把握本世纪各门类美术突出成就和代表人物的匠心。邓福星主编的《中国现代美术系列》依据创作实际进行理论概括，材料亦较丰富。

为推动20世纪美术的回顾与研究，几乎所有已故著名画家都举办过展览和研讨会，但规模较大的综合性展览与研讨活动，一是“传统派四大家吴昌硕、齐白石、黄宾虹、潘天寿大展与研讨会”（1992），一是“传统的延续与演进——20世纪中国画研讨会”（1997）。两次活动一脉相承，主要策划人都是现任中国美术学院院长的中年美术史家潘公凯。作为在近代西方文化处于强势下坚持中国画独立发展的潘天寿之子，他清晰地看到了纵贯近百年中国画发展的两条线索，一是引西入中的融合派，一是借古开今的传统派，也清楚地看到了“文革”以前的几十年间，传统派一直处于被挤迫的位置，虽有少数成就卓异的大师得到了某种肯定，但在“文革”中也被彻底否定了。为了实事求是地重新审视百年来的美术嬗变，他和支持者始而以四大家为突破口，初步揭示了传统派不可被融合派所替代的历史地位。后又随着对传统派诸家研究的展开，亲自进行了对西方现代美术、后现代美术的实地考察，因而有条件在1997年的学术活动中把传统派“在挤迫中延伸在限制中发展”的历史处境放到国际文化冲突的大背景上加以反思，把弘扬传统派代表的民族传统作为世界多种文化在互相尊重互相补充中平衡发展的必然来认识，理清了线索脉络，分析了中国画各派的主张与实践的得失，找到了发展 21 世纪中国画的启示。

第五是美术鉴定之学的发展和鉴赏知识的普及。新时期到来之前，书画和其他传世美术作品的鉴定研究有两个特点，一是不与考古发生关系，二是全由文物博物馆界专家从事。“文革”结束以后，法库叶茂台辽墓卷轴山水花鸟画、山东鲁王朱檀墓花鸟画，特别是淮安王镇墓书画的相继出土，一方面初步打破了考古品与传世品在学术意义上的界限，为认识一些时期的时代风格提供了十分难得的依据，另一方面也推动了对时代风格中主流与非主流关系的认识。后者之所以能实现，又与学校中美术史家与博物馆界鉴定家合作培养研究生有关，这一成功事例引发了馆校合作共同培养人才的举措，为学校教育中的美术史教学提出了加强风格学的任务，为在张珩奠定的基础上发展书画鉴定之学，迈开了有益的步伐。但在 80 年代以前，对美术品真伪的鉴定与优劣的评赏，远未向社会普及。90 年代以来，由于艺术投资的兴起，各类美术品的真伪优劣问题引起了社会的广泛关注，反过来又空前地激发了研究者的热情，在不断推出新成果的同时，也完成了不少普及有关知识的著述。其中有些是以丛书形式出现的，或按书画、陶瓷等类别编录各家论文，如国家文物鉴定委员会所编《文物鉴赏丛书》；或按名家汇编其系列文章，如北京燕山出版社所编《当代文物鉴定家论丛》即包括史树青《书画鉴真》、马宝山《书画碑帖史图录》；或在一套丛书中按书法、绘画、雕塑、陶瓷、碑帖、玉器、青铜器、漆器等美术文物门类组织学者撰写，如李学勤主编的《中国文物鉴赏丛书》、吉林科技出版社的《古董鉴赏收藏丛书》和上海书店出版的《古玩宝斋丛书》等。另一些是个人的著述，如《中国书画鉴定基础》《古画鉴赏指南》《古瓷鉴赏指南》《古瓷鉴赏与收藏》《碑帖鉴定浅说》《古玩字画珠宝鉴赏》《中国古玩辨证图说》《珍宝文玩经眼录》和《古玩史话与鉴赏》等。其中陈重远所著《古玩史话与鉴赏》及其《古玩三部曲》(《文物话春秋》《古玩谈旧闻》和《古董说奇珍》)，记述了晚清以来以北京琉璃厂为中心的美术文物市场的珍闻，具有美术文物流通史话的价值，也传播了鉴别真伪的经验。在讲求科学方法的美术品鉴赏研究中，影响最大的活动是两个书画赝品展览及其图录的编写与出版。一个是在 1994 年由国家文物局文物鉴定委员会委托故宫博物院举办的“全国赝品书画展”，该展览由多次参加全国书画鉴定的老专家刘九庵主持，他利用半生的积累和个人研究成果，采取真伪对比的方法，从全国各省 36 个文博单位中选取赝品 156 件与 48 件真迹对照展出，同时编写了《中国历代书画鉴定图录》。这一活动突出了书画鉴定工作中比较研究和讲求实证的方法，吸引了广大公众。其后，辽宁省博物馆亦在老专家杨仁恺的主持之下，以辽宁省公私收藏于1996年举办了同样的展览，该展览不同于故宫博物院的赝品书画展之处，在于既涵括了近代名家的真伪对比，又同时出版了《中国古今书画真伪图鉴》。翌年，这一展览经过完善补充并辅以上海博物馆所藏真迹在沪展出，在原《图鉴》基础上修订而成的《中国古今书画真伪图典》亦一同问世，有效地普及了鉴定知识和经验。

四

综前所述，20世纪的中国美术史研究，在经历三大时期的进程中，形成了五方面既不同于古代，也有别于外国的特点。

从研究人员所受教育、社会身份、供职单位而言，本世纪研究人员以在国内外接受了现代美术教育（不少是美术创作教育而非美术史教育）又服务于高等美术院校的教师为主，既改变了古代以文人士大夫中鉴赏家、收藏家为主的局面，又与西方美术史学者主要接受美术史专门教育而且供职于综合大学不同。这种研究人员的特点，使得美术史研究除去对大众进行美育外，还不可避免地与美术家探索创作方向产生了无法割舍的联系。50年代在创设第一个美术史系时，没有设在北大，而设在了中央美术学院，正是这一特点所导致的必然结局。

从研究资料而言，本世纪以来，面向公众的艺术博物馆成为古代官私收藏无法比拟的美术品收藏与陈列中心，而西方考古方法的引入和大量美术文物的出土，大大地扩展了美术史学者获取研究资料的视野，使之从仅仅依赖文献记载和所见有限的传世美术作品的局限中解放出来，获得了前人无法梦见的对美术演变相对全面而且比较具体的视觉把握。但是由于博物馆和考古界的开放程度包括为美术史研究提供方便的自觉程度都还不及西方发达国家，所以从作品出发的研究之深度广度就整体而论也就难免略逊一筹。

从研究方向而言，因为清末以来西学的东渐，新文化运动以降，新文化观念、新史学思想，包括马克思主义之被美术史学者接受，从而突破了古代美术史著作中向来以为文人名家创造美术史的狭隘观念，突破了美术史研究囿于文人书画史的狭窄范围，开辟了重视无名作者作品、民间美术和工匠艺术的新方向。在这一方面，由于马克思主义指导下对英雄史观的批判，比西方同行学者着手要早，开展的工作也多。

从撰述形式而言，因主要撰述围绕着政府支持的美术高等院校的教材编写，读者对象是未来的美术家和美术教育家，故势必围绕“通古今之变”的目的，以利于美术的发展和文化的变革，所以几乎不再采用明清以来适应鉴藏需要而出现的书画家传和书画著录的形式，也有别西方同行为学术而学术的个案为主和专题为主，而是让美术通史绘画通史变成了贯穿 20 世纪始终的最主要的著作形式。后来随着学术的发展，美术通史的编写已不一定限于教材，但仍是政府最优先考虑支持的项目。

从研究方法而论，本世纪改变了古代重记载、重鉴评的方法，在重建历史上，发展了与西方不无联系的文献考证和考古学的标型方法。在阐述方法上，引进了偏重风格演进的内向观方法和侧重因果关系的外向观方法，但处在社会变革文化变革之中的中国美术史学者很少孤立地静止地去研讨方法，他们与西方同行的一个区别是更多从功能和对象着眼来切入方法问题。因此西方多种多样方法一旦被接纳就会被结合实际加以改造，成为实际上以外向观为主的综合的方法，有关美术风格自身发展演变的内向观的方法，往往还没充分实行，就已经变成综合性方法的一个部分了。

正是这五方面既不同于古代又不同于西方的特殊条件与特殊支撑点的互为表里，左右了 20 世纪中国美术史研究的全局与大势，导致这一领域的研究不能不来自古代却又旨在超越传统，不能不引进西方又立足自主选择。实际上，20 世纪中国美术史研究中反复遇到的大量问题，诸如史与论、文献与实物、传记与风格、实证与观念、宏观与微观、自律与他律、视觉与文化、史实重建与理论阐释、学术自足与经世致用，都离不开因应既来自传统又来自西方的挑战，而成功的经验恰恰在于超越传统却不要断裂，学习西方又不必自失特点，从经世致用出发却要注意学术自足，讲求艺术史作为人文科学却不能忽视其视觉特点。在刚刚进入 21 世纪的今天，中国美术史面临的新情况是，可能会有越来越多的受过国内外美术史教育的专门人才投入研究。这些专门人才接受教育的环境将可能会是综合大学而非美术学院，他们的工作很可能更加学术化和专门化，可能像西方一样与人文学科联系更密切而失去与当前美术的互动关系，他们会随着市场经济中艺术投资的活跃而面对可能越来越多的伪品问题。此外，未来信息社会中研究资料的全球共享，交流合作中研究方法的多元而趋同，都可能使那时的中国美术史研究遇到失去现有优点和特点的更多挑战。这就要求未来的美术史学者更加切忌追随时风，急功近利，而能重视对古代传统和西方美术史学的双向深入，特别是重视国学传统，不仅是文史学的传统，也包括中国美术史传统中可能已被忽视而实际有益的东西，比如那种精密的文献考证的功夫，那种对视觉感悟的体验，对美术实践的谙熟，对视觉语言与文化语言的微妙转化的把握等等。对于西方的研究经验的学习，也宜避免被动的仿效因应，盲目地追求学术时尚，而是立足于体系性的通盘了解之后结合自我研究实际的战略抉择。这样，未来的中国美术史研究就会走向新的境界。

注释：

① 吕澂：《西洋美术史》，商务印书馆 1991 年版。

② 据温肇桐《1912—1949 年美术理论书目》，上海人民美术出版社 1965 年版。

③ 参见姜丹书《姜丹书艺术教育杂著》，浙江教育出版社 1991 年版，第 153 页。

④ 朱杰勤：《秦汉绘画史·自序》，载陈辅国《诸家中国美术史著选汇》，吉林美术出版社 1992 年版，第 1339 页。

⑤⑱ 郑午昌编著，黄保戉校阅：《中国画学全史》，上海书画出版社 1985 年版，第 2 页，第 3—5 页。

⑥ 蔡元培：《文化运动不要忘了美育》，《晨报副刊》1919 年 12 月 1 日。

⑦ 董其昌：《画旨》，载于安澜《画论丛刊》上，人民美术出版社 1962 年版。

⑧㉞ 康有为：《万木草堂藏画目》，台湾文史哲出版社 1977 年版，第 91 页（按：此出版社重印时改名为《万木草堂藏中国画目》）。

⑨ 参见滕固《唐宋绘画史》，上海神州国光社 1933 年版；童书业《中国山水画南北分宗说辩伪》，《考古社刊》1936 年第 4 期；启功《山水画南北宗说考》，《辅仁学志》1939 年第七卷第一、二合期；童书业《中国山水画南北分宗说新考》，载《童书业美术论集》，上海古籍出版社 1989 年版。

⑩⑪⑭⑯ 滕固：《唐宋绘画史》，上海神州国光社 1933 年版，第 10—11 页，第 2 页，第 2 页，第 3 页。

⑫ 陈垣：《吴渔山先生年谱》，北平辅仁大学刊行，1937 年 7 月。

⑬ 童书业：《童书业美术论集》，上海古籍出版社 1989 年版，第 250—251 页。

⑮ 参见梁启超《饮冰室史著四种》，江苏广陵古籍刻印社 1990 年版，第 172 页。

⑰ 滕固：《中国美术小史》，载陈辅国《诸家中国美术史著选汇》，第 930 页。

⑲㉒ 李浴：《中国美术史纲》，人民美术出版社 1957 年版，第 1 页，第 6—7 页。

⑳ 王逊编：《中国美术史讲义》，中央美术学院 1956 年，第 1—2 页。

㉑ 据查，50 年代翻译出版的苏联专家所著的各种美术史著作，如阿尔巴托夫的《文艺复兴时期的美术》等达 10 余种之多。

㉓ 参见蔡若虹《论新年画创作中几个主要的问题》，载《蔡若虹美术论集》，四川美术出版社 1987 年版。

㉔ 启功：《山水画南北宗问题的批判》，《美术》1954 年 10 月号。

㉕ 刘凌沧：《唐代人物画》，中国古典艺术出版社 1958 年版，第 2 页。

㉖ 温肇桐：《美术理论书目 1949—1979》，上海人民美术出版社 1983 年版。

㉗ 滕固：《唐宋绘画史·引论》。

㉘ 《中国绘画三千年》编者为中国方：杨新、聂崇正、郎绍君；美国方：班宗华、高居翰、巫鸿。出版社为：外文出版社、纽黑文—伦敦、耶鲁大学出版社，1997 年版。

㉙ 皮道坚:《应当重视美术史研究的方法论问题——从一个流行的公式谈起》,《美术》1982 年 9 月号。

㉚ 林嘉琳:《美国的中国美术史研究概况》,《美术》1989 年 5 月号;薛永年:《美国研究中国画史方法述略》,《文艺研究》1989 年第 3 期。

㉛ 洪再新选编:《海外中国画研究文选(1950—1987)》,上海人民美术出版社 1992 年版。

㉜ 参见《朵云》,总第 39 期、第 40 期、第 41 期。

㉝ 老专家如王伯敏《王伯敏美术文选》(上、下),中国美术学院出版社 1993 年版;杨仁恺《沐雨楼书画论稿》,上海人民美术出版社 1988 年版;阮璞《中国画史论辨》,陕西人民美术出版社 1993 年版。中年学者如杨新《杨新美术论文集》,紫禁城出版社 1994 年版;郎绍君《现代中国画论集》,广西美术出版社 1995 年版;本人《书画史论丛稿》,四川教育出版社 1992 年版。

(2001 年第 2 期)

西方20世纪文学传统论的形式论倾向

姚文放

一、追求“陌生化”效果

文学传统问题是俄国形式主义的基本问题之一。俄国形式主义的文学传统论是与文学史论密切相连的，它反对俄国历史文化学派的文学史观，强调文学史的发展有其不同于社会史、思想史的特殊规律，那就是文学形式的除旧布新。艾亨鲍姆在总结这一意见时进一步主张“将文学演变设想为形式的辩证延续”，使之成为“新形式的辩证的自我创造”。①

那么，文学形式新旧更替的动力何在呢？这就牵涉“自动化”和“陌生化”这两个关键词。所谓“自动化”，就是指某种语言形式一旦已经为人们所熟知，那么习惯成自然，人们的阅读便会变成无意识的自动的行为，此时感觉便处于迟钝甚至麻痹的状态，从而削弱了阅读的效果，于是往日的警句妙语在今天往往变成了陈词滥调，以至某些文本在特定的时间和地点被视为文学，而在另外的时间和地点就不成其为文学了。所谓“陌生化”，就是打破文学语言的正常节奏、韵律和构成，通过语言形式的强化、重叠、颠倒、浓缩、扭曲、延缓而与人们熟悉的语言形式相疏离相错位，产生令人耳目一新的感觉，把读者从麻痹状态中警醒过来，从而增强阅读的效果。在俄国形式主义看来，这种增强阅读效果的“陌生化”特点也就是使得文学之为文学的“文学性”，其具体做法往往是创造新的语言形式或起用不常用的语言形式来达到这一效果。钱锺书在《谈艺录》中曾以中国古代诗论为例发其奥旨，如唐人司空图说：“知非诗诗，未为奇奇”，金人赵闲闲说：“少陵知诗之为诗，未知不诗之为诗，及昌黎以古文浑灏，溢而为诗，而古今之变尽。”以此印证俄国形式主义的主将什克洛夫斯基所谓“百凡新体，只是向来卑不足道之体忽然列品入流”之说，并作进一步概括：“文章之革故鼎新，道无它，曰以不文为文，以文为诗而已。”②总之，文学形式变革的动力就在于，借助新的语言形式所具有的“陌生化”效果防止阅读在不断重复中滑向“自动化”的必然要求，而文学传统便在语言形式的革故鼎新之中得以延传和发展。

俄国形式主义的另一中坚迪尼亚诺夫进一步指出，对于文学传统应从另一个角度重新加以考虑。人们所说的“老的”“陈旧的”形式，其实就是“自动化”的形式，它们本身并没有消失，只是其功能改变了、衰退了，从主角变成了配角。他举例说，报纸上连载的诗体作品往往用一种早就被抛弃的格律写成，不会有人把它当作“诗”来看待，已经衰退的格律在这里与在真正的诗歌中完全不同，只是一种组织新闻材料的手段，只是发挥辅助性的功能。因此语言形式只有处于一定体系之中，才会产生相应的功能，而同一种语言形式置于不同的体系之中，也就会产生不同的功能。上述“衰退的格律”，其辅助性的功能只是在“报纸上连载的诗体作品”这一体系中形成的，与它在诗歌作品体系中原先具有的功能存在着绝大的悬殊。一个显而易见的事实是，一旦语言形式在新的体系中形成新的功能，它也就获得了一种新的生命，一种新的存在方式，一种延续下去的可能性，它也就成了传统。

二、设置语言障碍

英美新批评是一种典型的“文本中心论”，该学派提出了“意图谬见”“传情谬见”“感受谬见”“文类谬见”等说法，这一系列“谬见”如同一道道栅栏，将作品圈成了一个与外界老死不相往来的独立王国，可见英美新批评所致力建立的是摒除外部联系、仅仅关注作品本身的“文本批评”，因为当它摒除了作品与外界的所有联系，包括起因、意图、情感传达、接受心理等以后，它所关心的“作品本身”也就只剩下了文本形式，因为一旦涉及内容，马上就可能与种种被它摒弃的东西发生联系而沦为“谬见”。与此相关，它将文学的进化仅仅理解为文学形式的演变，主要在语言形式的演变规律之中寻求文学传统的发展机制。

首先要提到的是兰塞姆的“构架—肌质”说。兰塞姆所说的“构架”（structure）和“肌质”（texture）与通常的意思有所不同，“构架”是指作品的逻辑框架，犹如房子的梁柱和墙体，包括情节、故事、梗概等；“肌质”则是指作品的外表装饰，犹如房子墙面上的涂料、壁纸和挂幔，包括韵律、措辞、句法等。总之“构架”主要是指作品的内容，“肌质”主要是指作品的形式。兰塞姆指出，在诗中“构架”是“肌质”的载体，“肌质”是“构架”的包装，但“肌质”并非“构架”的附庸，它有自身的独立意义，而且其价值要比“构架”更大。他据此提出所谓诗的“本体论”，认为它就体现为“肌质”与“构架”的分立。他指出，这二者的分立其意义就在于诗的“肌质”不断以其形式上的曲折迂回甚至朦胧晦涩干扰“构架”的清晰性、明确性，而“构架”则力图排除这种阻力，使自己的逻辑性得到澄明的呈现。这两股力量的抗衡使得诗就像一场障碍赛跑，它不是一路绿灯、畅通无阻，而是刻意设置各种各样的障碍，读者必须花费更多的精力去克服这些人为的障碍，才能真正把握诗。而这里制造障碍主要是通过诗之“肌质”的创新求变而得以实现的，也就是说，诗往往通过韵律、措辞、句法等语言形式的标新立异甚至求险求怪来达到这一目的。总之，在诗中“肌质”与“构架”总是处于分分合合的矛盾状态，“肌质”始而离开“构架”但最终又返回“构架”，有如音乐中旋律与和声的关系。而那些特别具有创意、一开风气的诗，其“肌质”则更加顽强地妨碍着“构架”，加大“构架”的逻辑性呈现的难度，从而破坏人的正常思维，给人带来一种奇特感和新颖感，在这里作为“肌质”的韵律、措辞、句法等语言形式更带有反常规、反惯例、反传统的特点。

与兰塞姆相呼应，爱伦·泰特提出了“内涵—外延”说。泰特所说的“内涵”与“外延”也不同于通常用法，主要是指诗歌语言的意义。他所理解的“外延”是指诗歌语言的“字面意义”，“内涵”是指诗歌语言的“比喻意义”。泰特认为，这两种意义都为诗歌语言之所必备，“外延”使诗歌语言保持概念的明确性和确定性，舍此则将导致诗歌语言的含糊不清和混乱无序；“内涵”则是诗歌在特定语境中通过语言的引申、暗示、变化、语调强弱、排列顺序、情感色彩、习惯用法等所显示出来的意思，它使诗歌语言受到人的思想感情的灌注，变得血脉周流、生气蓬勃，舍此便不能避免干瘪枯萎和僵硬死板。总之，过多“内涵”而缺乏“外延”，或只求“外延”而舍弃“内涵”，都不能成为好诗。一首好诗，在语言使用上必须集字面意义和比喻意义于一身。那么，这两种相互歧异的语言意义如何共处呢？泰特提出了一个恰到好处的创意，即把“外延”（extension）和“内涵”（intension）这两个词的前缀去掉，将其共有的部分变成一个新词 tension。有意思的是，tension 在英语中的原意是“紧张关系”，亦即物理学中所说的“张力”。这一新词恰恰昭示了“外延”与“内涵”在诗歌语言中既对立又统一的辩证关系。诗歌语言的“外延”是相对固定、静止的意义，这是长期以来人们认同和惯用的常规意义，更多传统的东西；而“内涵”则是相对多变、动态的意义，这是随着诗人的主观感受的变化而变动不居、生生不息的意义，也是因诗人所采用的不同语言形式而永在推陈出新的意义，诗歌总是在这两者相互抗衡相互制约的张力中获得意义，而诗人所要做的事就是不断地寻找那种富于意义张力的新的语言形式，而每一次新的发现、新的创造，都刷新了文学传统。

在英美新批评中，值得注意的还有燕卜荪的“含混”说、布鲁克斯的“反讽”说等，其共同特点之一就是寻找和确认改造传统、推动文学进化的内在机制，虽然诸家学说在具体取径上往往有别，但都只在文学作品的语言形式上做文章，而被他们视为独得之秘甚至为之自鸣得意的种种发现也无非是变更甚至扭曲语言形式，设置种种语言障碍，以增加阅读和理解的难度，从而获得一种新鲜感和奇异感，最终使得作品的个性、风格和特色发生变化。

三、在形式中复活的“原型”

原型批评的创始人荣格认为，在文学创作中总是潜藏着一个较之个人无意识更为深邃也更为神秘的精神层面，即“集体无意识”，它是与种族的历史相连、通过遗传而形成的，它潜藏着祖先千百万年的经验积淀。“集体无意识”的内容即“原型”（archetypes）。原型像核心一样将相关的经验凝聚整合为“情结”，形成一股心理能量“利比多”，这种本能的心理能量通过“象征”转化为服务于人类的工作，文学艺术就是这种“象征”之一。正是“象征”，实现了人的本能能量向文化价值和精神价值的转化，也促成了文化传统以及文学传统对于具体文艺作品的介入。荣格认为，艺术家不是“个体的人”，而是“集体的人”，整个种族的声音在他的胸中回荡，他总是用一种比自己的声音更强的声音说话，他的存在和活动超越了偶然和暂时而走向了永恒，种族的命运融入了他个人的命运，这正是艺术家伟大和不朽的奥秘之所在，也正是艺术的感人魅力之所在。在这个意义上可以说，艺术家及其作品的命运，无不为文学传统所左右。荣格进一步指出，原型作为一种文学传统，最初只是一种先天倾向或潜在的可能性，只是一种不具内容的抽象形式，他曾识别和描述过许多原型，如出生原型、死亡原型、力量原型、巫术原型、英雄原型、魔鬼原型等，这些原型无论何时何地都是普遍存在的，它们提供了精神活动的某些确定形式，有如一个个“母题”，或独行其是或相互结合，为后来的文学提供范式。

步荣格之后尘影响最大者当推诺思罗普·弗莱。弗莱反对浪漫主义将诗视为诗人的内心表现和个人独创之产物的观点，认为诗就像新生婴儿一样，是由先天的遗传和后天的环境所决定的，是在许多命定的联系和交流中诞生的，在它的背后终究是“原型”在起作用。弗莱认为，原型是可交流的单位，它不断地重复出现，通过它能够将个别诗作纳入整个诗歌系统中去。因为原型贯穿于从古到今文学发展的总体进程之中，从而成为古今文学藉以相互沟通的渠道，也成为文学作品之间相互联系的纽带，它是文学的整体系统得以建立的基础。在这个意义上说，原型构成了具体文学作品的基本处境和定位标准，只有找到隐藏在具体作品背后的原型，揭示这种原型对作品的潜在影响，才能真正理解这部作品。弗莱所说的“原型”也就是文学传统，他自己说得清楚：“说是一个原型，我的意思是指一个文学的象征，或者一组象征，由于它们在整个文学中经常被运用，而变成具有传统性了。”[③]可见文学传统论仍是弗莱“原型说”的焦点。

弗莱所理解的原型或文学传统也侧重于形式，但又有自己的特点，他是从两重意义上展开对于文学传统的形式化研究的。其一，弗莱认为在具体文学作品背后起作用的原型只是一种文体传统，它与种种外部条件无关，只是文学本身的事，但又不涉及文学的内容，只与文体形式有关，是特定的文体传统决定着具体的文学作品。例如诗歌只能产生于其他诗篇，小说只能产生于其他小说。其二，弗莱认为文学的发展呈现为一种有规律的循环运动，与自然界的循环周期各阶段一一对应：喜剧对应于春天，表现人的诞生和复活；传奇对应于夏天，表现人的成长；悲剧对应于秋天，表现人的衰老；反讽和讽刺对应于冬天，表现人的死亡。弗莱觉得这种有规律的循环运动为文学的程式化研究提供了便利，可以预测在某个阶段就必然会有某种原型出现并成为主流，这就使得原型对于文学发展的潜在支配作用成为一种有规律、可预见的东西。

四、文学传统作为文本结构

罗兰·巴特说过一句话：“我们无疑必须回到诸如能指 / 所指、共时性 / 历时性等对偶，以便了解使结构主义与其它思维方式相区别的东西。”[④]这不仅是了解结构主义文论的一般理论，而且是把握其文学传统论的一把钥匙。这就必须追溯到瑞士语言学家索绪尔和俄国形式主义文论家雅可布逊，索绪尔和雅可布逊所建立的横组合 / 纵组合、转喻 / 隐喻、共时性 / 历时性等的“二项对立”原则，意在构建那种纵横交错的语言结构，以谋求其弃绝一切外部联系的独立自主性。继起的结构主义文论则以此为出发点，形成了两个理论取向，一是继续探索文本结构的内部构成，一是寻找文本结构所依托的更大结构。后者便构成了其文学传统论。

罗兰·巴特在《作者之死》一文中指出，文学传统是作者跳不出的手掌，任何写作都无法走出文学传统的巨大投影，因此文本不是仅仅传达作者旨意的一长串词语，而是一个多维空间，其中各种各样的文字相互混杂碰撞，却没有一个是独创的，文本往往由许多引证编织而成，它们来自文本之外的众多文化源头。罗兰·巴特对此作了一个绝妙的比喻：作者用来表达内心的文本“只不过是包罗万象的一种字典，其所有的字都只能借助于其它字来解释，而且如此下去永无止境”⑤。也就是说，具体的文本结构必须由文学传统来为它作注解。而文学传统是多重性的，它决定了文本结构的多重性，但这多重性终究汇聚在一处，那就是读者，因为读者是文本中所有引证部分的归宿，文本结构的多重性终究要凭借读者的解读行为来揭示。然而以往的批评从未眷顾过读者，眼中只有作者，这是一个历史的颠倒，现在是将其重新颠倒过来的时候了，“读者的诞生应以作者的死亡为代价来换取”。

罗兰·巴特的见解在乔纳森·卡勒那里得到了更为清晰更为深入的表述。卡勒明确指出，结构主义的宗旨就在于：“为了理解一种现象，人们不仅要描述其内在结构——其各部分之间的关系，还要描述该现象同与其构成更大结构的其他现象之间的关系。”⑥这“更大结构”就是惯例和常规，就是文学传统。卡勒从平常的语言交流说起，指出人们在使用语言时，总是采用某种形式将语言所涉及的更多东西表现出来，将这一模式移到文学，便会得出同样的结论，“文本之可能成为诗歌，是因为在传统中存在着某些可能性：它的写成和其他诗歌有关”⑦。另外，当人听到一个语音序列时，之所以能够赋予它一定意义，是因为他把有意识或无意识的知识储存带了进来，他以往对于语音、句法和语义系统的掌握使他能够对哪怕是第一次遇到的语句作出结构性的描述和阐释，如果他不具备这种已被内化的知识储存，那么这一语音序列对他来说就可能毫无意义。因此说到语句的结构就不能不涉及暗中决定着这一语句结构的知识储存。同样，读者将一个文本作为文学来阅读时，总是要把对文学的固有理解和阅读惯例带到阅读行为中来，这种固有理解和阅读惯例会告诉他从文本中寻找什么。因此要阅读一首诗，就必须“将这首诗与诗歌传统中的常规结合起来加以证实”⑧。据此卡勒认为，结构主义并不仅仅关注那种带有个人性质的文本结构，它更关注文学传统的非个人结构产生意义的各种可能性。

与前二人相比，朱丽娅·克利斯蒂娃的贡献主要在于吸取前人的观点提出了“互文性”（intertextuality）的概念，她认为，文本就像是许多引文的镶嵌物，它是其他文本的一种转换和衍生，因此文本的意义取决于它与其他文本之间的相互作用，这就是“互文性”。于是就有了两个“文本”，一是“现象文本”，这是当下的具体文本，它只与语词的构成有关；一是“生成文本”，这是潜在于“现象文本”背后并显现于“现象文本”之中的，克利斯蒂娃称之为“意指系统的生成过程”，也就是意义的生成机制，因此也把它叫作“文本”，虽然它并非一般的语言现象。她更重视这种“生成文本”。由于“生成文本”沉积着厚重的历史记忆，所以当“现象文本”与之建立联系、形成网络时，便将历史、文化和传统引进了自身。进而言之，如果同一个“现象文本”依托于不同的“生成文本”，亦即放在不同的历史、文化和传统的背景之前，那就会呈现出不同的价值和意义，构成“符号多价性”或“一词多义性”。⑨

值得注意的是，结构主义不是将文学传统当作一个具有实际内容的巨大的历史存在物，而是将其视为一种语言现象、一个文本结构，尽管结构主义一直对文学传统生成意义的可能性予以高度重视，但只是将其视为一个与当下的文本结构相对待的预成的文本结构，在这两个文本结构的对话之中寻求这种可能性，因此在结构主义的兴趣中，文学传统失去了实际历史内容，只是成了一种形式而已。

五、在形式感中与传统遇合

接受美学认为，文学的许多基本问题，都必须联系文学接受才能得到理解，同样，文学传统只有在接受活动中才能得到延续。尧斯说：“传统不可能自我延续，它有赖于（后代的）接受的情况……甚至经典性的范文也只出现在接受它们的场合中。”⑩

那么，为什么文学传统能够在接受活动中得到延续呢？尧斯认为文学接受有共时性与历时性两个方面，共时性方面是指文学作品中的语音、词汇、句法、题材等所构成的关系系统，这是一个相对静止的结构，是文学接受的出发点。历时性方面则是指一定文学作品在接受过程中被阐发的各种意义连缀而成的历史，相当于现代阐释学所说的“效果历史”，构成一个无限向前延伸的过程，这是一个动态的结构。尧斯认为在文学接受中这种静止的结构与动态的过程不仅不相排斥，而且可以相互补充，文学接受只有从共时性转向历时性，才能真正揭示文学作品的意义。这就是说，必须把对作品的解读与文学传统结合起来。

尧斯声明这一思想来源于布拉格结构主义。他说：“布拉格结构主义将作品的结构理解为文学史中更高一层结构的组成部分，这样便形成了作品与规范之间‘张力’运动的过程，这种‘张力’还存在于文学作品的历史系列与变动不居的审美规范系列或时尚众好之间。”[11]尧斯所说的“规范”或“审美规范”就是指文学传统，它们往往是在文学接受中得到延续的。引起尧斯重视的是布拉格结构主义所倡导的“动态结构主义”，它主张将作品的结构放到更高一级的历史结构之中去考察，使作品在“结构相关”中达到历史的深度和广度。其代表人物穆卡洛夫斯基说：“在文学和艺术的历史和理论中，我们不仅要观察其内在的艺术形式以及作为结构的发展过程，而且要观察此结构与其它现象、尤其是与心理性或社会性的现象之间的关系。”[12]这就是说，任何作品都必须放进更高一级的历史结构之中去考察。可见穆卡洛夫斯基等人虽是结构主义营垒中人，但其所论对结构主义营构那种与外界老死不相往来的文学作品之结构的非历史主义倾向恰恰起到了致命的消解作用，其所谓“结构相关”原则凿破了那种封闭自守的结构之障壁，将理论的触角伸向了更加深广的社会历史领域，伸向了文学传统的领域。因此有人在评论穆卡洛夫斯基等人的观点时这样说：“结构主义含有一种关于意义的社会性和历史性理论的萌芽。”[13]布拉格结构主义的这一突破正为接受美学把文学接受的共时性与历时性结合起来输入了理论依据。

进一步的问题是，文学传统如何在接受活动中得到延续呢？尧斯赞同俄国形式主义的观点，认为文学传统的延续就是新形式不断替代旧形式的过程：新作品的崛起以先前的或已完成的作品为背景，它作为一种成功的形式达到了一个文学时期的高峰，但由于被迅速地再生产而变得让人习以为常。直到后来的新形式破土而出，它自己便又变成了一种过时的形式而落入无人问津的境地。尧斯认为这一“文学演变”原则正揭示了文学史发展的规律，因而予以高度的评价：“‘文学演变’的形式主义理论无疑是文学史革新中最有意义的尝试。”[14]然而在尧斯看来，文学史的发展演进最终仍与文学接受有关，与接受者的形式感有关，用他的话来说，就是把关于文学史的历史性理解“局限在文学的感知上”。正是在接受者的形式感或“感知”的作用之下，文学传统的延续呈现出种种情况，一是一旦新形式产生，便成为衡量所有形式的标准，而那些过时的形式则退入了背景而不再为接受者敏锐地感知。二是某些新形式在崭露头角时，其艺术特征往往不能被人们立即感知，只有随着时间的推移逐步为人们所认同。三是新形式的产生反过来促进人们对于旧形式的认识，使得人们重新感知到旧形式中那些以往被忽略或被误解的东西。因此可以说“一种新的文学形式重新打开通往被人遗忘的文学的途径”[15]。由此可见，接受美学十分重视的文学传统主要由文学形式构成，而文学传统的更替也就是文学形式的变迁，这主要靠人的感知去把握和应对。

六、小结

通过以上对于俄国形式主义文论、英美新批评、原型批评、结构主义文论、接受美学等西方20世纪文学理论重要流派的梳理和分析，可以见出文学传统论乃是这些流派的核心问题，而其贯穿始终并形成特色的则是一种形式论的倾向。例如俄国形式主义将文学传统的延续理解为新旧形式的更替，特别是语言形式的更替；英美新批评则探讨了新的语言形式的形成机制；原型批评将文学传统设定为潜在于具体文学现象背后预成的“原型”，并将其作为一种不具内容的抽象形式或程式化的结构来看待；结构主义文论则把文学传统看成一个不断与具体作品的文本结构进行对话的更大的文本结构，致力在这场对话之中寻求生成意义的可能性；接受美学则沿用俄国形式主义的概念和命题，认为文学传统在文学史中的延传主要表现为文学形式的革故鼎新，进而将这种形式的演变与接受活动联系起来，认为在其中起到关键作用的是接受者的形式感。总的说来，这股强大的形式主义文学传统论潮流有以下特点：

首先，俄国形式主义乃是这股形式主义文学传统论潮流之始，它在许多方面都起到了首开风气的作用。俄国形式主义以“自动化”与“陌生化”这两个范畴为支点，将“文学性”问题与“文学史”问题联系起来，将“文学性”归结为推动文学传统不断得到延续的语言形式创新问题，为其后西方的文学传统论开辟了新的思路，此后英美新批评、原型批评、结构主义文论、接受美学其实都是沿着这一思路向前走的。因此许多论者指出以后诸家文论派别与俄国形式主义之间存在着切近的亲缘关系，如罗伯特·肖尔斯说：“结构主义的某些方面是形式主义者的思想和方法直接的、历史上的发展。”[16]这是符合事实的。

其次，俄国形式主义以及其他诸家文论派别十分重视的“陌生化”问题主要是从读者反应和阅读心理的角度立论的，它要解决的问题是如何引起读者的阅读兴趣并据此在文本形式上作出相应的调整和变更，这乃是文学之为文学的第一要义。另外，俄国形式主义针对斯宾塞等人关于风格的形成在于在审美活动中“节约心灵力量”的观点而提出异议，认为风格的生成恰恰在于“陌生化”效果造成审美活动中神经能量的超量消耗，这也是从读者反应和阅读心理而得出的结论。可见20世纪西方文论从一开始就理下了从“作者中心论”“作品中心论”往“读者中心论”转向的伏笔，因为所谓“陌生化”首先是让读者感到“陌生”，然后才是作者和作品如何适应读者的这一心理需求而作出调整的问题。

再次，在西方 20 世纪形式主义文学传统论潮流中还可以发现这一现象，即在不同派别的价值取向上有一微妙变化，起始俄国形式主义、英美新批评主要探讨变革文学传统的有效途径，其后原型批评、结构主义、接受美学则取了一条相反的路径，大力肯定文学传统的重大意义，确认文学传统的深厚底蕴乃是文学史发展必要的背景和前提。虽然这两者都是在语言形式或文本形式中寻求答案，但是从否弃传统到认同传统，这一价值取向的转变说明形式论最终势必突破孤立的形式之围城，到更大范围内去寻找立论的根据，在这里恰恰传递出这股强大的形式主义潮流即将走向衰歇的讯息。

第四，与历史上曾经出现过的种种形式主义一样，西方 20 世纪的形式主义文学传统论在理论上也遇到了难以自圆其说而导致其自我消解的尴尬。比较突出的是结构主义。实际上结构主义打一开始起，就埋下了日后使自己遭到颠覆的种子。索绪尔、雅可布逊编织纵横交错的语义关系网，其初衷在于确证语言结构独立于外部世界的自恰性，但在这一点上恰恰事与愿违，在纵横两根意义轴上建立的语义关联无不通向外部世界，通向现实、历史和文化，通向文学传统。其后卡勒所说的“更大结构”，克利斯蒂娃所说的“互文性”，以及穆卡洛夫斯基所说的“结构相关性”等，在客观上对于结构主义的主旨都起到了釜底抽薪式的消解作用，它们借助于具体文本与历史、文化、传统等更大文本之间的命定联系，凿破了结构主义所构想的文本结构的封闭式外壳，肢解了结构主义所设定的文本结构内部的整一性构造，揭示了这样一个事实，具体文本结构不可能成为与外部世界老死不相往来的独立自主体，在其背后始终有文学传统在起作用，具体文本结构的意义总是受到文学传统的规定。这一结论的破坏力无疑是巨大的，它击碎了结构主义的“结构之梦”，导致了那种被臆想为天衣无缝、完满自足的文本结构的崩裂和瓦解，而文本结构分崩离析之时，也就是结构主义轰然倾覆之日。

最后，正像任何思想史的进程都会结出丰硕的成果一样，西方 20 世纪的形式主义文学传统论也留下了许多值得进一步深入探讨的命题、原则、概念、范畴和方法，不仅为建立更加深刻全面的文学传统论提供借鉴，而且极大地丰富了一般文学理论，例如俄国形式主义关于“百凡新体，只是向来卑不足道之体忽然列品入流”的思想，英美新批评关于文学真理与科学真理、文学文体与科学文体的区分，结构主义总结的横组合与纵组合、转喻与隐喻、共时性与历时性的“二项对立”原则，以及“互文性”“结构相关性”等概念，特别是在文本结构与其背后更大结构的对话中去理解文学现象的研究方法，都以丰富的理论内涵给我们以深刻的启示，作为一种可贵的精神积累与我们同行。

注释：

① 鲍・艾亨鲍姆：《“形式方法”的理论》，载茨维坦・托多罗夫编选《俄苏形式主义文论选》，蔡鸿滨译，中国社会科学出版社 1989 年版，第 51 页。

② 钱锺书：《谈艺录》，中华书局 1984 年版，第 29—35 页。

③ 诺思罗普・弗赖伊：《文学即氛围：弥尔顿的〈吕西达斯〉》，王逢震译，载戴维・洛奇编《二十世纪文学评论》下册，上海译文出版社 1993 年版，第 123 页。

④ 巴尔特（即罗兰・巴特）：《结构主义—— 一种活动》，载伍蠡甫、胡经之主编《西方文艺理论名著选编》下卷，北京大学出版社 1987 年版，第 464 页。译文按原意略有改动。

⑤ 罗兰・巴特：《作者的死亡》，载《罗兰・巴特随笔选》，怀宇译，百花文艺出版社 1995 年版，第 305 页。

⑥ J. 库勒（即乔纳森・卡勒）：《文学中的结构主义》，载《西方文艺理论名著选编》下卷，北京大学出版社 1987 年版，第 533 页。

⑦ 乔纳森・卡勒：《结构主义诗学》，转引自特伦斯・霍克斯《结构主义和符号学》，瞿铁鹏译，刘峰校，上海译文出版社 1987 年版，第 163 页。

⑧ 乔纳森・卡勒：《结构主义诗学》，载拉曼・塞尔登编《文学批评理论——从柏拉图到现在》，刘象愚、陈永国等译，北京大学出版社 2000 年版，第 405、406 页。

⑨ 朱丽娅・克里斯蒂娃：《诗歌语言的革命》，载拉曼・塞尔登编《文学批评理论——从柏拉图到现在》，北京大学出版社 2000 年版，第 450 页。

⑩⑪ 尧斯：《作为挑战的文学史》，转引自佛克马、易布思《二十世纪文学理论》，林书武等译，生活・读书・新知三联书店 1988 年版，第 155 页，第 160—161 页。

⑫ 穆卡洛夫斯基：《诗学篇》，转引自佛克马、易布思《二十世纪文学理论》，生活・读书・新知三联书店 1988 年版，第 160 页。

⑬ 特里・伊格尔顿：《文学原理引论》，刘峰译，文化艺术出版社 1987 年版，第 130 页。

⑭⑮ H. R. 姚斯、R. C. 霍拉勃等：《接受美学与接受理论》，周宁、金元浦译，滕守尧审校，辽宁人民出版社 1987 年版，第 42 页，第 43 页。

⑯ 罗伯特・肖尔斯：《结构主义与文学》，孙秋秋等译，春风文艺出版社 1988 年版，第 112 页。

（2002 年第 1 期）

宋艺术论

廖　奔

一

宋代是中国历史上版图狭小的一代。尽管汉唐辽阔幅域的掠影还飘荡在回忆里，但已经转化为宋人心理上挥之不去的悲凉情结。宋朝成为历史上最为软弱的王朝，不但再也没有汉人开边拓土、勒石燕然的气概，也丧失了唐人“但使龙城飞将在，不教胡马渡阴山”（王昌龄《出塞》）的胆魄，甚至连燕然、阴山本身都成为意念中遥远而不可企及的地域概念。在宋人“无可奈何花落去”（晏殊《浣溪沙》）的整体悲剧氛围中，虽然还未曾泯灭“待从头收拾旧山河”（岳飞《满江红》）的个体壮勇，也已经染上了“知不可为而为之”的浓郁悲凉情绪。

外部世界给宋人带来的心理影响是深刻的，它使宋人失去了汉唐那种博大、开阔、外向、奋发的眼界、胸襟、抱负与理想，变得畏缩、胆怯、内荏、羸弱，收回了对于外界投注、企盼、搜寻的目光，转为对于内心的反视、内省、调息与自控。宋人这一精神趋势，虽然是直接由宋代的社会环境所决定，但却恰与中唐以来中国社会所发生的一场重大思想和观念变革相连接、相鼓荡，因而获得了极大的能量。

宋代是中国传统思想观念转折的时期，由于时代与客观环境的变迁，宋人开始形成新的哲学意识、新的思想方法和新的处世态度。从心理意象看，宋人静弱而不雄强，幽微而不开朗，收敛而不扩张。从行事倾向看，宋人重文轻武，不追求外部事功，重在内在修养。从行为方式看，宋人喜好坐而论道，多议论而少决断，缺乏行动能力。从行为准则看，宋人推崇沉稳庄重老成，反感轻举躁进。在这种趋势的支配下，宋人最终走向文化心理的封闭、内倾与保守。宋人文化心性的奠定取决于当时文化环境的变迁，而这种心性又对于宋代文化达到辉煌顶峰起了决定性的作用。

中国文化的进程由鼎盛期的唐代过渡到转型期的宋代，由开放的唐文化过渡到封闭的宋文化，由古典文化的峰巅过渡到近代文化的滥觞，完成了一次历史转折与精神递嬗。唐人恢宏阔大、博约高涨、豪放外向、爽朗自信的气魄从此失去，代之而起的是宋人克制自持、含而不露、温文儒雅、谨小慎微的心理品性。人们所追求的人生理想不再是唐代的出将入相、金戈铁马、高歌凯旋、轰轰烈烈的外部功业，转而为一种琴棋书画、诗礼弦歌、调息养气、宁静自适的内在充实。人们的审美情趣不再关注于大漠孤烟、长河落日，变为对于幽径深庭、飞花落红的挂牵留恋。人们的心理性格不再对于陌生事物产生好奇与兴奋，而停驻于感受日常熟悉事物的亲切与温馨。外部世界仿佛与己无关，人们躲在封闭的内心天地里，用天理调整着自己的思维、行为，调节着自己的心理平衡。这种封闭式的心理特征，虽然不利于国力的强盛，却有利于精神的深邃发展，有利于艺术的创造，因而后者的成就也就体现为宋代的突出特色。

宋代艺术有两个明显的特点：一是繁荣的市民文化消费生活带来通俗文艺的极端兴盛，后世一切通俗文艺品种几乎都在此时产生，小唱、鼓子词、诸宫调、词话、讲史、说经、杂剧、南戏、傀儡戏、影戏、版画、招贴画、话本、剧本、词曲本、小泥塑，应有尽有，这在中国艺术史上造成一个大的转折；二是丰裕和有闲使得士大夫阶层充满精力，庄、禅、理的作用使其心境清简，于是他们把目光投向艺术，发挥出极强的创造力，对于古典艺术作了全面的总结与完善化，同时又撷取市井艺术的精华而开辟出生机勃勃的新境界。宋代艺术的延展趋势被金朝拦腰切断，士大夫流入民间，始注意结合民众的审美趣味进行创作，于是新的审美风气出现，预示着之后的大转机——士大夫艺术与通俗文艺的结合。

二

由于社会条件的变化，宋代艺术发生了深刻的嬗变，这一嬗变由五代艺术的基础发展而来。五代十国艺术主要承袭了唐代的余韵，其中又分为二途。北方政权皆为胡姓，一心盯注代嬗攻伐之事，既无唐王的文化修养和旨趣，又无其裕如心境，成为形而下的朝廷，除了爱好通俗文艺如优戏之类以外，缺乏艺术建树。南方政权大不一样，特别是南唐、西蜀等朝廷，其国主通常具有较高文化艺术修养，例如南唐李璟、李煜都是极好的词人，西蜀王建则是乐舞爱好者，由于其统治地域偏安一隅、相对稳定，聚集了一大批艺术人才，保存了众多唐代的风物文化，又痛感国运日衰、气数殆尽，因而朝欢暮乐、醉生梦死，耽于粉饰太平的靡靡之音，一时艺术大盛，人物画、花鸟画、花间词、二主词俱擅一时之名，宫廷宴乐、优戏表演也得到长足发展。只是由于气运不正，其艺术气质琐碎萎细、浮丽华靡、虚晃雕饰，令人有“梦里不知身是客，一晌贪欢”（李煜《浪淘沙令》）的感喟。

北宋统一，雄心大涨，“一轮顷刻上天衢，逐退群星与残月”（赵匡胤《咏初日》）。然而毕竟国土不广、气势乏振，又耽于歌舞升平，搜罗得十国宫廷宴乐伎艺工匠尽集朝中，因而晚唐五代以来形式浮华、内容贫瘠的审美习尚在宋初仍然沿习流行，御用文人讴歌盛世，杨亿、刘筠等台阁大老们以雕章丽句为能事，形式主义的“西昆体”诗派统治诗坛，画坛上则院体画派独擅盟主，投合统治者趣味，以图写珍禽瑞鸟、奇花怪石为能事，富丽新巧，缺乏生机。当然，由于时运改变，绘画在画种方面开始发生变化，如唐、五代占重要分量的人物画退位，花鸟画、山水画跃据统治地位，院体画花鸟，文人画山水，院体画与文人画开始角逐，各自推出了自己的代表人物与画风，花鸟有“黄筌富贵，徐熙野逸”，山水有荆、关、范、李、董、巨的“南北宗”；卷轴画增多，壁画则逐渐沦为工匠之作，为文人画家所不屑。北宋中期郭若虚敏捷注意到了当时绘画题材发生的这种改变，在他的《图画见闻志》里指出：“若论佛道、人物、仕女、牛马，则近不及古；若论山水、林石、花竹、禽鱼，则古不及近。”题材的变化反映了创作者美学观念的转变，透示出一种从重人事到重自然的倾向。

北宋中期承平百年以后，随着国力的恢复与社会矛盾的逐渐尖锐化，浮靡艺术再不能满足时代心理的需要，一些上层文人如范仲淹、欧阳修、王安石、苏轼等人在文艺领域内掀起有声势的革新运动，诗文词画的风气从而为之一变，诗尚朴质，文尚缜密，词尚清新，书尚意态，画尚简括，平淡之风于是代替了奢靡之风，成为时代趋势。一时之间，艺坛之上云蒸霞蔚，大家迭出，精品泉涌，蔚为一朝之盛。古文有欧（阳修）、王（安石）、曾（巩）、苏（洵、轼、辙），诗有苏（舜卿）、梅（尧臣）、王（安石）、黄（庭坚），词有晏（殊、几道）、柳（永）、秦（观）、周（邦彦），山水画有郭（熙）、米（芾），人物画有李公麟，花鸟画有崔（白）、吴（元瑜），书法有苏（轼）、黄（庭坚）、米（芾）、蔡（襄）。其中一位划时代的巨星苏轼，更是集众艺之长、聚百卉之晶，在诗文书画词艺各个领域都卓然独立，开文人画之风，扛古文之鼎，拓诗词之境，成为中国文化史上的一代天骄。文人写意画的兴起与尚意书法的流行是这个时期艺坛发生的重要事件，这是士大夫阶层将自身审美情趣与审美理想注入艺术领域的杰作，他们在绘画书法中“以意趣为宗”（谢肇淛《五杂俎》），大胆突破法度的限制，随意挥洒，“聊以写胸中逸气”（倪瓒《书自画竹》，载《倪云林先生诗集·附录·杂著》），苏轼所谓“醉时吐出胸中墨”，用山水画表现“林泉之志，烟霞之侣”（郭若虚《图画见闻志》），用书法表现人品气韵，推崇野逸幽静、萧条淡泊的艺术情怀，从此奠定中国书画艺术中一支重要而成就斐然的流派。

北宋中期到北宋末，随着城市商业文化发展，市井艺术创作达到了空前高涨。以往只在宫廷广厦、文人书斋中进行的艺术创作，被搬到了闾里民间、勾栏瓦舍，各类小唱嘌唱传踏唱赚曲词、鼓子词诸宫调传奇、杂剧影戏傀儡戏剧本、小说讲史说三分说五代史话本，如雨后春笋般涌现并在市场上印卖，在勾栏里演出。艺术表演从宫廷贵族的红氍毹上走入民间勾栏，各类伎艺里都产生一批“诚其角者”（《东京梦华录》卷五）的著名表演艺术家，独享绝技，各领风骚。其中杂剧艺术异军突起，成为众伎之中最受注目与欢迎者，从日常演到年节，从瓦舍演到宫廷，成为民间和朝廷活动都不可或缺的艺术样式，从而招致一些主张谨守古法的士大夫的抨击，北宋太学博士陈旸于徽宗建中靖国元年（1101）献上《乐书》二百卷，其中称：“圣朝尝讲习射曲燕之礼，第奏乐行酒进杂剧而已，臣恐未合先王之制也。”（《乐书》卷二〇〇）然而时代风气的浸染，并不以人的意志为转移。市井生活的内容影响到绘画，促成了界画与风俗画的兴盛，尤以张择端气势磅礴、工稳细致的《清明上河图》长卷为突出代表，画中所描绘的12世纪初期宋朝都城汴梁的城市面貌：店铺林立客栈丛集、水陆货运源源不绝、街市拥挤贸易万千、士庶齐至闲人游荡、摊商拦道小贩叫卖，一派熙熙攘攘的繁华市景，一团郁郁勃勃的民俗之气，开创了中国绘画的盛景绘派。

南宋山河破碎，民众和士大夫强烈的爱国热忱与民族情绪导致南宋豪放型诗风词格的出现，张元干、张孝祥、岳飞、辛弃疾词，陆游、范成大诗，悲歌慷慨、壮怀激烈，一改此前诗风的萎靡空洞、词风的细琐羸弱。即使是婉约词派代表李清照，也有“生当作人杰，死亦为鬼雄。至今思项羽，不肯过江东”（《夏日绝句》）这样豪壮的绝句出现。北宋时期“扫千里于咫尺，写万趣于指下”（刘道醇《圣朝明画评》）的水墨山水画，则因为南宋的沦为半壁河山而一转成为“残山剩水”，视界从全景到边角，幅面从巨帙长卷到纨扇册页，出现了夏“半边”、马“一角”式山水，“画家虽以剩水残山目之，然可谓精工之极”（屠隆《画鉴》）。

南宋偏安和东南城市的畸形繁荣，保证了市井艺术的继续兴盛并熟透。小市民对于逸事奇闻的兴趣有增无减，于是勾栏伎艺都在这个方面一竞短长：诸宫调是“编撰传奇灵怪入曲说唱”，覆赚是“变花前月下之情及铁骑之类”，说话被按照内容分为“四家”：“小说谓之银字儿，如胭粉、灵怪、传奇。说公案，皆是扑刀杆棒及发迹变泰之事。说铁骑儿，谓士马金鼓之事。说经，谓演说佛书。说参请，谓宾主参禅悟道等事。讲史书，讲说前代书史文传、兴废战争之事。"（灌园耐得翁《都城纪胜》）在这种趋势导引下，南宋艺坛终于发生了一件开天辟地之事：成熟的舞台戏曲样式——南戏正式形成。南戏之初，将笔锋对准了人世命运的悲欢离合，《王魁》《赵贞女蔡二郎》《张协状元》一类剧目得以盛演，成为当时科举制度破坏正常人伦关系的社会投影。风俗画在南宋初达到大盛，城郭、集镇、街市、舟桥、车马、客商、仕女、货郎、婴戏、耕织、放牧、村医、村学，内容应有尽有。这种市井小民的艺术，直接影响了元明清插图画和年画的兴起。

由于气势所限，宋代艺术在整体上透出"弱小"二字，然而文化生活质量和人的艺术素质的提高，推动了艺术朝向精致细密的方向发展，精巧性成为宋代艺术的基本面貌。宋词缺乏阔大浑厚的底蕴，境小而狭，却意尖而新，情境与日常生活也更贴近更亲切，人们各种复杂细腻的心境意绪都通过微妙精细的景物比兴，客观传神地表达出来。唐代宫廷十部乐和立部伎、坐部伎的宏大乐部组合消失了，转为宋朝一再缩减最终甚至取消的教坊乐，声势浩大规模宏巨的大曲乐舞到了宋代只剩下零星"摘遍"演奏，然而从高庭广厦转到垂幕低帘，从钟釜齐鸣转为浅斟低唱，从宏大的队舞操练转成个体的轻扬舞袖，大曲摘遍出来的慢、引、近、曲破被细搓密揉为柔情如水的抒情段子。

人们注重物质与文化生活的环境与质量，追求精美细致。无论是瓷器、漆器、玉器、金银器、木器、丝织品、砖雕、石刻，皆研琢雕饰，精益求精，其装饰格调一洗唐代的自由奔放、豪迈壮丽，代之以巧密工稳、婉丽纤秀。生活用品逐渐向工艺品转化，追求材料的珍贵和做工的精细，实用性与观赏性融为一体。房屋建筑玲珑剔透、华丽奇巧，增设各类结构复杂的亭台楼阁，增饰数量众多的铺作、闹斗、飞檐以及遍施彩绘，但体积却日趋狭小，精巧、工细、华丽超过唐人，闳大却远逊于唐人。坟墓小巧精致，模仿人世木结构房屋式样，雕砌为繁密精致的地下建筑，墓壁装饰从唐代的出猎、冶游、球戏等外向扩张的内容，转为居室家庭的桌椅杯盘、茶炊案台、庭堂乐舞和戏曲娱乐，向家庭小世界内寻求稳定。

对于天国的精神崇仰为世俗的物质享受欲所代替，因而五代、宋绘画的主题从神佛转向贵族，再到市民日常生活风俗，宗教画日益为风俗画所取代。宋代石窟雕塑减损了数量和规模，消逝了宗教精神的庄严、神圣与热情，转为另外一种世俗的、人间的美。大足、麦积山、敦煌雕塑中那些面容秀丽妩媚、体态文弱动人的观音、普贤、文殊像，脱离了可畏可怖的神的形象，失去了宗教天国的神秘意味，充满了人间的烟火气和世俗韵味，它们比唐代雕塑写实、逼真、可亲、可昵，流动着人间真情。尤其是观音，面庞柔嫩、星眼微眯。晋祠雕塑中那些娇柔温丽的侍女像，更是人间妇女的真实造型，她们身上发散出温馨浓郁的生活气息。语言传播中，唐代寺院的经筵俗讲，演变和普及为宋代民间的说话，这种以广大市民为对象的近代说唱文学，已经拥有广阔的题材园地，它不再借佛国的神异物事来满足信徒们的猎奇心理，而是以描述人间生活的真实情状来供广大听众们消闲取乐。

三

唐宋艺术是中国艺术史上两个高峰，二者相比风格有明显差异，而用唐代艺术作为背景，能够突现出宋代艺术的特色。由国运与文化气势所决定，唐人的性格闳放、开朗、豪爽、壮阔，唐文化极其宽容、充满自信、开拓进取、一往无前，体现出博大的盛唐气象；宋人的性格沉稳、谨慎、内敛、封闭，宋文化十分温文尔雅、精致细密、纤弱敏感、妩媚婉转，体现出柔美的缠婉宋风。在这种时代趋势支配下，宋代艺术失去了唐代激扬亢奋的强烈情感冲击力量，它不像唐代艺术那样用整个身心去拥抱生活、去歌唱和赞美时代，而是在一种自然和社会的压挤状态下，向狭小锁闭的个人天地中寻求躲避、遮掩与心灵的慰藉。然而，相对于唐代艺术的粗放、单纯、质朴来讲，宋代艺术则推进到一种精巧、深沉、纯熟的境地，显示出审美心理的进化与成熟。

疆域收缩、心灵闭塞给宋人造成的影响是审美视界的狭小与内敛。就创作意象说，唐人的阔大、开展、充满生机，宋人的促狭、紧缩、况味深沉。唐人笔下的长江、黄河，是纵观上下、一览全流的景象，水流带有千钧之力、破竹之势，如“黄河之水天上来，奔流到海不复回”（李白《将进酒》），如“朝辞白帝彩云间，千里江陵一日还”（李白《早发白帝城》）；宋人笔下的长江、黄河，是断流、壅塞的景象，是“底事昆仑倾砥柱，九地黄流乱注”（张元干《贺新郎》），是“正目断、关河路绝”（辛弃疾《贺新郎》）。唐人之月，是海天之月，是万川之月，是“海上生明月，天涯共此时”（张九龄《望月怀远》），是“滟滟随波千万里，何处春江无月明”（张若虚《春江花月夜》）；宋人之月，是闲庭之月，是眼底之月，是“庭户无人秋月明”（张耒《夜坐》），是“云破月来花弄影”（张先《天仙子》），是“最堪爱，一曲银钩小”（王沂孙《眉妩》），是“绣帘开，一点明月窥人”（苏轼《洞仙歌》）。唐人喜游历，诗境多有对名山大川、自然意境的讴歌；宋人重人事，词境多有对朱栏绣栋、深径幽园的吟咏。唐人好新奇，追索新鲜事物，唐代边塞诗里那雄奇的塞外风光："一川碎石大如斗，随风满地石乱走"（岑参《走马川行》），"忽如一夜春风来，千树万树梨花开"（岑参《白雪歌》）；宋人梦臆不到，宋人有的只是对于身边熟悉景物、细碎琐事的留连与关切："梦后楼台高锁，酒醒帘幕低垂。"（晏几道《临江仙》）"翠叶藏莺，朱帘隔燕，炉香静逐游丝转。"（晏殊《踏莎行》）唐人自强、自信，自恃"天生我材必有用"，相信"长风破浪会有时，直挂云帆济沧海"（李白《行路难》）；宋人踌躇、无奈，哀叹"心曾许国终平虏，命未逢时合退耕"（苏舜卿《览照》），"却将万字平戎策，换得东家种树书"（辛弃疾《鹧鸪天》）。

与视界内敛的趋势相一致，宋人的审美标准由前朝的好勇尚武向文质彬彬转化。文化人和他们创造的文化在宋人心目中的地位扶摇直上，寒窗苦读的文人堂而皇之地取代了杀伐征战的武士，成为社会与时代推崇的美学风范。宋人只热心于通过科举的道路来求取荣誉和成功，把读书做官视作唯一的奋斗正途，平日沉湎于诗礼书画，日益朝向"文弱书生"的形象靠拢，他们鄙视武夫，视边地军事生活为畏途，唐人那种"功名只向马上取，真是英雄一丈夫"（岑参《送李副使赴碛西官军》）、"宁为百夫长，胜作一书生"（杨炯《从军行》）的雄豪价值观遭到了彻底摒弃。我们看唐代诗人写出那么多的《从军行》，吟唱出多少脍炙人口的豪勇诗句："黄沙百战穿金甲，不破楼兰终不还"（王昌龄《从军行》），"孰知不向边庭苦，纵死犹闻侠骨香"（王维《少年行》），"醉卧沙场君莫笑，古来征战几人回"（王翰《凉州词》），虽苍劲而不苍凉，虽悲壮而犹进取，体现出向往边塞、向往在军事斗争中建功立业的积极昂扬心态，他们的实际行事也是持剑走马闯荡天下，足迹遍布塞北西域、天山葱岭。这种争胜心态到宋代以后丧失殆尽，转化为一种内在的畏缩、踌躇、恐惧心理，它改变了人们的价值尺度，如晁补之所说："便似得班超封侯万里，归计恐迟暮。"（《摸鱼儿》）宋人对于从军和边地生活带有先天的畏惧感，对于他们来说，军旅生涯是一种背井离乡、隔绝故土、家国渺远、久滞不归的炼狱生活，他们的足迹所履也不及唐人的一半甚至更小，超出这个范围就会泛起莫名的瑟缩感。北宋的范仲淹仅仅在陕西延安抵御西夏，却吟诵出"浊酒一杯家万里，燕然未勒归无计"的诗句，于是牵动起"将军白发征夫泪"（《渔家傲》）的悲剧性联想。

南北战争的心理阴影和南宋国策的忍辱偷安，使得南宋人的创作里更平添了一股浓郁的悲剧性，一种万劫不复的历史悲凉情绪，不要说坚持抗战的志士仁人如此，即使一般吟咏风花雪月的人亦是如此，这在唐人那里了无踪影。我们看，张孝祥说："追想当年事，殆天数，非人力。"（《六州歌头》）陆游说："早岁那知世事艰，中原北望气如山”，“塞上长城空自许，镜中衰鬓已先斑”。(《书愤》)吕本中说：“只言江左好风光，不道中原归思转凄凉。”(《南歌子》)在这种不可逆转的历史大势面前，一些性刚之人则产生出有志不得伸的强烈激愤：“江南游子，把吴钩看了、栏杆拍遍，无人会，登临意。”(辛弃疾《水龙吟》)“念腰间剑，匣中箭，空埃蠹，竟何成。”(张孝祥《六州歌头》)浓郁的哀感情绪，使得宋人对于亲身建功立业失却了雄心与豪情，仅余一丝梦魂之中的无望牵挂，所谓“铁马冰河入梦来”(陆游《十一月四日风雨大作》)，所谓“王师北定中原日，家祭无忘告乃翁”(陆游《示儿》)。在这种历史语境中，宋人最喜言愁：“载不动许多愁”(李清照《武陵春》)，“怎一个愁字了得”(李清照《声声慢》)，甚至无端闲愁时而就涌上笔端：“一场愁梦酒醒时，斜阳却照深深院”(晏殊《踏莎行》)。“花自飘零水自流，一种相思，两处闲愁”(李清照《一剪梅》)。特殊的历史语境造成宋人特殊的文化心态，他们强作旷达：“多少事，欲说还休。”(李清照《凤凰台上忆吹箫》)“醉里且贪欢笑，要愁那得功夫。”(辛弃疾《西江月》)但却抹不去那千丝万缕的郁闷情绪：“才下眉头，却上心头”(李清照《一剪梅》)。这就是这个时代的心理氛围和艺术色调，缺乏开朗、明快、天真，欢歌笑语中隐含着苦意，强自消遣里掺杂着无可奈何的悲哀。

与宋朝转为婉约、深沉的时代精神相一致，宋代的艺术特质也向注重意态和内在神韵发展，形成新的审美思潮，它决定了宋朝一代艺术的成就，也影响了后世的历代艺术。经由庄禅哲学与理学的过滤与沉淀，宋人的审美情感已经提炼到极为纯净的程度，它所追求的不再是外在物象的气势磅礴、苍莽浑灏，不再是炽热情感的发扬蹈厉、慷慨呼号，不再是艺术造境的波涛起伏、汹涌澎湃，而是对某种心灵情境的精深透妙的观照，对某种情感意绪的体贴入微的辨察，对某种人生况味的谨慎细腻的品味，这是识尽愁滋味之后，“却道天凉好个秋”(辛弃疾《丑奴儿》)的人生境界，是一种旷达、超然、深沉、内潜的人生态度的折光。宋代艺术在形貌上不取丰腴雄硕而取瘦削矍铄，在气质上不取浅表声容而取深潜意态，在神韵上不取春华之精而取秋叶之容。它就如同汇集了千万条溪流之后的湖水，消失了激流漩涡，沉匿了浪音涛声，托浮而出的是饱涨、平静、澈清的水面，这是一种“玉鉴琼田三万顷，着我扁舟一叶”(张孝祥《念奴娇》)的境界，一种清波容与、波光荡漾、秋水般“表里俱澄澈”(同上)的境界。从而，意境、神韵就成为宋代艺术的重要美学范畴与特色。

宋人爱讲意境、韵味。释普闻说：“意从境中宣出。”(《诗论》)黄庭坚说：“凡书画当观韵。”(《题摹燕郭尚父图》)“书画以韵为主。”(《题北齐校书图》)所谓意境，唐代司空图解为“象外之象”“景外之景”“可望而不可置于眉睫之前”(《二十四诗品》)。所谓韵味，范宽说：“有余意之谓韵。”(《潜溪诗眼》)它们共同的地方都是追求一种由外物形象自然触发而产生的审美情趣，用宋末严羽的话来讲，就是“言有尽而意无穷”，是艺术品中一种深层的蕴含，它如“羚羊挂角，无迹可求”，“如空中之音、相中之色、水中之月、镜中之象”，“其妙处透彻玲珑，不可凑泊”《沧浪诗话》。对于艺术品言外之意的追求，自然就酝酿了宋代文人把“逸品”视为最上品的审美准则，它具体体现于北宋黄休复把绘画分为逸、神、妙、能四品并被士大夫视为定论上。所谓逸品，就是在法于造化、师于自然之上，作品还能够放逸出一股超尘脱俗之气，透示出深沉的人生况味与历史领悟。逸品展现了艺术家本人超然的生活态度和精神境界，与现实人生拉开了距离，因而显示出简古、澹泊、闲逸、平淡的审美意象，其中又包含深远无穷的余味，令人感觉余音袅袅，有一唱三叹之效。追求言外之意、韵外之致，把逸品放在神、妙、能品之上，反映了宋代审美趋势从再现到表现、从写实到写意的转化。

对于意境、韵味的追求，势必导致艺术风格趋于平远幽淡，所谓“行于简易闲澹之中，而有深远无穷之味”(《潜溪诗眼》)，所谓“作诗无古今，惟造平淡难”(梅尧臣《读邵不疑学士诗卷》)，所谓“古淡有真味”(欧阳修《再和圣俞见答》)，所谓“寄至味于澹泊”(苏轼《书黄子思诗集后》)。传世宋人山水，无一不体现出澹泊静谧、幽深渺远的浓郁意境，其题材多为雪景寒林、渔村小雪、秋江暝泊、烟岚萧寺、寒江独钓等等，透示出幽远、静谧、闲逸、疏淡的意境，追求一种旷远清空、远离人世的超尘脱俗感，其中又以水墨山水画为主流，更为突出萧索寥落的空寂感，物化出天人相融、物我两忘的人生哲理，染有浓郁的禅意道心。

典雅平淡是宋代艺术追求的最高境界，而宋瓷又最能代表它的这一风格。宋瓷的造型质朴平易，很少有繁缛的装饰，色彩晶莹透彻、清淡纯一，这种风格从南青北白的五代十国瓷即已奠定，类银类雪的定窑瓷、似玉似冰的越窑瓷成为宋瓷最好的先声。尽管在瓷质、釉料和色彩上，各地宋瓷的风格诡谲多变，但清纯雅洁却是它们一致的趋势，无论是汝窑瓷的天青葱绿，官窑瓷的古典雅洁，哥窑瓷的粉青开片，钧窑瓷的乳光焰红，磁州窑瓷的白釉黑彩，耀州窑瓷的青釉刻花，吉州窑瓷的黑釉玳瑁，龙泉窑瓷的粉青梅青，景德镇窑瓷的青白印花，建窑瓷的兔毫油滴，都充分体现了宋瓷的这一突出风格特征。宋瓷可说是一洗绮罗香泽之态，摆脱绸缪宛转之度，真正达到了雅淡精淳的艺术境界。宋瓷的特征在宋代艺术中有着广泛的代表性，可以说，平淡典雅是宋代一切文人艺术所追求的境界。

四

由于正统观念支配社会，宋代士大夫的雅艺术始终是占统治地位的艺术，但经过北宋宣和年间的充分酝酿，市民阶层喜闻乐见的通俗文艺日渐强大到足以与文人士大夫的高雅文艺、书斋美学分庭抗礼，独树一帜，到南宋终于正式实现了文学艺术的雅俗分流。这次雅俗分流对于中国美学发展史产生深远影响，为宋以后市民通俗文艺指出了方向，突破了传统雅文学的规范。雅俗艺术都对金代产生深刻影响，尤其是民间文艺，在金代相对松弛的文化环境中，没有传统礼教和新兴理学的束缚，发展得更为蓬勃兴盛。

士大夫艺术与市民艺术的审美追求是不同的。士大夫追求的是内心宁静、清净恬淡、超尘脱俗的生活，这种以追求自我精神解脱为核心的适意人生哲学，使得中国士大夫的审美情趣趋向于清、幽、寒、静，自然适意、不加修饰、浑然天成、平淡幽远的闲适之情，乃是士大夫追求的最高艺术境界。市民艺术追求世俗欢乐，肉欲横流，男欢女爱的生活，这种人生哲学与生活态度把人们的审美情趣导向轻佻放荡、庸俗刺激，它使人们喜爱那种色彩鲜艳的绘画、轻灵飘荡的音乐、挑逗粗俗的小曲，以精细、逼真、生动、形象为美。士大夫与市民艺术的这种情趣差异构成宋代艺术的雅俗分途，构成宋代艺术的审美二极。

宋代艺术审美二极呈现出的特征为：离形得似与精细入微两种审美境界，同时成为绘画原则而指导了不同的艺术实践，前者主要体现在文人画中，后者主要体现在院体画中。

为体现个体的情感和审美追求、体现个性，文人画家在风格上推崇逸品，在手法上提倡写意传神。无论是欧阳修《盘车图诗》中说的“古画画意不画形”“忘形得意知者寡”，还是苏轼《书吴道子画后》里说的“得之于象外”，抑或沈括《书画》里说的“得心应手，意到便成”，都在强调一种以神会不以形求的绘画原则：只要传达出了某种高雅的审美情趣，绘画就达到了目的，不在于形绘的毛发逼肖，后者往往是下等工匠的做法。所以沈括在《书画》中说：“书画之妙，当以神会，难可以形器求也。世之观画者，多能指摘其间形象、位置、彩色瑕疵而已，至于奥理冥造者，罕见其人。”“此乃得心应手、意到便成，故造理入神，迥得天意，此难可与俗人论也。”苏轼也在《书鄢陵王主簿所画折枝二首》里说：“论画以形似，见与儿童邻；赋诗必此诗，定非知诗人。”以神会而不以形求的美学原则，出自晚唐司空图《二十四诗品·形容》中“离形得似”的理念，它提出脱略形迹、以气韵为主的审美观照原则，超出了市俗绘画拘泥于形貌的束缚，便于创作者寓神于形、一吐胸中虹霓之气，因而为文人画家所推崇。欧阳修说："萧条淡泊，此难画之意。画者得之，览者未必识也。故飞走迟速，意浅之物易见，而闲和严静，趣远之心难形。若乃高下向背，远近重复，此画工之艺尔，非精鉴者之事也。"（《试笔·鉴画》）这种脱略形迹，追求象外意境的思想，成为宋代美学的主要思想潮流。宋代文人画代表苏轼的著名画作《枯木怪石图》，逸笔草草，失形存意，是其重神轻形美学思想的生动体现。书法领域则推崇尚意书法。从尚法到尚意，书法已经走过了它的初期模拟阶段，而进入随心所欲进行个性发挥的时代。宋人书法四大家苏、黄、米、蔡的创作，标示了尚意书风的确立，无论是苏轼的丰肥圆润、浑厚爽朗，黄庭坚的中宫紧收、四缘发散，米芾的承意放肆、沉着飞舞，还是蔡襄的端庄正丽、健而洒脱，都充分体现了个性与个体精神的突起。

就在以离形得似自我标榜的文人画风靡时，精细入微的院体画风也在继续发展。院体画受到市井美学趣味的影响，注重诗意的形象展现，观察物象的细致入微，以及写实表现的逼真精切，其画作的精雕细刻，对日常细微自然景物的体会之深，令人叹为观止。邓椿《画继》卷十所载宋徽宗能区分月季花"四时朝暮花蕊叶皆不同""孔雀升高，必先举左"的例子，说明了对于客观观察的重视。《画继》还载有一幅院画，其中宫女"以箕贮果皮作弃置状，如鸭脚、荔枝、胡桃、榧栗、榛芡之属，一一可辨，各不相因"，他因此感叹"笔墨精微有如此者"。审美评价精细入微到如此程度，于是柔细纤纤的工笔花鸟画很自然地成了这一标准的最好体现和独步一时的艺坛冠冕。院体画注重形似与细部真实的原则，与文人画的离形得似原则恰好背道而驰，因此，被文人画推为最能表现人的内在精神蕴含的逸品，在画院标准中则被判为二等，置于神品之下。

宋代艺术的雅俗分途，还明显体现在诗与词的功能区分上。词是从市井文艺中产生的艺术样式，为文人所喜爱，将其引入了文学殿堂。然而，由于受到市井艺术的深刻影响，文人在写词时仍然把它作为排遣俗世之情的载体，而把诗作为抒发高尚之志的寓情物。

诗作为传统言志传情的工具，到宋代，由于庄禅与理学之风渗入，渐渐失却其原初的天真与清新，多了褶皱与筋脉。宋人好以议论入诗，在诗中说理谈禅，虽然给人以思致精微之感，但也增加了多少学究气与头巾气，反之就是丧失了诗的纯真、生动与明朗。与唐诗相比，前者才气发扬，后者思虑深沉；前者多以丰神情韵擅长，后者多以筋骨思理见胜；前者充满青春朝气，后者满布迟暮之感。虽然思理较之情韵显得成熟，然而却减弱了艺术的才情与灵性。就在宋诗日益走向议论一途，成为文人以一板正经面目出现的东西之时，它的言情功能恰恰为新起的词所代替。

词与诗的不同在于，它是在市井灯红酒绿环境里培养起来的艺术样式，它最初只写男女之情，后来境界逐渐扩大，但仍以抒情为主，温馨香艳、倚玉偎香、婉转软美，所谓“词为艳科”，与诗自然形成题材和风格上的分工。在正襟危坐、儒雅端庄、高谈阔论、言志咏怀状态下创作出来的宋诗成为大雅正声之际，长于表现文人士大夫个体内心世界微妙细腻感受，专供私第歌宴绿软红柔环境里吟咏演唱的词，就独占了言情的鳌头。在诗里身洁志高、壮怀激烈的正经文人，到了词里就不妨松懈一下内心的道德防线，轻松地进行一次情调调侃甚至猥亵。两种创作态度使得诗、词二途判然而别，诗的形象正如理学家在板着面孔训诫，词的形象则如人性的本色那样新鲜活泼。我们读宋人的文集总有一种强烈的感觉，一些注重身份名誉的名公大僚，他们出现在诗和词中的形象是有着显著差异的，晏殊就不用讲了，以清绝之辞助妖娆之态；即使是写出“忧劳可以兴国，逸豫可以亡身”（《五代史·伶官传序》）这样政治抱负极高的文句，以改革天下弊政为己任的欧阳修，也长于撰写小词，也有“弄笔偎人久，描花试手初”（《南歌子》）这样的艳词媚语；即使是司马光这样的恂恂大儒，以老成持重为人称道，也有“宝髻松松挽就，铅华淡淡妆成”（《西江月》）这样的妆奁之情；即使是苏轼这样“曲子中缚不住者”，突破与拓展了词境，也不缺乏“人未寝，倚枕钗横鬓乱”（《洞仙歌》）这样恻艳香柔的情调。

宋人把词与诗分开，词和诗有一定的分工，对于那些便于纵横驰骋地展开议论或说理的题材，主要用诗来写，词则被用于写男女恋情。宋诗和宋词的分途，恰恰体现了人性的两面，体现了人性的分裂，体现了情与理的二极，也体现了雅与俗的分途。就在雅俗分流不可阻挡的历史趋势中，宋代的市井艺术成熟并进入独立的发展道路。它在中国艺术史上第一次凸现出来，以自身强烈的审美特征，吸引了社会广大民众的兴趣，也吸引了士大夫的目光。市井艺术在街头巷尾孕育产生，于瓦舍勾栏发育成形，生长于缺少正统观念约束的底层市民环境，有着自由不羁的性格，它新奇生动、俚俗浅显、活泼诙谐、色情惊险、香辣浓郁、生机勃勃，为中国艺术史注入了一股强劲、鲜活、充满青春朝气的新鲜血液，并日益发展得汹涌澎湃。

市井艺术的一个特色是将传统文艺对于自然、事功的关注消失在对人世生活的津津品味之中。它甩开了士大夫审美情趣、政治理想的包袱，“极摹人情世态之歧，备写悲欢离合之致”，将目光放在普通世俗人情上，那些从来不登大雅之堂的社会下层人物及其命运，堂而皇之地出现在其中而受到切实的注目。从诗到词再到叙事说唱，日益从对外在物象的描绘过渡到对人类社会的关切，从对自然的关注过渡到对于人世的倾心，从对客观世界美感的把握过渡到对日常生活甜美温馨的感受。在市井艺术里，有带着香艳肉欲色彩但体现了一定平等互爱观念的男女性爱，有对物欲追求表现出赤裸裸兴趣但强调正当商业贸易秩序的人生追求，有出自强烈猎奇心理但表现了人间正义的公案神怪，尽管充满了小市民的种种卑琐、低级、庸俗、无聊、浅薄、阴涩，远远不能与文人士大夫艺术趣味的高雅、恬淡、静谧、纯净相比，但它情节处理的生动性、技巧掌握的高超性、描写手段的精确性、艺术形式美的通俗性，都在与市井观众、听众反复交流的长期实践中提炼到了极其准确到位、合宜适度的程度，因而具有强烈的艺术感染力，所谓“最畏小说人，盖小说者能以一朝一代故事，顷刻间提破”（《都城纪胜》）。《醉翁谈录》卷一描述出了说话艺术的效果和感染力：“说国贼怀奸从佞，遣愚夫等辈生嗔；说忠臣负屈衔冤，铁心肠也须下泪；讲鬼怪令羽士心寒胆战，论闺怨遣佳人绿惨红愁；说人头厮挺令羽士快心，言两阵对圆使雄夫壮志。”市井艺术这种充满生命活力的本质特性一旦出现，立即结束了高雅艺术在一切领域的无上统治，开辟出一方广大的民间天地。

市井艺术的另一个特色是对于审美对象的把握从笼统化之到逼近审视。与大而化之的唐诗相比，纤细柔媚的宋词已经朝向捕捉更为细腻的官能感受和情感色彩发展，宋代说唱艺术则更加追索到人的生活情感的丰富性与鲜活性。人们常说：诗境浑厚，词境尖新，曲境畅达；诗重含蓄，词重婉约，曲重通俗。宋代说唱艺术的曲文，酣畅明达、直率痛快，常常是用白描的手法，对于俗世的、日常的、普通的生活场景进行亲切逼真、淋漓尽致的敷叙，说唱艺术在篇幅上的解放则为它功能的解放提供了前提条件。诗和词都是以一首咏一事，以一首描一境，因此或含义阔大而失之于境界浑莽，或形象细腻而失之于意象琐细。魏晋志怪小说与唐代文人传奇以短篇文言为载体，拘于遣词造句、抒情状物。宋代说唱艺术却用广博的篇幅、酣畅淋漓的通俗语言来歌咏一个完整的故事——诸宫调以多套联曲歌咏一事，南戏以多场次演出表演一个长篇情节，小说更以无限制的篇幅叙说一个故事，因而它们得以既充分展开恢宏的时间和空间，又对于所描绘对象、事物、情节进行具体、逼近、细致、精巧的状摹。市井艺术的这个长处使得它便于敷写人生命运、悲欢离合，因而开创了叙事艺术的崭新局面。

市井艺术的再一个特色是在表现技巧方面减弱了抒情性，增强了叙事性。中国诗歌艺术具有传统的抒情性，却缺乏典型的叙事诗，这一特点到了唐代变文开始被打破，发展到宋代的市井说唱，对于情节的娓娓敷写和对于生活情态的鳞鳞状摹成为一大特色。宋代叙事艺术的勃兴，使其涵盖了众多的表演样式，不但从杂剧、杂扮、诸宫调、唱赚、傀儡戏、影戏到南戏是这样，即使是历来以抒情与节奏为特征的舞蹈，也从唐代的纯粹形态过渡到了叙事形态，我们看宋代大曲舞多以故事为本，在它多帙的长篇结构中往往夹杂了一个到数个历史或神话故事的情节，诸如鸿门宴、巫山神女、公孙大娘舞剑器等等；即使是民间社火舞队、抬阁，也变成了包含有故事情节在内的历史和传说人物的造型展览，舞队是孙武子教女兵、穿心国入贡、回丹阳、十斋郎，抬阁是渔父习闲、竹马出猎、八仙过海。叙事性与情节性的加强满足了市井小民对于猎听传闻的爱好与兴趣，使得市井艺术拥有了最大的普及率和观众人数，这一点是其他任何艺术都无法比拟的。

市井艺术从俗世需要的角度改变了社会的审美情趣。如果说，唐诗更多展现的是诗人的个体胸怀与社会抱负，宋词更多展现的是词人的私人情怀与心境意绪，宋代说唱艺术和表演艺术展现的则是市民社会的公众心理和集体企盼。如果说宋词和宋人山水画更多展示了文人的襟怀和意态，宋代通俗文艺则描绘了近代市井生活的风俗人情，展开了一幅幅平淡无奇却五花八门、虽平凡琐细却多彩多姿的社会风习图画。市井艺术把人世间世俗生活的方方面面，用生动细腻的语言和形象，描绘得那样富丽流光、新奇壮观、鲜活美味、富于吸引力和诱惑力，从而召唤市井小民去充分地享受生活、感受人世的温馨，它就得到了这支日益扩大的读者和观众队伍的支持与关怀，它同时也就为自身确立了在艺术殿堂中不败的地位。

（2002年第1期）

民间理念的流变与当代文学中的三种民间美学形态

张清华

关于当代小说的民间性、民间走向、潜在的民间因素，许多学者特别是沪上的批评家，已经有了许多很好的论述。但我以为关于这一概念的历史传统，其在当代的流变，特别是在20世纪80年代以来的不同美学形态的表现，仍有值得梳理、区分与探讨之处，本文即试图对以上几个问题作一些粗略的探究。

一、小说艺术的“民间”传统

作为文学或美学概念，“民间”一词大约始出自明代小说家冯梦龙的《序山歌》。在此篇短文中，他非常明确地提出了同主流文学、文人写作相分野的“民间”说：“书契以来，代有歌谣，太史所陈，并称风雅，尚矣。自楚骚唐律，争妍竞畅，而民间性情之响，遂不得列于诗坛，于是别之曰山歌……惟诗坛不列，荐绅学士不道，而歌之权愈轻，歌者之心亦愈浅。”在这里，“民间”作为一个文学空间、一种艺术风尚、一种美学风范与格调的概念，已经十分清晰。它是文学最早的范本，是一切文人写作的源头。但随着文人文学与主流文学的发育，这个源头反而受到了漠视，渐渐被遗忘和排挤在“正统”文学之外，乃变成了“山野之歌”。然而这些“民间性情之响”的山歌，却有着“荐绅学士”的文学所没有的可贵之处——它们的歌者都是“歌之权”很轻的山野之人，因为与权力的写作相去甚远，其写作的心理和写作的内容就看上去“愈浅”，然而，浅则浅矣，“情真而不可废也”，因为“但有假诗文，无假山歌”。冯梦龙推崇这种“不屑假”的文学，便搜集整理了大量的民间白话小说，因此方有对开创中国小说传统具有重要意义的《三言》,《三言》无论是文化立场还是其美学趣味都是“民间”的，也正是因为其民间性与“非官方”“非主流”的性质，它们才特别受到市民阶层的欢迎。

尽管“民间”一词的出现晚至明代，但小说从它的诞生时起，就注定了它的“边缘”性民间基质。“小说”这个词最早出现在庄子笔下时，就表达了说话人对它的轻蔑：“饰小说以干县令，其于大达亦远矣。”[①]“小说”在这里显然是指小人物的道理，离真正的“大道”哲思远矣的世俗言谈。东汉史家班固在其《汉书·艺文志》中列出了“小说”一类文体，并专就“小说家”的概念作了阐述，“小说家者流，盖出于稗官。街谈巷语，道听途说者之所造也。……闾里小知者之所及，亦使缀而不忘”。他还引用孔子的话加以补充说明：“虽小道，必有可观者焉，致远恐泥，是以君子弗为也。”[②]下层的官吏所记载整理的那些“闾里小知”“街谈巷语，道听途说”就成了“小说”。“小说”多陷于奇谈怪论、荒诞不经之事，所以“君子弗为也”。“小说家”只是一些小人物，因为需要基本的文化水平，所以才由“稗官”来充当。

明代是中国小说走向成熟的时期，不只“三言”“二拍”等整理自民间的话本与拟话本小说，而且在同样基础上还诞生了成熟的长篇小说，诞生了所谓“四大奇书”《三国演义》《水浒传》《西游记》和《金瓶梅》，历史、游侠、神魔、世情，中国小说的几大传统都已因之发育成熟。这些长篇小说虽属文人创作，但无疑是在融入了大量来自民间的文化与艺术因素的基础之上诞生的，体现了浓厚的民间精神与审美价值取向。

总体上看，传统小说的民间基质大致表现在这样几个方面。

一是“江湖”空间或市井的生活场景。与诗歌和“文章”一直以主流道德与崇高理念为书写对象不同，小说多描写的是“绿林盗匪”的传奇和“引车卖浆者流”的生活景观。啸聚山林、寄身水泊、“飘蓬江海谩嗟吁”的《水浒传》英雄当然是托身民间的，它最完整地勾画了一幅江湖民间社会，及其特殊的“江湖意识形态”的图画；《金瓶梅》写的完全是市民生活的场景，它可以说是在《水浒传》故事的主干上旁枝斜出的分支，在市民趣味的支配下又被“演义”和“演绎”而成的，这充分反映了一般受众对世俗生活内容的兴趣。应该说“市井”和“江湖”正是在这两部小说中，成为两个典范的文化和美学概念，也成了最重要的民间文化范畴，它们都是相对于“庙堂”社会的民间世界的典范符码。事实上，如果说《金瓶梅》这部小说是有重要意义的话，那它的意义远不在于它对明代末叶社会生活的所谓反映与批判，而在于它对市民生活情趣的生动细腻的表现，并由此标立了一种与主流教化式的写作完全不同的、娱乐性和市民式的写作立场与叙事方式。

二是道德的民间化。“庙堂”的基本道德尺度是“忠”；而“江湖”的基本道德尺度则是“义”，“义”是民间的，“忠”则是主流的，“忠”表达的是“垂直”的“君君臣臣父父子子”的等级制的统治者道德，而“义”表达的则是“平行”的平等的“四海之内皆兄弟也”的民间道德。《水浒传》之所以受人喜爱，主要是由于读者在阅读中，从民间的非正统道德那里获得了一次极大的精神解放，作者巧妙地利用了民间意识形态的力量，以“义”的名义，赋予了这些绿林好汉的杀人越货、“抡着两把板斧只管砍过去”的性格与行为以特殊的“合法性”，因为他们是讲义气的，所以杀人就有了特殊的理由，就成了英雄之举。普通人从这里找到了一种对抗于以“贪官污吏”为代表的强权与暴政的力量，所以就不仅合法，还合情理。在《三国演义》这部比较“主流”的小说里，作者也有效地使用了民间道德对“扬刘抑曹”的正统道德进行补充和消解，“是非成败转头空”的慨叹，使另一种“人本”的民间历史观得以确立。“秋月春风”“江渚渔樵”，不以成败论英雄，唯剩人生感慨，岁月沧桑，这是一种典范的“中立”式的“中性”的民间历史意识。同时作者还刻意强化了“刘关张三结义”的江湖性质，淡化君臣主仆的关系，突出手足兄弟的义气，这显然是为了强化其民间道德与美学倾向，以照顾一般受众的阅读趣味。

民间道德的内涵是复杂多样的，这在话本小说中有丰富的表现。正像有人所概括的，“《沈小霞相会出师表》，描写了一场惊心动魄的忠奸斗争。《杜十娘怒沉百宝箱》歌颂了不肯屈辱而生的宁折勿弯精神。《灌园叟晚逢仙女》写的是善良和贪婪之间的对立。《金玉奴棒打薄情郎》谴责了富贵忘旧的丑恶灵魂……”[③]，所谓忠奸对立、善恶报应、富贵忘旧、见利忘义、富贵无常、祸福轮回等等，都是民间最常见和最典范的道德评判模式。而大量的古典小说所依托的教化思想、其道德合法性的获得都是源于这些基本模式。

三是故事性与传奇性因素，即遵循消费规律的“好看”原则。这既是小说兴盛于明代资本主义萌芽时期的一个根本性原因，同时也有一个久远的传统，因为中国小说的早期原型正是魏晋时期倡兴的“志怪”文体——曾为孔子所不齿的“怪力乱神”一类的奇想幻闻，“怪”与“奇”一直是小说最重要的文体特征，从魏晋到唐，虽然小说的要素逐渐具备，描写内容开始由神鬼转向人，但“志怪”“传奇”的特性却依旧明显；再到宋元话本，“说话”形式对小说内容的根本要求也是故事情节的吸引力；这种特征一直持续到明代的拟话本，所谓“警世”“奇观”“拍案惊奇”都是这种特征的表现；直到清代文言笔记体小说的复兴，如蒲松龄者，所推崇的仍是“干宝之才”“幽冥之录”“披萝带荔”之“牛鬼蛇神”。[④]“奇”，由消费需要变成了小说美学观念的最重要的因素，因为奇，便满足了受众观赏性、娱乐性、消闲性和刺激性的需要，也满足了出版商好看好卖好传播有好效益的需求。正像清人袁于令称赞《西游记》时所说的，“闲居之士，不可一日无此书”[⑤]。以消闲为第一目的，同时又不致“为风俗人心之害”（清闲斋老人：《儒林外史序》），可以说是传统小说整体的艺术宗旨，这样的宗旨无疑是民间性的。

上述对传统小说的民间特性作了一个简单的概说，当然不是说传统小说中没有统治者意识形态的东西在，但总体上，它们之所以还有活力，还有着可贵的自由的思想源泉与艺术魅力，首先得益于其诸多的民间特性。

将小说提升至社会文化的“中心”位置者，始于近代的康、梁等启蒙思想者。他们借鉴西方近代文化与文学发展之路径，重视大众文化媒体在传播新思想、推动社会文化变革方面的作用，而小说就是这样的大众媒体之一，康有为认为，“仅识字之人，有不读经，无有不读小说者”。另一个同时期的小说家邱炜爰亦说，“天下最足移易人心者，其惟传奇小说乎？”[⑥]所以要传播新思想，必须利用小说有力的传媒作用，因为它在所有的艺术形式之中同大众的距离最近，而且还“有不可思议之力支配人道”的作用，所以“欲新一国之民，不可不先新一国之小说”。[⑦]不过，即使是在维新派的主张发生了强大影响力的年代，也仍然有人出来坚持小说的民间艺术性，如王国维、徐念慈等，徐说，“小说者，文学中之以娱乐的，促社会之发展，深性情之刺戟者也”。但“所谓风俗改良，国民进化，咸推小说是赖，又不免誉之失当”。[⑧]他仍然把“娱乐”放在第一位，把“性情刺激”亦放在重要位置。作为新文学与白话小说的奠基人的鲁迅，虽然特别强调小说改良人生的启蒙作用，但他在小说史的研究中却非常敏锐地注意到传统小说固有的民间特性，以至于“民间”一词在他的《中国小说史略》中出现的频率非常之高。

不过，这里有必要说明的是，重新梳理传统小说中的民间文化与审美基质，并非要否定新文学小说中的改良社会人生的作用，只是旨在说明两个问题：第一，当代小说的民间价值倾向是有其历史依据与精神传统的；第二，过分强调小说的社会主流文化作用，将其变成意识形态的工具，是从晚清维新派的主张演变而来的，它虽曾起过许多有益的作用，但却最终中断了古典小说亲和于民间文化精神的传统，致使小说在当代走向了畸形和贫困，最终再度引起了人们的警觉和对小说的反省与改造。这是一个总体的背景。

二、民间理念的当代复活与拓展

民间理念在小说中的复活是在20世纪80年代初，但作为理论观念的提出却已迟至1985年，并且其本身是很暧昧的和很“主流化”的，这很有意思，因为它是在80年代启蒙主义色彩很浓的特殊语境中出现的，所以难免不被主流思潮和时尚话语所覆盖。

民间理念出现的契机是“风俗文化小说”在1980年前后的悄悄出现。风俗文化小说的意义在以往我们总是未能给予应有的阐释，现在看来，当代小说的许多重大变革都是悄悄地从它开始的。这是一次意义深远的“搬家”，在此之前，当代小说虽然作出了巨大的变革努力，但总是摆脱不了当前话语与意识形态主题的强大遮覆，小说虽然爆发出巨大的社会能量，但其艺术与文化底蕴却总是显得虚弱和瘠薄，小说缺少真正的生命力，无法同整个民族的文化与艺术的传统链条相连接，无法真正汇入它应在的那个久远的血脉和精神的谱系之中。无论是“伤痕”“反思”还是“改革”主题，它们都是典型的“即时性”的主题，小说的艺术和精神品质一直没有建立起来。在这样的背景下，汪曾祺、邓友梅、陆文夫乃至冯骥才等人的风俗文化小说的出现就具有了特殊的意义。在汪曾祺的《受戒》《大淖记事》，邓友梅的《那五》《烟壶》，陆文夫的《小贩世家》《美食家》和冯骥才的《神鞭》《三寸金莲》中，与当代社会生活“无关”的乡间民俗和市井生活场景，成了具有自足意义的存在，乡村和城市，两种民间景致都一并浮现出来。在汪曾祺的小说中，氤氲着一种特有的民间的宽容精神：当了和尚照样可以娶老婆，失了女儿身也不要紧，虽然这些都近乎作家自己的臆想，是“四十年前的一个梦”，但他毕竟写出了民间的自在和本原的一面。邓友梅的小说不像汪曾祺那样富有桃源的风神和理想的气质，但毕竟小说中出现了“身份暧昧”的人物，出现了市井闲人、落魄贵族、纨绔子弟，还有古董商、旧艺人等等，可谓三教九流、形形色色，由此他勾画出了一幅幅古老的中国式城市民间社会的风俗画卷。

1985年小说的“爆炸性”的革命，在很大程度上取决于民间意识的复活，尽管这复活由于主潮式的“寻根”文学运动的遮覆，还没有成为最显在的问题，但它却在深层的内在意义上成为一个真正的变革动因。正如李杭育所梳理的文学的精神之“根”，不是属于主流的“中原规范”，而是这中心之外的“老庄的深邃，吴越的幽默”，以及楚人的“讴歌鬼神”，它们才是“我们需要的‘根’，因为他们分布在广阔的大地，深植于民间的沃土”。[9]韩少功也在他的《文学的“根”》中反复强调那些“还未纳入规范的民间文化”和“乡土中所凝结的传统文化”：“俚语、野史、传说、笑料、民歌、神怪故事、习惯风俗、性爱方式等等，其中大部分鲜见于经典、不入正宗”，但他们却“像巨大无比、暧昧不明、炽热翻腾的大地深层”，“承托着地壳——我们的规范文化”。显然，取向于非主流、原生、乡野、大地、民间，这些概念与这种思路在寻根小说家们那里已经接近于一种共识。

不过，从总体上看，在80年代启蒙主义语境占据了绝对优势、知识话语具有特定强势的情形下，民间性更多的还是一个隐喻，一个既具有本源性又具有功利性，既接近小说本体又更具有文化启蒙意义的概念，它的民俗性暂时得到夸大，但消闲性却被排除在外，作家们表面上强调了它的边缘性，但骨子里却充满了宏伟理念和精英意识。因此它事实上只是小说革命的一个潜在因素，而难以成为直接浮出地表的显在的命题，其表现也比较初步，比如在乡村，它更多的是表现为某种“古老风情”性的东西，在城市空间，它也多是着眼于某种边缘性的人格模式或道德理念。而且人们对民间因素的误读也是严重的，比如王朔的小说，它也可以说是在主流的文学空间之外辟出了一方新的天地，并且由于其特有的反主流话语风格而培育了一大批特定的读者，由此对原有当代主流社会话语的解构也起到了巨大的作用，但来自两方面的误读却硬是将它变成了另外的东西，或是将它看作纯粹“痞子”的文学，或是将其视为“后现代”的先锋，人们唯独对它的民间性质很少有客观的认识。

民间问题之所以在90年代浮出，首先是由于社会情境的巨大变迁，原有启蒙语境的瓦解，使知识强力话语失去了优势，小说的启蒙主题与精英话语叙事的独立合法性已经面临难以成立的危境。在此情境下，小说必须借助于另一个支撑点，同时对自身的价值立足点做出新的解释，在它无法建立自己独立自足的宏伟叙事与巨人式的启蒙思想主体，同时也无法依附于旧式政治理念的处境下，它的“进步性”或现实批判性何在？其必不可缺的意义与精神何在？这不单纯是一个小说艺术所面临的问题，同样也是一个知识分子在精神上的归属问题。像现代史上经常出现的情况一样，他们又赋予“民间”一词以特殊的内涵——“民间”又成了一个与“庙堂”相对应的精神世界与空间的特殊概念，成了个性与自由的载体，本源和理想的象征。这当然首先是一个意愿，因为无论怎样，“民间”一词在20世纪中国所特有的政治合法性也是难以动摇的，它在以往曾被作过各种各样的解释，“为工农兵服务”“向民歌学习”都曾是这种解释的某种变相形式，但它们又都同时被“主流化”了，背离了真正的民间。而“回到民间”，正是在启蒙话语受挫，并同时受到市场语境的挤压之时，对当代文学精神价值的一种重新寻找和定位，这样一种定位包含了当代知识分子深切的忧思、智慧与责任感。陈思和的民间理论的提出正是应和了这样的背景，并且生发出不断延伸的含义和影响。他先是对民间意识的浮沉与20世纪中国文学的兴衰的关系作了细致和独到的梳理，由此对抗战以来一直到“文革”时期的文学作了一种新的解释，即这是一部由民间文化与政治意识形态之间的复杂对立又互为纠结渗透的关系所演出的文学史，在这一部文学史中，民间文化的潜在力量是使许多文本能够葆有历经磨洗而后存的价值的主要原因，“文学史又一次证明了民间的力量”[⑩]。在另一篇文章中，陈思和又对“文革”后文学当中民间文化因素的增长与民间美学形态的浮出进行了探讨和梳理，他认为以寻根文学为标志，“广场上的知识分子重返庙堂的理想”即被终结了，嗣后的作家开始以“来自中国传统农村的村落文化的方式，或来自现代经济社会的世俗文化的方式，来观察生活”，或者“虽然站在知识分子的传统立场上说话，但所表现的却是民间自在的生活状态和民间审美趣味”。由于他们注意到民间世界的存在，“并采取了尊重的平等对话而不是霸权态度，使这些文学创作中充满了民间的意味”。[⑪]他把“新历史小说”的崛起，以及张炜的《九月寓言》、张承志的《心灵史》、贾平凹的《废都》等小说都看作相关的例证。

无疑，陈思和的上述理论同90年代以来思想文化界的新视界是有着一致性的关系的，它既阐释了文学的一般规律，同时也基于当代中国现实的敏感语境，因而必然产生广泛的辐射效应。

三、当代小说中的三种民间美学形态

当代文学中的民间文化与美学倾向有着相当复杂的表现，它依托于几个不同的空间，并且与传统小说中的民间文化内涵相比又有许多新质。因此，要想对其特征进行阐释，必须加以离析与区分。在我看来，民间理念与民间立场在当代的实现大致呈现了三种形态，即“乡村民间”“城市民间”和“大地民间”。它们在互相联系的同时确实具有比较明显的不同内涵和向度，并产生了相关的文学流向与大量作品。不过必须说明，划分这三种形态并非意味着它们都已发育成熟，而首先是为了说明的方便。实际上具体到每个作家那里可能又是兼而有之的，而且三种形态也都还在形成过程之中，与其说“形态”也许还不如说“趋向”。

（一）“城市民间”

“城市民间”可以说有着古老的渊源，中国古代的小说基本上是一种城市民间的消费文本。小说之所以在明代崛起，主要是因为资本主义在明代出现了萌芽，城市民间社会的发育，为出版印刷业作为商业活动提供了现实基础，小说的消费群体与传播载体由此得以形成。这在西方也是有着同样背景的，西方近代小说的兴起也是始自文艺复兴时期资本主义生产方式的萌芽，《十日谈》《坎特伯雷故事集》等小说同中国的“三言”“二拍”可以说是有着惊人的相似。很显然，城市社会空间与城市生活方式的出现与扩展，是小说发育的最根本的动力，作为一种城市社会的“民间意识形态”，小说不仅主导着城市的文化消费，而且成为新型价值观念的传播媒介，它们以新的道德理念诠释着市民阶层的生活方式，使之合法化，这也是它们在“推动社会发展”方面所作出的重要贡献。我们通常也正是在这样的意义上肯定市民小说的价值的——不是去苛刻地批评它们的那些不无“诲淫诲盗”意味的放纵描写，而是着眼于它们对主流道德观念的瓦解与冲击。

但小说植根于“民间意识形态”的最初状态很快就被改变了，它很快就受到了“知识分子意识形态”的利用和修改。小说在19世纪的欧洲达到了高峰时期，但却基本上变成了社会批判与思想启蒙的工具、知识分子进行人性与道德探求的方式。这种“过分”的知识分子意识形态的改造，在20世纪取得了最辉煌的成就，但显然已经穷尽了小说的活力与可能性。在20世纪中国，小说被命定地选择为推动社会变革、改良人生状况的工具，知识分子很自然地将传统的主流文学观念套到了小说的头上，同时“社会政治意识形态”又将庸俗化了的社会学认识论观念塞入其中，小说不堪重负地变成了“经国之大业”，思想之阵地。在逻辑上这固然是合理的，可是从小说艺术发展的实际看，其作用就不仅仅是正面的了。世纪初启蒙知识界对“鸳蝴派”和“礼拜六”等娱乐性小说的批判当然是有道理的，然而问题的另一面则是将小说变成了主流文化的一个分支，使小说原有的古老民间传统逐渐被压制和阉割。

但这仍然有一个过程。二三十年代，在北京、上海和其他城市，仍然有着民间化的城市空间，虽然这个空间也正日益遭受着污染。在老舍、张爱玲等作家的作品中都或多或少地含有城市民间文化精神的因素，在《骆驼祥子》《四世同堂》等小说里，可以比较明显地看到原生的市井人物与民间生活场景。

在当代，由于意识形态的作用，城市小说演化成了“工业题材”小说，变成了一个文化和文学的特定部门。原有的城市小说概念不复存在，从欧阳山的《三家巷》到周而复的《上海的早晨》再到艾芜的《百炼成钢》，所遵循的都是苏联式的社会学反映论模式，着眼于表现城市社会或“工业战线”上的社会矛盾和阶级斗争。小说完全变成了一定时期政治理念的演绎与演示。这种情形实际上一直延续到80年代初“工业改革题材”的小说，只是改头换面，原来的阶级斗争主题被置换成了改革。蒋子龙、张洁、李国文、柯云路的改革小说基本上都未触及过城市文化本身。

城市民间社会及其文化价值的显形始自王朔的小说。王朔小说中的城市民间倾向大致表现在这样几个方面：一是人物社会政治身份的模糊化，他们被称为城市的边缘人、游走者、文化闲人或“精神痞子”，这样一些人，其身份同传统小说中的三教九流市井人物之间具有了某种微妙的血缘联系；二是人物所表现的特别“扎眼”的反正统道德倾向，“千万别把我当人”“玩主”“玩的就是心跳”这类具有挑战意味的字眼，成为他小说价值与道德倾向的标志；三是叙述风格的大众俗文化倾向，小说的主导性话语选择了一种“文革”后色彩很浓的城市市民话语，在喜剧式的语境中杂糅了大量已经被遗弃的政治话语，以及相应的红色宏伟叙事的习惯性语气，变成了一种市民主体对庄严政治话语的“嬉戏”，这一方面引发人们对历史悲剧的“喜剧回忆”，营造出非常富有历史内涵的戏剧情境，同时在潜在层面上也暗合了当代文化中的解构主义倾向，通过对语言的“施虐”而最终触及文化，产生了对“文革”及“文革”后意识形态的“软性消解”的作用。

90年代的城市小说呈现了从未有过的兴盛局面。伴随着新生代小说家个人性叙事的崛起和主流化写作的衰微、意识形态写作的终结，城市市民小说开始以非常多样的形式出现在人们面前。总体上看，90年代的城市小说大致出现了这样一些新的趋向，一是形形色色的“城市新人类”作为故事的主体次第登台表演，如邱华栋笔下的身份飘忽的“城市游走者”和“寄生族”式的人物，何顿笔下出入于黄黑二道、搏击于商海风浪的“新淘金者”与“暴发户”式的人物，张欣笔下的珠光宝气与在交易场上游刃有余的“白领一族”，以及更为晚近的“70年代出生的作家”，尤其是女性作家如卫慧、棉棉者，她们笔下身份更加暧昧的、出入于舞厅酒吧、私人Party，行为乖张、恋爱随便、有歇斯底里症，甚至吸毒、与外国佬上床的、非常具有“边缘”或“另类”道德色彩的“新新人类”，他们构成了几乎是我们时代最自由、最富有、最刺激、最快活、最没有负担和最令人瞠目震惊的一群“新人”。二是他们的叙事共同复活了一个传统的市民社会，及其承载了市民生活理想与价值观念的“市民意识形态”，这其中虽有生活方式与生活内容的新变化，但从精神与观念的角度看，却完全是古老的城市市民社会精神谱系与价值链条的自然延伸，比如他们的生活观念已经完全“非正统化”了，他们无论是同主流意识形态还是同知识分子的传统人文理念之间，几乎都是格格不入的，他们是一些地地道道的个人主义者、利己主义者、现世主义者和享乐主义者，他们共同完成了一个对历史的遗忘和对现实的拥有。三是他们的叙事已经完成了从先锋小说叙事中的分裂与蜕变，特别是在90年代中期以后，他们仅有的一点被阐释为“前卫”的特点实际上仅剩下了“裸露的大胆”，与商业时代文化经营方式已经完全“接轨”，小说不再具有认真的生存思虑与意义追问，也不再具有形而上学的精神与艺术探求趣味，而只是一味地迎合读者，形象一点说，他们（她们）的“另类”已经完全商业化了，成了一种角色定位和商业包装的需要，成了一种对市场份额的谋算。从叙事特点上看，他们（尤其是她们）基本上把先锋小说的意识探险、潜意识场景和乌托邦叙事变成了一种“身体写作”与行为写作，不再追求艺术上的智慧含量，而是极尽强化其刺激性与惯性滑动的力量，以将读者诱入其间。因此“公共的玫瑰”就成了她们新的毫不避讳的信条，“可能的话，我努力做一条小虫，像钻进一只苹果一样钻进年轻孩子们的时髦头脑里，钻进欲望一代的躁动而疯狂的下腹”[12]。应该说，就这一点而言，城市小说及其所负载的城市民间精神正在接近于一种迷途。

1995年问世的王安忆的《长恨歌》，是迄今为止体现出强烈的城市民间倾向的小说的典范之作。它用极优美和哀伤的笔触，复活了一个逝去时代的城市的民间记忆。王琦瑶，一个完全与时代的洪流割断了联系的旧上海的市民女性，一个生错了时代的女人，能够在红色的年代里默默“蛰居”般地生存了几十年，完全是因为上海这座现代中国的商业城市中的民间社会的庇护。这是一个完全不同于林道静式的“现代知识女性”的人物，甚至也不同于茅盾、丁玲等现代作家笔下的“时代女性”或叛逆性的知识女性，她走的是一条古老的女人之路，像历史上所有的薄命红颜一样，她向往着富贵和安闲的生活，盲目地把希望寄予男人，然而她又总是错过了一切的机缘。她是一个按照市民的生存理念走完自己一生的特殊人物，通过她的命运，作家完成了一个对传统文化精神、形象谱系与美学意念的修复，复活了一个古老的市民社会，一个从白居易的诗歌那里延伸下来的感人母题，一个永恒的悲剧美学理念。可以说，同样的题材和相近的人物，由于完全不同的写作立场与理念，才导致了如此不同的内容、主题以及美学情调。从杨沫到王安忆，从《青春之歌》到《长恨歌》，从林道静到王琦瑶，之所以会发生如此大的转折与对比，根本的原因在于从主流到民间的观念的变化。

与城市民间相邻的是一种属于历史或“历史乌托邦”的城市民间。这种流向同80

年代末90年代初的先锋小说曾有着密切的关系，在苏童的“妇女生活”“香椿树街”等系列的小说中，在长篇小说《米》，中短篇小说《妻妾成群》《红粉》中，在余华的《呼喊与细雨》《许三观卖血记》等长篇小说中，叶兆言的《状元境》《追月楼》等“夜泊秦淮”系列小说中，甚至在方方的《桃花灿烂》《祖父在父亲心中》等作品中，都氤氲着浓重的城市民间氛围。陈思和在他的《民间的还原——文革后文学史某种走向的解释》一文中，曾把这些“新历史小说”看作小说民间走向的例证。不过，历史氛围中的城市民间同现实情境中的城市民间毕竟还是有着很大不同的，它更重于风俗与文化意义上的民间生活场景，而不是从“行为”与道德意义上去认同和张扬它们。迄今为止，先锋新历史小说仍然标志着城市民间在小说中所达到的精神与文化深度。

（二）“乡村民间”

在20世纪的中国小说中，乡村民间似乎一直未能成为一种成熟的文化与美学形态，而仅仅是表现出了较明显的“民间性”倾向，这同“农村题材”的小说特别发达、特别多的事实之间，正好形成了一个很大的反差。

鲁迅和文学研究会的作家首倡乡土文学写作，叶绍钧、许地山、王统照、王鲁彦、许钦文等等都写过较多乡土题材的作品，但以鲁迅为代表，他们对乡土农村社会的描写，主要是为了实践他们“为人生”的文学理想，以拯救受难者的眼光关注民生与乡村的苦难，由于这样的启蒙主义文化立场，他们笔下的乡村是破败的、荒凉的，作品的格调基本都是悲剧性的，人物大都是愚昧和可怜的，乡村生活被打上浓重的悲剧与拯救的主题印记，而很少呈现过自足的乡村文化与生活景观。由于十足的知识分子视角，乡村文化本身被较多地遮蔽和修改了。再到后来的左翼作家笔下，乡村社会又进一步变成了表现阶级斗争的场所。

在一些自由主义作家那里，乡村社会生活也曾得以表现，但又走向了另一个端点——文人化，即浪漫主义化了。以沈从文为例，他的湘西小说中含有大量的对民间道德、民间文化的崇尚与赞美的因素，但他的审美态度则是纯粹文人趣味的，是典型的浪漫主义式的民间——对风俗描写的注重、传奇色调的强化、道德理想的灌注等等。这样，文人的乌托邦的理念色彩实际又置换和消除了小说原生的民间生活特性。

显然，“乡村民间”是“站在农民的立场上看农民”的一个视角，无论是对乡村的现实的悲悯还是浪漫的诗化，都不能看作真正“乡村的民间”，而是“文人（或人文）的民间”，而从本质上说，它们已经不是民间了。

真正富有某种“原创”色彩的乡村民间叙事的首创者是赵树理。虽然赵树理一向被认为是坚持“二为方向”的代表作家，是《讲话》以后最典范的“主流”作家，但他的小说的活力和鲜明的喜剧式的叙事风格，无疑源自其对民间文化与民间艺术精神的吸纳，在他最具代表性的作品如《小二黑结婚》《李有才板话》中，虽然也注入了社会变革、人的解放的主题，但实际上作家在面对这些政治内容的时候，并没有简单化地套用意识形态的表现方式，而完全是以原生的民间叙事的形式来点活他笔下的人物的。为什么他小说中前台的主要人物给读者的印象还不及那些次要人物深刻？为什么像“三仙姑”和“二诸葛”这样的人物不过三言两语就栩栩如生，让人过目难忘？这些小说为什么让人百读不厌？这是因为作家对纯粹的而没有经过“修改”和扭曲的、未经主流意识形态的解释的民间文化因素与民间艺术传统的特别地道和抓住了神髓的把握，类似“米烂了”和“不宜栽种”等民间叙事因素是其小说充满活力的最重要的原因。他在50年代发表的《登记》《三里湾》和《锻炼锻炼》之所以还能够在一定程度上保留他的一贯风格，还具有活力，也是因为这一点，“小飞蛾”“糊涂涂”“常有理”“铁算盘”“惹不起”“翻得高”“小腿疼”“吃不饱”……这些鲜活的人物形象和他们那些生动有趣的故事才依旧具有让人忍俊不禁的喜剧性的神采与魅力。但也很明显，由于作家不得不对其原有的纯粹民间性的叙事方式有所改变——以表示其“进步”性和“自觉服务”的立场——《登记》要逊色于《小二黑结婚》；《锻炼锻炼》如果不是作家刻意表现了两个喜剧式人物的话，也会平淡得多。至于《套不住的手》和《实干家潘永福》这样几近沦为“先进人物通讯或特写”的小说，则已全不见了赵树理所本有的天分与活力。一个新文学史上杰出的特色作家就这样江郎才尽，写不下去了。为什么？原因就在于真正的乡村民间社会空间随着主流意识形态的全面覆盖，已经不再有存在的可能，而赵树理所赖以依托的民间性的文化因素——那些古老农业家族谱系上的人与事、情与态也就随之消亡殆尽了。

在赵树理之后的当代作家中，真正能够“下降”到民间意义上的乡村题材写作的作家几乎是难觅其踪的，在赵树理的影响下所形成的山西“山药蛋派”作家们虽然继承了赵树理小说中写人记事的白描手法、刻画人物的喜剧式的笔调，但在整体意识上却很难接近民间文化的根系，并写出具有恒久艺术魅力和真正具有农民文化内涵的人物。仅仅是在民间性的因素上也是越来越少的，中华人民共和国成立前后在周立波的《暴风骤雨》中还有一些踪迹（如老孙头一类人物等），再到梁斌的《红旗谱》中就已经把最初朱老巩一代的传奇故事装饰成了革命家族的历史，再到浩然这一代作家那里，乡村生活已经必须完全按照阶级分析和意识形态的对立模式来安排了。

80年代以后，先后有一些作家如高晓声、刘绍棠、路遥、贾平凹、郑义、刘玉堂、刘恒等在其作品当中开始注入一些民间性的内容，一些农民性格的因素开始不再经过意识形态的修改和包装而直接表现在作品中，也可以说，乡村生活叙事的“非意识形态化”一直是一个总的趋势。但“非意识形态化”的走向主要又表现在其“人文化”的理解方式上，而真正能够接近于“纯粹民间”性的乡村叙事者还尤为少见。这里我想举出刘玉堂的例子，在上述作家中，也许只有刘玉堂的新乡土小说能够称得上是民间叙事的范例。在一篇评论中我曾归纳过他的叙事的两个民间性特征，“一是站在农民的认识方法与情感立场上来写农民，作为叙事者，他在小说中顽固地持守着站在农民之中而不是之外，之间而不是之上的视角，以朴素的内心去观照、理解和书写他们本真和原色的那些喜怒哀乐与生活场景。他将这种写作态度谦称为‘不深刻’，因为他没有在叙事人与叙事对象之间设置悲悯、拯救、批判或皈依等等复杂的关系；第二，他用农民的语言写农民，放弃知识者在语言上的优越感实际上也即意味着放弃知识分子叙事中根深蒂固的自我意识。这一点最需要勇气，在《乡村温柔》中，刘玉堂干脆采用了让主要人物作为叙事人直接出场自述的方式，来实现其完全采用农民语言叙事的目的，这不光是构思上的奇思异想，更是一种民间叙事立场的自觉追求”⑬。也难怪有人将刘玉堂看作“赵树理的传人”，他的小说就其叙事人与叙事对象的关系看的确是最近的，“主体降解”到民间的水准，这是最重要的。但刘玉堂与赵树理又有不同，这不同就在于他赋予了他的乡村叙事以很深的文化思考，即表面的“浅显”与内在的深意有一个很好的结合，在这方面他的意义近似于王朔：王朔是以接近于城市民间的叙事风格，对城市民间意识形态同主流文化之间纠结缠绕的复杂关系进行了生动的描摹；而刘玉堂则是对乡村民间意识形态同主流文化之间的互动关系作了最精彩的展示，而且他们两人都是通过“语言的戏仿”这样富有“解构主义”色彩的方式来完成的。简言之即是在民间化的语境中进行“意识形态的话语嬉戏”的方式，就这一点而言，刘玉堂的意义应该值得进一步探讨和肯定。

贾平凹似乎是一个从“乡村民间”误入“城市民间”的作家，陈思和曾经专门对此作过分析，他早期的“商州系列”以及《小月前本》《鸡窝洼人家》一类小说所依托的叙事方式基本上是一种民间文化风情与民间性言情叙事，不过那时批评界对此基本上是好评如潮的，而到了写城市社会和市井生活场景的《废都》，则由于“一步迈出了新传统的界限”而“一失足而成千古恨”，遭到了知识界尖锐的批评。但陈思和指出，

“《废都》虽然有一股浊气，但其对政治话语和知识分子人文主义的反讽，对人生困扰之绝望及其表达的方式，都显然得之民间的信息”，而“民间的浑浊物对政治一体化的专制主义的解构仍然有独特的功效”。[14]

（三）“大地民间”

“大地民间”是一个特殊的民间概念。这个概念是当代文化情境下的特殊产物，是一个各种意义交叉混合的产物。它的产生大致有这样几个基础和原因，第一，海德格尔的关于存在的诗性哲学思想的影响，在海氏的哲学中，“大地”是其关于存在的抽象理念的一个总体的象征，是存在的表象、本体和源泉的三位一体，这一理念在当代作家的意识里产生了普遍的影响，因此，对大地的归属变成了一种具有某种终极哲学意义的审美之境；第二，由于主流意识形态长期对文学的限制与捆绑，文学失去了与大地——存在的本源之间的诗性联系，失去了与民间文化与艺术精神之间的血缘纽带，文学本体的玄远高迈的形而上学之境不复存在，这样，在挣脱这种困境的过程中，大地自然成为一个依托和凭借的象征；第三，它也根源于知识分子文化在80年代以来的一个转型，即更加亲和于非主流文化的倾向，因为此前当代文化与文学的发展历史表明，过分倚重于对主流文化的附庸，或者它的反面——抗争与对峙——来建立写作的意义是不明智的，难以建立文学独立的精神内涵与审美价值。而“大地”作为本源世界和民间世界的一个象喻，为作家的审美理想的建立提供了一个广阔而独立的空间。简言之，“大地民间”即是诗性的民间，是知识分子的民间，是哲学意义上的民间，也是一个文化隐喻的民间。

最早在小说中体现这一哲学与审美理念的作家是莫言。1986年前后，他的“红高粱系列”小说相继问世，并结集为《红高粱家族》。在这一系列作品中，莫言以他特有的激情、诗意和灵性，以他敏感深厚的乡村生活经验，以及对农业自然的热爱与皈依情怀，构建了一个壮阔而深邃的、激荡着蓬勃昂扬的生命意志与酒神精神的“红高粱大地”，使之从寻根文学过于沉重的理念中解脱出来，变成了一个生命哲学的乌托邦。不仅如此，它还以其鲜明强烈的反正统道德的立场，确立了这个大地乌托邦的民间属性，其主人公“爷爷”余占鳌作为绿林土匪的身份，同古代小说中的英雄侠士、绿林豪杰具有一脉相承的属性，他们出入于乡村野地和青纱帐中的生存方式和“杀人越货又精忠报国”的反正统道德立场，显然具有强烈的民间性质。这样，大地—生命—自然—民间—野性—酒神—诗性等等这些相关因素，就成了一个相依相生的有机链环。应该说，作为诗学概念，大地和民间虽然首先出现在韩少功和李杭育等人的寻根理论宣言中，但在创作实践中，这是第一次在结合中得以诠释和确立。

莫言的大地民间同乡村民间的情境与概念不同，同传统知识分子所刻画的乡村的浪漫“风情”与破败现实也都有不同。它的精神内核是在生存和存在的层面上展开的，而不是在现实或理想的层面上展开的，这构成了它特有的精神与哲学的高度，莫言在他早期的小说中就已初步具有了“民间 / 大地”的统一的理念，《民间音乐》《秋水》《枯河》《球状闪电》等小说可以说都表现了对原始自然的体味与守护的思想，这是其一；其二，人类学思想是莫言红高粱大地的另一哲学支撑，其中的生命、死亡、性爱、生殖、杀伐等等系列事件与场景构成了一个人类学意义上的大地景象，这使他笔下的乡村生活具有了知识者特有的诗性情怀，同一般的乡土理念与场景构成了鲜明的区别。

1995 年莫言又推出了他最为用力的长篇巨制《丰乳肥臀》，这部小说的封底上赫然写着：“献给母亲和大地。”有人曾困惑不解，认为这是作家的闪烁其词，其实这句话是非常准确的，它精确地说明了这部小说历史与人类学的双重主题——母亲对应着历史与苦难，大地对应着哲学和永恒。人类学主题是表层叙事，肉体、生殖与家族的生存景象（丰乳肥臀）构成壮美与自然的大地理念；历史主题则是隐线叙事，战争、杀伐、政治的争斗，20 世纪的所有灾难与悲剧，最终的承受者只有一个，即母亲——民间和人民的化身，她对一切苦难的迎候、接纳和收藏，她的自在、顽强、博大和饱经沧桑都使得她成为永恒的民间精神及其力量的象征。从另一方面说，母亲本身也是大地，是大地的化身之一，这不但是诗性的隐喻，而且也对应着古代的神话，海德格尔说，大地独立而不待，它永恒的自在充满了自我归闭的特性。应该说，《丰乳肥臀》是典型的“大地民间”和“知识分子民间”的诗性文本。

张炜是另一个例子。他 1992 年发表的长篇《九月寓言》，称得上是诗性与哲学意义上的民间的典范之作，它所构造的大地寓言与民间神话比之《红高粱家族》，似更具有纯粹哲学理念的色彩，也更接近海德格尔的思想，同期发表的诗体散文《融入野地》可以看作一个旁证。张炜早期的作品就刻意注重表现乡土诗意，但那些作品离通常的“田园诗”更近些，而《九月寓言》则近似于一个关于“存在的本源”的哲学命题。它不但表达了一个在现代生存的危机下“拯救大地”（郜元宝语）的忧患主题，在哲学关怀的高度上创造了当代小说中少见的范例，而且更加深化和凸现了此前莫言小说中所初步营造的诗性的民间文化精神。可以说，这是一部关于人类生存本源的探询的悲剧抒情乐章，其核心主题即是对民间文化与民间生存方式的玄思、认同与悲悯。在这部小说中，民间的生存景象，同大地自然和谐相处的一切，与现代社会的掠取式的开采、现代文明的暴力的和道德堕落的种种丑恶之间，发生了激烈的冲突，而这冲突的结局是以民间世界的毁灭和这大地上的人最终无家可归而告终的。

“大地民间”在《九月寓言》中获得了十分和谐与完美的统一。作家有意删减和剥离了当代历史特别是意识形态在乡村民间生活中的种种印记，将那些农人的生存行为、挣扎与苦难还原为民间永恒的生存悲歌与壮举；同时在其形而上的层面上，它又超越了对田园劳作、土地生存的悲悯与挽留，而达到了对生命与存在本源的追思诘问与冥想体验的高度，并以“大地”作为它的原型、母体和象喻进行了诗性的整合，使其统一为一个关于存在理念的诗化载体，确立了大地作为存在母体的诗性内涵。由于这一点，它变得非常“单纯”和富有形式感。

“回归民间”已成了20世纪90年代最重要和最响亮的口号之一。这当然首先取决于这个年代迅速变化了的语境，文学的悲壮、寥落、出走甚至下坠都与此有着密切的关系。回到民间，续接上了文学与民族文化古老的传统，使小说回到了古老的常态；回到民间，使走出主流意识形态写作之后的作家重新找到了其必需的精神依托与合法名义，使具有忧患与拯救意识情结的中国作家牢牢地把住了文学所必须具有的精神价值；回到民间，使90年代的小说充满了平民性与消费性的活力，彻底瓦解了长久以来根深蒂固的宏伟话语与巨型叙事；回到民间，既可以是一种现实情境中的策略，也可以是一种具有形而上意义的终极境界，至少它已使当代小说真正回到了自己的起点……当然，回到民间并不就意味着文学的福地与唯一归宿，民间化也使小说出现了种种无可回避的问题，出现了下降、混乱、虚浮和弥散。对此，优秀的作家应当保持应有的清醒。同时，理论界也必须要避免另一个极端，要对那种把一切粗劣的东西都解释为“民间”，并以此对其肯定或攻讦的不良倾向保持足够的警惕。

注释：

① 《庄子 · 外物》。

② 《论语 · 子张》。

③ 缪咏禾：《“三言”“两拍”和〈今古奇观〉》，载郑云波、吴汝煜主编《中国古代通俗小说阅读提示》，江苏人民出版社1983年版。

④ 《聊斋志异 · 自志》。

⑤ 袁于令（幔亭过客）:《西游记题词》。

⑥《客云庐小说话·卷四》。

⑦ 梁启超:《论小说与群治之关系》,《新小说》1902年第1期。

⑧ 徐念慈:《余之小说观》,《小说林》1908年第9期。

⑨ 李杭育:《理一理我们的“根”》,《作家》1985年第9期。

⑩ 陈思和:《民间的浮沉——对抗战到文革文学史的一个尝试性解释》,《上海文学》1994年第1期。

⑪⑭ 陈思和:《民间的还原——文革后文学史某种走向的解释》,《文艺争鸣》1994年第1期。

⑫ 卫慧:《公共的玫瑰》，载《“七十年代以后”小说选》，上海文艺出版社2000年版，第245页。

⑬ 张清华:《大地上的喜剧——〈乡村温柔〉与刘玉堂新乡村小说的意义诠释》,《小说评论》1999年第3期。

（2002年第2期）

王国维、陈寅恪与中国现代学术

刘梦溪

一、王国维与中国现代学术的奠立

王国维是中国现代学术的开辟人物之一，他对中国现代学术的奠基所起的作用，可以从以下几方面看出。

（一）他是介绍外来学术思想的先行者。晚清时期有一个思潮，就是大规模地介绍西方的学说、思想、著作，包括翻译文学作品。许多第一流的学人，他们从小留学国外，掌握了外文工具，然后就把国外的思想介绍过来。在这一方面，王国维的作用是非常之大的。他很早就介绍康德和叔本华的哲学，译述了他们的很多著作，介绍他们的学术经历。英国伦理学家西季维克的《西洋伦理学史要》，也是王国维于1903年翻译的。特别值得注意的是，连托尔斯泰的小说，也是王国维最早介绍到中国来的，这篇小说的名字叫《枕戈记》，发表在当时他主编的《教育世界》上。还有18世纪感伤主义小说家哥尔德斯密的《姊妹花》（今译《威克菲克牧师传》），也是王国维译介到中国来的。1903年至1904年左右的《教育世界》杂志，成了发表他的翻译作品的园地。

（二）他是用西方哲学美学思想诠释中国古典文学的躬行者。最具代表性的是《红楼梦评论》，发表在1904年，这是中国学者第一次用西方的哲学和美学思想，来解释中国古典小说的尝试。他指出《红楼梦》是“我国美术上之惟一大著述”，作品是一个大悲剧，是彻头彻尾的悲剧、悲剧的悲剧。以前的《红楼梦》研究，要么是“评点”，要么是索隐本事。《红楼梦评论》问世以后，哲学的、美学的小说研究开始了，所以这篇论著开了红学小说批评的先河，成为红学研究的经典。具体说，他是用叔本华的思想来解释《红楼梦》的，因此比较注重解脱的哲学。他的解释过程的成败得失是另外的问题，但无论如何是第一次用西方的哲学美学思想来解释中国古典，指出《红楼梦》的悲剧意义，其基本理论架构是完全正确的。

除《红楼梦评论》之外，他还比较多地用西方的哲学思想来重新解释中国的一些重要的思想资源。在这方面，他有三篇最著名的著作。一篇著作叫《论性》，作于 1904 年；另一篇是《释理》，也是 1904 年所写，发表在《教育世界》上；还有一篇叫《原命》，作于 1906 年。这三篇主要论著，是王国维参照西方哲学观点解释中国哲学的几个核心概念，在学术上颇多创造性。

（三）他对中国现代学术所起的奠基作用，还表现在他坚实地立于传统学术的根基，旧学新知完美结合。因为中国的 20 世纪学术，一个重要特点，就是中西学问的结合。这方面，王国维作出了典范。可以讲，他是 20 世纪最有学问的人之一。他在西学方面了解得很多，而在传统的学问方面，更有坚实的基础。这虽是晚清以来中国现代学术大家的共同特征，但王国维尤有不可企及处。

（四）还有一点能说明王国维对现代学术所作的贡献，就是他很早就追求学术独立。所以我要着重地说，王国维学术思想的现代意涵，特别表现在他对学术独立的诉求上。他明确提出，学术本身应该作为目的，也就是要为学术而学术。他反对学术有另外的目的。他甚至提出："学术之发达，存乎其独立而已。"我说现代学术一个非常重要的特征是学术独立，是因为在传统社会里面，学术是不独立的，政教合一是传统社会的特点。而现代学术开始以后，学术界、学人有了追求学术独立的自觉性。

（五）最后一点，王国维对现代学术思想的贡献，还表现在他特别注重学术分类。他在给张之洞的信里，1906 年写的，题目叫《奏定经学科大学文学科大学章程书后》，针对学部大臣张之洞的一个主张提出批评。张之洞在晚清政坛是极重要的人物，他主张改革，但反对激进的改革，为此他发表《劝学篇》，提出有名的"中学为体，西学为用"。在主掌学部期间，对经学科大学和文学科大学的课程设置，提出了一个改革方案。但这个方案的最大问题，是缺少哲学一科。王国维针对这一点提出尖锐批评，说："其根本之误何在？曰在缺哲学一科而已。"他主张把经学科大学与文学科大学合并，然后分为五科，包括经学科、理学科、史学科、中国文学科、外国文学科，每一科都设置哲学课程。他在信中列出一长表，详列各科应该讲授的课程，分类非常详细。所以，王国维对中国现代学术的分类，是有很大贡献的。

他还说过："现代的世界，分类的世界也。"可以看出他对学术的演变始终保持着难得的学术敏感。因为传统的学术分类，大类项是四部之学，即经、史、子、集；现代学术的一个标志，则是把传统的四部之学分解为世界公认的不同学科。胡适曾经提过整理国故的思想，而整理国故的一项内容，就是文学的归文学，哲学的归哲学，史学的归史学，也就是实施现代学术的分类方法。重分类、重专家之学，是现代学术的特点。

二、王国维的诸种矛盾和他所选择的最后归宿

我所说的最后归宿，是指1927年的6月2日，王国维在颐和园的鱼藻轩前面跳水自杀了，他生在1877年，死的时候才51岁，正当他的学术盛年。一百年来，对于王国维为什么要死，到现在也不能说是解决了，仍然是学术界一个大家饶有兴趣探讨的学术之谜。我这里不是专门研究他的死因，没法很明确地对这个问题作出一个结论。但我想指出，王国维始终是一个矛盾交织的人物。我想讲讲他的精神世界和人生际遇的矛盾。我把他一生的矛盾概括为十个方面。别人没有这样讲过，是我自己的发明。

（一）个人和家庭的矛盾。王家的先世最早是河南人，在宋代的时候官做得很大，曾经封过郡王。后来赐第浙江海宁盐官镇，便成为海宁人。但宋以后他的家世逐渐萧条，变成一个很普通的农商人家。到他父亲的时候，家境已经很不好了。他的父亲叫王乃誉，有点文化修养，做生意之余，喜欢篆刻书画。还曾到江苏溧阳县给一个县官当过幕僚。喜欢游历，走过很多地方，收藏许多金石书画。王国维出生那一年，王乃誉已经30岁了。浙江海宁盐官镇是王国维出生的地方。这块土地人才辈出，明末史学家谈迁是海宁人，现代武侠小说家金庸也是海宁人。王国维对自己的家乡很自豪，写诗说："我本江南人，能说江南美。"

但王国维4岁的时候，母亲就去世了，由祖姑母抚养他。从小失去母爱的孩子，其心理情境可以想见。有记载说，王国维从小就性格忧郁，经常郁郁寡欢。不久父亲续娶，而后母又是一个比较厉害的人，王国维的处境更加可怜。他十几岁的时候，有时跟一些少年朋友聚会，到吃中饭时一定离去，不敢在外面耽搁，怕继母不高兴。这种家庭环境对一个孩子、一个少年儿童，影响是很大的。所以我说这是一个矛盾，即个人和家庭的矛盾。

（二）拓展学问新天地和经济不资的矛盾。晚清的风气，特别是1895年中日甲午战争中国战败以后，中国掀起了变革现状的热潮，所有富家子弟，只要有条件的都想出去留学。王国维家境贫寒，没有这个条件。他因此非常焦急，父亲也替他着急，但没有办法。17岁的时候，他也曾应过乡试，但不终场而归。22岁结婚，夫人是海宁同乡春富庵镇莫家的女儿，莫家是商人家庭。他的婚姻，依我看未必幸福。想提升学问，没有机会；想出国留学却得不到经济支持。这是影响王国维人生经历的一个很大的矛盾。

（三）精神和肉体的矛盾。王国维小的时候，身体很弱，精神非常忧郁，这跟继母有很大关系，也和父亲的不理解有关系。父亲王乃誉对他的要求是严格的，日记里对

儿子的成长作了很好的设计，但不理解儿子的心理和学问志向。而王国维的思想非常敏感，从小就是一个智慧很发达的人。一个很瘦弱的身体，却智慧超常，从王国维的照片，就可以看出来。所以他在《静安文集》的第二篇序言里讲："体素羸弱，性复忧郁，人生之问题，日往复于吾前。"这特点延续了他的一生。这就是我所说的一个人的精神和肉体的矛盾。

（四）追求学术独立和经济上不得不依附于他人的矛盾。这也是伴随他一生的矛盾。王国维一生中有一个大的际遇，就是他和罗振玉的关系。王国维自己家里贫穷，不能到国外游学；应试，屡考不中；当过塾师，但很快就辞职了。直到22岁的时候，才有一个机会，到上海《时务报》做一份临时工作。《时务报》是汪康年所办，主笔是梁启超，章太炎也在《时务报》工作过。这是当时维新人士的一份报纸，在全国有很大影响。不过王国维参加《时务报》工作的时候，梁启超已经到了湖南，应陈宝箴、陈三立父子之约，主讲时务学堂。

王国维在《时务报》当书记，从事一些抄抄写写的秘书之类的工作。他海宁的一位同乡在《时务报》工作，因为家里有事，回海宁处理家事，让他临时代理。一个大学者做如此简单的工作，未免屈才。但他很勤奋，做了一段时间之后，恰好当时上海有一个专门学习日文的东文学社，是罗振玉办的，他就利用业余时间去那里学习日文。在那里认识了罗振玉。认识的机缘，是罗振玉看到王国维给一个同学写的扇面，上面有咏史诗一首："西域纵横尽百城，张陈远略逊甘英。千秋壮观君知否？黑海东头望大秦。"王国维的《咏史诗》共20首，罗振玉看到的是第12首。看后大为赞赏，非常欣赏作者的才华，尽管王国维因为经济困难和其他诸多事情所累，学得并不是太好，罗振玉仍给予经济上的支持，使其无后顾之忧。后来又把王国维送到日本去学习，从日本回来后，罗振玉凡是要举办什么事业，都邀请王国维一起参与。罗、王的友谊、特殊关系，就这样结成了。再后来他们还结成了儿女亲家，罗振玉的女儿嫁给了王国维的儿子。王国维一生始终都没有钱，罗振玉不断用钱来支持他。他一方面心存感激，另一方面也是一种压力。因为王国维是追求学术独立的学者。这不能不是一个绝大的矛盾，即追求学术独立和经济上不得不依附于他人的矛盾。

（五）"知力"与"情感"的矛盾。王国维是一个非常特别的人，他的理性的能力特别发达，情感也非常深挚。所以他能写诗，能写很好的词，同时在理论上、在学术上有那么多的贡献。一个人的知力、理性思维不发达，不可能有那么多的学术成就，既研究西方哲人的著作，又考证殷周古史。而没有深挚的情感，他也不能写出那么多优美的诗词。本来这两者应该是统一的，但从另一个侧面看，他们也是一对矛盾。他自己说："余之性质，欲为哲学家则感情苦多，而知力苦寡；欲为诗人，则又苦感情寡而理性多。"那么到底是从事诗歌创作呢，还是研究哲学？还是在二者之间？他感到了矛盾。当然从我们后人的眼光看，也许觉得正是因为他感情多，知力也多，所以才成就了一代大学人，大诗人。但在王国维自己，却觉得是一个矛盾。

（六）学问上的可信和可爱的矛盾。因为他喜欢哲学，喜欢康德，喜欢黑格尔，喜欢叔本华，喜欢他们的哲学。但他在研究多了以后，发现一个问题，就是哲学学说大都可爱者，不一定可信，可信者不一定可爱。这是什么意思呢？哲学上其实有两种理论范型，一种是纯粹形而上的理论，或者如美学上的纯美学，这样的理论是非常可爱的，为王国维所苦嗜。但这种纯理论、纯美学，太悠远、太玄虚，不一定可信。而另一种范型，如哲学上的实证论，美学的经验论等，则是可信的，可王国维又感到不够可爱。于是构成了学者体验学术的心理矛盾。这种情况，在常人是不可能的，但一个深邃敏锐的哲人、思想家，会产生这种体验。

（七）新学与旧学的矛盾。王国维一开始是完全接受新学的，研究西方哲学，研究西方美学，他曾经对这些学问向中国的学术界做了大量的介绍。但是后来，在 1912 年移居日本以后，他的学问的路向发生了一个很大的变化。1911 年辛亥革命成功，皇帝没有了，而罗振玉是不赞成辛亥革命的，他比较赞成清朝原来的体制，因此辛亥革命的当年冬月，罗振玉就带着家属，也带着王国维，一起到日本去了。他们住在日本京都郊外的一个地方，后来罗振玉自己还修建了新居，把所藏图书搬到新居里，取名为"大云书库"。罗的特点是藏书多，特别是对甲骨文、古器物的拓片和敦煌文书的收藏，相当丰富，据称有五十万卷。他们在那里住了几乎十年。王国维 1916 年先回国，住在上海，但有时候还要去东京。

就是在东京这六七年的时间里，王国维的学术路向发生了极大的变化。罗的丰富的收藏，成了王国维学问资料的源泉。他在"大云书库"读了大量的书，就进入中国古代的学问中去了。罗振玉也跟他讲，说现在的世界异说纷呈，文化传统已经快没有了，做不了什么事情，只有返回到中国的古代经典，才是出路。在时代大变迁时期，知识分子如果不想趋新，只好在学问上面往深里走，就容易进入中国古典的学问当中去，在个人也是一种寄托的方式。我想王国维内心就是这样，所以听了他人的话，学问上发生了大的变化。他所以成为后来非常了不起的学者，跟这六七年的钻研有极大关系。他早期介绍西方哲学美学思想的那些文章，都收在《静安文集》和《静安文集续编》两本书中。有一个说法，说王国维去日本时，带去了一百多册《静安文集》，听了罗振玉的话后，全部烧掉了。研究王国维的人有的认为他不大可能烧掉，说这是罗振玉造的谣。

据我看来，烧掉《静安文集》是完全可能的。一个人的学问总是在不断变化。到日本之前，王国维的学问已经变化了一次，由研究西方美学哲学，变为研究中国的戏曲文学，写了有名的《宋元戏曲史》。我就有这样的体会：觉得过去写的文学方面的书和文章一无所取，有时甚至从内心里产生一种厌恶，烧虽然没有烧，但早已放到谁也看不见的去处了。这也不是对文学的偏见，也包括随着年龄学问的增长，喜欢求历史的本真，而不再喜欢文学的“浅斟低唱”，觉得不能满足自己的寄托。当然年龄再大些，学问体验再深一步，又觉得文学可以补充历史的寻觅了。总之我相信王国维到了东京以后烧书，这个事是真实的。所以不妨看作他的新学和旧学是有矛盾的。前期是新学，后期又归于旧学。这个学术思想前后变迁的矛盾是很大的，这是第七点。

（八）学术和政治的矛盾。本来他是一个纯学者，不参与政治的。但他有过一段特殊的经历，是这段经历把他与现实政治搅到了一起。辛亥革命以后，他对新的国家制度采取不合作的态度，虽是一种政治选择，但没有很大关系。主要是后来他又当了溥仪的老师，就进到敏感的政治里面去了。辛亥革命后，1912 年清帝逊位，但民国签了条约，采取优待清室的条件，仍准许溥仪住在紫禁城内，相关的礼仪也不变。那个时间很长，一直持续到 1924 年，冯玉祥才把他赶出宫。王国维当溥仪的老师，是 1923 年 4 月（农历三月）下的“诏旨”。年初（农历十二月）皇帝大婚，然后就“遴选海内硕学入值南书房”。王国维做事很认真，事情虽然不多，他愿意尽到自己的职责。1924 年 1 月溥仪发谕旨，赐王国维在紫禁城骑马，王国维受宠若惊，认为是“异遇”。因此当溥仪被赶出宫时，王国维极为痛苦，对当时的社会现状充满了不满。而且在宫中遇到了诸多的人事纠葛，和罗振玉也有了矛盾。此时，他所心爱的学术和现实政治也产生了矛盾。虽然他是一个纯学者，但还是跟政治有了无法摆脱的关系。这就构成了他思想世界的另一个矛盾——学术和政治的矛盾。他的自杀，与这一重矛盾有直接的关系。

（九）道德准则和社会变迁的矛盾。这一点很重要，任何一个人都不可避免。当社会发生变迁的时候，你跟社会的变化采取相一致的态度，顺时而行，还是拒绝新的东西，想守住以往的道德规范？这是一个蜕变的过程。有人比较顺利，社会往前走，他跟着往前走。但是也有一些人，他不愿意立即改变自己的准则，想看一看新东西是不是真好，或者压根就认为所谓的新东西其实并不好，也许并不是新东西，而是旧东西的新的装扮。这一点，陈寅恪在《元白诗笺证稿》里，讲到元稹的时候，有专门论述。他的原话是这样说的："值此道德标准社会风习纷乱变易之时，此转移升降之士大夫阶级之人，有贤不肖拙巧之分别，而其贤者拙者，常感受苦痛，终于消灭而后已。其不肖者巧者，则多享受欢乐，往往富贵荣显，身泰名遂。"王国维就是那种"贤者拙者"。这一重矛盾在王国维身上非常突出，所以当辛亥革命之后，当溥仪被赶出宫以后，他非常痛苦，痛苦得想自杀。

（十）个体生命的矛盾。也就是生与死的矛盾。这在一般人身上不突出。一个普通人，年纪大了，最后生病了，死了。死了就死了，虽然每个人都难免留恋人生。但王国维采取了一个行动，在51岁的盛年，在他的学问的成熟期，居然自己来结束了自己的生命。这是很了不起的哲人之举。我说"了不起"，大家不要误会，以为我认为所有的自杀都是好的。过去在传统社会，有的弱女子，受不了公婆的气，投井自杀了，这类例子不少。但这是一种被迫的一念之下的情感发泄，不是理性的选择。但对于一个有理性的人，一个大的知识分子，一个思想家，一个大的学者，他在生命的最后，能采取一种自觉的方式来结束自己的生命，这是一般人所做不到的。但是对王国维来说，则是一个个体生命的矛盾问题。

人们常说一个人的死，说他走得很从容。其实，王国维才真正是走得很从容呢。在1927年6月2日，早8点，王国维从自己家中出来，到国学研究院教授室写好遗嘱，藏在衣袋里。然后到研究院办公室，与一位事务员谈了好一会，并向事务员借了五块钱。步行到校门外，雇了一辆人力车去颐和园。十时到十一时之间，购票入园。走到鱼藻轩，跳入水中而死。这个过程，可以知道是理性选择。本来他早就决定死：1924年冯玉祥逼宫，罗振玉、柯劭忞与王国维有同死之约，结果没有实行。陈寅恪《挽王静安先生》诗"越甲未应公独耻"句，就指这件事说的。最后，到1927年，他终于死了。所以他的遗书里说"义无再辱"。他充满了个体生命的矛盾、生与死的矛盾。

对于王国维的死因，说法非常多，也可以说是20世纪的一个学术之谜。但是，我觉得对于王国维之死给予最正确解释的是陈寅恪。在王国维死后，陈寅恪写了非常著名的一首长诗，叫《王观堂先生挽词》。在这个挽词的前面，有一个不长但是也不算短的序。《王观堂先生挽词》这篇序，是陈寅恪的一个文化宣言。这里边集中讲，当一种文化值衰落的时候，为这种文化所化之人，会感到非常痛苦。当这种痛苦达到无法解脱的时候，他只有以死来解脱自己的苦痛，这就是王国维的死因。他认为王国维是被传统文化所化之人。陈寅恪这里讲了一个观点，说起来很复杂。他觉得传统文化的核心价值是"三纲六纪"，就是说，王国维觉得三纲六纪这一传统文化的纲领价值，在晚清不能继续了，崩溃了，他完全失望了，所以去自杀了。

最近我有一篇文章，专门就这个问题作了解释，提出了一个新的看法。所谓纲纪之说本来是抽象理想，为什么这些就跟王国维的死有关系？我解释说，因为《挽词序》里举了两个例证，说就君臣这一纲而言，君为李煜，也期之以刘秀；就朋友一纪而言，友为郦寄，还要待之以鲍叔。李煜词写得很好，但是这个皇帝很无能，整天以泪洗面。刘秀是光武帝，他使汉朝得到了中兴。按传统的看法，皇帝虽然无能，你也要尽臣子之礼，希望皇帝能使自己的国家得到中兴。所以皇帝即使是李煜，你也应该像刘秀那样待他，这是一个臣子应该做的。而朋友是郦寄——郦寄在历史上是出卖朋友的人，是不够朋友的人。但是作为朋友而言，应该用鲍叔的态度来待他。历史上的管仲和鲍叔的交情，是作朋友的楷模。《挽词序》里面讲到“三纲六纪”，讲了这两个例子。陈寅恪讲历史，讲学问，有“古典”和“今典”之说。讲这两个例证，他不可能是虚设的。他讲君，我以为不是别人，应该是溥仪。而且我在《挽词》里面找到了这句话的证据，就是“君期云汉中兴主”那一句。不是指溥仪指谁？但溥仪不是刘秀，他没法使清朝复兴，所以王国维很失望。还有朋友，他讲的是谁呢？我认为讲的是罗振玉。

王、罗后来有了矛盾，在王国维死的前半年，1926 年 9 月，王国维的长子王潜明在上海死了，仅 27 岁；儿媳罗曼华是罗振玉的女儿，也才 24 岁。这当然是个悲剧。葬礼之后，罗女回到了天津罗家。这个媳妇跟王国维的太太关系不是太好，与夫君的感情也未必佳。王潜明留下 2423 块钱，王国维把这笔钱寄给了罗家。结果罗振玉把钱退了回来。干国维很不高兴，说这钱是给儿媳的，怎么又退回来？并说这是蔑视别人的人格。罗振玉可能也说了些什么，两个人的矛盾于是表面化了，当然原因很多。所以，也有的人说王国维的死是罗振玉逼债死的。但是陈寅恪的解释，他不想把这些问题落实。王国维不是由于 2423 块钱的问题他就去死，也不是由于溥仪变化了地位他就去死，而是由于他的理想——君臣的理想、朋友的理想破灭了，他才去死。按六纪之说，朋友之间可以通财货，朋友在钱物方面不应该计较。罗振玉虽然帮过他很多钱，但是要计较这些就不好了。这里面一定有很多隐情。罗振玉一定想，两千多块钱你给我算什么，我这一生给了你多少钱？所以越想越不高兴，这是潜在的。这个问题使得王国维在朋友的理想上失望了。

所以陈寅恪的解释，是说王国维最后殉了文化理想，而不是殉了清朝。本来么，要殉清朝 1911 年就殉了，1924 年冯玉祥逼宫也可以殉，为什么等到溥仪被赶出宫三年之后？我个人赞同陈寅恪的解释。

三、陈寅恪的学术精神和研究方法

王国维和陈寅恪的关系是非常密切的，陈寅恪在挽词里讲“风义平生师友间”，既是与师长之间的关系，又是朋友之间的关系。当时王国维与陈寅恪都是清华国学研究院的导师，所以在王国维去世以后，他在遗书中说，“书籍一项，请陈吴料理”。陈就是陈寅恪；吴是吴宓，是当时清华国学研究院的主任，与陈寅恪有极深的友情，也是近年讨论得比较“热”的一个人物。吴宓的日记，三联书店出版了10厚册，其中有许多宝贵的历史资料。王国维说请陈、吴料理书籍，我觉得无疑等于王国维向陈寅恪的文化托命。所以王国维的死对陈寅恪的震撼是非常大的，同时也只有陈寅恪真正理解他的死因。

王国维的盖棺论定，也是由陈寅恪来作的。我刚才讲了，王国维死后，他作了挽词，还作了挽诗，另外还有挽联。陈寅恪的挽联写的是：“十七年家国久消魂，犹余剩水残山，留与累臣供一死；五千卷牙签新触手，待检玄文奇字，谬承遗命倍伤神。”下联的“谬承遗命”就是指整理书籍的事。王国维的遗著整理出版，也是陈寅恪写的序。后来清华大学师生为王国维立纪念碑，碑铭也出自陈寅恪的手笔。这一系列文字都涉及对王国维的评价，是迄今我们看到的最正确的评价。所以我说对王国维的整个生平学术的盖棺论定，也是由陈寅恪来作的。

陈寅恪在《清华大学王观堂先生纪念碑铭》中说：“士子读书治学，盖将以脱心志于俗谛之桎梏，真理因得以发扬。思想而不自由，毋宁死耳。斯古今仁圣所同殉之精义，夫岂庸鄙之敢望。先生以一死见其独立自由之意志，非所论于一人之恩怨，一姓之兴亡。”这里又在探究王国维的死因，他把王国维的死，看作一个学者追求和保持自己的“独立自由之意志”。接下去又说：“来世不可知者也。先生之著述，或有时而不章。先生之学说，或有时而可商。唯此独立之精神，自由之思想，历千万祀，与天壤而同久，共三光而永光。”这些评价，是评价王的著作，对陈寅恪自己也完全适用。

陈寅恪的经历，在他的一生当中的一个特点，就是始终坚持“独立之精神，自由之思想”。1953年，中国科学院成立后，中央请他到北京来，做中科院的哲学社会科学部历史第二所所长。郭沫若还特别写了邀请信。但他拒绝了。后来又派他的学生汪篯去请他，他把汪骂了一顿，不满意学生的思想态度。而且跟汪有一天的谈话。这个谈话原来我们都不知道。我有文章考证他为什么不到北京来做历史第二所所长，我考证了许许多多的原因。后来广东的陆键东先生写了一本书《陈寅恪的最后20年》，公布了一个材料，即汪跟他谈话的记录，题目为《对科学院的答复》，保存在中山大学的档案室里，他看了这个档案。这个谈话记录虽是汪篯写的，但却是陈寅恪的口授，真实性不存在任何问题。陈寅恪说：我的思想，完全见于王国维的纪念碑文中，我认为研究学术，最主要的是要有自由的意志和独立的精神。要叫我思想不自由，不能走自己独立的道路，我毋宁死，这就是我的思想。你要叫我到历史所去可以，但是有两点：第一点，历史所不要讲马克思主义；第二点，要叫毛、刘两公给我写一封信，允许我这么做。

信当然也没写，所以他也没有去。他的思想就是这样的，是他的真实想法。因此他对王国维的评价，讲“独立之精神，自由之思想”，实际上就是讲他自己。他在史学领域所获得的成就，得到当时后世一致的承认。学术界对很多学者常常有不同的意见，但无论在中国和外国，无论在老一辈还是在年轻一辈里面，到现在为止，对陈寅恪的学问没有人可以提出否定意见（当然不包括小的学术观点讨论）。可以说，在 20 世纪 50 年代以后的中国现代学人当中，没有第二个人，能够把“独立之精神，自由之思想”保持到他这种强度和纯度。

至于陈寅恪的研究方法，他在王国维遗书的序言中，把王国维的学术内容和治学方法概括为“三证”的方法。第一，是地下的实物和纸上的遗文互相释证。因为上一个百年地下发掘的东西非常多，如果不研究地下考古新发现，光是念古书，那么学问还不能到家，所以他主张地下的实物和纸上的遗文互相释证。第二，把异族的故书和本国的旧籍互相补正。第三，外来观念和固有材料互相参证。陈寅恪是一个现代学者，他一点也不排斥外国的东西，他特别主张外来的观念，主要指西方的思想观念，和中国的固有材料可以相互参证的方法。陈的研究领域和王在异同之间，所以这“三证”的方法，完全适用于概括陈寅恪的研究方法。

他非常重视学问的工具，熟悉多种文字。通常的说法，说他通晓二十多种语言文字。后来材料多一点，有研究者说，不会有那么多。但我想，说他可以熟练使用十多种国外的语言文字，应该没有问题。特别是一些稀有文字，像蒙古文、藏文、梵文、巴利文、希伯来文等这些稀有文字，他是非常熟悉的。尽可能多地掌握多种语言文字，是成为一个大学者的必要条件。他还有个特点，就是他没有学位。他在国外留学十多年，13 岁就去日本留学，走遍了各个国家，但光学习不要学位。这在中国上一个百年的历史以及现在的历史上，恐怕找不到第二人。

但就是这样一个没有任何学位的年轻人（当时他 35 岁），居然当上了清华国学研究院的导师。跟他一起当导师的四个人，一位是王国维，大学者；一位是梁启超，晚清了不起的人物；还有语言学家赵元任。考古学家李济仅仅是讲师。王、梁、陈、赵，当时称为“四大导师”，都是中国现代学术的泰斗。那么陈寅恪怎样成为清华国学研究院的导师的呢？是梁启超介绍的。陈寅恪的祖父和父亲，在1895年至1898年推展湖南新政的时候，因为他的祖父陈宝箴是湖南的巡抚，成立时务学堂，聘请梁启超为中文总教习，当时是轰动全国的大事件。梁知道陈寅恪的家世和学问，所以他推荐给清华大学校长曹云祥。曹问他陈寅恪有什么学位？梁启超说他没有学位。又问他有什么著作？梁启超说也没有著作。曹云祥当时很奇怪，说又没有学位，又没有著作，这不是叫我为难吗？梁启超说，我梁启超有什么学位？曹云祥当然知道没有。还说他自己的著作可谓等身，但是我的几百万字的著作，没有他的几百字的文章有价值。梁启超讲话，总愿意推到一个极致，但讲的是实情。曹校长一听没有办法了，于是就请陈寅恪来一起做清华国学研究院的导师。

陈寅恪研究方法的另一个特点，是非常重视新材料和发现新问题。他曾经讲过：“一代之学术，必有其新材料与新问题。取用此材料以研求问题，则为此时代学术之新潮流。”他对材料的开拓极大。他的一个特点是打通文史，可以用诗文小说来证史。最著名的就是他的《元白诗笺证稿》和《柳如是别传》，都是通过诗文来考证历史的典范。特别是《柳如是别传》，全书80万字，是晚年在双目失明的极端困难的情况下，用十年的时间写成的。他口授，他的助手黄萱笔录。传主是明末的一个有名的妓女，当然这样说不一定准确。当时明代的风俗，很了不起的女性与上层知识分子有很多交往，甚至有的社团也有女性参加。所谓“国士名姝”，流传许多佳话。如侯方域和李香君、冒辟疆和董小宛、柳如是与陈子龙和钱谦益。当时的江南，由于经济的发达，也由于文化传统的深厚，于是出现了一大批有才情有气节的美丽女性。柳如是（即河东君）就是其中的佼佼者。陈寅恪把她写成了一个奇女子，一个民族英雄。因为在清兵打来的时候，她不投降。而她的先生钱谦益却投降了。陈寅恪在复原柳如是先后与陈子龙和钱谦益的爱情与婚姻的故事的时候，全部用的是诗文证史和诗史互证的方法。

他在使用以诗证史的方法时，特别强调故事的时间、地点、人物这三个要素。而且第一个提出了古典和今典的说法。作学问解释典故是惯常的，但只有陈寅恪一个人提出古典和今典的说法。什么是古典和今典呢？陈寅恪说：“自来话释诗章，可别为二。一为考证本事，一为解释词句。质言之，前者乃考今典，即当时之事实。后者乃释古典，即旧籍之出处。”比如，我们读杜甫的诗，杜甫诗里面可能引用了汉代的、秦代的，甚至是六朝时期的一些事情，陈寅恪把这个叫作古典；但杜甫在诗中除了引用古典之外，还有他写诗的现实处境和心情的投射，研究杜甫也要考证，这叫解释今典。我对陈寅恪先生著作的研究经过了比较长的时间，我发现他的书中不仅有今典和古典的释证，而且有作者个人精神历程的投入，我把这种情况称作“近典”。《柳如是别传》的题诗里明确提出：“明清痛史新兼旧”，这就不只是关涉明清史事，同时也包括清末民初以及整个20世纪的社会变迁在内。“近典”的说法，是我个人研究陈寅恪先生著作的独家心得。

另外陈寅恪的学术精神和研究方法，还包括他对古人的态度，特别主张要具“了解之同情”。他说你如果不了解古人著述的具体环境、相关背景、立说的用意和对象等情况，就不可能对古人的著述有真了解，也就不具有对古人的发言权。所以他提出一个重要的思想，叫作“了解之同情”。其实岂止对古人，对今人、对朋友、对一切研究的对象，都需要有了解之同情的态度。陈寅恪的这个思想方法，我可以认为它是20世纪学术批评、学术研究的一个经典性的提法。举个陈寅恪本身的例子，就是他写《柳如是别传》，涉及清朝初年政治上的严酷，当时知识分子处境是很不容易的，要了解当时的那个情况，然后才可以批评。所以他认为钱谦益投降清朝，当然这是钱一生的大污点，无法讳饰；但也不要因此而抹煞了他的其他优点。因为钱谦益投降之后，在他的老家常熟一带，又和柳如是一起参加了许多反清活动，说明对自己此前的降清有所悔悟。甚至他到南明小朝廷任职，与阮大铖、马士英打得挺热乎，这固然不好，但他们的相往还，说不定也有艺术鉴赏方面的同好。因为阮大铖善于度曲，河东君应是最佳的欣赏者。和钱谦益一起降清的王铎，是个大书法家，降清固然不好，但其书法却是明末的绝艺。这样看人，才能不失公道。

还须提到，陈寅恪对原典引述的功夫是非常了不起的。我们看他的著作，当中许多原典大面积的引述，这在我们一般做学问的人来说，是不可能的，你也不敢这样做。老引用别人的说法，自己不讲话，怎么可以。读者遇到这样的书，常常略过引文不读。可是你读陈寅恪先生的著作，如他的《唐代政治史述论稿》和《隋唐制度渊源略论稿》，大面积地引用两《唐书》，你不仅不敢略过，恰好那里边有最重要的东西。另外，他还有一个特点，即他的西学水准高得不得了，通一二十种语文，在西方留学那么长的时间，可是你在他的著作当中看不到一点西化的痕迹。你不得不承认，他是一个非常了不起的学者，真正是20世纪最了不起的学者。

四、陈寅恪的“家国旧情”与“兴亡遗恨”

陈寅恪的学术和思想的力度跟他的家世有很大的关系。他祖上是福建人，后来迁移到江西，在江西修水县。陈寅恪出生在湖南长沙。曾祖陈琢如学问不大，但极有见解，特别喜欢王阳明的心学。他觉得中国太缺少人才了。为了寻找人才，他从江西走遍大江南北，最后走到北京，结果大失所望，觉得缺少人才是当时的主要问题。当然是指缺少可以匡正时弊的学问大家和国之栋梁，不是一般的人才。那时是在太平天国之前的那一时期，国家的人才机制主要靠科举考试，而科举的方法已是弊病丛生。因此他决定通过另外的途径，即通过办教育的途径来培植人才。所以他回到义宁以后，开始办义宁书院。再后来太平天国起来，陈寅恪的曾祖陈琢如在本乡组织团练，打太平天国。这是历史状况，我不是在这里作历史是非的价值判断。

陈寅恪的祖父陈宝箴非常有个性，是晚清政坛的重要人物。但陈宝箴的仕途很曲折，没有考中进士，只是个举人。到北京应试没有考中，留北京三年，有机会结交一些有智慧的人物。恰好当时是英法联军火烧圆明园的时候，他在酒楼里看到西北方向火光冲天，立刻捶案大哭，结果酒楼的人都为之震惊。这说明陈宝箴是一个爱国者，一个性情中人。他也曾参加他父亲陈琢如组织的团练，与太平军作过战。他还去拜访过当时驻扎在安庆的曾国藩，曾一见陈宝箴，大为高兴，称他为“海内奇士”。曾国藩的幕僚长李鸿藻主动提出让陈宝箴代替自己的位置，陈宝箴没有接受，但为调停曾国藩和江西巡抚沈葆桢以及席宝田的矛盾，起了很大的作用。他后来到湖南当道员，有极好的政绩。又调往河北道，重视人才培养，创办河北精舍。又升为浙江按察使，但几个月就因一桩冤案罢职，回到湖南赋闲。逆境磨练了他的意志，锻炼了气节。后来又起用为湖北按察使、布政使。直到1895年中日甲午战争失败以后，他才被任命为湖南巡抚，成为封疆大吏。

陈寅恪的父亲陈三立也是了不起的人物，名气名声后来比陈宝箴还大。他是清末同光体诗人的代表，礼部试中式，却因书法不合格，到下一科才进入进士的行列。但终生没有做官。1895年至1898年陈宝箴任湖南巡抚，他襄助父亲在湖南推行新政，使湖南成为全国变法维新的先进省。陈氏父子聚集了大量第一流的人才，例如请梁启超担任湖南时务学堂的中文总教习、李维格为西文总教习。熊希龄管理时务学堂，唐才常主持《湘学报》，谭嗣同筹备南学会，黄遵宪担任盐法道，江标和徐仁铸先后任学政。全国的人才都到湖南来了。时务学堂的学生有蔡锷、杨树达等。而章士钊居然没有考中。可以想见在陈宝箴的带领下，湖南的改革运动进行得多么热火朝天。但改革受到了保守势力的抵制。康有为、梁启超的激进变革策略，诱发了慈禧和光绪的矛盾。正当改革进行得轰轰烈烈的 1898 年秋天，慈禧发动政变，囚禁光绪，通缉康、梁，杀死六君子。六君子中杨锐、刘光第是陈宝箴保荐的，加之谭嗣同也来自湖南，陈宝箴、陈三立父子因而受到牵连，给予革职、永不叙用的处分。陈宝箴的罪名是“滥保匪人”；陈三立的罪名是“招引奸邪”，因为请梁启超为时务学堂总教习是陈三立的主张。

1898 年年底，被罢官的陈宝箴一家从湖南长沙回到老家江西。一路上陈三立大病，险些病死。陈三立的一个姐姐，回到家里总是痛哭，直到后来哭死。陈寅恪的长兄陈师曾的夫人范孝嫦，也是这个时候死的，年仅 22 岁。可见戊戌政变对陈寅恪的家族的打击有多么沉重。回到江西，陈氏一家先住在南昌磨子巷，几乎失去了生活来源，过着朝不保夕的生活。不久陈宝箴又搬到南昌西面的散原山下，筑庐而居。这时陈宝箴 69 岁，身体很不错，他也情愿过这样隐居的生活了，虽然忧伤家国的心情始终未变。但一年多以后，就是 1900 年 6 月，陈宝箴突然死了。在陈三立的记载当中，是“以微疾终”。但去世的前几天，陈宝箴还写了《鹤冢诗》二章。为什么突然死去？还是在十多年前，江西的宗九奇先生发表了一个材料，说他祖父传下来的一个文录里有一条记载，说是慈禧太后下旨要陈宝箴自尽，江西的千总到西山执行命令。结果陈宝箴就这样冤枉地死去了。是赐自尽而死，而且最后他的喉骨还被割下来到北京去报命。

这是一条很残酷的记载。发表以后，因为学术考证不能相信孤证，没有引起太多的反响。我个人也是信而有疑。关于陈宝箴之死，原来我就有疑点。比如我读陈三立的有关记载，包括他写的《先府君行状》和《岘庐记》，写到他父亲的死，呼大抢地，泣血椎心，痛苦到失常的地步，甚至说如果不是有所待，他也会立即死去。如果是正常死亡，陈三立未必是这个样子。我有疑点，但不能证实。后来在哈佛，燕京图书馆里的书比较多，读了很多相关的材料，特别是陈三立的诗文，《散原精舍诗》和《散原精舍文》，我经过考证，相信有充分证据证明陈宝箴是慈禧太后密旨赐死的。但这件事陈三立讳莫如深，他没有向自己的家中任何人讲过。这是可以理解的，因为在当时的社会，即使后来清朝灭亡，陈三立也并不觉得被朝廷赐死是一件光荣的事。问题是陈寅恪是不是知道？我认为他知道。我有充分证据证明陈寅恪对陈三立的诗，完全烂熟于心。试想，我读陈三立的诗都能看出陈宝箴确实是被慈禧太后杀害，那么学识渊博，深明古典今典的大史学家陈寅恪，还能不知道吗？

陈寅恪的家世就是这样的。所以对他来讲，一生之中有一个重大的情结——这个情结其实不是个人的，就是在晚清的改革中有两种主张，一种是康、梁主张的激进的变革，另一种是陈寅恪的祖父和父亲主张的渐进的变革。激进变革的结果，诱发了慈禧和光绪的矛盾，慈禧发动政变，改革失败了。陈寅恪认为如果按他祖父和父亲的主张，由张之洞出面领导全国的改革，慈禧太后也可能接受改革的思路。如果这样，戊戌政变就不会发生了，义和团也不会产生了，八国联军也打不到北京了，以及后来的许多事变包括党派军阀大战，也许不至于那么严重。中国近百年的灾难，在陈寅恪看来，根源在于戊戌变法走的是激进的道路。如果陈宝箴、陈三立父子的渐进变革的主张得以实现，中国就不是后来那样的中国了。当然历史不能假设，我们毕竟还是站在另一条历史的流程里面。

总之陈寅恪有一个情结，就是他对上一个百年的回忆，充满了忧伤与记忆。直到1965年他逝世的前几年，还写了自传式的著作《寒柳堂记梦未定稿》，不厌其烦地辩驳戊戌变法的两派，指出他的祖父与父亲是渐进变革派。这个情结深深地印在了陈寅恪的心中。也是1965年这一年，他有一首诗，题目是《乙巳冬日读清史后妃传有感于珍妃事为赋一律》，其中有两句诗："家国旧情迷纸上，兴亡遗恨照灯前。"我觉得这首诗既是陈寅恪诗歌写作的主题曲，又是他一生思想世界的主题曲。了解了这句诗，才能了解他的学问、他的思想、他的精神世界，知道他为什么像大树一样永不动摇。

（2002年第3期）

生态批评的知识空间

鲁枢元

20 世纪 50 年代，奥地利学者贝塔朗菲提出一个颇为自负的观点：生物学的世界观正在取代物理学的世界观，“19 世纪的世界观是物理学的世界观”，而“生物学对现代世界观的形成作出了根本性的贡献”。[①]他的这一断言竟为后来的时代发展所充分验证，物理学世界观向着生物学世界观的这一转换还被不少人称作人类文明史上的“第二次哥白尼革命”。

最初引发人类生活世界变革的，可能是一套“知识系统”。人类社会的生产能力、经济水平、国家政体、法律条文、教育方针、道德信念、审美趣味全都免不了受到这一知识系统的制约和监控。正如贝塔朗菲在谈到“物理学的世界观”时所说：“承认生物是机器，承认由技术统治现代世界以及人类的机械化，这只不过是物理学机械论概念的扩充和实际运用。”[②]

迄今为止，人类文明史上已经出现过三种知识系统：神学的知识系统[③]、物理学的知识系统、生物学的知识系统。贝塔朗菲对于它们的哲学概括分别是：活力论、机械论、整体论。

在对于人、自然以及二者关系的解释上，三种知识系统得出的结论显然各不相同。

在神学知识系统看来，人和自然万物都是神（上帝或女娲）的造物，神把一种活力（灵气或者生气）嘘进人体或物体之中，人和物便具有了生命。神是超验的，是君临于人与自然万物之上的一种统摄性的存在。日月运行、季节转换、朝代更迭、生老病死全都是由于神的指令或暗示。天地万物统归神的主宰，神的意志就是天命，同时又是自然。天命不可违，对于天命的敬畏、信奉和景仰，对于自然的亲和与顺应，是人类社会安定幸福的保障。在这一知识系统中，人们凭借自己的“精神感受”领悟知识的真实与否，“信则灵”，“信仰”成了知识有效性的前提。

在物理学知识系统中，人和自然都不过是一种物质和能量，一种按照一定法则和定律运转的装置或器械。这些法则和定律就是“物之理”，对于这些法则、定律的归纳和论证就是“科学”。人是富有理性的动物，唯有人可以认识、证实、把握这些法则和定律，首先是自然界的法则和定律，并进而利用其征服、操纵自然为人类造福。在这一知识系统中，即使是活生生的人，也必须符合并服从严格的科学定律。知识与价值无关，知识的客观性是科学的唯一保证。“科学”就是实证，经验的实证或逻辑的实证，科学成了判定知识真伪的法官；“理性”成了获取知识同时也营造福利的工具，甚至成了人性的全部内容。

看似超然于世的文学理论、文学批评，其实也很难超出一个时代的“知识系统”的规约和限定，更多的情况下倒是自觉不自觉地趋附、投合所处时代的知识系统，以便为自己的理论批评成果寻求一个稳固牢靠的基础，争取更为广泛的社会效应。同时，文学批评自身也就成为漂浮在那一知识系统上空的一只象征性的风筝。

中国古代文学理论在观念方面的特点为：重神轻形、重意轻言、重内轻外、重无轻有、重直觉轻思辨、重自然轻人工、重虚静轻功利，这显然是为中国那一时代的知识系统所规定的。在中国古代文学理论家看来，文学艺术与天地人心、自然万物全都是“道”的衍化物，并被统摄在“道”的运行轨迹中。“道”是生气、生机，是生命之根，是众妙之门，是文学、人心、自然的本源与神髓。“道”又是至高无上、至大无外、至细无内、无所不包、无所不容的。“道”究竟是什么？后来的中国学者们曾经力求运用现代社会知识系统的常识，从中找出“唯物的”“科学的”“自然规律的”确证来，到头来都免不掉穿凿附会的嫌疑。“道可道，非常道”“道之为物，惟恍惟惚”，中国古代知识系统中的这个“道”其实是不适宜言说解析的。作为一个“涵盖万有而又空无一有”的绝对存在，“道”就是“天”，就是“神”，它只能被信仰、被感悟，而不需要被解释、被实证。正是在这样一个知识系统中，才孕育出神理、神思、神趣、神韵、神游、神遇、神品、神化这些“神”字号的文学理论用语。也正是在这样一个知识系统内，才诞生了“大音希声，大象无形”“得意忘象，得象忘言”“物外传心，空中造色”“行神如空，行气如虹”“羚羊挂角，无迹可求”“但见性情，不见文字”“不著一字，尽得风流”这样独异的文学理论。也只有在中国古代的“神学知识系统”内，这些貌似怪诞诡谲的文学理论才可以被领会。

在物理学的世界观占据统治地位的现代西方国家，文学理论及批评早已彻底抛弃了对于一切不能把握、不能言说的事物的迷恋，而表现出对于理性、科学、分析、实证乃至方法、技术的偏爱，从而在文学艺术领域落实了物理学的知识原则。不少明眼人指出，“20 世纪以来自然科学发展惊人……这又造成文学理论的迅猛发展，各个流派都要从不同理论、不同角度给文学理论上的种种问题以更科学、更深入的解释”[4]。“20 世纪各种文论派别，都在试图把文学外学科的规范和方法论引入文学理论，‘科学化’看来是 20 世纪文论的一般性趋势。”[5]

在 20 世纪上半期近五十年的时间里，俄国的形式主义批评及英美文学界的语义学批评、新批评、结构主义批评将这一倾向推向了极致。

形式主义批评的创始人雅各布逊的目的是建立一门“独立的文学科学”“真正的科学”，并且把“手法”“技巧”看作这门“科学”的核心；瑞恰兹把文学的语义学批评称作“应用科学”；新批评的主将韦勒克视文学理论为“工具论”。艾亨鲍姆表白得更为坦率：“我们决心以对待事实的客观的科学方法，来反对象征主义的主观主义的美学原理。由此产生了形式主义所特有的实证主义的新热情；哲学和美学的臆想被抛弃了。”[6]到了结构主义那里，不但“哲学和美学的臆想”被抛弃了，自然万物、人类历史、作家心灵、社会生活、创作意图、文学题材全都被排除在文学之外，文学的图景与物理学家设想的原子内部结构的图景相似，成了一具纯粹的、透明的符号的框架。

20 世纪 60 年代的中国文学界注定还做不出这种类似原子结构的文学解释，但却曾经流行一种所谓“三结合”的文学创作方法，即“领导出思想，群众出生活，作家出技巧”，把文学创作看作一个类似拼装工业产品的流水作业过程。这种看似低劣的文学创作方法，其实正是与中国低下的工业生产方式相一致的，同样是以西方现代社会的知识系统为背景的，是同一种机械论世界观的产物，与中国的传统文学理论毫不相干。就在那时，法国文学理论家马歇里（Pierre Macherey）也曾出版过一本题为《文学生产的理论》的书，认为文学生产也像工业生产一样，作家只不过是把早已存在的社会生活、思想意识、文学体裁、语言符号加工安装成为最终的产品，就像机械工人把金属材料经过切削、焊接、磨光制造成各种零件并把它安装成一架飞机一样。这种露骨的“机械论”文学批评似乎不值一提，然而，一位西方学者却深刻地指出：马歇里的文学生产理论与俄国形式主义者把作家看成运用技巧进行写作的艺人，与结构主义者巴尔特强调借用代码生产作品的思路是一致的。“虽然马歇里在 1966 年出版的这本书早于巴尔特的《S/Z》的出现，并在许多问题上是对早期结构主义的批判，但是，马歇里与结构主义仍然拥有共同的文化背景，并且发展了作家是从内部致力于研究符号和代码的人的理论。”[7]

在现代物理学看来，神学的那些“知识”根本就算不得知识，那只不过是“迷信”，说得好听一点也只能算是“信仰”。在人类文明史上，物理学的知识系统是在与神学知识系统的生死搏斗中确立的，一些物理学家甚至还真的为此牺牲了生命。一般的历史书中都把物理学对于神学的胜利看作科学对于无知的战胜、理性对于蒙昧的战胜，看作人类社会的进步。从那时起，随着科学技术的节节胜利，随着神学知识系统的土崩瓦解，对于某种超验的东西的“信仰”，已在现代人的精神生活中淡化乃至完全消失了。在人类的知识系统由“神学”转向“物理学”时，人们收获的是知识以及由知识带来的力量，失去的是精神上的虔诚、敬畏和信仰。回顾20世纪经历的两次世界大战以及核战争的威胁、生态环境的恶化，人们才渐渐发现，这个似乎无往不胜的知识体系存在着太多的漏隙和空洞。

那些“物理学化”的文学理论对于自然、人心、文学现象是否也同样留下了太多的漏隙和空洞呢？

按照贝塔朗菲的说法，生物学的知识系统是在20世纪中期逐渐形成并完善起来的。生物学知识系统日趋成熟的标志表现在两个方面：一方面是对于有机分子、病毒、细胞原生质、遗传基因、生命的自组织、生物的超个体组织、机体行为的历史性、生物群落、生态系统、生态系统的动态平衡等一系列生物现象作出了科学的解释和验证；另一方面则是这些生物学的原理开始被广泛地应用到生理学、解剖学、胚胎学、遗传学、生物物理学、生物化学以及医学、农学、林学、仿生学、航天学各个领域，同时，生物学也已经开始在心理学、经济学、社会学、政治学以及人类的精神活动领域发挥自己的影响，甚至导致了一些基本的哲学概念的产生。生物学开始在人类社会生活中占据中心地位。

但是，生物学真正成为一种独立的世界观，关键之处还在于它对固有的物理学知识系统的超越。开始的时候，生物学还只能依赖物理学中力学、声学、光学、电学、热学、磁学的原理来解释生命现象。现在，在物理学的知识系统之外，生物学发现了完全属于自己的真正的问题，拥有了自己的独特的领域。这些问题领域包括：生物有机体或生态系统的目的性、选择性、自组织性、自调适性、动态的整体相关性。面对这些问题，物理学机械论的世界观受到严重挑战，原先所谓的“客观世界”突然拥有了自己的“目的性”和“主动性”；原先所谓的铁定的“科学定律”在一个生物系统内几乎变成了“自由的选择”；原先所谓的纯粹的结构在一个生物有机体那里其实也是有历史、有意志甚至拥有自己的“评价能力”的；原先所谓的主、客体的对立其实是一个系统内的相依相存；原先所谓的科学领域的“可逆性”“重复性”在生物学领域几乎全成了“一个独特的事件”“一次性的创造”。传统物理学中实证的、数量化的方法在新的生物学、生态学面前不再是唯一有效的。

于是，“有机性”进入了现代物理学，“原子变成一个有机体”[⑧]；“精神”进入了生物学，“精神比病毒更像生物存在”[⑨]；“人的良心”进入了生态系统，“人性，包括人的意识和良心，正如人的肉体一样，也是存在于生物圈中的”[⑩]。地球，这个在茫茫太空中运行的天体，似乎一下子变成了一个拥有自己独立生命的“活物”，就像一个“巨大的单个细胞”。法国当代著名生物学家埃德加·莫兰（Edgar Morin）在他的《迷失的范式：人性研究》一书卷首题词中写道：“一切都促使我结束关于一个非人类的自然和一个非自然的人类的观点。”[⑪]人与天地自然的界限完全被拆除了，正如罗尔斯顿（Holmes Rolston Ⅲ）指出的“地球上的大气汇流应当包括人类的呼吸，人类的循环系统应当包括地球上的江河湖海”[⑫]。

可以作为案例的，便是生态学界提出的“盖娅假说”：地球是一个整体的、复杂的系统，具有类似于生物性的本体感受系统，地球孕育了大地上的一切生命，而地球当下的生态状况又是靠地球上所有的生命之物——动物、植物、微生物，包括人类——来维护的。虽然不能说“地球就是一个生物”，但是，从生物学的知识原则看，“地球有一个能够承受复杂的生理过程的身体”。[⑬]

如此一来，是否意味着曾经被物理学击败的活力论、万物有灵论又死灰复燃、反攻倒算了呢？

问题绝非如此简单。贝塔朗菲看来，物理学的“机械论”和神学的“活力论”都没有能够恰当地解释世界。“机械论用预先建造的机器的模式解释有机体中过程的有序性”，“活力论则乞求超自然的力量”，两种观点都不足取。他认为，“与这两种观点相对照，还有第三种可能”，即一种崭新的、超越了这两种观点的世界观，那就是“生物学的整体有机论”。

20世纪50年代以后，生态学的迅速发展，使新的生物学原则进一步在人类社会生活的各个领域发生效用，生态学已经逸出原先的“科学”的藩篱在人文领域生根开花。作为人类文明史第三阶段形成的“生物学知识系统”已经超越了先前的“物理学知识系统”，即贝塔朗菲所说的“生物规律比物理规律更具有普遍性”[⑭]，那么，我们难道还应当继续使用物理学的“科学”定则来规约生物学、生态学的知识系统吗？

作为一位20世纪的生物学家，贝塔朗菲希望对已经成为“世界观”的生物学知识系统仍然作出严格的、“科学”意义上的解释，但是他没有成功。他说“目前还没有例子能够实际地证明从生物规律中推导出物理规律（以及从心理规律中推导出生物规律）

的‘简化演绎’的程序”，他于是不得不承认：“整体论是一种思辨哲学。”⑮

跨越了20世纪的生物学家莫兰则认为应当建立一门“新科学”，即“人与大自然的普遍科学”，这门科学应当包容文化领域与精神领域的问题，以及宗教、伦理、形而上学方面的问题，把“世界、生命、人类、认识、行动”当作一个“充满活力”的“开放系统”。⑯这样的“科学”如果存在的话，距离正统的物理学家们认可的“科学”恐怕已经十万八千里了！

“严格的科学”对于人类来说并不总是友好的。如果按照严格的“科学”说法，人类根本不是生命的中心，甚至也不靠近生命的中心，它只是地球上那个庞大的生命整体中一个迅速滋生起来的部分，就像人体上长出的肿瘤一样，已经对地球生命之网带来了巨大威胁。地球生命系统之中完全可以没有人类，但却不能少了细菌。假如地球上没有了人类，地球生态系统反倒会更加和谐。⑰由此看来，生态伦理学中的“非人类中心主义”恰恰是站在“科学立场”上的。反过来讲，也正是由于这个绝对的“科学立场”，非人类中心的伦理学在人类社会中又是不合逻辑、难以实践的，它的真诚的论证、热烈的呼吁在一些严肃的学者看来，只不过是一种先验的“信念”，乃至“意识形态”“宣传策略”。面临这种局面，我们需要磋商的是：是继续把人的憧憬和目的、愿望和信念排除在我们的理论体系之外，还是将它们接受新的知识系统中来？

著名生物学家、诺贝尔奖获得者莫诺（Jacques Monod）在讨论“知识的客观性”时指出：“知识来源于对原始价值的伦理选择”，“知识的伦理学……同时也是一种坚定的理想主义”，甚至“是一个乌托邦”。照此推论，一切知识的起源都离不开人的最初的信仰，这种信仰不是“天意”而是人的目的、人的祈盼，是人类做出抉择的前提。在一个现代生物学家那里，知识与信仰之间的界面开始渗透起来。⑱

一个既超越了活力论又超越了机械论，同时又整合了这两个知识系统的新的知识形态，有无可能最终将知识与价值、理性和情绪、实证和信仰、科学与神话、实体与灵魂这样一些水火不容的界面整合在一起呢？现在回答还为时过早，正如莫兰所说：我们还只处于认识的或意识的开端。这种极端之间的整合，似乎在中国古代老子的哲学与印度古代神话“湿婆”的传说中曾经隐约暗示过，不过那只是一种原始质朴的表露，在新的世纪里，后来的人类也许会做得更好。

整体论更容易接纳神话和诗歌，“盖娅假说”这一著名的生态学理论，恰恰就是由于文学家戈尔丁（William Golding）向生物学家洛夫洛克（James Lovelock）推荐了古代希腊女神盖娅的故事而隆重推出的，这是文学家配合生物学家利用神话题材的一次成功的“捏造”。人类文明史中的“第三代”知识系统，将对包括神话、诗歌在内的文学艺术表现出更多的善意。从许多著名的生物学家那里已经传递出许多这样的信息。莫兰认为在“大自然的普遍科学”中，人类不能只有“技术的面孔”“理性的面孔”，“应该在人类的面孔上也看到神话、节庆、舞蹈、歌唱、痴迷、爱情、死亡、放纵……”[19]莫诺甚至还赞美了万物有灵论对人类的精神创造作出的贡献：“原始的万物有灵论提出这种十分直率、坦白和严谨的假设，使自然界充满了一些令人感到亲切的或可畏的神话和神话人物，几个世纪以来，这些神话也哺育了美术和诗歌。”[20]

面对这样的一个生态学时代，相应于已经渐渐成型的“生物学知识系统”，我们的文学批评、文学理论是否也应当改变一下自己的学科形态了呢?

变化其实已经开始。

20 世纪 70 年代陆续登场的女性批评、后殖民批评，尤其是随后跟上的生态批评，就是显著的征兆。

当代美国文学理论家米勒（J. Hillis Miller）看到了这一迹象，他说：“事实上，自 1979 年以来，文学研究的兴趣中心已发生大规模的转移：从对文学作修辞学式的‘内部’研究，转为研究文学的‘外部’联系，确定它在心理学、历史或社会学背景中的位置。换言之，文学研究的兴趣已由解读（即集中注意研究语言本身及其性质的能力）转移到各种形式的阐释学解释上（即注意语言同上帝、自然、社会、历史等被看作语言之外的事物的关系）。”[21]但米勒对于这一“转移”的评价并不充分，而且还担心人们会将文学“摆错位置”，弃置了原先的文学批评模式。他或许并不愿意承认，这次文学理论的“转移”，是一次基于“人类文明知识系统”大转移之上的文学批评的“时代性转移”。

如果这样的转移真的已经开始，那么，人们甚至还可以期待，这次转移将为人类历史悠久的文学艺术提供一次“重建宏大叙事，再造深度模式”的机遇。

就生态批评和生态文艺学而言，在新的知识系统内，它注定应当具备自己的不同以往的学科形态。在我不久前出版的《生态文艺学》一书中，我曾为此提供一些意见并进行了一定的尝试。我的感受是：

古典时代的文学批评凭着主体精神的感悟描述文学艺术现象，古代文论的形态更多地体现为“精彩灵动的话语片段”；现代社会的文学批评让文学艺术创作服从机械的科学定律，其理论形态多表现为“冷漠坚硬的结构”。艺术精神本来就是与生态精神休戚与共的。生态批评应当是一种既自成系统又充满活力的批评。

在“生态学”与“文艺学”两个学科系统之间，存在着“现象的类似”“逻辑的相通”“表述的互证”，运用一般系统论原理，生态学的原理有可能转换为文艺学的原理，生态文艺学的学科依据是牢靠的。生态文艺学首先应当借鉴的是生态学的系统性、整体性、有机性、开放性，而说到底，这些又是自然界的属性、地球生态系统的属性。“自然”，已经被沉迷在技术网络、语言宫殿中的现代批评家们久久地遗忘了。

必须恢复“自然”在文学批评中的地位，把“自然”作为生态文艺学中一个基本的范畴。自然的含义，一是存在论的，即“自其在也”，自然是一种客观真实的存在；二是方法论的，即“自其然也”，即尊重、顺从自然内部的运行法则。“风行水上，自然成文”“龙凤藻绘，虎豹炳蔚，云霞雕色，草木贲华，林籁结响，泉石激韵……夫岂外饰，盖自然耳”，中国古代文论在方法论上是自然主义的，在观念上则是神秘主义的，“人文之元”“自然之道”最终则又是“肇自太极”的。工业时代法国的丹纳、美国的桑塔亚那和门罗都曾在文学艺术领域宣扬过“自然主义批评”，他们的观念是“自然”的，认为自然就是全部实在，艺术是自然现象，审美是人的天性，创造是人的本能。但他们又全都操持一种机械论的研究方法，在赞美“自然”的同时，又把“自然”关进实证主义、实用主义、科学主义的牢笼里面。生态文艺学应当是对于二者的超越，在承认自然作为自然的存在，在尊重自然的内在价值的基础上，在承认人与自然具有同质性的前提下，达成自然、人性、社会、艺术的和解与和谐。

面对地球生态系统中已经出现的严重危机，生态批评应当是一种拥有明确目的和意义的批评，一种拥有责任和道义的批评，一种饱含历史文化内涵的批评，一种富有现实批判精神的批评。批评不仅是大脑皮层上的智力活动，还应当是全身心的投入；批评者不仅应当持有批评的技巧，更应当具备批评的良心；生态批评者不仅是一个严谨的学者，还应当是一个古道热肠、勇于担当的“操心之人”。生态文艺学不只是大学课堂上的高头讲章，更应当是一个探求者、朝圣者心灵深处滋生的憧憬和信仰。自然领域发生的危机，有其深刻的人文领域的根源，文学艺术批评的责任是努力推进自然生态和精神生态在一个统一的地球生物圈内的互动。

被跨国财团盘剥的第三世界的穷人、被男权社会压迫的女性与被工业社会掠夺的自然界，都是当今社会上的弱势群体。生态批评与后殖民批评、女性批评一样，都是现代世界格局中弱势群体的话语。在“前现代”的神话型的语境中，这些群体曾经拥有那么多的自得、自信而又美妙的回忆；在“后现代”生态型的语境中，他们显然又获得了一次复苏、重现、再生的机遇。在强大的、狂妄的西方主流话语霸权的统治面前，日益严峻的殖民、女性和生态问题，也是弱小民族、东方国土走出自己的失语状态、恢复自己的话语活力的契机。历史没有终结，文化没有终结，人类没有终结，自然更没有终结，“弱以胜强”本来就是自然界和东方古老哲学里的一个告诫。正是这些尚处边缘地带的“弱势群体”，才有可能深挖一种文学艺术的“深层意义”，再造一种人类文明的“宏大叙事”。

现在就来归纳生态批评的话语模式，显然为时过早，那还有待于批评实践经验的积累。多元共存是生态学的一个基本原则，生态批评不应当排斥其他类型的文艺批评，而应当吸取以往众多批评流派的优长之处，逐渐建立起自己的批评格调。更有学者尖锐地指出：所谓“生态学”“生态文艺学”中的“学”字用语，本身就是“认知分析思维”和“工具理性”的表述，而这一思维方式正是酿成今日生态灾难的祸首之一，难道我们还能希冀用这样的“学”来救治由其造成的祸殃吗？这一发问未免言之过苛，因为所有的学问并非全是“工具理性”的产物。但这一发问也特别强调了：生态文艺学应当在学科形态上区别于先前的物理学时代的“科学”，应当有自己的生态观念，有自己的伦理信仰，有自己的社会理想，有自己的绿色修辞，有自己的民族声腔，有自己的地域风格，有每一个研究者独自的体悟和发现。十八年前，我写过一篇文章，在琢磨如何与“工具理性”“分析思维”进行对抗时，曾推举出“中国古代医学”的例子，认为“中医学在‘现象学的学科形态’‘系统论的整体观念’‘直觉意会的思维方法’，以及范畴与概念的组合、论著的主观风格、表述的文学色彩等方面，是可以为文艺学的心理化提供许多启示的”[22]。我希望上述文字也能够大体适用于生态文艺学的学科建设。

注释：

①②⑧⑭⑮ 路德维希·冯·贝塔朗菲：《生命问题——现代生物学思想评价》，商务印书馆1999年版，第1页，第206页，第202页，第202页，第202页。

③ 此处“神学”（theology），取其宽泛义，沿用柏拉图、亚里士多德的说法，即对神及其包括人在内的世界的关系的研究探讨。在柏拉图和亚里士多德的著作中，古希腊诗人荷马、赫西俄德因曾经收集民间神话故事、整理诸神谱系，均被称作“神学家”（theologian）。

④⑦ A.杰弗逊、D.罗比等：《现代西方文学理论流派》，李广成译，北京大学出版社1992年版，第1页，第183页。

⑤⑥ 赵毅衡：《新批评——一种独特的形式主义文论》，中国社会科学出版社1986年版，第116页，第115页。

⑨⑪⑯⑲ 埃德加・莫兰：《迷失的范式：人性研究》，陈一壮译，北京大学出版社1999年版，第187页，第1页，第188—192页，第180页。

⑩ 阿诺德・汤因比：《人类与大地母亲》，徐波等译，上海人民出版社2001年版，第6页。

⑫⑰ H.罗尔斯顿：《环境伦理学的类型》，《哲学译丛》1999年第4期。

⑬ 参见林恩・马古利斯《生物共生的行星：进化的新景观》第8章，易凡译，上海科学技术出版社1999年版。

⑱⑳ 雅克・莫诺：《偶然性和必然性——略论现代生物学的自然哲学》，上海人民出版社1977年版，第132—135页，第22页。

㉑ 拉尔夫・科恩主编：《文学理论的未来》，程锡麟等译，中国社会科学出版社1993年版，第121页。

㉒ 鲁枢元：《猞猁言说——关于文学、精神、生态的思考》，社会科学文献出版社2001年版，第76—77页。

（2002年第5期）

20世纪90年代的中国文学批评

吴义勤

一、批评主体的沉浮

要正确认识和评判20世纪90年代文学批评的真实状况，我们首先应对90年代文学批评的主体有清醒的估价。对文学批评来说，这个“主体”是有着双重内涵的，其中批评家主体无疑是最重要的方面。只有批评家主体得到弘扬，一个时代的文学批评才会繁荣并有创造性；但我们同时也不应忽略文学批评的另一个主体，即批评的对象主体，所谓“巧妇难为无米之炊”，只有当一个时代作为“对象”存在的作家、作品、文学现象等非常丰富、活跃、复杂，一个时代的文学批评才会生机勃勃。[①]一方面，批评主体的高扬使90年代的文学批评呈现出前所未有的繁荣景象；另一方面，批评主体的迷失又给90年代的文学批评制造了前所未有的困窘。

其一，批评主体的迷失。所谓批评主体的迷失，也包含着主动、被动两个方面的内涵。从主动的角度来说，批评家的才能、锐气、创造性以及影响、参与文学进程力量的减弱等等都可视为批评主体迷失的标志，在这里，许多在20世纪80年代风光无限的批评家对于文学批评的逃离、“背叛”或“主动离场”构成了其中最耐人寻味也是最具悲剧性的一幕。从被动的角度来说，批评空间的萎缩与变质以及文学的边缘化和公众兴奋点的转移，也是造成批评主体迷失的一个客观原因。大众话语的巨大喧嚣不仅大大降低了批评家的地位，而且也减弱了批评的声音。在这种情况下，批评主体的迷失注定了是无奈且难以避免的。当然，需要指出的是，对20世纪90年代批评主体迷失状态的指认，并不意味着对批评家的全盘否定，也不是对批评家主体性“高扬”状态的遮蔽与否认。事实上，所谓“迷失”只不过是一种相对性的说法，即使在“迷失”的状态中我们仍然能听到那些来自坚定的批评主体的批评声音，能感受到批评主体对90年代文学的关切与呵护以及对批评良知、批评原则、批评理想的坚守。在许多批评家那里，批评的主体性不是萎缩了，而是更为强大、更能经受时代的考验了。对不同的批评家来说，其主体性呈现的方式不同，主体性的品格也发生了变异。那些自我炒作的声音，那些胡乱命名的冲动，那些哗众取宠的旗帜、口号等，都既是批评家主体性“高扬”甚至膨胀的表征，又是批评家主体扭曲和“迷失”的证明。这二者之间的“限度”需要我们认真反思。要科学地界定这种“限度”，并理性地揭示90年代批评主体的真实状况，我们至少应澄清下述三个方面的问题：批评家与作家的关系问题；批评家与媒体、编辑、记者的关系问题；批评家自身的构成变化问题。

首先，从批评家与作家的关系来看，作家与批评家之间的不健康甚至病态关系构成了批评主体迷失的一个重要原因。在20世纪90年代作家与批评家之间的紧张、敌对和仇视状况已到了令人吃惊的地步。韩东等作家在所谓“断裂”事件中对文学批评及批评家的“抨击”是一个典型的例证。而“二王之争”中王蒙与王彬彬的笔墨相詈，“《马桥词典》事件”中韩少功把张颐武、王干送上法庭打官司并最终判两位批评家败诉，是另外两个引人注目的例证。如果我们撇开造成作家和批评家之间这种紧张关系的作家因素不谈，单纯从批评家角度看问题，我们就应承认，20世纪90年代的文学批评需要认真反思。

其次，从批评家与媒体、编辑、记者的关系来看，批评家在与后者遭遇时相对“弱势”的地位和暧昧游移的身份，也是批评主体迷失的一个表征。从总体上来说，20世纪90年代的文学批评并不沉寂，批评所制造的热闹甚至喧哗的场景随处可见。但仔细辨析这些“混杂”的批评声音，我们会发现，“热闹”其实只是媒体与编辑、记者们的“热闹”，它的主角是媒体而不是批评家，因而其与真正意义上的“批评”根本上是无关的。在这里，我们听不到来自批评主体的坚定、洪亮的声音，他的声音要么附和在媒体的喧嚣中，要么就被媒体的声音湮没和覆盖了，批评家似乎已经丧失了独立地发出“批评”声音的能力。这里面当然也有两种情况，一是批评家主动归附媒体，向媒体投降，随声附和媒体，把自己的判断和选择权交给媒体的编辑和记者们，从而使批评被异化成了一种被动性和非自觉性的行为。这种情况下的批评主体性其实已经被媒体阉割了，其典型例子就是20世纪90年代对所谓“美女作家”的热炒。二是批评家努力发出自己的独立声音，但是在这个媒体的时代它显得那么苍白，根本就不是媒体的对手。这方面的一个代表性的例子就是20世纪90年代的许多大红大紫的作品都是评论界并不看好的作品，它们大多数是被晚报的娱乐版炒红的。当然，我这样说，丝毫没有否定或贬低媒体与编辑、记者的意思，也并不认为文学批评与媒体的“合谋”就完全是负面价值的。我想，在对待媒体的问题上批评家的“清高”表面上固然是主体性张扬的一种表现，但是在媒体时代放弃媒体其实就是主体性的自我消解与自我迷失。

再次，从批评主体的构成情况来看，20 世纪 90 年代批评家队伍的分化与组合也是造成批评主体弱化的客观原因。大致说来，90 年代的批评家队伍主要仍由三个方面的力量构成，他们是学院派批评家、职业批评家、文学编辑与作家。虽然，批评家队伍的这种结构与 80 年代并无不同，但是具体到批评家个体则是面目全非，不同批评家的“离场”与“入场”不仅对 90 年代文学批评面貌的影响巨大，而且也造成了批评家主体呈现方式的反差与混乱。所谓批评家的“离场”主要是针对学院派批评家和职业批评家而言的。前者是指大学或研究机构的教学与研究人员，也包括大量的当代文学博士生和硕士生。后者是指作协系统的专职批评家，如中国作协和各省市作协“创研室”的批评家。对比于 80 年代，这部分批评家在 90 年代的“流失”是 90 年代文学批评的重大损失。我们看到，在今天仍然坚守在当代文学批评第一线的中青年批评家只有雷达、陈思和、南帆、汪政、李洁非等屈指可数的几位，其他人则因各种各样的原因纷纷与文学批评“告别”了。和“离场”一样，90 年代批评家的“入场”仪式也引人注目。所谓批评家的“入场”包含了两个层面的含义：一是指 90 年代青年批评家的崛起；二是指文学编辑和作家在文学批评领域的大规模“越界”行为。与 80 年代批评家的纷纷离场相对应，90 年代以陈晓明、洪治纲、何向阳、谢有顺、郜元宝、张新颖、施战军等为代表的青年批评家的集体登场则是 90 年代文学批评的一大亮点。作为 90 年代文学批评的一支重要力量，他们以高扬的主体性构成了对 90 年代文学批评主体创伤的某种修复，并部分填补了因 80 年代批评家离场而造成的批评真空。相对而言，对 90 年代批评家主体冲击最大的恐怕还是作家、编辑的批评实践。90 年代以作家身份行使批评权利并对整个文学批评格局产生重大影响的当数王蒙、王朔、刘恪三人。[②]此外，李锐、王安忆、叶兆言、马原等对于当代文学批评的介入，也丰富了 90 年代文学批评的色彩与形态。但另一种情况也存在，那就是有些作家在介入文学批评时主体无限膨胀，他们的批评除了彼此之间以“天才”相标榜外，剩下的就只是“断裂”的叫喊和对作家、批评家的攻击了。对这批作家来说，他们在批评领域主体性越是张扬，其对批评本身的伤害也就越严重。而在编辑方面，编辑们从后台走到前台就更是对 90 年代的文学和批评产生了双重影响。仔细考察，我们就会发现，90 年代文学批评的那些主要事件其实都是由编辑们策划并推动的。《钟山》王干等提出的“新写实”理论贯穿了 90 年代的批评史，《大家》海男等倡导的“凸凹文本”、王干和《文艺争鸣》张未民等标举的“新状态”、宗仁发和李敬泽等发起的“七十年代人”讨论等等，也都在 90 年代的批评格局中占有举足轻重的份额。

其二，对象主体的迷失。文学批评的对象主体说简单点就是指作家、文本、思潮、现象，当然延伸开去它还包括更广泛的内容，比如文化、人性、思想等等。具体考察90年代文学批评的对象主体，我们发现，对象主体的迷失主要呈现为三种形态：

一是批评对象的被忽略和遮蔽。这是最为普遍的一种情况，其标志就是相当数量的作家、作品和许多有价值的文学现象、文学问题被忽视，根本就没有能够成为批评对象。这也是90年代文学批评屡遭指责和诟病的一个重要原因。举个例子说，90年代以来，我国每年的长篇小说都达到800部到1000部，这其中有几部得到了认真的研究和评论呢？90年代我们也涌现了一大批新生代作家，但是除了炒作性的评论，真正以“作家论”的方式对他们进行研究的又有多少呢？从某种意义上说，对批评的此种责难确实是合情合理、可以理解的，但仔细推敲却又是难以站住脚的。首先，他们缺乏对批评家个体的趣味爱好的起码尊重，我们不可能要求一个作家创作所有类型的文学作品，也从来没有人这样去要求他们，他们有什么理由要求批评家喜爱所有的作家作品，并对之发言？其次，他们对批评的功能作了过于狭隘的理解。批评需要对具体的作家作品进行评论，但更需要关注和思考超越于具体作家作品之外的更重大的问题。再次，他们表现了对于批评方式多样性的无知。其实批评同样有它特殊的在场方式。有声的文字固然是一种批评，一种在场；但一言不发，沉默，也并不是缺席，它同样是一种在场，一种发言，只不过它代表和传达的是另一种立场，另一种判断。

二是批评对象的异化。90年代文学批评对象主体迷失的另一个标志就是以被异化或扭曲的方式“在场”。在这个过程中，批评对象似乎很难抗拒市场、时尚、公众趣味以及传媒对它的涂抹与篡改。文学批评在90年代之所以会成为一种“娱乐”资讯，并成为一个个文化“热点”，显然与批评对象的异化命运不无关系。贾平凹的《废都》本是作家一部具有探索性的小说，但传媒的商业性炒作完全把它抛向了通俗文学的轨道，以至于时至今日，我们对这部作品的价值和意义仍然缺乏认真的研究与评价。王朔的小说、随笔和评论自有其个性与风格，但当他被炒作成“文化英雄”后，他与文学的关系似乎已经不是很重要了。余秋雨的散文本是90年代中国散文的一大收获，但其迅速地被时尚化和快餐化后，对余秋雨及其散文的严肃批评反而显得不合时宜了。“人文精神的讨论”本来是90年代批评界在精神和思想领域的一次深度思考，但在媒体的导演下最后竟只剩下了王蒙与王彬彬以及王朔与张炜、张承志的“吵架”了。批评对象的时尚化、新闻化、漫画化与游戏化，不仅严重损害了批评对象的主体性，而且也直接危及了批评本身，某种意义上，它正在把与此类批评对象有关的批评篡改成“花边新闻”“娱乐新闻”性质的“轻文体”。

三是虚假批评对象的纷纷登场。这是批评对象主体性迷失的一种极端的形态。相对于批评对象被遮蔽的状况，虚假批评对象的出现无疑具有更大的危害性。所谓虚假批评对象就是指那些不具有“批评性”或批评价值的文学存在，有人也称之为文学的垃圾。虚假的批评对象既可以是指具体的作家、作品，也可以指特殊的文学现象和文学话题。某种意义上，我甚至觉得“后现代主义与现代性”“无产者写作”“女权主义”“第三世界话语”“后殖民”理论等热门话题其实也是与中国文学实践相游移的，或者说具有超前性的命题，作为批评对象它们也具有潜隐的“虚假性”。在 90 年代，那种虚假的批评对象成为批评话语中心的现象屡见不鲜，它既显示了在这个时代批评的无力，又彰显了批评家主体性的贫乏。在这个问题上，批评的迷失恐怕不是表现为在众多的作家、文本和批评话题面前的“失语”，而恰恰表现为发言的过多，在对象的选择上没有实现批评的主体性。

二、批评文体的兴衰

从文体的角度来说，我们应该承认，20 世纪 90 年代文学批评的体式是相当丰富的，不仅传统的文学批评体式得到了进一步的深化和发展，而且新的批评体式的开拓也显得卓有成效。这一点似乎足以支撑我们对 90 年代文学批评的信心，但是，问题依然存在，我们在面对 90 年代批评文体的繁荣景象的同时，不能不遗憾地看到“文体”同样也需要反思和清理的“泡沫性”的存在。

在最本质的意义上，所谓文体的“新”与“旧”其实是相对的，在中外文学批评的漫长历史途程中，几乎所有的文学批评文体都得到过或充分或尝试性的实践，我们所认识的许多新的前所未有的“文体”，可能在别的时间、别的空间早就司空见惯了，只是囿于我们的视野，我们未能及时了解而已。更何况，所谓文体的演变其实也只是相对的，文体不存在“过时”与“不过时”、“旧”与“不旧”的问题，而只有“需要”与“可能性”的问题。说白了，在某一个时代某种文体的被冷落实际上是由时代审美需要和审美风尚等多种因素决定的。但时代审美需要和时代审美心理是多元的、不断变化的，既不唯一，也没有规律可循，在一个时代被视为“过时”或“陈旧”的文体，在其后的时代又可能恰恰成为“时尚”的或“新”的文体。即使在同一个时代，某一类作家、批评家所轻视的文体，对于另一类作家、批评家来说又很可能是被崇尚的文体。

其一，对话体批评。90年代的对话批评非常兴盛。不仅“20世纪中国文学”“重写文学史”“人文精神讨论”等理论思潮最初是以对话的形态呈现的，而且对具体的作家作品也常有以对话的方式展开批评的。可以说，在90年代对话批评已成了最基本、最引人注目的批评范式之一。据周海波统计，仅1993年下半年到1994年上半年，发表在全国重要文学刊物上的对话体式批评，就有几十篇。[③]《当代作家评论》《小说评论》《南方文坛》《文艺争鸣》《文学自由谈》等刊物，也都有专门的对话批评专栏。首先，对话批评显示了90年代批评家思想的解放、思维的活跃，显示了一种平等的、自由的“对话”精神；其次，对话批评显示了批评家之间迫切的交流、对话欲望，显示了批评的开放性和互补性。客观上讲，对话批评确实以其闪光的、精彩的、个性化的语言，以及哲学的、思辨的、率真的精神，为90年代的文学批评贡献了一种特殊的文体，它使批评文体变得更轻快、更自由，更有生机与活力，但与此同时，对话批评也有深刻的隐患。对话批评一定程度上反映了批评家心态的浮躁，他们急于把观点亮出来，而很少深思熟虑，表述的轻率、偏激、随便，甚至哗众取宠有时也在所难免。

其二，文化批评。文化批评与20世纪90年代对西方文化理论的引介有很大关系，也是对80年代形式主义批评的某种反拨。文化批评不仅拓宽了文学批评的视野，改变了文学批评的路径，丰富了文学批评的可能性，重新确立了文学的文化意义与社会意义，而且更重要的是，文化批评已经改变了“文学”与“文学理论”本身，并为批评主体注入了新的使命与功能。我们看到，在90年代的文学批评实践中，文化批评事实上正在扮演着越来越重要的角色，90年代许多影响深远的批评事件可以说都与文化批评有着直接或间接的关系。王晓明的“新意识形态理论”、汪晖对“现代性”问题的探索、戴锦华的影视及大众文化研究、孟繁华的《众神狂欢》及“无产者写作”的主张、鲁枢元的“生态批评”思想……都是文化批评的重要实绩。但文化批评也面临着新的危险，那就是文学批评远离文学的倾向又有所抬头。这方面，所谓“新左派”批评就是一个典型的例子，汪晖、旷新年、韩毓海以及摩罗等为代表的“新左派”在90年代的批评格局中有重要的影响，他们所表现出的批评热情以及对社会历史、思想史和意识形态问题的强烈关注，都使他们的文学批评有着与众不同的品质。然而，远离文本分析，远离甚至轻视文学本身的问题也同时存在着。毕飞宇在谈到王彬彬时说他离社会越来越近了，但离文学越来越远了[④]，我想，这样的判断其实是适用于所有的“新左派”批评家的。

其三，随笔体批评。在 20 世纪 90 年代的批评实践中，随笔体批评魅力十足、风光无限。不仅从事此种文体写作的批评家队伍非常庞大，而且出现了许多在 90 年代批评界影响深远的典范性批评文本。具体说来，我觉得，90 年代的随笔体批评主要有两种形态：一种是以何向阳、李敬泽、张新颖等为代表的散文随笔体批评。这些批评家的文学批评给人最突出的印象就是才华横溢，他们艺术感觉敏锐，语言灵动，富有个性魅力，极少学究气。而他们切入文本或批评对象的方式也常常出人意料，给人以新奇的感受与启迪。在我看来，他们的批评实践实际上为文学批评开辟了一种新的可能性，并最大限度地缩短了文学批评和文学创作之间的距离，文学批评也因此正变得越来越有朝气和活力。何向阳的《12 个：1998 年的孩子》从“12 个孩子”的视角来切入 1998 年的小说，突破了惯常的阅读期待，一下子就为我们敞开了一个新的小说世界，而她汪洋恣肆的文笔、神采飞扬的思想以及深切的人文关怀都无疑将批评带入一种新的境界。李敬泽的《看来看去或秘密交流》《纸现场》等批评文集，以他特有的缠绕、思辩、顿悟式的文字形成了一种华丽典雅而又一针见血的批评风格。另一种是以谢有顺、谢泳、林贤治等为代表的思想随笔体的批评。在 20 世纪 90 年代的批评语境里面，批评家独立发现、思索问题的深度可以说是此前从未达到过的。这当然有时代方面的原因，随着一个世纪的逝去，许多历史、现实的思想问题都需要重新反思、清理，这是一个当然的历史机遇。但是更主要的原因还来自中国批评家自身思想能力的提高。思想随笔体的文学批评往往反映了批评家长期的思想成果，因而思想的震撼力和对批评对象的穿透力都是其他批评文体所无法比拟的。而表现在文风上，这类批评不仅思想犀利，而且风格尖锐泼辣，很有魅力。这方面，谢有顺是一个典型的例证。他的《1957 年的生与死》《十部作品，五个问题》等批评文章，发问有力，思索到位，其对批评对象的批评常常直追死穴，读来令人痛快淋漓。当然，需要指出的是，不管是散文随笔体批评还是思想随笔体批评，它们所面临的窘迫也同样是引人注目的。随笔体批评在凸显批评家主体性的同时存在着割裂文本和批评对象的突出问题，许多批评文章游离于文本之外，或仅仅以文本作为一个“由头”，随意地抒发性情或阐释自己的“思想”，这实际上是对文本的一种背离。长此以往，不仅批评的主观和牵强在所难免，而且也极有可能造成批评家对文学作品基本的分析和阐释能力的丧失。

三、批评精神的裂变

如果说，批评主体的沉浮和批评文体的兴衰能够在某种程度上呈现和揭示20世纪90年代中国文学批评的“真相”的话，那么这种“真相”最本质的内涵还是表现在批评精神上。说穿了，正是批评精神的裂变决定了90年代文学批评的成败得失。

所谓批评精神在不同的时代、不同的批评主体那里当然有不同的理解和不同的呈现方式，但是它的基本内涵却是大致可以概括的，那就是：“以严肃的科学态度，赤诚的事业心，执著的生命意志，敢说真话的勇气，潜心以求，奋力探索。”⑤而从批评精神的角度来考察90年代的文学批评，我们会看到90年代文学批评依然呈现出明显的双重性：一方面，求真精神、批判精神、文化精神、审美精神得到了前所未有的弘扬；另一方面，媚俗的、功利的、政治的、圈子或人情的批评痼疾也是变本加厉、甚嚣尘上。许多深刻的矛盾缠绕着90年代的文学批评，束缚和制约着它前进的步伐。譬如，激情与理性的矛盾、文本分析与热点时评的矛盾、学术性与非学术性的矛盾、阅读的指令性与被动性的矛盾、批评的自觉性与批评的“组织性”的矛盾、批评思维的开放与僵化的矛盾，等等，都是使文学批评变得面孔暧昧的深层原因。在本文的视野内，我将把批评精神分为四个层次：

一是求真的精神。对文学批评来说，“求真”是一项最为基本的要求，它维系着批评的本质和批评的品格。在这方面，90年代文学批评的经验和教训可以说同样深刻。从积极的方面看，在90年代商业化语境中批评家对“求真”品格与求真精神的坚守与张扬无疑是令人感动和敬佩的。从洪治纲对历届茅盾文学奖获奖作品的质疑到谢有顺对90年代中国十大作家评选的不同意见以及对余华等中国作家写作困境的分析，从韩石山等对“经典”问题的追问到李建军对贾平凹的“直击”……90年代文学批评自始至终都贯穿着批评家真实、坦率的声音。可以说，正是这种求真的精神捍卫了90年代文学批评的形象，确定了90年代文学批评的成就。然而，从另一个角度看，“求真”在90年代所遭遇的“考验”也是空前巨大的，它的迷失和变异也正在把90年代文学批评拖入某种困境。一方面，我们看到在90年代传统文学批评，仍然很有市场。另一方面，在90年代的文学批评中小圈子批评、“哥们儿姐们儿义气”的人情批评也严重腐蚀着批评的求真精神。这一点在对新生代作家的评论中显得尤为突出。无论是陈染、林白，还是韩东、朱文，也无论是卫慧、棉棉，还是韩寒、周洁茹……这些作家几乎都是在“叫好”声中走上文坛的，批评家们除了赞许之外似乎已经忘了还应做什么了，就更不用说去对他们的局限与不足作认真剖析了。这方面，王鸿生对张生的批评算是例外，他的一针见血的文字确实是求真批评精神的体现。[6]除此之外，在 90 年代"一哄而上"的跟风批评也是批评家求真精神丢失的一个标志，所谓《废都》现象就是一个典型的例证。在《废都》面世后短短的一两年内就有 14 本之多的批评著作，这些评论大多从趣味出发，几乎鲜有深入严肃的文本分析，即使有也被出版者篡改得面目全非。在这里我们看到的不是批评家的求真精神，而是批评家被文化时尚改造的悲剧。

二是审美的精神。审美精神是批评家艺术修养和艺术眼光的载体，一个批评家审美精神的缺乏与否是影响其批评境界的关键所在。从整体意义上看，我们应承认，在 90 年代的文学批评中，批评家对新的美学形态与美学精神的发现与呵护是不遗余力的，从艺术和美学角度去评判不同类型文本的努力也是卓有成效的。这表明批评家的艺术感受力、艺术判断力、艺术直觉都达到了相当的水平，批评本身的创造性也因此得到了强化。比如，对新生代作家审美独创性的阐释、对身体写作和欲望写作艺术意义的界定、对新历史小说以及新写实小说审美新质的勘探、对新散文和新诗歌美学精神的诠析，都从不同的侧面见证了 90 年代文学批评的审美精神。但另外，我们又不能不看到 90 年代文学批评在审美精神上游移和骑墙的一面。

三是批判的精神。文学批评的批判精神是指批评主体应与批评客体保持一种超越性的关系，批评应有能力对客体做出独立的价值判断。从这个角度来说，批评主体与批评对象不应该是一种依附或仰视的关系，而应持一种平视甚或俯视的关系。应该说，在 90 年代的批评实践中批判精神的匮乏是较为普遍的。一大批水平线下的"主流"文学作品的流行甚或"经典化"，一大批三流或末流作家携带着业余水平的文本在文坛上的风生水起，以及诸多不良文学现象的大量蔓延，都可以说是这种批判精神匮乏的佐证。虽然，我们也一直能听到各种批判的声音，比如对茅盾文学奖等权威文学评奖的质疑、对大众文化和流行文化的批判、对先锋文学的反思、对中国作家人格与精神困境的解剖、对 20 世纪文学经典的重评等，都在某种程度上体现了批评家的批判精神，然而这并不能掩盖整体文学批评力量日益"疲软"的事实。而且更重要的是，在 90 年代的许多文学批判还有"变味"甚至"媚俗"之嫌。比如，王朔对鲁迅、金庸、老舍的批判，吴炫等人的《十作家批判书》，葛红兵的《为 20 世纪中国文学写一份悼词》等，虽然也不乏批判精神的火花，但总体上难免给人一种哗众取宠的印象或商业炒作的气息。这无疑是与文学批评真正的批判精神相距甚远的。说到底，批判精神本质上是一种清醒的理性精神，它是建筑在清明的理性、扎实的研究、严谨的逻辑和周密的论证基础上的，不是靠故意的“逆向思维”或不负责任的故作惊人之论就可以达到的。

四是实证的精神。对于文学批评来说，“实证”无疑应是一种基本的学术要求。从批评的发生学来说，批评总是针对具体批评对象的批评，它理应与具体的批评对象发生实质性的关系，否则，批评的合法性根基就会发生动摇。而如果上升到精神的高度，“实证”实际上是对批评的学术性和科学性品格的维护，它集中体现为对“一切从文本出发，一切从对象出发”的批评理念与批评立场的坚守，而崇尚有感而发、言之有据，反对信口开河、空发议论，则是实证精神的必然要求。在90年代的文学批评中，虽然那些坚持并彰显“实证”品格的批评家们仍在进行着卓有成效的批评工作，但是从普遍的意义上说，我们却不得不承认，实证精神的缺乏正是这个时代文学批评的一个致命的问题。这可以从下述几个方面得到证明：一是在批评实践中不认真研读作品，甚至根本不读作品即发表评论的现象非常普遍。批评家阅读量之低到了令人惊讶的地步，一方面作家、作品数量在猛涨，一方面却是批评家阅读量在锐减，这之间的反差与矛盾确实引人深思。二是在批评实践中从理论到理论、“以玄说玄”、“以空对空”的现象比较突出。我们看到，在90年代的文学批评实践中，一大批新的文学理论、新的批评话语不仅丰富和扩大了文学批评的语汇，呈现了文学批评新的可能性，而且在与批评对象的契合上也更自然、更有说服力了。比如陈晓明等以解构主义和后现代主义理论对先锋小说的研究，王一川等以叙述学理论对新时期文学的研究，就是这方面颇为成功的例子。但是相反的情况也同样突出。在90年代的文学批评中，盲目追逐西方的文学理论，进行语言游戏和名词术语轰炸的批评文字也随处可见。在我看来，一个批评家可能需有多方面的能力，但对文本的感悟力、判断力、阐释力永远应是第一位的。然而，理论的狂热似乎恰恰导致的就是批评的真正“失语”，亦即批评家文学感受力、文学阐释力的衰退。在这里，我们遭遇了一个巨大的悖论：一方面是新的文学批评话语、新的名词术语的铺天盖地、花样翻新；一方面是真正“有效”的批评语言的极度匮乏。比如，对于文学语言的评论我们几乎就只能用“失语”二字形容，所谓“流畅”“清新”“优美”“生动”……我们对文学语言的这些评说，“放之四海而皆准”，几乎可以用来评论所有的文本，事实上等于什么也没说。我们迫切需要的是对文学作品语言在修辞、风格、结构、内涵等等方面的务实、具体、实证的研究，而不是抽象的大而化之的夸夸其谈。

当然，本文所分析的四个方面，尚不足以揭示批评精神全部的复杂性。但我希望这是一个开始，我们可以在对批评精神的反思中去寻找一个共同的“批评标准”，并逐步接近20世纪90年代中国文学批评那个被遮蔽着和掩盖着的“真相”。

注释:

① 也有人把批评的对象称为“批评客体”,但我认为对文学批评来说,它的对象不仅是“材料”或“素材”,它本身应具有召唤结构和期待视野,它本身应具有“可批评性”,否则,批评就既无用武之地,也无必要性。从这个角度说,批评的对象无疑是应该具有主体性的,它应是具有“主体性”的客体。

② 王蒙对新生代作家尤其是新生代女作家的推介与批评、对人文精神的讨论的参与以及与王彬彬的争论,都某种程度上成了 90 年代引人注目的“批评事件”;王朔对金庸和通俗文化的批评以及对老舍、鲁迅的“酷评”,虽然引起了很大的争议,但是他在 90 年代批评界所引起的喧闹却是任何一个批评家都难以望其项背的。刘恪对 90 年代先锋文学的关注、对“跨体写作”等先锋文学理论问题的探讨,不仅显示了他对先锋文学的执着,而且也显示了他与众不同的理论素养。

③ 冯光廉主编:《中国近百年文学体式流变史》下册,人民文学出版社 1999 年版,第 728 页。

④ 毕飞宇:《王彬彬断想》,《南方文坛》1999 年第 6 期。

⑤ 杨守森:《穿过历史的烟云——20 世纪中国文学问题》,花城出版社 2000 年版,第 211 页。

⑥ 王鸿生:《小说之死》,《当代作家评论》2001 年第 2 期。

(2002 年第 5 期)

中国文学由古典向现代的转型及其文学史意义

郭延礼

文学的转型是一个历史范畴，它应是一个由新因素萌生、开始转型到逐步深化或由局部变化到全面转型的过程。中国文学由古典向现代的转型发生于何时呢？这是一个很难说清楚但又无法回避的问题。中国文学由古典向现代转型基于两个动因，一是中国文学创造性的转化，二是西方文化的影响。这两点共同促进了中国文学的转型。中国文学何时开始转型呢？我的意见是在19世纪末，具体而言，大体可定在1898年。

一

中国近代文学如果从1840年的鸦片战争算起，至19世纪末已有半个多世纪的历史。鸦片战争开始后，中国文学虽然在文学主题、艺术形式诸方面也有若干变化，特别是19世纪70年代之后，随着中国维新主义思潮的发展，以及中国近代翻译文学的出现，文学中的新因素逐渐增多，但还未能形成文学转型的基本条件。1898年前后，中国文学开始由古典向现代转型，其主要标志表现在如下三个方面：

一是创造主体的变化：近代知识分子进入创造主体。

古代文学的作家群体是一个庞大的混合体，既有高级官僚（如首辅之类），也有中下级官吏；既有闲曹，也有幕僚；既有清高的名士，也有平民布衣。不管成分多么复杂，都可以统称为封建时代的“士”阶层（包括有权的“士”和无权的“士”，或在朝的“士”和在野的“士”）。在近代作家队伍中，1898年前后已有相当一部分人属于近代知识分子。近代知识分子（intellectual）是中国第一代知识分子，它和封建时代的“士”（scholar）不能等同。近代知识分子是和近代教育联系在一起的。它包括三部分人：一是使外人员（包括在国外从事近代文化事业者，以及旅外文化精英）；二是新式学堂和教会学校的学生；三是留学生。在19世纪末这三种人占当时主流作家的三分之一左右。著名者有王韬、郭嵩焘、黎庶昌、薛福成、马建忠、黄遵宪、曾广铨、严复、陈季同、陈寿彭、辜鸿铭、康有为、梁启超、狄葆贤、蒋观云、陈荣衮、罗普、王国维、熊垓、周宏业、陈家麟等人。

近代知识分子与古代“士”的不同，主要表现在知识结构、生活理想和行为方式上。在知识结构方面，前者多数具有自然科学或社会科学的知识，于西方文化亦有程度不同的了解，有的还精通一国或数国的语言；古代的“士”一般不具备以上知识。在生活理想方面，古代的“士”是走“科举做官”的道路，“学而优则仕”是封建时代用人的标准；近代知识分子绝大多数已放弃科举的道路，他们多数想通过自己的一技之长服务于社会，并作为谋生的手段。比如李伯元，有人曾推荐他应征经济特科，他拒不参加，而是自愿去办报纸。他们所向往的是西方的科学和民主，并希望在社会生活中求得自己独立的位置和保持自己独立的人格。这也可以看出近代知识分子的生活理想和行为方式已和古代“士”的迷恋于科举—仕宦或皓首穷经，是大不相同了。

二是西学东渐已进入文学层面。

西学东渐并不始于近代，早在明末清初就有西方自然科学的译入，但西学更广泛的传播则在近代。近代西学传播的途径先是自然科学，而后是社会科学，文学的译介最迟，大约在19世纪的70年代才开始。从这时到20世纪末，外国文学译介已有了翻译小说、翻译诗歌、翻译散文、翻译寓言。我们以翻译小说为例，至19世纪末，已有了很大的进展，下面就主要译作简述如下：

《昕夕闲谈》，［英国］利顿著，蠡勺居士译，1873。

《安家乐》，威尔通女士，画图新报馆，1882。

《百年一觉》，［美国］毕拉宓著，李提摩太译，1894。

《歇洛克呵尔唔斯笔记》四篇，［英国］柯南·道尔著，张坤德译，刊《时务报》，1896—1897。

《父与子》，［俄国］屠格涅夫著，蓝文海译述，启明书局，1896。

《长生术》，［英国］解佳著，曾广铨译，1898。

《佳人奇遇》，［日本］柴四朗著，梁启超译，1898。

《海国妙喻》，梅侣女史编译，1898。

《巴黎茶花女遗事》，［法国］小仲马著，林纾译，1899。

《八十日环游记》，［法国］儒勒·凡尔纳著，薛绍徽等译，1900。

由如上简单的排列看出：19世纪末，我国不但翻译了社会小说《昕夕闲谈》《父与子》，爱情小说《巴黎茶花女遗事》，而且还译了政治小说《佳人奇遇》，侦探小说《福尔摩斯侦探案》，科学小说《八十日环游记》。这后三种类型的小说过去中国没有，它们对尔后近代小说创作产生了很大影响。中国自己创作的政治小说（如梁启超的《新中国未来记》）、侦探小说（如吕侠的《中国女侦探》）、科学小说（如徐念慈的《新法螺先生谭》）都是在外国翻译小说的影响下产生的。翻译文学的影响，对中国文学由古典向现代的转型具有重要的意义。

三是文学语言通俗化和现代化走向。

从19世纪下半叶开始，文学语言就开始发生变化，首先是要求言文合一，走文学语言通俗化的道路。黄遵宪不仅提出了“我手写我口”的主张，而且又在《日本国志·学术志》中说：“盖语言与文字离，则通文者少，语言与文字合，则通文者多。”又说：“泰西论世，谓五部洲中，以中国文字为最古，学中国文字为最难，亦谓语言与文字之不相合也。”这个观点显然受到西方文化的影响。梁启超更对其进行了理论概括，他说：“文学之进化有一大关键，即由古语之文学变为俗语之文学是也。各国文学史之开展，靡不循此轨道。”①由黄遵宪发其端，经由梁启超、狄葆贤、王照等人的论述，文学界要求出现一种“适用于今，通行于俗的文体”的呼声愈来愈高。戊戌变法前后，又出现了近代白话文热潮，更开阔了文学语言通俗化的道路。文学语言的另一个走向是现代化，其主要表现，一是双音词的增多，二是语法的欧化倾向，三是新名词的输入。中国文学语言的这两个走向是中国文学由古典向现代转型的又一个标志。

创造主体的变化，西学东渐进入文学层面，文学语言的通俗化和现代化走向，是中国文学由古典向现代开始转型的三大主要标志。

二

如果说19世纪末是中国文学由古典向现代开始转型的话，那么，20世纪第一个二十年（1900—1919）则是中国文学由古典向现代全面转型的初级阶段。我之所以把这二十年称为全面转型期，是因为中国文学发展到20世纪初，它在创造主体、文学观念、文学主题、文体结构、语言形式、传播方式和接受主体等方面已经发生了全方位的变化，它已超出了中国文学古典形态的范畴，而步入了文学现代形态的历程。我在这里之所以称这二十年为全面转型的初级阶段，是因为在“五四”前，这种全方位的转型又表现了许多不完善和不彻底性。下面我对促使中国文学由古典向现代全面转型的几个方面作些简单的说明。

（一）文学观念

文学观念的转变是文学转型的一个重要方面，20世纪第一个二十年，文学观念已发生了深刻的变化。如改变了轻视小说戏曲的传统观念，视“小说为文学之最上乘”，由杂文学观向纯文学观的过渡等等，但我认为最主要的两点往往为人们忽略。

一是文学自我优越感的破灭。这个问题不解决，向西方文学学习就是一句空话。

鸦片战争后，就当时的士大夫普遍的心态而言，他们对西学是有一个认识过程的：开始他们认为西方资本主义国家只是声光电化、机器制造等自然科学发达，继而又发现西方的政治制度、民主学说、法律、教育的先进，但对于西方文学则认为并无可观。署名曼殊的梁启勋说：“吾祖国之政治法律虽多不如人，至于文学与理想，吾雅不欲以彼族加吾华胄也。”[②]故一般认为：中国自然科学和社会科学诚然不如西方，但谈到文学，还是中国第一。连到过欧洲游历两年的王韬也说：英国以实学为重，“弗尚诗赋词章”[③]。但通过对西方名著的译介，中国知识界视野开阔了，他们认识到外国文学中也有名著，也有《红楼梦》之类的小说，特别是林译《巴黎茶花女遗事》的问世，在中国近代知识界引起了极大的轰动。这部以其反门第等级观念和揭露资产阶级社会对下层女性玩弄迫害为双重主题的爱情故事，深深地打动了中国读者的心，陈衍称“中国人见所未见，不胫走万本”[④]。寒光则谓小说一出版，“一时洛阳纸贵，风行海内外”[⑤]。当时的许多作家如高旭、慧云、黎俊民、骨仍、冰溪也赋诗称赞这部小说。

我上面的描述，主要不是赞叹《巴黎茶花女遗事》在中国所引起的热烈反响，更重要的是在说明中国知识界文学观念的转变。这点非常重要，没有文学观念的转变，不仅向西方文学学习是一句空话，而且也不可能有20世纪初中国文学由古典向现代的转型。

二是文学功能认识的转变，明确提出了“美”的标准。

由古代文学功能的“文以载道”到近代的“文学启蒙”，应当说这是一个进步。但由于近代文学家所处的特殊历史条件，他们普遍地强调文学的政治功利性，梁启超等人可作为这方面的代表。但这只是问题的一个方面。另一方面，有一点我们却忽视了，即20世纪初的文学理论家明确提出了“美”是文学的重要品格，是评价文学的一个重要标准。这在中国文学理论史上还是第一次。

古代也讲“美”，如美文、诗美。但这个“美”是美好、称赞的意思，和近代作为美学范畴的“美”（beauty）的概念并不能完全等同。近代的美学是吸取西方的美学理论而形成的一门审美科学。下面略举数例，看一看古代“美”的含义。

庄子说：“天地有大美而不言，四时有明法而不议，万物有成理而不说。”（《庄子·知北游》）

荀况说：“天之所覆，地之所载，莫不尽其美。”（梁启雄《荀子简释》）

王世贞说：“凡幼于所为游，必有诗，诗必美，美必传之搢绅先生。”（《秣陵游稿序》,《弇州山人四部稿》卷六七）

汤显祖说：“诗乎，机与禅言通，趣与游道合。禅在根尘之外，游在伶党之中。要皆以若有若无为美。通乎此者，风雅之事可得而言。”（《如兰一集序》,《汤显祖集》诗文集卷三一）

胡应麟说：“一篇之中，必数者（这里指庄严、沉着、高华、雄大、圆畅、变幻等风格）兼备，乃称全美。”（《诗薮》内篇卷五）

这些文中的“美”多是完善、美好的意思，和近代“美”的概念并不完全是一回事；即使有些文中的“美”稍接近近代“美”的含义，但也并不完全相同。如吴乔评王维的诗：“王右丞五古，尽善尽美矣。”（吴乔《围炉诗话》卷二）又如姚鼐说：“吾尝以谓文章之原，本乎天地。天地之道，阴阳刚柔而已。苟有得乎阴阳刚柔之精，皆可以为文章之美。”（《海愚诗钞序》,《惜抱轩文集》卷四）这两处的“美”仍和近代“美”的含义不同。因为近代美学中的“美”，乃是吸取西方的美学理论而形成的“美”的概念。

20世纪第一个二十年，已有若干文论家把“美”作为文学中的重要元素，把“美”视为文学的一个标准。黄人在《小说林发刊辞》中说：“小说者，文学之倾向美的方面之一种也。”又说：若有人“吾不屑屑为美，一秉立诚明善之宗旨，则不过一无价值之讲义，不规则之格言而已。”黄人是把“美”作为小说的一种元素。他认为小说只是“真”“善”不行，还必须要“美”，把“美”作为小说的基本元素。又说：“文学以发挥不朽之美为职分。”

黄人又在《中国文学史·总论》中说：“人生有三大目的：曰真、曰善、曰美……而文学则属于美之一部分。”又说：“从文学之狭义观之，不过与图画、雕刻、音乐等。自广义观之，则实为代表文明之要，具达审美之目的，而并以达求诚明善之目的者也。”他认为文学是属于美的一部分，从广义上言，应当是真、善、美的统一，又特别重视其审美功能。“审美”（aesthetics），这在当时文学理论术语中是一个来自西方或由日本引进的新概念。

另一位文学理论家徐念慈，他吸取黑格尔（Hegel，1770—1831）和基尔希曼（Kirchmann，1802—1884，原译丘希孟）等人的美学理论，将小说规定为五种要素：其中有两点是美学的标准。即认为“美之究竟在具象理想，不在于抽象理想”；小说应能引起读者“美的快感”。他还认为小说只有具备了五大要素，才“合理想美学、感情美学而居最上层”(《小说林缘起》)。黄人和徐念慈关于文学“美”的属性及小说美学的论述，这是20世纪之前的中国文学理论中所不具有的近代特色。

他如蒋观云转译的法国学者的美学著作《维朗氏诗学论》，金松岑写的《文学上之美术观》，特别是王国维关于优美、壮美（他称“宏壮”）和艺术的形式美的论述，大大地强化了20世纪第一个二十年文学批评中的美学品格，强调了“美”是文学最基本的要素。

（二）创造主体的变化：由传统的“士”阶层到近代的知识分子

这个问题前面已有论述，不再重复。这里只就近代知识分子的产生，再说明两点。

第一，近代新式教育的出现，为近代知识分子产生奠定了坚实的基础。

中国近代新式教育，虽然自1901年9月14日清政府颁发兴学诏书之后才有了较大的发展，但近代新式教育的萌芽和产生，却早在19世纪60年代之后就开始了，最早面世的当是京师同文馆（1862）、上海广方言馆（1863）、广州同文馆（1864）等外语学校和福建船政学堂（1866）等军事学校。70年代之后，军事学校和科技学校大兴，著名的有天津武备学堂（1885）、江南水师学堂（1890）、江南陆师学堂（1896）、天津西医学堂（1881）、上海电报学堂（1882）、湖北算术学堂（1891）、山海关铁路学堂（1895）、南京储才学堂（1896）、上海江南制造局工艺学堂（1898），再加上若干教会学校⑥，可以这样说，至19世纪末，近代新式教育已有了初步的发展。特别是戊戌变法期间，1898年7月10日光绪皇帝下令将各省府厅州县现有之大小书院，一律改为兼习中学、西学之学校。⑦尽管此时的新式学堂规模较小，数量也不多，又多设在沿海大城市，与当时内地省份和广大农村的旧式教育系统比起来（特别是当时科举制度尚在继续），显得势力十分薄弱。但19世纪末的这种新式教育确已具有与旧式教育完全不同的性质。要而言之，至少有如下两点：（1）教育宗旨：旧式教育与科举并行，读书完全是为了科举，考上举人、进士就可以做官，所谓“学而优则仕”；新式教育大多是为了学习一种专业、一种技术，以为自立的基础，生活的艺业，并造福人类，报效国家。（2）教育内容：新式教育既习中学，亦学西学。西学内容除外国语外，还学习自然科学和社会科学知识。以福建船政学堂为例，除学习英语、法语外，其课程尚有重学（力学）、汽学、化学、算学、代数、几何、平三角、机器制造、地舆图说（地理）、画图等。这和旧式教育终日研读高头讲章、八股制艺则大不相同。

1901年9月14日，清政府颁发了兴学诏书，各地学堂如雨后春笋，发展很快。清末最后十年（1901—1911）在全国掀起了兴办学堂的热潮，特别是1905年废除科举制度后，各地学堂发展更快。据统计，1902年全国各地学堂学生总数是6912人，至1905年发展为258876人，1905年比1902年的全国学生总数增加了36倍。[⑧]而据刘锦藻编的《清朝续文献通考》记载，1910年，全国各类大中小学校42696所，学生1300739人，是1905年学生数的5倍，是1902年学生数的186.7倍，其发展之迅速于此可见。此时高等学校也发展很快，至1909年，全国共有高等学校110所，学生20672人，师范415所，学生28572人。[⑨]此时女子教育也有发展，根据清政府学部总务司编的《第一次教育统计表》，1907年全国共有女学堂428所，学生15498人[⑩]，据估计，中学、师范、大学三类学校的女生总数当不少于3000人。这说明，在20世纪第一个十年，新式教育已有了很大的发展。新式教育的发展，特别是高等学校和师范学校的发展，为文学队伍输送了若干生力军。20世纪第一个二十年女性小说家群和女性翻译家群（约有60人）的出现，就与20世纪初女性教育（高等教育和留学生教育）有直接的关系。

第二，留学生教育的发展，提高了近代作家群体的素质。

如果说在19世纪末的作家群体中，留学生还居少数的话，20世纪第一个二十年的作家群体中留学生的比例已显著增加。这是因为20世纪初留日学生增长很快。1905年曾达到8000人。在留学生中有些人是作家或翻译家。以南社为例，据不完全统计，在南社社员中曾赴日留学者（包括少数赴日考察、避难）有49人，赴欧美留学者8人，合计为57人。再加上留学日本的一些非南社社员，如秋瑾、陈天华、章太炎、章士钊、向恺然、徐卓呆、曾孝谷、陆镜若、任天知、汪优游、戢翼翚、吴梼、陈景韩，留学欧美的胡彬夏、吴弱男、陈慎言、齐如山、张彭春、蔡元培、伍光建、奚若、王钟声、李石曾等人。这样算起来，在20世纪第一个二十年的作家群体中，留学生有百人左右。他们是中国第一代知识分子，思想观念、人生理想、行为方式、知识结构和古代的“士”均大不相同。创造主体的这种变化对于这时期中国文学由古典向现代的转型极为重要。

（三）文学主题的转型

这时期的文学主题最突出的变化，用马君武的话来说就是“鼓吹新学思潮，标榜爱国主义”。实际上也就是宣扬民主主义和民族主义。关于近代爱国主义的内容，主要是反殖反帝，这点我曾在《中国近代文学发展史·绪论》中作过论述，兹从略。关于新学思潮，主要是表现新思想，描绘新事物，塑造新形象。

表现新思想：所谓“新思想”，在当时主要指资产阶级的民主、自由、平等思想，作者在表现这种思想时，又是把它与对封建专制主义的批判结合在一起的，蒋智由有一首题为《卢骚》的诗很有代表性。诗云：“世人皆欲杀，法国一卢骚。民约倡新义，君威扫旧骄。力填平等路，血灌自由苗。文字收功日，全球革命潮。”（卢骚今译卢梭）

批判君权和封建专制主义，是20世纪初期文学的一个重要主题。诚然，在古代思想家、文学家中也有批判君权和封建专制的，如黄宗羲、顾炎武、王夫之等人，但他们还不是从根本上否定封建专制制度，取消皇权。20世纪第一个二十年的文学，如南社诗人柳亚子、陈去病、高旭、马君武、张光厚、王德钟等人的诗歌，章太炎、邹容、陈天华、秋瑾等人的诗文，已明确主张推翻封建专制制度、打倒皇权（资产阶级革命派更把批判君主专制与推翻清王朝的统治结合起来）。他们还把卢梭等人的国家学说、天赋人权论作为批判封建君主专制的思想武器，带有鲜明的近代意识。如柳亚子在《放歌》中云：“私心窃景仰，二圣难颉颃。卢梭第一人，铜像巍天阊。《民约》创鸿著，大义君民昌。胚胎革命军，一扫秕与糠。百年来欧陆，幸福日恢张。继者斯宾塞[⑪]，女界赖一匡。平权富想象，公理方翔翔。谬种辟前人，妄诩解剖详。智慧用益出，大哉言煌煌。”诗中所景仰的是卢梭和斯宾塞，并以他们的《民约论》和《女权篇》作为思想武器。邹容的《革命军》、陈天华的《猛回头》、秋瑾的诗文均是以西方资产阶级的思想学说作为批判封建专制、推翻封建帝制、建立资产阶级民主共和国的思想武器。

书写新事物：这是20世纪初诗界革命、文界革命对创造主体提出来的要求。诗界革命的“新意境”就是描写西方文明和异国风光，这点黄遵宪的诗歌创作已提供了范例。文界革命的“欧西文思”，当指欧洲资产阶级文化思想，其实这之中也包括了诗界革命“新意境”的内容。随着近代中西文化交流和社会生活的繁富，创造主体的审美范围必然相应地扩大，由祖国的山川扩展到异域风光，由传统的历史文化转换为西方自然科学的新成就，这也是社会进步在文学上的一种反映。

塑造新的人物形象：这也是中国文学由古典向现代转型的一个表征。古代文学的正面人物是帝王将相、才子佳人，或者是侠客义士、忠臣贞女。20世纪第一个二十年的文学形象已经发生了很大变化，即平民百姓已成为作品中的主要人物，各种类型的小人物，如商人、士兵、学生、妓女、艺人、佣人，均成为创造主体塑造的对象，特别值得提出的是古代文学中所从未出现过的人物，如外国革命家、女英雄、传教士、领事、买办、留学生、轮船水手等也进入了这时期文学形象的画廊。马志尼、加富尔、罗兰夫人、苏菲亚、贞德成为近代文学作品中经常出现的人物形象。文学主题的这些变化为文学的全面转型奠定了基础。

（四）文体结构的转型

古代文体结构以诗文为中心，小说处于边缘地位，20 世纪第一个二十年，小说戏剧已由边缘地位向文体结构的中心转移，基本上形成了小说、戏剧、诗歌、散文为格局的现代文体结构，这已成为学人的共识，不必详述。这里有一点需要提出的那就是女性小说的出现。

中国古代女性文学主要是诗词文赋，但没有小说，可以这样说，1840 年近代之前，中国女性文学中无小说出现。相传清代的汪端（1793—1839）写过《元明佚史》，但至今未见文本，故我怀疑此书是否完成或出版过。收集女性作品十分完备的胡文楷先生的《历代妇女著作考》也未收集此书，这又可为我的怀疑提供一个佐证。

为什么古代女性没有写小说的呢？简言之，有如下几点原因：一是女性受生活天地（主要是闺房）的限制，很难胜任以广阔的社会生活为背景，以描写社会人生经历、感受为主要内容的小说；二是受封建礼教的限制，女性话语权仅限于闺内，有“内言不出，外言不入”之说，写小说不是自娱，而是为了“娱人”“教人”，是写给外人看的，这就犯了“妇教”；三是封建时代长期轻视小说的观念对妇女的影响。[12]

近代之后才有女性写小说，目前能看到文本的中国第一部女性小说是顾太清（1799—1877）写的《红楼梦影》（1877），后又有陈义臣（1873—1890）的《谪仙楼》（文本未见），而真正在中国文学史上出现一个女性小说家群则是 20 世纪第一个二十年。据我初步统计，这批小说家有 50 人左右，比较重要的有王妙如、黄璧魂、黄翠凝、吕逸、汪咏霞、陈翠娜、杨令茀、温倩华、邵振华、李张绍南、蒋曾淑温、蒋吴剑文、陈守黎、朱怀珠、徐彬灵等。

女性小说作品的大量出现，是 20 世纪第一个二十年文体结构变化的一个小小的侧面。

（五）传播方式的变化

文学传播方式的变化，20 世纪第一个二十年和古代有着明显的不同。二者的不同是革命性的变革。中国古代文学的传播主要靠手抄和手工木刻印刷；近代之后，随着印刷术的提高，20 世纪初以活版铅印、石印和机器复制为主要方式的近代印刷体系已经形成，效率空前提高。近代传播方式另一个变化就是报刊的出现。先是报纸上刊登小说，后是文学期刊的出现，最早刊登翻译小说的报纸大约是《申报》。20 世纪初，小说杂志如雨后春笋，发展甚快。梁启超的《新小说》1902 年创刊后，《绣像小说》（1903）、《新新小说》（1904）、《月月小说》（1906）、《小说林》（1907）、《中外小说林》（1907）、《小说世界》（1923）相继问世，至“五四”前，小说杂志大约有 50 多种。这些小说杂志既刊登创作小说，又刊登翻译小说。近代许多著名的小说大多是先刊登在报纸上，然后再出单行本的。如《海上花列传》《官场现形记》《文明小史》《活地狱》《老残游记》《孽海花》《中国现在记》《邻女语》《负曝闲谈》《东欧女豪杰》《新中国未来记》《黄绣球》等，都是首先发表在近代文学杂志上。我们以吴趼人的小说为例，他的作品几乎全部是先在文学杂志上发表而后再出版的。吴趼人一生创作了 16 部中长篇小说，除《恨海》和生前未完稿的《白话西厢记》外，其余 14 部中长篇小说和全部短篇小说均是最先发表在近代几个著名的小说杂志上。

近代报刊登载小说的不只是文艺报刊，一般报刊为了吸引读者，扩大发行量，也刊登小说作品。[13]近代文学传播方式的这种变化，不仅促进了小说创作的繁荣，而且对于小说自身的结构与章法也有一定的影响。

近代小说出版业和古代相比也大不相同，古代一部文集只印刷几百部，印上千部的就不多，而近代一本小说要印数千乃至数万册。曾朴的《孽海花》据阿英的统计，出版“不到一二年，竟再版至十五次，销行至五万部之多”[14]。另一部小说《玉梨魂》据说连续再版 32 次[15]，发行量达 10 万余册，这在中国古代出版史上的确是难以见到的。其实在 20 世纪第一个二十年，此类情况并非绝无仅有，一些武侠、侦探小说的销量十分可观。稍后一点出版的向恺然的《江湖奇侠传》，其印数绝不会少于《玉梨魂》。这又可说明，传播方式的改变对于文学传播的影响。

（六）接受群体的变化

古代文学的接受群体主要还是“士”，或者说是文人，不论是诗词唱和还是阅读小说、戏曲，多数都是“士”阶层的人。19 世纪末 20 世纪初这种情况有了显著的变化。

这种变化的主要标志是市民阶层的介入。

20 世纪初，随着资本主义工业的发展，商业的繁荣，首先在沿海省份的大中城市出现了一个近代意义上的市民阶层。据有关资料统计，20 世纪初，中国 2 万人口以上的城市有 312 个，其中 2 万至 5 万者 216 个，10 万至 50 万者 41 个，50 万以上者 9 个。[16]城市人口增加很快，以上海为例，1843 年只有 20 万人口，1901 年，有人口 60 万，1921 年增加至 150 万。[17]20 世纪 10—20 年代全国城市人口不少于 2000 万。市民阶层是一个庞大的群体。

近代市民阶层有如下几个特点：第一，他们中的绝大多数人虽然没有受过正规的新式教育，但由于生活在城市，耳濡目染，对新事物比较敏感并易于接受；第二，他们的文化水平普遍较农村人口高，有一定的阅读能力；第三，有剩余时间，需要精神食粮（特别是小说等通俗文学读物）。在这个市民阶层中，还包括一部分新式学堂的学生，他们更是文学作品的主要接受主体。近代市民阶层的出现，改变了古代和近代前期接受群体的结构，这是一个稳定的、有购买力的文化消费群体，他们便是尔后鸳鸯蝴蝶派（此指广义的鸳蝴派）小说的主要受众。20 世纪第一个二十年，近代市民阶层的出现表明文学接受主体已由“士”的阶层转移到市民阶层。

（七）翻译文学的影响

翻译文学作为中西文化交流的载体，它对中国文学由古典向现代的转型影响是很大的，这是学人的共识。中国古代文学基本上是一个封闭的体系，尽管它也吸取过佛教的思想文化、营养，也融会过国内许多少数民族的文学精华，但从全球的范围看，它与世界文学特别是西方文学的交流还是远远不够的。近代翻译文学的出现与繁荣，对本土文学产生了巨大冲击力，促使中国文学发生了一系列的内部变化，自然对中国文学由古典向现代的转型也具有积极的意义。

第一，翻译文学的出现，对文学观念、文学类型、表现技巧、文学语言诸方面均给予中国文学很大影响。以小说文体为例，翻译小说出现，扩大了中国小说的文体类型（如出现了中国过去所无的政治小说、侦探小说、科学小说、教育小说），影响与改变中国小说单调的叙事模式，丰富了中国小说的表现艺术，打破了长篇小说章回体的体制，促进了现代型短篇小说的出现。这一切都与翻译小说的影响是分不开的。

第二，翻译文学的出现，开阔了人们的文化视野，为中国文学向西方学习提供了典范和样板，“别求新声于异邦”，有利于中国文学自身的转化与提高。

第三，翻译文学的出现，为中国文学的发展走向提供了重要的参照系，也为中国文学转型提供了文学样板。

关于文学语言的通俗化和现代化走向，我前面已谈到，这里不再论述。

由上面简单的论述，可以看出20世纪第一个二十年，中国文学已由古典向现代全面转型，尽管这种转型是不完善和不彻底的，或称为初级阶段，但它具有重要的文学史意义。

20世纪第一个二十年中国文学的全面转型，它改变了中国文学的走向，揭开了中国文学现代化的序幕，为“五四”新文学的全面现代化奠定了基础。具体而言有如下三点：（1）创造主体的变化，近代知识分子的出现，为“五四”一代文学新人的出现竖起了阶梯，没有近代知识分子的诞生，就没有“五四”的文学新人。（2）20世纪第一个二十年，外国文学的译介，为“五四”作家自觉地向外国文学学习提供了思想资源和文学资源。（3）文学语言的通俗化和现代化走向以及近代的白话热潮，为“五四”新文学奠定了语言基础。

总之，20世纪第一个二十年中国文学由古典向现代的转型，它改变了中国文学的走向，凭借着西方文化的影响以及由此而产生的中国文学自身创造性的转化，正朝着文学现代化的道路行进；而从更完善的意义上真正完成中国文学由古典向现代的转型，那当然是“五四”之后的事了。

注释：

①② 梁启超等：《小说丛话》，《新小说》1903年第7号，1904年第11号。

③ 王韬：《漫游随录》，载钟叔河主编《走向世界丛书》，岳麓书社1985年版，第122—123页。

④ 陈衍：《林纾传》，载沈瑜庆、陈衍主编《福建通志》第9卷，第26页。

⑤ 寒光：《林琴南》，中华书局1935年版。

⑥ 据顾长声《传教士与近代中国》中的统计，1860—1875年，有教会学校800所，学生20000人。1875—1899年教会学校增加至2000所，学生有40000人，其中中学占10%，也有少数大学，但大学生不足200人。

⑦ 《中国近代学制史料》第一辑下册，第442页。

⑧ 周予同：《中国现代教育史》，（上海）良友图书印刷公司1934年版，第137页。

⑨ 以上资料据周予同《中国现代教育史》，转引自郑登云编著《中国近代教育史》，华东师范大学出版社1994年版，第159页。

⑩ 转引自杜学元《中国女子教育通史》，贵州教育出版社 1995 年版，第 333 页。

⑪ 斯宾塞（H. Spencer，1820—1903），英国社会学家。他著有《女权篇》，提倡男女平权。

⑫ 参见拙作《新世纪中国古典文学研究路向的思考》，《文学评论》2002 年第 4 期。

⑬ 参见拙作《传媒、稿酬与近代作家的职业化》，《齐鲁学刊》1999 年第 6 期。

⑭ 阿英：《晚清小说史》，人民文学出版社 1980 年版，第 22 页。

⑮ 刘扬体说："《玉梨魂》一书再版竟达 32 次之多"，参见刘扬体《流变中的流派——"鸳鸯蝴蝶派"新论》，中国文联出版公司 1997 年版，第 13 页。

⑯ 竺可桢：《论江浙两省人口之密度》，《东方杂志》1926 年第 23 卷第 1 期。

⑰ 王树槐：《中国现代化的区域研究——江苏省（1860—1916）》，（台湾）"中央研究院" 近代史研究所 1984 年，第 592 页。

（2002 年第 6 期）

文化、文学理论创新的前景

钱中文

一个民族的生存与发展，不断受到经济与政治的约束，其内在的应变因素则是文化，是优秀的、进步的文化，是民族的高度发展的智性形态，是那些具有文化精神、价值的精品，正是它们维系着我们民族的生存与发展，而表现出我们民族的强盛的生命力、创造力与凝聚力，使我们屹立于世界民族之林。当今，文化与经济和政治相互交融，文化的力量，深深地熔铸在民族的生命力、创造力和凝聚力之中。这样，随着时代的进步，文化就被提到了战略的高度。

不过，真要做到这点，文化自身是要不断地进行改造与创新的。文化的活力，民族的生命力，表现在它自身的不断创新之中。在一个时期里，我们的民族思维失去应有的活力。这种墨守成规、抄书抄报的方式，严重地压抑了我们民族的思维，致使我们民族在很长一个时期失去了思维的创造力。随后，又是大量的西方文化的介绍，这自然十分必要，但又发生了相当热闹的新的照搬照抄，可这并未给我国新的文化建设增加特别的分量。文化、理论的滞后，严重地影响着经济的发展，而在当今经济全球化的处境中，文化、理论的改造与创新实在是刻不容缓的了。

文化、理论的改造与创新，有个面向现代化的问题。现代化受到现代意识精神的制约，这是一种具有科学的、进步的促使社会不断前进的理性精神与启蒙精神，一种现代意识精神与时代的文化精神。体现现代意识精神的现代性，应该成为指导我们现代化的主导意识。我们说的现代化，不是别的国家的现代化，而是我们自己国家的现代化。这种现代化必须是适合我国自身经济、政治、文化发展需要的现代化。外国的现代化有许多经验，也有不少教训，我们自然应该将自我与他者进行比较，从中进一步认识自己，但不能拿西方的现代化或者后现代化来套我们的现代化的需求。面对一百多年来的社会生活的深刻变化，人们的生存处境的变迁，文化精神领域的种种危机，学术的严重滞后，信息、科技发展所带来的负面效应，资本发展对人的挤压与异化，我们应当有所体悟。在当今我们现代化的过程中，出现了所谓后现代现象、后现代意识，它们正是我们生活自身的部分表现，其正负影响都是客观存在：一方面可以激发我们思维的活力，促使我们与时俱进，思索新问题；另一方面则往往使我们以虚无主义的态度消解事物的价值与精神。因此我们不能不加分辨，全盘给以肯定。

作为伴随、指导现代化进程的现代性，其本身是一个矛盾体。应当赋予这个矛盾体认识自身内在矛盾并且随时进行反思和文化批判的功能，这是极为重要的，这可以使我们的思想真正与时俱进，摆脱理论教条，从而永葆青春活力。在这种现代性意识观照之下的文化、理论的改造与建设，应当广泛地建立在民族文化传统基础之上。传统是我们创新的过去，而创新则是传统的未来，继承传统，不仅是为了保存传统，其更高的目的是为了创新。以为传统和现代思想不可通约，不承认优秀文化传统中有属于未来的、全人类的、和今人相通的成分，将这些成分排除在新的文化、理论创造之外，这将使继承优秀文化传统变成一句空话。新文化的创造是融会了传统文化的，传统文化的整理与发掘，是新的文化创造的积累与准备，但还不能替代整个新文化的创造。同时，现代性是被赋予历史具体性的、具有历史指向性的意识，受制于本土化，又是具有国际文化背景与世界进程同步的现代意识精神，是在全球化与本土化不断冲突而又有融合的思想，是我们民族独立自主的又富于积极进取精神、善于融合其他民族优秀文化的民族主体性意识。

如果在上述问题上，我们十分盲目，对于所要建立的新文化、新理论没有自己的坚实的立足点，那么难免就要去照抄他国的所谓先进文化，别人有什么，我们就搬运什么，或是别人有过的我们也一定要有。一些人在凡是存在的都是合理的思想影响下，对文化、艺术中的负面东西十分宽容。但是，在凡是存在的都是合理的后面，还有半句话，即凡是存在的并不都是合理的，那些消极的生活现象就是如此，它们的出现，固然有其原因与理由，但是这些原因与理由并不就是合理的。我们有时见到，有的媒介就把那些别人的垃圾文化也当作宝贝，加上一些不做真正的引导的“导师”的指点，如所谓“性革命”之类，力图使之流行起来。只满意于性革命如何实现了弗洛伊德的人的性本能的快乐原则，却避而不谈有的国家如美国的性革命不知带来了多少社会问题，以致发展到今天，在这些国家里出现了可以集体交换各自的配偶回家寻欢作乐，定期归还，然后选择时机再来的伦理的彻底解体。

文学理论学科的现代性问题，与文化论一样，存在着积极适应当前实践急速变化的迫切需求。今天的文学艺术已非昔比，文学艺术部分地改变了自己的面貌，而大众文化、通俗文化、媒介文化、网络文化的传播，或是说大众审美文化的出现，极大地改变了原有文化和文学艺术的格局，于是理论的现代性问题、创新问题就变得极为迫切了。不少同行已经注目于大众文化、媒介文化，他们的论著多有创见，解释了这些现象出现的原因，也说明了它们如何满足群众的广泛需求，但是作为理论的阐释，还缺少对人的精神的真正需求与提升的关怀，所以还需要有高瞻远瞩的力作。

同时，由于现代生活的变化引起了上述种种现象，在有的学者看来，文学理论作为一门学科就成了问题。比如，当今生活审美化、审美生活化，生活中的各种事物，时装设计、时装表演、商品包装、街头广告、公园建筑、室内装饰，无不具有审美色彩，而文学本身也正在发生变化，新的文学体裁正在产生。生活中的具有审美因素的种种非文学现象不断向人们袭来，引起了人们广泛的兴趣，要求阐明，而对阅读经典作品的兴趣已大为减弱，那么，当今的文学理论能阐明它们吗？要是难以阐明问题，那么它还有独立存在的价值吗？文学理论会不会被大众审美文化理论所替代？这种种方面，可说充满了论争，同时也充满了理论的创化的新机。

自然科学家创造设计的思想，发现认识事物物理的规律，从而促使创造物质财富、精神财富。而作为人文知识分子，在文化、理论的创新方面，他要善于洞察变化着的现实与文化的实践，使理论适应急速变化着的现实的与实践的需要，同时要使理论具有前瞻性，从而从精神方面发生积极的作用。在建设新文化的思想的指导下，人文知识分子应是具有思想创造力的人，他创造的是传之久远的文化精神与价值。

（2003 年第 2 期）

在“五四”文艺理论新传统基础上“接着说”

童庆炳

自“五四”新文化运动以来的一百年中，中国现代文艺理论是否形成了自己的新传统？这是我们当前实现文艺理论创新面临的一个必须回答的问题。如果说我们已经有了一个现代文艺理论的新传统，那么就是在已有的传统的基础上“接着说”，说出一些新的东西来，也就是如何更上一层楼的问题；如果我们根本就没有新的传统，那么今天我们谈理论创新，就是“白手起家”，重起炉灶，这谈何容易呢？目前有一种说法是否定我们有“五四”以来的文艺理论的新传统。他们说，中国古代文论与中国现代文论其文化精神的内核时时处处冲突碰撞，后者我们已经将之归入西方即欧美文学理论在中国的延伸，它的基本要素与理论范畴来源于西方文学理论。在某些人看来，中国文学理论不过是欧美文学理论的附庸，完全没有自己的时代的和民族的根性，这种看法符合不符合中国现代文学理论发展的实际呢？

中国现代文学理论如果从1899年梁启超提出“诗界革命”“文界革命”和不久之后又提出“小说界革命”算起，已历尽百余年。诚然，在这百余年之间，有过“全盘西化”的提法，有过以西方文论的马首是瞻的人物，有过西方文论名词轰炸的时刻，至今仍有一些年轻的或不太年轻的学者亦步亦趋追赶西方的文论浪潮，这个事实不容回避。但也有比较客观评介西方文论的著作，把西方文论的术语、概念经过我们的改造，变成中国自己的东西。我们应该看到，中国百年现代文论的主流是随着中国时代的变迁而变迁的，它对西方文论话语的取舍，对中国古代文论话语的取舍，都与时代的发展和现代文学的发展密切相关，与当下的社会文化状况密切相关。中国现代文学理论的“根”在中国的现实及其发展中，在中国文学的实际及其发展中。可以说，从梁启超、王国维到鲁迅、郭沫若、茅盾、宗白华、朱光潜、冯雪峰、胡风、杨晦、黄药眠、何其芳、钱锺书、王元化、蒋孔阳、李泽厚等，再到“文革”时期被批判而活跃于20世纪五六十年代的所谓“黑八论”的作者，诸如秦兆阳、巴人、周谷城、钱谷融等，再到新时期开始后中国当代新文论形态的建设者，绝大多数都是立意做本土化的中国现代文论的。

不难看出，中国现代文论经过一代又一代人前赴后继的努力，已经形成了一个新的传统。尽管可能我们较多地借用了西方的一些文论术语，但其内涵已经根据中国的民族精神、中国正在发展的现实和中国正在发展的文艺实际而具有中国的特色。如真实性、典型性、审美、再现、表现、形象、形象体系、现实主义、浪漫主义、现代主义、艺术思维、审美意识形态、艺术生产、思想性、艺术性、内容、形式、鉴赏、接受美学等等术语，由于与中国文学发展的实际相结合，用以说明和分析与西方不同的中国现代文学，它们的本土化特征是很明显的，也是多数人所认同的。

就鲁迅而论，他在现代新文学的建设中，既创造了优秀的文学作品，成为现代文学最早一批最具艺术实力的成果，又实现了文学观念的改造。鲁迅的文艺理论完全是属于中国现代的。这样说的根据何在？在鲁迅那里，无论是对于西方文论的择取，还是对于中国古代文论的继承，都是从当时中国的实际出发的，针对性很强，他的阐释糅进了对于中国种种情况的分析和理解，已经有了新的含义，不是简单生硬地照搬照抄。鲁迅主张现实主义文学，特别提出“真实性”的概念，有过多次精辟、深刻的阐述，使“真实性”成为最早成熟的中国现代文论观念，并对创作产生了极大的影响。为什么这个源于西方的“真实性”概念会最早进入鲁迅的视野呢？这是因为“五四”新文化运动的目标之一是反对封建主义的虚伪的、虚假的、欺骗的和不敢正视现实的弊病，鲁迅的“真实性”观点是在批判封建主义文学的“瞒和骗”的过程中阐发的。在鲁迅看来，“瞒和骗”是违反真实性的，是与艺术相敌对的。1925 年，鲁迅在《论睁了眼看》的重要文章中说：“中国人向来因为不敢正视人生，只好瞒和骗。由此也生出瞒和骗的文艺来，由这文艺，更令中国人更深地陷入瞒和骗的大泽中，甚而至于自己不觉得。世界日日改变，我们的作家取下假面，真诚地，深入地，大胆地看取人生并且写出他的血和肉的时候早到了。早就应该有一片崭新的文场，早就应该有几个凶猛的闯将。”鲁迅还重点抨击中国封建时代的“十景病”和“团圆主义”，指出“十景病”是中国国民性的祖传病态之一，这种病态的要害是掩饰缺陷；“团圆主义”的“曲终奏雅”，则完全是撒谎，是对黑暗现实的粉饰。这些都清楚说明了鲁迅的真实性的概念的提出，完全是根据中国的现实情况所作出的理论选择，已经有现代的独立的眼光和立场。当一种理论已经扎根于中国现实的土壤中的时候，那么它已经获得新的内涵，已经在很大程度上民族化和本土化了。如果还说这“归于西方”，那就失去了理论应有的客观的态度。再如，鲁迅对于中国古代文论某些概念的继承也不是完全的照搬照抄，而是进行现代转化，使旧的概念获得新的意义和内容。“形似”与“神似”是传统画论和文论的重要范畴，鲁迅根据现代现实主义文学的要求，认为“神似”当然重要，但“形似”也很重要，“神似”与“形似”可以并重，这就超越了中国古代那种单纯“文贵神似”的观念。鲁迅对于古典的文化遗产的态度是“弃其蹄毛，留其精粹，以滋养及发达新的生体”（《论“旧形式的采用”》）。那么根据什么标准来“弃其蹄毛，留其精粹”呢？这就是中国现代现实的需要。以这样一种态度去对待中国古代的文化遗产，那么我们就可以获得新的眼光新的内容。

在这里，我们还可以简要解析一个术语个案。中国现代文论引进了“审美”这个词语，但引进后“审美”的含义已经有很大的变化。在西方，“审美”作为一个概念，大致上就是康德所说的“审美无功利”。但自从王国维在上个世纪之初引进“审美”这个观念之后，“无功利”的含义已经大大被削弱，而渗入了审美也可以“有功利”的思想。这是由于中国自晚清以来遭受帝国主义列强的侵略，沦丧为半殖民地的境地，亡国灭种的危险日益迫近，这不能不引起一些有起码爱国心的知识分子的忧虑。所以他们从西方引进“审美”的观念，就不仅是纯粹的游戏，完全的逍遥，不能按照西方的“审美无功利”照搬，而要加以改造和变化。王国维提倡审美，一方面也强调文艺审美的独立性，强调文艺的独特的功能，甚至也宣扬“游戏”因素，但是他自己又自觉地把“审美”与通过教育改变“民质”相联系，审美中不能不夹带着启蒙，这里就有了功利目的。自此以后，中国的文论家、美学家一般将审美的无功利与有功利视为可以相容的方面，审美无功利和审美有功利并存。王国维和鲁迅都先后提出过艺术“无用之用”“不用之用”的主张，所谓“无用”“不用”即艺术审美无功利，所谓“有用”就是艺术审美有功利。20 世纪 50 年代美学大讨论，美学家李泽厚就明确审美无功利与有功利统一的看法，这个看法被很多人所采用，蒋孔阳先生也采用这个说法，在许多学者那里一直延续到如今。可以这样说，在民族社会矛盾十分突出的时期，审美的“无功利”一端被放到次要的方面，“有功利”的一端凸显为主要的方面，于是强调文艺为政治服务。如抗日战争时期毛泽东《在延安文艺座谈会上的讲话》中就提出文艺从属于政治，认为文艺是“团结人民、教育人民、打击敌人、消灭敌人的武器”，功利性可谓强矣，但毛泽东也不是不要审美，只是“政治标准第一”“艺术标准第二”，功利是主要的，但也要艺术，也要审美。这种说法一直延续到“文革”时期。新时期开始以来，文艺学界为了纠正“文艺为政治服务”口号的偏颇，根据实事求是和解放思想的精神，做出了很大的努力，提出了文学“审美”特征论，其中有的提出“审美反映”的观点，有的提出“审美意识形态”的理论，直到 1999 年笔者仍写了一篇《审美意识形态论作为文艺学的第一原理》的论文。所谓“审美反映”和“审美意识形态”，既强调文学的感性特征，同时又强调文学的理性特征；既强调文艺的无功利性，又强调文艺的功利性。就其实质而言，就是要在文学的感性与文学的理性的紧张关系中取得某种平衡，在文艺审美的无功利与功利的紧张关系中取得某种平衡。这些观点及其在历史发展中的变化都不是完全照抄外国的教条，它针对的是中国的现实，并获得了中国本土眼光与内涵。不难看出，“审美”这个外来词，已经成为了中国现代文论、美论的有机的组成部分。关于中国现代“审美”这个关键词如何被引进，如何随着历史的变化而变化，如何获得区别于西方的“无功利又具有功利”的内涵等等，可以写出一篇很长的论文来。这个个案分析足以说明中国现代文论虽然用了部分外国的概念，但在其历史发展中，已经获得了本土化的内涵，成为一个新的传统。

以上简要的论述说明，中国现代文论就是符合中国现实发展和现代文学发展实际的文论，就是与中国的民族精神结合的文论，它植根于中国自身的民族奋斗的现实中，它是归于中国的，而并非西方文论的延伸，并不能不加分析就说归于西方。要是我们中国现代的文艺理论是失语的，是归于西方的，并不存在中国现代文艺理论，那么社会科学中文艺学作为一个学科，还能不能成立呢？当然，我并不认为中国现代形态的文论已经完全成熟，它仍在途中。也正因为还在途中，还在发展中，所以我们觉得有创新的必要。如果我们根本没有“五四”以来现代的文论传统，甚至一点基础也没有，根本就不具有“接着说”的前提条件，那么我们的创新就要变成“凭空”说了。根据我个人的体会，所有的“创新”都不可能是凭空的创造，创新在大多数的情况下是“旧中之新”，而不可能是绝对的“新”。

“原创”可能还会有，但在人文社会科学领域，“原创”的时期似乎已经过去。对于文艺理论界来说，我们多半只能在“五四”所开创的文艺理论新传统的基础上“接着说”。

（2003 年第 2 期）

“诗家三李”说考论

余恕诚

20世纪60年代传出毛泽东喜爱“诗家三李”之说。人们在觉得新鲜的同时，对“三李”何以并列、毛泽东何以喜爱“三李”，感到需要探讨。有学者以为“三李”之说始自毛泽东，对“三李”并称的起源亦颇为模糊。本文打算从“三李”自身的诗歌创作和后世对“三李”的接受两方面，探讨“三李”联系到一起的根据，以及“诗家三李”说是怎样出现和被认同的。

一、三家诗文中相联系的迹象与历代对“三李”的并提

三李并提，涉及三位诗人相互间多边关系，既包含三家如何联系串通的问题，又包含按排列组合方式形成的两两之间关系问题。其中前二李（李白、李贺）和后二李（李贺、李商隐）的相近和联系，历代学者多有论述。如李白和李贺虽有所谓“天才”“鬼才”之别，但在想象丰富和境界之奇方面，一致性非常明显。李商隐和李贺则在写闺阁粉黛，深度地进入内心世界写冥思奇想方面，有直接继承关系。有前二李和后二李的联系做基础，以李贺为中介，将三李贯穿起来当然是可以的，但李白诗风豪放，李商隐偏于婉约，差别毕竟很大，人们或许在这一环上对“三李”的相通，产生疑问。能否在前后相距时间长、面目变化大的李白与李商隐之间看到明显而直接的联系呢？检查两家诗文集，似多有可资对照之处，兹列如下：

	李白	李商隐
1	黄河之水天上来。(《将进酒》)	黄河摇溶天上来。(《河阳诗》)
2	手把芙蓉朝玉京。(《庐山谣寄卢侍御虚舟》)	手把金芙蓉。(《李肱所遗画松诗书两纸得四十韵》)
3	宫中谁第一，飞燕在昭阳。(《宫中行乐词八首》其二)	朝元阁迥《羽衣》新，首按昭阳第一人。(《华清宫》)
4	众鸟集荣柯，穷鱼守枯池。(《古风五十九首》其五十九)	晓鸡惊树雪，寒鹜守冰池。(《幽居冬暮》)
5	走傍寒梅访消息。(《早春寄王汉阳》)	知访寒梅过野塘。(《酬崔八早梅有赠兼示之作》)
6	弃我去者昨日之日不可留，乱我心者今日之日多烦忧。(《宣州谢朓楼饯别校书叔云》)	昨日紫姑神去也，今朝青鸟使来赊。(《昨日》)
7	相见情已深，未语可知心。(《相逢行》)	身无彩凤双飞翼，心有灵犀一点通。(《无题二首》其一)
8	清水出芙蓉，天然去雕饰。(《经乱离后天恩流夜郎忆旧游书怀赠江夏韦太守良宰》)	惟有绿荷红菡萏，卷舒开合任天真。(《赠荷花》)
9	白兔捣药秋复春，嫦娥孤栖与谁邻？(《把酒问月·故人贾淳令予问之》)	嫦娥应悔偷灵药，碧海青天夜夜心。(《嫦娥》)
10	终与安社稷，功成去五湖。(《赠韦秘书子春》)	永忆江湖归白发，欲回天地入扁舟。(《安定城楼》)
11	芬荣何夭促，零落在瞬息。(《咏槿二首》其一)	可怜荣落在朝昏。(《槿花》)
12	愿因三青鸟，更报长相思。光景不待人，须臾发成丝。(《相逢行》) 不信妾肠断，归来看取明镜前。(《长相思》)	晓镜但愁云鬓改，夜吟应觉月光寒。蓬山去此无多路，青鸟殷勤为探看。(《无题》)
13	虚传一片雨，枉作阳台神。纵为梦里相随去，不是襄王倾国人。(《系寻阳上崔相涣三首》其三)	荆王枕上元无梦，莫枉阳台一片云。(《代元城吴令暗为答》)
14	迷花倚石忽已暝。(《梦游天姥吟留别》)	寻芳不觉醉流霞，倚树沉眠日已斜。(《花下醉》)
15	庄周梦蝴蝶，蝴蝶为庄周。一体更变易，万事良悠悠。(《古风五十九首》其九) 野禽啼杜宇，山蝶舞庄周。(断句)	庄生晓梦迷蝴蝶，望帝春心托杜鹃。(《锦瑟》)
16	君抱碧海珠，我怀蓝田玉。(李白集中《送王屋山人魏万还王屋》后附魏万《金陵酬李翰林谪仙子》)	沧海月明珠有泪，蓝田日暖玉生烟。(《锦瑟》)
17	若非群玉山头见，会向瑶台月下逢。(《清平调》其一)	如何雪月交光夜，更在瑶台十二层。(《无题》)

供对照的各组例句，有些或出于偶然性的巧合，但李白诗名大，作品广泛流传，上引李白诗句，必有许多为商隐熟知者，从而影响了商隐，在创作中予以吸纳和继承。李商隐历叙生平而作的《漫成五章》其二云：

李杜操持事略齐，三才万象共端倪。集仙殿与金銮殿，可是苍蝇惑曙鸡？

借咏李、杜寄寓自己才高见妒，遭受谗毁摈斥之慨，把自己与李白、杜甫联系起来。"可是苍蝇惑曙鸡"之叹，与李白更贴近。李白《答王十二寒夜独酌有怀》云："一谈一笑失颜色，苍蝇贝锦喧谤声"，李商隐诗显然有隐括李白诗的用意。李商隐著《李贺小传》，说李贺"才而奇"，虽世人"多排摈毁斥之"，但却被天帝召去为白玉楼写记。杜撰这则神话，不仅为了慰奠李贺，亦可能寓有自慨自慰的意思。而神话的来源，又可能与李白"天上谪仙人"的传奇故事有关。怀才不遇，幻想能在俗世之外有所遇，表现了三李具有共同性的孤独感与超越尘俗的追求。

以上所述，可以说是作家自己笔端留下的三李之间构成联系的迹象，至于他人并论三李也可以追溯到很早。前二李或后二李并提者，历来很多，此处不赘。将前后二李连到一起的，在五代人韦縠编的《才调集》中已可以见到。《才调集》所选，每一卷中往往类型相近。其卷六选李白、李商隐、李涉、唐彦谦四家。李白、李商隐诗次序紧紧相连。清初学者冯班，对《才调集》进行过研究和评点。冯氏批注云："此书多以一家压卷，此卷太白后又有李玉溪。此有微意，读者参之。""选玉溪次谪仙后，乃是重他，非以太白压之也。"冯班的话较可信，《才调集》把二李放在一起，并非出于偶然。至金代，诗人兼学者李纯甫，赠友人李治的诗云："仁卿（李治字）不是人间物，太白精神义山骨"（《中州集》卷四），认为李治诗兼有二李的骨骼与精神面貌。二李并提，且被认为是超越人间、不同寻常的人物。稍后，元代方回有诗云：

人言太白豪，其诗丽以富。乐府信皆尔，一扫梁陈腐。余编细读之，要自有朴处。最于赠答篇，肺腑露情愫。何至昌谷生，一一雕丽句？亦焉用玉溪，纂组失天趣？……

——《秋晚杂书三十首》其二十

方回肯定李白，对后二李有批评。但三人既然被放到一起，就不可能互不相干。辨三李之差别和相异，即基于世人认为三李有相联系的可比的一面。

清代明确标举三李和将三李并提的有金学莲、舒位、张金镛、蒋湘南等。金学莲喜爱三李，将自己的书堂取名“三李堂”。对此，翁方纲曾表示异议：

> 金子子青（学莲）瓣香太白、长吉、义山诗，而以三李名堂。噫，渊乎奥哉！……义山孰可与并耶？曰：义山杜之嫡嗣也。吾方欲准杜法以程量古今作者，而适闻子青以三李名其堂，是不可无一言记之也。夫唐贤气体近杜者莫若昌黎，而昌谷韩徒也。昌谷之从韩出，实以天机笔力行之，则杜法何远焉。自古诗人并称者皆同格调耳，惟少陵与太白不同调，则义山有曰：“李杜操持事略齐，三才万象共端倪”，此其不似而似者乎？此三李之义岂子青臆说乎？吾固愿子青深思善养，得三家之所以然，而勿袭其貌也。则此堂何名三李，仍即共此苏斋之师杜而已。
>
> ——《复初斋文集》卷四《三李堂记》

翁方纲论诗主肌理，尊崇杜甫，“欲准杜法以程量古今作者”。他反对学三李，而希望对方学杜，行文颇绕弯子，尽量把三李等人拉往杜甫门下。说“近杜莫若昌黎（韩愈），而昌谷韩徒也”，同时李白与杜甫又是“不似而似”，潜在结论是杜可囊括三李。其说显然牵强。故尽管翁方纲持异议，同时代的阮元却对“三李”说给予支持：

> 子青子诗惊采绝艳，宛委沉郁，兼慕唐之三李而得其神理。
>
> ——《揅经室续集》卷三《金子青诗集序》

阮元称赞金学莲诗得三李之神理，前提便是三李诗有共同的或相近的神理。其后，舒位、张金镛、蒋湘南也将三李并提。舒位有组诗《读三李二杜集竟岁暮祭之各题一首》（见《瓶水斋诗集》卷一），张金镛有组诗《读三李诗集各书一首》（见《躬厚堂诗初录》卷一），蒋湘南则自称早年诗学三李（见潘筠基《春晖阁诗钞选序》）。由于三李并称日益流传，以致晚清有学者欲增添盛唐李颀为“四李”。光绪时人何惟棣《论诗》云：“旷世清音唐四李，道源六代荟琼琚。”自注：“昔人称太白、长吉、义山为三李，余以东川（李颀）列首为四。”（见郭绍虞等编《万首论诗绝句》第四册，人民文学出版社）稍后施山云：“唐贤四李氏：太白仙，长吉鬼，余视东川若神明，义山在仙鬼间。”

(《姜露庵杂记》卷三)添上李颀为四李，正见三李之说在学界已广泛形成影响。

文献材料表明，三李相连并列，其来有自，并非到毛泽东才开始提出。

二、三李创作上的相通

三李并提，而且越来越为人们所承认，基于创作上有较多的相通之点。

(一)倾向写主观，写自我

唐代作家，如果将杜甫、白居易视为较多写客观的诗人，三李则是较多写主观、写自我的诗人。李诗中“我”字出现了398次、“吾”字出现94次、“余”字出现76次，“予”字出现19次。频率之高，远远超出其他诗人。以“我”开篇的诗，如“我本楚狂人”(《庐山谣寄卢侍御虚舟》)、“我觉秋兴逸”(《秋日鲁郡尧祠亭上宴别杜补阙范侍御》)、“我本不弃世”(《送蔡山人》)，等等，多达37首，充分表现了他是多么强烈地表现自我。李白诗中自我形象十分突出，与此有密切联系。李白一生遨游四方，他的主观精神也是六合上下，自由驰骋，属于外向型。“名公绎思挥彩笔，驱山走海置眼前”(《当涂赵炎少府粉图山水歌》)，他以凌驾万物的气势，捕捉宇宙万象，为表现其情感服务，而很少客观地按照事物本来面貌去描绘。李白的主观化，在后二李创作中得到继承和发展。

“李长吉师心”(王世贞《艺苑卮言》卷四)。李贺阅历不广，所写内容，直接来自社会现实生活的成分较少。诗境所呈现之象是“荒国陊殿，梗莽邱垄”“鲸呿鳌掷，牛鬼蛇神”(杜牧《李长吉歌诗叙》)，多非世间所有，而是“笔补造化”的主观心造。李白“清水出芙蓉，天然去雕饰”，诗语诗境一任自然；李贺则“虚幻荒诞”，语言与意象组合往往违背常规常情，所谓于理有所不及。这些，显示李贺的主观化更为明显而突出。

李商隐与前二李特别是和李白相比，特点是内向，以展现心灵景观的方式，使主观世界获得更为形象的体现。李白的主观化是外向型的，“阳春召我以烟景，大块假我以文章”(《春夜宴从弟桃花园序》)，面向山川大地、社会人生，乃至宇宙太清，抒写他的希望与幻想，喜悦与忧愤。李贺对现实社会比较隔膜，联系社会人生加以品味思考的内在心理活动并不突出。由于年轻，他对外部世界仍然抱有很大热情和兴趣，精神常常遨游于由病态心理编织的外在空间。相比之下，李商隐对自己心境意绪的审视、体验、品味、把握，要深入和细腻得多。“庄生晓梦迷蝴蝶，望帝春心托杜鹃”（《锦瑟》）；“心知两愁绝，不断若寻环”（《戏赠张书记》）；“芳心向春尽，所得是沾衣”（《落花》）；“摇落伤年日，羁留念远心”（《摇落》）；“几时心绪浑无事，得及游丝百尺长”（《春光》）；“身无彩凤双飞翼，心有灵犀一点通”（《无题》）；等等。他把内心的种种情思与心理状态，把纷纭变幻的心象，作为直接描摹与表现的对象，展现更为直观、更为本原的心象。创作由主观化发展为内向，与前二李相承而又具新的特色。

（二）继承楚《骚》传统，多用比兴

三李是楚《骚》传统在诗史上的重要承传者。“屈平辞赋悬日月”（李白《江上吟》）、“斫取青光写《楚辞》”（李贺《昌谷北园新笋四首》其二）、“赋续楚《离骚》”（李商隐《献寄旧府开封公》），都把屈原作为学习、继承和尊崇对象。屈原在运用比兴方面，对中国文学具有极深远的影响，三李则以多用比兴为突出特征。比兴与主观化有密切联系，人的主观意志、情绪，与客观社会生活不同。前者非可视可触之物，因其虚而不容易直观具体地展现，需要用比兴传达。后者则较实，可以通过铺叙描述，用赋法使之穷形尽相。以李白与杜甫相比，杜甫较多继承《诗经》、汉乐府传统，叙事状物，直面社会人生，以用赋笔写实见长。李白则较多继承屈《骚》传统，抒写其豪情逸兴与愤懑怨怼，多用比兴见意。清人陈世镕云：

> 太白绝迹飞行，烟云变灭，比兴杂陈，其源出于《离骚》、《天问》，为灵均以后一人。
>
> ——《求志居外集》

李白诗篇如《梦游天姥吟留别》以梦游寓对理想世界的追求与对世俗的鄙弃，《远别离》以“尧幽囚，舜野死”、斑竹染泪，寓君主失权的历史教训，均有《离骚》《天问》遗意。李贺、李商隐继轨楚《骚》，同受屈原沾溉。杜牧序李贺集，称之为“《骚》之苗裔”。其《金铜仙人辞汉歌》寓《黍离》之悲，《致酒行》（“雄鸡一声天下白”）寓对理想的追求，都是运用比兴手法的名篇。清人姚文燮云：“白，近乎《骚》者也；贺则幽深诡谲，较《骚》为尤甚。”（《昌谷诗注自序》）同样是继承《离骚》，运用比兴，李贺确有“幽深诡谲”，“愈推愈远，愈入愈曲”（昌谷诗注自序）的特点。运用比兴，而

又沿“愈入愈曲”向前发展，遂为更加深婉的李商隐诗。《锦瑟》《无题》的主题，向来争论不止，但其中用比兴，有寄托，却是历来为多数学者所承认。借香草美人托喻，是屈原所开创的中国诗歌比兴手法的重要传统。多用比兴的三李，在其诗中写女子、写爱情也占有很大比重。这类诗有的当然是用赋法，别无寄托，但相当一部分确如李商隐所说：“为芳草以怨王孙，借美人以喻君子”（《谢河东公和诗启》），用的是比兴寄托手法。

（三）有才气，富文采

三李才气文采，辉耀诗史。本文第一节引录了方回评论三李的诗。方回宗江西诗派，对宋末江湖诗派宗晚唐，以及金、元一些诗人学李贺不满，他的一些贬抑之词可不论。而从“人言太白豪，其诗丽以富”，到“何至昌谷生，一一雕丽句？亦焉用玉溪，纂组失天趣？”中心话题还是“丽”，承认三李都有“丽”的特征，只不过对三人的“丽”，有所区别褒贬而已。其实，《离骚》本即“金相玉式，艳溢锱毫”（《文心雕龙·辨骚》），三李之“丽”是有师法传承的。李白式的“清水出芙蓉”之丽固然可贵，雕琢纂组之丽，也不能简单否定。杜牧序李贺诗，称“云烟绵联，不足为其态也”，“时花美女，不足为其色也”，“盖《骚》之苗裔，理虽不及，辞或过之”云云，可算是有高度鉴赏力的批评。李贺的弱点是思想性与理性尚不能达到如屈原那样的高度，而其奇诡瑰丽，乃是诗境中一种新的景观。至于李商隐则将李贺生峭之丽，化为瑰艳婉丽。虽然用了许多金玉龙凤花草粉黛的意象，但绮俗在他手里往往化为云英花粲，鲜妍芳菲，上升为精美的艺术境界。“我是梦中传彩笔，欲书花叶寄朝云”（李商隐《牡丹》），不妨把三李的“彩笔”理解为传自屈原，他们各自发挥所长，追求最高最美的艺术境界。

三、接受史：“诗家三李”说的出现与被认同

三李创作具有共同性和传承关系，仅仅是三李并称的客观基础，而“诗家三李”说之提出，并得到广泛认同，则是诗歌接受史的产物。接受史上三李有一个被认识和被联系起来的过程，而接受过程中对三李认识的发展，又与历史上各个时期的文化思潮、诗学水平密切相关。

晚唐五代时期对三李关系的认识，尚处于偶发的和仅能将三李中某二李联系起来的阶段。如李商隐在《漫成五章》其二和《李贺小传》中述及李白、李贺并寓自身感慨；如陆龟蒙《书李贺小传后》慨叹李贺、李商隐等有才无命，说他们作诗“抉擿刻削”暴露万物情状，受到上天惩罚，“长吉夭，东野穷，玉溪生官不挂朝籍而死，正坐是哉，正坐是哉！”又，韦縠编《才调集》，以李商隐次李白后，置于同一卷中；齐己在《谢荆幕孙郎中见示〈乐府歌集〉二十八字》诗中说：“长吉才狂太白颠，二公文阵势横前。”这些，都就三李中二李的某一方面加以联系，还是局部性的。

宋代是理学和江西诗派盛行时期，三李张扬个性，偏主观，与理学相背；三李主情，与江西诗派以筋骨思理见长亦相背。因此，三李的优点与特点在宋代很难获得深入认识，更缺少在深入认识基础上的贯通联系。只有在北方的金王朝，因文化背景与南宋不同，对三李较少偏见。元好问称李商隐诗“精纯”[①]，李纯甫推许“太白精神义山骨”，评价较宋儒公允。

元代反思江西诗派之失，效法李贺者颇多，学李白、李商隐者也不乏其人。上引方回论三李诗的出现，与李贺等人在诗坛上的影响呈上升之势有关。方回的批评虽有片面性，但对三李诗的特征，在认识上显然是加深了，三李已完整地被串到一起。

明代中后期，中国有了资本主义经济萌芽，思想界反程朱理学的各种思潮出现并发展，对三李的评价上升，宋儒的许多成见被抛弃或受到批评。如许学夷云：“王荆公……谓李（白）识见污下，十首九首说妇人与酒，此尤俗儒之见耳！”又云：

> 苏子由云：“李白诗类其为人，骏发豪放，华而不实，好事喜名，不知义理之所在也。……唐诗人李杜首称，甫有好义之心，白所不及也。”愚按：宋儒议论，往往皆然。田子艺云：“太白宁放弃而不作春恋之态，宁狂荡而不作规矩之语，子美不能不让此两着。”斯足以知太白。
>
> ——《诗源辩体》卷一八

像这样，抛开封建时代的“义理”“规矩”，肯定骏发豪放与性情的自主，对三李的优长与诗歌思想艺术的特点，自然可以认识得更深入一些。三李构成联系的共同性之发现，乃至带有欣赏爱好意味的三李并提，至此便有可能出现。清代前期，具有权威性的王琦辑注《李太白文集》《李长吉歌诗汇解》，朱鹤龄《李义山诗集笺注》，冯浩《玉溪生诗笺注》问世，三李诗的流传与普及超越往代。于是“诗家三李”说终于被明确地提出，并且在清代中后期逐步获得学者认同。

三李关联之被认识和揭示，与诗学观念的进步和对中国诗史研究的加深相联系。无论从创作史和接受史看，中国的传统观念是强调正宗，要求立意符合圣贤之道，表达上温柔敦厚才算是正。以此作为衡量标准，李白或许勉强可以属“正”，李贺、李商隐则难免不被列入另类。②因而承认三李为应予肯定的类型且具有前后传承关系，需要有新的标准和眼光。韩愈《进学解》评论了一系列古代典籍，有云：“《易》奇而法，《诗》正而葩。”于并非十分有意之中提出了一个与“正”相对的衡量文章标准——“奇”。“自退之为《诗》正《易》奇之论，文章家遂有以此互品题者。”（宋林希逸《竹溪鬳斋十一稿续集》卷一二《李君端奇正赋格序》）奇可以不必正，但却自有其价值。明代谢榛引唐代大将李靖论兵的话论诗云：“正而无奇则守将也；奇而无正则斗将也；奇正皆得，国之辅也。”（《四溟诗话》卷二）江盈科云：“古工诗之家，其大较三：有正，有奇，又有奇之奇。唐杜工部……正而兼奇者也。李青莲……专以奇胜者也。至于长吉……直奇之奇者乎！”（《袁中郎全集》卷首《解脱集序》）在这些诗论里，奇已经具有与正相对等的地位了。三李之中，李白、李贺一向被视为奇；李商隐，明清学者也经常将他归入奇的一类。钟惺云：

> 长吉、义山二家摆落常诠，务为奇崛……皆暂寓人间而一泄其奇。
>
> ——曾益注《昌谷集》卷首《李长吉诗解序》

既然三李皆奇，他们就可以并列并受到称许了。

顺着任主观、张个性而诗风又偏于奇一路向前发展，再到近现代，此种创作和理论自然会与西方浪漫主义潮流发生联系。近代学者中较早接触西方文学理论的梁启超，明确地把浪漫主义概念和理论用于解释中国文学史：

> 浪漫派特色，在用想象力构造境界。想象力用在醇化的美感方面，固然最好，但何能个个人都如此？所以多数人走入奇谲一路。《楚辞》的《招魂》已开其端绪。太白作品也半属此类。中唐以后，这类作风益盛。
>
> ——《饮冰室文集》卷三十七《中国韵文里头所表现的情感》

这样，当三李之奇，当三李艺术上“用想象力构造世界”被归属浪漫派一路时，近现代人注意和推许“诗家三李”就不难理解了。毛泽东正是在这一背景下接受三李的。

毛泽东作为革命家兼有诗人的气质，富于豪情和理想而不乏诙谐细腻的雅致。理想的一面和整个三李是共通的，诙谐细腻可通于后二李。作为革命家，他主张张扬个性和理想，作为精于鉴赏和创作的诗人，他重视比兴。自“五四”新文学运动到20世纪80年代初，从文学史编写到文学理论探讨，最为时尚的理论，是把文学的传统和流派一分为二：现实主义与浪漫主义。20世纪60年代作为文艺建设的指导纲领则是提倡革命现实主义与革命浪漫主义相结合。由于西欧和苏联现实主义处于强势，浪漫主义的传统与实力都稍显单薄，而毛泽东本人的性格和爱好又是倾向于浪漫主义，这样自然就更加感到需要加强对浪漫主义文学的提倡和对于浪漫主义传统的研究继承了。毛泽东在诗词中多处化用了三李的诗句，表现了浪漫主义的理想精神，如：“可上九天揽月，可下五洋捉鳖”(《水调歌头·重上井冈山》)；“一唱雄鸡天下白”(《浣溪沙·和柳亚子先生》)；“坐地日行八万里”(《送瘟神二首》其一)；等等。他说：

> 光搞现实主义一面也不好，杜甫、白居易哭哭啼啼我不愿看，李白、李贺、李商隐，搞点幻想。
>
> ——1958年在南宁会议上的讲话。参见陈晋主编《毛泽东读书笔记》，广东人民出版社1996年7月第2版

又于1965年7月21日《致陈毅》信中说：

> 诗要用形象思维，不能如散文那样直说，所以比兴两法是不能不用的，赋也可以用，如杜甫之《北征》。可谓“敷陈其事而直言之也”。然其中也有比兴。
>
> ——《毛泽东文艺论集》，中央文献出版社2002年版

以上清楚表明，毛泽东肯定浪漫主义，赞成表现理想，“搞点幻想”，认为诗歌需要运用比兴。而这些，显然都会让他喜爱和看重三李。

诗歌的创作史和接受史表明：三李上承屈原传统，诗歌倾向于表现主观，多用比兴，富于想象。三家具有共同倾向，且与屈原等人相呼应，构成偏于奇的大致可称浪漫主义的传统。而对于三李这些特征和共性的发现在接受史上则经历了一个漫长的过程。大作家创作上许多隐含的特质和成分，往往不是一个时代或从某一两方面就能认识清楚

的，需要放在不同的文化背景上，从多种角度切入，才能逐渐被发现和发掘出来。经典之作在接受史上的所谓“光景常新”正需要从这个意义上去理解。我们的文学研究和诗史研究，从对古代作家作品单个鉴赏分析到发现“三李”之间的联系和共性，并理出“屈原—三李”一线时，人们对于中国文学史和当代文艺创作的认识，自然均受到新的启发。而对“三李”的认识，也并不是到发现某些共性和传承关系，就算完成了最后一步。三李及其接受史上的各种现象，将是一个演绎不尽的话题，它会随着时代的进程和文艺观念的变化，不断有新的推进。

注释：

① 元好问《论诗三十首·其二十八》：“古雅难将子美亲，精纯全失义山真。论诗宁下涪翁拜，未作江西社里人。”

② 如唐吴融《禅月集序》：“李长吉以降，皆以刻削峭拔飞动文彩为第一流，有下笔不在洞房蛾眉神仙诡怪之间，则掷之不顾……呜呼！亦风俗使然也。”又如唐李涪《刊误·释怪》云：“商隐词藻奇丽，为一时之最；所著尺牍篇咏，少年师之如不及；无一言经国，无纤意奖善，惟逞章句……至于君臣长幼之义，举四隅莫反其一也。”

（2003年第4期）

全球化时代的后殖民理论批评

王　宁

后殖民主义理论思潮曾在20世纪80年代后期至90年代初期取代后现代主义理论思潮，一度雄居西方文学理论批评界，之后由于文化研究的崛起而迅速地被纳入广义的文化研究视野。但进入全球化时代以来，由于赛义德和斯皮瓦克的著述被重新认识以及巴巴的异军突起，后殖民理论和批评又得到了新的发展。早先的一些相关理论课题被从事全球化研究的学者发掘出新的价值进而得到进一步的深化。可以说，进入全球化时代以来，后殖民主义理论思潮的再度兴起与全球化/本土化、民族/文化身份以及流散写作/批评等问题的讨论密切相关。那么什么是全球化时代的后殖民理论批评之特色呢？这正是本文所要探讨的。对赛义德和斯皮瓦克早期的批评理论，我在不同的场合曾作过较为详细的介绍[①]，因此本文将在过去研究的基础上集中讨论两位理论家的近著，并对巴巴的批评理论作一较为全面的评述。这些理论家近期的研究标志着当代后殖民理论新的转向，或者说是一种全球化时代的后殖民批评。他们提出的不少理论范畴都与我们今天所讨论的全球化与文化问题密切相关。

一、从东方主义批判到流亡文学研究

毫无疑问，与另几位后殖民理论家相比，赛义德（Edward Said）的知名度始终是最高的，他的著述被人们讨论和引证的频率也居高不下，这与他的多产和在美国学术界的较早崛起不无关系。如果说，斯皮瓦克的后殖民主义理论带有明显的女权主义和解构色彩，巴巴的理论具有较强的“第三世界”文化批判和“少数族群”研究之特色的话，那么毫无疑问，赛义德早期的理论则有着强烈的意识形态和政治批判色彩，其批判的锋芒直指西方的文化霸权主义和强权政治，其批判的理论基石就是“东方主义”。出版于20世纪70年代后期的那本富有挑战意味的专著《东方主义》（*Orientalism*，1978）确实为我们的跨学科文化学术研究开辟了一个崭新的理论视野，即将研究的触角直接指向历来被西方主流学术界所忽视并且故意边缘化了的一个领地：东方或第三世界，这个“东方”并非仅指涉其地理位置，同时还具有深刻的政治和文化内涵。1993年出版的鸿篇巨制《文化和帝国主义》（*Culture and Imperialism*）全面地审视了西方文化，从18世纪的作家简·奥斯汀一直论到当今仍有争议的塞尔曼·拉什迪，从现代主义诗人叶芝一直论到具有后现代特征的海湾战争中新闻媒体之作用，直到在一个更为广阔的世界背景下全面描述帝国主义的文化侵略和殖民地的反抗的历史，等等，大大地突破了传统的学科界限。可以说，赛义德在沉默了一段时间后的深入思考在很大程度上是接着上述两本著作中涉及的问题而深入研究的。而对这些问题的反思和深入探讨则集中体现在他出版于上世纪末的论文集《流亡的反思及其他论文》（*Reflections on Exile and Other Essays*，2000）中。

在这部写作时间长达三十多年的论文集中，赛义德真实地记载了自己初到美利坚帝国的中心在哥伦比亚大学任教直至世纪末所走过的道路。在这期间，美国的文学学术界也和这个国家一样经历了风风雨雨和潮起潮落。人们不难看出，“20世纪可算作是美国的世纪，也许情况确实如此，尽管对这一世纪将产生的意义作出预言仍然为时过早”[②]。在政治、经济和军事领域是如此，在美国的文学研究领域，也经历了从新批评、现代主义到后现代主义、新历史主义、后殖民主义和文化研究的变迁，文学经典的含义和成分也发生了本质的变化。在赛义德看来，今天的人们“谈论经典就是要理解文化中心化的这一演变过程，这是我们今天仍伴随着的帝国主义和全球主义所导致的一个直接结果。这一伟大事业的特权就在于，它始终居于中心的中心，因而能够接触或包含边缘的或怪异的生活的历史经验，哪怕只是以一种浓缩的或不大看得见的形式经历的。被帝国主义搅和在一起的全球语境中的文学理论批评提供了一整套的可能性，尤其是我们若认真考虑非殖民化的历史经验的话……则更是如此”[③]。无疑，赛义德是在西方学术的中心地带以一个有着第三世界背景的后殖民地知识分子的身份发出这番言论的，因此也自然会同时受到东西方学者的重视和非议。尽管人们不免会对赛义德本人的双重身份提出种种质疑，但他仍然在不止一个场合为自己辩解：“也如同其他许多人那样，我不止属于一个世界。我是一个巴勒斯坦的阿拉伯人，同时我也是一个美国人。这赋予我一种奇怪的但也不算怪异的双重视角。此外，我当然也是一个学者。所有这些身份都不是清纯的；每一种身份都对另一种发生影响和作用。”[④]他的这番自我表述无疑也代表了大多数后殖民理论家所处的双重境遇，他们为了在帝国中心地带的众声喧哗之中发出一种独特的声音，不得不依赖自己所拥有的双重身份和双重文化背景：既在第一世界充当第三世界的代言人，同时又在第三世界宣传第一世界的理论，以便向第三世界知识分子进行文化启蒙。他们的流落他乡正是他们之所以具有这种双重身份的一个重要原因。因而他们对另一些流离失所的人们的关心便是理所当然的。

诚然，作为一位有着深切流亡体会的第三世界裔知识分子，赛义德对自己民族的痛苦是始终记忆犹新的。在收入书中的一篇题为“流亡的反思”的文章中，他开宗明义地指出：“流亡不可思议地使你不得不想到它，但经历起来又是十分可怕的。它是强加于个人与故乡以及自我与其真正的家园之间的不可弥合的裂痕：它那极大的哀伤是永远也无法克服的。虽然文学和历史包括流亡生活中的种种英雄的、浪漫的、光荣的甚至胜利的故事，但这些充其量只是旨在克服与亲友隔离所导致的巨大悲伤的一些努力。流亡的成果将永远因为所留下的某种丧失而变得黯然失色。”[5]这种流亡所导致的精神上的创伤无时无刻不萦绕在他的心头，并不时地表露于字里行间。那么他本人究竟是如何克服流亡带来的巨大痛苦的呢？赛义德一方面并不否认流亡给个人生活带来的巨大不幸；另一方面，他认为，“我又必须把流亡说成是一种特权，只不过是针对那些主宰现代生活的大量机构的一种不得不做出的选择。但毕竟流亡不能算是一个选择的问题：你一生下来就陷入其中，或者它偏偏就降临到你的头上。但是假设流亡者拒不甘心在局外调治伤痛，那么他就要学会一些东西：他或她必须培育一种有道德原则的（而非放纵或懒散的）主体”[6]。从上述两段发自内心的表述来看，赛义德也和不少被迫走上流亡之路的第三世界知识分子一样，内心隐匿着难以弥合的精神创伤，而对于这一点，那些未经历过流亡的人则是无法感受到的。由此可见，赛义德的不同凡响之处正在于他能够将这种痛苦转化为一种既能在帝国的中心求得生存同时又能发出批判声音的强大动力。毫无疑问，受到赛义德等后殖民理论家的启发，一大批远离故土流落他乡的第三世界知识分子也从自己的流亡经历中发掘丰富的写作资源，从而使得“流散写作”（diasporic writing）在全球化的时代方兴未艾，越来越为研究全球化和后殖民问题的学者所重视。

众所周知，赛义德与哈佛大学的亨廷顿教授在当今的美国社会所处的地位是非常独特的，他们分别代表了能为美国政府的决策提供左右两方面参考的知识力量。收入书中的一篇长篇论文就反映了这两位大师级人物的论战。这篇论文题为“定义的冲突”（The Clash of Definitions）。我们大概不难从这篇未发表过的文章的标题看出作者想要讨论的主题：其矛头直指亨廷顿那篇引起广泛争议的文章《文明的冲突》。在此我们可以一睹这两位左右两方面代表的交锋之风采。针对亨廷顿所鼓吹的“文明冲突论”的偏激之词，赛义德一针见血地指出："亨廷顿所鼓吹的其他文明必定要与西方文明相冲突的论调如此之强烈和一以贯之，他表现出为西方所规定的为了继续获胜而必须做的事如此之骄横和不可一世，以至于我们不得不得出这样的结论，即正是他本人对继续并扩大冷战最有兴趣，他所要采取的方法绝不是要人们去理解当今的世界局势或努力与不同的文化和睦相处。"[7]显而易见，亨廷顿为世界的未来描绘了一幅不同的文明或文化之间有可能发生剧烈冲突的可怕图景，而赛义德则存心要把这幅虚假的图景消解掉。接着，赛义德经过仔细考证指出，亨廷顿的文明冲突论并非他首创，而是取自路易斯（Bernard Lewis）发表于《大西洋月刊》（*The Atlantic Monthly*）1990年9月号上的文章《穆斯林仇恨的根源》（The Roots of Muslim Rage）。[8]而亨廷顿充其量不过是重蹈了前人的覆辙，本质上并无什么创新之处。这就从问题的本质入手一下子击中了亨廷顿的要害。但是我们却无法考证出，为什么赛义德在当时亨廷顿引起广泛争议时未发表这篇文章，而在多年后却将之收入作为自己一生之总结的论文集中。他是不是想让历史来检验自己的论断是否正确？

在《定义的冲突》这篇文章中，赛义德还进一步地指出了这种"文明冲突论"的实质："使我更为不安的是，宣称这种文明冲突论调者作为历史学家和文化分析学家似乎是多么地健忘：用这种方法对这些文化所作的定义本身又是颇有争议的。我们无须接受这种十分天真幼稚和故意带有还原论的观点，即各种文明本身是彼此相同的，我们必须始终提出这样的问题：那些文明是由哪些人根据什么理由点出来、创造出来并予以界定的？"[9]在赛义德看来，这种论调显然有很多破绽，其中"最不堪一击的部分就是在这些文明之间假想出来的严格的分离，尽管有着强有力的证据表明，当今的世界实际上是一个混杂的、流动的和多种文明交织一体的世界"[10]。因此在这样一个充满了各种不确定和偶然因素的世界中，文明的冲突实际上和文明的共存及对话始终是并行不悖的。忽视这种二重性而任意强调和夸大文明之间的冲突只能起到一种误导的作用。从这一点来看，赛义德的批判之言辞是十分有力的，得出的结论因此是令人信服的。

鉴于《东方主义》一书出版后引来的颇多争议，尤其是来自东方学家阵营的争议，赛义德在不同的场合作了一些回应，但最有力并且观点最鲜明的当推发表于《种族和阶级》（*Race and Class*）1985年秋季号并收入该书的论文《东方主义重新思考》（Orientalism Reconsidered）。在这篇论文中，赛义德首先简要地重申了他对东方主义的三重定义："作为思想和专业的一个分支，东方主义当然包括几个相互交叠的方面：首先，欧亚之间不断变化的历史和文化关系，这是一种有着四千年历史的关系；其次，西方的一个学术研究的学科，始于19世纪初，专门研究各种东方文化和传统；第三，有关被叫做东方的世界之一部分的各种意识形态构想、形象和幻想。”他紧接着又补充道：“但是这并不意味着东西方之间的划分是一成不变的，也不意味着这种划分只是一种虚构。”[11]由于其中的种种复杂因素，东方主义概念的提出和建构便带有各种主客观的因素，所引来的非议和争议自然也就是在所难免的了。对此，赛义德并不回避，而是透过各种表面的现象究其本质，对东方主义作进一步的界定和描述。“由于对东方主义的重新思考始终与我早先提及的另外许多这类活动密切相关，因此在此有必要较为详尽地进行阐述。因此我们现在可以将东方主义视为一种如同都市社会中的男性主宰或父权制一样的实践：东方被习以为常地描绘为女性化，它的财富是丰润的，它的主要象征是性感女郎、妻妾和霸道的但又是令人奇怪地有着吸引力的统治者。此外，东方就像家庭主妇一样，忍受着沉默和无限丰富的生产。这种材料中的不少都显然与由现代西方主流文化支撑的性别、种族和政治的不对称结构相关联，这一点正如同女权主义者、黑人研究批评家以及反帝国主义的积极分子所表明的那样。”[12]我们完全可以从赛义德本人对东方主义建构的重新反思中发现，经过学界多年来围绕东方主义或东方学展开的争论，他在某种程度上已经吸纳了批评者的部分意见，并对自己过去的建构作了某些修正。

在80年代初出版的论文集《世界、文本和批评家》（*The World, the Text and the Critic*，1983）收录了他的一篇著名的论文，也就是那篇广为人们引证的《旅行中的理论》（Traveling Theory），在那篇文章中，赛义德通过卢卡契的“物化”（reification）理论在不同时代和不同地区的流传以及由此而引来的种种不同的理解和阐释，试图说明这样一个道理：理论有时可以“旅行”到另一个时代和场景中，而在这一旅行的过程中，它们往往会失去某些原有的力量和反叛性。这一论点所产生的影响是巨大的，对此赛义德虽然十分明白，但他总认为有必要对此作进一步的反思和阐述。在这本书中收录了他写于1994年的一篇论文《理论的旅行重新思考》（Traveling Theory Reconsidered）。在这篇论文中，他在强调卢卡契的理论对阿多诺的启迪后又接着指出了它与后殖民批评理论的关系，而中介就是当代后殖民批评的先驱弗朗兹·法农。这无疑是卢卡契的理论旅行到另一些地方的一个例证。在追溯了法农的后殖民批评思想与卢卡契理论的关联之后，赛义德总结道：“在这里，一方面在法农与较为激进的卢卡契（也许只是暂时的）之间，另一方面在卢卡契与阿多诺之间存在着某种接合点。它们所隐含着的理论、批评、非神秘化和非中心化事业从来就未完成。因此理论的观点便始终在旅行，它超越了自身的局限，向外扩展，并在某种意义上处于一种流亡的状态中。”[13]这就在某种程度上重复了解构主义的阐释原则：理论的内涵是不可穷尽的，因而对意义的阐释也是没有终结的。而理论的旅行所到之处必然会和彼时彼地的接受土壤和环境相作用而且产生新的意义。可以说，赛义德本人的以东方主义文化批判为核心的后殖民批评理论在第三世界产生的共鸣和反响就证明了他的这种“旅行中的理论”说的有效性。

赛义德虽然近年身体状况一直不好，但是现在依然活跃于美国学术理论界，仍然是人们关注的中心。作为一位有着强烈社会责任感和使命感的知识分子，他认为，“知识分子并不是要登上一座山峰或讲坛以便站在高处做慷慨激昂的演讲，显然，你想在人们能很好地听你讲话的地方说要说的话；同时，你也希望你的演讲表述得极好以便对不断发展着的社会进程产生影响，例如，对和平和正义产生影响。不错，知识分子的声音是孤独的，但它能产生共鸣，因为它可以自由地与一场运动的现实、一个民族的愿望以及共同追求的理论密切相关”[14]，因此，知识分子在当今社会的作用是不可轻视的。在他看来，知识分子有责任对当代文化的形成进行干预，并提出自己的批判性策略。可以说，《流亡的反思》一书的出版既是对他一生的批评和学术生涯的总结，同时也为当今全球化语境下的后殖民批评及理论研究提出了一些有意义的新课题。

二、从解构到后殖民理性批判

在当今的美国乃至整个西方学术理论界和文化研究界，斯皮瓦克（Gayatri C. Spivak）通常被当作名声仅次于赛义德的当代最有影响同时也最有争议的一位后殖民地或第三世界知识分子，或后殖民批评家，这在很大程度上也许是由于她的双重边缘身份所致：既是一位知识女性同时又有着鲜明的第三世界背景。

作为一位个人经历异常复杂而且理论方向也十分驳杂的后殖民理论批评家，斯皮瓦克走过的是一条发展轨迹清晰可寻的学术道路：她早年曾以德里达的解构主义理论在北美最重要的翻译阐释者而一举成名，其后又以一个颇有挑战性的女权主义批评家的身份活跃在女性文学界和批评界。当这一切均为她的异军突起铺平道路后，她才独辟蹊径，逐步发展成为有着自己独特批评个性和理论风格的当代最有影响的后殖民理论批评家之一。和十分多产的赛义德相比，斯皮瓦克的专著并不算多，其主要批评理论和实践见于她的这三部论文集：《在他者的世界：文化政治论集》（*In Other Worlds: Essays in Cultural Politics*，1987）、《外在于教学机器之内》（*Outside in the Teaching*

Machine，1993）和《斯皮瓦克读本》（*The Spivak Reader*, 1996, ed. Donna Landry & Gerald MacLean）。

鉴于我已在不同的场合对斯皮瓦克直到90年代初的学术思想作过较为全面的讨论，在本文中我将集中讨论她出版于90年代末的专著《后殖民理性批判：走向行将消失的当下的历史》（*A Critique of Postcolonial Reason*: *Toward a History of the Vanishing Present*, 1999）。通过对这本书的主要观点的评介，我们大概不难把握斯皮瓦克本人以及进入全球化时代以来后殖民批评理论的新进展。

在斯皮瓦克迄今已经出版的整本著述中，此书可以说是她的第一部有着一定体系性和完整理论思想的专著。这本书除了序言和一篇题为“解构的开始生效”（The Setting to Work of Deconstruction）的附录外，分为四章：第一章题为“哲学”，第二章题为“文学”，第三章题为“历史”，第四章题为“文化”。这种分类大概使人不难看出斯皮瓦克作为一位思想家的宏伟理论抱负。其中写得最为精彩的部分当推第一章和第四章，这正好也反映了她本人在这两个学科领域内的深刻造诣。按照她本人的说法，“我的目的在于通过各种实践——哲学、文学、历史和文化——来追踪本土信息提供者的形象”，但是随着她的论述的展开，“某种后殖民主体反过来却一直在重新揭示殖民的主体，并且在挪用信息提供者的观点”[15]。

正如她本人所概括的，该书第一章观照的是哲学，也即探讨康德是如何排斥土著居民的，黑格尔又是如何将欧洲的他者纳入其规范的偏离模式的，以及殖民主体又是如何“净化”黑格尔本人的，马克思又是如何在差异中进行协调的，等等。这就从殖民主义的源头探讨了问题的根本，并且清晰地梳理出一条殖民和反殖民/后殖民的发展线索。在讨论了上述几位思想家对殖民和后殖民理性所作的贡献后，作者指出，这一事实“在于当今世界没有一个国家不属于这个资本主义的经济体系，或者说试图全然回避它。事实上，在经济领域里，马克思主义——充其量作为一种思考和推测的形态，是由一位活动家兼哲学家所构思的，他自学了很多当代经济学因而将其视作一门人类的（因为是社会的）科学，通过这种感觉又发起了对政治经济的一场彻底的批判——在今天的世界上只能作为对一个体制（微电子时代的后工业世界资本主义）的持续的批判而产生作用，但是这种批判却是任何政治机构都试图进入的，因为那是这种情境的‘实在’”[16]。虽然马克思主义探讨的是资本主义处于上升时的运作规律，但对资本主义规律的研究在当今的新马克思主义那里却从未间断过，对此斯皮瓦克也十分清楚地认识到了，并试图把这一研究加以推进。这一章的精彩之处还体现在她对马克思的《资本论》

的细读上。在细读的过程中，她发现了这样一个事实："尽管在经济领域内始终存在着围绕价值观念的用处而进行的热烈争论，但马克思主义的文化批判却令人奇怪地保持沉默。无论是英国的雷蒙德・威廉斯或斯图亚特・霍尔，或是德国的批判理论，或者是美国的弗雷德里克・詹姆逊或社会文本团体，或者是法国的阿尔都塞派或后阿尔都塞派，都未曾对其深刻的涵义作过探讨。"而斯皮瓦克则发现了其中所隐含的意义，并建议专事思想意识研究的历史学家们去细读一下《资本论》中的一部分，这就是题为"外贸"的一个章节："整个这一章都值得一读，以便欣赏马克思所揭示的外贸的利益再现是如何表现为对他本人分析政治经济之有效性的消解，特别是它所坚持的一个观点，即利润的比率有可能跌落。"[17]应该说，深受马克思主义影响的斯皮瓦克从来也没有忘记马克思的辩证唯物主义方法和唯物主义历史观，而且对辩证唯物主义和历史唯物主义方法的坚持始终体现于她对后殖民理性的批判。因此这一章实际上也为后面的深入批判奠定了基调。

第二章之所以以"文学"为标题，主要是因为"文学"也许与我们的文学研究者最为密切相关。在这一章里，作者并未像在前一章中就理论谈理论，或者围绕理论文本来展开论述，而是通过对一些蕴含着殖民主题的文学文本的阅读，试图探讨殖民主义和后殖民性是如何形成的，以便展开她的后殖民理性批判。作者所涉及的作家作品包括夏洛蒂・勃朗特的《简・爱》、玛丽・雪莉的《弗兰根斯坦》以及波德莱尔、吉卜林、莱斯、马哈斯威塔、科特兹的作品，而在实际论述中则大大超出了这些作品的范围。通过对这些殖民 / 后殖民文学文本的仔细阅读，斯皮瓦克指出："我现在想进一步推进一个论点，并做一番对比。后殖民作家的任务，也即那些由历史在实际上产生出来的殖民地女性公民的后裔，不可能仅仅局限于在《弗兰根斯坦》中强有力地展现出来的特殊的主—仆关系。"[18]而在进一步阐述女权主义的任务时，斯皮瓦克则指出，"存在于都市社会关系和机构内的女权主义具有一种与19世纪欧洲的不断向上活动的资产阶级文化政治中为个人主义而奋斗有着关联的东西。因此，即使我们女权主义批评家发现了对普遍性或学术客观性所作的具有男性主义的真理诉求的修辞性错误，我们也只好去实行建构一种全球姐妹关系的真理的说谎行为"[19]。毫无疑问，在斯皮瓦克的解构式后殖民理论视角下，男性中心话语中始终存在着一种女性中心的话语，而在这些殖民文本中也始终蕴含着某种后殖民性，它作为前者的对立面而存在着。这就历史地说明了后殖民性也像后现代性一样，并不只说明一种与殖民性在时间上的延续关系，而是揭示出，殖民性一诞生，它的对立物后殖民性也就存在了。

在这一章中，斯皮瓦克还讨论了吉卜林的短篇小说《征服者威廉》以及隐于其中的后殖民混杂策略。也和巴巴的文化翻译观念相类似，她认为，“作为违规的翻译（translation-as-violation）之结构较为直接地描述了第三世界主义文学教义中的某些倾向。它自然是我的总的论点的一部分，除非第三世界主义的女权主义发展出一种对这些倾向的防范措施，否则它是不可能不加入其中的”[20]。这实际上也预示了该书后面对詹姆逊的讨论和批判。和不少西方批评家一样，她对詹姆逊等人的第三世界批评理论是持批判态度的，但与那些白人批评家所不同的是，斯皮瓦克从自己的第三世界立场出发，在肯定其积极意义的同时，指出了其明显的新殖民主义局限性：“第三世界研究，包括英语世界的第三世界女权主义研究是如此之虚幻，因而竟常常忽视了文化研究中的所有语言具体性或学术深度。确实，在世界上的那些已摆脱殖民统治的地区，通常用无甚差别的英语翻译来转述或直接用英语或欧洲语言撰写的著作，或者那些在第一世界由某些有着其他种族背景的人写出的著作，正在开始形成某种‘第三世界文学’。”[21]毫无疑问，这在某种程度上也向我们揭示了所谓“第三世界文学”的虚幻性以及其本质特征。

第三章的写作方法是进行历史档案的追踪，通过对一些历史事件的反思揭露了殖民主义者对弱势群体的欺压，表明了斯皮瓦克一贯坚持的对殖民主义的鲜明批判立场。其中的不少资料是她长期介入印度的“非主流研究”群体的工作而获得的，为未来的国际后殖民研究也提供了历史资料的保证。在这一章中，她还呼应了德里达对欧洲的混杂历史的讨论，从而消解了“欧洲纯正”与“第三世界殖民地混杂”这一人为的二元对立。[22]

应该指出的是，在这部著作中，第四章探讨的问题与当今的一些热点话题最为密切相关，诸如后现代主义，尤其是詹姆逊对后现代主义的概念界定和批判，妇女在历史上的地位以及最近颇为人文学者所热衷的全球化问题，等等，对当今关于全球化问题的理论讨论提出了不少新的见解。其中不少具有洞见性的观点已经被纳入了全球化研究学者们的视野，对此我将另文讨论。

三、民族叙述、文化定位和少数人化

过去我们考察研究后殖民主义批评理论，往往仅停留在对赛义德和斯皮瓦克这两位公认的理论家的讨论，而在90年代以来的欧美文学理论批评界、文化研究界乃至文化翻译界，巴巴（Homi K. Bhabha）却异军突起，并且其知名度和引用率都频频上升。虽然他迄今只出版了一本书，而且还是一本已发表的论文的结集，但令人不得不佩服的是，几乎巴巴每发表一篇论文或编辑出版一本文集，都会有成千上万的读者和批评家争相引证并讨论，这对一个处于当代学术前沿的学者型批评家来说，确实是难得的。

与另两位多产的后殖民理论家赛义德和斯皮瓦克相比，巴巴的著作确实少了一些。除了他那些在数量上说来并不算很多的论文外，他至今只出版了一本著作《文化的定位》（*The Location of Culture*, 1994），在此之前，还出过一本编选的论文集《民族和叙述》（*Nation and Narration*, 1990）。他写于近期的专著《全球的尺度》（*A Global Measure*）和另一本专题讲演集将于近年分别由哈佛大学出版社和哥伦比亚大学出版社出版。随着他的这两本书的出版，已经日渐冷却的后殖民主义理论思潮将再度“热”起来，并将和全球化语境下的少数族群研究、身份政治、流散写作以及文化研究相融合。

《民族和叙述》虽是一本编著，但这也足以说明巴巴独具慧眼的编辑眼光，这是他首次介入那些试图通过假设有趋同性和历史连续性传统之方法来界定并归化第三世界民族性的“本质主义”文字，因为在他看来，这些文字虚假地界定并保证了它们的从属地位，并不能算是可靠的。他在导言中开宗明义地指出：“民族就如同叙述一样，在神话的时代往往失去自己的源头，只有在心灵的目光中才能全然意识到自己的视野。这样一种民族或叙述的形象似乎显得不可能地罗曼蒂克并且极具隐喻性，但正是从政治思想和文学语言的那些传统中，西方才出现了作为强有力的历史观念的民族。”[23]这就是说，民族本身就是一种叙述，它的不确定性也如同叙述的不可靠性一样。对民族之本质性的解构从某种角度奠定了巴巴的后殖民批评理论。

《文化的定位》作为巴巴的代表性著作，萃集了他于80年代中至90年代初撰写的重要论文，全面系统地体现了他的后殖民理论批评思想。在谈到自己的后殖民批评理论之影响来源时，巴巴毫不隐晦地承认了自己所同时受到的马克思主义和弗洛伊德主义的影响：“在20世纪或21世纪，一个人如果不受到马克思的影响，就不能成为一个思想家，这一点非常清楚。原因有很多，我认为最重要的一点是，马克思主义理论从意识形态上解释了物质条件的中介。你可以同意马克思关于意识的观念，也可以不同意；而非常有意思的是，从某种意义上说，弗洛伊德可以算是马克思的同时代人，虽然他比马克思要晚许多，但也可以被看作是那个时代伟大的思想家。弗洛伊德将无意识复杂化了，他在意识的层面上引入了差异、幻想、移位的原则，而这是马克思没有做过的。现在，人们应该将中介的理论归功于马克思，当然，马克思也从黑格尔和其他思想家那里吸取了辩证法的思想，这些都是非常重要的贡献。”㉔正是这两方面影响的交织一体形成了巴巴理论体系的混杂性。

但是，在这本书中，巴巴仍然开启了自己日后的后殖民知识计划的概念性和政治上的一贯性。他在那一篇篇闪烁着思想者火花的论文中解释了为何要将西方的现代性文化置于后殖民视角中加以重新定位。在收入书中的《理论的奉献》（The Commitment to Theory）这篇论文中，巴巴将一些批评家建构的理论与政见所形成的令人遗憾的甚或虚假的对立凸显了出来，以便质疑那些主导着后殖民理论争鸣的精英主义和欧洲中心主义。他尖锐地指出：“认为理论必须是一种社会和文化所特有的精英语言，实际上假设了一个具有毁灭性的和自欺欺人的特征。据说，学院派批评家的位置不可避免地要置于一种帝国主义或新殖民主义西方的欧洲中心主义档案中。”㉕而具有讽刺意味的则是，巴巴本人却在自己的整个学术生涯中，始终受到那些充满精英主义、欧洲中心主义和资产阶级学术特权的责任的影响，尤其是受到新马克思主义和欧洲后结构主义思潮的影响。这一点尤其体现在他的著述风格上。因而他的不少最严厉的批评者不断指责他不知不觉地重复了那些“新帝国主义”或“新殖民主义”的思维模式之于第三世界的话语霸权。但是巴巴为了显示自己不同于那些主流西方学者的特征，总是对西方中心的思维模式予以严厉的批判。就产生于西方语境的批判理论所具有的二重性，巴巴指出：“批判理论冠之以‘西方的’究竟有什么问题呢？显然，这是一种制度性权力和意识形态欧洲中心性的名称。批判理论往往在那些熟悉的殖民地人类学传统和环境之内部介入文本，其目的或者是为了使之在自己的文化和学术话语内普遍化，或者为了激化它内部对西方逻各斯中心符号，即理想主义的主体的批判，或者说确实是那些民间社会的幻觉和谬见。”㉖

总之，在《文化的定位》中，巴巴解释了“阈限的”或“间隙的”（interstitial）范畴，认为正是这一范畴占据了各种具有竞争性的文化传统、历史时期和批评方法之间的空间。通过使用一种融符号学和解构主义精神分析学为一体的准则，巴巴审视了殖民主义法则的矛盾性，指出这种矛盾性使得隐匿在对“英文书籍”的某种具有表演性的模拟之中的抵制成为可能。在这本书中，巴巴的讨论出发点显然是文学文本，或更确切地说是一些具有后殖民特征的英语文学文本，所涉及的作家和艺术家包括托尼·莫里森、约瑟夫·康拉德、塞尔曼·拉什迪和奈丁·戈迪莫，通过对这些作家的作品的细读和分析，巴巴试图发现居于那些主导性的社会结构之间的边缘的、“挥之不去的”和“无家可归的”空间中文化究竟是如何定位的。显然，通过这种貌似戏拟实则犀利的非边缘化和解构性批评方法，巴巴终于实现了对帝国话语霸权的消解，使第三世界批评家得以从边缘向中心运动最后占据中心。

与赛义德和斯皮瓦克一样，巴巴的后殖民批评理论也有着诸多来源，他所受到的马克思主义和弗洛伊德主义的影响和启迪在很大程度上是通过第三者的中介，其中比较明显的有早期从伊格尔顿那里继承来的马克思主义，其后的拉康式结构主义和后结构主义精神分析学，此外还有德里达的解构批评理论和葛兰西的文化霸权概念。他善于将各种理论资源“混杂化”，将其熔铸在自己的批评话语中，这就形成了一种具有模拟（mimicry）和表演（performance）特征的后现代理念。巴巴运用这一批评武器，对民族主义、再现和抵制都予以了严格的审视，尤其强调了一种带有殖民论争之特征的“矛盾性”和“混杂性”，正是在这种“阈限的”（liminal）有限空间内文化上的差异实现了某种接合，所产生的结果便是对文化和民族身份的想象性“建构”。与赛义德和斯皮瓦克这两位主要的后殖民批评家相比，巴巴不仅在年龄上小一些，其政治态度和批评观念也相对灵活一些，但由于他在近期异常活跃，他的批评话语也显示出批判的锋芒和犀利性，因而大有后来者居上之势。由于巴巴本人的民族和文化身份以及知识背景较之前两位学者更为复杂，因此随着世界进入全球化的时代和身份认同问题越来越引人关注，巴巴的后殖民理论变得越来越重要。他的后殖民批评策略是以一种介于游戏性和模拟性之间的独特方式来削弱西方帝国的文化霸权，也即表面上在模仿西方话语，实则通过这种戏拟削弱并破坏了西方的思维和写作方式的整体性和一贯性。这具体表现在，一方面，他对第三世界人民的反殖反霸斗争深表同情和支持，并在不同的场合有所表示，他认为，长期以来的“反对殖民主义压迫的斗争不仅改变了西方历史的方向，而且对作为一种进步的和有序的整体的时间观念也提出了挑战。对殖民主义的非人格化的分析不仅从启蒙时代的‘人’的概念疏离了出来，而且也对作为人类知识的一个预先给定的形象的社会现实之透明度提出了挑战”[27]。但是另一方面，与斯皮瓦克和赛义德不同的是，他又总是把后殖民主义的话语看作仅仅是论辩性的而非对抗性的，在他看来，通过这种论辩而达到削弱甚至消解西方的话语霸权之目的。诚然，在后结构主义的语境之内，这种批判性的尝试依然具有强有力的解构性，而非实证性，其目的在于动摇和消解关于帝国的神话和殖民主义的意识形态。巴巴一方面也支持赛义德的主张，在不同的场合对帝国主义的文化霸权予以抨击和批判；另一方面，他又总是通过对帝国话语的模拟来产生出一种相对于前者的权威的杂体，其最终的目的在于解构和削弱权威的力量。既然第三世界话语对于帝国话语来说是一个“他者”，那么它就只是与后者相关联才得以存在，一旦没有了后者，这个“他者”显然也就无甚意义了。这样看来，有一段时期，巴巴的态度在不少场合下与其说是严肃的倒不如说是游戏性的，因而他的著述也总是用一种模棱两可的方式写出的，对之的解释也就应是多元的。毫不奇怪，由于巴巴对西方的文化霸权抱如此反讽和戏拟的态度，因此他很难使人相信他的解构尝试的真正目的。例如，巴巴在一篇论文中曾对模仿（mimesis）和模拟（mimicry）这两个概念作了区分，他认为，这两者的根本区别在于，前者的特征是同源系统内的表现，后者的目的则在于产生出某种居于与原体的相似和不似之间的“他体”[28]，这种“他体”既带有“被殖民”的痕迹，同时又与本土文化话语糅为一体，因而在很大程度上基于被殖民的一方对殖民地宗主国的文化和理论话语的有意识的并且带有创造性的误读之上。在当前的中国文化语境中，巴巴的“混杂”策略和解构式批评对相当一批有着西方理论背景的先锋派中青年批评家颇有影响，他们的批评实践就是在巴巴理论的启迪下不断提出具有中国特色的后现代、后殖民及第三世界批评的策略。他们的批评已经引起了巴巴等西方后殖民理论家的注意，并对第一世界的文化霸权产生了强有力的批判和解构作用。[29]因此，随着后殖民主义论争在中国语境下的日益深入，巴巴的批评实践和话语策略越来越对这批有着后现代主义 / 后结构主义倾向的批评家产生诱惑力，这主要体现在关于全球化 / 本土化、第一世界 / 第三世界、现代性 / 后现代性这类二元对立的讨论和消解上。

近几年来，巴巴的后殖民批评理论又发生了新的转向：从居于第一世界内部后殖民论辩性逐步转向关注真正的后殖民地人们的反殖反霸斗争，并对他过去的那种纯粹戏拟的后现代风格有所超越。他目前关注的一个课题就是“少数族裔”或“少数族群”所面临的困境。他认为，“反殖民主义的少数族的策略向殖民主义体制提出了挑战，这种策略是‘重新划分’帝国主义强行分割的种族歧视的范围，将其分成外部领域（物质的机构）和内部领域（文化的认同）。通过将内部领域 / 外部领域的区分模式印刻到歧视性霸权的主要帝国主义话语内部的、殖民主义的自我 / 他者的二元模式上，反殖民主义策略逆转了帝国主义霸权，或者创立了一种‘不恰当的’反殖民的模拟；这种歧视性霸权的帝国主义话语包括：社会生活领域的公开和隐私，法律领域的风俗和合同，土地和所有权领域的财物和房产等。在物质领域内西化的影响越大，在精神和文化的飞地之中的抵制就越激烈”[30]。这种理论兴趣的转向将体现在他即将出版的两本专著和文集中。在这些著作中，一个艰深晦涩的巴巴不见了身影，出现在我们面前的是一个充满激情和睿智并具有自己独特风格的文化批判者和思想家。

综上所述，作为当代最具有冲击力和批判锋芒的后殖民理论家之一，巴巴的贡献主要体现在这几个方面:(一)他创造性地将马克思主义和后结构主义理论糅为一体，并且颇为有效地将其运用于自己的批评实践，从而发展了一种颇具挑战性和解构性的后殖民文化批判风格;(二)他的混杂理论影响了当今全球性后殖民语境下的民族和文化身份研究，提出了第三世界批评家进入主流并发出自己声音的具体策略;(三)他的模拟概念以及对一些殖民地题材的作品的细读对第三世界批评家反对西方文化霸权的努力有着巨大的启迪作用;(四)他所发展出的一套文化翻译理论强有力地冲击了翻译研究领域内长期占统治地位的以语言转述为主的文字翻译，为翻译研究领域内出现的文化转向铺平了道路。由于巴巴的另两部近著尚未出版，再加之他仍处于自己的著述盛期，因此对他的全面评述还有待于未来的进一步深入研究。但巴巴近期在中国的系列演讲无疑将有助于我们了解巴巴的后殖民批评理论以及他在最近研究中的新的转向，即他所提出的“少数人化”(minoritization)策略，他认为这实际上标志着另一种形式的全球化。[31]但是这种策略究竟能产生多大的影响，我们将拭目以待。

注释:

① 关于赛义德和斯皮瓦克的后殖民批评理论的详细论述，分别参阅拙作《东方主义、后殖民主义和文化霸权主义批判——爱德华・赛义德的后殖民主义理论剖析》(《北京大学学报》1995 年第 2 期)和《解构、女权主义和后殖民批评:斯皮瓦克的学术思想探幽》(《北京大学学报》1998 年第 1 期)。

②③ Cf. Edward Said, *Reflections on Exile and Other Essays*, Cambridge, Mass: Harvard University Press, 2000, p. xxx, pp. xxx–xxxi.

④⑤⑥⑦⑧⑨⑩⑪⑫⑬ Ibid., p. 397, p. 173, p. 184, p. 571, p. 586, p. 586, p. 587, p. 199, p. 212, p. 451.

⑭ Edward Said, *Representations of Intellectual*, New York: Pantheon Books, 1994, pp. 101–102.

⑮ Cf. Gayatri Spivak, *A Critique of Postcolonial Reason*: *Toward a History of the Vanishing Present*, Cambridge, Mass: Harvard University Press, 1999, “Preface”, p. ix.

⑯⑰⑱⑲⑳㉑㉒ Ibid., p. 84, p. 99, p. 140, p. 148, p. 164, p. 170, p. 200.

㉓ Homi K. Bhabha, “Introduction: Narrating the Nation”, in Homi K. Bhabha (ed.), *Nation and Narration*, London & New York: Routledge, 1990, p. 1.

㉔ 引自生安锋《后殖民主义、身份认同和少数人化——霍米・巴巴访谈录》,《外国文学》2002 年第 6 期。

㉕㉖ Cf. Homi K.Bhabha, *The Location of Culture*, London & New York: Routledge, 1994, p. 19, p. 31.

㉗ 参见巴巴为法农的著作《黑色的皮肤，白色的面罩》(*Black Skin*, *White Masks*)英译本撰写的序言[Cf. *Colonial Discourse and Post-Colonial Theory*: *A Reader*, Patrick Williams & Laura Chrisman (eds.), New York: Colombia University Press, 1994, p. 114.]。

㉘ Cf. Homi K. Bhabha, "Of Mimicry and Man: The Ambivalence of Colonial Discourse", in *The Location of Culture*, pp. 85–92.

㉙ 这方面尤其可参考张颐武、陈晓明、戴锦华、王一川、陶东风等具有解构特征的批评文字。这些批评文字已经引起了海外中国文学和文化研究者的密切关注，有些并被译成英文发表于国际学术刊物并进入 A&HCI（艺术与人文科学论文索引）等权威检索系统。

㉚㉛ 关于巴巴最近以来的学术思想之转向，参见他于 2002 年 6 月 25 日在清华—哈佛后殖民理论高级论坛上的主题发言 "The Black Savant and the Dark Princess"，中译文见《黑人学者与印度公主》，生安锋译，《文学评论》2002 年第 5 期。

（2003 年第 5 期）

当代女性文学批评的三种资源

贺桂梅

从20世纪90年代后期以来，女性文学研究界频繁地使用“困境”“危机”这类字眼来形容自身的处境，女性文学批评丧失了90年代前中期那种广受瞩目的冲击力，尤其在关于“个人化写作”的延伸讨论中，女性文学被等而下之地视为“身体写作”或“美女文学”，而女性文学批评界却未能对此作出更为有效和有力的回应。在分析这种状况时，很多研究者将问题的根源指认为女性文学过度追随西方女性主义批评，而忽视了中国的“国情”。同时，伴随着全球化过程的深入，国际/国内学术之间的互动也使得女性文学研究界内部发生分歧，“西方”的女性主义理论是否适用于中国“本土”被作为问题提出。批评现状遭遇的困境，批评理论的合法性问题，都使得我们必须重新考察当代女性文学批评所借重的理论资源及其具体的实践过程，从而为当下的处境勾勒出一幅相对明晰的图景。

一、“女性文学”与新启蒙主义话语

“女性文学”是当前研究界普遍使用的一个概念。考察当代女性文学批评的理论资源，首先需要对这一概念进行追问，进而辨析它与具体历史语境中的思想/理论资源之间的关系。“女性文学”（或“妇女文学”）这一提法在20世纪20—30年代就已出现，但作为一个引起广泛争议的范畴，却是出现在1984—1988年。[①]这是1949年后中国（内地）首次从性别差异角度讨论女性与文学的关系，它的提出有着明确的针对性，即针对50—70年代妇女解放理论及其历史实践的后果。在毛泽东时代，尽管在社会实践层面上，女性获取了全方位的政治社会权利，成为与男性同等的民族国家主体，但在文化表述层面上，性别差异和女性话语却遭到抑制，女性是以“男女都一样”的形态出现在历史舞台之上，缺乏相应的文化表述来呈现自己的特殊生存、精神处境。正是在这样的情形下，“女性文学”首次将“女性”从无性别的文学表述中分离出来，成为试图将性别差异正当化的文化尝试。

如何界定“女性文学”，在当时即引起了争议，它的具体内涵被人们认为是“模糊”的。对“模糊”这一性质的认知，表明当时的人们希望寻找一个确定的表述，以使“女性文学”与普泛意义上的“文学”或“男性文学”具有相区别的固定品质。形成较为普遍的共识的，是对这个概念做“广义”和“狭义”的区分。“广义”内涵侧重的是文学中的女性形象，“狭义”内涵强调的是作家的性别以及特定的“女性风格”②；或者把“女性文学”规定为女作家的文学作品，由其是否表现“女性生活”来划分“广义”和“狭义”。③这种区分建立在对文学/女性关系的不同层次上，由作家的性别区分，到作品所表现内容或形象的性别区分，最后到作品是否有特定的“女性风格”与“女性意识”，做了或宽或窄的限定。与“广义”和“狭义”的分辨相伴随，“女性文学”逐渐被纳入“两个世界”格局之中。这种说法最早出现在作家张抗抗1985年在西柏林举行的国际女作家会议上的发言《我们需要两个世界》④。这篇发言稿提出“女作家的文学眼光既应观照女性自身的‘小世界’，同时也应投射到社会生活的‘大世界’在此基础上，顺理成章的结论是：成熟的女性文学应同时面向‘两个世界’”。相关的说法还有“内在世界”/“外在世界”、“第一世界”/“第二世界”等。“两个世界”的说法，可以很明显地看到刘再复的“主体论”论述的影响。⑤

值得分析的是，这种说法似乎是在平面地处理“女性”/“人类”、自我/社会、女性经验/社会经验，但关于这两者关系的论述却不自觉地透露出一种“等级”关系。如：“女性文学的第二世界，是女作家对外在世界的艺术把握，是女作家与男作家站在同一地平线上，不仅作为女性，而是作为一个人创造出的一种不分性别的新文化”⑥，或者“应该是女性以女性化笔法用女性化生活来表现超乎女性的全人类生活的一切精神和意义的文学”⑦等。可以看出，在“女性文学”“女性意识”之“上”还存在一种“人类”的文学，一种“超越”了性别的文学。这一点事实上构成了“女性文学”的内在悖论。一方面，这一概念的提出，是为了给“女性”的文学提供正当性，但是，当“女性文学”与“人类的文学”并列时，它又必然地处在“次一等”的位置上。而这种悖论的出现，是因为在80年代的语境当中，“女性文学”关于“女性”差异性的表述，受到新启蒙主义思潮的直接影响。“女性文学”的提出和80年代新启蒙主义话语有着直接的关系，或者说，它本身就是新启蒙主义话语的构成部分。新启蒙主义将80年代视为“第二个‘五四’时期”，它对当代中国问题的讨论是在“救亡（革命）/启蒙”“传统/

现代”的框架内提出的，这两组二项对立式有着同构并互相替代的关系，50—70年代的当代历史被指认为“传统”“保守”“落后”的时期，而80年代则在延续“五四”启蒙主题的意义上，成为另一个“现代”时期。这一现代化运动的一个重要指标是“人性”的解放，强调个体的价值和丰富性。但有趣的是，在80年代的中国，作为对“阶级”话语的反拨，“性别”成为标识“人性”的主要认知方式。人们很少从父权制的社会文化结构层面来谈论性别关系，而把女性文学的提倡视为对毛泽东时代的“无性”状态的反拨，以达成“两性和谐”作为目标。女性的独特经验和文学表述，一方面丰富着对于“人性”的理解，同时也丰富着文学的表达。“女性文学”这一范畴的讨论，因此被限制在一种关于“人”“人类”的抽象想象之中，女性文学的差异被视为“人性”修辞的一部分。

在如何阐述“女性意识”的合法性这一点上，80年代有两种方式：一种是把毛泽东时代与封建时代等同，认为这一时期“似乎是中国当代的女权运动的兴起，是在鼓吹男女之间的平等。然而，骨子里除了‘四人帮’的政治用心之外，其实是封建意识的泛滥。封建时代把女性看作‘性’的动物，是女性的物本化；这里则把女性看作‘神’的抽象物，是女性的神本化。两者殊途同归，都不是把女性看作血肉和灵魂相和谐的人，是彻底的女性主体的异化”[⑧]——这种表述，不仅是“五四”复归式的现代想象的重申，而且丰满的人性被理解为“血肉和灵魂相和谐”，“人性”被充分地自然化了。这使得对“女性”差异性的认知必然导向“生理”和“心理”差异。正是这种新启蒙主义思路影响，“女性文学”的倡导者侧重从生理、心理等“自然”而非“文化”的因素来界定女性，从而把性别差异导向一种本质化、经验化的理解。另一种论证80年代“女性意识”合法性的方式，是首先承认，经历了社会主义革命之后，女性已经获得了“平等”的社会地位，但没有获得与社会地位相匹配的自主意识，因此，倡导“女性文学”和“女性意识”，就是以“文化革命”的方式确立女性的主体性和独立意识。“在社会已最大限度地提供与男性同等政治权利的今天，女性要获得真正的女性平等和显示她们生存的价值，她们所面对的已不再是封建道德观念的外在束缚，也不是男性世界的意识压力，而主要的是她们自己的觉醒和自主意识的复萌。”[⑨]在这种解释中，女性的政治解放和自主意识的文化解放被区分为两个层次：在前一层次上，中国女性被判定为“解放”的，在后一层次上，中国女性又被判定为“未解放”的。“女性文学”在这样的意义上，被看作女性发出她们独特的声音、表达其自主意识的“文化革命”的步骤。这就使得关于女性 / 文学的讨论必然从统一的民族国家话语中分离出来。但由于这种讨论遵循了新启蒙主义话语关于“人”的重新想象，试图在抽象层面上建构一种普泛的“人类”共同的本质，女性文学“必然”地置于“次一等”位置。另外，对性别差异的强调由于局限于生理、心理等“自然”因素层面，而不能深入文化分析的层面，因而无法与“男女有别”的传统性别秩序划清界限。这使得“女性文学”始终处在尴尬而暧昧的处境之中。

“女性文学”及其连带产生的语义形成于80年代的特定历史语境之中，但这一范畴迄今仍被女性文学批评界广泛接受。厘清其与80年代新启蒙运动之间的关系，有助于我们了解这一范畴的独特内涵及其局限性。它设定了一个“男女和谐共存”的、“不分性别的新文化”理想，针对民族国家内部以“阶级”话语建构的主体想象提出性别差异问题，但并没有明确反对父权制和批判男权意识。自80年代后期开始引入的西方女权/女性主义理论，则在一定程度上使女性/文学批评从新启蒙主义话语中分离出来，明确地将批判对象指认为男（父）权制，从而形成了独特的表述体系和话语方式。

二、男（父）权批判和西方当代女性主义理论

80年代中后期对西方女权/女性主义论著的译介，是“西化热”的一部分。有趣的是，西方女权运动“第二期”的四本重要论著（西蒙·德·波伏娃的《第二性》、贝蒂·弗里丹的《女性的奥秘》、弗吉尼亚·伍尔夫的《一间自己的屋子》和凯特·米利特的《性的政治》）中，与文学和文学批评关系最密切的《性的政治》，却翻译得最晚，直到1999年。这本书难以被80年代中国批评界接纳，大约是因为它如此敏锐而激烈地抨击男权制，并且把男/女两性关系纳入“政治”范畴，对于以“两性和谐”为理想的中国批评界，显得过于激进。除了这些专著，不同的杂志都对英美女作家和女性主义理论有介绍。这一时期对西方女权/女性主义理论的介绍主要偏重英美，而另一流脉，法国的女权/女性主义理论的译介则相对较少。这主要因为中国对女性主义理论的接受来自英语世界（尤其是美国女性主义批评）的影响，同时也和英美派注重女性经验的表达，法国派则注重与同期理论（尤其是结构—后结构主义理论）的对话，有着密切关系。80年代中国批评界对于（后）结构主义理论并不十分熟悉，文学批评的主流还停留在前“语言学转型”时期，由于缺乏对法国女性主义理论的上下文的理解，对其接受相对困难一些。即使到1992年，张京媛主编的《当代女性主义文学批评》中较

多地收录了法国的埃莱娜・西苏、朱莉亚・克里斯多娃和露丝・依利格瑞的文章，以及 80 年代以后英美“受到欧洲文学理论的影响”的“后结构主义的女性主义批评”如佳・查・斯皮瓦克等的文章，但在中国批评实践中产生影响的，主要还是注重女性经验和女性美学的表达那一部分。而“女性文学”讨论中已经显露出来的从女性经验角度为“女性文学”特质寻找命名的倾向，也使得中国的女性 / 文学批评较为倾向于“经验的女性主义”一脉。这事实上已经征候性地呈现出了当代女性文学批评的接受视野。

与西方女权 / 女性主义理论的引入相伴随，女性文学批评中出现了“女性主义”一词。90 年代之前，“feminism”主要被译成“女权主义”。1992 年张京媛在《当代女性主义文学批评》中把它翻译成“女性主义”，并提出理由：“女权主义”和“女性主义”反映的是妇女争取解放运动的两个时期，前者是“妇女为争取平等权利而进行的斗争”，后者则标识“进入了后结构主义的性别理论时代”。但无论是“女权主义”还是“女性主义”，在中国语境中，似乎并不是一个受欢迎的词。不仅作家和批评家们拒绝被称为“女权或女性主义者”，而且文学批评中使用这一概念也不多，人们更愿意使用内涵较为模糊的“女性文学”。造成这种情况的原因，是“女权 / 女性主义”引起的反应常常是“女人霸权”“女人控制男人”“反对男人”，或种种女性的负面品质。另外的反应是，“feminism”本身就是一个西方的概念，只有产生过独立的女权运动的西方社会才接受这一概念，而中国则未必需要接纳这个“西方”概念。值得一提的是，美国黑人理论家贝尔・胡克斯在她 2000 年的著作《女权主义理论：从边缘到中心》中也谈到美国社会对“女权主义”这一称号的拒斥，“女权主义”被人们当作一种“讨厌的、不愿意与之有联系的东西”，说自己是“一个女权主义者”，通常意味着“被限制在事先预定好的身份、角色或者行为之中”，诸如“同性恋者”“激进政治运动者”“种族主义者”等。[⑩]——引述这段讨论，我企图说明，即使在西方，对“女权 / 女性主义”也并非一概接受，中国女性作家或批评家对“女权 / 女性主义”的回避或拒绝，并不能简单地在中国 / 西方关系中做出说明，也不能作为“中国”（本土）拒绝“西方”女性主义理论的证明。

尽管对“女性主义”一词的接受有着上述的犹疑，但在文学批评实践中，越来越多的研究者开始借重女性主义理论资源，将“女性意识”的讨论推进到女性主义立场的层面。这种批评实践主要由两个主要部分构成：一是挖掘文学史（尤其是现代文学史）上被淹没、遮蔽的女作家，通过重新阐释她们的作品来建构女性文学的传统；二是对同期女作家创作的关注和阐释，对其中的女性独特美学做出阐释。而这两种主要的批评方式几乎一致地采取了“女作家批评”。这一方面是延续了“女性文学”讨论时的界定方式之一，即把所有女作家的创作都视为“女性文学”；另一方面，90年代提出的“女性写作”这一范畴，则更将批评的重点转移到女性作家和文学创作的关系上来。“女性写作”一词来自法国批评家埃莱娜·西苏，她关于创作与女性身体关系的阐释，即“写作是女性的。妇女写作的实践是与女性躯体和欲望相联系的”[11]，引起了评论者和作家们的很大兴趣。从80年代中期提出“女性文学”范畴到90年代普遍使用“女性写作”概念，其中一以贯之的，是“性别差异”论，即试图将“女性”从统一的主流话语中分离出来，寻求其独特的文学表达传统、特定的女性美学表达方式。80年代后期西方女性主义理论的引入，在这一特定文化期待视野中，主要被吸收的是其对性别角色文化构成性的揭示，即波伏娃所表述的“一个人之为女人，与其说是‘天生’的，不如说是形成的”，从而为女性差异性的阐释寻找更为有效的文化资源。“所有的父权制——包括语言、资本主义、一神论——只表达了一个性别，只是男性利比多机智的投射，女人在父权制中是缺席和缄默的”[12]，成为对波伏娃的“女人形成论”更有力的解释。90年代初期“社会性别”概念的引入，使得人们对于性别差异的讨论不再限制在“sex”，即生理、心理等“自然”层面，而是进入“gender”，即性别角色、性别制度等“文化分析”层面。这在一定程度上破解了新启蒙主义话语中的“女性文学”范畴所遭遇的困境。新启蒙主义话语主要从非历史化的抽象“人性”话语的角度来谈论性别差异，它将女性的生理、心理的差异视为文化差异的自然转换，并且认为突出女性差异是为了完善“人性”的丰富性，而非对男权文化的批判。西方女性主义对父权制结构的批判，在这一结构中来解释女性从属、被压抑的位置，使人们意识到，所谓“大写的人”“人类”背后的男性属性。将西方女性主义理论应用于中国文学研究实践，影响最大的是《浮出历史地表——现代妇女文学研究》[13]。它提出，所谓“人类”的历史，就是男性统治女性的父权制结构的历史，并且因为压制女性的事实始终是以“自然”的方式呈现，因此，男性话语和父权制结构也始终是以“人类”的形象出现。20世纪一百年历史中女性并没有能够摆脱她作为“空洞的能指”的命运，随着1949年新的民族国家的建立，女性的历史“走完了一个颇有反讽意味的循环，那就是以反抗男性社会性别角色始，而以认同中性社会角色终”。使女性写作“浮出历史地表”，就不仅仅是完满人类的两性，而是对整个父权制结构的颠覆，所有历史和意识形态话语都需要重新解释。正是在这一点上，《浮出历史地表》为女性写作的正当性和必要性提供了有力的解释。

90年代之后，由于1995年第四届世界妇女大会在北京召开这一事件造成的广泛影响，同时也因为“全球化”进程使得女性文学批评与国际学术资源之间产生了直接互动关系，译介西方当代女性主义著作再次形成一个高潮，并且促成了多项国内外合作研究项目和研究成果。这种状况的形成，使得中国女性 / 文学研究不再如 80 年代那样仅仅是单方面的引入，而是一个双向互动的过程。正如 90 年代中国卷入全球化格局之后，已经很难分清何谓“国内”何谓“国外”，女性 / 文学批评也进入这样一种不能由单一的民族国家视野衡量的情境之中。一个“老”问题被重新提了出来，这就是“西方”的女性主义理论与中国本土文化实践之间的适用性问题。一些批评者再次强调了中国历史现实问题的特殊性，及其与西方的女性主义理论的不相容。但问题的实质不在“西方”的理论解决不了“中国”的问题——事实上 20 世纪中国诸种关于男女平等思想的讨论始终在借重“西方”的思想资源，关键问题在于，不能把讨论框定在抽象的“中国”/“西方”的本质想象之上，而应当深入讨论中国 / 西方之间的互动中已经构成本土传统的历史实践，在一种开放的视野中，寻求解决本土问题的更有效方式。

三、被遗忘的资源：马克思主义女性话语

90 年代前中期，“女性文学”及其批评，开始成为一种引起社会广泛注目的文化热潮。经历 80—90 年代的转折，80 年代统合性的主流意识形态话语趋于分化，新启蒙主义遭到种种质疑。在这样的情境下，“个人”话语已经丧失了 80 年代处于民族国家内部并在话语象征层面上形成的对抗性关系。颇为有趣的是，正是在这个时期，“个人”话语与“女性”话语有效地结合在一起，成为标识身份政治的主要符码。90 年代女性写作中，最为引人注目的一个脉络被称为“个人化写作”或“私人化写作”。陈染、林白、徐小斌、海男等女作家注重个人经历的自传性小说被当成了“个人化写作”的代表作品。在这些小说中，主人公的成长经历被放置在带有封闭性的私人空间当中，比如家庭、独居女人的卧室、个人的性爱经验等。在这些封闭的空间当中，性别身份成为最重要甚至唯一的身份标志，女性成长经验，尤其涉及身体经验，在某种意义上构成 90 年代讨论女性写作的背景和想象空间。

“个人化写作”被视为“女性写作”的主要形态，既是女性主义理论和文学创作之间的互动，同时也是注重女性差异的女性文学探索的必然延伸。从 80 年代中期提出“女性文学”，到 80 年代后期注重反叛父权制社会的“女性真相”，都在指向一种经验

化、本质化的女性想象和认知。“个人化写作”对女性成长的性经验的重视，对父权制社会中性别压抑意识的自觉，并有意营构女性主体形象和一种独特的表达风格，正是试图实践一种基于女性独特体验的女性美学。但“个人”与“女性”连接在一起，造成的一个难以解脱的困境是，尽管女性可以呈现被父权制文化所压抑、擦抹的女性经验，但这种关于女性经验的书写仍旧必须在以父权 / 男权为等级结构的社会 / 文化市场上流通。也就是说，关于女性差异的表述，固然可以撼动或瓦解大众文化和社会常识系统中关于女性的定型化想象，但由于把“女性”与“个我”、私人性空间直接联系在一起，又在另一层面落入女性作为父权社会文化的“他者”“私人领域的女性”等等级结构当中。在“个人”/“私人”维度上对于女性“差异”的展示，事实上没有改变社会性别秩序，而正好满足了后者的想象和需要。这也正是“女”字成为商业卖点的原因。另外一个更值得重视的问题是，“个人化写作”所确立的女性主体想象，在单一的“男人”/“女人”性别维度中谈论问题，而忽视了女性内部的差异。被越来越多的批评者指出的是，“个人化写作”中的女性个体，多是一些“中产阶级”女性。王晓明颇为尖锐地写道：被女性批评者所认为的 90 年代前中期的这次女性“解放”，“绝对不是面向所有的妇女，下岗的女同胞根本没有这种幸运。时代给予一部分女性自由与自主，给予她们一间自己的屋子，她们不再为柴米油盐而烦恼，……说得直截了当一点，是一部分提前进入‘小康’的女性，这样的女性才有时间与兴趣专门研究性别问题，才有可能把性别问题与其他有碍观瞻的事情区别开来”[14]。

“个人化写作”带出的问题，为我们讨论 90 年代以来女性文学批评在资源引用上的偏向性提供了一个切入点。从 80 年代与新启蒙主义话语的结盟，到 80 年代后期以来对西方当代女性主义理论的借重，当代女性文学批评往往忽略或忘记了，女性解放与 20 世纪（尤其是毛泽东时代）左翼历史实践之间的密切关联。作为一个有着丰富的革命传统和社会主义实践最为成功的国度之一，中国妇女运动和左翼运动始终有着紧密关系。而毛泽东时代施行的一系列保障妇女权益的政策，更确保了妇女广泛地参与社会政治、经济和文化活动，使得妇女的社会地位有了前所未有的提高。但这并不意味着妇女运动与左翼运动的密切协作关系中就不存在问题。中国左翼所持的女性观念基本上属于马克思主义女性主义，强调性别问题与阶级问题的重叠，或者说，民族国家话语以一种同一的主体想象抹去了性别差异的存在。毛泽东最早在《湖南农民运动考察报告》中，认为女性是处在各种封建压制的最底层，但对解放步骤的设想是“家族主义、迷信观念和不正确的男女关系之破坏，乃是政治斗争和经济斗争胜利后自然而然的结果”[15]，亦即只要政治斗争和经济斗争胜利，妇女解放将是“自然而然”的事情。“文化大革命”结束之后，80年代中国的女性文化（如果不能够称为“运动”的话）一个核心问题，即是对毛泽东时代妇女政策的批评。这种批评集中于“男女都一样”的妇女政策所掩盖的父权制结构和性别差异问题，女性在被作为一个准男性主体的社会性质秩序当中遭受的压抑得到公开表达，尤其是女性的双重角色（社会角色和家庭角色）问题、文化表达和主体风格上的“女性特质”问题，以及传统的性别观念对女性社会处境和自我认知的规约问题等，成为80年代重新关注性别问题的重点。当代女性文学批评正是在这样的起点上开始建构自身的合法性和独特表述。由于20世纪妇女解放与阶级解放的历史实践有着这样的渊源，当代女性文学批评始终在有意无意之间“遗忘”了自身承受的这份独特的遗产。这使得女性文学批评从80年代以来一个基本的趋向，是过分强调女性话语和阶级话语之间的分离，而将研究重点集中于女性话语从20世纪中国文学整体格局以及左翼话语分离出来的部分。更重要的是，对左翼运动与女性解放运动之间的成败经验的分析也相应被忽略。“个人化写作”对其女性主体的阶级身份的盲视，正是这种遗忘的直接后果。

90年代后，中国社会的变化，尤其是社会阶层结构的重组、资本市场造成的贫富分化，使得“阶级”问题再次浮现于文化视野当中，并在一定程度上构成对女性话语的冲击。但是，需要特别提出的是，以“阶级”身份质疑“女性”身份，并不是中国的特殊问题，而是妇女运动遭遇的世界性问题。60年代西方女权运动，即是从新左翼运动中分离出来的，那些与男性战友并肩战斗在民主运动前线的女性发现，她们同时必须面对男人的压制，因而有了“个人的即政治的”口号，并提出女性必须在反对资本主义和父权制这两个“战场”上作战。[16]在90年代后中国语境中重提性别/阶级的关系，不是要简单地以“阶级”政治的合法性去否定女性问题——毋宁说，对于这种在男性精英知识界渐成主流的观点，需要予以认真的回应和讨论，而是正视从中透露出的当代女性文学批评对自身历史资源的盲视。正视女性解放与阶级解放的密切协作所形成的这份20世纪中国的独特遗产，需要我们对现代中国的女性解放的历史作更深入细致的考察和辨析，就西方/本土的关系而言，这或许是真正的现代中国的“本土传统”。另外，将这一历史遗产浮现于当代女性文学批评的现实视野之中，并不是要简单地重复过去的经验，而需要在对历史遗产作出反省的基础之上，寻找解决女性问题与阶级（民族）问题更适度的方式，以打开女性文学批评的新视野。

厘清这三种资源，有可能使当下女性文学批评寻求更适合自身情境的解决方案。

“女性文学”这一范畴中蕴含的新启蒙主义式的“人”的想象已经被越来越多的研究者认识，但它关于性别差异问题的讨论，仍足以成为当前女性文学批评的重要参考资源。西方当代女性主义理论为女性文学创作与批评批判父（男）权制提供了有效的理论依据，但由于忽略了妇女运动与左翼运动的复杂历史资源，这种批评往往从单一性别角度考虑问题，而无法更广泛地面对妇女在现实处境中所遭遇的社会/文化问题。将女性问题纳入更为开放的历史/现实视野之中，在主体身份多样性——诸如阶级、民族、世代等——之间寻求适度的结合点，或许是女性文学批评走出所谓“困境”的一种有效方式。

注释：

① 相关资料参见谢玉娥编撰《女性文学研究教学参考资料》，河南大学出版社1990年版。

② 吴黛英：《女性世界和女性文学——致张抗抗信》，《文艺评论》1986年第1期。吴黛英同时认为“女性文学”比“妇女文学”这个概念“更突出了性别特征”。

③ 马婀如：《对“两个世界”观照中的新时期女性文学——兼论中国女作家文学视界的历史变化》，《当代文艺思潮》1987年第5期。

④《文艺报》1985年8月10日。

⑤ 刘再复《论文学的主体性》（《文学评论》1985年第6期）提出“内宇宙”和“外宇宙”的分别，并认为“内宇宙”是人的“灵性”的取之不绝的内在源泉。

⑥ 王绯：《女性气质的积极社会实现——读〈女人的力量〉兼论女性文学的开放》，《批评家》1986年第1期。

⑦ 徐剑艺：《论新时期“女性文学”的超越》，《文艺评论》1987年第1期。

⑧ 阮忆：《女性文学和女性意识——新时期女性文学断想》，《文艺评论》1987年第4期。

⑨ 彭子良：《新时期女性意识构成初探》，《当代文坛》1988年第3期。

⑩ 参见贝尔·胡克斯《女权主义理论：从边缘到中心》，江苏人民出版社2001年版。

⑪ 张京媛主编：《当代女性主义文学批评》“前言”，北京大学出版社1992年版，第8页。

⑫ 张京媛：《从寻找自我到颠覆主体——当代女性主义文学批评的发展趋势》，载李郁编选《女性主义文学批评文选》，春风文艺出版社1993年版。

⑬ 孟悦、戴锦华：《浮出历史地表——现代妇女文学研究》，河南人民出版社1989年版。

⑭ 王晓明：《90年代的女性——个人写作》，“文学视界”（http: //www.white-collar.net）。

⑮ 毛泽东：《湖南农民运动考察报告》，载《毛泽东选集》第1卷。

⑯ 参见罗斯玛丽·帕特南·童《女性主义思潮导论》第三章，艾晓明译，华中师范大学出版社2002年版。

（2003年第6期）

宋词作者的统计分析

王兆鹏　刘　学

本文旨在分析宋词作者队伍的地域分布和时代分布等状况，从数量的角度考察宋词的发展历程。为此，我们将宋代词人的生平资料输入计算机，编制成《宋代词人检索软件》。通过软件来统计分析，可以避免手工操作的误差。下面是有关统计分析的结果。

一、作者的地域分布

关于宋词作者的地域分布，唐圭璋先生早在20世纪40年代就撰写过《两宋词人占籍考》[①]。因词人生平事迹不断有新的发现，行政区划也有变异，故本文的统计结果与唐先生所考的结果不尽一致。我们的统计结果见表1。

两宋有籍贯可考的作者为880人，其词作量为17933首。[②]其中南方浙江、江西等11省市有746人，占籍贯可考的作者总人数的84.8%；其词作量为13939首，占词作总量（17933首）的77.7%。北方河南、山东等6省市为134人，占总人数的15.2%；其词作量为3994首，占词作总量的22.3%。

从作者地域的分布看，宋词作者绝大多数是南方人。作者群的"南人化"特点非常明显。杨海明先生的《唐宋词史》曾指出唐宋词具有"南方文学"的特性，这在作者的地域构成上得到了明确的印证。宋词作者中80%以上是南方人，78%的作品是由南方人创作的，宋词的"南方文学"特征再突出不过了。

再细加观察，宋词作者地域分布的密集区是在南方的浙江（含上海）、江西、福建、江苏、四川、安徽和北方的河南、山东八省。这南北八省的词作者共有813人，占作者总人数的92.4%；其词作量为16774首，占作品总量的93.5%。几乎可以说宋词并不是"宋代"全境的人写出来的，而是宋代八省的人写出来的，作者地域的分布极不平衡。而在上述八省中，尤以浙江、江西、福建和江苏四省的词作者为最多，共有 606 人，占两宋籍贯可考的作者总人数的 68.9%。这四省也是当时人口最密集之区。吴松弟《中国人口史》第三卷《辽宋金元时期》说："宋代是我国古代文明发展的顶峰，宋代的发展主要体现为南方的发展，人口方面更是如此。尽管北方在和平时期多次经历过比较快的增长，但人口恢复和发展的大部分成果总要被改朝换代战争时的人口锐减所抵消，因而一次又一次地陷入锐减—恢复—锐减的恶性循环。而南方受战争影响有限，人口仍大致保持增长的局面。南方已开发的人口密集区主要集中在东南的两浙、江西、江东、福建等路和四川的西部，开发中的人口稀疏区主要集中在长江中游和珠江流域，以及江淮之间的和四川东部及边缘山区。"③我们则可以说，与宋代的文明发展同步，宋词的发展主要体现为南方的发展，宋词作者分布的密集区与宋代人口密集区是同一的。而南方的两湖（湖南、湖北）和两广（广东、广西）则是宋词作者分布的稀疏区，这与宋代人口的稀疏区也是一致的。由此可见，宋词的发展与宋代人口的发展变化密切相关。人口密集地区往往是经济文化发达之区。

表 1　宋词作者的地域分布

省份		北宋人（人）	词作量（首）	南宋人（人）	词作量（首）	时代不详（人）	词作量（首）	合计				进士人数（人）
								人数（人）	占比（%）	词作量（首）	占比（%）	
南方	浙江	48	1336	107	1694	45	567	200	22.7	3597	20.1	95
	江西	47	1757	91	2093	45	485	183	20.8	4335	24.2	92
	福建	32	902	78	1003	30	192	140	15.9	2097	11.7	79
	江苏	31	753	32	693	20	47	83	9.5	1493	8.3	43
	四川	27	498	19	284	11	180	57	6.5	962	5.4	34
	安徽	20	484	14	449	6	29	40	4.5	962	5.4	20
	湖北	7	162	2	37	6	35	15	1.7	234	1.3	3
	湖南	2	33	9	22	2	3	13	1.5	58	0.3	5
	广东	1	2	6	104	0	0	7	0.8	106	0.6	6
	广西	1	1	2	2	0	0	3	0.3	3	0.0	2
	上海	0	0	2	81	3	11	5	0.6	92	0.5	1

续表

省份		北宋人（人）	词作量（首）	南宋人（人）	词作量（首）	时代不详（人）	词作量（首）	合计				进士人数（人）
								人数（人）	占比（%）	词作量（首）	占比（%）	
北方	河南	39	1226	23	480	7	46	69	7.8	1752	9.7	21
	山东	20	461	11	875	5	148	36	4.1	1484	8.3	12
	陕西	6	97	6	401	1	1	13	1.5	499	2.8	3
	山西	9	90	0	0	0	0	9	1.0	90	0.5	6
	河北	4	166	1	1	1	1	6	0.7	168	0.9	3
	北京	1	1	0	0	0	0	1	0.1	1	0.0	0
合计		295	7969	403	8219	182	1745	880	100	17933	100	425
籍贯不详		30	149	75	262	436	837	541		1248		15

说明：1. 作者籍贯按其原籍统计。南宋不少作者原籍为北方而寓居南方，如张炎，世居临安，但其祖籍为陕西凤翔，仍作陕西人统计。2. 籍贯有异说者，只取其中一种。3. 籍贯按今日行政区划统计。

值得注意的是，在宋词的作者中，北方河南和山东两省的作者仍占有一定的比重，分别位居第五和第八位，词作量则分别位居第四和第六位。这表明中国文化的传统中心地区中原和齐鲁，在宋代依然保持着相当的文化优势。而河南作为北宋两京的所在地，更是当时政治文化的中心。其词人数量和作品量与其文化中心地位基本是相称的。而山东产生了李清照和辛弃疾两位杰出词人，在宋代十大词人中占了两个席位。[④]这也反映出北方文学总体上虽然不能与南方文学分庭抗礼，但仍占据着重要地位。

如果将北宋和南宋分开统计，籍贯可考而又可以确定其生活年代的有 698 人，其中北宋的南方人为 216 人，北方人为 79 人；南宋的南方人为 362 人，北方人则仅有 41 人。在北宋，北方作者占 1/3；到了南宋，北方籍的作者所占比例仅为 1/10。即是说，南宋词的作者 90% 是南方人。分省来看，北方河南省的词作者北宋为 39 人，至南宋锐减为 23 人（年代不详者未计）；山东省在北宋时为 20 人，到了南宋只有 11 人。两省的词作者南宋比北宋都减少了近一半。而南方浙江的词作者北宋与南宋分别为 48 人和 107 人，江西分别为 47 人和 91 人，福建分别为 32 人和 78 人。这三个省的词作者南宋时比北宋时都增长了一倍多。说明靖康之难后，词作者的产出中心进一步向着浙江、江西和福建迁移。南宋词的创作中心主要是在今华东地区的江、浙、闽、赣四省。

二、作者的及第年龄及年寿结构

词的发展，依赖于社会文化的发达。发达的社会文化环境，既能孕育出众多的词作者，也能培养出广大的有一定文化水准的接受者，从而为宋词的发展提供广阔的消费接受市场。宋词的作者之所以主要集中在上述南北八省，是因为这八省的文化相对发达。我们无须列举史料来说明这些地区当时文化发达的具体情形及其原因，只须看其中一个重要表征就可窥见一斑了，即看其进士人数。一般说来，一个地区的文化越发达，其进士越多。

在籍贯可考的 880 位宋词作者中，可考为进士的有 425 人，约占总人数的一半。这说明宋词作者约有一半人具有“进士”资历。进士的地域分布，也是以上述浙江等八省居多（见表 1）。八省的进士共 396 人，占进士总数的 93.2%。分省来看，作者人数排名在前 6 位的浙江、江西、福建、江苏、四川和河南 6 省，其进士人数也居前 6 名，而且排名次序基本相同。上述 6 省进士人数都约占其作者人数的一半。可见文化发达的地区，也是进士人数最多的地区。

425 位进士的词作量为 8439 首，占 880 人词作总量 17933 首的 47.1%。宋词大约有一半的作品是由有进士身份的人创作出来的。这还只是有籍贯可考的进士的人数，另有相当一部分作者是否进士及第，并不清楚，因而这个进士总数并不是宋词作者中实际的进士人数。由此可见，进士是宋词作者队伍中的生力军。

我们顺便统计了宋代词人队伍中进士的及第年龄结构，也许对了解宋代进士的有关情况不无裨益。

表 2　宋词作者中进士的及第年龄结构

年龄（岁）	14	17	18	19	20	21—30	31—40	41—50	51—60	68	76
人数（人）	1	1	3	8	6	135	51	23	9	1	1

在 425 位进士作者中，进士及第年岁可考的有 239 人，及第年龄最小的是 14 岁（晏殊），最大的是 76 岁（孙锐）。平均及第年龄为 30.2 岁。20 岁以下及第的 19 人，占 8%；41 岁以上及第的有 34 人，占 14%。宋词作者中进士的及第年龄主要分布在 21—40 岁之间，这个年龄段的进士有 186 人，占 78%。

宋词作者中进士的及第年龄结构与整个宋代状元夺魁的年龄结构基本接近。据周腊生《宋代状元奇谈·宋代状元谱》统计，两宋118名状元中，有77名可考其登第夺魁的年龄。这77人的平均魁龄为31.42岁。⑤而两宋状元夺魁的年龄段也主要是分布在20—39岁之间，其中20—29岁夺魁的有35人，30—39岁夺魁的有27人，共62人，占夺魁年龄可考的77人的80.5%。看来宋人进士及第的年龄与我们现在考大学和考研究生的年龄相近。

我们还对宋代词人的年寿作了统计，见表3。

表3　宋词作者的年寿结构

年寿（岁）	90以上	80—89	70—79	60—69	50—59	40—49	30—39	26
人数（人）	7	47	93	103	68	33	10	1
作品量（首）	77	1613	3401	5230	1342	266	376	31

宋词作者中年寿可考的有362人，其中以50—79岁的居多，有264人，占73%。其作品量为9973首，占362人作品总量12336首的80.8%。据此，宋词80%以上的作品应是由享寿50—79岁的作者写出来的。宋词作者的平均寿命为66岁。据当代人口学的研究成果，1995年全世界的平均预期寿命才达到65岁；1990年我国第四次人口普查结果表明，男性预期寿命为68岁，女性预期寿命为70.9岁。⑥而早在宋代，词人的平均寿命就已达到了66岁，可见宋词作者的平均寿命是比较高的。

假设词人的创作开始于20岁左右，那么宋代词人的创作生涯一般有40—50年。我们下面以40—50年为一个代群，正是依据宋人的平均创作寿命来划分的。

三、作者的时代分布

两宋词人生年或卒年可考的有504人，生活年代可以大致确定的有284人，共788人。如果以40—50年为一代群，那么这788人依据其生活、创作年代可划分为六个代群，见表4：

表 4　宋词作者的生活年代分期

人群	出生年时段	创作年代	代表词人	人数（人）	词作量（首）
第一代	980—1019	1017—1067（仁宗朝）	柳永	64	1077
第二代	1020—1061	1068—1125（元祐前后）	苏轼	113	2810
第三代	1062—1110	1126—1165（靖康前后）	李清照	156	3729
第四代	1111—1160	1166—1207（孝宗朝）	辛弃疾	179	4184
第五代	1161—1210	1208—1265（理宗朝）	吴文英	165	2785
第六代	1211—1260	1266—1310（宋亡前后）	王沂孙	102	1905
合计				779	16490

说明：1. 在第一代作者之前，宋初有 9 位作者，存词共 21 首，因不足成为一个代群，艺术上也未形成自己的时代特色，故未计入。2. 每一代时段的划分，只是一个大致的时间区限。我们首先是对作者创作年代进行系年，确认哪些人属于一个代群，并在同一时期创作，然后参酌其生卒年，再确定各代出生年时段和创作年代的起讫点。这种划分无疑具有一定的主观性，不过，这种划分与后面表 5 的“客观”分段是吻合的。当然，依据的标准不同，划分的时段可能不一样。这里的代群划分只是“一家之言”。

表 4 显示，宋代词人产生及其作品产量的高峰期是在第四代，即辛弃疾所处的代群。这时期，不仅作者和作品最多，而且还出现了辛弃疾、姜夔和陆游、张孝祥、陈亮、刘过等大家名家。有学者认为，宋词的高峰期是在辛弃疾时代⑦，这从作者人数和词作数量上得到了印证。

表 4 还显示出，宋词作者人数和作品量的变化近似钟形曲线。前四代作者人数和作品量都是逐代上升，到第五代开始跌落，走下坡路。这与我们从定性的角度观察所得的印象是吻合的。自从辛弃疾这一代强势词人出现后，宋末就没有太多的杰出词人。前四代作者人数和作品量逐步扩大上升，表明词体日益受到文人学士的关注，宋词的文学地位也逐渐提高，因而作者队伍日益扩大，词作量日益提高。只是到了南宋后期，盛极难继，词作的娱乐功能既逐渐消解，远离了市民大众，又受到话本小说等新兴的娱乐形式的冲击，因而词这种艺术形式日渐衰落。

以上是总体统计的结果。下面我们进行重点统计，换一个角度考察宋词发展的有关情况。笔者曾根据多种数据统计分析，认为两宋词人中有 30 位影响较大的著名词人，30 位词人的时代先后见表 5。30 位著名词人中，又有 10 位杰出词人（名字后标有星号者，可称“十大词人”）。⑧十大词人中，第二代占了 4 位，而第四代只占 2 位。在 30 位著名词人中，第二代有 8 人，第四代有 7 人。从作者队伍的总人数而言，第二代不如第四代，但从杰出词人众多这个角度看，第二代又超过了第四代。

综合创作队伍的强盛和艺术成就来考察，宋词的发展历程应有两个高峰：一是元祐前后，其时有苏轼、周邦彦等词坛领袖；二是南宋孝宗朝的乾淳时期，这时有辛弃疾、姜夔等词坛巨擘。这两个时期，近似于唐诗的盛唐时期与元和时期，每个时期都产生了众多的第一流的词人和第一流的作品。

由此我们发现，宋词的兴盛并不是孤立的。词体的兴盛与诗体的繁荣总是处在同一时期。元祐时期，词体兴盛，诗歌也处在高峰期，以至于前人将元祐诗坛与唐代的开元时期、元和时期并称为“三元”。而南宋乾淳时期，宋诗也进入新的高峰期，习称“中兴四大家”的陆游、杨万里和范成大等即活跃在此时。词体的兴盛与诗体的昌盛同步，其中的原因值得研究。

从精英词人群的更迭代兴来看宋词的发展历程，宋词的发展曲线近似一个马鞍形，这与前面总体统计的结果不完全一样。第二代和第四代两座高峰突起，中间的第三代，即靖康之难前后的南渡时期，杰出词人相对贫乏，宋词的发展处于低凹期。

重点统计的结果，与前面的总体统计结果又有相同的一面，即宋词的发展至第五代后呈现出衰落之势，从此杰出词人日益减少，直到宋末的第六代也没有出现一流的大词人。宋词的这种发展走势与唐诗的发展走向也很相似。唐诗有两座高峰，宋词也有两个高峰。每个高峰之前，都有一个相对低落的时期为之过渡准备。唐诗随着唐朝的衰亡而走向衰落，宋词也是跟随宋王朝的衰亡而走向衰落。这是文学发展自身的规律，还是朝代更迭、社会战乱影响了文学的进程，值得深思。

表 5 中出生年时段的划分，不是人为的硬性的截取，而是根据该代精英词人的生年来排列。每代人中以年岁最长的出生年为起点，以年岁最小的出生年为终点。只有第二代的王安石是个特例，他（1021 年生）比苏轼（1036 年生）要年长，因不是“标志性”的代表词人，故没有以他为起点。

从表 5 的统计结果，可以看出宋代精英词人群的更迭具有如下几个特点：

表 5　30 位著名词人生活年代分期

词人群	出生年时段	创作年代	词人姓名
第一代	987—1007	1017—1067（仁宗朝）	柳永 *、张先、晏殊、欧阳修 *
第二代	1036—1055	1068—1125（元祐前后）	苏轼 *、王安石、晏几道 *、黄庭坚、秦观 *、晁补之、贺铸、周邦彦 *

续表

词人群	出生年时段	创作年代	词人姓名
第三代	1077—1091	1126—1165（靖康前后）	叶梦得、朱敦儒、李清照 *、陈与义、张元幹
第四代	1125—1155	1166—1207（孝宗朝）	陆游、张孝祥、辛弃疾 *、刘过、姜夔 *、史达祖、高观国
第五代	1187—1200	1208—1265（理宗朝）	刘克庄、吴文英 *
第六代	1232—1248	1266—1310（宋亡前后）	蒋捷、周密、王沂孙、张炎

第一，每代精英词人的年龄一般相隔 20 岁，只有第四代的陆游与姜夔相隔 30 岁。这是因为陆游年寿特别高，创作经历特别长。如果从张孝祥（1132 年生）算起，这一代人的年龄也是相隔 20 岁左右。

第二，精英词人群出现的周期是五十年，即大约每隔五十年，会产生一批精英词人。这又说明我们在表 4 中以五十年为一个代群，是基本符合宋词的发展实际的。

第三，作为杰出的个体，是代代相承，即每一代都有各自相对杰出的词人。而作为“精英”群体，则呈现出隔代相承的“间歇性”现象。在宋词的发展历程中，并不是每个时期、每个世代，都有“精英群体”，而是间隔一个相对贫乏的时期后，才会大量涌现杰出人物，才会出现精英群体。

以上根据有关统计数据对宋词作者队伍作了几点“现象”上的分析，数据中更丰富的内涵还有待进一步的开拓。我们将继续尝试和努力，以期从现有数据中发现更深刻的意义，寻找规律与模型。

注释：

---

① 原载《中国文学》1943 年第 3 期。后收入《宋词四考》，江苏古籍出版社 1985 年版；又见《词学论丛》，上海古籍出版社 1986 年版。前者收有籍贯可考的词人 867 人；后者有增补，收录 871 人。

② 《全宋词》和《全宋词补辑》原收作者 1493 人（小说戏曲中人物未计），作品 21055 首（残篇、断句亦作整首计）。而本数据库统计的有姓氏的宋词作者为 1421 人（不包括小说戏曲中人物），作品 19181 首（无名氏及其作品未计）。有籍贯可考作者的作品量，占现存宋词总数 19181 首的 93.5%。

③ 吴松弟：《中国人口史》第 3 卷《辽宋金元时期》，复旦大学出版社 2000 年版，第 20 页。

④⑧ 参见王兆鹏、刘尊明《历史的选择——宋代词人历史地位的定量分析》，《文学遗产》1995 年第 4 期。

⑤ 周腊生:《宋代状元奇谈·宋代状元谱》，紫禁城出版社 1999 年版，第 184 页。

⑥ 参见佟新《人口社会学》，北京大学出版社 2000 年版，第 99、111 页。所谓“平均预期寿命”，是指同批人出生后平均每人可存活的年数。见同书，第 99 页。

⑦ 参见陶尔夫、刘敬圻《南宋词史》第二章，黑龙江人民出版社 1992 年版。

（2003 年第 6 期）

日常生活的审美化与文艺社会学的重建

陶东风

对于文艺学学科的反思正在引起业内人士的关注。引发这种反思的原因之一是人们感觉到文艺学研究似乎已经难以令人满意地解释 20 世纪 90 年代以来的文化 / 文艺活动新状况，特别是消费主义时代大众的日常文化与艺术生活。阐释我们这个时代的新兴文化与艺术活动的权力似乎正在从文艺学转到文化研究、传媒研究等新兴的知识生产领域。在此，我只想把目光集中于因产业结构的变化、文化的大众化、商业化以及大众传播方式的普及等导致的大众日常生活的审美化以及相应的审美活动的日常生活化，并在此基础上提出重建文艺社会学的一些基本思路。

当代世界（包括中国的一些城市地区）的产业结构发生了深刻的变化，服务产业、文化产业、休闲娱乐产业在整个产业结构中的比重越来越大，与此同时，大众传播方式迅速发展与普及，文化的市场化与商业化程度日益加深。这一深刻的、全方位的转型导致了当代社会与文化的一个突出变化：日常生活的审美化。它是作为当代社会的重要组织原则而出现的，其范围已经不限于贵族或精英的圈子，因而不同于中国古代士大夫或西方 19 世纪唯美主义者的“人生艺术化”[①]。审美化这个论题的主要倡导者之一韦尔施在《审美化过程：现象、区分与前景》中认为：“近来我们无疑在经历着一种美学的膨胀。它从个体的风格化、城市的设计与组织，扩展到理论领域。越来越多的现实因素正笼罩在审美之中。作为一个整体的现实逐渐被看作是一种审美的建构物。”[②]韦尔施所说的“审美化过程”不仅限于城市装饰、购物中心的花样翻新、各种城市娱乐活动的剧增等表面的现象，他实际上把审美化看作一个深刻的、经过现代大众媒介而发生的、体现于社会的生产与消费结构内部的巨大社会—文化变迁。这种变迁使那些把审美仅仅看作“蛋糕上的酥皮”的社会学家感到震惊。当代许多社会学家甚至认为，如果说经典的社会学家把理性化（韦伯）、社会分层（涂尔干）等看作现代性的动力并以此为研究中心，那么今天的社会学研究则应该把审美化作为研究中心，因为在盛期现代性语境中，审美化无疑与理性化、社会分层一样，成了社会组织的核心因素之一。

就文艺学专业而言，审美化的意义在于打破了艺术（审美）与日常生活的界限：审美活动已经超出所谓纯艺术/文学的范围而渗透到大众的日常生活中。占据大众文化生活中心的已经不是传统的经典文学艺术门类，而是一些新兴的泛审美/艺术现象，如广告、流行歌曲、时装、电视连续剧乃至环境设计、城市规划、居室装修等。艺术活动的场所也已经远远逸出与大众的日常生活严重隔离的高雅艺术场馆，深入大众的日常生活空间（如城市广场、购物中心、超级市场、街心花园）。博德里亚在他的一系列作品中强调"符号与商品的交融""实在与类像之间的界限的消弭""审美的内爆"等，意在突出符号在现代社会中的建构作用。现代社会中影像生产能力急剧加强，影像密度空前加大，以至于把我们推向了一个全新的社会。在这个社会中，实在与影像之间的差别消失了，日常社会以审美的方式呈现了出来。

面对这种情况，我已经在许多文章中指出文艺学应该正视审美泛化的事实，紧密关注日常生活中新出现的文化/艺术活动方式，及时地调整、拓宽自己的研究对象与研究方法。[③]由于日常生活的审美化深刻地挑战了文艺自律的观念，乃至改变了有关"文学""艺术"的定义，因而，以艺术与审美的自律为支柱、确立于20世纪80年代的文艺学主导范式就面临深刻的危机，其囿于经典文学、坚守艺术自律立场已经严重阻碍文艺学及时关注与回应当下日新月异的文艺/审美活动。90年代兴起的文化研究/文化批评在我看来就是对这种挑战的回应，也预示着文艺学转型的征兆。秉承英国文化研究的传统，中国当代的文化研究/批评已经极大地超出了体制化、学院化的文艺学藩篱，拓展了文艺学的研究范围与方法，从经典文学艺术走向日常生活的文化（如酒吧、广告、时装表演、城市广场等）。这种研究进入了文化分析、社会历史分析、话语分析、政治经济学分析的综合运用层次，其研究的主旨已经不是简单地揭示对象的审美特征或艺术特征，而在于解读文化生产、文化消费与政治经济之间的复杂互动。

当然，我们并不否定文艺的自律性诉求在80年代乃至现在所具有的进步意义。但是必须同时指出，80年代自律性诉求的社会文化意义恰恰体现在它直接配合了公共领域中的重大论争并紧密联系于当时的思想解放运动，颠覆"工具论"文艺学的霸权地位，而不是在于它一劳永逸地发现了文学的真正"本质"。这表明，80年代的文艺自主性理论本身就是多重力量参与其中的社会历史建构，它与当时具体的政治气候、与意识形态的变化紧密关联，因此并不是什么文学的"一般规律"的表现（文学艺术的"本质""规律"不是一种客观存在于那里等待人去发现的实体，而是各种复杂的社会文化力量争夺的对象，换言之，文学的"本质""规律"不是发现的而是建构的）。进入90

年代以后，由于社会文化环境以及艺术的活动方式的变化，作为审美价值诉求的自主性文艺学虽然仍具有自身的合理性（因为在中国的特殊语境中，文艺的自律依然是一个有待继续争取的理想），但是作为研究范型的自主性文艺学却在许多方面现出自己明显的局限性。例如，由于坚持纯文学的标准而不能充分认识大众文化的研究价值，导致文艺学的研究对象过于狭隘，不能把新出现的、复合型的文学艺术形式或审美活动的承载方式纳入研究视野，或者用笼统、抽象、情绪化的道德批判代替严肃认真的学术研究，无法深入揭示大众文化、日常生活文化的内在机制。这里，我觉得应该重申两点。首先，区别作为审美价值诉求的自律性与作为研究范型的自律性。我的意思是：当我们在知识论层次把一个对象纳入研究视野并进行深入研究的时候，并不意味着我们不能在价值论的层次对之保持距离乃至批判。而今天坚持艺术 / 审美自律性的知识分子如果不认真研究艺术与审美的日常生活化，只是一味地进行道德批判与情绪排斥，那么，这种道德化情绪化的批判根本不能揭示导致艺术 / 审美活动与日常生活之间界限消弭——自律性危机——的深刻社会根源与文化机制，从而也就无法克服这种危机，其自律性诉求只能是一厢情愿的。由于导致文艺 / 审美活动巨大变化的根本原因是当代中国的社会文化环境而不是艺术本身，所以文艺学研究的当务之急是重建文艺学与现实生活之间有机、积极的学术联系。其次，一种研究是否属于文艺学研究并不取决于对象是否属于纯正的文学（何况“纯正”的标准也是变化的、历史性的），而更多地取决于研究方法与研究旨趣。即使对于《诗经》《红楼梦》这样的经典文学，也存在诸如天文学、医学、农学等非文学角度的研究；而对于那些审美因素、商业因素、经济因素等混合一体的对象（比如广告），则可以借用文艺学的方法研究其中的审美 / 艺术、文化、意识形态维度（巴尔特从符号学角度对广告的研究是经典性的例子）。在我看来，后者离文艺学的研究更近一些。

然而，这样做似乎会招来“回到外部研究”乃至“回到庸俗社会学”的指责。已经有不少批评者把文化研究 / 文化批评归入文艺社会学或所谓“外部研究”。④当然，就文化批评与文艺社会学都反对封闭的“内部研究”，致力于揭示文学艺术与时代、社会环境的紧密联系而言，两者的确存在相似之处。⑤但是，只是把文化研究与文艺社会学——特别是传统的文艺社会学——等同起来是具有误导性的。

在我国，长期占据支配地位的文艺社会学模式诞生于西方 19 世纪。其中尤其以泰纳为代表的实证主义兼进化论的社会学模式，以及由马克思开创的辩证—历史唯物主义社会学模式影响最大。泰纳的文艺社会学综合了黑格尔的理性主义、孔德的实证主义哲学与兰克的实证主义史学。它一方面相信“客观规律”的存在并崇尚客观主义与经验方法，具有机械论特征（反映了19世纪自然科学方法对于人文科学的渗透）；另一方面又崇尚理性主义历史哲学，从理论模式出发而不是从经验事实出发——但又把这个理论模式当作“客观规律”，它相信通过理性可以把握历史的总体过程，相信历史的必然性。而且，泰纳信奉进化论。达尔文的生物进化论在泰纳的艺术（史）社会学中表现为环境决定论，适合于环境的艺术类型会得到发展，否则被淘汰。⑥泰纳《艺术哲学》的机械决定论色彩与伪装在自然科学外表下的理性主义倾向在中国的文艺社会学中都有相当严重的反映。

马克思主义的文艺社会学（其真正的学科形态是在苏联建立的）建立在基础——上层建筑这个基本的社会理论框架上。在这个基本框架中，物质/精神、经济基础/上层建筑、存在/意识构成了一系列二元对立关系。文化/艺术被列入精神、上层建筑、意识的范畴。尽管马克思主义的创始人曾经有过对文化/意识形态（包括艺术）的相对独立性的强调，但在西方马克思主义以及许多当代的社会理论家看来，马克思主义社会理论的基本框架决定了这种文艺—社会的研究范式在根本上仍不能弥补其经济还原主义的缺憾。也就是说，在马克思主义的创始人那里，文化没有被视作一种同样具有物质性的基本人类实践活动，文化在建构社会现实方面的重要作用因而也就被忽略了。这一点已经引起西方马克思主义者的普遍警惕。遗憾的是，对我国文论界曾经产生支配性影响的，恰恰就是这种被苏联文论界极大地庸俗化、简单化了的马克思主义文艺社会学。

在澄清了传统文学社会学的缺陷以后，我们所倡导的新的文艺—社会研究范式（不管叫它“文化研究”还是“当代形态的文艺社会学”）就显示了自身鲜明的特征。当代形态的文艺社会学产生于西方20世纪中期以后，它是在反思传统文艺社会学的缺陷的基础上，特别是在广泛吸收20世纪语言论转向的成果、反思与扬弃意识/存在、文化/物质、上层建筑/经济基础的僵化二元对立以后产生的。以索绪尔的《普通语言学教程》为标志的语言论转向的成果充分反映在包括形式主义、结构主义、后结构主义、新批评、符号学、叙事学等学科中。这些学科虽然存在文本中心主义的问题，但是却可以有效地克服传统文艺社会学的庸俗化倾向。当代形态的文艺社会学固然是对于文本中心主义的反拨，力图重建文学与社会的关系，但是这是一种否定之否定，它非常强调语言与文化活动是一种具有物质性的基本社会实践。比如英国著名的文化研究者斯图亚特·霍尔指出：“文化已经不再是生产与事物的‘坚实世界’的一个装饰性的附属物，不再是物质世界的蛋糕上的酥皮。这个词（文化——引者注）现在已经与世界一样是‘物质性的’。通过设计、技术以及风格化，‘美学’已经渗透到现代生产的世界，通过市场营销、设计以及风格，‘图像’提供了对于躯体的再现模式与虚构叙述模式，绝大多数的现代消费都建立在这个躯体上。现代文化在其实践与生产方式方面都具有坚实的物质性。商品与技术的物质世界具有深广的文化属性。”⑦文化的物质化与物质生产的文化化在今天这个所谓“知识经济”时代的日常生活中不难观察到。现在的许多商品（比如手机）已经是实用价值与审美价值的混合体，人们在购买商品的时候非常注重其外观造型与色彩是否合乎自己的审美理念，从而商家也开始越来越重视商品的审美方面，这是商业与文化（审美）相互渗透的一个很典型的例子。

这表明传统的文艺社会学传统与形式主义传统所共享的关于内在 / 外在、精神 / 物质、审美 / 实用的二元论已经在今天这个知识经济、符号经济的时代受到严重挑战，当代形态的文艺社会学，应该在吸收语言论转向的基础上建构一种超越自律与他律、内在与外在的新的文艺—社会研究范式。当代西方的文化研究实际上在这方面已经做出了有益的尝试。这些研究方法的突出特点就是把“内在”与“外在”打通，把文本分析、形式分析、语言分析、符号分析等与意识形态分析、权力分析打通，在文本的构成方式（如叙事方式、修辞手段）中解读出作者的意识形态立场以及文本的文化内涵。即使是像萨义德的后殖民话语分析这样具有深切政治关怀的研究也非常重视把自己的政治倾向建立在对于历时数百年的东方学的学术与想象文本的细致（当然不是无可非议）解读上。萨义德称自己的工作是“文本细读”，因为在萨义德看来，东方学文本虽然存在种族偏见，但是这种偏见常常是隐含在文本的细节与叙事方式中，而不是存在于口号中。他一方面认为包括东方学在内的人文学术具有政治性，不能忽视帝国主义统治这类“重要的事实”的存在，但是同时又坚决反对把这个事实“机械地、决定论式地应用于文化思想之类复杂事物”。而且萨义德认为学术、文化与政治之间不是简单的决定 / 被决定关系，它们之间毋宁是一种相互生产、相互支持的关系。在萨义德看来，就一种学术学科与知识话语而言，东方主义体现的西方对于东方的权力，既不是赤裸裸的军事强权，甚至也不是文本中赤裸裸的观念内容，而是一种叙述方式，一种文体，“东方学是一种支配、重构东方并对之行使权力的西方文体”⑧。一种文体即一种驾驭对象的方式，因而分析东方主义这样一种权力话语必须深入文本的内部，而且不能局限在内容层面，要深入文体层面，从而超越了内在与外在的机械划分。

从萨义德的《东方学》中我们可以感悟到：文化研究决不是要回到以前的庸俗社会学，即使认为它要回归文艺社会学，那也是一种经过重建的文艺社会学，克服内在 / 外在的二元论与机械的反映论当然是这种重建的重要环节与议题。

注释：

① 这一现象在国外已引起文化学家、社会学以及美学家、艺术理论家等的广泛关注。发表于《欧洲社会理论杂志》的一篇题为《社会学与美学》的文献综述对此进行了富有参考价值的概述。该文介绍了当代西方社会学与美学相互渗透的最新趋势，指出西方的社会正在经历一场深刻的审美化（aestheticization）过程，以至于当代社会的形式越来越像一件艺术品。越来越多的社会学家开始把审美化作为自己主要的研究课题之一，并开始重新思考社会学与美学的关系。该文作者纵览最近十多年来的西方社会学、美学著述后指出，许多西方著名的社会学家与美学家都一致认为：审美化正在成为当代社会的重要组织原则［See Eduardo de la Fuente, "Sociology and Aesthetics", *European Journal of Social Theory*, Vol. 3, No. 2 (May 2000): 239–247］。

② Wolfgang Welsch, "Aestheticization Process: Phenomena, Distinction and Prospect", *Theory, Culture and Society*, Vol. 13, No. 1 (1996): 1–24.

③ 参见陶东风《日常生活的审美化与文化研究的兴起——兼论文艺学的学科反思》(《浙江社会科学》2002 年第 1 期)、《大学文艺学的学科反思》(《文学评论》2001 年第 5 期)。

④ 参见《关于今日批评的答问》,《南方文坛》1999 年第 4 期。

⑤ 英国伯明翰当代文化研究中心的首任主任霍加特就把"文化研究"当作"文学与社会研究"的一种途径（参见周宪、罗务恒、戴耘编等《当代西方艺术文化学》，周宪等译，北京大学出版社 1988 年版，第 28 页）。

⑥ R. Wellek, *A History of Modern Criticism*, IV, New Haven: Yale University Press, 1965, p. 57.

⑦ See Eduardo de la Fuente, "Sociology and Aesthetics".

⑧ 爱德华・W. 萨义德：《东方学》，王宇根译，生活・读书・新知三联书店 1999 年版，第 26—27 页。

（2004 年第 1 期）

认同话语与文艺学学科反思

曹卫东

比较文学界一度大谈特谈学科危机和学科反思。当时我曾写文章凑过热闹，从现代性批判与学科重建之间的关联提出了自己的粗浅看法，认为应当把学科话语与社会话语以及政治话语有机地结合起来，为比较文学学科重建寻找一条新的出路。[①]相隔不到十年，危机意识却从比较文学这样的新兴交叉学科渗透到了文艺学这样的“老牌”学科当中。可以说，对文艺学进行学科反思，进而在反思的基础上实现学科重建，是摆在每一位文艺学学者面前的紧迫任务。

我们欣喜地看到，文艺学学科反思正在逐步展开，也取得了一些初步的成果，但我们也必须注意到，反思一般所采取的视角依然拘泥于文艺学学科自身。换言之，文艺学学科反思所采取的基本上都是一种内在视角，而忽视了外在视角的重要性。所谓外在视角，在一定意义上可以概括为这样一种立场：把学科危机与社会危机、政治转型紧密结合起来加以研究。具体而言，就是我们应当把文艺学当作一种现代性话语，从现代性反思和批判的角度寻找到一条克服文艺学学科危机的途径，并由此对文艺学学科加以重建。

本文试图从这样一种外在视角出发，引入“认同话语”，对文艺学学科加以反思。所谓“认同话语”，是近年来承认政治的一个核心范畴，它关注的是一个人或一个民族对于他（他们）是谁以及他（他们）作为个体（共同体）的本质理解。[②]在这个意义上，我们试图追问的是：在当下中国语境中，文艺学对于建立我们的个人认同和集体认同（也就是我们的文化认同和民族认同）究竟还能不能有所作为？如果还能有所作为，又该如何作为？

一

从外在视角出发反思文艺学，我们首先需要解决的一个问题是，如何才能证明文艺学作为学科制度所具有的现代性特征。换言之，我们必须从现代学科发展史的角度，明确文艺学作为一种现代性话语而且是一种必不可少的现代性话语所具有的内在关联和外在关联。

就当代文艺学学科历史而言，我们一般都把它追溯到苏联，认为中国的文艺学学科是苏联学科制度的直接翻版。这样认为，倒也基本符合历史事实，但意识形态色彩未免太浓。或者说，这种观点仅仅是从意识形态的角度来追溯中国文艺学学科的起源，从而在很大程度上忽视了文艺学学科内部的发展路径。为此，我们需要强调一点：文艺学首先是一种学科话语，是以现代社会分化为前提的学术分化的产物，其次才是一种意识形态的组成部分，特别是政治意识形态的组成部分。而宽泛地说，文艺学作为一种学科话语，应当是精神科学（Geisteswissenschaft）的一个重要领域。因此，对文艺学历史的反思，首先应当从精神科学的历史着眼。

关于精神科学的起源和自我理解问题，学术界有着不同的看法。按照德国思想家狄尔泰的理解，所谓精神科学，应当涵盖我们今天所说的人文科学和社会科学。而精神科学的形成和发展可以说是对自然科学的反动和纠补。换言之，精神科学的形成也好，自我理解也好，都离不开与自然科学之间的紧张关系。③因此，正如以华勒斯坦为首的“重建社会科学委员会”所指出的：

> 在整个十九世纪，各门学科呈扇形扩散开来，其所秉持的认识论立场各不相同。一端首先是数学，其次是以实验为基础的自然科学；另一端则是人文科学（精神科学），其中哲学的地位最高，然后是对于形式艺术的研究。④

值得注意的是，华勒斯坦他们在明确了精神科学的历史定位之后，随即强调其“研究主题”和“学科名称”也是在19世纪提出来的。按照他们的理解，精神科学的研究主题一共有六个，并相应形成了六个不同的学科领域：历史学、经济学、社会学、政治学、人类学以及后来的东方学。

问题出现了：我们在华勒斯坦他们提供的学科分类中似乎找不到文艺学的影子。其实不然，认真阅读之后我们就会发现，华勒斯坦他们曾补充交代说文艺学的兴起另有源头。在他们看来，文艺学实际上是东方学逐步演进的结果。他们认为，随着东方学的不断制度化，出现了一门在英语世界被称为古典学的科学，其研究对象主要有两个，一个是欧洲自身的古代，另一个则是不同于现代欧洲的其他各种文明。而且，这种古典学首先是一种文学理论（文艺学）：

> 古典学家试图创建一门独立于哲学（和神学）的学科，在此过程中，他们将自己的研究对象规定为各类文学（不光是哲学家所承认的那一类）、艺术（以及新近出现的附属学科考古学）和历史的结合。这种结合使古典学实际上接近于同时出现的其他一些以研究各主要国家之民族文学为重点的学科。⑤

“重建社会科学委员会”把作为古典学的文艺学单列出来，从某种意义上也反映出文艺学在现代学科格局中的独特性以及他们对文艺学所抱有的特殊理解：关注自我与他者的关系，而且，他者是双重意义上的——时间意义上的自身古代和空间意义上的其他文明。此外，华勒斯坦他们理解的另一个特殊性在于揭示出了精神科学（包括文艺学）的两个重要特点，实际上同时也揭示出了精神科学（包括文艺学）的两个重要关联：一个是精神科学（包括文艺学）与现代性之间的内在勾连关系。对于这一点，华勒斯坦他们有着清楚的意识。因为他们认为，精神科学展示给我们的是欧洲历史的发展轨迹：

> 先是古代，随后是野蛮人的征服，通过教会确保了连续性；然后是文艺复兴，希腊—罗马的遗产被重新吸收进去；最后是现代世界的建立。⑥

另一个则是精神科学（包括文艺学）与民族认同之间的复杂关系。关于民族认同，我们可以从两个不同的角度来加以理解：首先是欧洲范围内的民族认同，其次是欧洲与非欧洲之间关系语境中的民族认同。我们不难看到，华勒斯坦他们注意到的主要是欧洲与非欧洲之间关系对于欧洲民族认同的重要性。或者说，他们关注的是精神科学与欧洲外在认同之间的关系。按照他们的看法，精神科学从时间和空间两个角度制造了二元对立，为欧洲民族的现代认同奠定了基础：在时间上，欧洲人认为，古代文明不过是一个单一、连续的发展过程的早期阶段，现代作为古代的延续，构成了西方文明的顶峰；而在空间上，欧洲之外的所有文明都没有自身的历史，他们不过是由众多史实构成的叙事，没有任何进步的趋势，所以尚未步入现代社会，也永远不会步入现代社会。由此可见，精神科学（包括文艺学）的兴起和演化，实际上伴随着的是欧洲中心主义的抬头和发展。

二

由于华勒斯坦他们把重点放在对精神科学当中欧洲中心主义的揭示上面，因而忽视或没有足够重视精神科学当中所涉及的所谓欧洲范围内的民族认同问题。换言之，如果我们把欧洲中心主义当作精神科学的外在取向和负面因素的话，那么，精神科学的内在取向，即在单个民族国家范围内确立民族认同，则应当是一种具有一定历史意义的积极因素。因此，如何从积极意义上去具体明确和发展文艺学与民族认同之间的关系，就构成了一个新的理论难题。

这个难题在哈贝马斯那里找到了答案。哈贝马斯以德国为例，对精神科学的内在取向作出了深入的思考，为我们重新认识精神科学特别是其中的文艺学的现代建构意义提供了启发。在法兰克福大学的一次集会上，哈贝马斯曾以“何谓民族?”为题，对德国三月前革命时期精神科学中的政治自我理解进行了阐述，其目的是想为德意志民族认同的建立寻找到学术和思想的双重资源，并希图把这些资源进一步挖掘出来，批判性地运用到他所谓的“后民族结构”当中，为建立后民族认同铺平道路。[⑦]

哈贝马斯选取1846年日尔曼语言文学家在法兰克福举办的大会作为契机，对德国精神科学的世界观作了分析，并且对德国语文学（文艺学）的非政治的自我理解提出了批判。按照哈贝马斯的理解，“法兰克福日尔曼语言文学家大会”显示了双重目的：一个是学术意义上的，目的在于把学术研究制度化，进而为学术交流特别是跨学科的学术交流提供制度上的保障。另一个则是政治意义上的，目的在于结束德国的四分五裂状态，为德国的统一作出应有的贡献。

然而，令人遗憾的是，日尔曼语言文学家的此次行动以失败告终。也就是说，他们未能实现他们理想中的政治目的：促进德国的统一，让德国成为一个现代民族国家跻身于欧洲舞台。那么，失败的原因何在呢？哈贝马斯认为，失败并不是由于历史造成的，其原因应当到精神科学自身内部去寻找。换言之，日尔曼语言文学家此次行动的失败，不是由于外部因素造成的，而是反映出德国精神科学在世界观上的严重缺陷，这就是它们所主张的自然主义民族概念。

这种自然主义民族概念在格林（Jacob Grimm）身上得到了集中的体现。众所周知，格林在中国因童话故事而家喻户晓，其实，他更是一位杰出的语文学家和法学家。在这次“法兰克福日尔曼语言文学家大会”上，他直接引导了德国精神科学的自我理解的形成。在主持第二次全体会议的时候，他有意识地把对自然科学与精神科学之界限的厘定引向了对精神科学与民族认同之间的关系，认为“语言、诗歌、法律和历史当中的人性内容，比动物、植物和化学元素离我们的心灵要近得多”⑧。由此，格林进一步指出，精神科学的首要任务不在于对人的内在价值和尊严作深入的探讨，而在于为民族精神提供坚实的基础。在他看来，一个民族就是由说同一种语言的人组成的集体。换言之，一个民族就是一个语言共同体。民族精神的创造性集中体现在这个民族的语言当中。这样，精神科学在与自然科学划界过程中，就与民族认同纠缠到了一起。

但哈贝马斯认为，以格林为代表的精神科学家把民族还原为语言共同体，实际上暴露出了一种自然主义的民族概念。而自然主义的民族概念所追求的不外乎是想在空间和时间上明确划定一个民族的范围。这种主张一方面反映出了当时德国知识分子乃至德国民众在民族认同上的焦虑，但另一方面也暗合了德国的民族主义的文化传统。在哈贝马斯看来，在特定的历史条件下，也就是在民族国家作为国际行为主体的时候，这种主张是有其建构意义的。但我们也不应当忽视其负面作用，这就是建立在自然主义民族概念基础上的排他性的政治认同所带来的灾难性的后果，比如反犹主义、纳粹统治等。

那么，如何才能克服自然主义民族概念的负面后果呢？哈贝马斯主张建立一种“抽象的团结”⑨，以便推动民族认同由作为民族精神的民族向作为国家公民以及世界公民的民族的转化。或者说，推动民族认同由民族格局向后民族格局转变。为此，他呼吁必须形成一个涉及整个欧洲乃至整个世界的政治公共领域和一种共同的政治文化，以便各个不同的民族能够形成一种集体的认同意识。可见，哈贝马斯是想扬弃掉精神科学中的欧洲中心论和狭隘的民族主义，以便再一次把精神科学与民族认同和作为跨民族认同的后民族认同牢固地联系起来。

我们再回到文艺学。在哈贝马斯看来，“法兰克福日尔曼语言文学家大会”之后，德国文艺学乃至整个德国语文学的致命错误在于彻底放弃了其社会关怀，人为地把自己限定为一项研究使命，从而把自己导向了科学主义的研究取向，具体表现为以文艺学为核心的语文学在现代高等教育体系当中迅速地完成了其制度化过程，拼命地强调其科学使命，极力地回避社会担当：

> 它（语文学——引者注）更多的是一种研究方向，而没有充分发扬其与就业和培训系统、阅读公共领域以及政治公共领域之间的联系。职业准备、一般培训以及公共的自我沟通等诸多功能，在日尔曼语言文学那里都没有得到很好的履行。[10]

换个角度说，德国文艺学乃至整个德国语文学的失误就在于放弃了对政治公共领域和文化公共领域的关注，忘记了自己在研究目的和职业准备之外，还肩负着塑造社会的神圣使命。而正是由于对自身所承担的使命缺乏自我意识和反思意识，德国文艺学乃至整个语文学才要么采取思想史的研究路径，全心全意地关注所谓“封闭的非理性主义文学”，要么完全沦为政治话语的附庸而失去了其学术意义。为此，哈贝马斯呼吁人们要充分认识到由洛文塔尔（Leo Löwenthal）、阿道尔诺（Theodor W. Adorno）开创并在斯冲迪（Peter Szondi）那里得到大力发扬的批判的文学社会学研究路径的重要性，因为他们把审美结构的内在性和社会实践的外在性结合了起来。

三

通过对文艺学在西方精神科学语境中发展历史的重建，我们发现，文艺学还是大有可为的，关键就在于，我们如何才能恢复起文艺学的历史关联和现实关联，让文艺学在后民族结构中发挥应有的作用。而我们可能已经注意到，哈贝马斯在阐述文艺学的社会功能的时候，实际上已经不动声色地告诉了我们重建文艺学的思路，即以批判的文学社会学作为取向。

对于文学社会学，我们并不陌生，但按照哈贝马斯的说法，我们过去所熟悉的是经验的文学社会学，由于缺乏规范的批判性而需要加以淘汰。[11]换句话说，批判的文学社会学和经验的文学社会学虽然都强调文学的社会功能，但后者强调的是文学与社会之间的机械关系，因而成为了庸俗的文学社会学，而前者则要把文学领域作为社会分化的一个组成部分，一方面要明确文学在整个社会中的地位，重视社会语境对于文学的作用；但另一方面，更强调文学自身的固有规律，这就是文学作为社会文化领域的一个组成部分所具有的批判功能。[12]换言之，强调文学的社会批判功能，就是要阐明文学与社会之间的互动关系，绝不允许文学与社会之间存在任何一种形式的决定关系。

由此，我们或许可以提出这样的主张，那就是：在对法兰克福学派所主张的批判的文学社会学加以再批判的基础上，把它和中国语境结合起来，对当代中国的文艺理论加以反思和重建。说得简单一点，就是要把批判的维度引入当代中国文艺学学科当中。我们都很清楚，当代中国文艺学所面临的危机是由社会（包括国内社会和国际社会）和政治（包括国内政治和国际政治）的急剧转型造成的，因此，当代中国文艺学所面临的问题，实际上就是如何更好地揭示国内社会和国内政治以及国际社会和国际政治的转型。或者说，如何更好地明确和发挥文学的社会批判功能和意识形态批判功能。

要想明确文学的批判功能，首先还得搞清楚批判的内涵。也就是说，我们要搞清楚文学批判和我们一般所说的政治批判和经济批判究竟有什么不同。批判理论作为一种“后马克思主义理论”，对这个问题有着自己的独特理解。作为批判理论的奠基人，霍克海默在就任社会研究所所长之际曾对“批判”有过专题论述⑬，后来又在不同的地方作过进一步的阐明。在霍克海默看来，和经济批判、政治批判不同，哲学批判并不是要对这样或那样的东西进行谴责，或对这样或那样的方法提出抱怨，也不是一种单纯的否定和驳斥；相反，

> 哲学批判是一种知性的和实践的努力，它反对不加反思而纯粹习惯地接受主流观念、行为方式和社会关系。哲学批判作为一种努力，就是要让社会生活的方方面面取得和谐，让社会生活与时代的一般观念和目标取得一致，把现象和本质区分开来，对事物的基础加以研究，一句话，真正对事物有所认识。⑭

霍克海默虽然是从哲学的角度对“批判”范畴进行阐述，但由于哲学和文学等在批判理论那里被归入同一个领域，即相对于政治和经济的文化领域，因此，霍克海默对于哲学批判功能的论述显然也适用于文学。

明确了“批判”范畴的内涵之后，接下来的问题在于：“批判”的途径是什么？从文学理论的角度来看，批判的途径就在于建立一个“文学公共领域”⑮。而所谓“文学公共领域”，按照哈贝马斯的理解，在市民公共领域中占据中介地位，不仅是市民公共领域的一个有机组成部分，更是市民公共领域的一个催发因素和表现因素，还为市民公共领域提供了安身立命的机制（咖啡馆、沙龙和文学团体）。⑯而“文学公共领域”发挥批判功能，其根本目的还在于培养和训练公众，使个体通过阅读和讨论进入文化共同体。换言之，使个体在完成社会化的同时成为国家的公民，也就是成为政治社会和市民

社会的主人。

我们不能不提醒人们对眼下文艺学学科当中的诸多观念和诸多做法报以谨慎的态度。比如，风行一时的文艺学学科建设就不能不让人感到担忧。原因很简单，文艺学学科建设的一个根本动机是要把文艺学树立为一门严格的科学，并且让文艺学的研究规范起来。上文指出过，这是一种典型的科学主义学科观念，在西方已经受到深入的批判，而今在汉语世界却大行其道，这不能不说是暴露出了文艺学学者对于自身所承担的社会使命缺乏应有的认知，他们在现实面前不是采取退缩的策略，就是采取迁就的方法，从而把文艺学的学科使命由“教化”降低为“培训”。

因此，当代中国文艺学的首要使命或许就在于重新焕发起教化的冲动，促使“文学公共领域”在中国快速形成并长足发展，为个体在社会和国家两个层面上实现一体化提供广阔的空间，也为我们寻求民族认同（包括文化认同和政治认同）奠定牢靠的基础。把文艺学与中国的民族认同结合起来，或许还是一个新的课题，这就需要我们采取一种开放的姿态，在不同学科内部和文学与社会之间建立互动关系。一句话，中国的文艺学需要一种跨学科的关联和广阔的社会关联。

不过，需要留意的一点是，哈贝马斯的“文学公共领域”概念也面临着重重的问题，其中最重要的问题就是如何在全球化层面上实现有效的转换。值得欣慰的是，哈贝马斯本人完成了重建的任务。在转向政治哲学的时候，哈贝马斯提出了一种重要的概念——“后民族结构”[17]，认为在全球化时代，民族国家作为国际政治、国际经济和国际文化的主体已经遭到了挑战，各种跨国组织、跨国公司和跨国文化机构等的建立，要求创立一种扬弃民族国家的新的世界秩序。在这种新的世界秩序当中，葛兰西意义上的“文化领导权”[18]占有举足轻重的地位，因为，在哈贝马斯看来，后民族格局的重点在于建立一种全球性的政治公共领域和文化公共领域（包括文学公共领域）。

由单个民族国家的文学公共领域向后民族格局中的文学公共领域的转换，迫使我们对我们的民族认同也要作出相应的调整。这样就触及了中国文艺学的另一个重要使命：要积极投身全球化的语境当中，为我们在后民族格局中建立民族认同寻找新的资源。换言之，我们要在不同文化语境之间采取一种开放的立场，为中国的文艺学建立一个跨文化的关联。

然而，文艺学学科一度盛行着这样两种观点，一种是所谓的“失语说”，另一种则是所谓的“接轨说”。前者强调中国当代文化在西方文化的压迫下失去了自己的话语能力和话语系统，因此主张采取积极的抵抗姿态，重建自己的文学理论体系。后者则要求干脆放弃自己的立场，完全投入西方理论的话语场域之中。仔细分析一下，我们会惊讶地发现，这两种立场表面上是从跨文化的角度在检讨中国文艺学学科的话语建设问题，但骨子里却是反对跨文化逻辑的，因为支持他们的是一种单维的民族趋向，或者说，是一种“非此即彼”式的自然主义民族概念：要么坚决捍卫自我而贬低他者，要么彻底放弃自我而拥抱他者。

那么，中国的文艺学在跨文化维度上究竟应该如何展开重建呢？这里需要提请注意新葛兰西主义从国际关系角度对葛兰西“文化领导权”概念所做的发挥。按照新葛兰西主义的看法，跨国意义上的领导权不是指一个民族国家在经济和军事上的主导权，而是指跨国社会化的共识模式，包括阶级关系、意识形态关系以及统治结构和共识结构等，一句话，主要是指文化领导权。[19]

由此可见，我们从外在视角结合认同话语反思和重建文艺学，在跨文化层面上就是要通过文学的社会批判功能，建立起一种世界性的市民社会和全球性的“文学公共领域”，为国际领导权的转变，即从政治领导权和经济领导权以及军事领导权向文化领导权的转变提供现实基础和创造未来可能。而且，在世界性市民社会中，我们要把握住社会主义文化领导权[20]，促使以社会主义为取向的当代中国文化在全球化格局中能够通过话语的力量参与并获得国际文化领导权，以便批判和抵制资产阶级文化的单向全球化。

注释：

---

① 参见拙著《交往理性与诗学话语》，天津社会科学院出版社 2001 年版，第 140—174 页。

② 参见查尔斯·泰勒《承认的政治》，载汪晖、陈燕谷主编《文化与公共性》，生活·读书·新知三联书店 1998 年版，第 290 页。

③ 参见鲁道夫·马克瑞尔《狄尔泰传：精神科学的哲学家》，李超杰译，商务印书馆 2003 年版，第 30—38 页。

④⑤⑥ 华勒斯坦等：《开放社会科学：重建社会科学报告书》，刘锋译，生活·读书·新知三联书店 1997 年版，第 11 页，第 25 页，第 25 页。

⑦⑧⑩⑪⑰ 参见尤尔根·哈贝马斯《后民族结构》，曹卫东译，上海人民出版社 2002 年版，第 3—33 页，第 8 页，第 24 页，第 29 页，第 70—133 页。

⑨ 关于哈贝马斯的“团结”概念，参见哈贝马斯《在事实与规范之间：关于法律和民主法治国的商谈理论》，童世骏译，生活·读书·新知三联书店 2003 年版，第 33—50 页。

⑫ 参见洛文塔尔《文学中的资产阶级意识》（*Das bürgerliche Bewußtsein in der Literatur*, Frankfurt am Main, 1981,

S. 7–18）。

⑬⑭ 参见马克斯·霍克海默《批判理论》，李小兵等译，重庆出版社 1989 年版，第 239—257 页，第 255—256 页，译文有改动。

⑮⑯ 参见哈贝马斯《公共领域的结构转型》，曹卫东、王晓珏、刘北城、宋伟杰译，学林出版社 1999 年版，第 11—14 页，第 35—47 页。

⑱ 关于文化领导权概念，参见中共中央马克思、恩格斯、列宁、斯大林著作编译局国际共运史研究所编译《葛兰西文选（1916—1935）》，人民出版社 1992 年版，第 427—428 页。

⑲ 关于国际文化领导权概念，参见新葛兰西主义的论述《国际政治经济学中的葛兰西主义》[Hans Jùrgen Bieling und Frank Deppe, "Gramscianismus in der internationalen politischen Okonomie", *Das Argument*, 239,（1996）: 730–732]。

⑳ 参见恩斯特·拉克劳、查特尔·墨菲《领导权与社会主义的策略——走向激进民主政治》，尹树广、鉴传今译，黑龙江人民出版社 2003 年版，第 165—218 页。

（2004 年第 1 期）

美学与中国的现代性启蒙

——20世纪中国的审美现代性问题

徐碧辉

从现代社会发展过程中产生了两种不同的现代性趋势，即社会现代性和审美现代性。两种现代性本是同根同源的，相互缠绕、相互支持的，但随着现代社会的发展和两种现代性按照自身的逻辑的演变，它们之间也越来越呈现出对立冲突的状态。在我国，也开始有学者对审美现代性提出批评。那么，对这两种现代性在中国的关系怎么理解？对美学在中国的现代性启蒙中的作用如何理解？审美现代性真的如有的学者所说的已经完全成为一种负面的因素了吗？

一、审美现代性：从肯定到否定

对于审美现代性，西方知识界经历了从全面肯定到基本否定的过程。以席勒为代表的启蒙主义者对于审美和艺术在现代社会的作用给予了高度肯定，把它作为纠正资本主义社会里人性分裂和扭曲的有效方式与人类获得自由、解放的必然途径。在席勒看来，人的天性中存在着两种互相矛盾的冲动：感性冲动和形式冲动。前者产生于人的物质存在或感性本性，它往往使人屈从于感性本能。用席勒的话说就是感性冲动“用不可撕裂的纽带把向高处奋进的精神绑在感性世界上，它把向着无限最自由地漫游的抽象又召回到现时的界限之内”[①]。后者则是由人的理性本性产生的对自由的渴望，它要求人在任何状态中都保守其人格不变，因而它也是一种对永恒性的向往。实际上，用更为通俗的语言说，这两种冲动就是人的两种近乎本能的生命特质：一种是肉体感性欲求方面，它要求感官的愉悦和舒适，因而常常阻碍精神自由的获得；另一种是理性、精神的追求和向往，是超越感性存在达到永恒和不朽境界的渴望。在感性冲动和形式冲动之间存在着一种联系，那就是游戏冲动。游戏冲动是对感性冲动和形式冲动的片面性的超越。“排斥自由是物质的必然，排斥受动是精神的必然。因此，两个冲动都须强制人心，一个通过自然法则，一个通过精神法则。当两个冲动在游戏冲动中结合在一起活动时，游戏冲动就同时从精神方面和物质方面强制人心，而且因为游戏冲动扬弃了一切偶然性，因而也就扬弃了强制，使人在精神方面和物质方面都得到自由。”[②]游戏冲动的对象是“活的形象”，亦即美。对于席勒来说，游戏意味着一种自由的创造状态，一种艺术和审美境界。席勒把审美提高到人的生存本体的地位，指出审美的境界才是人生的最高境界，人只有在进行审美活动时才是完全、充分意义上的人，因为在这里，人的两种状态——感性和理性达到一种恰到好处的平衡，感性生命的冲动和精神理性的追求得到了完美的统一。由此，席勒提出了那个著名的命题：“只有当人是完全意义上的人，他才游戏；只有当人游戏时，他才完全是人。”[③]现代化的社会劳动分工造成了人性的分裂，使人的感性冲动和形式冲动的对立愈加剧烈，审美和艺术正是弥合这种分裂、消除这种对立从而达到人性中感性与理性统一的有效途径，而且是最能体现人的生命本质的生存状态。尽管立场、目标不同，尼采也把审美和艺术作为人生的形而上本体，认为悲剧能够达到对人生的“形而上的美化目的”。他说：“只有作为一种审美现象，人生和世界才显得是有充足理由的。在这个意义上，悲剧神话恰好要使我们相信，甚至丑与不和谐也是意志在其永远洋溢的快乐中借以自娱的一种审美游戏。”“艺术是生命的最高使命和生命的本来的形而上活动。”[④]马克思在《1844 年经济学哲学手稿》中把“自由自觉的活动”作为人的“类本质”，而自由自觉的活动的一个重要内容就是与动物不同的“按照美的规律建造”。在作为私有制的积极扬弃的共产主义社会里，人作为完整的人，把自己全面的本质据为己有。不仅在思维中，而且以一种全面的感性的方式，占有自己的本质。

但是，现代性自身的逻辑发展，其本身存在着的内在矛盾使得两种现代性——社会现代性和审美现代性之间的对立和冲突日益严重。对于许多现代思想家来说，审美现代性已经显露出它的消极、否定的一面。以现代主义艺术为代表的审美现代性对个性的过分张扬、对天才和独创性的过分强调已经成为社会生活的严重否定面。如丹尼尔・贝尔在《资本主义文化矛盾》里所说的：“假如说资本主义越来越正规程序化，那么现代主义则越变越琐碎无聊了。艺术的震动总有个限度，现代主义的‘震惊效果’也未必能持之以恒。要是把实验不断开展下去，怎样才能获得真正原创的艺术呢？现代主义像历史上所有糟糕的事物那样反复地重复自己。”[⑤]贝尔批评说：“如今的现代文艺不再是严肃艺术家的创作，而是所谓‘文化大众’（culturati）的公有财产。对后者来说，针对传统观念的震惊（shock）已变成新式的时尚（chic）。文化大众在口头上已经采取了对资产阶级秩序和质朴作风的反叛态度，可他们又造成一种统一舆论，不容他人冒犯这些信仰。”[⑥]现代主义艺术和建基于现代工业生产基础上的文化工业合流，其创新激情成为一种制度化的常规性存在，而创新形式也很快变成一种时尚和广告而成为大众化流行化的东西，因而，资本主义社会已在无形中消解了现代主义的反叛形式，从而使创新或独创性落空。因而，在贝尔看来，对于以现代主义艺术为代表的审美现代性也有必要加以限制，即对于那些极度扩张的个性和所谓的创造性，那些只能给人带来灾难性后果的文化创造行为或作品应该采取某种限制性措施。“如果我们对经济和技术实行一系列限制，是否同时也限制一下那些超出道德规范、同魔鬼拥抱并误认这也属于‘创造’的文化开发活动？我们是否要对‘自大狂’（hubris）加以约束？回答这个问题便可解决资本主义的文化矛盾及其自欺欺人的孪生现象，现代主义文化。”[⑦]

而在另一些学者看来，审美现代性的无限扩张，使得政治和社会问题的解决都失去了依托和根据。“由于审美已经成为整个现代图景的特征，所以，无论是因为专制政权的胁迫还是因为个人面对外部世界的无能，到头来，一切个人问题、美学问题都置换成了社会和政治问题，而一切社会—政治问题的解决都失去了可靠的依托，只能是‘审美的’、不确定的。”[⑧]

这样，对审美现代性的批判成为当代西方知识界的一股重要潮流。当然，从西方知识界立场出发，有足够的理由批判现代性，无论是社会现代性还是审美现代性。一种制度和文化历经三百多年的历史沉积和演变，肯定会暴露出它的内在矛盾和缺陷，而揭示矛盾和缺陷同时也是在对这种制度和文化进行改造。世界上没有十全十美的制度。任何一种所谓好的制度都只能是在各种有害性中比较而言危害最小的那一种。现代性的社会制度和文化也同样如此。无论是作为现代政治制度核心的民主制度，还是作为经济制度核心的市场化制度，或是艺术上对独创性和个性化的追求，都不可能没有问题。正是由于这些问题的存在，马克思和恩格斯曾经宣称资本主义是自己的掘墓人，资本主义制度必然会因自己的内在矛盾而导致革命，从而推翻这一制度。列宁则宣布，帝国主义是腐朽的、垂死的资本主义，资本主义的丧钟就要敲响了，无产阶级革命时代已经到来——虽然历史的演变并没有如马克思等人预期的那样发生全世界范围的社会主义革命，但是，从另一个角度看，今天的西方资本主义社会跟马克思所处的19世纪相比较，跟列宁所处的20世纪初期的时代相比较，都已经发生了几乎可以说是本质性的变化。无论是经济制度还是文化制度，特别是社会福利保障体系的建立和健全，在很大程度上缓解了资本主义社会的内在矛盾。而这种变化，不也在很大程度上得益于包括马克思等人在内的西方知识人对资本主义制度的自觉的批判和反思吗？因此，从西方知识人的立场出发，有足够的理由去批判任何一种现存的社会制度和文化观念。可是作为后发国家的中国，有其特殊的国情，其起点跟西方先发国家所站的角度完全不同，对于现代性问题自然也必须相应地做出自己的回答，必须根据自己的国情作出独立的判断和选择。

二、中国现代化中的社会启蒙和审美启蒙

相较于西方先发国家，中国现代化过程中社会与个体之间的矛盾往往被掩盖、被遮蔽起来，而转换成了中西方思想之争。对民族国家整体的利益的思考往往压倒和吞没了对个体价值、个性发展的思考和需要。如果说西方的现代化是从它自身的传统文化之根中生长出来的，是以人权反对神权，以人道主义反对神圣天国，以现世的个体感性的享乐反对来世的禁欲主义开始的话，那么，中国的现代化却是由于西方殖民者的侵略而被迫开始的，是被输入、被强迫的，因而，中国的现代化一开始并不是要为个体争取自由与发展，不是要为每个个体提供自由发展的空间，而是要为整个国家民族争取生存的空间，要使中华民族能够自立于世界民族之林。国家的富强，国力的强盛，经济的发展，这才是中国现代化最紧迫、最重要的任务。因此，中国的现代性启蒙不是像法国启蒙运动那样以理性、秩序、社会公正为旗帜，也不是像文艺复兴运动那样以对古典文化范型的向往和回归为契机、以对人权和人性的肯定为实质，而是以“物竞天择，适者生存”这一达尔文生物学原理的译介开始。这是一个意味深长的对比。“物竞天择，适者生存”，在社会民族的竞争中，尤其是在19世纪中国正饱受列强欺凌的现实中，更易为人所理解和接受。这样，个体的价值、个性的解放虽然是稍后一些发生的“五四”新文化运动一个重要内容，但实际上，在中国的现代性启蒙中，个体、个性的位置从来没有真正被放到与民族国家相等的位置上。

在中国，两条线索——社会启蒙和个性启蒙或者说是理性启蒙与审美启蒙——的表现方式跟西方启蒙运动有重大的区别。在西方，社会启蒙跟个性启蒙是相互关联、相互依存的。其矛盾冲突也是一种相互关联的事物之间的内在冲突。社会启蒙表现为理性国家对神圣国家的反抗，其目标是建立现代政治经济制度，这种制度本身是以理性作为其

建立的理论基础的。在这种制度之中，理性、个性、个体的价值和权利、私有财产的神圣性，都作为一种公理性的东西被建立了起来。因此，即使在后现代条件下二者之间发生了严重的冲突，也是一种具有内在统一性的社会里面生长出来的冲突。在这里，理性、秩序与法则虽然不断受到个性、感性和自由主义的批判与反抗，但是，这种反抗的前提是理性、秩序与法则已经成为社会生活中根深蒂固的观念，成为整个社会所赖以建立的根基。

而在中国，社会启蒙的一个重要内容是民族解放和国家富强，是要把民族、国家从深受帝国主义列强欺侮的境地中解救出来，九一八事件之后，这种需要变得更加紧迫。因而，虽然中国的现代性启蒙的最重要阶段——“五四”运动是以对科学与民主这两种现代社会最核心的价值观念的呼吁为旗帜的，但很快，这种呼吁就被另一种更为激进的主张所取代，这就是经由苏联十月革命所传入的马克思主义所代表的革命诉求。人们不再满足于仅仅从思想文化层面上进行现代性启蒙，不再满足于寻求对现行社会制度中不合理的因素进行渐进性改革，而是要从根本上推翻现存的制度，赶走现行制度中掌握权力的人，而代之以新的制度和新的人。中国现代思想史上几次大论战所表现的正是两种不同的现代性思路的区别，这在“问题与主义”的论战中表现得尤其明显。这样，不是理性，不是秩序，不是法规，不是对社会问题的仔细耐心的研究，相反，是对秩序的反抗、对法规的蔑视，成为中国现代性启蒙的重要内容和结果。另外，对现存秩序的反抗和对现有法规的蔑视并没有导致对个体价值和个性的尊重。相反，由于残酷的政治现实和民族危亡状况，在反抗旧秩序的过程中建立了一套新的秩序，这种秩序不是建立在对个性和个体价值的尊重之上，而是建立在战争时期的纪律、整齐划一上。被西方启蒙主义者视为天赋的人权和个体价值、私有财产等观念统统被作为资产阶级的腐朽没落的观念而摒弃。这样，艺术、审美这种最能体现个性和自由风格的意识形式也被染上浓重的意识形态色彩，艺术的主体性、个人风格、审美的独立性和超越现实功利的性质基本上被否定。

在这种情况下，中国现代性启蒙中审美启蒙的意义就格外地凸显出来。事实上，在中国现代史上，虽然社会启蒙的紧迫性压倒了审美启蒙，但仍有不绝如缕的审美启蒙的顽强努力。这就是以王国维、蔡元培和朱光潜等人为代表的学者鼓吹审美独立、艺术自治和建立中国现代美学、普及审美教育的努力。对于这些审美启蒙的先行者来说，他们和社会启蒙的目标是完全一致的，二者不但没有任何冲突，反而是一种相互补充的关系。陈独秀、胡适等人进行的是社会启蒙，他们所鼓吹的科学与民主正是现代社会最基本的价值观念或要素——民主代表了现代社会基本的政治理念，民主精神和制度中就包含了平等、自由和对绝对权力的限制，尤其是对专制极权的反抗；而科学则代表了理性精神、务实的作风和严谨的方法。二者都是从社会群体价值层面上进行的精神启蒙。而王国维、蔡元培、朱光潜等人的目标同样是要通过审美来改造人心，拯救社会。不同的是，他们是从对个体的心灵改造入手进行启蒙的。在他们那里，审美启蒙是社会启蒙的一个方面、手段和途径，最终所要达到的目标是一致的。对于王国维来说，人生就是一个充满欲望和痛苦的过程，要使人从这种痛苦中解脱出来，只有通过艺术和审美的途径。在他看来，艺术不但是对欲望的解脱，更具有一种形而上的超越品格，它是对宇宙人生的永恒真理的显现，因而，艺术和审美有时候看起来并没有什么具体的用途，却对人生有一种根本性的大用途，一种“无用之用”：“天下有神圣、最尊贵而无与于当世之用者，哲学与美术是已。天下之人嚣然谓之曰无用，无损于哲学美术之价值也。……夫哲学与美术之所志者真理也。真理者，天下万世之真理，而非一时之真理也。其有发明此真理（哲学家），或以记号表之（美术）者，天下万世之功绩，而非一时之功绩也。”[⑨]艺术、哲学、文学所满足的正是人的高级的精神需要，比起一时一地的生活之欲望的满足来更为重要，作为一种“无用之用”，它具有超脱于社会经验和功利层面的形而上的价值，能给人提供根本的价值归依和保障。他甚至断言说，“生百政治家，不如生一大文学家”。因为，政治家给予国民的只是物质上的利益，而文学家给予的是精神上的利益。物质的利益是一时的，精神上的利益却是永久的。[⑩]把艺术审美的功用提升到形而上层面，赋予艺术和审美一种形而上的大用，一种“无用之用”，这可以说是中国哲学家对艺术和审美的独特贡献，是在民族生死存亡之际对个人和民族的一种形而上层面的思考。它超越了具体的一时一地的胜败得失，把人生和艺术都提到一个更高的境界。这也许是对西方哲学的一种“误读”，却是一种创造性的、符合中国民族文化传统和现代性启蒙实际的“误读”。也许它更可以看成中国现代哲学家们的一种思想和理论创新。

蔡元培作为20世纪初期著名的教育家和政治家，其对中国现代性启蒙的贡献，主要有两个方面，其一是创立了中国现代教育体系，其二是大力提倡美育——任何一个方面都足以为他赢得不朽的名声。他确立了中国现代教育体制，建立了体、智、德、美和世界观五个方面全面发展的完整的教育思想；以“思想自由的方针，兼容并包之主义”改造旧北大，使之成为中国现代性启蒙的思想文化策源地和中国走向现代化的精神旗帜。就美学来说，蔡元培的主要贡献在于他以民国教育总长的身份和北大校长的社会地位和威望对于美育的提倡。而提倡美育的依据，依然是由于审美和艺术对私利心的消除，对个体情感的陶冶。在《以美育代宗教说》的著名演讲中，他说："纯粹之美育，所以陶养吾人之感情，使有高尚纯洁之习惯，而使人我之见，利己损人之思念，以渐消沮者也。盖以美为普遍性，决无人我差别之见能参入其中。食物之入我口者，不能兼果他人之腹；衣服之在我身者，不能兼供他人之温；以其非普遍性也。美则不然。即如北京左近之西山，我游之，人亦游之，我无损于人，人亦无损于我也。隔千里兮共明月，我与人均不得而私之。"[11]他不但大力提倡美育，而且身体力行，在北大任校长期间，亲自开设美学课，创立画法研究会、音乐研究会、书法研究会。而后来成立的国立艺术学校、浙江美术学校等专门的艺术院校，无不有着他的影响和心血。在蔡元培的大力推动下，20 世纪 20—30 年代，我国形成了第一次美学热潮，翻译、出版了大量美学著作，一些在欧洲影响很大的美学学说和美学家的著作都被介绍到中国来；同时，出现了一大批高素质的美学研究者，写下了一批影响甚大的美学著作。朱光潜作为 20 世纪中国著名的美学家在译介西方美学论著和美学理论探讨方面都功绩卓著。在《文艺心理学》等几部以心理学命名的美学著作中，他系统地介绍了 20 世纪西方的几个主要派别，把克罗齐的直觉说、立普斯等人的移情说、布洛的距离说、谷鲁斯的内摹仿说等糅合到一起，使之成为完整的关于审美心理学的系统学说。他以西方美学理论来研究讨论中国古代诗歌，写下了《诗论》；同时，还撰写了一些普及美学和艺术知识的论著，如《谈美》《给青年的十二封信》等等。总之，以王国维等人为代表的中国现代美学家，在中华民族从前现代走向现代社会的过程中，从审美和艺术角度对中国的现代性问题进行了深刻的阐释，为中国的现代性启蒙写下了不可缺少的一笔，成为中国现代性启蒙合唱中一个重要的乐章。随着时间的推移和历史条件的变化，他们的工作的意义正越来越凸显出来。

另一方面，在中国，问题远为复杂。如前所述，中国的现代性启蒙的重点不在于确立个体的独立价值和个体感性的健全发展，不在于对个体人格的培养、心智的塑造，而在于从国家民族的整个生存状况出发寻求民族独立和国家富强的道路。其他一切都必须围绕这一总体目标来进行。失去了这个根基，就失去了其存在的现实合法性。因此，中国的审美启蒙刚刚开始，便面临着来自社会现实和理论界的严峻挑战。残酷的阶级斗争和尖锐的民族矛盾使得审美启蒙者关于审美无功利、艺术独立、审美和艺术的"无用之用"等话语听起来像是白日做梦，显得极不合时宜。因而，他们很快遭到来自更为激进的信奉马克思主义的理论家的批判。严酷的现实政治斗争和尖锐激烈的阶级斗争，使得中国的马克思主义理论家把作为广义功利主义的马克思主义美学大大地狭隘化了，变成了一种狭隘的功利主义学说。他们完全否认了美和艺术的超功利性，强调美和艺术来源于生活，艺术必须为现实服务。而为现实服务又演变成为政治服务，甚至是为一时一地的政策服务。这样一种被狭隘化的功利主义美学在当时却因其具有战斗性而得到了广泛的认同。20—30 年代发生的几次大的艺术争论都以功利主义艺术观的胜利而告终。40 年代，在朱光潜的《谈美》《诗论》《文艺心理学》等著作产生广泛影响的同时，也由于其主张的审美独立、艺术与生活的距离等思想遭到了来自左翼阵营的理论家的批判。50—80 年代，在功利主义美学观的全面统治下，关于审美独立、艺术与生活的距离说等超功利主义美学主张更是基本绝迹。因此，实际上，中国现代性启蒙的审美启蒙任务远远没有完结。直到 80 年代，以李泽厚为代表的中国新一代美学家提出了以美启真、以美储善的学说，对现代性启蒙中的审美启蒙问题进行了具体的理论阐发，接续了王国维等人所开启的中国现代性启蒙的审美启蒙传统，为新时期的中国现代性启蒙作出自己的贡献。

三、新时期的美学与新时期的现代性启蒙

80 年代以来，中国重新开始了被中断的现代性启蒙。与世纪初的启蒙相似的是，这一次的现代性启蒙也是由对“落后就要挨打”的深切的历史教训和现实中与西方发达国家的差距而触发。跟八十年前那场启蒙运动不同的是，在这一轮新的运动中，美学一度成为显学，成为中国 80 年代现代性启蒙的理论和思想源泉。事实上，这次的现代性启蒙是由李泽厚的一部哲学著作——《批判哲学的批判》拉开序幕的。这部纯粹的哲学著作，由于其理论视野和思维方式及概念使用跟当时流行的哲学教科书完全不同而让人耳目一新，并在学术界和社会上产生了广泛的影响。接着，李泽厚的两篇论文《康德哲学与建立主体性论纲》《关于主体性的补充说明》发表。文章在中国学术界引起了一场学术地震。李泽厚所阐述的一些观念，如主体性，历史唯物论就是实践论，文化—心理结构和物质生产方式之间的“积淀”关系，审美作为一种自由直观和自由选择对认识和伦理的帮助，等等，成为最热门的话题。“实践”“主体性”“文化—心理结构”“审美”等成为使用频率最高的概念。由此而来的是，美学再度成为学术思想界和整个社会涌动的人文思想解放思潮所关注的焦点，成为 80 年代重新开始的现代性启蒙的思想理论基

础。从美学上来说，这场“美学热”的集中表现和成果是以李泽厚为代表的被称为“实践美学”学说的正式诞生。

李泽厚所提出的新观点，概括起来主要有四方面内容：

（一）历史唯物论就是实践论

他以这种重新解释的历史唯物论去建构马克思主义的哲学和美学。历史唯物论不再是传统教科书中与人无关的生产力和生产关系、经济基础和上层建筑的自我运动，而是关于人的实践活动的理论。在这种历史唯物论中，人不再是被动消极地被决定被支配的，不再是某种历史规律中的无足轻重的沙粒或某个社会生产系统的庞大机器中一个无关紧要的齿轮，而是行动着、实践着、有意志、有目的的主体，每一个主体都是一个独特的存在，都是不可代替的。他严厉地批判了在当时还很流行的苏式马克思主义把历史唯物论变成经济决定论、完全忽视人的主体地位的观点：“历史唯物论离开了实践论，就会变成一般社会学原理，变成某种社会序列的客观主义的公式叙述。……人成为消极的、被决定、被支配、被控制者，成为某种社会生产方式和社会上层建筑巨大结构中无足轻重的沙粒或齿轮。这种历史唯物论是宿命论或经济决定论。”[12]

（二）主体性学说

实践论是以主体性学说为核心的。它把人作为历史和实践主体的地位提到一个对中国现代马克思主义哲学来说是前所未有的高度。作为历史和实践的主体的人所具有的最突出的特性就是主体性。作为人性结构的主体性，包括两个双重内容和含义：第一个双重是外在的工艺—社会结构面和内在的文化—心理结构面；第二个双重是人类群体的性质和个体身心的性质。把个体的心理、情感、意志、欲求等等作为历史的主体，充分重视个体的作用和价值，而不再把个体看作巨大的历史运动机器上一个无足轻重的齿轮或螺丝钉，这种思想在当时是极具震撼力的。当然，从历史唯物论的基本原理出发，李泽厚仍然十分强调群体、整体的作用，强调社会的物质生产方式所形成的历史的普遍性和必然性对社会的文化—心理的决定作用和对个体的心理结构的决定作用，明确指出，在这四个层次中，第一个方面是基础，亦即人类群体的工艺—社会的结构面是根本的起决定作用的方面。只在群体的双重结构中才能具体把握和了解个体身心的位置、性质、价值和意义。

（三）“积淀”说

“积淀”说所要解决的是主体性学说中群体与个体、历史总体的必然性与个体生命存在的偶然性之间的具体连接。群体的社会文化心理结构是如何转化为个体的生命感受的？历史的必然是如何落实为个体的偶然性的？李泽厚根据康德的知、情、意三结构说，从认识、伦理和审美三个方面进行了解释：在认识结构方面是“理性的内化”（智力结构），在伦理方面是“理性的凝聚”（意志结构），从审美方面说就是“理性的积淀”（审美结构）。“理性的积淀”就是通过审美活动，把社会文化因素沉积、内化为个体内在的心理诉求。美是一种自由的形式，而“审美作为与这自由形式相对应的心理结构，是感性与理性的交融统一，是人类内在的自然的人化或人化的自然。它是人的主体性的最终成果，是人性最鲜明突出的表现。在这里，人类的积淀为个体的，理性的积淀为感性的，社会的积淀为自然的。原来是动物性的感官自然人化了，自然的心理结构和素质化成为人类性的东西”[13]。

（四）中国现代性建设的审美策略——以美启真、以美储善

审美活动作为一种自由直观对把握事物的本真真理有着直接的启示，有时甚至是比科学认知更为直接和深刻的认识作用。伦理道德也只有当它成为人的内在自觉的心理诉求而不是外在的强迫律令，并真正带给人心理上的愉悦时才能真正获得它的根基和意义。这是李泽厚在他的上述论著和一系列同样引起巨大反响的思想史论著中反复说明和强调的思想。

李泽厚在80年代初期提出的这些学说，的确具有振聋发聩的作用。一方面，它顺应了当时整个社会涌动的解放思想、打破禁区、从僵化机械的反映论和形而上学唯物论中挣脱出来的思潮，并从哲学上为这种思潮提供了理论的依据；另一方面，它对长久以来统治我国的僵化的哲学学说是一种巨大的冲击。它不是从通常的所谓辩证唯物主义和历史唯物主义的机械划分出发来讲哲学，而是直接把哲学的对象看作人，人的活动，人的意志、情感、欲望、需求，而这种把哲学归还给人、恢复人性、人的价值、人的地位的思想又是以马克思的实践学说为基础、为依据的。它“将美学从侧重于对客体的研究，引向对主体的研究；从侧重于从客体方面探讨美和美感的根源，引向探讨主体的审美心理结构及积淀的实践基础和历史渊源，强调实践主体对于文化心理结构和艺术文化发生、发展的意义，强调实践主体对于美和审美、文化和艺术发生、发展的能动性”[14]。对主体性的提倡和强调，对个体感性、个体存在的价值的强调，跟长久以来只讲集体不

讲个体、只讲社会不讲个人、只讲历史必然性和历史规律而不讲人在历史中的活动、人在历史中的位置和价值的做法截然相反。它提出的“积淀”这一对于中国哲学界来说是全新的概念，在当时看来，恰到好处地解决了理性和感性、社会与自然、群体和个体之间的矛盾关系：一方面充分重视群体、社会、历史的第一性地位，指出历史的普遍必然性在历史过程中的优先地位；另一方面努力提高个体、感性、偶然性的地位，指出历史唯物论必须以个体的感性存在和感性活动为出发点。所有这些在当时无疑地具有巨大的说服力和震撼力。因而，李泽厚的学说一时之间远远地越出了思想文化的范围，在整个社会产生了巨大的影响。由于李泽厚对美学的地位的高度评价，也由于他的著作和学说的巨大影响，社会上掀起了美学热潮，出现了20世纪中国的第三次“美学热”。

李泽厚的主体性学说的提出，是为了给个体的感性生命存在提供有效的理论依据，在历史的普遍性和必然性中、在社会整体的文化心理结构中给个体、感性留下发展空间，使个体本身的生命存在的意义充分地凸显出来。李泽厚在不同的地方、不同的场合一再强调的就是要重视个体感性的价值，并且批评苏式马克思主义对个体价值的漠视。但是，在李泽厚的学说中，个体与群体、历史必然性与个体偶然性之间始终处于一种紧张、对立状态。虽然他一再强调个体感性的地位和作用，但是，他也一再声明，从历史总体上看，个体仍是被群体和社会所决定和支配的。感性是因为积淀了理性才有意义。在谈到主体性的两个双重结构之后，他紧接着说，“人类群体的工艺—社会的结构面是根本的起决定作用的”[15]，只不过在这里，群体和个体之间、历史的总体必然性和个体生存的偶然性之间存在着一定的张力，这种张力使得个体感性有一定的生存和发展的空间。可是，无论是实践论还是他所讲的历史唯物论，或是“积淀”说，所立足、所着眼的都是人作为类的整体的历史存在。其次，“积淀”说强调的是由社会群体向个体、理性向感性的单向静态积淀，而对于个体对社会的创造、感性对理性的冲击和突破没有予以充分重视。“‘积淀’说的内在理路，仍然是从起源过程中寻求现实的秘密，是从外在的工艺—社会结构中寻求内在心理的秘密。……所以，它对于文化进程的描述，就总是强调由历史而现实、由群体而个体的单向度传递。就文化—心理结构的发展来说，历时性积淀和共时性建构是应该互为前提的，内涵性的积淀只有在外延性的建构活动中才可能得到实现和积累：从某种意义上甚至可以说，建构是直接现实性的、第一性的，而积淀只是从属性的、第二性的。在这个意义上，‘积淀’说忽视了群体共时性建构的能动性及其对人类历时性积淀的作用，从而也就窒息了群体或个体建构对于人类历史积淀进行超越或‘突破’的可能性，并且使人类历时性积淀成了无本之木、无源之水，甚至成为一成不变的僵固的模式。就生命的现实超越来说，个体作为主体的直接现实的形式，其愿望和追求、意义和价值应该构成主体性哲学的逻辑出发点和价值归依，也提供了文化世界进步的根本动力。立足于抽象整体性的实践的‘积淀’说，则实际上把个体转化成了‘工具本体’的负载手段。”⑯

这些缺陷使得李泽厚的实践美学在产生巨大影响的同时已开始遭到来自各方面的批评。最早的批评来自李泽厚的同代人高尔泰。他提出了“感性动力”说挑战“积淀”说。80年代后期，还有人提出了“突破”说，以对抗“积淀”说。90年代前期，以杨春时为代表的“后实践美学”诸学者对实践美学从哲学基础、学科定位等方面进行了全面的批评。后实践美学的提出，一方面顺应了80年代到90年代中国社会文化转型的现实，另一方面也是实践美学上述内在矛盾所导致。然而，无论李泽厚的实践美学有多少缺陷，作为一种人文学说，它所蕴含的人文主义思想曾对整个中国80年代的现代性启蒙产生广泛而深刻的影响。一些现在看来是理所当然的学说和思想，如人是主体而不是被历史决定的螺丝钉，作为一种本体论的马克思主义哲学的实践论，美育在整个教育中的枢纽作用，等等，在当时却是一种极具先锋性和启蒙性的思想，是一种需要锐敏的理论眼光和极大的勇气才能提出来的。而这个任务，在当时正是由美学所承担的。这是美学对中国的现代性启蒙的一个重大贡献。

90年代，尚未完成的中国现代性启蒙被新兴的全球性的大众文化浪潮淹没了。人文知识分子发现自己处于一个尴尬的境地：他们的启蒙性话语不再受来自意识形态的阻碍，他们可以充分而自由地表达自己的思想，可以说自己想说的话了，但是很快地，他们发现，他们的发言已经没了听众，他们的表演成了无人观看、无人喝彩的尴尬独白。他们的批判失去了对象。席卷而来的大众文化的潮流淹没、吞噬了一切关于思想、人文的话语。美学作为80年代人文启蒙的带头学科，跟文学、历史等一起遭遇了又一次的冷落。

另外，在美学理论由热到冷的同时，在社会生活的方方面面，却悄悄地发生了一场审美的革命，整个社会范围的审美化浪潮席卷而来。关于美的形象和产品正越来越多地渗透进我们的日常生活。城市空间、购物场所、商业行为无不带上明显的审美化特征。审美已经成为一种时尚，一种可以标价出售的商品。从今日的技术观点来看，现实不再是古典哲学中那种坚实稳固的存在，而变成了一种柔顺、轻巧的东西，生产材料可以在设计家手里任意变成他们想变成的模样，非物质的社会现实经媒体的传递和塑造变成了可以虚拟、可以操纵、可以观赏的。甚至个体的生活实践和道德选择也在经历着审美化的过程。美容院和健身房塑造着身体的完美，音乐厅和博物馆陶冶着灵魂……而这一切背后是一种更为深刻的思想文化背景：自19世纪以来，一切道德伦理规范，都不再被看作强制性的标准，而被看作历史的、社会的乃至个人的观念。总是同时存在不同的道德价值观念，因而个体必须在相互矛盾的观念中进行选择，而这种选择常常具有审美的性质。从文化和思想层次来说，我们的认识论同样也在经历一个审美化的过程。自康德开始，“真理在很大程度上变成了一个美学范畴”⑰。根据尼采，现实整个地是被造就的，是可以虚构的。而传统观念中被认为是最具有实在性、最不容置疑的科学，也渗入了审美的因素。自海森堡以来的现代科学假设，大多打上了审美的烙印，许多假设甚至就是从审美的合目的性出发作出的。因此，可以说，我们所处的社会已经是一个审美化的社会。⑱

看起来像是古典哲学家和美学家关于审美化生存的理想实现了。但是，在审美被普遍接受的同时是它的时尚化、设计化。审美的人文内涵和理想主义色彩正在被对纯粹的形式美的追求所取代。它的厚重的历史文化内涵也正在变成一种装点门面的东西。作为一种人文理想的审美主义，它对人的要求是一种内在的精神的存在，是在追求审美理想生存的同时合于道德的目的性，即康德所谓“无目的的合目的性”。在这种生存境界中，个体生存的动机和追求来自个体内在精神的召唤，而这种召唤同时又与整个社会进步的理想相一致。如马克思所说的，个体在他的感性存在中积淀、彰显了全部世界历史的进程，在个体的感性追求中体现了全部人类对于真理、正义和审美理想的追求。审美因为有如此内涵才能担当起席勒所说的调节人的感性冲动与理性冲动的任务。马克思的共产主义理想也因而才是一种社会理想和个体生存的理想。而在今天我们所经历的审美化过程中，感性的外表被强调、被夸大，审美的形象成为脱离精神内涵的孤立因素。由于内在精神的缺失，个体的生命需要迷失在时尚的诱惑之中。在看起来更多地实现了审美化、艺术化的时代，其实审美和艺术最为贫乏。

这样，美学的意义便凸显了出来。在中国，经历了80年代的“美学热”之后，美学和其他人文学科一样遭受了边缘化的命运。当然，所谓“美学热”有其特定的社会文化背景，它后来的“冷”也是顺理成章的。换言之，美学在当今被边缘化、被淡化同样也与整个社会时代的文化走向相合拍。然而，对于美学自身而言，它在中国现代性启蒙中所承担的历史使命并没有也不会终结；相反，它可以借此重审自身的理论品格，进而有效地介入现实中去。实践美学虽然遭受到各种批评，但由于它的人文理想性，它的精神内涵和它对实践的注重与强调，又恰好有可能成为联结生活实践与精神理想的桥梁。

只是，对实践的内涵和实质，它在美学学科中的地位和作用等问题必须予以认真清理和界定。而这个任务，历史地落到了新世纪中国美学学者的头上。

注释：

①②③ 弗里德里希 · 席勒：《审美教育书简》，冯至、范大灿译，北京大学出版社 1985 年版，第 63 页，第 74 页，第 80 页。

④ 尼采：《悲剧的诞生——尼采美学文选》，周国平译，生活 · 读书 · 新知三联书店 1989 年版，第 105、2 页。

⑤⑥⑦ 丹尼尔 · 贝尔：《资本主义文化矛盾》，赵一凡、蒲隆、任晓晋译，生活 · 读书 · 新知三联书店 1989 年版，第 36 页，第 37 页，第 40 页。

⑧ 张辉：《现代审美主义问题的政治特性》，《文艺研究》2003 年第 1 期。

⑨ 王国维：《论哲学家与美术家之天职》，载吴无忌编《王国维文集》，北京燕山出版社 1997 年版，第 242 页。

⑩ 王国维：《文学与教育（〈教育杂感〉四则之四）》，载《王国维文集》，第 263 页。

⑪ 蔡元培：《以美育代宗教说》，载《蔡元培美学文选》，北京大学出版社 1983 年版，第 70 页。

⑫⑬ 李泽厚：《康德哲学与建立主体性论纲》，载《李泽厚哲学美学文选》，湖南人民出版社 1985 年版，第 154 页，第 161 页。

⑭ 李西建：《中国实践美学问题的发展历程》，载汝信、王德胜主编《美学的历史：20 世纪中国美学学术进程》，安徽教育出版社 2000 年版，第 308—309 页。

⑮ 李泽厚：《关于主体性的补充说明》，载《李泽厚哲学美学文选》，第 165 页。

⑯ 韩德民：《从"实践"到"主体性"的迁移——李泽厚与 20 世纪中国美学》，载《美学的历史：20 世纪中国美学学术进程》，第 682—683 页。

⑰ 沃尔夫冈 · 韦尔施：《重构美学》，陆扬、张岩冰译，上海译文出版社 2002 年版，第 33 页。

⑱ 关于审美泛化的问题，可参见沃尔夫冈 · 韦尔施《重构美学》。

（2004 年第 2 期）

现当代文学研究中的“空洞化”现象

温儒敏

关于现当代文学这个学科当前面临的问题和困扰，我首先想到就是“文化研究热”，以及它给现当代文学带来的研究格局调整的问题。

这些年来，文化研究几乎成了又一种“显学”，很多中文系（尤其是现当代文学和比较文学专业）的学生和老师，也都在朝这个领域靠拢。文化研究有如此大的吸引力，不只是因为可以拓展文学研究的新生面，也因为这是对现存学科体制的一种批判和解放。20 世纪 90 年代以后，现当代文学由“向内转”转入了比较多地关注文学形式和文本表达方式，的确多少又出现囿于形式的游戏倾向，这个学科往日有过的能与社会互动的活力日渐丧失，也不能满足富于文学使命感的学者的追求。文化研究的“侵入”，自然有它的逻辑，它找到了现当代文学研究的“软肋”，一定程度上能弥补现当代文学研究的缺陷。我们可以回顾一下，90 年代社会的政治、经济、文化各方面都发生了巨大的变化，诸如“张爱玲热”“王朔热”“通俗文学热”“国学热”等等现象层出不穷地涌现到人们面前，文学研究界几乎“失语”，既有的文学理论资源已经难以解释许多前所未遇的精神现象，因此转向借鉴文化研究理论就顺理成章了。文化研究的确让众多学者重新获得学术的冲动，特别是年轻的学者，他们要扩展研究的版图，并借此在文学领域再度唤起那种日渐丧失的“现实感”。反顾近十多年来学术发展的脉络，也就不难理解文化研究兴发的缘由。“文化研究热”正是在这一点上代表了目前学科衍变的一种趋势，套用一句常用语来说，既是挑战，又是机遇，有可能带来现当代文学学科生长的活力。因此，我们没有理由生硬地拒绝文化研究这一新的潮流，只能因势利导，借这股“东风”。

文化研究生机勃勃，让人耳目一新，但如果对其成果细加琢磨，又常常可能感到空洞，它毕竟和以往注重个性创新的文学研究大不一样。文化研究总是拒绝接受学院派所擅长的细腻精确的术语，对艺术个性和创造性缺少兴趣；文化研究的动力常常直接来自现实的诉求，它的着眼点不在经典的文化，而主要是当代流行的时尚文化。文化研究的方法与操作成规不是那么稳定有序，它解决问题的锋利程度主要取决于切入现实的紧密性。这种研究更倒向注重调查和量化归纳的社会科学，而往往偏离人文学科，特别是文学。文化研究带着它的跨学科的特性将研究的视点从文学转向了“文化”，转向了日常生活，实际上也容易把文学研究带入“泛文化”疆域，这可能就是使人感觉空泛的原因。文化研究给现当代文学带来了活力，但也有负面的影响甚至“杀伤力”，在文化研究成为“热”之后，文学研究历来关注的“文学性”被漠视和丢弃了，诸如审美、情感、想象、艺术个性一类文学研究的“本义”被放逐了，这样的研究也就可能完全走出了文学，与文学不相干了。

这种文学研究被“空洞化”的现象值得警惕。

我们讲跨学科研究，讲不同学术领域的科际整合，可能是学术生长的机遇和条件。但不同学科的整合，还是有条件的。跨学科也不等于完全打乱和取消学科分野。文化研究在哪些环节能够融入文学研究，真正成为文学研究的新的催化剂，也需要斟酌试验。一般来说，文学研究中的“外围研究”，比如思潮研究、传播研究、读者接受研究，等等，适当引入文化研究的眼光与方法，比较容易突破。如研究“五四”时期“新诗的发生”，过去通常的方法可能就是从诗歌文本以及诗论的变迁，去梳理寻求“发生发展”的线索，这主要是“文学的”研究。最近有学者在这种研究的同时，又引入对于新诗的结集、出版、传播等属于“社会经验形成”的考察，看新诗如何培养读者，拓展影响的空间，形成对于新诗的社会性想象，认为这也是新诗发生发展的重要方面。这就是在文学研究中恰当地结合使用文化研究，能突破旧有的格局，达到较好的效果。又如，在一些通俗文学的生产传播方式特别是关于“文学与读书市场关系”的研究中，引入文化研究的模式，也能别开生面。但是，我们必须看到，文化研究在文学领域施展身手必然是有限度的，在有些重要的方面，文化研究可能就派不上用场。比如作家作品研究比较关注审美个性、形式创新、情感、想象等等，关注差异性因素，用文化研究的共性归纳就较难进入状况。所以对文化研究大举进入文学领域，我们要保持一分清醒。任何事物包括学科研究总有其相对稳定的界线，界线如果完全打破，那就等于取消了这事物或者学科本身。其实，文化研究与文学研究各有所攻，两者有所不同，彼此也有所“不通”。文学研究偏重对对象特点的探求，重视艺术创造的个别性、差异性；而文化研究则相反，它所关注的主要是一般性和共性的现象。文学研究必须重视创作也就是文本的研究，而文化研究关注的是“大文本”，包括印刷、出版、阅读、传播，还有性别、政治、民族，等等，而且主要是关注文本背后的东西。如果都是这样，那么就可能很少有人关注文学文本了。实际上，现在大学中文系学生读作品越来越少，这可能就是个问题。所以我们肯定文学研究适当引入文化研究的因素，是有好处的，同时又是有限度的，说到底，在文学领域使用文化研究，落脚点仍然应该是文学。现在常常看到许多文章把“文化”的研究理论放置到文学领域，本意可能也还是要使文学研究“出新”的，但理论“炫耀”的目的性太强烈，实际上更加看重理论的操作性，兴趣在于引入理论试验，结果往往舍本逐末，文学分析反倒成了证明理论成立的材料。我们看到不少对文学进行文化研究的文章被人诟病，最主要的毛病就是随意抽取和罗列一些文学的例子，去证明诸如“现代性”“消费主义”“全球化”“后殖民”“民族国家想象”之类宏大的理论预设。例如，有的学者为了说明“五四”新文化“割裂”了传统，甚至把“文革”的账也一股脑儿地算到“五四”的头上，就用“案例”提取法随意找到鲁迅、胡适等人的几句话作为例证，或者找几部作品就以偏概全，完全不做具体的文本分析，不考虑使用文本例子的历史语境与特殊内涵，大而化之地得出“从‘五四’到‘文革’全都是激进主义，文化决定论误国误民”之类吓人的结论。这类文章也声称是“文化研究”，三下五除二,十分痛快，但多半是僵化的、机械的，有点类似我们以前所厌弃的“庸俗社会学”的研究。这样的研究是没有感觉的，当然也就远离了文学，即使拿文化研究的专业要求来衡量也是走了样的，未必能被真正在行的文化研究学者所认可。但是现在这类“大而化之”的文章因为操作性强，结论容易拔尖唬人，甚至常常被误认为就是“创新”，发表或出版都很容易。这也是造成学术泡沫的原因之一。

文化研究比较受欢迎，也是因为这种研究几乎先天地具有某种批判性，在力求突破传统研究模式方面，的确有其锐气。现在常看到现当代文学领域有些着眼于文化研究的文章，对于过去的文学史写作基本上是否定的，要推倒重来，其中设定的观念就大都立足于批判，不承认有所谓历史的真实，认为历史都是后设的，是后人想象、构造出来的。这种观念主要来自福柯的理论，即认为历史重构的背后总是隐藏着权力关系。于是在“重写”文学史时，许多学者的关注点也主要是历史材料包括文本背后的“权力关系”。比如讨论20世纪四五十年代的文学，首要的目标就是尽力发掘被一般文学史家忽视的“权力关系”，着力说明主流意识形态如何左右与主宰文学的发展。这当然也是一种研究的角度。不过有时因为寻找“权力关系”的意图过于迫切，难免先入为主，理论早就摆在那里，要做的工作不过是找到一些能够证明这些“权力关系”的文本材料。有的文章为了说明诸如性别、政治、“民族国家想象”之类很大的命题，又顾不上梳理四五十年代“转型”过程中极为复杂的文学现象，就大而化之，以观点加例子的办法，重点分析从《白毛女》到《青春之歌》几个文本，然后就得出很大的结论。这类研究的好处是概括性强，有批判性，的确也带来某些新的视角，看到以往可能被遮蔽的方面。但其缺失也往往在于先入为主，不是从材料里面重现历史，不愿在历史资料以及文学分析上面下功夫，容易把历史抽象化。

现在看来，文化研究进入文学领域是必然的趋势，但这种趋势有点像双刃剑，在可能给学科带来活力的同时，也要警惕其已经在对文学研究构成某种“威胁”，在不断消解文学研究的“文学性”。我认为有些人提出与此相关的“纯文学的焦虑”问题，也还有进一步讨论的必要，并不能简单说“焦虑”是多余的。这种“焦虑”是需要重视的现实问题，而不只是理论问题。如果结合教学来讨论，可能就更清楚。现在中文系的文学教学是普遍存在弊病的。突出的表现是：概论、文学史和各种理论展示的课程太多，作家作品与专书选读太少，其结果，学生刚上大学可能还挺有灵气，学了几年后，理论条条有了，文章也会操作了，但悟性与感受力反而差了。的确有不少文学专业的学生，书越读审美感觉就越是弱化。文化研究热的兴起，本来是好事，研究视野毕竟拓展了，然而似乎也带来了新问题，事实上“远离文学审美”的现象加剧了。翻阅这些年各个大学的本科生、研究生的论文，有多少是着眼于文本分析与审美研究的？现今在中文系，似乎再谈“纯文学”就是“老土”了，大家一窝蜂都在做“思想史研究”与“文化研究”。其实，术业有专攻，要进入文化史研究领域，总要有些社会学等相关学科的训练，然而中文系出身的人在这些方面又是弱项，结果就难免邯郸学步，“文学”不见了，“文化”又不到位，未能真正进入研究的境界。担心文学审美失落的焦虑大概也由此而来。

虽然现今文学已经边缘化，但只要人类还需要想象的空间，文学就有存在的必要，也就还需要有一些优秀的人才来从事创作与文学研究。这也许是中文系存在的理由吧。与哲学系、历史系、社会学系等系科相比，中文系出来的学生应当有什么特色？我想，艺术审美能力，对语言文学的感悟力和表达能力，可能就是他们的强项。对于学文学的大学生、研究生而言，他们应当格外注重经验、想象、审美能力的培养，这是从事文学研究的必要禀赋。而艺术审美能力要靠长期对艺术的接触体验包括对作品的大量阅读才能培养起来，光是理论的训练不能造就真正有艺术素养的专门人才。现在中文系学生已经不大读作品，他们用很多精力模仿那些新异而又容易上手的理论方法，本来就逐步在“走出文学”，而文化研究的引导又使他们更多关注日常社会，关注大众文化之类“大文本”，甚至还要避开经典作品，使不读作品的风气更是火上浇油。虽然不能说都是文化研究带来的弊病，但文化研究“热”起来之后，文学教育受挫就可能是个问题。原有的学科结构的确存在诸多不合理因素，分工过细也限制了人的才华发挥，文化研究的“入侵”有可能冲击和改变某些不合理的结构，但无论如何，文化研究不能取代文学研究，“中文系”也不宜改为“文化研究系”。总之，我赞成文化研究能够以“语言文学”为基点去开拓新路，学者们也完全可以大展身手，做各自感兴趣的学问，同时我对文化研究给目前现当代文学学科冲击造成的得失，仍然保持比较谨慎的态度。

“思想史热”，也是值得我们关注的现当代文学研究中的一种问题，这和上面所说的文化研究的问题紧密相关。以前我写过文章，质疑过那种以思想史替代文学史的倾向，曾经引起学界的讨论。这里我还是想继续探讨一下这个问题。其实我并非否定文学史和思想史的融合。事实上，大家都能看到，不同学科的科际整合已经成为一种必然的趋势，跨学科研究大受欢迎。学科分工过细、互立壁垒的做法显然阻碍了学术的生长，正在受到越来越多的抨击。现当代文学本来就与政治、社会变革联系紧密，所以研究文学史有时要介入思想史也顺理成章。我们看到，思想史的研究确实给文学史研究提供了许多新的层面与角度，对文学史内涵的阐释也往往在思想史研究的背景中获得“增值”。其实，人文社会科学研究之间本来就不应当人为地设定不可逾越的界线。

但值得我们思考的是，文学史研究中的“思想史热”有没有值得反省的问题或倾向？思想史是否可以取代文学史？文学的审美诉求在现代文学史研究中还有地位吗？

沿用一句老话，叫“术业有专攻”。思想史与文学史有融会交叉，但彼此的分工也还是明确的。思想史主要是叙述各时期思想、知识和信仰的历史，而文学史主要应该是文学创作及相关的文学思潮的历史。一为“思想”，一为“文学”，两者可以互为背景，或互相诠释，但各自都有相对清晰的领域。一般而言，思想史处理的是较能代表时代特色或较有创造力与影响力的思想资源，文学史则要面对那些最能体现时代审美趋向或最有精神创造特色的作家作品。研究文学史往往要了解思想史的背景，甚至也难免“越位”，做一些跨入思想史范围的题目。就个人的学术选择而言，这无可厚非。但文学史家若要“跨”进思想史研究领域，恐怕就不能只是维持文学史的眼光和方法，因为不同学科有不尽相同的“游戏规则”。但现在的情形是“越位”中有些混乱，甚至有些本末倒置。我曾经谈到过这样的例子，一般来说，我们分析现代诗人冯至或者穆旦的诗，都会关注他们作品本身的那种哲理性。但是他们既然是诗人，当然主要应当从诗艺的、审美的角度去探讨。可是我们看到不少评论硬是要发掘冯至或穆旦的哲学思想，认为其达到什么存在主义、现代主义的思想深度，甚至干脆把他们当成哲学家，煞有介事地探讨其对哲学的贡献，那显然就是“过度诠释”了。因为不管怎么说，冯至和穆旦也只是出色的诗人，他们用诗歌表达的那些哲思，那些独特的体验与感悟，并不构成思想史的意义。有些论文探讨现代作家的哲学思想怎么深入，如何有特点，也许文学圈内的人叫好，可是在治思想史的学者看来，却不一定能入得了“围”。又比如，你想表现40年代知识分子（其实主要是作家）的精神和心理历程，挑选了朱光潜、沈从文、萧乾这样一些著名作家作为分析的现象或典型，这也许是方便和适当的。问题是如果硬要“越位”，摆出思想史的架势来处理这样一些其实并不真正具备思想史资源意义的对象，那充其量只是文学史家充当思想史的“票友”罢了。

我们曾经抱怨，以往的文学研究过分受到主流意识形态的“重视”，其“负担”太过沉重了。现在的情形如何呢？这些年来思想文化界许多重大问题的讨论，包括哲学的讨论，一些现代文学的学者几乎都是其中的担纲角色。虽然可以说它体现了学者对于现实的关怀，但从另一角度看，这又真是“哲学的贫困”。而对于现代文学学科而言，领地拓展了，本属“自己的园地”会不会反而荒芜了呢？这真是很难说的。

王瑶先生曾经这样为现代文学下过定义：所谓“现代文学”，就是“用现代文学语言与文学形式，表达现代人的‘思想、情感、心理’的文学”。这是一种很概括也很到位的说法，一般不会有什么异议。按照这种理解，现代文学史写作就不应当只是谈论“思想”，这和思想史、哲学史乃至文化史的关注层面与方式都会有区别。否则，还要文学史干什么？可惜多少年过去了，我们的文学史研究，离王瑶先生的理想越来越远了。文学史是大学中文系的基础课，其功能除了培养“思想”，还应当有“审美”，有文学的感觉与眼光。在这个日益平面化和物质化的时代里，审美感觉与能力的培养更显重要。不能不承认有这种带普遍性的现象：许多学中文的大学生、研究生学会了“做”文章，却消泯了自己原有的艺术感觉，中文系越来越不见“文气”了。文学研究过分注重操作性而轻视艺术审美经验性分析的倾向，的确应该引起警惕。

无论是文化研究还是思想史研究，都已经和正在给现当代文学这门学科带来新的挑战、新的动力，同时也带来某些新的问题和困扰。我们提出要警惕文学史研究的“空洞化”现象，提到某些困扰，并非要简单否定文学史研究中的“文化研究”和“思想史”热，只是对那种一味追求文化研究或思想史的架势，而完全脱离了文学的“文学史”研究表示疑惑。希望这种质疑能促使我们更清醒地认识当前研究的某些不足，而从更高的一个层次来思考文学史与文化研究、思想史研究结合的可能性：无论是把文学放到文化研究或思想史的场域中考察，还是利用文化研究与思想史的方法角度理解文学史，都不是脱离文学，而是研究文学与文化、思想的互动，是从更开阔的背景中了解文学所依持的思维方式、想象逻辑及情感特质，以及这些文学想象和情感方式如何在特定的历史语境中形成带普遍性的社会心理现象。这是跨出文学史，又回到文学史，并不会消泯文学研究的独特性，而又可能为文学研究拓展新的论域，甚至可能发现许多往往为单纯的封闭的文学研究所遮蔽或忽略的现象。

（2004年第3期）

古代文论中的体类与体派

詹福瑞

古人谈“体”，实际上含有二义，这一点罗根泽在其所著的《中国文学批评史》中早有论述：“中国所谓文体，有两种不同的意义：一是体派之体，指文学的格（风格）而言，如元和体、西崑体、李长吉体、李义山体……皆是也。一是体类之体，指文学的类别而言，如诗体、赋体、论体、序体……皆是也。”[①]也就是说，在古人所说的“体”中，既有指风格的“体”，又有指体裁的“体”。而在讲风格的所谓的“体”中，也包含了以风格为核心而形成的文学流派。“文辞以体制为先”[②]，讲“体”是中国古代文学的一个十分突出的特点。尤其是文学观念自觉之后，文人“体”的意识就更为鲜明。有“体”无“体”甚至成为一个诗人有无成就、影响大小的重要标志，也成为一个时期的文学影响近远的标志。

一

体类的划分早在先秦就已出现，而且当始于五经之辨。《庄子·天运》篇孔子谓老聃曰：“丘治《诗》、《书》、《礼》、《乐》、《易》、《春秋》六经，自以为久矣，孰知其故矣。”六经的类分，虽然不能认为就是对文体的认识，但如《庄子·天下》中疑为后人注窜入的文字：“《诗》以道志，《书》以道事，《礼》以道行，《乐》以道和，《易》以道阴阳，《春秋》以道名分。”[③]对六经不同功能的划分，应当会启发后人关于文体的分类及对其不同功能的认识。所以六经的类分，当是中国古代文体类分与认识的滥觞。徐师曾《文体明辨》认为文章有体，起于《诗》《书》，《诗》分风雅颂和赋比兴，《书》分辞、命、诰、会、祷、诔六辞，徐氏的说法未必完全准确，但应该说是有一定道理的。

汉成帝时，刘向校经传诸子诗赋，奏《别录》，刘歆成《七略》，“剖判艺文，总百家之绪”[④]，诗赋另立一类，虽不能说就是有了明确的文体意识，但是却有了向辨析文体发展的趋势，并直接影响到了班固，班固《汉书・艺文志》的《诗赋略》已明显有了辨别不同体裁的意识。“观班志之分析诗赋，可以知诗歌之体与赋不同，而骚体则不同于赋体。”[5]到汉末蔡邕，他的《独断》把天子下行文书分为四类：曰策书，曰制书，曰诏书，曰戒书；臣子上行文书也分为四类，曰章，曰奏，曰表，曰驳议，并对每一种文体的用途和写作要求都作了具体说明，辨体明晰，已经是比较成熟的文体论了。

魏晋南北朝是文体的自觉时期，也是文体论的成熟时期。谈到魏晋南北朝的文体论，当然首先要说曹丕的《典论・论文》，在这里，曹丕把文章划分为四科八体，即奏议、书论、铭诔、诗赋八种体裁，又依宜雅、宜理、尚实、欲丽等文体风格，分为四种类型：“盖奏议宜雅，书论宜理，铭诔尚实，诗赋欲丽。”从一开始，就形成了比较完整的文体论形态。其后桓范作《世要论》论文体涉及的有序作、赞象、铭诔三篇，论以上诸体之“作体”又较《典论・论文》为详。到陆机的《文赋》在曹丕八体的基础上，进而分成十体，即：“诗缘情而绮靡，赋体物而浏亮，碑披文以相质，诔缠绵而凄怆，铭博约而温润，箴顿挫而清壮，颂优游以彬蔚，论精微而朗畅，奏平彻以闲雅，说炜晔而谲诳。”文体风格的把握更为准确，也更向文学靠近。晋代的挚虞撰《文章流别集》，“以类聚区分”[6]之说，应当就是文体的类分，而且按文体来考察其流变，所以名之曰“流别”。从挚虞的《文章流别志论》的佚文来看，这样的推论应当是不错的，志论就是对不同文体的评论，今存的片段就涉及文体有十一类，因此这部总集应该是古代最早按文体铨选文章的总集。梁代昭明太子萧统编《文选》，承袭《文章流别集》，以文体分卷，“凡次文之体，各以汇聚。诗赋体既不一，文以类分。类分之中，各以时代相次”[7]，分文体为三十八类，几乎囊括了梁以前的所有文体，文体辨别之细是空前的。而就在同时，著名文学理论家刘勰撰写《文心雕龙》五十篇，前五篇是“文之枢纽”，相当于这部书的总论。继此总论的二十篇就是文体论，论述的文体有三十三种之多。对每一种文体都不但要“囿别区分”，分门别类，而且“原始以表末，释名以章义，选文以定篇，敷理以举统”，论述每种文体的起源和流变，解释文体的名称，评论代表作家作品，说明文体的规格要求。不但辨体，而且明体，文体论之完备和成熟如《文选》，也是空前的。

到了明代，吴讷的《文章辨体》分文体五十九类，徐师曾的《文体明辨》更细分为一百二十七类，文体因功能而越辨越细。

二

此处不厌其烦地介绍辨别体类，即文体的问题，就是因为中国古代的体派或曰体貌的认识，也就是今天所说的风格论，最早是产生于文体论的。古人谈文体，总是要讨论文体风格，这是因为不同的文体对文章的语言、文章的形式、文章内容的表达，会有不同的限制和要求，从而形成与这种文体相适应的文体特征和文章风格。曹丕的《典论·论文》中的“雅”“理”“实”“丽”，就是奏议、书论、铭诔、诗赋四类八种文体的风格要求。刘勰讨论文体时，也特别重视文体对风格的影响。《文心雕龙·章表》论述章表文体时说：“章以造阙，风矩应明；表以致禁，骨彩宜耀。”就是在讲文体对风格趋向的影响。同时，不同作家对不同文体的择求，也对作家的创作个性产生一定的影响和制约。《典论·论文》不仅讨论了文体，也论述了作家风格。我在《中古文学理论范畴》一书中讲过，《典论·论文》是作家论。曹丕所要解决的核心问题就是建安七子的创作个性问题。在探讨作家创作个性形成的原因时，曹丕主要是从主观和客观两个方面着眼的。客观方面是指文体对作家创作个性的影响，而主观方面则指作家所禀的气对作家的影响。在研究作家个性时曹丕已经意识到了文体与作家个性的关系。所以他指出“文非一体，鲜能备善”，王粲长于辞赋，陈琳、阮瑀擅长章表，文体与作家主体所禀的气同时影响了作家的创作个性，从而对作家的风格产生影响。

同时体类和体派联系紧密，还在于某一体派的诗人往往习惯于运用某些体类，用今人的话说，就是风格也决定或影响了诗人对诗的体裁的选择。李白的诗豪放飘逸，而与这种豪放风格相适应，他写诗习惯并且擅长使用的是歌行体。杜甫的诗沉郁顿挫，而真正充分体现了这种风格的是杜甫的七言律诗。

体之指风格，是六朝时期比较普遍的观念。徐复观的《文心雕龙的文体论》认为：“文体的观念，虽在六朝是特别显著，而文类的观念，则在六朝尚无一个固定名称。但从曹丕以迄六朝，一谈到‘文体’，所指的都是文学中的艺术的形象性；它和文章中由题材不同而来的种类，完全是两回事。”这样说未免有些绝对，如上面所说的“文非一体，鲜能备善”显然是指体类，而不是风格。不过徐复观的论断也可以说把握住了六朝“体”的基本内涵。六朝之“体”，除了体类之义外，主要是指体貌。即今人所说的风格。刘勰的《文心雕龙》设《体性》篇，其所谈之体，就是文学作品的风格。詹锳先生《〈文心雕龙〉义证》对此论之甚详：“《文心雕龙》中作为专门术语用之‘体’，含义有三方面之意义，其一为体类之体，即所谓体裁；其二为‘体要’或‘体貌’之体，

‘体要’有时又称‘大体’、‘大要’，指对于某种文体之规格要求；‘体貌’之体，则指对于某种文体之风格要求……而在本篇中‘体性’之体，亦属体貌之类，但指个人风格。”在这篇文章中，刘勰主要探讨了风格与作家个性的内在关系，是六朝时期最为完整的风格理论。

风格的理论，在汉代以前是比较罕见的。这是因为汉代以前尚未具备风格理论形成的条件。两汉罢黜百家、独尊儒术的文化政策，限制了个性的发展，也限制了对人的个性的认识与研究。同时由于辞赋家模拟成风，自觉的作家风格追求也未出现。最早的风格理论出现于建安时期。曹丕的《典论·论文》把哲学之气引入文学理论，创立“文气”说，首次标举建安七子的不同风格。其后西晋陆机《文赋》论风格，也是把握住了个性爱好对风格的决定性影响，认为“夸目者尚奢，惬心者贵当，言穷者无隘，论达者唯旷”，文章的体貌是随着作家的个性爱好而变化的。晋代挚虞的《文章流别集》如前所言，是以文体来类分的文章总集，而在讨论文体时，挚虞也是看到了同种文体中作家之间风格的不同。

一般认为，某某体的提出始于宋代严羽的《沧浪诗话》。其实这种说法并不准确，最早以体来标举某一时期作家风格的应该是齐梁时期的沈约。在其所著《宋书·谢灵运传论》里，沈约讲到了文体三变：“自汉至魏，四百余年，辞人才子，文体三变：相如巧为形似之言，班固长于情理之说，子建、仲宣以气质为体。”这里所说的文体就是讲的文章风格，实际上就是在讲相如体、班固体和曹植、王粲体。而且这里所讲的文体又不限于作家的个人风格，更主要的是总结一段时期内时代风格的变化，几个有代表性的作家的风格对创作风气的影响。萧子显《南齐书·文学传论》概观当代之文风，与沈约如出一辙，也是概括以三体：“今之文章，作者虽众，总而为论，略有三体：一则启心闲绎，托辞华旷，虽存巧绮，终致迂回……此体之源，出灵运而成也。次则缉事比类，非对不发……唯睹事例，顿失清采。此则傅咸五经，应璩指事，虽不全似，可以类从。次则发唱惊挺，操调险急，雕藻淫艳，倾炫心魄……斯鲍照之遗烈也。”所谓的三体，就是受谢灵运、傅咸与应璩、鲍照影响而形成的一个时期内不同的文章风格。至梁代的钟嵘《诗品》论诗提出体出某某，以体派论诗的意识极其明确。如论王粲诗，说“其源出于李陵。发愀怆之词，文秀而质羸。在曹、刘之间别构一体”。显然是说在曹植和刘桢之间，王粲又别创一种不同的风格。钟氏虽未直接讲曹植体或王粲体，但这种意思已经十分直白了。

但是，明确说体有时代之体和作家之体的当然还是严羽。严羽在其《沧浪诗话·诗体》中说："以时而论，则有建安体、黄初体、正始体、太康体、元嘉体、永明体、齐梁体、南北朝体、唐初体、盛唐体、大历体、元和体、晚唐体、本朝体、元祐体、江西宗派体；以人而论，则有苏李体、曹刘体、陶体、谢体、徐庾体、沈宋体、陈拾遗体、王杨卢骆体、张曲江体、少陵体、太白体、高达夫体、孟浩然体、岑嘉州体、王右丞体、韦苏州体、韩昌黎体、柳子厚体、韦柳体、李长吉体、李商隐体、卢仝体、白乐天体、元白体、杜牧之体、张籍王建体、贾浪仙体、孟东野体、杜荀鹤体、东坡体、山谷体、后山体、王荆公体、邵康节体、陈简斋体、杨诚斋体。"在这里，严羽把诗体分为时之体和人之体，也就是所谓的时代风格和作家风格，揭示出了诗歌发展中很重要的现象。此论一出，影响甚巨。有明一代，颇重审源流、识正变的辨体工作，高棅《唐诗品汇》分唐诗为初、盛、中、晚，胡应麟"体以代变"观的提出，以及许学夷专以辨体为著作宗旨的《诗源辩体》，就都受了严羽的影响。

三

以体论诗，诚如前面所说，是揭示出了中国古代诗歌发展中一个十分重要的现象。中国古代诗歌在其漫长的发展过程中，形成了众多的风格流派，也形成了重风格的传统。而古人论风格又大都不出时代风格和诗人个人风格。

在中国古代，某一个时期、一个时代的诗歌创作，有时也会表现出某种艺术倾向，如喜欢用某种诗体，多表现某种题材等等。但是却未必有其时代的风格，即未必形成"体"。但凡称之为时体的诗歌，都应当具备如下重要特征：

其一，要有数量可观的优秀诗人群体，而且在这诗人群体中，应有对后代产生广泛影响的代表诗人或作品。如建安时期的邺下文人集团，不仅有曹操、曹丕、曹植那样的大诗人，而且有王粲、刘桢等所谓建安七子这样一批优秀诗人。而曹操创作的《薤露行》《蒿里行》《短歌行》，曹丕创作的《燕歌行》，曹植创作的《白马篇》《赠白马王彪》《野田黄雀行》《杂诗》，王粲的《七哀诗》，刘桢的《赠从弟》都是产生了广泛影响的优秀诗作。又如，盛唐时期的诗坛，既有李白、杜甫这样中国古代最伟大的诗人，也有王维、孟浩然、高适、岑参等构成的一流诗人群体，如明高棅所言："开元天宝间，则有李翰林之飘逸，杜工部之沉郁，孟襄阳之清雅，王右丞之精致，储光羲之真率，王昌龄之声俊，高适、岑参之悲壮，李颀、常建之超凡，此盛唐之盛也。"[⑧]至于这一时期的脍炙人口的名篇则不以百数计，无法列举，影响之巨，亦堪称空前绝后。当然也有情况比较特殊的时体。正始时期，有所谓的竹林七贤，阮籍、嵇康之外，还有山涛、向秀、王戎、刘伶、阮咸等人。七贤当属于宫廷之外的文人团体。宫廷文人中尚有何晏、王弼、荀融、夏侯玄等文人。但这些文人很少有诗作流传下来，只有阮籍、嵇康二人留下数量众多且有鲜明风格的优秀作品。这一时期的文人生逢魏晋易代之际，政治险恶，人命危浅。玄风因之大兴于文人之中，形成近一个世纪的社会思潮。受政治形势与正始玄风的影响，这个时期的诗歌如钟嵘《诗品》所说："颇多感慨之词"，托旨遥深，形成了与建安慷慨悲壮诗风不同的艺术风貌。

其二，这些诗人在创作中有意识或无意识地形成了相同的或相近的鲜明风格特征。这种风格特征，代表了这一时期诗歌创作的主流，而且成为区别于其他不同时代的艺术追求的重要标志。我们说建安体，就必然想到"建安风骨"。刘勰《文心雕龙·时序》篇说："观其时文，雅好慷慨，良由世积乱离，风衰俗怨，并志深而笔长，故梗概而多气也。"这是对建安文风最为经典的概括。建安文人遭受了汉末的战乱，饱受乱离之苦，乱而思治，激发出建功立业的饱满的政治热情。加上经学衰微、思想解放、生命意识觉醒带来的对于人生苦短的悲慨，造成了建安诗歌慷慨悲凉的时代风格。同样，谈到唐代文学，我们就要赞叹崇尚风骨、诗境兴象玲珑的盛唐气象。

其三，这一时代的诗风，对后代诗歌的发展产生了重要的深远的影响，成为一种后代或提倡弘扬或学习效法的文学传统。比如提倡风雅体，就意味着在提倡一种写实精神和比兴传统。说骚体，并不仅仅是在讲它的诗的形式，更重要的是在讲它的抒情特征，更确切地说是它的抒写忧悲之情的浪漫特征。如中唐时期，白居易以风雅比兴裁量诗歌，《与元九书》认为，自秦以来，诗的风雅颂赋比兴六义就不断地被削弱，甚至李白那样的大诗人，"才矣奇矣，人不逮矣"，但是"索其风雅比兴，十无一焉"。白居易对杜甫的评价最高，所谓"尽工尽善，又过于李"。然而，杜甫堪称风雅比兴者，"亦不过三四十首"。从这些评价可以看出，白居易把风雅比兴视为诗歌的最高标准。白氏为什么要标举风雅体呢？究其实质，就是要提倡《诗经》的为时为事而作的写实传统。"每读书史，多求理道，始知文章合为时而著，歌诗合为事而作。"这是白氏提倡风雅体的最好注脚。

时代的诗歌风格，往往并不是诗人有意识追求的结果，时代的诗歌风格一般多是由后人总结出来的。但是，一个时代能够形成总体的风格倾向，实非偶然，往往要决定于时代的社会生活、社会思潮、审美趋向、文人风习等主客观因素。对于这个问题，古人有许多精彩的论述。如刘勰的《文心雕龙》论述时代风格，就认识到了以上多种因素对其产生的影响。如论建安文学梗概多气的文风，就注意到了“世积乱离，风衰俗怨”的社会现实对文风产生的作用。而论正始文风，则云：“于时正始馀风，篇体轻淡。”揭示出了正始文风与社会思潮的关系。

四

最后谈谈诗人之体，即诗人的个人风格。最早形成个人风格的当然是屈原，而最早的作家风格理论应是曹丕的《典论·论文》。其后可称有个人风格的诗人不胜枚举。严羽《沧浪诗话》所列多比较符合实际。

但是应该看到，屈原的诗歌风格不是有意识追求的结果。终魏晋南北朝之世，风格理论日趋成熟，形成个人独特风格的诗人也有很多，建安三曹、阮籍、嵇康、陆机、陶潜、谢灵运、鲍照、谢朓、吴均、萧纲、庾信等，都可称为风格鲜明的诗人。但风格的形成是否就是诗人自觉创造出来的，却未敢遽下结论。这些诗人在艺术上大多是有追求的，曹植的工于起调，阮籍的起兴无端，陶潜的体尚自然，谢灵运的极貌以写物，谢朓的流转圆美，都可以看出诗人艺术上的追求。但尽管如此，还不能说他们就是在自觉地创造作品的风格。只能说这些追求在风格形成过程中，不同程度地发挥了作用。唐代诗人李白曾写过“清水出芙蓉，天然去雕饰”的诗句，这说明他喜欢天然的作品。但也不能像某些文章说的那样，是他追求风格的宣言。因为他的豪放飘逸的风格，虽然与天然相关，但天然决不是豪放飘逸风格的主要内涵。在中国诗歌发展史上，真正堪称自觉追求一种诗歌风格的诗人是韩孟诗派。韩愈孟郊诗派以怪奇为其主要风格特点，这是韩孟等人崇尚并有意识地追求雄奇怪异之美的必然结果。在《调张籍》诗中，韩愈表示：“我愿生两翅，捕逐出八荒。精诚忽交通，百怪入我肠。刺手拔鲸牙，举瓢酌天浆。”他追求的是想象的开阔奇异。韩愈《荐士》赞孟郊的诗：“冥观洞古今，象外逐幽好。横空盘硬语，妥帖力排奡。”《醉赠张秘书》又说他自己与孟郊、张籍等人的诗：“险语破鬼胆，高词媲皇坟。”都明确地表明了他和诗派的其他诗人所追求的险怪风格。宋、明之后，门派林立，自觉地追求创造某种风格，也就成为比较普遍的现象了。

论及诗人的个人风格，还有一个很突出的现象应该引起我们的注意。古人论诗常常说哪一个诗人体出前代的某一个诗人。古人写诗很注意向前代诗人学习，有的就直接模拟前代的一个诗人或一种诗体。这样的学习或模仿对诗人风格的形成会不会有影响呢？这是一个比较复杂的问题，似不可一概而论。

模拟的现象在魏晋南北朝时很风行，以陆机和江淹最为突出。陆机模拟古诗，从情感到表现手法多得古诗之神；江淹对前代诗人作品的模拟亦多惟妙惟肖。模拟应该说是学习前代诗人的行之有效的途径。通过模拟，可以从感性上把握前人作品的风神，提高诗的表现水平。但客观地说，模拟并未对这两个诗人的作品风格产生很大的影响。因为风格是反映了诗人个性的独特的创造，所以停留在模拟之上，而如果不走出模拟，就永远也不会有个人的风格。向前人学习也是如此。宋代的江西诗派奉杜甫为此派之祖，特别强调向老杜学习，但风格似老杜沉郁顿挫者却较稀见。可见学习而能出新，才可能形成个人的风格。所以，所谓体出某个诗人的说法，确实反映了诗之创作中的一种现象。古代的诗人在诗歌创作中，的确有风格受前代诗人影响的情况，但不能说是风格形成的主要原因。体出某个诗人的说法，更主要的还是批评家和理论家一种观察问题的角度，或者说是一种批评的角度。

向前人学习借鉴，在此基础上不断创新，并形成个人的风格，这样的现象不乏其例。唐代著名诗人王维作品的淡泊诗风，如论者所言，确实是受了晋代诗人陶渊明的影响，但是王维的淡泊却不同于陶渊明的淡泊。王维由陶渊明的田园而转向山水，其思想内涵亦由庄老玄学转向佛学。所以陶渊明是自然真淳的淡泊，如苏东坡所说是似淡而实腴，寄至味于淡泊；而王维却是空寂的淡泊，由声色而归于静灭。王维是出于陶而实别于陶。正因为这样，王维才在文学史上独成山水诗派一家。可见决定诗人风格的不是模仿和学习，而是诗人创作个性的发挥与创造。这也是我们讨论到诗人之体时应该辨明的理论问题。

注释：

① 罗根泽：《中国文学批评史》一，上海古籍出版社 1984 年版，第 146 页。

② 吴讷：《文章辨体·凡例》。

③ 马叙伦《庄子义证》：“《诗》以道志以下六句，疑古注文，传写误为正文。”

④ 《汉书·刘向刘歆传》。

⑤ 《刘申叔先生遗书·论文杂记》。

⑥ 《晋书・挚虞传》。

⑦ 《文选序》。

⑧ 高棅:《唐诗品汇・总序》。

（2004年第5期）

文学史料的归纳与解读

——元代至明初小说和戏曲中白银的使用

沈伯俊

古典文学名著《水浒传》的成书年代，一直是《水浒传》研究中一个争论颇多却悬而未决的重要问题。石昌渝先生的《〈水浒传〉成书于嘉靖初年考》[①]一文，通过四个方面的考证，断定："《水浒传》决不可能写于明初，只能是在嘉靖初年。"我认为，昌渝先生此文，在迄今为止论证《水浒传》成书于明代中叶（或嘉靖年间）的诸文中，是眼界最宽、考证最细的一篇力作。不过，在阅读和研究中，我感到此文尚有值得商榷之处。这里仅就其第三条论据进行一些探讨，以就教于昌渝先生。

昌渝先生指出："白银在《水浒传》的世界里是一种流通的货币，人们随身携带，常常用于小额的生活消费。"而"在中国历史上，白银成为货币是明朝中期才发生的事情"。元朝统一全国后，便推行纸币，"纸币成为流通的货币形态，朝廷同时下令禁止金银作为货币流通"。"明初朝廷继续实行纸币的货币政策，严令禁止百姓在买卖中用金银交易。"正统年间，钞法开始动摇；弘治、正德间，宝钞不行；到了嘉靖初年，社会已专用白银了。而"《水浒传》绝无使用纸币的描写，甚至用铜钱也罕见，市场交易不论款额大小，几乎专用白银"。这"更像嘉靖初年货币情况的写照"。这里的思维逻辑是：作家不可能离开自己生活的时代，在其不经意的叙事中，常常会流露出其所处时代的痕迹。既然元代至明初朝廷禁止使用白银，而《水浒传》却描写人们在交易中广泛使用白银，这就证明它决不可能写于元代至明初，而只能成书于社会已专用白银的嘉靖初年。应该说，这一推理的逻辑起点是正确的，但其结论却未必正确；从同一逻辑起点出发，对照元代至明初小说戏曲中货币的使用情况，倒可能得出大不相同甚至相反的结论。

一

在元代至明初的小说中，人们在日常生活和交易中使用的货币是多元化的，白银、铜钱、纸币都有，而白银的使用则明显地居于主导地位。下面试分类作一初步考察。

（一）宋元小说话本中的货币使用情况

现存宋元小说话本，有的没有写到货币的使用情况，姑且不论。写到货币使用的作品中，绝大部分是以白银为主要流通货币。

例一，《崔衙内白鹞招妖》："把三两银子与酒保，还了酒钱。""你们都听我说：若打得活的归去，到府中一人赏银三两，吃几杯酒了归；若打得死的，一人赏银一两，也吃几杯酒了归；若都打不得飞禽走兽，银子也没有，酒也没得吃。""若捉得这红兔儿的，赏五两银子！"

例二，《郑节使立功神臂弓》："各支二两银子与他。""别的员外二两，你却要二百两。""张员外被他直诈到二十两。"

例三，《白娘子永镇雷峰塔》："你去取一锭白银下来。""打开看时，却是五十两雪花银子。""取出一两银子道：'先生收了银子，待捉得蛇，另又相谢。'"

例四，《夔关姚卞吊诸葛》："今特遣人赍白金百两，与侄为路费。""老丈大喜，命童子取银一锭，以酬润笔之资。"

例五，《志诚张主管》："又向衣袖里取出一锭五十两大银，撇了自去。"

例六，《三现身包龙图断冤》："赠酒十樽，银十两，遣之。""我今与你一两银子。""昨日……撰（赚）得有二两银子。""如有能解此语者，赏银十两。""包爷不失信于小民，将十两银子赏与王兴。王兴把三两银子谢了裴孔目。"

例七，《任孝子烈性为神》："取了三五钱银子，到铁铺里买了一柄解腕尖刀。"

例八，《万秀娘仇报山亭儿》："大官人腰里把些碎银子，教焦吉买些酒和肉来共吃。""周吉取一锭二十五两银子把与这大汉。"

例九，《史弘肇龙虎君臣会》："（柴夫人）教管钱的，支一两银子与他。"

例十，《五戒禅师私红莲记》："长老去衣箱里取出十两银子，把与清一。"

例十一，《赵伯升茶肆遇仁宗》："委此人送你起程，付一锭白银五十两，与你文书，赍到成都府去。""赵旭遂将此银凿碎，算还了房钱。"

例十二，《张孝基陈留认舅》："若在外恁般游荡，也得好些银子使费。""令郎……

算来共借有三千银子。”“身边还存得三四两银子，可做盘缠。”“过善道：‘媳妇，你与过门争气，这百亩田尚少，再增田二百亩，银子二百两，与你终身受用。’”

此外，一些作品写到使用铜钱或银、钱并用的情况。

例一，《错斩崔宁》：“丈人取出十五贯钱来，付与刘官人。”

例二，《杨温拦路虎传》：“茶博士抖那钱出来，数了，使索子穿了，有三贯钱，把零钱再打入竹筒去。员外把三贯钱与杨三官人做盘缠回京去。”“那利物，有一千贯钱。”

例三，《董永遇仙传》：“这长者见雪下得大，叫院子王仝，去库中取一千贯钱，仓中搬米十石，在门前散施。”

例四，《勘皮靴单证二郎神》：“夫人分付当道的赏了些银两，上了轿，簇拥回来。”“冉贵便去便袋里摸一贯半钱来。”“冉贵又去摸出二十文钱来。”

例五，《沈小官一鸟害七命》：“（张公）心中想道：‘终日括得这两分银子，怎地得快活？’”“张公道：‘别的不打紧，只这个画眉，少也值二三两银子。’”“那李吉取出三块银子，称称看到有一两二钱。”“如有寻获得沈秀头者，情愿赏钱一千贯；捉得凶身者，愿赏钱二千贯。”

例六，《宋四公大闹禁魂张》：“我与你二两银子。”“宋四公夜至三更前后，向金梁桥上四文钱买两只焦酸馅，揣在怀里。”“教你买三文粥来，你兀自不肯。”“店二哥，我如今要行，二百钱在这里，烦你买一百钱熬肉，多讨椒盐；买五十钱蒸饼；剩五十钱，与你买碗酒吃。”“赵正打个地洞，去钱大王土库偷了三万贯钱正赃。”“如有缉知真赃来报者，官给赏钱一千贯。”“正遇那主管，将白玉带卖与北边一个客人，索价一千五百两。”

例七，《杨思温燕山逢故人》：“思温取出五两银子与过卖，分付收了银子，好好供奉数品荤素酒菜上来，与（陈）三儿一面吃酒说话。”“乃日纳买工钱八十，故在此做过卖。”“三儿常上楼供过伏事，常得夫人赏赐钱钞使用。”“以白银三两，谢了婆婆；又以黄金十两，赠与思温。”

例八，《错认尸》：“说得此事成了，我把五两银子谢你。”“只要一千贯文便嫁与他。”“每年只要你三五百贯钱，冬夏做些衣服与他穿。”

例九，《张古老种瓜娶文女》：“先各与你三两银子；若讨得回报，各人又与你五两银子。”“做我传话那没见识的老子，要得成亲，来日办十万贯见钱为定礼，并要一色小钱，不要金钱准折。”

上述九例，例一至例三是使用铜钱的，例四至例九则是银、钱并用的。银、钱并用，银子仍居于主导地位。

另有少数作品，则写到银、钞并用的情况。

例一，《汪信之一死救全家》："打并得五十两银子，分送与二人，每人二十五两。""今有楮券四百，聊奉希颜表意。""有能擒捕汪革者，给赏一万贯，官升三级；获其嫡亲家属一口者，赏三千贯，官升一级。""那解汪世雄的得了许多银两，刚行得三四百里，将他纵放。""又到天荒湖拘集渔户，每人赏赐布钞，以收其心。"按：这里提到"楮券"（纸币），又提到"赏赐布钞"，可见"一万贯""三千贯"均系钞。

例二，《快嘴李翠莲记》："只见妈妈拿出钞来，翠莲接过手，便道：'等我分！……抬轿的合五贯，先生媒人两贯半。'""大小衙门齐下状，拿着银子远处使。"

例三，《济颠语录》："（修）元乃随取出所带之钞若干，纳付长老，以为设斋、请度牒、常住公用等费，余者付仆人作路费。""笋便化了，你等可出五百文钞，还脚分。""次早，果见朝廷差太尉押到宝钞三万贯。""次将银五两送与，济公一文不要。"

上述三例，都是银、钞并用，而以钞为主。

值得注意的是，在宋元小说话本中，单纯使用纸币的情况反而极为罕见。

（二）宋元讲史话本中的货币使用情况

宋元讲史话本，因主要反映王朝兴废，军国大事，征战攻伐，叙事比较简略，很少有世俗生活的描写，因而涉及货币使用的情节很少。而在为数不多的这类情节中，人们使用的货币主要是铜钱。

例一，《五代梁史平话》卷上："咱有一个计策，讨得几贯钱赠哥哥果足归去……有个庄主唤做马评事，家财巨万，黄金白银不计其数。""少年道：'要价钱三百贯。'""将些银子与那岳喜的伴当。"

例二，《五代汉史平话》卷上："义父一日将钱三十贯文，令知远将去汾州城里纳粮。"

例三，《五代周史平话》卷上："那汉将这宝剑出卖，郭威便问那汉道：'剑要卖多少钱？'那汉索要卖五百贯钱。郭威道：'好！只直得五百钱。'""连吃了二三斗酒，该酒钱一贯有余。"

例四，《三国志平话》卷上："送献钱物约二万余贯。""（张）飞叫量酒：'将二百钱酒来。'"卷中："（张）辽曰：'便加将军重职，每月四百贯、四百石。'"

这些例子中，虽有个别（例一）提到“白银”“银子”，但主要的流通货币仍是铜钱。这显然是宋代以铜钱为主币，同时白银也已作为储藏手段和辅助性货币的历史痕迹，但应该说与元代民众的货币使用习惯也是不矛盾的，否则就难以保留在作为大众技艺的讲史话本之中。

（三）《永乐大典》反映的货币使用情况

成书于永乐五年（1407）的《永乐大典》，作为大型类书，卷一三一三九“送”字韵“梦”字类收录了小说《西游记》早期版本中《魏征梦斩泾河龙》一节，其中写道：“先生曰：‘来日不下雨，到了时，甘罚五十两银。’”“老龙又变为秀士，入长安卦铺，问先生道：‘你卦不灵，快把五十两银来。’”孙楷第先生对此评曰：“文与吴承恩《西游记》不同，而语意大似话本。引书标题作《西游记》，则明初确有《西游记》一书，远在吴书之前也。”[②]实际上，此本《西游记》颇有可能成书于元代。不管怎样，这至少反映出元代至明初，交易中使用白银已经成为生活中普遍的现象。

（四）明初文言小说中的货币使用情况

明初文言小说并不兴旺，著名者当推瞿佑的《剪灯新话》和李昌祺的《剪灯余话》。其中少数作品，涉及货币的使用情况，兹略作分析。

其一，《剪灯新话》卷一《三山福地志》写道：“同里有缪君者，除得闽中一官，缺少路费，于（元）自实处假银二百两。”“明日，再往，酒果三杯而已，落落无顾念之意，亦不言银两之事。”“缪君……曰：‘……吾分禄米二石及银二锭，令人驰送于宅，以为过岁之资，幸勿以少为怪。’”这里提到的“银”“银两”，既可作路费，又可用于过年购物，显然已是日常生活使用的货币。

其二，《剪灯新话》卷一《金凤钗记》写道：“以钗货于市，得钞二十锭。”这里明确提到“钞”，证明了钞在元代的法定货币地位。

其三，《剪灯新话》卷三《富贵发迹司志》写道：“受钞三百锭，枉法断公事；取银五百两，非理害良民。”“月奉束脩五锭。”这里钞、银并举，可见作品所写的元末至正年间，银、钞并用乃是常见的现象。

其四，《剪灯余话》卷二《鸾鸾传》写道：“妈妈还贺曰：‘可谐矣！请以百金为赏。’”“候媪出，潜随至家，奉银一锭为寿，而以情告焉。”故事也发生于元末至正年间，主人公给邻居的“穿珠匠妇”、巫婆送礼均用银，可见白银用于其日常用度。与前面提到的《剪灯新话》卷一《三山福地志》相印证，越发表明白银在元末使用之广泛。这种现象，对于明初的人们也并不陌生。

综上所述，从元代到明初的小说中，白银的使用真是随处可见。

二

那么，元代戏曲中货币的使用情况又是如何呢?

元代最流行、影响最广泛的戏曲样式是杂剧。我们就以元杂剧为考察对象，来看看其中的货币使用情况吧。

与元代的小说话本相类似，元杂剧写到货币使用的作品中，绝大部分也是以白银为流通货币。

例一，关汉卿《窦娥冤》的“楔子”写道:〔蔡婆云〕“这里一个窦秀才，从去年向我借了二十两银子，如今本利该银四十两。”“再送你十两银子做盘缠。”第一折写道:〔赛卢医云〕“我问他借了十两银子，本利该还他二十两。”第二折写道:〔赛卢医云〕“刚少他二十两花银。”〔桃杌云〕“告状来的要金银。”

例二，马致远《青衫泪》第二折写道:(茶商刘一郎来见裴兴奴)〔净见旦科，云〕“小子久慕大名……先送白银五十两做见面钱。”

例三，王实甫《西厢记》第三本第四折写道:〔末云〕“小生有花银十两，有铺盖赁与小生一付(副)。”第五本第一折写道:〔旦云〕“红娘，取银十两来，就与他盘缠。”

例四，白仁甫(白朴)《东墙记》第四折写道:〔卜云〕“梅香，与郎中五钱银子。”

例五，无名氏《陈州粜米》的“楔子”写道:“钦定五两白银一石细米”。〔刘衙内背云〕“……私下改做十两银子一石。”第一折写道:〔粜米百姓〕“只得各家凑了些银子，且买些米去救命。”“我这银子还重着五钱呢。”

例六，张国宾《合汗衫》第一折写道:〔正末云〕“再将五两银子来。”

例七，无名氏《小孙屠》第一折写道:〔外末医云〕“怎莫这半药直银七两。”

例八，无名氏《冻苏秦》的“楔子”写道:〔王长者云〕“在下无物相赠，有春衣一套，鞍马一副，白银两锭，与先生权为路费。”

例九，无名氏《来生债》的“楔子”写道:〔冲末扮李孝先云〕“只因本钱欠少，问本处庞居士借了两个银子做买卖。"〔正末云〕"本利该四锭银子，都不问你要。行钱，再将两锭银子来。"第一折写道：〔磨博士云〕"我一日我请着爹二分工钱。"〔正末云〕"孩儿也，唤做银子……他也中吃，也中穿……那中吃中穿，是教你将他凿碎了，买吃买穿。"第二折写道：〔正末云〕"将一两银子来与罗和孩儿。"〔磨博士云〕"孩儿也不敢多要，只先支一钱银子，买一条扁担。"〔正末云〕"咱家中奴仆使数的，每人与他一纸儿从良文书，再与他二十两银子，着他各自还家。"

例十，武汉臣《玉壶春》第二折写道：〔甚舍云〕"我与你二十两银子做茶钱。"

此外，一些作品写到银、钞并用的情况。例如，高文秀《双献功》第一折写道：〔正末云〕"……若有些失错呵，我情愿输三两银子。"第三折写道：（李逵到牢里看孙孔目）〔正末云〕"俺娘与了我一贯钞，着我路上做盘缠。"又如，无名氏《杀狗劝夫》第二折写道：〔柳胡云〕"呀，哥哥靴（鞡）里有五锭钞呢。"第四折写道：〔胡云〕"只等他抬出三千两银子来，便饶了他吧。"再如无名氏《看钱奴》第二折写道：〔贾仁云〕"若有人问我要一贯钞呵，哎呀，就如同挑我一条筋相似。"〔贾仁云〕"若有反悔之人，罚宝钞一千贯与不悔之人使用。"第三折写道：〔兴儿云〕"你自去开了库，拿着十个金子、十个银子、一千贯钞，我跟着你烧香去来。"另如《云窗梦》第一折写道：〔净云〕"大姐，我多有金银钱钞哩。"

个别作品中，主要用钞。例如，武汉臣《老生儿》的"楔子"写道：〔正末云〕"张郎，将二百两钞来与引孙。"〔引孙云〕"我那伯伯与我二百两钞；我那伯娘当住，则与我一百两钞，着我那姐夫张郎与我；他从来有些掐尖落钞，我数一数。六十两，七十两，八十两，则八十两钞。"但结合上引武汉臣的另一杂剧《玉壶春》来看，作者所写，仍是银、钞并用。

还有个别作品写到以金钗为代币的情况。例如，无名氏《争报恩三虎下山》的"楔子"写道：〔正旦对关胜云〕"兄弟也，无甚么与你。这一只金凤钗，与你权做压惊钱，休嫌轻意。"第一折写道：〔正旦对徐宁云〕"兄弟也，路途上厮见，无甚么与你。这一只金钗儿，倒换些钱钞，做盘缠去。"有历史学家指出："金钗本是一种首饰，但在宋代似乎有时作为一种小金条来代钱使用。"[③]此剧一再写李千娇赠人金钗作"压惊钱"，作盘缠，表明以金钗为代币的情况在元代已相当普遍。

综上所述，在元杂剧中，白银的使用也是居于主流地位。

三

上面的考察，清楚地证明了本文第一部分开头提出的观点："在元代至明初的小说中，人们在日常生活和交易中使用的货币是多元化的，白银、铜钱、纸币都有，而白银的使用则明显地居于主导地位。"这些作品分别问世于元代和明初，已是公认的、确凿无疑的事实；如果以元代至明初朝廷明令推行纸币，禁止白银作为货币流通的律令为依据，便要否定它们是元代至明初的作品，硬说它们只能出现于明代嘉靖以后，那是很荒唐的。恰恰相反，作品中这类"不经意的叙事"，正是当时的社会生活的形象反映，表明尽管朝廷再三颁布禁令，其对广大官民的实际约束力却相当有限。元代政治腐败，社会黑暗，法纪废弛，民族矛盾和阶级矛盾十分尖锐，朝廷的律令往往停留于官方文书，并常常由官员们带头破坏，自然难以在民间严格推行。由于比价极不合理，加上各级官吏的贪婪侵渔，纸币的实际购买力大大低于其面值，广大民众为了维护自己的切身利益，不得不以银、钱为支付手段；这样一来，纸币壅塞，银钱广行，逐渐成为普遍现象。笔者查阅《元史·食货一》，其中云："（天历）二年（1329）：至元钞一百一十九万二千锭，中统钞四万锭。"此后再无印钞记载，似可为此一证。元末天下大乱，群雄并起，元王朝发行的纸币更是成为废物，银、钱成了真正的流通货币。这种情况，自然会延续到明初。

再看《水浒传》的情况。正如石昌渝先生所说："《水浒传》绝无使用纸币的描写……市场交易不论款额大小，几乎专用白银。"不过，书中使用铜钱的情况却并非"罕见"。仅就百回本《水浒传》的前三十回略加考察，便可看到如下例子：（1）"华阴县里不敢捉他，出三千贯赏钱召人拿他。"（第二回）（2）"谁想写了三千贯文书，虚钱实契，要了奴家身体……着落店主人家，逼要原典身钱三千贯。""出赏钱一千贯，写了鲁达的年甲贯址，画了他的模样，到处张挂。"（第三回）（3）"当时林冲看了，吃了一惊，失口道：'好刀！你要卖几钱？'那汉道：'索价三千贯，实价二千贯。'林冲道：'值是值二千贯，只没个识主。你若一千贯肯时，我买你的。'那汉道：'我急要些钱使，你若端的要时，饶你五百贯，实要一千五百贯。'林冲道：'只是一千贯，我便买了。'""林冲别了智深，自引了卖刀的那汉，去家去取钱与他。将银子折算价贯，准还与他……那汉得了银两自去了。"（第七回）（4）"又一个盘子，托出一斗白米，米上放着十贯钱，都一发将出来。"（第九回）（5）"州尹大惊，随即押了公文帖……出三千贯信赏钱，捉拿正犯林冲。"（第十一回）（6）"杨志道：'祖上留下宝刀，要卖三千贯。'

牛二喝道：‘……我三百文买一把，也切得肉，切得豆腐。’”（第十二回）（7）“只见独木桥边一个汉子，把着两串铜钱，下来解船。”（第十五回）（8）“那汉道：‘我一了不说价，五贯足钱一桶，十贯一担。’”（第十六回）（9）“本处一个财主，将五千贯钱教小人来此山东做客。”“何清笑道：‘……若是叫兄弟得知，赚得几贯钱使，量这伙小贼有甚难处？’”（第十七回）（10）“又得知县一力主张，出一千贯赏钱，行移开了一个海捕文书。”（第二十二回）（11）“知县就厅上赐了几杯酒，将出上户凑的赏钱一千贯，赏赐与武松。”（第二十三回）（12）“郓哥道：‘要寻大官人赚三五十钱养活老爹。’”（第二十四回）（13）“武大道：‘……我有数贯钱，与你把去籴米。’”（第二十五回）（14）“施恩当时打点了，叫两个仆人先挑食箩酒担，拿了些铜钱去了。”（第二十九回）由此可见，在《水浒传》写到的日常消费中，银、钱并用，而以白银为主。这种情况，与大多数元代话本小说、元杂剧相类似。因此，以元代至明初朝廷明令推行纸币，禁止白银作为货币流通，而小说情节中人们却广泛使用白银为依据，证明《水浒传》成书于嘉靖初年，未必可靠。反之，如同上文所说，小说有关人们在生活中广泛使用白银的描写，却可以成为《水浒传》成书于元末明初的重要依据。

必须说明，石昌渝先生是以四个方面的论据来支撑其“《水浒传》成书于嘉靖初年”的中心论点的；本文则仅就其第三条论据进行一些探讨，而未涉及其他论据。因此，上述考察，只能证明其第三条论据未必可靠，尚不足以完全否定昌渝先生的中心论点。

在这里，笔者想要特别强调：在古代史、古代文学研究中，努力发掘相关时代的历史资料是十分重要的，这将有助于避免主观臆断的浮躁之风；然而，非常重要的一点是，对历史资料，除了一般意义的鉴别真伪（鉴别其是否确系某一时代的资料），还应谨慎辨析其内容的虚实（判定其所言是否符合事实）。令人遗憾的是，这一点却往往被人们所忽视。就官方文书而言，必须看到，言行背离、口是心非乃是封建统治者的痼疾，许多官方文书仅仅是自欺欺人的官样文章。大量的史实证明：统治者历来明文提倡礼义廉耻，但他们自己却总是荒淫无耻；统治者经常明令禁止贪污受贿，但招权纳贿却成了官场惯例，贪官污吏总是大行其道；在政治混乱期和王朝衰败期，这种说一套做一套的现象尤为严重。因此，朝廷律令、官府榜文，在很多时候只能表明统治者这样“说”了，并不等于他们已经这样“做”了，更不等于他们“完全做到”了；相反，很多时候只是一纸空文。所以，不能把朝廷律令一概等同于史实，径直采用，引以为据而不加分辨（当然，其中也有相当部分是可信的）。与同时代的野史杂传、书信日记等非官方资料相比，朝廷律令的可靠性并不见得更高，其“水分”反倒可能多得多。为此，在今后的研究中，注意朝廷律令与实际生活的差距，值得我们研究者进一步重视。只有综合同一时代的公私文献、文物古迹，参照通俗文艺的有关叙述，辨伪存真，才能得出比较可靠的结论。

注释：

* 本文开始酝酿于2001年底。两年多来，在搜集资料、整理思路的过程中，我先后在西南师范大学、西华师范大学、南开大学等高校作学术报告和与师友交谈时讲过主要观点；但因忙于其他任务，直到2004年5月才完成全文。文章交稿后，经友人提示，得知《贵州大学学报》2004年第2期发表张培锋同志的《关于〈水浒传〉成书时间的几个“内证”考辨——与石昌渝先生商榷》一文，对石昌渝先生的论文进行了全面商榷，特找来拜读。该文第二部分《关于交易使用白银》，认为南宋、金、元时期，白银均成为主要货币，并举了元杂剧中的四个例子。这部分共约一页，内容有与拙作相通之处，但有三点重要区别。（1）张文认为白银的使用与《水浒传》创作年代不一定有直接关系；拙作则认为：“小说有关人们在生活中广泛使用白银的描写，却可以成为《水浒传》成书于元末明初的重要依据。”（2）张文举了元杂剧中的四个例子，证明元代白银已成为主要货币。拙作则是全面观照元代至明初的小说戏曲：其中小说方面包括小说话本、讲史话本、《永乐大典》、明初文言小说四类，是张文完全没有涉及的；对戏曲的考察，不仅例证不同，而且将其中货币的使用分为“绝大部分以白银为流通货币”“银、钞并用”“个别作品中，主要用钞”“个别作品写到以金钗为代币”四种情况，显然更为全面。（3）张文仅就石文进行商榷，拙作则在文章第三部分强调提出：“对历史资料，除了一般意义的鉴别真伪（鉴别其是否确系某一时代的资料），还应谨慎辨析其内容的虚实（判定其所言是否符合事实）。”“所以，不能把朝廷律令一概等同于史实，径直采用，引以为据而不加分辨（当然，其中也有相当部分是可信的）。”“为此，在今后的研究中，注意朝廷律令与实际生活的差距，值得我们研究者进一步重视。只有综合同一时代的公私文献、文物古迹，参照通俗文艺的有关叙述，辨伪存真，才能得出比较可靠的结论。”这就具有了理论高度和普遍意义。总之，拙作完全是自出机杼，自有特点，因此仍按原貌发表。

① 石昌渝：《〈水浒传〉成书于嘉靖初年考》，《上海师范大学学报》2001年第5期。下引石先生语，均见此文。

② 孙楷第：《中国通俗小说书目》，人民文学出版社1982年版，第188页。

③ 汪圣铎：《两宋货币史》下册，社会科学文献出版社2003年版，第900页。

（2005年第1期）

“董源”概念的历史生成

尹吉男

董源不一定是我们今天理解五代或北宋初期绘画史的重要因素，但他却是理解元代以后绘画史的必备条件。特别是对晚明清初的绘画史而言，董源不仅是一个最重要的艺术典范，同时也是最重要的知识概念。我越来越倾向于把“董源”区分为宋代的“董源”、元代的“董源”和明末清初的“董源”。另外，从文本的角度，还可以区分为沈括的“董源”、米芾的“董源”、汤垕的“董源”和董其昌的“董源”。这些概念紧扣当时的文化史主线。

“董源”概念的历史性不同于完全以文字为核心的“杜甫”类概念。至少在很长一段时间，“董源”概念不仅仅以文字为依托，同时也以绘画作品 / 图像为依托。一个更为复杂的绘画收藏史在“董源”概念背后延伸着。当然“杜甫”这类概念也可以衍生出“杜甫草堂”等不断变动的历史遗迹，但这些历史遗迹不会成为艺术典范；而那些与“董源”概念相关的传世作品却被后世当作艺术典范一再学习或模仿。

尽管当代的艺术史研究和书画鉴定研究早已比董其昌所处的晚明时期更为完备，但在今天，我们讨论五代时期的那个董源的学术条件也还不充分。我们缺乏有关画家董源的南唐历史文本，缺乏他自己的自述性文件。我们对董源的生活经历和家庭背景、教育背景等情况一无所知。我们对他的名字到底叫作“董源”还是“董元”都搞不清楚。[①]我们不知道董源的性格、道德观念和信仰。董源一直是作为一个艺术史的知识概念存在着，这个概念被不断地重构、解释，最终落实在那些被认为是由董源创作的作品上。董源成了一个只有在中国绘画史的教科书上才能讲清楚的人。

在现行中国美术史的教科书的叙述中，董源作为与北方画家荆浩对称的南方画家占据着重要的历史地位。董源的《潇湘图》《夏山图》和《夏景山口待渡图》在 2002 年成为上海博物馆举办的“晋唐宋元国宝展”的重要展品，收录在《晋唐宋元书画国宝特集》大型图录中。(见图 1)

图 1　董源《潇湘图》（局部）　绢本设色　故宫博物院藏

在1997年出版的《中国绘画三千年》的“五代至宋代”部分中，美国耶鲁大学教授班宗华先生在叙述五代山水画时说：“与此同时，一种截然不同的山水画风格在南唐都城金陵周围的繁华地区诞生了。后世把这种绘画风格称为江南风格。江南指的是以金陵为中心的淮河以南地区。这种独具特色的南方山水风格对以后的画家产生了巨大的影响，但在当时它还是作为一种具有地方色彩的区域性风格而存在。”[②]1981年由日本吉川弘文馆出版的日本学者铃木敬的《中国绘画史》中提道：“依想象，董、巨山水画风可能只不过是以江南一带的地方风格，勉强被继承下来而已。”

这种被称作“地方色彩的区域性风格”或“江南一带的地方风格”何以在后世成为主流风格和艺术典范？以江南山水为对象的董源画派在宋代以后逐渐成为最重要的文化景观，是非常耐人寻味的事情。因此，有关“董源”的知识生成问题就成了现代学术问题。

一、晚明之前的绘画史和鉴藏史对“董源”的叙述

董源这个历史概念的早期建构是北宋人的历史贡献。第一个建构这一概念的人是郭若虚。他是重要的北宋绘画史著作《图画见闻志》的作者。北京国家图书馆藏有《图

画见闻志》宋刻本，赵万里推断其属南宋临安府陈起刻本。《图画见闻志》是这样介绍董源的：

> 董源，字叔达，钟陵人。事南唐为后苑副使。善画山水，水墨类王维，着色如李思训，兼工画牛、虎，肉肌丰混，毳毛轻浮，具足精神，脱略凡格。有《沧湖山水》《着色山水》《春泽牧牛》《牛》《虎》等图传于世。

郭若虚的生卒年不详，我们只知道他是宋真宗郭皇后的侄孙，太原（今山西太原）人。曾任备库使、西京左藏库副使；并曾以贺正旦副使之职出使辽国。郭若虚是如何知道董源的，我们现在已无法知道。郭若虚的曾祖是郭守文，做过宣徽南院使。宋真宗的章穆郭皇后，是郭守文的第二个女儿。郭若虚的曾祖郭守文卒于端拱二年（989），《宋史・郭守文传》说：“守文既丧月余，中使自北边来言：‘守文死，军士皆流涕。’帝问：‘何以得此。’对曰：‘守文得奉禄赐赉悉犒劳士卒，死之日，家无余财。’帝嗟叹久之，赐其家钱五百万，为真宗纳其女为夫人，即章穆皇后也。”③郭若虚的祖父和父亲都酷爱书画收藏。他的《图画见闻志》是接续唐代艺术史家张彦远的《历代名画记》的，记载了唐会昌元年（841）至北宋熙宁七年（1074）之间的绘画发展史。总之，郭若虚建构了董源的早期概念。

从郭若虚的董源概念中，我们读不到今天仍在支持“董源”概念的那些关键性的绘画作品，如《潇湘图》《夏山图》《夏景山口待渡图》，以及让人争论不休的《溪岸图》。郭若虚的董源概念透示出以下信息：（1）董源是钟陵人；（2）他当过南唐的官；（3）他是山水画家和动物画家；（4）他的风格技法来自王维和李思训；（5）他的传世作品不多。（见图2）

不过，真正使董源概念产生决定性作用的并不是郭若虚的客观叙述，而是另外两个重要人物的主观评论。他们分别是沈括（1031—1095）和米芾（1051—1107）。他们的影响力是通过流传广泛的著作《梦溪笔谈》和《画史》实施的。沈括在其《梦溪笔谈》里说：

> 江南中主时，有北苑使董源善画，尤工秋岚远景，多写江南真山，不为奇峭之笔。其后建业僧巨然祖书源法，皆臻妙理。大体源极巨然画笔皆宜远观，其用笔草草，近视之几不类物象，远观则景物粲然，幽情远思，如睹异境。如源画

图 2　董源《龙宿郊民图》　绢本设色　台北故宫博物院藏

《落照图》，近视无功，远观村落杳然深远，悉是晚景，远峰之顶，宛有反照之色，此妙处也。④

沈括的董源观是接受美学意义上的，他在表述董源的时候细腻地描述了他个人的审美体验。其中他贡献了一个可被后世文人画家利用的关键词——“用笔草草”，这也是元代文人画家倪云林最为重视的绘画表现。

实际上，米芾的评论对董源概念的确立更具决定意义。米芾在书画创作实践和鉴藏写作实践中的个人典范性对董其昌和清初四王构成了引力作用。在董其昌的“南宗”谱系图里，董源、巨然之后就是米氏父子。董其昌说：“南宗则王摩诘（维）始用渲淡，一变勾斫之法；其传为张璪、荆关、郭忠恕、董巨、米家父子以至元之四大家。”

从米芾所著的《画史》来看，米芾对董源所作的表述是鉴赏意义上的。他说：

> 董源平淡天真多，唐无此品，在毕宏上，近世神品，格高无与比也。峰峦出没，云雾显晦，不装巧趣，皆得天真；岚色郁苍，枝干劲挺，咸有生意；溪桥渔浦，洲渚掩映，一片江南也。⑤

米芾贡献的关键词是“平淡天真”或“天真”，还有后世文人画家所竭力反对的“巧趣”中的“巧”的理念。至此，董源的概念逐渐丰富起来——官僚画家、江南人、水墨类王维——用笔草草——平淡天真、不装巧趣——进而重叠为一个可供想象的董源。这是北宋徽宗时期的董源，换句话说，这是将董源概念和古画建立关联的北宋后期这个特定时间的董源。与董源相关的作品，如《潇湘图》《夏山图》《夏景山口待渡图》《龙宿郊民图》等都有宋代宫廷的收藏印记。有意思的是，这些作品都没有图名，而是明代的董其昌自己根据北宋的《宣和画谱》来命名的。（见图 3）

图 3　董其昌《龙宿郊民图》题跋

二、晚明董其昌对“董源”的历史叙述

董其昌（1555—1637）与卷轴画的“董源”相遇是在公元 1597 年的夏天。他与卷轴画的“董源”相遇大都发生在北京。1597 年，董其昌所遇到的“董源”就是日后被他命名为《潇湘图》的作品的作者。这一年董其昌 43 岁。事见董其昌的《容台别集》卷四《画旨》：“此卷余以丁酉六月得于长安，卷有文三桥题，董北苑字失其半，不知何图也。既展之，即定为《潇湘图》，盖《宣和画谱》所载，而以选诗为境，所谓‘洞庭张乐地，潇湘帝子游’者耳。”至于这幅作品是否叫《潇湘图》，是否为五代那个董源的真迹，我们无从知道。《宣和画谱》所列的董源作品的目录单对明代的董其昌考释古代绘画具有参考作用。除了《龙宿郊民图》外，其他图名皆来自《宣和画谱》。（见图 4）

实际上，董其昌与作品意义上的“董源”的聚会是在他见到《潇湘图》之前。万历二十一年（1593）癸巳，董其昌 39 岁。这一年的春天，他在北京得到半幅所谓董源的《溪山行旅图》。《溪山行旅图》今藏于日本京都小川氏。图的左旁有董其昌题记曰：“此画为《溪山行旅图》，沈石田家藏物。”明代沈周定其为“半幅董源”。清代书画鉴定家高士奇的《江村消夏录》卷一《五代董北苑溪山行旅图》载董其昌跋云：“余求董北苑画于江南而不能得。万历癸巳春，与友人饮顾仲方第，因语及之。仲方曰：‘公入长安，从张乐山金吾购之，此有真迹。’乃从吾郡马耆清和尚往者。先是，予少时于清公观画，犹历历在眼，特不知为北苑耳。比入都三日，有徽人吴江村持画数幅谒余，余方肃客倦甚，未及发其画，首叩之曰：‘君知有张金吾乐山否？’吴愕然曰：‘其人已千古矣，公何谓询之亟也？’余曰：‘吾家北苑画无恙否？’吴执图以上曰：‘即是。’余惊喜不自持，展看之次，如逢旧友，亦有冥数云。”这段题跋是我们所知的以作品的形式而存在的“董源”与当年已经 39 岁的董其昌的第一次聚会。尽管这件作品是伪品，但董其昌还是“惊喜不自持，展看之次，如逢旧友”。给他提供这件作品的人叫吴廷，又名吴廷羽，字左千，号用卿，安徽休宁人。这个人也是画家，兼收藏家。他曾经收藏过王羲之《胡母帖》《行穰帖》，王献之《中秋帖》《鸭头丸帖》，王珣《伯远帖》等。[6]

董其昌与《潇湘图》的聚会其实是董其昌与“董源”的第二次聚会，换句话说，是他与第二个“董源”的聚会。同年冬天，董其昌又从海上潘光禄那里得到《龙宿郊民图》，即第三个“董源”。以上这些“董源”都属于董其昌个人所有。天启四年（1624），已经 70 岁的董其昌在这一年看到了第四个卷轴画的“董源”，即朱氏收藏的

董源《夏景山口待渡图》。崇祯五年（1632）壬申，78岁的董其昌在北京得到董源《夏山图》。《虚斋名画录》卷一《五代董北苑夏山图》载有董其昌的跋文：“予在长安三见董源画卷，丁酉得藏《潇湘图》，甲子见《夏口待渡图》，壬申得此卷，乃贾似道物，有长字印。三卷绢素高下广狭相等，而《潇湘图》最胜。《待渡图》有柯敬仲题，元文宗御宝，今为东昌相朱藏。昔米元章去董源不甚远，自云见源画真者五本。予何幸得收二卷，直追溯黄子久画所自出，颇觉元人味薄耳！”（见图5）崇祯六年（1633）癸酉，79岁的董其昌得董源《秋江行旅图》，这是董其昌的第五个“董源”。董其昌自己是这样描述这张画的内容的：“树木作风雨状，枝叶离披，一人骑马反顾家园，有家老着屐出视，行者不堪萧飒。下有蒙冲，稳泊崖脚，一人手把书册，似无风波之虑。此图皴法变幻，非复李、范能防佛，真神品也。”⑦

图4　董源《夏景山口待渡图》　绢本水墨　辽宁省博物馆藏

图5　董源《夏山图》（局部）　绢本设色　上海博物馆藏

现代中国绘画史学者任道斌说："董其昌酷爱董源之作，一生竭力搜寻，共得四幅，为《潇湘图》（得于北京）、《龙宿郊民图》（得于上海，即《龙袖骄民图》）、《夏山图》（得于北京）、《秋江行旅图》（得于北京）。此外又有半幅《溪山行旅图》，传为董源作品，但非真迹。其昌于上述四幅董源墨迹甚为珍秘，取其堂名'四源堂'以贮之。"⑧

按照任道斌先生的理解，"四源堂"所包含的作品分别是《潇湘图》《龙宿郊民图》《夏山图》和《秋江行旅图》，为"四源"。董其昌第一个见到的《溪山行旅图》是半幅，不入"四源"之列可以理解。由此可知朱氏所藏的《夏景山口待渡图》一直没能被董其昌收藏。

今存的《夏景山口待渡图》的引首上有董其昌题字"董北苑夏景山口待渡图真迹"，并在其后题："《宣和画谱》载，后入元文宗御府，柯九思鉴，虞集等鉴定。甲子六月观，因题。董其昌。"（此处题跋请参见辽宁省博物馆的藏品，与《大观录》著录的文字略有出入。《大观录》卷一二《董北苑夏景待渡图卷》，董跋："董北苑《夏景山口待渡图》真迹，《宣和画谱》载，后入元文宗御府，柯九思、虞集等鉴定。甲子六月观，因题。董其昌。"）甲子年是天启四年（1624），董其昌 70 岁，他在北京的朱阁学的家里看到了董源《夏景山口待渡图》。同年的夏五月他与王时敏、吴廷同赏《夏景山口待渡图》，是他第一次观赏这幅画。（见图 6）

董其昌及其时代的"董源"概念是由宋代文本的"董源"和流传至晚明的卷轴画或收藏品的"董源"概念构成的。当然，这还不是"董源"概念的全部，还要加上诸如王世贞、詹景凤和董其昌等人对董源的解释。董其昌在《潇湘图》《龙宿郊民图》《夏山图》和《夏景山口待渡图》上的题跋或引首，以及在他的《画禅室随笔》和《容台别集》等著作中所发挥的看法对重构"董源"起到了至关重要的作用。

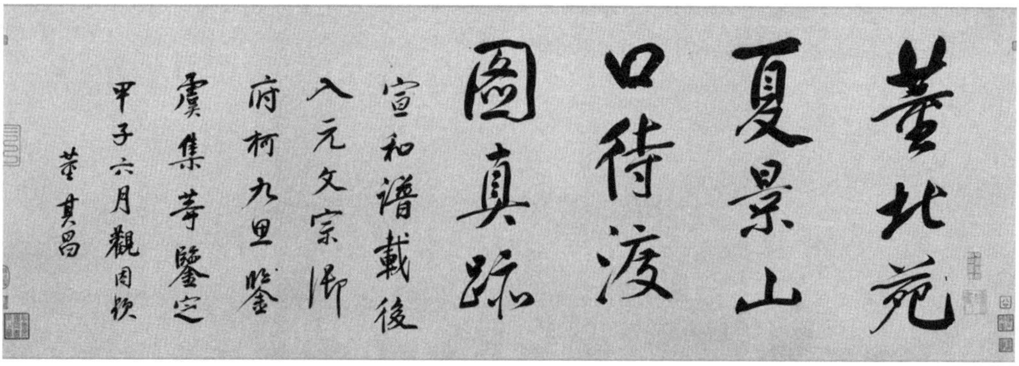

图 6　董其昌《夏景山口待渡图》题跋

三、品评权力重心的南移

日本学者铃木敬在讨论董源时说：“董源这个画家何以到12世纪的米芾那个时代，突然在中国画史上受到注意，并获得极高评价，其因不详。依想象，可能是受米芾独特的画观及相当偏颇的绘画嗜好所左右的缘故。但他方面也可能因于米芾对华北山水画风起了某些反感，其结果才抬出江南画的董源、巨然作为本身画风——米法山水——之祖。”[⑨]

董源最终被后世的绘画理论家选择的标志是元代大鉴赏家汤垕（？—1317）[⑩]的“北宋山水三家”说。他在最著名的《画鉴》中论列范宽之后说：

> 宋画山水，超绝唐世者，李成、董源、范宽三人而已。尝评之：董源得山之神奇，李成得山之体貌，范宽得山之骨法，古三家照耀古今，为百代师法。[⑪]

这种明确的界定，强化了北宋沈括、米芾对董源的趣味。而元代汤垕确立三家山水宗师地位的品评语式与北宋郭若虚的“北宋三家”说完全相同。郭若虚说：“画山水惟营邱李成，长安关仝，华原范宽，智妙入神，才高出类，三家鼎峙，百代标程。”[⑫]汤垕从郭若虚的三家说中剔去了北方的关仝，换上了南方的董源。

有意思的是，沈括是南方人。沈括，字存中，北宋钱塘（今浙江杭州）人。他晚年移居到润州（今江苏镇江），将他以前购置的园地，加以经营，名为“梦溪园”，在此隐居八年后去世。其间，写成了他的科学名著《梦溪笔谈》，以及农学著作《梦溪忘怀录》（已佚）、医学著作《良方》等。沈括所著诗文，在南宋时经编成《长兴集》四十一卷，今残存十九卷。沈括对董源的个人兴趣是众所周知的。他的话“江南中主时，有北苑使董源善画，尤工秋岚远景，多写江南真山，不为奇峭之笔”不断被后世的品评家重复。“江南真山”作为南方人的偏好是可以理解的，同时他对北方山水画的“奇峭之笔”表示出不以为然的态度。

米芾也是南方人。米芾，初名黻，后改芾，字元章，号襄阳居士、海岳山人等。祖籍太原，后迁居襄阳（今属湖北），长期居住润州。初仕校书郎，擢书画学博士，迁礼部员外郎。精于鉴赏，家藏法书名画甚富。曾著《山林集》，已佚。现有《书史》《画史》《宝章待访录》等传世。值得注意的是，沈括晚年居住在润州，他的《梦溪笔谈》就写于润州的“梦溪园”。而米芾则长期居住在润州，他的主要书画著作应该写于润州。《宋史》说米芾是“吴人”，南宋邓椿的《画继》说米芾“世居太原，后徙于吴”。

米芾所说的董源山水画的特征——“溪桥渔浦，洲渚掩映，一片江南也”，其核心也是“江南”，这点与沈括的“江南真山”在理念上别无二致。实际上，米芾的“一片江南”道破了天机。董源虽是钟陵（今江西进贤西北）人，但如果他曾任过南唐的“后苑副使”，其主要活动则在南唐的西都江宁（今南京市）。沈括《图画歌》《宣和画谱》都称董源为“江南人”。

元代那个使董源具有北宋三大家意义的汤垕也是南方人。汤垕，字君载，号采真子。他的籍贯为江苏山阳县（今江苏淮安），他的祖父汤孝信从山阳迁居京口。所谓京口是六朝时的古地名，地在今江苏省镇江市。南宋刘宰在嘉定七年（1214）修镇江志，搜访京口名贤事迹，嘉定八年夏写成《京口耆旧传》九卷。今本为四库馆臣从《永乐大典》中辑录。刘宰此书所采事迹始于宋初，迄于嘉定七年，生者俱不入传。《京口耆旧传》早于汤垕所处的时代，在它的卷一和卷二中分别收录了沈括和米芾的传记。

米氏父子的绘画趣味历来被认为与北方山水画传统无关。元代画家黄公望认为他们与董源关系密切。汤垕在《画鉴》中说米芾“山水其源出董元”。这三位与镇江有着特殊关系的画学理论家虽然生不同时，但都对董源表达了赞美的态度。米芾强调董源的“平淡天真”，而汤垕认为山水画的要点在于“天真”：

> 观画之法，先观气韵，次观笔意、骨法、位置、傅染，然后形似，此六法也。若观山水、墨竹、梅兰、枯木、奇石、墨花、墨禽等，游戏翰墨，高人雅士寄兴写意者，慎不可以形似求之。先观天真，次观笔意，相对忘笔墨之迹，方为得之。⑬

由此可见，“天真”在绘画史中成为重要的品评标准是和米芾、汤垕的个人趣味密切相关的。汤垕的认识集中反映在他的《画鉴》里，而这部著作据说是他“在京师时与今鉴画博士柯君敬仲论画，遂著此书”⑭。因此，除了汤垕所具有的地方审美趣味之外，他对董源的热爱也和当时的鉴赏大家柯九思对董源的肯定有一定的关系。柯九思于1330年见到董源的《夏景山口待渡图》（见图7），并在图后题：

> 右董元《夏景山口待渡图》真迹，冈峦清润，林木秀密，渔翁游客出没于其间，有自得之意，真神品也。天历三年正月奎章阁参书臣柯九思鉴定恭跋。⑮

柯九思与汤垕在趣味上的相近之处还不限于董源，也表现在对米芾的看法上。汤垕认

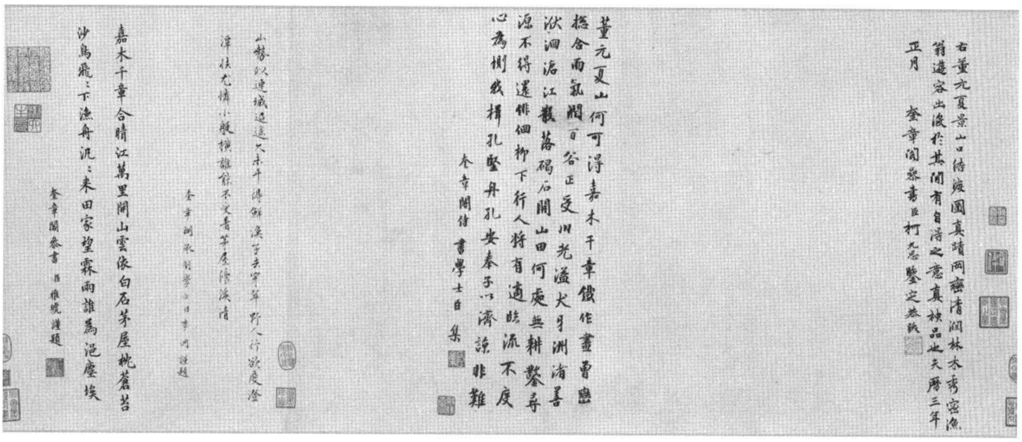

图 7　柯九思《夏景山口待渡图》题跋

为，“唐画山水至宋始备，如（董）元又在诸公之上”，对董源有了新的认识。柯九思因受政治牵连被迫离开宫廷，晚年与吴地的文人集团关系密切，特别是与顾瑛的关系尤为密切，顾瑛所编的《草堂雅集》的首卷诗即是柯九思的诗作。在《草堂雅集》所收的一首题为《题米元章海岳庵图》的诗中，柯九思提到了“江南”这个概念与米芾画的关联。[16]汤垕在梳理董源画风的传承系统时，勾勒出这样的线索：董源—巨然、刘道士—米芾、米友仁父子。他把米芾的话“董源平淡天真多，唐无此品，在毕宏上”丰富为“董元天真烂漫，平淡多姿，唐无此品，在毕宏上”。

我们一方面可以理解为三个与镇江有关的鉴赏家将一个新的品评标准建构起来，有力地影响了后世。另一方面，我们也可以理解为后世的文化史和绘画史选择了这三个鉴赏家的观点。总的来说，米芾父子是这一文脉的关键。他们不仅有传之后世的言说，也有传之后世的山水画的样式。

四、绘画史主线的确立

实际上，当今天的艺术史家努力去寻找艺术史的“主线”时，就会发现“主线”是被后来的历史建构起来的。与其讨论“董源是怎样影响了后来文人画的历史的”，不如来讨论“后代的文人是如何建构或重构五代的董源的”。被称作董源的传世作品的这些古画是否是董源本人的真笔已不重要了。但有几点我们可以确定：这些古画是董其昌所认识的“董源”，是北宋宣和画院所认识的“董源”，是对晚明乃至有清一代具有重要示范意义的“董源”。也许这些卷轴画或收藏品意义的“董源”与北宋《图画见闻志》的作者郭若虚的文本意义上的“董源”没有关联，也许与五代南唐那个当过“后苑副使”的“董源”没有历史的关联，但是它们与晚明时期董其昌及其同时期的文人的文本意义的“董源”概念相重合。

历史地看，北宋郭若虚所建构的那个文本的“董源”概念如果对董其昌来说是有意义的话，我认为至少有六个信息与董其昌相关：（1）他们同性别；（2）他们同姓氏；（3）他们都是江南人；（4）他们都当过官僚；（5）他们都画山水画；（6）董源与王维有关，而董其昌把王维视为南宗画的鼻祖。

在董其昌得到半幅董源《溪山行旅图》的两年后，即万历二十三年（1595）乙未，41岁的他在秋七月，得知冯梦祯收藏有王维《江山雪霁图》，十月十五日夜，应冯梦祯之请，为王维的《江山雪霁图》题跋。这似乎在暗示一个信息：董其昌对南宗画的建构是以董源为中心的。有四件半的“董源”绘画属于他的私人藏品。如果董其昌个人喜欢青绿山水的话，那么他就会从他的“董源”出发，沿着北宋郭若虚的文本线索，来强化“董源”与唐代画家李思训的合法化的联系，一如他强调董源与王维的精神联系。王维是董其昌所欣赏的文人，因此而成了“南宗”的鼻祖。

在董其昌之前，总结山水画的历史“主线”的欲望一直在文人间生发。山水画的风格与样式的演变序列的理念在王世贞的头脑里业已成熟。王世贞（1526—1590）的确设计了一个我们今天都很难摆脱的山水画史发展的模型——风格样式的趁时替换理念：“山水至大小李一变也，荆关董巨又一变也，李成范宽又一变也，刘李马夏又一变也，大痴、黄鹤又一变也。”[17]董其昌则以董源为中心，向上找到了王维（701—761），向下找到了黄公望（1269—1354）和王蒙（？—1385）。实际上这条艺术史的主线最终要落实在董其昌自己的身上，经过他而继续。早在沈括的《图画歌》中，已经列出北宋山水画的序列，他们分别是王维、荆浩、董源、李成、关仝、巨然、范宽、宋迪、王端、高克明、郭熙。沈括没有提到李思训父子。这正是董其昌从王世贞的山水画“主线”中剔除“二李”并换成王维的依据。在此之前，王世贞已经从沈括的山水画序列中剔除了宋迪、王端、高克明和郭熙。

万历二十三年八月董其昌在为冯梦祯（1546—1605）的王维《江山雪霁图》题跋之后，二十日，又题巨然《长江万里图》。万历二十四年（1596）十月七日，于龙华浦舟中跋所购黄公望《富春山居图》。同年得宋代画家江参（贯道）的《千里江山图》于海上。巨然、江参都被董其昌视为董源画风的延伸。董其昌并不是孤立地重构董源概念的。

北宋吴则礼（？—1121）与江参为同时代人。他在《贯道惠其作屏料理为大轴，题以诗》的诗作中同样梳理了江参以前的画史序列：“李成已死作者谁，元丰以来惟郭熙；江郎遽出继二老，自有三昧非毛锥。……岂知江郎咄嗟云出岫，石上松老枫树枯。”[18]这里强调的是江参与李成、郭熙同等重要。在晚明的鉴赏家看来，江参的山水画学自董源。这是董其昌收藏江参《千里江山图》的动机。邓椿在《画继》中特别强调了江参作为“江南人”的特定身份。邓椿的另一个关键词是“笔墨学董源，而豪放过之”。（见图 8）

图 8　江参《千里江山图》（局部）　绢本水墨　台北故宫博物院藏

元末明初的诗人和画家张羽（1323—1385）也用题画诗的方式梳理了米芾以前的画史序列。张羽，善画山水，师法米芾父子及方从义。诗与高启、徐贲、杨基合称“吴中四杰”。他在《米南宫云山图》一诗中说：“古之画法不复见，六朝人物留遗谱；后来山水出新意，二李三王差可睹。洪谷之后有关荆，营丘浑雄独造古；华原处士志奇崛，余子纷纷何足数。郭熙平远疑有神，北苑烂漫皆天真；宣院宣和众史集，俗笔姿媚非吾伦。岂知南宫迥不群，一扫千古丹青尘；神间笔简意自足，窈窕青山行白云。”[19]由于他是米氏父子的追随者，自然对米芾推崇备至。在他的画史序列中有李思训和李昭道父子、王维、王墨、王宰（以上为唐朝人）、荆浩、关仝、李成、范宽、郭熙和董源（以上为五代和北宋人）。其中提到董源的“烂漫皆天真”，却是明显地受到了汤垕《画鉴》的影响。其实这个序列有些像王世贞山水之变说的底单。王世贞的山水画的主线序列又构成了董其昌的南宗绘画序列的底单。（见图 9）

必须看到，董其昌所拥有的董源作品只有极少数的朋友能观赏到，这种情形在没

图 9　米友仁《潇湘奇观图》(局部)　纸本水墨　故宫博物院藏

图 10　董其昌《仿米氏云山图》(局部)　纸本水墨　辽宁省博物馆藏

有照相印刷术和大型博物馆的明代是可以想见的。董其昌对董源的临仿通过礼物和商品的渠道流向社会，虽然数量有限，即使加上代笔作品也不能满足社会需求，但在文人画家的圈子里，读到董其昌的古画临仿本的机会自然要大于董源或其他“南宗”画家的原作。明末清初时期，一个规模化的对董源、巨然画风的模仿运动在江南兴起。因此，南唐的董源不仅存活在诸如《潇湘图》《夏山图》等收藏品中，更重要的是“董源”概念存活在人们对董其昌和其他文人画家作品的阅读中。董其昌在他自己的绘画中建构了“南宗”的绘画史的“主线”，也把董源放在了这个语境中。(见图 10)

董源概念的历史生成一方面意味着南方品评权力的最终确立，另一方面意味着江南文人心目中的绘画史主线的最终形成。与此同时，影响市场和金钱关系的鉴藏谱系业已完成。实际上，我们会注意到这样的线索：历代画家和鉴藏家都愿意相信董源及其画迹的历史存在。这其中暗暗运行一种特殊的信任关系。由个人和地方趣味引导的信任表现在崇拜者和被崇拜者之间尤为明显。在这个信任链上，米芾、董其昌至为关键。他们本身具有书法家、画家、品评家、鉴定家、收藏家和文人的多重身份。换句话说，他们本身具有的典范意义更使人们对之确信不疑。董源本人及其作品的真实性似乎已不重要，重要的是董源作为一个知识概念所衍生的历史过程的真实性，成为我们理解中国文化脉络的一个关键。

注释：

① 依据周积寅先生的归纳，董源，《宣和画谱》、宋郑文宝《江表志》、周密《云烟过眼录》、元夏文彦《图绘宝鉴》均作“董元”（参见《中国历代画家大观——两晋南北朝·隋唐五代》，上海人民美术出版社1998年版）。此外，元代《画鉴》、元柯九思和虞集在《夏景山口待渡图》后的题跋也作“董元”。北宋郭若虚《图画见闻志》、沈括《梦溪笔谈》、米芾《画史》、明董其昌的题跋和著作中均作“董源”。当代学术文本一律写作“董源”。

② 杨新、班宗华、聂崇正、高居翰、郎绍君、巫鸿：《中国绘画三千年》，外文出版社1997年版，第95页。

③《宋史》卷二五九，列传第十八，中华书局1977年版。

④《梦溪笔谈》卷一七《书画》，载胡道静《梦溪笔谈校正证》，上海古籍出版社1987年版。

⑤ 米芾：《画史》，载于安澜编《画品丛书》，上海人民美术出版社1982年版。

⑥ 有关董其昌与吴廷的关系，参见汪世清《董其昌与余清斋》，《朵云》1993年第3期。

⑦ 见上海博物馆藏董源《夏山图》上董其昌的跋语。

⑧ 任道斌编著：《董其昌系年》，文物出版社1988年版。

⑨ 铃木敬：《中国绘画史》上，魏美月译，台北故宫博物院印行，1987年。

⑩ 周永昭：《元代汤垕生平之考证》，《故宫博物院院刊》2004年第5期。

⑪⑬ 汤垕：《画鉴》，载于安澜编《画品丛书》，上海人民美术出版社1982年版。

⑫ 郭若虚：《图画见闻志》，载于安澜编《画史丛书》第2册，上海人民美术出版社1963年版。

⑭《四库全书总目提要》卷一一二：“《画鉴》一卷，两江总督采进本。旧本题宋东楚汤垕君载撰。案卷首有题词曰：‘采真子妙于考古，在京师时与今鉴画博士柯君敬仲论画，遂著此书，用意精到，悉有据依’云云，则垕与柯九思同时。九思为鉴画博士，在元文宗天历元年，则作此书时，上距宋亡五十三年，下距元亡仅三十九年，垕安得复称宋人！且书中称元曰‘本朝’，称宋曰‘宋朝’，内元外宋，尤不得以遗民借口，旧本盖相沿误题也。”

⑮ 此跋另见于《七颂堂识小录》，图片载《晋唐宋元书画国宝特集》，上海书画出版社2002年版。

⑯ 柯九思《题米元章海岳庵图》：“我弃朝归海岳庵，千岩万壑绕江南。先生预拟归来计，不待临风雪满簪。”（载顾嗣立编：《元诗选》三集，中华书局1987年版）

⑰ 王世贞：《艺苑卮言》，载俞剑华编《中国画论类编》第一编《泛论》上，人民美术出版社1957年版。

⑱ 吴则礼：《北湖集》卷二，载《湖北先正遗书》。

⑲ 张羽：《静居集》卷二，载《四部丛刊》三编。

（2005年第2期）

审美判断力在康德哲学中的地位

邓晓芒

康德《判断力批判》中的“审美判断力”在康德哲学中的地位问题，历来是一个意见分歧的话题。对这个问题的澄清有利于我们从康德哲学思想的高度把握康德美学的精髓，而不是停留于他的那些浮面的个别美学命题和提法。本文试图从康德审美判断力与目的论的关系以及与批判哲学和形而上学的关系这两个层面来展开论述。

一、与目的论的关系

至今为止，还有不少人把康德的《判断力批判》视为一部美学著作，而忽视其中对目的论判断力的论述，这有康德自己表述上的原因，但也与人们无法透彻地理解康德本书的内在逻辑联系有关。就康德本人而言，他的确一开始就更看重“鉴赏力的批判”这种表达方式，例如，他在1787年刚刚着手撰写《判断力批判》时就给人写信说：“目前，我径直转入撰写《鉴赏力批判》，我将用它结束我的批判工作，以便推进到独断论工作中去。”“我现在正忙于鉴赏力的批判。”[①]然而，人们往往没有注意到，康德在这里所说的“鉴赏力的批判”，恰好就属于“目的论”，如他在上述给莱因霍尔德的信中同一段话接下来就谈到哲学的“三个部分”，即“理论哲学、目的论、实践哲学”，其中目的论“被认为最缺乏先天规定的根据”，而他的任务就是发现它的先天原则。[②]人们只看到在《判断力批判》中“目的论判断力批判”是与“审美判断力批判”分开的第二大部分，就以为审美判断力批判不是谈目的论的。如曹俊峰先生认为：康德“本来只想搞审美能力的批判，与目的论没有多大关系。那么，后来为什么又加上了一个目的论的大尾巴呢？这是因为，审美判断力批判的结果，找到了审美的一个先天原理——自然的合目的性……必须深入细致地加以探讨，才能保证这一哲学部门有一个可靠的基础”。所以“目的论只是鉴赏判断的先天原理‘自然的合目的性’的充分展开，是美的分析的衍生物”[③]。目的论是审美判断力的“大尾巴”和“衍生物”，这代表国内一种相当流行的观点。特别是一些美学家，说他们对目的论判断力部分“深恶痛绝”亦不为过。

这两部分的关系问题在苏联哲学界也是一个麻烦的问题，如古留加在其《康德传》中主张，康德在开始撰写《判断力批判》时（即在给莱因霍尔德的那封信中）“暂且把第二个即中心的组成部分称为目的论——关于合目的性的学说。后来目的论让位给美学——关于审美的学说”[④]。但毕竟“‘主观的合目的性’是审美的原则，而不是目的论的原则，目的论（甚至是康德所理解的目的论）是以客观的合目的性和对象的完美为依据的”，于是“在写作《判断力批判》的过程中，康德越来越缩小了目的论的范围，使它失去了独立作用，它的那种作为体系的中间环节的诸职能转给了美学”[⑤]。阿斯穆斯则认为，康德在给莱因霍尔德的信中“注意的中心不是审美判断力，而是合目的性的判断力（目的论判断力）”，所以才把他的中间环节“叫作《目的论》”，但“关于‘鉴赏力批判’和‘目的论’一致的思想是怎样和通过什么途径贯穿到康德的意识中去的，这很难说，因为缺乏足够的材料”[⑥]。他甚至说：“从迄今所说的任何东西中都决看不出在康德的目的论和美学即关于美、崇高和艺术的学说之间有什么关系。”[⑦]表述虽然与古留加不同，把审美判断和目的论割裂开来却是一致的。[⑧]

一个明显的事实是，康德从来没有把审美判断力排除在“目的论”之外。当康德把审美判断力称之为“自然的形式的合目的性”或“主观合目的性”时，这种“合目的性”当然是属于目的论所讨论的范围的，甚至是唯一具有先天原则的合目的性。它和“自然的实在的合目的性”一样，都属于“自然的合目的性”，而与“实践的合目的性”相区别（虽然它们都是按照与实践的合目的性的“类比”而被思考的）。所以康德说：“在由经验所提供的一个对象上，合目的性可以表现为两种：或是出自单纯主观的原因，在先于一切概念而对该对象的领会中使对象的形式与为了将直观和概念结合为一般知识的那些认识能力协和一致；或是出自客观原因，按照物的一个先行的、包含其形式之根据的概念，而使对象的形式与该物本身的可能性协和一致。”[⑨]可见，审美判断力批判既然谈的就是“自然的形式的合目的性”，就不能说它与目的论“没有多大关系”，也谈不上什么“让位”“缩小”或“贯穿”的问题。审美判断力批判就是康德目的论的一个部分，当然不是其全部，也不是主体部分，但却是为目的论概念的运用（而不是这概念本身）奠定先天原则之基础的部分。如康德说的：“在一个判断力的批判中，包含审美判断力的部分是本质地属于它的，因为只有这种判断力才包含有判断力完全先天地用作它对自然进行反思的基础的原则”，而只有“当那条先验原则已经使知性对于把这目的概念（至少是按照其形式）应用于自然之上有了准备之后，才包含这种规则，以便为理性起见来使用目的概念”[10]，这样才引申出了“目的论判断力批判”。

由此可见，整个《判断力批判》其实都是谈“目的论”的，但只有它的第二部分才是对“目的论判断力”的批判，第一部分则不是对目的论的判断力（即运用目的论概念作判断的能力），而只是对目的论中“自然的形式的合目的性”的先天根据（即审美判断力）进行批判。所以康德在给莱因霍尔德的信中同时谈到“鉴赏力批判”和“目的论”，这并没有任何不一致的地方，也不是什么“暂且称为目的论”以便后来“让位给美学”。因为目的论本身就有两个部分，即对目的论的先天根据的考察和对目的论判断的运用条件、范围和效果的考察。而康德由此所证明的是，目的论只有在其“自然的形式的合目的性”（或“无目的的合目的性”）方面才有其先天原则，这就是通过对审美判断力的批判所揭示的主观普遍的情感（共通感）原则；相反，当我们把合目的性表象运用于一个客观目的概念上以作出一个关于对象的“逻辑判断”（而非审美判断）时，这种判断力自身并不包含任何先天原则，因而既不能给我们带来任何有关对象的客观知识，也不与我们的情感发生直接的关系。但由于审美判断力批判事先已示范了一种对待自然物的“反思性的判断力”的态度，所以目的论判断力虽然不能像“规定性的判断力”那样规定经验的客观知识，却可以在审美判断力的启发下，通过与人的有意活动的类比来设想一个客观目的，以范导和指引知性的自然科学研究不断趋向完备，乃至从低层次的完备上升到高层次的完备，直到趋向把一切偶然的经验规律统一于一个“终极目的”之下的理性目标。所以目的论判断力批判主要体现为一种自然领域中的方法论（其“方法论”部分几乎占了该部分篇幅的一半，即130多页中的65页），审美判断力批判则主要体现为对人的审美心理的结构分析（其“方法论”只有一小节，两个页码）。用康德的话说就是，“判断力关于自然的一个合目的性的概念”就其“属于自然概念”而言只是一个“调节性原则”，而作为审美判断则“就愉快和不愉快的情感而言是构成性的原则”[11]。

因此真正说来，问题就不在于审美判断力和目的论的关系，而在于审美判断力与目的论判断力的关系。长期以来人们感到困惑的其实是这一点，并做了不少努力来打通这两者。如李泽厚先生在其《批判哲学的批判》中谈到审美判断力和目的论判断力时说：“一般常说《判断力批判》这两个部分没有联系。其实，康德自己倒是企图把它们联系、衔接起来的。这个衔接点在自然美最后作为‘道德的象征’，即把自然本身看作有目的地趋向于道德的人，自然界以道德的人为其最终目的。”[12]这是我国康德学界首次提出“衔接点”的问题，与苏联康德美学权威（古留加、阿斯穆斯）的观点相比是一个很大的推进。但可惜的是，这个“衔接点”并没有找准。看来李泽厚是把儒家的天道观附会到康德身上去了。而在康德那里，自然美作为“道德的象征”与自然目的无疑是有关联的，但不是作为“衔接点”，而是作为自然目的最后所要达到的“终极目的”而向人启示出来的。至于自然目的系统本身是如何得出来的，却是另有前提。如康德说：

> 一旦凭借有机物向我们提供出来的自然目的而对自然界所作的目的论评判使我们有理由提出自然的一个巨大目的系统的理念，则就连自然界的美，即自然界与我们对它的现象进行领会和评判的诸认识能力的自由游戏的协调一致，也能够以这种方式被看作自然界在其整体中、在人是其中的一员的这个系统中的客观合目的性了。我们可以看成自然界为了我们而拥有的一种恩惠的是，它除了有用的东西之外还如此丰盛地施予美和魅力，因此我们才能够热爱大自然，而且能因为它的无限广大而以敬重来看待它，并在这种观赏中自己也感到自己高尚起来：就像自然界本来就完全是在这种意图中来搭建并装饰起自己壮丽的舞台一样。[13]

显然，大自然以人和人的道德为整个系统的终极目的，这并不是从自然美中直接推出来的，而是从有机体所提供的内在目的性原理中推出来的，不能倒果为因。所以关键在于有机体的内在目的性原理是如何与审美判断力相衔接的。按照康德的论述，这个衔接点不是自然美，而是艺术。

一般说来，康德对艺术（Kunst，亦可译为“技术”“技巧”“技艺”）的评价不高，通常把它等同于“技术”（Technik）而归于日常实用的工艺操作。如他说：“一切技术上实践的规则（亦即艺术和一般熟练技巧的规则，或者也有作为对人和人的意志施加影响的熟练技巧的明智的规则），就其原则是基于概念的而言，也必须只被算作对理论哲学的补充……但这样一类实践规则并不称之为规律（例如像物理学规律一样），而只能叫作规范。”[14]技术规则是附属于“理论哲学”之下的，就像运用圆规和直尺的规则附属于几何学之下一样，它们只是经验性的，本身没有任何独立性，也没有什么“定规”。但康德在“审美判断力批判”中还是从一般艺术里区分出了四个层次：1. 凡是与自然现象不同的人为活动都可以叫作艺术活动，这种意义上它相当于一般“自由的任意”活动；2. 与理论活动不同的实践活动，如熟练技巧；3. 与一般手艺的熟练技巧不同的自由的艺术，它纯粹是为了好玩和显示能耐；4.“美的艺术”，即仅仅以表现“美”这种“无目的的合目的性形式”为目的的艺术。[15]康德比较推崇的是最后这种艺术，因为虽然一切艺术都必须有一个客观的目的（艺术品），因而都不符合美的“无目的的合目的性”这一规定，但“美的艺术”却恰好以表现这种“无目的的合目的性”为自己的目的，所以它虽然是人工制品，却必须不留人工痕迹，而显得像是自然自身的作品。这就是康德所理解的狭义的艺术，其特点是：“尽管它是有意的，但却不显得是有意的；就是说，美的艺术必须看起来像是自然，虽然人们意识到它是艺术。”[16]这就得出了康德的一个著名的观点：“自然是美的，如果它看上去同时像是艺术；而艺术只有当我们意识到它是艺术而在我们看来它却又像是自然时，才能被称为美的。”[17]

正是在艺术美和自然美的这种互相依赖关系中，包含着从审美判断力向目的论判断力过渡的“衔接点”。因为，“艺术像是自然”这一原则使我们反过来也具有了“自然像是艺术”的眼光，我们形容艺术品“自然浑成”“巧夺天工”，也就能够形容自然界“风景如画”“鬼斧神工”。由此我们在一些场合下可以把自然物看作一个有意图、有技巧的产品。首先是在有机体的场合下，我们惊叹一只昆虫的精致的身体构造，认为其中暗示出某种合目的的巧妙的安排，这是单凭机械作用所无法解释的。我们很容易把这种安排视为上帝的艺术杰作，它超出了人所能理解的复杂程度。

但这种看法还没有完全达到自然有机体的概念。在康德看来，有机物的自然目的并不能完全类比于某个有意图的主体的艺术品，因为艺术品虽然看起来是自然的，实际上还是艺术家从艺术品外部安排的，而并不真正是自然本身生成的，所以艺术品不论各部分怎样巧妙地相互和谐、关联照应，显得是一个“有机的整体”，但其实并不是相互生成，自行“组织”和自行繁殖的，而是由外部拼合的，一旦受损，就要由外部力量来修补，而不能自行恢复。所以康德只把与艺术品的类比视为自然目的概念的第一个要求，并且在此基础上提出了“第二个要求：它的各部分是由于相互交替地作为自己形式的原因和结果，而结合为一个整体的统一体的”[18]。所以“一个这样的产品作为有组织的和自组织的［als organisirtes und sich selbst organisirendes］存在者，才能被称之为自然目的”[19]。但毕竟，艺术品为自然目的概念提供了“第一个要求”的模式；而由于它（作为“美的艺术”）虽然实际上是一个外部理性目的活动的产物，但却必须被看作好像是自然本身的生成物，所以它不仅直接提供了第一个要求的模式，而且也间接启发了第二个要求的模式。也就是说，它通过一种“外在合目的性”（艺术制品）而启发了一种“内在合目的性”（自然有机体）。有机体不再是由别人给它制定目的，也不再是“好像”以自己为目的，而是被看作客观上自己以自己为目的，即不仅将自己的各部分组织成为了整体的手段，而且尽可能地以一切外部条件（自然环境）为自己生存的手段。当然，在康德看来这并不是实际上如此，而只是在我们看起来如此，仍然只是由艺术品的概念所启发出来的一种反思判断力的观点，而不是一种自然科学的“知识”。

所以，尽管康德不同意把自然目的（有机体）和艺术品作简单的类比，他还是将自然目的称之为“自然的技术”或“自然的技艺”，这种技术不是为了给自然规定某种特殊的原因性，而只是为了补充机械规律在探寻自然界的各种特殊规律时的不足，而“按照与我们在理性的技术运用中的原因性的类比来描绘一种自然的原因性”[20]。因此，“由于这条原理只是一条反思性的判断力的准则，而不是规定性的判断力的准则，因而只是对我们主观上有效，而不是客观上对这类物本身的可能性有效”[21]。一旦确定了这一点，我们就可以在此基础上推出：整个自然界也能被看作一个以自身为目的的巨大的有机体，即它的每一部分都不是无用的、白费的，而是为了它自身的终极目的而准备好的。例如，植物以无机物为手段，动物以植物为手段，人则以整个动物、植物和矿物的系统为自己的手段，但人作为地球上的一种高等生物还不能成为自然界的终极目的，只有他们的“文化”才能成为终极目的。而文化中人的熟练技巧、科学、艺术和法制本身都还不配作为终极目的，它们最终都是为了形成有道德的人或人的道德素质，因此只有人的道德才真正有资格把整个自然（包括人类社会）统一为一个目的系统，舍此其他一切有限目的最终都是无目的的、受制于机械作用的。然而，一个意识到这一点的人仍然会面对自然界和社会生活中的种种不道德因而不合目的的事：灾难和痛苦，欺骗和强暴，不幸和不公；因而为了能把整个现实的世界仍然看作从属于以道德为至高点的一个更大的目的系统，我们就必须设想有一个来世和一个上帝将进行最后的审判，使人世间的道德与幸福的对立终归有希望达到相配与和谐，即“至善”。这就是康德的“对上帝存有的道德证明”，它导致“伦理学神学”的建立。但这种假设的根本基础仍然是主观中的反思性的判断力，它由此而构成了理论理性（科学）和实践理性（道德）的桥梁。

总之，康德的审美判断力和目的论判断力的关系就在于，它们是目的论的两个不同的层次，前者为目的论在人的情感能力中找到了它唯一可能的主观先天原则，后者则立足于这一原则的观点对自然界的客观事物进行一种反思的评判，从而澄清了目的论判断力的条件、范围、性质和作用。可见在这种关系中，审美判断力处于更深刻的层次，而目的论判断力则更广泛、更全面地展示了理论哲学和实践哲学通过目的论所形成的过渡关系，甚至反过来把审美判断力（自然美）也包括在它的论证范围内了。

二、与批判哲学及形而上学的关系

如上所述，审美判断力批判是整个目的论的先天原则的制定者，因此它的原则也就代表目的论的原则。现在问题是，它与康德的整个批判哲学及形而上学是什么关系？

就其完成了的形态而言，康德的“批判哲学”就是由《纯粹理性批判》《实践理性批判》和《判断力批判》所构成的“三大批判”体系，它们分别对应于人的认识能力、欲望能力和情感能力及其真、善、美的理念。但众所周知，康德这种“三分法”的体系划分并不是一开始就拟定的。他最初的计划是两分法的，即对人的认识能力和实践能力的理性原则分别进行“批判”，然后在此基础上建立未来的两种形而上学，即“自然形而上学”和“道德形而上学”，而这两个“批判”则可以分别看作两个“形而上学”的“导论”。有时他也把两个批判都包括在“形而上学”这一称号中。[22]但至少，在写作《纯粹理性批判》时期他还没有看到第三批判的可能性前景。不过，即使在这里也已经埋藏着某些迹象，预示着在后来的某种很有希望的理论苗头了。这就是“目的论”概念在方法论上所起的根本性的作用。例如，在《纯粹理性批判》“方法论”部分的“纯粹理性的建筑术”一章中康德说：

> 在理性的治下，我们的一般知识决不允许构成什么梦幻曲，而必须构成一个系统，惟有在系统中这些知识才能支持和促进理性的根本目的。但我所理解的系统就是杂多知识在一个理念之下的统一性。这个理念就是有关一个整体的形式的理性概念，只要通过这个概念不论是杂多东西的范围还是各部分相互之间的位置都先天地得到了规定。所以这个科学性的理性概念包含有目的和与这目的相一致的整体的形式。一切部分都与之相联系、并且在目的理念中它们也相互联系的那个目的的统一性，使得每个部分都能够在其他部分的知识那里被想起来，也使得没有任何偶然的增加、或是在完善性上不具有自己先天规定界限的任何不确定量发生……正如一个动物的身体，它的生长并不增加任何肢体，而是不改变比例地使每个肢体都更强更得力地适合于它的目的。[23]

正是根据这样一种总体上的设想，康德用他的目的论把自然形而上学与道德形而上学统一成了一个“惟一的哲学系统”。如杨祖陶先生指出的，尽管康德的两种形而上学都自成系统，“但在这两种形而上学中，道德形而上学是关于人的整个职责、关于人类理性的主要目的和最后目的的科学，而理性的一切知识、使用、主要目的都必须作为手段从属于理性的最后目的，这就决定了自然形而上学应当从属于道德形而上学以构成一个单一的、完整的、纯粹理性的目的论的形而上学体系”[24]。但对这种“目的论”本身，康德还未作认真的探讨。

到了《判断力批判》中，问题变得明确起来了。可以明显地看出，《判断力批判》的“序言”以及“导言”的前三节所讨论的话题是直接接续着《纯粹理性批判》中上引那段话的思想而来的。问题还是纯粹理性的理论哲学和实践哲学的结合，但结合的中介已经从一般地诉之于“目的论”而深入到了“判断力”，结合的模式也已经从“理论哲学—目的论—实践哲学”转换成了“知性—判断力—理性”（相当于普通逻辑的概念、判断、推理）。问题的提法现在是：“那么，在我们的认识能力的秩序中，在知性和理性之间构成一个中介环节的判断力，是否也有自己的先天原则？”而解决这一问题的必要性则在于：如果纯粹哲学的体系要实现为形而上学，“那么这个批判就必须对这个大厦的基地预先作出这样深的探查，直到奠定不依赖于经验的那些原则之能力的最初基础，以便大厦的任何一个部分都不会沉陷下去，否则将不可避免地导致全体的倒塌”[25]。问题提得空前的严重：对判断力的批判涉及整个纯粹哲学大厦的地基的最终稳固。康德到这么晚才发现，原来他意想中经过了两个严格的“批判”而由两大形而上学所构成的“惟一的哲学系统”，竟然连地基都还没有打稳！

但对判断力本身的先天原则的追溯所遇到的困难是，它不可能从它在认识中所运用的那些先天概念中推出自己的原则，因为那不是它自己的原则，而只是知性的原则，它在其中只是起一个联结知性和感性的中介作用而已。所以它自己的原则肯定是与知识无关的。但也不能和欲求能力的理性原则相关，那是属于实践领域的。这样，判断力本身的先天原则就只是与愉快和不愉快的情感相关。而这种情感既不能归之于认识，也不能归之于实践，它显得如此“神秘难解”，因而“使得在批判中为这种能力划分出一个特殊部门成为必要”[26]。然而这个特殊部门“在一个纯粹哲学体系里并不能在理论哲学和实践哲学之间构成任何特殊的部分，而只能在必要时随机附加于双方中的任何一方”[27]；或者说，它并不像其他两者那样拥有自己能够为之立法的“领地”（Gebiet），而只有自己的“基地”（Boden）。所以其他两者除了能够产生出对自己原则的一种“批判”之外，还能够建立起一种形而上学的“学理”；而判断力则“在学理的探究中……没有特殊的部分，因为就判断力而言，有用的是批判，而不是理论”。于是康德宣称在判断力批判上“我就以此结束我全部的批判工作。我将马不停蹄地奔赴学理的探究”[28]，即进行两大形而上学体系的探究。总之,《判断力批判》不属于形而上学，只属于批判。“三大批判”并没有给两大形而上学增添什么，但却使两者的结合更牢固了。

然而，判断力批判尤其是审美判断力批判虽然没有自己可以客观立法的领地，“因而必须仅仅被列入判断主体及其认识能力的批判”，但它却“是一切哲学的入门”[29]。此话怎讲？难道审美判断力不止是理论哲学和实践哲学的“桥梁”，而且也是进入理论哲学和实践哲学的门径？的确如此。这就意味着，尽管康德写了前两个批判，但他所作出的这些反思还不足以追溯到形而上学的源头；第三批判才真正是深入了“一切哲学”包括前两大批判的背后，这就是人的具有普遍性的情感能力。

首先，情感能力的原则是一切理论哲学的“入门”。康德认为，虽然情感能力在认识活动中并没有自己的位置，就是说必须排除一切情感的考虑才能进行科学研究，但是，“发现两个或多个异质的经验性自然规律在一个将它们两者都包括起来的原则之下的一致性，这就是一种十分明显的愉快的根据，常常甚至是一种惊奇的根据，这种惊奇乃至当我们对它的对象已经充分熟悉了时也不会停止”[30]。显然，没有对自然的偶然现象的惊异感，没有将偶然的东西纳入必然规律之下的愉快感（如牛顿的苹果和万有引力），没有对自然物的种、属、类的等级关系和节约律、连续律等规律的追求和热情，人类根本不会有兴趣去进行任何科学的探索。而这种兴趣实质上就是对自然的偶然经验与我们理性的统一性要求相适合，即对自然的合目的性的一种情感性的关注，但它并没有具体的现实目的，因而是对一种“无目的的合目的性”的关注即审美的关注，通常被称为“科学美”。所以，在人的认识活动中就已经包含人的情感活动作为一个必不可少的前提了，而在属于认识的自然合目的性中就已经包含属于审美的自然合目的性作为内在的根据了。再者，知识的普遍可传达性也要以审美的普遍可传达性为前提。由于审美的普遍可传达性基于“共通感”这一先天原则，因此我们甚至“可以把这种共通感作为我们知识的普遍可传达性的必要条件来假定”[31]，因为我们在普遍传达知识时除了要求知识的概念内容是普遍的以外，还要求我们用来把握知识的各种认识能力（直观、想象力、知性和理性）之间的那种相互协调关系也能准确地普遍传达给别人，而这种协调关系（“相称”）的比例和程度是由情感来评定的。可见审美判断力批判的确是理论哲学的“入门”。

其次，审美判断力批判也是实践哲学的入门。实践哲学的最高点在康德那里就是先天立法的自由及其独特的原因性，而这种原因性是应当有其效果的（虽然事实上不一定有效果）。“按照自由的概念而来的效果就是终极目的，它（或者它在感性世界中的现象）是应当实存的，为此人们就预设了它在自然界中的可能性的条件（即作为感官存在物、也就是作为人的那个主体的可能性的条件）。这个先天地、置实践于不顾地预设这条件的东西，即判断力，通过自然的合目的性概念而提供了自然概念和自由概念之间的中介性概念，这概念使得从纯粹理论的理性向纯粹实践的理性、从遵照前者的合规律性向遵照后者的终极目的之过渡成为可能；因为这样一来，只有在自然中并与自然规律相一致才能成为现实的那个终极目的之可能性就被认识到了。”所以审美判断力的这种联结作用“同时也促进了内心对道德情感的感受性”[32]。实践哲学的先天立法即道德律本身诚然是只从其“原因性”来考虑而不顾它在经验世界中的效果的，但作为一种实践的目的行为，道德律的“应当”毕竟是着眼于自己在现实的经验世界中所负的责任的，其终极目的肯定要考虑自己在现实中的完满实现（这也是它为什么必定要假定一个来世和一个上帝的根据）。所以它并不是完全不考虑效果，而是从自己的原则出发考虑“应当”的效果（而非眼前的效果）。因此道德实践正如一切其他实践一样，也是一种目的行为，本身就具有目的论的维度作为其前提。而这个维度的先天原则是在审美判断力批判中启发出来的。尤其是，当审美判断力的自然合目的性原则被推广运用到自然目的系统身上，并从自然目的论进向道德目的论、从自然神学进向道德神学时，道德在整个自然目的系统中的至高无上的地位才真正被确立起来了：

> 现在，对于作为一个道德的存在者的人（同样，对于世上任何有理性的存在者），我们就不再能问：他是为了什么而实存的。他的存有本身中就具有最高目的，他能够尽其所能地使全部自然界都从属于这个最高目的，至少，他可以坚持不违背这个目的而屈从于任何自然的影响……而只有在人之中，但也是在这个仅仅作为道德主体的人之中，才能找到在目的上无条件的立法，因而只有这种立法才使人有能力成为终极目的，全部自然都是在目的论上从属于这个终极目的的。[33]

可见审美判断力及其先天原则也是实践哲学的“入门”。

于是，审美判断力批判虽然没有自己的“领地”，但这反而在某种意义上成了它的优势，正因为如此它才能不受认识和道德的束缚，而具有了自己超越于一切领地之上的更高的自由度或“自律性”。所以康德在这里重新考察了他在道德哲学上所提出的“自律”的观点，主张：“就一般心灵能力而言，只要把它们作为高层能力、即包含自律的能力来看待，那么，对于认识能力（对于自然的理论认识能力）来说，知性就是包含先天构成性原则的能力；对于愉快和不愉快的情感来说，判断力就是这种能力，它不依赖于那些有可能和欲求能力的规定相关并因而有可能是直接实践性的概念和感觉；对于欲求能力来说则是理性……”[34]也就是说，知、情、意都被归结为“包含自律”的“高层能力”了。在康德那里，自律（Autonomie）本来只是实践理性的自由意志的特点，与人在认识论上“为自然立法”不同，人在道德实践上则是“为自己立法”；现在它的含义扩大了，知性认识和情感判断也被看作“自律”的了。从认识在康德那里由“我们的一切知识都必须依照对象”颠倒为“对象必须依照我们的知识”这一“哥白尼式的革命”[35]来看，知性“自发地”为自然立法的确也可以说是“自律”。而判断力的自律则升到了比这两种自律更高的位置。康德说：“所以判断力对于自然的可能性来说也有一个先天原则，但只是在自己的主观考虑中，判断力借此不是给自然颁定规律（作为Autonomie），而是为了反思自然而给它自己颁定规律（作为Heautonomie）。”[36]Heautonomie是一个希腊词，由Autonomie（自律）前面加上一个He（再）构成，中文可译为“再自律”，表明它是更高阶的自律。在康德给《判断力批判》所写的“第一导言”（当时未发表，正式刊行的《判断力批判》导言是对它的压缩）中对此有具体说明：“这种立法严格说来我们将称之为再自律（Heautonomie），因为判断力并不为自然、也不为自由，而只是为它自身提供法则，而且决不是产生关于客体的概念的能力，而只是把出现的情况与从其他方面已经给予它的情况作比较并指出作这种先天联结的可能性的主观条件的能力。”[37]这就揭示了判断力批判作为“一切哲学的入门”在“一般心灵能力”之结构上的根源。

三、结论

由上面的讨论可以看出，无论是审美判断力与目的论判断力的关系还是与康德整个批判哲学和形而上学体系的关系，在康德那里都是着眼于人的各种心灵能力的关系及人的至高无上的地位来立论的。如果说在康德的认识论中，人的主动立法能力还只是在有关客观自然知识的建立中起到了一个自发的先天综合作用，在实践哲学中，人的道德自律也只是通过把人提升到一个超验自由的境界而显示了其值得敬重的威力，那么，在康德的审美判断力中，人性和人道本身才首次成了各方面关注的核心。康德一方面把判断力批判看作包括理论哲学和实践哲学在内的“一切哲学的入门”；另一方面，在审美判断力批判最后的“方法论”中，他又反过来把有关人性的知识和对于道德的情感看作了艺术和鉴赏的“入门”。康德说：

> 一切美的艺术的入门，就其着眼于美的艺术的最高程度的完满性而言，似乎并不在于规范，而在于使内心能力通过人们称之为humaniora［人文学科］的预备知识而得到陶冶：大概因为人道一方面意味着普遍的同情感，另一方面意味着使自己最内心的东西能够普遍传达的能力；这些特点结合在一起就构成了与人性相适合的社交性，通过这种社交性，人类就把自己和动物的局限性区别开来……
>
> 但由于鉴赏根本上说是一种对道德理念的感性化（借助于对这两者作反思的某种类比）的评判能力，又由于从它里面、也从必须建立在它之上的对出于道德理念的情感（它叫作道德情感）的更大的感受性中，引出了那种被鉴赏宣称为对一般人类都有效、而不只是对于任何一种私人情感有效的愉快：所以很明显，对于建立鉴赏的真正入门就是发展道德理念和培养道德情感，因为只有当感性与道德情感达到一致时，真正的鉴赏才能具有某种确定不变的形式。㊳

从这里，我们已经可以看出席勒关于“审美的人才是完整的人”这种“审美教育”思想的萌芽了。

注释：

---

① 见康德1787年9月11日给雅可布、12月28日给莱因霍尔德的信，李秋零编译《康德书信百封》，上海人民出版社1992年版，第107、110页。

② 康德12月28日给莱因霍尔德的信，《康德书信百封》，第110页。

③ 曹俊峰：《康德美学引论》，天津教育出版社2001年版，第134—135页。

④⑤ 阿尔森·古留加：《康德传》，贾泽林、侯鸿勋、王炳文译，商务印书馆1981年版，第183页，第188页。

⑥⑦ 瓦·费·阿斯穆斯：《康德》，孙鼎国译、王太庆校，北京大学出版社1987年版，第324页，第329页。

⑧ 对这个问题，我国学者李泽厚、韩水法、劳承万等人的说法比较接近于康德的思想，即力图把审美和目的论看作一个统一体，虽然具体的提法还有一些值得推敲之处（参见李泽厚《批判哲学的批判——康德述评》（修订本），人民出版社1984年版，第370—371、394页；韩水法《康德传》，河北人民出版社1997年版，第210页以下；劳承万《康德美学论》，中国社会科学出版社2001年版，第96页）。

⑨⑩⑪⑬⑭⑯⑰⑱⑲⑳㉑㉓㉕㉖㉗㉘㉙㉚㉛㉜㉝㉞㊱㊳ 康德:《判断力批判》，邓晓芒译，杨祖陶校，人民出版社 2002 年版，第 27—28 页，第 29 页，第 32 页，第 230—231 页，第 6 页，第 150 页，第 149 页，第 222 页，第 223 页，第 224 页，第 267 页，第 629 页，第 2 页，第 4 页，第 2 页，第 4 页，第 30 页，第 22 页，第 75 页，第 31—32 页，第 291—292 页，第 32 页，第 20 页，第 204—205 页。

⑫ 李泽厚:《批判哲学的批判——康德述评》(修订本)，第 394 页。

⑮ 参见康德《判断力批判》，第 43—44 页。严格说来在“自由的艺术”和“美的艺术”之间还有一个“快适的艺术”。

㉒㉟ 参见康德《纯粹理性批判》，邓晓芒译，杨祖陶校，人民出版社 2004 年版，第 635 页，第 15 页。

㉔ 杨祖陶:《康德黑格尔哲学研究》，武汉大学出版社 2001 年版，第 158 页。

㊲ Immanuel Kant, *Erste Einleitung in der Kritik der Urteilskraft*, Hamburg: Felix Meiner Verlag, 1970, S. 32.

（2005 年第 5 期）

中国乡土小说生存的特殊背景与价值的失范

丁　帆

一、特殊的文化语境和乡土文学边界的重定

我曾经提出过前现代、现代、后现代（也即前工业、工业、后工业）这三种文化模态的共时性问题，也就是在中国大陆这块幅员辽阔的土地上，农耕文明和游牧文明、工业文明和商业文明、后工业文明和信息文明都共生于20世纪90年代以后的地理版图之上。[①]在如此错综复杂的文化语境下，所谓同步进入"全球化语境"的确是一个非常难解的命题，它似乎并不能完全解释当今中国社会的复杂现实。如果下列结论可以成立的话，那么，我们就可以看到中国文学是在一个什么样的文化背景下生存的："前工业社会的'意图'是'同自然界的竞争'，它的资源来自采掘工业，它受到报酬递减律的制约，生产率低下；工业社会的'意图'是'同经过加工的自然界竞争'，它以人与机器之间的关系为中心，利用能源来把自然环境改变成为技术环境；后工业社会的'意图'则是'人与人之间的竞争'，在那种社会里，以信息为基础的'智能技术'同机械技术并驾齐驱。由于这些不同的意图，因此在经济部门分布的特点以及职业高下方面存在巨大的不同。"因为"在另一种意义上，我们可以说封建主义、资本主义和社会主义的序列以及前工业社会和后工业社会的序列都是来自马克思。马克思主义关于生产方式的定义中包括社会关系和生产'力'（即技术）在内"[②]。如果说西方的资本主义从17世纪以后的发展是按时间顺序进行的，它的历时性链接是环环相扣的；而今天中国经济与政治发展的不平衡性和落差性，以及它在同一时空平面上共生性的奇观，无疑给中国的文化和文学带来了极大的价值困惑。因此，在这样一种复杂的时代背景下，近年来的乡土小说所呈现的斑斓色彩是值得深深品味的。在那些描写原始农耕文明和游牧文明形态的乡土作品中，或是表现出对静态的田园牧歌和长河落日的礼赞与膜拜；或是再现了封建礼教的邪恶；或是表现出对工业文明的向往和对乡土意识的扬弃；或是表现出对城市文明的仇视和对乡土的深深眷恋；或是表现出对兽性、野性的膜拜和对生态保护的浓

厚兴致……凡此种种，正是乡土小说作家在三种文化模态下难以确立自身文化批判价值体系的表征。当乡土文学遭遇到工业文明和后工业文明的诱惑和压迫时，作家主体就会表现出明显的双重性：一方面是对物质文明的向往，另一方面是对千年秩序的失范痛心疾首。所有这些，不能不说是乡土文学在三种文明冲突中的尴尬。

毋庸置疑，随着农耕文明和游牧文明形态的逐渐衰微，同时随着中国城市容积的不断扩张（据报载，中国的城市人口每年以千万计增长），农民赖以生存的土地大量流失，农民像候鸟一样飞翔在城市与乡村之间，他们中的大多数人已经不再是面朝黄土背朝天“日出而作，日落而息”的农耕者，不再是马背上的牧歌者，他们业已成为“城市里的异乡人”和“大地上的游走者”，就像鬼子在《瓦城上空的麦田》里所描写的那个既被乡村注销了户口，又被城市送进了骨灰盒的老农民一样，他们赖以生存的“麦田”只能存在于虚无缥缈的“城市天空”之中。是谁剥夺了他们的生存空间和生存权利？他们甚至连姓名的权利都没有了，成为这个特殊文化语境里的一个个“无名者”和“失语者”。归根结底，他们遭遇到的是空前的身份认同的困境，是阶级和阶层二次分化的窘迫。“从流动农民初次流出的不同年代来看，在20世纪90年代，初次流动者更偏重于认可农民的社会身份，而对农民的制度性身份的认可在减弱，出现了对自己农民身份认可的模糊化、不确定现象，从而导致年轻的流动人口游离出乡村社会体系和城市体系之外，由此可能出现对城市的认同危机。”③几亿农民已经成为“乡村里的都市人”和“都市里的乡村人”，而这种双重身份又决定了他们在任何地方都是边缘人，都是被排斥的客体，他们走的是一条乡土的不归路。“正如许多研究表明的那样，流动农民的社会交往圈局限在亲缘、地缘关系中。社会经济的低下导致他们与城市人接触交往的困难，而这种困难又直接妨碍着他们与城市文明同化、交融。同时，流动农民在城市接触的是一种与他们以前社会化完全不同的价值观念和行为规范，他们不可避免地会感到迷茫和无所适从。这种情况可以用迪尔凯姆的‘失范’来描述，表现为个人在社会行为过程中适应的困难，丧失方向和安全感，无所适从。”④乡村不是他们的，城市也不是他们的。“面对被工业社会和城市化进程所遗弃的乡间景色，我像一个旅游者一样回到故乡，但注定又像一个旅游者一样匆匆离开。对很多人来说，‘乡村’这个词语已经死亡。不管是发达地区的‘城中村’，还是内陆的‘空心村’，它们都失去了乡村的灵魂和财宝，内容和形式。一无所有，赤裸在大地上。”⑤

鉴于上述的特殊文化背景，我以为乡土文学的内涵和概念就需要进行重新修正与厘定。⑥当农民开始了艰难的乡土生存奔波和痛苦的乡土精神跋涉时，我们看到的是一群既离乡又离土的无名者，他们想择良栖而息，但是谁又给他们选择的权利呢？显然，20 世纪 90 年代以来，尤其是进入 21 世纪后，离乡背井进入城市的农民愈来愈多，他们不仅需要身份的确认，更需要灵魂的安妥。“农民流动呈明显的阶段性变化：1984 年以前，农民非农化的主要途径是进入乡镇企业，即‘离土不离乡’；而 1984 年以后农民除就地非农转移外，开始离开本乡，到外地农村或城市寻求就业机会，特征是‘离乡又离土’。”⑦其实，“离乡又离土”到了 21 世纪已经成为中国社会不可遏制的大潮，并且呈现出许许多多新的社会和思想特征，这些特征都有意无意地裸露在乡土小说的创作之中。像关仁山的《九月还乡》中的妓女还乡重操农事的返乡文化模态已成绝无仅有的乡土社会现象了。既然作为乡土的主体的人已经开始了大迁徙，城市已经成为他们刨食的别无选择的选择，那么，乡土的边界就开始扩大和膨胀了。许许多多的乡村已经成为“空心村”，其“农耕”形式已经成为城市的“工作”形式；同样，许许多多的牧场已经荒芜，其“游牧”形式已经成为商业性的“都市放牛”。“农民工”或“打工者”这一特殊的命名就决定了他们是寄身在都市里觅食的“另类”，他们是一群被列入“另册”的城市“游牧群体”。在那种千百年来恪守土地的农耕观念遭到了根本性颠覆的时刻，乡土外延的边界在扩张，乡土文学的内涵也就相应地要扩展到“都市里的村庄”中去，扩展到“都市里的异乡者”的生存现实与精神灵魂的每一个角落中去。我认为这样的结论是有事实和理论根据的：“……在 20 世纪末期，随着城市的快速崛起，一个国家的乡村史终于被史无前例地改写、刷新或者终结。数以亿计的‘农民工’是这些变化的主体，同时也是强烈的感受者。”⑧

这一没有身份认同的庞大“游牧群体”的存在，改变了中国乡土社会的结构和生产关系，同时也改变了中国城市社会的结构和生产关系。因此，在中国大陆这块存在了几千年的以农耕文明为主、以游牧文明为辅的文化地理版图上，稳态的乡土社会结构变成了一个飘忽不定、游弋在乡村与城市之间的“中间物”。而“农民工”的身份便成为肉体和灵魂都游荡与依附在这个“中间物”上的漂泊者，“亦工亦农”“非工非农”的工作状态就决定了他们在农耕文明与游牧文明向工业文明与后工业文明转型过程中的过渡性身份。“这些‘乡村’原来都有十分稳定的结构和规范的人际关系，但在二十年的城市化工业化中业已产生了巨大的变化。这些变化无疑是显示了这个社会在全球化与市场化的大潮之中的新的空间格局的形成，也显示了中国变革的全部力量与巨大速度。它冲垮了乡土中国的结构基础，改变了‘农民’生活的全部意义。一切都在逝去，一切又在重构。”⑨所以，表现这些在生产形式上已经不是耕作形态的新的“农民”群体的生存现实，应该成为当前乡土文学不可或缺的有机组成部分。如果说美国文学史中的乡土性的“西部文学”是从发达地区向落后的荒漠地区“顺流而下”的梯度性的“移民文学”的话，那么，当今中国在进入“现代性”和“全球化”的文化语境时，却是从乡村向城市“逆流而上”的反梯度性的“移民文学”。也就是说，美国乡土文学中的文化语境是城市文明冲击乡村文明，而当今中国乡土文学的文化语境却是乡村文明冲击城市文明。因此，中国城市中的“移民文学”无论从其外延还是内涵上来说，都仍然是属于乡土文学范畴的。

值得深思的问题是，在2004年召开的“第三届青年作家批评家论坛”上，作家们首先感到困惑的问题就是“乡土经验”重构。可以说，无论在意识层面，还是无意识层面，作家们已经预感到表现这一庞大的“游牧群体”在城乡之间的“游走”的生存状态是不可回避的写作现实。李洱说：“中国作家写乡土小说是个强项，到今天，我认为有必要辨析一下，现代以来的乡土写作传统，对我们今天的写作、对我们处理当下的乡土经验，有什么意义。也就是说，怎么清理这些资源，然后对现实做出文学上的应对，我感到是个重要的问题。”毫无疑问，如今许多乡土小说作家面临的困境是：一方面，历史环链的断裂，使他们在面对现实和未来时，失却了方向感；另一方面，面对从未有过的新的乡土现实生活经验，他们在价值取向上游移彷徨；再一方面，就是可以借用的资源枯竭，作家需要自己寻找新的思想资源和价值资源。鬼子说：“……我是生活在乡土之中的，你们说乡土文学城市化、符号化了，你要使写作逃脱这种模式，最后无非也是发现或发明另一种‘乡土’，我估计走着走着，还是另一种符号。可能关键是哪种符号更可爱。”[10]因为城市的边界在不断扩大，而乡土的边界在不断缩小，乡土中人带着农耕文明的忧郁进入都市，但这并不能说乡土文学就城市化、符号化了，而是在它与城市文学的碰撞、冲突和交融中，出现了一种空前的“杂交”现象，一种乡土文学的新的变种。

也许，乡土小说在近年来的悄然变化是习焉不察的，但是，其中所孕育着的巨大裂变却是有迹可寻的。如果无视乡土文学的这种实质性的变化是情有可原的话，那么，如果无视乡土文学的存在，以为城市文学就可以取而代之的言辞就有些过激了：“‘乡土文学’这个概念是怎么产生的呢？在近代社会向社会的转型中才会出现这样的话题。到了工业化完成后，这一概念就不存在了，必然会被抛弃。在中国这样的社会中，最关键的问题是转型期中城市人群的生活和情感问题，这是当下的前瞻性问题，现在社会的大趋势是城市化。有人说我这是进化论的观点，认为我对城市化说好话，其实这不涉及到价值判断，我们不去探讨城市化好不好这一问题，只是说在城市化这一进程中‘乡土文学’、‘乡土中国’肯定只是社会生活中极小部分的问题。”[11]是的，乡土文学只有在与工业文明的比较中才能凸显其鲜明的特征，这一点我在1992年出版的《中国乡土小说史论》中已经有过论证，不再赘述。但是，这并不意味着乡土文学在工业化以前就不存在，更不意味着工业化以后乡土文学就消失了。远不说欧美，就拿资本主义工业化文明已经相当发达的日本来说，那里仍然存在着乡土社会生活和乡土文学，何况在中国这个幅员辽阔的地理版图上，农耕文明形态和游牧文明形态还未消失，当然，在相当一段时期内也不可能被消灭，尽管工业文明和城市文明在不断地蚕食着它们，可是要想在中国一次性地完成工业文明谈何容易！再退一步说，即使中国工业文明和城市文明达到了惊人的水平，那些祖祖辈辈从事农耕文明活动而失去土地的人们，也不会把有几千年意识形态惯性的农耕文明心理痕迹抹去。其实，持“中国进入了城市文学”观点的人所忽略的正是我要阐释的：大量失去了土地的农民流入城市以后，给城市带来的是农耕文明的意识形态和社会生活方式的信息，他们影响着城市，尽管这种影响是微不足道的；相反，工业文明和城市文明倒是以其强大的辐射能量在不断地改变着他们的思维习惯。就此而言，在相当一个时期内，反映这样的文明冲突，就成为许多作家（不仅是乡土文学作家，也是城市文学作家）所关注的焦点，它并不是“社会生活中极小部分的问题”，而是在这一漫长的转型期里最有冲突性的文学艺术表现内容。

二、在价值的悖论中游移

不要以为在一片“全球化语境”的喧嚣声中，我们就能够与先进文化对接。由于地域、民族、体制以及各种文化因素的制约，我们的文学处于一个充满着矛盾冲突和极大悖论的文化状态和语境中：一方面是新的都市文学的兴起，它带着强烈的商业文化的色彩，在现代（工业文明）和后现代（后工业文明）文化语境中徘徊，展示着它妩媚与龌龊的两面；另一方面是旧有的和新生的乡土文学以其顽强的生命力，从多角度展开了对现代物质文明的抵抗，它所面对的是与工业文明和后工业文明的双重挑战，同时对乡土社会的重新审视与反思，也成为其生命力增长的重要因素。总之，一切存在的乡土和城市生活的对撞，都呈现它的双重性和悖论特征，因此，它给作家，尤其是给乡土作家带来了价值选择的巨大困惑。从近几年来的乡土小说的创作中，我们可以强烈地感受到作家们在艰难的选择中所走过的历程。

毋庸置疑，我们绝大多数的乡土作家仅仅站在同情和怜悯的价值立场去完成对农民的人道主义的精神安慰是远远不够的："西北地区两极分化还是比较严重，农村存在很多问题。刚实行承包责任制的时候，生机勃勃，但如今，强壮劳动力都进城了，农村只剩下'老弱病残'。农村城市化是社会转型期的必然现象，牺牲一两辈人的利益也是必然的。农民永远是很辛苦的，是需要极大的关怀的群体和阶层。"[12]诚然，能够看到乡土社会生活的危机，并关心着这个群体的疾苦，已经是很有文化批判精神的底层意识了，但是，如果我们不能在更广阔的社会背景下来超越普泛的人道主义价值观，从而确立新的有价值意义的"乡土经验"，就会在转型期失去最佳的观察视角和创作视角。可以看出，所有农耕文明在与工业文明、后工业文明冲突中的农民心理的劣根性和优根性的交混与杂糅，都形成了一种悖反现象，呈现出它的双重性，而作家在这种悖反的现象中往往会产生强烈的困惑，形成价值理念的倾斜与失控。如果说在鬼子的《瓦城上空的麦田》中用过多的笔墨倾注了对那些既失去了土地又失去了身份认同的农民的深深的同情和怜悯，给予主人公人道主义和人性的关怀，表现出一个作家强烈的批判现实主义的情怀，使作品达到了较高的批判现实主义高度的话，那么，弥散在作品中的不为人们所觉察的那种对浪漫乡土的过分迷恋与美化，又不能不说是对历史进化的一种隐含的讽刺，尽管作家是处在一种"无意后注意"的状态之中。同样，在孙惠芬的乡土系列小说中，在许多新锐的乡土小说作家的作品中，都普遍存在着这种价值的悖论。也许，正是作家这种无意识的书写，暴露了从"五四"以来的乡土小说由"乡土经验"的一成不变所造成的乡土小说难以跳出阈定的单一化主题模式的弊病——非批判即颂扬。而在当今这样一个农民大迁徙的时代里，生活恰恰为我们的乡土作家提供了一个"乡土经验"发展进化和多义阐发的艺术空间，为作家在价值理念定位时提供了可依持的多个参照系数。就此而言，"乡土经验"的转换确实是作家们亟待解决的价值立场问题。作家所面临的价值选择并非是往常的非 A 即 B 的简单选项，他们在选择书写"下层苦难"时，在"哀其不幸，怒其不争"的愤懑中，须考虑另一种文明所隐含着的历史进步作用；而他们在选择书写"田园牧歌"时，也不得不顾及对静态之美的农耕文明意识形态的无情批判。

如果说高速发展过程中的西方资本主义文化在 19 世纪向 20 世纪过渡时，也遇到过价值选择的两难境地的话，那么，由于他们的文化背景要比现时的中国简单得多，因此，尽管他们也成为"迷惘的一代"，但是其价值取向却是明晰的："尽管城市代表了农村文化拒不接受的那些受到污染的价值观，但是中西部的人仍然向往在田野劳动之余美化自己的家庭生活。他们的视野越过城市，似乎看到了根据自己的经历所回忆起的，或书本上所记载的，或从亲友们的谈话中所了解到的新英格兰村庄。这些点滴的知识构成了他们想象中的文明社会的基础，帮助他们形成了上流的礼仪、礼貌和正确的态度的准则。这样的做法不仅使中西部人避免了城市兴起的后果，而且也使他能及时回顾一个由于面临中西部更为肥沃的土地的竞争造成的新英格兰砂砾土壤的衰退以及工厂的出现而不复存在的世界。”⑬显然，从历史进化的角度来看，这种观念有碍社会进步和人性的发展，但不可忽视的是，那“迷惘的一代”与当下中国所处的文化语境是不尽相同的，他们之所以用保守主义的态度来对待城市生活方式却能得到认同，就在于他们的“移民运动”是呈梯度进行的，是从一个充满着“城市经验”的文明形态向另一个“乡土经验”形态的透视与转移，不存在两种文明板块的直接碰撞。所以，抵御城市文明的那些“受到污染的价值观”成为普泛性的共识。但是，如果我们今天也用这样的眼光去衡量中国的乡村文明和城市文明，就难免陷入一元认知的陷阱。

而在中国当下的许多作家尤其是年轻作家的心目中，“乡村经验”是模糊的、悖反的，显然，这与他们的价值观念的游移是相对应的：“说到关于乡土的写作，好像总离不开‘乡村经验’。就是说，我们已经从乡村撤出，那些乡村生活，已经退到身后，像昨天的夕阳一样悬在记忆的天幕上。不是么，今天，在我们面前，高楼林立，浮华遍地。”“与一直在乡村的黑夜里摸爬滚打的经历相比，城市霓虹灯下的那些‘乡村经验’往往更像那么回事。”“我有了一点教训，开始正视自己的乡下人身份，也就是说，正视自己的‘乡村经验’。我这才注意到，我那一双炫耀的皮鞋，底下沾满了乡村的泥。我一步一步走回记忆的乡村，并在现实的乡村驻足。”“我们或许需要强调生长庄稼的乡村才是真实的，但乡村生长梦幻，梦幻改变乡村，这也是真实的。”⑭从这些出自同一个作家的同一篇文章的充满着悖论的文字中，我们不难理解这些年轻的乡土作家所面临的困惑与选择的两难。一方面是沿袭着“五四”以来的居高临下的用知识分子启蒙的“乡土经验”来书写乡土的记忆，这必然需要城市文明作强大的参照和依托；另一方面是像沈从文那样站在一个“乡下人”的立场去批判城市文明给乡村带来的灾难，在一定程度上又忽略了工业文明和城市文明的“现代性”的历史进步意义，这又必然需要舍弃参照系而孤立狭隘地去观察乡土社会生活。

如何区别当下和“五四”的文化背景的差异，选择更适合历史发展的价值理念与创作道路，也许有的批评家对此还是比较清醒的：“我们讨论乡土中国时不能局限于原有的固化的乡土概念，就是说你在讨论村里的事的时候不能就仅仅是村里的事，和城市隔绝，和中国社会的变动不发生关系。”[15]“‘五四’以来的作家大多数是从农村出来的，书写乡村的时候，本来应该是最动人的，因为这跟他们童年记忆有关，但很多作家采取的方式是抛弃故乡——也许把‘乡土’换成‘故乡’会更好理解一点——生活在别处。这种姿态必然会导致对乡村现实的改写，这种改写不仅发生在乡土文学中，哪怕对城市的现实，不是也存在着改写吗？”[16]是的，我们不可以忽略城市文明和工业文明作为强大参照系对“乡土经验”的制衡与催化作用，但也不可以忽略作为乡土文学根本的面对乡土现实的精神，光凭“童年记忆”的书写往往是有毒的，那种对乡土文学的“改写”是致命的，价值的失范必然会给乡土文学作家作品带来文学史意义上的偏离。其实，这个问题从80年代开始就已经在乡土作家作品中呈现过，像贾平凹的《鸡窝洼人家》《腊月·正月》《小月前本》等，像铁凝的《村路带我回家》《哦，香雪》等，像郑义的《边村》《老井》等，像路遥的《人生》等，像张炜的《古船》《秋天的愤怒》等，像王润滋的《鲁班的子孙》等，都可以清晰地看出作家在两种文明冲突中所表现出的惶惑的价值理念，田园式的农耕文明和牧歌式的游牧文明以其魅人的诗意特征牵动着作家的每一根审美的神经，使其陶醉在纯美的情境中而丧失文化批判的功能；而工业文明的每一个毛孔里都沾满了污秽和血，其狰狞可怖的丑恶嘴脸又使作家忘记了它的历史杠杆作用，而陷入了单一的文化批判。于是，一元化的审美或批判成为“五四”以来乡土作家难以摆脱的创作枷锁。其实，创作主体的惶惑也好，眩惑也好，困惑也好，一直延续至今都没有得以解决，甚至随着中国工业文明和城市文明越来越发达而愈加凸显。这不能不说是近一个世纪以来，由于乡土文学理念的停滞不前而带来的创作的低水平重复的关键问题。

阅读了近年来的几百部乡土小说，就我的能力所限，只能将其大致分为三类。第一类仍是描写乡土社会生活的旧题材作品。其中，既有反映农耕文明生活内容的，又有反映游牧文明生活内容的；既有浪漫主义手法的，又有现实主义理念的。第二类是属于乡土小说新的题材领域，描写农民进城“打工”生活的题材。第三类亦属于乡土小说新的题材疆域的作品，就是所谓生态题材小说。

就第一类题材的乡土小说而言，我们看到的作家价值理念的困惑是：一味地沉湎于对农耕文明和游牧文明的顶礼膜拜和诗意化的浪漫描写，而忘却了将现代文明乃至带着“恶”的特征的新文明形态作为参照系，这就难免造成作品的形式的单一和内容的静止。其大多数作品至多停留在对乡村“苦难”的人性化的书写层面，就连鲁迅式的文化批判锋芒都钝化了。究其原因，我以为有一个很重要的因素就是这十几年来对西方“后现代”理论的误读，把西方已经经历过的资本主义高速发展阶段切割掉，试图与他们同步地去寻找田园牧歌式的原始社会生活形态与自然社会生活形态，这无疑是一种错位的价值观。我们才刚刚向工业文明和城市文明迈步，许多农耕文明与工业文明的矛盾冲突还未解决，倘若把一个凝固的农耕文明和游牧文明直接与后工业文明相对接，那种对工业文明时段的省略所带来的民族心理的缺损和伤痛将会更甚。无疑，在农耕文明中，“首先同人发生冲突的是自然。在人类生存史上，人的大部分生活本身就是一场与自然的争斗，目的是要找到一种控制自然的策略：要在自然界寻得栖身之地，要驾驭水和风，要从土壤、水和其它生物中夺取食物和滋养。人类行为的许多准则就是在适应这些变化的需要中形成的”⑰。其实，谁也不愿意把自己的生活置放在人与自然搏斗、刀耕火种的落后的文明语境中，历史的进步就在于召唤人在社会发展的进步中去寻找最佳的人性表现，而非停下脚步蜷缩在低级的、原始的文明社会生活形态之中。因此，对于那些大多数的乡土小说创作者而言，需要首先解决的问题就是抛弃那种把迷恋农耕文明当作思想时髦的价值倾向，将复杂的问题复杂化，而决不是简单化。

就第二类题材的乡土小说而言，我们看到的价值理念困惑是：作为创作主体的作家一俟进入这个创作领域，往往首先确立的价值理念就是鲜明的道德批判。这一视角虽无错误，但是这个沿用了一百年的人道主义视角却往往成为作家向更深层面——人类发展和社会进步开掘的阻碍。不错，我们看到了工业革命过程中“人”的丧失（卓别林在百年前的默片《摩登时代》里就讽刺过它的“现代性”），但是，比起前现代的农耕文明，它却是一种历史的进步：“作为劳动者的人设法制造物品，在制造物品的过程中他梦想改造自然。依赖自然就是屈从自然的反复无常。通过装配和复制来再造自然，就是增进人的力量。工业革命归根结底是一种用技术秩序取代自然秩序的努力，是一种用功能和理性的技术概念置换资源和气候的任意生态分布的努力。”⑱比起农耕文明人与自然的争斗，工业文明的技术和复制虽然表现出了它的双重性，但它毕竟是人类的一次很大的历史进步，我们的作家决不能熟视无睹，否则我们就会对许多事物失去基本的判断能力。就像有的文学史论家描述“迷惘的一代”那样：“这些作家脱离了旧的东西，可是还没有新的东西可供他们依附；他们朝着另一种生活体制摸索，而又说不出这是怎样的一种体制；在感到怀疑并不安地做出反抗的姿态的同时，他们怀念童年时的那些明确、肯定的事物。他们的早期作品几乎都带有怀旧之情，满怀希望重温某种难以忘怀的东西，这并不是偶然的。在巴黎或是在潘普洛纳，在写作、饮酒、看斗牛或是谈情说爱的同时，他们一直思念着肯塔基的山中小屋，衣阿华或是威斯康星的农舍，密执安的森林，那蓝色的花，一个他们‘失去了，啊，失去了的’（如托马斯·沃尔夫经常说的）国土；一个他们不能回去的家。”[19]过分的对农耕文明和游牧文明的自然之美与舒缓的节奏之美的迷恋和激赏，同样是一种思想的肤浅和残缺，或许艺术的残缺是美的，而思想的残缺绝不是美的。也许有人会以为，作家只对作品的审美功能负责，他甚至无须对人与社会、生活与道德作出价值判断。许许多多的世界名著都表现出了作家的困惑意识，像托尔斯泰那样的思想彷徨也丝毫没有妨碍他成为大作家。但是，有一个不可忽视的前提就是：时代不同了，工业革命走到今天的情形托尔斯泰和巴尔扎克们没有看到。所以我们不仅需要道德批判和文化批判，而且更需要对两种文明甚至三种文明冲突下的人与人、人与自然的关系作出合理的判断。

就第三类题材的乡土小说而言，笼统地将它概括为“生态小说”是不合适的，因为，虽然生态环境保护在中国已经到了刻不容缓的地步，但是，它和西方后现代意义上的生态文学的目标是有本质的不同的，因为，“后工业化秩序对于前两种秩序不屑一顾。由于获得了显著的工作经验，人生活得离自然越来越远，也越来越少与机器和物品打交道；人跟人生活在一起，只有人跟人见面。群体生活的问题当然是人类文明最古老的难题之一，可以追溯到洞穴和氏族时代去。然而，现在的情况已经有所不同。形式最古老的群体生活不超出自然的范围，战胜自然就是人群生活的外在共同目的。而由物品联系起来的群体生活，则在人们创造机器、改造世界时给人们一种巨大的威力感。然而在后工业化世界里，这些旧的背景对于大多数人来说已经消失。在日常工作中，人不再面对自然，不管它是异己的还是慈善的，也很少有人再去操用器械和物件”[20]。关键就在于我们的地理版图和精神版图上还清晰地标有农耕文明和游牧文明的印记，我们还处在人与自然、人与机器的争斗和交往之中，我们的物品还没有极大地丰富，一切“旧的背景”还没有消失，我们的人民还在大量地“操用器械和物件”，否则就难以生存。一方面是温饱，另一方面是发展，我们的价值取向就更偏重于后者。而我们的“生态小说”却更多的是农耕文明和游牧文明中那种带有“神性色彩”的乡土书写，而非“后现代”语境下的奢侈审美活动。从90年代郭雪波开始创作的“狼系列”题材，到如今姜戎的《狼图腾》，其实中国作家都是在演绎着一曲神性图腾的无尽挽歌，是典型的传统乡土社会生活中对神的祭拜与讴歌。由此我想到了贾平凹的《怀念狼》，除了作品中反映出的对人类天敌的敬畏之情的神性色彩外，恐怕更多的是作家面对现实的乡土社会所不得不发出的人与自然争斗的吼声，无奈地表现出农耕文明对动物世界的残酷的一面。

从这个意义上来说，当我们还不能完全摆脱人与自然的直接关系时，那种生态和谐的理念是乏力的。就像《怀念狼》中所描写的那样，如果不去打狼，狼就要祸害乡村和农民。要知道，我们的乡土还是在一个与兽类争夺资源的弱肉强食的文化语境中，与后现代的理论家们一同去呼喊生态保护的口号，是一种奢侈的思维观念，起码是一种不在一个物质层面和文明层面上的不平等的对话。因此，在调适我们的价值观的时候，就得充分考虑到“生态小说”的错位现象给中国的乡土小说所带来的价值倒错。

另外，还须注意的问题是，许多理论家和评论家都毫不犹豫地提到了“五四”新文化先驱者提出的所谓张扬“兽性”的理论。殊不知，他们所提出的这一“兽性”理念是针对那个羸弱的国民性和民族性的，恰恰是站在人的立场上来仰视强大的“兽性”的。从这个意义上来说，关注生态平衡是对的，但是，忽略了人的生存和发展，那是更危险的，起码在当今中国这样一个特殊文明形态下来大肆书写和宣扬生态小说，可能还是一种文学审美的奢侈活动。

综上所述，我们可以看出，在这样一个三种文明相互冲突、缠绕和交融的特殊而复杂的文化背景下，中国乡土小说既面临着种种思想和审美选择的挑战，同时也蕴含着重新整合“乡土经验”，使乡土小说走向新的辉煌的契机。所有这些，正是中国的乡土小说作家们应该深刻反思的问题。唯有反思，我们才能获得新生。

注释：

① 丁帆：《“现代性”与“后现代性”同步渗透中的文学》，《文学评论》2001年第3期。

② 丹尼尔·贝尔：《后工业社会的来临——对社会预测的一项探索》，高铦、王宏周、魏章玲译，新华出版社1997年版，第126、128页。

③④⑦ 王毅、王微：《国内流动农民研究的理论视角》，《当代中国研究》2004年第1期。

⑤⑧⑨ 柳冬妩：《城中村：拼命抱住最后一些土》，《读书》2005年第2期。

⑥ 我在十几年前所阈定的乡土文学的边界是：乡土文学一定是要不能离乡离土的地域特色鲜明的农村题材作品，其地域范围至多扩大到县一级的小城镇（参见丁帆《中国乡土小说史论》，江苏文艺出版社1992年版）。

⑩⑪⑮⑯ 参见《2004·反思与探索——第三届青年作家批评家论坛纪要》，《人民文学》2005年第1期。

⑫ 《贾平凹答复旦学子问》，《文学报》2005年3月31日。

⑬ 拉泽尔·齐夫：《1890年代的美国——迷惘的一代人的岁月》，夏平、嘉彤、董翔晓译，上海外语教育出版社1998年版，第82页。

⑭　马平：《我的另一个乡村》，《文学报·大众阅读》2005年4月1日。

⑰⑱⑳　丹尼尔·贝尔：《资本主义文化矛盾》，赵一凡、蒲隆、任晓晋译，生活·读书·新知三联书店1989年版，第199页。

⑲　马尔克·考利：《流放者的归来——20年代的文学流浪生涯》，张承谟译，上海外语教育出版社1986年版，第6页。

（2005年第8期）

元明之际的"气"论与方孝孺的文学思想

左东岭

明代的方孝孺主要是作为一位政治人物而被后人所重视的，在文学方面虽然也时时被人提及，但大多是因为他与明初重要文学家宋濂的关系而连带论述。几部文学批评史在论及其诗文理论时，主要围绕其重视理与文的关系而论述，以为他属于道学家文论的范畴。也有人发现他在重道的同时又对庄子、李白、苏轼等人颇多赞誉之辞，但却没有进行深入的探讨，仅将其归入"方孝孺文学批评的灵活之处"①而了之。其实，这与他重"气"的思想有密切的关联。也有个别学者论述过其文学理论中"气"论的观点与内涵②，但由于未能结合其创作进行研究，因而也就没能真正弄清其"气"论所形成的审美特征。更因为没能结合元明之际"气"论的整体演变脉络，所以也就对其"气"论在明前期文学思想发展过程的地位与价值有所忽视。本文认为，方孝孺文学思想的核心在于道、气、文的三者合一，"气"的思想是联结其既重伦理之道又重作者个性之豪的重要因素；他的这种思想是对宋濂、刘基、王祎等人的继承与发展，并构成了明初文学思想的一个重要阶段；他的这种道与气并重的文学思想的衰落，是向台阁体转折的重要标志。

一

以"气"论文本是中国古代文学理论的一个悠久的传统，自曹丕《典论·论文》以气质论作家个性差别后，又有刘勰《文心雕龙·风骨》以"气"论文章之力量，随后再有韩愈之气盛言宜的主张，可以说形成了传统"气"论的基本内涵，即作家个性与道德修养的共同体，二者结合构成了诗文坚实的内容与沛然的力度。虽然自中唐之后"气"论因道的内涵介入，越来越显示了较浓厚的伦理色彩，但一般说来"气"还是与作家具体的人格与个性密切相关的。

但是元代文学理论中的“气”论却又有两点明显的变化，一是受宋代理学的影响，紧密结合“理”来论“气”，许多批评家很重视以“理”御“气”；二是受政治领域中气运说的影响，以气运论文。前者更强调理对“气”的规范作用，所以对“气”的力度也有所削弱；后者情况要更复杂一些。元以异族的身份而一统中原，这在中国历史上是从来没有过的，文人们当然也很难做出理性的解释，从而不得不归入天道气运的范畴，直到朱元璋推翻元朝统治而建立大明帝国时，还依然以此为据：“朕惟中国之君，自宋运既终，天命真人于沙漠，入中国为天下主，传及子孙，百有余年，今运亦终。”[③]既然作为即位诏书向天下发布，可见是能够被多数人所接受的流行说法。但此种说法刚刚提出时，应该是对元统治既不情愿又颇显无奈的一种被动接受。可随着时间的推移，它也逐渐地被人们所习惯，从而以之论诗文之盛衰了。从元朝前期的戴表元，到中期的虞集，再到元末的朱右、杨维桢诸人，都在不断地重复此一说法。其中尤以戴良最具代表性，他说：“世道有升降，风气有盛衰，而文运随之。”[④]“我朝地域之广，旷古未有。学士大夫乘其雄浑之气以为诗者，固未易一二数。”[⑤]但这实在是戴良的一相情愿，元代固然疆域广大，尚武雄迈，但诗文却既没有唐人的雄浑，也没有宋人的博大，连元诗四大家之一的范梈都说：“今天下同文而治平，盛大之音称者绝少。”[⑥]之所以会造成诗文与时代的脱节，是由于汉族文人与元朝廷之间无法消除的隔阂，即作为诗文创作主体的汉族文人尤其是江南文人，永远无法进入权力的中心，因而他们也无法将自我个性的伸展与朝廷疆域的广大有机结合起来。

元人常将诗文分成台阁与山林两大类别，其分类标准即在于仕与隐的差别。归隐的文人在宋元之际曾有过愤激与悲伤，但随着时间的流逝也渐趋平静，只是不断感叹社会的不公与命运的不幸，但边缘化的结果使他们无法成为文坛的主流。有幸入仕的也大都在朝廷中难以施展自己的才能，他们既无法保持自我的个性，更无法表达真实的思想，歌颂朝廷与表达自我永远成为明与暗的两面。连做了元代翰林学士承旨的赵孟頫，也常常感叹“在山为远志，出门为小草”[⑦]，他曾深有感触地说：“志功名者，荣禄不足以动其心；重道义者，功名不足以易其虑。何则？纡青怀金与荷锄畎亩者殊途，抗志青云与侥幸一时者异趣。此伯夷所以饿于首阳，仲连所以欲蹈东海者也。矧名教之乐，加乎轩冕；违己之病，甚于冻馁。此重彼轻，有由然矣。仲尼有言曰：隐居以求其志，行义以达其道，吾闻其语，未见其人。嗟乎，如先生近之矣。”[⑧]什么是有价值的，什么能够存留于青史，他全都知道，然而所有这一切都不能代替生计的实在，都不能战胜实惠的需求，他知道自己成不了陶渊明，也就只好低头入仕了。抱着如此心态的人，怎能够写出意气风发的文字！

虞集是所谓的元诗四大家之一，曾自觉地倡导台阁体平易正大的盛世文风，但他最为人传诵的词句却还是“报道先生归也，杏花春雨江南”[⑨]。而且江南的意象曾反复在其诗中出现，如：“屏风围坐鬓毵毵，绛蜡摇光照暮酣。京国多年情尽改，忽听春雨忆江南。”[⑩]“紫貂早解猎围骖，一棹夷犹雪满簪。山雨欲来春树暗，尽将情思写江南。”[⑪]“山中积雪尽，江南春水多。解剑还尚方，朝衣挂松萝。”[⑫]“千村春水方生，万里归帆如羽。不知谁在层楼，卧看江南烟雨。”[⑬]不管是醒中还是梦里，也不管在京城中已生活多久，江南始终萦绕在他的心头。只要你随意翻检元代南方文人的别集，就会经常遇到比其前后朝代都要多得多的江南意象。且不要看轻这“江南”二字，江南是元代南方文人牢不可破的梦想与情结，出仕无路归江南，仕途不利梦江南，老而退隐隐江南。正由于文人在心灵深处与朝廷的离异，所以元代的诗文遂形成了散文平易而乏气骨，诗歌秾丽而多纤弱的整体风貌。元王朝以气运论的确是博大雄迈的，但这博大雄迈不是文人的好运而是噩运，因此也支撑不起他们的心灵世界。当时的文人黄溍就曾说：“予闻昔人论文，有朝廷台阁、山林草野之分，所处不同，则所施亦异。夫二者岂有优劣哉？今四方学者第见尊官显人摛章绘句，婉美丰缛，遂悉意慕效之，故形于言者类多有其文而无其实。”[⑭]

这种情况到了元末的顺帝至元年间，有了较大的变化。由于朝廷的昏暗与遍地的烽烟，文人们逐渐形成了不同的人生追求，其中有以杨维桢为首的狂傲怪异的群体，其诗被称为铁崖体；有以高启为首的隐逸诗人群体，被人们称为吴中诗派；有以刘基为首的关注现实的诗人群体，被称为浙东诗派。他们的论诗主张具有较大的差异，但有一点却是相同的，即均以人格气节论诗文，也就是说“气”从外在的气运转向了内在主体的气节。杨维桢说：“孟子战国之士也，而得称代之大丈夫，小六国之君相者，一浩然之气也。是气也天地至刚至大之物也，人得其浩然者，山岳不足为其雄也，风雷不足为其厉也，罴熊虎兕不足为其勇也，秋之肃肃不足为其清，春之生生不足为其富也，千岁之日至不足为其远也。苏子所谓不依形而至，不恃力而行，不随存殁而有亡者，推其盛至于参天地关盛衰之运，岂不诚浩然已乎！”[⑮]杨维桢在此当然也讲到配义与道的养气，但他更看重的还是以高傲人格为核心的盛大之气，所以才会形成其狂放怪异的铁崖体，杨基曾用“老来诗句疏狂甚，乱后文章感慨多”[⑯]，概括其晚年的创作，这“疏狂”与“感慨”都应该是多气所构成的个性特征。他所以能够高叫“醉来箕踞松下眠，白眼不受天子宣，自称臣是诗中仙”，显然是以李白为楷模并有独立的人格为底蕴的。其

《感时一首》曰："壮志凌云气食牛，少年何事苦淹留。狂歌鸣凤聊自慰，旧学屠龙良已休。台阁故人俱屏迹，闾阎小子尽封侯。愁来按剑南楼坐，寥落江山万里愁。"[17]没有这凌云的豪气，很难想象会写出如此沉雄奔放的诗作。

高启所拥有的是一种逸气，他有时又称之为"趣"，其《独庵集序》曰："诗之要，有曰格，曰意，曰趣而已。格以辩其体，意以达其情，趣以臻其妙也。体不辩则入于邪陋，而师古之意乖；情不达则坠于浮虚，而感人之实浅；妙不臻则流于凡近，而超俗之风微。"[18]超越凡俗即为逸，按刘勰《文心雕龙·风骨》的说法，风乃是"情与气谐"所构成的，则风即"气"也，故"超俗之风"也就是逸气。这种超然之气在其《青丘子歌》有形象的描绘："朝吟忘其饥，暮吟散不平。当其苦吟时，兀兀如被酲。头发不暇栉，家事不及营。儿啼不知怜，客至不果迎。不忧回也空，不慕猗氏盈。不惭被宽褐，不羡垂华缨。不问龙虎苦战斗，不管乌兔忙奔倾。向水际独坐，林中独行。斫元气，搜元精。造化万物难隐情，冥茫八极游心兵，坐令无象作有声。微如破悬虱，壮若屠长鲸。清同吸沆瀣，险比排峥嵘。霭霭晴云披，轧轧冻草萌。高攀天根探月窟，犀照牛渚万怪呈。妙意俄同鬼神会，佳景每与江山争。星虹助光气，烟露滋华英，听音谐韶乐，咀味得大羹。世间无物为我娱，自出金石相轰铿。江边茅屋风雨晴，闭门睡足诗初成。叩壶自高歌，不顾俗耳惊。"[19]这种逸气有两个特点：一是忘怀物我的超越情怀，用他称赞吴镇的话说叫作"笔端豪迈，墨汁淋漓，无一点尘市气"[20]；二是自得其乐的审美快感，用当时人胡翰的话说叫"取世俗之所不好者而好之，含毫伸牍，鸣声咿咿，及其得意，又自以为天下之乐举不足以易其乐焉"[21]。这形成了他诗歌的独特风格，即古体长篇笔力矫健，气势奔纵；近体律诗清新超拔，绮丽自然。

刘基论"气"亦以气节为核心，他在《饮泉亭记》中称赞吴以时"尚气节"，其具体表现便是："大丈夫之心，仁以充之，礼以立之。驱之以刀剑，而不为不义屈；临之以汤火，而不为不义动。"[22]在这一点上，他与杨维桢的观点相近，所不同的是他更关注现实，以变风变雅的观点提出诗歌的讽刺特征，其立论的前提便是抑郁不平之气，或者也可称为愤气："予少时读杜少陵诗，颇怪其多忧愁怨抑之气，而说者谓其遭时之乱，而以其怨恨悲愁发为言辞，乌得而和且乐也？然而闻见异情，犹未能尽喻焉。比五六年来，兵戈迭起，民物凋耗，伤心满目，每一形言，则不觉其悽怆愤惋，虽欲止之而不可，然后知少陵之发于性情，真不得已。"[23]靠了这股抑郁不平之气，刘基元末之诗才能酣畅雄浑，苍凉激越。元末文坛流派众多，才性各异，但又均以重气为核心；狂气、逸气与愤气所构成的审美风格可能有很大差异，但在重主体、重个性、重自然、重真诚等方面，却又是相同的。我们可以将从重气运到重气节的转变称为一个向内转的过程，或者说是从社会转向个体的过程。

二

随着宋濂、刘基、王祎等浙东文人集团的介入现实政治以及朱明王朝的建立，文坛格局也在发生变化，即元末以杨维桢为首的吴中文人集团的文坛中心地位转移到了浙东文人集团手中，而文学思想中的“气”论也从主体之“气”转换为作者主体之“气”与客观景象相结合的气象论。这是一个从个体化情感到社会化情感、从批判宣泄到歌颂鼓吹、从超然审美到政治关注的过程。最早提出“气”的转化的是钱宰，他在为刘子宪的“长啸轩”作记时，把刘子宪喻之为孔明、孙登与阮籍，认为他们都是因为生不逢时，胸有郁抑之气，登高长啸以发抒其愤懑，并肯定他们“为之长啸宜也”。但下面突然一转说：“今既遭逢盛时，出入胄馆，而高风逸思尚犹不忘，吾知其习闻夔章，而向之长啸将变而为黄钟大吕之和，不翅若曾参氏曳履而歌，声满天地，然且不止于是，又将移其音声播之九歌，以鸣帝世之盛矣。”[24]由抒发个体不平之气到鸣帝世之盛的中和之气，这是从政治层面最先想到的。随后是从山林转向台阁的过程，在黄溍那里此二者尚无优劣之分，可到宋濂这里就不同了，他在洪武三年序汪广洋的诗集时说：“昔人之论文者曰：有山林之文，有台阁之文。山林之文，其气枯以槁；台阁之文，其气丽以雄。岂惟天之降才尔殊也，亦以所居之地不同，故其发于言词之或异耳。濂常以此而求诸家之诗，其见于山林者无非风云月露之形，花木虫鱼之玩，山川原隰之胜而已，然其情曲以畅，故其音也渺以幽。若夫处台阁则不然，览乎城阙宫观之壮，典章文物之懿，甲兵卒乘之雄，华夷会同之盛，所以恢廓其心胸，踔厉其志气者，无不厚也，无不硕也，故不发则已，发则其音淳庞而雍容，鉴锵而镗鞳。甚矣哉所居之移人乎？”[25]山林之文与台阁之文之所以有了差别，是因为在“气”上“枯以槁”与“丽以雄”的不同；而二者“气”之不同又是由于其所据之地相异，山林的环境只能造成“渺以幽”的声音，而台阁之城阙宫观、典章文物、甲兵卒乘、华夷会同的境遇，则能使人“恢廓其心胸，踔厉其志气”，从而写出“淳庞而雍容，鉴锵而镗鞳”的文字来。

元代台阁是属于元蒙贵族的，汉族文人只能处于客居或边缘的地位。汉族文人那时也写台阁的盛大与威武，但对于自己是外在的，只能做些客观的记录与描述而已，那些诗文里缺乏情感，缺乏个性，所以也就缺乏豪气。处于战争时期的朱明政权君臣是和谐的，文人的建功立业是与王朝政权的建立密不可分的，所以文人们才会志气高昂。明王朝刚刚建立时，文人们是将其视为民族重建、传统再复的象征，所以也充满了喜悦豪迈的心情。现在不妨举一二例以为佐证。第一首是汪广洋的《从军乐》："从军乐，右插忘归左繁弱。天子有诏征不庭，重选前锋扫幽朔。出门万里不足平，宛驹照耀黄金络。去年鏖战葱岭东，今年分戍蓬婆中。蓬婆城外一丈雪，半夜紫驼号北风。少年忽忆慷慨事，便起酌酒浇心胸。酒酣耳热声摩空，手舞三尺青芙蓉。前将军，右都护，壮士在荣不在富。一朝手格楼兰归，人拥都门看驰骛。朝承恩，暮承顾，出入三军称独步。都门富儿空万数，人生岂被从军误。"[26]全诗充满豪迈乐观的格调，如果没有视国为家的情怀与立功万里的大志，以及随军征伐的实践，是不可能写出此种诗作的。对此，宋濂有过清楚的阐述："当皇上龙飞之时，仗剑相从，东征西伐，多以戎行，故其诗震荡超越如铁骑驰突，而旗纛翩翩与之后先。"[27]这类诗在陶安、刘基、王祎等人的别集中也多有保留。第二首是高启的《送沈左司从汪参政分省陕西汪由御史中丞出》："重臣分陕去台端，宾从威仪尽汉官。四塞河山归版籍，百年父老见衣冠。函关月落听鸡度，华岳云开立马看。知尔西行定回首，如今江左是长安。"[28]本诗可以说是一首标准的台阁体诗作，送官员出行的内容，对新政权的歌颂，都是当时常见的老套，但其中却有作者的真感情在，因为诗中所言的天下统一与民族再兴是一个时代的共同心声，"宾从威仪尽汉官"的传统复归，"百年父老见衣冠"的喜悦兴奋，都是明初人关注的焦点与真实的心理感受，可以说此诗套子里所灌注的是真实的情感与真实的现实状况，从而显得场面阔大，格调从容，同时又情深气盛，真切感人。高启与朱明政权的关系并不密切，却能写出如此正大高昂的诗作，则作为朱元璋所依赖的浙东文人的创作就更可想而知了。在元明之际，的确有过一个简短的历史时期，有许多文人的文学创作是充满了豪情与自信的。

然而，并不是所有的文人都能迅速改变自我的旧习而合乎新朝要求的，近百年的边缘化状态养成了他们闲散的野性与自适的心态，长期的战乱使他们既同情民生疾苦却又恐惧政治，再加上部分文人传统的逸民观念，都造成了他们与当世主调不合拍的声音。王祎说："十年以来，学士大夫往往诎于世故之艰难，溺于俗尚之鄙陋，其见诸诗，大底伤感之言，委靡而气索；放肆之言，荒疏而志乖，尔雅之音遂无复作矣。"[29]观其意，所不满于元诗者乃在于气弱与志乖，其所倡言则当然就在于气盛而志雅。宋濂几乎与王祎得出了完全一致的结论，他在《苏平仲文集序》中说："近世道漓气弱，文之不振已甚。乐恣肆者失之驳而不淳，好摹拟者拘于局而不畅，合喙比声，不得稍自凌厉以震荡人之耳目。”[30]宋濂除了再次指出了气弱与驳而不淳亦即志乖外，同时还进一步指出，气弱与志乖的原因即在于“道漓”，所以他特别强调道对“气”的决定作用：“天地之间，至大至刚，而吾藉之以生者，非气也耶？必能养之而后道明，道明而后气充，气充而后文雄，文雄而后追配乎圣经。”[31]在道、气、文、经的序列中，显然道是决定的因素。那么，道的具体内涵是什么呢？这可以从他“养气”的论述中得到回答：“古之育才者，不求其多才，而惟养其气。培之以道德，而使之纯；厉之以行义，而使之高；节之以礼，而使之不乱；薰之以乐，而使之成化。及其气充而才达，惟其所用而无不能。”[32]合道德、行义、礼、乐四项，其效果则在于纯与高二项。可见，宋濂理想的文风便是雅正而气充的境界，这也恰恰是明初朝廷多数人的理想。这一方面是为纠正元人纤弱与放荡的弊端，另一方面也是为鼓吹新政权休明政治的需要。

但是，正大高昂的文风在明初只维持了很短一段时间，便被凄伤哀沉的声调所取代。无论是朝廷还是文人自身，对雅正的追求应该说是有效果的。杨维桢在被王彝骂为“文妖”之后，文人的狂放之气已逐渐消歇。以高启为代表的逸气也已有所收敛，其实他早就在告诫自己：“莫恃微才，莫夸高论，莫趁闲追逐。”[33]而且在其南京修史时，还特意对将要归乡的徐大年说：“先生之归也，必能著书立言以淑诸人，咏歌赋诗以扬圣泽，则又非洁身独往而无所补者也。”[34]与其说是在叮嘱徐先生，不如说是自我表白，他再也没有勇气像在《青丘子歌》里那样大肆宣扬自己“洁身独往”的飘逸风采了。只是他实在积习难改，一面表示要鼓吹休明，一面又强烈要求辞官归隐，依然想做一个不问政治的闲散诗人。朱元璋当然能够洞察表里，最终还是将这位只知写诗的“仙卿”腰斩于南京。而其他的吴中文人也忙着或做循吏，或服劳役，再也难以飘逸起来，只能在不被人注意的角落里悲伤感叹了。吴中文人的不幸命运据说与他们当年支持张士诚政权有关，是朱元璋对他们的有意惩罚。其实也不全对，朱元璋对他们的不满，是他们既不能在政治上积极合作，又闲散而不易管束，因而对他们极为厌恶。这从浙东文人集团的遭遇里也能得到证明，他们辅佐朱元璋得到了天下，又长期受儒学之乡理学传统的熏陶，正大高昂的文学理想又是他们提出的，本应该在创作上身体力行，取得实效，但遗憾的是他们却没有一个人符合理想文风的要求。以文风最为刚健有力的刘基为例，他在元末与明初的创作简直判若两人，钱谦益曾概括说：“公负命世之才，丁有元之季，沉沦下僚，筹策龃龉，哀时愤世，几欲草野自屏……作为歌诗，魁垒顿挫，使读者偾张兴起，如欲奋臂出其间者。遭逢圣祖，佐命帷幄，列爵五等，蔚为宗臣，斯可谓得志大行矣。乃其为诗，悲穷叹老，咨嗟幽忧，昔年飞扬硉矹之气，澌然无有存者。”[35]这种巨大差异并不是刘基有意为之，他其实一直想追求盛大的诗风，但往往在无意间跌入忧愁的深渊。如《赠杜安道》是一首长篇七言古风，共三十六句，诗作前半部分回忆了明军征战的浩大气势，写得笔力矫健。随后又叙及杜安道辅佐朱元璋的功劳，亦颇有气度。然后总结说：“琼琚赤芾簉鹓行，鞍马禄食光门户。天鸡一声金阙启，龙颜有喜常先睹。”可谓富贵尊荣之极遇。倘若诗至此而结束，便是典型的台阁体。但作者于诗之结尾处忽而一转曰：“顾我愚疏忧患集，病骨崚嶒蒸溽暑。兴来怀旧倚长歌，星星两鬓丝千缕。”[36]格调转趋低沉，并颇具弦外之音，这又是典型的刘基体了。这种结尾转低的情况在刘基入明后的诗中俯拾皆是，几乎已形成一种固定模式，如：“衰老自惭无补报，叨陪仪凤侍瑶池。”[37]“从臣才俊俱扬马，白首无能愧老身。”[38]“芳意自随流水逝，华年不为老人留。”[39]“漫将白发对芳草，目送去鸿天一涯。”[40]这些诗所写时间、地点、对象皆不相同，但有一点是相同的，那便是叹老嗟卑。气盛如刘基者尚跌落到如此地步，更遑论其他矣。

诗风落到如此地步其实既不是宋濂、王袆等倡导者的本意，甚至不是朱元璋的本意，永乐时解缙曾回忆说：“上惟喜诵古人铿锵炳烺之作，凡遇呻喑鄙陋，以为衰世之制不足观。故天下之士为诗，鲜有能得上意者。”[41]根据朱元璋的粗豪个性与帝王气度，解缙的记忆应该是准确的，在此不仅传达了朱元璋个人对正大高昂文风的爱好，同时也透露出当时几乎无人能够拥有如此的文风。要创作出铿锵炳烺之作，必须具备盛大之气；而要具备盛大之气，就必须拥有突出的自我、自由的心境、深厚的情感甚至狂放的个性。朱元璋只爱铿锵炳烺之作，却要取消文人的自由，砍去文人的狂放，当然也就没有了突出的自我与深厚的情感，则文坛也就只能沉寂与荒凉了。明初文风的转折有其历史的必然，当大乱初平、王朝始立之时，必须首先保持政治的稳定与经济的恢复，则整顿吏治，端正文风，管束士人，限制个体，都会被理所当然地提到突出的地位，在某些特殊的时期，政治的稳定在一定程度上是以牺牲文艺的繁荣为代价的。其中当然也有朱元璋个人的一些重要作用，他的杀戮功臣与大兴文字狱，除了稳定政治之外，也与其敏感猜忌的个性与由贫寒出身所造成的自卑心理直接相关。当文人们整日被繁冗的公务缠身并时时处于惶恐惊悸的心理状态之中时，还谈何气盛言宜的文风追求。明初实在不是一个实现正大高昂文风的历史时期。

三

《四库全书总目提要》在介绍《宋学士集》时，曾对宋濂、刘基、方孝孺三人的创作成就做过如下对比：“濂文雍容浑穆，如天闲良骥，鱼鱼雅雅，自中节度。基文神锋四出，如千金骏足，飞腾飘瞥，蓦涧注坡，虽极天下之选，而以德以力，则略有间矣。方孝孺受业于濂，努力继之，然较其品格，亦终如苏之与欧。盖基讲经世之略，所学不如濂之醇。方孝孺自命太高，意气太盛，所养不及濂之粹也。”[42]在此，四库馆臣从道德是否纯粹的角度肯定了宋濂，这当然是从正统的标准着眼，但从另外一个角度看，也说明以力以气，则宋濂显然不能与刘基、方孝孺相比。尤其是说方孝孺“自命太高，意气太盛”，应该说是十分准确的。但说方孝孺不及宋濂之粹，似乎仍然大有商量的余地。宋濂思想的形成主要是在元代，他不仅一度入山为道，多与禅师交往，并在文集中留下了大量的禅师碑铭文章。《金华献征录》曾载有他临终时的《观化帖》曰：“君子观化，小人怛化。心中既怛，何以能观。我心情识尽空，等于太虚。不见空空，不见不空。大小乘法门不过如此，人不自信，可怜可笑。”[43]他在生命的最后时刻，支撑其自我来应对现实变故的不是儒家的信念，而是佛学的空观，此可见佛学在其意识中的根深蒂固，因此说他的思想最纯是没有说服力的。方孝孺则见佛寺不入，终身辟佛不置，平生“高谈仁义，动息言貌必揆诸礼法”，说他不纯同样也没有说服力。四库馆臣在评价方孝孺的创作成就时说：“孝孺学术醇正，而文章乃纵横豪放，颇出入于东坡、龙川之间。盖孝孺之志在于驾轶汉唐，锐复三代，故其毅然自命之气发皇凌厉，时露于笔墨之间。”在此，评说者自己已陷入矛盾境地，此处说他“学术醇正”，而与宋濂比时又说他不够纯粹，所持原因同为意高气盛，可他立志“锐复三代”有何不纯？当年孔子不也要“锐复三代”吗？难道孔子也不纯吗？如果从宋濂、王祎等人所提出的理想文风看，方孝孺是最为符合的，即气盛与志正兼备的正大高昂文风。所以无论从理论上还是从创作实践上，方孝孺都是明初所倡导的理想文风的楷模。

在理论上，方孝孺亦以道为文之根本，故曰：“夫道者根也，文者枝也，道者膏也，文者焰也，膏不加而焰纾，根不大而枝茂者，未之见也。”[44]而且就道之内涵而言，二人也基本是一致的，前所引宋濂《送李生序》一文也见于《逊志斋集》中，除个别字句小有出入外，内容基本未变。宋濂该文收入其《朝京稿》中，不大可能抄袭方孝孺。其中最大的可能是方孝孺在随宋濂问学的四年中，对《送李生序》中论道与文的观点非常认同并感兴趣，遂抄写下来以为保存与警醒，后人不察，遂混入其文集之中。这也说明方孝孺所言之道即儒家之道德礼乐也。像宋濂一样，方孝孺是主张道与文合一的，他认为自三代以下文与道就分裂了：“唐之中世，昌黎氏尝一反之，而道不足以逮文。宋之盛时，程氏尝欲拯之，而文不能以胜道。欧氏苏氏学韩氏者也，故其文昌。朱氏张氏师程氏者也，故其道醇。合二者而有之，庶几不愧于古乎，而天下未见其人也。”[45]方孝孺认为宋濂的文章已达文道合一的境界，其原因即在于“公之文一本于道德，而气足以畅之”。在此，他又在道与文之间加进了“气”之一项，而且认为是决定文章成败的关键因素：“盖文与道相表里，不可勉而为。道者，气之君，气者，文之师也。道明则气昌，气昌则辞达，文者，辞达而已矣。然辞岂易达哉……夫所谓达者，如决江河，而注之海，不劳余力，顺流直趋，终焉万里。势之所触，裂山转石，襄陵荡壑。鼓之如雷霆，蒸之如烟云，登之如太空，攒之如绮縠。回旋曲折，抑扬喷伏，而不见艰难辛苦之态，必至于极而后止，此其所以为达也，而岂易哉！”[46]此处所描绘的，就是道与气相合而成的力量，其实也就是志正与气盛的兼容并举。从此一点上说，方孝孺是完全继承了宋濂等人所提出的文论主张的。方孝孺的创造在于他能够将养气与撰文区分开来，从而更重视气在诗文中的作用。论养气，“不患其无才，而患其无气；不患其无气，而患其不知道”[47]；论表达，“气不充，则言不章，言不章，则道不明”[48]。因此，方孝孺是更讲究气盛的，尤其是在论文时，更是视“气”为根本：“当其志得气满，发而为言语文章。上之宣伦理政教之原，次之述风俗江山之美，下之探草木虫鱼之情性，状妇人稚子之歌谣，以豁其胸中之所蕴，沛然而江河流，烂然而日星著，怨思喜乐，好恶慕叹无不毕见。”[49]正因为有了“气”的贯穿，方孝孺的文学思想才具有了独自的个性特征，他的高超诗境，他的文章力度，他的审美表现，他的通达见解，可以说均来自他的“气”的观念。这主要表现在以下几个方面。

首先是崇高的气节形成了他独立的人格美与阔大的诗歌境界。方孝孺欣赏憨直的人格，认为大丈夫就应该“负气自高，昌言倨色，不少屈抑，以取合当世”，甚至“视人君之尊不为之动，遇事辄面争其短无所忌”[50]。他的人生理想就是要做挺拔特立于霜雪中的松柏，所以敢于说出“天之立君也，非以私一人而富贵之，将使其涵育斯民，俾各得其所也”[51]的话来，这样的话如宋濂、刘基辈是绝对没有胆量说出的。许多人不明白正统如方孝孺者何以会对庄子、李白、苏轼那样的狂放之士青睐有加，其实他所欣赏的正是他们的充沛之气，他在《李太白赞》中说：“惟昔战国，其豪庄周。公生虽后，斯文可侔。彼何小儒，气馁如鬼。仰瞻英风，犹虎与鼠。斯文之雄，实以气充。”[52]正是有了充沛之气，才有了不朽之文，也才会得到他的仰慕，如果“气馁如鬼”，即使是儒者，也将被他所不齿。那么是否由此说明方孝孺已越出儒家的疆界了呢？并非如此，他主要是在李白“秕糠万物，瓮盎乾坤”的独立气节上求得了共鸣。因为只有具备了如此的人格节操，才能产生飞动的想象而心触化机，从而写出喷珠吐玉的妙文。与方孝孺同时的练子宁对李白的一段评语也许可以补充其观点：“方高力士用事时，士之趋附者何可胜数，而太白视之不啻奴隶，其英伟豪杰之士气，自足以盖天下士也。故其文章豪放飘逸，风骚之后卓然鲜丽，夫岂区区于尘埃秕糠者所能冀其万一哉！”[53]这也就是方孝孺所反复强调的：“英风逸气掀宇宙，千载人间宁复有？”[54]“花前饮酒无与俦，酒酣意气轻王侯。”[55]此“英伟豪杰之士气”是文人独立气节的典型体现，也是从政与撰文的前提，所以才会引起他们共同的向往。此种独立的气节不仅是方孝孺最终能够面对燕王朱棣，大义凛然英勇就义的基础，而且也形成了他诗歌的豪放之风。我们看他的《红酒歌》：“……烂缦为我浇吟肠，新诗吐出云锦张。醉来兴发恣毫狂，高歌起舞当斜阳。出门一笑尔汝忘，大江东去烟茫茫。”[56]那豪情，那狂态，那文采，那境界，简直就是一个李太白再世。

其次是由气盛构成的高超人生境界所导致的洒然求乐心态与崇高的诗文境界。方孝孺是一位进取心极强的儒者，有大济天下苍生的政治追求，决不肯为一己之乐而动念，他在《适意斋记》中将人生适意分为三类：一是贵极将相的快心快己之乐，二是养生养心的山水归隐之乐，三是“以众人之安危为喜戚，以区宇宁、风俗美为适意”的圣者之乐。[57]方孝孺毫无疑问看重的是第三类适意，这种对圣贤事业的追求不仅能流惠于天下，同时也能获得自我的心灵愉快。因为远大之志与沛然之气可以极大地提升自我的人生境界，开阔其心胸，陶冶其意趣，不局限于小我而超然物外与天地通，从而做到“其心之虚明广大，与天地同体，而无一物之累，其乐不亦宜乎”[58]。他有时将这种天地之大乐称之为“天趣”，并对之有过精彩的描绘：“纵目之顷，悠然有会乎心，忘己以观物，忘物以观道，凡有形乎两间者，皆吾乐也，皆有趣也，而吾心未尝留滞于一物也。夫是之谓得于天趣。”[59]他认为曾点的“舞雩”之咏歌，陶潜之爱琴而琴无弦，都是能够得天地之大美的范例。这种无执无固的心态与庄禅之境有相通之处，都是不计较于利害得失的超然胸怀，所不同的是，圣贤之乐具有更强的进取意识，从而能够在诗文创作中构成富于力度的崇高境界。试看以下两首诗：“我非今世人，空怀今世忧。所忧谅无他，慨想禹九州。商君以为秦，周公以为周。哀哉万年后，谁为斯民谋。”[60]“食罢移床坐小亭，细看群蚁夺余腥。倦来莞尔成微笑，宇宙茫茫几废兴。”[61]在一忧一喜之间，展现了作者高尚的情怀与深远的眼光。前一首写其高超境界，商鞅、周公的功业曾被多少人所仰慕，但作者却认为他们只不过是为一朝一姓的成败得失出谋划策而已，自己所追求的则是大禹治水般的天地境界，目的既不是为个人一己之得失，也不是为一家一姓之兴衰，而是要为“斯民谋”，即为天下苍生百姓谋求福利。后一首笑对历史兴亡，视帝王争霸为群蚁争夺余腥，是一种在漫长遥远时空中，坐定了身子来俯视宇宙的智者眼光与圣者胸怀。作者曾自述其人生理想说：“会万世为一息，通四海于一体，大行则使昆虫草木蒙其利，穷居则乐之以终身，垂之以简编，岂不诚远矣哉！”[62]正是如此的志向与气势，成就了方孝孺诗文的超然境界。

再次是气盛的观念形成了方孝孺对自然流畅的审美风格的追求。由于受宋濂等人的影响，方孝孺论诗文以教化为先，从而形成了内容重于声律技巧的观念，他曾说：“言之而中理也，则谓之文；文而成音也，则谓之诗。苟出乎道，有益于教，而不失其法，则可以为诗矣。”[63]这是自宋濂以来一直到三杨台阁体所共同倡导的诗学观念，往往忽略诗文的差别从而导致诗歌审美属性的缺失。所幸的是方孝孺更重视气对诗文创作的决定作用，从而注意到了诗文的情志感发与语言的流畅自然。他对此概括说：“士之立言为天下后世所慕者，恒以蓄济世之道，绝伦之才，困不获施，而于此焉寓之。故其气之所至，志之所发，浩乎可以充宇宙，卓乎可以质鬼神，非若专事一艺者之陋狭也。荀卿寓于著书，屈原寓于《离骚》，司马子长寓于《史记》，当其抑郁感慨，无以泄其中，各托于言而寓焉。是以顿挫挥霍，沉醇宏伟。雷电不足喻其奇，风云不足喻其变，江海不足喻其深。卒之震耀千古，而师表无极。苟卑卑然竭所能以效一艺，虽至工巧，亦技术之雄而已耳。”[64]依然是对内容的强调，依然是对技巧的轻视，但由于有了“气”的介入，就减少了干瘪的说教，有了充沛的感人力量，有了奇变深长的文采之美，这是对中国古代传统发愤著述说的继承，也就从对教化的重视转向了对气盛言宜的自然美的追求。从欣赏自然流畅的风格出发，他尤其佩服庄周、李白与苏轼的诗文成就，他称之为“神于文”：“庄周之著书，李白之歌诗，放荡纵恣，惟其所欲，而无不如意。彼岂学而为之哉？其心默会乎神，故无所用其智巧。而举天下之智巧，莫能加焉。使二子者，有意而为之，则不能皆如其意，而于智巧也狭矣。庄周、李白神于文者也，非工于文者所及也。”[65]这段话初读颇有些玄虚不易把握，其实他是与方孝孺气与自然的观念密切相连的。庄周、李白之所以能够“放荡纵恣，惟其所欲”，不是靠技巧训练所能达到的，而是靠其灵心慧气的流露，亦即“心默会乎神”的灵气。这样的诗文呈现的是一片自然浑成的境界，从中看不出人工的痕迹，更无法用语言来表述，最后只能以“神”来称之了。像这样能够神于文的当然是少数天才作家，不是每个人都能做到的，方孝孺向一般学文者指出了一种可以遵循的方法，叫作“奇其意而易其词”：“善为文者，贵乎奇其意，而易其词。骤而览之，亹亹觉其易也；徐思而绎之，虽极意工巧者，莫加焉。若是者，其为至文乎！”[66]方孝孺在此继承了宋濂的论文传统，是对元末险怪文风的纠正，他在本文中就把“以诞涩之词饰其浅易之意”的不良文风归于“三吴诸郡”，与宋濂的批评对象如出一辙。但他又没有像后来台阁体作家那样流于浅庸平易，从而也没有失去感人的力量。他所说的“奇其意而易其词”的至文，其实就是既气势充沛，思想深刻，又出之自然，不加雕琢。他的奇是人格的高尚，寓意的深刻，情感的动人，而不是外表的炫耀奇词怪语。试举一诗为例：“学道懒言文，君文思不群。雪消三峡水，波涨一川云。出处存爻象，经纶在典坟。莫名词苑传，须立济时勋。”[67]全诗流畅自然，没有奇字难句，但却显示了高超的人格境界与非凡的文学成就，尽管所赠对象以学道为重而无意于文，但却依然文思奇特，用“雪消三峡水，波涨一川云”来形容其诗文的气势力度，是流畅而又形象的好句。诗最后则表达了不愿只做文士而欲大济天下的远大志向。这样的诗的确是语句平易自然而立意精警高迈的。

从元代的气运论到元末的个体之气，从明初正大之气的提出到方孝孺正大之气的落实于创作，这是一个从社会与个体相分离到个体的独立再到个体与社会相结合的演变过程。方孝孺的文学思想是元明之际整个气论观念运动的结果，也是明初所提出的理想文风的具体落实。由于强烈的政治参与意识和浓厚的理学观念，从而使其文学思想带有鲜明的伦理政治色彩，但由于对气的强调，他的文学思想又是充分个体化、独立化、情感化，因而也就是审美化了的，那里边有他的个性与理想、想象与灵感、境界与力度，因此读起来能够给人以感染与鼓舞。而且这种特征并不是止有他一人才具备的，与他同时代的练子宁、黄子澄、周是修等一批文人，均有如此的文风。其他人不必说了，周是修在今人编写的文学史与文学批评史上几乎没有任何位置，人们能够记起他的，是燕王进京时的投井殉节。但如果阅读其文集，你会发现他除了殉节与方孝孺相同外，他的诗歌也像方孝孺一样写得很有些气势：“青山高，白云深，君不来，伤我心。青山高，白云长，君不来，断我肠。我肠在何许，洞庭之下潇湘浦。昨夜瑶琴一曲中，辗转离鸾为君苦。复对青山歌白云，千里万里遥思君。遥思君，君不知；遥思君，无已时。青山自青白云白，天地悠悠自南北。”[68]这是他的《青山高》诗，写得超越自适，自由奔放，情感深厚，自然流畅，没有后来三杨台阁体的柔弱与刻板，是气盛言宜文学思想的典型体现。故四库馆臣赞曰：“非惟风节凛凛，溢于楮墨。即以文章论之，亦复无愧于作者。”[69]但由于明成祖朱棣在永乐年间对建文朝死节诸臣文集的禁毁，使后人很难得窥此一批文人创作的全貌，从而湮没了这一段文学的历史。这段历史处于一种特有的文化氛围中，随着明王朝的进入稳定期，政治控制有所松动，文化政策趋于放松。面对洪武一朝成长起来的这批年轻文人，朝廷已经没有像对元朝遗老那样的警惕与戒心。这是经过将近二十年的时间培养出来的一股士气，具有雅正的意识与积极的进取精神，所以才会在文学思想上显示出正大高昂的特征。后人很难推知这种文学思想后来会发展演变到何种地步，能够知道的是，明成祖朱棣在同室操戈的过程中，用血与火的手段既消灭了这批文人的肉体，也熄灭了他们高昂正大的精神。朱棣谋臣姚广孝曾不无忧虑地说："杀此人（孝孺），则天下读书种子绝矣。"[70]这"绝"掉的是一种理想、一种气节、一种活力、一种灵感，由此明代文学思想史进入了雍容平和而缺乏力度的台阁体时代。

注释：

① 袁震宇、刘明今:《明代文学批评史》，上海古籍出版社 1997 年版，第 50 页。

② 参见王春南、赵映林《宋濂、方孝孺评传》第七章第二节"道明气昌和因时而变的创作论"，南京大学出版社 1998 年版。

③《明太祖集·即位诏》，黄山书社 1991 年版，第 1 页。

④⑤《九灵山房集》卷七《夷白斋稿序》，卷一九《皇元风雅序》，文渊阁《四库全书》本。

⑥《杨仲弘集》卷首《杨仲弘集序》，文渊阁《四库全书》本。

⑦⑧《松雪斋集》卷二《罪出》，卷六《五柳先生传论》，文渊阁《四库全书》本。

⑨⑩⑪《道园学古录》卷四《风入松》，卷四《听雨》，卷四《息斋竹》，文渊阁《四库全书》本。

⑫⑬《道园遗稿》卷一《送南野真人》，卷四《题江山烟雨图》，文渊阁《四库全书》本。

⑭《金华黄先生文集》卷一八《云蓬集序》，《四部丛刊》本。

⑮《东维子文集》卷二二《养浩斋志》，《四部丛刊》本。

⑯《眉庵集》卷八《寄杨铁崖先生》，文渊阁《四库全书》本。

⑰《东维子文集》卷二九，《四部丛刊》本。

⑱⑲⑳㉑㉘㉝㉞ 高启著，金檀辑注:《高青丘集》，上海古籍出版社 1985 年版，第 885 页，第 433 页，第 700 页，第 979 页，第 576 页，第 973 页，第 882 页。

㉒㊱㊲㊳㊴㊵《刘基集》，浙江古籍出版社 1999 年版，第 103 页，第 417 页，第 485 页，第 487 页，第 487 页，第 487 页。

㉓《诚意伯文集》卷五《项伯高诗序》，《四部丛刊》本。

㉔《临安集》卷五《长啸轩记》，文渊阁《四库全书》本。

㉕㉖㉗《凤池吟稿》卷首，卷二，卷首，文渊阁《四库全书》本。

㉙㉚㉛㉜ 罗月霞主编:《宋濂全集》，浙江古籍出版社 1999 年版，第 2570 页，第 1575 页，第 1838 页，第 1721 页。

㉟ 钱谦益:《列朝诗集小传》甲前集，上海古籍出版社 1983 年版，第 13 页。

㊶ 《文毅集》卷七《顾太常谨中诗集序》，文渊阁《四库全书》本。

㊷㊸ 罗月霞主编:《宋濂全集》，浙江古籍出版社 1999 年版，第 2275 页附录《潜溪集卷首》引《四库全书总目提要》语，第 2730 页附录《宋文宪公年谱》下。

㊹㊺㊻㊼㊽㊾㊿(51)(52)(54)(55)(56)(57)(58)(59)(60)(61)(62)(63)(64)(65)(66)(67) 方孝孺:《逊志斋集》，宁波出版社 1996 年版，第 316 页《与郑叔度八首·其三》，第 465 页《送牟元亮赵士贤归省序》，第 379 页《与舒君》，第 605 页《题溪渔子传后》，第 624 页《三贤赞（有序）》，第 610 页《题黄东谷诗后》，第 536 页《憨窝记》，第 68 页《深虑论》七，第 630 页，第 807 页《题李白观瀑布图》，第 808 页《题李白对月饮图》，第 812 页，第 526 页，第 581 页《来鸥亭记》，第 548 页《菊趣轩记》，第 773 页《闲居感怀十七首·其八》，第 853 页《次韵写怀送叔贞之成都十七首·其十七》，第 536 页《心远轩记》，第 406 页《刘氏诗序》，第 716 页《成都杜先生草堂碑》，第 399 页《苏太史文集序》，第 447 页《赠郑显则序》，第 837 页《赠鲍民瞻》。

(53) 《中丞集》卷上《黄体方诗序》，文渊阁《四库全书》本。

(68)(69) 《刍荛集》卷二《青山高》，《刍荛集》卷首，文渊阁《四库全书》本。

(70) 李贽:《续藏书》卷七“典史魏公”，中华书局 1959 年版，第 125 页。

（2006 年第 1 期）

著一“闹”字，而境界全出

——王国维“境界说”探源之三

罗　钢

一

王国维《人间词话》手定稿第七则云：

> “红杏枝头春意闹”，著一“闹”字，而境界全出，“云破月来花弄影”，著一“弄”字而境界全出矣。[①]

这两句词是王国维举出的“有境界”的范例。但王国维仅仅是点到即止，并未说明个中原因。如果我们能够确切知道王国维为什么认为“著一‘闹’字”“著一‘弄’字”便会“境界全出”，无疑对我们理解王国维“境界说”的内涵会有很大帮助。因此，近百年来，不断有学者对此提出不同的解释，比较有影响者，大约有以下四种。

（一）通感说

钱锺书用“通感”来解释“闹”字。他认为，宋祁等“是想把事物的无声的姿态描绘成好像有声音，表示他们在视觉里仿佛获得了听觉的感受”[②]。在钱锺书的影响下，不少学者认为王国维也是依据现代心理学“通感”的理论作出上述判断的，但这种说法很难成立。首先，在《人间词话》评论的宋词中，不乏通感的例子，如姜夔的“数峰清苦，商略黄昏雨”。所谓“清苦”是味觉向视觉的“挪借”，但王国维却认为这两句词“隔”。其次，“云破月来花弄影”的“弄”并不涉及通感，通感说不能说明“弄”字所产生的美感。

（二）移情说

所谓移情作用，是指审美主体在观察对象时，把自己的情感、生命移入无生命的对象中去，把原本没有情感和生命的东西看作有生命的东西。如吴调公在评论《人间词话》这一则时便针对“云破月来花弄影”一句写道，这句话的佳处就在于“不仅促使诗人把他对穿云之月和照影之花的关切倾注到眼前景物之上，也更成为诗人化身为月和花的情趣”[③]。但如果以此来解释王国维对这两句词击节赞赏的原因，则又会遭遇到类似上面的困难。如姜夔的“商略黄昏雨”“高树晚蝉，说西风消息”，都体现了诗歌的移情作用，但王国维评价甚低。

（三）欲望表现说

有学者认为：“王国维之所以看重‘红杏枝头春意闹’的‘闹’和‘云破月来花弄影’的‘弄’这两个动词，就是因为它们极富表现力地把大自然的欲望和意志活生生地写了出来，这就揭示了各自的本质。”[④]此说基本上是根据叔本华的理论来解释这两句词，但在叔本华的体系中意志和欲望的内涵基本上是负面的，更重要的是，王国维并不认为这种欲望是艺术表现的对象，他曾说：“夫人之所以异于禽兽者，则不以其有纯粹之知识与微妙之情感哉？至于生活之欲，人与禽兽无异。”[⑤]艺术所表现的应是“微妙之情感”，而不是“生活之欲”。

（四）意境说

持此说者是冯友兰，冯氏说：“所谓意境，正是如那两个字提示的那样，有意又有境。境是客观的情况，意是对客观情况的理解和情感——如果只写‘红杏枝头’、‘月下花影’，那就是有境而无意，‘闹’字和‘弄’字把意点出来了，这才出来了意境，这就成为这件艺术作品和它的作者的意境。”[⑥]对意与境作如此机械的划分，显然不符合王国维的观念。王国维主张的是“意与境浑”，像他在词话中称赞的“明月照积雪”“大江流日夜”“中天悬明月”“长河落日圆”，均无法作这种机械的分拆，但王氏却认为“此种境界，可谓千古壮观”。

那么，王国维究竟是根据什么理由作出这样的判断呢？

二

也许我们可以尝试着从中国古代词论中寻求一些线索。

宋代词人宋祁的“红杏枝头春意闹”与同时代张先的“云破月来花弄影”在当时即是脍炙人口的名句。据词话记载，宋祁约见张先，戏称为“云破月来花弄影”郎中，而张亦反戏之曰“得非‘红杏枝头春意闹’尚书耶”。可见二人亦对此两句颇为自许。

在后来的词话著作中，关于这两句词，尤其是对前一句词的讨论和争辩主要集中在两点，第一点是“雅俗”。《古今词话》称：“红杏枝头春意闹，一‘闹’字卓绝千古，字极俗，用之得当，则极雅。”⑦李渔在《窥词管见》中却表达不同的意见。李渔赞赏后一句，但对“春意闹”一句颇有微词：“云破月来句，词极尖新，而实为理之所有，若红杏之在枝头，忽然加一闹字，此语殊难着解，争斗有声谓之闹，桃李争春则有之，红杏争春，予实未之见也，闹字可用，则吵字，斗字，打字，皆可用矣……予谓‘闹’字极粗极俗，且听不入耳。”⑧

另一引起争议的是“自然”和“不自然”。贺裳在《皱水轩词筌》中说：“词虽以险丽为宗，实不及本色语之妙……觉红杏枝头，费许大气力，安排得一闹字。”⑨另一位清代词学家谢章铤在《赌棋山庄词话》中亦回应道：“红杏枝头春意闹，闹字固炼，然太吃力，不可学。”⑩对于这种批评，刘熙载在《词概》中表达了不同观点。他认为“闹”字仍很自然，他表达这层意思的是“触著”。这种“触著”是极自然的，但又不是完全不经锤炼，而是所谓“极炼如不炼”。“词中句与字似能触著者，所谓极炼如不炼，晏元献‘无可奈何花落去’二句，触著之句也。宋景文‘红杏枝头春意闹’，‘闹’字，触著之字也。”⑪

但王国维却不是在上述理论脉络中作出自己的判断的，中国古代词学家关注的是用字本身，无论是雅还是俗，是不满其刻意雕琢还是赞赏其“极炼如不炼”，他们的关注点都在“闹”这一个字上。但王国维着眼的是这一个动词与“境界”的关系，尽管王国维没有对境界作出某种确切的解释，或者说他暗示了关于境界的多种解释，但有一点是肯定的，即境界不仅仅局限于用字，甚至不仅仅局限于词的语言。所以不妨说，王国维关注的是“闹”这个字与牵涉到作为整体的某种特殊的艺术质素的关系。

因此，我们还必须到另外的地方去寻找问题的答案。

三

草蛇灰线，伏脉千里，如果要探询究竟，我们要从王国维对席勒“游戏说”的关注开始。席勒是王国维始终服膺的美学家，他的学生甚至称其为“吾国之席勒”。王国维最早接触到席勒，应该是通过文德尔班的《哲学史》。文氏的《哲学史》是王国维最初读到的两部西方哲学著作之一。当时王国维在编辑《教育世界》杂志，在诸多西方美学家中他较早关注席勒，尤其是席勒的审美教育理论，是很自然的事。

文德尔班在《哲学史》中指出，席勒对于康德的唯心主义知识科学的一个决定性的转折，即把艺术和美的问题放置在人的理性生活和它的历史发展中来考察。王国维在《孔子之美育主义》（这是王国维 1904 年发表的第一篇美学论文）中翻译的席勒下面一段话，就是从文德尔班的《哲学史》中转引过来的：“故美术者，科学与道德之生产地也，又谓审美之境界不关利害之境界，故气质之欲灭，而道德之欲得由之以生，故审美之境界乃物质之境界与道德之境界之津梁也，于物质境界中人受制于天然之势力，于审美境界中则远离之，于道德之境界则统御之（希氏《论人类美育之书简》）。”[12]值得注意的是，这是王国维第一次在美学意义上使用“境界”这一概念，尽管还有其他“境界”，如物质境界、道德境界。该词在文德尔班书中所用的英文是“state”，文氏并指出，在席勒德文著作中是“staat”，直译应为“状态、情态、形态”。后来朱光潜曾根据席勒德文译出，也译为“状态”。如同一段话朱氏译为：“人在他的物质（身体）状态中，只服从自然的力量。在他的审美状态里，他摆脱掉自然的力量，在他的道德状态里，他控制着他的自然力量。”[13]

王国维用“境界”来译“state”是值得注意的。第一，王氏在美学意义上使用这个概念，首先是发生在翻译的过程中，即他希望用这个概念来传达和表示某一西方美学术语的内涵。因此不妨说，从一开始，王国维就基本上切断了中国古代境界说的美学内涵。王国维所谓之审美境界，即席勒之审美状态。尽管境界说此后有很丰富的发展，但是这种发展的基本取向和基本性质并没有改变。第二，王国维用“境界”来取代“状态”的同时也强调了原文中隐而不彰或未能凸显的某些方面。如境界与状态相比，便进一步强调了审美与物质、道德等的区分。在中国，“境界”一词最早的原意是边疆、边界，它指示的是某一确切的范围，而状态一词则较富于流动和变化。此外，境界一词后来由于佛教的影响，又衍生出高低不同位阶的含义，那么，在王氏看来，物质、审美、道德也便代表着不同的阶段。如果用状态来翻译，这层意思便不可能凸显出来。以上两点对于我们理解王国维后来提出的境界说都有重要的意义。

那么，这种审美境界，或者说审美状态与席勒所说的游戏有什么关系呢？在《孔子之美育主义》一文中，王国维接着便介绍席勒的审美教育学说："希氏后日更进而说美之无上价值曰，如人必以道德之欲克制气质之欲，则人性之两部犹未能调和也。于物质之境界及道德境界中，人性之一部，必克制之以扩充其它部，然人之所以为人，在息此内界之争斗，而使卑劣之感跻于高尚之感觉，如汗德之严肃论中气质与义务对立，犹非道德上最高之理想也，最高之理想存乎美丽之心（beautiful soul），其为性质也，高尚纯洁，不知有内界之争斗，而唯乐于守道德之法则，此性质唯可由美育得之（芬特尔朋《哲学史》第六百页），此希氏最后之言。"⑭

王国维从《哲学史》中转引的这段话，对于席勒美学来说正是它的核心所在。席勒提倡美育，是鉴于在现代社会，无论是社会、个人还是个人内部都是处于一种分裂的状态。从人的内心来说，就是感性与理性的分裂。在这段文字中，即所谓"道德冲动"（moral impulse）和"感性冲动"（sensuous impulse）（王此处译为道德之欲与气质之欲）的彼此分裂和冲突，但是王国维在此处漏译了一个关键的概念，译文中"人之所以为人，在息此内界之争斗"如果完整地翻译过来，应当是"只有当人游戏的时候，只有当他平息了内心的争斗的时候，他才成为真正的人"。王国维在这里漏译的恰好是"游戏"这个关键的概念。

所谓"感性冲动"和"道德冲动"（或称形式冲动）都是人的自然要求和冲动，如何能使这对立的冲动和谐相处？席勒认为，能将二者联系在一起的，是所谓的游戏冲动。游戏冲动的概念来自康德"自由游戏"的概念和费希特的"冲动说"，感性冲动使人感到自然要求的强迫，而道德冲动又使人感到理性要求的强迫。游戏冲动"消除一切强迫，使人在物质方面和精神方面都恢复自由"。所谓美就是游戏的对象。在审美观照中，心灵是处于感性需求和道德法则之间，人充分实现了自己的本质，感情和道德不再分裂。只有在这时，人才能达到感性和理性的真正统一，物质和精神的真正统一，才能达到所谓"人格的完美"和"心灵的优美"（即王国维所谓"美丽心灵"）。所以席勒在《审美教育书简》的第15封信中说："只有当人充分是人的时候，他才游戏，只有当人游戏的时候，他才完全是人。"⑮

那么，一向严谨的王国维为什么会遗漏掉这一重要的概念呢？很可能是由于王氏当时对于"游戏"所包含的理论内涵还未能充分理解，或感到某些困惑，所以有意识地把它省略了。从王氏对席勒学说的使用和掌握情况来看，当时他基本上依靠的是文德尔班的介绍，很可能并未直接阅读席勒的原著，包括他后来引用的席勒关于诗歌的定义，“诗歌者描写人生者也”都出自文德尔班的《哲学史》，而文氏在该书中并未对“游戏”说的意义加以说明。

席勒还从生理学的角度对游戏的根源加以解释，提出了著名的“剩余精力说”。“狮子到了不为饥饿所迫，无需和其他野兽搏斗时，它的闲着不用的精力就替自己开辟了一个对象，它使雄壮的吼声响彻沙漠，它的旺盛的精力就在这无目的的显示中得到了享受……动物如果以缺乏（需要）为它的活动的主要推动力，它就是在工作（劳动），如果以精力的充沛为它的活动的主要推动力，如果是绰有余裕的生命力在刺激它活动，它就是在游戏。”[16]

席勒的游戏说给后来者提供了两种不同的分化和发展的方向，一个方向是通过自由的游戏实现理性与感性的统一，从而抵制资本主义对人的异化、碎片化，其后继者是黑格尔、马克思；另一个方向是上承康德审美无功利学说，强调游戏活动的无直接目的性，剩余精力说开启的便是这样一种生理学、心理学方向，其后继者是斯宾塞、谷鲁斯。王国维后来呼应的主要是第二个方向。

四

尽管王国维很早就接触到席勒，但对“游戏说”并未表现出浓厚的兴趣。在王国维的哲学时期，他醉心的主要是叔本华、康德、尼采的美学。“游戏说”对他的理论发生重要的影响，是在1906年前后，即他的文学时期。在《文学小言》中，王国维说：“文学者，游戏的事业也。”[17]

这种转变与王国维思想的发展有着内在的联系，王国维曾自述他的学术兴趣从哲学转向文学的原因：“余疲于哲学有日矣，哲学上之说大都可爱者不可信，可信者不可爱，余知真理而余又爱其谬误，伟大之形而上学，高严之伦理学与纯粹之美学，此吾人所酷嗜也。然求其可信者则宁在知识论上之实证论，伦理学之快乐论与美学之经验论。知其可信而不能爱，觉其可爱而不能信，此二三年中最大之烦闷。”[18]

此处伟大之形而上学、纯粹之美学即指他在哲学时期一度醉心的叔本华和康德美学，当王国维觉察其“可爱而不可信”，对其产生怀疑时，他并不可能完全转向他认为“可信而不可爱”的以洛克、休谟等为代表的经验论美学，这时游戏说便进入了他的视野。席勒的“游戏说”，本身就具有两方面的背景，就其强调游戏和艺术都是超越直接功利目的、都应获得最大的精神自由等而言，它与王国维早期服膺的康德、叔本华美学是一脉相承的。但继承席勒学说的斯宾塞、谷鲁斯等人，是在生理学、心理学方向发展了这一学说，把这一学说从思辨哲学的形而上学传统，转移到经验科学的形而下传统，这就给陷入思想矛盾和苦闷中的王国维提供了一条与康德、叔本华形而上学美学传统既有联系又相区别的新的形而下的理论路径。

在这一阶段对王国维影响最大的是德国美学家谷鲁斯的“游戏”理论。王国维曾翻译过《哥罗宰氏之游戏论》（1906）。在王国维发表于这一时期的一系列论文，如《文学小言》（1906）、《屈子文学之精神》（1906），尤其是1907年发表的《人间嗜好之研究》中，谷鲁斯的影响清晰可辨。

谷鲁斯，也是“游戏”理论的集大成者。他的两部代表作《动物的游戏》《人类的游戏》分别出版于1898年和1901年，王国维在《哥罗宰氏之游戏论》中翻译了席勒、斯宾塞的游戏说的一些基本观点：

> 吾人亦欲从斯宾塞之说，以审美的感情为来自游戏之动向者……斯宾塞《心理学原理》第二卷……曰：“吾人所谓为游戏之活动实与审美的活动有共同点。何则？两者于人生之实际进行上俱无裨益也。”
>
> 希尔列尔（席勒）谓对吾人之性质及需要，可以一瞬而直达者，为吾人所不悦，而迂远者，反渴望之。是故剩余之势力无益于生命之保持者也。由此剩余之势力而生游戏之动向，由此游戏之动向而生美，而吾人乃以之为乐。
>
> 若夫有生者既得一定之势力矣，而其使用势力也，不用以满足其要求，又不为个体与（种）属，而用以保存其内外之关系之均衡，此外更无他法以泄之，则惟有用之于适意者及快乐者耳。是故游戏者，为欲表现快乐而消耗其所积蓄之势力者也。要之，游戏即潜势力之变形者，即由潜势力变为活势力，而以种种状态表出之者也。凡以快乐为目的而表之为游戏者，必与前所积蓄之势力之量，其值相等。今借嘉玛克斯之言以明之，则可曰：“游戏者，所剩势力之表出者云尔。”
>
> 游戏之成立，必以一定程度之知能、意识、感情、运动，为必不可少之要素。此事固易说明之。试观人类以下之生物则可恍然矣。动物之阶级愈下，其心的活动愈少，则其游戏的现象亦愈少。[19]

在以上几则中，第一则强调游戏与审美活动的共同之处，在于二者都是超越直接功利目的的；第二、第三则指出游戏的根源在于剩余精力；第四则指出，愈是高等动物，其游戏活动也就愈普遍。

这些观点都吸收、改造并反映在王国维这一时期的著作中。在《文学小言》中，王国维写道："文学者游戏之事业也，人之势力，用于生存竞争而有余，于是发而为游戏，婉娈之儿，由父母以衣食之，以卵翼之，无所谓争存之事也。其势力无所发泄，于是作种种之游戏。逮争存之事亟，而游戏之道息矣。惟精神上之势力独优，而又不必以生事为急者，然后终身得保其游戏之性质。而成人以后，又不能以小儿之游戏为满足，于是对其自己之感情及观察之事物而摹写之，咏叹之，以发泄所储蓄之势力。故民族文化之发达，非达一定之程度，则不能有文学；而个人之汲汲于争存者，决无文学家之资格也。"[20]

王国维在这里声明的仍然是他一贯坚持的文学的非功利性，但他的理论出发点已从康德、叔本华的形而上学美学转向了席勒、斯宾塞的游戏理论。这两种不同理论的交织使他这一阶段的思想呈现一种比较复杂的状况。在《人间嗜好之研究》中，王国维就把席勒的剩余精力说和叔本华的欲望说结合起来，用以解释嗜好的心理基础："然人心之活动亦夥矣，食色之欲所以保存个人及其种姓之生活者，实存于人心之根底。"为了满足这种欲望，人们拼命工作，"工作之为一种积极的苦痛，吾人之所经验也"[21]。但"且人顾不能终日从事于工作，岁有闲月，月有闲日，日有闲时，殊如生活之道不苦者，其工作愈简而闲暇愈多，此时虽乏积极的苦痛，然以空虚之消极的苦痛代之，故苟供其心之活动者，虽无益于生活之事业，亦骛而趋之如此者，吾人谓之嗜好"[22]。在这里所谓"闲暇"以及因闲暇而生出的嗜好事实上是"剩余精力"的另一种说法，而所谓"积极的苦痛""消极的苦痛"则类似于叔本华所谓的"苦痛"与"无聊"的区分。

但王国维对"消极苦痛"的根源的解释，却与叔本华完全不同了："活动之不能须臾息者，其惟人心乎。夫人心本以活动为生活者也，心得其活动之地，则感一种之快乐，反是则感一种之苦痛，此种苦痛非积极的苦痛而消极的苦痛也，易言以明之，即空虚的苦痛也。空虚的苦痛比积极的苦痛尤为人所难堪。何则？积极的苦痛，犹为心之活动之一种，故亦含快乐之原质，而空虚的苦痛则并此原质而无之故也。人与其无生也不如恶生，与其不活动也不如恶活动，此生理学及心理学上之二大原理不可诬也。"[23]

这种认为痛苦源于"不活动"的解释与叔本华是不同的。叔本华给痛苦下的定义是这样的："我们把意志因横亘于它与它当前目标之间的一个障碍而遭到的阻挫称之为痛苦。”[24]意志是不能遏止的盲目冲动，就是欲求。一切欲求都是基于匮乏，基于对现状的不满。欲求一日得不到满足，就产生痛苦，而又没有一次满足是可以持久的。每一满足都是新的欲求的起点。所以欲求是无止境的，痛苦也是无穷无尽的。就此而言，生命意志的本质就是痛苦，而王国维所谓消极的苦痛即空虚无聊就产生于新旧欲求的间隙之中。因此，对叔本华来说，要解除或减轻痛苦，不是依赖于活动，而恰恰是活动的对立面，即寂灭。

王国维承认，这种将精神的快乐与痛苦归之于活动与不活动的观点来自“生理学及心理学”。其直接来源就是游戏说。在《人类的游戏》中，谷鲁斯把这种精神活动看作游戏的必不可少的条件：“我们发现所有感官都表现出无数要求活动的冲动。”“毫不奇怪，游戏中精力的活动以及相伴随的身体感觉是与愉悦的情感相联系的。”[25]

但是，谷鲁斯认为所谓席勒、斯宾塞的学说并不充分，每一种高等动物的游戏都有独特的形式，我们必须能够解释这些不同形式产生的原因。如果把它们都看作剩余精力的发泄，显然无法说明其间的差异。谷鲁斯因而提出“再创造理论”，作为对剩余精力说的一个补充：“我们现在可以总结作为游戏的生理学有两个基本的原则，剩余精力的发泄和消耗掉的精力的再创造，它们可以同时发生作用。”[26]与剩余精力说不同的是，这种再创造理论认为，愉悦并不仅仅来自人心的积极的活动，“它是一种成功的喜悦，胜利的喜悦”。这种喜悦来自在生存竞争中取胜带来的拥有力量的感觉，一种精神上的优越感。谷鲁斯认为，只有在低级阶段，游戏才是单纯的本能冲动的满足，而较高级的游戏“归根结底是我们惯常感到的对力量的快乐，觉得有能力扩张施展才能范围的那种欣喜”，以及自我炫耀的快乐。[27]

从这种观点出发，谷鲁斯不赞成那种认为艺术没有外在目的的说法：“就连艺术家也不是只为创造的乐趣而创造，他也感到这个动机（指上文所说的‘对力量的快感’），不过他也有一种较高的外在目的，希望通过他的创作来影响旁人。就是这种较高的外在目的，通过暗示力，使他显示出超过他的同类人的精神优势。”[28]这与王国维过去接受的艺术是没有外在目的的观念，如康德的审美超越直接功利说、席勒的游戏说等是冲突的，但王国维要么是没有意识到这种冲突（这种可能性较大），要么是有意回避了这种冲突。

王国维的《人间嗜好之研究》即是用这种“争胜”说来分析嗜好。王国维先把欲望分为“生活之欲”与“势力”之欲，“势力”即王国维对“精力”的翻译。所谓“生活之欲”大抵对应于谷鲁斯所谓“本能冲动”，所以与之相应的是“宫室车马衣食之嗜好”，而其他对驰骋田猎跳舞之嗜好，对书画古玩之嗜好，“一言以蔽之，欲其势力之胜于他人而已矣”[29]。此即谷鲁斯所谓“精神优势”。

在游戏中，“博弈”是最集中地体现出上述特征的。谷鲁斯把游戏分为四种，其中第一种叫作“战斗的游戏”，这种游戏又分为身体和精神两类，在精神一类中又分为两种，一种他称为“直接的智力竞赛”，这种游戏的代表是弈棋。下棋是一种理性的竞争，所以谷鲁斯说，“这种游戏快感的性质涉及到的是理性能力的使用”[30]。另一种称为“精神对抗”，这种“精神对抗”的特征是一种“机会游戏”，谷鲁斯把赌博看作这种“机会游戏”的代表。“在机会游戏中，竞争者之间并不直接地相互攻击，而通过对某一困难的更好的解决而成为胜利者”[31]，赌博是某种必然与偶然的结合：“完全的确定会摧毁赌博的价值，而完全的不确定使它成为纯粹偶然的游戏。就像最好的纸牌游戏一样，它应该依赖于一种理性与偶然的结合。”[32]

王国维在《人间嗜好之研究》中也把“博弈”看作满足人的争胜欲望的一种游戏方式：“今先论博弈，夫人生者竞争之生活也，苟吾人竞争之势力无所施于实际或实际上既竞争而胜矣，则其剩余之势力仍不能不求发泄之地，博弈之事正于抽象上表出竞争之世界而使吾人于此满足其势力之欲者也。”[33]在讨论“弈”与“博”的性质时，王国维也沿用了谷鲁斯的区分：“且博与弈之性质亦自有辨，此二者虽皆世界竞争之小影，而博又运命之小影。人以执著于生活故，故其知力常明于无望之福，而暗于无望之祸。而于赌博之中，此无望之祸时时有可能性，在以博之胜负，人力与运命二者决之，而弈之胜负，则全由人力之决定之故也。又但就人力言，博者悟性上之竞争，而弈者理性上之竞争也……人亦各随其性之所迫，而欲于竞争之中发见其优胜之快乐耳。”[34]

这种精神上的优越感不仅用来说明游戏的快感，也用来说明艺术产生的快感。谷鲁斯认为喜剧的快感“是由优越感构成的，它也属于战斗游戏的范畴”，“作为一种生存竞争的结果，每一种低能的表现都会在旁观者心中唤起一种优胜的感觉。无论是被观察者在身体或精神上的不适应，还是运气不佳，缺乏自信”[35]。谷鲁斯认为喜剧带来的“广泛的满足感”大都根源于此。在谷鲁斯看来，悲剧也同样属于战斗游戏，“悲剧也是如此，不仅情感风暴带来的欢悦，而且在竞争中获得的愉悦，都是克服悲剧带来的不可避免的痛苦的一种手段”。在悲剧中，我们目睹主人公遭遇到灾难，但这种灾难仍能够给予我们快感，因为英雄外在的毁灭能够唤醒我们一种胜利的情感。其原因在于“一个战士的最高的胜利就是战胜他自己的恐惧和失败”[36]。在这种情况下，灾难成为了内在胜利的基础。

王国维在《人间嗜好之研究》中是这样解释喜剧与悲剧的快感的："常人对戏剧之嗜好亦由势力之欲出，先以喜剧（即滑稽剧）言之，夫能笑人者必其势力强于被笑者也，故笑者实吾人一种势力之发表……此即对喜剧之快乐之所存也。"[37]"悲剧亦然……自吾人思之，则人生之运命固无以异于悲剧，然人当演此悲剧时亦俯首杜口或故示整暇汶汶而过耳。欲如悲剧中之主人公，且演且歌，以诉其胸中之苦痛者，又谁听之而谁怜之乎，夫悲剧中之人物之无势力可言固不待论，然敢鸣其苦痛者与不敢鸣其苦痛者之间，其势力之大小必有辨矣。夫人生中固无独语之事，而戏曲则以许独语故，故人生中久压抑之势力独于其中筐倾而篋倒之，故虽不解美术之趣味者亦于此中得一种势力之快乐。"[38]

在分析喜剧快感时，王国维基本上重复了谷鲁斯的喜剧快感产生于"优越感"之说，所以他强调"能笑人者必其势力强于被笑者"的观念。在分析悲剧时，谷鲁斯认为，悲剧所表现出的胜利就是战胜自己的恐惧和痛苦。王国维认为悲剧主人公尽管无势力，但敢鸣其苦痛，所以优于不敢鸣的普通人。他尤其强调戏剧人物的内心独白，指出通过这种独白，悲剧人物可以充分表现"人生中久压抑的势力"，使读者"亦从中获得一种势力之快乐"[39]。对于谷鲁斯来说，悲剧人物所展现的力量，它所带来的胜利的感觉是由于其战胜自己所遭遇的苦痛的命运。而在王国维看来，则是他敢于以戏剧的方式将之告白于世人，"敢鸣其苦痛"。但把一种优胜的力量作为悲剧快感的来源则是二者共同的。

在谷鲁斯的影响下，王国维对悲剧的认识有了很大的改变。在叔本华的美学里，悲剧是艺术皇冠上的明珠。在叔本华看来，真正的悲剧应当"叙述人生可怕的一面"，从而使人产生对生命本身的怀疑和放弃。用王国维在《红楼梦评论》中的话说，它的目的"在描写人生之苦痛与其解脱之道，而使吾侪冯生之徒，于此桎梏之世界中，离此生活之欲之争斗，而得其暂时之平和"[40]。谷鲁斯与叔本华的悲剧观分属于不同的美学体系和传统，前者属于形而下的心理学的美学体系和传统，后者属于形而上的哲学的美学体系和传统。席勒的游戏说构成了二者的交汇点，王国维正是通过席勒的中介，从叔本华走向了谷鲁斯。

五

1908年，王国维在《国粹学报》上连续发表《人间词话》。在《人间词话》中，我们既可以发现叔本华美学的影响，又能看到谷鲁斯游戏说的影响。如未刊稿第五十则：

> 诗人视一切外物，皆游戏之材料也，然其游戏，则以热心为之，故诙谐与严重性质，亦不可缺一也。

与之相关的还有手定稿第六十一则：

> 诗人必有轻视外物之意，故能以奴仆令风月，又必有重视外物之意，故能与花鸟共忧乐。

这两则词话实际上表述的是谷鲁斯游戏说的一个重要观点，即“佯信”说（make believe）。“佯信”又可称作“自蹈幻觉”或“有意识的自我欺骗”，是人类游戏中常常发生的一种心理现象。在《动物的游戏》中，谷鲁斯对它进行了深入的研究。谷鲁斯认为，各种游戏都不同程度地存在着“佯信”，但它在艺术游戏中表现得最突出。他指出，这种“佯信”或“有意识的自我欺骗”的出现是与游戏相伴随的最为高级的心理现象。在这里，游戏已经站在艺术生产的门槛边上了。就其通过佯信获得快感，游戏与艺术是一致的，所不同的是艺术生产的目的是影响他人，而游戏则没有这种目的。正是这种“佯信”使游戏、艺术与人类的现实活动区分开来。

“佯信”具有两重性，即王国维所说“诙谐与严重性质，亦不可缺一也”。谷鲁斯在书中举了一个例子来加以说明。一个小孩戴上他爸爸的帽子，然后说：“瞧，我现在是爸爸。”从一方面看，这是一个游戏，一种滑稽模仿，即王国维所说的诙谐的性质；但另一方面，小孩所做的又不仅仅是一种模仿，因为他是以一种非常严肃的态度来从事他的扮演的，这就是王国维所说的“以热心为之”的严重的性质。[41]

谷鲁斯指出，这种两重性的态度是由一种“分裂的意识”构成的。游戏中的儿童一方面会产生一种有意的遗忘或习惯性的盲目，这使他能够全身心地沉浸在游戏里面，甚至对接近的危险也视而不见。“但在另一方面，与真实生活的联系并未中断，就像在消极或积极的催眠状态中产生的幻觉一样。”[42]那么，在游戏中，游戏的自我与真实的自我的联系是如何建立起来的呢？这是问题的症结所在。谷鲁斯指出："事实上在这一过程中并不是真实的自我不停地提醒游戏的自我，这是不真实的。二者关系的基础是我们确信自身是所佯信的对象和情感的创造者，是我们自由地创造了它们，正是这种创造的感觉使我们获得了满足。"[43]谷鲁斯说，正是那种整个幻象的世界都依赖于我们自身，我们从自身的材料中创造了它们的观念，从真实的自我悄然地不被意识觉察地潜入游戏过程，使我们可能把"佯信"与现实充分地区分开来。

王国维说："诗人必有轻视外物之意，故能以奴仆命风月，又必有重视外物之意，故能与花鸟共忧乐。"关于这段话有许多解释，大抵可以吴奔星下面一段话为代表："这就是说，诗人必须站在现实的高峰，居高临下，争取反映现实的主动权，同时，又要密切关注现实，不脱离生活，争取和客观事物打成一片。"[44]这实际上是用"革命现实主义"的理论曲解了王国维的意思。

王国维在这里所说的，其实是谷鲁斯上述"佯信"内部的二重性。真实的自我既意识到自身是诗歌中一切的创造者，故能轻视，能"以奴仆命风月"。同时，游戏的自我在"佯信"的状态中又沉浸到对象之中，故能"与花鸟共忧乐"。谷鲁斯举例说："我非常清楚我正在观看的飞溅的瀑布并未曾感到看起来显示的'愤怒'，但我仍着迷于这个念头，我是通过幻觉（illusion）在观看，并使自己沉浸于其中。"[45]

诸如"沉浸在对象之中"一类说法很容易使人联想到"移情"说，但谷鲁斯把自己的观点与移情说作了区分。他认为，移情说未能解决一般的欣赏与审美知觉的区别，他在《人类的游戏》中指出，移情是一个自身过去的经验，如恐惧、愉悦等与当前感觉印象融合而成的一个和谐的整体："没有这样一种融合就不可能完成一种欣赏行为，问题在于作为一种特殊的满足，审美知觉不同于一般的欣赏。"[46]他举例说，当小孩和野蛮人听到隆隆的雷声，会产生一种宏壮的声音在震怒中咆哮的印象，因而感到恐惧。但这种恐惧仅只是移情，却不是审美愉悦，只有当人能以游戏的态度从雷的吼声本身感到一种"独特的、自我中心的快感"时，他才对它产生一种审美的欣赏。

在谷鲁斯的游戏理论中，这种审美的欣赏就是"内模仿"。"内模仿"是谷鲁斯最有代表性的观点。谷鲁斯认为，艺术是与模仿的游戏联系在一起的。他指出，知觉都是以模仿为基础的，如看见一个圆形的物体，我们就会情不自禁地用眼睛模仿它做一个圆形的运动。审美的知觉模仿和一般的知觉模仿不同，一般的知觉模仿会通过外部的筋肉动作表现出来，而审美的模仿只是一种"内模仿"："假如一个人看跑马，这时真正的模仿当然不能实现，他不愿放弃座位，而且还有很多理由不能去跟着马跑，所以他只心领神会地模仿马的跑动，享受这种模仿的快感，这就是一种最简单、最基本也最纯粹的审美欣赏了。”[47]

在谷鲁斯看来，“内模仿”的快感就是审美快感的基本内容。他说：“内模仿是否应当看作一种单纯的脑里的过程，其中只有过去动作、姿态等的记忆才和感觉知觉融合在一起呢？决不是这样，其中还有活动，而活动按照普通的意义是要涉及运动过程的，它要表现于各种动作，这些动作的模仿性对于旁人也许是不能觉察到的，依我看来，就是对实际发生的各种动作的瞬间知觉才形成了一个中心事实，它一方面和对过去经验的模仿融合在一起，另一方面，又和感觉知觉融合在一起。”[48]

正如前文所指出的，当前形象的知觉和过去经验（如恐惧、愉悦）等的记忆的联想形成了移情作用，谷鲁斯不同意这种移情构成审美经验的核心，他强调的是活动，是一种运动感觉，这种运动感觉包含“动作和姿态的感觉（特别是平衡的感觉）、轻微的筋肉兴奋及视觉器官和呼吸器官的运动”[49]。

“内模仿说”与移情说的最重要的区别就是这种运动感觉以及其带来的力量、生命的经验。谷鲁斯说：“内模仿的行为本身就是愉悦的，对我来说不言自明的是，获得满足的程度是与对象成正比的，这也为最高的审美直觉、生命和精神完整的印象清楚地证实，为内模仿所显示的，回应运动、力量、生命、生机的愉悦的行动所清楚地证实。”[50]这种运动、力量和生命的感觉构成审美经验的主要内容。

正是在谷鲁斯的“内模仿说”的烛照下，我们可以理解王国维为什么认为著一“闹”字、著一“弄”字，便可达到“境界全出”的效果。著一“闹”字和“弄”字之后，作品所呈现的便不仅仅是一幅静态的图画，而是充满了一种生机洋溢的动感形象。《人间词话》手定稿第二十三则云：

> 人知和靖《点绛唇》、圣俞《苏幕遮》、永叔《少年游》三阕为咏春草绝调。不知先有正中“细雨湿流光”五字，皆能摄春草之魂者也。

又《人间词话》手定稿第三十六则云：

> 美成《青玉案》（当作《苏幕遮》）词：“叶上初阳干宿雨。水面清圆，一一风荷举。”此真能得荷之神理者。

我们注意到，王国维赞赏的冯延巳的“细雨湿流光”的“流光”，周邦彦“水面清圆，一一风荷举”的“举”字，都是两句词中的点睛之笔。王国维赞扬这两句词“能摄春草之魂”“能得荷之神理”，并不是如佛雏等所说，因为其揭示了叔本华所谓物之固定不变的理念，而是因为它通过一种动感，展现了对象的蓬勃的力量和生机。朱光潜指出，移情说与内模仿说的一个区别在于，移情说侧重表现的是由我及物的一方面，而内模仿说侧重表现的是由物及我的一方面。王国维在《人间词话》所举的上述例子，基本上都符合这一特征。

最后要补充的一点是，谷鲁斯在书中曾引用立普斯在《空间美学》中对希腊道芮式石柱的分析，立普斯指出，尽管石柱本身只是无生命的物质，只是一块大理石，我们在观照它时，它却显得有生气，有力量，仿佛从地面上耸立上腾。这种耸立上腾成为石柱所“特有的活动”。它之所以显出这种力量和活动，是因为它抵抗和克服了重量压力，使其才显得昂然挺立：“在我的眼前，石柱仿佛自己在凝成整体和耸立上腾，就像我自己在镇定自持，昂然挺立，或是抗拒自己身体重量压力而继续持这种挺立姿态时所做的一样。”谷鲁斯在书中引用了这个例子，是因为它十分适合说明自己的“内模仿说”，熟悉谷鲁斯著作的王国维应该读过这一段，我认为，这很可能就是他欣赏“水面清圆，一一风荷举”的背景吧。

注释：

① 陈鸿祥编著：《人间词话、人间词注评》，江苏古籍出版社 2002 年版，第 20 页。以下所引《人间词话》均据此书。

② 钱锺书：《通感》，《文学评论》1962 年第 1 期。

③ 吴调公：《关于古代文论中的意境问题》，《社会科学战线》1981 年第 1 期。

④ 王攸欣：《选择、接受与疏离：王国维接受叔本华、朱光潜接受克罗齐美学比较研究》，生活·读书·新知三联书店 1999 年版，第 105 页。

⑤ 王国维：《哲学辨惑》，《教育世界》第 55 号，1903 年 7 月。

⑥ 冯友兰：《中国哲学史新编》第 6 册，人民出版社 1989 年版，第 192 页。

⑦ 沈雄：《古今词话》，载唐圭璋编《词话丛编》第 1 册，中华书局 1986 年版。

⑧ 李渔：《窥词管见》，载唐圭璋编《词话丛编》第 1 册。

⑨ 贺裳：《皱水轩词筌》，载唐圭璋编《词话丛编》第 1 册。

⑩ 谢章铤：《赌棋山庄词话》，载唐圭璋编《词话丛编》第 4 册。

⑪ 刘熙载：《词概》，载唐圭璋编《词话丛编》第 4 册。

⑫⑭ 王国维：《孔子之美育主义》，载《王国维文集》第 3 卷，中国文史出版社 1997 年版，第 158 页。。

⑬ 朱光潜：《西方美学史》下册，人民文学出版社 1982 年版，第 452 页。

⑮ 弗里德里希·席勒：《审美教育书简》第 15 封信，冯至、范大灿译，北京大学出版社 1985 年版。

⑯ 弗里德里希·席勒：《审美教育书简》第 27 封信，译文采自朱光潜《西方美学史》下册，人民文学出版社 1982 年版，第 444—445 页。

⑰⑱⑳㉑㉒㉓㉙㉝㉞㊲㊳㊴㊵ 《王国维遗书·静安文集续编》第 3 册，上海书店出版社 1983 年版，第 624—625 页，第 611 页，第 624—625 页，第 580—581 页，第 580—581 页，第 580—581 页，第 583 页，第 582—583 页，第 582—583 页，第 584 页，第 584—585 页，第 584—585 页，第 430 页。

⑲ 王国维：《哥罗宰氏之游戏论》，载佛雏校辑《王国维哲学美学论文辑佚》，华东师范大学出版社 1993 年版，第 266—268 页。

㉔ Arthur Schopenhauer, *Manuscript Remains in Four Volumes*, Vol. I, trans. E. F. J. Payne, Palgrave Macmillan, 1988, p. 425.

㉕㉚㉟㊻ Karl Groos, *The Play of Man*, translated with the author’s co-operation by Elizabeth L. Baldwin, New York: D. Appleton and Co., 1901, p. 389, p. 196, p. 234, p. 325.

㉖㉗㉛㉜㊱㊶㊷㊸㊺㊿ Karl Groos, *The Play of Animals*, translated with the author’s co-operation by Elizabeth L. Baldwin, New York: D. Appleton and Co., 1898, p. 368, p. 289, p. 204, p. 204, p. 251, p. 302, p. 317, p. 317, p. 303, p. 389.

㉘㊼㊽㊾ 译文采自朱光潜《西方美学史》下册，第 615 页，第 616 页，第 618 页，第 619 页。

㊹ 吴奔星：《王国维的美学思想——“境界”论》，《江海学刊》1963 年第 3 期。

（2006 年第 3 期）

本乎天籁，出于性情

——《庄子》美学内涵再议

赵逵夫

一

以往的一些诗学论著很少提到庄周或《庄子》一书。论及先秦一段，在《尚书·尧典》的“诗言志”说之后，便是儒家的诗教，如孔子的“兴观群怨”，孟子的“以意逆志”“知人论世”，荀子的“言志”“明道”“中和”之美，《礼记》的“温柔敦厚”等，有的也谈到屈原的“发愤抒情说”。似乎《庄子》中无诗歌理论可言。叶维廉的《中国诗学》中有一篇《言无言：道家知识论》，有相当的篇幅论庄子，其中的另一篇《秘响旁通：文意的派生与交相引发》也提到庄子。但从其题目就可以看出，其讨论的范围不是中国古代诗学的核心问题。可以说，我们对《庄子》和中国诗歌理论发展中的一些关键问题，尚缺乏较深入的认识。

《庄子·齐物论》开头一段，是一篇精彩的“风赋”，又是一段重要的诗论文献。其中有生动的对风的描写，也含有深刻的哲理，尤其在对诗歌起源与诗歌本质的认识上反映了十分深刻而精辟的见解。《齐物论》开篇曰：“南郭子綦隐机而坐，仰天而嘘，荅焉似丧其耦（偶）。”对此，他的弟子颜成子游有些不解，便问是怎么回事。他首先肯定颜成子游问得好，然后说：

> 今者吾丧我，女知之乎？汝闻人籁而未闻地籁，女闻地籁而未闻天籁夫！[①]

颜成子游问其中的道理，南郭子綦便有了那一段风来之后山崖、大木之万千窍穴“似鼻，似口，似耳，似枅，似圈（杯圈），似臼，似洼者，似污（浅水池）者”皆号呼相应的绘声绘影的描述。然后他说：“泠风（轻风）则小和，飘风（旋风、暴风）则大和，厉风济（烈风过去）则众窍为虚。”颜成子游听了半天，仍然糊里糊涂，所以又问："地籁则众窍是已，人籁则比竹（笙箫之类）是已。敢问天籁？"南郭子綦说："夫天籁者，吹万不同，而使其自己也，咸其自取，怒者其谁邪？"[②]这是说，虽嘘气产生的声音有差别，但若是因人自身的感受而发，鼓动其发声的还有别的什么吗？只有自然而已，因称为天籁。

关于《庄子》中这段文字，除训诂上有些问题有的人尚未弄清外[③]，因为文中南郭子綦始终未正面说"天籁"是什么，所以，学者们对这段文字的种种推测，均未得其解。如郭象在"吹万不同，而使其自己也"下注云："此天籁也。夫天籁者，岂复别有一物哉？即众窍比竹之属，接乎有生之类，会而共成一天耳。"以为"天籁"是指"众窍"（即《庄子》中所谓"地籁"）、"比竹"（即《庄子》中所谓"人籁"）两类，只是因为它们同有感受能力的"有生之类"结合而"共成一天"，所以又统称为"天籁"。马其昶《庄子故》云："万窍怒号，非有怒之者，任其自然，即天籁。"[④]以为地籁非由外物激发，而是"任其自然"，所以又称作"天籁"，以"天籁"和"地籁"为一回事。如果按上面这两种说法，南郭子綦就不会说"汝闻地籁而未闻天籁夫"，因为地籁本来就是自然形成、自然进行、自然起止的。如果庄子是从"任其自然"方面言，就不会既提出"地籁"，又提出"天籁"。再者，人籁（笙、箫、琴、瑟之类）虽然乐器是人加工而成的，多按曲调演奏，但也有任情而成乐者，这种情况究竟算人籁还是算天籁？所以，上面这两种解释都是难以成立的。

实际这个问题《庄子》文中说得很清楚："地籁则众窍是已，人籁则比竹是已。"不能把它们同天籁混为一谈。钟泰《庄子发微》以为"凡怒皆天机之动也"，"怒者其谁也"的"谁"指"天"[⑤]。钟论虽同样以为"天籁因不在地籁外，亦不在人籁外"，但认为"谁"指天，却包含了部分真理。

我以为，文中此处南郭子綦说颜成子游"闻人籁而未闻地籁，闻地籁而未闻天籁"，是针对颜成子游就他"仰天而嘘，荅焉似丧其耦"的发问而言的，要弄清庄子所说"天籁"的意思，首先要知道庄子为何要提出"天籁"的问题，其次，要弄清庄子区分"人籁""地籁""天籁"的目的何在。这就是说，一要结合其说话的背景来考察，二要从这段文字整体的叙述中去考虑其"人籁""地籁""天籁"各自所指。这里说的所谓"天籁"，是指人的情感和精神的自由、自然的表达。它与地籁不同的是：它是就人而言，非就山林之窍穴而言；和人籁的不同是：它是人感于外物或基于自身生存状况的自然发声，不同于根据乐调用乐器吹奏的乐曲。如南郭子綦的"仰天而嘘"，是由于自身生理、精神和情感上的感受而自由抒发。这即是"天籁"。所以《庄子》本篇在"大知闲闲”以下一段讲人的精神活动与言语的关系，讲“人之情”：“喜怒哀乐，虑叹变热，姚佚启态”，“日夜相代乎前，而莫知其所萌”。并且说：“已乎，已乎！旦暮得此，其所由以生乎！（刘武《庄子集解内篇补正》解释说：‘此者，指上文所发之情也。盖我之生必有情，特情之发当理与不当理耳。’）非彼无我，非我无所取。是亦近矣，而不知其所为使。”据刘武对后数句的解释，“彼，即指情。谓非情则无我”。“言情之所发，既由我之自取，则情之于我，可谓近矣。”“情与我既近，则情之发，我应知其所为始，而竟不之知也。”情发于己，而不知其所由起，这便是真情之完全自然的流露。南郭子綦的“仰天而嘘”正所谓“情之所发”；他的“荅焉似丧其耦”，正所谓“不知其所为使”。

庄子并不否认“情”，而且认为“非情无我”，只是他反对各种伪情，认为在儒家礼仪束缚下的那种“情”抹杀了人之本性；庄子并不反对声音之美，只是推崇真正的出自人的生理、心理、情绪的自然的“天籁”，把它看得比“人籁”“地籁”更高。这同他重视“情”的思想是一致的：他推崇自然之美，因为自然美不含有虚伪造作，但是自然之美本身不能反映人的心情、情绪等生存状况，所以对它还不是十分地关怀与赞赏。实际上人们欣赏的自然之美，都经过观赏者心情与思想的冲洗和渲染。而心情、精神状态与思想则是人生存状况的综合反映。无论高兴时的笑声，悲伤时的痛哭，忧愁时的长叹，还是劳动时的呼喊，痛苦、劳累时的呻吟，莫不如此。这就是“天籁”。“天籁”同大自然之美比较起来，同样没有虚伪造作，而且反映着人生存的状况，比很多充满了华丽辞句或名词概念的诗更能说明问题，更能感染人。

这才是《庄子·齐物论》中这段文字的真正含义。庄子美学、诗学思想的深刻于此可见。

二

《庄子·齐物论》开头两段文字中所表现的诗学思想不止于此，这两段文字还涉及了诗歌的本质与诗歌生成的问题。

诗在形式上最重要的因素不是句式，不是韵脚，而是节奏。再优美的散文作品，也不是诗。看来，节奏不仅是音乐的生命，也是诗歌的生命。因为诗本来就是语言艺术和音乐艺术结合的产物。那么为什么节奏在诗歌中具有这样重要的作用呢？要弄清这个问题，先要弄清人的节奏感的形成问题。

节奏感是怎么形成的？今天的学者没有经历从猿到人转变的过程，所以，谈这个问题似乎比谈原始思维还要玄乎。德国艺术史家格罗塞在考察了大量原始民族的艺术之后说：“节奏感无疑也是从原始的乐器上发展出来的。”[⑥]但是，如果进一步追问，操作原始乐器时的节奏感是哪儿来的呢？则这个答案似乎就又成了问题。研究原始思维可以参照原始民族的思维特征，但探究节奏感的形成用这种办法就未必可靠：原始民族尽管思维水平处在初级阶段，但原始的歌舞艺术则已经过了若干万年，其节奏感应是很早就开始形成的。格罗塞从一些原始民族的乐器演奏有强烈的节奏以及很多歌没有明确的意义而节奏突出这一点，来证明节奏感产生于乐器。细细想来，他这个推论有些本末倒置。

节奏感是如何产生的，我认为这个答案就在《庄子》一书中，具体说来就在上文我们讨论的《齐物论》开头那两段文字中。庄周认为，南郭子綦由于身体、精神、心理的原因自然而然地“仰天而嘘”，那便是“天籁”。嘘气之时是要吸一口气，再呼出来，一吸一嘘，成为有节奏的声音。这不是有意而作，是自然而然地发出的。人从自身生命的行为有了一种对节奏的感觉，在听到风声、雨声、水声等之时，才用先验的节奏感去感受它，用已有的节奏模式去迎合或衡量和评判它，或因发生共鸣而感到愉悦，或因其适当的变化之美而感到兴奋，或因不谐调而产生厌恶。所以，对地籁、天籁、人籁的欣赏，归根结底都是以天籁为基础，是在天籁的影响下被感受的。“仰天而嘘”，便是天籁的一种。

可以说，天籁反映着人先天形成的、最初的对节奏的感觉。

我们说它是先天形成的对节奏的感觉，首先，在我们祖先由古猿向人进化的过程中，其劳动的动作基本上全是二节拍的最简单的动作：用石块砍东西，必是先举起石块，再砍下去，再举起来，再砍下去，持续进行；磨制石器，在将石块放在沙石上必是先压着推出去，再拉回来，再推出去，再拉回来，持续进行；摘果实，必是先伸出手，抓住后再使劲拉回，再伸出，再拉回，如此等等。这些一上一下、一前一后、一来一去、一起一落的动作的反复进行，自然形成对二节拍节奏的深刻感受，从而不断地积淀在潜意识之中。

其次，人和所有的陆上动物的最基本的生存方式是走路。古猿在由四足行走变为直立行走之后，走路时总是先迈出一只脚，再迈出另一只脚，反复进行。同时因为掌握重心的原因，左脚抬起时身体自然会向右倾，右脚抬起时身体自然会向左倾，所以人对这种二节拍运动节奏的感受是很深的。由此看来，人对二节拍节奏的感觉是与人类的产生同时形成的。

再次，人的心脏的跳动也是二节拍的。据医学科学家说，婴儿在母体中是能感受到母体心脏的跳动的。由这点说，在人类产生前的猿人已经有了这种潜在的二节拍感的节奏感。

中国最早的诗歌是二言的。二言诗就是每句诗由两个音节组成。《吴越春秋》卷九《勾践阴谋外传》载黄帝时《弹歌》一首："断竹，续竹，飞土，逐肉。"《吴越春秋》编成虽在东汉时代，但其中有些很早的传说。正是在这篇《勾践阴谋外传》中记了陈音向越王讲的一段关于楚国早期历史的文字，其中所反映的事实，西汉时人已不太清楚[⑦]，可证其中一些材料来源甚古。《弹歌》内容反映了原始狩猎的状况：用竹子做成的弹弓弹出土块、石块打猎，生产工具还是很简陋的；所猎究竟为何野兽，不似《诗 · 豳风 · 七月》和《齐风 · 还》指明为貉、狐狸、狼或豵、豜、牡，而只是说"肉"，看来在当时人们的意识上主要是解决吃的问题。从其中所含的文化信息来看，产生时代应是很早的。传说中夏禹时代涂山氏之女的《候人歌》只有一句："候人兮猗！"（《吕氏春秋 · 音初》）除去泛声的语助词"兮猗"，也是一句二言诗（大约是原歌中开头或结尾的一句）。《弹歌》如依此诗之例加上"兮猗"，便是：

断竹兮猗，续竹兮猗！
飞土兮猗，逐肉兮猗！

《吕氏春秋 · 音初》所载有娀氏之歌："燕燕，往飞！"实际上也是二言诗（先秦古韵"燕""飞"韵相近）。《周易》中有些二言的歌谣，如：

屯如，邅如，乘马，斑如。匪寇，婚媾。（《屯 · 上六》）
贲如，皤如，白马，翰如。匪寇，婚媾。（《贲 · 六四》）
突如，其来如，焚如，死如，弃如。（《咸 · 九四》）
得敌，或鼓，或罢，或泣，或歌。（《中孚 · 六三》）

从这些歌谣的内容来看，其产生时代也应是很早的。《周易》中很多卦爻辞来自长久流传的歌谣，是没有问题的。有的学者认为从《周易》中辑出一些短诗是以卦爻辞充诗，乃非通人之论。

二言诗经历了一段时间之后，由于语言和人们思维的发展以及生活内容的丰富，慢慢向四言过渡。《孟子·滕文公上》引尧时的一段格言：

> 劳之，来之，匡之，直之，辅之，翼之，使自得之，又从而振德之。（末句中“从而”二字当是叙述人所加）

其中二、四言混合，反映了由二言向四言过渡的情况。《周易》中也有此类例子。《诗经》基本上为四言诗，但其中有些诗句，也反映出由二言到四言转变的痕迹。如《诗·大雅·生民》为周人祭祀祖先后稷之乐歌，其产生时代应该很早，经过长期流传，被加工补充，大约在周初写定。其中的“实方实苞”以下四句，如读作“实方，实苞；实种，实褎；实发，实秀”，也并无不可（该诗中此类例子还有）。只是因全诗基本上为四言，所以一般都四字连读。由这些看来，我国上古诗歌最早为二言，在此基础上产生了四言，然后才有三言、五言、六言、七言等及杂言句出现。

在我国古代诗歌发展史上，三言句式的出现是一个重要的里程碑，因为它是在句式上突破人由于生理上的原因自然形成的节奏感，追求一定程度上的变化而产生的。有了三言句，五言、六言、七言等也便相继产生。这是另一个问题，此处不多谈。

由此看来，我国上古时代的二言诗是与人先天的节奏感，与人的生理、人的基本活动节奏相一致的。南郭子綦“仰天而嘘，荅焉似丧其耦”，这种长嘘，是人血气行运中生理协调的需要，也是当时精神状态的自然表现。那么，《庄子》所说的“天籁”，其本意自然包括一切基于人生理、心理的实际状况而发出的声音。

诸家对原文“天籁”的其他解释，都是只见树木、不见森林的猜测，因而包含在这两段文字中的诗学思想，也被掩盖了起来。

三

中国传统诗歌的特质是抒情，中国古代汉语地区没有很长的以叙事为特征的“史诗”。《诗·大雅》中的《生民》《公刘》《绵》《皇矣》《大明》五首，很多学者称之为“周人史诗”，是想尽可能找出几首稍微相近的来填补这个“空白”。似乎古希腊有《伊利亚特》《奥德赛》，印度有《罗摩衍那》《摩诃婆罗多》，中国没有便显得不够辉煌。其实，《诗·大雅》中的这几首诗并不相互衔接，句式、结构上也不完全一样。它们是祭祀时所唱，其主旨在于抒发对先祖的崇敬之情。除了出现较晚的傣族史诗《厘俸》、藏族史诗《格萨尔王传》、蒙古族史诗《江格尔》、流传在湖北的《黑暗传》、流传在江苏的《五姑娘》和其他流传在北方、西北、西南少数民族中的一些叙事诗（都产生较迟）外，中国古代没有同上面提到的外国史诗大体同时、可以相提并论的史诗类作品。然而，这并不是中国诗歌发展的不足，而正反映了中国诗歌创作的正确选择，因为用诗的形式来表现很长的叙事情节，无论如何是比不上行文自由的散文的。

《尚书·尧典》中提出“诗言志”的观点。正如孔颖达《毛诗正义》在《诗大序》部分所说：“言作诗者，所以舒心志愤懑，而卒成于歌咏。故《虞书》谓之‘诗言志’也。包管万虑，其名曰心；感物而动，乃呼为志。志之所适，外物感焉。言悦豫之志则和乐兴而颂声作，忧愁之志则哀伤起而怨刺生。《艺文志》云：‘哀乐之情感，歌咏之声发。’此之谓也。”但是自春秋之时起，儒家诗教的一统天下形成，“志”被作了合于儒家教化意义的诠解。儒家不是完全不言情，但认为人的情应合于儒家礼义的准则，不能超过它们的范围，所谓“发乎情，止乎礼义”(《毛诗序》)；孔子也讲“情欲信，辞欲巧”(《礼记·表记》)，但他首先是否定一切违背仁、义、礼的言辞，在此前提下要求真实地反映情感。“孔墨之后，儒分为八”，孔门弟子、后学的论著中，有的对诗乐抒情的作用更为重视和强调。如《乐记》中就把“志”和“情”结合起来进行了充分的论述。其中说：“凡音之起，由人心生也。人心之动，物使之然也。感于物而动，故形于声。”“人生而静，天之性也；感于物而动，性之欲也。”(《乐本》）不但讲音乐同人心的关系，也讲天性。同时，也主张“乐不可以为伪”(《乐象》)。但是，先决的条件是：乐必须合于仁、义、礼与中庸之道。“礼节民心，乐和民声，政以行之，刑以防之。礼乐刑政，四达而不悖，则王道备矣。”(《乐本》）是将乐同礼、刑、政并提，要求“四达而不悖”。这“不悖”不是礼、刑、政迁就乐，而是乐迁就礼、刑、政。荀况继承了这种思想，主张情、志、道的结合，但仍然以“道”为衡量文艺之是非得失的最基本的标准。虽然庄子主张“天籁”说，屈原张扬“抒情”说，在此后儒家的论著中，基本上仍以“志”为主要内容，以“道”为基本准则；有时就明确提出“载道”的主张，把文学看作宣扬某种思想的工具。当然，在文学创作流于形式主义的时候，提出“载道”的口号，有扭转流弊的作用，但从文学发展的总的趋势来说，是不利作用为大。庄周完全以情的抒发为目的，这种情不仅出于个人精神状态，也同个人生存状态（饥、饱、寒、暖、疾、健、劳、逸等）密切相关，是不受儒家主张的礼教之类的制约的完全自由地抒发。这在儒家思想长期禁锢着文人的封建社会中，其意义是非常之大的。

有的人以为庄周反对仁义，否定礼乐，对社会表现出冷漠的态度，是不重视情的。其实恰恰相反，正由于他重视人情，强调保持真性情和重视真情的抒发，才强烈反对儒家的仁、义、礼、乐，认为这些东西扼杀了人的真性情，是虚伪的东西。《庄子·骈拇》反复批判曾参、史鳅“擢德塞性以收名声”，及师旷等以五声、五色、五味的教条抹杀自然之美，宣称“彼至正者，不失其性命之情”，主张“任其性命之情”，作到“臧于其德”（完全地作到自得）、“自闻”、“自见”。这不是同《齐物论》中南郭子綦的“仰天而嘘，荅焉似丧其耦”完全一样吗？“任其性命之情”，这是庄周同儒家所说的“情”的根本不同之处。所以陈子龙在《谭子庄骚二学序》中在肯定了屈原为“甚不忘情者”之后说：“夫庄子勤勤焉欲返天下于骊连、赫胥之间，岂得为忘情之士？”[⑧]屈原在庄周之后发出了“发愤以抒情”（《楚辞·九章·惜诵》）的呼喊，他说：“怀朕情而不发兮，余焉能忍与此终古！”（《离骚》）在诗歌创作领域明确揭起了“抒情说”的旗帜，他的全部创作都是这种主张的实践。但追溯屈原“发愤抒情说”的根源，实在《庄子》。因为儒家的诗教是主张“哀而不伤”“怨而不怒”的，而屈原则正由于此而受到后世有的学者的批评。这是以前学者们所忽略了的。

注释：

① 本文所引《庄子》原文及郭象注据王孝鱼点校郭庆藩辑《庄子集释》（中华书局 1961 年版）。

② 此处原无“天籁者”三字，依王叔岷撰《庄子校释》，据《世说新语》注补。

③ 如“枅”，通“钘”，音“形”，一种长颈酒瓶。陆德明注为“柱上方木”，至今仍多从之者。

④ 马其昶：《庄子故》卷一，光绪三十一年（1905）集虚草堂刊本。

⑤ 钟泰：《庄子发微》，上海古籍出版社 2002 年版，第 30 页。

⑥ 格罗塞：《艺术的起源》，蔡慕晖译，商务印书馆 1984 年版，第 221 页。

⑦ 参见拙文《屈氏先世与句亶王熊伯庸》，载中华书局《文史》第 25 辑（中华书局 1985 年版），收入拙著《屈原与他的时代》，人民文学出版社 2002 年版。

⑧ 陈子龙：《陈子龙文集·安雅堂稿》卷三，华东师范大学出版社 1988 年版，第 76 页。

（2006 年第 3 期）

民族话语的二元解读

——论李欧梵的文学现代性思想

李凤亮

对于20世纪中国文学而言，“古今”是与“中西”密切缠绕的一个问题。海外学人因其特殊的学术背景，对此一问题有着十分独特的见解，从而构成我们今天考察古今（传统与现代）问题的重要学术参照。

海外学人选择中国文学研究，这一行为本身就充满了分析意味。海外学人不是从一个母体文化之外的西方文化中寻找一个对象作“话语”操练，而是在经过西方话语“六经注我”式的漫游、历练各种“理论武功”之后，回到中国文学与中国问题自身，进行“我注六经”式的解读和发现。从异域问题回到本土问题，从文学入手切入思想文化的解构与重建，成为诸多海外华人学者共同的学术路向。对李欧梵而言，这一转向在其初始阶段看似充满了偶然性，不过深究之下，依然不难发现其中的合理性。李欧梵成长于一个西方文化氛围浓郁的家庭环境中，其父母均以西洋音乐见长，自小便培养了李欧梵的音乐兴味。由于特殊的出身、经历和兴趣，中国文学与其成长环境有些距离：“如果说我要谈中国文学的话，恐怕只能这么说，我不是一个典型的从中国传统的书香门第世家出来的人，所以我对中国文学的研究是把它当作一片新大陆的发现。我从小并没有受到一种典型的中国传统的熏陶。”①缺乏古典功夫，成了李欧梵治学的一个阻碍，甚至在其留学之际，缺少古典文化积淀还每每成为其“彻夜不眠”的心因。直至后来研究徐志摩、郁达夫、施蛰存等人，他还常常慨叹这些十分“西化”的现代作家的国学功底之深。李欧梵自己说：“就是说，我没有城府之见，也没有一些按部就班训练出来的习以为常的东西。因此我的求知的过程也是发现的过程，那么在这个发现的过程里，我的立场有一半是比较文学的立场，或者说超过一半。也就是说，我心目中总是把中国文学当作是世界文学的一部分。”②

摒弃“接着说”的治学传统，采取“从头说”“重新说”甚至“对着说”的思路，言说方式的变化，带来了观照结果的差异。《铁屋中的呐喊》即是这种差异性效果的典型一例。该著从纷繁复杂的鲁迅研究格局中跳出，通过描述鲁迅真实的心路历程，揭示其内心的自我矛盾与深刻悖论，指出鲁迅“并非一位有体系的，甚至也不是前后一贯的思想家；他的思想的‘发展’；也并非顺着一条从社会进化论到革命马克思主义决定论的路线”；在李欧梵看来，鲁迅是“一位高度‘思想化’（intellectualized）的作家，他把自己的思想和情绪（内心的鬼）转化为艺术的意义结构（structures of meaning），这种意义结构是决不能肤浅地仅仅理解为抽象的‘革命意图’的”[③]。而鲁迅心智成长的过程其实是一系列的以困惑、挫折、失败，以及一次又一次灵魂探索为标志的心理危机的过程。《铁屋中的呐喊》附录了一篇名为《鲁迅与现代艺术意识》的文章，这是李欧梵看了上海鲁迅旧居里挂置的几幅画所引发的。旧居会客室里有三幅社会意义较强的画，而二楼卧室里是三幅以女人为主题的木刻，这种情调上的鲜明对比，触动了李欧梵的研究灵感，他从中察见了鲁迅“在公和私、社会和个人两方面存在了相当程度的差异”，察见了鲁迅“在个人的内心深处，甚至个人的艺术爱好上，似乎并不见得那么积极，那么入世，甚至有时还带有颓废的色彩”[④]。这一论断在当时着实令人震惊，却一下子把神坛上的鲁迅重新拉回到人间。在李欧梵看来，“铁屋”既是对鲁迅一生指向的中国传统社会和文化的隐喻，同时也成为鲁迅自身精神状态的写照。与传统的鲁迅研究相比，李欧梵的上述结论不啻对学术“铁屋中的一声呐喊”，正如李欧梵本人所愿，这本纲要式的书，在那些“正统”的学术圈中引起了论争和震动，奠定了其后的鲁迅研究向着“更坚实、更深入”的目标发展下去。[⑤]正像一些学者评论的那样，自李欧梵《铁屋中的呐喊》开始，鲁迅形象的重塑成为此一领域研究的重要内容，亦成为牵动20世纪中国文学研究变化的“导火索”。此书所重塑的鲁迅形象，“使我们看到了一个真实、复杂而深刻的鲁迅，怀疑、否定、探索、创造、自我牺牲、矛盾痛苦，这一切才共同构成了鲁迅基本的历史文化品格和实践性品格的精神现象”[⑥]。

李欧梵对鲁迅的重新评价，反映了这样一个事实：对于治中国文学的海外学者来说，不论他们的出发点如何差异，其对古今问题的见解，最终常常会落实在对于20世纪中国文学尤其是“五四”新文学的评价上。李欧梵的古今观，也大多反映在他对于“五四”新文学的见解当中，并同其学术上的人本观念、世界视野、都市情结及现代意识相互交杂、相互生发。由此而带来了李欧梵在古今问题上的三个立场。一是提倡“古今不分”。20世纪80年代，李欧梵就提出中国现代文学不必分期，即不必把20世纪中国文学划分为“现代文学”和“当代文学”。他在海外的这一言论，与当时国内黄子平等人的“20世纪中国文学意识”相互呼应，在文学史研究界形成了强烈反响。二是从现实出发，而不是从传统出发。“既然我没有这种传统的家学渊源，或者是诗词歌赋、训诂考证之学的训练，所以我对于中国文学都是从一个现代的立场出发，也就是说，对我来说，一切都是解释，无所谓什么传统。”三是强调历史文化语境中的文本分析。“当我对于中国文学作一些解释的时候，基本上注重的是文本本身……但我并不把作品当作独立存在的东西，这和某一种西方理论不一样。我觉得作品是被制造出来的，它产生的历史文化的环境，和它产生的人，和作家、阅读者的关系都非常密切。”⑦这一点也深受其在哈佛的业师、思想史家史华慈（Benjamin Schwartz）的影响。史氏研究思想史，尤其注重“将问题置入语境”（contexualize）。李欧梵深得这一方法论的精髓，“我在讲文学忘不了背后的思想，忘不了文化的因素”。比如，在研究鲁迅时，他把鲁迅放在与传统文化的联系中进行考察，寻绎鲁迅身上的现代性特质，同时注意挖掘鲁迅和西方文化的关系。再如，在写作《中国现代作家的浪漫一代》时，他接受费正清的建议和资助，去欧洲“流浪”了半年之久，实地寻访徐志摩等人的文学踪迹。对历史文化语境与现实生活语境的重视，使其研究具有了较为坚实的资料支撑和背景线索。在形式分析、审美分析与文化批评的紧密结合上，李欧梵称得上是海内外中国现代文学研究界的先行者。

“传统与现代”这一二元结构显示出的，是对蕴含在中国现代文学中的民族话语所做的多方探察，以从中发现中国现代文学之“现代性”。有学者指出，“李欧梵在现代与传统之间的求索，不只反映了当代学人如何在中西文化碰撞中寻求文化融会、重构的结合点的心灵历程，还意味着他们已摆掉传统的思维定势，去更新、构建开放的学术理念和思维方式”⑧。值得注意的是，李欧梵的现代性情结，历史性地处于一个全球化的后现代语境中。因此，他对“现代性”的寻绎，不可或免地染上了“后现代”的文化烙印。在现代性与后现代性之间徜徉徘徊，倾听文学史深处传递过来的思想声音，成为李欧梵从文学考察现代性思想和古今问题的一个有效策略。综合李欧梵的研究，我们听到了那些夹杂了多重意蕴的多重“现代性”声音。

一是批判新的时间观和历史意识的凸显。“中国的现代性……是和一种新的时间和历史的直线演进意识紧密相关的，这种意识本身来自中国人对社会达尔文进化概念的接受，而进化论则是世纪之交时，承严复和梁启超的翻译在中国流行起来的。”⑨李欧梵认为，在这个新的时间表里，“今”和“古”成了对立的价值标准，新的重点落在“今”上，“今”被视为“一个至关重要的时候，它将和过去断裂，并接续上一个辉煌的未来”⑩。李欧梵所指出的上述社会达尔文进化论的观念，在20世纪初的中国相当盛行。

在经过鸦片战争及其后几十年的屈辱之后，一种“强国强种”的热望弥漫于刚刚有了海外视野的中国知识界。这种庸俗的进化观，将现在与过去完全对立起来，并主观性地设定了传统与现代、革新与守旧、进步与落后等种种二元对立，以一种激进主义的态度，对传统上的一切展开批判。上述进化论观念，在“五四”前后尤为显著，这与“五四”新文化运动中流行的各种潮流密切相关。在20世纪90年代的反思潮流中，对于“五四”的反思与重新评价，很快成为海内外学界的一个学术热点。这一反思亦很快触及运动的思想根源。如王元化就认为，“五四”文化思潮的一个重要特征，不是“文白之争”或“新旧之争”，而是近年来渐受学界重视的“独立的思想和自由的精神”；“五四”是反传统的，但不是全盘反传统；他更尖锐指出，“五四”时期流行的庸俗进化论、激进主义、功利主义、意图伦理等四种观点，对于我国文化建设所产生的不良影响日益显著。[11]几乎与此同时，身在海外的李欧梵也发表了对于传统与“五四”的见解，自称其对于传统，一向主张继承而不赞成扬弃，更反对以挞伐前人之功而作自己学术进身之阶的行为。[12]针对过去大陆学界对“五四”新文学的定评，李欧梵也表达了他的怀疑态度和反思精神：

> 这个反思就是说，恐怕整个“五四”的新文学脉络要重新整理，不能够相信任何人的话，包括胡适的话。我想提出这么几点：第一，绝对不能认为新文学是从“五四”开始的，一定要从晚清开始。第二，绝对不能认为白话文可能解决一切，白话文不能解决一切。第三，绝对不能认为白话文是一种“我手写我口”式的日常用语。说话和写作不是一回事。第四，绝对不能说，白话文，现在的语言，可以不用典……我觉得如果把一个现代的文学语言和它的传统的语言，把它一分为二的话，这是不行的。[13]

这与王元化对“五四”新文化运动的反思何其相似！一种对于历史演进的乐观向往，左右了既往人们对于传统与未来的判断，因此对于这种错误时间观及庸俗进化论的学理清理，便成为学术界回顾20世纪的当务之急。如果说王元化对于“五四”的反思还多少保留了对其中某些精神价值的肯定的话，相比之下，李欧梵的批判和否定就显得更加坚定甚至决绝了。在李欧梵看来，“五四”的思想模式问题重重，“五四”把西方的传统引进中国之后，把它看得太过乐观，没有把西方理论传统里面产生的怀疑的传统也引进来。[14]换言之，在引进西方社会现代性的同时，忽略了审美现代性批判的一面。历史是沉默不语的。现在看来，“五四”启蒙现代性意识的简单化、直线性，受制于近代以来以“救亡”为主题的历史时空，但这种历史局限性并不能成为其合理存在的理由。尤其是“五四”时流行的激进主义、庸俗进化观等论调延伸至20世纪后半叶中国的政治和思想生活时，一种对于历史的全面反思便显得尤其迫切了。

二是反思个人与群体的冲突，及由此导致的主体（个性）的确立与失落。王元化对“五四”运动的基本评价之一，即是认为当时的思想成就集中在个性解放方面，称“五四”是一个“人的觉醒”的时代。[15]当然，个性、主体及自我意识的凸显，本身是需要一个合理文化结构与之相适应的；倘若缺失后者，那么前者也便成为一种超越历史的先觉行动，迟早会遭遇群体、他者的围剿。李欧梵对此一命题有不少论述。《现代性的追求》辑二首先收录了两篇关于文学主体性的论文。第一篇《现代中国文学中的浪漫个人主义》分析了现代作家的“自我”概念及其作品中的“自我”显现，叙述了因为历史语境的差异而导致“个人主义”的命运变迁。文章最后这样作结：“个人主义这个公开的姿态已内化成为他们艺术概念的一部分，最后便造成了文学为个人对中国社会的一种批判。”[16]李欧梵同时指出，这种个人性的批判姿态与革命的意识形态很快构成了历史性的冲突，“五四”作家以揭露为主导的写实传统在后来的文艺政策中屡遭抨击。李欧梵的这一思想分析，与刘禾对“个人主义”话语跨语际译介的考察有异曲同工之妙。[17]第二篇《孤独的旅行者——中国现代文学中自我的形象》则考察了跨越近一个世纪的旅行文学主题，从刘鹗《老残游记》、郁达夫《感伤的行旅》、沈从文和艾芜的“南行”记叙（《湘行散记》《南行记》）、浩然的社会主义之路（《金光大道》，也包括艾芜《南行记续篇》），到王蒙这个“从农村回归的旅客”的小说（《蝴蝶》《春之声》《海的梦》）。李欧梵逐一寻找上述旅行文学中自我形象与社会形象的对应关系，得出最后的结论：

> 我们选出的这几部旅行主题的作品历史将近一个世纪，检验从刘鹗到王蒙的结果，揭示了某种现代中国人“自我”主题的历程。从晚清小说中这“自我”的开始觉醒，经过五四时期“自我”的显明突出，到三四十年代的“自我”与社会现实相撞击，直到最后“自我”融合到一个集体的整体之中。这在中国现代文学中当然只是一个常见的主题，但是当我们细想在这常见的文学主题后面的巨大历史内涵，那么我们会为刘鹗和王蒙之间竟存在着这么大的距离而感到惊诧。他们的“独行旅客”的感受是那样的不同，竟像是生活在两上世界。刘鹗的黄龙子，在他那自然居处的诗意宁静中，是很难预言他所说的“恶障”竟会导致像“文化

大革命”这样的“浩劫”的。在这样一个巨大历史转变的背景中，“独行旅客”的形象也就显得微不足道了。[18]

这样的结论显然不仅仅是针对文学的，它真正指向的，应该是文化思想史的深层结构。由艺术问题的考辨达到文化思想的显现，是李欧梵学术努力的一个基本理路。他由此将问题的设问与回答紧紧围绕在“现代性”的主题下，着意彰显因历史尘埃而遮蔽了的现代性焦虑。在上例中，旅行文学主人公“自我”的演化史，构成了20世纪个性精神与启蒙意识有意的“遮蔽史”；个人与群体斗争乃至最终失败的命运，昭示出现代与传统这一二元话语结构自身不可消弭的内在冲突与张力，也昭示了现代性在20世纪中国文化语境中生成与发展的复杂性。

三是探讨“民族国家”的想象及“公共空间”的开创。“民族国家”的想象性建构，交织于中西与古今的双重视界中，并成为现代性问题的重要枢纽。在李欧梵看来，中国的现代性是从20世纪初期开始的，是“一种知识性的理论附加于在其影响之下产生的对于民族国家的想象，然后变成都市文化和对于现代生活的想象”[19]。显然，李欧梵深受本尼迪克特·安德森（Benedict Anderson）思想的影响。安德森在《想象的共同体——民族主义的起源和散布》[20]一书中强调，一个新的民族国家在兴起之前有一个想象的过程，这个想象的过程也就是一种公众化、社群化的过程；不同的人可以经过共同的想象产生一种抽象的共时性。从这个意义上讲，“民族国家”是在一种共同想象的交织下形成的概念。李欧梵同时指出，上述的中国现代性建构并未真正完成，其原因乃在于革命与战乱。救亡任务与启蒙使命的历史性冲突，阻滞了理性精神在20世纪中国的生长，也使中国语境中的现代性走上一条曲折的发展道路。民族国家的想象，是在一种理想主义甚至激进主义的心态中实施的。这种理想主义和激进主义，同前文所探讨的求变求新的时间观、历史观一脉相承。李欧梵指出，在中国，“现代性”不仅含有一种对于当代的偏爱之情，而且还有一种向西方寻求“新”、寻求“新奇”这样的前瞻性。“因此，在中国，现代性这个新概念似乎在不同的层面上继承了西方‘资产阶级’现代性的若干常见的含义：进化与进步的思想，积极地坚信历史的前进，相信科学和技术的种种益处，相信广阔的人道主义所制定的那种自由和民主的思想……因此，中国人的这种眼光并没有预见到个人和集体之间必然要发生的分裂。”[21]这样，现代人关于民族国家的想象，便和新的历史观念的显现、历史进程中主体性的张扬与失落一起，在追求现代性这一跨越时空的主题下统一起来了。

值得注意的一点是，上述的一系列现代性追求，联系着另外一个贯穿20世纪中国思想史的现象——“公共空间”的开创。“公共空间”（public sphere）是哈贝马斯的概念。在西方学者看来，现代民族国家的建构和民主制度的发展，必然伴随着报章杂志等印刷媒体的兴盛。安德森就认为，在“民族国家”想象的过程中，小说和报纸这两种媒体发挥着重要作用，印刷媒体正是现代知识分子进行政治和文化批评的有效“公共空间”。采取比较的方法，李欧梵考察了20世纪不同阶段“公共空间”的存在状况，由此分析当时的思想情境，及这一情境中隐含的经验与训诫。他从《申报》副刊“自由谈”入手，分析其中的“游戏文章”所开辟的批评时政的传统。这种批评更多地采取一种戏拟和反讽的形式，从而为其保留了一种迂回、间接、边缘化批评的策略，这对当时“公共空间”的扩大起到了不小的作用。相比之下，鲁迅30年代在“自由谈”上发表的杂文，就对“公共空间”的开创并无多大贡献，这一是因为鲁迅等知识分子与政府“对抗性”的态度，二是与鲁迅“说话”的折射方式有关。二者构成了一个悖论，这一悖论显然反映出30年代国民政府时期与军阀时期不同的政治文化环境。李欧梵指出，30年代的政治反而较军阀时期的“公共空间”更为缩小，知识分子开始两极化。“五四”以后知识分子的精英心态强化，不再像早期“游戏文章”作者们一样安于社会边缘。然而，“文字不是枪杆，它的功用在于营造一群人可以共通的想象，从而逐渐在文化上产生‘潜移默化’的效果”。李欧梵进一步指出，“五四”后知识分子的精英心态一直延伸下来，极大地阻碍了“公共空间”的开创，“这几十年的历史，这几代知识分子的努力，并没有为中国人民建立足够的‘公共空间’”[22]。“公共空间”的缺失，与“革命”情绪的高涨相辅相成，使现代性在20世纪中国的生长显得尤其艰难曲折，同时亦加剧了现代民族国家建构的历史复杂性。从20世纪末回望已经成为“传统”的现代中国，其中沉淀的历史经验值得今天的知识分子深深思索。

注释：

①②⑦⑬⑭ 李欧梵：《徘徊在现代和后现代之间》，陈建华录，上海三联书店2000年版，第85页，第86页，第86—88页，第100页，第153页。

③ 李欧梵：《铁屋中的呐喊》，尹慧珉译，河北教育出版社2000年版，第183页。

④ 李欧梵：《鲁迅与现代艺术意识》，载《铁屋中的呐喊》“附录”，第191页。

⑤ 李欧梵：《铁屋中的呐喊》“序”，第2页。

⑥ 季进:《李欧梵和其鲁迅研究》,《中华读书报》2000 年 7 月 12 日。

⑧ 吴士余:《现代意味的学术自述》,《中华读书报》2000 年 2 月 2 日。

⑨ 李欧梵:《上海摩登—— 一种新都市文化在中国(1930—1945)》,毛尖译,北京大学出版社 2001 年版,第 53 页。

⑩ Ou-Fan Lee, "In Search of Modernity: Some Reflections on a New Mode of Consciousness in Twentieth-Century Chinese History and Literature", in Paul A. Cohen and Merle Goldman (eds.), *Ideas across Cultures*: *Essays on Chinese Thought in Honor of Benjamin I. Schwartz*, Cambridge, Mass.: Council on East Asian Studies, Harvard University, Distributed by Harvard University Press, 1990, pp. 110–111.

⑪⑮ 王元化:《对"五四"的思考》,载《九十年代反思录》,上海古籍出版社 2000 年版。

⑫ 李欧梵:《现代性的追求:李欧梵文化评论精选集》"序言",生活·读书·新知三联书店 2000 年版,第 2 页。

⑯ 李欧梵:《现代中国文学中的浪漫个人主义》,载《现代性的追求:李欧梵文化评论精选集》,第 66 页。

⑰ 参见刘禾《语际书写——现代思想史写作批判纲要》第二章,上海三联书店 1999 年版。

⑱ 李欧梵:《孤独的旅行者——中国现代文学中自我的形象》,载《现代性的追求:李欧梵文化评论精选集》,第 87 页。

⑲ 李欧梵:《当代中国文化的现代性与后现代性》,载《李欧梵自选集》,上海教育出版社 2002 年版,第 284 页。

⑳ Benedict Anderson, *Imagined Communities*: *Reflections on the Origin and Spread of Nationalism*, London: Verso, 1991.

㉑ 李欧梵:《追求现代性(1895—1927)》,载《现代性的追求:李欧梵文化评论精选集》,第 236 页。

㉒ 李欧梵:《"批评空间"的开创——从〈申报〉"自由谈"谈起》,载《现代性的追求:李欧梵文化评论精选集》,第 3—22 页。

(2006 年第 6 期)

二十世纪八十年代的“现代派文学”

程光炜

一、关于“现代派文学”

1982 年发表的徐迟的《现代化与现代派》和冯骥才、李陀、刘心武的《关于“现代派”的通信》等文章，作为当代文学向“现代主义”转向的一个重要识别界标当然是无可争议的。[①]但令人疑惑的是“现代派”这一说法到 1983 年后就不再使用，文学史家对 1985 年以后的“探索文学”现象采用了与“现代派”属于不同范畴的“寻根小说”“先锋小说”“新写实小说”和“第三代诗歌”等表述。[②]这些文学史表述的形成显然留有上述作家群体“以文撰史”的残迹，还包含着当时文学界把文学状况描述为“多元”“断裂”的倾向，从而不愿承认该时期文学发展有一定的“群体自律”和“完整性”。这种做法在今天是否恰当，不能说没有一定的商榷空间。

厘清这一文学史疑点，首先要考察的是作家们当时怎样读解“现代派”的问题。也就是说，他们是在什么背景下接纳西方“现代派”的？而这种接纳的内在情结和文学效果又是什么？在评论刘索拉的小说《你别无选择》时，黄子平敏锐地指出在人物身上躁动的“现代”心绪，实际是“我们民族走向现代化、民主化进程中，一代人‘情绪历史’的一个浓缩”[③]。陈村在与王安忆“对话”时曾直接承认：“应当感谢加西亚·马尔克斯，感谢《百年孤独》的译者与出版者”，正是这部小说，打消了“我们在文化上隐隐显显的自卑”[④]。需要注意的是，“接纳”的理由原来是与认为产生“现代派文学”的“西方文化”比“本土文化”占据更优越位置的新的看法有关。换句话说，当代文学在“新时期”的发展需要“外来”刺激而非内部动力，这一“前提”已为越来越多的人所肯定。在这一文化“自卑感”中显示的文化逻辑同样出现在马原的文章中，他写道：“我甚至不敢给任何人推荐博尔赫斯……原因自不待说，对方马上就会认定：你马原终于承认你在模仿博尔赫斯啦！”[⑤]韩少功则用一种辩护的口气解释道：“寻根”派“不是反对文化的对外开放，相反，只有找到异己的参照系，吸收和消化异己的因素，才能认清和充实自己”[⑥]。虽然与韩少功的“自信”形成对照的是马原的“不自信”，但两人读解“现代派”的目的却又表现出了惊人的一致，这就是以前者为“蓝本”来重新确立自己文学创作的立足点。以上表述不约而同地形成了一个对“现代派”认知的“共识”。值得注意的是，尽管80年代被翻译到中国的西方“现代派”文学涉及英、美、法和拉美等不同国家，其文学观念、形式特点也散乱纷杂并千差万别，但作家们出于共同的文学理想更愿意把它们看作来自同一个“整体”——“西方文化”。这种“群体行动”自觉不自觉地超越了“现代派”“寻根文学”“先锋文学”的不同主张和流派壁垒，为我们描绘出一幅具有历史关联性的“现代派文学”发展的蓝图。

不过，更值得追究的问题是，为什么这种如此接近的“现代派”读解，在上述文学流派的创作中却又呈现极大的差异性、混杂性？以至于批评家和文学史家据此对这一阶段作出了“多元时代”到来的判断？一个直接的原因就是“现代派”在1983年、1987年“清污”和“反自由化”运动中“负面化”形象。担心因言犯忌的人们宁愿采取“寻根”“先锋”这样中性的说法强调自己的“准现代派”态度。如此一来，对“现代派”完整、全盘“接收”的历史机会无形丧失了，使年轻作家们的“自我探索”赢得了生存空间。这种“朝是夕非”的文学变局，就连紧追文学新潮的批评家吴亮也难以适应，“与其说是我主动地向1985年的小说靠拢，不如说是它向我逼来使我无法逃避更为确切些”[⑦]。为表示与一体化社会和文学的“告别”，人们更愿意接受“探索”“多元”“断裂”“碎片化”这种新的文学意识形态和话语表达方式，尽管它当时已经在开始制造一种新的文学表述的“公式化”“概念化”的话语谱系。除此以外，它还有另一个历史成因：“在80年代许多作家、读者的理解中，西方的‘现代派’是涵盖面宽泛的概念。自上世纪末到本世纪70年代，包括象征主义、表现主义、未来主义、意识流文学、超现实主义、存在主义、新小说派、垮掉的一代、荒诞派戏剧、黑色幽默、魔幻现实主义等等名目的文学，都囊括在内。”[⑧]这样的分析很有道理。如果说“理解”的混杂性带来了“概念”上的混杂，因而进一步造成了文学史描述上、把握上和定位上的模糊与笼统的状况，那么陈村、王安忆、马原和韩少功在对“现代派”的“共同读解”中实际存在的各自表述的侧重点和差异点，则带来了“现代派”在中国作家读解中的被“分解化”和“个人化”，并形塑出“多面孔”的西方“现代派”。

可以理解的是，按照不同作家群体所希望的历史状况来描述文学史图景，表面上比较尊重“文学史实”，是一个不存在争议的做法。但各个文学流派的发展之间有没有若干个历史的关联点，在看似千差万别的纷繁现象中能否理出一定的头绪，借以对“现代派文学”与“当代文学”的不同做些说明？另外，“现代派文学”应不应该有一个大致的文学史定位，等等，是否也应该列入研究计划？

如果承认“现代派”在被 80 年代文学“移用”的过程中既有差异性也有共性，对它的讨论便有了一个起点。这就是，在现代派文学与当代文学的关系上，文学经典与文学史认知的关联上，清理其形成状况和历史的效果。

二、“现实主义”“文学传统”与“现代派文学”的构建

“现代派文学”要想在中国本土文化中落户，一个首要问题就是如何面对已经固化为本土文化组成部分的“现实主义”和“文学传统”这一因素。出于历史需要，一些文学史叙述往往用“超越”这种说法来淡化、压缩和简化二者的关系。当然，鉴于当代文学中的“现实主义”及其“文学传统”已非现代文学所指的含义，而具有了“政治社团”“阶级”的隶属内涵，当时文学史那样的处理也许并不是毫无道理的。现在需要关心的是，80 年代的“现代派”是怎样看待“现实”主义的，而他们所说的“文学传统”究竟指的是什么？某些或者多种“传统”的渗透、交叉，是否与此同时也进入了前者自我建构的过程？

要深入探讨这一问题，我们无法避免对“现实主义”“文学传统”与“现代派文学”在 80 年代出现的新的关系和前者的维度变化作进一步讨论。众所周知，在 20 世纪中国文学中，“现实主义”并非一个一成不变的历史概念。它们经常因历史时间和空间的变化，而发生位移甚至根本性的令人不解的倒置。至少在 20 年代和 50 年代，就有以茅盾和周扬的阐释为代表的“现实主义”“批判现实主义”和“社会主义现实主义”等不同的表述方式。前者强调从知识分子的立场出发，通过文学手段对社会现象进行干预和批评，后者立足于党派角度，要求文学从正面价值去肯定和歌颂“社会主义现实”，“在于用社会主义的观点、立场来表现革命发展中的生活真实”[9]。后来，这些表述也会因环境、个人和文坛状况的变化和矛盾而出现一些微妙的调整。“文革”之后，“社会主义现实主义”在“新时期”文学中全面失范，许多作家、批评家在 80 年代中国 / 西方、创新 / 守旧的焦虑中把摆脱前者作为自己从事文学创作的新的历史支撑点。鉴于“文革”历史时空的巨大变动，余华开始在一种不确定的感觉中表明对“现实”的新的看法，他说：“我开始相信一个作家的不稳定性”，因为“一成不变的作家只会快

速奔向坟墓，我们面对的是一个捉摸不定与喜新厌旧的时代”。[10]也即是说，“现实”作为一种“主义”，曾经在当代作家的创作中是一种无可置疑的时间、历史的维度，代表着一种写作方向和基本立场，然而在“现代派”新的文化建构中，它的“过去时”的特征已为一种“不稳定性”的现实感受所代替。不管承认与否，“寻根小说”在80年代所强调的“文化现实”实际是一个与当代文学的“现实主义”南辕北辙的文学概念。季红真在《宇宙·自然·生命·人》一文中曾经用“历时性”概念来剖白作家们希望超越“当下现实”的意图：“社会的概念以一个时代的生活为认知对象，共时性便是它的基本特征；而文化的概念以久远的历史积淀为前提，则更多地体现为历时性的特点。”[11]季红真这里强调的仍然是文学如何面对和表现“现实”的问题。不过，她强调的作家更应关注那种具有深厚“历史积淀”含义的“现实”，而非“现实”在当下的存在，“寻根派”的这一主张其实带有将传统的“现实主义”为我所用的明确意味。这种说法，与阿城以“世界性”的“现代派”的眼光重新开掘民族文化资源的观点有异曲同工之妙。“中国文化须与世界文化封闭到一起，才是我们所要求的世界水平”，而“文学家若只攀在社会学这根藤上，其结果可想而知”。[12]这一点，也被一份类似“新写实小说”的《宣言》所挑明：“所谓新写实小说，简单地说，就是不同于历史上已有的现实主义”，而是“善于吸收、借鉴现代主义各种流派在艺术上的长处而特别注重现实生活原生形态的还原”。[13]余华所说的“捉摸不定的时代”、季红真的“久远的历史积淀”和阿城所谓的“中国文化”等说法让我们看到，在“现代派”“去”现实、“去”传统的巨大声浪中，“现实”暗中与“现代派”的文学叙述建立了某种对接。经过多种历史叙述“改造”了的“现实主义”，就以这种芜杂不一的形态“重返”到“现代派”的历史生成过程之中。

在某种意义上，“当代”文学中的“现实主义”不是一个孤立的存在，随着时间推移，它已经沉淀为一种“文学传统”——这是谁都无法否认的事实。在80年代“现代派”建构过程中，我们发现，它之所谓“颠覆传统”的意图可能不光指“当代”文学的“政治传统”，其中还包括文学本身的那种“传统”，即文学观念、创作方法和艺术风格等一些东西。布鲁姆在《影响的焦虑》一书中，曾对“下代作家”对“上代作家”压抑性的“影响”采取极端叛逆的心态，做过十分精彩的分析：“一部成果斐然的‘诗的影响’的历史——亦即文艺复兴以来的西方诗歌的主要传统——乃是一部焦虑和自我拯救之漫画的历史，是歪曲和误解的历史，是反常和随心所欲的修正的历史，而没有所有这一切，现代诗歌本身是根本不可能生存的。”[14]因此，我们对“现代派”敌视“文学传统”态度的认识，就不能再束缚于“文学政治”的单一理解框架，或者也不再简单把“政治”理解成“非文学”的东西，而应进一步看清楚在中国环境中二者之间的纠结、矛盾和错综复杂的关联。在80年代，文学与政治构成了既有联系，同时又有各自立足点的多个层面。如果按照这种“多层化”来理解，那么就可以认为：“现代派”文学只屏蔽当代“政治传统”（包括文化、文学的“传统”）的目的，即是尝试建立“自己的传统”（这两个“概念”经常在“中国”与“外国”、“传统”与“现代”、“个人”与“政治”之间变换和游移）。诸多的“声明”“宣言”和“反省”都在宣布这一“告别历史”的壮举。但很多人却不知道，所谓“自己的传统”其实也潜藏在当代“政治传统”无所不包的视野中，它们血脉相同、骨肉相连。正如“纯化”“拒绝”和“超越”等姿态来虚构“新的历史”能够取得某种自欺欺人和“歪曲”“误解”的效果一样，深信“二元对立”的否定式的思维幻觉的确也会将文学“传统”推向“未来”。正是出于对“当代”社会所构成的文学表现形式和风格压力的焦虑，余华才会宣称：“19世纪的时代已经结束”，而中国作家应该生活在“20世纪文学”之中。他为“现代派”同行开列的“文学史必读”对象是：“卡夫卡、乔伊斯、普鲁斯特、萨特、加缪、艾略特、尤内斯库、罗布·格里耶、西蒙、福克纳等等。”[15]苏童也有同感：“以我个人的兴趣，我认为当今世界最好的文学是在美国。”[16]显然，与布鲁姆所说的西方作家在“同一文化”之中“修正”文学传统的做法不同，中国的“现代派”作家是要用“20世纪文学”（实际是指“现代派文学”）来误读“19世纪文学”，或者说是用“外国文学史”来歪曲“中国文学史”（即“文学传统”）。

事实上，在20世纪80年代，一切所谓的“构建”都意味着各种形式的“破坏”。于是，相关的一连串问题是：在当代中国文学中，“现实主义”“文学传统”是否真的离我们而去？拥有了“外国文学史”，是否等于使作家拥有了没有止境的艺术创造力？它与本土经验怎样衔接，在哪里和什么层面上衔接才能够“化入”中国文学的土壤？或者说，对于一个堪称“伟大”的民族作家来说，难道仅仅依凭上述这些东西吗？这些面向别人同时也面对自己的有理智的反省，实际上并没有真正进入80年代“现代派”的历史构建，变成一种历史与艺术的自觉。对此，余华在1997年写作的《我能够相信自己》一文中有过类似的反省。他把本国的“现实主义”和“文学传统”比喻为“看法”，以一种相当不客气的口吻追问道：“他们在‘否定’看法的时候，其实也选择了‘看法’。”“人们真以为一叶可以见秋了，而忘记了它其实只是一种形容。”尽管他不后悔当年对“外国文学史”的选择，但对那些“将别人的知识误解成是自己的，将过去的知识误解成未来的”现象又有所挖苦，并坦然承认，“思维的训练将我一步一步地推到了深深的怀疑之中”。[17]

三、“现代派”心目中的“文学经典”

上面，我们讨论了“现代派文学”是怎样通过与“现实主义”“文学传统”不同的“历史叙述”来建立自己的知识点的。尽管这种“甄别”式的划分方法要始终与本土文化、中国经验纠缠在一起，但毕竟表明了他们试图摆脱“前辈”传统和作家的影响并对80年代文学地图重新规划的野心。

在此，我想讨论另一个问题，即“现代派”心目中的“文学经典”。“文学经典”与“文学史”存在着一种显而易见的联结关系，没有自己的“文学经典”排行榜和筛选，认定程序的文学史是无法存在的，正如“文学经典”的“终极价值”，最终都要文学史来检验、认定和本质化一样。佛克马、蚁布思就指出过“文学经典”在一个时代文学气候形成过程中的“重要性”：“文学经典在中世纪的重要性来源于它统治着整个的教育这样一个事实。”他们注意到，作为中世纪最具权威性的权力机构“教育权”“帝权”和“神权”，“教会和司法体系各自创造了自己的经典，而在教育中则形成了由那些必须阅读和研究的作家们所构成的第三类经典”。[18]因此，需要分析的问题是，虽然80年代的“现代派”作家还没有像今天这样明确的“文学史意识”，但他们所“开列”的“文学经典”篇目背后，也即“文学史”背后的历史效果到底意味着什么？或者说他们到底希望达到什么样的文学目的？

1949年至1976年的“当代文学”是借助不同时期和不同批次推出的“文学经典”篇目来确立自己的权威性的，这些篇目包括1949年出版的《中国人民文艺丛书》共54种，例如，《白毛女》《李有才板话》《王贵与李香香》和《刘巧团圆》，以及后来的《红日》《红旗谱》《红岩》《青春之歌》《创业史》《艳阳天》《金光大道》《红灯记》《智取威虎山》和《沙家浜》，等等。这里真正有意味的问题在于，“当代文学”通过对“现代文学”提供的“文学经典”篇目和作家影响的公然“拒绝”和有意“剪除”，构成了另一个更具权威性的文学的“传统”。

在论及文学“探索”问题时，“现代派”作家说得最多的正是上述当代文学“经典”的“弊端”。在论述80年代“现代派”与西方“现代派”的复杂关系时，贺桂梅曾指出过"作家们的书目"，为前者建构了另一个"文学传统"的问题。对先锋文学的"纯文学"主张的"意识形态"，她认为更深刻的原因其实是："70—80 年代转型过程中形成的文学反思声音之一，就是要求'让文学回到文学自身'、'让文学和政治离婚'。这也就是所谓'文学本体论'所指涉的历史内涵。"但她又批评说，文学确实从政治中"脱离"了出来，然而这种"'文学'被视为一个抽象的纯粹的'自足体'，常常被看作一种与'内容'可以分离的纯'形式'因素，而其携带的意识形态遭到忽视"。[19]一定程度上，贺桂梅的见解可以成为这一问题讨论的起点，但同时也可以作为一个通过被质疑而成为将问题进一步展开的问题。

贺桂梅找到了一条重返"先锋文学"的路径，并发现了先锋作家们对自己创造的"新现实"所携带的"意识形态"始终缺乏历史的自觉。语言和形式的"革命"目的是要打破僵化的形式体制（经验体制、意识形态体制），"完成意识形态的颠覆"。先锋文学仅仅把"完成'解构'的任务"当作了自己的文学使命，而忘记了"任何一种解构都是建构"[20]。不过，尽管贺桂梅敏锐地洞察到先锋文学生成过程中的历史策略，但她并没有把它重新置入"文学史"的考量当中，也许她对"提问"方式的兴趣远远要大于对问题的追问和继续展开。如果要概括其意见的话，那么她对先锋文学的洞察就止步于"先锋小说在将'个体'从整体语言秩序中'解放'出来时，他（他们）并没有意识到这个'个体'能做什么或将做什么"这样的结论。也就是说，"历史欲望"的天然缺乏，正是作者为我们所勾画的先锋作家们的历史形象。实际上，80 年代的"现代派文学"并不满足仅仅完成"解构"的任务，或者这种"解构"只具有所谓詹明信意义上的"寓言"的象征作用。潜藏在所开列"文学经典"背后的动机表明，他们的"历史欲望"丝毫不亚于 1976 年之前"当代文学"的缔造者们，两者的差异只是将"政治权力"演变成"文学权力"而已。"我们生活在一个伟大的转折时代里，也决定我们的文学必定要有一个很大的发展，要形成一个新的文学时期。""怎么能设想文学形式在这一时期会不发生重大变革呢？"[21]90 年代初，余华也曾有过同类"自述"："一部作品的历史总是和作家个人的历史紧密相连。"[22]博尔赫斯和鲁迅曾是他个人创作中的"两条河流"，为此，他如此设想过怎样重返他们的"历史"并与之"融会贯通"的某种可能，"孔乙己摸出四文大钱后，令人战栗的描述出现了，鲁迅只用了短短一句话，'见他满手是泥，原来他是用这手走来的。'……这就是我为什么热爱鲁迅的理由，他的叙述在抵达现实时是如此的迅猛，就像子弹穿越了身体，而不是留在了身体里"[23]。在某种意义上，这既是对鲁迅的摹仿，更是通过摹仿而试图创造出另一种"文学史"的某种表露。

“现代派”之所以在80年代引起人们如此激烈的反应，最大原因莫过于它对以《白毛女》为代表的当代“文学经典”的轻看、遗忘和规避，莫过于西方“现代派”文学史对中国“现实主义”文学史实行的新的话语压制和覆盖这一显而易见的目的。更重要的是，“现代派”无意追求经典“现实主义”那样严厉而褊狭的历史目标，它事实上把“纯文学”建构在了一种与日渐开放的社会相匹配的“宽容”“多元”和“相互容忍”的基础之上。“现代派不是一个单独的流派”，“其中各派各系，如同网络支流，多不可数”，“有人从现实主义跳入现代派，也有人——像阿拉贡那样在‘超现实主义’中洗个澡儿又跳回到早期现实主义营垒中去”。[24]在80年代，倒是批评“现代派”的“现实主义”批评家们发出了与“开放社会”格格不入的声音：“现代主义是资本主义矛盾不可克服的产物，它的世界观、艺术观是以个人主义、反理性主义为基础的，总的说来，是一种对生活失去信心、失去希望的文艺。”[25]纯粹从阅读效果看，这种武断粗暴的“文学观”不仅将自己悬挂于“80年代社会”之外，实际也悬挂于“五六十年代”文学史之外，它因为自己的一意孤行而被两个时代文学史同时拒绝。与之相反，倒是“现代派”因为与日益“开放”的80年代合拍而从容地进入了“历史现场”，它的声音在真正回应“宽容”和“多元”等中国社会的历史性要求。

其实，“现代派”所开列的“文学经典”是要打破被单一国别文学史所垄断的历史叙述框架，而将中国当代文学纳入“世界性”的文学叙述之中。当美国、英国、法国、德国、巴西、哥伦比亚和阿根廷等“现代主义”的“文学经典”再次重返中国的时候，其意义绝不只是众多“国别”对单一“国别”文学史生存所构成的威胁，而是表明了一个开始容忍“异质文化”的文学时代的来临。许多“现代派”作家都与他们心目中的西方“文学经典”存在着一种无法抹去的“亲缘”关系：徐星、苏童之于《麦田里的守望者》，刘索拉之于《第二十二条军规》，莫言、王安忆、韩少功等之于《百年孤独》《喧嚣与骚动》，余华之于《雪国》《在流放地》和《变形记》……这些作家与西方“文学经典”所建立的“个人联系”都已是一个不争的文学史事实。与1976年之前的“当代文学”相比，80年代中期前后的“当代文学”已面目全非，很难再用“民族文学”这一文化符号来涵括它的文体变化和显然已经非常之多元化的精神旅程。一位“现代派”作家预感到：“文学发展到了今天，已经超越了国界和民族。”[26]当代文学的这两份“文学经典”在这里预示了一个需要解答的问题：是“古典加民歌”意义上还是西方“现代派”意义上的文学写作，哪一个更属于中国的“当代文学”？当代文学史叙述中到底有没有这样一个需要厘清的“问题”？如果有或者没有，那研究的起点将在哪里？

四、“现代派”：另一个不同的“当代文学”？

现今的当代文学史著作虽然承认当代文学有不同的时期，这些时期之间存在差异性，但又认为，其背后仍然有一个大致的历史逻辑和叙述的完整性。例如，有的研究者表示，“虽然也可以改变文学分期的方式”来重新处理“当代文学”的概念，然而“考虑到目前文学史研究的实际情况”，倾向于保持现状，因为现在还“不具备这一转换的条件”。[27]有的研究者则认为：“中国20世纪文学是一个开放性的整体，当代文学只是其整体发展过程中的一个阶段。”当代文学的“精神特征”充满了“曲折和不稳定性”，不过“它始终具有与社会生活实践保持同步探索的性质”。[28]另一本文学史的撰写者对上述“整体观”也没有表示怀疑，他们相信，虽然当代文学的发展过程始终受到“现代性”的困扰，有某些“虚构”因素，但说到底还是“‘历史’的叙事”[29]。

上述这些说法当然都没有错。但是，“当代文学”作为一个人所共知的文学史的概念，如果我们不将它“历史化”，当作一个“整体”术语倒真是没有问题；如果我们承认它是1949年之后这一历史阶段中“发生”的“当代文学”的话，那么就必须面对两种截然不同的“历史语境”：封闭社会/开放社会、革命时代/市场经济时代、社会主义/多元化的社会主义，等等。也就是说，如果将“当代文学”置入这两种不同的历史语境，将其“历史化”，那么即将面临被分解、撕裂和发生错位的危险。虽然，对历史的“划分”不能这么简单，两个“当代史”之间的政治目标、历史内涵、文化体制和个人存在方式，也即当代文学“生成”的总体环境，都已有了根本性的差别。如果在文学史意义上重新认识“当代文学”，那么继续再用它统领“十七年”（包括“文革”）和“新时期”并描述所有不同的文学现象，就会成为一个很大的充满争议的问题。

如此说来，是否在“当代文学”的传统谱系中还存在着另一个被“现代派”所重塑的“当代文学”呢？这得回到作家们所言说的“现代派时代”，通过具体详细的分析进一步讨论。首先，提倡与反对“现代派”的根本分歧是什么呢？这个“分歧”与当代文学史主要的关联点又意味着什么？在《关于“现代派”的通信》中，冯骥才、李陀和刘心武强调得最多的是“表现内心世界”和“非理性的荒诞”。李陀写道：“卡夫卡对现实进行变形的表现手段，是和他对西方文明的危机、荒诞以及它们所造成的对人的异化这一认识分不开的。又如尤奈斯库等人戏剧中的抽象和超现实表现手法，是和他们对世界和人生的绝望感分不开的。”他也具体地提到阻碍他们大胆提倡“现代派”的压抑性的力量——“那么，这些表现技巧中哪些因素有可能和它们特定的表现内容分离开来，成为我们吸收、借鉴的营养呢？这不能不是一个需要谨慎对待的问题”。也就是说，提倡“现代派文学”势必会触犯与主流形态紧密捆绑在一起的现实主义文学所构成的“成规”和“秩序”。这种秩序强调表现人与历史形成的高度同构性、一致性的“外部世界”，在语言和形式技巧上塑造了一个“意识形态”意义上的“文学世界”。郑伯农十分尖锐地指出了“现代派文学”的性质，例如，“个人主义”“反理性主义”，称它是一种对生活“失去信心”“失去希望”的文艺，指出了它与现实主义“正统文学”的“根本分歧”。由于联想到“西方”“个人主义”“反理性”在当代文学史上的真实处境，李陀给“现代派”的历史限度是：“毕竟我们不能跟在西方现代派文学后面跑。毕竟一切学习、吸收、借鉴的目的都是为了‘洋为中用’。”[30]在这样的意义上，“现代派”所谓对西方现代派文学技巧的学习、吸收，事实上也是一种对其观察、表现世界方式的主动借鉴。“现代派”所谓“谨慎对待”“洋为中用”等小心的措辞是“传统”的当代文学历史发生真正裂变的先兆。

对“现代派”这一概念，表达得更为充分和深入的，大概要算“老牌”现代派作家徐迟在 1982 年发表的被称为“标志性界碑”的《现代化与现代派》一文。[31]该文之所以受到文学史研究者的重视，是因为它不像其他“现代派”提倡者那样过多纠缠“技巧”“形式”“该不该引进”等枝节性问题，而是直接指出了“不能引进”的现实“症候”，并对影响文学（包括当代文化）正常发展的深层“障碍”作了深入剖析：“评论界是不怎么喜欢谈经济关系的。置政治于经济之上，我们探索问题往往从政治着眼，而无视于经济的因素。”而他所谓的“经济”也就意味着产生西方现代派文学的高度发展的“资本主义生产”。关于“现代派”与“经济生产”的关系，他转引了马克思关于现代艺术的论述。这意味着徐迟试图摆脱将“政治”与“经济”实行“二分法”的“反映论”批评，重新建构阐释西方现代派的知识视野和知识立场。成为他批评对象的，是那些只“从政治着眼”、强调表面社会“理性”和所谓历史“乐观主义”的中国当代文学。在他看来，文坛之所以不能客观正视“现代派”的历史存在，正是基于“大谈其现代化建设的政治意义，很少谈甚至完全不谈现代化建设的经济内容”这样的思维习惯和深层原因。去除这一“障眼法”，徐迟写道：尽管西方现代派文艺具有“晦涩”“奇特”“荒诞”和“朦胧”的特征，但“的的确确是西方较大部分现代社会生活的活生生的反映”，是由于作家们“不能理解他们所处的社会物质生活”，但这并不排除其中会出现一些“杰出作品”，而使之“成为一个个的历史年代的记录”。他所展示的这一“现代派”的文学前景，自然不会得到郑伯农的同意，对此，郑伯农们斥之为这是“对传统的‘挑战’和‘亵渎’”，并用“社会主义还是现代主义”这种情绪强烈的判断，试图证明徐迟所支持的“现代派”已经走上了“邪路”。[32]

显而易见，在郑伯农与李陀、徐迟等人的“根本分歧”的文章中，已经派生出了一批将会对“当代文学”作重新建构具有至深影响的“关键词”和“概念”，如民族/世界、社会生活/人的内心、理性/非理性、个人主义/自我、荒诞/正常、政治/经济、内容/形式、社会主义文艺/现代主义文艺，等等；产生了对80年代中国的“现代派”作出历史定位的两个不同的知识系统，也可以说是截然不同的话语方式；或者说在80年代，围绕着“现代派”的论争，文学界实际对“当代文学”的文化身份、历史内涵和文学功能作了重新的阐释。正是在这样的“阐释”视野中，事实上出现了两个含义不同的“当代文学”：一个是“社会主义”意义上的“当代文学”，另一个是“现代主义”意义上的“当代文学”。这两种“当代文学”虽然同时存在于中国的社会主义历史条件下，出现在改革开放的年代，却在历史道路上公然分道扬镳。从1985年后接连不断出现的各种文学现象，如“寻根小说”“先锋小说”“新写实小说”“第三代诗人”“60年代出生作家”“70年代出生作家”“80后作家”“小剧场”等，“现代派文学”无疑已构成他们创作的一个“文学传统”。而形成鲜明对照的，则是僵化的“现实主义”行将走向式微，至少是正在退向历史的边缘。对这一文学史上的一荣一衰现象，陈思和这样描述道：先锋文学的出现“改变了已有的文学图景与文学路向。在80年代前半期，文化界的启蒙主义、人道主义思潮，虽然不可能形成‘五四’时期那样绝对的强势话语，但已颇有上升为‘准共名’的趋势。先锋文学的出现，某种程度上是对启蒙与人性的怀疑，打破了传统的文学规范，使得极端个人化的写作成为可能”[33]。

另一位批评家在评论孙甘露小说时也持有类似的看法：“……小说无疑是理解这个时代的‘精神症候学’的导读手册”，其实某种意义上，他的作品“是当今时代的反小说的修辞学和反动的语义学辞典”。[34]如果在“当今时代”这一明确的语义所指中，包含当代文学的“前传统”及其在80年代文学中的残余影响，那么这种所指当然也隐含文学史家和批评家对“当代文学”的概念是否还能“完整地”“逻辑地”描述50多年文学复杂多变发展历程的某种怀疑。

从以上的论述中，可见“现代派文学”已呈现与五六十年代的“当代文学”（实际上它同时也延伸到80年代初的“伤痕文学”“反思文学”“改革文学”等现象中）差异较大的文学史图式和走向。鉴于90年代的当代文学史被“文学史”这一文体的限制，它们只是对80年代的“现代派文学”的发生、发展作出线性的描述，而对内部的矛盾、各种复杂关系却未能充分展开，并作深入探讨，所以有必要将一些问题提出来进一步分析：

首先，关于“批评政治”和“翻译政治”的问题。按照惯常的认识，1949年到1984年间出现的当代文学的“文学批评”，相当一部分文章不能算作“文学”批评，而是一种比较典型的“批评政治”。因此，凡被它压抑、指责的作家作品，往往后来都会被归入“纯文学”的范畴。在这种较为简单和遮蔽性的看法基础上形成的文学史研究，不是没有可疑的地方。因为，在80年代“现代派文学”刚刚发生的时候，同样也有一个西方现代派文学“翻译”，也即“翻译政治”的问题。在某种意义上，当时在对西方现代派文学的“翻译”“介绍”“学习”和“借鉴”的过程中，不论人们是否意识到，其中都有一个用“国际主义”政治来制服、解构“本土”政治以推动当代文学“发展”的企图。在此文化背景下，有几个问题我觉得需要重新考量：怎样区分这两种“政治”的不同，并分析它们与80年代中国“现代派”的关系；当代文学史研究中是否应该纳入“政治因素”，或在怎样的写作限度和分寸上面对待这一问题，即采用怎样一种学术态度和方法。我们得承认，对如何认识既要坚守传统政治又主张经济上改革开放这一影响80年代“现代派”生成的非常复杂的文化环境的问题上，还没有一个更为合适的研究办法。

其次，在构建“现代派”的过程中，如何看待“现实主义”“文学传统”也是一个问题。在50—70年代形成、80年代出现延续和某种变异的“现实主义”和“文学传统”，不应看作一个“整体性”的反映和表现，这已被近年来某些研究成果所证实。不过，为说明问题，将它从当时复杂的历史状况中“抽出”，或按照今天的研究需要又将其“置入”，这一过程有没有一个限定和分寸，一直在困扰着研究者的工作。另外，具体到作家和他们对“传统”的态度和采取的稀释方法，也是不尽相同的甚至是存在差异的，例如，在寻根小说与先锋小说、苏童与马原、余华与格非、韩少功与莫言等之间，实际有一个需要比较、甄别、细致审视和分析的问题。当然需要理解在当时的特殊的政治、文学环境中之所以会如此“简单化”的背景，但与此同时，今天如何看待它与实际复杂性的必要粘连，是否也有存在的需要？

最后要指出的是，80年代“现代派”已构成另一个“当代文学”的说法，在目前仍是一个假想，然而，也不能说这个假想就完全不会存在。事实上，所谓“个人主义”“反理性”“失去希望”等批评和指责“现代派”的说辞，只能放在新的文学成规还没有形成因此处在莫名的烦躁的环境中来理解。应该避免把“现代派”的探索，和对“现代派”的压制，都作“本质化”的理解，把经过文学心理放大了的“二元对立”状况视为今天研究不可逾越的历史障碍的做法。把由“历史恐惧症”中派生的简单化思维，作为文学研究的一个预设的基础。今天已能渐渐看到，1984年后，随着城市改革的全面展开，随着文化禁忌领域的明显缩小，“现代派”不单获得了某种存在的“合法性”，而且被认为是新的“文学规划”的一个部分。因此，随着对僵化的“当代文学”成规的抛弃，和对“现代主义”意义上的“当代文学”的承认，对中国当代文学史的“分裂性”的认识便是一个事实上的存在。不过，“主流叙述”对1985年后“现代派”宽容的诸多因素，哪些成分是比较“放心”的，而哪些成分仍然有“警惕”“不安”的痕迹？是否还有“内容”领导“形式”的习惯想象或将二者分别对待了？尽管对这些问题的回答需要花相当大的力气，未必没有作更清晰的历史辨认、叙述和分析的必要。作为一个文学史命题，“现代派”是否能够被指认为一个80年代的“非主流文学”？如果作这样的判断，究竟有没有拿五六十年代的“二分法”和建构方式来研究80年代文学的问题，一时很难说清。

注释：

① 参见徐迟《现代化与现代派》，《外国文学研究》1982年第1期；冯骥才、李陀、刘心武：《关于“现代派”的通信》，《上海文学》1982年第8期。之所以说它第一次被“正名”，原因就是在1949年到1976年间的“当代文学”中，“现代派”因为与“西方”的关系而成为一个被压抑和负面的文学概念。另外，尽管一般来说“现代派文学”成规模地出现在1982年左右，但作为它的先声，王蒙的《夜的眼》《布礼》等“意识流小说”，北岛、顾城的《回答》《弧线》等诗作1979年即已在杂志上公开发表。

② 参见洪子诚的《中国当代文学史》第十六章“开放时期的外来影响”（北京大学出版社1999年版），陈思和主编的《中国当代文学史教程》第十五章（复旦大学出版社1999年版），孟繁华、程光炜的《中国当代文学发展史》第十二、十三章（人民文学出版社2004年版）。

③ 黄子平：《刘索拉的〈你别无选择〉》，载《沉思的老树的精灵》，浙江文艺出版社1986年版，第170页。

④ 参见《王安忆、陈村——关于〈小鲍庄〉的对话》，《上海文学》1985年第9期。

⑤ 马原：《作家与书或我的书目》，《外国文学评论》1991年第1期。

⑥ 韩少功：《文学的“根”》，《作家》1985年第4期。

⑦ 参见吴亮、程德培选编《新小说在1985年》“前言”，上海社会科学院出版社1986年版。在20世纪80年代与文学探索有关的批评文章中，像这样“急追直赶”新观念并时常感到“惭愧”的文字，在不少作者笔下都有类似的历史陈迹，由此可以观察到“批评心态”与“现代派文学”之间有意味的关系。

⑧ 参见洪子诚《中国当代文学史》，第229页。

⑨ 周扬：《社会主义现实主义——中国文学前进的道路》，《人民日报》1953年1月11日。

⑩ 余华：《河边的错误》“跋”，长江文艺出版社1992年版。

⑪ 季红真：《宇宙·自然·生命·人——阿城笔下的“故事”》，载《文明与愚昧的冲突》，浙江文艺出版社1986年版，第142页。

⑫ 阿城：《文化制约着人类》，《文艺报》1985年7月6日。

⑬ 参见《新写实小说大联展》“卷首语”，《钟山》1989年第3期。

⑭ 哈罗德·布鲁姆：《影响的焦虑》，徐文博译，生活·读书·新知三联书店1988年版，第31页。

⑮㉖ 余华：《两个问题》，载《我能否相信自己——余华随笔选》，人民日报出版社1998年版。

⑯ 苏童：《答自己问》，载《寻找灯绳》，江苏文艺出版社1995年版，第119页。

⑰㉓ 余华：《我能否相信自己》，载《温暖和百感交集的旅程》，上海文艺出版社2004年版，第2—5页，第16—17页。

⑱ 佛克马、蚁布思：《文学研究与文化参与》，俞国强译，北京大学出版社1996年版，第39—40页。

⑲⑳ 贺桂梅：《先锋小说的知识谱系与意识形态》，《文艺研究》2005年第10期。

㉑ 冯骥才、李陀、刘心武：《关于“现代派”的通信》。其实，在上述作家关于“现代派”的通信中，他们所讨论的“形式”问题包含浓厚的意识形态“内容”。他们之所以进入历史现场，带有相当功利的对“现实主义”加以“清场”的文学史企图。

㉒ 余华：《许三观卖血记》“中文版（1996年）跋”，载《温暖和百感交集的旅程》，第160页。

㉔ 冯骥才、李陀、刘心武：《关于“现代派”的通信》。

㉕㉜ 郑伯农：《在“崛起”的声浪面前——对一种文艺思潮的剖析》，《当代文艺思潮》1983年第6期。转载于《光明日报》1983年11月24日。

㉗ 洪子诚：《中国当代文学史》“前言”，北京大学出版社1999年版。

㉘㉝ 陈思和主编：《中国当代文学史教程》“前言”，第294—295页。

㉙ 孟繁华、程光炜：《中国当代文学发展史》“绪论”，人民文学出版社2004年版。

㉚ 参见《关于“现代派”的通信》一文中“李陀给刘心武的信”部分。

㉛ 徐迟：《现代化与现代派》。

㉞ 陈晓明：《跋——孙甘露：绝对的写作》，载《访问梦境》，长江文艺出版社1993年版，第311—312页。

（2006年第7期）

文艺研究

1979—2018

四十年论文选

第四卷

金宁 主编

文化艺术出版社
Culture and Art Publishing House

第四卷

目录

婀娜清刚相济美

——论徽宗、高宗年间词坛之演变

诸葛忆兵

徽宗与高宗年间歌词创作之转变，就是人们通常意义上所说的北宋词到南宋词的创作转变。以往的讨论，大多是粗线条的，而且比较注意与社会环境改变相关的一些明显的词坛风气的转移。龙榆生说："此时（南宋高宗时期），外逼于强敌，内误于权奸。在长短句中所表现之热情，非嫉谗邪之蔽明，即痛仇雠之莫报，苍凉激壮，一振颓风。"[①]后学所论，大致不出这个范围。这种粗线条描述，与相当一部分的创作史实相符合，但是，依然缺乏对这一重大转变时期歌词创作的细致梳理，尤其缺乏对文学演变内在脉络的把握。论及文学本身之渊源，龙榆生又谓"南宋初期作家，如向子諲、张元干辈，皆上接东坡之系统"[②]，这样的论述，更是忽视徽宗年间词坛创作的结果。关于这一段词史的研究，极容易造成两点误解：第一，歌词婉娈言情之作风到南宋初年戛然而止，所谓"一振颓风"，代之而起的是慷慨激越的风格；第二，这种慷慨激越的风格上承苏轼，从苏轼到南宋初年，则似乎是一个空白。

一、徽宗年间词坛创作之概貌

徽宗年间词坛，在南北宋词发展史上别具特色。众所周知，最高统治者的喜好对朝野的审美风趣影响极为深远。尤其是当皇帝本人嗜好文学艺术，同时也是一位出色的文学家时，这种影响就表现得更为明显。宋徽宗在位二十六年（1100—1125），治国之久在北宋仅次于仁宗。徽宗出色的艺术天赋也是历代帝王中少有的。此时，苏轼、秦观等一批优秀词人已经去世，词坛上出现了新的组合变化，形成了歌词创作的一个新高潮。

徽宗年间词坛创作之盛况，片段记载频频见于南宋初年王灼的《碧鸡漫志》。这是北宋词发展的一个成熟期，它在各个方面总结了北宋词坛的成就，成为南宋词人学习的典范。所以，这也是宋词发展历程中一个极为重要的承前启后阶段。忽略这一阶段，便对南宋词人的诸多表现有突兀之感，或者只能寻求社会历史等文学外部原因去解释南宋词坛的多种变化。重新审视徽宗年间词坛，是理解南北宋词发展嬗变的关键。梳理徽宗年间词坛，可以从作家群体、创作倾向两个角度入手。

从作家群体的角度分类，徽宗年间词人大致可以分成“宫廷御用词人”和“废罢居家词人”两大类群。“宫廷御用词人”指因徽宗的喜好与重用而聚集在宫廷周围的词人创作群体，他们的创作倾向、审美口味、题材风格，都紧紧围绕着徽宗的旨意而转移。这一创作群体以“大晟词人”为代表，走红作家还有曹组等，徽宗亲信大臣王安中等也归属其中。“废罢居家词人”指徽宗年间因残酷政治斗争而被排挤出官场被迫回家闲居的词人，他们大都是“元祐党人”，或是其门生弟子，代表作家如黄庭坚、晁补之、李之仪、贺铸等。徽宗年间崭露头角的年轻词人，他们与宫廷有一定距离，更多地受到“废罢居家词人”群体的影响，如叶梦得、葛胜仲、向子諲等。这些年轻词人，后来活跃在高宗年间，成为“南渡词人”群体的主流作家。

从创作倾向的角度分析，北宋词的三种主要创作倾向在徽宗年间都有出色的表现：其一是“宫廷御用词人”代表的“雅化”倾向，其二是朝野趋尚的“俚俗”倾向，其三是“废罢居家词人”代表的“诗化”倾向。不同的创作倾向，在不同的词人群体之间又相互渗透。

首先是“宫廷御用文人”代表的“雅化”倾向，典型地体现在大晟词人的创作中。

徽宗本质上是一位艺术家，不乏墨客骚人的风雅情致。他擅长绘画，其花鸟画工整富丽、精细不苟。他擅长书法，其笔姿瘦硬挺拔，自号“瘦金体”。他擅长诗词，在位期间的作品雍容富贵、温婉典丽。徽宗的诗词和书画创作都蕴含着很高的艺术修养。高雅的文人气质使徽宗必然推崇、欣赏蕴藉典雅的歌词。如，徽宗特别喜爱周邦彦富丽精致的雅词，周邦彦能短期任职大晟府，与此密切相关。张端义《贵耳集》卷下载徽宗因听李师师演唱《兰陵王》，大喜，召周邦彦，使其任职大晟；周密《浩然斋雅谈》卷下载徽宗因听李师师演唱《大酺》《六丑》，不明《六丑》之义，召周邦彦问之，喜，欲其任职大晟，等等。这些本事记载虽有后人凭想象虚构之处，但是说徽宗喜爱周邦彦词应该不假。帝王的审美追求和倡导，对大晟词的“趋雅”起了导向作用。

换个角度考察，大晟府是国家的乐府机构，从理论上讲，它必须肩负起对音乐和词曲创作的正面导向作用。也就是说，大晟府必须立足于儒家的正统立场制定文艺政策，以官府的名义颁布冠冕堂皇的政令，以排斥俚俗、倡导高雅。《宋史·乐志》载：崇宁五年（1106）九月诏曰："宜令大晟府议颁新乐，使雅正之声被于四海。"政和三年（1113）五月，尚书省立法推广大晟新乐："旧来淫哇之声，如打断、哨笛、呀鼓、十般舞、小鼓腔、小笛之类，与其曲名，悉行禁止。违者与听者悉坐罪。"大晟乐的修制就是以典雅为宗旨的。大晟府的官方性质规定大晟词人的群体创作必须向典重高雅看齐。这是大晟词趋雅的最根本的社会原因。

歌词的"雅化"应该是一个完整的概念，包括题材内容的改造，使其品位提高、趋于风雅；音乐声韵的改造，使其八音克谐、和雅轻柔；表现手法的改造，使其含蓄委婉、精美雅丽，等等。大晟词题材内容方面的改造，是以颂圣、歌咏升平入词，往往流于阿谀奉承，夸大失实，空泛无物。大晟新声，到南宋以后渐渐不能演唱。南宋词人推崇大晟词人的音韵协美，格律谨严，也是从抒情诗创作的角度出发。如方千里、杨泽民、陈允平等人填词辨明四声，严格遵守清真词格律模式，等等。大晟雅词对南宋词影响最为深远之处，集中体现在表现手法的改造方面，大晟词人这方面的作为，被南宋雅词作家奉为创作典范。至南宋末，《词源》《乐府指迷》《词旨》等著作出，大晟词人的作为更是得到了条理性的归纳和总结。具体地说，表现在四个方面：化用前人诗句以求博雅，推敲章法结构以求精雅，追求韵外之旨以示风雅，注重音韵声律以示醇雅。[③]

其次是朝野趋尚的"俚俗"创作倾向，这种创作倾向，其实仍然以大晟词人为代表的"宫廷御用词人"为主体。

徽宗从本质上讲是一位耽于声色之乐的纨绔子弟，他在位期间，奢侈糜烂，尽情享乐。他不以国家为己任，而是以四海天下供奉一己之享受。崇宁元年（1102）三月，命童贯"置局于苏、杭，造作器用。诸牙、角、犀、玉、金、银、竹、藤、装画、糊抹、雕刻、织绣之工，曲尽其巧"（《宋史纪事本末》卷五〇《花石纲之役》）。《泊宅编》卷三载："崇观以来，天下珍异悉归禁中。四方梯航，殆无虚日。大则宠以爵禄，其次锡赉称是。宣和五年，平江府朱勔造巨舰，载太湖石一块至京，以千人舁进。是日，役夫各赐银碗，并官其四仆，皆承节郎及金带。勔遂为威远军节度使，而封石为槃固侯。"

淫靡世风表现在歌舞娱乐方面，俚俗词风大为盛行就是一端。徽宗虽然有深厚的艺术修养，高雅的欣赏趣味，但是，由于耽于淫乐的天性，他又特别喜爱淫俗谑浪、靡丽侧艳的风调。对"雅""俗"的同样爱好，是徽宗审美观不同侧面的表现，二者并不矛盾。徽宗平日与群小相互戏谑、游乐，无所不至，俚俗的艳曲时常与这种享乐生活相伴随，群小也因此获得高官厚禄。蔡攸得宠于徽宗，“与王黼得预宫中秘戏。或侍曲宴，则短袖窄裤，涂抹青红，杂倡优侏儒中，多道市井淫媟谑浪语，以献笑取悦”（《续资治通鉴》卷九二），而且，“王黼美风姿，极便辟，面如傅粉”（《铁围山丛谈》卷三）。宣和间讨徽宗欢心的另一位宰相李邦彦，“本银工子也，俊爽美风姿，为文敏而工。然生长闾阎，习猥鄙事，应对便捷，善讴谑，能蹴鞠。每缀街市俚语为词曲，人争传之，自号‘李浪子’”（《宋史·李邦彦传》）。连非常得徽宗宠信、出入宫廷的妖道林灵素，也“时时杂捷给嘲诙以资媟笑”（《宋史·林灵素传》）。这些都十分投合徽宗嗜俗嗜艳的口味。

徽宗的喜好与臣下的迎合，使北宋后期世风为之一变，词风为之一变。所以，北宋末年唱曲填词，皆不避俚俗，且为时尚所趋。时人朱翌描述当时的风尚说：“淫声日盛，闾巷猥亵之谈，肆言于内，集公燕之上，士大夫不以为非。”（《猗觉寮杂记》卷上）

宋词起源于民间，流行于酒宴歌席，迎合了宋人的享乐要求，以俚俗语写艳情是其必然的倾向，所以，宋词与市井俚俗有着天然的联系。与散文、诗歌相比，歌词更容易与徽宗年间追逐声色的淫靡世风融为一体，以俗白靡曼的口吻表达难以遏制的“人欲”。经柳永大量创作，北宋俚俗词风得以确立。但是，俚俗词风一直受到宋词“雅化”倾向的压抑，不得舒眉一搏。北宋末年新的社会环境和淫靡世风，再度为俚俗词的发展提供了大好时机，柳永词风得以张扬。徽宗本人就有俗词创作，《云麓漫抄》卷四载：“徽庙即内禅，寻幸淮浙，尝作小词，名《月上海棠》。末句云：‘孟婆，孟婆，且与我做些方便，吹个船儿倒转。’”（按：孟婆指船神）也就是说，创作俗词已经成为这个时期词坛之风尚。以俗语写艳情，以至滑稽谐谑，不仅是民间的作风，而且流行于宫廷和社会上层。这是柳永之后俚俗词最繁荣的一个时期，“宫廷御用词人”和“废罢居家词人”都被卷进这股创作潮流之中，诙谐俚俗成为朝野共同的趋尚。④

上述雅、俗两种创作倾向，是对艳情题材的不同处理方式。而“废罢居家词人”所代表的“诗化”创作倾向，则在题材内容、抒情模式诸多方面有了改变。

徽宗年间，党争激烈，政治迫害残酷无情。“元祐党人”及其子弟门生被彻底驱赶出官场，被迫回家闲居。他们将所遭遇的人生旅途及仕途之风波险恶，以及由此而生发的愤恨感慨，系之于诗，也系之于词，表现为诗、词趋同的发展走势。于是，苏轼词“诗化”之变革，悄悄地被人们所接受，在徽宗年间造成了越来越广泛的影响。

由于哲宗亲政与徽宗在位年间禁绝“苏学”的表面现象，以及词人这方面创作之松散零星，词史上对这一段苏词的影响总是略而不论。其实，在生活实际中，数纸禁令完全无法根除人们心目中崇敬的苏轼，也无法抵御苏轼创作在北宋文坛所掀起的狂风巨浪。苏轼对徽宗年间文坛的影响，由显而隐，无处不在。

具体地说，苏轼“以诗为词”的革新，使其创作之抒情达意、谋篇布局、遣词造句，皆显示出与众不同的特色。从抒情达意的角度来考察，其主要特征就是极力表现创作主体的自我意识，表达词人独特的人生体验，抒情说理，扩大了词的表现范围。这种新的抒情模式已经被北宋后期词人所普遍接受。“废罢居家词人”，在词中表现屡遭贬谪、他乡飘零、终至罢免回乡的悲愁苦叹和牢骚不平；高歌隐逸田园之乐，其中时时仍不免夹杂着的是无奈和感伤；甚至悼古伤今、思念亲朋好友、描写军旅生活和边塞战争、托物喻志，等等。⑤ 歌词新的抒情功能得以确立，预示着词于南渡后的全面勃兴。

从词风转变的角度来考察，首先表现在用以烘托主观情绪的客观景物描写的改变。传统词风偏于“香而软”，写景自然“狭而深”。词人们选取的大都是“庭院深深”“小园香径”“梦后楼台”等等狭小的空间，作细腻深长的情感抒发。苏轼则选取“明月青天”“大江东去”“千骑平冈”等宏大的场面作为情感抒发的背景，“一洗绮罗香泽之态，摆脱绸缪宛转之度”（胡寅《酒边词序》）。词人开阔的胸襟、奔放的情感，于是有了相衬相映的空间得以落实。其次，这种景物空间选择的变化，源于词人不同的情感需求，与之相适应的必定是“登高望远，举首高歌”之情，传统的曼声细语的吟唱得到本质的改造。再次，由此带来的词风转变，还表现在摒弃传统词风之秾艳，转以清新、清丽为主要美学特征。上述三个方面，是一个有机的整体，往往完整地表现在一首词中。

苏轼词的新作风，在北宋徽宗年间词坛上时时有所表现，举苏轼门生李之仪为例。徽宗年间李之仪罢居当涂，其地濒临长江，受长江壮阔气势熏陶，创作自然与苏轼词风趋同。其《天门谣》云：

天堑休论险，尽远目、与天俱占。山水敛，称霜晴披览。　　正风静云闲，平潋滟。想见高吟名不滥。频扣槛，杳杳落，沙鸥数点。

这首词是登采石娥眉亭览眺长江而作。登高远目，天堑长江浩渺无边，水天相连，秋霜季节，天高云淡，这是一片无比辽阔、令人赏心悦目的景色。词人对景生情，“扣槛”吟啸，心情激荡。心中的不平与愤慨，在拍打栏槛时，似乎一一洒落在江山之间。情景相融，词人奔放的情怀也展露无遗。李之仪又有《蓦山溪·采石值雪》咏登娥眉亭览雪景，内云：“匀飞密舞，都是散天花。山不见，水如山，浑在冰壶里。”处在这一幅白茫茫壮丽的景观之中，词人身心与之俱洁，故连呼：“须痛饮，庆难逢，莫诉厌厌醉！”豪迈中流露出一丝颓唐，与苏轼“人间如梦，一尊还酹江月”之消沉相似。另一首《水龙吟·中秋》咏中秋夜景，有云：“晚来轻拂，游云尽卷，霁色寒相射。银潢半掩，秋毫欲数，分明不夜。”一片开阔的冰清玉洁世界，气质上受苏轼中秋词影响。只是与苏词相比，李词更多衰疲气象，如“万事都归一梦了”“玉山一任尊前倒”(《蝶恋花》)，等等。这是徽宗年间的特殊社会背景所赋予的。

翻检徽宗年间“废罢居家词人”之作，苏轼的影响是广泛而深远的。

二、高宗年间词坛创作之流变

北宋崩溃，宋室南渡，如此翻天覆地的家国巨变，既对当时的文学创作产生巨大的冲击波，同时又无法完全冲断文学演变的内在脉络，文学创作在动荡中完成了自我蜕变。高宗在位三十六年，在位之久居南宋第二（宋理宗在位四十年）。高宗在位期间，南北形势从战争到议和，局势渐趋平定，词坛创作也逐渐恢复了生机。

“词为艳科”之文体分工和创作习惯，已经成为深入人心的传统，依然左右着相当一部分词人的创作。尤其是徽宗年间以“大晟词人”为代表的“宫廷御用词人”之创作，影响广泛而深远。因此，大晟词风在高宗年间词坛得以延续。一部分词人，似乎很少感觉到周围环境有了多大的变化，他们怡然自得，醉心于醇酒美女，在战乱动荡的年代继续着花前月下的浅斟低唱。艳情，是他们主要的描写内容；柔婉，是他们主要的表现风格。

杨无咎，字补之，出生于哲宗末年，孝宗即位初期去世，主要创作活动时间都在高宗年间，有《逃禅词》。他在高宗时，不愿依附秦桧，隐逸避世，朝廷屡征而不起，人品之高，为时所称。杨无咎又有很好的艺术修养，所画墨梅，历代宝重。隐居期间，以诗酒歌舞自娱，生活方式类似北宋末年的朱敦儒。其词所延续的，大都是北宋徽宗时期的作风。《蝶恋花》云：

> 春睡腾腾长过午，楚梦云收，雨歇香风度。起傍妆台低笑语，画檐双鹊尤偷顾。　笑指遥山微敛处，问我清癯，莫是因诗苦。不道别来愁几许，相逢更忍从头诉。

词写一位自己属意的歌妓。午后长长春睡醒来，睡眼惺忪，慵懒娇媚。“傍妆台”梳妆后，又美艳动人，引得“双鹊”嫉妒，频频“偷顾”。这位美丽的歌妓且十分善解人意，一句“问我清癯，莫是因诗苦”，搔到了词人的痒处，令词人喜不自禁。这样可人的青楼女子，别后自然叫人“愁几许”了，如若他日重逢，这一番情意要细细“从头诉”。歌词集中描写女子的外貌神情，由此涉及其多情与相思，温柔旖旎的风格，与徽宗年间完全相同。

杨无咎向周邦彦等大晟词人学习是非常自觉的，他有《齐天乐》词，直接标明“用周美成韵”，道出渊源所自，词曰：

> 后堂芳树阴阴现，疏蝉又还催晚。燕守朱门，萤粘翠幕，纹蜡啼红慵剪。纱帏半卷，记云亸瑶山，粉融珍簟。睡起援毫，戏题新句谩盈卷。　　睽离鳞雁顿阻，似闻频念我，愁绪无限。瑞鸭香销，铜壶漏永，谁惜无眠展转？蓬山恨远，想月好风清，酒登琴荐。一曲高歌，为谁眉黛敛？

词写女子的孤独相思情怀，是最典型的“艳词”内容，抒情达意则又十分委婉。上阕写闺人晨起之倦怠，这一分倦怠更由相思而来。词人完全是通过环境描写，以景写情。这是一个“芳树阴阴”“疏蝉催晚”“燕守萤粘”的暮春时节，特殊的环境将人们引导到情思绵绵的情景之中。闺人回想昨夜“云亸瑶山，粉融珍簟”之睡眠，恐怕更多的是被思念所纠缠。以至睡起之后，“援毫”题诗，“盈卷”的都是对情人的牵挂。下阕转为直接抒发相思怀抱，正是“援毫戏题”的具体内容。闺人既埋怨“鳞雁顿阻”之音信隔绝，其中不免有猜疑与怨恨；又以“似闻频念我”自我安慰，想象情人与自己同样是为情所苦。既然“愁绪无限”，那就只能在“无眠展转”中煎熬时光。这里补足一笔，上阕之环境种种，应该都是“无眠”时的见闻。满怀情思无处诉说，只好饮酒弹琴，“一曲高歌”，抒写愁怨。这首词通过“瑶山”“珍簟”“瑞鸭”“铜壶”之精美名物，通过“鳞雁”“蓬山”之熟悉典故，通过烘托、顿挫、伏笔、借代之多种修辞写作手段，所呈现出来的精致工丽的整体风貌，正是词人向周邦彦自觉学习的一种结果。

《逃禅词》中，类似风格的作品甚多。《历代词话》卷七引《古今词话》说：“杨补之有赠妓周三五词，调寄《明月棹孤舟》，云：‘宝髻双烟缕缕。年纪小、未周三五。压众精神，出群标格，偏向众中茚翘楚。　　记得谯门初见处。禁不定、乱红飞去。掌托鞋儿，肩拖裙子，悔不做、闲男女。’补之在高宗朝，累征不起，自号清夷长者，而词之艳如此。”在戎马倥偬的高宗时期，“词之艳如此”，确实令人诧异，却又是不争的现实。这或许是杨无咎保持清高、不与秦桧之流为伍的独特生存方式。叶申芗《本事词》卷下载杨无咎五首赠妓词、一首咏鞋词，都是这类风格的作品。如云：“玉纤半露，香檀低应鼍鼓。逸调响穿，空云不度。情几许？看两眉碧聚，为谁诉。”（《垂丝钓》）“醉袖轻笼檀板按。听声声、晓莺初啭。花落城南，柳青客舍，多少旧愁新怨。”（《夜行船》）“金谷楼中人在，两点眉颦绿。叫云穿月，横吹楚山竹。”（《解蹀躞》）

这样风格的歌词，在“绍兴和议”之后更加泛滥起来。黄升《中兴以来绝妙词选》卷一称曾惇“工文辞，播在乐府，平康皆习歌之”，所代表的就是如此一种创作风气。曾惇为北宋宰相曾布之孙，高宗绍兴年间阿谀秦桧，仕途顺畅。曾惇所作之艳情篇什，成为高宗中兴太平局面的点缀。其《朝中措》云：

> 幽芳独秀在山林，不怕晓寒侵。应笑钱塘苏小，语娇终带吴音。　　乘槎归去，云涛万顷，谁是知心？写向生绡屏上，萧然伴我寒衾。

歌词字面上是咏水仙花，事实上是写自己在临安狎妓的经历和情感体验。通过咏花来抒情，表达得如此含蓄隐约，颇得空灵淡约之旨趣，风格与大晟雅词一脉相承。

曾惇又有写自己日常消闲散逸生活之词，《浣溪沙》云：

> 无数春山画屏展，无穷烟柳照溪明。花枝缺处小舟横。　　紫禁正须红药句，清江莫与白鸥盟。主人元自是仙卿。

北方的硝烟还没有完全散去，南方的残破还处处可见，难道真的已经进入“紫禁正须红药句”的升平年代？曾惇粉饰现实的用心昭然若揭。读这些词，仿佛又回到了徽宗歌舞升平的年月。李清照《永遇乐》言及高宗年间元宵佳节之“香车宝马”的游玩与喧闹，证实了当时的社会风气。只有不忘故国故乡、深情如李清照者，才会“谢他酒朋诗侣”，没有游览的兴致。然而，“绍兴和议”之后依然沉湎于亡国之痛者并不是多数，“平康”间歌楼妓院所喜欢的是曾惇的歌词，高官达贵们又在升平歌舞声中忘却了现实的苦难。

这样的词人还可以罗列许多。如曹勋，是高宗年间比较得宠的朝臣，有《松隐乐府》三卷。其歌词多颂圣应制之作，作为与大晟词人相似。其写佳人之歌舞演奏，有云："玉柱檀槽立锦筵，低眉信手曲初传，凤凰飞上四条弦。"（《浣溪沙》）其写佳人之服饰情态，则云："翠袖携持婉有情，湘�犀轴巧装成。声随一苇更分明。"（《浣溪沙》）其写佳人多情思恋，则云："檐间鹊语卜归期，应是疑人犹驻马。琐窗日影又还西，翠眉低。"（《酒泉子》）又如周紫芝，在高宗绍兴十二年（1142）以廷对第三同学究出身，次年出仕。周紫芝在高宗绍兴年间比较活跃，有《竹坡词》三卷。然词集中却很少有涉及国愁的创作，只有"行雨共行云，如梦还如醉"（《生查子》）一类的艳冶生活描写。周紫芝《鹧鸪天》题注自称："予少时酷喜小晏词，故其所作，时有似其体制者。"这样的喜爱贯穿其平生，即使南渡以后也没有改变。又如吕渭老，生活在南北宋之交，有《圣求词》传世。吕渭老所作，难以确定南北宋时限。但是，吕渭老经历过宋室南渡，词集中却都是"曾约佳期同菊蕊，当时共指灯花说"（《满江红》）之旧情眷恋，没有一点涉及国破家亡之现实，这也是十分令人惊奇的。杨慎《词品》卷一称："圣求在宋人不甚著名，而词甚工。如《醉蓬莱》《扑胡蝶近》《惜分钗》《薄幸》《女冠子》《百宜娇》《豆叶黄》《鼓笛慢》，佳处不减秦少游。"竟然完全是北宋作风。

这些词人，接受"大晟词风"的影响是全面的。正如前言，大晟词人的创作中，精雅与俚俗两种不同作风的歌词并存不悖。高宗年间的艳词作家，同样表现出俚俗的创作倾向。如：

> 搦儿身分，测儿鞋子，捻儿年纪。著一套、时样不肯红，甚打扮、诸余济。回头一笑千娇媚，知几多深意？奈月华、灯影交相照，诮没个、商量地。（杨无咎《探春令》）

> 有个庵儿，做来不大元非小。阳光常照，坐卧谁知道？　　炼得丹砂，不是人间灶。冲和妙，鹤鸣猿啸，一任西风老。（曹勋《点绛唇》）

李佳认为："杨无咎词……语多俚质似曲，词家不可为式。"（《左庵词话》卷上）指的就是类似风格的歌词。王灼《碧鸡漫志》卷二描述南渡初年词坛风貌说："今少年……十有八九，不学柳耆卿，则学曹元宠。"曹组，字元宠，是曹勋的父亲。徽宗年间，曹组作词以"滑稽无赖"著称，盛行一时。南渡初期，柳永、曹组的词风流行词坛，正是对徽宗年间俗词创作的直接承继。这类作风的歌词，在高宗时期曾经受到官方的打压。高宗便亲自下旨，销毁曹组的作品。[6]因此，这类风格的作品在高宗年间逐渐走向消亡，保存至今的不多，后人已难以窥见高宗词坛这种创作风貌。

总之，上述风格作品的存在，昭示了传统承袭的惯性之强劲，也是龙榆生“一振颓风”说所不能涵盖的。

换一个角度观察，南渡词坛的改变也是明显的。上述艳词之创作已经失去了一统天下的核心地位，创作范围和数量都大大缩小。宋人所面对的毕竟是国破家亡的惨痛现实，他们所身处的毕竟是兵荒马乱的战争年代。回避这一切，不是每一位词人的作为，家国命运及前途，已经成为相当一部分词人所关注的焦点。这一部分词人，承继徽宗年间“废罢居家词人”的创作传统，他们将徽宗年间对苏轼的不自觉学习改变为自觉的创作意识。苏轼“诗化”革新的成就，在新的历史条件下，得以发扬光大。他们的作为，为“辛派词人”之创作导夫先路，俨然已经可以与艳词创作分庭抗礼、平分秋色了。

高宗年间的部分词人，由于个人经历、师承、审美趣味等诸多原因，在徽宗年间的创作深受苏轼词风影响，如叶梦得、葛胜仲、向子諲，等等。⑦他们在南渡以后的创作风格转移，显得十分自然。叶梦得作于晚年的《水调歌头》词云：

霜降碧天静，秋事促西风。寒声隐地，初听中夜入梧桐。起瞰高城回望，寥落关河千里，一醉与君同。叠鼓闹清晓，飞骑引雕弓。　岁将晚，客争笑，问衰翁。平生豪气安在，沉领为谁雄？何似当筵虎士，挥手弦声响处，双雁落遥空。老矣真堪愧，回首望云中。

叶梦得在绍兴年间曾两度镇守建康，致力于长江沿线的抗金防卫，终因大势所限而无所作为。回顾这段经历，词人的心情不能平静。这首词采用先抑后扬的手法，写秋日衰病而无法“习射”的感慨。在秋日寂静的夜晚，词人的心境依然不得安宁。他警觉地听到了“促西风”“入梧桐”的细微声响，听觉的敏锐表现出内心的起伏波动。心境不宁，当然无法入睡，“起瞰高城回望”成为寄托情绪的最好做法。词人所见是“寥落关河千里”，或在异族铁蹄的蹂躏之下，或因战火而残破不堪，呈现出一片寂寥荒凉的景象。词人回想“叠鼓闹清晓，飞骑引雕弓”的生活场景，心潮随之澎湃。上阕由静而动，逐步推向高潮。但是，现实是残酷的。“岁将晚”，自己已成一“衰翁”，“平生豪气”无处寻觅。在家国多难之秋，词人并不甘心无所作为。他羡慕“当筵虎士”，他渴望“持节云中”，自己获得朝廷重视，再度在边塞大有作为。这首词场景开阔，情绪激昂，气势恢宏，都可以与东坡媲美。甚至连“云中”典故的运用，也见出苏轼的影响。

《四库全书总目提要》著录《石林词》引关注序云："晚岁落其华而实之，能于简淡处时出雄杰，合处不减靖节、东坡。"南渡后的叶梦得，比较全面地承继了苏轼词风，其创作风格有了彻底的转移。他的《水调歌头·濠州观鱼台作》借用《庄子》语意，写壮志难酬之愤慨，结尾发出"功业竟安在？徒自兆非熊"之浩叹。他写于绍兴三年（1133）中秋之夜的《水调歌头·癸丑中秋》，借秋夜景色抒发澄清中原之志向，有云："付与孤光千里，不遣微云点缀，为我洗长空。"其词集中被后人推许为压卷之作的《八声甘州·寿阳楼八公山作》，咏史抒怀，既痛恨"坐看骄兵南渡，沸浪骇奔鲸"之现实，又渴望"转盼东流水，一顾成功"之收复失地。绍兴五年（1135）词人登"绝顶小亭"，作《点绛唇》，直笔抒发"老去情怀，犹作天涯想"之胸襟，鼓励他人"少年豪放，莫学衰翁样"，凡此种种，皆为苏词之后劲。

向子諲则将自己南渡以后的作品编为"江南新词"，痛悼故国之沦亡，多"黍离"之悲苦。其作于绍兴十四年（1144）上元节之《水龙吟》，通过对故都的怀念，抒写亡国愁思。词云：

> 华灯明月光中，绮罗弦管春风路。龙如骏马，车如流水，软红成雾。太一池边，葆真宫里，玉楼珠树。见飞琼伴侣，霓裳缥缈，星回眼、莲承步。　笑入彩云深处。更冥冥、一帘花雨。金钿半落，宝钗斜坠，乘鸾归去。醉失桃源，梦回蓬岛，满身风露。到而今江上，愁山万叠，鬓丝千缕。

全词以大量篇幅写汴京旧日繁华景象，直到结尾"醉失桃源"以下，跌回现实，无限惨痛皆化作"愁山万叠，鬓丝千缕"。陶尔夫、刘敬圻两先生认为，南宋词坛是在"亡国的哀吟"和"救国的呼号""两种不同的音响声中逐步建立起来的"。⑧叶梦得词所表现的主要是"救国的呼号"，而向子諲"江南新词"所发出的主要是"亡国的哀吟"。如《阮郎归》下阕云："天可老，海能翻，消除此恨难。频闻遣使问平安，几时鸾辂还？"《秦楼月》上阕云："芳菲歇，故园梦断伤心切。伤心切，无边烟水，无穷山色。"

另外一部分词人，在南北宋之交，或者投身于抗金第一线，或者在朝廷担任要职。他们亲历了宋、金战争之腥风血雨，他们也曾热血沸腾、忘我献身。他们在徽宗年间并不活跃，或者几乎没有歌词创作，或者大都是"年少疏狂，歌笑迷著"（张元干《兰陵王》）之艳冶放纵生活的描写。南渡以后，洋溢的爱国热情彻底改变了他们的歌词作风，如张元干、李纲、李光、赵鼎、胡世将、岳飞、王以宁、胡铨、陈与义、邓肃、刘子翚、王之道等。他们的词作，“凛凛有生气”（陈廷焯《云韶集》）；“慷慨悲凉，数百年后尚想其抑塞磊落之气”（《四库全书总目提要》著录《芦川词》）；所谓“笔意超旷，逼近大苏”（陈廷焯《白雨斋词话》卷一）者。历代研究者都非常关注这些词人的创作，讨论比较详尽，如陶尔夫、刘敬圻《南宋词史》等专著。龙榆生“一振颓风”说，也主要是依据这些词人的创作实践所得出的结论。故本文对这部分作品的讨论从略。

苏轼“诗化”革新的功绩之一是改变了歌词的抒情模式，使歌词成为诗人直接抒情达意的载体，所表现的生活内容和情感得到大大扩展，以至于到了“无意不可入，无事不可言”的境地。在这一方面，徽宗年间“废罢居家词人”有很出色的表现[⑨]。高宗年间词人，他们对苏轼“诗化”革新的创作承继是多方面的。他们的直抒胸臆，也不仅仅停留于与爱国相关的诸种情感，现实生活中的诸多困扰和情绪都会在歌词中得以表达。

首先，是抒写对隐逸生活的向往之情，讴歌退隐之乐。高宗年间，时局混乱，朝政黑暗。许多文人士大夫在现实中不能有所作为，被迫退隐，或自觉地逃向田园山水。在这方面有出色表现的是朱敦儒，研究者已经给予充分的关注，称其“天资旷远，有神仙风致”[⑩]。事实上，除了爱国情志之外，隐逸之乐是高宗年间被表现得最多的一种生活情志。如潘良贵，仕途的主要经历都在高宗年间，绍兴二十年（1150）壮年致仕，其时四十七岁，而后家居十年。留存至今的词作仅一首《满庭芳》，即写隐逸之情：

> 夹水松篁，一天风露，觉来身在扁舟。桂花当午，云卷素光流。起傍蓬窗危坐，飘然竟、欲到瀛洲。人世乐，那知此夜，空际列琼楼。　　休休。闲最好，十年归梦，两眼乡愁。谩赢得、萧萧华发盈头。往事不须追谏，从今去、拂袖何求？一尊酒，持杯顾影，起舞自相酬。

词人在“松篁”之间，“飘然”快意，品味“人世”之乐。然而，却无法掩饰“萧萧华发盈头”之失意落寞。“往事不须追谏”，可以读出词人对现实的极度不满。“拂袖何求”，更有一层讥讽之意隐含其中。潘良贵三十七岁时就乞祠归隐，十年后得偿夙愿，其间当有不得已之痛苦。

赵鼎在高宗年间官至宰相，也有《水调歌头》写隐逸之乐，上阕云：“屋下疏流水，屋上列青山。先生跨鹤何处？窈窕白云间。采药当年三径，只有长松绿竹，霜吹晚萧然。举酒高台上，仿佛揖群仙。”叶梦得高宗年间虽然仕途得意，但仍需要借山水自娱，排遣苦闷，《江城子》上阕云："生涯何有但青山。小溪湾，转潺湲。投老归来，终寄此山间。茅舍半欹风雨横，荒径晚，乱榛菅。"向子諲致仕以后，描写自己的生活环境是"五柳坊中烟绿，百花洲上云红"（《西江月》）；描写自己的生活情趣则是"欲识芗林居士，真成渔父家风"（《西江月》）。甚至连仕途得意的曹勋，也自我表白说："也爱休官，也爱清闲。谢神天、教我愚顽。眼前万事，都不相干。访好林峦，好洞府，好溪山。"（《行香子》）

其次，是写浏览景色之壮阔情怀，将现实的愤慨消解于景物之间。这类词取景开阔，表现或旷达，或狂放，或豪迈之情感，对现实的不满潜藏于字里行间。王之道，字彦猷，徽宗宣和六年（1124）进士。建炎年间，曾率乡人据险抗金。绍兴年间，因反对和议触怒秦桧，废罢家居二十余年。有《相山居士词》一卷。其《南歌子·戊午重九》云：

> 朱实盈盈露，黄花细细风。龙山胜集古今同，断送一年秋色、酒杯中。
> 鸭脚供柔白，鸡头荐嫩红。量吞云梦正能容，试问具区何处、浙江东。

此为绍兴八年（1138）重九登临览景之作，其时王之道通判滁州。浏览秋日"朱实""黄花"之景物，所表现的是"量吞云梦"之胸襟，豪情激荡，正是南渡之后爱国志士因家国之多难激发而成。王之道是高宗年间非常自觉学习苏轼词风的作家，留存至今"追和东坡"的词作多达十五首，在"南渡词人"群体中居首位。饶宗颐《词籍考》卷三评说其词云："今观其词，如《石州慢》《望海潮》《念奴娇》诸阕，并能曲传抑郁怀抱，亦所谓'自苏黄门庭中来'者，不仅和东坡韵至十余首也。"

触景生情、壮丽开阔的作品，在南渡之后频频出现，是向苏轼有意识学习的一种结果，是词风转移的一种表现。叶梦得《临江仙》云："绝顶参差千嶂列，不知空水相浮。下临湖海见三州。"葛立方《水龙吟》云："九州雄杰溪山，遂安自古称佳处。云迷半岭，风号浅濑，轻舟斜渡。"曹勋《水调歌头》云："江影浮空阔，江水拍天流。山藏地秘，伟观须是伟人收。"此外，或咏物喻意，或怀古伤今，或参禅顿悟，或写友情，题材之丰富，昭示了苏轼词风的全面影响。

综上所述，高宗年间词坛之创作，是对徽宗年间词坛直接承继的结果。徽宗年间词坛"雅化""俗化""诗化"三种创作倾向，在此时都得到不同程度的表现，或变迁消失，或长足发展。艳情词作为宋词的主流创作倾向，依然占据词坛半壁江山。而且，其受“大晟词风”影响之处，历历可见。受苏轼词风影响而表现出“诗化”倾向的创作，更是得到蓬勃发展。徽宗年间苏轼词之隐性影响，到此时已经转变为显性影响，另类风格的歌词已经壮大到占据另外半壁江山的地步。缪钺以“婀娜清刚相济美”来评价张元干词[11]，这样的创作现象在徽宗年间存在，更成为高宗年间词坛的发展趋势。

注释：

①② 龙沐勋：《两宋词风转变论》，《词学季刊》1934 年 10 月第 2 卷第 1 号。

③ 参见诸葛忆兵《大晟词风和北宋末年世风》，《文学遗产》1998 年第 6 期。

④ 参见诸葛忆兵《北宋末年俗词创作论略》，《北方论丛》1997 年第 2 期。

⑤⑦⑨ 参见诸葛忆兵《论徽宗年间苏轼词的影响》，载《宋代文史考论》，中华书局 2002 年版。

⑥ 王灼《碧鸡漫志》卷二言及曹组创作时说：“近有旨下扬州，毁其板云。”

⑧ 陶尔夫、刘敬圻：《南宋词史》，黑龙江人民出版社 1992 年版，第 2 页。

⑩ 黄昇：《中兴以来绝妙词选》卷一。

⑪ 缪钺：《论张元干词》，载缪钺、叶嘉莹《灵谿词说》，上海古籍出版社 1987 年版，第 365 页。

（2006 年第 8 期）

"曲艺"与"说唱"及"说唱艺术"关系考辨

吴文科

"曲艺"可以说是中国历史最悠久且传统最深厚的艺术门类之一。但长期以来，由于历史的和现实的诸多原因，人们对于"曲艺"作为一种艺术门类本身却缺乏明确的认识。说起具体的曲艺品种，如相声、评书、山东快书、京韵大鼓、苏州弹词、好来宝等，由于指代对象比较固定，概念内涵也相对确定，人们的认识还比较一致，而一旦涉及包含这些具体曲种的艺术门类概念——"曲艺"，却时常将其归于戏曲，造成了认识上的某种混乱。即便在曲艺界内部，也有许多人对曲艺自身的艺术本质的认识比较模糊。比如，20世纪末期，中国艺坛上颇受观众喜爱的"小品"这一艺术形式，即"话剧小品"，竟被许多曲艺界人士归入曲艺范畴。看来，有必要对作为一个表演艺术门类的"曲艺"概念进行一番辨析与阐释。

一、"曲艺"考释及其作为艺术门类专称的由来

"曲艺"作为一个内涵及外延均比较确定的艺术门类的专称，是从20世纪50年代初期正式开始的，但作为一个指代艺术门类的词汇，"曲艺"却经历了相当长的历史过程。《礼记·文王世子》篇有云：

> 凡语于郊者，必取贤敛才焉，或以德进，或以事举，或以言扬。曲艺皆誓之，以待又语。三而一有焉，乃进其等，以其序。

这是"曲艺"一词最早见诸古代文献的记载。据郑玄"注"说，这里的"曲艺"，"为小技能也"；孔颖达进一步"疏"云："曲艺谓小小技术，若医卜之属也。"如果仅从汉语的字面去理解，"曲"有委婉、细小的意思。所以，《辞源》中将"曲艺"一词解释

为“小技能也”，也是对其本来含义的简明阐释。

不过，从上引《礼记·文王世子》篇所透露出的古代最高统治者“取贤敛才”的标准看，“立德”“立功”“立言”之外，其他如医学、卜筮包括农艺之类的才学与技能，均属无法经世治国即不堪大用的“小小技能”。因而，古代的“曲艺”一词，确实包含有对其所指代的各种实用技能的轻蔑意味。但是，随着历史的推进，“曲艺”一词的含义，也逐步发生着变化。

唐代诗人元稹在贞元十年（794）所作《代曲江老人百韵》诗里，有“曲艺争工巧，雕机变组紃”的诗句，其中的“曲艺”一词，依然是指工艺方面的技能；然而几十年后，仍属唐代的学者段成式，在《酉阳杂俎》前集卷五的“诡习”篇中记云：

> 张芬曾为韦南康亲随行军，曲艺过人。力举七尺碑，定双轮水硙，常于福感寺趯鞠，高及半塔，弹力五斗。尝拣向阳巨笋，织竹笼之，随长旋培，常留寸许，度竹笼高四尺，然后放长，秋深方去笼伐之。一尺七节，其色如金，用成弓焉。每涂墙方丈，弹成“天下太平”字，字体端严，如人模成焉。

这里的“曲艺”，含有“力量”和“技巧”之意，其所涉及的举碑、定磨、趯鞠、弹弓等功夫，有如现代的杂技艺术。

明末清初人李渔，在作于康熙十三年（1674）的《春及堂诗跋》中说：

> 予之得播虚名，由昔徂今，为王会大人所拂拭者，人谓自嘲风啸月之曲艺始，不知实自采芹入泮之初，受知于登高一人之说项始。

李渔所谓的“曲艺”，当指他吟风弄月的诗词与戏曲作品的创作。大约同时期人张山来，在《虞初新志》卷一中，引彭士望（达生）《九牛坝观牴戏记》云：

> 戊午闰月除日，有为角牴之戏者……举天下之至险阻者，皆为简易，夫曲艺则亦有然者矣。

此处所说的“曲艺”，虽然似乎是与惊险奇巧的“角牴之戏”对举，但显然已经属于艺术表演的范畴了。

清代嘉庆年间，缪艮（莲仙）《文章游戏》第三编卷四引赵古农《锣鼓三传》并云：

野史氏曰：呜呼！三岂古师旷之流亚欤？吾闻师旷无目，三亦无目，是皆盲于目不盲于心耶！然旷以审音擅千古之奇，而三以斯技夸一时之巧，谁谓古今人不相及也。如三者，固亦曲艺中之绝无仅有者乎？

缪莲仙曰：予向见锣鼓三奏其技，尝叹曰：技进乎道矣！今巢阿曲曲传出，宛在目前。

方宝池云：熟极生巧。曲艺且然，况圣人之道乎。洵哉！

文中两处提到的“曲艺”概念，显然是指“锣鼓三”的音乐演奏技能，而与前引《虞初新志》中的语义基本一致。这说明到了清代中叶，“曲艺”一词的含义，已由从前的泛指各种实用“技能”，逐步缩小而为专指表演性的“技艺”。

到了中华民国初期，“曲艺”一词的内涵进一步具体化，主要是指代曲艺和杂技两个艺术门类，或者就是单指曲艺。1919 年张云舫写的“改良大鼓”（按：京韵大鼓）唱词《海三姐逛东安书场》中，就有“小三姐儿听了各样的曲艺”之句[①]。同时期的许多报刊，也常见使用“曲艺”一词来指代曲艺及杂技演出的消息、广告和介绍文字，并与当时常用而指代曲艺及杂技等民间伎艺的“杂耍”或“什样杂耍”等语同义。1946 年，由曹宝禄任理事长而由原“北京鼓曲长春职业公会”更名而成的“北平曲艺公会”，是第一个以“曲艺”命名的以曲艺艺人为主的行会组织。这种以“曲艺”一词同时指代曲艺与杂技两个艺术门类的情形，一直延续到中华人民共和国成立初期的头几年。

中华人民共和国的建立，是曲艺艺术真正走向独立并在自身艺术门类的称谓上趋于一致和规范的分水岭。共和国成立前夕，1949 年 7 月 22 日，在北京召开的中华全国文学艺术工作者代表大会期间成立的“中华全国曲艺改进协会筹备委员会”，是负责组织和协调全国曲艺改进工作的专门组织，但许多的杂技活动，也由跟当时的文化部曲艺处合署办公的该筹委会负责联系。而曲艺与杂技由名到实的彻底分家，是在 1953 年 9 月召开的中国文学艺术工作者第二次全国代表大会上成立“中国曲艺研究会”开始的[②]。从这时起，“曲艺”一词不仅真正成为今天我们所说的曲艺艺术的专门称谓，而且成为由官方到民间用来称谓以口头语言进行“说唱”表演的艺术形式的统称。

二、“曲艺”与“说唱”及“说唱艺术”的关系

“曲艺”作为一个独立的艺术门类，在具体的艺术活动和许多著述中，又时常被称作“说唱”或“说唱艺术”。如1983年出版的《中国大百科全书·戏曲曲艺》卷，卷首的“中国曲艺”概说及其“中国曲艺发展简史”条目中，就将“曲艺”与“说唱”及“说唱艺术”概念混同使用。在一般情况下，依照曲艺是以口头语言进行“说唱”表演的艺术形式这一规定性，这些说法不能说有什么错，而且完全可以将“说唱”或“说唱艺术”视为曲艺艺术的别称。但仔细分析或者说细究起来，类似的表述就不是十分的确切，并且也不利于曲艺自身的发展。

首先，“说唱”作为与曲艺艺术相关的概念，最早见于南宋吴自牧所著《梦粱录》卷二十“妓乐”条：

> 说唱诸宫调，昨汴京有孔三传，编成传奇灵怪，入曲说唱。今杭城有女流熊保保及后辈女童皆效此，说唱亦精，于上鼓板无二也。

这里多次使用的“说唱”一词，与1967年上海嘉定县出土的明代成化年间、北京永顺堂所刊“说唱词话”刊本中关于曲种名称的表述是一样的，指的是“诸宫调”与“词话”的表演方式或类型特征，即“说唱诸宫调”一语中的“说唱”指的是“诸宫调”的表演方式，亦即下文的“入曲说唱”之义；而“说唱词话”是“词话”的一种，因为“词话”之中还有“弹唱词话”——“弹词”的形式。因此，“说唱”作为一个与曲艺形式相关联的表述语汇，最早原本是对某类曲艺形式如“诸宫调”与“词话”的表演方式或类型特征的具体描述，并非是关于整个曲艺或某个曲种的名称。这种情形到明代并未改变，如臧懋循《负苞堂文集》卷三《弹词小纪》中云：“若有弹词，多瞽者以小鼓、拍板，说唱于九衢三市。”其实，“说唱”在古代均是指诸如“诸宫调”“词话”以及“弹词”等曲艺形式的基本表演方式，只不过这个描述性语汇在后来的长期历史演变中发展成为一个专门性的表述曲艺这一艺术门类本质特征的概念了。但在许多现代曲种的称谓中，其原初的特征描述性语义仍被广泛使用着。如藏族的“《格萨尔王传》说唱”、侗族的“牛腿琴说唱”，以及“晋北说唱道情”“上海说唱”等等。这也表明，“说唱”在古今均未成为艺术门类概念，只是艺术形态的描述性语汇。

其次，“说唱”一词的使用，在学术领域，一般较多地存在于音乐学科与戏曲学

科，如“说唱音乐”是指包括曲艺中的“曲唱音乐”在内的所有“说唱音乐”，或包括曲艺在内的“说唱艺术”或曰“说唱”现象。在音乐学科和戏曲学科中，“说唱”或“说唱艺术”与“歌唱”对举而言，又与“唱戏”的“戏曲音乐”和“唱歌”的“歌曲音乐”等相区别，是一个泛指概念。其内涵主要包括曲艺中具有音乐性的“吟唱”“说唱”和“韵诵”等形式，或尚未形成为表演艺术形态的民间“说唱”活动，特别是民间文学的口头创作与传承方式。曲艺中也有许多徒口说讲而没有严格音乐性的曲种形式，如评书、评话、相声，等等。这就使得在此前提下主要基于音乐特征和泛艺术概念的“说唱”及“说唱艺术”的表述，在前者的意义上，无法涵盖整个曲艺这一艺术类型；在后者的意义上，也不能作为对属于表演艺术形态的曲艺艺术的专门特指。在涉及音乐范畴时，用“说唱”或者“说唱艺术”来指代包括了曲唱音乐的“说唱”性音乐及其形式，还说得过去；将其作为比曲艺范畴要大，包括了曲艺艺术的各种“说唱”现象的大概念来使用，或者将“说唱”视作民间口头文学的创作和流传方式，也是准确的。而一旦将其由音乐意义上的“说唱”类型，扩大为指代整个曲艺艺术门类；或者以比较宽泛的“说唱”或“说唱艺术”概念来替代或等同于作为专门的表演艺术范畴的曲艺概念，在其概念的内涵和外延上，难免相互矛盾甚至引起混乱，从而造成理论表述的不够确切和概念逻辑的无法周延。

再次，将“曲艺”与“说唱”及“说唱艺术”概念等同使用，如“曲艺是说唱”或“曲艺是说唱艺术”之类，会导致理论推绎上的错误，出现不必要的“失语”及“误读”。如果承认“曲艺”等同于“说唱”，等同于“说唱艺术”，稍有常识的人就会发现，诸如“曲艺是说唱艺术”式的定义判断，就好比说“A 是 A”，说了等于没说。且具体到“曲艺是一种善于从其他文学艺术门类吸取营养并不断推陈出新的说唱艺术”[③]式的表述，在将“曲艺”与“说唱”及“说唱艺术”等同起来去理解时，同样会出现“A 是一种 A”式的违反逻辑的表述现象。而如果不将“曲艺”与“说唱”或“说唱艺术”画等号，就不会出现上述的问题了。

有人在研究散韵相间体裁的文学现象时，还使用了“讲唱文学”的概念。比如叶德均于 1953 年和 1957 年两度出版、1979 年又收入其专集《戏曲小说丛考》的《宋元明讲唱文学》，就是专门对中国由宋至明包括陶真、涯词、鼓子词、诸宫调、覆赚、词话、驭说、说唱货郎儿、弹词、鼓词、宣卷等曲艺形式的文学脚本及其历史状况，进行研究的史著。其中所使用的“讲唱文学”实际上是指曲本文学中散韵相间一类的体裁形式。也有人自觉不自觉地将这里的“讲唱文学”概念与通常习见的“说唱文学”概念等同起来。叶德均使用的“讲唱文学”概念是狭义的“说唱文学”概念，专指曲本文学中“散韵相间体”的一类体裁样式。事实上，曲本文学还有散文体样式（如评书、评话的脚本）和韵文体样式（包括“唱曲”类曲种的脚本与“韵诵”类曲种的脚本）之分，“讲唱文学”仅是曲本文学中的体裁样式之一种。也就是说，“讲唱”或“说唱”及其与之相关的“讲唱文学”和“说唱文学”，在这里仅仅是指一种文学体裁类型，并非指“曲本文学”或者习惯上所说的“曲艺文学”，更非指以“口头语言进行说唱”的作为一门表演艺术的整个“曲艺”艺术。

上面是由词源考辨和实际运用入手，从理论表述与逻辑规律的角度，对“曲艺”与“说唱”及“说唱艺术”之关系所进行的概念考察。如果从现实实践的角度去看，“说唱艺术”作为一个艺术概念，其所指比较宽泛，其内涵没有曲艺那么丰富和确定，其外延要略大于“曲艺”，包括的种类更多、更广。如通常属于“民间文学”范畴的民间故事、笑话、叙事民歌和歌谣等的创作和流传，均是通过口头语言的“说唱”方式来进行的，故而也被称为“说唱文学”；在许多少数民族地区，则被笼统地称之为“说唱艺术”。但由于它们的传承仅仅是一种自然而又自发的行为，不具备职业化的特点，缺乏一定的仪式性与程式化，尚不具备作为舞台表演艺术范畴的曲艺艺术的独有特质。换言之，许多具有“说唱”特点且被称为“说唱”或“说唱艺术”的民间文艺形式，不能也不应与作为舞台表演艺术的曲艺概念画等号。

走笔至此，可能有人将自然的说唱活动与自发的创作传播行为等同于“业余表演”，借此对笔者的观点提出异议：难道说业余的而非专业的“说唱”表演，就不是曲艺？只有专业的“说唱”表演才算是曲艺？是的，曲艺也有业余表演，甚至这种民间性极强的艺术形式，千百年来，在乡村，绝大部分的演出艺人，因半农半艺而带有浓厚的业余性质。但问题是，通常所说的“业余”，其立论的前提是相对于“专业”而存在的。当诸如民间故事的讲说、民间笑话的传播、民间歌谣的颂扬没有形成一定的仪式性与程式化特点，即所有的讲说传播者尚未遵循基本同一的仪式、程式、曲调、技巧等等的审美规范专门供人来欣赏时，就说明其尚未形成类似曲艺的“说唱”性表演艺术。换句话说，当作为专门意义的表演形式尚未确立时，所谓民间故事与笑话、歌谣等等自然的说唱活动与自发的创作传播行为就不能被认为是一种“业余”的曲艺表演。因为构成这种理解的基本前提还不存在，“说唱”活动的功能价值也不相同。这也说明，“说唱”或“说唱艺术”所包含的文艺事象，比属于表演艺术范畴而以“说唱”作为基本艺术手段的曲艺，内容更宽泛，外延要大得多。所以，可以这样认为，“说唱艺术的范畴比较广泛，曲艺只能说是说唱艺术的一部分”④。确立了这一点，上引关于“曲艺是一种善于从其他文学艺术门类吸取营养并不断推陈出新的说唱艺术”的表述，才可以说是确切的、科学的，没有逻辑上不周延的问题。

正是从上述考虑出发，笔者认为，“曲艺”作为一个艺术门类概念，与“说唱”或者“说唱艺术”，严格地讲不能画等号。在表达作为表演艺术范畴的“曲艺”概念时，“说唱”或者“说唱艺术”是不能作为严格意义上的替代性术语进行使用的。混同使用的结果，不仅会继续模糊人们对三个原本不同概念的认知，而且会妨碍曲艺艺术基本理论研究的规范与深入。

注释：

① 参见谭风元口述、金受申记录整理的《单弦表演艺术》一文中的括注，载《单弦艺术经验谈》，中国曲艺出版社 1982 年版，第 26 页。

② 参见戴宏森《试谈“曲艺”的定名》，载《曲艺艺术论丛》第七辑，中国曲艺出版社 1986 年版。

③《中国大百科全书・戏曲曲艺》卷首“中国曲艺”，中国大百科全书出版社 1983 年版，第 14 页。

④ 倪钟之：《曲艺的特征与少数民族曲艺》，天津艺术研究所编《艺术研究》1991 年夏季号，第 43 页。

（2006 年第 8 期）

理解文学的三大路径

——兼谈中国文艺学知识建构的“一体化”冲动

余　虹

中国文艺学的现代知识建构自梁启超、王国维始，迄今已逾百年。从表面上看，文艺学的知识大厦已十分雄伟，但这一工程的内部结构却令人担忧。一方面我们似乎有一套完整的文艺学知识体系，另一方面我们又深感此一体系内部的混乱。

通常，人们认为中国的“文艺学”体系源自苏联，也有人认为它出自英美。这些说法都有一定的根据，但却掩盖了更为基本的事实，那就是中国当代“文艺学”没有单一的理论来源，它实际上只是将全部已接受的西方理论与中国古代文论拼凑起来的“体系”。这种“拼凑”起来的体系对文学知识的理论积累与学术秩序的建立意味着什么呢？这是一个未曾得到注意的问题，但却是一个事关文艺学内部之学理逻辑的问题。事实上，只要我们细心考察一下文艺学的知识构成，就会发现不仅作为文艺学思想资源的西方文论与中国古代文论道行殊途，彼此不可兼容，两者的内部也非道一贯之，因此，追求“体大虑周，笼罩群言”式的文艺学“体系”往往经不起严格的知识逻辑检审与历史考辨。换句话说，从文艺学的来源看，它是中西结合、汇纳百川的；而从文艺学的结构方式看，它却是地地道道中国的，即它或者力图用一种“主义”将所有的“主义”统一起来，或者干脆将所有的“主义”一锅煮。这种“一体化”冲动能有效地制造融贯中西、会通古今的体系化形象，但它不能有效地整合各路知识来源而建立逻辑自洽的知识秩序。

仅就西方文学之思的知识传统而言，有三大思路显然是各行其道而不可一体化的，这便是神学路径、人学路径和语言学路径，而中国文艺学知识建构的内在冲动恰恰是对这三大路径的“一体化”。下面我将初步考辨这三大路径之间不可通约的根本差异与争吵，据此来谈谈“一体化”的中国文艺学知识体系内部的秩序问题。

一、神学路径

西方文学之思神学路径的基础是有关“神”的信仰，基于这一信仰的“人 / 神关系”曾经是生活世界赖以建立的基础，也是人类生存活动的根据，文学活动以及对文学的反思活动当然不能例外。韦伯将现代性进程说成一个去魅的过程。所谓“去魅”，在其根本意义上，指的是切断人与神的关联或者否定神的存在，因此，现代世界的诞生与神的死亡是同步的。在此意义上，神的在场与缺席就是古代世界与现代世界的基本标志。

我以“神学”来命名古代世界的整体精神气息与知识形态，这样做是为了强调在古代世界中有关“神”的信仰和“人 / 神关系”对一切人类活动的奠基性与知识建构的规导性。换句话说，我不是将“神学”这个汉语语词当作对西语语词“theology”的概念翻译来使用，即不是在狭义的基督教神学语境中使用该词，而是在更为一般的语境中使用该词。在此，“神学”指的是以“神”为根基和出发点的“学”。此外，我将“神”理解成有关“神圣精神存在”的符号或能指。值得注意的是，有关“神圣精神存在”的符号或能指是一个以“神”为核心的家族，比如“理式”“太一”“自然”“理性”“精神”“自在之物”“绝对精神”，甚至传统的“真”“善”“美”等都是“神圣家族”的成员。

西方文学之思的神学路径指的是被古代世界的基本信仰及其人 / 神关系所规导的知识理路，它的历史性路向主要有二：基督教神学美学路向与哲学美学路向。通常，我们认为哲学与神学是两回事，但也有思想家认为两者的差异是表面的，两者的一致则是本质的，比如海德格尔的看法。海氏曾在存在论和神学之间加了一个连字号，称为“存在论—神学”（onto-theo-logie）。以海氏之见，存在论与神学之所以没有本质的不同，乃是因为它们都在一切存在者之外设立了一个超级的神圣存在者（尽管名目不同），都根据这一存在者来思考一切存在者的存在。在海氏那里，存在论即哲学。由海德格尔的提示，我们的确可以在柏拉图、亚里士多德、康德、黑格尔这些典型的哲学诗学及其派生物——美学诗学中看到神学的影子。

有神论与人 / 神二元世界的信念是西方文学之思神学路径的起点，由此出发而到达的终点是“文学的超越性”，即文学被设定为人超越自身的限度而向神性存在迈进的方式。在基督教神学美学中，美被认为是上帝给予万物的形式与光，审美是人在上帝的启示下超越日常感性、知性和理性而感领神圣之美的活动。换句话说，审美是超越“地上之城”而进入“天上之城”的方式（信仰的天路历程）。在柏拉图的哲学美学中，真正的审美与日常审美不同，前者要超越后者而进入“美本身的王国”，后者则停留在“美的个别现象领域”，真正的诗属于前者（所谓柏拉图“非诗”指的是对后者的谴责）。在康德的哲学美学中，审美是与知性和理性有关但又不能还原为知性和理性的感性想象活动，这种活动超越了感性、知性和理性的限度而使人能面对神秘的合目的性存在（事物的合目的的形式、自在之物）。美的王国是神圣的合目的的形式王国，这个王国不同于由欲望、功利、概念、实践目的所构成的日常世俗世界，人只有在超越世俗王国的存在状态时才能与之相遇。

事实上，天上之城与地上之城的二元分离、紧张、冲突与不可兼容是西方哲学美学和基督教神学美学的基本前提，而所谓“审美乌托邦”就是天上之城的一部分，它与地上之城的关系是超越的（超越人之本能的、知识的、功利的与道德实践的限度）、批判的（它的存在使后者的正当性永远可疑）。在这种美学视野中，文学作为审美的活动其最为根本的规定性即神圣的超越性与批判性。所谓“美的文学”这种现代文学概念的铸造也基本上是由古老的神学思路来引导的。

据韦勒克的考察，“文学”（literature）一词的概念含义主要有二：（一）文学一词最初的含义来自拉丁语“littera”（文字），拉丁语“litteratura”是对希腊语“grammatiké”的翻译，指读写知识或一切印刷文本；（二）文艺复兴以后，文学一词也被用来特指那些具有重要意义的文本，即具有某种智性的、道德的、审美的、政治的、民族的价值与品质的文本，尤其是指那些“具有审美价值的”文本，为此，人们特地在具有这种价值的文学前面加了一个限定词“美的”（fine），即所谓“美的文学”（fine literature）[①]。

对此，我们看看现代“文学”概念与古代“诗歌”概念以及现代“艺术”概念的关系便可窥知一二。我们知道，诗曾因其特有的神圣精神性而在中世纪的“自由艺术”中占有一席地位，即它归属于自由艺术中的“语法”与“修辞”。而中世纪对“自由艺术”与“机械艺术”的区分就是以其精神性的高低（即与神的远近位置）来定位的。因此，在文艺复兴以后，所谓“美的文学”首先指的是那些具有“诗性的”文学。至于现代“艺术”概念，我们都知道它的外延指的是绘画、雕塑、建筑、音乐、舞蹈、文学，但在中世纪，绘画、雕塑、建筑都不在自由艺术甚至不在机械艺术的范围之内，理由就是它们不具有精神性。文艺复兴之后，现代艺术概念形成的关键是为绘画、雕塑、建筑的精神性辩护，而精神性的内涵又被确定为审美的非功利性（审美的非功利性并不是指单纯的愉悦，而是指审美活动超功利的精神性），在此基础上，“美的艺术”与一般工匠的活动区别开来了，而具有诗性的文学当然也归属于美的艺术而成了美的文学。[②]美的文学所具有的神性本质或相关的审美本质使其具有一种本雅明所谓的“光晕”，因此，我们说文学之思的神学构想是文学“上魅”的一种方式，由此上魅，文学世界成了与世俗功利世界不同的神圣精神世界的一部分。

二、人学路径

西方文学之思的人学路径与神学路径截然不同，它的开拓与延展是以“上帝之死”和“人 / 神二元世界的解体”为标志的。一般来说，西方文学之思的人学之路发端于文艺复兴，完成于尼采与马克思，在“语言学转向”中受到挑战，又在“文化研究”中走向极端。

尼采和马克思虽有很多不同，但作为彻底的无神论者，他们是一样的。在尼采那里，世界只有一个，那就是生命世界。尼采用“同一者的永恒回复”来说明生命世界的唯一性，即不存在生命世界之外那个创造生命的上帝，唯一的存在是有生有死的生命，是生命自身生生灭灭的不可思议的永恒回复，人的生活世界就是生命世界的一部分。

作为明确拒绝从神出发来思考文学的思想家，尼采思考文学的出发点与根据是作为生命现象而与神没有任何关系的人。尽管尼采将悲剧的诞生归之于“酒神精神”与“日神精神”的冲突与平衡，但尼采所谓的“酒神”与“日神”绝不是生命之外的某个超生命的神，而是两种生命本能的象征。[③]在尼采那里，全部文学都是非神性的生命现象，其基本区别只是不同生命现象之间的区别，即作为强健之生命现象的文学（古希腊悲剧）与作为病弱之生命现象的文学（现代文学）的区别，而不存在神性文学与非神性文学的区分。由于没有神的存在，文学曾有的神圣光晕在尼采眼中消失了，至于精神 / 物质、理性 / 感性、灵魂 / 肉体、神性 / 人性这些传统的区分在尼采看来也十分荒唐。在他眼中，文学归根到底是生命的内分泌和权力意志的现象，而美学则可以叫作艺术生理学和艺术政治学。

马克思主义是另一条拒绝从神出发而立足于人来思考文学艺术的思路。只不过，对马克思主义者而言，人不是尼采式的生命现象，而是社会关系的总和。在马克思主义那里，社会关系归根到底是经济关系，即生产力与生产关系的关系。生产力与生产关系的关系是协调与冲突的关系，协调是短暂的，冲突是长期的，因为生产力发展的绝对要求与生产关系的相对落后是难以解决的矛盾。生产力与生产关系的历史性载体与代表是阶级，因此，经济关系又表现为阶级关系，生产力与生产关系的冲突又表现为阶级斗争或阶级利益的冲突。人作为阶级的一员，他的一切精神文化现象都必须还原到这种关系与斗争中来理解，包括文学。

具体而言，马克思主义对理解文学产生深远影响的是其意识形态理论。据马克思主义（特别是列宁主义）的逻辑，在生产力与生产关系的冲突中，落后的生产关系最终要被先进的生产力所摧毁，因此代表前者的统治阶级为了掩盖它必将灭亡的命运（历史真实）和维护自身的利益就需要制造“虚假的意识形态”（倾向性与真实性分离），而代表后者的阶级为了揭示它必将成为主人的命运（历史真实）和维护自己的利益而要建立“科学的意识形态”（倾向性与真实性统一）。马克思主义的意识形态理论十分复杂，对我们的论题来说，最关键的是它的无神论立场与真理去魅的方法。一旦将文学归结为意识形态现象，文学的超越性品质便作为古老的意识形态假象被抛弃了。一切文学现象不管表面有多少超功利的、超世俗的神圣光晕（审美光晕），它在本质上都是功利的、世俗的（非审美的），“审美”只是假象，“意识形态”才是真实。所谓对文学的意识形态批评其实就是揭示审美外表下意识形态本质的批评。

将文学看作权力意志现象的尼采思路与将文学看作意识形态现象的马克思主义思路在文化研究中结合在一起了。20世纪60年代以来兴起的文化研究是人学路径的极端延伸。从表面上看，文化研究是一种“由来自文学批评、社会学、历史、媒介研究等观念、方法和关切组成的地地道道的大杂烩”④，但细而察之，则可发现，但凡称为“文化研究”的学术现象都有一种或明或暗的“政治旨趣”，正是这一旨趣突破了现代学科界限而将这个大杂烩聚集在一起。文化研究潜含了这样一种信念：任何一种话语实践（不管是社会科学话语、人文科学话语还是自然科学话语）都是政治的，都可以对它进行政治分析，即进行权力与意识形态分析。正是这种信念与基于这一信念的政治研究旨趣使文化研究成为一种向各个学科领域（包括文学研究领域）“入侵”的“研究”，而不归属于任何一个学科。

三、语言学路径

西方文学之思的语言学路径完全不同于人学路径和神学路径。无论在人学路径还是在神学路径上，语言都被看作没有独立生命的工具，而所谓“语言学转向”所转向的“语言”则不再被人看作人或神操纵的工具。本世纪初，什克洛夫斯基写了一篇题为《语词的复活》的文章，这篇文章极有象征意味。在某种意义上，语词的复活同时也意味着人与神的死亡，即语言被人和神操纵的古老信念开始失效。“语言”具有自身生命的独立存在，这一意识催生了一种新的文学研究样式——“文学科学”。

细而究之，20 世纪文学科学产生的主要原因有二：（一）19 世纪以来，受科学主义影响而在知识领域发生的学科化或科学化运动发展迅猛，文学研究被卷入其中，从而形成了文学研究领域从未有过的“科学化”冲动，即建立“文学科学”的冲动；（二）现代语言学的基本信念、研究原则、方法与概念为文学研究的科学化提供了启示、引导与工具，尤其是“语言有自主生命而非工具”的信念，为文学之思摆脱神学和人学之路提供了依据。

自文艺复兴以来，特别是 19 世纪以来，自然科学的巨大成就充分显示了它作为一种知识样式的有效性与典范性，这导致了整个知识领域的科学化运动，即以自然科学的范式来重构社会与人文研究领域的知识路径，形成了现代社会科学和人文科学。文学之思的语言学转向就是文学研究被卷入现代人文科学学科建构大潮的一种表现，其主要样式是俄国形式主义、英美新批评、法国结构主义与后结构主义。

作为一种特定的知识研究样式，现代自然科学强调任何有效的知识研究必须找到并确立自己独特的研究对象、研究方法与表述工具。受其影响，俄国形式主义者指责传统文学研究不是科学的主要理由就是它没有自己特有的研究对象，从而与其他知识领域混淆不清，不能提供有关文学的可靠知识。俄国形式主义者用“文学性”这一概念来描述他们找到的文学研究对象，而所谓文学性又指的是使一个文本成为文学文本的特定语言结构。在研究文学的语言结构方面，现代语言学，尤其是索绪尔的语言学给了文学科学的创建者以启示。其实，索绪尔的语言学本身就是科学化的产物。索绪尔认为传统的语言学不够科学，就是因为它缺乏恰当的研究对象、研究方法与表述工具。索绪尔将语言区分为“语言结构”（langue）与“言语”（parole），他认为前者使后者成为可能，因此，前者是语言学研究的基本对象；据此，语言学研究的基本方法应是“共时研究”而非“历时研究”；在此基础上，索绪尔还确定了相应的概念表述工具。

现代语言学的科学化为文学研究的科学化提供了最为直接的参照。早期从事文学研究的俄国形式主义者以及其后的结构主义者大多是语言学家，在他们看来，文学作为语言现象是一个自明的事实，因此，如果语言科学采用共时研究优先的方法研究一般语言结构或一般语法，文学科学也要采用这一方法研究文学语言的结构或文学语法。乔纳森·卡勒在谈到“语言能力”与“文学能力”时就认为语言能力是我们理解某种语言系统内部一段文字的语义的能力，这种能力意味着我们掌握了相应的语法，尽管这种掌握早已内化在心毫无知觉，但没有这种知识我们就不能理解这一语言系统中的任何一个语句，比如不懂英语语法的读者在阅读一个英语语句时的经验。与之相同，文学也是一个相对独立的符号系统，一个文学文本的文学性意义是相对于特定的文学性规则或文学语法而存在的，一个不懂中国古代文学规约的英国读者即使有很好的汉语能力，他最多能读懂一首唐诗表面的语义，甚至还可以将它翻译成英语，但他却体验不出这首诗特有的文学性韵味。为此，卡勒认为一个文学性文本有两个层次的符号系统，一是语言符号系统，二是文学符号系统，一个合格的文学读者不仅要有语言能力还要有文学能力，也就是说他不仅要有一定的语言知识还要有一定的文学知识。文学研究的主要任务就是致力于研究“文学符号系统”。就此，雅各布森才在《语言学与诗学》中说诗学是语言学科学的一个分支。

如果说，文学科学的对象是使一个文本具有文学性的特殊语言结构，那么，这个结构具有什么性质，它是一个什么样的结构呢？对此，俄国形式主义、英美新批评、法国结构主义与后结构主义有很多说法，就我们考察西方文学之思的几大路径而言，最重要的是它们对文学语言结构自主性与独立生命的看法，因为这是它与别的路径的根本分歧。在传统的思想中，语言没有独立的生命，它只是人或神用来传达人意或神意的工具，是人或神用来再现事物的工具。语义归根到底是神义、人义或物义。索绪尔以来的现代语言观彻底改变了这一看法，语言不再被看作能被人或神操纵而用来再现什么的工具，语言是一个独立自足的系统，是有自身生命的存在，语义不再是神义、人义或物义，而只是“语之义”。

具有独立生命的语言的复活导致了人的死亡、物的死亡并进一步肯定了神的死亡。“人的死亡”和“神的死亡”意味着以“作者”身份出现的人和神死了，文学科学所认定的文学只是语言自身的结构游戏，作者最多是这一游戏中的诸多功能性要素之一，他原有的支配、主宰语言游戏的权力不在了。巴特的《作者的死亡》和福柯的《作者是什么？》是这种观点的极端表述。至于“物的死亡”指的是被语言再现之物的死亡或物在语言中的缺席。这里的“物”指的是一切存在者，它不仅包括一切有形的存在者（通常意义上的人与物），也包括一切无形的存在者（比如“自在之物”、神、神意、人意、观念等）。德里达所谓“文本之外一无所有”是“物的死亡”的极端表述。

人的死亡、神的死亡与物的死亡作为一种隐喻突出的是语言的自足封闭性。如果说形式主义者和结构主义者在强调文学语言自指性的同时还承认日常语言的交流功能从而为语言的开放性留有余地的话，后结构主义则认为一切语言活动都是文学性的，即完全封闭而不及物的。不过，须留意的是，语言学路径上的文学自主性与神学路径上的文学自主性不是一回事，尽管两者都与现代学科分化有关，但前者以现代语言学为学理基础，后者则是现代美学的衍生物；前者强调文学语言结构的自主性，后者强调文学非功利性审美的自主性；前者保持了对学科对象之外的现实的科学性冷漠，后者则对功利化的现实持有强烈的批判态度。这也是我们在形式主义的文学科学与法兰克福学派的批判理论那里看到的分野，尽管两者都大谈文学的自主性。

四、文艺学知识建构的“一体化”冲动与自身的解构

借助以上的描述与勾勒，我想谈谈中国文艺学的思想谱系与知识秩序的问题，以就教于同行专家。从某种意义上看，以上描述为我们提供了一个确认与反思文艺学的坐标，在此坐标上我们发现中国当代文艺学实乃西方文学之思的衍生物，尽管它也混合着中国古代文论的意趣与言辞。

中国当代文艺学的主要标本是大学教材。在已有的大学文艺学教材与相关著述中，我们既可以看到西方文学之思人学路径的无神论旨趣（人本主义立场与意识形态观念），也可以看到语言学路径的科学旨趣（学科边界的坚守与对文学语言的关注）和神学路径的高蹈旨趣（审美超越之维的神化），当然也可以看到中国古代文学之思的文人意趣。在这些著述中，各条路径交错杂糅，形成了汇纳百川、体系完备的气象，但从我们对西方文学之思三大路径的考察可见，被中国当代文艺学一锅煮的各路神仙是彼此不可兼容的，它们之间的争吵构成了“诸神不和”的历史真实，这一真实被好“和合”与“一体化”的中国文艺学掩盖起来了。

从前面的考察可见，神学路径旨在探究文学的神圣超越性品质，以及与此相关的审美价值，它与力图建立文学科学而将文学作为封闭自足的语言结构来研究的语言学路

径格格不入，也与否定文学的超越性可能而将其还原为权力游戏或意识形态的人学路径截然对立；去神学化的人学路径拒绝任何形式的有神论，无神论是其入思的绝对前提，它将一切话语（包括文学话语）都看作意识形态话语或权力话语，因此，无论是神学路径还是语言学路径的文学信念都被它斥之为神话或意识形态而不屑一顾。语言学路径不关心文学的神性品质与人性品质，也不在意文学的意识形态性，它认为这些品性都是非文学性的东西，因而不在文学科学关注的视野之内。对此，中国文艺学教材体系的建设是视而不见的，在这些教材中，以“审美”为核心语词的神学话语、以“意识形态”为核心语词的人学话语、以“语言”为核心语词的语言学话语被强行“一体化”了。这种“一体化”导致的结果并不是编写者所期许的有机整合，而是一种话语对其他两种话语的强制性改写或三种话语的任意拼合。更糟糕的是，这种“一体化”制造了一种黑格尔式的假象，仿佛任何对立冲突的历史性知识都可以在更高的层次上统一起来。

这种将历史统一于逻辑（一体化逻辑）的知识生产方式轻而易举地抹掉了作为思想资源的历史性知识的差异，然而，在已然接受了西方文学研究各条路径洗礼的中国当代学术语境中，这种“抹掉”是无效的，因为你无法改变“审美”“意识形态”“语言”这些概念的历史，无法抹平它们之间的对立、冲突与争吵。事实上，正是这种差异、冲突与争辩构成了西方文学之思历史的、动荡的、变异出新的知识秩序。因此，对历史性语词和思想资源的吸取与使用要格外小心，才能进入文学知识秩序的历史性差异，并在尊重和看护这一差异的基础上寻找我们自己的言说方式。

在现代西方，类似于中国文艺学教材编写的“一体化”冲动十分少见，大多数教材都是多元开放的，比如伊格尔顿的《文学理论导论》。在这本书中，伊格尔顿尽可能展示了不同流派的关联尤其是差异，尽管伊格尔顿有自己的立场，他也对各个流派说三道四，但没有将它们统一起来。在西方还有一种一元封闭的教材，这种教材在表面上类似于大一统的教材，但实际上却非常不同，比如韦勒克和沃伦的《文学理论》。在这本书中，韦勒克和沃伦严格依据新批评的学理逻辑来建构知识体系而排斥异己的知识，它也没有将异己的知识统一于自身。

无论是伊格尔顿模式还是韦勒克模式都体现了对历史知识之差异的尊重，事实上，只有在此差异中，新的知识生产才是可能的。换句话说，任何知识的积累与更新都必须尊重知识世界既有的基本秩序与规则，这种秩序与规则是历史的也是逻辑的，只不过，不是历史统一于逻辑，而是逻辑来自历史。因此，尊重历史上各路文学理论特有的概念与逻辑秩序，尊重它们的差异与冲突十分重要，只有这样，我们才有可能进入历史性的知识王国并开拓新的知识路径。为此，我们能否设想这样一种文艺学的公共空间和知识秩序，在这里，没有“一体化”的冲动，没有强制的综合，它对各种文学研究的理路及其成果敞开，尊重它们的差异、冲突与争吵，从而为文学研究另辟蹊径提供必要的动力与张力？

注释：

① Cf. René Wellek, “What Is Literature? ”in Paul Hernadi（ed.）*What Is Literature*? Bloomington & London: Indiana University Press, 1978, pp. 16–17.

② 参见邢莉、常宁生《美术概念的形成——论西方“艺术”概念的发展和演变》,《文艺研究》2006 年第 4 期。

③ 参见拙著《艺术与归家——尼采・海德格尔・福柯》，中国人民大学出版社 2005 年，第 34—39 页。

④ 柯林・斯巴克斯:《文化研究的评价》，转引自陶东风主编，保罗・史密斯、劳伦斯・格罗斯伯格、詹・韦布、罗伯特・史达姆等著《文化研究精粹读本》“导论”，中国人民大学出版社 2006 年版，第 1 页。

（2006 年第 10 期）

对“中国青铜时代”的再思考*

巫 鸿

一

在中国早期历史和美术史的研究中，学者们经常使用“青铜时代”这个概念。这一概念借自西方进化论中所谓的“技术演进三期说”（three-stage technological sequence[①]）。尽管18世纪初的约汉·冯·艾科特（Johann von Eckart）甚至是古罗马的卢克莱修（Lucretius）就已有了类似的说法[②]，但人们通常将这一理论的发明权归于19世纪的丹麦学者克里斯蒂·汤姆森（Christian Thomsen）和肯·沃尔索（Kens Worsaae）。汤姆森在其《北欧古物指南》（*Guide to Northern Antiquities*）一书中对这个理论作了以下定义：

> 在石器时代，武器和工具以石、木、骨或类似材料制造，人们对金属了解很少，或一无所知……
>
> 在青铜时代，武器或切割类工具以红铜或青铜制造，人们对于铁或银一无所知，或知之甚少……
>
> 铁器时代是野蛮时代（heathen times）的第三个也是最后一个阶段。在这个时期，人们以铁来制造最为适合的器具，铁器的使用取代了青铜。[③]

汤姆森对该理论的简单表述在19世纪后半叶和20世纪前半叶得到了极大丰富：约翰·拉博克（John Lubbock）将石器时代划分为旧石器时代和新石器时代；阿林·布朗（Aleen Brown）提出“中石器时代”的命名；意大利的一些考古学家提出在石器时期和青铜时代之间应该还存在一个铜石并用的时代（eneolithic period），等等。[④]最后，戈登·柴尔德（Gordon Childe）将这些单项的发现综合成“一系列连续技术演进阶段”的文化发展系统理论。在这种总体的前后关系中，青铜时代被认为有三种更迭的“模式”（modes）：

> 在模式1中，武器和装饰品以红铜及其合金制成，但是没有专为生产制造的金属工具，石工具仍然在继续认真地制造。在模式2中，红铜和青铜通常用来制造工艺品，但既不用于农牧业，也不应用于其他重体力劳动。金属器包括刀、锯、专用的轴、扁斧和凿等。模式3的特征是金属工具在农业和重体力劳动中得到应用，农业中的金属工具有镰刀、锄头，甚至包括锤头。[⑤]

因此，青铜时代本身的发展证实了（同时也来源于）这种理论在总体上的一种基本假设，即先进工具的发明和不断的广泛应用带来了“生产力”的持续发展。作为一般意义上的一个进化论理论，这个范式进而被认为适用于古代社会的不同文化。[⑥]对“技术演进三期说”的崇尚使得人们在研究早期中国历史时简单地借用“青铜时代”一词来指传统上称作三代的历史时期，因为在这一时期内中国的青铜制造业已经达到其顶峰。

但是，许多学者已经指出，这里的问题在于尽管中国铜器被公认为古代世界技术最为高超的青铜作品，然而古代中国人从未用青铜制造农业工具，而只是制造了少量的手工工具。[⑦]比如，张光直在1980年发表的一篇重要文章试图在中国的这种特殊背景下重新定义青铜时代的概念：“由于青铜并没有广泛地用来制造农业工具，（中国）青铜时代主要不是通过生产技术的革命产生的。如果真的有一次革命，那么它就应该是社会组织领

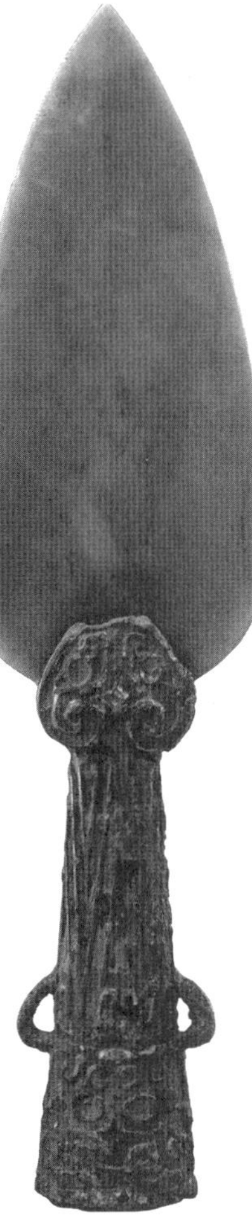

图1–1　矛　青铜和玉　商代晚期（公元前13—公元前12世纪早期）　长18.4厘米　故宫博物院藏

图1–2　亚醜钺　青铜　商代晚期（公元前12—公元前11世纪早期）　长32.7厘米，宽34.5厘米　1964年山东益都出土　山东省博物馆藏

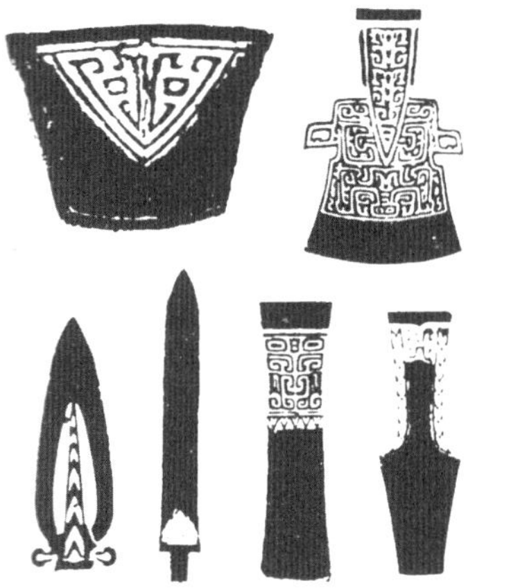

图 2　工具　青铜　商代晚期（约公元前 13 世纪）1989 年江西新干大洋洲出土　江西新干县博物馆藏

域内的革命。"⑧这一基本主张引导他作了两项更为深入的观察。首先，由于中国青铜时代和诸如国家的形成、城市化以及文明等因素相合，"青铜时代"这一概念"可以用来作为衡量文化和社会的一个标准"。其次，"中国青铜时代的特征是这种金属的使用与礼仪和战争的密切联系，换言之，青铜是一种政治权力"⑨。这些观点为我在这里的讨论提供了一个基础。我所要探讨的是和"权力"以及"纪念碑性"（monumentality）等概念相关的青铜器的象征意义问题。在此也有必要简要地巡视一下中国古代青铜器的基本用途。

从现存的青铜器来观察，我们可以得出有关古代中国青铜器功能的三个初步结论。首先，在青铜发明之后，这种新的金属主要服务于非生产性目的。这些非生产性青铜器分作两大类，一是礼仪中使用的容器和乐器，二是武器和车器。有些武器和车可能用于战争⑩，但是数量可观的武器和车运用了精巧的镶嵌工艺，或者形体巨大，可能也是在礼仪中使用的。

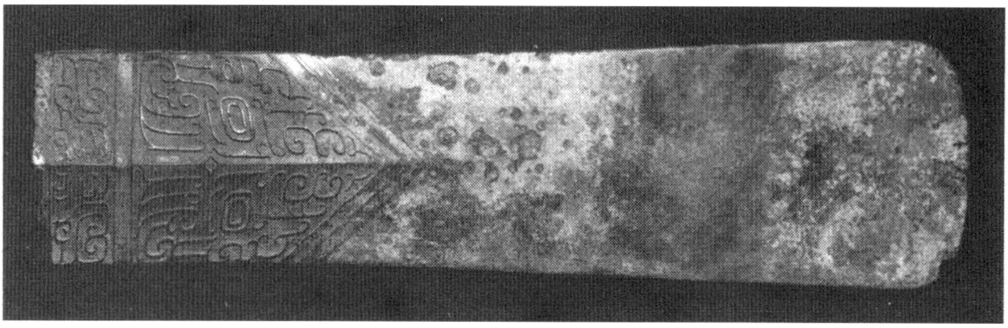

图 3　装饰饕餮纹的锛　青铜　长 29.2 厘米　哈佛大学美术馆藏

再者，尽管有一些青铜钻、刀、凿和小型的铲子被发现，但是如果立即将这些东西认定为日常生活中的实用工具却是相当危险的。例如，作为商王室占卜用具的卜骨需要钻孔，以便使卜骨在经过火烤后出现裂缝。20 世纪 60 年代的学者估计当时所发现的甲骨数量达 46 万片，其中 15 万片有文字，每片甲骨平均钻有五个孔，那么，这些甲骨上的钻孔就多达 230 万个。⑪大多数的孔——即使不是所有的——是用青铜钻完成的。1952 年在郑州曾有这种工具和甲骨一同出土；1953 年在同一地区发现的另一件铜钻与卜骨上的钻孔十分吻合。[12]基于这种现象，中国考古学家郭宝钧认为大批青铜钻可能是为商王室所控制的宗教活动制作的。[13]

1989年在江西新干发现了一座埋藏丰富的墓葬，墓主可能是与商同时的一个南部方国的统治者。尽管该墓出土的127件青铜器被冠以“工具”之名[14]，但这些器具中有许多装饰着饕餮纹和其他神秘的动物纹样。传世的一些所谓的青铜“农具”也具有同样的特征；其他传世的凿和斧上标有族徽、官职名称，甚至商、周贵族或个人的名字。同样的铭文和纹样也出现在礼仪中所使用的容器上，说明这些所谓的工具可能也是礼仪用具的一部分。新干墓的发现有力地支持了这样一个观点：这127件“工具”与同时发现的容器、仪仗用的兵器、玉器和半米高的青铜偶像同属于一个组合。这些器具围绕在死者周围，很显然是其个人的私有财产。[15]这些珍贵的青铜“工具”很可能是在某种与农业有关的仪式中所使用的礼器。我们从礼书的记载可知，举行这类仪式是统治者重要的职责。[16]

在湖南宁乡一项早于新干墓的考古发现中，青铜“工具”也与礼器相伴出土：224件小型青铜斧放置在一件礼仪用的大型罐内。[17]在同一地区的其他发现中，1963年出土的一件卣中盛有1100多件玉管和玉珠，1970年出土的另一件卣中盛有大约320件玉礼器。[18]这四项发现的共同点在于向我们展示了不同种类的礼器原来的组合关系；在礼书中也记载有同样的组合。但是，当我们将青铜器和玉器分别作为独立的“工具”和“艺术品”加以研究时，就会对这类关系视而不见。同样值得注意的是，随着周晚期商品经济的发展，青铜铸币出现了，其形态采用了铲、刀或环的外形。这些器物原来被用于礼仪或战争中，而现在却被赋予了商业的价值。实际上，学者们已经指出，商代和西周墓葬中出土的那些小而薄的“铲”可能就是这类货币的“原型”。[19]

图4-1　带“王”字铭文的空首布　青铜　东周货币

第三，考古发现的商和西周的农业工具主要用石头制作。二里头遗址的发掘证明，在青铜器被发明以后，人们继续使用石质的农业生产工具。[20]晚商的情况也是如此，1928—1937年间在安阳晚商都城的发掘中出土了3640件石刀或石镰。[21]这些考古学材料使许多中国学者对中国青铜时代的性

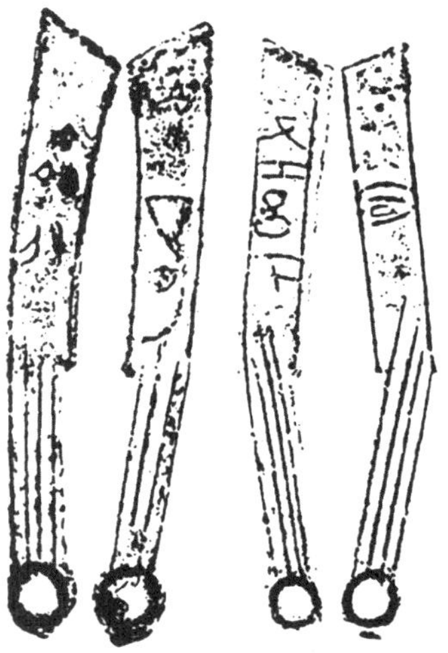

图 4-2 “明”刀币 青铜 东周

质提出了疑问。如历史学家雷海宗在 1957 年提出，中国的青铜时代实质上是一个石器时代，工具，特别是农业工具，多以石和木制造。当时生产力仍十分低下，剩余产品非常有限。[22]他的观点得到考古学家陈梦家和于省吾的支持。[23]陈梦家认为，王室的匠师以新出现的青铜铸造技术制造器具，武器用于战争，容器用于王室祭祀。自由民无力为自己制造青铜农具，奴隶当然也不允许在农业生产中使用贵重的青铜。[24]

但是 20 世纪 50 年代的这项讨论不久就被迫中断：“历史唯物主义”的一个重要组成部分是把“技术演进三期说”作为人类社会进化的一项基本原则。[25]任何怀疑中国历史上曾存在青铜工具的说法都被视为异端。雷海宗和陈梦家受到指责，被冠以“反动学术权威”之名，其写作的权利被剥夺。唐兰 1960 年发表的《中国古代社会使用青铜农器问题的初步研究》一文宣布了主流观点的胜利，为这个争论做出结论。[26]

作为一位古代文献和古物知识甚丰的学者，唐兰指出几乎所有现存先秦文献中出现的农具名字都带有“金”字旁。此外，他还列举了他认为可以断定为农器的 45 件存世青铜器。但是具有讽刺意味的是，这些例证对于支持他的观点来说实在是太贫乏了：他所引用的文献大多成于东周，现存的版本甚至是在更晚时期才被编成。而那 45 件器物分散在从商代到汉代大约 1500 年的漫长时期内。这些“工具”与同时期制作的大量青铜礼器和武器相比，不仅在数量上极不相称，而且所谓的农具实际上包括小而薄的铲、斧以及铸有高贵的铭文和饕餮的“锄”，还包括一些武器。[27]在为这项劳神费力的研究所得的薄弱结论寻找理由时，唐兰指出（他的结论被尊奉“主流”观点的许多学者所重复）“珍贵的青铜”被不断再生利用，青铜工具可能被熔化以铸造其他的器物。[28]然而这种假设实际上是自相矛盾的：如果青铜确实很“珍贵”的话，那么它就应当被统治阶级严格控制，用来制造“珍贵”的器物。[29]

这最后一点对于中国早期历史和美术史的研究提出了一个至关重要的问题：中国古人是不是真把“珍贵材料”用来推进生产的发展？或者说，中国古代是否存在着一个将“珍贵材料”和先进技术不断地用于非生产性活动的传统？在思考这些问题时，观察一下中国本土传统中的一个进化论描述是饶有趣味的。公元1世纪的袁康在其《越绝书》[30]中提到使用"以石为兵"是上古乌托邦式的三皇时代的特征，而玉器（他称作"神器"）则是创造了国家、规范了社会等级的黄帝的发明。[31]青铜器的使用与第一个王朝夏相联系，接着便是三代以后的铁器时代。在袁康的系统中，玉比石高贵，铜与铁有别。因此，"石"与"金"两大类质料又分别包含了两个亚类（"石"包括普通的石头和玉；"金"包括青铜和铁）。在古代文献中，普通的石和铁被看作"丑陋"或"粗劣"（"恶"）的材料，通常用来制作工具，而玉和青铜则被看作"美丽"或"优良"（"美"）的材料，用以制作非生产性物品。[32]袁康的四期说——如果我们可以这样称呼它的话并没有勾画出一个生产力单线进化的模式，而是包含了礼器和用器这两个既不同又相关的发展系统。在这个系统中，玉器时代和青铜时代的概念与我曾经描述过的商和西周时期的礼器美术，以及中国古代"纪念碑性"的发展紧密相关。

玉器雕刻从公元前4000年后开始集中出现，玉的所有物质性特征都被赋予社会意义。这种现象反映出一种对创造特权与权力的象征物的渴望，而这是一种在人类历史上某一特定阶段出现的渴望。礼器的某些基本特征——古代中国纪念碑的主要形式——逐渐得到定型：礼器美术作品总是采用那个时代最高超的技术；这些作品总是使用珍贵的材料来制作，并且/或者包含着熟练技工的大量劳动；这些作品在形式上具有工具的基本类型学特征，但同时又故意抹杀其实用的功能。这些特征说明，一旦一种新的技术被发明或一种"贵重"的材料被发现，它们就会被吸收纳入礼器的传统中去，被运用于非实用的目的。这种逻辑揭示了为什么青铜铸造技术仅仅被用于制造宗教用品和身份地位的象征物。然而，正像一些研究者在讨论史前文化和思想时所指出的那样，这些新出现的贵重物品和以前的物品的一个重要区别是，前者可以更有效地体现出统治权力的合法性：

> 对于那些缺少现代科学知识的人们来说，金属制品本身即体现了将自然世界的性质加以转换的神奇能力。选取某种特别的石头进行加热，在达到某个特定温度时石头熔化为液态。通过浇注到模具中这些液浆可以变化成各种形状和形式。冷却之后，液浆变得坚硬，光彩夺目，富有魅力，同时也变得比最坚硬的石头更加持久……在这种情况下，有能力掌控这一过程的个人得以获得崇高的声望，也就绝不出人意料了。[33]

图5 觚 青铜 商代晚期（公元前13—公元前11世纪） 弗利尔美术馆藏

作为礼器，青铜器必须使自身与日常器具区别开来。一件青铜觚具有细长的身体和外侈的口部，将“饮器”制作成这种极不方便的形状，到底是为了什么？一件作为饮器的盉变得如此华丽而沉重，如何能够举起它并从其细小的流口向外倒酒？一件盘的内底覆盖着一通长篇大论的纪念性铭文，它究竟是一个用来盛饭的盘子，还是一种文案的媒介？很显然，这些青铜器的材料、形状、装饰以及铭文，有意地体现出某种完全超乎通常经验的意义，证明这些器具作为礼器所具有神圣的、非尘世的性格。

根据通行的“技术演进三期说”，青铜的功能在于推进生产。然而，我希望强调的是，中国古代的青铜礼器，包括珍贵的礼仪性玉、陶器，实际上都是在“浪费”（squander）和“吞并”（absorb）生产力。而正是因为这些人造的器物能够如此“浪费”和“吞并”生产力，它们才得以具有权力，才能够获得它们的“纪念碑性”。

图6 方盉 青铜 商代晚期（约公元前13世纪） 高71.2厘米 传出河南安阳西北冈1001号墓 根津美术馆藏

二

但是何为“权力”？在马克思主义的历史哲学中，权力存在的理由和最基本的决定因素存在于经济中[34]：权力被认为是对生产（工具和劳动）手段和力量进行控制的结果，因此最终表现为“一种具体的占有，就像一种商品那样可以被支配、转移、掌握或转让”[35]。在对这一理论的许多批评者中，福柯（Michel Foucault）最有力地反驳了权力在本质上是被动的和受压抑的观念：“权力并不是一种可以获取、掌控或分享的东西，也不是一种可以把持或任其脱离的东西。在非平等主义（nonegalitarian）和可变（社会）关系的相互作用下，权力实际上是无数因素的共同运作。”[36]前一种理论强调对立的集团或阶级之间的政治性关系，后者则将权力视为存在于社会统一体内部的一种（在严格意义上并不必然是“政治性”的）综合力量。[37]由于这两种理论着眼于不同的情况，同时对权力的解释也不处在同一个层面上，所以它们并不是全然对立的，每种理论都可能揭示出古代社会的一些重要的问题。

图 7–1　鸟形尊　青铜　东周（约公元前5世纪）　高 26.5 厘米　弗利尔美术馆藏

对于青铜资源和生产的严格控制自然包含了压制和强迫的机制。当异族或异邦被征服后，它们可能会被迫交出其青铜（如“远方”将它们的青铜献给夏以铸造九鼎）。在三代的每一个朝代中，这种控制造成并保证了社会中的分层。然而，同样明显的是，为了赋予单纯的青铜材料——红铜和锡的合金——社会价值，这种材料必须被改造为一种“作品”。权力的行使因此与某些特定的青铜形式产生了密切的联系，反过来，这些形式也最有力地反映了权力行使中不同的方面。

张光直曾经提到中国古代的一句名言——“国之大事，在祀与戎”——说明了青铜专门用于制造礼器和武器。[38]我们或许可以进一步将这一观点加以发展：祭祀和军事，礼器和武器——这个两分的描述方式反映了权力的两种类型，本顿（M. Benton）将其称为“**植入权力**”（power to）和“**施加权力**”（power over）。[39]**植入权力**的概念指权力是“社会上所有互动作用中的组成部分，是所有社会实践的内部环节。这种权力利用并创造了资源。从可能是最为抽象的层面来看，这种权力可被视作一种心理的潜能（dispositional capability），它既不是占有性的，也不是行使性的，更不被任何特殊的中介者或集团所控制。它是社会系统的一种结构性成分，只通过它在个体、集团或组织中所产生的影响体现出来”[40]。**施加权力**则意味着社会统治中的高压和控制性——它指的是不对等的形式，包括“权力‘拥有者’和权力被施加者之间的辩证关系”[41]。如果这样理解的话，马克思主义和福柯学说分别提出的权力的两个方面就可以被联系在一起。

施加权力的概念和武器的联系是很明显的。整个三代历史的基础就是三个部族对于其他部族和地域性集团的征服。[42]政治支配最终极和有效的形式是军事征服，这也

图 7-2　鸟头部的错金铭文“子作弄鸟”

是财富和奴隶的主要来源。[43]战争常常与统治权力或一种文化的兴起和衰落直接联系在一起。这种例子很多，如商文明在武丁时期的突然兴盛是与对外族和外邦无休止的战役联系在一起的。[44]商代覆灭的原因也包括了纣在这种战役中的失败以及种族奴隶的暴动。据记载，面对周军的进攻，这位绝望中的商王不得不以奴隶补充军队，并且以青铜兵器来武装他们，而正是这些青铜武器随后成为“倒戈”、攻击他自己的工具。因此，纣的失败可以说是他失去政治统治手段的结果。

另外，礼器在社会中扮演了一个十分不同的角色。如上文所述，礼器使“礼”得以具体化，而“礼”统括了一切非暴力的社会行为和规范的内涵——包括仪式的实施及其具体实施方式、法律和道德的规范、个人的举止和行为，等等。没有人能够创造礼或者“占有”礼，但人人又必须按照礼行事。正是在这种无所不在的礼的实践中，社会秩序得以建立。因此，礼的权力并不产生于对抗或者控制，而是源于人们彼此共存和制约的状态。这样的状态同时也就是各种礼仪行为的特征；反过来说，所有运用礼的权力的个体和集团也都服从于这种权力的运用。

与此一致，礼器的力量不存在于物质性占有。尽管一个人可以通过暴力从其他人那里夺取礼器，但是如果没有符合礼的必要理由，这种获取只能证明他违反了基本的社会准则。礼器既不具有实用的功能，也不是社会身份静态的象征；只有当礼器被恰当的人在恰当的时间和恰当的地方以恰当的方式为了恰当的目的来制造和使用时，它们才会变得“有力量”。这一大堆“恰当性”（propriety）的总和便是礼，通过这样的方式，礼器便可以达到“藏礼”的作用。以西周册命铜器为例，其铭文记录了册命的礼仪，这种礼仪是该青铜器制作的原因，而其制作又导致进一步的礼仪行为。根据铭文和文献记载，周代册命礼仪于清晨在王室的祖庙中由王本人亲自主持举行。所有的参加者——王、礼官以及接受册命者——都穿着符合礼仪的恰当的服装，站在恰当的位置，以恰当的姿势行动，说恰当的、符合于礼仪的话。周王颂扬自己的祖先，也颂扬接受册命者的祖先。他重申先王给予受命者家庭的称号和特权，进而赐给他们新的恩典。他会把一套带有象征性的物品赏赐给受命者，而后者则在他的答复中称颂当前的周王和先王，以及自己的祖先。他在仪式结束后所制作的青铜器不仅是整个册命过程的最后一环，而且会被“子子孙孙永宝用”——这一标准的铭文用语说明，随着家族的延续，这件器物将被存放在受命者的家庙中并用于祭祀。这个仪式的意义因此在于确认了包括周王与其祖先、大臣与其祖先、周王的祖先与大臣的祖先、周王与大臣，以及大臣与其子孙在内的诸种社会关系。青铜礼器的纪念碑性实际上也就是存在于体现和巩固这种社会关系的网络。

图8 尊盘 青铜 东周（公元前5世纪） 尊高33.1厘米，盘高24厘米 1978年湖北随县擂鼓墩出土 湖北省博物馆藏

册命仪式只是社会生活中或大或小的大量礼仪活动中的一种。古代礼书中详细描述的六礼——冠、昏（婚）、丧、祭、乡（飨）、相见——几乎包含了社会生活中的所有活动。[45]礼因而成为社会生活本身，被看成人类生活的“自然秩序”，礼的权力因此成为最基本的、不变的、天生的东西。与那些强制性的手段不同，在这些社会活动中，礼不断地更新和调整上下之间、夫妇之间、生者与死者之间、祖先与子孙之间、主人与客人之间以及统治者与被统治者之间的各种社会关系。尽管每种关系中的双方并不平等，但是没有任何两种关系可以重叠，这就意味着一位“掌权者”不可能拥有绝对的控制力：即便是王也要尊崇他的祖先、敬重长者和客人。如果说有一种权力可以凌驾于这个系统之上的话，那只能是礼本身，因为所有运用礼的权力的个体和集团都必须屈从于礼的运用。[46]

三

但是权力的这两个方面——**施加权力**和**植入权力**——又决不分离。将二者连接起来的也就是纪念碑性的概念。一方面，即使在三代之前“玉兵”已作为一种重要的礼器类型出现，青铜时代众多的形体硕大、镶嵌华美的钺、刀、矛是对这一传统的延续。另一方面，军事征伐和胜利导致对大量容器类礼器的制作。这些例子引导我们再次回到九鼎。这套纪念性的青铜器反映出的不是权力的单一功能，而是两种功能之间辩证的关系；只是通过这种方式，九鼎才成为中国青铜时代政治权力的首要象征。我在以往关于

图9　装饰画像的青铜壶的画像线图　东周（约公元前5世纪）　高38.3厘米　故宫博物院藏

图10-1　人形灯　青铜嵌金、银、绿松石　东周（约公元前4世纪）　高66.4厘米　1966年河北平山出土　河北省博物馆藏

九鼎的讨论表明：（一）九鼎显示了政治的支配权，因为鼎的所有者的改变标志着统治权的改变。（二）九鼎代表着特定的社会结构性特征，因为它们引发并维持着社会的内在系统。换言之，九鼎的"占有既赋予本集团或它集团中的占有者以特殊身份"，也"起到实际证实他们所获得的权力的作用"[47]。

九鼎的这两种功能在从商到周的换代中得到了极明确的体现。文献记载当周武王征服了商，他立即命令取走商代都城中的九鼎和玉礼器——这一行为标志着旧王朝的崩溃已无法挽回。[48]九鼎随后被运送到周的本部。[49]但重要的是，对九鼎的物质性夺取并不能自动证明周对其所有权的合法性——所有权的转换必须通过"定鼎"的活动给予礼仪性的确认。

"定鼎"这个词的意思既是"把鼎安置下来"也是"建立一个新政权"。换言之，鼎必须从商代灭亡的负面物证变为周代统治的正面物证，才能成为周人的法定所有物。在证明商的灭亡时，鼎仍被看作商的象征；为了证明周所有权的合法性，鼎必须变成周的内在因素。

《易经》说："革，去故也；鼎，取新也。"[50]武王由于征服了商并夺取了鼎而被赋予"武"的称号。在新建都城中通过定鼎来"取新"的人是其儿子，被称为"成"。一套完备的礼仪在定鼎的过程中被逐渐实现：九鼎的位置通过占卜得以确定，新的城市被建立；九鼎从专门的“鼎门”运送到它的新家。[51] 这些仪式为新王朝展示其威力和合法性提供了大好机会[52]，在定鼎的过程中各种社会性和政治性的关系也被确立和认定。可以说，这些礼仪活动使九鼎真正成为周人的一座集体的纪念碑。

五百年后，周王室已经退化为一个苟延残喘的傀儡政府，楚军兵临城下，楚王使臣口出狂言询问九鼎之轻重，他的意图被认为是想篡夺王权。王孙满一番谈论九鼎的话则力图证明周作为权力核心的合法性。这位机智善辩的大臣从成王那里找到他的证据：“成王定鼎于郏鄏，卜世三十，卜年七百。”但他回避了武王从商代夺取九鼎的事实——这个历史事件太容易被楚王利用以证明其野心的正当性。

我们无法知道王孙满是否真的见过深藏在周代宗庙中的九鼎，但是他所说的九鼎无疑是一种历史的虚构。耐人寻味的是，这一虚构将整个礼仪美术浓缩和提炼为一个单独形象。似乎是作为三代时期最为重要的纪念碑，九鼎必须把礼仪美术的所有阶段，以及千年间发展出来的具有支配地位的“纪念碑性”的所有重要方面综合在一起。

如上所述，礼器的历史至少开始于公元前第四个千年，通过用贵重材料模仿平常物品以创作出礼仪美术的作品。随后，礼器的外形被特殊化，象征性装饰和徽志也被创造出来。这个过程在青铜艺术的发展中重复：青铜首先被用作一种新的贵重材料以仿制早期“脆弱”的陶礼器。对变异形象的重视随即带来了风格和题材的重大变化。接着，纪念性的铭文出现了，并最终使青铜器变为一种用来阅读的“文本”的承载物。从材料到外形，再到装饰和铭文，这一系列演进中的变化焦点展现出礼仪美术特征的变化，即从最实在到最抽象，从自然的因素到人工的标记。

礼仪美术的所有这些层次和方面都被包含在了王孙满论九鼎的那番话中。根据他的说法，九鼎的材料来源于不同的地区，所以这些礼器可以象征政权的统一。同样的象征性还表现于将地域性事物——很可能是地方政权的徽志——铸造在鼎上；我们知道这些徽志也是玉礼器和早期青

图 10-2　虎子（便壶）　青铜嵌金、银　东周（约公元前 4—公元前 3 世纪）　故宫博物院藏

铜器的特征。鼎有超自然性质——它们的顺应天命和移动自身的能力——似乎与晚商青铜器上具有活力的变形图像有关。此外，鼎的数量和成套排列又体现出一个周代的概念，即只有天子才能拥有九鼎。[53]

曾有人指出政治性的纪念碑常常在一个新政权形成或一个旧政权衰落时被建立。[54]这个说法和中国古代情况相符：当中国朝代史的黎明到来时，夏铸造了九鼎；当三代即将结束的时候，九鼎又重新占据了人们的思想。但正如我们已经看到的，公元前6世纪构想的九鼎已不再是真正的器具，而是对于已逝礼器历史的记忆。正是在这些记忆中，而不是在实际的鼎中，寄托着周的命运。因此，王孙满关于九鼎的议论也是一种悲叹，所叹息的并不仅仅是周代消逝了的荣耀，而且包括整个古代纪念碑性和中国青铜时代的没落。在这个时期，礼器的制作在很大程度上被奢侈品的制造所替代。在强大的地方统治者的赞助下，一种奢靡的艺术风格成为时尚。[55]纪念性的铭文不再流行；青铜器上的文字只是标明这些器具是嫁妆或“弄器”。缺乏宗教意义的装饰充斥于器物之上；复杂精巧的设计将一件坚实的铜器转化为一个“蜂房”般的构件。同时，器物也成为描绘宴饮、竞射以及攻杀等画像的媒介。

古老的纪念碑性的各个重要的方面——纪念性的铭文、象征性的装饰以及外形——就这样被一一抛弃，这种反方向的发展最终导致青铜礼器的衰亡。在公元前512年，即在王孙满对楚子问鼎后的大约百年，晋国一位叫作赵鞅的改革家发行了一份“刑书”。这个行动本身就是对基于礼的旧社会系统的一个反叛，同时他做这件事的方式也像是对于传统的纪念碑性的有意讽刺：他将这个法律文件铸在以“恶金”（铁）制作的一件鼎上。当尊崇传统周礼的孔子听说此事后，说道：“晋其亡乎，失其度矣！”[56]然而，铁并没有成为制作容器的流行材料。与之相反，用多种材料制作的精美镶嵌器物满足了当时人们对奢侈的需求。这些作品——雕塑、镜子、带钩、乐器、饮食器，甚至包括溺器——在各个方面都与庄重的青铜礼器相抵触。色彩绚烂，设计繁复，但纪念性的内容却了无踪影——它们所展示的是对于奢华的毫无约束的渴望。[57]

这就是礼器和中国青铜时代的终结。也就是在这个时候，作为青铜时代纪念碑性的主要代表九鼎也从历史舞台上退场：它们在公元前336年突然消失，再也没有人能够得到它们。

注释：

* 本文译自 Wu Hung, *Monumentality in Early Chinese Art and Architecture* 一书第一章，题目为译者所加。译者郑岩为中央美术学院人文学院教授，该书即将由上海世纪出版集团出版。

①⑬⑲ 郭宝钧：《中国青铜器时代》，生活·读书·新知三联书店 1963 年版，第 16 页，第 21 页，第 20 页。

② 卢克莱修在其《物性论》(*De Remm Natura*) 一诗中说：“最早的工具是手、指甲和牙齿；然后是石块和棍棒。再接下来是铁和青铜，但青铜首先出现，铁在后来才被认识。”(G. G. MacCurdy, *Human Origins*, New York: Appleton-Century, 1933, p. 19) 在解释坟墓中出土的器物时，约汉·冯·艾科特指出，一定有一个时代早于金属工具的发明，这个时代（石器时代）的后继者是青铜时代，最后是铁器时代（R. J. Sharer, and W. Ashmore, *Fundamentals of Archaeology*, Menlo Park, Calif.: Benjam in /Cummings, 1979, p. 52.)。

③ G. Daniel, *The Origins and Growth of Archaeology*, Harmondsworth: Penguin Daniel, 1967, pp. 93–95.

④ 同 上；B. McNairn, *The Method and Theory of V. Gordon Child*, Edinburgh: Edinburgh University Press, 1980, pp. 74–77.

⑤⑧⑨ K. C. Chang, “The Chinese Bronze Age: A Modern Synthesis”, in Wen Fong (ed.), *The Great Bronze Age of China*, New York: Metropolitan Museum of Art, 1980, pp. 35–36, p. 45, p. 35, p. 45.

⑥ 此为奥瑞斯坦因（Orenstein）的话，转引自 K. C. Chang, “ The Chinese Bronze Age: A Modern Synthesis”, p. 202。

⑦ 有关这些学者的观点，参见雷海宗《世界史分期与上古中古史中的一些问题》，《历史教学》1957 年第 7 期，第 41—47 页；于省吾《从甲骨文看商代奴隶社会性质》，《吉林大学人文科学学报》1957 年第 2、3 期，第 97、13 页；于省吾《驳唐兰先生关于商代社会性质的讨论》，《历史研究》1958 年第 8 期，第 59—71 页；陈梦家《殷墟卜辞综述》，科学出版社 1956 年版。

⑩ 关于商王军队装备有青铜兵器和马车的讨论，参见北京大学历史系考古教研室商周组编《商周考古》，文物出版社 1979 年版，第 75—82 页。

⑪ 关于胡厚宣对这一数量的估计，参见郭宝钧《中国青铜器时代》，生活·读书·新知三联书店 1963 年版，第 21 页。

⑫ 安志敏：《一九五二年秋季郑州二里冈发掘记》，《考古学报》1954 年第 8 期，第 91 页；河南省文化局文物工作队编著、中国科学院考古研究所编辑：《郑州二里冈》，科学出版社 1959 年版，第 37 页。

⑭ 江西省文物考古研究所、江西省新干县博物馆：《江西新干大洋洲商墓发掘简报》，《文物》1991 年第 10 期，第 1—23 页，特别是第 8—10 页。

⑮ 关于这些随葬品的摆放位置，见同上，第 2—4 页。

⑯ 中国青铜时代最重要的农业礼仪是“籍礼”。有关讨论见杨宽《古史新探》，中华书局 1965 年版，第 218—233 页。有趣的是，在新干墓葬出土的“农具”中，有三件装饰有饕餮纹的大型青铜犁。

⑰ 《人民日报》1961 年 5 月 13 日。又见高至喜《湖南宁乡黄材发现商代铜器和遗址》，《考古》1963 年第 12 期，第 648 页；中国社会科学院考古研究所《新中国的考古发现和研究》，文物出版社 1984 年版，第 242 页。

⑱ 高至喜：《湖南宁乡黄材发现商代铜器和遗址》，第 646—648 页；湖南省博物馆：《湖南省工农兵群众热爱祖国文化遗产》，《文物》1972 年第 1 期，第 6—7 页；文物编辑委员会编：《文物考古工作三十年（1949—

1979）》，文物出版社 1979 年版，第 311 页。

⑳ 关于这些发现的综述，参见中国社会科学院考古研究所《新中国的考古发现和研究》，第 218 页。

㉑ 石璋如：《第七次殷墟发掘》，《安阳发掘报告》第四期，南天书局有限公司 1933 年版，第 709—728 页；安志敏：《殷墟之石刀》，《燕京学报》1947 年第 33 期，第 77—94 页。

㉒ 雷海宗：《世界史分期与上古中古史中的一些问题》，第 42 页。

㉓ 于省吾：《驳唐兰先生关于商代社会性质的讨论》，第 59—71 页。

㉔ 陈梦家：《殷墟卜辞综述》，第 541—542 页。

㉕ B. McNairn, *The Method and Theory of V. Gordon Childe*, Chap. 6; N. Thomas, "Childe, Marxism, and Archaeology", *Dialectical Anthropology*, 6.3,（1982）: 245-252.

㉖ 唐兰：《中国古代社会使用青铜农器问题的初步研究》，《故宫博物院院刊》1960 年第 2 期，第 10—34 页。唐兰的观点新近被有些学者重复、"证实"和阐发，见陈振中《殷周的钱镈：青铜铲和锄》，《考古》1982 年第 3 期，第 289—299 页；马承源：《中国青铜器》，上海古籍出版社 1988 年版，第 24—44 页；李学勤：《新干大洋洲商墓的若干问题》，《文物》1991 年第 10 期，第 36 页。在这些学者中，陈振中收集了更多商周"工具"的例子，因此扩充了唐兰的研究。他所提供的一个详细目录包括 207 个例子，给人印象深刻。然而，这个目录中几乎没有出土的商周遗物。只有这一时期的两件"锄"（分别宽 6.2 厘米和 4 厘米）和 17 件"铲"（其中 7 件出自妇好墓）。从方法论上讲，陈振中仍然接受了 30 多年前唐兰的设想。所以他的研究不再在这部分的正文中加以评论。

㉗ 例如，在这些发现中，妇好墓出土器物达 1920 件，其中 468 件青铜器，重达 1625 千克。发掘者从中确定有些青铜器为"工具"，但是它们实际上是铸有饕餮纹的凿子、具有复杂的透雕图案的刀，以及具有脆弱的钩状肩的铲子（中国社会科学院考古研究所：《新中国的考古发现和研究》，第 15、100—103 页）。妇好墓发掘两年后，东周时期的曾侯乙墓又出土了大约 140 件青铜器，仅是其中的一套编钟就重达 2500 千克。但是发掘者没有在该墓中发现一件可能用于生产的青铜工具（湖北省博物馆：《随县曾侯乙墓》上册，文物出版社 1980 年版，第 1—2 页）。

㉘ 唐兰：《中国古代社会使用青铜农器问题的初步研究》，第 20—22 页。

㉙ 关于这个论点，参见陈梦家《殷墟卜辞综述》，第 541—542 页。论者或可提出工具不用于随葬，但这一观点同样得不到考古学的支持：在商王室的墓葬中曾出土数以千计的石质工具，而在商周村落遗址的发掘中也未发现过青铜工具。

㉚ 袁康：《越绝书》，载"四部"丛刊第 64 种，第 50 页。

㉛ 关于黄帝的"功绩"及历史象征意义的讨论，参见 Wu Hung, *The Wu Liang Shrine: The Ideology of Early Chinese Pictorial Art*, Stanford: Stanford University Press, 1989, pp. 158-159。

㉜ 例如《国语》之"齐语"，参见上海师范大学古籍整理研究所校点《国语》，上海古籍出版社 1988 年版；《管子》，戴望《管子校正》，载《诸子集成》第 5 册，第 156 页。

㉝ D. V. Clarke, T. G. Cowie, and A. Foxon, *Symbols of Power at the Time of Stoneheng*, Edinburgh: National Museum of Antiquities of Scotland, 1985, p. 12.

㉞ 同上，第 5 页；L. Althusser, *Lenin and Philosophy and Other Essays*, London: New Left Books, 1971; N. Poulantzas, *Political Power and Social Classes*, London: New Left Books, Poulantzas, 1973, pp. 99-105.

㉟ D. Miller and C. Tilley(eds.), *Ideology, Power and Prehistory*, Cambridge: Cambridge University Press, 1984, p. 5.

㊱ M. Foucault, *The Will to Knowledge: The History of Sexuality*, Harmondsworth: Penguin, 1981, p. 94;

M. Foucault, *Discipline and Punish*: *The Birth of the Prison*, New York: Vintage Books, 1977; M. Foucault, *Power/Knowledg*: *Selected Interviews and Other Writings 1972–1977*, ed. C. Gordon, Hassocks: Harvester, 1980; D. Miller and C. Tilley(eds.), *Ideology, Power and Prehistory*, pp. 5–9.

㊲ 对福柯有关权力解释的评论，参见 D. Miller and C. Tilley(eds.), *Ideology, Power and Prehistory*, p. 7。

㊳ K. C. Chang, “ The Chinese Bronze Age: A Modern Synthesis”, p. 45; 语出《左传》，参见杜预注、孔颖达疏《春秋左传正义》，载《十三经注疏》，第 1911 页。

㊴ M. Benton, “‘Objective’Interests and the Sociology of Power”, in *Sociology*, 15.2,（1981）: 161–184.

㊵㊶ 这种解释参见 D. Miller and C. Tilley（eds.）, *Ideology*, *Power and Prehistory*, p. 7, p. 7。

㊷ K. C. Chang, *Art, Myth, and Ritual*, Cambridge, Mass.: Harvard University Press, 1983, pp. 9–16.

㊸ 罗焜:《商代人祭及相关问题》，载胡厚宣主编《甲骨探史录》，生活 · 读书 · 新知三联书店 1982 年版，第 178—191 页。然而，军事征伐并不是积累财富的唯一手段。商周时期生产的进步还可以通过其他的手段取得，包括灌溉系统、新技术和劳动组织方式等方面的发展。例如，人们普遍相信夏的建立就是其开创者禹所率领的治水工程的结果，周则发展了著名的井田制。

㊹ 妇好墓丰富的随葬品反映了这一时期商的繁荣，其中有的物品来自远方。有 30 多条卜辞记载了武丁军队对工方的征伐; 70 多条与对土方的战争有关。这些战役有些是由妇好指挥的。

㊺《礼记》，参见王聘珍撰、王文锦点校《大戴礼记解诂》，中华书局 1983 年版，第 1348 页；J. Legge, *Li Chi: Book of Rites*, 2 vols, New York: University Books, 1967（1885）, 1, p. 248。

㊻ 用福柯的话说：“正是权力关系底层由于不平等所产生的动荡，才不断地形成了权力的状态。”（M. Foucault, *The Will to Knowledge: The History of Sexuality*, p. 93）

㊼ D. V. Clarke, T. G. Cowie, and A. Foxon, *Symbols of Power at the Time of Stonehenge*, pp. 4–6.

㊽《逸周书》的一段原文记载了武王获取了“九鼎”和“三巫”（朱右曾《逸周书集训校释》，收入《国学基本丛书》，商务印书馆 1940 年版，第 53 页）。在《史记》对此事的记载中，“三巫”一词被替换为“宝玉”。因为“三巫”和“宝玉”的字形相近，唐兰认为原文应为“宝玉”，“三巫”系抄本之误（《关于〈夏鼎〉》，载中华书局偏辑部偏《文史》1979 年第七期，第 3 页）。现存的《逸周书》版本包括了不同时代和不同流派的文字。据蒋善国的看法，只有其中十篇属于商周时期的作品，其历史价值可以与《尚书》相比，这些篇章包括“克殷”“世俘”“商誓”“都邑”和“作洛”等（蒋善国撰:《尚书综述》，上海古籍出版社 1988 年版，第 440 页）。在此，我只从这五篇中选取材料。

㊾《左传》，第 1743 页。

㊿《易经》，参见杜预注、孔颖达疏《周易正义》，载《十三经注疏》，第 96 页。

51 据司马迁记载，成王命周公和召公去决定都城的位置，“卜申视”“居九鼎”（《史记》，中华书局 1959 年版，第 133 页）。郦道元记载“郏，山名，鄏，地邑也。十年定鼎为王之东都，谓之新邑，是为王城。其城东南，名曰鼎门”（《水经注》，世界书局 1936 年版，第 210 页）。

52 这类器物中，有一件是何所作的尊，其铭文的开头说：“维王初迁宅于成周。”（W. Fong, *The Great Bronze Age of China*, p. 198）

53 俞伟超和高明认为这属于西周的制度，东周以后诸侯王开始使用九鼎，使这一制度受到挑战（俞伟超:《先秦两汉考古学论集》，文物出版社 1985 年版，第 68—69 页）。司马迁称九鼎为“ 三翮六翼”（《史记》，第 1734 页）。据司马贞《索隐》，翮是一种空足的鼎，翼是另一种外壁有把手的鼎。第一种类型的鼎出现于商中期，第二种类型的鼎出现于西周流行于东周。

⑭ D. V. Clarke, T. G. Cowie, and A. Foxon, *Symbols of Power at the Time of Stonehenge*, p. 38.

⑮ 约翰·拉斯基（J. Ruskin, *The Works of John Ruskin*, 39 vols, London: eds, E. T. Cook and A. Wedderbum, II. pp. 6–7）将艺术趣味中的“繁茂”（luxuriance）和“奢靡”（extravagance）定义为“装饰本身中奢靡的特征表现为专注于厌腻的才能、其弯曲部分强烈而粗糙、阴影过深、线条布局俗恶，有了这些特征，显然就无法再感受由朴素的形式和有限度的力量所构成的真正美感”（E. H. Gombrich, *Art and Illusion: A Study in the Psychology of Pictorial Representation*, Princeton: Princeton University Press, 1969, pp. 42–46）; M. Powers, “Artistic Taste, the Ecomony and the Social Order in Former Han China”, *Art History*, 9–3,（1986）: 285–305; M. Powers, *Art and Political Expression in Early China*, New Haven: Yale University Press, 1991, pp. 74–82。

⑯《左传·昭公三十年》，参见杨伯峻《春秋左传注》，中华书局1981年版，第1504页。

⑰ 这并不是说礼器在东周晚期就彻底消亡了。但这时期所制作的礼器在形式和功能上与奢侈品的确不同。河北平山中山王墓出土的青铜器可以分为两大类，一类包括在宫殿中使用的镶嵌华美的器物，另一类纪念性的青铜器则具有长篇的铭文并沿袭着传统风格。

（2006年第10期）

美学如何成为一种社会批判？

——从哈贝马斯的省思看批判理论价值论设的失落

吴兴明

在“批判理论”（critical theory）[①] 的思想潮流中，一个引人注目的现象是美学思想领域的扩张：它将现代性早期对审美经验的一般分析上升为社会整体的价值要求，又以此为根据承担起对资本主义现实的否定。经此，美学进入了社会理论，变成了社会理论中的“审美主义”（aestheticism）。

在批判理论中，审美主义是社会理论之价值论设的一部分，它和意识形态批判的还原性分析一起，构成了批判理论内部之否定与肯定、事实与价值、现实与距离等等的批判性张力。如果说意识形态批判的凌厉的社会学还原提供了事实的“真相”，那么审美主义就是显示这些事实之为“异化”、意识之为“幻象”的价值之光。正因为有审美之光的照射，批判理论才显示出一种独特的美学锋芒。所以，不是作为一般的美学语述，而是作为批判社会理论中的价值陈述，审美主义直接、自明地显示出了它在批判理论中的政治学涵蕴。它与意识形态批判互为表里，既构成了批判理论的价值陈述，又注定了这种批判的深重失落。

本文从于尔根·哈贝马斯（Jürgen Habermas）对批判理论的省思入手，试图将批判理论作为一种思想样式来清理，重点是剖析它作为社会理论之价值论设的涵蕴。我力图追问的是：就知识类型而言，这种理论内部的思想张力是如何构成的？美学如何在批判理论中呈现为批判？关键是，在意识形态批判的社会学还原和审美主义价值呼喊的双向互动中，失掉的究竟是什么？

一、意识形态批判：社会学还原的失落

先看批判理论凌厉的否定面：对资本主义的意识形态批判。

“意识形态批判”一直是批判理论的方法核心。和康德的“批判”不同，这种批判之凌厉的锋芒来源于它以实证研究、以社会学还原的方式来展开批判。“思辨终止的地方，即在现实生活面前，正是描述人们的实践活动和实际发展过程的真正实证的科学开始的地方。”[②]“意识形态批判探究那些作为事实存在的流行共识背后的社会支撑……它关注的是不明显地进入到语言和行为系统的符号结构中的权力关系。”[③]因此批判理论又叫“批判的社会学”（critical sociology）。但是，哈贝马斯在反思这场跨世纪思想运动的时候，敏锐地意识到了它作为一种思想样式的根本性失落。哈贝马斯说：

> 马克思……对资产阶级法制国的意识形态批判……对自然权利之基础的社会学消解，分别使得法理性观念（die Idee der Rechtlichkeit）本身和自然法意向（die Intention des Naturrechts）本身对马克思主义者来说长时间地信誉扫地。结果是，自然法和革命之间的纽带从此就断裂了。一场国际性内战的交战各方瓜分了这份遗产，这种瓜分泾渭分明但灾难重重：一方占有了革命的遗产，另一方则接过了自然法的意识形态。[④]

后来哈贝马斯在《在事实与规范之间》（1992）一书中对这种分析作了非常细致、系统的推进。他认为，自然法和革命之间纽带的断裂，从理论的内部看是价值的规范性要求与科学认知理性（工具合理性）之间的断裂，它体现在社会理论中意味着另外一种东西：意味着我们用社会学的方式去理解法理性，即用社会学的方式把现代民主国家的约法基础——权利约法系统——的逻辑地基还原成一种历史性。这样一种方式实际造成的结果是：把法理论证本身转化成一种实证历史中的经验论证，从而导致法理性在义理上的缺失。它是指向事实与规范之间差异的泯灭的。这就是哈氏所说的“自然权利之基础的社会学消解”（sociology resolution on the basis of natural rights）[⑤]。

马克思对资本主义法律、法哲学的虚伪性的揭露是我们所熟悉的。如果按社会学还原的方式去研究这种“法律”的法理根据，我们会发现卢梭、洛克的“自然状态”、天赋人权之类的学说非常之荒诞。毫无疑问，这样一些设定在历史上找不到根据。如马克思所说，资产阶级启蒙的自然法观念，真实的根据是近代欧洲早期的市民社会，它的要害是公民权利的设计和产生这种设计的现实基础之间的分离。资产阶级革命以天赋人权、权利启蒙为号召，将自然法的理据表述为抽象的“自然状态”，但是，这种革命诉求的“自然”无非是把市民社会，“也就是把需要、劳动、私人利益和私人权利看作自己存在的基础，看作不需要进一步加以阐述的当然前提”[6]。

> 在这些关系中占统治地位的个人……还必须给予他们自己的、由这些特定关系所决定的意志以国家的意志，即法律的一般表现形式……为了维护这些条件，他们作为统治者，与其他的个人相对立，而同时却主张这些条件对所有的人都有效。由他们的共同利益所决定的这种意志的表现，就是法律。[7]

这就是资产阶级革命之自然法制度化的起源：一个从历史状态中的部分人的需求上升为“应然”之制度规定的过程。由于在这种历史状态中还有无产者，并不是所有的人都是财富均等的拥有者，因此，“私有者相互之间的自由交往，必然排斥所有个人机会均等地享受个人自主权”[8]。由于如此，市民社会状态在理论表述和制度化过程中被抽象为“自然状态”并转化为所谓“人人平等”的政治原则和法律规定，就变成了对一种历史形态的所有制即私有制的合法性的强力确认。一种历史的偶然状态、维护部分人利益的状态在理论表述中变成了“应然”，他们“把自己的利益说成是社会全体成员的共同利益”，并“赋予自己的思想以普遍性的形式，把它们描绘成惟一合理的、有普遍意义的思想”[9]。但是，一种偶然的、维护部分人利益的历史状态提升为普遍法则是不合法的。所以马克思的洞穿揭破了“自然权利”的非自然特征。这种揭示的深刻性在于，为将抽象的自然法观念理解成一种历史力量、为从社会有效性的角度考察 / 批判自然法提供了可能。

但是，也正因为如此，这种极富洞察力的理解同时隐含着一种消解法理性、颠覆“法”本身的危险。因为如果仅仅按照实证还原的逻辑来理解自然法、法理性，我们就会发现历史根据和普遍约法之间呈现为一个断裂。这是一个从事实到规则，从部分人的需求到向普遍意志过渡之逻辑联系的断裂，一个关乎合法性来源的根本性的断裂。关键是，只要仅仅从还原的角度去理解，断裂就是永恒的。因为从逻辑上说，“合理生活方式的规范性导向命令，是无法从人类的自然史构造中引申出来的，就像无法从历史中引申出来一样”[10]。从事实不能过渡到规范，反过来，任何规范、价值原则的根据在逻辑上都无法还原为事实。历史上从来没有过他们表述的那种“自然状态”，从来没有一个真实存在而又是约法合理性之逻辑起点的“历史的应然”。因此，按批判理论的实证还原的逻辑，我们实际上看到的是一切约法系统作为普遍约法在根据上的虚假。

按哈贝马斯的分析，在传统批判理论的逻辑中，这种“虚假”的揭示包含着一种混淆：对法律的“理想有效性”（geltensollen）和“实际有效性”（geltung）的混淆。法律的合理是指约法的“应然有效”（sollgeltung），即所谓“在规范意义上的正义”[11]，而不是“实际有效”，即法律的历史动机和历史效果。这是法律有效性之相互联系而又不可混淆的两个方面。“一方面是社会的或事实的有效性（geltung），即得到接受，另一方面是法律的合法性（legitimität）或规范有效性（gùltigkeit），即合理的可接受性。”[12]前者“是根据它们得到施行的程度”，后者则“归根结底，取决于它们是否通过一个合理的立法程序而形成”[13]。用哈氏引马克斯·韦伯的话来说，不能将“规范的理想有效性与规范有效的现实作用混为一谈”[14]。描述理想有效性的表达式是规范性、法理性陈述，描述社会有效性的表达式是描述、认知性陈述。在这个意义上，“一条规则的合法性是独立于它事实上的施行的”[15]。

任何具体的规范、约法都是在某一历史时刻提出来的，任何一个提出者，我们都可以指责他有某种历史动机，但是规则的性质是普遍的。如果仅仅从历史动机去理解，可以说任何规则都不成立，因为任何规则就其要求的普遍性而言都意味着从历史的局部倡议而过渡到对社会全体的要求。反过来，如果仅止于“应然有效性”的探讨，而不对自然法的社会有效性做实证的经验批判和现实分析，又意味着自然法原则的僵化、生命力的萎缩乃至无视它在历史中的任意操控和利用。所以，意识形态批判作为经验批判永远是需要的，但必须加以限定：它的有效向度是法、观念、制度的社会有效性批判。

二、思想领域的错位及其理论后果

与自然法纽带的“断裂”表明批判理论缺少一个可以正面打量法理、合法性的规范性思想视野，它把那个在古希腊由意志哲学（伦理学）、在现代性早期由实践理性（康德）来承担的极其重要的合法性论证的规范领域交给了“科学”。于是，哈贝马斯指出，批判理论在社会理论领域强化、加入了一个极为重要的现代思潮：“社会科学对于法律的祛魅。”[16]“祛魅”的要害在于，人们用“科学”，即“以严格的客观化视角”，“从外部考察社会联系机制”[17]，而不是从实践理性或交往理性的内在视角去分析，因而用以打量社会规则、合法性领域的思想视野发生了错位性的挪动或改变。

在传统批判理论看来，意识形态批判之所以能取代传统由价值哲学、实践哲学支撑的规范性论证，并比它“更先进”，是因为它背靠着“科学唯物主义”的哲学信念。

它“把头脚倒立的东西”重新“颠倒过来”。这样，批判理论就不只是价值的批判，而且是“科学”。作为一种科学的批判，它指向对意识形态之意义宣讲的虚伪性或意义假想性的揭示。不管后来“意识形态”一语被卢卡奇等人增加了多少纷繁复杂的语义，在批判中，意识形态都被取定为反映、夸张、虚假和利益动机等社会化含义，而不是卢卡奇所说的社会意识形式的中性化含义。它是在意识哲学的框架之中来展开分析的。它展开分析的基本逻辑是意识与意识对象、社会意识与社会存在之间的必然联系。它可以宣布自己是“科学”，是因为它相信任何社会意识都是社会存在的反映，并且用实证的方式坐实了这种“反映”在历史中的真实联系。“只要按照事物的本来面目及其产生根源来理解事物，任何深奥的哲学问题都会被简单地归结为其他检验的事实。”[18] 与意识形态之意义化的内在意向相反，“祛魅”用实证还原的方式去揭破那些宣布自己是“普遍价值”的规范、信念或说辞的“假”，真实的联系一旦被“还原”所坐实，它维护特殊利益（阶级利益）的本相就被揭示出来。所以意识形态批判的意向是解意义化的。它不相信普遍意识或意识的普遍性，而是将社会意识还原为意识的阶级性和历史性。哈贝马斯认为，这样的批判方法和逻辑使批判理论对合法性、法理性的打量一开始就发生了思想领域的错位。

> 一开始马克思社会理论的规范性基础就是不明确的，它既非意味着革新古典自然法的本体论要求，也不是要承诺有规律的科学的描述性要求，它只是想成为一种“批判的”社会理论，以便能够避免自然主义的错误。马克思曾经认为，他用奇袭的方法，即强行宣布唯物主义占有了黑格尔的逻辑学的方法，就似乎解决了这个问题。……他认为抓住并且从存在和意识的关系上批判占统治地位的资产阶级现代自然法和政治经济学理论的规范性内容——这个内容体现在革命的资产阶级的宪法中——就够了。[19]

按哈贝马斯的分析，现代约法的合法性基础不是奠定在意识与存在的反映关系之中，而是奠基在交往领域的社会共识和理性互动之中。因此，其合法性的来源并不是出自某阶级利益的历史动机及其反映的真实性。现代约法获取合法性途径的特殊性在于：“论证法律规范的模式是一种非强制的协商，它是相关人员作为自由和平等的契约伙伴而作出的。”[20] “不管每一种论证观念表现出来的是怎样一种形态，对于现代法律而言，重要的是，必须需要一种独立于传统的论证，换用韦伯的话说，理性的共识有效性取代了传统的共识有效性。”[21]“理性的共识有效性”的意味是：自由平等的契约伙伴在充分的理性协商之后产生的约定。它约束有效的根据在于：它是被约束人自愿参与其中的充分理性化协商的结果。不是先有一些人把握了“真理”，然后人民去认同它，而是平等伙伴之间的理性论辩及其程序化。合法性不是由被认同意见的真理性程度来保证（认识有效性），而是由自愿参与者的平等的权利关系及其程序化的制约来赋予（法律、规则的规范有效性）。存在与意识的关系还原可以揭示法、规则如何在历史中发生，但是，它无法论证法和规则的合法性，因为它无法敞现正面打量、论证合法性的思想视野，并明澈、自明地显示其根据。规则合法的依据不是在存在和意识的关系之间，而是在主体和主体的关系之间（主体间性），因此从作为认识有效性的真或假衡量不出合法还是不合法。但是，意识形态批判是以合法性的批判为目标的，就是说，它要通过对意识的虚假或错误的揭露来揭穿意识形态的社会基础，最终通过显示它所代表的利益的局限性来达到对社会体制的合法性批判。这里的扭曲在于：它没有将意识形态批判精确命意于对规则、社会体制的历史效果的批判，而是用意识哲学之主客关系的逻辑吞噬了交往领域之主体间性的制约，并将后者压缩、归结为前者。用哈贝马斯的术语，就是将交往行为在逻辑上缩减、归结为策略行为，将适用于考察“规范有效的现实作用”的社会学方式扩张为法理学或政治哲学的批评。结果是：将法律、规则仅仅纳入社会意识与社会存在的关系之中去理解，将法理上的正当改变成了认识上的真假，或将正义与非正义之争在逻辑上改变成了认识上的真理与谬误、科学和不科学之争。哈贝马斯指出，作为一种社会理论，这种批判的直接结果是：漠视民主、法律的规范性建构在现代民主体制中的巨大作用，并严重低估了西方现代社会体制的合法性基础。这是一种从法律的“祛魅”而延展开来的对整个现代世界的“祛魅”，它的展开有如下环节：

（一）现代社会变成资本统治的社会。首先是用社会学的描述分析置换了对现代社会体制建构的规范性理解。这种置换最初体现在亚当·福格森（Adam Ferguson）和约翰·米勒（John Millar）对市民社会的描述之中，然后在亚当·斯密和大卫·李嘉图那里形成了一种政治经济学，“这种政治经济学把市民社会理解成由一种匿名的支配性力量所支配的商品交换和社会劳动的领域”[22]。在后来马克思的政治经济学批判当中，对市民社会的解剖“仅仅看到这样一种结构”：在这种结构中，资本自我增值过程的自我异化从所有个体的头上跨越而过，造成越来越激烈的社会不平等。于是，对市民社会的理解发生了根本的改变：它由最初作为现代社会规范性基础的现实土壤变成了一个由资本统治的社会，“变成了一个实行匿名统治的系统，这个系统独立于无意识结成社会的众个人的意向而自成一体，只服从它自己的逻辑”[23]。

（二）这种理解导致了第二个结果：法律失去了对社会的整合作用。批判理论的理解把整个社会系统变成了另外一种结构机制，一种非规范类型的社会机制，即所谓实际操控的权力机制。哈贝马斯说，在这种理解之下，构成把那个社会机体有机结合在一起的骨架的不是法律而是生产关系。在这种生产关系当中，一个阶级对另一个阶级的统治采取了一种非政治的形式，即生产资料资本占有的形式，一种表面上合法而实际上强力占有的形式。在这种形式下，“交换价值的生产和再生产的循环完全征服了现代法律的整合职能，并且把它贬低为一种附生现象”[24]。“附生现象”即意识形态，一种似真而实假的欺骗性饰物。

（三）现代社会丧失合法性根基。由此，市场社会的法理根据被彻底地打碎了：“整个市场机制被理解为一种非意向性的，在行动者背后起作用的，匿名的社会化过程的现实主义模式。这种模式取代了那种由法律共同体的成员有意识形成的和不断维持的联合体的理想中的理解模式。”[25] 这种对市场经济的理解意味着一种政治经济学的根本转型：对交换领域的规则系统、制度文明的肯定性的建设意向的探讨演变成对该领域资本强权操控模式的激烈批判。市场成为资本主义统治的代名词。由此而发生的是以市场为基础的整个现代社会体制丧失了合法性。哈贝马斯说，这种思想样式还有很多变种，归结起来它的整个研究范式是：“以严格的客观化视角……从外部考察社会联系机制。”[26] 这种倾向包括早期的法兰克福学派，卢曼的功能主义社会理论，结构主义的社会理论——列维-斯特劳斯、阿尔都塞和福柯，波德里亚的符号政治经济学及消费社会理论，文化研究中的微观政治学批评等等。所有这些现代形态的批判理论都在极大程度上受到了这种思想方式的影响。它们在用社会学还原使规范“祛魅”的思路上都如出一辙。

三、美学扩张：审美要求进入交往领域

虽然基于科学的中立态度对现实的“顺从”，霍克海默、马尔库塞等人进而对实证主义、科学的意识形态化以及现代资本主义的技术统治发动了极为猛烈的批判，但是，批判的基本方式仍然是对那些知识、技术在社会总体中的统治效力与利益机制作深度的社会学还原。我们知道，单纯的社会学还原其实是无法完成合法性批判之使命的，没有

批判主体带入的价值参照，还原的深度追踪就永远只显现为“事实”。因此，最重要的是：那为批判理论“带入”的价值参照是什么？当它以“还原”消解了合法性论证的规范性基础之后，它是用一种什么样的价值来对“事实”发动批判的？

一方面，意识形态批判已经用“还原”拆除了自康德以来由实践理性概念所支持的合法性论证的规范途径，另一方面，从法兰克福学派到当代西方马克思主义，尤其是在东欧巨变之后，历史哲学越来越遭到疏离和抛弃。于是，在马克思所能提供的历史哲学和审美主义两条价值论设的路径之中，审美主义成了批判理论的唯一选择。这就是美学在批判理论中变成一种社会批判的根本缘由：它成了这种理论名副其实的价值核心。

> 对黑格尔和马克思来说，甚至对直到卢卡奇和马尔库塞的整个黑格尔派马克思主义传统来说，审美乌托邦一直都是探讨的关键。[27]

这个关键从美学领域的审美状态分析而步步攀升，最终变成批判理论批判现实之否定性陈述的价值根据。它大致经历了如下环节：

（一）审美状态上升为终极价值。这是审美作为一种经验价值的终极化，它的前身是西方18、19世纪对审美之“人”的无拘无束、“自由展开”的价值内涵的正面陈述。在18、19世纪它是几乎整个西方思想界共同谈论的母题。不只是德国古典哲学，包括法国启蒙运动、英国经验主义中的许多思想家都相当一致地将审美的状态等同于自由，将美、审美等同于“合目的性”，等同于“人性的完满”或人的“完满展开”。这种等同一直延续到尼采、海德格尔和福柯。这是一个美学的巨大的知识——精神之现代性建制的历史过程。所有这样一些人及其论述——维科的诗性智慧论，席勒的游戏与自由，歌德的美是合目的性，黑格尔的理念的感性显现，博克的优美和崇高，伏尔泰的快乐与惊赞，康德的判断力分析，谢林的无意识的无限性，尼采的酒神、日神的生命力沉醉，叔本华的艺术之升华，克罗齐的天才、直觉与创造，柏格森的生命意志的绵延，一直到中国蔡元培的以美育代替宗教等等——都见证并参与了这个宏伟工程的建造。而在所有这些建造中，沉迷于审美状态的体验性描述都同时上升成了一种对人、对价值本体的论断和信念，因而都变成了一种对“大写的人”的理论担当。

（二）向交往领域扩张。在席勒那里，审美的人已经不只是成了“大写的人”，而且进一步转变成了现实立法的根据。

> 在权利的力量的国度里，人和人以力相遇，他的活动受到限制。在安于职守的伦理的国度里，人和人以法律的威严相对峙，他的意志受到了束缚。在有文化教养的圈子里，在审美的国度中，人就只须以形象显现给别人，只作为自由游戏的对象而与人相处。通过自由去给予自由，这就是审美王国的基本法律。[28]

在审美要求政治化演变的进程中，这是至为关键的一步。对席勒使美学向社会理论领域扩张的关键性意义，哈贝马斯一言以蔽之："席勒建立审美乌托邦，其目的并不是要使生活关系审美化，而是要革交往关系的命。"[29]审美进入社会理论，关键不是对一种乌托邦式的生活状态和生活关系的抽象的向往，而是要将审美状态中的关系规定（"自由"）转换成一种建构社会的关系原则（"通过自由去给予自由"），并以此来评判一切现实关系的价值。席勒的要求是政治性的，他深信，"时代状况迫切要求哲学探讨精神去从事于一种最完美的艺术作品，去建立一种真正的政治自由"[30]，所以，"席勒强调艺术应发挥交往、建立同感和团结的力量，即强调艺术的'公共特征'（derö ffentliche Charakter）"[31]。他对现实分析的结果是，在现代生活关系中，人和人性的个别力量要想彼此分离和得到发展，就必定会以牺牲它们的总体性为代价。只有以审美的方式才能获得整体的自由整合。因此，"对席勒来说，只有当艺术成为一种交往形式，一种中介——在这个中介里，分散的部分重新组成一个和谐的整体——发挥催化作用，生活世界的审美化才是合法的"[32]。而这同时就意味着：将"审美王国的基本法律"普遍化、基本价值化。

（三）将审美之"人"推向对资本主义现实的专题化的凌厉否定。这是"人"之价值的反向展开，是批判理论的独特发展。基于人在现实中分裂、异化而在审美中自由完满，批判理论将审美看作通向人之自由解放的启示和预演。它的反向针对性，就是对现实的凌厉否定。审美否定现实意向的强烈度将艺术推向了未来启示录的高度，以至于在许多批判理论家看来，只有从审美艺术出发，对资本主义的批判才有可能。比如马尔库塞说艺术是对抗资本主义现实整合的"大拒绝"（the great refusal），是阻止现实整合的"不溶解的核"，艺术的规律"就是否定既定现实原则的规律"[33]。阿多诺说"艺术的社会性主要因为它站在社会的对立面，但是，这种具有对立性的艺术只有在它成为自律性的东西时才会出现"[34]。由于自律性，艺术天然成为"对现实世界的否定性认识"，艺术本身"成为一种批判"。他们都把审美和艺术抬高到了负有解放人类使命的高度。面对资本主义现实的压迫，审美之"人"的呼告之声在批判理论中回响不绝：从早期批判理论呼唤人的“全面复归”“全面实现”到卢卡奇的“反拜物化”，从对文化工业的批判（阿多诺、霍克海默）到呼唤“总体性理想”“人的整体”的回归（本雅明、马尔库塞），从诉求克服意义空洞的意义充盈之“有机时间”（弗雷德里克·詹姆逊）到对后现代世界之“终极幻象”“谋杀真实”的绝望的呼喊（让·波德里亚），等等。于是，审美之“人”的呼告充当了批判理论中的这样一个环节：在种种社会学的仿佛是客观的描述之后，承担起价值断定的时刻：“异化”“物化”“非人”“单面人”“拜物化”“技术人”“空心人”“沉沦”“货币永动机”“能指拜物教”“幻象式生存”“消费化分解”，一直到“人的终结”，等等。几乎所有的呼告和评判都是针对社会的制度要求的。因此，在批判理论中，审美主义不只是一种个体心性的表达和感性生命本体化的价值信念，而是一种与“科学”语述相互支撑的社会价值论设的展开。审美主义的价值认证功能使批判理论既是一种社会学描述，又同时构成一种价值的超越性（批判）。

如果说在阻断任何历史利益的特殊要求向普遍意志（规则）转换的“揭露”中，意识形态批判的社会学还原提供了被批判者之为“部分利益”的真相，那么审美主义就从反向的高端价值、普遍价值的角度提供了显示该部分利益之为狭隘、局限或异化的背景性映衬。一方面，“批判”是不可能从纯粹认知的“顺从”中产生的，它在能动的方面必须依靠主体的反抗和自由。审美乌托邦提供了这个反抗的体验性根据和参照性视野。“批判理论的每个组成部分都以对现存秩序的批判为前提，都以沿着由理论本身规定的路线与现存秩序作斗争为前提。”[35] 对此，美学的功能发挥得很好。另一方面，审美主义如果没有以对现实的深刻还原和实证性的经验批判为前提，它就会丧失知识的客观品格和尖锐照亮现实的精神锋芒。在批判理论中，这是一种充满张力的架构。它们相互转换，实现“批判”张力的内在支撑。

四、美学批判的失落：规范向价值的同化

问题是，审美向交往领域的扩张，作为对社会的规则性要求，变成了一种完美主义 / 完善论（perfectionism）的政治观。由此它又从另外一个层面，即价值主观要求的层面加重了法律的“祛魅”，强化了批判理论对规范性法理逻辑的消解。意识形态批判从社会学还原的角度消解法理性，审美主义则从价值要求的角度将这种消解延伸到对权利、对社会规范的价值同化。这是打量合法性、社会规则之思想视野的另一种背景性的

错位，也是审美主义在批判理论内部释放的一种更为纵深的消解功能。这是我们必须高度警惕的。

我们先看审美主义中的“人”的性质。这是一个什么样的“人”？第一，它绝非任何除审美状态之外的现实经验状态的人，它消融了一切差异（人和人之间）、一切界限（人的存在的不同领域）和现实之“人”的一切在体性区别（不同的历史境域和时空）。它的价值规定绝非是“在其现实性上讲”的“一切社会关系的总和”，而是从审美状态引申而来的最高的价值之人。因此，它是“人”的本体（所谓“人本身”）或本体的“人”（即人的“本真性”）。第二，它所规定的价值内涵不是“原初状态”“自然状态”所设定的主体间的原初、应然的自由和平等（人际状态），而是最高价值状态的人或人的最高价值。所以，它的意向所指并不是展开社会正义、制定社会规则的逻辑起点，而是包含一切价值的价值之总和。一句话，它是终极价值或最高价值（价值本体）。它其实就是那个无目的而又合目的性、无概念而又普遍有效，理性与感性、情感与认识、人与他人、人与自然和谐统一，完满实现、充分展开的“自由”本身。第三，将它设定为批判理论的整个社会批判的价值参照坐标，其批判性诉求就并不是要返回一种原初的应然状态以确认个体的权利位格，从而演绎或重构社会约法系统的规范性基础，而是指向照耀和显示一切规则约定、价值之为“有限”和“局部”的绝对价值要求。

因此，对于审美主义我们必须准确地勘定其内涵。尽管审美主义的讨论在眼下相当热门，但并不是凡美学式的言述就是“审美主义”，比如莱辛的《拉奥孔》和休谟论审美趣味的标准。审美主义是“美学”之固有价值立场的越位和扩张，它有四个层次：（一）审美价值自主化；（二）审美价值本体化；（三）审美关系向交往领域扩张；（四）审美反向针对现实的价值否定和批判。一种抽象的本体价值观并不必然有社会理论之价值论设的功能，比如康德。康德深知，作为社会立法的法理依据必须从严格的规范性论证中演绎而来，“要最精确地界定个人自由的边界并对之实施最大保护，以使人的自由能够彼此共存”[36]，因此他指出，高阶性价值决不可演绎为“普遍法则”。“不论做什么，总应该做到使你的意志所遵循的准则同时能够成为一条永远普遍的立法原理。”[37]这是康德探讨社会正义道德基础的逻辑起点，即“绝对命令”，后期所谓的“正义义务”（duties of justice）。康德尽管向往作为至善的“自由”，但是他给出的社会规则的道德基础却是“普遍的最低限度的道德标准的基础”[38]。

但审美主义不是这样。审美主义转化成一种现实批判的价值论设，要害就在于高阶价值的普遍法则化：将那个理想自由状态的最高标准用于分析和评判现实，在绝对自由状态与现实的差距之间构成凌厉的否定。因此它是一种完善论 / 完美主义的社会价值观。高阶价值所指向的是对价值的任何具体规定的拆除。没有这种拆除的否定性力量，意识形态的还原性分析就无法上升为体制和规则批判。自然法、人权、平等之类固然在历史状态中“存在着被掩盖起来的利益”，但是就权利概念的普遍规定而言，它所陈述的是规则。要批判这样的权利概念及其体制逻辑，不仅要靠还原，还必须诉诸更普遍的总体价值。审美主义的有效性在于，在审美作为一种绝对价值的照耀之下，任何关系的规定都显示为片面。因此它是一种无往而不胜的批判。它已经成了最高价值本身，成了衡量一切价值的标准。

但是显然，这种“显示”是彻底解构性的，它是消除任何规则的法理逻辑及其建构意向的。具体地说，第一，在这种绝对价值的照耀之下，权利作为个体“人身”之法定人格的规范性内涵被溶解了，它转化成了价值。“审美的人”之所以是优先的，是因为它比一切价值都更高更好。它高于一切价值又把所有的价值都含纳在其中，其中包括权利。因此，在这种绝对价值的照耀下，由于价值级差，由于总体价值与局部价值的差异，权利就从一种义务论的规范变成了一种相对价值。此所谓“权利同化于价值”[39]。权利的辩护于是变成了价值的大小或肯定否定的辩护，一种目的论的辩护。因为小的价值、局部的价值是可以被高的价值、全体的价值所统合和代替的，所以，权利就从确定社会规范的基础变成了手段。但是，权利作为规范是根本阻断这种审美化理解的。“规范的‘应当性’（Sollge ltung）具有一种无条件、普遍的义务的绝对意义；‘应做之事’（das Gesollte）所要求的，是对所有人都同等地好或善的。”[40]不同人群、不同文化可以有完全不同的价值偏好，也许只有现代人文知识分子才如此地向往“审美的人”，一个笃信宗教的人根本就不会相信审美的价值有那么好。所以，审美的普遍价值化又意味着对不同价值偏好的排除与强制。

第二，权利同化于价值，意味着权利规范作为制度建构的支配性效力已经消融在价值的逻辑中。权利作为一种“社会构造”，是实现并构建在种种规则的制定及其组织系统中的。没有这些规约作为区分——禁绝人我界限的强制和樊篱，“个人自由的边界”就无法“精确确定”并得到“最大的保护”。因此，诺齐克（Robert Nozick）才说，权利的规则就是“边际约束”（side constraints）[41]，它是无论以何种理由都无法取消的。哈贝马斯也说它是社会的“规范性硬核”[42]。但是在审美主义的价值同化之下，法、法理作为“绝对义务”的逻辑改变成了一种主观的审美——表现性逻辑。它从交往领域的规范价值的要求转化成了一种审美——表现性价值的自由要求。在这种目的性高阶价值的显耀之下，法律于是被手段化和灰色化：它要么显示为冷冰冰的阶级压迫的工具（自由的桎梏），要么是向终极价值过渡的手段。由此，它从未在理论的恰切表述中获得过应有的神圣感，而是归根到底需要彻底砸碎的自由的锁链。这种逻辑对整个社会主义阵营的法学精神和法理建构的消极影响都是致命的。

第三，根本的是，审美价值是一种总体价值。总体价值是无法分层的。因为是总体，是价值全体，任何一种分层都意味着对所谓“总体性”的分割和否定，都是某种意义上的“异化”和“分裂”。因此，总体价值不可能根据事物的不同层次和方面形成该事物在价值之法理限度上的规定。总体价值不可演绎为规范领域之有效论证的逻辑系统，不能形成规范性系统的逻辑展开。由于这个原因，审美主义延伸至社会理论就总是否定性的，它在法理批判的意义上常常显示为无度。极端而言之，从一种原本是经验状态的审美上升到价值本体，又从价值本体出发延伸到对所有经验现实的俯瞰，其内在的思路之推移已无法不表现为逻辑上的一系列越界和失度。在硝烟弥漫、神情激昂的批判声中，真正失落的是规范系统的有效建构。正因为是一种高阶价值的普遍性要求，就注定了它在逻辑上的无效，因为不仅在现实中，甚至在逻辑上，高阶价值都是无法普遍规则化的，高阶之所以为高阶，就是因为它永远不可能普遍实现。

哈贝马斯曾经说，他的商谈理论“所要做的工作”，是要对现代社会之民主建制中的自我理解“作一种重构”，“使它能够维护自己的规范性硬核，既抵制科学主义的还原，也抵制审美主义的同化”[43]。作为一个在三十年前就立志要重建历史唯物主义的思想家，他的上述言谈是在对整个批判理论、马克思主义深思熟虑之后说出来的。他何尝不知道审美之光具有显耀一切的照射光芒？不过在白热化照彻的显耀之后，他会想到，审美在人生中只是一些闪烁的瞬间。哈氏的省思关涉马克思主义在当今时代的具体使命和思想力量的重建。中国的马克思主义如果真的要创新，就没有任何理由忽视哈贝马斯在这些省思和重建的努力中开示出来的启迪和路径。

注释：

① 本文对“批判理论”一语取广义涵蕴，即霍克海默在《传统的理论与批判的理论》一文中所说的以马克思的意识形态批判为基础发展而来的、“作为一种认识方式”的批判理论。它不只是指法兰克福学派，也包括其他西方马克思主义的批判理论（参见马克斯·霍克海默《批判理论》，李小兵等译，重庆出版社 1989 年

版，第 181—229 页）。

②⑦⑨⑱ 马克思、恩格斯：《德意志意识形态》，载中共中央马克思、恩格斯、列宁、斯大林著作编译局编译《马克思恩格斯全集》第三卷，人民出版社 1960 年版，第 30—31 页，第 378 页，第 54 页，第 49 页。

③ Jùrgen Habermas, "Introduction: Some Difficulties in the Attempt to Link Theory and Praxis", in *Theory and Practice*, trans. John Viertel, Boston: Beacon Press, 1974, pp. 11–12.

④ 哈贝马斯：《自然法与革命》，原文收入 Theorie und Praxis（1963）。本处用童世骏译文，参见哈贝马斯《在事实与规范之间：关于法律和民主法治国的商谈理论》的引文，生活 · 读书 · 新知三联书店 2003 年版，第 5 页。

⑤⑧ Jùrgen Habermas, " Natural Law and Revolution", in *Theory and Practice*, p. 113, p. 110.

⑥ 马克思：《论犹太人问题》，载《马克思恩格斯全集》第一卷，人民出版社 1960 年版，第 443 页。

⑩⑪⑫⑬⑮⑯⑰㉓㉔㉕㉖㊴㊵㊷㊸ 哈贝马斯：《在事实与规范之间：关于法律和民主法治国的商谈理论》，童世骏译，第 3 页，第 17 页，第 36 页，第 36 页，第 36 页，第 54 页，第 58—59 页，第 56 页，第 57 页，第 57 页，第 57 页，第 58 页，第 313 页，第 315 页，第 4 页。

⑭⑳ 于尔根 · 哈贝马斯：《交往行为理论：行为合理性与社会合理化》第一卷，曹卫东译，上海人民出版社 2004 年版，第 184 页，第 249 页。

㉒㉚ Jürgen Habermas, " Between Philosophy and Science: Marxism as Critique", in *Theory and Practice*, 1974, p. 238.

⑲ Jùrgen Habermas, "Historical Materialism and the Development of Normative Structures", in *Communication and the Evolution of Society*, trans.Thomas McCarthy, Boston: Beacon Press, 1979, p. 96.

㉑ Jùrgen Habermas, *The Theory of Communicative Action*, Vol. 1, trans.Thomas McCarthy, Boston: Beacon Press, 1984, p. 261.

㉗㉙㉛㉜ 于尔根 · 哈贝马斯：《现代性的哲学话语》，曹卫东等译，译林出版社 2004 年版，第 56 页，第 57 页，第 53 页，第 58 页。

㉘㉚ 席勒著，中国社会科学院哲学所美学室编：《审美教育书简》，徐恒醇译，中国文联出版公司 1984 年版，第 145 页，第 37 页。

㉝ 赫 · 马尔库塞：《现代美学析疑》，绿原译，文化艺术出版社 1987 年版，第 46 页。

㉞ 阿多诺：《美学理论》，王柯平译，四川人民出版社 1998 年版，第 386 页。

㉟ 马克思 · 霍克海默：《批判理论》，第 271 页。

㊱ Hans Reiss(ed.), *Kant's Political Writings*, Cambridge: Cambridge U. P. , 1970, p. 45.

㊲ 康德：《实践理性批判》，关文运译，广西师范大学出版社 2002 年版，第 17 页。

㊳ A. J. M. 米尔恩：《人的权利与人的多样性——人权哲学》，夏勇、张志铭译，中国大百科全书出版社 1995 年版，第 102 页。

㊶ 参见罗伯特 · 诺齐克《无政府、国家与乌托邦》，何怀宏等译，中国社会科学出版社 1991 年版，第 35—62 页。

（2006 年第 12 期）

当代生态美学观的基本范畴

曾繁仁

当代生态美学观的提出与发展已经形成不可遏止之势，它不仅成为国际学术研究的热点，而且在我国也越来越被更多的学者所接受。但对其研究的深入除了迅速地将这种研究紧密结合中国实际，真正实现研究的中国化之外，还有就是抓紧进行理论范畴的建设。前一个方面的工作我们已经逐步开展，而本文想集中论述当代生态美学观的范畴建构问题。众所周知，所谓“范畴”是“人们对客观事物本质和关系的概括。源于希腊文 Kategoria，意为指示，证明”[①]。这就说明，学科范畴就是对于学科研究对象本质与关系的概括，包含着指示与证明的功能。因此，作为当代美学新的延伸与新的发展的生态美学观的提出也必然意味着人们对于审美对象本质属性与关系有新的认识与发展，也必然意味着会相应地出现一些与以往有区别的新的美学范畴。由于当代生态美学观是一种新的正在发展建设中的美学观念，我们对其范畴的探讨只能是一种尝试。因此，我在这里尝试着对与之有关的七个范畴进行力所能及的简要论述。

一、生态论的存在观

这是当代生态审美观的最基本的哲学支撑与文化立场，由美国建设性后现代理论家大卫·雷·格里芬提出。他在《和平与后现代范式》一文中批判现代工具理性范式时指出，“现代范式对世界和平带来各种消极后果的第四个特征是它的非生态论的存在观”[②]。由此，他从批判的角度提出“生态论的存在观”这一极为重要的哲学理念。这一哲学理念是对以海德格尔为代表的当代存在论哲学观的继承与发展，有着十分丰富的内涵，标志着当代哲学与美学由认识论到存在论、由人类中心到生态整体以及由对于自然的完全“祛魅”到部分“返魅”的过渡。从认识论到存在论的过渡是海德格尔的首创，为人与自然的和谐协调提供了理论的根据。众所周知，认识论是一种人与世界“主客二分”的在世关系，在这种在世关系中人与自然从根本上来说是对立的，不可能达到统一协调。而当代存在论哲学则是一种“此在与世界”的在世关系，只有这种在世关系才提供了人与自然统一协调的可能与前提。他说“主体和客体同此在和世界不是一而二二而一的”③。这种“此在与世界”的“在世”关系之所以能够提供人与自然统一的前提，就是因为“此在”即人的此时此刻与周围事物构成的关系性的生存状态，此在就在这种关系性的状态中生存与展开。这里只有“关系”与“因缘”，而没有“分裂”与“对立”。诚如海德格尔所说，“此在”存在的“实际性这个概念本身就含有这样的意思：某个‘在世界之内的’存在者在世界之中，或说这个存在者在世；就是说它能够领会到自己在它的‘天命’中已经同那些在它自己的世界之内同它照面的存在者的存在缚在一起了”④。他又进一步将这种“此在”在世之中与同它照面并“缚在一起”的存在者解释为一种“上手的东西”。犹如人们在生活中面对无数的东西，但只有真正使用并关注的东西才是“上手的东西”，其他则为“在手的东西”，亦即此物尽管在手边但没有使用与关注，因而没有与其建立真正的关系。他将这种“上手的东西”说成一种“因缘”。他说“上手的东西的存在性质就是因缘。在因缘中就包含着：因某种东西而缘，某种东西的结缘”⑤。这就是说人与自然在人的实际生存中结缘，自然是人的实际生存的不可或缺的组成部分，自然包含在“此在”之中，而不是在“此在”之外。这就是当代存在论提出的人与自然两者统一协调的哲学根据，标志着由“主客二分”到“此在与世界”，以及由认识论到当代存在论的过渡。正如当代生态批评家哈罗德·弗洛姆所说，“因此，必须在根本上将‘环境问题’视为一种关于当代人类自我定义的核心的哲学与本体论问题，而不是有些人眼中的一种围绕在人类生活周围的细微末节的问题”⑥。“生态论的存在观”还包含着由人类中心到生态整体的过渡的重要内容。“人类中心主义”从工业革命以来成为思想哲学领域占据统治地位的思想观念，一时间“人为自然立法”“人是宇宙的中心”“人是最高贵的”等等思想成为压倒一切的理论观念。这是人对自然无限索取以及生态问题逐步严峻的重要原因之一。“生态论的存在观”是对这种“人类中心主义”的扬弃，同时也是对于当代“生态整体观”的倡导。当代生态批评家威廉·鲁克尔特指出“在生态学中，人类的悲剧性缺陷是人类中心主义（与之相对的是生态中心主义）视野，以及人类要想征服、教化、驯服、破坏、利用自然万物的冲动”。他将人类的这种“冲动”称作“生态梦魇”⑦。冲破这种“人类中心主义”的“生态梦魇”走向“生态整体观”的最有力的根据就是“生态圈”思想的提出。这种思想告诉我们，地球上的物种构成一个完整系统，物种与物种之间以及物种与大地、空气都须臾难分，构成一种能量循环的平衡的有机整体，对这种整体的破坏就意味着生态危机的发生，必将危及人类的生存。从著名的莱切尔·卡逊到汤因比，再到巴里·康芒纳，都对这种生态圈思想进行了深刻的论述。康芒纳在《封闭的循环》一书中指出“任何希望在地球上生存的生物都必须适应这个生物圈，否则就得毁灭。环境危机就是一个标志：在生命和它的周围事物之间精心雕琢起来的完美的适应开始发生损伤了。由于一种生物和另一种生物之间的联系，以及所有生物和其周围事物之间的联系开始中断，因此维持着整体的相互之间的作用和影响也开始动摇了，而且，在某些地方已经停止了”⑧。由此可知，一种生物与另一种生物之间的联系以及所有生物和周围事物之间的联系就是生态整体性的基本内涵，这种生态整体的破坏就是生态危机形成的原因，必将危及人类的生存。按照格里芬的理解，生态论的存在观还必然包含着对自然的部分“返魅”的重要内涵。这就反映了当代哲学与美学由自然的完全“祛魅”到对于自然的部分“返魅”的过渡。所谓“魅”乃是远古时期由于科技的不发达所形成的自然自身的神秘感以及人类对它的敬畏与恐惧。工业革命以来，科技的发展极大地增强了人类认识自然与改造自然的能力，于是人类以为对于自然可以无所不知。这就是马克斯·韦伯所提出的借助于工具理性人类对于自然的“祛魅”。正是这种“祛魅”成为人类肆无忌惮地掠夺自然从而造成严重生态危机的重要原因之一。诚如格里芬所说，“因而，‘自然的祛魅’导致一种更加贪得无厌的人类的出现：在他们看来，生活的全部意义就是占有，因而他们越来越嗜求得到超过其需要的东西，并往往为此而诉诸武力”。他接着指出，“由于现代范式对当今世界的日益牢固的统治，世界被推上了一条自我毁灭的道路，这种情况只有当我们发展出一种新的世界观和伦理学之后才有可能得到改变。而这就要求实现‘世界的返魅’（the reenchantment of the world），后现代范式有助于这一理想的实现”⑨。当然，这种“世界的返魅”绝不是回复到人类的蒙昧时期，也不是对于工业革命的全盘否定，而是在工业革命取得巨大成绩之后的当代对于自然的部分的“返魅”，亦即部分地恢复自然的神圣性、神秘性与潜在的审美性。正是在上述“生态论存在观”的理论基础之上才有可能建立起当代的人与自然以及人文主义与生态主义相统一的生态人文主义，从而成为当代生态美学观的哲学基础与文化立场。正因此，我们将当代生态美学观称作当代生态存在论美学观。

二、天地神人四方游戏说

这是由海德格尔提出的重要生态美学观范畴，是作为“此在”之存在在“天地神人四方世界结构”中得以展开并获得审美的生存的必由之路。当然，海氏在这里明显受到中国古代特别是道家的“天人合一”思想的影响，但又具有海氏的现代存在论哲学美学的理论特色。很明显，海氏在这里提出“天地神人四方游戏”是对于西方古典时期具有明显“主客二分”色彩的感性与理性对立统一的美学理论的继承与突破。其继承之处在于“四方游戏”是对于古典美学“自由说”的继承发展，但其“自由”已经不是传统的感性与理性对立中的自由融合，而是人在世界中的自由的审美的生存。当然，海氏“四方游戏说”是有一个发展过程的。最初海氏有关“此在”之展开是在“世界与大地的争执”之中的。在这里，世界具有敞开性，而大地具有封闭性，世界仍然优于大地，没有完全摆脱“人类中心”的束缚。他说，“世界是在一个历史性民族命运中单朴而本质性的决断的宽阔道路的自行公开的敞开状态（Offenheit）。大地是那永远自行锁闭者和如此这般的庇护者的无所促迫的涌现。世界和大地本质上彼此有别，但却相依为命”。又说“世界与大地的对立是一种争执（Streit）”[⑩]。直到20世纪40年代之后，海氏才完全突破“人类中心主义”走向生态整体，提出“天地神人四方游戏说”这一生态美学观念。他说“天、地、神、人之纯一性的居有着的映射游戏，我们称为世界（Welt）。世界通过世界化而成其为本质”[⑪]。这里“四方游戏”是指“此在”在世界之中的生存状态，是人与自然的如婚礼一般的“亲密性”关系，作为与真理同格的美就在这种“亲密性”关系中得以自行置入，走向人的审美的生存。他在1950年6月6日名为《物》的演讲中以一个普通的陶壶为例说明“四方游戏说”。他认为，陶壶的本质不是表现在铸造时使用的陶土，以及作为壶的虚空，而是表现在从壶中倾注的赠品之中。因为，这种赠品直接与人的生存有关，可以滋养人的生命。而恰是在这种赠品中交融着四方游戏的内容。他说，“在赠品之水中有泉。在泉中有岩石，在岩石中有大地的浑然蛰伏。这大地又承受着天空的雨露。在泉水中，天空与大地联姻。在酒中也有这种联姻。酒由葡萄的果实酿成。果实由大地的滋养与天地的阳光所玉成”。又说“在倾注之赠品中，同时逗留着大地与天空、诸神与终有一死者。这四方（Vier）是共属一体的、本就是统一的。它们先于一切在场者而出现，已经被卷入一个惟一的四重整体（Geviert）中了”[⑫]。他认为，壶中倾注的赠品泉水或酒包含的四重整体内容与此在之展开密切相关，其作为美是一种关系性的过程并先于一切作为实体的在场者。由此可见，此在在与四重整体的世界关系中其存在才得以逐步展开，真理也逐步由遮蔽走向澄明，与真理同格的美也得以逐步显现。

三、诗意地栖居

这是海德格尔所提出的最重要的生态美学观之一，具有极为重要的价值与意义。因为，长期以来，人们在审美中只讲愉悦、赏心悦目，最多讲到陶冶，但却极少有人从审美地生存，特别是“诗意地栖居”的角度来论述审美。而“栖居”本身则必然涉及人与自然的亲和友好关系，包含生态美学的内涵，成为生态美学观的重要范畴。海氏在《追忆》一文中提出“诗意地栖居”这个美学命题。他先从荷尔德林的诗开始：“充满劳绩，然而人诗意地 / 栖居在这片大地上。”然后，他说道：“一切劳作和活动，建造和照料，都是‘文化’。而文化始终只是并且永远就是一种栖居的结果。这种栖居却是诗意的。”[13] 实际上“诗意地栖居”是海氏存在论哲学美学的必然内涵。他在论述自己的“此在与世界”之在世结构时就论述了“此在在世界之中”的内涵，包含着居住与栖居之意。他说：“‘在之中’不意味着现成的东西在空间上一个在一个之中；就源始的意义而论，‘之中’也根本不意味着上述方式的空间关系。‘之中’（‘in’）源自 innan，居住，habitare，逗留。‘于’（‘an’）意味着：我已住下，我熟悉、我习惯、我照料，它有 colod 的含义，habito（我居住）和 diligo（我照料）。我们把这种含义上的‘在之中’所属的存在者标识为我自己向来所是的那个存在者。而‘bin’（我是）这个词又同‘bei’（缘乎）联在一起，于是‘我是’或‘我在’复又等于说我居住于世界，我把世界作为如此这般熟悉之所而依寓之、逗留之。”[14] 由此可见，所谓“此在在世界之中”就是人居住、依寓、逗留，也就是“栖居”于世界之中。而如何才能做到“诗意地栖居”呢？其中，非常重要的一点就是必须要爱护自然、拯救大地。海氏在《筑・居・思》一文中指出“终有一死者栖居着，因为他们拯救大地——拯救一词在此取莱辛还识得的古老意义。拯救不仅是使某物摆脱危险；拯救的真正意思是把某物释放到它的本己的本质中。拯救大地远非利用大地，甚或耗尽大地。对大地的拯救并不控制大地，并不征服大地——这还只是无限制地掠夺的一个步骤而已”[15]。“诗意地栖居”即“拯救大地”，摆脱对于大地的征服与控制，使之回归其本己特性，从而使人类美好地生存在大地之上、世界之中。这恰是当代生态美学观的重要指归。在这里需要特别说明的是，海氏的“诗意地栖居”在当时是有着明显的所指性的，那就是指向工业社会之中愈加严重的工具理性控制下的人的“技术的栖居”。在海氏所生活的20世纪前期，资本主义已经进入帝国主义时期。由于工业资本家对于利润的极大追求，对于通过技术获取剩余价值的迷信，因而滥伐自然、破坏资源、侵略弱国成为整个时代的弊病。海氏深深地感受到这一点，将其称作技术对于人类的“促逼”与“暴力”，是一种违背人性的“技术地栖居”。他试图通过审美之途将人类引向“诗意地栖居”。他说：“欧洲的技术——工业的统治区域已经覆盖整个地球。而地球又已然作为行星而被算入宇宙的空间之中，这个宇宙空间被订造为人类有规划的行动空间。诗歌的大地和天空已经消失了。谁人胆敢说何去何从呢？大地和天空、人和神的无限关系被摧毁了。”他针对这种情况说道：“这个问题可以这样来提：作为这一岬角和脑部，欧洲必然首先成为一个傍晚的疆土，而由这个傍晚而来，世界命运的另一个早晨准备着它的升起？”[16]可见，他已经将“诗意地栖居”看作世界命运的另一个早晨的升起。在那种黑暗沉沉的漫漫长夜中这无疑带有乌托邦的性质。但无独有偶，差不多与海氏同时代的英国作家劳伦斯在其著名的小说《查太莱夫人的情人》中通过强烈的对比鞭挞了资本主义社会中极度污染的煤矿与工于算计的矿主，歌颂了生态繁茂的森林与追求自然生活的守林人，表达了追求人与自然协调的“诗意地栖居”的愿望。

四、家园意识

当代生态审美观中“家园意识”的提出首先是因为在现代社会中，由于环境的破坏与精神的紧张，人们普遍产生一种失去家园的茫然之感。诚如海氏所说，“在畏中人觉得‘茫然失其所在’。此在所缘而现身于畏的东西所特有的不确定性在这话里当下表达出来了：无与无何有之乡。但茫然失其所在在这里同时是指不在家”。又说“无家可归是在世的基本方式，虽然这种方式日常被掩盖着”[17]。这就说明，“无家可归”不仅是现代社会人们的特有感受，而且作为此在的基本展开状态的“畏”则具有一种本源的性质，而作为“畏”必有内容的“无家可归”与“茫然失其所在”也就同样具有了本源的性质，可以说是人之为人而与生俱来的。当然，在现代社会各种因素的冲击之下这种“无家可归”之感显得愈加强烈。由此，“家园意识”就成为具有当代色彩的生态美学观的重要范畴。海氏在1943年6月6日为纪念诗人荷尔德林逝世一百周年所作的题为

《返乡——致亲人》的演讲中明确提出了美学中的“家园意识”。因为，他着重评述诗人一首题为《返乡》的诗。他说道：“在这里，‘家园’意指这样一个空间，它赋予人一个处所，人惟有在其中才能有‘在家’之感，因而才能在其命运的本己要素中存在。这一空间乃由完好无损的大地所赠予。大地为民众设置了他们的历史空间。大地朗照着‘家园’。如此这般朗照着的大地，乃是第一个‘家园’天使。”又说“返乡就是返回到本源近旁”[18]。在这里，海氏不仅论述了“家园意识”的本源性特点，而且论述了它是由“大地所赠予”，阐述了“家园意识”与自然生态的天然联系。是的，所谓“家园”就是每个人的休养生息之所，也是自己的祖祖辈辈繁衍生息之地，那里是生我养我之地，那里有自己的血脉与亲人。“家园”是最能牵动一个人的神经情感之地。当代生态美学观将“家园意识”作为重要美学范畴是十分恰当的。当代著名生态哲学家福尔摩斯·罗尔斯顿在伯林特主编的《环境与艺术》的第十章“从美到责任：自然美学和环境伦理”中指出，“当自然离我们更近并且必须在我们所居住的风景上被管理时，我们可能首先会说自然的美丽是一种愉快——仅仅是一种愉快——为了保护它而做出禁令似乎不那么紧急。但是这种心态会随着我们感觉到大地在我们脚下，天空在我们头上，我们在地球的家里而改变。无私并不是自我兴趣，但是那种自我没有被掩盖。而是，自我被赋予形体和体现出来了。这是生态的美学，并且生态是关键的关键，一种在家里的在它自己的世界里的自我。我把我所居住的那处风景定义为我的家。这种兴趣导致我关心它的完整、稳定和美丽”。他又说道：“整个地球，不仅是沼泽地，是一种充满奇异之地，并且我们人类——我们现代人类比以前任何时候更加——把这种庄严放进危险中。没有人……能够在逻辑上或者心理上对它不感兴趣。”[19]在这里，罗尔斯顿更为现代地从“地球是人类的家园”的崭新视角出发，论述了生态美学观的“家园意识”。他认为，人类只有一个地球，地球是人类生存繁衍并有一席之地的处所，只有地球才使人类具有“自我”，因而，保护自己的“家园”，使之具有“完整、稳定和美丽”是人类生存的需要，这就是“生态的美学”。正是因为“家园意识”的本源性，所以它不仅具有极为重要的现代意义和价值，而且成为人类文学艺术千古以来的“母题”。从古希腊《奥德修纪》的漫长返乡之程和中国古代《诗经》的“归乡之诗”，到当代著名的凯利金的萨克斯曲《回家》和中国歌手腾格尔的《天堂》，都是以“家园意识”的抒发而感动了无数的人，而李白的“举头望明月，低头思故乡”更加成为千古传诵的名句。“家园”成为扣动每个人心扉的美学命题。

五、场所意识

如果说“家园意识”是一种宏大的人的存在的本源性意识，那么“场所意识”则与人的具体的生存环境以及人对其的感受息息相关。“场所意识”仍然是海德格尔首次提出的。他说“我们把这个使用具得以相互联属的‘何所往’称为场所”。又说“场所确定上手东西的形形色色的位置，这就构成了周围性质，构成了周围世界的切近照面的存在者环绕我们周围的情况”“这种场所的先行揭示是由因缘整体性参与规定的，而上手的东西之为照面的东西就是向着这个因缘整体性开放的”[20]。在海氏看来，“场所”就是与人的生存密切相关的物品的位置与状况。这其实是一种“上手的东西”的“因缘整体性”。也就是说，在人的日常生活与劳作当中，周围的物品与人发生某种因缘性关系，从而成为“上手的东西”。但“上手”还有一个“称手”与“不称手”以及“好的因缘”与“不好的因缘”这样的问题。例如，人所生活的周围环境的污染、自然的破坏，造成各种有害气体与噪音对于人的侵害，这就是一种极其“不称手”的情形，这种环境物品也是与人“不好的因缘”关系，是一种不利于人生存的“场所”。当代环境美学家伯林特则从人对环境的经验的角度探索了生态美学观之中的“场所意识”问题。他说：“比其他的情景更为强烈的是，通过身体与‘场所’（place）的相互渗透我们成为环境的一部分，环境经验使用了整个的人类感觉系统。因而，我们不仅仅是‘看到’我们活生生的世界；我们步入其中，与之共同活动，对之产生反应。我们把握场所并不仅仅通过色彩、质地和形状，而且还要通过呼吸，通过味道，通过我们的皮肤，通过我们的肌肉活动和骨骼位置，通过风声、水声和交通声。环境的主要的维度——空间、质量、体积和深度——并不是首先和眼睛遭遇，而是先同我们运动和行动的身体相遇。”[21]这是生态美学观的新的美学理念，与传统的审美凭借视觉与听觉等高级器官不同。伯林特认为，当代生态美学观的“场所意识”不仅仅是视觉与听觉意识，而且包括嗅觉、味觉、触觉与运动知觉的意识。他将人的感觉分为视觉、听觉等保持距离的感受器与嗅觉、味觉、触觉与运动知觉等接触的感受器，这两类感受器都在审美中起作用。这不仅是新的发展，而且也符合当代生态美学的实际。从存在论美学的角度，自然环境对人的影响绝对不仅是视听，而且包含嗅味触与运动知觉。不仅噪声与有毒气体会对人造成伤害，而且沙尘暴与沙斯病毒更会侵害人的美好生存。当然，从另外的角度，从更高的精神的层面，城市化的急剧发展，高楼林立，生活节奏的快速，人与人的隔膜，人与自然的远离，居住的逼仄与模式化，人们其实都正在逐步失去自己的真正的美好的生活“场所”。这种生态美学的维度必将成为当代文化建设与城市建设的重要参照。这是一种“以人为本”观念的彰显，诚如伯林特所说“场所感不仅使我们感受到城市的一致性，更在于使我们所生活的区域具有了特殊的意味。这是我们熟悉的地方，这是与我们有关的场所，这里的街道和建筑通过习惯性的联想统一起来，它们很容易被识别，能带给人愉悦的体验，人们对它的记忆中充满了情感。如果我们的临近地区获得同一性并让我们感到具有个性的温馨，它就成了我们归属其中的场所，并让我们感到自在和惬意”[22]。

六、参与美学

这是伯林特明确提出的。他说，“首先，无利害的美学理论对建筑来说是不够的，需要一种我所谓的参与美学”[23]。又说，“因而，美学与环境必须得在一个崭新的、拓展的意义上被思考。在艺术与环境两者当中，作为积极的参与者，我们不再与之分离而是融入其中”[24]。在这里，所谓“参与美学”本来就是当代存在论美学的基本品格。因为，当代存在论美学就是对于传统主客二分美学理论的突破，是通过主体的现象学描述所建立起来的审美经验。当代生态美学观同样如此，它首先是突破了康德的主客二律背反的无利害的静观美学，这种静观美学必然导致人与自然的对立。而当代生态美学观则主张人在自然审美中的主观构成作用，但又不否定自然潜在的美学特性。罗尔斯顿将自然审美归结为两个相关的条件，那就是人的审美能力与自然的审美特性的结合，只有两者的统一，在人的积极参与下自然的审美才成为可能。他说，“有两种审美品质：审美能力，仅仅存在于欣赏者的经验中；审美特性，它客观地存在于自然物体内。美丽的经验在欣赏者的体内产生，但是这种经验具备什么？它具有形式、结构、完整性、次序、竞争力、肌肉力量、持久性、动态、对称性、多样性、统一性、同步性、互依性、受保护的生命、基因编码、再生的能源、起源，等等。这些事件在人们到达以前就在那里，一种创造性的进化和生态系统本性的产物；当我们人类以美学的眼光评价它们时，我们的经验被置于自然属性之上”[25]。他以人们欣赏黑山羚的优美的跳跃为例。他认为，黑山羚由于在长期的进化中获得身体的运动的肌肉力量，因而能够优美地跳跃。但只有在人类的欣赏中，这种跳跃与人的主观审美能力相遇，这才产生了审美的体验。

七、生态批评

1978年，美国文学研究者威廉·鲁克尔特在《衣阿华州评论》1978年冬季号发表了一篇文章，题为“文学与生态学：生态文学批评的实验”，第一次使用了“生态批评”的概念。从此，“生态批评”就成为社会批评、美学批评、精神分析批评与原型批评之后的另外一种极为重要的文学批评形态，成为当代生态美学观的重要组成部分与实践形态，很快成为蓬勃发展的“显学”。“生态批评”首先是一种文化批评，是从生态的特有视角所开展的文学批评，是文学与美学工作者面对日益严重的环境污染将生态责任与文学美学相结合的一种可贵的尝试。鲁克尔特在陈述自己写作此文的原因时说道：“……诗歌的阅读、教学、写作如何才能在生物圈中发挥创造性作用，从而达到清洁生物圈、把生物圈从人类的侵害中拯救出来并使之保持良好状态的目的。同样，我的实验动机也是为了探讨这一问题，这一实验是我作为人类一分子的根本所在。”他面对严重的环境污染向文学和美学工作者大声疾呼“人们必须开始有所作为”[26]。环境美学家伯林特更进一步强调“美学与伦理学的基本联结”[27]。罗尔斯顿则倡导一种“生态圈的美”[28]。有的环境保护就是从审美的需要出发的。罗尔斯顿指出美国的大峡谷的保护就是从其美丽与壮观考虑的，从这个角度说“自然保护的最终历史基础是美学”[29]。但从当代生态美学观来说伦理与美学的统一还是最根本的原则，因为环境对于人类来说并不都是积极的，噪声既是对于人的知觉的干扰，也是对于人的身体健康的危害，因而噪声就既非善的也非美的。由此可见，环境伦理学与美学的统一就是生态批评的最基本的原则。生态批评理论家们相信艺术具有某种能量，能够改变人类，这种能量表现为改变人们的心灵，从而转变他们的态度，使之从破坏自然转向保护自然。弗朗西斯·庞吉在《万物之声》中指出，我们应该拯救自然，“希望寄托在诗歌中，因为世界可以借助诗歌深入地占据人的心灵，致使其近乎失语，随后重新创造语言”[30]。也许，生态批评家们将文学艺术的作用估价得过高了，但通过审美教育转变人们的文化态度，使之逐步做到以审美的态度对待自然，这种可能性还是有的。但愿我们都朝这个方向努力，以图有所收获。

我们正处于一个转型的时代，人类社会正在由工业文明转向生态文明，人类也逐步由人类中心转向环境友好，与之相应的我们时代的美学观念也应有一个转型，当代生态美学观的提出就是这种转型的努力之一。但愿我们的努力能引起更多人的参与，能够对当代美学的发展起到一点点作用。

注释:

① 参见冯契主编《哲学大辞典》(修订版)“范畴”条目，上海辞书出版社 2001 年版。

②⑨ 大卫・雷・格里芬:《后现代精神》，王成兵译，中央编译出版社 1998 年版，第 224 页，第 221—222 页。

③④⑤⑭⑰⑳ 海德格尔:《存在与时间》，陈嘉映、王庆节译，熊伟校，生活・读书・新知三联书店 1987 年版，第 74 页，第 64 页，第 103 页，第 67 页，第 228、331 页，第 128—129 页。

⑥⑦㉖㉚ Cheryll Glotfelty & Harold Fromm(eds.), *The Ecocriticism Reader: Landmarks in Literary Ecology,* Athens Georgia: University of Georgia Press, 1996, p. 38, p. 113, p. 112, p. 105.

⑧ 巴里・康芒纳:《封闭的循环——自然、人和技术》，侯文蕙译，吉林人民出版社 1997 年版，第 7 页。

⑩ 海德格尔:《林中路》，孙周兴译，台北时报文化出版企业股份有限公司 1994 年版，第 29 页。

⑪⑫⑮ 孙周兴选编:《海德格尔选集》，生活・读书・新知三联书店 1996 年版，第 1180 页，第 1172—1173 页，第 1193 页。

⑬⑯⑱ 海德格尔:《荷尔德林诗的阐释》，孙周兴译，商务印书馆 2000 年版，第 107 页，第 218—220 页，第 15、24 页。

⑲㉑㉔㉕㉗㉘㉙ 阿诺德・伯林特主编:《环境与艺术：环境美学的多维视角》，刘悦笛等译，重庆出版社 2007 年版，第 91 页，第 8 页，第 7 页，第 158 页，第 15 页，第 84 页，第 83 页。文中英文“place”译为“处所”，亦可译为“场所”，改为“场所”。

㉒㉓ 阿诺德・伯林特:《环境美学》，张敏、周雨译，湖南科学技术出版社 2006 年版，第 66 页，第 134 页。

（2007 年第 4 期）

Modern：一个戴着面具的观念

范景中

一

在讨论“中国美术的现代转型”这个话题时，几乎绕不开“现代”一词。大家花了不少气力讨论“现代”的定义，这使我想起威廉斯（R. Williams）的《关键词：文化与社会之词》(1976）对它的简单解释：“modern”这个词可以通过法文“moderne”和后期拉丁文的“modenus”，一直追溯到早期的“modo”，意指“此刻”；15世纪起，用它来和古代对比，当中夹着的时期即“medieval”；16世纪，此意广泛传播；17世纪和18世纪又出现了“modernism”“modernist”与“modernity”，但往往带有贬义；到了19世纪，由于现代主义运动它才被褒扬起来。

我们看到，“modern”这个词，或这个观念，它的含义是演变的，随时都会被换上不同的内容，它本身不过是个面具而已。不过，没有这副面具，也许它就无法登台出演。可要硬给它下个定义，势必就导致无穷后退，这不仅理论上行不通，实践上也做不到。讨论“modern”定义的论著堆积如山，遗憾的是，学术界却没有一个委员会能制定法律，规定这个词或这个观念的精致定义。

在人文科学（而不是在数学或逻辑学），我们需要大量未经定义的词语，它的意义只能在使用中大致固定，因而这些词语的意义是可变的。而且，一种定义只能是把已定义词的意义还原为未定义词的意义，所以所有概念包括已定义词在内，其意义就都是可变的。既然如此，我们为什么非要强求定义呢？波普尔答道：

> 那是一种可从洛克一直回溯到亚里士多德的本质主义的古老传统，以及它所带来的信念——一个人如果不能解释他所使用的一个词意味着什么，那就说明“他没有给它任何意义”（维特根斯坦），因而，他一直在乱说。[①]

实际上，不要说给“modern”下定义，就连艺术史家要给“modernism”下定义都感到困难重重，克拉克（T. J. Clark）把它追到19世纪40年代的先锋派，卡威尔（Stanley Cavell）则追到浪漫主义，罗森布拉姆（Robert Roseblum）和弗里德（Michael Fried）甚至上溯到18世纪，而米歇尔（W. J. T. Mitchell）又一下子回到1900年前后的抽象绘画。

因此，我的第一点看法是，不要争论概念或词语问题，概念也像人一样，是戴着面具的，不过，面具后面，不是本质，而是一个不断变化的历史。

二

包华石（Martin J. Powers）在他的精彩报告《中国，罗杰·弗莱，以及现代主义的文化政治》中，开篇就从现代化的国际视野讨论了中国园林在18世纪给英国的影响，而中国园林在那时的英国人眼里，恰恰正是现代性的。这提醒我们，谈论现代性，不要只从西方对东方冲击的眼光落笔，文明从来都是互相影响、互相渗透的。

西方历史的“modern”，公认从文艺复兴开始，促成文艺复兴的因素多种多样，有大有小，有一种则极为重要，那就是纸张和印刷的传入，它对西方社会的影响，费夫尔（Lucien Febvre）的《书籍的出现》（*L'apparition du Livre*，1958）有详尽的论述，他在序言中写道：

> 同属15世纪人类的工具，火器与带有和平色彩的印刷机器，蔚为对比。往后推演数十年，人类对世界的地理认识才扩张；1492年起，伟大的海上探险，带领欧洲人一窥过往不曾发现的辽阔大陆，而在那之前，13世纪阿奎那时代所知的世界范围，并不比2世纪的托勒密大上多少。印刷成果的滥觞，不仅早过地理大发现，也早过地动说的提出。前者积极地发展成全新的空间认知，营造出一种饶富系统的观点，迎合了西方人近五百年的扩张需求；后者则由波罗的海沿岸一位精通天文学的修士推算而得，为往后数个世纪里令人类早期世界观自惭形秽的种种发现开启先河。就这样，印刷术在当时林林总总的根本变化里，扮演了它的角色。[②]

这段论述的是现代文明开端印刷术的影响，这种影响的后果，就是我们现在所看到的景观，即我们的现代社会。而中国的文明在塑造这种现代社会中起过无法估量的作用，甚至连文艺复兴时期的人也发现，他们有点儿像是生活在东方文明影响的时代，虽说是复兴古代，其实他们并不是生活在再生的古典文化之中，正如贡布里希所说：

> 为什么不是？因为当时出现了一些突破性的发明。有真正突破意义的发明之一当然是火药，它改变了作战的性质。另一项发明是印刷，它改变了信息交流，而罗盘的发明则改变了航海的可能性。所有这一切促使人们思索，他们是否只是在恢复古典文化，或者，是否一个全新的时代正在到来或正发出黎明的曙光。
>
> 有趣的是，把古典文化时代与随后的时代或现代区分开的这些发现大多从东方，主要从中国，传入西方。航海罗盘肯定是如此，火药也几乎可以肯定是这样。在西方人知道印刷术以前，中国人早就在使用它了。因而，从某种意义上说，把新时代与旧时代区分开的想法，希望恢复一个更好的未来而不只是恢复丧失的价值观的想法，换言之，进步的观念，部分来源于文化冲突，来源于传入世界各地并到达西方的新观念或新发明。③

这些新发明都被那一时期的画家，也是瓦萨里的学生和助手斯特拉达（Johannes Stradanus, 1523—1605）载入他的版画集《新发明》（*Nova Reperta*）之中，不但有火药、罗盘、印刷术，还有丝绸和马镫。

一百多年以后，甚至在西方兴起了一股中国风，其成了浪漫主义产生的一个根源，这已为不少著作所论述，例如昂纳（Hugh Honour）的《中国风》（*Chinoiserie：The Vision of Cathay*，1961）、科奈尔（Patrick Conner）的《西方的东方式建筑》（*Oriental Architecture in the West*，1979），此处无须赘笔。

19 世纪出现的现代社会的一个重要产物，即大博览会，它的目的之一就是要考察世界的工艺美术。1851 年大博览会的组织者之一、建筑家威特（Matthew Digby Wyatt）看了水晶宫的盛大展览后反思道：从设计的连贯性看，我们发现那些一向被我们视作野蛮人的设计要远胜我们，让我们大为惊讶。这是一个起点，从此，西方以外的各种装饰设计都向这些工业化的社会涌来。

1856 年著名的装饰家琼斯（Owen Jones）出版了《装饰法则》（*The Grammar of Ornament*），这部巨著的第一个例证是新西兰一个部落的花纹头像。1862 年韦林

（J. B. Waring）出版了手工艺用品目录，赞扬了中非和南非的草编图案。1879年莫里斯（William Morris）感慨道：三十年前有人赞赏印度的器皿，恢复民间艺术品的生产，如今，这类东西不出高价已无法购得。接着就是更为人知的“日本风”（Japanism）时代，西方的画家如马奈、惠斯勒、凡高和新艺术运动的设计家都卷入了日本热。

在东方国家一心向西方国家看齐、向着现代化迅跑的年月，西方国家，至少它的艺术、它的设计也想投入我们的怀抱，这是我的第二点看法。文化冲突，不像战争冲突，它们激励人的思想的方式极其复杂，它的后果也要拉开距离才能看清。我们在文化冲突中要胸襟博大，才能珍惜那些用鲜血换回的智慧，我无法在此长篇表达这些想法，但为了把它表达得宏观些，此处引用王国维《国学丛刊序》中的一段话：

> 何以言学无中西也？世界学问，不出科学、史学、文学。故中国之学，西国类皆有之。西国之学，我国亦类皆有之。所异者，广狭疏密耳。即从俗说，而姑存中学西学之名，则夫虑西学之盛之妨中学，与虑中学之盛之妨西学者，均不根之说也。中国今日，实无学之患，而非中学西学偏重之患。京师号学问渊薮，而通达诚笃之旧学家，屈十指以计之，不能满也。其治西学者，不过为羔雁禽犊之资，其能贯串精博，终身以之如旧学家者，更难举其一二。风会否塞，习尚荒落，非一日矣。余谓中西二学，盛则俱盛，衰则俱衰。风气即开，互相推助。且居今日之世，讲今日之学，未有西学不兴，而中学能兴者；亦未有中学不兴，而西学能兴者。特余所谓中学，非世之君子所谓中学；所谓西学，非今日学校所授之西学而已。治《毛诗》《尔雅》者，不能不通天文博物诸学；而治博物学者，苟质以《诗》《骚》草木之名状而不知焉，则于此学固未为善。必如西人之推算日食，证梁虞劆、唐一行之说，以明《竹书纪年》之非伪，由《大唐西域记》以发见释迦之支墓，斯为得矣。故一学既兴，他学自从之，此由学问之事，本无中西，彼鳃鳃焉虑二者之不能并立者，真不知世间有学问事者矣。

三

潘公凯提出的中国美术的现代主义纲领在他的文章中用图表作了概括。很多学者对这个纲领提出质疑，或指陈得失，或补罅纰漏。但我总有一种感觉，如果我们只在词语的意义上纠缠，可能会忽略这个纲领想解决的更重要问题。古人讲“得意忘言”，西人讲“supersign”，如果我们把潘公凯主持的几次研讨会、出版的书籍和这次的展览合为一体来看，或许能瞥见一些隐藏在词语面具后面的意思，而也许那才体现了他的抱负。下面就是我的一些臆测。

首先，潘公凯对观念的力量有深刻的感知。20世纪关于美术的理论多得肯定超过了以往两千年的总和。在中国，从20世纪80年代以来，美术理论的活跃性大概超过了其他任何学科，是最时尚、最惊奇、最花样翻新的领域，五彩缤纷得令人目不暇接。不过，他却用一个最常见、最普通、最平凡的词“modern”来包容这些理论，的确是一种智慧的选择，因为它确实有力量，胜过其他词语的概括。一个词一旦越过了它寻常的地位霍然卓立起来，它就像原子裂变一样势不可当，我们这次讨论所说的“话语”即是一例。作为一个研究者，潘公凯正是充分发挥了观念的力量：以西人的观念立中国人的脊梁。这也许是一种策略，然而纯粹的理论家是冥想不出来的。

“四大主义”的提出也是循此而出。用西方主义、融合主义、大众主义和传统主义去统摄20世纪的丰富艺术实践，若考证事实，比核史乘，的确有过度简化、削足适履之虞。但若求之言外，论者想力挽传统画于颓靡的抱负就不难想见：在所谓的美术的现代转型中，恐怕危机感最重的就是传统绘画了。一个意志坚定、品味纯正的人例如吴湖帆，可以根本不去理会“现代性”，但这样的画家寥若晨星，连张大千也不得不用泼彩去寻求新意，自我作古，这就说明了传统派画家面临的压力之重。为了使传统绘画卸去心头的巨石，理直气壮地作画，不必再被现代社会的不祥眼光看来看去，也许，潘公凯用“传统主义”告诉他们，你们就是“现代主义”的一部分，无须多虑，放笔去画吧，不仅是最宽慰他们的解救之道，也一石双鸟地在民族主义感情和融入世界文化的愿望之间架起了桥梁。否则，除非整个社会去改变规则。

其次，潘公凯曾为中国美术学院的院长，他自然感受过浓郁的现代艺术气氛，赴京主持中央美术学院，他又在文化政治问题上覃思极虑，他的理论，也许就是把两院的精粹熔铸起来，以一种口号式的语言来震荡人心，从而书写一段历史，推动中国画的发展。如果我说他赞赏的不是小溪小涧，“尽管溪涧也很明媚而且有用，而是赞赏尼罗河、多瑙河、莱茵河，尤其是海洋”，这也绝不是溢美，而是想凸显他的抱负。

也许他的绘画可以作为他抱负的一个例证，在这一次他的画展的简帖上，我们读到作者的自述：

> 我自己的画，既要把笔墨改造成大笔大墨，又要使改造后的笔墨与原有的传统价值评价标准对接得上，这个传统价值评价标准就是格调。

在展厅里，我们看到的确实就是画家的大笔大墨，前不久我在天津博物馆看八大的《河上花》，好像那时的兴奋心情还未飘逝，就迎来了其后继者的一幅更宏大的巨作。这是一幅题为《野水空山图》的长卷，占满了整整一座大厅，尺寸已很难度量。题材是传统的松竹梅和作者珍爱的荷花，装裱的形式也看似传统，然而却完全按照现代的展览要求给予改造，感官上也不以精微韵味动人，而是强调视觉的震撼。画面上浓淡的墨色相叠，从下层到上层互相渗透，在某些地方，淡如秋水，飘出轻盈之意，在另一些地方又苍老如铁，夹有风樯阵马之声。作者向以构图取胜，在这里，我们只能不断地调整自己：这些看似简单的形象都成了让人心胸崇高的不可或缺的因素，我想这就是作者所谓的格调，一种大气得令人惊绝的格调。

水天中在本次讨论会上说："潘公凯的画面布局和笔墨效果，在前辈艺术家的基础上有所发展，他是在理解西方绘画之后开始传统画法研习的，这让他在'回归传统'时具有一种时空距离感和高屋建瓴的形式自觉。"

我同意这一看法。潘公凯提供了一种传统水墨向现代转型的样板，他想以此样板为起点，重建一种艺术的评价准则，这种准则不只想与西方现代艺术抗衡，而且想让西方也接受这种准则。也许有一天，他突然拿出一件让西方人也惊讶不已的现代巨作来，也未可知。这是一种文艺复兴人的抱负，既然那一时代中国深刻地影响了世界文明，难道现在就不能再重演一次吗？一位历史学家说，历史总是不断地重复自己。历史也是戴着面具的，只不过，这次应由我们来打扮。

注释：

---

① 波普尔：《猜想与反驳：科学知识的增长》，傅季重等译，中国美术学院出版社 2003 年版，第 356 页。

② 英译本名 *The Coming of the Book: The Impact of Printing 1450–1800* (London, 1997, p. 10)；此处用李鸿志先生译文，谨致谢意。

③ 贡布里希：《文艺复兴：西方艺术的伟大时代》，李本正、范景中编选，中国美术学院出版社 2000 年版，第 6 页。

（2007 年第 4 期）

恒定性与变化性

——关于艺术现代性的思考

邵大箴

从美术史的角度观察，美术的形态有恒定的一面，也有变化的一面，这就是所谓恒定性和变化性。前者，就是在各个时代它都有一以贯之的面貌、样态，以及体现出来的一种基本精神，这些面貌、样态和基本精神，不以时代的变迁而发生根本变化；而后者，就是指它受时代政治、经济、意识形态和科学技术进步的影响，在形式和内容上必然发生这样或那样的变异而刻上时代的印记。这两个方面都是我们在研究美术史时所必须注意的，否则我们对各个历史时期美术史的认识和把握便不够全面，可能只注意到它的稳定性而忽略它微妙的变化，或只关注它的变异而看不到它不变的方面。就中国美术来说，当代的绘画、雕塑与过去几千年这类艺术的精神内涵不仅有一脉相承的联系，而且它们的基本形态也没有发生根本的变化。只是在历代发展过程中，新的作品不断采用一些新的材质和制作方法，采用一些新的形式因素，体现出一些新的观念。

表现在艺术作品中的人的思想感情，离不开人性的基本属性。正是人性的深邃和丰富，决定了艺术作品中所体现的人的感情的微妙与多彩。这就是艺术品能穿越历史为人们所认识和理解的原因。任何艺术家，不论他的个性如何强烈、如何受所处时代的影响，他的作品绝不可能离开人性的普遍性而独立存在。这样说来，人性的普遍性像一条割不断的线索，贯穿于整个人类艺术史，或明或暗地存在于艺术作品之中。而人性的普遍性在各个时代的延续便是我们通常说的“继承性”。这种继承性是相当稳定的，在艺术中不仅表现于内容，也表现于传达内容的方式即我们通常说的形式技巧。

对此，一般来说不会有人反对，但可能也会引出异议的是：以工业和科技文明为标志的现代社会的变革速度与幅度之大，远非农耕社会各历史阶段的变化所能比拟。在千年农耕社会的变迁中，人们的思维方式、思想感情的变化可能是局部和不明显的，而步入工业社会之后，人性变异和被扭曲，今日之人已非昔日之人，人性的延续和继承性会被打上一个大问号。与此相应的是，表达思想感情的方式也同样会发生激烈的变革。

那么，“恒定性”还是继续有效的吗？

对这个问题的回答应该是肯定的。

现代社会的艺术仍然具有稳定性和变化性的双重特点。不过这两者的表现形式有别于过去的历史时期，其稳定性由显现的形式转为隐在的形式，而变化性往往成为主要趋势。社会经济和物质文化发生急速的变革，人们的心理状态受其影响而求新求变，艺术家也希望自己的创造与迅捷变化的时代同步。只是传统艺术的力量仍然在暗暗地发挥作用，在制约着求新求变的步伐。一方面传统艺术以“旧”的形态仍然存在于艺坛，另一方面传统艺术的一些因素会渗透到“新”的艺术形式之中。更值得注意的是，变化迅猛的“新”艺术常常会因其过分激进的步伐而受阻，受到社会大众的质疑，这时传统艺术会显示其优势而获得新的伸展空间。举例说，欧洲艺术从 1905 年到 1916 年这一阶段经历了表现主义、立体主义、未来主义以至达达主义等思潮，而在这之后出现以毕加索为代表的“新古典主义”，实际上是吸收了前卫革新精神之后对古典的回归，是“以古求新”的一种努力。再看当代中国美术的情况：“五四”前后，中国艺术吸收西洋古典艺术技巧以推进变革，对传统文人画有所贬抑，文人画一时处于劣势，但当中国画因吸收西洋写实技巧一时难以消化而面对尴尬状态时，“复归”文人画的思潮便悄然兴起。同样的情况也见于 20 世纪 80 年代，“八五新潮”引进西方现代艺术观念而喧嚣一时，但在其过分激进的形式受到人们的怀疑之后，油画中的新古典画风和水墨中的新文人画思潮便应运而生，并不断扩展自己的生存空间。值得注意的是，这些“复归”思潮本身也在新潮艺术的冲击之下受到洗礼，也在发生着微妙变化，它在强调自身固有特质的同时，也在某些方面悄悄地吸收了新艺术的成果。

对于美术中维护传统的“守成派”，人们常常将其视为“往后看”和缺乏时代精神、远离现代社会的保守思潮，而把那些主张叛离传统的流派视为有现代精神的艺术。在西方，早在一百多年前就出现了“modernism”（现代主义）和“modernity”（现代性）这些术语和名词，用来表示或称谓那些主张求新求变的思潮、流派和创造形态。“现代性”这个词语传到中国，便有一些批评家用它作为一个标尺来衡量当前产生在中国的艺术现象。于是凡在中国产生的接近西方现代主义艺术的作品形态便具有了现代性，否则与现代性无缘。在这里，艺术中的“变化性”是绝对唯一的标准，守成性、稳定性被认为是“现代性”的反面。由此，便产生了一个问题：我们怎样理解“现代性”这个概念？要不要根据我们的认识赋予它新的内容？当然我们的认识不应该出自主观臆想和判断，而应该来自我们对国内外林林总总现代艺术（不只是现代主义的艺术）的考察与研究，包括分析“现代性”这个概念产生之后它在西方人认识中发生的变化。

19 世纪末 20 世纪初以来西方在艺术中反复论述的“现代性”，主要是指艺术的现代形态，艺术的现代形态这个问题的提出，是基于物质生活的现代化，社会组织结构和文化的现代化，以及随之出现的与其相适应的艺术上的现代主义。这种现代性包括精神的和形式的。在现代主义阶段关于现代性的理论主要可以归结为三点：（一）“传统”之后的秩序，工业化时代，资本主义的商品生产体系（吉斯登）；（二）新的社会知识和时代，新的模式与标准，中心是个人自由（哈贝马斯）；（三）不是时间的概念，而是一种态度，一种社会的精神气质（福柯）。

强调“现代性”要与新的生产力相联系，要表现出一种新的时代气质，要充分发挥人的个性自由，对我们创造现代艺术是有启发的。不过，在西方现代主义阶段，“现代性”一度成为一种标准，成为一种价值观念，似乎包括文学艺术在内的一切创造只能有现代主义即前卫的标准，否则都不是现代的，都应该被淘汰。这种极端理论在后现代主义阶段受到质疑与批判，认为现代性以人为中心，是理性对非理性的压迫，是单极思维、单一目标，是排斥异端。后现代的理论家们提倡新的思维方式、新的价值观，提倡多元化，提倡与数学、自然科学相对立的、有人文思维的逻辑。

西方现代主义理论张扬现代性，后现代主义理论质疑现代性和提倡多元化，都给我们全面思考现代性许多启发。

我想我们无法回避现代性这一问题，但必须明确中国需要的是什么样的现代性。西方关于现代性的理论以及在实践中的探索，对我们无疑有参考的价值，但我们不能照搬西方现代性的标准，何况西方知识界在这个问题上也没有统一的认识。它是与现代社会物质环境相适应的一种精神追求、一种艺术的审美追求。对各民族来说，它既有共同的一面，也有差异的一面，没有什么统一的国际标准。我们在研究包括西方经济发达国家在内的各国对社会和文化艺术“现代性”有关认识的同时，必须从中国实际出发阐发现代性的理论。除了作为推动现代性产生的客观环境（现代化生产、信息化）和给个人提供充足的自由创造精神外，还必须考虑到中国的文化背景、20 世纪中国走过的道路、中国社会的现实状况等因素。

中国有悠久的、持续数千年的传统文化，长期以来中国艺术变革的方式是渐变和缓进的。当受到侵略而几乎沦为殖民地时，中国人试图从西方的民主和科学中寻找拯救国家的方法，在艺术上，则试图从西方的写实艺术中探寻改进萎靡不振的文人画的方法，以使其与现实相结合。一时间，写实的油画成为摩登的形式，中国画也追随着写实的形式，似乎只有写实的画才是现代的。这当然遭到对传统写意文人画有研究的学者和专家的抵制和反对。一部 20 世纪中国画史，基本上贯穿着传统派与中西融合派之间的争论，结果是两派都取得了丰硕的成果。只要把吴昌硕、齐白石、黄宾虹、潘天寿等坚持传统路线艺术家的作品和他们前辈的作品做比较，就不难看出它们绝不是传统的重复而刻有时代的印记。坚持“以西润中”路线的融合派大师如徐悲鸿、蒋兆和等人的作品在努力反映现实的同时，也不断从传统艺术中吸取可用的资源，使自己的创造越来越具有民族的气派。当然，在这两派之间有广阔的中间地带，很多艺术家徘徊在两条路线之间，他们的艺术创造也同样具有现实精神，具有现代性。至于稍后在中国出现的“前卫艺术”，在其开始阶段很大程度上是出自对西方现代主义艺术观念和样式的模仿，表面上看很有“现代意识”，很有“现代性”，但是它在精神气质上却距离中国现实很远。这种“前卫艺术”只有扎根于中国土壤，反映中国当代人的感情，适当吸收本土营养，方能有真正的“现代性”。20 世纪中国艺术的发展充分说明，艺术中的现代性并不等于是只追求形式的变化，只追求表现语言的新，也不意味着要抛弃传统，抛弃艺术中那些珍贵的恒定性的因素，如属于内容范畴的人性、爱、和谐等，属于形式范畴的经过历史冶炼的表现语言。新，关键在于作品有时代的感觉和气度，有新的意义。

如果同意上面的分析，那么在艺术理论和实践中必须坚持这样一个基本观念，即传统与现代并非是两相对立、水火不相容的，传统艺术在内容中含有的基本人性、人情和对真善美的追求，具有持久的价值，在形式上的创造也有永恒的意义并会随着时代的变迁不断有所变革以适应新时代的审美需求。与传统艺术不同的新艺术形式、样式，它之所以可能脱颖而出，无非或是受现代生活、现代科技的推动，或是受非正统艺术（如民间艺术）的影响，或是受其他民族文化艺术的刺激。新的艺术形式、样式刚刚出现时，有时会打着反传统的旗号，但是它要扩大自己的空间，必然要悄悄地从传统艺术中吸收养料。显而易见，“现代性”不仅存在于与传统形态不同的新的艺术门类、形式和样式中，也同样可见于悄悄发生了变化的传统艺术门类、形式和样式中。它们相互竞争又相互激荡，使艺坛呈现无限风采。

写到这里，我深深地感到，今天我们说的“现代性”或可看作当今社会的时代性，历史上每个时代的人们都要求艺术和时代合拍，反映时代的精神。只是人类进入工业化、后工业化时代之后，时代变化的节奏加速，人的异化进程也随之变快，艺术语言发生激烈的变革在所难免。在这些新出现的艺术中不乏严肃的现代艺术创造，但鱼目混珠的现象也屡见不鲜。更有甚者，有些标榜自己是现代艺术家的人还以“现代性”的名目排斥异己，造成一种假象，似乎只有他们的作为才是现代的。在这种情况下，我们只有认真学习和研究历史，包括现代艺术史，研究艺术创造原理，自觉地遵循艺术创造规律，才能为真正有创新意义艺术的出现贡献自己的力量。

（2007年第4期）

中国古典小说人物描写对形神关系的处理

周先慎

一、传神与形神关系

一切艺术，不论是创作还是欣赏，都绕不开一个根本问题：生活与创作的关系。艺术来源于生活，但比生活更高、更典型、更美。作品不能跟生活一模一样，一模一样不是艺术；但作品也不能完全不像生活，完全不像生活也不是艺术。艺术只是酷似生活，不是照相，也不是对生活的翻版。艺术之于生活，在似与不似之间。为了很好地掌握这个度，创造出酷似生活而又比实际生活更高、更美的艺术形象，中国传统的诗画艺术在处理生活与艺术的关系上积累了丰富的经验，传神理论就是其中的精华部分。受到传统诗画艺术的影响，中国古典小说在塑造人物时也讲究传神，而且对形神关系的处理也是非常灵活的。这是中国古典小说一个突出的审美特征。

艺术表现中的传神问题，最早是从绘画中提出的。东晋画家顾恺之提出“以形写神”和“迁想妙得”的理论，对后世产生了巨大的影响。《世说新语·巧艺》篇中记载了几则他作画的故事，包含了深刻的美学的道理。其中的两则最为著名，影响也最大。其一：“顾长康画人，或数年不点目精。人问其故，顾曰：‘四体妍蚩，本无关于妙处；传神写照，正在阿堵中。’”“阿堵”是六朝时人的口语，即“这个”的意思，这里指的是眼睛。其二：“顾长康画裴叔则，颊上益三毛。人问其故，顾曰：‘裴楷俊朗有识具，正此是其识具。’看画者寻之，定觉益三毛如有神明，殊胜未安时。”① 这两则故事说明了两层意思：第一，好的绘画必须要传神，而传神则要借助于形来实现，这就是以形写神。故事中的眼睛和颊上的三毛，就是用来传神的形；所谓“妙处”“俊朗”“神明”，就是指人的内在精神。第二，用来传神的形是多种多样的，可以是人的眼睛，也可以是颊上的三毛，因人而异，各有特点。

宋代的苏轼，是诗人而兼画家，对于诗画中的传神问题，有很深切的体验，也有不少精辟的理论概括。他在一首诗中说：“论画以形似，见与儿童邻。赋诗必此诗，定知非诗人。诗画本一律，天工与清新。”② 不论诗歌还是绘画，在艺术上都既要求真实自然（天工），又要求气韵生动（清新），只有这样才能以形写神，达到形神的一致。

为了追求传神，就必须处理好形神关系。从中国古典诗画创作和小说创作的艺术实践来看，对“形”和“神”的理解，不同的层面有不同的内涵。就“形”来说，第一个层面指的是人物的形貌或形体动作的外在表现；第二个层面指的是生活的形态，包括人物的言语、行动、人与人之间的关系，乃至人物所生活的环境等等。就“神”来说，第一个层面指的是人物内在的精神风貌；第二个层面指的是人物内在精神更丰富具体的内容，包括性格特点、思想感情、情趣格调、理想追求等等，甚至还可以扩大到与这些内容相关联的生活的本质方面。也就是说，在具体作品中，“神”的内涵非常丰富，可以是人物的“神”，也可以是由人物的“神”扩大和提升到生活的“神”。再进一步，我们对“神”的理解，还不能脱离顾恺之与“以形写神”同时提出的“迁想妙得”的理论。所谓“迁想妙得”，是指画家在作画的时候，通过艺术想象，将自己的思想感情融入所描绘的客观对象中去，在物我交融的状态中，捕捉到并传达出艺术形象的“神”。这是一种艺术生成的条件，也是一种艺术生成的过程。在这种情况下，画家所传的“神”，也就自然地包含了两个方面，既有他所描绘的客观对象本身具有的“神”，也有艺术家本人在把握对象时所融入的自己的“神”。这个“神”的内容也非常丰富，可以包括艺术家的思想性格、爱憎感情、理想情趣等等。这时候所传的“神”，已达到了主观与客观的融合，进入一种更高的艺术境界。当然，这种情况，作为再现艺术的小说与作为表现艺术的诗画，在程度和表现形态上还是有区别的。诗画艺术重抒情写意，诗人和画家主观的“神”，可以表现得非常鲜明、强烈，以至于可能突破常见的生活形态，产生像王维的“雪里芭蕉”那样的作品（《袁安卧雪图》）。但在小说创作中，一般是以生活本来的形态再现生活，作家的思想感情比较隐蔽，大都蕴藏在或者说是寄寓在他所创造的艺术形象之中，突破生活常态的情况也有，但相对于诗画艺术较为少见。

中国古典小说人物描写对形神关系的处理，“以形写神”是常用的方式，“遗貌得神”是对“以形写神”的灵活运用。

二、以形写神

先说第一个层面上的“以形写神”。

我们常常看到的是，作者对他喜爱和歌颂的人物，一般的情况总是将他的外貌写得很美，形体写得很高大，以此来表现这个人物动人的精神风采。例如《三国演义》中写关羽温酒斩华雄，在华雄和关羽出场时，分别对两人的外貌有一段对比性的描写，十分简要却非常精彩。对华雄的描写是："其人身长九尺，虎体狼腰，豹头猿臂。"对关羽的描写是："见其人身长九尺，髯长二尺；丹凤眼，卧蚕眉；面如重枣，声如巨钟，立于帐前。"两人一般高的个子，关羽却比他显得英俊威武，一个在高大中见豪爽，一个在高大中见猥陋。这样的外形描写，不仅表现了人物不同的精神风貌，而且也表现了作者对人物的爱憎感情。但这样的以形写神还是比较简单、比较浅层次的。

有时候小说并没有直接写人物的外貌，但读者却可以从他的形体动作中想象出他美的容貌，进而再想象出他美的风神。《聊斋志异》中的许多作品写那些形神皆美的花妖狐魅，就常采用这种写法。如写一对鬼男鬼女恋爱的《晚霞》，作者为歌颂美的爱情，就将鬼女晚霞写得非常漂亮，但并不是一开始就写她长得很美，而是从她的舞姿来表现的："内一女郎，年十四五以来，振袖倾鬟，作散花舞：翩翩翔起，衿袖袜履间，皆出五色花朵，随风扬下，飘泊满庭。"这里只是写花，写舞，可是，我们从她风姿绰约、缥缈灵动的舞姿中，却能想象出她动人的姿容和她对美的追求。

第二个层面的"以形写神"，内容就要丰富复杂得多。小说通过对人物的活动，包括言语、行为、人物关系等等多种生活形态的描写，更深入地写出人物的精神面貌和思想性格，并由此而揭示出丰富的社会内容。《儒林外史》的作者通过对人物言语行动的逼真描绘，不仅使人物的声容神态跃然纸上，而且还将他们的内心世界毫无讳饰地展示在读者的面前。对范进，作者从他辛酸悲苦的命运来写他卑怯屈辱的性格，全是通过他自己的言语行为来表现的。看那中举的捷报传来，他正在集上卖鸡，众邻居找来向他贺喜，小说是这样写的："范进道是哄他，只装不听见，低着头，往前走。"在证实真的中了举，高兴得发疯，又被胡屠户一个巴掌救醒以后，他对那个取他为第一的周学道十分感恩戴德。小说这样写他给周学道送行："学道轿子，一拥而去。范进立着，直望见门枪影子抹过前山，看不见了，才回到下处。"简单的几笔，就从范进恭谨的行为和神态中，揭示出他对周进感恩戴德的心情，并进而将两个人物在特定时代条件下的特殊关系，传神入妙地表现了出来。

对范进的丈人胡屠户，在范进中举以前，写他教训范进，把范进骂得狗血喷头。而在范进中举以后，一下子就把范进看作天上下凡的"文曲星"，在他面前变得低声下气，毕恭毕敬，连称呼也由"现世宝穷鬼"改为"贤婿老爷"了。最妙的是，在从集上回家的路上，胡屠户“见女婿衣裳后襟滚皱了许多，一路上低着头替他扯了几十回”。写他前后两次给范进贺喜，也是能让读者洞见人物心肝的传神笔墨。第一次贺喜，是范进考取秀才，他拿着“一副大肠和一瓶酒”，到了便对范进兜头一顿痛骂训斥，随后是自己将带来的一副大肠和一瓶酒吃得精光，便“横披了衣服，腆着肚子去了”。第二次贺喜，是范进中了举人，他“提着七八斤肉，四五千钱”，后面还“跟着一个烧汤的二汉”，在说尽了讨好奉承的甜言蜜语，得到了六两雪白的赏银之后，“千恩万谢，低着头，笑迷迷的去了”。同为屠户身份，同为贺喜，但那礼品的规格和送礼时人物的态度，却因为秀才、举人之别而迥不相同。

这里小说写范进的卑怯和胡屠户的势利，没有一句抽象的说明，没有“卑怯”和“势利”这几个字，全凭人物自身的言语行动，就栩栩如生地跃然纸上了。而人物的这种卑怯和势利，又包含着丰富深刻的社会内容，让我们看到了科举考试制度所造成的社会上的功名富贵热，竟使得人物的灵魂产生了这样的扭曲。这就是《儒林外史》追魂摄魄、剔肤见骨的传神之笔。这样的以形写神，就达到了相当的思想深度。正是从这样的艺术描写中，我们看到了作者的爱憎感情，看到了他对科举考试制度的深刻批判。

《儒林外史》中一些带讽刺性的夸张笔墨，虽然不是生活中的正常形态，但也是写实的，同样能以形写神，达到传神的目的。如上文提到的对范进中举发疯的描写就是一个典型的例子。由于范进在科举考试的道路上无数次的失败，经历了长期的辛酸悲苦，中举的消息传来，这从天而降的大喜就变成了一种巨大的冲击力量，使他本来就已经衰老、变得非常脆弱的心灵，承受不住这么强大的刺激，于是就发了疯。由于作者是从人物几十年的辛酸悲苦来写这极度欢乐兴奋的一瞬，这就非常真实、也非常深刻地揭示出范进那个在科举考试制度的长期毒害之下，值得人们哀怜同情的空虚苍白的灵魂。类似的还有第五回、第六回里写严监生在临终前伸出两个手指头，因为油灯里有两根灯草太费油而久久不肯断气的描写，也是用夸张的手法，写到了人物的灵魂里去的笔墨。

与纯写实的《儒林外史》不同，以用幻笔描写花妖狐魅为特色的《聊斋志异》，在以形写神方面，就表现得比较空灵和充满诗意。前面讲第一个层面的“以形写神”，我们提到的《晚霞》就已经显示了这样的特色。在第二个层面上，我们可以举出另一篇代表作《婴宁》。在这一篇中，蒲松龄通过诗化的环境描写和对人物言行的刻画，创造出一种浓厚的充满诗意的艺术氛围。人物内在的气质和思想感情，就都洋溢在这精心营造出的艺术氛围之中。小说塑造了一个在蒲松龄的时代可以称作独异特出的全新的妇女形象，她天真、爽朗、纯洁、娇憨、自由无拘，不仅不受封建礼教的束缚，而且纯真的自然本性也没有被浑浊的尘世生活所污染。这个超尘拔俗的女性形象，显然熔铸进了作者蒲松龄的生活理想和美学理想。在表现这个形象内在的精神气韵方面，小说诗化的环境描写和对人物言行的着意渲染，达到了以形写神的极致。在小说的情节发展中，作者不断地以笑和花来作烘托映衬，她在不同情境下有不同的笑态和不同的爱花的动作，与人物天真娇憨的性格融为一体，使这个带有幻想色彩的人物形象，形神兼备地活跃在我们的眼前。读完后掩卷沉思，这才发现，原来充溢全篇的诗意和美感，就来自含蕴其中的女主人公的内在风神。

三、遗貌得神

前面所引的两则顾恺之作画的故事，除了说明作画要追求传神，并且以形写神外，还给了我们另一方面的启示。“点睛”“添毛”，都是往上加东西。为什么要往上加呢？因为这是能够传神的最要紧的地方。那么，一些不重要的、不能传神的地方，可不可以省略或者削减呢？ 当然可以。这就牵涉艺术表现中“略貌取神”或“遗貌得神”的问题了。

古今的作家、艺术家在这方面都有一些深切的体验和总结。苏轼论画，认为传神不必“举体皆似”，而只要“得其意思所在”，即抓住并画出最能表现对象精神特征的部位就可以了。他说：“凡人意思，各有所在，或在眉目，或在鼻口。顾虎头云‘颊上加三毛，觉精采殊胜’，则此人意思盖在须颊间也。优孟学孙叔敖抵掌谈笑，至使人谓死者复生。此岂举体皆似，亦得其意思所在而已。使画者悟此理，则人人可以为顾（指顾恺之）、陆（ 指陆探微，南朝宋时画家）。”只要“得其意思所在”，就不必“举体皆似”，这是中国古代传神理论中非常重要的美学思想。他还以自己的亲身体验作例子说：“吾尝于灯下顾自见颊影，使人就壁模之，不作眉目，见者皆失笑，知其为吾也。”[③] 现代作家，也是中国古典小说研究专家吴组缃，在总结中国古典小说的艺术传统时，也特别强调讲究神似，还谈到他自己与苏轼非常相似的亲身体验。他说：“我在学校念书的时候，美术学院有个同学，他会画画，他是主张‘写意’，主张画神似的。他替我画像，画了一个头，画了几笔头发，再画了眉毛眼睛。底下就不画了。连个轮廓都没有，鼻子也没有，嘴巴也没有。可是挂在宿舍走廊里，大家一看就说这是我。都说，怎么几笔就画得这么像？”这位懂得神似的写意画家对吴先生说：“你的鼻子我没看出特点，嘴巴也没特点，画它干什么？你的特点在上部。因此，就抓住了这个，画出神似。”[④] 古今两幅画，一幅只有轮廓，没有眉目，一幅只有眉目，没有轮廓，但是异曲同工，都做到了遗貌得神，舍弃了表面的形似而实现了神似。这两个例子说明，根据不同的情况，省掉一些次要的东西，突出一些重要的东西，形不全而神全，反而可以更好地传神。

在我国古典小说讲究神似的艺术传统中，“遗貌得神”也是常常被运用的一种处理方式。只是小说的艺术描写不像绘画的画面那么直观，形与神的关系有时候显得比较复杂；而如果形又指的是形形色色的生活的形态，而不是指人物的容貌或外在的形体特征，那就更不容易一下子看得很清楚。

第一个层面，省略掉对人物外貌的描写，而着重去开掘和表现人物的内在精神，最突出也是最生动的例子，当数《聊斋志异》中的《阿绣》。小说中写了两个女子，一个是现实中的人间女子阿绣，另一个是幻化为人的狐女。小说写阿绣“姣丽无双”，长得非常漂亮；而狐女本身是什么模样，作者却自始至终连提也没有提，只是写她因为是精怪，有随意变幻形貌的本领，她将自己的容貌变得跟美丽的阿绣非常相似，相似得连正热恋着阿绣的青年男子刘子固也分辨不清。由于她的这种超现实的本领，她竟冒充阿绣而先于真阿绣获得了刘子固的爱情。她追求美的容貌，也追求人间的美的爱情。她虽然是一个狐女，却对刘子固怀着真诚热切的爱情。但当她发现阿绣与刘子固两人真心相爱时，她非但没有像许多人在这种情况下通常容易产生出的强烈的嫉恨，甚至轻而易举地以自己超人的手段去破坏和加害于他们，恰恰相反，她为他们的真情所感，不仅主动舍弃所爱而成全了两个有情人的结合，还救他们于危难之中，热情地帮助他们建立起美满幸福的家庭；而且还成为他们真诚的朋友，帮助他们理家决疑。就在一系列幻幻实实的情节发展中，人物内在的精神美一步步得到了充分的展现。这个狐女，竟成为阿绣的幸福家庭的创造者和维护者。而尤其值得注意和难能可贵的是，这样充满爱情幸福的家庭，原本是她自己热切追求和希望得到的。她把幸福让给了别人，让给了她爱情的竞争者和美的竞争者。小说写了狐女和阿绣之间比较妍媸的三次较量，每一次她虽然已经变得非常美了，但与真阿绣相比却仍然稍有不及，因而每一次美的较量她都成为一个失败者。可是，就在这种形貌美的较量的失败中，人物的精神美（执着追求的意志美，舍己为人的道德美）却不断得到升华，升华到了一种崇高的境界。小说最后写狐女凌空飘然而去，随着她那飘荡在空中不绝于耳的爽朗的笑声，留给我们的是一首永远难忘的优美的诗。这篇小说，作者有意忽略狐女本人的容貌，又在写她与别人容貌美的竞争中处于失败者的地位，却着意刻画她内在的精神品格，使人物的精神美大放光彩。可以说，这是中国古典小说中，在人物描写上采用“遗貌得神”艺术处理极为成功的范例。

可是，“遗貌得神”的“貌”，更多的时候却并不限于人物外在的容貌，而是指人物的言语、行动、人物关系、社会环境等等广泛的生活形态。以这样深一层的内涵来理解，“遗貌得神”的艺术处理，情况就要复杂得多。上述《阿绣》中对狐女的描写，从第一个层面看是“遗貌得神”，可是从第二个层面看，未尝不可以说是“以形写神”。因为她的种种高尚的行为，她对与刘子固和真阿绣的关系的处理等，也都是可以看作属于生活形态的“形”一方面的。实际上，作者并不是真正将生活的“形貌”都省略掉了，而只是舍弃了其中次要的一部分而突出了重要的另一部分而已。

对中国古典小说人物描写“遗貌得神”美学特征的认识和把握，常常关系到我们对作品艺术描写成败得失的认识和评价，也关系到我们对作品的艺术欣赏。例如对《三国演义》中诸葛亮空城计的不同评价，就涉及对中国古典小说人物描写形神关系处理的不同认识。《空城计》是《三国演义》中脍炙人口的精彩片段，改编为戏曲后也受到广大观众的热烈欢迎，至今还经常在舞台上演出。这种情况说明，人们是认可并且欣赏这段描写的。可是最近厦门大学的易中天教授在中央电视台“百家讲坛”上讲三国历史，却对《空城计》的描写提出了颠覆性的尖锐批评。他说在历史上空城计是曹操和吕布作战的时候用的，在《三国演义》里面被诸葛亮抢走了“发明权”，并批评说：“这个空城计的故事实在是太精彩了，所以文学作品是一说再说，戏剧作品也就一演再演，但是这个事情是不符合事实，也不符合逻辑的……这个事情不合逻辑啊。第一，你不就是怕他城中埋伏了军队吗，派一个侦察连进去看看，探个虚实可不可以？ 第二，司马懿亲自来到城门楼下看见诸葛亮在城楼上面神色自若，琴声不乱，说明距离很近，看得见听得清，那你派一个神箭手把他射下来行不行？ 第三，根据这个郭冲的说法（他前面提到诸葛亮的空城计最早是由一个名叫郭冲的人提到的）和《三国演义》的说法，两军的军力悬殊是很大的，有说司马懿带了二十万大军的，有说司马懿带了十几万大军的，反正至少十万，你把这个城围起来围他三天，围而不打行不行？ 何至于掉头就走呢？ 所以是不合逻辑的，诸葛亮的空城计是子虚乌有。”[⑤] 说空城计的故事“不合逻辑”，这就是以“形似”的观点来评价的结果。

《空城计》的描写是不是真的不合逻辑呢？ 那就要看是用什么样的眼光和标准去衡量，也就是：对小说人物描写的真实性是用“神似”作标准呢，还是用“形似”作标准？ 问题的关键就在于他提出的“不合逻辑”的三条理由。表面上看起来，这三条理由讲得确实很有道理。但这是用历史的眼光，或者说是用一般生活逻辑的眼光来看问题，如果换成另一种眼光，即文学的审美的眼光，联系到中国古典小说人物描写对形神关系的灵活处理，那就会得出完全不同的另一种结论。应该说，《三国演义》中的《空城计》是运用“遗貌得神”处理方式描写人物非常成功的例子。正如苏轼所说，传神不必“举体皆似”，只求“得其意思所在而已”。成功的艺术作品，作者为了突出他从生活中提炼出的那个“意思”，就常常不惜舍弃一些次要的、非本质的东西，甚至还不惜违背一些生活的常态、常理，以不形似或不完全形似来换取艺术表现上的神似。这时候从表面上看起来，就会觉得这样的描写是不合逻辑的。易先生所批评的三条，在《三国演义》所写的空城计里，就属于日常的生活逻辑方面的道理，在作者的眼里，算是次要的、非本质方面的“形”。他在创作时，可能根本就没有意识到有这方面的约束，也可能是已经意识到了，却在有意无意间或甚至是自觉地予以忽略和背离，而去突出和着力表现他在对历史生活进行提炼时捕捉到的那个“神”——诸葛亮的大智大勇。

《空城计》对诸葛亮的大智大勇，是从三个方面来表现的：第一，写他对兵法的灵活运用。兵法上讲的常例是，在战争中要“实则虚之，虚则实之”。意思就是在设在埋伏的时候要伪装成没有埋伏，让敌人钻进你预设的口袋；在没有埋伏的时候却要伪装成设有埋伏，让敌人不敢进来。空城计却是反其道而行之，用的是“虚则虚之”，空城一座就明示敌人是空城一座，结果敌人反而不敢进来。第二，符合兵法上讲的“知己知彼，百战不殆”。诸葛亮敢于采用“虚则虚之”的方法，并能够断定敌人在他的引诱和迷惑面前不敢进来，是因为他对对手司马懿深有了解。司马懿是一个聪明的、懂得兵法并且富于军事斗争经验的人物，他以兵法常规的“实则虚之”来判断，当然不敢贸然进城。诸葛亮还知道司马懿是一个对自己十分了解的人物，诸葛亮一生行事谨慎，司马懿当然不敢相信他这次真的是在弄险。第三，诸葛亮临危不惧，镇定从容，虽然实际的处境十分危险和被动，却反而让人觉得他在精神和气势上超过甚至是压倒了对方。读者读《三国演义》，从空城计的艺术描写中，具体生动地感受到了诸葛亮的大智大勇，由此获得了审美的愉悦。他们看到司马懿退兵了，诸葛亮的冒险真的奏了奇效，心里会感到非常的快乐。试想，要是司马懿真的采用了易先生三条中的任一条，破了城，或一箭就把诸葛亮射了下来，读者心里会是一种什么样的感受呢？ 实际上，读者在欣赏这段艺术描写时，是不大会（也没有必要）去考虑和计较还有什么地方不合逻辑的，而是宁可相信，在那个特定的艺术情境之下，司马懿是被诸葛亮不可捉摸的玄机和精神气势给“震慑”住了，他不敢贸然入城，一阵犹豫之后掉头就走是完全可能的。因此可以说，在本质的意义上，或者说在审美的意义上，这段描写是完全合乎逻辑的，是真实的。

其实，这种“遗貌”“背形”（只是次要的非本质的部分）而见“神”的描写，在《三国演义》中还不只此一处。第四回里写曹操杀吕伯奢（京剧改编名为《捉放曹》，舞台演出也是长盛不衰）也是一例。曹操谋杀董卓不成，在逃亡中到其父执吕伯奢家，受到吕伯奢的热情款待。在吕伯奢到西村买酒时，曹操因误会而杀了吕家八口，而在明知错杀的情况下，又在出逃的途中杀了买酒回家相遇的吕伯奢本人。最后在陈宫“知而故杀，大不义也”的斥责之下，逼出曹操那句著名的人生信条：“宁教我负天下人，休教天下人负我。”这段情节突出地描写了曹操的不义和残忍，开篇不久就为曹操形象的塑造定下了一个基调，给读者留下了很深的印象。但仔细推敲，其中也存在“不合逻辑”之处：吕伯奢家中那么多人，在来了这么一个贵宾（结义兄弟之子，谋杀董卓的义行又那样令他尊敬）的情况下，没有必要将客人撇在家中不陪而亲自去买酒。这样的处理，显然是出于极写曹操不义性格的需要而设置的。但是除了少数专家在考察《三国演义》如何对史料进行艺术加工时论及外，一般读者在文学阅读中是很少注意和计较的。

“遗貌得神”的处理，在《红楼梦》中则有更为出色的范例。前面提到的吴组缃先生在谈到中国古典小说追求神似的传统时，就曾对黛玉葬花一段描写作过精彩的分析，他说：“黛玉葬花，一边哭着，一边念着葬花词。贾宝玉隔着好几十米，在那个山石后面就听清了，把它一句句，一字字记录下来，实际生活里这不可能，这就不形似……黛玉葬花，抓住了林黛玉典型性格中一个最精要的东西。为什么葬花呀？她在怜花。为什么可怜花？她在可怜她自己，就像一朵花一样，在那样恶浊的环境里，她这么一个女子，这么一朵美丽的花，就要被摧残践踏为污泥了。她想把花埋起来，‘质本洁来还洁去’。这就是抓住了林黛玉典型性格的一个要点，一个‘意’，一个神。在这种情况下，丢开了形似，而只抓神似。黛玉葬花，构成了一个盛传久远的画面，就因为它画了神。”⑥

《红楼梦》不只是细节，就是一些大的构想和设置，也有它有意无意忽略的一面，要是只从日常生活的情理，而不是从艺术审美的情理来看，也是可以当作所谓的“不合逻辑”的“疏漏”来批评的。就说大观园吧，又有北方园林的特点，又有南方园林的特点，弄得想寻找大观园原型地址的人扑朔迷离，无从查考。又如贾宝玉和林黛玉的爱情，表现了那么丰富深刻的社会内容，体现了建立在共同思想和人生追求基础上的近代爱情观念的特色，可是若要细究呢，贾、林二人的年龄曹雪芹就写得模糊不清，大约也就不过是十二三、十三四岁的小孩子，这哪里能呢？再说这不是我们今天反对的早恋吗，为什么还要去肯定它呢？还有他们近亲的姑表兄妹关系，从现代优生优育的观念来看，也是不能恋爱和结婚的，要从这么一个特殊的角度来看，贾母、王夫人等人不管出于什么原因反对他们的结合，也不能算有什么大错。如果有人真的这样提出问题，去指摘甚至否定《红楼梦》的艺术描写，那真是只见皮毛而不见神髓了。所幸至今还没有听说有哪位读者这样去较真儿，硬要要求文学名著对生活的描写必须“举体皆似”，处处都要严格符合生活的逻辑。

从以上的分析中我们可以看到，中国古典小说在塑造人物时对形神关系的处理是相当灵活的。讲究传神是一个根本的追求，“以形写神”是最基本的处理方式，“遗貌得神”是对“以形写神”的灵活运用。所谓“遗貌”，并不是完全舍弃“形”或背离“形”，而是指经过对生活的提炼，抓住“神”，忽略和删削次要的、非本质的方面，突出和显现重要的、本质的方面。“举体皆似”是形似的要求，而不是神似的要求。传神是传写人物的内在精神，揭示生活的本质，表现生活的神理。虽然有时不免在局部，或在非本质的层面上，有违日常的生活逻辑，却因为它所表现的生活比实际生活更高、更美、更见神采，因而从根本上说来，仍然是合乎生活的情理，是真实的。人们在欣赏文学作品时，只要能从作者的艺术描写中领会到那个“神”，获得思想的启示和审美的愉悦，就会见大而略小，得神而遗貌，不再去计较那些次要的、非本质的细节了。

注释：

① 以上两则，均参见余嘉锡撰《世说新语笺疏》，中华书局1983年版，第722、720页。

② 苏轼：《书鄢陵王主簿所画折枝二首》其一，载《苏轼诗集》卷二九，中华书局1982年版，第1525页。

③ 《传神记》，载《苏轼文集》，中华书局1986年版，第400页。

④⑥ 吴组缃：《关于我国古代小说的发展和理论》，载《说稗集》，北京大学出版社1987年版，第32—33页，第33页。

⑤ 这里的引文根据的是易中天先生在电视上的播出版，《品三国》一书正式出版时作者作了“重新改写整理”（见该书“后记”）。这段话经核对，文字上有不少改动，但基本意思没有变化。特录于此，以备查对：“不过这个故事实在太好听了，于是《三国演义》便大讲特讲，三国戏也大演特演，所谓‘失空斩’（失街亭、空城计、斩马谡），历来就是久演不衰的折子戏。但这个故事不是事实，也不合逻辑。第一，司马懿不敢进攻，无非是害怕城中有埋伏。那么，派一队侦察兵进去看看，行不行？第二，司马懿‘果见孔明坐于城楼之上，笑容可掬’，距离应该不算太远，那么，派一个神箭手把诸葛亮射下城楼，来他个‘擒贼先擒王’，

行不行？ 第三，按照郭冲的说法，当时司马懿的军队有二十万人，诸葛亮只有一万人，按照《三国演义》的说法，当时司马懿的军队有十五万人，诸葛亮只有二千五百人。总之是敌众我寡（按：原文如此），那么，围他三天，围而不打，行不行？ 何至于掉头就走呢？”（易中天：《品三国》，上海文艺出版社 2006 年版，第 6 页）

（2007 年第 7 期）

写意话剧与中国民族话剧的创造

胡星亮

在新时期的话剧创作长廊里,《狗儿爷涅槃》《桑树坪纪事》等“写意话剧”无疑是最引人瞩目的。《狗儿爷涅槃》(刘锦云)和《桑树坪纪事》(朱晓平等)被看作新时期话剧创作的代表作;其他写意话剧作品,诸如《中国梦》(孙惠柱、费春放)、《死水微澜》(查丽芳)、《辛亥潮》(徐棻)、《生死场》(田沁鑫),以及《WM(我们)》(王培公、王贵)、《蛾》(车连滨)等,也都是新时期话剧创作中的优秀剧目。对于中国写意话剧的发展来说,这些戏剧的出现,标志着写意话剧在剧本创作中也取得了重大突破,从而在早先的理论思考和演剧实践的基础上,完成了它的独特的戏剧探索。

一

新时期的写意话剧创作,是在中国剧坛因为“戏剧危机”而引发的探索潮中戏剧家突破话剧写实传统而探寻新路的产物。一方面,叙事戏剧、残酷戏剧、荒诞戏剧、质朴戏剧等西方现代戏剧思潮的译介,强劲地冲击着中国戏剧家的创作观念;另一方面,布莱希特、阿尔托、梅耶荷德、格洛托夫斯基、布鲁克等20世纪西方戏剧家借鉴中国戏曲及东方戏剧以变革西方话剧的发展趋势,又使中国戏剧家感受到民族戏曲的独特魅力与价值,从而在借鉴西方现代戏剧的同时,又转向民族戏曲取精用宏。这其中,也有些剧作家对戏曲审美产生了极大兴趣,他们从戏曲的写意美学出发,开始尝试“写意话剧”的剧本创作。

从戏曲“写意”出发去创作话剧,写意话剧对戏曲审美的借鉴是多方面的,其着重点主要有三:戏剧结构的时空写意性、生活表现的动作写意性和情理内涵的诗化写意性,这几个方面其实也正是戏曲写意美学的主要特征。因此,如同中国戏曲“突破时空的舞台处理震惊了西方”,西方戏剧借鉴中国戏曲,“最被这批戏剧革命者激赏的就是突破时空的处理”[①]，戏曲美学最使写意话剧作家激动的，首先，也是它“舞台时空的绝对自由”[②]。与传统写实话剧所呈现的固定时空中“这是生活”的舞台幻觉性有别，戏曲因为其舞台假定性，其戏剧时空就具有自由灵活的可变性和流动感。写意话剧借鉴戏曲的舞台假定性去构造舞台时间和空间的关系，其戏剧时空结构就体现出鲜明的写意性。

不同于传统写实话剧的板块式结构，将剧情冲突挤压在数个板块中，写意话剧采用戏曲的点线式结构，剧情冲突以点状形态出现和线性顺序发展，并且写意话剧的点线结构，没有采用传统写实话剧的分幕形式，而是借鉴了戏曲的分场形式。表面看来，这只是“场”与“幕”的结构形式不同，实质上，它却联系着不同的戏剧时空观念。传统写实话剧以“幕”的形式把剧情冲突挤压在数个板块中，每幕之中由戏景等规定的时间、地点是固定的；写意话剧点线结构的剧情发展以“场”的形式表现出来，其时间、地点是流动的，随着人物的上下场，而将固定不变的舞台空间转换成流动多变的剧情空间。或如《中国梦》，明明与约翰·霍齐斯在美国某独木舟俱乐部划船，她联想到“文革”期间与志强在中国某山区放竹排，剧情即由第一场的“独木舟俱乐部”转到第二场的“竹排与小河”；或如《狗儿爷涅槃》，同一场戏中，狗儿爷说“十八里地，一跑就到”，几个圆场，剧情就转换到他在临村与冯金花相亲的场景；或如《桑树坪纪事》，榆娃和彩芳在同一场戏中，还从麦场演戏的现实时空转换为走上山坡倾诉爱情的心理时空。可见，写意话剧不像传统写实话剧那样剧情冲突环环相扣，它随着戏剧时空的自如流转而简洁生动地勾勒现实人生，更有戏曲叙事的写意性。与此相联系，写意话剧其戏剧场景的描写也更多是写意的，与传统话剧要求戏剧场景的写实有别。或如《狗儿爷涅槃》有虚有实，写意的场景与写实的道具相结合，空空的舞台上只有与狗儿爷心中与地主身份相关的旧式砖砌门楼、印章等道具是写实的；或如《中国梦》整体偏向虚，在空空的舞台上，明明、志强和霍齐斯是以叙述、动作和舞蹈去表现划船、放排、冲浪、兜风等；或如《WM（我们）》，剧本中写明：“青年们各自默默散开，化作一片树林，在春风中摇曳摆动。白雪走来，背着画夹，独自在树林中徘徊着”，戏剧场景要靠演员去表演。如此写意场景，既能扩大舞台的现实空间和心理空间，又能激发演员的创造和观众的想象。

戏剧结构的时空写意性，使写意话剧反映现实更为飘逸流畅、挥洒自如，有戏则长，无戏则短。交代事件、表现过程可以三言两语带过，而描写戏剧冲突、刻画人物性格和表现人物心灵，则能集中笔墨深刻挖掘。西方莎士比亚戏剧其时空也转换自由，中国现代也有田汉的《丽人行》等类似创作，那么，写意话剧的独特性又何在呢？莎剧或《丽人行》等剧，虽然场次变换灵活，但每一场中的时空是固定的，情节是写实的；写意话剧则如前所述，它不仅上一场与下一场的时空变换自如，就是同一场中，它也可以或转换戏剧的现实时空，或从现实时空转向心理时空，而且，其写意时空中的生活表现又带有写意性。

所谓生活表现的写意性，就是写意话剧借鉴戏曲美学而对生活写意性的提炼和概括。就戏剧反映生活来说，传统写实话剧求“真”，中国戏曲则求“美”。前者强调用酷似生活的动作和语言来再现生活，后者则“有声必歌，无动不舞”，尤其强调经过美的过滤而以美的形式、动作和姿态来表现生活。梅耶荷德就赞叹：“中国的戏剧艺术是赋予动作以巨大意义的戏剧艺术。”③ 写意话剧虽然其语言因“话剧”的本质规定性而不能“有声必歌”，但是，它抓住戏曲表现生活更重要的写意性特征，某种程度上却在努力“无动不舞”。当然，写意话剧的“无动不舞”也不可能像戏曲那样以做、打等舞式表现出来，它更多的是从生活出发去提炼、概括动作与姿态，并在其中糅进某些戏曲的“韵律”，着重加强话剧反映生活的形体语言表现力，以弥补长期以来话剧主要以“话”去表现现实的不足。写意话剧注重戏剧的“姿态狂热与形象魅力及运动的肢体语言”，注重戏剧的“朴素、粗犷、力度的造型特征”④ 等等，所强调的就是它在这方面的美学追求。

写意话剧生活表现的动作写意性，主要有两点：虚拟化和优美化。前者是指与传统写实话剧着重以“话”去表情达意相比较，写意话剧较多注重形体语言的表现力，并且与传统写实话剧其动作与生活相似不同，它注重“演戏”的舞台假定性而大多将动作虚拟化。戏剧动作虚拟化，这也是写意话剧以分场结构体现舞台时空的自由，而对戏剧的生活表现所提出的审美要求。否则，假定性的舞台时空就不可能灵便地流转。《WM（我们）》中没有鸡却有“集体户”的偷鸡、宰鸡、吃鸡等情节动作的形象描写，《狗儿爷涅槃》舞台空空，而狗儿爷却在忙着收割玉米、芝麻、高粱等庄稼。《蛾》表现人物的船上生活却行船无河、划船无桨，等等，都体现出写意话剧的独特性。戏剧动作优美化是写意话剧在动作虚拟化基础上的“写意”发展，其中又包含了动作的夸张感和造型美。《中国梦》是这样写明明跟志强学放排的：“大幅度的放排舞，时而独舞，时而双人舞。几个月过去了。明明的动作越来越熟练、刚劲、优美”；《桑树坪纪事》描写麦客与村民的割麦：“麦客和村民们在音乐中又骤然变化成舞蹈化的割麦场面；他们此起彼伏，粗犷而强悍地舞着”；《生死场》描写村民在日军屠刀下为了活着而悲壮赴死：

他们从地上“慢慢站起来”，“纷纷涌动，与日军厮杀起来”，然后大家盟誓——“众人手提南瓜灯，雕塑般伫立着”。如此形体动作融合了戏曲的程式化身段和芭蕾舞的象征意味，它带给人们视觉的冲击和情感的激荡，具有优美的形象魅力。

当然，写意话剧借鉴戏曲审美更重要、更突出的，是它将传统话剧的再现——写实美学与民族戏曲的表现——写意美学相结合，在生活再现的基础上更多注重主观情意、哲理诗情的表现，而形成其情理内涵的诗化写意性。就戏剧与现实的审美关系而论，应该说，无论是戏剧结构的时空写意性还是生活表现的动作写意性，它们更多的还是形式，还只是为写意话剧深刻揭示生活的本质与哲理，充分表现人的心灵情感提供了某种可能性。“写意”的“意”，其最终指向是戏剧内涵的主观情意、哲理诗情。迈纳把包括中国戏曲在内的东方美学，看作与源自古希腊戏剧的西方“摹仿诗学”相对的“情感—表现诗学”[⑤]，其见解是深刻的。徐晓钟因而认为，写意话剧创作在这方面，要着重借鉴戏曲的“诗化的意象”，这种表现性戏剧语汇“不在舞台上创造现实生活的幻觉，而是通过某种象征形象的催化，在观众的心理联觉和艺术通感中创造出再生的饱含哲理的诗化形象”[⑥]。

写意话剧自然不可能像戏曲那样主要以歌舞去抒发主观情意、哲理诗情，但是，它还是从戏曲审美中找到了表现美学与情感、诗意及哲理抒发之间的关联：“真正的表现原则和表现的美只存在于饱含哲理、饱含诗的激情和意境并找到美的形式的那些瞬间。”[⑦]写意话剧的再现与表现的结合，前者写实、叙事，后者写意、抒情，其蕴含着诗化意象的表现性戏剧语汇，即是由戏剧冲突、人物命运等再现性剧情发展而来，并升华为富有表现美的形式的诗情或哲理，就像戏曲在矛盾推涌、情感激荡时不得不歌、不得不舞。大致说来，反映现实，它比较注重生活本质与哲理的揭示；刻画人物，它比较注重心灵诗情的渲染。前者，例如《桑树坪纪事》写愤怒的村民为抗议“脑系们”要杀老牛“豁子”吃，而痛心打死“豁子”——“整个打牛的场面也随之形成一种震撼人心的慢动作舞蹈化场面：村民们发疯似地围打着四处逃窜的老牛‘豁子’。‘豁子’躲闪着、翻滚着、哀号着……”联系剧中所写的村民“围猎”相恋的彩芳和榆娃、“围猎”当众受辱的青女、“围猎”外乡人王志科等，这些体现“围猎”意象的表现性戏剧语汇，就包含着剧作家一种写意的美学理念。同样地，《辛亥潮》用“‘准舞蹈’场面，人群如波涛起伏”，写四川民众的保路运动澎湃为革命浪潮；《WM（我们）》用“翻滚着，奔逃着，挣扎着”写知青们从“文革”的严寒与地震中醒来，也都是以象征的诗化意象去概括生活，使生活的本质内涵得到强烈的表现。写意话剧用诗化的意象刻画人物，例如

《中国梦》描写明明与志强在雷暴雨中奋力拼搏的“放排舞”，雷暴过后烧柴烤火、互生爱意的“篝火舞”等，来表现他们生与死的搏斗，表现他们死的威胁和爱的抚慰，优美刚劲，又使剧作对人的精神世界、心灵情感的揭示更有诗情和力度。同样地，《死水微澜》用“红绸舞”表现邓幺姑与罗德生的偷情狂欢，《生死场》用“隐喻做爱经过”的形体组合来表现赵三与王婆在杀地主前的兴奋、夸耀与激情，等等，也都是以象征的诗化意象将人物内心情感形象化。如此表现性的戏剧语汇在破除现实幻觉的同时，又给予人们诗意的联想、意象的美乃至哲理的思考。

二

“话剧”是由西方舶来的戏剧，它与中国传统的“戏曲”相对；“写意”是对民族戏曲审美特征的概括，它与西方传统话剧的“写实”相对。很显然，提出创造中国“写意话剧”，其实质就是从民族戏曲的写意美学出发，要创造一种既汲取西方话剧和民族戏曲的优秀艺术，而又不同于民族戏曲和西方话剧的新的民族话剧。

创造中国“写意话剧”是 1962 年由黄佐临明确提出的[8]，但是，其探索道路漫长。可以说，自从西方话剧引进中国，戏剧家即开始了这种别具风姿的民族话剧的探索。

早期中国话剧作家还没有创造“写意话剧”的意识，但是话剧在中国发展过程中出现的某些困惑促使他们对西方话剧与民族戏曲的关系，以及结合话剧与戏曲进行新的戏剧创造等问题进行了初步思考。在早期中国话剧的演剧中，较多西方色彩的春柳社等“洋派”话剧曲高和寡，而较多汲取民族戏曲及曲艺的进化团、新民社等“土派”话剧比较受欢迎。话剧与戏曲两种不同的戏剧体系发生了某种程度上的冲突。当时，新旧剧界各挟偏见，相互指责，引发了关于新旧戏剧的论争。冲突和论争促使戏剧家去思考话剧在中国应该如何发展等问题。很多人提出了新旧戏剧“融合”说。其中论述得较为深刻的，是早先参加春柳剧场，后转而研究戏曲的冯叔鸾。冯叔鸾认为，当时包括话剧、戏曲在内的中国戏剧变革之要务，是“第一先泯去新旧之界限，第二须融会新旧之学理，第三须兼采新旧两派之所长”。针对当时戏剧界在论述中西戏剧融合时大都纠缠于话剧、戏曲外在形态差异的偏颇和浅薄，他抓住戏剧审美的本质，强调要从“新旧两派之立，各有其成立之原理”入手去把握其“各有所长”，强调话剧与戏曲的融合首先必须在戏剧原理和审美特征上“融会贯通，使互相为用”，才能在中西戏剧的碰撞与交融中做到“弃短取长，荟萃精华，而各成为百炼之精金，则改良之能事始毕，而戏剧之大观告成矣”[9]。

冯叔鸾从“兼采新旧两派之所长”出发去谈中国话剧应该借鉴民族戏曲，尽管还少有“写意话剧”的观念，然而，它却是创造写意话剧的前提。因为如果没有这种“融会贯通，使互相为用”的审美借鉴，也就不可能有融合戏曲与话剧而另创“写意话剧”的探索。论争中值得注意的还有王梦生的观点。王梦生也强调中国戏剧变革要新旧融合，并且提出了“三步走”的变革想法。如果说他的“最初一步，以新戏之法改旧戏；第二步以旧戏之法入新戏”，还是注重戏曲、话剧各自的变革，那么，“第三步融合新旧两法，特别制为戏”[10]，则初步触及融合戏曲与话剧以创造新戏剧的问题。当然，王梦生还只是初步触及这个重要问题，他只是一笔带过就转而论述其他，但是从中也不难看出，西方话剧进入中国而引起的新旧戏剧的碰撞与冲突，促使戏剧界融合新旧戏剧以创造中国现代民族话剧与民族戏曲的探索。中国戏剧界朦胧地意识到，20 世纪中国戏剧的发展，在中西戏剧碰撞与交融中，将会创造出某种新的戏剧。

将王梦生等人的朦胧想法发展为比较清晰的观念，并且提出要从民族戏曲的“写意”出发，去融合中国戏曲与西方话剧以创造新的民族戏剧的，是 1926 年前后余上沅、赵太侔等“国剧运动”派的理论探讨。“国剧运动”派强调，无论是戏曲还是话剧，都应该是具有民族特色的中国戏剧。那么在现代中国，如何创造具有民族特色的中国话剧和中国戏曲呢？正是在这里，他们再次触及西方话剧与民族戏曲的碰撞和交融问题，并且就民族戏曲与西方话剧的审美特征进行了比较深入的阐述。此即余上沅所指出的：“近代的艺术，无论是在西洋或是在东方，内部已经渐渐破裂，两派互相冲突。就西洋和东方全体而论，又仿佛一个是重写实，一个是重写意。这两派各有特长，各有流弊；如何使之沟通，如何使之完美，全靠将来艺术家的创造，艺术批评家的督责。”[11]这就是说，在 20 世纪中西文化交流的大背景中，中国话剧和中国戏曲的创造都不可能完全延续其原先的发展道路，而应该相互借鉴。因此，中国现代戏曲并非传统戏曲的沿袭，它应该借鉴西方戏剧以创新——除了借鉴话剧以充实内容外，在音乐、唱工、舞蹈、舞美等方面还须借鉴西洋艺术的长处；中国现代话剧也并非西方话剧的照搬，它必须植根于民族现实与民族戏剧的深厚土壤。一方面要深入民族现实，在民族生活的描写中表现民族精神和民族灵魂；另一方面在艺术审美上，他们看到“西方的艺术家正在那里拼命解脱自然的桎梏”，“在戏剧方面，他们也在眼巴巴地向东方望着”，从而认为中国话剧更应该借鉴民族戏曲而有新的创造。[12]

然而，现代中国戏剧发展使“国剧运动”派更神往的，还是在戏曲和话剧的碰撞与交融中创造出一种新的民族戏剧。“国剧运动”派成员梁实秋晚年曾回忆说，他们当初所追求的戏剧，“不是我们现在所指的‘京剧’或‘皮黄戏’，也不是当时一般的话剧，他们想不完全撇开中国传统的戏曲，但要采纳西洋戏剧艺术手段”⑬，指的就是他们在这方面的戏剧思考。这种戏剧不是话剧与戏曲的简单相加，而是在汲取戏曲与话剧的“特长”、除去话剧与戏曲的“流弊”后，所创造的一种新的民族话剧；它不是西方话剧的照搬，但又要借鉴西方话剧的优秀艺术；它不是把话剧变成戏曲，但又要借鉴民族戏曲的艺术审美。它是话剧与戏曲在艺术表现上融会贯通的完美创造。余上沅当年论述民族戏曲和西方话剧，“如何使之沟通，如何使之完美”，也更多是从这方面着眼的。直到1935年，余上沅仍然憧憬着：“我们建设国剧要在‘写意的’和‘写实的’两峰间，架起一座桥梁，—— 一种新的戏剧。”⑭

从某种意义上说，“国剧运动”派关于创造中国现代民族话剧以及融合戏曲与话剧而创造新的民族戏剧的论述，亦是早先王梦生所谓“以新戏之法改旧戏”“以旧戏之法入新戏”“融合新旧两法，特别制为戏”等观点的深入。当然，“国剧运动”派的论述超越了王梦生等人的粗陋和偏颇，并且他们还明确指出，融合话剧与戏曲以创造新的民族戏剧，应该是更多立足于民族戏曲的艺术创造。余上沅说：“写实是西洋人已经开垦过的田，尽可以让西洋人去耕耘；象征（即写意）是摆在我们面前的一块荒芜的田，似乎应该我们自己就近开垦。怕开垦比耕耘难的当然容易走上写实，但是不舍自己的田也是我们当仁不能够相让的吧。”⑮强调要从中国戏曲的“写意”（象征）美学出发去创造新的民族话剧，在这里，“写意话剧”的观念已经呼之欲出。

三

“国剧运动”派要从戏曲“写意”出发，去创造融合中国戏曲与西方话剧的新的、完美的民族戏剧，这也是20世纪中国戏剧家梦寐以求的结果。30年代熊佛西、杨村彬等人在河北定县开展的“农民话剧”运动，主张要“合流”中西戏剧的“根本精神”，使民族话剧成为“应用优生学的方法创造的混血的新人”⑯；40年代在戏剧“民族形式”论争中，张庚提出民族话剧创造的“中心应当转移到中国自己的旧遗产上面来”⑰等等，都包含着戏剧家的艰辛思考。然而，就像梁实秋在《悼念余上沅》一文中所说："他们的理想与希望落空了，因为扰攘的时局和不安定的生活都不利于实验性的戏剧运动。"[18]

中国戏剧界提出"写意戏剧"（写意话剧）观念是在1956年至1962年前后。1956年，中国举行了第一届全国话剧汇演。许多应邀前来观摩的外国戏剧家，在热情肯定中国话剧成就的同时，也尖锐地指出了汇演剧目在剧本创作的公式化、概念化，戏剧审美的自然主义等方面的不足。外国戏剧家特别谈到，他们没有看到中国话剧的独特艺术表现，希望中国戏剧家能够建立起现代话剧通向传统戏曲的艺术桥梁。中国观众对汇演剧目也提出了类似批评。这些批评引起中国戏剧家的高度警觉，他们再次强调"中国话剧要有鲜明的民族风格"，并在全国展开了"话剧民族化"的探索。

但是，由于种种原因，在后来的"话剧民族化"探索中，剧本创作公式化、概念化的批评没能引起人们的重视，探讨的重点大都集中在话剧形式，尤其舞台演剧的民族化上，而就演剧形式、艺术表现去探索话剧民族化，人们更多的又是强调要着重继承民族戏曲传统。因此，探索的重心最后就偏向于要从戏曲出发去创建中国话剧的民族演剧学派，其主要内涵，就是焦菊隐所说的："我国的戏曲艺术特别丰富，使我们有条件为话剧演出创造各种各样的表演方法，使它在世界舞台上开放出鲜艳的花朵来。"[19]

由焦菊隐导演、北京人民艺术剧院演出的《虎符》《蔡文姬》等剧，可以看作这场演剧探索的代表。焦菊隐的探索着重强调了三点：第一，针对当时话剧演出中角色内心的内容不能通过情绪饱满的、富于感染力的形式将其表现出来的弊病，焦菊隐强调，话剧表演也要化用诸如"亮相"等戏曲的粗线条身段动作去勾勒人物性格的轮廓，通过简练、鲜明、精确的形体动作的组合去表现人物的内心活动，有时甚至采取"离形得似"的方法去"尽可能夸大和突出人物的神"，其舞台形象的创造充满艺术魅力。第二，正因为看到戏曲演剧的形体动作具有丰富的艺术表现力，所以，焦菊隐强调话剧导演也要注重"从台词里挖掘形体动作和舞台行动"，运用戏曲"有话则长，无话则短"的审美特征——"与刻画人物有关者，要细，不放过任何一点细微的矛盾冲突。要有浓郁的情感，细致的过程"；相反地，"与刻画人物的思想、内心矛盾冲突无关者，该简就简，不拖，不追求所谓的'真实'"——去描绘形象，并以其所形成的"节奏"而将舞台形象连接成完整生动的画面，创造性地"在舞台这种画布上，画出动人心魄的人物来"。第三，如此演剧要求舞美设计打破写实话剧的"第四堵墙"，焦菊隐强调要借鉴戏曲的"演戏"意识，以建立话剧舞台虚实结合的新的戏剧时空，"在有限的空间和时间中（舞台演出），表现出无限的空间和时间（生活真实）"。话剧舞美借鉴戏曲写意的"虚实结合”，主要是学习它怎样突出人物的表演，怎样激发观众的想象与创造，从而在舞台上烘托出“饱满而富有诗意的整体形象”[20]。

焦菊隐对民族戏曲和西方话剧都有深入研究。在舞台实践的基础上，他把这场演剧探索，总结为是从民族戏曲美学出发，“要用话剧艺术的形，来传戏曲艺术的神”[21]。如此演剧探索，就与中国话剧自进化团等早期“土派”演剧以来虽也借鉴戏曲演剧，但那更多的是为了适合观众的欣赏趣味或是加强演剧的“民族色彩”不同，它是要从中国戏曲的写意美学出发去创建民族话剧的演剧体系。因此，尽管焦菊隐没有提出“写意话剧”的概念，但是，无论是表演、导演还是舞美，他都强调要用戏曲演剧的写意之“神”去融合斯坦尼体系的写实之“形”，“写意话剧”的审美实质已经蕴含其中。尽管由于这些剧本的写实限制了舞台的写意创造，但是《虎符》《蔡文姬》等演剧还是以其鲜明的诗的形象和浓郁的诗的意境，在写实框架内较好地体现出写意的风采。此外，在这场演剧探索潮中出现的《桃花扇》(欧阳予倩导演)、《红色风暴》(金山导演)、《红旗谱》(蔡松龄导演)、《激流勇进》(黄佐临导演)、《关汉卿》(朱端钧导演)等演剧，也都在这方面有积极的探索。

正是因为这场演剧探索突破了中国话剧舞台长期以来斯坦尼体系一统天下的局面，而在戏剧形态、艺术审美、表现手段等方面都有新的创造，1962 年，黄佐临从“观念”的理论高度，指出中国话剧需要拓展“戏剧观”，并且为中国戏剧界引进了布莱希特演剧体系，他第一次明确提出要创造中国“写意戏剧”(写意话剧)。黄佐临说，世界话剧“曾经出现无数的戏剧手段，但概括地看，可以说共有两种戏剧观：造成生活幻觉的戏剧观和破除生活幻觉的戏剧观；或者说，写实的戏剧观和写意的戏剧观”。他认为中国戏剧家应该“放胆尝试多种多样的戏剧手段”，尤其应该从民族戏曲出发去追求“写实写意混合的戏剧观”，以“创造民族的演剧体系”[22]。而就“写意戏剧”的创造来说，黄佐临强调，要从民族戏曲“写意”美学出发去融合布莱希特和斯坦尼，以追求戏曲与话剧、写意与写实的某种融合。他这时期导演的《八面红旗迎风飘》《激流勇进》等剧尽管还不大成功，却都显示出其独特的戏剧追求。

因此，尽管这场“话剧民族化”探讨在民族话剧的现代化创建这个根本问题的理解上有偏颇，它忽视了民族现实内容的真实表现，忽视了与世界戏剧的广泛联系，而影响了中国话剧的深入发展，但是，其艺术探索对写意话剧的演剧创造有重要意义。

四

中国“写意话剧”的探索与创造，早期主要是理论思考，20 世纪 50 年代至 60 年代着重演剧探索，70 年代末以来，它在理论探讨和演剧实践两方面都有深入。理论探讨集中体现在深受黄佐临《漫谈“戏剧观”》影响而展开的“戏剧观”论争中，对戏剧舞台假定性本质的肯定和戏剧探索向民族戏曲传统的回归，中国话剧很明显地从再现—写实美学向表现—写意美学拓展和倾斜。舞台实践更是在黄佐临等导演的《中国梦》、徐晓钟等导演的《桑树坪纪事》等演剧中获得了巨大成功。从中国戏曲的“写意”出发去融会布莱希特和斯坦尼，黄佐临着重以舞台假定性去突破“第四堵墙”，以演员的精彩表演去形象地揭示“以粗犷的笔触大笔勾勒”的波澜壮阔的现代社会，去诗意地表现审美对象的本质特征和艺术家的心灵情感,《中国梦》的舞台创造充满诗情画意。徐晓钟强调要以美的形式去表现包含哲理内涵的诗化意象，舞台时空结构追求传神和意境，戏剧表演着意从再现向表现升华,《桑树坪纪事》的舞台创造富有哲理诗情。其他写意话剧的舞台演出，诸如刁光覃与林兆华导演的《狗儿爷涅槃》、查丽芳导演的《死水微澜》、田沁鑫导演的《生死场》等，也都有其独特的写意魅力。

然而对于中国写意话剧的创造来说，最重要的还是这时期戏剧家开始写意话剧的剧本创作并获得成功，它标志着中国写意话剧的探索走向成熟。

为什么说剧本创作对于中国写意话剧的创造具有如此重要的意义？这其中的甘苦，长期执著于写意话剧追求的黄佐临最清楚。早在《漫谈“戏剧观”》中，他在谈到剧本创作对于写意话剧探索的决定性作用时提出：“剧本、剧本，一剧之本。如果一个剧本是以写实戏剧观写的，我们就很难以写意的戏剧观去演出。”[23] 这就是说，尽管写意话剧在理论方面早先就有比较清晰的思考，也尽管写意话剧后来在舞台演剧中又有探索，但是，如果没有符合这种戏剧形态和美学要求的剧本创作，写意话剧的探索和创造都是有限的，更不可能获得成功。这就是为什么焦菊隐的舞台探索“要用话剧艺术的形，来传戏曲艺术的神”，他选择了《虎符》《蔡文姬》这样更多是以情感抒发贯穿的戏剧，但也只能是在写实框架内具有较多的写意色彩；这也就是为什么黄佐临自 1951 年就有了比较明确的“写意戏剧”的追求，但因缺少合适的剧本，数十年来他苦苦地思考和探索却少有建树，直到 1987 年与《中国梦》剧本相遇，他才创造了自己舞台艺术的辉煌。

中国戏剧家长期以来，都在思考、探索从民族戏曲的写意美学出发去创造一种独特的民族话剧，却为什么没有这种剧本创作的尝试。这其中的原因是多样的，最重要的可能是西方戏剧在“五四”前后引进中国，主要是以易卜生为代表的近现代的写实话剧创作，加上后来又引进了集西方近现代写实演剧之大成的斯坦尼体系，因此，写实观念在中国话剧的发展中根深蒂固，形成剧本创作和舞台演剧的所谓“易卜生—斯坦尼模式”。而用这种写实的戏剧观念，是绝对创作不出写意话剧剧本的。尽管长期以来，中国戏剧家从理论和演剧上都在力求突破写实戏剧大一统的局面而有新的、别样的创造，但是，因为写实文学及戏剧与20世纪中国社会现实错综复杂的关联，这些努力都没能改变“易卜生—斯坦尼模式”在中国话剧界的绝对地位。正是在这个意义上，80年代前期中国戏剧界广泛展开的“戏剧观”论争，首先就在观念上为写意话剧的剧本创作打开了道路。尽管这次“戏剧观”论争与50年代那场“话剧民族化”探讨有些相似，绕开了话剧创作内容的“假、干、浅”等尖锐问题，而偏向对“熟、老、旧”等话剧艺术形式问题的探索，它同样影响到中国话剧发展的深入，但是，论争又确实使中国戏剧界看到了因为长期闭关锁国，中国话剧固守“易卜生—斯坦尼模式”的狭窄与僵化；看到了舞台假定性等戏曲美学的西传及其对西方现代戏剧创造的影响，从而对民族戏曲的美学精神和艺术价值有了深刻的认识。因此很快地跳出“易卜生—斯坦尼模式”而借鉴其他戏剧流派，突破“写实”“造成生活幻觉”的戏剧观，尝试“写意”“破除生活幻觉”的戏剧观，成为中国话剧最热门的艺术探索。写意话剧的剧本创作，正是在这股戏剧创新浪潮的推涌下才应运而生的。

此前的中国话剧，例如田汉、曹禺、夏衍、郭沫若、老舍等的创作，与中国戏曲也有密切的美学关联，然而，那更多的是在基本保持西方传统话剧风貌的基础上去借鉴戏曲的审美精神和艺术原则，目的是加强“民族风格”。当然，写意话剧也不可能像戏曲那样唱、念、做、打综合在一起，它仍然是以语言和动作为主；不可能像戏曲那样程式化，它仍然是比较接近生活的艺术表现；不可能像戏曲那样以“叙述”方式搬演故事，它仍然是在现实人生的“展示”中写人叙事。不过，虽然写意话剧创作还是采用话剧形式，甚至有时它还借鉴西方现代派戏剧的某些表现手法，但是，它在戏剧美学上更多是从民族戏曲的“写意”出发，于再现的基础上着意表现，在写实与写意的结合中偏向写意，因而其中就更多地渗透着戏曲审美的时空写意性、动作写意性和诗化写意性。也正是这些鲜明的写意特征，使中国写意话剧的创造不仅舞台演剧有其独特的风格，而且，其剧本创作的美学形态也在世界戏剧中独树一帜。

中国话剧发展的根本问题是民族话剧的现代化创建，正是在这里，民族戏剧传统的现代性、创造性的转化成为一个重要课题，写意话剧的探索因而有其特殊的价值。而从20世纪世界剧坛的整体情形来看，在东西方戏剧的交流融会中进行创造是其发展趋势。德国的布莱希特、法国的阿尔托、苏联的梅耶荷德、波兰的格洛托夫斯基、英国的布鲁克等西方戏剧家，都从中国戏曲及东方戏剧中汲取营养而创建了他们的戏剧体系，中国戏剧家在与世界戏剧保持密切联系的同时，更应该立足于民族戏剧传统去寻求新的创造。1936年，梅耶荷德在欣赏了梅兰芳的精彩演出后，曾经预言："未来戏剧的光荣将建立在这种艺术的基础上。那时，将出现西欧戏剧艺术和中国戏剧艺术的某种结合。"㉔ 西方传统话剧的"写实"和中国传统戏曲的"写意"是世界戏剧的两极，在这两极之间有着无数的"结合点"，那是世界各国戏剧家驰骋创造的艺术天地。而从中国戏曲的写意美学出发去创造民族话剧，也正是中国戏剧家对于世界戏剧的独特贡献。

注释：

① 施叔青：《西方人看中国戏剧》，人民文学出版社1988年版，第28页。

② 查丽芳：《说不尽的〈死水微澜〉》，载田本相、董健主编《中国话剧研究》第7辑，文化艺术出版社1993年版。

③㉔ 格拉特柯夫辑录：《梅耶荷德谈话录》，章道明译编，中国戏剧出版社1986年版，第251页，第252页。

④ 田沁鑫：《非凡的韧性与雄强的生命力》，《中国文化报》1999年8月18日。

⑤ 厄尔·迈纳：《比较诗学》，王宇根、宋伟杰等译，中央编译出版社1998年版，第33页。

⑥⑦ 徐晓钟：《在兼容与结合中嬗变（下）——话剧〈桑树坪纪事〉实验报告》，《戏剧报》1988年第5期。

⑧ 黄佐临1962年在《漫谈"戏剧观"》中称其为"写意戏剧"；1987年，孙惠柱等编剧，黄佐临等导演的《中国梦》标明"写意话剧"。此后，戏剧界就更多地称这种民族话剧为"写意话剧"。

⑨ 冯叔鸾：《戏剧改良论》，载《啸虹轩剧谈》，中华图书馆1914年版，第4—5页。

⑩ 王梦生：《梨园佳话》，商务印书馆1915年版，第155页。

⑪ 余上沅：《旧戏评价》，《晨报副镌》1926年7月1日。

⑫ 参见余上沅《旧戏评价》、赵太侔《国剧》，《晨报副镌》1926年6月17日。

⑬⑱ 梁实秋：《悼念余上沅》，载张余编《余上沅研究专集》，上海交通大学出版社1992年版，第43页。

⑭ 余上沅：《国剧》，上海《晨报》1935年4月17日。

⑮ 余上沅：《中国戏剧的途径》，《戏剧与文艺》1929年5月第1卷1期。

⑯ 杨村彬：《土生土长与接受遗产》，《民间半月刊》1937年第3期。

⑰ 张庚：《话剧民族化与旧剧现代化》，《理论与现实》1939年6月第1卷3期。

⑲ 焦菊隐：《让话剧丰富多彩起来》，载《焦菊隐文集》编辑委员会编《焦菊隐文集》第三卷，文化艺术出版社1988年版，第405页。

⑳ 参见焦菊隐《论民族化》《导演·作家·作品》《谈话剧接受民族戏曲传统的几个问题》等文，载《焦菊隐

文集》第四卷，文化艺术出版社 1988 年版。

㉑ 焦菊隐：《〈武则天〉导演杂记》，载《焦菊隐文集》第四卷，第 109 页。

㉒㉓ 黄佐临：《漫谈“戏剧观”》，《人民日报》1962 年 4 月 25 日。

（2007 年第 7 期）

从焦菊隐到黄佐临：中国当代话剧导演理念的二度转向

邹　红

在20世纪50年代以前，中国话剧导演界或可比之为一种群雄割据的战国局面，早期的欧阳予倩、洪深，稍后的余上沅、熊佛西、张骏祥、章泯等，均为各领一时风骚的重要人物，但都没有形成以某一导演为中心的话剧格局。这种情况在50年代以后发生了变化。新中国成立后，那些成名较早的导演由于种种原因离开了话剧舞台，如欧阳予倩中华人民共和国成立后担任中央戏剧学院院长，洪深担任对外文化联络局局长，余上沅、熊佛西等执教于大学，而张骏祥、章泯等完全转向电影。他们或政务缠身，或缺少导演实践的机会，事实上在话剧导演方面已无突出的建树。这时期真正活跃在话剧舞台上的只有两人，即黄佐临和焦菊隐。前者为上海人民艺术剧院院长，后者为北京人民艺术剧院总导演，一南一北，正形成双峰并峙之势，当时话剧界所谓“南黄北焦”之说，便由此而来。不过话虽如此，由于种种现实因素的制约，在五六十年代，黄佐临可以驰骋的舞台天地远不及焦菊隐宽阔，其成就、影响也较焦菊隐略逊一筹。直到80年代以后，黄佐临因其倡导写意戏剧而声誉日隆，遂取代焦菊隐而成为中国话剧导演的领军人物。在焦、黄二人这种影响、地位的转换背后，可以说隐含了中国当代话剧导演理念的重大变化。

一、焦、黄戏剧经历之比较

将焦菊隐、黄佐临的戏剧经历进行比较是一件很有意思的事。

一般论及焦菊隐与黄佐临，大多着眼于两人戏剧观的差异，如黄佐临倡写意，推崇布莱希特，而焦菊隐倡写实，取法斯坦尼斯拉夫斯基；再加上一南一北，一海派一京派，两人之差异几如泾渭。但事实上，无论是各自的戏剧经历还是导演思想乃至艺术手法，焦、黄并不乏相同、相近之处，颇令人玩味。

我们先看几组有趣的史实。

焦菊隐，原名焦承志，1905年出生于天津。黄佐临，原名黄作霖，1906年出生于天津。两人都在天津上的中学，所不同者，焦菊隐就读的直隶省立第一中学，这是当时天津唯一的一所官立中学，俗称“官立中”；而黄佐临则进入了天津的一所教会学校——新学书院。

两人分别于1924年、1925年进入大学，焦菊隐被保送进入北平燕京大学，黄佐临则选择了英国伯明翰大学。学校虽不同，不过有两点却是一致的：一是两人选择的专业均与戏剧无关，焦菊隐读的是国际政治，黄佐临读的是商科；二是两人大学期间都对戏剧抱有浓厚的兴趣。1926年，正在美国学习戏剧的熊佛西写信给焦菊隐，其中有这样几句：“菊隐，你不是想专门学习戏剧吗？ 好！ 妙！ 我又多了一个同志，但不知你对戏剧的观念如何？”[①] 焦菊隐对戏剧的爱好由此可见。在大学时期，他有意识地对一些欧美重要剧作家作了较为深入的研究，并利用自己的外语优势，开始翻译国外的优秀剧作。就目前掌握的材料来看，他翻译并发表（出版）印度诗人迦梨陀娑的诗剧《沙恭达罗》，意大利剧作家哥尔多尼的喜剧《女店主》，法国剧作家莫里哀的喜剧《伪君子》，以及美国作家爱伦·坡的若干短剧。在剧作家的研究方面，焦菊隐发表了两篇重要的论文，《论易卜生》和《论莫里哀》。此外，对于当时国内剧坛状况，焦菊隐也非常关注。发表于1927年11月14日《晨报》副刊的《“职业化”的剧团》一文，不仅表明焦菊隐已具备较高的戏剧理论修养，而且表明焦菊隐对中国话剧发展的历史与现状相当熟悉，从论文所提出的问题到解决的办法，都像是出自专业人士的手笔，以至很难令人相信，这样一篇论文的作者竟然是一名政治系三年级的学生。同样，大学四年期间，黄佐临的兴趣似乎更多是在戏剧方面，他曾在学生同乐晚会上演出了自己创作的短剧《东西》和《中国茶》，并扮演过萧伯纳剧作《千面人》中的孔夫子。大学期间有两件事对黄佐临后来转向戏剧影响极大：一是1927年暑假他参加了牛津大学举办的“莎士比亚暑期学校”，这使他深深迷上了莎士比亚戏剧；二是1928年，黄佐临将自己创作的剧本《东西》寄给萧伯纳，萧伯纳在剧本上题字予以勉励，希望他不要做萧伯纳或易卜生；第二，应自创一格，黄佐临由此成为萧伯纳的忠实崇拜者。

1935年，焦菊隐获得机会赴法国巴黎大学文学院留学攻读博士学位，导师为居斯塔夫·柯思教授。1938年，焦菊隐以《今日之中国戏剧》为题完成博士论文，顺利通过答辩，获得巴黎大学文学博士学位。除这篇博士论文外，焦菊隐还完成了两篇副论文：一篇是关于中国戏曲史的《唐、宋、金、元的大曲》，另一篇是《亨利·贝克戏剧中的社会问题》。同样是在 1935 年，黄佐临再度出国留学，与新婚妻子丹尼（金韵之）一道前往英国伦敦，进入剑桥皇家学院研读莎士比亚戏剧。在此期间，黄佐临还与丹尼一起考入法国导演米歇尔·圣丹尼创办的伦敦戏剧学馆，黄佐临学导演，丹尼学表演。1937 年，黄佐临以论文《莎士比亚戏剧在英国演出简史》通过答辩，获得皇家学院的文学硕士学位，同时也完成了在伦敦戏剧学馆导演班的学习。

黄佐临于 1938 年 8 月携夫人前往重庆国立戏剧专科学校任教。国立剧专 1935 年创办于南京，为当时中国戏剧教育最高学府，抗战时期迁到四川，先在重庆，后来又迁到江安。校长是著名戏剧家余上沅，著名剧作家曹禺任教务长。黄佐临夫妇在国立剧专分别讲授导演课和表演课，黄佐临还为剧专学生导演了由田汉改编的《阿 Q 正传》和吴祖光的《凤凰城》。1940 年初，黄佐临因奔父丧离开国立剧专。而在 1941 年底，黄佐临夫妇离开一年多后，焦菊隐也来到国立剧专，任话剧科主任，并讲授导演、表演、舞美和剧本选读等课程。教学之余，他还为剧专学生导演了莎士比亚的《威尼斯商人》和曹禺的《日出》等作品。焦菊隐在剧专任教的时间比黄佐临还短，1942 年底，焦菊隐从国立剧专辞职。

1940 年，黄佐临来到上海，先是在圣约翰大学、暨南大学、沪江大学等学校任教，讲授西方戏剧史、莎士比亚研究和戏剧理论等课程，同时开始了他的职业导演生涯。从 1940 年到 1946 年，黄佐临先后为上海剧艺社、上海职业剧团、上海艺术剧团、苦干剧团等执导过《小城故事》（张骏祥著）、《蜕变》（曹禺著）、《秋》（巴金原著，李健吾改编）、《大马戏团》（俄安德烈夫著，师陀改编）、《视察专员》（即俄果戈理的《钦差大臣》，陈治策改编）、《升官图》（陈白尘著）等数十部作品。这是黄佐临导演生涯中的第一个高峰时期。1946 年秋，黄佐临离开上海，前往迁回南京的国立剧专任教。焦菊隐的情况与黄佐临有明显不同。1938 年回国后，焦菊隐几经周折，最后受聘于广西大学，担任文法学院文史专修科教授。广西是中国这一时期除上海之外又一个戏剧活动中心。由于战事的影响，使得一大批话剧人，如欧阳予倩、洪深、熊佛西、田汉、夏衍等著名导演、剧作家此时都汇聚到广西桂林，这就促成了桂林浓郁的戏剧氛围。但广西时期（1938—1941）焦菊隐的主要精力仍放在对以桂剧为代表的传统戏曲的研究，其间仅有过两次导演实践，一次是 1939 年 10 月，桂林各界为《救亡日报》复刊筹募基金，组织公演夏衍的话剧《一年间》，由田汉、夏衍、马彦祥、马君武、欧阳予倩等人组成导演团，孙师毅、焦菊隐任执行导演。这大概是焦菊隐从事话剧导演的开始。另一次是 1940 年秋为广西国防艺术社导演曹禺的《雷雨》。依焦菊隐之意，是想给《雷雨》一个合乎时代的解释，并在技巧上作些新的尝试，但似乎未能获得预期的成功。而1942年离开国立剧专后，焦菊隐到了重庆，在那里一直待到1946年，其间几乎没有什么导演实践的机会。重庆时期的焦菊隐主要致力于丹钦科的《回忆录》（中译本改名为《文艺·戏剧·生活》）和契诃夫戏剧的翻译，这使他对斯坦尼斯拉夫斯基表演体系有所认识，并开始关注剧团的体制和演出关系等问题。1946年秋，焦菊隐回到北平，应北平师范学院（即后来的北京师范大学）之聘担任西语系主任。

1949年，北平和平解放，焦菊隐就任北京师范大学文学院院长，兼西语系主任。其时洪深为北京师范大学音乐戏剧系主任，应洪深之邀，焦菊隐为该系学生开设了斯坦尼斯拉夫斯基体系和西洋戏剧概论等专业课。1950年元旦，北京人民艺术剧院成立。8月，接受北京人艺的邀请，执导由著名作家老舍创作的话剧《龙须沟》。1951年2月1日，《龙须沟》在京首演，演出获得了前所未有的成功。由于《龙须沟》的巨大成功，剧作者老舍被北京市人民政府授予“人民艺术家”的光荣称号，而焦菊隐的导演成就也备受称誉，有人评价是“五四以来的戏剧艺术——特别是导演艺术最高成就之一”②。这直接促成了焦菊隐生活中的一个重大转折：1952年6月，北京人民艺术剧院重新组建，成为专业的话剧院，由曹禺担任院长，焦菊隐则正式调离北京师范大学，担任北京人艺的第一副院长。他期盼了多年的愿望终于成为现实。在此之前，焦菊隐一直是以学者、教授的身份业余从事戏剧导演活动的；自此之后，焦菊隐才得以全身心地投入话剧艺术，成为专业的话剧导演。1955年，北京人艺实行总导演制，焦菊隐兼任剧院总导演。

1946年到1950年，黄佐临涉足电影导演，先后为文华影片公司导演了《假凤虚凰》《夜店》《表》《腐蚀》《思想问题》等影片。1950年，上海人民艺术剧院组建，著名剧作家夏衍出任院长，黄佐临任副院长。

1960年，黄佐临接任上海人民艺术剧院院长。将焦、黄两人的戏剧经历并置，其异同是显而易见的。

就同的一方面来说，两人有着共同的出生地，中学阶段都在天津度过，而天津作为早期话剧的重要发源地之一，对两人戏剧兴趣的形成无疑有着重要的影响，尤其是南开中学的演剧活动，可以说是决定两人后来转向话剧的一个重要的潜在因素。此为其一。两人大学毕业后都学非所用，共同放弃了所学专业而选择了戏剧，并且都有出国学习戏剧的经历，归国后都以戏剧为业。此为其二。两人都曾一度任教于当时中国戏剧教育的最高学府国立戏剧教育专科学校，最后又分别成为中国南北两大话剧团体的掌门人，在理论和实践方面均有建树，为中国话剧作出了各自的贡献。此为其三。

就异的一方面来说，首先是焦、黄两人对戏剧兴趣的侧重点有所不同：从上述材料可以看出，焦菊隐在很长一个时期内主要关注传统戏曲，在赴法国留学之前，有将近五年的时间，焦菊隐担任北平戏曲专科学校（后改名为中华戏曲专科学校）校长。这段经历使他系统而全面地掌握了戏曲知识，成为这一领域的专家，并为他在法国写作博士论文奠定了重要的基础。1938 年回国后在广西大学任教期间，其学术兴趣仍在传统戏曲的研究方面，他写了一系列有关传统戏曲研究的论文，如《桂剧之整理与改进》《旧剧构成论》《旧剧新诂》等，对旧剧的特征、旧剧人才的培养等问题做了颇为深入的研究。而黄佐临从一开始就致力于西方戏剧史和戏剧理论的学习研究，第一次留学英国使他结识了萧伯纳，第二次出国入剑桥皇家学院专攻莎士比亚戏剧，回国后在大学也以讲授西方戏剧史和戏剧理论为主，对西方古典戏剧和近现代戏剧都有相当的了解。其次，焦、黄戏剧出身（姑且用此说法）不同：虽然都有出国学习戏剧的经历，但焦菊隐在巴黎大学的导师并不以研究戏剧著称[③]，其博士论文研究的是中国戏剧；黄佐临的硕士论文虽然也是戏剧演出史方面的内容，但他在圣丹尼伦敦戏剧学馆所学的却是正宗的戏剧导演，圣丹尼是法国著名的老鸽巢剧院创始人雅克·柯普的外甥，故黄佐临于导演一行可谓出身名门。比较而言，焦菊隐确实算不上科班出身。两人这种戏剧出身上的差异直接影响到他们后来的戏剧事业，如黄佐临学成归国后在话剧界一帆风顺，如鱼得水，而焦菊隐却颇多坎坷，很长一个时期难以真正融入圈内。第三，焦、黄两人后来虽然殊途同归，各为一方掌门，但在 50 年代以前，其导演实践、成就、影响相差悬殊；而 50 年代以后，两人也是各领一时风骚，呈现此消彼长之势。如前所述，仅 1940 年至 1946 年，黄佐临执导的话剧作品就多达数十部，其中不少是与当时著名编剧、导演、演员的合作，而焦菊隐在 50 年代以前执导过的作品屈指可数，导戏在他只是一种业余行为。换句话说，当黄佐临在话剧界已经享有盛誉时，焦菊隐这一名字对不少人来说仍属陌生。但到了 50 年代以后，焦菊隐在话剧界的影响如日中天，佳作迭出，而黄佐临虽间有成功之作，却难以和焦菊隐相抗衡。

二、焦、黄戏剧思想之比较

焦菊隐、黄佐临在戏剧思想上仍是同异并存，且同中有异，异中有同。这种异同主要表现在思想渊源、戏剧理想、民族化探索三个方面。

就思想渊源方面而言，学界一般认为：焦菊隐取法斯坦尼斯拉夫斯基，而黄佐临师承布莱希特。这大体不错，但并不十分确切。上文提到，焦菊隐在1942年以后开始翻译丹钦科的《回忆录》和契诃夫戏剧，这对于焦菊隐认识、接受斯坦尼斯拉夫斯基表演体系具有特殊的意义。尽管在此之前，焦菊隐对斯氏表演体系已有所认识，称之为“一个排戏的最进步的方法”[④]，但那还比较浮泛，而通过对丹钦科《回忆录》和契诃夫戏剧的翻译，焦菊隐才对斯氏体系有了较为全面深入的认识，用焦菊隐自己的话说：“我的导演工作道路的开始是独特的：不是因为斯坦尼斯拉夫斯基才略约懂得了契诃夫，而是因为契诃夫才略约懂得了斯坦尼斯拉夫斯基。”[⑤]简言之，焦菊隐从丹钦科《回忆录》、从契诃夫剧本所得到的最直接的启示主要有两条：一是表演方法上的，包括丹钦科提出的“内心体证律”和契诃夫提出的“不要表演的表演”；二是剧团组织上的，即组建一个完全不同于旧式演出的新型剧团。而更重要的是，丹钦科的戏剧思想和艺术实践为焦菊隐长期以来一直在憧憬、在探索的戏剧理想提供了一个真实而成功的范本，使之如黑暗中的行路者骤然看到灯光一样，他那原先朦胧、模糊的追求在这灯光的照耀下清晰化、具体化了。一般研究焦菊隐导演思想的渊源，往往只着眼于斯坦尼斯拉夫斯基的影响，但实际上丹钦科的影响更为巨大，也更为久远。

还在英国皇家学院留学期间，黄佐临就读到了布莱希特那篇著名的论文《论中国戏曲的陌生化效果》。这是布莱希特1935年在莫斯科观看梅兰芳演出后有感之作，布莱希特认为梅兰芳的表演印证了他的戏剧主张而对之多有称誉，但黄佐临之所以对布氏此文发生兴趣，主要还是因为布莱希特的“间离效果”主张与他在圣丹尼戏剧学馆所接受的戏剧理念不乏一致。在欧洲近代戏剧演出史上，雅克·柯普以反对自然主义，倡导诗意戏剧而著称，圣丹尼继承了柯普的戏剧理念并有所发展，这当然会对黄佐临产生影响。在写于1989年的《我的“写意戏剧观”诞生前前后后》一文中，黄佐临明确表示：“受了圣丹尼影响，加上1936年读到布莱希特在莫斯科看了梅兰芳表演后所写的那篇文章，我的‘写意戏剧观’便油然而生了。”[⑥]不过有必要指出，圣丹尼虽然反对演出中的自然主义，但他对斯坦尼斯拉夫斯基表演体系却不无崇敬之情。在圣丹尼看来，“如果能够有选择地，有鉴别地接受斯氏体系，那么体系就有可能成为‘一切风格的艺术的基本法则’”[⑦]。事实上斯氏体系也是圣丹尼伦敦戏剧学馆的教学内容之一，所以，黄佐临在那里不仅读了新出版的斯坦尼斯拉夫斯基的《我的艺术生活》(英文版)，而且修习了学馆开设的斯氏体系表演训练课程[⑧]。当然，这是圣丹尼所理解的斯氏表演体系。

我以为，在肯定黄佐临有意识地师承布莱希特的同时，不应低估斯坦尼斯拉夫斯基表演体系对他的影响。这样说不仅是因为有圣丹尼戏剧学馆的学习经历，更因在黄佐临整个的导演生涯中，他执导的大部分作品都用的是与斯氏有关的方法。在写于1978年的《回顾·借鉴·展望》一文中，黄佐临承认，从1950年到1978年，“试验我的写意戏剧观，有四次：1951年《抗美援朝大活报》；大跃进时的《八面红旗迎风飘》；第三个是《激流勇进》；第四个是今年的《新长征交响曲》。我只是这四次尝试，其它都是按正规的话剧去排练，同时并存”[⑨]。这里说的“按正规话剧去排练”，当然包含了斯氏的方法。即使是后来执导布莱希特的《伽利略传》，黄佐临也没有刻意追求所谓的“间离效果”，在与剧组见面之初黄佐临就明确表示：“我们不用那些被歪曲了的布莱希特的要求，而用我们习惯的表情（演？）方法，斯坦尼方法。”稍后写作的《追求科学需要特殊的勇敢》也说：“我们主张用布莱希特和斯坦尼体系双结合的方法来排演《伽利略传》。”难怪有人看完《伽利略传》表示该剧“与斯坦尼斯拉夫斯基体系的戏没啥区别”[⑩]。由此可见，不论是焦菊隐还是黄佐临，都受到斯氏体系的影响，而且都自觉地学习、借鉴斯氏表演方法。要说有什么差异的话，或许焦菊隐的接受更侧重在排戏层面，而黄佐临则更侧重演员的训练层面。而此种差异的形成，应该可以归因于焦、黄两人接受斯坦尼斯拉夫斯基表演体系的前视野，即焦菊隐是由丹钦科、契诃夫而认识斯坦尼斯拉夫斯基，黄佐临是由圣丹尼而认识斯坦尼斯拉夫斯基。[⑪]

焦、黄两人在戏剧观方面的差异，简单地理解为焦菊隐崇尚写实，黄佐临倡导写意，恐怕也还可以再作斟酌。这样一种理解无形中将两人在戏剧观上对立起来，但实际上他们的戏剧理想并不缺少相通相似。

焦菊隐的戏剧观是有一个发展变化过程的。在50年代中期以前，焦菊隐基本上是持西方19世纪以来的现实主义戏剧观，尤其是丹钦科、斯坦尼斯拉夫斯基的戏剧观。他赞成“第四堵墙”的理论，虽然多少表示过对镜框式舞台的不满，但仍接受了斯氏体系消除表演意识，将舞台与观众隔离开来，以及强调客观真实等观点。而从50年代中期开始，经过对斯氏体系的全面了解，特别是重新认识中国戏曲的美学精神之后，焦菊隐的戏剧观念发生了很大的变化，修正了先前的一些偏颇。他意识到“假定性”是戏剧艺术得以存在的根本，肯定了观众在戏剧活动中的重要作用，不再以在舞台上呈现“一片生活”作为最高追求，从而形成了以体验为本、表现为用为特征的新戏剧观，并融进了鲜明的民族色彩。焦菊隐心目中的理想戏剧，或者说他后来致力于探索的新型戏剧，是一种建立在斯氏体验戏剧基础之上，同时又借鉴中国传统戏曲美学精神的嫁接型产物。这种戏剧既保留了“五四”以来中国话剧注重写实的特征，又不是完全照搬生活；既强调演员的内心体验，又不绝对排除演员的表演意识；以形写神，虚实结合，最终实现“欣赏者与创造者共同创造”[12]。

在1962年广州话剧、歌剧、儿童剧创作座谈会上，黄佐临作了题为“漫谈戏剧观”的发言，针对当时戏剧界以斯氏体系为一尊的格局，黄佐临指出：“这个企图在舞台上造成生活幻觉的‘第四堵墙’的表现方法，仅仅是话剧许多表现方法中之一种。”黄佐临将有史以来的戏剧观概括为三大类型：“造成生活幻觉的戏剧观和破除生活幻觉的戏剧观，或者说，写实的戏剧观和写意的戏剧观；还有就是，写实写意混合的戏剧观。”黄佐临在发言中特别介绍了布莱希特的戏剧理论，认为布莱希特所说的“间离效果”，“事实上即是‘破除生活幻觉’的技巧，反对演员、角色、观众合而为一的技巧”。显然，黄佐临发言的主旨，是想通过借鉴布莱希特的理论、技巧来“打开我们目前话剧创作只认定一种戏剧观的狭隘局面”[13]。在这次发言中，黄佐临并没有表明他本人的戏剧观为何，直到1978年，他才在文章中公开承认：“我自己是相信写意戏剧观。”[14]1987年执导《中国梦》获得成功后，黄佐临对其“写意戏剧观”的内涵作了进一步的说明：“多年以来所梦寐以求的”，就是一种“斯坦尼斯拉夫斯基——布莱希特——梅兰芳三个体系结合起来的戏剧观，而《中国梦》即是这个追求之具体实例”[15]。

与焦菊隐致力于创造一种“嫁接型”戏剧不同，看上去黄佐临似乎有意创造一种化合型（融合型）戏剧，但问题的关键是，在这样一种所谓“三结合”的模式中，如何调和不同体系之间的重大差异，能否真如黄佐临所想，将斯氏的“内心感应”、布氏的“姿势论”和梅氏的“程式规范”合而为一？ 是以布莱希特体系为主还是以梅兰芳体系为主？ 或者三者等量齐观，不分主次？ 对于这些问题，黄佐临恐怕还没有从理论上厘清，在实践上也还有待继续摸索。而从黄佐临并不拒绝斯氏体系和强调戏曲表现形式、推崇诗意戏剧来看，他与50年代中期以后的焦菊隐在戏剧审美追求上并非截然对立。

从某种意义上说，话剧民族化的关键，在于如何认识传统戏曲之特质及与话剧之关系。对此，焦、黄两人的观点仍是同、异互见。具体些说，对前一个问题即传统戏曲特质的认识方面，两人似无大的差异，但在如何看待戏曲与话剧关系、如何结合二者以创造新型戏剧问题上，两人的确存在重大的分歧。

在焦菊隐看来，话剧与戏曲分属于两种不同的表演体系，不同的戏剧类型，因此二者之间应该是一种“互相借鉴、互相吸收、互相丰富”的关系，“应该是两者相辅相成，而重点又是保持本剧种的特色，并发扬和发展这些特色。也就是说，话剧应当遵循自己的道路来吸收戏曲的东西，正如戏曲吸取了话剧的特点而仍应是更好的戏曲一样”[16]。基于这一认识，焦菊隐特别指出，话剧向戏曲学习，吸取戏曲表演手法，必须以保留话剧自身的艺术特性为前提。这种学习应该“结合我们话剧的特点，吸收、借鉴戏曲手法，并加以发展，使它成为话剧的东西。总之，要消化。话剧学习戏曲传统只是为了丰富自己的表现力，丝毫也不意味着取消话剧的特色，是化过来而非化过去”[17]。焦菊隐所谓“是化过来而不是化过去”，就是要求立足于话剧自身，为发展话剧、丰富话剧的表现手段而去学习、借鉴戏曲，而不是话剧戏曲化。简言之，“话剧的新形式，决不能是戏曲的形式”[18]。相应地，话剧向戏曲学习，主要不是学习其表现手法或技巧，而应该重在学习戏曲精神。“话剧所要向戏曲学习的，不是它的单纯的形式，或者某种单纯的手法，而更重要的，是要学习戏曲为什么运用那些形式和那些手法的精神和原则。掌握了这些精神和原则，并把它们在自己的基础上去运用，就可以大大丰富和发展自己的演剧方法”[19]。

如果说焦菊隐更多的是着眼于话剧、戏曲的差异性，而主张以话剧为本位去借鉴、吸收戏曲的话，那么黄佐临则更多地着眼于话剧、戏曲的共同性，而试图以此为基础去融合话剧与戏曲。这里需要说明一点，即所谓黄佐临着眼于话剧、戏曲的共同性，说得准确些，是着眼于以布莱希特为代表的西方写意话剧和中国传统戏曲之间的共同性。黄佐临认为：“无论中国戏曲不存在‘第四堵墙’，坦率承认演戏就是为了给人看戏的根本观念；无论表演中带有由‘另一个人重述一个事件’的叙述的性质；无论‘自我监视’的表演方法……都和布氏的主张有许多的相似之处。”[20]虽然布氏体系与中国戏曲之间也有差异，如布莱希特要推倒“第四堵墙”而中国戏曲根本就不承认有“第四堵墙”；再比如，相对于布氏体系，“中国戏曲不太重视写意中所沉淀的理性本质”[21]；但总体而言，中国传统戏曲与布莱希特体系颇多一致，都属于写意戏剧的范畴。那么，已然具备写意特征的话剧为什么还要向传统戏曲学习呢？ 对此问题，黄佐临没有给出一个明确的答案。或许在黄佐临看来，布莱希特的“间离效果”说虽然有助于破除斯氏写实戏剧的“生活幻觉”，但在写意方面远不及中国传统戏曲成熟完备，故而仍有必要向戏曲学习。因此，尽管黄佐临后来也表示：“话剧向戏曲传统学习、借鉴，必须以话剧为主，不可失去它的特色”[22]，但具体所指实与焦菊隐有明显的差异：在焦菊隐，话剧特色指以写实为主导特征的中国现代话剧规范，在黄佐临，恐怕更倾向于就写意型话剧而言。这可以说是焦、黄在话剧民族化指导思想上的重要分野，且由此决定了两人在具体途径、方式上的差异。

三、焦、黄地位之消长与中国话剧发展进程

比较焦、黄两人在戏剧经历和戏剧思想方面的异同，很容易产生一个疑问，即为什么在50年代，将斯坦尼斯拉夫斯基表演体系成功用于中国话剧的不是黄佐临而是焦菊隐？因为无论从哪个方面来说，50年代以前的黄佐临都比焦菊隐更具优势。首先，在接触斯坦尼斯拉夫斯基表演体系方面，黄佐临不仅在时间上较焦菊隐要早得多，而且是当时国内介绍斯氏体系颇有影响的人物。其次，1937年和1954年，黄佐临曾两度赴苏联考察，对于莫斯科艺术剧院的演出形式有真切的感受。最后，黄佐临干导演这一行当是科班出身，早在40年代就执导过多部作品，较焦菊隐有更丰富的导演实践经验和更大的知名度，这使得他在上海人艺甫一建立便成为副院长一职的不二人选。而焦菊隐正式进入北京人艺还有待于《龙须沟》的成功。然而，起点较高的黄佐临在学习、借鉴斯氏体系方面却不及半路出家的焦菊隐，这岂不耐人寻味？

还有类似的问题：为什么不是黄佐临而是焦菊隐在话剧民族化方面取得了人所不及的成就？既然黄佐临很早就倾心写意戏剧，而且如他所说，传统戏曲的内部特征具体表现为“生活的写意性”“语言的写意性”“动作的写意性”“舞美的写意性”，而这四个方面的综合构成了他的写意戏剧观，这种写意戏剧观“和我国戏曲传统有着血缘关系”[23]，那么，又是什么原因导致黄佐临难以在话剧民族化方面有大的建树呢？这同样值得探究。

不错，50年代以后焦、黄两人各自环境的变化是一个不可忽视的因素。上海人民艺术剧院和北京人民艺术剧院虽然同属国家级剧院，但事实上仍有区别。新中国成立后，北京成为全国政治经济文化的中心，相应地，戏剧活动的重心也由先前的南方向北方转移。北京作为一个历史名城和新文化运动的策源地，一个既有全国影响最大的地方戏曲——京剧，又是“五四”以来话剧运动主要舞台之一的所在地，它自然具备了话剧发展的最优越的条件。如得天独厚的文化氛围，国内和国际的戏剧艺术的交流，以及在此基础上形成的具有较高素养的话剧观众群体等等，所有这些都从不同角度为焦菊隐创造了条件。此外，北京人艺不但拥有一批优秀的演员，而且还得到曹禺、老舍、郭沫若和田汉等中国现代最著名的剧作家的支持。如果说，莫斯科艺术剧院和斯坦尼斯拉夫斯基的成功离不开契诃夫、高尔基、托尔斯泰等著名作家支持的话，那么北京人艺和焦菊隐的成功，同样与老舍、郭沫若等人的话剧创作有着直接的关联。这自然是其他话剧团体无法比拟的。

焦、黄两人对斯坦尼斯拉夫斯基表演体系、对话剧与戏曲关系的理解上的差异，也在一定程度上制约着各自的导演实践。尽管黄佐临早在1936年就读过斯坦尼斯拉夫斯基的《我的艺术生活》，并在圣丹尼戏剧学馆、契诃夫戏剧学馆学习过斯氏表演体系，但那主要是作为训练演员的方法。从收入黄佐临《我的写意戏剧观》一书的文章来看，比较集中地论及斯坦尼斯拉夫斯基的只有一篇，即写于1953年的《向苏联戏剧大师学习——纪念斯坦尼斯拉夫斯基逝世十五周年》，且所谈主要是斯氏对艺术的态度、工作作风等体系之外的问题，远不及他对布莱希特理论介绍的深入全面。而焦菊隐虽然起步较晚（焦菊隐真正研习斯氏体系是40年代末50年代初），却下了很大的功夫。只要翻一翻收入《焦菊隐文集》第三卷中的《导演的艺术创造》《信念与真实感》《向斯坦尼斯拉夫斯基学习》《斯坦尼斯拉夫斯基体系的形成过程》等文章，不难看出焦菊隐用功之深，从而知其成功绝非偶然。在对中国传统戏曲的认识方面，两人也有深浅之别。如前所述，在40年代以前，焦菊隐主要致力于对传统戏曲的研究，故对戏曲之特性、所长与所短均有深入的体认；而黄佐临则屡屡表示自己对戏曲素无研究，这虽属谦辞，但也道出了部分事实。从表面上看，黄佐临对传统戏曲的推崇甚至超过了焦菊隐，以至于在50年代初，黄佐临竟然提出废除话剧，用戏曲取而代之的偏激主张[24]，但事实上，这样一种对戏曲的过度借鉴，很容易导向话剧戏曲化。也正因为如此，焦菊隐在执导《蔡文姬》《武则天》时，采取的是在保留话剧基本特色的基础上适当借鉴戏曲的做法，而黄佐临走的却是将戏曲剧本改编为话剧的路子。60年代初，黄佐临排演了根据川剧改编的话剧《借妻》《打城隍》《打豆腐》《打新娘》，大量引入戏曲手法。作为一种尝试，一种实验，此举固然不无裨益，但若想循此途径在话剧民族化方面获得大的成功，创造出融会中西戏剧之长的新型话剧，显然是不现实的。

还可以一提的是焦菊隐所受丹钦科的影响。据蒋瑞《焦菊隐的艺术道路》所述，1950年北京人艺之所以特意邀请焦菊隐导演《龙须沟》，是因为当时的副院长金紫光在延安时期曾读过焦菊隐翻译的《文艺・戏剧・生活》，留下很好的印象，再加上焦菊隐导演《夜店》成功的影响，于是才有这样一个决定。[25]我们知道，与斯坦尼斯拉夫斯基不同，有“莫斯科艺术剧院母亲”之称的丹钦科对焦菊隐的影响是全面的，根本性的。如果说斯坦尼斯拉夫斯基提供了“最进步”的排戏方法，那么丹钦科所给予焦菊隐的，是从演员教育、剧场管理、剧本选择，直到舞台演出等一整套切实可行的戏剧规范。这套规范虽然建立在莫斯科艺术剧院戏剧实践的基础之上，但对于纠正当时中国戏剧各方面存在的种种弊端同样具有指导意义[26]。可以说，在北京人艺邀请焦菊隐执导《龙须沟》的决定的背后，隐含了取法苏联莫斯科艺术剧院的管理模式和演出体制来创办北京人艺的期望。这也是焦菊隐不同于黄佐临之处，并在一定程度上影响他后来的戏剧追求。

以上所述可以部分地回答前面提出的问题，但都不是探本之论，除此之外，还有更为深层、更为根本的原因。

从中国现代戏剧自身发展的历史进程来看，话剧民族化与现代化的关系无疑是一个至关重要的问题，但此问题在相当长一个时期内未能得到很好的解决。很多人相信，既然话剧是一种外来样式，那么它首先就必须有一个本土化亦即民族化的过程，只有具备了合乎民族传统审美心理的表现形式，话剧才可能真正在中国获得成功。这种看上去合乎情理的看法忽略了一点，那就是在实施民族化或本土化之前，必须对话剧这种样式的规范和形式特征有正确的认识，也就是说，只有当外来话剧以它本来面目为国人所认知后，才有可能真正进入民族化环节。这里问题的关键在于：同化与民族化是两个不同性质的概念，尽管它们都属对待外来文化的态度，但前者的目的在于消解外来文化的异质性成分，使之完全融入本土固有文化；后者的目的则是保留外来文化的异质性成分并与本土文化相结合，在此意义上说，民族化更像是一种文化嫁接。具体到戏剧，所谓同化，实际上是以中国传统戏曲为本位来吸收、借鉴西洋戏剧，如晚清之戏曲改良，以及后来引入现代舞台装置之类，同化的结果仍不失为戏曲。民族化则不然，它应该是以话剧为本位，吸收借鉴传统戏曲之表现手法乃至美学精神，民族化的目的，不是消解话剧的固有特性，而是在保留话剧艺术个性的基础上赋予其民族的审美特征。所以，民族化的前提是现代话剧规范的确立。虽然我们可以说，从话剧传入中国那天起，如何使之适应中国的现实需求、符合国人的欣赏趣味就已经是话剧工作者必须考虑的问题，但真正的话剧民族化却始于对这种外来形式的深入了解和熟练运用。为了确立现代话剧规范，避免话剧被传统惰性所同化、所淹没的结局，必须先行张扬话剧的异质文化色彩，以及对传统戏曲作尖锐甚至是偏激的批判。只有经过这样一个过程，话剧民族化才可能进入内在层面，才可能取得实质性的进展。

因此，在上世纪三四十年代，对发展中的中国话剧而言，现代化本应比民族化更为重要，然而，三四十年代中国内忧外患的社会现实，客观上使得话剧民族化的迫切性远远超过了现代化，就是说，由于话剧被历史地赋予了宣传民众、鼓舞民众的重任，因此它必得在表现形式上贴近民众，为民众所喜闻乐见，大众化、民间化乃至戏曲化遂成为当务之急，从而延缓了中国话剧的现代化进程。50年代以后，随着战争的结束，话剧由先前的广场艺术转为剧场艺术，现代化进程才真正得以完成。而此时的现代化，实际上乃是西方近代写实戏剧范型的中国化。

与此相关的另一个问题是对中国现代话剧与现代文学关系的认识。作为中国现代文学的一个重要组成部分，中国现代话剧理所当然地形成了与之相一致的现实主义传统，并一直延伸到当代，这就使得以写实为特征的斯坦尼斯拉夫斯基表演体系的引入成为中国话剧的内在需求。就是说，从40年代开始而在50年代占据主导性格局的斯氏表演体系，并非可以简单地归结为政权更替或意识形态变化的结果，而毋宁说是由中国话剧自身特性所决定的必然产物，政治因素只是从外部促成了这种选择。焦菊隐曾经指出："欧洲戏剧的发展规律是：时代的美学观点支配着剧本写作形式，剧本写作形式又在主要地支配着表演形式。戏曲却是：时代的美学观点支配着表演形式，表演形式主要地支配着剧本写作的形式。"[27] 中国现代话剧剧本与表演之间的关系显然属于前者，因此，一方面，对于诸如曹禺的《雷雨》《日出》《北京人》，老舍的《龙须沟》《茶馆》这类作品，写实性表演无疑更有助于体现原作的内涵和风格；另一方面，像黄佐临那样希望在演出上尝试非写实方法的导演，确实很难找到适宜的剧本，就算黄佐临替代焦菊隐成为北京人艺的总导演，这个问题仍无法解决，而且还有一个话剧观众的欣赏定势问题。30年代以来的中国现代话剧已经培养了自己的观众群，他们是看着写实话剧长大的，已经习惯了这样一种戏剧类型，新的表演方式对他们来说难免会有一种抵触心理。黄佐临50年代末导演布莱希特剧作《胆大妈妈和她的孩子们》之所以失败，和70年代末导演《伽利略传》能获得成功，其实都与观众的接受心理有着直接的关系。如果将话剧置于整个中国现当代文学乃至艺术的大背景之下来看，应该说，只有当文学、艺术自身开始了非写实转向之后，话剧在剧本写作和演出方式的转变才成为可能。这也就是为什么黄佐临的写意戏剧观早在1962年就已提出，却直到80年代以后才产生大范围的反响。

对比早期国剧运动的失误可以使我们对此问题有更明澈的认识。平心而论，国剧运动的倡导者在肯定中国传统戏曲的审美价值及融写意、写实于一炉以创立新国剧等方面，确实表现出某些过人之处，但他们却未能意识到，以当时新剧发展的情况而论，民族化的要求尚不迫切，甚至可以说，还没有真正具备话剧民族化的前提——高层次的话剧民族化，应该是在对外来形式的运用已经达于成熟，且形成了支配性的格局之后，换言之，是在初期的同化和随之而来的异化之后，才会有对此异化的反拨，亦即自觉的民族化。没有这样一个否定之否定的过程，"国剧"运动的主张便不免于超前，不免于曲高和寡。正是由于这种认识上的偏差，“国剧”运动的倡导者虽然提出了融会中西、结合写实与写意以创立新“国剧”的设想，在当时却未产生多大的影响，也未能取得任何实绩。从知识背景来看，余上沅等人对中国传统戏曲之美学观念和表现手法的肯定，与他们对西方现代戏剧发展走向的认识是分不开的，换言之，不论是受某些西方戏剧理论家观点的启发，还是出自自身的体认，“国剧”运动的倡导者的确注意到传统戏曲与西方现代戏剧存在着某些相似。不错，余上沅等人是看到了西方近代艺术由写实向写意发展的趋势，看到了中国艺术、中国戏曲偏于写意的特征，但他们似乎没有意识到，西方近代艺术的象征、表现，与中国戏曲的写意有着各自的文化背景，二者只是相似而不能等同。因此，就中国戏剧自身的发展而言，还必须经历一个由写意到写实的过程，在这个过程之后，才会有更高层次的回归。我们必须承认，三四十年代的中国戏剧与当时的西方戏剧并不处在历史发展的同一个环节上，因而各自对现代性的认识也必然会有所不同。在已经超越了写实主义戏剧的西方戏剧家眼中，中国戏曲之表现性和虚拟性以其与西方戏剧发展趋势的一致而获得了现代意味，但对于“五四”时期的中国戏剧来说，基本上还处在由古典主义向近代戏剧过渡的转折阶段，这就决定了以易卜生为代表的社会问题剧和写实模式，较之以非写实为特征的现代派戏剧更适于作为中国戏剧取法的对象。

也正因为如此，中国话剧导演中的大多数在40年代中后期不约而同地借鉴斯氏表演体系，从而开始了中国话剧导演理念的第一次集体性转向，并在进入50年代以后形成一统天下的格局。而“国剧”运动倡导者对传统戏曲之写意性的推崇，在相当长一个时期内却犹如空谷足音，乏人应和。直到50年代后期，随着中国戏剧现代化进程第一阶段的完成，以斯氏体系为代表的写实型戏剧盛极而衰，传统戏曲之表现技巧和美学精神成为话剧民族化的学习对象时，以布莱希特为代表的西方写意型戏剧才得以搭乘戏曲这个顺风车而进入当代中国话剧舞台。然而，在60年代初的中国剧坛，布莱希特的处境其实是比较尴尬的。一方面，尽管布莱希特的“间离效果”论确实有助于矫正过度取法斯氏体系造成的偏颇，但由于上述种种因素（如剧本创作、观众审美定势等），布莱希特的“叙事性戏剧”实不足以和斯氏写实戏剧相抗衡；另一方面，既然布莱希特戏剧理论在很多方面与中国传统戏曲不无相通，且就体系性、完备性而言还不如传统戏曲，为何还要舍近求远，多兜一个圈子呢？ 即使到了80年代，布莱希特对中国话剧实际的影响仍颇为有限，其意义更多是一种象征性而非实践性的。也就是说，布莱希特在80年代前期再度进入人们的视野，与黄佐临写意戏剧观引发大范围讨论一样，更应该看作中国话剧导演理念二度转向的一种标志。这种转向与其说是转向布莱希特或写意戏剧，不如说是转向西方现代派戏剧，而这次转向的标志性结果，要到90年代才能看出。

现在再来看焦、黄的导演理念，其差异背后的意义就比较显豁了。显然，黄佐临的主张是比较接近“国剧”运动倡导者的。虽然黄佐临将自己的戏剧观称为“写意戏剧观”而似乎有别于余上沅所倡导的“国剧”，但他在具体表述时又屡屡将其理想戏剧界定为一种两结合或三结合模式。例如在写于1987年的《一种意味深长的撞合》一文中，黄佐临明确表示：“显而易见，无论是中国戏曲还是布莱希特，都不是我的戏剧观的归宿……我企盼着一种能够表现出东西方戏剧文化各自的内在灵魂，并使之融合的戏剧。这种戏剧，才是我心目中的写意戏剧、诗化戏剧。”[28] 对比余上沅所说“我们建设国剧要在‘写意的’和‘写实的’两峰间，架起一座桥梁”[29]，的确不乏一致之处。而反观焦菊隐话剧民族化理论，则与此有明显的不同。早在40年代初焦菊隐就撰文宣称：“我始终不相信，将来会有话剧、旧剧的混血产品，虽然有不少人在想象、在希望，在预先称此种理想中的剧艺为‘国剧’。我相信，旧剧会接收话剧中的物质成因——如灯光、色彩及某种派别的布景——和话剧的方法；我也相信，话剧将来会接收旧剧的印象作用、速写的特性；但我至少不相信两者会水乳交融起来，或者此消灭了彼，或者彼消灭了此，正如西洋歌剧及乐舞之与话剧一样，是始终分开的。”[30]50年代末尝试话剧民族化后，他再次指出：“话剧应当遵循自己的道路来吸收戏曲的东西”，而不能“丢开自己最基本的形式、方法和自己所特有的优良传统。”[31] 不难看出，焦菊隐的观点不但与早先余上沅所说针锋相对，而且也与黄佐临话剧戏曲化的意见相左。

康洪兴在其《“南黄北焦”异同论》中指出，黄佐临60年代初提出“戏剧观”问题具有一种“超前意识”。这自然是很有见地的，但他同时又为焦菊隐在当时未能“站出来振臂一呼”感到遗憾，这就有些欠妥了。[32] 因为从50年代后期开始，话剧民族化已渐入佳境，斯氏体系一统天下的格局也开始发生变化，焦菊隐本人虽未直接提出“戏剧观”这一概念，然而在他不少文章中都论及如何借鉴戏曲以丰富话剧表现手段，改变话剧创作、表演现状等问题，发表了不具有针对性和可行性意见。事实上，黄佐临的发言虽然产生了一定的反响，由《人民日报》予以发表，却很难说“影响之大，遍布海内外”。相反，1964年，周恩来看过黄佐临导演的《激流勇进》之后，在称赞该剧“新风格，气魄大”的同时，特别告诫“不要丢掉话剧特点”。黄佐临说：“这句话是针对我1962年在广州创作会议上发表的‘戏剧观’而言，给予我极深刻的教育。”[33] 这从一个侧面表明，60年代初的中国话剧尚不具备实现由写实完全转向写意的条件，而焦菊隐稳重务实的以话剧为本位借鉴戏曲的思路，不仅在实践上获得了成功，而且在理论上形成了相对完善的演剧学派。

概而言之，南黄北焦，虽然同为中国话剧导演史上的坐标性人物，但两人所代表的意义明显有别：如果说焦菊隐是以其对斯坦尼斯拉夫斯基表演体系的成功实践而结束了一个时代，那么黄佐临的意义就在于倡导写意戏剧观而开启了一个时代。如果可以用“破”“立”二字来概括焦、黄两人对中国当代话剧导演理念的贡献的话，那么焦菊隐的贡献在于立中有破，而黄佐临的贡献在于破中有立；前者的影响主要在“立”，后者的影响主要在“破”。当然还需要补充一句：焦菊隐的立中有破为中国当代话剧留下了不朽的传世之作，而黄佐临的破中有立，其“立”的部分尚有待于后人。

注释：

① 转引自蒋瑞《焦菊隐的艺术道路》，载杜澄夫、蒋瑞、张帆编《焦菊隐戏剧散论》，中国戏剧出版社 1985 年版，第 444 页。

② 张艾丁语，见蒋瑞《焦菊隐的艺术道路》，载《焦菊隐戏剧散论》，第 466 页。

③ 焦菊隐在其博士论文《今日之中国戏剧》篇末附有参考书目，包括法、德、英、日和中文著述多种，而独无其导师的论著。

④ 焦菊隐：《〈刑〉及其演出》，载《焦菊隐文集》编辑委员会编《焦菊隐文集》第二卷，文化艺术出版社 1988 年版，第 62 页。

⑤ 焦菊隐：《〈契诃夫戏剧集〉译后记》，载《焦菊隐文集》编辑委员会编《焦菊隐文集》第三卷，文化艺术出版社 1988 年版，第 292 页。

⑥⑨ 黄佐临：《我与写意戏剧观》，中国戏剧出版社 1990 年版，第 3 页，第 421—422 页。

⑦ 米歇尔·圣丹尼：《戏剧训练》，转引自姜涛《“佐临的风格”与梦想》，中国戏剧出版社 2004 年版，第 116 页。

⑧ 除了在圣丹尼戏剧学馆学习外，黄佐临还在米歇尔·契诃夫（安东·契诃夫的侄子）开办的戏剧学馆学习过有关斯坦尼斯拉夫斯基表演体系的课程。

⑩ 参见黄佐临《我的写意戏剧观》，中国戏剧出版社 1990 年版，第 176、217、198 页。

⑪ 在《回顾·借鉴·展望》一文中，黄佐临一方面指出，没有斯坦尼斯拉夫斯基表演体系一样可以训练话剧演员，那就是借鉴他的老师圣丹尼的方法，通过哑剧、即兴表演和诗朗诵来进行教学；另一方面黄佐临又承认，圣丹尼的方法只是训练的前半部分，接下来“要求更高，更深，就需要斯坦尼体系了”。这一认识与圣丹尼戏剧学馆的教学进程也是吻合的。参见姜涛《论“佐临的风格”与梦想》第三章第二节。

⑫ 焦菊隐：《论民族化（提纲）》，载《焦菊隐文集》编辑委员会编《焦菊隐文集》第四卷，文化艺术出版社 1988 年版，第 149 页。

⑬ 黄佐临：《漫谈“戏剧观”》，载《我与写意戏剧观》，第 276、280、277、272 页。

⑭ 黄佐临：《回顾·借鉴·展望》，载《我与写意戏剧观》，第 421 页。另见黄佐临：《从〈新长征交响诗〉谈起》，同上书，第 473 页。

⑮ 黄佐临：《〈中国梦〉——东西文化交融之成果》，载《我的写意戏剧观》，第 543 页。

⑯《焦菊隐文集》第三卷，第 461 页。

⑰ 焦菊隐：《谈话剧接受民族戏曲传统的几个问题》，载《焦菊隐文集》第四卷，第 14—15 页。

⑱ 焦菊隐：《豹头·熊腰·凤尾》，载《焦菊隐文集》第四卷，第 155 页。

⑲《焦菊隐文集》第三卷，第 454 页。

⑳ 黄佐临：《布莱希特〈中国戏剧艺术的陌生化效果〉读后补充》，载《我与写意戏剧观》，第 238 页。

㉑㉘ 黄佐临：《一种意味深长的撞合》，载《我与写意戏剧观》，第 93 页。本文由黄佐临口述，余秋雨执笔。

㉒㉓㉝ 黄佐临：《从〈新长征交响诗〉谈起》，载《我与写意戏剧观》，第 479 页，第 473 页，第 480 页。

㉔ 参见黄佐临《我与写意戏剧观》，第 421、479 页。

㉕ 参见蒋瑞文《焦菊隐的艺术道路》，载《焦菊隐戏剧散论》，第 461 页。

㉖ 参见拙著《焦菊隐戏剧理论研究》，北京师范大学出版社 1999 年版，第 29—33 页。

㉗ 焦菊隐：《〈武则天〉导演杂记》，载《焦菊隐文集》第四卷，第 106 页。

㉙ 余上沅：《国剧》，转引自洪深《现代戏剧导论》，载《洪深文集》第四卷，中国戏剧出版社 1959 年版，第 100 页。

㉚《焦菊隐文集》编辑委员会编：《焦菊隐文集》第一卷，文化艺术出版社 1986 年版，第 286 页。

㉛《焦菊隐文集》第一卷，第 286 页；《焦菊隐文集》第三卷，第 461 页。

㉜ 康洪兴：《戏剧导演表演美学研究》，高等教育出版社 1996 年版，第 27 页。

（2007 年第 7 期）

中国电影比较研究的新视野

张英进

一、电影研究的两种视野：比较与跨国

1995年，威尔曼（Willemen）作出一个有趣的评论："尽管比较文学有许多历史缺陷，但必须承认，电影方面的比较研究尚未存在。更糟的是，由于目前电影理论中的种族主义偏见，急需的比较电影研究可能需要很长一段时间才能取代目前强加于大学生中的电影研究。"①

威尔曼对于比较文学的评论引起我的兴趣，因为我从中看到了自20世纪90年代初起北美比较文学研究和电影研究迥然不同的发展轨迹：尽管比较文学先前在文学理论方面的优势得到了广泛承认，但比较文学却不得不在人文学科规模日益缩减的趋势中挣扎求存；相反，电影研究近来则在欣欣向荣的跨学科领域里得以繁荣发展。②具有讽刺意味的是，以"种族中心"为其理论基础的比较文学，在学界中渐渐退位于英语系，因为英语系经过数十年的重新调整，现在已自称是跨民族或至少是后殖民的学科。这种反讽来源于比较文学也曾强调过自己具有的类似的跨民族立场，尽管其理论基础从一开始就具有鲜明的民族特征。欧美比较文学的起源可以追溯到现代"民族国家"的思想体系，它研究各民族文学对"总体文学"（general literature）所作的"特殊"贡献。"总体文学"需要跨民族国家界限的运作和多语言的技能，它所隐含的跨国族性体现在它揭示了一种文学的普遍性，这种普遍性将诸多民族文学结合在一起，从文学主题、母题、类型、模式、风格和运动中分析出可以辨识的——如果不是完全相同的——共性（如人文价值和审美理想），并通过民族文学之间的影响研究和平行研究，进一步建立文学可比性的方法。回想起来，西方的比较文学在多元文化和全球化时代的逐渐衰落是不可避免的，因为纯粹意义上的民族文学本来不过是个神话，而支持比较和跨民族研究的文学理论已不再仅仅属于比较文学领域了。③

另外，尽管电影研究正在繁荣发展，但它依旧在获取其独立的学科地位方面遇到

许多难题。它的跨学科性质导致了20世纪90年代后期大学管理阶层的矛盾决定：在美国的爱荷华大学，电影学脱离传播学系与比较文学系合并，而同时在印第安纳大学，电影学则脱离比较文学而并入传播学系。这些决定可能看似不合逻辑，但事实上，电影学与比较文学可以相容的看法已经存在相当一段时间了。

问题在于，为什么威尔曼当年提出的那种“急需的比较电影研究”至今仍未成形？根深蒂固的“欧洲中心主义”当然是个主要原因，威尔曼对此有着尖锐的批评：

> 学术界的学科领域的扩张创造了就业和院系扩张的机会。结果是，在欧美电影理论模式中成长的学者急于在一些新的领域——例如中国、日本和印度的电影研究——插上旗帜，占据位置。在这方面，这些学者和院系阻碍了真正的比较电影研究的来临，试图把欧美电影和美学理论的范式强加于非欧洲的文化实践中。④

挑战电影研究中的欧洲中心主义，威尔曼揭示了两种具有争议的研究模式：(一)“投射性的挪用”(projective appropriation)关注于“征服市场，消除竞争，巩固垄断”；(二)“自动发言”(ventriloquism)虽被认为体现了“垄断者/帝国主义者的内疚”，但却“允许他在继续其独裁垄断”的同时装扮成“受压迫者”的模样。⑤ 为了获得真正的比较视野，威尔曼借鉴巴赫金的“他性”(alterity)概念，主张以利用“创造性的理解”进行双向交流：这不再是简单地将“对话”与其他文化的产品相结合，而是利用自己对另一种文化实践的理解，重新观察和思考自我文化的格局。⑥ 因此，比较电影研究的目的不仅仅是投射或输出某种理论范式，而且还是重新审视和反思这种理论的本来的基础。

我在论述中国电影研究中对欧洲中心主义的批判时⑦，也同样借鉴了巴赫金的对话理论，以及肖哈特(Shohat)和斯特兰(Stram)合著的《不假思索的欧洲中心主义》(1995)一书的有关内容⑧，但我认为，中国电影研究正是通过在电影理论和批评方面与欧美主流电影范式的对话、协商才在西方得以发展。因此，中国电影研究在本质上是比较的，得益于同好莱坞和其他民族电影的比较研究。当然，“比较电影研究”尚未存在的另一个原因，是多数学者都心照不宣的一种假设，即任何民族电影，甚至是美国电影，在一定范围内必然都具有比较的特性。为此，基于跨国电影的概念，鲁晓鹏指出：“民族电影研究必须转型为跨国电影研究。”⑨

裴开瑞(Berry)和法克哈(Farquhar)认真研究了鲁晓鹏的建议，提出以下问题：将“跨国电影研究”作为一门学术领域意味着什么？把中国电影和国族性置于跨国框架中又意味着什么？他们认为，鉴于其历史和地域的复杂性，“中国电影是将思维方式转变到电影及其国族性的关键所在，也是挑战英语的电影研究中欧洲中心主义的主导力量，因为电影研究领域本身也正向跨国方向发展”[10]。我赞同鲁晓鹏、裴开瑞和法克哈的观点，即电影研究必须转变为跨国研究，但我相信，要达到这个目标，不仅需要把全球各地多种多样的生产、发行、放映和消费的地点联系起来（这些项目之前已经实施，特别是在全球劳工分配方面），而且需要在电影史和电影理论的知识生产过程中审视自己的立场。

威尔曼的比较电影研究和贝利、法克哈的跨国电影研究的观点都挑战了电影研究中的欧洲中心主义传统，同时也在进行比较研究。所以我们面临着评估他们各自在电影研究中的发展潜力的任务。我认为，跨国性可以成为电影研究比较视野中的一个主要方面。跨国性在大多数情况下目光向外，跟随着跨国家、跨地区和跨大洲的金融、科技和人力资源流动。的确，这种流动被以前的主流电影理论——如符号学和精神分析等——认为毫无价值可言，所以新兴的产业研究与媒体研究就对比较电影研究有着实质性的贡献，但是，仅仅关注外部并不足以解释电影的生产、流通和接受，以及为其所创造的多面的意义系统。

作为一个总体框架，比起“跨国电影研究”，我更倾向于“比较电影研究”，因为后者更确切地抓住了电影的多重方向性，即电影同时呈现为外向型（跨国性、全球化）、内向型（文化传统和审美习惯）、后向型（历史和记忆）和侧向型（跨媒体的实践和跨学科研究）。因此，比较电影研究要求不同领域中的同步的深入研究。仅举几个例子：在政治经济领域，比较电影研究审核跨国、国家、民营资本间的流通，以及国家在某一时间内可能采取的对外（如好莱坞）的抵抗或顺从的策略；在传播和表达方面，比较电影研究分析不同媒体和技术的特殊性和互联性；在发行、放映和接受方面，比较电影研究探讨电影成交和消费的方法；在美学领域，比较电影研究揭示叙事、场景与音像的结构和功能。比较电影研究之所以优越于跨国性，在于它更能受益于首先在其他学科（如产业研究、媒体研究、文化研究、视觉人类学、城市社会学、比较诗学等）发展起来的范式和方法。

这里我还想说明，比较电影研究的框架至少在三个方面不同于比较文学研究。首先，我们必须超越民族国家的模式，尤其是内含其中的民族文化的等级划分（如西方优越于非西方），这种模式过去一直主导西方比较文学与电影研究的发展。其次，我们必须避免比较文学中传统的精英主义立场，那种立场一度将该学科引入一味迷恋深奥概念而漠视大众文化及日常实践的尴尬处境。再次，我们要放宽“比较”的概念，使其不仅包括相互影响和平行的事物，还包括跨学科、跨媒体和跨技术的关系。必须承认，我并不可能在本文中全面考察比较电影研究的整个领域。所以，以下我着重于跨学科、跨媒体研究的论述，以此引起对中国电影研究尚未发展的课题的关注，使其在更广阔的比较视野中尽快得到发展。

二、跨学科性及其启示：观众和盗版

当中国电影研究首次进入北美学术界的视野时，裴开瑞正确地强调了多学科研究方法的迫切性，并预计可以从多方面对中国电影进行创造性研究。[11] 我总结中国电影在西方的发展时指出，跨学科研究为这个新领域带来了力量和繁荣，因为它已成功地延伸到了历史研究、产业研究、类型研究、审美批评、精神分析批评、女性主义批评、性别研究、文化研究等诸多领域。[12] 可以理解的是，并非所有的领域都得到均衡的发展，观众研究就不幸地被忽略了，甚至是被不负责任地忽略掉了。

关于这种“忽略”的一个很重要的例子是，卡普兰（Kaplan）仅仅根据与裴开瑞的谈话，就断然宣称，“依靠采访观众不会有任何成果”，而且中国影评人不可靠，因为他们已经习惯性地口头服务于“党的路线”[13]。比起卡普兰未经研究就断然忽略观众访谈和影评这两种观众研究方法的态度，裴开瑞早期对中国观众的忽视则可能是无意的。他将孙瑜的《大路》（1934）诠释为一个崇高的文本，“通过对‘力比多’的煽动和对革命对象的重新定位，试图唤起观众的革命热情”[14]。裴开瑞的这一精神分析式的解读缺少的是对观众的界定——他们或是30年代的历史观众，或是建构于电影理论中的个体观众，或是当今电影批评家在某种特定的理论范式中所定义的观众。

裴开瑞对观众问题复杂性的忽视可以从赖恩（Ryan）对精神分析方法的主要问题的诊断中得以理解：

> 观众并非被电影所精确“定位”；相反，他们要么接受、要么拒绝电影对这个世界的陈述，而他们的选择是与他们所处的社会阶层相符合的。具体的电影文本，即电影对观众的指认，是由更广阔的社会话语所决定的，使这些话语的意义和评价体系决定了社会主体是男性还是女性，是工人阶级还是统治阶级等等。[15]

赖恩提醒我们，电影研究中的观众问题需要跨学科的研究方法，即同时考虑文学和社会形态，以及文本、副文本和语境等因素。

即使在文本层面，观众访谈和影评也不再像卡普兰1991年所断定的那样“不可靠”了。裴开瑞最近在他对中国独立纪录片的研究中正是利用了这两方面的资源。[16]而且，电影统计数字（例如每年的电影生产、票房排名、观众喜好等）在中国也得到越来越广泛的使用。然而，除了少数特例，用英语写作的学者似乎对观众研究仍感到十分勉强。我冒昧猜测这种勉强的原因。首先，在学科领域，观众研究并非是电影、历史、文学界（中国电影研究者多数来自这三个学科）所推崇的文本研究形式，而擅长统计分析和产业研究的传播学者可能不熟悉中国语言和文化，因此不想冒险犯下令人尴尬的错误。其次，在方法层面，大部分学者熟悉仔细的阅读，从而满怀信心地将时兴的理论运用于所选的电影文本之上。相比之下，观众研究似乎比较烦琐，往往需要进行广泛的田野调查和档案研究，其结果似乎在项目的规划阶段很难准确地预测。再次，在意识形态方面，观众研究似乎总在为电影产业服务，一边分析数据，一边提出诊断；观众研究还要衡量宣传策略的有效性，这又似乎在为国家服务。因此，观众研究似乎风险重重。

但是，观众研究面临的所谓“风险”是可以控制的。控制风险的一条途径，是将观众研究的边缘性转变为其真正的实力：由于在学术界的边缘化，观众研究得以在跨学科领域里繁荣发展，借鉴各种学科的研究方法，从实证研究到经验研究，从历史研究到推测性研究。另一种解决学术界边缘化的方法，是将观众研究发展成一个具有意识形态批判性、史学研究翔实性、理论思维成熟性的新兴领域。

早在1992年，杨美惠在西安和上海进行了人类学的田野研究，密切追踪大部分是由工厂工人组成的电影讨论组的活动。在电影接受方面，她对不同文本的分析揭示了观众接受和电影欣赏之间的互动，以及政党/国家主体和潜在的公共领域之间的复杂关系。[17]这里，杨美惠开创性的人类学研究与西格森（Higson）所主张的以消费为基础的电影研究方法不谋而合：

> 相对电影生产，我们更应该强调电影的消费和电影的使用（声音、影像、叙述、幻想）。这种方法包括研究重点的转移，即从原来将电影文本分析为陈述民族感情和呼唤潜在的民族观众的渠道，现在转移到研究现实中的观众是如何联系国内国际电影、电视产业的多种产品来建构自己的身份，以及这种建构得以实现的条件。[18]

无论是西格森对消费的强调还是杨美惠对电影的人类学研究所采用的参与—观察的方法，二者都在中岛圣雄对北京电影俱乐部的社会学研究中起到了同样重要的作用。中岛圣雄在北京进行几年的田野调查，将布迪厄的“文化生产”模式扩展成“文化消费”模式，据此揭示了文化消费的布局与文化机构（电影俱乐部、电影检查）、文化成员（俱乐部业者和观众）以及文化产品（电影、录像）之间的动态关系。中岛圣雄不仅说明了哪些影片通过非官方渠道得到展映，如何挑选和发行这些影片，他还对电影消费的社会学研究提出了许多问题，例如自我审查、地理文化地点和政治资本、文化资本、经济资本间的转化形式等。[19]

杨美惠和中岛圣雄分别的个案研究证明，观众研究既得益于跨学科研究，也要求比较研究。因此，跨学科比较的方法促使我们探索其他方面的观众研究。例如，历史上国民党和共产党都大量投资于流动电影放映队——前者在抗日战争时期，后者在社会主义时期。这种操作遵循了什么样的文化政策？计划招募什么样的观众？此外，观众是不是社会主义电影制作、发行、放映中的一个重要因素？或者观众只是政党和艺术家为了证明其为民族兴亡而描绘的一个幻象？至于台湾电影，语言因素又是怎样将电影消费复杂化了？观众对日本电影（五六十年代合法或不合法的放映）的接受程度变化如何？在同政府资助的国语电影的竞争中，方言电影是如何服务自己的观众的？还有，台湾新电影经过初步阶段的成功后，又是怎么迅速地失去了本土的观众？

回到当代中国，观众研究能给棘手的盗版问题提供什么样的帮助？作为中国 90 年代末以来独立电影的发言人，贾樟柯构想了一个从“盗版到民主”的乌托邦过程，像他一样的普通老百姓依靠盗版夺回自己观看国际电影经典和利用数码摄像（DV）技术从事纪录片和实验电影创作的权利。在贾樟柯看来，盗版为观众从消费者转变成生产者提供了一种解放性的功能，盗版剥夺了先前电影管理者所独占的特权，将它移交给广大的消费者。[20] 另外，彭丽君对盗版的批评完全否决了盗版可以促进观影“民主化”的观点，她认为盗版是一种令人愤慨的操作，它剥夺了全球知识产权资本，却滋养了一个以亚洲为基地的非法的地下跨国资本。与贾樟柯对盗版观众的潜力的热情赞扬不同，彭丽君描绘了这么一个“寻求快感”的消费者醉心于色情、暴力等非法影像中的悲观景象：

> 显然，将盗版假设为反抗权威政策、“人人平等”的努力是天真的，因为人们渴望的是香港和好莱坞电影式的娱乐，二者在各自的话语结构中也蕴含了霸权。盗版的热门商业影片往往存在各种形式的偏见，从种族主义、沙文主义、对同性

恋的憎恶到资本主义的贪婪。盗版涉及的所谓策略其性质既非人道的、也非民主的，而是以自己的方式进行剥削，使一些强盗大亨从中赚取巨额利润。[21]

与王淑珍对华语市场盗版的调查相比较，彭丽君在批评中国观众欣赏盗版产品的低劣品位时所表现的精英主义态度就变得十分突出。王淑珍也非常重视盗版的政治和经济等方面（如权力关系，财务决策），但与彭丽君不同的是，她拒绝做出简单的判断，比如彭丽君的所谓“电影盗版可以被视为中国人对抗国家和全球文化产业最大规模的集体犯罪”[22]。相反，王淑珍更愿意去倾听消费者的看法和他们使用盗版的理由。王淑珍对消费者的描述表明，大多数人购买盗版产品是基于经济原因，但个人的选择也非常重要。接受调查的一个旅居上海的台湾商人家里拥有“一套令人印象深刻的欧美艺术电影的收藏”，“对他来说，这并不是盗版光碟和电影票之间的差价问题，而是如何选择和获取非主流电影的问题”[23]。显然，这个台湾商人属于一群庞大的受过教育的消费者，正是基于他们对盗版有选择的欣赏，贾樟柯才对中国电影文化中出现一个新的民主场地寄予希望。换句话说，消费者的能动作用是观众研究中的一个关键部分。

贾樟柯和王淑珍对电影观众的信心与彭丽君对低品位消费者的不信任之间形成鲜明的对比，这又将我们带回到比较电影研究的跨学科问题上来。一个自我反省的文化评论家应该意识到自己学科的盲点，敞开胸怀在其他相关学科中寻求新的发现。即使在日常消费的最底层，观众也从来不是一个统一体。电影研究的比较方法使学者们意识到区分研究对象的必要性。这种比较分化可能发生在北京和上海当地消费者的层次上，或在不同城市不同消费习惯的比较分析的层次上，它也可以启发更高层次上的分析，如跨国研究。因此，王淑珍对盗版的调查把我们带到中国内地、香港和台湾的跨区域华语市场；同样，中岛圣雄对北京电影俱乐部的研究揭示了当地俱乐部的从业者和观众对欧洲国际电影节跨国操作的熟悉程度。

三、跨媒体性及其潜力：改编与美学

如上所述，跨学科的迫切性将我们引领到另一个关键问题，即跨媒体性，其同样可以从多种学科模式所滋养的比较电影研究中获益。作为综合艺术，电影跨越众多媒体的界限，如文学、绘图、摄影、音乐和表演等。对在比较视野中进行的跨媒体研究的强调，鼓励了学者对电影研究中未充分发展的领域进行研究，如电影改编、电影音乐和电影视觉美学等等。

历史上，电影改编已经成为中国电影生产中的主力军。中国内地和香港最早拍摄的故事片是由戏曲改编的，如《定军山》(1905)、《庄子试妻》(1913)。正如对文学作品的改编（其中许多来自对国外作品的翻译或改写）提高了早期中国故事片生产的质量，对传说与神话的改编推动了上海从20年代中期到后期电影创作的第一股商业浪潮，以及战争时期的第二股商业浪潮。文学和戏曲的改编依然是五六十年代中国内地和香港电影的主要形式。90年代张艺谋等人所谓的“民俗电影”在海外市场的成功部分源于他们复杂的文学资源。

对中国电影中文学和戏剧改编的研究仍未充分发展，虽然个案研究不时出现，如对早期戏剧改编的研究，对巴金《家》的电影改编、台湾的文学改编[24]，但从理论和实践方面对电影改编问题更系统的阐述尚未实现。简单地说，这个领域是全面开放的。一方面，我们可以在“信”和“达”的概念上考虑，电影改编（如夏衍）和翻译（如严复）与原著有怎样的异同；准确、歪曲是如何传达某种意识形态、文化或审美信息的；批评家是如何应对不同时代、不同代的艺术家的各种改编策略的。另一方面，我们可以研究在当今风靡一时的电影——如《英雄》(2002)、《无极》(2005)、《夜宴》(2006)——中编剧的功能和地位日益衰落的复杂原因。关于文学媒介，尽管字幕并不属于文学改编本身，但我们可以通过核查在中国大量流通的盗版DVD中明显的字幕错误（有些是情有可原的，有些则是滑稽不堪的），来检验中国观众对欧美商业和艺术电影的接受程度。

假如文学的电影改编局限于对书面文字进行比较，戏剧的电影改编则推动了不同媒体间的比较。在80年代，当中国电影研究试图重新将自己定义为一个自足的学科时，许多学者主张放弃电影对文学和戏剧的依赖，转而拥护电影自身的所谓本体（如视觉），但是，戏剧是历史性地建构于中国电影中的，而对戏剧、文学、视觉的比较研究应该能为不断发展的中国电影实践提供新的理解。例如，将“戏曲片”定为社会主义电影中一种特定类型的原因是什么？这种社会主义传统与中国电影研究中所谓的“影戏理论”有着怎样的联系：它是如何将五六十年代的革命现实主义和革命浪漫主义复杂化的？“文革”时期江青根据什么标准来判断观众可以接受与她的“三突出”原则相呼应的革命样板戏电影版本的？另外，70年代初的电影工作者是如何商讨政治、电影、戏剧、音乐和表演等论题，并通过技术手段（如镜头的角度、特写、场景调度、色彩色调）来传达真正的“革命”产品的？

摄影技术的特性和电影风格的意识形态内涵将我们领入了另一个未充分发展的跨媒体领域，即中国电影与实验性摄影和视觉艺术之间的联系。例如，当代中国的实验摄影的非官方立场是从80年代后期的“纪录转向”中发展起来的，它开创了历史、记忆的新视野以及对自我和身体的表现和定位。[25]同样，自90年代初起的中国独立或地下电影一直强调真实性和客观性及其“纪录风格”和实验性质，新一代的中国导演从事记录现实、保存记忆、表现新的主观性的影片已经很多年了。[26]摄影和摄像的另一个重叠发生在录像艺术上，例如欧宁和曹飞的《三元里》（2004），以及杨福东的作品，都可以从比较电影研究的角度看成艺术媒体间相互滋养的结果。的确，实验录像艺术已十分具有吸引力。新纪录片开创者之一的吴文光就通过拍摄《日记：1998年11月21日，雪》闯进了录像艺术这个新的艺术分支。这部短片既是对北京一个艺术展览被官方关闭的记录，也是实验纪录片本身作为一种表演的精心策划。

从表演的角度，电影表演要求跨媒体的比较，正如明星研究需要将注意力集中在银幕内外的话语和表演上一样。在广泛的范围内，民国时期新女性的电影形象进一步在大众传媒中塑造了一种现代都市的新主体和新原型，这种新女性的模型同样介于文学（小说、诗歌）、图画（卡通、插图）和摄影（日历、写真）等形式之间。可以断言，作为“白话现代主义”，“电影不仅为女性创造了新的职业，也为其创造了显著的社会地位和公众形象”[27]。在小规模的范围内，化妆、服饰会增加某个影星的流行程度。在中国早期电影中出现的常常并不是真正的中国形象，而是通过现成材料拼贴而成的混合体。所以，在《女侠白玫瑰》（1929）中，女侠吴素馨的装束来源于复杂的跨文化参照：一道范朋克（Fairbanks）式的胡子、一块头巾、一顶牛仔帽，一些弯猎弓跨于她的右肩，一把利剑横置身前，完全一副豪爽的男性姿态。[28]这种比较电影研究的实践揭示了早期电影工作者在性别混合、类型混合（中国戏剧和武侠电影，美国女王冒险系列）、媒体混合（电影、戏剧、文学）方面创造性的努力。

像电影表演一样，电影音乐是中国电影研究中另一个尚未充分发展而将会从跨媒体研究中获益的领域。几个案例研究足以证明电影音乐、电影歌曲对比较电影研究潜在的贡献。[29]至少可以说，30年代的左翼电影中西方管弦乐常常在视觉和声音轨道之间形成反讽对比，类似西方音乐的显著影响应该在西方音乐作为大都市象征的地位和中国作曲家跨文化（中国、日本、欧美）的经验方面去寻求解释。可以理解的是，这个领域需要进一步的研究，以此在中国电影的视觉和音乐文本中建构真正的比较模式。

最后，即使在视觉领域，比较电影研究也可以从比较文学中发展出来的比较诗学上获益。在郝大铮、倪震和威尔克森（Wilkerson）的论文中，他们有意识地尝试将中国电影和中国传统美学联系起来，旨在用艺术跨媒介（绘画、诗歌、电影）的比较方法，重述美学概念——如多焦点视野、空白和“镜游”——在电影中的作用。[30]尽管没有预先的知识，波德威尔（Bordwell）对香港动作片所作的精心的新形式主义式的逐镜头分析，揭示了一个基于中国传统美学的“动”“静”的结构原则的“停—动—停模式”。波德威尔因此还联系到爱森斯坦在日本戏剧中发现的“无转场的表演”[31]。波德威尔的比较美学研究贯通爱森斯坦和日本戏剧，这一个例子再次提醒我们，比较电影研究在推进视觉和表演的美学方面拥有巨大的潜力，虽然这些潜力大多还不确定，因而目前受到低估。

四、超越跨国主义：比较电影研究中的跨文化视觉性

回到文章开头所描述的电影研究中的两种视野，我重新说明一次，我相信比较电影研究比跨国电影研究包含了更大的范围。“比较”这个术语在描绘跨学科和跨媒体的相关领域方面具有伸缩性，而“跨国”这个术语目前依旧没有明确的定义，主要原因是跨国主义对“国”有多种诠释。“跨国”这个术语强调了什么？假如是“国”这个概念，那么“国”又包含了什么？文化、语言、经济、政治、民族、宗教和地方性？假如强调“跨”这个概念（例如，在电影中跨越和集合不同的民族、文化和语言），那么跨国电影的这方面特征已经包含在比较电影研究之中了。

其实，“跨语言实践”已被认为是比较文学的重要方面[32]，现在，许多学者喜欢将“华语电影”作为一个术语，以此强调中国电影在跨越官方“国语”和中国多种方言之间的跨越能力[33]，但是，比起电影研究中的“跨语言”一词，“跨文化”这个术语看起来更受人青睐。例如，周蕾曾强调电影作为一种技术性视觉的幻觉效应：“电影从其诞生以来一直是一种跨文化现象，具有跨越‘文化’的能力——即创造富有魅力的形式，这种形式易于接触，并以独立于观众的语言和文化特征的方式与其交流。”[34]同样，在他的“中国电影诗学”的模式中，波德威尔强调国际电影中一组由相似而非不同联系在一起的“跨文化空间”[35]。

有两点值得进一步阐述。一是波德威尔的诗学模式接近比较文学中的比较诗学，

这是因为他坚信“诗学本身是比较的方法”。二是比较电影研究旨在通过强调电影视觉的技术性来超越“跨国主义”的模式。比如，波德威尔在探讨“比较的中国电影风格”时，以彻底的实证主义方式验证中西电影间的相互影响和亲缘关系：一方面，香港电影通过强化已经“强化了的连戏”而改变了好莱坞经典的连戏系统（起到跨文化“跨桥头堡”的作用），因此香港电影看起来“比好莱坞更好莱坞”；另一方面，台湾电影通过在“平面衡量”（planimetric）的形象和场景调度的深度等方面的实验，回归了欧洲电影中久已失去的传统。㊱

波德威尔的研究证明，跨文化视觉需要同时注意比较电影研究中技本性和概念性两个方面，跨媒体性涉及艺术媒介之间以及艺术和技术媒体之间的比较。如前所述，我在这篇文章中列举比较电影研究领域的目的并不在于全面涵盖；相反，我的目的在于整理出中国电影研究中尚未充分发展的领域。最后，我重申，比较电影研究应该努力超越简单地追随金钱（即跨国资本的流动）或分析国内（如电影审查）、国际（如电影节影展）的文化政治，而必须将研究的视野扩展到国际电影的美学、文化、经济、社会政治和技术等方面的相关问题。

注释：

①④⑤⑥ Paul Willemen, “The National”, in L. Devereaux and R. Hillman(eds.), *Fields of Vision: Essays in Film Studies, Visual Anthropology, and Photography*, University of California Press, 1995, p. 22, pp. 26–27, pp. 28–29, p. 30.

②⑫ 张英进:《审视中国——从学科史的角度观察中国电影与文学研究》，南京大学出版社 2006 年版，第 161—172 页，第 3—51 页。

③ Charles Bernheimer(ed.), *Comparative Literature in the Age of Multiculturalism*, Johns Hopkins University Press, 1994.

⑦ Yingjin Zhang, *Screening China:Critical Interventions, Cinematic Reconfigurations, and the Transnational Imaginary in Contemporary Chinese Cinema*, University of Michigan, Center for Chinese Studies, 2002, pp. 115–147.

⑧ Ella Shohat and Robert Stam, *Unthinking Eurocentrism:Multiculturalism and the Media*, Routledge, 1995.

⑨ Sheldon Lu(ed.), *Transnational Chinese Cinemas:Identity, Nationhood, Gender*, University of Hawaii Press, 1997, p. 25.

⑩ Chris Berry and Mary Farquhar, *China on Screen: Cinema and Nation*, Columbia University Press, 2005, p. 14.

⑪ Chris Berry(ed.), *Perspectives on Chinese Cinema*, Cornell University, China–Japan Program, 1985, p. i.

⑬ E. Ann Kaplan, “Melodrama/Subjectivity/Ideology: Western Melodrama Theories and Their Relevance to Recent

Chinese Cinema", *East-West Film Journal*, 5.1（1991）: 26.

⑭ Chris Berry, "The Sublimative Texts:Sex and Revolution in Big Road", *East-West Film Journal*, 2.2（1988）: 79.

⑮ Michael Ryan, "The Politics of Film: Discourse, Psychoanalysis, Ideology", in C. Nelson and L. Grossberg(eds.), *Marxism and the Interpretation of Culture*, University of Illinois Press, 1988, p. 480.

⑯ 裴开瑞的文章收入 P. Pickowicz and Y. Zhang(eds.), *From Underground to Independent: Alternative Film Culture in Contemporary China*, Rowman & Littlefield, 2006, pp. 109–122.

⑰ Mayfair Yang, "Film Discussion Groupsin China: State Discourse or a Plebeian Public Sphere?" *Visual Anthropology Review*, 10.1(1994): 112–125.

⑱ Andrew Higson, "The Concept of National Cinema", *Screen*, 30.4(1989): 45–46.

⑲ 中岛圣雄的文章收入 P. Pickowicz and Y. Zhang(eds.)，*From Underground to Independent*, pp. 162–207.

⑳ 贾樟柯的文章收入张献民与张亚璇《一个人的影像：DV 完全手册》，中国青年出版社 2003 年版，第 306—308 页。

㉑㉒ Laikwan Pang, "Piracy/Privacy: The Despair of Cinema and Collectivity in China",*Boundary* 2, 31.3(2004): 115, 116.

㉓ Shujen Wang,*Framing Piracy: Globalization and Film Distribution in Greater China*, Rowman & Littlefield, 2003, p. 91.

㉔ Christine Harris, "Adaptation and Innovation: Costume Drama Spectacle and Romance of the Western Chamber", in Y. Zhang(ed.),*Cinema and Urban Culture in Shanghai, 1922–1943*,Stanford University Press, 1999, pp. 51–73; Lewis Robinson, "Family: A Study in Genre Adaptation", *Australian Journal of Chinese Affairs*, 12(1984): 35–57; Stephanie Hoare, "Innovation through Adaptation: The Use of Literature in New Taiwan Film and Its Consequences", *Modern Chinese Literature*, 7.2(1993): 33–58.

㉕ Wu Hung and C. Phillips, *New Photography and Video from China*, Chicago: Smart Museum of Art, University of Chicago, 2004, pp. 11–36.

㉖ Yingjin Zhang, "Styles, Subjects, and Special Points of View: A Study of Contemporary Chinese Independent Documentary", *New Cinemas*, 2.2(2004): 35–119.

㉗ Zhen Zhang, "An Amorous History of the Silver Screen: The Actress as Vernacular Embodiment in Early Chinese Film Culture", *Camera Obscura*, 16.3(2001): 243; Miriam Hansen, "Fallen Women, Rising Stars, New Horizons: Shanghai Silent Film as Vernacular Modernism", *Film Quarterly*, 54.1(2000): 10–22.

㉘ Weihong Bao, "From Pearl White to White Rose Woo: Tracing the Vernacular Body of 'Nǜxia' in Chinese Silent Cinema, 1927—1931", *Camera Obscura*, 20.3(2005): 215.

㉙ Sue Tuohy, "Metropolitan Sounds: Musicin Chinese Films of the 1930s," in Y. Zhang(ed.), *Cinema and Urban Culture in Shanghai*, pp. 200–221; Yueh-yu Yeh, "A Life of Its Own: Musical Discourses in Wong Kar-Wais Films", *Post Script*, 19.1(1999): 120–136.

㉚ Linda Ehrlich and David Desser(eds.), *Cinematic Landscapes: Observations on the Visual Arts and Cinemas of China and Japan*, University of Texas Press, 1994.

㉛ David Bordwell, "Aesthetics in Action: Kungfu, Gunplay, and Cinematic Expressivity" , in E. Yau(ed.), *At Full Speed: Hong Kong Cinema in a Borderless World*,University of Minnesota Press, 2001, pp. 80–82.

㉜ Lydia H. Liu,*Translingual Practice: Literature,National Culture, and Translated Modernity-China*,

1900–1937,Stanford University Press,1995.

㉝ Sheldon Lu and Emilie Yeh(eds.), *Chinese Language Film: Historiography, Poetics,Politics*, University of Hawaii Press, 2005.

㉞ Rey Chow, "Film and Cultural Identity", in J. Hill and P. Gibson(eds.), *The Oxford Guideto Film Studies*, Oxford University Press, 1998, p. 171.

㉟㊱ David Bordwell, "Transcultural Spaces: Toward a Poetics of Chinese Film", in S. Lu and E. Yeh(eds), *Chinese Language Film*, pp. 141–162, pp. 143–145.

（2007 年第 8 期）

京剧崛起与中国文化传统的近代转型

——以昆曲的文化角色为背景

傅　谨

京剧是戏曲三百多个剧种里最重要的剧种之一，在中国戏剧领域有着特殊地位。从 19 世纪中叶以来，京剧就是中国文化传统的重要表征之一。京剧的诞生与发展过程是近代以来中国戏剧发展的范本，京剧与中国文化传统的关系体现了中国文化传统明清以降发展演变的关键脉络。解读京剧的历史文化内涵，对于解读中国表演艺术的发展及其传播，对于更深入地理解中国文化传统的内在构成和近代转型，都具有重要和典型的意义。

一

京剧诞生于清中叶的北京，承接宋元以来业已历经数百年的中国戏曲文化之流，是在中国戏曲发展史的所谓“地方戏时代”出现的许多剧种之一。和这一时代出现的大量地方剧种一样，它的出现并不是从宋元以来以戏文与杂剧为主体的戏曲历史的简单延伸，或者说，它并不仅仅是宋元南戏、元杂剧以及明清传奇的地方化身或变种。在戏曲史上，京剧的出现意味着戏曲文化领域进入了一个新的阶段，而这一重要变化的内涵和背景十分复杂，这种复杂性，主要源于它所处的特殊的政治文化与社会背景。

日本学者波多野乾一著《京剧二百年之历史》：“三庆、四喜、春台、和春四班，以乾隆二十五年（1760）入于北京，余窃以此为‘皮黄纪元’之年。”[①] 姑且不论其中“乾隆二十五年”（1760）为“乾隆五十五年”（1790）之误，今人将“纪念徽班进京二百周年”视同为纪念京剧诞生二百周年，实与该书有直接关系，即以乾隆五十五年（1790）徽班进京为京剧诞生的标志。徽班进京是京剧发展进程中的重大事件，但徽班进京不等于京剧诞生，而且离京剧诞生还有相当一段距离，这已经是学术界的共识。但是，徽班进京这一事件本身仍值得特别注意，它的艺术学含义，更准确地说，多个徽班相继进京并且在北京这座作为国家政治中心的城市里立足发展的艺术学含义，仍值得发掘。

中国戏剧进入“地方戏时代”的背景，是中国文化整体大变革时代的来临，徽班之所以能够进入京城演出并且在北京站稳脚跟，赢得市场与观众的认可，进而催生出京剧，就是这一时代变革的突出呈现。这个大变革时代的实质，是汉代以来大一统的文化格局逐渐让位于更加错综复杂的新的多元文化格局。秦汉以来迄明清，中央集权的政治格局虽然少有变动，但是中国的文化格局，因南宋覆亡发生了深刻变化，宋元之交是其重要拐点。其重大变化之一，就是随着文人社会身份的日益边缘化，千百年来充分体现中国文化成就，并且成为文化传统之主干的雅文化，在文化领域内，尤其是在中国广阔的政治管制区域内的文化影响力逐渐下降，甚至丧失了文化领域的主导能力，构成俗文化主干的地方文化因此获得了广泛滋生并且迅速发育的机会。

中国文化传统从来都不是铁板一块的单一体，它包含了不同的社会与文化阶层，不仅可以区分为所谓的“大传统”与“小传统”，还可以更细化地分割为三个组成部分，那就是文人士大夫文化、宫廷文化和民间文化。这样的三分法之所以成立，是由于历代朝廷所代表的社会上层以及文人士大夫所倡导与坚守的文化价值和美学趣味，与民间伦理道德以及审美取向大异其趣，而宫廷的皇家贵胄所代表的文化取向，包括其美学趣味，与文人士大夫的价值取向也并不是始终且完全重合的。

中国文化传统的这三大组成部分，在不同时代的地位与影响力并不相同。中华民族的以文人为主要承载者的雅文化传统从汉代以来一直未曾中断，雅文化传统本身在社会上的地位以及雅文化在中国广大地区的影响力却并非亘古不变。从春秋战国时代的“百家争鸣”以来，文人士大夫就已经形成了他们相对独立于整个社会的价值观念，而且在几乎所有时代，文人士大夫都自认为其是中华文明与文化传承的主要载体。然而在不同时代，他们的社会地位并非都与其文化地位相称，或者说，他们与统治阶层之间的关系，时而密切时而疏离。如同秦始皇时代的“焚书坑儒”，官方主导的主流意识形态与文人士大夫主导的文化价值观之间的冲突经常出现。像两宋年间那样文人拥有极高的社会地位，因而文人士大夫的文化理念成为社会的核心价值，成为社会主流意识形态的现象，在中国历史进程中尽管不是特例，但也并不多见。南宋可能是中国历史上文人掌握社会主流话语权的最后一个时代。如果说两宋的文化格局在金代政权统治的区域内仍然勉强地延续着，那么，元朝时代来临后，文人的地位就迅速跌落到了秦始皇时代以来的又一个低谷。两宋时代文人文化地位与社会地位相互映衬的景象，从元代开始崩溃。即使蒙元的统治很快结束，流寇出身的朱元璋所建立的明代政权，对于文人的态度依然暧昧，显然无意于重建文人在社会中的主体地位。清朝时满族入主中华，清初的统治者对于他们是否应该接受汉文化的传统价值观念并以之统治国家，持有强烈的保留态度。尽管在他们的统治地位确立之后，也给予汉族的文人士大夫为主要载体的中华文明传统一定程度的尊重，汉族文人的地位却始终受到民族身份的明确限制。因此，宋元之交之后，文人士大夫阶层在文化上的独立性，尤其他们与宫廷文化的分离渐渐明朗化。

就戏剧而言，文人的推举、民众的喜爱、官府的倡导，三者之间一直是既有关联，又有疏离。如同王芷章所说："历来乐官所典，为庙堂之乐，良辅所制，为雅士之乐，而元人弦索与清代乱弹，斯乃民间之乐也。"[②] 这段话最清晰地阐明了艺术——戏剧是其中的核心组成部分——领域内分别对应于中国文化三个组成部分的不同取向。然而，至少在明中叶前后，这三者之间若即若离的关系，对两汉以来以文人为中心的文化秩序形成的挑战仍相对有限。昆曲一经出现就传播到各地，被作为一个整体的文人阶层所广泛接受，并且获得了无可比拟的文化地位，而文人的肯定以及广泛的参与，对于整个明代的社会风尚的深刻影响，都说明虽然文人的社会地位已经不如往常，至少在戏剧领域内，以文人趣味为中心的文化秩序，依然存在并且能够找到它特有的表现方式。

京剧诞生的意义却与此不同。京剧非但不是这种已有秩序的产物，更意味着对这一秩序的颠覆。昆曲一经出现，就迅速传播到各地并且在戏剧艺术领域普遍获得了至高无上的美学地位，昆曲所代表的美学趣味虽然明显是南方的，尤其是江南地区的，但是其文化身份却并不属于一时一地，它凝聚了中国广大地区文人的美学追求以及艺术创造。正是由于它是文人雅趣的典范，才具有极强的覆盖能力，有得到广泛传播的可能，并且在传播过程中，基本保持着它在美学上的内在的一致性。更重要的一点在于，昆曲并不是吴中地区的"地方戏"，至少它从未被视为吴中地区的"地方戏"，它虽与昆山地区的方言和声腔昆山腔有承继关系，昆曲——无论就其文学性而言，还是就其音乐性而言——之所以成为雅文化的象征，就是因为它不是基于昆山一地民众的美学趣味生成的。相比之下，各地的地方戏就不是如此。严格地说，除了昆曲以外，其他所有剧种——包括京剧在内——都只能称为"地方戏"，因为除昆曲之外的所有剧种，都是基于某种地方趣味发展而来的。更局限地说，京剧几乎在所有方面都与昆曲构成鲜明的对峙——就其艺术上的地域特色而言，京剧无疑更接近于北方而不是江南，它在音乐声腔体系上，是梆子乱弹系统在其流变过程中不断与各地的方言土语相结合而衍生出的地方声腔中的一种，由源于湖广、安徽加上北京本地的诸多地方声腔发展演变而来，既为特定地域的民众所喜爱，同时也充分体现着这一特定地区的美学趣味。京剧是地方的，它的出现与繁荣，是地方戏相对于昆曲而言不断发展壮大的最重要的表征之一，同时也正是在戏剧上由文人的美学趣味一统天下的文化秩序趋于解体的最重要的表征之一。

出现在明清之际戏剧领域的“诸腔杂陈”现象，与文人的社会地位下降以及雅文化统治地位的动摇不无关系，这一点正需要我们去厘清。正是由于代表雅文化的文人士大夫的社会地位沉浮不定，由文人占据主导地位的大一统的美学趣味开始让位于更平民化也更多元化的情感表达。我们在明清两代看到的现象就是，至少在艺术上，尤其是在最集中地表现了中华民族在音乐和表演艺术方面的美学追求的戏剧领域，因为文人趣味长期的垄断地位的动摇，地方性艺术的生长空间得到了更多拓展的机会。在某种意义上，包括京剧在内的诸多地方剧种，是在中国文人的审美趣味从主流渐渐趋于边缘的特殊时代背景下出现的，而这些被视为“地方戏”的剧种不仅在演出市场上轻而易举地获得了成功，更因受到权贵阶层的支持推动而逐渐改变着曾经低微的文化身份。

这一趋势在20世纪进一步加剧，恰恰是由于文人崇尚的雅文化传统在20世纪遭遇灭顶之灾，京剧达到了它的全盛时期，而且，有相当多比京剧更具草根性的地方剧种，在20世纪堂而皇之地进入主流社会，继京剧之后书写它们的辉煌。凡此种种，文化的解释比起任何其他的解释，都更能说明问题。

二

近代中国文化本身的内在秩序所发生的深刻变化与转型，更清晰地体现在以京剧为代表的大量地方戏剧种相对于昆曲而言的蓬勃生长的命运上。

有着悠久历史的中国文化传统之所以选择了具有明显江南风格的昆曲作为它的文化象征，既有偶然性，也有必然性。南宋以来，江南成为中国的文化中心，尤其成为雅文化的中心。此后，这一中心从未偏移，这是以吴文化为基本特征的昆曲在明代勃兴的根本原因；而昆曲音乐细腻到可以称为“水磨调”，文辞以风雅绮丽为要义，文学与音乐之间的珠联璧合更是其显著特点。它是中华文明长期以来对文人雅韵的特殊理解与定义的结晶。

一种文化对文明雅致的追求和定义，需要漫长的时间积累，并且需要通过无数具有较高文化和艺术水平的经典作品，得以具象的表现。它需要基于日常语言之上的文学的创造与娴熟运用，以及包括音乐、美术、舞蹈等在内的不同情感表现模式的建构乃至成熟，当文明发展到一定阶段时更可能出现以多门类艺术综合协调而孕育产生的戏剧。只有艺术发展到相当的程度，审美趣味才会趋于精微和细腻，而“雅致”才有可能成为这一文明的美学取向。各种不同民族对于“雅致”的内涵理解殊异，但“雅致”之成为一个文化圈内占据主导位置的文化与美学追求，多少可以视为这一文明已经成熟的标志。因此，文明的差异既有相对性，也有可比性。其中，文化经典的累积程度和成熟戏剧的出现，就是可以相比并且可用来判断不同民族之文明发育程度差异的重要指标。如果从这个角度看，如同南宋末年以其强大的军事实力摧枯拉朽般地打败了南宋的元朝一样，我们恐怕很难说来自东北的清朝占领者，在文明的发展程度上已经足以和汉族相比拟。我们至少可以肯定，无论是元朝还是清朝，在其文明发育的历史上，都未曾拥有可与汉族相比拟的丰富的文学和艺术积累，更没有做好在其文化圈内孕育和发展出成熟戏剧的文化准备。而相对于清朝，以汉族为主体的中华文明圈内，已经拥有在宋戏文和元杂剧基础上发展了数百年之久的、可以用于定义“雅致”的丝竹悠扬的昆曲。

因此，昆曲对于明代的文人，不仅是一个剧种、一种表演样式，更是文化灵魂所在，是用以标举文化理想和整合文化秩序的最重要的艺术。在这个意义上，我们看京剧的兴盛和昆曲相对而言的衰落，就不难理解，这不仅仅是重大的戏剧事件，也是重大的文化事件。

京剧诞生的时代，昆曲已经处于不无尴尬的地位。明代中叶以来，充分代表文人趣味的昆曲臻于高度成熟，除了音乐上和表演上达到了中国表演艺术的高峰之外，在文学上，也由于大量杰出的文人参与剧本创作而取得了极高的成就。但是，昆曲在获得它的崇高地位的同时，作为一门表演艺术却并没有在市场上得到充分认可，那正是由于昆曲所代表的是文人士大夫的情趣，它是千百年来雅文化传统在表演艺术领域里最集中、最典型的结晶，而在演出市场上，民众比起文人士大夫群体来，却是更具有发言权或话语权的群体。因此，就在昆曲在艺术上臻于极盛的同时，“花雅之争”随之而起。作为文人雅事的戏剧与作为市民娱乐的戏剧之间的分野，决定了昆曲在浓缩了文人趣味的同时，却与民众趣味渐行渐远，越来越成为文人以及少数追逐风雅的富豪人家厅堂里玩味的“小众”艺术，虽然高雅，却被乡野民众乃至都市里的普通市民敬而远之。即使在昆曲的诞生地、明清之际最重要的商业中心扬州一带，各种所谓的“俗讴”，即各种地方戏，却成为更受欢迎的戏剧样式。因此，昆曲虽然名满天下，在京城却立足艰难，出现这样的现象并不奇怪。

无论如何，京剧剧本的唱词以七言或十言、上下句齐言对偶的诗赞体为主，戏剧化表达方式接续的是从唐代的说书讲史到明清弹词等等民间叙事文学的文体，它与运用格调错落有致的长短句、接续唐诗宋词的文学化情感表达方式的昆曲，其雅俗之间的区隔泾渭分明。戏曲的音乐与文辞之间具有高度的相关性。适宜于演唱京剧文辞的是西皮二黄为主体的板腔体音乐，它与昆曲从剧本创作阶段就将每个字的音韵化入曲调的曲牌体唱腔之间的雅俗之分，同样也无可怀疑。用板腔体演唱的京剧的伴奏乐器，更擅长营造豪放而热烈的气氛，文场刚烈，武场喧闹，当然不似昆曲以笛子、小锣为文武场领衔的乐队那样文质彬彬。京剧能够在演出市场上吸引比昆曲更多的受众并不值得大惊小怪，值得注意的是在清中叶之后，尤其是在近现代历史上，事实上京剧渐渐取代昆曲而扮演中国戏剧代言人的角色，甚至成为中国戏剧的艺术成就的象征，它的文化与艺术地位，已经远远不能用花部或民间俗文化的流传风行加以描述。

众所周知，京剧的繁荣与发展，与清朝历代帝后的偏爱与鼓励息息相关。有清一代，除偶尔的几个时段外，宫廷内的戏剧演出一直极为兴盛。清廷演剧对于京城戏剧的影响，乃至对中国戏剧整体上的影响，相当复杂且耐人寻味。

在京剧诞生的时代，清王朝在中国的统治已经基本稳定。八旗贵族在北京的显赫地位，在很大程度上影响和左右着北京的独特城市风格。北京作为王朝的政治中心，固然集中了大量文人出身的官吏，但是在一个很长的历史时期内，汉族官员的社会地位与出身清朝八旗的贵族的社会地位，完全无法相提并论。然而，我们还需要看到另一点，清朝贵族虽然拥有很高的社会地位，在文化与美学上的成就却根本无法与文人相比。一方面，那些出身于士林熟读诗书的汉族文官，仍然保持着他们作为精神贵族的矜持与骄傲，这样的矜持与骄傲在清初曾经表现为强大的民族主义情绪，终其清朝一代从未完全消退；另一方面，无可回避的事实是，这批精神上的贵族在现实生活中已丧失了社会支配地位，他们曾经拥有的文化上的支配地位，也渐渐演变成为一种表象或曰假象。相反，正是由于清朝贵族的社会地位与影响力无可比拟地高于同时居住于北京城的其他社会阶层与群体，他们的文化需求与审美趣味，当然会得到更多充分表达的机会，这种表达，与京剧的诞生发展之间的关系，尤为密切。

清朝政府内廷演戏的专门机构和一系列相关制度大约始于康熙朝。正如丁汝芹所述："康熙年间建立并完善了演戏机构南府和景山，从南方召来伶人充当教习……因而将其纳入清宫正规文化活动范畴，为后世内廷戏剧演出活动制定了初步的规范。"[③] 早期的内廷演出以昆曲为主，当然也并不排斥弋腔，其理由是康熙帝指“弋阳佳传，其来久矣”，他把弋腔看成自“唐霓裳失传之后”继起的元人百种曲的余韵④，只要严加规范，就可以与昆曲一起成为乐之正统。在宫廷内，昆曲必不可少，或者说，所谓的昆弋大戏必不可少，尤其是上演节令承应戏，包括各种宫中大典时与仪礼相关的戏剧演出，按例必须上演昆弋大戏。然而，如果我们想到戏剧在宫里不仅仅是宫廷仪礼的一部分，还可以成为帝后嫔妃以及亲侍们的娱乐活动，那就不难理解，在这里，作为祖宗法度的戏剧演出规制以及戏剧欣赏者的个人趣味之间，差异与冲突是显而易见的。虽然在重大的政治事务上，清廷力图尽可能完整地模仿汉族为主体的中华文明两千多年来形成的已经高度成熟的政治礼仪规范，维持它作为一个泱泱大国应有的制度约束，当戏剧艺术被视为典礼的一个重要组成部分时，当然不适宜于上演花部戏剧。但是一超出这些规矩所限的范围，宫廷里上演的戏曲剧目，就出现了大量花部的梆子乱弹，而到咸丰、同治年间，京剧成形之后，宫中上演的剧目主体更转为京剧。

这当然与清朝帝后以及王族的艺术趣味相关。诚然，满人在很短的时间里，就在中国这个辽阔的疆域上建立了他们的政权，实行了有效的统治。但是，要求清朝如同在政权上衔接明代大一统的管制一样，在文化上直接衔接明代的文化秩序，包括在戏剧领域里以昆曲领袖群伦的格局，并非易事。即使这个民族的统治者会努力修复与承继汉族政权长期以来形成的各种礼法律令，但是基于个人文化修养的艺术趣味，却不能仅凭理性的需要轻易地实现代际传承。除了文化修养以外，同样关键的是，昆曲所代表的所谓文人的美学趣味，更准确地说是汉族文人千百年来逐渐形成的一种审美取向，这一取向与清朝贵族的审美情趣，恐怕未必吻合。就戏剧欣赏而言，相对于汉族的文人士大夫，清朝贵族虽然身居帝都，拥有许许多多特权，他们的文化与艺术修养，却显然应该更接近于这个城市里的底层民众，他们对于戏剧的爱好，当然更倾向于花部而不是雅部。也正是由于这一原因，各地才会有大量擅长演出梆子、乱弹等花部剧种的戏班进京演出，演唱皮黄的徽班才有可能在京城立足。在这个意义上，大量留居京城的清朝贵族，他们主要构成花部的观众群而不是雅部昆曲的观众群，宫廷皇室当然也不例外，而在京剧历史上影响深远的慈禧太后更是如此。

这个群体的美学趣味直接影响到京城的戏剧格局。他们既拥有无可动摇的社会地位，同时从整体上看，却又缺乏汉族文人群体那样丰富和悠久的历史积累，面对昆曲这类过于雅致的剧种，他们对之接受、理解乃至爱好的程度，当然远远不如梆子、乱弹和由之发展而来的皮黄即京剧。京剧在其发展过程中，不能不因宫廷以及皇亲国戚纷纷趋之若鹜而身价倍增。恰恰由于他们拥有比其他群体——当然包括汉族文人士大夫——更高的社会地位，拥有更大的社会影响，才使得显然应该归属于花部的新剧种京剧取得超越花部其他剧种的地位与影响。然而，又由于他们终究是社会的统治阶层，就如同康熙年间皇室宫廷在演剧时找到了将弋阳腔提升到正统位置的理由一样，清中叶以后的京剧，既已成为清廷与王公贵族青睐的对象，它的文化身份与文化品格，就必须适应这个特殊的观众群体的社会期待。因此，清朝宫廷需要以新的方式将昆曲与花部的梆子、乱弹乃至于后起的京剧重新定位，换言之，京剧的诞生与发展过程，并不只是单纯地沿着花部原有的民间路径，它的出现与繁荣，不仅仅是为民间的花部戏剧增加一个新的剧种，更同时经历了将这个原来只能归属花部的、文化地位低微的剧种，提升到可以与宫廷大戏并肩而立的位置的过程。

京剧从底层崛起，又得到社会地位较高的清朝皇家贵胄的极力追捧，其影响面渐渐扩展到京城以及全国各地的大小官吏乃至于普通民众，在整体上改变了中国文化传统的内在格局，改变了雅文化与俗文化之间的关系，艺术雅俗之分的定义需要重新书写。京剧当然是中国文化传统之一脉相承的产物。从美学上看，它却更多地继承了基于民间和底层民众的文化意义上的“小传统”，而不是基于文人士大夫趣味的“大传统”，然而它又不仅仅是底层和民间的艺术，恰由于它的文化身份逐渐抬升，它努力让“小传统”挤入“大传统”，由此丰富甚至改变了“大传统”的内涵。当然，就在这一过程中，京剧以及许多原属民间，长期为底层民众所爱好却为文人士大夫不屑的艺术样式，清代以来迅速崛起，渐渐进入主流文化的范畴，其自身也经历了质的变迁。京剧在自身文化地位渐渐提升的同时，艺术上也适应着这一身份变化，尤其是大量汲取昆曲在剧目上和表演上的优长，自然也带动了京剧所覆盖的广阔区域内普通观众戏曲表演与欣赏水平的提高。

在某种意义上，京剧的兴盛不是以取代昆曲的方式实现的，相反，在包括京剧在内的各花部剧种与昆曲消长过程中，至少是由于京剧在其地位提升时明显受到昆曲许多方面的滋养，一般的戏曲欣赏者经由京剧，也领略感受到一部分昆曲的魅力，因而，民间和大众在美学上的爱好与取向，显然也会因之得以提升。如此说来，京剧的发展在一定程度上起着消弭“大传统”与“小传统”之间的对立、缩小它们之间的美学距离的作用，并且经由这种特殊的途径，改变了中国文化传统的格局。

三

京剧的诞生与发展受到清朝宫廷直接推动是毋庸置疑的，尤其是慈禧太后执政时代，京剧更因备受宫廷宠爱而声誉日隆。从道光年间宫中开始有“侉戏”即昆弋之外的剧种演出，咸丰年间大量的徽班和秦腔戏班艺人被召进宫演唱乱弹、梆子剧目，直到同治年间，两宫太后主持朝政，尤其其后慈禧专权时代，渐渐成形的京剧终于成为宫中演唱的主体。“上有所好，下必甚焉”的俗语此时得到充分的印证。京剧打破了社会分层，在京城各个阶层里观众都在迅速增多，并且因此而很快传遍大江南北。其中，宫廷与王公贵胄的喜爱，当然比普通观众的喜爱更有助于京剧的发展，但京剧不是宫廷艺术，创造和发展京剧的表演艺术家也不是宫廷弄臣。京剧不是官方化的艺术，至少在它发展的前一百年内不是这样。

清末年间，随着京剧的发展，身居北京的几乎所有著名京剧演员都成为内廷供奉，像谭鑫培、孙菊仙、汪桂芬这样一些京剧大家，都被招入升平署。然而，这些艺人即使名义上是在宫中应差，实际上仍然是民间伶人。与此相对，唐代梨园、宋代教坊、明代和清初沿袭明朝的教坊司及后来以太监为主的南府和景山的所谓“内学”，其中那些专门为宫廷表演的艺人，从服务对象到人身依附关系均完全归属于宫廷，而宫廷对这些艺人，也拥有所有方面的专属权，非经特殊程序他们不可能面向社会公众演出。京剧艺人却不是这样。在清代，所有从事京剧表演的艺人，即使任职内廷供奉时也仍然保持着自由身，在宫廷有需要时固然必须应召进宫献艺，平时却主要在市内的茶楼、酒肆或会馆演唱。和早期的徽班一样，通过在演出市场上赢得观众而获利，始终是那些著名的京剧艺人最主要的经济来源——即使是到宫中应差也是如此，帝后们用恩赏的方式支付其报酬，在这个意义上，宫里的帝后嫔妃也只是观众。他们远接宋元年间“冲州撞府”的“路歧”，与同时代京城天桥一带俗称“撂地儿”的江湖艺人，其生活方式在实质上并无二致，他们身份的真正归属不是升平署而是精忠庙。

这些京剧艺人甚至也不像文人兴办的昆曲家班内豢养的伶人。优秀的昆曲戏班都是文人自己兴办的家班，班内的伶人与他们的主人之间具有特殊的人身依附关系。家班所演出的剧本由文人撰写并拍曲，甚至连表演手法都要由文人调教辅导。然而，在京剧整个诞生与发展的进程中，至少在最初的一段时期内，基本上没有文人参与，更没有文人引导。其实，在京剧初期的很长一段时间里，即使文人有心参与，他们的努力也未见得能得到艺人们的认同，文人余治创作的《庶几堂今乐》和被学者称为最早由文人创作的京剧剧本《错中错》[5]，在京剧的发展中并没有产生多少实际影响，这些剧本也没有成为京剧舞台上被广泛传演的经典，而那些由文人创作又被艺人与观众普遍接受，因而在京剧发展进程中产生广泛影响的剧目，比如翁偶虹的剧作，其作者的文人身份往往不甚清晰。这些都说明，直到民国中叶，文人对京剧的参与程度是非常有限的。京剧从来就是艺人的戏剧，这些处于社会底层的艺人以其独特的方式，用京剧建构了他们自己的表演艺术体系。

京剧是由民间艺人创造并且在京城以及各地的演出市场面向公众而发展兴盛起来的，在这个过程中，从帝后到皇亲国戚更像是一批身份特殊的欣赏爱好者，宫廷的作用绝不是支配性的，而更像是在为京剧的发展推波助澜。京剧是中国文化传统一脉相承的产物，然而，它所继承的主要是民间文化传统。

从剧目角度看这一脉络更为清晰。京剧舞台上那些最常见的剧目，其美学取向与文人创作之间始终存在明显的区别。京剧的剧目几乎完全承袭了花部的传统，即使汲取少数现成的昆曲剧目，在表演过程中，也难免在不同程度上按照花部的方式加以重新处理。京剧的剧目系统与昆曲剧目系统的差异非常之显著。风格苍凉沉郁的京剧更喜爱政治军事方面的宏大历史题材，贯穿着慷慨激昂的家国情怀，而委婉缠绵的昆曲多以文人化的个人情感为主旨，多从儿女私情落笔[6]；京剧剧目中有关历史的言说，最大限度地切近说书讲史之类对历史的演义，而不是对历史文人化的叙述或虚构。20 世纪 50 年代初，上海市传统剧目整理委员会京剧分会曾经为第一届全国戏曲剧目工作会议提供过一份《京剧传统剧目初步材料》，大体按不同朝代分门别类统计京剧剧目，除了 535 个“不明朝代”（包括不同朝代历史内容的剧本合集）的剧目以外，其余三代的 155 个剧目里的绝大多数、三国所有的 176 个剧目、隋唐 186 个剧目里的大多数、五代的全部 50 个剧目、宋代 278 个剧目里的绝大多数、元代 28 个剧目里的 27 个，都可以在从《封神榜》到《英烈传》的说书、讲史话本小说等各种历史演义里找到故事与人物的依据。[7] 这样的数据足以说明，作为京剧创作主体的艺人，他们与说书讲史的艺人在有关民族与国家的历史想象方面，实具有高度的同一性。田汉根据另外的相关材料曾经指出，传统京剧“据不完全统计最多的是三国戏，凡 23 种；其次东周列国的戏 21 种；水浒戏 20 种；北宋杨家将 18 种；《三侠五义》13 种；《施公案》13 种；《征东》12 种；五代残唐 11 种；《说岳》11 种；《飞龙传》10 种……”[8] 这也间接说明，京剧的剧目，尤其是历史题材的剧目，基本上可以从民间流传的小说演义里找到根源。其中，固然有相当一部分剧目似以小说演义为本，或者其故事框架与人物确实源于小说演义，其内容却与小说演义有异。比如大量以包公为主人公的剧目，比起小说演义都要丰富很多；比如京剧《定军山》，其内容和它的母本《三国演义》有很大出入。这类剧目的人物或许有其源，而具体的情节在它所本的小说演义里并未涉及或者只有很少一点踪迹。然而，究其根本，类似这些剧目的叙述模式和人物情感的处理方式，均具有明显的演义特征，说它们是从小说演义中衍生出来的，比如它们是对那些小说演义的改编，可能更为合适。而且，由于京剧在演出制度上完全继承了花部传统，至少到民国年间，多数京剧班社仍然保留了徽班与汉调的剧目传承方式，演出市场激烈的竞争要求每个戏班、每个知名艺人必须拥有大量保留剧目，其主体只能是所谓的“提纲戏”，虽然情节框架与人物关系大致有规范，具体的细节却可以由演员在表演中自由发挥创造，这更加剧了京剧剧目体系的复杂性，即使完全是同一剧目，不同艺人的舞台演出本，甚至同一艺人的不同演出的舞台本之间，都必然会存在或大或小的区别。但这不仅不足以改变京剧的剧目系统与说书讲史相承继的演义特性，京剧以艺人为主体即以表演为中心的戏剧制度，反而使艺人对历史以及人物关系特有的戏剧性理解在其剧目系统中更显突出。

京剧有数千个传统剧目，这些剧目最充分地体现出其历史叙述的民间性或曰草根性。田汉曾经指出：“旧剧把中国民族的历史通俗化了，但很大的部分把它歪曲了。”[⑨]这里所说的“歪曲”，固然包含了政治与意识形态的评价，但是撇开政治性的内涵，纯粹从文人以及史家的角度看，把京剧对历史事件的处理看成“歪曲”，自然有其理由。只是所谓“歪曲”总是相对而言的，这里所涉及的是不同的社会群体与阶层对民族国家的历史叙述的重大区别，背后还潜在地隐含了文化立场的差异，尤其是对政治、社会、文化以及对整个民族历史的认知的差异，而且，在更深刻的意义上，它还体现着不同的社会群体在伦理道德、价值观念等方面的差异。更具体地还包括了对皇权和君臣关系（如《打龙袍》）、对忠孝关系（如《四郎探母》）、对民族关系（如《王佐断臂》）、对江湖恩怨（如《除三害》）等等的非常民间化的理解，这些理解构成了可以基本独立于宫廷与文人的另外一个历史认知与价值系统。随着京剧的受众群日益扩大，这些与朝廷正统的以及文人有异的历史叙述，包括蕴含其中的伦理道德、价值标准与观念，在中国文化传统整体中的重要性和影响力，也在不断扩大。

京剧充分体现了中国文化传统的内在丰富性，它所代表与弘扬的美学趣味，代表了中国文化传统中最复杂的一面。如果我们以昆曲反观京剧，就会更清晰地看到，京剧的主体在中国文化整体中更偏于民间文化或曰底层文化，即使它因清朝帝后及八旗王公青睐有加而迅速繁荣，也不足以改变美学上的这一特质。当然，恰因基于民间趣味的京剧从清末直到整个20世纪获得了此前所有民间艺术从未有过的地位，它也从艺术本体的层面，最大限度地扩展了民间文化与美学的影响，提升了民间趣味在中国文化传统中的地位。在这个意义上，京剧的诞生与发展，既是中国文化传统的必然结果，也在中国文化传统的近现代转型中留下了它的特殊的印记。

注释：

① 波多野乾一：《京剧二百年历史》，鹿原学人译，上海启智印务公司1926年版，第1页。

② 王芷章：《清升平署志略》，转引自余从《〈中国京剧编年史〉序》，载王芷章《中国京剧编年史》，中国戏剧出版社2003年版，第7页。

③ 丁汝芹：《清代内廷演戏史话》，紫禁城出版社1999年版，第117—118页。

④ 转引自丁汝芹《清代内廷演戏史话》，第120—121页。

⑤ 颜全毅：《清代京剧文学史》，北京出版社2005年版，第147—162页。

⑥ 清人沈默为《桃花扇》写跋，提及"大凡传奇皆注意于风月，而起波于军兵离乱。惟《桃花扇》乃先痛恨于山河迁变，而借波折于侯李"（转引自张庚、郭汉城主编《中国戏曲通史》，中国戏剧出版社1992年版，第627页）。然而，《桃花扇》在"写兴亡之感"时，毕竟要"借离合之情"，这也恰恰凸显出昆曲在题材以及表现内涵方面的特征。

⑦ 上海市传统剧目整理委员会京剧分会：《京剧传统剧目初步材料》，载《第一届全国戏曲剧目工作会议文件》，未公开发表，原件存文化部档案处。

⑧⑨ 田汉：《为爱国主义的人民的新戏曲而奋斗》，载《田汉全集》17，花山文艺出版社2000年版，第184页。

（2007年第9期）

“无地域空间”与怀旧政治：“后九七”香港电影的上海想象

孙绍谊

20世纪90年代以来，随着世界经济一体化进程的加速，全球化问题重新浮出表面，成为跨国界、跨文化、跨族群争论的焦点之一，也成为学府和研究机构的“显学”之一。之所以用“重新”二字，意在说明全球化并非一种新现象。如果我们不拘泥于用词的话，关于全球化的讨论也并非始于今天。资本主义发展的历史本身就是一部全球扩张的历史，政治、经济的殖民性扩张也伴随着文化版图的扩张。就电影而论，虽然卢米埃尔兄弟影片的跨国传播为中国等许多国家民族电影工业的兴起贡献巨大，但不可否认的是，它也未尝不可地被看成资本主义全球扩张的一部分，是19世纪世界版图重构在文化上的具体表现之一。另外，晚清以降中国知识分子之间热闹非凡的“中学为体、西学为用”“拿来主义”“全盘西化”的争论似乎也能在今天关于全球化问题的讨论中找到或显或隐的影子。

当然，20世纪末重新浮出的全球化问题由于语境的变化而发生了一定的变异。对英国社会学家安东尼·吉登斯来说，全球化是现代性内在的特质，是传统社会向现代社会转型的必然结果。① 全球化是“在场”与“缺席”的交合并存，是“距离化了的”社会事件、社会关系的当地化和情境化。而另一位英国学者约翰·汤林森（John Tomlinson）则基本承继了吉登斯的主要观点，认为全球化以“复杂相关性”为特征，是定义现代生活的急速发展和日益缜密的交互关系和相互依赖的网络。内在于“复杂相关性”之中的乃是“全球空间的相邻”和大卫·哈维所称的“时空的压缩”。国际旅行的便利、卫星电视、互联网、跨国体育赛事转播、国际政治与跨国公司活动的日益频繁、卫生健康与环保问题的跨国性、技术与劳动移民的跨国流动以及以数字技术发展而出现的各种跨国传播手段等，都是“全球空间相邻性”的具体表现。具体到文化层面，全球化并不会导致文化的普遍同一，而只可能是文化融合与差异的并存。以互联网为例，尽管网络技术的发展极大地改变了人们传统的时空观念，在某种程度上导致了全球“同一城市”（unicity）的出现，但它同样为过去散布在世界各个角落的鲜为人知的文化和利益团体吸引公众注意力提供了机缘。在汤林森看来，本土经验和本土文化试图在全球化时代被理解，就必须提升到“单一世界”的层面；“本土实践和生活方式日益需要放置在全球影响的语境下加以检视和估价”；这一对人类存在共同因素的强调会促使汤林森所提出的“良性普适主义”（good universalism）的形成。②

全球化理论的另一代表人物、社会理论学家阿帕杜莱（Arjun Appadurai）在其影响深远的著作《泛现代性：全球化的文化面向》（*Modernity at Large：Cultural Dimensions of Globalization*）中，借鉴法国理论家列菲弗尔“空间的生产“（the production of space）观念，提出了他所称的“地域的生产”（the production of locality）理论。在他看来，媒体技术的发展和各种民族散居社群（diaspora）的形成解构了传统民族国家和地域观念，赋予原来具有明晰疆界、相对固定的地域和民族国家以前所未有的“流动性”（flow）。在此情形下，关于当代全球化现象的理解必须超越过去受限于民族国家或固定地域的思维定势，转而以“去地域化”（deterritorialized）或“跨地域性”（translocalities）的视野透视当代文化的转型与契合。③与此相应，民族志学家过去所坚持的地域性根基也应被“跨地域性”所取代，因为“跨地域性”直接影响和作用于“亲历的、本土的经验”④。在“去地域化”和“跨地域性”语境中，想象变成了一种具有生产能力的社会力量，成为自我认识、身份定位、意识形态和观念建构的重要因素。也就是说，想象不再仅仅以抽象形态作用于人的思维，而且更成为具体实践的一环，具有了理论意义上的可触摸性。

以吉登斯、汤林森和阿帕杜莱关于全球化的思考为参照，考察“后九七”香港电影与内地文化、特别是上海这座香港“镜像城市”之间复杂含混的关系，我认为，“后九七”香港电影与内地影像的“复杂相关性”主要通过“无地域空间”的生产（the production of non-locality）以及建立在空间“可移植性”基础上的怀旧情愫表现出来的。所谓的“无地域空间”，指的是某些超越文化和地域特质（translocal）或被抽去原地域或文化因素的空间符号，此类空间的突出特征乃是其“可移植性”，既在某种程度上形成对原空间滑动和隐喻的暗指，又能够超越于原空间的含混指说关系、经“移植”后被异地域文化所消费。与上海发生一定关系的“后九七”香港影片，包括王家卫的《花样年华》、周星驰的《功夫》、陈可辛的《如果·爱》、关锦鹏的《长恨歌》和许鞍华的《姨妈的后现代生活》等，在某种程度上表明了上海这一香港的“镜像”（mirror image）之城是如何在这些影片中被“搬运”“移植”、想象或重新定义的。由此，“后九七”香港电影的上海执迷，从本质上说是一种怀旧的政治。正是通过对上海的怀旧性想象，香港文化与香港电影才得以在关系中重新界定“后九七”时代含混的身份。

一、“无地域空间”的生产与资本的全球扩张

空间观念在后现代文化和社会批判理论中的重要位置已被很多学者所强调，在此不必赘述。从列斐弗尔到爱德华·索亚（Edward Soja）、从福科到杰姆逊，空间或成为理论关注的焦点，或被用作理论铺展的起点。正是由于这些理论家的思辨性阐发，使我们对空间的认识日趋复杂与成熟。空间不再是一种独立于主体之外的、仅仅供主体厕身其间的无生命存在，而更是一种汇聚了“主体性与客体性、抽象与具象、真实与想象、可知与不可知、重复与差异、精神与肉体、意识与无意识”⑤的复杂体。在列斐弗尔看来，战后资本主义秩序得以维持、存活，乃至进一步强化，就在于他所提出的“空间的生产”：高速公路网的纵横交错、大型购物中心的普及、郊区化社区的大量复制和生产、整齐划一的空间布局，以及因此而产生的一整套规则等，所有这一切都为资本主义体系的强固提供了关键保障。

我在这里所提出的“无地域空间”包含两层意思：第一层涉及可触可感的物质、生活空间，第二层涉及经由各种话语和想象所建构的空间。在空间之前冠以“无”这一修饰词，并非指其子虚乌有，不能被感知、触摸或体验，而是意在显示此类空间的无名性、去地域性、普在性。“无地域空间”的生产与资本主义的发展密不可分。西方资本主义的全球扩张与殖民从空间意义上说也就是对非西方国家空间“他性”的改写与同一化。上世纪二三十年代，现代主义风格的摩天大楼不仅塑造了纽约、芝加哥等西方城市的性格，而且也改写了上海、东京等东方都市的城际线，凸显了不同历史、文化国度空间的无名性和去地域特质。如果说“无地域空间”的生产是现代性某一面向的话，那么，晚期资本主义发展和经济全球化速率的加剧则使“无地域空间”演变为无所不在、遍布世界每一角落的存在，构成后现代性的重要组成部分。今天，如果我们以某一城市为始发地环游世界，跨越历史积淀所形成的民族国家疆界和语言边界，我们也许会有这样的体验，即看似遥远、过去仅仅是地理学名词的彼城市似乎并不陌生，恍惚中很容易被体认为记忆中某座熟悉的城市：同样繁忙亮丽的国际机场，同样纵横交错的高速公路网，同样闪烁炫目的玻璃幕墙大厦，同样方便迅捷的地铁网络，同样张扬夸饰的巨幅广告牌……麦当劳、星巴克、肯德基、迪斯尼等不仅改写了世界不同文化、不同国家内普

通人的日常生活，而且也在空间意义上重新定义了熟悉与陌生、地域与去地域化。

在全球资本重绘中国地域空间的角力中，香港资本无疑占据了无可替代的重要位置。这不仅因为港资历年以排头兵姿态润滑了中国内地经济发展的引擎，而且也因为香港资本背后与内地纠缠交错的政治、文化与历史关系。唯其如此，香港资本对中国大陆地域空间的重写、亦即“无地域空间”的生产，不仅表现为在内地城市建造了众多令消费者徜徉其间而不知身处何地的“香港广场”、港式购物中心以及餐饮娱乐中心，而且也表现为貌似依循本地空间逻辑、实际却掏空其内里的“无地域空间”的生产。这一空间生产逻辑可以从香港瑞安集团的“新天地”系列窥见一斑。上海“新天地”成功转型为中外游客必至的上海新地标，依赖的乃是地域空间与“无地域空间”之间的互动逻辑：一方面，“新天地”这片 6 万多平方米的石库门建筑空间被相对完整地保留下来，原石库门建筑的外形、砖墙、屋瓦和风格得到尊重；另一方面，附着于石库门建筑空间的上海人的近现代日常生活却被掏空，填充其间的是典型形态的“无地域空间”或“跨地域空间”：连锁餐馆、品牌酒吧、时尚休闲场所和购物中心等。最具讽刺意味的是，原来与石库门建筑空间密不可分的上海人的日常生活却被资本的力量剥离出来，成为“屋里厢”（上海话“家里”的意思）博物馆供展示观赏的对象。这种将日常生活和地域文化“博物馆化”的背后，正是资本重绘后现代地域版图、改造地域空间的力量。在这一改写过程中，空间真正演变为一种漂浮的能指和可供任意附着和阐释的符号。无怪乎雄心勃勃的瑞安集团，已经或正准备克隆上海“新天地”的成功模式，将这一曲折复杂化了的“无地域空间”生产搬运移植到杭州西湖天地、重庆“新天地”、武汉“新天地”、成都“新天地”的诸多项目中，大规模改写内地都市空间的内核。

二、“后九七”香港电影与“无地域空间”的生产

如果说各种版本的“新天地”是香港资本在经济层面参与“无地域空间”生产的典型表现的话，那么，“后九七”香港电影对内地景观的搬运、挪用和呈述则让我们看到了“无地域空间”生产在文化上的表现。这些被“移植”（transported）的空间似乎与观众熟稔的某些场景存在隐约的联系，唤醒其记忆深处某些挥之不去的伏层，但这一暗指关系又被移植后的语境所模糊，使原空间与“移植”空间、挪用与被挪用之间的界限不再清晰可辨。

周星驰的《功夫》与内地空间的关系至少表现在两个层面：未予特指的街景和影片的中心场景"猪笼城寨"。一方面，老上海街道、建筑、商铺、店招、广告和路人服饰等似乎指涉特定的时间和空间；另一方面，影片又无意向观众明示具体的时空，而是将时空虚空化，抽离了原时空所蕴含的丰富的历史和文化意义。换言之，《功夫》在时空处理上所采取的策略颇令人联想到汤林森和阿帕杜莱所称的"去地域化"或"跨地域性"。被挪用和移植到影片《功夫》中的上海街景，一方面似乎确认了香港与内地之间的文化与历史关系，在表层意义上拉近了"后九七"香港与内地的文化距离；另一方面却以去除地域内涵的策略与全球影像受众发生关系，成为全球影像流通与消费市场上的热点之一。这一策略也令我想起2006年在欧美电影市场广受好评的西班牙影片《潘神的迷宫》（*Pans Labyrinth*，由墨西哥电影人Guillermo del Toro执导）。影片以"一战"后西班牙佛朗哥政权的独裁统治为背景，但具体可感的历史时空却被女孩奥菲莉娅（Ofelia）哥特式的童话王国所置换。奇幻世界中的精灵、牧神、公主和嗜血怪兽逐渐虚化了现实世界中残暴的军官/父亲和抗击独裁统治的游击队员形象，虚与实、历史与魔幻之间的界限也随之消泯。

《功夫》中的"猪笼城寨"则更典型地体现了"无地域空间"生产中的"搬运"性和移植性。已经有一些论者注意到"猪笼城寨"和中国戏剧、电影中"七十二家房客"空间的互文关系。[6]根据《上海文化艺术志》的描述，历史上最早的《七十二家房客》系由多本上海独角戏整理而成，脱胎自《闸北逃难》（江笑笑）、《二房东》（刘春山）、《上海景》（陆希希、陆奇奇）等滑稽戏。20世纪30年代末，在上海大世界、天韵楼、新世界等游乐场讨生活的滑稽戏演员朱翔飞将其编演成独角戏小段。1959年，原本《七十二家房客》由杨华生、张樵侬、笑嘻嘻、沈一乐等发展成大戏，由上海大公滑稽剧团演出。该戏写上海解放前夕一幢破旧的石库门房子里拥挤地居住着老裁缝、熨衣匠、大饼师傅、香烟小贩、街头艺人、小皮匠、牙医生、舞女等，而出租石库门房子的二房东则是个"白相人嫂嫂"，千方百计地榨取房客，并和姘夫流氓炳根勾结警察369威逼房客。60年代初，该部以上海下层市民生活空间为背景的滑稽戏被移植搬运到广州，成为粤语戏的一部分。1963年，珠江电影制片厂和香港鸿图影业公司根据粤剧《七十二家房客》改编成同名粤语影片（王伟一执导）；十年后，香港导演楚原再次将其搬上银幕。

关于"猪笼城寨"和"七十二家房客"的谱系考察，无非是想证明这样一点，即"猪笼城寨"空间的建立，已经经过了多重移植和搬运，而附着于原空间之上的生活质素已被掏空，成为可供任意转运和他移的“无地域空间”。在这里，拥挤狭窄的石库门空间内有血有肉的老上海下层市民的日常生活不再重要，重要的乃是空间环境的符号性，正是符号所指的不确定性和抽象流动性使“猪笼城寨”这样原本带有强烈地域色彩的空间转化为能够被全球影像受众所消费的“无地域空间”。这一点在王家卫的“后九七”影片《花样年华》中也多有表现，只不过“猪笼城寨”在《花样年华》中被更具非空间性的服装、语言、氛围和斑驳的墙招所置换罢了。影片的画内画外不时飘来吴侬软语、张曼玉几乎一景一换的旗袍秀、斑驳弄墙上泛黄的广告纸以及狭窄弄堂里的小商铺，似乎都与人们关于老上海的记忆或想象暗合，但这一暗合的背后却是“无地域空间”生产的逻辑：一方面，影片中弥漫老上海气息的空间本来就是刻意的移植，一种剥离了原空间内里的“搬运”；另一方面，正是符号能指与所指的剥离与游离使王家卫所营造的影像空间具有了某种似是而非、既非香港亦非上海、既非东方亦非西方的悬疑含混特质。换言之，一如香港资本所催生或将要克隆的上海“新天地”、杭州西湖天地、重庆“新天地”、武汉“新天地”，《功夫》和《花样年华》等“后九七”香港电影所构建的也是一片与内地文化看似契合、实质上却貌合神离的影像“新天地”，它们以“无地域空间”的生产逻辑改造着中国内地民众对自身地域和文化的既有认识。

三、怀旧的政治：“后九七”香港电影与上海执迷

自1688年瑞士医生通过对希腊文“nostos”和“algos”两词的合成创制“怀旧”（nostalgia）一词，用于指称渴望回归家园的痛苦以来，“怀旧”逐渐与病理学脱离干系，成为现代哲学、历史学和美学关注探讨的议题。在启蒙与理性主义传统中，“怀旧”是对历史进步和人类迈向完美境界的反动，它通过对过往的追忆和对“简朴”生活状态的向往否认历史向更高阶段发展的可能，也否认理性最终具有将人类引领到自由王国的可能。因此，无论在康德、黑格尔还是在马克思眼中，“怀旧”都意味着某种后视的历史观，即认为历史上的“黄金岁月”早已流逝，而未来仅仅预示着更深的陨落。伴随启蒙工程在后现代语境中被严厉质疑、西方理性主义传统被后现代理论家批驳得体无完肤的总体趋势，“怀旧”在新的语境中也获得了新的意义。它被视为是对现代性的反拨，是对西方以理性主义为幌子、将非西方国家特别是被殖民国家排斥在历史之外的批判。[⑦]

"后九七"香港电影的怀旧政治，并不突出表现为对未来的焦虑（这一点在"九七"之交的港产影片中已多有涉及）和对英属期的回望（毕竟"大英帝国"并未也不可能真正站在港民的立场考虑问题），而更多地表现为跨越港界、与空间时间均存在相当距离的老上海发生关系。这不仅因为上海与香港两城之间在历史和文化上存在复杂的"镜像"关系（上海的繁盛与香港的边缘化以及香港的繁盛和上海的衰落，更有新世纪以来关于上海取代香港的担忧），而且更因为通过对老上海景貌的怀旧性召唤，香港影人可以曲折地道出也许伏流在潜意识中的关于当下和未来的焦虑以及关于自我的不确定感。如果"怀旧"在西方语境中是对现代性的反拨的话，那么，它在"后九七"香港电影中则至少具有两方面的意义：一方面，"怀"上海之"旧"也就是在主流话语及其关于历史进步的允诺后附以问号；另一方面，"怀"上海之"旧"也意味重新反思和定义香港之"新"乃至上海之"新"。

实际上，怀旧政治也可以被看成另一形式的"无地域空间"生产。无论是关锦鹏的《长恨歌》还是王家卫的《花样年华》，它们所想象构建的老上海或老上海氛围，都是一种剥离了原地域具体生活形态、游离在具体历史之外的符号空间。它似有指称但又经常滑动在指称之外，似乎在表述上海但又时常超越上海而喻指他物。就此意义说，关氏版《长恨歌》早已脱离了王安忆小说所设定的格局，成了混合着香港意绪的《长恨歌》。这一点可以从关氏坚持用有争议的港星郑秀文来演绎上海小姐王琦瑶中略窥一斑。如果我们回看关锦鹏的创作生涯，从《阮玲玉》到《红玫瑰，白玫瑰》再到《长恨歌》，老上海始终是他挥之不去的执迷。这种少有的"外乡人"对非出身、生长地的迷恋，恐怕仅仅以某座城市的魅力来解释是不具有说服力的。执迷的背后蕴含着更深层次的意义。

怀旧之为"政治"，亦表现为对当下的否定。在陈可辛的《如果・爱》和许鞍华的《姨妈的后现代生活》中，老上海变成了新上海，30 年代的上海小姐变成了新世纪的上海明星和上海姨妈，但当下的上海全然没有了经留声机过滤的老上海情怀，成了粗俗的欲望之都和后现代的精神废墟。《如果・爱》把爱情的浪漫留给了飘着雪花的古都北京，而一旦当周迅扮演的人物来到上海，成星的欲望遂盖过了纯美的爱情，昔日的穷酸恋人也变得模糊而难以辨识。同样，在"后现代"都市讨生活的单身姨妈在经历了种种匪夷所思的生活琐事之后，终于幡然顿悟，跟着女儿的脚步回到了鞍山小城，也似乎重新找回了失落的温暖家园。这种对当下上海的否定与拒绝很容易使我们想起 20 世纪 30 年代左翼电影话语中的吊诡：一方面，正是上海相对自由的都市空间为左翼电影人提供了言说的场所；另一方面，这一空间又时时成为其锐利锋芒的批判对象。[8]只不过这一吊诡在新的语境中变得更加繁复多义：对当下上海的谴责与拒绝似乎暗合了香港影人对内地“原初性”的期盼，正是这种期盼确定了香港在中国历史上的特殊身份。而一旦中国内地逐步超越了这一“原初性”，向“后原初性”过渡的时候，香港之为香港的身份也变得日益含混悬疑。[9]从这一意义上说，《如果·爱》和《姨妈的后现代生活》等“后九七”香港电影似乎正在寻找某种全新的与内地文化发生关系的策略。

注释：

① 参见吉登斯《现代性的结果》（*The Consequences of Modernity*），斯坦福大学出版社1991年版。

② 参见约翰·汤林森《文化与全球化》（*Globalization and Culture*），芝加哥大学出版社1999年版。

③ 阿帕杜莱（Arjun Appadurai）：《泛现代性：全球化的文化面向》，明尼苏达大学出版社1996年版，第192页。所谓“去地域化”，一方面是指文化产品的全球消费打破了特定地域和文化消费者原来所享有的与该地域和文化所形成的自然关系（如好莱坞电影在中国的传播）；另一方面也要求文化产品在制作和传播的过程中不拘泥于原文化原地域限制，力求以“当地化”“情境化”的姿态满足不同文化或国度消费者对产品的不同需求（如好莱坞的中国化）。汤林森在《文化与全球化》一书中对此也多有涉及。

④ 阿帕杜莱：《泛现代性：全球化的文化面向》，第52页。

⑤ 参见爱德华·索亚《第三空间：去往洛杉矶和其他真实和想象地方的旅程》（*Third Space：Journeys to Los Angeles and Other Real-and-Imagined Places*）中文版译序，上海教育出版社2005年版，第13页。

⑥ 如美国学者纪一新未发表的论文《功夫：华语电影与全球化的考古学》（Kung Fu Hustle：An Archeology of Chinese Cinema and Globalization），上海大学、北京大学编《全球化语境中的中国电影与亚洲电影》论文集，2005年。

⑦ 参见马尔克斯·纳塔利（Marcos Natali）《怀旧的历史与政治》（History and Politics of Nostalgia），《爱荷华文化研究杂志》（*Journal of Iowa Cultural Studies*）2006年第5期。

⑧ 关于这一点，有兴趣的读者可参看拙作《叙述的政治：左翼电影与好莱坞的上海想象》，《当代电影》2005年第6期；《都市空间与中国民族主义：解读三十年代中国左翼电影》，《上海文化》1996年3月号。

⑨ 关于“后原初性”的提法，笔者得益于北京大学学者张颐武2007年6月29日在纪念香港回归十周年电影研讨会上的发言，在此特表谢忱。

（2007年第11期）

同光体诗人的诗学观与创作实践

关爱和

同光体是清代宋诗运动在清末民初的余响末绪。明代前、后“七子”声称不读唐以后书，鼓噪“文必秦汉，诗必盛唐”，此风甚嚣尘上之际，诗界“称诗者必曰唐诗，苟称其人之诗为宋诗，无异于唾骂”①。但物极必反，至清初，诗歌审美风尚转移变化，遂有“风声调字句之近乎唐音，一切屏而不为，务趋于奥僻，以险怪相尚，目为生新，自负得宋人之髓者”②。学宋诗者以险怪求新奇的审美趋向，不久与乾嘉之际征信求实的学风相融合，便形成了喧嚣一时的以学问入诗，诗人之言与学人之言合一的宋诗运动。

一

宋诗运动以杜、韩、苏、黄为诗学风范，追求质实、厚重、缜密的诗美境界，讥讽高标“神韵”“格调”者为“无实腹”，力图以穷经通史，援学问入诗的努力，另辟诗学发展蹊径。宋诗运动的代表人物，乾隆、嘉庆年间有厉鹗、翁方纲，道光、咸丰、同治年间有程恩泽、何绍基、曾国藩、郑珍、莫友芝。同光体则主要称指光宣及民初年间仍活跃在诗坛上的宋诗派诗人。同光体之名，来自陈衍 1901 年写的《沈乙庵诗序》，“同光体者，苏堪（郑孝胥）与余戏称同光以来诗人不墨守盛唐者”③。他们的代表人物是陈三立、沈曾植、郑孝胥、陈衍。

同光体是一个有着大致相同诗学价值取向的诗歌流派。他们在“不墨守盛唐”的诗学旗帜下，继承宋诗派学人之诗与诗人之诗合一的传统，力图在大乱相寻、变风变雅的时代，以弃取变化、力破余地的努力，为旧体诗歌的存在、发展开疆辟域。同光体诗人的生活道路、情感世界、师承学养、艺术宗尚各自不同，他们主要通过交游唱和、声气应接的方式结盟。同光体诗派得以形成的诗学理论基础大致如下：

（一）不墨守盛唐，力破余地

作为宋诗运动的殿军，同光体把“不墨守盛唐”“不专宗盛唐”作为自己的诗学旗帜。这是一个指向多元，宽泛硕大的诗学旗帜。它鼓励诗派中的每个创作个体，在遵循由苏、黄上溯杜、韩诗学路径的前提下，获得自我发展、力破余地的最大空间。

同光体诗派“不墨守盛唐”的诗学内涵，可从陈衍的“三元说”、沈曾植的“三关说”中看出端倪。1899 年，陈衍与沈曾植在武昌讨论诗学时，曾提出“诗莫盛于三元”之说。1912 年陈衍作《石遗室诗话》时具体阐释道：

> 盖余谓诗莫盛于三元：上元开元，中元元和，下元元祐也。君（沈曾植）谓三元皆外国探险家觅新世界、殖民政策，开埠头本领，故有“开元启疆域”云云。余言今人强分唐诗宋诗，宋人皆推本唐人诗法，力破余地耳。庐陵、宛陵、东坡、临川，山谷、后山、放翁、诚斋，岑、高、李、杜、韩、孟、刘、白之变化也；简斋、止斋、沧浪、四灵，王、孟、韦、柳、贾岛、姚合之变化也。故开元、元和者，世所分唐宋人之枢斡也。若墨守旧说，唐以后之书不读，有日蹙国百里而已。④

唐开元年间，李、杜、王、孟、高、岑大家并起，开启了唐诗的规模传统，史称盛唐；元和年间，元、白继往开来，形成了“诗到元和体变新”的局面，史谓中唐。宋元祐年间，苏、黄推尚杜、韩，用以文为诗，脱胎换骨的努力创造了宋诗的辉煌。“三元说”拈出开元、元和、元祐三个元气淋漓的年代作为唐宋诗繁荣发展的里程碑，其用意首先是强调宋诗与唐诗一脉相承、血气贯通的联系，破除唐以后之书不读的偏激狭隘，使同光体“不墨守盛唐”的诗学目标，由苏、黄而杜、韩的诗学路径，有所本源；其次是盛推开元、元和、元祐时代开疆辟域、觅新世界的气概和宋诗推本唐人诗法、损益变化、力破余地的精神。打破唐宋壁垒，力破余地，正是“三元说”的精髓所在。“三元说”也因此成为同光体诗学理论的重要旗帜。

作为对陈衍“三元说”的补充，沈曾植晚年又提出“三关说”，“三关说”以晋宋之元嘉替代唐代之开元，以为诗有元祐、元和、元嘉三关，通此三关，始可名家。“三关说”将学诗途径由宋唐而推至六朝。“三元说”与“三关说”，对身处末世的同光体诗人来讲，更多地体现为一种“虽不能至，心向往之”的诗学祈向。

同光体“不墨守盛唐”的诗学目标以宗宋为基本出发点，鼓励并尊重个人的择取创新。借用陈衍《奚无识诗叙》中“相尚”与“自尚”的概念，同光体除在“不墨守盛唐”的“相尚”上保持共识之外，还为诗学者留有自由择取的“自尚”空间：“自尚者，一人有一人之境地，一人之性情；所以发挥其境地、性情，称其量无所以歉，则自尚其志，不随人为步趋者已。”[⑤] 唐诗声貌不一，宋人学唐已各有翻新，今人学宋学唐，更应弃取变化，且当转益多师：“但学一家之诗，利在易肖，弊在太肖。无肖不成，太肖无以成。”[⑥] 同光体诗派鼓励派中同人打通唐宋，推陈出新的底气，来自对“一代有一代之诗”观念的确信。正是坚信古今之相续不尽，诗道之翻新无穷，同光体诗人才能孜孜不倦于“但取故纸残帙，托之山海，日渔樵于其中，获而献，献而自喜，芒乎不知日月相代乎前也”[⑦]。而郑孝胥甚至断言：“诗者一人之私言，或配经史垂乾坤。”[⑧] 但时代毕竟走到了 20 世纪初，旧体诗的阅读者和影响力在急剧缩减，其发展更是举步维艰。同光体诗人力破余地的努力，在诗学理论上，只能做到“最古人所以言之法，弃取变化而言之”[⑨]，在诗歌创作上，只能做到“导引自具之性情，以与古之能者相迎”[⑩] 而已。这种拾遗补缺、掇拾细屑的功夫，很难成就同光体诗派开疆辟域，觅新世界的宏大志向。

（二）诗为写忧之具，体当变风变雅

同光体诗人大都参与过维新变法运动，并有过短暂的从政经历。后因种种原因，成为罢官废吏，而将汲汲入世之心，托付于诗学。进入 20 世纪后，社会动荡与变革纷至沓来。正值人生中年的同光体诗人深切地感受到他们所熟悉的政治秩序、伦理道德、价值观念都在发生着剧烈的变化，辛亥革命推翻了帝制，更是天崩地裂之变革。面对民初纷纷攘攘的政治与文化变局，同光体诗人不约而同地选择了前清遗老的立场，大多心境颓唐。陈三立《余尧衢诗集序》叙写乱世纷纭之中文人惶惶不可终日之境遇心态道：“吾辈保余年、履劫运，遂比丛燕集苇苕之表，姑及未堕折漂浮，啁啾相诉而已。其在《诗》曰：‘心之忧矣，云如之何？’诗者，写忧之具也。故欧阳公推言穷而后工，诚信而有征者。”[⑪] 这与陈三立“诗者写忧之具”说相呼应，陈衍在《何心与诗序》中提出诗为“寂者之事”“诗者荒寒之路，无当乎利禄”[⑫] 的论题：诗是寂者之事，诗为荒寒之路，以诗承载忧患，以诗困厄自守，诗已经成为同光体诗人寄托情志，慰藉心灵的生命方式和精神家园。

诗人之不幸，抑或是诗之大幸。王道衰，礼义废，政教失，国政异的时代，当是变风变雅之诗兴作的时代。同光体诗人在风雅之旨将废将亡之际，呼唤怨而迫、哀而伤

的变风变雅之作。陈衍以为："惟言者，心之声，而声音之道与政通。盛则为雅颂，衰则变雅变风。"[13]郑孝胥诗云："忽移天地入秋声，欲罢宫商行徵羽，"[14]陈三立痛感士人"更延此大乱相寻之世，居无徒，倡无和，后死孤立，益自悲也"[15]。陈衍的《山与楼诗叙》云：

> 余生丁末造，论诗主《变风》《变雅》。以为诗者，人心哀乐所由写宣。有真性情者，哀乐必过人，时而赍咨涕洟，若创巨痛深之在体也；时而忘忧忘食，履决踵，襟见肘，而歌声出金石、动天地也。其在文字，无以名之，名之曰挚，曰横。知此，可与言今日之为诗。[16]

哀乐过人，真挚沉痛，是同光体诗人对《变风》《变雅》诗风的基本理解。陈三立"于国于家成弃物，为人为鬼一吟楼"（《病山南归旋失其子过沪相对黯然无语既还敝庐念吾友生趣尽矣欲招为莫愁湖之游收悲欢忻聊寄此诗》），"我生于世如病叶，满蚀虫痕加霰霜"（《次答篙叟迭用东坡聚星堂咏雪寄怀》），郑孝胥"从此休论王霸业，区区名节已难言"（《答严几道》），"老去诗人似残菊，经霜被酒不成红"（《残菊》），沈曾植"长啸宇宙间，斯怀吾谁与"（《长啸》），"一朝揽辔登车去，从此范水模山绝"（《吴少村中丞画册》），可见同光体诗人《变风》《变雅》之作，笼罩着牢愁哀怨的情绪和色彩。

（三）学人之诗与诗人之诗合一而恣所诣

清代道、咸年间兴起的宋诗派，提倡"就吾性情，充以古籍，阅历事物，真我自立"[17]，追求质实厚重、学力赡富、理趣层出的诗境，陈衍的《近代诗钞叙》以为道、咸诗人何绍基、郑珍、莫友芝等人，开启了清代"学人之言与诗人之言合"的先河。同光体作为宋诗派的继踵者，从自立不俗、力破余地的愿望出发，把"学人之诗与诗人之诗合而恣所诣"，看作诗学的重要目标。诗人之诗的要素是性情才思，无性情才思，不足以成其诗；学人之诗的要素是学问学力，无学问学力，不能工于诗。陈衍在《瘿庵诗序》中提出"诗也者，有别才而又关学者也"[18]的命题，其《石遗室诗话》论性情与学问的关系以为：性情才思得于天成，而学问学力源于读书，为诗当从兴象才思入手，中经多读书，多穷理的过程，而逐渐达到出神入化、左右逢源境地。学问之于诗，"如造酒然，味酽者用术必多，及其既熟，固见酒不见术也"[19]。只有性情才思，学问学力两相凑泊，水乳交融，方臻于"以恣所诣"的真诗人境地。

学人之言与诗人之言合一而恣所诣的另一诗学指向是能自树立，语必惊人，字忌习见，力避陈言熟语。能自树立，字忌习见的前提是诗人要有真实怀抱、真实道理、真实本领。陈三立作《顾印伯诗集序》称顾诗“务约旨敛气，洗汰常语”[20]。陈衍以为：“诗最患浅俗。何谓浅？人人能道之语是也。何谓俗？人人所喜之语是也。”[21]同光体派论诗，还强调言与己称，反对好为大言，好为高调。陈衍《石遗室诗话》以为：“语言文字，各人有各人身份，惟其称而已。所以寻常妇女，难得伟词，穷老书生，耻言抱负。”[22]反对好为大言，好为高调，既是同光体诗派的诗美选择，也是其遗民情绪的自然流露。

二

同光体诗派的主要成员陈三立、郑孝胥、沈曾植、陈衍，其生活阅历与诗美选择各有不同，他们以各自的诗歌创作，显示着末代诗人真挚沉痛、复杂多变的情感世界和孜孜不倦、力破余地的艺术探求。

陈三立（1852—1937），字伯严，号散原，江西义宁（今修水）人。光绪十五年（1889）进士，官吏部主事。维新变法时期，列名强学会，后襄助其父湖南巡抚陈宝箴创办新政，湖南一时领全国新学新政风气之先。戊戌政变后，父子同被革职，永不叙用，归隐南昌西山。西山又名散原山，三立晚年自号散原，以识隐痛。其后，移居宁、沪、杭、京等地，不复任事，以诗人终老。今人辑其诗文为《散原精舍诗文集》。

《散原精舍诗文集》所收陈三立诗作，始于1901年，此前所作，均未刊入。梁启超《广诗中八贤歌》录陈赠梁诗之残句“凭栏一片风云气，来作神州袖手人”，透露出其见谤获罪后忧愤深广的情绪。陈三立1901年前后写给儿子的诗中说：“生涯获谤余无事，老去耽吟倘见怜。胸有万言艰一字，摩挲泪眼送青天。”（《衡儿就沪学须过其外舅肯堂君通州率写一诗令持呈代柬》，以下所引陈三立诗均引自《散原精舍诗文集》）。年届五十，幽忧郁愤的诗人痛苦地选择了“老去耽吟”的生命方式。义宁是江西诗派宗师黄庭坚的家乡。黄因元祐党祸，被贬涪州，自号涪翁。陈三立既以诗人自期，追思乡先贤，而又有“襟期涪翁有同调”（《由崝庐寄陈芰潭》）、“可似涪翁卧双井”（《雨中题崝庐壁》）之想。

曾经沧海、老去耽吟的诗人，在时事多艰、白云苍狗的时代，很难作超然物外的袖手之人。其苦危槎枒的诗句中，并不乏风云之气、家国之感。“愚儒那有苞桑计，白发疏灯一梦醒”（《孟乐大会出示纪愤旧句和答二首》），“陆沉共有神州痛，休问柴桑漉酒巾”（《次韵黄知县苦雨二首》），“我辈今为亡国人，强托好事围尊俎”（《八月廿八日为渔洋山人生辰补松主社集樊园分韵得鲁字》），味其言无不有烈士之慨。辛亥年后，自悟为诗“激急抗烈”，转而推尚“志深而味隐”的诗境，其讥讽袁世凯复辟的《消息》《上赏》等诗，则是造语曲深、辞旨隐蔽之作。

“一喙两肩无长物，浅斟低唱送残秋”（《叔海既出锁院将于明日取沪至姑苏乃会饮河亭为别次韵调之》），失却政治舞台而以诗人自期的陈三立，把诗看作实现生命价值的重要形式，其诗充满着生命与诗、忧患与诗、愤懑与诗的紧紧纠缠。“日日吟成苦危辞，更看花鸟乱余悲。闲来岁月吾丧我，圣处功夫书与诗。”（《酬真长》）“泥涂苟活能过我，祸变相仍莫问天。凭几写诗仍故态，向人结舌共残年。”（《酬真长》）末代诗人对其生命与生存状态的自我描述，真挚而悲凉。陈三立在大乱相仍的时代，一方面相信：“凡托命于文字，其中必有不死之处，虽历万变万哄万劫，终亦莫得而死亡。”另一方面以为：“朝营暮索，敝精尽气，以是取给为养生送死之具，其生也藉之为业，其死也附之猎名，亦天下之至悲也。”[23]陈三立的诗作，显示出孜孜于诗学追求而又未能忘却世事纷扰的末代诗人痛苦而分裂的情感世界。

“槎枒出腹还砭俗”（《刘味林编修屡有赠什既来山居赋此酬之》），陈三立的诗句可以用来概括其所追求的诗美境界。“槎枒”之诗，其神兀傲，其气崛奇，神理有余而蕴藉深厚。“砭俗”之作，其感物兴象，遣词造句，避熟避俗，不作习见之语。陈三立论诗，推尊黄庭坚，强调黄诗奥衍苦涩、奇峭劲挺诗面下胎息自然、不汩其真的诗学精神和镵刻造化、冥搜万象的诗学功力。陈三立又十分欣赏陶潜、陆游之诗，以为“陶集冲夷中抗烈”“放翁孤抱颇似之”（《陆蔼堂求题其远祖放翁遗像》）。其晚年耽吟杜诗，自谓“涛园抄杜集，半岁秃千豪”（《涛园夜过纵谈杜句》）。其《沪上访太夷》诗云：“生还真自负，杂处更能安。意在无人觉，诗稍与世看。所哀都赴梦，可老得加餐。吐语深深地，吹裾海气干。”正是这种自负、傲俗的气质品格和“意在无人觉”“吐语深深地”的孜孜以求，造就了陈三立槎枒砭俗的诗境诗风：

羸骨瑳瑳夜吐铓，起披月色转深廊。花丛络纬旋围座，石罅虾蟆欲撼床。近死肺肝犹郁勃，作痴魂梦尽荒唐。初知彀豹关轻重，仰睇青霄斗柄长。（《病起玩月园亭感赋》）

补官号作蛮夷长，玩世仍为江海行。白尽须髯偿笑骂，依然肝胆见生平。滔天祸水谁能遏，绕梦冰山各自倾。豪气未除沉痛久，只余对酒百无成。(《建昌兵备道蔡伯浩重来白下》)

前诗写月夜心事浩茫，后诗写天下时事艰难，无不志意牢落，沉郁慷慨。陈三立的诗善用“残阳”“劫灰”“孤愁”“苍茫”“疏灯”“啼鹃”等意象，构成萧索诗境。陈衍以为三立之诗，辛亥年间“诗体一变，参错于杜、梅、黄、陈间矣”[24]，其叙述转为曲折，诗风变以郁怒。代表作品有《由沪还金陵散原别墅杂诗》《留散原别墅杂诗》等，陈诗之脍炙人口者，当仍是真气淋漓、匠心独具、用语奇警之作：

露气如微虫，波势如卧牛。明月如茧素，裹我江上舟。(《十一月十四夜发南昌月江舟行》)

高枝噤鹊语，欹石活蜗涎。冻压千街静，愁明万象前。(《园居看微雪》)

陈诗注重苦吟，讲求字与句的锤炼，以达到劲健、陌生、戛戛独造的阅读效果。前诗中“裹”字，后诗中“压”字的运用，都极为精妙传神。陈三立谓黄庭坚诗之妙有云：“咀含玉溪蜕杜甫，可怜孤吟吐向壁。”“根柢早嗤雕虫为，平生肯付腐鼠吓。一家句法绝思议，疑凭鬼神对以臆。”(《六月十二日山谷生日乙庵作社集于泊园观宋刻任天社山谷内集诗解用集中观刘永年团练画角鹰韵》)其学黄诗，即注重在诗的骨力、根柢、句法上用功。其“要搏大块阳阳气，自发孤衾寤寐思”(《樊山示叠韵论诗二律聊缀所触以报》)的诗句，正是他诗歌创作状态的自我写照。

郑孝胥（1860—1938），字太夷，号苏堪，福建闽县人。1882年与陈衍、林纾同举于乡。1891年出使日本，任神户大阪总领事。1894年归国，入张之洞幕府凡八年。1911年授湖南布政使，未几武昌起义爆发，留寓上海。1924年，奉废帝溥仪之召，为内务府总理大臣，旋为懋勤殿行走。1932年至奉天参与建立伪满洲国事宜，出任“文教部总长”“国务总理大臣”，因丧失民族气节而为世人诟病。著有《海藏楼诗集》。

《海藏楼诗集》所收诗自1889年始，此年诗人30岁，考取内阁中书，而有“三十不官宁有道，一生负气恐全非”(《春归》)的诗句记叙心情。十年后，郑孝胥在上海筑寓所，取苏轼“万人如海一身藏”诗意，名曰海藏楼，日后所编诗集，即名《海藏楼诗集》。其1898年所作的《海藏楼试笔》诗云："沧海横流事可伤，陆沉何地得深藏。廿年诗卷收江水，一角危楼待夕阳。窗下孔宾思遁世，洛中仲道感升堂。陈编关系知无几，他日谁堪比《辨亡》。"面对沧海横流、变法日亟的时局，正值中年的郑孝胥，徘徊在"遁世"还是"升堂"的矛盾之中，这种进退弃取的矛盾，缠绕着他的一生。是年9月，经张之洞举荐，光绪召见郑孝胥于乾清宫，他陈练兵策，蒙获嘉许，以同知擢用道员，充总理各国事务衙门章京。召见后十余日，戊戌政变作，郑孝胥乞假南归，其哭林旭诗感慨时运多舛，悼友之作中也不无自悼之意。辛亥革命后清帝逊位，郑孝胥以为"磨牙复吮血，大乱从此始"（《十二月二十五日鉴泉示生日诗》，以下所引郑孝胥诗均引自《海藏楼诗集》）。其作《危楼》一诗叙写心境："落木危楼对陨霜，北风吹雁自成行。云含海雨千重暗，秋尽篱花十日黄。已坐虚名人欲杀，真成遗老世应忘。烧城赤舌从相逼，未信河东解祟方。"生性不甘寂寞的郑孝胥，在"鬻字聊自存，俯畜繁食指，同年互吊唁，屈指八九子"（《杂诗》）的遗民生活之外，仍踌躇满志，期待中兴之局再起，复当有用于世："余生海角望中兴，帝座扶持赖有人。"（《寿弢庵太保七十》）"老夫虽遗民，未死火在炭。救民诚吾责，卫道在义战。"（《江阴赵焕文茂才殉节纪书后》）对严复参与筹安会的行为，郑孝胥曾以"区区名节已难言"之诗相讥，而他本人最终比严复走得更远。

郑孝胥于每年重阳节必作登高诗，且多为人称道，时人称其为"郑重九"。不同时期的登高诗，显示着诗人不同的意绪心态：

科头直上翠微亭，吴甸诸峰向我青。新霁云归江浦暗，晚风浪入石头腥。忍饥方朔非真隐，避地梁鸿自客星。意气频年收拾尽，登高何事叩苍冥。（《九日独登清凉山》）

风雨重阳秋愈深，却因对雨废登临。楼居每觉诗为祟，腹疾翻愁酒见侵。东海可堪孤士蹈，神州遂付百年沉。等闲难遣黄昏后，起望残阳奈暮阴。（《重九雨中作》）

天外飞翔莫计程，登高谁忆旧诗名。半生重九人空许，七十残年世共轻。晚倚无间看禹域，端迴绝漠作神京。探囊余智应将尽，却笑南归计未成。（《九日》）

第一首诗是诗人30岁时登南京清凉山所作，此时少年壮志，前途未卜，一片怅惘心绪。第二首诗写于1914年海藏楼中，风雨神州，劫后余生，忧愤杂以无奈。第三首诗写于1934年其出任“国务总理大臣”之后，虽求仁得仁，却为千夫所指，而以“南归计无成”作为自我解脱的遁词。郑孝胥由维新同道到前清遗民，再到伪满傀儡的人生滋味和别样情怀，由重九诗中也可窥知。

郑孝胥是同光体诗派的发起者和中坚。郑孝胥论诗，秉承不墨守盛唐，转益多师的诗学宗旨，主张在诗学盛而诗才弱的时代，于唐于宋，各有所取，作变风变雅之诗。郑孝胥为诗，强调胸中先有意，以意赴诗，率意而作，不必作苦吟之态：“诗怀文字前，未得殆难会。”(《题晚翠轩诗》)“何必填难字，苦作酸生活。会心可忘言，即此意已达。”(《答樊云门冬雨剧谈之作》)“深人何妨作浅语，浅人好深终非深。”(《答夏剑丞》)这种深人浅语、会心意达的诗学追求与陈三立“槎枒砭俗”的诗自有不同。郑孝胥推陈三立诗“神骨重更寒，绝非人力为”(《海藏楼杂诗》)，而又以为：“余喜为诗，顾不能为伯严之诗，以为如伯严者当于古人中求之。”[25]郑诗学古方向多变，而又觊觎“何当掷笔睨天际，胸无古人任自为”(《弢庵属题董元宰书迹卷子》)的境界。陈衍谓“苏堪为诗，一成则不改”，“所谓骨头有生所具，任其突兀支离也”[26]，可见其自信自负，也可见其创作过程与陈三立“自发孤衾寤寐思”大有不同。陈衍《石遗室诗话》将道光以来诗派分为清苍幽峭与生涩奥衍两派，清苍幽峭一派，同光体以郑孝胥为魁垒；生涩奥衍一派，郑珍、莫友芝之后，同光体中的沈曾植、陈三立实其流派。自陈衍将陈三立、郑孝胥分属生涩奥衍与清苍幽峭两派之后，世人论同光体，总将陈、郑二人相提并论。章士钊题陈三立诗，谓“骨头输与海藏叟，大戟长矛相向森”[27]，汪辟疆《论诗绝句十一首》认为：“义宁句法高天下，简澹神清郑海藏。”[28]胡先骕以为：“余尝谓并世诗推陈郑，郑诗如长江上游，水湍石激，郁怒盘折，而水清见底，少渊渟之态；陈诗则如长江下游，波澜壮阔，鱼龙曼衍，茫无涯涘，此其轩轾所在欤？”[29]见仁见智，不一而足。

三

沈曾植（1850—1922），字子培，号乙庵，晚号寐叟，浙江嘉兴人。清光绪六年（1880）进士，用刑部主事，专研古今律令书。甲午战后，支持康有为上书变法，赞助开强学会于京师。1898年被张之洞聘往武昌主两湖书院史席，后任江西按察使、安徽提学使、护理巡抚等职。1910年辞官返回故里。清亡后以遗老居上海。1917年北上参与张勋复辟，授学部尚书。事败后复归上海，著有《海日楼诗集》。

沈曾植是晚清著名学者，以博览群书、熟辽金元史学、舆地而为学界看重。其早年于诗，偶有所作，大多散佚不存。客居武昌时，与陈衍相识，陈衍推沈曾植为同光体之魁杰，力劝其学有根柢之后，致力于诗："吾亦耽考据，实皆无与己事。作诗却是自己性情语言，且时时发明哲理，及此暇及，盍姑事此？他学问皆诗料也。"[30]沈曾植为之所动，自感诗学深而诗功浅，遂与陈衍、郑孝胥等人结为诗盟，措意于辞章之学，并成为同光体诗派的中坚。

陈衍《石遗室诗话》将同光体中的陈三立、沈曾植之诗归于生涩奥衍一派，其又区分陈、沈之作，以为"散原奇字，乙庵益以僻典，又少异焉"[31]。沈曾植孜孜于吟咏之学之际，又正是其热衷于佛学之时，诗歌之作，也自然成为诗人出入儒道，攟拾佛典，显示渊博学识之具。其写于1900年之春的《病僧行》，被看作以学问入诗的典范。诗人用生涩艰深、佛典迭出的语言，传达出变法夭折、国事日非后的失望与愤懑，陈衍称之为"博于佛学"的代表作，又说："读此作，谁谓蔬笋酸馅之可与言诗哉！"[32]诗作到晦涩而不堪卒读的地步，很大程度上已成为诗人显示博学与才华的手段，诗之所以为诗的美感韵味也不复存在。陈三立《海日楼诗集跋》以为："寐叟于学无所不窥，道箓梵笈，并皆究习；故其诗沈博奥邃，陆离斑驳如列古鼎彝法物，对之气敛而神肃。盖硕师魁儒之绪余，一弄狡狯耳，疑不必以派别正变之说求之也。"沈曾植以沉博奥邃见长的诗作，是同光体学人之诗与诗人之诗合一所收获的畸果。

沉博奥邃，陆离斑驳当然不是沈诗的全部，《海日楼诗集》中也不乏明白晓畅的性情之作。陈衍《沈乙庵诗序》以为："君诗雅尚险奥，聱牙钩棘中，时复清言见骨，诉真宰，荡精灵。"[33]的是切中肯綮之论。如果说，驰骋才学、聱牙钩棘之诗反映了清末诗坛以学问入诗的一种时尚的话，沈氏清言见骨的性情之作，则表现了末代诗人感时伤世的另一种真实。沈曾植诗中对维新派人物的命运有着广泛的关注，与晚清士林名流彼此唱和之诗甚多。其1907年前后任职安徽时写给时任江苏布政使樊增祥的《寄樊山》诗云："钟山云接九华云，共饮长江作比邻。俭岁诗篇元白少，昔游朋辈应刘陈。文章世变同刍狗，物望人间有凤麟。徼幸黄云秋野熟，腰镰归作耦耕民。"明白如话的诗句中透出文人官员特有的闲适自得和书卷情趣。数年后，沈曾植与前清遗老历经劫波，聚首海上，以诗唱和互慰寂寥时，则另是一番心境了。他1915年前后所写《和庸庵尚书异乡偏聚故人多五首》之四写道："人海沧桑感逝波，长吟日暮意如何？谈天炙毂招佳客，短李迂辛共放歌。造化岂于吾辈薄，异乡偏聚故人多。连床旧雨听相慰，一任阑风伏雨过。”1917 年，沈曾植北上，参与张勋复辟之事，重返上海后大病。次年春作《病起自寿诗》有“蓦地黑风吹海去，世间原未有斯人”之句，情绪极为低沉。陈三立论其晚年之诗，认为：“晚岁孤卧海日楼，志事无由展尺寸，迫人极之汩圮，睨天运之茫茫，幽忧发愤，益假以鸣不平。诡荡其辞，瘖寐自写，落落悬一终古伤心人，此与屈子泽畔行吟奚异焉。则谓寐叟诗为一家之离骚可也，为一世之离骚可也。”[34] 同光体诗派辛亥革命前后的诗境心情由此也大略可见。

“少惜雕虫非壮士，老亲风雅转多师”（《题西江诗派二家集》），沈曾植对自己由学者到诗人的角色转换并无悔意，学诗始终坚持转益多师的宗旨。晚年论诗，不肯拘囿于陈衍的“三元说”，而提出“三关说”，把学古方向由唐宋而推前至晋宋六朝，主张“在今日学人，当寻杜、韩树骨之本，当尽心于康乐（谢灵运）、光禄（颜延之）二家”[35]，以山水、禅玄、经训之思之趣入诗，开拓真与俗、理与事融合不隔的诗境。打通晋宋与唐宋，是沈曾植颇为自负的诗学心得和诗学主张。

陈衍（1856—1937），字叔伊，号石遗，福建侯官人。清光绪八年（1882）举人。1898 年在京城，为《戊戌变法榷议》十条，提倡维新。政变后，应张之洞之邀往武昌，任官报总编纂，后为学报主事，京师大学堂教习。晚年任教于厦门大学、无锡国专。著有《石遗室文集》《诗集》《石遗室诗话》《近代诗钞》等。

陈衍也是同光体诗派的发起者，他最早使用“同光体”之名是在 1901 年所写的《沈乙庵诗序》中，后又在 1912 年起所写作的《石遗室诗话》中说明同光体的来历：“内戊（1886）在都门，苏堪（郑孝胥）告余，有嘉兴沈子培（曾植）者，能为同光体。同光体者，余与苏堪戏目同光以来诗人不专宗盛唐者也。”[36] 陈衍标榜同光体，既强调同治、光绪年间诗人与道光、咸丰间以何绍基、曾国藩为代表的宋诗派的联系，又区分同光体与宋诗派的不同。同光体与宋诗派的相同之处在于：两者都以杜韩苏黄为学古方向，不专宗盛唐，追求学人之诗与诗人之诗合一而恣所诣的诗学境界；宋诗派与同光体的不同，则在于道、咸之际，丧乱初兴，诗尚不失为雅人之具和平之音；而同光之际，诗已是变风变雅、怨迫哀伤之作，诗人所事，也已是寂者之事、荒寒之路了。

作为同光体的组织者和理论家，陈衍的诗学活动大多都是围绕着为同光体张目而进行的。陈衍的三元说，将唐之开元、元和，宋之元祐列为诗歌发展的三个盛期，论述“不墨守盛唐”的合理性之所在；其诗人之言与学人之言合一说，突出学宋诗者的凭借和擅长；其“诗者，荒寒之路”[37] 说，则是对晚清“道丧文敝，士大夫方驰骛于利禄闻达之场”[38]风气的牢骚之语。陈衍对诗学理论的推陈出新充满着期待和自信，正是出于对弃取变化、推陈出新的自信，陈衍在1912年以后，把很多的精力用在《石遗室诗话》的写作和《近代诗钞》的编选上来。

《石遗室诗话》及《续编》共三十八卷，卷帙浩繁，作者以品评道、咸以来诗人诗作为主，显示出极富个性特色的诗学观念和审美取向。《诗话》中有关同光体的诗人的评论，对同光体中清苍幽峭、生涩奥衍两派的划分，对学人之诗、诗人之诗的界定以及关于诗最患浅俗，最忌大言，诗文要有真实性格、真实道理、真实本领，诗有四要三弊等问题的议论，多为史家所引述。《近代诗钞》共二十四册，收录清道咸年间以来民初诗人诗作凡三百六十九家，每人名下附有小传，部分作家略加评论，评论文字与《石遗室诗话》多有相通，是一部有特色的晚清诗歌总集。

陈衍出身于一个四代积学未仕的家庭，年少时贫寒窘迫的家境，使他充满着飞黄腾达的渴望，但自27岁举于乡后，多次会试，均不中，留下“愧乏治安才，亦鲜琼琚辞。三上不中隽，乞食江之湄”（《谒贾太傅祠》）的叹喟。其《戏作饮酒和陶》其三写道：“少小抱奢愿，广厦与大裘。不贵坐客满，所贵皆名流。蹉跎遂至今，栖栖犹道周。”这种恓恓惶惶的生活，使他悟出了“立言可自致，立功要依托”的道理，并最终以“立言”的方式实现了高朋满座的愿望。1894年中日甲午战争爆发，陈衍有《杂感》一诗：“时既非天宝，位复非拾遗。所以少感事，但作游览诗。”“言和即小人，言战即君子。伏阙动万言，蹙国日百里。”此种在民族危亡之际所表现出的消极玩世的态度，招致社会的批评。

同光体是清末民初颇有影响的诗歌流派，其诗学取向，体现了末代传统诗人宽泛而慎重的选择。同光体诗人对古今相续不尽、诗道翻新无穷的坚信，使他们在传统诗歌艺术的弃取变化、力破余地方面做出孜孜不倦的探求。同光体诗人的诗歌创作，其诗学路径、诗歌风格各有不同，但都体现着打通唐宋、转益多师的实践精神。同光体诗派的前清遗民立场和宗宋的诗学路径，曾遭到以柳亚子为代表的南社诗人的批评，但南社中宗宋者大有人在，鼓吹诗界革命的梁启超与同光体互相推重，并在辛亥革命前后也渐渐走向宗宋一途。真正动摇同光体诗坛霸主地位的是“五四”新文学运动中出现的白话诗与新诗。白话诗与新诗以完全不同于传统诗歌的情感、意象、形式赢得了青年，也赢得了未来。之后，同光体也与其他旧体诗一起从公众视野中淡出了。

注释：

①② 叶燮著，霍松林校注：《原诗》，载《原诗·一瓢诗话·说诗晬语》，人民文学出版社1979年版，第5页，第44页。

③㉝㉞㉟ 钱仲联校注：《沈曾植集校注》，中华书局2001年版，第12页，第12页，第18页，第260页。

④⑤⑥⑨⑫⑬⑯⑱⑲㉑㉒㉔㉖㉚㉛㉜㊱㊲㊳ 陈衍：《石遗室诗话》，人民文学出版社2004年版，第7页，第826页，第223页，第813页，第804页，第818页，第831页，第806页，第824页，第14页，第520页，第227页，第11页，第5页，第42页，第402页，第4页，第804页，第817页。

⑦⑩⑪⑮⑳㉓㉗㉘㉙ 陈三立：《散原精舍诗文集》，上海古籍出版社2004年版，第914页，第896页，第956页，第1000页，第1090页，第1090页，第1271页，第1272页，第1262页。

⑧⑭㉕ 郑孝胥：《海藏楼诗集》，上海古籍出版社2003年版，第117页，第102页，第558页。

⑰ 何绍基：《使黔草自序》，载《东州草堂文集》（沈云龙主编《近代中国史料丛刊》第89辑），（台湾）文海出版社1973年版，第124页。

（2008年第1期）

梅兰芳的“表情”与“京剧精神”

邹元江

如果从民国元年齐如山给梅兰芳写观剧信起作为学界对梅兰芳的表演艺术加以关注和研究的开端，那么，有关梅兰芳的研究已近百年。这期间，对梅兰芳表演艺术的研究实际上只有两种声音：一种是对梅兰芳的批评，另一种是对梅兰芳的褒扬。批评之声实际上持续的时间较短，1935 年梅兰芳应邀访问苏联之后就难再听到。而褒扬的声音则远远压倒了批评之声，从 20 世纪后半叶一直延续到了今天。对梅兰芳的批评，也可分为两类：一类是从非审美、非艺术的角度对梅兰芳的表演艺术所代表的贵族文人化的阶级属性加以非难，这以鲁迅的批评最具代表性；[①] 另一类是围绕着梅兰芳访问美国、苏联而展开的对京剧艺术前景的争论，这以田汉对中国旧剧与梅兰芳的再批判最具代表性。[②] 中华人民共和国成立后，对梅兰芳的研究几乎成了一边倒的状况，即对他的京剧艺术竭力地加以褒扬，并把“梅兰芳”这个名称作为最能体现“京剧精神”的代名词。“以梅兰芳为代表的京剧精神”或“以梅兰芳为代表的中国戏曲艺术的审美精神”仿佛已成为学界不证自明的理论命题。可什么是“京剧精神”？以梅兰芳为代表的京剧精神的内涵是什么？梅兰芳是不是京剧精神的最高体现者？梅兰芳是不是中国古典戏曲审美形态的终结者？梅兰芳的演剧观是否能构成中国戏曲艺术表演体系的核心？……这一系列的问题都需要学界加以深入的检讨。梅兰芳无疑是一个杰出的表演艺术家，但这并不能保证他就是一个成熟的戏曲美学理论家。令人深思的是，学界在随意征引梅兰芳的言谈来论证“京剧精神”时，似乎从来没有怀疑过他的想法中会存在什么问题。本文正试图对梅兰芳留下的文献及学界在梅兰芳研究中存在的问题做出初步的分析，以就教于方家。

一

梅兰芳说：“我一生所唱的戏里边，《宇宙锋》是我功夫下得最深的一出。”[3] 为什么梅兰芳对《宇宙锋》如此情有独钟呢？梅兰芳自己的解释是从开蒙老师那里学会此戏后[4]，“就一直对它有了偏好。经过不断地细心体会，唱到三十岁以后，是越唱越有兴趣，可以说是唱上瘾来了”。其他的派戏都好商量，“惟有《宇宙锋》是我指定了要派进去唱几回，好让我自己过过戏瘾”[5]。梅兰芳的这番表白是难以让人信服的，因为就连梅兰芳自己也承认这出戏“每次贴演，上座的成绩，可总不能如理想的圆满”。如他 1912 年第一次去上海丹桂第一台演出共四十五天，可他只唱过两回《宇宙锋》。[6] 既然这出戏并不叫座，梅兰芳为何还对这出戏如此有“兴趣”，甚至“琢磨了有几十年”[7]呢？其实要回答这个问题并不难，梅兰芳之所以对这出原本是徽班戏的《宇宙锋》如此看重，就是因为这出早年皮黄班的唱工戏虽然身段、表情都简单呆板，甚至没有什么变化，但这出戏在他看来内涵却非常深刻。[8] 如果能表现出这深刻的内涵，就可以极大地丰富京剧表演的“表情”技艺。所以他选择了这出戏，把它作为他“改革的对象”，其目的就是要冲破京剧旦角“不重做工表情，专讲傻唱”[9] 的樊篱。

没有谁会怀疑梅兰芳所说的这些话，而且他在言谈里对自己表演中的“表情”能力也是很自信的。[10] 他说他年轻时初到上海演出，其他方面没有什么特点，倒是“表情”部分还不错，因为“从小就比较能够领会一点。不论哪一出戏，我唱到就喜欢追究剧中人的性格和身份，尽量想法把它表演出来。这是我个性上对这一方面的偏好”[11]。这是梅兰芳 20 世纪 50 年代初，他的盛名正如日中天时所说的话。其实，如果真像梅兰芳所说的从小“就喜欢追究剧中人的性格和身份，尽量想法把它表演出来”，那也不是他的个性中天然就具有的“偏好”，而是得益于他人的指点和他人戏剧观对他的深刻影响。[12] 这一点梅兰芳也是坦诚的，他说：“我却并不因为叫座成绩不够理想（指《宇宙锋》的上演——引者注），就对它心灰意懒，放弃了不唱，还是继续研究，每期必定贴演几次。这里面受到了我的一位老朋友冯先生（幼伟）的鼓励，也多少有点关系。他是最称道这出戏的……所以我每次贴演《宇宙锋》，他是必定要来看的。发现我有了缺点，就指出来纠正我。别人在他面前对我这戏有什么批评，他照例是一字不易地转述给我听，好让我接受了来研究改正。”[13] 那么，冯幼伟（冯耿光，字幼伟）又是如何“称道”《宇宙锋》的呢？他说：

> 二千年前的封建时代，要真有这样一位“富贵不能淫，威武不能屈”的女子，岂不是一个大大的奇迹吗？尽管赵女是不见经传的人物，全本的故事，也只是“指鹿为马”有一点来历，其余都找不到考证的线索。但是这位编剧者的苦心编撰，假设了赵女这样一个女子，来反映古代的贵族家庭里的女性遭受残害压迫的情况，比描写一段同样事实而发生在贫苦家庭中的，那暴露的力量似乎来得更大些。[14]

不难看出，这位留学日本、接触过日本新剧、受到过西方戏剧影响的新派文人对《宇宙锋》的“称道”显然是非艺术层面的，即是从西方戏剧思维所注重的思想层面来加以解读，这自然和中国戏曲艺术更多地关注审美形式因的层面大相径庭。关注思想层面就必然关注其思想产生的环境、情境，即关注戏中的情节故事、人物性格、心理活动，由此，也必然注重表演的心理体验、表现的摹仿性、合理性等一系列戏剧原则，而这一系列西方戏剧的舞台原则是与中国戏曲艺术的非历史本事、非心理体验、非性格塑造的纯粹审美创造的舞台原则相冲突的。[15] 梅兰芳之所以不顾及《宇宙锋》的上座率，而对这出戏“琢磨了有几十年”，表面上似乎是像他所说的要冲破京剧旦角“不重做工表情，专讲傻唱”的樊篱，但实际上是他受到围绕着他的冯幼伟、李释戡、吴震修等文人学士传达给他的西方戏剧观的影响太深所致。梅兰芳自己就曾说：

> 我有几位老朋友，冯先生（幼伟）、李先生（释戡）……这里面我跟冯先生认识得最早，在我十四岁那年，就遇见了他。他是一个热诚爽朗的人，尤其对我的帮助，是尽了他最大的努力的。他不断地教育我、督促我、鼓励我、支持我，直到今天还是这样，可以说是四十余年如一日的。所以我在一生的事业当中，受他的影响很大，得他的帮助也最多。[16]

其实，对梅兰芳的帮助很多、对他的影响也非常大的，除了冯耿光、李释戡外，还有众所周知的齐如山。从《齐如山回忆录》的记载来看，梅兰芳之所以从小“就喜欢追究剧中人的性格和身份，尽量想法把它表演出来”，与受到齐如山民国初年写给他的百十来封信的影响很有关系。齐如山在两年多时间里边看梅兰芳的演出边给他写信，主要内容就是不断提醒他演戏一定要懂得是否“合道理”。比如演《汾河湾》，薛仁贵（谭鑫培饰）在窑外唱一大段时，柳迎春（梅兰芳饰）坐在窑内，脸朝里休息，薛仁贵唱了半天，他（她）一概不理会，等薛仁贵唱完了才回过脸来答话。对此，齐如山在给梅兰芳的信中说：“听他在窑外说话，（你）假装没听见不合道理，听见脸上没有表情不合道理；表了半天的情，进窑后问的还是这些话，更不合道理。”⑰没料到，仅过了十几天，梅兰芳又演此戏，他竟完全照齐如山信中的意思改过来了。不仅如此，“一次演义务戏，谭与梅合演《汾河湾》，窑门这段，兰芳大受欢迎，掌声不绝。演完后，谭对别人说：‘窑门一段，我说我唱的有几句，并非得好的地方啊，怎么有人叫好呢？留神一看，敢情是兰芳在那儿作身段呢！’”⑱显然，梅兰芳在谭鑫培演唱时“作身段”是从“合道理”出发的，但这个所谓的“合道理”却是违背京剧精神的。

所谓的“京剧精神”，或者说中国戏曲艺术之长处，正像钱穆所说的，在于“能纯粹运用艺术技巧来表现人生……一切如唱工、身段、脸谱、台步，无不超脱凌空，不落现实”。他举《三娘教子》例说：“那跪在一旁听训的倚哥，竟是呆若木鸡，毫无动作。此在真实人生中，几乎是无此景象，又是不近人情。然正为要台下听众一意听那三娘这唱，那跪在一旁之倚哥，正须能虽有若无，使其不致分散台下之人领略与欣赏之情趣。这只能在艺术中有，不能在真实人生中有。”⑲既然是“无不超脱凌空，不落现实”，也就无所谓逼真体验式地让台上的表演“合道理”“合情理”，而要一切服从审美欣赏的需要，突出主导的、纯粹的艺术技巧的展示。关于这一点梅兰芳到了晚年似乎也意识到了，他回顾早年与谭鑫培同演《坐宫》时说：“在我的大段唱工里，坐在对面的四郎，一般都不做戏，因为做了戏，就容易妨害公主的演唱，谭老先生也不大做戏，只是有时候用眼望望我，或者理理髯口，可是我总感觉到他好像有一种精神打过来，和我的演唱联系在一起。”⑳梅兰芳分明懂得一个演员有大段唱工时，她（他）的对手演员“一般都不做戏”，并且清楚这时如果做了戏，“就容易妨害公主的演唱”。这个感觉虽然是对的，但梅兰芳并没有意识到谭鑫培是不是“有一种精神打过来”，和梅兰芳的“演唱联系在一起”，这其实对戏曲艺术来说是并不重要的。梅兰芳之所以“感觉到”这一点，其实仍是从“合道理”“合情理”的思维来“感觉”的。也就是说，梅兰芳的一生都是完全认同齐如山在给他的信中所传达出的西方戏剧理念，或者说他根本就缺乏对东西方戏剧基本精神的理解，因而，也难以做出正确的判断。

事实上，梅兰芳对《宇宙锋》的分析正如同齐如山给他的信一样，是本着西方戏剧是否“合道理”“合情理”的思路进行的㉑，即以是否符合“性格逻辑”“生活逻辑”的非戏曲审美标准的分析。如对反二黄八句词，尤其是第四句“随儿到红罗帐”㉒的分析就分明是从理解编剧为何写此剧情的“情理之常”出发来考虑的。为了这“情理之常”唱词的保留，梅兰芳甚至可以“把表情、身段冲淡些”。可这恰恰也是背离“京剧精神”而与西方话剧相类同的思维。然而在焦菊隐看来，“话剧的表现手法，常常不如戏曲。话剧求实，求合理，求合逻辑，求一定的过程，因此，某些表演，往往明知是次要的，但也不能删掉。在戏曲表演里，次要的表演往往被根本删去了。演员不会感到这种表演不真实，观众也不感觉这种表演不真实。因为戏曲演员和观众所关心的、所感兴趣的只是主要的、巨大的真实……因此，当他去想，他不自己低头去想，而是向观众想，叫观众看明白他在怎样想；当他在听，他并不向着舞台上的对象听，而向着观众听，叫观众看明白他在怎样听”[23]。既然演员并不是“自己低头去想”，也不是“向着舞台上的对象听”，而是向着观众“想”“听”，让观众看明白他在“怎样想”“怎样听”，那么，这就明确告诉观众“我”这是在演戏，在为“你（们）”演戏，“你（们）”来看“我”“怎样”演。这就是戏曲表演的“间离性”，即演员与观众不共谋一个真实的幻觉时空，而是共识一个假定的虚拟时空。

二

本来，梅兰芳对“表情”的重视显然是与此前的京剧传统相悖的，但齐如山的充满西方戏剧思维的百十来封信件，冯幼伟对《宇宙锋》充满西方戏剧思维的“称道”，非但没有让梅兰芳意识到建立在西方戏剧摹仿意义上的“表情”说与中国戏曲艺术的表演观相抵牾，反而更强化了梅兰芳对“表情”的理解。[24]虽然梅兰芳也认为“惟有表情是最难说的”，但他仍对演员在台上的两种性质的“表情”做出了解释：“第一种是要描摹出剧中人心里的喜怒哀乐，就是说遇到得意的事情，你就露出一种欢喜的样子，悲痛的地方，你就表现一种凄凉的情景……第二种是要形容出剧中人内心里面含着的许多复杂而矛盾又是不可告人的心情。”他说前一种是单纯的，“比较容易做”，而后一种则“就不好办了”，只能“靠自己的揣摩”。[25]那么，何为“揣摩”呢？所谓“揣摩”也就是斯坦尼斯拉夫斯基意义上的“体验”。这个词的中国说法就是清代的李渔、徐大椿所说的“设身处地”。梅兰芳也是这么说的：

为什么表情在这出戏（指《宇宙锋》——引者注）里占着最重要的地位呢？你想想看，我们在台上扮剧中人，已经是假装的。这个剧中人又在戏里假装一个疯子。我们要处处顾到她是假疯，不是真疯。那就全靠在她的精神上来表现了。同时给她出主意的，偏偏又是一个不会说话的哑巴丫环，也要靠表情来跟她会意的。所以从赵女装疯以后，同时要做出三种表情：（一）对哑奴是接受她的暗示的真面目；（二）对赵高是装疯的假面具；（三）自己是在沉吟思索当中，透露出进退两难的神气。这都是要在极短促的时间内变化出来的。这种地方是需要演员自己设身处地来体会了。首先要忘记了自己是个演员，再跟剧中人融化成一体，才能够做得深刻而细致。[26]

我们很难相信这些话是出自梅兰芳之口，因为像“要忘记了自己是个演员”“跟剧中人融化成一体”这类话，分明是斯坦尼斯拉夫斯基体验论的论调。斯坦尼斯拉夫斯基才要求“演员在舞台上生活、在舞台上哭和笑”[27]，即要求演员要将所扮演的角色倾向“变成自己的思想，转化成情感，变成演员的真挚的意向和第二天性”[28]。“演员在舞台上生活、在舞台上哭和笑”的前提就是“要忘记了自己是个演员”，而演员只有将所扮演的角色倾向“变成自己的思想，转化成情感，变成演员的真挚的意向和第二天性”[29]，才能“跟剧中人融化成一体”。也只有“设身处地”才能“忘记自己是个演员”“跟剧中人融化成一体”，也就是说，梅兰芳只有完全按照斯坦尼斯拉夫斯基体验论的要求，才能“在极短促的时间内变化出来”赵女的这“三种表情”。所谓“变化出来”的表情，也就是梅兰芳所说的“追究剧中人的性格和身份，尽量把它表演出来”。很显然，梅兰芳对赵女装疯后要做出的“三种表情”的分析，尤其是梅兰芳说对这三种表情“要在极短促的时间内变化出来”，这实在是非戏曲艺术的话剧思维，或斯坦尼斯拉夫斯基的体验性思维。然而戏曲艺术是不可能对这所谓的“三种表情”“深刻而细致”地表现出来的（这缘于戏曲形式因的程式陌异性、非“生活逻辑”性等），更不可能“在极短促的时间内变化出来”。戏曲艺术只能是以歌舞程式化的、以不“损害到美”的方式“笼统”地呈现出来。而这种“笼统”是美的意象性创造，它是不可如此确定性地指认出是三种还是两种所谓“表情”的。

可有的学者并不这么看。沈达人在《戏曲意象论》中说，梅兰芳“对赵女的体验，真是十分深刻的塑造艺术典型和弘扬现实主义的珍贵经验”。沈达人引了上面梅兰芳说的“设身处地”这段话后说：“短短几百字，其中包括着梅先生多少阅历、多少见地，以及多么深厚的文化、艺术修养。许多这样的符合性格逻辑和生活逻辑的体验联缀起来，构成‘修本’和‘金殿’的不同情境、不同尺度、不同色彩的装疯，从而展示了赵女可歌可泣、可敬可叹的命运。对于梅先生，实在可以说是呕心沥血，付诸赵女一象了。”[30]把梅兰芳理解的赵女作为“塑造艺术典型和弘扬现实主义的珍贵经验”，把梅兰芳的体验（“设身处地”）理解为联缀“符合性格逻辑和生活逻辑的体验”，这正可说明学界对梅兰芳表演美学精神的理解在本质上是西化的、斯坦尼化的。说梅兰芳“呕心沥血，付诸赵女一象了”，也就是以斯坦尼斯拉夫斯基体验论为尺度，认定梅兰芳已经“忘记自己是个演员”，并且已“跟剧中人融化成一体”了。[31]而所谓“典型”“现实主义”“性格逻辑”“生活逻辑”“体验”等一系列概念也全非中国戏曲美学的概念，但无论是梅兰芳还是学界，都在用这些西方概念来解释中国戏曲的美学精神，可恰恰这是非戏曲、非京剧的审美精神。

1935年，梅兰芳出访苏联的剧目安排不同于1919年和1924年出访日本、1930年出访美国，其中特别引人注意的是增加了《宇宙锋》。学界认为，“梅（兰芳）把此剧列入访苏剧目绝非偶然，因为如果用今天的戏剧观来衡量这出戏的话，《宇宙锋》在刻画人物的多侧面和深度上面，都是其他五个戏所无法比拟的”[32]。什么叫“今天的戏剧观”？其实就是已在中国通行了近百年、似乎已成为中国戏曲“传统”的摹仿逼真、心理体验的西方戏剧观。[33]人们对此早已习焉不察。当下的中国学界没有人敢于公开承认，甚至有些人就根本没有意识到自己娴熟地用来研究评价中国戏曲艺术的尺度就是西方的戏剧观，更确切地说就是斯坦尼斯拉夫斯基的体验论。而当年的梅兰芳却是非常明确地意识到去苏联访演就必须选择一部更具有心理体验特点、刻画人物性格更加深刻的剧目，因为在梅兰芳身边给他出谋划策的文人学士都有过在西方观剧的经历。[34]毫无疑问，从迎合西方戏剧思维习惯的角度，选择《宇宙锋》是明智的。而从梅兰芳“琢磨了有几十年”的《宇宙锋》“表情”的角度看，《宇宙锋》的“表情”方式也的确有更接近西方戏剧、尤其斯坦尼斯拉夫斯基的体验论思路之处。

坦白地说，迎合西方一直是梅兰芳及其以梅兰芳为核心的中国戏曲界在面对西方戏剧时的一种心态。1930年梅兰芳访美就有“迁就美国人眼光心理的地方”[35]。虽然斯达克·扬指出，让梅兰芳尽力发挥京剧的特点，梅兰芳也意识到了这一点，但1935年梅兰芳剧团到苏联演出才一个月，爱森斯坦就发现梅兰芳剧团的一些演员的表演已开始变味，有点染上西方戏剧的“情调”。[36]也就是说，梅兰芳在四十年的演剧生涯中，其戏剧观是相当混杂的，这源于他受到的影响的驳杂，除了齐如山、冯幼伟、李释戡、吴震修、罗瘿公外，一些票友的意见（如许源来[37]），他也常虚心听取，所以，究竟什么是戏曲的美学精神，他也是多有矛盾的表述。就在“设身处地”这番说“表情”的重要意义的话之后，梅兰芳又说了另一番话：

中国的古典歌舞剧，和其他艺术形式一样，是有其美学的基础的。忽略了这一点，就会失去了艺术上的光彩，不论剧中人是真疯或者假疯，在舞台上的一切动作，都要顾到姿态上的美。赵女在“三笑”以后，有一个身段，是双手把赵高胡子捧住，用兰花式的指法，假做抽出几根胡须，一面向外还有表情。这个身段和表情，虽说带一点滑稽意味，可是一定要做得轻松，过于强调了，就会损害到美的条件。我每次演到这里，台下总有一阵轻松的笑声。[38]

显然，这一段话与前面讲“设身处地”的一段话相矛盾。这段话的要旨是戏曲的一切形式元素构成的总则是不能“损害到美”，也即创造美是戏曲艺术的根本出发点，“舞台上的一切动作，都要顾到姿态上的美”，不然，“就会失去了艺术上的光彩”。当然不光是“姿态”，也应包括声腔、形体、念白、服饰、脸谱、文武场等元素。也正因为此，“设身处地”的体验，甚至“忘记了自己是个演员”，“跟剧中人融化成一体”，就是不能成立的。“跟剧中人融化成一体”，就是真实体验剧中人的“性格”，而性格逻辑的形成是不能脱离“生活逻辑”的，只有按照真实的“生活逻辑”来体验，才能够表演得深刻而细致。可问题是，一旦按照“生活逻辑”“性格逻辑”来表演，赵女双手把赵高的胡子捧住并抽出几根胡须就必定要逼真，逼真就必然要“过于强调”，而“过于强调”就必然不会“做得轻松”。“做得轻松”必然让观众看不到赵女行为的“性格逻辑”，可真要如此符合“性格逻辑”，“损害到美”又是必然的。

事实上戏曲美学的原则从一切构成元素上都反对所谓从人物的“性格逻辑”或从“生活逻辑”出发，行当程式、唱念做打、代言叙事、砌末杂技等多种构成元素，从根本上是非生活化、非性格化的。戏曲的“表情”也不是如梅兰芳所说的是“描摹出剧中人心里的喜怒哀乐”“形容出剧中人内心里面含着的许多复杂而矛盾又是不可告人的心情”，戏曲完全没有这种必要去“描摹”，去“形容”，去“体验”。戏曲就是通过一系列复杂化的形式因、程式化的创造组合来表现，因此，如何使复杂化的程式组合、化合表现一个个类型化的人物、情绪、本事（故事梗概），使一切表现性元素充分审美化地呈现出来，才是戏曲艺术的本质问题。公允地说，梅兰芳还是了解戏曲艺术应当有其独特的美学内涵的，但他周围的人，齐如山、冯幼伟、李释戡、吴震修、罗瘿公及各色票友们，却给了他中西戏剧美学理念的驳杂影响，这自然让并没有多少文化根基的梅兰芳难以辨别和区分。

三

1931年《戏剧月刊》曾发表一份《四大名旦评分表》，这是依据当时观众对“四大名旦”的艺术分项评分汇总的[39]，其中梅兰芳最突出的是“表情”得100分[40]，而“扮相”得90分，“嗓音”得95分，“身段”得95分，“唱工”得90分，“新戏”得95分。虽都很高，但唱工却是程砚秋得100分。也即观众充分认同的是梅兰芳的“表情”和程砚秋的“唱工”。这与梅兰芳一生对《宇宙锋》的用功是一致的。梅兰芳反对的正是皮黄剧最初的《宇宙锋》“不重做工表情，专讲傻唱”。他将《宇宙锋》作为“改革的对象”，即是从身段、表情、唱腔三个方面都下功夫，以便“得到平均的发展”。梅兰芳说他“对于舞台上的艺术，一向是采取平衡发展的方式，不主张强调出某一部分的特点来的”。他说这是他“几十年来一贯的作风”[41]。可事实上梅兰芳更加强调的却是“表情”，而这个“表情”的确切含义指的就是“很切合剧情地扮演那个剧中人”，即设身处地地体验进入剧中人这个角色。

然而，梅兰芳对“表情”含义的理解必然与他对戏曲艺术的认识产生冲突。他说：“古典歌舞剧是建筑在歌舞上面的。一切动作和歌唱，都要配合场面上的节奏而形成它自己的一种规律。前辈老艺人创造这许多优美的舞蹈，都是根据现实生活中的动作，把它进行提炼、夸张才构成的歌舞艺术。所以古典歌舞剧的演员负着两重任务，除了很切合剧情地扮演那个剧中人之外，还有把优美的舞蹈加以体现的重要任务。”[42]所谓戏曲艺术的“两重任务”，实际上是梅兰芳或梅兰芳所代言的文人学士们虚设的。毫无疑问，戏曲艺术的确是“建筑在歌舞上面的”，歌舞是戏曲艺术的灵魂和主要的艺术表现形式。可所谓“很切合剧情地扮演那个剧中人”却并非戏曲艺术的主要任务。所谓“两重”即具有并列重要的意义，可实际上戏曲艺术并不如话剧这般，把“很切合剧情地扮演那个剧中人”作为重要“任务”。且不说自明嘉靖以来已渐成大势的折子戏已经就淡化、弱化了“剧中人”及其性格塑造，即便是本戏，其剧情结构也通过“副末开场”“自报家门”，已将“故事梗概”、性格特征和盘托出了。表现故事情节和塑造依附于故事情节的剧中人物并刻画其性格，并不构成戏曲艺术的主要任务（但这却是西方话剧的主要任务[43]）。戏曲艺术只是通过“副末开场”“自报家门”将已和盘托出的“故事梗概”及其这个“故事梗概”中非个性化（或者说类型化）的人物加以复杂化的程式组合、化合，并加以充分形式化、审美化，其中最为突出的在于用“优美的舞蹈加以体现”，而这个“舞蹈”是必然包含了歌唱旋律，也必然包含了诗歌韵律的，也即它是充分音乐化、旋律化、节奏化、审美化的。这正是戏曲艺术审美精神的独特性，它并不是依照内容与形式、剧情（人物）与表现这种二元的思维模式能加以判断的。戏曲艺术是充分形式化的纯粹艺术，它的形式即内容。如果说它真有什么欲意表达的“内容”，这内容也是包含了成熟的形式因在内的。关于这一点梅兰芳对“时装戏”（现代戏）的看法是很能说明问题的：

> 时装戏表演的是现代故事。演员在台上的动作，应该尽量接近我们日常生活里的形态，这就不可能像歌舞剧那样处处把它舞蹈化了。在这个条件之下，京戏演员从小练成功的和经常在台上用的那些舞蹈动作，全都学非所用，大有“英雄无用武之地”之势。有些演员，正需要对传统的演技，作更深的钻研锻炼，可以说还没有到达成熟的时期，偶然陪我表演几次《邓霞姑》和《一缕麻》，就要他们演得深刻，事实上的确是相当困难的。我后来不多排时装戏，这也是其中原因之一。[44]

也即是说，戏曲艺术的存在方式恰恰是充分形式化、程式化的，而这成熟的形式因的生成奠基于童子功的艰辛。[45]也只有充分扎实的童子功根基才能真正让戏曲艺术“处处把它舞蹈化”。戏曲演员最重要的表现能力，并非所谓“很切合剧情地扮演那个剧中人”的能力，而是如何站立在舞台上、旋转在舞台上的能力，也即戏曲演员首要的是充分形式化、程式化的表现力。也正因为如此，“现代戏”的非程式化、非形式化，或弱化、消解形式因，淡化甚至解构程式表现的倾向只能丧失戏曲艺术的审美表现力。而如果只是将本应作为戏曲本体存在样式的审美形式因作为表现现代故事的一种辅助方式或手段，就必然让戏曲艺术基于童子功的审美形式因失去其丰富的塑形意味。“现代戏”存在的全部问题也正在于此。虽然现代戏曲也有唱、念、做、打，但这已经是非戏曲本体意义上的形式即内容，而只是借用戏曲的一种表现方式来表现现代内容而已，与古典戏曲艺术相比，这已是本末倒置的转换。

也正是基于此，我们才能清晰地看出梅兰芳这前后两段话的内在矛盾：既然要坚持由童子功练就的歌舞形式因的本位性，就不可能再要求实现“很切合剧情地扮演那个剧中人”的“两重任务”。其实，承认一个艺术样式的局限性，也就是认同它的独特性。戏曲艺术的独特性正是它充分完善化的形式因的审美表现性。如何表现和表现得如何才是戏曲艺术最根本的问题。也正是基于这一本体性的诉求，戏曲艺术在追求如何复杂化、陌异化地纯粹审美表现时也就不再把同时追求所谓“很切合剧情地扮演那个剧中人”的“双重任务”作为目的，或者说“很切合剧情地扮演那个剧中人”的这“双重任务”并不是戏曲艺术的根本出发点，虽然“扮演”对戏曲演员而言也是必须的，但此“扮演”非彼“扮演”也。戏曲演员的“扮演”并非“很切合剧情地扮演”，而是通过行当程式化这个中介“偏离剧情地扮演”。戏曲演员也不是扮演“那个剧中人”，而是扮演“那类剧中人”。这可理解为戏曲艺术的局限性，但也正是对这种局限性的认同和对“双重任务”的放弃，才更加凸显戏曲艺术纯粹的审美品味。这正如芭蕾艺术不求其全的舞蹈语汇的丰富表现性，歌剧艺术不求其全的乐音语汇的丰富表现性，虽看似放弃或淡化了“很切合剧情地扮演那个剧中人”的“双重任务”，但却更加彰显出芭蕾和歌剧作为艺术的纯粹性存在样式。芭蕾、歌剧艺术的“表情”问题显然是不能用话剧的“表情”性，或者说“设身处地”“忘记了自己是个演员”“跟剧中人融化成一体”来要求的。芭蕾和歌剧艺术都是以自己独特的表现语汇、独特的程式、形式因来“表情”的，而且永远是间离“性格逻辑”与“生活逻辑”的“异样的存在”样式，不然就构不成作为芭蕾和作为歌剧的审美独特性。同样，戏曲艺术也不能直接像话剧一样达到所谓的“性格逻辑”和“生活逻辑”的逼真“表情”性，更不会“忘记了自己是个演员”或“跟剧中人融化成一体”。

黄佐临就是这么来理解梅兰芳在《宇宙锋》中对赵女的扮演，他说梅兰芳“在表演时，一方面装疯，一方面又像扮演者本人那样保持清醒”[46]。既是“装疯”就是假扮，就是不进入角色，既是“像扮演者本人那样保持清醒”，就是演员与角色相区分。布莱希特、黄佐临都是这么来理解梅兰芳的京剧精神的。可梅兰芳所坚持的却并不是布莱希特、黄佐临们所认同的这种京剧精神，而是重体验（“设身处地”）、重人物性格刻画、“忘记了自己是个演员”或“跟剧中人融化成一体”的斯坦尼斯拉夫斯基体系。[47]

其实，斯坦尼斯拉夫斯基体系与西方戏剧艺术的逼真摹仿传统是一脉相承的。而西方传统意义上的“摹仿”实际上有三种：一是柏拉图对先验世界（理式世界）的摹仿；二是亚里士多德对可能世界（假定世界）的摹仿；三是卡斯特尔维特洛对现实世界的摹仿。而中国戏曲艺术与这三种摹仿都不一样。古希腊诗人荷马的摹仿是叙述——“进入角色”扮演，而中国戏曲演员却“不进入角色”；中国戏曲演员也不“以本人的口吻讲述"，如果有这种"不改变身份"的讲述，也只是戏曲艺术得以形成的因素之一"说话人"（说唱艺术）的存在，而不是戏曲艺术本身的样态；中国戏曲演员也没有仅仅"通过扮演，表现行动和活动中的每一个人物"[48]的摹仿。"摹仿"是西方戏剧艺术"扮演"的核心，可对中国戏曲艺术而言则不是。中国戏曲艺术是以"表现"作为"表演"的核心的。同是"演"，"扮演"就是"进入角色"，"表演"则是与角色相区分。这涉及戏曲艺术的三重表达方式：述、演、评。中国戏曲艺术不是"叙述"，而是"评述"或"述评"；或"述"（"副末开场"和盘托出"故事梗概"，"自报家门"介绍身份、性格等），"演""评"（上下场诗等）；或夹"述"、夹"演"、夹"评"，即戏曲艺术存在着两个"第三者"：评论者、叙述者，如梅兰芳唱《宇宙锋》反二黄八句：

> 我这里，假意儿，懒睁杏眼，摇摇摆，摆摆摇，扭捏向前。我只得，把官人，一声来唤、一声来唤，我的夫呀！随儿到红罗帐，倒凤颠鸾……

"我这里"的"我"仿佛是第一人称在叙述，其实是第三者（即旁观者或评论者）在描述这个"我"的心理活动及动作："假意儿，懒睁杏眼，摇摇摆……向前"。本来，"我的夫呀！"就是"我"（第一人称）在"唤"，这就是一个客观的动作，但仍以第三者（看似是第一人称"我只得"，其实仍是以第三者的眼光来描述"把官人，一声来唤、一声来唤"）来描述，"一声来唤、一声来唤"是重叠句，以加强对这个"唤"的动作的描述。而"随儿到红罗帐"是"我"（第一人称）的呼告语，可"倒凤颠鸾"一句又马上转为第三者对这个行为的描述。由此可见，戏曲的这种唱词是不能用西方话剧的标准来套用解读的，即戏曲中的唱词并不就是按所谓人物的"性格逻辑"或"生活逻辑"来裁定的，也无所谓合不合情理的问题。戏曲的唱词并不是一个客观的对人物性格的描述，因而万万不能以是否合"情理之常"来苛求。有人对梅兰芳说《宇宙锋》反二黄八句唱词是"面面顾到，包含着好多层的意思"[49]在内。可"包含着好多层的意思"并不就能证明剧作家是如何高明，而恰恰说明其不懂戏曲唱词的明白晓畅、妇孺皆知的特性。梅兰芳的这个朋友试图从这段反二黄的唱词中分析出"剧作者是有他的用意的"，而梅兰芳也未加深入思考就全盘接受。这正是南辕北辙的对戏曲艺术精神的误解，而且真真切切是用西方话剧的理性分析方式所导致的误解。

其实，戏曲艺术的唱词不仅不同于西方近代以来的话剧台词，甚至也不同于古希腊戏剧的台词。戏曲艺术的唱词念白是将叙述体（表述）与戏剧体（表演）、第一人称与第三人称、表演者与评说者、叙述者与评说者、角色与表演者相混合的呈现样式。也正因为此，戏曲的不断间离性的唱词就不能造成像西方戏剧体验的整一情绪性特征。戏曲唱词的这种夹述、夹演、夹评的方式，人称的自由转换模式，完全不能像西方戏剧那样用于人物性格刻画。戏曲演员对人物（角色）的跳进跳出，也是不停地间断情节、结构，也不支持所谓性格塑造。尤其要指出的是，这种戏曲艺术的曲词，也是非文学性的，它是抒情、叙事、言说、描述、评论、介绍、心理剖白等诸种语言功能的混合体[50]，因而是不能对它作语言结构、逻辑结构分析的。戏曲艺术的曲词是一种不黏着于被描摹的事实、不能客观确定语意意向的特殊文体，它是戏曲声腔旋律附载其上的特殊媒介。

所以，我们不能简单地说中国的戏曲艺术是重抒情的。如果仅仅是只重抒情，就只存在演员化为、进入角色直抒胸臆、逼真摹仿的一重表现性（演员与角色同一），可中国戏曲艺术却有着三重表现性：一是讲故事者（述者）；二是表演故事者（演者）；三是评论者（评者）。而这三重表现性却都只由一个演员来完成。之所以存在“述者”和“评者”，是因为中国戏曲演员的“表演”不同于西方戏剧演员是“进入角色”（“进入角色”这是直接的刻意摹仿），而是“表演行当”。“表演行当”就使演员与角色之间具有了“行当”这个中介的“间离性”。正因为具有了这种“间离性”，才存在一个冷静的评论者和叙述者。这是中国戏曲艺术与西方戏剧艺术的根本差异！现当代戏曲艺术的根本问题就是要消解掉这个“行当”的中介性，即让演员与角色一致（“进入角色”），这实际上是西方戏剧艺术的表达模式。而中国戏曲艺术最发达、也最具审美意味的就是“行当”的程式丰富性，因此，消解了“行当”也就消解了中国戏曲艺术极为成熟丰富的“程式性”。这实际上是从根本上否定了中国戏曲艺术的独特存在样式。

从以上简要的论述不难看出，梅兰芳在不同的历史时期对“京剧精神”，广而言之，对中国戏曲艺术的美学精神的表述，或者只是替影响他的人在表述，或者是影响他的人在借他之口来表述。而这里边究竟有多少想法是梅兰芳自己真切意识到的，真是不能妄下断语或不加深入分析就能完全认定的。也就是说，我们对梅兰芳留下的文献是必须加以细致甄别，而不能全盘视作梅兰芳的独立见解。严格说来，梅兰芳从一开始就不真正明白应该如何理解“京剧精神”，或戏曲艺术的美学精神。他对《宇宙锋》一生的琢磨、追求[51]，由最初受到冯幼伟“称道”的影响，到他自觉地以此剧作为他“改革的对象”，并有意迎合斯坦尼体系而在1935年选择此剧在苏联上演，这一切都说明，梅兰芳的戏曲美学观是混杂的，并不清晰的。“以梅兰芳为代表的京剧精神”实际上是一个特定历史时代戏曲美学思想泛西方化、泛斯坦尼化的产物。对这种从根本上被扭曲的“京剧精神”，学界必须加以彻底地清理和反思。

注释：

① 张沛（鲁迅）:《略论梅兰芳及其他》（上、下），载鲁迅《花边文学》，人民文学出版社 1973 年版，第 128—131 页。

② 田汉:《中国旧戏与梅兰芳再批判——梅兰芳赴俄演剧问题的考察之一》,《中华日报》1934 年 10 月 21 日；《苏联为什么邀梅兰芳去演戏——梅兰芳赴俄演剧问题的考察之二》,《中华日报》1934 年 10 月 28 日，11 月 4、11、18、25 日。

③⑤⑥⑦⑨⑪⑬⑭⑯㉒㉕㉖㊲㊳㊶㊷㊹㊾ 梅兰芳:《舞台生活四十年》，载《梅兰芳全集》壹，河北教育出版社 2001 年版，第 150 页，第 147—148 页，第 148 页，第 161 页，第 156 页，第 132 页，第 148 页，第 148 页，第 135 页，第 157 页，第 150 页，第 154 页，第 158 页，第 155 页，第 161 页，第 276 页，第 276 页，第 157 页。

④ 据王长发、刘华《梅兰芳年谱》记载，梅兰芳是清光绪三十二年（1906）在朱小芬家从吴菱仙学的《宇宙锋》等戏，梅兰芳时年 13 岁。参见《梅兰芳全集》肆（附录），第 266 页。

⑧ 梅兰芳说:《宇宙锋》“这出戏是我开蒙不久就学会了的，由于我喜爱这位坚贞不屈、富有斗争性的赵女，所以四十年来，我继续不断地演唱《宇宙锋》……但在当年我的许多剧目里，这出戏并不叫座，由此可以说明，旧社会的一般观众还不能理解这个戏的社会教育意义”。（梅兰芳:《谈谈我从艺的道路》，此文是 1955 年秋文化部、中国文联、中国剧协为梅兰芳和周信芳举行舞台生活五十年纪念会后，梅兰芳在中央人民广播电台的讲话稿。此遗稿《梅兰芳全集》未收，参见政协北京市委员会文史资料研究委员会编《文史资料选编》第二十七辑，北京出版社 1986 年版，第 71 页）

⑩ 梅兰芳喜欢演富有表情和做派的戏，他说：“二本《虹霓关》《樊江关》《汾河湾》这几出戏，都不好演，唱工少，说白多，重在表情和做派。”除了《宇宙锋》，这几出戏他也常演。

⑫ 其实，梅兰芳“喜欢追究剧中人的性格和身份”的“偏好”并不仅仅得益于冯幼伟、齐如山、李释戡、吴震修等人的戏剧观对他的深刻影响，而且也得益于民国四年 4 月至民国五年 9 月这十八个月中他在冯幼伟、齐如山、李释戡、吴震修等人的帮助下编排了一批时装新戏和古装新戏的经历。梅兰芳说：“我从小就喜欢跟人讨论剧情，研究人物性格，总想把我扮演的每一个角色的内心情感通过艺术提炼，用脸部和动作表达出来。自从排演新戏以后，由于不断地揣摩和实践，更加强了我刻画人物性格的能力。”（梅兰芳:《谈谈我从艺的道路》，载政协北京市委员会文史资料研究委员会编《文史资料选编》第二十七辑，第 70 页）关于这个问题笔者将另文论述。

⑮ 参见邹元江《对“戏曲导演制”存在根据的质疑》,《戏剧》2005 年第 1 期；《对偏离历史及其相关问题的反思》,《外国文学研究》2003 年第 2 期。

⑰⑱ 《齐如山回忆录》，中国戏剧出版社 1991 年版，第 109 页，第 109 页。

⑲ 钱穆:《中国文学讲演集》，巴蜀书社 1987 年版，第 127 页。

⑳ 梅兰芳:《关于表演艺术的讲话》，载《梅兰芳全集》叁，河北教育出版社 2001 年版，第 58 页。

㉑ 西方最初接触中国戏曲《赵氏孤儿》时就是从是否“合情理”的尺度加以评判的。伏尔泰就说：《赵氏孤儿》不是什么悲剧，而是一个古怪的滑稽戏，是“一大堆不合情理的故事”。转引自范存忠《〈赵氏孤儿〉杂剧在启蒙时期的英国》，载张隆溪、温儒敏编选《比较文学论文集》，北京大学出版社 1984 年版，第 104 页。

㉓《焦菊隐戏剧论文集》，上海文艺出版社 1979 年版，第 332—333 页。

㉔ 梅兰芳对“表情”的重视也受到电影的深刻影响。他曾说：“在早期，我就觉得电影演员的面部表情对我有启发。”（梅兰芳：《我的电影生活》，载《梅兰芳全集》肆，第 82 页）关于这个问题，笔者将另文再议。

㉗ 斯坦尼斯拉夫斯基：《体验艺术》，载《斯坦尼斯拉夫斯基论文讲演谈话书信集》，郑雪来等译，中国电影出版社 1981 年版，第 519 页。

㉘㉙ 斯坦尼斯拉夫斯基：《我的艺术生活》，载《斯坦尼斯拉夫斯基全集》第一卷，史敏徒译、郑雪来校，中国电影出版社 1979 年版，第 296 页，第 296 页。

㉚ 沈达人：《戏曲意象论》，文化艺术出版社 1995 年版，第 98 页。

㉛ 梅兰芳正是将“忘记自己是个演员”和“跟剧中人融化成一体”视作他戏曲表演审美创造的最高境界，因为在他看来这个境界是西方戏剧的最高境界，所以，他才会在 1935 年访苏与斯坦尼斯拉夫斯基交谈时特别讲到中国戏曲艺术表演的审美创造原则就是：“演员应该觉得自己就是他所扮演的那个女主人公；他应该忘记自己是个演员，而且好像同他那个角色融合在一起了。”（《斯坦尼斯拉夫斯基等艺术大师论京剧和梅兰芳表演艺术》，载《梅兰芳艺术评论集》，中国戏剧出版社 1990 年版，第 718 页）

㉜㊴ 徐城北：《梅兰芳与二十世纪》，中国社会科学出版社 2000 年版，第 73 页，第 191 页。

㉝ 参见邹元江《难以走出的西方戏剧美学强势话语语境》，《戏剧》2006 年第 2 期。

㉞ 梅兰芳曾专门谈及去苏联演出前如何选择剧本的问题：“关于剧本的选择，着实费了一番心思，也曾经征求了许多学者如张彭春、余上沅、欧阳予倩、谢寿康、徐悲鸿诸先生的意见，各有各的见解，各有各的议论。”最后达成的共识：一是“这次剧本的选择，仍以旧剧为目标”，因为当时“能代表中国戏剧的恐怕只有以忠孝节义为中心的旧剧了”；二是“这次赴苏，对于技术上的注重尤甚于剧本的内容”，因为 1930 年在美国的演出，“美国人的注意力，大都集中在演员的技术方面”。也正因为如此，《宇宙锋》这出重人物性格刻画，重心理体验的“表情”戏被加入就颇耐人寻味，因为除了《红线盗盒》（剑舞）、《西施》（羽舞）、《麻姑献寿》（袖舞）、《木兰从军》（戟舞）、《思凡》（拂舞）、《抗金兵》（戎装舞）、《青石山》（武术剧）、《盗丹》（武术剧）、《盗仙草》（武术剧）、《夜奔》（姿态剧）、《嫁妹》（姿态剧）这十一出副剧外，六出正剧除《宇宙锋》外，《汾河湾》《刺虎》《打渔杀家》《虹霓关》《贵妃醉酒》也都是“技术上的注重尤甚于剧本的内容”（参见梅兰芳遗稿《梅兰芳游俄记》，《梅兰芳全集》未收，载政协北京市委员会文史资料研究委员会编《文史资料选编》第二十七辑，第 112—113 页）。

㉟ 斯达克 · 扬语。参见齐如山口述、齐香整理《梅兰芳游美记》，辽宁教育出版社 2005 年版，第 114 页。当时国内也确实有人主张“应该把中国戏稍稍改动，以便迁就外国人的眼光”。参见《齐如山回忆录》，第 142 页。

㊱ 参见拉尔斯 · 克莱贝尔格整理《艺术的强大动力》（1935 年苏联艺术家讨论梅兰芳艺术记录），李小蒸译，载《中华戏曲》第十四辑，山西古籍出版社 1993 年版，第 13 页。

㊵ 梅兰芳如此在“表情”上下功夫，这与他早年人们对他的评价或有一定的关系。徐兰沅在回忆他与梅兰芳少年时代一道学习的情况时说：“记得梅先生十三岁的那年，边学戏，边演戏……当时观众对他的反映是脸死、身僵、唱腔笨，于是有人说他将来无大出息……幼小的梅先生听了人们对他的评价，不置可否，平

静如常。”［徐兰沅：《略谈梅兰芳的声腔艺术》，转引自王长发、刘华《梅兰芳年谱》，载《梅兰芳全集》肆（附录），第 266—267 页］徐兰沅在《徐兰沅操琴生活》一书中也说过，梅兰芳“年幼时学戏以及初登台实习，当时观众中有些人反映他呆板，过分拘谨”（徐兰沅：《徐兰沅操琴生活》第三集，中国戏剧出版社 1998 年版，第 8 页）。

㊸ 1731 年，到中国传教的耶稣会士马若瑟（Joseph Maria de Prémare，1666—1735）完成了中国元杂剧《赵氏孤儿》不完整的法文译本。1734 年 2 月，巴黎《水星杂志》发表了该译本的一些片段。1735 年，杜赫德所编的法文本《中国通志》出版，其中第 3 卷第 339—378 页登载了《赵氏孤儿》马若瑟的这个译本。这是第一部传入欧洲的中国戏曲剧本。1739 年，伏尔泰的好友阿尔央斯侯爵出版了《中国人信札》一书，其中专门对《赵氏孤儿》进行了详细的分析批评，尤其让他不能接受的是该剧的“自报家门”。譬如，屠岸贾上台曰“某乃晋国大将屠岸贾是也”；程婴上台曰“自家程婴是也，原是个草泽医人”；公孙杵臼上台也曰“老夫公孙杵臼是也……住在这太平庄上”。阿尔央斯认为：“这自我介绍是对哪个人说的？是对自己说的吗？那太可笑了。是对观众说的吗？这就表明作者创造力的贫乏，因为除了要演员称名道姓而外，除了这样毫无意义地说明他为何在这一幕出场而外，他竟不知道如何把演员介绍给观众。”（参见范存忠《〈赵氏孤儿〉杂剧在启蒙时期的英国》，张隆溪、温儒敏编选《比较文学论文集》，第 84—91 页）显然，处在法国古典主义戏剧时期的阿尔央斯是不可能理解中国戏曲艺术的美学精神的。虽然一百多年后易卜生用散文话剧取代了法国古典主义诗剧，但易卜生这种从现实生活出发的逼真幻觉戏剧观，自然就与中国戏曲艺术的美学精神相去更远。

㊺ 张彭春在为梅兰芳访苏所写的介绍中国京剧的英文文章《中国舞台艺术纵横谈》中说：中国戏曲艺术“以演员的才艺造诣为主导与中心要素……中国演员须同时擅长各种舞蹈、歌唱、说白、哑剧、杂技等技艺……这种着重于演员的综合性技艺的做法，当然需要长期的严格训练。职业演员的训练必须自早年开始。一般从十一二岁，甚至七八岁就开始学戏了。有抱负的演员所接受的紧张、严格的训练往往长达七年至十年之久。上述的各种表演艺术手段，都必须经过细致入微的学习与锤炼。因而只有少数能忍受这种精确的考验，又具有天赋和颖悟的学徒才能升华为才艺出众的演员，而其余的大多数则都半途而废，或成为一些配角。这种严谨训练的最明显的标志就是演员在舞台上所展示的身段姿势的匀称和优美，是肉体与精神的完美协调表现于控制自如的造型艺术中。中国舞台上是没有由于个人的魅力而一夜成名的‘明星’的”。（崔国良、崔红编：《张彭春论教育与戏剧艺术》，南开大学出版社 2003 年版，第 573—574 页）

㊻ 黄佐临：《梅兰芳、斯坦尼斯拉夫斯基和布莱希特戏剧观比较》，载张隆溪、温儒敏编选《比较文学论文集》，第 75 页。

㊼ 梅兰芳说他曾经对斯坦尼斯拉夫斯基体系的“创造过程和表演法则做过一些研究，觉得与过去我们有些优秀演员所谈的心得有很多暗合之处，就是我在舞台上，一生所体会到的，和斯坦尼斯拉夫斯基体系也是相通的……我常常和我们京剧演员们谈起，学习斯坦尼斯拉夫斯基体系，假使存在着一个适合哪一种戏剧和不适合哪一种戏剧的观念那是极端错误的”。正是因为梅兰芳将斯坦尼斯拉夫斯基体系看作放之四海而皆准的真理，所以，他才会对 1954 年文化部和中央戏剧学院举办导演干部训练班，请苏联戏剧家系统讲授斯坦尼斯拉夫斯基体系极表赞同。丹钦科曾希望在全世界最大的剧场都采用斯坦尼斯拉夫斯基体系，梅兰芳说：“这个伟大的愿望快要逐步实现了。”（梅兰芳：《回忆斯坦尼斯拉夫斯基和聂米洛维奇·丹钦科》，载《梅兰芳全集》叁，第 375—376 页）

㊽ 亚里士多德：《诗学》，陈中梅译，商务印书馆 1999 年版，第 42 页。

㊿ 阿尔央斯认为《赵氏孤儿》的“歌唱和说白不应该这样奇奇怪怪地纠缠在一起。”（转引自范存忠《〈赵氏孤

儿〉杂剧在启蒙时期的英国》，载张隆溪、温儒敏编选《比较文学论文集》，第 91 页）其实，戏曲中的这种歌唱和说白“奇奇怪怪地纠缠在一起”不仅仅只是体现在歌唱和念白的“纠缠”上，而且也体现在歌唱之中也夹杂着念白。而更深层次的问题，如唱词中人称转换的复杂性、非文学性的多种语言功能的混合性特征等，西方人是很难弄明白的。元杂剧本以歌唱为主，可马若瑟的译本却以宾白为主。他之所以将《赵氏孤儿》剧本中“诗云”之类刊落大半，曲词则一概不译，只注明谁在歌唱，也就是因为曲词太复杂、太难译了。马若瑟从康熙三十七年（1698）到雍正十三年（1735）在中国待了三十八年，曾用汉语写过一部讨论六书、六经、易、书、诗、春秋、礼乐、四书、诸子杂书、汉儒、宋儒的书，名曰《经传议论》。连他这样的“中国通”都视曲词为畏途，其他的人对戏曲曲词的理解就更显隔膜（参见上引书第 85、98 页）。当然，特定历史时代的梅兰芳及其围绕着他的文人学士们对此也是模糊不清的。

㉛ 1953 年，中央文化部决定拍摄彩色影片《梅兰芳舞台艺术》。梅兰芳极为重视，先后五次修改了拍片方案，直到 1955 年 2 月才最后定稿，正式开拍。这是梅兰芳自己选定的他认为他一生中最重要的五个代表剧目：《宇宙锋》（“修本”“金殿”）、《断桥》《霸王别姬》《洛神》《贵妃醉酒》。由此也可看出他对《宇宙锋》的偏爱。

（2009 年第 2 期）

视觉的全球化与图像的去魅化

——观察主体的建构及其历史性变化

杨小彦

一

今天，如果不是借助历史文献资料的复原，我们很难想象1839年摄影术诞生时，对传统视觉世界的冲击究竟有多大。在西方，很多人把摄影看作一种“自然的发明”，他们惊喜，像这样一种快捷而方便的视觉复制技术，上帝怎么居然会让人类拥有。[①]事实上，在这惊喜当中，也包含着对视觉复制的某种程度的恐惧与敬畏。自然，研究视觉历史的学者已经能够解释这种惊恐与敬畏的起因，他们一直在探索造成视觉力量的源泉。研究表明，人类对事物表象的恐惧，比我们想象的要深远得多。《圣经》已经记载了拜物教的起源，那还是在摩西时代，当逃难的犹太人违背摩西的意志而围绕着金牛犊狂欢时，信仰就已经在视觉中第一次得到确认：摩西告诫他的同胞，偶像崇拜将毁掉信仰，因为耶和华的真相化于无形。[②]从此，一神教的意义在这去表象化的反偶像运动中得到确认，人类信仰与反信仰的历史遂演变为偶像与反偶像的历史，而视觉的力量便在这反复交替的冲突中得到了真实的延伸。也是从那一刻开始，反偶像的沉思成为宗教灵修的基础，而观看便和罪恶世界结成了生死同盟，让偶像崇拜从信仰的裂缝中挤身进来，好建立起自己的世俗殿堂。

信仰的边界居然和视觉有关，这是普通人所难以想象的。但是宗教早就看透了这一点，所以才有如许的历史。普通人之所以无法廓清其中的分别，正在于他们被视觉表象所迷惑。这恰像文字和图像的对立那样：如果一个人在阅读神圣经典时，不从文字中引申出概念，再把概念转变为信仰，那他就等于魔鬼附身，因为此时他一定把目光停留在文字的外形上，欣赏起结构的精妙，而忘记了“舍筏登岸”的训示。[③]但是，人眼本来就是用来观看的，即使信仰上帝的人们也不得不相信，上帝造人时之所以给了他一双眼睛，就在于让他去观看，通过观看获得与世界的认同感。所以，在经历了严厉的反偶像运动之后，宗教也得解放视觉，让观看合法化起来。公元6世纪，罗马教皇格雷戈里重新定义了观看与信仰的关系，指出符合信仰要求的圣像，也和经卷文字一样，具有同等的力量，甚至更方便那些不识字的信徒接近上帝。[④]于是，圣像传统就这样开始了，它既是反偶像运动的成果，又是新的偶像运动的成因。

其实，考察佛教早期历史也可以清楚地看到这一变化。释迦牟尼留下的宗旨是“拈花示众，不立文字”[⑤]，但是，他的后继者却因流传的复杂性而创制了庞大的偶像群，让佛像成为这一宗教教义中的信仰载体，与经文享有同一待遇。从佛教流传的历史与地域看，汉传佛教、藏传佛教与其他佛教流派的偶像系列，既约制了这些地区的世俗偶像的发展，也奠定了它们观看历史的文化传统。

二

仅仅从视觉角度观察，中国传统文化似乎是非宗教的。中国民间社会至今都保留着普遍的偶像传统，就是一个明证。但是，说中国传统文化催生偶像，这也不符合历史事实。孔子不仅对死采取回避态度，说“未知生，焉知死”，他对视觉也采取了不予讨论的立场。《论语》中涉及视觉的可以说少之又少，可见视觉的意义从来就没有认真走进这个奠定中国几千年政治哲学基础的古代哲人的脑中。但这至少反过来证明，孔子不是一个偶像崇拜论者。他关注人际关系的和谐，关注等级制度的建立，关注尊卑礼节的亘古不变，而这些属于抽象的上层建筑的大事，却要通过文字来加以表述。从这个角度看，中国传统文化不是偶像崇拜，而是文字崇拜。偏偏中国文字又是象形的，具有观看的特征。结果，中国传统文化就催生了一种介乎偶像与观看之间的艺术，那就是书法。书法既有观赏价值，也有表意作用。因文字的意义，书法还进而成为正统文化的象征，其风格恰如权力之表象。中国文化延续几千年没有消亡的原因，学者多有探讨，但比较公认的观点，是把这归因于中国的象形文字，归因于这一古老的、从古使用至今的表意符号体系。这在人类文明史上，可说是唯一的例证。

中国书法在中国历史上扮演着独特的角色。研究中国美术史的学者已经指出，“书画同源”说与其证明了绘画与书法拥有共同的传统，不如说绘画借书法的地位来抬升自己。历史也确乎如此。王羲之《兰亭序》的命运是随死后的唐太宗永埋黄土，而贵为主爵郎中的画家阎立本却在工作中常常羞愧得无地自容，因为他知道，此时他只是皇室的一名画师而已。[6] 即使到了明朝，文人画的价值已经确立，书法的崇高地位仍然不可动摇。诗书画印四位一体，言志的诗排第一，紧接而来的就是书法，其次才是绘画。所以晚明董其昌首倡“南北宗论”，把笔墨列为体现文人画价值观的技术载体，让书法的笔精墨妙与山水的卧游畅神融为一体，而开清朝三百年的绘画传统。[7] 有意思的是，在这一排位当中，书恰好夹在诗和画之间，转译着双方的意义。

这显然决定了中国士大夫阶层对视觉世界的认识，也让中国的文化空间和现行政治拉开了表面的距离，虽然内里仍然服务于整体的意识形态。这颇像儒和道划开入世与出世的边界一样，“文以载道”（周敦颐《通书・文辞》）的传统也和“畅神而已”（宗炳《画山水序》）的取向渐行渐远。作为“成教化助人伦”（张彦远《历代名画记》）、“明劝诫著升沉”（谢赫《古画品录》）的人物画在中国的衰落，是和“逸笔草草”（倪云林语）、“可游可居”（郭熙《林泉高致》）的山水画的上升互为镜像的。早在宋代，苏辙就指出，观看分“真空”与“顽空”两种，大凡着眼于实处的观察，是缺乏诗意的“顽空”，而对云雨霞光之类“真空”的体验，才值得画家们去努力。[8] 苏轼则提出“常形”与“常理”之说，以对应苏辙的看法。[9] 这个奠定此后文人画之价值基础的诗人还知道，以灯取影务求真实的吴道子其实只是画工而已。在他看来，画是不能以形似为目标的。[10] 拥有神话般名声的晋代大画家顾恺之早就说过了，“迁想妙得”（顾恺之《魏晋胜流画赞》）才是画家取法物象的不二法门。结果，几千年中国的艺术传统，一直在排斥用明暗语汇去再现世界。在中国文人眼中，这个世界如果不充满诗意，就根本不值得观看。至于投影，那是贬低自然的不雅之作。

三

表面看来，西方的观看属于苏辙所反对的“顽空”，强调对具体物象的准确描绘。但这种看法也太轻视西方的视觉传统了。用“写实”和“写意”这样一对似是而非的概念去区分东西艺术，只能是一种无知。

事实上，建基在古希腊传统上的艺术是一种带有文学色彩的叙事性艺术。尽管在基督教早期曾经有过疯狂的反偶像运动，但圣像标准一旦建立，叙事技巧就迟早要在这一以人的形象为对象的艺术有机体内重新生长出来。15 世纪所夸大的基督教和文艺复兴的对立，掩盖了这一真正的“重生”。对物象的描绘包含着叙事这一文学目标，原因在于要让古代神话和宗教传说能够落实到视觉上，从而影响世俗世界。这说明，观察本身也是文化建构的想象性主体之一，而不仅仅是手段。观察的主体容纳了传统，同时也提示了探索的方向。所以艺术史不仅具有审美价值，更具有建构观察主体的文化功能。从问题史的角度看，一个文化的进程，取决于从这一文化当中所提升的问题意识究竟能够达到什么样的高度。“迁想妙得”的传统对视觉世界作了诗意的解释，在中国传统山水画中凝聚起独特的审美力量，但也让观察止于观看，让观看止于审美。

观察的主体是一个与视觉文化传统密切相关的核心问题。我在这里不去谈论众所周知的西方艺术以及其中的观察的技术，我只以观察为例，看西方是如何从自身的文化当中提升问题，又让问题引导，从而走到1839年的。在我看来，视觉的全球化正是在这一年开始的。

16世纪的伽利略用他手制的望远镜对准太空，第一次清楚地看到月球表面的陨石坑，也第一次找到木星的四颗卫星。这在科学史上也许可以一笔带过，但在观察主体的建构中，却具有重大意义，是一次让观看跨越到观察的突破。这说明，正因为有了一架观看的机器，才使观察脱离经验范围，而成为新的传统。传统观察只是肉眼观看，这限定了对世界的解释，不得不在经验层面上进行逻辑推演。这种观察更多的是观看。伽利略之后，观察才真正开始了自身的历史，观察才得以成为观察自身。此后的发展是普通科技史所记载的事实：开普勒改进伽利略的望远镜，并创立折光学，尝试为机器观察的结果寻找客观标准；笛卡尔发展折光学的同时建立了解析几何，让数学与图形成为一体；牛顿首次分析了光的构成，爱因斯坦对光做出了相对论的解释；波尔开始量子力学的研究，海森堡则为测不准原理建立数学模型，并在此基础上重新解释观察的本质。伴随这一进程的，除了望远镜发明以外，还有两件值得记载的事情：一为暗箱。它是在针孔成像原理基础上设计制造的，是摄影发明以前欧洲各国风行的一种观看机器。正是这种观看机器，建构了那一时代的观察主体。二为摄影。1839年摄影的发明向人类提供了一整套视觉复制技术，让“眼前之物”成为永恒的视觉存在。无疑，摄影还改变了观察主体的自我意识，使其产生了深刻的变化。此后，随着摄影在全球的普及，与摄影原理相一致的观察主体顺理成章地渗入不同的视觉传统中，最后让图像，包括其延伸的产品，成为新世界统一的视觉表征符号。

在笛卡尔的研究中，他不仅把暗箱等同于肉眼，甚至，他要求用暗箱来取代肉眼，以暗箱的客观性去颠覆肉眼的经验性，从而为视觉解释寻求终极答案。在笛卡尔的想象里，眼睛这个观看的器官应该脱离肉身，才能成为观察的有效工具。[11] 笛卡尔时代不可能预言摄影术，所以他只能用理性的观察来取代感性的观看。在这里，人们已经看出，摄影术的意义是，把观察结果留存，复制为成品，让脱离肉眼的观察转变为独立的图像世界。从这个意义看，摄影是西方视觉探索的必然产物，更是建立具有现代意义的观察主体的唯一路径。

笛卡尔只是一个现成的例子。历史学家已经发现，暗箱和摄影机在塑造西方的观察主体方面起着关键作用，而隐藏在这一作用背后的，则是对世界的理性解释。理性使观察的客观性成为可能，并使观察成为一种理念。西方艺术发展一直隐含着这些解释，而构成其基础的，便是今天早已为人所知的焦点透视法。这个透视法，表面看符合肉眼观看的一般规律，实质上，它却是建立视觉秩序的保证，是规训视觉世界的依据和前提。

有太多人过于轻率地从艺术角度去理解透视法，却忽视了透视法在建立视觉秩序方面的社会作用。的确，焦点透视是 15 世纪欧洲文艺复兴的重要成果，在艺术界，焦点透视甚至成为规范艺术家如何观看的教条之一。但是，焦点透视并不仅仅属于艺术，它是建构观察主体的框架，是使观看演变为观察的条件。它统一了肉眼、暗箱和摄影机的取景方式，或者，反过来说，它使肉眼、暗箱和摄影机具备了同一性。从这一意义来说，肉眼就是暗箱或摄影机，暗箱和摄影机就是肉眼。诚如笛卡尔所说，暗箱是脱离身体的肉眼（摄影机又何尝不是），而肉眼，一旦获得暗箱和随后的摄影机的规约，便也开始了脱离其所依赖的经验世界的想象旅程，让观看演变为观察。虽然摄影史告诉我们，通过摄影机的取景框，人们可以重获经验式的观看，但这观看，因为以摄影机所提供的方式为前提，所以也就和没有摄影机的经验世界大不一样，是一个全新的由图像进而由影像所构成的视觉世界。这也是摄影之所以被认可为艺术的原因。

摄影术只能建立在焦点透视的一般原理上，让观察成为观察，也让为观察而建立标准的折光学和解析几何学成为实证之学。站在伽利略、开普勒、笛卡尔这样一批科学家的立场上，摄影的发明是理所当然的，是观察的合理延伸。而由摄影所产生的图像，只要符合折光学标准，其客观性也不容置疑。但是，站在与之相异的视觉文化的立场上，尤其站在中国传统观看的立场上，焦点透视却是毁灭诗意的可怕杀手。

四

对诗意的毁灭提醒我们，至少在观察成为理性思考对象之前，或者在摄影术发明之前，图像世界是一个类似马克斯·韦伯所描述的“魔术花园”[12]，视觉成像则是一个与灵气息息相通的神秘感应过程，其中的秘诀难以被外人所掌握。所以，艺术史把伟大的艺术家描述成少见的天才，艺术史就是一部记录天才的历史。这样一种书写方式，其价值观几乎没有受到质疑，也就可以理解了。同样，当西方视觉文化进入中国时，一方面，“写实”风格受到少有的追捧（自然各怀目的），因为其中的“逼真”效果，的确颇让习惯于文人画体系的画人与大众感到惊讶；另一方面，则是坚持诗意的传统立场，拒斥“写实”，把“写实”和“媚物”视为一体。不管是赞同者还是反对者，少有人去深入了解“写实”风格与以上简述的观察历史的关系，更没有人注意到，所谓理性观察的知识体系，在建构观察主体方面起到了何等重要的作用，其最重要的结果，就是对图像世界“魔术花园”的彻底颠覆，把视觉成像从花园中迁移出来，使之成为一种操作简易的程序，而为大众所掌握。这就是图像的去魅化。[13] 推动这一进程的，如上所述，是一种观察的理性。让这一进程加快速度的，则是一项发明，摄影术的发明；是一部机器，进行观看并复制其观看结果的机器，也就是摄影机。

对抗外来视觉体系入侵的有效方式只能是美学，所以近百年来关于本土艺术独特性的解释充斥了艺术理论领域。排除其对历史解释的牵强附会，无可否认的是，这些美学解释同样是一种对观察主体的重新建构，是应对新环境挑战的文化产物，从宗白华《美学散步》所提出的“出水芙蓉”与“错采镂金”式的东方主义的“互补”审美原则和“节奏意识”，到李泽厚《美的历程》所列举的“合目的性合规律性”的复杂而又数学化的审美方程式，包括流行的“意象美”之类的大众化说教，都可以视为同一努力的不同结果。其实，检讨其中的对错得失很可能意义不大，被民族主义和传统主义所包装的美学体系，在抗衡外来视觉体系方面起到了关键作用，并直接影响了本土的艺术实践。但是，不容乐观的是，一旦落实到观察本身，观看机器的普遍原理却会成为瓦解民族主义和传统主义美学的有力武器。我们可以描述和建构属于自身才有的审美，可以保留从古至今的独特趣味，但是，我们不能想象除了“西方”的摄影机之外，还会有一部“东方”的摄影机，因为只要是摄影机，其光学原理都是一样的，既建基在焦点透视的基础上，也符合肉眼的取像过程。幸好从图像实践角度看，摄影的“客观性”也是一种趣味假设，一旦排除“科学摄影”的实证目标，运用摄影对世界再作解释，就成为个人观看的神圣权利，而为那些坚持从艺术方面理解图像的人们提供了广阔的天地。

然而，影响仍然是持久而不可逆转的。严峻的现实是，如果没有相应的美学氛围，缺少从小就浸淫其间的传统教育，年轻一代究竟如何才能接受传统山水画的说教，从元明清水墨艺术中读解出“逸笔草草”之类的文人雅趣？相反，在图像泛滥的当下，摄影机已经成为日常生活的一项随意行为，每个人都过于轻易地被拍和拍照，与之相联系的图像与影像世界就成为普通知识，塑造着社会大众的观察主体，甚至连画家也不能免除这种影响。以图像为对象的创作或摹仿图像效果的绘画，近年来成为艺术界的一种流行风气，便是一个明证。

对图像去魅化的运动从摄影开始，但到了数码成像成为日常景观时，这种去魅化的力度与强度才充分显现出来。图像去魅，说明视觉成像不再神秘。今天，人们讨论虚拟世界，其实只是图像去魅化之后的产物。自然，从视觉研究角度看，虚拟世界本身就是视觉全球化的一个合理结果，是从1839年以来，机器观看与复制的必然发展。反过来也一样，视觉全球化的前提必须是视觉成像从过去那种个人或集体灵感的神秘过程中解脱出来，变成一种简单易行的操作程序，成为视觉世界彼此相通的既定秩序，才有可能。从这个意义来说，虚拟世界对于图像的“魔术花园”而言，其实相当真实，过去那个我们自以为真实的世界，反而充满了偶像式的迷雾。

今天，构成我们视觉世界的主要因素是数码成像。不仅有大量价格便宜操作简单的数码相机在支持着这一世界的成像过程，而且，桌面上的屏幕，以及屏幕上不断闪现的来自互联网的图形化信息和背后惊人的海量图像库，也让视觉变得如此泛滥，使得任何视觉成像的神秘性，包括其残余，也被轻易地涤荡一空。但这还是表面现象。获取图像的简易并不能最终摧毁图像的“魔术”性质，只有继续通过数码技术破解成像原理，用计算机语言编写更为复杂的视觉世界，图像才能最终从“魔术花园”中搬离，成像的同一性才会在更为广泛的基础上得到认可，从而让视觉全球化成为新的视觉现实。

在这方面，电子游戏充当了视觉探索的先锋。呈现在屏幕上的日趋拟真化的图像，既证实了背后的成像技术的发展，也呈现了视觉全球化进程中的无政府主义式的癫狂。

很少有外人会了解那些每年都推出更新版的游戏工作小组的工作状况，尤其对其中的视觉摹拟的认识。就电脑技术而言，图像只是一种在二维平面上对三维的表达，是一种视觉的虚拟和深度的假设，其成像的复杂程度，其实并不包含任何对其技术在性质上的改变。电脑专家会轻易地把屏幕上的复杂图形还原成一系列的三角形。[14]他们告诉你，图形的复杂程度取决于把对象拆解为三角形的细分程度，两者之间的关系是成正比的。就三角形而言，它只是对宽度、高度和深度的一种数学表达，呈现为图像后，便达成三维的假象。三角形的细分程度取决于电脑的运算速度，电脑的运算速度，则取决于电脑芯片的技术发展。就计算机发展而言，其目标是对越来越小的面积、越来越大的空间和越来越快的传送速度的技术追求。显然，对图像的拆解程度，同时也是对图像的拟真程度，是和这一技术的进程密切相关的。

我在这里不讨论数码成像的技术问题，那是一个专门的科学领域。我关心的是隐藏在这一成像方式背后的新的文化含义，以及这一含义和视觉传统的复杂关系。让我吃惊的是，存在于西方视觉文化中的几何传统，落实到历史，不仅有科学中的折光学和解析几何学，有观看秩序中的透视学，有绘画和雕塑中对形体塑造和构图原则的技法规约，还一直引申为今天的数码成像。曾经有痴迷于电子游戏视觉逼真效果的朋友告诉我，所有拟真度的工作，其实只是一种日趋复杂的运算而已。比如阳光下的树林，光线变幻莫名、阴影横陈、枝干与树叶交错，有工作小组成员用数码相机大量拍照，然后输入电脑进行大规模的运算，最后拆分为如前所述的一套复杂而有序的三角形模式，从而形成可以还原现场视觉效果的框架，再以此为基础去添加和形构表象细节。从这个角度看，所谓“逼真”，指的是一种计算机意义上的“填料”工作，只是，其所填的“料”，是通过特定程序而加以实施的。

这说明，从数码成像原理看，“效果”和“框架”是分离的。支撑框架的是程序运算，程序运算背后的是电脑技术的发展。所谓“效果”，指的是一种经填料后呈现在屏幕上的图像。

五

有了这个基础，我想我们可以再回过头去考察视觉的历史。我们会很快发现，所谓视觉的文化传统，往往和呈现的效果有关系，是与表象相联系的一系列解释。框架是隐藏在这表象背后的。本来，我指的是在摄影术发明以前，尽管西方也存在着对观察及其框架的探讨，但视觉作为一种文化现象，和其中的观看意识还是匹配的。至少，存在于西方艺术传统中的若干视觉因素，在意义的解释上，在视觉效果的呈现上，还没有表现出特别的渗透力。尽管对逼真的追求成为他们的目标，但这一目标落实到历史中，仍然表现出复杂的文化状况，而难以简单归类为“逼真”本身。真正造成西方视觉文化扩张的力量来自对观察的探求，这一探求，在相当一段时间里是属于科技史的范畴。但是，随着摄影术的发明，通过机器复制而生产的图像史出现了，结果是，观察、观看和视觉解释之间的分类逐步被打破，人们越来越发现，原来观察、观看和对视觉的文化解释是互有关联的。甚至，还出现了一种源自内部的颠覆：观察对观看的颠覆，然后是对传统视觉解释体系的颠覆。这一颠覆的结果是，原有的表象世界被更新，新的表象世界开始涌现。

在艺术史中，不管东方还是西方，对物象描绘的神秘性一直是维护这一行业的神圣性的条件，也是图像的“魔术花园”存在的前提，它表现为对表象的美学追求，并因不同的表象呈现以及背后不同的观看与描绘体系，而形成不同的审美传统。但是，正像工业文明从英国发源，经过数百年的发展而漫延为全球的现代化浪潮一样，视觉也因其中的突变，观察对观看的颠覆，机器复制图像对手工描绘的颠覆，最后是数码成像对传统成像的颠覆，而形成了一种全球化的趋势。这一趋势，同时伴随着图像的去魅化而得到了空前的发展。由此可见，视觉的全球化和图像的去魅化是一致的，是同一趋势当中两个不同的发展面向。

重要的还不是视觉，而是对观察主体的建构与塑造。视觉传统的分崩离析最终是和这一主体的重新建构有关联的。很难设想一个终日浸泡在电脑屏幕上的人，会对中国传统的笔墨韵味发生兴趣，更遑论去欣赏元代以来的文人雅趣。这一事实让那些热衷于从美学角度寻求独立于观察领域之外的价值解释的人们感到困窘。在一个全球化的环境中，视觉风格的差异性与其说是一种价值信仰，不如说是一种文化策略。视觉竞争只发生在表象领域，是对种种不同效果的出色谋划，而其深层的技术基础，也就是那个框架，那个成像的原理，却越来越趋于一致。结果，视觉全球化在为图像去魅的同时，把不同的表象呈现，或者，我用一种偏于传统的说法，把不同的视觉风格的差异化追求，转变成一种赤裸裸的文化政治，一种发生在全球化现场的利益冲突。

而在这一涉及文化政治的利益冲突面前，关于民族的视觉认同，就上升为重大的价值诉求，和国家正面形象的传播连为一体。这自然是另外的一个问题了，只是和这里所叙述的问题密切相关。

注释：

① 把摄影术视为一种自然的产物，和上帝挂钩，是 19 世纪摄影发明前后的一种观念。亨利 · 爱默生（Peter Henry Emerson）在一篇名为《自然》的文章中讨论到类似的观看（“天真的视觉”）时指出：“站在赤裸的地面上——我的头沐浴着令人心旷神怡的空气，心灵升华到无尽的天际，一切卑劣的私欲都消失了。我成为一个透明的眼球，我化为乌有，我能看见一切，宇宙生灵在我全身循环流动。我是上帝的一部分或一个微粒。”这个言论发表在摄影诞生之前的 1836 年。同时，把摄影术理解为一种自然的魔术，也是摄影发明前后的一种流行观点。玛利亚对此描述道：“当巴黎人看到达盖尔利用他的西洋镜舞台所展示的照相机所精确复制的街景，并且熟悉了达盖尔所制造的戏剧般的幻觉时，他们推断达盖尔照相机形成的图像是魔术和戏法的产物，或者是两者诡秘的结合物。达盖尔银版术极高的幻觉性使观众处于一种魔幻的心境中。”她继续写道：“在摄影发明最初的十年，摄影术和西方图像艺术的传统密切相联，这些图像包括那些迷惑眼睛的图像和用做占卜或占卜时所使用的图像。”“当传统魔术的语汇充斥于摄影话语时，公众将照片理解为威力无比的神造之物的看法越来越流行。”（玛丽 · 沃纳玛利亚：《摄影与摄影批评家——1839 年至 1900 年间的文化史》，郝红尉、倪洋译，马传喜译校，山东画报出版社 2005 年版，第 6、10、14 页）

② 参见《旧约 · 出埃及记 · 金牛犊》，中文和合本。

③ 这里是借用。王渔洋引此句而评诗曰：“舍筏登岸，禅家以为悟境，诗家以为化境，诗禅一致，等无差别。”（《带经堂诗话》）

④ 公元 6 世纪时，教皇格雷戈里指出：“文章对识字的人能起什么作用，绘画对文盲就能起什么作用。”这是基督教建立圣像系统的开始。引自格雷戈里致马塞莱主教的信。（Cf. *Patrologiae Cursus Completus*, ed. J. P. Migne, 1896, Vol. 77, Column 1128）

⑤ 参见《五灯会元 · 七佛 · 释迦牟尼佛》卷一：“世尊于灵山会上，拈花示众。是时众皆默然，唯迦叶尊者破颜微笑。世尊曰：‘吾有正法眼藏，涅盘妙心，实相无相，微妙法门，不立文字，教外别传，付嘱摩诃迦叶。’”

⑥ “太宗尝与侍臣泛春苑，池中有异鸟随波容与。太宗击赏数四，诏座者为咏，召阎立本写之。阁外传呼云：‘画师阎立本。’时为主爵郎中，奔走流汗，俯临池则，手挥丹青，不堪愧赧。既而戒其子曰：‘吾少好读书，幸免墙面。缘情染翰，颇及侪流，唯以丹青见知。躬厮养之务，辱莫大焉。汝宜深戒，勿习此也。’”（李昉等：《太平广记》卷二一一之画二）

⑦ 参见董其昌《画禅室随笔》，载卢辅圣主编《中国书画全书》第三册，上海书画出版社 1992 年版。

⑧ “贵真空，不贵顽空，盖顽空顽然无知之空，木石是也。若真空，则犹之天焉，湛然寂然，元无一物；然四时自尔行，百物自尔生，灿为日星，滃为去雾，沛为雨露，轰为雷霆，皆自虚空生，而所谓湛然寂然者，自若也。”（苏辙：《论语解》，载《重广眉山三苏先生文集》，北京图书馆出版社 2006 年版）

⑨ “余尝论画，以为人禽宫室器用皆有常形，至于山石竹木水波烟云，虽无常形而有常理。”（苏轼：《净因院画记》，载《重广眉山三苏先生文集》）

⑩ 苏轼对吴道子评价颇高：“道子画人物，如以灯取影，逆来顺往，旁见侧出，横斜平直，各相乘除，得自然之数，不差毫末，出新意于法度之中，寄妙理于豪放之外，所谓游刃余地，运斤成风，盖古今一人而已。”（《书吴道子画后》）但当他把吴与王维作对比时，却又不无微词：“吴生虽妙绝，犹以画工论。摩诘得之象外，有如仙翮谢笼樊。”（《王维吴道子画》）苏轼的真正看法其实在《书鄢陵王主簿所画折枝二首》中有明

确表述："论画以形似，见与儿童邻。赋诗必此诗，定非知诗人。"(《重广眉山三苏先生文集》)

⑪ J. 科瑞里对此有详尽分析。参见 *Techniques of the Observer: On Vision and Modernity in the Nineteenth Century*，中译本《观察者的技术：论 19 世纪的视觉与现代性》为蔡佩君所译，台北行人出版社 2007 年版。

⑫ 对韦伯的讨论，可参见中国学者苏国勋的相关研究。韦伯提出"魔术花园"(zaubergarten)这一概念，用以指称非理性时代对世界图景的总体看法。在韦伯的理论中，此概念有复杂含义，请读者分辨之。我在这里是借用，指对制像的各种神秘性解释，这些解释曾经泛滥于艺术理论当中。

⑬ "去魅"(disenchantment)是韦伯的一个概念，在 1919 年的《以学术为业》的讲演中第一次使用："只要人们想知道，他任何时候都能够知道，从原则上说，再也没有什么神秘莫测、无法计算的力量在起作用，人们可以通过计算掌握一切，而这就意味着为世界去魅。人们不必再像相信这种神秘力量存在的野蛮人一样，为了控制或祈求神灵而求助于魔法。技术和计算在发挥着这样的功效，而这比任何其他事情更明确地意味着理智化。"(马克斯・韦伯：《学术与政治：韦伯的两篇演说》，冯克利译，生活・读书・新知三联书店 2005 年版，第 29 页)这里指对图像的去神秘化过程，这个过程是伴随着机器观看与复制图像的历史而产生的。

⑭ 从技术上讲，在二维平面上所表达的三维概念，其实是一系列大小不一的三角形。

(2009 年第 3 期)

从缪司神庙到奇珍室：博物馆收藏起源考

李　军

一、亚历山大里亚缪司神庙考

在博物馆起源问题上，一个最通常的说法是，博物馆诞生于希腊化时期埃及的亚历山大里亚城。关于该问题，中国的一本权威博物馆学教材这样写道：

世界最早的博物馆，目前西方公认是始建于公元前 290 年左右的亚历山大博物馆……这个博物馆设有专门的大厅、研究室，陈列有关天文学、医学和文化艺术的藏品。各地的学者、作家聚集在这里，从事研究工作。大批来自各地的青年跟随他们学习。亚历山大里亚博物馆是世界当时最大的科学和艺术中心……这个博物馆存在了几个世纪，后来毁于战火中。①

上述观点代表着中国学界对于博物馆起源问题的基本看法②，虽然它并非来自中国学者的研究，而是沿用了一个所谓“目前西方公认”的观点，即“亚历山大里亚博物馆”说。遗憾的是，由于该教材没有提供材料的出处，我们无从得知这一“西方公认”的看法从何而来。因此，我们必须把视线引向相关的西方材料。

我首先引用的是一部被誉为“全球最具影响力的博物馆学入门概要”的书，美国人博寇（Georges Ellis Burcaw）的《博物馆业务导论》（*Introduction to Museum Work*）③。相关段落如下：

埃及的亚历山大里亚博物馆（Museum of Alexandaria）在本质上就与今日的博物馆相似……大约在公元前 290 年，托勒密一世建一座献给缪司女神的学院（因此博物馆一字的英文始称“museum”，意指献给缪司女神的殿堂，在希腊文中则称为“mouseion”）。学院包括一座汇藏博物馆各领域藏品的图书馆、天文观测台，以及其它相关研究与教育的设备。……事实上它也是第一座真正的博物馆。④

博寇的这段话包含了三层意思。首先是对于“亚历山大里亚博物馆”的定性：它是“第一座真正的博物馆”，“在本质上就与今日的博物馆相似”，因而无疑是今天所有博物馆当之无愧的祖先。其次，如此判断的理由在于，这个博物馆拥有“各领域的藏品”，以及相关的“研究与教育的设备”。最后是，该机构为今天的所有博物馆提供了它们的名称——希腊文“mouseion”，原意为“缪司的神殿”。

限于材料，我们无从判断中文版教科书（初版于1990年）的看法是否来自此书（初版于1975年），但是二者的基本精神是完全一致的——即使没有直接的相承关系，至少可以说它们拥有某种相同的资料来源。⑤

然而，问题在于：亚历山大里亚的缪司神庙究竟是不是一座“真正的博物馆”？——鉴于此处“真正的博物馆”的标准首先在于拥有“藏品”，那么，问题的焦点就集中在：亚历山大里亚的缪司神庙究竟有没有收藏？换言之，如果该缪司神庙没有收藏的话，我们还可以把它当作博物馆最早的起源吗？

在具体讨论亚历山大里亚的缪司神庙之前，有必要先考察一下什么是缪司和缪司神庙。

顾名思义，缪司神庙即供奉缪司诸神的场所。而缪司（Muses），则是古希腊、罗马神话中九位文艺女神的总称（见图1）。《简明不列颠百科全书》在“缪司”的词条下作了如下的解释：

图1　波提切利《阿波罗与缪司女神》

> 在希腊宗教里，指同维奥蒂亚的皮埃里亚和赫利孔山有关的一群古老和来历不明的女神。起初她们大概是诗人的保护神，后来范围扩大到文艺和科学的各个领域。在荷马的《奥德赛》中，她们共有9人，没有具体名称。她们的区别始于赫西俄德。⑥

从中我们得到的第一个重要信息是，缪司女神起先只是“诗人的保护神”。赫西俄德的《神谱》正是在传统的意义上使用该词的，从长诗的开篇开始，缪司女神始终以舞蹈、歌咏和赋予诗人以灵感的形象出没于山林水泽之间。⑦鉴于古代的诗歌融音乐、舞蹈、歌咏于一体的性质⑧，缪司女神的原初本质无疑应该属于诗神，而这与她们在西方文化中扮演的传统角色是相一致的。

第二个重要信息：缪司诸神的形象后来经历了一个个性化过程。她们最初在荷马那里籍籍无名，在赫西俄德的《神谱》中第一次获得了名称，到了罗马时代晚期，九缪司（Calliope、Clio、Erato、Euterpe、Melpomene、Polyhymnia、Terpsichore、Thalia和Urania）被分别赋予了不同的功能（职司史诗、英雄诗、抒情诗、长笛、悲剧诗、圣歌/几何学、舞蹈、喜剧诗和天文学），并可以用不同的图像来表现其个性。⑨从上述职司来看，正如《简明不列颠百科全书》所说，缪司的角色已经扩展到了“文艺与科学的各个领域”，但这并没有脱尽她们作为“诗神”的原型（其中五缪司的功能直接涉及诗歌的不同分支；三缪司的功能涉及音乐与舞蹈，因而间接与诗歌有关；另外二缪司虽然职司科学，然而根据希腊的传统，几何学和天文学属于广义的“诸天音乐”范畴）。

上述考察至少让我们澄清了一点：与我们的想象极为不同，缪司作为“文艺女神”主要是一个诗神，与我们今天所理解的造型艺术其实毫不相干——若根据古代的艺术分类原则，缪司所保护的“文艺”更多涉及的是“自由艺术”（les arts libéraux）而非“手工艺术”（les arts mécaniques）⑩；用我们今天的话说，更多地属于非物质文化遗产。正如舞蹈、诗歌和音乐等非物质文化遗产显示的那样，缪司所保护和激励的艺术，从本质上说是难以收藏的。

那么，什么是古代缪司神庙的真相呢？

根据法国学者布瓦扬赛（Paul Boyancé）的一项研究⑪，缪司神殿在亚历山大里亚博物馆之前早已存在。最早的缪司神庙与崇拜古希腊传说中的伟大诗人兼歌手俄尔甫斯（Orphée）的习俗有关，因为俄尔甫斯集中体现了缪司所掌管的音乐和诗歌的神奇魅力。而俄尔甫斯崇拜，则又在很大程度上，影响了古希腊著名的哲学家毕达哥拉斯及其

图 2　安赛姆·费尔巴哈《柏拉图的〈会饮〉》 1873

学派的观点，尤其是该学派对于音乐的看法（认为统治着天体运行和音乐乐理的数的和谐是宇宙万物的根基，因而也可以把天体运行称作是一种音乐，即“诸天音乐”）。布瓦扬赛注意到，在意大利的克罗托纳（Crotone）有一个早期的缪司神殿，而该地恰好也是毕达哥拉斯学派的诞生地。因此，早期的缪司神殿很可能是哲学家聚会的场所，毕达哥拉斯学派的哲学家们在里面一边举行宴饮，一边谈天说地，争论不休。由此说来，早期的缪司神殿其实是一个诗歌、音乐（“music”一词同样来自“Muses”）和哲学兼而有之（或者合而为一）的圣地。

正如毕达哥拉斯哲学影响了后来的大哲学家柏拉图的观点，前者的哲学家聚会场所缪司神殿同样也赋予后者以灵感，促使柏拉图创立了他的哲学教育机构——“学园”（Academy）。布瓦扬赛借用了古典语文学家维拉莫维茨（Wilamowitz）的说法，称这个“学园”为“一群货真价实的缪司信徒们”聚会的场所，而柏拉图在著名对话录《会饮篇》所展现的场面（见图 2），描绘的正是真正的神秘宗教信徒们聚会宴饮的“理想模式”[12]。此外，布瓦扬赛还解释了柏拉图学园重视音乐的原因，因为缪司为音乐之神，而真正的音乐则非哲学莫属。而且，在当时，学园成员很可能在这样的缪司神殿里拥有自己的住房。

作为哲学家的宴饮与居住场所、供奉音乐与诗歌之神的缪司神殿，与我们今天所熟悉的博物馆可以说大相径庭，那么，亚历山大里亚缪司神殿的真实情况又如何呢？

关于它的起源，我们所知道的仅仅是，公元前306年（另说前290年），当时的埃及国王托勒密·索特（Ptolémée Sôter）在亚历山大里亚城建造了一所缪司神殿。另外的一个细节：它的问世主要缘自一个名叫法莱尔的德米特里乌斯（Démétrius de Phalére）的哲学家的建议。而该哲学家属于逍遥学派，即亚里士多德（曾经是亚历山大大帝的老师）模仿柏拉图学园创立的哲学学派。神殿创立不久前（前319—316年），与法莱尔的德米特里乌斯同时忝列亚里士多德门下的另一位哲学家特奥弗拉斯特（Théophraste），也曾经创立过一个合法的崇奉缪司的社团，这个社团与柏拉图的“学园”一样，也在一个叫做“mouseion”的场所求知问学。⑬尽管缺少具体细节，但我们仍然可以发现，从毕达哥拉斯学派、经柏拉图的学园，再到亚里士多德的逍遥学派，这一贯穿在缪司神殿上面的哲学家红线是清晰可辨的。

现在让我们看一看真实的历史记录。现存屈指可数的历史证词之一是由古代地理学家斯特拉波（Strabo，前63/64—公元23？）提供的。作为生活在罗马帝国时代的希腊人，他在巨著《地理志》（Geography）中描写了自己访问亚历山大里亚缪司神庙时亲眼目睹的情形——尽管这差不多已在该神庙创立的整整三百年之后：

> mouseion属于皇家建筑的组成部分，拥有一个公共游廊（peripaton），一个带座椅的房间（exedra），还有一个里面是餐厅的宏大建筑，可供mouseion的成员进餐之用。这个由学者组成的团体财产公有，受一个从前由国王、如今由凯撒委任的祭司管理。⑭

值得注意的是，斯特拉波的这段证词完全没有提到亚历山大里亚缪司神庙的收藏。相反，虽然去古已远，但斯特拉波的观察与“mouseion”创始之初的情形并无太大差别：首先，它是一个哲学家（学者）聚会的场所；其次，其空间设施（“公共游廊”和“带座椅的房间”）是为了满足哲学家的学术生活之用，尤其是所谓的“公共游廊”（peripaton），它直接来自亚里士多德的“逍遥学派”Peripateticism一词，意为哲学家散步讨论问题的空间构造；最后，“mouseion”还是学者们日常生活的场所，它的客观存在的公共“餐厅”，与最早的毕达哥拉斯学派、与柏拉图的《会饮篇》所透露的信息，若合符契。

不仅没有收藏，甚至连神殿都可能没有。根据其他历史记载和学者研究，“mouseion”有时只是一个模仿自然岩洞的“人工洞窟”⑮；有时则是一片位于圣山脚下的圣林[16]。总之，这是一处介于自然与人工之间、半封闭半开放、融建筑 / 园林 / 庙宇于一身的空间构造。充塞在其中的不是收藏物，而是哲学家的身影和哲学讨论的激辩之声（见图 3）。

图 3　古希腊神殿　意大利帕斯图姆　公元前 6 世纪

如果我们把早期“mouseion”的形态概括一下，可以说，它对观念的强调远远超过了对物的强调；对讨论问题的兴趣远远超过了收藏（严格意义上不能说它一点收藏物都没有，但收藏本身不是目的）；最后，可以说它对人际关系的重视远远超出了对人与物和物与物关系的重视。换言之，亚历山大里亚的缪司神庙主要是一个论坛、一个人与人相互交流的场所、一个不同观念相互沟通的平台。不是物质（收藏），而是非物质的属性（人际交流），才是这个“mouseion”的本质，和所谓的“亚历山大里亚博物馆”的真相所在。因而，它并不是以收藏物为核心的现代博物馆的直接起源。

二、“奇珍室”：博物馆收藏问题考

那么，我们今天所熟悉的博物馆，即以收藏品为核心的博物馆，又是如何起源的呢？

这就涉及关于博物馆起源的第二种著名说法：现代博物馆起源于十六七世纪欧洲的“奇珍室”（cabinet of curiosities），尤其是英国的“阿什莫林博物馆”（Ashmolean Museum）。以下引文同样出自上述同一本中国博物馆学权威教材：

> 17 世纪 80 年代，出现了世界博物馆史上第一个具有近代博物馆特征的博物馆，这就是 1682 年向公众开放的英国阿什莫林艺术和考古博物馆。这一年英国贵族阿什莫林将其收藏的货币、徽章、武器、服饰、美术品、考古出土文物、民族民俗文物和各种动植矿物标本全部捐献给牛津大学，建立了向公众和学者公开

图 4　阿什莫林博物馆今况

图 5　约翰 · 崔生与贝壳收藏　1630 年

开放的博物馆。阿什莫林开创了将私人收藏公之于世、建立近代博物馆的先河。[17]

正如上述，“阿什莫林博物馆”作为“第一个具有近代博物馆特征的博物馆”（见图 4），首要特征在于它是一个拥有各类收藏品的博物馆。但在具体讨论这一看法之前，有必要先纠正几个明显的历史舛误。第一，“阿什莫林博物馆”对公众开放的时间是 1683 年而不是 1682 年；第二，虽然博物馆被冠以“阿什莫林”之名，但其实，它的大部分藏品来自另外一个名叫“崔生博物馆”（Musaeum Trandescantianum）的机构；第三，即使是把藏品捐赠给大学博物馆的创意亦非来自阿什莫林，而是来自约翰 · 崔生（John Tradescant）父子[18]（见图 5）。

基于与上文同样的理由，我们要在相关西方著述中去寻找以上说法的出处和依据。把英国的“阿什莫林博物馆”及其所属的“奇珍室”当作近（现）代博物馆的起源，这一说法最集中地体现在 1983 年牛津大学为纪念阿什莫林博物馆诞生三百周年而召开的国际研讨会及其后出版的论文集中[19]——该研讨会的名称即定为“博物馆的起源：十六七世纪欧洲的奇珍室”（The Origins of Museums：The Cabinet of Curiosities in Sixteenth-and Seventeenth-Century Europe）。值得注意的是，该研讨会把博物馆的起源问题追溯到达两个世纪之久的欧洲“奇珍室”收藏的传统之中，从而避免了单一起源的谬误。因而，我们同样要把视线投入较之阿什莫林博物馆更为久远的过去，考察欧洲“奇珍室”收藏传统的历史起源。

需要指出，“奇珍室”的名称本身并不是一个专名，而是文艺复兴期间对一种方兴未艾的收藏空间的称谓，它的本义是“（满足）好奇心的房间”[20]——事实上，“cabinet”不过是当时欧洲对于这一收藏空间的无数称谓之一，类似的还有：“studio”（研究室）、“casino”（游戏室）、“galleria”（长廊）、“theatro”（剧场）等等。[21]

但是，我们注意到，无论是崔生还是阿什莫林，他们都已经有意识地把自己的收藏称作“博物馆”（museum，拉丁文形式为musaeum），那么，这里的“博物馆”又是什么意思？它与该词的起源，亦即亚历山大里亚的“缪司神庙”，又有何联系？

1634年，一位叫克莱蒙斯（C. Clemens）的耶稣会士在一部著作中给“museum”一词下了这样一个定义：“‘Museum’最准确的含义，即缪司诸神寓身的场所。”[22]单从定义来看，正如“文艺复兴”一词暗示的那样，该词的重现似乎意味着该词之古代意义的一次“复兴”。但是，这仅仅是表面的相似而已。事实上，文艺复兴的“museum”一词的复兴纯粹是一次“旧瓶装新酒”现象，它较之其传统用法蕴藏着远为丰富的含义，可谓“那一时代百科全书般趣味的一个恰如其分的隐喻”和“晚期文艺复兴文化的核心”。[23]它的具体含义，概括起来，可以表现为五个方面，以下分别论述之。

（一）“academy”取代“mouseion”

虽然文艺复兴时期“Musaeum”（即希腊文形式的“mouseion”）一词得到了广泛的应用和重现，且该词确实沿用了其字面的即“缪司神庙”的含义，然而，它却并没有沿用该词的实质含义，也就是哲学家聚会宴饮的场所。相反，古代“mouseion”的功能在文艺复兴期间是由当时复现的另一种古希腊的知识机构“academy”所代替的。后者的准确翻译，应该不是它的近代衍生形式“学院”，而是它在柏拉图时代的原意——“学园”，即一个半自然半封闭的教学与研究场所。而正如上述，既然柏拉图的“学园”在历史上本来就是更古老的知识机构“mouseion”的一种转化形式，它在实质上继承了“mouseion”作为哲学家和学者聚会和研讨学术问题的场所之本质，显然是顺理成章的。

至于文艺复兴时期的“学园”，正如艺术史家佩夫斯纳（Nicolaus Pevsner）在《美术学院今昔》（*Academies of Art, Past and Present*）中所阐述的，是15世纪60年代在佛罗伦萨随着柏拉图主义的复活而相伴随的一个现象[24]，是一种“无拘无束的、非正式的聚会方式”，一种“宜于交往的讨论研究问题的方式”，从而与“大学的学究式单调乏味的方式”形成了鲜明的对比[25]。而这些正是古代“mouseion”的鲜明特征。因此，对文艺复兴时期“博物馆”问题的考察，就与对同时期“学园”问题的考察，不可分割地联系在一起。“学园”的发展随后经历了一个正规化的过程，从学者们聚会的“非正式”的场所，逐渐演变成为一种具有普遍意义的、包罗万象的科研机构（如“科学院”），再进一步演化为更具专业性的研究与教学机构（如“美术学院”“美文学院”）。

（二）“收藏品”的空间

事实上，从17世纪末的阿什莫林一直追溯到16世纪意大利的人文主义者和自然哲学家们（如Giovio、Imperato、Aldrovandi、Calceolari），当他们用“museo”（意大利文的“Musaeum”）一词来命名对象时，无一例外地都是指涉着一个收藏的空间。该空间正如文艺复兴专家芬德来（Paula Findlen）指出的那样，既可以包括像“bibliotheca”（图书馆）那样的学术性机构，也可以指像“cornucopia”（丰饶角）那样的视觉构造，更多的时候，则指诸如“studio”（研究室）、“cabinet”（密室）、“galleria”（长廊）和“theatro”（剧场）那样的空间场所[26]——重要的是，它们都摆满了物品。

“物品”成为文艺复兴“博物馆”的核心[27]（见图6、图7），并不是偶然的。事实上，它不仅是文艺复兴时期“博物馆”区别于古代亚历山大里亚缪司神庙的根本标志，而且也是作为历史阶段的欧洲文艺复兴自身的根本标志。众所周知，文艺复兴运动的主要内容之一即以希腊罗马文化为代表的“古代的复兴”，而“古物”则在这一“复兴”运动中，扮演着早已消逝的“古代”之实物见证乃至标准的作用。用芬德来的话说，“如果没有丰富的实物给思想提供食粮，那么，构成文艺复兴人文主义之基础的哲学规划就不会存在”，因而，“16、17世纪博物馆的繁荣现象可被视为为（古代）文本寻求物质证据这种愿望的逻辑结果”[28]。进而言之，如果散失在各地的零星古物和古代文本不曾被精心收集、整理、比对、辨误——也就是说，以“收藏”为前提——的话，那么，不仅古代语言、文学和哲学的“复兴”不可能，文艺复兴特有的那种通过回顾过去以展望将来、进而创造新世界的“复兴”方式，也是不可想象的。从这种意义上说，“古物”和“物品”的收藏从一开始就不单纯是物的收藏，而是蕴含了一种世界观，它

图6　因佩拉脱的博物馆　那不勒斯　1599

图7　奥贝 · 沃姆的奇珍室　1665

奠定了构筑现代社会远景的第一块基石。

（三）包罗万象的知识体系

文艺复兴时期的“博物馆”不仅仅简单地收藏“物”，而且是按照一种知识体系来收藏整个世界。根据现存图像来看，一个典型的“奇珍室”具有如下的空间形态：它是一个由在四壁摆满了特制的（兼具储存与展示功能的）橱柜而围合起来的空间，除此之外（除了必要的门与窗），包括天花板在内的其余空间，都是被用于展示、陈列、摆放和悬挂着来自于迥然不同的时间和空间背景的收藏品。[29]它们中既有古代艺术品、人工制品，也有动植物标本、矿物质、贝壳，还有来自各大洲的反映民俗民风的珍稀物品，包罗万象，应有尽有。正如伊文思（R. J. Evans）评论十六七世纪之交欧洲最著名的“奇珍室”——神圣罗马帝国皇帝鲁道夫二世的收藏——时所说，它们起到了一种“理想而完满的棱镜”的作用，“折射了大千世界的无奇不有”[30]。而在另一位学者考夫曼（Th. Da Costa Kaufmann）看来，鲁道夫二世的“奇珍室”“是其帝国的一种表象形式，同时也是君王品德的表现：拥有这个微观世界反映了鲁道夫二世对于自然的君临，正如一位‘仅次于上帝的神’”[31]。

然而，这个“棱镜”并不像看上去那样杂乱无章，而是蕴含着整饬的逻辑。在西方，收藏珍稀物品的传统从中世纪晚期开始。西方人首先区分了“Miracula”和“Mirabilia”（“奇迹”和“奇异”）这两个概念：前者属于上帝的领域，而后者属于自然的领域。这一区分意味着，西方人已逐渐意识到，可以不通过上帝和信仰来解释自然；这意味着自然是一个按自己的规则运行的秩序，是一个因果关系的宇宙。由此产生了一类布置“奇珍室”的方法：它把藏品相应地分成“上帝的产品”“自然的产品”和“人工产品”三类。人类对这一切都充满了“好奇”（curious），从而形成了一种十六七世纪特有的“好奇心的文化”[32]。

另一种分类法在用语上略有差别，分成“人”“动物、植物和石头”，以及“人工作品”三类。

还有的沿用了古希腊自然哲学的“四大元素”分类法——“地”（包括所有的无机物、植物、昆虫和爬行类），“水”（包括鱼类和海洋动物），“气”（包括鸟类和四脚动物），“火”（属于人类的特权，包括艺术和一切人工制品）。[33]这种分类法很好地解释了大部分早期“奇珍室”的那种包罗万象的空间。

相比于“奇珍室”的空间，与之相继出现的藏品目录（catalogue）则更为直接地表征着文艺复兴博物馆的知识体系。这些“目录”不只是对于藏品的著录和记载，本身就可以被理解为一种“被印刷出来的博物馆”[34]：它们在作为工具服务于研究的目的之外，还以文字的形式直接构成了知识的体系。在这种知识体系的狂热背后，蕴藏着正处于上升期的西方近代文明的一种深刻的政治与权力诉求：寻求以知识的形式对于自然和其他人类社会加以征服和控制，这一过程恰巧与西方文明在全球的宗教、文化和经济扩张同步。17世纪的一位法国医生一语道破了其中的玄机，他说“我的博物馆是所有珍稀物品的一个微观宇宙或缩影”，但“这是一个墓地，因为它容纳了许多尸体”[35]——在这个“微观宇宙”里，绚丽多彩的自然和其他人类世界都不是以它们本身，而是以失去生命的标本形式，以其凝固不动的色彩斑斓，如同一幅幅静物画[36]那样，被收纳进一部百科全书般的世界图景之中。从一开始起，收藏及其隐含的杀伤力就几乎成为所有以收藏为中心的博物馆难以摆脱的宿命。

（四）从包罗万象到专业化

进一步研究证明[37]，在早期博物馆的收藏中，还可以发现君主、贵族的收藏和人文主义学者收藏之间的差别，并发现一种从前者向后者演化的趋势。前者的收藏较之后者更具有包罗万象和微观宇宙的性质，后者的收藏较之前者则更具有专业性。

图8　弗朗切斯科一世公爵的密室　佛罗伦萨维奇奥宫　16世纪70年代

以16世纪佛罗伦萨大公弗朗切斯科·德·美第奇（Francesca I de' Medici）为例。他建于16世纪70年代的“秘室”（studiolo）（见图8）可以被视为“一种以微观方式笼括万有、便于君主据之、可以象征性地声称对整个自然和人类世界拥有统摄权的企图”[38]，在这里，针对人事的象征性意义要远远大于对自然世界的关心。而在同时代以因佩拉脱（Imperato）、阿尔德罗芬弟（Aldrovandi）、卡尔塞奥拉里（Calceolari）为代表的学者收藏家那里，与他们作为药剂师或教授的职业身份一致，其收藏明显具有专业性质。例如，费兰特（Ferrante）在1597年的一封信上说，他的“自然剧场”（即博物馆）仅仅由“矿物、动物和植物诸如此类的自然物”组成。[39]直接观察自然成为这些博物学者所乐于采用的新方法。对他们来说，博物馆和收藏毋宁更是一种用于理解和探测自然世界的实用工具，而不是世俗权力的象征场所。阿尔德罗芬弟甚至认为，视觉艺术（尤其是绘画）只是为收集科学资料服务的，也就是用于精确地图解自然。在他们那里，自然与人事的分裂显然具有知识进步的意义。

同样的分裂继续朝着科学与艺术相互独立的方向演进，然而风水却倒了过来——这一次是人事和人类的创造物获得了优先权。以同一位佛罗伦萨大公于1581年正式建立乌菲奇画廊为标志，一种新的艺术品收藏时尚得以牢固确立。[40]到了17世纪，包罗万象式的收藏已寥若晨星，根据一项统计[41]，罗马90%的收藏都是有关艺术作品的，而对自然物的收藏则几乎消失殆尽——尽管在意大利北部和阿尔卑斯山以北的欧洲，百科全书式的“奇珍室”收藏传统仍方兴未艾。

（五）从封闭到开放

正如前述，文艺复兴时期博物馆与古代缪司神庙的根本差异，在于前者是一个容纳收藏品的场所。如果从空间比较的角度出发，那么，相对于古代缪司神庙的开放性，文艺复兴时期的博物馆则完全是一个封闭的空间。这个空间的典型例子可见于最早的收藏室“studio”。

意大利文“studio”的原意是“研究室”或“书房”，源自拉丁文“studium”，即中世纪经院哲学理解的“研究”。从中世纪的角度来说，“研究”具有退出尘世、专心潜修的性质，与修道院生活息息相关。这决定了“studio”即“研究室”空间的封闭性。事实上，早期的博物馆就坐落于住宅中的一个相对独立的空间“studio”中，这是一个学者献身于学术与孤独的场所。很多文献都记载，学者应该把他们用于研究的“studiolo”（“studio”的同义词，本义是一种有抽屉的橱架）放置在“居室最遥远的一角……最好接近于卧室，以更有利于研究”[42]；有时候，这个收藏空间则干脆附属于卧室，它的唯一通道就是“通向卧室之门”[43]。同样，“cabinet”一词在17世纪的法语中，仅仅意味着“主卧室之后的密室”[44]。总而言之，早期博物馆的收藏仍然寓身于一个家居或私人的空间。

然而，正如芬德来指出的那样，由于文艺复兴的收藏具有“囊括宇宙于斗室”的性质，这个“家庭中的设施”（orbus in domo）兼具公共与私人性于一身。[45]宏富的收藏往往会吸引来自全欧的学者和游客登门拜访，同时为主人博取了不菲的名声，还在学者之间形成了研究的共同体。到了 17 世纪，一种适应于更大范围、更多公众的博物馆体制已经呼之欲出。

正是在这样的背景下，被誉为“欧洲最早的公共博物馆”的阿什莫林博物馆于 1683 年 5 月 21 日在牛津大学开放。该博物馆的正式名称是“Musaeum Ashmolianum, Schola Naturalis Historiae, Officina Chimica”，意为“阿什莫林博物馆、自然史学校和化学实验室”。

阿什莫林博物馆在以下两方面具有异乎寻常的特点：

首先，它的所有者不再是私人，而是牛津大学这个公共机构，这决定了该博物馆的公共性质——无论是谁，只要满足购买门票的要求，就有权利入内参观。

其次，阿什莫林在捐赠崔生父子的藏品之前，曾经向牛津大学提出为之专门兴建一所合适建筑物的先决条件。1683 年正是新建筑如期完工之时。新建筑的独立空间标志着阿什莫林博物馆与以往博物馆之私人性质的彻底断裂。

与此同时，牛津大学决定以当时培根所开创的“新哲学”精神，开设一门“实验自然史”的新课程，由普罗特（Robert Plot）讲授；作为《牛津郡自然史》（*Histoire naturelle du comté dOxford*）一书的作者，他成为博物馆的第一任主管。

当时的牛津大学副校长这样写道：

> 这个博物馆是一个新的图书馆，可以容纳自然这本大书最引人入胜的成分，可以与 Bodléienne 收藏的手稿和印刷品相提并论。[46]

然而，若按今天的标准来看，阿什莫林博物馆更多地具有一个自然（科学）类博物馆的性质；它显然更多地继承了 16 世纪具有自然史性质的专业化博物馆的传统——同样明显的是，它并非如卢浮宫那样的艺术类博物馆的直接前身。

另外，如芬德来那样从收藏的包罗万象性解释博物馆从封闭到开放、从私人向公共的转换，最多只能为这一问题的解答提供一个必要条件的说明，并不足以充分地解释现代博物馆之“普世性”的生成，即它作为属于每一个人之文化遗产的属性。

因而，我们必须另辟蹊径，我们的探索还远远没有完成。

注释：

①⑰ 王宏钧主编：《中国博物馆学基础》（修订本），上海古籍出版社 2001 年版，第 58 页，第 63 页。

② 该书的观点代表了中国学术界的普遍看法。另参见马继贤《博物馆学通论》，四川大学出版社 1994 年版，第 5 页；王莉《博物馆的历史渊源对先进文化建设的启迪》，《中共青岛市委党校青岛行政学院学报》2004 年第 1 期。在我所能查到的中文资料中，最早记载亚历山大里亚说的是民国时期的出版物《博物馆》一书（参见曾昭燏、李济编著《博物馆》，教育部社会教育司 1943 年出版，第 1 页）。

③ G. Ellis Burcaw, *Introduction to Museum Work*, Walnut Creek, CA: Alta Mira Press, 1997. 该书初版于 1975 年，经大幅修订后于 1997 年出了第三版，并于 2000 年被翻译成中文在中国台湾出版。本文引文除了对少量用语按大陆习惯稍作调整之外，均引自中文版。

④ 博寇（G. Ellis Burcaw）：《博物馆这一行》，张誉腾等译，台北五观艺术管理有限公司 2000 年版，第 40—41 页。

⑤ 今天，在博物馆起源问题上，大部分西方博物馆学教材都持与博寇相同的看法，即亚历山大里亚博物馆起源说。如 G. H. Rivière, *La Muséologie selon Georges Henri Rivière,* Dunod, 1989, p. 48。另参见 A. S. Wittlin, *Museum: In Search of a Usable Future*, Cambridge: Mass., 1970; Fernandez, *Museologia: Introductio a la teoria y practica del museo*, Madrid, 1993; E. Hernandez, *Manual de Museologia*, Madrid, 1994; *Frrançois Mairesse, Le Musée*, *Temple Spectaculaire*, Presse Uneversitaire de Lyon, 2002, p. 14。

⑥ 《简明不列颠百科全书》第 6 卷，“缪司”词条，中国大百科全书出版社 1986 年版，第 19 页。

⑦ “她们……沐浴过娇柔的玉体后，在至高的赫利孔山上跳起优美可爱的舞蹈，舞步充满活力。她们夜间从这里出来，身披浓雾，用动听的歌声吟唱……”；“伟大宙斯的能言善辩的女儿们……从一棵粗壮的橄榄树上摘给我一根奇妙的树枝，并把一种神圣的声音吹进我的心扉，让我歌唱将来和过去的事情”；“正是由于缪司和远射者阿波罗的教导，大地上才出了歌手和琴师”（赫西俄德：《工作与明日　神谱》，张竹明、蒋平译，商务印书馆 1991 年版，第 26、27、29 页）。

⑧ Cf. Paul Oskar Kristeller, *Le Système Moderne des Arts*, Éditions Jaqueline Chambon, 1999, p. 18.

⑨ 鲁刚、郑述谱编译：《希腊罗马神话词典》，中国社会科学院出版社 1984 年版，第 177 页。

⑩ Cf. Paul Oskar Kristeller, *Le Système Moderne des Arts*, p. 25.

⑪ Paul Boyancé, *Le Culte des muses chez les philosophes grecs*, Éditions de Boccard, 1937.

⑫ Paul Boyancé, *Le Culte des muses chez les philosophes grecs*; Cf. François Mairesse, *Le Musée, Temple Spectaculaire*, Presse Uneversitaire de Lyon, 2002, p. 15, p. 164.

⑬ François Mairesse, *Le Musée*, *Temple Spectaculaire*, p. 15.

⑭ Strabo, *Geography*, Books 17, 1, 8.

⑮ 罗马博物学家普里尼的记载：“不应该忽略浮石的历史。事实上人们把放置在我们称作 mouseion 的构造物

之上的朽石称作浮石，这么做是为了人工地模仿岩洞的效果。”（Pline, 1848, LivreXXXVI, XLⅡ, 1）

⑯ 根据法国学者 R. Roux 的研究，赫利孔山下的 mouseion 是一片祀奉缪司诸神的圣林，包括一个柱廊和一个剧场，以后又添设了一个让成员聚会的会场，和一个祭坛，周围露天散布着一些雕塑；“伴随着悄然流淌的小溪，沉浸在圣林的孤寂之中”，这一切都旨在造就成员们超离世事纷争的气氛，激发思想的灵感（R. Roux, “Le val des muses et les musées chez les auteurs anciens”, *Bulletin de correspondances helléniques*, 78, (1954): 44. Cf. François Mairesse, *Le Musée, Temple Spectaculaire*, pp. 16–17）。

⑱ 关于这方面的原始资料和研究，主要参见 Susan M. Pearce 编辑的八卷本资料集 *Museum and Their Development: The European Tradition 1700–1900*, vol. 1, *Musaeum Tradescantianum: Or, a Collection of Rareties, Preserved at South–Lambert near London*, Routledge / Thoemmes Press, 1999, pp. VI–VIII。崔生博物馆由老崔生在17世纪上半叶建立；1656年，小崔生出版了该博物馆的藏品著录《崔生博物馆，或保留在伦敦附近南兰贝特的珍稀物收藏》（*Musaeum Tradescantianum: Or, a Collection of Rareties, Preserved at South–Lambert near London*）。阿什莫林在1659年12月12日的日记中这样写道：“崔生（指小崔生——引者）先生夫妇告诉我说，他们长期以来都在考虑，在自己百年之后，应该把他们的奇珍室托付给谁人，最终他们决定把它给我。”（同上书，p. VII）另，小崔生在于1661年4月4日签署的遗嘱中，则有这样的记载：“在她有生之年，我把我的奇珍室遗赠给我亲爱的妻子 Hester Tradescant；在她殁后，则遗赠给牛津或剑桥大学。”（同上书，p. VII）阿什莫林于1677年表示把这一收藏捐赠给牛津大学，1683年，该博物馆正式开放。（同上书，pp. VI–VIII）

⑲ A. MacGregor (ed.), *The Origins of Museums: The Cabinet of Auriosities in Sixteenth–and Seventeenth–century Europe*, Oxford University Press, 1985.

⑳ 它的法文写法是“cabinet de curiosités”，德文写法为“Wunderkammer”，意思都是“（满足）好奇心之屋”。

㉑㉒㉓ Paula Findlen, “The Museum: Its Etymology and Renaissance Genealogy”, in Bettina Messias Carbonell (ed.), *Museum Studies An Anthology of Contexts*, Blackwell Publishing, 2004, p. 23, p. 23, p. 23. 事实上，所引各词之间的意义仍有细微差异，尤其是在 studio 和 galleria 之间，详见下文。

㉔ Nicolaus Pevsner, *Academies of Art, Past and Present*, New York, 1973. 此书已有中文版，参见 N. 佩夫斯纳《美术学院的历史》，陈平译，湖南科学技术出版社2003年版。

㉕ N. 佩夫斯纳：《美术学院的历史》，陈平译，湖南科学技术出版社2003年版，第7页。根据佩夫斯纳的研究，“学园”的“非正式性”是15世纪的特征，从而区别于16世纪样式主义主导下“学园”的特点——“建立起详尽的、最为公式化的规章”（第16—17页）。此处的“学园”开始具备“学院”的性质。

㉖㉘㊷㊸㊹㊺ Paula Findlen, “The Museum: Its Etymology and Renaissance Genealogy”, in Bettina Messias Carbonell (ed.), *Museum Studies: An Anthology of Contexts*, p. 23, p. 26, p. 36, p. 36, p. 37, p. 37.

㉗ 16世纪著名的自然哲学家阿尔德罗芬弟（Aldrovandi）不无炫耀地把自己丰富的收藏称作是“世界第八奇迹”（同上书，第41页）。因而，中文的“博物馆”一词称得上是对于文艺复兴时期之“Musaeum”一词意义的绝妙翻译，尽管中文中“博物”一词的本源可以追溯到西晋文人张华的名著《博物志》；同时，它也反过来证明，用“博物馆”一词来翻译古希腊的术语“mouseion”是不合时宜的。

㉙ Cf. Roland Schaer, *L'invention des musées*, Découvertes Gallimard, 1993, pp. 24–25.

㉚ R. J. Evans, *Rudolf II and His World, 1576–1612*, Oxford University Press, 1979. 转引自 Dominique Poulot, *Patrimoine et musées: L'institution de la culture*, Hachette, 2001, p. 11.

㉛ Th. Da Costa Kaufmann, *Rudolf II and Praque*, Thames and Hudson, 1997. 转引自 Dominique Poulot, *Patrimoine et musées: L'institution de la culture*, Hachette, 2001, p. 11.

㉜㉝ "la culture de la curiosité"——法国历史学家 K. Pomian 的用语，参见 *Collectionneurs, amateurs et curieux*, Paris: Gallimard, 1987, pp. 61–80。

㉞ 阿尔德罗芬弟（Aldrovandi）在评价自己的朋友卡尔佐拉里（Calzolari）的博物馆目录时的用语（Paula Findlen, "The Museum: Its Etymology and Renaissance Genealogy", in Bettina Messias Carbonell (ed.), *Museum Studies An Anthology of Contexts*, p. 30）。

㉟ K. Pomian, *Collectionneurs, amateurs et curieux*, Gallimard, 187, p. 61.

㊱ 法文的"静物画"（Nature Morte），其字面含义为"死去的自然"。

㊲㊳㊴㊶ Giuseppe Olmi, "Science–honour–metaphor: Italian Cabinets of the Sixteenth and Seventeenth Centuries", in A. MacGregor ed., *The Origins of Museums*: *The Cabinet of Curiosities in Sixteenth–and Seventeenth–century Europe*, pp. 5–16, p. 5, p. 6, p. 11.

㊵ 李军：《佛罗伦萨"乌菲奇画廊"与美术博物馆生成考》，《美术研究》2008 年第 2、3 期。

㊻ Roland Schaer, *L' invention des musées*, Découvertes Gallimard, 1993, p. 33.

（2009 年第 4 期）

《文艺研究》与当代中国文艺学术史

方　宁

与改革开放时代诞生的所有人文社会科学刊物一样，《文艺研究》的创刊首先还不是学术传媒意义上的诞生，而是作为新时期正本清源、拨乱反正的一个思想文化阵地发挥着“战斗”的作用。为此，在1979年5月创刊号中，它向读者这样介绍自己的功能与身份：

> 本刊的方针任务是：努力学习、宣传马列主义、毛泽东思想；坚定不移地认真贯彻“百花齐放、百家争鸣”以及“古为今用”“洋为中用”“推陈出新”的方针；深入批判林彪、“四人帮”的反革命修正主义文艺思想、理论、路线；开展文艺理论研究工作，探讨文艺规律；反映国内外的一些文艺研究成果和情况，促进社会主义文艺的繁荣、发展，使文艺更好地为新时期的总任务服务，为建设四个现代化的社会主义强国做出应有的贡献。[①]

正是在这个方针指导下，《文艺研究》在1979年创刊当年出版的四期杂志中，连续首发了周恩来《关于文化艺术工作两条腿走路的问题》（1979年第1期）、周恩来《对在京的话剧、歌剧、儿童剧作家的谈话》（1979年第1期）、陈毅《在全国话剧、歌剧、儿童剧创作座谈会上的讲话》（1979年第2期）、毛泽东《同音乐工作者的谈话》（1979年第3期）、邓小平《在中国文学艺术工作者第四次代表大会上的祝辞》（1979年第4期）等五篇文章。

1980年，首次发表了周恩来《关于昆曲十五贯的两次谈话》（1980年第1期）、陈毅《在戏曲编导工作座谈会上的讲话》（1980年第2期）、刘少奇《关于作家的修养等问题》（1980年第3期）以及由刊物整理后发表的《陈毅谈昆曲》（1980年第5期）。

1981年整理发表了《陈云同志对当前评弹工作的一些意见》（1981年第5期）。

1982年发表了刘少奇《对于文艺工作的几点意见》（1982年第5期）。

1984 年发表了陈云《春节会见曲艺界人士时的谈话要点》(1984 年第 3 期)。

1986 年发表了胡启立《在中国作家协会第四次会员代表大会上的祝辞》(1986 年第 2 期)。

从 1979 年到 1986 年这段时间里，《文艺研究》集中发表的党和国家领导人关于文艺问题的谈话和报告，对于新时期文学艺术领域的改革开放、拨乱反正起了关键性的作用。这些具有重要文献价值的文章，构成了新时期文艺思想解放运动的历史背景，这些文章所阐发的现实化与经典化的马克思主义文艺理论、所揭示出的文艺创作和文艺理论的深刻规律，为新时期文艺思想的发展提供了重要的依据，同时也使刚刚创刊的《文艺研究》站在了一个较高的历史起点上。

如果以历史时段来进行分期研究，《文艺研究》大致可以分为：1979—1989：第一个十年；1990—2001：第二个十年；2002—2009：发展中的第三个十年。在这里并非严格地以“十年”作为一个时段来进行划分，而采取的仅仅是大致的分期，主要依据的还是《文艺研究》在三十年的发展历程中所呈现出的变化曲线。尽管这种变化有时并不十分醒目，并不像剧烈的社会变革一样有着清晰的印记，但是，它还是在时隐时显中完成了从第一个十年到第二个十年、并向着第三个十年跃迁的过程。从《文艺研究》创刊号简短的“发刊词”中，依然可以找到在今天看来似乎已经“陌生化”的感觉：它通过具有强烈时代特征的一系列词语，如“努力学习宣传”“认真贯彻”“深入批判”“探讨文艺规律”“促进社会主义文艺繁荣”，而最终的落脚点则放置在“为新时期的总任务服务”上，这恰恰是那个时代最重要的并带有普遍性的精神特征。考察 20 世纪 70 年代末期以来的中国传媒史，很难想象没有哪类媒介最初不被赋予这种服务于政治和参加战斗的功能。当然，传媒之间又是千差万别的，由于有着不同专业角色的定位，因此或多或少还存在着直接与间接、明显与隐晦的界限。就传媒自身而言，也会随着社会的变化发生功能方面的调整与改变。譬如，从《文艺研究》“发刊词”中所强调负载的诸多功能里，也还能够看出不同功能之间的某些界限，这些界限，又恰恰预示了历史的某种文化形态通过刊物所呈现的发展脉络。

一、冲突：历史境遇中的偶然与必然

从“学习宣传”“认真贯彻”到“深入批判”，是拨乱反正的时代对每一个参与文化重建者提出的共同要求。这个时期社会整体处在解放思想、正本清源的历史阶段，过去曾经被认为是颠倒了的思想，搞乱了的观念，此时都要一一清理，恢复原状。当然，“拨乱反正”这种说法在今天看来也不完全符合科学的观点，因为事实上并不是回到被“四人帮”搞乱之前的那个原点，一切问题就可以迎刃而解。那个原点是不是就完全正确？是不是就符合文艺发展的规律？或者说，“反”回去的那个“正”是不是就“放之四海而皆准”？显然，改革开放的历史走到了今天，答案早已明确。但是，正像不能苛求人们的认识水准和能力超越历史一样，人们只能面对当时环境下的具体问题。“拨乱反正”的口号显然适应了时代对于解放思想、冲破精神束缚的要求，也有利于人们的认识在短时间内达到统一。不能设想，今天的《文艺研究》还停留在改革开放初期的那样一种状态，或者还在像创刊时期第一个“十年”那样，按照政治热情和政治想象去构建文艺理论，或者一厢情愿地充当意识形态管理者的角色。在意识形态主导的时期，人们常以一种比喻的说法来形容文艺是时代政治的“晴雨表”，而通过传媒所反映出的社会精神生活的变迁，也许并不能代表社会的整体，甚至也未必能够深刻地揭示出社会的本质和发展趋势（比如“文革”时期，特别是“文革”后期的传媒，秉承极“左”路线对于社会现实所进行的歪曲的报道，招致社会各界群众的强烈不满，甚至成为某些历史事件爆发的导火索），但是，传媒终究离不开社会，离不开主流意识形态和国家政治制度所施加于传播者的无所不在的影响。对于《文艺研究》来说，它所经历的从作为发挥战斗作用的“阵地”到培养学术精神的“载体”，从传播知识的“平台”到建构文化战略的“共同体”，这种历史发展的轨迹预示着刊物在第三个“十年”将成为具有整合学术资源与开拓市场能力的主体。

“冲突”——其实是新时期改革开放历史境遇中的一个重要的标志。就社会的大环境而言，极“左”和僵化的教条主义思想既是新时期文艺界、思想界和舆论界必须突破的藩篱，同时又是异常坚固难以逾越的一道屏障。“文革”极“左”的政治体系虽然被打破了，但长期以来形成的极“左”的思想观念及其产生的社会基础并没有因此退出历史舞台。即使在中共十一届三中全会召开之后，全党的思想统一到经济建设上来，阶级斗争以及伴随而来的意识形态为主导的影响并没有就此消失，有时甚至还存在着“回潮”的可能。这个时期思想领域的“冲突”集中在坚持“两个凡是”，还是坚持“实践是检验真理的唯一标准”，并由此构成新时期前期重要的历史背景。当中国从极“左”的政治意识形态中解放出来之后，思想领域的“冲突”始终没有完全消失，这表现在“凡是派”与“实践派”的对垒，也表现在“实践派”取得领导地位以后，其内部仍然存在着新的矛盾和冲突。回顾整个20世纪80年代的历史，种种关于文艺思想观念的“冲突”总是若明若暗若隐若显地成为文艺事件的导火索。如关于“伤痕文学”“朦胧诗”“‘歌德’与‘缺德’”的论争，电影剧本《苦恋》(电影《太阳和人》)引发的持续三年、直至惊动中央高层的风波，这些表现在文艺创作上的论争，说到底还是极“左”的政治思想观念与要求思想解放的主体观念的冲突。徐庆全对这个时期文学艺术和思想文化领域的斗争做过下列描述：

> 对文艺界形势的不同认识，使文艺界领导人产生了严重的分歧。而这种分歧，在文艺界以至整个社会的扩散，使对作品的评价更多地带上了争论中的不同认识，也不免使作家有“乍暖还寒”或时紧时松的不同感受。
>
> 同时，在思想解放潮流暂时放缓文艺界强制性的垄断之后，异彩纷呈的文艺见解和作品又蜂拥而出。在有些人看来，这当然是一种好的现象。但是，在有些人看来，则会对既往历史秩序形成某种威胁。于是，争论也不可避免。于是，又要“收紧”。然而，“收紧”可以，但与思想解放的潮流所强调的“放”相左。于是，又接着“放”。“放”“收”“收”“放”，这种又进又退、且进且退、且退且进的矛盾现象，成为早春文坛历史的一大鲜明特征。②

事实上，与文艺创作界的思想冲突同时存在并贯穿于整个80年代的，还包括哲学、政治学和文艺理论、文学史方面的一系列争论，形成关于“人道主义问题”“马克思主义与异化问题”，而由此导致了“批判资产阶级自由化”“清除精神污染”运动；文学理论界关于“形象思维与抽象思维”“现代派与伪现代派”“萨特及其存在主义”和“重写文学史”的讨论，也往往充满着浓重的火药味，而更为激烈的冲突表现在新时期的鲁迅研究领域，关于30年代“两个口号”的论争再起波澜，并由此酿成现代文学史界的重大分歧。80年代中后期，社会思想日渐活跃，“文学主体性”问题再次触发新老学人在文学观念上的激烈冲突。由于经济改革的成功激发了人们对于政治体制改革的想象，导致了这一时期较有影响的“新启蒙”和“新权威主义”“新政治观”“新历史观”等一系列新思想的出现。从改革开放的1979年到1990年，中国社会经历了发展中的一次又一次冲突，这些冲突既反映在文学思想和哲学观念上，也反映在思想启蒙和政治改革等领域。在短短十年的时间里，中国走过了西方几十年乃至上百年的发展道路，从对西方主要国家文化经典的大量移译到构建西方式民主政治的想象，从对西方人文社会科学理论的模仿到大量的西方现代文艺作品的引进，使20世纪80年代成为中国现代史上少有的思想活跃时期。

对于像中国这样一个有着漫长的封建主义历史的古老国家来说，冲突，意味着历史发展的境遇，因为它能够凭借新旧观念的交锋与融合，形成新的社会思想发展的弹性与张力。“冲突”本身还意味着“传播”。事实证明，没有什么比“冲突”更容易导致传播思想，也没有什么比“交锋”更能够成就真理。无论是社会的“渐变”还是“剧变”，都不可能没有“思想”的推动，都不可能在无“冲突”的状态下实现历史的跃迁。中国封建社会之所以长期处在缓慢、稳定的发展状态，主要原因在于其社会结构中缺少独立的思想者和对于进步思想的传播者。因此，它在极其缓慢的渐变中，进行数百年一次的改朝换代几成定律。从这个意义上说，政治、思想、文化上的一系列冲突恰恰既构成了20世纪80年代的历史背景，同时也在历史的必然性与偶然性的相遇中，在各种不同冲突的焦点上深刻揭示了思想对于历史的重要推动作用。尽管马克思主义带来的共产主义运动在世界范围内处在失败的边缘，但不可否认的是，马克思的思想为19—20世纪资本主义的发展带来了巨大的冲击。如果说，资本主义作为一种社会制度也在逐渐调整和完善其体系与思想，那么，这种转变在很大程度上正是基于社会主义思想的挑战。如果人类从未有过社会主义的实践，资本主义的改革很可能会失去自身的方向与动力，正如中国社会主义的改革也恰恰来自资本主义制度及其生产力的挑战一样。当“实践是检验真理的唯一标准”成为一个民族主流意识的时候，并不意味着思想的价值退居实践的价值之后，而是思想成为实践的灵魂。在改革开放三十年的历程中，不同观念与思想的斗争从来没有停止过，从初期“两个凡是”到“清除精神污染”，到“反对资产阶级自由化”、“反和平演变”、反“极‘左’思想回潮”，到“允许资本家加入中国共产党”引起的震动与论争，在一系列观念与思想冲突的背后，恰好反映了思想建构历史的过程。

学术发展史，在某种程度上也可以说是一部知识与思想冲突的历史，没有冲突就没有学术，更不会有其发展。这种冲突既可以体现在由政治层面的斗争延伸到学术与知识领域，也可以表现为从学术思想领域演变而成政治领域的冲突，如新中国建立后开展的对于胡适、俞平伯《红楼梦研究》的批判，对胡风文艺思想的批判，对电影《武训传》和京剧《海瑞罢官》的批判，直至“文革”开始之后对1949年以来的几乎全部文学艺术作品的批判，甚至还追溯到20世纪30年代左翼文艺的历史，以至形成了“文艺黑线专政”论：

文艺界在建国以来，基本上没有执行毛主席的文艺路线，被一条与毛泽东思想相对立的反党反社会主义的黑线专了我们的政，这条黑线就是资产阶级的文艺思想、现代修正主义的文艺思想和所谓三十年代文艺的结合。③

在这些看似围绕文化艺术问题而展开批判斗争的背后，可以清楚地看到政治意图和权力目的无处不在的身影。当然，区别于政治范畴的冲突也同样十分明显地表现在学术思想与知识文化领域，甚至也可以产生在同一思想阵营的内部。通常意义上的学术争鸣、思想讨论、观点商榷，有时几近水火不容的争论，都出现在这一时期的理论与学术传媒之中，许多刊物身临其境地参与了新时期以来发生在中国人文社会科学领域的论战。《文艺研究》在上世纪七八十年代所组织发表的一系列具有重要影响的论争文章，恰恰也是在这一历史背景下进行的。例如，在1979年创刊号上发表了郑季翘的长文《必须用马克思主义认识论解释文艺创作》，作者在这篇文章中继续坚持其1966年4月在《红旗》杂志上发表的《文艺领域里必须坚持马克思主义的认识论——对形象思维论的批判》中的观点。"文革"结束后的1978年，由于《诗刊》在当年第1期发表了《毛主席给陈毅同志谈诗的一封信》，其中谈到诗要用"形象思维"，由此引起了广泛的讨论，一些过去由于坚持"形象思维"而受到批判的学者，从毛泽东"谈诗的一封信"中找到了理论依据，并引发了对郑季翘上纲上线的批判。（郑文原文：有的同志说我那篇文章"实际上和林彪、江青制造的所谓'黑八论'一起，都成了'文艺黑线专政'论的支柱，理论工作者和广大文艺工作者被压得不能动弹"。有的则说我那篇文章使"'四人帮'的'文艺黑线专政'论中的'黑八论'之外，又多了一个'黑九论'。'黑九论'与'黑八论'遥相呼应，成为'文艺黑线专政'论的一个组成部分，完全是为'四人帮'反革命野心和其篡党夺权的阴谋服务的"。）郑季翘在这篇文章中，不仅反驳了对方的指控，强调自己也是"四人帮"的受害者，更主要的是，他进一步以马克思主义认识论来批判"形象思维论"，并提出："我和形象思维论者的分歧就在于：我认为，作家是在实践中获得生活素材的基础上，必须经过科学的抽象，达到理性认识，并在这理性认识指导下，进行创造性想象……这种分歧的实质，就在于是否用马克思主义的认识论来解释文艺创作。"④

在随后的第2、3、4期中，《文艺研究》分别刊发了孟伟哉等人对于郑文的回答，孟伟哉在《致郑季翘同志的公开信》中，从"政治与学术"关系的角度措辞严厉地反驳了郑季翘的观点，他指出：1966年4月和8月郑文分别在《红旗》和《人民日报》发表后“使文艺界许多赞成形象思维的同志吃了苦头”，并指出郑季翘把形象思维论列入“一个反马克思主义的认识论体系”，实在是“把形象思维这个学术问题，搞成了严重的政治问题”。在随后的两期《文艺研究》中，接着发表了《形象思维刍议》(作者：张潇、阿云、剑雨)、《从人类思维实际看形象思维》(作者：王方名、张帆)及《形象思维问题之我见》(作者：孟宪法)三篇文章，在某种程度上将“形象思维”的争论引向了学术与学理的层面。

《文艺研究》创刊号所引发的关于“形象思维”的论争，虽然还能明显地看到一些非学术化的思想方法与论辩风格夹杂其中(在郑文与孟文中更为突出)，但历史毕竟发生了质的飞跃，新时期思想解放的潮流，开始了逐渐转变人们思想观念和论辩方式的革命，它至少成为改革开放早期文艺思想史的一个重要的注脚。

20世纪80年代以来，《文艺研究》所关注并引发了学术界论争的主要论题包括：“文艺与政治的关系问题”，敏泽和王若望分别发表了《文艺要为政治服务》和《文艺与政治不是从属关系》(1980年第1期)，并引起相关学者撰文参与(1980年第2—6期，万里云、曹廷华、林焕平、刘志友、杜景华、向远)，在全国理论界产生了重大影响；“马克思主义与人道主义”(1981年第3期陆梅林《马克思主义与人道主义》，1982年第2期丁学良《“马克思主义与人道主义”一文质疑》，1983年第4期陆梅林《为马克思一辩——关于人道主义的考察片断》，1984年第3期陆梅林《再谈马克思主义与人道主义关系问题》)；“马克思《1844年经济学—哲学手稿》的讨论”(1982年第3、4、5、6期，蔡仪、郭因、陆梅林、石文年)；“西方现代派问题”(1984年第1期敏泽《对待西方现代派问题的原则分歧》)。

总体来看，新时期为文艺学术的发展提供了过去时代所未曾有过的机遇，《文艺研究》的前一个十年，从“拨乱反正”的实践中，或亲身经历、或直接组织了美学、文艺学重建工作。首先，它以如此集中的规模发表已故和健在的党和国家领导人关于文艺发展问题的一系列讲话，对于打破长期以来形成的极“左”政治观念的影响，开创新时期思想解放及文艺理论建设的新局面产生了极为重要的作用，也因此有效地降低了意识形态领域中改革开放的阻力。其次，出现在新时期第一个十年中的一系列论争，仍然持续着强大的意识形态的历史惯性，这在改革开放之初是完全可以理解的，但是，在随之而来(甚至长达十余年)的对抗性的冲突中，人们最终发现新时期的历史并不会由此展开一条平坦之途，中国这艘改革之船注定要在“积重难返”与“破釜沉舟”的矛盾与探索中前行。事实上，在新时期的历史阶段中，人们的政治理想与文化观念、学术思想和道德传统之间的冲突从来不曾停止过，冲突的必然性与难以预料的偶然性因素，始终伴随着改革开放的历史，只不过这种冲突较之以往（“文革”时期）正在逐渐向着更具理性、更加符合现代文明形态的规律发展罢了。

二、《文艺研究》与当代学术思想的转型

《文艺研究》在1989年曾经以“纪念创刊十周年寄语”为题发表了编辑部文章，其中有这样一段文字：

> 改革开放十年，我国学术界、文艺界思想活跃，成果丰硕，取得了举世瞩目的进步，为我国文艺理论的繁荣发展创造了有利条件。我国文艺理论研究工作已越过了拨乱反正的历史阶段，随着时代的步伐前进，需要有更大的创建。新的历程为文艺研究工作送来新的机遇，也带来新的难处。本刊将坚持科学精神，强化建设意识，把建设有中国民族特色的文艺科学（包括中国化的马克思主义文艺理论）作为中心课题。⑤

新时期经历了第一个十年的冲突迭起，政治意识形态及思想文化领域的正本清源、拨乱反正，为文艺理论界、人文社会科学界在下一个十年中的繁荣提供了重要的基础。本文以“历史境遇下的冲突”概括了第一个十年的发展特征，是指全社会在拨乱反正、思想解放时代第一个转变期所必须经历的过程：从“文化革命”的历史向文化重建的现实转变，从极“左”僵化的政治教条向实事求是的观念思想转变，这些转变显然要经历艰难的和冲突的过程。在任何时代，思想解放都不能不是一把“双刃剑”，它在推进社会进步、激发社会精神活力方面的作用巨大，与此同时，它也会为社会带来某种程度的无序和混乱，有时甚至会影响人们日常生活的正常运转或危及社会必须维系的某种思想价值体系。从这个意义上说，前一个十年中的冲突，是与全社会的思想解放运动而相伴相生的。新时期以来“反对资产阶级自由化”“清除精神污染”，直至1989年。可以说，历史以出人意料的方式，使新时期第一个十年结束在对于不切实际的政治幻想与溢出边界的思想解放的深刻反思之中。

毋庸讳言，在前一个十年中，知识分子的政治热情普遍大于学术热情，这与拨乱

反正、思想解放的时代风气互为表里互为因果。其表现在，即使是从事专业领域的学术研究，也期待着产生文艺创作般的社会轰动效应的心理，“美学热”“哲学热”“方法论热”“文艺学热”“文化热”都是那个时代人们耳熟能详的词语。但是剖析这种系列“热”的原因，可以发现它们往往根植于学者内心中的政治想象与社会期待。对于更年轻的学者来说，成为“黑马”——标志着成为那个时代的文化英雄。在20世纪80年代广为人们所熟悉的“人道主义”、“异化”理论、“主体论”、“积淀说”、“反传统”、“蓝色文明”、“新启蒙”等，无不是在前一个十年中流行于社会思想领域的关键词。当然，它们今天都已经在反思的历史中成为新时期精神发展之链上的重要环节，并仍然具有知识意义上的象征性影响。

《文艺研究》以纪念创刊十年为契机提出“坚持科学精神，强化建设意识”正是基于对拨乱反正历史的反思，虽然其中不乏政治影响下的判断，但是，作为学术传媒，它毕竟负有倡导以理性的态度进行学术建设的责任。从20世纪80年代末到90年代初，由于政治环境的变化，理论界、思想界进入相应的“调整期”，学术传媒也出现了颇具反差的转变，一些在前一个十年中溢出政治轨道的刊物（如《当代文艺思潮》等）受到停刊的处分，一些在新时期引领时代风潮的权威刊物（如《文学评论》等）也因不恰当的学术与政治导向而更换了领导层，这些曾经被社会广为关注的刊物，除了在办刊思想与办刊风格上进行大规模调整之外，同时也以很大的篇幅反复进行着“批判与自我批判”式的表态，这种转变导致了刊物作者队伍的明显分化。

应该说，《文艺研究》虽然从始至终伴随着“拨乱反正”与思想解放的每一个历史时段，并成为那个时期不可或缺的见证者与参与者，但是，由于刊物的风格和理念（用《文艺研究》创始人冯牧的话说：“它不大趋时务新，逢迎时尚，盲目地追求流行色，甚至为此而受到有些人的疵议。”⑥与那些以新潮思想引领学术的期刊相比，显得过于“持重”而缺乏锐气，因此《文艺研究》在80年代并未扮演那种在思想界、理论界冲锋陷阵的领导者角色。1989年，时任中国作家协会书记的冯牧在为《文艺研究》创刊十周年撰写的《一个理论刊物应有的品格》一文中提出：

> 我总有这样的期望，这就是：我们新时期的文艺创作和文艺理论的真实状况（包括对于过去年代文艺发展的回顾与表述），总应该在某些严肃认真的刊物当中得到比较完整的（至少是轮廓分明的）反映和体现，以有助于人们对于我国文艺历史经验做出日益深入和客观的剖析和总结。而要起到这种作用，就要求至少有

> 一部分刊物能够自觉地清醒地把这样的任务承担起来或者部分地承担起来。这样的刊物不一定会拥有广泛的读者，然而却可能具有比较长久的阅读价值。[7]

《文艺研究》以它自己的办刊风格参与了新时期的“拨乱反正”和理论建设，它当年所发表的许多研究成果，在今天看来都还有着并未衰减的理论意义与文献价值。在三十年的历史淘洗中，作为学术传播的载体，《文艺研究》能够保持比较长久的“阅读价值”，这和它的学术建设的眼光，包容各类学说的胸襟，不能不说有着重要的关联。它的“持重”使它在90年代初的社会反思与调整的时期，并没有受到批判的压力与政治检讨的要求，而保持了一贯“平实”“厚重”的风格。当不少学术传媒纷纷转向“批判与自我批判”的时候，《文艺研究》仍然保持着自己的节奏与风格，于是又有人对刊物从“偏右”的角度进行了批评。但是，它仍然坚守既定的办刊方针，以发展学术为己任，并承担起参与推动20世纪90年代学术思想转型的责任。

从上世纪90年代到新世纪初的十年，当代中国的学术思想发生了很大的变化，学术界的关注点从新时期改革开放、拨乱反正的焦点上逐渐扩展延伸开来，人们在政治与学术反思当中重新确立了学术本体地位的研究方向，政治的热情也开始向着学术的冷静回归。从90年代初到2001年的《文艺研究》杂志中，人们可以明显发现这种变化的轨迹。可以说，当代学术思想的转型（理论研究向学术回归）构成了这一时段特有的标志。

1991年以来，《文艺研究》除了发表过两篇关于政治批评方面的文章（1991年第3期：贺敬之《关于艺术研究工作的几个问题》；1991年第6期：李希凡《从“五四”中继承什么——读〈新民主主义论〉兼评〈新启蒙〉的某些观点》）作为对现实政治的呼应，并严厉地批评80年代末期出现的自由化思潮之外，其研究的视点大致集中在以下问题：

> “意识形态与文艺”（13篇），“当代审美文化论”（20篇），“后现代主义文化研究”（10篇），“‘现代性’研究”（14篇），“美学、文艺学、艺术学学科建设”（10篇）、“艺术与市场经济”（7篇）和“美学研究”（5篇）。

与《文艺研究》在80年代曾经对“政治与文艺关系”问题进行过较多关注所明显不同的是，“意识形态与文艺”更多的是从文艺的本体意义上所具有的意识形态属性来开展文艺规律的研究，这在某种程度上可以被视为文艺的“内部研究”；而前者则是从“工具论”的角度对文艺与政治的关系进行定性化的推断（如敏泽在1980年第1期发表的《文艺要为政治服务》、王若望的《文艺与政治不是从属关系》、万里云的《艺术不只是政治的反映》）。显然，经过十多年文艺理论的发展和学术思想的积累，这个论题所包含的知识形态及学理价值，在当代学术思想史上具有标志性的意义。

1990年，《文艺研究》从第2期开始发表陆梅林《何谓意识形态？——艺术意识形态论之一》，然后连续四期都在关注这个论题的进展，陆续发表了陆梅林《观念形态的艺术——艺术意识形态论之二》、龚政文《意识形态与艺术理论——对“西方马克思主义”的一种考察》、栾昌大《意识形态问题需要深入讨论——向梅林先生求教》。从1991年第2期开始，又连续四期发表了张首映《意识形态与文艺阐释》、邵建《文艺的准意识形态性》、陆梅林《切磋琢磨，深入开掘——艺术意识形态论外一篇》、王德颖《艺术生产论和艺术意识形态论》、彭立勋《论文艺的意识形态性与审美性的关系》、冯翊《对马恩文艺意识形态论的理解》。应该说，《文艺研究》是国内学术刊物中较早涉及“意识形态与文艺”，并将这个论题推向深入的。正是由于这些前期的研究，为后来中国文艺理论界出现的“审美意识形态论”奠定了基础。

关于“当代审美文化论”问题。《文艺研究》也是较早在国内学术界开始关注这个问题的学术刊物，从1994年第1期开始发表夏之放《如何把握审美文化的“当代性”》、阎国忠《当代审美文化研究的几个基本论题》、蒋培坤《中国当代审美文化的迷失》、滕守尧《当代审美文化与“对话意识”》、张法《现实：一种解读九十年代中国审美文化的途径》、王德胜《当代审美文化中“技术本体化”趋势应引起重视》、陈晓明《填平鸿沟，划清界线——“精英”与“大众”殊途同归的当代潮流》、肖鹰《在文化更新的时代——当代审美文化三题》、陈刚《历史与当下——中国当代的两种文化》、许明《审美风尚史：一种新的历史观照》，到第5期发表陶东风、金元浦《从碎片走向建设——中国当代审美文化二人谈》，可以说，《文艺研究》在这个领域是颇有建树的。从1994年首开其端，到2000年开始转入“文化研究”，《文艺研究》在发表的二十余篇论文中，对于美学的当代形态问题进行了系统的探索与思考，对90年代早期在中国尚未明朗的大众文化潮流，给予了具有预见性的理论观照。2001年，《文艺研究》在和武汉大学联合进行当代流行文化研讨之时，其理论的基础和研究的方式恰恰是由90年代前期进入《文艺研究》视野并奠定了理论基础的“当代审美文化论”。

关于“后现代主义文化”。这个问题在《文艺研究》也是90年代初形成的纵跨十一年的重要研究区域。从1991年第5期发表王岳川《后现代文化策略与审美逻辑》开始,《文艺研究》在历时十年(到2001年)当中,相继发表了张颐武《后现代性与“后新时期”》、王宁《如何看待和考察后现代主义》、陶东风《后现代主义与中国传统文化》、王岳川《后现代文化现象研究——后现代知识与美学话语转型问题》、周宪《古典的、现代的和后现代的——关于话语的意义形态学》、杨守森《二十世纪现代、后现代文艺思潮反思》、张法《谈谈后现代及其与中国文化的关联》、周宪《文化的分化与“去分化”——现代主义与后现代主义的一种文化分析》、彭立勋《后现代主义与美学的范式转换》。“后现代主义”作为理论话语，在中国学术界产生过比较大的争议，持反对观点的人认为，中国现在还没有像西方那样进入后工业社会，因此还不具备“后现代主义”产生的土壤和条件，这个论题的超前性使得持赞同观点的人被赋予了某些“绰号”(如倡导“后现代”用力甚勤的陈晓明被讥为“陈后主”),而持相同观点的人显然并不认为用时代与社会对理论问题进行设限是合理的。理论的超前性在某种程度上预示着理论的发展趋势，也意味着社会的发展趋势。《文艺研究》在90年代的学术思想转型当中，始终把握前沿性的论题，并组织了具有理论意义和理论深度的回应，在所发表的关于“后现代主义”的理论研究论文中，其实每个参与者的观点与立场并不完全相同，但是讨论的结果却有重要的意义。

关于“现代性与文艺”问题。90年代晚期，文艺理论界的热点转换在《文艺研究》杂志上有着明显的体现，这就是“现代性”问题的研究。“现代性”研究，是伴随“全球化”问题进入我国学术界和文艺理论界的一个公共话题。从1999年开始,《文艺研究》集中发表了钱中文《再谈文学理论现代性问题》、张法《现代性与全球文化四方面》、周宪《现代性与后现代性——一种历史联系的分析》、王一川《汉语形象与文化现代性问题》、吴予敏《试论中国美学的现代性理路》、余虹《“五四”新文学理论的双重现代性追求》、赵一凡《现代性的多重阐释》、张志扬《现代性两难》、章国锋《德法之争：现代性的解构与重建》、金元浦《现代性研究的当下语境》、周宪《现代性与本土问题》、陶东风《审美现代性：西方与中国》、余虹《中国文学理论的现代性与后现代性》、程正民《巴赫金的对话思想和文论的现代性》、王杰《审美现代性：马克思主义的提问方式与当代文学实践》。应该说，这是在《文艺研究》支持下开展并得到深入讨论的一个论题。学术热点的转换与传媒的推进应该说是息息相关的，当然，论题本身的学术含量与问题形态的代表性意义，也是刊物首先要予以判断和评估的。从20世纪90年代后期开始,《文艺研究》作为学术传媒，其作用日益凸显在对于前沿问题的把握和预见性的组织上。传媒的作用不仅表现在学术平台或是传播的过程中，而在更大的意义上，它已经成为生产者。如果说，传统的媒介理论认为媒介的权力体现在对于信息垄断性与选择性方面，而今天，传媒的生产性对于传播对象而言，早已经发生了巨大的变化。换言之，没有被传媒记录的事件不能进入历史，这就意味着一向以传播意义为己任的媒介，现在已经成为意义的本体。

转型，不仅意味着当代学术思想在观念形态方面的转变、论题的转变、理论研究方式的转变、理论话语的转变、学术风格的转变，更重要的是，它是一种历史的转变，一种向学术本体回归的转变。如果说，20 世纪 80 年代文艺理论界更多地将力量投入在两种文艺观的斗争上，投入在马克思主义对反马克思主义的政治批判，投入在辩驳“政治与文艺”究竟是怎样的关系，并试图以“拨”极“左”政治和僵化的教条主义思想之“乱”，来“返”实事求是和文艺理论规律之“正”，以政治批判与政治热情为先导的学术建设的阶段，那么，90 年代前期至中期，学术在沉潜与反思中获得了更具潜力与象征意义的发展，这是一条学术发展的主线。但是，随着邓小平关于改革开放的一系列讲话而掀起的从计划经济向市场经济的转型，再一次对学术构成了始料不及的冲击和影响。当然，这种对于学术界而言的变化和影响，还是经历了一个渐进的过程，它要经过一段时间的社会接受与价值系统的确认。虽然人们衷心欢迎邓小平关于坚持改革不能动摇的思想，更拥护他反对极“左”回潮的坚定态度，但是，更多的人文社会科学知识分子也许还没有充分意识到未来的市场经济体制会在多大的程度上重塑社会精神，并使社会知识、伦理、道德价值体系再次受到挑战。如果说新时期的思想解放运动，使学术从为政治服务的藩篱中第一次获得了独立的地位，那么，接下来的市场化浪潮则使学术，包括学术的载体（传媒）在获得精神的松绑之后，又一次陷入了无法自主的尴尬境地，当经济不可避免地成为主导社会的唯一标志的时候，学术的异化也同样难以摆脱政治的异化那种必然性的结局。

三、裂变中的整合：选择与批判

研究当代中国不同文艺观念上相互冲突的背景及社会转型期的历史变迁，梳理学术思想发展的脉络，我们可以看到，无论是文艺学还是美学的发展，都不可避免地处在当代社会急剧变化的历史中，并明显地呈现着时代所赋予它的色彩和运行的轨迹。改革开放的思想解放运动，最先从“文学创作”的领域打开了重要的突破口，并产生出一大批震动社会的作品。伴随着文学创作的“轰动效应”，由此带动了“文学理论”的兴盛、文学批评家的走红，并使得以研究文学发展规律为己任的“文艺学”获得了远远超过其他学科的地位，而成为一个时期的“显学”。这是20世纪80年代的一个普遍性的事实。张柠、徐欢在《作为“他者”的文学理论》中，对处在本段历史中的文艺学做过这样的描述：

> 20世纪80年代中国的文艺学本身就是多重力量参与其中的社会历史建构，是各种政治势力争夺的话语空间。“他者”俨然成为了主体，子理论已然凌驾于母理论之上。这一反客为主的思想流程同时也是文艺学逐渐取得文学学科领导地位，获得立法权的过程：前三十年的文学实践在“文艺学”的引导下匍匐而行，不敢越雷池一步。20世纪80年代，文学与文论共同发扬了新启蒙的功能，文学对“文革”创伤记忆的巨大抚慰力量，使文学理论在80年代的精神谱系中实际上处于领袖地位。它借以生成的其他思想资源都要通过它才能向外发出更大的声音，造成更广泛的社会影响。[⑧]

作者的描述并非夸大其辞，文学在中国文化中的地位一向崇高，古人所谓“经国之大业，不朽之盛事”[⑨]，足见一斑。而文学理论在文学中往往又处于一言九鼎的地位，一部《文心雕龙》使文论家刘勰成为“龙学”的始祖，就是一个明显的例证。由于中国传统文论注重“文以载道”的观念，因此，建基于文学之上的“道”，也就成为文学永远无法摆脱的“原罪”。“文革”时期的极“左”政治为了将其意识形态之“道”强加在文学身上，而对异己的文学宣布了“黑线专政论”的罪状。在改革开放、拨乱反正的时代，文学仍然摆脱不了与政治的纠葛，其所载之“道”是否合于“改革派”的意识形态立场同样也能酿成惊动中央高层的事件，如在新时期著名的《时代的报告》杂志因其对中央决定不再提“文艺为政治服务”的口号表示质疑，与改革的思想持相对抗的立场，而由中共中央书记处对其做出“停刊”的处理。[⑩]80年代前期，一些学者围绕“政治与文艺的关系”展开的激烈论争，其所持观点相去甚远。显然，“文以载道”并非虚言，文之所存，道之所存，自古及今，概无例外。

从20世纪80年代中期开始，当一些学者以“审美意识形态”的概念来界定文学的本质，并在90年代的中国文论界逐渐形成气候，而最终以“审美意识形态论”进入高等院校“文学基本理论教材”之时，“文革”结束以来文艺理论界不同观点的纷争与裂变，终于面临着一次重新整合的机会。中国人文学者内心深处所积淀的“理论大一统”的渴求，又一次得到了充分而清晰的宣泄。“审美意识形态论”一经媒体的传播，便立即广被援引，随后又被誉为“文艺学的第一原理”而受到学界的认同。[11]然而，一个深刻的悖论也随之呈现在学者的面前：任何文学理论一旦定于一尊，势必构成对文学想象的制约，更何况“在新中国的学科建制内，文学理论的问题从来不是一个纯学术问题，它具有鲜明的行政术语色彩和意识形态意味。文学对20世纪中国社会、文化、政治的作用和影响比其他任何艺术形态都大，文学理论也因此成为整个文艺领域中最有影响的理论，在建国后历次政治文化运动中都充当了急先锋，为各种论辩、争鸣、反思提供了理论基础和智力支持”[12]。从这个意义上说，文艺学对于文学的主导地位恰恰还是逃不脱“文以载道”的情结，“审美意识形态”既是文学本质的表征，又是文学之“道”的体现。

《文艺研究》在20世纪90年代推动对于“文艺与意识形态”关系的研究，事实上构成了当代中国文艺学术史的重要组成部分。在它组织发表的十三篇相关论文中，对文艺的意识形态属性及意识形态的结构与知识系统进行了深入的研究，如在2000年发表的童庆炳《审美意识形态论的再认识》，对于这一理论的深化起了推波助澜的作用。应该说，《文艺研究》的介入对形成某一历史阶段的文艺学术经典，具有重要的标志性意义。

新时期的文艺学从裂变到整合，经过了二十年左右的时间，但是，在“审美意识形态论”几乎成为“经典文艺学”的同时，挑战也随之出现。当消费时代伴随市场经济大潮涌向中国大地之时，一批年轻的文艺理论学者开始了新的探索，他们试图以否定的眼光、批判的挑战重新确立文艺学视角，并将文艺学的边界向文化研究的领域扩展开来。“由于这些进行文化研究的学者大多持一种反本质主义的立场，所以他们认为没有一成不变的文学和艺术，文艺学目前要做的就是打破先前那种人为的封闭自律论文艺学，以一种开放的态度去研究审美泛化语境下的文艺学所面临的机遇与挑战。”[13]这种挑战，有一个不能忽略的前提是，面对时代的剧变，以往的文艺理论很难在当下的消费时代取得自己的发言权。与其说文化研究对于文艺学的越界之举是出于“弑父”的反叛，倒不如说是由于传统文艺学面对当下文艺实践与文化经验以及社会生活显得软弱乏力所致，“一方面，理论界自说自话，很少关注文学现状，对当下文学在生存方式上的急剧变化反应迟钝，对当下社会对文学的切身感受避而不谈，对传统文学空间的缩减以及文学向新兴文化空间拓展的趋势和可能性缺乏思考；另一方面，当下的文学生产和文学消费也自行其是，对理论界的话语喧哗充耳不闻”[14]。设想一下，如果“文化研究”学者仅仅满足于对传统或经典文艺学进行理论资源的补充而不是试图取代它的地位，也许，这种探索本身会意味着一个大团圆的结局，但是，当这些年轻人把反思的利刃对准传统文艺学，并试图否定其存在的价值，或者将文艺学的边界移向日常生活中的时候，终于再次引发了文艺理论学者之间的激烈论战。钱中文在《文学理论反思与“前苏联体系”问题》一文中，针对陈晓明发表于《文艺研究》2004 年第 1 期在“当代文艺学学科反思”栏目内的文章进行了批驳。他在文章中还细致地描述了 2004 年以来不同观点的论争情况：

> 2004 年 5 月，北京师范大学文艺学研究中心和中国中外文艺理论学会共同组织“文学理论边界问题研讨会”，不同意见的学者在会上互有交锋。6 月中旬，中国中外文艺理论学会与一些大学联合举办的文学理论国际研讨会，就多元对话语境中的文学理论建构、特别就文学理论的边界问题进行了广泛的讨论，会上不同观点纷呈，意见分歧突出。6 月 24 日和 7 月 1 日，《社会科学报》和《文艺报》刊出了有关会议报道，说会上大多数学者主张文学理论应积极回应当下现实，拓展边界，这是真实的；但说中外学者多次指出“文学理论死了”，大多数学者同意文学理论应“向具有‘文学性’因素或以文字符号为载体的文化现象和作品开放，应将大众文化纳入文学研究的范围，但不能对其作纯粹的审美和道德判断，要对其进行历史的、文化的批判，进行价值干预”等等。这里说的“大多数”，其实只是主张以泛文化批评替代文学理论的部分学者；而持有不同意见的学者则反应十分强烈，认为以泛文化研究替代文学理论、批评研究，这是文学理论的内爆与分裂，文学理论在自己打倒自己、自己否定自己；就像美国有的大学将文化研究引入课堂后，使文学课程与文学理论走向了自身的消解。不久，《文艺争鸣》2004 年第 4 期刊出了鲁枢元的争鸣文章，同期的《河北学刊》发表了童庆炳等人的文章进行论辩；随后《江西社会科学》也刊出了一组文章，就文艺理论的边界问题进行商榷与探讨，《文艺报》也发表了这类争论文章。[15]

本文以较长的篇幅引用钱中文文章中的描述，是为了能够稍微清晰地展示这个阶段文艺理论界论争的背景，由此可以看出 21 世纪初期文艺学界所面临的第二次裂变与分化。

其中可以看到被该文作者筛选（选择与批判）之后的争论的部分史料，行文中也暗含着指向一些学术媒体的批评。由于《文艺研究》曾经以较大的篇幅支持对于“文艺学学科”的反思，并主持了关于“日常生活审美化”问题的学术讨论，因此对于传统文艺学的清理和挑战负有某些组织上和传播上的责任。更重要的是，由于它支持理论探索的立场和态度，受到在广大青年中更有市场的“文化研究”学者的欢迎，因此“审美意识形态论”者有所不满或加以指责，也是完全合乎情理的事情。

但是，正在新旧两派的争端尚未了结之时，从传统的“马克思主义文艺理论”阵营内又冲出另一批学者，他们的目标直指“审美意识形态论”的发起人，并对他们的代表性观点进行了更具有马克思主义意识形态色彩的批评。这些学者认为，“审美意识形态论”不符合马克思、恩格斯对于意识形态的论述，“意识形态”的本意是指思想体系或总体性的学说，他们在对于“意识形态”进行了词源学意义上的考察之后，提出文学（即文学活动和文学作品）应是与一种意识形态（首先是文学观念）“相适应的”“意识形式”或“社会意识形式”。在这些马克思主义的文论家看来，“审美意识形态”不仅缺少必要的学理性的支撑，更重要的是它会产生错误的价值导向：

> 鉴于历史的教训，在一定时期强调文学的审美本质，有其合理性。但是，在界定文学的时候，却不能只顾一点，不及其余。因为在中外文学史上，纯粹审美的作品是很少见的，优秀的作品都是真善美的统一，而美恰是真与善的具体体现。在文学定义上单纯强调美，把文学的意识形态性片面规定在审美领域，往往会使文学走上虚无、苍白、贫血或缺钙的歧途。这在当前的某些文学创作中，在个别文学史和语文课本的编写中，已经得到了不容置疑的证明。[16]

从“马克思主义文论”学者对于“审美意识形态论”学者进行的突如其来的批评，怎么看都像是一场发生在友军之间的“遭遇战”，双方其实并没有根本的立场与观点上的不同，而受到批评和质疑的一方还是马克思主义文艺理论建设工程的首席专家。在马克思主义文论学者看来，“以‘审美意识形态’来定义文学，确有很多缺陷和不足之处。我们尤其担心这种界定模式将会对创作带来实际危害”[17]。

据 2006 年 4 月 14 日《光明日报》报道：

> 4 月 7 日和 8 日，在北京大学英杰交流中心召开了“文艺意识形态学说学术研

讨会”。全国各地持有不同观点的近40位学者参加了研讨。该研讨会由北京大学中文系、吉林大学中国当代马克思主义文艺学研究中心、中国艺术研究院马克思主义文艺理论研究所、全国马列文论研究会共同主办。

长期以来，我国文艺理论界流行着文艺“意识形态本性说”。近些年，又被改换成“审美意识形态说”，并被称为“文艺学第一原理”而广为传播。与此同时，有许多学者不同意这种提法，主张文艺本性的“社会意识形式说”。这两种观点的论辩一直在持续，近期则形成较为突出的理论热点。

参加此次会议的学者们认为，文艺意识形态学说是马克思主义文艺思想的核心理论。怎样理解这一学说，关系到马克思主义基本原理在文艺领域的应用，关系到我国文艺实践的健康发展。而正确认识和解决这一问题，必须依据马克思主义基本原理，依据文学艺术的实际，必须充分发扬学术民主和学术创新精神。

学者们大体一致地认同：社会意识形态的本质是人们的社会价值观念体系，即由人们的社会地位、主要是经济政治地位及利益所决定的、反映人们社会价值取向和历史选择特征的思想体系。文艺意识形态学说的精髓，是旨在揭示文艺在社会变革和阶级冲突中的作用，强调文艺是“社会的反映”，作家是“社会的喉舌”。同时，文艺作品作为整体反映社会生活的情感形象体系，其创作的具体表现是十分复杂而多样的，有相当一部分作品不宜用与阶级性倾向性相关的意识形态来规定。

以这一认识为前提，主张文艺“社会意识形式”本性说的学者认为，如果以“审美意识形态”作为文艺本质的界定，那势必一方面以“审美”消解了意识形态，一方面又会把所有文艺作品都看成意识形态，这是违背文艺作品的存在实际的。而如果将意识形态的内涵泛化为一般的意识，或者等同于社会意识形式，则会抹杀文艺反映特定社会价值性质的意识形态功能，改变唯物史观立场上的意识形态内涵，背离马克思主义文艺思想的基本原理。

这两种文艺本性观的对立及其表述差异，造成这样一种状态，即如果坚持马克思主义意识形态学说的精神实质，那就不能简单地说文艺的本性是意识形态；如果坚持文艺的本质是“审美意识形态”，那就需要改变马克思主义意识形态学说的真实内容。这里的关键问题有两个：一是如何准确地理解马克思主义创始人的意识形态概念；二是如何对文艺的实际表现和文艺的意识形态属性加以科学的界说与厘定。

显然，异峰突起的论战使原本发生在新旧学派之间的“文化论”与“审美论”争端暂时退居幕后，而“社会意识形式论”与“审美意识形态论”的纷争则凸显于台前。总起来看，新世纪初期的中国文艺理论界，不同文艺观念与思想仍然处在从裂变到整合的过程之中，而选择与批判，恰恰是发展学术至关重要的手段。它将为新世纪的学术思想提供发展的强大动力，积累着更加丰富、更加深刻的经验。

四、《文艺研究》与学术市场化博弈

学术的市场化，是20世纪90年代后期以商业大潮为先导、对学术开始施加市场经济影响所必然出现的一个历史阶段。在中国，传媒曾经在很长的时间里是作为国家意识形态的工具（形象的说法是“喉舌”）存在并发挥着重要的作用，在政治的主导下，所有的传媒，无论是大众传媒还是学术专业性质的传媒，都无一例外地由各级党委宣传主管部门进行从组织、生产到传播的全程监管。在计划经济时代，传媒的领导人都要由上级组织进行严格的政治审查之后直接任命；行政事业经费列入国家各级政府部门的预算，以保障从业者的工资及生产成本的支出；甚至包括市场定位及受众范围都要由政府来统一指定。可以说，国家承担了一切经济和政治的责任，对于传媒实行的是从信息选择、信息生产、信息传播（销售）到信息监管的全程服务。为了加强主流意识形态传媒对社会的有效影响，在计划经济时代，国家主管部门通常会对某些被认为具有重要导向性的传媒实行以行政手段干预征订工作的做法，以下达任务的方式列出传媒的名称，要求各级政府及相关部门给予配合订阅。据历史记载，《文艺研究》就曾经被列入国家行政部门以“红头文件”指导发行的行列，享受过由中宣部批转下发文件要求相关单位订阅的待遇。[18]而今天，这些传媒大概都只能在回忆中去重温昔日享受国家恩泽的那种荣耀和辉煌了。目前，这种待遇已经仅限于对《人民日报》《光明日报》和《求是》杂志这样一些极少数的高端政治媒体了。

90年代中期，国家对于传媒已经有了明显的将其推向市场的意图。1994年，国务院转发国家新闻出版署文件，提出对传媒和出版社实行企业化管理和刊物等出版物取消政府补贴，并进入市场的要求。当然，这项要求终因为时机、条件不成熟而被搁置。2004年，国家再次提出“改革的思路”，时任国家新闻出版总署副署长柳斌杰在《新闻出版业改革发展和管理的几个问题》中谈到“出版改革的四条思路”：在“微观主体的改革思路”中，他区分了两种可能性：

> 一种叫公益性的事业单位仍然实行事业体制，就是党报、党刊、电台、电视台、人民出版社。这部分是属于公益性的，主要为党和政府及社会公益事业服务，非赢利机构；一种叫经营性的新闻出版单位，这些单位要转制为企业。除上面说的党报、党刊、人民出版社外，其他全部要转制，包括图书出版、报刊、音像、电子出版物等，都要转制成企业。[19]

最先通过改制进入市场化经营的是那些大众传媒，它们有着先天的资质与条件（或注重娱乐性，如《足球报》；或擅长以揭露某些社会阴暗面和以尖锐的思想评论引起社会的关注，如《南方周末》；或是因其信息量大并且掌握了大众化的“小资”情调而被社会青睐的文摘类刊物；或是通俗性与社会性兼具并与人们的私生活相关联的一些家庭类、婚姻类的读物，如《知音》《家庭》），对这些传媒而言，一旦套在头上的政治“紧箍咒”被解除，它们就能游刃有余地利用市场的导向，以娱乐化、中产阶级式的趣味性引导或图像化传播的优势，靠着信息生产与传播的及时有效，迅速占领大众市场；或凭借对大众阅读心理及规律的熟悉与迎合，以处理信息的独特方式吸引受众的注意力，这些都成为第一批走向市场并成功实施转型的传媒。根据中国人民大学传媒学者喻国明对北京地区主要报纸市场进行调查后从 8 个方面进行的分类、排序及说明：

> 1. 目前已经订阅的报纸居前 10 位；2. 经常零购的报纸居前 10 位；3. 总体质量最好的报纸居前 10 位；4. 可读性最强的报纸居前 10 位；5. 信息最丰富的报纸居前 10 位；6. 实用性最好的报纸居前 10 位；7. 对自己帮助最大的报纸居前 10 位；8. 综合评价指数居前 10 位。而在上述分类中都厕身其中的报纸分别是：《北京晚报》《北京青年报》《京华时报》《北京晨报》《参考消息》《北京娱乐信报》《精品购物指南》《南方周末》《环球时报》《足球》。[20]

在从计划经济向市场经济转轨过程中，上述报纸率先进入市场并取得了市场的认可，获得了比较好的成绩。由于北京报刊零售市场相对发达，按照喻国明的统计，“本市每个报摊（亭）销售报纸的平均种类为 36.7 种”[21]。能够在北京这样一个竞争激烈的报刊市场上跃升前十名的报纸，除了发行量居前外，赢利水平也必然名列前茅。而政府对于大众传媒的市场化首先是乐观其成，因为这既符合国家对于经济效益管理的需求，也在相当程度上投合老百姓的志趣。显然，一部分传媒的市场化之路是走对了，这些媒体所带来的巨大的经济效益及赢利前景，既满足了社会需求，也为国家创造了在政治意识形态主导时期无法想象的经济利益。

但是，由于种种条件的限制，并非所有传媒都具有在市场中生存的本领，这一般分为两种情况：一种是负有意识形态引导责任的报刊，如由各省市自治区给予财政支持的机关报和从事政策宣传的期刊。虽然，国家在经济体制改革当中曾经计划将这部分媒体推向市场，其做出决定的依据是：既然党的方针政策是有利于广大人民群众的，都是代表人民群众根本利益的，那么传播这些政策的媒体也必然会受到群众的拥戴。群众需要了解党和国家的思想、主张、政策和法规，自然也就必须通过媒体这个重要渠道去获得信息。借用市场经济的规律来概括，即需要之所在，就是市场之所在。从这个意义上说，将作为意识形态占主导地位的报刊推向市场，是完全合乎政治想象与逻辑的。但是，这里却出现了一个无法忽视的事实上的悖论：国家主办的机关报刊很难走进市场，其原因就在于它所承担的意识形态引导功能大大限制了自身进入市场的条件。虽然在理论上所构想的代表人民利益的定位没有改变，但是并未因此而获得市场主体的青睐。显然，政治上的正确并不一定能够保证经济上良好的回报，政治想象与市场想象似乎在以各自的规律并行不悖，在这种现象的背后，看起来是实际需求和想象需求之间的反差，但是从根本上说还是政策制定者对于市场经济规律的漠视和误判。另一种是自然科学和社会科学等专业领域的传媒，这类传媒主要分布在高等院校和科研院所，在全国约9500种期刊中，学术期刊为3500余种，约占期刊总量的40%（其中自然科学刊物约占1000种，其余的则为人文社会科学期刊）。应该说，这类刊物也是很难以走向市场的方式来解决生存发展问题的。当然，影响其进入市场的因素主要还不在于政治和意识形态方面。虽然在我国高校的2600余种学报中，一些文科学报也部分地承担着传播主流政治观念和话语的功能，比如，在其相对固定的栏目中设有“社会主义与当代中国”（《东南大学学报》）、“毛泽东思想研究”（《湘潭大学学报》）、“保持共产党员先进性教育”（《北京大学学报》）、“马克思主义理论研究和建设工程”及“党的先进性建设”（《湖北社会科学》）等具有明确政治引导性的内容，但是，更多的学报还是因为过于专业化的研究领域，读者面较小而失去进入市场的条件。加上“学报”品种和数量激增，使本来有限的学术市场呈现出过度饱和的状况，自然也会影响刊物仅仅凭借市场需求解决生存问题的能力。中国政法大学杨玉圣教授曾经在《学术期刊的境遇与出路》一文中，列举中国人文社科期刊至少存在三个突出问题，即“三多现象”：一是综合性刊物多（每个省或市的社科院、社科联分别至少办有一份综合性的人文社会科学刊物；各大学的文科学报也都是清一色的综合类刊物；两者合计有1300多种）；二是大学学报多（下自专科类院校，上至北大、清华这样的名牌学府，都办有社科学报，不少大学的院或系也办有刊物，总量超过1000种）；三是有关部门主办的宣传学习类刊物，其数量也多达1000余种。[22]杨玉圣所做的统计与新闻出版管理部门的统计稍微有些出入，主要问题是对于学术刊物在定位与定性上可能出现了一些混淆，但是，他提出“三多现象”的存在确是事实。显然，由于学术刊物的过剩，使得有限的学术资源被过度开采，学术界弥漫着浮躁的空气恰恰来源于这种“大跃进”式的高产化的学术想象。

伴随20世纪90年代中国从计划经济向市场经济转型而来的冲击，最先被人文社会科学领域的传媒深刻地感受到。这表现在学术传媒影响力的下降和读者市场的日益萎缩。那种在计划经济时代置身于国家政治文化中心的感觉似乎已经成为遥远的梦想。市场经济时代所重新确立的社会价值体系，将过去以政治为中心的评价转向以经济为尺度的衡量，也同时表征了政治意识形态对于经济、社会的干预能力的下降。应该说，市场经济的深化所带来的更深层次的社会思想解放和传统观念的解体，是同时渐进、并行发展的。

1989年，冯牧在《一个理论刊物应有的品格》一文中指出：

> 具有这类特色的文艺评论和研究刊物，在现今全国各地出版的几十种刊物当中，应当说是不多见的。《文艺研究》的发行量并不大，但是有相当稳定的读者。它不大趋时务新，逢迎时尚，盲目地追求流行色，甚至为此而受到有些人的疵议。但是，在度过了艰难的十年之后，当我们看到一批又一批的竞相以使自己成为时装模特为荣的论坛和读者，逐渐被广大的持有通常人见解的读者所厌倦所冷淡的时候，《文艺研究》却仍然是我行我素地朝着自己创刊伊始所确立的目标在缓步地稳定地行进，并且为颇多的有识之士所赞赏与肯定。能够做到这一点并不是很容易的。[23]

冯牧在文章中所透出的信息值得注意，一是《文艺研究》作为理论刊物发行量不大但是有稳定的读者群；二是《文艺研究》相对“持重”或略显保守的风格曾经受到过讥评；三是《文艺研究》度过“艰难的十年”，谁都知道那是指拨乱反正时代的思想冲突与政治冲突环境下，作为意识形态主导下的理论刊物，若想免于跌入“错误”的泥沼，就要谨慎地把握自己的政治立场，不能出现偏离轨道的失误，这对大多数刊物来说都是一种考验；四是《文艺研究》能够不受干扰地以缓慢而坚定的步伐推进学术建设。应该说，冯牧的概括是精当的，他既作为《文艺研究》的创始人又身为中国文学界的领导者，以他敏锐的政治感受力及其对刊物与时代关系的深刻的理解力，揭示了80年代历史环境下的理论刊物复杂的生存状态。

但是，在80年代中，包括《文艺研究》在内的几乎所有理论刊物并不存在今天意义上的生存困境，因为“生存”在今天主要是指与经济联系在一起的状态。毋庸置疑，作为人文社会科学刊物，在20世纪90年代末至21世纪初，最明显感受到的是经济压力，尤其是非高校系统的学术刊物，缺少国家充足的资金保证，陷入经济的窘境，几乎成为共同的境遇。一方面，由于社会的教育市场需求庞大，因此高校学报可以获得教育经费的直接支持；另一方面，就整个社会环境而言的人文科学的市场需求处在日益缩小的状态中，其主管和主办者又并非属于能够有效地进行资源产业化的各级教育系统，因此，学术传媒试图在资金上获得较为充裕的支持显然就成为一种奢望。

本文之所以对学术传媒在当下的生存背景及分化的现状进行了比较详尽的描述和分析，不仅为了揭示时代环境对于大众传媒与学术传媒所具有的深刻影响，更主要的还是意在描述时代与传媒之间的互动关系。也就是说，时代精神可以深刻影响于传媒，同时传媒也具有对于时代精神的无可替代的形塑价值。在某种程度上说，前者对于后者的影响是带有明显的标志性的，而后者对于前者的影响更具有隐蔽性和长久性。无论是大众传媒，抑或小众传媒，其实二者对于社会与时代精神的塑造和影响，都是不能低估的。加拿大传媒学者麦克卢汉提出“媒介即信息”，如果再延伸一步，也不妨说“媒介即意识形态”，媒介的意识形态性往往透过更深的层次塑造社会、影响社会。正如人们想到《人民文学》杂志，就自然地会想到革命文艺的历史；看到《人民日报》，就会回忆起“两报一刊”社论的宏大叙事，想到无产阶级的伟大修辞；任何一个传媒的定位，最终都蕴含着它本身所具有的意识形态象征意义，都可能形成学术史意义的文本。对于《文艺研究》而言，上述的结论也同样有效。无论是在思想解放时代作为“理论阵地”发挥战斗作用的《文艺研究》，还是在90年代作为“学术重镇”的平台与媒介，无论是对于中国文艺理论和当代学术的影响，还是对于从事学术研究的主体——学者所形成的精神传导作用，都使它成为具有当代中国学术史意义的文本。

2001年，新世纪在人们的期待中到来，《文艺研究》再次迈入了发展中的又一个转折点。在早已发生了巨大变迁的时代面前，以往处于显耀地位的政治意识形态与市场经济原本泾渭分明的界线，现在已经变得越来越模糊，市场的选择加剧了物质和精神领域的生存竞争。“品牌”是商业时代一切可以被商品化的重要象征物，学术传媒也同样面临着一个新兴的市场——学术市场的选择。在这里，学术的“经典化”与学者的“品牌化”相得益彰地成为新世纪以来最能打动人心的学术景观。而传媒的“品牌化”更是传媒傲视市场的资本，在这里，“品牌”既代表着传媒的影响力，它也同时构成了传媒的核心竞争力。学术传媒的“品牌化”能够有效地决定着“一流作者”“一流成果”“一流市场”的走向，而“良性循环”恰恰就在于能够主导或影响这种走向。学术传媒的竞争，同样也是影响力的竞争，只不过它们的竞争往往被看似儒雅的外表、从容的举止遮蔽起来。其实，人文社会科学传媒所面临的市场竞争并不亚于大众传媒之间竞争的严酷。

《文艺研究》作为学术传媒，从上世纪 90 年代中期开始逐渐感受到以前不曾有过的经济压力，国家的资金支持虽然并未减少，但也没有增加的迹象，而办刊成本却与物价在同步提升。由于长时间拖欠作者的稿酬，使经济恶化的信息与刊物同时抵达学术界的每个角落。曾经辉煌一时的学术刊物，陷入难以自拔的困窘状态中。原来过惯了由国家全额拨款的日子，现在似乎只能遥遥无期地等待救援。90 年代末，是《文艺研究》从“书生”办刊到主动探寻市场规律并培养起市场意识的一个重要时期，固守的悲壮未尝不意味着一种“自闭”，《文艺研究》要从相对封闭的学术本位心态中找到发展的出路，显然对“艺术”应该是首选。从 1998 年开始，这份以发表美学、文艺学和纯艺术理论为主的刊物开始经营美术作品。在艺术市场早已细分殆尽的今天，美术专业媒介林立，开拓这块市场并非后来者所能任意想象。十余年过去，《文艺研究》对于美术作品的经营显然已经走出了开创期的艰难，它甚至一度成为综合艺术类排名第一的刊物，这是谁都没有料到的。当上世纪 90 年代末期决定尝试从艺术门类中率先突围时，《文艺研究》似乎更像一个生活无着的没落贵族，虽然有着历史的荣耀，但却没有现实的风光。2005 年，当刊物决定从双月刊转为月刊的时候，《文艺研究》已经初步具有了在市场经济中积累起来的资本与经验。

2004 年 11 月 10 日，《中华读书报》以“学术与市场的博弈——从《文艺研究》改刊看学术期刊面临的市场境遇”为题，追踪《文艺研究》改刊的思想和决策经过，文章中有这样一段话：

> 20 世纪 90 年代以来，由于中国社会经济的快速增长，中国教育事业和学术研究的迅猛发展，国家在教育科研方面投入的大幅度增长，形成了具有有效需求的、

> 日益庞大的学术市场。发表学术成果的需求，构成了高等院校和科研机构的市场，而建立学科评价体系，显然也同样构成了市场的需求。

只有抓住需求，才能抓住市场。《文艺研究》仅仅比同类的学术传媒早了一步，就提前形成了对于艺术市场的开发与建设性力量，后来包括对于中国近现代文化名人雕塑作品的系列发掘，并使之成为《文艺研究》杂志的一个历时数年合作经营的艺术品牌。这样，既丰富了刊物的内容，又增加了刊物传播思想的力度。21世纪已经过去了八年，不少学术期刊仍然在困顿中持续着梦想，依然在无奈中呼吁着学术市场的规范。它们或许认为今天的生存危机是一系列的学术不规范造成的，而忽略了规范并不能成为促进学术发展与繁荣的保障。作为学术传媒，如果不能把精神的鲜活同时传播给读者，终究也无法吸引市场的眼光。笔者曾经在《中华读书报》所进行的采访中最后说道：

> 我们今天讲《文艺研究》的发展，正是基于时代与社会变化的事实，如果不及时调整和改革办刊理念，看不到经济对学术文化的影响，仍然固守一隅地沿用传统的办刊方式，将会不可避免地面临生存的危机。作为学术理论刊物，《文艺研究》不仅有赖于学者乃至整个学术界对它以往历史的认同和支持，它更取决于我们今天对它的规律与困境的认识所能达到的深刻程度。[24]

《文艺研究》在其发展的三个阶段中，可以明显地看到这样一个重要的轨迹，它始终与时代相伴而行，从新时期的“拨乱反正”到建构当代文艺学术思想体系，成为在学术评价体制中不可或缺的重要参与者。从90年代后期开始的市场化探索至新世纪正在发展中的第三个十年，它终于在整合学术资源的同时，成为被学术理论界广为认同的一个学术传媒的品牌。

注释：

---

① 《读者·作者·编者》，《文艺研究》1979年第1期。

② 徐庆全：《风雨送春归——新时期文坛思想解放运动记事》，河南大学出版社2005年版，第4页。

③ 《林彪同志委托江青同志召开部队文艺工作座谈会纪要》，转引自徐庆全《风雨送春归——新时期文坛思想

解放运动记事》，第 9 页。

④ 参见郑季翘《必须用马克思主义认识论解释文艺创作》，《文艺研究》1979 年第 1 期。

⑤ 本刊编辑部：《纪念创刊十周年寄语》，《文艺研究》1989 年第 4 期。

⑥⑦㉓ 冯牧：《一个理论刊物应有的品格》，《文艺研究》1989 年第 4 期。

⑧⑫⑭ 张柠、徐欢：《作为“他者”的文学理论》，《文艺理论与批评》2006 年第 1 期。

⑨ 曹丕：《典论・论文》，载郭绍虞《中国文学批评史》上卷，百花文艺出版社 2001 年版，第 72 页。

⑩ 参见徐庆全《风雨送春归——新时期文坛思想解放运动记事》，第 434 页。

⑪ 童庆炳：《审美意识形态论作为文艺学的第一原理》，《学术研究》2000 年第 1 期。

⑬ 肖建华：《文学理论的危机和我们的策略》，《文艺理论与批评》2006 年第 2 期。

⑮ 钱中文：《文学理论反思与“前苏联体系”问题》，《文学评论》2005 年第 1 期。

⑯⑰ 董学文、马建辉：《文学“审美意识形态论”献疑》，《文艺理论与批评》2006 年第 1 期。

⑱ 1983 年 2 月，中宣部牵头，由邮电部邮政总局、新华书店总店具名下发《关于加强〈文艺研究〉发行工作的联合通知》“1983 邮发字第 45 号”。

⑲ 柳斌杰：《新闻出版业改革发展和管理的几个问题》，《中国期刊协会通讯》2004 年第 3 期。

⑳㉑ 喻国明：《传媒的影响力——传媒产业本质与竞争优势》，南方日报出版社 2003 年版，第 92 页，第 48 页。

㉒ 参见杨玉圣《学术期刊的境遇与出路》，《中国期刊协会通讯》2004 年第 5 期。

㉔ 祝晓风：《学术与市场的博弈——从〈文艺研究〉改刊看学术期刊面临的市场境遇》，《中华读书报》2004 年 11 月 10 日。

（2009 年第 5 期）

五十年的追问：什么是戏剧？什么是中国戏剧史？

康保成

一

五十年前，任二北发表《戏曲、戏弄与戏象》一文，批评更早于他近五十年的王国维把中国戏剧的名称认定为“戏曲”，“把戏剧局限在戏曲上，把剧本局限在词章里”，“掩盖了汉唐的戏剧，使我国戏剧史上是非不明”，“否定无数古剧与无限的地方戏”，“希望海内戏剧史家正视这个问题”，应该把“戏象”“戏弄”“戏曲”所包括的“戏剧与具有戏剧素质”的伎艺，都包括在中国戏剧史的研究范围之中。① 此文一出，立即引起反响。文众撰《也谈戏曲、戏弄与戏象》，黄芝冈撰《什么是戏曲？什么是中国戏曲史？》，针锋相对地予以反驳。二文不约而同地指出：任氏过分纠缠于名词术语是不妥当的。事实上，“戏曲”这个术语，从元代开始使用，已经演变成汉民族戏剧的代名词；而王国维并没有忽略“戏曲”之外的诸多“古剧”样式。任氏遂撰《几点简单说明》，对文、黄二文予以回应，认为“戏曲”二字“毫无不妥”，只是在古剧中不能取代“戏剧”二字，并强调：反对的仅仅是王国维所说的“真戏剧必与戏曲相表里”这十个字而已。②

欧阳予倩撰《怎样才是戏剧》一文，开门见山地提出了“戏剧”“必须具备”的几个“条件”：

> 第一，要有一个以上的人物，要有完整的故事，有矛盾冲突，能说明人与人的关系；第二，用人来表演——通过贯串的动作和语言（包括朗诵歌唱对话）；第三，在一定的地方、一定的时间内演给观众看；第四，戏剧是根据以上三项条件在舞台上表演的集体艺术；第五，戏剧是综合艺术（戏剧艺术刚一形成就是带综合性的，由简单趋于复杂）；第六，戏剧是可以保留下来反复演出的。③

欧阳氏此文看似与任氏对王国维的发难无关，但其观点显然是倾向王国维的。他所罗列的“戏剧”条件及文中所云“中国戏剧产生的年代是比较晚的，到宋朝的杂剧和南戏，戏剧才有比较完整的形式”，正与王国维所提出的“真戏剧必与戏曲相表里”庶几相同。不过，此文始终使用“戏剧”而避免使用“戏曲”，或许是受了任文的启示。

当年参与讨论的，还有李啸仓、余从、赵斐三人合撰的《谈关于中国戏曲史研究的几个问题》。不仅论文标题赫然使用“戏曲”，而且文中明确反对任氏的意见，大体认同王国维的论断[④]，不过文中也表露出将戏剧的“形成”与“成熟”相混的倾向。这一点下文再论。

1958年《唐戏弄》出版，任氏再次强调：“夫科白戏或话剧，不得谓之非戏剧；不用套曲，不等于无戏曲；剧本不传，不等于无剧本；无剧本，不等于无戏剧。”[⑤]《唐戏弄》材料弘富，分析缜密，在学术界影响甚巨。然而，任氏对王国维的责难，响应者寥寥。只要看“文革”后出版的两部影响较大的戏剧史著作依然以“戏曲史”为书名就够了。[⑥]1983年，任氏针对这一现象再次发难，称自己是“原告”，王国维是“被告”，周贻白和张庚等是“被告的同案人”，是“避开‘戏剧’，而靠拢滥用‘戏曲’的人”，并感慨道：“这里虽仅仅一个字的异同，却有其思想根源存在。天下滔滔皆是，这一个世纪内也难改正过来了，实在遗憾！”任氏还提出陆羽为“唐戏第一大宗师”，“优孟衣冠”是一出戏，并很可能已“达到‘健全戏剧’的一步”。[⑦]此论甫一发表，便再次遭到反驳。柏玉川撰《读〈对王国维戏曲理论的简评〉》，指出王国维将“戏剧”和“戏曲”兼用，“戏剧”用作“大范围”，凡汉代百戏、唐宋参军戏、歌舞戏等皆是，而使用“戏曲”则“基于他对传统戏剧特点的认识”，即“以歌舞为重要艺术因素的特点”。[⑧]对于柏文，任氏在回应文章中基本上未作答复，只说“有待在《扬州师院学报》上展开争鸣”[⑨]。然而，相关“争鸣”未见在《扬州师院学报》上“展开”，倒是稍后叶长海在《光明日报》上发表《“戏曲”辨》一文，呼应了任、柏的对话，并再次引发关于“戏剧”“戏曲”的讨论。

叶文指出，王国维笔下的“戏剧”和“戏曲”是两个并列的概念，前者指表演艺术，后者指剧本文学。[⑩]叶氏后来的《戏曲考》，在坚持原来意见的基础上提出：“今天，‘戏曲’已经成为中国传统戏剧文化的通称。从时间上看，包括南戏、杂剧、传奇直至花部等所有古代及近现代传统戏剧；从空间上看，则涵盖昆剧、京剧以及所有地方戏总计三百多个剧种。”[⑪]这种说法，与《中国大百科全书·戏曲曲艺》卷前《中国戏曲》一文（署名张庚）相近。

张辰《也谈“戏剧”与“戏曲”两个概念之区分》则认为：在中国戏剧史研究的发端期，“草创维艰，他（指王国维）对‘戏剧’‘戏曲’两个概念的规范是不严格的，缺乏应有的确定性；对两者的关系，认识也比较朦胧”⑫。陈多大致赞同这一意见，并补充说：王国维笔下的“戏曲”并非纯是文学概念，“以歌舞演故事”就是一个表演艺术概念，但王氏主要是把宋元乃至此前的古剧当作文学去研究的。因此，有必要重新建构一部以表演艺术为中心的中国戏剧史。⑬

与此同时，洛地撰《戏剧——戏弄、戏文、戏曲》一文，提出王国维所说的“戏曲”，指的是“戏中之曲”，而并非如《中国大百科全书·戏曲曲艺》卷前《中国戏曲》一文所说的是“中国传统戏剧文化的通称”⑭。稍后，洛氏又明确指出：在全国范围内，以戏曲作为中国戏剧的通称是1949年以后的事，“是行政行为影响所致”，“在多方面产生了副作用”。⑮

李简认为，王国维对“戏曲”一词的运用，“很可能受到日本学界的影响”。在王国维笔下，“‘戏剧’是一个比较宽泛的概念，包括成熟的戏剧和多种与舞台有关的演出形式”。“戏曲”主要用来指“真戏剧”“可以演出的成熟戏剧”。⑯

正当有关“戏剧”与“戏曲”的争论进行得如火如荼的时候，又一部以“戏曲”为书名的戏剧史著作出版了。⑰这可真应了任先生的预言：把“戏剧”称为“戏曲”，这一个世纪内也难改正过来了！

二

那么，究竟什么是“戏剧”？什么是“戏曲”？二者的区别何在呢？

我们认为，“戏剧”的定义应当是“演员扮演角色，在舞台上当众表演故事情节的一种艺术”⑱。而“戏曲”是戏剧的一个品种，是我国戏剧发展到一定阶段的产物，是我国戏剧的成熟形态。所以，关于“戏剧”与“戏曲”的名实之争，实际上牵涉戏剧的本质、戏曲的特征以及中国戏剧史的发展阶段问题。关于“戏剧”的本质和“戏曲”的特征，笔者以往的论述可以参考⑲，此处不拟赘言，还是先回到任氏对王国维的责难。

重新检讨任氏对王国维的批评，便不难发现，二者的戏剧观其实惊人地相似，他们都主张戏剧的本质是角色扮演。任氏说：“扮演某人、或某种人、或某种物之故事，以成戏剧，曰‘弄’。”⑳不难理解，“以角色扮演故事”就是任氏心目中的“戏剧”。任氏还对“戏剧”以及“中国戏剧史”的外延作了如下描述：

> 要让有无剧本流传的，有无剧目流传的，科白为主的，歌舞为主的，早期混在角觝、百戏、杂技之中的，后来混在散乐、普通俳优、普通歌舞，甚至混在队舞或舞队之中的戏剧与具有戏剧质素的伎艺，不分上古、中古、近古所有，都能在一律平等的机会中，得着恰当的安排，显得是则是，非则非，不偏不倚，真正地解决了我国戏剧史的问题。㉑

王国维又如何主张呢？在《宋元戏曲史》中，除偶有疏失之外，王氏已大体自觉地区分和使用“戏曲”与“戏剧”这两个不同的概念，并不如任氏所说是滥用“戏曲”。在王国维看来，“戏剧”是一个包括“戏曲”在内的大概念，而剧本或有剧本（即有曲）的“戏剧”就是“戏曲”。五代之前有戏剧无剧本，故云“上古至五代之戏剧”；宋元戏剧有剧本（即有曲），故既可谓之“戏剧”，亦可谓之“戏曲”。他说：

> 后代之戏剧，必合言语、动作、歌唱，以演一故事，而后戏剧之意义始全。故真戏剧必与戏曲相表里。㉒

在王国维这里，“戏曲”既是一个文学概念——剧本，又并非纯粹是文学概念——“以歌舞演故事”。正是从这个戏曲定义出发，他才以较大篇幅考述自巫、优以下、宋元以前戏剧发展的漫长历史。《宋元戏曲史·余论》谓：

> 我国戏剧，汉魏以来，与百戏合，至唐而分为歌舞戏及滑稽戏二种；宋时滑稽戏尤盛，又渐藉歌舞以缘饰故事；于是向之歌舞戏，不以歌舞为主，而以故事为主，至元杂剧出而体制遂定。南戏出而变化更多，于是我国始有纯粹之戏曲。

这里不仅粗略地描绘出我国戏剧发展的总体脉络，也再次强调了“藉歌舞以缘饰故事”的戏剧本质。看来，王国维的戏剧观念，与任氏的主张并无根本上的不同。然而，观念大体相同的两个人，从同一个“内涵”出发，却寻找到了完全不同的“外延”。王国维认为，中国戏剧有一个从不成熟向成熟的发展过程，以宋元戏曲的出现为中国戏剧成熟的标志。这就是“真戏剧必与戏曲相表里”的实际含义。所谓“真戏剧”就是成熟的戏剧，与其相对的不是“假”戏剧，而是不够成熟的戏剧，用王国维的话就是“非尽纯正之剧”。任氏明确反对这一观点，认为先秦的《优孟衣冠》已经是戏剧。后来，陈多也持相同看法。[23]闻一多、陈多等还曾提出《九歌》乃至《诗经》中的《关雎》《击鼓》等都是歌舞剧。[24]于是，我们现在必须面对第二个问题：什么是中国戏剧史？中国戏剧究竟有没有一个发展、嬗变乃至逐渐走向成熟的过程？

所谓“历史”应当是一个时间概念，某一事物的历史指的是它在时间上已经逝去的那一段。中国戏剧史指的就是中国戏剧自古及今发生、发展、演变的全过程。然而，人类学家的研究表明，人类的历史并非仅仅以历时性的直线形态发展，某些蒙昧部族的今天或许就是我们的昨天和前天。中国戏剧的历史也一样。在一个幅员广袤的国度里，形形色色的戏剧形态或许正蕴含着戏剧从幼年到成熟的各个阶段。所以，中国戏剧史不仅具有历时性，而且还有共时性，把二者结合起来，方能最大限度地接近中国戏剧史的真相。王国维的贡献就在于把宋元及以前的中国戏剧史作了大致准确的历时性考述。而其局限，就在于他对共时性材料缺乏认识和对表演艺术的相对漠视。

王国维说：“古剧者，非尽纯正之剧。”在谈及《兰陵王》《踏谣娘》等剧目时他又说：“顾其事至简，与其谓之戏，不若谓之舞之为当也。”这里的表述有问题，即便是不纯正、不成熟的剧也是剧，不是舞。不过，“其事至简”的说法，则与亚里士多德悲剧定义中的“有一定长度”相合。在谈到宋杂剧、金院本时，王氏说：“然宋金演剧之结构，虽略如上，而其本则无一存，故当日已有代言体之戏曲否，已不可知。”他又说：“元杂剧于科白中叙事，而曲文全为代言。虽宋金时或当已有代言体之戏曲，而就现存者言之，则断自元剧始，不可谓非戏曲上之一大进步也。此二者之进步，一属形式，一属材质，二者兼备，而后我中国之真戏曲出焉。”王氏当时未及目睹《张协状元》等早期南戏剧本，能够作出这样的判断，堪称卓识。此处所谓“形式”指的就是“科白中叙事”，与“以歌舞演故事”相吻合；所谓“材质”就是指代言体的曲文，即剧本。在王国维看来，用曲（剧本）来上演有一定长度的故事，便是“真戏曲”亦即“真戏剧”，也就是通常所说的成熟的戏剧。

显然，《宋元戏曲史》致力于从纵向历时性地描述宋元及以前戏剧发展、成熟的历史。因此，我们认为，“真戏剧必与戏曲相表里”——这一提法以两种不同的戏剧形态为依据，大致准确地划分出我国戏剧发展的两个阶段，贯穿了一条“史”的观念与“史”的线索。当然，严格说来还应当补充：从纵的方面讲，中国戏剧源于巫和巫术，到汉代已经形成以角色扮演为特征的戏剧，宋元则全面臻于成熟和定型。这样，《东海黄公》《兰陵王》《踏谣娘》等古剧的性质也就不难认定。

前文提到，李啸仓等三人基本认同王国维的意见，他们在文中提出：宋代歌舞、杂剧，乃至《东海黄公》等，“只能是‘猿人’”[25]。受其启发，我们把汉代以前萌芽期的前戏剧形态比作“类人猿”，把汉代以后扮演故事的小戏比作“婴孩”，把宋元南戏、宋金杂剧比做“成人”，借以澄清中国戏剧史研究中一些有代表性的模糊认识。

李啸仓等人注意到“类人猿”与“人”的区别，却忽略“婴孩”与“成人”的区别。他们说：“南戏是可以被看作我国戏曲形成的开始的”，而南戏“是一种比较成熟的戏曲样式”。[26]把“形成”与“成熟”相混，是李氏三人与王国维的最大不同。按照这个说法，我国戏剧一“形成”就“成熟”，这显然是不合逻辑的。欧阳予倩也犯了相近的毛病。他说：“中国戏剧产生的年代是比较晚的，到宋朝的杂剧和南戏，戏剧才有比较完整的形式。”[27]同样的是，一“产生”就有了“完整的形式”。这种概念使用上的随意性，直到80年代以后依然存在，乃至造成“关公战秦琼”式的混乱。据此可以判断，前文所引欧阳氏为戏剧所定下的几个条件，是成熟戏剧样式的标准，亦即“成人”的标准，不应用到“婴孩”身上。

周贻白因出版《中国戏曲发展史纲要》而受到任中敏的责难，但他以往的著作标题大都称“戏剧”而不称“戏曲”。他的论文《中国戏剧的起源和发展》与任氏批评王国维的文章同时发表，文中说：“戏剧的本质如果是为了表达某项意义而装扮人物来做一种故事表演，则远在两汉时代的民间，已早具有‘东海黄公’这个基础。”《东海黄公》是“中国戏剧形成的起点”。然而他又说：“中国戏剧的产生，应当是以此（指《东海黄公》）作为起源。”[28]这显然是把“形成”和“起源”搞混了，也就是未能将“类人猿”与“婴孩”加以区分。

相比之下，任中敏则是把“类人猿”“婴孩”与“成人”看成完全相同的东西，所以才会把戏剧的外延界定得过于宽泛。照我们看来，并非所有“角色扮演”都是戏剧。世间的角色扮演行为可分为五类，即自然角色扮演、社会角色扮演、游戏角色扮演、仪式角色扮演和戏剧角色扮演。《优孟衣冠》中优孟假扮孙叔敖的行为从本质上看是属于社会角色扮演，他欺骗的不是观众，而是另一个社会角色楚王。这样的事情每天都在发生，例如侦察兵假扮“鬼子”深入敌后，小偷冒充警察进行行窃等等，都不是戏剧。[29]

需要强调，所谓“类人猿”“婴孩”与“成人”的界定，只能基于今人的戏剧观念和戏剧标准。闻一多曾经提出，两千年前楚人欣赏《九歌》“是在祭坛前观剧——一种雏形的歌舞剧”[30]。我们则认为，在缺乏证据的情况下，毋宁把楚国的《九歌》表演看成是一种仪式性角色扮演行为，还不能算是戏剧。

下面要讨论的问题是，既然没有剧本可以有戏剧，那么为什么说直到有了剧本，中国戏剧才成熟了呢？已故戏剧史家陈多对这个问题质疑最多。[31]

关于剧本与戏剧的关系，中外古今许多戏剧理论家、实践家都进行过探讨。这里有两个众所周知的重要命题，其一是“剧本为一剧之本”，其二是“角色扮演是戏剧的灵魂”。表面看来，这两个命题相互矛盾，形成一对悖论。而我们认为，这一“悖论”可以用戏剧发展的阶段性予以解释。简言之，剧本不是戏剧形成的必要条件，但成熟的戏剧一般都离不开剧本。亚里士多德的戏剧理论存于他的《诗学》中，最能说明古希腊戏剧对于文学的依赖关系。诞生于公元1世纪前后的印度梵剧也有剧本。中国文化的特质，规定剧本——即“曲”在戏剧从形成到成熟的过程中必然发挥决定性作用。

中国戏剧从汉代初步形成，经历了长时间的发展，都未能走出即兴演出滑稽小戏的阶段。到宋金之交，民间俗曲完成了向文人曲的过渡，新兴的曲开始登上历史舞台。曲与词相比，除平仄、押韵更自由外，便是另有套数。套数比之小令，衬字添加更普遍，白话、散文化的倾向明显，又擅长叙事，最适合插入宾白与“戏”结合歌唱。于是，“戏”终于找到了最合适的载体。“戏”与“曲”的结合，诞生出一个“混血儿”——戏曲。从此，中国戏剧宣告定型，世界戏剧宝库增添了一个新品种。

“曲”——即剧本在元杂剧中的重要地位，造成多方面的后果，而首先就是戏剧的被理解与被认同。本来，曲较词更为俚俗，社会地位也更低，但它仍旧是抒情性质的韵文，本质上是诗、词的变体。诗变而为词，词变而为曲，这个看法，胡应麟、王世贞、臧晋叔、李玉、王国维等许多人都讲过。因此，曲也可以向上攀附，明明是南曲北曲，却偏偏要称为南词北词。于是，元初一些名公，如刘秉忠、杜仁杰、杨果、姚燧、卢挚、冯子振、贯云石等，欣然入于曲家而不以为耻。于是，曲在当时一些文人眼里，直可与诗文并重。元周德清《中原音韵序》称：

> 乐府之盛、之备、之难，莫如今时。其盛，则自缙绅及闾阎歌咏者众。其备，则自关、郑、白、马一新制作，韵共守自然之音，字能通天下之语，字畅语俊，韵促音调；观其所述，曰忠、曰孝，有补于世。其难，则有六字三韵，“忽听、一声、猛惊”是也。[32]

“忽听、一声、猛惊”乃《西厢记》中语。可见，正是因为有了关、郑、白、马等一批作家，正是因为有了《西厢记》这样优秀的作品，戏剧才前所未有地受到“自缙绅及闾阎歌咏者”的共同尊崇。这既是戏剧成熟的条件，也是戏剧成熟的标志。

从戏剧形态上讲，剧本的出现，终于使我国戏剧摆脱情节“至简”和难以重复上演的即兴演出阶段。明末王骥德《曲律》指出：

> 古之优人，第以谐谑滑稽供人主喜笑，未有并曲与白而歌舞登场，如今之戏子者。又皆优人自造科套，非如今日习现成本子，俟主人拣择而日日此伎俩也。即金章宗时董解元所为《西厢记》，亦第是一人倚弦索以唱，而间以说白。至元而始有剧戏，如今之所搬演者。[33]

此处的“剧戏”即我们所说的“戏剧”：“习现成本子”，“拣择而日日此伎俩”者，即按照剧本排练演出也。此外，末（生）、旦、净、杂脚色体系的定型，也是通过剧本得以体现的。宋元戏曲脚色的基本定型是我国戏剧成熟的重要标志之一，它反映出戏班规模加大、剧中人物增多及剧情的复杂化，与“以谐谑滑稽供人主喜笑”的“优人自造科套”的小戏相比，一为“形成”，一为“成熟”，二者判然有别。

剧本——即曲，不仅在催化我国戏剧成熟的过程中起了决定性作用，而且还规定了它未来的发展路向。本来，在宋元之前的诸种戏剧中，科白戏较之歌舞戏要多。而“真戏剧”——戏曲的出现，使中国戏剧没有选择形式上更简单的科白戏，而走上诗韵俱全的戏曲的道路，话剧只能靠“进口”。

当然，皮黄兴起之后，随着“戏”的成分加大，“角儿制”形成，剧本的作用逐渐被削弱，但这并不能抹煞剧本当年所起过的核心作用。而在20世纪以来的西方戏剧中，以往被视为不可或缺的故事情节、人物对白、性格特征、矛盾冲突等，统统被淡化或被异化，甚至剧本、剧作家都成了可有可无的东西。这是进入后戏剧时代的一种“返祖”现象，不在我们的讨论之列。

三

如上所述，《宋元戏曲史》的缺陷并不在于滥用“戏曲”而排斥“古剧”，而在于对表演艺术的相对漠视和对历史进程中的共时性缺乏认识。欧阳予倩《中国戏曲研究资料初辑·序言》指出："以前研究戏曲史的几乎都只注重文字资料，很少关注演出，所以就不够全面。他们多半是关起门来翻书本，很少联系着各剧种的表演和音乐来进行研究；尤其难于结合演出，结合观众，获得比较准确的结论。"[34]本文作于1954年，可看成对王国维的不指名的批评。其后的五十多年中，除了以往的作家作品研究、戏曲文献研究之外，宋元之前的古剧研究、近代以来的地方剧种研究、戏曲声腔和音乐研究、少数民族戏剧研究、戏曲文物与剧场史研究、戏曲民俗研究、古典戏剧美学与戏剧理论研究、古代表导演研究、优伶与戏班史研究、戏剧观众学研究、戏剧脸谱与化妆服饰研究、傩戏、目连戏、皮影戏、傀儡戏研究……都被纳入中国戏剧史的研究范围之中，不但弥补了《宋元戏曲史》的欠缺，也大大拓宽了任中敏所描述的中国戏剧史的外延。

需要指出的是，中国戏剧史本应包括话剧在内。早在1933年，吴梅的高足卢冀野撰《中国戏剧概论》一书，其第十二章为《话剧之输入》。五年后，徐慕云的《中国戏剧史》在卷二《各地、各类剧曲史》第十一章列"话剧"。然而这一情况后来起了变化。《中国大百科全书》将中国话剧与外国戏剧一起分在《戏剧卷》，另立《戏曲曲艺卷》。《戏剧卷》卷前"戏剧"一文云：

> 在现代中国，"戏剧"一词有两种含义：狭义专指以古希腊悲剧和喜剧为开端，在欧洲各国发展起来继而在世界广泛流行的舞台演出形式，英文为drama，中国又称之为"话剧"；广义还包括东方一些国家、民族的传统舞台演出形式，诸如中国的戏曲、日本的歌舞伎、印度的古典戏剧、朝鲜的唱剧等。[35]

按照这一界定，狭义的"戏剧"不包括戏曲，这本来就是有问题的。而实际上正如陈多所指出的，在许多人的观念里，"不仅'狭义'的'戏剧'是指话剧，'广义'的'戏剧'也仍然只是指话剧……只有话剧才有资格被称为'戏剧'"[36]。于是，"'戏剧'几乎成为话剧的独有名称，许多皇皇通论中国戏剧的著作可以对戏曲只字不提"[37]。

陈多已经分析过造成这一状况的原因，此处只是想说，我们似乎多少能够明白，80年代以后出版的那几部戏剧史著作，为何都以"中国戏曲史"为题了，因为它们都没有囊括话剧。而一部完整的中国戏剧史著作，理应包括话剧在内。从中国戏剧史的实际看，一部缺少话剧的戏剧史是有欠缺的（若只研究古代则无问题），而缺少戏曲的戏剧史则是不可思议的。

总之，既然"戏曲"是"戏剧"的一部分，既然我国存在着不属于戏曲的古剧、话剧等其他戏剧形态，既然我们的研究对象如此庞大而繁杂，那么，“中国戏剧史”的称谓当然更符合学理也更符合实际。以此来看，任中敏的两次发难均为完善我国的戏剧理论作出了贡献，只不过以王国维为靶子却是多少瞄错了目标。当然，“戏曲”即使不是“中国传统戏剧文化的通称”，也是其中最有代表性的一部分。另从约定俗成的惯性定律来看，这一称谓也难以取消。所以，在正确把握种属概念的关系，不造成逻辑混乱的前提下，“戏曲”这一概念依然可以使用。[38]

通过对学术史的回顾和我们的分析，可以明确以下几点：（一）“戏剧”是演员装扮角色当众表演故事的艺术形式；（二）中国戏剧史是中国戏剧发生、发展并逐步成熟的历史。从历时性的角度看，中国戏剧史可以分为汉代以前的萌芽期，由汉至宋的形成期和宋代以后的成熟期；从共时的层面看，“类人猿”“婴孩”“成人”等不同形态，还广泛存在于当下不同区域与族群当中，可以“观今而知古”；（三）剧本不是戏剧有无的标志，但却是区分戏剧是否成熟的标志；（四）中国戏剧史的研究范围极其广泛，戏剧的历史由历史上的戏剧组成，它涵盖了我国各民族、各历史阶段中的各种戏剧形态；（五）“戏曲”是我国最有代表性的一种戏剧形态，但以“戏曲”代指我国戏剧时应谨慎，毋造成逻辑混乱。

注释：

①㉑　任二北：《戏曲、戏弄与戏象》，《戏剧论丛》1957 年第 1 辑。按：任中敏（1897—1991），名讷，字中敏，后以字行，别号二北、半塘。本文引任文均以发表时署名为准。

②　文众：《也谈戏曲、戏弄与戏象》，黄芝冈：《什么是戏曲？什么是中国戏曲史？》，任二北：《几点简单说明》，《戏剧论丛》1957 年第 2 辑。

③㉗　欧阳予倩：《怎样才是戏剧》，《戏剧论丛》1957 年第 4 辑。

④㉕㉖　李啸仓、余从、赵斐：《谈关于中国戏曲史研究的几个问题》，《戏曲研究》1958 年第 2 期。下文引李啸仓等人文出处相同，不再出注。

⑤⑳　任半塘：《唐戏弄》，上海古籍出版社 1984 年版，第 67 页，第 7 页。

⑥　这两部书指的是张庚、郭汉城主编的《中国戏曲通史》（中国戏剧出版社 1980 年版）和周贻白的《中国戏曲发展史纲要》（上海古籍出版社 1979 年版）。按周贻白以前的著作，均以“戏剧史”为书名，唯最后一部《纲要》例外。其哲嗣周华斌解释此事说：“这部《纲要》不再称‘戏剧’，改称‘戏曲’，其中有它的客观原因，按 60 年代的文艺环境，‘戏曲’一词已经不再是王国维所定义的、用于戏剧性表演的‘曲’体和文本。它业已成为中国传统戏剧的代名词，而且包含有数百个声腔剧种。”（《中国戏剧史长编再版序》，上海

书店出版社 2004 年版）

⑦ 任中敏:《对王国维戏曲理论的简评》,《扬州师院学报》1983 年第 1 期。

⑧ 柏玉川:《读〈对王国维戏曲理论的简评〉》,《扬州师院学报》1983 年第 2 期。

⑨ 任中敏:《漫谈答柏君》,《扬州师院学报》1983 年第 2 期。

⑩ 叶长海:《“戏曲”辨》,《光明日报》1983 年 8 月 30 日。

⑪ 叶长海:《戏曲考》，载《曲学与戏剧学》，学林出版社 1999 年版，第 41 页。

⑫ 张辰:《也谈“戏剧”与“戏曲”两个概念之区分》,《光明日报》1984 年 1 月 31 日。

⑬㉓ 陈多:《戏史何以需辨》，载《戏史辨》第一辑，中国戏剧出版社 1999 年版，第 6 页，第 8 页。

⑭ 洛地:《戏剧——戏弄、戏文、戏曲》，载《戏史辨》第一辑，第 63 页。

⑮ 洛地:《我国戏剧被称为“戏曲”的征问》，载《戏史辨》第二辑，中国戏剧出版社 2001 年版，第 1—5 页。

⑯ 李简:《也说“戏剧”与“戏曲”——读王国维戏曲论著札记》,《殷都学刊》2001 年第 2 期。

⑰ 廖奔、刘彦君:《中国戏曲发展史》，山西教育出版社 2000 年版。

⑱ 《辞海·艺术分册》，上海辞书出版社 1980 年版，第 80 页。

⑲ 参见拙文《试论戏剧的本质与中国戏曲的特色》，载《古代文学研究集刊》，南方出版社 1999 年版;《后戏剧时代的中国古代戏剧形态研究》,《文艺研究》2008 年第 1 期。

㉒ 王国维:《宋元戏曲史》，转引自马美信《宋元戏曲史疏证》，复旦大学出版社 2004 年版，第 213 页。本书引王国维文，除特别注出者外，均引自《疏证》，以下不一一注出。

㉔ 参见陈多、谢明《先秦古剧考略》,《戏剧艺术》1978 年第 2 期。

㉘ 周贻白:《中国戏剧的起源和发展》,《戏剧论丛》1957 年第 1 辑。

㉙ 关于五种“角色扮演”行为的分析，参见康保成《试论戏剧的本质与中国戏曲的特色》。

㉚ 闻一多:《九歌古歌舞剧悬解》，载《闻一多全集》一，上海开明书店民国三十七年（1948）版，第 277 页。

㉛ 参见陈多《戏剧形成期研究方法的点滴思考》，载《剧史新说》，学海出版社 1994 年版，第 4—32 页。

㉜ 周德清:《中原音韵》，载《中国古典戏曲论著集成》一，中国戏剧出版社 1959 年版，第 175 页。

㉝ 王骥德:《曲律》杂论第三十九，载《中国古典戏曲论著集成》四，第 150 页。

㉞ 欧阳予倩:《中国戏曲研究资料初辑》“序言”，中国戏剧出版社 1957 年版，第 1 页。文末署“1954 年 7 月”。

㉟ 《中国大百科全书·戏剧卷》，中国大百科全书出版社 1989 年版，第 1 页。

㊱ 陈多:《从看不懂“戏剧戏曲学”说起》,《戏剧艺术》2004 年第 4 期。

㊲ 刘祯:《20 世纪中国戏剧学批判》,《民族艺术》1997 年第 1 期。

㊳ 陈多指出，作为学科名称的“戏剧戏曲学”犯了逻辑错误，不科学。所论极是，应当引起有关方面的重视。参见陈多《从看不懂“戏剧戏曲学”说起》。

（2009 年第 5 期）

诗画平等观中的诗画关系

——围绕“诗中有画”说的若干问题

刘　石

一、苏轼的“诗中有画”说有无价值判断

> 味摩诘之诗，诗中有画。观摩诘之画，画中有诗。诗曰：“蓝溪白石出，玉川红叶稀。山路元无雨，空翠湿人衣。”此摩诘之诗，或曰非也，好事者以补摩诘之遗。①

这段苏轼对王维诗画的评论，最著名和最重要的当推首四句。对于这四句中的后二句，迄今未见有非议者。至于前二句，蒋寅先生在《对王维“诗中有画”的质疑》中提到：“苏东坡的论断其实只说明了一个事实，本身并不包含价值判断——我们不应该忘记莱辛的告诫：‘能入画与否不是判定诗的好坏的标准！’”② 莱辛是18世纪德国的古典美学家，且不说生于其后的我们是不是必得以这位美学家的告诫为圭臬，生于其前的11世纪中国的苏轼是不能预先得到这个告诫的，无法拿这个告诫反推苏轼的原意只是说明事实而不包含价值判断。苏轼的论断是否包含了价值判断，包含什么样的价值判断，并不难作出判断。我们既能够从这两句本身来判断，也可以由这两句所在的一段全文来判断，更应该结合苏轼对于王维诗画的其他评论来判断。从这两句本身来判断，虽然字面没有明显表示价值判断的语汇，但“味”字之设，已传达出说话者对王维诗歌的涵泳与欣赏。结合这两句所在的整段文字来判断，“观摩诘之画，画中有诗”二句，显然是说话者对王维画作的揄扬（蒋文对此并不持异议），那么就很难想象同为一幅画的题识，后二句称其画中有诗意在赞许，前二句称其诗中有画，却只是在作事实判断，而不具有价值判断！

苏轼在《王维吴道子画》中说：“吴生虽妙绝，犹以画工论。摩诘得之于象外，有如仙翮谢笼樊。吾观二子皆神俊，又于维也敛衽无间言。”③ 吴道子何许人也？唐人称为

"国朝第一"[4]，宋人称为"今古一人"[5]！就是这样的一个人，在被苏轼拿来与王维作比较时却不得不屈居下位，苏轼心目中王维画的地位，不问可知矣！如此，回过头来涵泳"味摩诘之诗，诗中有画"二句，就更可以知道蒋寅文对其"只说明了一个事实，本身不包含价值判断"的解读，与事实是不相符合的。

苏轼对"诗中有画""画中有诗"的称许，曾得到后世的广泛征引。若加归纳，约有三类情形。第一类是品评王维，认同此语。北宋谢薖诗："欲知摩诘诗中画，桃红柳绿皆摹写……欲观摩诘画中诗，小幅短短作四时。"[6] 清王夫之文："家辋川诗中有画，画中有诗。"[7] 更是直引苏轼原话。第二类是援引此语，转评他人。南宋周必大："诗中有画今摩诘，安用当年《八景图》。"[8] 元贡性之："此老风流世所知，诗中有画画中诗。"[9] 皆是其例。第三类是使用此语，泛论诗画。宋蔡絛："丹青吟咏，妙处相资。昔人谓'诗中有画，画中有诗'者，盖画手能状而诗人能言之。"[10] 金李俊民："士大夫咏情性，写物状，不托之诗，则托之画，故诗中有画，画中有诗。"[11] 清邹一桂："善诗者诗中有画，善画者画中有诗，然则绘事之寄兴与诗人相表里焉。"[12] 均是泛论诗画之相通与互助。

可以说明，苏轼"诗中有画""画中有诗"这两句评语影响深远，早成为历代文人对诗画融合的恰切表达，成为对某一诗人或画家，尤其是兼诗人与画家于一身的艺术家的经典评价。换言之，有价值判断者远不止苏轼一人！

二、"诗中有画""画中有诗"为何偏偏用于王维

前人对苏轼这段话还有一种不同的观点，即认为"诗中有画""画中有诗"者不限于王维一人。清人贺贻孙云："诗中有画，不独摩诘也。"[13] 清人柯煜《劝农》诗句"牛背一鸦立，夕阳人力锄"，沈德潜评曰："往见石田翁（即沈周——笔者）画鸦立牛背，今为石庵（即柯煜——笔者）诗写出，诗中有画，画中有诗，岂独摩诘然耶？"[14] 蒋寅文也说，从曹植、陶渊明到杜甫诗都可以看出一种画意。这种看法自然是符合事实的，但正因为不止王维一人的诗画具有画意与诗意，就更值得我们想一想，苏轼为什么偏偏将这一命题用在王维而不是别人身上，难道这仅仅是一种偶然吗？中国古典诗歌史和绘画史上均不缺乏卓越人物，但兼擅并能且两臻化境的实在不多。而在这为数不多的人中，以时代早晚及成就高下而论，都不得不首推王维。

较早将王维诗画并相提及的或许是与王维同时的窦臮，其《述书赋》以“诗兴入神，画笔雄精”[15]八字称之。后继者有宋人范纯仁：“笔端穷造化，聊可敌君诗。”[16]黄庭坚：“丹青王右辖，诗句妙九州。”[17]韩拙：“唐右丞王维文章冠世，画绝古今。”[18]同样诗画兼擅的元人赵孟頫：“王摩诘能诗更能画，诗入圣而画入神。自魏晋及唐几三百年，惟君独振。”[19]

将诗画兼擅为难而王维独兼二难这一层意思表达得更清楚的，则先有北宋张嘉甫：“顾长康善画而不能诗，杜子美善作诗而不能画。从容二子之间者，王右丞也。”[20]继有南宋刘克庄：“艺之至者不两能。善画者不必妙词翰，有词翰者类不工画，前代惟王维、郑虔兼之。”[21]清初文学家汪琬亦云：“古之才人求名于文墨之间，未有能以诗画并著者也。有之，自王摩诘始。盖其才情气韵得之有素，每一落笔莫不尽善，故世之言诗画者举皆宗之。”[22]明人张岱云：“‘诗中有画，画中有诗’，因摩诘一身兼此二妙，故连合言之。”[23]正确地指出了王维得以独享苏轼这一评价的原因。

然而还应知道，若谓道及王维诗人画家兼于一身的第一人，却不是别人，而是王维自己！那就是他《偶然作六首》之六中的这样四句：“宿世谬词客，前身应画师。不能舍余习，偶被世人知。”[24]前人于此数句亦早注意及之，并将其与苏轼“诗中有画，画中有诗”的评价相关联。如元人辛文房：“维诗入妙品上上，画思亦然。至山水平远，云势石色，皆天机所到，非学而能。自为诗云：‘当代谬词客，前身应画师。’后人评维‘诗中有画，画中有诗’，信哉！”[25]明人蒋一葵亦从而袭之曰：“王摩诘善画破墨山水，尝自制诗曰：‘当代谬词客，前身应画师。不能舍余习，偶被时人知。’东坡云：‘维诗中有画，画中有诗。’”[26]

最后要提及的是，苏轼或许称得上是对王维诗画关系最为关注的一个人。除“诗中有画”“画中有诗”外，他不止一次地吟咏道：“诗人与画手，兰菊方春秋。”（《次韵黄鲁直书伯时画王摩诘》，卷四七第 2543 页）“摩诘本词客，亦自名画师。”（《题王维画》，卷四八第 2598 页）[27]可知苏轼称许王维一身而兼二能，非止一次，非止一语，只不过“诗中有画，画中有诗”两句最为知名罢了。

三、苏轼的诗画平等观与“诗画一律”的提出

历史上诗画兼擅并臻于化境者不多，苏轼恰是其中一人，并且是最重要的一人！

与王维一样，他的诗作天下推之，不待详论；较王维幸运的是，他的画作尚有真迹留存[28]，其自视亦大不低，不仅自称“余亦善画古木丛竹”（《石氏画苑记》，卷一一第365页），而且认为不在他所倾心称许的文与可之下，所谓“吾竹虽不及，石似过之”“竹石风流各一时”（《题憇寂图诗》，卷六八第2138页），甚至以“神品”二字自我标榜：“画得寒林墨竹，已入神品。”（《与王定国》八，卷五二第1571页）南北宋之交孙觌引此语谓：“公诗举天下推之，而书画则世人不尽识也，故有此语。”[29]依此说，则苏轼自许其画便一如齐白石自许其诗了[30]，未必得实。汪琬在前引《许南交送行诗》数句后又云：“子瞻则又诗胜于画。”亦未必能代表北宋人的观点。与苏轼唱和、以文章名世的孔武仲说：“尝闻之曰：文者无形之画，画者有形之文，二者异迹而同趋。以其皆能传生写似，为世之所贵珍。居士之文俊伟闳博，纡徐姣好矣，而又欲从丹青之妙，忧以此娱情，欢以此寓笑，盖将以贾谊、陆贽之文、顾恺之、王摩诘之笔兼之乎一身。故其动之为风，散之为云，敛之为秋，舒之为春。是何其视听食息与我略均，而多才与艺如此，此余之所以心醉乎斯人也。”[31]这才充分反映出时人对苏轼诗画兼擅并美的仰羡之心。[32]

基于兼擅并美的诗画艺术实践，苏轼不吝惜表达他的诗画平等观。他对绘画的喜爱与诗歌相同，《郭祥正家醉画竹石壁上，郭作诗为谢，且遗二古铜剑》：“平生好诗仍好画，书墙涴壁长遭骂。”（卷二三第1235页）认为绘画的功能与诗歌相同，《书朱象先画后》引朱氏语：“文以达吾心，画以适吾意。”（卷七〇第2211页）认为画家的艺术想象和摹写能力与诗人相同，《欧阳少师令赋所蓄石屏》：“古来画师非俗士，摹写物像略与诗人同。”（卷六第278页）《次韵吴传正枯木歌》：“古来画师非俗士，妙想实与诗同出。”（卷三六第1962页）又认为绘画的魅力和效果可与诗歌相同，《王晋卿作烟江叠嶂图……》：“风流文采磨不尽，水墨自与诗争妍。”（卷三〇第1610页）他尤爱论诗画之一律和相通，多次从诗画关联的角度论及王维，已见上引。

这里要补充的是，其所论者又实不止于王维一人。《书鄢陵王主簿所画折枝二首》之二：“悬知君能诗，寄声求妙语。”（卷二九第1526页）这是从王主簿画中看出了诗意。[33]《郭熙秋山平远二首》之一：“此间有句无人识，送与襄阳孟浩然。”（卷二九第1540页）此画间不仅有句，而且有对孟浩然才能赏识的诗句！《送钱塘僧思聪归孤山叙》：“（僧思聪）诗有奇语，云烟葱胧，珠玑的皪，识者以为画师之流。”（卷一〇第326页）又以“诗中有画”称颂诗僧思聪。《韩干马》：“少陵翰墨无形画，韩干丹青不语诗。”（卷四八第2630页）至此更进一步，径称杜甫诗为画而韩干画为诗，不单单是

“有无”的问题了！

拜读蒋寅先生文，不难感知其承袭德国学者莱辛《拉奥孔》、中国学者钱锺书《读〈拉奥孔〉》而来的“诗优画劣”观。蒋文的逻辑单纯而清晰，越具象的艺术越低级，越抽象的艺术越高级，“诗歌是语言艺术，是诉诸精神、诉诸时间的艺术，在艺术级次上高于绘画而仅次于音乐”，因而，“将王维诗的成就归于‘诗中有画’已然损害了王维诗的艺术价值”，就不仅不是对王维诗歌的肯定，反倒成为“对王维诗歌艺术价值的轻估了”。殊不知提出这一命题的苏轼，与以上诸君的“诗优画劣”观大不相同！苏轼及其弟苏辙皆谓文与可之画竹，与庖丁之解牛、轮扁之斫轮一样，皆为从艺之“有道者”(《文与可画筼筜谷偃竹记》，卷一一第366页)，这是对绘画艺术可能达到的境界的极高评价，说明在苏轼的理解中，画之为艺，又何尝在诗艺之下？苏轼有诗句曰“径遥趋后崦，水会赴前溪”，时人宋复古读后对他说：“子亦善画也耶？”(《跋宋汉杰画》，卷七〇第2215页)即谓其诗中有画也，而苏轼引之，甚为自得，这又难道是苏轼喜好他人对自己的轻估，而不是体现了他自己的诗画平等观？

王画在画史上的地位本极崇高，苏轼对王画的评价亦极崇高，这在上文已经说过了。苏轼说王维诗中有画，此“画”既指直观摹绘、体物相形的功能，更是指王维自己写意抒情的画风（王维画风见下所述），那么同样，说王诗如其画，又如何能说是对王诗的轻估，而不是反映了王维诗歌的特点，也反映了苏轼自己的诗画一律观？更有说者，前引王句“宿世谬词客，前身应画师”，日人绀野达也的分析颇有道理：“诗人还是画家，王维对哪一身份更怀有亲近感？考虑这一问题的时候，值得注意是‘宿世’一词。‘宿世’在意思上与‘前身’同义，可是有些版本作‘当世’。[34]依靠此异文，我们可以解释作为诗人的自己是错误，画家则确是本来的自己。如果这样解释，王维认为作为画家比作为诗人更有高的价值……至少从此明确地看到王维绝不把作为‘画家’的自己放在作为‘诗人’的自己的下面。”[35]然而不仅是苏轼持诗画平等观，王维自己也认为其画不在其诗之下，蒋寅文却认为“诗中有画”之评是对其诗的轻估！

蒋寅认为不能将“诗中有画”当作王维诗歌最高的成就，不无道理，却并不能算作他的新见。早在六十多年前闻一多就说过：“我们再谈谈王摩诘的‘诗中有画，画中有诗’，作个结束。其实这话也不限于王摩诘一个人当得起。从来哪一首好诗里没有画，哪一幅好画里没有诗？恭维王摩诘的人，在那八个字里，不过承认他符合了两个起码的条件。”[36]不过，苏轼何尝将之看成王诗最高的成就，只是强调王维诗画融合、相得益彰这一特点，如此而已。

总之，诗画平等、诗画相通，确实是苏轼重要的文艺思想。我们都知道，苏轼有一个已成为文艺学史名言的论断，即“诗画本一律”（《书鄢陵王主簿所画折枝二首》之一，卷二九第1525—1526页），这一论断正是其诗画平等相通的文艺思想的浓缩与概括。同样，“诗中有画，画中有诗”的提出，也确实不是苏轼的一时兴到，而是代表了他诗画融合的一贯主张，与“诗画本一律”的论断一样，本身就是诗画平等观的体现。其中包含着的“价值判断”，至此更加凸显出来。

四、“诗画一律”是自宋以来的普遍文艺观念

“诗画一律”，又岂止是苏东坡一人的文艺思想！考察中国古代的文艺学史，会发现一个现象，从宋代尤其是苏轼以后，以“无色画”“有声画”等作为诗的代称、以“无声诗”“有形诗”等作为画的代称的用例大大增加，这类语汇频频出现在人们的诗文著述中。

先看称诗为“有声画”“无色画”的例子。北宋王安中《王摩诘钓鱼图》云：“烦公有声画，相我无弦琴。”[37]南宋周紫芝《题李伯时画归去来图》：“渊明诗成无色画。”[38]元方回《丹阳道中大雪》：“此是老夫有声画，丹阳道上雪天诗。”[39]

再看称画为“无声诗”的例子。北宋黄庭坚《次韵子瞻子由题憩寂图二首》其一：“李侯有句不肯吐，淡墨写出无声诗。”[40]米芾于其所绘淡墨松梢，自称“独赋无声之诗”[41]。南宋杨万里《题文发叔所藏潘子真水墨江湖八境小轴·灵隐冷泉》：“小潘诗家子，解作无声诗。”[42]元贡奎《奉朱泽民提学赋山水歌》：“朱子客京师，真作无声诗。”[43]明徐渭《独喜萱花到白头图》：“莫把丹青等闲看，无声诗里颂千秋。”[44]

自然，也有人以“有声画”“无声诗”喻苏轼诗画。如北宋释德洪《戒坛院东坡枯木张嘉夫妙墨童子告以僧不在不可见作此示汪履道》：“雪里壁间枯木枝，东坡戏作无声诗。”[45]南宋周孚《题所画梅竹二首》之一：“东坡戏作有声画，叹息何人为赏音。”[46]如此之类，是否有将“诗中有画，画中有诗”的评价还用于其身的意味，就不得而知了。

这类诗画代称的普遍出现，折射出的正是有宋以降诗画会通的普遍观念。早在与苏轼同时的郭熙就说过：“更如前人言，诗是无形画，画是有形诗。哲人多谈此言，吾人所师。”[47]“哲人多谈此言”，可知其语之流行；“吾人”所“师”者非他，正是“诗

画一律”的文艺思想，用北宋人的话说，就是“文章书画固一理”[48]，用南宋人的话说，就是“诗乃有声画，画乃无声诗，不必差殊观”[49]，用金人的话说就是“画与诗同宗”[50]，用明人的话说就是“诗与画等耳”[51]，用清人的话说就是“同一机轴”[52]。

南宋孙绍远录唐宋人题画诗为《声画集》，元杨公远所撰诗集题为《野趣有声画》，明毛良著《无声诗》阐述画法画理，清姜绍书《无声诗史》著录有明一代画家，这些书籍之得名，同样具体而微地体现着自宋而下历代文人对诗画关系的看法，是他们“诗画一律”思想简洁、生动、鲜明的表达。

五、王维“诗画一律”视野中的画是什么画，诗是什么诗？

在“诗画一律”说的讨论中，诗画兼擅的王维是一个绕不开的人物。他的诗、画被视为诗中有画、画中有诗的楷模，使“诗画一律”的观念得到进一步明确。在“诗画一律”的观念下，他的诗、画被提高到一个醒目的位置。探讨王维“画中有诗”的画指的是什么画，以及“诗中有画”的诗是什么诗，有助于深化“诗画一律”说的研究。

作为画家，王维的面目十分含混，在绘画史上的地位也十分游移，主要原因是他的真迹不存于世[53]，所以研究王维绘画只能从有关著录入手。综合各家所述，可得如下观点：

（一）以山水为主要题材，以江川雪景为主要表现内容。从与王维几乎同时的封演所谓“特妙山水”[54]开始，唐李肇[55]、朱景玄[56]、张彦远[57]、五代刘昫[58]等不断提及这一点。北宋末《宣和画谱》卷一〇著录其画一百二十六帧，人物画虽占七十幅，但其余则均为山水画，且名列“山水”门中，并称其“尤精山水”[59]。从《雪江诗意图》《雪景山居图》《群峰雪霁图》等画目中，不难想见其画材。

（二）其山水画风格有笔迹劲壮和刻画精整二种。张彦远谓其树石“重深”[60]，又谓其“破墨山水笔迹劲爽”[61]。北宋黄庭坚谓其“《辋川图》笔墨可谓造微入妙”[62]，北宋米芾也谓其“《小辋川》摹本笔细”[63]。北宋文同曾用百许字的篇幅，详尽记述了王维《捕鱼图》“用笔使墨”的“穷精极巧”[64]，提供了王画工细的一个范本。

（三）上述两种风格均不是王维的代表风格，尤非王维在后世影响大的风格。王画为后人所推重的主导风格和典型面貌是：

1. 善用水墨，摒去五色。世传王维所著《山水诀》（一名《画学秘诀》）云：“夫画道之中，水墨最为上。”[65]人或谓此篇非王维所作[66]，然所以托名王维，亦非无因。五代荆浩云：“水晕墨章，兴我唐代。”下列数家，其一即“王右丞笔墨宛丽”[67]。知所谓“宛丽”之“笔墨”，实乃不着色之水墨。宋郭若虚谓董源“善画山水，水墨类王维”[68]，可见北宋人看到的王画有水墨画，五代善山水的董源与之相类，亦可推想王维水平之不劣。至明人董其昌，直谓王维“始用渲淡”，并以此定其为文人画和南宗始祖，所谓“文人之画，自王右丞始”，“南宗则王摩诘始用渲淡，一变钩斫之法”[69]。

2. 重神轻象，形迹疏略。唐人朱景玄谓吴道子“嘉陵江三百余里山水一日而毕”，与李思训“累月方毕”[70]不同，故陈中凡谓唐代文人画疏简之笔的创始者是吴道子[71]。而朱景玄又谓王维“画山水松石踪似吴生”[72]，则自当与上述工细一类不同。北宋沈括云：“书画之妙，当以神会，难可以形器求也……彦远《画评》言王维画物，多不问四时，如画花往往以桃、杏、芙蓉、莲花同画一景。予家所藏摩诘画《袁安卧雪图》，有雪中芭蕉，此乃得心应手，意到便成，故造理入神，迥得天意，此难可与俗人论也。”[73]所谓“画中有诗”的王画，必非着意于形器矣。

3. 笔意幽闲，气韵高清。唐人封演说王维山水“幽深之致，近古未有”[74]，五代荆浩称其“气韵高清”[75]，苏轼谓王画“亦若其诗清且敦”（《王维吴道子画》，卷三第109页）。如其什么诗？五言诗，而且是近于陶、韦的五言诗。何由知之？由这几句诗知之：“前身陶彭泽，后身韦苏州。欲觅王右丞，还向五字求。”（《次韵黄鲁直书伯时画王摩诘》，卷四七第2543页）而陶、韦、王这类诗的共同特色，正可用一“清”字统称之。[76]北宋米芾说：“世俗……多以江南人所画雪图命为王维，但见笔清秀者，即命之。”[77]《宣和画谱》卷三：“（李）升笔意幽闲，人有得其画者，往往误称王右丞者焉。”[78]见笔清秀即命为王维，误笔意幽闲的前蜀李升为王维，不正说明着王维画的特质吗？

有关王画的著录散见于各朝，但本文所用仅止于北宋。王维画迹在中唐已叹为罕见[79]，北宋所存未必可靠者自多，用米芾的话说，就是“谅非如是之众也”[80]，但其时去唐未远，人们看到王维真迹的可能性毕竟相对较大。苏轼是北宋人，那时人们眼中的王画，可能就是苏轼眼中的王画；苏轼等人对作为画家的王维的评价，都是在这些真假参半的作品基础上产生的，这更是笔者特别看重的地方。就是说，上述唐宋人多所言及的不拘形似、笔迹疏略、笔意幽闲、气韵高清的水墨画，也就是苏轼所谓“诗中有画”的“画”了。

再论王维诗。王诗今存四百余篇，内容涉及边塞游侠、亲情友爱、佛理禅意、咏物抒怀等，但最享令誉的还要数山水写景诗。在诗歌史上，他的基本形象是山水诗人，这与他在绘画史上的山水画家身份恰成呼应，这种呼应相信不是偶然的。

粗略统计，王诗中写景诗和写及景色的诗凡一百五十首左右，比例之高，远超侪辈。其中有奔放之景，如“天地忽开拆，大河注东溟”（《华岳》，卷二第28页），“楚塞三湘接，荆门九派通”（《汉江临泛》，卷八第150页）；有壮阔之景，如“塞阔山河净，天长云树微”（《送崔兴宗》，卷八第140页），“秋天万里净，日暮澄江空”（《送綦毋校书弃官还江东》，卷三第46页）。而更多、更出色、在文学史上更具一格的却是与其上述画作相一致的笔致幽清、意境淡远、气韵高绝的山水小品。其组诗《皇甫岳云溪杂题》《辋川集》中的名句，如“人闲桂花落，夜静春山空”（《鸟鸣涧》，卷一三第240页），“深林人不知，明月来相照”（《竹里馆》，卷一三第249页）等，为世人所熟知，类似的句子更大量散见于他的其他诗作中。如“清冬见远山，积雪凝苍翠”（《赠从弟司库员外绿》，卷二第20页），“草白霭繁霜，木衰澄清月”（《冬夜书怀》，卷五第83页），“寒山转苍翠，秋水日潺湲”（《辋川闲居赠裴秀才迪》，卷七第122页），“薄霜澄夜月，残雪带春风”（《河南严尹弟见宿弊庐访别人赋十韵》，卷一二第218页）等等。他的这类诗句与其画作相同，偏爱秋冬寒意及窅眇深僻之景。这些诗句，就是杜甫所欣赏的“最传秀句寰区满”[81]的“秀句”，就是许多人以“清深闲淡”[82]“清而秀”[83]“穆如清风”[84]称之的“清”诗，也就是苏轼所说“画中有诗”的“诗”。它们远不足概括王维全部诗作的内容和风格，但足可证明王维山水诗人的身份，足可显示王维山水诗作的特点，足可表现王维山水诗与山水画的相通之处。

明大画家吴宽云：“右丞诗云：‘夙世谬词客，前身应画师。’盖自道也。右丞诗与李杜抗行，画追配吴道子，毕宏、韦偃弗敢平视。至今读右丞诗者则曰有声画，观画者则曰无声诗。以余论之，右丞胸次洒脱，中无障碍，如冰壶澄澈，水镜渊渟，洞鉴肌理，细现毫发，故落笔无尘俗之气，孰谓诗画非合辙也！”[85]诚哉斯言！

六、关于王维诗与画的历史地位

昔年钱锺书先生撰《中国诗与中国画》一文，旨在说明：“中国传统文艺批评对诗和画有不同的标准：论画时重视王世贞所谓‘虚’以及相联系的风格，而论诗时却重视所谓‘实’以及相联系的风格。”[86]文中举出的一个重要证据，就是王维“在旧画传统里坐着第一把交椅，然而旧诗传统里排起坐位来，首席是轮不到王维的。中唐以后，众望所归的最大诗人一直是杜甫”[87]。这一证据是否经得起推敲呢？

如上所述，由于作品不存，王维画作的面目是不够清晰的。也因为如此，王维在明以前画学史上的地位也起伏不定，“高却没高到千古宗主，低也不失为二三流作家”[88]。前文说苏轼对王维，比对唐宋人称为“国朝第一”“今古一人”的吴道子更“无间言”，那不过是他早年（诗作于嘉祐六年，1061）的看法，二十年后不一样了，吴道子在他心中的地位提高成了“画圣”（《跋吴道子地狱变相》，卷七〇第2213页），吴画与杜诗、韩文、颜书并为“天下之能事毕矣”（《书吴道子画后》，卷七〇第2210页）[89]。只是到了董其昌，因其主观认为“文人之画，自王右丞始”（见前引），拉王维作他所强分的南北二宗的南宗之祖，才说些什么“画家右丞，如书家右军”[90]之类不负责任的隽语。

相对于文坛斫轮老手来说，钱锺书显然不是画坛行家里手。他在文章中反复说，“中国画史上最有代表性、最主要的流派是‘南宗’”[91]，“南宗在旧画史上曾占有统治地位”[92]，实不甚妥当。董其昌等所说的南宗，又称“士夫画”“文人画”；他们所说的北宗，又称“画苑画”“画师画”。因为文献多出文人之手，用今天的话来说，就是文人掌握着话语权，我们便看到古代画学著作中大量充斥着对文人画的追捧，但这并不意味着“南宗”画真的占据了整个“旧画史”的统治地位。“旧画史”上自来存在一种鲜明的观点，即文人画家不过是画坛票友，文人画不过是“隶家”（又作“戾家”）画——业余画是也。与“隶家画”相对的是“行家画”“作家画”，即职业画。只要是真正的画家，就没有不学习北宗即画师画的[93]。

那么，文人为什么喜爱推崇文人画呢？清人李修易有这样一段话：“或问均是笔墨，而士人作画，必推尊南宗何也？余曰：‘北宗一举手即有法律，稍觉疏忽，而不免遗讥。故重南宗者非轻北宗也，正畏其难耳！’”[94]真堪为古人所说的“取心肝刽子手！”类似的观点又岂止于“旧画史”，我们看两段“新画史”上的观点吧！徐悲鸿：“至于中国画品，北派之深更甚于南派。因南派之所长，不过‘平远潇洒逸宕’而已，北派之作，大抵工笔入手，事物布置，俯首即是，取之不尽，用之无竭，襟期愈宽展而作品愈伟大，其长处在‘茂密雄强’，南派不能也。南派之作，略如雅玩小品，足令人喜，不足令人倾心拜倒。伟哉米开朗琪罗之画，伟哉贝多芬之音！世之令人倾心拜倒者，惟有伟大事物之表现耳。”[95]张大千：“中国画自唐宋而后，有文人画一派，不免偏重在笔墨方面，在画理方面，比较失于疏忽。”[96]如此，当我们读到伍蠡甫谓大名鼎鼎的苏轼“只工书而不善画，偶尔想画，势必寻那较为简单的体裁，应用较为单纯的技巧”[97]，就不足为奇了。苏轼本来就是典型的文人画家！

现在我们或许可以知道，说王维“在旧画传统里坐着第一把交椅”是不妥当的，至多只能说是在“南宗”的传统里“坐着第一把交椅”，而且还多半只能是时间上的“第一”，未必是地位上的第一。

“旧画”的传统已经够难一言以蔽之的了，“旧诗”的传统又是什么？旧诗里的首席固然轮不到王维，但又有谁能为一定的首席呢？杜甫的地位不容置疑，但如果将“诗圣”与“首席”画等号，也不免有大而化之之嫌。说“中唐以后，众望所归的最大诗人一直是杜甫”，即使是事实，钱锺书已自举出一个西方人称为“嗜好矛盾律”的现象，说文学史上不乏这类特殊的事，“对一个和自己的风格绝然不同或相反的作家，爱好而不漠视，仰企而不扬弃”[98]，那么我们就随手用用这一定律吧，焉知中唐以后的杜甫，不是人们追求“相反的自我”的目标呢？何况还有直言不讳的杜甫的反对者，钱锺书自己不也举出刘攽的《中山诗话》说西昆领袖杨大年“不喜杜工部诗，谓为‘村夫子’”，举出陆时雍《唐诗镜·绪论》对李、杜、韩、柳个个责难，说“摩诘不宜在李、杜下”，举出王士禛对司空图、严羽的光大和对杜甫的反叛，也指出曾经推杜甫为“古今诗人之首”的苏轼，到头来不也归向了高风绝尘的神韵派吗！

其实，与画家的身份比较起来，王维在文学史上的诗名倒是素无异议的。王昌龄有“王维诗天子，杜甫诗宰相”句[99]；其身后不久，唐代宗李豫以“天下文宗”称之[100]；宋人许顗有“孟浩然、王摩诘诗，自李杜而下当为第一”[101]之语；明人陆时雍则有“世以李、杜为大家，王维、高、岑为傍户，殆非也”[102]之论。我们再看清人的几条材料：“诗总不离乎才也，有天才，有地才，有人才。吾于天才得李太白，于地才得杜子美，于人才得王摩诘。太白以气韵胜，子美以格律胜，摩诘以理趣胜。”[103]“唐无李、杜，摩诘便应首推。”[104]“唐诗自李、杜而下，许彦周谓孟浩然、王维当为第一，陆务观谓岑参一人而已。[105]余以为岑之歌行，足当陆语；而诸体兼长，气象宏远，无过王维者。”[106]“盛唐自李、杜外，旧以王、李（指李颀——笔者）、高、岑并称，非也。王维定合与李、杜鼎足。”[107]看来，王维与杜甫即使相差，也不至过于悬殊吧。

七、结语

蒋寅先生立意翻案的精神是值得钦佩的，但他将上世纪80年代以来讨论“诗中有画”的六十余篇论文视作“古典文学研究中课题重复和陈陈相因的又一个典型例证”，称它们“很少新发明”。其实发明有大小，见解有深浅，学术研究往往是以细微点滴的方式进步的。如果非得前人绝未曾言才可称“新发明”，那么即就“诗中有画”这一命题而论，唐人殷璠的“着壁成绘”说在前，苏东坡的“诗中有画”已不全为新发明了，遑论其他。

再看蒋寅这篇一反“课题重复和陈陈相因”的文章，是否就空无依傍呢？正也未必。文中提及几年前就“曾与王维研究专家陈铁民先生交换过意见，陈先生对以文、金二文为代表的‘诗中有画’论是有保留看法的，曾在《王维诗歌的写景艺术》一文中提出不同意见”，只不过“他的意见似乎未被倾听，同时我觉得这个问题在学理上还有进一步展开的余地，故再提出加以讨论”。然则论诗画有别和画不如诗者又何尝自陈铁民始！古代大量中西学者的例子姑置不举，单说现代以来的中国吧。

宗白华发表于半个世纪以前的《美学的散步》，大量引述18世纪德人莱辛的《拉奥孔》，论及“诗和画的分界”：“‘蓝溪白石出，玉川红叶稀’，可以画出来成为一幅清奇冷艳的画，但是‘山路元无雨，空翠湿人衣’二句，却是不能在画面上直接画出来的……画和诗毕竟是两回事。诗中可以有画，像头两句里所写的，但诗不全是画。而那不能直接画出来的后两句恰正是‘诗中之诗’，正是构成这首诗是诗而不是画的精要部分。”[108] 钱锺书发表于稍后几年的《读〈拉奥孔〉》(《文学评论》1962年第5期)，更不遗余力地为莱辛的诗优画劣论张目。1979年，朱光潜所译《拉奥孔》的中文本由人民文学出版社出版后，讨论诗画问题者，包括正面阐述和肯定“诗中有画”“画中有诗”的文章，明引暗用莱辛之说对这一命题的有效性加以限定者甚夥。如袁行霈便提到“‘诗中有画’，并不是王维所独有的”，并且“‘诗中有画’也只是王维诗歌艺术的一个特点”(《王维诗歌的禅意与画意》，《社会科学战线》1980年第2期)；金学智《王维诗中的绘画美》(《文学遗产》1984年第4期)顾名思义是专论王维诗中有画的，却专用一节，根据《拉奥孔》所说的“有一些美是由诗随呼随来的而却不是画所能达到的；诗往往有很好的理由把非图画性的美看得比图画性的美更重要”，强调王维诗歌中超越和高于图画性的美的地方；文达三也说“诗中有画”“画中有诗”“不足以概括王维诗歌艺术的基本特色”(《“诗中有画”辨》，《湘潭大学学报》1988年第2期)。刘德谦《“诗中有画”的贫困》文虽不长，其中心意思就是“文学表现的内容不全都是绘画所能表现的”（《社会科学家》1997 年第 4 期）。

再从具体的论述来看，蒋寅在“王维诗对画的超越”一节中对诗画优劣的大段论述，从所举之部分例证（如程正揆《青溪遗稿》对画的揶揄“画也画得就，只不像诗”）、论述之思维方式和行文方式（如何句画得出、何句画不出之类），到所持的诗优于画的总体观点，亦正一本于阐释莱辛的宗白华、钱锺书等人。[109]

并不是说蒋文相对前人毫无新见（只不过这些新见正是我不能苟同的）[110]，只是说他的新思维也是发生在他人之后，何以便能判定他人论文很少“新发明”呢？至于文章中的这一段：“据我多次终南山行的实地经验，所谓‘空翠’并不是像袁行霈先生所解释的‘原来是山岚翠微，翠得来太嫩了，太润了，仿佛沾湿了我的衣服’，它真实就是山中的岚气：只觉其湿润而不见水珠，故谓空；映衬山色似透着碧绿，故曰翠。它真的就在不知不觉中打湿了我的衣服！”就更迹近吹求了。相信他多次考察过终南山，但不必终南山，凡是树木苍翠的深山，都会给人空翠湿人衣的感觉。而这种空翠是真实还是感觉，那却要因地理、时节、气候乃至个人的感觉而定了，又安知袁行霈先生就没有多次终南山之行的实地经验呢？

明人朱国祯讽王世贞云：“王弇州不善书，好谈书法，其言曰：‘吾腕有鬼，吾眼有神。’此说一倡，于是不善画者好谈画，不善诗文者好谈诗。”[111] 我于诗不能写，画不能作，正属朱国祯所讥刺者，读者诸君，“卑之无甚高论”可也。

注释：

---

① 苏轼：《书摩诘蓝田烟雨图》，载孔凡礼点校《苏轼文集》卷七〇，中华书局 1986 年版，第 2209 页。下引苏文均据此本，随文括注。

② 蒋寅：《对王维“诗中有画”的质疑》，《文学评论》2000 年第 4 期。

③ 王文诰辑注，孔凡礼点校：《苏轼诗集》卷三，中华书局 1982 年版，第 108—109 页。下引苏诗均据此本，随文括注。

④㊻⑰⑫ 朱景玄：《唐朝名画录》，四川美术出版社 1985 年版，第 3 页，第 16 页，第 3 页，第 16 页。

⑤ 郭若虚：《图画见闻志》，人民美术出版社 1985 年版，卷一第 18 页，卷三第 65 页。

⑥ 谢薖：《王摩诘四时山水图》，载《两宋名贤小集》卷三四《竹友集》，影印文渊阁《四库全书》第 1362 册，台湾商务印书馆 1986 年版，第 556 页。

⑦ 王夫之：《题芦雁绝句序》，载《船山全书》第 15 册，岳麓书社 1996 年版，第 652 页。

⑧ 周必大:《赣守郑舜举寄诗酒于答书中就附四句》,载《文忠集》卷八,《四库全书》第 1147 册,第 91 页。

⑨ 贡性之:《题黄子久画》,载《南湖集》卷下,《四库全书》第 1220 册,第 29 页。

⑩ 蔡絛:《西清诗话》,载胡仔纂集《苕溪渔隐丛话》前集卷三〇引,人民文学出版社 1981 年版,第 209 页。

⑪ 李俊民:《锦堂赋诗序》,载《庄靖集》卷八,《四库全书》第 1190 册,第 631 页。

⑫ 邹一桂:《小山画谱》,载于安澜编《画论丛刊》下卷,人民美术出版社 1960 年版,第 791 页。

⑬ 贺贻孙:《诗筏》,载郭绍虞编选《清诗话续编》第 1 册,上海古籍出版社 1983 年版,第 171 页。

⑭ 沈德潜:《清诗别裁集》卷二四,中华书局 1975 年版,第 433 页。

⑮ 张彦远撰,刘石校点:《法书要录》卷六,辽宁教育出版社 1998 年版,第 102 页。

⑯ 范纯仁:《和韩子文题王摩诘画寒林》,载《范忠宣集》卷二,《四库全书》第 1104 册,第 555 页。

⑰ 黄庭坚:《摩诘画》,载《山谷外集诗注》,刘尚荣校点《黄庭坚诗集注》卷一三,中华书局 2003 年版,第 1249 页。

⑱ 韩拙:《山水纯全集序》,载黄宾虹、邓实编《美术丛书》第 2 册,江苏古籍出版社 1997 年版,第 1132 页。

⑲ 赵孟頫:《题王摩诘松岩石室图》,载《赵孟頫集·续集》,浙江古籍出版社 1986 年版,第 257 页。

⑳ 阮阅编,周本淳校点:《诗话总龟》卷八,人民文学出版社 1998 年版,第 89 页。

㉑ 刘克庄:《杨补之词画》,载《后村先生大全集》卷一〇七,《四部丛刊初编缩本》第 70 册,商务印书馆,第 934 页。

㉒ 汪琬:《许南交送行诗序》,载《尧峰文钞》卷二九,《四部丛刊初编缩本》第 89 册,第 250 页。

㉓ 张岱:《与包严介》,载《琅嬛文集》卷三,岳麓书社 1985 年版,第 152 页。

㉔ 赵殿成:《王右丞集笺注》卷五,上海古籍出版社 1984 年版,第 75 页。下引王诗均据此本,随文括注。

㉕ 傅璇琮主编:《唐才子传校笺》卷二,中华书局 1989 年版,第 298—299 页。

㉖ 蒋一葵:《尧山堂外纪》卷二六,载《续修四库全书》第 1194 册,第 240 页。

㉗ 此诗宋孙绍远《声画集》作苏轼诗(题作《王维画》,载《四库全书》第 1349 册,第 924 页),又作苏辙诗(题作《题王诜都尉画山水横卷》,第 859 页)。

㉘ 日人所藏纸本墨笔《枯木怪石图》卷被认为苏画现存唯一真迹,收入《中国美术全集》"绘画编"第 3 册,文物出版社 1988 年版,第 51 页;《中国绘画全集》第 2 册,浙江人民出版社、文物出版社 1999 年版,第 104—105 页。另有中国美术馆所藏绢本墨笔《竹石图》卷,参见中国古代书画鉴定组编《中国古代书画图目》第 1 册,文物出版社 1986 年版,第 36 页,真伪尚难判定。又上海博物馆藏《六君子图》,为苏轼、文同、柯九思、王右、钱载、罗聘合卷,其中苏轼所作枯木丛篠怪石图,傅熹年定为宋人笔而非苏轼作。见《中国古代书画图目》第 2 册,文物出版社 1987 年版,第 19 页。其余所传尚有数幅,均为赝作,兹不赘述。

㉙ 孙觌:《书章邦基藏东坡画古木》,载《鸿庆居士集》卷三二,《四库全书》第 1135 册,第 325 页。

㉚ 齐白石自谓:"我的诗第一,篆刻第二,字第三,画第四。"(胡絜青述,傅抱石《白石老人的艺术渊源》引,载叶宗镐编《傅抱石美术文集》,上海古籍出版社 2003 年版,第 453 页)

㉛ 孔武仲:《东坡居士画怪石赋》,载《清江三孔集》卷三,《四库全书》第 1345 册,第 205 页。

㉜ 稍晚于苏轼的许景衡《题坡竹》又云:"劲节风霜日,平生忠义心。谁知身死后,寸墨市千金。"(载《横塘集》卷六,《四库全书》第 1127 册,第 211 页)。北宋末何薳:"先生临钱塘日,有陈诉负绫绢钱二万不偿者。公呼至询之,云:'某家以制扇为业,适父死,而又自今春已来,连雨天寒,所制不售,非固负之也。'公熟视久之,曰:'姑取汝所制扇来,吾当为汝发市也。'须臾扇至,公取白团夹绢二十扇,就判笔作行书

草圣及枯木竹石，顷刻而尽。即以付之，曰：‘出外速偿所负也。’其人抱扇泣谢而出。始逾府门，而好事者争以千钱取一扇，所持立尽，后至而不得者，至懊恨不胜而去。遂尽偿所逋，一郡称嗟，至有泣下者。”（《春渚纪闻》卷六《写画白团扇》，中华书局1983年版，第93页）此与南朝宋虞龢所记旧说颇为相似：“羲之罢会稽，住蕺山下，一老妪捉十许六角竹扇出市，王聊问一枚几钱，云直二十许。右军取笔书扇，扇为五字。妪大怅惋云：‘举家朝餐惟仰于此，何乃书坏！’王云：‘但言王右军书，字索一百。’入市，市人竞市去。姥复以十数扇来请书，王笑不答。’”（《论书表》，载《法书要录》卷二，第18页）虽不免于小说家言，但其书画受欢迎的状况应该是真实的。

㉝ 元明时无名氏于二句下注：“诗画本一律。”又引北宋赵次公注云：“此亦‘诗中有画’‘画中有诗’之说也。”（《集注分类东坡先生诗》卷一一，《四部丛刊初编缩本》第52册，第227页）堪称发微抉隐的一条注释。

㉞ 引者按，唐朱景玄《唐朝名画录》（第16页）、张彦远《历代名画记》（人民美术出版社1983年版，第191页）卷一〇等均作“当世”。当代美术史家阮璞谓“诗家对仗，最忌合掌”（《当世谬词客，前身应画师》，载《画学丛证》，上海书画出版社1998年版，第118页），故“宿”当作“当”。不过，即使作“宿世”，由“谬”“应”二字之设，亦已可看出王维在画家与诗人身份之间的取舍。

㉟ 绀野达也：《唐诗中的“诗人”与“画家”》，载《松浦友久博士追悼记念中国古典文学论集》，研文出版社2006年版。此据《唐代文学研究》第12辑，广西师范大学出版社2008年版，第276—277页。

㊱ 闻一多：《先拉飞主义》，原载《新月》1928年第1卷第4期。此据《诗与批评》，载《闻一多全集》第3册，生活·读书·新知三联书店1982年版，第435页。

㊲ 陈思：《两宋名贤小集》卷一〇一《初寮小集》，载《四库全书》第1363册，第55页。

㊳ 周紫芝：《太仓稊米集》卷三六，载《四库全书》第1141册，第251页。

㊴ 方回：《桐江续集》卷一四，载《四库全书》第1193册，第394页。

㊵ 任渊：《山谷诗集注》卷九，载《黄庭坚诗集注》，第355页。

㊶ 邓椿：《画继》卷三，人民美术出版社1963年版，第21页。

㊷ 辛更儒：《杨万里集笺校》卷四，中华书局2007年版，第240页。

㊸ 贡奎：《云林集》卷三，载《四库全书》第1205册，第637页。

㊹ 徐渭：《徐文长三集》卷一一，载《徐渭集》，中华书局1983年版，第407页。

㊺ 惠洪：《石门文字禅》卷四，《四部丛刊初编缩本》第56册，第34页。

㊻ 周孚：《蠹斋铅刀编》卷一二，《四库全书》第1154册，第617页。

㊼ 郭熙：《林泉高致集·画意》，载《画论丛刊》上卷，第24页。

㊽ 王钦臣：《次韵苏子由咏李伯时所藏韩干马》，载《声画集》卷七，第908页。

㊾ 牟巘：《唐棣诗序》引，载《陵阳集》卷一三，《四库全书》第1188册，第117页。

㊿ 元好问：《许道宁寒溪古木图》，载《元遗山诗集笺注》卷四，人民文学出版社1989年版，第229页。

(51) 邱濬：《题蓝关图后》，载《重编琼台稿》卷二一，《四库全书》第1248册，第421页。

(52) 姜绍书：《无声诗史序》，载于安澜编《画史丛书》第3册，上海人民美术出版社1982年版，第1页。

(53) 传为王维的画作十余件均不可靠，最权威的《中国古代书画图目》一帧未收。

(54)(74) 赵贞信：《封氏闻见记校注》卷五，中华书局2008年版，第47页，第47页。

(55) 李肇：《唐国史补》卷上，上海古籍出版社1983年版，第18页。

(57)(60)(61) 张彦远：《历代名画记》，卷一〇第191页，卷一第16页，卷一〇第191页。

⑤⑧ 《旧唐书·王维传》，中华书局1988年版，第5052页。

⑤⑨⑦⑧ 《画史丛书》第2册，第100页，第29页。

⑥② 黄庭坚：《题辋川图》《山谷题跋》，载《丛书集成初编》第1564册，中华书局1985年版，第26页。

⑥③⑦⑦⑧⓪ 米芾：《画史·唐画》，载《丛书集成初编》第1647册，第7页，第8页，第9页。

⑥④ 文同：《捕鱼图记》，载《丹渊集》卷二二，《四库全书》第1096册，第687页。

⑥⑤ 詹景凤：《画苑补益》卷一，载《四库全书存目丛书》子部第71册，第325页。

⑥⑥ 《四库全书总目》认为"句格皆似南宋人语"（中华书局1983年版，卷一一四《画学秘诀》第973页）。

⑥⑦⑦⑤ 荆浩：《笔法记》，载《王氏画苑》卷一，《四库全书存目丛书》子部第71册，第135页，第135页。

⑥⑨ 董其昌：《容台别集》卷四《画旨》，《四库全书存目丛书》集部第171册，第722—723页。按后二句又见于董的朋友莫是龙的《画说》（见明陶珽《说郛续》，载《说郛三种》第10册，上海古籍出版社1989年版，第1673页），究竟谁属，尚无定论；绘画史上的南北宗说，经滕固（《关于院体画和文人画之史的考察》，《辅仁学志》第2卷第2期，1931年）、童书业（《中国山水画南北分宗说辨伪》，《北平考古学社社刊》第4期，1936年）、启功先生（《山水画南北宗说辨》，载《启功丛稿》，中华书局1981年版，第124—138页）等大家的力辨，不合画史处早显；"始用渲淡"的"始"字之下亦属轻率（俞剑华即认为"王维不是水墨画的创始者"，见《再谈文人画》，载《俞剑华美术论文选》，山东美术出版社1986年版，第121页），但王维为水墨画画家这一事实诸家并不否认。

⑦① 陈中凡：《陈中凡论文集·文人画之源流及其评价》，上海古籍出版社1993年版，第708页。

⑦③ 沈括著，胡道静校证：《梦溪笔谈校证》卷一七，上海古籍出版社1987年版，第542页。

⑦⑥ 唐司空图："右丞、苏州，趣味澄夐，若清沇之贯达。"（《与王驾评诗》，载《司空表圣文集》卷一，《四部丛刊初编缩本》第43册，第8页）宋张戒："韦苏州诗，韵高而气清。"（《岁寒堂诗话》卷上，载丁福保辑《历代诗话续编》上册，中华书局1983年版，第459页）苏轼以"清且敦"论王诗，意实在"清"，"敦"字凑韵而已（参见纪昀评《苏文忠公诗集》卷四，载《李香岩手批纪评苏诗》第3册，四川大学出版社2007年版，第81页）。苏轼未直接用清字评陶，然《新渡寺席上次赵景贶、陈履常韵送欧阳叔弼，比来诸君唱和，叔弼但袖手傍睨而已。临别忽出一篇，颇有渊明风致，坐皆惊叹》有云："子诗如清风，翏翏发将旦……中有清圆句，铜丸飞柘弹。"（卷三四第1824页）颇有渊明风致的欧阳叔弼诗"如清风"，其句"清圆"，则渊明之诗亦可想知。无独有偶，其《与程全父十二首》之一一又云："又惠近诗一轴，为赐尤重。流转海外，如逃空谷，既无与晤语者，又书籍举无有，惟陶渊明一集，柳子厚诗文数策，常置左右，目为二友。今又辱来贶，清深温丽，与陶、柳真为三友矣。"（卷五五第1627页）与陶、柳并为三友的程全父，其诗的特点中也有一个"清"字！

⑦⑨ 张祜所谓"右丞今已殁，遗画世间稀"（《题王右丞山水障二首》之二，载《全唐诗》第15册，中华书局1960年版，第5804页）是也。

⑧① 杜甫：《解闷十二首》其八，载浦起龙《读杜心解》，中华书局1981年版，第853页。

⑧② 《雪浪斋日记》，载胡仔《苕溪渔隐丛话》前集卷二引，人民文学出版社1981年版，第11页。

⑧③ 胡应麟：《诗薮》外编卷四，上海古籍出版社1979年版，第186页。

⑧④ 沈德潜：《唐诗别裁集》卷一，中华书局1981年版，第11页。

⑧⑤ 李佐贤：《书画鉴影》卷一〇，载《续修四库全书》第1085册，第748页。

⑧⑥⑧⑦⑨①⑨②⑨⑧ 钱锺书：《七缀集》，上海古籍出版社1994年版，第22页，第21页，第7页，第21页，第26页。

⑻⑻ 俞剑华:《再谈文人画》，第 139 页。又可参见童书业《中国美术史札记·王维在绘画史上地位的升降》(《童书业美术论集》，上海古籍出版社 1989 年版，第 7—9 页)。

⑻⑼ 按两文末自书写作时间，分别为宋元丰六年（1083）和八年（1085）。

⑼⑽ 董其昌:《容台别集》卷四，第 733 页。

⑼⑶ 参见启功《山水画南北宗说辨》，第 129 页。

⑼⑷ 李修易:《小蓬莱阁画鉴》卷一《宗派》，商务印书馆 1934 年版，第 1 页。

⑼⑸ 徐悲鸿:《法国艺术近况》，载王震、徐伯阳编《徐悲鸿艺术文集》，宁夏人民出版社 1994 年版，第 43 页。

⑼⑹ 张大千:《画说·山水》，载《张大千画说》，上海书画出版社 1986 年版，第 22 页。

⑼⑺ 伍蠡甫:《中国绘画的意境》，载《谈艺录》，商务印书馆 1947 年版，第 38 页。早在清人邹一桂已说过："东坡诗：'论画以形似，见与儿童邻。作诗必此诗，定知非诗人。'此论诗则可，论画则不可。未有形不似而反得其神者。此老不能工画，故以此自文。"（载《小山画谱》下卷，第 793 页）

⑼⑼ 叶庭珪:《海录碎事》卷一九引《王昌龄集》，中华书局 2002 年版，第 844 页。叶为南宋初人，即使出于伪托，亦自为宋人语。

⑽⑽ 李豫:《答王缙进王维集表诏》，载董诰等编《全唐文》第 1 册，中华书局 1983 年版，第 510 页。

⑽⑴ 许顗:《彦周诗话》，载何文焕辑《历代诗话》上册，中华书局 1982 年版，第 384 页。

⑽⑵ 陆时雍:《诗镜总论》，载丁福保辑《历代诗话续编》下册，中华书局 1983 年版，第 1412 页。

⑽⑶ 徐增:《而庵诗话》，载王夫之等撰《清诗话》上册，中华书局 1982 年版，第 427 页。

⑽⑷ 贺裳:《载酒园诗话·又编》，载郭绍虞编选、富寿荪校点《清诗话续编》第 1 册，上海古籍出版社 1983 年版，第 309 页。

⑽⑸ 陆游《跋岑嘉州诗集》："尝以为太白、子美之后一人而已。"(《渭南文集》卷二六,《四库全书》第 1163 册，第 510 页）

⑽⑹ 乔亿:《剑溪说诗》，载《清诗话续编》第 2 册，第 1119 页。

⑽⑺ 牟愿相:《小澥草堂杂论诗》，载《清诗话续编》第 2 册，第 918 页。

⑽⑻ 原载《新建设》1957 年第 7 期，此据《宗白华全集》第 3 册，安徽教育出版社 1994 年版，第 285 页。

⑽⑼ 但《拉奥孔》虽然倾情于诗歌，也承认诗歌和绘画各有所长；宗白华《美学的散步》的基本观点更是在发挥诗画一律之说。回视蒋寅文，就更不难觉察其绝对和片面了。

⑾⑽ 参见刘石《西方诗画关系与莱辛的诗画观》,《中国社会科学》2008 年第 6 期。文中对莱辛诗画分界学说和诗优画劣论加以分析，并强调在讨论诗画关系，尤其是与西方迥然不同的中国传统诗画关系时，不能一切唯《拉奥孔》马首是瞻。

⑾⑴ 朱国祯:《涌幢小品》卷二二，载《续修四库全书》第 1173 册，第 293 页。

（2009 年第 9 期）

“国民性批判”的发生、转向与重启

李建军

一、发生：“国民性”的提出与启蒙者的批判

就像每个人都有自己的习惯和性格一样，每一个民族也都有自己的习惯和性格。表面上看，生活于民族共同体中的个体的人，都是按照自己的方式生活的，但是，在个人不同的个性风貌和生活表象背后，人们还是会发现一些共同的情感态度、思维方式和行为模式。正是由这些相似和共同的方面，我们可以看出一个民族的国民性。国民性显示着一个民族在道德、政治和文化等方面所达到的文明程度。

在所有影响国民性形成的因素里，文化的影响是最直接、最深刻的。而在整个文化体系里，伦理道德文化的影响力又是最大的，正像殷海光所说的那样：“伦理道德是文化的核心价值，伦理道德的价值是其他文化价值的总裁官，也是文化价值的中心堡垒。如果一个文化的伦理道德价值解体了，那么这个文化便有解体之虞。所以，谈挽救文化的人，常从挽救伦理道德开始。”[①] 中国的传统文化既是一种博大精深的文化，也是一种存在着严重缺陷的文化，而其中最严重的缺陷，不在别处，恰在某些“国粹主义者”引以为傲的“伦理道德”上。中国传统文化讲求仁义礼智信，提倡温良恭俭让，显得文质彬彬、温情脉脉，但是，它本质上是一种缺乏宽容和民主精神的文化，是一种压抑人性、限制自由的文化。以儒家文化为核心的传统文化，缺乏对个人权利和自由的尊重，缺乏平等意识和契约意识，结果，总是把个人对家庭和国家的义务，转化为奴役和束缚；它以“三纲五常”为骨干，以家族伦理为基础，建构了“差序格局”[②] 性质的压抑型的伦理规范。

千百年来，以儒家文化为主体的中国传统文化很少受到彻底的质疑和批判。进入20世纪，以陈独秀、鲁迅和胡适为代表的具有世界视野的新知识分子，根据自己对中国现实的认真研究，通过与世界别国文明的比较，发现了中国传统文化的反文化性，发现了中国传统伦理道德的不道德性，发现了中国人国民性的严重缺陷。其中，鲁迅对国

民性问题的思考最为深刻。他在20世纪初留学日本的时候，就发出了振聋发聩的“世纪三问”：

怎样才是最理想的人性？

中国国民性中最缺乏的是什么？

它的病根何在？

对这“三大问题”的研究，正像许寿裳所说的那样，成了鲁迅“毕生孜孜不懈”的事业，他“办杂志、译小说，主旨重在此；后半生的创作数百万言，主旨也重在此”[③]。在鲁迅看来，中国自19世纪中叶以来对外战争的屡战屡败，中国社会发展的停滞和落后，其根本症结在于我们的伦理道德文化和国民性出了问题：“国民性的缺点，乃是中国危机的核心问题。他的这种看法意味着，改变中国人的国民性才是解决中国各种问题的根本。”[④]鲁迅在与许广平的通信中，也强调了国民性改造的必要性和重要性：“最初的革命是排满，容易做到的，其次的改革是要国民改革自己的坏根性，于是就不肯了。所以此后最要紧的是改革国民性，否则，无论是专制，是共和，是什么什么，招牌虽换，货色依旧，全不行的。”[⑤]只有把沉默、驯服的“奴隶”改造成有尊严、有个性、有独立意志的“人”，中国才有出路。按照鲁迅的经典表述，就是“国人之自觉至，个性张，沙聚之邦，由是转为人国。……人立而后凡事举”[⑥]。如果没有这种能够“发挥自性”的精神自由、个性鲜明的人，那就什么都谈不到，所以，凡事之立，“首在立人”，“若其道术，乃必尊个性而张精神”[⑦]；“诚若为今立计，所当稽求既往，相度方来，掊物质而张灵明，任个人而排众数。人既发扬踔厉矣，则邦国亦以兴起”[⑧]。

事实上，反省和批判传统文化的问题与缺陷，肯定个人和个性的价值，乃是“五四”一代知识分子的共同认识和共同立场。在胡适看来，“我们的民族信心必须站在‘反省’的惟一基础上。反省就是要闭门思过，要诚心诚意的想，我们祖宗的罪孽深重，我们自己的罪孽深重；要认清了罪孽所在，然后我们可以用全副精力去消灾灭罪。……经过这种反省与忏悔之后，然后可以起新的信心：要信仰我们自己正是拨乱反正的人，这个担子必须我们自己来挑起”[⑨]。在尊重个人自由上，胡适与鲁迅是完全一致的：“现在有人对你们说：‘牺牲你们个人的自由，去救国家的自由！’我对你们说：‘争你们个人的自由，便是为国家争自由！争你们自己的人格，便是为国家争人格！自由平等的国家，不是由一群奴才建造起来的。’”[⑩]新文化运动的根本任务，就是通过批判旧的传统文化尤其是伦理道德文化，通过批判缺乏尊严的“奴隶”人格，来弘扬新的启蒙文化，来确立新的伦理道德体系，以至最终养成具有成熟的自我意识的

“主人”人格。对现代意义上的“人”的发现，是五四新文化运动最伟大的成就，也是“五四”一代知识分子留给我们的最重要的财富。总之，“东方发白，人类向各民族要的是‘人’”[11]。

然而，问题的严峻性和复杂性在于，中国的以儒家为代表的正统文化已经在中国人的精神世界留下了严重的创伤。中国传统文化陶塑出来的人格，多是一种被动服从、唯唯诺诺、缺乏个性的畸形的人格，就连最有活力的青年人，也在身心两方面受到了严重的扭曲和荼毒：“我们的圣贤，早已教人‘非礼勿视’的了；而这‘礼’又非常之严，不但‘正视’，连‘平视’‘斜视’也不许。现在青年的精神未可知，在体质，却大半还是弯腰曲背，低眉顺眼，表示着老牌的老成的子弟，驯良的百姓。”[12]一方面是特权阶层的恣睢，另一方面是无权者的卑微——那些无权无势的中国人活得战战兢兢，很少享受到做人的自由感和尊严感，以至于鲁迅如此激愤地说：“中国人向来就没有争到过‘人’的价格，至多不过是奴隶，到现在还如此，然而下于奴隶的时候，却是数见不鲜的。”[13]孩子没有快乐的童年——很小时候就一脸“拘谨”“驯良”的老相[14]；妇女则受着“无主名的虐待”，没有拒绝“不利自他”的“节烈”的自由。[15]在中国，人的生存权也常常得不到保障，有时甚至会发生“吃人”的事情——鲁迅石破天惊地说出了自己的发现：“中国人尚是食人民族”，“而知者尚寥寥也”。[16]胡适也在一封给周作人的信中，表达了几乎完全相同的看法：“我们的大问题是人命不值钱。因为不值钱，故人命可以视同草芥粪土，视同儿戏。……嗜杀性是兽性的一部分，生活进步之国乃有不忍杀一无辜人之说，更进步则并罪人亦不忍杀了。……总之，人命太贱，可作牛马用，当然可供烹吃；可供淫乐，亦当然可以屠杀为乐。一切不忍人之心，不忍人之政，到此都成废话。”[17]总之，在鲁迅看来，“中国大约太老了，社会上事无大小，都恶劣不堪，像一只黑色的染缸，无论加进什么东西去，都变成漆黑。可是除了再想法子来改革之外，也再没有别的路”[18]。中国社会的确具有极强的同化力和裹挟力，一旦进入社会，每个人都必须按照它的规则和逻辑生活，就必须将“个人”融入“众数”之中，否则，就四处碰壁，寸步难行。“五四”对传统文化的批判之所以是“整体主义”的，原因就在于传统文化和中国社会对中国人的影响是持久性和整体性的。

那么，怎么办？怎样实现最终“立人”的目的？鲁迅的回答是：深刻反省和批判宗法社会的伦理纲常，努力改造中国人的道德意识和道德行为。

在鲁迅看来，为了完成国民性批判和改造的任务，知识分子必须首先进行自我改造：“中国现在的人心中，不平和愤恨的分子太多了。不平还是改造的引线，但必须先改造了自己，再改造社会，改造世界；万不可单是不平。至于愤恨，却几乎全无用处。”[19]然而，光有知识分子的自觉和牺牲，仍然是不能解决问题的，只有完成对全体中国人的国民性的改造，只有把他们从麻木、愚弱的状态里解救出来，才能最终解决问题。为了实现这一目的，知识分子必须像医生治病救人一样，来诊治中国社会和中国人的病苦。《我为什么做起小说来》的一段话，最能概括鲁迅的文学思想和启蒙理想：

> 说到“为什么”做小说罢，我仍抱着十多年前的“启蒙主义”，以为必须是“为人生”，而且要改良这人生。我深恶先前的称小说为“闲书”，而且将“为艺术的艺术”，看作不过是“消闲”的新式的别号。所以我的取材，多采自病态社会的不幸的人们中，意思是在揭出病苦，引起疗救的注意。[20]

将批判的锋芒指向“病态社会”，将关注的焦点指向人生“病苦”，这既是鲁迅写作的基本精神姿态，也是“五四”新文学的基本特点。“五四”文学通过揭露中国人的病态的国民性，来否定旧的“吃人”的伦理道德，来说明传统文化的失败和无能。不仅如此，在对国民性展开批判的时候，他们甚至超越了中国人最难摆脱的一种局限，那就是与“家族主义”同构的狭隘的“民族主义”。最典型的，是傅斯年在《中国狗与中国人》中以狗为喻对中国人的“缺乏责任心”的毫不留情的批判：

> 有一天我们问一个外国人为什么他只训练外国的狗？他回答说：“中国的狗也很聪明；他们的嗅觉竟比外国的狗还灵，不过太不专心了。教他去探一件事，他每在半路上，碰着母狗，或者一群狗打架，或者争食物的时候，把他的使命丢开了。所以教不成材。”……何以中国狗这样像中国人呢？不是不聪明，只是缺乏责任心。[21]

傅斯年甚至完全不顾及中国人最大的忌讳，那就是，千万不要把人比做“狗”——对中国人来讲，没有比这更严重的侮辱了。然而，为了刺痛中国人的神经，他敢冒天下之大不韪。事实上，“五四”一代知识分子大都具有这种无所畏惧的“以一人之力而与一国人战”的批判姿态。在中国的文化史上，也许再也不会发生这样一场充满青春激情的文化运动了，也许再也不会产生这样一群将勇气与热情、感性与理性、责任与信心、力量与教养完美地集于一身的知识分子了。

二、转向："批判"与"救亡"和社会动员的冲突

然而，历史留给五四新文化运动的时间实在是太短了——它从发生到终结，前后不过十年多一点。"改造国民性"的启蒙运动，因为全国性的民族战争动员和影响深远的知识分子"改造"而发生转向。

1931年的"九一八"事件，开始将知识分子的注意力从"启蒙"转向了对国家命运的关注。到了1937年的"卢沟桥事变"之后，抗日战争全面爆发，"中国传统文化自我改造的探索"与"政治生存的外部挑战"，发生了几乎不可调和的冲突，造成了"国民性改造"的转向。研究中国"救亡"和"启蒙"问题的美国学者舒衡哲也许是最早发现并指出"启蒙"与"救亡"冲突的人："由于1937年7月战争的爆发，内部的反封建解放斗争和外部的保卫国家安全的斗争之间的矛盾越来越大。由于在1937年的紧要关头，中国连遭败绩，知识分子的启蒙信念衰退了。在保卫民族生存的斗争异常危机之时，他们不能够用批判民族传统为自己辩护，更不用说向同胞交待了。在这种情况下，毫不奇怪的是，大多数人成为民族救亡的宣传者。他们对'五四'遗产的依恋，反映在他们不时地而且常常是笨拙地把'启蒙'和'救亡'统一起来的努力上。"[22]"救亡"成了中华民族的头等大事。它不仅取代了"启蒙"，而且改变了"五四"对国民性进行批判的方向，甚至在一定程度上瓦解了"国民性批判"的正当感与合法性。战争动员是一个点燃信心、积聚力量、鼓励斗志的过程，它不允许充满分离倾向和对抗姿态的"批判精神"自由生长，更不允许对民族精神和国民性进行尖锐的质疑和无情的批判。于是，"当启蒙运动被视作培养爱国主义的工具时，它就丧失了探究民族特性基础的能力，丧失了重新确定它和反封建精神相一致的能力。战争期间，'五四'所关注的个人及民族自觉问题退居幕后，全部重点都集中于民族'自信'问题之上。这样不顾一切代价以维护集体认同（collective identity）的需要，遮蔽了早先所提倡的个人自主性的需要。在此过程中，'五四'的另外一些信条也被改造了。'五四'期间通过个人良知的培养而树立起来的怀疑集体信仰的权力，也因无用武之地而衰退了。就连曾经用来探究传统价值观的理性，现在也被认作是腐蚀民族自信的工具"[23]。

如果说，就全国范围来看，抗战对"国民性批判"的影响还是外在的、非组织化的，那么，在解放区，社会动员所带来的影响就是内在的、高度组织化的。在"五四"时期，知识分子作为一个主导性的社会阶层，以一种独立的姿态面对所有的社会问题，自由地批评国民性中的缺点。但是，到了40年代的解放区，"国民伦理"则被置换

为“人民伦理”，“国民”这个中性的社会学概念，也被置换为“人民”这样一个包含着“倾向”和“立场”的政治概念。用“人民伦理”做尺度来衡量，“国民性批判”的文学是令人不满的。例如，直到1949年，左翼理论家冯乃超仍然这样谴责“五四”时期的启蒙者：“‘五四’知识分子缺乏‘中国性’和‘人民性’，这导致他们犯了许多错误，做了许多坏事。一个人如果丧失了‘中国性’和‘人民性’，他就会成为外国人及其买办的奴隶。”[24]这其实并不是一个偶然的个人化的观点，而是相当一部分人的共识。

在阶级斗争的话语里，“人民”因为具有几乎与生俱来的优秀品质，所以，不仅属于绝对的主导阶级，而且不允许以“批判”的方式来描写。而属于小资产阶级的知识分子，则必须放弃自己曾经享有的优越感，放弃高高在上的姿态和立场。为了接近和了解“人民群众”，“文艺工作者”首先需要接受“改造”，需要彻底地改变自己的立场和生活方式，要实现“大众化”，甚至要转换自己的“阶级”身份：“你要群众了解你，你要和群众打成一片，就得下决心，经过长期甚至是痛苦的磨练。……这就叫感情起了变化，由一个阶级变到另一个阶级。我们知识分子出身的文艺工作者，要使自己的作品为群众所欢迎，就得把自己的思想感情来一个变化，来一番改造。没有这个变化，没有这个改造，什么事情都是做不好的，都是格格不入的。”[25]在“农工神圣”的观念下，知识分子的知识并不比“工农分子”的知识多，他们认知生活的能力也并不比“工农分子”强，所以，不要“自以为很有知识”，更不要“大摆其知识架子”，“他们应该知道一个真理，工农分子的知识有时倒比他们多一点。”[26]

如果说，“五四”的“国民性批判”指涉的是所有中国人，那么，新的文学规约则要求将批判的锋芒主要指向少数反动的“剥削阶级”；如果说，“五四”的批判国民性的新文学主要是一种在“旧文化”和“旧人”身上探查病因和发掘缺陷的文学，那么，更新的文学则要求作家发现“新人”、赞美“先进阶级”的美好品质和斗争精神，从而对现实的斗争起到积极的作用：“……一方面是人们受饿、受冻、受压迫，一方面是人剥削人、压迫人，这个事实到处存在着，人们也看得很平淡；文艺就是把这些日常的现象集中起来，把其中的矛盾和斗争典型化，造成文学作品或艺术作品，就能使人民群众惊醒起来，感奋起来，推动人民走向团结和斗争，实行改造自己的环境。”[27]显然，彻底摆脱“五四”文学的个人主义和怀疑主义的气质，努力改变热衷于对国民性的“黑暗面”进行无情揭露和尖锐批判的倾向，努力克服那种知识分子特有的强烈的感伤性和脆弱的绝望情绪，凡此种种，已经成为迫切而普遍的现实需要。

新的文艺政策和文学动员的影响是极其巨大的。它不仅开启了20世纪文学以反映阶级斗争生活为主要内容的新阶段，而且彻底地改变了作家的生活方式、思维方式和叙事方式。在此后的漫长的时间里，从文化和人性的角度对国民性进行整体性批判的写作，基本上消歇了，尖锐而充满个性色彩的反讽，也很少看见了。取而代之的，是一大批新式作家的诞生，是一大批具有崭新风格作品的产生——这些新的作品包含着“国民性批判”的启蒙文学所没有的明朗、乐观、自信的色彩，但是，它们似乎也缺乏“五四”启蒙文学的沉郁、厚重和力量感，缺乏它所包含的个性色彩和文化意蕴，尤其缺乏对于中国人国民性问题的深刻思考。

按照新的文学理念，作家塑造人物必须具有阶级分析的意识，而不能用超阶级的态度和方法来写作，不能过多地渲染无产阶级的“盲目性”和“精神创伤”，不能表现剥削阶级身上的人性内容和道德优点——这甚至已经成为新的文学叙事的铁律。柳青谈自己在《创业史》里塑造人物的原则时说：“我在组织主要矛盾冲突和我对主人公性格特征进行细节描写时，就必须有意识地排除某些同志所特别欣赏的农民在革命斗争中的盲目性，而把这些东西放到次要人物身上和次要情节里头。……他（梁生宝）的行动第一要受客观历史具体条件的限制；第二要合乎革命发展的需要；第三要反映出时代所代表的阶级的本性，就是无产阶级先锋队员的性格特征。简单的一句话来说，我要把梁生宝描写为党的忠实的儿子。我以为这是当代英雄最基本、最具有普遍性的性格特征。”[28]在这里，真实性服从于倾向性，“启蒙性”让位给“歌颂性”，“肯定性”取代了“否定性”。用全然不同的态度和立场观察和表现生活，已经成为现实对文学的基本要求，也是每一个作家必须服从的基本规约。

那么，在这种新的以人民伦理为基础的文学理念下，该如何评价鲁迅的以“国民性批判”为主题的启蒙性写作呢？鲁迅的道路和经验，又有着怎样的意义呢？

这确实是一个不易回答的难题。最有效的办法，就是把鲁迅的文学道路一分为二地分为“前期”和“后期”——前期是非马克思主义的“进化论”式的写作，后期则是马克思主义的“阶级论”式的写作。冯雪峰写于1951年的《论〈阿Q正传〉》就是这样评价鲁迅的：在前期，“从改造‘国民性’着手，是他的启蒙主义的道路。这个改造‘国民性’的思想，如果当作整个革命的道路，那是枝节的、无济于事的，而且是一个倒置的思想”[29]。根据新的价值尺度，冯雪峰批评了甚至几乎否定了鲁迅的这部经典作品：“自然，鲁迅对于农民群众的革命性和革命力量，在前期是有些估计不足的，并且有过某种程度的悲观和怀疑；这是他前期思想的一个缺点，这缺点也反映在《阿Q正传》中。”[30]在这篇文章的最后部分，冯雪峰非常矛盾地总结道：“现在，阿Q和阿Q主义是因工人阶级领导的人民革命的胜利而真正过去了，完全过去了，永远过去了。不过鲁迅的战绩和他的艺术杰作，因此就要在人民历史上和人民文学历史上长久地发光。”[31]

事实上，冯雪峰根本就无法解决这样一个悖论：一部表现“倒置的思想”的作品，怎么会“在人民历史上和人民文学历史上长久地发光”？一个内心充满思想“缺点”的作家，怎么会创作出“艺术杰作”？他又怎么会获得不朽的“战绩”？

其实，真正构成一种矛盾关系的，与其说是“前期”的鲁迅和“后期”的鲁迅，毋宁说是“国民性批判”的文学与“人民性歌颂”的文学。这种几乎无法调和的矛盾说明了这样一个彰彰明甚的结论，那就是，以鲁迅的“国民性批判”为特征的启蒙性写作，已经远远不能满足时代的现实斗争的需要了，因而，不可避免地要转向并长久地沉入一个消歇期。

三、重启：“寻根派”的偏向与“新世纪”的方向

1976年10月6日，祸国殃民的“四人帮”被粉碎了。这一事件标志着给中华民族造成巨大灾难和损失的“十年动乱”的结束。登峰造极的“个人崇拜”，对知识分子的疯狂迫害，对文化的毁灭性破坏，这些灾难本来应该引发人们思考这样一些问题——“文革”所释放出来的人性之恶到底是从哪里来的？这些疯狂的破坏冲动和野蛮的斗争激情与国民性是否有关系？以“民主”和“科学”为基础的“国民性批判”的转向和消歇，与这些悲剧的发生存在着什么样的因果关联？然而，在“伤痕文学”和“反思文学”之后登场的“寻根文学”，不仅没有顺着“五四”的“国民性批判”寻绎“文革”悲剧发生的根源，反而将“五四”的反传统与“文革”的反文化混为一谈，将五四运动的“反传统”当作导致文化断裂和文化混乱的根源。

“寻根派”的代表人物阿城在他的引起热烈回应的《文化制约着人类》中说：“五四运动在社会变革中有着不容否定的进步意义，但它比较全面对民族文化的虚无主义态度，加上中国社会一直动荡不安，使民族文化的断裂，延续至今，‘文化大革命’更其彻底，把民族文化判给阶级文化，横扫一遍，我们差点连遮羞布也没有了。”[32]郑义则不仅将当代文化落后和文学创作水平低下归咎于“五四”，而且还表现出强烈的民族主义情绪和对西方文化的排斥态度：“近来，每与友人深谈起来，竟不约而同地，总要以不恭之辞谈及‘五四’。……‘打倒孔家店’，做为民族文化最丰厚积淀之一的孔孟

之道被踏翻在地，不是批判，是摧毁；不是扬弃，是抛弃。痛快自是痛快，文化却从此切断。……近几十年间，就社会生活而言，我们实在可以产生世界上第一流水平的作品。但一代作家民族文化修养的欠缺，致使我们难以征服世界。卖风俗、卖生活、卖小聪明，跟在西人屁股后面爬行（我绝不反对引进），大约是征服不了世界的。”[33]韩少功也表达了大体相同的认知和情绪：“‘五四’以后，中国文学向外国学习，学西洋的、东洋的，俄国的和苏联的；也曾向外国关门，夜郎自大地把一切‘洋货’都封禁焚烧。结果带来民族文化的毁灭，还有民族自信心的低落。”[34]对于这三位“寻根派”作家的观点，汪晖、王友琴和刘火等学者，都明确表达了不同的意见。[35]李书磊更是坦率而尖锐地反对“寻根派”作家的观点，态度鲜明地为“五四”一代的“反传统”进行辩护：“我对文学上认同传统文化的寻根思潮非常反感，尤其是在我们民族正艰难而痛苦地进行自我改造的时候。从道德意义上看，中国传统文化基本上是一种非人文化（儒家否定人，道家否定人生），鲁迅对其所进行的‘吃人’概括无疑是准确的；仅仅从功利角度看，中国传统文化也是一种曾经使我们民族与国家濒临衰灭的失败的文化（这在近代史上已有证明），而且还将继续危害我们这个民族。”[36]

面对“文革”造成的巨大灾难和可怕的混乱，这些“寻根派”作家显然无力进行深刻的合乎事实的阐释。他们没有看到“五四”的启蒙主义与“文革”的蒙昧主义，完全是格格不入的两回事；没有看到“文革”的“三忠于”和“四无限”，不仅是“传统文化”的产物，也与“五四”一代启蒙知识分子猛烈批判的“奴隶人格”有着血脉上的关联；没有看到当代文化与“五四”新文化的断裂，才是当代“文学”不景气的重要原因；没有看到“文革”中恶性发作的种种“病症”，恰恰就是鲁迅、陈独秀和胡适们所批判的“国民劣根性”。

由于看不到问题的实质，由于对“五四”一代“国民性批判”的误解，“寻根文学”的作家们，虽然也描写人物的愚昧、呆滞、麻木、昏愚，但是，在他们的作品里，不仅没有鲁迅对国民性的自觉的批判意识，而且还多少表现出对这些负极的国民性（即鲁迅所说的“坏根性”）的欣赏的态度。韩少功的《爸爸爸》、王安忆的《小鲍庄》、贾平凹的“商州系列”和李杭育的“葛川江系列”等作品，不仅缺乏“五四”一代的自觉的启蒙意识和成熟的批判精神，而且还多多少少存在着将“国民劣根性”当作“根”来“寻”的倾向，正像一位批评家早在上世纪 80 年代就曾经指出的那样：“……将偷鸡摸狗、扒灰乱伦的卑劣行径统统贴上‘中国传统文化’的标签。……事实表明，就在文艺界门槛中的一些人借着‘写文化’和‘寻根’等等的话题而竞相抖露低级庸俗东西的时候，不仅文学的社会功能日益萎缩，而且文学的审美魅力也大幅度褪色。”[37]

从20世纪90年代以来，中国经历了百年未有的“变局”，随着市场经济时代的到来，“交换价值”在很多方面取代了“真理价值”，市场伦理严重地消解了个人的批判意识和批判能力，私人生活的空间极大地挤占了公共生活的空间。作家的否定精神和文学的独立性，都受到了市场的压抑。马尔库塞说：“只有当形象活生生地拒绝和驳斥既定秩序时，艺术才能说出自己的语言。”[38]然而，我们时代的作家，却成了丧失批判能力的“单向度”的人。当代作家放弃了“启蒙”的立场，也放弃了“国民性批判”的使命。人们从当代作家的作品里，已经很少读到充满文化理想和批判激情的文字。不仅如此，鲁迅们的“国民性批判”，还受到了进入“新世纪”以后的当代作家的严重的误解和彻底的否定，例如，王蒙、王朔和冯骥才等作家，都曾写过专门的文章来批评鲁迅：有的批评鲁迅缺乏“费厄泼赖”精神，建议“费厄泼赖”应该实行；有的贬低鲁迅的文学成就，认为鲁迅仅凭少量的短篇小说和一些杂文不能成为大师。冯骥才则将矛头直接对准鲁迅的“改造国民性”问题，认为鲁迅的“国民性批判”完全“来源于西方人的东方观。他的民族自省得益于西方人的旁观”；由于西方传教士“对中国文化所知有限，并抛之以优等人种自居的歧视性的目光，故而他们只能看到中国的社会与文化的症结。他们的国民性分析，不仅是片面的，还是贬义的或非难的”。但是，鲁迅就是以这种“贬义的或非难的”偏见为基础进行写作的，所以，“他那些非常出色的小说”，便“不自觉地把国民性话语中所包藏的西方中心主义严严实实地遮盖了。我们太折服他的国民性批判了，太钦佩他那些独有‘文化人’形象的创造了，以致长久以来，竟没有人去看一看国民性后边那些传教士们陈旧又高傲的面孔”。[39]这种观点虽然不能说毫无事实根据，因为鲁迅的确高度评价过美国传教士明恩溥的《中国人的气质》，但是，冯骥才显然严重地误解了鲁迅，严重地低估了鲁迅“国民性批判”的独特性和重要意义，因为鲁迅对于国民性问题不仅有着自己独到、深刻的思考和严密系统的论述，而且内中充满了对中国命运深切的关怀和对中国人民博大的爱意。

事实上，经过“文革”的破坏和市场化的影响，“国民性问题”呈现出前所未有的复杂性，也显示出前所未有的严重性。表征着道德混乱和伦理危机的事件层出不穷。“周老虎”“范跑跑”“躲猫猫”“杨佳袭警”“瓮安事件”“马加爵事件”“邓玉娇事件”以及学者和作家的抄袭，从这些频繁发生的一般的社会问题，就足以看出当下国民性的现状。撒谎、怯懦、懒散、马虎、虚荣、自大、盲从、“拉帮派”、“窝里斗”、缺乏公德、缺乏诚信、缺乏同情心、缺乏正义感、缺乏公民意识、缺乏对真理的热爱、缺乏说真话的勇气，这些国民性里的痼疾，现在仍然存在。与“五四”时代相比，我们国民性状况即使不能说更为严重，至少还没有达到比较理想的状态，正像一位学者指出的那样：“‘国民性’就这样在几年之间发生了天翻地覆的变化。但这变化显然与鲁迅那一代人理想主义的设计很不一样……今天，在理想主义已经遭遇了重大挫折，务实的人生态度已经成为时代主流的背景下，作家看世事的眼光已多是‘理解’与‘同情’了。……虽然‘五四’先驱们痛加针砭的‘国民劣根性’问题（诸如‘瞒’和‘骗’‘精神胜利法’、马马虎虎、缺乏韧劲……）并没有得到根本的改观，但毕竟，时代变了。在这个文化价值观念已经多元的时代，‘个性解放’常常意味着：按照自己的意愿生活。”[40]从这些话语里，我们可以读解出论者对问题的清醒认识：我们的国民性并没有得到根本的改善，也并不比鲁迅的时代好多少，甚至更令人担忧了；从这些话语里，也可以感受到一种深深的无奈：“时代变了”“价值观念已经多元”“务实的人生态度已经成为时代主流”，面对这样的现实还能怎样？只能抱着“理解”的态度，只能放弃已经过时的“理想主义”。由于无奈，所以，对于20世纪90年代以来的贴近“民间世俗情怀”的写作，批评家也给以“理解”和“同情”的评价：“作家们对这些底层百姓生活的重新发现和理解，也显示了新的时代精神：不再奢求‘改造国民性’，而是以通达的情怀去理解百姓的不易、底层的艰难。今天的作家的平民立场正是当代人对于历次政治运动‘改造思想’（不妨将这一口号也看作‘改造国民性’主题的延伸）恐怖记忆的远离。”[41]“同情”和“理解”都是可以的，但是，将“改造国民性”与“改造思想”混为一谈却是错误的，因为，它们有着完全不同的价值基础和文化指向，是性质完全不同的两回事。尽管外在地看它们的确显得有几分相似，但是，无论如何，不能说“不妨将这一口号也看作‘改造国民性’主题的延伸”。

是的，当多元主义与相对主义的界限被弄得模糊不清的时候，当个人主义被降低为犬儒主义的时候，当复古主义者大煲“心灵鸡汤”的时候，当孔子又成为“万世师表”的时候，当形形色色的帝王将相在小说文本和影视作品中卷土重来的时候，当“留头不留发”的奴才们“嗻”声四起的时候，当颓废和堕落成为一种时髦的时候，启蒙知识分子对国民性的批判就显得很不合时宜，就变得异常艰难。从电影、电视剧到文学写作，我们都可以看到对人性内部的邪恶和黑暗的表现，都可以看到对生活、对他人甚至对自我的厌恶，正像有人在《亚洲周刊》撰文指出的那样，“自我厌恶，甚至自我憎恨，在当代艺术家和文化工作者的集体想象中，的确占着相当重要的位置”[42]，但是，这样的“厌恶”和“仇恨”似乎更多地停留在一个消极的水平，缺乏对人性成熟而完整的理解，缺乏有深度的思想，缺乏充满勇气的批判精神，所以，“这类作品不但无助于中国人认识自己，更会加深外国人对中国人的误解”[43]。与这种渲染“厌恶”和“憎恨”情感属于同一精神谱系的，是对中国民族精神和国民性的“生物逻辑”的阐释。影响甚大的《狼图腾》就把一个复杂的文化问题，化约为一个简单的生物主义命题。在这部长篇小说的作者看来，“对于民族来说，民族性格则是一个决定民族命运的生死攸关的国家大事。……软弱的民族性格是万恶之源，它将导致一系列最可耻、最不可饶恕的罪恶：不思进取，坐井观天、丧权辱国、割地赔款、叛卖投降，俯首称臣；人民被杀戮、被贩卖、被奴役、被歧视；民族被改种、改文、改姓、改身份等等”[44]。他认为中华文明之所以衰落、中国人的国民性之所以变得软弱，就是因为我们身上的“狼性”丧失了。他把“狼性”当作影响社会进步和文化发展的根本要素：“汉唐元清这四个朝代之所以有如此重大贡献，原因就在于，这四个朝代都是民族性格中狼性羊性结合得比较好、狼性略大于羊性的强悍时代。”[45] 在一个把外在意义上的“成功”当作最大目标的时代，《狼图腾》所宣扬的这种“以力服人”的理念，很容易赢得普遍的欢迎和共鸣，但是，尽管如此，我们还是有必要指出这样一些事实：“从伦理境界看，它崇尚凶暴无情的生存意志，缺乏温柔的人道情怀和诗意的伦理态度；从主题上讲，这部小说作品的思想是简单的、混乱的，甚至是荒谬的、有害的；从艺术上看，它虽有蔑视小说规范的勇气，但缺乏最基本的叙事耐心和叙事技巧：它的勇气更多的是蛮勇和鲁莽，是草率和任性。”[46] 是的，《狼图腾》一类作品对国民性问题的思考缺乏启蒙性，所得出的结论则是简单的、似是而非的。

尽管如此，我们仍然可以看见充满现实感、问题意识的作家，仍然可以看到对国民性问题进行思考和批判的作品。王小波的杂文随笔和蒋子龙的《农民帝国》就充满了探讨国民性的热情和批判国民性的勇气，显示出了 21 世纪文学应该选择的写作路向。

从对中国传统文化的态度来看，王小波与以鲁迅为代表的“五四”启蒙者是“一头儿的”。他在《我看国学》中说：“现在可以说，孔孟程朱我都读过了。虽然没有钻进去，但我也怕钻进去就爬不出来。如果说，这就是中华遗产的主要部分，那我就要说，这点东西太少了，拢共就是人际关系里的那么点事，再加上后来的阴阳五行。这么多人研究了两千多年，实在太过分。”[47] 他的忧愤固然没有鲁迅那么深广，但是，他有足够的勇气面对现时代的问题，有勇气对当下的“中国问题”和“国民性问题”进行批判性的思考。自由、尊严、知识和理性是王小波全部写作的价值支点。这可以被看作对“五四”的核心价值观的继承和拓展。他的作品里充满优雅而轻松的自由感，充满知性的深刻和幽默的风度，常常表现出对自己的反讽和调侃，表现出一种大度而宽容、有趣而自信的精神姿态。像“五四”一代一样，王小波的批判也是从“伦理问题”入手的。他反对“愚蠢”，反对不负责任的“装傻”，反对一切“站在人性的反面”的姿态，反对“话语的捐税”，尤其反对一切形式的“无趣”：“在社会伦理的领域里我还想反对无趣，也就是说，要反对庄严肃穆的假正经。据我的考查，在一个宽松的社会里，人们可以收获到优雅，收获到精雕细刻的浪漫；在一个呆板的社会里，人们可以收获到幽默——起码是黑色的幽默。就是在我呆的这个社会里，什么都收获不到，这可是件让人吃惊的事情。”[48]为此，他提倡“思维的乐趣”：“现在我认为，愚蠢是一种极大的痛苦；降低人类的智能，乃是一种最大的罪恶。所以，以愚蠢教人，那是善良的人所能犯下的最严重的罪孽。……我认为低智、偏执、思想贫乏是最大的邪恶；别人说我最善良，就是我最邪恶时；别人说我最邪恶，就是我最善良时。当然我不想把这个标准推荐给别人，但我认为，聪明、达观、多知的人，比之别样的人更堪信任。”[49]他把“求真”置于“行善”之上，或者说，压根就把它们当作一回事：“对于什么叫美好道德、什么叫善良，我有个最本分的考虑：认真的思索，真诚的明辨是非，有这种态度，大概就可以算作是善良吧。”[50]王小波对国民性的批判，是包含在对历史和现实问题的批判之中的——他将锋芒指向导致国民性变异的巨大而幽暗的部分，从这一点来看，他所达到的深度和高度，是那些缺乏现实感和思想能力的“寻根派”作家以及在市场经济时代风光无限的“著名作家”难以望其项背的。

蒋子龙的《农民帝国》则是近年“国民性批判”叙事最重要的收获。从它所塑造的郭存先身上，我们看见了农民的根深蒂固的劣根性，也看见了当今时代令人担忧的国民性：这里有“一阔脸就变”的庸俗，有杂自卑与自大于一体的狂妄，有滔滔不绝“话痨”式的浅薄，有“有钱能使鬼推磨”的拜金主义，有对他人尊严的傲慢的蔑视，有缺乏文化理想的自满和得意。郭存先能言善辩，舌灿莲花：“我喜欢经济学家，经济学就是赚钱学。钱这玩意儿总是能让人多交朋友，净碰上喜事，每天都能欢欣鼓舞地过日子。……只有有钱的人才有资格谈论钱，钱是全部现代生活的灵魂，它既可以将一切都归结为钱，又可以将钱归结为一切。钱象征着人的能量，有钱就有力量。现在的人只有通过拥有金钱，才能拥有生产力和生命力。我们与金钱的关系，代表了我们与别人、与社会联系的本质，说白了就是拿钱说话。就像这个大厅，这是我设计的，基本就是两种颜色，黄和白。黄的是金，代表钱，象征太阳，阳刚，有强烈的辐射，无敌的能量。白的是银，也代表钱，象征阴柔……”[51]虽然典型化理论现在似乎已经失效了，但是，蒋子龙笔下的郭存先还是让人想起了“典型”这个词——蒋子龙给我们认识这个时代的国民性，提供了一个饱满的宝贵的“典型形象”。

舒衡哲在她那部经典之作的最后一段文字中说：“中国人民心目中的奴化观念是否已经灭亡，现在尚大有疑问。然而毫无疑问的是，世界主义（cosmopolitanism）的观念，将长久存留在像鲁迅这样的英才心中，他们将持续批判那如长城般久远的旧传统观念。”[52]其实未曾“灭亡”的“国民劣根性”，仍然很多，所以，对21世纪的文学来讲，冷静而警惕地面对一切复古主义的现象，继续完成“五四”一代未竟的“国民性批判”的事业，就是一件光荣而持久的工作。一切关心中国前途和中国人命运的作家，都应该把批判残缺的国民性和培养健全的国民性，当作文学写作的重要任务。这是我们无法放弃的方向和使命。

注释：

① 殷海光：《中国文化的展望》，中国和平出版社1988年版，第94页。

② 费孝通：《乡土中国》，生活·读书·新知三联书店1985年版，第21—28页。

③ 许寿裳：《亡友鲁迅印象记》，载《鲁迅回忆录》上册，北京出版社1999年版，第226页。

④ 林毓生：《中国意识的危机：“五四”时期激烈的反传统主义》，穆善培译，贵州人民出版社1986年版，第170页。

⑤ 鲁迅：《两地书·八》，载《鲁迅全集》第11卷，人民文学出版社1981年版，第31页。

⑥⑦⑧ 鲁迅：《坟·文化偏至论》，载《鲁迅全集》第1卷，人民文学出版社1981年版，第56—57页，第57页，第46页。

⑨ 胡适：《信心与反省》，载《胡适选集》，天津人民出版社1991年版，第336—337页。

⑩ 胡适：《介绍我自己的思想》，载《胡适选集》，第277页。

⑪ 鲁迅：《热风·随感录四十》，载《鲁迅全集》第1卷，第322页。

⑫ 鲁迅：《坟·论睁了眼看》，载《鲁迅全集》第1卷，第237页。

⑬ 鲁迅：《坟·灯下漫笔》，载《鲁迅全集》第1卷，第212页。

⑭ 鲁迅：《且介亭杂文·从孩子的照相说起》，载《鲁迅全集》第6卷，人民文学出版社1981年版，第81页。

⑮ 鲁迅：《坟·我之节烈观》，载《鲁迅全集》第1卷，第124页。

⑯ 鲁迅1918年8月20日致许寿裳信里的这些话语，其实不过是从史书里发现的事实，绝非危言耸听的空论。在《狂人日记》里，鲁迅也有相同的议论。吴虞则从《左传》《汉书》《后汉书》和《唐书》中，找出了大量事实，来“证明”鲁迅之言绝非虚妄之论（《吃人与礼教》，《新青年》1919年11月第6卷第6号）。

⑰ 胡适：《致周作人》，载《胡适文集》第7卷，人民文学出版社1998年版，第157—158页。

⑱ 鲁迅：《两地书·四》，载《鲁迅全集》第11卷，第15页。

⑲ 鲁迅:《热风·随感录六二·恨恨而死》,载《鲁迅全集》第1卷,第360页。

⑳ 鲁迅:《南腔北调集·我怎么做起小说来》,载《鲁迅全集》第4卷,人民文学出版社1981年版,第512页。

㉑ 傅斯年:《中国人和中国狗》,《新青年》1919年11月第6卷第6号。

㉒㉓52 舒衡哲:《中国启蒙运动:知识分子与五四遗产》,刘京建译,新星出版社2007年版,第272页,第274页,第360页。

㉔ 冯乃超:《知识分子的道路》,转引自舒哲衡《中国启蒙运动:知识分子与五四遗产》,第345页。

㉕㉖㉗ 毛泽东:《在延安文艺座谈会上的讲话》,《毛泽东选集》第三卷,人民出版社1991年版,第851—852页,第815页,第861页。

㉘ 柳青:《提出几个问题来讨论》,载蒙万夫等编《作家生活与创作自述:柳青写作生涯》,百花文艺出版社1985年版,第95—96页。

㉙㉛ 冯雪峰:《论〈阿Q正传〉》,载《冯雪峰选集》论文编,人民文学出版社2003年版,第314页,第318页。

㉚ 冯雪峰:《论〈阿Q正传〉》,载《冯雪峰选集》论文编,第317页。事实上,这已经成了当时在鲁迅的国民性批判问题上流行的观点。就连茅盾也无力摆脱这种观点的影响:"《阿Q正传》的画面是相当阴暗的,而且鲁迅所强调的国民性痼疾,也不无偏颇之处,这就是忽视了中国人民品性上的优点。"(茅盾:《鲁迅——从革命民主主义到共产主义》,载《茅盾评论文集》上册,人民文学出版社1978年版,第94—95页)

㉜ 阿城:《文化制约着人类》,《文艺报》1985年7月9日。

㉝ 郑义:《跨越文化断裂带》,《文艺报》1985年7月13日。

㉞ 韩少功:《文学的"根"》,《作家》1985年第4期。

㉟ 参见汪晖《要作具体分析》,《文艺报》1985年8月31日;王友琴《我只赞成阿城的半个观点》,《文艺报》1985年8月31日;刘火《我不敢苟同》,《文艺报》1985年8月10日。

36 李书磊:《从"寻梦"到"寻根"》,《当代文艺思潮》1986年第3期。

37 徐岱:《也谈文学与文化——寻根小说得失谈》,《当代文坛》1987年第5期。

38 马尔库塞:《单向度的人——发达工业社会意识形态研究》,张峰等译,重庆出版社1988年版,第53页。

39 冯骥才:《鲁迅的功与"过"》,《收获》2000年第2期。

40 41 樊星:《新时期文学与"新民族精神"的建构》,《文学评论》2009年第4期。

42 43 林沛理:《自我扭曲的镜子》,《参考消息》2005年5月3日。

44 45 姜戎:《狼图腾》,长江文艺出版社2004年版,第375页,第395页。

46 李建军:《小说的纪律:基本理念与当代经验》,江苏文艺出版社2009年版,第117页。

47 48 49 50 王小波:《沉默的大多数》,中国青年出版社1997年版,第102页,第3页,第24—25页,第42页。

51 蒋子龙:《农民帝国》,人民文学出版社2008年版,第501页。

(2009年第10期)

从中国美学的眼光看当代西方美学的若干热点问题

叶　朗

美学领域有一些理论问题，在近二三十年成了当代西方美学界讨论的热点，如关于自然美的问题，关于艺术与非艺术的区分的问题，关于“艺术的终结”的问题，关于“日常生活审美化”的问题，等等。这几年我们国内有许多学者写书、写文章介绍他们的观点。我想，如果从中国美学的眼光来看这些问题，可能会提出一些不同的看法。这篇文章就想谈谈我的一些看法，不妥之处请朋友们批评指正。

一、关于自然美的问题

近二十年在英美美学家中流行一种“肯定美学”的观点，持这种观点的美学家认为，所有的自然物（自然风景）都是美的；同时，他们又认为，自然物（自然风景）的审美价值不可能有等级的区别。

首先，持“肯定美学”观点的美学家认为，自然中所有东西都具有全面的肯定的审美价值。① 如哈格若夫说：“自然是美的，而且不具备任何负面的审美价值。”“自然总是美的，自然从来都不丑。”“自然中的丑是不可能的。”②

从表面上看，中国古代美学家也说过类似的话，实际上观点并不相同。如清代美学家叶燮的话：“凡物之美者，盈天地间皆是也，然必待人之神明才慧而见。”（《滋园记》）叶燮的话是说自然物都可能美，但必须有人的“神明才慧”去发现它，去照亮它，也就是必须有人与自然物的沟通和契合。又如清代诗人袁枚的诗：“但肯寻诗便有诗，灵犀一点是吾师。夕阳芳草寻常物，解用都为绝妙辞。”（《遣兴》）还有清代小说评点家脂砚斋在《红楼梦》上的一条批语：“天地间无一物不是妙物，无一物不可成文，但在人意舍取耳。”这些话说的也都是同样的意思。鱼鸟昆虫、斜阳芳草这些普通的自然物，都可能成为“美”，成为“妙”，关键在于人的审美意识和审美活动，在于人与自然物的沟通和契合。其实，车尔尼雪夫斯基也说过类似意思的话。他说：“人生中美丽动人的瞬间也总是到处都有。无论如何，人不能抱怨那种瞬间的稀少，因为他的生活充满美和伟大事物到什么程度，全以他自己为转移。”③

人的审美活动是一种社会的、历史的文化活动。一个外物（包括自然风景和社会风物）能否成为审美对象，是由社会文化环境的诸多因素所影响和决定的。当社会环境的某些因素和人们所处的具体情景遏止或消解了情景的契合、物我的交融，遏止或消解了人与世界的沟通，也就遏止或消解了审美意象的生成，那样的对象就不可能是美的。这里有多种情况。有的是太平常，有的是太令人厌恶，有的是现实生活的利害关系排斥或压倒了对某一对象的注意和兴趣，从而引起审美上的麻木和冷淡。车尔尼雪夫斯基在《生活与美学》中曾说：“对于植物，我们欢喜色彩的新鲜、茂盛和形状的多样，因为那显示着力量横溢的蓬勃的生命。”④ 对这个论断，普列汉诺夫问道：“‘我们’是指谁呢？”⑤ 接着说：“原始的部落——例如，布什门人⑥ 和澳洲土人——从不曾用花来修饰自己，虽然他们住在遍地是花的地方。”⑦ 这是因为这些民族处在狩猎生活的历史阶段。尽管他们的地面上长满鲜花，尽管他们看到了花卉，但他们不能和花卉沟通和契合，花卉对他们来说并不美（不能生成审美意象）。

德国地理学家赫特纳说：“几百年来，阿尔卑斯山只是一个可怖的对象，到 18 世纪末时才为人们所赞叹。再晚些时候，又揭开了原野和海的美。也许可以一般地说，随着文化的进步，特别是有了城市文化，对于文明风光的美的评价就降低了。而过去完全不被重视的荒野的自然美却慢慢进入人们的意识中。”⑧ 这说明自然物的美是一个历史的范畴。泰纳在《比利牛斯山游记》中有类似的论述。他引用一位波尔先生的话，说明 17 世纪的人和当代（19 世纪）的人对于风景的趣味完全相反：“我们看见荒野的风景感到喜欢，这没有错，正如他们看见这种风景而感到厌烦，也并没有错一样。对于 17 世纪的人们，再没有比真正的山更不美的了。它在他们心里唤起了许多不愉快的观念。刚刚经历了内战和半野蛮状态的时代的人们，只要一看见这种风景，就想起挨饿，想起在雨中或雪地上骑着马做长途的跋涉，想起在满是寄生虫的肮脏的客店里给他们吃的那些掺着一半糠皮的非常不好的黑面包。他们对于野蛮感到厌烦了，正如我们对于文明感到厌烦一样。……这些山……使我们能够摆脱我们的人行道、办公桌、小商店而得到休息。我们喜欢荒野的景色，仅仅是由于这个原因。”⑨ 这就是说，荒野的风景，对于 17 世纪的人是不美的，而对于 19 世纪的人就变得美了。原因就在于 19 世纪的人和荒野的风景能够沟通、契合，“物我同一”，生成审美意象。其实，就是在现在，由于具体的生活情境不同，荒野的自然也不是在任何时候都是美的。很多人都有这方面的经验。

“肯定美学”的“自然全美”的观点，最根本的问题是把自然物的美看成自然物本身的超历史的属性，从而否定审美活动（美与美感）是一种社会的历史的文化活动。但是人类的文化史说明，审美的社会性、历史性是不能否定的，人与自然物能否沟通和契合，能否“滓然而兴”，能否生成审美意象（“美”），这要取决于社会文化环境的诸多因素，取决于审美主体的审美意识以及审美活动的具体情境，因而自然中的东西不可能“全美”，“肯定美学”所持的“自然全美”的观点是站不住的。

与上面这个问题相联系，持“肯定美学”观点的美学家还否认自然物（自然风景）的审美价值可以有等级的分别。

艺术品的审美价值有等级的分别，这是大家都承认的。中国古代有很多题名为“诗品”“画品”“书品”的著作，就是对诗歌、绘画、书法的作品进行审美“品”“格”的区分。没有人会主张所有艺术品有同等的价值。例如，没有人会主张达·芬奇的作品和同时代其他画家的作品有同等的价值，也没有人会主张《红楼梦》和同时代的其他小说有同等的价值。

但是，持“肯定美学”观点的美学家认为，在自然美的领域不能有这种等级的分别。例如，美国有一位名叫戴维·爱伦斐尔德的学者说：“许多批评家说，埃尔·格列柯是一个比罗曼·洛克威尔更伟大的画家，但是能说西尔格提（Seregeti）的大草原在审美上比新泽西（New Jersey）的不毛之地更有价值吗？”还有一位名叫伽德洛维奇的学者说：“如果这样的嗜好物引导我们按照艺术评价的时尚说，同另一种海岸线相比较，这种海岸线显得太普通，或者这个物种是丑陋的、笨拙的和次等的，我们必须能够提醒自己，这种区分仅仅是将自然物转移到充满竞争和头衔的文化世界。而且这样做会丧失对审美经验和自然界自身独特对象的正确认识。”[10]

“肯定美学”学者的这种看法，它的理论实质就是要把文化、价值的内涵完全从审美活动中排除出去。他们要求人们超越一切价值判断，以所谓“纯审美的眼光”看待自然，“将自然纯粹地看作自然而不是文化世界中的价值的象征”。[11]他们的代表人物伽德洛维奇说：“如果我们希望摆脱价值判断的束缚而面对自然本身，我们不仅要有解经济化的自然，而且需要解道德化、解科学化和解审美化（de-aestheticize）的自然——一句话，解人化（de-humanize）的自然。”[12]

“肯定美学”学者们的这种理论是不能成立的。他们所谓“解人化的自然”和“纯然的必然性”都是非审美的。审美活动（美和美感）是包含价值内涵的。无论是自然美的领域，还是艺术美的领域，完全排除审美的价值内涵是不可能的。因为美不是自然物的客观物理属性，美是人与自然的沟通和契合而形成的意象世界，因而它必然受历史的、社会的各种因素（伽德洛维奇所说的“文化世界”）的影响，必然受审美主体的审美意识以及审美活动的具体情境的影响，必然包含审美的价值内涵。完全脱离社会、完全脱离文化世界、完全排除价值内涵的所谓“纯然的必然性”或所谓“解人化的自然”都是不可能存在的。

这种理论也不符合我们的审美经验。人们通常说：“桂林山水甲天下。”“五岳归来不看山，黄山归来不看岳。”这些话都说明在人们的审美经验中，自然物的审美价值是有高低之分的。这种审美价值高低的区分，不仅与自然风景本身的特性有关，而且和人的审美意识以及审美活动的具体情境有关。所以，即使是同一个自然物，也会产生不同的美感。例如，月亮，作为一个自然物，它给予人的美感就很不一样。

“月是故乡明”，这是杜甫有名的诗句。月亮作为一个物理的实在，在到处都是一样的（相对来说），故乡的月亮不会特别明亮，怎么说“月是故乡明”呢？原因就在这里的月亮不是一个物理的实在，而是一个意象世界，月亮的美就在于这个意象世界。季羡林曾写过一篇《月是故乡明》的散文。他在文章中说，他故乡的小村庄在山东西北部的大平原上，那里有几个大苇坑。每到夜晚，他走到苇坑边，“抬头看到晴空一轮明月，清光四溢，与水里的那个月亮相映成趣”。有时候在坑边玩很久，才回家睡觉，“在梦中见到两个月亮叠在一起，清光更加晶莹澄澈”。他说，“我只在故乡待了六年，以后就离乡背井，漂泊天涯”，到现在已经四十多年了。“在这期间，我曾到过世界上将近三十个国家，我看过许许多多的月亮。在风光旖旎的瑞士莱芒湖上，在平沙无垠的非洲大沙漠中，在碧波万顷的大海中，在巍峨雄奇的高山上，我都看到过月亮，这些月亮应该说都是美妙绝伦的，我都异常喜欢。但是，看到它们，我立刻就想到我故乡中那个苇坑上面和水中的那个小月亮。对比之下，无论如何我也感到，这些广阔世界的大月亮，万万比不上我那心爱的小月亮。不管我离开我的故乡多少万里，我的心立刻就飞来了。我的小月亮，我永远忘不掉你！”[13] 季羡林说那些广阔世界的大月亮，比不上他故乡的小月亮，这并不是作为物理实在的月亮不同，而是意象世界不同。他那个心爱的小月亮，不是一个物理的实在，而是一个情景相融的意象世界，是一个充满了意蕴的感性世界，其中融入了他对故乡的无穷的思念和无限的爱，“有追忆，有惆怅，有留恋，有惋惜”，“在微苦中有甜美在”。[14] 这个情景相融的意象世界，就是美。

古往今来多少诗人写过月亮的诗，但是每首诗中月亮给人的美感很不相同。例如：

“月上柳梢头，人约黄昏后。”（欧阳修《生查子》）这是一个皎洁、美丽、欢快的意象世界。例如：“江上柳如烟，雁飞残月天。”（温庭筠《菩萨蛮》）这是另一种意象世界，开阔，清冷。例如：“明月出天山，苍茫云海间。长风几万里，吹度玉门关。”（李白《关山月》）这又是另一种意象世界，沉郁，苍凉，与“月上柳梢头”“雁飞残月天”的意趣都不相同。再如：“寒塘渡鹤影，冷月葬花魂。”（《红楼梦》第七十六回中史湘云、林黛玉的联句）这是一个寂寞、孤独、凄冷的意象世界，和前面几首诗中月亮的意趣又完全不同。同是月亮，因为人的生活世界不同，人的心境不同，人感受的意趣就不同。这些都说明自然物（自然风景）的审美价值不能脱离人的生活世界，不能脱离人的审美意识。就像古人所说的：“思苦自看明月苦，人愁不是月华愁。”（戎昱《江城秋夜》）“匪外物兮或改，固欢哀兮情换。”（潘岳《哀永逝文》）自然美不能归结为自然物的物理实在本身的特性。否则一切都说不清楚。

二、关于艺术与非艺术的区分的问题

西方美学界讨论的又一个热点问题，就是艺术与非艺术的区分的问题。

我们认为艺术是可以界定的，艺术的本体就是审美意象，因而，我们认为艺术与非艺术是应该加以区分的，区分就是看这个作品能不能呈现一个意象世界。由于美（意象）与美感（感兴）是同一的，因此区分也就在于这个作品能不能使人“兴”（产生美感）。王夫之说：

> 诗言志，歌咏言，非志即为诗，言即为歌也。或可以兴，或不可以兴，其枢机在此。[15]

王夫之在这里把可不可以“兴”作为区分艺术与非艺术的最根本的标准，这是非常深刻的。这是从艺术的本体着眼的。艺术的本体是审美意象，因此它必然可以“兴”，也就是它必然使人产生美感。如果不能使人产生美感，那就不能生成意象世界，也就没有艺术。

西方现代主义艺术和后现代主义艺术的一些流派提出了否定艺术与非艺术的界限的主张。

这里首先要提到大名鼎鼎的杜尚。杜尚是法国出生的达达主义艺术家。1917年他在美国纽约把一件瓷质的小便器命名为《喷泉》提交到艺术展览会，由此引发了一场争论：什么是艺术？艺术与非艺术有没有区别？这件小便器本是一件普通的生活用品，是一件“现成物”（readymade），现在杜尚在上面签上一个名字，就把它从实用的语境中抽脱出来，并把它放入艺术品的语境中。杜尚这样一个做法，它的意义就在于抹掉（否认）艺术品与现成物的区分，抹掉（否认）艺术与非艺术的区分。

在杜尚的影响下，西方后现代主义的许多流派，都提出消除艺术与非艺术的区分的主张。其中以“波普艺术”和“观念艺术”这两个流派最突出。

“波普艺术”（pop art）兴盛于20世纪50年代末期到70年代前期的英国和美国，最著名的代表人物是安迪·沃霍尔。波普艺术家所做的就是把世俗生活中的“现成物”如破汽车、褪色的照片、海报、破包装箱、破鞋、旧轮胎、旧发动机、澡盆、木桶、竹棍、罐头盒、破布等等，通过挪用、拼贴、泼洒颜料、弄成模型、奇异的组合等等手法，努力使其变得鲜艳、醒目，既像广告又像实物陈列。波普艺术家认为这样的“现成物”就成为艺术品了。安迪·沃霍尔把布里洛牌肥皂盒搬到美术馆命名为《布里洛盒子》，就是一个著名的例子。安迪·沃霍尔说：“每个事物是美的，波普是每个事物。”另一位波普艺术家克拉斯·欧登伯格说：“我要搞丢弃物的艺术。”

“观念艺术”（conceptual art）兴盛于20世纪60年代中期到70年代前期。“观念艺术”也是受杜尚的启示而产生的。杜尚说过：“观念比通过观念制造出来的东西要有意思得多。”一个“现成品”之所以成为艺术，就在于艺术家赋予它一种观念。观念艺术家约瑟夫·库苏斯就说，杜尚的“现成品”构成了从“外表”到“观念”的变化，所以是“观念艺术”的开端。在观念艺术家那里，一切东西，文字、行为、地图、照片、方案等等，只要是能传达观念的，都可以是艺术。

我们在前面说过，我们认为艺术的本体是审美意象，所以我们认为艺术与非艺术是应该加以区分的，区分就在于这个作品能不能呈现一个意象世界，能不能使人“感兴”（产生美感）。一个作品如果不能生成意象世界，如果不能使人产生美感，那就不是艺术作品。

拿波普艺术家来说，他们把工业社会的“现成物”通过挪用、拼贴等手法而命名为“艺术品”，但他们并没有解决如何使“现成物”的“物”性转化为精神性的问题。他们想通过制造一个外在的艺术时空氛围（如画廊、画框）来完成这种转化，实际上并不成功。关键在于他们的“作品”本身能否生成“意象”。波普艺术家在挑选现成物时，根本没有情意可言。如法国“新现实主义”（被称为欧洲的波普）艺术家弗南德茨·阿尔曼，他收集破烂、旧报纸、各色各样的垃圾，把它们堆积起来，加以焊接、胶粘，他完全是随意的。波普艺术家都是这样。他没有“胸中之竹”。他拼贴和涂抹、组合时，既无某种感情在无意识中推动他，也无某种审美体验使他只能这样挑选和组合而不能那样挑选和组合。除了实物的拼贴显得十分“触目”以外，它的内部没有任何意蕴，因而也就没有灵魂，没有生命。这也就是为什么人们在观看这类波普艺术时，总觉得它们还是像一堆垃圾。波普艺术家把废品从垃圾堆里捡出来，并且放置到美术馆内，却仍然没有赋予它们生命。因为艺术家没有赋予它们以“情”“意”。波普艺术家成了艺术中的拜物教。艺术的生命不是“物”，而是内蕴着情意的象（意象世界）。波普艺术总让我们看到物（而且多半是破烂物），却很难让我们观到“象”，因为没有“情”“意”便不能感兴，不能感兴便不能生成意象，不能生成意象便不是艺术。当然，我们也不否认某些波普作品那种奇异的组合也能产生某种奇异效果，但是那种奇异效果并不是审美的效果。尽管波普艺术作品在艺术市场上可以卖出去，甚至卖高价，但在市场卖高价并不是判定一件物品是否是艺术品的根据。

观念艺术家把观念作为艺术的本质从而否定艺术与非艺术的区分，在理论上也是不能成立的。观念不是艺术。王夫之一再说，艺术不是“志”“意”。艺术是“意象”，而“意象”与“志”“意”是根本性质不同的两个东西。“意象”使人感兴，“志”“意”不可能使人感兴。把观念作为艺术从而否定艺术与非艺术的区分（即认为凡是体现一种观念的物品都是艺术），同样是不能成立的。

波普艺术也好，观念艺术也好，还有行为艺术等等也好，它们的一些代表人物否定艺术与非艺术的区分，最根本的问题就是意蕴的虚无。1961 年出现的一个称为“激浪派”（Fluxus）的艺术团体，他们也主张取消艺术与非艺术的界限。他们的代表人物乔治·马西欧纳斯在 1962 年 6 月发布的一份宣言中说：“激浪艺术既非艺术，也非娱乐，它要摒弃艺术与非艺术之间的区别，摒弃绝对必要性、排他性、个性、雄心壮志，摒弃一切关于意义、灵感、技巧、复杂性、深奥、伟大、常识和商品价值的要求，为一个简单的、自然的事件，一个物件，一场游戏，一个谜语或者一种讽喻的非结构的、非戏剧化的、非巴洛克式的、非个人的本质而斗争。”[16] 从这份宣言可以看出，摒弃艺术与非艺术的区分，就是摒弃一切关于意义的要求。这必然导致意蕴的虚无。意蕴虚无，当然不可能有意象的生成。那样的“作品”，当然不属于艺术的范畴。我们可以举几个最著名的极端的例子。

德国艺术家汉娜・波尔文是一个例子。她每年要在成千上万张纸上任意涂写数字以及从书籍上摘抄文字。她的“作品”数量惊人，但是这些“作品”是意蕴的空无。汉娜・波尔文的涂写尽管也引起媒体的关注，但它不属于艺术的范畴。

法国“新现实主义”艺术家伊夫・克莱因也是一个例子。“新现实主义”被称为欧洲的波普艺术或欧洲的“新达达”。这位克莱因在1958年办了一个展览。他把伊丽斯・克莱尔特画廊展厅中的东西腾空，将展厅的墙壁刷成白色，并在门口设了警卫岗。他吸引了许多观众来看这个展览，但是这个展厅中空无一物。这就是意蕴的虚无，它不可能生成意象世界。有的评论家说，这件“作品”包含了“多方面的信息”，同时给了观众一种“思想上的自由”。其实所谓“信息”和“自由”都是评论家外加给它的。这个空无一物的展厅，不可能有什么“多方面的信息”，也不可能给观众“思想上的自由”。

美国“偶然音乐”（chance music）又称“机遇音乐”（aleatory music）的代表人物约翰・凯奇更是著名的例子。他在1952年搞了一个题为《4分33秒》的作品。这部作品演出时，由一位身穿礼服的钢琴手走上台，坐在钢琴旁，但并不弹琴，这样坐了四分三十三秒，然后一声不响地走下台。整个过程没有出现任何乐音。这个作品曾被看作后现代音乐的典型。一些评论家对此大加赞扬。他们的赞扬可以归纳为两点。一点是说这个作品包含了无限的可能性。因为在一片“寂静”之中，演奏者和听众可以感受到在这个世界中“一切可能的东西都可以发生”，因而这片“寂静”也就包含着无限丰富的创造内容，每一片段都可能开放出最美的音乐花朵。再一点是这个作品使听众回到现实生活。在一片寂静中，演奏者和听众可以聚精会神地注意周围世界所发生的一切无目的的和偶发的声音，例如观众的咳嗽声，风吹窗帘的沙沙声，某个观众的脚步声，甚至是听众本人的耳鸣声。这就使演奏者和听众亲身经历了“真正的世界本身”，使他们回到了“现实的生活”。

这两点赞扬在理论上都是不能成立的。所谓“无限的可能性”，是抽象的可能性，而不是现实的可能性。所谓“一切可能的东西都可以发生”，其实什么都没有发生。如果按照这种抽象可能性的逻辑，一个无所事事的人，你可以说他是最伟大的统帅或最伟大的科学家；一张白纸，你可以说它是最美的图画。你怎么说都行，但是这些说法没有任何意义。至于说这个《4分33秒》使听众经历“真正的世界本身”，使听众回到“现实的生活”，也是不能成立的。咳嗽声、脚步声、耳鸣声确实也是在生活中发生的事件，但他们在生活中是属于缺乏意义的琐碎的事件。现实的、真正的生活世界包含着历史的、文化的内涵，极其丰富。当然，大众的日常生活中也有咳嗽声、耳鸣声，也有破布、垃圾，但是把咳嗽声、耳鸣声、破布、垃圾无限地放大绝不可能构成“属于大众的”真正的生活世界。《4 分 33 秒》这样的后现代主义艺术“作品”不会丰富听众的艺术的“感受性”，不会将听众的注意力“引向对生活的关注”，而只能使听众远离真实的生活世界。

有的西方后现代主义艺术家和评论家喜欢把西方后现代主义艺术的这种意蕴的空无说成受了“东方哲学”的影响，说成体现了禅宗的思想。例如激浪派艺术家白南准搞了一个名为《禅之电影》的作品。他在室内挂上银幕，还有一架倒放的钢琴和一排鲈鱼。在三十分钟之内，他用放映机把一盘长达四米的空白胶片放完。白南准把这种“空白”电影称为“禅之电影”。像这一类的说法和做法都是出于对禅宗思想的无知或误解。禅宗是讲“空”，但禅宗的“空”，完全不同于西方后现代主义这种意蕴的空无。禅宗的“空”是一个充满生命的丰富多彩的美丽的世界。苏轼说“空故纳万境”(《送参寥师》)。王维的诗就是这种境界的体现。我在《美学原理》一书中有专门一章讨论禅宗这种空灵的意象世界。

总之，否定艺术与非艺术的界限的主张是不能成立的。西方后现代主义艺术家的某些“作品”，没有任何意蕴，因而不能生成审美意象，也不能使人感兴。它们没有灵魂，没有生命。尽管在市场上有人出高价收购它们，尽管在学术界有人写文章吹捧它们，但它们不是艺术。

三、关于“艺术的终结”的问题

西方美学界讨论的又一个重要的理论问题是关于“艺术的终结”的问题。

艺术终结的问题最早是黑格尔提出来的。近年美国学者丹托又把这个问题重新提了出来，引起艺术界的讨论和关注。

（一）黑格尔的命题

我们先看黑格尔的命题。

黑格尔关于艺术发展的前景，其实有两个不同的命题。

一个命题是从绝对观念发展的逻辑提出的命题。黑格尔说：

> 就它的最高的职能来说，艺术对于我们现代人已是过去的事了。因此，它也已丧失了真正的真实和生命，已不复能维持它从前的在现实中的必需和崇高的地位，毋宁说，它已转移到我们的观念世界里去了。[17]

> 我们尽管可以希望艺术还会蒸蒸日上，日趋于完善，但是艺术的形式已不复是心灵的最高需要了。我们尽管觉得希腊神象还很优美，天父、基督和玛利亚在艺术里也表现得很庄严完善，但是这都是徒然的，我们不再屈膝膜拜了。[18]

按照黑格尔的哲学，绝对理念是最高的真实。绝对理念有主观精神、客观精神、绝对精神三个发展阶段。绝对精神又有艺术、宗教和哲学三个发展阶段。哲学是绝对理念发展的顶端。黑格尔把艺术分成三种类型：象征型、古典型和浪漫型。象征型艺术是形式压倒内容。古典型艺术是形式和内容的完满的契合，所以是最完美的艺术。浪漫型艺术是精神（内容）溢出物质（形式），这种内容和形式的分裂不但导致浪漫艺术的解体，而且也导致艺术本身的解体。精神要进一步脱离物质，“艺术的形式已不复是心灵的最高需要了”，艺术“已丧失了真正的真实和生命，已不复能维持它从前的在现实中的必需和崇高的地位，毋宁说，它已转到我们的观念世界里去了”。这样，艺术就让位于哲学。这就是艺术的终结。

所以，黑格尔所说的艺术的终结，并不是说艺术从此消亡（死亡）了，而是说，艺术对人的精神（心灵）来说，不再有过去那种必需的和崇高的位置了。

照我们看，黑格尔的这种艺术终结论在理论上是不能成立的，因为他的理论前提不能成立。黑格尔的理论前提是，绝对理念是无限的，是最高的真实。艺术（美）是“理念的感性显现”，是以有限来显现无限，所以最终要否定自己而进入哲学，哲学是纯粹的观念世界，是最高真实的体现。但是照我们的看法，绝对理念不是最高的真实，艺术也不是理念的显现。照我们的看法，艺术是意象世界，而这个意象世界照亮一个生活世界，这个生活世界是真实的世界。王夫之强调，“志”不是“诗”。“志”可以用逻辑判断和命题的形式来表述，因此它是确定的、有限的，而“诗”的意蕴则不能用逻辑判断和命题的形式来表述，因此它带有某种程度的宽泛性、不确定性和无限性。所以王夫之说“诗无达志”。王夫之认为，正因为如此，所以艺术在人类社会中有特殊的、不可替代的价值。按照王夫之的这个思想，艺术就不是哲学所可以替代的，这不但在古代（或古典艺术时期）是如此，而且在现代（或现代艺术出现之后）也是如此。

黑格尔提出艺术终结论的第二个命题是从历史发展的角度提出的命题，也就是现代市民社会不利于艺术的发展。黑格尔说：

> 我们现时代的一般情况是不利于艺术的。[19]

“现时代的一般情况”为什么不利于艺术呢？因为现时代不再是一个诗性的时代，而是一个散文的时代。什么是诗性的时代？就是人与世界万物融为一体的时代，也就是生生不息、充满意味和情趣的时代。那样的时代，当然有利于艺术的发展，因为艺术的本体是情景交融的审美意象，艺术活动是一种审美活动。而散文的时代则是功利和理性统治的时代，世界对于人是一个外在的、对象化的世界，世界万物都是人们利用的对象。在这样的时代中，人们习惯于用主客二分的观念去看待一切，也就是“按照原因与结果、目的与手段以及有限思维所用的其他范畴之间的通过知解力去了解的关系，总之，按照外在有限世界的关系去看待”[20]一切。这样，一切都是孤立的、有限的、偶然的、乏味的。这样的时代当然不利于艺术的发展。

应该说，黑格尔的这一观察是深刻的。现代市民社会的发展趋势是物质的、技术的、功利的追求越来越占据压倒一切的统治的地位，人的物质生活与精神生活失衡，人的内心生活失衡，人与自然失衡，人的生活失去诗意，人类失去家园，这当然不利于艺术（以及各种领域的审美活动）的发展。

但是，社会环境不利于艺术的发展，这并不意味着艺术丧失了真实和生命，也不意味着艺术不再是心灵的需要。事情也许正好相反，正因为“现时代的一般情况”不利于艺术，正因为在现代社会中物质的、技术的、功利的追求占据了压倒一切的、统治的地位，因而人类（心灵）对艺术（以及各个领域的审美活动）的需求就更加迫切，艺术理应放到比过去更高的位置上。

因此，学术界一些人把黑格尔的这个命题归入前面说过的艺术的终结的命题是不妥当的。照我们分析，如果把黑格尔的这个命题加以展开，那它恰恰会否定前面说的艺术终结的命题（“艺术的形式已不复是心灵的最高需要了”）。

（二）丹托的命题

阿瑟·C. 丹托，美国哥伦比亚大学教授，是一位分析哲学家。他以西方现代主义艺术和后现代主义艺术为背景，重新提出“艺术终结”的命题。

丹托认为，现代主义艺术已经在1964年的某个时刻终结了。所谓1964年的某个时刻，就是安迪·沃霍尔的《布里洛盒子》展出的那个时刻。因为《布里洛盒子》的展出，模糊了艺术品与日常物品的界限，也就是模糊了艺术与非艺术的界限，从而提出了“什么是艺术”的问题。丹托认为这个问题已经超出了艺术的界限，必须交给哲学来解决。这也就是说，艺术终结在哲学里面了。其实，照这么说起来，艺术的终结，应该从杜尚（他的《喷泉》等作品）就开始了。“杜尚作品在艺术之内提出了艺术的哲学性质这个问题，它暗示着艺术已经是形式生动的哲学，而且现在已通过其中心揭示哲学本质完成了其精神使命。现在可以把任务交给哲学本身了，哲学准备直接和最终地对付其自身的性质问题。所以，艺术最终将获得的实现和成果就是艺术哲学。”[21]

这种艺术的终结，就是哲学对艺术的剥夺。丹托曾在1984年8月的“世界美学大会”上发表过题为“哲学对艺术的剥夺”的讲演。[22]

丹托的逻辑是，当艺术品和现成品在感觉上找不出差别时，人们就要思考“什么是艺术”的问题，因而就必须转向哲学了。他说：“只有当任何东西都可以成为艺术品是显而易见的时候，人们才会对艺术进行哲学思考。”[23]“以我最喜欢的例子来说，不需要从外表上在沃霍尔的《布里洛盒子》与超市里的布里洛盒子之间划分出差别来。而且观念艺术表明某件事要成为艺术品甚至不需要摸得着的视觉物品。这意味着就表面而言，任何东西都可以成为艺术品，它还意味着如果你想找出什么是艺术，那你必须从感官经验（sense experience）转向思想。简言之，你必须转向哲学。”[24]

这样，我们就能明白，为什么丹托把《布里洛盒子》的展出看作艺术的终结的标志。丹托的逻辑就是，《布里洛的盒子》的展出，抹掉了艺术品与现成物的差别，从而提出“什么是艺术”的问题，这就意味着哲学对艺术的剥夺，意味着艺术的终结。

丹托说，随着“什么是艺术”的问题的提出，“现代主义的历史便结束了”[25]。“它之所以结束是因为现代主义过于局部，过于物质主义，只关注形式、平面、颜料以及决定绘画的纯粹性等诸如此类的东西。”[26]而“随着艺术时代的哲学化的到来，视觉性逐渐散去了”[27]，“因为艺术的存在不必非得是观看的对象”[28]。“不管艺术是什么，它不再主要是被人观看的对象。或许，它们会令人目瞪口呆，但基本上不是让人看的。”[29]

我们把丹托的“艺术终结”论和黑格尔的“艺术终结”论作一比较，可以看到，他们都主张艺术终结于哲学（观念），这是相同的。但是他们的出发点不同。黑格尔是立足于他的观念哲学，即绝对理念的发展的逻辑决定了艺术的终结。丹托是立足于后现代主义艺术的实践，即后现代主义艺术的一些流派抹掉艺术品和现成品的界限，艺术转到观念的领域，艺术变成哲学，这导致了艺术的终结。

按照我们的看法，艺术不可能终结。从最根本的道理上说，艺术活动属于审美活动（审美体验），这是人的精神的需求，是人性的需求。人需要认识活动，因而需要科学，人需要有形而上的思考，因而需要哲学，人还需要审美体验活动，因而需要艺术。人通过审美体验活动，超越自我，超越自我与万物的分离，超越主客二分，回到本原的生活世界，回到人类的精神家园。所以王夫之强调，“志”“意”不是“诗”，“志”“意”不可能代替“诗”。当然，审美活动是社会的、历史的。在不同的历史时期，审美活动必然产生变化，从而具有不同的文化内涵和历史形态，但是绝不会消亡。同样，艺术活动作为审美活动的重要领域，在不同的历史时期，它的文化内涵和历史形态肯定会发生变化，但也绝不会消亡。哲学不可能代替艺术。

黑格尔的预言并没有得到历史的证实。丹托也承认，在黑格尔之后，整个19世纪的艺术，大多数还是“真正地唤起了黑格尔所说的‘直接享受’”[30]，即“不需要哲学理论做中介的享受”[31]。特别是印象派艺术，它们带给观众“无需中介的愉悦”[32]。“人们不需要哲学去欣赏印象派”。[33]这就是说，哲学并没有代替艺术。黑格尔的预言并没有实现。

那么丹托本人的预言呢？丹托一再说，他所说的“艺术的终结”，就是意味着“任何东西都可以成为艺术品”，就是意味着“多元论艺术世界”的来临。我们认为，如果一般地说，当代的艺术世界是一种多元化的艺术世界，我们是赞同的。但是这种多元化的艺术世界并不意味着艺术与非艺术的界限的消失，因而也不意味着艺术的终结。因为西方后现代主义艺术的某些“作品”，也就是他们用来抹掉艺术品与非艺术品的差异的“作品”，在我们看来并不是艺术。因而1964年4月沃霍尔《布里洛盒子》的展出并不意味着“艺术的终结”。在这一点上，我们与丹托的看法不同。这种不同，是由于我们与丹托的美学基本观念完全不同。

四、关于“日常生活审美化”的问题

“日常生活审美化”是20世纪80年代西方学术界开始讨论的一个话题。

国内学术界对“日常生活审美化”有多种多样的理解和解释。很多理解和解释是不准确的。下面我们做一些考察。

1.“日常生活审美化”就是用审美眼光（审美态度）看待日常生活。持这种理解的人说，过去人们把日常生活排除在审美领域之外，现在人们用审美眼光来看待日常生活，这就是“日常生活审美化”。

我们认为这种理解和解释是不准确的。第一，在过去，人们并没有把日常生活排除在审美领域之外。中国古人特别追求在普通的日常生活中营造美的氛围。历史上许多文学家、艺术家，以老百姓的普通的日常生活为题材，创作出了许多不朽的文学艺术作品。17世纪荷兰画派的画家，我国宋代《清明上河图》的作者张择端，19世纪法国大画家米勒，他们的审美眼光都是指向老百姓的普通的日常生活，他们面向老百姓的日常生活领域创造出富有情趣的意象世界。第二，用审美眼光看待日常生活，不等于“日常生活审美化”。这是两个概念。这就像我们用审美眼光看待自然景物，也不等于“自然界审美化”一样。

所以，对于“日常生活审美化”的这种理解和解释，应该予以排除。

2.“日常生活审美化”就是过去一些美学家（如朱光潜）所主张的人生的艺术化、人生的审美化。

我们认为，这种理解和解释也是不准确的。朱光潜等美学家主张的人生的艺术化，是指一个人要树立审美的理想，在自己的一生中要追求审美的人生。我在《美学原理》中有一章专门讨论这个问题。审美的人生与日常生活有关系，但它的人生哲学的深刻内涵是日常生活所难以包含的。所以对于“日常生活审美化”的这种理解和解释，也应该予以排除。

3.“日常生活审美化”就是指后现代主义艺术家把日常生活中的现成物命名为艺术品，从而消除艺术与生活（艺术与非艺术）的界限的现象。关于后现代主义艺术家消除艺术与非艺术的界限的主张和实践，我们在前面已做了讨论。我们指出，否定艺术与非艺术的主张是不能成立的。而且后现代主义艺术的一些流派，他们视野中的所谓“日常生活”，多半是一些破布、破鞋、破汽车、破轮胎、破包装箱、旧海报、旧照片、罐头盒等各种丢弃之物。在他们心目中，把这些东西命名为艺术品，也就实现“日常生活”审美化了。我们在前面说过，这些生活中的废品、垃圾是缺乏意义的，把它们等同于“日常生活”是极不妥当的。

所以，对“日常生活审美化”的这种理解和解释，也应该加以排除。

4.“日常生活审美化”就是指当代高科技条件下社会生活的虚拟化。一些学者认为，在当代社会（他们称为“后现代社会”），仿真式的“拟像”泛滥，一切都成了标记，一切都成了符号，整个社会生活“拟像化”、虚拟化了，因而也就审美化了。

这种理解也是不准确的。第一，在当代社会，整个社会生活并没有也不可能全部虚拟化。一件衣服，它的符号价值（“名牌”）可以高过它的使用价值，但它仍然是一件实在的衣服，而不可能完全虚拟化，不可能成为一件“皇帝的新衣”。社会生活的其他领域也是如此。第二，虚拟化不等于审美化。网络世界、影像世界不等于审美世界（意象世界）。

所以，对于“日常生活审美化”的这种理解和解释，我们认为也应该加以排除。

5.“日常生活审美化”就是指在当代社会中越来越多的人对于自己的生活环境和生活方式有一种自觉的审美的追求。很多学者指出，随着社会生产力的发展，随着千百万群众物质生活逐步富裕，人们的精神、文化的需求也不断增长，因而一个大审美经济的时代或称体验经济的时代已经来临或即将来临，这将为整个社会生活带来极大的变化。

按照这种理解和解释，“日常生活审美化”就是对大审美经济时代或体验经济时代的一种描述。我们认为，按照这种理解和解释，对“日常生活审美化”的探讨，在理论上和实践上才是有意义的。

从20世纪60年代开始，世界各国的经济出现了一个重大变化，即商品的文化价值、审美价值逐渐超过商品的使用价值和交换价值而成为主导价值。人们买一件商品（例如买一件衣服），往往不是着眼于它的使用价值，而是着眼于它的文化价值、审美价值。现在人们花钱，已不完全是购买物质生活必需品，而是越来越多地购买文化艺术，购买精神享受，购买审美体验，甚至花钱购买一种气氛，购买一句话、一个符号（名牌就是符号）。很多年轻人、白领、“小资”，为什么不在办公室喝咖啡，要到星巴克喝咖啡？就是为了追求一种气氛，追求一种体验。在商店买咖啡，每磅一美元，而星巴克的咖啡，一杯就要几美元，可星巴克却越来越火。因为星巴克能满足很多人体验的需求。这就是所谓的“体验经济”。“经济学家认为，迄今为止人类经济发展历程表现为三大经济形态，第一是农业经济形态，第二是工业经济形态，第三是大审美经济形态。所谓大审美经济，就是超越以产品的实用功能和一般服务为重心的传统经济，代之以实用与审美、产品与体验相结合的经济。人们进行消费，不仅仅‘买东西’，更希望得到一种美的体验或情感体验。”[34]这种大审美经济的标志就是体验经济的出现。1999年，美国的派恩二世和吉尔摩二人合写的《体验经济》一书出版。书中说：“我们正进入一个经济的新纪元：体验经济已经逐渐成为继服务经济之后的又一个经济发展阶段。”“体验经济就是企业以服务为舞台，以商品为道具，以消费者为中心，创造能够使消费者参与、值得消费者回忆的活动。”2002年，研究大审美经济的学者，美国普林斯顿大学教授卡尼曼获得诺贝尔经济学奖，这表明国际学术界对这一发展趋势的高度重视。很多经济学家认为，在生活水平低下的时候，快乐在很大程度上取决于是否有钱，可是在生活比较富裕后，快乐并不正比例地取决于是否有钱。因此，不能把效用而要把快乐作为经济发展的根本目的。卡尼曼区分出两种效用：一种是主流经济学定义的效用，另一种是反映快乐和幸福的效用。卡尼曼把后一种效用称为体验效用，并把它作为新经济学的价值基础。最美好的生活应该是使人产生完整的愉快体验的生活。这是经济学二百多年来最大的一次价值转向。[35]

这种大审美经济时代或体验经济时代的到来，正反映出越来越多的人在日常生活中追求一种精神享受，追求一种快乐和幸福的体验，追求一种审美气氛。《哈里·波特》第七部于2007年7月21日零时在全球上市销售，成千上万的读者守候在书店门口抢购。美国在24小时里就售出了830万册，平均每秒钟售出5000余册。很多人买回家就关起门来读这部小说，整夜不睡觉，一口气把它读完。为什么这么急？因为如果他们自己没有读完，第二天上班、上学时就会由同学或同事告诉他们书的内容和故事的结局，那样一来，他们的快乐和激动的体验就丧失了。

这样一个大审美经济的时代，这样一个体验经济的时代，审美（体验）的要求将会越来越广泛地渗透到日常生活的各个方面。这就是“日常生活审美化”。“日常生活审美化本质上乃是通过商品消费来产生感性体验的愉悦。”“审美化的体验也就是对生活方式及其物品和环境的内在要求，而物质生活的精致性就相应地转化为人对消费品和生活方式本身的主体感官愉悦。”“审美体验本身的精神性在这个过程中似乎正在转化为感官的快适和满足，它进一步体现为感官对物品和环境的挑剔，从味觉对饮料、菜肴的要求，到眼光对形象、服饰、环境和高清电视画面的要求，到听觉对立体声、环绕声等视听器材的要求，到触觉对种种日常器具材质和质感的苛刻要求等等，不一而足。体验贯穿到日常生活的各个层面，它构成了审美化的幸福感和满足感的重要指标。”[36]这种幸福感和满足感是感官的感受，同时它又包含着精神的、文化的内涵，它是生理快感、美感以及某种精神快感的复合体。我们应该这样来理解和解释“日常生活审美化”。“日常生活的审美化”不是用审美眼光看待日常生活；“日常生活审美化”不是追求人生的艺术化；“日常生活审美化”不是后现代主义艺术的某些流派抹掉艺术与生活（艺术与非艺术）之间界限的主张和实践；“日常生活审美化”也不是网络、影像等等虚拟世界的泛滥；“日常生活审美化”是对大审美经济时代的一种描绘。在这样一个大审美经济时代，审美（体验）的要求越来越广泛地渗透到日常生活的各个方面。

在这样一个大审美经济或体验经济的时代，文化产业（或称创意产业、头脑产业、艺术产业等等）必然越来越受到重视，“技术美”（功能美）也必然在社会生活中占据越来越重要的地位。

在这里，我们看到了人类历史的一种辩证的发展过程。

我们知道，审美活动是人类的一种精神活动，是对于物质生产活动、实用功利活动的超越，也是对个体生命有限存在和有限意义的超越。而技术美学，对技术美的追求，就是要使本来是从物质的、实用功利的活动中超越出来的审美活动，重新回到物质的、实用功利的领域（衣、食、住、行、用）中去。

粗粗一看，这是把审美的、精神的东西降低到实用的、物质的层面，超功利的东西被功利的东西“污染”了。

其实，恰恰相反，这是把实用的东西升华为审美的东西，或者说，是在物质的东西中增添一个精神的层面，在实用功利的东西中增添一个超功利的层面。一座房屋，当它包含文化内涵和审美内涵时，它就不仅具有遮风雨、御寒冷的实用的功能，而且具有一种精神的氛围，给人一种精神的享受。一杯饮料，本来是满足身体的需求，可是当你和你的朋友在巴黎塞纳河边的咖啡馆一边喝咖啡，一边讨论刚刚在奥赛博物馆看过的印象派绘画的印象时，那就是一种精神的享受了。

当代社会被海德格尔称为“技术时代”。物质的、技术的、功利的追求在社会生活中占据了压倒一切的统治的地位，而精神的活动和精神的追求则被忽视、被冷漠、被挤压、被驱赶。这样发展下去，人就有可能成为没有精神生活和情感生活的单纯的技术性的动物和功利性的动物。因此，从物质的、技术的、功利的统治下拯救精神，就成了时代的要求、时代的呼声。

大审美经济时代的到来，技术美学的出现和兴盛，人们在日常生活中对于产品和环境的审美体验的追求，正是适应了这一时代的要求，正是为了从物质的、技术的、功利的统治下拯救精神。

从历史的发展看，审美的因素（属于精神性的东西）最早是从物质的、实用的活动中产生出来的。后来，审美与实用逐渐分离。审美的因素大量地表现在艺术活动之中。艺术中当然也有物质的因素，但那是媒介、载体、手段。艺术给予人的是精神享受而不是物质享受。这可以说是对实用与审美的原初统一的否定。历史发展到了高科技的今天，审美的因素又回到物质、实用的活动之中，审美的东西和实用的东西重新结合起来。这可以说是否定之否定。也许这就是美的历程。在人类历史上，确有这样的阶段，人们为了物质的东西而丢掉精神的追求，为了实利而丢掉审美。但从长远看，随着物质生活的高度发展、繁荣和富裕，精神的享受、审美的追求在人类生活中的比重将会越来越大。人们将迎来一个大审美经济的时代，即体验经济的时代。这个大审美经济的时代，也就是一个“日常生活审美化”的时代。

注释：

①　参见彭锋《完美的自然：当代环境美学的哲学基础》第四章，北京大学出版社 2005 年版。

②⑪⑫　转引自彭锋《完美的自然：当代环境美学的哲学基础》，第 94—95 页，第 15 页，第 15 页。

③④⑦　车尔尼雪夫斯基：《生活与美学》，周扬译，人民文学出版社 1957 年版，第 46 页，第 10 页，第 10 页。

⑤⑨　普列汉诺夫：《没有地址的信》，载《普列汉诺夫美学论文集》第 1 卷，曹葆华译，人民文学出版社 1983 年版，第 336 页，第 331 页。

⑥　布什门人是南非的一个民族。

⑧　阿尔夫雷德 · 赫特纳：《地理学——它的历史、性质和方法》，王兰生译，张翼翼校，商务印书馆 1983 年版，第 236 页。

⑩　转引自彭锋《美学的意蕴》，人民文学出版社 2000 年版，第 160 页。

⑬⑭　《季羡林文集》第 2 卷，江西教育出版社 1996 年版，第 166—167 页，第 166—167 页。

⑮　王夫之：《唐诗评选》卷一，孟浩然《鹦鹉洲送王九之江左》评语。

⑯　转引自马永建《后现代主义艺术 20 讲》，上海社会科学院出版社 2006 年版，第 106 页。

⑰⑱⑲　黑格尔：《美学》第 1 卷，朱光潜译，商务印书馆 1979 年版，第 15 页，第 132 页，第 14 页。

⑳　黑格尔：《美学》第 3 卷下，朱光潜译，商务印书馆 1981 年版，第 22 页。

㉑　阿瑟 · C. 丹托：《艺术的终结》，欧阳英译，江苏人民出版社 2001 年版，第 15 页。

㉒　演讲收进《艺术的终结》一书。

㉓㉔㉕㉖㉗㉘㉙㉚㉛㉜㉝　阿瑟 · C. 丹托：《艺术的终结之后——当代艺术与历史的界限》，王春辰译，江苏人民出版社 2007 年版，第 17 页，第 16 页，第 18 页，第 18 页，第 19 页，第 19—20 页，第 20 页，第 37 页，第 37 页，第 37 页，第 37 页。

㉞　季欣：《关于构建审美经济学的构想——凌继尧先生访谈录》，《东南大学学报》2006 年第 3 期。

㉟　参见凌继尧等《艺术设计十五讲》，北京大学出版社 2006 年版，第 320 页。

㊱　周宪：《“后革命时代”的日常生活审美化》，《北京大学学报》2007 年第 4 期。

（2009 年第 11 期）

韩城宋墓壁画杂剧图与宋金杂剧“外色”考

姚小鸥

陕西省考古研究院2009年3月在陕西韩城发现的宋代墓壁画，是研究宋代文化的最新的重要文物资料。壁画中的杂剧演出图，展现了一个内涵丰富的戏剧场面，为中国古代戏剧尤其是宋杂剧的研究提供了许多前所未有的新的信息，其中所显示的各脚色的艺术特征与戏剧功能，尤其值得戏剧学界注意。本文仅就壁画中戏剧排场的脚色类种，谈谈宋杂剧中的“外色”，并由此出发，讨论相关的宋代戏剧的若干问题。

一

为了叙述方便，我们先将韩城宋墓壁画杂剧图的画面作一个整体介绍。

韩城宋墓壁画杂剧图中，呈现出由十七位演员组成的庞大演出场面。中间四人，正围绕一把作为道具的椅子进行积极的戏剧动作。四人的右方有三人，其中一人，戴簪花展脚幞头，身着广袖圆领黄袍，秉笏静立，其神情显示未进入剧情。康保成教授等已经指出其显系“装孤”。画面的最右方，是两位头戴团冠、身穿彩裙外罩、对襟旋袄、双手持笙的女乐手，应即《武林旧事》所谓的“笙色”。上述三位脚色与演出场景的关系非常明晰，毋庸讨论。画面左方情况较为复杂。其中九人身份明确，显系乐队成员。由左向右排列：六人为筚篥色，皆手持筚篥，头戴簪花展脚幞头，分别身着红色或黄色圆领广袖宽衫，束带，内有衬领斜着耸起。后一特征如沈从文所指出：是宋代服饰与唐代类似服饰的区别之处。[①] 大鼓色一名，戴簪花无脚幞头，身着灰色团领宽衫，腰系黑色罗巾，双袖半卷起，两小臂大部裸露，双手击鼓。拍板色一名，头戴簪花展脚幞头，着红色团领宽衫，右手扶拍板置于右肩，左臂下垂，左手笼袖内，静立。杖鼓色一名，头戴簪花展脚幞头，身着黄色团领宽衫，腰系黑色罗巾，双袖半卷起，两小臂大部裸露，双手敛于胸前，静立。在画面左方乐队与戏剧场面之间，有一位身份不明的脚色，是本文将要重点讨论的对象。

我们所讨论的这名脚色，着装与戏剧班子乐队中大鼓色和杖鼓色极为相似，尤其与杖鼓色几乎全同：头戴簪花展脚幞头，身着黄色团领宽衫，腰围黑色罗巾。其姿态是，侧身向右，面向中间作场的四人，左臂为身体遮挡，左手握空拳置左胸前，拳心向上，右衫袖半卷，右小臂大半裸露，右腕似戴有一枚钏类饰物，右手伸向前下方，指微曲，指尖向下，掌心向里。与其他脚色相比，其特殊之处在于：服饰与乐队相同，却不持任何乐器；壁画所绘乐队诸成员或不面向演出场面，面向演出场面者，皆目光向上，多露眼白，显示其不专注于场上。画家显然欲以此种神态表示乐队诸成员此时不参与演出进程。这名脚色却目光炯炯凝视作场四人，身体与双手的姿态也呈现动态，作随时欲介入演出状。根据各种迹象，我们判断这名身份不明、似乎有些奇怪的脚色，是宋杂剧中的“外色”。

二

“外”是宋金杂剧的一个重要脚色。而目前戏剧史界对它的关注和认识却很不够，所以我们在这里先对“外色”及其研究状况作一个较为详细的介绍。

在学术史上，王国维《古剧脚色考》对“外”已有所涉及。《古剧脚色考》将“外”归入“冲末、小末、二末、老旦、大旦、小旦、细旦、色旦、搽旦、花旦、外旦、贴旦、外、贴”之属。王国维说：

> 元曲有外旦而无外末，而又有外；外则或扮男，或扮女，外末、外旦之省为外，犹贴旦之后省为贴也……然则曰冲，曰外，曰贴，均系一义，谓于正色之外，又加某色以充之也。[②]

王国维开拓中国戏剧史研究之功毋庸置疑，于脚色研究亦多所发明，然其对“外色”的论述却未切中肯綮，恐是受到《南词叙录》“生之外又一生也”这一说法的影响。王国维对“外色”的认识虽然较古人无根本性的突破，人们无由从中认识“外色”的本质特征，但为后人开启了相关研究的门径。

近代以来的戏剧史家，对“外色”的认识多数受到《南词叙录》和《古剧脚色考》

的左右，一般认为“外色”之“外”系“另外”“外加”之意。著名戏剧家齐如山《国剧艺术汇考》第十章《脚色名词》中设有词条“外”。该词条说：“外原来的性质只是末之次路脚色。”③

我国台湾地区著名的中国戏剧史专家曾永义发表于1977年的《中国古典戏剧脚色概说》，与齐如山相似，也将“外”归入“末行”。曾永义的文章将“外”与“末”列为一品，说“‘外’盖即‘外末’之省”④，与齐如山略同。

在中国大陆占主流地位的中国戏剧史代表著作，如张庚、郭汉城主编的《中国戏曲史》，虽然在相关论述的引文中提到过“外色”，但没有对它进行具体的解说。⑤

《中国戏曲曲艺词典》是新时期以来一部发行量很大、影响广泛的戏剧专业辞书。辞典类工具书一般反映学术界的共识，所以，我们将这部辞书的相关词条全文引录如下：

> 【外】传统戏曲脚色行当。元代戏曲中有外末、外旦、外净等，大致是指末、旦、净等行当的次要脚色。明清以来“外”逐渐专演老年男子的脚色。表演上基本与生、末相同。一般挂满白须，所以又叫老外。如京剧《四进士》的宋士杰、《跑城》的徐策等。近年来有些剧种（如京剧）外脚都由老生兼演，不另分行；有些剧种（如汉剧等）则仍作为一个主要的行当。⑥

《中国戏曲曲艺词典》虽然对“外”专门设置了辞条，但却将其置于“近代·现代”戏剧部分，该辞条的主要内容又是叙述“外”的派生脚色，而未很好地解释其本身。从该词典将“外”所置于的历史年代和辞条本身的内容两方面来看，都可以说明直到20世纪80年代初期，戏剧学界虽然意识到“外”是一个具有悠久历史渊源和广泛艺术影响的脚色，但对它的具体性质的认识却不很清楚。

景李虎所著《宋金杂剧概论》是一部由博士论文修改而成的研究宋金杂剧的专著，从作者的身份和著作的性质两方面来看，总体上它应该代表了20世纪末宋金杂剧研究的最新水平。其书第四章讨论“宋金杂剧的角色”时，将宋金杂剧中的脚色分为八品：（1）“末泥色”和“戏头”，（2）“引戏色”，（3）“副末色”和“末色”，（4）“副净色”，（5）“装孤色”，（6）“装旦色”，（7）“参军色”，（8）“把色”。⑦以上八品中未列入“外色”。“外色”未进入该书作者的视野，反映了直到20世纪末戏剧学界对这一脚色的隔膜。

三

其实，早在20世纪50年代，戏剧学界就有学者在专门著作中对“外色”这一宋金杂剧的重要脚色作过相当精深的研究，这就是胡忌和他的《宋金杂剧考》。[⑧]

《宋金杂剧考》用大量的篇幅论述了“外色”的脚色特征及其在宋金杂剧中的戏剧功能，将其概括为：

> 本身为剧外人而与剧中人呈答、呈打，以便于演出中的对话需要或加以批判的语言。[⑨]

为了理解上述论断，我们必须首先了解什么是“呈答”和“呈打”。

“呈答”和“呈打”是宋金时期人们所使用的两个重要戏剧术语，用以描述某些戏剧演出的过程。许久以来，由于对“外色”及其所呈现的中国古代戏剧相关特色注意不够，戏剧学界对这两个术语也有所忽略。现存的各种辞书对它们很少收录，也少有戏剧学著作对它们加以引用或解释。“呈”的本意是“呈现”，在宋代又特指艺术表演。其时有“呈艺”一词，叶梦得《避暑录话》记晏殊逸闻时，即使用过这一词语：

> 晏元宪公虽早富贵而奉养极约，惟喜宾客。未尝一日不燕饮，而盘馔皆不预办，客至旋营之。顷有苏丞相子容尝在公幕府，见每有嘉客必留，但人设一空案、一杯。既命酒，果实蔬茹渐至。亦必以歌乐相佐，谈笑杂出。数行之后，案上已灿然矣。稍阑即罢，遣歌乐曰：“汝曹呈艺已遍，吾当呈艺。”乃具笔札，相与赋诗，率以为常。前辈风流未之有比。[⑩]

“呈”字在宋金时期不仅用来描述一般的歌舞艺伎，还专门用来描述杂剧、院本的演出。胡忌在《宋金杂剧考》中所引用的耿文远南戏残曲就证明了这一点：

> 看傀儡，傀儡呈院本，身分诙谐越样美。[⑪]

“呈院本”即出演院本，上引南戏残曲描写了观看以傀儡戏的形式演出院本的情况。我们现在已经知道，宋金时期“院本”和“杂剧”名称虽然不同，其形式内容并无大异[⑫]，所以“呈院本”一语同样可用于描写宋杂剧的演出。

由“呈”字为语义核心组成的“呈答”与“呈打”两个词语，在文献中用以描述“外色”所独具的参与杂剧、院本演出的具体方式，即本身为剧外人而与剧中人的当场演出以某种形式结合进行的演剧活动。

《宋金杂剧考》从《也是园古今杂剧》的《蔡顺奉母》一剧第二折中，钩稽出了院本《双斗医》。《双斗医》及其他相关材料，清楚地反映了“呈答”的具体内涵。[13]

《双斗医》描写两个害人庸医为人诊治疾病的过程。其中一名庸医的身份是“太医”，名叫“宋了人”(谐音“送了人”)，另一名庸医被称为“医士”，名叫“糊突虫”。戏一开场，“宋了人”自我介绍说：

那害病的请我，我下药就着他沉疴。活的较少，死者较多。

［外呈答云］名不虚传！得也么！

糊突虫自我介绍：

看病不济，我吃食倒有能。

［外呈答云］两个一对儿，得也么！

糊突虫接着解释迟到的原因是自己病了，请人医治。

［外呈答云］你是太医，怎么又吃别人的药?

［糊突虫云］我的药中吃，是我也吃了。

［外呈答云］可怎么不中吃?

［糊突虫云］我若吃了我自家的药啊！我这早晚，死了有两个时辰也。

［外呈答云］你可是卢医不自医?得也么！

［太医云］自从俺打官司出来，一向无买卖。

［外呈答云］为甚么打官司来?

［太医云］俺两个为医杀了人来。

［外呈答云］两个一对儿油嘴，得也么！[14]

上引文清楚地表明了“外色”“呈答”作为一种参与演出的重要方式是，随时与剧中脚色就剧情进行对答，或对剧情发展作出随机评价。其戏剧功能是，贯穿剧情，沟通演员与观众。

如果说“呈答”的戏剧功能主要是贯穿剧情，沟通演员与观众，那么“呈打”则是“外色”直接参与演出的戏剧活动方式。《宋金杂剧考》引《也是园古今杂剧》中《广成子》剧第二折[15]：

［净云］我去采药来，好远路！我过了三道河，四座岭，六座崖，一个洞。

［外呈答云了］

［净云］我过三道河，是无奈河，难奈河，怎奈河；四道岭：过了左捱岭，右捱岭，义儿岭，话儿岭；又过了六座崖，过了今番崖、明番崖、常川崖、怎地崖、则管理崖、大家崖；又过了一座洞，过了必岭峰上的干厮峰下的靠后道直至无底乡空虚观脱膊洞里走了一遭才来。

［外呈打住］

［净云］我斗你耍哩！

《双斗医》院本中，有两个庸医互“打”和“外色”“打”充演庸医的“二净”的情节。

［蔡员外云］住住住！你两个休要胡厮嚷。你两位端的那一位高强，让一个医了吧！

［二净拿着药包一递一个打着念科］

［太医打糊突虫，云］我能调理四时伤寒。

［糊突虫打太医，云］我善医治诸般杂症。

……

［糊突虫拿药包打倒卜儿科，云］泻杀这个老妈妈，也是场干净。

［外呈答云］贼弟子孩儿，去了罢，去了罢！［打二净下］[16]

“呈打”使“外色”直接参与杂剧、院本演出的事实显露无遗，宋金杂剧中“打”的戏剧美学意义也由此得到充分呈现。

从戏剧艺术的基本美学特征来看，有控制的和经过驯化的“性”与“暴力”往往是戏剧表演中不可或缺的内容。现存剧本与记述性历史文献都证明，“打”是宋金杂剧、院本诸剧目，特别是带有较强调笑性质剧目的重要内容与表演形式。在戏剧学史上，人们对于“参军”“苍鹘”之间的打斗，对于副末色手中所持的“皮棒槌”注意较多，但对于“打”在整个杂剧中的美学意义的讨论却很不够。《双斗医》以“外色”“呈答”后“打二净下”收束全剧，以生动的个案反映了“外色”的“呈答”“呈打”等表演活动在宋杂剧演出中的重要性。它告诉我们，“外色”的戏剧功能不限于贯串剧情、沟通演员与观众，还往往在整个戏剧中具有结构性的意义。

一个“戏外人”如此参与戏剧的演出，是否是一种偶然的现象呢？是否意味着宋金时期戏剧的发展还处于“初级戏剧”的阶段呢？我们以为不是这样。“外色”以“戏外人”的身份，以“呈答”“呈打”等形式参与戏剧的演出，有着中国戏剧的重要美学传统“和”作为根柢。黄天骥在讨论参军戏、傩戏的“和”的演出形式时，对此类戏剧现象有过深刻的阐述。黄天骥说：

> 请勿轻视“和”这种从傩、参军戏遗传下来的戏曲演出形式。在形式的后面，体现着我国从古以来的审美观念。所谓“依子和”，实即让观众参与演出，这一点，成为我国戏曲表演的重要传统……到宋元南戏，后台和唱帮腔者虽然不算是观众，但他们的［合］唱，往往是从观众的角度，发表对事件、人物的评价、感想。这实际上也是观众参与的一种方式。当然，我们不是说傩戏、参军戏的“和唱”是最理想的表演手段，但是，注重让观众参与的审美观念，却为以后的戏曲表演所接受，并逐步形成为我国戏剧独特的表演体系。所谓“程式化”“虚拟性”等种种表演原则，无不以观众参与为前提。能否这样说：傩、参军戏“和唱”形式所体现的美学思想，影响着后世戏曲审美观念的思维定势。[17]

熟悉中国戏剧史的人都知道，中国古代戏剧种种独具特色的表演形式，所谓“跳出角色”“自报家门”等等，无不是以场上场下、戏里戏外的沟通为前提。明确了这一点，方能对“外色”的戏剧史地位做出恰当的评价。

宋杂剧中的“外色”并不是一个偶然随意出现的“剧外人”。早期的“外色”由宋金时期戏剧班子（《武林旧事》称之为“甲”）中的一个重要脚色——引戏充任，以后逐渐发展为专事演出的独立脚色。

关于“引戏”和“外色”的关系，胡忌指出：

> 参加赞导而与剧事表演无关者名曰“引戏”，故对戏剧言，其实即剧外人，故称“外”；惟其为“外”，除司赞导礼节外，可以空余时间参加戏剧中的次要演出人物，其装扮男角者可称“外末”、装扮女角者则可称“外旦”，也即是“装外”和“装旦”的原由。[18]

还应该指出，“外色”在宋金时期是一个为公众所承认并熟知的戏剧脚色。《水浒传》记述有“装外”这一脚色，为戏剧学界所熟知。从构词法来说，“装外”与“装孤”（《梦粱录》）、“装旦”（《武林旧事》）等脚色名称相类。“装旦”即“旦”，“装孤”即“孤”，由此可以判定“装外”即“外”。“外”作为脚色名称，不但出现在剧本中，同时也出现在叙述性的文献中，说明其被社会接受的广泛程度。

四

人们也许要问，“外色”既然在戏剧史上有如此重要的地位，为什么长期以来，有关它的记载较少，并且人们在已发现的大量戏剧文物中没有发现“外色”？

这个问题非常复杂，下面试作初步回答。首先，从戏剧表演的角度来看，“外色”只是宋金杂剧中的一个辅助脚色，和“参军色”“末泥色”“副末色”“净色”（含“副净色”）等宋杂剧核心脚色与“生”“旦”“丑”等南戏核心脚色相比，不那么引人注目。过去发现的有关宋杂剧演出图的画面都比较简略，“外色”很难成为有关画图反映的对象。其次，从脚色发展史的角度来看，“外色”是一个带有过渡性的脚色。“外色”最初的“业余”性质决定了他的通常装扮，而这一通常装扮使人们难以在一般的戏剧文物中将其辨认出来。

“装外”即“外色”的通常装扮是什么样呢？《水浒传》描述“外色”的形象说：

> 头一个装外的：黑漆幞头，有如明镜；描花罗襕，俨若生成。虽不比持公守正，亦能辨律吕宫商。[19]

“黑漆幞头，有如明镜；描花罗襕，俨若生成”，说明“外色”通常着与乐队相似的制式服装。这让我们联想到韩城宋墓壁画中所描绘的“外色”的装扮。

本文在前面提到过，韩城宋墓戏剧壁画的“外色”与乐队中的大鼓色和杖鼓色的着装极为相似，尤其与杖鼓色几乎全同。如果不是他未持任何乐器，姿态、神色和乐队诸成员迥异，人们很难把他和乐队区分开来。也就是说，当“外色”充当“贯穿剧情，沟通演员与观众”的脚色时，并无剧中角色装扮，其着制式服装出场，难以辨认其脚色。当“外色”串演剧中脚色时，自然依脚色需要化装，则很可能被当作其他脚色，如《王勃院本》“一净三末”中的一“末”，也未可知。

汤式《新建构栏教坊求赞·二煞》在描述杂剧各脚色功能时说：“引戏每叶宫商解礼仪。”[20] 互证之下，可知“虽不比持公守正，亦能辨律吕宫商”，说明“引戏”参与戏剧活动的方式和性质。《梦粱录》卷二十说：“末泥色主张，引戏色分付。”[21] 两相参较，可知“持公守正”反映“外色”在杂剧演出时负有指导方面的某些职责。“亦能辨律吕宫商”则说明，为能履行此项职责，“引戏”还须通晓音律。这些都使我们联想到韩城宋墓壁画杂剧图中“外色”的服饰及其与乐队的关系。

五

将韩城宋墓壁画杂剧图中的“外色”与整个戏剧场面的关系作进一步分析，可以使我们大大增加对宋杂剧“外色”戏剧功能的了解。

仔细观察，可以发现韩城宋墓壁画杂剧图的构图技巧十分高超。图示“杂剧色”诸品中，“装孤”未参与演出，不能算场上角色。“外色”与“一末三净”组成的演出场面，构图耐人寻味。“一末三净”围绕一把红色木椅成丁字形展开演出场面。丁尖为副末所饰低级官员类角色（其装扮与“装孤”所饰官员明显有别），头戴黑色无脚簪花幞头、身着圆领大红袍，腰系黑色罗巾，左手前指，右手插口中打呼哨。三净中，一持杖盘腿赖在木椅上；一着装类皂吏，右手举红色令牌类道具，左手指座椅上者，似促使其离开；一市民装扮，叉手，躬身向前，作无奈状。官袍、令牌、木椅同为红色，暗示戏剧场面发生在某一个较为低级的官署内。如此，则令我们猜测此图所绘可能系演出《辍耕录》“诸杂大小院本”中《闹巡铺》之类的剧目。“丁”字底部系四位角色构成演出场面的重心，画家有意将之与“外色”之间作适度留白。靠木椅外侧（左侧）地面，落有一长形木板，应该是类似《王勃院本》中“样板”之类的道具。这块木板加强了“一末三净”与“外色”的联系，也给人们体会“外色”的戏剧功能提供了联想的空间。

胡忌发现，根据《蔡顺奉母》剧后的“穿关”，除了“外呈答云”的“外色”，剧中同时还出现另一个扮演剧中人物蔡员外的“外”。两个“外色”同时出现，说明此时“外色”由贯穿剧情、沟通演员与观众的“剧外人”的原初脚色，已经逐步过渡到充当某一脚色独立参与戏剧演出。随着中国古代戏剧的发展，戏剧容量的逐步增大，导致脚色增多，对于脚色数量也必然产生新的要求。由“外”而派生出“外旦”“外末”等脚色的过程，揭示了中国古代戏剧由“小戏”向“大戏”过渡的一个重要途径[22]，它的发现，具有重要的学术史意义。胡忌利用传世文献已经对此做出了有力的论证，而韩城宋墓壁画杂剧图在半个多世纪后以新的材料证成其说。

顺便指出，胡忌对“外色”的发现可谓目光如炬，令人叹服，但个别时候他的叙述却似乎显得有些游移，他说：

> 在解释宋杂剧名目“引戏”时，我主张“引戏”即演变为“装外”。以戏说，它本是戏外的人物，但有时以戏剧演出的协助需要，而参加次要剧中人的演出，故产生了“外末”“外旦”“外净”的名称。“外末”者，以“外”扮戏中男脚也；余以“旦”“净”本义类推，则其说自可贯通。如以“外”为角色名称，由戏剧发展状况看，决无斯理。且以“外”为角色名称，则如“外末”“外旦”名称，亦不能得解。[23]

上引文前半部论述十分精到，后半部却有些含糊。《宋金杂剧考》书中既已明确使用“外色”一语，这里为何又断然否定“‘外’为角色名称”?（按:《宋金杂剧考》习惯将“脚色”写作“角色”。）我们认为，从全书来看，胡忌的论断是明确的。《孟子·公孙丑上》说:“故说诗者，不以文害辞，不以辞害志，以意逆志，是为得之。”[24]学习先辈论著要抓住其理论精髓，不能仅从字面意义上来理解。

胡忌的上述些许游移，有可能造成部分读者的误解，这可能是数十年来其真知灼见未能得到戏剧学界及时回应的重要原因。而最根本的原因，则在于多年来中国戏剧学界研究路径的偏差。

历来研究中国戏剧史有两条路径，或重视戏剧的文学性，或强调戏剧的演剧性。王国维开创中国戏剧史研究，功不可没，其戏剧学诸论著在学术史上有尽人皆知的重要意义，但《宋元戏剧史》的某些部分，有意无意过于强调了中国古代戏剧的文学性。戏曲学大师吴梅更偏爱曲本位的戏剧史研究，其在大学教授多年，学生多有成就，影响深远。他们的文学本位（或曰曲本位）的理论倾向在一定程度上影响了中国戏剧史研究更深入的进展。董每戡说：

> 过去一班谈中国戏剧史的人，几乎把戏剧史和词曲史缠在一起了，他们所重视的是曲词，即贤明如王（国维）氏，也间或不免，所以他独看重元剧。我以为谈剧史的人，似不应该这样偏……戏剧本来就具备着两重性，它既具有文学性（Dramatic），更具有演剧性（Theatrical），不能独夸这一面而抹煞那一面的。评价戏剧应两面兼重，万一不可能，不得不舍弃一方时，在剧史家与其重视其文学性，不如重视其演剧性，这是戏剧家的本分，也就是剧史家与词曲家不相同的一点。㉕

如果将“戏剧性”或曰“演剧性”置于首位，不难发现“外色”在宋金杂剧中的重要性。对“外色”及其戏剧功能的更深入的研究与发掘，在宋金杂剧乃至整个中国戏剧发展史的研究中都具有十分重要的意义。

注释：

---

① 沈从文编：《中国古代服饰研究》（增订本），上海书店出版社 1997 年版，第 333 页。

② 姚淦铭、王燕编：《王国维文集》第 1 卷，中国文史出版社 1997 年版，第 513 页。

③ 齐如山：《国剧艺术汇考》，辽宁教育出版社 1998 年版，第 391 页。

④ 曾永义：《中国古典戏剧脚色概说》，载《曾永义学术论文自选集（乙编·学术进程）》，中华书局 2008 年版，第 106 页。

⑤ 张庚、郭汉城主编：《中国戏曲通史》，中国戏剧出版社 1992 年版。

⑥ 上海艺术研究所、中国戏剧家协会上海分会编：《中国戏曲曲艺词典》，上海辞书出版社 1981 年版，第 75 页。

⑦ 景李虎：《宋金杂剧概论》，广东高等教育出版社 1996 年版，第 80—100 页。按：引文中的“角色”一词当写为“脚色”。参见孙楷第《脚色》，载《沧州集》，中华书局 1965 年版，第 338—340 页。

⑧ 胡忌：《宋金杂剧考》，古典文学出版社 1957 年版。

⑨⑪⑬⑭⑯⑱㉓ 胡忌：《宋金杂剧考》，中华书局 2008 年版，第 73 页，第 199 页，第 70—73 页，第 70—73 页，第 73 页，第 106 页，第 120—121 页。

⑩ 叶梦得：《避暑录话》卷上，文渊阁《四库全书》本。

⑫ 胡忌：《“院本”之概念及其演出风貌》，载《菊花新曲破——胡忌学术论文集》，中华书局 2008 年版。

⑮ 胡忌:《宋金杂剧考》,第73页。本文引用时核对了收录于中国戏剧出版社1958年版的《孤本元明杂剧》中的原剧本,并对《宋金杂剧考》的引文作了个别删节。

⑰ 黄天骥:《论参军戏和傩——兼谈中国戏曲形态发展的主脉》,载《中国古代戏曲与古代文学研究论集》,中华书局2001年版,第76页。

⑲ 施耐庵、罗贯中:《水浒传》下,人民文学出版社1975年版,第1128页。

⑳ 隋树森:《全元散曲》下,中华书局1964年版,第1494页。

㉑ 孟元老著,周峰点校:《东京梦华录》(外四种),文化艺术出版社1998年版,第302页。

㉒ 关于"小戏",参见曾永义《论说小戏》,《曾永义学术论文自选集(甲编·学术理念)》,中华书局2008年版,第322—335页。

㉔ 赵岐注,孙奭疏:《孟子注疏》,载阮元校刻《十三经注疏》,中华书局1980年版,第2734页。

㉕ 董每戡:《中国戏剧简史·前言》,载《董每戡文集》,广东高等教育出版社1999年版,第156—157页。

(2009年第11期)

中国文学修辞研究：学术观察、思考与开发

谭学纯

从宏观的学科背景观察，西方当代修辞学影响力的结构性扩散，导致了修辞学与众多相关学科的碰撞。反映在国内的文学修辞研究中，有两种趋势值得注意：一方面，文学研究进入成果密集阶段，研究主体面临后续的方向性选择，学科的能量转换部分地在文学修辞研究领域重新集结；另一方面，部分修辞学研究从语言学界向文学界突围，通过学科内部的自我调整，寻找新的学术生长点。这里既有学科碰撞产生的驱动力，也有学科生长对中国文学修辞研究的整合性要求。

文学修辞研究的学术空间主要在语言学和文学的交叉地带，与此相应的研究群体自然也主要来自语言学界和文学界。国内的这两个学界分别在哪一个层面研究文学修辞？不同学科的文学修辞研究呈现什么样的格局？如何通过互为镜像的比较参照，开发文学修辞研究的生长空间、重建更具包容性的学理结构并探寻技术升级的操作途径？以上是本文要讨论的问题。

一、文学修辞研究：本土学脉和域外理论

文学修辞研究的完整面貌，是由语言层面的修辞技巧和文本层面的修辞诗学共同支撑的。这样说，既有民族化的传统，也有他者化的参照。

（一）本土学脉：修辞技巧与修辞诗学共在的传统资源

中国文学修辞研究的传统资源十分丰富：从《毛诗序》《文心雕龙》《诗品》之类的论著，到历代诗话、词话、曲话，都交织着修辞技巧和修辞诗学的双重话语。即便是修辞史家较少注意的评点性文字，也包含了修辞技巧与修辞诗学共在的思想资源。

脂砚斋评点《石头记》之“囫囵语”“炼字说”，比较多地从修辞技巧立论，但

“小说为骨诗为魂”则指向修辞诗学，触及小说话语的诗质以及诗语和叙述话语的交融，道出了小说和诗歌“文体间性”的一种修辞形态。古典章回小说每以“但见／便见／只见”“正是／真是／却是”“有诗为证”为话语标记，引出诗体文字写人绘景，把一般性叙述转化为描摹性叙述，作为叙述结构的修辞调整。或者承载评论教谕、警世劝诫的道德语义。“有诗为证”以修辞幻象的形式，暗示语言再现的“似真”世界，消解小说的虚构本质，满足接受者对小说故事真实性的审美期待。“有诗为证”意味着小说家操持另一套话语出场，这在某种程度上反映了小说的尴尬，同时也有着修辞诗学意义上的合理性：中国作为诗的国度，诗歌话语资源在小说文体中的显影，透露的正是“小说为骨诗为魂”的接受取向。① 这种民族化特征明显的话语方式，在西方小说中较少见。公元前6世纪以前，古希腊文学作品以诗体为多。② 小说文体兴起后，西方小说对诗语的接纳，不像中国古代小说中那么常见，更不像后者中的诗语那样承担着重要的修辞功能。

修辞技巧与修辞诗学互相缠绕的传统学脉，不仅见于可以观察到的文本现实，也见于深隐层次的文学思维和宏观的文化结构。

中国贬谪文化和贬谪文学中的“弃子—逐臣”现象，似可在修辞技巧和修辞诗学的双重意义上解读：从弃子到逐臣，是行为主体从被父母抛弃到被集团驱逐的修辞性置换。“弃子—逐臣”，是家庭行为向朝廷行为泛化、家庭权威向社会权威泛化。原属家庭伦理的弃子行为，转换为政治范畴的逐臣事件，进入文学书写。逐臣悲凄的生命呼喊响彻着对朝廷的忠诚，弃子泣血的低吟流贯着对父母的依恋，二者可以纳入一个同源相似的结构性隐喻之中。③

中国古代文学中的“芳草美人”喻象，也需要在修辞技巧和修辞诗学的双重意义上解读：屈原的“惟草木之零落兮，恐美人之迟暮”（《离骚》），陆游的“驿外断桥边，寂寞开无主”（《卜算子·咏梅》），都是男人“他者化”的修辞设计：自喻求宠的女性，重新出场，为自己重建一个与君主对话的空间。重建对话空间基于以下认知图示中的修辞结构：

美人迟暮→壮志难酬

美人见弃但矢志不移→请缨无着者的精神苦恋

这个修辞结构不仅仅是修辞技巧层面的相似关联，更有着修辞诗学层面的“模式”意义。

（二）域外理论：修辞诗学多于修辞技巧的研究格局

亚里士多德的《修辞学》使用较多的一个术语是“修辞术”。智者学派定义的修辞术，是“说服的技巧”[④]，这可能导致误解：亚氏所说的“修辞术”= 修辞技巧。

《修辞学》和亚里士多德的另一本著作《诗学》对于修辞技巧和修辞诗学的理论边界界定得并不分明，作者把修辞学和诗学都归入创造性科学。[⑤]这或许透露出一种信息：在他看来，二者之间存在某种理论纠葛。道格拉斯·基尔近期的研究也许可以提供这方面的支持，他认为亚里士多德的《诗学》和《修辞学》作为两部著作问世，会导致人们以为这两个学术文本分属不同的知识范畴。他为此撰文《由诗学到修辞学再走回来：文学与话语》指出：《诗学》探究文学话语的类别、元素、技巧和诗歌体式的本质，《修辞学》研究话语；亚里士多德所谈到的修辞问题有助于文学研究，接受过文学训练的学生更能发挥技巧来改善话语。基尔进而分析莎士比亚剧本的修辞技巧和香港媒体豪宅广告的诗学意味，说明《修辞学》和《诗学》的理论关联及其在“后读写时代”的意义。[⑥]也许可以这样认为，亚里士多德的《修辞学》和《诗学》，其研究对象有别：前者研究话语，后者主要谈悲剧，对修辞技巧和修辞诗学的观察角度和解释深度各有侧重，《修辞学》对修辞技巧的关注多于对修辞诗学的关注，这不等于说《修辞学》只谈修辞技巧而不涉及修辞诗学。

这种研究格局进入文学修辞研究，发生了逆向性变化：随着西方叙事文体的发展以及修辞研究向文学叙事延伸，使得域外的文学修辞研究对修辞诗学的关注开始多于对修辞技巧的关注。

从布斯的《小说修辞学》关注作者、叙述者、人物和读者之间的修辞关系，到詹姆斯·费伦的《作为修辞的叙事》，强调“修辞是作者代理、文本现象和读者反应之间的协同作用”[⑦]，再到保罗·德曼的《阅读的寓言》通过修辞性阅读实现文本自我解构的寓言化，它们虽然论述的侧重点不同，但都显示一个共同的倾向：文学修辞研究对修辞诗学问题的关注，多于对修辞技巧的关注。“北大演讲丛书”之一、加拿大学者高辛勇的《修辞学与文学阅读》，正是在修辞诗学的意义上使“修辞”和“文学阅读”走出了技巧层面。巴赫金的《长篇小说的话语》也表现出对“淹没在修辞的细微末节之中”的“书房技巧”的不信任感。[⑧]还有一部著作不能不提：那就是海登·怀特的《元史学：19 世纪欧洲的历史想象》。书中告诉我们，本真的历史如何通过历史叙述成为修辞化的历史。这本书作为对新历史主义文学批评有重要影响的成果，对文学修辞研究同样具有启迪意义。如果说，怀特论证了“历史想象”的结果是“修辞性的”，那么，一个顺理成章的推断则是“文学想象”的结果更是“修辞性的”。[9]在怀特的表述中，“文学性的”“修辞性的”“诗性的”常常互相指涉，这本身也说明：怀特所说的叙述的修辞性，语义指向修辞诗学。

参照本土学脉和域外理论，原本修辞技巧和修辞诗学共同支撑的文学修辞研究，在中国当代的学术走向中走出了两条技术路线。

二、学科分化：语言学／文学的文学修辞研究

中国文学修辞研究的学科分化，有学术评价和学科体制等多方面原因，也有研究者主观认识的依据。

在国内语言学界和文学界，文学修辞研究的关键词“修辞”，存在着概念内涵与外延上的区别。语言学界和文学界对 W. C. 布斯《小说修辞学》的阅读反应，似可佐证。

（一）布斯《小说修辞学》：阅读反应和不同学科的理论选择

比较中国语言学界和文学界对布斯《小说修辞学》的评价，会发现一个有趣的现象：二者在理论选择方面，体现出不同的学科倾向。

语言学界评价《小说修辞学》：

> 在修辞学家的眼里，任何一段话语都包含着作者的意图、话语的意义以及读者对话语的反应三个方面的内容。三者的关系表现为作者力图运用一切手段组合话语，以便使读者的反应纳入创作意图的轨道。用柏克的话说，使作者与读者在理智、情感和态度等方面取得“同一”。布斯正是以作者、话语和读者三者的这种相互关系为基本论点来研究小说修辞学的。他把小说和史诗这类语言艺术视为这样一种话语形式：读者对作品的分析、理解、评价与欣赏时时处处受作者的控制。作者用以左右读者的反应的一切手段属于修辞技巧，是小说修辞学研究的对象。[10]

文学界评价布斯《小说修辞学》：

> 在《小说修辞学》中，布斯最关心的问题，是作者、叙述者、人物和读者之

间的关系。在他看来，这种关系就是一种修辞关系，亦即作者通过作为技巧手段的修辞选择，构成了与叙述者、人物和读者的某种特殊关系，由此达到某种特殊的效果。他把该书取名为《小说修辞学》，并不是去探讨我们通常所理解的措辞用语或句法关系，而是研究作者叙述技巧的选择与文学阅读效果之间的联系，这便回到了古希腊的修辞学本义上去了。⑪

比较上面两段关于《小说修辞学》的评价，可以观察到：

《外国现代修辞学概况》明确表示："作者用以左右读者的反应的一切手段属于修辞技巧，是小说修辞学研究的对象。"《小说修辞学·译序》强调布斯并不是探讨小说的措辞用语或句法关系，而是研究作者叙述技巧的选择与文学阅读效果之间的联系。所谓"回到了古希腊的修辞学的本义"，表面上是重返亚里士多德，但它更多的是在诗学的意义上、而不是在论辩与演讲技巧的意义上回到古希腊的。因此，《小说修辞学·译序》将《小说修辞学》视为现代英美文学批评和小说理论的重要文献。⑫

文学修辞，是指向修辞技巧，还是指向修辞诗学，对此国内语言学界和文学界的同类研究各有所重。二者的学术目标、技术路线、学术面貌、成果流向，有较明显的学科特征。

（二）模式1：语言学界偏重修辞技巧的文学修辞研究和巴赫金的批评

1. 学术目标：透过文学文本中的语言现象，发现并解释语言学问题

以文学文本中的称谓研究为例，台湾学者郑阿财从9篇敦煌变文中28处使用的"阿婆"，考察构词、词义及唐代称谓词的语用表现⑬；崔山佳分析明清白话小说和明代戏曲中"嫂子""干娘""亲娘""哥"等几个称谓词，补充未收入词典的义项⑭；范崇高考释《搜神记》中9个称谓词语，修正辞书和古籍校注中的相关失误。⑮从发现并解释语言学问题的角度说，这些论文是高质量的。但是这些称谓的修辞功能是否从句子层面向文本层面扩张？是否对文学文本的叙述结构产生影响？⑯模式1的研究一般不涉及这些问题。以解释语言学问题为学术目标的文学修辞研究，固守着自己的学科边际。

20世纪80年代以来，国内的话语语言学研究延伸到了文本的篇章结构，但其学术目标仍然是解决语言学问题。如郑庆君的著作《汉语话语研究新探——〈骆驼祥子〉的句际关系和话语结构研究》，以"句段"为基本单位，考察《骆驼祥子》的关系系统、描写系统、照应系统、比较系统，采用的是语言学的方法，得出的是语言学的结论，这

从全书目录、概念术语、结论等可以看出。[17]至于语言学结论在何种程度上介入和支持文学修辞研究，此书和模式 1 的同类研究通常留着应解释而未解释的空间。

2. 技术路线：语言世界→语言世界

模式 1 分析的起点和落点都在语言。在具体的操作程序中，多分析文学文本的佳词丽句，如“三仙姑”的脸“像驴粪蛋下了霜”（赵树理）、葛朗台的头发“像黄金中掺着白银”（巴尔扎克）。有些佳词丽句作为话语经典，确有言语运用的示范意义。模式 1 在这方面一般语感敏锐，落实到文本的话语分析时，往往十分精细，对语言学理论的自身阐释深入而到位。台湾学者竺家宁认为，语感经验丰富的语言学者，“可以看到一般人未注意到的言语特点，正如‘庖丁解牛’，面对一篇作品时，他眼中所看到的已非‘全牛’，而是一块块的语言片段，有机地组合起来”[18]。这种观点一定程度上代表了语言学界的主流立场。

3. 学术面貌和成果流向：突出语言学面貌，学术反应主要在语言学界

模式 1 的学术面貌具有明显的语言学特征：偏重修辞技巧，长于语言分析，疏于文本驾驭。发现问题的角度是语言学的，解决问题的方式是语言学的，参考的同类研究成果主要是语言学的，最终的目标指向也是语言学的。研究成果主要流向语言类学术期刊或综合期刊的语言学栏目，影响力主要在语言学界，较少引起文学界的注意，较少被文学界引用。文学界的学术刊物较少发表、转载、转摘这一类成果，文学界也较少关注、较少引用这一类研究成果。“语言世界→语言世界”的技术路线，不支持此类研究成果流向文学界的学术期刊。基于语言学学科经验的文学修辞研究，较少考虑文学界的接受反应。

我们不必要求模式 1 的文学修辞研究一定要考虑文学界的反应。但是，处于文学和语言学交叉地带的文学修辞研究，如果完全不考虑文学界的反应，或较少进入文学界的阅读视野，可能多少有一点遗憾。特别是，当文学修辞研究的语言事实既是语言学意义上的语料，同时又是文学文本结构的修辞元素时，如果仅仅分析文本中的语言事实，而不考察这些语言事实如何支撑了文本生成并在某种程度上决定了文本的修辞结构，就可能会关闭很大一部分解释空间。

模式 1 的文学修辞研究，其学科分工、学术分工受现代语言学理论的影响，追根溯源，可以从索绪尔的知识体系里找到理论支撑。

一方面，索绪尔关于“语言”/“言语”的区分，以知识的权力，规定了语言界认同的自然语言研究和文学语言研究的学术分工：前者研究的对象是“语言”，后者研究

的是自然语言进入文学语境的功能变体——文学语言，它属于“言语”而不是“语言”。

另一方面，索绪尔关于符号“所指”/“能指”的区分，以知识的权力，规定了语言界认同的文学修辞研究的学科分工：文学研究文学作品的“所指”，语言研究文学作品的“能指”。按竺家宁先生的划分：文学符号的“所指”包括作品的情节、内容、情感、象征、人物塑造、言外之意、弦外之音、诗的意象、写作背景、作者生平等；“能指”涉及诗文格律、用韵，以及修辞学里所谈的部分问题。[19] 这样一来，文学符号的象征、言外之意、诗的意象等便淡出了语言学研究视野。而像布斯、费伦、德曼、巴赫金等人的侧重修辞诗学的理论资源，也较少成为模式 1 的理论选择。

从某种意义上说，索绪尔的理论对“语言”研究的指导意义大于对“言语”研究的指导意义。而文学修辞研究对“言语”特殊运用的重视，甚于对“语言”普遍规则的追寻。按说模式 1 的文学修辞研究应该考虑这一学术事实，但可能是出于对“现代语言学之父”的信奉，对文学修辞研究本不具有多少实际指导意义的索绪尔理论，深深地渗入了有着语言学背景的文学修辞研究主体的思维。

而这正是兼有语言学和文艺学学术眼光的巴赫金所批评的。他反对文学修辞研究分析“语言的生理上的组织标本”，认为文学修辞不等于“艺术家个人技巧的语言学上抽象的语言”，强调解释文本修辞统一体的构成和话语秩序：“这个关系最近的修辞统一体，决定着每一因素（词汇、语义、句法等因素）的语言和修辞面貌。”[20] 模式 1 的文学修辞研究长于词、句、段的诠释，但如果疏于文本的整体把握，一般就只能解释文学作品中的修辞，较少能解释修辞所建构的文学文本，也不容易找准与作家的修辞意识相契合的理论落点。因此当阐释对象从细碎的话语材料转移到整体的修辞设计、作家的表达方式和文本深层意蕴的关系时，模式 1 研究的解释力就相对弱化了。

（三）模式 2：文学界偏重修辞诗学的文学修辞研究和韦勒克、沃伦的提醒

偏向修辞技巧的文学修辞研究弥补了模式 1 的缺憾，但也弱化了模式 1 的技术性。其学术目标、技术路线、学术面貌、成果流向，区别于语言学的文学修辞研究。

1. 学术目标：透过文学文本中的语言现象，发现并解释文学问题

多分析文学意象、意境、主题、形象、话语方式、叙述策略、修辞行为、修辞过程与意识形态运作、修辞与话语权力的共谋和分离、修辞在后殖民理论中的位置等，并提供文本语言和修辞方式的证明，最终的理论指向是文学问题。

2. 技术路线：文学世界→语言世界

长于文本整体把握，疏于具体的语言分析。能够比较成功地阐释作家的艺术世界，但在解释作家的艺术世界所依托的语言世界时，有着语言学背景的读者有时会感到接受短路。语言学界欣赏模式 2 对文学文本结构的整体驾驭和论述的灵动，胜过欣赏它对文学存在方式与语言存在方式之间的关系的考察。

3. 学术面貌和成果流向：突出文学面貌，学术反应主要在文学界

王一川的《修辞论美学》（东北师范大学出版社 1997 年版）、泓峻的《文学修辞批评》（中国国际广播出版社 2005 年版）、郭洪雷的《中国小说修辞模式的嬗变——从宋元话本到五四小说》（上海三联书店 2008 年版）较多地认同修辞诗学意义上的“修辞”，而不是修辞技巧意义上的“修辞”。李建军的《小说修辞研究》（中国人民大学出版社 2003 年版）里有部分篇幅考察了宏观修辞技巧和微观修辞技巧。但透过“修辞技巧”的术语表象，可以读出：作者认为小说修辞的学术目标，是在作者与读者、作者与人物、读者与人物之间建立一种积极的“我—你”关系，即小说修辞的主体关系。这表明，作者的小说修辞观与 W. C. 布斯和詹姆斯·费伦注重的修辞诗学很接近。而蓝棣之的《作为修辞的抒情——林徽因的文学成就与文学史地位》[21]，从论文标题似乎就可以看出，从詹姆斯·费伦的《作为修辞的叙事》到这里的《作为修辞的抒情》，是修辞诗学功能从叙述方式向抒情（诗歌）方式的位移。而该文的副标题“林徽因的文学成就与文学史地位”，也表明了作者的写作定位。

模式 2 的学术面貌具有明显的文艺学特征：偏重修辞诗学，其强势研究在文本的整体把握方面，而语言分析往往体现出不同程度的弱势倾向。发现问题的角度是文艺学的，解决问题的方式是文艺学的，参考的同类研究成果主要是文艺学的，最终的目标指向也是文艺学的。研究成果主要流向文学类学术期刊或综合期刊的文学理论栏目，影响力主要在文学界，较少引起语言学界的注意，较少被语言学界引用。语言学刊物很少发表、转载、转摘这一类成果。“文学世界→语言世界”的技术路线，不支持此类研究成果流向语言学界的学术期刊。语言学界比较注重此类研究成果的语言学含量，而这些通常不是有着文学背景的研究者的强项。

阅读文学界的文学修辞研究成果，时常与语言学术语相遇。这是学术文本的符号表象，“隐喻 / 转喻”“能指 / 所指”“表层结构 / 深层结构”进入文学界的话语系统，在一定程度上投射出该术语所涉及的学科经验。联系具体的学术语境，对照概念术语的实际所指，可以感觉到，语言学基础有时也许没有夯实。对此，韦勒克、沃伦的提醒可能

有些言重，但不是没有道理："如果没有一般语言学的全面基础训练，文体学的探讨就不可能取得成功。"[22]

事实上，虽然文学修辞研究的学术目标不是解决语言学问题，但它也离不开语言学的学理支撑。在必要的语言学训练不够充分的情况下，介入语言学领域，有时会陷入两难：如果动真格，研究者不一定熟悉并能实现语言学研究的技术要求，可能因此引发一些来自语言学界的诘难；如果虚晃一枪，不涉及语言学的实质性问题和基础要求，那么，"文学是语言的艺术"的学术展开，是否会在具体操作中成为理论的空壳资源?

面对两难之境，有学者选择了智性的处理方式。孙绍振的《名作细读》注重语言分析而不用语言学概念。他在跟我的交流中，明确表示远离"能指"/"所指"之类的语言学术语。但他提出了语言学知识谱系之外的一对很有解释力的概念范畴："词典语义"/"文本语义"。孙绍振认为，国内的文学文本分析，语言之外的分析多，抓住语言的分析少。一些表面上注重字、词、句的分析，多半死在词典语义中，在文本语义中活起来的少。"词典里的意义非常有限，而在具体上下文（语境）中的语义，却因人而异，因事而即时生成。可以毫不夸张地说，在无限多样的语境和人物身上，同一语词所能表达的意义是无限的。"《名作细读》里的很多篇章，正文前用黑体字提示了需要细致分析的关键词。文学修辞研究从关键词句入手，基于孙绍振如下的认识：在经典的文学文本中，语言常规运用的可分析性小于超常规的运用，而超常规的语言运用"只是在一些局部的、关键的词语中，表现得特别明显。正是在这种地方，隐藏着作者和人物的心灵密码，也正是在这里，显示出语言的精妙"[23]。分析词典语义向文本语义的变异，进而破解隐藏着作者和人物的心灵密码，不可能仅仅在修辞技巧层面解释，还需要向修辞诗学延伸。

在操作层面如何实现从修辞技巧向修辞诗学的延伸，需要进入下面的讨论。

三、学科渗融：语言学—文学的文学修辞研究

（一）学科渗融：文学修辞研究的学术现实与可能

处于语言学—文学交叉地带的文学修辞研究，本身隐含着一个预设：能够在语言学—文学交叉地带出入往返的研究主体，其合理的知识结构是，语言学知识+文学知识。

在这方面，模式 1 和模式 2 的研究主体总体上的知识分配体现出各自的长处。

模式 1：语言学知识 > 文学知识 / 模式 2：文学知识 > 语言学知识

模式 1 的学术操作自由度设定较严，这对学术研究的随意性是一种制约，对强调学术研究的科学性来说，是戴着镣铐跳舞。但是当文学修辞的研究不以纯语言学研究为最终目的时，可能限制研究者的思想展开，也可能在一定程度上限制解释空间。这就使得语言学研究十分看重的“解释力”遗留了一块阐释的空地。

模式 2 的学术操作自由度相应扩大，打开了研究者的思想空间和解释空间，为理论扩容提供了更大的可能。开阔的学术视野，为读者提供了更大的信息量。但是当思想的敏锐和理论的深度落实为文本细读中的语言分析时，语言学的学术面貌不一定能很好地体现。在提炼规则、避免孤证、排除并解释反例等语言学研究注重的问题上，模式 2 也孜孜以求，但从文学修辞研究同层次成果观察，它可能不像模式 1 那样自觉。

研究模式的选择，只是选择一种解释路径，本身无可置疑。针对同样的文学修辞现象，研究者选择模式 1 或模式 2，通常出自他的学科经验。甲可能更擅长模式 1，乙可能更擅长模式 2。或者，同一个研究主体，在不同的研究阶段，分别选择模式 1 或模式 2。这就像甲擅长拳击或柔道，乙擅长跆拳道或空手道，不同的竞技名目有不同的攻击能量和实战效率。行为主体选择其中之一，自有他的合理性。

但是，拳击、柔道、跆拳道、空手道如果能优势互补，就可以为搏击注入新的能量。李小龙用他的截拳道向世界证明了这一点。基于同样的理由，能不能整合模式 1 和模式 2 的优势，探索二者相互激活的会通点呢？

（二）模式 3：兼及修辞技巧和修辞诗学的文学修辞研究

偏重修辞技巧的模式 1 和偏重修辞诗学的模式 2，依托各自的学科背景。有经验的读者，依据论文摘要和关键词，就可以知道作者的学科背景。因为论文摘要和关键词所呈现的，是一个学术文本最浓缩的学术话语及其背后的学科经验。学科经验意义上“我”的强势在场，以福柯所说的“知识的权力”抵御“他者”的介入。学术话语承载着学术信息进入学术传播，按学科惯常的技术路线进入理论腹地。这些通常在本学科的话语场内进行。学科是支持这种话语运作的平台，也是理论晦暗处的合法庇护所。这是一种隐在的权力。

模式 1、2 的研究者中，有我敬重的学术朋友。这两种模式的文学修辞研究成果，不乏学养深厚的精致文本，其思想的深邃、技术的精妙、逻辑的力量令人欣赏，也会激发读者再开发的欲望。在这样的学术情境中，分析文学修辞研究模式 1、2 之优长，思考巴赫金、韦勒克、沃伦批评中的有益成分，使得模式 3 逐渐清晰起来。

1. 学术目标：从文学文本的语言表象，解释文学的语言性问题和语言的文学性问题

文学修辞研究，既不是限制文学出场的语言研究，也不是语言缺席的文学研究。“文学是语言的艺术”这一最常见的理论表述，隐含了文学在语言中生成、语言向文学开放的双重命题，这意味着文学修辞研究需要在文学的语言性和语言的文学性的双重空间重新定位：文学的语言性在本体论层面构建解释框架；语言的文学性在艺术论层面寻求理论支持。如果文学修辞研究脱离语言性，就等于剥离了文学的存在方式；如果脱离了文学性，就等于回到了普通语言学意义上的语言观察和语言分析。

2. 技术路线：语言世界→文本世界→人的精神世界

模式 3 构建“话语建构—文本建构—人的精神建构”的立体分析框架，兼顾文本内部和文本外围，同时聚焦文本世界和人的精神世界的语言形态。既分析局部的修辞技巧，又注重修辞技巧在文本修辞结构中的功能和关系；既注重语言在文本修辞结构中的积极能量，又解析语言成为建构修辞化文本过程中的负性元素的原因。从成功的文学修辞“该如何”和不成功的文学修辞“是如何”的两极逼近同一个价值尺度：文学经典应该同时是修辞上的语言经典。

3. 学术面貌和成果流向：语言学面貌和文学面貌并重，同时关注语言学科和文学学科的学术反应

由于文学修辞研究既不是单纯的语言研究，也不是单纯的文学研究，因此需要比较参照、探寻生长空间、重建更具包容性的学理结构；需要启动研究主体的双重经验：语言经验和文学经验；需要调配研究领域的双重资源：语言学资源和文学资源；需要综合运用语言学和文学的思维方式、研究方法完成具体的操作。作为对以上操作的检验，处于语言学—文学交叉地带的文学修辞研究成果，在理论上似应分别流向语言学和文学刊物，接受语言学科和文学学科的学术审视。[24]

（三）模式 3 不是简单地回归本土传统，也不是生硬链接域外理论

行文至此，读者也许会发现，文学修辞研究呈现出“合—分—合”的逻辑路向：

合：本土传统和域外理论同时关注修辞技巧和修辞诗学。

分：模式 1 偏重修辞技巧、模式 2 偏重修辞诗学。

合：构建从修辞技巧向修辞诗学提升的模式3。

“合—分—合”的逻辑路向，不是回返性思路，而是重建性思路。

回顾本土资源中修辞与文学的共生因子，关注域外修辞研究向文学叙事延伸的生长态势，可以发现：本土传统和域外理论留有不同的解释空间和操作难度，需要以现代意识审视传统资源，重返文学修辞研究的学科基础，经过合理扬弃，为学术生长输入新的动力；同时以民族意识审视全球化的理论背景，参照域外同类研究的标志性成果，在一个更开阔的学术平台上进行前沿交流：在碰撞中生长，在对话中整合，提升理论格局，修正操作实践。

问题是，怎样由修辞技巧延伸到修辞诗学？怎样在修辞诗学的框架中处理修辞技巧？对此，本土化的理论表述点到即止，要言之：积章句而成篇。但理论上的章句积而成篇，进入实际操作时，又存在多种可能性。其修辞理路如何实现？可操作性交给了作者和读者。

从“篇”的角度观察“句”，句子通常是非自足性的。一个最小的叙述单位在句子中完成，是句子自身的封闭。在更大的篇章结构中，局部封闭的句子向周围开放着。这个开放的空间需要其他句段来填空。篇章语义的饱和，依赖于连贯性叙述中句段语义的不断生成。句段语义链条如何延伸，制约着篇章语义链条的完整。故事及故事走向、情节及情节推进、人物及人物关系，都作为相关参数，形成动态的结构模型。这里较少固定套路，而较多地取决于作者的修辞意图，以及为了实现修辞意图需要设计出一个什么样的修辞结构。这里的变数很多，弹性也很大。如何把其中的原理描述为可以观察到的外显形态，中国传统文论似乎更相信读写者的“悟”，而少有实证性的解析。

中国古人不重解析的外显性修辞结构，在域外的文学修辞理论中得到了部分的阐发。但国外的文学修辞研究对象毕竟是非汉语文本，其理论解释力和可操作性在面对汉语文本时不一定能完全对号入座。这里需要汉语经验的介入，需要注重汉民族思维方式及汉语写作的审美特征。

基于这样的认识，模式3一方面吸收模式1、2的学术智慧，清理它们的理论库存，整合二者之优长，悬搁二者之遗憾。另一方面立足当代学术语境，诠释传统资源，以民族思维审视域外理论及其可操作性。

在语言学—文学交叉地带重建文学修辞研究的话语场，对研究主体的知识储备、学术敏感、拓宽解释空间的能力等方面，有不同的要求，具有一定的挑战意味。而挑战正是学术研究的魅力所在——挑战意味着研究主体思维定势的打破，伴随着学科发展动力的新一轮输入。学科的良性发展，需要在不断挑战和积极应战的能量驱动下，以更深层次的学术观察，构建更具解释力和可操作性的话语平台。这在某种程度上，或许是全球化语境中文学修辞研究的一种自我调整。

希望本文的探讨能够为中国文学修辞研究生长空间的延展提供跨学科的观察与思考，也希望本文不会被误读为对中国文学修辞研究现有成果的苛求。它只是基于一种学术期待——期待更为开放、更为多元的研究。多元共存的研究格局和文学修辞研究的不同模式，在理论探讨和学术实践中丰富，并在这个过程中逐步完成旧质的新变和技术升级。

注释：

① 朱玲：《文学文体建构论》，海峡文艺出版社 2005 年版，第 107—118 页。

②④⑤ 罗念生：《修辞学》“导言”，参见亚里斯多德《修辞学》，罗念生译，生活·读书·新知三联书店 1991 年版，第 2 页，第 2—7 页，第 6 页。

③ 谭学纯：《“弃子逐臣”：一个结构性隐喻》，《光明日报》2005 年 8 月 22 日。按：尚永亮的《贬谪文化与贬谪文学——以中唐元和五大诗人之贬及其创作为中心》（兰州大学出版社 2004 年版）对“弃子逐臣”现象有深入精到的分析。

⑥ 道格拉斯·基尔：《由诗学到修辞学再走回来：文学与话语》，变哩译，《外国文学》2006 年第 4 期。

⑦ 詹姆斯·费伦：《作为修辞的叙事：技巧、读者、伦理、意识形态》，陈永国译，北京大学出版社 2003 年版，第 5 页。

⑧⑳ 巴赫金：《长篇小说的话语》，载《巴赫金全集》第 3 卷，白春仁、晓河译，河北教育出版社 1998 年版，第 37 页，第 37—40 页。

⑨ 谭学纯：《历史与修辞相遇》，《光明日报》2005 年 9 月 29 日。

⑩ 王德春主编：《外国现代修辞学概况》，福建人民出版社 1986 年版，第 47 页。

⑪⑫ 周宪：《小说修辞学·译序》，载 W. C. 布斯《小说修辞学》，北京大学出版社 1987 年版，第 3 页，第 2 页。

⑬ 郑阿财：《敦煌变文中称谓词“阿婆”综论》，《浙江大学学报》2007 年第 3 期。

⑭ 崔山佳：《明清白话作品词语称谓语补义》，《明清小说研究》2007 年第 2 期。

⑮ 范崇高：《〈搜神记〉称谓词语札记》，《兰州交通大学学报》2006 年第 5 期。

⑯ 谭学纯：《身份符号：修辞元素及其文本建构功能——〈李双双小传〉叙述结构和修辞策略》，《文艺研究》2008 年第 5 期。

⑰ 参见郑庆君《汉语话语研究新探——〈骆驼祥子〉的句际关系和话语结构研究》，湖南教育出版社 2003 年版。

⑱⑲ 竺家宁:《语言风格学之观念与方法》,《扬州大学学报》2003年第3期。

㉑ 蓝棣之:《作为修辞的抒情——林徽因的文学成就与文学史地位》,《清华大学学报》2005年第2期。

㉒ 雷·韦勒克、奥·沃伦:《文学理论》,刘象愚、邢培明、陈圣生、李哲明译,生活·读书·新知三联书店1984年版,第189页。

㉓ 孙绍振:《名作细读》,上海教育出版社2006年版,第257、255页。

㉔ 模式3的部分探索个案,可参见谭学纯《再思考:语言转向背景下的文学语言研究》,《文艺研究》2006年第6期;《身份符号:修辞元素及其文本建构功能——〈李双双小传〉叙述结构和修辞策略》,《文艺研究》2008年第5期;《存在编码:米兰·昆德拉文学语言观阐释》,《中国比较文学》2009年第1期;《语言教育:概念认知和修辞认知》,《语言教学与研究》2005年第5期;《语用环境:语义变异和认知主体的信息处理模式》,《语言文字应用》2008年第1期。

(2009年第12期)

“坏画”探源

易　英

新表现主义绘画大约出现在20世纪70年代末，1978年在纽约的新博物馆举办了一个名为“坏画”的展览，这有一个时间上的吻合，似乎“坏画”就是新表现主义的特指了。其实不然，真正的坏画还要早于这个时间，因为新表现主义主要兴起于欧洲，特别是德国和意大利，美国的新表现是奔着市场去的，并非真正的坏画，而是为市场营造的“伪坏画”。坏画应该是天然的。“坏画”一词最先用于意大利的艺术批评，应该与“贫困艺术”有关联。“在一个制度无处不在的世界上的非制度的生存方式”①，这是贫困艺术的一个出发点。贫困艺术反对的制度包括两个方面，一个是艺术的制度，另一个是美国现代艺术制定的制度。美国的现代艺术，或以格林伯格为代表的现代主义艺术被贫困艺术的批评家称为“僧侣主义”，艺术被简化到极少的形式，无个性的高度工业化的形式。要打破这种文化的霸权，就要让艺术回归自然，回归泥土，回归身体。一些贫困艺术的作品用自然物作材料，如泥土、树枝、树叶等。对于绘画而言，回归身体就意味着回归不受制度与理性控制的身体的自然状态。当人被制度化以后，要回到“前制度”的状态，似乎是不可能的。但这种回归是有意义的，它实际上是向人的自然本质回归。问题在于，艺术为什么一定要表现人的自然本质，或要用人的自然本质来表现。

谁都知道，艺术家不是工匠，因为艺术家有创造力，工匠的技艺再高，仍然是在重复一种技能。艺术家不受技能的束缚，而是让技能服务于他的创造。如果技能不能作用于创造，技能就失去了意义，被技能束缚的艺术家也就沦为了工匠。不过，艺术家原来也是工匠，艺术家脱离工匠的身份，获得更高的社会地位，被认为是社会的一大进步。在西方艺术史上，艺术家的身份是与高级艺术（high art）相联系的，艺术家服务的对象是上流社会，其艺术也就是主流的意识形态，自身也是意识形态的一部分。艺术家的训练反映了艺术的要求与目的，艺术家的才能就在于适应这种要求，不适应要求的就不能成为艺术家。规则、知识、程式是一个人成为艺术家的必要条件，这些条件就是把自然的人、感觉的人改造成为制度的人，唯有这样，艺术家才可能成为“上流社会”的一员，成为脱离了自然感觉和低级趣味的人。很多人在进入专业训练之前，都有一段工匠式的学习过程，或自己临摹，或师傅把着手教，这是一种经验式的学习和训练。我自己就有这样的体会。上大学之前，都是自学，临摹画册和小人书是最主要的学习方式，偶尔也有老师指点一下。等到考大学的时候，最难的就是色彩和素描，因为考试的要求是色彩和素描的公式，并不是你真正感觉的色彩与素描。入得大学的门来，正规的训练就是要收拾这些野路子，真实的感觉就会被熟练的技术取代。这就是我们在学校里常看到的情况，学习好、技术好的学生，不一定能搞艺术，因为技术不等于创造。技术是按照一定的规则和程式进行的，不论你的创造力如何，你的个性如何，都要服从于规则与程式。在学院的训练中，消除个性是一项基本的工作，最终的目的是把学生训练成一个模式。每个人都有自己体验世界、观察世界的方式，这种方式是天然的、自由的，也是独一无二的，就像我们看儿童画一样，每个孩子观察世界、表现世界的方式都不相同，这里面没有能力的高下，只有原始感觉和想象的程度不同。如果这个孩子在成长过程中，坚持以感觉的方式来认识和把握世界，他更有可能和条件成为一名艺术家。问题是，艺术学习并非按照个性与感性的方式进行，而是把感性强行纳入理性的规则，把艺术天才的条件逐步扼杀在训练的过程中。如果假定，每一个学生都是带着“天真的眼睛”进入美术学院的（之所以假定，是因为专业训练已大大提前，由于少年宫和考前班，很多学生的眼睛已经不天真了），学校的任务就是要把“天真的眼睛”训练成“画家的眼睛”。画家的眼睛意味着整体的表现，有形的素描，完整的色调；与此相反的就是局部的观察，零乱的线条和无调性的明暗与层次，等等。老师的问题是认为学生画得不好，观察方法不对，表现程度不对，当然也包括知识性的问题，解剖、透视、色彩等，把这些“知”与“行”的问题搞清楚了，天真就被抹杀了，大家就成了千篇一律的画家。这样，艺术训练的规则如同知识的获取，是一个从无知到有知的过程；一个学生的天真的眼睛被看成技术的无知，而技能的增长与熟练就是学生逐步掌握技术的过程，也就是逐步纠正学生错误的观察和表现的过程。老师掌握了技术的规则也就掌握了某种尺度，学生最终都成为这种尺度的产品，一旦适合了这种尺度，学生也就消除了所有的错误。但错误的观察有时或许就是一种个人的方式，之所以错误，就是不同于统一的方式或规则。我出去画风景时，看到绿色的树丛和红色的围墙，于是就把绿色和红色画了上去。老师看了后，就会批评我：“你怎么直接画绿色红色，调子上哪去了？”于是我就得放弃我的感觉，而按照色调的规则来收拾颜色。实际上，画得不好的地方往往是学生自己天真而真实的感受，画得好的地方都是老师教的，都是规则的教条的东西。

王华祥的“将错就错”也是这个道理，错误的东西都是你自己的。你把胳膊画长了，老师会说你的形不准，但为什么准确的形就一定比错误的形要好呢？在形的准确与感觉的真实之间谁更有艺术性呢？问题在于，我们总是无法把握自己，最终都会放弃我们的“错误”，而归于准确之中。画画切忌“手臭”，但“手臭”几乎又是每个学院出来的画家无法逃避的宿命，这时再想寻找“手生”的感觉，寻找画得“不好”的感觉，已经难了。

德国新表现主义画家巴塞利兹最有名的搞法就是把人物颠倒过来，如果我们从他早期的颠倒到后面的颠倒作一个比较的话，可以看出，早期还画得非常学院，造型准确，色调统一，笔触虽比较自由，但与形还是紧密结合，甚至都怀疑是正着画的，倒过来展出。后期作品则大不一样，形象无可辨认，色彩狂放，笔触粗野，真是“坏”得可以。奥利瓦曾把坏画分为“好的坏画”与“坏的坏画”，前者指天然的坏画，后者指蓄意做作的坏画。他所指的是意大利超前卫艺术家，特别是克莱门特的画。按照贫困艺术的观点，坏画就是彻底地回归自然，回归泥土，回归人的自然本质。巴塞利兹的画就反映了这样一个过程，这个过程就像一个从文明返回原始的寓言。他的倒置首先是为了摆脱学院的束缚，因为这种千篇一律的规则束缚了他的创造力，倒置本身不是目的，而是回归自然的方式。倒置的过程正是逐步消解规则，让本质的自我逐步显现出来，最后实现彻底的原始。巴塞利兹说过，德国艺术可以用一个词来概括，那就是“丑陋”，从文艺复兴到19世纪的浪漫主义，再到20世纪初的表现主义，德国艺术独具特色，用古典主义和现代主义的标准来看，这种特色就是丑陋、古怪的形象，沉闷的颜色，笨拙的笔触，与主流的艺术格格不入，但是这种丑陋从来不影响精神和思想的表达。

其实，坏画是一种阴谋，坏画从来不是目的，坏画的要害还在于坏画所要表现的东西。如同贫困艺术，当一捆树枝作为艺术品展出的时候，并非为了识别树枝，识别它的材质或形状，而是要说明艺术的本质已经丧失，当今的艺术不是受文化霸权的支配，就是被消费主义淹没。用非艺术来取代艺术，也是贫困艺术的一个极端，但梅茨用枝条搭成一个圆顶，就将非艺术的自然物与艺术的概念结合起来，指示了艺术及其本质的关系。由此我们想到伊门多夫的大型“历史画”，如《德意志咖啡馆》系列，这些作品涉及历史、社会、政治的主题，我们感受到主题的存在，却无法清楚地识别具体的内容，混乱的构图、强烈的不协调的颜色、杂乱的线条、变形的人物，我们几乎只能通过符号的暗示来猜测画面的所指。在我们的标准看来，伊门多夫是一种典型的表现主义风格，但不明白他为什么不把具体表达的内容明说出来，就像早期的表现主义那样。可能历史本身是混乱的，个体的人无法把握，即使他有明确的政治倾向。在现代社会中，人生存于具体的生活空间，正是由于知识的爆炸性增长、信息的极大丰富与快速传播，个体才失去了整体把握的能力。因此，个人的判断总是局部的、细节的、具体的，如果一定要像伊门多夫那样宏大叙事的话，就是各个局部的拼凑，更是一种纯然的个人判断。但是在当代艺术中，这种个人判断总是把个人隐藏起来，不论是波普艺术还是影像艺术，公共图像的挪用和机器图像的复制，都排除了个人的在场，在某种程度上都像是一种群体意识或群体的代言。用列菲伏尔的观点说，在“消费被控制的官僚社会”中，日常生活已不再是具有潜在主体性的主体，而是完完全全沦为一个客体，一个被控制的消费场所。[②] 伊门多夫的画是对人的物化的破坏，是摆脱控制的挣扎，我们无法解释他的作品，就在于这种纯粹个人的视角。这种个人性还不在于判断的结果，即我们在画面上看到的杂乱的政治景观，而在于个人的在场，即由坏画的形式所指示的自我，那种癫狂的、原始的、身体的印迹。自我成为无形的在场，是他的眼光在注视，他的思想在判断，世界成为主体无意识的客体。2004 年，伊门多夫闹出了一桩丑闻，他和几个女孩在宾馆吸食海洛因，被警察现场抓住。随即警方在他的住宅搜出大量海洛因，其剂量远远超过他因病镇痛的需要。一直有传闻伊门多夫要在吸食海洛因的情况下才作画，看来是真的。不管伊门多夫是有意还是无意，海洛因在暂时消除他的肉体的痛苦的同时，也使他进入一种无意识的状态，如果他在这时候还要表达什么东西的话，那就是不受理性控制的“语无伦次”。在伊门多夫的画中，很难找到有规律的构图、色彩和造型，人物颠三倒四，颜色杂乱刺激，想象力犹如天马行空，风马牛不相及的东西出人意料地并置在一起，尤其是那些颜色，像是精神病人眼中的世界，使人想起凡高的某些绘画。但是，伊门多夫的另一些作品，像他的早期作品一样，叙事非常清楚，构图错落有致，虽然有明显的表现主义传统，但也符合绘画的基本要求。这些作品是可以理解也能够解释的，而对另一些作品我们则无法做出直接的解释，我们感受到一种真实，不仅是艺术家个人存在的真实，也是通过他的存在去体验和观看他看到的世界。

早在伊门多夫三百多年前的德国哲学家莱布尼茨就不认为感性的方式能够接近真理，感性知觉只有转变为思想才有清晰的表达，否则感性就只是原始的或初级的认知。后来的哲学家鲍姆加登不同意这种说法，他把作为感性形态的美和美的艺术看作与思想和逻辑平行的认知方式，美和美的艺术的本质与思想和逻辑共存于认知的框架，感性的方式同样能够接近真理。由此看来，艺术的规则也受到质疑，如果美的表达被纳入逻辑的轨道，按照统一的规则制造出来的艺术只是自然的模仿，而不是感觉的表现，美的表现总是由感性的个人来实现的。与鲍姆加登同时代的温克尔曼把“高贵的单纯与静穆的伟大”作为希腊艺术的理想，如果这是作为美的理念的话，那也是脱离主体而存在的对象。实际上，温克尔曼提出的美的理想并不见得是古希腊的现实，至少古希腊的柏拉图不是这样看。温克尔曼的理想是针对现实提出来的，身处18世纪的温克尔曼有感于巴洛克艺术的堕落，而要求回归真正的古典。在意大利考古的影响下，他把希腊艺术看作古典的典范，以为古典正名。实际上，温克尔曼看到的主要是后希腊盛期和希腊化时期的雕刻，而且多为古罗马的复制品，但他仍把古希腊的美的理想落实在“单纯与静穆”的男性青年的雕像上。③还不止于此，现代的研究还指出，除了现实的动机外，温克尔曼本身的同性恋倾向影响了他对美的认定，男性青年雕像被他理想化有着潜意识的动机，“温克尔曼可以从社会角度也可以从个人角度被看作一个同性恋者（他一点都不加掩饰这个角色），参与到他那个时代的男性间的同性恋亚文化中——这种亚文化（像某些当代的城市同性恋亚文化一样）是在城市和市郊的各个角落的一些咖啡馆、剧场、酒肆以及露天闲逛中发展而成的”④。正如温克尔曼对希腊美的发现是基于他的当代一样，对温克尔曼的发现也是基于我们的当代。美的理想和实现美的技术与规则早已崩溃，但艺术的某些本质并没有改变，如鲍姆加登用感性的方式把握世界。不过在鲍姆加登的时代，感性的方式还是纳入了理性的范畴，还是要借助规范与制度来实现感性的目标。艺术的理性规则被破坏之后，感性的方式直接指向艺术的客体。但是这个客体是双重的，就像温克尔曼的双重人格一样，一方面是按照理性的原则建立美的理想和模式，因此假定这个客体是外在于主体的，是主体经过努力要实现的目标；另一方面，这个客体又是主体人格的化身，尽管他的主观意识是对主体的超越，但透过客体又可以返回到他（主体）的精神与心灵。我想，坏画正如温克尔曼的方式。

坏画意味着绘画本身的解体，这是很多人不愿意接受的事实。无论中外，绘画都是一个博大精深的体系，历史上的天才都不是破坏这个体系，而是使它更加完善。现代主义的艺术开始了对它的破坏，而现代主义的理论为了寻求现代主义艺术的合法性，力求沟通完善与破坏这两者，把现代主义视为对传统绘画在形式上的继承，现代主义绘画仍然体现为理性的永恒。当然，好梦不长，现代主义的形式理性随着抽象表现主义的到来也宣告完结了。在现代主义的后期，一些批评家也看到了现代主义的弱点，不再把现代主义看作形式逻辑的自身演变，而把它与社会文化相联系，批判的武器代替了武器的批判。应该说，在这个时候，坏画才真正浮现出来。坏画不是重构形式，而是回归自然，因此它是无形式的。关于这一点，观念艺术家可能认识得最清楚。英国艺术家理查德·朗戈用身体来丈量土地，他孤独地行走在海滩和荒原，让身体融入蛮荒的自然，消解文明的痕迹。他把行走当中收集的自然的东西，如石头、泥土、树棍等，堆放在画廊里展出，如罗伯特·史密森所说：不是把作品摆放在地面，而是把地面作为作品。[⑤]前一个地面是指艺术的制度，被权力和金钱所支配的画廊与博物馆的制度，后一个地面则是指自然，将身体同化的自然。坏画与现代主义的区别就在于它强调了身体的意义，这个意义分为两个层面，一个是文化的层面，身体被文化建构，回归身体意味着与建构者的对抗，市场、金钱、画廊和博物馆，直到权力、政治、社会等等，都是身体对抗的对象。回归身体也意味着绝对的自我，在一个文化建构无所不在的社会，回归又谈何容易，可能的方式只有两个，一个是固守自我，一个是消解建构。前者也就是拒绝建构，像凡高那样，不论是学院派还是印象派，都不能改变他的内心世界，世人视他为癫狂，他却透过癫狂的眼睛表现了一个真实的世界。凡高可能还太传统，他是以艺术的天才来对抗艺术的制度。美国当代艺术家巴斯基亚则是艺术的荡子，他只在家庭接受过简单的艺术教育，高中还没有毕业就辍学出走浪迹街头，搞摇滚，画涂鸦，贩卖海洛因，结交同性恋，无所不为，他的族裔身份决定了他行走在边缘，他的绘画犹如癫狂的符号，黑人的形象不断出现在他的画中，与此对应的是警察，这似乎是两种文化的对抗。这就涉及第二个层面，即形式的层面，形式不是构造，而是身体的痕迹，所以它是没有规则的，如巴斯基亚。身体对于他也有两层意思：一个是作为身份的身体，一切制度都是为主流社会制定的，原始的身体本身就是与制度的对抗，包括艺术的制度；一个是坏画作为身体的显现，涂鸦、符号、形象无规则地组合在一起，一切都在无意识中完成，对规则的蔑视，与社会的背离，对压力的反抗，都透过无意识的形式体现出来。这可能是坏画的真正意义。

前面说过，画画的人讲究手性，最怕的是“手臭”。有人画了一辈子，手感还是那么新鲜，大多数人却是越画越熟练，最后完全失去了自我，被纯熟的技术淹没。古人说“画到生时是熟时”，这个“生”要看怎么理解，是形象的生动，还是返璞归真。郑板桥的竹子在形象上很生动，笔墨与形象融为一体，真实得就像月光照映的窗影，竹子的生动是以笔墨的高度纯熟来实现的，却以自我的牺牲为代价。真正的“生”不是形象的真与似，而是形式的“生”。在阿姆斯特丹的凡高博物馆，可以看到很多凡高的早期作品，颜色沉闷单调，造型笨拙，线条粗陋，构图完全是凭直觉，没任何专业的素养，像业余的。在巴黎的奥赛博物馆可以看到凡高的后期，也就是他最成熟时期的作品，他的生命也在这时戛然而止，但这时的形式与早期的并没有根本的变化，仍然保持了原始的感觉，只是精神的原始性更加明确，表现对象的主观性更加强烈，形式似乎获得了自己的生命。从生到熟，再从熟到生，不是将生命寄托于对象，最后脱离生命的过程；而是用生命对抗对象，最后战胜对象的过程。“伦理是详尽的和惬意的，但却是无意识的和不加批判的。它是简单的，几乎想不通地服从公认的法律和习惯。在这样一种道义社会中，人们依照传统不经反思地生活，而不是按照自己的理解生活。”⑥ 这实际上也是艺术的规律，当人们按照艺术的规则进入艺术的生活后，就习以为常地笼罩在规则和制度之下，不会去思考背离规则的可能，而一旦自我意识觉醒，就会被视为大逆不道。在每个人的灵魂深处，都有一个“我”的存在，在社会生活的进程中，“我”被逐渐消灭。可能只有天才不会被消灭，因为天才总是要突破规则的，天才是一件艺术作品的本质的尺度。天才在这里有两个意思，一个是杰出的超群的才能，一个是天生的自然的本质。对坏画而言，更强调后一种性质。这种天才是人人都具有的，关键在于它怎样不被社会建构，具体到绘画，就是怎样不被学院建构，而保持自己的独立性。艺术的形式并不是公式化的千篇一律，尽管历史上的画家总是遵循着某种标准来作画，而且力求达到最高的标准，但如美术史家詹森所说，形式的研究就像每人都有的签名一样，把各自与众不同的笔迹研究出来。⑦ 遗憾的是，大多数人都没有自己的笔迹。写得一手好字往往没有个性，因为他是按照好的共性来写的，特别有个性的人或文化程度不高的人可能有更显明的“笔迹”。关于反抗建构，可以引用黑格尔的一个观点，精神的自我实现是一个否定之否定的过程，即由自我到他者，再由他者回归自我的过程。作为辩证的动态统一，在他者中发现自我，使自我从他者脱离出来。列宁说过一句话，“天才就是战胜自我的人”。这个自我实际上是被他者同化的自我。这似乎还是一个现代主义的问题，自印象派以来，反抗学院主义的运动首先就是在“手性”上体现出来。

比手性更深一层的是“心性”。手性是坏画的表面显现，或者说是坏画的形式，心性则是坏画的内容，是坏画的深层结构。弗洛伊德在《自传》中说道：“显然，想象的王国实在是一个避难所。这个避难所之所以存在，是因为人们在现实生活中不得不放弃某些本能要求，而痛苦地从‘快乐原则’退缩到‘现实原则’。这个避难所就是在这样一个痛苦的过程中建立起来的。所以，艺术家就像一个患有神经病的人那样，从一个他所不满意的现实中退缩下来，钻进了他自己的想象力所创造的世界中。但艺术家不同于精神病患者，因为艺术家知道如何去寻找那条回去的道路，而再度把握现实。他的创作，即艺术作品，正像梦一样，是无意识的愿望获得一种假想的满足。而且它在本质上也和梦一样具有妥协性，因为它们也不得不避免跟压抑的力量发生正面冲突。”⑧ 弗洛伊德研究过的艺术家只有达·芬奇和米开朗基罗，他是从具体的形象上探索他们的无意识世界，但形象的实现仍然是一个理性的过程，是在现实原则的压制下进行的。对艺术家来说，快乐原则与现实原则的关系具有双重性，即向快乐原则的逃避既针对现实的社会原则也针对现实的艺术原则。这就是说，坏画并非原始本能单纯在形式上的反映，而是返回到他的生命本能，在“手性”的形式上体现出生命本能与现实原则相冲突的东西。当一个人被社会或文化建构的时候，并不等于他生命中本质性的东西被建构者同化。比如，按照现代主义的观点，一个女性艺术家在形式上可能体现出比男性艺术家更多的敏感和怪异，尽管她同样遵循基本的绘画（现实）原则，而实际上，怪异中隐含着对规则的抵制，抵制的背后则是身份的认同，她在这样一种方式中寻找男权规则的压力下失落的自我。按照弗洛伊德的说法，艺术家的创造就是要恢复“人们在现实生活中不得不放弃的某些本能要求”，但坏画不同于弗洛伊德所识别的那些作品，达·芬奇在主观上并不想抵制现实的原则，相反，现实还被他精心伪造出来。要探究他的内心世界和“某些本能要求”，必须借助于其他的资料来寻找“童年被遗忘的记忆”。坏画则不然，这种“童年被遗忘的记忆”直接反映在形式上，也反映在形象、题材和内容上，当然两者缠结在一起。博伊于斯用油脂和毛毡来隐喻他的生命历程，当他的飞机坠落在游牧的鞑靼部落，鞑靼人用原始的方法和自然的材料拯救了他（文明）的身体。这个故事的真实性一直受到质疑，批评家布洛赫认为，这种对创伤的经历的不负责任和返回到神秘的象征领域是一种危险的文化趋势的征兆。而实际上，即使这个故事是虚构的（但至少有一半是真实的），但也反映了博伊于斯抗拒文明回归原始的诉求，他在解释自己的艺术实践时说过：“只有艺术能够消解一个衰败的仍在死亡线上挣扎的社会制度的压抑效果。”[9]“压抑”在这儿是一个心理学的名词，被压抑的是人的自由和人的自然本质的自由发展。他的虚构就在于这种象征性，油脂和毛毡这种原始的材料和治疗虽然原始和神秘，却是拯救文明的象征。博伊于斯的出名在于他的装置和行为，实际上，在他早期的素描和绘画中就有一种神秘的气氛，他酷爱乔伊斯，对其作品中的“爱尔兰神话学因素”印象深刻，他的很多素描就是为乔伊斯的《尤利西斯》作的插图，他认为有关他生平的神话和为乔伊斯作的插图都是《尤利西斯》的延伸。他的素描是一种典型的坏画，它通过生平的虚构和乔伊斯的神秘显现出来，而实质上是突破现实的原则，回溯被压抑的真实的自我。他很早就说过：要用一种直接的和实践的方式来涉及现实。[10]不过，在原始的本质的自我与现实之间搭起一座桥梁，在艺术中可能做到，在现实中怕是难以实现。

注释:

①⑨⑩　参见维基百科（Wikipedia），www.answers.com/topic/joseph-beuys。

②　陈学明等编:《让日常生活成为艺术品——列菲伏尔、赫勒论日常生活》，云南人民出版社 1998 年版，第 27 页。

③④　Donald Preziosi (ed.), *The Art of Art History: A Critical Anthology*, Oxford University Press, 1998, p. 27, p. 43.

⑤　Ian Chilvers, *Dictionary of 20th-century Art*, Oxford, 1999, p. 354.

⑥　莎蒂亚・德鲁里:《亚历山大・科耶夫：后现代政治的根源》，赵琦译，新星出版社 2007 年版，第 13 页。

⑦　参见佟景韩、易英主编《西方现代美学文选・造型艺术卷》，春风文艺出版社、辽宁教育出版社 1990 年版。

⑧《弗洛伊德论美文选》，张唤民、陈伟奇译，裘小龙校，知识出版社 1987 年版，第 10 页。

（2010 年第 1 期）

“作为方法”的“八十年代”

洪子诚

“重返八十年代”是这些年思想文化界和文学界关注的一个热点。在这方面，程光炜和他带领的几位年轻学者做了许多工作。他们通过审视、清理20世纪80年代重要文学事件以及相关的文学史叙述，重读重要文本，试图重叙、重释历史。这些成果，已结集为《文学讲稿：“八十年代”作为方法》（程光炜著）（以下简称《文学讲稿》）和《文学史的多重面孔——八十年代文学事件再讨论》（杨庆祥等著）两书出版。“‘八十年代’作为方法”这个短语，是阅读这些成果的一个切入点。“作为方法”在他们的工作中，至少具有三个方面的内容。一是借助对“八十年代”的重返，来获得对当代和20世纪中国文学的新知。20世纪80年代在现当代文学史上具有不可替代的地位：它不仅是当代“前三十年”和“后三十年”的联结点、转折点，也是20世纪中国文学各种问题、各种文学观念和写作“传统”形成紧张对话、转换的时期，是把握、思考20世纪中国文学进程、经验的节点。二是“学科”建设上的考虑。最近一段时间，程光炜多次在文章中谈论“当代文学”的“历史化”问题。他对作为“学科”的“当代文学”的现状显然不很满意，认为学科整体上呈现某种随意性和批评化的倾向。概念使用上的混乱，不能将问题放置在历史语境中去考察，学科知识本身缺乏积累，都是这种倾向的表征。他强调要通过“历史化”来确立当代文学的基本规范。不过，在这个问题上，他也存有犹豫、矛盾。他看到这种不确定性对研究深入的妨害，看到因此常被归结为“不成熟”，而在“学科等级”上被置于“低阶位”的尴尬。他当然也明白，“成熟”“稳定”不一定都是好事；不确定性和与现状紧密关联的“批评”因素，其实正是“当代文学”得以存在的理由，是它的“活力”的来源。在这方面，我们都面临着“锁住历史”和“开放问题”的矛盾，受到这一矛盾的困扰。

“作为方法”在他们的研究中的第三层涵义，是借助对20世纪80年代的重叙，探索清理、返回“历史”的有效途径。这里首先面对的是如何处理既有的历史叙述、既有的研究成果，如何与它们进行对话的问题。对此，程光炜提出的是首先应该有“同情”“尊重”的基本态度。这个说法当然并不新鲜，在学术史、文学史研究上，所谓“同情”、敬畏等，甚至已经成为不证自明的共识，大家也都经常将它们挂在嘴边。不过说归说，实践中还是问题多多。譬如，面对具体的对象、问题，我们是否有真诚态度理解对象的特定处境，有耐心认真清理其理论、行动的内部逻辑？是否能找到处理“尊重”“同情”与对它的质疑、批判之间的颇费斟酌的关系的方法？而发现、揭发在既往的历史叙述中被遗漏、遮蔽的重要事实和论述，“同情”“尊重”也是对见识、智慧的必要支持。举一个例子说，20 世纪 90 年代以来，在当代文学史研究论著的评述中，很少见到提及朱寨先生主编的《中国当代文学思潮史》（以下简称《思潮史》)，它是一部被忘却多年的著作。前些年，因为“十七年文学”研究突然成为热点，我曾向几家出版社提议重版这部书，以免许多已经讲过的事情，已经提出的问题、做出的判断，在一些人的文章、著作中，好像是自己首先发现似的从头讲起（而且讲得远不如《思潮史》清楚）。可是这个提议没有得到采纳，理由是这本书已经“过时”，学术水准不是很高。《思潮史》自然不是学术“经典”，多人合作让全书各部分水准不大平衡，而体例上史、论关系处理的失当也留下了诸多遗憾。但是在对 20 世纪 50—70 年代文学，特别是这个时期文学事件、文学思潮的演化状况的叙述上，仍是最有参考价值的著作。所以，当我在《文学讲稿》中读到对这部著作的认真评述、对它的价值的肯定时，有点意外也感到亲切。程光炜对它的理论立场和思想线索的概括，无疑是精当、富启发性的。他指出，《思潮史》借助多重的“剥离”的清理方式，来激活革命现实主义文学内部残存的历史活力，赋予它以新的含义，并以此预设了比 20 世纪 50—70 年代文学的更高的文学形态（“新时期文学”）。这是在革命文学“内部”对“当代”所进行的清理、反思。对《思潮史》“过时”的判断，最早其实不是出现在今天，而是出现在这部著作诞生的时候。朱寨和他的同事们虽然在 20 世纪 80 年代初就开始这一工作，但书的出版是 1987 年。那个时候，文学界启蒙主义、人道主义的主流论述，已经推衍出质疑、否定革命（革命文学）的倾向。《思潮史》这种挖掘革命文学“内部”活力的思路，在当时就“理所当然”地被认为欠缺反思的尖锐和彻底性；它实在是诞生在一个“错误”的时间。记得 1987 年岁末，我和张钟、黄子平去参加社科院文学所召开的《思潮史》研讨会，从发言和私下交谈中，就已经清楚意识到对这种反思路径在评价上的分裂。“过时”其实也是我当时有的、现在需要反省的感觉。《文学讲稿》对这一被忘却、遗漏的文本的“发现”，正是在深入历史情境时，秉持谨慎、同情态度的具体体现。

当然，历史重释不是简单地“将过去推倒重来”，不总是要掀起“一种历史的兴起和另一种历史的没落”的运动。因此，在显示被遮蔽、扭曲的方面的同时，如何处理已构成主流论述的那些论述，也是另一性质的难题。简要（但也粗糙）地说，在20世纪80年代，如果《思潮史》是从中国20世纪革命文学的“内部”对当代的反思、清理的话，那么，李泽厚、刘再复等以启蒙主义作为思想支撑点的论述，可以看作从“外部”进行的清理。现在，当我们意识到“社会主义文化（文学）”的遗产有其不应被忽略和过早丢弃的某些价值，并进而重视那种从“内部”进行反思的论述，而对20世纪80年代启蒙主义思潮有所质疑、批评的时候，那也并不就意味着后者都站不住脚，要全部推倒。况且，这里的“内部”“外部”的划分也并不能绝对，它们之间在目标上，在享有的思想理论资源上，都有许多重叠交错之处。《思潮史》所竭力标举、召唤的胡风、冯雪峰的“革命现实主义”，此二人对启蒙精神和人道主义、对作家“主体性”一贯的重视，都说明了这一点。周扬、胡乔木、王若水、陈涌、李泽厚、刘再复、朱寨、陈荒煤、夏衍、严文井等等，他们之间有分歧，有重要差异，但也不是就完全对立。他们之间的关系，可能比我们理解得要复杂。这样，比起用一个来否定另一个，更为考验我们的事情是，如何“避免用意识形态作简单的立场区分，而立足于建立一些复杂的模式”[①]，来处理这些复杂的问题。

“同情”“尊重”等，本来就与人的情感、感性生活相关。它们不仅关乎概念、理论、逻辑，更包含研究对象和研究者的历史经验、感性生活内容。在历史研究上，知识与信仰究竟处于什么样的关系，个人经验在人文学术工作中需要加以警惕还是应该积极加入，这些都曾有过争论。但不管怎么说，研究者的身份认定，个人经验是无法完全排除在外的。程光炜作为20世纪80年代的“亲历者”，曾感受到当年的“丰富的痛苦”和“艰难的思考”，他当然不能接纳目前有些“八十年代叙述”的“轻松化”和“休闲化”。因此，在研究中，也关注那些观点、论述背后的感情体验，曾有的痛苦、欢乐、激情和期待，实在十分必要。因为那些“历史认识的获得，往往都伴随着巨大的痛苦和牺牲，摸索”[②]。如果对几代人的感受，对他们长期孕育、积聚的激情有一个基本的了解，那么，我们就不会过分夸大夏志清（《中国现代小说史》）和司马长风（《中国新文学史》）对20世纪80年代现代文学的启蒙主义论述确立所起的作用。夏志清在20世纪80年代自然影响很大，但又可以说，没有夏志清，现代文学史的启蒙主义论述的出现也是一种“历史的必然”。

最近，在中国人民大学主办的第二届汉学大会上，陶东风有一个发言。他谈到1993年刘禾的《一个现代性神话的由来：国民性话语质疑》那篇文章。刘禾认为，斯密斯的《支那人的气质》（又译为《中国人的气质》）一书，支配性地塑造了鲁迅的国民性思想；鲁迅的“国民性”这一“本质主义”的话语建构，是“翻译”了西方传教士的“国民性”理论，也就是说，这是一种来自西方的中国观。陶东风对此的质疑和反驳是，到底西方的汉学包括西方传教士的一些书对中国作家、中国的文学有多大程度的影响，能在多大程度上影响中国作家的自我认知和民族身份认同？难道鲁迅等现代启蒙作家全部被西方传教士或者汉学家的殖民主义洗脑了？如果没有看过汉学家的著作，他们就不会批判和反思传统文化？反思批判传统文化的动力和根源到底来自何处？我赞同陶东风的质疑、反驳。显然，这种“单向决定论”脱离了中国特定语境，无视中国作家、知识分子的历史经验、生活感受，无视他们应对现实危机的那种巨大的激情和智慧。

因为历史的重返、重释，难以与对象、与“重返者”的处境和生活经验剥离，因此，有时候“重返者”适当降低自己的位置，可能也是一种选择。“重返者”总是因为自觉拥有某种“优势”（时间的、智力的、新材料发现的）才有重返、重释的冲动发生，但同样受制于特定语境、条件的个体，对这种“优势”或许也要谨慎，有所警惕。这样，可能就不会将自己的研究设定为确立最终的、“真理性”叙述这一目标。降低高度，倒可能增加“重释”的穿透力。程光炜主编的“八十年代研究丛书”中有一本是《文学史的多重面孔》——“多重面孔”，一个很好的说法！这不仅指20世纪80年代各种叙述所呈现的文学史面貌，也应该指经过“重返历史”热潮之后产生的成果。历史描述有“多重面孔”不是坏事。只是，它们之间不应总是对立、争斗的关系，我们期盼一个可以互相对话、辩驳的模式。

注释：

① 参见甘阳《用中国的方式研究中国，用西方的方式研究西方》，《现代中文学刊》2009年第2期。

② 程光炜：《文学讲稿：“八十年代”作为方法》，北京大学出版社2009年版，第2页。

（2010年第2期）

方法成了学名：清代考据何以成学

罗志田

清代学术有一个独特的重要现象，即从今日标准看基本是一种方法的考据，那时却成了学名，或被视为一种学术门类。考据在清代的兴起，与清初学风的由虚入实直接相关。当时学者颇以宋学的“空疏”为病，主张回归汉儒的治学方式，即要先整理出正确的文本，并解读出这些文本准确的文义，才可能真正理解经典的意义。结果导致一种以侧重音韵、训诂的小学为基础，兼及校勘、摭拾（辑佚）、金石等门类的治学方式，参与者日广，形成征实的学风，其共性是以考辨的手段探索和辨析证据，以尽可能弄清经典（以及史书）的具体文义，因而被一些人称为考证或考据。

类似做法虽前有渊源，但成为一种得到广泛分享的共同取向，并获得一个独立的认同，甚至成为可以涵盖整体学问的总名称，却是中国学术史上的新现象。盖考据虽被视为汉学，汉儒并不以考据名学；清代考据的一些取向源自宋代（特别是朱子一脉），朱子一门却并不高看考据。历史上的既存因素出现在后续时代是常态，清儒推崇考据确有继承的一面，但清代考据学的意义在于把相当一些前已出现的动向拓展为带有断裂意味的转折，即常态成了变态。很多取向以前就有，却相对沉寂、边缘，不甚引人注目，而因清儒的努力，同样的取向已大不一样了。

考据成为学名，并非读书人有计划的创设，毋宁说是在特定学风影响下相对自然地发展形成的。在较长时间里，考据或考据学几乎成了涵盖一切的学问总称。本文试通过考察清儒关于学术分类的认知，探索考据成为学名这一现象的形成和发展进程。

中国传统本不重视学术分类，读书人使用的学名，相对宽松随意，命名的标准或依据也较多样化：既有以研治对象为学名者，如经学、史学，以及后来出现的诸子学（诸子本身当然很早，但被视为一种专门研治之学则甚晚）；有时也以内容命名，如理学；又常以时代为学名，如汉学、宋学等。[①] 而考据学侧重的可以说是治学方法和取向，清人却以之命名用此方法所研治的学问，是一个学术史上的新现象。

不过，不强调分类并不意味着特定学问的治学者没有一定的“独立意识”，有时还有较强的表现。近代西方学术分科的观念传入后，一些相对守旧的学者试图在传统中寻找依据，形成一种以古代图书文献的四部分类来区分中国学术的观念。其实古人的图书分类虽与学术分类密切相关，两者间也有明显的区别。[②] 宋人郑樵早就说过："有专门之书，则有专门之学。有专门之学，则有世守之能。人守其学，学守其书，书守其类，人有存没而学不息，世有变故而书不亡。"[③] 近人马一浮（1883—1967）更明言"四部之名，本是一种目录，犹今图书馆之图书分类法"[④]，不宜用于学术分类。

在中国文化体系之中，更易为昔人接受的学术分类，或不如从古人论学而非藏书之言说中去寻找。如乾嘉时人常说的义理、考据（或考证、考核等词字稍异而意思相类者）、辞章一类区分，就比四部分类更接近昔人学术分类的观念。类似观念至少可上溯至宋代，至清代为"汉学"派之戴震（1723—1777）和桐城文派之姚鼐（1731—1815）不约而同地言及（他们的本意仍是三者可分，也不可分），并一直为许多学人所重复。在近代西学东渐之后，退虏送穷（后来的新词汇是富强）等成为迫切要求，又出现把"经世"增入的四分观念。相关理念有其发展进程，下面即略作梳理。

一、学术的三分与四分

据程颐的观察，北宋时已出现所谓文章、训诂和儒学的分野。他说："古之学者一，今之学者三，异端不与焉。一曰文章之学，二曰训诂之学，三曰儒者之学。欲趋道，舍儒者之学不可。"[⑤] 程氏所谓"儒者之学"，接近清儒所说的义理之学。后来戴震、姚鼐所论，虽用语有小异，但大体与程颐的三分法相同。不过，程颐对当时学问的三分似不甚满意，特别指出其与古不同的一面。而郑樵也是在分析"后人学术"不及前人时，论及义理之学和辞章之学。[⑥] 可知宋人把学术这样的分殊视为后代出现的变化，甚或是不够佳妙的现象。这与戴震所谓"古今学问之途，其大致有三：或事于义理，或事于制数，或事于文章"[⑦] 的说法是相当不同的。比戴震年轻几岁的姚鼐，也基本将此学问三分说作为一种既存的常态来认知和表述。他一则说："学问之事有三端焉，曰义理也，考证也，文章也。是三者，苟善用之，则皆足以相济；苟不善用之，则或至于相害。"再则说："天下学问之事，有义理、文章、考证，三者之分异趋，而同为不可废。"他虽承认三者"兼长者为贵"，但基本认为很难有人能三者兼具。[⑧]

比姚鼐又年轻几岁的章学诚（1738—1801）态度稍有保留，他虽认为义理、制数、文辞三者是“同归于道”的不同途径，但相对更接近程颐，仍明确这只是“后儒”之途径。换言之，这样的学问三分尚非古今天下的常态。章氏也主张“义理不可空言也，博学以实之，文章以达之”，要三者合一才较为理想。然而他比姚鼐更强调三者难以兼具，盖“义理存乎识，辞章存乎才，征实存乎学”，通常“主义理者拙于辞章，能文辞者疏于征实”，故对一人而言，“三者致其一，不能不缓其二”。实际的情形，更往往是“三者交讥”，相互诟病。[9]

宋儒不看好的现象被一些清儒视为常态，其间的原因当另文探讨分析，但至少从社会视角表明，此现象已成为一种较为普遍的社会存在。这样一种继承中的转变，体现出清代学术的独特一面。章学诚看到的“三者交讥”的现象，也印证了学问的三分已基本成为学术社会的现实。稍后焦循（1763—1820）就力图否认“考据”是学问之名称（详后），他在论证其理由时提出：“仲尼之门，见诸行事者，曰德行，曰言语，曰政事；见诸著述者，曰文学。”这四科“自周秦以至于汉，均谓之学，或谓之经学”。[10]

曾国藩（1811—1872）后来也据孔门四科之说来增补上述学问之三分，而扩其为四。其观念有一个发展的过程，他在道光朝后期（1843）对其弟说：“自西汉以至于今，识字之儒，约有三途：曰义理之学，曰考据之学，曰词章之学。”以前的学者“各执一途，互相诋毁”。他自己则认为：“义理之学最大，义理明则躬行有要，而经济有本。词章之学，亦所以发挥义理者也。考据之学，吾无取焉。”[11]此时曾氏全无意于考据，不过他稍后开始多读考据著作，而改变了看法。[12]约在咸丰元年（1851）或稍后，他在日记里已提出：

> 有义理之学，有词章之学，有经济之学，有考据之学。义理之学，即《宋史》所谓“道学”也，在孔门为德行之科；词章之学，在孔门为言语之科；经济之学，在孔门为政事之科；考据之学，即今世所谓汉学也，在孔门为文学之科。此四者阙一不可。[13]

又十多年后，曾国藩在同治八年（1869）公开宣称：

> 为学之术有四：曰义理，曰考据，曰辞章，曰经济。义理者，在孔门为德行之科，今世目为宋学者也。考据者，在孔门为文学之科，今世目为汉学者也。辞章者，在孔门为言语之科，从古艺文及今世制义诗赋皆是也。经济者，在孔门为

政事之科，前代典礼政书及当世掌故皆是也。[14]

曾氏的主张不知是否受到焦循的影响，不过焦循提出孔门四科之说的立意是借以否定“考据”，当然也就否定了包括考据的学问三分说；而对曾国藩而言，学问四分说却是在肯定三分说基础上的扩展。前面说过，宋儒对学问的三分不甚满意，而一些清儒则视其为古今学术的常态。曾国藩不仅将学问的三分扩充为四分，更重要的是让这四分法上溯到孔门之四科，则虽尚不能与所谓三代学术相提并论，却基本坐实了孔子以后“天下古今”学术的地位。当时汉学与宋学相争的风气仍未衰歇，若两者都是孔门四科之一，当然也就没有高下之分了。

然而，或因曾国藩在考据上所下功夫不深，他言说中的古今对应其实是有些问题的：昔年孔门之“言语”，如焦循所言，是“见诸行事者”，略近于今日所谓“外交”，与后来历代的“词章”相去实远。然而这一不甚通的说法却传承下来，梁启超（1873—1929）到民国年间仍说：“孔门分四科：一德行，注重修养，后人称为义理之学；二言语，注重发表，后人称为词章之学；三政事，注重政治，后人称为经济之学；四文学，注重文物，后人称为考证之学。”[15]梁氏无意中虽有传讹的一面，却也揭示出类似的学问三分或四分观念不仅源远流长，且从乾嘉以后一直在延续。曾国藩和梁启超分别是其所处时代对读书人影响最大的人物，两人都有这样的类似表述，追随者想必不在少数。至少在这60年间，有相当数量的读书人接受这样的分类法。倒是熊十力虽认为这四科是因治学之态度和对象不同而“异其方法”，故不宜据以“类别学术”；但他至少知道孔门“言语即外交辞令”，故清人所说的经济实“通政事、言语二科”，而义理和辞章则分别相当于德行和文学之科。然而将古今如此连接后，考据乃无所出。所以他提出：“孔门考据不别立科，盖诸科学者，无一不治六艺，即无一不有考据工夫。”[16]这样，考据大致即方法，或后之所谓方法学。

梁启超后来说，中国“自秦以后，确能成为时代思潮者，则汉之经学，隋唐之佛学，宋及明之理学，清之考证学，四者而已”。他特别注意到，“清代学派之运动，乃‘研究法的运动’，非‘主义的运动’”。[17]这一敏锐的观察似较少为人关注，后来却成为陆宝千论述清代学术的一个关键。陆氏断言：“清儒之学，琐屑纤细，乃其本色，并无宗旨之可言也。究其本质，是术而非学。”他本认为“考据者，术也，非学也”，则其所说的清儒之学，其实就是考据学。[18]梁启超不过以考证学作为清学之代表，而陆宝千却扩充到用以涵盖整个清代学术了。[19]然而，一种“研究法的运动”，何以能成为“时代思潮”？这里显然有着内在的紧张。且如熊十力所揭示的，若考据不过是方法，就无法回溯到孔门四科之学，自然也难以和辞章等并列。中国传统主张“文无定法”，甚或“文成法立”，却很少把方法区隔出来探讨。近代西学东渐后，知西学稍多者，常注意到考据与方法的接近。如傅斯年就直言：“考证只是一种方法，而不是一种目的。”[20]但这更多是一种后见之明，至少在清代较长的一段时间里，很多学人视其所治之学为考据，是无可争辩的事实。对他们而言，考据不是什么方法，它就是学问本身。

从今日的观念看，考据主要是治学的方法，严格来说既不足以算一个现代意义的“学科”，也很难被视为一个时代学术的代表，更不用说两三百年学问的整体了。即使按照往昔的标准，不论把考据视为一个学术门类还是全体学术，也都会带来不小的困扰。这样一种学术名称和治学对象之间的紧张，因焦循当时的正名努力而凸显，或不妨以“焦循式困扰”名之。考据被一些人视为学问的一部分，或被另一些人视为学问的整体，虽与古今学理有所冲突，却是一个历史上自然形成的现象。我们只能回到当时当地，看看当事人是怎样思考和辩论这一问题的。

二、围绕考据的“焦循式困扰”

“考据”一名词大兴于乾嘉之时，焦循所说“近来为学之士，忽设一考据之名目”[21]，最能体现其一时的风行。在此名称兴起之时，已产生争论。先是袁枚（1716—1797）提出“著述”与“考据”二分之说，而置著述于考据之上。孙星衍（1753—1818）、章学诚、焦循先后驳之。[22]尤其焦循力辩考据根本不能名学，他的观念曾广被引用。但焦氏那段话有特定的指谓，他认为考据是“不典之称”，而近世惠栋（1697—1758）、戴震以下，“其自名一学，著书授受者，不下数十家，均异乎补苴掇拾者之所为，是直当以经学名之”。反倒是属于四部书中之“说部”的那种择录“新奇”者，才应该称为考据。[23]可知他是从“儒林”的立场出发，针对的是强调“著述”的“文士”观点（具体针对着被很多儒生视为“文人”的袁枚）。但其故意把考据贬到与小说者流类同的地位，恐怕当时的儒生和文士都不能接受。无论如何，这些人对考据是否足以名学的聚讼，以及焦循的连续驳正（他此后仍在驳“考据之名目”），恰说明这已成为一个不能回避的问题。实际上，如果前后著书授受者已不下数十家，且本人或他人多名之为考据学（即以考据为其学之“学科认同”），则以清人之眼光言，此学确有独立成

“学”且笼罩一切之势了。而且，很可能正是焦循试图将一般人眼中的“考据”名之以“经学”的做法，抬高了考据，使其可以从与义理、辞章并列的地位上升到凌驾他类的位置。若“考据”可以和“经学”画等号，而后者在很多时人心目中基本等同于清代的“汉学”，则考据也就开始分享乾嘉汉学所享有的“专制”地位了。[24]这样，考据的涵义便需要有所提升，不能停留在相对技术的层面。

戴震的弟子段玉裁（1735—1815）即认为：“考核者，学问之全体，学者所以学为人者也。”真正的考核“在身心性命伦理族类之间，而以读书之考核辅之”。故学者当“有志于考核之大”，而不必自隘于汉学、宋学之间。[25]这样把考据上升到整体，大概也不是各方都接受的看法，多少也带有“故意说”的成分，与焦循立意虽相反，而表述风格实相类。有意思的是，姚鼐的弟子陈用光（1768—1835）同样强调考证要“知其大”，却指责“近人为其名者，乃仅仅掇拾遗阙以为博，考核名物度数以为精”，实不知其大。但他不得不承认“一切考证之学，古人惟事其实而已，至本朝始立其名”。[26]与焦循一样，陈氏也注意到考证之立名与清朝的关联。

可以看出，进入19世纪之后，在一般视为乾嘉汉学兴盛期的尾声，与焦循试图把考据“说小”的立意相异，把考据“说大”反较为流行。虚悬的“考据”逐渐成为一个共尊的象征，不同的人却仍在试图予以不同的诠释。段玉裁似欲表明，考据的确是古今学问之常态；陈用光在否认一般意义之“近人”考证的同时，又表示若韩愈、柳宗元等“生于今日，亦必不薄考证”，以此来强调“古今之异”。[27]

段、陈二人都表现出调和汉宋的意态，又皆有些于心不甘，故其表述还有些欲语还休的忸怩。然而再往后，如前所引，偏向宋学的曾国藩在论证其学问四分说之时，却分别将考据和汉学、义理和宋学直接画了等号。曾氏的乡后学王先谦（1842—1917）明显倾向汉学（其所编刊的《续清经解》就不收宋学家论著），却与他的乡前辈一样认为“所谓汉学者，考据是也；所谓宋学者，义理是也”。王氏发现，当时若名为汉学、宋学，则相互厌恶诋毁；若名为考据学和义理学，则“无所容其恶”亦“无所容其毁”。[28]这一观察清晰地揭示出那时的世风已经转变，考据虽未能像段玉裁希望的那样成为“学问之全体”，至少与曾居正统的汉学画了等号。可知焦循试图为经学正名而否认考据可以名学的努力基本失败。相反，对更多时人而言，考据不仅可以名学（虽具体内涵仍不统一），且成为争议较少而广为接受的学名。不过，焦循的努力虽未成功，他所看到的仍是事实，即号称治考据学者，多以治经学为主。后来梁启超和陆宝千用考据来代表或涵盖清代学术，也大体基于这一点。或可以说，清代“汉学”就是以经学为重心、以考据为表征的。焦循的正名努力，凸显了考据这一学术名称和治学对象之间的紧张。此后直至清末民初，众多学者仍大体徘徊在类似的“焦循式困扰”之中，实际也在不断回应焦循所提出的问题。

然而考据地位的确立也产生出一些诡论性（paradoxical）的意外后果：正因中国学问本不主张截然分类，两千多年来，读书人对各种学问多兼而治之，一般都以经学（及其在各时代的变体）为主，清代以考据方法治学者亦然。邓实（1877—1951）则强调：“本朝学术，实以经学为最盛。其余诸学，皆由经学而出。”故经学为“本朝一代学术之宗主”[29]。而沈兼士（1887—1947）干脆提出：“清代学术是以朴学始，以朴学终。终清之世，其学不出两部经解。”[30]

他们表述有微妙的差异，所看到的现象大体一致，即经学的主流地位是不争的。其各以不同的称谓表出，说明考据与经学那一体两面的特性到清末民初仍在困扰着士人。刘师培（1884—1919）明显感觉到了其间的紧张，他指出，若仅将考证“目为经学，则近儒兼治子史者多矣”（其所说的“近儒”指整个清代儒生），故他主张仍以考证学来概括清代学术更合适。[31]刘氏的言说表述在辛亥鼎革之前，而其观念已极具突破性。在他眼里，经学正是一个在考据总类之下与“子、史”平等并列的学术门类。在看似中允的考据名目之下，经典那高高在上的圣贤书地位，无形中已被大大削弱；经学亦与他学渐趋平等，其中受益最明显的是原本地位最接近经学的史学。[32]另外，沈兼士几乎不承认有其他学科存在，固稍偏至；而所谓“朴学”，同样本以方法为名，恰表出作为方法的考据那相对超越的一面。故王国维明言“学问之品类不同，而其方法则一”，清初“诸老用此以治经世之学，乾嘉诸老用之以治经史之学”，而清季民初之沈曾植（1850—1922）“复广之以治一切诸学”，亦即“一以治经史之法治之”。[33]

王、沈二人的看法，颇能相互印证。或可以说，从明清之际到民国初年，治学的基本方法大致未变，即通常所说的考据。方法成了学名，正是清代学术的一个重要表征。在某种程度上，考据学之所以比汉学、宋学争议更少，也因为它既不强调其产生的时代，又不侧重其研治的对象，反具有相对超然的地位。当一个学名可能空无一是之时，也就可能什么都涵盖了。而考据学笼罩一切的态势，正提示着其与曾享“专制”地位的乾嘉汉学那一体两面的意态，自然容易引起反弹。

从学术史的内外理路看，这也有一个演变的过程。按照王国维的看法，清代学术凡三变，最后一变就在道咸以降一段，其学术特征是“言经者及今文、考史者兼辽金元、治地理者逮四裔”，并“广之以治一切诸学”。这与外在时代政治风俗的变化相关，国势不振的大语境促成了“变革一切”的愿望，故时人治学“颇不循国初及乾嘉诸老为学之成法”，而“务为前人所不为”。[34]所谓“务为前人所不为”，实即处处反乾嘉问学路径。“一切诸学”的兴起，反衬出清代汉学的式微，恰是一片正统衰落、异军复活的气象。

太平天国之役后中国思想学术界的一大转变，就是以湖湘为中心的经世之学的兴起。在“天下多事”的大环境下，不只是“汉学”在衰落，任何其他学说，也只是在其能“经世”的层面才兴盛，其纯粹学理的一面，也都处在不同程度的衰落之中。嘉道间由汉学转宋学的夏炯（1795—1846）正式提出：

> 学无大小，以适于用者为贵。故义理为上，经济次之，经学、史学次之，诗古文词又次之。至于名物制度、声音训故，不过藉以攻诗古文词，藉以考经史而已。诗古文词得其概矣，经史涉其门矣。是当归本于义理、经济，以求为有体有用之儒，斯可以名一家之学。[35]

与前引曾国藩“四科”说相比，其中的“考据”已为“经学史学”所取代[36]，而考据自身则被明确赋予方法工具的作用。重要的是这工具也与以前的意义不同了，前引段玉裁所说，真考据“在身心性命伦理族类之间”，而“读书之考核”只是辅助手段；在夏氏这里，所谓考据就是“仅从书册上讨生活”，基本限于“读书”层面，亦即后来民国趋新读书人所攻击的“纸片上之学问”[37]。

在夏炯稍带偏激的排序里，作为考据替代物的经学和史学被并列而后置，尤其原居首位的经学已大大后移。这样的观念不一定具有代表性，却提示着某种发展的走向。且这一排序中还隐含着一个绝非微不足道的区隔，即“义理”和“经学”的两分。夏炯始料未及的是，独立于经学的“义理”显然少了束缚，而具有更强的能动性，到清季已明显呈现出西移的轨迹。一旦与“经世”相关的本土诸学也不能满足退虏、送穷等迫切要求，中国传统学问就整体被认为不能应付时局，国人乃多转趋西学。

顾颉刚后来说：“在鸦片战争后，中国文化不能不换一条路走，就是说不能专读古书，而要改造社会了。”[38]这里仍延续着对“纸片上之学问”的质疑态度。其实古人治学是要闻道见道，并以所闻见之道来澄清天下：天下有道，则努力使之更好；天下无道，则尽力变无道为有道。这本是中国文化的老路，夏炯等人正是感觉其被考据压抑，故予重新强调。顾先生不经意间说出“中国文化不能不换一条路走”，或许是指晚清兴起的经今文学要“学以致用”，也可能指向西方意义的“改造社会”，隐约透露出“义理”独立于经学之后那西移的身影。

注释：

① 也有类似“蜀学”等以区域命名者，但属于另外层面的意思，基本不是专指学者研究而言。又本文在正文中会标出清人和近人的生卒年，个别略有疑义者仅取其一，不特别注明。对清代以前一般熟知的古人，则不再标出其生卒年。谨此说明。

② 参见黄晏妤《四部分类是图书分类而非学术分类》，《四川大学学报》2000年第2期；《四部分类与近代中国学术分科》，《社会科学研究》2000年第2期。

③ 郑樵：《通志·校雠略·编次必谨类例论》，中华书局1987年影印本，第831页。姚名达（1905—1942）对此也有申论，参见其《中国目录学史》，上海书店出版社1957年影印本。

④ 马一浮：《泰和会语》（1940），载《马一浮集》第1册，浙江古籍出版社1996年版，第9页。

⑤ 程颢、程颐：《二程集》，中华书局1981年版，第187页。

⑥ 郑樵：《通志·图谱略·原学》，第837页。

⑦ 戴震：《与方希原书》，载《戴震全书》六，黄山书社1995年版，第375页。

⑧ 姚鼐：《述庵文钞序》《复秦小岘书》，载《惜抱轩诗文集》，上海古籍出版社1992年版，第61、104—105页（标点略有更易）。

⑨ 章学诚：《文史通义·博约下、原道下、说林》，中华书局1956年版，第51、43、120页。

⑩㉓ 焦循：《与孙渊如观察论考据著作书》，载《雕菰集》，中华书局1985年版，第212页，第212—214页。

⑪ 曾国藩：《致诸弟》（道光二十三年），载《曾国藩全集》第19册，岳麓书社1986年版，第55页。

⑫ 余英时：《曾国藩与“士大夫之学”》，载《现代儒学的回顾与展望》，生活·读书·新知三联书店2004年版，第310—313页。

⑬ 曾国藩：《求阙斋日记类钞》卷上“辛亥（咸丰元年，1851）七月”条，王启原校编，光绪二年（1876）传忠书局刻本。按曾国藩的《绵绵穆穆之室日记》原稿后纳入由（台湾）学生书局1965年影印出版的《湘乡曾氏文献》第六册，始咸丰元年七月一日，迄二年六月十二日。据原稿，这段话是咸丰元年七月初八、初九、十三天日记的眉识，不排除是后加的。又“经济之学”时见于宋明人言说，王鸣盛先已提出包括“经济”的学问四分说，然未形成社会认知。

⑭ 曾国藩：《劝学篇示直隶士子》（同治八年），载《曾国藩全集》第14册，第442页。

⑮ 梁启超：《儒家哲学》（1927），载《饮冰室合集·专集之一百三》，中华书局1989年版，第21页。

⑯ 熊十力：《十力语要·答邓子琴》，载《熊十力全集》第4卷，湖北教育出版社2001年版，第282、285页。

⑰ 梁启超：《清代学术概论》，上海古籍出版社1998年版，第1、43页。按梁启超关于各代的概括或借鉴了刘师培在清末的见解，刘师培曾在《国粹学报》上连载其《南北学派不同论》，虽侧重地理而非断代，大体即以经学、理学和考证学来代表汉代、宋明和清代学术（不过其经学一直说到唐代，而理学从汉魏之道、佛二家说起）。参见刘师培《南北学派不同论》，载《刘申叔先生遗书》，江苏古籍出版社1997年影印本，第

550—559 页。

⑱ 陆宝千：《清代思想史》，（台湾）广文书局 1983 年版，第 163、191 页。

⑲ 艾尔曼（Benjamin A.Elman）借助福柯（Michel Foucault）的话语（discourse）理念，把考据学视为一种话语，即一个学术表现、交流和意义的系统。在此基础上，他虽强调考据学局于江南的地理限制，所论仍非常宽广。参见 Benjamin A.Elman, *From Philosophy to Philology, Intellectual and Social Aspects of Change in Late Imperial China*, Cambridge, Mass.& London: Harvard University Press, 1984, p. XX。

⑳ 傅斯年：《台大〈社会科学论丛〉发刊词》（1950），载《傅斯年全集》第 3 卷，湖南教育出版社 2003 年版，第 367 页。傅斯年进而说："人类的工作，目的和方法是很不容易分别的。"清代考据确曾有流于烦琐的一面，即名物制度、声音训诂等本是借以明经见道的方法，在不少人那里却压倒甚或取代了目的。

㉑ 焦循：《与刘端临书》，载《雕菰集》，第 215 页。

㉒ 参见钱穆《中国近三百年学术史》，台湾商务印书馆 1964 年重印本，第 468—469 页。

㉔ "汉学专制"是梁启超使用的术语，参见梁启超《清代学术概论》，第 71 页。

㉕ 段玉裁：《娱亲雅言序》，载《经韵楼集》，上海古籍出版社 2008 年版，第 192—193 页。

㉖ 陈用光：《太乙舟文集》卷五《与伯芝书》，道光二十三年（1843）孝友堂刻本。

㉗ 陈用光：《太乙舟文集》卷五《与伯芝书》。按陈氏不愿认同一般时人眼中的考证，又强调作文需要考证，在某种程度上恰坐实了焦循将考据归诸说部一流的攻讦。

㉘ 王先谦：《复阎季蓉书》，载《葵园四种・虚受堂文集》，岳麓书社 1986 年版，第 296 页。

㉙ 邓实：《国学今论》（1905），载章太炎、刘师培等《中国近三百年学术史论》，上海古籍出版社 2010 年版，第 343—344 页。吕思勉继承了邓实的见解，他后来也说："清朝是考据之学盛行的时代。考据之学，中心在于经学，所以这一时代的学者，其学术往往是以此为中心，而延及于别一方面的。"参见吕思勉《从章太炎说到康长素梁任公》（1946），载《吕思勉遗文集》上册，华东师范大学出版社 1997 年版，第 394 页。

㉚ 沈兼士：《近三十年来中国史学之趋势》，载《沈兼士学术论文集》，中华书局 1986 年版，第 372 页。

㉛ 刘师培：《南北学派不同论・南北考证学不同论》（1905），载章太炎、刘师培等《中国近三百年学术史论》，第 195 页。

㉜ 经学和史学的易位是清末民初学术史上一个重要现象，一些初步的探讨，参见罗志田《清季民初经学的边缘化与史学的走向中心》，（台湾）《汉学研究》第 15 卷第 2 期，1997 年 12 月，第 1—35 页。

㉝㉞ 王国维：《沈乙庵先生七十寿序》，载《观堂集林（外二种）》，河北教育出版社 2003 年版，第 575 页，第 574 页。

㉟ 夏炯：《夏仲子集》卷一《乾隆以后诸君学术论》，金陵宜春阁 1925 年印本。龚书铎先生已引此段，参见其《社会变革与文化趋向：中国近代文化研究》，北京师范大学出版社 2005 年版，第 349 页。我是受龚先生此书启发而注意到夏炯言论的。

㊱ 类似观念后来得到官方的确认，光绪二十九年（1903）的《奏定学堂章程》之《学务纲要》在论证"学堂兼有科举所长"时说，"现各学堂课程，于中国向有之经学、史学、理学及词章之学并不偏废"。参见《新定学务纲要》，《东方杂志》1904 年第 4 期。这里明显可见考据、义理、词章三分法的痕迹，唯考据为经学和史学所取代。与夏炯不同的是，朝廷仍将经学放在最前面，而独立于经学的理学则置于史学之后。这不一定是有意为之，不过因史学与经学共同取代了考据而已。

㊲ 参见夏炯《夏仲子集》卷三《书惠定宇〈九经古义〉后》。后来这方面言论甚多，如梁启超就把学问分为两类，"一为纸的学问，一为事的学问。所谓纸的学问者，即书面上的学问，所谓纸上谈兵是也"。中国数

千年来“皆是纸的学问”，故无裨于实用。梁启超《在教育部之演说（中国教育之前途与教育家之自觉）》（1917 年 1 月），载《饮冰室合集 · 集外文》，夏晓虹辑，北京大学出版社 2005 年版，第 668 页。冯友兰也说中国几千年都看重“纸片上之学问，不过先王之刍狗，古人之牙慧”，使社会“永为古人所束缚，终无进步之一日”。冯友兰《新学生与旧学生》（1918 年 9 月），载《三松堂全集》第 13 卷，河南人民出版社 1994 年版，第 619 页。

㊳ 顾颉刚:《清代学术的历史背景》，载《顾颉刚读书笔记》第 10 卷，（台湾）联经出版公司 1990 年版，第 7634 页。

（2010 年第 2 期）

自然审美的两种客观性原则

薛富兴

一、问题的提出

关于自然审美客观性问题，中国美学家蔡仪的自然美学应当算是先驱。他在20世纪40年代出版的《新美学》就以“单象美”的名义讨论了各类自然美对象的特性。从20世纪五六十年代的“美学大讨论”，到20世纪80年代的《新美学》改写本，蔡仪一直坚持自然美的客观性立场：

> 一片自然风景决不是“一种心境”，同样，梅花的形象也不是什么人的性格的象征。物的形象是不依赖于鉴赏的人而存在的，物的形象的美也是不依赖于鉴赏的人而存在的。①

> 承认自然界事物的美在于自然界事物本身，就是要否认自然界事物的美在于所谓该事物的社会性或在于人的主观精神。②

蔡仪关于自然审美客观性的讨论有两个特色，其一，他的重点是分析自然对象的审美特性，而不是讨论自然审美欣赏问题。在他看来，自然对象审美特性的来源与事实一旦确定，如何欣赏自然的问题便不言而喻。其二，其对自然美的客观立场并不始于他对自然美的专门研究，而取决于其整个美学理论的唯物主义认识论立场。客观地讲，他并没有把客观性理解为自然美的特殊性问题，而理解为对唯物主义哲学的一种具体贯彻。如果说蔡仪的自然美学有何特点的话，我们会发现：在自然美这一环节上，他对唯物主义哲学立场贯彻得最为彻底。在中国当代美学家中，蔡仪不只最早提出自然审美的客观性立场，也将这一立场坚持得最为坚决。这一客观性立场正可与当代西方自然美学相会通，其中之义理与价值，值得我们深思。

如果说蔡仪从自然对象论角度较早提出自然审美客观性问题，西方美学家则从自然审美欣赏角度讨论这一问题。由于西方长期以来对自然美的忽视，以及其声名卓著的艺术中心论传统，有些美学家竟认为人类要欣赏自然是不可能的。[③] 如肯代尔·L.沃尔顿提出，我们虽然可以欣赏自然，但是，我们对自然对象的审美判断只能是主观的，或是相对主义的。[④] 加拿大美学家艾伦·卡尔松则明确地反对关于自然审美的不可知论和主观主义理论。他认为：

> 自然是自然的——并非我们的创造物，可是，这一事实并不意味着，我们对它一无所知。面对自然对象，我们可以从中发现一些东西，它们的创造独立于我们之外。虽然我们并没有创造自然，但是，关于自然，我们还是知道许多。[⑤]

> 只要关于艺术审美判断的客观性得到保障，则关于自然审美判断的客观性同样也是有保障的。[⑥]

这便是自然审美欣赏的客观性问题。卡尔松最早在其《论量化评估景观美的可能性》一文中讨论了这一问题。他指出：自然审美客观性问题导源于20世纪六七十年代，景观研究者和管理者在自然环境的审美价值评估中，想弄清特定自然景观的审美特性与价值的社会性要求。[⑦]20世纪80年代，卡尔松正面提倡自然审美欣赏的客观性。他认为，不客观的自然审美欣赏首先是指在西方自然审美传统中长期存在的那种把自然当艺术品来欣赏的错误倾向，包括“对象模式”和“景观模式”。错将自然当艺术，是非客观自然审美欣赏的典型表现：“很多情形下，人们总是将自然欣赏与艺术欣赏相比。这种类比同时造成理论错误与实践遗憾。在理论层面，它典型地涉及对艺术欣赏和自然欣赏的同时误解。在实践层面，它将造成我们根本无法欣赏自然，或以一种不恰当的方式欣赏它——依赖错误的信息，以错误的行为参与，产生错误的反应。”[⑧]

针对这种错误倾向，他正面提出了客观地欣赏自然的具体内涵：“我们必须更为细心地考虑环境特性。在这方面，我想强调很明显的两点：第一，自然环境是一种环境；第二，自然环境是自然的。”[⑨]“自然是环境的”，这应当是卡尔松的一种独特理解，因为自然的不一定是环境的。我们面对两种自然，一曰对象自然，二曰环境自然，唯作为环境的自然方可谓之“自然是环境的”。“自然是自然的”，这应当是对自然的一种普遍规定。合而言之，卡尔松自然审美客观性原则的主旨是，在自然审美欣赏之前，应当正确地认清自然对象自身之特性，正确、恰当的自然审美欣赏应当是对自然对象自身特性的欣赏，应当把自然当作自然而非艺术来欣赏。

卡尔松认为，客观性应成为自然审美欣赏的第一原则，是恰当的自然审美欣赏必备的前提。他提倡一种对象导向的，即建立在对所欣赏对象特性有正确、深入了解的基础上的自然审美欣赏："追随对象的引导，这是一种'客观的'引导。客观意义是最基本的：它相关于对象及其特性，而与那种相关于主体及其特性的主观欣赏相反。在这个意义上，客观地欣赏就是指作为和为了对象之所是、所有而欣赏。它处于主观欣赏的反面：在这里，主体，即欣赏者及其特性以某种方式强加于对象之上，或更概括地说，将一些不属于对象的东西强加于对象之上。"⑩

那么，在具体的操作层面，到底如何才能实现这种客观性原则呢？首先，卡尔松借鉴了沃尔顿关于"艺术范畴"的核心观念后提出：自然审美欣赏应当正确应用与所欣赏自然对象相关的范畴，在正确范畴指导下欣赏自然。其次，积极主动地寻求以地质学、生物学和生态学为代表的自然科学知识的帮助，是贯彻自然审美欣赏客观性原则的途径：

> 如果有关自然事物的欣赏应当是对此类事物依其本来面目进行审美欣赏，如果科学知识确实能告诉我们自然事物实际上是什么，那么，对自然事物的审美欣赏就应当是依照诸如地质学、生物学和生态学等科学所告诉我们的那些概念、范畴和描述而对自然事物所作的审美欣赏。⑪

> 科学知识对于自然审美欣赏而言是关键的。没有它，我们不知道如何恰当地欣赏自然，也将错过其所具有的审美特性和价值。⑫

卡尔松的自然美学因此被西方学界称作"科学认知主义"（scientific cognitivism），其核心立场是强调科学知识在自然审美中的重要作用。他还从景观评估的角度贯彻其客观性原则："集中关注哪种视野、意义和价值的问题是正确的，做这样的判断，相对而言，是一个客观过程，有相关的标准和明显的限定。这意味着，即使在我们这个培育了包括景观在内，对任何事物感知、意义和价值方面多元主义的多元化、民主社会，景观方面的专门人士仍然追求他们描述、阐释和评价景观的职业任务，而并不过多关注多元主义。"⑬ 这就是说，只要坚持对自然景观特性的尊重，即使在这个提倡多元的时代，现实自然景观评估的客观性也是可能的。如何实现这种可能性呢？那就要将价值判断与功利判断区别开来，将公民立场与消费者立场区别开来：

价值判断有……“就某物而言，这是个好东西”的形式，可是，功利判断的形式则是“对某事而言，这是个好东西”的形式。⑭

作为社会的一位公民，做出一种客观判断是他的部分作用；而当他作为一个消费者时，他则易于做出主观的判断。作为一名消费者，他只需要判断既定对象是否具有满足他个人偏好的功用。⑮

价值判断是立足于景观本身特性做出的判断，看重的是对象自身之善；功利判断则是立足于判断者对景观的特殊需要所作的判断，突出的是景观对判断者所具有的工具性价值。虽然事实上公民与消费者的角色随时可聚于一身，但这一理论涉及个体审美趣味与群体审美趣味的区别、审美态度与物质功利心的区别。它欲揭示此类事实：面对既定景观，欣赏者可以对它做出完全不同的审美价值判断。如果他 / 她立足群体审美趣味，其审美判断就会更客观一些；若只立足一己之好，则所得判断就只能是一种纯主观之物。同理，若对既定景观只戴一副消费者的有色眼镜，就会只强调该景观中适合消费性的审美；若立足于公民角度，即作为社会完善景观审美代言人，则其对景观的审美需要就可能会更丰富、深刻一些。

二、客观性原则的意义

我们不得不承认：客观性这种看似只是常识的东西，我们实践得并不好，故而才需美学家重申。诚如卡尔松所言，在西方，由于发达的艺术欣赏趣味影响，在自然审美欣赏中，许多欣赏者实际上是用艺术眼光与趣味感知、理解和评价自然对象，是把自然当艺术来欣赏。如艾迪生说：

尽管有些野外景色比任何人为的景物更能引起欣赏，我们仍然觉得，大自然的作品越是肖似艺术作品就越能使人愉悦，因为，在这种情况下，我们的快感发自一个双重本源，既由于外界事物的悦目，也由于艺术作品中的事物与其他事物之间的形似；我们观察两者和比较两者之美时，同样获得快感，并能给我们的心灵再度表现了原物或复本。因此，我们喜爱的，是布局相当好，并有田野、草地、树林、河流点缀其间；是从大理石的纹理中发现的生成的树木、云彩和城池等景致；是岩石和洞穴所形成的那种奇特的精细浮雕；一言以蔽之，我们喜爱的是具有这种多样性或规则性的任何事物，就像产生于我们称之为大自然的偶然设计。[16]

作为西方学者，艾迪生只熟悉西方自然审美的情形，把这种艺术地欣赏自然的传统当作主观自然欣赏的典型代表。

如果说西方自然审美传统误区是把自然当艺术品欣赏，那么，中国自然审美传统的主观化倾向则是其极为发达的“比兴”“比德”和“借景抒情”传统。[17]“比兴”乃“比”与“兴”之合称。依朱熹的解释：“比者，以彼物比此物也。”[18]“兴者，先言他物以引起所咏之辞也。”[19]合而言之，“比兴”就是诗人常以自然物象比拟人类社会情景或人类情感状态的一种艺术手法，如“关关雎鸠，在河之洲，窈窕淑女，君子好逑”[20]。《礼记》中即有“君子无故，玉不去身。君子于玉比德焉”[21]的说法，“比德”是以自然事物比拟人类所具有的某种伦理德性。如孔子的“岁寒然后知松柏之后凋也”[22]以及屈原的“后皇嘉树，橘徕服兮。受命不迁，生南国兮……年岁虽少，可师长兮。行比伯夷，置以为象兮”[23]。“比德”自春秋晚期直到现在，成为中国人欣赏自然的一种特殊视野，一种道德化的自然审美趣味。“比兴”自汉儒揭出，已然演化为中国古代最为基本、十分自觉、普遍的诗歌艺术表达手法——“借景抒情”：

作词之料，不外情景二字。非对眼前写景，即据心上说情。说得情出，写得景明，即是好词。[24]

能写真景物、真情感者，谓之有境界。否则谓之无境界。[25]

能够将自我表现和自然景物描摹融为一体的诗歌，往往被视为上品：

玉立水云乡，尔我相忘。披离寒羽庇风霜。不趁白鸥游海上，静看鱼忙。应笑我凄凉，客路何长！犹将孤影侣斜阳。花底鹓行无识处，欲对秋塘。[26]

无论是“比兴”和“借景抒情”，还是对自然拟人化道德观照的“比德”，作为自然审美欣赏趣味，其哲学本质是相同的，都是对自然对象、现象的人化、主观化，都是从根本上背离了“如其本然”地欣赏自然的客观性原则立场，它们导致的后果都是将自然审美欣赏边缘化、工具化，即以自然对象、现象为人类自我主观表达的便利工具，以歌颂自然之名行人类自我表现之实，自然审美欣赏最终被转化为人类情感或道德境界，最终名存而实亡。所以，我们从中国古代自然审美史中发现了一对极为深刻的内在矛盾：一方面，我们看到了起源极早，持久、普遍、极为发达的自然审美欣赏传统；另一方面，深入反思中国传统自然审美经验，我们却发现了截然相反的事实——对自然对象自身特性的公然忽视，人类主观情感和道德趣味对自然对象特性的置换与侵凌。这是人类不恰当的自然审美的又一典型形态。

如何自觉、有效地矫正上述在东西方盛行的将自然审美价值主观化的自然审美欣赏传统？如何才能真正恢复自然美的本来面貌，在理论和实践上真正实现自然审美的高度自觉？如何为当代自然美学和自然审美实践开辟一条正确、健康发展的道路？我们只能重申看似常识的自然审美客观性原则——把自然当作自然来对待，或“如其本然地欣赏自然”。

客观性应当成为自然审美的首要原则。没有它，我们就无以从根本上坚持自然审美的个性，无法将自然审美与其他审美形态区别开来，如无法将它与艺术审美区别开来，自然审美与自然美学都无法真正成熟、独立。

从哲学立场上，我们很难正面主张一种与客观性立场完全相反的原则——自然审美欣赏可以与所欣赏的自然对象的基本事实毫不相涉，甚至可以完全相反；自然审美欣赏越主观越好，人们在自然审美欣赏中可以毫无根据、随心所欲等等。所以，蔡仪和卡尔松从不同角度共同主张的自然审美“客观性”原则，就成为当代自然美学的普遍性原则，它是自然美学得以真正实现自觉、当代自然审美实践得以健康发展的重要理论原则。[27]

三、符合自然特性：认识论客观性

那么，应当如何进一步正确地理解自然审美客观性原则的具体内涵呢？

自然审美欣赏的起点是欣赏自然的外在感性表象，即自然的形式美。中西皆然。这是最浅易的层面，同时也符合自然审美的基本事实。但是，在卡尔松看来，停留于形式美层面的自然审美欣赏是不恰当的，是一种肤浅的欣赏：

> 对自然的新形式主义审美欣赏本质上存在着深刻问题。这一问题非关乎构型，而是自然对象的深刻特性与浅表特性之间的区别。我们已提议，首先，这种区别应当以解释为标志。一个对象的特性如果具有更多的解释力，或者与之紧密相关，就有理由要求成为更深入的或更有意义的。其次，我们主张，形式审美特性之无意义是由于它们处于这种区别的浅表层次。[28]

他认为，自然审美欣赏中真正有深度的客观性，是从形式美欣赏再进一层，深入自然的结构、特性，深入它的内在事实，成为一种对自然对象内在审美特性和审美价值的欣赏："对于恰当的审美欣赏而言，科学知识是最基本的。没有了它，我们将不知道如何恰当地欣赏自然，也将失去有关自然的审美特性的价值。"[29]

这就要求欣赏者拥有关于特定自然的正确、深入的客观知识。卡尔松指出，就这一层面而言，大部分人的审美欣赏依赖于日常生活所积累的关于特定自然的生活经验或常识。在自然科学知识贫乏的古典时代，自然审美欣赏长期依赖生活经验或常识是可以理解的。进入现代社会以来，自然科学研究突飞猛进，我们对自然界的认识准确、丰富、深入了许多，之前所积累的经验或常识显得主观、模糊和浅陋。如果仍然满足于以日常生活经验为基础，致使我们的自然审美经验与现代自然科学对自然的描述大相径庭，便是不可思议、不可容忍的了。

客观性是自然审美欣赏的应有原则，能将这种原则具体落实的是科学知识，它们保证了自然审美欣赏的正确性和有效性，使我们正确、深入地把握自然的内在特性与价值："就像严肃、恰当的艺术审美欣赏要求有关艺术史和艺术批评方面的知识一样，对于自然的欣赏也要求关于自然史的知识——由自然科学，特别是诸如地质学、生物学和生态学之类的科学所提供的知识。核心的观念是，关于自然的科学知识能揭示自然对象和环境真实的审美特性。"[30]

依卡尔松之见，只有在科学知识的帮助下，我们才可能发现和有效地纠正自然审美欣赏中经常会发生的一些错误。首先是"审美疏漏"（aesthetic omission），它是指在自然审美欣赏中，我们会常常对自然对象实际拥有的重要特性与价值视而不见。比如，蔡仪早就指出，虽然人人都知道"红花还得绿叶扶"，但事实上，在欣赏自然时，我们最关注的往往只是红花，绿叶的存在多数情况下被我们忽略了。依自然审美欣赏客观性原则，这种只见红花、不见绿叶式的自然审美欣赏对自然自身来说，就是不全面的。对植物生命自身而言，其红花与绿叶属于一个有机整体，缺少了绿叶，红花将不能存活。可是，在中国古代自然审美欣赏传统中，就有这样的仅喜其一、不乐其二的独特审美偏好，如宋元之际最为流行的花鸟画中的折枝花画。

其次是“审美欺骗”（aesthetic deception），意指将一些自然对象本身没有的东西强加于其上。这可以杜甫的“感时花溅泪，恨别鸟惊心”和秦观的“有情芍药含春泪，无力蔷薇卧晓枝”为例。这种自然审美经验表面上以描摹、欣赏自然对象为中心，但实际上，其强烈的主观拟人色彩已然严重偏离了自然对象本身之事实，欣赏者最终所得到的审美经验是自然对象本身所没有，而为人类所独有的主观化思想情感或人情趣味，是一种似是而非的自然审美经验。此类的不恰当自然审美经验在中国古代最为常见。但我以为，将这种现象称为“审美欺骗”似乎言重了，因为诗人们并非故意行骗，而是以之为当然。所以，改称为“审美附会”（extrinsic attachment aesthetically）也许更恰当。

最后是将自然对象、现象之所似（appear to be）与自然对象实际之所是（to be）相混淆的自然欣赏。卡尔松提供的典型案例是对鲸鱼的欣赏。一般人极容易将鲸鱼当成鱼来欣赏，但科学家告诉我们：鲸鱼实际上不是鱼，而是哺乳动物。当我们依日常生活经验把鲸鱼欣赏为鱼时，就是错误地将现象当成了本质，严重违背了鲸鱼自身的特性，是一种指鹿为马式的欣赏。将鲸鱼当鱼来欣赏，由于其形体巨大，鲸鱼看起来就没有绝大多数鱼那样轻盈灵巧；但若将它当哺乳动物来欣赏，因大多数哺乳动物乃陆生生物，在水中是不自由的，鲸鱼却能在水中优游自如，相比之下就显得更为矫捷轻盈，鲸鱼的美感就增加了。[31]

所以，依卡尔松的“科学认知主义”理论，只有认真区别何为自然之所是、何为自然之所似的欣赏，才算是客观的，因而也才是正确、恰当的自然审美欣赏。

我们已然走出以朴素的生活经验为支撑的古典时代，进入一个科学昌明的时代，科学知识构成了我们对这个世界的基本经验、理解这个世界的最基本参照。现代社会的自然审美经验恐怕很难与自然科学知识全然脱节，更别说与之截然相反。在科学上被判定为伪的东西，在自然审美经验中就很难证明自己的恰当性，只要我们还承认自己所欣赏的是自然，而不是在作诗。

古典审美经验与现代审美经验的区别何在？前者以感知与常识为基础，后者还要以科学知识为参照。有了科学知识的参照，客观性原则的贯彻就有了更扎实的基础。自然审美欣赏应以自然科学关于特定自然现象的正确知识为依据，自然审美欣赏的客观性首先是指认识论意义上的客观性。对此原则的客观性表述是，凡与科学知识对特定自然现象的描述相背离的自然审美经验是不正确的；对此原则的主观性表述则是，凡有意识背离科学知识对特定自然现象的描述而产生的自然审美经验，就是一种认识论态度上的不恰当。

依认识论客观性原则，自然审美欣赏是对自然自身的欣赏，具体地说，是对自然自身所具特性、价值和功能的欣赏。只有符合这一原则所指涉范围的审美经验，才是真正的自然审美经验；那些以自然为媒介、以欣赏自然的名义进行的人类自身经验之表达（如中国古代的借景抒情传统），以及在艺术趣味和视野指导下艺术地对待自然（如西方自然审美传统），都是不恰当的。至少，作为自然审美经验，它们是不纯粹、不典型的，只能算作一种与自然审美相关的，或复合性自然审美经验。按照认识论客观性原则，那些无意识地与自然对象自身事实相背离的自然审美经验——自然审美欣赏中的张冠李戴行为——当然不恰当；那些以欣赏自然的名义以自然比德或抒情，是在自然审美欣赏中指鹿为马，便更不正确。

如何确保自然审美的真正独立以及自然审美经验的纯粹性？在认识论原则上坚持客观性立场便是理论前提。如何呈现当代自然审美经验与古典自然审美经验的区别？当代自然审美经验如何超越古典经验的朴素性，实现自然审美经验的丰富和深化？卡尔松的科学认知主义理论提示我们，引入当代自然科学研究的既有成果便是有效途径。在科学知识的帮助下，我们的自然审美经验可以比前人更正确、细腻、丰富和深刻。

四、尊重自然之善：伦理学客观性

但是，随着环境美学的发展，特别是当我们想要使环境美学服务于当代环境保护运动时，卡尔松的客观性理论就显示了局限性，因为它只是一种认识论意义上的客观性。这一理论只能解决如何恰当地欣赏自然的问题，而不能解决为什么要欣赏自然的问题，即自然审美价值的内涵问题，也不能解决当代自然环境审美价值何以衰退的问题。特别是随着当代环境美学从美到责任的转向，这些问题的解决就越见迫切。在今天看来，对环境美学而言，光有认识论意义上的客观性是远远不够的。我们现在需要做的，就是对卡尔松的理论进行拓展，在认识论客观性的基础上，自觉引入环境伦理学的基本观念，建立起一种环境伦理学意义上的客观性原则。

斋藤百合子曾是卡尔松科学认知主义理论的积极支持者，但她的支持却来自一个独特角度——环境伦理学：

> 我已指出，恰当的自然审美欣赏必须体现承认和尊重自然作为独立于我们的存在之外自身现实的伦理能力（moral capacity），承认自然有自己的故事需要讲述。再者，它需求敏感的耳朵倾听自然的独特感性外表有何故事要讲，不管它如何貌不惊人。我认为，我们的在某种程度上使自然对象、现象具有意义的努力，通过修正、提升和显现或转化自然的内涵，引导着我们可以恰当地欣赏自然的感性经验。我们可以在（自然史）科学和旨在对自然对象和现象的特征提供一种阐释的民间故事中发现这些企图。[32]

这是对卡尔松客观性原则的一种别开生面的解释，但遗憾的是，斋藤只是提出了一个极有意义的关键词——“尊重自然的伦理能力”，而对尊重自然的内涵以及原因并未做出明确的理论说明。

如上所述，在自然审美欣赏中，我们对自然的误读，无论是如西方人那样无意识地张冠李戴，还是如中国古代那样有意识地指鹿为马，都是不恰当的。只不过，不恰当的性质在这里发生了变化：它不再是一种认识论意义上的不恰当、不真实，即发生了科学认识意义上的错误；而是一种伦理学上的不恰当，即没有对自然表现出应有的尊重。在人类社会范围内，比如在某种社交场合，如果我们当面叫错了一个人的名字，这种礼仪上的不恰当就意味着我们在尊重自己的交流对象方面做得不够好。那么，当我们把自然当艺术来欣赏，或是面对自然时只是满足于以自然之酒杯浇人类之块垒时，难道不会同样涉及对自然没有表现出足够尊重的嫌疑吗？如果在自然审美欣赏中连起码的尊重都做不到，我们怎么能为自己“热爱自然”的口号做出强有力的论证呢？在中西自然审美传统中，这种明修栈道、暗度陈仓，看似欣赏和赞美自然，实则只是人类自恋的事例真是太多了。关键在于，面对自然，我们并没有培养起真正的尊重自然的伦理意识，没有意识到从伦理层面上尊重自然是我们审美地欣赏自然的文化基础，没有意识到忽视与歪曲自然实际上是一种伦理上的失德行为。

那么，我们怎样才能做到充分地尊重自然呢？

我们需要对西方传统审美价值观念进行反省。西方传统美学认为，一事物之所以具有审美价值，是因为它从某个角度满足了人的审美需求。比如，一朵花之所以美，乃是因为它的鲜艳色彩、独特造型满足了欣赏者悦目的视觉审美需求。从康德开始，近代美学努力把审美价值与物质功利价值区别开来，从非功利角度论证审美，严格地把美感与快感区别开来，并以形式主义为极致。但是，这种看似纯粹的审美价值论，仍然是从审美对象满足人类需求的角度来论证的。比如，康德从对象形式客观上符合人类的知解力和想象力，从而使人普遍而愉快地来论证美感何以可能，但这仍然是一种功利主义的论证，只不过它将物质功利主义转化为精神功利主义。那么，我们到底应当怎样理解自然对象的审美价值呢？这大概需要从哲学价值论说起。在西方哲学史上，亚里士多德区别了两种善："其一是事物自身就是善，其二是事物作为达到自身善的手段而善。"[33]康德将这两种"善"发展为"目的"与"工具"相对举的概念，提出了"人是目的"的思想："人以及总体而言任何理性生物都是作为自身目的而存在，而不仅仅作为一种工具被这种或那种意志随意应用。"[34]

当代环境哲学家在此基础上，将价值分为两类："工具性价值"（instrumental value）和"内在价值"（intrinsic value）。前者指一物对他物的可利用价值，是利用者利用该物之结果。对该物自身而言，这是一种可有可无的价值。后者是指：

> 一个对象拥有内在价值则是另一种情形，它自身具有价值，而不简单地只是因其用途。这个对象的价值对它是内在的。说一个对象具有内在价值就是说它具有自身之善，其自身之善并不依赖于其他因素，这样，其价值便是被发现或承认的，而不是被赋予的。[35]

"内在价值"是当代环境伦理学的一个核心概念。它向我们揭示出，长期以来，人类面对自然，持一种人类中心主义的功利态度，把一切自然对象视为满足人类自身生命需求的材料或工具。换言之，在人的眼里，自然只有工具性价值，仅仅因为它具有对人类的这种利用价值而有意义；如果失去了利用价值，它在人类面前便失去了自身的合法性。

对自然而言，后者才是其最重要的价值，而前者则是外在的、偶然的价值。当代人类不仅要承认自然对人类的工具性价值，还要进一步承认其内在价值，并且要承认各类自然对象具有与人类同等的生存权利，承认自然的内在价值高于其对人类的工具性价值。唯其如此，人类在自然其他存在者面前，才能从极端自私的纯掠食者，变成能自律、有责任意识，因而有爱心、有德性的伦理主体。尊重自然、保护自然和欣赏自然，应从承认和自觉维护自然的"内在价值"开始：

> 根本说来，只有当人类不再仅仅从如何谨慎地利用自然的角度提出问题，而是从如何欣赏、尊重自然，以及人类对于自然责任的角度提出问题时，自然主义的意义才得以实现。[36]

根据当代环境哲学的上述理念，我们可以对卡尔松的自然审美欣赏客观性原则做出补充，提出一种新的客观性原则：立足于环境伦理学，承认自然的内在价值，尊重自然对象的自身特性。

根据这种新的客观性原则，我们要承认，各类自然对象并不为人类而存在，它们首先为自己存在，是自己的目的。在这个意义上，我们需要将康德的道德律令略做修改："永远不要把自然仅仅当工具来对待！"这不仅关乎自然对象和环境的命运，还关乎人类的良知德性与生命境界，关乎人类文化的未来。

根据自然"内在价值"观念，真正有深度的审美价值概念便不能建立在自然符合人类审美需求的基础之上，而应建立在发现和承认自然自身之善、且以自然之善为美的基础之上。自然欣赏者要以自觉、真诚、深厚的同情心去感知自然、理解自然、体验自然和祝福自然，应因自然之善而乐，以自然之恶为悲，以持自然之善为美，以弃自然之善为丑，这样的自然审美实际上是与自然事物同甘共苦的生命体验。只有这样的自然欣赏才在自然价值论意义上是客观的，自然审美才能真正走出传统美学的人类中心主义，体现出与自然万物同一的仁心美德。在这样的境界里，人类才是真正在欣赏天地之大美，而不只是以自然娱乐自我；自然审美才能真正达到超越自我的宏阔境界。

当我们真诚地以自然之善为美时，传统自然审美的领域会大大拓展：一方面，在传统审美趣味中缺乏显著的形式美特征的自然对象、景观和环境，开始进入我们的审美视野；另一方面，传统审美视野下一些被视为丑陋、有害的自然对象、景观与环境，也可以为我们所欣赏。前者如我们身边的野花小草，后者如沼泽地。

结　语

自然美学、环境美学不能只有认识论意义上的客观性要求，不能只满足于自然审美欣赏中避免科学知识上的错误，而应当对自然审美欣赏中所发生的种种知识层面的不恰当之处做更深入的分析，发现自然审美过程中科学性错误背后的伦理性错误——人类中心主义自然观。有鉴于此，我们有必要对自然审美提出新的客观性要求——伦理客观性。这是对自然审美的更高要求：承认自然的内在价值，尊重自然的生存与发展权利，在此基础上正确地感知、理解和体验自然。

伦理客观性原则的提出，是对卡尔松科学认知主义理论的拓展和重要补充，这使得自然审美客观性原则超越了原来的纯认识论视野，兼容了环境伦理学的核心观念。它不只回答了如何欣赏自然的问题，同时也回答了自然欣赏中欣赏什么及为何欣赏的问题。

伦理客观性原则的提出，同时也将有益于整个环境美学。它引伦理学入美学，谋求环境美学与环境伦理学的融合。近代美学的创立始于美善两立的思路。今天，我们也许需要反其道而行之，重新回到价值论的原地，引善入美、以善释美。对环境美学而言，则是以自然之善、自然内在价值为美。唯其如此，我们才能真正深化环境美学的哲学内涵，使环境美学的发展真正符合当代环境保护要求，为天人和谐和人类的可持续发展做出贡献。

注释：

① 蔡仪：《评〈论食利者的美学〉》，载四川省社会科学院文学研究所编《中国当代美学论文选》第一集，重庆出版社 1984 年版，第 244 页。

② 蔡仪：《新美学》（改写本），中国社会科学出版社 1995 年版，第 77 页。

③ Robert Elliot, "Faking Nature", *Inquiry*, Vol. 25, 1982, p. 90.

④ Kendall L.Walton, "Categories of Art", *Philosophical Review*, Vol. 79, No. 3, 1970, pp. 334–367.

⑤⑨ Allen Carlson, "Appreciation and the Natural Environment", *Journal of Aesthetics and Art Criticism*, Vol.37, No. 3, 1979, p. 237, p. 271.

⑥㉛ Allen Carlson, "Nature, Aesthetic Judgment, and Objectivity", *Journal of Aesthetics and Art Criticism*, Vol. 40, No. 1, 1981, p. 15, p. 24.

⑦ Allen Carlson, "On the Possibility of Quantifying Scenic Beauty", *Landscape Planning*, Vol. 4, 1977, pp. 131–172.

⑧⑩ Allen Carlson, "Appreciating Art and Appreciating Nature", *Aesthetics and the Environment*, Routledge, 2000, p. 114.

⑪ Allen Carlson, "Scientific Representations of Natural Landscapes and Appropriate Aesthetic Appreciation", *Rivista di Estetica* (*Review of Aesthetics*), Vol.29, 2005, p. 48.

⑫㉙ Allen Carlson, "Nature and Positive Aesthetics", *Environmental Ethics*, Vol. 6, 1984, p. 16, p. 9.

⑬⑭⑮ Allen Carlson, "Whose Vision? Pluralism and Objectivity in Landscape Analysis", *Vision, Culture and*

Landscape, ed. P. Groth, Berkeley: University of California, 1990, p. 168, p. 166, p. 166.

⑯ 艾迪生：《旁观者》第四一四期，载伍蠡甫主编《西方文论选》上册，上海译文出版社 1979 年版，第 567—568 页。

⑰ 薛富兴：《先秦“比德”观的审美意义》，《陕西师范大学学报》2009 年第 4 期；《自然审美“恰当性”问题与中国“借景抒情”传统》，《社会科学》2009 年第 9 期。

⑱⑲ 朱熹：《诗集传》卷一，上海古籍出版社 1980 年版，第 4 页，第 1 页。

⑳ 《诗经 · 关雎》，载朱熹《诗集传》，上海古籍出版社 1987 年版，第 1 页。

㉑ 《礼记 · 玉藻》，载陈澔《礼记集说》，中国书店 1994 年版，第 266 页。

㉒ 《论语 · 子罕》，载刘宝楠《论语正义》，上海书店出版社 1986 年版，第 193 页。

㉓ 屈原：《橘颂》，载姜亮夫《屈原赋今译》，北京出版社 1987 年版，第 175—179 页。

㉔ 李渔：《窥词管见》，载叶朗主编《中国历代美学文库》清代卷上，高等教育出版社 2003 年版，第 246 页。

㉕ 王国维：《人间词话》，载况周颐、王国维《蕙风词话 · 人间词话》，人民文学出版社 1984 年版，第 193 页。

㉖ 张炎：《浪淘沙 · 题陈汝朝百鹭画卷》，载龙榆生编选《唐宋名家词选》，上海古籍出版社 1980 年版，第 314 页。

㉗ 薛富兴：《艾伦 · 卡尔松的科学认知主义理论》，《文艺研究》2009 年第 7 期。

㉘ Glenn Parsons & Allen Carlson, “New Formalism and the Aesthetic Appreciation of Nature”, *Journal of Aesthetics and Art Criticism*, 62: 4 Fall, 2004, pp. 363–376.

㉚ Allen Carlson, “Environmental Aesthetics”, in *Stanford Encyclopedia of Philosophy*, ed. E. N. Zalta, Stanford: SEP, 2007（http: //plato.stanford.edu/entries/environmental-aesthetics/）.

㉜ Yuriko Saito, “Appreciating Nature on Its Own Terms”, in Allen Carlson & Arnold Berleant eds., *The Aesthetics of Natural Environments*, Broadview Press, 2004, p. 151.

㉝ 亚里士多德：《尼各马科伦理学》，苗力田译，中国社会科学出版社 1990 年版，第 8 页。

㉞ *Kant’s Critique of Practical Reason and Other Works on the Theory of Ethics*, ed. & trans. Thomas Kingsmill Abbott, London, New York, Bombay: Longmans, Green & Co., 1909, p. 46.

㉟ Joseph R. Desjardins, *Environmental Ethics: An Introduction to Environmental Philosophy*, Thomson Wadsworth, 2006, p. 130.

㊱ Holmes Rolston, *Environmental Ethics*, Philadelphia: Temple University Press, 1988, p. 1.

（2010 年第 4 期）

泛漫与经典：当前文艺生活一瞥

王　蒙

我今天谈的内容不太容易概括，“泛漫与经典”的“泛漫”其实是我找的一个中性的词，因为如果我用“大众化”这个词，就是一个正面的词，用“文艺的民主”，就更是一个正面的词，如果用“泛滥”，那就是一个负面的词了，我之所以用“泛漫”就是为了把自己的倾向藏起来。“经典”这个词大家当然都明白。实际上今天我要讲的内容用一个不怎么科学的词来说的话，就是讨论“文运”问题，国有国运，人有人运，商有商运，那么文化生活、文学也有它自己的命运和处境。

一、中国文学的济世传统

中国文学有一个济世传统，也就是说，文学应该对世道、人心、社会起一点好的作用。中国有一个关于戏剧的说法——“不关风化体，纵好也枉然”，意思是，如果戏剧不能够对民风、民俗和人的教化起好的作用，那即使再好也是徒然。我们讲的“文以载道”“诗以言志”都是说文学，包括戏剧、民歌等有一种教化作用。

最早用“济世”这个词的是庄子，他说：“数米而炊，窃窃乎又何足以济世哉！”就是说，做饭的时候如果小里小气地数着米粒来做，那样是不可能真正对这个世道有什么好处的。周恩来年轻的时候在《大江歌罢掉头东》这首诗里也用到了“济世”。“大江歌罢掉头东，邃密群科济世穷。面壁十年图破壁，难酬蹈海亦英雄。”他说一个年轻的革命家“面壁十年图破壁”——追寻革命的真理、救国的道路，但“邃密群科济世穷”，对一门门学科进行研究却总是感觉找不到救国家、救社会的方法。这些都表达了济世情怀。

当然，任何传统都不是单方面的，人们既把文学看成济世的东西，或者用曹丕的话来说就是“文章者，经国之大业，不朽之盛事也”，但有时候又贬低文学，《风月无边》就说文学是讲风花雪月的。现在大陆上已经很少看到这些材料了，我在香港一家图书馆里看到一个材料说，上世纪30年代的时候，上海有一批左翼文学家发表过“不写月亮”的宣言，他们认为，中国的文学没完没了地写月亮，写得太多了，因此这些左翼文学家就发誓再也不写月亮了。一开始我觉得这些左翼作家太幼稚了，写月亮有什么毛病？我到现在还喜欢写月亮，喜欢看月亮，看着月亮会产生很多酸溜溜的感觉和一些思想，后来我才知道，不仅左翼文学发表过这样的观点，连胡适都发表过类似的观点，他在《新诗的誓词》[1]中也有包含“不写月亮”的意思，就是今后不要再写什么春花秋月了。

二、“五四”：从启蒙到革命

到了近现代，由于中国面临着生死存亡的危机，这种“济世”文学在五四运动以后形成了一个高潮——从启蒙到革命，文学成为一个启蒙和宣传革命、振奋民心的利器。不管是中国还是世界，文学的高潮迭起，要是把它简单化一点，也许我们会注意到——希腊神话、史诗或者中国的《诗经》《楚辞》《汉赋》等，这些都是古典的高潮，但是我们也不能回避在19、20世纪随着批判现实主义的发展带来的另一个高潮——文学关注社会的不公正、阶级压迫，不管是当初的欧洲还是后来的中国，都形成了一个具有悲情的社会批判意识的高潮，大量文艺作品出现。这可以回顾一下“五四”时期的一大批文人、作家。

有一种说法认为，“五四”以后的一段时期是文学和艺术的黄金时代、高峰期，应该属于“国家不幸诗家幸”或者说“国家不幸学家幸”的时期。“五四”以后中国社会非常混乱，找不到一条自己的发展道路，找不到一条摆脱丧权辱国、割地赔款、国家分裂、欺压老百姓、国无宁日局面的道路，可也就是这时候，文学、艺术相当活跃而且充满激情。“鲁郭茅巴老曹”就曾经掀起过非常辉煌的潮流。当然胡适在中国现代文学史上的地位也越来越受到承认，还有些过去左翼文学不多讲的比如沈从文、张爱玲，这几年也越来越热。总的来说，左翼文学艺术占突出地位。毛泽东在《新民主主义论》里有这么一个估计：国民党政府对革命人民一方面进行军事围剿，另一方面进行文化围剿，军事围剿并没能消灭革命的力量，而文化围剿一上来，反动的势力就失败了。

关于文化围剿，我说一个故事。据说有一批老延安的歌唱家聚会，聚会中酒过三巡后兴奋起来了，有一位革命歌唱家忽然一拍桌子说："中国革命是怎么胜利的？不要以为是靠军队取得胜利的，革命的军队和反革命的军队相比，数量少又不太会打仗，武器也不行，是靠唱歌唱胜利的，我们所有好的歌曲都在歌颂革命、讲人民的痛苦与不幸。"这个说法很有趣，中国自古把军事的胜利、失败同唱歌联系在一起，一支军队或者某个政治力量失败了，会说"四面楚歌"。"四面楚歌"就是指失败了，所以胜负的标志是唱歌，至于歌是谁唱、谁听，就无须仔细分析了。

1993 年我去台湾，和一位诗人说到这个话题的时候，他非常赞成我的说法。他说："我们在台湾就有这种体会，我在上学阶段去春游的时候，发现我们无歌可唱。比如我唱贺绿汀的《清流》'门前一道清流，夹岸两行垂柳，风景年年依旧，只有那流水总是一去不回头，流水啊，请你莫把光阴带走'，心想这首歌应该没有什么政治内容，但是刚一唱别人就让我别唱了，说贺绿汀是共产党员——他是上海音乐学院院长、中国音乐家协会副主席，所以这首歌不能唱。然后我唱了一首东北民歌，又有人说'别唱了，别唱了，这首歌是唱土地改革的歌'。我们就是无歌可唱。"

回过头来看文学就更明显，有些文人本身并没有参与革命活动，比如冰心，她的出身高贵，父亲是清朝时期海军军官，她是中国最早到美国威奥斯利女子大学留学的学生之一。老舍当初也并不怎么赞成中国的革命，但是他们的作品在客观上都给人这样一种感觉：如果不彻底地搞一场翻天覆地的革命，中国就没希望了。冰心除了写《寄小读者》、大海、母爱、笑以外，还写过《去国》，写的是一个留学生回到旧中国后发现自己不可能做任何有益于人民的事情，所以就又出国走了。冰心还写过另外一部小说《到青龙桥去》，写的是军阀战争以后北京青龙桥上伤兵横七竖八的情况。至于老舍的《骆驼祥子》，你看完以后，它会使你变成共产党，虽然当时老舍并不是很赞成共产主义。文学和艺术往往会起这样一个作用。

但是革命以后会是什么样呢？没有人想过这个问题，只有鲁迅对作家和革命的关系明确地提出了一点质疑。鲁迅说，革命文学很多的地方，都是还没有革命的时候，真正革命起来，就没有文学家很多事了。这当然不是他的原话。他说革命的文学是赶不走孙传芳的，只有大炮才能赶走孙传芳。而且只有鲁迅说，革命的作家千万不要以为革命成功以后，革命的人民会端着面包和黄油——很奇怪，他用的是"面包和黄油"，用的是很洋的吃法，用的是西餐吃早点的方法——他说不要以为革命成功以后，革命作家会被请吃面包和黄油，不会有这样的事情。

我从少年时代就特别积极地追求和向往革命，但看了鲁迅这两段话后就觉得特别扫兴。我想这世上哪里还有比革命更伟大的事情，我们唱那些苏联的歌“兄弟们向太阳，向自由，向着那光明的路，你看那黑暗已消灭，万丈光芒在前头”，中国的歌“我们的青春像烈火般的鲜红，燃烧在充满荆棘的原野。我们的青春像海燕般的英勇，飞翔在暴风雨的天空”，要求的就是这种革命的“煽动”。为什么鲁迅要给我们泄气呢？为什么告诉我们要是真革命了就顾不上文学了，就算革命真胜利了也没人端面包、黄油给我们吃？其实我当时也没想让别人端面包给我吃，就是觉得扫兴。

此外，还有一些作家，像丁玲、艾青，他们本来是在非解放区的，但也已经很有名气了，后来才到了延安，还有解放区的老作家像赵树理等，写出了比较“革命”的作品。

一直到1949年以后，这样的文学、艺术的高度意识形态化变成了一种政治动员的力量，变成了政治上的一股激发、推动的力量。当然，这样的文学的局限性是排他性强，简单地煽情，一厢情愿地对生活的反映。它们的长处是批判性、尖锐性、严肃性和激情性。

三、改革开放以来文艺格局的泛漫化

改革开放三十多年以来，我们的文艺生活或者说“文运”发生了非常大的变化。

首先，市场系统、文化消费观念进入文化生活。不再是每一部文学作品都动员你去革命，而是有了大量的所谓消遣、休闲、调剂、好奇、揭秘、时尚、八卦的东西，不管你喜不喜欢，它已经来了，你可以不喜欢，因为自然会有别人喜欢。为什么我一上来就讲“泛漫”，因为我们的文学格局已经大大地泛漫化了。比如全国最流行的杂志是《读者》，它的发行量很大，一直是几百万份。《读者》就是用所谓的“白领”有时候再带点“小资”的趣味，保持着一种文明但是又相对轻松、容易被接受的姿态，里面也有一点讽刺，但是并不太多，总而言之，非常生动好读。

类似的成功作品还有很多。过去有很多妇联的杂志很发愁，因为发行量太有限，但是现在很多省妇联办的杂志变成了最畅销的品种之一，比如广东的《家庭》、湖北的《知音》。至于电影里票房最好的，贺岁片就非常成功。再如《三枪拍案惊奇》，一方面有很多人骂它，另一方面它在商业上是成功的——票房、各种营销策略、炒作手段等都用得很好。所以文艺并不是少数天才、大家的专利，市场的“手”正把文艺搞得铺天盖地。反而当年红极一时的像《人民文学》《收获》这些杂志的销量就降低了非常多。

另外，一些相对比较通俗的节目由于视听媒体的力量，变得越来越重要，比如春晚。在“文革”结束没多久的时候，春晚是一个大家批评或者说控诉“文革”十年动乱所带来的民不聊生局面的场合，有很多带有尖锐的批评与讽刺的节目，比如当时大家很喜欢的节目之一《如此照相》。但是后来，春晚越来越多的是小品，每次春晚之后报纸上就会有零零星星的对于春晚的批评，然后电视台就要作一个非常高调的报道，“本次春晚受到了观众热烈的赞扬，根据调查，98.2% 的观众认为本次春晚是成功的”。每次都是这样。

过去没有电视小品这样一种艺术形式，但是现在它已经成为电视传播上的一个主力，造就了许多明星。有一种开玩笑的说法，几位老领导坐在一起议论：“中国历史上有楚辞、汉赋、唐诗、宋词、元曲、明清小说，那将来要记载我们今天最兴旺的文学，应该是什么呢？”其中一个人就回答说：“现在最兴旺的就是小品和段子。”

目前，文艺的受众大量增加，传播手段大大丰富和便利，传播的功能覆盖全国的每一个角落，文艺品类空前繁荣、受众的参与性大大扩展，现在的一个电视观众，一个网民，一个电话手机用户，数量不知道比过去的影剧院观众、比报刊的读者增加了几十倍还是几百倍。这就是我说的“泛漫化”。但是泛漫了不等于提高了，受众的数量与本身价值并不能画等号。文艺的成品不仅要看一时的受众，还要接受历史、时间、影响力的考验。有些畅销的东西，最后不过是垃圾而已。同样有些一开始不甚被理解的东西，终于成为我们民族的瑰宝。

四、网络文学与“80 后”

在某种意义上，可以说网络改变了我们文艺生活的格局，就是说文艺不再是少数几个文艺人、文艺团体的事，而是人人都可以参与的事，人人都可以是作家。你可以写博客，这样就会有点击率，当你的点击率达到一定程度后，网站还可能给你报酬。现在在网上写作的人也不少，尤其是青年人很喜欢利用网络。而且现在网络技术也有了新的发展，比如电子书。理论上我对电子写作或者网上写作是很支持的，我现在就担任着类似“盛大文学网”总顾问这些事，不过由于年岁大了，视力也不好，我没看过太多，但我一直都是很支持的。

除了网上写作，现在还有低龄写作现象。刚才一个朋友跟我说，有人十六岁就出书了。在我的印象里，还有比十六岁更小出书的，中国现在出诗集年龄最小的是五岁。这种现象非常难评论。其实五岁的孩子还属于儿童时期，按照幼儿园收孩子的标准即年龄在三岁至七岁之间，这样的孩子可能有上亿——我不知道自己算得对不对，你们帮我算一算——上亿孩子里有一个孩子出了诗集，这个比例比飞机失事的比例还小。很难分析这到底是怎么回事，可事实上它就存在，所以文艺与我们脑子里原来想的东西相比好像有点变化。

再说一些数字。从1949年到1966年“文化大革命”以前的这十七年里，全国出的长篇小说是两百部左右，也就是平均每年出十一或十二部书，而现在全国每年出的长篇小说——不算网上的，只算纸质的——有一千多部，如果再加上网上的，那就更多了。而且网上的阅读量也不见得比纸质的少，有些专门在网上写作的人说他们年收入都在十万元以上，虽然不算特别多，但也总比打工或者干一些别的好一点。

一方面文学越来越泛漫，另一方面各种各样的商业行为都充分利用文学这种形式。我有一个小孙子，我教他念白居易的诗“离离原上草，一岁一枯荣”，还没等我念完，他就说“我知道我知道，这是治脚气的药”，因为有一种脚气药的广告词就是“离离原上草，一岁一枯荣”，大概是想表达脚气一直治不好就像“离离原上草”一样，很烦恼。

香港城市大学中国文化中心主任郑培凯教授是台湾人，他说他在台湾的一位以前专门写现代诗的朋友现在决定不写诗了，什么原因呢？他说是因为那位朋友发现现代诗已经变成广告词了。比如一个选美广告说“美丽，是一种责任”，这句广告词岂止是现代诗，都已经变成哲学了。我一直在想这句话用英语说也是很漂亮的——“Be a beauty shall be duty”。

在这样一种情况下，就有各种各样的反应，其中一种反应就是一批精英意识比较强的作家气得要死。当他们看到自己呕心沥血、殚精竭虑写出来的作品销量还不如一部胡说八道、装腔作势、空洞无物、虚情假意的作品时，真的是非常愤怒。

有四个全国公认最优秀的作家——年纪当然都比我小一些，有一次签名售书，但是来的人寥寥无几，就那么二三十个人签完以后就没了，他们坐在那里感到很无趣，就早早离开了。之后媒体记者采访他们对于这次签售有什么感想时，这四个人把读者骂了一顿，说中国读者素质太低。其实他们太傻，他们越骂，别人越不敢买他们的书。

我对签名售书还是有点经验的。第一，要迟到点，等别人都排着队了再去。当然我也没有那么惨过，最少的时候百十个人还是有的，而且有人是捧着一大摞书来签的。第二，签完以后一看下面没人，马上就走，后面就会有人来追，“王蒙老师，王蒙老师，我这里还有一本书要签”，这个感觉还是很好的。

五、非高潮化与非经典化

引起一片愤慨后，就是各种骂声。第一，没有经典。改革开放以前，我们都还可以回答出来经典是什么，像“三红两闯（创）”——《红旗谱》《红岩》《红日》《李自成》《创业史》，都是中国青年出版社出版的，另外还有《林海雪原》《保卫延安》《野火春风斗古城》《铁道游击队》等，当时我都可以很快地回答这个问题。可是现在要让我回答最优秀的作品是什么，说不清楚，也就是说没有经典了。

第二，没有高潮。有人回忆新中国成立十周年的时候，也就是 1959 年，那是中国生产最失败的一年，自然灾害粮食减产，在全国造成了大饥荒，也就是在那一年春节前后，一部著名的小说《红岩》出版了，那些吃不饱饭的人却在排着队买《红岩》，从王府井一直排到东单，很多人想看《红岩》却买不到。当时谁手里有一本《红岩》就是这个人追求革命、思想进步、向党靠拢而且有办法的表现。我为这个问题专门写了一本小说《眼睛》，你们可以到网上查一下，虽然它是没有经过我的同意、侵犯我的知识产权上传上去的。

现在的书多了，单单长篇小说每年就有上千种出版，有讽刺的、搞笑的、非常深刻的，也有很多新名词的书，人们也就不那么激动了。市场、传媒、网络，整个出版环境和文艺作品生长的环境跟过去相比有了很大不同，单单电视连续剧每天在播的就有很多。

有一次我到浙江横店参加浙江省作协组织的活动，当时横店正在举行关于电视连续剧创作的讨论会，省作协主席黄亚洲同志非让我去参加那个会不可，我就去了。结果他们让我发言，当时我实在不知道谈什么好，就说我还是经常看电视剧的，原因是我一吃过晚饭老态就显出来了，没有什么精神，所以一边看电视剧一边看着看着就睡着了，睡了一会儿后又醒了，醒了以后还跟老伴搭上一句说“这人演得挺不错的”，其实也没看见他怎么演，就是不好意思自己睡得那么频繁。这种发言本来就应该是不及格的发言，可是没想到等我讲完以后，陕西著名女作家叶广芩发言说：“刚才王蒙老师讲他看电视剧的时候睡着了，这是多大的成功、多高的境界！”我到现在还是很迷惑，不知道这个叶老师是在骂我还是骂电视剧，是夸我还是为了缔造和谐社会，干脆不管了，大家一边看电视一边打呼噜多和谐。

所以说从国内到国外出现了各种各样对于中国文艺生活的指责，说中国文艺太不像样了。

第三是没有权威，谁都可以骂，谁都可以捧，你越骂我越捧，你越捧我越骂，批评可能是炒作，也可能是大荤大素的谩骂。褒奖可能有公关成果的影子，也可能惹来狗血喷头。书画作品无法定高下，干脆按作者是理事还是常务理事，是主席还是副主席定每平方尺的市场价格。无经典，无高潮，无权威。我们的文艺怎么了呢？

六、中国作家的两项原罪

我开玩笑说，中国当代作家有两项原罪，第一项原罪就是没有当今的鲁迅。有人很诚恳地写过一篇文章说，中国的幸运在于有一个鲁迅，中国的不幸在于只有一个鲁迅。我说这是什么话！所有的作家都是独一无二的，我们同样可以说，英国的幸运在于有一个莎士比亚，但是英国没什么不幸，相反它有三个莎士比亚倒是有点不幸，同一种类型、同样地位的作家出来仨，这还了得？

文艺的权威有一种滞后性，往往是经过一段时间的考验以后才形成权威，并非在当时就是权威。曹雪芹一开始权威吗？不权威，他的作品在当时是禁书，大家只能互相抄着看一看；宋词一开始权威吗？并不权威，当时更多的是被当作流行歌曲；李白一开始权威吗？也不怎么权威，当时他跟着永王李璘造反差点掉了脑袋，后来还被放逐——“随君直到夜郎西”；鲁迅当年也不那么权威，是由于中国革命的胜利尤其是后来毛主席对他的几个评价而逐渐成为权威……都是有一个过程的。

还有，权威的出现与人民对于权威的期待是分不开的，首先得在思想上、精神上有一种嗷嗷待哺的感觉。感觉看不到光明也不知道未来在哪里，这样人们就会产生一种呼唤“伟大的作家降生吧”，就这样由一种期待产生了一种权威。

再提一个问题：后革命的文学和革命之前的文学能保持一样的激情吗？这很不容易说清楚，但这是一个实际的存在。从世界文学史来说，社会大动荡期间或者大动荡前期往往会出现最好的文学，出现文艺的高潮，所以说“国家不幸诗家幸”啊。

在世界范围内，很难有像从18世纪末到接近20世纪初的俄罗斯文学那样一种景象——出现了列夫·托尔斯泰、屠格涅夫以及早些时候的普希金、莱蒙托夫、谢德林、契诃夫等一大批伟大的作家。有谁写长篇小说能写成托尔斯泰那样子的?

俄国人在文学上表现出来的是一个非常感情化的民族，非常有感情也非常理想化，轻视实利，所以俄国的经济老是搞得不太好。2004年我去俄罗斯的时候，有个俄罗斯人告诉我两个数字——已经过去六年了，后一个数字可能已经有了一定的变化——这两个数字让我非常震惊。他说，苏联经过列宁、斯大林、马林科夫、赫鲁晓夫、勃列日涅夫、安德罗波夫、契尔年科、戈尔巴乔夫等人七十余年的经营，国力有了很大的发展，但是在这七十年里，粮食产量从来没有达到过沙俄时期的最高水平。这是他告诉我的一个数字。另一个数字是，从苏联解体一直到2004年这十五年里，整个独联体的经济从来没有达到过勃列日涅夫主政时期的水平，勃列日涅夫时期苏联经济不断发展强大。

我本身是搞文学的，这没错，但我无法解释是不是当一个国家的文学太发达以后，就没有人要去做买卖了，觉得做买卖太令人看不起，没有理想、没有激情、没有悲情、没有“美丽的责任”，只有精确的计算。这也是一个问题。设想一下，如果今天的中国出现一个作家能成为嗷嗷待哺的读者们的精神领袖和精神导师，成为鲁迅那样的旗手，会怎么样？可就还是觉得怎么看也不像，因为我们没有那种期待。

第二项原罪是中国本土的文学家没有获得过诺贝尔文学奖。奖说开了就是名和利，它的影响可以很大。诺贝尔文学奖也有各种现实的考虑。在刚开始制定诺贝尔文学奖的时候，瑞典、挪威和丹麦还是一个国家，没有像现在分得这么细，挪威最著名的剧作家是易卜生，易卜生是用比较极端、激烈的方式来批判社会的。鲁迅就曾经特别热情地介绍过易卜生。他的一部剧本《人民公敌》，讲在一个不容异见的社会中，一个为追求公义和真相而斗争的人被人民喊成了公敌，现在西方也有一种类似说法叫“多数人暴政”。当时有个和易卜生拥有一样成就，也相当大的作家叫比昂松，当时在斯堪的纳维亚——包括现在的挪威、瑞典与丹麦评选诺贝尔文学奖的时候，他们几经考虑后把这个奖颁给了比昂松而不是易卜生。

中国本土的文学家没有获得过诺贝尔文学奖，这不是一两句话可以分析清楚的问题。诺贝尔文学奖评委是18个人，而且是终身制，其中只有一个人懂得中文——马悦然教授。至于中间的一些过程和故事，我在自传第三部《九命七羊》里有详细的描写，这里就不多说了。

七、新的期待

有一次余华先生在一所大学作讲座，谈的是文学。有一个学生就提出说现在的作家为什么没有做出像“五四”时期那么大的成绩，“五四”时期作家怎么好怎么好。这话真把余华给说急了，他就把自己的真话讲出来了：“五四”时期的作家写得好？你们把“五四”时期谁谁的现在收在课本里的散文拿出来看看，比我的差多了。他说那种散文现在的每个高中生都能写出来，说他自己的缺点就是他还没死。作品被传播、被接受、被评价的结果与这个作品质量的关系，不是一句话可以说清楚的，有时并不是直线的关系。

比如波斯诗人莪默·伽亚谟，郭沫若曾经翻译过他的《鲁拜集》，“鲁拜”是一种诗歌形式，就像我们的七律一样，不过比七律还要严格，不但有首韵、尾韵还有腰韵。莪默·伽亚谟的诗是在他死了很多年后被两个英国人发现的，这两个人翻译的莪默·伽亚谟的诗在英国大红，连带着莪默·伽亚谟也就红起来了，波斯人这才知道原来他们有一个这么好的诗人。莪默·伽亚谟的主业不是写诗而是历法，他是一个主管历法的官员，每天计算历法。所以被接受并成为权威的过程谁也说不清楚，有些是当时就可以，但有些是需要时间考验的。

泛漫化好不好呢？有它的好处——这是一种文化生活的民主化，也是整个社会走向民主的一个进程。千万不要以为民主一扩大，文化就能上去，不一定，文化上质与量不一定协调。大家都参与文化了，如网络文艺，它也许反映的是大多数网民的平均数，而不可能是文化的高峰，不可能出现文艺的奇葩。美国有一本书讲美国所谓的民主化，高度评价了一些搞通俗文化的人。美国有很多搞通俗文化的人，而且其中有些人也关心社会、政治。像迈克尔·杰克逊就关心政治，有反战的歌曲、演出、舞蹈之类，还有那个被疯狂粉丝枪击致死的约翰·列侬，也有大量对政治生活的参与。这些是好的一面，当然是没有问题的。

但是同时又产生了一个非常大的、一两句话说不清楚的问题——文艺的经典是谁创造的？没错，大家会说是人民创造的，因为大家都是人民。但是是群众自发创造的吗？还是由少数天才精英创造的？当然这两者也是有着密切联系的，天才精英要从人民群众中汲取大量营养，邓小平曾经也讲过相似意思的话，“人民是文艺工作者的母亲”。但创造文学艺术精品并使之成为经典的人，是天才，是人民中的少数，也许开始他们并不被理解和承认，这个问题无法回避。

当然也有民间的经典，拿中国来说，《诗经》中的《国风》就是民间的，是民歌的汇集。还有很多作品到现在都不知道作者是谁，不过更多东西是有名有姓的个人的产物。曹雪芹写的《红楼梦》是何等的个人化，他写的跟谁都不一样，最多说他受点《金瓶梅》的影响，但是《红楼梦》和《金瓶梅》毕竟是两种调子、两种风格，是两个不同人物的创作。

八、建立健全的评估系统

大量的人参与写诗、写小说、写博客、写杂文发表意见，这是一件非常好的事情，不过同时也是对我们的文艺生活提出的一个新挑战——如何才能建立一个健全的文艺评估系统？

首先是市场的评估，这个评估是最清晰的。对作家来说，它表现在版税收入上；对电影来说，表现在票房收入上；对网络作品来说，表现在点击率上，比如你发表了一篇网络作品，如果平均点击率为 80 万人次，当然算是高的，而如果点击率只有 1000 人次，就不行了，对于一些网站来说，点击率近百万人次的作家是他们的宝贝；对电视节目来说，表现在收视率上。收视率不是由我们自己来统计的，而是靠一家在美国注册的公司来统计的，这家公司有一套所谓很科学的办法。现在电视节目如此之多，只有收视率高，才会有广告商进来，这样才会有高收入。虽然也有人对市场评估有看法，认为收视率的统计并不准确，但毕竟是存在这种统计的。

仅仅这样一个系统是不够的，仅仅这样一个系统必然会造成黄钟黯哑，瓦釜雷鸣，使浅薄者、浮躁者忘乎所以。我们的社会还需要一个艺术与学术的权威评估。对于不同的文艺作品，需要一个强有力的评估体系，这里面有文艺团体（比如文联、作协）、大学、研究机构（比如科学研究机构、文艺研究机构）的作用。但现在的问题在于我们还没有养成这样一种习惯，也还没有树立起这样一个权威。就是说我们的专家与专门机构还不具备应有的公信力。

如果讲市场化，美国是非常市场化的，但是他们的艺术与学术评估却仍保持着自己的独立性，不受市场的影响。比如《纽约时报》的书评版和剧评版是很厉害的，谁的话也不听。1982 年我去美国，有一天到剧作家阿瑟·米勒家里去，那时他的一部新戏正在美国上演，我过去祝贺他的新戏上演，他却忧心忡忡地回答说："到现在为止，

《纽约时报》的剧评版对我的戏还未置一词，我很不放心。”后来事实证明，一般人认为他的那部新戏并不成功。

法国人对美国奥斯卡金像奖的反应就是一通嘲笑，但奥斯卡金像奖也不是只看重票房的。当年的《泰坦尼克号》获得了很大的成功，是票房与金像奖双丰收的一部电影。它里面也宣扬很多好的思想，比如爱情、互助，老百姓看了之后都很感动，到现在为止还让我感动的画面是当船快沉下去的时候，泰坦尼克号上的乐队队员们都还拿着乐器在演奏，这算是敬业也好，算是人的尊严也好，即使死亡已经临头，他们也还要演奏下去。所以问题并不在于商业性的演出、作品。有人还分析说，其实《阿凡达》也是非常商业化的片子。西方人和中国人不一样，西方人喜欢看科幻的东西，有外星动物，有人类的狂妄与愚蠢，也有爱情，有各种惊险的画面，有让人匪夷所思的风景……我想说的是，美国的这些商业片即使是作秀，作的也是一个思想秀，比如在《泰坦尼克号》里他们秀爱情的崇高，在《阿凡达》里他们秀对自然的尊重、对生命的尊重、对动物的尊重。而中国的有些商业片秀的是“白痴”，是一种“白痴秀”。搞点大众的东西是可以的，但总要有些文化、思想含量，不能仅仅是作秀。同时奥斯卡也奖励过一些相对文静乃至沉闷的艺术片。

现在中国有些知识分子太可怜——绍兴还好一点，因为经济比较富裕——一个月只挣三四千元的教授多的是，仍有些孔乙己相。很多地方会争文化品牌，有时候一个专家被某地请去，接受各种各样的待遇之后，也就下决心承认有争议的文化资源就在那里了。这也是由于我们没有一个权威的体系。

还有第三个系统——真正的社会舆论体系。我们可以完全理解、包容那些群体性、消费性的文化生活和文艺作品，用不着痛不欲生，因为痛不欲生也没有什么用，像别人一样一边喝着咖啡、茶，一边听着歌不是很好吗？但是，社会舆论应该知道什么是优秀的作品。中国这一段历史的文学艺术成就靠什么？最高的文学成就总不能就是一个手机段子吧？总得有些别的东西，包括有没有真正权威的文艺评论。胡锦涛总书记在党的十七大报告上也曾提出要建立国家褒奖和荣誉称号体系。这种做法全世界都有。

美国号称自己的政治是不被允许介入文艺的，讲是这么讲，但事实上是否介入那就是另外的问题了。美国的社会制度跟我们是两回事，美国的普利策奖是由总统来颁发的，不过总统对于把奖颁给谁没有任何发言权，是获奖名单决定之后，总统把获奖人请到白宫办公室，把证书颁给他，最多再一块儿喝杯咖啡。这说明他们国家有一套荣誉体系。

日本的芥川龙之介奖也是由天皇颁发的。在日本有这样一个故事，当年大江健三郎获得诺贝尔文学奖之后，天皇就要颁个芥川龙之介奖给他，而大江健三郎是个左翼，反对天皇，于是他发表声明说，“我获得诺贝尔文学奖和天皇没有关系，天皇没必要颁芥川龙之介奖给我，我不会去领”，最后他确实也没有去领这个奖。日本的极右分子十分痛恨大江健三郎，在他家门口贴上了“国贼大江健”的标语。当然这里我并不是想讨论大江健三郎这个人，而是说日本也有自身的荣誉体系。

法国龚古尔文学奖也是由法国总统颁发的，虽然总统也是不管具体事项的。虽然龚古尔文学奖奖金只有 50 法郎，但不完全是钱的问题。中国最高的文学奖是茅盾文学奖，现在奖金是 5 万元人民币，跟诺贝尔文学奖 100 多万欧元的奖金还是有点距离的。

社会可以百花齐放，只要不违反宪法或者其他法律，各种各样的文艺形式都可以存在。可以有卡拉 OK、歌舞厅，也可以在咖啡馆或者西餐厅里表演，总之可以有各种各样的文艺活动。同是小品也有不一样的，像赵本山的小品还具有一些农民的智慧与狡黠，但有些小品就假得让人难受，完全是拿出来让人发笑的。假如我们有一个健康的评估体系，那么当今的文艺生活就会健康很多、发展更快。

我们也不要一味地认为只有在社会动荡时期才会出现大的文学作品，像“汉唐气象”并不是出现在社会动荡时期，盛唐诗歌也建基于“贞观之治”，并在开元天宝的时期出现的。中国有几千年的文化、艺术传统，所以不但会有批判的文学、血泪的文学，仍然可以期待会有能够成为人民的良师益友的、亲和的、眷恋的、追求生活真实的、把我们的文化心理表现出来的精品的文学。经典总是会有的，只是有一个逐渐形成和被承认的过程。

注释：

① 1916 年 4 月 12 日胡适曾写《沁园春·誓词》：“文章革命何疑！且准备搴旗作健儿。要前空千古，下开百世，收他臭腐，还我神奇。为大中华，造新文学，此业吾曹欲让谁？诗材料，有簇新世界，供我驱驰。”

（2010 年第 7 期）

生活的艺术化与艺术的神圣性

张世英

一、从美在声色到美在自由

在“生活艺术化”的国际思潮的大背景下，人们热衷于“五色”“五音”之美，热衷于“巧笑倩兮，美目盼兮”之美，应可视为社会思想文化发展之自然趋势，无可厚非。问题在于，声色之美，或者说，感性美，是否就是美之极致，就是美的核心。

柏拉图《大希庇亚篇》中关于“美是由视觉和听觉产生的快感”[①]的定义，把美的特点只赋予视觉和听觉，此种声色之美遭到苏格拉底和亚里士多德的批判。但这个定义本身所蕴含的审美感官和非审美感官的区分，却显示了审美的兴趣不同于实际兴趣的独特之处，这是很有意义的：视觉和听觉的对象，不同于味觉和嗅觉的对象，后者涉及人的感性欲念和功利追求，而前者无功利欲念的牵挂。“望梅”可以产生美感，但并不能满足“止渴”的功利欲念。中世纪的圣托马斯·阿奎那申述了美的这一定义的深层内涵，继承公元3世纪古希腊最后一个伟大思想家普罗提诺关于“美源于上帝”的基本思想，认为事物的对称之美不在于其本身而在于其为神性的象征。美在于形式而不在于实物，在于超出欲念功用之上。这一思想揭示、扩大和加深了“美在于声色”的含义，美由此而可以定义为超越功用欲念之意。比起苏格拉底、柏拉图之重审美的效用性观点来，显然提高了审美的超功利的地位，尽管他并不很崇尚艺术品，认为艺术品是人造的，不及上帝所造的自然事物之美那样更能显现“真”。康德继承和发展了阿奎那的思想，强调美是唯一独特的不计较欲念功用的愉悦之感，他称之为“自由”的感情，即不受欲念功用制约之意。在康德看来，不计欲念功利——自由，乃艺术创造之精髓。“美在声色”的思想和命题从此明确地发展为“美在自由”。但康德认为，艺术所创造出来的东西是“审美意象”，即理性观念的感性形象，这里所要显现的是具有最大普遍性的概念——“理想”，类似后来黑格尔所发展了的“美是理念的感性显现”说中的“理念”。所以康德的艺术创造的产物，仍然是柏拉图式的“理念”，属于西方传统的超感性世界。在康德看来，从有限的感性世界，通过艺术创造，跳到无限的超感性世界，就是达到了自由。席勒更进一步提出了审美意识是既不受感性物欲限制又不受理性法则限制的“自由活动”的论断，并认为只有此种“自由活动”的人——“审美的人”——才是“完全的人”。席勒把美之为美在于自由（超欲念功利）的观点提升到了整个西方近代意识的最高峰。[②]

从总体上来看，西方近代美学基本上是以感性显现理性为美，把自由放在超时空的、超感性的王国，于是造成了美和自由的抽象性。西方现当代美学反对这种传统的审美观。海德格尔的“显隐”说，就是这种反传统观点的重要代表。“显隐”说认为美和自由不在于超越时空、超越感性，而在于通过和超越时空之内的、当前在场的东西，显现出（实系一种暗示）同样在时空之内，然而不是当前在场的东西。这里的超越不是古典美学所讲的超越到抽象的概念世界中去，而是从此一具体的领域（包括感性与理性的具体统一物）超越到彼一具体的领域中去，只不过前者出场（在场），后者未出场（不在场）而已。所以，此种超越就是由“显”见“隐”，即通过显现于当前的东西，显现出隐蔽在其背后、作为其深层根源的东西。审美意识就是通过想象的途径，超越到无穷尽的隐蔽的领域，此即艺术之所以能创造出一个令人玩味无穷的全新世界的原因。“全新”者，隐蔽的东西被全部敞开之谓也，亦即海德格尔所说的“去蔽”。西方现当代的“显隐”说，与中国刘勰“隐秀”说所讲的意在词外、言有尽而意无穷的美学思想颇相类似。中国传统美学的“意象”说，也是讲的“美在象外”之意，亦即通过在场之“象”，显现（暗示）未出场的、隐蔽之“意”。西方现当代的“显隐”说和中国古典的“意象”说、“隐秀”说，都不是要创造一个超时空、超感性的抽象世界，而是要创造一个同样在时空之内的、具体的然而又是全新的世界。这是两者的共同之点，只不过在西方早有追求抽象概念王国的思想传统，故西方现当代美学在建立自身的理论体系时需要加倍努力，做一些反传统的工作，而中国则是“意象”说、“隐秀”说的传承至今不衰。

西方由追求抽象的概念王国的美学思想传统到现当代“显隐”说的转化，其最重要的意义在于由自由的抽象性转化到自由的具体性。集西方传统哲学之大成的黑格尔哲学，最典型地表现了西方传统美学所追求的自由的抽象性。黑格尔把艺术、审美列为他哲学体系的无限性领域中的最低阶段，强调哲学所讲的“纯粹概念”是其最高阶段，他主张“结束艺术”而进入（中经“宗教”阶段）“哲学”，其根本理由就是艺术具有感性具体性，而仍带有限性，因而不够自由，只有最终达到了“纯粹概念”，才有最充分的自由。最抽象的领域就是最自由的领域，因而也是最高的领域——这就是黑格尔的审美观和自由观。黑格尔哲学垮台以后，西方现当代哲学、现当代美学的总趋势是由抽象走向具体：人的主体不单是理性的主体，而更是包括感性、欲望、本能、下意识等等在内的主体。单纯理性的主体是苍白无力的，包括感性、欲望、本能、下意识等等在内的主体，才是活生生的，因而也是真正自由的。西方后现代艺术充分体现了这一点。对此，我在其他论文中多有论述，兹不再赘。这里需要着重阐明的是艺术创造亦即审美的“去蔽”活动所创造的全新世界何以是真正自由的本体论根源。

二、艺术的本质在于进入神圣的“澄明”之境

天地万物本是各不相同而又彼此相通（互相联系、互相作用、互相影响、互相支持）的一大有机整体，人与他者（他人、他物）亦本互相融通，无有间隔。中国传统哲学所谓“天人合一”“万物一体”，就是讲的人与天地万物之间的这种本然状态。但自从人有了自我意识之后，人与他者的关系就不再是平等共处和互动的关系，而为一种主体与客体二分的关系，即“对象性关系”：每个人都把自我当作主体，而把他者当作客体——认识和使用的对象。人与他者于是分隔开来了，所谓“宇宙不曾限隔人，人自限隔宇宙”（陆象山《象山全集卷三十四·语录上》）是也。“限隔”就是限制—约束，人为了自我的生存而认识客体、使用客体，其结果是同时受到客体的限制—约束而失去了自由自主。求自我生存而同时丧失自由，这一悖论是人生不可逃避的必然，也可以说是一般人日常生活的常态。海德格尔称此种一般人的常态为“沉沦”（Verfallen），由于此常态是人生之必然，故又称为“必然的沉沦”。但海德格尔认为“沉沦”中的人既然是受“人”束缚的、不自由的“丧己”之人，那么“沉沦”就是一种“非本真状态”（Uneigentlichkeit）。海德格尔主张人应摆脱“非本真状态”，返回到“本真状态”（Eigentlichkeit）[③]。

什么是“本真状态”？如何进入“本真状态”？

海德格尔认为，人与天地万物本来浑然一体，人若能从天地万物之无限整体的角度，而不是从具体有限事物的角度看待生活、看待事物，那就叫作“超越”。海德格尔又称此种“超越”为“无”。“超越”是“对整个现实存在的克服”，“对现实存在的超出”。[④]“超越”并“不脱离现实存在”，而是对现实存在采取一种超然物外、泰然任之

（Gelassenheit）的态度，此种人生态度使人既不脱离现实，又能摆脱“欲求、异化和自我束缚”，达到一种不依傍他人、不为外物所累，一句话，超脱功名利欲的自由境界，此即回复到了“本真状态”。[⑤]“本真状态”似乎是一种婴儿状态，“复归于本真”似乎相当于老子的“复归于婴儿”。但完全恢复婴儿状态是不可能的。老子的“复归于婴儿”也只是以婴儿比之，实系一种超越“欲”和“知”的“若愚”状态。同样，海德格尔的“复归于本真”之“复归”，也当然不是回复到完全“无知”“无欲”的状态，而是指一种超越上述主客二分和“对象性关系”的自由境界。此境又称“澄明”。海德格尔的“澄明”“无”“超越”之说，为康德、席勒的“美在自由”，找到了本体论根源。

抽象艺术的鼻祖、俄国画家康定斯基认为，“艺术的精神”把人的精神从“外在的东西”中“解放出来”而“达到自由”。艺术创造不计较他人的“认可”或“不认可”，只听从自我的“内在需要”，像儿童一样，“因有赤子之心”而“与实用性无缘”，这样，画家才能以不同于日常生活的“新鲜目光观望一切”，画出有创造性的艺术品。[⑥]康定斯基的这些话告诉我们，艺术创造的本真状态的自由境界，就是一颗赤子之心。

海德格尔曾以面临死亡之无“畏”来描述这种自由境界，虽亦有深意，但不足为训。晚期的海德格尔则和康定斯基相似，也以艺术创造来回答如何进入此境的问题。他作为一个哲学家，其论述比康定斯基更富哲理性。

海德格尔认为，艺术的本质（亦即诗）是把日常生活中被分割、限隔的存在者，带入天、地、神、人聚合为一的，敞开的“澄明”之中，从而显现其本真，人用诗的语言，言说着这四者的不同而相通的统一性，在此统一体中，不同的万物“相互隶属”，每一物都因其所属而成为该物，这是一种不同而和的统一体。海德格尔用“Ereignen”一词以表示这种相互隶属。人通过艺术创造，通过诗，而进入这不同于日常生活的全新世界——一个“去蔽”了的、敞开了的澄明世界。在此世界中，日常生活中的某物——一个壶、一座桥或农夫的一双鞋——与人的关系都不再是“对象性关系”，而是“真正人性的关系”：某物不再是人的对象，不再是被人认识、被人理解的对象，不再是“实现人的意图的材料”，而是在与万物一体的一体中被看待。人在用此种眼光看待某物时，人才算是本真地作为人而诗意地栖居。诗——艺术的本质，是人生进入“本真状态”的自由境界之源。这种“进入”，为前所述，是一种“复归”，一种高一级的复归。如果把美狭义地看成只是声色之美的外观之美，把美学狭义地界定为只是对此种愉悦之情的研究，那么海德格尔这里关于进入“本真状态”的自由之境的途径，关于诗的创造功能的讨论，便远远越出了美和美学的范围。我倒是愿意把此种自由之境，叫作“心灵之美”，以别于表面的、浅层次的“声色之美”。

海德格尔认为这种照亮每一事物的“澄明”是“神圣的”。“澄明即定位，独自就能使万物各得其所”。“澄明”使“每一事物都自由徜徉着”。“澄明是最高者”，“澄明将每一事物都保持在宁静和完整之中。澄明……是神圣的。对诗人来说，‘最高者’与‘神圣’是同一个东西，即澄明”。“澄明是欢迎之源，即神性之源。”[7]海德格尔的这种种说法，都表明一个意思：艺术的本质（诗），使人进入澄明之境，而澄明是照亮一切事物之所是、之本真的最高源头，故它是神圣的。“神圣的”一词是相对于日常生活的功用境界而言的。日常生活，特别是现代技术化，把任何事物（包括人）都“对象化”，人的世界变得千篇一律，这样的世界成了现代人生活的“白天”。但这种“白天”在海德格尔看来是扼杀了人的本真，人的自由的“黑夜”，这样的世界是“不神圣的”。[8]艺术的本质在于使人从“不神圣”的日常生活“突然地”进入一个全新的“神圣的”领域（艺术作品所揭示出来的领域）。试举一座石建筑的希腊神庙为例。石之本性在于“顽”（坚硬、沉重、块然、粗蛮等等），其可用性、服务性，如制成石斧供人砍物，是人强加于它的，不足以表现石之“顽”性。与日常生活用科技对待石的情况不同，石在艺术品中，例如一座石庙（作为一个艺术品）之石，就“显现了在它上面肆虐的风暴的威力，同时，又在其对风暴威力的抗拒中”“显现了石之沉重和自我支撑”的本性——“顽”性。另外，石之“顽”性通过石庙这一艺术品，敞开了一个全新的世界：“石的光彩和闪烁使白昼之光，天空之宽广，夜之黑暗第一次出现。”天空的空间原是不可见的，但“石庙之矗立却使不可见的空间成为可见的”[9]。这就是说，顽石一旦进入了艺术品，就恰恰由于其“顽”而显现出一个全新的生动具体的景象——“世界”。按照通常的看法，石头的光彩和闪烁是“由于阳光的恩赐而放射出来的”，是先有天空、白昼、黑夜等自然现象，然后才有作为艺术品的石庙之光彩和闪烁，但海德格尔却更进一步看到了，在没有艺术创造之前的天空、白昼、黑夜是“不可见的”（抽象的），只是有了作为艺术品的石庙之后，才使天空、白昼、黑夜成为具体“可见的”。同理，雕刻的神像，作为艺术品，就比神的肖像更能显现神之本然。“正是石庙之矗立，才第一次给予事物以神色，给人以对其自身的看法。”[10]这就是说，只有艺术品才照耀出万物之本然，使万物得以“升起”“发生”（Aufgang）。艺术创造的“神圣性”，从海德格尔所举的石庙这一例子中，得到了十分形象的说明。

三、“生活的艺术化”在于以艺术的神圣之光照亮生活

艺术，一般来说，总是与艺术品相联系，具有声色之美。但在把美的内涵由视听的感性美延伸为心灵的自由，更进而像海德格尔那样追寻到自由的本体论根源，把艺术的本质归结为神圣的“澄明”之后，艺术就不仅与艺术品相联系，而且很自然地可以与人的生活相联系，艺术、审美可以扩展到人的生活了，这就是“生活艺术化”或“生活审美化”。生活艺术化有低层次与高层次之分：低层次的“生活艺术化”是指生活用品的艺术化，生活环境的装修，以至人体的化妆之内，所有这些显然还与物质、功用、消费等等密切相关。但还有更高层次的“生活艺术化”，这就是超越日常生活的、具有内在的心灵之美的艺术化生活，我以为这也就是进入海德格尔所谓“澄明”之境的生活。只有当人的生活达到了“澄明”之境，为“澄明”所照亮，这种生活才是真正艺术化的生活，生活本身成了艺术品。此种心灵之美显然不是表面的声色之美可以涵盖的，它是生活之美的核心和灵魂。西方后现代艺术所倡导的“生活艺术化”，特别是所谓“行为艺术”“身体艺术”之类，也许就是上述艺术观或审美观不断延伸和深化的体现，尽管现当代某些“行为艺术”“身体艺术”只是在表面上表现生活的艺术化，而丧失了艺术之心灵美的本质。

海德格尔本人并未像后现代艺术之父杜尚那样做到生活的艺术化，但他的艺术理论实际上为后现代的“生活艺术化”奠定了基础。

海德格尔艺术理论的核心，为前所述，是超越日常生活之功用性，敞开一个“澄明”之境，这“澄明”就在于体悟到万物各不相同而又“相互隶属”、相互融通为一整体。以“澄明”的眼光看物，物非人使用的对象，而为艺术品；以“澄明”的眼光看人，则人亦非被我使用的对象：人与人不是相互利用，相互限隔，而是因“相互隶属”，相互融通，从而相互尊重。我隶属于他人，故我尊重他人（的“自我”）；他人隶属于我，故他人亦尊重我（的“自我”）。处在这种人际关系中的人，就是进入“澄明”之境的人，其生活就是为艺术的神圣之光所照亮的生活。奥地利犹太裔宗教家、哲学家马丁·布伯，从宗教的角度，用宗教的语言，论述了这种生活的神圣性。布伯没有运用“艺术”“审美”这样的字眼，但他的观点完全适用于生活的艺术化、审美化。

布伯根据人的生活态度，把人的“生活世界”分为两重：“被使用的世界”（the world to be used）和“相遇的世界”（the world to be met）。布伯用“我—它”（I-It）公式称谓前者，意即自我把他者（不仅指物，而且指人）当作“物”来使用。布伯用

"我—您"(I-Thou)公式称谓后者，意即自我把他者(不仅指人，而且指物)当作神圣的、大写的"您"来看待。布伯是一个宗教家，他把"我—您"的关系看作人与上帝的关系的体现，这是人性中的根本，布伯认为他所处的时代和社会已经失去了根本，他极力主张恢复人性之根本，要求承认"我—您"关系在人生中的首要地位。"人生并非只是在及物动词的领域里度过的，并不只是依靠以某物为对象的活动才存在着的。我知觉某物，我想象某物，我意愿某物，我感触某物，我思考某物。人生并非仅仅在于这一类的东西。所有这些只构成'它'的领域。"[11]而在"我—您"关系中，"当说到'您'时，言说者并没有把什么物当作他的对象"[12]，而是把"您"当作"能做出自我决定"的"有自由意志"的人来看待的[13]。人皆有"自我性"(独立自由的主体性)。布伯所谓有"自由意志"的人，实即我们一般所谓人的"自我性"，布伯所要求的实系尊重他人(布伯的"您")的"自我性"。在布伯看来，人的"自我性"具有神性，犹太人就是以"您"来尊称上帝的。人的"自我性"，在布伯看来，是"真实生命的摇篮"[14]。那种把他人当作物一样来看待，当作满足自我的欲望或期望的目标，当作实现自我之私利的工具的人，是不能和他人"相遇"的。所谓"相遇"，也就是不夹杂功利的隔阂，两人在灵魂深处直接见面，也就是赤诚相见。布伯特别强调"相遇"中双方的相互回应。在日常功用的世界中，只有我对他者("它")的主动作用，他者("它")完全是被动的，没有回应，故两者隔阂；反之，在"相遇的世界"中，双方互相回应，构成"我—您"的一体。布伯的"一体关系"颇像我所说的"不同而相通"的"万物一体"。布伯的"互相回应"，源于彼此"相通"。"相通"才能构成整体——"一体"；在"我—它"的使用世界中，彼此不相通，不能构成"一体"。[15]布伯的"一体"关系由于上帝的光照而形成，是一种宗教情绪，但也具有中国人所讲的"万物一体"的诗意，我把布伯的"我—您—体"的关系解读为审美情绪，与海德格尔的"澄明"相似相通，也是一种艺术的神圣之光，它能照亮人的生活，使人的生活艺术化。布伯说："一切真实的生活乃是相遇。(All real living is meeting.)"[16]达到"相遇"(不仅人与人"相遇"，而且人与自然物"相遇")，就做到了人的生活的艺术化。

四、中西两种不同的"生活艺术化"

在西方，"生活艺术化"本是后现代主义为反对现代艺术片面重少数精英艺术、重声色的感性美、重理性和科学的产物。但后现代的艺术生活化，在我看来，却产生了高低两个层次的审美观和艺术观：一是把生活艺术化、简单化、表面化，为大家谈论的所谓“日常生活的审美化”，生活用品的艺术化，消费品的广告宣传，生活环境的装修，人体的化妆等等。此种“生活艺术化”，特别是其中的低俗之风的结果，是把本来与物化、功用化相对立的艺术化变成了物化、功用化，反而扼杀了自由，扼杀了艺术的解放功能。这种弊病的关键在于把艺术降低到日常生活的水平，而不是提高日常生活的精神境界，把艺术降低为审美的低级形式，甚至降低到动物的低等审美形式，以致肉欲横流。此种“日常生活的审美化”现象已遭到德国当代美学家沃尔夫冈·韦尔施等人的大力批判，我国许多美学学者，结合我国社会上所出现的此种现象，也从不同角度剖析了此种现象的弊端，本文不拟在这方面多做论述。我这里只想申述的一点是，我们倒也不必简单否定日常生活的审美化，不必简单否定这种艺术化的活动。特别是我国当前社会上所热衷的种种“日常生活审美化”现象，可能是改革开放以前片面讲革命而压制生活的一种反作用，值得谅解。重要的是提高日常生活的精神境界，让商品的艺术化、生活环境的装修、人体的化妆等等都渗透着人生高远的精神境界。现在社会生活中许多低俗现象，来源于高远的精神境界的缺失，我们应当加强这种种活动背后的人的审美教育。这就涉及后现代“生活的艺术化”的更高层次。关于这方面的理论，我在其他论著中已有论述，这里倒是想简单重述一下后现代艺术之父杜尚的艺术生活的例子，因为他的名言最能说明“生活艺术化”的深层含义：“我最好的作品就是我的生活。”杜尚生活的前期虽然作画，但出于他个人“对抗感性美”的“潜意识”[17]，其画作的特点是根本没有感性美。例如他的名画《从处女到新娘的变迁》，完全没有视觉上引起性感的肉体形象，尽是些机械般的线条，把人画成了“机器人”，然而这幅“机械画”，却把一般人羞于谈说的人生旅程中最神秘的一幕，淋漓尽致地展现在观众的眼前，观众从这里所欣赏的，完全不是视觉美，而是对人生的领悟。这里的美，不属感性美，而是一种思想美。杜尚的画作不在意悦目，而在于展现他生活的思想境界。“艺术为思想服务”，这是杜尚生活艺术化的具体内涵。杜尚的思想，是对西方那种非此即彼的重分别、分析的理性至上主义传统的反抗，他认为这种理性至上主义压制了自由。他为了获得更多的自由，提倡一种亦此亦彼、彼此融通、相辅相成的思想，有些类似中国传统的“天人合一”、“万物一体”、易老之学的阴阳合一。又如他的另一幅名画《门》，就是把“开”和“关”两对立面合而为一思想的体现。杜尚生活的晚期，其生活艺术化的思想甚至进一步发展到干脆放弃绘画，让他的生活本身成为他所说的“最好的艺术作品”。杜尚为人，超然物外，淡泊名利，尊敬他人，乐于助人，周围的男男女女都很喜爱他。杜尚潇洒超脱的生活本身，为“澄明”的神圣之光所照亮，属于“我—您相遇”的“最真实的生活”，的确体现了艺术的本质：自由，是“最好的艺术作品”。

就“生活艺术化”的实质内涵而言，它在中国传统文化中，可谓古已有之。庄子妻死，鼓盆而歌，可以说就是超脱了生死大限而进入了一种艺术的自由之境，用西方后现代艺术的语言来说，算得是一种“行为艺术”，而且是具有深刻思想性的“行为艺术”。庄子的庖丁解牛，也是一种顺乎自然规律而达到自由之境的“行为艺术”。魏晋士人，其言行举止，大都展现了潇洒自由的神采和风姿，真的是一种“生活艺术化”。如王右军“飘如游云，矫若惊龙”。嵇康“肃肃如松下风，高而徐引”，其“为人也，岩岩若孤松之独立，其醉也，傀俄若玉山之将崩”（《世说新语·容止》）。阮籍“容貌瑰杰，志气宏放，傲然独得，任性不羁”（《晋书·阮籍传》）。刘伶虽“形貌丑陋”，然“肆意放荡，悠焉独畅。自得一时，常以宇宙为狭”（《世说新语·容止》）。魏晋士人所崇尚的这种种“生活艺术化”的人物风格，皆其自由境界之体现，究其社会历史根源，盖由于对汉武帝以来思想统治之反动。汉武帝用董仲舒策，独尊儒术，个体性自我从此被湮没于三纲五常、贵贱等级森严的封建社会群体之中。魏晋人士上述种种“艺术化”的生活姿态，一言以蔽之，皆在于“越名教而任自然”（嵇康《释私论》），欲摆脱各种封建社会群体之束缚而求得个性之自由、解放。如果说西方后现代所宣讲的生活艺术化，是为了自由而反对西方理性至上主义之类的传统束缚，那么中国古人所践行的生活艺术化，则是为了自由而反对中国长期封建专制主义对个体性自我的束缚。西方后现代艺术所追求的审美自由，是在文艺复兴已经让个体性自我从封建神权统治下获得解放而独立之后，要求自由的进一步深化；而中国从魏晋士人开始所追求的审美自由，则远远落后于西方，此种自由还只不过是要求从封建统治下获得个性解放，要求个体性自我从封建社会群体的湮没中脱颖而出，从而获得独立地位。

在中国长期封建统治的历史条件下，中国人追求审美自由的历程，既漫长，又艰苦，甚至惨烈：其结局或归隐田园，或就囹圄，惨遭屠杀。嵇康“早孤，有奇才，远迈不群。……恬静寡欲，含垢匿瑕，宽简有大量”（《晋书·嵇康传》）。然嵇康公开揭露统治者“矜威纵虐”，批判儒家名教的虚伪，主张“越名教而任自然”，以至为统治者所不容，惨遭杀身之祸。嵇康下狱时，“太学生数千人请之，于是豪俊皆随康入狱”（《世说新语·雅量》）。临刑，“太学三千人请以为师”（《晋书·嵇康传》），而“康临刑自若，援琴而鼓”（《三国志·魏志》注引）。临刑援琴，何等惨烈悲壮的“艺术”人生！

何等崇高豪迈的“审美”境界！

陶渊明的艺术化生活是另一番景象。陶渊明第一次为官，就“不堪吏职”，深感“志意多所耻”，于是“少日自解归”。最后一次为官，任彭泽令，仅三月，又因不甘“为五斗米折腰”而赋《归去来兮辞》：“归去来兮！田园将芜胡不归？既自以心为形役，奚惆怅而独悲？悟已往之不谏，知来者之可追；实迷途其未远，觉今是而昨非。”所谓“以心为形役”，就是湮没自我于宦途，为功名利禄所束缚。迷途知返，归隐田园，就是为了越名缰利锁而进入自由的境界。《归田园居》：“野外罕人事，穷巷寡轮鞅。白日掩荆扉，对酒绝尘想。时复墟里人，披草共来往。相见无杂言，但道桑麻长。”《饮酒》：“结庐在人境，而无车马喧。问君何能尔？心远地自偏。采菊东篱下，悠然见南山。山气日夕佳，飞鸟相与还。此中有真意，欲辨已忘言。”陶渊明自复归田园以后，如鸟脱樊笼、复返自然的艺术化生活，深切而生动地表现了他抱朴含真的审美自由境界。“此中有真意”之“真意”，与海德格尔的“本真状态”相似相通；“时复墟里人，披草共来往”，与布伯的“我—您相遇”可以互相辉映。

中国的封建专制和思想统治的历史，自汉武以后，一直延续不断，至晚明而愈演愈烈。晚明的大思想家李贽则是一个为反对封建专制和思想统治而用自己的生命、身体来实现自我之自由本质的悲剧性人物。李贽，福建泉州人，二十六岁中举，三十岁初仕，任河南辉县县学教谕。五十二岁任四品姚安知府，五十四岁离任告归后，潜心著书，设坛讲学，听众“一境如狂”，因不满黑暗统治，屡遭污蔑，六十二岁削发为僧，由于正道直行，遭官府迫害，七十六岁被捕入狱，在狱中自刎。

李贽强烈反对以孔子之是非为是非，“夫天生一人，自有一人之用，不待取给于孔子而后足也。若必待取足于孔子，则千古以前无孔子，终不得为人乎？”（《焚书·答耿中丞》）“虽孔夫子，亦庸众人也。”（《焚书·答周柳唐》）“咸以孔子之是非为是非，故未尝有是非耳……夫是非之争也，如岁时然，昼夜更迭，不相一也。昨日是而今日非矣，今日非而后日又是矣。虽使孔夫子复生于今，又不知作如何非是也，而可以据以定本行罚赏哉！”（《藏书·世纪列传总目前论》）李贽以反孔闻名，并非反对孔子的一切言论思想之本身，其本意在于反对定孔子为一尊，一切依傍孔子而无己见。“夫孔子未尝教人之学孔子，而学孔子者，务舍己，而必以孔子为学，虽公亦必以为真可笑矣。”（《焚书·答耿中丞》）由此观之，李贽反孔之思想主旨在于反对“舍己”，亦即反对唯他人残唾是咽之人，反对丧失自我的自由本质之人。

李贽为人、为文，唯摅其胸中之独见，劝人力戒言不由衷，说“伪言”，行“伪行”，做“伪人”，他要求人吐“真言”，行“真行”，做“真人”。他认为人皆有本然之心，伪道学使人心蒙上尘垢而失其本然，乃“真心”之障碍。“夫童心者，真心也，绝伪纯真，最初一念之本心也。若失却童心，使失却真心，失却真心，便失却真人。”（《焚书·童心说》）李贽斥责伪道学先生之“伪”：“口谈道德，而心在高官，志在巨富。”（《焚书·又与焦弱侯》）与伪道学先生相反，以李贽本人虽在“学而优则仕”的传统下官至四品，仍然学陶渊明，辞官归里。究其“本心实意”，在于不因富贵而屈于人，在于“一念真实，受不得世间管束”，与陶公“偶与同耳”（《焚书·豫约》）。李贽如此超脱功名利禄的“世间管束”之“真心”“童心”，是他以“游于艺”为人生最高精神境界的人生观、审美观的体现。至于他最后出家为僧的行为，则更彻底地表现了他不受世间管束之“真心”“童心”，也是他“游于艺”的人生观、审美观的更深一层的表达。削发为僧，应可称为对世俗、功利——“世间管束”的一种反抗，尽管这种反抗是消极的。

李贽之死，是他追求自由的一生的悲剧性的总结。李贽以“妄著书”“敢倡乱道，惑世诬民”之罪入狱，狱中仍作诗读书自如。一日忽持剃刀自割其喉，气不绝者两日。侍者问：“和尚痛否？”以指书其手曰：“不痛。”又问：“和尚何自割？”书曰：“七十老翁何所求！”遂绝（袁中道《李温陵传》）。李贽死后，其著述被视为“异端之尤”，下令“尽行烧毁，不得存留”。然“卓吾死而书愈重”，其著述更广为流传，以至远及外洋。

李贽不过一介书生，著书立说，“其意大抵在于黜虚文，求实用；舍皮毛，见神骨；去浮理，揣人情”。其为人也，“绝意仕进”，“狷洁自厉”（袁中道《李温陵传》），“不蹈故袭，不践往迹”（《焚书·与耿司寇告别》），奋不顾身，一往无前。其“所求”者何？非功名利禄也，为不受“世间管束”之自由故也，为做“真人”之故也。不自由，毋宁死。李贽不仅是一般为自由而死之“真人”，而且是出自他的自由意志，在面临死亡中体悟人生的自由本质之“真人”，就像海德格尔所谓面临死亡而“返回本真状态”一样。用西方后现代“生活艺术化”的语言来说，李贽的生和死，都是最好的、最深刻的“行为艺术”和“身体艺术”。而且他不是表演给观众看的，而是用自己的生命和鲜血绘制成的。杜尚说他的生活就是他的最好的艺术作品，李贽也是一个以自己的生活来表现和创造自己最好的艺术作品的人，不过杜尚的生活作品是潇洒自在，而李贽的生活作品是惨烈悲壮。这种差别是由中西两种不同文化传统的历史背景造成的。

西方后现代艺术化的生活，特别是“行为艺术”和“身体艺术”，是用生活中的行为和身体来表现自我的自由本质的艺术，如前所述，它是适应文艺复兴已经让自我的个性获得解放而独立之后，人们对自由有了更进一步的更深入的要求而产生的，杜尚生活作品的潇洒自在是此种自由的表现，他也无须为他的生活自由付出什么代价。中国长期的封建专制主义使中国历史文化长期处于湮没自我、湮没个性的阶段，故中国人的生活艺术化的作品必须为摆脱封建思想统治的传统桎梏而付出惨痛的代价。李贽的生活作品不过是其中的一例而已，虽在晚明，至今仍有现实意义。

根据以上关于中西两种不同“生活艺术化”的对比，我以为：西方当代人的“生活艺术化”，有待于进一步超越传统的非此即彼、主客二分的思维方式，不要从一个极端走向另一个极端，为了生活艺术化便放弃绘画，为了艺术服务于思想便放弃感性美，甚至生硬地制造一些非正常生活的“艺术化”生活。针对中国的历史文化传统和现实状况，我以为我们的“生活艺术化”的关键在于提高人的心灵美，重在一个“真”字，像李贽所主张的那样：吐“真言”，行“真行”，做一个“真人”；由此而建立的美学体系应在阐发“美在自由”的思想和命题方面下功夫。如果像《论语·为政》所讲的求官之道（“学干禄”）那样，“言寡尤，行寡悔”；像《论语·乡党》所教导的那样，见“上大夫”是一个姿态，见“下大夫”是另一个姿态；进入朝廷的门，就要像害怕而谨慎的样子，好像没有自己容身的地方一样（“入公门，鞠躬如也，如不容”）；经过君王的座位（“过位”），连话都像说不出来（“其言似不足者”）；“升堂”，憋着气似乎不能呼吸（“屏气似不息者”）……总之，言不由衷，行不由己，哪还谈得上什么“生活的艺术化”！谈得上什么建立新的美学体系！

注释：

① 柏拉图：《大希庇亚篇》298a–299b，载《柏拉图全集》第 4 卷，王晓朝译，人民出版社 2003 年版，第 50—52 页。

② 参见张世英《哲学导论》“美与真善”一章，北京大学出版社 2008 年版。

③⑤ Cf. Zhang Shiying, “Heidegger and Taoism”, in John Sallisced ed., *Reading Heidegger*: *Commemorations*, Bloomington: Indiana University Press, 1993, p. 309, pp. 310–312. 并参见张世英《天人之际：中西哲学的困惑与选择》，人民出版社 2007 年版，第 350 页，第 352—355 页。

④ 参见张世英《天人之际：中西哲学的困惑与选择》，第 352、372 页。

⑥ 康定斯基：《艺术中的精神》，李政文等译，中国人民大学出版社 2003 年版，第 16、17、36—38、65、89、

92、101、105、106、109、119、138、144 页。

⑦ 海德格尔:《追忆诗人》,载《海德格尔诗学文集》,成穷、余虹、作虹译,唐有伯校,华中师范大学出版社 1992 年版,第 229、232—233 页。

⑧ 海德格尔:《诗人何为》,载《海德格尔诗学文集》,第 107 页。

⑨⑩ Martin Heidegger, *Gesamtausgabe*, B. 5, Frankfurt a. M.: Vittorio Klostermann, 1977, S. 28, S. 29.

⑪⑫⑬⑭⑮⑯ Martin Buber, *I and Thou*, trans.Ronald Cregor Smith, New York: Scribner, 1958, p. 4, p. 4, pp. 4, 8, 9, 51, p. 9, p. 3, p. 11.

⑰ 皮埃尔·卡巴内:《杜尚访谈录》,王瑞芸译,中国人民大学出版社 2003 年版,第 4—6 页。

(2010 年第 11 期)

康德的审美现代性设计及对后现代美学的启示

张政文

20世纪60年代由法国兴起的抵抗基础主义、本质主义、中心主义的解构主义哲学在全球化背景下迅速扩张为一种具有鲜明时代特征的后现代文化潮流。后现代艺术、传媒、教育、哲学、科学、政治、经济等衍生思潮应运而生，当代人类生活的各个领域都开始响彻后现代的声音。同时，关于如何理解后现代的激烈争论也随之而来。争论的焦点主要集中在后现代究竟是一种不同于现代生活制度和内容的全新生活方式，还是不同于现代性理解范式的一种新的经验方式和思想范式。丹尼尔・贝尔的后工业社会理论指出，随着社会知识化、服务化和信息化的时代来临，以美国为代表的发达国家已经进入后工业化社会，后现代已成为人们的主要生活方式和文化标志。[①] 托夫勒的《第三次浪潮》等相关著作观点对此理论提供了有力支持。但更多的人则将后现代释读为在现代性参照下理解当代发达资本主义社会文化状态的理论范式。利奥塔德认为，后现代是对现代的重写，重写现代的主旨在于消解现代性中反复被言说却不能证明其合理性的“人类解放”元叙事和“思辨同一性”元叙事的解释范式，从而对生活文本进行重新理解。[②] 哈贝马斯同样视后现代为理解范式的调整而非生活内容的更改，坚持现代性是一项未完成的设计，应当通过交往理性拯救发达资本主义危机，完成现代性的未竟事业。[③] 如果认真考察当代生活，可以肯定地说，当代生活无论是生存方式还是文化状况都有了极大变化，但这些变化在制度层面、生活层面、经验层面还未在根本上、整体上超越现代性界域，因而后现代作为一种理解范式在当代文化场景中出场也许更具合理性。基于上述立场，笔者认为康德美学在后现代视域中与后现代美学具有深刻关联，这并不是说后现代美学通过对康德现代美学的批判而建造了自己的美学理论，而是要昭示作为现代美学原理缔造者的康德在其美学中所设计的现代性自身就蕴含了后现代美学基本理念的可能性，对后现代美学敞开其美学的基本原则有着重要而深远的启示。

一、理性现代性的内在断裂

康德是公认的最伟大的现代性缔造者，但他所表达的现代性能对后现代文化有所启示则并不是思想界的共识。这一问题的实质在于对现代性的理解。现代性是对现代生活的一种描述和判断。现代生活由工业化生产消费普及、现代国家制度逐渐建立的社会进程与宗教改革、启蒙运动、近代科学技术发展的文化进程相互协作、相互影响、相互渗透而共同形成，是一种既具有共同的方式和形态又充满矛盾对立的生活。因而，对现代生活进行描述和判断的现代性也就有了不同的解读。哈贝马斯将现代性理解为从公元5世纪末希腊罗马古典世界覆灭、基督教世界到来后不断向当代展开的现代社会生活的文化性质，因而他说的现代的社会生活历时千年，其文化性质也是多变的、复杂的、至今尚未完成的。不过哈贝马斯指出现代性有一点是清晰稳定的：它不再是传统的模仿，它自我复制、自我创造并形成只属于现代性自身的规范，从而与传统彻底断裂。[④]沃勒斯坦的“所知世界终结论”、福山的“历史终结论”也都将现代性视为文化的断裂。与哈贝马斯等人不同，鲍曼则认为现代性是一种用普遍性解说世界的理解范式。在他看来，现代性是由18世纪启蒙思想家们开始的一种文化设计，即通过知识建造谋求人类的自由解放，将日常生活从神话、宗教中划分出来，使人们的世俗生存获得合法性与合理性的规划。这种现代性可概括为理性现代性。[⑤]在鲍曼的视域中，康德就是一位理性现代性的主要设计者。在《答复这个问题：“什么是启蒙运动”》一文中，康德将启蒙概括为“要有勇气运用你自己的理智”[⑥]，在启蒙语境中，理智就是理性普遍性。康德正是运用理性普遍性为西方文化建立起庞大的以认知理性为主题的认识论元叙事话语和以信仰理性为主题的本体论元叙事话语。

知识是本于经验还是本于观念是18世纪启蒙哲学认识论最重大的内部争论，为解决这一难题，康德创立了“先天综合判断”认识论原理。该原理认为，认识既不是德国唯理主义者所讲的某种先验观念，也不是英国经验主义哲学所说的后天经验，认识应该是先验观念和后天经验的统一。先验观念为认识提供了认识的普遍形式，后天经验则为认识提供可证明的具体内容，具体内容经普遍形式建构才是认识的真实状况，认识就其本质而言是主体对客体的一种知性化、程序化的理解，这种理解既体现了主体的认知能力，又真实地反映着客体的本来面目，成为存在与意识的统一。所以，认识与其说是感知世界，不如说是解说世界，认识是知识。[⑦]康德在评价自己的认识论原理时称这是“哥白尼式革命”，而当代后现代思想家罗蒂则对康德将认识确认为知识、整个现代哲学认识论甚至将认识即知识视为传统充满忧虑。[8] 的确，在启蒙思想中有三个核心理念无法按照康德的“先天综合判断”原理构建为知识，它们是关于一切物质现象的理念叫“世界”，关于一切精神和心理现象的理念叫“心灵”，关于世界和心灵统一的理念叫“上帝”。在康德看来，世界、心灵、上帝只能被信仰、思想而不能被感知和经验，一旦对世界、心灵、上帝认识，就使认识失去知性的普遍性和感性的客观性，存在与意识丧失同一性而出现认识的二律背反，认识不再是知识。[9] 所以，康德一再声称他写《纯粹理性批判》就是要警告世人“永远不要冒险凭借思辨理性去超越经验的界限”[10]。然而世界、心灵、上帝是启蒙的最重要内容，却不能够成为知识，这意味着认识是有限的，知识不能真正实现包括康德在内的所有启蒙思想家所希望的认识整个世界、解放所有人类的理想，因而，理性现代性诞生时就已蕴藏着深刻的危机。

正像哈贝马斯论述的那样，理性现代性的根基是理性。[11] 启蒙的理性不同于古希腊罗马的理性，也不同于中世纪教会所宣称的理性。古希腊罗马的理性是个人智慧，具有强烈的批判性，却缺少公共性。中世纪教会宣称的理性是社会意识形态，具有普遍的公共性，却不具批判性。启蒙理性既是批判的，又是公共的，其根本立场在于坚信存在着普遍的理性。普遍的理性是客观的，它促使人类在认识世界过程中不断进步，最终实现自由完满的人道主义社会理想。但是，在康德的“先验综合判断”原理中认识是有限的，无法建立关于世界、心灵、上帝，即关于人性的知识。只有关于自然的知识而缺失关于人性的知识，理性无法在人的存在自身获得普遍的客观确证，也就无从推进人类的普遍进步，启蒙理性的批判性与公共性就在根本上被消解了。所以康德提出启蒙的实践理性，用以建立关于人性的知识，以期解救理性现代性的危机。康德将人性的知识建立在“人是理性的”这一命题上。在康德心中，理性才是人的真正本质，相对于可被感知、经验的自然现象而言，理性是人的本体。理性不可被感知、认识无法证明，是“视之为真的一种与思辨理性相比纯然主观的根据，毕竟对一种同样纯粹的、但却是实践的理性来说客观有效，由此凭借自由的概念使上帝和不死的理念获得了客观的实在性和权限，甚至获得了假定它们的主观必要性”[12]。基于对理性的这种设计，康德认为，就人性普遍性而言，作为人的本体的理性就是人生而俱有的自由。自由显现在个人行为中便是以客观律令方式出现的道德实践，体现在国家行为中就是以和平宪法为原则的政治活动。[13] 这样，康德建立了涉及伦理、政治、法律、历史、宗教等领域的庞大的关于人性的知识体系，其根本目的在于通过建立关于人性的知识，实现人类的进步。

关于自然的知识和关于人性的知识的建立使得康德完成了为西方构造认识论元叙事和本体论元叙事的工作，造就了以理性普遍性为核心的西方理性现代性。然而，在康德的思想体系中，认识不自由，自由则不可认识，关于自然的知识与关于人性的知识之间天然地失去了通约的普遍性，理性断裂了，人的整体性断裂了，理性现代性断裂了。德里达认为无论是关于自然的知识还是关于人性的知识都不过是关于人“在场”的话语，都是以人为中心的真理论，知识本身却是场外的“他者”[14]。当知识只去传达人的逻各斯时，知识只成为书写人的符号，于是知识在康德那里只有一种，就是关于人的知识；创造知识的人只有一个，就是大写的理性的人。一旦认知面向这种关于人的知识时，认识必然是有限的。当认知去解说大写的理性人时，由于认知主体就是大写的理性人，认识必然无法言说，而只能将话语权交给信仰，由信仰自言自语而无需验证，这就是理性现代性断裂的根源。利奥塔德曾指出，理性现代性的断裂在于理性现代性以知识的方式存在，而知识在康德那里是通过在自身之外来寻找其合法性基础，因而所有的知识都归结于关于人的知识，超越了知识的具体界线而成为关于人的普遍性的元叙事，知识就不再是知识自身。[15]阿多诺和霍克海默发现理性现代性本质上是一种工具理性，它通过概念的抽象与具体对象分离，然后宣称自己是所有具体知识的合法性根据，从而对所有具体知识实行控制，最终，理性现代性依靠存在与意识的同一性将具体知识转变成服务于自己的工具。[16]作为理性现代性创建者之一的康德也意识到理性现代性的内在危机，虽然他未能像当代思想家那样对之予以深刻地批判，但他也努力去化解理性现代性的危机，认为其内部矛盾在于现象与本体不能统一、必然与自由相互对立、认识与实践无法通约，最终导致整体性、大写的人的分裂，从而危及理性的普遍性存在。于是，康德通过撰写《判断力批判》来补救这种危机，试图用审美合目的论与自然合目的论将现象与本体、必然与自由、认识与实践有机统一起来，实现理性现代性的内部调整，消除理性现代性的危机。康德的这一文化设计最终使不断滋生的审美现代性完全形成，而完整的现代性就是由理性现代性和审美现代性两个相关联却又相碰撞的部分构成的。如果说后现代是对现代性中的理性现代性的批判、解构的话，那么它也深受现代性中审美现代性的启示，甚至在思想史的意义上讲，在对理性现代性批判的基础上，后现代思想的发展在很大程度上依靠对审美现代性的改造与更新。

二、审美现代性对理性现代性的调整

哈贝马斯曾区别过两种现代性，一种是资本主义经济、政治的现代性，另一种是文化审美意义上的现代性。后者生长在启蒙主义思潮、浪漫主义思潮以及由波德莱尔、莫奈开启的现代主义思潮的文化语境中，与资本主义经济、政治的现代性相关却又相异。[17]在西方现代化的历程中，在市民社会逐渐形成资本主义社会经济、政治、宗教、道德的理性观念和理性制度的同时，文学艺术领域萌发了一种既不同于古希腊罗马知性模仿传统，也不同于启蒙理性观念的新兴审美趣味。其特征是感性化、个体化、内省化。中世纪的骑士传奇、短歌，文艺复兴时代的戏剧、十四行情诗、绘画艺术，启蒙时代的教育小说、市民悲喜剧，浪漫主义时期的诗歌和歌剧，现实主义时期的小说、音乐和芭蕾舞，无不显现对自然人性的倾心、对感性生命的珍视、对个体价值的张扬。伴随着文学艺术的趣味转型，从 18 世纪起，“趣味无争辩”“厚今薄古论”“情感至上论”等不同于“模仿论”“教化论”“理智论”等传统文艺思想的理论也纷纷面世，成为最有影响的审美文化观念。可以说，新的文艺实践和文艺观念共同形成了一种既不同于传统审美文化性，也不同于理性现代性的文化形态和文化价值，这就是审美现代性，它与理性现代性一样，也是现代性的主要构成部分。康德对审美现代性有着深刻领悟，他曾多次亲历对传统文艺观的批判性论战，对审美现代性进行了哲学高度的理论设计，并试图通过审美现代性在认识论与本体论之间建立起一座桥梁，调整现代性，消除理性现代性现象与本体、自然与人性、认识与实践、必然与自由的分裂造成的生存危机。

在康德建成的理性现代性中关于自然的知识和关于人性的知识无法沟通的根本在于自然是感性的存在，受必然律决定，而人性是自由的存在，受功利和目的制约，审美则是无功利无目的的，同时暗合自然的规律和人性的自由，是主体用个别显现一般的反思判断力在与世界发生对象性关联时的体现。反思判断力在与世界发生对象性关系时“只将客体的表象与主体联系在一起，不让我们注意到对象的性质，而只让我们注意到那决定与对象有关的表象能力的合目的形式”[18]。反思判断力在对世界下判断时，想象力使对象的内容与主体不发生意义联系而对象的形式则向主体呈现意义。想象力具有感性与知性之间的中介功能，在反思判断力判定对象美或不美时，想象力“不是借助知性将它的表象与主体及客体相联系，而是借助想象力将它的表象与主体及主体的快感和不快感相联系”[19]。它将对象的形式与主体的情感创造性地组合起来，既“从各种的或同一种的难以计数的对象中把对象的形象和形态再生产出来”[20]，又将对象的形式“不作为思想，而作为心意的一个合目的状态的内在的情感传达着自己”[21]。可以看出，他所设计的审美现代性有两个基本特点：一是具有强烈的自律性，不受认识和实践的规范，无概念、无功利、无目的；二是突出情感、想象等感性元素，拒绝理性的工具化和机械化。显然，审美现代性是对他的理性现代性规划的调整和批判。他认为这一设计实现了现象与本体、自然与人性、必然与自由的统一，拯救了理性现代性的危机。

康德所设计的审美现代性是否拯救了他的理性现代性的危机，迄今仍是思想界争论的话题，然而更值得关注的是前者对浪漫主义和现代主义文化思潮产生的巨大影响。

浪漫主义文化思潮是自文艺复兴运动近五百年以来西方最大的一次审美现代性文化运动。就浪漫主义文化运动而言，它与康德美学所面对的社会文化境遇是一致的，首先是法国大革命的绝对民主破坏了个人自由，其次是启蒙理性的工具化粗暴践踏了自然人性，最后是专制政治造成精神领域的普遍黑暗。对18世纪末19世纪初的欧洲艺术家而言，他们既对世俗的文化趣味极度厌恶，又对启蒙主义过度强调艺术中的理性不满。受康德审美现代性理论的启发，他们体察到艺术诸要素与艺术家心境之间的密切关系，放弃了古典主义忠实模仿自然的审美尺度、新古典主义模仿人类理想的艺术倾向以及启蒙主义模仿人类普遍人性的文化态度，转而推崇康德审美现代性中的情感元素，视艺术的本位为个体心灵的外化，将创作看成激情冲动支配下的主观创造、理解为艺术家内心感受、体悟、情感、灵魂的共同展示和显现。同时，浪漫主义标榜康德的想象论，它把想象视为诗人自由地选择艺术类别、追求艺术规律、表达艺术趣味的法则，折射出浪漫主义对传统文艺创作的不满。众所周知，从古典主义创作到启蒙运动文学，两千多年的历史基本上走的是史诗——戏剧——小说这一叙事性文学创作的道路，理性统摄的单纯、明晰、客观、冷静使文艺离心灵越来越远，并逐渐成为诸如“三一律”“合式”“寓教于乐”等创作规则，文艺已经萎缩到令人厌倦的地步。浪漫主义鼓吹创造性想象的本质就在于以想象去激荡情感，使心灵借艺术乘风破浪，冲决各种扼杀精神生存的清规戒律。浪漫主义坚守康德的审美自律论，反对在艺术之外为艺术设定价值。华兹华斯就曾指出，艺术的价值只为艺术而存在，当人们摒弃了以外部世界为参照的实用性目的时，人们才能真正发现艺术的价值。[22]本着康德审美现代性的批判精神，浪漫主义批评家还率先提出用民间文学取代宫廷文学、用民族文化取代拉丁文化的文化战略。赫尔德要求根据自己的历史、时代精神、习俗、见解、语言、民族偏见、传统和爱好来创造自己的戏剧。斯达尔夫人致力于从理论上论述一个民族的文学与这个民族的政治、宗教、社会、民族性格之间的生成关系，为民族文学、民族文化摇旗呐喊。[23]华兹华斯、柯尔律治则把写普通人和日常事作为自己创作的主要任务，以此实践自己的文艺主张。[24]浪漫主义关于民族文学、民族文化的观点有力促进了欧洲各民族文化的多元发展，成为现代西方多元文学观和文化模式形成的重要理论基础。总之，浪漫主义借助康德的审美现代性获得了极大的丰富性和思想性，正像弗·施莱格尔所说，“浪漫主义的诗是包罗万象的进步的诗。它的使命不仅在于把一切独特的诗的样式重新合并在一起，使诗同哲学和雄辩术沟通起来，它力求而且应该把诗和散文、天才和批评、人为的诗和自然的诗时而掺杂起来，时而融和起来”，它“赋予诗以生命和社会精神，赋予生命和社会以诗的性质”。[25]

现代主义文化思潮是西方后现代文化运动的先声，它通过浪漫主义文化，承接了康德审美现代性反对理性工具化、坚守艺术自律性的精神，并将之极端化，走向非理性主义，为后现代文化整体性解构理性现代性打下了基础。19、20 世纪之交，工业革命的完成与政治革命的失败宣告了理性现代性的终结和现代主义文化的诞生。由文学的象征主义、绘画的印象主义、哲学的非理性主义共同发起了现代主义文化运动，表现主义、未来主义、抽象主义、波普主义、立体主义、超现实主义、达达主义、意识流、野兽派，纷繁众多的文学艺术流派和风格难以尽述。其共同的文化经验是反抗启蒙理性，共同的理论话语是用叔本华、尼采、詹姆斯、弗洛伊德等人的思想诠释康德的审美现代性。如果说康德设计审美现代性的目的在于拯救理性现代性的话，现代主义文化将康德的审美现代性极度非理性化后，用审美现代性颠覆理性现代性，最终实现对现代性的消解。正是在这个意义上，可以说现代主义文化是后现代文化的前身，而康德的审美现代性则是后现代文化的精神根源。

三、审美现代性的目的论

马克斯·韦伯在论述资本主义社会时深刻地指出，与传统社会相比，现代社会是一个祛魅的过程，工业化和科学技术化去除了自然的神秘，精神意识理性化去除了宗教的神秘。可以断言，祛魅是理性现代性的必然结果。祛魅促进了理性引领的社会进步，但也导致了人与自然、人与自我的深刻异化，人类在祛魅中不仅对抗自然，而且与自我疏离。[26]就此而言，康德的审美现代性也是一种消除祛魅过程中的异化问题的文化设计，它是在目的论的构架中考虑的。康德把目的分为外在目的和内在目的。外在目的是一种存在为另一种存在而在的实体目的，古希腊的自然目的论和中世纪神学目的论就是这种实体目的。内在目的是一种存在依靠其自身内在必然性而在，康德就是这种内在目的论。[27]在康德设计的审美现代性中，包括文学艺术在内的审美活动就是一种主观合目的活动，审美活动无概念、无功利而又在主观上暗合人类的目的。而康德审美现代性更深层的方面则是他所规划的自然合目的论。康德把自然比附为一个有机生命体，个别具体的事物总能体现出自然的整体和谐，这使得人们有理由相信有个目的在统摄着自然，并使人能理解自然。康德将这一信念和在这一信念指引之下的行为称为审自然活动。审自然活动也是无概念、无功利的，具有审美价值。[28]

在审美现代性中，审美活动更多的是为消除理性现代性因过度理性而造成人与自然、人与人自身之间的分裂和对抗，而审自然侧重纠正理性现代性对自然祛魅过程中人对自然的疏远和敌视，重建人与自然的协调关系。在康德的审自然的视域中，被理性现代性祛魅的自然获得了不同于传统社会的感性与理性统一，创造与欣赏共在的返魅。康德设定了不可知自然、天性自然、合目的自然三个层面的自然。[29]

不可知自然是存在论意义上的自然，是对人之外一切自然存在的总体性理解，“它指的仅仅是一般存在的各种规定的合乎法则性”[30]，是人类感知并理解包括人类自然天性和大自然在内的世界万事万物存在的前提、依据。作为不可知自然的物自体在康德启蒙思想中意义重大。一方面，不可知是人类得以与客观世界相遇的必设前提。没有物自体的存在，世界将失去存在的客观性依据，人类无法求解与世界的关系，也就不能现实地肯定自身是否真实地存在于这个存在着的世界中，人的认识活动、道德活动、审美活动皆无法谈及，人的生存与生存意义也就无从言说。另一方面，不可知自然是人在经验世界中不可感觉、不可认识的普遍而又必然的总体性存在，它必先于人而在，人类无法超越这个普遍而又必然的总体性存在。因而，对这个不可感觉、不可认识而又必在并先于人类而在的不可知自然，人类只能信仰、敬畏。康德曾说，位我上空，群星灿烂；在我心中，道德律令。面对无垠无限的不可知自然，人类无可逃避，无法选择，不能超越。人类也只有在这不可知自然中，方能明白自我存在的有限性，才能懂得生存的合理性内涵并在有限的生存中追求道德自由对自我的无限超越。因而，不可知自然为人类在现象界中提供了终极关怀，使人类在有限的生存中面临居于其中的无垠世界，怀着无限敬畏之心，认真生活，永无止境地努力追求至善。

天性自然是人与生俱来的主体能力，它包括以感性与知性为中心的认识能力、以理性为主体的实践能力和以情感、想象为核心的审美能力。人的天性自然构成了人性的基础，使人在自然中获得了存在的合法性，使人类“也是自然的一部分”[31]，换句话说，人的本体性在根本上只是自然在人的存在中的特殊表达。

合目的自然指的是整个自然实际被人类理性视为一个巨大而有序的目的系统，而“人从来只就是自然目的的链条的一环”[32]。而且在自然合目的系统中，只有人是自然的最终目的。因为，第一，自然创造的最伟大成果就是人，而人作为自然的最伟大成果才将自然理解为合目的系统。第二，人为什么要创造自然目的呢？康德认为，人类为自然创造目的是人的需要，是人类理性的必然要求，人类只有通过自然合目的才能实现人的幸福[33]。第三，通过合目的来实现幸福和文化的根本原因在于人类作为自然的最伟大成果是以文化来体现自身的。自然与文化相对，但文化是在自然中孕育、诞生的，自然是文化之母，是文化的基本参照。自然合目的的根本就在于自然为文化这个人之目的而生成、展开。第四，通过自然合目的来确立人的最终目的确定了文化的意义。康德思想的要旨都在说明人类生活的文化意义在于人类可以并且必须有所进步，而人类进步的根本标准就在于自由的理性至善。将人确立为自然的最终目的，将文化肯定为人的最终目的就是要使人的道德进步成为人类在自然中生存、发展的最终理由，成为人类生活的意义本源。

作为审美现代性组成部分的康德合目的自然观深深影响着后现代文化对自然的理解。大卫·格里芬就表示，理性现代性在造成精神的衰败的同时，严重破坏了自然，使自然完全失去了主体性经验和感觉，理性的祛魅剥夺了自然的丰富性，使自然成为空洞。以他为代表的建设性后现代主义理论家力图用有机论和整体论阐释自然，认为一切自然事物都是主体，都有自身的权益和内在的价值，只有如此对待自然，自然才能获得尊重，才能对人类重现魅力，人才能真正摆脱生存的困境。[34]由此可见，建设性后现代主义的自然立场与康德由自然到自由的审美现代性观念有关联。

在康德的审美现代性中，崇高是审美与审自然相统一的敞开。与重形式、讲和谐的优美范畴相比较，崇高侧重内容、凸显冲突，突出人与自然的紧张关系。在康德那里，作为审美对象的崇高是想象力和知性无法把握的无限大或无限有力的自然，它不拥有感知所能把握的形式，而是无形式的，其心意效度与优美的心意效度也就大相径庭。崇高的无限量和无限力否定了主体的心意和谐，使主体感性世界饱含压抑，感知功能遭到摧残，深切地感受到感性价值被否定带来的惶恐、震惊和恐惧的痛感。[35]因而对崇高的审度不是对象的形式对主体感知心意的契合，而是无形式性对主体自身感知有限性的否定后唤醒理性对无限大或无限有力的自然的超越，在人的理性对自然的感性的超越中实现人与自然的统一。康德的崇高理论是一种典型的启蒙理论，但他关于崇高无形式和崇高取决于个体的领悟的论断则契合了后现代美学正视自然价值和多元化理解世界的追求，引起后现代思想的代表人物利奥塔德的重视。利奥塔德在研究康德崇高理论时发现，康德断定的崇高无形式具有破损理性决定性的潜在功能。无形式使得理性无法以某种普遍化方式显现，若要表现理性只能通过个性领悟，于是在崇高中理性变得相对化，成为一种不可表现的表现，理性就在其中被解构了，而这又意味着，崇高所趋向的无限感并不是康德讲的普遍道德感，而是超越理性的个体敞开。[36]因此，利奥塔德认为崇高是后现代之源，后现代艺术追求的不是美而是这种崇高。[37]

康德审美现代性中的审自然合目的蕴含着极丰富的思想，后现代文化的生态美学、地景设计、大众艺术以及各种文化理论皆在不同的方面以不同的方式受到其启迪。

四、审美现代性中的艺术理解

康德审美现代性中对艺术的理解是启蒙运动以来对艺术进行理论构建的基本原理。康德在《判断力批判》中相信艺术活动不同于认识活动、实践活动和日常生计活动。认识活动以感知能力为主体，以可经验的自然为对象，其结果是关于自然的知识，追求的价值是真。实践活动以理性能力为主体，以大写的人为对象，其结果是关于人性的知识，追求的价值是善。日常生计活动以欲望为主体，对象是日常生活，其结果是利益，追求的价值是功利满足。而艺术活动的主体是情感与想象，对象是形式，其结果是作品和鉴赏，追求的价值是美。[38]康德审美现代性对艺术的理解有两个非常鲜明的特色，一是艺术具有自律性，二是艺术具有不确定性。康德艺术自律性和不确定性的设计对后现代对艺术的领悟和阐释有着深刻的影响。

作为后现代先声的现代主义艺术将康德审美现代性的艺术自律性作为阐释和创作艺术的基本信条，将艺术自律性发展为艺术纯粹性。艺术的纯粹性既有艺术无功利、无目的的内涵，又刻意表现艺术远离生活经验、反叛日常生活的冲动，还表达了艺术是形式的倾向。艺术纯粹性的现代主义口号是“为艺术而艺术”。克莱夫·贝尔将艺术视为“有意味的形式”。[39]格林伯格强调，人们之所以需要艺术，就在于它从不表达艺术之外的任何东西。[40]阿多诺相信，现代主义艺术表面上超现实、抽象虚幻的背后传达了现代主义艺术对真实的极度自律，真正的艺术就是要通过抽象虚幻对真实的追问，才能以纯粹性的存在超越生活。[41]海德格尔极为赞赏康德的艺术自律性，认为功利的态度将使艺术成为具体事物和目的的表达，阻碍了人们与艺术之间建立起能够敞开存在的关系，艺术一旦含有功利和目的，艺术的存在真理就被遮蔽。所以无功利无目的是艺术的生存方式。[42]哈贝马斯则指出，从康德的艺术自律性到现代主义的艺术纯粹性再到后现代的艺术大众化，体现了不断分化的文化历程，昭示了文化的连续性和开放性。[43]但是阿多诺发现，现代主义极端化的艺术纯粹性使现代主义拒绝介入生活，从而也就遮断了与生活的对话，失去了批判功能。[44]利奥塔德也认为，康德的艺术自律性促成了现代艺术的极端纯粹而导致关于艺术的宏大叙事不再被大众读懂，审美现代性陷入自我崩解状态，走向了后现代的大众艺术。[45]

后现代更看重康德审美现代性中艺术不确定的特征。所谓不确定性，指的是艺术无以言传、难以明晰表达的特性。这个特性是艺术诞生时与生俱来的。然而自古希腊尤其是亚里士多德的模仿论以来，西方思想界和创作界就将明晰、确切作为准则强加给艺术，使艺术成为理性的婢女。康德认为，艺术不是认识，无须概念的运动而通过情感、想象便能把握世界、表达自我，其感性的存在方式必然拥有不确定性。康德为捍卫艺术的不确定性以表明艺术自律的信念，进而认为艺术有一种任何事物都不具有的能力状态，他将之称为“天才”，并认为天才是自然通过人为艺术下规则的能力，伟大的艺术都是天才之作。天才不可解释、不可模仿，唯艺术独有。[46]后现代思想家哈桑敏锐地看到了康德艺术不确定性与后现代艺术的关系，认为后现代艺术高度不确定，以至于艺术样式的界线、艺术主题的界线、艺术题材的界线，甚至艺术与非艺术之间的界线都被取消，不确定性成为后现代艺术最鲜明的特色。同时他也认识到现代与后现代的内在关系。在哈桑看来，现代与后现代之间没有绝对的界线，历史可以擦掉重写，后现代就是现代的一种重写。[47]上个世纪以马尔库塞、德勒兹为代表的思想家在对发达资本主义进行文化批判时，深刻洞见到当代发达资本主义的重要策略在于用明晰的规则、制度和意识形态控制人们的文化生活。从康德审美现代性到20世纪当代艺术中的不确定性，可能是抵抗当代发达资本主义控制策略的战术，马尔库塞的审美解放理论、德勒兹的积极逃逸理论都高度评价艺术的不确定性。不过，哈贝马斯担心，不确定性的极度膨胀最终会使现代性丧失，而后现代思想家吉登斯等人在肯定艺术不确定性的同时也告诫人们，不确定性很容易造成文化设计的错误和操作的失误。[48]

艺术家与艺术作品的关系是最古老的文艺学问题之一。是艺术家决定艺术作品，还是艺术作品决定艺术家，昭示着两种迥异的解读立场。亚里士多德建立了艺术家决定艺术作品的观念传统。而历来被学界视为最有影响的亚里士多德追随者贺拉斯则开启了艺术作品决定艺术家的理念，并持久地影响了在西方文艺史占重要地位的古典主义。康德审美现代性却将艺术定位为既不是单纯的认识，也不是纯粹的实践，而是审美的存在，使艺术家与艺术作品的关系发生了根本性重构。艺术家与艺术作品的关系属非时间性关系，先于作品存在的艺术家并不是艺术作品之居所，时间过程中在先的艺术家不等于在后的艺术作品，因为艺术家决定不了艺术作品的本质。同样，艺术家与艺术作品的关系也非现象化的经验关系。艺术作品不是艺术家的属性。由此，艺术家与艺术作品之间并没有决定性因果关系，谁也决定不了谁。在本质方面，艺术家与艺术作品的本源是艺术。艺术决定了艺术家，同时也决定了艺术作品，对艺术文本的理解既不取决于创作者的创作意图，也不取决于艺术作品的符号含义，取决于对艺术的普遍性理解。[49]可以说，康德关于艺术同时决定艺术家与艺术作品的观点对后来的思想有着特殊的启发意义。解构主义大师德里达则追问康德艺术决定艺术家和艺术作品的话语机制，在他看来，艺术决定艺术家和艺术作品不是一个哲学思辨问题，而是一个语言问题。[50]艺术决定艺术家和艺术作品的论断是合理的，但决定的机制绝不是像康德那样视艺术为决定艺术家和艺术作品命运的主人，康德的做法是典型的逻各斯中心主义的。德里达认为，艺术是语言，艺术家与艺术作品以及艺术欣赏之间的联系是在无中心的“播散”中实现的。在他看来，决定艺术家和艺术作品的是书写，书写产生意义。艺术家在特定语境中书写，书写的文本一定有具体意义，但是在欣赏中书写的文本又进入读者的语境，文本又因读者的语境产生不同于艺术家已给予的意义。在文本中，作者的意义与读者的意义虽有联系却也不同，而每一次的文本欣赏活动又各自不同，同一个文本就有了无限多样的意义。[51]伽达默尔则对康德艺术决定艺术家和艺术作品的观点做出了一种“时间性”的理解。他认为，艺术家与艺术作品之间是怎样的关系取决于对理解的解释。他指出任何理解都具有历史性，理解者必须处于不同于文本的历史语境中。康德希望通过艺术的普遍性理解克服书写者、文本和理解者的时间性，使书写者、文本和理解者统一到超越这三者之上的艺术的理解之中，以达成对文本的真理的发现，但康德超越时间性的追求是无法实现的，在伽达默尔看来，人类是历史性存在，理解无法超越时间性，只有承认历史语境才可能有真正的理解。因而，文本的真正意义生成于文本与读者之间平等而保持差异又追求差异的对话之中，艺术家、艺术作品和艺术欣赏者是文本与读者共在共生的理解关系。[52]

最后，必须指出的是，康德审美现代性的设计不是为颠覆理性现代性，而是调整、修补理性现代性的不足，根本目的是为捍卫理性现代性。康德的审美现代性设计不是现代主义的，更不是后现代的，而是现代性的，理性仍然是其审美现代性设计的界度和纲领。但是后现代美学根据其自身的文化需求，扩大了康德审美现代性与理性现代性的差异，有意造成审美现代性与理性现代性的对抗，以此来接受康德审美现代性设计，从而引发了审美现代性对后现代美学的启示。

注释：

① 丹尼尔·贝尔：《后工业社会的来临——对社会预测的一项探索》，高铦、王宏周、魏章玲译，新华出版社1997年版，第7—14页。

②㊱㊺ 让-弗朗索瓦·利奥塔：《非人——时间漫谈》，罗国祥译，商务印书馆2000年版，第26—27页，第126—131页，第32—37页。

③④⑪ Jürgen Habermas, *Philosophical Discourses on Modernity*, trans. Frederick Lawrence, Cambridge, MA: MIT Press, 1987, p. 1, pp. 1–4, pp. 92–95.

⑤ 齐格蒙特·鲍曼：《现代性与矛盾性》，邵迎生译，商务印书馆2003年版，第7—10、405—410页。

⑥⑬ 康德：《历史理性批判文集》，何兆武译，商务印书馆1990年版，第22页，第1—21页。

⑦⑨⑩ 李秋零主编：《康德著作全集》第3卷，李秋零译，中国人民大学出版社2004年版，第59—68页，第192—208、285—320页，第15页。

⑧ 理查德·罗蒂：《哲学和自然之镜》，李幼蒸译，商务印书馆2003年版，第5—9页。

⑫㉗㉘㉝㉟㊳㊻㊾ 李秋零主编：《康德著作全集》第5卷，李秋零译，中国人民大学出版社2007年版，第5页，第227—228、373—384页，第380—396页，第196—197、413—481页，第257—288页，第317—319页，第319—324页，第315—317、324—326页。

⑭ 雅克·德里达：《论文字学》，汪堂家译，上海译文出版社1999年版，第37—40页。

⑮ 让-弗朗索瓦·利奥塔：《后现代状态：关于知识的报告》，车槿山译，生活·读书·新知三联书店1997年版，第5—12、58—63页。

⑯ 詹姆斯·施密特：《启蒙运动与现代性——18世纪与20世纪的对话》，徐向东、卢华萍译，上海人民出版社2005年版，第369页。

⑰㊸ Jürgen Habermas, "Modernity: An Incomplete Project", in Hal Foster (ed.), *The Anti-Aesthetic: Essays on Postmodern Culture*, Washington: Bay Press, 1995, pp. 1–5, pp. 8–9.

⑱⑲⑳㉑ Immanuel Kant, *Critique of the Power of Judgment*, trans.James Creed Meredith, London: Oxford University Press, 1952, p. 70, p. 70, p. 79, p. 154.

㉒㉓㉔ M. H. 艾布拉姆斯：《镜与灯——浪漫主义文论及批评传统》，郦稚牛、张照进、童庆生译，王宁校，北京大学出版社2004年版，第121页，第103—107页，第144页。

㉕ 中国社会科学院外国文学研究所、外国文学研究资料丛刊编辑委员会编：《欧美古典作家论现实主义和浪漫

主义》第 2 卷，中国社会科学出版社 1981 年版，第 385 页。

㉖ 马克斯 · 韦伯：《新教伦理与资本主义精神》，丁晓、陈维纲等译，生活 · 读书 · 新知三联书店 1987 年版，第 79—82、135—143 页。

㉙ 李秋零主编：《康德著作全集》第 3 卷，第 15—19 页；《康德著作全集》第 5 卷，第 19—45、373—375 页。

㉚ 康德：《未来形而上学导论》，庞景仁译，商务印书馆 1982 年版，第 60 页。

㉛㉜ 康德：《判断力批判》下卷，韦卓民译，商务印书馆 1985 年版，第 24 页，第 95 页。

㉞ 大卫 · 雷 · 格里芬编：《后现代精神》，王成兵译，中央编译出版社 1998 年版，第 34—42、157—162 页。

㊲ 利奥塔：《后现代性与公正游戏——利奥塔访谈、书信录》，谈瀛洲译，上海人民出版社 1997 年版，第 135—140 页。

㊴ 克莱夫 · 贝尔：《艺术》，周金环、马钟元译，中国文联出版公司 1984 年版，第 4 页。

㊵ 福柯、哈贝马斯、布尔迪厄等：《激进的美学锋芒》，周宪译，中国人民大学出版社 2003 年版，第 204—206 页。

㊶ Theodor W.Adorno, *Aesthetic Theory*, trans.C.Lenhardt, London: Routledge & Kegan Paul, 1984, p. 320.

㊷ 马丁 · 海德格尔：《林中路》，孙周兴译，上海译文出版社 1997 年版，第 57—62 页。

㊹ 阿多诺：《美学理论》，王柯平译，四川人民出版社 1998 年版，第 27—32 页。

㊼ Ihab Hassan, *The Postmodern*: *Essays in Postmodern Theory and Culture*, Columbus: Ohio State University Press, 1987, pp. 84–92.

㊽ 安东尼 · 吉登斯：《现代性的后果》，田禾译，黄平校，译林出版社 2000 年版，第 6—8 页。

㊿ 雅克 · 德里达：《书写与差异》，张宁译，生活 · 读书 · 新知三联书店 2001 年版，第 14—16 页。

(51) Jacques Derrida, *De la grammatologie*, Paris: Les Editions de Minuit, 1967, pp. 19–20, pp. 82–85.

(52) 汉斯－格奥尔格 · 伽达默尔：《真理与方法——哲学诠释学的基本特征》（修订译本），洪汉鼎译，商务印书馆 2007 年版，第 172—180 页。

（2010 年第 11 期）

别一种理论旅行的故事

——本雅明机械复制艺术理论的中国再生产

朱国华

一

自从萨义德刊发了论文《理论旅行》之后，我们谈到某种理论的接受状况时，常常很难避开该文的逻辑力量的诱惑，很难对它的若干假设和推论置若罔闻。萨义德本人在几年后写就的《理论旅行再思》一文中，概要阐述了它的基本观点："当某种人类经验首次得到记录，并继而得到某种理论化系统阐述时，它拥有的力量，其根源既在于它与一些真实的历史环境直接相关，也在于它就是由这些环境所有机地引发的。该理论的诸多后续文本无法复制其原初的强度，因为彼时的情境已经止息下来，并发生了变故。这样，这一理论会有所贬损和削弱，并转变成了比较温驯的学术替代品，置换了真实的事物，而其目的在我所分析的作品中原本是致力于政治上的改变。"① 对理论旅行的再思，作为一种自我批判，把对理论发生变故这一事实的评估，由负面的转变成了积极的。在第一个文本里，萨义德指出，卢卡奇充满激情的阶级理论，变成了戈德曼有关世界观、集体意识、同源性等等的一套精致的悲剧理论。而指向政治颠覆的《历史与阶级意识》之所以被降格地挪用为某种学究气的《隐蔽的上帝》，其主要原因是历史条件的变化：卢卡奇的著述动力来自革命现场，而戈德曼的学说则反映了客居巴黎大学的一位学者完成博士论文的学术压力。在第二个文本里，萨义德不再去询问什么导致了变化，而是认为这其实也挺好："它的发展实际上偏离了其原初的论述，它并没有驯化于卢卡奇出于喘息和最终解决的愿望而设定的那些条件，而是，通过移置到另一个区域，它点燃了，或者说，重启并再确认了其内在的诸多张力……"② 萨义德接着用阿多诺和法依对卢卡奇理论加以改造的例子，说明了理论的挪用会产生创造性的结果，这种颠覆卢氏正统教条的做法，原本是一桩值得额手称庆的好事情。

我这里考虑的是，萨义德在理论旅行中是否只是考察了理论的批判性变异这一种情况？换言之，无论起初他讨论的戈德曼对于卢卡奇去政治化的降格运用，还是后来谈及的阿多诺与法侬对卢卡奇不乏新意的改写，萨义德所看到的都是某些才华横溢的著名理论家，也就是说，他总是在批判意识的引导下寻找着对卢卡奇进行批判性接受的那些思想家。然而，当我们讨论西方某些理论在中国旅行的时候，例如在讨论本雅明艺术理论的中国接受的时候，我们是否可以不假思索地挪用萨义德的这一理论预设呢？其困难在于，假如我们顺着萨义德的思路，去寻找中国的理论家们对本雅明艺术理论的创造性改造或改写，我们很可能会一无所获。如果是这样，那么，对于本雅明艺术理论的中国接受，是否因此就变得不值一提了？

就我个人印象而言，还没有哪位中国学者以戈德曼、阿多诺或法侬的那种方式，对本雅明的看法进行了旧瓶换新酒式的再阐发。但问题是，本雅明艺术理论引入中国其范围之大、时间之久、影响之深，又是一个显而易见的事实。当我们将这一事实放置在中国最近三十几年来译介西方文化典籍的进程之中考量，其独特的重要性就更显豁了：20 世纪 80 年代以来，汉语学界开始重新将目光投向他们已经生疏了几乎有半个世纪之久的西方同行，并以极大的热情和极大的规模翻译、介绍西方学术著作。这种趋势迄今方兴未艾。尽管大多数著名的西方学者都以某种方式为中国学人所知晓，但是并没有完全得到与西方同等程度的重视。即使有一些学者力图以自己的主观努力来说明某一些学人的重要性，但是这些学人并未能超出单纯认知的范畴，未能作为一种有力的话语资源融入中国学术的问题域，从而构成塑造中国学术场域的某种影响力量。然而，本雅明却是中国学人经久不衰的宠儿。不仅他的文章被广泛翻译出版，特别是《机械复制时代的艺术作品》一文以各种版本出现在至少十种出版物中，而且，他在各种主要是概论性或具有批判意味的介绍性研究中得到相当多的关注。此文中的诸多术语被许多熟悉的青年学生、活跃学人频繁征引，甚至他的文体——格言的、华丽的、沉思的、晦涩的、略带忧郁的文体——也引起了读者尤其是新潮批评家的美学兴趣。

萨义德的“理论旅行”之说在这里遇到了阐释的盲区。之所以如此，很可能是因为，萨义德虽然作为后殖民理论的首席理论家，能够对西方文化采取一种客观化的立场，然而，毋庸讳言，这位在西方一流学府接受过精英教育的学者，充其量也就只能在西方文化内部将其自身逻辑客观化。从某种意义上说，批判性构成了西方现代学术发展的内在动力，因此，具有批判性的理论回应在萨义德看来才具有理论旅行的意义，这并不奇怪。但是，我们是否可以想象另一种理论旅行：在这里，理论的旅行并不呈现为从一个理论家到另一个理论家叠相传递的异形变奏，而是一个学术共同体在自己所从属的历史语境的压力之下，进行的某种具有高度选择性的工具式挪用过程？如果对于某种大规模挪用过程的关注是有价值的，那么，重要的便不是某种特定理论所经历的种种裂变和转换，而是在越过其原初西方语境的樊篱之后，在完全不同的文化空间里被接受或消费过程中，它所呈现出来的独特阐释潜力。就本文而言，我所关心的并不是本雅明的机械复制时代的艺术理论在中国被任何一位理论家批判性地继承或发展，从而变成另一种新理论，而是观察这种理论以何种方式被接受，本文还将思考此接受方式背后所泄露的玄机，即分析某些暧昧难辨的中国文化传统惯性与政治情绪如何协同构成了接受这一理论的主观条件。因此，我感兴趣的是，一种特定的异域理论在中国特定的历史语境下与某些中国人文学者的互动过程。对这样的过程的考察，旨在进行学术与文化政治双重含义的解读。我相信，通过本雅明艺术复制理论的中国化，也就是通过某种不可避免的误读，或者更确切地说，通过某种显扬和遮蔽，我们也可以得到一个独特的视角，从而得以探究中国文学艺术理论进程背后的某种学术 / 政治无意识。

二

本雅明的名字在公共出版物上为中国学界所知晓，最早在上世纪 80 年代初。毫不令人感到意外的是，他最初的文字印象，总是伴随着对西方马克思主义学术研究著作的翻译而登陆中国的。而且，绝非巧合，这些最早的文献都提到了本雅明的名篇《机械复制时代的艺术作品》。出版于 1981 年的佩里・安德森《西方马克思主义探讨》的中文版有如下的说法：“本杰明在马克思主义范围内最有意义的理论遗产，是一篇论《机械复制时代的艺术作品》的文章。”[③] 但在此之前一年，即 1980 年，人民文学出版社所翻译出版的伊格尔顿的薄薄小册子《马克思主义与文学批评》，则为本雅明留了整整一节的篇幅，其中有一半内容在介绍这篇论文。[④] 对这篇文章的接受历史，尽管我们无法精准地确定，但不妨以 20 世纪 90 年代初期至中期为界，人为地区分为两个阶段。我们首先对每个阶段的具体情况加以概述，然后再尝试着对它们进行某种批判性理解。

在第一个阶段里，呈现在中国学人视野里的本雅明形象，是一个令人眼花缭乱、目不暇接的理论魔术师，更是一个充满着貌似潦倒实则不羁的浪漫气息的、介乎酸甜之间的文人。能够说明这一点的莫过于这一事实：对本雅明的绍介论说的文章颇有不少出现在一些文艺类尤其是具有清谈乃至清议性质的杂志上。1988 年、1989 年的《读书》

上，连续刊登了几篇讨论本雅明的文章。在1988年第11期的“编后絮语”中，编者如是说：“商品经济对文化发展带来巨大影响，产生不少新现象。有人忧心忡忡，担心中国的文化一脉由此断绝。不过，麻烦的是，对于商品经济，我们前不久不是还在讴歌的么？就是在今天，我们不也还是坚信它的必要性，并且鼓励它发展得快些么？这样，大家很容易想到西方的批判理论，例如将近半个世纪前才华卓越的德籍犹太人本雅明。《读书》的朋友、远在美国费城的唐小兵，于大都市生活的烦嚣中想起了此人之论波特莱尔；本刊的新作者、就在北京工作的张旭东，也在这时为我们介绍了同一主题。这反映了关心中国现代化的知识层面的共同心态……”唐小兵之论及本雅明，对本雅明本身的理论观点只是虚晃一枪，点到为止，不过是“借他人之杯酒，浇胸中之块垒”，乃是拿他说事，并发表一番唏嘘感叹：第三世界追赶西方发达国家似乎是好事，可美国这个头号资本主义国家本身也是交换价值的牺牲品。张旭东倒是发表了几篇专论本雅明的文字，在这些长文里，本雅明时而被定义为“收藏家”，时而被称为“现代文人”，而在《文学评论》的一篇文章里，又被视为“寓言批评家”。何谓“文人”（homme de lettres）？张旭东写道：“‘文人’大概就是这样一种人，他们出没于稠人广众之中，游荡在社会的边缘；他们与任何秩序或分类格格不入，貌似无害，实则危险。他们确实生活在文字的世界里，被书籍包围着，但他们却从不会‘职业性地’读书撰文。他们并不把自己视为那种以其专长服务于国家社会的‘知识分子’，并在一切方面保持着‘自由然而孤独’的权利。在商品社会里他们卖文为生，然而写作并不是他们的‘工作’，反倒是他们的‘不工作’；他们物质生活的基础便正建立在这种‘不工作’带来的收入上。因而，无论多么忙碌，他们是‘闲暇人’。可以说，文人的本质不在于他们的思维方式，而在于他们的生活方式，在于他同现实世界和精神世界的关联方式。”⑤

我以为，在汉语传统的用法里，文人差不多是与儒者相对立的，就其所指涉的范围而言，也可以解读为是与今天的学者相对立的，换句话说，他既不提供思想的范式，因为他并非为统治阶级辩护的士大夫，也不提供确定性知识，因为他也并非那种追根刨底的冬烘学究。所以，我们很难设想以这样一些学院化方式去理解本雅明：本雅明的问题性是什么？他是如何解决这个问题的？他考虑了哪些层次或具体策略？他的方法论基础是什么？他跟新康德主义哲学、马克思主义或卡巴拉神学有什么样的渊源关系？他跟阿多诺等人究竟发生了什么样的理论冲突？他对于现代主义或先锋派是何种立场？他的讽喻理论、星座理论、语言理论、辩证形相理论、灵氛理论⑥、机械复制理论、理念论以及历史哲学之间究竟存在着什么样的逻辑联系？是否存在着前期后期两个判然有别的本雅明？诸如此类。文人说到底，首先还是感性的存在物。如果文人碰巧是一个理论家，那么他的理论就不可避免地带有着感性的魅力。所谓感性的魅力，不仅仅意指采用某种五彩斑斓的文学语言，重要的是那些理论具有某种类似文学的奇思妙想色彩。从另一个角度来说，从学术场的观点来把握本雅明，费尽心机去描述其理论体系的内部结构和运作逻辑，就显得太书呆子气了。所以，我们读到的张旭东的文章，其文字在华丽与晦涩之间保持着一种奇特的张力，它昭示了对本雅明加以文人化理解的一个可能的极点。诸如这样的一些语句并不鲜见："在《论历史哲学》中，本雅明把一部真正为现在人所捕获的'圆满的、可占有的历史'称为'被提到议事日程上来的引证'，而这一引证也许正是收藏家的使命。把沉思的激情引入被囚禁的物的世界，把梦想的热情引入沉睡的历史，这样的收藏者也许是要在推动一件物品的同时推动它的觉醒，在占有它的时候赋予它生存的本真性和它自由的尊严。而把这种古老的热情引入一个'机械复制时代'，则在表面上的'怀旧'——这是包括弗·杰姆逊在内的一些批评家对本雅明的思想气质所作的描绘——下面埋藏了一颗批判的重磅炸弹，它要求思想的法则为回忆的正当性做出解释，要求空间为时间付出代价，要求现在接受以'被压抑的过去'——而这又是不折不扣的'被现在的存在所充满的时间'——的名义进行的'末日审判'。"⑦"可以说，本雅明对抽象的概念不满足，他的'野心'是在世俗世界的'堕落的具体性'中夺取思想的战利品，并由此把空洞的时间再造成充满意味的寓言空间。这迫使他在一种'物的意义上'去联结四分五裂的历史，征服异质性的'残片'。比诸黑格尔'走轻灵'的辩证法，这倒像是真刀真枪。在纷攘的地面上寻觅精神的路途，在承当这一艰难的使命时，本雅明看清了那照耀着自己命运的星宿。"⑧在这里，本雅明本人的意图究竟是什么并不是最重要的，给我们留下深刻印象的，与其说是某些具体观点，不如说那些恣意挥洒、自由组合的警句格言，它飘浮在令人沉醉的叙事表象上，而无意于理论结构的层次复杂性与论证纵深。显然，用本雅明本人的方式沉溺于本雅明玄妙的世界中而自得其乐，并邀请读者以移情的方式去领略其人其事，鼓励我们品味一位先知式神奇哲人的海外奇谈，这才是重要的。

在我看来，这样的叙事策略⑨的高明之处在于，它既满足了国人其时对新奇的异域理论极为旺盛的认知渴求，同时，文学化的修辞手段所产生的观念万花筒有助于将本雅明支离破碎的那些说法聚合成一个想象的感性同一体：在这里，拒绝将本雅明的学说予以客观化把握，拒绝以清晰连贯性的条理化逻辑梳理本雅明的思想脉络，正好与中国重悟的文化传统发生了一种令人拍案叫绝然而却是错位的契合。以条分缕析的方式来解读本雅明，中国知识界还没有做好充分的学术准备，能够读懂高深的本雅明哲学并对之发生强烈兴趣的受众实在屈指可数，人们的学术训练还缺乏科班化特征，还停留在传统的学科尚未完全分化的状态之中，人们对宏观概括、观点梗概的兴趣大于某种理论的论证过程的兴趣。这就与中国传统文化中重视悟性的倾向相吻合了：从传统的中国人角度来看，我们并不喜欢那种烦琐考论的饾饤之学，我们喜欢的是明心见性，直指人心，喜欢不黏不滞，圆融无碍，心有灵犀一点通，喜欢不涉理路、不落言筌而尽得风流，超以象外而得其环中。有慧根的人绝不会喋喋不休于某种论证线路的渐次推进，有灵气的人一眼就能窥知某段话语所蕴含的天机或神韵。再没有什么比文人化的叙事更能够见出本雅明的妙处了。本雅明的话尽管深奥莫测，以至于天花乱坠而不知所云，但其中必有谈言微中、得风人之旨处，那自然于读者就算是妙不可言而不可多得的耳食盛宴了。

三

将本雅明文人化，不可避免地蕴含着将本雅明去政治化的可能性：这不仅仅因为，美学的快感能够提供当下的满足，它阻止我们进一步发问，从而预先瓦解我们质疑的能力，而且因为，当我们谈及一位文人在文化上的建树的时候，我们谈论的方式本身就多半预先排除了对其阶级属性的关注。这种去政治化，不仅仅意味着我们不再从比如资产阶级理论家或同路人这个角度去认识本雅明，还意味着将其言论予以非政治层面的解读。因此，看起来十分吊诡的是，对本雅明的著作，尤其是《机械复制时代的艺术作品》普遍忽视得最多的，偏偏是可以说构成了本雅明这篇论文灵魂的或者至少构成其出发点的东西，即政治维度。但是，在中国学人那里，它要么只字不提，比如在王才勇 1992 年为此文翻译所作的具有开创之功的长篇序言中[10]，比如在刘象愚为《本雅明文选》所作的丰赡翔实的前言中[11]；要么就是注意到政治维度，但是否定性的判断多于肯定性的评价。冯宪光在《"西方马克思主义"美学研究》中用一节的篇幅谈论本雅明"艺术政治学的革命要求"，但是在结尾处却写道："本雅明对机械复制时代传统艺术大崩溃的欢呼，意在体现普洛提诺消除人类之间以及人类与生活之间的距离的思想……由于他严重脱离具体的革命实践，它的理论具有乌托邦的气质，有一定的虚幻性和空想性。"[12] 王雄也强调，本雅明的艺术理论本质上是一种艺术政治学，但他却是这样评价的："他没有充分注意到艺术的阶级属性，没有看到资产阶级不仅主宰物质生产过程，而且也掌握着艺术生产等精神生产的大权，因而有可能迫使艺术及艺术生产力的进步为其垄断统治服务。……本雅明企图以‘技术革命’‘知觉革命’去发挥只有社会政治革命才能担负的改造功能，证明他的‘艺术政治学’只能是一种一厢情愿式的乌托邦美学。”[13]

但更普遍的是虽然有所绍介，但是均语焉不详，三言两语一笔带过。最有意味的是张旭东在1990年出版的一个译本，他几乎全部翻译完了这篇论文，却去掉了后记部分，这个部分在本雅明第一稿中的标题是“战争美学”，本雅明原本以结论的形式画龙点睛地指明了这篇文章的政治意义。事实上，这一段有力的结尾是常常被征引的：“‘崇尚艺术，摧毁世界（Fiatars-pereatmundus）’，法西斯主义这样说，并期待着技术所改变的感知——如马里内蒂所言——从战争中获得艺术上的满足。这显然是‘为艺术而艺术’理论的登峰造极。在荷马笔下，人类只是奥林匹亚山上众神的观照对象，而现在，人类成了自己的观照对象。人类的自身异化已经如此严重，以至于人类将自己的毁灭作为最高级的审美享受来经历。这便是法西斯主义所鼓吹的政治审美化。共产主义对此所作的回答是艺术政治化。”[14] 但是，在早期的本雅明中国接受者中，如此强烈的政治关切却在很大程度上消失了。张旭东译文的“编者按”可以作为一个例证：“本雅明的著名论文《机械复制时代的艺术作品》（1935）并不是一般意义上的电影论著。本雅明的著述目的是试图阐明印刷复制技术的发展对现代人的艺术观念的巨大影响。由于电影是一种没有‘本真性’的、以机械复制为固有特征的艺术作品，它变成了本雅明借以阐明他的论点的最佳例子。本雅明实际上是在力图重新认识‘机械复制时代’艺术的社会学现象时完成了他对电影的美学本质和接受特性的系统认识。”[15]

我并不认为中国学人看不到本雅明的政治维度。我更愿意相信，我们只是认为这一点比起我们愿意谈论的方面而言，并不更加重要。而吸引我的正是这种解读选择背后的那种集体无意识：当我们接近一位西方马克思主义文艺理论家的时候，我们最留意的倒不是其论文中的马克思主义因素，而是将主要注意力集中在他的非马克思主义因素之中，也就是某种程度的美学维度，特别是他从技术上或者物性上而不是经济基础与上层建筑关系或阶级属性上来解释文学艺术发展的决定性要素。具有反讽意味的是，这完全并非因为，本雅明的技术使得艺术的本质发生变化从而可以为“艺术的政治化”的实现创造条件这样的观点，在中国没有任何实践意义。与阿多诺对于面向大众的复制艺术具有启蒙潜能的质疑相反，在中国，思想启蒙运动，无论是五四时期的新文化运动，还是20世纪80年代的“新启蒙”，知识精英们都极大程度地利用了复制技术。主张“为人生的文学”、强调文学是唤醒人们对于疗救的注意的手段的作家鲁迅，所选择的主要阵地之一就是拥有广大读者的报纸副刊；而他及其背后的“左联”，以及包括电影界在内的左翼文化界人士们，是当时合法美学趣味的主要生产者。另外，从 20 世纪 70 年代末到 80 年代中后期，大概有十年之久，批判和反思“文革”的“现实主义”文学艺术作品曾经有着极好的市场，一些文学杂志的订数一度达到几十万甚至上百万。

正如新文化运动对于帝制、礼教摧枯拉朽式的胜利所表明的那样，文化激进主义为这个没落帝国找到了具有全民族意义的集体焦虑和梦想的表达式。所以，作家和艺术家所从事的话语实践因其指涉的对立面是已经变成全社会公敌的宗法社会的各种制度及其想象的代理人，比如传统（封建）观念，于是他们倒可以在一定程度上与声称自己代表着革命立场的政府当局和代表着商业逻辑的大众媒介达成共识[16]，而这两方面原本为西方的文化先锋们所坚决拒绝，并且正是通过这种拒绝，才被认为可以彰显出自己的先锋立场。[17] 也正因为如此，本雅明关于机械复制时代艺术品与政治的关系的观点，由于它类乎常识而可以达到自然理解的那种正确性，由于它的“事后诸葛亮”的特点，而没有凸显出对于中国语境的问题性，因而不可能构成具有生产性和先知预言色彩的理论资源。

不仅仅如此。对本雅明理论加以脱离其原初语境的运用，还造成了一种违背本雅明内在思想逻辑的错误挪用。对本雅明来说，展示价值对于膜拜价值的取代以及韵味的丧失，尽管存在着令人怀旧的理由，但是总的来说，并不值得过于长吁短叹。实际上，“当衡量艺术产品的本真标准失效时，艺术的整个社会功能也就发生了根本性的变化。艺术的根基不再是礼仪，而是另一种实践，即政治”[18]。所以，本雅明的意思是，可以命名为“机械复制时代艺术”的新时代的到来，诸如震惊经验、集体性接受等方面，为解放规划创造了一种新的可能的历史机遇。对作为学者的本雅明来说，对付人类最黑暗时代的到来，舍此别无他术。因而，濒于绝境的悲壮的政治关怀和现实指向，既是这篇文章的出发点也是它的终点。这一点在此文中通过对以马里内蒂为代表的宣扬“为艺术而艺术”的艺术神学的批判而暴露无遗。因此，当我们中国学人不再关心此篇论文的叙事框架和条件，无论只是关心作为艺术史和艺术接受史的范式变换的诸种概念——灵氛艺术 / 机械复制艺术、膜拜价值 / 展示价值、凝神专注式接受 / 消遣性接受——还是只是关心本雅明的碎片、影像等概念与后现代主义的勾连的时候，他们已经脱离了本雅明的拯救使命。

类似的情况发生在对诸多西方马克思主义理论家针锋相对的争鸣的冷淡反应中。

无论是阿多诺绝望于文化工业，认为仍然必须乞灵于现代主义来进行审美救赎，还是本雅明寄意于机械复制时代的技术所提供的美学潜能，例如电影蒙太奇手段，希望它们可以为实现马克思主义的革命期待提供某种现实的可能选择，以及本雅明与例如布莱希特、布洛赫等人的理论关联，中国学人对这些凸显了政治策略的论证表现出了某种看上去令人惊愕的冷漠。这些在西方可能有研究者或马克思主义者怀着极大的热情投入其中的话题，在中国充其量只是作为某种具有认知价值的学术史知识，在相关著作中匆匆地一笔带过，只有非常少的例外对此加以简单介绍。[19] 显然，对中国学人而言，这些争论并没有切入到中国当代语境中，从而也绝无可能为中国文学艺术空间的相关思考提供可资利用的话语资源。

正如中国菜到了西方失去了原汁原味一样，本雅明在中国的接受也使得他的原初面貌变得含混不清了，他的政治热忱被系统地过滤了。站在西方和原初性的立场上指责中国学人的误读既不得要领，也毫无意义。我们应该询问的是，这样的误读，导致其发生的语境条件是什么？对它的抽取政治维度的阐释，其可能意义是什么？我认为，这里的关键在于，中国的文学艺术实际上从来没有获得过相对的自主性，没有形成过比较成熟的布迪厄称之为文学 / 艺术场的那种社会小世界。这种情况与西方是完全不同的。假如布迪厄的分析是对的，那么，19 世纪下半叶，随着社会分化的展开，从波德莱尔、福楼拜到左拉，一个只遵循自身法则、拒绝服从任何政治、经济权威的文化生产场域在被本雅明称之为“19 世纪欧洲首都”的巴黎已经形成，在这个场域之中，“为艺术而艺术”的观念被构建为唯一合法的定义，所有的符号斗争都是在对于这个具有自主性的艺术幻象的共识的基础之上展开的。这同时也是本雅明与阿多诺发生那种争论所赖以出发的历史条件。他们争论时所面临的语境是艺术自主性已经高度完善，以至于发展成为可以变成一种“战争美学”的艺术神学，而本雅明反对的这种形式的艺术神学，乃是艺术自主性大获全胜之后常常相伴出现的邪恶，正如法国或其他欧洲民主国家必然会出现像勒庞那样的极右派。因此，他们争论的内容本身，不必说上世纪 30 年代，即使在今天，在中国也没有太多值得留意的价值；同样，本雅明对于艺术政治性的强调，乃是对于在西方“为艺术而艺术”的艺术神学已经堕落到为法西斯主义辩护这一倾向的矫枉过正，而在中国，政治与文学自古以来就一直缠绕在一起，我们所理解的文学艺术，其政治性不是强调得太少，而是太多。无论本雅明的实际政治指向是什么，它总有可能把我们带回“文化大革命”赤裸裸的政治实用主义的痛苦历史记忆中去，因此在此一层面必然会遭到拒绝。从这种意义上说，正是对本雅明思想如此去政治化的非法挪用，在中国的当下语境中才可能是具有政治意义的合法挪用。这是因为，在 20 世纪 80 年代，诸多社会力量还没有完全结构化或定型化，知识分子在政治、经济上的窘迫处境，正好构成了将其所谓“自由漂移”的反抗性情予以合法化的社会条件。因而，不妨认为，拒绝政治的文艺理论乃是一种从文学艺术屈从于政治权力的审美政治学突围而出的政治姿态，一种秘而不宣的迂回战术，或者用德塞都的话来说，一种符号游击战。这一战术是中国知识精英在双重边缘化——即相对于发达资本主义国家知识精英的被支配地位与相对于权力精英与经济精英的被统治地位——之后的被迫选择，尽管这样的选择策略呈现为一种毋庸置疑的误读形式，并且，正像德塞都说的那样，他们利用了原先的脚本，以貌似复制的方式悄悄地创造了一个新的符号现实。就个案而论，它当然是一个弱的文化实践，然而，成千上万的类似实践在中国当代文化史的上演，却汇成了一股不可逆转的跃向新秩序的洪流。

四

本雅明艺术理论之中国接受的第二个阶段的明显特征是学院化程度的加深。20 世纪 80 年代关于本雅明的研究论文其实寥若晨星。20 世纪 90 年代中后期以来，尤其是 21 世纪以来，对本雅明美学理论的介绍与研究开始兴盛起来。以“本雅明”为关键词，对中国学术期刊网全文数据库进行搜索，1996—1998 年每年在 10 篇上下，此后则基本上呈现逐渐上升的势头，2001 年有 35 篇，2004 年有 72 篇，2007 年达到了 116 篇。在学术著作方面，如果说王才勇于 1990 年出版的《现代审美哲学新探索：法兰克福学派美学述评》开启了本雅明美学研究的先声，隔了七年即 1997 年，才不约而同地出现了几部绍述之作：冯宪光的《“西方马克思主义”美学研究》、周宪的《20 世纪西方美学》以及朱立元主编的《法兰克福学派美学思想论稿》均列有专章或专节论及本雅明，而其中朱立元执笔撰写的该书第四章“本雅明：寓言式批评和现代主义美学”则以大量篇幅颇为系统而深入地论述了本雅明的艺术理论。两年之后，杨小滨的《否定的美学：法兰克福学派的文艺理论和文化批评》，在论述本雅明的专章里，更是将本雅明的艺术理论结合其哲学观、神学观加以考察，达到了新的深度。1998 年，刘北成的《本雅明思想肖像》，以显豁清晰的逻辑、切中肯綮的分析以及晓畅通达的文笔，首度对本雅明进行了全面而扼要的介绍和研究，使得中国的本雅明研究迈出了极为坚实的一步，这也可以视为中国学人在上个世纪的本雅明研究方面取得的标志性进展。进入本世纪以来，对本雅明的研究呈现出一派繁荣昌盛的图景。不少学术专著专章论述本雅明，例如对本雅明的大众文化理论有深刻阐述的赵勇《整合与颠覆：大众文化的辩证法》，而且，还陆续出现了几部更为专门的研究本雅明的著作，例如秦露《文学形式与历史救赎：论本雅明〈德国哀悼剧起源〉》（2006）、于闽梅《灵韵与救赎：本雅明思想研究》（2008）、邢崇《后现代视域下本雅明消费文化理论研究》以及朱宁嘉《艺术与救赎：本雅明艺术理论研究》（2009）。

21世纪以来中国学界对本雅明的研究，尽管在对德文以及英文资料的占有上、在研究的广度和专业化程度上与西方学界还存在着不小的差距，但是，无论是选择的叙事角度、论证的技术线路，还是所关注的本雅明理论的具体内容，与西方同行的差别已经越来越小。我们不再孤立地看待本雅明的机械复制时代的艺术理论，我们还会结合他的神学观点、他的救赎激情、他与阿多诺的分歧以及在全球化时代其理论话语跨语境效用等等方面展开讨论。当然，本雅明的政治关怀也必然成为中国学者关心的事情。然而，这样的关心本身已经高度学术化了。这里不妨引用赵勇对本雅明的评论："在本雅明与革命、政治共度蜜月的那段时间里，他必须寻找到某种革命的武器、爆破的手段，如此才能把自己武装起来而不至于使自己显得志大才疏。而间离效果与中断正是这样一种革命的武器，加上他早已成形的引文术，再加上他后来在《机械复制时代的艺术作品》中青睐的机械复制与电影蒙太奇以及他亲自实践的文学蒙太奇，本雅明不断地扩大着自己的爆破队伍。而与此同时，他对技术 / 技巧迷恋的动机也就变得越来越清晰了：与其说他是迷恋技术，不如说他是迷恋技术释放出来的革命能量。因此，隐藏在本雅明技术决定论背后的东西毫无疑问应该是政治。"[20] 引起赵勇分析兴趣的是，如何在本雅明的艺术观中安置政治或革命在其理论结构的论证逻辑上的适当位置。再如这一段对于"阿本之争"的论述："在这样一种美学分野中来思考阿本之争，阿多诺那种'为艺术而艺术同样需要为其辩护'的主张和艺术自律的诉求以及由此形成的静观冥想的审美方式就全部在现代主义美学中找到了它的位置，而本雅明的艺术政治化、身体政治学和由此诞生的心神涣散也全部在先锋派那里获得了一种美学合法性。从现代主义的美学观念出发，并在艺术体制的内部来思考大众文化问题，大众文化必然会遭到批判，因为以他律形式出现的大众文化必然是对艺术自律的亵渎和破坏；从先锋派的美学立场出发，也就是在艺术体制的外部来面对大众文化，大众文化应该是先锋派的盟友，因为和先锋派艺术一样，大众文化在特定的历史语境中也可以聚集起革命的能量。于是，尽管阿多诺、本雅明的大众文化之争中无疑存在着政治的维度，但是阿多诺对大众文化的批判和本雅明对大众文化的肯定显然还可以在现代主义美学和先锋派美学那里找到他们价值立场和价值判断的支点。”[21]同样，这里赵勇把政治立场与阿多诺、本雅明各自的艺术倾向建立起了一种逻辑勾连，其目的在于对他们的政治立场予以学理化的理解。这样的一种论述路径，实际上与西方同行的做法已经没有太大差异了。

这里就出现了一个悖论：对本雅明的艺术复制理论的中国接受而言，当我们进行去政治化解读的时候，却可能蕴含着强烈的政治诉求，将其文人化解读、闭口不谈政治本身就是一种策略，不说就是一种说；而当我们关注其作品的政治内容的时候，政治激情已经被学术的温柔乡软化，言说政治本身却已经是一种去政治的话语实践。

诚然，以高度学术化的方式关注本雅明艺术复制理论的政治内涵，并不能以一句“学术化即非政治化”这一简单逻辑做出草率的判决。因为无论如何，政治因素得到重新发现和阐释，实际上是以知识分子的方式客观上保留了本雅明的政治乌托邦想象。无疑，本雅明本身的政治激情是抵抗任何非政治化解读的一个内在要素，而任何解经式的阅读，不能无视其客观存在。但问题的复杂性又恰恰在于，学院化的接受方式却决定了这样的政治意义，其功效只能得到最低限度的发挥。这首先是因为，学院化的解读方式作为一种纯粹的知识生产方式，它的动力来自求真意志，它的目标是认识真理，而就本雅明艺术复制理论而言，许多中国学者关心的是梳理本雅明的逻辑理路，期待达到的是对其文本某种程度的客观理解。换言之，学院化的方式就是认识、静思的方式，而非实践、活动的方式。马克思主义不仅仅打算给这个世界提供一种崭新的解释世界的方式，而且其根本目标在于改变世界。本雅明也许是位三心二意的马克思主义者，但是毫无疑问，其文本“立意在反抗，旨归在动作”的特性是昭然若揭的，而学院化的解读方式必然会使本雅明的政治实践意义趋于消解。问题还不仅仅在于学院化的接受方式。因为就第一阶段而言，对他的文人化之所以具有政治效果，并不在于文人化接受方式本身。学术化的接受方式侧重的是追求知识的确定性，而文人化的接受方式侧重的是审美解放效果，这两种方式既可以均具有政治动员的潜能，因为知识可以转化为力量，知可以转化为行，而审美解放会瓦解旧的意识形态，并为政治行动提供情绪、趣味、幻想等感性基础；二者同时也均具有压抑政治实践的内在品格，因为沉湎于学理的愉悦与沉溺于审美的快感，同样会使得政治力比多以学术力比多或艺术力比多的方式释放殆尽。

正如我们上文所指出的那样，在本雅明接受的第一个阶段，对其艺术复制理论的去政治化解读与当时的社会政治条件有一种语境相关性，这对当时知识界的人士而言，是心照不宣的“默会知识”。相反，当我们后来开始不断复原本雅明的时候，对他的客观理解距离本雅明本来面目越近，对其理论特定的历史事件性了解越多，也就距离我们当下的本土社会世界越远。在将本雅明的艺术复制理论定格为令人敬仰的经典，需要不断在大学讲坛宣讲时，它已经变成了脱离江海的鱼标本，变成了缺乏雨露滋润的干花。所以，第二个阶段之所以是非政治化的，不是因为它是学院化的，而是因为它是去历史化、去语境化的，它不再能够在中国的社会实践中找到有利的切入点，并激活其政治能量。在这里，本雅明本人所提倡的政治斗争策略是否华而不实、缺乏可操作性其实是次要的，关键的是，由于他的艺术复制理论本身不再与当代中国日常的政治实践相关，对读者而言，它所陈述的乃是发生在别的年代别的国家里与我们毫无干系的别人的故事。这样它也就变成了与日常世界隔离开来的学术象牙塔的一部分。

这里留下来的语境相关性的空白显然不再是由本雅明这一类西方马克思主义者的政治激情所能够填补的，它甚至不是由真正意义上的知识生产所赋值的，虽然从表面上看似乎如此。那么，什么使得本雅明这一类文本的接受具有了政治或准政治价值呢?

要讨论这一点，我们不得不花费些笔墨，回过头来看看知识创造的主体即知识分子。应该说，从第一阶段的政治性的去政治到第二阶段的去政治性的政治，之所以出现这样巨大的变化，其实从侧面反映了中国迈进“小康社会”的历史进程。作为某种文化隐喻，我们完全可以由此观察中国全面接纳现代性所达到的限度。尤其是，上世纪 90 年代以来，随着中国现代化进程越来越深入，随着社会分层的加剧，知识分子场域经历了一个结构性转型。中国经济走上了令人眩目的快车道，而作为权力体制的一部分，知识分子群体开始与权力精英结盟，并分享这一成就的果实。知识分子不仅早就不再是政治上可疑的、需要改造的小资产阶级，在经济上他们也开始厕身于中产阶级的行列。尽管他们所获得的经济资本与真正的权力精英相比不足挂齿，但所分享的一杯羹已足以让其偏安于学术场域内部沾沾自喜，傲视天下而无暇他顾。种种利益诱惑以及越来越周密的科层化管理，既消灭了怨望不平之气，因为经济利益的唾手可得与文化资本在政治空间中位置的提升构成了诱人的前景[22]，又磨损了学者们未酬之壮志，因为堆积如山且永不间断的鸡零狗碎的事务性工作让知识分子们疲于奔命，从而耗尽了他们的生命能量。

正如李泽厚评论上世纪 90 年代中国知识界“思想家淡出，学问家凸现”[23]所隐含的逻辑那样，知识分子的政治激情已经被求真意志所替代，而大众媒介对大众的邀宠则更多地采取了娱乐化策略，在电视上现身的知识分子不是提供某种专家咨询的专业人员，就是类似于易中天、于丹这样的现代说书人，具有独立性和批判性的文化生产者并无容身之地。在这样的语境下，学术自主性变成了博弈游戏的参与双方各自得其所哉的利益平衡点，它体现了知识分子与政府的共谋关系：政府通过让渡学术权力的方式收编了学术人，而学术人则可以声称学术自主性乃是最后的根据地，既然结构性条件过于强大，不如借助于冬眠策略而保留一线生机或火种。由此，政治力比多也就成功地转换成了学术力比多。更不消说，研究生教育的突飞猛进的发展推助了学术场域内在引擎的自我驱动。学术体制的日益完善与学术自主性的诉求构成了可以相互取暖、相互确证的自我循环系统。

概言之，这里语境相关性的空白是由以学术自主性面目出现的别一种政治承诺所填空的，这种政治承诺不再是本雅明所设想的颠覆、反叛，恰恰相反，它基于知识精英与政治精英的通力合作。

陈寅恪曾经指出，王国维的治学方法特点之一是“取外来之观念，与固有之材料互相参证”㉔。这实际上也是20世纪以来中国学人治学的一种路径。对本雅明机械复制艺术理论的去政治的解读，在根本上也遵循这一方向：抽取了其特殊的政治价值，关注的也就是其更具普遍意义的学理价值。我们中国学者其实要做的事情是把本雅明高深复杂的理论予以消化和理解，变成我们人文社会科学机体中的有机组成部分，正如我们以同样的方式去理解西方最新的科学成就一样。重要的是，引进异域观念其功用不仅仅是论证中国的已然现实，而且，作为一种塑造历史的力量，这些观念还会以强有力的态势来召唤、建构乃至发明一种新的现实。唯有积学以储宝，方可酌理以富才，进而可以指望一个伟大的古老民族的复兴。从这样的角度思考，我们仍然是政治的思考，它不同于我们前文论述的那个层次上的政治，但我相信，它依然是有价值的。

注释：

①② Edward W. Said, *Reflections on Exile and Other Essay*, Cambridge, MA: Harvard University Press, 2001, p. 436, pp. 438–439.

③ 佩里·安德森：《西方马克思主义探讨》，高铦、文贯中、魏章玲译，高铦校，人民出版社1981年版，第97—98页。

④ 参见特里·伊格尔顿《马克思主义与文学批评》，文宝译，人民文学出版社1980年版，第66—69页。

⑤⑧ 张旭东：《现代“文人”：本雅明和他笔下的波特莱尔》，《读书》1988年第11期。

⑥ “aura”的译法众多：光晕、韵味、辉光、灵光、气息、灵韵……不一而足。本文译为“灵氛”，主要基于

如下两点：第一，“灵”侧重于其神秘意味，侧重于其距离感；第二，“氛”侧重于“aura”所指的“此时此地性”，侧重于一种如临其境的氛围。对此概念的阐释，请参见拙文《灵氛理论的讽喻结构》，《艺术百家》2006年第1期。

⑦ 张旭东：《书房与革命：作为“历史学家”的“收藏家”本雅明》，《读书》1988年第12期。

⑨ 对这样将本雅明文人化解读的倾向，张旭东本人十年后又在《读书》上著文进行了反思（《从“资产阶级世纪”中苏醒》，《读书》1998年第11期）。

⑩ 瓦尔特·本雅明：《机械复制时代的艺术作品》，王才勇译，朱更生译校，朱丽云审读，浙江摄影出版社1993年版。

⑪ 陈永国等编：《本雅明文选》，中国社会科学出版社1999年版。

⑫ 冯宪光：《“西方马克思主义”美学研究》，重庆出版社1997年版，第315页。

⑬ 赵宪章主编：《马克思主义文艺美学基础》，南京大学出版社1992年版，第443—444页。

⑭⑱ 本雅明：《经验与贫乏》，王炳钧、杨劲译，百花文艺出版社1999年版，第292页，第268页。

⑮ 瓦·本亚明（本雅明）：《机械复制时代的艺术作品》，张旭东译，《世界电影》1990年第1期。

⑯ 大众也渴望自己符合物竞天择的法则，渴望接受新式教育从而不被时代抛弃，因此这样的启蒙作品也迎合了他们的阅读期待。

⑰ 像阿多诺这样的人所信奉的美学立足于现代主义艺术经验，而诸多现代主义作品作为审美现代性的主要表现，试图颠覆的正是启蒙现代性；但是启蒙现代性恰恰是中国完成自己特定的审美现代性转换所必须承载的内容。这也可以理解，像未来主义这样讴歌现代科学技术的现代主义流派与中国的现代文学具有更强的亲和性。

⑲ 例如王齐建的文章《马克思主义美学史上的一次重要论战》（《文艺研究》1985年第1期），对此颇有讨论。

⑳㉑ 赵勇：《整合与颠覆：大众文化的辩证法——法兰克福学派的大众文化理论》，北京大学出版社2005年版，第147页，第180页。

㉒ 例如，政府官员的学历得到普遍重视，斯为仕而优则学；而八成两院院士为官员，斯为学而优则仕。

㉓ 李泽厚：《李泽厚学术文化随笔》，中国青年出版社1998年版，第270页。

㉔ 陈寅恪：《王静安先生遗书序》，载《金明馆丛稿二编》，生活·读书·新知三联书店2001年版，第247页。

（2010年第11期）

中国电影“影像传奇叙事”的原初性建构

虞　吉

一

自1913年“新民公司”以贴附外资制片公司的方式[①]模仿摄制以“滑稽打闹”为主要内容的短故事片，到20世纪20年代前期民族自资的电影制片公司纷纷成立，开始长故事片的拍摄，并逐步形成蔚为大观的态势，电影作为舶自西洋之物，在持续了20余年的“襁褓期”之后，终于迈出了“中国化进程”的第一步。在近期有关早期中国电影的研究中，这一进程被明确地描述为“中资电影公司的成立，只是从‘地产’和资本来源的意义上界定了‘中国电影’，但文化取向、内容与形式的中国特性问题尚未解决，因此，如何从内在层面构建起中国电影的民族身份，成为20世纪20年代中国电影发展的最核心问题，所有的探索都是围绕着这一主题展开”[②]。应该说，这样的描述是正确的，但也是笼统的，尚不能准确地呈现早期中国电影叙事建构的细密纹理。

早期中国电影叙事的建构是一个涉及中国电影文化传统的基本问题。在中国电影史研究领域，这一问题“既老又新”。钟大丰在1984年至2008年的二十余年间，对此曾三度加以重点关注。[③]1994年，在《中国电影的历史及其根源——再论“影戏”》一文中，钟大丰提出，十年前以《论影戏》为题谈起的“对中国初期电影的电影观念及其银幕体现的看法”，“我以为不仅初期中国电影是如此，几十年来在中国电影中占主流地位的电影主张大都是与其一脉相承的”。而他的“试图从‘影戏’来认识和把握中国电影的历史，就是企图从中国电影发展中占主导地位的艺术观和电影观入手，寻找左右中国电影历史发展的较深层次的根源”[④]。钟大丰20余年“不能释怀”的学术努力，显然是富于洞见的，因为“中国电影的民族身份”应该缀接于“深层次根源”的主导性流变。对这一流变，我们主张将探寻的起点和重点，放置于早期中国电影原初性叙事建构的界面上来。

选择原初性叙事建构的描述和阐释，而不是直接对电影观念（艺术观念）加以考察，是因为电影观念的生成是动态的、过程性的，既难以先决性地加以观照，也不能只根据某时期尚未发展成熟的“报刊影评”或“半译半著”的所谓的电影著作（等文字性史料）中的“个人判断”，做出对早期中国电影观念的理论指认。在我们看来，一个民族独特的电影观念的生成，只能在多种因素的参照下，经由主体性选择的多重淘洗，并借助历史契机的推广、扩散而达成群体性的共识，这是一个认知性沉淀的产物。

二

在早期中国电影的历史进程中，1923 年是一个公认的“关键性节点”。无论是 1927 年刊载于《中华影业年鉴》的程树仁的《中华影业史》，1934 年刊载于《中国电影年鉴》的谷剑尘的长文《中国电影发达史》，还是 1936 年由良友图书印刷公司出版的郑君里的《现代中国电影史略》，他们都指认 1923 年为“开拓民族电影新阶段的重要年份”。这一所谓的“开拓”，在产业界面上是指民族制片业的兴起（仅在几年之间就形成了以“三大四小”为核心的产业格局）[⑤]，在文本（出品）界面上则是指明星影片公司推出了《孤儿救祖记》这一“电影文化事件”。

称《孤儿救祖记》为“文化事件”，是因为这部影片不仅仅是拍摄于 20 世纪 20 年代初最早的长故事片之一，更为主要的还在于，它“是一个凝聚了巨大昭示性，扭结了众多契机和功能的范本”[⑥]。按当时的史述记载：1923 年底明星影片公司耗时八个月摄制的第二部长故事片《孤儿救祖记》完成。[⑦] 12 月 28 日“试映于爱普庐戏院，第二天即有片商登门，以 8000 元巨资购买南洋地区的放映权，各地片商也纷至沓来”[⑧]。《孤儿救祖记》于 1924 年元旦上映，“营业之盛，首屈一指；舆论之佳，亦一时无两”[⑨]。社会评论（口碑）与票房的双赢，使其成为中国电影长故事片初兴之际的“范式文本”。

对于“叙事范式”（在民族或国家电影叙事建构中的作用），已有研究者敏锐地加以关注，并将其界定为“在故事讲述（影像叙事）层面上所形成的、对应于一定时期大众观影心理的基本叙事结构（框架）和叙事因素的关系定势”[⑩]。而所谓的“范式文本”则是指范式的直接承载者（影片），它具有普遍的参照功用、强劲的扩散效力和广泛的影响力。[⑪] 虽然《孤儿救祖记》影片已经散佚无踪，给今天的研究造成了巨大的阻碍，但基于“本事”和“字幕本”，我们仍然可以对早期中国电影原初性叙事建构的相关指标进行系统的考察。

三

从遗存的完整“本事”可知,《孤儿救祖记》属于典型的“传奇性叙事”。在中国文学艺术史上,“‘传奇’一词,含义数变。唐代文言小说称‘传奇’,宋元时曾用以指称一些敷演故事的说唱艺术及南戏、杂剧;明代以后则成为以演唱南曲为主的长篇戏曲的专称”⑫。这即是说,在明代、清代盛极一时的戏曲艺术中,“传奇”作为最主要的创作原则和美学特征,得到了全面的发展与呈现。承袭唐代文言小说叙事的“新”“异”“超”“卓”,“叙事就得写奇人、奇事、奇情”。⑬在追求曲折变化的叙事传统的基础上,传奇发展出形式特征明晰的两层指涉:

其一是“诗歌音乐形式的原则”。南京大学吕效平在《论“现代戏曲”》一文中指出:“明清传奇也是作家和文学家的戏剧。”“古典诗歌滋养和提携了中国本土戏剧的表演艺术,使它形成了一套表现力极强、形式美资源极其丰富的舞台语言系统。”⑭在此之中,多种传统文化元素以高密度聚合的方式,融会于表演形式(这一形式的电影化转换,所生成的观念性取向,最为直观与直接的例证便是 1947 年由费穆导演、文华影业公司出品的经典名片《小城之春》。更进一步联系于已有论者提出的“影像传奇叙事观”的电影观念⑮,它可以被指认为这一观念所内涵的一个层次)。

其二是“关于情节的结构原则”。吕效平认为,“它要求情节的整一性,故事必须有头有尾,追求事件的曲折离奇和缝合照应的构思技巧,讲究叙事的规定程序”⑯。“情节的结构原则”作为传奇的有机内构,对早期中国电影,特别是初创时期的长故事片的叙事建构,有直接而巨大的影响。这种影响不仅体现在对“奇”“异”内容的叙事选择方面,而且与叙事(情节)推进的动力学模式有深入关联。正如吕效平所阐释的,“与黑格尔强调‘史诗’的原则和抒情诗的原则经过调解的统一完全不同”,明、清传奇要求“它的人物必须充满情感,但不必具有意志,不必把情感化为动作,它的人物行动可以来自作者的任意安排,而不必出自自觉到的意志;它的情节的动力主要来自作者的意愿,而不是剧中人物的意志。它的情节艺术及其提供的审美资源,主要来自这样一对张力与应力的矛盾;张力的一面是尽可能把故事的曲折离奇推向极限,应力的一面则是通过尽可能巧妙的缝合照应,使这种曲折离奇被信服与被接受”⑰。

当然,在此还需要特别加以说明:就概念而言,明、清传奇虽是“南戏”的特指,但作为叙事传统,又是超越具体戏剧(戏曲)的存在。中国影像传奇叙事承纳的是叙事传统,而非戏曲或戏剧的单一结构,更不是对戏曲的影像化挪用。我曾提出,传奇实际上既是在不同文艺样式中延传流变的民族主导的叙事形式，同时也凝聚为绵延不绝的“形式精神”[18]。因此我们会看到，传奇在明、清时期的“南戏”“地方戏”中的盛大繁荣[19]，同样也可以在明、清长篇小说里目睹它的发展的巅峰状态。以此观之，相对于20世纪80年代针对早期中国电影研究所归纳和总结的“影戏观”“影戏美学”，尝试在“电影与戏剧”的关系轴线上把握早期中国电影的电影观念及其美学体系的学理思路，以“影像传奇叙事”进行概括与归纳，显然是全然不同的体认与阐释的路径。

从这一阐释的路径观照《孤儿救祖记》，我们可以看到，《孤儿救祖记》在情节结构及其动力学模式方面有着十分鲜明的传奇（性）特征。

《孤儿救祖记》的完整“本事”由十个自然段落连缀组成，叙述的是一个跌宕起伏的家庭伦理故事。郑正秋按照“天灾人祸”的传统说法，将情节的捩转拟为“自然事件”与“人物事件”两类。“本事”第一段，“道生坠马身亡”属于天灾，给原本和睦丰实的家庭平添变故。“本事”第二段，“道培承嗣，子敬诬嫂，蔚如见逐”，则是人祸。两类变故让家族陷于危局。而蔚如带孕归依老父，继而父亡子孤，显然就是“尽其可能把故事的曲折离奇推向极限”的范例。“本事”第三段：“杨翁兴教”是过渡性照应，也是铺垫，为“本事”第四段及后面情节的进展留足榫口。此一段的“十年后祖孙偶遇，成忘年之交”，开始使用“巧合之法”缝合照应。“本事”第五段至第八段，“孤儿救祖”“翁媳偶遇”更是频用“巧合”。如“本事”第五段“余璞救祖”一节：

> 陆以地盘失去，竞以危词，教唆道培，铤而走险，适童过访，奋勇往救。奸谋未逞，守硪继之，又为童机警所阻，误中其侄，于是陆遂捉将官里去，侄亦倒地不省人事。[20]

从此一节可知，孤儿救祖并非一蹴而就，而是复踏再三，一步步将剧情推向高潮，并由此凸显出余璞的“智”“勇”。而“本事”第七、第八、第九三段，表现“翁媳相见”，仍采用复踏，生出枝节，直至道培临终道出原委，才有“望云亭”上祖、媳、孙一家三口的大团圆结局。

在整体叙事动力方面，《孤儿救祖记》十分明显地体现出“来自作者任意安排”的特色。这种“任意”在《孤儿救祖记》的“字幕本”中，体现得尤为明显。[21]

现存《孤儿救祖记》“字幕本”，以人物对白为主，其间也穿插了近50处说明性和评述性字幕。“说明性字幕”主要用于交代人物关系或事件原委，如“寒儒余慕陶，为道生之岳父”；“余叟赋性孤僻，生活艰难，所赖者，其婿按月之津贴耳”，“余叟月必临婿家领取津贴”；“族人杨子桓，热心公益，为寿昌所信任者”；“杨道培乃寿昌之侄”；“诡计多端之陆守敬，为道培之密友”等。[22]“评述性字幕”是叙事讲述者对剧情的道德性或抒情性评述，如“此可怜之少妇，终日悲哀，故常至坟前洒一掬伤心泪焉”；“丧心哉陆贼，不怀杨翁豢养之恩，反敢戏其新寡之媳”；“堕落妇人金媛媛，乃杨道培之外遇”；“亲爱夫婿，人天永诀，所得见者，惟此巍然矗立之墓碑耳”；“道培居然能蛊惑杨翁所信任之族人，以遂基承继之私怀”等。[23]可以见出，对于默片长片而言，这些字幕，特别是评述性字幕，有着强调、引导、指示、烘托的“缝合性效用”，直观地显露出传奇性叙事对故事发展的设置与调控的痕迹。

以《孤儿救祖记》“本事”第二段的剧情设置为例。这一段表现了余蔚如被诬不贞，逐出杨府，带着身孕，归依老父。余蔚如成为影片表现的焦点，而围绕她先后出现的字幕有“既伤寡苦，犹不得不顾怜贫苦之老父，呜呼蔚如，其苦甚矣”；“悲夫蔚如，意谓哀莫哀于丧斯夫，岂知尤有哀于是者，已在眉睫矣”；“可怜蔚如误会阿翁致怒之由，至于欲辩而心有所不敢”；“薄命蔚如方得遗腹子以稍慰，不图老父竟弃之而长逝矣”；“茫茫神州，何处能容妇女自立，蔚如含冤见逐，舍往依老父将何之”。数条字幕尽是“薄命”“寡苦”“可怜”“悲夫”之类，带有情感和情绪的提示与点染。这既是道德性悲鸣，也是苦情之中对女性美质的玩味。在有关《孤儿救祖记》的既有研究中，已有论者明确指出“余蔚如的形象本身就是郑正秋着力打造的看点”；“他将余蔚如置于‘被诬—被赶出门—含辛教子—抚育成人—终成正果’的情节过程，在传统‘节烈之妇’的苦戏框架里，完整地体现了‘恭、宽、信、敏、惠，孝、智、礼、勇、忠’的传统儒道美德。于哀、怨、忍、韧之间，达成了饱含中国道德审美内涵与哀情情愫的审美性捏合”。[24]这种女性形象的塑造方式，显然有着道德价值和审美价值的双重功效。就策略而言，自《孤儿救祖记》始，这样的原初性叙事已成为中国电影屡试不爽的法宝。[25]

四

早期长故事片中叙事传奇所标示的“形式身份”，是中国影像传奇叙事建构另一个需要重点关注的问题。自20世纪80年代以来，在有关早期中国电影镜头语言体系的研究中，好莱坞电影直接影响了早期中国电影的叙事，这已是学界的共识。[26]从目前仍然能够完整观摩的早期中国影片文本看，《一串珍珠》（侯曜编剧，李泽源导演，1925年长城出品）对莫泊桑原著小说的改编所实施的传奇化处置，更多地体现于对情节（及结构）的增删、改换（原小说主人公丢失了借来的珍珠项链，在辛苦劳作多年、终可赔付之时，方知丢失的是一件假货。这一情节被侯曜改换为：为赔项链，王玉生挪用公款入狱。出狱后偶得一字据救了马如龙，最终马如龙愧悔难当，说出了当年偷盗项链的真相），而古装片《西厢记》（侯曜编导，1927年民新出品）则更能体现借自好莱坞的叙事蒙太奇手段在细节表现以及新的影像化看点的形成这一方面的效用。

在《西厢记》里，张生与崔莺莺后花园相见的一场戏，采用的就是好莱坞常规叙事蒙太奇经典的“三镜式法”。侯曜首先以一个全景镜头介绍人物关系，然后镜头在张生与莺莺之间对切，从中景到近景反复推进（中间还穿插了一个红娘的镜头）。这种“梯级式”推进的用镜方式，将这则人皆熟识的私订终身于后花园的情节以影像化的形式重新演绎，并形成“熟识而又陌生的看点”[27]。总体来看，在《西厢记》并不复杂的（原）情节中，侯曜扣住影像化与传奇叙事双向融通的节点，主要以“滑稽谐谑”和“梦境段落”来增强影像化与可看性。“滑稽谐谑”在传奇发展史上，本来就是特征突出的重要因素。陆炜在《论第四种戏曲美》一文中特别指出：源起于唐代“参军戏”“歌舞”与“宋代杂剧”的“滑稽谐谑”是“中国戏曲艺术久远的传统”。[28]《西厢记》中，孙飞虎大军围寺，小和尚惊得目瞪口呆，绕着老僧团团转，以木鱼击头的细节；张生梦中以墨狂抹书童之脸，使其满脸皆花的细节，都是以影像化的、滑稽谐谑的方式进行叙事铺展的实例。

“张生笔战孙飞虎”的梦境段落，是《西厢记》至今惹人注目的“亮点”。[29]这个长约四分钟的镜头段落，属于“梦境”性质，本身就具有非现实性的“异”“奇”成分。而这又与当时已经普遍使用的电影特技相联系，演绎成为电影化和传奇化最为明显、最为引人入胜的奇妙之段。对这一段落，侯曜不惜胶片，大加敷演：从孙飞虎横刀夺爱，张生骑笔追赶（借“神笔马良”之典），到以笔为枪除恶救美。整个段落完整新奇，使《西厢记》这个流传千古的老故事平添了新意。

从对《一串珍珠》，特别是《西厢记》影片文本镜头段落的分析可见，早期中国电影影像传奇叙事的原初性建构，经由《孤儿救祖记》（对叙事范式）的开创，《玉梨魂》《空谷兰》等后续同类型影片的持续扩散，使其成为早期中国电影（长片创作）共有的叙事范式，而且这种扩散和延展，还伴随1926年勃兴的商业类型电影浪潮，继而也成为中国商业电影原初叙事类型建构的核心范式。[30]

其实，在早期中国电影的人才群落中，侯曜作为毕业于南京高等师范学校，1922年参加“文研会”，以拍摄“问题片”著名的编导，比之于群落中的其他一些编导更具“新文化”背景。选择他编剧的《一串珍珠》与编导的《西厢记》来分析考察，确实并非刻意而为，主要是因为现存的早期影片文本已极为稀少，然而这样的偶然与巧合，也从一个特定的角度说明，影像传奇叙事在早期中国电影（长故事片）创作中已成为共同性定势。而具体到影像叙事手段与传奇叙事的关系，则可以说“早期中国电影是从传奇叙事的需要出发，来认识、选择、掌握和发展电影（技术）手段的可能性的”[31]。

五

早期中国电影影像传奇叙事建构是早期中国电影人在历经短故事片阶段的模仿、移植，积累了大量的制片、拍片经验，并在较为熟练地掌握了镜语叙事手段的基础上，把握历史发展契机的主体性觉醒的产物。

从目前所能见到的影像与文字史料来看，主体性觉醒是早期中国电影在20世纪20年代快速发展的最为根本的因素。觉醒本身不仅体现于早期中国电影自主的叙事选择与叙事建构，而且还广泛涉及电影生产/消费以及电影文化建设的方方面面。当时，郑正秋在《中国电影的取材问题》等多篇文章中，以中外对比的方式分析和表述了中国电影的取材、剧情表现、演员表演、电影化策略与方法等多方面应有的“原则”。[32]即使像沈钧儒这样的并非真正的“电影中人”，在为洪深创作的中国第一个电影文学剧本《申屠氏》所写的“序言”里，也对中国电影塑造的人物形象以及人物形象所特有的价值等问题，有着指向清晰的认识。

沈钧儒认为，洪深《申屠氏》的选材极有价值和特色，因为申屠氏“（其一）早慧能文，（其二）安贫，（其三）匿孤赚葬，从容有计谋，（其四）冒险复仇，匪独贞洁亦壮烈焉。此数者皆一般中国女子所难能，而申屠氏具有之，此其所以可称也”。沈钧儒所言显然是以“异”“奇”作为题材（选材）的衡量标准，而有关“我国女子从来与西洋女子不同。西洋女子，一切行为根据于爱，我国女子则于用爱之间，又另有一种礼的意义，充溢而并行。申屠氏盖即一完全智而明礼之女子也。惟其智，所以能文；惟其智，所以有谋画；惟其智，所以明决而有勇。然而慕孟光，效古男子荆轲，豫让之所为，则贞静而浸淫于书史者也”[33]。这样的议论，分明表现出对中国电影女性人物形象塑造及其价值判定的传统性理据。

进入21世纪以来，有关早期中国电影史诸多问题的研究渐趋深入。秦喜清的博士论文《欧美电影与中国早期电影1920—1930》，就对早期上海各大影院上映的外国影片进行了详尽的清理，从一个特定的侧面实证性地揭示了外国电影，特别是美国好莱坞电影，对早期中国电影的深入影响。梅雯的专题性论著《破碎的影像与失忆的历史——从旧派鸳蝴电影的衰落看中国知识范型的转变》（中国电影出版社2007年版），借助近、现代通俗文学（史）研究的大量成果，对早期“鸳蝴派文人”介入电影创作，“文明戏”阵营影响电影创作的历史文化史实，进行了细密的梳理，从人才构成、创作、作品分析、文化阐释几个层次，重现了早期中国电影所围裹的浓重的“鸳蝴文化”气息。

应该说，这些研究在一定程度上廓清了早期中国电影历史发展的几个重要侧面，但这些侧面在早期中国电影历史发展的动力学阐释（范式）中，实际上只能说是重要的“参照性因素”，而非主导性因素。主导性因素只能是与早期中国电影觉醒的主体性相联系，而影像传奇叙事的原初性建构，则是透视这一觉醒的关键性界面。

注释：

① 参见虞吉等《中国电影史纲要》，西南师范大学出版社2008年版，第7、8页。此一时期，这类公司包括“新民”“华美”和“幻仙”，被称为“贴附型企业”。

② 秦喜清：《欧美电影与中国早期电影1920—1930》，中国电影出版社2008年版，第34页。

③ 参见钟大丰《有没有重谈“影戏”的必要》，《电影艺术》2008年第4期。

④ 钟大丰：《中国电影的历史及其根源（上）——再论“影戏”》，《电影艺术》1994年第1期。

⑤ 参见虞吉等《中国电影史纲要》，第9页。

⑥ 虞吉：《原初探视：影像传奇叙事建构中的女性形象》，载《聚焦女性性别与华语电影国际学术研讨会论文集》，南京大学，2008年，第45页。

⑦ 明星公司首部长片《张欣生》，因循1920年《阎瑞生》的套路，渲染开棺取证、蒸骨验尸等细节，被上海电检会查禁。

⑧ 朱剑、汪朝光：《民国影坛纪实》，江苏古籍出版社1991年版，第23页。

⑨⑩ 陆弘石：《中国电影史1905—1949：早期中国电影的叙述与记忆》，文化艺术出版社2005年版，第7页，第7页。

⑪㉔ 虞吉等：《中国电影史纲要》，第11页，第10页。

⑫ 金宁芬：《明代戏曲史》，社会科学文献出版社2007年版，第1页。

⑬㉘ 陆炜：《论第四种戏曲美》，载南京大学戏剧影视研究所编《南大戏剧论丛》贰，中华书局2006年版。

⑭⑯⑰ 吕效平：《论"现代戏曲"》，载《南大戏曲论丛》贰，第128页，第128页，第128页。

⑮⑱㉛ 虞吉：《早期中国电影：主体性与好莱坞的影响》，《文艺研究》2006年第10期。

⑲ 解玉峰指出："明万历至康熙这一阶段的戏剧无疑代表了中国戏剧所能达到的最高文化水准……"（解玉峰：《王国维〈宋元戏曲史〉之今读》，《文学遗产》2005年第3期）

⑳㉑㉒㉓ 《孤儿救祖记本事》，载《中国新文学大系1927—1937 · 电影集二》，上海文艺出版社1984年版。

㉕ 此一策略在后继者蔡楚生、谢晋的电影中被一再重现。

㉖ 对此一问题，香港学者林年同、刘成汉，大陆学者倪震、李亦中等均有过专文论述。他们认为早期中国电影的镜语体系是"属于蒙太奇方法的体系"，"是一种讲故事的蒙太奇，旨在保证让观众通过流畅的镜头组接看完一个故事"。

㉗㉚ 参见虞吉《原态透视：早期中国类型电影》，《电影艺术》2005年第6期。

㉙ 李道新指出："这一成就在1927年前后的中国影坛是极为罕见的。"（李道新：《中国电影文化史》，北京大学出版社2005年版，第89页）

㉜ 这些文章包括：《中国电影的取材问题》（明星公司特刊《小朋友》专号，1925年第2期）、《明星公司发行月刊的必要》（《影戏杂志》第1卷第3号，1922年）、《我之编剧经验谈》（《电影杂志》1925年第13期）、《请为中国影戏留余地》（明星公司特刊《最后之良心》专号，1925年第1期）、《导演〈小情人〉之小经验》（明星公司特刊《小情人》专号，1926年第12期）。

㉝ 沈钧儒：《〈申屠氏〉· 序言》，载《中国新文学大系1927—1937 · 电影集二》。

（2010年第11期）

从《会饮》看后现代审美文化的品质

刘小枫

苏格拉底和柏拉图生活在两千多年前，与我们身处的后现代语境毫无关系，何以可能与后现代美学扯上关联？这个问题使得我们不得不面对西方美学史上一个不大但也不算小的难题：在通用的美学或文艺学教科书中，柏拉图被视为这门学科的西方始祖①，可是，柏拉图作品中出现了“美”这个语词，不等于有“美学”，因为“美”是一个日常语词。的确，在《会饮》中，苏格拉底回忆的第俄提玛教诲有一段关于“美的本相”的著名说辞，但从美学来衡量，这段关于“美”的说辞很难算得上一种美学观点。毕竟，古希腊并没有美学，只有诗学——诗学与美学不是一回事。② 现代人文学科中有美学，在我国目前的文教制度中还是哲学专业的二级学科，但“美学”是近代启蒙运动后期才出现的，用伽达默尔的话说，“美学是一个非常晚的发明”，得归功于“康德的伟大贡献，他远远超越了美学的奠基人——前康德的理性主义者鲍姆伽通”③。

读过《会饮》的人都知道，这篇对话作品文学色彩很浓，主题是一帮文人志士赞颂“爱神”——这个语词的希腊文含义本来是人性的自然爱欲，古希腊神话叙事喜欢把种种人性品质拟神化，但在赫西俄德的《神谱》中，爱神在神界并不占据重要位置。《会饮》在赞颂爱神的名目下赞颂人性爱欲，但爱神与人性爱欲显然有实质性差异，除非我们把人性爱欲抬高为爱神。人性爱欲具有多样性，或者说有个体差异，比如，《会饮》中的前三位发言人都是男同性恋，当他们把自己身上的自然爱欲作为爱神来颂扬，等于爱神即男同性恋爱欲。在苏格拉底发言之前共有五位讲者，除了阿伽通，没人赞颂爱神时用到“美”这个词。阿伽通是肃剧（旧译“悲剧”）诗人，他不仅明确颂扬爱神（爱欲）的“美”，还提出了一套完整的理论。如果可以把“美学”的源头追溯到古希腊，恐怕只能追溯到柏拉图笔下的阿伽通身上。我们不能谈“柏拉图的美学”，但确乎可以谈“阿伽通的美学”——如果对照后现代美学大师马尔库塞的名作《新感性》来阅读阿伽通的爱欲颂，我们的确可以感受到惊人的同调④，何况，为自然爱欲正名，恰是后现代美学的标志性著作《爱欲与文明》的主题。

如果可以把阿伽通对爱神（爱欲）的“美”的系统化赞颂看作一种美学，随后苏格拉底对阿伽通的盘诘并迫使他承认自己错了，苏格拉底就与后现代美学观有关联，前提得是：阿伽通的爱欲观的确具有后现代美学性质——本文尝试表明自己的阅读感觉不虚。⑤

一、爱欲颂与民主政治文化

柏拉图笔下的会饮场合的起因：年轻诗人阿伽通的剧作在雅典戏剧节公演得奖后举办私人庆宴，请来一帮私人朋友聚会，大家经民主程序商议，一致同意以言辞代酒，每人作一篇对爱神的颂辞。阿伽通的美学以民主政治文化为前提：没有民主政制及其文化风尚，恐怕就不会有阿伽通美学出现的机缘。我们将会看到，在阿伽通对爱欲的美的颂扬中，的确包含着民主政治的一些理念。现代美学的出现，正是以民主政治文化为基础或前提：严格来讲，现代美学是卢梭催生的⑥，被卢梭感动的康德只是为美学的诞生打下了更为坚实的哲学基础。卢梭笔下的文艺问题，与民主政制问题的关切相关。⑦后现代美学的出现，则与现代民主的激进化诉求相关：且不谈“批判美学”与1968年西方新左翼运动的关联，随后的整个后现代思潮里里外外都浸透着“审美规定”，因为，“在非审美上，政治进行得更为顺利，但惟独在审美上，政治才能够考虑今日提高了的正义性要求”⑧。对此马尔库塞在西方“文革”时期已经有过预言：“政治抗议变得无孔不入、无所不包了，它甚至进入了在以前被作为非政治性的审美之维。”⑨

民主政治文化怎样规定着阿伽通的爱欲美学呢？在他发表讲辞之前，苏格拉底曾预言他会讲得漂亮，以至担心接下来轮到自己发言会没词儿。阿伽通接过话头，说苏格拉底在给他下迷药，要他想到将面对“满屋子观众”发表颂辞心里发慌。阿伽通的话表明他其实非常自负，满不在乎，明明在座的仅区区几位听者，他却说“满屋子观众”，似乎还没从自己得奖后的陶醉中苏醒。苏格拉底说，自己怎么会怀疑他阿伽通心慌哩，他前天面对万人观看都没心慌啊。苏格拉底这话暗含机锋：迫使阿伽通表态，他究竟在乎那么多观众的肯定还是眼下仅仅这么几个人的肯定。如果阿伽通真的因为戏剧节得奖而志满意足，就表明他的智慧与大众的口味相同，或者至少在迎合大众口味，如果他真的有智慧，就不会看重多数人的喝彩，掉进民众的赞誉甘当民众之花。阿伽通脑子的确聪明，他听出苏格拉底话中有话，便说自己当然懂，“对于一个有智识的人来说”，让人心慌的总是少数聪明人，而非不明事理的多数人。换言之，阿伽通认为自己懂得智慧的人与众人的区分，言下之意，他为三万人投票给他的剧作得意洋洋，其实是装出来的，否则他不会再搞私人庆典，以期得到少数人的认可。

其实，苏格拉底与阿伽通在会饮一开场就有过言辞交锋，涉及的主题就是何谓有智慧，或者有智慧究竟由人数多来决定还是由见识和教养高低来决定——这是民主政治文化的一大问题：票数多是否能够决定有智慧，或者说，民主的方式是否能决定见识的高低，从而确立判定正邪、好坏、对错的裁决权。阿伽通发言之前，苏格拉底实际上再次提出了这个问题：眼下的场合是，几个少数人依民主的程序和方式讨论爱欲，等于是在比赛关于爱欲的见识高低。前面已经有四位发了言，但人数多少在这里不能决定关于爱欲的意见的品质高低，否则前面三位都主张同性恋，已经取得半数，同性恋就是最高的爱欲了。苏格拉底对阿伽通说的这番话温文尔雅，话锋却非常尖利，言下之意，现在轮到看阿伽通关于爱欲有何高见了。

阿伽通的发言一开口就强调自己（突出“我”）会与众不同，要大家注意他会如何说，注意他与此前的讲者颂扬爱欲的方式不同。提出新的方法往往与提出新的思想观念相关，或者说，新的主张往往以强调新方法的面目出现：现代社会科学和人文科学都非常重视方法，随着新方法而来的是各种新观点、新主张。阿伽通强调自己的讲法不同，首先纠正的是前面的讲者犯下的失误：没谁谈到爱神长什么样子——“样子”这个日常语词用在哲学上则指“性质”，爱神“是什么样子”也可读作爱神“是什么性质”。前面各位的颂辞没有谈到爱神的外表，也就等于没有谈到爱神的本质：爱神的外表与本质是一致的。阿伽通说，爱神是人的幸福的真正“原因”，前面的讲者的确都没有说到这一点。阿伽通宣称，他要“先依次讲清楚颂辞所涉及的东西的样子及其原因”，表明他的独特讲法更在于，要讲清楚爱神的外表与爱神的本质的关联。他说，就有福分而言，“所有的神”都一样，爱神是神，不消说也有福分，但与其他众神不同，爱神“最美”，言下之意，爱神因此福分也最大，福分与外表的美就联系起来了。这就好比有人说，爱神长得美（漂亮），然后再说爱神是人的幸福的“原因”，结论就是，长得美（漂亮）是人的幸福的原因。

阿伽通赞颂爱神的理由因此首先是爱神（爱欲）“最美”，然后是“最好”——他随后首先论证爱欲的样子“最美”，后论证爱欲的品质“最好”，似乎外表的“美”是内在的“好”的前提，或者说美是善的前提，用美学奠基人的说法，美学高于伦理学，美的理念是涵盖所有理念的最高理念，“只有在美之中，真与善才会亲如姐妹，因此，哲人必须像诗人那样具有更多的审美的力量”[10]。美显现于外表的样子，是看得见的，好是内在品质，不是外表能够看出来的。一个“好人”外表很可能不“美”，没有观之于言行，我们没法看出一个“美”人是否也是“好人”。爱神（爱欲）既美又好（善），表里一致，这就是阿伽通赞颂爱神（爱欲）的理由。被赞颂的对象必须有值得赞颂的品质，否则赞颂就是荒谬之举——人性爱欲有值得赞颂的品质吗？阿伽通说有，因为爱神这一人性爱欲的表征样子美、内在好，“美”和“好”当然值得赞颂。前面四位讲者对爱欲的赞颂的确都没有说到爱神的“美”和“好”，从这一意义上讲，阿伽通的颂辞在品质上高于前面各位的颂辞——不仅如此，阿伽通的颂辞在形式上也“美”：不仅言辞华美，论证理路也讲究对称的美，最后还有一段华丽的颂赋，通篇讲辞符合鲍姆伽通对“美学”所下的第一个定义，“ars pulchre cogitandi”（优美思考的技艺）[11]。据伽达默尔说，这一定义受到古老的修辞术定义“ars bene dicendi”（善说的技艺）的启发[12]，阿伽通呈现他的爱欲美学恰好借助的是智术式修辞术。

二、阿伽通论爱神的美

阿伽通用来证明爱欲“最美”的第一个理由是“年轻”，反过来说，年轻成了神性的一种谓词。对于后现代的我们来说，这一理由很好理解，在日常生活中，如今美几乎与年轻两不离，不仅女人如此，男人也如此。在现代文化之前的时代，美往往与年老相关，老年人受到崇敬，意味着丰富的人生经验受到崇敬。阿伽通说，爱神不仅年轻，“而且永远年轻”，不仅讨厌老年，还离老年远远的。如果爱神喻指人性爱欲，等于说人性爱欲有不老的能力。凡人都不得不老，阿伽通说人性爱欲有能力不老，等于说人性爱欲具有神性品质。如果“年老”也是神性的谓词，那么，阿伽通认为，这个谓词不会用在爱神身上，只会用在阿兰克（alanke）身上——这个语词的含义是“必然”，亦可译作“命运女神”。由此看来，阿伽通的意思是，“永远年轻”的生命原则应该取代支配人世的“必然性”原则，比如，人会变老是人生的必然，但阿伽通认为，“永远年轻”可以而且应该取代这种必然。取消必然的支配力量，人世获得的当然是自由，因此，“永远年轻”这一神性原则实质上就是自由的欲求原则：“审美的宇宙需要自由的欲求和能力，正是为了解放这种欲求和能力。”[13]

希腊文“年轻”这个语词还有“新”的意思，“永远年轻”作为神性原则还包含永远“常新”的意思——后现代的审美原则就认为，凡新的就是好的。在论证爱神的外表“最美”时，阿伽通已经与爱神的内在品质联系起来：外表美的表征是年轻，内在善的表征是新，求新最能体现人的自由。什么东西是真正“新”的？自然的新是循环往复的“新”，不算真正的“新”，真正的“新”东西是人从无到有创制出来的东西。在后现代的激进民主论看来，“新感性和新意识”是自由社会的创设者和引领者——人所创制的什么东西最富“新”意？诗最富新意。如果人世成为“诗艺”构造的世界，那么，人世就会成为爱神统治的世界。马尔库塞告诉我们，人性爱欲是否能从文明的千年压抑下解放出来，取决于诗艺的自由社会是否可能。

阿伽通比马尔库塞早两千多年前说出“新感性”的政治诉求。在阿伽通看来，爱神的“永远年轻”要征服的不仅是年老的必然，更为重要的是政治的必然：这就是相互残杀的残酷。我们都知道政治的残酷，但有可能消除残酷的政治吗？阿伽通说，完全有可能。从前，神界一直充满相互残杀，还有囚禁一类“五花八门的残暴”，那时爱神还没有在神界当王，“自从爱神当了神们的王”，神界就出现了“相互友爱，和平共处”。阿伽通让我们推想，人世间迄今还充满相互残杀的政治，不过是因为爱神还没有成为人世间的王，否则，人间早就进入了“永久和平”。

由此阿伽通给出了爱神“最美”的第二个理由：爱神的样子不仅年轻，而且“轻柔”。为了论证这个理由，阿伽通征引了荷马。不过，他引荷马是所谓“六经注我”式引法：荷马笔下的“轻柔”并不是用来描绘爱神，而是用来描绘阿特神的。阿特神喜欢伤害、捣蛋、报复[14]，荷马并没有赞颂这个神，阿伽通把荷马用于阿特神的“轻柔”挪过来用到爱神身上，可谓化腐朽为神奇：让爱神的柔美品性化解了古老诗教传统中阿特神的伤害品性，为刚才说的爱神当王画龙点睛。阿伽通告诉我们，爱神的轻柔品质应该成为人的性情和灵魂的品质，因为“爱神把自己的住所筑在神们和人们的性情和灵魂里”。爱神对灵魂是有选择的：遇到心肠硬的灵魂就飘然而去，遇到心肠软的灵魂就住进去，这无异于提出了改造灵魂的革命诉求：为了爱神的留驻，每个神的和人的灵魂都应该变柔软——用马尔库塞的话说，“美具有制约侵略的力量：她禁止侵略，使它瘫痪无力”[15]。

神界的事情我们不得而知，就人间而言，可以设想，一旦每个人的灵魂都变柔软，世间的残酷肯定会自动消失。问题仅在于，人世间每个人的灵魂是否可能变柔软——后现代的民主文化致使人认为，这至少是可欲的人类未来，或者说，每个人的灵魂都变柔软，是现代民主文化的伟大理想之一。在谈到“民主对于严格意义上的民情的影响”

时，伟大的民主理论家托克维尔说，几个世纪以来，随着人们的身份趋于平等，“民情变得柔和了”[16]。民情不再那么粗暴以后，就会要求法律制度也体现柔和，比如，无论犯下怎样十恶不赦的罪行，也不能处死，因为判死刑是心灵不柔软的表现。托克维尔还举例说，在民主的美国，政治审判就不像在欧洲那样会威慑到普通公民，仅仅威慑到担任公职的公务员。不过，有智慧的托克维尔没过多少行就提醒我们：民主的美国看似没有政治罪，与政治审判相关的立法显得非常柔和，其实，这种柔和的表面使得政治审判的运用更高效、更频繁[17]。言下之意，民主政制必须巧妙掩藏政治管制难免的令人生畏的性质[18]。

如何看待政治生活中的残酷，这个重大问题在古希腊经典作品（神话叙事诗、肃剧诗）中都相当突出。古老的诗教把政治生活中的残酷视为自然的必然性，人类生活必然充满相互缠斗，这是诗教传统的一个重要见识。基于对世间残酷本性的认识，这个传统认为，正义的统治秩序必须基于具有威慑力量的权威，这种权威表面上看起来也是一种残酷。从赫西俄德的《神谱》可以看到：宙斯不仅通过严酷的斗争才建立起正义的统治秩序，为了维持这个秩序，宙斯的统治看起来也是残酷的，动辄就用霹雳击死不听话的神，再打入塔尔塔罗斯。阿伽通在赞颂爱神的样子“最美”时，言辞看起来轻飘飘的，实际上提出了非常革命性的观点：让本来受宙斯管制的爱神夺取了宙斯的王位。从前，命定女神阿兰克（必然）支配神界和人间，诸神之间有战争，人世间也难免有战争，一旦爱神取代了命定女神（必然）的支配，相互残害就会变成相互友爱。马尔库塞把这一想象表达得更为具体：人的感性力量可以凭靠技术理性战胜自然的必然，通过实践理性战胜政治的必然，人类最终会走向命定女神规定的必然的对立面，从自然王国迈向自由王国，“那些不再自惭形秽的男女们的感性”一旦“克服了自己的罪责感”，“懂得了不再与自己犯过错的祖先站在一边”，“他们将是自由的，可以制止犯罪，防止犯罪行径卷土重来”[19]。

在结束对爱神的样子“最美”的赞颂时，阿伽通再增加了两个赞颂理由：爱神体形柔软，色泽鲜艳。爱神“体形匀称、滋润”，因此非常适于进驻灵魂。爱神一旦进入灵魂，就会使得人的灵魂变得有秩序感和优雅。显然，这一说法是对第二个理由所作的补充。阿伽通最后对爱神的美的描述用上了寓意手法，把爱神比喻为新鲜的没有形体的生命气息本身：爱神总与鲜活的东西在一起，无论身体、灵魂还是植物，只要哪里有血脉、有鲜活，就会有爱神。这第四个理由无异于说，爱神或爱欲是神奇的生命原则本身。如果说前三个理由都是形体上可见的“美”，第四个理由则上升到爱神（爱欲）

的神韵“美”。从阿伽通的描述来看，爱神的样子像朵花，或者说爱欲总是如鲜花般鲜活。据史书记载，阿伽通的确写过一部名为《花》的肃剧作品——传统的肃剧无不令人惊骇，阿伽通用“花”让人惊骇，堪称有现代启蒙理性之风，因为，雅斯贝斯告诉我们，从启蒙运动中产生的理性哲学证明，“神话式的无疑问的知识”（荷马—赫西俄德的神话叙事诗）和“神话式追问的知识”（古希腊肃剧）对世界的解释“都不充分”，启蒙哲学“通过破坏一切错误地流传的神的想象”，克服了肃剧知识。[20]肃剧诗人阿伽通的爱欲想象是让所有的冲突变和谐，摆脱一切痛苦，可以说，他已经早于启蒙哲人两千多年克服了传统肃剧的知识。

阿伽通自己长得如花似玉，有人说他的《花》剧是自恋的表现，他最后对爱神的美样的描绘，也显得像在描绘自己。在古希腊伦理中，自恋与同性恋一样，并没有好名声，正因为如此，马尔库塞把同性恋欲和自恋欲获得解放视为审美解放的基本标志：

> 俄耳甫斯和那喀索斯的形象调和了爱欲和死欲。他们唤醒了另一世界的经验，一个摆脱了控制，获得了解放的世界的经验，这是一种自由，它释放出爱欲的力量，而这力量至今仍被束缚在人和自然的潜抑与僵死的形式之中。这些爱欲的能量旨在和平而非破坏，旨在美而非恐怖。[21]

马尔库塞的这段精辟之言能够帮助我们更好地理解阿伽通对爱神的美的论证，尤其这一论证中的四项证明之间的内在关联。

三、阿伽通论爱神的“美德”

说完爱神何以“最美”，阿伽通接下来赞颂“爱神的美德”。现代美学大师伽达默尔也是研究柏拉图的名家，他说过，古希腊的“美”这个语词本身就有“美德”的含义。按照古希腊的城邦伦理，所谓“美德”指的并非是美的德行，而是共同生活的基本形式的表达。[22]性或德性之美，因此，对爱神（爱欲）德性的论证，是阿伽通美学的题中之义。从阿伽通对“爱神的美德”的赞美来看，确乎如此，因为他提到的都是传统美德的名称——古希腊城邦伦理的四大实践美德。

正义位居传统四大美德之首，是阿伽通首先赞美的爱神德性。可是，阿伽通对爱神的“正义”的描述很奇特，他没有说爱神如何行义或主持正义，而是说爱神既不会行不义也不会遭受不义——正义被理解为消极行为，听起来很像当代自由主义思想大师伯林所谓的“消极自由”。联想到前面阿伽通对爱神的“轻柔”的赞美，他的意思可能是，爱神当王之后，首要的改革措施就是涤除正义所带有的天生强制力，使得正义的品质变成温雅的顾及或体贴。比如，按照后现代民主的诉求，对贩毒分子也应该体谅到他的生理神经很弱，缺乏自制，必须体贴，不能判死刑。阿伽通的爱神当王后对正义秩序的改革与后现代民主政治的法理诉求的确显得相当一致：这位新王宣布的公法原则是“情投意合”，也就是说，正义并不裁决对与错、正与邪，只要多数人同意，行为就是“正派的”，就可以受到法律保护。在赫西俄德笔下，宙斯的统治以严法著称，阿伽通赞颂的爱神的正义彻底颠覆了传统的正义秩序原则，爱神所主持的正义用不着强制力——毕竟，“美就是对立的征服。由于没有压抑，强力再也用不上了”[23]。伽达默尔说过，现代美学的经典作家们（席勒、黑格尔）用古希腊城邦伦理的“美德”概念来反专制，与“现代国家机器的无灵魂的机械主义相对立”[24]，倘若如此，阿伽通的审美正义论堪称反专制的先驱。

第二个传统美德是节制，阿伽通把爱神的节制美德解释为“掌管好快感和欲望”，听起来蛮符合传统的理解。但他的说法非常奇妙：爱神才是最强烈的快感和欲望，快感和欲望需要受到爱欲支配，因为它们的程度还不够强烈。可想而知，在爱欲的节制下，快感和欲望应该达到最强烈的程度，或者说达到没有节制的程度，因为爱神作为最强烈的快感欲望，本身并不受节制——爱神掌管快感和欲望，等于快感欲望越没有节制就是越有节制。这怎么可能呢？阿伽通说，“爱神肯定特别有分寸”，可见这样的节制得靠技艺：精湛地放任快感欲望的技艺——这需要“解放了的艺术与解放了的技术结合在一起”[25]。马尔库塞很好地表达了后现代审美道德的“节制”：“对于审美道德来说，除了容忍保护和改善生活的压抑之外，任何其他压抑都不能容忍。”因为，“审美道德是清教主义的对头。有些人把净化实践系统地限定为受刑，集体自杀和服毒，审美道德并不强求这些人每天去盆浴或淋浴；它也不强求在职业上参与了肮脏勾当的人衣着整洁”[26]。

阿伽通赞颂的第三种爱神品德是勇敢，但他没有直接说爱神的勇敢品德是怎样的，而是通过重新解释古传神话中战神阿热斯与性感女神阿佛洛狄忒的艳遇故事来比喻爱神的勇敢。这个艳遇故事典出荷马，但故事中并没有出现爱神，荷马突出的也并非阿热斯和阿佛洛狄忒火热的情，而是阿佛洛狄忒的老公赫菲斯托斯的机灵：他设圈套逮住了阿热斯和阿佛洛狄忒在床上火热的爱欲。阿伽通的讲法删除了荷马突出的赫菲斯托斯的机灵，让荷马笔下被逮住的爱欲成为勇敢的表征：阿热斯勇于与阿佛洛狄忒艳遇，是受到爱神的激发。阿热斯是战神，天生就有勇，但在艳遇这件事情上，他的勇却不够用，要靠爱神给力。可是，阿伽通说过爱神轻柔、柔软，如此爱神何以能够给力？悉心体味阿伽通的说法可以看出，他采用的论证方式就是如今后现代美学常用的“解构式”论证：通过重新解释传统的美德名相解构传统美德——从正义、节制到勇敢，阿伽通对爱神美德的赞美都是对传统美德的解构。由此看来，德里达的诸多说法与阿伽通的说法对比，并非富有原创性。事实上，海德格尔的学生马尔库塞比德里达更早准确解释过何谓“解构”：把“西方文化中的一些最崇高的升华了的概念”“重新加以解释”，使之“降解”（entsublimiert）。他举的例子也很准确：比如，自柏拉图以来，“灵魂”这个词“本质上就是百合花一样白的意思”——

> 这个词乃是人本身一切真正属人的基本的、不朽的传统本质之所在。这个词在传统语言的庞大系统中变得压抑、乏味和虚伪，被降解后，在转义的情形下进入了黑人文化。黑人是“黑人男子”，灵魂是黑色的、暴力性的、狂肆的意思。[27]

德里达的反本质主义美学和福柯的知识考古学的要义，马尔库塞用一句话就说清楚了。

阿伽通一共论证了爱神具有的四种德性，与前面论证爱神的样子“最美”时提到的四项证明对称。对最后一项智慧，阿伽通表示要尽量说得全面，不要有遗漏，可见他最看重这项美德。在直接赞颂爱神的智慧之前，他说应该先赞美诗人的技艺，因为这种技艺来自爱神。阿伽通再次解构传统：按古传诗教，诗人的技艺来自缪斯，阿伽通没有赞美缪斯，而是把缪斯的技艺说成爱神造就的。宙斯统领的神界中本来没有诗人，爱神就是诗人，从而，现世的诗人就是爱神智慧的体现——可以看到，阿伽通对爱神美德的第四项证明与他对爱神的样子“最美”的第四项证明相呼应：爱神、智慧、诗人三者的同一，证明了阿伽通自己的爱欲是自恋欲。

阿伽通的这个论证的要点：智慧等于技艺。技艺可以传授，因此智慧也是可以传授的。从前，并非人人只要想当诗人就能成为诗人，阿伽通则说：无论谁，只要爱神“碰触”一下就能成为诗人——“碰触”是身体性接触，这个语词也可用来比喻使人受孕，当时在座的听者都熟悉传统神话中的说法：宙斯“碰触”了哪个女子，她就会怀孕。智慧既然可传授，就是人人都可获得的东西，因此，诗的技艺或广义的智慧美德就可以是全民的技艺或美德，所以阿伽通说，诗的技艺（等于智慧）能够“教给任何别人”——智慧是人人都可以拥有的东西，要害在于，智慧必须变成感谢的东西，如康德所说，感性的“审美判断力”是普遍可沟通的理性。在康德的激发下，席勒提出了人的感性的审美生成论，马尔库塞把这种审美生成论变成了一种激进的自由民主政治论。把智慧等于作诗，则是德意志浪漫派用来反对启蒙理性的著名命题（比较诺瓦利斯的“断片”[28]）。在海德格尔那里，可以看到这一命题更为精致的形式，尽管德意志浪漫派和海德格尔本人都尖刻地嘲笑过启蒙理性哲学的美学。

技艺有很多种类，阿伽通说，诗的技艺说才是所有技艺中最高的技艺，言下之意，在诗的技艺中，智慧的含量最高，因为这种技艺最能造就“所有活的生命的造化”——他巧妙地利用了“诗人”这个希腊语词的同源词“造作”（poeesin）。阿伽通说的显然是实践智慧，而非静观的智慧，在他看来，实践智慧就是生命活力本身，由于这智慧本身也就是爱神（爱欲），爱神（爱欲）因此是所有生命的真正源头。这也等于说，诗的技艺就是生命的造化之源，生命的诞生也是诗艺的结果。由此可以理解为什么马尔库塞会说“政治抗议在审美之维里激活的恰好是生理因素：属人的感觉”[29]。

无论哪个行当的实践技艺都有高手和低手之分，作诗同样如此。阿伽通还得进一步区分高手诗人和低手诗人，才能表达自己的自恋性爱欲。他说，在任何技艺中，技艺家有所成就、声名远扬，靠的是爱神，因为古传的所有著名技艺“肯定是受欲望和爱欲的诱导”。反过来说，对名望的爱欲是成为有所成就的技艺家的条件。追求美名本来也是古希腊城邦伦理的美德之一，阿伽通借这一传统美德来表达自己身上的自恋爱欲：他以神界中最著名的几位掌握技艺的神为例，却没有提到哪怕一位人间艺匠，遑论人世间的著名诗人。那阿伽通自己所代表的诗人到哪里去了？原来，神界本来没有诗人，阿伽通把爱神说成诗人后，等于自己已经成为爱神到神界去了。阿伽通共提到五位神，七种技艺：阿波罗的技艺占三项（兵器术、医术、占卜术），然后是缪斯的音乐术、赫菲斯托斯的金工术、雅典娜的纺织术，最后是宙斯的统治术。这些技艺中，唯有缪斯的音乐术是非实用性技艺，但它处在中心位置，或者说处于领导其他技艺（包括统治术）的主导地位。阿伽通提到的技艺实际上都是人间生活所必需的，古希腊的古传诗教把这些技艺溯源到城邦神那里，这意味着城邦的文明成就是城邦神带来的，阿伽通则说，这些技艺都是人的欲望和爱欲的结果。不仅如此，既然缪斯的技艺是爱神诗人造就的，所有实用性技艺都应该受“欲望和爱欲的引导”——这一说法表达了马尔库塞基于发达技术文明成果提出的激进自由民主的审美诉求：艺术将成为而且应该成为“改造现实的技术”，因为“反抗压抑性理智的造反解放了新感性中的审美力量，进而激化了艺术中的审美力量，艺术的价值和功能发生了根本性的转变”[30]。

由此可以理解，阿伽通为何在结束对爱神的智慧美德的赞颂时回到了先前说到爱神的样子“最美”时的论题——由于爱神的出现，神界才出现了友爱、和平和秩序。阿伽通借神界说人世间，他的意思是，凭靠“对美的东西的爱欲”，诗人可以重整神界秩序，给人间带来永久和平。“从而，审美的历史性公式将发生转变，这意味着审美的显现将表现为把生活世界——社会改塑为艺术品。”[31] 所谓“对美的东西的爱欲”指的是名望，美名当然是美的东西。马基雅维利后来通过写小说告诉我们，凭靠对名望的爱欲，有政治抱负的青年可以搞出专制式的民主政体这样的杰作，这当然需要极为高超的人为政治技艺——如果历史上出现了极富诗才的后现代激进自由民主的政治领袖，实在不奇怪。

最后阿伽通即席赋诗，以赞颂爱神的“好处”结尾。先是讲究格律的规整的四句颂。起头的“人间充满和平”和结尾的“忧伤也已酣睡”描绘的是人世间的自由民主生活景象，十分明显，阿伽通赞颂的不是神界的和平，而是人世的和平。中间两句“大海平滑如镜，风暴已经沉默”表明自由民主政制所依赖的前提：已经征服自然，解放了人的自然情欲。“快乐得到救赎，时间停顿了，死亡消融了；静谧、安眠、幽夜、乐园：不是代表死而是代表生的涅槃原则。”[32] 在接下来的颂赋中，阿伽通频繁变换格律，绝非仅仅在堆砌诗艺手法制造迷幻效果。这位民主文化的爱神创作的这段颂赋是一个审美的政治神话：暖和的自由民主神话。他让我们看到，轻柔的爱神管住了暴戾的诸神，终止了古传诗教中无法无天的诸神行为，带来了永久的自由生活……“艺术与举足轻重的国家机构和社会状况无法求得一致”的历史一去不复返了，因为激进民主靠爱神的轻柔消融了国家和政治。德意志美学的经典作家提出的“从自然迈向人的作品”说到底是一种自由主义的政治想象：“理念只是自由的对象。因此，我们必须超逾国家！因为任何国家都要把自由的人当作机器齿轮来对待。国家不应该这样，也就是说，它应被废止。”[33] 阿伽通最后的颂赋听起来有如爱神的女妖之歌，早于德意志美学的经典作家两千多年描绘了审美的自由国度。两千多年后，如果历史碰巧让某个天才人物出现，他“要写下人的历史的诸原理”立志“把国家、宪法、政府、立法这整个苦难的人的成品驳斥得体无完肤”[34]，我们只能说，阿伽通的审美想象如马尔库塞所说成了现实而已。

四、苏格拉底对阿伽通的回应

阿伽通的讲辞博得满堂掌声，此前的讲者还没有谁得到过所有在场者的一致夸赞。阿伽通看似得到的是民主的掌声，与他的剧作在戏剧节上得一等奖相符。不过，戏剧节万众的掌声才是地道的民主掌声，那是人民发自内心的夸赞，眼下这个少数人场合的掌声未必都是真的赞赏或同意，完全有可能是出于对东道主的礼貌和客气——起码苏格拉底鼓掌是出于客气，谐剧诗人阿里斯托芬想必也如此。

苏格拉底恭维阿伽通的讲辞实在太美啦，"尽管不是处处精彩无比"——苏格拉底的溢美之辞明显自相矛盾：他赞阿伽通的讲辞时提到的仅是华丽的外观，以沉默对讲辞的内容表示了否定。苏格拉底还说，"哪个听者不呆若木鸡"，意思是在座各位都被智术师高尔吉亚式的修辞术搞得呆若木鸡，等于把阿伽通得到的满堂掌声否定了：高尔吉亚在当时人气极旺，他的言辞令人生畏，被比作蛇发女妖的头——有论者把他比作当今的德里达。苏格拉底说自己担心被阿伽通的颂辞"变成哑口无语的石头"，其实是说在座的被阿伽通的智术式修辞术变成了"哑口无语的石头"——变得失语和麻木，在后现代文化状况中，解构式的文化修辞的确具有这种力量。苏格拉底言辞的高妙在于，他明明在说其他人，表面上却说自己如此。但他的话又清楚表明，在智术式的言辞面前，他没有变成哑默的石头。他说自己不好意思得简直想溜却又没地方溜，实际的含义是，阿伽通应该不好意思找地方开溜才叫知羞耻。

现在本来轮到苏格拉底颂扬爱神了，他却宣布要退出这场赞颂爱神的讲辞比赛，说自己起初答应一起颂扬爱神很可笑，自以为懂爱欲，其实自己既不懂爱欲也不懂何谓真正的颂扬，言下之意，此前的所有发言人既不懂爱欲也不懂何为真正的颂扬。苏格拉底拒绝参与对爱神的民主文化式颂扬的理由是，颂扬就得讲真实，挑出最美的来讲，说得有根有据，但前面各位对爱神的颂扬并非如此：爱欲明明不是神，怎么可以堂而皇之地作为神来颂扬？苏格拉底引用了欧里庇得斯的诗句，说自己当初虽然嘴上答应了，但心里没答应，言下之意，他在民主的场合有时也不得不口是心非。但苏格拉底把话头一转，说如果大家同意他以自己的方式谈爱欲，说"真实的东西"，自己愿意试试。苏格拉底宣告自己退出这场对爱神的民主式颂扬竞赛，但没有拒绝谈论爱欲。遵守承诺是民主政治的标志之一，苏格拉底没有自毁对民主的承诺，但迫使在座的各位同意他按自己的方式讲，以至于显得有点儿"专制"，但这一"专制"做派基于讲真实的正当诉求。苏格拉底巧妙地终结了民主政治的流行论说，但没有破坏民主的契约。

在斐德若和其他在座的人的要求下，苏格拉底开始讲自己对爱欲的看法，他请求先问阿伽通几个小小的问题——巧妙地以盘诘对爱神的颂扬来开始自己在这个民主场合的发言。征得民主的同意后，苏格拉底首先恭维了一番阿伽通颂辞的开头，言下之意：仅仅开头还行。这句恭维一箭双雕，既否定了前面所有讲者的开头，也否定了阿伽通的讲辞本身。苏格拉底随之问，“爱神是对某人（某种东西）的爱欲抑或不是”，这个问题明显针对阿伽通的讲辞，因为，按阿伽通的说法，爱神本身已经拥有美和好。苏格拉底又马上补充说，“我并非要问，爱神是否就是某个人对母亲或者父亲的爱欲”，似乎为了把问题提得更为明确，苏格拉底否认自己问的是“爱神是否就是某个人对母亲或者父亲的爱欲”，但实际上他问的恰恰就是这个问题，而且是针对前面所有讲者的。一个人对母亲或父亲的爱欲说白了就是乱伦，赞颂这样的爱欲肯定荒唐。苏格拉底说，自己要是这样问问题会显得“可笑”，实际的意思却是，阿伽通之前的各位所赞颂的爱欲说到底就是如此不知羞耻的爱欲丑相，他们却说得堂而皇之，竟然不觉得自己可笑——苏格拉底马上进一步修改自己的问题，等于提出了第三个问题：父亲是否就是某个儿子的父亲，而父亲本身也意味着他自己是某个父亲的儿子。把这个问题引申到母亲兄妹的语词含义上绕过一圈后，再回到第一个问题：“爱神是对某人（某种东西）的爱欲抑或不是”，由此可见第二个问题是认真的，针对兄妹的爱欲当然也是乱伦。苏格拉底对阿伽通的提问实际上是对前面的所有讲辞的立论基础的质疑，一针见血地点出他们赞美爱欲的颂辞展示的都是爱神的丑相：从同性恋、乱伦到自恋欲。马尔库塞的“爱欲革命”论从反面证明了这一点，他宣称，古典传统把俄耳甫斯视为同性恋的开端，把那喀索斯视为自恋欲的开端，这是压抑爱欲的统治秩序的表征。俄耳甫斯“摒弃通常的爱欲，不是为了一个禁欲的理想，而是为了一个更完满的爱欲。像那喀索斯一样，他挺身反抗意在生育的潜抑性的性爱秩序。归根到底，俄耳甫斯和那喀索斯的爱欲是对这种秩序的否定——彻底拒斥”[35]。

苏格拉底进一步进逼阿伽通，既然阿伽通承认“爱神就是对自己所欲求的东西的爱欲”，所谓爱欲就是人身上最基本的欲求，这就与他在颂辞中赞美爱神时的观点相矛盾：既然欲求意味着拥有自己还没有的东西，被欲求的东西就不可能是欲求本身。这样一来，阿伽通所谓爱神“最美”的说法就不能成立，因为爱神求美的东西，不求丑的东西，表明爱神并不美，否则不会欲求美。爱欲所欲求的东西，只会是爱欲自身还欠缺的东西，自身已经拥有的东西不会引发欲求，或者说爱欲不会欲求自身——自恋是荒唐的爱欲。苏格拉底揪住欲求意味着欠缺这一点，彻底掀翻阿伽通的爱神“最美”的论说。

不过，苏格拉底没有把阿伽通逼得当众没面子，而是替他找到一条出路。苏格拉底继续问，当一个人说“我想要我眼下有的”东西时，意思是不是“我想将来仍旧有现在所有的”。这个提问无异于进一步深究爱欲的“欠缺”，因为阿伽通可能会说，虽然我现在拥有美，但也想永久拥有美，因此爱欲欲求美不等于全然欠缺美。苏格拉底通过进一步的假设提问引出了两类欲求的区分——欲求现在还没有的东西和欲求虽然现在拥有但还想永远拥有的东西，为的是迫使阿伽通承认：欲求即便现在拥有但尚未永远拥有的东西，表明的仍然是欠缺。换言之，人性爱欲所表征的人性欠缺不是暂时性的，而是恒久性的。

这意味着什么呢？如果把爱欲说成欲求，但口渴、饥饿（或性需要）是欠缺，我们显然不能说，口渴或饥饿（或性需要）是爱欲。苏格拉底引入欠缺恒久拥有的东西来界定欲求，无异于从爱欲来界定欲求：爱欲所表征的欲求不是单纯生理性的可以当下满足的欲求。人为了欲求更高的、恒久的东西，可以克制暂时的口渴、饥饿（或性需要）难忍的当下欠缺或需求。通过给欲求引入恒久性的时间维度，苏格拉底刻画了人性爱欲这一属人的欲求的属人性质——所以苏格拉底说，想要永远拥有的“才是欲求和爱欲所欲求的”：属人的爱欲不是自由的感性欲求。苏格拉底的这一诘难对先前的所有讲者都有效，因为他们的爱欲论都基于这样的前提：爱欲是自由的感性欲求——这样看来，从后现代审美文化看来，“要求一种摆脱了不自由社会中的压抑性满足的感性”，以此“自由社会的尺度”[36]，抹去的恰恰是爱欲的属人性质。

阿伽通承认苏格拉底的诘难后，苏格拉底让阿伽通回想自己先前怎么说，还提醒他说过“爱欲美”，显然不会有对丑的爱欲云云。阿伽通承认自己的讲辞失败，苏格拉底得体地说，“你讲得还是顶美”，听起来是在给阿伽通面子，但紧接着又提了一个小小的大问题：好的东西也是美的。阿伽通被迫承认，既然爱神欠缺美，也就欠缺好。阿伽通承认没法反驳苏格拉底，等于承认自己在前面说爱神既美又好是胡扯。苏格拉底则以一句睿智的话回答说：“你不能反驳的是真理，反驳苏格拉底其实倒顶容易”——这话后来成为传世名言。

阿伽通被迫承认的真理是什么？爱欲表征的是人性的欠缺，欠缺本身既谈不上丑也谈不上美，关键在于欲求什么来弥补人性自身的欠缺。苏格拉底对阿伽通的盘诘把爱欲的对象拉得很高，爱欲不会是对身体可及的东西的欲求，或者对自己身上已有的东西的欲求——爱欲不是单纯的性欲，因为这种欲求不区分对象的美丑，而爱欲所支配的性欲求必然要求区分对象的美丑。同性恋和自恋欲也不是求美的爱欲，爱自己的东西不等于爱美的东西——爱美的东西总高于爱自己的东西。苏格拉底的诘难预示了自己的使命：既然这次会饮的主题是赞颂爱欲，而前面所有的赞词呈现的都是爱欲的丑相，那么，他要让在座的看到的是，爱欲究竟何以说得上美，何以值得赞颂——从“爱欲即欠缺”这个出发点证成爱欲的美好面相：本相既不丑也不美的爱欲何以可能变得美好。在苏格拉底随后的说法中，“美”成为首要的关键词。苏格拉底能否成功？如果成功的话，他又是如何成功的？这不是本文的问题，但无论如何，苏格拉底接下来忆述的第俄提玛关于爱欲的教诲不是一种美学。

阿伽通发表颂辞之前，苏格拉底曾问他，如果他做了丢人现眼的事情是否会“觉得”自己丢脸，现在苏格拉底以修辞性提问的方式针对前面所有对爱神的赞颂提出了是否会“觉得”自己丢脸的问题——的确，“从柏拉图到现代世界的‘反淫秽物法’对快乐原则的诋毁势不可挡，而和这种诋毁较量却很容易被人嘲笑”㊲，但自从后现代美学发起审美革命之后，引出丢脸的问题反倒很容易被人嘲笑了。可见，柏拉图没有现代意义上的美学，柏拉图的苏格拉底却与后现代美学有内在的相关性，因为，如卢梭所言，在民主文化时代，“的确，苏格拉底不会饮鸩而死，然而，他却要从一个更苦得多的酒杯里尝到侮辱性的嘲弄和比死还坏百倍的鄙夷”㊳。

注释：

① 参见朱光潜《西方美学史》，人民文学出版社 2002 年版。

② 西方当今的标准哲学史教科书《劳特利奇哲学史》卷一《从开端到柏拉图》（泰勒主编，韩东晖、聂敏里、冯俊、程鑫译，冯俊审校，中国人民大学版 2003 年版），在柏拉图的“美学”名目下，介绍的是柏拉图的苏格拉底关于诗和诗人的看法（第 500 页以下）。同样的尴尬见于所谓柏拉图的“心理学”——在“心理学”名目下介绍柏拉图的“灵魂学说”。

③⑫㉒ 参见伽达默尔《美的现实性》，载刘小枫选编《德语美学文选》下册，华东师范大学出版社 2006 年版，第 289、292 页，第 291 页，第 287 页。

④ 参见马尔库塞《新感性》，载刘小枫选编《德语美学文选》下册，第 241—262 页。

⑤ 柏拉图《会饮》的义疏很多，本文对《会饮》的释读主要依据施特劳斯（Leo Strauss, *On Plato's Symposium*, Chicago: Chicago University Press, 2001）和罗森（Stanly Rosen, *Plato's Symposium*, New Haven: Yale University Press, 1967）的疏解。

⑥ 参见耀斯《个体的宗教来源与审美解放》，载刘小枫选编《德语美学文选》下册，第 349—361 页。

⑦ 参见施特劳斯《论卢梭的意图》，冯克利译，载刘小枫编《苏格拉底问题与现代性——施特劳斯讲演与论文

集》卷二，华夏出版社 2008 年版，第 69—100 页。

⑧ 参见威尔什《审美思维与后现代》，载刘小枫选编《德语美学文选》下册，第 398—418、416 页。

⑨⑬⑮⑲㉓㉔㉕㉖㉗㉙㉚㉛㊱ 马尔库塞：《新感性》，载刘小枫编《德语美学文选》下册，第 246 页，第 248 页，第 244 页，第 242 页，第 244 页，第 287 页，第 262 页，第 265 页，第 252 页，第 246 页，第 253 页，第 260 页，第 244—245 页。

⑩㉝㉞ 参见谢林《德国唯心主义的最初的体系纲领》，载刘小枫选编《德语美学文选》上册，华东师范大学出版社 2006 年版，第 132 页，第 132 页，第 132 页。通常认为，这篇现代美学形成期的重要文献体现了黑格尔、谢林、荷尔德林三位哲学青年的共同看法。

⑪ 鲍姆伽通：《美学》，载刘小枫编《德语美学文选》上册，第 1 页。

⑭ 参见荷马《伊利亚特》第 19 卷，罗念生、王焕生译，上海人民出版社 2004 年版。

⑯ 参见托克维尔《论美国的民主》下卷，董果良译，商务印书馆 1988 年版，第 700 页。

⑰ 参见托克维尔《论美国的民主》上卷，第 118 页。

⑱ 参见马特《民主的本质：托克维尔的政治哲学》第五章，崇明等译，华夏出版社 2011 年版。

⑳ 参见雅斯贝斯《悲剧知识》，载刘小枫选编《德语美学文选》上册，第 68 页。

㉑㉜㉟㊲ 马尔库塞：《俄耳甫斯和那喀索斯的形象》，载刘小枫选编《德语美学文选》下册，第 267 页，第 267 页，第 273 页，第 263 页。

㉘ 参见诺瓦里斯《断片》，刘小枫选编《德语诗学文选》上卷，华东师大出版社 2006 年版，第 278—299 页。

㊳ 卢梭：《论科学与艺术》，何兆武译，商务印书馆 1959 年版，第 19 页。

（2011 年第 9 期）

翻译与中国新诗的语言问题

王家新

当初次听到波德莱尔、洛尔迦、茨维塔耶娃……的音节，一代中国诗人已经在感谢——这严厉岁月里创造之手的传递。词语，已在接受者手中直接成为命运。

诗，以其瞬间就能击中的力量袭击我们，在击中处，我信此力也能从我们传递回去。

自此，我的国界只是两排树。①

一

在读了诗人多多的这一段诗歌告白之后，我们已可以隐隐感到一个中国现代诗人的语言位置以及翻译之于他们的非同寻常的意义。也许，在李白、杜甫那个时代，诗人们生活在一个相对自足的语言文化体系内，但到了 20 世纪，诗的国界上就出现了“两排树”，神秘的语言气流、创造的活力就在这“两排树”的枝叶间相呼相唤地穿行。如果离开了另一排树，这一排树就将枯萎。

这也说明我们愈来愈趋向于歌德所说的“世界文学”的时代了。如今，任何一个国家的诗歌都不可能只在自身单一、封闭的语言文化体系内发展，它需要在“求异”中拓展、激活、变革和刷新自身。在这样一种全球语境下，我们已进入一个“互译”（intertranslation）的时代。

这也就是为什么在上世纪初期，就在庞德他们把目光投向古老的中国的同时，中国的诗人会把目光投向西方诗歌。在这方面，仍要从胡适谈起。作为白话新诗的倡导者，胡适最初写诗用的仍是五、七言形式，后来他也觉得别扭，痛感于“无论怎样大胆，终不能跳出旧诗的范围”。这种困境，到 1918 年早春他翻译美国意象派女诗人莎拉·缇丝黛尔的“Over the Roofs”（他放胆把它译为“关不住了”）一诗时被打破了。

通过对该诗的翻译，他一下子知道新诗怎么写了。因为是翻译，他不必拘泥于中国旧诗那一套，新的活生生的语言、感受和节奏涌至他的笔下，他“自由”了！他甚至称这首《关不住了》是“我的‘新诗’成立的纪元”[②]。

由这个例子，可见翻译对“五四”新诗的重要意义。文学和诗歌的变革往往首先是语言形式的变革，而这种变革需要借助于翻译。尤其是在“五四”前后中国古老的传统经受前所未有的内在危机、文言的生命变得衰竭，而新的语言力量挣脱和涌动之时，翻译对于中国新诗，正起到一种“接生”的作用。

在谈到翻译时，德国汉学家顾彬曾这样说：“翻译在任何社会的、精神的和学术的变革中，都是一个至关重要的执行者。”[③]翻译之重要，在中国新诗的历史语境下，更显得如此。很多中国现代诗人都曾表达过他们对自身语言文化的有限性和封闭性的痛切认识，穆旦在早年的《玫瑰之歌》中就曾这样写道：“我长大在古诗词的山水里，我们的太阳也是太古老了/没有气流的激变，没有山海的倒转，人在单调疲倦中死去。”诗的最后是：“一颗冬日的种子期待着新生。”[④]

这颗期待着新生的“冬日的种子”，也就是中国新诗语言的种子。

对于“五四”前后中国新诗语言所发生的剧烈振荡，郭沫若1920年在日本所写的《笔立山头展望》是一个有力的例证。在该诗中，诗人以一种“发了狂似的”惊人创造，以一种前无古人的想象力、气势和语调，对现代文明和“生的鼓动”进行了礼赞。它对中国新诗的意义，正如王佐良所说：“这不是译诗，而是创作，然而这气派，这重复的叫喊，这跳跃的节奏，这对于语言的大胆革新……这在现代城市里发掘新的美的努力（多么新鲜的形象：海岸如丘比特的弓弩，烟筒里开着黑色的牡丹）……在五四以后的几年里……在一切奔腾、开放的思想气候里……汉语这个古老的文学语言也在他的手上活跃起来。”[⑤]

王佐良主要是从对中国语言的大胆革新和激活这一历史眼光来看这首诗的。如果不持这样的眼光，很可能得出其他的评价，诗人余光中就在《论中文之西化》中这样说：“郭沫若的诗中，时而Symphony，时而pioneer……今日看来，显得十分幼稚。”[⑥]

的确，该诗中直接出现了两个扎眼的外文词“Symphony”（“万籁共鸣的Symphony”）及“Cupid”（“弯弯的海岸好像Cupid的弓弩呀”）。但我想这都不是在故意卖弄，而是出于语言上的必要。这不仅因为当时还没有出现相应的汉语词汇，可能更在于诗人有意要把一种陌生的、异质的语言纳入诗中，以追求一种更强烈的、双语映照的效果。

《笔立山头展望》并不是一个个别的例子，“五四”时期许多诗人都在诗中运用了“洋文”，或者说，都曾将“翻译”带入自身创作的语言结构之中。这不仅体现了他们对自身语言文化匮乏性的认识，也体现了某种对“语言互补性”的向往。当然，在引入外来语和“翻译体”的过程中，虽然也留下生硬或“幼稚”的痕迹，但总的来看，它出自一种新的诗歌语言“强行突围”和建构自身的历史需要。

重要的是，当语言的封闭性被打开，当另一些语言文化参照系出现在中国诗人面前，无论在他们的创作中还是在翻译中，都自觉或不自觉地体现了一种语言意识。这种语言意识，用多多的话来讲，就是：“自此，我的国界只是两排树。”

这种作用于一些中国现代诗人的语言意识，已很接近于本雅明《译者的使命》[7]中的语言观了。对本雅明这样的西方思想家来说，在巴别塔“变乱”之后，语言便成为一个失落的总体，人们生活在各自有限的语言中，翻译也便成为人类的宿命。他在该文中提出的“纯语言”（reine Sprache/pure language），即指向语言的失落的总体，指向那种先验的使语言成为语言的“元语言”。在本雅明看来，“纯语言”是译作与原作的共同来源，它只是部分地隐含在原作中，在翻译的过程中，在不同语言的相互映照中，我们才得以窥见它。对“纯语言”的发掘和显露，或者说，使“纯语言的种子”得以成熟、生长，这便成为“译者的使命”，“译作最终正服务于这一目的，即表现语言之间的至关重要的互补关系”。具体到翻译本身，本雅明还这样说：“甚至连最伟大的译作也注定要成为其语言成长的一部分，并最终被吸收进语言的更新之中。译作远远不再是那种两种僵死语言之间了无生机的对等，以至在所有文学形式中它承担起了一种特殊使命，这一使命就是密切注视原作语言的成熟过程并承受自身语言降生的阵痛。”

中国的诗人们虽然还不具备这样的玄思，但当整个世界在他们面前打开，他们对语言的有限性和互补性也就有了直观的认识，叶公超当年在《论翻译与文字的创造——答梁实秋论翻译的一封信》中就曾这么说：“世界上各国的语言文字，没有任何一种能单独的代表整个人类的思想的。任何一种文字比之它种都有缺点，也都有优点，这是很显明的。从英文、法文、德文、俄文译到中文都可以使我们感觉中文的贫乏，同时从中文译到任何西洋文字又何尝不使译者感觉到西洋文字之不如中国文字呢？”[8]

这也就是为什么自“五四”以来，会有那么多诗人关注并致力于翻译。这和中国语言文化的内在危机和变革自身的需要都深刻相关。朱湘1927年发表的《说译诗》，就谈到译诗之于“一国的诗学复兴”的重要性，他甚至这样痛切地说：“我国的诗所以退化到这种地步，并不是为了韵的缚束，而是为了缺乏新的感兴，新的节奏——旧体诗词便是因此木乃伊化，成了一些僵硬的或轻薄的韵文。”⑨

因此，对于中国新诗史上一些优秀的诗人翻译家，从事翻译并不仅仅是为了译出几首好诗，在根本上，乃是为了语言的拓展、变革和新生。深入考察他们的翻译实践，我们会发现他们其实正是那种本雅明意义上的翻译家：一方面，他们“密切注视着原作语言的成熟过程”；另一方面，又在切身经历着“自身语言降生的阵痛”。正是以这样的翻译，他们为中国新诗不断带来灼热的语言新质。梁宗岱1936年出版的译诗集《一切的峰顶》收有里尔克的《严重的时刻》一诗：“谁此刻在世界上某处哭，/无端端在世界上哭，/在哭着我。……谁此刻在世界上某处走，/无端端在世界上走，/向我走来。……谁此刻在世界上某处死，/无端端在世界上死，/眼望着我。”这首译作今天读来也令人惊异，它不仅透出了一种优异的对里尔克式“存在之诗”进行感应和把握的能力，译作中的三个“无端端”，也以其迫人的节奏和语言的活生生的姿态一步步抓住我们，而最后的“眼望着我”显然也比照原文直译的“望着我”要更好，它一下子拉近了“垂死者”与“我”的距离，具有了无限哀婉的力量。

这样的翻译，刷新了我们对诗和存在的认知，也充分呈现了现代汉语的诗性表现力。正是以这样的翻译和创作，中国新诗进入一种“与他者共在”（正如里尔克这首诗所昭示的）的语境，想把它从这种“共在”关系或语境中剥离是不可能的了。这一切，正如诗人柏桦所说：“现代性已在中国发生，而且接近百年，形成了一个传统，我们只能在这样一个历史语境中写作，绝无它途。世界诗已进入了我们，我们也进入了世界诗。”⑩

的确，从新诗的历史建构而言，有了自我或自我意识的觉醒，也就有了他者。而他者的出现，正伴随着翻译，也有赖于翻译。这种翻译，不仅是对他者的翻译，在根本上乃是对我们自身存在的翻译。翻译的“奥义”，也就体现在这里。

上世纪30年代初、中期，是新诗发展一个异常活跃的阶段，也是中国新诗“去浪漫化”而转向“现代主义”的阶段，这在创作和翻译领域都如此。与梁宗岱的《一切的峰顶》同年出版的，是卞之琳的《西窗集》。这同样是一个以“现代性”为艺术目标的译本。除了英法诗人的作品，卞之琳还极其出色地转译了里尔克的长篇散文诗《旗手》，它给中国新诗带来了陌生的新质和神启般的语言。因为是散文诗，卞之琳在翻译时没有像他后来在译西方格律诗时那样刻意讲究韵律，而是更注重其语言的异质性、雕塑感，着重传达其敏锐的感受力。比如当全篇结尾，旗手独自突入敌阵：“在中心，他坚持着在慢慢烧毁的旗子。……跳到他身上的十六把圆刀，锋芒交错，是一个盛会。”⑪

这一个“跳”字来得是多么大胆，它使语言的全部锋芒刹那间交错在了一起！

这样的翻译，本身就是对“现代敏感性”（modern sensibility）的唤醒和语言塑造。它对那时的诗人和文学青年们的刺激，我相信，正如诗人自己在20世纪40年代前后所译的几首奥登《战时》十四行诗一样。也可以说，这样的翻译为20世纪40年代中国新诗对“现代性”的追求做了充分的艺术准备。

新诗语言在20世纪40年代的刷新和成熟，我仍想以穆旦和冯至为例。王佐良在《谈诗人译诗》一文中，曾引证穆旦《诗八首》中的一节：“静静地，我们拥抱在/用言语所能照明的世界里，/而那未成形的黑暗是可怕的，/那可能和不可能的使我们沉迷。”然后这样说：“一种玄学式的思辨进来了，语言是一般口语和大学谈吐的混合。十年之隔，白话诗更自信了，更无取旧的韵律和词藻。”[12]

的确，穆旦不仅给新诗带来了一种新的更强烈、奇异、复杂的语言，也留下了更多的“翻译体”的痕迹。甚至可以说，这是一位完全用一种“翻译体”来写诗的诗人。这当然和他对英美现代诗的阅读、接受和翻译有关，更和他执意走一条陌生化的语言道路有关。问题是怎样看待这一切。江弱水说：“穆旦照搬奥顿的惯技，有时到了与我们固有的写作和欣赏习惯相脱节的程度。”[13]的确，穆旦的“欧化”语言会让一般读者很吃力，但只要我们读进去，会发现它发掘了语言本身的潜能，也增大了诗的艺术难度和容量。也可以说，正因为这种“脱节”，汉语诗歌呈现了一种新的可能性。诚然，穆旦在他语言探索的路上留下了诸多生硬、不成熟的痕迹，但他通过他的“欧化”，找到并确立了一种更适合他自己和现代知识分子的诗的说话方式。如果说他的语言尚不成熟，那也是一种充满了生机的不成熟。他的不成熟，是因为他在经历语言降临时的剧痛和混乱。

至于冯至，与受英美现代主义影响的诗人有所不同，他主要是通过对里尔克的译介以及他创作的《十四行集》，给我们带来了一种德国式的“存在之思”，一种超越性的、精神性的语言。进一步讲，冯至对里尔克的译介，在中国的语境中是一个精神事件。在他的翻译中，汉语的历史命运被揭示出来了。我曾在《汉语的容器》[14]一文中谈论过对荷尔德林的翻译，并提出在翻译时我们“汉语的容器”能否承载那样一种“神的丰盈”的问题。我想，这很可能也是冯至在翻译里尔克时面对的困境。两种语言跨时空的遭遇，不仅显现了一个“中国诗人”的宿命，还将迫使他不断审视、调整和发掘他的母语，以使它成为“精神的乐器”。

不过，如同我们看到的，由于冯至那种深受儒家影响的精神性格，他在“陌生化”

的路上并没有走太远，也没有全力去译里尔克后期的两部代表性作品。他接受的里尔克，主要是早、中期的里尔克。不过，冯至的成功在于他找到了他的切入点。本雅明在《译者的使命》中认为：译作被呼唤但并不进入“语言密林的中心”，“它寻找的是一个独一无二的点，在那里，它能发出回声，以自己的语言回荡在陌异作品的语言里”。的确，冯至的成功就在于他在面对里尔克时，找到了这个“独一无二的点”，一种精神的语言由此展开并生长。在他的《十四行集》中，我们就明显听到了这种奇异的既熟悉而又陌生的“语言的回声”。或可说，正是在这一点上，他把里尔克与杜甫结合为一体，把诗与思结合为一体，把对苦难人生的深入和超越性的观照结合为一体，这使他的诗（甚至包括他那时的散文和小说）和翻译，真正成了对存在的诗性言说。

二

美国著名学者韦努蒂在《译者的隐形——翻译史论》[15]中，曾把翻译分为“归化的翻译”（domesticating translation）与“异化的翻译”（foreignizing translation）两类，前者迎合本土读者，往往以“通顺”和本土的语言文化规范为翻译标准，后者则力求存异、求异，让翻译本身成为一种异质性的话语实践。

如果说百年来中国对西方的翻译也可分为“归化的翻译”与“异化的翻译”两大类，显然，以现代性为艺术目标的诗歌翻译家，大都坚持以后者为主要策略。他们不仅有意选择最具有美学挑战性的文本来译，而且，他们的翻译，从语言结构到修辞、运思方式，也都尽量存异，甚至有意识强调、突出西方诗的异质性；他们不惜打破本土语言文化规范和审美习惯，以使其译作成为“现代性”的载体。

深入来看，“归化”与“异化”这两类翻译，往往显现了同一种语言文化内部“向心力”与“离心力”相互牵制的运动。在中国，这种情形更为复杂，相互间的争执也更为尖锐。这里不妨回顾一下上世纪30年代一场和鲁迅联系在一起的翻译论争。这场论争，不仅体现了那个时代文学翻译中的一些焦点问题，在今天看来也有着它的现实意义。

说到这两类翻译，鲁迅显然站在后者一边，这和他变革中国语言文化的立场完全一致。虽然那时还没有这类术语，但他已很清楚地看出了这两类不同的取向，在《“题未定”草》中他这样写道：“还是翻译《死魂灵》的事情。……动笔之前，就先得解决一个问题：竭力使它归化，还是尽量保持洋气呢？”而他自己的取向依然是：“它必须有异国情调，就是所谓洋气。……我是不主张削鼻剜眼的，所以有些地方，仍然宁可译得不顺口。”[16]

最重要的是他1932年发表的给瞿秋白的回信，在这篇长信中，鲁迅全面阐述了他对翻译问题的看法和主张：“我是至今主张‘宁信而不顺’的。……这里就来了一个问题：为什么不完全中国化，给读者省些力气呢？这样费解，怎么还可以称为翻译呢？我的答案是：这也是译本。这样的译本，不但在输入新的内容，也在输入新的表现法。”的确，鲁迅的目的，就是要以这种尽量保持异质的“硬译”来变革本土语言文化，他接下来还这样说：“中国的文或话，法子实在太不精密了。……换一句话，就是脑筋有些胡涂。……要医这病，我以为只好陆续吃一点苦，装进异样的句法去……”[17]“譬如‘山背后太阳落下去了’，虽然不顺，也决不改作‘日落山阴’，因为原意以山为主，改了就变成太阳为主了。”[18]

在翻译问题上，瞿秋白虽然有着他具体的文化政治目标，但在通过翻译来改造中国“死的言语”上，他和鲁迅颇为一致。他痛感于中国的语言“是那么贫乏”和“野蛮”（即“未开化性”），在这种情形下，他甚至认为翻译是一场“创造中国现代的新的语言的斗争”。对于严复的“信达雅”，他一笔否定：“其实，他是用一个‘雅’字打消了‘信’和‘达’”；而对“赵景深之流”的“宁错而务顺”的翻译，在他看来，“这当然是迁就中国的低级言语而抹杀原意的办法。这不是创造新的言语，而是努力保存中国的野蛮人的言语程度，努力阻挡它的发展”[19]。

鲁迅给瞿秋白的回信，要老练多了，也幽默多了。他对严译的评论是：“最好懂的自然是《天演论》，桐城气息十足，连字的平仄也都留心，摇头晃脑地读起来，真是音调铿锵，使人不自觉其头晕。”接着他又指出严译的问题所在：“中国之译佛经，汉末质直，他没有取法。六朝真是‘达’而‘雅’了，他的《天演论》的模范就在此。”[20]

鲁迅并没有完全否定严译的历史作用，他要“打击”的对象是那些附庸风雅者，是那些在翻译中也来“铿锵一下子”的“名流”。在给瞿秋白的回信中，他特意提到了严复在《天演论》序例中的一句话：“什法师云，学我者病。”[21]

这真是耐人寻味。我们在这里回顾这场翻译之争，是因为它抓住了翻译和语言创造领域里的一些我们在今天仍在面对着的问题。这样的问题，也有着它的普遍性。在《译者的使命》中，本雅明就曾引述一位德国学者的这样一段话：“我们的译作……往往从一个错误的前提出发。它们总是要把印地语、希腊语、英语变成德语，而不是把德语变成印地语、希腊语、英语。我们的译者对他们自己语言的惯用法的尊重远远胜于对外国作品精神的敬意。……译者的基本错误是保持他自己语言的偶然状态，而不是让他的语言受到外来语言的有力影响。……他必须通过外国语来拓展和深化他自己的语言。”

这样的话，用来描述我们这里的情形和问题也正合适。这里，我们还不妨回顾一下歌德的一首抒情诗《流浪者之夜歌》在中国的多种翻译。以下为梁宗岱、钱锺书等人的翻译：“一切的峰顶 / 沉静，/ 一切的树尖 / 全不见 / 丝儿风影。/ 小鸟们在林间无声。/ 等着罢：俄顷 / 你也要安静。”（梁宗岱译）“微风收木末 / 群动息山头 / 鸟眠静不噪 / 我亦欲归休。”（钱锺书译）

钱锺书不是一个职业翻译家。他以五言形式来译这首诗，并且显然把歌德译成了陶潜。这也许会让一些中国读者感到亲切，但这还是一首德国诗吗？尤其是结尾一句，把原诗的“你也要安静”（Ruhest du auch）变成“我亦欲归休”，这不单是人称的变化，这样译，取消了原作中的双重视角和生命对话的性质，把它变成了一首中国传统的隐逸诗。

这样一来，翻译的意义何在呢？中国自身的传统中不是已有很多这样的隐逸诗吗？我想，还是梁宗岱的译文显现了翻译的意义。这样的翻译，才使我们真正认识到这首德国抒情诗中“最深沉最伟大”之作（梁宗岱语）。在这样的译文中，我们才有可能感受到那“黄昏”的强大威力。这样的翻译，给我们带来了德国抒情诗中那种深沉、肃穆的音质，使我们真正进入生命与语言的严肃领域。

看来，翻译的问题，远比它表面涉及的更深刻。顾彬在谈翻译时这样说道：“在德语中，翻译这个动词，是 uebersetzen，它有两个义项。它的第二个意思是‘摆渡’。……从此岸送达彼岸，从已知之域送达未知之域，连船夫自己也参与了这种变化。……翻译也意味着‘自我转变’（self-transformation）：把一种外国语因素中的未知之物，转变为一种新的语言媒介，在这种创造性的活动中，我的旧我离世而去。”[22]

在上世纪 30 年代，除了梁宗岱、戴望舒、卞之琳的杰出翻译，赵萝蕤所译的《荒原》，也给中国新诗带来了一种强有力的刺激和冲击。用那种“归化”的译法，能够显现出《荒原》的诗质吗？很难设想。朱自清在《译诗》中就曾特意提到赵萝蕤所译的“艾略特的杰作”。赵译的成功，正在于她没有走“信达雅”那一路，而是如鲁迅所说的取其“质直”，以其透彻的理解和精确的翻译，充分保持原作的难度和语言上的异质性。这样的译文，不仅再现其诗质，也指向了任何伟大作品的那种“不可译性”。这样的翻译，给中国新诗带来了真正能够提升其语言品质的东西。

对于"信达雅"尤其是它的流弊，有识者早已看得很清楚。但问题是我们的很多翻译仍深陷在这"三字经"的魔咒之中。去年，一本《保罗·策兰诗选》[23]出来后，人们对它的不满也大多集中在这个问题上。以下是豆瓣网上的部分议论："可惜，翻译得太过意译……没有了策兰的那种'后现代'语言锋芒。"（Dasha）"翻译得太离谱了……主要因为他太流畅了，策兰怎么可能流畅呢。策兰造词，可这位翻译竟然使用中国古文，人家那些字可是椎心泣血出来的，你这可好，快整成二人转了。……读孟译之后，基本对策兰没什么感觉了，因为，只有陌生，只有那些生生楔入我们的东西，那些使我们疼痛的东西我们才可能警醒并记住。"（凉炉子）"但是这个译本，说实话，缺点和硬伤太多：1. 译者似乎有顽固的中国旧式文人情调，经常用一些戏曲对白式的、酸腐书生式的、民间小调式的蹩脚语言来翻译策兰，给人以不伦不类之感。2. 译者总是尽量把策兰浪漫化、抒情化。似乎这样才像'诗'。"（黎远远）[24]

对于孟译，我以前曾指出过一些问题，如把策兰的《黑色雪片》（Schwarze Flocken）译成《雪花》，还有"雪依旧绕着词儿打转"之类，他在译诗集出版时都做了改动。但我同时也发现，他改来改去，愈来愈找不到北了，在这本译诗集中，像"风采""揭竿而起""人儿""怨月""心明眼亮""壮哉""旗帜飘飘"这类词语比比皆是。这还是策兰的诗吗？且不说这些，这里仅举两个看似不显眼却能说明问题的细节，如孟译《死亡赋格曲》中的"他用铅弹打你打得可准了"，一个"可准了"，真如鲁迅当年所说，把屠夫的凶残化为了看客的一笑！至于该译作结尾的"你的金发哟玛格丽特 / 你的灰发呀书拉密"，且不说"书拉密"后面的"斯"没有发出来（去听听策兰本人的朗诵录音吧），这里的一声"哟"，基本上把策兰的这首名诗给报废了。

这就是理解不透彻而又刻意追求"雅"（看来"雅"的方式在今天已有多种了）的结果。我当然尊重任何译者的劳动，我只是再一次地感到：无论在创作中还是在翻译中，我们只有去风花雪月化、去雅、去浪漫化，摆脱一切陈词滥调，才能真正抵达"语言的荒野"。杨宪益在上世纪40年代所译的叶芝《雪岭上的苦行人》，曾激励了很多人："文化是被多端的幻觉圈起……/ 但人的生命是思想，虽恐怕 / 也必须追求……他要 / 最后能来到那现实的荒野。/ 别了，埃及和希腊，别了，罗马……"这里的"现实的荒野"，也就是一个诗人要摆脱种种"文化的幻觉"和因袭，最终要抵达的"语言的荒野"！

再回到"归化"与"异化"。我们看重"异化"的翻译对语言文化的变革所起的重要作用，但这并不意味着把它作为唯一标准。翻译是一种复杂的文学活动和语言现象。

比如说，卞之琳的翻译看上去有某些“归化”的表征，因为他把中国古典诗的修养和汉语的精湛功力带入了翻译，这使他的有些译文别具一种汉语的风貌和韵致。但他译出的瓦雷里仍是瓦雷里，仍保持了其“异”。像他这样的译家虽然极力发掘汉语的潜能和特性，甚至要用汉语来改造原文，但绝不因之牺牲原文。他们的翻译，在“归化”与“异化”之间，在自我与他者之间，在古今和文白之间，把我们带向了一个充满张力的领域。

而戴望舒的译诗，也正体现了这种张力关系。他是一位在艺术上高度敏感、日益精进的诗人和翻译家。纵观他的创作和翻译历程，我们同样可以看到一个不断去雅、不断加大艺术难度和独创性的过程。就在《雨巷》之后，他所译的法国象征派诗人耶麦的诗，不仅促使他写出《我的记忆》，也给中国新诗带来一种新的叙述语调和写法。到了翻译波德莱尔、艾吕亚时，他的语言更为精湛凝练，如“白昼使我惊异而黑夜使我恐怖 / 夏天纠缠着我而冬天追踪着我”（艾吕亚《一只狼》）[25]；而到了他在上世纪 40 年代前后着手翻译洛尔迦时，则跃升到一个更为优异、自由的语言境界。可以说，到翻译洛尔迦时，他已完全摆脱了那些陈旧的文学词藻的痕迹，他的语言经过生死蜕变，变得纯粹而又富有新生的活力。也正是以这样的语言来译诗，他使洛尔迦的魅力和汉语的神奇同时展现在中国读者的面前！

的确，戴望舒对洛尔迦的翻译，在中外诗歌翻译史上都堪称奇迹。这是对声音的奥秘的进入，这是用洛尔迦的西班牙语和西班牙谣曲的神秘韵律来重新发明汉语。当然，这同时也是相互发明。正因为如此，语言和韵律因此发出了自己最纯粹的音质。当然，不仅是音乐性，戴望舒对超现实的表现手法和意象的精确把握也令人叹服，如“山象野猫似的耸起了 / 它的激怒了的龙舌兰”（《梦游人谣》）[26]、“黑橡胶似的寂静”“细沙似的恐怖”（《西班牙宪警谣》）[27] 等等。即使是叙述，那语言的力量也令人颤栗：“她的浆过的短裙 / 在我耳朵里猎猎有声。”（《不贞之妇》）[28] 从此，这样的诗在我们的耳朵里“猎猎有声”了。在“文革”后期以来，它又唤醒了一代文学青年——在北岛、芒克、方含、顾城等人的早期作品中，我们就分明听到了戴译洛尔迦的回声。

20 世纪 50 年代以来，伴随着“现代性”的受挫和中断，像鲁迅那样的“宁信而不顺”“它必须有异国情调”的声音已基本绝迹，“欧化”“西化”或“翻译腔”在政治文化的层面上受到了全面的批判和否定，知识分子的头脑和语言都受到“改造”，所谓的“新华文体”等开始一统天下，到了“文革”，终于全面迎来了思想禁锢和语言禁锢的年代。

然而，地火仍在地下运行。这个地火，就包含了多少年来翻译所积聚的语言的能量。正是这种“翻译体”，尤其是带有异质性质的“翻译体”，在悄悄唤醒和恢复人们对诗和语言的感觉。戴译洛尔迦、陈敬容翻译的波德莱尔、“供批判使用”的爱伦堡的《人，岁月，生活》（其中大量涉及曼德尔斯塔姆、茨维塔耶娃、帕斯捷尔纳克等诗人的创作和诗句）等等，都成为那时人们满怀颤栗偷吃的语言禁果。由于北岛这一代人不像戴望舒、穆旦他们那样可以直接阅读原文，主要是通过阅读译文才发生一种顾彬所说的“自我转变”，因此严格来说，不是“外国诗”而是“翻译诗”，不是那种笼统的“翻译文学”而是带有异质性的“翻译体”，对早期朦胧诗的兴起产生了决定性的影响。

正是这种影响，“文革”后期的“地下诗人”一开始就确定了以陌生化和异质性的语言为自己的艺术目标，并作为对那个“假大空”时代的反叛。的确，这首先是一种语言的反叛。如多多写于 1972 年的《当人民从干酪上站起》，人民不是从“土地”上站起，而是从“干酪”上站起，它不仅给人以阅读的极大困惑，也有意带上了一种“异国情调”，它以此颠覆并置换了那个时代的修辞基础。可以说，早期朦胧诗，在很多意义上，就是以“翻译体”写出的诗。

的确，没有“翻译体”的影响，黑暗王国就不可能出现一线光明。这种影响，使新诗现代性的历程被中断了多年之后，又重获了自己的声音和语言。在我看来，这也远远不是一般性的影响，这带动了一种被压抑的语言力量的复苏，“吉他琴的呜咽 / 开始了。/ 黎明的酒杯 / 破了。/ 吉他琴的呜咽 / 开始了……”这是戴译洛尔迦《吉他琴》的著名开头，就在这种奇异的声音中，那暗中涌流的力量，那一阵涌到语言的荒凉喉头的巨大哽咽，又找到了中国的一代诗人。

三

王佐良，他那一代诗人翻译家最后一位杰出代表，在他对“诗人译诗”的回顾和总结中，有两个着重点：一是对“现代敏感”的强调，另一是对语言的特殊关注。其实这两点又是互为一体的。他认为诗人译诗最重要的，就在于“刷新了文学语言，而这就从内部核心影响了文化”，这种从语言内部核心的努力，形成了一种“内在的能量”，“它带来新观念、新结构、新词汇，但远不止这些零星的项目，而是有一股总的力量，使这语言重新灵活起来、敏锐起来，使得这个语言所贯穿的文化也获得了新的生机”。[29]

这样的真知灼见，抓住了“诗人译诗”对中国现代诗歌最根本的意义。在“文革”浩劫之后，“诗人译诗”又迎来了一个新的令人振奋的时期，一批诗人不仅重拾译笔，而且明显体现了对现代主义的回归。在多年对“西化”的批判后，在“文革”结束后思想解放的氛围下，他们又可以这样做了。

这种回归，在穆旦那里早就开始了。穆旦于1973—1976年在艰苦环境下所翻译的《英国现代诗选》，不仅体现了一个受难的诗人一颗诗心的觉醒，也体现了对他一生所认定的那些诗歌价值的深刻认同和心血浇铸。换言之，它并不是一个偶然的翻译事件，如本雅明在《译者的使命》一开始所讲，它源于呼唤，源于语言的乡愁，源于“上帝的记忆”。在本雅明看来，伟大的作品一经诞生，它的译文或者说它的“来世”已在那里了，虽然它还未被翻译。它期待并召唤着对它的翻译。翻译《英国现代诗选》的穆旦，就听到并响应了这呼唤。正因此，《英国现代诗选》的翻译有别于诗人早年对普希金的翻译。他没有想到它能出版，他也不再像过去那样多少还有点照顾本土读者的接受习惯。也可以说，他在那时已没有了读者，他的读者就是语言本身，就是他翻译的对象本身。

正因此，《英国现代诗选》向我们展现出的，完全是他作为一个现代主义诗人的“本来面貌”，也是一个最纯粹的本雅明意义上的译者。他抛开一切，为了诗歌的价值而工作，为他心目中的“纯语言”而工作。纵然在很多的时候他也力不从心，但在那些出神入化的时刻，他已同语言的神秘的力量结合为一体，如对奥登《悼念叶芝》的翻译，其译文确切无误，而又如有神助，一直深入悲痛言辞的中心；而对叶芝《驶向拜占庭》的翻译，也成为穆旦晚期一颗诗心最深刻、优异的体现，其理解之深刻，功力之精湛，都令人惊叹，“除非灵魂拍手作歌，为了它的 / 皮囊的每个裂绽唱得更响亮”[30]，诗写到这里，一个不屈的诗魂就要脱颖而出了。在叶芝那里，似乎一生他都在为此做准备，但我们也可以说，这一次他不是远渡重洋来到拜占庭的城堡里，而是来到了穆旦的汉语里。正是在穆旦艰苦卓绝的语言劳作中，一个诗魂得以分娩、再生。当语言皮囊的每个裂绽唱得更响亮的时刻，如用本雅明的话来表述，也是原作的生命在译文中得到“新的更茂盛的绽放”的时刻。

令人欣喜的，还有卞之琳在其晚年的翻译。如果说，“拗口”“因韵害意”或“笔调不合”的确是卞译中不时出现的问题（这里的原因可能是翻译对象过于庞杂，或是在“化欧”“化古”方面“化”得还不够），到了“文革”后对瓦雷里、叶芝的翻译时，卞的翻译不仅“字里行间还活跃着过去写《尺八》《断章》的敏锐诗才”[31]，而且一种生命之力灌注其中，成为对于他过去偏于智性、雕琢的诗风的一种超越，用他翻译的叶芝的话来说“血、想象、理智”交融在一起，从而完成了向“更高领域”的敞开：“随音乐摇曳的身体啊，灼亮的眼神！/我们怎能区分舞蹈与跳舞人？”[32]的确，在卞之琳的晚年，他一生的“辛劳本身”也到了“开花、舞蹈”的时候了。他对叶芝《在学童中间》的翻译，虽然个别句子及用词还不尽如人意，但从总体上看，情感充沛，语言和意象富有质感，音调激越而动人；他的翻译，就像叶芝的诗所隐喻的那样，真正进入了一种译者与诗歌、舞者与舞蹈融为一体的境界。

因为叶芝这样的诗，艾略特曾感叹叶芝在“已经是第一类（按：指‘非个人化’）中的伟大匠人之后，又成为第二类中的伟大诗人”[33]。也因为翻译这样的诗，在卞之琳那里体现了生命与语言的重新整合。这样的译作，是语言对人的解放和提升。

至于王佐良在“文革”后翻译的美国诗人勃莱、赖特，袁可嘉在20世纪90年代翻译的爱尔兰诗人希尼，限于篇幅，这里不展开论述。它们不仅对一些诗人的创作产生了切实的影响，也为中国诗歌引入了一种新的语言资源和活力。甚至可以说，当年的“纯诗”在今天已显得有些苍白和做作的情形下，他们的这些翻译再一次刷新和恢复了语言说话的力量。意大利思想家阿甘本在《艺术，不作为，政治》中这样说：“诗歌——用斯宾诺莎的术语来说——就是把语言还给其说话的力量的那种（对）语言的沉思。”[34]王佐良这样的翻译家对中国诗歌所做出的贡献，在根本上，正是“把语言还给其说话的力量”。

从上述来看，百年来的诗歌翻译，尤其是诗人译诗，在新诗的发展和语言的变革中一直扮演着一种“先锋”的重要的角色。我们完全可以说，新诗的“现代性”视野、品格和技艺主要就是通过诗人译诗所拓展和建立的。它本身已成为新诗“现代性”艺术实践的一部分。它也构成了新诗史上最有价值的一部分。它成为推动语言不断变革和成熟的不可替代的力量。

但是，由于“原著中心论”的支配性影响和其他原因，长久以来中国的诗歌翻译和翻译家们一直笼罩在原作和原作者的阴影之中。翻译的意义并没有得到充分、深刻的认识，翻译的贡献、成就及其对新诗的重要作用在我们现有的文学史、诗歌史论述中还没有得到应有的位置，比如说，在最近出版的由谢冕主编、一批新诗学者参与编选的皇皇十卷本中国新诗选中[35]，诗歌翻译等于不存在。我们看到的并不是真实的、互动的诗歌和语言的历史。

实际上，正如我们已看到的，翻译虽不是创作，但它对一种语言的意义并不亚于许多创作。在新诗的历史中，许多翻译家对它的建设性贡献其实是远远大于许多诗人的。比如说，作为洛尔迦译者的戴望舒，其对后来诗人们的影响，就远远超过了作为诗人的戴望舒。而在估量穆旦一生所达到的艺术高度时，也应把他那杰出的、付出了半生精力的翻译加上。这样的诗人，他们的创作与翻译，本来就不可分割。

问题还在于，我们在今天是否依然需要不断拓展和刷新我们的语言，是否依然需要保持诗歌的异质性和陌生化力量？近十年来，伴随着国内的某种文化氛围，在诗坛上，似乎对“翻译体”的嘲笑已成风气，“与西方接轨”也被作为罪名扣在一些诗人头上。在诗人们中，北岛当年是以异端的语言姿态出现的，但我发现他近些年来也有一些很微妙的变化，比如说他称里尔克的诗被“西方人”“捧得太高了”[36]；在谈到策兰《花冠》一诗的译文“是时候了他们知道”时，他指责说“本来正常的诗句，非要按西方语言机构译成‘洋泾浜’，不仅伤及诗意也伤及汉语”，因此他改译为：“是让他们知道的时候了！”[37]

问题是，“是时候了他们知道”，这样译就一定是受了“西方语言机构”的伤害并“伤及汉语”吗？鲁迅当然在与瞿秋白的通信中，就曾举出“林冲笑道：原来，你认得”与“原来，你认得。——林冲笑着说”这两条，并耐人寻味地这样说：“后一例虽然看去有些洋气，其实我们说话的时候常用，听得‘耳熟’的。”[38]

而在一次访谈中，北岛还这样说：“中国古典诗歌对于意象和境界的重视，最终成为我们的财富。……我在海外朗诵时，有时会觉得李白杜甫李煜就站在我后面。……这就是传统。我们要是有能耐，就应加入并丰富这一传统，否则我们就是败家子。”[39]

对北岛的这段话，起码可以提几个问题：一、中国古典诗歌的传统，是否就限于表面上的那点“意象”？我们是否真正深入它的血脉和渊源中去了？二、北岛本人在海外朗诵时，是否李白、杜甫、李煜就站在他的后面？当然，这可能是他个人真实的感觉，我们也应尊重这种感觉，只是从他的诗中很难让人感到这一点。如果套用他本人的逻辑，他的诗从开始到现在，无一不在“西方语言机构”之中！

但为什么要这样呢？是为了“政治正确”？还是出于一种真实的乡愁和“回归”之愿？“在母语的防线上 / 奇异的乡愁 / 垂死的玫瑰”[40]，这是北岛在近些年写下的诗。我尊重北岛的写作，我也理解这“乡愁”，不过这“乡愁”着实有点“奇异”，因为它不是和故乡的菊花或别的什么，而是和不知从哪里来的“玫瑰”联系在一起。（从里尔克的诗中来的？）我记得茨维塔耶娃流亡巴黎期间也曾书写过乡愁，不过她写的就不是“玫瑰”，而是那苦涩的、在她的视野中出现的“花楸树”！

我这样讲，不是要和北岛过不去，没有人会否定他对中国诗歌所做出的重要贡献。我只是想说，不是去做那些廉价的姿态，而是让语言重获一种真实的力量，重获一种语言创造的内驱力，这才是一个诗人要去努力的。汉语言当然是我们的宝贵财富，杜甫过去是、以后也会是一个伟大的艺术榜样。但我们同时需要一个他者，也永远需要某种自我更新和超越的力量。回到那个隐喻：如果离开了另一排树，我们不仅听不到语言对我们的召唤，我们迎来的也将是枯萎和死亡。

注释：

① 多多：《2010年纽斯塔特文学奖受奖辞》，《名作欣赏》2011年第5期。

② 《胡适文集》第9卷，北京大学出版社1998年版，第84页。

③㉒ 顾彬：《翻译好比摆渡》，载海岸选编《中西诗歌翻译百年论集》，上海外语教育出版社2007年版，第623页，第623页。

④ 《穆旦诗文集》第1卷，人民文学出版社2006年版，第28—29页。

⑤⑫㉙㉛ 王佐良：《论诗的翻译》，江西教育出版社1992年版，第99—100页，第4页，第1—2页，第41页。

⑥ 《余光中谈翻译》，中国对外翻译出版公司2004年版，第85页。

⑦ Walter Benjamin, “The Task of the Translator”, *Illuminations,* ed. Hannah Arendt, New York: Schocken Books, 1988. 本文所引译文为笔者所译，并参照了张旭东译文《译作者的任务》（载汉娜·阿伦特编《启迪——本雅明文选》，张旭东、王斑译，生活·读书·新知三联书店2008年版）。

⑧ 《新月》第4卷第6期（1933年3月1日）。

⑨ 《文学周报》1927年11月13日。

⑩ 柏桦：《今天的激情》，上海人民出版社2006年版，第10页。

⑪ 卞之琳：《西窗集》（修订版），江西人民出版社1981年版，第40—41页。

⑬ 江弱水：《伪奥登风与非中国性：重估穆旦》，《外国文学评论》2002年第3期。

⑭ 《读书》2010年第3期。

⑮ 劳伦斯·韦努蒂：《译者的隐形——翻译史论》，张景华、白立平等译，外语教学与研究出版社2009年版。

⑯ 鲁迅：《“题未定”草》，载罗新璋选编《翻译论集》，商务印书馆1984年版，第301页。

⑰⑱⑲⑳㉑ 鲁迅：《关于翻译的通信》，载《二心集》，人民文学出版社1980年版，第205页，第206页，第195页，第204页，第204页。

㉓ 《保罗·策兰诗选》，孟明译，华东师范大学出版社2010年版。

㉔ 参见 www.book.douban.com/subject/4836951。

㉕㉖㉗㉘ 《戴望舒译诗集》，湖南人民出版社1983年版，第87页，第254页，第267页，第258页。

㉚ 《穆旦译文集》第4卷，人民文学出版社2005年版，第519页。

㉜ 《英国诗选》，卞之琳译，湖南人民出版社 1983 年版，第 143 页。

㉝ T. S. 艾略特：《叶芝》，载王恩衷编《艾略特诗学论文集》，国际文化出版公司 1989 年版，第 169 页。

㉞ 参见 www.douban.com/note/76198026。

㉟ 谢冕主编：《中国新诗总系》，人民文学出版社 2011 年版。

㊱ 北岛：《里尔克：我认出风暴而激动如大海》，《收获》2004 年第 3 期。

㊲ 北岛：《策兰：是石头要开花的时候了》，《收获》2004 年第 4 期。

㊳ 鲁迅：《二心集》，第 207 页。

㊴ 北岛：《时间的玫瑰》，中国文史出版社 2005 年版，第 246—247 页。

㊵ 《北岛诗选》，南海出版公司 2003 年版，第 147 页。

（2011 年第 10 期）

术语的解读：中国小说史研究的特殊理路

谭 帆

引 言

从20世纪初开始，小说研究渐成为中国古典文学研究之“显学”，而自鲁迅《中国小说史略》问世后①，“小说史”研究也越来越受到研究界之关注，近一个世纪以来，小说史之著述层出不穷，“通史”的、“分体”的、“断代”的、“类型”的，名目繁多，蔚为壮观。然就理论角度言之，一个不容忽视的现实是，“小说史”之梳理大都以西方小说观为参照，或折衷于东西方小说观之差异而仍以西方小说观为圭臬。流播所及，延而至今。然而，中国小说实有其自身之“谱系”，与西方小说及小说观颇多凿枘，强为曲说，难免会成为西人小说视野下之“小说史”，而丧失了中国小说之本性。近年来，对中国小说研究之反思不绝于耳，出路何在？梳理中国小说之“谱系”或为有益之津梁，而术语正是中国小说“谱系”之外在呈现。所谓“术语”在本文中是指历代指称小说这一文体或文类的名词称谓，这些名词称谓历史悠久，涵盖面广，对其作出综合研究，在某种程度上可以考知中国小说之特性，进而揭示中国小说之独特“谱系”，乃小说史研究的一种特殊理路。自《庄子·外物》“小说”肇端，至晚清以“说部”指称小说文体，小说之术语可谓多矣。大别之，约有如下数端：（一）由学术分类引发的小说术语，如班固《汉书·艺文志》列“小说家”于“诸子略”，乃承《庄子》“小说”一脉，后世延伸为“子部”之“小说”；刘知几《史通》于“史部”中详论“小说”，“子”“史”二部遂成中国小说之渊薮。“说部”“稗史”等术语均与此一脉相承。此类术语背景最为宏廓，影响最为深远，是把握中国小说“谱系”之关键。（二）完整呈现中国小说文体之术语，如“志怪”“笔记”“传奇”“话本”“章回”等，此类术语既是小说文体分类的客观呈现，又显示了中国小说的文体发展。（三）揭示中国小说发展过程中小说文体价值和文体特性之术语，如“演义”本指“言说”，宋儒说“经”（如《大学衍义》《三经演义》）即然，而由“演言”延伸为“演事”，即通俗化地叙述历史和现实，乃强化了通俗小说的文体自觉。（四）由创作方法引申出的文体术语，如“寓言”本为“修辞”，是言说事理的一种特殊方式，后逐步演化为与小说文体相关之术语；“按鉴”原为明中后期历史小说创作的一种方法，推而广之，遂为一阶段性的小说术语，即所谓“按鉴体”。由此可见，小说术语非常丰富，基本呈现了中国小说之面貌。

一、术语与中国小说之特性

近代以来，“小说史”之著述大都取西人之小说观，以“虚构之叙事散文”来概言中国小说之特性，并以此鉴衡追溯中国小说之源流，由此确认中国小说“神话传说—志怪志人—传奇—话本—章回”之发展线索和内在“谱系”。此一线索和“谱系”确为近人之一大发明，清晰又便利地勾画出了符合西人小说观念的“中国小说史”及其内在构成。然则此一线索和“谱系”并不全然符合中国小说之实际，其“抽绎”之线索和“限定”之范围是依循西方观念之产物，与中国小说之传统其实颇多“间隔”，“虚构之叙事散文”只是部分地界定了中国小说之特性，而非中国小说之本质属性。那么中国小说之本质属性是什么呢？以“小说”和“说部”为例[②]，我们即可明显地看出中国小说的丰富性和独特性。

（一）中国小说是一个整体，在其长期的发展过程中，无论“文白”，不拘“雅俗”，古人将其统归于“小说”（或“说部”）名下，即有其内在逻辑来维系，其丰富之性质远非“虚构之叙事散文”可以概言。作为一个“通名”性质的术语，“小说”之名延续久远，其指称之对象颇为复杂。清人刘廷玑即感叹：“小说之名虽同，而古今之别则相去天渊。”[③]概言之，主要有如下内涵：1.“小说”是无关于政教的“小道”。此由《庄子·外物》发端，经班固《汉书·艺文志》延伸，确立了“小说”的基本义界：即“小说”是无关于大道的琐屑之言；“小说”是源于民间道听途说的“街谈巷语”。此“小说”是一个范围非常宽泛的概念，大致相对于正经著作而言，大凡不能归入正经著作的皆可称为“小说”。后世“子部小说家”即承此而来，成为中国小说之一大宗。2.“小说”是指有别于正史的野史和传说。这一观念的确立标志是南朝梁《殷芸小说》的出现，清姚振宗《隋书经籍志考证》卷三二云：“案此殆是梁武作通史时事，凡此不经之说为通史所不取者，皆令殷芸别集为《小说》，是此《小说》因通史而作，犹通史之外乘也。”[④]而唐刘知几的理论分析更为明晰：“是知偏记小说，自成一家。而能与正史参行，其所由来尚矣。爰及近古，斯道渐烦，史氏流别，殊途并骛。”[⑤]“偏记小说”与“正史”已两两相对，以后，司马光撰《资治通鉴》，明言“遍阅旧史，旁采小说”[⑥]，亦将小说与正史对举。可见“小说”与“史部”关系密切，源远流长。3.“小说”是一种由民间发展起来的“说话”技艺。这一名称较早见于南朝宋裴松之注《三国志》所引《魏略》中“诵俳优小说数千言讫”一语[⑦]，“俳优小说”显然是指与后世颇为相近的说话技艺。《唐会要》卷四言韦绶“好谐戏，兼通人间小说”[⑧]，唐段成式《酉阳杂俎》续集卷四记当时之“市人小说”[⑨]，均与此一脉相承。宋代说话艺术勃兴，“小说”一辞遂专指说话艺术的一个门类[⑩]。以“小说”指称说话技艺，与后世作为文体的“小说”有别，但却是后世通俗小说的近源。4.“小说”是虚构的叙事散文。此与现代小说观念最为接近，而这一观念已是明代以来通俗小说发展繁盛之产物。“说部”亦然，作为小说史上另一个具有“通名”性质的术语，“说部”之名亦源远流长，其指称对象亦复与“小说”相类。一般认为，“说部”之体肇始于刘向《说苑》和刘义庆《世说新语》，而“说部”之名称则较早见于明王世贞《弇州四部稿》，所谓“四部”者，即《赋部》、《诗部》、《文部》和《说部》。明邹迪光撰《文府滑稽》，其中卷九至卷一二亦名为《说部》。至清宣统二年（1910），王文濡主编《古今说部丛书》十集六十册，乃蔚为大观[⑪]。清朱康寿《〈浇愁集〉叙》曾对“说部”指称之沿革作了历史清理，认为“说部”乃“史家别子”“子部之余”[⑫]。清李光廷亦分“说部”为“子”“史”二类[⑬]。近代以来，“说部”专指“通俗小说”，王韬《〈海上尘天影〉叙》云：“历来章回说部中，《石头记》以细腻胜，《水浒传》以粗豪胜，《镜花缘》以苛刻胜，《品花宝鉴》以含蓄胜，《野叟曝言》以夸大胜，《花月痕》以情致胜。是书兼而有之，可与以上说部家分争一席，其所以誉之者如此。”[⑭]显然，“说部”指称之小说也远超我们对小说的认识范围。

由此可见，作为“通名”之“小说”“说部”，均从学术分类入手，逐步延伸至通俗小说，由“子”而“史”再到“通俗小说”乃“小说”“说部”指称小说之共有脉络。其中最切合“虚构之叙事散文”这一观念的仅是通俗小说。故以“虚构”“叙事”等标尺来追寻中国小说之源流其实并不合理，乃简单化之做法，这种简单化的做法使我们对中国小说性质的认识无限狭隘化，而中国小说“神话传说—志怪志人—传奇—话本—章回”之发展线索和内在“谱系”正是这种“狭隘化”认识的结果，“小说”之脉络固然清晰，但却是舍去了中国小说的丰富性和独特性。

（二）中国小说由“子”而“史”再到“通俗小说”，而在这一“谱系”中，

"子""史"二部是中国小说之渊薮，也是中国小说之本源。从班固《汉书 · 艺文志》始，历代史志如《隋书 · 经籍志》、新《唐书》、旧《唐书》及《四库全书总目》等大都隶"小说家"于"子部"，"子部"之书本为"言说"，"小说家"亦然，故《隋书 · 经籍志》著录之"小说家"大都为"讲说"之书（余者为"博识类"），《旧唐书 · 经籍志》因之。史志"子部小说家"之著录至《新唐书 · 艺文志》而一变，除承续《隋书 · 经籍志》外，一些本隶于"史部 · 杂家"类之著述及少数唐代传奇集（唐人视为偏于"史"之"传记"）被阑入"子部小说家"；至此，"小说家"实际已糅合"子""史"，后世之公私目录著录之"小说家"大抵如此。[15] 而其中之转捩乃魏晋以来史部之发展及其分流，"杂史""杂传"之繁盛引发了史学界之反思，刘勰《文心雕龙 · 史传》、《隋书 · 经籍志》、刘知几《史通》等均对此予以挞伐，于是一部分本属"史部"之"杂史""杂传"类著述改隶"子部小说家"。宋元以来，中国小说之"通俗"一系更是讨源"正史"，旁采"小说"，所谓"正史之补"的"史余"观念在通俗小说发展中绵延不绝。故"子""史"二部实乃中国小说之大宗。而"子""史"二部与叙事之关系亦不可不辨，按"说"之本义有记事以明理之内涵，晋陆机《文赋》曰："奏平彻以闲雅，说炜晔而谲诳。"李善注曰："说以感动为先，故炜晔谲诳。"方廷珪注曰："说者，即一物而说明其故，忌鄙俗，故须炜晔。炜晔，明显也。动人之听，忌直致，故须谲诳。谲诳，恢谐也。"[16] 故中国小说有"因言记事"者，有"因事记言"者，有"通俗演义"者，"因言记事"重在明理，即"子之末流"之小说；"因事记言"重在记录，乃"史之流裔"；而"通俗演义"方为"演事"，为"正史之补"，后更推而广之，将一切历史和现实故事作通俗化叙述者统名之曰"演义"。

（三）中国小说糅合"子""史"，又衍为"通俗"一系，其中维系之逻辑不在于"虚构"，也非全然在"叙事"，而在于中国小说贯串始终的"非正统性"和"非主流性"。无论是"子部小说家"、"史部"之"偏记小说"，还是后世之通俗小说，其"非正统"和"非主流"乃一以贯之。小说是"小道"，相对于"经国"之"大道"，是"子之末流"；小说是"野史"，与"正史"相对，是"史家别子"。此类言论不绝如缕。兹举清人两例申述之，纪昀于《四库全书总目》"子部小说家类二"有"案语"曰："纪录杂事之书，小说与杂史，最易相淆。诸家著录，亦往往牵混。今以述朝政军国者入杂史；其参以里巷闲谈、词章细故者，则均隶此门。《世说新语》，古俱著录于小说，其明例矣。"[17] "杂史"之属本在史部不入流品，而"小说"更等而下之。在《四库全书简明目录》"小说家"类的评论中，纪昀更是明辨了所谓"小说之体"："（《朝野佥载》）

其书记唐代逸事，多琐屑猥杂，然古来小说之体，大抵如此。”“(《大唐新语》)《唐志》列诸杂史中，然其中谐谑一门，殊为猥杂，其义例亦全为小说，非史体也。”“(《菽园杂记》）其杂以诙嘲鄙事，盖小说之体。”[18] 其中对小说“非主流”“非正统”之认识已然明晰。清罗浮居士《〈蜃楼志〉序》评价白话小说亦然：“小说者何？别乎大言言之也。一言乎小，则凡天经地义、治国化民，与夫汉儒之羽翼经传、宋儒之正诚心意，概勿讲焉；一言乎说，则凡迁、固之瑰玮博丽，子云、相如之异曲同工，与夫艳富、辨裁、清婉之殊科，《宗经》《原道》《辨骚》之异制，概勿道焉。其事为家人父子、日用饮食、往来酬酢之细故，是以谓之小；其辞为一方一隅、男女琐碎之闲谈，是以谓之说。然则最浅易、最明白者，乃小说正宗也。”[19] 在中国古代，“小说”出入“子”“史”，又别为通俗小说一系，虽文类庞杂，但“非正统”“非主流”依然如故。浦江清对此的评断最为贴切：“有一个观念，从纪元前后起一直到十九世纪，差不多两千年来不曾改变的是：小说者，乃是对于正经的大著作而称，是不正经的浅陋的通俗读物。”[20] 于是，小说之功能在中国古代便在于它的“辅助性”，“正统”“主流”著述之辅助乃小说之“正格”。故“资考证”“示劝惩”“补正史”“广异闻”“助谈笑”是中国小说最为普遍之价值功能[21]，从“资、示、补、广、助”等语词中我们不难看出小说的这种“辅助”作用。

综上，将中国小说之特性定位于“虚构之叙事散文”，并以此作为研究中国小说之逻辑起点实不足以概言中国小说之全体；以“神话传说—志怪志人—传奇—话本—章回”作为中国小说之“谱系”亦非中国小说之“本然状态”，脱离“子”“史”二部来谈论中国小说之“谱系”，实际失却了中国小说赖以生存的宏廓背景和复杂内涵；而小说“非正统”“非主流”之特性更显示了小说在中国古代的存在价值和生存状态。

二、术语与中国小说之文体

中国小说文体源远流长，且品类繁多，各有义例。梳理其渊源流变，前人已颇多述作[22]，概言之，一是从语言和格调趣味等角度分小说为文、白二体；二是在区分文、白之基础上，再加细分，以如下划分最具代表性：“古代小说可以按照篇幅、结构、语言、表达方式、流传方式等文体特征，分为笔记体、传奇体、话本体、章回体等四种文体。”[23] 古人对“文白二体”在术语上各有表述，而四种文体在中国小说史上亦各有其

“名实”，即均有相应之术语为之“冠名”，虽然其“冠名”或滞后，如“传奇”之确认在唐以后，“章回”之名实相应更为晚近；或“混称”，如“话本”“词话”“传奇”等均有混用之现象。然细加条列，仍可明其义例，分其畛域，故考索术语与中国小说文体之关系对理解中国小说之特性亦颇多裨益。鉴于学界对此已有一定研究，系统梳理亦非单篇著述所可概言，兹仅就术语与中国小说文体关系紧密者，举数例作一讨论：

（一）“演义”与中国小说文体之发展关系密切。在中国小说史上，白话小说（含章回与话本）之兴起乃中国小说发展之一大转捩，如何界定其文体性质是小说家迫切关注的问题，“演义”这一术语的出现即顺应着小说发展之需要，实则是旨在强化白话小说在中国小说史上的“文体自觉”。“演义”作为白话小说之专称始于《三国志通俗演义》，本指对史书的通俗化，渐演化为专指白话小说之一体[24]。这一“文体自觉”主要表现在两个方面：首先是“明其特性”，“演义”一辞非始于白话小说，章太炎序《洪秀全演义》谓：“演义之萌芽，盖远起于战国，今观晚周诸子说上世故事，多根本经典，而以己意饰增，或言或事，率多数倍。”[25]并将“演义”分成“演言”与“演事”两个系统，所谓“演言”是指对义理之阐释，而“演事”则是对史事的推演。明代以来，白话小说繁盛，“演义”便由《三国志通俗演义》等历史小说逐步演化为指称一切白话小说，而其特性即在于“通俗”。雉衡山人《〈东西晋演义〉序》云：“一代肇兴，必有一代之史，而有信史，有野史。好事者从取而演之，以通俗谕人，名曰演义，盖自罗贯中《水浒传》《三国传》始也。”[26]故“通俗”是“演义”区别于其他小说的首要特性，《〈唐书演义〉序》说得更为直截了当：“演义，以通俗为义也者。故今流俗即目不挂司马、班、陈一字，然皆能道赤帝，诧铜马，悲伏龙，凭曹瞒者，则演义之为耳。演义固喻俗书哉，义意远矣。”[27]其次是“辨其源流”，“演义”既以通俗为归，则其源流亦应有别。绿天馆主人《〈古今小说〉叙》谓：“若通俗演义，不知何昉。按南宋供奉局，有说话人，如今说书之流。其文必通俗，其作者莫可考。泥马倦勤，以太上享天下之养。仁寿清暇，喜阅话本，命内珰日进一帙，当意，则以金钱厚酬。于是内珰辈广求先代奇迹及闾里新闻，倩人敷演进御，以怡天颜。然一览辄置，卒多浮沉内庭，其传布民间者，什不一二耳。然如《玩江楼》《双鱼坠记》等类，又皆鄙俚浅薄，齿牙弗馨焉。暨施、罗两公，鼓吹胡元，而《三国志》《水浒》《平妖》诸传，遂成巨观。”[28]以“通俗”为特性，以说话为源头，以“教化”“娱乐”为功能是“演义”的基本性质，这一“文体自觉”对白话小说的发展无疑是有积极作用的。可见，“文白二体”是中国小说最显明之文体划分，古人从“特性”“源流”“功能”角度辨别了“演义”（白话小说）之性质，其义例、畛域均十分清晰。

（二）“笔记”为中国小说之一大体式，是文言小说之“正脉”，但“笔记”一体尚隐晦不彰，究明“笔记”之名实可以考知“笔记体小说”之源流义例。“笔记”一体之隐晦乃事出有因：1.“笔记”在传统目录学中并未作为一个“部类”名称加以使用，一般将此类著作归入“子部·杂家”“子部·小说家”或“史部·杂史”“史部·杂传记”等，也即“笔记”乃“隐”于“子”“史”二部之中，其“名实”并不相应。2.“笔记”之内涵古今凡“三变”，其实际指称亦复多变不定。“笔记”一辞源出魏晋南北朝，“辞赋极其清深，笔记尤尽典实”[29]，“今之常言，有文有笔，以为无韵者笔也，有韵者文也”[30]。故笔记或泛指执笔记叙之“书记”[31]，或泛指与韵文相对之散文，而非特指某种著述形式。至宋代，“笔记”始为书名而成为一种著述体例，宋祁《笔记》肇其端，宋以降蔚然成风，此类著作大都以随笔札记之形式，议论杂说、考据辩证、记述见闻、叙述杂事。相类之名称还有“随笔”“笔谈”“笔录”“漫录”“丛说”“杂志”“札记”等。宋以来，对“笔记”之界定亦时有之，洪迈《容斋随笔》卷一释“随笔”就涉及了此类著述之体例：“予老去习懒，读书不多，意之所之，随即纪录，因其后先，无复诠次，故目之曰随笔。”[32]《四库全书总目》将“笔记”作为指称议论杂说、考据辩证类杂著之别称：“杂说之源，出于《论衡》。其说或抒己意，或订俗讹，或述近闻，或综古义，后人沿波，笔记作焉。大抵随意录载，不限卷帙之多寡，不分次第之先后，兴之所至，即可成编。”[33]20世纪初以来，“笔记小说”连用[34]，成为一个相对固定的文类或文体概念。1912年，王文濡主编《笔记小说大观》，收书二百多种，以“子部小说家”为主体，扩展到与之相近的“杂史”“杂传”“杂家”类著作。“笔记小说”由此被界定为一个庞杂的文类概念。1930年，郑振铎撰《中国小说的分类及其演化的趋势》一文，将“小说”划分为短篇小说（笔记、传奇、评话）、中篇小说、长篇小说，其中，“笔记小说”被界定为与“传奇小说”相对应的文言小说文体类型：“第一类是所谓‘笔记小说’。这个笔记小说的名称，系指《搜神记》（干宝）、《续齐谐记》（吴均）、《博异志》（谷神子）以至《阅微草堂笔记》（纪昀）一类比较具有多量的琐杂的或神异的‘故事’总集而言。”[35]至此，“笔记小说”乃作为一个文体概念流行开来。

“笔记”从“泛称”到“著述形式”再到“文类文体概念”，其内涵和指称对象是多变的，而“笔记”在目录学中又非单独之“部类”，这一境况致使“笔记”一体隐晦不彰。然则“笔记”作为“小说”文体类别还是有迹可循的，其作为“小说”文体概念也有其理据。而其关捩或在于辨其“名实”，“名实”清则笔记一体之源流义例随之豁然。而笔记一体之“名实之辨”实为“体用之辨”，以“小说”为“体”（内容价值），以“笔记”为用（形式趣味）。

所谓以“小说”为“体”是指从内容价值角度可以为“笔记体小说”划分范围。这在唐刘知几《史通》中就有明确表述，在《杂述》一篇中，刘知几划分“偏记小说”为十类，其中“逸事”“琐言”“杂记”三类即为“笔记体小说”。“逸事”主要载录历史人物逸闻逸事，如和峤《汲冢纪年》、葛洪《西京杂记》、顾协《琐语》、谢绰《拾遗》等；“琐言”以记载历史人物言行为主体，如刘义庆《世说》、裴荣期《语林》、孔思尚《语录》、阳玠松《谈薮》等；“杂记”则主要载录鬼神怪异之事，如祖台之《志怪》、刘义庆《幽明》、刘敬叔《异苑》等[36]。明胡应麟《少室山房笔丛·九流绪论》将“小说家”分为六类，其中“志怪”相当于刘知几所言之“杂记”，“杂录”相当于刘知几所言之“逸事”“琐言”，再加上“丛谈”中兼述杂事神怪的笔记杂著均可看作“笔记体小说”；《钦定四库全书总目》“小说家序”谓：“迹其流别，凡有三派：其一叙述杂事，其一记录异闻，其一缀缉琐语也。”[37]三派都可归入“笔记体小说”。而笔记之价值亦有说焉，曾慥《〈类说〉序》：“小道可观，圣人之训也……可以资治体，助名教，供谈笑，广见闻，如嗜常珍，不废异馔，下箸之处，水陆具陈矣。”[38]《钦定四库全书总目》“小说家序”称：“中间诬谩失真，妖妄荧听者，固为不少，然寓劝戒、广见闻、资考证者，亦错出其中。”[39]所谓以“笔记”为“体”，是指从形式趣味角度为“笔记体小说”界定其特性。《史通·杂述》谓：“言皆琐碎，事必丛残。固难以接光尘于《五传》，并辉烈于《三史》。古人以比玉屑满箧，良有旨哉。”[40]纪昀《姑妄听之》谓“陶渊明、刘敬叔、刘义庆，简淡数言，自然妙远”[41]，均表达了笔记的形式旨趣。

概言之，“笔记体小说”的主要文体特性可概括为：以记载鬼神怪异之事和历史人物逸闻琐事为主的题材类型，“资考证、广见闻、寓劝戒”的价值定位，“据见闻实录”的写作姿态，以及随笔杂记、简古雅赡的篇章体制。

（三）中国小说之诸种文体有不同的价值定位，这同样体现在“术语”的运用之中。古人将“传奇”与“笔记”划出畛域，又将“演义”专指白话小说，即有价值层面之考虑，其目的在于确认文言小说为中国小说之正宗，笔记又为文言小说之正脉。譬如“传奇”，在中国古代，“传奇”作为一个术语，内涵颇为复杂，既可指称小说文体，也可指称戏曲文体，还可表示一种创作手法。在小说领域，“传奇”首先是作为书名标示的，如裴铏《传奇》（元稹《莺莺传》亦名《传奇》）；宋元以来，专指一种题材类型，为说话技艺“小说”门下类型之一种（如“烟粉”“灵怪”“传奇”），以表现男女恋情为其特色；以后又指称文言小说之一种体式，专指那种“叙述宛转、文辞华艳”的小说作品。但综观“传奇”一词在小说史上的演变，我们不难看到一个“奇怪”的现象：当人们用“传奇”一词指称与“传奇”相关之书籍、创作手法乃至文体时，往往含有一种鄙视的口吻。我们且举数例：宋陈师道《后山诗话》：“范文正公为《岳阳楼记》，用对语说时景，世以为奇。尹师鲁读之曰：‘《传奇》体尔！’”[42]此针对由裴铏《传奇》引申的一种创作手法，而其评价明显表现出不屑之口吻。元虞集以“传奇”概括一种小说文体，然鄙视之口吻依然，其《道园学古录》卷三八《写韵轩记》谓：“盖唐之才人，于经艺道学有见者少，徒知好为文辞。闲暇无所用心，辄想象幽怪遇合、才情恍惚之事，作为诗章答问之意，傅会以为说。盍簪之次，各出行卷以相娱玩。非必真有是事，谓之‘传奇’。”[43]明胡应麟专门评价裴铏《传奇》谓：“唐所谓传奇，自是小说书名，裴铏所撰，中如《蓝桥》等记，诗词家至今用之，然什九妖妄，寓言也。裴，晚唐人，高骈幕客，以骈好神仙，故撰此以惑之。其书颇事藻绘而体气俳弱，盖晚唐文类尔。”[44]对“传奇”之鄙视以清代纪昀最为彻底，其《钦定四库全书总目》摒弃“传奇”而回归“子部小说家”之纯粹（欧阳修《新唐书·艺文志》将唐代传奇阑入“子部小说家”）。而在具体评述时，凡运用“传奇”一辞，纪昀均带有贬斥之口气，如“小说家类存目一”著录《汉杂事秘辛》，提要谓：“其文淫艳，亦类传奇。”《昨梦录》提要云：“至开封尹李伦被摄事，连篇累牍，殆如传奇，又唐人小说之末流，益无取矣。”[45]而细味纪昀之用意，传奇之“淫艳”“冗沓”“有伤风教”正是其摒弃之重要因素，其目的在于清理“小说”“可资考证”“简古雅赡”“有益劝戒”之义例本色，从而捍卫“小说”之传统“正脉”[46]。

“演义”亦然。将“演义”专指白话小说，突出中国小说的“文白二分”也有价值层面之因素。虽然人们将“演义”视为“喻俗书”，但在总体上没能真正提升白话小说之地位，“演义”之价值仍然是有限的。这只要辨别“演义”与“小说”之关系便可明了，“演义”与“小说”是古人使用较为普遍的两个术语，两者之间的关系大致这样：“小说”早于“演义”而出现，其指称范围包括文言小说和白话小说两大门类，“演义”则是白话小说的专称；而在价值层面上，“演义”与“小说”则有明显的区别。我们且举两例以说明之：明胡应麟曾对“演义”与“小说”作过区分，其所谓“小说”专指文言小说，包括“志怪”“传奇”“杂录”“丛谈”“辨订”“箴规”六大门类，而“演义”则指《水浒传》《三国志通俗演义》等白话小说。《少室山房笔丛·庄岳委谈下》云：“今世传街谈巷语有所谓演义者，盖尤在传奇、杂剧下。”又云：“关壮缪明烛一端则大可笑，乃读书之士亦什九信之，何也？盖由胜国末村学究编魏、吴、蜀演义，因传有羽守邳见执曹氏之文，撰为斯说，而俚儒潘氏又不考而赞其大节，遂致谈者纷纷。按《三国志》羽传及裴松之注及《通鉴》《纲目》，并无其文，演义何所据哉？”[47]其鄙视之口吻清晰可见。而清初刘廷玑的判定则更为斩钉截铁：“演义，小说之别名，非出正道，自当凛遵谕旨，永行禁绝。”[48]胡、刘二氏对小说（包括文言白话）均非常熟悉，且深有研究，其言论当具代表性。

要言之，从术语角度观照中国小说文体，可以清晰地梳理出中国小说之文体构成和文体发展，且从价值层面言之，术语也显示了小说文体在中国古代的存在态势，那就是“重文轻白”“重笔记轻传奇”，这一态势一直延续到晚清。

三、术语与20世纪中国小说之研究

20世纪以来，小说研究取得了丰硕的成果，形成了自身的特色，我们完全可以认为，20世纪是中国小说研究史上最为丰收的一个世纪，小说研究从边缘逐步走向了中心，而小说作为一种“文体”也在中国文学创作中渐据“主体”地位。促成这一转变的有多种因素，而其中最为关键的仍然在术语——“小说”与“novel”的对译。

一般认为，现代“小说”之观念是从日本逆输而来的，“小说”一词的现代变迁是将“小说”与“novel”对译的产物。从语源角度看，最早将小说与“novel”对译的是英国传教士马礼逊的《华英字典》（1822），在日本，出版于1873年的《外来语の语源》《附音插図英和字彙》也收有“novel”的译语“小说”，但两者影响均不大。而真正改变传统小说内涵、推进日本现代小说发展的是坪内逍遥（1859—1935）的《小说神髓》（1885），坪内逍遥“试图把中国既有的‘小说’概念和戏作文学（日本江户后期的通俗小说）统一到‘ノベル’（novel）这一西方的新概念上来”[49]。由此，“小说”在传统基础上被赋予了新的内涵，即以西方“novel”概念来限定“小说”之内涵。近代以来，中国小说之研究和创作受日本影响是显而易见的，其中最为本质的即小说观念，而梁启超和鲁迅对后来小说之研究和创作影响最大。[50]

“小说”与“novel”的对译对20世纪中国小说研究史和小说创作史都有深远的影响，从某种程度上我们可以说，它使中国小说学术史和中国小说创作史翻开了新的一页。从研究史的角度而言，经过梁启超等“小说界革命”的努力，小说地位有了明显的提升，虽然近代以来人们对传统中国小说仍然颇多鄙薄之辞，但“小说”作为一种“文体”的地位有了根本性的改变，“小说为文学之最上乘”的言论在20世纪初的小说论坛上成了一个被不断强化的观念而逐步为人们所接受。[51]正是由于这一观念的推动，近代以来的小说研究开启了不少前所未有的新途，如王国维尝试运用西方美学思想来分析中国传统小说，虽不无牵强，却是开风气之先；胡适以考据方法研究中国小说，虽方法是传统的，但运用考据方法研究中国小说则是以对小说价值的重新体认为前提的；而鲁迅等的小说史研究更是以新的文学史观念和小说观念为其理论指导。而所有这些研究方法之新途都和“小说”与“novel”的对译关系密切，小说地位的确认和“虚构之叙事散文”特性的明确是中国小说研究形成全新格局的首要因素。这一新的研究格局在20世纪的中国小说研究史上，虽每个时期有其局部之变化，但总体上一以贯之。从创作史角度来看，“小说”与“novel”的对译也促成了中国小说创作的质的变化，在这一过程中，如果说，梁启超等所倡导的“新小说”只是着重在小说表现内涵上的“新变”，其文体框架仍然是“传统”的，所谓“新小说”乃“旧瓶装新酒”；那么，以鲁迅为代表的小说创作则完成了中国小说真正意义上的“新旧”变迁，开启了全新的现代小说之格局。而小说新格局的产生在根本意义上是中国小说“西化”的结果，郁达夫在其《小说论》中即明确认为“中国现代的小说，实际上是属于欧洲的文学系统的”，而现代小说也就是“中国小说的世界化”[52]。

由此可见，“小说”与“novel”的对译，表面看来似乎只是一个语词的翻译问题，实则蕴含了深层次的思想内核，是中国小说研究和创作与西方小说观念的对接，中国现代学术史范畴的“小说”研究和中国现代文学范畴的“小说”创作均以此作为“起点”，其影响不言而喻，其贡献也不容轻视。然而，当我们回顾梳理这一段历史的时候，我们也不无遗憾地发现，由“小说”与“novel”对译所带来的“小说”新内涵在深刻影响中国小说研究和创作的同时，也对中国小说研究和创作带来了不少“负面”影响，尤其在小说研究和创作的“本土化”方面更为明显。这主要表现在如下两个方面：

（一）小说研究的“古今”差异所引起的研究格局之“偏仄”。20世纪以来中国小说研究的“时代特性”是明显的，古今之研究差异更是十分鲜明的。从总体来看，中国小说研究的古今差异除了研究方法、理论观念等之外，最为明显的是对研究对象重视程度的差异：由“重文轻白”渐演为“重白轻文”，从“重笔记轻传奇”变而为“重传奇轻笔记”。而观其变化之迹，一在于思想观念，如梁启超“小说界革命”看重小说之

“通俗化民”；一在于研究观念，如鲁迅等“虚构之叙事散文”的小说观念与传奇小说、白话小说更为符契；而20世纪50年代以后之“重白轻文”“重传奇轻笔记”则是思想观念与研究观念合并影响之产物。在20世纪的中国小说研究中，白话通俗小说成了小说研究之主流，而在有限的文言小说研究中，传奇研究明显占据主体地位，其研究格局之“偏仄”成了此时期小说研究的主要不足。更有甚者，当人们一味拔高白话通俗小说之历史地位的时候，所持有的从西方引进的小说观念却是一个纯文学观念（或雅文学观念），这种研究对象与研究观念之间的“背离”致使20世纪的白话通俗小说研究也不尽如人意，其中首要之点是研究对象过于集中，《水浒传》《三国演义》《红楼梦》等有限几部小说成了人们津津乐道的小说研究主体。文言小说研究亦然，当“虚构的叙事散文”成为研究小说的理论基础时，“叙述婉转”的传奇便无可辩驳地取代了“粗陈梗概”的笔记小说之地位，虽然笔记小说是传统文言小说之“正脉”，但仍然难以避免被“边缘化”的窘境。其实，浦江清早在半个世纪前就提出了不同的看法：“现代人说唐人开始有真正的小说，其实是小说到了唐人传奇，在体裁和宗旨两方面，古意全失。所以我们与其说它们是小说的正宗，毋宁说是别派，与其说是小说的本干，毋宁说是独秀的旁枝吧。”[53]此论惜乎没能引起足够的重视。由此可见，20世纪中国小说研究的这一“古今”差异对中国小说研究的整体格局有着很大的影响。

（二）小说内涵之“更新”所引起的传统小说文体之“流失”。随着小说与“novel”的对接，人们开始尝试研究小说的理论和作法，而在研究思路上则由“古今”之比较演为“中外”之比较，并逐步确立了以西学为根基的小说创作理论。刘勇强在《一种小说观及小说史观的形成与影响》一文中对此作了分析：“五四”时介绍的西方以“人物、情节、环境”为小说三元素的理论在当时颇有影响，“清华小说研究社的《短篇小说作法》，郁达夫的《小说论》，沈雁冰的《小说研究ABC》等，都接受了这种新的三分法理论。西方小说理论的兴盛，意味着对中国小说的批评从思想层面向文体层面的深入，而古代小说一旦在文体层面纳入了西方小说的分析与评价体系，它要得到客观的认识势必更加困难了”[54]。其实，这种影响非独针对中国传统小说之批评，它对当时小说创作之影响更为强烈，尤其“要命”的是，这些小说理论的研究者往往又是小说的创作者，理论观念的改变无疑也会改变他们的创作路数，所谓现代小说的产生正是以这一背景为依托的。于是，在这一“中外”小说及小说观念的大冲撞中，传统小说文体被无限地“边缘化”。一方面，传统章回体小说“隐退”到小说主流之外，蛰伏于“言情”“武侠”等小说领域，且在“雅俗”的大框架下充任着不入流品的“通俗小说”角色；同时，颇具中国特色的笔记体小说在中国现代小说史上更是越来越难觅踪影，笔记体小说固然良莠不齐，但优秀的笔记体小说所体现出的创作精神、文体轨范、叙述方式、语言风格却是中国传统小说之菁华。近年来，当作家们感叹小说创作难寻新路，读者们激赏孙犁、汪曾祺小说别具一格的传统风神时，人们自然想到了中国文言小说之“正脉”的笔记体小说。然而，一个世纪以来对传统小说文体的“抑制”和在西学背景下现代小说的“一枝独秀”，已从根本上颠覆了中国古代小说之传统。这或许是20世纪初中国小说研究者在开辟新域时所没有料到的结局。

结　语

以上我们从三个方面清理了术语与中国小说之关系。由此，我们大致可以延伸出如下观点：（一）中国古代小说是一个整体，无论“文白”，不拘“雅俗”，古人将其统归于“小说”之名，即有其内在逻辑来维系，其中“子”“史”二部是中国古代小说之渊薮，今人以“虚构之叙事散文”观念来梳理和限定中国古代小说，其实不符合中国小说之实际。（二）中国小说乃“文白二分”，文言一系由“笔记”“传奇”二体构成，而在漫长的古代中国，小说之“重文轻白”“重笔记轻传奇”是一以贯之的传统。（三）20世纪以来中国小说研究的基本格局是“重白轻文”和“重传奇轻笔记”，而形成这一格局的根本乃是“小说”与“novel”的对接，这一格局对中国小说研究产生了深远影响，中国现代学术史范畴的“小说”研究由此生成，同时也影响了现代小说的创作。然而，这一格局也在某种程度上使中国小说研究和创作与传统中国小说之“本然”渐行渐远。其实，从小说术语的解读中，我们已不难看到，中国传统小说是一个非常广博的系统，是中国传统文化中的重要组成部分，其虽然始终处于“非主流”“非正统”的地位，但所体现的文化内核还是非常丰富的，尤其与“子”“史”二部之关系异常紧密。而当我们仅从“虚构之叙事散文”来看待和限定中国传统小说时，我们的研究和创作在很大程度上“失去”了与传统中国小说的血脉联系，其中最为突出的是“失去”了中国小说的“丰赡”和中国小说家的“博学”。

注释：

① 胡从经《中国小说史学史长编》[（香港）中华书局1999年版]认为最早在理论上倡导小说史研究的是天僇生，他发表于《月月小说》1907年第1卷第11期的《中国历代小说史论》，第一次明确提出了“中国历代小说史”的概念。从现有论著来看，最早对中国小说史进行历史清理的是日本学者笹川临风的《中国小说戏曲小史》[（东京）东华堂1897年发行]，国人的最早著述是张静庐的《中国小说史大纲》（泰东图书局1920年版）、鲁迅《中国小说史略》（北京大学新潮社1923—1924年版）。但从影响而言，开小说史研究之风气者无疑是鲁迅的《中国小说史略》。参见黄霖、许建平等《20世纪中国古代文学研究史・小说卷》第四章“‘中国小说史’著作的编纂”，东方出版中心2006年版，第71页。

② 在中国古代，具有“通名”性质的小说术语主要有两个：“小说”和“说部”。其他术语或指称某一小说文体，如“笔记”“传奇”等，或具有阶段性之特征，如“演义”“按鉴”等，唯有“小说”“说部”可以基本笼括中国小说之全体，故以此来抉发中国小说之特性有其合理性。

③㊽ 刘廷玑：《在园杂志》，中华书局2005年版，第82—83页，第125页。

④ 姚振宗：《隋书经籍志考证》卷三二，载《续修四库全书》第915册，上海古籍出版社2002年据浙江图书馆藏开明书店铅印师石山房丛书本影印，第499页。

⑤㊱㊵ 刘知几：《史通・杂述》，载浦起龙《史通通释》，上海古籍出版社2009年版，第253页，第253—255页，第257页。

⑥ 司马光：《进书表》，载《资治通鉴》，中华书局1956年版，第9607页。

⑦ 《三国志・魏书・王卫二刘傅传》，载裴松之注引《魏略》，中华书局1959年版，第603页。

⑧ 王溥：《唐会要》卷四，中华书局1955年版，第47页。

⑨ 段成式：《酉阳杂俎》，中华书局1981年版，第240页。

⑩ 吴自牧《梦粱录》卷二〇《小说讲经史》：“说话者，谓之‘舌辩’，虽有四家数，各有门庭。且小说名‘银字儿’，如烟粉、灵怪、传奇、公案、朴刀杆棒发发踪参之事。”[《东京梦华录（外四种）》，上海古典文学出版社1956年版，第312页。]

⑪ 参见刘晓军《“说部”考》，《学术研究》2009年第2期。

⑫ 朱康寿《〈浇愁集〉叙》：“说部为史家别子，综厥大旨，要皆取义六经，发源群籍。或见名理，或佐纪载；或微词讽谕，或直言指陈，咸足补正书所未备。自《洞冥》《搜神》诸书出，后之作者，多钩奇弋异，遂变而为子部之余，然观其词隐义深，未始不主文谲谏，于人心世道之防，往往三致意焉。乃近人撰述，初不察古人立懦兴顽之本旨，专取瑰谈诡说，衍而为荒唐俶诡之辞。于是奇益求奇，幻益求幻，务极六合所未见，千古所未闻之事，粉饰而论列之，自附于古作者之林，呜呼悖已！”（邹弢：《浇愁集》，黄山书社2009年版，第4页）

⑬ 李光廷《〈蕉轩随录〉序》：“自稗官之职废，而说部始兴。唐、宋以来，美不胜收矣。而其别则有二：穿穴罅漏、爬梳纤悉，大足以抉经义传疏之奥，小亦以穷名物象数之源，是曰考订家，如《容斋随笔》《困学纪闻》之类是也；朝章国典，遗闻琐事，钜不遗而细不弃，上以资掌故而下以广见闻，是曰小说家，如《唐国史补》《北梦琐言》之类是也。”（方濬师：《蕉轩随录・续录》，中华书局1995年版，第1页）

⑭ 王韬：《〈海上尘天影〉叙》，载司香旧尉《海上尘天影》，《古本小说集成》本，上海古籍出版社1994年版，

第2页。相似之表述尚有梁启超《译印政治小说序》："今中国识字人寡，深通文学之人尤寡，然则小说学之在中国，殆可增《七略》而为八，蔚四部而为五者矣。"（光绪二十四年十一月十一日《清议报》第一册，中华书局1991年影印本，第54页）康有为《日本书目志·小说门》"识语"："易逮于民治，善入于愚俗，可增《七略》为八,四部为五，蔚为大国，直隶《王风》者，今日急务，其小说乎？仅识字之人，有不读经，无有不读小说者。"（姜义华编校：《康有为全集》第三集，上海古籍出版社1992年版，第1212页）

⑮ 参见潘建国《中国古代小说书目研究》第二章"历代公私目录与古代文言小说的著录及其观念之嬗变"，上海古籍出版社2005年版。

⑯ 张少康：《文赋集释》，人民文学出版社2002年版，第118页。

⑰㉝㊲㊴ 《四库全书》研究所整理：《钦定四库全书总目》，中华书局1997年版，第1870页，第1636页，第1834页，第1834页。

⑱ 永瑢等：《四库全书简明目录》，上海古籍出版社1985年版，第531、550页。

⑲ 庾岭劳人：《蜃楼志全传》，百花文艺出版社1987年版。

⑳53 浦江清：《论小说》，载《浦江清文录》，人民文学出版社1958年版，第193页，第186页。

㉑ 这种多元的价值功能就是在通俗小说中也得到认可，如晚清王韬评《镜花缘》："《镜花缘》一书，虽为小说家流，而兼才人、学人之能事者也……观其学问之渊博，考据之精详，搜罗之富有，于声韵、训诂、历算、舆图诸书，无不涉历一周，时流露于笔墨间。阅者勿以说部观，作异书观亦无不可……窃谓熟读此书，于席间可应专对之选，与它说部之但叙俗情羌无故实者，奚翅上下床之别哉？"（王韬：《镜花缘图像序》，中国书店1985年据1888年上海点石斋版《绘图镜花缘》影印本）

㉒ 如胡怀琛《中国小说研究》（商务印书馆1933年版）第三章"中国小说形式上之分类及研究"划分为记载体、演义体、描写体、诗歌体；郑振铎《中国小说的分类及其演化趋势》（《学生杂志》1930年1月第17卷第1号）划分为短篇小说（笔记、传奇、评话）、中篇小说、长篇小说；青木正儿《中国文学概说》（开明书店1938年版）第二章"文学序说"（二）"文学诸体之发达"划分为笔记小说、传奇小说、短篇小说、章回小说。石昌渝《中国小说源流论》（生活·读书·新知三联书店1994年版）、孙逊、潘建国《唐传奇文体考辨》（《文学遗产》1999年第6期）均将小说文体分为"笔记""传奇""话本"和"章回"四体。

㉓ 孙逊、潘建国：《唐传奇文体考辨》，《文学遗产》1999年第6期。

㉔ 一般认为，"演义"是小说类型概念，指称白话小说中的历史演义一种类型，其实不确，"演义"在明清两代是一个小说文体概念，统称白话小说这一小说文体（参见拙作《"演义"考》，《文学遗产》2002年第2期）。

㉕ 章炳麟：《洪秀全演义·章序》，载黄小配《洪秀全演义》，上海古籍出版社1981年版，第1页。

㉖ 雉衡山人：《〈东西晋演义〉序》，载《东西晋演义》，《古本小说集成》本，上海古籍出版社1990年版，第1页。

㉗ 《〈唐书演义〉序》，载无名氏《〈唐书志传〉题评》，《古本小说丛刊》本，中华书局1991年版，第1—2页。

㉘ 绿天馆主人：《〈古今小说〉叙》，载冯梦龙编《古今小说》，《古本小说集成》本，上海古籍出版社1994年版，第2—4页。

㉙ 《艺文类聚》卷四九引梁王僧孺《太常敬子任府君传》，上海古籍出版社1982年版，第879页。

㉚ 范文澜：《文心雕龙注》，人民文学出版社1958年版，第655页。

㉛ 《南齐书》卷五二《丘巨源传》："议者必云笔记贱伎，非杀活所待；开劝小说，非否判所寄。"（中华书局1972年版，第894页）

㉜ 洪迈:《容斋随笔》卷一，上海古籍出版社 1978 年版，第 1 页。

㉞ 在古代文献中，“笔记”和“小说”绝少连用，史绳祖《学斋占毕》卷二：“前辈笔记小说固有字误或刊本之误，因而后生末学不稽考本出处，承袭谬误甚多。”此“笔记小说”当为并列词组。

㉟ 郑振铎:《中国小说的分类及其演化的趋势》，载《郑振铎古典文学论文集》，上海古籍出版社 2009 年版，第 331 页。

㊳ 曾慥:《〈类说〉序》，载曾慥《类说》，文学古籍刊行社 1955 年影印本，第 29 页。

㊶ 纪昀:《阅微草堂笔记》，上海古籍出版社 1980 年版，第 359 页。

㊷ 陈师道:《后山诗话》，载何文焕辑《历代诗话》，中华书局 1981 年版，第 310 页。

㊸ 虞集:《道园学古录》，商务印书馆 1937 年版，第 645 页。

㊹㊼ 胡应麟:《少室山房笔丛·庄岳委谈下》，上海书店出版社 2009 年版，第 424 页，第 432、436 页。

㊺ 潘建国:《中国古代小说书目研究》，上海古籍出版社 2005 年版，第 57 页。

㊻ 胡之昀:《论唐代笔记杂录》，硕士学位论文，华东师范大学，2005 年。

㊾ 何华珍:《“小说”一词的变迁》，香港中国语文学会《语文建设通讯》2002 年第 70 期。

㊿ 何华珍《“小说”一词的变迁》:“戊戌变法失败后，梁亡命东瀛。航海途中，偶翻日人小说《佳人之奇遇》，由于满纸汉字，梁氏当时虽还不识日文，却也能看个大概。抵日后，创办《清议报》(1898)，发表《译印政治小说序》，翻译《佳人之奇遇》；继之，又创办《新小说》(1902)，发表《论小说与群治之关系》。可见，‘新小说’的兴起，不但与梁启超有关，而且与日本密不可分。”鲁迅作《中国小说史略》受盐谷温之影响也是显见的，而盐谷温之中国小说研究已是“折衷了当时东西方不同的小说史观和方法论来进行工作的”。[黄霖、许建平等:《20 世纪中国古代文学研究史·小说卷》第四章“‘中国小说史’著作的编纂”，东方出版中心 2006 年版，第 73 页。]

(51) 楚卿:《论文学上小说之位置》,《新小说》第七号光绪二十九年(1903)七月十五日，上海书店出版社 1980 年复印本。

(52)(54) 刘勇强:《一种小说观及小说史观的形成与影响——20 世纪“以西例律我国小说”现象分析》,《文学遗产》2003 年第 3 期。

(2011 年第 11 期)

词牌、曲牌与文人、乐人之关系

项　阳

宋代那些脍炙人口的佳作也许非是本词牌或称曲牌的初创，而是若干人共同将本牌子“捧红”，依曲填词脱颖而出，被后人传诵。如此引出一个话题，即曲子与词究竟是怎样的关系？曲牌与词牌所指是一个概念的不同表述还是两个概念？如是一个概念，何以有两种称谓？如是两个概念，却何以其间有千丝万缕之联系？所谓《临江仙》《鹊踏枝》《浪淘沙》《望江南》《西江月》《满江红》之类，为何既称为词牌又称为曲牌，这之间究竟有怎样的差异？何以这些词牌或曲牌具有全国普适性意义？它有怎样的传播渠道？既然曲子词这种样态音乐与文学密不可分，何以乐谱早已生发而词作没有与乐谱并置，只以词的文学部分问世？在没有录音、录像、广播等传播设备和手段的状况下，如何保障曲子在全国范围内传唱，其曲调又如何相对不走样地在全国流行？

笔者认为，曲子与词在表述上形成这种差异的缘由在于，音乐与文学皆依各自视角表述，会更多关注其独特的一面。从乐之视角的表述应以王灼最为深刻，王灼有云：“古人初不定声律，因所感发为歌，而声律从之，唐、虞禅代以来是也，余波至西汉末始绝。西汉时，今之所谓古乐府者渐兴，晋、魏为盛，隋氏取汉以来乐器、歌章、古调并入清乐，余波至李唐始绝。唐中叶虽有古乐府，而播在声律则尠矣；士大夫作者，不过以诗一体自名耳。盖隋以来，今之所谓曲子者渐兴，至唐稍盛，今则繁声淫奏，殆不可数。古歌变为古乐府，古乐府变为今曲子，其本一也。后世风俗益不及古，故相悬耳。而世之士大夫，亦多不知歌词之变。”① 王灼认为从音声视角把握歌与曲子发展脉络最为清晰。王灼辨析文人与曲子之歌章的关系，意味深刻。依王灼的认知，唐中叶之前乐府能够播在声律者鲜矣！可见“词”与乐的密切关联是在唐中叶之后。王灼辨析了从隋到唐中叶词曲关联性渐强的过程，词依声律传播，即所谓“声依咏，律和声”。五代出现了对曲子词的命名，至宋方显“繁声淫奏，殆不可数”。

相关文献中唐诗入乐记载颇多，诸如“旗亭赌唱”。唐以律诗为主导，因齐言声律结构相对单一，诗人甚至可以不必考虑声律的意义。换言之，这声律结构之复杂恰恰是从唱词之词格长短多变开始。在唐诗盛行的情状下，曲子词仅“稍盛”，有李白等写词为证：“在明皇朝，则有李太白应制清平乐词四首……（欧阳炯）因集近来诗客曲子词五百首，分为十卷。”[②] 这是五代十国时期追记李白制《清平乐》一事，可见曲子词之谓彰于五代。由于五代十国短暂，学界在表述时常常将其“忽略”。探讨唐诗向宋词之演化，五代十国时期是承上启下的重要环节，毕竟“曲子词”这一称谓确立于此时。以长短句、多种词格、曲牌为标志，牌子与内容分离、“旧瓶装新酒”为重要特征（瓶子为“招牌”），宋代在多种宫调中使用达到鼎盛，并影响说唱与戏曲生发。延续千载的曲子词，应是这样的发展过程。

一、词牌：文人以诗一体自名

曲子词，王灼称为曲子，这是重乐的表述。王灼以声律为中心，曲子如同当下的歌曲，曲词结合，只不过当下歌曲常常先词后曲（亦有少数先曲后填词，诸如《长江之歌》《江河水》）。作为曲子，从最初的专词专曲变为一曲多词，依相同曲调和词格填写与既有牌名毫不相干的内容，却依然以该曲牌称之，只不过这曲子词强调词的存在。士大夫从唐诗的传统，与诗一体自名，将本是一个概念者各自表述。词牌与曲牌究竟是怎样的关系？词牌是以文人、文学为中心的表述；曲牌是以乐人、声律为中心的表述；词牌以文学论，曲牌以音声技艺形式论。曲牌怎样形成？其后怎样传播？这是很有意思的话题。由于论者没有把握乐籍制度的存在，既往重在探讨词之格律与词之内容，鲜有把握“音乐文学”的特殊性意义。

先看文人。文人的成长可分进入社会之前和之后两个阶段。先一阶段苦读诗书，做到“满腹经纶”。后一阶段部分人由科举进入官场，其后依旧延续文人气质（一部分人只将诗书作为阶梯，进入官场则专心为官），且有相当数量作品传世；另一部分科举失利，所谓落第举子、布衣终身的一群。这两部分共同构成文人群体，但人们对前者常强调文人而忽略他们的“官身”。学子们未入仕时与在各地官属乐人群体接触，是他们把握音声体裁与内容的最直接方式，是专业乐人群体才使曲子词鲜活起来。

人们总是将融为一体的东西依分类各自表述，刻意强调其某一层面特性，有意无意地将密切关联的意义置于被忽略的地位。笔者以为，与宋词相比，唐诗还不能称之为严格意义上的音乐文学，或称唐诗与乐的关系远不及宋词这样紧密。文人士大夫刻意强调其文学意义，把握词格创填“以诗一体自名”，似乎可完全脱离乐而存在，但这种长短句的特征恰恰源自曲子——曲子词，就是依声律而为。当文人只是将其置于书案，当然“不知歌词之变”。关键在于如何理解和把握曲子的声律意义，认知曲子词为乐人与文人共创的结晶。

曲子是曲词结合，声律为专业乐人主导承载，虽然乐人中亦有词的佳作，但词作的主宰终究是文人。以齐言为特征的唐诗，文人不必过于在意声律的存在，依韵律而为即可；作为“长短句”的曲子词，却打破了旋律结构的规整性，体现词格差异性以及重声律的意义。曲子与词融为一体，这差异性是从各自表述中来。所谓“在音声者，因声以度词，审调以节唱，句度长短之数，声韵平上之差，莫不由之准度”[③]，就是这个道理，这是依音声而论。

从乐与乐人的视角必重旋律与乐调，更重二度创作。专业乐人将曲子展示，属二度创作，其演唱之音声技艺是保证曲子唱词内容有效传播的必要手段。由不同旋律音调结构成特色独具的“这一首”，以曲牌名之。同一曲牌下，可依声律和词格不断填撰新的词章。有意思的是，文人与乐人密切合作，其词作融入曲子并得到社会认同之后，文人的本初任务即告完成，其后便由专业乐人主导。也许是文人更强的独立性或文学需要不断创新，在受旋律音调结构制约所成词格的前提下，依词格以填撰新词由后继文人不断展开，成为程式化的“词牌”表达。不同词牌程式化的词格，决定了该词牌的独特性。依此词格、韵律创填相关内容，形成该词牌的格律。同一词牌，格律相同但表达的内容却截然不同，如此决定这是词而非为诗。由于文人、文学之强势，加之其时社会上虽有乐谱也难以汉字那样直观达意，导致学界将目光聚焦在所谓“音乐文学”上。不可否认，宋词这种“文学体裁”是在与声律密切关联中逐渐被文人群体推重而成。文史学界研究力量之大、话语权之强，使得“词牌”的称谓更为彰显，但我们还是应该把握曲子——曲子词的发生学意义。

必须回到历史语境中辨析文人如何获取乐的相关知识，以当下语境去把握显然会导致偏颇。作为曲子这种多宫调体系下曲体变化多端的音声样态，若不是有相对专业的训练，要想进入创作状态显然不可能。文人究竟怎样获取这种专业声律知识呢？既往研究说到教坊必以宫廷、京师论，似乎这曲子及其承载者都集中于京师、宫廷，这就令人不解：既如此，那些居于各地的文人在无乐谱刊载的情况下何以把握这些曲子的实际音调？在曲子“繁声淫奏，殆不可数”的宋代，虽说以曲名之、声律为先，然而，我们看到的更多是词作，同时期风靡之旋律却极少存世，这是何道理？教坊只是言及京师、宫廷，乐谱不刊，难道这繁声淫奏也仅限于京师？也许论者会以白石道人歌曲反证宋代词乐曲谱之存在。的确，白石道人自度曲之乐谱弥足珍贵，但姜夔在词史上远非一流，所谓“若周邦彦、姜尧章辈，自制谱曲，稍称音律，而词气又不无卑弱之憾”④，他在“稍称音律”的前提下创新词，词曲集于一身（在某种意义上反映出曲子词的本初样态），虽有“慢”“令”（《扬州慢》《鬲溪梅令》）等体裁，但《角招》《暗香》《杏花天影》之类显然不为社会所熟悉。作者虑及世人不知如何演唱，故将词曲一并写出。我们感佩姜夔之创新意识，也体味创新的艰难与无奈（高扬白石道人的意义在于宋代词曲结合之例证，并非文学视角的把握）。试想，风靡两宋诸如《浪淘沙》《满江红》《卜算子》《西江月》《临江仙》《八声甘州》《木兰花》《望江南》《念奴娇》《感皇恩》《水龙吟》《千秋岁》等等，何以不见其时曲谱？与苏轼、秦观、辛弃疾、晏殊等大家之词作相应的宋代乐谱安在？这些大词家在没到京师之前如何掌握与词相关之声律，仅仅是依词格而作，各地乐人又何以传？

二、曲牌：声律为先、乐人主体承载

2005年初夏，笔者在中国传媒大学主办的“音乐传播学学术研讨会”上，以《历史上的音乐传播方式》为题，重点探讨了在没有当下广播电视、录音设备的状态下，历史上其音声形态如何传播的问题。许多研究要么以当下的样态把握历史，要么从自然传播加偶然传播认知，这样的解释比较苍白。鉴于音声形态特性，我提出应该是国家意义制度下的组织传播和自然传播相结合的样态，如此形成广泛性和同一性。这样认知主要是考虑到作为音声形态的特殊性（在其时须以活态传承），再就是在研究过程中把握住乐籍制度下官属乐人群体的持续性和普适性存在。

这种以曲名之的音声样态，有一个相对固定“终身继代不改其业”⑤的传承群体将其连绵不绝地延续，这当然是指乐籍中以俗乐为主导的女乐承载。当曲子成为一个时代音声形态之潮流；当这个群体以其专业乐人的身份广布各地，将音声技艺体系内的传承面向社会传播；文人与这个群体紧密接触，有持续性学习声律的机会，然后依曲不断填撰新词，新词完成又会融进女乐群体成为其二度创作或称表演之用，这“本初”创作多在文人与乐人的唱和中完成，通过乐籍体系实现异地传播。文人群体不可能都集中在京师，也不会只在京师与乐人群体中紧密接触。各地的文人群体，他们既不可能常态性地在宅第中听看京师教坊乐妓的演唱，也不可能常来常往于京师。既往研究忽略了教坊体系的上下相通性，忽略了地方官府中官属乐人普适性存在，如果不能够对府县教坊、州府乐营等地方官府普设用乐机构（以俗乐为主兼为礼用）以及官属乐人（侧重女乐）规定性承载的“小令三千”有基本把握，我们的讨论将毫无意义。

从本质属性上讲，唐宋教坊以俗乐为主导，曲子承载是女乐的专利。地方官府用乐机构中乐人之身份及其承载值得我们充分重视。文献中称这个群体为乐籍、官妓、官伎、乐妓、乐伎、角妓、歌妓、官娼、官倡、府娼、郡娼，她们归属府县教坊、州府教坊、州府散乐、乐营[6]等等，她们首先面向官府，并为社会服务。文人出身的官员以特权享有这个群体的表演，并与之唱和，那些未入仕的文人则到官属乐人的服务地点，诸如青楼妓馆、茶楼酒肆、勾栏瓦舍中欣赏，这是他们所能及的“学习场所”。《武林旧事》卷六“瓦子勾栏”条载，诸多瓦子勾栏“城内隶修内司，城外隶殿前司”[7]，这显然有官方直接参与管理的意义，所谓“或有路歧不入勾栏，只在要闹宽阔之处做场者谓之打野呵，此又艺之次者”[8]，这是讲不上档次的卖艺行为，但主流还是官方。《梦粱录》载，临安府清明前各酒库新酒上市，要举行盛大仪式：“官私妓女新丽妆著，差雇社队鼓乐，以荣迎引。至期侵晨，各库排列整肃，前往州府教坊，伺候点呈。”[9]“宋时城中官沽有八楼，曰和乐，曰和丰，曰中和，曰春风，曰泰和，曰西楼，曰太平，曰丰乐，皆属户部点检。所楼各有库，每库只直数人，官妓数十人，饮客登楼则以名牌点唤侑觞，谓之点花牌。金银器皿取自库中，往往学舍士夫所据，外人未易登也。”[10]酒楼由官家经营，直隶户部。八楼之中，每处有官妓数十人，她们每天的饮客更多是“学舍士夫”，这官沽八楼为这两种人所据，非一般人所可住。乐妓陪酒，重在展示技艺，如此将酒更多售出，也为国家增加税收：“自景定以来，诸酒库设法卖酒，官妓及私名妓女数内，拣择上、中、甲者，委有娉婷秀媚，桃脸樱唇，玉指纤纤，秋波滴溜，歌喉宛转，道得字真韵正，令人侧耳听之不厌。官妓如金赛兰、范都宜、唐安安、倪都惜、潘称心、梅丑儿、钱保奴、吕作娘、康三娘、桃师姑、沈三如等，及私名妓女如苏州钱三姐、七姐，文字季惜惜，鼓板朱一姐，媳妇朱三姐、吕双双、十般大胡怜怜，婺州张七姐、蛮王二姐、搭罗丘三姐、一丈白杨三妈，旧司马二娘，裱褙陈三妈，屐片张三娘，半把伞朱七姐，轿番王四姐，大臂吴三妈，浴堂徐六妈、沈盼盼、普安安、徐双双、彭新等。后辈虽有歌唱者，比之前辈，终不如也。”[11]这是对乐妓技艺的品评。酒业官卖，此处虽讲京师，但国家制度下各地应该有统一性，相关文献展示州府郡县应有此群体存在。这种样态直到明代依旧：“唐、宋皆以官妓佐酒，国初犹然。”[12]《金瓶梅词话》云：

“隔壁乐家常走的一个女儿，姓申，名唤申二姐，诸般大小时样曲儿，连数落，都会唱……又问：‘你记得多少小唱？’申二姐道：‘……小的大小也记百十套曲子。’”[13] 这里的小唱当为小令，属于乐籍中女乐的基本技艺。人们在描述侑酒的同时，很少对这一群体的技艺全面把握。所谓“吃花酒”，即官妓们与“学舍士夫”有多层面的互动。在这种文人辞赋与官妓之演唱的互动层面上，促进了演艺文化前行。

所谓“官私妓女”显示身份不同，这在宋代较为普遍。“官妓佐酒”是国家制度下的普遍样态，如此显现制度下乐人群体承载的一致性，亦给地方官府中的文人学习音声的机会，这是我们最应该把握的。在音声形态必须活态承载的情况下，如果忽略了出于需要而在各地官府普置相关机构管理官属乐人群体，这个群体以“小令三千”为制度规范，体系内传承面向社会传播以及群体的专业性，则很难理解各地文人如何获取专业声律经验，何以在各地能够与京师有相对一致的曲子形态及音调，这也是少见乐谱的道理，即在官属乐人体系中有京师与地方上下一致性音声旋律的活态传承[14]，正是这“小令三千”不断规范、积累，不“断链”地承继，各地官府所辖有这一群体的普遍性存在，方具各地文人群体“声律学校”的意义。文人之于音声、曲子的直接经验正是通过这一群体的存在而获取。这些词曲不断创造和承载的动态过程显现传习创造的互动意义。下一条史料是文人向乐人习学声律的明确表达，这属于声律的深入把握。其实作为一般声律知识，文人亦要向乐工学习：“有游心声律者，反从乐工受业；俳优得志，肆为奇谲，务以骇人听闻。常见缙绅子弟，顶圆冠，曳方履，周旋尊俎间。而怡声恭色，求媚贱工，唯恐为其所诮。甚者习其口吻，法其步趋，以自侈于侪辈。彼拂弦按拍，执役而侑酒者，方且公然嘲谑，目无其坐上人，不有作者出而正之，殆不知其流弊之所止也。”[15] 论者应当建立官属专业乐人普适性存在和普适性承载的理念，如果没有这个前提，忽略了这个群体的承载有着相对同一性，忽略了他们会不断将府县教坊、州府教坊、乐营之创造融入这个体系既而广泛流通的意义，那么，许多问题也许永远不可能讲清楚。

关汉卿《钱大尹智宠谢天香》第二折：“（钱）张千将酒来。我吃一杯。教谢天香唱一曲调咱。（旦）告宫调。（钱）商角调。（旦）告曲子名。（钱）定风波。（旦唱）自春来惨绿愁红。芳心事事。（张咳嗽科）（旦改云）已已。（钱）聪明强毅谓之才。正直中和谓之性。老夫著他唱自春来惨绿愁红。芳心事事可可。他若唱出可可二字来。便是误犯俺大官讳字。我扣厅责他四十。听的张千咳嗽了一声。他把可可二字改为已已。哦。这可字是歌后韵。已字是齐微韵。兀那谢天香。我跟前有古本。你若是失了韵脚。

差了平仄。乱了宫商。扣厅责你四十。则依著齐微韵唱。唱的差了呵。张千准备下棒子者。"[16] 这是文人与乐人互动关系的绝妙释解。文人懂音律，乐人功底深厚。牌子、调名随你点，而且即兴改辙韵创作，显现专业素质。文人在这样的环境中对声律从"懂"到"通"。文人总是与女性乐人有更多交往，所谓"声色娱人"。

三、词曲结合：文人乐人互动共创

在曲子这种体裁定型之后，文人们不断参与新音声体裁的创造过程，文人与乐人紧密合作成为社会时尚。文人需要承载小令三千——曲子的女乐与之应和，个体的创作经这个群体广泛传播也会以为荣耀。经过学习与熏陶，新的文人会不断加入这个行列，从而不断激发起新的创作欲望。《板桥杂记》中有举子与青楼乐妓的互动："旧院与贡院遥对，仅隔一河，原为才子佳人而设。逢秋风桂子之年，四方应试者毕集，结驷连骑，选色征歌，转车子之喉，按阳阿之舞，院本之笙歌合奏，回舟之一水皆香。或邀旬日之欢，或订百年之约。蒲桃架下，戏掷金钱；芍药栏边，闲抛玉马，此平康之盛事，乃文战之外篇。若夫士也色荒，女兮情倦，忽裘敝而金尽，遂欢寡而愁殷。虽设阱者之恒情，实冶游者所深戒也，青楼薄幸，彼何人哉！"[17]《续板桥杂记》亦载："贡院与学宫毗连，院墙外为街，街以南皆河房，每值宾兴之岁，多士云集，豪华者挟重赀择丽姝侨寓焉；寒素之士，时亦挈伴闲游，巡莲访藕，好风引梦，仙路迷人，求其独清独醒者，殆十无二三也。"[18] 这就是文人与官属乐人之互动关系。文人未入仕前到官属乐人"服务场所"学习，入仕后则享有所谓特权，要么持度牒将乐妓调出，要么依制由官府配给用于府邸，所谓"三品以上，听有女乐一部，五品以上，女乐不过三人"[19]，诸如"崔紫云，兵部尚书乐妓，词华清峭，眉目端丽"[20]，应是依品级为官员府邸专用乐妓的记录。

文人群体虽与女乐群体互动，但有一批人停留在依曲、依词格进行创作的层面，或称只在于"单曲""只曲"，显现独立性的同时也使"词牌"与音声渐行渐远，最终成为文人孤芳自赏之物，淡化词曲相互为用，成为所谓的案头文学体裁。以一个牌子表达完整意义的思想内容而存在，这是词牌个体完整的表现。曲子中的词作为主导，却不能称之为曲子的主体。在"繁声淫奏，殆不可数"的时代，文人士夫依曲填词不断更新却"以诗一体自名"，这当然不能说是本末倒置，却恰恰反映出文人的主体意识和乐人的卑贱身份导致了社会呈现如此样态。

文人中另有一批“心甘情愿”浪迹青楼，先与乐妓耳鬓厮磨“从乐工受业”，然后专心致志为其进行创作，这是参与到多种音声技艺形式之中的意义，这曲子——曲牌便成为新形式中的“元素”。当曲子既作为一种体裁样式又成为新体裁的元素而存在，以曲牌作为最小单位成为乐妓们展示技艺的选择（所谓“小令三千”，曲牌丰富多彩），亦在发展中将其连缀建立不同的宫调体系，形成所谓“套曲”样态，这就是孔三传的意义：“泽州孔三传者，首创诸宫调古传，士大夫皆能诵之。”[21]籍内专业乐人创制，文人跟进，乐人创制影响士大夫，这是集世间曲牌演绎故事而被传诵者。在这个过程中先为“诸宫调”既而为杂剧，毕竟这曲子、诸宫调、戏曲有着发生发展的序列，这就是“曲子的发生学意义”[22]之所在，曲子是为其后多种音声技艺形式的母体。在后两种音声形态中因“讲故事”依人物内心刻画与剧情变化之需而刻意选择曲牌以唱词填充，还要考虑宫调之统系，即所谓“配调安腔，选声酌韵”[23]。如此，这曲子既作为只曲“相对完整”意义上的表现，亦为诸宫调、杂剧提供连套式的“服务”，这是“同一种东西”在发展过程中因使用之不同而显现的差异。参与后一种创作的文人是真正既懂声律又懂词作规律的剧曲作家，《录鬼簿》所载多属此类。以声律为中心、在独立艺术门类中成为主导，当然是为曲牌的意义。笔者一直困惑：何以乐人为主体，文人参与或称乐人与文人共同创造的音声样态，最终却是以文人、文学为主体的平面文本存世？这显然不符合这种音声样态在社会中的实际位置。

学界认知古代文人远比现代文人“懂乐”，这是从群体意义上的考量。从乐本体来讲，乐人为文人之师毋庸置疑，前引《雨中随笔》所记的意义在此。虽然社会将乐人、特别是女乐视为操贱业之群体，但回到历史语境，官属乐人终身继代所具有的专业性，制度下生存的体系化，加之音声形态作为时空艺术的特殊性，由于文人与乐人的这种相须、相惜，方使得在密切接触中不断创造。王灼所谓“古歌—古乐府—今曲子”的脉络，是以乐为主线。专业乐人群体性存在保障了其所承载者，新创不断融入活态传承，不断积累与积淀，以乐作为主脉不断延续。乐人承载首先在于其为一种技艺，无论声、乐、舞，能够被社会认同绝非一日之功，须经长期训练方能达到技与艺的完美结合。掌握技巧技能是他们服务于社会、赖以生存的饭碗，这是乐人与文人最本质的不同。

由于音声之特殊性以及乐人在社会中的地位，他们虽承载技艺，却是不许读书应科举的一群。换言之，这个群体没有文人掌握“文化”的先决条件（虽然其承载也是传统大文化的构成），因此，乐谱的发明是在文人帮助下完成的。乐人是一个专业且终身继代的群体，他们口口相传将定型的曲牌音调延续。令新生曲牌之曲调得到社会认同，有几个要素：群体性的专业人士，不断续的口口传承，掌握音声技艺，体系内传承，面向社会广泛传播。曲子是要唱的，曲子词是曲子之词，这是关键所在。在文人的意义上，一旦曲词生成，既可在书斋案头独自把玩，亦可邀三五同道一起品味，要以整体印象示众，乐妓携乐队二度创作不可或缺。进入活态传播之统系，方具真正意义上的传播。这种传播主渠道就是各级官府的所谓府县教坊、州府教坊、府州散乐、乐营，这是官妓之所在，均可归入教坊体系。

《说郛》载："京中饮妓，籍属教坊。凡朝士宴聚，须假诸曹署行牒，然后能致于他处。惟新进士设有顾吏故便可行牒追，其所赠之资则倍于常数。诸妓居平康里，举子、新及第进士、三司幕府但未通朝籍、未直馆殿者，咸可就诣。如不吝所费，则下车水陆备矣。其中诸妓多能谈吐，颇有知书言话者。"[24] "吕士隆知宣州，好笞官妓。官妓皆欲逃去，会杭州一妓到，士隆喜之，留不使去。一日，郡妓复犯小过，士隆欲笞之。妓诉曰：某不敢辞罪，但杭妓不自安也。士隆愍而舍之。"[25] 陶宗仪在此显指教坊之女乐为用，虽言京都事，但后一条显现地方官府这一群体的存在是不争的事实。她们在进入这个行当之先，必定要接受相关技艺训练。朝士对于官妓非任意为之，"须假诸曹署行牒，然后能致于他处"。所谓唐之北里，元之青楼，应是官妓群体所宅之地。《青楼集》是有元一朝百年之各地名妓的记录，非仅限于京城。鉴于《元典章》与《通制条格》作为国家法律的相关记载，青楼均为官妓无疑，如此方显制度下"网络体系"的意义。这女妓总与"小令三千"——曲子紧密相连，记载地方官妓的文献有相当数量，的确非仅限于京师。

《洞微志》记有曲牌《喝驮子》纳入教坊体系的过程："此曲单州营妓教头葛大姊所撰新声。梁祖作四镇时，驻兵鱼台，值十月二十一生日，大姊献之，梁祖令李振填词，付后骑唱之，以押马队，因谓之葛大姊。及战，得胜回，始流传河北，军中竟唱。俗以押马队，故讹曰'喝驮子'。庄皇入洛，亦爱此曲，谓左右曰：'此亦古曲，葛氏但更五、七声耳'。"[26] 这是地方官府中乐妓创制，随之被纳入体系内的表述。《文酒清话》云："唐封舜臣性轻佻，德宗时使湖南，道经金州，守张乐燕之，执杯索《麦秀两歧》曲，乐工不能，封谓乐工曰：'汝山民，亦合闻大朝音律！'守为杖乐工。复行酒，封又索此曲。乐工前乞侍郎举一遍。封为唱彻，众已尽记，于是终席动此曲。封既行，守密写曲谱，言封燕席事，邮筒中送与潭州牧。封至潭，牧亦张乐燕之，倡优作褴褛数妇人，抱男女筐筥，歌《麦秀两歧》之曲，叙其拾麦劝苦之由，封面如死灰；归过金州，不复言矣。”[27]可见，京师与地方教坊所承载之曲目确有相通性，不习则被责。官员封舜臣识音律，能将该曲唱出。也许这首曲子刚刚在京师传开，还没有通过乐籍体系传至地方，封舜臣卖弄完全是自取其辱。

各地官妓之宅地是世人吃花酒、打茶围之所在，宅店一体。所谓“词山曲海，千生万熟，三千小令，四十大曲”[28]。小令三千是宋代以降对乐妓的基本规范，此话语在其后千年之中为多种官书正史、野史稗编、地方志书以及乐人手抄的自律文本所不断提及。虽有泛指多数之意义，但的确显现规范性曲目的承载。如果没有专业技艺的训练，不懂得一两种乐器，不训练嗓音，不懂音律之妙，没有“技艺”，则不可能赢得前来品味者的青睐。

将在籍女乐完全等同于色娱之妓女是一种误区，殊不知这些官妓为声色娱人之群体，国家制度对入仕官员有规范：只能欣赏其技艺，却不能收为妻妾，否则便会被参劾，毕竟这是身份有天壤之别的两个群体。当然，有官员倚权仗势破坏制度则另当别论：“呜呼！我朝混一区宇，殆将百年，天下歌舞之妓，何啻亿万，而色艺表表在人耳目者，固不多也。”[29]“梁圆秀，姓刘氏，行第四。歌舞谈谑，为当代称首。喜亲文墨，作字楷媚；间吟小诗，亦佳。所制乐府，如《小梁州》《清歌儿》《红衫儿》《抧抟儿》《寨儿令》等，世所共唱之。又善隐语。其夫从小乔，乐艺亦超绝云。”“王金带　姓张氏，行第六。色艺无双。邓州王同知娶之，生子矣。有谮之于伯颜太师，欲取入教坊承应，王因一尼为地，求间于太师之夫人，乃免。”“王玉梅　善唱慢调，杂剧亦精致。身材短小，而声韵清圆，故钟继先有‘声似磬圆，身如磬槌’之诮也。”“金莺儿　山东名姝也。美姿色，善谈笑。搊筝合唱，鲜有其比。贾伯坚任山东佥宪，一见属意焉，与之甚昵……由是台端知之，被劾而去；至今山东以为美谈。”[30]青楼是为“天下歌舞之妓”的场所，“色艺表表在耳目者”固然最佳，但夏庭芝更为看重技艺，哪怕是“身材短小”“身如磬槌”，只因“声似磬圆”也同样收录。邓州同知娶王金带是违制之举，一旦被谮，落得丢官弃爵。有意思的是，社会并不以为耻，还以为“美谈”。

四、曲子在教坊体系下的发展演化

学界研究曲子更多以文人为中心，将乐人视为松散无序，谈教坊只讲宫廷、京师，看不到乐人全国性的群体效应，忽略乐人体系内承载之主体性，很是遗憾。乐籍制度下各地官属乐人普适性存在是为文人参与创作的“温床”，没有这个大前提一切都是虚妄！文人掌握曲子词的创作规律，在熟悉曲牌基本旋律的基础上新创，并不意味着文人之音声技艺较之乐人更为优秀。乔建中论曲牌有云：“曲牌是中国音乐特别是汉族音乐传统音乐中的特有现象。凡是在结构组织上相对标准化，旋律进行上规范化，借‘依声填词’之法制曲，可以多次使用并允许在流传使用中变化的有文字标题的声乐曲和器乐曲，都称为曲牌。简言之：曲牌者，程式性、可塑性、复用性、标题性乐曲之谓也。”[31]此论最接近实质，承继了王灼从“乐”的视角把握的思路。

曲牌是以乐人为中心的称谓，即用于演唱的曲调名牌。曲牌由曲子而来，最初曲词合一，专曲专用。在流变过程中，一些优秀的曲子由于脍炙人口，人们更愿意在保留曲调的基础上继续创作，从而曲同词异，这是曲与词的新组，还有在教坊体系中能够演唱的意义。同一曲牌可以由相同或不同作者配上内容截然不同的歌词，当然要在词格基本相同的前提下，使新创唱词与既有曲调相合，即“旧瓶装新酒”。自然也可有些微差异，即多种“又一体”[32]。曲牌为“曲之招牌”。这种被社会有着广泛认同度的曲牌积累到相当的量，教坊乐人们开始将曲牌依不同宫调系统串联起来演绎故事（这里凸显音声技艺、度曲技法的意义，在创作过程中少不了文人参与）。这种创造由教坊体系地方官府中的乐人首开先河，这是孔三传创制诸宫调的意义。

“说唱诸宫调，昨汴京有孔三传编成传奇灵怪入曲说唱。今杭城有女流熊保保及后辈女童皆效此，说唱亦精，于上鼓板无二也。”[33]加上前及《碧鸡漫志》中的记述，这些是为诸宫调与孔三传最具代表性的材料。前谓孔三传是泽州人氏，后称其为汴京人氏。《骨董琐记》中有以下言语：“宋太宗灭北汉，夺其妇女随营，是为营妓之始。后复设官妓，以给事州郡官幕不携眷者，官妓有身价五千,五年期满归原寮，本官携去者，再给二十千，盖亦取之勾栏也。营妓以勾栏妓轮值一月，许以资觅替，逐及罪人之孥，及良家系狱候理者，甚或掠夺诬为盗属充之，最为秕政。南宋建国，始革其制。”[34]

称营妓为宋太宗时方有，实属误解，乐营在两晋已有之。讲营妓在勾栏轮值，属于当时实际情况。论者关注这条材料在于孔三传恰在这一时期。人们更多关注女妓，常常将与之相伴的男性乐工“忽略”，殊不知这男性乐工亦属乐籍，他们亦会被派往勾栏轮值应差。是否孔三传为泽州被遣入汴京的官属乐人呢？如若不是长期浸润在这样的氛围之中，对曲子有整体而全面的把握，对曲子的宫调有深层认知，断不能梳理这些曲子依宫调归入统系之中，这是对乐有深层把握的人所成者。当这种形态或称新的组合创制完成，文人参与其中，依孔三传等人创造的曲牌组合系统去编创演绎故事，则有诸如

《西厢记诸宫调》《刘知远诸宫调》等传世佳作（当然不限于此）。诸宫调属戏曲前身，换言之，说唱是一人多角的演出样态。在此基础上，教坊专业人员看到了这种被梳理之后依不同宫调规律性组合曲牌展演故事所具有的巨大潜力，中国的戏曲在此基础上方有实质性的发展。

戏曲产生后的数百年间，其主流创作模式一直延续这种依规律性宫调组合曲牌演绎故事的样态（以声律为主体，明代“四大声腔”下的戏曲全是这样的创制，创腔显现风格），这就是所谓曲子—曲牌—曲牌联缀（一人多角说故事，说唱的意义；分角色、行当，穿插科白、场面，戏曲的意义），这曲子为多种音声技艺形式之母体，这母体以乐人为主导。曲牌在成为新形式元素的同时，其自身亦有发展。在发展过程中一个曲牌非仅为一宫，而是在不同“组合”中适应新音声形式和剧情的需要在不同宫调系统中应用，这就是乐籍女乐面对欣赏者“请曲牌、请宫调”的意义。论者亦应把握元明时期曲牌自身之新创，这恰恰是与词牌最大不同者。王灼以下这段论述颇具典型意义：

> 《开元天宝遗事》云：“念奴有色，善歌，宫伎中第一。帝尝曰：此女眼色媚人。”又云：“念奴每执板当席，声出朝霞之上。”今大石调《念奴娇》，世以为天宝间所制曲，予固疑之；然唐中叶渐有今体慢曲子，而近世有填连昌词入此曲者，后复转此曲入道调宫，又转入高宫、大石调。[35]

这里以《念奴娇》为例，把握一曲多变、一曲多调并在此基础上不断被填入新词的过程，可谓词曲之变尽在其中。

这依曲填词成为社会多重意义上用乐母体的广泛、丰富性时尚。在《世尊如来菩萨尊者名称歌曲》中，明成祖将世俗社会教坊体系中广泛应用的357个曲牌钦赐寺庙，虽然依旧是依曲填词，却被填入了佛教劝化的内容，诸如“《显五性之曲》即《梁州》，《布法云之曲》即《醉太平》，《证圆融之曲》即《清江引》，《摧波旬之曲》即《豆叶黄》，《成善趣之曲》即《梅花酒》，《具六根之曲》即《风流体》”[36]等等。与此同时，明成祖同样以“钦赐”的方式将曲牌《迎凤辇》《天下乐》《圣贤记》《青天歌》《迎仙客》《步步高》《醉仙喜》用于《大明御制玄教乐章》[37]之中。这旧瓶装新酒，可依使用场合显现风格差异，融入佛教与道教。时至当下，笔者在实地考察中常见僧道和着曲牌吟诵经文、宣卷的场景。

更有意思的是，教坊乐系中的曲子还被用于国家礼仪的场合，如此被赋予了“礼乐”意义。当然，这要经过改造，使之在国家意义的嘉礼与宾礼场合中成为亦礼亦俗的作品。诸如《感皇恩》《醉太平》《天下乐》《乐太平》等等，有些是为礼仪场合专创，有些曲目则是将自然界之物为曲名再转意为用者，诸如《朝天子》，学者考订原名《朝天紫》：“《朝天紫》——本牡丹名，见陆游《牡丹谱》——今讹为《朝天子》类。”[38]在庄重场合使用，曲词当然要作处理，使之符合仪式需要；在仪式中使用显现风格上的差异，这就是“俗曲礼用”。《钦定续文献通考》云：“永乐间定《耕耤宴飨乐章》：一奏本太初之曲，二奏仰大明之曲，三奏民初生之曲。《会典》曰：初观耕讫，教坊司承应，用大乐百戏。嘉靖九年续定教坊司承应，用大乐、队舞、村田乐、杂戏。”又云：“嘉靖十年仁寿宫落成宴飨乐章：一奏本太初之曲《朝天子》……二奏仰大明之曲《殿前欢》……三奏民初生之曲《沽美酒》《太平令》……四奏品物亨之曲《醉太平》……五奏御六龙之曲《清江引》《碧玉箫》……上进膳曲《水龙吟》《大清歌》《上清歌》《开天门》。”[39]这是皇帝参加耕耤宴飨仪式以及皇宫新殿落成宴飨仪式所用的乐曲，这种俗曲礼用沿至清代，所谓“国初亦设立教坊司，而朝会宴飨所奏，有用时俗曲调者，盖沿明代之旧也”[40]。从仪式中记载的曲目看，的确如此。作为庞大的曲牌系统，其中一部分在发展过程中完成了声乐曲向器乐曲的转变。换言之，许多曲牌在多种场合可以作为专门器乐曲使用，这在国家礼仪用乐中表现得尤为突出，《明史》《明会典》中记录了一些仪式场合将既往声乐曲牌器乐化使用的样态，从多地有官府礼仪用乐传承的乐队后人保存的曲本以及活态演奏中亦可确认这一点，曲牌以器乐化的样态显现，这是曲牌音乐本体意义上的又一大优势。

王灼当然不知身后事，但他打通的这条脉络，为我们循此下探提供了广阔的研究空间，教坊体系的上下相通性，宫廷、京师与各级地方官府之用乐机构和官属乐人体系内传承的一致性，乐人与文人在词曲创作层面的相须性，一度创作完成之后乐人二度创作—— 表演与展现的把握；以声律、曲牌为中心，曲子—曲子词—诸宫调—戏曲—声乐曲器乐化；从只曲到套曲，或在曲牌基础上完成板式变化——在器乐中称之为板式变化体，在戏曲中称之为板腔体者，这的确是以乐为中心的创造性演化。受曲子（曲子词）影响，进入文人、文学层面，从依曲填词到依词格创制，如此在有宋一代彰显词牌的文学意义。后世文人依牌而创，却没有了两宋时期的“胜景”，在持续发展方面给人以若有所失之感。

注释：

①③㉑㉖㉗㉟ 王灼：《碧鸡漫志》，载中国戏曲研究院编《中国古典戏曲论著集成》一，中国戏剧出版社1959年版，第106页，第110页，第115页，第145—146页，第148—149页，第142页。

② 吴任臣：《十国春秋》卷五六，中华书局1983年版，第812页。

④ 周德清：《中原音韵·序》，载《中国古典戏曲论著集成》一，第173页。

⑤ 刘肃：《大唐新语》卷二“极谏第三”，中华书局1984年版，第18—19页。

⑥ 项阳：《地方官府用乐机构和在籍官属乐人承载的意义》，《音乐研究》2011年第1期。

⑦⑧ 周密：《武林旧事》，载文渊阁《四库全书》史部第590册，台湾商务印书馆2008年版，第245页。

⑨⑪㉝ 吴自牧：《梦粱录》，载王国平主编《西湖文献集成》，杭州出版社2004年版，第71页，第249页，第249页。

⑩ 田汝成：《西湖游览志》卷一三，载文渊阁《四库全书》史部第585册，第212页。

⑫ 谢肇淛：《五杂组》卷八《人部四》，上海书店出版社2001年版，第157页。

⑬ 兰陵笑笑生：《金瓶梅词话》第六十一回，人民文学出版社1985年版，第815页。

⑭ 项阳：《轮值轮训制——中国传统音乐主脉传承之所在》，《中国音乐学》2001年第2期。

⑮ 陈庆浩、郑阿财、陈义主编：《越南汉文小说丛刊》第二辑，（台湾）学生书局1992年版，第5册第31页。

⑯ 施绍文、沈树华：《关汉卿戏曲集》，中国国际广播出版社2011年版，第212页。

⑰ 余怀：《板桥杂记》，载李保民、胡建强、龙聿生主编《明清娱情小品撷珍》，学林出版社1999年版，第616页。

⑱ 珠泉居士：《续板桥杂记》，载李保民、胡建强、龙聿生主编《明清娱情小品撷珍》，第638页。

⑲ 王溥：《唐会要》卷三四，中华书局1955年版，第630页。

⑳㉔ 陶宗仪：《说郛》卷七七上、卷七八上，载文渊阁《四库全书》子部第880册，第316页，第346页。

㉒ 郭威：《曲子的发生学意义》，博士学位论文，中国艺术研究院，2010年。

㉓ 冯梦龙：《曲律·叙》，载《中国古典戏曲论著集成》四，第47页。

㉕ 祝穆：《古今事文类聚》后集卷一七，载文渊阁《四库全书》子部第926册，第257页。

㉘ 燕南芝庵：《唱论》，载《中国古典戏曲论著集成》一，第162页。

㉙㉚ 夏庭芝：《青楼集》，载《中国古典戏曲论著集成》二，第7页，第17、24、29、36页。

㉛ 乔建中：《曲牌论》，载《土地与歌》，山东文艺出版社1998年版，第212—229页。

㉜ 康熙五十四年（1715）编纂的《御定词谱》《御定曲谱》中有相当数量的“又一体”。

㉞ 邓之诚：《骨董琐记》卷四，中国书店1991年版，第125页。

㊱ 项阳：《永乐钦赐寺庙歌曲的划时代意义》，《中国音乐》2009年第1期。

㊲ 《大明御制玄教乐章》，载《道藏》第19册，上海书店出版社1988年版，第858—860页。

㊳ 王骥德：《曲律·自序》，载《中国古典戏曲论著集成》四，第59页。

㊴ 《钦定续文献通考》卷一一六，载文渊阁《四库全书》史部第629册，第356、358页。

㊵ 《皇朝文献通考》卷一七四，载文渊阁《四库全书》史部第635册，第817页。

（2012年第1期）

文艺研究

1979—2018

四十年论文选

第五卷

金宁 主编

文化艺术出版社
Culture and Art Publishing House

目录

第五卷

晚清词坛的自我经典化

张宏生

一、词学的经典化历程与清代词话中的自我经典化

经典一般是面对“他人”的发言，因为批评家试图以此建构体系，但是，在经典化的过程中，有的批评家也把自己的作品置于批评的系列中，从而体现出一种将自己经典化的意识。在中国古代词学发展的过程中，这一现象到了晚清更加明显，值得关注。

将自己的作品纳入词的批评系列中，宋代已经开始了。不过，正如宋代的不少诗话都具有“资闲谈”的性质，除了南宋初年的《碧鸡漫志》和南宋末年的《词源》《乐府指迷》等不多的著述外，不少有关词的讨论也都是“资闲谈”，其中引入自己的作品时，也大略如此。如北宋僧人惠洪在其《冷斋夜话》中这样记载：“余至琼州，刘蒙叟方饮于张守之席，三鼓矣，遣急足来觅长短句。问欲叙何事，蒙叟视烛有蛾扑之不去，曰：‘为赋此。’急足反走持纸，曰：‘急为之，不然获谴也。’余口授吏书之曰：‘蜜烛花光清夜阑，粉衣香翅绕团团。人犹认假为真实，蛾岂将灯作火看。　方叹息，为遮栏，也知爱处实难拚。忽然性命随烟焰，始觉从前被眼瞒。’蒙叟醉笑首肯之。既北渡，夜发海津，又赠行，为之词曰：‘一段文章种性，更谪仙风韵。画戟丛中，清香凝宴寝。落日清寒勒花信，愁似海，洗光词锦。后夜归舟，云涛喧醉枕。’”[①]所引者就是说明其词创作的由来。这个来自诗话的传统非常强大，一直到清代，仍然不绝如缕。

不过，在宋代，作家在反思自己的创作时，也渐渐有了风格论的意识。苏轼在词的创作中常以柳永为对手，是人所共知的，他写出《江城子·密州出猎》后，在致友人的信中说：“近却颇作小词，虽无柳七郎风味，亦自是一家。”[②]就是为自己的创作定位。另如北宋的黄裳，其《演山居士新词序》说：“予之词清淡而正，悦人之听者鲜。”[③]他认为自己的创作与时人不同，作为音乐文学，不合一般人的欣赏口味，这当然不是说自己不好，而是转换方式下所进行的自我肯定。南宋的姜夔是宋词发展中的一个划时代的人物，他对自己创作过程的表述，不仅有助于后人理解词发展到南宋之后的一些创作

特点，而且有助于人们理解他本人的某些创作心态。其《长亭怨慢》(渐吹尽）自序云："予颇喜自制曲，初率意为长短句，然后协以律，故前后阕多不同。"[4] 这里，或许也有向词坛展示创作方法的动机。

还应该提出的是宋人所选的当代词选，其中往往有选入自己作品者，特别是周密的《绝妙好词》，在384篇中，选入自己的作品22篇，数量居于第一，无疑具有示范的性质。以上这些方面，虽然在深度上还有不足，但对后来，尤其是对词学大盛的清代，有着重要的影响。一般说来，比较明显的词学批评大致在序跋、评点、词话中表现出来，在这些文献中，自我评价的现象都时有所见，其中，序跋和词话中更多些，而又以词话表现得更加充分。

作为一种文学批评样式，词话发展到清代越来越成熟，尤其是到了晚清，更是发展到了最高的阶段，其中况周颐的《蕙风词话》和陈廷焯的《白雨斋词话》就是杰出的代表。正是在这些词话中，自我经典化的做法更加突出，可以见出批评家的主观追求。考察这些词话中自我经典化的表现，有一些是对创作经验的描述，如况周颐《蕙风词话》中的两则：

> 人静帘垂，灯昏香直。窗外芙蓉残叶，飒飒作秋声，与砌鼎相和答。据梧暝坐，湛怀息机。每一念起，辄设理想排遣之。乃至万缘俱寂，吾心忽莹然开朗如满月，肌骨清凉，不知斯世何世也。斯时若有无端哀怨，枨触于万不得已，即而察之，一切境象全失，唯有小窗虚幌、笔床砚匣，一一在吾目前。此词境也。三十年前，或月一至焉。今不可复得矣。

> 吾听风雨，吾览江山，常觉风雨江山外有不得已者在。此万不得已者，即词心也。而能以吾言写吾心，即吾词也。此万不得已者，由吾心酝酿而出，即吾词之真也，非可强为，亦无庸强求，视吾心之酝酿如何耳。吾心为主，而书卷其辅也。书卷多，吾言尤易出耳。[5]

虽然是自我总结，却也有示范的意思。不过，这样的表述毕竟太抽象了，真正要使人认识到经典的意义，还必须具体到作品。在这方面的做法，有时比较明显，有时则比较隐晦。先看隐晦的，也就是人们经常做的，将自己的作品与古人的作品作比较。况周颐《蕙风词话》卷二云："余旧作《浣溪沙》云：'莫向天涯轻小别，几回小别动经年。'

比阅柴望秋堂诗余《满江红》云：‘别后三年重会面，人生几度三年别。’意与余词略同。为黯然者久之。”[6]这里表面上说是暗合古人，在写法上也有比较的意思，如果从表达的生动性以及语言的整饬来看，则明显况超过柴。况周颐这里的自矜，是要在历史的线索中，为自己寻找一席之地。稍微具体一点的，见其《蕙风词话》续编卷一：“余与半塘五兄，文字订交，情逾手足。乙未一别，忽忽四年。《蓤景》一集，怀兄之作，几于十之八九。未刻以前，亦未尽寄京师。半塘寓宣武门外教场头巷，畜马一、骡二，皆白。曩余过从抵巷口，见系马辄慰甚。《烛影摇红》云：‘诗鬓天涯，倦游情味伤春早。故人门巷玉骢嘶，回首长安道。’情景逼真。又《极相思》云：‘玉箫声里，思君不见，是黄昏。’看似平易，非深于情不能道。”况周颐论词，特别强调真：“真字是词骨。情真、景真，所作必佳。”[7]这里，他记述自己和王鹏运的感情，先说“情景逼真”，继说“看似平易，非深于情不能道”，都是现身说法，为其词学理论作注脚。和一般空洞地谈情景交融不一样，他说的是自己的经历，将特定的场景写出，因而也就更加具体，更加富于打动人的力量。

说到现身说法，更加具有代表性的是陈廷焯。如关于艳词的写法，陈廷焯的看法是“根柢于风骚，涵泳于温、韦”。他举自己的几篇作品为例。《倦寻芳·纪梦》：“江上芙蓉凝别泪。桥边杨柳牵离绪。望南天，数层城十二，梦魂飞渡……正飒飒梧梢送响，搀入疏砧，残梦无据。倚枕沉吟，禁得泪痕如注。欲寄书无千里雁，最伤心是三更雨。待重逢，却还愁彩云飞去。”《齐天乐·为杨某题凭栏美人图》后半：“樊川旧愁顿触，叹梨云梦杳，锁香何处。翠袖天寒，青衫泪满，怕听楝花风雨。”《忆江南》：“离亭晚，落尽刺桐花。江水不传心里事，空随闲恨到天涯。归梦逐尘沙。”自己作评：“虽未知于古人何如，似尚无纤佻浮薄之弊。”[8]又如关于写词应该戒除淫冶叫嚣，他就以自己的《罗敷艳》为例：“红桥一带伤心地，烟雨凄凄。燕子楼西。难道东风不肯归。　　青旗冷趁飞鸦起，沽酒人稀。旧恨依依。一树垂杨袅乱丝。”自己作评：“意境似尚深厚。”[9]又如写词应该体现儒家的诗教，温柔敦厚，怨而不怒，就以自己的《蝶恋花》为例：“镇日双蛾愁不展。隔断中庭，羞与郎相见。十二阑干闲倚遍。凤钗压鬓寒犹颤。　　昨日江楼帘乍卷。零乱春愁，柳絮飘千点。上巳湔裙人已远。断魂莫唱蘋花怨。”自己作评：“怨而不怒，尚有可观。”又如言写词应追求言浅意深、字面平易、意境沉郁的境界，仍然以自己的作品为例，《鹧鸪天》：“一夜西风古渡头。红莲落尽使人愁。无心再续西洲曲，有恨还登舴艋舟。　　残月堕，晓烟浮。一声欸乃入中流。豪怀不肯同零落，却向沧波弄素秋。”他指出：“词有信笔写去，若不关人力者，而自饶深厚，此境最不易到。”[10] 他认为自己的相关作品达到了这个境界。

陈廷焯《白雨斋词话》中的自我揄扬达到了极致，从他的词话所宣扬的理论，以及他举自己的作品以印证自己的理论的做法来看，他应该是把自己的词也看成了经典。

二、清词选本中的自我经典化

选本是中国文学批评的一种重要方式。在一个选本里，哪个作家入选，哪个作家的作品选得多，往往都是选家批评观念的表达。以当代人的身份选当代词，并把自己的作品选入其中，这个现象始于宋代。宋代的曾慥《乐府雅词》、赵闻礼《阳春白雪》诸词集，都选入一定数量的本人作品。至宋末，发展到了一个新阶段，可以周密《绝妙好词》为代表。《绝妙好词》共选宋代词人 132 人，词作 384 首。值得注意的是，其中的第一名，正是选家周密，共选词 22 首，为第一，超过第二名吴文英的 16 首以及第三名姜夔、李莱老的 13 首，从而构成了《绝妙好词》的一大特色。

《绝妙好词》自宋末问世后，虽有张炎在《词源》中赞其“精粹”[11]，但当时大约没怎么流通[12]，历元明数百年均不见著录，直至清初发现其元抄本，才重现人世。《绝妙好词》在清初重新出现之后，受到了很高的评价，尤其是朱彝尊，从《绝妙好词》上找到了和同样是南宋人所选的《草堂诗余》相对照的范本，因而予以大肆鼓吹。朱彝尊《书〈绝妙好词〉后》：“词人之作，自《草堂诗余》盛行，屏去《激楚》《阳阿》，而《巴人》之唱齐进矣。周公谨《绝妙好词》选本虽未尽醇，然中多俊语，方诸《草堂》所录，雅俗殊分。”[13] 后来，浙西一派都持相同的观点，如厉鹗序云：“宋人选本朝词，如曾端伯《乐府雅词》、黄叔旸《花庵词选》，皆让其精粹。”[14] 戈载《宋七家词选》云：“《绝妙好词》，采掇精华，无非雅音正轨。”[15] 江昱作有《论词十八首》，“断制宋元作者，津逮后学，钱塘厉鹗、赵虹、江炳炎辈争相叹服，不易其言”[16]。其中第十七首论词选，认为《草窗词选》要比《花庵词选》精粹，继承了从张炎到朱彝尊、厉鹗的说法。[17] 但是，外于浙西词派的批评家往往有不同的看法，如焦循《雕菰楼词话》：“周密《绝妙好词》所选，皆同于己者，一味轻柔圆腻而已。”[18]《白雨斋词话》卷二：“草窗《绝妙好词》之选，并不能强人意，当是局于一时闻见，即行采入，未窥各人全豹耳。”[19] 王国维《人间词话》：“自竹垞痛贬《草堂诗余》而推《绝妙好词》，后人群附和之。不知《草堂》虽有亵诨之作，然佳词恒得十之六七。《绝妙好词》则除张、范、辛、刘诸家外，十之八九，皆极无聊赖之词。古人云：小好小惭，大好大惭，洵非虚语。”[20]将两种意见相比较，当能看出词学思想的一些变化，对此，或可另文讨论。不管怎么说，《绝妙好词》是清代词坛所关注的一部词选，其刻意宣扬姜夔一路词风，有非常明确的理论倾向，在宋代词选本中非常突出，而其选本的操作方式，特别是集中选录选家自己的作品，也引起了清人的浓厚兴趣。

清代是词学复兴的时代，各类词选无论在数量上，还是在质量上，都远远超过元明，清人选清词的现象更是突出。清代第一部大型当代词选《倚声初集》，共收五十年间的词人 476 人，词作 1948 首[21]，而选家邹祗谟和王士禛的词，就分别占 199 首和 112 首，居于第一和第三。王士禛之所以居于董以宁之后，排在第三位（董词计选入 123 首），主要是他本来就没有写多少词，据李少雍校点的《衍波词》，不过 132 首，这里面，肯定有编《倚声初集》之后写的，所以，《倚声初集》中选了王士禛的 112 首，在当时已经差不多是其全部词作了。我们尚不知道邹祗谟和王士禛在选《倚声初集》时是否见到了周密的《绝妙好词》，但至少其中的思路有非常相似之处。尽管《倚声初集》也有着选家的艺术追求，但展示创作盛况无疑是重要的目的之一。到了顾贞观和纳兰性德选《今词初集》，其追求性灵的取向非常明确，这当然和顾、纳兰两人本身的美学追求有关，他们把自己的作品纳入其中，正好说明这个追求。毫无疑问，在清人选清词中，自我经典化的意识越来越明确，周密所首创的做法，被许多人借鉴过来，从而有效地宣扬了自己的理论观点。

当然，在中国选本传统里，连是否选入同时代人，有时都是有争论的，遑论选入自己之作了。所以，从乾隆年间开始的清代《词综》系列，就在这个问题上有所思考。丁绍仪的《清词综补·例言》这样说：“自来选录诗文，不及同时之作，惧涉标榜也。故王氏《词综》于生存各家，另编二集。黄氏《续编》，则援《绝妙好词》例，不复区分。仆素未与当世士大夫游，又僻寄海隅，于当代词人存殁，莫由咨悉，曷敢臆断？爰仿黄氏例，一并编列。”[22]这段话告诉我们，王昶在撰著《国朝词综》的时候，对于如何处理并世之人，颇费心思，为了有所区别，乃采取了别置二编的方式。但黄燮清编《国朝词综续编》，就选入同时代人，不复区分，后来丁绍仪编《清词综补》，也是援引黄燮清之例。黄燮清对王昶的改动看起来颇引人注目，所以，潘曾莹为其《国朝词综续编》作序，就特别引用了他的话：“君尝言：词选最少，而词学则嘉道间尤盛。兼罗博收，以防湮没，宗草窗《绝妙好词》、叔旸《花庵词选》例也。”[23]上述这两段话，都不约而同提到了周密的《绝妙好词》，可见这部著作在乾嘉时期确实有很大的影响力，这不能不归功于查为仁、厉鹗为该书作笺。但是即使如此，从黄燮清到丁绍仪，他们对《绝妙好词》的效法，还只是选入同时人而已，并没有在其中选入自己的词。

查为仁、厉鹗的《绝妙好词笺》问世以后，“翻印者不止一家，几于家弦户诵，为治宋词者入手之书”㉔。于是，从周密而来的选词传统，经过清初词家以及乾嘉之际《词综》系列的推阐，终于在晚清达到了极致。其中，最有代表性的是谭献。

谭献选录清人的词作，有《箧中词》十卷。该集宗旨，据其自述，乃是“以衍张茗柯、周介存之学”㉕。张惠言撰《词选》，提倡意内言外、比兴寄托，周济撰《宋四家词选》等，发扬光大之。不过，他们的理论虽然是针对当下的创作，其所树立的典范，则是前代的作品，固然并不欠缺指导性，毕竟不如当代作品亲切，因此谭献此集乃选清人之作，将其理论放在当代背景中予以印证，有着深微的动机。选中每有评点，体察词心，抉发作意，大都非常精辟，晚近以来，影响深远。该选撰述体例，冯煦已经指出，是仿周密诸人之例，“以己作与诸家并列”㉖。不过，宋代以迄清代诸选家，在选入自己的作品时，往往是掺入诸作之中，将自己作为创作群体中的一分子，谭献则将自己的作品单独成为一卷，置于非常醒目的位置，这种做法，确实非常独特。

谭献在《箧中词》中录自己的《复堂词》一卷，操作方式与所选入的其他作品不同，并没有评语，但在特定的语境中，却也并不难理解，特别是有对其他人作品的评语作参照，读者循此加以体味，能得作者词心。如果说，谭献发扬常州词派的观点，是将清代词予以检点，构成经典的系列的话，那么，他把自己精心结撰的一卷词置入其中，则明显表示了他对自己在这个经典系列中的位置的看法。他在经典化当代作家的同时，更重要的是把自己经典化了。

另外还要提到的是朱祖谋的《词莂》，这是一部专录清朝人的词选，共选录清代15家词133首，其中朱祖谋选入了自己的词10首，占了一个不算小的比重，足以说明他对自己的定位。不过，从事选录时，由于朱祖谋心存顾忌，因而托名张尔田，直到1932年，龙榆生才以朱之本名刊行。所以，当时鲜见提及者。但这部词选所透露的消息，即自我经典化的意识，却是弥足珍贵的。

三、理论宣扬与前后传承

晚清的词学自我经典化，与当时的批评生态有着密切的关系。（一）常州词派在张惠言倡导后，经过周济诸人的阐发，逐渐在社会上产生重大影响。但是，长期以来，学术界也有一种看法，认为这主要是一个理论性的流派，在创作上有所欠缺。如吴梅的《词学概论》对常州诸子，虽然努力揭示其特长，但也指出周济的创作是“能入而不能出”[27]。近人如严迪昌等，也认为常州词派等晚近词人，在词的创作上，已经呈现出衰势[28]，或者也体现出晚清延续下来的某种看法。这可能正是谭献选录《箧中词》的动机，即以具体的创作实绩来印证常州词派的理论。把自己放在里面，则是希望所举的例子更加实在，更加切近。（二）常州词派虽然是认识到了浙西词派发展中的弊端，并希望有所纠正，而且，也确实在社会上引起了关注，取得了较大的声势，但是，在具体操作上，常州词派与浙西词派相比却有一定的欠缺。比如浙西词派提倡醇雅清空，有其特定的操作方式，像提倡咏物词，怎样烘托气氛而不滞于物，怎样将学问与性情结合在一起等，都有一定的规范可循。但是，常州词派提倡比兴寄托，就显得比较玄虚。周济知道这个问题的严重性，所以在《宋四家词选目录序论》中细致探讨“寄托”问题：“夫词非寄托不入，专寄托不出。一物一事，引而伸之，触类旁通。驱心若游丝之罥飞英，含毫如郢斤之斫蝇翼，以无厚入有间。既习已，意感偶生，假类毕达，阅载千百，謦欬弗违，斯入矣。赋情独深，逐境必寤，酝酿日久，冥发妄中；虽铺叙平淡，摹缋浅近，而万感横集，五中无主，读其篇者，临渊窥鱼，意为鲂鲤，中宵惊电，罔识东西，亦子随母笑啼，乡人缘剧喜怒，抑可谓能出矣。”他说了这番话之后，还特别指出，这是“余所望于世之为词人者”[29]。可是，如果没有具体的操作演练，这些话仍然显得太抽象。周济的做法是选录宋代的四家词，附以相同取径者，细细评说，而谭献则是选择清代的词，予以细细评说。比较而言，清人词，由于特定的历史条件，对于当代人来说，当然就更加具有亲切感，因而可以更好地指导门径。况周颐和陈廷焯在词话中对清词的论述，也可以作如是观。

事实上，到了晚清，批评家都有了强烈的门径意识，评价他人，是为了给后学指出门径；自我评价，也不能仅仅看作自我标榜。况周颐和陈廷焯在词话中揄扬自己的词时，几乎都采取了同样的做法，即同时也引自己的一些不那么成功的作品，以此作为对比。如况周颐《蕙风词话》续编卷一记述：“曩作七夕词，涉寻常儿女语，畴丈尤切诫之，余自此不作七夕词，承丈教也。碧瀣词（刻入《薇省同声集》）《齐天乐》序云：‘前人有言，牵牛象农事，织女象妇功。七月田功粗毕，女工正殷，天象亦寓民事也。六朝以来，多写作儿女情态，慢神甚矣。丁亥七夕，偶与瑟轩论此事，倚此纠之。’‘一从豳雅陈民事，天工也垂星彩。稼始牵牛，衣成织女，光照银河两界。秋新候改。正嘉谷初登，授衣将届。春耜秋梭，岁功于此隐交代。 神灵焉有配偶，藉唐宫夜语，诬蔑真宰。附会星期，描抚月夕，比作人间欢爱。机窗泪洒。又十万天钱，要偿婚债。绮语文人，忏除休更待。’即诫余之恉也。”[30]这里所说的端木埰提出的纠正意见，正是以况氏自己为靶的，希望后学引以为戒。至于陈廷焯，这样的例子就更多。他特别喜欢做的，就是同时引自己的两篇或多篇作品，其中有符合标准的，有不符合标准的，彼此互相对照，以为后学参考。如《白雨斋词话》卷六，他特别引了自己的两首《蝶恋花》来说明什么是怨而不怒，什么是怨而怒：

> “镇日双蛾愁不展。隔断中庭，羞与郎相见。十二阑干闲倚遍。凤钗压鬓寒犹颤。 昨日江楼帘乍卷。零乱春愁，柳絮飘千点。上巳湔裙人已远。断魂莫唱蘋花怨。”此余《蝶恋花》词也。怨而不怒，尚有可观。越二日，又赋一阕云：“谁道蓬山天外远。晓起开帘，重见芙蓉面。亸髻笼云眉翠敛。低头不觉朱颜变。避入花阴藏不见。细拾残红，不语思量遍。小院新晴寒尚浅。秋风先已捐团扇。”决绝如此，未免怨而怒矣。[31]

“怨而不怒”是儒家的文学观，具体的创作，需要在情感的表述上具有分寸感，陈廷焯的示范，让读者有了一个可以感知的例子。同时，也让读者明白，理论和实践有着复杂的互动关系，有了理论的观念，并不一定就能写出成功的作品，创作仍然有着自己的规律。类似况周颐和陈廷焯这种自揭其短的做法，是创作中的深得甘苦之言，对于后学来说，体会一篇失败之作，比体会一篇成功之作，所得到的教益可能更多。况、陈提出自己的失败之作，当然更是为了展示自己的成功之作。他们的目的其实也就是希望得到后学的追随，从而在经典作家系列中得到一席之地。

晚清的自我经典化并不是个人的一厢情愿，当时的词坛也注意到他们的尝试，因此不仅将其引入自己的理论中，而且进一步成为宣扬者。谭献是常州词派的后劲，他自觉地以比兴寄托的理论指导创作，其中不乏成功之作，也引起了词坛的关注。王国维《人间词话》说：“宋直方《蝶恋花》：‘新样罗衣浑弃却，犹寻旧日春衫着。’谭复堂《蝶恋花》：‘连理枝头侬与汝，千花百草从渠许。’可谓寄兴深微。”[32]就完全复制了谭献的思路。陈廷焯《白雨斋词话》卷五则一连举了谭献不少词作，既以揭示谭献的词作特色，又以说明自己的词学主张。他指出：“仲修《蝶恋花》六章，美人香草，寓意甚远。首章云：‘楼外啼莺依碧树。一片天风，吹折柔条去。玉枕醒来追梦语。中门便是长亭路。'凄警特绝。下云：'惨绿衣裳年几许。争禁风日争禁雨。'幽愁忧思，极哀怨之致。次章云：'下马门前人似玉。一听斑骓，便倚栏杆曲。'结云：'语在修眉成在目。无端红泪双双落。'真有无可奈何之处。'眉语目成'四字，不免熟俗。此偏运用凄警，抒写忧思，自不同泛常艳语……仲修《青门引》云：'人去栏杆静。杨柳晚风初定。芳春此后莫重来，一分春少，减却一分病。'透过一层说，更深，即相见争如不见意。下云：'离亭薄酒终须醒。落日罗衣冷。绕楼几曲流水，不曾留得桃花影。'此词凄婉而深厚，纯乎骚雅。又《昭君怨》云：'烟雨江楼春尽。盼断归人音信。依旧画堂空，卷帘风。　约略薰香闲坐。遥忆翠眉深锁。鬓影忍重看，再来难。'深婉沉笃，亦不减温、韦语。"[33]可见，谭献的自我经典化是有效的，陈廷焯的阐发，能够得谭献志意，作为一个有心进行自我经典化的作家，他完全能够理解谭献的意思，他的这些阐发，也可以视为谭献希望达到的目的。另外，况周颐的自我经典化也得到了呼应。例如，况氏有《苏武慢·寒夜闻角》一词，在《蕙风词话》中，况周颐自我评价说："余少作《苏武慢·寒夜闻角》云：'凭作出、百绪凄凉，凄凉唯有，花冷月闲庭院。珠帘绣幕，可有人听，听也可曾肠断。'半塘翁最为击节。比阅方壶词《点绛唇》云：'晓角霜天，画帘却是春天气。'意与余词略同，余词特婉至耳。"[34]将自己的作品与宋代汪莘之作相比较，认为更加"婉至"，确实非常自信。在当时，不仅得到了王鹏运的赏识，如其词话中所述，而且也得到了朱祖谋、叶恭绰、王国维等人的高度评价。在《词莂》里，朱祖谋共选况周颐词九首，其中就有本篇。叶恭绰《广箧中词》选况词七首，也有本篇。而在《人间词话》里，王国维更认为这篇作品"境似清真，集中他作，不能过之"[35]。考虑到王国维曾经把周邦彦誉为"词中老杜"[36]，这个评价不可谓不高，当然也说明，况周颐的自我期许得到了时人的认可。至于清末词坛领袖朱祖谋，他在《词莂》中共选自己的词 10 首，其中 6 首被叶恭绰录入《广箧中词》[37]，也能作为一种参照。

从这些情况来看，自我经典化如果没有词坛的回应，则只能成为自己的经典，而无法成为公众的经典。艾略特在其著名的《传统与个人才能》一文中说："现存的不朽作品联合起来形成一个完美的体系。由于新的（真正新的）艺术品加入它们的行列中，这个完美体系就会发生一些修改。"[38]词至晚清，确实已经建立了一个"完美"的经典体系，但是，这个体系还在发生变化，谭献等人的自我经典化就是对这个体系的"修改"，经过同时批评家的检验，置于史的脉络中，也能够占有一席之地。

晚清在这方面能够有一个良性发展，与词坛关系网的建立不无关系，其中起到重大作用的是师承授受。以谭献而言，其词学承张惠言、周济之绪，批点周济《词辨》，选《箧中词》，提倡比兴寄托，都大大开阔了张、周的门庭。所以叶恭绰在《广箧中词》卷二中说："仲修先生承常州派之绪，力尊词体，上溯风骚，词之门庭，缘是益廓，遂开近三十年之风尚。论清词者，当在不祧之列。"[39]钱仲联《光宣词坛点将录》则将谭献比为托塔天王晁盖，认为他能"拓常州派堂庑而大之。强村以前，久执词坛牛耳"[40]。谭献的这个地位的建立，与同时人对他的体认分不开。例如，谭献与庄棫的交情非同一般，谭献甚至认为庄是他的唯一知音[41]，因此，在庄氏逝世后，才会如此悲痛[42]。而庄棫与陈廷焯有姻亲关系[43]，所以陈廷焯才能这样更加深刻地认识谭献词学。陈廷焯在《白雨斋词话》中大张旗鼓地表彰谭献，正是其来有自。徐珂是谭献的学生，其《清代词学概论》即"原原本本，一宗师说，可谓谭门之颜子"[44]。还有，叶衍兰与谭献为词学同道，其孙叶恭绰秉承家学，转益多师，"以复堂学派，私淑毗陵，本其说以抑扬二百余年之作者，评骘精而宗旨正，光绪以来，言词者奉为导师"。"先辈甄录今词者，莫善于复堂谭氏《箧中词》，因其例为广录"[45]，而成《广箧中词》。《广箧中词》直接继承了谭献的《箧中词》，不仅名称上一目了然，而且体例上，以自己的作品13首（这也是一个不小的数字）附入其中，也是谭献的思路。不仅如此，《广箧中词》还充分体现出了谭献和陈廷焯的自我经典化所达到的效果。《广箧中词》共收录谭献词11首，收录陈廷焯词4首。谭献对自己的词很少评价，该集收录谭献所作，乃是对其创作进行接受的一种方式。陈廷焯对谭献有一个整体评价："仲修小词绝精，长调稍逊。"[46]所以，他的《白雨斋词话》卷五全面介绍谭献《蝶恋花》六首，这一思路，被叶恭绰完全接了过来，在《广箧中词》中所选的11首谭词中，就有这6首，可以见出印象的不断强化。至于陈廷焯本人，大概叶恭绰更为推崇其词学理论，所以只选了4首。不过，其中《鹧鸪天》1首，原是陈廷焯非常得意的，在《白雨斋词话》中，他曾在高度评价自己这首词后，不无自负地说："书以俟教我者。"[47]他的这个期待被叶恭绰觉察到了，叶恭绰选了这首词，给予的评价是"跌宕"，并在总评时指出："《白雨斋词话》极力提倡柔厚之旨意，识解甚高，所作亦足相副。"[48]这些，都可以视为沿着谭献和陈廷焯的自我经典化，而在更广泛的范围，继续展开经典化。当然，文学批评如果是在师友的网络中，也可能会有标榜之嫌，不过，从这些作品在后世的传播来看，当时揄扬者的评价倒并非阿私之言。

因此，虽然五四新文学运动大大冲击了清词经典化的过程，如胡适对清词评价非常低，他说："自清初至今日（1620—1900），为模仿填词的时期。"又说："三百年的清词，终逃不出模仿宋词的境地，所以这个时代可说是词的鬼影的时代。”[49]这个观点影响民国以来词学界甚深，清词的研究也因而受到冲击。不过，赖有晚清诸家门人弟子的努力，清词的经典化仍然在进行着，虽然微弱，终是顽强。其中接续晚清以来的自我经典化历程，在相关选本中，表现得非常明显。可惜，等到这一批新时代的旧人物过去之后，清词经典化的过程基本上就中断了，其中的自我经典化努力，也就差不多被人们忽略了。

四、晚清词人的创作自信

将自己的作品视为经典而加以推阐，可能有两种人，一种是无知妄人，盲目自大，不知天高地厚；还有一种是真正对文学史有着深入了解，有着明确的创作追求和创作功力，从而做出清醒的自我定位。晚清不少词人都属于后一种。而这一点，又与晚清以迄民国学术界对清词的认识有关。文学史上一代又一代之文学的观念在清代已经得到广泛接受，焦循发展了自元代就已产生的这一文学思想，明确提出：“汉则专取其赋，魏晋六朝至隋则专录其五言诗，唐则专录其律诗，宋专录其词，元专录其曲，明专录其八股，一代还其一代之所胜。”[50]对此，王国维有更为清晰的表述：“凡一代有一代之文学，楚之骚，汉之赋，六代之骈语，唐之诗，宋之词，元之曲，皆所谓一代之文学，而后世莫能继焉者也。”[51]然而，即使王国维对清代词人讨论较少，特别推崇者如纳兰性德[52]，尚可以说是他重直陈、反“隔”理念的极端化体现，但事实上，并不能得出他否定清词的看法。这从他对自己的词的高度自信可以看出来。他曾经这样表述：“近年嗜好之移于文学，亦有由焉，则填词之功是也。余之于词，虽所作尚不及百阕，然自南宋以后，除一二人外，尚未有能及余者，则平日之所自信也。虽比之五代北宋之大词人，余愧有所不如，然此等词人亦未始无不及余之处。”[53]又说：“樊抗夫谓余词如《浣溪沙》之‘天末同云’、《蝶恋花》之‘昨夜梦中’、‘百尺朱楼’、‘春到临春’等阕，凿空而道，开词家未有之境。余自谓才不若古人，但于力争第一义处，古人亦不如我用意耳。”[54]这也就是说，虽然他在整体上肯定唐宋词的成就，却也承认了后人予以超越的可能性。

王国维的这种思路并不是偶然的，这在清末民初有着深厚的土壤，当时最有成就的作者和批评家，都有类似的表述。如“晚清四大家”之一的文廷式在其《云起轩词钞自序》中就这样说：“词家至南宋而极盛，亦至南宋而渐衰。其衰之故，可得而言也。

其声多啴缓，其意多柔靡，其用字则风云月露、红紫芬芳之外，如有戒律，不敢稍有出入焉。迈往之士，无所用心。沿及元明，而词遂亡，亦其宜也。有清以来，此道复振。国初诸老，颇能宏雅。迩来作者虽众，然论韵遵律，辄胜前人。而照天滕渊之才，溯古涵今之思，磅礴八极之志，甄综百代之怀，非窘若囚居者所可语也。”[55]这一段讨论宋词至南宋的衰落，以及在清代的振起，实际上是认为“词的境界，到清朝方始开拓”[56]。陈廷焯认为：“词创于六朝，成于三唐，广于五代，盛于两宋，衰于元，亡于明，而复盛于我国朝也。国朝之诗可称中兴，词则轶三唐、两宋，等而上之……故论词以两宋为宗，而断推国朝为极盛也。”[57]而晚清的词坛领袖朱祖谋也指出：“清词独到之处，虽宋人也未必能及。”[58]在文学批评史的一般谱系中，王国维被认为是古典词学的终结、现代词学的开始，其词学思想与后来的新派人物胡适一系有着密切的关系；而文廷式、朱祖谋等则代表着传统词学观。两种不同类型的人物对词在清代的发展却有相似的看法，可见当时社会的共识。从这个意义来说，晚清词学中的自我经典化是建立在当时高度的词学自信的基础之上的，是从一个特定角度对清词创作成就的体认。

晚清所开始的比较自觉的自我经典化，是在整个对清词的经典化过程中发展出来的，这一方面体现了清人对自己创作的自信，另一方面，也能够看到，由于常州词派的理论性阐发比较充分，创作上的可操作性稍显模糊，这些深受常州词派影响的作家以自己为经典，可以向后学充分展示门径，因而具有现实的意义。不过，通常说来，经典并不是自我认定的，将自己置于经典的系列中，只可以说是一种愿望，无法认为是一个现实。是否为经典，还要他人，尤其是后人予以承认。在这个意义上，晚清谭献、况周颐、陈廷焯诸人所进行的尝试得到了一定的回应，他们自我认可的作品也确实被放在经典的系列来加以思考了。今天，随着清词研究重新受到重视，相信他们的作品仍然会被持续讨论，受到检验，他们的理论也会激发出新的认识。

注释：

① 胡仔：《苕溪渔隐丛话》前集卷五六，人民文学出版社1993年版，第397—398页。

② 《苏轼文集》卷五三《与鲜于子骏》，中华书局1986年版，第1560页。

③ 黄裳：《演山集》，载《景印文渊阁四库全书》，台湾商务印书馆1986年版，集部第1120册第149页。

④ 姜夔撰、夏承焘笺校：《姜白石词编年笺校》，上海古籍出版社1981年版，第36页。

⑤⑥⑦㉚㉞ 况周颐：《蕙风词话》，载唐圭璋编《词话丛编》，中华书局2005年版，第4411页，第4453页，

第 4408 页，第 4538—4539 页，第 4441 页。

⑧⑨⑩⑲㉛㉝㊻㊼ 陈廷焯：《白雨斋词话》，载唐圭璋编《词话丛编》，第 3887 页，第 3907 页，第 3946—3947 页，第 3807 页，第 3946—3947 页，第 3873—3874 页，第 3876 页，第 3947 页。

⑪ 张炎：《词源》卷下，载唐圭璋编《词话丛编》，第 266 页。

⑫ 张炎在称赞《绝妙好词》“精粹”之后，接着就说：“惜此板不存，恐墨本亦有好事者藏之。”（唐圭璋编：《词话丛编》，第 266 页）

⑬ 朱彝尊：《曝书亭集》卷四三，《四部丛刊初编》本，商务印书馆 1929 年版，第 353 页。

⑭ 厉鹗：《樊榭山房集》卷四，上海古籍出版社 1992 年版，第 757 页。

⑮ 戈载：《宋七家词选》卷五，（台湾）河洛图书出版社 1978 年影印光绪乙酉曼陀罗华阁重刊本，第 26 页。

⑯ 蒋士铨：《江松泉传》，载钱仲联主编《广清碑传集》，苏州大学出版社 1999 年版，第 530 页。

⑰ 参见江昱《松泉诗集》卷一。其诗曰：“别裁伪体亲风雅，毕竟花庵逊草窗。何日千金求旧本，一时秀句入新腔。”［影印乾隆二十六年（1761）小东轩刻本，《四库全书存目丛书》，（台湾）庄严文化事业有限公司 1997 年版，集部第 280 册第 177 页］

⑱ 唐圭璋编：《词话丛编》，第 1494 页。

⑳㉜㉟54 王国维：《人间词话》，中国人民大学出版社 2004 年版，第 30—31 页，第 27—28 页，第 36 页，第 47 页。

㉑ 李丹《顺康之际广陵词坛研究》：“由于《倚声初集》词作是不断补刻的，所以没有准确数字。今人对于数字的统计，多是据卷首目次中所言 1914 首，实际上要多于此数，今据南京图书馆所藏统计得 1948 首。”（上海古籍出版社 2008 年版，第 82 页）

㉒ 丁绍仪：《清词综补》，中华书局 1986 年版，第 3 页。

㉓ 黄燮清：《国朝词综续编》，《四部备要》，（台湾）中华书局 1965 年聚珍仿宋版，第 491 册卷首第 1 页。

㉔ 陈匪石：《声执》卷下，载唐圭璋编《词话丛编》，第 4958 页。

㉕ 谭献：《复堂日记·丙子》，河北教育出版社 2001 年版，第 72 页。

㉖ 谭献：《箧中词》卷首，载杨家骆主编《历代诗史长编》第 21 册，（台湾）鼎文书局 1971 年版，第 11 页。

㉗ 吴梅：《词学概论》，复旦大学出版社 2005 年版，第 132 页。

㉘ 严迪昌认为：“张惠言等既没有专力于诗词韵文，而在学术思想上又未脱出援古论今以至复古的轨道，所以在文艺观、审美观上严重地表现出封建诗教的执拗。”“道光以后清词数量越趋浩繁……但是，平心论之，真堪称大家者固寥寥，无愧名家之称的也已不多了。”“因为词的创作实践与词的研究、词学建设毫无疑问属于不同范畴，后者替代或等同不了前者。”（《清词史》，江苏古籍出版社 2001 年版，第 467、468 页）

㉙ 周济：《宋四家词选》，（香港）商务印书馆 1958 年版，第 2 页。

㊱ 王国维指出：“故以宋词比唐诗，则东坡似太白，欧、秦似摩诘，耆卿似乐天，方回、叔原则大历十才子之流。南宋唯一稼轩可比昌黎，而词中老杜，则非先生（按指周邦彦）不可。”（王国维：《清真先生遗事·尚论三》，载《人间词话》“附录”，中国人民大学出版社 2004 年版，第 232 页）

㊲ 前已指出，朱祖谋选录《词莂》时，由于心存顾忌，乃将己作托以张尔田之名。1932 年，龙榆生恢复其本名刊行后，叶恭绰在其 1935 年选录的《广箧中词》就收入其中的 6 首，可见对朱氏本人意见的重视。

㊳ 托·斯·艾略特：《艾略特文学论文集》，李赋宁译，百花洲文艺出版社 1994 年版，第 3 页。

㊴㊺㊽ 叶恭绰：《广箧中词》卷二，载杨家骆主编《历代诗史长编》第 22 册，第 172 页，第 9—10 页，第 108—109 页。

㊵ 钱仲联:《光宣词坛点将录》,载《词学》第3辑,华东师范大学出版社1985年版,第226页。

㊶ 《复堂日记·丙子》载:“南朝兵争奢乱,尝于《吴歌》《西曲》识其忧生念乱之微言,故于小乐府论其直接十五《国风》。中白而外,未必尽信予言。”(第75页)

㊷ 《复堂日记·戊寅》:“郢人逝矣,臣质已沦……二十余年,心交无第二人。”(第80页)

㊸ 民国十三年(1924)续纂《泰州志·人物流寓》:“陈廷焯……工倚声,从其戚庄棫受学。”(转引自屈兴国《白雨斋词话足本校注》,齐鲁书社1983年版,第853页)

㊹ 葆光子:《清代词学概论序》,载徐珂《清代词学概论》卷首,(上海)大东书局1926年版。

㊾ 胡适:《词选自序》,载《词选》,中华书局2007年版,第2—3页。

㊿ 焦循:《易余籥录》卷一五,载《清代学术笔记丛刊》第37册,学苑出版社2006年版,第88页。

51 王国维:《宋元戏曲考序》,载《王国维文集》,北京燕山出版社1997年版,第50页。按:虽然王国维的这段论述非常有名,但即使在他本人看来,仍然不无继续深思之处,所以他还指出:“余谓律诗与词,固莫盛于唐宋,然此二者果为二代文学中最佳之作否,尚属疑问。”不过,这里所说的“最佳”和“最有代表性”,是两个不同的概念,完全可以并存。

52 王国维《人间词话》:“纳兰容若以自然之眼观物,以自然之舌言情。此由初入中原,未染汉人风气,故能真切如此。北宋以来,一人而已。”(中国人民大学出版社2004年版,第16页)

53 王国维:《苕华词自序》,载《王国维先生三种》,(台湾)国民出版社1954年版,第95页。

55 陈乃乾:《清名家词》第10册《云起轩词钞》,上海书店出版社1982年版,第1页。

56 58 叶恭绰:《全清词钞序》,中华书局香港分局1975年版,第1页,第1页。

57 陈廷焯:《云韶集》卷一四,孙克强等《〈云韶集〉辑评(三)》,《中国韵文学刊》2011年第1期。

(2012年第1期)

去历史化的大叙事

——20 世纪 90 年代以来“精神中国”的文学建构

陈晓明

中国当代文学颇受责难。流行的观点认为，当今中国文学没有人文情怀，没有深厚博大的思想，也没有令人信服的艺术水准。当今中国在思想文化和精神价值上的危机，似乎要文学承担主要责任，或者说它正是这种危机的表征。我承认当今中国面临人文价值危机，但并不认为文学无所作为，或者陷入了价值混乱的境地。

观察当今有影响力的那些作品，可以看到它们对当代中国的精神文化建构起到了积极的推动作用。有相当一部分文学作品以其独特的方式、从不同侧面构建当代中国的精神文化价值。“精神中国”因为这些作品的存在而有一种内在的韧性，有其活力和深度。

比之 20 世纪 80 年代激烈的社会反思性批判与整个社会的价值重建状况，那些值得关注的作品所提供的精神价值支持是以复杂的形式展开的。以旧有的现实主义为主导的历史叙事受到了质疑，中国作家在回到个人经验的同时，也重新梳理 20 世纪的中国历史，审视当下中国现实的本质，叩问当代人的灵魂。确实，在这一意义上，90 年代以来的中国文学的思想意向是以重写、改写乃至解构为目标的，原有的宏大历史叙事的经典模式被破解之后，以个体经验为出发点的文学叙事，着眼点是小叙事，但内里还是有一种压抑不住的要为时代寻找解释的意向。在这一意义上，这些去历史化的叙事又可以看成一种大叙事——最终它总是回答了现实的大问题，回答了普遍性的有未来面向意义的问题①。

文学创作根源于既定的传统与前提，回应现实的精神与价值建构总是要以文学的方式，现实的挑战当然也促成了那些文学变革，给变革以美学和思想的支持。因而，这种建构总是以一种多边形的结构展开，也就是说，它们是互动的动态结构。本文拟从重写历史、重建日常伦理、回归乡村精神、重审自我经验以及叩问灵魂等多个方面来讨论，或许可以勾勒出 90 年代以来的文学建构“精神中国”的基本状况。

一、文化价值替代历史想象

经历了80年代的经济改革和思想解放运动，中国社会在90年代初期面临着短暂的歇息和调整。表面的平静酝酿着思想文化内在结构的变化，80年代在思想和文化上的整体性趋于分离，知识分子、民众与主导意识形态已经失去了内在统一性。80年代，在实现“四个现代化”和改革开放的历史意愿下，社会各方面的力量结成一个共同体。90年代初，市场经济开始启动并加速，知识分子从社会中心退出，在专业和社会角色双方面都找不到方向。前者是因为教育的危机，后者是因为民众进入市场，已经不需要改革派和保守派的论争，也不需要人道主义、人性论之类的思想旗帜。90年代的主导意识形态着力于重建五六十年代的国家想象，其社会伦理诉求是重建集体主义、奉献精神，重新塑造时代典范人物。90年代初的市场经济一方面混乱而富有活力，另一方面在培育适应市场经济的一套实用主义准则。在这样的价值重估与无序的情境中，知识分子的话语被悬置。随之出现的关于人文精神的讨论，可以看作知识分子重返历史的一种努力。

在这种背景下，我们来看90年代初的中国文学作品。我们不可能全面梳理那个时期的文学作品，但可以选择当时最有影响的作品，如《废都》和《白鹿原》。这两部作品在当时发行量极大，《废都》引发的争论更多。《废都》在90年代初受到的批评主要是因为写性过于直露，以及对知识分子的精神世界揭示得并不深刻。写性是否直露，并非有一个绝对标准，名著写性直露的不在少数。90年代初期，知识分子重新寻求批判性的话语，关于性话语的讨论，最能容纳道德性的批判话语，也是中国几代知识分子最熟悉的话语。贾平凹《废都》为那个时期知识分子重新出场提供了批判对象。启蒙话语在90年代初的重建，带着强烈的道德批判意识，这是知识分子超越现实的精神依据。但这样的批判有些错位，《废都》并非只专注于性，贾平凹真正的理想不在于此。

他试图通过性来写庄之蝶的灵魂深处，进而写出当代知识分子面临的精神困境。应该承认贾平凹写出了庄之蝶性格心理的复杂性，问题在于，试图从庄之蝶身上辨认现代知识分子的形象注定要大失所望。因为贾平凹并不是要写出现代知识分子的灵魂，而是要复活古典时代的士大夫文人。他有着非常深厚的传统的文化记忆，在90年代初西方现代主义文化崩塌的短暂时期，古典文化浮出地表，这是西学退潮后自然而又别无选择的结果。一方面是主导意识形态复活五六十年代的红色记忆，另一方面是古典传统也获得了合法性。这在80年代反传统和西化的时代潮流中是不能想象的诉求，现在有了历史机遇。贾平凹想回到古典传统记忆，以此规避主导意识形态的威权文化。在《废都》的后记里，贾平凹明确表示那些古典名著是他膜拜的范本，他痛责自己不能写出那些美文。[②]

庄之蝶沟通的是复古的文化记忆，那些关于性的叙事连接的不只是《西厢记》《红楼梦》等传统经典文本，还有一些野史和非主流读物。[③]《废都》关于性的叙事太容易让人想起《金瓶梅》这类古代禁书，贾平凹用删节号的方框框指向它们。在那样的历史时期，它似乎有意与书报检查制度建立一种冒犯的暧昧关系。但贾平凹的真实意图在于沟通那些禁书的传统，他要唤起的是从历史至今被遮蔽的文化，这是更具有民间特征的，也是更纯粹书写性情的文化传统。固然，《废都》在这方面未必成功，其努力方式有值得讨论的不纯粹之处，但它确实表达了 90 年代初中国社会意识形态转型的境况，在为时代寻求精神文化和美学价值重建的基础。

90 年代初传统文化在文学中的复活，固然有着告别西方现代主义的实际效果，但也有告别经典革命叙事的隐秘企图。如果说贾平凹只是潜在地规避，那么《白鹿原》则是直接重写革命历史，为 90 年代以后的中国社会建构新的文化根基。

张炜《古船》开启了家族叙事，替代并改写了革命历史叙事，也就是民族史诗替代和改写了革命史诗。中国作家不再是扎根在革命中，而是重新扎根在土地上——这一变迁是重要的。当然，《古船》的叙事还有二元对立的基本结构，家族叙事植根于历史的善恶结构，但其价值判断回到了传统语境中，不再是简单的阶级论与阶级斗争。

《白鹿原》在多大程度上受《古船》影响不好妄作评论。但它们同属于中国当代农业文明基础上建立起来的宏大历史的叙述者，第一次如此逃脱现代中国的政治意识，用作家的主体意识来叙述历史，虽然这样的逃脱并不彻底，也不可能、不需要彻底。回到土地上的叙事开始有了另一种价值取向，这是农业文明的历史决定的价值观。从这种“回到”可以看出，《古船》有一种乡土的亲切感，《白鹿原》则有一种更广大和普遍的文化信念。前者是从时代激情（另一种拨乱反正）获得那种亲切感，后者的信念却建立在对农业文明的信赖中。

《白鹿原》写了传统家族中的繁衍、婚丧嫁娶、土地耕种等事务，还有大量篇幅描写白、鹿两家争夺土地的故事。整个中国农村传统宗法制社会的生活形态、族规族法、家业继承、责任和义务被表现得相当具体。可以说，这部小说是乡土中国的百科全书，也是中国现代性历史的百科全书。作者在题辞里便引述巴尔扎克的话：“小说被认为是一个民族的秘史。”

陈忠实不避讳要写出中国民族的秘史，农业文明进入现代文明的秘史。在中国现代性历史的宏大叙事中，本来已有众多作品确认了这样的秘史，何以他还要写作秘史，他有什么惊人的秘密要揭示？

黑格尔说过："作为这样一种原始整体，'史诗'就是一个民族的'传奇故事'，'书'或'圣经'。每一个伟大的民族都有这样绝对原始的书，来表现全民族的原始精神。在这个意义上史诗这种纪念坊简直就是一个民族所有的意识基础。"[④] 要重新写作史诗，陈忠实要为民族找什么样的意识基础？至少，他要清理和构建不同于原有红色经典确认的意识基础。

在《白鹿原》的叙事中，文化信念与革命反思难以贯串一致，那种文化信念在进入革命的暴力历史之后就被悬置了。小说转向对革命的反思，文化叙事就成为对革命暴力质询的背景。革命付出如此高昂的代价，最终的结果只是白、鹿两家以不同的方式陷入绝境。既然如此，20 世纪革命的意义何在？中国传统农业文明那一套家族与土地伦理，为何不能支撑农业社会的存在呢？这一问题至少有两个层面：其一是革命的层面。革命的历史在白、鹿两家留下烙印，已经昭示了革命的宿命论特征。其二是现代性的层面。传统文化价值并不能引领家族伦理走进现代，白、鹿两家都是如此。那么，陈忠实要质疑的是中国现代性的全部历史？推崇传统文化固然有其道理，但他如何面对中国要进入现代这个历史事实？传统中国的文化如何在现代性的历史中依然引领乡村？革命的必然性如何思考？如果陈忠实不能质询革命的必然性，那么革命合理性甚至暴力都难以避免。事实上，陈忠实也在叙述革命的必然性，白家已经面临沦落的命运，阶级论依然是不可避免的视角。阶级的矛盾和日本侵略造成的民族矛盾，使革命变得不可避免，《白鹿原》对此有深刻的表现。正是因为革命的必然性及其暴力后果，这可能正是中国现代性历史的悲剧所在。

当然，不管是《废都》《白鹿原》还是同时期的其他作品，对传统文化的重新关注与对宏大历史的解构，都不是明确、有力或有效的文学行动。我们前面说过，文学作品对现实的回应只能是在既定的条件下来进行的，它本身也是在艺术地因而也是探究性地对时代做出应答。众多文学作品合力构成一种有效的文化氛围，才可能构建一个时期积极的精神力量。

在这一意义上，我们可以看到，恰恰是西北的作家对传统文化有特殊的情怀，有意偏离主导意识形态，试图以传统文化作为 90 年代转型期的精神依据。尽管纯文学对时代思想的影响力有限，而且在随后更加汹涌的市场经济大潮中气若游丝，但我们不能否认中国文学以独有的方式持续地寻找转型期的思想文化底蕴，它终究经历较长时期的积淀，对当代文化价值建构起到有效的作用。

二、重建日常生活的存在根基

“文革”后的中国文学着眼于拨乱反正、反思“文革”，充当了思想解放运动的急先锋，因而有强大的社会感召力。80 年代中期的现代主义思潮，把文学推向观念和形式的高地，有其值得肯定的意义。不管是意识形态的变革方面还是艺术创新的突破方面，当代文学一直以其观念和形式来建立“进步”的合法性。90 年代以后，思想意识的探索随着追寻西方新理论的退潮，思想文化方面只有回归传统可做文章，而先锋性的形式主义实验也已经偃旗息鼓，文学失去方向感，不再有创新的动力和胆略（到了 21 世纪初，文学的创新是另一个问题）。在历史方向未明的间歇时期，回到平庸是生存的必要法则，这就解释了 90 年代初中国文坛“新写实主义”获得广泛认同的缘由。这个口号以其含混暧昧得以生存，根本原因则是这个时期的人们有着回到日常生活的强烈愿望。意识形态翻云覆雨的纷争已经失去威慑力，人们已经厌倦大话和空话。“新写实主义”重建生活真实性，回到普通人，本没有什么新奇之处，但在半个多世纪以来的中国文学中绝对是有重大意义的选择，它接通中国现代市民生活的血脉，这是它意想不到的一个收获。尤其是张爱玲就隐藏在这样的血脉中，更可说是意外之喜。只是过去数年，王安忆与张爱玲的重逢，回到日常生活就不可避免地成为当代文学的一项伟业。

本来是自觉平庸化的选择，何以变成一项伟业，这是颇费周折才能讲清的逻辑。这一切依然要回到历史前提才能理解。在半个多世纪里，中国小说以民族国家叙事为主导，所有的生活气息都要围绕革命、阶级这些概念展开。当然，相当多的作品也能挣脱这些概念，具体作品的挣脱并不能抹去日常生活承受着政治压力的事实。“新写实主义”出现后，日常生活才具有合法性。“冷也好，热也好，活着就好”，这是池莉小说的题目，代表了那个时期摆脱观念性焦虑的态度。中国小说到了 90 年代才就生活事相来看生活本身，而不是由此想到“反思”“改革”等观念性命题。

在所有作家中，王安忆对上海市民生活的表现有着非同凡响的意义。事实上，她并非甘愿写小市民的生活，某种意义上因为她的批判性企图，其叙述目标还是有观念性的野心，她思考的是形而上和重大的问题，如上海弄堂市民的生存境遇，现时代的贫富差距，城乡对立，传统现代的错位等等。无奈她的日常生活写得太出色，而且现实也不再关心那些观念性的反思。仅仅凭借对 90 年代以来上海生活的表现，她的文学贡献就站得住脚。因为她关于日常生活的书写不只具有精湛的笔法，还有着旧上海的全部文化记忆，有厚实的历史感。

这里尤其要谈到她的《长恨歌》。这部小说于 1995 年在《钟山》第 2、3、4 期连载（这一年 9 月，张爱玲在海外黯然辞世）。在此之前，王安忆出版的小说是《纪实与虚构》。这部题目很不“小说”的作品，确实有着奇怪的梳理历史的野心，这无疑与 90 年代初重新审视中国现代革命史有关。重写历史的抱负并不适宜王安忆，尽管她试图通过家族故事、通过自我精神自传来缩小历史的庞大视野。《长恨歌》使她有如归故里之感。小说讲述王琦瑶的命运，横跨旧上海和新上海两个历史阶段。历史变故改变了她的命运。这样的角度和叙述方式正是王安忆所长。

20 世纪 90 年代初，与传统文化的复活相映成趣，中国社会有各式各样的怀旧。有“知青”的怀旧，有重唱红歌的怀旧，都还是在红色的怀抱里撒娇或撒野，并未脱离旧有根基。只有王安忆的《长恨歌》是纯粹的怀旧，建构起一个完整的旧上海形象，那是从上世纪初绵延而至的记忆，让人们完整地重温海上旧梦：十里洋场、弄堂、小户人家、资本家、资产阶级小姐、电影、片场、照相馆、选美、交际花、情妇……旧上海的浮华符号应有尽有。只有复活了上海旧式的日常生活，今日上海的日常生活才不至于沦落为小市民文化，因为这是所有的地域文化之现代宗师，中国的现代性不可替换的上海魂灵。王安忆出色的叙述居然把幽灵现实化和本质化了。

王琦瑶始终是一个怀旧者，一个旧上海的守灵人，她在为自己往昔的瞬间辉煌持续守灵。但所有的守灵都因为日常生活的琐碎，才捕捉住一点幽灵，日常生活是往昔重现的肉身。反反复复演绎日常生活，没完没了地吃饭，围着饭桌的点心，麻将牌，小礼节等等。在点心中度过的人生，只有上海人。

这些日常生活淹没、覆盖了革命的宏大岁月。因为日常生活，王琦瑶可以生活在旧上海。王琦瑶的家，奇怪地与当时上海轰轰烈烈的阶级斗争无关，所有外部世界的纷扰都被略去，只剩下这几个旧式的女人、男人一起吃饭、搓麻将，敏感而患得患失的情爱。历史只有萎缩和隐蔽在那个小匣子里——李主任给王琦瑶留下的那个匣子。里面的金条，一种始终的、反讽式的讽喻。她最终被她卖身的钱害死。这个故事就这样以完整封闭的格局建构了一个旧式上海女子的命运，其实是复活了旧式上海在今天留存的生活韵致。

但这样的叙述方式又是王安忆不愿意认同的。她原本是“知青”作家，反思“文革”，以她当时青春年少，就赶上了“本次列车终点”；80年代中期，“寻根”骤然风起，她也不甘落后，写下《小鲍庄》。她始终在主流，在中流击水。何以在90年代要怀旧，而且把她与张爱玲相提并论。所有做此对比的论者，都是出于重构海上文坛的美好愿望。如果在张爱玲与王安忆之间可以建立一种联系，那么，老上海的形象，它的文脉，也就是它的气质格调，都复活了，传承下来了。这本身就是一个动人的文学故事。敏锐的王德威看到了这一点，在《从“海派”到“张派”——张爱玲小说的渊源与传承》一文中，细致梳理了海派今天的传人，为当代中国文学重建现代传统勾勒了一幅美妙的图谱。随后他又写了《海派文学，又见传人——王安忆的小说》，相当细致精当地分析王安忆作品的来龙去脉，精辟地把握住王安忆小说与张爱玲的神似。在充分肯定王安忆小说对书写上海女性的卓越贡献后，王德威指出：“王安忆的努力，注定要面向前辈如张爱玲者的挑战。张的精警尖诮、华丽苍凉，早早成了三四十年代海派风格的注册商标。《长恨歌》的第一部叙述早年王琦瑶的得意失意，其实不能脱出张爱玲的阴影。”⑤

王德威看到，在《长恨歌》的构架中，“张爱玲小说的贵族气至此悉由市井风格所取代”⑥。他大约是说张爱玲描写的大体是破落贵族，骨子透着一种世家劲头；王安忆讲述的都是上海弄堂里的平民百姓，面向的是上海现实。确实，我们看王安忆写的上海弄堂生活，无非家长里短，斤斤计较，市民的庸俗气息被刻画得精细雅致。如此的市民生活或市井风格，在当代中国文学中却有着颇为重要的意义。中国文学经历了从政治乌托邦到回归普通市民生活的变异。文学可以面对普通人生活，真实表现这种生活——他们不是因为要献身党和人民而可以在文学里占据一席之地，而是作为人活着——这在中国文学中居然是一种进步（说起来都是令人羞怯的进步）。同样是90年代上半期，余华的《活着》和《许三观卖血记》写出普通人的艰难甚至悲剧性的命运，其意义也在于政治的控诉性；这延续了“文革”后“反思”的文学态度。《长恨歌》的政治反思性已经相当淡薄，叙事专注于命运失落后王琦瑶的生活事相，几乎与世隔绝的弄堂，是王琦瑶的生活天地。而在这里，演绎的是旧上海延续下来的生活习性、情调和品位。如此弄堂里的生活固然没有贵族气，却有着老上海的韵味。

王安忆复活的是两种东西，一种是旧上海怀旧的美学形象，另一种是弄堂里的日常生活。这二者互为表里，使旧上海在今天扎下根，使今天的弄堂生活具有了深厚的历史底蕴。日常生活的合理性，普通人的卑微需求，弱者无可摆脱的结局，当代中国文学中的悲悯情怀由此可以有真切的根基。如果说忧国忧民是一种崇高的文学精神，那是中国在社会主义革命激进化时期所需要的精神支持，那种历史渴望并非全然没有合理性。只是，那种关于历史正义的叙事都是建立在民族国家的整体意识上，价值的崇高性压倒了个人的真实生活，作家只是对着民族、国家说话，它未必是普通人的精神品格。90年代以后，中国文学才又真实意义上回到日常生活，才有真正的人道主义和人文情怀。五六十年代不用说，人性论、人道主义遭遇禁锢；80年代的人道主义依然是历史反思性的政治诉求；只有90年代中国文学如此大量地描写日常生活，开始建构贴近普通人的人道主义。王安忆的小说具有双重性，她不只是复活假模假样的旧上海，她使那种市民生活及其历史具有合法性，并且与当代生活贯串一致。在这一意义上，她是具有人道主义精神和人文关怀的。同理，当代中国文学关于日常生活的叙事已经形成了普遍的经验，有必要看到这种叙事对于当代中国文化建构的积极意义。

当然，王安忆本人也未必认同这些意义。2008年，正值张爱玲小说借李安的《色·戒》持续走红，王安忆在与法国龚古尔文学奖得主葆拉·康斯坦文学对话时说，她在《长恨歌》中写了上世纪40年代的老上海，招致很大的误解和困扰。“由于对那个时代不熟悉不了解，这段文字是我所写过的当中最糟糕的，可它恰恰符合了海内外不少读者对上海符号化的理解，变成最受欢迎的。”王安忆抱怨说，《长恨歌》长期遭遇误读，几乎成了上海旅游指南。王安忆一直是要忧国忧民，要写出“时代精神”。现在把她放到与半个多世纪前的张爱玲相提并论，多数人会认为是抬爱王安忆，而王安忆显然不甘心这样的抬爱。她的作品作为重温海上旧梦的注解，她更是心有不甘。与其说她要强行与张爱玲区别，不如说她有壮志未酬之憾。

岂止是王安忆不能接受如此定位，在当今中国大陆有不少的读者或专业评论者，也经常责备当代小说落入写作日常生活的窠臼，没有大情怀和大思想。这种论调当然有其论说的前提，在对具体作品的论述中或许可以自成一格。如果作为一个抽象的标准，恐怕会让人不得要领。当今中国文学从民族国家的大叙事中走出来不久，像王安忆这种多少有些琐碎的日常生活的叙事，未尝不是在建构当下的日常生活伦理，不能说这里面没有情怀和悲悯。“精神中国”不只是高昂的理念，回到日常生活，回到普通人，回到生命的卑微和无能，恰恰是中国文学少有的诚实与勇气。在这样的小叙事中隐藏着大叙事、真精神，酝酿的“精神中国”更有一种坚实而实在的品格。

三、乡土中国经验的重建

中国文学在失去明确、统一的时代意识后，作家的个人化写作才有了路径。确实，在我们描述当代中国的文学和文化是一盘散沙的同时，也不得不承认这样的状况有可能酝酿着中国文化和文学的另一番景象。比如，作家更自觉去发掘经验的独特性，这是对历史地形成的民族的、本土的文化经验的某种深化，无疑也是一种丰富。在这一意义上，它丰富了我们称之为“精神中国”的那种文化想象。有一种文学的精神，那就是面对当下现实而能有效运用文学经验的积累，去挖掘民族性和人性的复杂性。

乡土文学叙事是中国文学比较成熟的文学经验，在这方面，如果要从鲁迅算起，再以沈从文、汪曾祺为典范，那可以说是中国文学最主要的乡土叙事传统。在此历史前提下，如何开掘中国乡土文学新的经验，也是一项极其艰巨的挑战。贾平凹、陈忠实、莫言、刘庆邦、刘醒龙等一大批作家在这方面都在寻求新的出路，各自都有一套乡土叙事的路数。2009 年，刘震云出版《一句顶一万句》，其乡土经验就别开生面。这部小说破解历史叙事的力度相当强大，它所涉及的乡土与现代的主题、对乡土农民人性与心灵的表现都非同寻常。

这部有着诙谐书名的作品，却透着骨子里的严肃认真。它以如此独特的方式进入乡土中国的文化与人性深处，开辟出一种汉语小说的新型经验。这部作品被称为“中国的《百年孤独》”，并非是刻意要在马尔克斯之后说中国的故事，刘震云一直在重写乡村中国的历史，他的重写不可谓不用力，不可谓不精彩。但《一句顶一万句》出版后，刘震云此前的写作仿佛都是为这部作品做准备。它涉及重写乡村中国现代性起源的主题，转向汉语小说过去所没有涉及的乡村生活的孤独感，以及由此产生的说话的愿望，重新书写了乡村现代的生活史。它把乡土中国叙事传统与现代结合得恰到好处，所有这些都表明这部作品具有可贵的创新性。

乡村中国历经 20 世纪的写作，已经累积了相当丰富的经验，甚至可以说已经过度成熟，也使后来的创作要有所突破变得越来越困难。在“现代的”或“革命的”乡土之后，80 年代的中国试图从“寻根”那里发掘新的经验，使之具有现代主义的内涵。“寻根”是中国文学走向世界、与世界文学对话的努力。但这场对话不了了之，并未有能力持续下去。取而代之的还是重写革命历史，把乡土中国的经验置入现代性的革命历程，去看待它经历的历史变异。《白鹿原》《故乡天下黄花》《笨花》《生死疲劳》等就是这样的“向内转”。乡土中国还是回到自身的世界中，讲述自己的故事，对自己讲述自己的故事。“向内转”的经验也已经被几部大书耗尽，想要进一步有作为的乡土叙事，可能的路径十分狭窄，几乎只有在绝处逢生。能活下来，能活着走下去，就是幸存的文学了。在这一意义上，或许《一句顶一万句》创造的就是一种幸存的文学经验。

这部作品并未有介入现代性观念的企图，只是写出20世纪中国乡村农民的本真生活，对农民几乎可以说是一次重新发现。农民居然想找个人说知心话。在这部作品中，几乎所有农民都在寻求朋友，都有说出心里话的愿望。这样的一种愿望跨越了20世纪的乡村历史。刘震云在这部小说里建构了一种新的关于乡土中国的现代性叙事，一种自发的农民的自我意识。在20世纪面临剧烈转折走进现代的时代，乡村农民也有他们的孤独感，有他们的内心生活和发现自我的能力。

家庭伦理与朋友之间的友爱及背弃构成了孤独感的内在依据。在小说的叙事中，亲人、朋友之间的反目在这部小说中几乎构成了友爱的二律悖反。寻找友爱和说话的故事都隐含着朋友之间的误解、反目以及婚姻的错位。友爱与婚姻因此都廉价化了，杨摩西变成吴摩西之后，与吴香香的婚姻充满戏剧性，这样的婚姻却隐含着背叛。然而，友爱在一个地方失效，在另一个地方被唤起，被重建，总是以“非法”的形式重建，但这里的“非法”是对原来合法的伦理准则的挑战——在伦理法则之外，还有更高的“法”，那就是友爱建立于说话与心灵相通这一根本意义之上。然而，小说插入的一章“喷空”却又暗含着友爱交流的自我解构，在“一句顶一万句”的言语极致真理之侧，“喷空”时刻警惕着话语的塌陷与交流的最终虚妄。交流渴望在这部小说中，解构友爱或许是其突出的意向，但寻找友爱、重建友爱，总是构成一个循环的戏剧学；它们总是在细微的差异中重建。牛书道与冯世伦，他们的儿子牛爱国和冯文修也在模仿他们重建友爱，然后反目；牛爱国与庞丽娜，庞丽娜与小蒋，牛爱国与章楚红，他们之间都在爱欲的背叛关系中隐含着重建爱欲的可能性，其重建也隐含着重复与延异的结构。

这部小说令人惊异之处还在于，它开辟出一条讲述乡村历史的独特道路。它并不依赖历史大事件进行编年史叙事，它的叙事线索是通过一个乡村农民改名的历史：杨百顺改名为杨摩西再改为吴摩西，最后把自己的名字改为罗长礼——这是他从小就想成为、却永远没成为的那个喊丧人的名字，这就是乡土中国的一个农民在20世纪的命运。

脱离历史大事件的叙事并非只是书写田园牧歌，刘震云倾心关注的是人心，人心到底如何？他没有回避中国乡村潜在的冲突，那是源自人性的困境。在某种意义上，刘震云书写的历史更加令人绝望，并不需要借用外力，不需要更多的历史暴力，只是人与人之间，那种误解，那种由对友爱的渴望而发生的误解，更加凸显了内心的孤独。就是杨百顺这样的还算不坏的人，却动了多次的杀机，他要杀老马，要杀姜家的人，要杀老高和吴香香，在内心多少次杀了人。牛爱国同样如此，他要杀冯文修，要杀照相馆小蒋的儿子，同样不是恶人的牛爱国也是如此轻易地引发了杀人动机。当然，杀人并没有完成，但在内心，他们都杀过人。刘震云虽然没有写外在的历史暴力，但暴力是如此深地植根于人的内心，如此轻易就可激发出杀人动机。在这一意义上，那位意大利传教士老詹的故事，就是在人性与信仰的交界处发生的思考。那是一个失败的宗教的故事，不再是中西冲突，却充满感伤的怀乡气质。

刘震云的书写在经典性的历史叙事之外另辟蹊径，过去人性的所有善恶都可以在“元历史”中找到根源。革命叙事则处理为阶级本性，“后革命”叙事则是颠倒历史的价值取向，但历史依然横亘其间。人性的处理其实可以在历史那里找到依据，而人与人之间自然横亘着历史。刘震云这回彻底拆除了“元历史”，让人与人贴身相对，就是人性赤裸裸的较量与表演。人们的善与恶，崇高与渺小，再也不能以历史理性为价值尺度，就是乡土生活本身，就是人性自身，就是人的性格、心理，总之就是人的心灵和肉身来决定他的伦理价值。

我们说乡土生活的本真性，并不一定是就其纯净、美好、质朴而言，因为如此浪漫美化的乡土，也是一种理想性的乡土；刘震云的乡土反倒真正去除了理想性，它让乡土生活离开了历史大事件，表现最卑微粗陋的小农生活。历史并不一定时刻侵犯着普通百姓生活的方方面面，百姓生活或许在历史之外，在历史降临的那些时刻，他们会面对灾难，大多数情势下，他们还是过着无历史的或者不被历史化的生活。事实上，现代以来的中国文学要抵达这种无历史状态并不容易，读读那些影响卓著的文学作品，无不是以意识到的历史深度来确认作品厚重分量。一个没有战争、没有动乱、没有革命甚至没有政治斗争的现代中国历史，几乎是不可能的历史，但刘震云居然就这样来书写中国现代乡村的历史。准确地说，是无历史的贱民生活史。

这部小说对乡村中国生活与历史的书写，一改沈从文的自然浪漫主义与五六十年代形成的宏大现实主义传统，以细致委婉的讲述方式透析人心与生活那些分岔的关节，展开小说独具韵味的叙述。这种文学经验，似乎是从汉语言的特性中生发出文学的品质。如果说文学要探索人的心灵，要建构新世纪精神中国，以这种艺术表现形式才能真正有艺术生命力。

四、穿越历史与现实的自我经验

中国小说历来擅长讲述历史故事或者有未来发展方向的故事，人在历史中，依靠历史事件来推故事情节发展。作家的自我经验当然也可以通过对历史的刻画体现出来，但自我经验总是让位于客观化的外部故事的呈现。90年代以来，更年轻的作家也试图表现自我经验，先锋小说确实包含较多的主观经验，但多变的形式策略与过分极端的心理经验，使其在现实性上显得有疏离感。女性作家的自我经验无疑相当充分，但一旦以第一人称叙述，审视自我经常成为单向度的视角。中国的男性作家习惯于第三人称，讲述客观化的故事，只有张炜似乎例外，他经常以第一人称叙述，而且相当充分地以自我经验介入其中。值得关注的是，张炜不只是审视自我，他审视同代人，他的自我经验是在与同代人的互相审视中展开的。他叩问的是当代人的灵魂，他想触摸的是当代精神的走向，这一点在他2009年出版的长篇小说《你在高原》中体现得相当出色。

这部10卷本小说有450万字，可谓鸿篇巨制，其显著特点是：如同有一个“我”穿越历史与现实在高原上叙述。

当然，这得益于小说叙述气韵充足，境界高远。小说叙述开始就切入历史，“我”的叙述穿越历史，叙述人可以在历史中穿行，这是在宽广深远的背景上展开的叙述，有一种悠长浓郁的抒情性语感贯串始终。张炜强调主观化的视角，也注重表达个人自我经验，因此，他的历史叙事并不做长久的停留。看他的第一卷《家族》，在开篇切入历史叙事不久，他就迅速插入当代的故事，他要用当下的经验随时打断历史叙事的自足性和封闭性。张炜这种叙述方式，并非只是为了小说叙述上的视角变换，同时也是为了反观自我的经验，让“我”的感受、情感随时介入故事中去，来建构一个主客体交融的文学情状。

张炜以他的思想、信仰和激情穿越历史，沟通了现代浪漫主义文学传统，因此他能建构这么庞大复杂、激情四溢的历史叙事。从根本上来说，他与当代依然占据主流地位的现实主义叙事是大相径庭的，而且是这么一部10卷本小说，尽管每一部都有独立的主题，都有独立成篇的体制，但叙述人宁伽贯串始终，人物在分卷中反复登场，故事有明晰的连贯性。张炜在这么漫长的篇幅中，始终保持情绪饱满的叙述，那种浪漫主义的激情和想象在人文地理学的背景上开辟出一个空旷的叙述语境。并不是说浪漫主义要比现实主义优越，也不是说从后现代主义退回到浪漫主义，中国文学就有了更为中庸调和的路数，而是浪漫主义从中国现代就被压抑，总是以变形的方式、甚至经常被迫以现实主义的面目出现。张炜以他的自然自在的方式释放出充足的浪漫主义叙事资源，或许说以浪漫主义为基础融合了现代主义、后现代主义的元素，以“我”的叙述穿过历史深处，同时有多元的叙述视角展现出来。

这部小说贯串着叙述人的深深忧虑，小说的叙事一方面寻求人文地理学的背景，大量写到地质学和地理学背景下呈现的大山、原野、植物等等，张炜的那个“我”有一种要到自然中去的冲动。小说依赖人文地理学来反对社会异化，寻求自然的存在方式以反对权力崇拜。空旷的地理学和大自然背景，在小说叙事中为精神性的存在拓展出一片广袤的天地。自我反思依靠着这样的自然背景，始终能穿越当代社会的各个场景。这部小说不只是反思中国20世纪的历史，反思父辈的历史，而且尖锐地反映了当代社会现实纠结的精神困境。当然，它同时又以内省的笔调去写出“我们”的历史，写出“50年代人”的命运。小说对历史与现实的反思敏锐而透彻，对这一代人的书写真挚而深切，他能够客观平静地审视一代人，揭示这代人的独特性，反思、批判与同情融为一体，有一种通透之感。

这部小说对自我的书写如此强调，甚至繁复，但却能给人强烈的印象。其自我的经验与细节始终融合在故事中。张炜算是中国当代少数浪漫主义特征比较鲜明的作家，同时又带着思辨色彩，情感亦很丰富和饱满。与客观化的叙述相比，他的叙述总是带着诚挚的温暖，如同与朋友握手谈心，那种亲切和诚恳溢于言表。他的批判性经常激烈而痛切，但能让人感到他对正义与善的不懈追求。因为那种亲切感，在含量如此丰伟的叙事中，细致的和微妙的感受随时涌溢而出。

那些当下的细节刻画得栩栩如生，这才是小说在艺术上饱满充足的根基。那些激越的情感表达并不空洞，而是有着扎扎实实的生活质感，那些具体的描写与自我当下的感受总是被结合得相当精当。在叙述与朋友的交往时，他对友情的思考，总是与对同代人的敏锐而亲切的注视相关。例如，《忆阿雅》临近结尾第二十三章，就是写“回转的背影”。他想看清“50年代”这代人，而林蕖或许就是这代人最奇特的代表，代表了那种可变性与隐晦曲折，甚至包藏着太多的秘密，但却显示出那么有理想，甚至独往独来。小说在反思“50年代人”时，实际上也是自我反思，自我的经验总是在那些细节中停留、咀嚼和感怀。

一方面是去历史，以个人的自传替代民族志，另一方面，这样的个人叙事又穿越过父辈的历史和同代人的精神世界。如此的个人叙事重新聚合为一种叩问精神中国的大叙事。

在中国不算漫长的百多年的现代性历程中，自我经验始终是一个被抑制的精神区域。因为在哲学上反主观唯心主义，强调以现实主义方法表现历史的客观规律，中国文学无法开掘主观精神领域的复杂层次。因为诗歌天然地具有个人主观性的特权，朦胧诗以来的诗歌在表达个人超越时代的主体愿望方面做出不俗的努力，女性主义诗歌揭示的精神层次相当具有挑战性。但诗歌由此带来的问题也同样值得关注。相比较而言，叙事文学还是以外向性和客观性为主导，个体性、主观性、自我经验依然不是其关注的主要方面。即使90年代以后被称为个人化写作的时代，自我经验的建构依然模糊不清。对于叙事类文学来说，建立自我的视点，开掘自我的反思性维度，还是有待探求的领域。也正因此，张炜的小说叙事经验值得重视，也正因此，阎连科在2011年出版的《四书》也有特别的意味，它要如此倔强地正视一种历史创伤，如此直接地叩问几代知识分子的灵魂，不只是扪心自问，甚至就是要扪心自食。[⑦] 这部由《天的孩子》《故道》《罪人录》《新西西弗斯神话》组成的书摘体小说，写的是自然灾害年代一批知识分子在劳改农场的故事，他们在一个孩子的监管下，为了求得生存和回家，承受百般凌辱，互相告密、陷害，但身为监管者的孩子最终被钉在十字架上。人祸与天灾共同作用，这批知识分子在劫难逃。这是中国知识分子的磨难史，是20世纪中国知识分子的罪与罚。但小说并不只是写客观历史给予的创伤记忆，而是要去探究人们参与历史的方式——人们在历史中要共同承担的罪与罚。《四书》或许是第一次最深刻、最直接地书写罪感文化的小说。“土改”、“反右”、三年自然灾害、“文化大革命”……中国半个世纪以来的天灾人祸，过去这么多年了，我们的现实主义文学主要是控诉性的文学，这一控诉把罪恶的根源指向历史，每个人都是历史的受害者。我们并没有去反省罪感，并没有深入思考我们作为一个人的存在，作为人的历史存在的一部分，对这样的历史要负有的责任，要承担的后果，这样的后果里面应该包含一种罪感式的自我经验。《四书》在直面和追问这一点，而且是不留余地地追问，它有一种对灵魂顽强正视的精神。

总而言之，我们在讨论文学对一个时期的精神再现时，只有还原到具体的作品中去才有意义。当代中国文学以其相当独特的方式重建当代文化价值，一方面，文学对整体性的宏大历史叙事表示了怀疑和解构；另一方面，它以自己的方式表达了个体性的经验，这些经验不管是以观念性价值还是以美学的表现形式，都显示了非中心化和非整体性的特征。但同时又要看到，这些以追求个人创新性表达为动机的小叙事。当代文学经验确实是因人而异，它们各自在自己的方位上介入历史，回应现实。但这些以个体为本位的小叙事，却有着共同的承担和不懈的责任，也因此，它们最终都指向“精神中国”。正是在这一意义上，那些去除宏大历史叙事的文学经验终究汇聚在一起，形成当今时代的另一种大叙事。

确实，当代中国无疑存在诸多问题，这不只是经济高速发展带来的问题，也是历史累积的深层次矛盾在新的现实条件下的体现。文学显然要面对这些问题和矛盾，但不等于有能力全面表现和解决这些矛盾，因为文学对现实具有直接影响力的时代已经一去不复返了。在我们讨论文学无力建构“精神中国”时，这可能并不是文学单方面的问题，这是整个文化和时代的困境。是这样的时代使文学变得无能为力，使任何事物都变得无足轻重。然而我们依然看不清是什么力量在这个时代起决定作用，就像《哈姆雷特》中那个丹麦王子所说：“这是一个颠倒混乱的时代，唉，倒霉的我却要负起重整乾坤的责任！”[⑧] 今天有诸多批评文学的声音，进而要文学承担文化的后果恐怕也是强人所难。在这里并非为文学辩护，也无须为文学辩护。本文想提示的是，在这样的时代，有一部分文学（虽然可能是极少的一部分），依然以它们的方式，构建着一种精神，构建着“精神中国”。虽然它未必是也不可能是万里长城，而只是涓涓细流，但在当代繁盛杂乱的文化现实之下，却在坚韧地流传下去。

注释：

① 贺绍俊在评论集《重构宏大叙事》（吉林出版集团 2010 年版）里多篇论文讨论到当下中国的小说叙事的文化内涵，在解构旧有的宏大叙事的同时，也在建构另一种宏大叙事。这种对精神价值不同侧面的表现，以及重新历史化的必然性，使得当代文学中的精神性建构呈现更为复杂的形态。

② 贾平凹：《废都》，北京出版社 2002 年版，第 519 页。

③ 《浮生六记》《翠潇庵记》《闲情偶记》之类的古籍读本也使唐宛儿这样的妇人获益匪浅（参见贾平凹《废都》，第 310 页）。

④ 参见黑格尔《美学》第 3 卷下册，朱光潜译，商务印书馆 1981 年版，第 108 页。

⑤⑥ 王德威：《如此繁华》，（香港）天地图书有限公司 2005 年版，第 196—197 页，第 202 页。

⑦ 阎连科的《四书》先后由明报出版社与麦田出版社在香港和台湾出版，在内地未公开出版。

⑧ 莎士比亚：《哈姆雷特》，载《莎士比亚全集》第 9 卷，朱生豪译，人民文学出版社 1978 年版，第 33 页。德里达在《马克思的幽灵》中第一章开篇就引了这一段台词，并反复吟咏，作为对柏林墙倒塌后的后“冷战”时期的反讽式表达（参见德里达《马克思的幽灵》，何一译，中国人民大学出版社 1999 年版，第 7 页）。

（2012 年第 2 期）

音乐在现代美学“语言转向”中的作用

牛宏宝

为什么音乐在西方现代美学领域的“语言转向”起着转捩点的作用呢？首先，历史上每个时期的美学理论都是建立在当时重要的艺术实践基础上的。前现代西方美学的模仿论与戏剧诗相关，正如中国传统美学的核心理论“诗言志”与从《诗经》开始的典范艺术抒情诗相关。从18世纪末开始，音乐取代戏剧诗而成为美学思考的典范艺术。这应该看作美学思考范式转换的标志。其次，这种以音乐为典范对艺术的思考，也成了自19世纪开始的浪漫主义艺术、19世纪末叶的象征主义诗歌和20世纪初现代派绘画的艺术原型。英国评论家沃尔特·佩特将这典范转换总结为“一切艺术都趋向于音乐”①。更为重要的是，从18世纪末19世纪初开始，对音乐的思考不仅仅是一个美学问题，也是一个哲学问题。正如安德烈·波维所说：“18世纪末和19世纪，音乐与哲学的关系不再单一地建立在哲学如何言说音乐这样的范围内，因为音乐自身的发展影响了哲学思考，反之亦然。”② 音乐与哲学的互动，不仅促使现代哲学思考和阐释音乐，也促进了哲学本身对自己的认识。将音乐与美学的语言问题扭结在一起的恰恰在于这一追问：音乐作为非词汇语言，它是如何言说的？音乐语言对美学认识审美和艺术活动的符号呈现及其符号性质会带来什么样的启示？尤为重要的是，音乐作为一种情感语言，和人与世界的源初同一性及整体性直接关联在一起。那么，音乐语言就涉及源初世界的同一性真理。而这又反过来极大地促进了美学自身对审美活动和艺术活动中符号呈现的思考，从而带动和启示了美学领域的“语言转向”。

一、音乐语言与词汇语言之争：音乐开启对语言的本体之思

音乐能够在现代美学中逐渐取代戏剧诗而占据典范艺术的位置，是与12世纪以后记谱技术的形成和完善分不开的。在新的记谱技术支撑下，形成了诸如对位、和弦等纯

粹属于音乐的语言构成语法，一种纯粹属于音乐的语言才真正独立和成熟，即纯粹音乐诞生了。一批真正的纯粹音乐大师（如巴赫、莫扎特、贝多芬等）创作的纯粹音乐作品，在欧洲的大地上形成一股音乐思想的风暴和音乐的迷狂。纯粹音乐作品以及这些作品所代表的语言，其影响力超过了传统的典范艺术，而成为需要认识和思考的新的典范艺术和语言。正是纯粹音乐所达到的这种状态，在19世纪初的德国浪漫派那里，音乐就被看作最高的语言了。

纯粹音乐的发展，改变了长久以来认为词汇语言高于音乐的传统观点。尽管对词汇语言的推崇仍然被理性主义者坚持，但音乐地位的提高却导致从18世纪末到19世纪中叶的持久争论，即音乐语言与词汇语言谁高谁低的问题。与此问题相关，在歌曲和歌剧中，是歌词服从音乐还是音乐服从歌词的争论。这两个争论表面上看是高低之争，但实际上既推动了对音乐语言的认识，也推动了对词汇语言的认识。这正是音乐嵌入和推动现代美学领域“语言转向”的历史运动的命意所在。

最早表达音乐比词汇语言更具本源性的思想家是赫尔德。在写于1770年前后的《论语言的起源》中，赫尔德认为，语言起源于人类悟性的创造，是人类的悟性对事物进行区分和特征把握的结果。而“最早的人类语言是歌唱，那也是一种人所固有的、非常适合于他的器官和自然本能的歌唱”[③]。但歌唱的发生却并非单纯基于人的叫喊，而是基于人类的悟性的把握和感知的区分。正是在歌唱作为源初语言的基础上，才产生了最早的诗歌和音乐。因此，诗歌中的韵律就是因这种歌唱的音乐性而得以形成的。无论后来的语言何等完善和成熟，诗歌中的韵律都得到了保持。这正是它与音乐所保持的本源关系。赫尔德对语言起源的追溯过程中，发现文字语言与音乐同源，而且同样古老和神圣。同时，赫尔德通过对欧洲殖民拓展过程中的古老语言和部落语言的研究，认为由于源初语言是人类悟性和生命的各种官能处于统一整体状况下的产物，因此源初语言是非抽象的，是活的语言，是音乐、语言和诗歌的整体性样态。这个思想也显示了诗性语言的内在性质。可以说，赫尔德对语言起源和性质的揭示，采取了一种人类学的思路，通过语言（诗）与音乐（歌）同源性来揭示语言。因此，克罗齐认为，赫尔德的思想是将语言从机械的和黏附于思维之上的语言解脱出来的新步骤。[④]这开启了德国浪漫派语言观的先河。

从历史的思想脉络看，将音乐提升到词汇语言之上的，或把音乐确立为语言的起源基础来思考语言，主要是浪漫派美学家、评论家和哲学家；而坚持词汇语言的观念性而贬低音乐的，则主要是启蒙运动及其之后的理性主义者。这两派的争论中的各种纠结在黑格尔的美学思想中得到集中的体现。

黑格尔美学中体现这一争论的，主要是他关于音乐与诗的讨论。黑格尔对音乐的看法其实已经吸收了当时浪漫派对音乐的观点：第一，在伴奏音乐中，音乐应该是独立的，尽管伴奏音乐的观念思想可能从歌词和其所表现的故事中获得，但就音乐本身的表现而言，它应该获得自己的特性和独立，乐调不应该降低到从属的地位。第二，独立音乐或纯粹音乐，则应该摆脱文字的观念性和明确性，成为不受拘束的自由运动。要成为纯粹音乐，“它就得摆脱一种既定的歌词，由它本身决定它的内容和表现的过程和性质，作品的统一和发展……由于这里整体的意义不是能用文字来表现的，它就只能用纯粹的音乐的手段来表现”[5]。第三，黑格尔对音乐最重要的看法是，音乐的声音运动彻底否定了内心生活的空间性，返回到主体心灵的时间性，因此，音乐表现了主体自我纯粹的心灵状态。音乐是纯粹的心灵艺术，它不再现外部世界，也不描绘外部世界。“‘我’是在时间里存在的，时间就是主体本身的一种存在状态，既然是时间而不是单纯的空间形成了基本因素，使声音凭它的音乐的价值而获得存在，而声音的时间就是主体的时间，所以声音就凭这个基础渗透到自我里去，按照自我的最单纯的存在把自我掌握住，通过时间上的运动和它的节奏，使自我进入运动状态，而声音的其他组合，作为情感的表现，又替主体带来一种更明确的充实，这也使主体受到感动和牵引。”[6] 这就形成了音乐本身万能的威力。音乐的这种性质，这种通向无限、通向主体生命的内在自我状态的性质，在浪漫派那里得到了充分的阐发，它认为音乐是通向生命本体的最高语言。但是，黑格尔一方面承认音乐的这种重要性质及其无限的引起普遍共鸣的力量，同时又认为这恰恰是音乐的局限性。

黑格尔认为，音乐摆脱了古典型艺术和浪漫型艺术中绘画的物质性和空间性，进入自我的内在时间的运动中，但音乐因此而拒绝客观化。这就形成了音乐的片面性：（一）音乐对内在精神的表达不像雕刻或绘画那样，将外部现实纳入自己的形象刻画之中，因此还是抽象的，不免空洞。这就是音乐的非指称性或非再现性。（二）音乐的比例、节奏等只是从数量的单一方面来表达内心的自由，因此也就缺乏确定性或定性。这就是音乐内容的不确定性、模糊性。（三）音乐没有将内心的精神活动显现为具体的形象，这就是音乐的非观念性。在黑格尔看来，音乐还不是一种完善和成熟的语言。因此，必须克服音乐的片面性，向前迈进和上升。克服音乐片面性必须求助于词汇语言。这就是诗，即语言艺术。在黑格尔看来，诗之所以能够克服音乐的局限性，主要是因为诗使用的是纯粹精神性符号，即词汇语言。词汇语言具有明确的观念性，因此能够使纯粹的心灵状态获得音乐无法给予的确定性。

黑格尔显然坚持的是一种理性主义的语言观。在这种理性主义的语言观下，语言的音调部分一方面被他看作语言媒介的感性方面，这种音调部分在诗中以音节和韵律显示出来，“诗则绝对要有音节和韵，因为音节和韵是诗的原始的唯一的愉悦感官的芬芳气息”[7]。但另一方面，他认为语言是观念性的符号，语言的音调部分这种感性的方面只是外在的。这里，黑格尔是把语言整个地看成所指，忽略的是语言的能指。而所指在黑格尔这里就是观念，或精神性的内容。问题在于，如果词汇语言仅仅是所指，而所指就是观念，那么，观念性的词汇语言本身如何达成诗的诗性呢？如果语言的感性方面在诗中是外在的，那么诗的音节或韵律为什么又是绝对必要的呢？它对建立诗的诗性到底起什么样的作用呢？

应该如何对待音乐的无观念性、非再现性、不确定性和抽象普遍性等方面？显然黑格尔正是用他所制定的理性主义准则将音乐的这些方面看作片面性。问题在于，第一，他所制定的准则是否是衡量音乐语言的正当方式？第二，他所描述的音乐语言的片面性，到底是音乐本身的问题，还是他所操的理性主义哲学语言无法理解音乐这种无文字的语言所致？第三，黑格尔所说的音乐的空洞的、抽象的普遍性是否能够解释他所承认的音乐的甚至能够使动物起舞的“万能的威力”呢？由于将艺术置于绝对精神自我运动之下，黑格尔只能使艺术屈从于绝对精神的目的之下并为这个目的服务。音乐的那种非观念的、非指称的和不确定性的方面，肯定只能被压抑；诗性语言也会从观念的感性显现来加以界定。

德国早期浪漫派美学家对语言和音乐的思考，走在一条与黑格尔美学完全对立的思想道路上，他们不仅将音乐第一次抬高到最高语言的地位，并通过音乐而开启了对语言的本源之思。在1797年撰写的《关于艺术的想象》中，瓦肯罗德认为，音乐的本质就是神圣、宗教或者至高无上的，同时又是人类的。音乐触及了世界最隐秘的秘密、事物的本质和上帝本身。也就是说，音乐通达世界最隐秘、最神圣的本源。音乐“以一种超人的方式描绘着人类的情感……因为它是用一种在我们的日常生活中不能认识到的语言，我们不能知道它的起源，也不知道如何学习它，只能把它称作天使的语言”[8]。瓦肯罗德不仅认为音乐是艺术的艺术，也是凌驾于诗之上的。他曾说过这样的名言，语言能够列出所有河流中所发生的变化，音乐却给了我们河流本身。所以，瓦肯罗德表达了当时浪漫派的共同梦想，词汇语言和诗应该重新成为音乐，重新成为歌曲。勃兰兑斯就此评论说：“浪漫主义者也同样把语言当作音乐来对待，他们使用语言，着重推敲它的音响，而不在乎它的意义。”[9]将音乐作为艺术的典范，以取代或补充诗的典范，以音乐作为语言的原型，以克服词汇语言的概念化，这正是德国浪漫派通过音乐置入美学领域“语言转向”的思想精髓。

浪漫派对语言起源的探索，使他们必然走向确定语言之前的语言是什么的道路，而语言前的语言就是音乐。这正是浪漫派将音乐作为语言的基础的原因。对此，安德鲁·波威分析说：“对语言起源的思考所要求的似乎是这样的东西，即它本身还不是一种语言，但又是可以理解的。而音乐就扮演着这种角色。”[10]浪漫派围绕着音乐的启示而形成的语言观，主要是基于他们对“绝对音乐”的体验。在此启示下，他们不再从再现和概念的观点看待语言，尤其是在他们对语言的音乐性方面的追求加深时，因为，语言的音乐性方面什么也不再现，对它所表达的东西的理解也不是按照语法逻辑来进行的。对浪漫主义者来说，真理存在于语言所未言说的东西之中。施莱格尔认为“纯粹的器乐音乐”就是为其自身而创造的文本，他还用“绝对音乐”来为文学的审美自主性建立基础。对他来说，音乐的非再现性使得音乐成了最高的艺术，也成为所有其他艺术的典范。[11]

就早期德国浪漫派而言，他们将语言与音乐关联起来思考，为解决康德哲学中所体现的主体与客体、自由与自然、感性与理性之间的内在分裂，以及康德在解决这些问题时的不成功这一核心问题提供了可能。德国早期浪漫派的路径不是在分裂中寻找重新统一，而是寻找原初同一性。这种寻找在两个维度上进行，一是逻辑的，一是历史的。就逻辑的维度而言，他们探索“我思”前的“我”，一种与世界未分化和分裂的“我”。这个“我”本身就是在直观中活动。谢林认为无意识自我的直观对自身的直观的见证，就是艺术直观。“业已设定的直观，可以综合自由现象中和自然产物直观中分开存在的东西，即自我中有意识东西与无意识东西的同一性和对于这种同一性的意识。所以，这种直观的产物一方面会与自然产物相毗连，另一方面则会与自由产物想毗连，并且这两者的特点一定在自身是统一的。”[12]这种先验直观的产物，就是艺术直观或美感创造。因此，谢林就赋予艺术以高于哲学的位置。“哲学虽然可以企及最崇高的事物，但仿佛仅仅是引导一少部分人达到这一点；艺术则按照人的本来面貌引导全部的人到达这一境地，即认识最高的事物。”[13]正是在这个意义上，谢林赋予了音乐、诗和神话一种本源性的地位，并因此来把握语言的本性。“现实的言语，乃是具体者化解为普遍者，存在化解为知；而知在理念上则是思维。一方面，言语是理念者——知、思维、感觉、愿望在现实者中的具体表现；因此，言语本身乃是艺术之作。而另一方面，它又是自然之作，而且不可设定；它作为不可或缺的艺术形态之一，而为艺术所直接发现或创造。可见，它堪称自然的艺术之作……”[14]语言是先验直观客观现实化的具体象征。此即源初的语言。它把具体提升为普遍，但又驻足于此一具体者，而不变为概念。

从历史的维度，德国早期浪漫派对音乐、诗和语言的本源性探寻，则是在人类历史的早期发现人类与世界的本源同一性以及音乐、诗和语言在其中的地位。德国早期浪漫派对本源同一性的揭示，主要是追溯到古希腊的古典时期之前人的未分化状态，并在那里发现了神话、音乐、诗和语言的原初状态。在神话、音乐、诗和语言的原初起源处，人与宇宙本体是直观同一的，是理性与感性、自由与自然、主体与客体未分化的状态。在这样的情况下，他们便将音乐提升到了与诗同等的地位，甚至超过了诗；同时，他们发现了神话，并把神话确立为所有艺术的原初典范。因为神话是生命本体的直观显现的初象或永恒象征，它体现的正是原初同一性和整体性，是无限的诗。因此它是一切艺术的原型，是诗的渊薮。为此，谢林撰写了《神话学》。正是在早期浪漫派的努力下，酒神狄奥尼索斯以一种完全新的意义进入了现代人的视野。

对于早期浪漫派来说，他们在音乐和神话中发现的不仅是原初整体性以及音乐、神话、语言与本源生命本体之间的深刻关系，而且发现语言的原初诗性，即一种非概念的诗性语言。这形成了美学“语言转向”思想发展的脉络，它上承维科，下启尼采、卡西尔和海德格尔对语言的揭示。

二、“绝对音乐”作为艺术自足独立性的典范

苏珊·朗格在阐释符号形式的哲学理论和美学的著作《哲学新解》和《情感与形式》中，均把音乐作为建立符号形式的哲学理论和艺术的符号形式的典范。她说：“当人们越是普遍地思考艺术的意味，音乐理论就越显示出其前导作用。”[15]朗格的论述中所使用的理论资源，除恩斯特·卡西尔的符号形式哲学外，在音乐方面主要是1854年汉斯立克的《论音乐的美》；在视觉艺术方面则是克莱夫·贝尔提出的“艺术是有意味的形式”。从朗格思考问题的理论资源来看，从汉斯立克的音乐理论到贝尔的视觉艺术理论，再到朗格本人的生命符号形式，显示了现代美学领域“语言转向”的一个重要的思想脉络：“语言转向”中艺术作为符号形式的自足独立性这个命题，是以音乐为范导而获得启示和把握的。

艺术的自足独立性问题为什么与美学“语言转向”有关？首先，现代美学和艺术中，人的主体地位的确立，内在地要求艺术的自足独立性。因为，如果艺术的意义的唯一来源是审美主体，那么艺术就不是从外部世界获得意义的。如果要摆脱与模仿、再现的纠缠，那么，艺术就必须走向自足独立性。这在康德美学中已经强烈地被要求着了。其次，如果艺术是创造，其意义来源并非再现、模仿，那么，其意义的达成是如何进行的呢？这就必须探索艺术的内部构成，因此，就必须将艺术作为一个独立自足的符号事实来加以处理。这样，艺术的自足独立性问题就与美学的“语言转向”内在地关联在了一起。这也正是美学领域“语言转向”的现代性意义之一。

为什么是音乐而不是别的艺术成了这一转向的先导呢？这主要是因为，音乐的非再现性、非观念性和非确定性以及由此而来的心灵性，使得音乐成了确立艺术自足独立性的典范，也成了美学家们把握自足独立性的艺术内在构成的符号形式的典范艺术种类。因为，诸如雕刻、绘画、文学的再现性，使人们很难把它们从指涉性或再现性的关联领域纠缠中摆脱出来。其实，自康德的无功利、无概念、无目的的“美在形式”思想之后，许多康德追随者力图通过研究形式来揭示艺术的自足独立性，如19世纪欧洲的形式主义，但他们对形式的研究是碎片式的，直到汉斯立克出版《论音乐的美》。这部著作严格来说只属于“部门美学”，但深刻地影响了此后的美学和艺术理论的发展。克罗齐认为他的“观点都表明了对艺术本性的一个尖锐而深刻的理解”[16]。

汉斯立克对音乐自足独立性的论述，是以“绝对音乐”的出现以及对于音乐的“非再现性”越来越深刻的认识为背景的，这直接启动了现代美学和艺术思考的重大转折。安德鲁·波威指出：“到18世纪末，‘绝对音乐’，没有文学文本的音乐，在音乐实践中，在对艺术涵义的哲学反思中的重要性，变得越来越重要，并且成为理解主体性的一种重要方式。”[17]汉斯立克所进行的工作，就是力图根据“绝对音乐”来建立较为系统的纯粹音乐美学，从而抛弃妨碍音乐自足独立的模仿论和情感表现论音乐观。他从音乐这种非再现、非观念艺术那里找到了自足独立的艺术的典范，为后来的美学发展和对艺术符号形式的认识，提供了可参考的范导，并成为“语言转向”的转捩点之一。

汉斯立克对音乐的自足独立性的确立，首先是通过反对再现论，其次是通过驳斥当时非常流行的表现论而进行的。把音乐归于最理想的表现情感的艺术，是自浪漫主义以来的普遍看法。汉斯立克反驳表现论的理由是：（一）说音乐是表现情感的，主要是从音乐的效果来看问题的，是从美的事物所唤起的感觉来对美的事物本身下结论。这不是对音乐本身进行研究的方法，我们不能用效果来给事物本身下结论。（二）表现情感并不能揭示音乐艺术的独特本质。音乐的确是能激起情感的，也是诉诸感性的，但所有的艺术都是诉诸感性的。假如只是一般地通过对情感的影响来描述音乐，那么关于音乐的美学原则就一点也没有说出决定性的东西来。[18]（三）如果说音乐是表现情感的，就是说情感是音乐的目的，但作为艺术的音乐除了它自身以外，没有任何外在于它的目的。“‘美’是没有什么目的的，因为美仅仅是形式，这个形式要看它的内容怎样，它可以用于各种不同的目的，但它本身并没有其他的目的，只有它自己是目的。观看美好的事物可能使观看者发生愉快的情感，但这些情感是与美好的事物本身，就其本身而论，没有什么关系。”[19]

在排斥了诸如表现情感、再现等方面后，汉斯立克坚持音乐作为艺术有它自身的独特的性质，这就是音乐的美。音乐美就是乐音的连续运动。“音乐美是一种独特的只为音乐所特有的美。这是一种不依附、不需要外来内容的美，它存在于乐音以及乐音的艺术组合中。优美悦耳的音响之间的巧妙关系、它们之间的协调和对抗，追逐与遇合，飞跃与消逝，——这些东西以自由的形式呈现在我们直观的心灵面前，并且使我们感到美的愉快。”[20]作曲家用来创作的原料是丰富得无法想象的能够形成各种旋律、和声和节奏的全部乐音。旋律是音乐美的基本形象；和声带来了千姿百态的变化、转位、增强；节奏使二者的结合生动活泼，这是音乐的命脉。

由乐音所组合的形式到底表现的是什么呢？或音乐的内容是什么呢？汉斯立克的回答是：“音乐的内容就是乐音的运动形式。”[21]而乐音的运动形式就是“乐思”。“乐思”并不是通常所想的那样是由作曲家内心中的情感体验或外部事物在作曲家的心中引起的，而是由乐音的鸣响和运动所产生的纯粹音乐性的观念。“一个完整无遗地被表现出来的乐思已是独立的美，本身就是目的，而不是什么用来表现情感和思想的手段或原料。”[22]如果说音乐与情感有关，那是指音乐只能表现情感的“力度”。汉斯立克认为音乐能模仿物理运动的快、慢、强、弱、升、降。但运动只是情感的一种属性，一个方面，而不是情感本身。由此，汉斯立克就在排斥了情感表现、再现等之后，也排斥了音乐的观念性内容。“音乐也有意义和推论，但这是音乐的意义和推论；音乐是一种可以说出和可以理解的语言，但这种语言不能翻译过来。”[23]汉斯立克坚决反对的是在音乐中把内容与形式分裂开来的任何企图。在音乐中不存在与形式对立的内容，也不存在内容之外的形式。随便拿出一首乐曲来，你能分出什么是内容，什么是形式？“音乐是乐音的行列，乐音的形式组成的，而这些乐音的行列和形式除了它们本身之外别无其他内容。”因为音乐不仅是通过乐音来说话，它说的也仅是一些乐音而已。[24]

那么，产生这乐音自足独立的运动形式的最终根源是什么呢？汉斯立克把这种来源建立在人的精神的最深处。大自然在人类的有机组织和外界的声音现象中设置了一些原始的基本法则。“音乐造型本身的完美合理性是以这些原始法则为基础的。”[25]“一切音乐要素相互之间有着基于自然法则的秘密联系和亲和力。这些亲和力无形地主宰着节奏、旋律以及和声，并要求人类的音乐必须遵循它们的法则，并且使一切违反这些法则的结合显得丑恶逆理。它们虽然不是以科学的形式存在着，但却本能地为任何有教养的听觉所具有。因此，乐音组合中凡是有机的、合乎理性的东西，或是逆理的、反自然的东西，都可单纯通过直观被这听觉感受，不需要什么逻辑概念作尺度或比较点。”[26]这里所说的“自然法则”，并不是指存在于外部自然中的东西，而是指存在于超验精神中的东西。汉斯立克坦率地否定在外部自然中存在着音乐。自然中有声音，但没有音乐。自然中也有极为简单的节奏，却没有音乐的、关联着的节奏。自然中更没有和声和旋律。“音乐用乐音形成旋律与和声，这是音乐艺术的两个主要的因素。它们在自然中并不存在，它们是人类精神的产物。”[27]所以他所说的“自然法则”只是精神的自然法则，类似于后来沃林格提出的“形式意志”。

汉斯立克通过上述工作，从理论上确立了“绝对音乐”，即既不再现，也不作为情感表现，更不需要词汇语言的支持，而仅仅是乐音的连续运动而形成的纯粹乐音组织。“绝对音乐”的出现向以往的艺术哲学提出了尖锐的挑战，也向当时流行的把词汇语言看作理性工具的语言观提出了挑战。尽管汉斯立克本人对语言以及对音乐与语言的关系的看法，没有把浪漫主义者已经开始的步伐推向前进。他仍把语言看作概念性的，并把语言与“绝对音乐”对立起来。但美学中语言观的彻底转变却得力于关于音乐自足独立性的确立。汉斯立克通过对“绝对音乐”的论述，确立了音乐艺术的自足独立性。而音乐的独立自足性成了一系列重大转折和变化的“发动机”。它首先启示了审美的自足独立性；其次，启示了对所有艺术的自足独立的认识；最后，它启示了对语言之自足独立性的探寻，而语言一旦从再现论和概念论中解放出来，文学和其他艺术也就获得了自足独立性的根基。贯串这一转折过程的，就是对“一切艺术都趋向音乐”的追求。许多重要的美学家和艺术家对艺术和美学的思考都与此有关，如20世纪的沃林格、贝尔、卡西尔、朗格等的艺术理论和美学。

三、“一切艺术都趋向于音乐”：音乐对现代艺术的范导

“一切艺术都趋向于音乐”，是佩特于 1873 年提出的观点。这句话应该被看作对自浪漫主义艺术以来现代艺术发展趋势的经典总结，表明了音乐在现代艺术发展中的典范地位和现代艺术发展的重要趋势。

浪漫主义之后，音乐的范导作用首先在象征主义诗人那里得到非常自觉的响应。波德莱尔的“应和”“诗人是语言的炼金术士”等主张，就渗透着音乐的精神以及由此而来的对诗性语言的革命。本雅明曾分析到波德莱尔如何在大街上捡拾或袭取意象的碎片、词，把它们隐秘地关联起来。[28]而这种关联具有音乐性。“我们中谁不曾在某个雄心勃勃的时刻梦想一种诗意散文的奇迹，没有节奏和韵律，像音乐一样轻快流畅，时断时续，正适于灵魂奔放不羁的骚动，梦的起伏和思想的突然跳跃？这种令人着魔的理想首先是大城市体验的结果，是它的无数关系相交叉的结果。”[29]

这种将诗、语言引向音乐的追求，在马拉美、魏尔伦和瓦雷里等人那里趋向了极端。瓦雷里这样描述音乐对象征主义者的巨大召唤：“在我们所考察的时代，一种情形将美学情绪的紧张程度导向极限，而这种近乎神秘的美学情绪，其存在与象征主义密不可分。在所有表达和煽动方式之中，有一种发挥着极大威力：它统帅并超越一切其他形式，它作用于我们的整个神经世界，过度刺激它，深入它，令其上下波动起伏无常，平息它，粉碎它，不断带给它惊奇、抚爱、幻觉和风暴；它控制着我们的时间、颤栗和思想……这种力量就是音乐，当音乐中最强者处于巅峰之时，也正是我们刚刚诞生的年轻的象征主义者走上其命运之途的时刻：他陶醉在瓦格纳的音乐之中。”[30]以音乐为原型，建构一种新的诗歌，正是象征主义对语言的革命。“我们知道，终生萦绕马拉美的问题，他始终思考和孜孜以求的对象，就是还诗歌以伟大的现代音乐从它那里夺去的同等力量。”[31]

他们渴望一种完全音乐化的诗。在诗的写作上，他们探索词与词的组合、词的语音和语音含义。马拉美在《诗的危机》中说，“当我的心转向美学，我必然为语言不能表现乐器回应色彩和运动而采用重音键所表达的事物而感懊恼”，“我们希望词语既有色彩又有意义；但是一旦我们有了这些，那让我们后悔吧，诗就不存在了。诗的目的，作为对语言的一种补偿，应该弥补语言在自由方面的不足”[32]。把诗歌语言从概念语言的约束下解放出来，探索语音与音乐组合之间的对应，思想就可通过这样的语言而自由驰骋。这是象征主义者基于音乐而产生的对诗的构想。在瓦雷里看来，“诗人应用词语

的方式完全不同于出于习惯和需要对词语的使用”[33]。诗必须引导人们颠覆散文化的世界，而进入诗的语言世界。“现在请注意诗在你们身上产生的效果。你们会发现，对于每一句诗，你领会到的意义不但没有摧毁传达给你的音乐形式，反而需要再次得到这种形式。从声音落下到意义的活摆钟试图攀升回它敏感的出发点，似乎在你的头脑中产生的那个意义本身只有在这种产生它的音乐本身才能找到出路、表达和回应。”[34]诗的世界和音乐的世界是一样的：写诗就是使语言成为语言，使词语成为词语。就像音乐使音乐成为音乐，使声音成为声音本身。它们没有外在的目的，只以自身为目的。

瓦雷里根据“绝对音乐”的典范而提出了“纯诗”或“绝对的诗”，即“探索词与词之间的关系所引起的效果，或者毋宁说是词语的各种联想之间的关系所引起的效果；总之，这是对由语言支配的整个感觉领域的探索”[35]。当瓦雷里说“绝对的诗”时，他的内心里回响的是“绝对音乐”，是乐音的纯粹的鸣响所唤起的形式。在黑格尔看来，词汇语言比由纯粹鸣响的乐音能够更有效地表达内心世界的想象。但对瓦雷里来说，词汇语言首先是一个实用的工具，其中夹杂着概念、观念等呆滞的东西，但音乐却是更为纯粹的，因此他对音乐家充满嫉妒。“音乐家掌握着一套完美的系统，其中特定的工具使感觉和行为准确地相对应。从这一切可以得知，音乐形成了一个绝对自我的领域。音乐艺术的世界，是乐音的世界，它与杂音的世界泾渭分明。”[36]当我们听音乐的时候，从第一个音符开始，我们就沿乐音的运动进入不同于日常生活的另一个世界，进入纯粹绵延的自足性。但是，诗没有音乐的纯粹乐音作为工具，它使用的是语言。语言是用奇怪的方式加工和建立起来的，对语言的使用根本没有定音笛、节拍器、音节和和声学理论。有的只是词汇的发音和语义的变化，每个词都是声音和意义的同时叠加，而它们之间没有任何联系。诗人在用语言写诗时，必须同时对付语音学、词源学、语义学、修辞学、逻辑学、句法以及格律等等。因此，诗人必须对语言进行艰苦工作，将语言从实用中提升到非实用性，提升为语言的语言，从而创造一个与实际事物无关的世界或一种秩序、一种体制。“如果这个矛盾的问题能够完全被解决——那就是说，如果诗人能够设法创作一点散文也不包括的作品来，能够写出一种诗来，这种诗里音乐之美连续不断，各种意义之间的关系一直近似谐音的关系，思想之间的相互演变显得比思想重要，辞藻的使用包含着主题的现实——那么人们可以把‘纯诗’作为一种存在的东西来谈。”[37]

需要强调的是，象征主义在让诗趋向音乐的过程中，改变的不仅是诗本身，还有语言，一种对语言作为语言的建构，以及对于诗性语言如何可能的构想。这就使他们的努力超出了不同艺术门类之间的竞争问题，形成着现代主义的诗性语言。正是在这双重意义上，音乐作为一种范导启示着“语言转向”。

“一切艺术都趋向于音乐”，不仅仅体现在诗歌的领域，也体现在西方最具再现功能的绘画艺术。在绘画领域，以音乐为典范对绘画语言的转换，它的任务和问题意识集中在了三个方面：一种非再现的绘画语言如何可能？绘画的视觉传达如何通过一种类似音乐的构成方式达成对不可表达的东西——无限——的表达？绘画如何成为纯粹主体的创造？这些问题和任务与诗歌所面临的问题有许多相同之处。其核心是解决视觉传达的可见性与不可见性、非再现性与图像构造之间的关系。就这一问题意识而言，绘画趋向于音乐，也同样启动了绘画艺术的语言革命，从而构成了现代美学领域“语言转向”的一部分。

绘画之趋向于音乐，在浪漫主义的绘画中就已经开始。尼采在他的《权力意志》的断篇中曾论到“在1830年和1840年的浪漫主义者身上，音乐占上风”。德拉克罗瓦“用色彩的歌唱”，安格尔不仅崇拜音乐家格鲁克、贝多芬、莫扎特，而且对他的学生说，“如果我能够把你们都变成音乐家，那么你们就会像画家一样获胜”[38]。但是，将音乐视为典范艺术，并将音乐的精神注入绘画语言建构中去的，则是印象派之后的现代派画家们。这是因为，印象派完成了两个重要的、革命性的工作：第一，将色彩从固有色的物质性摆脱掉而形成了纯色，这样绘画就可以像音乐家使用音符一样使用色彩了。第二，后印象派则解放了形，即将形从对物质的依附中解放了出来，使画家们可以依据表现的需要自由地组织形体。

因此，如果说在象征主义者那里，诗歌趋向音乐是与建立一种与神秘的、不可表达的意义进行沟通的语言相关的话，那么这种趋向在现代派绘画那里，则是与表现主体内在的无意识自我和生命的时间运动关联在一起的。

马蒂斯的绘画及其理论与柏格森的美学追求之间存在着惊人的一致。出自对生命时间之流的体验，由于把存在设想为流动的，并且在一种同柏格森的纯粹绵延相似的形式中觉察到生命，马蒂斯直觉地发展了一些由纯色和线条所构成的形式，它们能表现恰好因过去和未来相互渗透而受到侵蚀的、不易捉摸的“现在”。所以他的画没有空间间隔和厚度，一切都是纯色和线条显现出的绵延整体，其中回响的正是音乐语言的精神。

马蒂斯表现这种直觉的时间形式的方式，就是通过对纯色和无体积感的线条的组合。在他的画中，色彩被当作音符一样来加以运用，并根据直觉本身或表现情感的需要进行自由组织。他对色彩的配置并不是要再现自然物体的色彩或再现对对象的直接的视觉感受，而是改变它们，从而找到能够呈现直觉本身的外观。这样在马蒂斯的画中，一切似乎都处于流动之中，并使一幅画像音乐一样。马蒂斯说："一个人能够像音乐中运用各种和声那样，通过平涂颜色的新手法造成光的感觉。我利用色彩作为传达我的情感的手段，而不是作为抄录的工具。我运用最单纯的色彩，我本人并不改变它们，决定它们的是关系，这只不过是加强不同和揭示它们的问题，有限的一些色彩毫不会影响作品的构成，就像仅仅七个音符就建筑了音乐一样。"[39] 对于马蒂斯来说，绘画就是要在生命的时间绵延与画面之间进行转换，并形成一种"表现的结构"。他说："我不能奴隶般地去抄袭自然，我必须解释自然，使它服从绘画的精神。我在所有色调中找到了它们的关系，这种关系必然会造成色彩的某种生动的和声，就像一件音乐作品的和声那样。"[40] 这样新的色彩的组合将取代自然的色彩组合，从而表现出艺术家的整体的生命意识。

通过音乐来构想绘画语言，这在本想做音乐家而最终成为画家的康定斯基是最典型的。康定斯基《论艺术的精神》所确立的艺术的唯一原则是"内在的需要"。这正是他将绘画与音乐关联起来的观点。他说："在渴望能艺术地表现自己的精神生活时，一个不满足于再现生活和自然的画家，会情不自禁地羡慕音乐——这门目前最乏物质性的艺术竟会如此轻松自如地达到了这一目标。他会自然而然地将音乐的手法应用到他自己的艺术中去。对现代绘画中的节奏、对数理抽象结构、对色调的重复、色彩的流动等等的追求也就应运而生了。"[41] 康定斯基基本上把"内在的需要"指向一种"通神"的直觉——"内在的共鸣"。

如果说马蒂斯的画中构成绘画的音乐般的时间形式的主要是色彩和线条，那么在康定斯基那里，则是线条、点和几何形式。康定斯基绘画的结构有两种主要的类型，一种是简单结构，它适应于一个明显和简单的形式，他把这种结构称为"旋律"；另一种是复合结构，它由若干基本上完全从属于一个主体形式的不同形式组成，他把这类结构称为"交响乐"。而在这两种类型之间，存在着各种过渡形式，其中也明显存在着"主旋律"，它的发展过程几乎与音乐相互平行。他认为，组成结构的每种单纯形式都具有基本的精神内涵，它本身就包含着一个旋律。因此，他把这种结构称为"旋律性结构"。而新的绘画语言恰恰就是这种有节奏的结构复兴的起点。这种依据音乐的方式组织点、线和几何形式的抽象艺术，康定斯基称作"构成"，就是借用音乐的作曲（composition）。一方面是对内在需要的依赖，另一方面是对不依附于自然形式的抽象形式的自由组织，这两条原则就使不表现任何具体对象的抽象艺术成为可能。在康定斯基看来，这种由抽象形式构成的绘画才是纯粹艺术，是一种类似于"绝对音乐"的"绝对绘画"，其中抽象的形式因素——点、线、面——之间形成了一种内在共鸣的形式关系，就像音符之间的共鸣一样。

音乐语言对绘画语言的启示性范导，也体现在立体派的语言追求之中。立体派在对物象进行拆解、对容积体和透视统一体进行解构之后所进行的重新组织中，所遵循的原则也是一种音乐的原则。在布朗库西、亨利·摩尔的雕塑中，我们也能看到这种音乐的作用。

总之，“一切艺术都趋向于音乐”不仅诱致作为空间艺术的绘画和雕刻走向了对生命的时间形式的表达这一最深刻的现代性命题，而且当艺术想象所自由支配的不再是对观照对象的选择和准确以及诗意的把握，而是对脱离了自然形式的抽象元素——色彩、线条、点和面——的自由控制和组合，现代艺术本身的语言就发生了革命性的变化。这种抽象的艺术语言反过来又要求美学只有进行“语言转向”才能解释这种抽象的艺术语言。

注释：

① 沃尔特·佩特：《文艺复兴》（英汉对照本），李丽译，外语教学与研究出版社 2010 年版，第 170 页。原文为“All art constantly aspires toward the condition of music”。

②⑩ Andrew Bowie, *Music, Philosophy and Modernity*, Cambridge: Cambridge University Press, 2007, p. 2, p. 56.

③ J. G. 赫尔德：《论语言的起源》，姚小平译，商务印书馆 1998 年版，第 45 页。

④ 贝内戴托·克罗齐：《美学的历史》，王天清译，中国社会科学出版社 1984 年版，第 98 页。

⑤⑥ 黑格尔：《美学》第 3 卷上册，第 404 页，第 351—352 页。

⑦ 黑格尔：《美学》第 3 卷下册，第 68 页。

⑧ 恩里科·福比尼：《西方音乐美学史》，修子建译，湖南文艺出版社 2005 年版，第 209 页。

⑨ 勃兰兑斯：《十九世纪文学主流（第二分册）：德国的浪漫派》，刘半九译，人民文学出版社 1981 年版，第 123—124 页。

⑪ Cf. Andrew Bowie, *Aesthetics and Subjectivity: From Kant to Nietzsche*, Manchester: Manchester University Press, 1990, Chapter 7.

⑫⑬ 谢林：《先验唯心论体系》，梁志学译，商务印书馆 1997 年版，第 262 页，第 276 页。

⑭ 谢林：《艺术哲学》，魏庆征译，中国社会科学出版社 1996 年版，第 149 页。

⑮ 苏珊·朗格：《情感与形式》，刘大基译，中国社会科学出版社 1986 年版，第 33 页。

⑯ 克罗齐：《作为表现的科学和一般语言学的美学的历史》，王天清译，中国社会科学出版社 1984 年版，第 251 页。

⑰ Cf. Andrew Bowie, *Aesthetics and Subjectivity*: *From Kant to Nietzsche*, p. 3.

⑱⑲⑳㉑㉒㉓㉔㉕㉖㉗ 爱杜阿德·汉斯立克：《论音乐的美》，杨业治译，人民音乐出版社 1978 年版，第 7

页，第 3 页，第 38 页，第 39 页，第 38—39 页，第 41 页，第 105 页，第 41 页，第 42 页，第 92 页。

㉘㉙ 本雅明：《发达资本主义时代的抒情诗人》，张旭东等译，生活 · 读书 · 新知三联书店 1989 年版，第 136 页，第 67 页。

㉚㉛㉝㉞㊱ 瓦雷里：《文艺杂谈》，段映虹译，百花文艺出版社 2002 年版，第 221—222 页，第 223 页，第 253 页，第 295 页，第 290 页。

㉜ Stephane Mallarme, "Crisis in Verse", *Symbolism: An Anthology*, ed.& trans. T. G. West, New York: Methuen and Co. Ltd., 1980, p. 6.

㉟㊲ 瓦雷里：《纯诗》，参见伍蠡甫主编《西方现代文论选》，上海译文出版社 1983 年版，第 27 页，第 29 页。

㊳ 尼采：《权力意志》上卷，孙周兴译，商务印书馆 2007 年版，第 331 页。

㊴㊵ 杰克 · 德 · 弗拉姆编：《马蒂斯论艺术》，欧阳英译，河南美术出版社 1987 年版，第 181—182 页，第 22 页。

㊶ 康定斯基：《论艺术的精神》，查立译，中国社会科学出版社 1987 年版，第 30—31 页。

（2012 年第 3 期）

“文艺”一词的产生、流衍和意义

张 法

2011 年，中国学术和学科体系发生了一件大事：国务院学位委员会和教育部颁布了新的《学科授予与人才培养目录》，原在文学门类下面的艺术学一级学科，从文学门类中独立出来，升级为学科门类，成为第十三个学科门类。从此，艺术与文学并立，在学术体制和教育体系中结束了长达一百多年的从属文学的历史。这一体制性的变化具有十分深厚的文化和现实意义，但尚未改变“文艺”一词所关涉的复杂内容，也没有改变该词作为文化关键词的含混。本文从“文艺”一词入手来理解学术和学科体系的变化所反映的中国现代进程中文艺的复杂演进，更主要的是，以此为入口，进入“文艺”在其产生和演变中所内蕴的复杂内容。先定一下调：“文艺”一词的出现及其演化是世界现代性进程推动下的中国现代性进程的产物，具体来说，是在这一进程中由中西文化体系所决定的中西艺术体系的互动和会通而演成的结果。目前中国现代性进程尚在中途，因此，“文艺”一词所包含的明晰与模糊、定义与语用和忽宽忽窄的混杂还会继续。本文希望理解这一词汇作为文化关键词出现以来的内容、语用、变化、游走、含混，从而把握住它所关涉的复杂的历史和现实内容。先从语汇现象入手进行基本的逻辑分析，然后进入其历史发生与演进，最后回到当下事件，以加深对其未来演化的理解。

一、“文艺”：一词三义

“文艺”这一现代汉语词汇，是“文学艺术”的简称。后者包含两种语义：一是文学和艺术（含两项），二是文学这一艺术（仅一项）。由第二点，又引申出一个在中国现代文化中非常重要的学科：文艺学。文艺学不是文学和艺术之学，而仅是文学之学。虽然仅多一“学”字，却把“文艺”一词搞得更复杂，因此可算做该词的第三种语义。在这三种语义中，第一和第三种最为复杂纠缠，第二种较简单，但由于与第一种关联并与其在字面上矛盾而变得复杂。详述如下：

第一语义，文艺作为文学与艺术。这意味着文学不是艺术，与西方文化的基本定义不相同。在西方，艺术首先包括六大门类，建筑、雕塑、绘画、音乐、戏剧、文学，加上后来的电影和电视剧，共八大门类，文学是艺术之一种。“艺术”一词曾有三种语义，一是只指绘画，二是指包括建筑、雕塑、绘画在内的美术，三是指作为一切艺术门类（即上述八大门类及其他小门类如舞蹈、工艺、摄影等）总名的艺术。当西方把“文学”和“艺术”并列来说的时候，“艺术”只指绘画或美术，但中文说“文学”和“艺术”时，“艺术”则指除了文学以外的其他所有艺术。因此，“文学”和“艺术”这一对语汇并置时，在西方指艺术总类中的两个重要门类①，在中国则指整个艺术体系。为什么中文里，文学会单独列出来与其他众多艺术门类并列呢？盖因文学在中国文化中的高位：文学高于艺术。当中国文化面对文学与其他艺术门类平等的西方艺术体系时，把文学与艺术并列成为“文艺”一词，既可以包含中国文化以文学为高位的艺术体系之义，又可以包含西方文化把文学和其他艺术门类视为同一的艺术体系之义。从而“文艺”一词，无论中国思维还是西方思维都可以接受，由此可知它是中西文化会通的结果。

第二语义，文艺即文学这一艺术。与“绘画艺术”“音乐艺术”“电影艺术”“摄影艺术”这些词放到一起，就可以知其“文学艺术”的语义为何。但是由于第一语义强调文学与艺术不同，第二语义强调文学是一门艺术，语义正好冲突，因此当其作为第二语义出现时，总让人感到不习惯。比如在韦勒克、沃伦的《文学理论》中读到“研究具体的文学艺术作品”②、在沃尔科夫的《文学理论》中读到“作为艺术门类的文学艺术”③时，会感觉到其用词不仅画蛇添足，而且会引起理解混乱。然而，他们如此用词，是其文化体系使然。在西方，文学属于艺术，而艺术的目的是追求美，美是艺术区别于其他知识的本质特征，强调文学作为艺术，就是强调文学的本质属性。这恰好不同于中国文化传统认为艺术中最高的是文（学），文（学）的目的是“载道”。如果说，当“文学艺术”的语义是“文学和艺术”之时，中国文化在中西互动与会通中占了优势（因为文学保持了高位），那么，当其语义为“文学作为艺术”之时，西方文化占了优势（文学只是一门艺术）。

第三语义，即文艺学。以学术方式和学科形式言说文学，在西方至少有两个传统，英语里的“文学批评”（literary criticism）④和德语里的“文学科学”（Literaturwissenschaft）。这两种类型都经日本而传入中国：前者以“文学概论”一词进入中国（典型地体现为后来本间久雄的《文学概论》一书），成为民国时期的主流话语；后者以“文艺学”（日本学人用的汉字是“文芸学”，“芸”即“艺”）一词进入中国（典型地体现在当时冈崎义惠以“文艺学”为名的论著），在民国时期影响不大。然而，“文学科学”进入苏俄，以俄文“литературоведение”为旗帜而蔚为大观，在中国革命的高涨中进入中国，中国因多种因素而用“文艺学”一词对接这个俄文词。共和国前期苏俄理论一统天下，“文艺学”也成为学科的正式名称。[⑤] 日本人引进“文学科学”，是为了反对日本学界把文学作为文献来研究的“国文学”，突出和强调文学是一种艺术，要从艺术（即美学）的角度来研究文学。因此，把德国的“文学科学”译为“文艺学”，这个“艺”是为了让文学成为艺术之学而非文献之学。苏俄承接德国的“文学科学”，同样认为文学是艺术的一种，但认为整个艺术都须为政治服务，因此，文艺学成了服务于政治的政治之学。而这一政治之学，正与中国文化“文以载道”的传统相契合。由此可见，文艺学从命名之初，西方思想体系占了优势，但演化之中，又回到中国思想的优势。改革开放后，文艺学又重学西方，要回到文学本性，即强调文艺学之“艺”的艺术和审美，然而，西方文论的演进，也走向远比文学更广的流派理论和深入社会的文化研究，以至文艺学界一些有影响的学人把文化研究作为文艺学的方向。从更广的层面看，改革开放后的文艺学，最初文学作为艺术之学占上风，接着作为研究文化的入世载道之学开始上扬。总体而言，文艺学在名称和内容上都在中西的互动和会通中摆动。

“文艺”一词三义，在讲究学术规范的今天令人困惑。正本需要清源，这一词汇是怎么产生又怎样演进的呢？这就得回到整个中国现代性进程了。

二、艺术体系：中国文化以“文”为核心和西方文化以“艺”为核心

在世界现代化之前，中西文化各走各路，西方文化形成以“艺”为核心的艺术体系，中国文化形成以“文”为核心的艺术体系。知晓二者的差异，是理解中国在现代性进程的中西会通中产生出“文艺”这一妙词的基础。

英文“art”一词源自拉丁文“ars”，此词又可以追溯到希腊文“techne”（技艺）。[⑥] 两者的词义都接近英文“technique”（技艺）或“artfulness”（精技），这显出西方艺术在起源时的核心。在古希腊，艺可以低，如理发之艺；可以中，如绘画之艺；可以高，

如几何之艺，但都讲究艺的法则和规律。因此“模仿”成为艺的代名词。画家所画之床模仿现实之床，而现实之床模仿理式之床。艺之能被模仿在于其规律，最高的规律是逻各斯（道）。古希腊“逻各斯”一词，词义甚多，主要有三。其一是比例[7]，有了它，具体事物呈现为美；其二是逻辑，有了它，几何学呈现出科学性、逻辑性、美学性；其三是道，有了它，柏拉图推出与现象事物不同而又决定现象事物之为自身的理式。因此，“逻各斯”的词义构筑了西方之艺的现象基础（比例）和本体基础（理式）。在古希腊，宇宙中一切皆有艺，但对艺的划分是不同的，至古罗马和中世纪又有一系列变化。艺术在现代主要指绘画和雕塑，而在古希腊则是与烹调、医药等同类的工艺，在中世纪也是与各类手工艺和行业技术同类，从社会等级上说叫“粗俗艺术”（vulgar art/servile art），从技术上讲叫“机械艺术”（mechanical art），区别于具有高尚性的几何、算术、天文、修辞、音乐之类的自由艺术。到文艺复兴的意大利，绘画、雕刻、建筑被灌注高尚的思想、科学的精神和优美的情怀，在文化重新建构和知识重新分类中，三者与一般的技术区别开来，成为了“美的艺术”（Arti del Disegno）。此词传到西方各国，法文词是“beaux arts”（美的艺术），法国学人进一步扩大词义，使之成为既区别于行业工艺也区别于道德之善和科学之真的现代美学意义上的艺术体系，即把建筑、雕刻、绘画、音乐、戏剧、文学这六大艺术作为整体。艺术的目的是追求美，与现实之艺的功利不同，与科学求真和伦理求善不同。随着大英帝国在世界现代性中的绝对优势，由对应“beaux arts”的英语“fine art”把西方现代艺术体系带向世界。在历史演进中，“fine art”变成“Art”，其后又变为“art”。[8] 无论怎么变，其核心都是古希腊以来包含理式（本体之美）、逻辑（形象思维）、比例（形象之美）的艺术。

中国的艺术体系是以文为核心的。中国艺术来自远古诗乐舞合一的图腾仪式。“文”的字源，是进行仪式活动的人（巫）身体上的装饰性外观，“文”即人之美。由于仪式中人（巫）的重要性，“文”的词义扩大为整个仪式的外观，即整个仪式之美，因此，巫、诗、乐、舞、祭器、祭品都是文。视觉上，五色成文，错画为文；音响上，五声成文，“乐，声之文也”，“声成文，谓之音”[9]；语言上，“言，身之文也”[10]，仪式中作为文字前身的符号是“文”字，仪式中的器物，叫“文”物（“文物昭德”[11]）。由于仪式在社会文化中的重要性，仪式之文又扩大为整个社会之文。孔子称尧舜“焕乎有文章”，赞西周“郁郁乎文哉”，章炳麟解释说：“孔子称尧舜焕乎有文章，盖君臣、朝廷、尊卑、贵贱之序，车舆、衣服、宫室、饮食、嫁娶、丧祭之分，谓之文；八风从律，百度得数，谓之章；文章者，礼乐之殊称也。”[12] 人在创造社会之文的同时，也以相同的眼光来看自然：日月星辰，天之文；山河动植，地之文。明代宋濂也说：“天地之间，万物有条理而不紊乱者，莫不文。”[13] 正如西方的艺有高低之分，中国之文也有高低之分，特别是在春秋战国礼崩乐坏的过程中，社会上所有的色、声、味之文都被看成“饰”而遭到道、墨、法以及孟子的全面攻击，成为次要之美，而文只在文字和文学上保持着社会、文化、道德、哲学的高位，优于其他艺术门类。在以后的演进中，各门艺术相继进入以诗文为核心的艺术体系，其中书法、绘画、音乐中的琴，因与士人美学紧密关联而进入艺术体系的高位，但其他门类，如舞蹈、雕塑、建筑、戏曲、小说、版画、年画，则进入不了高位，而相比已经是高位的书、画、琴，诗文仍拥有绝对的高位。五代北宋时的绘画，有如西方文艺复兴时一样高涨，也一样大倡具有科学性的谨细拟物的写实之风。然而也正是在这时，士大夫提倡文人画，让诗、书进入画中，成为画的高雅性标准。正如中国的音乐，一直让声乐处于高位，所谓“丝不如竹，竹不如肉”[14]，“歌者在上，匏竹在下，贵人声也”[15]，让文学的歌词主导着音响旋律。因此，文在中国各门艺术中处于核心和主导地位。在中文里，“文”与神圣性、思想性、美学性相连，文学之美，其境界要言不尽意和有言外之意，与儒家的“天何言哉，四时行焉，百物兴焉”[16] 相通，与道家的“道可道，非常道”[17] 相契。文学的境外之境、象外之象、韵外之致，与儒家“子欲无言”[18] 的境界和道家“口不能言，有数存焉于其间”[19] 同调。

而“艺”在甲骨文、金文中，是人双手捧树欲种。在远古文化中，树与种树皆具神圣性，因此植树之艺引申为一切技艺，有高尚的“六艺”，有精美的工艺，有低俗的技艺，强调的是一种活动中的技术层面。因此，在中国文化的体系和思维中，虽然文也有艺的一面，从艺可以呈现文，但文离道更近，而艺离道稍远。自远古到清代，文高于艺，既是基本常识，又是社会共识。如果非要用一个西方型的艺术体系对照，那么，中国的艺术，诗文最高，琴棋书画次之，音乐、舞蹈、工笔画、宫室园林又次之，小说、戏曲、版画、年画再次之。总之，与文越接近就越高，与文越远则技艺越多，匠气越重。

当西风东渐，西方艺术体系进入中国，中国人如何面对中西艺术体系的差异而重建中国现代艺术体系，就成了一个问题。而正是在这一差异的互动和会通中，“文艺”一词产生了。

三、从“雅艺”到“美术”到“艺术”：西艺东渐的最初演进

当西方艺术体系于清末进入中国时，西方艺术中最易引人注意的是绘画，国人用中国已有的“画”“绘画”“图画”去对接，创出可显示西画特点的“油画”（张德彝，1870），但对于中国没有的美术馆，就用词多样了：斌椿、张德彝、郭嵩焘、郑观应、薛福成、王韬、彭玉麟、李圭、志刚、马建忠等分别或共同用了“画院”“画阁”“画会”“画楼”“集古楼”“藏画库”“丹青院”“炫奇会”“赛珍会”“绘画石刻院”“国家大画局”等。但绘画属于什么大类呢？1877年韦廉臣《腓尼基原流备考》说“自腓尼基而后，道探性命者有人，艺精星术者有人，切深格致者有人，而诗歌之雅、词曲之工、音律之谐、画绘之精者更不乏人”，但对于诗、乐、画不知如何归类。当国人和传教士按照中国体系对之进行归类命名时，有“雅艺”（颜永京，1882）、“上艺”（花之安，1884）、“美艺”（林乐知、朱树人，1897）。传教士花之安《自西徂东》第五十七章“上艺之华美”的解说，很能切合中西的实际：“‘德成而上，艺成而下。’奚以称之为上艺乎？夫上艺虽非德行，而实与技艺不同。技艺者，为世所适用，而上艺则为人所美观，而不拘于用世，所以与技艺不同也。孔圣之门有六艺之名，曰礼、乐、射、御、书、数。而泰西之上艺则有五，建造、雕刻、丹青、律乐、诗歌也。”[20]然而，甲午战后，学日之风大兴，日本1871年参加奥地利万国博览会，官方文书用汉字“美术”对接德文“美的艺术”（schöne Kunst），1882年，西周在《美妙学说》中肯定了“美术”一词，此词在日本流行起来。虽然日本用过“雅艺”一词（如西周在1867—1874年间使用），但几无影响。艺术从最初的广义之“艺”（如1873年室田充美译《经济新说》、1875年中村正直《改造人民的性质》、1882年福泽谕吉《帝室论》所用的“艺术”）到作为艺术体系总称的“艺术”（如1878年中江兆民受文部省委托翻译《维氏美学》），形成了“美术”和“艺术”互相争胜的局面。[21]虽然最后在对艺术体系的命名上，“艺术”战胜了“美术”，然而“美术”在日本曾有的影响力也影响到中国最初对西方艺术体系的接受。旅日人士如李筱圃、傅云龙、李春生等，把“美术”一词带到中国，这只是与旅欧人士用“绘画”等词对接西方艺术之一的绘画等相同，后来蔡元培、王国维、鲁迅等，按日本方式用“美术”一词去对接西方艺术体系时，则完全压倒和取代了“雅艺”“上艺”“美艺”，使“美术”一词成为西方艺术体系的对应词。蔡元培从1900年的《剡山、二戴两书院学约》到1918年《国立美术学校成立及开学式演说词》的一系列文章，皆把“美术”一词用于整个艺术体系，在前文中说“美术学”是“写性灵之

作，如诗词绘事"[22]，在后文中说"美术本包有文学、音乐、建筑、雕刻、图画等科"[23]。王国维在《红楼梦评论》(1904)、《论哲学家与美术家之天职》(1905)、《古雅之在美学上之位置》(1906)等诸多文章里，都把"美术"用于整个艺术体系，包括诗歌、小说、图画、雕刻、音乐、戏曲。鲁迅从《摩罗诗力说》(1907)到《拟播布美术意见书》(1913)，同样把"美术"用于整个艺术体系，在前文中说"文章为美术之一"[24]，在后文中说"美术云者，即用思理以美化天物之谓……如雕塑、绘画、文章、建筑、音乐皆是也"[25]。然而，随着对西方原著和西方理论了解加深，中国也与日本一样，"美术"代表整个艺术体系的资格被"艺术"代替，"美术"则回归到造型艺术的位置上。当然，这是一个相当长的过程，在此期间，二词可相互换用，比如王国维《红楼梦评论》也偶用"艺术"一词(即"艺术之美所以优于自然之美者"[26])，而在《古雅之在美学上之位置》用"艺术"和"美术"的出现频率，据李心峰统计，前者(16次)已经高于后者(7次)[27]。到1919年初，吕澂在《新青年》杂志第6卷第1号发表《美术革命》，文中严格区分了"艺术"和"美术"，并感叹"国人多昧于此"[28]。李大钊在1917年发表的《美与高》里用"美术"指艺术总体，与科学对举；到1927年，黄忏华写艺术概论，取名仍为《美术概论》；1931年，蔡元培《三十年来中国之新文化》的"美术部分"就包括整个艺术体系。正如其在《美术的起源》(1920)中所说："美术"有广狭二义，"狭义的是专指建筑、造像(雕刻)、图画与工艺美术(包括装饰品等)等。广义的，是于上列各种美术外，又包含文学、音乐、舞蹈等"[29]。然而，总的说来，也正是在1920年左右，蔡元培提出"美术"有广狭二义，吕澂提出严格区分"美术"只有狭义而"艺术"拥有广义，从而"艺术"作为整个艺术体系的总名基本上确定了。但因为在中国真正与西方艺术体系的总名相对应的，不仅是落实到与西方原义相同的"艺术"上，而且也涌现在具有中国特色的"文艺"一词上。这一复杂的纠缠是本文的要旨，放到后面讲。这里需要探讨的是：为什么中国不是直接用"艺术"一词，而是先用"雅艺"、后用"美术"去对接西方的艺术体系？

核心的问题是，艺在中国文化中，不像西方那样与形而上的意义相连，而仅是与地位不高的工匠技术相连。但西方的"艺术"无论内容还是形式都强调的是"艺"，国人用"雅艺""上艺""美艺"去对接"art"，很明显，用"艺"字反映了西文的原貌，用"雅""上"或"美"表明此"艺"不同于中国之"艺"，是上流的、高雅的、崇美的。继而用"美术"，一则受日本的示范性影响，二则又合"fine art"的原义，三则"术"虽具有技术性，但不同于实用行业中"艺"的技术(重点在"技")，而乃高尚行业中的技术（重点在“术”），如“学术”“权术”“方术”“数术”等。

然而，中文的“艺”字在西方影响下不断从价值低下的实用行业之技术向上提升，进入高尚的具有文化思想层级的艺术。清末，徐寿于1857年、黄遵宪于1877年使用“艺术”一词，含义皆为“工艺”。[30]郑观应《考试》（1884）提出制度构想，分文学为六科：文学科、政事学、言语科、格致科、艺术科、杂学科。艺术科有哪些呢？“凡天文、地理、测算、制造之类皆属焉”[31]，基本上是数术工艺一类。中华传教士编的《格致汇编》第五年秋卷刊（1890）的《格致书院新到格致教习》，讲当前形势是“中国风气日开，而艺术日精”，读下去，这“艺术”指的是“精究制造工艺”[32]。1902年，主持京师大学堂的张百熙所拟《钦定高等学堂章程》《钦定京师大学堂章程》分科表中，高等学堂和预备科各为政科和艺科，艺科里有“伦理、中外史学、外国文学、算学、物理、化学、动植物学、地质矿产学、图画、体操”[33]。这里的“艺”皆高级之“术”，而在大学分科中分为七科：政治、文学、格致、农业、工艺、商务、医术。文学科中有：经学、史学、理学、诸子学、掌故学、词章学、外国语言文字学；工艺科中有：土木工学、机器工学、造船学、造兵器学、电气工学、建筑学、应用化学、采矿冶金学。[34]这里可看到，“艺”这一名称，正在开始从工业技术中脱离出来，工业技术后来成了工科，而“艺”正在向“文”靠拢。只有作为西方艺术之一的建筑学因技术性很强而留在了工科。1903年，张之洞入主京师大学堂，出台《奏定京师大学堂章程》《钦定高等学堂章程》，增加了经学科，强化了文学科，对艺术来说，在建筑学里加了美学科目，在当时的语境里，美学等同于美术（即艺术），正如西方美学等同于艺术哲学。在王国维、蔡元培的行文中，“美学”和“美术”都是换用的。1906年，王国维《奏定经学科大学文学科大学章程书后》在批评张之洞方案的同时，提出了自己“文学科大学”的分科方案，分为五学科：经学、理学、史学、中国文学、外国文学。五科之中皆有美学科目。1912年，民国教育部发布《大学令》,《大学规程》取消经学，分为文、理、法、商、医、农、工七科；1913年，颁布“七科之学”方案，文科有哲学、文学、历史学、地理学四门，哲学门下中国哲学类和西洋哲学类，两类各十六个科目里，都有美术及美术史（即美学及美学史，亦即艺术及艺术史）。工科十一门里有建筑学门。[35]这样，“艺”在实业上的用法已经消失，变为“工”以及其他具体专业的名称，其他艺术则进入以“文”为名头的学科门类之中。虽然这里反映的是学科体系的演进，但它与知识体系的演进紧密相关，在文化整体中，当“艺”的内涵离开具体行业和专业的“技”之后，用“艺术”去对接“art”就名正言顺了。也正是在这一过程之中，对艺术体系总体的用词，经历着用“艺术”代替“美术”的演进。如前所述，这一变化在1920年左右基本完成，至此一个新的现象也基本成形：用“文艺”一词去指称整个艺术体系。其实，这在上面讲的教育体制上学科体系的形成中已经有所透露。

四、“文艺”和“艺术”的并置与变义

西方艺术体系的总名，在中国经历了一个由“雅艺”到“美术”再到“艺术”的过程，这一过程的实现至少需要两个条件：一是词汇条件，“艺”的含义要从低级性技术转为高尚性的艺术，这在西方文化的强势影响下，在“art”原义的推动下，必然而且终于实现了；二是现实条件，中国艺术体系以“文”为高位和特征，当面对西方艺术体系时，自觉不自觉地会体现出来，因此，在提到艺术体系总体时，总要把“文学”提出来，放到作为总名的“艺术”之前。如梁启超《新民说》（1902）有“凡一国能立于世界，具有其国民独具之特质，上自道德法律，下至风俗习惯，文学，美术，皆有一种独立之精神”[36]；王国维《人间嗜好之研究》（1907）有“若夫最高尚之嗜好，如文学、美术”，还有“文学、美术亦不过成人之精神的游戏”[37]；李大钊《美与高》（1917）有“绝大手笔之文学家、美术家如李白其人者”[38]。“艺术”一词代替“美术”后，双词并列的现象仍然如故。如1929年，鲁迅译的《现代新兴文学诸问题》里有“何况向科学、哲学、文学艺术伸手”[39]；1942年，毛泽东《在延安文艺座谈会上的讲话》里有“我们的文学艺术，都是为人民大众的，首先是为工农兵的”[40]；1953年，林默涵在《文艺报》第2号发表《胡风的反马克思主义文艺思想》中说胡风“否认文学艺术中的党性原则”[41]；1978年，周扬一篇文章的题目是《关于社会主义新时期的文学艺术问题》。[42]“艺术”前面加上“文学”一词，其实际功能是把在中国文化中并无高位的其他艺术门类，提高到与文学平等。通过这样的用词，既接近西方的原义，同时建构起中国现代文化中艺术体系的新观念。但这样做的后果是把文学与其他艺术门类分开。[43]这样，在现代汉语里，合“文学”与“艺术”才等于西方作为艺术体系总称的“艺术”。

“文学艺术”一词被简称为“文艺”。但“文艺”一词的出现，同样是在中西艺术体系互动中文化心理的暗中驱动和现实需要的结合。1909年，农工商部主办的《商务官报》连载《万国保护文艺美术版权公约》，这里“文”指文字，“艺”指工艺技术。1912年，李叔同与柳亚子发起组织“文美会”并主编《文美杂志》，这里“文美”

即“文学美术”的简称。1915年，陈独秀在《青年杂志》第1卷第3号发表《欧洲现代文艺史谭》一文。1916年，李大钊在《晨钟》创刊号上发表《〈晨钟〉之使命》，写有“由来新文明之诞生，必有新文艺为之先声”[44]。1916年，蔡元培在《东方杂志》第13卷第7—9号发表的《赖斐尔》提到“文艺中兴时代”。梁启超在1904年写《论中国学术思想变迁之大势》时，对“renaissance”，有时用“文学复兴”，有时用“古学复兴”[45]。1906年，章太炎《东京留学生欢迎会演说辞》用的是“文学复古”。同时期的黄节、许守微、邓实等，或用“文学复兴”，或用“古学复兴”。1909年，周作人《论文章之意义暨其使命因及中国近时论文之失》用了“文艺复兴”[46]。上述蔡元培与周作人一样用“文艺”，还提出“文艺之学”，并将之与神学、哲学、法学并列。这里的“文艺”已是整个艺术体系的总称。紧接着，文学革命在新文化运动中的先锋作用，显示了文学在艺术体系中的领头功能，因此，与“艺术”代替“美术”的演进同时，“文艺”作为艺术体系的总称也开始出现，而且西方文学观念和艺术观念的引用成为潮流。在这一潮流的影响下，李叔同把《唐书·裴行俭传》中的“士之致远者，当先识器而后文艺”的“文艺”作了今解，并教给学生丰子恺。[47] 由上例可以看到，中国学人的意识中一直有把“文”灌注到西方艺术体系中去的思想，这里还牵扯到中国之“文”与西方之“文学”的差异等复杂问题，不宜展开。重点在于，西方的“艺术”在中国变成了“文艺”。

“文艺”成为艺术的总称，一个重要的文化和语言背景是中国与日本和苏联的互动。日本对“文学”的解释综合了中国古代的“文”（兼有文学、文物、学问三义）和西方的“文学”。在西方艺术体系之中，文学属于艺术，因此，“文艺”一词在日本既指作为艺术的文学，又指整个艺术体系。“文艺”既让汉字文化圈的“文”融入西方艺术体系，又用西方艺术体系来校正汉字文化圈把文学做成文献学问这一倾向。正因为反对日本学界的国文学把文学只作为文献学来研究，冈崎义惠才用“文艺学”对译德国的“文学科学”，使其成为文学理论的名称。文学理论是文艺学，文学也就是文艺。这种一词二义的现象也出现在苏俄文化中。俄语中没有“文艺”一词，分别有“文学”（литература）和“艺术”（искусство），但由于文学属于艺术，作为旧词“艺术”（художество）的形容词“艺术的”（художественный），既可以用在艺术一般上，意为“艺术的”，也可以用在狭义艺术上，意为“美术的”，还可以用在文学上，意为“文艺的”（即强调文学的艺术特性）。引而申之，文学作品可称为“文艺作品”（художественная литература）。似乎可以说，当中国受日语影响进而接受苏俄文化时，不但“文艺作品”成为“文艺”，“文学科学”在中文里也成了“文艺学”。[48] 更主要的是，与日语一样，“文学”“文艺”“艺术”三词是可以互换的。

我们看到，在20世纪二三十年代，日本有《论日本文艺学的树立》（冈崎义惠，1920）、《国文学与日本文艺学》（高木市之助，1931）等论著出现，苏联有《文艺学》（佩列韦尔泽夫、波斯别洛夫编，1928）、《列宁与文艺学》（卢那察尔斯基，1932）等论著出现，日苏以“文学”“文艺”“艺术”为名的论著大量译成中文，影响了中文的表述方式——

首先，在中文里有两套词语，一是按西方原义为“艺术”，一是中国新义为“文艺”。二者可以互换。但“文艺”作为艺术体系的总称是主流。在民国时期，有“三民主义文艺运动”“民族主义文艺运动”“通俗文艺运动”等，刊物有《文艺月刊》《民族文艺》《文艺先锋》等。国民党中央宣传部部长叶楚伧在1930年1月1日《中央日报》上发表《三民主义的文艺底创造》。在中国共产党的话语里，20世纪30年代解放区有《苏区文艺》《特区文艺》《边区文艺》等，国统区《新华日报》有《文艺之页》副刊，20世纪40年代初毛泽东发表《在延安文艺座谈会上的讲话》，新中国成立前夕成立了“全国文学艺术界联合会”，创建《文艺报》，改革开放以来创办有《文艺研究》等主流学术杂志。

其次，“文艺”可以用于（作为艺术的）文学，从而“文艺”与“文学”可以换用，而文学属于艺术，从而“文艺”与“艺术”可以换用，进而“文学”“文艺”“艺术”可以换用。周作人在《人的文学》（1919）中有“在文艺批评上，也有几种可以容许，但在主义上，一切都该排斥”。[49]这里的“文艺”等同于“文学”。周作人在《新文学的要求》（1920）中，从艺术角度来讲文学，“文学”“文艺”“艺术”不断换用。[50]这三词既可等同又有所差别，显示出中国现代文化的中西综合特征。自此以后，在郭沫若、田汉、梁宗岱、穆木天、梁实秋、李健吾、黎烈文、刘大杰等关于现代主义文学的话语中，在鲁迅、瞿秋白、郭沫若、冯乃超、胡秋原等关于革命文学的话语中，直至从共和国前期到改革开放时代关于“文艺”的话语，这一方式随处可见。

最后，以“文艺学”为书名的文学理论论著不断出现，如钱歌川的《文艺概论》（1930），霍松林的《文艺学概论》（1957），唐正序、冯宪光的《文艺学基础理论》（1988）等。

“文艺”作为中国现代文化关键词出现，并以一词三义的灵活性紧随着中国现代文化的演进而流动。然而，“艺术”作为艺术体系的总称依然存在。正如“文艺”一词有着多义性，“艺术”一词在与“文艺”的对照中也至少有三种含义，一是艺术体系的总称，二是除了文学之外的艺术，三是美术。第三语义是由“艺术”一词的历史演变带来的，而第一、第二语义的变换则是西方原义和与“文艺”并置而产生的。“文艺”与“艺术”并存和并置而产生的语义变幻所包含的文化内容，令人遐想，发人深省。

五、时代演进中的文学艺术换位与“文艺”一词的走向

中国现代文化关于艺术体系有两个词：“艺术”和“文艺”。用“艺术”指整个艺术体系时，包括所有艺术门类，这是西方文化的原义；用“文艺”指整个艺术体系时，艺术体系被分为文学与艺术两类。文学被单列出来并成为艺术之首的文艺体系，体现了中国在与世界互动之中的创新。这一创新也体现在中国教育体系和学科体系中，从清末的学科目录到1997年的学科目录中，艺术皆属文学门类。文学门类强调的是中国古代意义上的“文”，而非西方文化中狭义的文学。艺术属于文学，不但体现了中国文化的精神，而且是对艺术的抬高。然而，自20世纪90年代以来，在文化的整体格局中，影视上升而文学降位，视觉文化重要性提升，而文学则相对减弱。这一文化上的转变，反映在教育体系和学科体系上，是艺术学一再要求不能隶属文学，而要自立为艺术学门类。这一要求在方方面面的努力下，2011年终于成功。它的影响是多方面的，从语言上讲，艺术学上升为学科门类，会对“文艺”一词产生怎样的影响呢？

词汇既是现实的反映，又是主体对现实的态度。当初，鲁迅和周作人在表达西方艺术体系时，用的不是“文艺”而是“艺文”。鲁迅在《科学史教篇》(1907)中有“希腊罗马科学之盛，殊不逊于艺文”[51]，“一若今之学术艺文”[52]。在《文化偏至论》(1907)中，有“西方有希腊罗马起，艺文思理，灿然可观”[53]。周作人《论文章之意义暨其使命因及中国近时论文之失》(1909)里有“希腊之化，重在哲理艺文”[54]。西方体系首先是艺术，然后才是作为艺术之一的文学。“艺文”一词在体现对西方艺术体系正确理解的同时，突出了文学的重要。后来虽然“文艺”一词业已形成并被普遍使用，但也用“艺文”一词。如1933年，上海国立音专部分师生成立了“音乐艺文社”，又如1938年延安成立鲁迅艺术学院，只有戏剧、音乐、美术三系，1940年加上文学系，学院因此改名为“鲁迅艺术文学院”。上面“艺文”和“艺术文学”的取名，盖因在这两所学校里艺术占多数。如果当今艺术的发展使其地位大大超过文学，曾经短时间出现过的“艺文”和“艺术文学”，会不会真的成为普遍的语用现象呢？

注释：

① 如苏俄学人什克洛夫斯基的《文学与电影艺术》(1923)、K. B. 皮加诺夫的《文学与造型艺术》(1966)和《文学与音乐》(1976)。

② 韦勒克、沃伦:《文学理论》，刘象愚、邢培明、陈圣生、李哲明译，生活·读书·新知三联书店1984年版，第31页。

③ 参见张法等《世界语境中的中国文学理论》，安徽教育出版社2010年版，第377页。

④ 英语世界文论最初定型为文学批评，20世纪50年代改用文学理论欲一统西方文论，60年代文学理论从美国的几所名校到向外扩张，到80年代成为英语世界的普遍话语。对此，笔者有专文《西方文论：多样命名、内容绞缠、复杂演进》，《文艺理论研究》2012年第4期。

⑤ 钱歌川20世纪20年代留日，回国后出《文艺概论》(1930)，可能受日本影响。延安时期，周扬主编《马克思主义与文艺》(1944)，1948年编《苏联文艺问题》。1949年10月，华北人民政府高等教育委员会颁布《各大学、专科学校文法学院各系课程暂定规定》；1950年9月，中央人民政府教育部颁布《高等学校课程草案：文法理工学院各系》，“文艺学”为中国文学系和外国文学系的“基本课程”。

⑥ 关于“art”一词的演化，可参见邢莉、常宁生《美术概念的形成——论西方“艺术”概念的发展和演变》，《文艺研究》2006年第4期。

⑦ 杨适说：“Guthrie，Kirk对它（指λόγος）作过研究考证，指出它有多种用法如：说话、言辞、表述、说明、理由、原理、尊敬、声誉；采集、点数、比例、尺度等等。”(杨适：《古希腊哲学探本》，商务印书馆2003年版，第184页）杰米·詹姆斯说：“比例的希腊单词是λόγος（逻各斯）。”（杰米·詹姆斯：《天体的音乐——音乐、科学和宇宙自然秩序》，李晓东译，吉林人民出版社2003年版，第33页）

⑧ 参见邢莉《中西“美术”概念及术语比较》，《南京艺术学院学报》2006年第4期。

⑨⑪ 北京大学哲学系美学教研室编:《中国美学史资料选编》上册，中华书局1980年版，第59页，第1页。

⑩ 杜预:《春秋左传集解》，上海人民出版社1977年版，第341页。

⑫㊹ 郭绍虞主编:《中国历代文论选》第4册，上海古籍出版社1980年版，第302页，第523页。

⑬ 郭绍虞主编:《中国历代文论选》第3册，第9页。

⑭ 徐振堮:《世说新语校笺》，中华书局1984年版，第221页。

⑮ 梁鸿选编:《礼记》，时代文艺出版社2003年版，第118页。

⑯⑱ 杨伯峻:《论语译注》，中华书局1980年版，第188页，第187页。

⑰ 陈鼓应:《老子今注今译》，商务印书馆2003年版，第73页。

⑲ 陈鼓应:《庄子今注今译》，商务印书馆2007年版，第415页。

⑳ 参见林晓照《晚清美术概念的早期输入》，《学术研究》2009年第12期；吕澎《历史上下文中的“美术”和“美术革命”》，《文艺研究》2007年第9期。

㉑ 参见王琢《从美术到艺术——中日艺术概念的形成》，《文艺研究》2008年第7期。

㉒《蔡元培全集》第1卷，中华书局1984年版，第95页。

㉓《蔡元培全集》第3卷，第147页。

㉔㊿51 52 53《鲁迅全集》第1卷，人民文学出版社2005年版，第73页，第25页，第26页，第45页。

㉕㉖㊲㊳ 叶朗主编:《中国历代美学文库》近代卷下，高等教育出版社2004年版，第468页，第320页，第

340 页，第 605 页。

㉗ 李心峰主编：《20 世纪中国艺术理论主题史》，辽海出版社 2005 年版，第 13 页。

㉘ 参见邵琦、孙海燕编《20 世纪中国画讨论集》，上海书画出版社 2008 年版，第 14 页。吕澂所论与吉川秀雄在《美术概论》（1907）所论“美术”和“艺术”的异同大致相同，也许是受其影响，也许是中日接受西学共同的内在逻辑，只是中国比日本慢一点而已。

㉙ 《蔡元培美学文选》，北京大学出版社 1983 年版，第 86 页。

㉚ 1867 年，曾国藩幕僚徐寿在上海江南制造局向会办沈宝靖、冯焌光提出“设一便考西学之法，至能中西艺术共相颉颃”的翻译处，好“将西国要书译出”。“艺术”一词，应指各类工艺。黄遵宪《日本杂事诗》（1877）讲西欧各国兴起之时，“艺术相摩而善”。这里“艺术”指的是机器工艺。正如日本接触西学之初，“艺术”一词用于一切技术。室田充美译《经济新说》（1873）第二篇“人类奇巧艺术”是指农术、工匠术、通商术。中村正直《赏罚毁誉论》（1875）告勉少年人要“立大志，各从其才之近处专心学习一学科一艺术，不顾时俗之毁誉，砥砺自己之品行”，这里“艺术”是技艺。福泽谕吉《帝室论》（1882）强调帝室要立足于政治社会之外，成为高尚学问之中心，同时要保存各种艺术，这些艺术有书画、雕刻、剑枪术、马术、弓术、柔术、相扑、游泳、各种礼仪、音乐、能乐、围棋、将棋、插花、茶汤、熏香等，其他木工左宫之术、盆栽植木之术、料理烹饪之术、莳绘涂物之术、织物染绢之术、陶器铜器之术、刀剑锻冶之术等，并说“这些艺术为日本固有之文明”。相关资料可参见林晓照《晚清美术概念的早期输入》；吕澎《历史上下文中的“美术”和“美术革命”》；王琢《从美术到艺术——中日艺术概念的形成》；陈振濂《“美术”语源考——美术译语引进史研究》，《美术研究》2003 年第 4 期；郑工《演进与运动：中国美术的现代化 1875—1976》（广西美术出版社 2002 年版）中的第五章、第六章。

㉛ 舒新城编：《中国近代教育史资料》下册，人民教育出版社 1981 年版，第 893 页。

㉜ 参见林晓照《晚清美术概念的早期输入》。

㉝ 舒新城编：《中国近代教育史资料》中册，第 547、548 页。

㉞㉟ 左玉河：《从四部之学到七科之学》，上海书店出版社 2004 年版，第 186 页，第 196—198 页。

㊱㊺ 吴松等：《饮冰室文集点校》第一集，云南教育出版社 2001 年版，第 550 页，第 227、283 页。

㊴ 《鲁迅译文全集》第 4 卷，福建教育出版社 2008 年版，第 176 页。

㊵ 《毛泽东选集》第 3 卷，人民出版社 1991 年版，第 863 页。

㊶ 张岱年、敏泽主编：《回读百年——20 世纪中国社会人文论争》第 3 卷，大象出版社 1999 年版，第 15 页。

㊷ 《周扬集》，中国社会科学出版社 2000 年版，第 159 页。

㊸ 不仅中国如此，同在汉字文化圈的日本也如此，高山 1895 年有《日本民族的特性与文学美术》，其义与梁启超同。

㊻㊾㊿54 钟叔河编：《周作人文类编·本色》，湖南文艺出版社 1998 年版，第 4 页，第 36 页，第 45—46 页，第 4 页。

㊼ 参见罗明《李叔同文艺审美教育观发微》，《宁夏社会科学》2003 年第 6 期。

㊽ 本文中关于俄语和日语的术语知识受惠于四川外语学院俄语教授朱达秋和湖北大学日语文论教授梁艳萍。

（2012 年第 5 期）

“小说”与子、史

——论“子部小说”共识的形成及其理论蕴涵

陈文新

现代学者关于中国古典小说的分类，比较通行的是四分法，即笔记小说、传奇小说、话本小说和章回小说。本文所讨论的“小说”（子部小说），大体对应于今人所说的笔记小说。与传奇小说、话本小说、章回小说相比，笔记小说与现代小说不吻合之处较多，这造成了两个后果：一是部分著作在具体评述《世说新语》《酉阳杂俎》《阅微草堂笔记》等笔记小说经典时，不认可其小说史地位；二是关于笔记小说的理论研究相对滞后，影响了对其文类特征的深入认识。20 世纪 90 年代以降，这一局面开始缓慢改变，而机缘在于学术界的自我反省：套用“小说概论”观照笔记小说，是否存在不够贴切之处？本文的写作，也是这一机缘的产物，希望能在笔记小说的理论研究方面有所贡献。

一、“小说”首先是故事吗？

故事情节、人物形象和虚构，这是现代人谈论小说时经常提到的三个关键词。而小说必须是一个故事，这也是现代读者对一个小说文本基本的阅读期待。与现代读者的阅读期待形成对照，中国古代原生态的“小说”观念，却格外注重它对生活的阐释功能、指导功能，倒并不强调故事的重要性。这一区别传达出哪些重要信息？我们的讨论即由此切入。

“小说”一词，最早见于《庄子·外物》：“饰小说以干县令，其于大达亦远矣。”[①] 庄子所谓的“小说”，指的是与“大道”有别的题旨不够宏大的议论，亦即《荀子·正名》的“小家珍说”[②]。这固然不具有文体的意义，但后来作为文体使用的“小说”概念却正是由此发展而来的。所谓“小说”，就是意义不大的议论。所谓意义不大，是说其议论与“军国大事”无关。明确将“小说”视为一家，即把“小说”当成一种独立的文体，是在汉代。汉代论及“小说”的最重要的学者是班固。班固作《汉书·艺文志》，“小说”是归属于子部的。那么，子书的本质特征是什么呢？我们来看看班固《汉书·艺文志》中关于诸子的一段总论：“诸子十家，其可观者九家而已。皆起于王道既微，诸侯力政，时君世主，好恶殊方，是以九家之术，蜂出并作，各引一端。崇其所善，以此驰说，取合诸侯……虽有蔽短，合其要归，亦《六经》之支与流裔。使其人遭明王圣主，得其所折中，皆股肱之材已……若能修六艺之术，而观此九家之言，舍短取长，则可以通万方之略矣。”[③] 曰“术”（学术），曰“说”（学说），曰“股肱之材”，曰“万方之略”，都意在突出子书的共同特征：诸子以立论为宗。自然，这首先是就“九家”（法、名、儒、墨、道、阴阳、纵横、杂、农）而言的，但“小说”既然附于诸子骥尾，当然是由于它也和诸子一样，是一种以立论为宗的文体。这样我们就清楚了，在班固看来，“小说”的职能也是论道，只是由于论的是“小道”，所以被称为“小说”。

具体分析班固《汉书·艺文志》著录的十五家“小说”，我们的印象将进一步加深：“小说”的职能的确是“议”；它“议”的是“治身理家”的“小道”，而不是“事关军国”的“大道”。十五家之中，从《伊尹说》到《黄帝说》，共九家，为先秦的书；自《封禅方说》以下六家，为汉武帝以后的书。先秦的九种书中，班固指出有六种不可信。在班固认为可信的三种书中，《周考》《宋子》，今已无一字之存，但从《周考》以考据为事、《宋子》以阐发黄老的哲学思想为主来看，无疑是典型的子部书。《青史子》为“古史官记事”，叙事的部分理应构成文本的主体，但南朝梁代的刘勰是将它放在《文心雕龙·诸子》内与庄、列等一起加以讨论的：“《青史》曲缀于街谈。”[④] 现存的三则，为鲁迅辑入《古小说钩沉》，言“胎教之制，用鸡之义，皆礼法之小事也”[⑤]。没有什么故事性，“叙”倒是“叙”，但叙述的是历史文化中的典章、仪制、礼法而非生活中的线型的情节。其作用首先是教诲的而非愉悦的。因此，正如余嘉锡《小说家出于稗官说》所论定的：“古人未有无所为而著书者。小说家虽不能为‘六经之支与流裔’，然亦欲因小喻大，以明人世之纪，与后世之搜神志怪，徒资谈助者殊科，此所以得与九流同列诸子也。”[⑥]

《汉书·艺文志》所著录的六家汉人小说，则多为方士之作。如《封禅方说》十八篇，据班固注，产生于汉武帝时。所谓“方说”，即方士关于方术的议论。“方者方术也”，故名曰“方说”。汉代方士的这些作品，之所以被视为“小说”，是因为这些“方士之言”，在体制上属于“丛残小语”，在内容上谈论的是无关国家大政的“小道”，符合“小说”的标准。

《汉书·艺文志》“小说家”还著录了《百家》一百三十九卷，作者是西汉的刘向。[⑦]余嘉锡《小说家出于稗官说》录有《百家》佚文两则，所喻示的都是日常的人生道理，与治国平天下的“大略”无关。《百家》之著录于《汉书·艺文志》“小说家”，至少说明两点：（一）汉代人所谓“小说”不一定指方士之言；方士之言只是“小说”的一个部分。（二）“小说”的标准即刘向说的“浅薄不中义理”，是篇制短小、旨趣细微的议论。在汉人关于“小说”的共识中，有无故事性尚未成为核心要素。

二、“小说”何以又成了“史遗”

“小说”既然以阐发“小道”为其基本的文体职能，那么，将它归属于子部就是理所当然的了。《汉书·艺文志》以降，刘勰的《文心雕龙》，唐长孙无忌等撰的《隋书》，都一以贯之地遵循这一共识。《隋书》还有几句纲领性的说明，“儒、道、小说，圣人之教也，各有所偏”，“今合而叙之”，“谓之子部”。[⑧]《隋书》所重申的正是汉代以降的共识。

然而，唐代的史学理论家刘知几却毅然将“小说”划入了史部。一种文体，它是归属于史部，还是归属于子部，不只是一个简单的分类问题，而是对其文体职能的不同确认。子部的核心职能是议论，史部的核心职能是叙事，两者的职能是大不一样的。刘知几将“小说”由子部划入史部，表明他不赞同汉代以来的共识。在学术史上，任何对既存共识的否定都是引人注目的大事，值得深入考察和分析。

可以确信，刘知几对既存共识的否定确有他的理据。他注意到一个事实：子书与史书常常并没有逾越不了的界限。其《史通·杂述》云：“子之将史，本为二说，然如《吕氏》《淮南》《玄》《晏》《抱朴》，凡此诸子，多以叙事为宗，举而论之，抑亦史之杂也。”[⑨]其实，不只是上述几部书叙事的比重颇大，庄子、孟子等在论道说理时，也一再借事托喻，用历史故事或动物故事来表明劝喻或讽刺意义，许多著名的寓言如“齐人有一妻一妾”“庖丁解牛”“揠苗助长”，早已脍炙人口。《韩非子·说林》、刘向《说苑》几乎就是故事的结集。介于子、史之间的《战国策》，其叙事尤为曲折多姿，对细节和场面的渲染已成为部分作品的特征。

诸子之一的“小说”也不例外地带有浓郁的叙事意味。据王应麟《汉书考证》，

《吕氏春秋·本味篇》出于先秦“小说”《伊尹说》。翟灏《四书考异》条考三十一亦曰：“所谓《本味篇》乃剟自《伊尹说》中。”[10]这里我们试对《本味篇》略作考察。《吕氏春秋·本味篇》所谓“说汤以至味”，即借天下至味阐发“圣王之道”，这是将“叙”与“议”融合为一体的关键环节。据此，我们得以了解包括《伊尹说》在内的先秦“小说”的一般情况：虽以议论为宗，却也乐于娓娓动听地叙述故事。[11]或者说，这些作品的特征是：用故事作为“道”的载体。就其以事托理的特征而言，这些作品有些像寓言；但其叙事的规模明显超过一般的寓言，并时有背景的交代和细节的描写。而交代背景和关注细节，正是叙事文本的重要特点。

小说的叙事意味在魏晋南北朝进一步增强。这一阶段，相当数量的“小说”以“说”“语”“方”“法”“艺术”为题，以表明其文本重心是阐发事理，如《杂语》、《琐语》（梁金紫光禄大夫顾协撰）、《世说》（宋临川王刘义庆撰）、《小说》（梁武帝敕安右长史殷芸撰）、《迩说》（梁南台治书伏挺撰）、《古今艺术》、《座右方》（庾元威撰）、《座右法》等；有的明确以“子”为名，如《郭子》（东晋中郎郭澄之撰），裴启《语林》亦称《裴子语林》。

一个不难发现的事实是：《郭子》《语林》等虽自居于子部书之列，而短篇故事在其中实占有很大的比重。拿《郭子》《语林》的短篇故事与史家列传比较，可以发现，两者的区别主要在于：史家列传更注重人物生平的完整性，而《郭子》《语林》更注重人物的某一或某几个生活细节。对生活细节的关注在《史记》中是一个特点，在《汉书》以降的正史中，这一特点逐渐淡化。但无论是关注人物生平，还是关注生活细节，所体现出的都是对叙事或叙述的重视。

面对“小说”中这种叙事压倒议论的情形，史学理论家（文学史属于历史的一支）的反应尽管缓慢却值得关注。唐初长孙无忌等撰《隋书·经籍志》，“小说”仍隶于子部，计有二十五部作品，《郭子》《世说》等一一在内。《隋书·经籍志》的小序主要引申《汉书·艺文志》的旨趣，意所不合，亦复时立异同。重要的区别在于：不提“盖出于稗官”一句，而认为“小说”是《周官》诵训和训方氏的职掌。那么，诵训和训方氏究竟主管什么呢？据郑玄的注释，诵训所掌，乃四方的古迹、方言、风俗；训方氏所掌，乃四方的政治、历史、民情。这是后世地理志、郡国书一类作品所自出，本属历史的范畴。《隋书·经籍志》强调“小说”与诵训、训方氏的关系，无疑是看出了“小说”与风俗、民情的密切关系，看出了“小说”创作中叙事性日渐增强这一事实。

但长孙无忌等并没有因此而否定汉代以来关于“小说”的共识。《隋书·经籍志》

不仅仍然将“小说”归属于子部，而且，对“小说”作品的著录也仍然遵循惯例：“小说家”中仅仅著录了我们现在所说的志人小说或逸事小说，如《郭子》《世说》等，志怪小说如《博物志》《搜神记》等一概被拒斥在外。这样著录有充足的理由吗？以叙事为主体的《郭子》算得“小说”，为何以叙事为主体的《搜神记》就不能算“小说”？莫非仅仅因为《郭子》等标为“子”，《搜神记》等标为“记”，而“小说”在名分上是子部的一支吗？《隋书·经籍志》徇名而不责实，其处理留下了遗憾。

比《隋书·经籍志》更进一步，刘知几明确地否定了汉代以来的共识。其思路是：既然“小说”在事实上以叙事为主体，不妨索性纳入史部中来。他在《史通·杂述》中将“偏记小说”视作“史氏流别”，并具体区分为十类：“一曰偏记，二曰小录，三曰逸事，四曰琐言，五曰郡书，六曰家史，七曰别传，八曰杂记，九曰地理书，十曰都邑簿。”[12] 其中的“琐言”即我们所说的志人小说，“杂记”则相当于我们所说的志怪小说。在刘知几看来，“小说”的职能首先是“记”而不是“议”。它与正史的相同处在于，都属于纪事体；不同处在于，正史涉及军国大事，“小说”则是正史之遗，是正史的补充，它记的是琐事。刘知几的这一见解，影响颇大，如《新唐书·艺文志序》即与之一脉相承：“传记、小说，外暨方言、地理、职官、氏族，皆出于史官之流也。”[13]

将“小说”归属于史部，这是刘知几以降形成的一个新的共识。从此以后，所有关注“小说”的学者，都必须面对“子部说”或“史部说”两种共识，并做出自己的判断。

三、伴随着“史遗”观的遗憾

一种新的“小说”观，必然伴随着一部新的“小说”史和一种新的“小说”创作局面。从“小说”史的角度看，“史部说”带来的一个显著变化是：《搜神记》等一大批志怪小说从此进入了“小说”的范畴，“小说”世界因此充满了生机。这可以说是“史部说”带来的令人愉悦的变化，但“史部说”也给“小说”史和“小说”理论带来了种种尴尬。粗略地说，至少有四个方面。

（一）“小说”从子部划入史部，用以界定其内涵的概念的连续性中断了，这种连续性的中断使人感到：先秦两汉的“小说”与魏晋南北朝的“小说”是不相干的两种文体。明代的著名学者胡应麟便产生过这种想法，他在《少室山房笔丛·九流绪论》中说先秦、两汉的“小说”“亦杂家者流”，确系真知灼见；但关于魏晋南北朝“小说”与先秦两汉“小说”“迥别”的断言，则不免片面。《伊尹说》的割烹要汤故事，就其注重叙述而言，与魏晋“小说”正如出一辙；汉代的方士之言，与后世志怪亦息息相关。从以议论为宗演变到以叙事为宗，这是一个渐进的过程，其间是有脉络可寻的。完全割断二者的联系，并不恰当。

（二）以史家的标准来衡量“小说”，对“小说”的虚构便很难采取宽容态度。毫无疑问，对于虚构的否定并非历史领域所独有，中国知识阶层的相当一部分人对虚构采取了轻视和遏制态度。不过，针对不同的文体，他们的严厉程度还是有所区别的。比如，对于诗中的艺术想象，虽也不免时有非议，如东汉班固的《离骚序》批评屈原的《离骚》：“多称昆仑冥婚宓妃虚无之语，皆非法度之政，经义所载。”[14]刘勰《文心雕龙·辨骚》也非议屈原：“托云龙，说迂怪，丰隆求宓妃，鸩鸟媒娀女，诡异之辞也；康回倾地，夷羿射日，木夫九首，土伯三目，谲怪之谈也。”[15]但大多数读者都能理解和接受，屈原被后世尊为伟大诗人，便是明证。子书中的虚构也不时受到批评，其中《庄子》《列子》《淮南子》受挑剔较多，刘勰《文心雕龙·诸子》说：“其纯粹者为矩，踳驳者出规……若乃汤之问棘，云蚊睫有雷霆之声；戴晋对梁王，云蜗角有伏尸之战。《列子》有移山跨海之谈，《淮南》有倾天折地之说。此踳驳之类也。是以世疾诸子，鸿洞虚诞。”[16]然而，《庄子》《列子》《淮南子》等虽多稽神语怪，事涉非经，却都是以假定的方式来传达某种人生哲理或智慧，这就成为它被认可的充足理由，连《文心雕龙·诸子》也承认：“洽闻之士，宜撮纲要，览华而食实，弃邪而采正，极睇参差，亦学家之壮观也。”[17]中国知识阶层唯独对史书的虚构深恶痛绝。这是因为在历史著作中，所有的叙述都会被当成真事来看，虚构就是“撒谎”，谎言是没有任何价值的。因此，当刘知几将“小说”划入史部时，他以一个史学家的严肃姿态，对“小说”中的虚构提出了指控。其《史通·杂述》不容置辩地评述道：“国史之任，记事记言，视听不该，必有遗逸，于是好奇之士，补其所亡。若和峤《汲冢纪年》、葛洪《西京杂记》、顾协《琐语》、谢绰《拾遗》，此之谓逸事者也……逸事者，皆前史所遗，后人所记，求诸异说，为益实多。及妄者为之，则苟载传闻，而无铨择，由是真伪不别，是非相乱，如郭子横之《洞冥》、王子年之《拾遗》，全构虚辞，用惊愚俗，此其为弊之甚者也。”[18]《史通·采撰》也说：“禹生启石，伊产空桑，海客乘槎以登汉，姮娥窃药以奔月，如斯踳驳，不可殚论，固难以污南、董之片简，沾班、华之寸札。”[19]刘知几的这些评述，果断刚劲，没有丝毫通融的余地。当知识阶层用这种要求历史著作的态度来苛求“小说”

时，它还有生存和发展的空间吗？

（三）“子部”说与“史部”说的对峙并存，导致了学术思想的混乱。比如，在鉴定一部作品是否属于“小说”时，学者们可能两方面迁就，结果，一些“以叙事为宗”的书进入了“小说”，另一些没有故事性、而旨在“入道见志”[20]、以传授学说或知识为主的书，也堂而皇之地被列入“小说”，前者以“史部”说为准，后者则依“子部”说为据。这种同时采用两种共识的混乱状况延续了相当长的时间，我们不妨历时地加以考察。

北宋皇祐年间，欧阳修等纂修《新唐书·艺文志》。其“小说”类中，大量增加了魏晋南北朝的著作，从张华《博物志》、戴祚《甄异传》到吴均《续齐谐记》，这类志神怪者十余部；从王延秀《感应传》到侯君素《旌异记》，这类明因果者共九部。诸书在以前的正史中亦曾著录，但都在史部杂传类，与耆旧高隐孝子良吏列女等传同列，至此才归入“小说”——这样处理，其理论依据当然是“史部”说。同时《新唐书·艺文志》还增加了大量唐人著作，如李恕《诫子拾遗》等以教诲为宗旨，刘孝孙、房德懋《事始》等侧重于解释典故，李涪《刊误》等专纠谬误，陆羽《茶经》等介绍生活知识——这样处理，其理论依据当然是“子部”说。由于同时采用两种不同的共识指导《新唐书·艺文志》“小说”类的编纂，其体例自无从统一。元修《宋史》，亦循此例，并因著录书目的数量增加而扩大了体例的矛盾。

胡应麟是明代首屈一指的文言小说理论家。他也同样在“子部”说与“史部”说之间两方面迁就。其《少室山房笔丛·九流绪论》分“小说”为六类，并非巧合的是，前三类（志怪、传奇、杂录）符合“史部”说，后三类（丛谈、辩订、箴规）符合“子部”说。用“史部”说去衡估前三类作品，用“子部”说去衡估后三类作品，不会出现方枘圆凿的情形。但假如反过来，用“子部”说去衡估前三类作品，用“史部”说去衡估后三类作品，就会两不相合，格格不入。当胡应麟这些学者同时认同两种共识、自以为这是一个圆满的处理方式时，其实他们已陷入了学术上的尴尬状态，只能回避难题而不能解决难题。

（四）“小说”归属于史部，正史之外的大量史书，如杂史、杂传、郡书、家史、地理书、都邑簿等就可能统统被纳入“小说”范畴，这样，“小说”未免过于庞杂。一个小说史家如果根据刘知几的分类来编写“小说”史，无疑会面对巨大的困难。事实上，几乎无人有能力写出这样的一部“小说”史。一种理论带来的不是秩序而是混乱，这就表明它需要调整。

四、“小说”属于子部的完整内涵

“子部”说与“史部”说无论如何不宜并存，在螺旋式上升的基础上使两种共识由对立走向互补，最终达到更高层次的融合，形成新的共识，这是摆在“小说”理论家面前的一个至关重要的难题。

《四库全书》的总纂、清代学者纪昀无法回避这一难题。因为“小说”也是《四库全书》中的一员，他必须为它确定一个合适的位置，并使“小说”的各子类之间关系协调。纪昀选择了“子部”说。但这已不是原生态的“子部”说，而是吸取了“史部”说的合理内核，并尊重“小说”创作的实际情形，以叙述性作为“小说”的基石。因此，他关于“小说”的分类就比胡应麟整洁：“其一叙述杂事，其一记录异闻，其一缀辑琐语。”“杂事”类如《西京杂记》《世说新语》；“异闻”类如《山海经》《穆天子传》《搜神记》；“琐语”类如《博物志》《述异记》《酉阳杂俎》。这三类，“校以胡应麟之所分，实止两类，前一即杂录，后二即志怪，第析叙事有条贯者为异闻，抄录细碎者为琐语而已。传奇不著录；丛谈辩订箴规三类则多改隶于杂家，小说范围，至是乃稍整洁矣”[21]。纪昀将传奇小说排斥在外，是因为传奇小说在艺术表达上较多辞章风味，与子书差异太大；而将“丛谈辩订箴规三类”从“小说”中清理出去，则表明纪昀对叙事的高度重视——因为这三类作品都重论述、说明而轻叙事。重视叙事，这是纪昀“子部”说的一个基点。

既然以叙述性作为“小说”的基石，纪昀何以又将“小说”归入“子部”呢？其中至少包含了下述三点考虑。

（一）把“小说”划归子部，刘知几《史通·杂述》中所论列的“偏记”“小录”“郡书”“家史”“别传”“地理书”“都邑簿”等就不再有理由跻身于“小说”的队伍，这对于清理“小说”，保持其纯洁性是必要的。这种保持“小说”纯洁性的努力同时也是针对传奇小说和宋以降的白话小说的。纪昀一向认为唐人传奇不能算是“小说”。盛时彦《姑妄听之·跋》引纪昀语曰：“虞初以下，干宝以上，古书多佚矣。其可见完帙者，刘敬叔《异苑》、陶潜《续搜神记》，小说类也；《飞燕外传》《会真记》，传记类也。”[22]“小说”属于子部，“传记”属于史部，纪昀据此名正言顺地将唐人传奇入了另册。学术界一向因此而批评纪昀保守，这不能算是冤案；但纪昀在把握子部小说的文体规范方面所做出的贡献，却为他的“保守”增添了几分可敬之处。只要我们不拿纪昀的理论去批评传奇小说，他的“保守”就不会给学术研究带来副作用。

纪昀很少提到宋以降的白话小说，这不是由于他不熟悉，而是因为他不愿屈尊去讨论这种“不入流”的书。宋以降的白话小说，曾被比附于各种正史，如《史记》《资治通鉴》等，但从未被比附于“述道见志”的子书；纪昀将“小说”归属于子部，就与白话小说划清了界限。《四库全书总目提要》杂史类附注说：“案《永乐大典》有平话一门，所收至夥，皆优人以前代轶事敷衍成文而口说之。”㉓ 可见，纪昀本人确实认为，白话小说近于杂史，而与子书很少关联。

（二）把“小说”划归子部，是对其虚构内容的一定程度的认可。纪昀是古代最博雅通达的学者之一。他敏锐地意识到：“小说家言”与虚构存在不可分割的联系，或者说，“小说家言”总多多少少有“不实”的内容。《四库全书·小说家类》序称：“屈原《天问》杂陈神怪，多莫知所出，意即小说家言。”㉔ 对这些“不实”的成分，不必过于苛责。《阅微草堂笔记》卷一一借申苍岭说法，以诙谐的笔调提醒读者：“小说”是从子部书发展来的，这种文体秉赋有适度的虚构权力。

《阅微草堂笔记》卷二四谈到，张浮槎《秋坪新语》载有纪昀家二事，大体真实，但“委曲未详”，又增加了一个本不存在的细节。纪昀推论其失实的原因说：“盖张氏、纪氏为世姻，妇女递相述说，不能无纤毫增减也。”并由此引申出一个带普遍性的命题：“嗟乎，所见异词，所闻异词，所传闻异词，鲁史且然，况稗官小说。他人记吾家之事，其异同吾知之，他人不能知也。然则吾记他人家之事，据其所闻，辄为叙述，或虚或实或漏，他人得而知之，吾亦不得知也。刘后村诗曰：‘斜阳古柳赵家庄，负鼓盲翁正作场。死后是非谁管得，满村听说蔡中郎。’匪今斯今，振古如兹矣。”㉕ 这是相当明智的见解。

“小说”允许适度地虚构或失实，所以，纪昀在《四库全书总目提要》中毫不含糊地反对绳之以史法。如《世说新语》提要：“义庆所述，刘知几《史通》深以为讥。然义庆本小说家言，而知几绳之以史法，拟不于伦，未为通论。”㉖《睽车志》提要：“其他亦多涉荒诞。然小说家言，自古如是，不能尽绳以史传，取其勉人为善之大旨可矣。”㉗ 许多以往不被视为“小说”的作品，正是因为虚构成分较重，纪昀才将它们改隶“小说”类的，对此，他有多处解释，如《山海经》提要：“道里山川，率难考据，案以耳目所及，百不一真。诸家并以为地理书之冠，亦为未允，核实定名，则小说之最古者尔。”㉘《穆天子传》提要：“《穆天子传》旧皆入起居注类，徒以编年纪月，叙述西游之事，体近乎起居注耳。实则恍惚无征，又非《逸周书》之比，以为古书而存之可也，以为信史而录之，则史体杂，史例破矣。今退置于小说家，义求其当，无庸以变古为嫌也。”[29]《神异经》提要：“《隋志》列之史部地理类，《唐志》又列之子部神仙类。今核所言，多世外恍惚之事，既有异于舆图，亦无关于修炼，其分隶均属未安。今从《文献通考》列小说类中，庶得其实焉。”[30]《海内十洲记》提要：“其言……大抵恍惚支离，不可究诘……诸家著录，或入地理，循名责实，未见其然。今与《山海经》同退置小说家焉。”[31]这些多出自纪昀之手的提要，一以贯之地强调了“小说”的虚构特征，充分显示了其理论的成熟度和统一性。

（三）把“小说”划归子部，这表明，“议”是这种文体的一个核心功能。中国的子书向来是阐发某种学说、主张或知识的，如《孟子》《庄子》等。不过，纪昀心目中的“议”，与百家争鸣之“议”有别，而以有益于世道人心为宗旨，强调劝惩。《阅微草堂笔记》卷二四在交代他的创作动机时说：“唯不失忠厚之意，稍存劝惩之旨，不颠倒是非如《碧云马叚》，不怀挟恩怨如《周秦行纪》，不描摹才子佳人如《会真记》，不绘画横陈如《秘辛》，冀不见摈于君子云尔。”[32]在评价收入《四库全书》的若干文言小说集时，纪昀也没有忘记在提要中指出它们这方面的是非，如《拾遗记》提要：“皇娥宴歌之事，赵高登仙之说，或上诬古圣，或下奖贼臣，尤为乖迕。”[33]《鉴戒录》提要：“此书所记，多附会荒诞，近俳谐之言，实无关于鉴戒。”“灌铁汁一条，称秦宗权本不欲叛，乃太山神追其魂，以酷刑逼之倡乱，盗贼藉口，尤不可以训。”[34]

纪昀对“议”的重视，表现在《阅微草堂笔记》的写作中，其特点之一是：他乐于借题发挥，从志怪故事中引申出人生哲理，或借以发挥某种生活经验。我们可以比较两段关于器物怪的描写，一为《太平广记》卷三六九《江淮妇人》(出《幽明录》)；一为《阅微草堂笔记》卷七“奴子王廷佑之母言”。可以看出，《幽明录》与《阅微草堂笔记》在叙写器物怪能耐有限上是一致的，但纪昀由此引申出一个人生命题，其作品就更能显示子书的特征：子书中的事件往往是一个载体，所承载的可以是一个思想理念，可以是一个学术见解，也可以是一个人生哲理。清李慈铭《越缦堂读书记》认为《阅微草堂笔记》“虽事涉语怪，实其考古说理之书”[35]，颇中肯綮[36]。

在李慈铭这句话的基础上，本文还要加上一句：纪昀写作《阅微草堂笔记》，不只是要完成一部“子部小说”，他没有宣之于笔墨的真正抱负是：他要为“子部小说”树立一个典范。纪昀不仅致力于在理论上阐述“子部小说”，在班固和刘知几所代表的两种“小说”共识的基础上，提炼出一个更高层次的新的“小说”共识，而且致力于用自己的创作，为这种新的“小说”共识树立一个标本。纪昀的努力是成功的。他的创作，在清代引发了一个新的“小说”流派——一个与《聊斋》派双峰并峙的流派；而鲁迅撰写《中国小说史略》，其论“古小说”的部分，大体依傍《四库提要》，则表明纪昀的理论确实达到了难以超越的高度。

注释：

---

① 陈鼓应：《庄子今注今译》，中华书局 1983 年版，第 207 页。

② 王先谦：《荀子集解》，《诸子集成》第 3 册，中华书局香港分局 1978 年版，第 285 页。

③ 《汉书》，商务印书馆 1955 年版，第 40 页。

④⑮⑯⑰ 周振甫：《文心雕龙注释》，人民文学出版社 1981 年版，第 188 页，第 36 页，第 189 页，第 189 页。

⑤⑥ 余嘉锡：《小说家出于稗官说》，载《余嘉锡论学杂著》，中华书局 1963 年版，第 273 页，第 275—276 页。

⑦ 关于《百家》的编撰过程，参见向宗鲁《说苑校证·序奏》（中华书局 1987 年版，第 1 页）。

⑧ 《隋书》，中华书局 1973 年版，第 1051 页。

⑨⑫⑱⑲⑳ 浦起龙：《史通通释》，上海古籍出版社 1978 年版，第 276—277 页，第 273 页，第 274—275 页，第 116 页，第 188 页。

⑩ 翟灏：《四书考异》，《续修四库全书》第 167 册，上海古籍出版社 2002 年版，第 368 页。

⑪ 《汉书·艺文志》以为《伊尹说》“其语浅薄，似依托也”，意思是，它可能不是伊尹的作品。笔者以为：《伊尹说》既然为《吕氏春秋》所取材，它产生于先秦是肯定的。只要《伊尹说》是先秦的作品，用来作为案例就具有典型性。

⑬ 《新唐书》，中华书局 1975 年版，第 1421 页。

⑭ 班固：《离骚序》，载郭绍虞主编《中国历代文论选》第 1 册，上海古籍出版社 1979 年版，第 89 页。

㉑ 鲁迅：《中国小说史略》第一篇，载《鲁迅全集》第 9 卷，人民文学出版社 1973 年版，第 157 页。

㉒㉕㉜ 纪昀：《阅微草堂笔记》，上海古籍出版社 1980 年版，第 472 页，第 562 页，第 562 页。

㉓㉔㉖㉗㉘㉙㉚㉛㉝㉞ 永瑢等：《四库全书总目》，中华书局 1965 年版，第 485 页，第 1182 页，第 1182 页，第 1213 页，第 1205 页，第 1205 页，第 1206 页，第 1206 页，第 1207 页，第 1187 页。

㉟ 李慈铭：《越缦堂读书记》，中华书局 1963 年版，第 1014 页。

㊱ 《阅微草堂笔记》借事说理，尤其是借故事讨论学术问题，拙著《文言小说审美发展史》（武汉大学出版社 2007 年版，第 592—595 页）颇多关注，读者可以参看，此处不赘。

（2012 年第 6 期）

现代本体论视域中的艺术本体论问题

宋　伟

基于传统本体论暴露的种种弊端，当代哲学确立了有别于传统的现代本体论原则，取代了实体本体论和逻辑本体论的传统模式。现代本体论强调人的生命存在对于世界存在的本体论意义，主张差异性、生存性、生成性和价值性的本体论原则，为当代艺术本体论的思考提供了新的理论资源。澄清传统本体论与现代本体论之间的差别，对于当代艺术学建构具有前提理论清理的重要意义。当代艺术本体论追问应该建基于现代本体论哲学。

艺术的本体论追问源于哲学的本体论追问，属于艺术哲学或艺术理论中最为基础、最为根本、最为重要的前提性理论命题。当我们提出“艺术是什么”“艺术有何用处”以及“艺术的意义在哪里”等疑问时，也就在某种意义上提出了艺术的本体论追问。这种本体追问诱惑我们去找寻某种艺术本源性的内在规定，以解答“艺术何以成为艺术”或“艺术如何成其为自身”等疑难。艺术的本体追问究竟意味着什么？艺术本体问题如何成为艺术学理论的前提性理论命题？不同哲学派别的本体论思想对艺术本体追问有哪些限制性规定和启示性意义？对这些问题的探索，将为我们进一步思考和理解艺术提供方法视域和理论基础。

一、传统本体论批判与艺术本质论终结

现代主义文学大师卡夫卡曾意味深长地说：“拔根的事我们都参加了。”对此，当代学者张志伟解释说：“这话听起来令人恐慌。……我们为什么会感到恐慌呢？因为我们不知道那根是什么。它却被我们拔了。我们会隐约感到这事与死亡相关。因为我们都知道许多植物被拔了根会死的，我们却不知道有什么东西被拔了根是不会死的。我们之所以感到恐慌是因为我们在不知道的情况下可能把什么弄死了，而这被弄死的东西与我

们有什么关系，我们竟然也不知道。这不令人恐慌吗？也许这被弄死的东西就是我们赖以生存的基础，就是我们自己的根，就是我们的昨天，甚至就是我们的明天，难道这还不令人恐慌吗？”① 什么是根？根就是我们赖以生存的基础，而“拔根”就是脱离了我们赖以生存的基础。

令人费解的是，提出本体论问题的初衷，显然是为了寻找我们赖以生存的根，但西方传统本体论却在寻根的过程中把根拔掉了，出现了“本体的遗忘”或“存在的遮蔽”现象，致使人类不得不面对“无根所依”或“无家可归”的流离失所状态。那么，如何认识卡夫卡所说的我们都参加了“拔根的事”呢？从哲学思维上看，理解这一点的关键在于对西方传统本体论思维进行反思和批判，以认清这种“刨根问底”式的本体论思维究竟在哪里出了问题。

一般来说，由于本体论问题所关涉的是一些根本性问题，因此具有某种“刨根问底”的特征。但是，如果将这种追问方式推向极端，不仅会暴露出许多弊端，最后还会失掉本体论问题的原初义。应该说，传统本体论做了很多类似于“拔根的事”，在此我们重点从实体本体论和逻辑本体论这两个主要方面进行分析，反思批判传统本体论的弊端。

首先，传统本体论把本体客体化、实体化，将本体处理为客观的实体或冷漠的物体。传统本体论将本体预设为某种实际存在的客观物体。也就是说，本体如同我们平时面对的事物一样，总是某种实实在在的物体或实体，只不过与一般的“物体存在”或“实体存在”相比，本体更具有本源性的地位，是一种更基础、更高级、更终极的存在，但它依然还是一种物体性或实体性的存在。因此，传统本体论追问总是要回答“何物存在”的问题。这种思维源自人类朴素的自然哲学态度，如古希腊时期人们倾向于将水、火等自然事物看作世界的本体，中国先哲也将金、木、水、火、土等视为构成万物的基本元素。人们不满足这种过于简单直观的物质本体观，希望寻找更为概括或更为抽象的本体，如古希腊哲人认为数、和谐、理式是世界的本体，中国古代思想家提出了气、阴阳、太极等相对抽象的本体范畴。虽然对本体的设想逐渐抽象，但根本上依然坚信“有物存在”，这就规定了传统本体论所要“刨根问底”的就是那个最基础、最高级、最终极的存在物。这也就是我们通常所说的“实体本体论”。

实体本体论最大的问题是，一旦把本体问题完全客体化、物体化、实体化，就必然要求人们以一种纯粹客观的态度来面对本体问题，这也就把本体问题处理成物体问题，本体即实体，实体即物体，由此发展出一种以客观的自然科学态度处理本体的思维方式。显然，把本体问题处理成物体问题是不合适的。人可以完全作为一种物体来处理吗？与之相关，人的生命存在可以仅仅归结为一种物性存在吗？显然，人的心灵世界、人的情感世界、人的理想世界、人的文化世界、人的艺术世界，都不可简单地处理为一种物体性存在。如果可以的话，生存的根基势必会被冰冷的客体所覆盖，生命世界就会变为冷漠的物体世界，人及其生命也就被物化了。这就是卡夫卡所说的“拔根”，拔去了生命的根，使之归于无生命的冷漠世界。

将这种哲学应用到艺术本体论追问上，就会把艺术作为一个物件来对待，艺术的本体论任务自然就成为客观物体的摹仿、反映或再现。但是，艺术品虽然作为一个物品存在，但并不是客观冰冷的实体。对此，海德格尔在《艺术作品的本源》中认为，思考艺术作品的前提是把艺术品与纯然的物品区分开来，他说：“艺术作品远不只是物的因素。它还是某种别的什么。这种别的什么就是使艺术家成其为艺术家的东西。”② 在海德格尔看来，艺术作品建立了一个世界，而“一块石头是无世界的。植物和动物同样也没有世界。它们不过是一种环境中的掩蔽了的杂群，它们与这环境相依为命”。与此相反，艺术却有一个世界，“因为她居留于存在者之敞开领域中”③。在艺术世界中，我们“见物生情”“睹物思人”“物我合一”，“使物皆着我之色彩”，物的世界也就是生命的世界，而生命的世界正是艺术赖以生存的根基。

其次，传统本体论把本体抽象化、概念化、逻辑化，将本体处理为抽象的逻辑。传统本体论追问事物背后所存在的本原基础或终极根据，即规定事物之所以存在的具有普遍概括性的本质规律。在传统本体论看来，事物的本质规律隐匿在事物背后或事物之中，这就引出一个问题：如何通达或实现对事物的普遍概括？这个问题的实质是，人的思维如何切近物体或实体的本质规律。传统本体论预设通过思维逻辑可以把握事物的本质规律。因此，事物的本体、本质或规律也就是逻各斯。本体论是关于存在的理论，也就是关于存在的逻各斯。在古希腊语中，“逻各斯”的本义是指话语言辞，后来具有了“逻辑”“概念”“公式”“定义”等内涵。这样，本体论问题就成为如何通过逻辑概念去抽象地把握事物的本质规律。为此，传统本体论总是倾向于把本体概念看作指称某种实在的本体，从而把概念实体化或实体概念化。也就是说，作为形而上学，它只能抽象地设想某种超验实体的存在，或超验地设想某种抽象实体的存在。西方传统本体论确信通过逻辑概念能够揭示经验现象背后的超验本体，并将作为话语言说方式的逻各斯提升到实体本体论的地位。这种本体论也可以称之为“逻辑本体论”。

逻辑本体论最大的问题是，一旦把本体问题完全逻辑化、概念化、抽象化，就必然要求人们以一种抽象的概念方式来面对本体问题，这也就把本体问题处理成逻辑问题，本体即逻辑，逻辑即概念，由此发展出一种以抽象的逻辑学态度处理本体的逻各斯中心主义思维方式。显而易见，传统本体论只能抽象地设想本质、规律等概念实体或实体概念。这就导致了将本体论问题转换为抽象的本质论问题。在这种抽象的本质论追问中，人们只能依靠逻辑、概念、定义来抽象地把握事物的本质规律，从而使本体论思考越来越远离现象，本体论哲学也就变成了一种抽象的概念哲学或逻辑哲学。

把本体问题处理成逻辑问题同样是一种“拔根的事”。这在艺术哲学中往往表现为将艺术本体问题转变为艺术本质或艺术规律问题。长期以来，我们已经习惯于将艺术本体问题等同于艺术本质问题，并形成了一种本质主义的提问方式和思维方式。这种思考方式着力于寻找事物的同一性规定，从具体事物中抽象出具有普遍性的本质规律，并加以概念化的把握。在传统本体论看来，所谓“本质”就是以实体性方式存在的抽象本体，并将其理解为规定生存世界的根据。

无论是实体本体论还是逻辑本体论，传统本体论思想已经成为一种思维定势。它对艺术本体问题思考的主要影响在于，几乎所有的艺术学理论都将艺术本体问题转换为艺术本质问题。但是，把艺术的本质或规律规定为某种抽象的概念定义，很难说明艺术是什么，因为这种对艺术同一性的概念抽象蒸发了鲜活丰富的艺术生命。我们看到，艺术本质论将艺术置入逻各斯体系之内进行抽象的分解，这样的结果是把活生生的艺术有机体给肢解了，艺术学理论因而蜕变成了对艺术的“拔根”。“拔根”的结果是，我们可能会知道一系列关于艺术本质的概念定义，而对艺术本身、艺术创造和艺术欣赏却所知甚少。实际上，艺术作为以感性形式呈现世界的一种方式，最忌概念化、抽象化的表达方式，从此意义上说，如果艺术哲学的本体论追问变成了一种抽象的概念化的本质论追问，其结果只能是越来越远离艺术本身或艺术本体，以至于最后完全遗忘了艺术存在的本源性意义。

二、现代本体论复兴与艺术本体论重构

针对传统本体论逐渐暴露出的形而上学缺陷和弊端，20 世纪现代西方思想发动了对传统形而上学本体论的猛烈攻击，颠覆与批判本体论的声音此起彼伏，传统本体论出现危机。传统本体论执著寻找的世界本体根据、统一图景或终极解释在严酷的现实面

前土崩瓦解，支离破碎。从哲学的角度看，时代危机基于传统本体论所奠基的“拔根的事”。现代西方哲学之所以要对传统本体论进行颠覆批判，其理由在于，传统本体论在永恒普遍本质规律的追求中隐含着将世界纳入同一性的独断论危险。绝对同一性就是要求事物符合统一的本质规律，要求世界规范到一个共同的逻辑上来，这就导致了本体论的独裁决断，导致了“形而上学的恐怖”，即消灭多样差异。阿多诺认为，同一性哲学就是死亡哲学，而奥斯维辛事件已经宣告了传统本体论的无效和终结。在哲学领域，本体论危机造成的直接理论后果是哲学的终结或形而上学的终结；在艺术领域，本体论危机造成的直接理论后果是艺术的终结或艺术哲学的终结。

然而，仅仅宣布传统本体论的终结，并未真正解决思想所面临的时代问题。人们无法忍受世界进入全面的虚无主义状态，正如陀思妥耶夫斯基所说“人总要信点什么”。这就从某种意义上证明，人们依然需要本体论追问，即不断询问人及其存在的根本性问题。对此，蒯因提出了“本体论承诺”的观点。在蒯因看来，无论哪一种哲学都无法回避“本体论承诺”问题，即哲学总是要回答关于存在的根本性问题。但蒯因反对绝对同一性的本体论独断，提倡“宽容原则”和“实验精神”，认为人们可以有不同的本体论选择，以此复兴现代哲学的本体论。

应该明确，现代本体论是与传统本体论不同的新的哲学本体论。在此，我们提倡以现代本体论作为追问艺术本体问题的哲学基础，以克服传统艺术本体论的理论缺陷。因此，澄清传统本体论与现代本体论的不同，对于当代艺术学建构具有前提性理论清理的重要意义。那么，现代本体论与传统本体论存在哪些重要的差异呢？

第一，现代本体论承认本体论的差异，认为不同的本体论状态可以选择不同的本体论理论，从而改变了传统本体论固守的独断排他性。

传统本体论认为本体论寻找的是终极绝对的唯一存在或唯一真理，并自认为是绝对真理的占有者，这就排除了多种本体论存在的合理性或可能性。其实，从不同角度看，人们对根本性的问题总会有不同的看法，总会提出不同的根本性问题。理解这一点的关键在于，我们需要从更为宽泛的意义上理解本体论问题，即将本体论问题理解为人类面对不同存在状态必然会提出的不同的根本性问题。比如，从肉体生存的角度看，可以认为物质欲望的满足是人类生存的根本性问题，这往往导致将物质或物欲作为世界存在的本体论依据；从人类情感的角度看，可以认为爱情是人类生存的根本性问题，甚至可以为了爱情选择放弃或牺牲肉身的物质存在，这就导致将情感作为世界存在的本体论依据；从科学的角度看，本体论问题就是研究客观的物质世界，这就把物质实体作为世界的本体；从人文的角度看，本体问题就是关乎人类生存境遇的问题，这就把人的生命存在意义与价值作为世界的本体，本体论的根本问题就不再是“有物存在”，而是“意义何在”的问题；从生存本体论角度看，人即本体，情感、意志、烦恼、焦虑、恐惧等都可以不同程度地构成不同的本体论前提或本体论状态。也就是说，不同的本体论状态决定了本体论差异，而本体论差异决定了不同的本体论理论。从宽容原则的本体论立场看，我们反对以独断论的立场预设具有普遍概括性的艺术本体或本质。艺术本质论企望找到关于艺术本质的普遍规定，或发现艺术发展的必然规律，试图以这种本质规律为尺度衡量或区分艺术与非艺术，进而为艺术制定绝对有效的标准和法则。这无疑会限制艺术发展的多种可能性，造成艺术本质论上的独断专制。正如我们承认和鼓励不同艺术风格的多元存在，我们主张以宽容的态度尊重不同的艺术本体论思考，承认不同的历史时期、理论态度、美学理念会得出不同的艺术本体观点，并提倡在“和而不同”的宽容原则下，探寻多元的艺术本体论的可能性，以拓展探讨艺术根本性问题的空间。

第二，现代本体论反对实体存在的预设，认为“本体论承诺”的意义并不在于追究“何物存在”而是“如何说何物存在”，从而消解了传统本体论预设的纯粹的客观实体。

传统本体论预设了一个不依赖人而存在的外在客观世界，这就把本体论问题完全实体化、客观化、实证化了，但作为根本性问题，本体论总是人所追问的本体论。离开了人“如何说何物存在”，也就没有具有根本性的本体论问题了。因此，“‘本体论承诺’并不具有预设实体存在的意味，它仅仅涉及一个理论如何使用关于本体论的语词去构造自己的本体论。在这种意义上，‘本体论承诺’更像是一种指导一个理论如何构造本体论的方法，而不是简单地承诺这个理论中所预设的实体的存在”④。所谓“说何物存在”，意在强调人们通过某种理论框架或理论话语来表达对根本问题的理解，以此建构事物的本体论。正如海德格尔所言，“语言是存在之家”，以怎样的语言来言说根本性问题，规定了不同的本体论状态，因而，不同的言说方式规定了不同的思维方式，表现为不同的本体论立场和态度。从“如何言说艺术本体”的角度看，艺术是一种命名、一种惯例或一种共识。“艺术作品的本体论地位像游戏的本体论地位一样，至多是貌似本体论而已；任何为艺术下定义的企图都只能是导致唯我论或重言式；艺术的概念是不可决定的；概念的开放性和不确定性是概念的准确定义；最后，你或者借助一种言有所为的言语行为论，或者借助一种机制论得出以下结论：‘艺术就是一切被命名为艺术的东西。’这个经验定义的循环性不仅不是诡辩，而且正是艺术作品的本体论特征……艺术是一件自律的事情，它自我建立，自我命名，在自身找到自己的根据。”[⑤] 在此，语言命名的意义得以彰显，所有艺术本体论问题实质上都是人们对于自身所理解的根本性问题的言说或阐释。

第三，现代本体论确立了人类生存的优先地位，强调人的存在对于世界存在的本体论意义，用生存本体论取代实体本体论，从而扭转了传统本体论“见物不见人”的弊端。

生存本体论是指将人的生命作为本体承诺的理论。把人的生命作为本体的承诺，表明了“人生此在”的出场状态，并强调只有人的存在，才有人的世界，才有本体论的思考与追问。针对传统本体论将客观实体作为哲学追问的最高问题，生存本体论提出“人生此在”的生存论优先原则，改变了传统本体论只关注物质实体的“见物不见人”的哲学倾向，使“人的问题”成为当代哲学的核心命题。20 世纪本体论哲学面临全面的危机，最为核心的问题无疑是人的危机，传统本体论哲学越来越抽象地关注实体存在，人的生存问题几乎完全在哲学视野消失。比如，我国的哲学教科书将“物质第一性，还是意识第一性”“思维与存在是否统一”等问题作为本体论追问的基本哲学问题，而人的生命存在、生存境遇、生活意义、价值信仰等与人类命运息息相关的人生哲学或生命哲学问题却被彻底地遗忘了。只有人类才有艺术，艺术作品是人的生存状况的感性呈现与展开。在漫长的艺术发展历程中，人的生命存在、生存情态、生活意义、理想价值，无疑构成了艺术的永恒命题。艺术的本体扎根于人类生命存在的本体，艺术本体论问题的最高目的是人类以艺术审美的方式实现自我表达、自我塑造、自我理解。因此，艺术本体论问题也就是生存本体论问题，艺术本体论内在于生存本体论。

第四，现代本体论确立了人类生存的生成性原则，强调人的生命存在的动态敞开性及历史生成性，反对传统本体论预设的凝固静止的永恒不变本体，从而扭转了传统本体论以静止凝固观点看待世界的理论弊端。

传统哲学将本体理解为一个绝对永恒的实体。表面上看，物质实体处于相对静止凝固的状态，勉强可以作为现成的东西看待，但人并不是现成物，人类生命存在是一个生生不息的运动生成过程，用静止凝固的本体去规定不断生成发展的生命活动，无疑要陷入形而上学的谵妄。“生生之谓易”，生命的大化运行向无限的可能性开放。生存本体论与实体本体论不同，它将“存在”理解为向未来无限敞开的生成性过程，“存在”不是一个实体化的名词，而是一个生成性的动词。存在是一个面向未来可能性的 X，生命因其面向未来的无限可能性而充满了诱惑和魅力，同时也充满了艰辛与苦难，因此，艺术只有在历史与时间的流变生成中，才可能领会世界及其生存的本体性问题。从历史生成性原则看艺术本体，根本不存在一个预先设定的永恒不变的艺术本体或艺术本质，也没有放之四海而皆准的所谓纯粹客观的艺术规律，艺术本体在历史与时间中生成，艺术伴随着历史时代的发展而发展变化，不断地创新，不断地生成，不断地积淀，不断地超前。艺术本体的生成性原则向我们表明，必须以历史的眼光、生成的视域、流变的辩证法来思考艺术本体。同时，生成性原则也势必包含着多元差异性的原则，即以宽容和实验的精神看待艺术的本体论问题，防止传统艺术本体论或艺术本质论的形而上学的独断专横。艺术本体与艺术创造一样，需要尊重历史，尊重发展，尊重实验，鼓励创新流变。

第五，现代本体论承诺了本体论探寻的意义价值维度，将本体追问与意义追问紧密地连接为一体，发展了价值本体论的哲学方向，反对保持所谓客观中立立场的实体本体论，从而扭转了传统本体论缺失生存意义与价值追问的理论弊端。

对于人及其存在而言，纯粹客观世界是一个无意义的冰冷世界，而人的世界总是一个意义与价值的世界。前引陀思妥耶夫斯基的“人总要信点什么”，就意味着人总要追问某种具有普遍意义的根本性问题，尝试勾勒完整的世界图景，寻求某种统一的解释，以拯救或收拾人类难以忍受的支离破碎的世界。生存本体论关注“人活着”的生存论境况，而“人活着”的根本性问题在于“活着的意义”，人是否能够对此意义做出回答，乃是判定人之为人的根本标志，这一根本性问题同时也是判定哲学本体论的重要标志。从价值本体论的意义上看，现代哲学本体论承诺的根本性议题在于生存意义与价值的承诺。从意义与价值的本体论维度看，艺术本体论问题显然不可能远离艺术的意义与价值的追问。无论从何种意义上说，艺术的世界绝不是只关乎纯粹客观的冰冷世界，艺术家也不可能像科学家那样守持所谓价值中立的客观态度。因此，艺术作品的意义与价值正是“人为什么活着”的意义追问与价值追寻。艺术的世界就是意义的世界，就是价值的世界，艺术世界的创造实质上也就是意义世界的建构，它以感性的方式表达着人类对于生命存在的价值关怀和意义求索。人类在艺术本体的意义探寻中领悟自身的存在，进而找寻生命存在的意义和价值。总之，艺术的本体论承诺不是事实的认定，而是一种价值判定，它从生命信仰的价值维度出发，为艺术实践奠定艺术的精神坐标。一旦丧失了意义世界的建构，艺术自身意义也势必丧失殆尽。艺术的本体论承诺是追问艺术本体意义的需要，在艺术研究中具有价值定向的作用。从此意义上说，当代艺术的本体论问题必须在价值本体论或意义本体论的维度上加以理解和展开。

注释：

① 张志伟：《是与在——意义世界对逻辑经验世界的超越及一种反对 Aesthetics 的艺术哲学导论》，中国社会科学出版社 2001 年版，第 1 页。

②③ 马丁 · 海德格尔：《林中路》，孙周兴译，上海译文出版社 1997 年版，第 3 页，第 29 页。

④ 叶秀山、王树人总主编：《西方哲学史》第八卷下，凤凰出版社、江苏人民出版社 2005 年版，第 775 页。

⑤ 蒂埃里 · 德 · 迪弗：《艺术之名——为了一种现代性的考古学》，秦海鹰译，湖南美术出版社 2001 年版，第 12 页。

（2012 年第 7 期）

忍死与恨生：辛亥革命遗老的世俗情怀

——以《天荒》(1917)为证例*

李伟铭

绪　言

辛亥革命(1911)，在中国近代史中是一个具有特定时空范围的政治事件，但起因及影响，却可以追溯到更为悠久的中国思想史，乃至我们置身其中的现实生活。

任何政治事件都有"局中人"和"旁观者"，随着时间的推移和事态的发展变化，"局中人""旁观者"也有可能产生角色的置换。换言之，任何付诸行动的政治诉求，结果都有可能在权力的再分配过程中创造新的既得利益者和边缘人。导致"改朝换代"的辛亥革命事件，更非例外。

一百年过去了，关于辛亥革命的作用和意义，现在仍然是争议的话题——"改良"抑或"革命"，这似乎是两难的选择。

本文关注的现象和想探讨的问题是："天朝"的崩溃，在造就大量"封建遗老"的同时，也造就了大量的"革命遗老"；后者的出现，是否从另一个角度，更为贴近真实地反映了民初"共和政体"混乱的政治秩序和沉重的"革命后遗症"？

这也是本文选择《天荒》(1917)作为证例的主要理由。

一

《天荒》，诗文、金石、书画及摄影合集，16开本，未署出版、发行处所及印行年期，瓷青纸封面烫银"天荒"二字为章太炎题签(见图1)，卷末有朱文方印"随喜投报，版权所无，翻刻不究"(见图2)。据分别刊于卷首、卷末，署名"影吾""冷残"的编纂人所撰《天荒画集原起》及《天荒绪言》可知，该书主要编纂人为潘达微

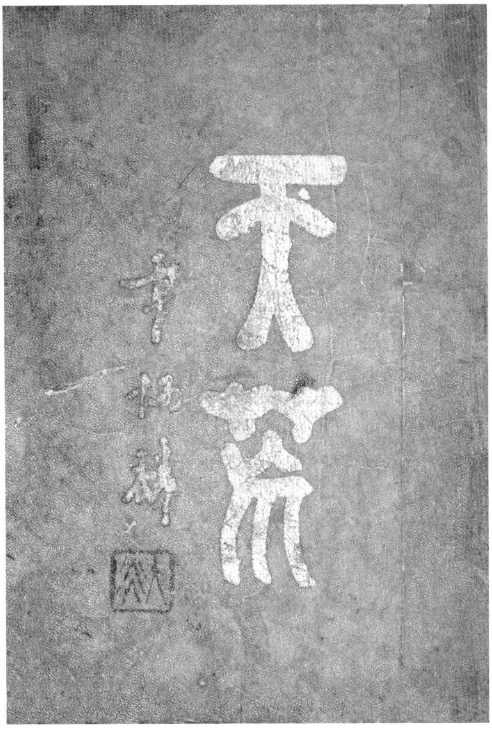

图 1　章太炎题签《天荒》封面

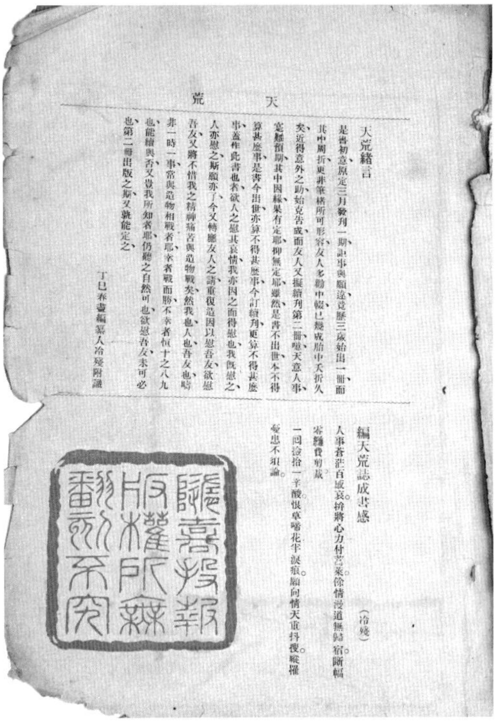

天荒　天荒緒言

是書初意、原定三月發刊一期、詎事與願違、竟歷三歲始出一冊、而其中周折、更非筆楮所可形容、友人多勸中輟、已幾成胎中夭折久矣、近得意外之助、始克告成、而友人又擬續刊第二冊、噫、天意人事、寔難預期、其中因緣果有定耶、抑無定耶、雖然是書不出世本不得算甚麼事、是書今出世亦算不得甚麼事、今訂續刊更算不得甚麼事、蓋作此書也者、欲人之慰其哀情、我亦因之而得慰也、我既慰之、人亦慰之、斯願亦了、今又轉應友人之請、重復造因、以慰吾友、欲慰吾友、又將不惜我之精神痛苦、與造物戰矣、然我也人也、吾友也、疇非一時一事、常與造物相戰者耶、幸者戰而勝、不幸者恒十之八九也、能續與否、又豈我所知者耶、仍聽之自然可也、欲慰吾友、未可必也、第二冊出版之斯、又孰能定之、

丁巳春盡編纂人冷殘附識

編天荒誌成書感（冷殘）

人事蒼茫百感哀。拚將心力付蒿萊。餘情浸道無歸宿。斷幅零縑費剪裁。

一回撿拾一辛酸。恨草啼花半淚痕。願向情天重抖擻。縱罹憂患不須論。

图 2 《天荒》卷末印章

（1880—1929）、王秋湄（1884—1944），创办动议始于 1915 年秋天，成于 1917 年春末。按照编者的说法，“是书初意，原定三月发刊一期，讵事与愿违，竟历三岁始出一册”。

据说，《天荒》初拟题为《岁寒》，由潘达微、王秋湄（苔香）、廖平子（任肩）、梁襄武（弹指）等知名人士筹备出版于香港，目的“为了纪念辛亥革命死难的生前友好”[①]。从内封首页“卷一”题识来看，编者确有将《天荒》办成一份分卷发行的期刊的打算。全书以各家题词错开构成相对独立的内容，总体略可分为十编，即麟爪“堕地一声盘古泣”、黄宾虹“造化为师”、黄宾虹“鼎珉坠影”（见图 3）、景吾“梦”、金比罗“倒好嬉”、章太炎“忍死”、黄宾虹“逸在布衣”、西海“冷态”、庞树柏“此中人语”、刘三“吹万不同”。各编有自编页码或无页码者，篇幅大小也未统一，最长者有 106 页，最短仅 12 页。[②] 这种颇为特殊的形式，亦可佐证原书是按期刊计划组稿、排版，“因事与愿违”，最后才统为一卷发行。

《天荒》内文有称其为“画集”“画志”或“杂志”者。用现在的语义解释，称为“杂志”比较贴切。诗文部分有诗、词、随笔游记以及剧本、小说、高僧传记、佛学和社会学理论，品类驳杂；金石类多古物拓片、玺印；书画各体赅备；摄影居多“历史

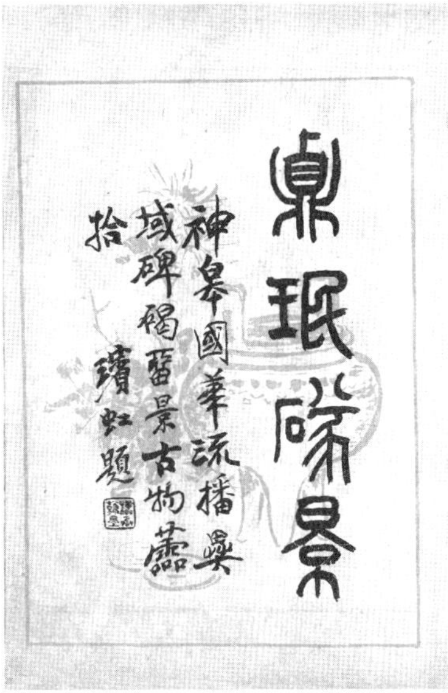

图 3　黄宾虹题词

人物”，但也有中外名优“艳照”。总的来看，诗文作者多属南社中人，如柳亚子、苏曼殊、蔡守、张倾城、孙仲瑛、庞树柏、高吹万、陈去病、黄宾虹、汪精卫、黄晦闻、刘三、高天梅、胡蕴石、王秋湄、廖平子、杨仑西、邓尔雅、谢希安、太虚和尚、铁禅和尚；金石、书画部分，主要出自原《时事画报》（1905—1910）美术同人何剑士、潘达微、郑侣泉、冯润芝、黄鼎萍、温幼菊、伍懿庄、容祖椿、谭云波、程竹韵、尹笛云、陈寿泉、陈树人等人以及粤、沪篆刻家徐星洲、简琴斋、冯师韩之手。[③] 其中有应邀而撰者，也有被选刊者——当然，不少属于“遗作”，如何剑士的作品；交稿时间最迟者，应是汪兆铭的七律一首：

> 下帷长日未窥园，偶趁初晴出里门。
> 风景不殊空太息，江山如此更何言。
> 残阳在地林鸦乱，废垒无人野兔尊。
> 欲上危楼还却步，怕将病眼望中原。
> ——留法时作，民国六年三月，汪兆铭[④]

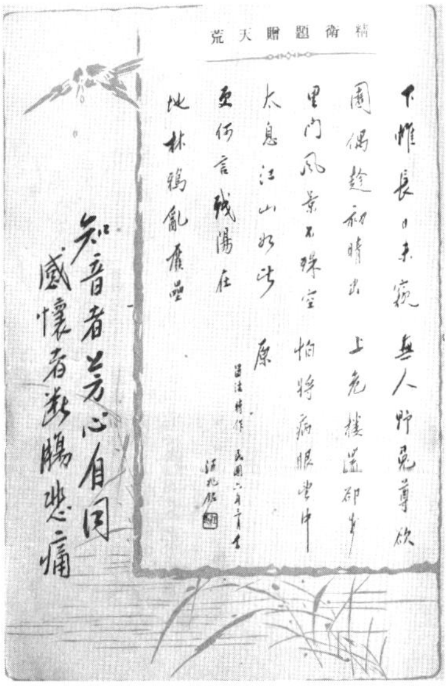

图 4　汪兆铭题赠《天荒》诗

原诗写于民国三年，以手迹形式刊于卷末。编者在诗笺边框特别注明“精卫题赠《天荒》”之作，又复加手书批语大字二行：“知音者芳心自问，感怀者断肠悲痛。”（见图 4）全书正文第一篇则是陈去病的《蝶恋花》，词云：

> 寒食清明都过了。盼得春来，又怕春归早。绿暗红稀莺燕老，天涯何处寻芳草！　独上高楼思渺渺。感逝怀人，几度愁盈抱。白日蹉跎清兴少，落花流水江南道。[⑤]

如果说，汪氏赠题允称压轴之作，陈去病这阕《蝶恋花》，则可视为《天荒》的开眼点睛之笔。

潘达微所撰《天荒画集原起》，是了解《天荒》编撰背景及编撰旨趣最直接的文献：

> 阿景嗜哀，复媾难，镇日恒不宁。调脂抹粉之余，无在非悲哀之境。第以百忧丛矢，万愁压石，层层纽结晶，既纷且固。奈何天地，虱此一身，似醉似狂，度日如岁。是岁秋，苔香顾我，小楼风雨，相对黯然，同是恨人，谁能遣此。语及故旧，益川凄其。落叶飘零，天涯惆怅，间有相讯，音哀以思。吾生如是，吾友复如是，为之哽咽不已。然忧与生俱，众生当亦复如是。业力升沉，畴不如我，畴不如吾友。言念及此，更不寒而颤。于是与苔香议建一画集，名曰天荒，盖取天荒地老之义，聊写往来古今之情，香草美人，幽兰空谷，闻足音而蛩然喜，窥色相使意也消。丁兹世道晦盲否塞之际，正使读者如一服清凉散，超以象外，其快何如哉！顾此恨海愁城中，同意谅不乏人，投文投画，当共欣赏，而吾侪万点之泪墨，一枝之哀毫，其庶庆得所乎，则此帙也，非献世也，非要誉也，非求利也。结交文字之因缘，超尘埃以遐逝，谓淳如炙车果可，谓道子地狱可，即谓极乐世界，无不可也。乙卯秋，景吾志于赤柱山下觉庐。

阿景、景吾、觉庐，都是潘达微在《天荒》中常用的别称、室名。出身善董世家的潘氏为主持收殓黄花岗死难烈士的著名革命党人。[⑥]1913 年 7 月，龙济光（1867—1925）奉袁世凯命率“济军”入粤，穗垣刀光剑影，潘氏及其盟友避祸香港。“二次革命”失败，孙文虽有创建“中华革命党”以绝对权威统率天下英雄之志，但天地分崩，人心离析[⑦]，北上京城分一杯羹者固不缺其人；所谓“三次革命”，亦无非各路豪强为了争夺地盘的明争暗斗。思想文化领域，“满汉之争”“改良”抑或“革命”，早已过时；同室操戈、朝友暮敌，充满血腥味的军人政治完全剥夺了曾经对“革命”怀抱真诚理想的文人包括学者的实践空间。[⑧] 因此，《天荒》杂志名称的选择和改变，未始不是对“革命”怀抱灿烂愿景如潘达微、王秋湄者流，面对前所未有的社会混乱和整体意义上的道德崩溃，由“不寒而颤”进而堕入“天荒地老”之境的心路历程的写照！

二

对现实政治纷争的道德判断采取一种谨慎克制的态度，是王秋湄所写的《弁辞》与潘达微《天荒画集原起》明显的共同点。潘氏悲而哀之而又不得不苟活于世的生存焦虑感，在王秋湄那里当然也有强烈的回应，稍有不同的是，具备扎实的中、西学训练的王秋湄的言说具有更为清晰的理论上的逻辑性：

> 将一物以极万汇，缤纷璀灿，率目寓而成色，缘色而钟情，情色互通，厥有美感。余维爱美，固人之本性，而所感之道则大有殊。概而言之，不外精神、物质两途。二者相依，人境以立。夫儒家上下达之判，殆由理学魔障言之为茫昧耳。若以实体而论，固非羌无所据。吾意所谓美者，大抵胥以心理为衡，所感于目有浅深，即示于心有优劣，仁者见仁，智者见智，斯理最圆，宜有莫能外者。虽然精神之美，必基物质而始彰，而物质不丽精神，又适成剪彩雕木之例，顾人境之恶浊，又莫不由溺物质以起。嗟乎，美感美感，误指误月，几见其豁悟哉。人之生也，将以求适也，役役于物质，将烦恼是依，转有以为惧。何以故，惑于未探审美之钮，而贪嗔爱痴翩起，遂颠倒于下界万劫故也。呜呼，与言及此，不益痛耶？余性故僻，恒视世态繁华，凛以为厌。以为审美之偏，率在文学。图绘移情，声韵荡魄，料信形神不偏，嗜好已殊流俗。年来称同意者，有三二良友，晤言一室，往往莫逆于心，迩者影君慨触世业，央为天荒画集，文字图画，心物合参，不离乎审美之旨，而于物质，刻画般般，其精神又当于弦外领会焉。

把世人的烦恼、恐惧归诸物质的诱惑和美感的缺失，并将物欲视为人性普遍的弱点，从理论上说当然没错，但文学、图画的“移情”“审美”功能，在浊世中对于匡扶正义是否具有王氏期许的比传统“理学”更高一筹的特殊疗效，笔者不能妄断。我注意到的是王氏特别告诫读者，将《天荒》以“美术玩好视之，微特匪喻吾侪所怀，而并不得谓之有目”，必须由目之所见的“物质”，领略其“精神”的“弦外”之音。《天荒》何以将署名“Kwok”的一幅骷髅读书图作为内封首页（见图 5），在弁辞、题词和缘起类短文之后，紧接着刊出一幅用三色版精印的时装美人图（见图 6）？[9] 视觉中这种尖锐的矛盾冲突潜在的“精神”的“弦外”之音，或许就像《天荒》在另一个地方单独刊印的这句话——“如梦幻泡影，如露亦如电，当作如是观”[10]——所示导的一样，在《天荒》的

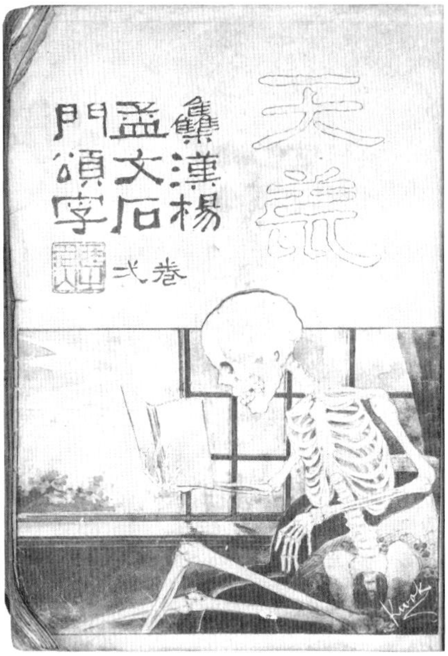

图 5 《天荒》内封首页

图 6 时装美人图

编者看来，生、死、美、丑包括苦乐荣华、富贵贫贱等等虽有形态差别，但借用佛家说法，一切“有为相”犹如梦幻泡影，转瞬即为骷髅废垒，所以本质上也完全可作一物观；只有从“有为”进入“无为”，学会舍弃，破除执著是非——“有为法空，无为现前”，才能彻悟人生，超度自我，进而普救众生！这，或许就是《天荒》真正的“弦外”之音吧。

太虚（1889—1947）是近代“佛教复兴运动”的鼓吹者和实践者，其《题天荒画集》从无著《摄大乘论》出发，声明三界皆以名言习气建立，有了实、空、远、近、高、低诸名相，然后才会滋生哀乐之感；哀乐的观念不同，境象才有美恶的差异。他还援引一次看戏的经历来证明左右视觉感受的心理因素的作用；认为工画者如潘达微，“虽牢笼百态，撷缉群形，顾生有奇嗜，思微而情哀，无论秾郁桃李，绮艳毛施，一入灵腕，辄隐隽馨逸，默默有可怜色。然金迷纸醉，梦美魂甜者临之，未必与吾所睹者同也”。以“名言”“彩画”表达世间“可悲可哀之情，直不许倮虫界中，有一虫欢喜，一虫苦恼”——《天荒》编者抱持的这种“忏悟”之心，据说也正是太虚与之缔结文字“业缘”的前提。

如所周知，太虚和尚早年与革命僧人李栖云来往，深受后者思想影响，宣统三年（1911），主持广州白云山双溪寺，与穗垣各界名流广结善缘，所接触者既有清乡督办江孔殷，也有革命党人潘达微、莫纪彭、邹鲁、林君复、叶夏声等等，通过后者，太虚阅读了托尔斯泰、巴枯宁、克鲁泡特金、马克思及幸德秋水的一些著作，对社会主义和无政府主义学说产生兴趣；民初，与沙淦组织的社会党来往更为密切，与无政府主义者师复（1884—1915）也有联系。以普救众生的佛教教义附会无政府主义的平等社会理想，是太虚以“乐无”为笔名在吕大任（重忧）主编的刊物《良心》上发表的文章的一大特色。1913 年 8 月，盟友沙淦招来杀身之祸，《良心》停刊，太虚这才停止无政府主义活动，1914 年秋天至 1917 年春天在普陀山锡麟禅院闭关潜修佛典，但正像他所说，“我虽闭关，亦仍不绝俗离世”，刊于《天荒》的大量诗文，应该成于这一时期。⑪

在《天荒》撰稿人中，“弹指”（梁襄武）即著名的无政府主义者梁冰弦（约 1881—1961）。梁氏精通英文，清末加入同盟会，辛亥后成为师复的追随者。师复病逝，梁氏流亡南洋新加坡及缅甸各地，1918 年回国，和师复的弟弟刘石心在上海创办《劳动》月刊，继续宣传无政府主义。⑫《天荒》中署名“弹指”的文章如《跣足游记》《缅宫佚史》《投荒小记》均以南洋为背景；在收入《天荒》的另一篇署名“弹指”的《青衣红泪记》中，作者明确提到“沦劫后，予遁居古朱波国”。“朱波国”即今缅甸，这也正好印证了梁其时的行迹。

有学者指出，“师复逝世后，黄凌霜和梁冰弦成了中国最有名气的无政府主义者”⑬。但是，由于师复的去世和北洋政府的打击封禁，中国无政府主义活动进入一个低潮时期。因此，尽管梁冰弦在海外仍然没有放弃宣传无政府主义，但从所写的《书天荒画志》中，却看不出与胸怀天下的无政府主义理想有什么直接的联系：

> 甲寅艰难，别影庐主，微尘大千，靡获形合，同此风月，欷喟如闻，偶相梦通，辄用憙慰。尘缘影事，弥伤于怀，时复对彼莽苍，胡为诞我，又附以情，偏靳其遇……翳坠劫而莫拔兮，吾宁止于雏狗也。境为是其役我心耶；心为是其构兹境耶。境属外缘，云胡不脱；心由我主，云胡为役。前尘虚妄相想，辄用自恼，益延其绪，能勿大哀。反而求之，清凉顿入，如是我闻，祇园盛会，阿难被拯，见相发心。

流亡中的无政府主义者当然不能模仿独善其身的传统儒家风度——这是一个方面；另一方面，作为师复的追随者，师复留给梁的与其说是纯粹的“无政府共产主义”志业，毋宁说是超凡的人格魅力及其精神遗产。因此，梁在这里反思人生过去“二十有四春秋”总是羁于境役——患得患失——的人生历程的同时，似乎从《金刚经》“离相寂灭”的方法论中寻找到超度自我的宝筏。针对潘氏类似的役于情、苦于形的精神状态，梁还进行委婉的说教："吾子自谓历劫超尘，夫乌知一缕余情，破非非非想而出，若魂与予会者，其境耶，其心耶？其非境耶，其非心耶？"梁的意思很清楚，溺于情则未免羁于境，为境所役，当然也就不能排除情感的伤害；反而求之，心由我主——一个独立自存的超验的自我，就是梁所说的"斯不再入诸趣，而皆还厥本明"。

以绝情去欲的方式达到自我的还原，这种说法显然得自佛教教义的启示，但变有挂碍为"无挂碍"，说说而已，真正做到谈何容易。这就正像我们俗眼看到的高僧大德，有时未免要打坐念经以袪除心头魔障一样，真正达到"无挂碍"境界的"佛"，只存在人心中或者遥远无法目接的天国。梁氏把"还厥本明"，说成个人正在追求的"愿力"，算得上难能可贵的自知之明。所以，他在提交《天荒》的大量文稿中，既怀念蹈海英伦的早期无政府主义者杨笃生（1871—1911），又深惜死于党祸的笃生胞弟杨德璘以及惨遭灭门之祸的红豆生和死于龙济光之手的陈景华（1865—1913）[14]，还展开想象力的翅膀，进入甜美的梦乡作娑婆世界一日游[15]。

廖平子（1880—1943）可能是《天荒》庞杂的作者队伍中最富有书生气质的诗人和画家，一个感时伤世者对文艺自古迄今产生、嬗递的背景及其独特的表情达意功能强烈的认同感，在其所写的《天荒集序》中得到了如泣如诉的言说。所谓"仆本恨人，略媲秋士。茧丝未断，织新恨之绵绵；笛音偶听，嗟寸心之耿耿。窃叹人非木石，我独多情；敢夸笔号龙蛇，言皆有物"，说法与梁冰弦有明显差异。强调不为境役的"本明自性"的自我疗救作用，是梁氏题词的中心主题；廖氏取向完全相反，身处其境，精神也要入乎其中，颇有"我不入地狱谁入地狱"的悲壮气概：

> 但见群蛟夜起，馋延吞舴艋之舟；猛虎朝行，巨爪攫杯盘之肉。非无捍卫，智已尽于耰锄。拼受凶灾，身半邻于饿殍。风霜交警，不须闻猿鹤之声。文字不祥，犹复效侏儒之舞。

换言之，际遇相同，想法并不一定完全一致。廖平子更像纸上谈兵；太虚、弹指怀奇负异，寄托既大，说法似乎也就更为隐晦曲折。正如有研究者指出的，清末民初，中国的社会党人和早期无政府主义者都曾不同程度从佛教教义中汲取了袪恶扬善、众生平等的思想资源。[16]但是，将佛家说法的宗教救赎功能与心领神会的文艺美感结合起来，在浊世中是否具有特殊的精神疗效，似乎谁也不敢保证。连太虚这样怀抱普度众生大志的世外高人包括他的前辈寄禅长老，都为佛门香火如何在名为"共和民国"实为"独裁专

图 7　谭云波　朗照和尚安座自化之图

图 8　章太炎题词“忍死”

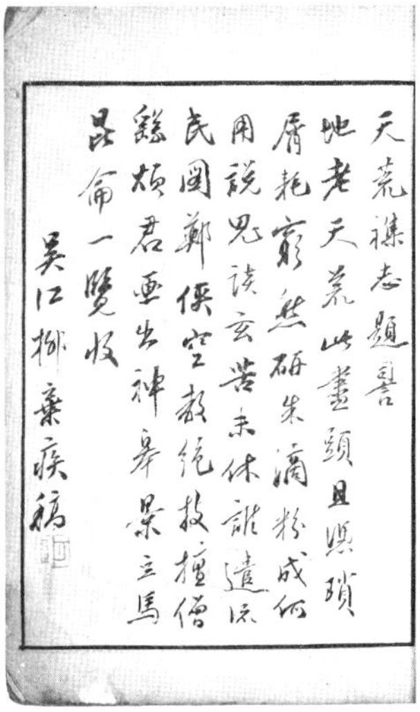

图 9　柳亚子《天荒》杂志题词

制”的现实中获得延续心力交瘁，有的甚至不惜“焚身”[17]（见图 7），何况那些曾经对革命的前途高自期许，但在光复以后迅速被边缘化的革命党人。

事情或如廖平子所说，对于来自外部世界的威胁，他们“非无捍卫”，但“智已尽于耰锄”。“恨生”“恨人”“自怜”“忍死”（见图 8）等等在《天荒》中出现的署名、题词以及在其他场合——如与师复问答——出现的“恨苍”“悟尘”[18] 等等具有典型的时代性特征的“符号”表明，他们对现实既缺乏明确的“革命”对象，对未来更丧失壮怀激烈的愿景。至于“纯洁”的无政府主义者师复所描述并孜孜以求的“无政府共产主义”美景，对大多数人来说，显然还是想象力无法抵达的遥远天外世界。佛家说法，正是在这一情境中，更进一步渗透了这些革命遗老的精神生活。

当然，任何事情都有例外。在《天荒》“忍死”“恨生”的主旋律中，也有另一种不尽谐调的杂音——那就是以手迹形式制版印刷的柳亚子《天荒杂志题词》（见图 9）：

> 地老天荒此尽头，且凭琐屑耗穷愁。
> 研朱滴粉成何用，说鬼谈玄苦未休。
> 谁遣流民图郑侠，空教绝技擅僧繇。
> 烦君画出神皋景，立马昆仑一览收。
>
> ——吴江柳弃疾稿[19]

三

“封建遗老”与“革命遗老”名称虽然不同，但凡“遗老”，都有对前朝旧事或死难盟友念念不忘的习惯，辛亥革命遗老也不例外，如弹指收入《天荒》、以广东公立女子教育院的兴废为主题的长文《青衣红泪记》，就提到“予与景子遂恍如白发宫人，盛谭天宝遗事”。《天荒》所刊《堕泪碑》，则是凭吊黄花岗死难烈士的主题性创作，署名“东海恨人”的作者，很有可能就是七十二烈士收敛者也即《天荒》编者潘达微。《堕泪碑》以剧本的形式展开对当年烈士埋骨之地人迹罕至的孤寂情境的想象性描述。以下一段对话，是通过在墓地邂逅的一对男女之口说出来的：

> “娘子，诸烈士慷慨死义，自然有人景仰，今日这般冷清，却是何故？”
>
> （旦）“先生有所不知，诸烈士希冀共和，甘心一死，醉心共和的人，自然崇拜；方今共和已去，诸烈士反为多事，遂尔寂寥，真真可叹！”

对话表达了剧本作者的心声，换一个角度看，“遂尔寂寥”的黄花岗，既提示革命志业的不幸中断，也反映了在争权夺利这出没完没了并且愈演愈烈的闹剧中已经被彻底边缘化的革命遗老的生存处境和内心隐曲。

在《堕泪碑》押后，是题署“无咎填词”的杂剧《故宫秋》。据编者附识，旅居扶桑的无咎君知有《天荒》之刊而以此稿寄归，该剧原拟十二出，但等了年余，一直没有下文，原因是作者远赴美洲作汗漫游去了。现在看到的《故宫秋》，只有三出：“归帆”“故宫”“访俪”。在紫禁城内苟且偷生的小朝廷与试图恢复昔日的君主专制权威者的阴谋，在这个剧本的最初三出中已得到了富于戏剧性的呈现。登场人物有前朝的瑾太妃、老太监、小太监、宫女，也有留日学生及归国者陶无尽的聘妻——供奉于小朝廷的奇女子。场景是在东瀛岛国与故宫御苑之间转换的。剧中太妃唱道：“吴宫不远，看乌栖鹿走，一例酸寒，深宵梦静，一灯孤影阑干，繁华已去转头难，旧事重提片语艰。”本为探望久别娇妻重返温柔乡的陶无尽却是另一种腔调：“政争气力疲，浊遍昆明池水，谁赢谁负，助他狐鼠同嬉。共和专制，叹昨非未必今偏是。”哀叹与失望，在剧中成为两条互相纠结的人物情感发展主线。

笔者推测，《故宫秋》的作者“无咎君”，极有可能就是陈树人。陈氏亦为革命党人，早年留学日本，民元回国在广州担任很短一段时间的图画教员，同年9月又东渡留学，1916 年 3 月在东京立教大学毕业，即被孙文委派赴加拿大主持党务工作，直到 1922 年才回国。[20] 陈本来就是一位特别多产的文艺家，时论、杂文和“南音”“班本”等杂剧形式是他在清末革命运动中选择的主要宣传工具，以表达他对时政问题的关心。《故宫秋》可能即写作于 1915 年或 1916 年初的讨袁时期。[21]

除了“七十二烈士”这种具有群体性象征意味的革命先烈，令《天荒》编纂者难以忘怀的，首先还是广东军政府时代的警察厅长陈景华。清季末年，陈在广西桂平知县任上，因杀掉已被招抚的当地剧盗陆阿发而有“酷吏”之名；广东光复时期，陈景华协助陈炯明以铁腕手段维持广州社会秩序，以滥杀赢得“杀人魔王”之称。[22] 从某种意义上来说，陈景华既是《天荒》编者的盟友，也是后者在民初混乱的社会秩序中获得安全感的庇护人。对陈的功过，向来存在不同看法，即使是《天荒》的编者，在弘扬陈氏发起创办广东公立女子教育院，使“为奴之下女，寒闺之弱息，失教之小娃……进于光明之境”[23] 的善举时，语涉其在另一方面的贡献，也不无节制地说：“壬子之春，香山陈景华六逵司粤省警政，赫赫威严，使人生畏，说者谓人民尊重警律，始庆乂安，警权如药，药纵苦口，终能疗病，吾与景子皆不置一辞，盖良心上终有难昧处。”[24]

广东公立女子教育院因陈景华之发起、庇护而兴，亦因陈景华于癸丑（1913）中秋夜被龙济光诱捕，并以“密谋煽乱，残害人命”罪于次日凌晨被杀而废。该院不少苦难女子，最后又落得了被标价售卖的悲惨下场。[25]

甲寅（1914）10 月 23 日，原“广东女子北伐队”队员、广东公立女子教育院工作人员黄扶庸（秋心）、邓慕芬（秋零）二女相约自沉肇庆鼎湖山庆云寺飞水潭，是在当时造成很大震动的社会事件。潘达微署名“影庐”于《天荒》刊出所写《寒潭殒玉记》详述其事，内文有云：

> 纵有金刚、楞严、法华般若诸经暨庄老名籍常绕二人左右，竟不敌世业昏沉，颠倒于六道，若望帝之声声唤道：“不如归去也！”……二女死得所矣！尘尘孽识，有生便是烦恼，求大解脱，唯真是归。

为了说服读者相信二女自沉乃得大解脱，潘氏特别摘刊出自章太炎手笔的“论自杀”。[26] 该文从希腊、印度哲学和儒学、佛教唯识宗甚至古文字学的角度层层推论，以为人之形体包括外部世界都为“我”之躯壳，当“我”感觉到躯壳之束缚，一切行动不能自由的时候，“我”就必然会产生挣脱躯壳的束缚的冲动，这就是导致人自杀最主要的原因。

章氏精湛的古典学问在以下的论说中得到更为充分的展示，他认为，“我”字从“犮”，“犮”即古文“杀”字；儒家所说的抑制自我以满足道德伦理的要求——“克己复礼”中的“礼”是什么？“礼”也是“仁”；“克己”到底能达到什么程度呢，那就是“能杀”，即所谓“杀身成仁”。用章的话来说，“仁者，我之实性，形体虽亡，而我不亡，故仁得依之而起”。

“论自杀”出自章氏的《人无我论》。在这篇文章中，章氏把自杀看作生命个体对“我”的价值的最后裁决，也是人在精神上达到“无我”的最高境界的终极体现。显然，潘氏对章氏持论产生了强烈的共鸣；不过，在他看来，除了自杀，选择出家或者在精神上皈依佛教，也是消除世俗烦恼以达到拯救自我的有效方式。因此，《天荒》除了大量刊载太虚诗文和高僧大德如六祖慧能及寄禅、朗照传记、法偈、佛学课程以及介绍青年学子谢希安出家经历的《苦行投荒志》等等，还全文刊布了《大藏拟字函佛化孙陀罗难陀入道经》。但是，正如有研究者所指出的，《大藏拟字函佛化孙陀罗难陀入道经》未见载于《大藏经》或其他佛教典籍，目前所见的最早版本见于金圣叹点评《西厢记》。因此，金圣叹可能就是这个经文的伪托编造者。[27]《天荒》刊本与金氏点评《西厢记》所录经文完全一致，故可肯定，《天荒》所录经文乃直接采自前者。耐人寻味的是，潘氏在刊录这篇经文之后的题跋中郑重提示：“自古多情重终始，痴儿尽解相思死。世人具此心理久矣。以死为别，而精神亦终难泯也。茫茫情海，惟恃自度而已。自度何方，皈依三宝，其或庶几，然难言矣。”这里所说的“情”，当非限指男女之间的“爱”。从佛家教义的角度来看，“情”包括人世间一切的烦恼与挂碍（见图10）。其说既可视为来自尘世、“我佛”的启示，也未始不能归诸阅读《西厢记》这部古典名著的感受。

图10 “痴情世界，苦恼众生”（《天荒》）

黄扶庸本为富家女子，但却经历盲婚之苦；邓慕芬出身贫寒，原是徐慕兰家佣人。二女相继从“奔走国事”到“神州光复，又深闭藏，转研内典”[28]，最后相约自沉，同样是革命党人，同样采取与世决绝的方式，但与此前陈天华（1875—1905）、冯夏威（1882—1905）之蹈海、服毒，意义自当别论。前者在于以死谏醒国魂；后者自沉，恐怕要从20世纪初叶走出深闺——用其密友

图 11　秋零、秋心遗照

图 12　徐绮琴遗照

赵连城的话来说叫“出家革命”——如黄、邓者，对自由充满浪漫想象，但却无法从革命后孤立无援的现实情境中找到生存的价值与希望这个角度去考虑。换言之，“出家革命”者并没有在“革命”中找到另一种“家”的感觉，或许正是这种感觉，把黄、邓二女推落深潭！

类似黄、邓的经历在 20 世纪初期的中国文学中具有更为广阔的想象空间，但就事论事，二女自沉应视为广东公立女子教育院被废事件的悲剧性延续。《天荒》在辟出全书最大的篇幅报导广东公立女子教育院的兴废以及刊布二女遗书、遗照和悼念诗文的同时（见图 11），在同一编中还刊载了广州西关徐姓“菊隐老人”悼念不幸死于乙卯（1915）六月广州大水的爱女“哀辞”及其女绮琴遗照、遗稿[29]（见图 12）。确切来说，绮琴之死缘于“天灾”，广东公立女子教育院的结局和黄、邓自沉归诸“人祸”。《天荒》别具心裁的编辑手法，无疑成功地将两幅似乎并不相关的“图片”拼接成为一幅完整的民初中国图景：天灾人祸、愁云满城、群魔乱舞、百鬼狰狞！

为了突出观看的效果和作为观看的对象的视觉主题，摄影中的“摆拍”手法在《天荒》中也有意味深长的应用。[30] 讨论这个问题，首先要指出的是《天荒》的编者潘达微本来就是一位痴迷摄影实践的艺术家。在“丁未（1907）广东图画展览会第一期美术同人合影”中可以看到，居于前排的潘氏左膝屈曲抵地，以后脚跟作为全身重力的支点，绑紧裤脚的右腿裸足斜伸超过了照片底部的中线，左手执巨型调色板，右手握如椽巨笔，眼光直视观众。这种富于戏剧性的摆拍造型包括其浅色着装，使潘氏个人在这张他者均

图 13　丁未（1907）广东图画展览会第一期美术同人合影（《时事画报》，戊申年第 1 期）

图 14　行乞图（潘达微化装，采自《魂系黄花》）

图 15　末日图（潘达微化装，采自《魂系黄花》）

图 16　与鬼为邻（潘达微化装，采自《魂系黄花》）

图 17　秋零与鬼为邻之图

着深色服装因而整个背景呈深灰色调的黑白照片中，成为突出的视觉焦点（见图 13）。

更富于戏剧性的照片是为了演好自编自导自演的话剧《声声泪》，潘氏化装行乞体验生活的纪实照片《行乞图》（见图 14）和《末日图》（见图 15）。潘氏的另一张照片《与鬼为邻》（见图 16），也可归入此类。特别要指出的是，如果将《天荒》刊布的《秋零与鬼为邻之图》（见图 17）与潘氏的《与鬼为邻》加以比勘，很容易发现两者之间惊人的巧合：邓、潘两人都以同一停棺之屋（注意屋上的瓦脊细节）即所谓“停厝”“浮厝”“厝棺”[31]之所为背景。而作为一位摄影和戏剧艺术的实践者，潘氏在《与鬼为邻》中的姿态包括服饰和意志消沉的脸部表情，显然较之秋零能够更准确、充分地表达一位孤立无助者绝望的内心世界。

据说，《与鬼为邻》是“友人所拍”，但我们不妨设想，潘氏也是此类摆拍照片的“导演”，那个友人无非是代其按下相机快门的临时帮手而已。至于此类别出心裁的摄影行为及其结果在拉近生者与死者的距离的过程中究竟产生什么作用，也许言人人殊，但《与鬼为邻》与《秋零与鬼为邻之图》的关系，客观上无疑有助于印证黄、邓二女生前的密友赵连城在回忆文章中指出的潘氏的厌世思想曾对二女的精神世界产生直接影响的可能性[32]。

四

在20世纪30年代，离开象牙之塔、走向十字街头，是左翼文艺青年的普遍选择。潘达微是这种精神生产方式的先行者，而其富于戏剧性的摆拍照片，则在历史中早已定格为自我塑造的个人形象的经典。换言之，潘氏个人的摄影实践虽然具有隐私性，但一旦定格曝光为照片并作为具体的视觉文本进入信息传播的轨道，就不能排除被赋予确定的社会宣传功能的可能性。作为一位摄影家和曾经的新闻从业者，潘氏显然拥有这样的“价值”的自觉。

通过摄影的形式，把自己塑造成为一位徘徊于人鬼之间的悲天悯人的受难者，或许正是潘氏所期望的自拍照片真正的视觉效果之一。而正如在以上罗列的照片中可以看到的，构成一张人像的视觉感染力的要素除了取决于被拍者的精神气质，形成确定的主题还需要使用约定俗成或被赋予特定象征意义的背景和道具。徘徊于人鬼之间的受难者不可或缺的视觉元素显然就是棺屋、棺材、乞儿的提篮包括褴褛的衣裳。此外，还有一种与《天荒》的主题及潘氏个人的革命履历密切相关的视觉符号，那就是“骷髅”。在公之于世的潘氏画室工作照中，置于画案最显眼位置的就是一个骷髅（见图18）。潘氏晚年以骷髅和油灯为对象的静物摄影作品《心灯》（见图19），论者称其具有“世人所未及知者”之“至幻之美”[33]。在西方艺术史中，把“骷髅”“蜡烛”或者油灯、沙漏、镜子、蝴蝶、鲜花、书籍等作为画面的视觉元素，是在17世纪的荷兰获得重要发展的静物画中被称为“虚空型”（vanitas type）的一种流行图式。“虚空”的概念源自《传道书》（*Ecclesiastes*）第一、第二章，如“传道者说，虚空的虚空，虚空的虚空，凡事都

图 18　潘达微在画室工作照（采自《魂系黄花》）

图 19　潘达微《心灯》（采自《非非画报》）

图 20　P. 克拉塞（Pieter Claesz，1597—1660）《虚空静物》

是虚空，就是在日光之下的劳碌，有什么益处呢”“可叹智慧人死亡，与愚昧人无异，我所以恨恶生命，因为在日光之下所行的事，我都以为烦恼，都是虚空，都是捕风”㉞。来自“传道者”的这种启示，或许正是“虚空型”静物画的意义所在。值得指出的是，“骷髅”的出现并非限于视觉图式，在我国的古典文学传统特别是明清时代的通俗文学中，对死亡的威胁提示超前体验的场合，也经常会使用这一媒介。㉟限于知识背景和本文的篇幅，这里不能对“虚空型”及其相关绘画作品展开讨论，不过，将潘氏的《心灯》置于此类作品系列中，马上可以发现令人惊叹的相似性（见图 20）。需要强调的是，在本文的阐释框架中，对“黄花岗七十二烈士收殓者”的身份认同是必要的知识准备，基于这一点，潘氏以骷髅、孤灯为道具的《心灯》这件作品特殊的内在意蕴或许才能获得较为贴切的解读：情系骷髅，固然是对死难革命盟友的忆念；昏灯一盏，何尝不是“吾道已孤”的强调！

无政府主义者郑佩刚在回忆刘思复与“支那暗杀团”的文章中提道：

> 入团宣誓仪式，为着避人眼目，是在夜间进行的。宣誓时，厅房四围张以黑布，当中置一圆桌，围以白幔，上面放一骷髅头，层边燃着一支白蜡烛，熄了灯，但见烛影摇红，入团者一人独对骷髅头三分钟，由主盟者宣读团的宗旨、方略。㊱

“支那暗杀团”于 1910 年 3 月由刘思复发起成立于香港，曾策划实施暗杀广州水师提督李准和刚到广州赴任的满人将军凤山的活动，辛亥南北和议，该团取消，刘思复皈依无政府主义，废姓易名“师复”并主动放弃暗杀手段。1922 年春天，师复在广东的追随者和从苏俄远道而来的狄克博在广州发起成立“无政府主义者同盟”（Anarchist Federation），代号“AF”。和“支那暗杀团”一样，“AF”也是一个秘密组织，盟纪、盟律极严，该会印章绘有一蛇一杯，“每个盟员有一个刻着骷髅头的戒指”[37]。

郑佩刚在解释暗杀团加盟仪式的特殊意义时推测：“据我想是考验胆量，同时也增加了秘密社会的气氛，多少是从俄国虚无党那里模仿过来的。”[38]“骷髅”道具的使用无疑突出了“暗杀”在这个革命恐怖组织中的思想宗旨；而作为一个具体的视觉符号，“骷髅”与“死亡”的明喻关系，可能也指向了“舍生取义”的信念与决心。值得指出的是，以反对专制政治和追求公正平等为目标的“AF”也选择了以暴制暴的暗杀手段，其使用骷髅戒指作为一种证鉴符号，是对其非合法性身份的自我确认；在“舍生取义”这一点上，与“支那暗杀团”的“革命”宗旨，应该没有本质的区别。

在民初的视觉艺术中，“骷髅”作为一个象征性符号曾被广泛应用。作为《天荒》追怀的革命盟友，早在 1912 年，何剑士（1877—1915）就用绘画的形式表达了他对争权夺利的新贵的厌恶和民国前途深切的忧虑（见图 21）。在他完成于 1912 年 9 月的一件作品中，“骷髅”被描绘为一个身穿西服、手执短剑却不清楚现在应该杀谁的迷茫的《雄鬼》（见图 22）。特别耐人寻味的是据说深受《天荒》“哀感”的气息影响的黄少强（1901—1942）完成于 1928 年的作品《不朽与幻灭》（见图 23），在这件异乎寻常的绘画作品的构图中，位居“绝顶”和“五岳独专”位置的是宛若高峰独峙的孙文的半

图 21　何剑士《民国一裸形》（广州澄天阁印本），1912 年

图 22　何剑士《雄鬼》（广州澄天阁印本），1912 年

图 23　黄少强《不朽与幻灭》(《丹青发嗟愤——黄少强作品集》)

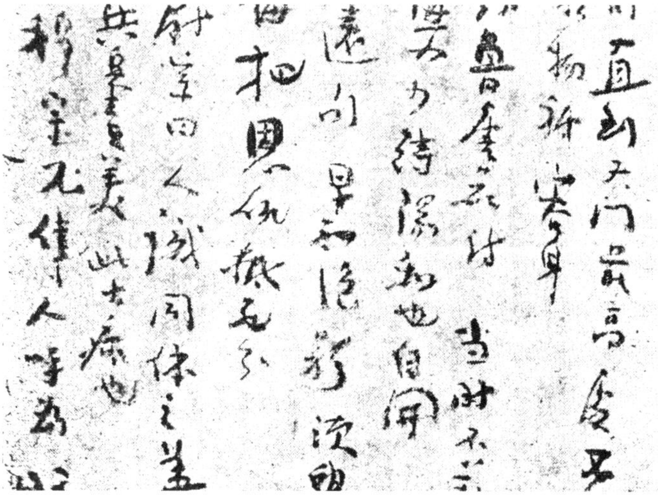

图 24　何剑士病中所书手迹

身像，处于画幅下部悬崖虚空处的则是一具渺小作追赶羽毛状的“骷髅”[39]。众所周知，在产生《天荒》的时代空间中，孙文作为辛亥革命的领袖之一还没有成为法定的政治偶像，相反，在昔日的政治盟友——譬如“纯洁”的无政府主义者师复那里，孙文强烈的领袖欲包括道德操守既令人反感，他对社会主义的本质问题肤浅的解释，更引起师复激烈的抨击。[40]即使到了 20 年代初，譬如 1921 年“五一”节，在广州举行的有谢英伯（1881—1939）、林森等同盟会元老参加的规模盛大的示威游行活动中，竖立在广州闹市永汉路路口的也只是马克思和克鲁泡特金的巨幅画像。[41]因此，在《天荒》中，没法找到任何与“革命领袖”以及孙文有关的片言只语并不奇怪！特别引人深思的是在《天荒》中出现的何剑士遗作并不是那些在清末革命运动中或是讨袁时期令人触目惊心的批判性政治漫画，而是其远离政治名利场的生命晚期充满伤感的诗文书画，譬如病危所作《缀网劳蛛》及手录“史弥远句：早知泡影须臾事，悔将恩仇抵死分”[42]（见图 24）。

五

不能不令人遗憾地指出，《天荒》特别介绍的人物，除了鹤山才女冯文凤、令人眼花缭乱的苏曼殊（1884—1918）和一个生死未卜的出家人谢希安，其他都是死人！

年方十五的冯女被誉为“晚近所仅见”的书画天才。[43]谢希安是学者谢无量

（1885—1964）的胞弟，曾在胞兄那里获得佛学启蒙，辛亥间，因敬慕达摩、玄奘——更主要的原因其实是为逃避父母的“授室之命”，披剃出家，苦行投荒于蜀、滇、藏，继入印度、缅甸，其出家前致友健霄书，情深意切，被编者誉为“匪沽名负愤如投海志士辈所可同语”[44]。苏曼殊当然是近代中国知识分子队伍中最富于“奇迹”感的人物——广交游，常自闭，迷恋女色，又守身如玉，遁入空门，却奢谈革命，诗情哀艳，画近稚拙，经常借贷度日，有时却挥金如土……然而，几乎没有人会怀疑苏曼殊是近代中国最迷人的诗人、小说家和画家。《天荒》在刊发苏的传记及部分画作的同时，推出其《东居杂诗十九首》以及这些诗中涉及的女主角——苏的女朋友之一——日本艺伎百助枫子调筝照[45]（见图 25）。在曼殊小传的最后，编者还引述章太炎评语并作发挥：“太炎尝论吾粤人士，首称儒有简朝亮，佛有苏玄瑛，可谓厉高节、抗浮云者矣。若黄节之徒，亦其次耳云云。可想见曼殊之为人矣。”[46] 作为清末民初思想界的领袖之一，章氏的排满种族革命论及其联孙继而反孙、拥袁继而反袁的诡异行为，在某种形式上，与苏曼殊令人捉摸不定的处世方式确有相似之处，但是，如果执意要在苏曼殊和黄节（1873—1934）之间比较高低，则未免信口月旦之讥。清末，章、黄同为“国学保存会”发起人，于《国粹学报》以学术鼓吹革命；民初，章氏幽囚于北京，黄曾设法营救；黄氏去世，章为撰墓志铭。《天荒》从筹编至刊行之时，黄应蔡元培聘在北京大学执教[47]。《天荒》既选刊黄氏《蒹葭楼诗》，在表彰苏的时候，却借章氏之口把黄拿出来垫背，用意何在，不得详解。或许只能说，正像谢希安之出家被看作意义高于清末革命运动中蹈海志士的选择一样，时过境迁，所谓价值标准，也在产生变化！

图 25　百助枫子调筝照

弃绝尘缘，皈依三宝，固然是《天荒》编者高扬的人生形式，但吟咏风月、征歌选色，未始不是“革命遗老”乐在其中的选择。《天荒》被后人视为“哀艳”的本色，既体现在美女与骷髅构成的视觉张力中（见图 26），在譬如苏曼殊、蔡守、傅钝根、孙仲瑛等等南社中人的诗文中，也获得了充分的铺陈和表现。如果说，弹指之《天昏录》述旧事、惨剧，因有所忌惮而时用曲笔，述说红豆生横遭灭门惨祸，仅仅是把异域“艳

图 26-1 《天荒》所刊女明星照在雨果《悲惨世界》改编剧中扮演女主角的碧灵犀通女士

图 26-2 日本女伶天胜娘

遇”作为悲情的铺垫的话，那么，阿瑛《红薇感旧录》，记风尘女子黄玉娇与亡命革命党人醴陵傅钝根（1883—1930）相濡以沫之“旧事”，则是将“旧事”当作乱世中一个流传有绪并且值得回味的“青楼佳话”。主人公红薇生傅钝根既自作《红薇感旧记》，复又“远近征题咏者甚众”。柳亚子在题词中称其文“词意凄恻，而事亦殊雅”，甚至将其与“春航子美”之风流韵事相提并论——“但愿随风好将去，不憎作絮任情飞”。高吹万的题诗，开首即是“丈夫失意都好色，一时旧事堪追忆。难得红装解爱才，相逢何必曾相识”。为《红薇感旧记》题咏的还有湘潭方旭芝、醴陵刘泽湘、玉峰胡蕴石、金山高旭、吴县吴梅、香山孙仲瑛等等，都是名满天下的南社才子。阿瑛录示众征题毕，意犹未尽，又再录傅氏《玲珑馆词》十首，并推定其“缠绵悱恻，情见乎词，想是情定后之作也”。这种反复把玩、众声喧哗而又趋于音调一律的现象，说是民初革命遗老除了谈禅说鬼之外精神生活的另一种病态补偿，未尝不可！

在中国历史中，征歌选色，大喝花酒，一直被那些别有怀抱的政客当作韬光养晦的有效方式。翻开中国艺文史，尤其容易发现，消费女色，总是患有“怀才不遇”这种遗传性基因绝症的中国文人包括失意的政客提升遗世独立的精神境界历久常新的必经之路。在堂皇冠冕的儒家教义中被认为污秽不堪的女色，在现实生活中其实经常是那些陷入绝境的儒家信徒拯救自我的最后一根稻草。如《天荒》所刊阿瑛《落花梦》中的主人公——留日归国自号“剑虹”（取譬于龚自珍著名的诗句“美人如玉剑如虹”）者，报国无门，对有意荐引于苏抚幕者又嗤之以鼻：“予岂侯门哺客，立马厩而不嘶，望车尘而即拜，乞得残羹冷炙，而犹自诩为怜才乎？然远游固吾志也。”写到这里，作者笔锋一转：“生久慕江南风景，且闻此中饶佳丽，拟一游以舒胸中积闷，遂托家小于挚友程公子，襥背而去。”接下来，照例是一番缠绵悱恻、可歌可泣的风流韵事，连家中大妇都为丈夫在外的艳遇感动不已，与夫联袂远行迎归伊人，可惜到了那里，薄命青楼女子刘

图 27-1　蔡守绘画《鬼情图》

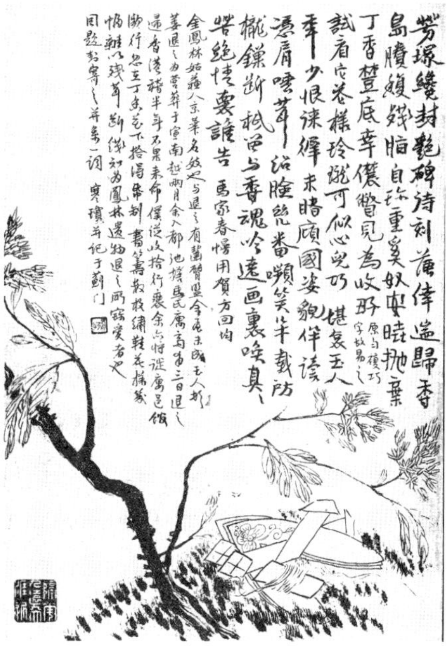

图 27-2　蔡守绘画《芳冢图》

鹃红，早已不堪老鸨及乃兄贪财之逼，香消玉殒！

不能不承认，傅钝根们之高调消费女色及被虚拟的剑虹生的猎艳经历，在《天荒》另一重要撰稿人蔡守（1879—1941）提供的绘画作品中已被浓缩为可供把玩的视觉图像（见图 27）。事情或如《虹簃漫谈》所说："古今中外之诗辞均以恋爱居其强半，然其间容有差别。欧美男女婚姻自由，故其恋爱文学皆易解脱思想。我国男女婚姻极不自由，故艳情无题之诗浩瀚茫洋，其词意不必其为一己写照也，应于男女异性相感之理，自倾吐其肺肝而不能自已。又其恋爱不必假限于男女不自由也。又三百篇中之劳人弃士，或对于政治上希望有不满足，遂托为旷夫思妇之词以写其悲哀，诗所以有比赋兴也。后人恋爱之诗，知此者鲜矣。"[48] 以一种近似"意淫"的方式来表达在政治上被抛弃者对人主缠绵悱恻的思慕之情，是中国政治权术中一种令人恶心的"怪癖"。如果说，在《诗经》时代，"旷夫思妇"之情具有朴素的艺文韵味；历史进入《天荒》，也许只有政治娼妓，才会捡拾发扬这种古老的表情达意方式，阅读效果只能令人作呕。确切来说，以上南社诸子表达的男女之情，仅限于男女之情，但出自男子之手的这些以薄命女子为主题的诗、画，主角无论是人是鬼，后者总是处于被观赏、被怜惜或被凭吊——被消费——的他者位置。与其说这是《诗经》以来历久不衰的中国艺文传统，倒不如说，"怜香惜玉"，究其实，还是"男尊女卑"这种源远流长的精神元素在发酵——多情乃至于滥情，不言自明的结果只有一种：男人是爱情世界的布施者！

对《天荒》的进一步解题不能不提到与刊名同一题称的一篇文章。在这篇晦涩但可能被赋予更为复杂的象征意味的散文中，署名“忏生”的作者将虚构的人物“药叉”和“硕人”置于虚拟的“利毗耶滨水之区”，通过“药叉”对“硕人”的观察，构建了一个天地洪荒的境界：“景滋荒幽，群籁胥寂，万动都息”，其地“丛莽柯叶虬绕”“毒花丛生”，“霾黑若夜”，至暮而怒雨若血，雨止，“苦月度瘦雾出”，野有“呻吟”，未几，又“天末狂啸，天受飔色乃转变为铅”，“大波陡立、激水生白”……最后，“广漠之野”中的一切又从“萧瑟”“战栗”复归于“无无静，亦无无声”的“沉寥”之境。在这个神秘而又恐怖的背景中，药叉身处“莲丛”，“硕人”则被描述为一个站立在巨石之上的“神人”，巨石腹间有文字“萧瑟”，硕人“衣古罗马陀喀之衣”，虽面目模糊但具“庄严修伟之概”，其“颊间皴文若披隐书，乃洞悉其侘傺颓唐，并且有所厌倦于人间及寂寞以还之希望”。耐人寻味的是，“硕人”对恶劣环境的变化始终处于孤立无助的状态，最后是从“沉寥”之境中“战栗”着消失的；而不管“药叉”如何对作者“以手加余顶”述说甚而至于诅咒，作者总不发一言，也无法明白药叉所言的真义。文章的结尾，是“药叉”匍于“幽宅”之上，见“余不之省时，幽宅中跃出一狐，蹲踞药叉足旁仰视余，面目耿耿也”。

以上文字叙述给我们呈现了这样一个视觉化的时空结构：神人所居的遥远的利毗耶滨水之区，作者置身其中，无可名状的现实世界，使以上两个空间构成迭合的时空结构者，则是“药叉”。我们注意到，作者自始至终未发一语，而且，那个遥远的洪荒世界对他来说既不能听，也不能看。现在，我仍然未能了解该文确切的象征意义，但有一点似乎可以肯定，“药叉”所说的“乃类神人”的“硕人”是在传统意义上被视为万能的“神”（或佛陀、上帝）的化身；在佛教中，“药叉”有时是恶鬼，有时被派定为护法神，但在这里，“药叉”所扮演的角色则是试图勾通“余”即“人”与“神”之间的关系的使者。至于“幽宅”与“狐”，是否就是“死亡”与“邪恶”的符号呢？我不清楚——总之，在那个血雨倾盆、腥风鼓荡，万物呻吟、叹息，始于萧瑟而最后又复归于旷荡空虚——“沉寥”——的世界中，状若“神人”的“硕人”也颓唐、厌倦并且感到寂寞而自动消失了。在此，我的阅读感受只能是类似鲁迅所说的困于铁屋的那种令人窒息的绝望之感！

冷残所写的《伤心人语》可以说是以上《天荒》主题的延伸，在这篇白话文短篇小说中，一位栖居破庙濒死者以过来人的身份断断续续地对“杜翁”说：

我想生到这个世界究竟是个空的，生为英雄豪杰烈女义夫，死后也是一堆腐骨，生为愚呆童竖大奸巨恶死后也还是一堆腐骨，生时又何苦呆呆的一天一天只为腐骨争甚么价值。……我倒劝汝以后也不必太认真吧。汝爱社会，社会是不爱汝的。汝爱世界，世界是不汝爱的。汝何苦将心血糟蹋呢。据天文家说来，地球与他行星终有冲突的一日，到了那时，万物都要全行改过一番，还有汝这区区的国的社会的么？即使行星不来撞坏，只怕有一日陆沉呢。汝勿说这陆沉的事是哲学家的理想，但这种世界就是不陆沉，天地何曾有一日清明，人类何曾有一分幸福呢？日日想实在终久是个空，日日想长久终久是个暂。就如我的至爱之人何尝不想着天长地久，今日也要大家撒手了。我佛说的好，普劝众生慎勿造因，我从前既作是因，自不然当择是果。我自问实无所怨，但愿生生世世不脱轮回，投入饿鬼畜生修罗各道，亦不愿再转生人世，盖造人实无一点趣味的。

正像我们看到的，“恨生”是《天荒》杂志中经常出现的笔名，也是这篇小说从头至尾突出强调的主题。所谓“忏生”“冷残”，其实也就是《天荒》编者之一潘达微的别称。小说通篇只有两个人物——濒死者及其朋友“杜翁”，濒死者对女子“晚红”亡灵和杜翁的劝解，实际上是自言自语。形式上，《伤心人语》更像两个人演出的独幕剧，荒野、深秋暮色、破庙、昏灯、青磷（鬼火）等等视觉化的背景元素，提供了人物言说的特殊空间，“舞台光线”的调节随着主题的显豁而由明趋暗：微茫之光堕入漆黑之夜，对亡灵的劝解和个人前尘往事的追忆最后消失于说话者生命的终结：

“我死之后，万不可如俗人找些甚么衣衿棺椁来殡葬，把我这副老骨头通通用火化了，使我精神肉体片片尽作飞灰，免得留此二尺孤坟，惹后人甚么欷嘘凭吊，较为干净。即使我所爱或有……”，说至此声沉下去，若断若续，听不明晰。时闻老者叹惜之声，半晌后连断续之声亦不闻，微闻老人言曰：“人生至此，天道宁论。”此时佛前之灯已熄。远瞩墙外，更深月黑，青磷点点明灭，荡漾于荒烟蔓草之间。

濒死者在言说中特别强调的“空”“暂”两个概念，在这里终于得到具体的再现；同时，一个曾经为国为家而奔走的理想主义者的“理想”和“生命”的价值，在这里也得到了残酷、彻底的自我否定！

结 语

对《天荒》全面的解读需要丰富的知识和敏锐的思想洞察力，笔者显然有辱使命。特别是其中关涉佛学的问题，笔者不能妄自臆断，相信在专业学者那里将会获得充分、恰切的解释。我想我可以指出的是，就其总体价值取向而言，《天荒》的书画部分已经丧失《时事画报》时期尖锐的文化针对性[49]，而且正像本文已经讨论的部分诗文一样，悲哀绝望的孤寂情怀，取代了犀利的现实社会政治批判功能；在晚清革命运动中曾经初泛微澜的美术变革思潮，在这里已趋于止水；即使把玩金石这种古典学问，或如章太炎篆书题词“忍死”二字所暗示的一样，不消说“用国粹激动种姓”的宏愿早已不合时宜[50]；黄宾虹题词提示的“神皋国华，流播异域，碑碣留影，古物零拾”，固有弘扬中华文化、拳拳爱国之心，但另一方面，也揭示了以黄氏和蔡守、宣哲为中心的金石书画团体“贞社”关注中华大地方兴未艾的古物收藏与流播的国际市场走势和价值的谋生之计[51]。之所以这样说，并非漠视黄宾虹等“贞社”同人的选择的“合法性”或贬抑《天荒》的整体思想文化价值，我想强调的只是，主动介入“社会政治革命”的激情在他们那里已经明显消歇；而且，更重要的是：某种文化、政治激情的暴发，正如巨浪击石，一时卷起千堆雪，激流一旦改道，就很可能在水平如镜的别处潜隐、形成另一种漩涡和巨大的破坏力。《天荒》令人窒息的气候氛围，正是即将掀天揭地的“五四”狂飙运动的先兆。

因此，借用《天荒》的立场，我倾向于表述这样一种观点：无论是主张推翻清朝的革命党，还是主张虚君共和的改良派甚至王朝最后渺小的既得利益者，他们都认定天下的太平和个人的幸福系于某一位圣明“君主”（所谓“革命领袖”，只是这个概念的另一种表述。譬如昙花一现的“中华革命党”，就是试图取消集体中的个人意志而完全服从于“革命领袖”的绝对权威对革命的前途的决定性影响的疯狂实验）的降临及其英明的决断！这个灾难性的前提，决定了辛亥革命的哪一方都没有真正的胜利者。正是在这一意义上，《天荒》充分地表现了在“革命遗老”中间如瘟疫一般传播的“革命后遗症”——“忍死”与“恨生”，已经构成他们生命中这一时期挥之不去的主旋律！如果说，在《天荒》晦暗的地平线上也有一缕令人不易觉察的阳光的话，那就是太虚大师手执慧剑的大无畏精神：“平等社会一群蚁，专制帝国一窝蜂。经纶世界怜巧蛛，肥遁皋泽悲寒蛩。物各有知能，物各有蔽封。腕上慧剑皆现成，罗网重重当决冲。虚空世界众生同一无边际，生死烦恼涅槃同一无尽穷。昂头试向天外观，杳杳冥冥何始复何终。”[52] 以蔑视政治革命志业和专制独裁统治为前提——其中胜义，用俗语来说，也许就是“人之为人，自己的命运应该由自己来掌握”！

不言而喻，在太虚大师的说法中仍然可以发现无政府主义思想的孑遗，但是，可以肯定，紧跟“伤心人语”的消逝而降临的漆黑之夜之后必定是黎明——在中国近代思想史中，正像无政府主义一样，《天荒》注定是要被超越的思想壕堑。《天荒》问世当年的秋天，“南社”发生内讧，柳亚子、蔡守被推到了门户对垒的前沿，这种不期而至的分裂意味着发起于清末革命运动中的这个艺文团体生命活力的终结。[53]艺文有门户、趣味之辨，一旦结成团体则有谁主沉浮的支配权之争；政治革命实践概莫能外，只不过后者意味着必须付出血的代价而已！或如韦伯申论：“凡是将自己置身于政治的人，也就是说，将权力作为手段的人，都是同恶魔的势力定了契约，对于他们的行为，真实的情况并不是‘善果者惟善出之，恶果者惟恶出之’，而往往恰好相反。任何不能理解这一点的，都是政治上的稚童。”[54]

本文论述的主角“革命遗老”及其关心的主题其实也就是一个在政治实践中谁主沉浮、谁能得益的问题之争。正像我们看到的，辛亥革命的遗产就其推翻满清帝制而言只是一个巨大的毒瘤的溃烂和另一种形式的扩散。《天荒》不是“政治上的稚童”游乐场，情感的绝望正是理性的清醒。大而言之，在人类历史的进程中，绝大多数情况下，“善”总是某种想象性体验，“恶”却是实实在在的切肤之痛。就其总体倾向而言，《天荒》呈现了对动机、手段与结果全面、残酷的否定。正是这种否定，使遗老们悲而哀之，惶惶不可终日。他们急需救治的，不是外部世界的痈疮，而是内在的灵魂的痼疾。在“地老天荒”的情境中，他们已经没有可以选择和信赖的救治者；他们唯一渺茫的希望，只好寄托在佛陀身上！从这个角度来看，《天荒》也可以称为隶属于那个特殊的年代的某些知识分子特殊的“心史”。

注释：

---

* 本文为提交哈佛大学费正清中国研究中心主办“China After Empire—1911 Remembered”研讨会（2011 年 11 月）论文，撰写过程中，承蔡涛、王艾、陈莺、庄程恒、夏瀚诸君协助收集资料，特此致谢！

① 参见陆丹林、冯伯恒《出身世家的革命党人潘达微》，载广东省政协文史资料研究委员会编《近代广东名人录》第 2 辑，广东人民出版社 1989 年版，第 174 页。又，据《天荒》所刊迦影女士致弹指《唁书》（悼念当年于肇庆鼎湖山飞水潭自杀的邓慕芬、黄扶庸二女士）可知，“天荒”初名原拟“岁寒”，后来才改为现名。

② 因《天荒》页码并非一贯到底，为免添乱，本文引述该书内容不标页码，尚祈读者谅解。

③ 其中不少人跨越诗文书画各个领域。一些笔名、字、号，究系何人，尚需进一步考证才能确定。

④ 原诗收入汪氏《双照楼诗词稿·小休集》卷上，民国三十四年（1945）刊行本，第18页。“初晴”“里门”，刊本分别作“秋晴”“郭门”。

⑤ 按，此作应脱胎于苏轼《蝶恋花》：“花褪残红青杏小。燕子飞时，绿水人家绕。枝上柳绵吹又少，天涯何处无芳草！墙里秋千墙外道。墙外行人，墙里佳人笑。笑渐不闻声渐悄，多情却被无情恼。”（见傅成、穆涛标点《苏轼全集》上册，上海古籍出版社2000年版，第634页）不过，意境转换了，陈氏强调的是得而复失的孤寂之感。

⑥ 参见陆丹林、刘锡璋《潘达微殓葬七十二烈士的经过》，载中国人民政治协商会议广东委员会文史资料研究委员会编《广东辛亥革命史料》，广东人民出版社1981年版，第60—62页。

⑦ 孙文的独裁意志，并未获得原同盟会绝大多数革命精英的认同，所谓“中华革命军”势单力薄，既未能成为“三次革命”的军事主力，孙文更没有取得号令天下的革命领导权。有关中华革命党及其活动的研究分析，参见深町英夫《近代广东的政党·社会·国家——中国国民党及其党国体制的形成过程》第四章，社会科学文献出版社2003年版。

⑧ 苏曼殊《燕子龛随笔》“明末童谣”条：“‘职方贱如狗，都督满街走。’不图今日沪上所见，亦复如是。”（见易宗夔《新世说：民国笔记小说大观》第三辑所收苏曼殊等著、马玉山点校《民权素笔记荟萃》，山西古籍出版社1997年版，第242页）关于民初特别是“洪宪”世相，参见王建中《洪宪惨史》，上海书店出版社1998年版。

⑨ “Kwok”究系何人，尚未确定。骷髅的画法和背景的透视空间，显示了画者的西画素养；画上空勾自石门铭的“天荒”二字及汉字题识和“藏之名山”朱文方印，作者可能另有其人。时装美女图未署作者名，其审美趣味呈现了民初流行的月份牌风格，题词为署名“倩影”所作的《金缕曲》，词云：“真个销魂矣，蓦惊心，几声啼宇，凄凉如此，泪泫樱桃红似血，洒向一江春水。为怨红颜终一死，梦醒来黄土委，奈返魂香烬浑难恃。肠枉断，花相似。萋萋芳草斜阳里，恨他年埋香瘗玉，有谁知已，眢井落花，谁是主？翻怨东风吹起，更化作娟娟此豸，地老天荒余恨在，为美人，写尽伤心史，和泪墨情而已。”

⑩ 按，《天荒》刊印的这句话出自《金刚般若波罗蜜经》。

⑪ 参见《太虚自传》，载《太虚大师全书》第31卷，宗教文化出版社2005年版；印顺法师编：《太虚大师年谱》相关年项，天华出版事业服份有限公司1978年版；路哲：《中国无政府主义史稿》，福建人民出版社1990年版。

⑫ 关于梁冰弦的无政府主义活动，参见刘石心口述《关于无政府主义活动的点滴回忆》、郑佩刚《无政府主义在中国的若干史实》，载葛懋春等编《无政府主义思想资料选》下册，北京大学出版社1984年版，第926—938页，第937—971页，及路哲《中国无政府主义史稿》。梁冰弦的笔名很多，除了“弹指”，还有“两极”等等（陈玉堂编著《中国近现代人物名号大辞典》“梁襄武”条，浙江古籍出版社2005年版，第1171页），著述颇丰，有《现代文化小史》（李石曾题签，出版合作社1928年版）、《英文常用一万字》；主编《吴稚晖学术论著》一至三编。梁氏在民初的经历，还可参见1951年11月至1952年1月其在香港《自由人报》以“海隅孤客”笔名发表的回忆录《解放别录》[沈云龙主编：《近代中国史料丛刊》第19辑，（台湾）文海出版社1973年版]。

⑬ 参见路哲《中国无政府主义史稿》，第187页。

⑭ 参见《天荒》所刊弹指《天昏录》《青衣红泪记》。

⑮ 参见《天荒》所刊弹指《娑婆世界一日记》。

⑯ 曹世铉：《清末民初无政府派的思想文化》，社会科学文献出版社 2003 年版，第 201 页。

⑰ 参见狄平子《朗照法师焚身记》（收入《天荒》）；寄禅以中国佛学会代表身份于民元入京请愿保护全国寺产，有关细节，参见太虚《寂灭庄严》（收入《天荒》）以及汪辟疆《八指头陀》（《光宣以来诗坛旁记》，辽宁教育出版社 1998 年版，第 43 页）。太虚感时伤世的特殊心态，在这一时期所写的《病中吟》五言长诗（《悲华庵草》，载《天荒》）中有全面披露。

⑱ 参见师复《答恨苍》，《民声》1914 年 7 月 18 日第 19 号；《答悟尘》，《民声》1914 年 7 月 25 日第 20 号。载《无政府主义思想资料选》，第 320—324、324—327 页。

⑲ 这里很容易使人想到柳亚子另一首诗。40 年代初，柳亚子在香港九龙遥祝时在泉州普济寺闭关静修的弘一法师六十华诞的诗中写道：“君礼释迦佛，我拜马克思。大雄大无畏，救世心无歧。闭关谢尘事，我意嫌消极。愿持铁禅杖，打杀卖国贼。”（载《弘一大师全集》十附录卷，福建人民出版社 1993 年版，第 40—44 页）凡人、凡事，未必一定但大概都有前因后果！

⑳ 参见陈真魂主编《陈树人先生年谱》相关年项，岭南美术出版社 1993 年版。

㉑ 关于陈树人的研究，或可参见拙文《在介入与超脱之间—— 陈树人简论》，载李伟铭编《图像与历史——20 世纪中国美术论稿》，中国人民大学出版社 2005 年版，第 186—213 页。

㉒ 当时担任《中国日报》总编辑及广东省临时议会副议长的温雄飞在《我的回忆》中说：“那时在广州有二陈，一个是陈炯明，另一个是警察局长陈景华，可说都是杀人魔王。他们还有一种言论为杀人的罪行辩护，说什么‘刑乱用重’。他们杀人很简单，不必经过什么法律手续，抓到人，动辄即杀，有时连话都不问，拉出门就枪毙。”（中国社会科学院近代史研究所近代史资料编辑组编：《近代史资料》总 51 号，中国社会科学出版社 1983 年版，第 95 页）1912 年《真相画报》第 11 期刊出“第二次革命者之遭枪毙”照片表明，当年一次枪毙“扶正同盟会”成员达 40 人之众。据统计，1912 年 5 月 4 日至 17 日，不到半个月，陈氏主管的警察厅就枪毙了 79 人。（沈晓敏、倪俊明：《喋血南国——辛亥革命在广东》，广东人民出版社 2011 年版，第 197 页）

㉓《天荒》刊陈景华为兴办女子教育院事书于“民国元年秋九月”《征求同人书》手迹。

㉔ 参见弹指《青衣红泪记》。

㉕ 参见中国人民政治协商会议广东省委员会文史资料研究委员会编《广东文史资料》第 43 辑《广东军阀史大事记》，广东人民出版社 1984 年版，第 86 页。关于广东公立女子教育院的兴废，参见弹指《青衣红泪记》。

㉖《天荒》节录文本未示出处，查实采自《太炎文录初编·别录》卷三《人无我论》，载《章太炎全集》第 4 册，上海人民出版社 1985 年版，第 424—426 页。

㉗ 按，大藏经虽以千字文的排列次序分函命名，但千字文无“拟”字，据现行电子版大藏经检索，也没有发现相关文本，倒是在金圣叹《贯华堂第六才子书〈西厢记〉》卷七《哭宴》开篇所引经文中，能够找到与《天荒》刊本完全一致的文字（见曹方人、周锡山标点《金圣叹全集》，江苏古籍出版社 1985 年版，第 185—187 页）。因此，《天荒》所刊很可能直接取自金圣叹拟托的这个经文，所谓“拟字函”中的“拟”字的使用，也很可能是金圣叹有意留下该经乃系其伪托的印记。关于《佛化孙陀罗难陀入道经》的内容与金圣叹评点《西厢记》之间关系的研究，参见雍琦《金圣叹拟经》（http://blog.sina.com.cn/s/blog_6025ebd50100dutm.html）。

㉘《寒潭殒玉记》。关于二女自沉前后更详尽的材料，见鹭娴《夜寒忆友》（刊入《天荒》）、赵连城《同盟会在港澳的活动和广东妇女参加革命的回忆》（《广东辛亥革命史料》，第 101—106 页）。

㉙ 1915年7月珠江流域发生有历史记载以来最大的洪水，广州西关、河南一带水深丈余，灾民露宿屋顶，死伤十万人，史称“乙卯大水”（参见广东历史地图集编辑委员会编《广东历史地图集》附录，广东地图出版社1995年版）。

㉚ 关于这个问题更具有历史感和启发性的论述，参见顾铮《作为新闻照片的肖像照片：〈民立报〉与民初新闻摄影的兴起》，提交“China After Empire-1911 Remembered”研讨会论文，未刊稿。

㉛ 清代江南地区，死者停棺不葬是一种非常普遍的现象。关于这种现象的社会学研究，参见王卫平《清代江南地区社会问题研究：以停棺不葬为例》，《江苏社会科学》2001年第2期。

㉜ 赵连城（璧如）是二女在香港实践女校（同盟会在香港的重要活动机关）的同学，《天荒》也刊出赵氏当年所写的《哭扶庸慕芬二君》诗二首。在前面赵氏文中，赵明确地说：“潘达微在辛亥革命后是郁郁不得志的，他在女子教育院时就常对黄、邓两人大讲庄子和佛学，助长了两人对人生的消极悲观思想。”（《广东辛亥革命史料》，第105页）又，据《天荒》图注标示，《秋零与鬼为邻之图》“乃秋零居沪渎时摄以自况者，时在甲寅春尽”，也就是说，其自沉距拍此照片的时间还不到一年。

㉝ 痴尘：《〈心灯〉跋》，《非非画报》1929年第9期。

㉞ 参见贡布里希《艺术发展史》，范景中、林夕译，天津人民美术出版社1988年版，第442—443页。引文采自《旧约圣经》，南京爱德印刷有限公司1994年版，第795—796页。

㉟ 譬如，将对男性富于诱惑力的美女看成一具“骷髅”或者杀人不眨眼的“利剑”，是坊间流行的明清小说中无处不在的说教内容。日本江户时代的浮世绘中，也有大量骷髅元素，不过意义另当别解。在中国思想传统中，“骷髅”显然具有更为复杂的象征意义。关于“骷髅”在中国古典文学及图像中的“互文性”关系的研究，参见衣若芬《骷髅幻戏——中国文学与图像中的生命意识》，载《中国文哲研究集刊》第26期，（台北）“中央”研究院中国文哲研究所2005年版。

㊱ 郑佩刚：《关于刘思复之暗杀活动》，载政协广东省广州市委员会文史资料研究委员会编《广州文史资料》第5辑（内部发行），1962年，第28—29页。关于“支那暗杀团”，参见冯自由《香港支那暗杀团成立始末》（《革命逸史》第4集，中华书局1981年版，第191—201页），郑彼岸、何博《暗杀团在广东光复前夕的活动》（《广东辛亥革命史料》，第81—84页）。

㊲㊶ 郑佩刚：《无政府主义在中国的若干史实》，载《无政府主义思想资料选》下册，第965—966页，第963页。

㊳ 郑佩刚：《关于刘思复之暗杀活动》，载《广州文史资料》第5辑，第29页。

㊴ 关于黄少强，参见拙文《黄少强（1901—1942）的艺文事业——兼论20世纪前期中国绘画艺术中的民间意识》，载《图像与历史——20世纪中国美术论稿》，第236—295页。

㊵ 参见秋雪《回忆刘思复和“心社”活动》，载《广州文史资料》第5辑，第34—47页；在《答英白》中师复指出：“在一般讨袁党其心目中除讨袁外无第三字，若曰袁氏一去，孙文、黄兴出而登总统之位，天下便太平足矣。足下固有识者，其见地断不如是之陋……下焉者且以金钱禄位及种种劣手段诓煽无知军人仓卒暴动，事成则总统、都督，不成则逃亡海外作富家翁，围棋写字弄下女，以度快活之岁月于蓬莱三岛，而以吾亿万平民之血肉为孤注。斯不独记者所谈之齿冷，抑亦足下所闻而发指者也。”（《师复文存》，上海书店1991年版，第165—166页）思复质疑孙文包括江亢虎的社会主义理论的文章很多，关于这方面详细的讨论，参见阿里夫·德里克《中国革命中的无政府主义》，孙宜学译，广西师范大学出版社2006年版，第125—138页。

㊷ 关于何剑士，参见拙文《一剑风尘自负奇——重读何剑士（1877—1915）》，载《图像与历史——20世纪中

国美术论稿》，第103—127页。

㊸ 冯文凤，即在《天荒》中以篆刻家身份出现的冯师韩的女儿。冯文凤后来成为沪上有名的书画家，1946年赴美定居（参见民国三十七年（1948）影印本《中国美术年鉴》，上海社会科学出版社2008年版，第143页）。

㊹ 参见《天荒》所刊清凉《苦行投荒志》《希安遗友健霄书》及编者题识。

㊺ 该照1909年摄于东京，苏曾书题分赠国内多位朋友，此为题赠邓秋枚者（参见马以君编《苏曼殊年谱》1909年项，收入马以君编注、柳无忌校订《苏曼殊文集》下册，花城出版社1991年版）。

㊻ 据行文风格及内容推测，曼殊小传的作者很可能是蔡守（寒琼）。蔡是苏的重要朋友，也是苏氏生平绘画最重要的收藏者。据说，《天荒》中的大部分稿件来自蔡守的组稿［参见郑春霆《岭南近代画人传》，（香港）广雅社1987年版，第267页］。太炎评语采自《太炎文录初编》卷二（《章太炎全集》第四册，上海人民出版社1985年版，第221—222页）。

㊼ 参见黄节《蒹葭楼自定诗稿原本》附录：吴宓《顺德黄先生晦闻事略》、章太炎《黄晦闻先生墓志铭》，载李韶清编《顺德黄晦闻先生年谱》，广东人民出版社1998年版。

㊽ 刊于《天荒》。

㊾ 关于《时事画报》的研究，参见覃振华《晚清美术中的时政倾向及其形式选择——以〈时事画报〉（1905—1910）美术同人的艺术探索为中心》，硕士学位论文，广州美术学院，2011年。

㊿ 1915年秋天，幽囚中的章氏曾以七尺宣纸篆书“速死”二字并自跋“含识之类，动止则息，苟念念趣死，死则自至，故书此二字，在自观省，不必为士燮之祷也”悬于居处壁上（汤志钧编：《章太炎年谱长编》，中华书局1979年版，第502页）。其时袁氏称帝活动正在积极进行之中，章氏悲愤绝望之情梦寐萦怀，多次寄书托人购买葬身之处。“忍死”二字，可能也书于这个时期。

51 在《天荒》中关心金石的人物大都是民国二年由黄宾虹、宣古愚等在沪上发起并且继而在广州设立分社的金石团体“贞社”的成员，譬如其中的蔡守包括黄宾虹，甚至邓秋枚，买卖骨董书画，已构成他们谋生的主要方式。他们的选择，当然不能视为纯粹的投机买卖，这种典型的民间活动，也有效地保护了传统文脉的承传与发展。有关这一时期黄氏与“贞社”成员的活动，参见王中秀编著《黄宾虹年谱》（上海书画出版社2005年版）相关年项，此不赘。

52 太虚：《悲华盦草》之一，刊于《天荒》。

53 参见栾梅健《民间的文人雅集——南社研究》第四章，东方出版中心2006年版。

54 马克斯·韦伯：《学术与政治》，冯克利译，生活·读书·新知三联书店1998年版，第110页。

（2012年第7期）

经典文学史的书写与文学史观的反思

——以严家炎《二十世纪中国文学史》为中心

张福贵

经验告诉我们，历史书写中最难实现的往往就是真实地书写历史本身。笔者一直认为，对于中国现当代文学的评价从来就不是一种学术史和艺术史的评价，而是思想史和革命史的评价。在这样一种政治逻辑下，中国现当代文学史写作也就一直存在着一些不可证伪的前提，有着一些不可获知的历史真相，存在着与古代文学史写作不同的难度。因此，在既定的历史书写的长期积累中，按照历史真实和学术逻辑写作一部“20世纪中国文学史”教科书是极其困难的。严家炎就是在这样一种思想环境下，组织现当代文学领域一些学者，编撰出版了《二十世纪中国文学史》（高等教育出版社 2010 年出版），其意义和价值非同一般。可以断言，这是一部经典的文学史著作，将在中国现当代文学史学的构成上留下里程碑式的价值与影响，具有学术史意义的巨大贡献。也许，无论经过多少岁月的淘洗，人们在梳理这段久远而短暂的中国现代文学学术史时，都不能不提到这部书。

一

严家炎的治学与为人在现代文学界是有口皆碑的，几乎每一部论著都能为当下学术研究提供一个相当持久而热烈的话题，甚至带来学术史的改写。例如，20 世纪 60 年代关于《创业史》的评价，80 年代与唐弢一起对于《中国现代文学史》教科书体系的建构，随后对于《中国现代小说流派》的开创性的梳理和命名，90 年代初通过对金庸小说的解读，确认了通俗文学在文学史和学术史上的正宗地位等等。而难能可贵的是，通过多年的学术实践活动，他与前后几代学者一直坚守着“五四”新文化的方向和思想启蒙的立场，为现代文学界确立了一种冷静的学术评判尺度和高洁的学术品格，为“向后看”的当代中国思想文化界提供了一种智者的清醒和理性的前瞻。也正是在这样一种学术研究和学者品格基础上,《二十世纪中国文学史》的价值和意义就不言自明了。资料的新发现、思想的原创性、结构的完整性、结论的正确性等都是这部书的卓越之处,足以支撑其成为一部文学史写作的经典文本。同时,本书所展示的文学史观和方法论,也必将促进中国现当代文学学科走向成熟。

在一个被人反复探讨而学术积累丰厚的领域里,要使自己的研究成为经典性的成果是极其困难的,而经典的文学史著作一定是立于学术高端而具有示范性意义的杰作。《二十世纪中国文学史》的学术史意义不仅在其内容的丰富和形式的完整,更在于它通过实际考察和发掘,提出了许多对文学史的新的理解和文学史观的独家阐释,从而引起人们的讨论与反思——深刻的思想必然激发新的思想。

第一个引起人们关注和讨论的是现代文学史的边界问题。《二十世纪中国文学史》在内容和史料上的一大贡献,是对于晚清文学新的“现代性”个案的发现,并且将其视为现代文学大步前移的标志,这就是严家炎关于“现代文学”起点的“三大发现”:1878 年黄遵宪的《日本国志》、1890 年陈季同的《黄衫客传奇》和 1892 年韩邦庆的《海上花列传》。严家炎的论据相当充分,认为从文学史评价的角度——“文学主张”“对外交流”和“创作成就”来看,三部作品符合中国文学“现代性”的“三大标准”:“言文合一”“世界文学”“标志性作品”[①],从而将现代文学发生的时间提前了 30 年,现代文学史的边界也由“五四”前夕推进到了晚清。

严家炎的文学史观是开放的、宽容的,他提出的“多元共生”的“文学生态”问题,对于人们完整地理解现代文学发生发展的过程,发掘被掩埋和误读的文学史实具有开拓性、启示性意义。他关于现代文学史边界的“三大发现”在学术史上无疑是极其重要的建树,必然会引起学界的高度重视。而一个观点能够引起强烈的反响和讨论本身,就说明这一思想已经进入文学史了。因此有学者把这种“以包容性的学术视野发掘新史料”的特点视为《二十世纪中国文学史》最重要的“创新性的呈现方式”:“编著者超越了党派、阶级、民族的界限,以毫无局限或偏见的包容性视野去搜求、洞察和发现尚未被发现或者已发现并未写进文学史的新史料,通过去伪存真地选择和整理,将其纳入文学史书写的框架结构,这既充实丰富了二十世纪中国文学史的内涵又改变了以往对文学史格局所形成的一些习见。由于重新发掘的史料中钩沉出陈季同于 1877 年至 1891 年间出使欧洲以法文创作并发表的小说《黄衫客传奇》和剧本《英勇的爱》,并以此为佐证,将中国现代文学的开端由 1917 年推进到 19 世纪 80 年代末和 90 年代初,向前追溯了二十七年之多，这就大大突破了中国现代文学史已有的学科格局。”②

我们在为严家炎对于中国现代文学起点的“三大发现”表示敬重和关注的同时，需要进一步讨论的是，学术的边界与学科的边界之间究竟是一种怎样的关系问题，这其中也涉及如何确定文学史的划分标准和个案选择的问题。学术的边界是个性化的理解，学科的边界要有相对广泛的共识；学术的边界是不确定的，学科的边界是相对确定的。

“二十世纪文学”从20世纪80年代中期被提出后便成为了一个新的文学史概念，甚至成为一个新的文学史研究的学术前提，得到了人们的普遍共识。但是学术的创新与突破往往恰恰是从反思学术常识开始的。严家炎的著作以“二十世纪中国文学史”命名，表明他对于这一概念的坚守，而实际上他也把这一史观贯穿于整个文学史的写作之中。关键是我们如何认识这百年文学发展过程中的时差与异质，也就是重新认识“二十世纪中国文学史”这一概念的真实性和发展的整体性问题。

笔者认为，首先是如何看待20世纪中国文学发展史的三个时间“点”：晚清、“五四”和“1949”。很明显，这不是一个偶然的时间序列，而是“20世纪中国文学”写作必须要解释和评价的三个历史发展的关键点，任何一部同类史书都绕不过去，都不能回避对它的评价。这里，我想提出并界定一下文学史中的“文学时代”的概念：它是一个建构在时间基础上的有关文学时代特征的定性分析和定量分析的概念。“文学时代”具有一段历史的整体风尚或者主体特征，这种风尚和特征是由共同的文学观念、审美追求主导的，也是由许多经典的个案、细节形成的，而每个个案和细节又都体现出这个时代的特征。某一个“文学时代”的构成则是指某一历史时间段内体现出的文学的整体风貌和区别于其他“时代”的本质特征，诸如文学观念、文学主题、文学样式、文学语言、评价体系、作家群体和接受范围、影响等各个方面。这些基本特征就是划分文学时代的基本标准。某个“时代”在时间上应该具有相对明显的边界，同时又与其他“时代”具有一定的连续性和承继性。而某一个“时代”的个案和细节则有可能成为文学史发展的关键点，继而发展成为整体质变的标志。

二

文学史书包括教科书与文学史著作，两者具有不同的写作和评价标准。也就是说，学术的领域和学科的领域不是完全相同的概念。学术的领域是没有边界的，可以是任何的个案研究，任何的个性评价，而学科范围的确认则需要有整体性的判断和基本的共识。学科的边界判断需要有更多的个案依据，需要有相当程度的普遍性。如果用学科领域的概念看的话，文学史的划分必须具备“一个时代”的标准，而不仅仅是一些单独甚至孤立的个案。当我们把《二十世纪中国文学史》作为教科书来理解，采用一种较严格的文学史观，来继续分析其关于现代文学起点的“三大发现”时，就会看到这“三大发现”也有值得进一步讨论的余地。“三大发现”或多或少都具备严家炎所制定的“现代文学”的三大标准，但是如果作为一个“文学时代”开始的标志，就觉得略显不足。人们之所以认同鲁迅的《狂人日记》是中国现代小说的开始，就是因为其具有开启和表征“一个时代”——“五四新文化运动”和“文学革命”——的基本内涵与影响：确立了“人的解放”的主题，创造了现代短篇小说的结构形式，使用了基本规范的现代白话，开始了细致深入的心理描写，贯穿全篇的第一人称叙事角度等等。特别是《狂人日记》的主题成为后来新文学批判传统礼教、呼唤人的解放的共同主题。《狂人日记》的这些时代特征都对其后中国新文学的生成与发展产生了巨大的影响，而且成就了鲁迅——具有代表性的中国现代小说家的地位。同时，作为多数个案和普遍性特征，《狂人日记》之后出现的“问题小说”“自我小说”和稍后的“乡土文学”等，都与《狂人日记》的文学观念、文学主题、语言形式、审美方式等相近，使新文学蔚成风气，昭示着一个新的文学时代的到来。所以，无论是从“点”还是从“流”的角度考查，《狂人日记》都具有表征“一个时代”的意义。

就文学史的时代划分而言，任何一种具有表征性质的个案判断，都应该是对一个时代的整体判断，至少是主流判断。如果个案与局部只是前奏和背景，把后者当作前者来理解和判断的话，就可能会模糊对象的本质属性，边界是扩大了，但是价值也可能“摊薄”了。“从现代文学立场看，晚清的‘新变’还只是‘量变’，离‘五四’前后的‘质变’还有一个过程，‘五四’作为重大历史标志的地位，是晚清‘新变’所不能取代的。现代文学史可以从晚清写起，但分水岭还是‘五四’新文学运动。”[③] 当然，任何界定都是相对的，因为历史本身就是一个连续不断的过程。但是如果以相对主义历史观来看，有一天人们会不会把《红楼梦》看作现代文学的“起点”？因为鲁迅曾经说过：“至于说到《红楼梦》的价值，可是在中国底小说中实在是不可多得的。其要点在敢于如实描写，并无讳饰，和从前的小说叙好人完全是好，坏人完全是坏的，大不相同，所以其中所叙的人物，都是真的人物。总之自有《红楼梦》出来以后，传统的思想和写法都打破了。”[④] 按照英国小说理论家福斯特的《小说面面观》中所列出的小说标准，《红楼梦》在中国叙事文学中第一次成功地塑造出了“圆形人物”，而过去的作品多为“扁形人物”[5]。而从现代性的标准看，贾宝玉与林黛玉的爱情观和爱情故事中，已经具有了初步的“人”的意识。而且，也确实有人认为《红楼梦》已经具备了“现代性”的因子：“当王德威先生以颓废、滥情等西方风尚的现代性标准来律中国文学之时，缘何仅驻足于晚清而不前，视《红楼梦》已具有的现代性的因子于不顾，让这种被压抑的现代性再次被压抑呢?”[6]然而，我们不能忽视的是，《红楼梦》仅是一个局部的个案，是新的“文学时代”的孤证——一个不完整、不规范的孤证，没有成为“一个文学时代”的表征。

文学史写作本身要求有文学史的知识考古的过程，但是考古学的价值观——“更早”的发现——并不一定都具有本质性的意义。严家炎在书中表现出的文学史标准是完整而严密的，但是，如果能再有一些个案的证据可能会更支持现代文学更早发生的“起点”的判断。

把文学史的质变聚焦于“晚清”还是选择在“五四”的时间点上，涉及现代文学与古代文学的边界问题（这里暂且把近代文学归于古代文学），也涉及辨析两种文学时代的属性问题。我认为，如果用一句话来概括20世纪中国思想文化发展的历程的话，那就应该是“传统与现代的冲突”，这种冲突贯穿于这一“时代”的始终。而冲突的激烈程度是与16世纪以来特别是晚清以来的“西学东渐”的流量大小成正比的。无论是从政治、经济、军事领域还是从思想文化领域来看，全面现代化过程都始于辛亥革命之后。“体用之说”是贯穿晚清社会政治思想文化中的主导性，也是强制性的价值观。经过“血”的事实证明，思想文化系统的根本变革不大可能发生在政治制度变革之前。因为传统思想文化经过千百年来的发展、规训，已经被哲学化、法律化、习俗化了，具有了全面的控制力和影响力。“辛亥革命”通过极端方式结束了几千年的封建帝制，开始了中国政治的现代化进程，也正是由于这一层面的变革，才为下一阶段的思想文化变革提供了可能。人类文化发展变化的历史证明，物质文化、规范文化、观念文化的依次变化是有一个循序渐进的逻辑顺序的。“辛亥革命”的政治变革使传统的思想文化失去了最重要的保护层，从而使人们可能对封建伦理道德进行批判。“五四”新文化运动便是在这样一种政治前提下发生的。所以说，辛亥革命实质上是文化转型和现代文学的发生必不可少的关键性环节。没有这种政治体制的变革，反对封建礼教的言行不仅存在着道德的风险，而且存在着人身的风险。“辛亥革命作为中国民主革命的一个伟大起点，使晚清以来一直被压制的新文化思想具有了完全合法性，为这些新文化思想提供了政治保障和切实的法律保障。”⑦

“五四”时期的观念文化变革和思想启蒙直接受西方人道主义、个性主义的影响，对传统的封建礼法进行全面的否定，意欲从根本精神上改造国民性。这被当时的新文化运动的先驱者推到极为崇高的地位，称之为“吾人最后觉悟之最后觉悟”⑧。从五四新文化运动开始，中国思想文化领域进入深度现代化的时代。科学、文学、哲学、历史、社会学等每一个领域都出现了标志性的个案成果，现代学科体系在对传统的批判中逐步确立，从中可以看出中国社会受西方现代文化全面影响并发生系统性改变的端倪。因此，只有某种变化成为一种主流或者时尚时，才能说是“一个时代”的变化。

任何文化变革都是一个由量变到质变的过程，对于中国现代文学来说，这个质变的点应该在辛亥革命发生之后的五四新文化运动的全面发生之际，而不是先声时代的晚清。海外学者王德威欲对晚清文化做重新定位，认为“重审现代中国文学的来龙去脉，我们应重识晚清时期的重要，及其先于甚或超过五四的开创性”。于是他提出了经典的文学史命题——“没有晚清，何来五四”⑨。这个命题被大陆学界广泛认同并得到进一步夸张阐释。从“晚清”到“五四”，时间间隔并不长，但是其中有一个至关重要的“辛亥革命”。所以简单地说，没有“晚清”，便没有“五四”，但是“晚清”并不等于“五四”。这一点，严家炎早在20世纪80年代初就有过清晰准确的判断。他在《历史的脚印，现实的启示——“五四”以来文学现代化问题断想》中指出：“从‘五四’时期起，我们开始有了真正现代意义上的文学，有了和世界各国取得共同的思想语言的新文学。”正是因此中国现代文学才能“当之无愧地称得起是现代化的文学”。“倘使有人要问什么是现代文学，我以为这个解释庶几近之。即使意义尚不完整，却已经把现代文学最主要的特点指明，而且说得相当准确了。”⑩ 这一点也得到了唐弢的认同。说到这里，我倒可以作出这样的判断——“没有辛亥，何来五四”？而这个判断就中国社会政治文化的历史关系来说，可能更加切近真实。

三

《二十世纪中国文学史》在学术史上的一大贡献是对于“现代文学”的内涵与外延都做了明确的界定，而且把“现代性”意识在相当程度上贯穿于全书的始终，这是一种境界很高的文学史意识。但是在当下的思想环境下，坚守原初意义上的“现代性”意识，来评价1949年之后特别是“十七年”文学是勉为其难的。有的学者指出，《二十世纪中国文学史》思想逻辑上不甚统一，认为没有把“现代性”意识贯穿全书的始终。我以为即使真的如此，主要也不是编写者的责任，而是文学发展本身的问题。当20世纪中国文学的后来发展与“现代性”越来越出现错位时，编写者对于这一概念的处理只能有两种方式：或是放弃或是改变。于是在许多当下文学史研究论著中，对“十七年”文学的评价采取了扩大“现代性”内涵的策略，对“红色经典小说”等做了思想与艺术上毫无保留的积极评价，以“重读”的形式回归传统文学史的价值观。在这个意义上，就带来了一个本体性的问题：“20世纪中国文学”何以成立？具体来说，就是如何理解20世纪中国文学发展的第三个“关键点”——“1949”。

前面说过，“现代性”意识不能贯穿于20世纪文学的始终，首先不是编写者的认识问题，不是学术逻辑问题，而是中国文学乃至中国思想文化发展的实际存在。这也是有的学者指出的《二十世纪中国文学史》前后逻辑不统一的根本原因之所在。从20世纪中国社会发展的实际历程来看，“救亡”压倒“启蒙”是一种历史的真实，引起争议的实质问题倒不是对历史真实与否的求证，而是对这一历史转变作出怎样的评价。这里涉及如何理解“启蒙”和“救亡”含义的问题。笔者认为，“救亡”和“启蒙”都是“人的解放”的总主题的构成内容。“人的解放”本来就包括政治的救亡、经济的翻身和思想的启蒙。“救亡”与“启蒙”不是“压倒”的取舍关系，而是“人的解放”不同层面的“更替”关系，是人的解放的总主题在不同阶段的不同要求而已。这是我们一般应该具有的一种思想的共识。但是，政治的胜利最终不等于文化的成功，经济的翻身终究不等于思想的解放。阶段性的要求只能服务于总体要求，但不能完全代替也不能使前后阶段的要求对立起来。当我们把“救亡”与“启蒙”不同层面的主题完全等同，就会对20世纪后半期中国文学作出合乎原初“现代性”意识的解释，甚至作出后期文学的现代意义高于前期文学的评价。要知道，以严家炎为“现代性”意识设定的三大标准来考察这段文学史，就会发现愈到后面愈不相符。仅就爱情观来说，你会发现《小二黑结婚》中的小二黑、小芹离《西厢记》中的张生、崔莺莺近，而离《伤逝》中的涓生、子君远。也可能正如许多论者所说的那样，小二黑、小芹对于婚爱自由的追求是“五四”个性解放的发展和扩大。但是，思想的反抗和生命的反抗是具有不尽相同的意义与价值的。至少，是人的解放的不同层面的诉求。要知道，出于对现代化的渴望并不一定就会导致现代化的实践，而有时候可能是相反——从事“反现代化”的实践。所以，当用一个贯穿的标准面对一个已经改变了的历史阶段的时候，如果不能作出历史批判的话，就会改变原有的价值观的内涵——让历史适应原有的价值观，从而尽可能地对这段历史作出等于乃至高于“现代性”的评价。其实，这不仅不能使历史文本切近历史本身，而是更加远离了历史。就像人们面对“五四”新文学割断传统文化的指责的时候，千方百计地强调“五四”新文学与传统文化的本质关联一样，反而使它更加背离了“五四”新文学反传统的本质。与其相比，对“五四”新文学割断传统的指责恰恰更接近“五四”新文学的本质。所以，对于40年代后期以降以阶级斗争为核心主题的文学文本，不能做更多的“现代性”理解，其与“五四”新文学的时代精神已经拉开了距离，出现了文学观念、文学主题和文学样式的传统回归。至少，“五四”新文学个性解放的主题逐渐淡化是一个不争的事实。严家炎的《二十世纪中国文学史》可以进一步远离这一与历史事实相脱离的思想逻辑，把不同层面发展的不同价值阐述得更加清晰中肯。

历史是事实与观念的组合，也是过去与当下的融合。在历史的书写中，单纯的叙述不过是事件的罗列，而纯粹的自我评价又只是历史学家心灵的再现。历史应是史实与史观的结合，是时间的顺序与逻辑的顺序的一致。当然，历史与逻辑的一致有时候只有到最后一刻才有所体现，当时未必一致，甚至还有可能是矛盾的和背反的。在这个意义上说，历史文本不过是关于过去事实的说明书，具有写作者自己的认识和解释，而这种认识和解释也有可能是误读或者“读误”。就像“五四”新文学与古代文学的关系一样，究竟是传统自然发展的一段线，还是发生质变的一个点，是要辨析清楚的，即使是千百年后，这种质变在漫长的文学史中已经微不足道。

以政治时代为标准来对中国现当代文学发展历史进行分别命名，虽说可能淡化了文学史自身的特征和规律，但却把握住了中国文学的本质特征。中国文学特别是20世纪的中国文学先天与政治密不可分，浑然一体，所以以政治时代为分期标准是一种预定的事实存在。[11]“1911”“1917”和“1949”是20世纪中国社会和文学发展过程中几个质变的关键点，本然地决定了文学史——“文学时代”的不同命名。笔者一直认为文学史观的反思要从文学史命名开始。众所周知，“中国现当代文学”概念早已进入国家学科目录，具有了一种法定的规约性。在这样的学科历史中，“中国现当代文学”的命名往往是不能怀疑和证伪的，所以人们也有意无意地忽略了其间的差异性。但是，如果从文学观念、文学主题、文学组织、社团流派、作家身份、作品风格、运动形式、出版物等诸多方面在1949年之后出现的新变化来看，就会明确感到两种文学时代的本质差异。当文学从整体到细部都发生了根本变化的时候，再把现代和当代作为同一性质和形态的文学时代，就会遭遇许多难以解释的问题，而且有的问题不是我们学者自身能力所能左右的。这是中国现当代文学研究界几十年来共同面临的跨世纪的难题。

严家炎经过半个多世纪文学史研究和写作而形成的认识，在《二十世纪中国文学史》中体现得十分充分，把文学史写作由普遍的“党史体系”推进到高度体系化的“现代性”文学史体系，是具有开拓性、建设性意义的。“无论在中国还是在西方，都曾经历过一个把所有的文字著述（小说、戏剧除外）都称作‘文学’的时代。在这样的时代，今天意义上的‘文学’当时反倒成为宗教、政治的附庸，这时的宗教、政治，因为文学所具的独特感染力，而把它作为实用的宣传、治国的工具，达到艺术审美之外的其他目的。”[12] 但是面对这样的世纪难题，在实际操作中仍然存在着价值观表达的困惑。无论我们怎样重申：这责任不在于写作者，而是历史本身和评价历史的思想环境，但是面对历史，我们还是一直期待一个合适的、自由表述的空间。历史是叙述者所呈现出来的，笔者一直认为，在忠于历史真实的前提下，“一切历史都是个人史”。我们每个人不一定都有参与历史的机遇，但是都应该有评价历史的权利。当我们不能对历史作出自由表述时，就可以试着从方法论上寻找突破。按照这样的思路，如果我们用“中华民国文学史”和“中华人民共和国文学史”这两个概念，来代替“现代文学”“当代文学”或者“二十世纪中国文学史”这些时间性概念的话，可能事情会变得稍为简单一些。这可能面临以政治时代代替文学时代的质疑，但是，就中国文学来说，以重大政治事件来划分文学史恰恰能表征文学的本质，因为无论是文学时代的整体风貌还是某一阶段的文学主题和风尚都与政治密不可分。严家炎的《二十世纪中国文学史》以及其他所有文学史文本所存在的某些缺憾的真正原因正在于此。

注释：

① 严家炎主编：《二十世纪中国文学史》，高等教育出版社 2010 年版，第 12、7、10 页。

② 朱德发：《创新性与本体性——论严本〈二十世纪中国文学史〉的两大特色》，《中国现代文学研究丛刊》2011 年第 9 期。

③ 温儒敏：《现代文学研究的“边界”及“价值尺度”问题——对中国现代文学研究现状的梳理与思考》，《华中师范大学学报》2011 年第 1 期。

④ 鲁迅：《中国小说的历史变迁》，载《鲁迅全集》第 9 卷，人民文学出版社 2005 年版，第 348 页。

⑤ 爱・摩・福斯特：《小说面面观》，苏炳文译，花城出版社 1984 年版，第 20 页。

⑥ 妥建清：《没有〈红楼梦〉，何来晚清？——兼与王德威先生商榷》，《社会科学评论》2007 年第 2 期。

⑦ 王学谦:《没有辛亥革命，何来五四文学的发生—— 辛亥革命与五四文学革命的发生》,《学习与探索》2011年第5期。

⑧ 陈独秀:《吾人最后之觉悟》,《青年杂志》1916年第1卷第6号。

⑨ 王德威:《被压抑的现代性——晚清小说新论》“导言”，宋伟杰译，北京大学出版社2005年版，第1页。

⑩ 严家炎:《历史的脚印，现实的启示—— “五四”以来文学现代化问题断想》,《文艺报》1983年第4期。

⑪ 张福贵:《时间概念与意义概念：关于中国现代文学的命名问题》,(香港)《文学世纪》2003年第4期。

⑫ 严家炎:《二十世纪中国文学的现代性特征》,《中国艺术报》2010年7月5日。

（2012年第8期）

明清戏曲理论的建构

万　曙

明清两代，戏曲创作在元杂剧之后又一次走向繁荣。与之相伴随的是戏曲理论探讨和批评也十分活跃，相继出现了一大批理论批评著作，如王骥德的《曲律》，吕天成的《曲品》，祁彪佳的《远山堂曲品》《远山堂剧品》，李渔的《闲情偶寄·词曲部》等等。与此同时，还出现了以李卓吾、金圣叹、毛声山等为代表的戏曲评点批评。这些理论批评成果，既显示出了理论家对戏曲作为一门文艺存在的自觉理论意识，更体现出了他们对戏曲的认知水平和思维高度。就中国戏曲理论的发展而言，这些理论批评成果实际上已经构建了一个话语系统，虽然它还基本上以当时的戏曲创作实践为依据，但其认知水平和思维高度足以让我们叹佩，并且理应为我们今天戏曲理论的发展所吸纳和借鉴。

一、意境：对戏曲诗性的体认

与西方戏剧的形成历史和艺术渊源不同，中国戏曲是以传统的诗歌为基础、逐渐地吸收叙事要素而形成的。在艺术特性上，中国戏曲也就先天地保留了浓厚的诗性意味。

在理论话语上，从唐代开始，就有理论家以“意”或“境”评论诗歌，它们无疑是对诗的诗性的认知和评论。在戏曲批评中引入“意境”概念当在晚明之际，它经历了从“意”“境”分离到合而为一的过程。

吕天成的《曲品》就较早地用“境”的概念评论戏曲作品。他对当时曲论家讨论的“当行”“本色”问题提出了新的见解：“果属当行，则句调必多本色；果具本色，则境态必是当行矣。”[①] 这里，他以“境态”的概念作为“本色”和“当行”的扭结点。他认为杂剧与传奇的区别在于“杂剧但摭一事颠末，其境促；传奇备述一人始终，其味长”[②]。他称赞徐渭《四声猿》“佳境自足擅长，妙词每令击节”[③]；评价《教子记》“真情苦境，亦甚可观”[④]；赞扬《牡丹亭》“无境不新”[⑤]。祁彪佳的《远山堂曲品》《远山堂剧品》也大量运用“境界”概念。他称赞《露绶记》“全是一片空明境界地，即眼前事、口头语，刻写入髓，决不留一寸余地，容别人生活”；评汪廷讷《狮吼记》“无境不入趣”[⑥]；赞扬陈继儒的《真傀儡》“境界妙、意致妙、词曲更妙”[⑦]；批评吕天成的《耍风情》杂剧“取境未甚佳”[⑧]。值得注意的是，祁彪佳开始以“意境”概念评论戏曲作品。他赞赏史槃的《唾红记》“能就寻常意境，层层掀翻，如一波未平一波复起”[⑨]；批评《琼台记》“其意境俱无足取，但颇有古曲典型”[⑩]。

在晚明的评点批评中，也有“意境”论。评点批评家继承了李卓吾的“化工”概念，还提出了一个新的概念——“化境”。例如《西园记》第二十八出有眉批云：“曲中化境。”[⑪]茅暎评点《牡丹亭》，于第三十二出【三段子】曲也眉批曰：“一句已入化境。”[⑫]谭元春、钟惺批点《绾春园》第六出【川拨棹】曲眉批也说：“曲有神存，故云化境。”[⑬]“化境”的基本内涵是“真”与“自然”。如陈洪绶对《娇红记》第三十一出中【猫儿坠玉枝】的批语为：“白描丽情，委曲如诉，文章化境，岂人所为？”[⑭]侧重于语言的“白描”，实为推崇语言的自然美。另外，评点批评家把“境”与“化工”概念相组合，更加强调了“化工之笔”的审美含义，提出了戏曲创作至美的艺术境界，为戏曲创作悬设了一种审美理想。

清代，考据学风盛行，对于“意境”的论说比较少，黄图珌《看山阁集闲笔》中有几条议论涉及意境问题，如其论“词旨”道：“字须婉丽，句欲幽芳，不宜直绝痛快，纯在吞吐包含，且婉且丽，又幽又芳，境清调绝，骨韵声光，一洗浮滞之气，其谓妙旨得矣。”[⑮]其论“有情有景”条更是直逼“意境”的内涵：“心静力雄，意浅言深，景随情至，情由景生，吐人所不能吐之情，描人所不能描之景，华而不浮，丽而不淫，诚为化工之笔。”[⑯]这段话上承晚明李贽的“化工”“自然”之审美标准，强调了“情”和“景”的关系，进而强调了意境创造的原则——“吐人所不能吐之情，描人所不能描之景”，是对晚明以来戏曲意境说的丰富。

戏曲意境的概念到近代戏曲学大师王国维手里，得到了自觉的运用和升华。他在《宋元戏曲史》中评论元杂剧说：“然元剧最佳之处，不在其思想结构，而在其文章。其文章之妙，亦一言以蔽之，曰有意境而已。何以谓之有意境？曰：写情则沁人心脾，写景则在人耳目，述事则如出其口是也。古诗词之佳者，无不如是。元曲亦然。明以后其思想结构，尽有胜于前人者，唯意境则为元人所独擅。”[⑰]各种元杂剧的研究专著和论文经常征引这段经典论述，但论者只是将其当作对元杂剧的评论，却未能换一个角度去品味其理论价值。王国维实际上提出了“戏曲意境”这一重要的理论命题。“有意境”不是针对诗词，而是在说“元剧”。元剧作为业已成熟的戏曲，其“意境”实际上就是戏曲意境。尽管他认为意境创造“为元人所独擅”，但“意境”说在后来的戏曲研究获得了发扬光大。

二、传奇：对戏曲叙事性的明确

戏曲既是抒情文学、舞台艺术，又是叙事文学。作为叙事的文学，它与以抒情为主的诗歌有着渊源关系，但当它成熟之后又有着质的不同。中国戏曲在完全成熟以后，理论家对戏曲的叙事文学特征有了充分的体认。

元代的钟嗣成在《录鬼簿》中将所录载的作家区分出“有乐府”和“有传奇”两类。“乐府”是指与传统诗词抒情性质相近的散曲，“传奇”则是指以情节为基础的元杂剧。元杂剧毕竟是中国戏曲的第一次繁盛，理论家对它的认识还很有限，情节、叙事的问题未能构成这一时期的理论重心。叙事视角的强化在明前期杂剧作家朱有燉那里已经悄然发生。他明确将具有情节内容的杂剧称为“传奇”[18]。明代中叶，孙钅广提出的“传奇十要”，将“事佳”“关目好”列为“十要”之首[19]。李卓吾评点《红拂记》的总体评价就是“关目好，曲好，白好，事好”[20]；他赞赏《拜月亭》“此记关目极好，说得好，曲亦好，真元人手笔也”[21]。两则评论中，被以往曲论家所重视的“曲”已经后置，而作为情节叙事因素的“关目”则被置于首位。孟称舜评选《古今名剧合选》时，在序言中将戏曲与诗词加以比较。他认为诗词是“传情写景”的抒情艺术，戏曲则是“极古今好丑、贵贱、离合、死生”等各种生活情态的叙事艺术；诗词是作者从眼前之景“感触于偶尔”的表现艺术，戏曲则是“因事以造型，随物以赋象”的再现艺术。孟称舜通过这样的“比较方法”，不仅认为戏曲创作难于诗词创作，更洞察出戏曲的叙事特性。

叙事观念的明确和叙事视角的强化，在明清戏曲理论中至少表现在三个方面：

（一）对题材之“奇”的强调。作为情节的艺术、叙事的文学，戏曲在题材的选择上有着自己的要求。明清戏曲理论家对戏曲题材提出的认识是一个字——“奇”。李卓吾批点《玉簪记》卷首序称赏该剧“兹据一种潇湘之致、凑合之巧，不可不为奇遇”，因而“并志其奇，以广宇内一全览云云”[22]；《二奇缘传奇》评本卷首有倪倬的“小引”

一篇，其中就说道："传奇，纪异之书也，无奇不传，无传不奇。"[23]茅映在评点《牡丹亭》的题记中认为："第曰传奇者，事不奇幻不传，辞不奇艳不传。"[24]清初的李渔在理论上作出了进一步的阐发："戏场关目，全在出奇变相，令人不能悬拟。若人人如是，事事皆然，则彼未演出，而我先知之，忧者不觉其可忧，苦者不觉其为苦，既能令人发笑，亦笑其雷同他剧，不出范围，非有新奇莫测之可喜也。"[25]在他看来，戏曲作为面向观众的"场上"艺术，由于受到时间和空间的限制，要对观众具有吸引力，就需要有独特的内容，而最能吸引观众的首先就是奇人异事。此外，以"奇"事"奇"人为题材，也便于戏曲家构置戏剧冲突，将情节安排得紧凑集中。由此可见，戏曲创作在题材上追求"奇"，正是戏曲作为叙事艺术的特殊品格的一种自然延伸。

（二）对人物形象塑造的重视。叙事文学的根本任务是塑造人物形象。关于戏曲人物形象的理论主要体现在评点批评之中。评点者随着阅读的自然展开，在进入作品的叙事情境时，不由得不关注到作品中的人物，随时感受人物的情感，随时体察人物的性格力量，进而对作品中的人物及其塑造方法加以批评，或做出理论上的总结。

对人物性格加以概括，对人物形象或赞美或贬斥，是评点批评中的一项重要内容。李卓吾在《琵琶记》评点中，就多次称赞赵五娘为"圣妇"，感叹"孝哉妇也，贤哉妇也"；称赞张大公是"仁人长者，难得难得"，骂逼儿子赶考的蔡公"蠢老儿"[26]。在《红拂记》评点中，他肯定红拂"有才有胆有识"，推崇虬髯翁是"真豪杰真丈夫真圣人真菩萨"[27]。在"李评"《荆钗记》的卷首，还有《合论五生》《合论五旦》《合论诸从人》《合论诸从旦》《合论五家亲戚》五篇专门的人物论。这种人物形象批评，在戏曲理论批评史上也是罕见的。它们虽然带有浓厚的道德批判色彩，却或深或浅地触及了人物性格。

在对人物形象和性格予以批评的同时，评点者还提出不少人物塑造的方法和手法。首先，他们从审美者的视角着眼，要求人物塑造必须真实。李卓吾的评点，可见随处批以"真"字。"李评"《荆钗记》第十出的出批还对不"真"提出批评："摹写玉莲处亦嫌过于老练，不似个不出阁女子。"[28]其次，他们从创作论的角度出发，注意到人物个性化的问题。陈洪绶评点《娇红记》，其中有两条眉批就是对作品写出人物个性的充分肯定："各人说话便为各人写照"，"各人还他口气，一字不滥用。近日作文，正苦不知此法"。[29]陈氏的评点批评还对人物性格的发展变化给予关注。《娇红记》第二十六出"三谒"，写王娇娘与申纯别后重会，她唱了一支【琐寒窗】，表现了对申纯的浓情厚意，不像当初她见申纯时的唱词含蓄委婉。陈洪绶于此处眉批道："初时相别，妙在生语字字捱实；此后娇身已属生，生不虑娇，而娇语步步研实，情事曲至。”[30]再次，评点者还总结出了一些人物刻画的手法，如“李评”《西厢记》中，就有对“摹索”方法的总结：“《西厢》文字一味以摹索为工，如莺、张情事，则从红口中摹索之，老夫人与莺意中事，则从张口中摹索之。”[31]这一“摹索”手法，一方面是北杂剧一人主唱体制带来的结果，另一方面又是通过一个人物写其他人物的手法。陈继儒接受了李卓吾的这一总结，评批说：“全在红娘口中描写莺莺娇痴、张生狂兴。”[32]换言之，《西厢记》不仅通过红娘之口描写莺莺和张生，而且借第三者的视角，将莺、张两人的形象、精神巧妙地刻画出来了。

（三）对情节设置的关注。叙事文学作品要能够吸引读者，除了注重题材、人物塑造外，还要特别注重情节的设置与安排。对于戏曲文学而言，由于其演出时空的限制，情节设置显得更为重要。明清戏曲理论家已经明确地使用了“情节”的概念，“李评”《荆钗记》中就有多处使用，如第四十三出出批说：“哪有做媒不从便想与争攘之理，闻古本情节正不如此，此必俗人添入无疑。”第四十七出出批又说：“如此情节多不像，必是俗人添改，可恨可恨。”[33]“情节”概念的提出和经常使用，不仅是叙事视角强化的表现，也是中国古代叙事文学理论的发展成果之一。[34]

明清戏曲家注重从叙事视角对作品的情节设置进行分析。王骥德《曲律》“论剧戏第三十”提出：“贵剪裁，贵锻炼——以全帙为大间架，以每折为折落，以曲白为粉垩、为丹雘，毋落套，毋不经，毋太蔓，蔓则局懈，而优人多删削；毋太促，促则气迫，而节奏不畅达；毋令一人无著落，毋令一折不照应。”[35]在评点批评中，评点者也对此多有关注，如李卓吾对《琵琶记》中的“祝发买葬”赞赏备至，该出出批道：“如剪头发这样题目，真是无中生有，妙绝千古，故做出许多好文字来。有好题目自有文字也。”[36]道出了情节设置和戏剧情境以及人物表现之间的密切关系。这种对作品情节的关注和评论，显然是从叙事视角出发的，其中所蕴含的叙事文学的情节观念很值得我们重视。

三、婉丽与雄爽：对戏曲审美风格的甄别

风格论是中国古代文论的重要理论内容之一。钟嵘的《诗品》、刘勰的《文心雕龙》、皎然的《诗式》、司空图的《二十四诗品》等文学理论著作中，都有大量关于风格的论述，有的甚至就是专论风格问题的。[37]就古代曲论而言，元代已经有关于散曲风

格的评论[38]，明初朱权在《太和正音谱》中列“古今群英乐府格式”一项，对元曲各家的创作风格加以评论，更是真正意义上的风格论。在明代中叶的戏曲理论批评中，关于风格的批评更多，如何良俊、王世贞的曲论中，就有不少关于风格的内容[39]；“汤、沈之争”发生后，汤、沈两家的创作风格又成为了王骥德、吕天成等评论家批评的热点。其中，在风格论上卓有建树的当是孟称舜。

不同于以前的风格评论，孟称舜的《古今名剧合选序》[40]从理论上对风格问题作出了深入的论述：首先，他明确提出，“曲之为词，分途不同。大要则宋伶人之论柳屯田、苏学士者尽之，一主婉丽，一主雄爽”。也就是说，他认为戏曲像宋词一样，也可以分为两种风格类型——“婉丽”和“雄爽”。其次，他针对“后之论词者以辞之源出于古乐府，要须以宛转绵丽、浅至擐俏为上”的观点，指出“婉丽”和“雄爽”两种风格不可分其“优劣”，因为“曲本于辞，辞本于诗。诗三百篇，国风雅颂，其端正静好，与妍丽逸宕，兴之各有其人，奏之各有其地，安可以优劣分之？”再次，他认为戏曲风格论中“北主劲切，南主柔软”的说法，并不能概括戏曲创作的总体风格的不同，提出：“夫南之与北，气骨虽异，然雄爽婉丽，二者之中亦皆有之，即如曲一也。而宫调不同，有为清新绵邈者，有为感叹悲伤者，有为富贵缠绵者……诸如此类，各有攸当，岂得以劲切柔软划南北而分之耶？”换言之，他认为地有南北，而雄爽、婉丽却是南北都有的两种基本风格。孟氏提出的两种戏曲风格类型与宋词“婉约”“豪放”两种风格的提出时间相近[41]，而将戏曲风格问题上升到一定理论高度的论述，其开创意义自不待言。

在许多具体作品的风格批评上，孟称舜同样眼光独到，见解不凡，仅举一例便可说明：关汉卿曾被朱权论为“可上可下之才”，受到不公正的评价，他最优秀的作品《窦娥冤》一直没有得到认真的对待和评价。孟称舜不仅将该剧选进《酹江集》，并且写下这样一段批语：“汉卿曲如繁弦促调，风雨骤集，读之觉音韵泠泠，不离耳上，所以称为四大家。《续西厢》四折虽俊艳逊王，而本色俱在。《窦娥冤》剧词调快爽，神情悲吊，尤关之诤诤者。”[42]评语虽未触及关汉卿杂剧的思想价值，可在艺术上对关氏推崇有加。孟氏首先认可关氏是“元曲四大家”之一，其次认可《续西厢》为关汉卿所作，但不像有的论者对它大加贬斥，而是客观肯定它的“本色”艺术；对于《窦娥冤》，他不仅指出了它的“神情悲吊”——悲剧艺术风格，而且认为它“尤关之铮铮者”——关汉卿最优秀的作品。这样的评论，显示出孟称舜不同凡响的艺术眼光，其风格论和风格批评价值之重要，于此可见一斑。

除了孟称舜之外，明清两代戏曲理论家的风格批评可谓异彩纷呈。《西厢记》是批评家集中评论的作品，该剧的评点本也最多。对其艺术风格的鉴赏评论同样是评点批评的重要内容。万历三十八年起凤馆刊刻的《元本出相北西厢记》署名“王世贞、李卓吾合评”，其中，王世贞的评语较之他的曲论，又进一步丰富了对《西厢记》诗剧风格的批评。例如第一出“佛殿奇逢”【胜葫芦】曲的评语：“‘未语人前先腼腆，呖呖莺声花外啭’，皆情意上描空作有，塑出个出现的观音”；同出【寄生草】曲眉批道：“垂杨线、桃花片、芙蓉面，古底吐五色纹，恍然天机织成云锦，□□从机上乘梭上得”；第十一出“乘夜逾墙”【新水令】曲评语为：“嫩绿睡鸭、淡黄栖鸦、蹙损牡丹、抓住荼蘼，字字有声有韵；半疑浓妆、半疑淡扫，华丽中自然大雅。予故称《西厢》北曲压卷。”第十五出“长亭送别”【端正好】曲眉批是：“碧云、黄花、西风、北雁，声声色色之间，离离合合之情，便是一篇赋，纵着《离骚》卷中不得，亦自《阳关曲》以上。”[43]这些评语“以诗律曲，发掘了《西厢记》曲词的诗意美，确实是抓住了《西厢记》的诗剧特点”[44]。它们虽然是零散的，却围绕着作品诗剧风格而展开，风格批评的色彩已较为浓厚。

在陈继儒的评点中，风格评论显然得到了加强。表现在形式上，除了局部评批外，部分评本还有剧末总批。这些总批既是对作品的总体评价，又含有较多的风格评论的内容。例如，他评《西厢记》说：“卓老谓《西厢记》是化笔，以人力不及而天巧至也。傅物肖形，奇花万状；摹情布景，风流百端；空庭月下，叶落秋空。反复歌咏，不觉凡尘都死，神魂若不知之。卓老果会读书。”“人谓一本《西厢》，予谓是一轴风流画。”[45]这道出了作品的爱情题旨和自然风致，可以视为对作品风格的又一种概括。对于《琵琶记》，陈继儒的剧末评批更有独到见解，他说：“《西厢》、《琵琶》俱是传神文字。然读《西厢》令人解颐，读《琵琶》令人酸鼻。”“从头到尾无一句快活话。读一篇《琵琶记》胜读一部《离骚》经。”[46]这一评语不仅相当明确地指出了《琵琶记》的悲剧艺术风格，而且将它与《西厢记》相比较，以《琵琶》给人“酸鼻”的感受，见出《西厢记》“令人解颐”的喜剧风格，实在不同凡响。

陈洪绶对于《娇红记》悲剧风格的评论不再是蜻蜓点水、浮光掠影，而是从总体到局部都作出了充分的认识和把握。在作品的开头他就写下了一段很长的批语：“昔人云：读《出师表》而不泣下者必非忠，读《陈情表》而不泣下者必非孝。吾谓读此记而不泣下者必非节义人也。李卓吾称作《西厢》者必大有感于君臣父子兄弟朋友之间，此记其亦然耶？此曲之妙，彻首彻尾一缕空描，而幽酸绣艳，使读者无不移情，固当比肩实甫，弟视则诚。”[47]他提纲挈领地概括了作品“幽酸绣艳”的悲剧风格，指出作品具有令人“泣下”的悲剧艺术感染力。而在作品的最后一出，陈氏又写了一段评语：“泪山血海，到此滴滴归源。昔人谓诗人善怨，此书真古今一部怨谱也。”[48]两段批语首尾呼应，共同强调了作品的悲剧特征，充分表明评点者是真正在总体上把握了该剧的悲剧艺术风格。

四、登场：对戏曲表演艺术特性的认知

明代中叶以后，戏曲理论家已经普遍地认识到戏曲艺术的“场上”特征，例如“当行”论的提出，以及“本色”论中对戏曲语言通俗易晓的强调，其理论指向都是戏曲的“场上”特征。王骥德在《曲律》中甚至明确提出“可演可传”的作品为“上之上也”，“案头之书已落第二义”[49]。那场著名的“汤、沈之争”的核心是文词重要还是“守律”重要，沈璟所希望的“怎得词人当行，歌客守腔，大家细把音律讲”[50]，强调的也是舞台演唱的问题。柳浪馆的《紫钗记总评》说：“一部《紫钗》，都无关目，实实填词，呆呆度曲，有何波澜，有何趣味？临川判《紫钗》云：此案头之书，非台上之曲。余谓《紫钗》犹然案头之书也，可为台上之曲乎？”[51]这段批评十分严厉，批评者所深为不满的是“案头之书”，所大力肯定的是“台上之曲”。冯梦龙的改编和创作更加重视舞台演出，他改订的《墨憨斋定本传奇》以批点形式提示演员表演时应予注意的内容，如《酒家佣》的批语：“此出王成与前出文姬，正是合扇两股文字，存孤精神全在于此，演者不可草草。”[52]“此出是通本得力处，演者要留心。”[53]它们都表现了冯梦龙力求“场上”表演与剧本文学性相统一的良苦用心。

对李渔的戏剧理论，已经有了很多的论述。从理论的体系性着眼，把舞台演出看成戏剧艺术的中心正是李渔戏剧理论的逻辑起点。他把自己对戏剧艺术的见解同金圣叹作了区别：“圣叹之评《西厢》，可谓晰毛辨发，穷幽极微，无复有遗议于其间矣。然以予论之，圣叹所评，乃文人把玩之《西厢》，非优人搬弄之《西厢》也。文字之三昧，圣叹已得之；优人搬弄之三昧，圣叹犹有待焉。”[54]换言之，金圣叹只是把戏剧当成戏剧文学看待，而李渔却把戏剧当成舞台艺术来看待。李渔的观点是“填词之设，专为登场”[55]。一个“专”字表明李渔把“登场”——舞台演出作为戏剧艺术的核心理论内容，戏剧艺术的任何创作环节都围绕、服从于这一核心内容。

首先，李渔要求剧作者在编剧时就要充分考虑到舞台的整体性。他在《闲情偶寄·词曲部》中论述过结构、词采、音律、宾白之后，还对科诨和格局两个本属舞台演出的问题进行了探讨。他认为科诨在戏场上有“驱睡魔”的作用，而科诨又要根据角色的不同分别予之，对于一部戏的整体舞台效果，他认为要“开场宜静不宜喧，终场忌冷不忌热”，怎样报“家门”，怎样“出脚角”，怎样“小收煞”“大收煞”，他都从舞台整体艺术效果出发提出了具体要求。其次，对于舞台演出，李渔从观众接受的角度进行了方方面面的论述，从演员的唱曲、宾白、吐字，到服饰、声容乃至锣鼓伴奏，都予以充分的注意。舞台演出一棵菜，任何环节、任何手段都要围绕总体演出效果而出之，互相关联，默契配合。

围绕着“登场”的核心，李渔还进一步论述了作为舞台艺术的创作过程。除了文学剧本以外，他提出了导演和演员两方面的理论：

（一）戏剧导演论

1. 导演的一般工作：第一是选择剧本，《闲情偶寄·演习部》中“选剧”被列为“第一”。第二是挑选演员，《闲情偶寄·声容部》“歌舞”一项专论了“取材”：“取材维何？优人所谓‘配角色’是也。喉音清越而气长者，正生、小生之料也；喉音娇婉而气足者，正旦、贴旦之料也，稍次则充老旦；喉音清亮而稍带质朴者，外、末之料也；喉音悲壮而略近噍杀者，大净之料也。至于丑与副净，则不论喉音，止取性情之活泼、口齿之便捷而已。”[56]这里，李渔根据“喉音”选择演员乃是由戏曲演唱的特点而决定的，直到今天，演员分配角色，依然以此为主要标准。

2. 导演的二度创作。导演把剧本转化为舞台形象需要再创作，不是“直译”和“图解”。李渔对导演的二度创作提出了明确的要求：第一，导演不仅要挑选剧本，还要分析剧本，分析过程也就寓于选择过程之中，他批评那种“人言此本最佳，而辄随声附和，见单即点，不问情理之有无”[57]的人，认为导演应该有自己的艺术眼光，导演对剧本的选择，一求新，不要老选旧剧，要选新剧，这样才有创造的余地；二贵情，“予谓传奇无冷热，只怕不合人情”[58]，只要有“人情”就能征服观众。第二，不仅要分析剧本，还要修改剧本，以便舞台演出，要缩长为短，以使观众在有限的时间里看完；要变旧为新，以适合世情的变化、观众的心理；要补漏堵阙，将剧作家“缺略不全之事”或不合情理的情节、人物作必要的修正，以使剧本更合人情事理；还要根据演出场合的不同、观众层次的不同更新科诨，以取得最佳剧场效果。

3. 导演是舞台演出的组织者。剧作家创作出剧本，导演对剧本进行分析、修改后，还要将它真正搬上戏剧舞台，这就使导演自然成为舞台演出的组织者。李渔对于这一点同样十分明确，他认为导演担负的任务有二：一是教习演员。要让演员“解明曲意”，使演员“知其意之所在，则唱出口时，俨然此种神情”[59]，即要使演员理解人物感情，把握人物性格，进入角色。也要帮助演员调熟字音，使他们字音准确。还要帮助演员寻找最佳声情，追求韵律之美，唱曲唱出声情，念白也要抑扬顿挫。二是进行演出总体调度。李渔认为，舞台艺术应该以演员表演为中心，其他手段都要围绕这一中心密切配合，如锣鼓忌杂，不能“横敲乱打”，更不能“盖却声音”，伴奏音乐声音宜低，“须以肉为主，而丝竹副之”[60]。演员的服饰也要切合所演人物身份性格，不能随意为之。

（二）演员表演论

李渔在说到戏剧扬善惩恶的作用时说“……故设此种文词，借优人说法，与大众齐听”[61]。这正说明李渔抓住了演员是特殊表现媒介的戏剧艺术特征——剧作家、导演的一切意图都必须通过演员传达给观众。在《闲情偶寄·演习部》和《闲情偶寄·声容部》中，李渔结合导演论对演员的表演问题提出了一系列见解。

1. 他认为要成为一个出色的演员，必须有良好的文化素养。他在《闲情偶寄·声容部》中特别强调“学技必先学文”：“天下万事万物，尽有开门之锁钥。锁钥为何？‘文理’二字是也。寻常锁钥，一钥开一锁，一锁管一门；而‘文理’二字之为锁钥，其所管者，不止千门万户，盖合天上地下，万国九州，其大至于无外，其小至于无内，一切当行当学之事，无不握其枢纽，而司其出入者也。”[62]只有具备了良好的文化素养，才有较强的理解能力，把握好所演的人物性格。

2. 他指出演员不单是在舞台上机械地唱曲、念白了事，而要理解剧本，理解所演人物的性格和思想感情。他要求导演对演员“解明曲意”，实际上就是要求演员“解明曲意”：“唱曲宜有曲情。曲情者，曲中之情节也。解明情节，知其意之所在，则唱出口时，俨然此种神情。问者是问，答者是答。悲者黯然销魂而不致反有喜色，欢者怡然自得而不见稍有瘁容，且其声音齿颐之间，各种俱有分别，此所谓曲情是也。”[63]要“得其义而后唱，唱时以精神贯串其中，务求酷肖”[64]。理解了剧本，所演人物就能“俨然此种神情”，能够酷肖所演人物。

3. 戏曲作为表演艺术，唱曲和念白占有极大的比重，因此，李渔对戏剧演员的语音问题十分重视。在《闲情偶寄·声容部》中，他明确指出演员要“正音”；在《闲情偶寄·演习部》中他也要求“字忌模糊”，痛责“声音恶习”“语言恶习”，要求演员首先摒除方言语音，字音纯正；要吐字清晰，令观众能够听清；要抑扬顿挫、具有声情，达到“美听”的效果。

4. 关于演员的表演动作。在《闲情偶寄·声容部》中，李渔专门论述了女演员的“习态”问题。他把“闺中之态”与“场上之态”做了比较：“闺中之态，全出自然；场上之态，不得不由勉强。虽由勉强，却又类乎自然，此演习之功不可少也……须令于演剧之际，只作家内想，勿作场上观，始能免于矜持造作之病……是妆龙像龙，妆虎像虎，妆此一物，而使人笑其不似，是求荣得辱，反不若设身处地，酷肖神情，使人赞美之为愈矣！”[65]在这里，李渔对演员的表演动作提出了两点要求：一是要自然，不能扭捏作态；二是对女演员扮演外、末、净、丑的矛盾，他提出要“设身处地，酷肖神情”，即牢牢地把握住人物性格核心，以“神似”弥补“形似”之不足。

五、结构：对戏曲创作技法的总结

叙事视角和“场上”观念的确立，使得理论家的批评触角进一步向前延伸——随时随处挖掘和总结戏曲创作的各种技法。这些对创作技法的论述主要散布在评点中，虽然零碎却不失丰富，是叙事视角和“场上”观念潜在支配的结果。限于篇幅，这里仅从三个方面略加梳理。

（一）“结构”

“结构”一词在明代戏曲评点中已是频频出现的批评术语。《宝晋斋鸣凤记》剧末批语就说道：“填词处真人真境，小串插处亦佳，但大结构支离破碎，为可恨。”[66]《快活庵批点红梨花记》的序和总批都称道“武林本”的“结构”，认为“第曲白似琴川（本）者胜，而结构武林者胜之”；又说“梨花结构，最为奇幻，却不假托鬼神、捏名妖怪，一归之敦友谊、重交情，又何平实也”[67]。从这两处所用的“结构”看，前者的含义与今天的“结构”含义已经相同，后者则包含着情节内容的意思在里面。在使用“结构”概念的同时，明代戏曲评点中，还总结挖掘出不少结构技法。

1.“头脑”和“栽根”——剧作开始时的结构手法。冯梦龙改定《精忠旗》的第三出“岳飞刺字”一段戏处眉批道：“刻背是《精忠》大头脑，扮时作痛状或直作不痛，俱非，须要描写慷慨忘生光景。”[68]“栽根”的技法，见于陈洪绶评点《娇红记》，在其第三出“会娇”中，王娇娘初见申纯，唱有“虽然阻隔筵前花数行，则乍相逢早已私相傍”两句曲词，评点者于此加以圈点，眉批说：“便栽根。”用英国戏剧理论家威廉·阿契尔的说法，就是设下“准备——指路标”[69]。

2.“照应”“针线”与“桥道”——剧作中间部分的结构技法。“照应”是指在戏曲结构中，必须注意事件之间的联系，细密安排好与事件表现有关的细节，对被写入剧中的人和事都要有相应的交代。如冯梦龙在《酒家佣》第二十七折眉批道：“临行文姬嘱王成教诲李燮，此出照应，不然李燮失学，亦保孤者责也。”[70]“针线”一词在明代戏曲评点中使用得也不少，如“李评”《锦笺记》第五出有一则眉批：“此处已为下面争馆、荐馆张本矣，针线最密。”[71]这里关于“针线”的批语，是指大小戏剧事件的周密安排。“桥道”是指戏剧事件和情节的展现中虽不是最重要却又必不可少的内容。如《魏仲雪批评投笔记》的第十出，写班超前往西域途中的情形，这是班超英雄事业的开始，也可集中表现他建功立业的抱负和坚强性格，它不是最重要的场次，却是不可少的场次，故该出出批道：“桥道绝胜，决不可少。”[72]

3.“结穴”与“余趣”——剧作结尾时的技法。“结穴”看起来与“结局”相似，其实是有差别的，它是指全部戏剧事件、戏剧内容、人物关系的汇拢。明道人批点《小青娘风流院传奇》第三十三出，写小青与舒新弹在南山老人的帮助下，还魂结为夫妻，两人泛舟来到小青当年幽居的小孤庄旧地重游，小青当年在此孤独寂寞，如今，她获得了爱情，小孤庄依旧，人已不是当年了。这种结局不是一般地结束事件，而是通过地点的重复，使得戏剧内容得到深化，人物关系也得到新的组合。此出出批称赞道：“大文章！一部摹神文字。临了一出，高华奇绝，似此结穴，宇内大观。”[73]“余趣”也为部分评点家所注意，玉茗堂批评《种玉记》第二十八出，写卫少儿和俞氏在霍仲孺归来后互生醋意，产生“争夫”的矛盾，出批曰：“无此一折，几于水直波穷，便少余趣。”[74]

（二）“关目”

“关目”一词，在朱有燉那里就已经使用，他在《〈继母大贤〉传奇引》中评论乔吉、马致远等人的创作“清新可喜，又其关目详细，用韵稳当……”[75]但是，大量使用“关目”概念还是明代中叶以后的事情，而在戏曲评点中运用得最为频繁。这一概念在不同的情境下有不同的含义：

1. 指具有戏剧性的情节。例如，《琵琶记》第二十二出“琴诉荷池”中，蔡伯喈在弹琴时与牛氏有一段对白，他要弹《雉朝飞》，牛氏说“这是无妻的曲，不好”；他要弹《孤鸾寡鹄》，牛氏道“两个夫妻正团圆，说甚么孤寡”；他要弹《昭君怨》，牛氏又说“两个夫妻正和美，说什么宫怨”。这段对白充满了潜台词，两个人物的不同心境，借着弹琴的动作和对琴曲的不同选择得到了充分表现，是高度戏剧化的情节。李卓吾评本在这段对白旁边加上了圈号，眉批曰：“关目好，都有味。”[76]

2. 指能充分表现人物性格的戏剧动作，既指外部动作，也包括内心动作。例如“李评”《琵琶记》第五出“南浦嘱别”中，赵五娘不愿蔡伯喈离家，准备与他同去找公婆提出不去赶考的要求，可是，她又担心公婆责怪她“不贤”，不敢去找公婆。评点者在该曲加眉批说：“关目好甚，曲亦好。”[77]这里的“关目”当是指作品所表现的赵五娘丰富的内心动作。

3. 指起着突出或强调作用的、前后相互照应的富有戏剧性的细节。例如，“李评”《幽闺记》第二十六出“皇华悲遇”中，王镇住进驿馆，吩咐“毋许闲杂人打扰”，这句道白看似闲笔，实际上，王镇的妻子和蒋瑞莲此时就在驿馆外面，他的这句吩咐，就为夫妻相会设下了暂时障碍。评点者在这句道白旁也加圈点，眉批说：“关目好甚。”[78]这里的“关目”则是指这句道白是一个重要的细节，它对于延迟王镇夫妻相认的戏起着关键作用。

（三）“繁简”

戏曲既然是“场上”艺术，就必须紧凑集中，重点突出，以便于观众的欣赏与接受。明代的戏曲理论家较多地涉及了“繁简”问题。李卓吾在《琵琶记》的评点中，对剧中让次要角色离开剧情吟诗弄文就大为不满，不仅多处批之以“删”，而且尖锐地批评说：“烦冗可厌，如何比得《西厢》、《拜月》之繁简合宜也。”[79]陈继儒在一些出批中还使用了一个“过文”概念，如《明珠记》第七、十二、十三出均批曰：“全出过文。”对照剧本看，“过文”是指传奇中可有可无的场面，是批评传奇创作中冗长、繁杂弊病的概念。

在“繁简”问题上，评点家还提出了一个“斩截”法，以称道简洁得当的处理手法。《幽闺记》第十三出“相泣路岐”写王瑞兰母女在雨中逃难，其最后一支曲子为【麻婆子】，这支曲子由王瑞兰与她母亲对唱，充分表现了这对母女在寒天雨地里心中惊慌、体力不支而相互依倚的情形，而这支曲子又位于整出戏的结尾处，可谓是个漂亮的结束曲。陈继儒于此眉批道：“妙在斩截处。”[80]《鸳鸯绦》第十七出，写遇险后的杨直方碰到一位友人，友人问其详细，杨直方答道："一言难尽，少倾抵足而谈便了。"巧妙地把需要重复性的叙述转为暗场处理，评点者眉批说："千言万语说不尽者，只一句结之，是截流法。"[81] 这里的"截流法"与"斩截"法意思是相同的，都是对戏曲创作中简洁手法的概括。

通过对明清戏曲理论建构的梳理，我们可以发现，伴随明清戏曲的发展，戏曲理论家已从多方面、多角度、多层次地提出了极为丰富的戏曲概念。但如果我们将这些概念再作提升，就不难看出，它们围绕的是中国戏曲的三性——诗性、叙事性和舞台性——而展开的。它们全面、深入地概括了中国戏曲的最基本的面貌和特征。当历史进入 21 世纪，学者们努力地研究和挖掘着中国戏曲的种种特征和特性，试图构建中国戏曲理论的体系。实际上，我们的先人在这一领域早已构建了这样的体系。当然，中国戏曲仍然在发展中，以适应当代观众的审美趣味和美学观念的变化，新的表现手段不断在运用，理论的总结也必须与时俱进。如果我们对明清戏曲理论的话语体系多一些留意，我们当代的戏曲理论可能会更加完善、更具有历史的厚度，也更具有全面性。我们有理由期待着。

注释：

①②③④⑤ 吕天成：《曲品》卷上，载中国戏曲研究院编《中国古典戏曲论著集成》六，中国戏剧出版社 1959 年版，第 211 页，第 209 页，第 220 页，第 226 页，第 230 页。

⑥⑦⑧⑨⑩ 祁彪佳：《远山堂曲品》，载《中国古典戏曲论著集成》六，第 13 页，第 143 页，第 168 页，第 44 页，第 24 页。

⑪ 吴炳：《西园记》眉批，崇祯金陵两衡堂刻本，载《古本戏曲丛刊》二集，商务印书馆 1955 年版。

⑫㉔ 茅暎、臧懋循评：《牡丹亭》眉批，明刻朱墨套印本，载《古本戏曲丛刊》初集，商务印书馆 1954 年版。

⑬ 谭元春、钟惺批点：《绾春园》眉批，明刻本，载《古本戏曲丛刊》二集。

⑭㉙㉚ 陈洪绶批点：《新锲节义鸳鸯冢娇红记》眉批，崇祯刻本，载《古本戏曲丛刊》二集。

⑮⑯ 黄图珌：《看山阁集闲笔》，载《中国古典戏曲论著集成》七，第 140 页，第 142 页。

⑰ 王国维：《宋元戏曲考》，载《王国维戏曲论文集》，中国戏剧出版社 1957 年版，第 85 页。

⑱ 朱有燉在为自己所创作的杂剧写的"引"中，多称它们为"传奇"，例如《李妙清花里悟真如》"引"中就说："元之李寿卿编作传奇……因评其事实，编作传奇。"（引自吴毓华编著《中国古代戏曲序跋集》，中国戏剧出版社 1990 年版，第 33 页）

⑲ 孙钅广"传奇十要"，参见吕天成《曲品》，原文为："凡南剧，第一要事佳，第二要关目好，第三要搬出来好，第四要按宫调、协音律，第五要使人易晓，第六要词采，第七要善敷演……淡处做得浓，闲处做得热

闹，第八要各角色派得均匀，第九要脱套，第十要合情、关风化。”（载《中国古典戏曲论著集成》六，第223页）

⑳㉑㉒㉗⑱ 《李卓吾先生批评红拂记》眉批，国家图书馆藏明容与堂刻本。

㉓ 《笔耒斋订定二奇缘传奇》卷首，载《古本戏曲丛刊》二集。

㉕ 李渔：《闲情偶寄・演习部》“脱套第五”，载《中国古典戏曲论著集成》七，第108页。

㉖㉛㊱⑯⑰⑲ 《李卓吾先生批评琵琶记》眉批，国家图书馆藏明容与堂刻本。

㉘㉝ 《李卓吾先生批评古本荆钗记》眉批，国家图书馆藏明刻本。

㉜ 《鼎镌陈眉公批评西厢记》剧末批语，上海图书馆藏明师俭堂刻本。

㉞ 例如，冯梦龙在改本的眉批中也多次使用了“情节”的概念，如《酒家佣》第二十四折眉批：“赵子贱有贤妻，韩树南曾谏其夫，因情节太繁，故不用。”《量江记》第十六折眉批：“此等情节绝妙，既见樊生念母之情，又引出讹传死信，两路错认，绝似《荆钗记》。”（冯梦龙编：《墨憨斋十种传奇》上，中国戏剧出版社1960年版）

㉟ 王骥德：《曲律》，载《中国古典戏曲论著集成》四，第137页。

㊲ 参见袁行霈、孟二冬、丁放《中国诗学通论》第八章有关论述，安徽教育出版社1994年版。

㊳ 参见李昌集《中国古代曲学史》第一卷第六章“元代的曲体创作论与曲体文学风格观”，华东师范大学出版社1997年版。

㊴ 例如何良俊对“元曲四大家”的评论：“马之词老健而乏媚姿；关之词激厉而少蕴藉，白颇简淡，所欠者俊语，当以郑为第一。”（《中国古典戏曲论著集成》四，第6页）这是从风格的视角所作的论定。

㊵ 参见孟称舜《新镌古今名剧合选柳枝集》卷首，明崇祯刻本，载《古本戏曲丛刊》第四集，商务印书馆1958年版。

㊶ 宋词“婉约”“豪放”之界说，较早见于明张綖《诗余图谱》：“词体大略有二，一体婉约，一体豪放。婉约者欲其词调蕴藉，豪放者欲其气象恢弘。”孟称舜以两种风格用之于戏曲评论实与张綖时间相近。

㊷ 孟称舜：《新镌古今名剧合选酹江记》之《窦娥冤》眉批，《古本戏曲丛刊》第四集。

㊸ 上引评点文字均见万历三十八年（1610）起凤馆刊刻《元本出相北西厢记》眉批，国家图书馆藏。

㊹ 幺书仪：《元人杂剧与元代社会》，北京大学出版社1998年版，第137页。

㊺㊻ 《鼎镌陈眉公先生批评西厢记》眉批，上海图书馆藏明书林师俭堂刻本。

㊼㊽ 陈洪绶批点：《新镌节义鸳鸯冢娇红记》眉批，载《古本戏曲丛刊》二集。

㊾ 王骥德：《曲律・论剧戏》，载《中国古典戏曲论著集成》四。

㊿ 沈璟：【二郎神】套曲，天启刻本《博笑记》卷首。

51 《柳浪馆批评玉茗堂紫钗记》，明末刻本，《古本戏曲丛刊》初集。

52 冯梦龙：《墨憨斋详定酒家佣传奇》第十折“燮访王成”折首眉批，上海图书馆藏《墨憨斋十种传奇》明刻本。

53 70 第十三折“文姬托孤”折首眉批。

54 李渔：《闲情偶寄・词曲部》“格局第六”之“填词余论”，载《中国古典戏曲论著集成》七，第70页。

55 57 李渔：《闲情偶寄・演习部》“选剧第一”，载《中国古典戏曲论著集成》七，第73页，第73页。

56 李渔：《闲情偶寄・声容部》“习技第四”之“歌舞”，作家出版社1995年版，第162页。

58 李渔：《闲情偶寄・演习部》“选剧第一”之“剂冷热”，载《中国古典戏曲论著集成》七，第76页。

59 63 64 李渔：《闲情偶寄・演习部》“授曲第三”之“解明曲意”，载《中国古典戏曲论著集成》七，第98页，第 98 页，第 70 页。

⑥0 李渔:《闲情偶寄 · 演习部》“授曲第三”之“吹合宜低”，载《中国古典戏曲论著集成》七，第 103 页。

⑥1 李渔:《闲情偶寄 · 词曲部》“结构第一”之“戒讽刺”，载《中国古典戏曲论著集成》七，第 11 页。

⑥2⑥5 李渔:《闲情偶寄 · 声容部》“习技第四”之“歌舞”，第 154 页，第 165 页。

⑥6《宝晋斋鸣凤记》，题“汤海若批评”，明刻、清初读书坊重修本。

⑥7《快活庵批点红梨花记》，国家图书馆藏明刻本。

⑥8 冯梦龙:《墨憨斋重订精忠旗传奇》眉批。

⑥9 参见威廉 · 阿契尔《剧作法》第十二章，吴钧燮，聂文杞译，中国戏剧出版社 1964 年版。

⑦1《李卓吾批评锦笺记》眉批，国家图书馆藏明刻本。

⑦2《魏仲雪批评投笔记》眉批，万历存诚堂本，载《古本戏曲丛刊》初集。

⑦3《小青娘风流院传奇》，明道人批点，崇祯德聚堂刻本，载《古本戏曲丛刊》二集。

⑦4《玉茗堂批评种玉记》，崇祯刻本，载《古本戏曲丛刊》初集。

⑦5 朱有燉:《〈继母大贤〉传奇引》，载吴毓华编《中国古代戏曲序跋集》，中国戏剧出版社 1990 年版，第 38 页。

⑧0《鼎镌陈眉公先生批评幽闺记》眉批，国家图书馆藏明书林师俭堂刻本。

⑧1《鸳鸯绦传奇》，评批者不详，崇祯刻本，载《古本戏曲丛刊》二集。

（2012 年第 8 期）

语图传播的可名与可悦

——文学与图像关系新论

赵宪章

发生在2003年的一宗知识产权纠纷案给人留下深刻印象，那就是日本丰田汽车状告中国吉利公司商标侵权。一般而言，注册商标由“文字”和“图像”两种符号标示，丰田诉讼吉利的商标侵权不在前者而在后者，即认为吉利的“美日”车标和自己的“牛头”图像极其相似，并非“吉利”二字和“丰田”（TOYOTA）的文字标示不易区分。这一案例说明，语言（文字）是一种精准的命名符号，而用图像为事物命名却不尽如人意；尽管“文字商标”之“冒牌”也属于商业侵权，但是和我们将要讨论的“命名”问题无甚干系。我们的问题是：既然图像符号不能精准命名，商家为什么还要使用“图像商标”？《商标法》为什么还要赋予两种商标同等的法权呢？显然是为了商业信息的有效传播，即相对“文字商标”的精准性而言，“图像商标”的优势在于“取悦于人”，通过“一目了然”诱使受众“一见倾心”。就此而言，我们似乎可以将语言称为“可名”符号，而将图像称为“可悦”符号，二者在信息传播中各有所长，表现为不同的功能和效果。

由此关注文学与图像的传播关系也是这样：前者作为语言艺术，借助“可悦”的图像符号可以赢得更加有效的传播。中国先秦神话传说和经史故事对于后世的影响，就和它们曾被镌刻在汉画像石上有着密切关系；曹植《洛神赋》的文学影响力，恐怕不能无视顾恺之、李公麟、仇英、文徵明等人对它的精彩图绘；唐宋诗词中的名篇佳句之所以家喻户晓，诗意画对它们的反复模仿功不可没；明代小说的繁荣，更是借助了“光芒万丈”的版画艺术[①]……至于现代影视对于文学作品的改编，从而使鲜有人问津的“白纸黑字”瞬间变得洛阳纸贵，已是众所周知的事实，并被许多写手趋之若鹜。尽管“文学图像化”造成的负面影响已经引起世人的忧心和诟病，但是，止于价值判断或谋求疗救良方并非学术之本职，关键还在于从学理层面分析“为什么”，即语言艺术和图像艺术的传播力，究竟在何种意义上存在根本不同，以致出现了当代文艺受众从语言世界向图像世界的大迁徙。这就涉及语言和图像作为传播符号，在“命名”和“愉悦”方面为什么会有所不同，需要展开细致论证以厘清它们之间的复杂关系。

一、可名与不可名

一旦“人们什么时候把名称分派给事物，就在概念和音响形象之间订立了一种契约”[②]。也许正是由于索绪尔所说的这一原因，在人类语言学史的源头，无论是古希腊还是中国先秦，都可以发现“名实”关系的讨论，并且延续至今，成了语言理论的基本话题之一。从柏拉图的“名称”论到维特根斯坦的“命题”论，西方语言学一直都在反复追问这一斯芬克斯之谜。因为所谓“命名”，即“把名称分派给事物”，意味着我们对所命名的事物有所认知，并且，认知的精度决定了命名的精度；我们不可能对尚未认知的事物命名，也不可能将一个精准的命名赋予一个含混不清、模棱两可的事物。于是，世界对于我们而言，在何种意义上是“可名”或“不可名”的，也就成了语言学需要回答的核心问题。

《礼记·祭法》载“黄帝正名百物，以明民共财”，说明关注名实关系在我国也由来已久。春秋末年至战国时代的“名实之辩”，便是这一问题在上古汉语史上的集中凸显。孔子面对礼崩乐坏的时代，提出了“正名”主张，认为“名不正，则言不顺；言不顺，则事不成；事不成，则礼乐不兴”（《论语·子路》），目的在匡正“名存实亡”和“名不副实”的混乱，恢复“名正言顺”和“名副其实”的周礼之序。尽管墨子等提出不同观点，认为应当在承认现实的前提下“取实予名”，主张“有之实也，而后谓之；无之实也，则无谓也”（《墨子·经说下》），但是，在应当名实相符这一问题上和孔子无甚二致。由此，名家代表人物公孙龙也提出“审其名实，慎其所谓”，主张审慎地考量名实关系，正确地使用前者称谓后者。具体说来，即：“‘彼’彼当乎彼，则唯乎彼，其谓行彼；‘此’此当乎此，则唯乎此，其谓行此。”（《公孙龙子·名实论》）也就是说，只有精准而无歧义的命名，才能被他人应之并流行起来。毫无疑问，这些表达都属于最一般的名实观，具有普遍的语言学意义；其他相关论述，无论选择怎样的角度切入，承认“名”和“实”的相符和统一，当是所有语言问题立论的前提。道理很简单：语言作为人类认知世界的基本符号，“名副其实”是它的基本属性和理想表达。

当然，这并不意味着语言无所不能，它也有不可言状之对象。这一问题在特立独行的道家那里受到突出强调，例如《老子》开篇就提出的“道说”问题：“道可道，非常道；名可名，非常名。”可以言说的“道”不是恒常之道，可以命名的“名”不是恒常之名；意谓恒常之道与恒常之名是不可言说、不可名状的，语言只能抵达“非恒常”的世界，这个世界就是可变的、经验的、感知所及的此岸世界。因为，“道者，万物之奥”（《老子》第六十二章）。“道”乃万物之深藏，是万物之源而不是万物本身，是超验和虚无的本体而不是经验和实有的世界，所以也就不可道说、不可名，即所谓“大象无形，道隐无名”（《老子》第四十一章）。这样，老子就把“可名”与“不可名”分别派发给了“实有”和“虚无”——对象世界的“实”和“虚”决定了语言的“可名”与“不可名”[③]。由此推演，柏拉图的“理式”、康德的“物自体”、黑格尔的“绝对理念”、信仰体系中的“神”等，都是不可名状的，因为它们是超验的“虚体”。由此我们也可理解所有的宗教义理为什么不是由最高神在场言说，而是由它们的替身为之代言，就像《圣经》的直接布道者是耶稣而不是上帝，因为后者是隐身的虚体，也就不可能在场言说，当然也不可能被我们所言说。

值得注意的是，在先秦诸子的名实之辩中，“形”为什么成了可名与不可名的参照？这一问题至今未被学界所注意。例如邓析，作为名实关系的最早提出者，便是以“好刑名”（“刑”与“形”通）而著称，说明所谓“名实关系”的最初表述是“名形关系”。而“形”乃“实”之形貌、形象，并非事物本身，所以前者也就被后者取而代之，最初的“名”“形”对举也就演变成后来的“名”“实”对举。这一重要的概念置换说明，“形”和“实”虽有密切关联，但是二者并非完全相同。邓析之后，“形”之有无成了“可名”与“不可名”的重要圭臬，上升至一个具有独立意义的概念。仍以“大象无形，道隐无名”为例，就这个排比句式的表述逻辑来看，“大象”和“道隐”对应，“无形”和“无名”对应，意谓“道”如“大象”，“无形”也就“无名”；有（无）形是有（无）名的表现，也是“可名”或“不可名”的原因。《老子》第六十七章又将“道大”归结为“似不肖”，同样是“无形”的含义：“夫惟大，故似不肖；若肖，久矣其细也夫”，认为“道”如果和任何具体事物的形貌相似，那它不仅不大反而渺小了。这些观点也和名家的“大道无形，称器有名”[④]基本一致。

可见，“有形”作为“实”之形貌、形象，也就意味着对象之可名；反之，“无形”作为“虚”的表征，则意味着不可名。于是，“形”在命名活动中就被赋予“中介”和“参照”的意义，墨子的“以名举实若画虎”[⑤]很能说明问题。“以名举实”就是语言行为、命名活动，墨子认为这是“名”对“实”的形象模拟，是语言依照事物的形象为其命名，就好像画虎那样去模拟真正的虎。在墨子的这一比喻中，“形”概念已经从事物之形貌延宕为整个命名行为中的“图像认知”了，近似于海德格尔所说的“世界被把握为图像”[⑥]。也就是说，“形”不仅是客体事物的显现，也是主体对客体的人为模拟，是命名行为中的“世界图像”，即所谓“立象以尽意”(《周易·系辞上》)。“图像”就是这样在“以名举实”的命名活动中起着关键的连接作用。[⑦]由此可知，早在我国先秦诸子就已意识到语言不可能抵达事物本身，即使对于有形的、可名的世界也是如此，我们只能根据事物所显现出来的“样子”为其命名。“形”概念就是这样位于“名”“实”之间，在“以名举实”中充任了是否“名副其实”的经验见证。这一问题延续到后来的魏晋玄学便被进一步明确，那就是王弼等人关于“言”“象”“意”关系的精辟阐发。“象”在王弼的语境中已经成为相对独立的认知符号，非常接近现代符号学意义上的“图像”概念了。[⑧]

道理很简单：既然“形”不等于“实”，只是事物显现给我们的“样子”，也就是我们经验世界中的“样子”，即我们在“以名举实”中所认知、想象和描画的“样子”，那就意味着它也是一种符号，即“图像符号”。图像作为符号同样可以为事物命名，像语言那样具有指称世界的功能。关于这一问题，柏拉图就有非常明确的表述：“名称是对事物的模仿……图画也是对事物的模仿，但模仿的方式不一样……这两种模仿——我指的是图像的模仿和词语的模仿——在模仿事物时的属性和用法是不一样的。”[⑨]但是，“图像模仿”和“词语模仿”究竟如何不一样呢？无论是柏拉图还是我国先秦名学、魏晋玄学，都没有明确阐发，需要我们展开细致辨析。

先从文字学和词源学说起。无论是甲骨文还是金文，汉语言中的“名”都是一个会意字，由“夕”和“口”两部分组成。“夕”是月牙的形状，表示月光暗淡；“口”是人嘴的形状，表示说话。二者合为一体，“夕”在上、“口”在下，表示在暗淡的光线中眼睛看不清楚物体，但是可以用嘴说出来；用嘴将事物说出来即为“名”。这也是许慎《说文解字》关于“名”字释义的来源：“名，自命也，从口从夕。夕者，冥也。冥不相见，故以口自命。”他同样将“名”解释为“看不清，所以说”，“说某物”就是“名”。这一解释其实早在《墨子·贵义》中就已有十分具体的表述：“今瞽曰：皑者，白也；黔者，黑也。虽明目者无以易之。兼白黑，使瞽取焉，不能知也。故我曰：瞽不知白黑者，非以其名也，以其取也。”失明者能够像明眼人那样谈论何者为白、何者为黑，但是，如果将白黑两种东西混在一起让失明者去取，那他就不能辨认清楚了。为什么？前者心智使然，后者视障使然。综上材料集中在一点，就是图像命名之不可达成不等于语言命名之不可达成，或者说语言可名之物不等于图像也同样可名，更不等于对象本身之不存在，也不是因为对象本身之“无形”，而是受制于“光”，包括光环境和视觉对光的感应能力。这是图像命名之可能的必要条件，语言命名则无须这个条件。换言之，相对“词语模仿”而言，“图像模仿”存在命名的“条件局限”。那么，相对语言作为心智符号而言，图像作为视觉符号本身是否也有“自身局限”？

我们知道，无论是明眼人还是视障者，在谈论“皑者，白也；黔者，黑也”时，都是一种抽象的规定，并不具体指称某一特定事物；而“兼白黑，使瞽取焉”显然属于后者，即对具体的事物（图像）进行辨析。语言可以意指世界一般，也可以意指具体事物，公孙龙的“白马非马”便是由此取义。但是，图像作为命名符号却不能意指世界一般，墨子的“以名举实若画虎”不过是一个隐喻，语言符号中的“虎”这个词并不等于绘画中“虎”的图像，后者无法表达“虎”的概念和“一般的虎”。就像我们从画廊买来一幅虎的绘画作品，却不能买回虎的概念，二者是分离的。另外，就这幅虎画本身而言，它所模拟的是现实中的哪一只虎，我们也不甚了了，似乎也无须关心，只是它的“形”的诱惑才撩起我们的冲动。概言之，无论是对世界的抽象概括，还是对世界的具体描摹，图像作为命名符号都具有虚指性，并不能像实指的语言符号那样精准地命名世界。[⑩]这当属于图像作为命名符号的自身局限。

必须明确的是，我们将图像作为命名符号，也就意味着赋予它和语言符号同样的权力，一如图像商标和文字商标具有同等的法权。这样，我们所说的图像就是人为的、非自然的，像语言符号那样属于人之为人的能力。即使在正常的视觉条件下，图像本身也有“变形”“变相”之可能，哪怕是模拟同一只老虎的绘画作品，在构图或笔墨等方面也会有许多差别。而作为语言之图像载体的文字，篆、隶、行、草、楷的不同书写造型并不影响它的意指。这也是两种命名符号的重要区别，说明图像的人为性决定了它并不能像语言那样真实、客观和准确地显现事物。退一步说，即使图像能够真实、客观和准确地显现事物，那也只是事物“可见”的表面，难以表现“不可见”的部分。现代立体主义绘画别出心裁，试图超越这一局限，可惜也只能顾此失彼，事物的可见部分又变得面目全非了。这就是“图像模仿”难以避免的缺憾，说到底是其符号造型的本体属性决定了它的虚指性，而语言（文字）图像只是语言的“载体”，并非它的“本体”。

图像的虚指性不仅在于它无法表现“不可见”的世界，还在于它可以表现“不可能”的世界，即用图像代替语言“说谎”。现代西方人画出的“不可能三角形”“无止境楼梯”以及马格利特的一些作品等已为人们所熟知，我们现在需要提出另一种具有中国特色的不可能图像。这种图像只是“形”的不可能，并非义理方面。例如明代成化皇帝朱见深所绘《三教混一图》，正面看上去是释迦牟尼，左右两侧分别是戴小巾的老子和戴束发冠的孔子，从而将在中国盛行的儒、道、释三大教派的始祖合为一体。就其所表达的“三教合一”理念而言是正当的，但是就其“三位合体”的造型而言却是不可能的，特别是三位教祖共享一张脸面的造型不可能现实地存在。[11]广而言之，这也是中国画的一个特点，所谓“四季同时”“画中隐字”等也是如此，说明图像也可以在“形”的层面违背它的相似性生成原理。如是，图像作为符号之可能也就受到挑战，说明图像之“虚”深深植根于它所赖以存在的基础。

总之，虚指性决定了“命名”不可能是图像之所长，也可以说“命名”不是图像符号之本分。那么，图像的虚指性和愉悦之间又是一种什么关系呢？图像愉悦是以怎样的生成机制造就了强势的传播力呢？尚需我们继续论证。

二、图之悦与文之悦

尽管图像也可以是一种独立的命名符号，可以像语言那样具有同样的权力，但是，如果将其放在“文以载道”的历史语境中，由于它的虚指性，显然不能和语言命名相提并论，难以成就“文”一样的“载道”伟业。这就是中国儒家学派“崇文抑画”的口实，汉代王充就是这一观点的代表：

> 人好观图画者，图上所画，古之列人也。见列人之面，孰与观其言行？置之空壁，形容具存，人不激劝者，不见言行也。古贤之遗文，竹帛之所载粲然，岂徒墙壁之画哉？空器在厨，金银涂饰，其中无物益于饥，人不顾也。肴膳甘醢，土釜之盛，入者乡之。古贤文之美善可甘，非徒器中之物也，读观有益，非徒膳食有补充也。故器空无实，饥者不顾，胸虚无怀，朝廷不御也。[12]

在王充看来，和刻写在竹帛上的“古贤之遗文”相比，描绘在墙壁上的圣贤画像当然十分直观，如见其面，所以“人好观图画”，但是，图画不过是厨房里的“空器”，虽然外表灿烂亮丽，内里却空虚无物，并不能像古贤文章那样给人以实在的激励和劝勉，可谓“秀而不实者”（《论语·子罕》）也。王充的“崇文抑画”论从侧面说明人们对于“图之悦”的忧虑古已有之。

既然这样，“人好观图画”的原因是什么呢？人们对于图画的喜好为什么胜过阅读高头讲章，以至于“喜好”到令人忧虑的地步呢？尽管王充的观点后来受到张彦远的严厉批判[13]，但是被其赋予贬义的“空器”说却道出了个中原委：“器空无实”“胸虚无怀”恰恰是图像符号特点，“秀而不实”的虚指性恰恰是“人好观画”的诱因。换言之，相对实指的语言符号而言，图像符号所承载的道德义理毫无疑问是“空”而“虚”的，即无实在的和实用的意义，以至于“饥者不顾”“朝廷不御”。但是，正是这种对于“饥者”和“朝廷”而言的超实利性，却为愉悦之情的生发提供了充分的自由空间。这就近似于康德论及的鉴赏愉悦的超功利性，但又不完全相同，因为王充的“空器”说并非真正意义上的“空无一物”，他只是将先贤之形貌和其竹帛遗文相对而言，意谓图画并不能像语言作品那样言之有物、充实而有用。这一譬喻倒是和柏拉图的“洞穴之喻”十分相似，二者都将图像视为一种“空洞之物”，都对图像虚指及其诱惑力保持警惕。[14]

柏拉图用“洞内”和“洞外”分别隐喻“可见”与“可知”两个世界；前者是影像的世界，后者是理性的世界，认为二者的差异在于教育和智力，后者高于并应主宰前者。因此，当影像世界的囚徒们走出洞穴、走到洞外，当是认知能力的提升，而在洞内的长期生活必然导致他们错误地“断定自己所看到的阴影就是真实的物体……认为实在无非就是这些人造物体的阴影”。另外，囚徒们一旦见识洞外世界反而无法适应，并会错误地认为洞内影像比洞外世界“更加真实……更加清晰、更加精确”[15]。显然，柏拉图讲述这个故事意在表达这样的观点：“影像”不等于“实在”，但是前者却有很大的迷惑性，以至于使人“以假当真”。

对于柏拉图的“洞穴之喻”可以有多重解释，我们所感兴趣的首先是这个故事的叙述视角。柏拉图作为这个故事的讲述者，显然将自己装扮成了“可见世界”的救世主，即用救世主的口吻教育那些沉迷于影像世界、被影像符号所束缚的“囚徒们”。同时，他又明确意识到这些“影像囚徒”一旦走出洞穴仍有“转身逃走”之可能，他们会重新返回洞内的影像世界。这就是柏拉图所隐喻的图像符号的诱惑力。既然这样，我们不妨换一种视角重述这个故事，即不是以理性代言人的身份，而是采取符号学的“价值中立”。这样，我们就要暂时搁置柏拉图的价值判断，着力反思洞内的囚徒们为什么会对影像符号如此痴迷和留恋。柏拉图既然没有否认洞内的囚徒也是“活生生的人”，我们就有理由对叙述者进行这样的身份转换。

如是，我们就会认定洞内的影像世界也是一种生活常态，也有其存在的理由，就像长于冥思的哲学家同样喜爱图像艺术那样，“虚虚实实”不过是人生的两翼。影像世界的存在理由首先在于我们生有眼睛这个器官，没有影像也就没有了眼睛存在的理由。就此而言，和理性冥思相比，“观看”不过是一种身体习性，直接和人的生理相连，具有更自然的身体适配性。由此便可引申出如下推论：相对语言这一“理性符号”而言，图像符号距离身体更近，“观看”之可能首先是生理机能使然。于是，相对“洞外”的理性世界而言，“洞内”的影像更是身体的直接在场。参照身体现象学的观点，由于画家“把他的身体借给世界”，才把世界变成绘画[16]；由于身体是“世界之肉”，“观看”也就成了身体的器官，是心灵和情感愉悦的直接来源。正是“观看”的这一直接的身体性，图像也就成了身体的“快乐之肉”，它所引发的愉悦当是“天赐良缘”、自然而然。这是因为，包括文艺在内的任何愉悦，一般而言都不可能来自外力的强迫；外力强迫可能产生痛苦却不可能产生愉悦，愉悦不会听从任何强迫命令。愉悦是情感神经主动接受诱惑之后的兴奋和勃起，出于身体的本能及其内在而自由的生成机制，即所谓“乐由中出，礼自外作”（《礼记・乐记》）。图像愉悦就是身体欲望对于图像诱惑的内在而自由的认同与应和，一如“柏拉图之洞”对于“影像囚徒”的吸附。我们不妨借助物理世界的“虹吸”现象对此做出解释：所谓“图像空洞”就是情感世界中的“宇宙黑洞”。

总之，无论是王充的厨房器皿之“空”，还是柏拉图的影像洞穴之“虚”，所表达的都是一个道理，这个道理就是图像诱发愉悦之情的“虹吸原理”，“虹吸”是图像愉悦的生成机制。这一机制告诉我们，如果将语言视为以理性认知见长的符号，那么，图像则是“秀而不实”的愉悦符号。因此，图像符号尽管可以像语言那样具有命名的合法性，但是，前者不可能像后者那样精准无误，因为“可悦”而非“可名”才是图像符号之优长。

当然，这并不是说语言符号不可以产生愉悦，只是说它和图像愉悦很不相同。语言符号的愉悦性主要来自它的“所指”，包括“所指意”和“言外意”（意义的延宕）；前者是认知之悦、命名之悦，后者是艺术之悦、审美之悦，都和语言符号的能指无关。这一意义上的语言愉悦不仅和它的能指无关，而且一旦意义生成便会将其忘却，即所谓“得意忘言”。另外，语言愉悦的前提是所指意的被理解，不被理解或被曲解的所指对于语言引逗无动于衷，就像同一则幽默故事并不能诱发所有听众的笑声。图像愉悦就不同了。图像愉悦来自图像符号本身，而图像作为世界的“替身”，并不像语言那样有着能指和所指的严格区分，二者在图像符号中是并列的、浑然一体的。因此，图像愉悦生成之后不可能将其忘却，它将伴随愉悦的全过程。更重要的是，图像作为世界的替身决定了它并非像语言那样难以理解，它的身体性决定了任何一个身心健全的人都可以成为它的合法观者。

如果一定要找到语言的能指愉悦，那么，它无非来自“声音”和“形象”两个方面，尽管它不是语言愉悦的主流。就“声音”能指而言，例如歌词、唱词等，这是语言能指的音乐化；就“形象”而言，无非是书法、美术字以及图像诗之类的文字或文本造型等。这两个方面都是语言能指的重建，与其“所指意”和“言外意”迥然不同。作为语言能指的重建，由此而来的愉悦之情实际是“能指膨化”，但是它的所指意并未发生任何改变。被重建的语言能指之所以产生愉悦，在于它的所谓“膨化”不过是延长了从能指到所指的时间和距离，从而赋予原有的能指以虚拟的音像效果。之所以说这种被延长了的时空及其音像效果是“虚拟”的，在于它并没有为语言符号添加什么新意，并不是语言符号的新的增值；恰恰相反，时空延长之后的声音和形象反而使语言虚化，受众的注意力反而会从语言本义转移到被延长的部分，冲淡和遮蔽了语言所指的固有意义，从而在能指被愉悦的同时弱化了它的实指性。因此，与其说这是语言愉悦，不如说这是虚化的愉悦、图像的愉悦，因为它和语言愉悦的实指本色背道而驰，二者有着不同的指向：后者从能指到所指、再到所指意的延宕，是语言行为的顺势而为；前者从能指到能指的重建和膨化、再到语言的虚化，是语言行为的逆势而上。[17]因为语言行为的终极目标是意指的精准性而不是能指的复杂化。

无论是语言的“能指愉悦”，还是“所指意”和“言外意”的愉悦，由于都以语言符号为载体，也就不可能彻底摆脱它的实指性，所以理性始终是语言愉悦的制约机制。因此，任何语言愉悦都是可控的、有克制和有限度的，即所谓“乐而不淫，哀而不伤”（《论语·八佾》）、“发乎情，止乎礼义”（《毛诗序》）。这是中国古人对于愉悦的期待，也揭示了由语言文本引发愉悦的基本特点。这个特点一如“悦”字的构成——左“心”右“兑”：“兑，说也”（《说文解字》），将心里的话说出来就是“悦”，“说”即“心悦”，语言之悦就是“心之悦”[18]。图像愉悦就不同了，它的动能来自虚拟世界对于身体机能的虹吸，因而是一种“身之悦”。因此，图像的观看如果没有足够的“理性定力”，就有可能会导致“身不由己”，沉迷其中而不能自拔，就像柏拉图的“洞中囚徒”，被影像所困还信假为真，走出影像的囚禁还要重新返回。

这不禁使我们联想到当下社会所遭遇到的“符号危机”，即20世纪下半叶电视文化普及以来，人类社会进入“图像时代”之后所产生的符号危机。美国学者尼尔·波兹曼为此写过一本《娱乐至死》，深刻批判了以电视为代表的图像文化，斥之为足以让美国人“娱乐至死”的大众传媒。值得注意的是，波兹曼在80年代中期写作这本书的时候，互联网还没有进入日常生活，所谓“娱乐至死”不过是他的夸张；而在当今的网络时代，“网瘾”所导致的“娱乐至死”已经成为事实。包括电视和网络在内的所有图像，“娱乐”正是它的符号本质；图像作为最强势的娱乐符号，正在迅速而无节制地、强行而不加商量地侵入包括政治和意识形态在内的每一方寸。正如波德里亚所言，“诱惑是不可抗拒的”[19]。它的不可抗拒性就是源自“图像空洞”之“虹吸”。在“图像空洞”的“虹吸”中，人类的思考习惯正在逐步丢失，人类的语言能力正在慢慢萎缩。更可怕的是，这种“丢失”和“萎缩”是在不知不觉中进行的，就像青蛙跳进正在加热的温水中，大限将至还浑然不觉。这就是文学危机背后的“符号危机”，一种涉及人类存在的更沉重和更挠心的危机。

“网瘾”所引发的灾难往往使社会学家困惑不解：明明知道网络是虚指世界，为什么还会乐此不疲？殊不知正因为它的虚指性，图像才产生了类似“虹吸效应”的诱惑。虚指图像作为实在的“替身”，对于它的忘情也就意味着对于实在的遗忘。“图像空洞”的虹吸可能导致情感世界的过度开采，诱惑观者沉沦为虚指世界的“囚徒”和“瘾君子”。尽管现实生活中也有“过劳死”，也是一种“过度”，但和前者的动因截然不同：“过劳死”是个人意志超过了体能，“娱乐至死”则是对象的虹吸使人欲罢不能。后者就像在冰面上疾驰的汽车，主观意愿已经无法掌控失去摩擦系数的飞车，而这“摩擦系数”就是人的理性。这就是包括网络在内的所有“图像空洞”的“不可抗拒”的吸附力，也是图像符号这列“冰上飞车”之所以具有强势传播力的根本原因。

我们知道，按照马斯洛的理论，从生理、安全、归属与爱，到尊重和自我实现，是人类由低到高、逐级递升的五种需求。从中可以发现，马氏所描述的这五种需求也是从“实”到“虚”的逐级递升：越低级的需求越实在，越高级的需求越虚幻。丰子恺的“三层楼”譬喻也是如此，认为现实、艺术和宗教是人生境界逐步提升的三个层次[20]，同样描述了层次越高越虚幻的世界图像。可见，“虚指”作为诱惑之引力，不仅决定了图像符号的传播，同时也与人生哲理相互吻合。诱惑来自虚拟空洞的虹吸，当是图像世界和“世界图像”的普遍真理。

三、图以载文文自轻

1995年深秋，北京一处容纳八百人的拍卖会场座无虚席，经过几番轮流举牌，北京故宫博物院终以一千八百万元的高价将北宋张先的《十咏图》购回，使这件流失民间半世纪之久的艺术瑰宝重回故里。[21]此事堪称新中国美术史上的“壮举”。从此，《十咏图》进入了学界视野，相关考论也已出现。我们所感兴趣的是《十咏图》作为一幅诗意画，和题写在画面上的《十咏诗》有着怎样的关系[22]，从中可以发现文学传播中的哪些问题，等等。

《十咏诗》的作者张维一生未仕，平生好诗但不求名世，大多率然成章，吟咏自娱，所以在北宋诗坛并无名气；只是由于张先《十咏图》的模仿，张维及其《十咏诗》才广为人知。这是中国古代“图以载文”而助推文学传播的典型个案，恰如陈振孙所言：“平生闻说张三影，十咏谁知有乃翁。逢世升平百年久，与龄耆艾一家同。名贤叙述文章好，胜事流传绘素工。遐想盛时生恨晚，恍如身在画图中。”[23]“张三影”为张先自况。在陈振孙看来，如果不是他的《十咏图》，又有谁能知道他的父亲张维呢？“名贤叙述文章好，胜事流传绘素工”，许多好文章就是这样得益于绘画才能流传名世。用我们今天的话来说，文学借助图像艺术得以广泛传播。

《十咏图》手卷自右至左由三幅画卷构成，《十咏诗》也分三组被分别题写在画面留白处，清楚地告诉观者“因诗而景”是其创作的动因。《十咏图》右首取景于吴兴（今湖州）胜景南园，上题《吴兴太守马太卿会六老于南园人各赋诗》（以下简称“会六老诗”）等三首，显然是《十咏图》所要凸显的“画眼”。在“会六老诗”中，张维记述了他于庆历六年（1046）参加过的一次“六老雅集”，充满自豪与超拔之情怀。张先创作《十咏图》显然是要纪念这次南园盛会，以彰显并缅怀先父的荣耀与恩德，这也是触发其创作冲动的主要诱因。画面的主体建筑是一座重檐歇山顶楼阁，内有山水屏风，屏风前有二老对弈，一老观战。三人神情专注，令人想见棋势紧张而精彩，所以吸引另一老翁由庭院拾级而上，老翁后面有一侍从携琴相随，似乎是要前来助兴。主体建筑旁有一亭榭，临水而建，其中又有二老扶栏交谈，面向近水远山，神情怡然。亭榭两侧有石栏曲折相连，形成以楼阁为中心的庭院。石栏上一只仙鹤跃势欲飞，点出另一首题诗《庭鹤》；院内华树垂柳，草木葱茏，又引出第三首题诗《玉蝶花》。应该说，张先的图绘成全了其父张维在“会六老诗”中写下的遗愿——“他日定知传好事，丹青宁羡洛中图”。

但是，这仅仅是就《十咏图》本身作为画品而言，并未将其和原诗进行细细比照。如果将张维的“会六老诗”拿来细细比照，我们就会发现诗中的很多事理已被画面过滤掉了。首先是此诗小序所言“天童阁侍讲胡媛有序及余诗皆不录”，胡媛《序》和“人各赋诗”皆被省略；也就是说，《十咏图》右首对于张维历史叙事诗的模仿，并未将诗中所写“诗会”的全部作品纳入画面，并不能全面反映“南园雅集”的全貌和盛况，何况画面中的人物也没有表现出“吟诗”之样态。其次是张维“会六老诗”所言“宴娱”之“宴”，在画面中也没有表现；画面所呈现的“琴棋之娱”又不是“会六老诗”所载，张先取前而舍后显然是为了凸显“诗会”的高雅。更重要的是，张维在“会六老诗”中表达了视政绩如水草、“休言身外荣名好”的超凡脱俗精神，在画面中根本没有、也根本无法体现。至于《庭鹤》所写仙鹤“戢翼盘桓”之英姿和“闭啄苔钱”之逸态，画面上只留下了一个仙鹤符号造型；《玉蝴蝶花》中的“雪中蓓蕾”及其“玉笛憾风枝”似的梦境，更是没有留下任何笔墨标示。

可见，图像对于语言的模仿实则是前者对后者的筛选，并以其“可悦”原则改变了前者的所指。在这一过程中，图像只能将语言文本的某些部分图绘在有限空间，并且只能选择图像可以显现的部分，这部分当然是最具“悦目”性的表征。我们这样分析诗画关系并不是无事生非，只是因为这《十咏图》右幅所摹写的“会六老诗”属于历史题材叙事，以此说明“图以载文”不过是“图”对“文”的筛选和重置。

《十咏图》所模仿的另外九首诗就不同了。除《庭鹤》《玉蝶花》之外，其他几首分别被题写在画面的中幅和左幅。与前述“会六老诗”相比，这九首诗并非历史题材，也不是以叙事见长，而是“由景生情”“借景言情”，属于“寓情于物”之类的抒情诗。无论是浪阔风高中消失在天水之间的一叶《孤帆》，还是久客他乡的“征人”在遥野空林、深秋月夜中《闻砧》声声，以及“腊冻初开”之后的“烟村”乐享太平的景象（《宿后陈庄偶书》），所表达的主要是人的情感世界，而不是“会六老诗”那样以叙述往事为主。特别是《送丁逊秀才赴举》和《贫女》两首，前者表现为“通过宾主辞别场面使画境递远，直送出画面，有不言之妙”；后者表现为“一村妇在简陋的茅屋中辛勤织布的画面……象征性十分明显”[24]。于是，和右幅人物场景画面的“实写”相比，摹写《十咏诗》抒情类诗篇的画面则是一大片山水图景，大有宋元之后文人画之画风，“写意”而不是“写实”是其主体风格。[25]就《十咏图》的整体构图而言，这样的布局使画作虚实相间、张弛有致，从右上到左下的斜向水面又将虚实分开，似乎为“观看”的节奏划出了一条美妙的曲线，煞是好看。就《十咏画》摹写《十咏诗》的忠实性而言，只有写意的图像才能体现诗之“不言之妙”，因为按照符号学美学的观点，“情”是不可言说的，属于语言“不可名”之物。诗之“不言之妙”就是语言难名之处，所以只能用符号“象征”之，这个符号就是虚化的图像。虚化图像以其若隐若现、若有若无的视觉效果替代了语言不可名状之情感，即将“不可言说之说”转化为悦目的写意山水，从而在语言不可名处为世界重新命名。[26]《十咏图》就是这样以其不同的画风应对《十咏诗》不同的诗风，在“诗画一律”的意义上实现了风格的一致和协调。

《老子》第二十一章曾经这样描述“象”与“道”“物”的关系：“道之为物，惟恍惟惚；惚兮恍兮，其中有象；恍兮惚兮，其中有物。”在老子看来，所谓“象”就是“惚兮恍兮”的虚拟，正是这种虚拟性使其成为“道”和“物”的中介，一方面将二者相互勾连，一方面将它们纳入自己的表意体系。也就是说，视觉图像一方面可以模拟有形之“物”，这是语言可名之世界；另一方面又可以充任无形之“道”的替身，在语言止步之处为世界重新命名。《十咏图》对于《十咏诗》的模仿就是这样，一方面将语言可名之物细致而真切地呈现于画面，另一方面又以语言的替身在其不可名处为情感世界重新命名。这就是图像对于语言的“双重虚化”，它的直接后果是使图像的观者在“忘情山水”的同时，也忘却了图像所遗漏和替代的语言世界，除非他的阅读兴趣被图像诱发之后重新去面对原作的白纸黑字。

明确了这一点，也就明确了所谓“文学图像化”并非图像对于语言艺术的简单对译。在这一过程中，图像对语言的模仿只限于筛选之后的“语言残留”，但却丢弃或置换了图像之不能或不宜的世界，从而导致原作的虚化；另外，图像也可以作为语言的替身，在语言不可名处为世界重新命名，将“惚兮恍兮”的世界以图绘的方式定型，从而进一步虚化了文学的世界。图像对于文学的这种“双重虚化”使文学所承载的事理变得轻薄了，同时也减轻了“图以载文”的负重。“图以载文”对于文之事理的“减负”必然加速它的传播速度，使观看被图像化过了的“文学”无需很长的时间，也无需阅读过程所必需的凝神静思、反复回味和深度理解。可见，以“轻装”换取游走的速度是“图以载文”的主要表征，卸载文之事理是文学获取图像传播力之必需的选项，可谓“图以载文文自轻”。这是一种符合自然规律的文学图像化规律；作为自然存在物的“身体之观看”，显然是这一规律在语图传播世界的践行者。

鲁迅小说是中国现代文学史上被图绘最多的文学作品，丰子恺是为鲁迅小说插图最多且最具风格的画家，居然创作了 149 幅。丰子恺曾经这样表述自己的意图：“我把它们译作绘画，使它们便于广大群众阅读，就好比在鲁迅先生的讲话上装一个麦克风，使他的声音扩大。”[27] 丰子恺将文学插图称之为“译”，以示自己对于原作的忠诚；他同时提醒观者这些插图仅仅为了“便于阅读”，而不是要“代替阅读”，他的漫画“图说”不能代替白纸黑字里的“言说”。“图说”只能撩起阅读原作的兴趣，如此而已。如果说以诗意画和小说插图为代表的图以载文确实如此的话，那么，现代影像作品对于文学的改编则颠覆了这一传统，以“图说”代替“言说”在现代影像的语境中已经成了不争的事实。[28]

现代影像和传统绘画的重要区别是它们对于技术的依赖程度。从某种意义上说，没有技术就没有图像，技术是图像的第一生产力。但是，传统绘画的技术隶属于身体，是一种“手绘”，现代图像技术则是工具的化身，技术在现代影像制作中已经远离身体而跃升为它的“总导演”。这个“总导演”以赢得更多“眼球关注”为目的，以“取悦于人”为原则，以让观者“信以为真”为策略，彻底颠覆了符号表意的常规和常识。在现代影像作品中，“世界被表征为图像”并不是前者决定后者，恰恰相反，是后者决定前者，因为技术这个“总导演”有能力对世界重新摆布。更明确地说，现代影像中的世界不过是技术机器对于某种需要的迎合，只要观者“信以为真”就无需考虑世界是否“确实如此”，“导演”可以自主决定世界在镜头面前如何“出相”。就此而言，现代影像和传统绘画的区别还在于，传统绘画是一种“表现符号”，现代影像却是一种“表演符号”：世界被现代影像撕碎又被重塑，尽在“导演”所掌控的表演中。它有权力这样掌控世界，这个权力就是现代影像赖以存在的“制作技术”。

因此，图以载文中的“图说”绝非真正意义上的语言行为，不可将二者同日而语。“图说”是语言被筛选过滤和咀嚼反刍之后的“图像表征”，在根本上不同于本真的“言说”。语言行为的最高原则是对世界的忠实“再现”，“图说”却是一种表现和表演。语言行为的“再现原则”是其作为命名符号的必然选项，精准的命名就是对世界的忠实再现；“图说”的表现和表演性则是基于它的“可悦”本质，“取悦于人”是图像表征的不二法门。图像为世界命名仅止于观者的“可信”，而“可信”并不等于“真实”，“真实”并不是图像的终极追求。由此我们便可理解 20 世纪西方图像学为什么反复追问“图像再现”，这恐怕也是我们研究文学与图像关系难以绕开的重要问题。

由此推演，语言的图像化就有可能存在一个非常恐怖的未来，这个未来就是图像以其不可抵御的诱惑对世界的全面占有，随之而来的是语言符号被迫退居其次——语言成了图像的“副号”。只要人类一直将“技术”作为至高和万能的上帝，并为此而倾其所有智慧用以图像表征，那么，这一天总会到来。这恐怕是真正的“世界末日”——人类返祖到了语言文明之前的“图像时代”。即使这一天永远不会来临，现代技术语境中的“文学图像化”也是走在这条路上。

注释：

① 郑振铎：《〈中国版画史图录〉自序》，载中国社会科学院科研局编选《郑振铎集》，中国社会科学出版社2004年版，第433页。

② 费尔迪南·德·索绪尔：《普通语言学教程》，高名凯译，商务印书馆1980年版，第108页。

③ 一些先秦名学研究的论著简单地将名实之辩归为“可名”与“无名”两派，即认为道家属于后者，其他各派属于前者，似有简单化之嫌。

④ 参见《尹文子·大道上》，原文为：“大道无形，称器有名。名也者，正形者也。形正由名，则名不可差……”（厉时熙注：《尹文子简注》，上海人民出版社1977年版，第1页）

⑤ “以名举实”的观点出自《墨子·小取》。《墨子·经说上》有相关解释：“举，拟实也”“告以之名，举彼实也……名若画虎也”。本文将这一观点概括为“以名举实若画虎”。

⑥ 海德格尔：《世界图像的时代》，载孙周兴选编《海德格尔选集》，上海三联书店1996年版，第899页。

⑦ 索绪尔将语言的能指规定为声音和形象两个方面，也是这个意思。不过，就汉语的特点而言，“形象”不仅是能指的一个方面，还是能指和意义之间的中介。

⑧ 王弼注老子《道德经》曰：“可道之道，可名之名，指事造形，非其常也。故不可道，不可名也。”（楼宇烈校释《王弼集校释》，中华书局1980年版，第1页）这表明王弼将“指事造形”作为唯一参照来解读老子的“道说”。“指事”和“造形”连为一体说明二者不可分离，即“指事”必然“造形”，“造形”（象）使“指事”成为可能。

⑨ 柏拉图：《克拉底鲁篇》，载《柏拉图全集》第2卷，王晓朝译，人民出版社2003年版，第120页。

⑩ 关于语言实指、图像虚指的问题，笔者已有专论（参见赵宪章《语图符号的实指和虚指——文学与图像关系新论》，《文学评论》2012年第2期），此不赘述。

⑪ 朱见深的《三教混一图》源自他的《一团和气图》（1465）。《一团和气图》依据广为流传的“虎溪三笑”故事，将佛僧慧远、儒者陶渊明和道士陆修静绘为一体，以表达图赞所言：“合三人以为一，达一心之无二，忘彼此之是非，蔼一团之和气。”（参见倪亦斌《〈一团和气〉宪宗画 西域藏图揭传承》，《紫禁城》2009年第8期）

⑫ 王充：《论衡》，上海人民出版社1974年版，第208页。

⑬ 张彦远曰：“余尝恨王充之不知言……余以此等论，与夫大笑其道，诟病其儒，以食与耳，对牛鼓簧，又何异哉？”（张彦远：《历代名画记·叙画之源流》，载何志明、潘运告编著《唐五代画论》，湖南美术出版社1997年版，第141页）

⑭ 我们在此使用“图像空洞”有双重含义：一是下述柏拉图的“洞穴之喻”所讲述的故事就发生在“影像的洞穴”中，二是“洞穴之喻”所表达的含义正好切合王充将图像视之为“空洞之物”。

⑮ 柏拉图：《国家篇》，载《柏拉图全集》第2卷，第511—512页。

⑯ 莫里斯・梅洛－庞蒂：《眼与心》，杨大春译，商务印书馆 2007 年版，第 35 页。

⑰ 语言的能指愉悦还有一种类型就是罗兰・巴特的“文之悦”，他的“文本解构”也可以产生愉悦。

⑱ “兑”字在甲骨文中是一个张着嘴巴、手舞足蹈的人的样子，喜悦之情溢于言表，所以它在古文字中和“悦”相通。“兑”作为六十四卦之一，《周易》的解释和《说文》一致：“兑者，说也。”而“悦”之左“心”右“兑”的组合，说明在中国古人看来，将心里的话说出来就可以产生愉悦之情，用我们今天的话来说，言论自由使人愉快。《周易》认为这“是以顺乎天而应乎人”。

⑲ 让・波德里亚：《论诱惑》，张新木译，南京大学出版社 2011 年版，第 66 页。

⑳ 参见丰子恺《我与弘一法师》，载《丰子恺集》，东方出版社 2008 年版，第 55 页。

㉑ 详情可参见申达《消失 50 年后，国宝〈十咏图〉重返故宫》，《青年博览》2007 年第 17 期。

㉒ “十咏图”题名并非原作所有，而是后人约定俗成。因此，我们也不妨将张维的十首诗称为“十咏诗”。这十首诗分别是，一、《吴兴太守马太卿会六老于南园人各赋诗》；二、《庭鹤》；三、《玉蝴蝶花》；四、《孤帆》；五、《宿清江小舍》（残篇）；六、《归燕》；七、《闻砧》；八、《宿后陈庄偶书》；九、《送丁逊秀才赴举》；十、《贫女》。“十咏诗”最早被南宋周密的《齐东野语》著录，现比照《十咏图》题跋可以发现多处讹误，今当以后者为准（参见周笃文《艺苑奇珍〈十咏图〉——略论〈张先十咏图〉的文献与艺术价值》，《文学遗产》1996 年第 4 期）。

㉓ 周密：《齐东野语》卷一五“张氏十咏图”，中华书局 1983 年版，第 281 页。

㉔ 洪再新：《〈十咏图〉及其对宋元吴兴文化圈的影响》，《故宫博物院院刊》2003 年第 1 期。本文参考了洪再新对《十咏图》的分析。

㉕ 就此而言，可将《十咏图》看作中国文人画生成时期的作品，即由写实转向写意时期的代表作品之一。如果再考虑到技法和题材，《十咏图》和《清明上河图》可有一比：前者表现文人雅集和私人情感，后者表现主流意识形态视野中的大宋盛世，皆为经典之作。

㉖ 冯骥才说他在写作时总被文字所淹没，脑袋变成了一本厚重的字典，越来越觉得语言不仅不是沟通的工具，反而是交流的障碍：“一旦把脑袋里的想象与心中的感受化为文字，就很难通过这些文字找到最初那种形象的鲜活状态……每每这个时候，我就渴望从这些故事和文字的缝隙中钻出去，奔向绘画。”（冯骥才：《遵从生命》，《扬子晚报》2012 年 8 月 1 日）

㉗ 丰子恺：《绘画鲁迅小说・序言》，载肖振鸣编《丰子恺漫画鲁迅小说集》，福建教育出版社 2005 年版，第 5—6 页。

㉘ 当今文学受众多是通过影像作品了解文学，而面对原作的文学阅读越来越少；即使受到影像改编的触动之后，也无暇或无意再去面对“白纸黑字”。

（2012 年第 11 期）

新语境下“大电影”的建构与发展

丁亚平

在社会快速发展、大众传媒和技术主义不断建构的语境下，电影的转型和变化，形形色色，范围广阔，影响深远。“大电影”的整合态势与文化语境、电影技术艺术、媒介以及市场化紧密联系，被赋予了更多的全新内容和意义。这些不断拓展的内容、形态及新式体验与观赏经验带来电影美学、电影文化的重大改变。在这种情况下，如何用系统或完整的理论说明“大电影”的发展，研究“大电影”概念的意涵、背景和某些整体性问题，就成为值得探究的命题。

一、“大电影”：影像与意义

电影的发展与电影艺术、工业、影像以及新的社会思想、文化领域的变化具有广泛而深入的联系。基于电影发展变化的连续性和相关性，“大电影”的出现具有重要的转折意义。寻绎“大电影”和传统电影的关系异同及影响，是判析“大电影”形成的内在肌理和外部背景不可或缺的内容。

“大电影”概念是一个开放的系统，是随着文化、技术、视觉性的发展，从传统电影概念逐步衍生而成的。1924 年，匈牙利电影理论家巴拉兹·贝拉曾指出，从广义上说，“文化正在从抽象的精神走向可见的人体”，电影的魅力正在于将人类从巴别摩天塔的咒语中解救出来，以银幕上的“表情”和“手势”形成世界上第一种“国际语言”①。可见，电影是一种经济的、技术的形式，更是一种文化现象。它触及人们的情感，有助于人类情感、精神的有效沟通与联系。任何真正的电影活动在本质上都是对话性的。“大电影”形态多样，传播渠道和形式异常丰富，它的意义来源于作者与观众、影像与发达的文化美学工业、制造者与普泛意义上的公众相互作用，是影像世界与当代观众 / 接受者的“前理解”发生理解上的关系的结果。因此，和传统电影不同，“大电影”的生产尽管包含了传统电影意涵，但它通过一种更为开放的形式和辐射将自己的触角伸向四面八方，在传统电影和新兴影像形式相互融合的全媒体时代，其自身存在及其价值已经不能成为它产生并保持独立自在的意义载体，电影的历史也不再仅仅“就是那些铭记在文化的研究课题的历史”[②] 了。

“大电影”与传统电影有着明显的分野。传统电影直接或间接地假定了三件事：（一）电影的本体内容及意涵是在作品自身，电影系统中影像语言及各个因素之间的关系相互交叉而又具有限定意义；（二）电影作品的意涵先于作品而自在，电影和经济、美学、技术、文化、心理等各方面之间的关系具有一定指涉、认同、体验及影响的作用；（三）电影作品的重要性依时代变动而变化，但作品自身的形态及意涵不随时代发展而产生范式改变和根源性的质变。叙事形式、全景镜头、主观镜头、景深镜头、移动镜头、色彩、蒙太奇和音乐诸元素，构成电影影像本体的语言脉络。对电影及其表现形式、时空体验进行心理学研讨，在格式塔心理学电影理论家雨果・闵斯特堡、鲁道夫・爱因汉姆、让・米特里那里所强调的，只是电影是由视像滞留达到对现象认同的接受，是心理结构的能力在起作用，主客观形成一致，仍然是“局部幻象”的现象。但是，在新语境下，电影的能动作用和作为开放系统的整体性的意义是联系在一起的。“大电影”的发展证明，它始终处在开放、积极的活动中，接受更广泛、活跃的环境中其他事物的影响，一个独立于体制、语境、新兴媒体以及其他大众传播媒介及接受理解条件之外的“作品”是没有的，所谓稳定而客观存在的一元主义不再能成为衡量、理解不断演示、变化影像的客观而正确的尺度。

在大众传媒时代，随着媒介社会、信息社会的发展，“大电影”形态和传播方式日趋多样化，传统电影和新兴影像的形式则相互融合。“大电影”当然包括传统的电影内容，但又有所区别。新语境下对电影的理解，不再能够采取某种简单认同的姿态。“大电影”概括的基本叙述对象和艺术形态，包括了传统电影本身，但又不断变化、改写，趋向空间化和更广的涵盖面。除了电影这样的主体类型，电视剧、动漫、电视电影、电视专题片、新媒体网络电视剧、手机剧、微电影、纪录片、MTV、广告 MV、游戏、进口影视剧、预告片、宣传片……构成不尽相同的媒介形式、文本体裁和观影载体及平台，视频影像、形式丰富而复杂。电脑技术、互联网助推一个虚拟世界和视觉艺术生态群落出现。就“大电影”日渐进入公共生活的动态关系而言，它们将周围环境的触角集中在自己身上，又将自己的影响传递给其他事物，并发挥着越来越强的主动性。指涉这样的电影建构，需要把握发展的生机，纳入更广泛的关系和多元性之中。唯其如此，才有可能形成“大电影”理解的新意义，并构成“大电影”的完整内涵。从综合论的“大电影”立场出发，催眠、白日梦、梦幻、参与、认同、镜子等美学问题，不再具有包容性，更难反映作为开放系统的电影的发展与共享性特征。“大电影”的表达叙事空间、传播方式具有越来越明显的社会群体意识的特点，“大电影”影像在文化观念、美学范式、叙事形态和观影模式上，有着全新的发展。

首先，从“大电影”影像本体上看，影像世界的可信性和真实性变得复杂起来，电影被定义得愈来愈宽泛。摄影机规定银幕世界中的客体，却无法安排、规定影像美学和叙事的实现。对摄影机所安排的秩序的认同，并不意味着对摄影机所提供的虚构的想象世界的认同。影像叙事与美学处于流动之中。参与者介入其中且持续互动，对影像叙事和“大电影”的媒介形式不断地产生影响。

“大电影”时代，影像日渐取代现实，在一定意义上，电影不是对现实世界的客观纪录。影像经验、信息通过视觉传播，越来越考验我们判断这一“现实”痕迹的经验的能力。“这种对事物真实性的信服扩展到了对事物的影像的信服……这个东西的影像就会代替这一现实事物本身，保留我们对它的印象，以便据此恢复对现实事物的认识和辨别。”[③] 电影被视为对梦境的不自觉的摹仿，发明电影是为了表达潜意识的生活，这样的观点，当然仅仅被归到超现实主义中去。从视觉文化上看，影像的世界指的是依据影像组合乃至电脑技术创造的“虚拟现实”形成的体系，以表现人与社会，并进而使之产生交互作用。它是具有真实感的视觉形象和听觉形象。由此构成的影像世界广泛流布，被现代消费大众所认同、占有，并反作用于影像制造。

在传统意义上，电影艺术的魅力必经银幕放映并被观众观看才最终实现。传统电影美学展现的是影片诞生的复杂过程，是电影家与电影之间的对话，也是电影家与自身的对话。随着媒介技术的发展，“大电影”从一元主义到多元文化主义，受众不再是被动接受，影像世界包孕的人和世界及其关系具有了更为丰富的意义。它所具有的开发可能性的功能，不仅依赖于影像本身的特性，而且也依赖于一种独特的语境性质和开放性。对于影像的认同，已经不是一个纯知觉的活动，而是一种具有无穷的可能性和创造性的电影行为。

其次，无处不在的影像与数字科技互为因果，数字化趋势为“大电影”带来了质的改变和提升。“大电影”同样和全球化时代美学的、工业的以至整个社会的经济与技术水平“相生相随”[④]，单维的一元主义的电影不再是影像世界的中心。“大电影”表现手段的技术优势，如数字化、互动技术，尤其是在特技、效果等方面技术的运用，已经非常突出。随着数字制作技术的发展，虚拟成为电影制作的重要手段。数字特效技术和虚拟摄影系统可以制造虚拟的时空，计算机合成影像（CGI）技术可以让演员在非真实的空间中表演，而动作捕捉技术则使呈现在观众眼前的人物动作、表情等影像与真实空间中的真人形象全无二致。时空不再是真实的存在。虚拟甚至改变叙事的结构。任何角色、复杂的动作，以至面部微妙复杂的感情呈现，都可以用计算机来完成，数字技术让过高成本的“奇观”场面变得更容易实现，人们也更加强化电影的“展示”特性。影像世界中的“人”“景”在3D技术的控制下变成与真实世界等同的三维世界。而互动的观念重建了影像与观众的关系。互动电影综合了以互联网为中心而发展起来的网络互动、电讯传输、数字生态模拟等高新技术，发挥故事的创造性和想象力，构成对传统电影制作方式的颠覆。电影的情节、角色、性格的创作，电影的动态性发展，为数字技术运用提供了新的契机。数字技术是“大电影”的灵感来源。对世界进行独立的视觉探索越来越多地依赖于数字技术的运用，电影因数字技术的加入而获得普遍的表达，电影的潜能得到更大的开发。电影的数字化传播与放映，则更为突出。“大电影”通过视觉形象、独特的数字化手段和视觉意义创造出共享的精神世界，进而通过数字化传播与放映使它对业界和社会发生更为广泛的影响。

再次，从制作/传播方式及观影形态来看，“大电影”具有多元化的能动性建构特征。过去，电影制作者为银幕与观众互动，设计了不少方法。例如主观镜头、“带入”镜头、空间、光线、运动、剪辑的方法，等等，而交互即时的媒介技术所能实现的效果远远超越了过去的手段，立体电影可以实现让观众“进入银幕”，技术的大众化、平民化甚至可以实现让观众个性表述、自主选择故事的进程。随着数字技术的发展，将来很可能普遍出现通过电脑设计叙事程序让观众仿佛在玩电子游戏一般成为故事的主人公，“自由”选择故事发展的方向，并实现搜索、制作、传播的一体化。传统的影院电影代表“大电影”的传统、狭义的内容创造，而新的语境、机制的变化、转型，网络社会迅速发展，这个趋势指向当下和未来“大电影”内容的互动、能动的获取、创造和共享。微电影、网络电影、手机电影的出现，成为电影发展最为重要的现象，以致产生一种独特的社会集群、一种在技术、文化和心理上这样或那样地联系在一起的集群，“手机剧和网络剧为许多草根影视剧创作者提供平等的机会，人人都可以拿起手中的DV制作影视剧，个人和媒介结合，搭建自己的电视台，每一个都是一个独立的媒体，手中的DV就是工具，新媒体创立了‘全民创作’的时代”[5]。广义的“大电影”概念与新媒体、视频交互等技术范畴、社会范畴和美学范畴构成错综复杂的关系，与年轻一代形成不可分割的联系。“大电影”把很多新的形态的电影和影像叙事交互、内容创造整合到新的载体或其他形态的产品中去。个人创造影像、拍电影的能力在以前受制于许多条件，现在通过手机、网络和其他载体都可以创作电影，传播电影的内容，并进而改变过往人们对影像本体、影像文化的理解，赋予影像生产、影像民主、影像经济等新的政治、文化及艺术的广泛意涵。

过去，人们进入影院观看电影，是在黑暗中面对银幕，每个人的观影环境和观影条件有限，可是，现在不进影院，平台不同，同样可以加入一个群体之中，促成观看行为的实现。除了影院，包括立体（3D）影院、巨幕（IMAX）影院、DVD、电视、互联网、手持电子设备……看电影的触角深入到更多的领域，有了更多、更新的电影观感体验形式。数字保存技术不仅使存储变得容易，甚至会不断改变观众的观影方式，数字点播技术使电影被保存于网络空间中，观众可以选择在任何一种环境下观影，观看方式的变化，也反向性地改变了电影叙事中传播信息的内容及方式。“大电影”的影像汇聚众多视觉文化经验，在社会、政治、经济等领域中的影响日趋重要，它集艺术性和商业性于一体，是一种开放系统，更是一种包括了一系列不同现象的总体社会事实。这样一种美学意义上的生产与消费实践，结合网络和新媒体舆论及传播，给电影本身的发展带来尤为巨大的挑战。蕴含异端、另类意涵的“大电影”的制造及其在观众中的影响，和大众传播媒介、市场的发达程度直接相关。电影通过大众传播媒介和更直接、多样的观影平台被观众接受、认同，进而作用于观众的价值观念、审美尺度及选择。多维、多向度的“大电影”的重要性依时代而改变，作品的形态、意蕴以及传播也因时代而异。

二、网络作为基本媒介：语境、体制和文化的融合

“大电影”日益丰富发展着它的内涵，结合语境、社会资源优势，与经济、产业、技术、媒介的应用，构成更为紧密、明显的联系，从而形成更具有重要范式意义的文化理解与发展的新的张力。理解的文化性质在于，任何理解都是人的自我理解，理解构成人的存在，作为人的历史存在的“前理解”使理解成为可能。海德格尔在《存在与时间》中把理解不仅仅看作方法，而且看成对象得以存在的本质，看成对于事物本体存在的探寻。哈贝马斯认为后现代社会的最大特征是一个“主体间性”社会的建立，人人互为主体，每个人都是自己的主体建构者。后现代、消费语境，包含语言、经验、记忆、

动机、意向等主体存在的因素。在一定意义上，“大电影”跨越消费、媒介语境和广泛的社会文化实践领域，关系到技术、政治、文化、金融、产业、艺术等方面所做的本体的把握。随着社会经济、科技发展，传统媒体与新媒体之间日益互通发展，特别是网络等新兴媒体的日新月异，在本质上构成“大电影”领域的实践和逐步衍生而成的观念先行给定了参照系。媒介时代所体现的文化观念及思维模式为长期以来被正统电影所忽视的电影的多样性融合注入了新的驱动因素。

由于社会、技术和文化的极大改变，“大电影”的互动、互文性有了新的确立与凸显的表征。其中，语境因素是通过先行具有、先行见到与先行掌握来起作用的。以网络为基本媒介的整个公共空间正在兴建，全媒体、跨媒体传播的巨大作用开始显现。以互联网为标志的新媒体发展与传播具有开放性、及时性、直接性、复杂性，推动了电影文化的嬗变，拓展了电影发展的空间。像基于新媒体平台之上的、以微制作、微时放映乃至“微平台播出”为特点的微电影，开始越来越多地进入人们的视野。相对于基础性的影院电影、电影短片，它是一种“第三电影”。作为开放的概念，微电影的出现影响巨大，正在改变传统电影发展的格局。作为一种文化文本，微电影是以微时代为创作背景的电影运动，是以市场为导向的、反映互联网新形态和媒体新格局及其优势的商业运动，也是以电影人为核心的、普通大众自发参与的文化运动。当一些社会热点问题出现时，越来越多的民众会以拍摄微电影的方式来表达自己的诉求，并通过微电影提出方方面面的问题，而这些问题往往很容易被影院电影的创作者所忽视或者过滤。微电影通过网络和手机平台大规模地进行传播，无疑比影院电影更加贴近普通民众，而其对社会文化的影响力也会远远超出一般的娱乐产品。

诚然，新媒体让拍电影、看电影变得更为容易，人们的影像生活触手可及，移动性和便携性都非常明显。“大电影”快捷、解构与颠覆的趋向突出，主体意识增强。传统的电影生产、传播方式是单一、固定的，传播上也仅仅包括上院线、卖版权给电视台或碟市。但新媒体时代电影传播则有了多种形式，其中尤以网络传播、视频网站等为主，互联网成为各种电影创作、生产与播映的很有潜力的市场。以网络自制剧为例，近年来，网络自制剧发展迅猛，目前最热门的视频网站土豆网，在以越来越高额的网络版权费购买影视剧版权之外，还开始进行自制剧的生产、制作活动。其中不乏制作精良之作。这些作品，一是有网络热映、热播的背景，更适应网络条件、网络化的需求；二是网络用户主要是年轻人（18 岁至 30 岁居多），作品更符合网络受众层年龄和用户的接受特点；三是传播新的消费观、生活理念以及新的价值观。网站做自制剧形成浪潮，不是一时兴起，而是与时代发展、年轻一代受众以及新的社会价值需求相联系。土豆网总编辑陈汉泽说："这些年，土豆网一直在考虑，除了平台我们还能做些什么？结论是，我们想拍一些真正属于网民时代的剧，发出代表土豆网用户价值观的声音。我们认为自己制作比买剧更有意义。"⑥ 2012 年 3 月土豆网和优酷网合并，被命名为优酷土豆，其对中国视频行业的发展前景，以及如何为用户提供最佳的视频体验，建立了共同的愿景。⑦ 除网站外，中国网络电视台近年来发展迅速。2009 年 12 月中国网络电视台成立，这是中国最早的网络电视台，是中国国家网络电视播出机构，以视听互动为核心，具有多语种、多终端的公共服务平台的特点，面向海内外传播。2010 年 4 月国家广电总局批准安徽网络电视台成立，这是我国第一个省级网络电视台。此后，江苏、湖南、浙江、山东等省也申请成立网络电视台。目前，我国已有近二十个省级网络电视台。中国网络电视的发展，融网络特色和互动影视体验于一体，对于"大电影"具有积极推广的作用。显然，互联网带给社会、大众和影视剧的激动人心的改变尤显重要："门户网站、视频、微博，我们正目睹与感受着如此众多的人突然参与到公共空间、表达自己的意见时的巨大浪潮，它已经深刻地影响到我们的政治与社会生活。它当然意味着巨大的进步。它鼓励了个人自由，也给予人们某种联结感。"⑧ 技术、网络、文化、社会以至许多事件，在我们意识到它们之前，已经抢先占有了电影的话语空间，网络技术、行为、文化的语境和电影逐步像齿轮一样相互啮合在一起。

"大电影"的发展与数字化、新媒体关系日益紧密。无疑地，媒介融合、数字技术的发展，不断改变的政治社会结构，使得电影本体有了重要的改变。

新的传播时代已经到来。新媒体的诞生及其与传统媒体的融合，不仅使人类传播途径获得新的展开，而且也为新的艺术、审美、文化形式的创造提供了实现路径。新媒体的发展促进了社会民主与启蒙，在发挥社会公器作用的同时，改变了人们的思维方式、价值观念和精神世界。因此，充斥在我们生活与社会的每一个角落的媒体融合、互动及传播具有了全媒体意义，并极大地影响了"大电影"的发展。全媒体作为一个集合概念，不是一成不变的固定模式。"当互联网技术和移动通讯技术日益成熟、普及之后，'全媒体'就是一个开放的、不断兼容并蓄的传播形态。随着 3G 网络的成熟，4G 网络的开发成功，还将有许多意想不到的传播形态加入其中，丰富受众的媒体体验。""新媒体最重要的两个趋势，一是实现双向传播产生互动，二是可以产生各种媒体形式如音频、视频内容。这两个趋势将带动内容行业和媒体往前发展。"⑨ 可以说，"大电影"正是全媒体和数字时代给大众带来的额外礼。从全媒体特别是新媒体及其互动平台上获取和创造内容将是“大电影”未来发展的趋势。文化多元性，或者说多维的文化主义，通过对人们思想、观念、欲望，对媒体以及消费文化的控制、作用，实现对于电影的影响。

“大电影”的语境，并不仅仅局限于媒介发展特点和影像世界作为审美对象自身的丰富性。把“大电影”话语本身放到更广泛的艺术环境、体制中去看待，是与前此发生的所有艺术话语的性质和可能性联系起来的。因此，“大电影”的环境、艺术、传统的因素，包括社会政治力量、意识形态、不同资本竞合，就在“大电影”发展中显示了重要的作用。

进入21世纪以来，电影业在政治资本、市场或者说经济资本以及文化资本的融合下的发展越来越受到瞩目。作为社会意识的表现，“大电影”反映了意识形态特性。就一般而言，电影作品作为精神产品属于社会意识形态范畴，体现一定社会意识形态，构成意识形态的生产，是一种必然。在社会意识的各种形式之上，政治资本的作用尤为明显，政治的影响既强大、快速，又无远弗届，“大电影”的接受成为社会意识形态的某种实现。

当然，电影虽有如此明显的意识形态特征，甚至出现多维资本的融合发展趋向，但是，在我看来，以传统电影作为对象、同时广泛涉猎其他影像形式的“大电影”的发展，包括电影的产业市场，以至于电影文化的改变，归根结底，还是源于电影本身的市场特性，其主潮与“注意力经济”和商业性相一致。这样的产业的变化和发展以及它的作用应该说是逐渐形成的。“大电影”的发展因此获得新的价值观：和过去的观念、思想、主流规则相关的传统的稳定感、安全感丧失，很多框子和模式被打破，长期视为惯例与固定化的做法被改变。新的电影世代的解放、改变影像世界的多重维度，构建了“大电影”在21世纪的发展中所呈现的独特作用，经济资本、政治资本、文化资本进一步的融合，一定会在不可逆的情况下，得以持续下去，会影响包括中国“大电影”产业特别是整个电影文化的发展与创新，其中，大众传媒的影响、作用非常大，也会被用以讨论现代社会的问题，但以影像为基础的文化及其积淀的作用更大、更长远、更持久、更加有力量。

可以说，正是“大电影”环境诸因素——当下的中介体制和更广阔的文化背景、艺术传统——从内部决定了“大电影”与文化多元性以及全球化的结构。

三、建立一个共同交换空间

尽管民族话语仍然标明着一个有共同语言、共同地域、共同经济生活以及表现于共同文化上的共同心理素质的稳定的共同体，但是全球化无可挽回地把各个民族、国家、地区连接起来，全球化成为去民族化的过程的一部分。

“大电影”无疑是一个“超主题”，技术应用、媒介形式、受众接受和美学基础具有鲜明、复杂的特点，但我们对“大电影”影像世界的把握与观察的起点，可以回到“大电影”（文本）生产中的某个位置的电影行为与活动方式，回到对当代中国的电影发展及其空间拓展与复杂张力上。对电影艺术、电影产业和电影市场的探讨，既有作为“大电影”基本叙述对象本身的问题，也有社会政治、经济、文化、技术等因素在“大电影”发展领域的影响。建立一个共同交换空间，是“大电影”在全球化语境下中国以至华人世界发展的现实意义的结构形式和基础。

就狭义的“大电影”概念而言，在各种能够用更好的形式思考其历史发展的具体、有效方法和对策中，世界电影、华语电影无疑让电影纳入传统，为中国电影发展找到可供开拓的空间，成就其走向“大电影”并获得新的交流平台。无疑地，中国社会经济转型、媒介体制改革和媒介融合构成了当前中国“大电影”发展中各类问题和现象背后的深层原因。改革开放三十年来，中国社会的变化与价值理论的取向，一个时代的政治风尚，在很大程度上提供了解释当代中国文化改变与电影历史发展的有力视角，同时也部分地影响到人们对于有关电影创作、生产演进及多种向度发展变化的认识和概括。在变动不居的当今，在这个信息化、现代化、城市化与后现代化并置的喧嚣的年代里，全球化视野下的民族电影、华语电影的融合与话语交换愈来愈强，中国电影市场的内容和形式的变革，很显然已经融入所处的全球化时代和社会空间的表现形式所呈现出的交织关系中，它的意义体现和特定时空范围内的复杂多样性以及公共领域的艺术、思想话语产生着重要的关联。

中国电影包括华语电影在当下的发展，最重要的特点是海峡两岸暨香港澳门之间关联越来越密切，这是意义深远的变化。2011 年，香港片《志明与春娇》，作为引进片在内地放映。2012 年 3 月，它的续集《春娇与志明》完成上映。导演仍是业已决定进军内地、作为“北漂”一族的彭浩翔，而投资方和出品方都有很大的变化，主要出品方为中影环亚影业公司。除了男女主角由杨千嬅、余文乐主演外，其他演员则有内地的杨幂、徐峥、黄晓明等。故事讲述志明从香港来到北京工作，他的前女友春娇不久也受化妆品公司的指派到北京担任店长，两个人因此在北京重遇。重遇使志明和春娇的回忆跑出来，春娇说“我被影响到，连我自己都没有发现自己被你影响了”。香港电影和内地电影都有了很大的变化，互相之间的影响渐渐发生，特别是香港电影与内地电影的身份已经发生了位置转移。华语电影在进入21世纪以来的转折和变化，确实可以说是风水轮流转，许多变化是渐进的，不怎么意识得到，但又是巨大的。中国电影产业的发展和作用，可以概括为解放和改革。电影市场的改革有一系列的数字作为印证。它的最重要的变化在于海峡两岸暨香港澳门之间关联越来越密切，这使得华语电影有了一个共同交换空间，来自华人社会、地区间的电影关系愈趋紧密。

台、港电影较具文化主义色彩，其知识谱系与背景也较明确。台湾电影的发展，自1925年至今，业已摄制了5000多部影片。其成长、发展较之华语电影的内地、香港及其他海外华人版块，虽是源自族群、文化同一性话语，同文同种，一脉相承，有深厚、牢固的精神连接纽带，但所呈现的压抑和遮蔽的异质空间和多样性的特点，是人们并不熟悉的。台湾电影的成就，有赖于众多优秀电影导演的前赴后继的具体文本实践，颇富活力，对内地电影产生愈来愈重要的影响。香港电影不像台湾电影一直未能形成完备的工业体系和制作格局。尽管阶段性发展差异明显，但电影规划空间和往复循环的姿态中引发的创造，成就巨大。到20世纪80年代，香港电影发展很快，每年产量都达几百部，位居世界第三，影片快速进入华语电影和世界电影空间，影响广泛。评判已经交给社会尤其是市场，所以发展格外快，某些思路也因此得到改变。尽管不乏粗制滥造之作，风格、题材雷同，没有创新性的突破，类型化明显，但风格多样的好影片还是接连不断地涌出，而对市场的崇拜（有时是非理性崇拜）则是商业化要求与企业发展规律所致。香港观众对此各有所见，而且该时期香港电影繁荣主要靠海外市场和台湾市场，电影受众体系交错，本土的、亚洲的与世界的，有时候，难以确定在哪个意义上使用一个概念。大卫·波德威尔评论道：“只需稍微留意任何一种流行媒介，几乎都可发现影响西方文化最深的亚洲电影，就是香港电影。”[10] 随着高概念、大制作的好莱坞电影的强势发展，以及日本、韩国及东南亚一带本土电影的崛起，香港电影受到很大的冲击，遭遇危机，以致步入低谷。1997年在香港上映的港产片数量（包含合拍片）为186部，票房数字达几十亿元，此后则逐年递减，年产量仅为几十部，票房为三四亿元。但是，进入21世纪以来，特别是2003年7月签署《内地与香港关于建立更紧密经贸关系的安排》（简称CEPC）以后，香港电影的定位空间“北上”延伸，重新标示其新感性的存在和新的成就。而且，一方面香港电影对内地电影的积极作用与影响明显，指涉制作、表、导、摄人才和市场、体制以至观念、文化等具有形而上深度的问题；另一方面海峡两岸暨香港、澳门汉语电影人交流平台的调动和建立，“对于以大陆和香港为核心的华语电影继续占据亚洲市场和进入国际市场也都是一个契机”[11]，多地性的“大电影”融合绚丽多姿，显现优势作用。

在全球化时代，民族电影产业，受美国好莱坞电影的影响与冲击日趋显著。民族电影、中国电影与好莱坞电影业态各异，产业路途不同。虽然电影市场发行链接相同，但是电影市场具有多重面向。进入21世纪以来，电影发展所面临的障碍之一就是我们仍然怀有单一性、以至偏颇的观念，不仅对政治、文化、观念、市场以至地区利益、行政管理绩效要求有自身的考量、局限、选择，而且对好莱坞等国外影片的电影行为、经验和价值体系的误读或排斥也是如此。然而，学习好莱坞等世界电影在技术、艺术和市场方面的先进经验，对中国电影乃至整个华语电影业的扩充、整合与优化未必会带来负面的影响。不必将美国电影与国产电影对立起来，二元对立思维在文化政治、资本力量、技术作用的市场推动面前，是陈旧的、过时的。民族电影、好莱坞等外国电影各有优长，多种电影完全可以共同存在。电影市场意识与公众接受，生成集束效应。香港、台湾影人已意识到内地电影的影响力越来越大，电影市场业已成为香港电影的最大市场，而对于内地电影来说，香港电影的市场发展，台湾电影的国际路线、文艺路线，让内地影人越来越多地关注、观察、思考。在全球视野下如何从内容到表现、从个性到风格，都具有鲜明的中华文化特色，不同的文化消费形式能与华人文化相联，开始成为共同的诉求。在华语电影观众那里，历史、文化选材、地域色彩成为旗帜，电影发展转向一种新的开放观念。

四、观看世界的方式：一致性和多元性

无疑，“大电影”的发展，已经把中国电影历史推到崭新的时代，电影已经站在影像、视觉文化发展的前沿，成为影视、动漫、新媒体转化的动力。

无论是爱森斯坦的形式论，还是巴赞的写实论，经典电影理论都难以把“大电影”在当代（特别是进入21世纪以来）的发展概括进去。“大电影”的概念尽管没有获得学术界共识，却在实践中得到丰富、快速的发展。关于“大电影”研究一开始也许会存在缺失，但是，将“大电影”视作大众传媒时代新的电影存在状态，视作包括银幕边界

以外的世界的窗口，看成一面可以从中看到社会、文化、经济、技术快速发展的镜子，需要我们重新探索影像世界，形成共同的目标，思考其发展的本质。没有什么可以与运用所有的无处不在的影像手段和平台去构建“大电影”相比，因为我们的意识改变了。在“大电影”的多形态和不确定的空间里，我们不难读出丰富的文化、审美的理解与本体的内容。

“大电影”和它的无处不在的影像传播影响着我们观看世界的方式，在给予我们一种实践感的同时，也生成集束效应，成为一种新的媒介与创造形态，标示了文化问题在当代电影作为社会关注、争议的中心的高度，因之更值得关注。

“大电影”交叉整合基于一种观看世界的方式和以影像为基础的文化。“大电影”及其相关联的理论为学术研究带来全新的启发和要求。在此基础上，我们应该建立更全面、更系统的整体电影观。

“大电影”的研究，无疑需要置身于某种事物和语境当中，成为其一部分，又要与众不同、有所区别并超越流俗。在文学界，陆续有学者提出“大文学”的概念[12]，展开相关研究，就是基于文学和学科建设的时代发展与要求之上。那么，我们如何诠释“大电影”的概念？我想，“大电影”时代的观察、探究与书写，可以由其纵横坐标的基本特征以及多元性走向中省察、读解其中的一致性，通过若干“散点”来把握“大电影”的整体发展和意涵，并获得不断接近准确的答案。在这里，语境因素与“前理解”所包含的内容（先入的理解），显然参与到人们对事物的认识和探索之中。这种情况下，朝向意义目标的运动，在特定语境里有时也会出现误导或“伪理解”。但“大电影”发展及电影观影、接受上的期待视野，毕竟为影像的文化理解打开了广阔的思路。在某种意义上可以说，“影像能记录但不能取代良知”[13]，但对电影影像世界的探索和理解所必需的“大电影”新感性、文化性的背景、条件，是紧密相联的。尽管在理解、读解、评析上有层次深浅的不同，但“大电影”理解的形成，同理解的文化起点、理解的期待视野或角度、理解向未知的开放的可能前景、理解的语境、理解的中介体制性的因素、理解背后的历史与传统文化背景，很显然有着直接的关联。文化和思想观念本身规定人们理解的方式及其侧重点的差异，“大电影”的发展不以人们的意志为转移，是必然的。

显然，“大电影”不是传统电影，不是过往和旧有的环境及条件的产物，“大电影”的爆发式发展不是单一因素作用的结果。电影的转型、改变和“大电影”的演示、发展，不仅为我们重新思考电影的本质带来了重要契机，而且，也为我们认识并重写电影史提供了新的观念、新的方法和自觉性的要求。“在历史研究的所有层面上，现实都会影响对过去的重构，从原始资料的选择一直到历史学的最终著述都是如此……历史学家无法置身于历史之外。”⑭我们能不能从历史角度提出“大电影”史的概念？电影史的研究能否提高到史学以至哲学的高度？建成多个重要学术资料库和网络平台是否可能？无论资料导向抑或问题导向⑮，将“大电影”置于一般历史的语境，提出特定的历史或现实问题，探究“大电影”的未来走向，确认“大电影”理论在历史阐释中的作用，是必要的。史学家虽然相比其他学者更能超越他们作为当代人的先入之见，但即使是最客观的历史学家，也很难回避“大电影”在当代的发展及其带来的问题和挑战。“大电影”史观意味着要求用新的观点、新的方法去研究电影的历史。直面“大电影”的重构及挑战，梳理广义的电影发展，对“大电影”史现象的生成机制进行深入研究，用新的想象/修辞叙述历史，为我们提出一种新的电影史研究观念和范式开辟了道路。

“大电影”的发展同时触动了艺术、文化与理论之间的复杂张力，“大电影”的概念、语境、观念以及对之的深入探究，势必为这种影像现状及走向的观察、研究和电影史写作提供发挥想象的空间和理解的文化起点。它是开放的、发散性的，同时我们又不妨将它看成对于存在和存在的真理的揭示。在这样一个历史变革时代，为了“大电影”的前进，我们认为决不应使理论及研究的发展落在实践的后面。相反，需要把握好时代的脉搏，以正确的电影观察和“大电影”原理，为这一伟大实践提供助力与指导，使主观的努力与客观情况的发展，相互适应。

注释：

---

① 巴拉兹·贝拉：《可见的人：电影精神》，安利译，中国电影出版社2000年版，第5页。

② 尼克·布朗：《电影理论史评》，徐建生译，中国电影出版社1994年版，第182页。

③ 罗伯特·考克尔：《电影的形式与文化》，郭青春译，北京大学出版社2004年版，第10页。

④ 乔治·萨杜尔：《世界电影史》“序言”，徐昭、胡承伟译，中国电影出版社2005年版。

⑤ 参见丁亚平主编《大电影时代——异彩纷呈的热播影视》第十二章“媒介融合：新媒体与影视剧”，文化艺术出版社2011年版。

⑥ 胡钰：《版权费飞涨　网络自制剧狂潮汹涌》，《华夏时报》2010年11月6日。

⑦ 优酷创始人、董事长兼CEO古永锵指出：这次合并“将开创中国网络视频新纪元。优酷土豆将拥有最庞大的用户群体、最多元化的视频内容、最成熟的视频技术平台和最强大的收入转换能力，并将带给用户最高质量的视频体验”。土豆创始人、董事长兼CEO王微表示：这次合并将进一步强化其行业领先地位。“土豆可为新公司带来家喻户晓的品牌、诸多正版影视和用户生成内容、庞大的用户群体，以及移动视频领域

的广泛伙伴关系和专业经验。我们相信，优酷土豆可以为广大用户带来最佳的视频浏览、上传和分享体验。我们将与我们的广告商、内容供应商和行业伙伴共同成长”（李治国：《优酷土豆合并 古永锵：开创中国网络视频新纪元》，http://district.ce.cn/zg/201203/12/t20120312_23150442.shtml）。

⑧ 许知远：《错位的争辩》，《彭博商业周刊》2012 年第 3 期。

⑨ 王庚年：《关于全媒体的认识与探索》，《中国广播电视学刊》2012 年第 11 期。曹国伟：《从互动平台上获取内容是未来趋势》，证券时报网 2012 年 3 月 17 日。曹国伟认为，从创意和内容方面来说，互联网新媒体最重要的价值，就是打破每个人发布内容、发布信息的壁垒，也给了每个人传播思想、传播内容信息的能力。“比如过去文学作品、影视作品、音乐作品更多是专业人士通过专业平台去发行，今天每个人都可以在互联网平台上创造和传播文学、音乐和影视作品，这其实是互联网新媒体给文化产业带来的最根本变化。”

⑩ 大卫·波德威尔：《香港电影的秘密：娱乐的艺术》，何慧玲译，海南出版社 2003 年版，第 101 页。

⑪ 尹鸿：《2002—2003 中国电影产业备忘（上）》，《电影艺术》2004 年第 2 期。

⑫ 1995 年，北京大学谢冕、孟繁华等人提出“通过一个人物、一个事件、一个时段的透视，来把握一个时代的整体精神”，编一套“百年中国文学总序”。孟繁华介绍其研究原则之一为：“‘大文学’的概念，即主要以文学作为叙述对象，但同时鼓励广泛涉猎其他艺术形式，如歌曲、广告、演出等等。”2012 年 3 月 22 日，笔者参加北京师范大学“211 工程”重点学科建设项目“中国语言文学学科群建设与当代社会文化发展”验收会议。从会上了解到，该项目内容涉及文学、语言、文化诗学、文化遗产学、民俗学、影视学等，涵盖面广泛，项目建设单位包括了文学院、古籍与传统文化研究院、汉语文化学院、艺术与传媒学院、外文学院，采取的也是“学科群”和“大文学”的概念。

⑬ 苏珊·桑塔格：《论摄影》，黄灿然译，上海译文出版社 2010 年版，第 13 页。

⑭ 罗伯特·艾伦、道格拉斯·戈梅里：《电影史：理论与实践》，李迅译，世界图书出版公司 2010 年版，第 1—5 页。

⑮ 参见约翰·托什《史学导论：现代历史学的目标、方法和新方向》，吴英译，北京大学出版社 2007 年版，第 77 页。

（2012 年第 11 期）

关于“九十年代文学”的再认识

王　尧

无论是作为“八十年代文学”“断裂”的结果，还是视为通往“新世纪文学”的“过渡”，在这样的框架中重读“九十年代文学”已经困境在先。将 1979 年以后的当代文学划分为“八十年代”“九十年代”和“新世纪”三个时间段已经约定俗成。“八十年代文学”以其历史转折时期的“革命性”留下太多深刻的记忆，在意犹未尽的感觉中，文学随着文化转型进入 20 世纪 90 年代，且很快逼近“世纪末”；“新世纪文学”由于它的“当下性”也成为研究者近距离观察的中心。“九十年代文学”因此被挤压在这两者之间，这种论述模式的偏颇显而易见。如果不能有效清理“九十年代文学”，关于“八十年代文学”的“经典化”难以完成，而“新世纪文学”和“九十年代文学”有着更多的相似性，在某种意义上说，对“九十年代文学”的研究是解读“新世纪文学”的前提。因此本文试图在三个阶段的“关联”中，突出“九十年代文学”的文学史价值。这样的再认识，意图不在建立一个系统的文学史秩序，而是在除去遮蔽中裸露“九十年代文学”的问题，并做出一种个人的阐释。

一

作为问题和方法的“八十年代”是我们讨论 90 年代文学与思想文化的前提。

很多论者都是在“终结”或者“断裂”的意义上认识 90 年代与 80 年代文学关系的，尽管两者之间的“联系”也受到关注，但在实际的论述中被置于次要的位置。1989 年 2 月“中国现代艺术展”和是年 3 月海子的自杀，在一些研究者那里被视为具有象征性的事件，认为它们标志着 80 年代文化的终结。但关于历史的论述显然不能简化为几种事件的组合。我们可以找到“断裂”的根据，也可以确认“联系”的理由。我关心的问题是，在承认 80 年代与 90 年代的差异时，两个年代过渡阶段的文学与思想文化，是否有如此泾渭分明的鸿沟？换言之，80年代是否已经蕴藏或者显露了90年代的问题？这些问题是已解还是未解？

关于“八十年代文学”的论述，特别突出了它的“整体性”，文学思潮被描述为“伤痕”“反思”“改革”“先锋”“寻根”和“新写实”等。这样一种清晰的概括虽然从一个侧面呈现了所谓“主潮”的演进，但也同时遮蔽了不应当被忽视的创作，这样一种以时间为序的线性叙述，也忽视了在共时态结构中讨论作品的可能。这种叙述的偏颇显而易见。不能被概括到这些思潮中的作家作品甚多，莫言尴尬地处于“寻根”与“先锋”之间，汪曾祺的小说也和这个序列错位，冯骥才、邓友梅、陆文夫的小说，张炜的《古船》，李锐的《厚土》等都不能入列。王安忆因为1985年的《小鲍庄》而归为“寻根小说家”，但她在1986年便写作了《荒山之恋》《小城之恋》，1987年写作了《锦绣谷之恋》。在论述了王蒙的意识流小说之后，他的《活动变人形》等也无法归入某一论述系统。命名于80年代中期的“先锋小说”，其实也是一个逐渐完成的过程，1985年前后有马原、残雪，刘索拉和徐星，而在1987年之后，余华、格非、苏童、孙甘露等则是另一种面貌。这些论述无视和删除了“八十年代文学”的“分裂”与“差异”，也阻断了一些文学思潮的发展过程。这样一种叙述的偏差，表面看来是“纯文学”观念的偏颇，其实正说明了80年代文学场的“幻想”中存在不同的路径。所以，我们今天有必要再次敞开被批评家和文学史家缩略了的“八十年代文学”。

80年代文学的重要，与思想与艺术的扭曲和贫困的历史有关。80年代文学的转型，最重要的是重新处理了文学与政治的关系，文学回到自身的历程由此开始。这在20世纪中国文学史上的意义是非凡的。过于强大的政治影响，使中国作家与学者对政治之于文学的负面影响成为一种超负荷的记忆。文学与政治关系的处理，让文学回复常态，但这个处理并没有完全解决彼此间的关系问题，21世纪以后，关于“纯文学”的反思、文学“再政治化”的提出以及“文学性”的争论等，都是80年代问题的延续、拓展和深化。

“人”“人性”“人道主义”的问题是80年代文学与思想文化的基本问题之一。但这些问题不仅在80年代经历了反复，90年代又被重新理解，这种反复和理解同样存在于21世纪的思想界。当这些关键词被置于不同的语境和知识谱系之中，论者也做出了不同的、各有侧重的解释。倘若在新文化运动的历史中考察这种变化，我们会发现，这其实只是思想史的一种“循环”。瞿秋白在《“五四”和新的文化革命》中说：“无产阶级决不放弃‘五四’的宝贵的遗产。‘五四’的遗产是什么？是对于封建残余的极端的仇恨，是对于帝国主义的反抗，是主张科学和民权。虽然所有这些抵抗的革命的倾向，都还是模糊的和笼统的，都包含着资产阶级的个人主义，一切种种资产阶级性的自由主义和人道主义；—— 但是，这种反抗精神已经是现在一般资产阶级和小资产阶级的智识分子所不能够有的了。而无产阶级，却不放弃这种遗产的，因为无产阶级是唯一的彻底反抗封建残余和帝国资本主义的阶级，只有它能够反对着资产阶级，批判一切个人主义，人道主义和自由主义等类的腐化的意识，而继承那种极端的深刻的对于封建残余的痛恨，——用自己的斗争，领导起几百万群众，来肃清这种龌龊到万分的中国式的中世纪的毛坑。”[①] 联系到80年代关于人道主义的争论和90年代以后那些从社会主义文化实践历史出发对人、人性、阶级性的再解读，我们就看到了这种历史循环的深刻性。

90年代困扰知识分子的另一个问题是“启蒙”角色的丧失，而这个身份的变化在80年代知识分子的历史主体位置确立的时候已悄悄产生。这不仅反映在刘索拉、徐星等人的小说中，王朔和王小波笔下的知识分子更是“反讽”的对象。“新写实小说”大概除了方方的《祖父在父亲心中》外，知识分子的叙事同样成为“一地鸡毛”。我在这里并不是表述对这些创作的价值判断，而是突出90年代一些问题的来龙去脉。

事实上，80年代的“整体性”中已经有很大的“缝隙”，这显示了80年代的复杂性。80年代之所以是“新时期”的开始，而非“完成”，另一个重要原因是，虽然主流文化与文学的关系有过反复和折腾，但在否定“文革”和实现“四个现代化”方面基本保持一致，而已经出现的通俗文化也不足以和精英文化抗衡，主流文化对通俗文化也保持了某种程度的抑制。而90年代的文化转型则改变了80年代相对单一的文化结构，熟悉和陌生的问题接踵而至。

二

也许没有比“边缘化”更准确的措辞来描述90年代文学的位置。在无可奈何地承认文学位置的“边缘化”后，很多批评家特别补充强调了文学“价值”不能“边缘化”，这既是坚信文学的意义世界对人的精神生活和社会发展的重要性，同时也表达了对意义世界不断丧失的忧患。

但是，当我们在使用“边缘化”这样的措辞时，随之而来的问题是，“中心”是什么？是“经济建设”，还是“主流文化”抑或“大众文化”？显然，我们不能给予清晰的答案。90 年代在某种意义上是模糊的，主流意识形态和消费主义意识形态都没有能够在价值体系方面形成新的统一论述。尽管有各种各样的设计方案，但文化方向感的缺失、与生活的脱节是从 90 年代延续至今的问题。

90 年代文化结构的变化（多元、多样或无序），为人的发展和文学的发展创造了更多的可能性。当时间和空间敞开之后，文学从相对单一的文化体系中解放出来，而新的可能性相伴的是困顿的处境与写作的难度。知识分子欢迎社会主义市场经济的到来，并期待新的思想解放运动，在邓小平“南方谈话”发表以后，知识分子一时摆脱了 80 年代末 90 年代初的低迷和灰暗。市场经济在瓦解旧的意识形态的同时，有可能敞开思想自由、精神独立的空间，成为一种新的“想象”。知识分子在计划经济体制中生活得太久，也遭遇太多的束缚，在不长的时间里度过了“市场经济什么都好”的“幼稚时期”。生活在左右人，文化价值和伦理道德在物质、利益、欲望、狂欢以及后来被称为“消费主义意识形态”的挤压中逐渐陷落、瓦解和沉沦，80 年代的文学经验不足以应对变化了的 90 年代。转型时期的文化问题并非一一对应到文学，作为精英文化的文学置身在不同的文化冲突中所面临的基本问题是：文学与主流文化或者主流意识形态的关系有了怎样的新变，文学与大众文化或者消费主义意识形态处于怎样的状态（紧张还是妥协），主流文化与大众文化的微妙关系又对文学产生了怎样的影响。因为有 80 年代的经验，文学与主流意识形态的关系似乎相对稳定，而与消费主义意识形态的关系则成了最为突出的问题。从这看似正反的两个方面处理文学与主流文化、大众文化的关系，是论述 90 年代文学与思想文化时常用的分析模式。但实际的状况是，以精神的独立性和审美理想主义为核心的文学与其他文化的关系并非如此简单，所以在结构的关联性中来讨论相关问题，是我们今天再认识 90 年代文学与思想文化的方法论。

选择德国汉学家顾彬在《二十世纪中国文学史》中对相关问题的论述，或许比援引国内学者的观点更有参考意义。顾彬身处发达的资本主义社会，对市场、权力和消费主义应当有更直接的经验，文化与意识形态的差异或许也使他对中国 90 年代文学有更多的偏见；比这一身份想象更重要的是，顾彬所持的文学史评价标准，与 80 年代的“纯文学”观念和文学在 90 年代坚守的基本信念颇为一致：“我本人的评价主要依据语言驾驭力、形式塑造力和个体精神的穿透力这三种习惯标准。在这方面我的榜样始终是鲁迅，他在我眼中是 20 世纪无人可及也无法逾越的作家。”他从这一标准出发，批评了中国学界一种研究范式的转换：“权威的失落也波及到了文学研究领域。有一种自 90 年代时髦起来的做法现在更演变成了普遍行为，即压低那些在国内乃至国际上公认的现代中国文学代表作家，同时抬高过去那些不太重要或干脆属于通俗文学的人物，从现代中国文学之父鲁迅（1881—1936）到当代武侠小说代表作家金庸（1924 年生）的范式转换在这里具有典型意味。”② 如果撇开中国文学雅俗演变的历史，以及当下在处理“五四”以后“新文学”与“旧文学”关系上的学术困境，而不紧盯着顾彬的偏颇之处，我们会明了他特别把通俗文学作家列为被拔高对象时所持的对大众文化的批判态度。

顾彬在“纯文学”与政治意识形态、“纯文学”与消费主义意识形态两种关系中，叙述和判断了“九十年代文学”：“市场经济和消费越来越多地决定了生活和人的思想。知识分子以及作家失去了作为警惕者和呼唤者的社会地位。他被排挤到了边缘，在过去的理想丧失之后，一时还找不到新的非物质性的替代品。我怎样在市场经济中苟活下来，对他来说成了一个存在问题，这是他在计划经济中所不曾面临的。这个转向在许多方面是根本性的。它使得艺术脱离了原先作为党的传送带的任务，从而为艺术家头一回敞开了一种真正作为个人性立场的可能性，而不用理会人们是否赞成这种立场。现在文人通常不再是国家干部——其国家意识将作家创作活动规定为‘为工农兵服务’。由此，至少在文学中，那种明显的‘对中国的执迷’现象也告一段落，潜伏于其后的、通过写作行动将中国带上光辉道路的传教式态度，不论在作家还是在读者那里都得不到赞同了。”他还认为，除了围绕诗人海子的“崇拜”是一个例外，90 年代以宗教为修辞的语言销声匿迹了，对一种打上了“信仰”印记的作家活动的排斥与对历史的拒绝相伴而来。“国家只是在进行相应财政资助（工资、奖金）时，才会向作家索要带约束力的政治价值，否则都是市场说了算，市场成为成功或失败的唯一标准。不向消费思维屈服的纯文学，只能满足于微不足道的销量和仅仅残存与——财政上还得由作家们负担的——专业性读者中。”③ 我们注意到，顾彬的这些叙述和判断与国内持“纯文学”观念和大众文化批判的学者、批评家的看法几乎没有大的区别，他描述的现象、揭示的问题也大致成立，尽管个别事实不够准确，个别判断也过于极端。现在的问题不是顾彬的偏见，而是 90 年代的文学与文学生活显然比顾彬和持相同认识的国内同仁所叙述和判断的要复杂和微妙得多。

文学和主流文化以及主流意识形态的关系，在 80 年代通过重新处理文学与政治的关系已经得到调整，在一定程度上，文学的转向已经基本完成，而市场经济的运作又进一步松动了主流意识形态对文学的控制，这是一个根本性的变化。但是，主流文化和文学的转向在松动之中又出现了新的动向。经过 80 年代重建的当代文学制度，在 90 年代容纳了市场经济的因素和大众文化的成分，近十余年来，这种容纳的特点更为明显。从主要方面看，王元化在《文化结构的三个层次》中揭示的体制弊端已经有了重大变革：“我们需要进行改革的体制主要是建国初期在一边倒的思想指导下，照抄过来的苏联模式。”“苏联模式的弊端是什么？第一，是以行政命令进行文化领导的体制。在专业结构上设置行政管理机构。这使得专业人员无法按专业需要和专业特点进行工作，而必须受命于并非从事专业工作的行政命令的领导，从而产生外行领导内行、瞎指挥种种拆皮现象。”“第二，不适应或甚至违反文化发展规律。”“第三，高度集中，形成垄断。”④这是从“经典社会主义”到“中国特色社会主义”的一个深刻变化。所以，一方面，主流文化对主旋律的倡导从未间断，而且文学制度也提供了相应的保证，“五个一工程”的实施便是明证；另一方面，主流文化对文学独立性的选择也保留了体制所能容忍的自由与弹性。这种训诫与自由的双重存在，是 90 年代文学制度的主要特征。“茅盾文学奖”“鲁迅文学奖”的评审，深刻反映了文学与主流文化、作家与文学制度的复杂关系。作家在保持自己的创作独立性的同时，也选择了通过文学制度来确认自己位置的方式。迄今为止，没有一个作家拒绝这些国家级的奖项，“精英文化”和“主流文化”之间也存在相当程度的合作与妥协关系。一些作家为了这些奖项对作品的修改或者为了获奖而写作、为获奖而运作的现象屡见不鲜。在 90 年代以后，特别是在 21 世纪，获奖给作家所带来的利益也不言而喻。

市场与消费、大众文化与消费主义意识形态，在 90 年代成为“精英文化”和文学的强大对手。90 年代中国的后现代主义理论家，在援引西方后现代主义理论时试图对中国的本土问题做出解读，赋予文学的无深度、碎片化、片面化以合法性，积极肯定了后现代主义对“中心”的解构，这一转向生活的哲学和相关的文学批评不能说没有积极意义。但是在既没有深刻的历史反思，又未建立起“中心”的 90 年代，后现代主义的建设性也就受到怀疑和批判。虽然在 90 年代文学中出现了一些被后现代主义理论家称为“变体”的后现代因素，但没有形成持久的文学思潮，也缺少具有代表性的文学文本。知识界对大众文化研究的变化，也正说明了大众文化之于 90 年代的复杂性以及阐释者背后的意识形态分歧。

除了部分自由写作者外，90 年代的中国作家的主体部分多为专业作家，或者是有其他社会职业者。也就是说，利益的诱惑远大于生存的危机。就专业作家而言，生存的危机被夸大了。90 年代以后，专业作家制度并未废除，但在实际运作中，对专业作家岗位的设置控制得相对严格。一些业余作者或者自由写作者，也试图努力通过创作的实绩成为专业作家或者签约作家，这与其说是对体制的认同，毋宁说是克服生存危机的选择。除了文学期刊的分化以外，一些作家或者选择下海经商，或者从事文化产业，这在当年引起非议的现象，在今天看来，并非文学的危机，而是作家自己的价值观和生活方式的变化，就文学史而言，是可以忽略不计的，它成为观照作家生活态度和生存方式变化的一个参照。一些作家在经商之后放弃了文学，一些作家也写出了值得注意的作品。西方或中国香港、台湾几乎都没有专业作家制。一个作家是否有其他社会职业，或者是什么样的职业，并不决定他的精神品质和文学成就。其中的关键，仍然是看他有怎样的文学信仰、文学观念和最终写出了什么样的作品。

最初读到美国学者罗伯特·达恩顿的《启蒙运动的生意——〈百科全书〉出版史（1775—1800）》时，我颇为震惊。作者说："启蒙运动存在于别处。它首先存在哲学家的沉思中，其次则存在于出版商的投机中——他们为超越了法国法律边界的思想市场投资。"[⑤] "哲学家""生意""投机"和"投资"一起成为叙述"启蒙运动"的关键词，这对我们重新认识文学与市场、大众、消费的关系或许有所帮助。我这里说的不是市场、大众、消费对文学精神的改造、侵蚀以及作家对市场、大众、消费的屈服，而是说，确认文学的生产和传播，已经无法与市场、大众、消费以及大众传媒毫无关系。最近十年来，有不少重要作品是经由出版商和第二渠道出版和发行的，这反过来证明了我们在90年代对市场的过度紧张。主流文化与大众文化、主流意识形态与消费主义意识形态的关系，在许多论者那里发现了"某种合谋"的现象，这种现象不是虚构的。这里的困境反映了在"后革命时代"主流文化的策略调整和无奈，而这对精英文化和文学来说，其实是陷入了更大的困境，主流文化对大众文化和娱乐至上倾向的宽容，包括对"革命叙事"的消费，都显示了产生思想的机制尚未建立这一困境。

这些现象的产生，或许如马克思、恩格斯所揭示的那样，是"物质根源"使然。针对麦克斯·施蒂纳《唯一者及其所有物》的观点和方法，马克思、恩格斯在《德意志意识形态》中说："对我们这位圣者来说，共产主义简直是不能理解的，因为共产主义既不拿利己主义来反对自我牺牲，也不拿自我牺牲来反对利己主义，理论上既不是从那情感的形式，也不是从那夸张的思想形式去领会这个对立，而是在于揭示这个对立的物质根源，随着这种物质根源的消失，这种对立自然而然也就消灭。共产主义者根本不进行任何道德说教，施蒂纳却大量地进行道德说教。共产主义者不想人们提出道德上的要求，例如你们应该彼此互爱呀，不要做利己主义者呀等等；相反，他们清楚地知道，无论利己主义者还是自我牺牲，都是一定条件下个人自我实现的一种必要形式。"[⑥]

当我们把转型时期的文化结构分为主流文化、精英文化和大众文化时，实际上是在承认文化多元（多样抑或是无序）的同时，也面对了价值取向不同的文化之间的冲突。如果在“精英文化”的层面上看待文学与其他文化形态的关系，文学与政治的对话并未停止，与市场的对话同样艰苦。我愿意在积极意义上看待文化转型给90年代文学带来的影响，中国文学由此获得了更为广泛而深厚的文化背景。如果没有这样一种复杂、冲突、妥协的文化背景，文学也就是失去了发展的时间、空间和动力。剩下的问题是，中国作家在这个背景上处于什么样的位置和高度。

三

90年代的变化首先是对个人生活的改变，而非首先抽象出文学的问题。生存的焦虑几乎是一个社会性的问题。米兰·昆德拉要求每一部小说回答“人的存在究竟是什么，其意义何在”的问题，这在一定程度上变成了我们日常生活中的问题。对生活的本质的不同理解，是90年代世界观和方法论发生变化的开始。这一变化在80年代中后期初露端倪。80年代商品经济浪潮对人的价值观、生存方式的冲击，只是作为世俗运动的现代化以及由“有计划的商品经济”到“社会主义市场经济”犹豫、徘徊过渡的最初反应。此时的文学和文学知识分子虽然已经有过多次挫折的经历和经验，但仍有现代化的“想象”和“纯文学”观念的维持，知识分子中间业已存在的分歧在大的政治语境中并非主要问题，也非已经变化了社会大众关注的焦点。生活的不确定感和灰色地带从80年代中期以后便滋生和蔓延。

知识分子在90年代以后的落差是巨大的，几乎是从现代化设计的参与者和大众精神生活导师的位置上跌落下来，而包括一部分文学读者在内的大众，则越来越沉入世俗化的生活中。这是70年代末以来知识分子第一次与社会脱节。关于文学“边缘化”的叙述便是对这种现象的沮丧表述。正是因为有了这样的位移或脱节，文学以何种方式来重新思考人类的生存处境和精神处境（这种处境越来越是困境）才成为一个问题。而作家自身的精神与审美能力是否能够传达文学对种种处境尤其是精神困境的关切，则是形影相随的问题。

因此，文学的“边缘化”或许可以表述为“文学不再属于它的世界”。正如米兰·昆德拉在谈到小说的相关问题时说：“这是不是说，在‘不再属于它的世界’中，小说要消失？要让欧洲坠入‘对存在的遗忘’？只剩下写作癖无尽的空话，只剩下小说历史终结之后的小说？我不知道。我只相信自己知道小说已无法与我们的时代精神和平相处：假如它还想去发现尚未发现的，假如作为小说，它还想‘进步’，那它只能逆着世界的进步而上。”⑦ 当这个问题展开时，文学不仅面对当下问题，还不可避免地要对业已形成的文学知识、尚未深入反思的历史、变化之中的知识分子与大众的关系等做出新解。在这个意义上，作为方法的 80 年代其局限不言自明。

90 年代思想景观在孟繁华、林大中主编的《九十年代文存：1990—2000》中充分展现。如同编者在“前言”中解释的那样，所选的文章多与文学界相关，“其原因在于一方面是文学与时代的关系敏锐而过于密切，它的问题是十分明显的，但它同时也以感性的方式感知并提出了时代最需要回应的问题；一方面是 90 年代以来，文学界的许多学者转向了思想文化领域，这些学者是带着文学家的敏锐和感情方式在思想文化领域开展学术活动的。与 90 年代相关大论争，几乎都有他们的声音。所以这些论争部分地显示了 90 年代知识界取得的思想成就”⑧。因此，在思想的层面上，说文学和知识分子在 90 年代文化转型中“缺席”或者“失声”是有失公允的。

在这里，我无法对 90 年代文学的思想史意义做出进一步的分析，但一个事实是，从 80 年代过来的那批作家，对文学的坚守仍然是一贯的，而且以强烈的姿态形成了与现实的紧张关系。韩少功《夜行者梦语》、张承志《荒芜英雄路》、张炜《忧愤的归途》等这些结集于 1995 年之前的散文随笔，相当程度地反映了一批作家对现实的“抵抗”和克服危机的努力。张炜对文字的敬畏和对知识分子本源精神的寻找持续至今，并以多卷本的《你在高原》显示了自己的文学信念；同样，张炜的道德理想主义以及与“反现代化”思潮相吻合的观点也带来了争议。尽管批评界对韩少功在 90 年代以后的思想转向有仁智之见，但他对技术、解构主义和后现代主义、资本、经济功利主义下的人的异化等都有深刻而独到的见解，因而被视为 90 年代以来最具思想者素质的作家之一。李锐则是另一位话题广泛的尖锐批评者，他以近百年来中国传统文化无效、新文化又失之偏颇的历史论述概括出“双向的煎熬”这一命题，以此呈现当代知识分子与中国的困境。在这些相对激烈的作家中，张承志的《心灵史》则是用极端的方式、强烈的政治意识和神秘的宗教情怀书写而成。即使被批评界视为“相对主义”的作家，如作为 80 年代中坚人物的王蒙，他在创作和其他著述中的复杂性远比引起争论的《躲避崇高》要丰富得多。

文化的制度性、论述者的知识背景和思想资源等因素，同时决定了分歧的不可避免。1993年的“人文精神”讨论成为90年代一个标志性的思想事件，文学界、知识界和思想界的分歧大致由此开始。思想文化的论争取代了政治批评，但论争背后的意识形态因素也逐渐强化，在从90年代到21世纪的进程中，论争和分歧被处理成了单一的意识形态问题，壁垒森严，从而失去了对话和包容的关系。对“他者”的批判、怀疑，始终强于对自己的质疑与批判，甚至缺少自我批判与质疑，可以说是知识界的一个特征。我无力对此做出更广泛和深入的分析，如果局限在文学界，我以为史铁生在90年代的思想方式是值得我们重视的。史铁生的静穆、神性、通透和诗性一直被视为文坛稀缺的品格，而他几乎没有宣谕，而是静思。我们很少看到史铁生与现实的直接而紧张的冲突，但他将现实处境转化为人类生存困境的思考。史铁生曾经感慨地说到他对“立场”的拒绝：“因为立场问题，在‘文化大革命’中，受罪太多了，首先你什么立场，你有了你的立场，再设计你的观点。这太可笑了，我有了我的观点，我已经有了我的立场，我不是用立场来决定观点的，而是有观点顺带着有了立场。你一强调立场那就是党同伐异。”⑨ 如果以史铁生这样的方法观察90年代，这个年代留下的立场、姿态和问题远远多于思想观点。

在作这样的观察和反省时，我颇为踌躇。一方面，我们对文学界的“思想状况”可能有诸多的不满；另一方面，如果只从作家与现实的关系以及他们的论述来考察其思想容量的大小，进而论定其文学的价值，是否会看轻文学把握世界的特性？也许，在思想史的意义上，中国作家缺少自己的世界观和方法论，但作家的心灵世界已经在各种冲突和选择中被打磨了，这将对他们的创作产生深刻的影响。像鲁迅这样能够在杂文和小说中产生深刻思想的作家可遇不可求。但是，即便如鲁迅也曾经有过思想的曲折。王元化在1988年的《谈鲁迅思想的曲折历程》中有过这样的分析：“从《二心集》开始，鲁迅虔诚地接受了被他认作是党的理论家如瞿秋白等的影响。这一时期，他的不少文字带有特定意义上的遵命文学色彩。例如，他对‘第三种人’的批判，对文艺自由的论争，对阶级性的分析以及对大众语和汉字拉丁化的意见等等，都留下了这样的痕迹。”“在这几年中，纵使从鲁迅身上也可以看出当时的某些思想倾向的影响。早年，他经常提到的人性、人道、人的觉醒……在他的文字中消失了。直到他逝世前，才开始超脱左的思潮，显示了不同于《二心集》以来的那种局限性，表现了精神上新的升华。”从乐观处看，“不管怎么样，从这种处境的变更中除了能看到个人化的加强外，还能赢得一种积极的基本趋势：知识分子被迫对自身和他的同类进行反思，质疑固有的立场，并且去创造一种新的精神基础。从根本上属于他的质询任务的有‘五四’的遗产、中国传统的角色和经常遭到忽视的普通人的现实”[10]。质疑的对象尚有左翼文学、社会主义现实主义和“文革”以及西方现代性。因此90年代并不是一个问题消失的年代，而是一个缺少思想和累积思想的年代。

四

在90年代文化与文学呈现多元和分裂的状态时，全球化的趋势又带来中国文化的身份认同问题，经济的世界一体化带来文化的扩张与压缩，90年代文学自觉不自觉地被卷入其中。80年代文学回应西方现代性的问题，到了90年代以后更广泛和深入地展开。

和80年代不同，现实主义和现代主义的紧张关系已经不复存在，而中国文学传统的当代性问题又同时存在。一方面，回到传统仍然是困难的，80年代的“文化热”并未形成一种“新文化”的经验似乎也说明了这一点；90年代末的“断裂”事件也未形成“断裂者”期待的新传统，又表明了“断裂”的虚妄。正如张旭东所言，“当代中国文化一个最大的问题就是无法回到传统，因为在当代和传统之间隔着一个巨大的现代，隔着一个巨大的近代，隔着一个巨大的西方。所以，回到传统的路径我想只能是进入西方，进入西方的近代和现代，突破神话这个屏障把它从内部进行分解，把西方的近代和现代历史化，看到他们的危机，看到他们的问题，看到他们自己应对和解决这种危机和问题的方式和方法，以这种方式回到自己的历史性，回到自己的传统，不然的话我们永远也回不到传统”[11]。

另一方面，回到以现代主义为精神和形式资源的“先锋文学”同样是件困难的事。格非认为“先锋小说”可能会卷土重来，但不是简单地回归：“我觉得先锋小说有可能会卷土重来。不过不是我们，而是别的什么人。即使先锋小说再回来的时候，不可能是原样的回来，实际上先锋小说是个假概念，它代表着什么？谁也说不清楚。那么我们就说现代主义的小说，现代主义小说在西方有许多各种各样的极端。现在有很多趋势，把现代主义改头换面重新纳入创造性的劳动中去，然后发现、发明或者采用一种新的想象力，一种新的文体，如果把这个称为‘先锋小说’的话，我认为它一定会回来的，而且会在一个更高的层次上回来。我不赞成简单的回归，因为所谓的先锋小说，造成了读者和作家的疏离。在目前这样的消费社会，你出现一个标新立异的作品，同样可以把它标价卖出去。现代艺术一旦风格化，就容易被模仿，小说也一样。先锋艺术，先锋小说失去震惊效果是因为它本身变得甜美了，变得商品化了，被流行收纳了，所以它对社会不再具有批判性。”“我认为新的先锋小说出现，一定会有一个更大的创新。必须具有更大的整合能力，在我们的时代，它更需要精通历史，要老老实实地去了解我们的历史。简单的回归是回不来的。”[12] 因此，重要的问题还是对历史和文化的整合。

但这些困难并不妨碍考察文学与中国文学传统和西方现代性的对话关系，“先锋文学”（主要是“先锋小说”）的“转向”或者“终结”，也是 90 年代的一个重要话题，其中蕴含着当代文学双向对话的痕迹。相对而言，“寻根文学”似乎在 80 年代亦已被“终结”，其所谓“复古”倾向和对“传统文化”的“回归”常被诟病。无论是当时的评论，还是后来的文学史叙述，“寻根文学”常常被置于和“先锋文学”相对立的位置上。作为回应西方现代性的不同方式，“寻根文学”确实有偏向“传统”的一面，这种文化的转向，在叙事和美学趣味上，可能更多偏向中国的叙事传统，而不是经典现实主义传统。我想讨论的重点，自然不是消除“先锋”和“寻根”的界限，莫言的《红高粱》似乎就介于两者之间；需要厘清的问题是，在和“寻根小说”的比较中，我们是否能够发现“先锋小说”与中国叙事传统的关系？如果我们得到的是肯定性的回答，那么，需要进一步讨论的是，90 年代文学（包括“先锋派”）和文化传统尤其是小说的叙事传统究竟构成了怎样的关系？这是一个在 80 年代因“寻根文学”而起，很快又中断，到了 90 年代又再度复现的问题。

长期关注“先锋小说”的陈晓明对 90 年代后“先锋派”的评估是：“八十年代后期，先锋派的形式主义实验给文学创造了新的艺术经验，但先锋派的实验突然而短暂，在 90 年代随后几年，先锋派迅速放低了形式主义实验除了格非和北村在 90 年代初还保持叙述结构和语言方面的探索，先锋派在形式方面已经难以有令人震惊的效果。一方面，先锋派的艺术经验不再显得那么奇异，另一方面艺术的生存策略使得先锋们倾向于向传统现实主义靠拢。故事和人物又重新在先锋小说中复活。”[13] 这差不多也是很多研究“先锋派”的批评家的共识。“形式的疲惫”，除了艺术经验奇异感的钝化以及生存策略的调整外，也与小说家自身的创造力有关。90 年代为先锋作家的转向或终结所唱的挽歌，在某种意义上是论者和读者对先锋派创造力“幻想”的失落。先锋文学在形式和精神上打破训诫与桎梏所作的探索，确实显示了一种新的美学品格和可能性。而这样一种创造活动，对于更看重“间接经验”的先锋小说家来说，很大程度上取决于心灵的创造力。如苏童所言：“对一个作家来讲，不存在生活匮乏的问题，作家是一种心灵的创造，他遇到的问题，准确地说是想象力的匮乏、创造力的匮乏。”⑭ 至于按照现实主义的理解，生活（丰富的或匮乏的）如何影响创造力与想象力则是另一个问题。

尽管“先锋派”的精神意义也受到重视，但形式的革命性处于更突出的位置：“先锋派所作的那些对于人类生活境遇的怪异、复杂性和宿命论式的表现，在很大程度上得力于形式方面的探索，那些超乎寻常的对人类生活境遇的表现，其实是艺术形式的副产品。一旦先锋派放低了形式主义的探索，依靠一些陈旧的故事和平淡无奇的叙事，先锋派的表现力无所作为。”⑮ 由关注故事的形式到重返故事之中，由新奇怪异的叙事回复到平淡无奇，这样一种转向被视为“向后转”。换言之，“先锋小说”由原先的反传统变为逐渐靠拢传统（包括经典现实主义传统）。在通常的分析中，“先锋小说”的革命性是与“反传统”联系在一起的（虽然是一个语焉不详的“传统”），如果就“先锋小说”与经典现实主义和社会主义现实主义的对话关系而言，“先锋小说”确实是“反传统”的；但在仔细考察以后，我们可能会发现，和西方的小说传统尤其是现代派小说的影响相比，中国叙事传统其实存在于80年代的“先锋小说”中，并经90年代延续到21世纪。

马原是80年代毫无争议的“先锋派”，但马原对自己小说的解读饶有意味。马原以书法为例论中西的差异，他认为以理性主义作为思想基础的西方人无法理解书法里的“气”，他们只能从线条的变化中感受到一种形式的美感，其中的差异就在于“我们汉人自己有一个不能用线性逻辑去表述的境界”。而马原觉得自己的小说有这样的中国艺术的背景：“很多人以为我的小说是西方的，实际上是不对的。因为他们总想要一个所以然，但我也不知道，究其然非常吃力。我只知道，故事以这样的方式出来以后它们之间最妙。它们之间有了某种情节与意味，但是我自己没有能力把它们用一根线联系起来。实际上，这根‘线’是中国的艺术背景，你有中国的艺术背景之后，自然觉得这是妙构，这些彼此不相干的断片单元究竟如何发生作用。”⑯ 马原并不否认西方小说对他的影响，但他在中国艺术的背景中解释了他的“叙述圈套”。

从80年代末开始，“先锋小说”便逐渐呈现了中国叙事传统的因素，苏童写于1989年的《妻妾成群》或许具有某种标志性意义，而90年代的《红粉》《米》等都在不断强化他在艺术上兼容中国小说叙述传统的倾向。同样被称为“先锋小说家”的叶兆言，其“夜泊秦淮”系列的文化面貌和美学特征，也都确认了中国叙事传统的意义。在80年代“寻根小说”的一些主将里，韩少功的《马桥词典》除了形式的创新外，他对“方言”的再造和叙事，延续和深化的是他在80年代对“小传统”的认识；贾平凹颇受争议的《废都》突出了当代小说与明清小说的关系；王安忆的《长恨歌》被一些论者读出了张爱玲的影响……与从80年代到90年代的“新写实小说”比较，我们会发现，同样是写世俗生活，但差异很大，其中的关键就在于世俗小说中有无“诗”的意识。

格非曾经谈到他在90年代的变化：“在20世纪80年代的时候，我接触到比较多的现代派作品，就把它作为一个较为固定的资源来使用。可是到了20世纪90年代，我扩大了阅读面，重新研究中国古典小说，研究西方现代主义小说、浪漫主义小说、甚至古典主义的小说，一直到中世纪以前的史诗等这样的作品，我觉得所有这些东西都应该成为我们的遗产。而现代主义应当放到文学史中去，它只是重要的环节。我并不觉得现代主义过时了，应该把它的许多重要的东西都利用起来。我自己也说不清是怎样的一种变化，可能需要一种整合，把各种各样的，包括现实主义的、意识流的、荒诞派的，或者魔幻现实主义的，我觉得都可以使用。”[17] 在这种整合中，中国传统叙事资源的意义再次被强调，这在莫言、王安忆、李锐、格非、阿来等小说家的文论中都有相当程度的反映。正是基于90年代的这一变化，当代作家才有了以相对成熟的方式回应西方现代性问题的可能。这一变化，无疑让“先锋小说”失去了80年代的“原样”。当我们面对韩少功的《暗示》、格非的《人面桃花》、莫言的《檀香刑》《生死疲劳》和王安忆的《天香》等小说时，我们才有可能讨论“新时期”以来小说的发展轨迹。

这当然是一个自“新文学”以来便困扰中国作家的问题。从晚清到“五四”，小说分为古典和现代，而现代则大致确定为西方小说的横移。在20世纪40年代的“文艺大众化”“民族形式”的讨论中，“旧文学”的意义获得正面肯定。虽然这种肯定受到特定政治文化的影响，但现代小说与传统的关系问题也凸显出来。以群在1943年的文章中这样写道：“‘五四’以来的新文学运动，虽然受了外国文学的影响，并且初期的新文学创作还部分地犯了模拟西洋文学的毛病，但是经过了十几年的努力和奋斗，却逐渐地克服了这些弱点，改正了这些弊端，而建立起了中国新文学的独立风格，而开始‘走向创造之路’。”以群甚至认为新文学“大体上，在初期才创作中，所保留着的中国旧文学的痕迹反比所承受的外国影响更显著”，“因此，新文学运动一方面固然是一个文学的革命运动，另一方面也是衔接着中国文学历史，承继着中国文学传统的有机的发展”。[18] “新文学”中“外国文学”和“中国旧文学”的影响孰轻孰重，自然可以商榷，但这两种影响无疑同时存在。从现代到当代，小说对中国叙事传统的确认和改写，“在所谓‘现代性’话语的背景之中，这一过程的重要性往往被众多文学史的研究者所忽略”[19]。

创作或研究中取向的偏颇，并不存在“合法”与否的问题。不必说研究者的知识谱系、理论方法和文学研究模式等影响和规定其解释文学现象、论述文学史的方向，作家对文学资源选择有着更大的自由，没有取舍、没有偏颇可能就没有文学的特质。但是，当我们既有一个久远而深邃的历史背影，又有一个广泛而多变的文化结构时，整合历史和文化，从而获得自由与高度，则是文学无法回避的问题。

在如此论述90年代文学时，我没有过多地选择作品进行文本分析。事实上，《在细雨中呼喊》《叔叔的故事》《长恨歌》《废都》《白鹿原》《酒国》《丰乳肥臀》《九月寓言》《尘埃落定》《马桥词典》《旧址》《一个人的战争》《私人生活》《务虚笔记》和《日光流年》等都是对80年代文学经验的超越，从不同的路径上显示了个人、现实、历史等在90年代的文学形式与意义。80年代文学的经验，在很大程度上压抑了90年代文学中一些重要文本的意义；文学史的叙述也常常因为突出了80年代的意义而遮蔽了90年代文学的重要性，在90年代出现的一些作家作品笼罩在80年代辉煌的影子之下。作为对这种现象的反拨，充分阐释90年代的代表性文本也就显得必要，但是这种阐释不是对某种文学观念的验证，而应当在90年代与80年代文学的关联中，对这些作品作历史化的处理。这是有待深入的工作。

注释：

① 瞿秋白：《“五四”和新的文化革命》，载《瞿秋白文集・文学编》第3卷，人民文学出版社1989年版，第23页。

②③ 顾彬：《二十世纪中国文学史》，范劲等译，华东师范大学出版社2008年版，第1页，第345页。

④ 王元化：《文化结构的三个层次》，载《王元化集》第7卷，湖北教育出版社2007年版，第327、328页。

⑤ 罗伯特・达恩顿：《启蒙运动的生意——〈百科全书〉出版史（1775—1800）》，叶桐、顾杭译，生活・读书・新知三联书店2005年版，第3页。

⑥ 马克思、恩格思：《德意志意识形态》，载《马克思恩格斯全集》第3卷，人民出版社1972年版，第275页。

⑦ 米兰・昆德拉：《小说的艺术》，董强译，上海文艺出版社2004年版，第25页。

⑧ 孟繁华、林大中主编：《九十年代文存：1990—2000》“前言”，中国社会科学出版社2001年版。

⑨ 史铁生：《“有了一种精神应对困难时，你就复活了”》，载王尧《在汉语中出生入死——关于汉语写作的高端访谈》，春风文艺出版社2005年版，第157页。

⑩ 王元化：《谈鲁迅思想的曲折历程》，载《王元化集》第7卷，第19、20页。

⑪ 张旭东：《全球化时代的文化认同：西方普通主义话语的历史批判》，北京大学出版社2005年版，第380页。

⑫⑰ 格非：《何谓先锋小说》,《青年文学》2006 年第 21 期。

⑬⑮ 陈晓明：《自在的九十年代：历史终结之后的虚空》,《山花》2000 年第 1 期。

⑭ 林舟：《永远的寻找——苏童访谈录》,《花城》1996 年第 1 期。

⑯ 马原：《小说的本质是方法论》，载王尧《在汉语中出生入死——关于汉语写作的高端访谈》，第 312 页。

⑱ 以群：《略论接受文学遗产问题》，载《以群文艺论文集》，上海文艺出版社 1983 年版，第 44 页。

⑲ 格非：《朝向陌生之地》,《青年文学》2005 年第 1 期。

（2012 年第 12 期）

论底本：叙述如何分层

赵毅衡

底本 / 述本分层是叙述学的基础理论，至今没有任何叙述研究能摆脱这个分层模式。但是这个理论多年来受到一系列理论家的抨击。由此叙述学落到一个窘困的境地：不能驳斥这些批评，就必须吸纳这些批评，不能放弃双层理论，就必须改造之。本文回顾这些批评，提出用符号学的聚合—组合双轴概念重新理解分层理论：这样可以接受这一系列批评中的合理部分，同时保留叙述学必需的分层立足点。如此理解，叙述行为就不仅是对底本做位移与变形，其更重要的工作是选择与媒介化。

一、术语的困扰

整个现代叙述研究以底本 / 述本分层原理为基础，整个一百多年的现代批评理论，也以这个分层原理为起点之一，偏偏这也是叙述学最容易受攻击的软肋。抨击叙述分层观的芭芭拉・赫恩斯坦・史密斯很明白她瞄准的是什么，她说："双层模式不仅是叙述学，而且是整个文化理论的脚手架。"[①]

如果这个基础真是沙子般散乱，在这基础上构筑的宫殿早就该垮塌。耐人寻味的是，这个基础至今无可取代，大厦至今没能摧毁：也许它本来就很坚实，只不过是我们至今不清楚它是如何构成的。重新审视这个基础，我们可以找到广义叙述学乃至整个批评理论的再出发点。

叙述分层理论是俄国形式主义最先提出的，他们称这双层为"法布拉 / 休热特"（фабула/сюжет）[②]。什克洛夫斯基最早提出这个观点，他认为法布拉是素材集合，构成了作品的"潜在结构"，而休热特则是作家从艺术角度对底本的重新安排，体现了情节结构的"文学特性"[③]。对这一对术语做了最明确讨论的，是托马舍夫斯基，他在其名著《主题学》中认为：法布拉中的事件是"按自然时序和因果关系排列"，而休热特强调对时间的重新排列和组合。[④] 自 20 世纪 60 年代学界“重新发现”俄国形式主义开始，几乎每位叙述学家都从分层概念出发进行讨论，如托多洛夫、巴尔特、里卡尔杜、布瑞蒙、查特曼、热奈特、里蒙 - 基南、巴尔等等；整个叙述学体系建筑在这个双层模式上面，无法回避。

偏偏这对术语的各国翻译都很不固定。法国曾是叙述学的大本营，法国叙述学家关于双层的对应说法各个不同，里卡尔杜称之为“fiction/narration”，巴尔特称之为“récit/narration”，托多洛夫称之为“histoire/discours”，最后似乎大致落定于热奈特所用的“histoire/récit”。[⑤] 英文中大多用查特曼的取名“story/discourse”。但也有人用词不同，例如巴尔在英文本《叙述学》一书中用“fabula/story”，两人的“story”位置正好相反。而中文的处理更为混乱：申丹沿用查特曼，称为“故事 / 话语”[⑥]，谭君强沿用巴尔，称为“素材 / 故事”[⑦]。两人的“故事”的位置也正好相反。

术语混乱还不是真正的困难所在，更大的困难在于：这些法文、英文词汇，与中文的“故事”“话语”“情节”“素材”一样，都是极常用词，在叙述学的讨论中，非术语与术语不得不混用，经常造成误会，需要每次都打上引号，表示此“故事”非一般说的“故事”。[⑧] 在学科交叉场合，例如叙述学与文体学或与话语分析交界之处，即使打上引号都无法避免混乱。[⑨] 固然论者各有不同的定义解说，但没有人提出足够理由，让我们处处明白此“故事”非彼“故事”。德里达在 1979 年就嘲弄说：“故事”太让人糊涂了：“每个‘故事’（以及每次出现这个词‘故事’之自身，即每个故事中的故事）是另一个故事的一部分，这另一部分比它大又比它小，它包括又不包括（或包含）自己，它只管与自己认同，因为它与它的同形词不相干。”[⑩] 德里达说的“同形词”指非术语的“故事”，这个双层结构的确被太多的术语、非术语弄得够混乱的。

为了避免术语混乱，不少人主张回到俄文，例如电影学家波德威尔就直接用俄语拉丁化拼写。[⑪] 波德威尔的中译者跟着译成“法布拉 / 休热特”[⑫]。这对一般读者记住外文发音的能力要求太高，本文建议译为“底本 / 述本”[⑬]，无非求个意义清晰而不会与常用非术语混淆。[⑭] 本文先行清理术语，并非无事生非或是刻意求新，到本文作结时会说清楚目的。本文所引用的各家论者，原本用的术语各不相同却互相错叠，为避免处处解释造成行文拖沓纠缠不休，笔者不揣冒昧，全部改为“底本 / 述本”。

20 世纪七八十年代，许多学者开始突破结构主义，他们把底本 / 述本看作结构主义的基本理念（表层结构 / 深层结构）在叙述学中的应用，而痛加抨击。实际上“底本 / 述本”观念并非来自索绪尔的语言 / 言语说，叙述学也不是结构主义的一部分。自 80

年代至今，这个分层观念一直在受攻击，这反而证明攻击没有达到效果。至今仍没有一本叙述学著作能放弃分层概念。例如巴尔1987年出版的名著《叙述学》，整本书就是两大块：底本部分和述本部分。四十年来电影理论发达，远如麦茨[15]，近如波德威尔[16]，学者们都继续使用这个双层模式。

看起来，全体叙述学家达成默契：面对反驳，不必辩白，也不必修正。巴尔甚至在书中列举了反分层论的各家的看法，然后只说了一句话就打发他们："我完全同意这些分析，但是我拥护分层论。"她的态度非常典型：可以承认你说得有理，但是你批你的，我论我的。[17]这个奇怪的各说各话局面至今依然：批判虽然言之成理，叙述学却不想也不能摆脱这个出发点。我认为，叙述学现在正处于向符号叙述学发展的瓶颈上，借批判之力，有可能找到新的前行方向。本文的讨论，将从分层说主要的批判者的观点谈起：如果我们不能自辩，就应当对叙述学做出修正，哪怕撼动根基，也在所不惜，叙述学理论必须面对批评，做出自我调整。

二、几个述本能否共用一个底本?

1980年，美国女批评家芭芭拉·赫恩斯坦·史密斯发表长文《叙述诸变体，叙述诸理论》，系统地批判分层观念。[18]

史密斯指出：提出底本这个概念，一个目的是解释为何同一个故事拥有（或可以有）各种不同的改编或重述，或者说，为什么许多故事可以被认为是同一个底本的不同述本。她举了民俗学收集到的全世界各种"灰姑娘"故事作为案例，看起来应当是同一个底本的不同述本，其中的变异却实在太大，北欧的灰姑娘甚至把"恶姐妹"煮了吃。史密斯举出华人学者丁乃彤的发现：最早的灰姑娘故事可能出自中国与越南接壤的地区。源头未免太远。[19]甚至有人提出狄更斯的小说都是灰姑娘模式。她问：如此扩大，伊于胡底?

史密斯提出：说如此多故事竟然都是灰姑娘变体，"只能说明我们惯于用'情节提要'名义表演抽象、减缩、简化"[20]，也就是把简写当作底本，最简单情节公式就成了最基础的底本。她认为，没有任何一个叙述是其他叙述的"根本性基础"。[21]每个述本都是独立的，一个述本不可能与其他述本共享某个底本，"没有任何叙述能独立于讲述者与讲述场合的特殊需要"。因此，任何情节相似的叙述（哪怕明确说是"改编"），无论简繁，都是平行的，没有从属关系。

史密斯指出：底本这个概念之提出，第二个目的是解释为什么对某一事件可以从不同角度讲述。针对查特曼所说述本是对底本的“时间变形”，她反驳说：这是假定底本的时间是“零度变形”的线性叙述，而其他各种述本构成了一个变形程度的序列。例如热奈特认为民间故事“比较按照时间顺序”展开，而文学作品（例如《伊利亚特》）则常常“从中间开始”。史密斯认为热奈特这说法没有根据，“非线性”是叙述常态，不是例外。甚至人对事件的经验或回忆，作家的构思也一样零碎散乱变形，不存在“事件原时序”。

因此，史密斯的结论是：任何形态的简写都不是底本，双层模式“经验上成问题，逻辑上脆弱，方法论上混乱”[22]。理论上不能成立，批评实践上也没有必要采用。

当时正是查特曼《故事与话语》一书出版不久[23]，此书成了史密斯的主要靶子。查特曼对此文提出激烈的反驳，基本论据却是“拥护分层论者极多”，这当然不成其为有效的反驳。[24]史密斯于1983年到北京参加“首届中美比较文学双边会议”，大会发言就是这个题目，可见她本人如何重视此论文。她发言后，我曾简短地提问：“如果灰姑娘故事没有共同点，为什么还把它们称作灰姑娘故事？”史密斯回答说这种提问是在坚持“天真柏拉图模式”，而这正是她对查特曼的指责。我在大会上没有能接着谈，到现在才有机会写此文讨论个水落石出。不过我既然把这个问题压了三十年，就暂且再等一下，到本文结束时看看能否给出一个比较清晰的回答。

史密斯至少在一个方面说得非常有道理：每个述本都是独立的，不会共用一个底本，更没有任何叙述可以被当做另一个叙述的底本，哪怕“情节提要”也不是。查特曼也同意此点，但是他接着又说：“同一个底本甚至述本，可以在不同媒介中实例化，例如灰姑娘的民间故事、芭蕾、连环画等。”[25]他的意思是说，不同媒介的述本可以合用一个底本。因为底本只是故事情节，述本提供一切形式。

三、情节究竟是在述本还是底本里形成？

1981年，与史密斯文章几乎相同的时间，乔纳森·卡勒出版了他的名著《追寻符号：符号学，文学，解构》，此书第九章“叙述分析中的故事与讲述”，集中批驳了叙述双层模式。卡勒批评的主要对象是荷兰叙述学家巴尔1977年用法文出版的《叙述学：四本现代小说中的叙述表意》一书[26]，此书是她后来在1985年用英文出版影响极大的《叙述学：叙事理论导论》的原本。

卡勒对分层模式的抨击，主要集中在底本与述本的关系上。按照分层理论，既然述本是对底本的变形再现，那么底本时间上发生在前，至少“在逻辑上先于述本存在”[27]，而且其中的事件序列是“真序”，述本只是为了生动而用“假序”改写[28]。为反驳此说，卡勒仔细分析了索福克勒斯名剧《俄狄浦斯王》：俄狄浦斯被生父忒拜国王拉伊奥斯抛弃在山上，由柯林斯国王抚养长大，他在一个十字路口与拉伊奥斯及其随从发生冲突，杀了所有的人，然后娶了母亲约卡斯塔，成为忒拜国王。这大致是底本故事，而述本就像侦探小说：某日俄狄浦斯国王决心彻查此案，结果发现自己杀父娶母真相，震惊之下刺瞎自己的双眼，离开宫廷自我放逐。

卡勒指出，这个述本有个大漏洞：戏剧开场时，俄狄浦斯国王已经登基多年，与前王后养育了几个子女。这一天他下令彻查当年国王拉伊奥斯被杀一案，但是他心存犹疑，因为他多年前曾经一个人在路口杀死某老人与其随从。王后安慰丈夫说有一个见证人，曾对全城人说过，他看到“一群强盗”杀了前国王与侍从，因此不可能是俄狄浦斯杀了前国王。于是一切取决于找到此证人。但当证人应召到来时，俄狄浦斯根本没有问当年杀人者究竟是“一群”还是“一个”，而只是追问自己的身世。卡勒说：“当他听说自己就是前国王的儿子时，马上得出结论：是他杀了拉伊奥斯。他的结论不基于新证据，而是述本自身的意义逻辑……事件不是主题（意义）的原因，而是其效果。”[29]卡勒说他当然不是想证明三千年前的俄狄浦斯无罪，他是说述本必须有意义，情节逻辑自身的压力（而不是底本的“真实事件”）迫使俄狄浦斯必须发现自己犯下弑父娶母大罪，不然这个戏就不成戏。

卡勒的进一步推论更具有摧毁性：如果在“事件”中，俄狄浦斯不认识生父，那么“俄狄浦斯很难说有弗洛伊德描述的俄狄浦斯情结”[30]。俄狄浦斯在证据不足的情况下如此直认其罪，只能证明“故事”的主题要求情节演示俄狄浦斯情结：对叙述的展开而言，不是底本事件，而是主题优先。述本中俄狄浦斯竟然忘了为自己解脱罪名，不是因为底本中事情是他“一个”做的，而是述本必须按“一个”来展开。

接着，卡勒举出一系列例子，进一步说明他的“意义压力推进述本”原则：乔治·艾略特的小说《丹尼尔·德隆达》（*Daniel Deronda*），主人公不是犹太人，却积极参与犹太社区文化与宗教活动，到小说结尾，主人公果然发现自己的身世是犹太血统。

总结这些例子，卡勒的结论是：叙述分析有内在矛盾，因为“如果说叙述中两种先行关系可能都在起作用，一个自洽的，一贯的叙述解释就成问题了：一边是寻求叙述语法的符号学，一边是显示此种语法之不可能的解构式解读”[31]。他所谓“寻求叙述语法的符号学”，指的是叙述学的分层理论。

卡勒的批评细腻而敏感，而且的确非常有道理：传统理解的底本 / 述本分层结构，的确暗示底本先于述本，述本只是把底本中存在着的故事说得有趣一些。但是述本却有独立意义，其结构、展开方式甚至描述的事件，都为这个意义服务。由此出现本文最后要回答的关键疑问：情节究竟是在底本中原先存在的，还是在述本中才出现的？

四、述本过乱则无底本？

整个八九十年代，对双层模式的挑战连续不断，例如辛西娅·切丝的论文《论叙述模式：机械玩偶与爆炸机器》，作家、批评家罗斯 - 布鲁克与叙述学家里蒙 - 基南的争论等。本文篇幅有限，无法一一介绍，但是有关底本 / 述本的争论至今在延续。本文跳到近年发生的一场争论，因为卷入了中国学者申丹，讨论也比较切近本文将要尝试的回答。

布莱恩·理查德森主要研究后现代先锋小说，他于 2001 年发表《小说中的“改辙”：贝克特与其他人小说中对故事的擦抹》一文[32]，开始了他对叙述双层模式的一系列抨击，他的主要论点可以总结为“述乱无底”：当述本“混乱”（out of joint）到一定程度，就无法找出底本。此文引起了申丹的反驳，申丹坚持双层模式，认为后现代小说有可能找不出底本，是因为述本中某些成分“同时发生在底本中”[33]，也就是说某些情况下“双层叠合”。双方争论的核心问题是，底本是非文本的，只能通过读者对述本情节“自然化”，即用认知模式从述本还原构筑出来，那么，当述本过于复杂无法还原时，底本在哪里？是不存在，还是合起来了？

理查德森说的“叙述改辙”（denarration）是指小说中一种特殊的叙述手法：先说了一个情节，然后说这个情节没有发生过，是“乱说的”，不算。这种情况主要出现于后现代先锋小说以及当代电影中。理查德森举的例子是贝克特的《莫洛伊》，小说描写了一个牧场情景，然后突然说“或许我把不同的场合混到一起”说错了，小说中无此牧场。

“叙述改辙”在法国新小说中大量出现，使用这个手法最多的可能是罗伯 - 格里耶：

《幽会的房子》故事进行到一半，突然说前面紧张的情节只是剧院舞台上的演出；《纽约革命计划》说到中间，说上半部的情节只是一张海报[34]。马原在80年代也惯用此手法，例如小说《虚构》的结尾说，回算日期，整个事情没有发生过。理查德森提出问题是，这些情节在述本里取消了，那么在底本里是否存在过呢？

应当说，这是一个很尖锐的观察。此后理查德森有一系列文章，认为后现代小说的其他手法也颠覆了分层模式。2002年他发表《超越底本与述本：后现代与非模仿小说中的叙述时间》[35]。此文引起了申丹的回应：《辩护与挑战：关于底本与述本关系的思考》[36]。此后理查德森再次回应，写了《叙述时间的一些反常》[37]；《叙事》刊物同期也刊登了申丹再一次的反驳：《时间反常如何影响底本—述本区分》[38]。

争论双方就一个看起来是“形式技巧”的问题如此反复讨论，在国际学术界也是少见的。但是似乎谁也没有能说服谁。申丹的论点，最后比较系统地总结在她2009年的著作《叙事、文体与前文本》（与此问题有关的是第四章），以及2010年的《西方叙事学：经典与后经典》（第一章与第十一章，均出于申丹手笔）。而理查德森则进一步发展其说，发表在2008—2009年欧美召开的一系列有关所谓“不自然叙事学”（unnatural narratology）[39]的讨论会上。2008年他与一批关心这个方向的学者联合发表了《不自然叙述，不自然叙述学：超越模仿模式》，此文专门探讨“多述”（paralesis）问题，即述本中关于某事“说得太多”，导致矛盾，构筑底本成为不可能。[40]

理查德森举出库佛（Robert Coover）的后现代小说《保姆》（*Babysitter*）为“多述”的例子。小说中有十四个并列的不同情节（保姆杀了孩子、保姆与主人通奸、保姆自杀等等）。这些情节在逻辑上不能共存，因此是比“改辙”更极端的自我矛盾。理查德森告诉我们：“到头来，我们只能肯定：叙述者告诉我们的，与真正发生的事相去甚远。”[41]底本在此种“不自然叙述”中不再存在，因为底本是“真正的事情”，而自我取消的述本背后，不可能有“真正的事情”。

申丹提出“双层叠合”论，认为底本本来就是读者构筑出来的，万一重构不再可能，此时底本与述本合一。述本的说法就是底本的情况，读者无须再追寻底本中另一种“真正发生的事情”。实际上“在现代派小说中，话语与故事的重合屡见不鲜”，例如卡夫卡《变形记》，人变成甲虫只是“话语层面上的变形、夸张和象征，实际上在生活中我们根本无法建构一个独立于话语，符合现实的故事”。因为此时底本与述本已经“合一”“构建了一个新的艺术上的‘现实’”[42]。

因此，两人的看法针锋相对，却都同意底本是读者从述本构筑的“真正发生的事情”，或“符合现实的事情”。当述本故意混乱得不现实，理查德森认为无法构筑底本，申丹认为述本的这种不现实故事就是底本故事。

五、底本究竟是什么？

以上反对双层模式的意见，应当说都有道理，也说明延续一个世纪的底本/述本分层论的确至今不够清晰。史密斯说得很对，每个述本都是独特的；卡勒说得也很对，述本并非只是加工底本，而有自身的意义逻辑；理查德森也是对的，底本很可能无法重构。但是批驳者的角度不同：史密斯普遍否定双层；理查德森否定普遍双层；卡勒并不否定分层，却否定底本先在。这些批评者让我们看到，底本不那么简单：底本不是俄国形式主义所说的未曾变形的故事，也不是查特曼所说的述本“形式”表达底本“内容”，也不是巴尔所说的对抗述本变形的“符合经验逻辑的进程”，也不是理查德森所说的支撑述本的“真正发生的事情”。面对批评，我们必须承认：底本是一个更复杂的东西，我们至今没有能真正理解它。假如我们不愿放弃叙述学的事业，就必须重新理解底本与述本的本质特征。

从符号学角度出发，可以对底本取得一个比较有意义的理解，毕竟，正如卡勒所说，“叙述分析是符号学的一个重要分支”[43]；也正如查特曼所说，“只有符号学才能解决小说与电影的沟通问题”[44]，叙述学就是关于叙述的符号学。

笔者建议，从符号叙述学的观点看，述本可以被理解为叙述文本的组合关系，底本可以被理解为叙述文本的聚合关系。底本是述本作为符号组合形成过程中，在聚合轴上操作的痕迹：一切未选入、未用入述本的材料，包括内容材料（组成情节的事件）及形式材料（组成述本的各种构造因素），都存留在底本之中。如此理解，底本到述本的转化，最主要是选择，以及再现，也就是被媒介化赋予形式。雅克布森称这双轴为“选择轴”和“结合轴”，是非常有道理的。[45]波德威尔认为“述本只呈现底本的一小部分，因而底本是由观众通过假设和推论来支撑的一个潜隐结构”[46]。底本与述本相比，完全不像一个故事，称之为“底本”，是“本源”的意思。它有两个特点：它是一个供选择的符号元素集合，它是尚未被媒介再现的非文本。

底本与述本没有先后的差别。在文本形成的操作中，选择与组合同时进行，叙述因素在组合文本中的位置，决定了它如何从各种可能性中被选择；而决定哪些元素进入文本，也影响了组合的方式。一旦文本形成，文本组合就是聚合轴上的选择操作的投影，聚合操作就是文本组合的背景，底本只是叙述操作所形成的聚合背景，是叙述的“备选备组合的相关元素库”。

所有的符号文本，都由聚合与组合两个轴上的操作构成。叙述也不例外。凡是文本必然有双轴关系，虽然只有叙述文本可以称之为底本 / 述本关系。从这个理解出发，笔者对底本 / 述本关系提出几个基本原则。

第一，底本 / 述本分层是普遍的，是所有文本不可避免的。在普遍性这点上，除了上面列举的反分层论者之外，甚至叙述学家都会有不同的看法。申丹认为戏剧无双层结构：“舞台上发生的事，只要观众亲眼所见，必定成为‘真正发生的事’。”[47] 她的意思是，经验到的即是事实，即是底本。小说用文字叙述遮蔽了底本，读者必须透过文字构筑背后的经验事实，因此演示叙述只有底本，没有述本，只有小说这种文字媒介叙述才有双层模式。可是，分层说只适用于小说叙述吗？本文上面引用的卡勒的讨论，是《俄狄浦斯王》这出戏剧，而且讨论的是舞台演出的“述本意义逻辑”；波德威尔也再三强调“（电影的）底本是建构出来的，不是在叙事再现之前就存在”；巴尔明确认为分层理论“适用于民间故事、宗教仪式、礼仪、食谱”等各种叙述[48]。因此，双层模式在各种媒介的叙述体裁中具有普遍性。

第二，分层并不只见于虚构叙述。史密斯认为非虚构的事实性叙述只有底本无述本：“编年史、新闻、传闻、轶事”讲述的是“按肯定的时序已经发生过的事”[49]，其时间无变形，“失去了勃瑞蒙说的底本 / 述本之间的易形性（transposability）”，事实性叙述就没有双层模式可言。但是杜丽特 · 科恩甚至提出非虚构事实性叙述有三层构造：“虚构只需分两层，而非虚构需要分三层”，即需要“指称层”（reference level）。[50]“三层说”是另一个课题，至少历史、新闻等事实性叙述也是分层的。

只要是叙述，就有底本 / 述本之分，分层是任何叙述的一个基本构造方式。“事实性”叙述（新闻、历史、庭辩、报告等），底本就是所谓的“事件”，就是有关此事件的全部材料。虽然我们只能通过述本重构这个“事件”，因此永远不可能真正确定事实“真相”。但事件的唯一性是必须设定的：法庭上抗辩的是同一事件的不同叙述；新闻争议的是同一事件的不同报道，不然各种述本完全争论不起来。而虚构叙述与此不同：在讨论虚构叙述时，必须同意史密斯的意见：每个虚构述本各有其底本，两本小说无法因为都写一个事件而形成冲突。虚构的底本与述本，是叙述过程同时创造的。看起来同一个“故事”的改编本，并不共享一个底本。张爱玲的中篇小说《倾城之恋》与电视剧

《倾城之恋》并不享有同一底本：电视剧用了许多集说白流苏的家世与过去的经历，而小说的底本中则不太可能存在这种元素。

第三，底本与述本互相以对方存在为前提，不存在底本“先存”或“主导”的问题。我们必须从述本窥见底本，并不是因为底本先出述本后出，而是因为底本是非文本的、隐性的。只有述本是显性的，批评操作也就只能从述本出发。一旦出现“叙述改辙”，同一叙述文本就包括了几个不同的述本，也就有几个底本。库佛小说《保姆》十四个情节并列，就应当有十四个底本，理查德森认为从中不可能得出的合一的底本；他是对的，但是小说不必只有一个合一的底本。

卡勒也指出，要把述本看成相对于底本中的“真序”的“假序”，有时候做不到，例如罗伯-格里耶的《窥视者》(*Le Voyeur*)无法被理顺找到“真序”。[51] 尤其是经过再三的“叙述改辙”，结构非常混乱的小说，很难“复原”成一个合一的故事。那并不是因为述本复杂到找不到底本，也不是“双层叠合”而不必再重构底本，而是述本和底本同时复杂化。

笔者以上三个理解，分别采纳了对分层模式的三种挑战中的合理成分：如果我们同意卡勒、史密斯、理查德森等人的批驳有一定道理，叙述分层说就应当作相应的变动。

六、情节在选择中产生

如此理解底本/述本后，我们就可以用此作为出发点，回答反分层论者提出的一些难题。

第一个问题是卡勒提出的：情节在哪里产生？情节承载着叙述的意义，它究竟是底本原有的品质，还是述本变形改组的品质？

查特曼认为底本是内容，述本是形式，这样情节就出现于底本，但他又说“每一种安排都会产生一个不同的情节，而很多不同的情节可能源自同一个故事”[52]。波德威尔研究经典好莱坞电影，认为情节整齐的述本“使底本的世界成为一个有内在一致性的构成物”[53]。他们的意思是，虽然述本只是对情节进行裁剪，一旦裁剪得过于整齐(例如经典好莱坞叙述的大团圆结局)影响了对底本的构筑，使我们觉得底本也具有如此让人愉悦的“一致性”。因此，他们两人都认为情节可以既出现在底本，也出现于述本中，只是安排方式不同。

这个问题之困难，从本文列举过的双层名称的中译中，“情节”一词的位置，就可以看出：谭君强用“素材 / 情节”[54]，乔国强用“素材 / 素材组合”[55]，他们把底本看成只是内容的“素材”库，而把情节看成是述本的形式品质。

申丹的意见不同，她认为情节出现在阅读对底本的构筑中：情节“是对故事本身的建构，而不是在话语层次上对故事事件的重新安排”[56]。或者说，情节发生在读者对底本的“建构”中。在这一点上，笔者认为申丹看法有理，只是她认为情节出现于从述本重构底本的过程（即阅读）中，而笔者认为首先出现于从底本构成述本的过程（即叙述行为）中，我们从两个不同方向理解同一过程。

一旦我们把叙述行为理解为“为形成文本组合而在聚合轴上的选择操作”，情节就出现在形成作品的选择中：选择出情节。此种情节产生方式，有时候会显现于述本层面，也就是聚合轴选择过程变成了组合文本说的故事，写小说过程被写成小说，聚合操作比喻性地放到了组合中。此种暴露叙述痕迹的叙述，往往被称为“元小说”，一般认为这是先锋小说的特点，实际上，局部的“暴露选择”相当常见，不足以把作品变成“元小说”。鲁迅《阿 Q 正传》花了不少功夫说为什么选择“正传”二字；加缪《鼠疫》快结束时出现一句：“现在是里厄大夫承认自己就是叙述者的时候了。”[57] 这些本是从底本到述本的选择操作，一般不在述本里说的。《列子》中邻人盗斧的故事，清楚地显示了在叙述形成述本的过程中，对底本“元素材料库”进行选择而产生两个不同述本，三千年前中国就有“叙述改辙”。

可以看到，选择过程形成情节：电影《罗拉快跑》，罗拉两次救男友未成，就跑了第三次，一定要把男朋友救下为止。电影的主题意义可以是“女性为爱情敢作敢为”，或是“人生可以再来一次”，这些主题意义就是在三弃二而选一才出现的。香港作家刘以鬯的著名“极短篇”《打错了》：一个人正常出门，遇到车祸死亡；他走出门前接到一个打错号的电话，晚了一秒钟，车祸擦身而过。这两个述本并列，每个述本各有一个底本，合成一个文本，才引出了“命运作弄”这个意义。只不过绝大部分叙述文本没有在述本层面上袒露这种选择中出情节的机制。

从卡勒对《俄狄浦斯王》的分析中，我们可以看出他提出的质疑，依然是个叙述选择问题：对“一群”还是“一个”的选择，本来在述本形成时就应当消失，但是叙述中也可以保留选择操作痕迹，而述本中的人物最后选择“一个”而不是“一群”，恰恰就是因为“俄狄浦斯情结”出现于选择中。卡勒认为此述本在主题压力下自行推进，这个压力就是用选择构成情节的压力。

因此，底本的本质就是保存着“多选择可能”，这种可能性经常显露在述本中：就像历史著作，会并列对比几种史料的说法，最后说某种史料更应当采信；菜单列出各种可选择的元素；烹饪教科书更是写出选择操作的方法。本应隐藏的聚合选择在组合层面上显现，是符号文本中经常出现的情况。令理查德森困惑的“多述”或“叙述改辙”，实际上就是在述本中说出甚至摆弄这种选择。

至今，对双层模式的挑战或误解，大多是由于叙述学把底本真的理解为一个“原先存在”的故事。哪怕叙述学者从理论上认识到底本不是另一个叙述文本，在追寻底本时，依然会不自觉地把它想象成一个故事。这就是为什么我不嫌麻烦较真到底地要求把“故事 / 讲述”这一对概念更名的原因。

从符号学观点看，虽然文本完成后，组合段显现，而聚合段隐藏，任何符号表意却同时在双轴上展开，没有哪个轴是在逻辑上先导的。写诗时要选字，选字时要明白诗句这个位置需要一个什么字，字要放进文本看是否合适；一场演出，要决定某个环节选用何人的表演，同时要明白整场演出如何布局。这是一个来回试推的操作，没有时间或逻辑前后：双轴是同时运转，组合不可能比聚合先行，聚合也不可能比组合先行，不可能不考虑组合的需要进行聚合选择。例如，好莱坞电影要求有个大团圆结局，叙述才会在聚合材料库中选择可以满足大团圆条件的元素组合起来。两者都既是内容，也是形式。

卡勒引用《浮士德》中对《圣经》的解释来反驳“底本先在”说：浮士德不满意《创世纪》中说的“太初有言”，改为“太初有行”。卡勒认为讲述与事件实际上不可分：“因为叙述本身是自我解构的结果……事件或讲述的优先总会在自我解构中颠倒过来。”[58] 的确，就底本 / 述本关系而言，二者都有初始性，太初有言也有行。只要有叙述，就有被选择的底本，就有选择出来的述本。

七、底本里有哪些东西？

分层模式面临的另一组问题是：哪些东西只能存在于述本中？哪些东西只能存在于底本里？哪些东西能同时发生在底本与述本里？查特曼说述本就是形式，就是表现；底本是内容，是事件。[59] 那样的话，双层模式就太容易被解构，因为形式与内容很不容易区分。卡勒的抨击就击中了这个要害：《俄狄浦斯王》的述本不只是形式，述本对故事的进程提出了决定性的要求。

绝大部分述本有一种结构上的整齐，让读者觉得是对底本事件加以整理的结果，述本因为有底本，才是实在的、可靠的、自然的。麦茨批判“资产阶级电影”时说：“传统的电影把一切表现为底本，而不是述本……述本有效性的原则无他，即是消除任何表达痕迹，把一切伪装成底本。”[60]而“底本里的”，就都是“事情本来面目”。波德威尔对“好莱坞经典电影”的分析，也是认为其叙述方式让人感到“底本好像在叙述之前就已经存在”[61]。

底本的元素与述本的元素到底有什么根本区别？里蒙-基南认为述本在三个方面是“独立于底本的”（底本所无的），这三者是“写作风格”（例如方言色彩）、“语言”（不同文字的译文）、“媒介”（语言、影像、姿势等）。[62]申丹指出后两者是同一回事，底本无风格，也无媒介，是纯粹状态的事件。[63]布拉尼根指出，电影的“气氛音乐”，也就是“非叙述音响”（电影情节中没有显现声源的音响），不出现于底本。因为他们认为底本/述本之分，即内容/形式之分，至少述本中的形式成分不是从底本取得的。

申丹更推进一步，她认为一般情况下，形式因素只出现于述本，不出现于底本，例如先锋小说“有大量无故事内容可言的纯文字游戏”[64]。但是她认为，相当多情况下，“一个因素同时既属于底本层，又属于述本层，那么底本与述本之间的界限会变得模糊不清”。她举出的例子有“间接引语”（人物语言叙述化）；“人物视角”（属于底本的人物感知，与属于述本的叙述者感知混合）；甚至第一人称小说（既是叙述者又是人物）。因此意识流小说（叙述说的一直是人物的思绪）可能从头到尾难以区分述本与底本。[65]她的意思是，叙述者属于述本，人物属于底本。叙述者采用人物的立场时，双层就合一。述本的某些部分如果从底本直接取来，就不再有分层。因此述本的许多地方无法区别双层。

笔者认为申丹的敏感是对的，但是应当更普遍化：申丹说述本的某些成分属于底本，笔者认为述本的所有成分，不管是形式还是内容的成分，都来自底本，也就是说，述本的任何成分，都是“同时发生于述本与底本”，整个述本都是与底本“双层叠合”的。述本中的一切，无论是形式还是内容，都选自底本，没有被选择的留存在底本之中，已经被选择的出现于述本，但是依然“存在”于底本中：述本的元素与底本中的其他元素的区别，只是是否被选择，从而是否显现于述本而已。

在叙述行为中，被选择的不仅是事件与情节，还有形式因素，甚至布拉尼根说的

“气氛音乐”，也出现于底本中：底本并不是只提供“内容”，底本提供一切可以组成述本的元素。例如当述本决定用间接引语表达某人物的话时，其他引语方式也在底本的备选之列。

由此可以回答史密斯提出的简单直接而极难回答的问题：既然每个述本是独立的，为什么一批故事都可以称作“灰姑娘故事”？因为它们的底本至少有部分重叠。“灰姑娘”的各种语言翻译与各种媒体改编，也应当做此理解：说它们与原作毫无关系，明显违反直觉，但是史密斯的有力挑战说明它们不可能共一个底本。应当说，媒介替换与形式变化，也要求底本可选材料库发生变化：电影的底本必须提供视觉材料，翻译的底本必须提供另一种语言材料，这些是原底本所无。任何改编本，只能说其底本与原作的底本有一些重合的部分，而不能说它们共享底本。从这个角度看，1983 年我与史密斯在北京的驳难，各对了一半：各种灰姑娘故事不享有一个共同底本，但它们的底本中有某些部分重叠，那就是让民俗学家把它们都称为“灰姑娘故事”的成分。这个部分有大有小，但是它使得这一千个灰姑娘故事不同于其他无数故事。

既然述本中出现的一切，都存在于底本之中，《俄狄浦斯王》中“一个”与“一群”，在底本中都存在，只是述本中最后选择沿着“一个”来进行。若如卡勒所说，俄狄浦斯是“自认其罪”，就证明俄狄浦斯这个人物的确具有“俄狄浦斯情结”：述本放弃此种选择，俄狄浦斯放弃对自己有利的辩护方式，因为这个人物凛然感到了潜意识中罪孽的诱惑。

注释：

---

①⑱⑳㉑㉒㊾ Barbara Herrstein Smith, “Narrative Versions, Narrative Theories”, *Critical Inquiry*,(Autumn 1980): 224, 213–236, 221, 221, 231, 228.

② 斯拉夫字母与拉丁字母的转写有几种不同的系统，这两个俄文词的拉丁字母对写不能确定。“Фабула”转写比较稳定：“fabula”，但“сюжет”的转写法有多种：“sjuzhet”“sjuzet”“suzet”“syuzhet”等，后一种用得较多。

③ Victor Shklovsky, “Sterne’s Tristam Shandy: Stylistic Commentary”, in Lee T. Lemon and Marion J. Reis(eds.), *Russian Formalist Criticism: Four Essays*, Lincoln: University of Nebraska Press, 1965, p. 56.

④ Boris Tomashevsky, “Thematics”, in *Russian Formalist Criticism: Four Essays*, p. 67.

⑤ 参见拙著《当说者被说的时候：比较叙述学导论》，中国人民大学出版社 1998 年版，第 17 页。

⑥㊷㊼㊻㊽㊿ 申丹、王丽亚：《西方叙事学：经典与后经典》，北京大学出版社 2010 年版，第 13 页，第 26

页，第 23 页，第 34 页，第 23 页，第 27—29 页。

⑦ 米克·巴尔：《叙述学：叙事理论导论》，谭君强译，万千校，中国社会科学出版社 2003 年版，第 89 页。注意，在她的用法中，“story”与许多叙述学者的用法正好相反。

⑧ 杰拉德·普林斯《叙述学词典》（乔国强、李孝弟译，上海译文出版社 2011 年版，第 215—216 页）在“story”一条下列举了五个定义，在第一个定义中又分列了五个理解。

⑨ 米克·巴尔说：“本维尼斯特……用了‘故事’（histoire）与‘话语’（discours）这两个术语。由于这些术语已经出现混乱，我在此避免使用。”（参见米克·巴尔《叙述学：叙事理论导论》，第 89 页）

⑩ Jacques Derrida, “Living on Border Lines”, in Harold Bloom et al.(eds), *Deconstruction & Criticism*, New York: Seaburry Press, 1979, pp. 99–100.

⑪ David Bordwell, *Narration in the Fiction Film*, Madison: University of Wisconsin Press, 1985, pp. 49–50.

⑫ 例如 D. 波德威尔《古典好莱坞电影：叙事原则与常规》，李迅译，《世界电影》1998 年第 2 期。

⑬ 参见拙著《当说者被说的时候：比较叙述学导论》。

⑭ 类似的命名并非无先例：有人建议称之为“telling”与“told”［Nelson Goodman, “The Telling and the Told”, *Critical Inquiry*(Summer 1981)：3］。我曾经建议英文用“narrated”与“pre-narrated”（参见拙著《当说者被说的时候：比较叙述学导论》，第 17 页）。

⑮⑯ Christian Metz,“Story/Discourse: Notes on Two Kinds of Voyeurism”, in *Movies and Methods*, Vol. II, Berkeley and Los Angeles: University of California Press, 1985, pp. 543–54, p. 544.

⑯ Cf. David Bordwell, *Narration in Fiction Film.*

⑰ Mieke Bal, *Narratology*, *Introduction to the Theory of Narrative*, Toronto: University of Toronto Press, 1987.

⑲ Ting Nai-Tung, *Cinderella Cycle in China and Indo-China*, Helsinki: Academia Scientiarum Fennica, 1974, p. 40.

㉓ Seymour Chatman, *Story and Discourse: Narrative Structure in Fiction and Film*, Ithaca, N. Y.: Cornell University Press, 1978.

㉔㉕㊹㊾ Seymour Chatman, *Story and Discourse: Narrative Structure in Fiction and Film*, pp. 802–811, p. 803, p. 2, p. 43.

㉖ Mieke Bal, *Narratologie: essai sur la signification narrative dans quatre romans modernes*, Paris: Klincksiek, 1977.

㉗㊹ 谭君强：《叙事学导论——从经典叙事学到后经典叙述学》，高等教育出版社 2008 年版，第 6 页，第 7 页。

㉘㉙㉚㉛㊸㊿㊽ Jonathan Culler, *The Pursuit of Signs: Semiotics*, *Literature*, *Deconstruction*, Ithaca, N. Y.: Cornell University Press, 1981, p. 170, p. 174, p. 175, p. 176, p. 186, p. 172, p. 183.

㉜㊶ Brian Richardson, “Denarration in Fiction: Erasing in the Story in Beckett and Others”, *Narrative*, No. 9(2001)：168–175, 169.

㉝㊱ Dan Shen, “Defense and Challenge: Reflections on the Relation between Story and Discourse”, *Narrative*,（October 2002）: 67, 46.

㉞ 王长才：《阿兰·罗伯-格里耶小说叙事话语研究》，巴蜀书社 2009 年版，第 93—96 页。王长才把“denarration”译成“叙述改辙”，我个人觉得很妥帖，比其他人用的“消解叙述”清楚。

㉟ Brian Richardson, “Beyond Story and Discourse: Narrative Time in Postmodern and Nonmimetic Fiction”, in *Narrative Dynamics: Essays on Time*, *Plot*, *Closure and Frames*, Columbus: Ohio State University Press, 2002, pp. 47–64.

㊲ Brian Richardson, “Some Antinomies of Narrative Temporality: A Response to Dan Shen”, *Narrative*, (May 2003): 234–236.

㊳ Dan Shen, “What Do Temporal Antinomies Do to the Story-Discourse Distinction? A Reply to Brian Richardson’s Response”, *Narrative*, (May 2003): 237–241.

㊴ 所谓“自然叙述”，是德国学者富鲁德尼克（Monika Fludenik）1996年出版的著作《建立一种“自然”叙述学》（*Towards a “Natural” Narratology*）提出的，该书认为叙述学应当以“自然的”口头讲故事为基本模式。理查德森这批学者则提出“非自然叙述”，认为后现代小说已经无法用“自然叙述学”来处理。

㊵ Jan Alber, Henrik Nelson, Stefan Iverson and Brian Richardson, “Unnatural Narration, Unnatural Narratology: Beyond Mimetic Model”, *Narrative*,(May 2010)。中译文载《叙事》2011年第3期。

㊺ Roman Jakobson, “The Metaphoric and Metonymic Poles”, in Roman Jakobson and Morris Halle, *Fundamentals of Language*, The Hague: Mouton, 1956, pp. 76–82.

㊻ David Bordwell, *Narration in the Fiction Film*, p. 50.

㊽ 米克·巴尔:《叙述学：叙事理论导论》，第213页。

㊿ Dorrit Cohn, *Transparent Mind: Narrative Modes for Presenting Consciousness in Fiction*, Princeton: Princeton University Press, 1978.

53 61 D. 波德威尔:《古典好莱坞电影：叙事原则与常规》。

55 杰拉德·普林斯:《叙述学词典》，乔国强、李孝弟译，上海译文出版社2011年版，第70页。

57 Albert Camus, *The Plague*, New York: Vintage International, 1991, p. 268.

59 Seymour Chatman, “Critical Response: Reply to B H Smith”, *Critical Inquiry*, Summer 1981, p. 809.

62 Slomith Remmon-Kenan, *Narrative Fiction: Contemporary Poetics*, London: Routledge, 2002, p. 7.

63 Dan Shen, “What Do Temporal Antinomies Do to the Story-Discourse Distinction? A Reply to Brian Richardson’s Response”, *Narrative*, (May 2003): 239；又见申丹、王丽亚《西方叙事学：经典与后经典》，第21页。

（2013年第1期）

为什么反俄狄浦斯

——德勒兹和伽塔利论欲望的囚禁与解放

陆 扬

一、精神分裂症分析

法国哲学家吉尔·德勒兹和心理学家费里克斯·伽塔利1972年出版《资本主义与精神分裂症》上卷《反俄狄浦斯》，1980年又出下卷《千高原》。这两部著作的影响远超过了后精神分析批评，可谓振聋发聩，它们围绕弗洛伊德欲望概念的重新界说，形成了精神分析学中的“精神分裂症分析”（schizoanalysis）学派。精神分裂症分析的提出，一方面有伽塔利的临床经验基础，一方面又有德勒兹的哲学和政治学视野。它深入被视为万变不变之精神病动因的俄狄浦斯情结，针对将此情结视为精神分析万能钥匙的弗洛伊德传统，反过来挖掘其中被掩盖被忽略的资本主义制度压迫因素。所以精神分裂症分析的第一个使命，就是挣脱俄狄浦斯的铁项圈，也就是权力的压迫，把被压制的欲望解放出来。这是一个破解神秘的政治使命，它把欲望重新解放到光天白日之下，使它们不再受任何信仰的束缚，从方方面面激发出反俄狄浦斯的力量，搅乱一切编码、制码的企图，而向四面八方逃窜：比如不再囿于父亲、母亲和我的三角关系，那是孤儿；不再囿于信仰，那是无神论者；不再囿于习俗和领土，那是游牧者。

为什么要关注精神分裂症？在德勒兹和伽塔利看来，弗洛伊德的无意识是一个资本主义的建构，因为传统精神分析是将无意识和欲望界说为匮乏。如是弗洛伊德的无意识和欲望，就成为权利关系的一种内在机制，换言之，成为家庭中实施资本主义压抑的一个产品。故此精神分裂症分析，就是打破权力和制度的压迫机制，针锋相对地建构一种新的集体主体，唯其如此，才有望医治人类的疾病。在德勒兹和伽塔利看来，资本主义着实已经让人类病入膏肓了。

从《反俄狄浦斯》到《千高原》，德勒兹与伽塔利的合作应是哲学和临床精神病学的天作之合。德勒兹是哲学教授，著述亦多涉及文学和电影。在曾经风靡世界的后现代

“法国理论”中，德勒兹影响最大的即是他同伽塔利合撰的这两本大著。他 1968 年出版的哲学代表作《差异与重复》，反倒是相形失色。然而他著述中较少被“美国化”的部分，今日在法国已经成为最被文学界看好的理论源泉。福柯曾经说过 20 世纪是德勒兹的世纪，而且给《反俄狄浦斯》写了一个序言。德勒兹本人也醉心福柯理论，曾经在他执教的万森大学专门讲授福柯。两人的这份情谊，值得学界多多关注。伽塔利是临床分析精神病学家，也是符号学家。20 世纪 50 年代他曾师从拉康学习精神分析，之后直到 1992 年去世，一直在拉康的学生、精神分析学家让 · 乌利（Jean Oury）掌管的拉波德（La Borde）诊所就职。这是一个著名的实验性精神病疗养院，有大量哲学、心理学、人类学和社会工作的学生在这里实习交流。伽塔利同德勒兹的合作始于 1969 年开始撰写《反俄狄浦斯》，两人视利比多为先于表征与生产的一股潜流。精神分裂症分析，便是意在重新建构一个无意识，一个欲望。

福柯为《反俄狄浦斯》撰写的序言，大体交代了此书的写作背景。福柯开篇就将 1945 年到 1965 年这二十年间的欧洲风习归为三个方面：其一是正确的思想、讲究政治话语风格、讲究知识伦理学；其二是读马克思，同时不要忘记弗洛伊德；其三是顶礼膜拜指意系统，确切地说是膜拜能指。这三个方面也是彼时学术的充分和必要条件，唯其如此，有关自我和时代的真理方可望得到言说。1965 年之后是革命的岁月，马克思和弗洛伊德一并燃烧在熊熊烈火之中。这样来看，《反俄狄浦斯》的面世以汗漫无边的旁征博引风格，以及临床医学与后现代哲学的前无古人的成功结合，不仅是对过去的一个回顾，特别是对弗洛伊德的反思，更是对未来的一种展望。

具体而言，福柯认为，《反俄狄浦斯》是针对三个敌手展开论争的。分别是，其一，政治禁欲主义者、不可救药的好战分子、理论恐怖主义者以及政治和政治话语纯粹秩序的保护者。他们是革命的官僚和真理的公仆。其二，精神分析学家和各式各样的符号学家，他们是可怜巴巴的欲望的技术人员，将丰富多彩的欲望削足适履，填充到结构和匮乏的双重法则之中。其三，法西斯主义。这是战略上的大敌，相比起来，前面两个敌人还是战术层面上的对手。不光是希特勒和墨索里尼的法西斯主义，还有我们所有人身上的法西斯主义，它在我们的头脑里，在我们的日常行为之中，是致使我们热爱权力，反过来渴望压迫我们、剥削我们的东西。要之，《反俄狄浦斯》是一本什么样的书？福柯说：

我要说，《反俄狄浦斯》（但愿它的两位作者原谅我）是一部伦理著作，是长期以来，第一部用法语写成的伦理书（或许这可以解释为什么它的成功并不限于它读者众多：反俄狄浦斯姿态已经成为一种生命风格，一种思想和生活的方式）。如何避免成为法西斯主义者，即便而且特别是当你自信是个革命战士的时候？如何从我们的言语、行为，我们的喜怒哀乐当中去除法西斯主义？基督教道德家寻出了深藏在我们灵魂之中的肉体踪迹。德勒兹和伽塔利，就其所为，则是在身体中追踪法西斯主义的蛛丝马迹。[①]

福柯以《反俄狄浦斯》所关注的核心问题为法西斯主义的蔓延，它是存在于每一个现代人头脑和行为之中的法西斯主义潜流，这潜流使人热衷于追逐权力，使人无止境地欲求那些在支配着我们、剥削着我们的东西。所以，法西斯主义是现代权力的终极形式，是资本主义在经济和政治上再范域化的努力。很显然，福柯将以权力为中心的一切陈规陋习都归结为法西斯主义。在他看来，德勒兹和伽塔利的这本大著，就是这样一部从身体、欲望和家庭出发展开反传统工程的宣战书。就像大多数读者可以体味到的那样，这也是当年尼采担负过的历史使命，而如今它的名字叫做“精神分裂症分析”。

二、什么是俄狄浦斯？

言及俄狄浦斯，我们的第一反应便是弗洛伊德大名鼎鼎的“俄狄浦斯情结”。但是《反俄狄浦斯》中的“俄狄浦斯”一语涵义远要丰富得多，它的所指不但超越了经典精神分析学中的俄狄浦斯情结，同样超越了希腊神话中弑父娶母的俄狄浦斯故事，或许就像福柯序言中数落不休的法西斯主义一样，它已经成为一个特定的文化符号，同样是一类机制、一类过程、一类结构。问题是，这些机制、过程和结构，又具有哪一些特征呢？

在德勒兹和伽塔利看来，反俄狄浦斯，即是旨在打破传统精神分析和政治分析的极权模式，将欲望从声名狼藉的神经病症和俄狄浦斯桎梏中解放出来。因为俄狄浦斯不仅仅是一种精神分析的建构，它更是帝国主义的傀儡。即是说，压抑并不是突如其来的，俄狄浦斯表征的是父亲—母亲—我这一三角家庭关系，是帝国主义殖民的一个缩影。所以俄狄浦斯是权力的影像，诚如神经病症是权力加诸个人的结果，它无所不在。对此德勒兹和伽塔利指出，我们通常都以为俄狄浦斯是一个简单明白的话题，是一个“给定”的东西，从古希腊开始就给定了。但事实完全不是这样，事实是，俄狄浦斯预示了对欲望机器的不可思议的压抑。故此我们需要讨论的问题便是，它们为什么被压抑？为了什么目的？此种压抑果真就是势在必然、遂人所愿吗？压抑采用的又是什么手段？再比如，建构俄狄浦斯三角关系，有什么必要条件？它的内核又是什么？是不是母亲的性器就足以解决问题？等等。要言之，弗洛伊德的利比多本是一种流动不居、生生不息的自由欲望，但是他鼎力鼓吹的俄狄浦斯情结削足适履，硬将自由不羁的欲望框定在一成不变的弑父娶母先入成见之中，这样说到底是用家庭纠葛束缚欲望，却看不见欲望更为丰富复杂的社会、经济和政治内涵。

俄狄浦斯这样来看，它是弗洛伊德的遗产，而未必是拉康的遗产。《反俄狄浦斯》中德勒兹和伽塔利援引过拉康 1970 年一次讲习班上的一段话：“我没有说俄狄浦斯一无所用，也没有说它与我们的行为毫无干系。但是精神分析学家用不上它，那是千真万确的！……在那一方面，我讲过父亲的隐喻，我从来没有讲过俄狄浦斯情结。”[②] 在两人看来，拉康同样愿意认同俄狄浦斯是一种因循守旧、固步自封的僵化程式，其背后是长期以来以形形色色的变体，对欲望进行无休止的压抑。如此可以说，精神分析整个儿是给俄狄浦斯化了，无论从理论上还是实践上，俄狄浦斯差不多就成了精神分析的代名词。即便拉康有几位好学生追随弗洛伊德，一样鼓吹过俄狄浦斯，但是拉康本人如上文所示，我们对它应表示怀疑。现在的问题是，到底是将精神分裂症俄狄浦斯化呢，还是反过来将俄狄浦斯精神分裂症化？换言之，到底是把俄狄浦斯情结看作包治百病的精神分析良药，还是反过来，把俄狄浦斯霸占的无意识领域置于精神分裂症的视野之中，由此出发来打碎俄狄浦斯的枷锁，重新发现欲望生产的无所不在的力量？答案显然是后者。在德勒兹和伽塔利看来，如此就可以在现实界的层面上，复兴分析机器、欲望和生产之间的关系。因为就无意识自身而言，它不但事关结构，同样事关个人的人格。所以，无意识不是拉康理论中的想象界和象征界，它就是现实界本身。

在德勒兹和伽塔利看来，俄狄浦斯之所以是帝国主义的傀儡，在于它将社会的、政治的、生产性的无意识欲望，无一例外还原为立足于家庭关系的俄狄浦斯情结。两人指出，生产性无意识的发现，延伸出两个研究分支来：其一是欲望机器与社会生产的直接对峙；其二是社会机器对欲望机器的压抑，进而精神压抑与社会压抑的关系探究。一旦确立俄狄浦斯的一统天下，这些有待开拓的领域势将丧失殆尽或草草妥协。自由联想不复向多声部延伸，反之给强行纳入单一的渠道。家庭本来是社会的细胞，但是，假如我们只看到父亲、母亲和孩子的三角构架，那么：“俄狄浦斯就到来了：它诞生在资本主义制度之中，这个制度将第一级的社会形象应用到第二级的私人家庭形象之上。它是应和着社会所决定的起点集聚的终点集聚。它是我们应和着社会主权形式的隐私殖民建构。我们都是一块块小小的殖民地，殖民我们的，正是俄狄浦斯。"[③] 这是说，当家庭不复成为生产和再生产的单元，而只见出消费的意义来，那么我们消费的就是自己的父亲和母亲。在起点集聚上，我们有老板、领班、牧师、收税员、警察、士兵、工人以及形形色色的机器和领域，和我们这个社会形形色色的社会形象，可是在终点集聚上一无所有，只有父亲、母亲和我。父亲是专横暴虐的符号，母亲是一块剩余领土，当中是被分裂、阉割的自我。所以，俄狄浦斯就是一个专断的能指，在精神分析领域肆无忌惮推行它的帝国主义统治。由此导致的结果，德勒兹和伽塔利指出，便是整个儿地摧毁了欲望生产，使欲望臣服于表征。欲望的生产与再生产听从表征的需要，无论于实践于理论概莫能外。生产性的欲望逊色于只懂得如何表达自己的欲望——无论是在神话中表达、悲剧中表达还是梦中表达。

三、替欲望"解域化"

进而视之，俄狄浦斯还是三种状态或者说三种机器的重演。具体来说，作为空荡荡未被占领的范域，它在领土机器中做好准备；作为象征占领的范域，它在专制机器中酝酿成形，但最终是通过生成想象界的俄狄浦斯，它在资本主义机器中修成圆满功德。对此德勒兹和伽塔利的解释是，这就是为什么俄狄浦斯汇聚了万事万物，万事万物皆重见于俄狄浦斯。故而俄狄浦斯固然是整个人类历史的结果，同时也是资本主义的直接结果。拜物教、专制的偶像和符号，形象再到拟像崇拜，然后一切重演在资本主义五花八门的世相之中，进而再被化解为俄狄浦斯的幻相。故此就俄狄浦斯的家庭关系来看，其父拉伊俄斯作为地方集团的代表，其母作为领土的代表，以及俄狄浦斯本人作为独裁者的代表，就构成了一幅五光十色、大家信以为真的世情画。无怪乎弗洛伊德从索福克勒斯那里找到了俄狄浦斯这个希腊僭主的中心形象，由此神话变成悲剧，以使这个形象从两个相反的方向传播开去：一方面是弗洛伊德《图腾与禁忌》显示的原始文化方向，另一方面是现代人和梦想家的私人方向，盖因俄狄浦斯可以是一个神话、一部悲剧，同样也可以是一场大梦。

德勒兹和伽塔利认为，马克思《政治经济学批判导言》中对于路德、亚当·斯密和李嘉图的评价，同样适用于弗洛伊德。两人指出马克思说过，马丁·路德的贡献是确定了宗教的本质，不复将宗教看作一个客体，而是视其为一种内在的宗教性；亚当·斯密和李嘉图的贡献，是确定了财富的本质，不复把它看作一种客观性质，而视其为一种抽象的瓦解范域的主体实质，即普遍意义上的生产活动。但是有鉴于这种确定是在资本主义条件下发生的，他们实际上是再一次将宗教和财富的性质客观化了，是再一次画地为牢，异化了它们，不过这一回是体现为生产方式的私人所有制形式。这样来看弗洛伊德，德勒兹和伽塔利指出，其贡献和局限一如马克思评价的路德、亚当·史密和李嘉图，即是说，弗洛伊德的贡献在于确定了欲望的性质，显示它不复维系于哪一些目标、目的甚至渊源或领土，而是一种抽象的主体本质，即利比多。然而弗洛伊德依然将此本质圈定在家庭范域，以家庭为人的最终领土，由此俄狄浦斯反客为主，成为欲望精神分析中的终极能指。简言之，弗洛伊德就是精神病学中的路德和亚当·斯密，全力以赴调动了神话、悲剧和梦的所有资源，只为了重新奴役欲望，虽然这一回是从内部出击。

德勒兹和伽塔利对弗洛伊德的上述批评，与德里达一方面赞扬弗洛伊德打破逻各斯中心主义传统，另一方面又指责他仍为这个传统所束缚的立场有相似处，但是两人并不认可德里达专就语言来谈符号，暗示语言就是一切，所谓“文本之外别无他物”的解构之道，而更强调不同符号系统之间的区分。欲望在这里作为一切社会和历史事实的创造者，作为社会基础结构的一部分，在弗洛伊德精神分析理论的重写之中，它就势所必然突破家庭的范域，而进入更为复杂的社会关系。

那么，俄狄浦斯与欲望到底有什么关系？德勒兹与伽塔利的结论是，我们依然可以说，俄狄浦斯是欲望的全称命题，是人类普遍历史的产物，但是基于一个条件，而弗洛伊德显然并没有满足这个条件：至少在一定程度上，俄狄浦斯能够开展自我批判。因为，普遍历史如果不能控制它的或然性、它的个别事件、它的反讽以及自我批判的种种条件，那只能是神话。那么这些条件又是什么？更确切地说，自我批判展开的或然性和必然性又在哪里？对此德勒兹与伽塔利的回答是：“在家庭还原的背后发现无意识的社会投资性质。在个人幻想背后发现集体幻想的性质。或者，与此相类似，深入探究拟像，直到它不复是为影像的影像，从而发现它掩护并掩饰的精神分裂症的川流。”④ 精神分裂症的产生，在德勒兹和伽塔利看来，是资本主义“解域化”（deterriotrialization）的结果。所谓的“解域化”或者说“解码”，说到底是把物质生产和欲望从社会压抑力量中解放出来。所以，这里的精神分裂症不是哪一种疾病或生理状态，而是一种具有潜在解放能力的精神状况，一种彻底解码的产物。它是一个精神去中心化的过程，促使主体逃离资产阶级的现实原则，逃离自我和超我结构的压抑和束缚，逃离俄狄浦斯陷阱。精神分裂过程因而从根本上对资本主义的稳定性和再生产形成了威胁。所以《反俄狄浦斯》一书的结语就是：推翻表征的舞台，建构欲望生产的秩序，这就是精神分裂症分析的全部使命。

用德勒兹和伽塔利的术语来说，挣脱俄狄浦斯的桎梏，也就是为欲望“解域化”。范域即是领土，它可以是一个特定的知识领域，也可以是欲望直接依傍的一块生理区域。解范域化在这里毋宁说是解构的另一种表述，它最终意味着将生产力从特定的生产方式解放出来。故而在德勒兹和伽塔利看来，弗洛伊德利比多概念的提出，本来是给欲望开辟了一片新的天地，可是转眼之间弗洛伊德又将欲望一并发落到俄狄浦斯领域，那就是“再范域化”了。“范域化”一词源于拉康的精神分析理论，它指将欲望与特定对象的关系稳定化和固定化的过程，如婴儿固定在嘴唇和母亲乳房这两个区域之间的快感。从广义上看，“范域化”指现存的、固定化的既定疆域，疆域之间具有明确的边界。现代性即是将传统浑然一体的社会和文化，分隔成为条条块块以便掌握。这在马克斯·韦伯等人那里已多有述及。由此，自卫和算计成为两种基本的生存形态。可见，“解域化”不光具有精神病学和人类学的含义，更具有毋庸置疑的政治含义。

所以并不奇怪的是，德勒兹和伽塔利在他们的“解域化”的过程中，采用了马克思的历史回溯叙述方法，它的对象是资本主义社会。资本主义社会的特点是俄狄浦斯化、精神分裂和商品化，这也是现代性的特点。因此，现代性是一种资本主义的现代性。德勒兹和伽塔利指出，当资本主义解除前现代世界的神圣意味时，消解了前现代形式的一切规范和关系，摧毁了对经济发展的一切限制。资本主义通过“自由”的交换和生产、通过商品化和解除对商品交换的一切限制，资本主义的私有产权替代了封建社会的土地产权。资本主义将市场关系扩展到地球的每一个角落，创造了更复杂的分工，也创造了社会和心理的支离破碎化。资本主义解放和异化双管齐下，一方面造成了抽象劳动如政治经济学，一方面也造成了抽象的欲望，如精神分析。

关于德勒兹和伽塔利的精神分裂症分析和弗洛伊德精神分析的区别，《反俄狄浦斯》中指出，精神分裂症分析旨在消解自我和超我，再现无意识被压抑的“前人格”领域，创造后现代的欲望主体。故精神分析是生产服从于法律与权威而压抑自身无意识欲望的主体，精神分裂症分析则鼓励抗拒资本主义的自明公理，拒绝俄狄浦斯情结，解读社会符号，打破范域化的壁垒，进入流动不居的变革领域，从而威胁到整个资本主义的既存秩序。所以，它是革命的。耐人寻味的是，德勒兹和伽塔利反对批评家称自己是在颂扬精神分裂症，声明他们的激进立场其实是有限的。精神分裂症患者并不能与革命者同日而语：“我们一点都不认为革命者是精神分裂症患者，也不认为精神分裂症患者是革命者。相反，我们一直都将精神分裂症作为一种实体，和精神分裂作为一种过程区分开来……这说明了为什么我们只提及在社会领域中欲望力量投资里面分裂的一端，这是为了尽可能避免把精神分裂过程和制造精神分裂症混为一谈。”[⑤] 这就是说，精神分裂过程固然是被压抑的个体起来革命者所必经的离心化过程，然而一旦超过界限，就会招致自我的毁灭，成为一个地道的精神分裂症患者。这样看来，循序渐进比恣意莽撞和亢奋突进要可行得多，无论是在理论中还是在现实之中。

或者我们可以说，德勒兹和伽塔利的精神分裂症分析对无意识欲望的看法仿佛总是在两个极端之间摇摆：一端是精神分裂症，它替欲望“解域化”，不断地移换边界；另一端是偏执狂，它热衷“再范域化”，为欲望界出方向。这也是两人所谓的“物质精神病学”，在它努力把利比多流从他们所见的压迫而非压抑中解放出来时，它就成了一个政治的因素。

在上述框架中，文学的地位被明显凸显出来。这是因为文学犹如精神分裂症，同样是试图打破资本主义的价值体系。最明显的一个例子便是卡夫卡。卡夫卡的作品在德勒兹和伽塔利看来，犹如一团肥沃的“块茎”，仿佛无中生有，可抽芽生长出令人意想不到的许多植株。例如国家的基本行为，就是书写第二道公文，藉此它那个刻板僵硬、一成不变、纪念碑式的新的躯体，将所有的生产力和生产工具纳为己用。但是国家的第二道公文也没有把原先领土的诸多公文一笔勾销，还是容许它们作为光鲜外表的“砖块”，继续苟延残喘。他们引用了卡夫卡短篇小说《中国长城》中的三句话。第一句是：“我们只想到皇帝，可是那不是今天的皇帝；或者倒不如说，如果我们知道他是何许人也，知道哪怕一丁点儿有关他的确切消息，我们也会想到今天的皇帝的。”第二句是：“人们不知道哪一位皇帝在当朝，甚至今天这朝代叫什么名称，大家也还是心存疑虑。”第三句是：“早已死去的皇帝们坐在我们村子里的皇位上面，有一位独独活在歌谣里的皇帝最近发布了一道诏书，那是牧师在祭坛前面宣读出来的。”[⑥] 可见，高高在上的皇帝和平头百姓压根毫无关系，后者的功能不过是不断提供砖石和劳动力。德勒兹和伽塔利认为，卡夫卡表现国家怎样高高盘踞在一盘散沙之上，法律如何脱离自然的、和谐的、内在的权力中心，而成为杰出形式单元，统治砖石泥土垒成的城墙片断，委实是前无古人。在他们看来，阅读卡夫卡就可以体味到“块茎逻辑”，它同精神分裂症分析的多元化指向是不谋而合的。

"块茎"是德勒兹和伽塔利1980年出版的《千高原》中的主导概念。《千高原》除了秉承《反俄狄浦斯》中的欲望和差异的反叛主题，在内容和风格上又有所创新。"块茎"一定程度上可以和"高原"呼应。高原可以壁立千仞，但高原的顶部是平原。高原和高原之间可以相互连接，但也可以说是参差独立的。由是观之，千高原自有一种气象万千的意趣。据两位作者介绍，他们耗时七年写成的《千高原》，是作为块茎来写作的，每天早上，他们都会各自问一下今天对付哪一块高原，然后这里写上几行，那里写上几行。全书十五章即十五块高原，各章之间犹如块茎，只有根根丝丝的联系，没有时间序列和等级序列的勾连，所以读者自可随心所欲，从任何一章开始阅读。所以，《千高原》是一部典型的卡夫卡式块茎文本，同样为语言通向欲望的多元性，敞开了大门。

德勒兹和伽塔利的精神分裂症分析学说，也许迄今为止，依然是假道"美国化"而传布世界的最有活力的"法国理论"之一。回顾20世纪风起云涌的各路先锋理论，其中一个关键词便是"欲望"，它处在各路理论的交汇点上，而且被描述为一种普世公理。英国批评家马尔康·鲍威在《弗洛伊德、普鲁斯特和拉康：作为小说的理论》一书中指出，瞄准欲望百川归一的各派理论中，其中可称为"高等"的一脉，即是从黑格尔经达尔文、尼采，直到萨特、福柯、德勒兹和伽塔利。该书开篇即调动大量修辞，不遗余力赞美欲望，称它是吾人天性中的人性，不但排出日月星辰各就其位，孕育生命布满大地，而且因其用之不竭的替代和升华能力，是艺术、科学、宗教、经济、政治和国际关系背后生机勃勃的原动力。鲍威甚至认为，不管德勒兹和伽塔利怎样强调社会各个阶层、等级、力量及编码系统之间互相游戏是何等自明的事实，在其理论的根基处，人们看到的还是弗洛伊德的无意识："德勒兹与伽塔利在其针对'资本主义与精神分裂症'的双重抨击——《反俄狄浦斯》和《千高原》中，认可了精神分析的非凡特权：它是洋洋洒洒给诅咒了一千多页的必然大敌；其据信是直线型的阐释逻辑就是，若无此种逻辑，他们自己的多元复线'块茎'逻辑便无以为继，也无从被人理解；其处于被奴役状态的无意识，正也是他们自己那有待诞生的潜在无意识。"[7] 看来一切终归无意识。诚然，此无意识非彼无意识，一如此欲望非彼欲望。可是给欲望"解域"，将它彻底解放之后，这个重新建构出来的欲望会是什么模样？欲望被各路理论大军炒得火热的背后，被认为有资产阶级意识形态中新近崛起的自我性意识作祟。我们看到，福柯用欲望改写权力，伊格尔顿用欲望重写审美意识形态，波德利亚用消费和拟像的符号价值巧妙包装欲望，朱迪丝·巴特勒背靠欲望解构又建构了性别理论……问题是，立足欲望来展开资本主义欲望现代性的批判，一如立足俄狄浦斯情结来反俄狄浦斯，是否同样会陷入一叶障目、言不由衷的困境？值得注意的是，德勒兹与伽塔利的精神分裂症分析，结合了伽塔利大量秉承拉康传统的临床病例分析，这是他们的资本主义批判工程不同于其他“法国理论”的地方，或许，这也是其雄心勃勃的“反俄狄浦斯”理念经久不衰、魅力常新的一个缘由。

注释：

---

① Michel Foucault, “Preface”, Gilles Deleuze and Félix Guattari, *Anti-Oedipus: Capitalism and Schizophrenia*, trans. Robert Hurley et al., Minneapolis: University of Minnesota Press, 1983, p. xv.

②③④⑤⑥ Gilles Deleuze and Félix Guattari, *Anti-Oedipus: Capitalism and Schizophrenia*, p. 60, p. 287, p. 294, p. 379, p. 216.

⑦ Molcolm Bowie, *Freud, Proust and Lacan: Theory as Fiction*, Cambridge: Cambridge University Press, 1987, p. 4.

（2013 年第 1 期）

戏剧人类学的学科定位与方法

陈世雄

一、戏剧人类学学科现状

戏剧人类学是运用文化人类学方法研究戏剧，同时又透过戏剧研究人类文化的一门交叉学科。

虽说人类学作为一门学科已经有了数百年的历史，戏剧人类学却是一门新兴的学科。戏剧作为一门直观地展现人的行动的艺术，它的“人学”印记应该是最鲜明的，它和人类学这一学科之间的联系，也应该是最密切、最直接的。在 20 世纪，俄罗斯导演叶夫列伊诺夫、法国导演阿尔托、波兰导演格洛托夫斯基、英国导演布鲁克等人相继提出了带有鲜明的人类学色彩的戏剧思想，可是，作为一门学科的戏剧人类学，却是到了 20 世纪下半期才在西方逐步形成的，首先是在美国出版了几种具有戏剧人类学性质的著作。

但是，美国学者所说的“戏剧”在概念上是极其宽泛的，他们的“戏剧人类学”实际上是“表演人类学”。例如以研究戏剧人类学和从事“环境戏剧”实验而著称的理查德·谢克纳就说过，他所说的戏剧“已经远远超越了理性的以及以讲话为中心的（戏剧文本）运作方式”，而是指向广义的表演；他从事的“表演研究”是“一个带有广泛基础的新学科而不是仅仅研究戏剧或演剧。表演研究从事的是探索从戏剧、舞蹈、音乐到仪式、运动、游戏以及日常生活的表演（角色扮演）整个表演范畴”[①]。他所说的“角色”在概念上也是宽泛的，指广义的角色，包括日常生活中各种各样的角色，远远超出戏剧角色的范围。[②] 美国的维克多·特纳从事的表演人类学研究也有相似的特点。[③]

“表演”的范畴被大大地拓宽了，涉及人类生活的方方面面，因此，谢克纳等人的“表演”研究实质上也是对人类本质的研究，这就需要社会科学和自然科学多种学科的介入。另一个特点是跨文化地研究东西方不同民族、不同文化中的“表演”行为。谢克纳像阿尔托、格洛托夫斯基、布鲁克等西方大导演一样，非常重视东方“表演”艺术的研究，并且把戏剧未来的希望寄托于向东方的学习和借鉴。谢克纳走遍了南美、非洲、印度、日本和中国，而且尽可能在这些地方作长期逗留。他的力作《在戏剧与人类学之间》记录了他考察许多非西方民族的研究成果。然而，在如何给“表演”下定义这个关键问题上，谢克纳并没有能够自圆其说。“谢克纳提出了一个重要观点，那就是：表演是重新组合的行为；与日常生活中大部分一次性的行为相比，表演至少是两次性的，也就是说有排练和表演两个阶段。”[4] 这就产生了一个问题，既然谢克纳承认日常生活中的行为大部分是一次性的、没有经过事先排练的，那么，究竟哪一些行为才算是经过事先排练的？哪一些行为算是没有经过事先排练的？能不能把所有事先作过心理准备的人类行为都算作“表演”？如果把“表演”的范围拓宽到无边无际的地步而加以研究，那么，这样的研究还能不能称为“戏剧人类学”？

尤金尼奥·巴尔巴对这个问题给出了一个极好的回答。法国的帕特利斯·帕维[5] 编撰的《戏剧辞典》在“戏剧人类学”条目上写道：

> 在理论上，戏剧人类学自以为是使戏剧学知识变得更为有机，然而在当前，我们看到的只是对知识的渴求，而不是业已形成的学科：在我们面前是无边的处女地。然而，由于巴尔巴的从 1980 年开始试验的戏剧人类学国际学校，对学科的掌握已经开始。“戏剧人类学国际学校——这是这样的一个机构，把新型的戏剧教学贯彻、融化、实现到生活中去；这是跨学科研究的实验室。它允许一批戏剧活动家通过理性的活动和演出扎根到周围的社会环境中去。”（巴尔巴，52，1982：81）。不久前出版的巴尔巴与萨瓦列泽的《演员的解剖学——戏剧人类学词典》（53，1986）对戏剧人类学国际学校的研究作了总结并指出戏剧人类学的纲领：“研究人在表演的情形下的生物学与文化的行为，这个人遵循有别于日常生活原则的一种原则，运用自己的身体的与精神的在场。”（53，1986：1）[6]

这段话表明，按照巴尔巴的观点，人在“表演”时所遵循的原则是截然有别于日常生活的原则的。表演就是表演，日常生活行为就是日常生活行为，两者是截然不同的。这就避免了把一般的日常生活行为混同于“表演”的弊病。帕特利斯·帕维这段话还明确地指出，1980 年巴尔巴创办戏剧人类学国际学校，这件事意味着对戏剧人类学这一学科的掌握真正地开始了。

巴尔巴的著作主要有论文集《浮岛》（*The Floating Islands*，1984）、《浮岛续编》

（*Beyond the Floating Islands*，1986）、《戏剧人类学词典》（*A Dictionary of Theatre Anthropology*，1991）和《纸船：戏剧人类学引论》（*The Paper Canoe: A Guide to Theatre Anthropology*，1995）。

巴尔巴说过，他最初是从演员的个人技巧中领悟到戏剧人类学的最初原理的：

> 我熟悉我的演员们的萨兹，那是一种普遍存在于个人技巧中的特点。这种熟悉帮助我越过浓艳的妆彩和引诱人的风格化，看到了弯曲的膝部。这就是我如何领悟到戏剧人类学的最初的原理之一——平衡的变化——的过程。⑦

巴尔巴继续写道：

> 戏剧人类学研究的是前表现性的舞台行为，而不同的剧种、风格、角色以及个人和群体传统都建立在前表现性的舞台行为之上。在戏剧人类学的范围里，“表演者”应当取义“演员与舞者”，无论男女。“戏剧”则用来指“表演与舞蹈”。⑧

这就是说，巴尔巴的戏剧人类学的研究对象同样远远超出了我们所理解的“戏剧”的范围，包括了他所说的“表演和舞蹈”，而“表演者”包括了“演员和舞者”。在这里，“舞蹈”是容易理解的，问题在于他所说的“表演”应该如何理解。让我们看看巴尔巴说的另一段话：

> 戏剧人类学中的“人类学”一词并未采用它在文化人类学中的意义，而是指一个新的研究领域，是对于人类在有组织的表演情境下的前表现行为的研究。⑨

巴尔巴还说：

> 戏剧人类学的关注点指向经验领域，以便在有关表演的种种戒律、技巧和美学之中另辟蹊径。它并不想把表演者的技巧综合、累加或归类。它追求的是更基本的因素：技巧的技巧。⑩

很明显，巴尔巴所说的戏剧人类学的主要研究对象——“前表现性舞台行为”（或简称

“前表现性行为”）是属于技巧范畴的东西，是“技巧的技巧”。在这里，所谓的“前”并不是一个时间意义上的“前”，而是逻辑意义上的“前”，指的是表演者调动各种生理因素，包括体重、平衡、脊柱、眼睛等等，使它们产生一种“新的张力”，“这些新的张力激发一种非日常的活力特性，使得身体戏剧性的‘果断’、‘有生气’、‘可信’，于是令表演者的‘在场’或舞台生命在任何口头信息传播之前就吸引观众的注意力”[11]。我们是否可以这样来理解巴尔巴的这段话：就是表演者上场后，必须在观众听到他们的台词之前，就以自己的眼神、形体、姿势、动作产生一种在日常生活中感受不到的富于戏剧性的吸引力，从而在演员和观众之间形成一种张力。我们反复研读了巴尔巴的著作，觉得这个理解是准确的。

巴尔巴的戏剧人类学有一个明显的特点，就是特别重视生理因素。尽管他说过“技巧”就是“对身心的超日常使用”，说过“前表现”就是“身体—内心的运用”所依照的“常见原理”，可是，巴尔巴研究的重点却是身体的、生理的因素的运用，对于表演心理学，他研究得并不多。这一点，我们只要看看他的《戏剧人类学词典》中大量的图片，就可以明白了。

巴尔巴的戏剧人类学还有一个特点，就是重视历史文化背景不同的表演技巧之间的共性，而没有深入研究它们的个性差异。他认为“身体—内心的运用”“依照的是跨文化的、常见原理基础上的非日常技巧”。这就是说，被称为“前表现”的“常见原理”并没有因为表演者历史文化背景的不同而不同，它们是跨文化的，全人类共同的，虽然他承认表演者个人气质和历史文化背景的影响都会融入表演之中。[12]

巴尔巴的戏剧人类学著作在西欧和俄罗斯引起了不同看法。俄罗斯学者叶莲娜·库赫塔不赞成将心理层面的研究和戏剧文学的研究排除在戏剧人类学之外，认为巴尔巴的戏剧人类学实际上只不过是“演员人类学”或者“剧场人类学”[13]。帕特利斯·帕维也提出了自己的看法，概括起来主要有几点：第一，“戏剧人类学（特别是巴尔巴的戏剧人类学）同时从身体人类学与文化人类学的角度来研究处于表演情境中的演员。然而，这就产生一个问题：在研究演员的生理过程时，什么是应当加以研究和衡量的？是否应当测量他的肌肉的工作，他的心脏的律动，等等？是否应当把戏剧研究医学化？这样的研究确实进行过，可是其结果无法和其他方面的实际，特别是和社会—文化的因素相提并论”[14]。这实际上等于说，对演员生理过程的研究与对戏剧的社会文化研究难以有机地结合起来。第二，巴尔巴强调日常生活情境与表演情境的对立，认为“在日常生活中我们有身体技术，它是受我们的文化、社会状况、职业所制约的，而在表演的情境中存在着完全是另外一种身体技术”。帕特利斯·帕维说：“巴尔巴认为，在表演的时候，身体技术发生了根本的变化，而演员再也不从属于文化的制约性。然而并不完全清楚，究竟是什么引起这一变化，是什么强迫演员在环境改变的时候也改变自己的身体。就连在表演的时候演员也仍然受制于原有的文化，特别是日常生活的姿势（手势）。将生活和表演区分开来的这种思想本身就是奇怪的，因为所运用的是同一个身体，而表演并不会磨灭过去的经验。这一对日常生活和表演的区分会导致自然（日常生活的身体）与文化（表演中的身体）的对立，而这种对立正是人类学所要消除的。”⑮换句话说，帕特利斯·帕维认为人的身体不会由于表演就完全磨灭过去的经验，他不赞成巴尔巴将生活和表演截然区分开来，他认为这会导致自然与文化的对立，而人类学正是要消除这种对立。第三，巴尔巴和他的老师格洛托夫斯基一样，不相信演员的禀赋和表现力，过分地夸大在剧情尚未开始之前演员身体就具有的“前表现性”的意义，特别是跨文化意义，把它说成是包罗万象的，而实际上，演员只有在他扮演的角色和其他角色交流的情况下才具有真正的表现力。⑯第四，帕特利斯·帕维认为：“被巴尔巴活跃起来的人类学思维的功绩，就在于对整个的西方美学篇章，诸如演员的认同作用与心理学、幻觉与特征性等等从亚里士多德到布莱希特的理论思维中曾经占优势的概念，提出了质疑。然而，这些论断罕见地建立在东方传统之上，却没有认真地解释西方演员的行为，虽然它们原本可以同时思考并且解决这个问题。”⑰最后，巴尔巴没有重视和借鉴列维-斯特劳斯等人的“真正的人类学著作”⑱。

尽管俄罗斯和西欧的学者对巴尔巴的戏剧人类学提出了坦率的批评，然而，他们都没有否认巴尔巴对戏剧学与戏剧实践做出的重大贡献。巴尔巴的《纸船：戏剧人类学引论》在西方被称为戏剧人类学的第一部重要著作。在20世纪90年代，东方也出版了戏剧人类学著作。我们至少可以举出中国学者马也的《戏剧人类学论稿》、王胜华的《戏剧人类学》和新加坡学者容世诚的《戏曲人类学初探》。从20世纪80年代开始，中国学者对傩戏、目连戏和各种民间仪式戏剧作了大量的田野调查，并从文化人类学的角度进行研究，取得了丰硕的成果。这些都为我们建设有中国特色的戏剧人类学打下了良好的基础。

二、戏剧是人的自我实验

当我们以一种人类学的思维看戏剧时，必然会得出一个结论：戏剧是人的自我实验。早在 1798 年，康德就在《实用人类学》一书中写道："人们总的说来越文明就越是演员。"[19] 对康德的这句话可以这样认识：人是从动物进化而来的，而越是进化，越是远离动物性而走向文明，人就"越是演员"。人不同于动物的一个重要特性，就是人具有扮演意识；其次，人还有一个不同于动物的重要特性，就是具有建立在共同信仰和共同需要基础上的共聚性。这两个特性决定了人会自觉地共聚在一起，在假定的时间与空间中进行自我实验。

巴西导演博奥说得好："即使我们没有做戏剧，我们还是剧场中的人。戏中之人才是真正的人类，因为只有人能在行为动作中观察自己。通过在行为中观察自我，才使得我能够改变我自己的行为方式。这就是为什么文化可能产生的原因，因为我们人类能够在行为中看到自我……文化，不是指我们做了什么，而是指我们的行为方式。"[20] 在行为中观察自我，从而改进自己的行为，只有人才有这种能力。这正是戏剧人类学思维得出的结论。

英国导演布鲁克说过，格洛托夫斯基认为："戏剧是一种工具、一种自我研究、自我考察的手段、一种救世的可能性。"[21] 布鲁克的名著《空的空间》最后一段有这样三句话：

> 在日常生活中，"假如"是一种虚构；在戏剧里，"假如"是一种实验。
>
> 在日常生活中，"假如"是一种逃避；在戏剧里，"假如"都是真理。
>
> 当我们被说服并相信这一真理时，那么戏剧和生活就合而为一了。[22]

美国的马克思主义者弗雷德里克·詹姆逊在《布莱希特与方法》一书中写道："达尔柯·苏凡曾雄辩有力地把剧院的用途说成是整个社会的一种体制，因此也是它所提供的象征的和乌托邦式寓言的一个实验空间和集体实验室。"[23] 这一论断同样把戏剧的存在看成人类社会的一种特有的体制，把剧场看成人类进行集体性自我实验的场所。

德国戏剧家席勒早就说过类似的话。席勒写道："难道不是剧院使人们彼此相识的吗？人们的行动所遵循的秘密齿轮，不是剧院揭示出来的吗？……世上的君王只有在剧院里听到他们从来不曾听到过或者很少听到的东西——真实情形；看到他们从来没有看到过或者很少看到的东西——人。”[24] 这段话说明，只有剧场才能揭示人的行动的奥秘，即使对于世上的君王而言也不例外。

俄罗斯导演金卡斯将剧院里进行的自我实验和陀思妥耶夫斯基小说《罪与罚》中主人翁拉斯科尔尼科夫所做的另一种“自我实验”作了对比。

在拉斯科尔尼科夫看来，人可以分成两类：一类是低级的、平凡的人，另一类是具有天赋和才华、能发表新的见解的人。要准确区分这两种人，是需要通过实验来解决的问题。要探明人的“等级和分类的规则”，就好比“向产生这一切的蒸馏瓶里张望”，简直是一种自然科学的实验。拉斯科尔尼科夫想检验一下，自己到底是属于哪一类人，结果迈出了可怕的一步，杀死了放高利贷的老太婆。可以说，拉斯科尔尼科夫是把自己放进那个“蒸馏瓶”里去了。“蒸馏瓶”的比喻使人联想起日本电影导演黑泽明。日本评论家岩崎昶在谈到黑泽明的创作时说过：“他是要把人放在‘试验管’中，给予一定的条件和一定的刺激，以测定他的反应。”[25]

自觉地、有意识地进行“自我实验”是人区别于动物的一大特点，是人类区别于其他类别的一大特点。人类是自我实验的类，是大自然中唯一自觉地进行自我实验的类。而剧场里进行的自我实验不同于拉斯科尔尼科夫进行的实验，也不同于借助电影媒介进行的实验，因为它是在具有假定性的时间与空间内、在观众在场的条件下进行的，在这里，一切都是假定的，它不会造成牺牲，不会付出血的代价。

那么，以戏剧的方式进行的“人的自我实验”，究竟用的是什么方法呢？最基本的方法就是分类，就是《罪与罚》的主人公拉斯科尔尼科夫锲而不舍地思索的如何确定人的“等级和分类”，换句话说，就是要搞清楚“人的谱系”。“一切真正的科学都以分类为基础”[26]，以戏剧的方式进行的“人的自我实验”也不例外。西方戏剧在很长时期内致力于划分角色类型，而中国戏曲从它形成的时候起就有脚色行当的划分。只是到了19世纪后期兴起的现实主义戏剧，才批判和放弃了这种划分角色类型的做法。

从19世纪末开始，现代戏剧家为自己设置了越来越多的实验课题。不同的戏剧题材采取不同的实验角度，例如神学的、社会学的、心理学的、阶级论的、社会生物主义的、哲学的、语言学的，等等。这个转折为什么是从19世纪末开始的呢？这是因为19世纪下半期是自然科学实验突飞猛进的时代，一切经过实验的精神、注重研究的精神影响了作家。自然主义流派的代表人物左拉甚至说：“自然主义小说家其实就是实验伦理学家。”[27] 自然主义戏剧家何尝不是实验伦理学家！左拉说过，在创作《戴爱丝·拉甘》一剧时，他感兴趣的只是人的生理属性。他研究了戴爱丝与娄昂如何由于生理上的原因不可避免地死去，而对造成戴爱丝悲剧的社会根源并没有深入挖掘。

斯特林堡的名剧《朱丽小姐》和左拉的《戴爱丝·拉甘》有所不同，前者一方面强调了贵族小姐在仲夏之夜由于身上燃烧着压抑不住的欲望之火，最终委身于年轻的男仆让，另一方面又深刻描写了仆人与小姐之间社会地位的差异所造成的矛盾与张力，以及由此产生的微妙复杂的心理活动。《朱丽小姐》被称为欧洲戏剧史上第一部成功的自然主义戏剧，其实斯特林堡的自然主义是一种“心理自然主义”，他并没有全盘接受左拉的创作原则，曾嘲笑那种“包罗万象的照相术连相机镜头上的一粒尘土都不放过”，认为这种创作方法只不过是“只见树木，不见森林的小玩意儿”[28]。他批评左拉的《拉娜》一剧“忽略了心理分析；性格描写肤浅，整个作品过于重视情节，如同情节剧”[29]。斯特林堡指出，纯客观地描摹自然是“误解了自然主义”[30]，真正的自然主义应“知道灵魂的复杂结构所具有的丰富性”[31]，因为“心理过程是今日人们最感兴趣的东西”[32]。由于斯特林堡个人生活的挫折，由于他对西方社会各种矛盾特有的敏感，他的心理自然主义侧重于表现人物的变态心理和内心分裂，这一倾向进一步发展使得他的后期创作走向象征主义和神秘主义，并为表现主义开辟了道路。斯特林堡所说的“心理过程是今日人们最感兴趣的东西”，反映了现代戏剧一个最重要的趋势，即内向化。

从人类学的视角看，以契诃夫为代表的心理现实主义戏剧是借助假定的时空、假定的情景对人类心理奥秘进行实验的一种方式。契诃夫描绘生活的总原则是，把生活作为一个过程而不把它作为一个封闭和有头有尾的片断来处理。在造成内心体验与外部情境的戏剧性的同时，并不解决人物之间的纠葛；剧情在最后与其说是结束了，不如说是中断了，人物未来的命运让观众自己去描绘。契诃夫戏剧摒弃了传统的一问一答的对话方式，人物的答话与其说是针对对话者的尾白，不如说是自身思想内在进程的外化，尽管如此，人们依然是互相理解的。这种对话方式被称为“潜流”。不能把这种对话混同于那种隐瞒着什么或暗示着什么的对话。在契诃夫的剧本中，没有隐瞒也没有暗示，所有的人物都谈论着自己，但同时又被同样的不满情绪和预感所支配。如果说每个人的言语好比一条涓涓细流，那么所有剧中人的言语便汇成了内涵极为丰富复杂的“潜流”。这是契诃夫的心理现实主义戏剧的一大特征。

如果说心理剧是在心理学层面上进行的“人的自我实验”，所采取的是微观的、内向的方式，那么，以布莱希特为代表的叙事体戏剧就是在社会学层面上进行的“人的自我实验”，所采取的是宏观的、外向的方式。在阐明他的人物的动机和相互冲突时，布莱希特主要是从社会原因和社会关系入手，而不是对他们的个性进行解释。早在20年代末，认真地研究了现实和马克思主义的布莱希特在解释他自己的戏剧与个人主义的资产阶级戏剧的差别时就指出：“个人作为中心已站不住脚。个别人物构不成关系……”[33]他还说过：“戏剧的主要内容必须是表现今日人与人的关系，调查这一点并把它表现出来是我最感兴趣的事。”[34]可见他重视的是人与人的关系而不是个人的心理奥秘。他提醒人们，马克思主义经典作家的著作更多地探讨的是一个大集团的行为，而较少探讨个别人的行为。因此，在文学创作中应把个人当作群众的一分子或者甚至就当作群众来处理。

不论是微观还是宏观，不论是在心理学还是在社会学层面上，从契诃夫到布莱希特，所进行的“人的自我实验”都是在人类生活的特定情景中进行的，换句话说，是具体的而不是抽象的，是现实的而不是超验的。它们属于“人的自我实验”的两大类型。

还有一种重要类型，既不是在心理学层面的，也不是在社会学层面的，而是力图在神学、哲学层面上进行的“人的自我实验”。这种类型讨论的不是个体的人的心理奥秘，也不是个体的人与人的关系，或者群体的人与群体的人的关系，而是全人类的命运，是人类与自然、人类与在冥冥中支配着人的命运的神秘力量之间的关系。例如梅特林克的《群盲》和《不速之客》，都是以盲人为主人公、以“盲目”为母题的作品。《群盲》描写一群男女盲人静坐在森林中，他们不知道给他们带路的牧师已经死去，最后是一条狗把他们引到牧师的尸体跟前，他们才明白等待拯救是徒劳的。《不速之客》描写一家人当中只有瞎眼的老人才感觉到死亡的降临，而其他人反而不如他看得清楚。两部作品都表现了“盲目”是人类固有的悲剧性特征，有时候，视力正常的人反而陷入“盲目”状态，而年迈的盲人由于将自己的意识从生活的外在表象向生活的内在底蕴转移，因而能够看清事物的本质。两剧都是以死亡的形象来体现人类命运的，主人公只是绝望地、消极地等待着死神的降临、命运的发落，并不起来和命运作斗争，所以，剧中只有情境（状态）而没有情节（行动），被称为“静态戏剧”。

从象征主义、表现主义、超现实主义到荒诞派戏剧，大量的作品缺乏时间与空间的具体性，人物也没有个性，情境是抽象的、宏观的、超越特定时空的，因此，是在高度虚拟、假定的条件下进行“人的自我实验”。

戏剧作为一种“人的自我实验”，其条件通常是由剧作家预先写定的，但也有即兴式的。最典型的例子是意大利剧作家、导演兼演员、1997年诺贝尔文学奖获得者达里奥·福的创作。达里奥·福总共创作了大约70部喜剧，其特点是具有闹剧性，没有心理分析，将现实与幻想结合起来，具有怪诞风格，采用滑稽表演，节奏性强，用音乐伴奏并加入歌唱。演员在演出中可以随心所欲地与观众交流。这种戏剧非常及时地反映当代政治，并且借各种理由和以各种手段来和观众对话。演员在与观众对话的过程中即兴创作，临时增加新的情节和场面，往往连剧团的伙伴都无法预料，而全剧的结构并不会受到破坏。可以说，达里奥·福的戏剧是有着悠久传统的意大利即兴喜剧在当代政治化的产物。

必须指出这样一个事实，就是当导演崛起并且居于戏剧的中心地位后，“实验”的条件就不再是单纯地由剧作家来决定，而是更多地由导演来决定了。导演对“实验条件”的制定和剧作家有很大的不同，这就是使实验条件成为可变的、可调整的、随机的。由于观众和演员的参与，实验甚至可能有很大的随机性。博奥所创立的“被压迫者戏剧”就是典型的例子。博奥认为，过去统治阶级用戏剧作为它支配、驾驭人民的工具，如今人民必须把它用作解放的武器。为了实现这一目的，博奥让来自社会底层的观众即“被压迫者”参与戏剧的创作和演出。他创造了“观演者”一词，表示观众自己就是表演者。观众可以对剧情发展走向和戏剧冲突的解决办法提出各种建议，经过讨论后，由演员表演出来。而剧中讨论和表现的情节都反映了当时巴西的各种社会矛盾，参与者大多是一些“被压迫者”，创作、演出的过程被称为“革命的排练”。

即兴的创作和演出比起严格按照剧本的演出在某种意义上更加富于实验性。这一传统可以追溯到古代民间戏剧，不论在东方还是西方都是如此。然而，通过戏剧进行“人的自我实验”的意识只是到了现代才变得更加自觉，在西方尤其如此。正是由于这个缘故，才会出现谢克纳所说的人类学的体系与戏剧的体系互相靠拢的趋势：“戏剧人类学化，与此同时，人类学也戏剧化。”[35]

三、我们关于戏剧人类学的基本立场

既然戏剧人类学至今在学科定位上还存在问题，它实际上还只是一个研究领域，并没有真正形成一门成熟的学科，那么，我们在建设自己的戏剧人类学时，应该采取什么样的立场呢?

戏剧人类学之所以能够成为一门学科，是由戏剧的本性决定的。戏剧既然是一种在特定的情境中塑造人的形象的艺术，必然与研究人的行为的人类学有着密切的联系。二者的结合是必然的。人类学对戏剧学家最大的启示在于，戏剧实际上是人的自我实验。一方面，戏剧确实如同西方戏剧人类学者所指出的那样，使我们有可能观察那些在舞台上塑造形形色色人物形象的演员；另一方面，更为重要的是，戏剧实际上是在舞台上设定不同的情境，虚拟出各种不同的“小型社会”，并对各类个体的人之间、各类个体的人与群体的人之间在特定情境下产生的联系进行直观的考察和研究。上述两个方面都是不可忽视的。在这个问题上，我们必须注意克服片面性。以巴尔巴作为学科确立之象征的西方戏剧人类学存在着明显的片面性，主要表现在下列几个方面：第一，重视形体的“表演”而忽视角色的“扮演”。第二，重视表演的生理因素（身体）而忽视表演的心理过程，忽视斯坦尼斯拉夫斯基所说的“人的身体生活”与“人的精神生活”之间的辩证关系。第三，重视身体语言而忽视口头语言。第四，重视不同历史文化背景下表演的共性而忽视它们的差异性、个性，以及对这些差异性的研究。

针对上述倾向，我们的立场是：

第一，戏剧人类学应当划清“表演”和“扮演”的界限。“表演”并不一定扮演角色，或者只充当社会性的角色，而“扮演”则是指演员“化身”为特定情境中的角色，不论这个角色是类型化的还是个性化的。例如，按照谢克纳的看法，里根总统发表电视讲话，实际上是在表演，他扮演的是“总统”的角色。这个说法没错。然而，必须指出的是，此时此刻的里根并没有“化身”为另一个人，里根还是里根；他所“扮演”的“总统”是一个社会性的角色，是一个众所周知的职务，并不是上面所说的为了进行“人的自我实验”而特别设定的情境中的角色。再举个例子：美国演员施瓦辛格在许多动作大片中担任角色，完全化身为另一个人，这是在特定情境中的扮演；而他为了竞选州长去发表演说，在种种公众场合中露面，从事各种竞选活动，充其量只是表演，因为他并没有“化身”为另一个人，施瓦辛格还是施瓦辛格。而原来的加利福尼亚州州长格雷·戴维斯过去在公众场合以州长的身份活动，他的行为是在“表演”，后来他在遭到加州选民罢免后，“转型”去当一名电视演员，在电视喜剧《是的，亲爱的》中饰演一名经常自嘲的角色，这已经是“扮演”了。我们可以说施瓦辛格从一个扮演者转型为表演者，而格雷·戴维斯则从一个表演者转型为扮演者。

舞蹈中的表演也不能笼统地混同于戏剧中的扮演。如果一个舞者以他本人的身份出现在观众面前，并不饰演角色，不化身为“他者”，那么，他的行为只能说是表演；反之，如果他饰演角色，化身为某一“他者”，那么，他的行为就是扮演了。一个芭蕾舞演员在《天鹅之死》中饰演一只白天鹅，虽然这只是一个人化身为一只动物，却已经带有扮演的性质；更进一步，如果她是在《天鹅湖》中饰演某一只特定的、带有个性特征的天鹅，那么，这无疑就是扮演了。

巴尔巴也说过："戏剧人类学不应与表演人类学混为一谈。"[36]戏剧中的表演通常就是角色的扮演，因此，我们认为，戏剧人类学必须把研究的重点放在角色的扮演而不是日常生活中那种定义极为宽泛的表演，也不包括舞蹈中那种不扮演角色的表演；这里所说的"角色"，也应该是处于特定的戏剧性情境中的角色，而不是日常生活中的角色。

第二，既要重视研究演员扮演角色时的身体动作及其规律，也要重视研究他的心理过程以及二者的关系。人类区别于其他类别动物的最根本的特征之一，就是人类有思想、有感情、有创造性。这个特征当然应该成为戏剧人类学研究的重要内容。而一个演员在表演时，他的思想感情和创造性，绝不仅仅像巴尔巴所说的那样，体现在他如何"想象自己在推、举、接触特定重量和连贯性的物体，因此将身体的动作戏剧化"。更主要的是，他必须体验自己所扮演的角色在规定情境中、在此时此刻、在与他人的交流中所产生的思想感情，即斯坦尼斯拉夫斯基所说的内心生活或心理生活，一句话，他必须创造角色。

必须强调的是，我们并不是主张戏剧人类学重复斯坦尼斯拉夫斯基的研究，而是主张避免斯坦尼斯拉夫斯基在他的早期所发生的片面性。众所周知，斯坦尼斯拉夫斯基体系的发展经历过两个阶段，在前一个阶段，斯坦尼斯拉夫斯基比较强调"内省""内部动作""心灵的积极活动""角色的心理设计"等内在的方面，而低估了演员的外部体现技术在建立自我感觉上的作用，总的说来，他是片面地强调内心体验而忽视外部的形体动作。演出中的某些挫折使他意识到自己犯了错误。在体系发展的后一个阶段，"随着研究的逐步深入，斯坦尼斯拉夫斯基明确地认识到，心理过程和形体过程具有不可分割的有机统一性，在创作时，一种过程会激起和制约另一种过程。体系终于越出了只研究创作的心理学这一框子，愈来愈侵入创作的心理生理学的领域中去"[37]。历史的经验证明，孤立地研究演员的心理过程或者孤立地研究演员的生理过程都是片面的。戏剧人类学研究也不例外。事实上，斯坦尼斯拉夫斯基对演员艺术的研究在某种程度上已经带有戏剧人类学的性质。这就使我们不能不以更加审慎的态度看待巴尔巴的戏剧人类学。

第三，既要重视对"表演者"的研究，也要重视对"角色"的研究。在上述种种"人的自我实验"中，由于采取的角度和方法不同，所塑造的角色也就不同。有的具有鲜明的个性特征和复杂微妙的心理活动，是活生生的典型形象，有的只是某种社会属性的符号或者某种性格类型的象征，有的则仅仅是某种意念或抽象概念（如"幸福"等）的化身。

在中国戏曲中，角色普遍划分为多种类型，演员则相应地划分为多种脚色行当，这说明西方戏剧和中国戏曲虽然同样是把人放到实验性的环境中，然而“实验”的方法却大不相同。它反映了东西方思维方法的不同。西方戏剧在很长时期内，特别是在古典主义时期，非常注意对角色类型加以划分，这种做法和中国戏曲划分为若干行当相似，但19世纪下半期出现的自然主义和现实主义戏剧就不再划分角色类型，而是注重人的个性刻画，这说明19世纪的西方在实证主义哲学与自然科学实验方法的影响下，在戏剧领域也更加习惯于具体分析的方法；而东方戏剧仍然划分脚色行当，说明东方人注重于整体地把握某一类型、某一群体的人物，比较习惯于综合的方法。

第四，在人类学视野下运用比较的方法，把东方戏剧，特别是中国戏曲纳入研究范围，通过东西方的对比，进一步探索戏剧，特别是戏曲的艺术规律，以利于戏曲艺术的繁荣发展。

中国戏曲的脚色行当问题、性别问题（坤生与男旦）、面具与脸谱问题、傀儡戏的仪式功能与审美功能、戏曲与仪式的关系、演员的身体与程式化表演、剧场时间与空间的观念，等等，都必须在与西方戏剧的比较中加以研究，探索其人类学意义。

有一种观点认为，戏剧人类学就是戏剧发生学。这种观点是比较传统的，同时也是比较保守的。戏剧人类学不但应该关心戏剧的过去，而且应该关心戏剧的现在与将来。它应该与其他学科结合而具有综合性和交叉学科的性质。捷克科学院民族研究所研究员瓦茨拉夫·胡宾格尔在《人类学与现代性》一文中写道：“人类学要能够在现代世界中存活下去，那就必须恢复它过去扮演过的角色，提出不仅仅是人类学者才关心的问题。为什么人类学——如果它还是一门关于人类和社会的科学而不是植物学那样的学问的话——的最佳形式总是有一种超越各门学科都设有而且遵守的界限，具有高度的学科际属性，兼而有历史、社会学和哲学的成分的原因。这对人类学是件好事，我相信，对其他学科也是好事：都能从这种联系中得到益处。”[38]“人类学对现代世界有何意义？之所以出现这个问题是由于许多人认为它所研究的总是多多少少在远处生活的‘别的人’。为了在这个世界上有发言权，它就必须迫近现实，‘把经济学和政治学的任务接受过来’。”[39]本着这种为现实服务的使命感，我们应该拓宽戏剧人类学讨论的范围，不但包括传统戏曲，而且包括20世纪的中国戏曲，涉及梅兰芳、盖叫天关于表演艺术的论述，甚至包括“样板戏”和新时期戏曲，希望能突破那种囿于研究戏剧的原始形态的传统思路。

第五，正确地理解文化相对论。所谓文化相对论是人类学思想中颇有影响的一个流派，有多种含义。其中有一种观点，认为各种文化只能用它们自己的术语来理解，换句话说，甲文化是不可能凭借从乙文化引进的概念而得到正确理解的。这种观念的影响相当普遍。当我们对中国戏曲与西方戏剧进行比较研究时，就会遇到这个问题。部分专门从事中国戏曲研究的学者可能认为，中国与西方，戏曲与话剧，根本是两码事，不可同日而语，甚至不具有可比性；至于运用西方戏剧理论来解释中国戏曲，也觉得是牛头不对马嘴，对此心存逆反心理。但是，作为一种学术探索，比较、借鉴的方法是应当允许的，在许多情形下是有效的。所谓“东海西海，心理攸同；南学北学，道术未裂”[40]。中国戏曲与西方话剧分别属于两个不同的戏剧美学体系，这是毫无疑义的，但是，它们都是戏剧，两者之间毕竟存在着共同的艺术规律，这是不可否认的。不论是用西方的视角来看待中国戏曲，还是用东方的视角反观西方话剧，都有可能发现新的问题，碰撞出思想的火花，引发起学术的灵感，这是那种孤立的、封闭的研究所不可比拟的。

注释：

---

① 理查德·谢克纳：《环境戏剧》，曹路生译，中国戏剧出版社 2001 年版，第 6 页。

② 谢克纳在这方面的代表作是 1984 年出版的《在戏剧与人类学之间》（*Between Theater and Anthropology*）一书，此外有《表演的意义——戏剧和仪式的跨文化研究》（*By Means of Performance: Intercultural Studies of Theatre and Ritual*）、《仪式的未来——论文化与表演》（*The Future of Ritual: Writing on Culture and Performance*）等论著。

③ 维克多·特纳在这方面的著作主要有《表演人类学》（*The Anthropology of Performance*）、《仪式的过程》（*The Ritual Process*）等。

④ 孙惠柱：《理查·谢克纳的戏剧人类学研究》，《外国戏剧》1987 年第 3 期。

⑤ 帕特利斯·帕维（Patrice Pavis），巴黎第八大学教授，戏剧理论家、人类学家。

⑥⑰⑱ Патрис Пави, *Словарь театра*, М.: Прогресс, 1991, с. 19.

⑦⑧⑨⑩⑪⑫㊱ 尤金尼奥·巴尔巴：《戏剧人类学的诞生》，周丽华译，《戏剧艺术》1998 年第 5 期。

⑬⑭⑮ Елена Кухта, *Театральная антропология: как понимает ее Эухенио Барба*, Петербургский театральный журнал, № 28, 2002, http://ptzh.theatre.ru/2002/28/17/.

⑯ 帕特利斯·帕维写道：“巴尔巴跟随格洛托夫斯基（287，1971：91）表现出对他不信任素质，不信任演员对以表现力来赋予某种东西意义的追求。他宁可在表现的行动之前抓住演员，在前表现的水平上，这种水平可以看作包罗万象性质，诸如‘从融入形式中的身体中迸发出来的力量’或者不同的戏剧文化的源泉，它能够解释前表现的技术为‘创造力的迸发’。不论我们选择什么样的隐喻，诸如迸发的力量、源泉、动力学的核心、前表现性，都会产生问题：‘注入形式的身体’本身在这种表现性还没有意向性、没有交流的情况下就不是表现性的吗？有没有可能不加入到交流中去？演剧的情境不正是交流的交流吗？”（参见帕特利

斯・帕维《戏剧辞典》，莫斯科进步出版社 1991 年版，第 20 页）

⑲ 李秋零主编：《康德著作全集》第 7 卷，中国人民大学出版社 2008 年版，第 144 页。

⑳ 《奥古斯都・博奥论戏剧（1995 年 1 月 27 日在英国曼彻斯特绿屋的演讲）》，刘扬、施旭升译，《戏剧艺术》2004 年第 2 期。

㉑㉒ 彼得・布鲁克：《空的空间》，邢历等译，中国戏剧出版社 1988 年版，第 64 页，第 155 页。

㉓ 参见弗雷德里克・詹姆逊《布莱希特与方法》，陈永国译，中国社会科学出版社 1998 年版，第 14 页。

㉔ 席勒：《论剧院作为一种道德的机关》，载《席勒文集》VI，张佳珏、张玉书、孙凤城译，人民文学出版社 2005 年版，第 11 页。

㉕ 岩崎昶：《日本电影史》，钟理译，中国电影出版社 1981 年版，第 251 页。

㉖ 麦克斯・缪勒：《宗教学导论》，陈观胜、李培茱译，上海人民出版社 1989 年版，第 82 页。

㉗ 左拉：《实验小说论》，吕永真译，载柳鸣九主编《自然主义》，中国社会科学出版社 1988 年版，第 46 页。

㉘㉙㉚ 奥格斯特・斯特林堡：《论现代戏剧与现代剧院》（1889），董衡巽译，载中国社会科学院外国文学研究所外国文学研究资料丛刊编辑委员会编《外国现代剧作家论剧作》，中国社会科学出版社 1982 年版，第 20 页，第 19、20 页，第 20 页。

㉛㉜ 奥格斯特・斯特林堡：《〈朱丽小姐〉前言》，陈焜译，载《外国现代剧作家论剧作》，第 180 页，第 184 页。

㉝㉞ 转引自张黎编选《布莱希特研究》，中国社会科学出版社 1984 年版，第 333 页，第 273 页。

㉟ Richard Schechner, *Between Theater and Anthropology*, Philadelphia: University of Pennsylvania Press, 1985, p. 33.

㊲ 郑雪来：《斯坦尼斯拉夫斯基体系论集》，中国戏剧出版社 1984 年版，第 15 页。

㊳㊴ 瓦茨拉夫・胡宾格尔：《人类学与现代性》，凤兮译，载中国社会科学杂志社编《人类学的趋势》，社会科学文献出版社 2000 年版，第 117 页，第 118 页。

㊵ 钱锺书：《谈艺录》，中华书局 1984 年版，第 1 页。

（2013 年第 1 期）

艺术与救国

——岭南画派的“抗战画”及20世纪中国画的革新转型

殷双喜　曾小凤

20世纪中国画的现代进程是在一系列社会文化变革运动中展开的：“五四”新文化运动对传统绘画的重估拉开了中国画变革的序幕，新式美术教育体制的建立改变了传统的绘画观念和作画方式，中西之争、新旧之争使围绕中国画的论争从感性的评价深入艺术本体特点的探讨，论争的目标在于使传统的中国画适应现代中国的现实，这也是晚清以来“经世致用”思想在社会和文化领域的必然要求。但是，如何使中国画从精英走向大众，从文人雅趣转向表现火热的现实生活，则不仅仅是一个理论问题，更是一个艺术观念和创作实践的问题。有资料表明，直到抗战前夕，真正尝试着用笔墨描绘现代生活的画家是极少数的，而绝大部分画家还是在作古风可掬的“现代作品”。[①] 也就是说，中国画的“现代化”在抗战之前更多是在理论和观念上的论争与储备，而在具体的绘画创作上并未广泛付诸实践且少有彻底突破传统的案例。

随着“九一八”事变后愈益严峻的政治现实，对艺术功用的认识也逐渐从“美育”的理想偏向辅助政治和革命的功利性要求。这种认识在抗日救亡的旗帜下达成高度一致，由此，以能不能为“抗战建国”服务为标准，对中国画发起了新的责难。[②] 在这种情境下，如何描绘眼前所见到的现实生活，使自己的艺术融入抗日救亡的大时代精神中去，成为国画家必须要思考的首要问题。在中国画中，以战争的灾难、民众的流亡与痛苦为主题的作品，既是画家亲身经历的直接描绘，也是中国画突破临摹的枷锁和传统的审美观念，直面“惨淡人生”的绘画实践。这其中最具典型性的代表是高剑父在抗战之初所提倡的“抗战画”，而关山月也正是凭借“抗战画”在20世纪40年代初的画坛声名鹊起。

一、关山月的“抗战画”：中国画的战地纪实

何谓“抗战画”？高剑父在20世纪40年代初的一次演讲上说道：

> 尤其是在抗建的大时代当中，抗战画的题材，实为当前最重要的一环，应该要由这里着眼，多画一点。最好以我们最神圣的、于硝烟弹雨下以血肉作长城的复国勇士为对象，及飞机、大炮、战车、军舰，一切的新武器、堡垒、防御工事等。
>
> ……
>
> 他如民间疾苦、难童、劳工、农作、人民生活，那啼饥号寒、求死不得的，或终岁劳苦、不得一饱的状况，正是我们的好资料。[③]

从中可以概见“抗战画”的内容，既有高剑父早年提倡“艺术革命”时主张以新题材入画的飞机、大炮等现代事物，又有反映战争灾难的民间疾苦题材。不过，“抗战画”在当时的历史情境中，已经不单是针对中国画的题材革新，它表明中国画能够反映国难现实，并积极融入抗日救亡的时代潮流中。

关山月1935年正式进入春睡画院，跟随高剑父学画。这年，高剑父参加在南京中央大学举办的“艺风社第二届展览会”，并为展览手书“艺术救国”[④]。同时，在艺风社展览结束后，在南京举办大型个人画展，被称作“集其精心研究三十年之大成”[⑤]。徐悲鸿、倪贻德、丁衍庸、孙福熙、罗家伦等文化名人都为其撰写评论文章，称高剑父的艺术风格“雄肆逸宕”、画面有“非战”色彩，独具艺术革命的精神。[⑥]1936年，高剑父被聘为国立中央大学艺术科国画教授[⑦]，当与此次个展不无关系。另外，高剑父还携春睡画院学生三十余人在上海举办群展，从画题上来看，多为写生山水画，但也有针对现实的作品，如高剑父的《战祸》《固我国防》，方人定的《到田间去》，黎雄才的《战舰》《空战》等。[⑧]孙福熙对此称道，“中国的文艺复兴就要来到了”，并总结其两个新的进展——方法上进展“写生”和题材上进展“实际生活”。[⑨]可见，高剑父在抗战前夕将自己的主要精力都放在了南京和上海，并造成了很大的艺术声势。

> 剑父年来将滋长于岭南的画风由珠江流域展到了长江。这种运动，不是偶然，也不是毫无意义，是有其时代性的。高氏主持的“春睡画院”画展，去年在南京、

上海举行，虽然只几天短短的期间，却也掀动起预期的效果。[10]

这是同为“台湾中央大学”教授的傅抱石对高剑父两年来的艺术活动的总印象，主要着眼在其画风的影响力上，并比附朱谦之“只有南方才真正表现革命的文化”[11]的说法，认为“中国画的革新或者要希望珠江流域了”[12]。从上文可以得知，岭南画派在抗战前夕已具有广泛的社会效应，并被认为是代表中国画革新的方向。关山月在学画之初所接受的就是高剑父业已成熟的艺术观念和创作方法，讲求绘画的革新精神。就学画而言，也主要集中在 1939 年追随高剑父入住澳门普济禅院之时。在澳门的两年中，关山月经常到渔船上，到劳苦大众中去写生，将“新国画”的创作方法运用到“抗战画”的题材中，并创作了一批直接反映国难现实的作品。[13]不过，以写生的方式描写民间疾苦和战争灾难，在高剑父、方人定、黄少强等人的绘画中已有实践。那么，关山月的“抗战画”具有怎样的特点呢？我们根据关山月“抗战画”的形式语言，可以将其分为两类：一类是根据写生画稿进行创作的作品，如《三灶岛外所见》《渔民之劫》；另一类是借鉴传统绘画形式，并适当融入“新国画”技法而想象完成的作品，如《从城市撤退》《中山难民》《侵略者的下场》。

在以写生入画的《三灶岛外所见》（见图 1）中，关山月较为熟练地运用了“新国画”的诸多方法，翻滚的浓烟、燃烧的渔船、落水者的呼号，无一不渲染出轰炸场面的残酷和悲剧性。和此前中国画平面化的景物铺陈、符号化的船只勾勒比较，可见写生所带来的视觉变化。这幅作品一经展出，就受到简又文的注意，以至于他发出“矧其为国难写真之作，富于时代性与地方性，尤具历史价值，不将与乃师《东战场的烈焰》并传耶”[14]的感叹。另一幅《渔民之劫》，也同样表现渔船受到敌机轰炸的场面，但关山月将绘画视角拉近，使我们能够清晰地看到被炸的渔船细节、翻腾的波浪以及逃生百姓的动作和神态，有一种身临其境之感。写生使中国画能够真实表现国难现实，具有时代意义。

关山月的第二类作品则借用了传统绘画的布景和构图形式来反映战争灾难。这种创作形式当与关山月在普济禅院临摹古画的经验有关。其缘由概可从高剑父在抗战时期所列的《十五年计划》中可见：“以宋元画为基础，而参以世界画法之长，加以透视、光学、空气、阴影等科学方法，以现代事物为对象，而成一现代的中国画。”[15]这是高剑父探索现代国画时的策略方式，正如他对丁衍庸所言的“我总想把世界画法的妙处安排到中国的画面上”[16]一样，他的着眼点在于融合各国绘画的优点，来表现现实的生活气

图 1　关山月《三灶岛外见》 1939 年

图 2　关山月《从城市撤退》(局部) 1939 年

息和时代精神。《从城市撤退》(见图 2)表现的是北方冰天雪地中民众在日寇轰炸下的逃难行列。对于为何要画未见过的北方雪景，关山月回忆道：

> 当时我觉得当亡国奴是很惨的，目睹和亲身体会到的广州逃难都这样惨，就可以想象寒冷的北方之逃难惨象了。因此我想，画北方逃难不是更能揭露日寇的侵略暴行吗？[17]

可见，关山月通过自己的逃难经历来想象描写北方沦陷区的惨象，目的是要引起愤慨，揭露日寇的侵略暴行。为实现自己的想法，关山月在画面布景和构图上借用了北宋燕文贵、许道宁描绘寒林雪景的传统绘画语言，这可从“愧乏燕、许大手笔”[18] 的题跋中得证。为了凸显城市的毁灭、逃难的艰难和敌机的肆虐，关山月又使用“新国画”的方法来表现，如在雪景中加入断壁残垣的城市、惨烈的战火和燃烧的村落，还有艰难行走在冰天雪地中的逃亡民众。从当时的评论来看，时人也无不感染于画面中惨烈的战祸和民众的苦难。[19] 不过，余所亚注意到了画面的新内容与旧形式之间的矛盾，并批评关山月“轻蔑了人民伟大的斗争”[20]。其实，这种创作方式和抗战初期许多文艺家为迅速融入大众、为抗战服务，而使用“旧瓶装新酒”的模式相类似。这也是高剑父复兴国画的折衷方式在创作上所必然会遇到的问题，即如何使传统的绘画形式与新时代的内容结合起来。同样，《中山难民》《侵略者的下场》也呈现出古今杂糅的特点。

通过关山月两类不同形式的“抗战画”，可以得到这样的认识：第一，“写生”引起了中国画在视觉上的变化，通过描写现代事物使得中国画能够与抗战现实紧密结合起来；第二，借用传统绘画的形式来表现新的现实内容，成为抗战之初中国画反映国难现实的方式。这与高剑父探索现代国画的策略不无关系，即将古今中外的画法置于一炉来描写现代事物，但终究不能避免旧形式与新内容的矛盾，并在抗战结束后引起很大的争议。[21]不过，就“抗战画”本身而言，它在抗战救国的时代主题下具有现实意义，它表明中国画能够担当起宣传、发动民众参与救亡的角色。那么，高剑父为什么要提倡“抗战画”？

二、直面触目惨象：高剑父的“艺术救国”理想

“抗战画”的特点，在于最大限度地打破了中国画只宜描写清远淡逸的美学格调。在20世纪30年代初期，对于“中国画为什么不表现较为复杂的东西”，潘天寿曾说过：

> 中国画自有中国画的格调，只宜于表现清远淡逸的东西，过分激烈、过分麻烦的情景，战争同流血之类的事，无论如何是不能放进去的。[22]

而最早自觉打破这种美学格调的就是高剑父。1932年，高剑父创作《东战场的烈焰》（见图3）来记录上海淞沪战争时东方图书馆被炸毁的情景。从画面上看，被炸毁的东方图书馆只剩一片废墟，战火的余燃未熄，且火光冲天，前景除了杂陈的瓦砾和电线杆外，还依稀可辨东方图书馆西式的门廊，而后景则巍然屹立着被炸后的断壁残垣。对比高剑父早年临摹日本画家木村武山的《阿房劫火》（见图4）而作的《火烧阿房宫》（见图5），可见二者在构图和形式语言上的相似性。《火烧阿房宫》是高剑父留学日本时的临摹画稿，“阿房宫”在满怀革命斗志的高剑父心目中显然是腐朽的

图3　高剑父《东战场的烈焰》1932年

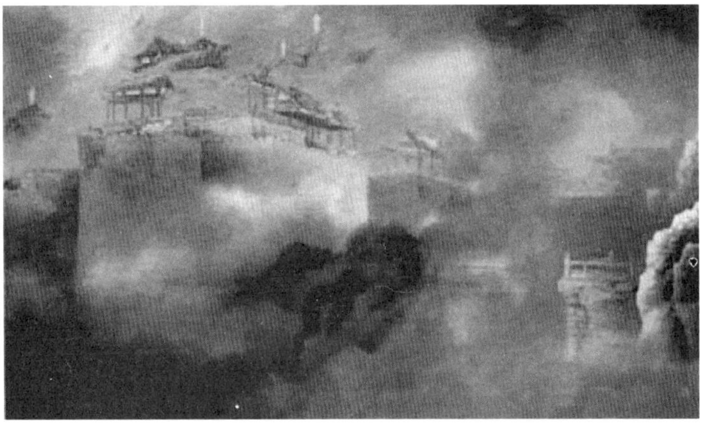

图4　木村武山《阿房劫火》绢本设色　1907年　近代美术馆藏

图5　高剑父《火烧阿房宫》绢本设色　香港中文大学文学馆藏

封建王朝的象征。因此，描绘“火烧阿房宫”正为借题发挥，寄托其希望清朝暴政早日覆亡的强烈愿望。有意味的是，大厂居士为《东战场的烈焰》的题诗：“劫有余灰骨未寒，血涂淞沪使心酸。高翁沉痛为民写，勿作咸阳一炬看！”[23] 其中，将画面中燃烧的战火与“火烧阿房宫”的典故联系起来，在于凸显惨烈的战祸和高剑父人道主义的现实情怀。对于极具现实针对性的“抗战画”而言，燃烧的战火则成为揭露日本侵略的最有力的语言。

其实，高剑父提倡“抗战画”，一方面顺应了抗战对中国画提出的要求，另一方面也是其“艺术救国”理想得以实践的契机。在1933年《对日艺术界宣言并告世界》中，高剑父持一个革命者的口吻声明要以“艺术救世”为职志，并援引托尔斯泰“艺术为一种革命”作为其理想的注脚。[24] 在宣言中，高剑父列举世界各国以悲惨入画而独具感化力的作品[25]，鼓励日本艺术界应联合起来作人道和平的艺术运动，把“此次东北、上海战地惨状图绘宣传，以冀唤醒英雄沉梦，剔开豪杰迷途”[26]，以防止战祸的再次发生。与此相关的是，1933年上海《艺术》以“中国艺术界之前路”为论题，组织探讨在内忧外患的局势下国内艺术界的出路问题。其中，就谈到艺术与救国的关系。李宝泉认为在国家危难的时候才做些宣传品，是“消极的救国运动”，而积极的救国运动当以“为艺术而艺术的精神推之于全国的民众”[27]。与之相反，大多数人都主张艺术要描写眼前的国难现实：

当前的中国，遭受着天灾人祸，以及列强的侵吞，人民滔滔于苦难的漩涡中，国家到了危急存亡的关头。这时：我切盼中国艺术界能负起应负的责任，执行艺

术的权威，打破一切派别树立中心意识。（徐则骧《深入大众群里，发动大众去创造大众艺术……》）

各省的水灾，民生的疾苦，政治的腐败，社会的黑暗，以及东北义勇军的苦战，上海血魂除奸团的产生，这些也都是极伟大的画材。然而我们却没有看到一张这样的画！（曾今可《一九三三年中国艺术界之前路，应该是和资本主义相反的路……》）

事实摆在我们的当前：帝国主义的侵略，农村社会的衰落，金融资本的恐慌种种，都是画家应该拿起他底笔去描绘，完成他所应负的时代使命。（汤增敭《时代的与大众的》）㉘

可见，正如高剑父早年主张的“艺术革命”是其政治革命情怀的延伸一样，“艺术救国”针对的是中国内忧外患的社会现实，就像鼓励日本艺术界做人道和平的艺术运动一样，他自己也积极投身对国难的描写（如《东战场的烈焰》），并与当时国内普遍呼吁艺术描写现实的要求合流。因此，当抗战要求艺术成为宣传、教育并发动大众的武器时，高剑父倡导多画“抗战画”，并不面临着一般国画家在心理及创作图式上的沉重转换，反而为其“艺术救国”理想的实践提供了契机。那么，为什么高剑父能够自觉地将艺术作为介入社会变革的方式？这涉及广州辛亥革命时期借艺术鼓吹革命的传统。在这方面，高剑父早年就有过实践：

予于五月五日午时以姜汁和朱砂，加以最剧烈之雄黄、砒酸画《钟馗逐鬼图》数十巨帧，拟遍贴十里洋场之转弯八角，用以吓煞红鬼、黑鬼、白鬼，为一般穷民小工出一口气，是又却鬼之一法欤？㉙

此中的“鬼”显然是有着特定的现实指向，即借传统题材加以隐喻，以达到干预现实政治的目的。这种采用传统画题并加以夸张的绘画形式，是辛亥时期文艺为政治革命服务的惯用手法。与此相似的是，1905年8月，为响应“反美拒约”风潮，潘达微绘谐画《龟抬美人图》并广为张贴，来号召广东轿工拒抬美国人。同时，潘达微应孙中山之嘱开办《拒约画报》，专绘“美人虐待华工之种种惨状”，其目的是“使阅者一见即刺激脑腺，兴起其拒约之雄心”㉚。此外，《拒约画报》以《时事画报》的名义继续创刊时，特开设茶会讨论图画与社会的关系（见图6）。其中，陈章甫作“图画之关系于国民”

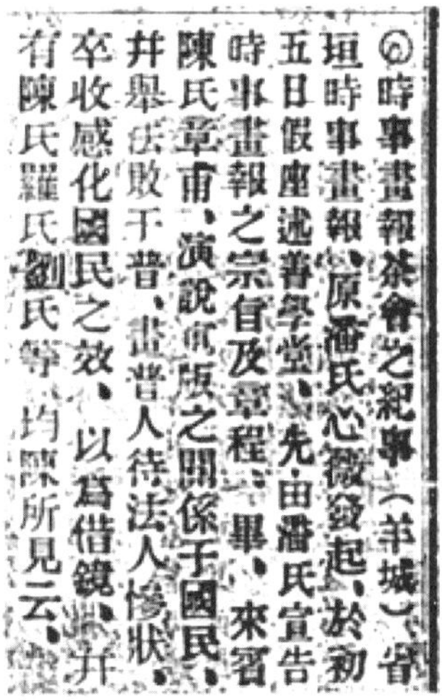

◎時事畫報茶會之紀事（羊城）省垣時事畫報、原潘氏心微發起、於初五日假座述善學堂、先由潘氏宣告時事畫報之宗旨及章程、畢、來賓陳氏章甫、演說亡販之關係于國民、并舉法敗于普、畫普人待法人慘狀、卒收感化國民之效、以爲借鏡、繼幷有陳氏羅氏劉氏等、均陳所見云、

图 6 《时事画报》茶会消息 1905 年

图 7 《黄冈乱事》 1907 年

图 8 何剑士《又一命案》 1908 年

的演说，举“法败于普，画普人待法人惨状，卒收感化国民之效”[31]的例子，作为以绘画宣扬革命精神的借镜。以上，勾勒出了广东辛亥革命时期借绘画发动民众的方式之一，即以触目惨象来唤醒民众参与现实的政治革命。

既然绘画具有如此大的社会功能，那么，当时主要采取什么样的形式来描写“触目惨象”呢?《时事画报》的“本报约章”中有言，“凡一事一物描摹善状，阅者可以征实事而资考据”[32]。就图画而言，指的应是画报中描写现实事件的“时事画”。如 1907 年第 11 期的《黄冈乱事》(见图 7)，记录了 1907 年 5 月 22 日革命党人陈波涌等人在潮州黄冈举行起义的场面。画面中火光冲天，愤怒的起义民众汹涌如潮，正在殴打清朝的官吏，动乱的场面极具革命的感染力。不过，在谐画中也不乏这一类触目惊心的作品：如 1908 年何剑士的《又一命案》(见图 8)，暴露一葡萄牙人无故踢死中国乘客的事件，画面极具血腥色彩。值得注意的是，这种务求“描摹善状”以干预社会的革命思想与高剑父追求写实主义的绘画语言之间的关系。1905 年，高剑父在《时事画报》第 4 期中撰写《论画》一文，论述绘画对于个人及国家都有极重要的关系，并提到西人绘画的目的“贵在像生”：

像生者，俾下思之人，见之一目了然，不至有类似影响之弊。然像生一派，其法要不过见物抄形，先得其物体之轮廓，次定其物体之光阴，随加以形影，则所绘之画，无不毫发肖毕矣。[33]

在解释“像生”时，高剑父注意到的是其通俗易懂的社会效能，即使普通民众能够一目了然。对画面写实性的理解，也是使用“见物抄形”[34]来进行描述，还没有使用“写生”的概念。我们再来看高剑父1906年去日本留学，惊异于日本绘画的写生绝技，并主动吸收传统绘画中没有的因素（如时空氛围的营造、背景渲染的笔法），以及回国后创办《真相画报》，提倡以摄影照片来辅助作画[35]，都在于能实现对中国画写实语言的重塑[36]。不过，这一切努力的背后则紧紧围绕着“我以为艺术要民众化，民众要艺术化，艺术是给民众应用与欣赏的”[37]思想，即真实的绘画语言容易被普通民众理解和接受，以此有利于实现艺术对现实社会变革的作用。有趣的是，1936年出版的《中国现代艺术史·绘画》对于黄宾虹和“二高”的评价，认为黄宾虹的绘画“不易领略其妙处”，而“二高”的绘画“很受观众拥戴”[38]。这似乎是对高剑父倡导写实绘画语言最好的旁白。就高剑父艺术语言与社会变革的关系，李伟铭总结道：

在“岭南三杰”特别是高剑父那里，“艺术的大众化和大众的艺术化”是一个始终萦系于怀的主题。“语言”的改革，始终不能脱离“以画救国”的重负。于是，通俗易懂的“写实”技巧成了忧时伤世的心态和“唤醒国魂”的强烈使命感的告白；对笔墨形式的敏感，更多地让位于时代主题的表现。[39]

也就是说，高剑父倡导写实绘画语言（如“新国画”），一开始就是从艺术介入社会革命的角度进行思考的。为使目之所见与图之所绘保持一致，既凸显出传统绘画语言结构的“缺陷”，也是艺术真正走向民众化的途径。就高剑父的绘画来看，早年多以雄狮、猛虎、骏马、鸷鸟等大动物为题材，取其强健的寓意来体现革命和抵抗的社会思想，这与民国成立后民族“觉醒”[40]观念不无关系。如李伟铭所言，高剑父对绘画语言的改革，始终不能脱离其“以画救国”的重负。随着20世纪30年代愈益严峻的国难现实，高剑父并没有一味沉溺于中西融合的画法中，而是又以一个革命者的姿态提倡艺术家应以“艺术救国”为职志，将现实的战祸收入画面，这在30年代初的中国画画坛可谓独树一帜。在抗战初期，高剑父更是倡导多画“抗战画”，在其巨大的感召力下，春睡画院的学生又陆续抵达澳门，展开以艺术为武器的救国活动。

三、“抗战画”：岭南画派的群体价值取向

1939年6月8日至12日，高剑父和春睡画院的弟子在澳门举办“春睡画院留澳同人画展”，通过义卖书画来救济灾民，造成很大的艺术声势。简又文的《濠江读画记》详细记载了这一次展览的盛况，从中可以得到这样的印象：（一）展览的平民化和普遍化，如“不收门票，科头跣足者亦一体招待”；（二）系统阐释何为“新国画”，并在画评家颖公和泰戈尔的定义上，提议以“新宋院派”或“新文人画”来称呼[41]；（三）尤为注意展览中的“抗战画”作品（如高剑父的《东战场的烈焰》、方人定的《雪夜逃难》、关山月的《三灶岛之所见》），并与眼前的国难联系起来，给予极高评价[42]。

值得注意的是，岭南画派在抗战时期画“抗战画”，不纯然是受当时政治气候的影响而做出的选择。早在20世纪30年代初，当艺术界还彷徨于“为艺术而艺术”和“为社会而艺术”的争论时，高剑父、方人定和黄少强就已经开始将目光投向对战争灾难的描写。如前所述，高剑父在此时确立起“艺术救国”的理想，并逐渐从中西融合的画法探索转向关注“新国画”的题材。正如简又文言高剑父在革命热情高涨时常写雄狮猛虎等大动物题材，而“惟近十余年则已舍弃此等题材”[43]一般，在30年代直至抗战时期，关注现实人生的作品明显开始占主流，如《飞蛾扑火》、《白骨犹深国难悲》（见图9）、《文明的毁灭》、《弱肉强食》、《鹬蚌相争》等。《白骨犹深国难悲》用骷髅来影射死亡和战争的残酷，在技法上则是融合西画的空间概念和传统的没骨画法。另外，高剑父在抗战期间制定的《十五年计划》，其中一条即为“作画一年。其间以抗战遭难社会状态及国内外之旅行写生为题材”[44]。而在此间的另一份手稿，则以第三人称的形式列出了其所画的“抗战画”，但从画题上来看，直接点题的只有《难童》《战后》两幅，其余也均采用隐喻和象征的题目。[45]总的来说，高剑父“抗战画”的一个共同特点在于以浅显易懂的形象，来寄寓和象征对现实的关怀，或哀伤，或充满抗战必胜的信念。可见，尽管高剑父认为“新国画”要“彻底的忠实写生，轮廓之外，更要把‘光阴’、‘透视’写到极端准确”[46]。但就“抗战画”而言，高剑父显然是先定画题，然后再据实描写，以画面内容与现实之间的隐喻关系为主。

方人定在“九·一八”和“一·二八”事变后，曾创作过一系列表现战争灾难的

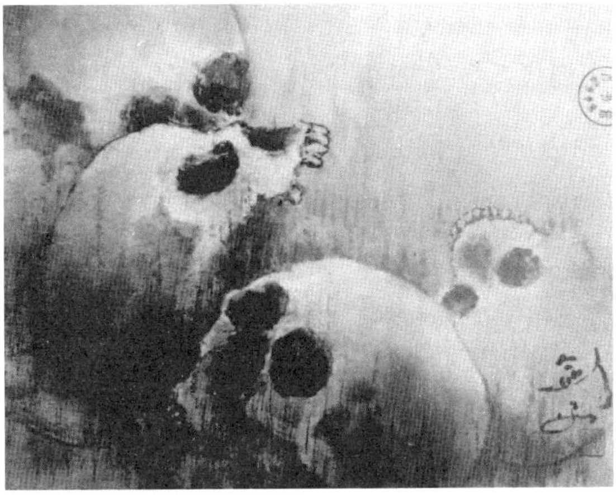

图 9　高剑父《白骨犹深国难悲》　1938 年

图 10　方人定《雪夜逃难》　1932 年

作品，如《战后的悲哀》、《雪夜逃难》(见图 10)、《风雨途中》等。其中,《雪夜逃难》被简又文评价为“现代的流民图”[47]。虽然，方人定也想通过这类题材表达自己的爱国热情和对战争的控诉，但他所画难民的唯美风格，使画面在内容和形式上不免矛盾，难以传达“悲哀”的情绪。然而，方人定舍弃早期的山水花鸟翎毛的作风，而专以“现代人”入画，表现人生的意识，在当时的中国画坛却是一种大胆的革新。这种题材上的自觉转变导源于 1926 年的“方黄之争”。这次给予方人定重大影响的事件，一方面促使他研究了“五四”以来美术界对中国画的种种认识，另一方面也让他开始反思高剑父的绘画，并且针对高师不擅长人物画的特点，而东渡日本研习西洋人体技法。[48]1935 年方人定从日本回国后，正值艺风社举办第二届展览会，他结合自己对人物画的认识写了《现代中国画的反时代性》一文：

> 向来在国画家当中，以描写豪华富贵为贵，以描写市井陋巷的生活为卑的一种理想主义的思想，这种思想，对于以现代风俗生活做题材的作品，皆视为卑俗。[49]

的确，在当时的国画家中自觉以平民生活入画的，除了赵望云、黄少强外，大多数仍以山水花鸟题材为主。可见，方人定描写平民生活的视角，不是像黄少强一般从家庭悲剧开始，而是要根治中国画远离现实的弊端，即回到现实生活中来，画现代的人。[50]因此，当他在 1941 年组建“再造社”，并总结随高剑父学习绘画的经历时，又自觉认识到“抗战画”这种题材是“不充实”的，“不过为爱国情绪所激动，又想在作品内容中，脱了些靡靡之风而已”[51]。这与方人定从一开始就认定要以人物画作为复兴中国画

图 11　黄少强《仓皇弱质逐风尘》1932 年

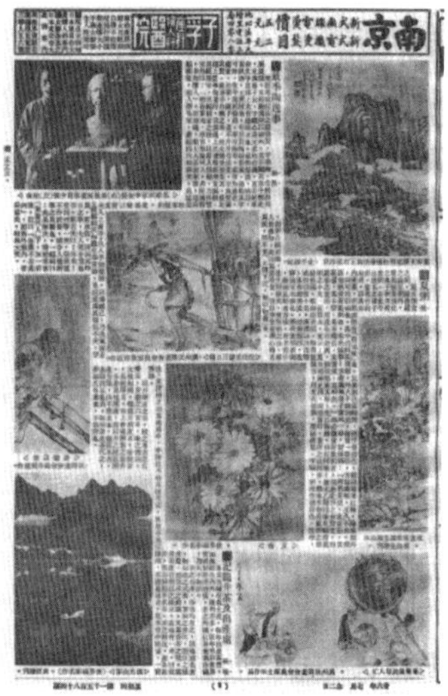

图 12　“民间画会”会员作品 1937 年

的认识是相符的，即无论是否与抗战相关，归根到底是要探索表现现代人物的方式。

黄少强在“九一八”事变之后，开始用表现民间疾苦的画风描写战争灾难，创作了《抵抗之女》《抗日宣传》《还我河山》《国难之秋》等旗帜鲜明的作品。这类作品的特点，正如黄少强所言“徒增余痛恨于无穷埃而已”[52]，是其感悟人生的进一步深化，从家庭悲剧、民间疾苦延展至国之哀愁。“哀感”，仍旧是黄少强“抗战画”的主要特征。如 1932 年他有感于淞沪战争而作的《仓皇弱质逐风尘》(见图 11)，用速写的笔墨勾勒出仓皇逃难的妇孺，远处是正在燃烧的战火和断壁残垣的城市，老妇悲恸的神情点出这一战祸的残酷。此后，黄少强更是只身入湘到抗战前线写生，前线的兵士、日寇的侵略及民众的苦难成为其 1938 年以后的主题。此外，“民间画会”的组成，使关注民间疾苦从黄少强个人的努力扩大为一种集体的价值取向，“到民间去”的口号也与国难现实自然结合了起来。如 1937 年《北洋画报》第 1584 期见（见图 12）登载的三幅“民间画会”会员的作品（容景铎的《役役谁储三日粮》、华开进的《磨励以须》、陈士炯的《声声钟鼓替人忙》)，无论是画题还是人物画法，都明显受到黄少强的影响。并且，“民间画会”的会员也积极投入战地写生，黄少强在日记中记载道：

（1940 年 5 月 13 日）同院生旅行兰谷，是日接士炯自战地寄来近作十三张。

（1940 年 8 月 7 日）福善请以战画 50 交其著英文付英美出版。

（1941 年 3 月 6 日）早饭后出中环着金寄函往士炯国材并画集，士炯函夹入剑父师题凝丹战地写生集，国材则寄与予册页画集等。

（1941 年 7 月 5 日）检所作抗战画六十件，会同民间会会员作将交谢琼荪携曲江。

（1941 年 9 月 5 日）送画集十册又同往青年会取抗战画 50 托其带韶先入桂展览。[53]

由此可以得到这样的印象：在 1940 年至 1941 年香港沦陷之前，“民间画会”的会员以黄少强为中心，积极投入抗战前线进行写生。同时，也得到高剑父的支持，并有“抗战画”不断送入韶关、曲江、桂林等地参加展览。再联系 1938 年关山月和黄少强的战地归来展览，1939 年 6 月在澳门举办的“春睡画院留澳同人画展”及 1940 年 1 月在澳门、香港举办的“关山月抗战画展”，它们共同组成了岭南画派以“抗战画”为中心的艺术救亡活动，在港澳两地甚至桂林形成重要的影响。对于岭南画派在抗战时期以“抗战画”的形式融入国难现实的努力，陈觉玄在 1942 年总结道：

中国今日之国画，其形式内容，无不摹拟前人，求其毕肖。对于现实的人生，几于熟视无睹，实为可怪之现象。岭南派诸氏乃转变趋向，以现实的题材，组织而成有情绪有生命之作品，斯能自出机杼，特成伟构。[54]

可见，描写现实人生，画面富于情绪和感染力，是抗战时期岭南画派画风的总体特点。这在要求中国画描写国难现实，遵循抗战救国的时代主题和宣传、发动民众积极救亡的抗战时期，具有特殊的意义。战争不但没有将高剑父苦心经营的“新国画”阵营分裂，相反，它以“抗战画”的特殊形式积极投入救亡的行列中，继续实践着以艺术介入社会革命的主张。

结语：中国革命与 20 世纪中国画的革新转型

抗战爆发后，“为社会而艺术”的思想成为主流的选择，中国画如何表现现实的问题也愈益凸显。为了融入救亡图存的大时代精神中去，大部分国画家都面临着中国画的审美观念及传统图像语言的转换这一问题。岭南画派的“抗战画”运用中国画的形式来描写记录战地状况、民众的流亡惨状、日寇的侵略暴行等，在艺术功用上使中国画能够像木刻一样发挥宣传、教育大众的作用。战地写生、抗战画展的流动性，也扩大了中国画成为民族救亡“武器”的可能性。抗战时期岭南画派在广澳两地的社会声誉，及关山月以抗战画展为急先锋的艺术路途，都不是偶然的。当救亡图存成为压倒一切的主题时，艺术的宣传教育功能无形中被放大，并和政治革命的动向自然结合起来。“抗战画”带有很强的纪实性特点，画面的视觉真实性能够有效地宣传、动员民众参与抗战。

不过，和应时性的宣传画不同，岭南画派的“抗战画”不纯然是应当时政治气候和要求艺术成为战斗的工具，而被动地走向中国画反映国难现实的道路。相反，它延续着高剑父早年革命时期以艺术介入社会的方式，即以通俗易懂的形式语言和题材来使艺术民众化，鼓励民众投入抗日救亡的潮流中，并化为“艺术救国”理想的直接动力。在创作图式上，不是应景式地以拼凑代替现实，而是以“新国画”的表现方法真实地描写国难现实，如关山月的“抗战画”即是一例。在画面风格上，岭南画派的“抗战画”并不是呈单一面貌，而是多种风格并陈。如高剑父以隐喻和象征的方式来寄寓对现实的关怀；关山月以写生的方式来真实地记录战争的灾难；黄少强一秉其民间疾苦绘画的特点，并通过“民间画会”将个人的努力扩大为群体的价值取向，以诗画结合的简笔写意方式来描写抗战现实；方人定则更注重受难民众自身的表现，通过吸收西画的因素来塑造真实的现代人。

从艺术史角度看，岭南画派的“抗战画”提示出革命在中国画现代转型中的重要性。就20世纪中国画转型问题而言，比较熟知的是有关西学因素的研究，如新式教育方式的引入、展览体制的变革等对中国画的影响。如果回到历史的原初语境，20世纪30年代中国社会受到的战争威胁与贫困疾苦牵动着每一个国人的神经。艺术要表现现实生活，走向对底层民众生存状态的描写，成为艺术家理性关注社会的重大转变。抗战一经爆发，艺术随之被带入民族救亡的快轨，中国画自然也不例外。抗战时期中国画题材内容的平民化转向（如描写难民的生存遭遇）、绘画语言的纪实性和直陈性，体现出中国画在如何表现现实的问题上的演进趋势，而这与革命的客观需求紧密相关。在这点上，岭南画派的“抗战画”展现的就是革命对中国画现代转型的社会学拉动这一生动的侧面，这也是本文的立意所在。

注释：

---

① 徐警百：《全国美展侧面观》，《青年艺术》1937年第3期。

② 如傅抱石所言：“中国在这时候，需要一种适合现实的新艺术，自无问题。然而我们放眼看看，现在的中国

绘画和‘现代性’有关系吗？……就中国画本身而论，它的缺陷实在太多。不过这里所谓缺陷，不是好与不好的问题，是说画的本身早已僵化了，布局、运笔、设色等技法的动作，也成了牢不可破的定式。”参见傅抱石《民国以来国画之史的观察》，《文史半月刊》1937年7月第34期，转引自叶宗镐选编《傅抱石美术文集》，江苏文艺出版社1986年版，第174页。黎雄才在1937年也说道：“所有现在的中国画，无论如何都要接近现代的生活。把现在的社会来做背景，含有革命精神的作品，才配称时代的艺术，我们亦必须要这样治艺，才配称为时代的作家。”参见黎雄才《艺术随笔》，《美育》1937年1月第4期，转引自黄小庚、吴瑾编《广东现代画坛实录》，岭南美术出版社1990年版，第190—191页。朱应鹏在《抗战与美术》中对中国画不能把握时代进行了严厉的斥责：“现在的美术界——尤其是国画界，所以不能把握时代，急起直追，像欧洲大战时代的美术界，创造出一个新的时期，可以说是一种耻辱。”参见朱应鹏《抗战与美术》，商务印书馆1937年版，第24页。

③ 高剑父：《我的现代绘画观》，载广州美术学院岭南画派研究室编《岭南画派研究》第一辑，岭南美术出版社1987年版，第17—18页（注：收编在《高剑父诗文初编》中的《我的现代国画观》，在内容上与前揭有所出入，系《我的现代绘画观》的扩充稿。本处的引文出自于风整理的高剑父手稿）。

④ 根据《艺风社第二届展览会出品目录》，高剑父仅一幅作品。“艺术救国”为高剑父手书，参见《艺风》1935年第5期。

⑤ 孙福熙：《奋勇前进的高剑父先生》，《艺风》1935年第7期（注：“艺风社第二届展览会”的展出时间是1935年5月19—22日，高剑父的个展为6月）。

⑥ 徐悲鸿《谈高剑父先生画》、倪贻德《介绍中国现代画家高剑父君》、丁衍庸《中西画的调和者高剑父先生》、孙福熙《奋勇前进的高剑父先生》、罗家伦《高剑父与黄花岗》，详见《艺风》1935年第7期。

⑦ 1936年1月1日出版的《中国美术会季刊》的“艺术消息”中特别刊载道：“国立中央大学艺术科本学期新聘岭南名画家高剑父氏为国画教授，又聘新由比回国之吴作人氏为西画教授。”见《中国美术会季刊》创刊号（1936年1月1日）。

⑧ 王祺：《从艺术批评到春睡画展之评价》，《中国美术会季刊》1936年第1卷第2期，转引自《广东现代画坛实录》，第130—133页。

⑨ 参见孙福熙《春天是就在眼前了：“中国美术会”第四届展览会在南京举行，高剑父先生领导“春睡画院”在上海开会》，《艺风》1936年第4期。

⑩ 傅抱石：《民国以来国画之史的观察》，《逸经》1937年第34期，转引自《傅抱石美术文集》，第178页。

⑪⑫ 参见朱谦之《文化哲学》附录“南方文化运动”。转引自《傅抱石美术文集》，第180页。

⑬ 据关山月所言，他在这两年中画了数十幅有关抗战题材的中国画，现存的创作于此时的作品有：《拾薪》（1939）、《从城市撤退》（1939）、《三灶岛外所见》（1939）、《渔民之劫》（1939）、《游击队之家》（1939）、《中山难民》（1940）、《侵略者的下场》（1940）。参见关山月《我与国画》（1983），转引自黄小庚选编《关山月论画》，河南美术出版社1991年版，第71页。

⑭㉓㊷㊸㊼ 简又文：《濠江读画记》，《大风》1939年第41、43期，转引自《广东现代画坛实录》，第202页，第196页，第192—203页，第193页，第200页。

⑮ 参见高剑父《十五年计划》（20世纪40年代手稿），载李伟铭辑录整理，高励节、张立雄校订《高剑父诗文初编》，广东高等教育出版社1999年版，第284页。

⑯ 参见丁衍庸《中西画的调和者高剑父先生》。

⑰ 参见关山月《我所走过的艺术道路：在一个座谈会上的谈话》（1980），载《关山月论画》，第16页。

⑱ “余不敏，愧乏燕、许大手笔，举倭寇之祸笔之，书以昭示来兹，毋忘国耻，聊以斯画纪其事，惟恐表现手腕不足，贻笔大雅耳。”（参见关山月《从城市撤退》题跋）

⑲ 如鲍少游：“至若《焦土》、《难民》暨《从城市撤退》长卷，则又伤时感事，寄托遥深，郑侠流民，何以逾此。”（鲍少游《由新艺术说到关山月画展》，1940）李抚虹：“烽火胡尘劫后生，血痕和泪写流民。天南天北皆荆棘，剩有荒陬饰太平。”［参见李抚虹《题关山月君〈流血逃亡记图〉》（1940），转引自《关山月研究》，海天出版社 1997 年版，第 5、217 页］

⑳ 参见余所亚《关氏画展谈》，《救亡日报》1940 年 11 月 5 日，转引自《关山月研究》，第 8 页。

㉑ 详见广州 1948 年围绕“新国画”争论的文章：李育中《谈折衷的画——特提供一些问题》、陈思斗《提供的提供》、王益论《绘画上的“派”——也算是一些问题的特别提供》、胡根天《新国画与折衷》、方人定《绘画的折衷派》、胡根天《新国画的建立问题》、李育中《再谈折衷的画——结束这一次论争》。总的来说，就是指“新国画”在画面形式上不中不西，不能代表中国画的发展方向。

㉒ 参见水韧《猫耳朵碗前的题目》，《亚丹娜》（半月刊）1931 年第 1 卷第 3 期，转引自李伟铭《图像与历史——20 世纪中国美术论稿》，中国人民大学出版社 2010 年版，第 24 页。

㉔ 高剑父在 1931 年的“中印联合第一次美术展览会”上就已经开始主张艺人要负起“艺术救世”的责任，不过此时的着眼点类似于林风眠以“人类整个儿的大恶”为战斗目标的艺术运动，其目标在于藉艺术的美感来改造世界的人心，看重的是艺术的普世价值。

㉕㉖ 如吴道玄的《地狱变相图》、郑侠的《流民图》、拉飞尔的《基督像》、克拉母司基的《哭军》、毛龙的《救生船》、格尔的《审判所》、梅丽的《死刑签字》等，参见高剑父《对日艺术界宣言并告世界》（1933），转引自《广东现代画坛实录》，第 107 页。

㉗㉘ 参见李宝泉《为艺术而艺术》，《艺术》1933 年第 1 期。

㉙ 参见高剑父《民初画学笔记数则》（手稿），载《高剑父诗文初编》，第 58 页。

㉚ 参见《拒约画报》创办消息，《有所谓报》1905 年 9 月 5 日，转引自广东省政协文史委员会、广东美术馆编《魂系黄花——纪念潘达微诞辰一百二十周年》，广东人民出版社 2001 年版，第 67 页。

㉛ 参见《时事画报》茶会消息简报，转引自《魂系黄花——纪念潘达微诞辰一百二十周年》，第 68 页。

㉜ 参见《时事画报》创刊号“本报约章”（1905），转引自李默《辛亥革命时期广东报刊录》，载丁守和主编《辛亥革命时期期刊介绍》第五集，人民出版社 1987 年版，第 711 页。

㉝ 参见高剑父《论画》，《时事画报》1905 年第 4 期，转引自《高剑父诗文初编》，第 21 页。

㉞ “见物抄形”的说法，类似于传统绘画中的“应物象形”概念。高剑父对其的理解，很可能来自早年到澳门格致书院求学并从法籍画家“麦拉”学习西方素描的经历。

㉟ 如《真相画报》第 15 期刊出“天然画（鹰类）”摄影照片，旁注：“鹰，种类甚多，性皆猛鸷，顾盼雄肆，有横厉长空、搏击群生之概。画家之好资料也。上摄四图，皆苍鹰类，其神情姿态，盖有足以入画者。特刊之，以为绘鹰者模范之一助。”（转引自李伟铭《写实主义的思想资源：岭南高氏早期的画学》，载曹意强、范景中主编《20 世纪中国画：“传统的延续与演进”国际学术研讨会论文集》，浙江人民美术出版社 1997 年版，第 272 页）此外，“二高”的绘画中也不乏借助摄影照片来进行中国画变革的例子，如高剑父的《烟寺晚钟》，详见李伟铭《高剑父绘画中的日本风格及其相关问题》一文。

㊱ 如高剑父认同的“新国画”的定义（颖公：《春睡画院访问印象》，1939 年），以宋院画为基础而参以各国艺术之长，并融入“远近法”“透视学”“色彩学”等近代科学方法，可以看作他对中国画写实语言的重塑。

㊲ 参见高剑父《我的现代绘画观》（20 世纪 40 年代初），转引自《岭南画派研究》第一辑，第 19 页。

㊳ 参见梁得所《中国现代艺术史·绘画》，良友图书印刷公司 1936 年版，第 37 页。

㊴ 参见李伟铭《黎雄才、高剑父艺术异同论：兼论近代日本画对岭南画派的影响》，载《图像与历史——20 世纪中国美术论稿》，第 91 页。

㊵ 在辛亥革命时期，对于中国社会的现状都以“奄然鼾梦”“众生半入鼾乡”等词来形容，而绘画的重要职能在于唤醒、警醒民众，以投身社会革命（见隐广《时事画报缘起》、认生《时事画报出世之感言》，1905）。另外，民国成立后，有关“觉醒”的言论，如“当中华民国临时政府在南京成立时……它完全像一头觉醒了的狮子”（叶楚伧，1923）；“现在要恢复民族精神，就要唤醒起来。醒了之后，才可以恢复民族主义”（孙中山）；“在中国的社会情形这样紊乱的时候……正是我们艺术家应该竭其全力，以其整副的狂热的心，唤醒同胞的同情的时候”（林风眠，1928）；“辛亥革命前后是以民族意识或国家意识的觉醒为主流……五四运动前后是近代意识，主要是资产阶级意识的觉醒……近年来……我们可以称之为人民意识的全面觉醒”（郭沫若，1947）。可见，民族“觉醒”观念从辛亥革命时期一直到新中国成立前，都是知识分子对民众进行启蒙时的一个重要价值取向。另外，1926 年国民政府在广州建立中山纪念堂时，特选高奇峰《海鹰》《白马》《雄狮》三幅存放在馆内，其象征意义不言而喻。也就是说，岭南画派以大动物作为题材，取“悲则悲绝，霸则霸绝”（高剑父语）的审美观念入画，与民族“觉醒”观念到底有何关系，值得作进一步的研究。

㊶ 简又文在文中的提法（“如此解说，质诸继往开来的高大宗师，亦以为然否？”），显然还带有不确定的语气。有意味的是，高剑父在 20 世纪 40 年代所列的《十五年计划》中，也开始延用“新宋院画”和“新文人画”的说法。

㊹ 参见高剑父《十五年计划》，广东美术馆藏高剑父手稿，转引自《高剑父诗文初编》，第 284 页。

㊺ 如《徐福渡海图》《徐福墓》《黄雀在后》《螳螂》《蓬莱落日》《三山半落青天外》《难童》《战后》，参见高剑父《抗战画》（40 年代），转引自《高剑父诗文初编》，第 283 页。

㊻ 见高剑父手书自辑本（《画法与画材》），转引自《高剑父诗文初编》，第 190 页。

㊽ 方人定的妻子杨荫芳回忆说：“他针对高剑父不擅长人物画的特点，决心走与高相反的路子，画人物画。这又促使他决心到日本研习西洋的人体技法了。”转引自郎绍君、云雪梅《方人定》，河北教育出版社 2003 年版，第 13 页。

㊾ 参见方人定《现代中国画的反时代性》，《艺风》1935 年第 7 期。

㊿ 从康有为始，当时很多人在反思中国的绘画传统时，都敏锐地发现从文人画寄情山水、逃避现实开始，中国画离现实越远，其中一个很重要的流弊即是人物画的衰落，以至于在现代的国画中看不到现代人。

51 参见方人定《我的写画经过及其转变》，转引自《广东现代画坛实录》，第 211 页。

52 参见黄少强第三回个人画展“前言”（1931 年），转引自李伟铭《黄少强（1901—1942）的艺文事业：兼论 20 世纪前期中国绘画艺术中的民间意识》，载《图像与历史——20 世纪中国美术论稿》，第 252 页。

53 参见广东美术馆编《黄少强诗文资料选编》，澳门出版社 2006 年版，第 272、279、299、310、316 页。

54 参见陈觉玄《中国近二十年来之新兴画派》，《学思》1942 年第 1 卷第 3 期，转引自郎绍君、水天中编《二十世纪中国美术文选》上，上海书画出版社 1999 年版，第 582 页。

（2013 年第 4 期）

理论之后与中国诗学的前景

徐　亮

最近西方的理论主流从下述表述中可见一斑："反理论"（against theory，纳普与迈克尔斯），"后—理论"（post-theory，吉勒里、麦奎兰以及卡鲁斯与赫伯雷希特），"理论之后"（after theory，多切蒂、伊格尔顿以及简·艾略特与德里克·阿特里奇）。我们可以用"理论之后"来概称这一潮流。本文的任务是考察西方主流理论界这一动向，并引出对当下中国诗学发展的思考。

一、为什么是"理论之后"

"理论之后"这个表述中的"理论"不是普通名词，而是一种思想方法和学术社会运动的名称，它发端于20世纪初，兴盛于60—80年代，延续于90年代；它的兴盛期给人留下强烈的印象，因为出现了像罗兰·巴尔特、列维-斯特劳斯、福柯、德里达、德勒兹等一批对当代思想影响巨大的理论家，所以，"理论"也指这批令人瞩目的理论家的著作。在这个意义上，"理论"是专有名词。

为什么把他们的著述和发现统一称作"理论"，而不加上定语，例如"社会学理论"（这样，"理论"就成了普通名词了）？考虑到这些人深厚的哲学背景，为什么不把这些著述称作"哲学"？怎么区分他们各自的学科？

这里有个更大的背景，即20世纪西方思想界反形而上学思潮和语言论转向。反形而上学思潮表现了对科学理性、学科化的极大不信任，而语言论转向则为这种新的思想方法提供了理论基础。语言论转向把所有以前学科的问题和思想的问题都看作语言问题，这样，以前建立在学科分类基础上的各种概念和话题就失效了，而语言（话语）打破了它们原有的藩篱。在语言论层面上，原来属于不同学科的问题成了同一性质的问题，心理分析中的本我和超我变成一个先在的能指系统，自我—他者、男—女变成话语二元对立系统中的主体位置（拉康），社会学中的身份认同问题变成一种话语想象和争夺，文学审美则取决于换喻—隐喻或序列—结合两根轴线上的言语操作。一个理论家可以介入过去互不相关的很多领域，它们在语言论视野下变成了同一个领域，而问题和研究领域的分类有了新的范式，根据例如话语类型或功能加以分类：福柯关注话语的政治学效应，巴尔特则关注话语的诗学效应。语言论的共同视点使得这些理论家与传统哲学家明显区分开来，传统哲学的反映论（自然之镜）模式在语言论视野中遭到彻底摧毁，按詹明信的看法，理论家的工作是哲学终结的标志。

既不是哲学，也不是任何一种或几种学科，这样甚至连他们的工作方式也难以名状，不是（学科的）研究，也不是（哲学的）沉思，詹明信称之为“写作”。尽管他们相互间的争论常常很激烈，但其观念却有一种共通性，而且其思考和写作的方式显然是反思式、推测式的，即通常是各种理论运作的方式。在这种情况下，“理论”就成了一个最少争议的通用名称，尽管这种用法有点权宜之计的味道。

理论直至 20 世纪 90 年代都是盛况空前的局面，它不仅有一大批声名赫赫的领军人物，也引爆了当时后现代主义的各种思潮。但是随着这些领军人物的相继谢世，不再有新的领袖出现，它变成了一个已经逝去的、为人观望和怀念的时代。理论的运作方式及其利弊就这样成为了反思总结的对象。于是就有了“理论之后”。

“理论之后”是对“理论”终结的反应。“理论之后”像是一种中性的表述，但其修辞效果却包含两个不同的方向。第一是理论完了，它已经结束，新的东西将取而代之；第二是曾经如此兴盛的“理论”给后代留下了什么东西，之后的理论和思想将如何在它的影响下发展。对“理论”的总结和对未来发展的展望指向这两个方向中的任何一个，都是符合题意的。事实上这两种反应都出现了。

二、“理论之后”的理论

在“理论之后”这个问题上大致存在着三种观点。

第一种观点反对理论，认为理论已死，理论的模式不再有用。如德·曼所言，理论有一种奇怪的自我否定机制，每一条理路内部包含了反向思路的头绪。[①] 因此，理论的发展往往表现为走向另一面。这种发展模式出现多了，就会令人觉得像是一种可以反复的游戏，人们可以想象到其要去的地方，于是令人厌烦，也有不再有新意的感觉，例如其中的一个著名的内在对立，即历史—形式（或审美）的对立，在理论史中可以看到在二者之间的摆动反复重演的情况。持这种观点的人对理论抱有反感，鼓吹抵制理论。史蒂夫·纳普与华尔特·迈克尔斯 1982 年写了《反理论》（Against Theory）一文，是这方面最早的文章，他们认为理论是一系列公理，试图通过为解释提出一般性理由而控制解释实践。理论论辩毫无结果，因此，理论毫无用处，应被终结。这等于宣布理论已死。在最早谈论“理论之后”话题的人那里，对理论均保持反感，“理论之死”“后理论”“反理论”等等是他们使用得最多的词语。“反理论”涉及“理论”的一个命门，即形式化、套路化。当理论地看待理论自身的路径，它确实会留下这种印记。

反理论的结论是，理论之后应当抛弃理论。但是抛弃理论之后怎么办？这痛快的一抛带来的空白无法回避很久，他们必须面对以后再也没有学术活动的局面，或者，如果学术活动也可以抛弃的话，他们得设想以后再也没有反思类活动的局面。然而，思想又怎么能够抛弃呢？理论时代的最大遗产之一就是认为任何话语都是有预设、有立场的，理论可以说内在于话语之中。当人们对一部文学作品说三道四时，这无非是一种理论的实践。所以乔纳森·卡勒说，理论就是思考和推测②，在这个意义上，理论是无尽的。

“理论之后”的第二种观点是发展和改进理论。这是“理论之后”思潮的主流。这种观点完全不认可理论已死，认为对理论本身的怀疑并不合理，理论作为一个时代已经过去，但是其遗产还在不断地发酵，理论的问题可以通过话题、方向的改变和改进得到解决。

在改进和解决的方向上，存在着非常不同的方案。特里·伊格尔顿用“理论之后”命名他 2003 年的一本新著，直截了当地阻断了读者对这个名称可能的误解，说“如果这本书的书名表明‘理论’已经终结，我们可以坦然回到前理论的天真时代，本书的读者将感到失望。……理论……还是一如既往地不可或缺”③，因为，“我们永远不能在‘理论之后’，也就是说没有理论，就没有反省的人生”④。他的“理论之后”看起来是指理论曾经的黄金时代的结束。他认为，理论虽然很有成就，但有根本的弊端，他认为最大的弊端是回避了大问题，即当代许多急迫的政治问题。出于坚定的马克思主义立场，他观察到资本主义的策略过去是、现在仍然是，甚至更加是全球性的政治行动，理论理当回应这一政治挑战，然而作为理论后期的高峰，后现代主义却拼命鼓吹差异性、地方性、局部性，这回避了资本主义全球性挑战的锋芒。他建议理论面对当下最重要的与政治相关的大问题：资本主义的压迫问题，工人阶级的解放问题，真理、道德、客观性问题。可以说，他把后现代主义抛弃的宏大叙事重新捡了回来，他认为，这些问题的被抛弃并不是因为它们已经被解决，相反，它们中的任何一个都没有真正解决，而且在现实中醒目地存在。他的“理论之后”是回到宏大叙事的既有议题。这是一种改进理论的建议，但更像是一种对后现代小叙事的回摆。

改进理论的大部分论者与伊格尔顿相反，认为理论中值得反思的恰恰是其大理论的趋向。《理论剩下了什么》一书的编者朱迪丝·巴特勒、约翰·吉勒里、肯德尔·托马斯表达了人们对理论的疑虑：“‘理论’经常意味着‘后结构主义’，但是不清楚的是为什么（a）文论史应该陷入后结构主义的提喻法，以及（b）后结构主义的形式是如此变化多样，却可以作为一个单一的现象意味深长地被指涉。”[5] 如果理论就是把文本放在后结构主义模式中一锅煮，文本的多样性和具体性就不会受到重视，尤其是文学文本中的细腻厚重的描写，就会在大理论的推进中被不管不顾。福柯的理论、德里达的理论，都会产生统贯一切的效果，人们在所有文本中都可以找到权力效应的话语以及中心话语在能指链中被延异的现象。大理论试图通过所有分析材料来凸显理论的发现，或者寻找某一个能够涵盖一切的概念，“后结构主义”“文化”都是这样的概念。《理论剩下了什么》就是要讨论，在遭到如此质疑的情况下，理论在文学研究中还能剩下些什么（影响或痕迹）。这本书中的很多作者提出了修正理论的各种方法，他们发现，理论以及政治分析可以很好地与文学文本的细读捆绑在一起，这取决于文学学者与社会研究者的互惠。文学学者可以“把有深刻洞见力的阅读形式用于对我们集体生活进程相关度很高的社会政治文本。而且，当文学学者继续调查文化生产的文化与社会语境时，他们需要克服他们对法律、政治理论以及社会运动的样式与结构的漠视。同样，社会理论和社会科学领域生产的文本也要依靠隐喻、转喻、省略和讽喻，意义生产的这些维度在不从事文学分析的人那里也是未被注意的”[6]。这就要求改变理论自上而下地贯透一切的做法，在某种意义上，这也是一个把大理论变小的方案。

与理论鼎盛期不同，现在的理论不再注重大理论的发现，已经改变了话题，眼睛向下，注重具体问题的研究。“后殖民主义”“女权主义”“新历史主义”等等已经被诸如“庶民研究”“生物政治学”“生物伦理学”“新自由主义”“情感”“同性恋研究”“变态（酷儿）研究”等更具体的问题所取代，对这些问题讨论的方法与内容让人完全无法想起以前的那种理论讨论，要么其结论是开放性的，要么干脆摒弃结论，连暗示都没有，只有材料的铺排展示。这就是为什么朱迪丝·巴特勒拒绝人们称呼她为领导潮流的理论家的原因，因为她压根就不认同（大）理论的观念。

学者们严格区分“理论”与“理论之后”的理论。英国约克大学的学者简·艾略特与德里克·阿特里奇于2011年编纂了《“理论”之后的理论》一书，他们把引号中的代表已经逝去的时代的“理论”标以大写，而“理论之后”的理论是小写的。二人总结了理论最新的发展，指出理论远未终结，它正在经历重大转折，以应对今天文化与政治面临的迫切问题。从内容上说，这些变化表现在几个方面。首先出现了残疾人研究、伦理学（包括动物伦理学）、生态批评、书本历史、遗传研究和全球化等新的话题及其衍生的问题群；其次也出现了阿甘本、巴迪欧、雅克·朗西埃以及一批较不知名的论者，他们的名声虽然暂时无法跟福柯、拉康、德里达等相提并论，但其观点已经引起瞩目，成为许多讨论的中心；第三，出现了一批新的概念范畴，它们具有小写的理论的特征，因为它们针对具体问题，不必推及其他对象而又具有一定的可利用性，例如“暂时性”“庶民”“赤裸生命”。然而，有什么证据能够表明这些发展要联系在“理论”的名目下、又说明它们与大写的“理论”相异呢？两位编者指出，这些讨论都是基础性的讨论，都对相应话题做了有深度的反思，同时珍惜“理论”的遗产，常常以此批评“理论”之后的理论。例如皮特·奥斯本的论文指出，学科性话语是“理论”当初质疑的东西，但是“理论”之后的理论忘却了这一点，形成了倒退，也付出了代价。当然，最新的理论写作也充满了对“理论”本身的反思和批评，不仅有批判，还有改进方案，做出试图拯救理论窘境的努力。例如在替代启蒙主体性方案上，从马克思主义到身份政治理论都陷入了它们试图抵制的整体性和意识形态操作，而新近理论则试图发明某种无法固定在现存思想结构内的程序或原则，确保对主体性的抵制不能简单地在对另一个优势支配方式的再生产中结束。

编者对这种批判和继承的认知颇为辩证：“理论继续兴盛之处，它必然极力采用那些对曾经定义‘理论’的基本理性态度提出挑战的立场。这里搜集的文章指出，理论正在经历的转变比当代理论中通常涉及的新思想家和新话题的变化要激烈得多：当一个当代大陆哲学专家提出一个有关卢梭政治意愿的观点，当《千高原》一书的英译者提出事件的暂时性已经在‘对恐怖主义的战争’中被实施了，当后现代主义女权政治理论家坚持说自由与知识论无关，当最新的‘法国理论’潮流提出某种相当于科学现实主义的要求时，足够的证据说明至少某些当代理论支派果断地摒弃了某些一度是其决定性标志的问题群和态度。如果今天的理论不再忠实于这些具有决定性标志的问题群和态度，那么它不仅是那批‘理论’著作的后果，而且也完全有别于那批‘理论’著作。”⑦ 今天的状况表明，正是由于对“理论”的激烈批评，理论才兴盛了，因为，不管它是需求的对象还是批判的靶的，理论都影响着并被吸纳到今天各种社会问题和文学问题的讨论中。两位编者对此总结道，理论有九条命，“现在的理论遗产来自 20 世纪最近几十年，它看起来不像当时所预言的任何东西，它有力地证明了内在于那一时期知识发酵过程的丰富的可能性。‘理论’死了，理论万岁”[8]。

“理论之后”的第三种观点涉及理论的出路，认为理论应该并且已经走向文学。作为“理论”之后的理论的一个展望，这里的“文学”意味着理论应该向文学发展，“理论”之后是文学，理论的出路是文学，或者至少，理论的改进有赖于它对文学的吸收。

“理论”作为一个历史阶段，它的产生、发展与文学及其理论有直接关系。语言论转向首先滥觞于语言学，它越出语言学后第一个去处就是文学理论，雅各布逊、巴尔特首先将索绪尔语言学模式引入诗学和叙事学。如果所有文化问题都被归结为语言问题，那么，文学作为语言的艺术，就是这些问题有着最突出最典型表现的地方，所以乔纳森·卡勒说，文学位于当时“理论”建设的核心，因为人们如欲了解语言的结构、功能等一些最基本的问题，就必须思考文学。[9] 这样，基于语言论的文学理论也就是理论，因为一切都被涵盖到语言范畴中来了。但是在其后的发展中，这种发自文学思考的“理论”，由于其视野打开后的新鲜感而不再关注文学，而是以极大热情去关注可以语言论化的各种社会文化现象，中心—边缘的语言结构模式一次次被用来伸张压抑了的位置感，少数族裔、后殖民、同性恋、性别等政治社会问题占据了“理论”论坛的中心。所以，尽管按其最先的发展路径，文学研究是理论家的主要领域，大学文学系是理论学者麇集之处，但那儿已经失却对有关文学的理论的专门研究。出现了这样的矛盾现象：按理，所有的理论都与文学有关，但现在所有的理论都不是关于文学的理论。

由于同样的原因，对理论得失的反思自然会把文学再次牵出来。这种对文学的重新思考因而来自两个立场，代表两种用意，即来自和代表文学研究的立场和用意以及文学以外的社会文化的立场和用意。

在什么意义上说理论的出路是文学呢？

理查德·罗蒂从哲学的角度总结了近代以来西方思想的困境，得出文学将会取代哲学完成未来思想的任务的结论。[10] 罗蒂认为，思想不是反映自然的镜子，这在黑格尔那里已经开始认识到了。黑格尔将原来证明性的哲学工作变成演绎性的写作，意识到言语的构造是真理的秘诀。其后，经过尼采，到海德格尔、德里达，思想家们经历了艰难的走出形而上学、走出哲学之路。不过由于他们总是笼罩在哲学和传统思想解决终极问题的目标下，他们的出走总是功亏一篑。文学从来不把解决终极问题作为自己的预设，它着手处理的总是具体事例和具体场景，并且在文体上也没有容纳一种将个案推广到普遍性的机制，但是文学对于人类的主要政治社会目标——个人自由与社会团结共存——而言，却有着根本的支持力。在自由主义价值观下如何达到团结的理念？在文学中，每个个人的遭遇和处境都得到了细节性展开，在那里，同情和想象被极大地激发，人类伦理的底线显露无遗，人与人之间团结的基础就被找到了，而靠推理、逻辑论辩，靠哲学、法律，这是根本无法做到的。一个时代有一个时代的英雄，诗人是未来时代的英雄，这就是罗蒂的结论。罗蒂是一个哲学家或（按他喜欢的称呼）理论家，但他有求于文学的似乎是一种思想方法，一种文学性的思想方法，这种方法将用来解决包括社会政治问题在内的所有反思领域的问题。

20世纪90年代中期，正当人们对新媒体冲击下文学衰落的前景大感失望的时候，大卫·辛普森从文学研究的立场放眼望去，突然发现文学不仅没有衰落，反而呈现前所未有的兴旺局面。这种兴旺主要指大量出现的理论界的文学性写作。辛普森观察到的情况是，在后现代时期，理论有被文学统治的趋势，哲学家、历史学家、社会学家等等竞相用文学（轶事、故事、自传、诗等等）的方式写作，有些人（比如艾柯）甚至直接写作小说，而这些写作却隶属于理论，是讨论理论问题的方式，也是理论工作的成果。[11]由于使用了文学性写作，它们没有通常形而上学所具备的弊病。这种观察出自文学研究者，虽然有鼓舞士气的作用，但是客观上也表明了理论之后理论可能的出路，与罗蒂的预言相合拍。

从文学研究内部，对理论特别是后结构主义以后理论的侵入，一直有很强的反弹意见。文学研究不能变成政治问题的研究，对文学的解读不能停留在它的政治社会蕴含上。布鲁姆在《西方正典》“序言”中抱怨大学文学系被“憎恨学派”所统治，他们不研究文学，却研究政治争斗，排遣受迫害的感觉。[12]让-米歇尔·拉巴尔特则从比较的角度揭示理论本身的短处，指出理论总是让人感到“太偏于一端，只是……整体的一半，而遗漏的那一半从定义上讲更真实、更富活力、更有本质意义”[13]，那一半恰恰是文学的文本本身。理论囿于它说理的目标，总是有牵强附会之处，只有文学文本是没有外在目标的，它就是创造力本身的轨迹，它能做到理论所无法做到的事情。卡宁汉呼吁，理论之后的文学研究应该回到文本细读的传统（的确，新批评是现代文学理论中对文本表现出最大尊重的一派），“把文本置于一切对文本理论化的考量之上”[14]。

乔纳森·卡勒同样呼吁回归文学、回归诗学的基础理论，特别是俄国形式主义和雅各布逊的诗学。不过他并不把文学与理论看成对立的，与辛普森一样，他认为在理论中就有文学的写作，而且“理论话语产生之处，都提醒我们注意对所有话语都起作用的各种文学版本，也就是重申文学的核心地位”⑮。文学模式在包括理论在内的所有话语中均起作用，而对文学的谈论就已经是理论的了，文学与理论一直是互惠的。而现在，整个趋势表明，而且真正重要的也是，理论应该将文学置入自身，这是理论在现阶段发展的必然。文学拥有理论所不具备的效果：具体化，个案，避免了抽象和简化的弊病。而这些原本是后现代学术的目标。通过理论无法达到这种目标，只有通过文学。举例说，关于身份的理论探讨只能把人的身份来源要么归于天生，要么归于后天建构，这两种思路同样简化。但是《安提戈涅》生动地展示了身份在天生与后天选择二者同时微妙地互相作用中生成的情形，它达到了理论梦寐以求的目标。⑯卡勒的意思是文学具有一种理论所不具备的理论功能，今天的理论必须借助于这种功能，来达到它声称的反形而上学的目标。这与罗蒂所看到的文学功能相类似。这样，我们看到的与其说是理论走向了其对立面文学，不如说理论与文学走到了一起：充满理论色彩的文学写作和充满文学描写的理论展示。理论之后是理论与文学不分彼此的新型写作，是置入了文学的理论。理论的功能可以在文学中得以实现。

三、“理论之后”对中国诗学的启示

当代中国诗学是在与西方文论的互动碰撞中行进的，这种互动和碰撞包括了吸收的方面和超越的冲动。“理论之后”西方文论的发展既显示了它的优点，也凸显了它与生俱来的一个命门。中国诗学如欲从中获得启发，必须扬其长避其短。

第一，建立学理基础，产生（回到）始源性问题，是中国诗学持续发展的关键。

从“理论”到“理论之后”的理论，西方学界之所以深切地感到理论有九条命、理论会长存，是因为他们一直使用一种可以通过批判的机制而自否定并且自发展的话语，总是走在黑格尔式辩证逻辑中。而这逻辑的起点是一切西方思想的始源性问题——从人与世界的二元关系出发求取真理。这使得他们的哲学以及各种理论的发展既显得是创新的，又是合乎学理的，显出既源远流长又能够自我更新的传统力量。当“理论”出世时，其语言论视点令熟悉认识论传统的学者们无法接受，晕头转向，但批判使得它能够归入传统，显出它仍然是对人与世界的二元关系的一种思考，一种对此关系基底的全新的、却是合乎逻辑的替换，所以只要被多次演绎，就迅速进入了学术主流。更为关键的是，在学理传统中，它可以引起前人思想的回应，并且能够将前此的一切成果纳入“理论”的叙事中，使之成为证明自身合法性和合理性的资源，这也将前人的成果在新的基点上丰富化，增厚并壮大了西方的理论。而对“理论”的反思，也就是“理论之后”，不是对原有基点的根本性替换，而是循着“理论”自身内含的新方向进行的；批判，即从学理上梳理一种理论话语得以可能的理路，是可以发现原有理论的问题并找出其发展新路径的。例如“理论之后”对宏大叙事的反思。在“理论”（后现代主义）的视野下，宏大叙事因其思辨性遭到质疑，因为思辨推论的方法为了形成总体性思路而不顾实际的差异；它也因期盼启蒙英雄和伟人的主体性思路而遭质疑。但后现代主义并没有根除“大”的思路，后殖民主义、后结构主义虽然不再是思辨性的，也不再是解放大叙事，但它们仍然试图将所有问题笼罩在其主张下，构成一种大理论，而成为“理论之后”的靶的。依此批判，“理论之后”的理论试图找到的新话题都是没有概括力的，是针对具体问题的；由于没有触动根基，“理论之后”的理论中很容易看到“理论”本身的影子，其延续性就更明显。

西方文论的这种学理传统及根基，既是其走向形而上学末路的原因（这一点后面还要提到），也是其历久不衰的原因。理论的这种自否定和自发展机制至少导致了数千年理论文化的繁荣。

中国诗学需要有始源性的问题，否则我们就不能拥有自己的理论能量，尤其不能令中国诗学持续发展。如何找到古代先贤思想的主线，一条能够在今天不断产生回响并且能够持续发展的主线，找到这些思想在现代语境中的运作路径，以及其自我批判和发展的机制；如何找到一个源自人类生存的始源性的问题，找到它在诗学中的反应，这是理论之后背景下中国诗学迫切需要解决的任务。也许这需要50年甚至更长时间，但它已然摆在了我们面前。而这个始源性问题究竟会是新产生的还是对早期思想的响应？这是亟须解决的。

由于同样的原因，中国诗学亟须走出西方形而上学理论及诗学的控制。社会历史决定论、反映论的文论观，这些其始源性问题视野需要受到质疑的西方理论产物，长期以来成为我们当代诗学不证自明的基础。当我们说杜甫的沉郁顿挫是因为他个人坎坷的经历，《诗经·豳风·七月》反映了当时社会生活客观状况的时候，我们没有意识到这只是在追随西方的某种观点，而且由于我们没有设置反思机制，不能与始源性问题相关联，造成了当西方已经抛弃这种客观论的时候，我们还在抱残守缺。我们必须建立自己的始源性问题，如果挪用西方的理论，也必须与他们的始源性问题相联系，介入质疑和反思机制，使之成为可推进可发展的思想。

第二，推动理论问题的中文化。

当代中国诗学的大量理论资源来自西方文论，这并不是坏事。导致我们抵触的是这些理论的生硬陌生，不仅其思路未能与我们的相兼容，而且其原动力是我们不理解的，对其可应用性我们完全心中无数。这种生硬感源于它们未能与中文兼容，源于我们对它们的介绍远远多于对它们的写作。中国诗学要进入自己的学理路径，产生自己的始源性问题，首先要把这些外来的以及古代原有的理论资源从可读的变为可写的，用中文的理论写作将它们激活，使它们成为当代话语的一部分，在这种写作中找寻自己的兴趣、路数和理论源头。这样，我们对于西方文论也会产生自己的选择性。比如，反映论和社会历史决定论是中文语境中占支配地位的理论写作，是中文的理论话语熟悉的问题，照理，人们对于语言论观念如何回应它也必然感兴趣。但是迄今为止，有了很多对索绪尔以来各种“理论”的翻译介绍，却鲜见让语言论问题在中文中发生的尝试，更不要说让它在中文的理论写作中持续发酵了。另外，有些理论，例如身份政治、少数族裔理论，其原动力在中国尚不存在，但在翻译介绍的层面上，它们往往获得与其他问题同等的分量，无法体现我们的选择性。所以西方优质理论资源应当在写作中变成中文自身的资源，应当以问题而不是成果的形式与我们接触，这对于中文理论的学理化建设至关重要。

第三，文学作为理论的出路，以及由此观察到的文学的兴盛，这对中国诗学是一种鼓舞和契机。

从理论史的观察可见，“理论”从未脱离文学，尽管它与文学的关系在不同的时候有紧有疏，但最终文学会对它有强大的向心力。但在近二十年的中国，文学在商业化浪潮和技术话语的主导下曾极度衰落，这种衰落主要表现在人们对它的不管不顾，文论界也对它持悲观态度。如果文学成为理论的出路，那么至少可以鼓舞我们对文学及其研究的信心，进一步说，它还能激发中国诗学进入它原有的对“文”的领悟之道。

现代中文中的“文学”概念来自西方18世纪以后，这个概念把文学局限在几种纯文学文类如诗歌、小说、戏剧等，当代文论对文学现状的沮丧明显来自小说诗歌和戏剧文学的衰落。如果奇闻逸事、讲故事以及对同音词的敏感和利用都是文学的话，那么我们需要重新思考对文学的界定，重新估计今天文学的基本形势。它增强了我们对文学研究对象的生存状况的信心，同时提醒我们注意关注非纯文学文类中文学的表现，因为它们也是文学。雅各布逊论诗性用的例子是一则政治竞选广告“I like Ike”，通过语音上的类同巧妙地把竞选者与选民及其倾向（“喜欢”）联系在一起。[17] 中文里同音词特别多，今天人们正在通过网络和手机短信大玩同音词游戏，这绝不是与文学、诗学无关的现象。同时，辛普森和卡勒的“the literary”这个概念也让我们想到孔子、刘勰、苏轼的“文”的意蕴。中国古人是从隐喻的角度而非学科分类角度阐发“文”的，“文”以表示色彩的本义来隐喻语言构造的某种美化效果，具有了可生发性，而这才是现代意义上“文学”概念的根。关于这一点，中国古典文论中有丰富的发挥。介入这些前现代的视角，对于中国诗学而言就像是回到了熟悉的话题，这本身就使中国诗学有了更多可能性。

第四，“理论之后”表明，西方的理论包括文学理论仍然面临困境，这从另一方面表明中国诗学大有可为。

为什么在柏拉图设立世界基本格局之后会有亚里士多德强调现世合法性的修正？为什么在康德建立了认识对象的科学基础以后会有黑格尔的主体化走向？如果我们记得尼采那个生动的“掘地球”的比喻[18]，就会明白这些摆动乃是内在于西方形而上学自身的运动。只要明白这一点，就不难理解为什么尽管有时候出现了很大突破和进展，却仍然会很快显露出令人厌烦的重复性。“理论”的情况就是如此，它突破了认识论的牢笼，带来很大新鲜感，但仍然在短短几十年之间变成一种陈旧的、需要被突破的思路。如今理论仍然有九条命，它还在延续之中，但是对“理论”的厌倦之情迟早会降临“理论之后”，西方理论界人士对此似乎已早有担心，走向“文学”就是寻找全新出路的一种尝试。

前文指出，从柏拉图开始，西方思想一直把寻找真理作为始源性问题，柏拉图确认存在着真理，并且可以通过正确的途径获得它。这个始源性问题成为后世所有哲学人文学科的起始点，受到它的激发，后世各种理论互相之间充满对话，各种答案受到质疑，被证明或证伪、批判。因此它的理论显得既有传统，又有学理基础，可自我批判、自我发展。西方理论今天的困境不是由于他们拥有始源性的问题意识，而是这个始源性问题本身的设置有问题。直到今天，后理论仍然在揭示各种各样的洞见（真理），质疑他人的观点，但是一旦他们发现这只是某种逻辑的游戏的时候，就会隐约听到尼采残酷的嘲笑：逻辑自己踩住了自己的尾巴。而真理正在越行越远。也许他们需要意识到，从人出发寻找真理这个设定本身需要受到质疑。人可能靠自己去找到真理吗？人可能看清自身被包孕其中的更大的始源吗？难道不需要考虑听命于真理，顺从于真理之道吗？

只要在它设定的始源性问题辖制下，西方理论就无法摆脱形而上学的厄运。但是中国诗学的历史和处境有所不同。中国诗学的始源性问题尚有待建立，但已有的思想基础表明了它与西方的不同。中国古代的思想从不设置人与世界的二元结构，也从未把在此基础上的通达真理作为思想的主要任务。中国诗学因而也不需要背负这种形而上学重担。就理论走向文学的可能性而言，卡勒发现理论中文学的统治力，是为理论寻找出路，是一种理论之后的理论之途。但是中国诗学并不对理论的存亡负有责任。文学并不一定要在理论中扮演协助的角色，文学可以独辟蹊径，走自己的路，可以使思想式写作像庄子的寓言、卮言，而不在逻辑上打转。中国诗学并不需要绑在说明真理的战车上。这是我们轻松的一面。但是沉重的任务在于激活中国经典思想的生命力并吸收西方文论的精粹，它是要通过坚持不懈的理论写作才能做到的。而做到这一点，则不仅能够给中国诗学以能量，而且能够为西方诗学困境的解除提供思路。

注释：

① 保罗·德曼：《对理论的抵制》，载《解构之图》，李自修等译，中国社会科学出版社 1998 年版，第 104 页。

② 乔纳森·卡勒：《文学理论入门》，李平译，译林出版社 2008 年版，第 2 页。

③④ 特里·伊格尔顿：《理论之后》，商正译，欣展校，商务印书馆 2009 年版，第 3 页，第 213 页。

⑤⑥ Judith Butler, John Guillory and Kendall Thomas(eds.), *What's Left of Theory?* New York & London: Routledge, 2000, p. iii, p. vii.

⑦⑧ Jane Elliott and Derek Attridge (eds.), *Theory after "Theory"*, New York & London: Routledge, 2011, p. 2, p. 14.

⑨⑮⑯ Jonathan Culler, *The Literary in Theory*, Stanford: Stanford University Press, 2007, p. 23, p. 5, pp. 36–37.

⑩ 理查德·罗蒂在《偶然、反讽与团结》（徐文瑞译，商务印书馆 2003 年版）一书中描绘了未来反讽主义的自由主义社会理想，他在多处指出，哲学早已完成了自己的使命，不再能提出好的社会方案；未来社会的英雄是文学家而不是哲学家、科学家，文学能够提出适合这一社会理想的较好方案。

⑪ Cf. David Simpson, *The Academic Postmodern and the Rule of Literature*, Chicago: The University of Chicago Press, 1995.

⑫ 哈罗德·布鲁姆：《西方正典·伟大作家和不朽作品》"中文版序言"，江宁康译，译林出版社 2005 年版，第 2 页。

⑬⑭ 转引自拉曼·塞尔登、彼得·威森德、彼得·布鲁克《当代文学理论导读》，刘象愚译，北京大学出版社 2006 年版，第 328 页，第 330 页。

⑰ Roman Jakobson, "Closing Statement: Linguistics and Poetics", in Thomas Sebeok (ed.), *Style in Language*, New York: Wiley, 1960, p. 357.

⑱ 尼采：《悲剧的诞生》，周国平译，生活·读书·新知三联书店 1986 年版，第 63 页。

（2013 年第 5 期）

失语症：从文学到艺术

曹顺庆　黄文虎

一、文学中的“失语”：跨文明语境下的话语论辩

新时期以来，随着中西文化思想交流的日渐频繁，在西方强势文化的冲击之下，中国自身的文化体系在言说方式、概念范畴、话语规则等方面遭受到了十分严峻的挑战。“失语症”的说法正是在这一背景下被提出，并率先进入文学范畴的讨论之中。20世纪90年代之后，“失语症”逐渐成为学界关注的焦点之一，并引发了持久而广泛的论争。然而，随着全球化时代的到来，“失语症”逐渐演变成一场大规模的跨文明语境下的话语论辩，不仅涉及文学，并且延伸到各个艺术门类，甚至整个人文领域。

1990年，黄浩在《文学失语症》一文中率先运用“失语症”来描述中国新小说所面临的语言困境。所谓“新小说”，作者指的是自80年代中期以来一股模仿和借鉴西方各种现代文学创作理念及方法的文学热潮，以马原、王蒙、莫言、残雪、格非、张洁等一批先锋小说家为代表。新小说大多带有探索和实验性质，由于过度求新求变，也产生了一系列不可忽视的问题，其中之一就是所谓的“语言的革命”。对此，黄浩指出：“新小说所患的是运动失语症，即语言传达的功能性障碍疾病。通俗一点讲，就是：新小说说话困难。”[①]他对新小说的种种症状做了进一步分析：“这种语言障碍现象可能是过分的啰嗦，可能是语言的结构性超常，可能是一种杂乱的无意识，也可能是一种需要通过注释和词典才能加以理解的语言省略。”[②]显然，对于新小说一味模仿西方的语言试验，他是持否定态度的。

针对这一观点，唐跃与谭学纯在1991年发表了《文学尚未失语》一文，表达了不同看法。该文认为新小说并未“失语”，先锋小说所代表的“语言革命”并非是无效的。[③]不可否认，新小说在叙述语言、形式、结构、意象等方面都有所革新，反映出当代中国作家力图突破传统的文学程式的要求，带有强烈的自我革新意识。1994年，夏中义在《假说与失语》一文中探讨“失语”的问题。他认为，中国学人声称中国文学患“世纪

性失语症”是盲目追随或误读了西方“后殖民”理论的结果。[4]

但事实并非如此简单，“失语症”作为中国文学界的特定现象，其重点在于文论话语。然而，中国文学领域的“失语症”所涉及的范围和造成的影响远不止于此，学界应以一种警醒的批判意识做出深刻的历史性反思。1995 年，笔者在《21 世纪中国文化发展战略与重建中国文论话语》[5]一文中首次提出“文论失语症”和“重建中国文论话语”。《文论失语症与文化病态》[6]一文发表后，“失语症”问题迅速引发了广泛而持久的讨论。这场论争的核心不在于支持或反对“失语症”这一说法，而在于以一种怎样的眼光来看待中西文明之间文学话语的矛盾和冲突。概括地说，所谓“失语症”，指的就是 20 世纪以来，在西方强势文化的强烈冲击之下，西方所代表的话语规则逐渐成为一种主导的、普世性的权力话语，而中国传统话语的自身特质反而被边缘化，从而陷入“失语”的状态，中西话语之间无法形成平等、有效的跨文明对话。重建中国文论话语的意义则在于，恢复和挖掘中国文论话语的内在生命力，建立不依附西方话语规则的文化自觉和自信。这并不是要在中国传统话语与西方话语之间设立一条泾渭分明的界线，而是要在多元话语体系之下寻找到一条切实有效的跨文明对话和交流的途径。

然而，随着全球化和现代化进程的不断加剧，“失语症”作为一种跨文明的话语危机已经渗透到社会文化的各个层面。自 90 年代中期以来，关于“失语症”的问题，艺术界也开始做出一些反思。1995 年，在《当下艺术语境中的油画语言——与中央美院部分中青年教师座谈》一文中，不少美术界的专业人士就“油画语言”这一问题展开了集中的探讨。这里所说的“油画语言”，实际上与油画的表现手法密切相关，其背后涉及一套特殊的话语规则。在西方主流话语的强烈冲击下，不少中国画家意识到“失语症”的威胁。[7]张晓凌明确指出：“对西方中心主义的简单认同，最有害的是使几代艺术家丧失自信心，导致创造力的普遍衰竭。”朝戈认为：“所谓‘中国人的艺术’，实际上是我们的生活与西方人根本不同。艺术家是个正常的人，他能从生活中感受到或尖锐或动人的东西，然后使自己掌握的语言适应感受到的内涵，把它表达出来。”[8]不少画家都认识到需要在油画语言中融入自身的风格，以避免被西方完全同化，但在现实中却又无法逃脱西方强势话语的控制。

同年，齐雨在《重建传统：当代舞蹈的历史使命》一文中指出了当代舞蹈中的“失语”现象：“中国当代舞蹈的文化景观中，无论是‘前卫’的还是‘大众’的，大多处于一种‘失语’状态：语法散失，语汇丢散，语意迷失。无论是看古典舞蹈还是看所谓的‘现代舞’，无论是曾经存在于‘大众’文化语境中的还是以语言变革之‘前卫’来自居的，在其表演中似乎都不想‘表达’，或者是并不想让别人‘理解’自己的表达。”[9]在西方现代文明的冲击下，艺术家与受众之间的裂痕进一步加深，艺术的表达与理解之间的矛盾几乎成为所有艺术门类的共同困境。作者还指出，当代舞蹈的平面化（缺乏艺术深度）、边缘化也是“失语”的表现。作者提出“重建传统”，希望能够将传统的文化品格与现代的艺术风格相结合，建立一种积极、完善的当代舞蹈形式。

关于音乐中的“失语”，孙焕英在《旋律失语症：中国音乐中的返祖现象》中说道：“我们的民族民间音乐，历来是以旋律的高度发展而闻名于世界。这是我们的传统，也是我们的优势。……但是，我们当今的一些中国作曲家，瞧不起民族音乐。背弃了在旋律上即横的方向上发展的传统，形而上学地把‘纵向音乐’，作为最高境界来顶礼膜拜。结果，患上了旋律失语症。”[10]作者还进一步指出，由于当代不少旋律创作背弃了自身传统，而追求所谓的“现代性”，结果导致了一种艺术上的倒退，作者将这种现象称为音乐上的“返祖”，而这正是旋律“失语”的表现。赵宋光则在《亟待会诊的三种失语症》一文中谈到音乐美学中的“失语”。作者指出了“失语症”的三个表现，概括来说分别是：第一，自我封闭意识；第二，西方先锋思潮的冲击；第三，艺术的娱乐化。[11]这三点其实都反映出中国本土音乐面对西方现代艺术思潮时的一种焦虑和不自信。王晓俊在《论民族乐器演奏技法之美学研究的必要性》一文中，则就民族乐器演奏方面的“失语”做出探讨。作者认为：“就民族乐器演奏艺术而言，失语的本质是‘语’的贫乏——‘母语’失传、‘外语’失义。”[12]这就是说，本土文化与域外文化之间缺乏一个有效交流的平台，这造成了民族器乐既不能承接传统的音乐技法，又无法真正融合西方的艺术品格。

关于视觉文化中的“失语”，徐岱在《美学的命运——论数码时代的人文事业》一文中从宏观上讨论了当代视觉媒介冲击下的美学意义上的“失语”。[13]成颂、陈淑芳则在《当代视觉文化的历史性考量——兼论传统审美文化和当代视觉文化之间调和的可能》一文中讨论了“图像时代”下传统艺术体裁的“失语”。[14]

影视艺术也同样遭受到“失语”的威胁。李明军、李向明在《话语转型期中国电影的失语症》一文中，分别从“主旋律”影片、娱乐片、艺术片三个方面探讨了改革开放以来中国电影中“失语”的表现。对于好莱坞主流电影的冲击，作者指出：“中国人以对自己文化的深刻感受创造出的人文关怀，也是好莱坞无法带给我们的。中国电影越早从话语转型期的失语症中挣脱出来，就越能尽早建立起我们自己的文化产业。”[15]可以说，中国电影话语要实现转型，在世界上真正发出自己的声音，至今仍然面临十分严峻的挑战。周毅在《影视社会生态与大众文化转型》一文中，则从文化批判的角度，探讨了新技术媒介、大众文化、消费主义等现代文化产业所造成的“失语”。他指出：“视觉形象激起大众新的憧憬和无穷欲望，在一种‘失语症’般的惶惑与茫然中，大众逐步丧失对文化的传统意味的把握，面临‘文化麻木症’危机。”[16]

另外，伏虎在《环境艺术设计中的地域性表达》一文中，指出了在现代工业文明背景下环境艺术设计中的“失语”。[17]由于全球化试图构建一套普世性的艺术操作标准，环境艺术设计中的独创性逐渐被消解。从这个意义上来说，作者所说的“地域性表达”反对的是国际化所带来的全面趋同甚至“一体化”的局面。在作者看来，只有充分注重不同文化或民族特定的历史及传统特质，环境艺术设计才能真正实现一种世界意义上的多元和开放。然而，在现实境遇中，民族化、本土性的艺术设计元素却往往自觉或不自觉地被边缘化，形成了“失语”。

通过以上回顾可以发现，“失语”这一现象不限于文学领域，而已经广泛渗透在各个艺术门类中。艺术理论界在当代中国艺术该如何面对西化思潮这一问题上，有些探讨虽然没有直接提到“失语症”这一说法，但其核心问题往往与“失语”现象相关。艺术与文学中的“失语”都面临着十分严峻的形势。随着全球化的加剧，这场话语危机已经逐渐演变为一场“文化失语症”。

二、现代化转型下的文化失语症

对于正处于现代化转型下的中国文化而言，“失语症”涉及异域与本土、现代与传统、主流与边缘等一系列矛盾和冲突，而文学与艺术上的“失语”可以说已经成为人文知识界及审美领域中话语危机的突出表现。以下我们将集中从三个方面，结合当代文学与艺术领域中的具体案例来探讨这场无所不在的“文化失语”。

第一，传统审美话语与现代审美话语的断裂。20 世纪 80 年代中后期，西方现代文化思潮及审美理念的传入直接影响了中国当代文学与艺术的走势和发展，并造成了传统美学话语与现代美学话语之间的决裂。其典型表现就是先锋派的全面兴起。

与先锋文学几乎是在同一时期，中国的先锋艺术也开始蓬勃发展，其中最为引人注目的当属行为艺术。行为艺术一开始就试图从身体展示中获得一种纯粹的美学革命意义。中国的行为艺术从追求新奇、怪诞、狂放逐渐转向颓废、色情、血腥乃至病态。不少行为艺术家试图通过吃死婴、自残、施暴等极端感官体验来挑战甚至颠覆传统意义上的审美话语形态。1996年，王小帅拍摄的《极度寒冷》正是根据一位行为艺术家自杀的真实故事改编。主人公齐雷自导了一场通向死亡的行为艺术。他在经历了秋日的土葬、冬日的水葬、立春的火葬后，最后在夏至的冰葬中结束了自己的生命。这种以艺术之名而走向自我毁灭的“艺术事件”在行为艺术界并不鲜见。2000年，行为艺术家张盛泉的最后一个行为艺术正是通过彻底摧毁肉身来完成的。

令人质疑的是，这种反常规的表现究竟是艺术的“向死而生”还是艺术家本身走向了艺术的末路？赵毅衡曾颇有感触地说：“为出奇而出奇，出奇制胜本身成为艺术。不仅行为艺术大行其道，而且所有的艺术都带上行为艺术的味道，越来越走偏锋，行险路，直到成为玩命表演。”[18]不得不说，这种充满绝望和悲剧色彩的“玩命表演”，以极端的怪诞和新潮为根本性的审美标准，彻底否认了传统艺术话语的美学意义，这非但不能使艺术获得自由，反而会进一步消解自身存在的合法性，实际上造成了艺术的“失语”。

无论是先锋文学还是先锋艺术，都代表一种前卫的姿态，它们力求创新，要求突破传统程式的束缚，是一种特殊的美学话语的表达形式；从效果来看，却往往转化为一种破坏性的、崇尚极端、缺乏内涵的消解性力量。正如卡林内斯库在《现代性的五副面孔：现代主义、先锋派、颓废、媚俗艺术、后现代主义》中对西方先锋派的评述：“先锋派作为一个艺术概念已经变得足够宽泛，它不再是指某一种新流派，而是指所有的新流派，对过去的拒斥和对新事物的崇拜决定了这些新流派的美学纲领。……新颖性往往是在彻底破坏传统的过程中获得的；‘破坏即创造’，这句巴枯宁的无政府主义名言的确适用于二十世纪先锋派的大多数活动。”[19]可以说，中国当代的先锋派几乎完全承袭了西方先锋派一味求新求异的美学理念，成为一股彻底的反传统和极具破坏性的消解力量，而对现代主义及后现代主义思潮的过分推崇和迷恋则是一种西方中心论的表现。因此，先锋艺术人为地割裂传统与现代之间的内在联系，既不能实现艺术的话语自由，也无法通过对传统的过分偏离使艺术家自身获得救赎。

第二，消费主义及大众话语的侵袭。关于大众文化与消费主义的负面影响，20世纪30年代兴起的法兰克福学派及60年代出现的伯明翰学派都做过全面而深刻的文化批判。对于正处于商品经济高速发展的中国而言，也面临与西方相似的困境。大众文化的迅速崛起，其直接后果就是文化产业的兴起。一方面，不可否认，大众话语打破了主流权力话语的权威性和一元化色彩，促进了一种开放性、多层次的话语交流平台的形成；另一方面，大众话语又往往带有强烈的盲目性、世俗性、娱乐性、商品性等消费主义影响下的物化特征，而这些物化特征直接威胁到文学及艺术话语言说的合法性和有效性。

“刘令华事件”曾是文艺界的一个热点话题，可以视作大众文化与消费主义影响下的一个艺术话语危机的典型案例。1999 年，油画家刘令华签约上海“宽视”，在专业化的商业运作和营销策划之下，他以“国粹油画”迅速闻名于世，其作品得到热销，成为艺术市场化的一个成功案例。然而，这并不意味着艺术已经在大众文化与商品经济的体制中获得了自我言说的话语权。正相反，“刘令华”成为现象，说明更多的艺术家为了获得市场的认可，自愿或不得不加入商品经济的竞争机制之中，促使艺术走向市场化。然而，并非每位艺术家或艺术品都能适应这种以商业利润为导向的竞争模式。因此，“刘令华现象”背后其实隐含着一个十分严肃的问题，那就是，艺术的独立性和自足性由什么决定？当然，与商品经济发生关系并不必然减损艺术价值本身。然而，艺术话语是否一定要借助或依附大众文化与商品经济才能获得自我言说的合法性呢？艺术价值的实现究竟在多大程度上需要依附于这种商业关系？如果艺术家必须适应这种文化功利主义才能存活，这说明了艺术本身的“失语”。

当大众话语的商品属性和非个人化的特性被无限放大，其负面效应也进一步突出。一方面，大众话语试图打破权威性的话语等级秩序，制造一种绝对平等的话语乌托邦。因此，相对于代表多数的大众话语而言，一切精英话语都成为话语专制的维护者，经典化成为话语等级的象征。大众话语体现出强烈的反精英化和反经典化的色彩，这往往造成消费主义影响下审美表意的泛滥，并对文学与艺术领域的经典话语规范和个人化的审美理念形成极大的挑战。如影视行业对小说经典的改写，往往在商业运作之下演变为迎合大众趣味的“大话西游”之类的“类型话语”。另一方面，一种可操作的、平面化的大众话语生产体制力图摧毁一切不符合大众和市场导向的话语规则。独创性的、自发的、难以操控的非大众化审美表意形态往往受到大众话语的过滤，比如传统戏曲由于不符合流行话语的规范，往往不自觉地被边缘化，而民间艺术的处境也与此相似。大众话语的世俗性、娱乐化的特点则促成了媚俗文化、颓废文化乃至现今“山寨文化”的兴起。因此，在大众话语的强大攻势之下，文学与艺术作为一种特定的审美话语形态，其自足存在的意义和自我解释的权力不断遭到消解，不可避免地造成了“失语”。

第三，泛文学化与泛艺术化。关于新技术媒介影响下的文学状况，J. 希利斯・米勒曾在《论文学》一书中指出，尽管文学正在走向终结，但任何时代它都不会消失。[20] 不可否认，尽管传统意义上的文学观念及传播和接受的方式正在遭到消解，但具有文学特性的新载体正在向各个领域延伸。与此相类似，艺术也正面临这种多变的状况。不得不承认，带有文学与艺术表意功能的符号已经渗透在整个日常审美活动之中。

然而，当泛文学与泛艺术在消解了传统意义上文学与艺术的观念之后，无所不在的“文学性”与“艺术性”并不意味着文学与艺术获得了自我言说和自足存在的依据。近年来，不少学者对泛艺术化所造成的负面效应做出了反思。赵毅衡从符号学的角度论述了泛艺术化所导致的艺术符号的泛滥[21]，并指出，“受泛艺术化危害最大的，正是艺术”[22]。伏飞雄则认为“泛艺术”就是“反艺术”，是一种符号暴力。[23]可以说，对于正处于现代化转型期的中国而言，泛文学化与泛艺术化的负面效应已经逐渐暴露出来，并进一步加深了文学及艺术领域的话语危机。

这一点集中体现在以视觉文化为主导的新媒介话语对传统审美话语的冲击。“图像的转向”这一说法表明图像表意对文字表意的一种挑战。对同一文本而言，图像叙述的美学效果并不一定强于文字叙述，然而从接受效果来看，当今图像叙述的影响力却远远超出传统的文字表意。比如“四大名著”，不少热衷于影视文化的观众可能并未读过原文，却通过影像表意重构了有关经典的形象，获得一种不同于传统文本的感官体验。然而，这种感官体验是否可以上升为审美体验是十分可疑的。显而易见的是，一些根据“三国”“水浒”拍摄而成的商业电影，往往在华丽的特技表演和视觉奇观的包装之下，成为一种与审美表意无关的消费符号。

与此同时，随着网络时代的到来，新技术媒介影响下的审美话语形态促成了无数审美话语碎片的形成，但这种拼凑和杂糅并不一定是对文学与艺术的救赎。如早期的超文本诗歌、超文本小说，如今的博客时代的泛文学写作及微博的兴起，再如网络艺术的推广，如虚拟雕塑、虚拟涂鸦、虚拟舞蹈，等等。不少符号表意虽指涉审美，但并不一定能够形成真正的审美活动。新媒介的传播形式直接决定了审美话语所可能承载的信息，符号的形式意义往往大于内容本身，审美感知对象不自觉地在虚拟符号中被肢解。

因而，正是泛文学化与泛艺术化打破了文学与艺术作为一种特殊的审美话语系统内在的自足性和相对稳定的特质，而无限制外延扩张的结果是混淆了文学话语与非文学话语、艺术话语与非艺术话语之间应有的界限。然而，“艺术性”不能代替“艺术”，正如“文学性”不能取代“文学”，无边界、无限制的泛艺术化与泛文学化只会导致艺术与文学的全面失语。

三、从“失语”到“杂语共生”

全球化时代的到来，促使不同文化、不同民族、不同语言及不同学科知识体系及审美领域的异质话语相互交融、碰撞，这既充满危机，也带来新生的可能。所谓“失语”，往往是一种话语消灭另一种话语的后果。然而，强势与弱势、主流与边缘、精英与世俗等二元对立的区分已不能囊括异质话语之间多元化的发展走向。对于正处于现代化转型期的中国文学和艺术而言，只要充分认识到“失语”的本质，完全有可能摆脱“失语”状态，走向异质话语之间的“杂语共生”。为此，我们至少需要从以下三个方面应对这一问题。

第一，反思现代性，重建传统话语。对于中国文化来说，“现代性”是一个与西方化紧密相连的范畴。在西方强势文化的影响下，中国近现代的历史进程往往演变为一场传统观念与现代观念之间的残酷角逐。“现代”往往成为先进、理性、自由的代名词，“传统”则暗示着落后、蒙昧、专制。传统话语逐渐被拉向现代话语的反面，并出现传统的断裂。

20 世纪以来，随着西方文化的全面涌入，在文学与艺术领域之中，这种紧张关系变得愈发突出。西方文论思潮对于中国古代文学的冲击正是典型表现之一。在“西方中心论”的影响之下，西方文论话语成为一套科学的、普世性的真理话语。因此，在西方话语规则的评价机制之下，中国传统文论话语往往被冠以“感悟的”“不科学”“缺乏体系”等与“现代性”相对立的标签。因而，“以西释中”或“以中适西”在学界成为一种潮流。然而，这种从概念范畴到话语规则的全面西化势必造成文论“失语”。因此，必须反对建立在全面西化基础之上的“现代性”，重建属于传统话语的言说方式和话语规则。一方面，需要有充分的民族文化自信和自觉，对传统话语的言说方式及话语规则进行细密的梳理和挖掘。另一方面，需要有一种积极、主动的心态，将中西两套文论话语融会贯通，发现各自话语的独特性，辨明其可通约与不可通约之处，真正实现西方文论的中国化。

而在艺术领域同样需要完成传统话语的现代化转型。要避免一味西化的“先锋艺术”潮流，就必须重视本土文化的根基，认识到传统话语自身的美学内涵，发扬民族艺术中独特的审美元素。被誉为一代“鬼才”的黄永玉正是一位善于挖掘本土文化的著名画家。作为土生土长的湘西土家族人，他创作了充溢着故乡情怀的《湘西写生》。他把对故乡的民俗风情及自然景观的切身体验与极富写意色彩的独特画风完美结合起来，创造出一种清新灵动、充满神韵而又幽远的意境。另外，他所设计的猴票也极富民俗色彩，广为流传。因此，真正获得世界公认的艺术家，往往善于挖掘和提炼自身民族文化传统中的精髓。在中国文化现代化转型的今天，富有民族特色的本土话语必然是西方现代话语所不能替代的。因而，要在世界艺术舞台上发出自己的声音，实现中西异质话语之间的平等对话，必须使传统话语获得新生。

第二，注重异质话语之间的异质性和变异性。中西文明作为两套完全不同的文化范式，其异质性必须得到充分的尊重。然而，异质话语之间在交流和碰撞中必然会发生变化，出现变异。变异现象并不一定导致“异化”。如译介学中强调的“创造性叛逆”，就是一种“融西为中”的翻译策略和变异理念的体现。因而，只要能够充分认识到各自话语体系和言说方式的差异，异质话语之间完全可以在不断的调适和融会过程中，发现同中之异或异中之同，进而吸收和转化积极、有益的成分，实现求同存异、和而不同，促成异质话语之间朝良性的方向发展。

艺术领域同样需要注重异质性与变异性。享誉海内外的音乐家谭盾正是一位立足于民族艺术传统并积极融合中西音乐的典型代表。谭盾生长于长沙，深受湘楚文化的熏陶，早在 1979 年，谭盾在作品《离骚》中就使用了鼓、箫等具有民族特色的乐器。1983 年，他在作品第一弦乐四重奏《风 · 雅 · 颂》中，将中国的宫廷音乐、民俗曲调等民族元素融为一体，颇具创意。此后，他又陆续创作了《九歌》《秦始皇》《牡丹亭》等音乐作品，同样洋溢着浓厚的民族风情。2001 年，谭盾为电影《卧虎藏龙》创作的主题曲更是将东方古典音乐的古朴、清幽、哀婉的意境与飘逸、灵动的影像完美结合在一起。2004 年，谭盾推出一部多媒体景观式音乐《地图》。在作品中，他试图将原生态的湘西音乐与西方交响乐融为一体，获得国内外音乐界的广泛关注。尽管有人认为谭盾的音乐作品过于追求现代媒介与现场表演的声效，但不得不承认，谭盾一直在努力将传统音乐的艺术特质与西方现代音乐相融合，经受住了国际音乐界的考验，获得了世界的认可。

因此，面对西方强势话语时，我们既不能完全回避、也不能抛弃自身的言说方式，而是要在注重中西话语差异性的基础之上，积极地、创造性地将异质话语加以化用。如果能做到这一点，那么实现异质话语之间的“杂语共生”并非遥不可及。

第三，将传统审美话语与新媒介话语有机结合。以现代视觉审美话语为代表的新技术媒介对传统审美表意产生了巨大的冲击，也给文学与艺术的形式走向多元、开放提供了可能。

近年来，利用新技术媒介，试图在视觉艺术上将传统与现代相融合，对舞台表演艺术形式不断做出革新，当以张艺谋为代表。2004 年，他执导了桂林大型山水实景演出《印象·刘三姐》，以展现广西少数民族文化为主题，以刘三姐的故事为蓝本，将漓江山水作为背景舞台，运用各种高科技的手段，堪称中国首部“山水实景演出”。该作品在现代化美轮美奂的光影效果配合之下，绚丽的舞蹈、柔美的音乐、变幻多姿的舞台背景巧妙地融为一体，民俗风情、人文景观、自然山水等各种元素交相辉映，创造出一幕幕亦真亦幻的视觉盛宴，是传统艺术表演与现代新媒介技术的巧妙结合。

2009 年，由张艺谋执导的大型露天实景歌剧《图兰朵》在“鸟巢”拉开帷幕，引起了国内外的广泛关注。《图兰朵》是意大利作曲家普契尼改编的一部歌剧，讲述了元朝蒙古公主图兰朵与鞑靼王子卡拉夫的传奇爱情故事。近年来，该剧有 1998 年北京太庙版、2003 年韩国版、2005 年法国巴黎版等多个版本，吸引了众多艺术家的参与。“鸟巢”版的特别之处在于，并未像传统舞剧那样试图建造和模拟实体性的宫殿建筑风格，而是采用了现代化的灯光影像技术来营造一种虚幻而又真切的视觉幻象。值得注意的是，舞台灯光的变换也会紧随剧情的发展、人物心理的起伏及音乐曲调的改变而发生相应的变化。在现代多媒体影像技术与古典舞台表演元素的完美结合下，《图兰朵》这一传奇性的经典故事被演绎得精彩纷呈，真正将中国舞台艺术推向一个各种审美表意形式“杂语共生”的时代。另外，张艺谋还执导了大型山水实景演出《印象·西湖》《印象·丽江》《印象·海南岛》《印象·大红袍》等作品，都是借助新技术媒介将舞台表演、本土音乐、民族风情、传统文化等各种元素有机结合，有力推动了中国舞台艺术的多元化发展。

综上所述，我们可以发现，在全球化和新媒介话语的冲击下，尽管充满着种种挑战，但也孕育着新的希望。对于处于现代化转型过程中的中国文学与艺术而言，走向“杂语共生”正是解决话语危机的有效途径。不过，想要摆脱文学与艺术上的整体“失语”，只靠某些领域中的几个大师或天才人物是行不通的，最终还是需要我们能够在跨文明的视野下，从根本上反思自身文化的内在危机和不足之处，充分认识到不同话语之间的异质性与变异性，将传统话语与现代话语有效结合，不断促进不同文明、不同民族、不同知识领域及审美话语之间的互阐、互识和互补，积极构建多元、和谐的“杂语共生”的新局面，从而摆脱“失语”状态，使文学和艺术走向积极的百花齐放的发展之路。

注释：

①② 黄浩：《文学失语症——新小说“语言革命”批判》，《文学评论》1990年第2期。

③ 唐跃、谭学纯：《文学尚未失语——关于黄浩同志〈文学失语症〉一文的不同意见》，《文学评论》1991年第1期。

④ 夏中义：《假说与失语》，《文艺理论研究》1994年第5期。

⑤ 曹顺庆：《21世纪中国文化发展战略与重建中国文论话语》，《东方丛刊》1995年第3期。

⑥ 曹顺庆：《文论失语症与文化病态》，《文艺争鸣》1996年第2期。

⑦ “现在谈语言问题总有些亡羊补牢的意思，因为，这两年不论是理论界还是实践界都似乎对精神和语言的双重‘失语症’感到了深深的忧虑。”（西逸整理：《当下艺术语境中的油画语言——与中央美院部分中青年教师座谈》，《美术观察》1995年第1期）

⑧ 西逸整理：《当下艺术语境中的油画语言——与中央美院部分中青年教师座谈》。

⑨ 齐雨：《重建传统：当代舞蹈的历史使命》，《艺术广角》1995年第6期。

⑩ 孙焕英：《旋律失语症：中国音乐中的返祖现象》，《云岭歌声》2000年第1期。

⑪ 赵宋光：《亟待会诊的三种失语症》，《南京艺术学院学报》2006年第1期。

⑫ 王晓俊：《论民族乐器演奏技法之美学研究的必要性》，《交响》2011年第2期。

⑬ 徐岱：《美学的命运——论数码时代的人文事业》，《浙江大学学报》2001年第1期。

⑭ “传承和发展传统审美文化，以避免由于当今视觉文化的冲击而造成其历史性的断裂，也避免因为这种结果而使我们患上文化交流中的失语症，导致传统文化的认同危机和人性的失落。”（成颂、陈淑芳：《当代视觉文化的历史性考量——兼论传统审美文化和当代视觉文化之间调和的可能》，《忻州师范学院学报》2009年第3期）

⑮ 李明军、李向明：《话语转型期中国电影的失语症》，《电影评介》2007年第21期。

⑯ 周毅：《影视社会生态与大众文化转型》，《贵州社会科学》2011年第4期。

⑰ “现代主义的强大同化力量，使设计的国际化仿佛成了全球设计的唯一的价值标准。规格化的制度、统一的施工标准以及个性特征的沦丧，使现代人逐渐产生了审美疲劳。人们开始不断诟病艺术设计中艺术家丧失本土及自我传统的‘失语症’。”（伏虎：《环境艺术设计中的地域性表达》，《设计艺术研究》2011年第4期）

⑱㉒ 赵毅衡：《符号学：原理与推演》，南京大学出版社2011年版，第320页，第320页。

⑲ 马泰·卡林内斯库：《现代性的五副面孔：现代主义、先锋派、颓废、媚俗艺术、后现代主义》，顾爱彬、李瑞华译，商务印书馆2002年版，第126—127页。

⑳ J. Hillis Miller, *On Literature*, London: Routledge, 2002, p. 1.

㉑ “泛艺术化让艺术超出文化和日常生活的范畴，渗透到经济、政治之中，使所有的表意都变成了艺术符号，都具有艺术符号的特点。”（赵毅衡：《符号学：原理与推演》，第319页）

㉓ 伏飞雄：《日常生活“泛艺术化”实践的符号学反思》，《当代文坛》2010年第3期。

（2013年第6期）

艺术自律：一个现代性概念的理论旅行

冯黎明

在市民社会与国家的对立中，艺术自律被市民社会提出并以之作为寻求文化领导权的依据，同时艺术自律又体现了现代性工程在“分解式理性”作用下各个社会实践场域建构自主性存在的诉求。如果我们把现代性的历史理解为国家与市民社会对立、协商、谈判的历史，理解为各社会实践场域的合法化危机、解体、重建的历史，那么，艺术自律由诞生到分解、转型、衰落的历史，可以说就是现代性的一部“学科史”。

一、哥尼斯堡：从先验哲学到诗学天才

17世纪之前，艺术的自律性并不是一个值得思考的问题，因为至高无上的神或普遍规则的逻各斯赋予了艺术和世间万物同一性秩序。只是到了文艺复兴之后，一元论超验本体的崩溃让个体意义上的“我在”问题成为“我思”的主要内涵；全部存在都面临着由“自我”出发重新寻找合法化身份的任务。古典时代的亚里士多德曾经对知识形态作过分门别类的论述，其中诗被认为是最典范的艺术，这一艺术形式的类属性在于摹仿。诗的摹仿指向普遍的真理，因此诗表现了比有限的实在更为合乎理性的真理。亚里士多德并未将艺术逐出真理殿堂，他无法想象在普遍真理之外还有需要艺术单独言说的意义。古典时代的普遍真理——神的意志、逻各斯、道、气、理等等——作为全部言说的终极意义，将艺术置于工具性或符号性存在的地位，因而没有必要去思考艺术的自律性一类的问题。在中世纪的欧洲，逻辑学、修辞学、语法学、算学、几何学、天文学和音乐这七门知识都被当成“艺术”，甚至是“自由的艺术”。[①]

在康德之前，曾经有两个人触及过艺术自律性的依据问题，这就是弗朗西斯·培根和查理斯·巴托。培根把人类认知区分为记忆、想象和理智，“历史涉及记忆，诗涉及想象，哲学涉及理智”[②]，这就从主体层面上使得诗作为艺术性活动获得了一种独立

于其他认知活动的自律性。巴托则是由艺术分类学入手探讨艺术的自律性，他继承了文艺复兴以来关于“自由的艺术”和“机械的艺术”相互差异的观念，提出“美的艺术”的概念。[③]巴托将音乐、诗、绘画、雕塑、舞蹈定位为美的艺术，认为这些艺术的存在依据在于它们仅仅提供愉悦而不涉及功利。早期的西方思想家眼中，美与艺术并无牵连，比如柏拉图就肯定美而否定诗；近代思想逐渐发现了二者的关联，巴托的“美的艺术”使艺术与美有可能步入婚姻殿堂，结成门当户对的家庭。

18 世纪晚期，在哥尼斯堡深居简出、思考着人类理性的康德，看出了培根的主体活动与巴托的审美愉悦之间的关联。他给艺术活动注入先验性和审美游戏的专属性内涵，从而完成了艺术作为自律性存在的合法性论证。可以这样说，艺术自立门户的第一份注册证书是 1790 年在哥尼斯堡由哲学家康德签发的——那一年《判断力批判》出版。

康德的批判哲学希望借助于对人的先验理性的反思和分析将真理交予个体的天性，从而解除一切独断论对知识的专制性占有权。康德运用“批判”（反思与分析）的方法来实现这一启蒙工程，即认知主体由一切自明性知识出发，反思自身理性的展开机制，分析理性活动的诸种形态和规定性。正是在理性主体的自我反思的意义上，康德为艺术的自律性存在设定了一种先验性的合法化依据。康德时代大多数学者视审美为感性认识至理性认识的中间状态，直到黑格尔仍作如是观。而康德则认为，审美判断作为先验性而独立于纯粹理性、实践理性，这一看法不仅使得康德美学超越了认识论范畴，而且提升了审美在人类生存活动中的地位。

在康德的先验哲学中，支撑着艺术的自律性存在的判断力是一种与合概念性的纯粹理性、合目的性的实践理性三足鼎立的主体性先天禀赋。康德写道：“心灵的一切机能或能力可以归结为下列三种，它们不能从一个共同的基础再作进一步的引申了，这三种就是：认识机能，愉快及不愉快的情感和欲求的机能。”这里涉及“愉快及不愉快的情感”活动的主体机能便是“同样地在自身包含着一个先验原理”的判断力。[④]因为判断力独立于纯粹理性和实践理性之外，所以判断力活动即审美具有自律性，它不依存于概念，也不依存于目的。通过将审美判断活动先验化并将其与人的其他先验禀赋区别开来，康德给审美判断的身份独立制定了法理原则。

继而康德展开了有关审美判断这种先验属性的各种规定性的分析，他用无目的的合目的性、形式游戏、审美无功利性、天才论等概念界定审美活动的属性。这一系列的规定性使得艺术的生存首次获得了一块独立自主的基石，从此以后艺术就要向着自律的方向进发，甚而至于进化成为审美主义的普遍伦理，审美现代性也由此孕育出来并日趋发育成熟。审美现代性演化出纯艺术的形式美学、唯美主义的逃亡诗学、先锋派的叛逆诗学，以至于新左派的审美造反等等，把康德美学展开成为一部多声部的奏鸣曲。

作为启蒙思想家的康德，在反思理性的维度上置审美于个体的先验性之中，这充分显现了主体论哲学所追求的人类解放功能。正是因为审美是人类天性的内涵之一，所以审美判断活动可以通过人类本质力量的实现而带来主体的自由。在康德之前，美或者被视为神灵光辉的普照，或者被视为物体的某种结构特征（对称、平衡等），或者被视为人的行为姿态，都不具备存在的必然性意义上的属性；只是在康德这里，审美才上升成为一种源于人类先验性并体现主体自由的本质力量。尽管“审美无功利”“美的艺术”等并非康德首创，但是这些为艺术的自律性存在提供合法化依据的重要术语，是在康德那里超越现象描述而被提升至有关人的类本质属性的概念，所以说是康德在“天赋人权”的意义上给予了艺术自律以本体论的地位。当康德把判断力活动论证为一种人类先验属性时，艺术自然就只能是“天才”的表演了。浪漫主义的诗学天才们竭力倡导天才诗学，表达了与康德美学相通的观念，即诗是人类主体自由的体现，而诗人则是人类审美天性的集合，诗歌远离尘嚣，因为诗人天马行空。

由于康德把审美视作人类的一种本质力量，所以他以审美为艺术之自律性存在依据的论述也与前人不同。据塔达基维奇的叙述，历史上关于艺术特性的说法曾经有过“技巧的艺术”“音乐的艺术”“高雅的艺术”“纪念性艺术”“绘画的艺术”“诗意的艺术”“优雅的和愉悦的艺术”等等，16 世纪开始出现“美的艺术”一说。[⑤] 希腊哲人倾向于把艺术定义为一种“技艺”，文艺复兴时代的阿尔伯蒂在《论绘画》（1435）中认为画家应当集中表现美。到查里斯·巴托关于“美的艺术”的提出，艺术与审美的必然性关系似乎已成为人们的共识。但是由于美尚未进入人类先验禀赋，所以康德之前有关“美的艺术”的说法都无法在本体论意义上解决艺术的自律性问题。康德写道：“正当地说来，人们只能把通过自由而产生的成品，这就是通过一意图，把他的诸行为筑基于理性之上，唤做艺术。”[⑥] 这就是说，自由意志和自觉意识——而并非技艺、行为或感觉经验——才是艺术的本源，审美判断乃是自由和理性天然的内涵，因此艺术依据美而生成即艺术依据人类天性而出场，艺术的独立存在在康德这里所获得的美学依据具有了人类存在之本质属性提供的必然性。在后来的审美现代性的实践活动中，所有的审美救世主义、叛逆美学、抵抗诗学或造反诗学及先锋派、实验派艺术，无一不是以审美为人类自由的本真内涵而否定、反抗或超越非审美的世俗生活世界。

康德把判断力与合概念性、合目的性区分开来，以此提出了审美判断活动的无功利性、形式游戏等规定性。但康德又认为审美判断与道德判断有着密切的关联，他甚至声称美是道德的象征。“建立鉴赏的真正的入门的是道义的诸观念的演进和道德情感的培养；只有在感性和道德情感达到一致的场合，真正的鉴赏才能采取一个确定的不变的形式。”[⑦]康德哲学的最后目标是要解决人的自由问题，而他心目中的自由即是一种伦理意义上人类先验性的实现，因此审美鉴赏最终应当成为这种伦理情感的表现。从康德指出美与道德的密切关联开始，审美就一步一步地走近伦理，以至于后来的唯美主义、审美救世主义以及各种生存美学，都把艺术世界中的伦理原则当成至高无上的普遍伦理原则，甚至艺术化的生存方式与自由人格之间也被划上了等号。《判断力批判》出版没多久，席勒就在《审美教育书简》中提出，审美游戏可以拯救现代社会中人格分裂的病症。

二、巴黎：从天才诗学到审美伦理

1830年以后，德国哲人们用晦涩的哲学术语表达的艺术自律观念，逐渐在巴黎被诗人们改写成一出生活剧脚本，唯美主义者按此脚本编排并上演了“波西米亚式生存”喜剧。

19世纪中期，启蒙现代性影响下的现代社会初具形态。世俗化、物质主义、技术主义、都市化、职业化等等在率先实施现代性工程的国度逐步渗入人们的日常生活。早在唯美主义者登上文化舞台之前，浪漫主义就已经开始用诗学激情来对抗现代文明。从卢梭、华兹华斯等人对原始公社和自然风情的向往中可以见出，那时的欧洲正走向一种排斥诗学激情的都市文明或技术文明。浪漫主义者崇尚诗学天才，崇尚神秘意象和审美情感，他们的文本塑造了一个个依照艺术原则独往独来的旷世奇才。作为审美现代性之源头的艺术自律观念，在文学实践中的开端就是浪漫主义，浪漫主义文学又开启了唯美主义者身体力行的审美伦理实践。而且浪漫主义在很大程度上是康德美学的文学案例，因为在浪漫主义的文化情调中已经隐约地蕴含着“为艺术而艺术”的想法。

“为艺术而艺术”是唯美主义的口号，关于这个口号的起源有多种说法。威廉·冈特在《美的历险》一书中认为是戈蒂叶把“艺术家唯我独尊的地位和艺术家与中产阶级世界的分离”总结为“l’ art pour l’ art”。[⑧]卫姆萨特和布鲁克斯则认为是“科佩集团”的贡斯当在1804年的一则笔记中谈到席勒来访时提出“为艺术而艺术”。[⑨]中国学者赵澧、徐京安编的《唯美主义》一书认为是法国哲学家库辛（也译作“库赞”）在1818年提出的。1953年，约翰·威尔考克斯（John Wilcox）发表《“为艺术而艺术”的缘起》一文，认为这个口号最早的提出者是伊波利特·福图尔（Hyppolyte Fortoul）。1833年，这位批评家在《百科全书杂志》上发表《论当前的艺术》批评浪漫主义，指责“为艺术而艺术”这个令人迷惑的口号。[10]从这不同的说法中我们可以见出，在19世纪上半叶，“为艺术而艺术”这一艺术自律论的经典表达，至少在法国和德国的艺术文化界已经十分流行。

“为艺术而艺术”是唯美主义者的职业信念。这一口号把康德美学关于先验判断力赋予艺术自律性的思想简洁明了地表达了出来，尽管那时法国文坛对德国哲学的学究气十分反感。唯美主义者对美学理论并没有多大兴趣，他们宁愿将自己遗世独立的依据表述为“艺术”或者“艺术家”这样的名称，而排斥那些晦涩的哲学术语。唯美主义者似乎觉得表明自身的艺术家身份即足以“脱俗”，而不必再去追究那些在艺术背后支持艺术家特立独行的先验原则。所以我们看到，唯美主义者的艺术实践乃至生活实践，比康德美学更直接也更明确地张扬着艺术自律的信念。

“为艺术而艺术”对于唯美主义而言并不仅仅意味着所谓“纯艺术”的生产，它更意味着艺术生产者自身生活方式的艺术化。事实上唯美主义留下来的堪称伟大的作品并不多，后人津津乐道的多是他们我行我素、放浪形骸的生活方式。作为最早举起审美现代性大旗抵抗世俗主义的文化运动，唯美主义以“举世皆浊我独清”的姿态表达出一种拒绝甚至抗议世俗生存规则的观念。威廉·冈特描述了戈蒂叶、惠斯勒、史文朋、罗斯金、波德莱尔、王尔德等人的生活实践，他们坚信自己是文曲星下凡，是不受人间道德约束的诗学天才：“1830年的热情此时变成了浪漫的越轨行动，它们恰逢时机，蔚然成风。巴黎的知识分子头上戴着尖顶帽，身上穿着意大利强盗的那种难看的长袍，心中积郁着对那帮奉守法度的良民的鄙视。”[11]唯美主义者把康德美学关于艺术自律的论证植入生活实践之中，使其升华为艺术家的职业伦理。当艺术天才们将自律的艺术转化成艺术家这个职业的生存伦理时，艺术活动中的自由游戏原则、想象原则、情感原则、无功利原则等等，便都成了艺术家们的生活行为，这就使得艺术从业者们可以超越乃至违背世俗生活的一般伦理规范。他们的种种惊世骇俗的言语行为并不接受世俗法律和道德的约束、审判，因为他们是按照审美原则生活的天才。威廉·冈特继续写道：“环境渐渐把艺术家推到了贵族式的地位上。不修边幅的波西米亚生活方式仅仅是副产品，而这种生活的精神实质是：把标准定在众人之上，使之与众人分离。这种精神实质造就了异常挑别的审美趣味。艺术家怀着对艺术门外汉的鄙视，渐渐滋长了一种情绪：他们认为，艺术与人们日常生活琐事的分离是天经地义的。”[12]在审美现代性全面展开的20世纪，这种关于艺术与生活相互分离的信念使得艺术行业的从业者们着力于将自己的身体、言语和行为装修成为一种与众不同的奇异景观。而审美救世主义者又从这一信念中引出了审美伦理的救赎功能，并希图以此教导大众走出现代性之隐忧。

巴黎是唯美主义者进行伦理学突围的试验场，这座世界艺术之都同时也成为艺术家们以其审美伦理教化大众的演讲高台。当巴黎的审美伦理之风吹到海峡对岸的英国后，发生了这场伦理学突围的最典范案例，即审判王尔德事件。

关于1895年对王尔德同性恋行为的这场审判，其中最值得反思的不是法律问题，而是审美伦理与世俗法典的冲突。王尔德与法律顾问团成员爱德华·卡森的对话，完全是两种伦理观念的交锋。当卡森意欲从《道连·格雷的画像》中找出作者道德败坏的踪迹时，王尔德声称：“文盲的艺术观根本就不算数，我只关心我的艺术观。至于别人怎么看，我半点也不去理会。”[13]唯美主义者王尔德力图用艺术家的审美伦理来论证自己有理由超越世俗道德的束缚。他自认为“我这个人象征着我们时代的艺术与文化”[14]，所以他相信世俗法庭没有资格审判他这样的艺术家。

唯美主义者们所追寻的美，不仅是艺术作品的结构、意义或功能，更是艺术家的一种生存状态，或者说是艺术家们“不俗”的先验性。康德说美是道德的象征，而唯美主义者则用自己的生活实践将其变成道德是美的象征；与其说他们主张为艺术而艺术，还不如说他们信奉的是为艺术而人生。巴黎无愧于“世界艺术之都”的称号，艺术自律的观念在这里不仅孕育出伟大的艺术作品和新奇的艺术潮流，更是孕育出艺术场里羽化登仙般的审美伦理。这一伦理原则使得艺术家们由世俗生活世界突围，成了现实社会中不受一般道德约束的另类人物。进而他们的这种职业伦理又促进了文学场的建立，使艺术家们的生存美学有了一片自我陶醉的空间。布尔迪厄说：“艺术家群体不仅仅是创造标新立异的生活方式即艺术家生活方式的实验室和进行创作活动的基本空间。它的主要功能之一是自己构成了自己的市场……艺术家的生活本身就构成了一件艺术品。”[15]如果说独立于市场的文学场大大提升了艺术品在市场中的价值，那么，艺术家按照审美伦理来展开其生活实践则是文学场独立于市场的最好策略。

艺术自律是审美现代性的核心内涵，而审美的职业伦理化则使得艺术自律延伸至艺术家的存在属性。进入20世纪后这种审美伦理进而成为先锋派普遍奉行的生存美学，在诸如表现主义、垮掉派等艺术潮流中，审美伦理一直都是现代艺术家们实施抵抗诗学的道德依据，甚至像福柯这样的学者也由审美伦理悟出一种生存美学。“生存美学所要处理和解决的，就是自身的生存技巧，以便使自身在处理同他人的关系中，享受和鉴赏到尽可能满意的美感。福柯一生所经历的经验和实践过程，生动地体现了生存美学的原则。”[16] 福柯像大多数唯美主义者一样，以主体性来创作自我这一作品，像创作艺术作品一样来安排日常生活。

三、法兰克福：从审美伦理到普遍伦理

20 世纪 30 年代，艺术自律来到法兰克福。在法兰克福学派的阿多诺、马尔库塞手中，艺术自律由唯美主义的审美伦理扩张成为一种普遍伦理。尽管他们的主要著作是后来在美国写作的，但是这些学者的思想形成于法兰克福。

康德之前，英国经验主义者曾在道德意义上认定“美的精华在于文雅的动作”[17]，德国理性主义者则在认识论意义上把美当成感性认识的完善。康德的先验哲学最重要的贡献在于开创了“审美伦理”这一审美现代性的核心概念。唯美主义者以审美为艺术家的职业伦理，这其实限制了康德美学的“普遍人性”意义。直至法兰克福学派举起审美批判和审美救世的大旗，康德美学中所包含的普遍伦理的“解放论”功能才得以释放。

法兰克福学派的批判理论既不同于康德的“分析”式批判，也不同于经典马克思主义的政治经济学批判，而是一种以普遍伦理为价值坐标对发达的资本主义工业社会的否定性反思。他们将审美注入作为最高价值的普遍伦理，致力于揭示资本主义工业社会有违这一伦理原则的种种现象，形成一种以“否定”为核心范畴的理论话语。阿多诺等人在自律的高雅艺术中提取出一种以人性自由为内涵的伦理原则，用以对照所谓“单面化”或“工具理化”的现代资本主义社会中普遍存在的“奴化”生存状态，呼吁人们按照审美原则进行造反以获得“解放”或“救赎”。

德国诗化哲学素来有审美救世传统。席勒设想用审美游戏克服现代人的心理分裂，尼采以艺术为生命的最高使命，海德格尔将人类的生存描述为“诗意地栖居”，这一传统也延续至法兰克福学派。德式审美救世主义比法式唯美主义更崇拜艺术自律，他们对安居于象牙塔中自娱自乐的艺术不屑一顾，而是要授予自律的艺术以创世者的爵位，希望独立于世俗生活之外的艺术以其终极性的价值将万千俗众救出深渊，开拓出按照艺术原则生活的美好世界。面对现代性之隐忧，唯美主义者求诸艺术的自救，而批判理论家

则用艺术来普度众生。不过他们都相信在人类的世俗生活之前、之外和之上存在着一个圣洁的自由世界，即艺术的世界；人类一旦领悟了艺术世界的生存原则，便可以摆脱世俗世界的束缚而体验到真正的自由。

在康德那里，审美只是一种与认知、伦理相并列的先验性，而到阿多诺、马尔库塞手中，审美却是一种远高于人类的其他生活实践的本体论意义上的生存原则。设定普世性价值原则，并以之为坐标对发达的资本主义工业社会进行否定性认识，这就是法兰克福学派的批判理论的思想诉求。霍克海默在20世纪30年代构想批判理论时设计了两个理论起点：一是各门具体学科对经验现象的描述，二是传统理论对普遍本质的界定。二者形成了批判理论的一个基本套路，即由普遍本质审视具体现象。虽然阿多诺拒绝一切同一性哲学关于普遍本质的预设，但事实上他只是将社会批判转向了文化批判，将批判的价值坐标由形而上学转向了美学。在阿多诺和马尔库塞那里，美的艺术是人性自由的最高体现，因而也是审视和评判当代社会现实之合理性的唯一准则。马尔库塞认为："每一真正的艺术作品，遂都是革命的，即它颠覆着知觉和知性方式，控诉着既存的社会现实，展现着自由解放的图景。"[18] 阿多诺同样也是在艺术与现实的对抗性关系中设定艺术的自律性质并将自律的艺术作为超越和否定世俗社会、叩开个人自由之门的路径。

法兰克福学派把艺术自律从唯美主义者的职业伦理的有限性中解放出来，使之扩张成为一种具有人类解放功能的普遍伦理。自律艺术的这种普遍伦理化在阿多诺、马尔库塞等人那里体现为，独立于世俗生活之外的艺术通过与世俗生活的对抗而唤醒人们的"否定认识论"，人们由此超越世俗生活的奴性状态从而走向自由。

法兰克福学派是艺术自律的坚定捍卫者，但是阿多诺等人的艺术自律观跟一般的艺术作品形式自足理论有很大的差别。在阿多诺看来，艺术的自律属性不等于艺术文本结构上的封闭自足，而是体现为一种与社会现实对抗的革命性和批判性的特质。这也就是说，艺术不逃离社会，而是面对社会发出否定、抗议之声，艺术就是凭借着这种"造反"的特性而彰显出它的自律性存在。阿多诺认为："艺术的社会性主要是因为它站在社会的对立面……这种具有对立性的艺术只有在它成为自律的东西时才会出现。"[19] 阿多诺用"新异性"概念来描述自律艺术的文本特征；这种新异性使得艺术具有反抗一切总体性或同一性的功能。伊格尔顿对此的理解是："艺术力求某种纯粹的自律性，但是，如果没有异质性因素它将什么也不是，并且逐渐消失在稀薄的空气之中。艺术既为自己同时也为社会而存在，始终既是自己同时又是其他的某种东西，批判性地从历史中疏离出来，但并不采取一个超越历史的优势点。”[20]阿多诺之所以要借异质性把艺术置于疏离历史而又拯救社会的地位上，那是因为他坚信自律的艺术能够释放出审美伦理即自由人格的光辉，在这沉沦的大地上唯有审美伦理之光将引导人类走出现代性的牢笼。

相比阿多诺，马尔库塞也许更为激进。马尔库塞强调艺术形式的独立，但这不是克莱夫·贝尔或罗杰·弗莱论述过的那种独立，而是一种反抗或革命意义上的独立。艺术形式“使作品从既存的现实中离却、分化、异在出来，它们使作品进入到它自身的现实之中：形式的王国”。跟阿多诺的“新异性”一样，马尔库塞笔下的艺术形式的独立性能够“建构出全然不同的现实”，因为独立的艺术形式唤醒了人们否定和怀疑的精神，从而体验到审美化人格的自由境界。“在这个社会中，不再是剥削主体或客体的新型的男人与妇女，将在他们的劳动和生活中，展现出人和物曾被压抑了的审美可能性视野——美学不再作为某些对象（艺术对象）的特定属性，而是作为与自由个体的感性和理性相适应的生存形式和态势。”[21]也就是说，形式自律的艺术激发的不单是关于艺术文本结构特性的经验，更是在不苟流俗中导向解放和自由。

自启蒙唤醒了现代性工程之后，政治革命、技术革命和经济革命都曾被西方知识分子当作人类解放的路径，但是随着现代性之隐忧日益蔓延继而其“自反性”日益显露，审美救世的呼声此起彼伏。艺术被美学注入了“自由的象征”内涵之后，它就成为了一种在现代社会中替代宗教的道德教化力量，人们把寻求解放的眼光投向了艺术化的生存之道。尤其是在审美现代性之体现即先锋派艺术中，艺术自律以抵抗和超越世俗社会的方式引导人们感悟心灵自由的激情。阿多诺等人从先锋派艺术中看到了审美伦理否定同一性秩序的功能以及它作为普遍伦理的救赎功能。事实上正如杰姆逊所言：“现代主义者总是希望艺术不仅仅生产出一部小说，一幅画，或是一部交响乐，他们要艺术能做一切事情。”[22]阿多诺等人偏爱现代艺术的原因就在于，以抵抗诗学见长的现代主义艺术把审美变成了生存态度，这一点正好跟法兰克福学派在审美造反中构建普遍伦理的思想诉求相互应和。

以“五月风暴”为代表的新左派造反运动，其指导性的理论就是一种审美化的伦理预设。甚至可以说，审美伦理就是新左派的意识形态，即伊格尔顿在《美学意识形态》中描述的那种身体话语的意识形态呈现。新左派的巨大影响力在很大程度上有赖于审美意识形态，当然新左派最致命的弱点也在于审美意识形态的空想主义和虚无主义。

四、20世纪60年代的美利坚：审美伦理的蔓延

人们固然可以将艺术自律视为近代社会世俗化进程中贵族主义文化的自我确证，但是这一文化观念更像是市民社会兴起过程中中产阶级的文化领导权诉求。艺术自律的观念在其生成进化之时就绝不仅仅涉及艺术文本的制作工艺或结构特性，它明显包含一种伦理学理想，即它设计了某种超然于所有社会实践场域之外的“艺术性”的生存方式，并以之为生存的最高价值。从唯美主义者王尔德声称生活应当摹仿艺术以来，自律性的艺术就被崇拜者们当作个人自由的圭臬。尤其是康德美学给予艺术的自律性存在以先验性依据之后，面对现代性之隐忧，期盼救赎的人们在依据于审美原则而超凡脱俗的艺术里领悟到了人类解放论的意义经验。就像审美现代性张扬抵抗诗学以逃离启蒙现代性一样，艺术的自律性也让现代人看到“诗意栖居”的伦理学价值。

艺术自律给文化现代性提供了两条“自由之路”：其一是以形式主义、纯粹造型为代表的象牙塔的或逃亡者的艺术自足理论；其二是从达达派到嬉皮士运动的革命主义的或抵抗者的审美造反。在20世纪60年代的美利坚，艺术自律构建的这两种审美现代性规划营造了两座“公社”——作为逃亡者的艺术家建立了纽约的格林尼治村，而作为审美造反者的嬉皮士则建立了旧金山的海特—阿西伯利自由村。

1967年，福柯在一次建筑研究学术会议上发表题名《另类空间》的演讲，提出“异托邦”概念。“异托邦”跟“乌托邦”不同，它是现实世界里的真实存在，但是它又跟乌托邦一样显示出与世隔绝的虚拟色彩。[23]异托邦常常由受到正统观念排斥的另类人群创建，它形成一个真实世界中的“虚幻空间”，因为这一空间存在的依据是被统治着真实世界的主流观念所不予认可的“他者”意识。60年代北美大地上的艺术家公社、嬉皮士公社就是典型的“异托邦”，支撑着这些公社的核心观念是不为世俗道德认可的“生存的艺术化”。这些公社里的人们向往远离尘嚣的艺术化生活，他们把这种生活方式当成投身自由空间的救赎之道。

格林尼治村是位于纽约曼哈顿南部的一片街区。由于许多诗人、戏剧家、画家居住于此，因而这里被看成一个艺术村。格林尼治村里的居民多为波西米亚生活风格的艺术家，而且这里还是“垮掉的一代”的诞生地。在这片街区里，遍布着剧院、画室、咖啡馆，不修边幅的艺术家随处可见。谈到格林尼治村，人们总是将其定位为一个超凡脱俗的艺术共和国。1916年，先锋艺术家马塞尔·杜尚和约翰·斯隆登上格林尼治村的一座楼顶，宣布格林尼治村为“一个自由的共和国、独立的乌托镇”。美国学者萨

利·贝恩斯在《1963年的格林尼治村——先锋派表演和欢乐的身体》一书中关于此事的评论是："杜尚令人起敬的里程碑式的'占领'把政治性革命改造为文化意义上的反叛：这个事件是庆祝性的（有酒与食物）、艺术性的（有诗歌朗诵）、异国情调的（日本的灯笼）、游戏性的（玩具手枪及气球）、左倾的（气球毕竟是红色的）。它还发出来强烈要求建立波西米亚式自由社团的声明（'一个自由的共和国'），召唤一种替代性的文化，从资产阶级生活中独立出来（'乌托镇'）……"[24] 从那以后，格林尼治村一步步走向艺术独立性的实验室、独立艺术的博物馆以及独立艺术家们的"理想国"、艺术化生存方式的活动场。

作为一座依据艺术自律而建立起来的"异托邦"，格林尼治村承载着审美现代性的一种理想，即用审美伦理拒斥资产阶级的市侩主义，在艺术性的伦理实践中完成审美救赎。艺术从世俗世界中独立出来之后，它负担起沉重的职责，以至于人们要以它为"法律"来缔造自由共和国。在60年代的美利坚，风起云涌的反文化运动激发了人们超越"现代性之隐忧"的渴望，而格林尼治村这座"艺术之城"也进入了它的鼎盛时期。相比19世纪的唯美主义，格林尼治村带有更多先锋主义色调，因为它毕竟是与"垮掉的一代"共生的。只是随着激进主义文化运动的衰落，格林尼治村也逐渐褪去了光晕，最终让位于中产阶级的商业伦理。

嬉皮士运动的主角不是职业艺术家，但是这一运动更具"审美造反"色彩。60年代的新左派运动、性解放运动、嬉皮士运动都典型地体现着审美现代性的特征，即叛逆性。嬉皮士运动上承"垮掉的一代"，下启新左派的"审美造反"；莫里斯·迪克斯坦（Morris Dickstein）的《伊甸园之门：六十年代的美国文化》一书将嬉皮士运动视为乌托邦主义的误入歧途，成为一个历史时代的文化标记。嬉皮士运动从"垮掉的一代"那里继承了对中产阶级生存伦理的反叛。以波西米亚式生活方式抵抗资产阶级社会的工具理性化生存伦理，正是自唯美主义以来审美现代性的伦理诉求。

嬉皮士运动反抗工具理性化生存伦理的方式就是感性生命力的放纵。这种放纵起源于对现代性的效率主义的反感，而这种反感又来自现代性的另一侧面——自律艺术中所蕴含的个人自由价值。嬉皮士们通过吸毒、性解放以及摇滚乐来对抗所谓中产阶级道德，同时他们跟追求纯粹自我的现代艺术家一样，有着一种寻找人间伊甸园的异托邦情结。20世纪60年代初期，一些垮掉派分子来到旧金山的海特—阿西伯利，他们在此地建立起颓废生活的根据地。几年之后，大批嬉皮士来到海特—阿西伯利寻找身体的自由，这里俨然成为一座自由之城。嬉皮士们在他们的自治公社里过着自食其力、财产公有、性关系自由、毒品泛滥的生活。一时间，北美大地上出现了多处嬉皮士公社，身体的狂欢成为一个时代的文化主题。但是当他们在纵欲、吸毒和摇滚乐中耗尽了造反的激情之后，这些公社也逐渐解体，包括海特—阿西伯利。

从唯美主义到嬉皮士，延续着一条历史的线索，那就是波西米亚式生活方式逃离或反抗布尔乔亚式生活方式。美国记者大卫 · 布鲁克斯写道："布尔乔亚的主要领域是商业和市场，波西米亚则在艺术上独擅胜场；布尔乔亚崇尚物质主义、秩序规律、习俗、理性思考、自我规范和生产力；波西米亚阶级注重的则是创意、叛逆新奇、自我表达、反物质主义的生活体验……"[25] 在布尔乔亚和波西米亚两种生活伦理的对立中，我们可以见出卡林内斯库描述的启蒙现代性与审美现代性的裂变。艺术自律来源于现代性，但是它在现代社会中的功能却是对抗现代性。自律的艺术虚拟了一种自由的体验，唯美主义、嬉皮士等都想把这虚拟的自由变成现实，于是有了种种反文化的文化运动。到日常生活审美化的时代，布尔乔亚和波西米亚结合成"布波族"，其中释放的信息是，自律的艺术开始低下那高贵的身姿回到人间，审美伦理开始靠近商业伦理。到此时，艺术自律的终结也指日可待了。

五、从绝对音乐到无物象绘画：纯艺术的赋格曲

现代性工程展开不久，艺术便遭遇体制性的危机。康德美学的"无功利性""形式游戏"等观念，给危机中的艺术带来独立于城邦历史之外的生存合法性。康德的艺术自律论实际上包含两个层面：其一是由先验的判断力活动演化而来的审美伦理，其二是由形式游戏演化而来的艺术作品结构和意义上的自足性。如果说前者导致了从唯美主义到嬉皮士等一系列的审美造反运动，那么后一种理论则启发了有关艺术作品的文本自足性存在的观念，即形式游戏对艺术作品的统治权。

浪漫主义和唯美主义借助天才论让艺术家跳出历史，变成天上的文曲星，同时一种关于艺术作品的非历史化和形式自律性的观念也开始流行。"为艺术而艺术"不仅是艺术家们告别历史的宣言，也是艺术作品属性、意义、结构等元素摆脱"城堡上飘扬的旗帜"的一种策略。曾经像其他社会实践场域一样接受总体性历史管辖的艺术，现在需要走出历史自立为"纯艺术"。康德之后，尽管仍有人在诸如民族精神、历史理性、意识形态等概念下界定艺术作品的意义和属性，但是关于艺术之纯粹性、自律性的论证却

日益增多，探索艺术不同于一般社会实践之特性的“一般艺术学”日渐成型。面对世俗化和物质主义，19 世纪开始出现“以艺术代宗教”的救世观念。既然艺术可以承担宗教的职能，它就必然具有一种超越世俗世界的本真属性和终极价值，所以浪漫主义、唯美主义、象征主义、印象主义等等都坚决地认定艺术属性的非历史特征，都极力推崇艺术美的纯粹性。唯美主义者们普遍相信“为艺术而艺术”，王尔德甚至认为：“生活模仿艺术远甚艺术模仿生活。”[26] 罗斯金虽然不大同意这位学生的意见，但是罗斯金在艺术有着高于世俗社会之价值这一点上，其实跟王尔德是相通的。

最能体现艺术品属性、意义和结构的独立性的思想诉求的，莫过于自 19 世纪以来在各门类艺术领域中出现的“形式自足性”理论。最早有关艺术作品形式自律的论述发生在音乐理论界。1722 年，近代和声学的奠基人、法国音乐家拉莫在《和声学基本原则》中说，音乐是一门有规则的音响的艺术；后来，德国浪漫派的施莱格尔提出“绝对音乐”概念。这些看法具有明显的形式主义倾向。1854 年，汉斯立克在《论音乐的美》中明确地宣称：“音乐的内容就是乐音的运动形式。”他解释道：“音乐美是一种独特的只为音乐所特有的美。这是一种不依附、不需要外来内容的美，它存在于乐音、以及乐音的艺术组合之中。”[27] 汉斯立克的乐音形式自律理论，体现出与浪漫主义不一样的艺术自律观。浪漫主义的天才诗学强调艺术家的主观精神的独立性而不关心作品形式自律与否，汉斯立克则认为音乐的美跟外部注入的情感无关，它来自乐音的结构。正是这种对音响构成性的关注，导致了后来出现勋伯格的十二音序列理论。

各门艺术为寻找自身特定的独立属性而重建存在之合法化，这是 19 世纪晚期以来审美文化的一个显著特点。在这方面，从印象派到野兽派、立体派的造型艺术提供了典型案例。由于供养人体制的终结、照相术的应用、传统表意技法范式的僵化以及艺术场的独立，由印象派发端，西方绘画艺术开始了一段“寻找自我”的历史。从印象派对“条件色”的重视到野兽派对“二维性”的肯定，再到立体派的“纯粹造型”以及表现主义的“无物象绘画”，西方绘画由摹仿自然或服从物象走向了自我指涉或造型的自律性，这一变化的内涵也可以表述为由形式的他律转向形式的自律。现代画家们意识到，绘画被叙述性和物象统治得太久，以至于失去了自身的特性。绘画作为自律性的艺术的根本在于复归它的二维平面特性和“造型的形式”（罗杰·弗莱），如塞尚所言：“艺术是一和自然平行的和谐体。”[28] 这一“和谐体”之所以能够形成平行于自然的独立禀性，就是因为它找到了形式自足的条件，即“纯粹造型”和“二维性”。格林伯格说：“‘纯粹’意味着自我定义，艺术自我批评的事业就是一种彻底的自我定义……二维空间的平面是绘画艺术唯一不与其他艺术共享的条件。因此，平面是现代绘画发展的唯一定向……”㉙以纯粹造型为基础的抽象绘画，实际上是艺术自律在绘画艺术中以“形式的自律性”来实施审美现代性工程的必然结果。

在文学领域里，形式自律的结果就是现代理论用“文本性”取代了古典时代的“诗性”概念。浪漫主义的天才诗学实际上是排斥形式自律的，它把艺术自律限定在艺术家的主观精神状态之中。象征主义诗歌的出现，使人们开始意识到艺术自律的另一种形态，即穆卡洛夫斯基说的那种语言的“凸显”。瓦莱里曾经在“绝对音乐”的启发下提出“纯诗”概念。他把“纯诗”设想为一种绝对的诗，其特质在于“探索词与词之间的关系所引起的效果，或者毋宁说是词语的各种联想之间的关系所引起的效果；总之，这是对由语言支配的整个感觉领域的探索”㉚。在20世纪的语言论转向的思想文化语境中，形式主义文论完全抛弃了“摹仿”“表现”等他律论理论话语，倡导一种超乎历史的文本自足论。俄国形式主义者声称文学与城堡上飘扬的旗帜无关，“文学作品是纯形式，它不是物，不是材料，而是材料的对比关系”㉛（什克洛夫斯基）。韦勒克对此的评论是：“俄国形式主义使艺术作品自身成为关注的中心；它尤其强调文学和生活的不同，摈弃了通常对文学的传纪的、心理学的和社会学的解释。它以自己的术语发展了一套用于分析文学作品和研究文学史的富于创造性的方法。”㉜新批评家维姆萨特和比尔兹利在《意图谬见》和《感受谬见》中把诗人的主观精神和读者的阅读感受等历史性元素从诗的意义阐释中彻底驱逐出去，让诗成了一个与历史完全隔绝的自律性存在。这一做法也许会遭遇浪漫主义者的反对，但是它在寻求艺术自律性这一点上跟浪漫主义实际上是相同的。

注释：

①③⑤ 符·塔达基维奇：《西方美学概念史》，褚朔维译，学苑出版社1990年版，第76页，第82—84页，第22—26页。

② 朱光潜：《西方美学史》上，人民文学出版社1979年版，第203页。

④⑥⑦ 康德：《判断力批判》上，宗白华译，商务印书馆1964年版，第15—16页，第148页，第205页。

⑧⑪⑫⑬ 威廉·冈特：《美的历险》，肖聿、凌君译，中国文联出版公司1987年版，第10页，第2页，第5—6页，第217页。

⑨ 卫姆萨特、布鲁克斯：《西洋文学批评史》，颜元叔译，中国人民大学出版社1987年版，第438页。

⑩ John Wilcox, “The Beginnings of L’Art pour l’Art”, *Journal of Aesthetics and Art Criticism*, II(June 1953): 360–377.

⑭ 参见周小仪《唯美主义与消费文化》，北京大学出版社2002年版，第56页。

⑮ 布尔迪厄：《艺术的法则：文学场的生成和结构》，刘晖译，中央编译出版社2001年版，第73页。

⑯ 高宣扬：《福柯的生存美学》，中国人民大学出版社2005年版，第36页。

⑰ 培根：《论美》，朱光潜译，载北京大学哲学系美学教研室编《西方美学家论美和美感》，商务印书馆1982年版，第77页。

⑱ 赫伯特·马尔库塞：《审美之维》，李小兵译，生活·读书·新知三联书店1989年版，第237页。

⑲ 阿多诺：《美学理论》，王柯平译，四川人民出版社1998年版，第386页。

⑳ 特里·伊格尔顿：《美学意识形态》，王杰等译，广西师范大学出版社1997年版，第351页。

㉑《现代文明与人的困境——马尔库塞文集》，李小兵等译，上海三联书店1989年版，第368、379页。

㉒ F.杰姆逊：《后现代主义与文化理论》，唐小兵译，陕西师范大学出版社1987年版，第138页。

㉓ 参见尚杰《空间哲学：福柯的“异托邦”概念》，《同济大学学报》2005年第3期。

㉔ 萨利·贝恩斯：《1963年的格林尼治村——先锋派表演和欢乐的身体》，华明等译，广西师范大学出版社2001年版，第2—3页。

㉕ 大卫·布鲁克斯：《布波族：一个社会新阶层的崛起》，徐子超译，中国对外翻译出版公司2003年版，第73页。

㉖ 王尔德：《谎言的衰朽》，载赵澧、徐京安编《唯美主义》，中国人民大学出版社1988年版，第132页。

㉗ 爱杜阿德·汉斯立克：《论音乐的美》，杨业治译，人民音乐出版社1978年版，第39、38页。

㉘ 瓦尔特·赫斯编：《欧洲现代画派画论选》，宗白华译，人民美术出版社1980年版，第20页。

㉙ 克莱门特·格林伯格：《现代派绘画》，载弗兰西斯·弗兰契娜、查尔斯·哈里森编《现代艺术和现代主义》，张坚、王晓文译，上海人民美术出版社1988年版，第5页。

㉚ 瓦莱里：《纯诗》，丰华瞻译，载伍蠡甫主编《西方现代文论选》，上海译文出版社1983年版，第27页。

㉛ 日尔蒙斯基：《论“形式化方法”问题》，载维克托·什克洛夫斯基等《俄国形式主义文论选》，方珊等译，生活·读书·新知三联书店1989年版，第369页。

㉜ 转引自汪正龙《西方形式美学问题研究》，黑龙江人民出版社2007年版，第21页。

（2013年第9期）

对西方后现代主义文论消极影响的反思性批判

朱立元

西方后现代主义文论思想在中国的传播和接受并不是一帆风顺的。20 世纪 80 年代前期，后现代主义文论开始进入中国，先后经历了初步译介期和发展期、90 年代的推进期和高潮期以及 21 世纪以来的新变期，取得了令人瞩目的成就，出版了以此为主题的著译作品上百部，发表相关论文数以千计，产生了实实在在的、不可低估的影响。这种影响是多重的、错综复杂的，但总体上可以概括为积极、正面的和消极、负面的两个方面。在笔者看来，其积极影响集中体现为它在被有批判地接受的各个阶段都实际上参与了当代中国文论（主要是文学基础理论，当然也包括批评理论）的创新建构，并取得了若干重要的实绩，特别在思维方式方面的启示是影响深远的；应当肯定，这种积极影响总体上占据主导地位。然而，我们也应当清醒地认识到，后现代主义文论涌入中国之后，不可避免也带来许多负面的东西，产生若干消极的影响。关于积极影响方面，笔者将另文探讨。本文拟主要从以下几个方面对其消极影响加以反思和批判。

一、后现代主义对宏大叙事的彻底否定将导致消解文艺学、美学的唯物史观根基

“宏大叙事”（grand narrative）是利奥塔在《后现代状态》中提出来的。他用“宏大叙事”来描述那种支撑、解释在现代性状况下某种文化的特殊选择并赋予其合法性的叙事。这是一种所有其他文化叙事都能从中找到意义与合法性的元叙事；它通过提供一种连贯性、总体性即宏大性来掩饰在社会历史中发生的各种各样实际存在的冲突和歧异。利奥塔论述了解放的叙事和思辨的叙事这两种知识合法化的宏大叙事，前者体现了民族国家出现革命的时期的特点，后者的目标是建立一个思辨的理论体系。他把基督教、启蒙运动、资本主义和马克思主义等都当作宏大叙事的实例。与宏大叙事相反的是

小叙事（little narrative）。利奥塔认为，随着技术的发展、学科界限的崩溃、后工业社会的兴起尤其是知识的商品化等，两种宏大叙事都丧失了可信性和合法性，小叙事因此凸显出来，进入到后现代状态之中。小叙事强调的是意见一致话语视界中的意见分歧，认为意见事实上从未达成一致。由此，小叙事使得后现代性中各种各样的差异和复杂性得以凸显。利奥塔由此否定元叙事（宏大叙事）而倡导小叙事。

中国当代文论，受到后现代主义宏大叙事理论非常广泛的影响。“宏大叙事”的概念在相当长的时期内出现在大量有关文论和批评的文章和著作中，使用频率极高，成为时髦话语，虽然大部分的使用并不一定符合其原意，常常存在这样那样的误读或误用。而且，我们不必否认，它对中国文艺理论建设也有一些启发性，比如有的学者更加注重对一些实证性的或某些具体、微观问题的研究，使研究更加深入、细致，也确实在某些方面有所突破，取得了一些很有价值的成果。

然而，总的来看，后现代主义文论全盘否定宏大叙事，其消极性更是毋庸置疑的。如前所述，利奥塔明确把马克思主义当作宏大叙事的主要实例之一。马克思主义的唯物史观，是解放全人类的最强大的思想武器，又有严谨的理论体系，显然既是解放叙事，又是思辨叙事，是后现代主义强烈反对和力图消解的宏大叙事。然而，唯物史观在以马克思主义作为指导思想的中国，对于所有人文学科和社会科学都有直接的、根本性的指导意义。文艺学、美学与自然科学不同，属于“历史科学”。恩格斯在评论黑格尔庞大的哲学体系时，明确把包括美学在内的哲学各个分支学科都看成“在所有这些不同的历史领域中”进行研究的“各个历史部门”[①]，强调“社会历史的一切部门和研究人类的（和神的）事物的一切科学”都应当将研究对象“承认为历史发展过程”。这种研究的根本目的，“归根到底，就是要发现那些作为支配规律在人类社会的历史上起作用的一般运动规律”[②]。

这种“一般运动规律”体现在不同的历史部门、不同的学科中，其具体内涵、方式和发展变化等，自然是很不一样的。但是，它们归根结蒂必然受制于、服从于历史唯物主义的基本原理和一般原则。后现代主义消解宏大叙事的要害，实质上是彻底否定唯物史观，否定人文社会科学发现、揭示研究对象发展中的那些带有本质性、规律性的东西，使之停留于零碎的表层现象的描述。

美国新马克思主义理论大师、后现代主义研究权威詹姆逊对消解宏大叙事的观点也并不认同。比如在张旭东对他的一次访谈中，他在回应“理论已死”的时髦论调时，针锋相对地提出，许多“理论经典”在当代继续发挥着作用，“‘理论经典’不仅包括那些基本著作，如列维-施特劳斯的结构人类学理论，而且包括过往的经典——回溯到马克思和弗洛伊德，以及各个不同理论家们自己的经典文本”，他特别强调，“可以肯定地说，想要在理论著作中回避马克思和弗洛伊德仍然是不可能的，因为两者涉及整个人类经验领域以及整个社会的社会经济现实和心理现实”。[③] 显然，要回避这样一种宏大叙事是不可能的。在这次访谈中，张旭东概括了体现詹姆逊宏大叙事的“三种深度模式”，其中第一种就是“以马克思主义‘生产方式’理论、商品拜物教理论和上层建筑/经济基础分析为蓝本构建起来的政治经济学深度模式，以分析资本主义‘表面现象’和‘内在本质’的方法来看待文本与其社会背景之间的关系”，另外两种是符号学、阐释学的深度模式和精神分析学说的深度模式。[④] 这个概括非常精当。笔者认为，这三种深度模式显然都是宏大叙事，第一种实际上就是马克思主义的唯物史观，当然不一定称之为“模式”。詹姆逊对后现代主义文论消解宏大叙事的观点是持批评态度的，值得我们思考和借鉴。

这一点在当代中国文艺理论研究领域也不例外。如果彻底否定宏大叙事，文艺学的任何创新建构都将落空，因为文艺理论绝对离不开作为理论基石的唯物史观的指导。比如在20世纪90年代中国文艺学界以钱中文、童庆炳等为代表的文艺理论家创建、倡导的“审美意识形态”论，在当时影响最大、传播面最广，至今仍然是文艺学界的主流话语，它的立论基础就是唯物史观这个所谓的“宏大叙事”。试想，如果离开了这个宏大叙事，揭示文学特质的“审美意识形态”论能够形成吗？能够在本质和规律层次上科学地、动态地解释丰富复杂的文学和文学史现象吗？如果取消了唯物史观的所谓宏大叙事，文学理论即使在若干具体问题（小叙事）的研究上能够有所推进，但它的总体框架和理论根基却被抽去了，随之它概括和揭示文学历史生成和发展的某些带有规律性的现象、症候的主要任务就被取消了，其理论的系统性、逻辑性也会被消解，从而实际上使文艺学陷入真正的学科危机。

其实，不独文学“审美意识形态”论如此，新时期以来我国许多文艺学专著和教材，即使着重探讨某些重要的文艺理论，包括形式问题、语言修辞问题等等，并不直接涉及唯物史观的基础问题，但它们都追求建构观念相对自洽、逻辑比较严密的理论体系，仍然具有宏大叙事中“思辨叙事”的性质。在笔者看来，追求人文社会科学理论著作的思辨性和系统性，乃是新时期以来我国学界理论自觉性的一大进展，应当充分肯定。如果真的全面取消包括思辨叙事在内的宏大叙事，中国的文学理论恐怕只能走向平面化、浅表化、碎片化，而趋于衰退。

需要指出的是，我国绝大多数学者否定性地使用“宏大叙事”概念，并不是认同利奥塔对马克思主义的否定，而是借用这个后现代概念对那些“宏”而无边、大而无当、空洞说教的教条主义文论研究的抵制和拒绝，这当然有其合理性，但实际上却是只停留在对“宏大叙事”概念字面意义的理解上，从而造成了某些误解或误用。

由此可见，后现代主义彻底否定和消解宏大叙事的思想，在文艺学领域中是有害的，实际上是行不通的。

二、后现代反本质主义思想被过度解读和利用，容易走入彻底消解本质的陷阱

后现代主义的非同一哲学或者差异哲学批判黑格尔以来的传统同一哲学是本质主义的。因为同一哲学认为，任何事物的现象背后都有着决定该事物是其所是的唯一的固定不变的“本质”，它是与其存在直接同一的，是事物存在之同一性的基础。后现代主义批评这种同一哲学产生了本质主义观念，其要害在于忽视或掩盖了事物的差异性、特性与个性。后现代主义如阿多诺的“星丛”理论就是如此。“星丛”指一种彼此并立而不被某个中心整合的诸种变动因素的集合体，这些因素不能被归结为一个公分母、基本内核或本源的第一原理，“星丛不应该被还原为某一种本质，在这个星丛中内在的存在的东西本身不是本质”[⑤]。星丛式的关系是平等的、有差别的共在。由于消解了同一哲学所确立的固定不变的唯一“本质”而呈现出开放的多元性和生成性。据此，阿多诺指出：“艺术中的张力和与它相关的外在张力捆绑在一起……艺术作品中张力的复杂性结晶在形式问题和从外在世界事实面上解放出来等问题上并聚合为真正的本质。”[⑥]“张力的复杂性结晶”这个概念，肯定了艺术本质的多元性、多层次性以及过程性、生成性和复杂性，这意味着，我们应当放弃探寻唯一的、固定不变的文学艺术之本质的努力。如果仅仅这样理解，在笔者看来，反本质主义是有其合理性的，对于我们文学理论的创新建构是有启发的。

然而，后现代主义文论不满足停留于此，它将上述生成性、过程性推到极端，从而根本上消解了本质范畴和对本质认识的一切可能性。它强调，艺术的生成性、过程性也体现为片段性、非逻辑性，其间贯穿的是动态生成关系。因此，艺术概念拒绝界定：“艺术的本质也不能确定，即便通过追溯艺术的起源以期寻觅支撑其他一切东西的

根基。"[7]这样一来，除了关系、过程、生成与历史，文艺的本质只剩下无法把握的不确定性，于是任何试图探讨文艺本质的努力也都成了毫无意义之举。笔者认为，此处反本质主义就过了"度"。德里达的解构主义则走得更远。他发明了"增补""播撒""踪迹""延异"等一系列术语来消解本质和认识本质的可能性。如"播撒"指的是，文本不但多义，而且其多义是片断并散开的，它"证实了无止境的替换"[8]；"播撒"并非是还原主义的，"播撒的基本含义之一正是本文还原成……意义、内容、论点或主题等效果的不可能性"[9]，更不可能寻找、还原文本的固有本质。又如"延异"，它是世界的"无本源的本源""无基础的基础"，他认为世界与语言一样，是差异的、多元的，延异展示了世界与文本陷入"无休止意指活动"，处于"差异及最后意义的生产"过程中。[10]"在场"从未真正完全当下在场，意义也从未真正当下在场。据此，对文学艺术本质（在场）的追寻和界定就成了虚幻的梦想。这里，后现代解构主义对本质主义的解构就远远过了"度"，其反本质主义的策略本身陷入了虚无主义。

这种过度的反本质主义在中国当代文论中也有反映，集中表现在对文学和文艺学边界问题的探讨上。

有的学者对后现代主义文论过度反本质主义的观点不加辨析，生搬硬套过来，缺乏根据地断言处于转型期的当代中国已经进入"日常生活的审美化"了。其理由是：电子媒质引起的传播革命导致了文学艺术与审美化的日常生活之间的界限逐渐泯灭，一大批原先处于边缘地带的泛审美化样式纷纷打入文艺的圈子，这就造成了文学边界的移动、越界、模糊和扩张。应该指出，他们所谓的文学"边界"，实际上就是指文学的本质或关于文学本质的观念。他们的理论根据是，文学的边界和本质是人们历史地建构起来的，一直处在不断的变动中，因而是不确定的。文学边界的变动和不确定实际上是文学本质和文学本质观的变动与不确定。他们因此强烈反对用本质主义的思维来探讨文学的边界和本质问题。

应当承认，他们关于文学边界和本质是不断变动的看法，是有道理的，但是完全否定对文学边界和本质作动态的、历史的探讨的必要性和可能性，则是过了"度"；用"日常生活审美化"来解释当代文学的审美边界的失效，就是这种过"度"的表现。

的确，从文学发展的历史看，文学的边界和人们的文学本质观念总体上一直是不确定的，一直在变动着。从大的变动轨迹看，无论中外，人们关于文学本质的观念、人们对"文学"本质含义的理解，亦即文学的边界和范围，都经历了一个从广到窄、又从窄到广的曲折过程。西方的"文学"（literature）一词长期以来一直是广义的，泛指各种使用语言文字的文献和作品，只有“诗”才大体相当于现代意义的文学。直到18世纪，作为语言艺术（审美）的狭义“文学”本质观才确立起来，并逐步地被普遍接受。这是文学的边界由广到窄的变动。中国在19世纪之前的情况亦大致如此。中国古代的“文学”概念，从孔夫子开始，一直包括“文章”（部分相当于现代的“文学”概念，但不包含诗、小说、戏曲等文学样式）和“学术”两层含义，是广义的和宽泛的。直到19世纪末、20世纪初，随着西方大学教育学科和学术分类机制的传入，现代审美意义上的文学观念才逐步形成和确立起来，如王国维、鲁迅、刘师培等都明确地在审美这一狭义上使用“文学”一词。但与此同时，章太炎等还在广义（主要指学术）上界定文学。这两种“文学”观念在20世纪前期同时并存了一段时间，之后才逐渐消失。这是中国文学观念的边界由广到狭的变动。19世纪以来，随着现代社会的发展、科学技术的革命和传播媒介的变革，中外文学的类型、样式也在不断变化。一些过去没有的新的文学类型出现了，如电影文学、电视文学、网络文学等等；一些已有的文学类型也增生了许多亚品种，比如小说文体，不但有长、中、短篇小说之分，还新增了小小说、微型小说、手机小说等等；文化散文的诞生也为散文文体增添了新品种。这些是文学边界和范围由狭到广的又一次变动。

但是，中外文学观念史的这两次变动，性质是不同的。前一次是真正为文学确定审美本质和边界的变动，是为文学定性的变动。从此，文学有了确定自身独特本质即审美规定性的边界与范围，这一边界和范围虽然在量上还可能扩大或缩小，却迄今仍有相对稳定的本质，如果突破或逾越这一本质特性，就会突破决定文学之为文学的真正边界，就会走向非文学，实际上也就取消了文学自身的边界。后一次变动在笔者看来，只是量的方面的扩大和变动，只是在文学审美特质未发生根本变化的情况下其边界和范围的弹性扩张，而不是边界根本性质的变动。所以，第二次变动虽然在量上拓展了文学版图，却并未导致文学边界的模糊和消失；恰恰相反，正是当代文学边界的这种“扩容”从另一侧面证明了文学审美特质和边界的有效性和合法性至今仍然存在。

上述主张取消文学本质界定的反本质主义观点，其否定文学有固定不变的本质和边界的看法并无不妥。但是，由此断言当代中国文学与日常生活的边界已经消失，实际上就是认定当代中国文学相对稳定的审美本质已经消解，已经与其他种种非文学的文化产品没有本质区别了，这就难以令人苟同。因为它根本否定了探讨文学（包括其他事物）本质的合法性、必要性和可能性，否定文学和一切事物的本质虽然处于变动中，但在一定历史阶段可以有相对的稳定性和可认识性。同时，对文学的本质从多方面、多层次动态地加以探讨也是必要和可能的。21世纪以来受到学界好评的三种文学理论教材（南帆主编《文学理论》新读本，王一川著《文学理论》，陶东风主编《文学理论基本问题》），如有的学者所说，“它们的基本形态分别是关系主义、整合主义与本土主义”，是自觉反对本质主义的，但实际上他们只是“反对‘本质’的客观性、永恒性与唯一性”[11]，而并不取消对文学本质的多方面、多层次和动态的考察，并不取消文学本质和边界在一定范围、一定历史阶段的相对稳定性。

总之，后现代主义文论这种过度的反本质主义，最终只能走向相对主义和虚无主义。它在中国当代文论中确实产生过一些消极影响。但是，通过文艺理论界的学术争鸣、讨论这样一种文化学术机制，这种消极影响被有效地降低和消化了，反而促进了人们对反本质主义的辩证认识。

三、西方后现代非理性主义的强化，诱发了国内文艺与文论的感官主义消极倾向

非理性主义并非后现代主义文论的专利，它缘起于现代主义思潮，从叔本华、尼采、克罗齐、柏格森、弗洛伊德到超现实主义、荒诞派、存在主义等等，非理性主义文论源源不断。后现代主义文论在批判现代性时，并没有批判其非理性主义思想，反而在某种程度上强化了这种非理性主义，特别在文艺和审美领域更是如此。后现代主义在对理性本身的反思、批判中，对审美现代性的批判，最集中地体现在对艺术活动中理性作用的怀疑与否定上。在现代主义文论中原本得到强调的艺术、审美行为的非理性部分，被进一步强化了，并被用来充当对抗理性主义的急先锋，关于潜意识、想象、梦、幻觉、本能、意识流、直觉等等非理性因素在艺术创作中的地位一概被强化了；而在艺术和审美活动中，理性的反思性在对作品的欣赏中被直观、直觉、体验，以及诸种感受性所取代。后现代主义对美学（aesthetics）的“感性学”涵义的过度强调和推崇，使得美学单纯以感性学的方式在场，而感性又被感官性牵引着。康德以降的审美非功利性原则在某种程度上被感官快乐的原则所介入和取代，康德所说的作为一种自由游戏情感的“快适”被单纯感官带来的诸种快感取代，审美水平的高低于是被一种官能性愉悦的程度所决定。这是后现代的反理性主义在文艺学、美学层面的直接体现。在更深的层次，反理性主义作为对于理性的反思立场，深刻地影响了关于审美的性质与意义的看法，用

审美进行启蒙和救赎的现代性神话于是被质疑、被颠覆。

应当肯定，对“美学”的“感性学”本义的强调本身并无不妥，特别是重视过去被长期忽视的艺术和审美活动中感性的、非理性因素的作用，是有积极意义的。从现代主义到后现代主义，对潜意识、想象、梦、幻觉、本能、意识流、直觉等非理性因素在艺术创作和生命活动中极为重要的作用的发现、发掘和肯定，是有其合理性的。因为，古今中外无数优秀的文艺家的创作实践及其优秀作品的产生，都无可争辩地证明了仅仅用人的理性思维能力对之是解释不通的；相反，正是这些非理性因素的综合作用，能够更有效地解释艺术和审美活动中极为隐秘、细微、复杂、千变万化的心理机制。然而，片面、过度地强调非理性因素这一面，并上升到支配地位，完全否认并彻底排斥人的理性因素在艺术和审美的深层心理活动中介入、参与和潜在支配的作用，则走向了另一个极端，不但不符合艺术和审美活动的实践，而且颠倒了人之为人的主要标志——有意识的理性活动，而非纯粹非理性的、感性的、感官的活动。马克思指出，人与动物最直接的区别在于其生命活动是“自己意志的和自己意识的对象”“有意识的生命活动”，而且“正是由于这一点，人才是类存在物。或者说，正因为人是类存在物，他才是有意识的存在物，就是说，他自己的生活对他来说是对象。仅仅由于这一点，他的活动才是自由的活动”[12]。这里，“有意识的”就是理性的。当然，马克思区别人与动物的根本尺度不是有没有理性，而是实践，即“自由自觉”的、“有意识的生命活动”。所以，笔者认为，后现代主义文论在片面强调非理性主义这一点上存在着严重的失误。

后现代非理性主义思潮的消极影响，在当代中国艺术和文论中也有表现。

20 世纪 90 年代起，我国艺术和审美文化就受到了全球化和市场化、商品化两股汹涌大潮的强烈冲击；21 世纪以来，随着我国市场经济的更趋成熟，消费主义思潮的日益蔓延，后现代之风的迅速弥漫，大众传媒的推波助澜，主流文化和意识形态不断被“祛魅”，大众文化以不可阻挡之势席卷神州大地，“三消（消费、消闲、消遣）文化”迅速上升到文化艺术市场的主流地位，从而艺术和审美文化的世俗化、欲望化、娱乐化进程加速从边缘走向中心，这突出表现为部分文艺创作和欣赏中感官欲望的无度扩张和享乐主义的大肆泛滥，相当数量的作品在“祛魅”的解构思潮冲击下越来越流于“三俗”，即低俗、庸俗、媚俗。其中尤以媚俗最不应原谅，因为这是有意识地主动自觉地迎合、满足、取悦于部分受众不健康的乃至恶俗、庸俗、追求感官刺激的趣味，比如审丑（非美学意义上的“丑”范畴）、残缺、色情、血腥、暴力、窥秘、自恋、自虐等等。这些感官化的“娱乐至死”的趋向，完全颠覆了文学艺术的审美特性。

需要说明的是，笔者这里并不是一般地否定或者贬低大众文化。从总体上说，我们是欢迎和欢呼大众文化时代到来的。大众文化中有许多积极的有价值的东西，特别是民主自尊的公开诉求、平民主义的草根心态、不断求新图变的青春气息，是当前我国艺术和审美文化中健康向上的新鲜血液。但是，毋庸讳言，大众文化作为当代消费主义文化的主体，其中的消极方面也是不容忽视的，许多偏重于迎合、满足部分大众的感官刺激和享受的乱象，实际上是通过文学艺术把人性中最低劣的、扭曲的感官欲望无节制地召唤出来，肆无忌惮地释放出来。这样就必然会损害、消解艺术和审美文化的灵魂。

更加令人担忧的是，在后现代非理性主义思潮冲击之下，美学界和文艺理论、批评界也存在着某些偏离、游离甚至背离审美文化精神的弊端。这突出表现为美学上的感官主义、实用主义倾向有所抬头。它把种种无限扩张感官欲望的文艺现象美化为“恢复”美学的感性学本义，从理论上支持与附和美学感官主义。它以误读了的西方学者的“日常生活审美化”理论为根据，认为中国现在已经进入后现代消费社会，娱乐性、商品性、感官消费性已经成为文学艺术的基本特征了；而日常生活的审美化突出表现在人们对于日常生活的视觉性表达和享乐满足上，这种视象快感肯定了非超越性、消费性的日常生活活动的美学合法性，因而片面主张追求视象快感为新的美学原则。更有甚者，有意无意地用实用主义曲解西方的身体美学。如有的学者指出：“美学的实用主义倡言要使身体美学化，美学身体化，因此，任何感官的满足、本能的宣泄、力比多的释放，都是美学的体现。”[13]这实际上把作为现代美学之一的身体美学降低到感官欲望美学。在笔者看来，这种美学观的要害是，片面地把艺术和审美活动中感官快乐抬高到首要的地位，丧失了对后现代感官主义消极方面的批判性，抛掉了文艺学、美学应当高扬人文精神、提高人的精神素养的社会使命，消解了对人生意义或价值的理性态度，放弃了对人的终极价值的追求，实际上把文艺学、美学从以人文精神为基础的感性学降低到缺少精神向度的感官学。这种思想无论在理论上还是在实践上都是消极的，当然不是人们（包括倡导者们）所愿意看到的。

四、后现代主义文论具有反人道主义、人本主义的倾向，不利于文艺创作和理论的发展

众所周知，钱谷融最早提出的“文学是人学”的命题，从以人为本的人道主义角

度概括了文学之为文学的基础性特征，主张文学应该尊重人，以人为描写的中心，应该具有提升人生境界、塑造美好心灵、构筑人性家园的本性。这个主张至今仍然具有强大的理论生命力。由此出发，笔者认为，坚守人道主义仍然是当代中国文艺理论和批评不应逾越的底线。

然而，后现代主义文论的一些代表人物却激烈反对人道主义、人本主义。海德格尔在《关于人道主义的通信》中认为，“人道主义”是对穷途末路的形而上学的最后挣扎的最好称呼，它把语言看作人类手中的工具并服从我们的意志。[14]这种对人道主义的否定是海德格尔思想中后现代因素的重要体现。德里达同样认为语言是一种不能归在“人”的概念下的现象，他在《人的终结》一文中剖析了海德格尔的这一文本，进一步认为，必须在有效地排除“人道主义形而上学的阴影”的前提下，才能质询人道主义问题。[15]福柯在《词与物》中说道，“人”不是一种自然事实，而是一种历史性的知识概念，是现代人文科学的知识建构。在这本书的最后，福柯公然宣告“人的死亡”，宣称“人是近期的发明。并且正接近终点……人将被抹去，如同大海边沙地上的一张脸”[16]。他特别对人道主义的普遍性要求提出挑战：“关于人道主义我所担心的是它作为一种普遍的模式向任何种类的自由展现了我们伦理学的某种形式。我认为在我们的将来存在着比我们能在人道主义中所想象的更多的秘密、更多的可能的自由和更多的创造性。”[17]此外，拉康也肯定心理分析的反人道主义本质，他认为弗洛伊德的发现表明了人的真正的中心已不再是整个人道主义传统所定位的那个中心。利奥塔也强调当代哲学理应冒险超越人类学与人道主义的局限。他们都坚信，启蒙理性和主体的自由意志都只不过是一种幻觉。据此，我们可以说，“反人道主义”是20世纪六七十年代的法国后结构主义、后现代主义思潮的共同倾向。笔者认为，法国后现代主义与人道主义对立的深层原因是，现代性人道主义虽然表面上高举启蒙理性的大旗，以人类尊严的解放者和保护者自居，但它唯一成功做到的恰恰是走向其反面，不但没有兑现这一承诺，反而成为压抑人类尊严的同谋（虽然不一定是压抑的起因），从而导致了对人、对人类自身的灾难性后果。所以，现代性人道主义才会成为后现代主义的敌人。

不过，对于现代性人道主义的这一复杂性，后现代思想家们并未作简单处置，有时候还表现出某种矛盾态度。比如福柯在批判人道主义时，明确区分了启蒙与人道主义，认为启蒙是一个事件，人道主义是一个主题，两者都不能作非历史性的理解。福柯并没有拒斥人道主义的所有原则，他只是认为人道主义的主题本身过于柔软，过于纷杂，过于前后矛盾，以致不能作为反思的轴心，启蒙与人道主义非但不是处于一种同一的状态，相反是处于一种紧张的状态。福柯认为如果把问题简单化为支持启蒙或者反对启蒙、支持人道主义或者反对人道主义，无疑是一种智性的敲诈，所以必须深入分析两者在历史过程中的复杂关系。[18]再如解构主义大师德里达后期思想有很大变化和发展，其中伦理学的人文关怀几乎成为德里达后期思想的核心，他在一系列对话和演讲中，从伦理学角度广泛论及性别、动物、司法的公正性、死刑与死亡等等问题。这表明，后现代主义在反人道主义、人本主义这方面并不彻底，一是有其现实针对性的，不是一般地、全盘地反对；二是基于其差异性哲学对现代主义总体性、普遍性、同一性的否定，而反对将人道主义普遍化、非历史化。在有的后现代思想家那里，对待人道主义，内心还存在着若干纠结和矛盾。

但是，无论如何，正是后现代主义思潮，使人们对人道主义的形而上学根基发生了怀疑，并一度成为西方思想界所关注的焦点。然而，笔者认为，后现代主义反对普遍的人道主义的立场，仍然存在着对人道主义、人本主义的许多偏见和偏差。的确，人道主义、人本主义有不同的历史形态和内涵，但是其以人为本的核心精神却是在各个历史时代一以贯之、普遍有效的。现代性的人道主义以启蒙理性为基础，最后发展到工具理性，实际上背离了人道主义、人本主义的普遍精神。但是，后现代主义却要把真正的、普遍的人道主义、人本主义一并铲除，这就大错特错了。马克思在建构唯物史观时，就不但没有否定和抛弃人道主义、人本主义，反而将人道主义、人本主义融入唯物史观之中，使之成为唯物史观的有机组成部分。笔者认为，唯物史观与人道主义，这两者不仅仅是互补、并重的关系，而且在一定意义上，是一体的关系：唯物史观必定包含人本主义、人道主义的维度，缺少人道主义、人本主义的唯物史观是片面的、不完整的唯物史观，也不符合马克思构建唯物史观的本意。可以说，马克思主义的人道主义乃是人类历史上最高、最深广的人道主义。这也正是当代中国科学发展观何以旗帜鲜明地把以人为本作为核心理念的根本原因。所以，我们应该对后现代主义文论反人道主义倾向持具体的分析批判的态度。

后现代主义文论对人道主义、人本主义的否定和批判，到了中国语境中，却引发了学界的热烈反响。20 世纪 90 年代中期“人文精神大讨论”在理论上集中体现了这种反响。

当时，在市场化、商品化大潮冲击下，在消费主义日益蔓延的现实语境下，文学的世俗化、欲望化、娱乐化进程加速从边缘走向中心，赤裸裸展现人欲横流、人性异化等挑战人道主义底线的文艺作品大量涌现，而其内含的人文精神却日趋萎缩、匮乏和空虚。此时，后现代反人道主义的思潮也乘虚而入。“内外夹击”，引发了一场围绕文学和人文精神危机问题的大讨论。讨论主要涉及人文精神的理解、人文精神的种种危机征兆、人文精神重建的迫切性和具体途径、在重建人文精神的同时如何认识和对待中国传统文化以及人文精神与终极关怀等一系列重大问题。讨论中尽管存在种种不同意见和分歧，包括对人文精神含义的不同理解，但总体上多数人基本上是将人文精神与人的生存及其价值联系起来考虑的，即主要是从人、人的价值、人的精神追求等人本主义视角来思考和理解人文精神的，也是在以人为本的人道主义层面主张重建文学中的人文精神的。因此，笔者认为，在某种意义上可以说，这场人文精神大讨论乃是80年代关于人性、人道主义问题讨论在新的历史条件下的延续和深化。一个有力的旁证是，钱中文等将这一讨论的积极成果运用于文艺理论而构建起来的新理性精神文论，其核心仍然在于按照马克思主义以人为本的人学理论的基本思路，把新人文精神视为自身的内涵和血肉，在大视野的历史唯物主义、进步的人道主义的观照下，弘扬人文精神，以新的人文精神充实人的精神，以批判的精神对抗人的生存的平庸与精神的堕落。这实际上是用马克思主义的人道主义思想对抗后现代主义文论的反人道主义思潮的消极影响，为中国当代文艺学、美学的建设提供了新的思路。

后现代主义文论反人道主义思潮在当代中国的另一个回应是，有的学者至今念念不忘对所谓“抽象‘人性论’”的批判。他们追随对普世价值的批判，把当代中国文艺学、美学中遵循马克思以人为本的人道主义原则的种种思考和探讨，都作为“抽象‘人性论’”加以批判。他们将唯物史观与以人为本的人道主义截然对立起来，将青年马克思《巴黎手稿》中的人本主义思想与成熟时期的马克思的唯物史观截然对立起来，造成了对马克思人道主义思想的严重误读。实际上，马克思不只在早年，而且一直到晚年，始终是一位伟大的人道主义者，他在《资本论》中仍然肯定了人的“一般本性”的存在，并发展、深化了《巴黎手稿》的异化劳动理论，他从人自身的本质力量被异化、片面化的角度批判资本主义生产方式，指出“资本在具有无限度地提高生产力趋势的同时，又在怎样程度上使主要生产力，即人本身片面化，受到限制等等”[19]。这与他以人为本、实现人的自由、全面发展的共产主义理想完全一致。在当前文艺学、美学多元发展的语境下，这种僵化的观点实际上偏离了以人为本的理念，从另一个极端突破了文学和文论应当坚守的人道主义底线，既不利于艺术和审美实践的发展，也不利于文艺学、美学理论的发展。在这方面我们有着许许多多痛苦而深刻的历史教训。当然，需要说明，这种观点，并不直接来自后现代主义文论的影响，主要源于对马克思人道主义思想的教条、僵化的理解，但是，在客观上与后现代反人道主义思潮形成了某种间接的呼应。

五、后现代主义文论“反对阐释”，意味着从价值中立走向价值虚无

后现代主义“反对阐释”的立场是由其建立在差异哲学基础上的解构主义文本观决定的。克里斯蒂娃在吸收巴赫金的对话理论、批判结构主义语言学基础上，以小说研究为对象，提出了文学书写的“互文本性”理论，她说：“巴赫金所言的对话，将写作看成是主体性与交流性的结合体，或者更恰当地说，是互文本性。面对对话，‘个人写作主体’这一概念遁形，取而代之的是‘双重性写作（ambivalence of writing）’。”[20]克里斯蒂娃所言“互文本性”，一是指任何文本都是其他文本的镶嵌与变形；二是指文本是读者与作者对话的场所，是容纳相互对立含义的场所；三是指它是文本主体化和主体文本化的双向互动过程。这样，传统关于文本意义确定性和可阐释性的观念就被解构了。罗兰·巴特的文本观也有异曲同工之妙。他在宣布“作者死了”之后，通过“巴特式阅读”“符码”等方式，实际上进一步宣判作品的死亡。作品死了，才诞生文本。但文本不是存在于读者阅读之外的客体，它恰恰是在读者阅读中才被发现并生成的。所以他说，“作者的消灭”“完全改变着现代文本（或者也可以说，从今以后用这样一种方式构成文本或阅读文本，使作者在其过程中的所有层次上都不存在）”；在他看来，“文本不是一行释放单一的‘神学’意义（从作者——上帝那里来的信息）的词，而是一个多维的空间，各种各样的写作（没有一种是起源性的）在其中交织着、冲突着。文本是来自文化的无数中心的引语构成的交织物”[21]。这可以说是克里斯蒂娃的“互文本性”的另一种表述。这种文本是作为对于读者解释的召唤而存在的，但这种解释不追求意义，而是一种呈现，只呈现文本的复数性。这意味着，文本本身没有结构，没有中心，没有确定的意义。

后现代主义的这种文本观，完全否定了文本能够表现那种有确定性的“大写的真理”。因此，对于文本意义的阐释、揭示其中真理性的努力自然就被取消了。巴特据此而明确否定阐释，他说：“作者一旦除去，解释文本的主张就变得毫无益处。”[22]

明确提出“反对阐释”艺术文本主张的是桑塔格。需要说明的是，桑塔格不是一般地、全盘地反对一切阐释，而是反对传统的非艺术化的阐释方式，即将文学艺术作品中的真理性、道德性内容从与形式一体活生生的艺术整体中单独剥离、抽取出来，通过对这些非艺术化内容的阐释而达到对作品意义的理解。她认为这种“建立在艺术作品是由诸项内容构成的这种极不可靠的理论基础上的阐释，是对艺术的冒犯。它把艺术变成了一个可用的、可被纳于心理范畴模式的物品”[23]。桑塔格认为像卡夫卡、贝克特、普

鲁斯特、乔伊斯、福克纳、里尔克等等大作家的杰作以往都被包裹在这种传统阐释的厚壳中，其真实的艺术性尚未得到人们的悉心体验。她指出，“我们的文化是一种基于过剩、基于过度生产的文化”[24]，而用这种文化去阐释艺术，其结果只能是我们感性体验中的那种敏锐感正逐步丧失。所以她提出要用一种“透明性”的批评来恢复对艺术的敏锐感觉，在她看来，“透明是艺术—— 也是批评——中最高、最具解放性的价值。透明是指体验事物自身的那种明晰，或体验事物之本来面目的那种明晰”[25]。这种“透明”是后现代文学、后现代批评想要达到的一种高度和状态，它要求文本的独立性，反抗以内容的解说和转换来僭越作品的地位。也正是在这个意义上，桑塔格最后提出：“为取代艺术阐释学，我们需要一门艺术色情学。”[26] 所谓“艺术色情学”，不是指从色情角度来理解艺术，而是指对艺术作品进行脱离了说教性内容的、真正意义上的感性理解，去悉心观看、倾听和体验艺术。这就是桑塔格“反对阐释”论的真义。它主要是反对用那种大而无当的过剩文化来阐释艺术（而不是其他种种）文本，所以是有限定的；特别反对离开这种感性体验而单纯作内容的解释和说教，即她所批评的传统“阐释学”。桑塔格的这个观点不无合理性和片面的深刻性，但同时也暴露出她取消对艺术内容进行深度阐释的价值虚无立场。这与后现代主义文论逃避阐释、消解价值取向的基本策略完全一致。正如有的学者所指出：“后现代文化的到来，在思维论层面打破了传统中心论而开拓出新境界，但却在价值论层面上带给整个文化美学以虚无色彩。”[27]

把后现代主义文论这种虚无主义价值观明白无误地说出来并加以正面肯定的是意大利哲学家凡蒂莫。他认为，后现代的“差异哲学”起于尼采和海德格尔。他并不反对阐释，因为他心目中的“阐释”就意味着价值重估。他认为差异从根本上说是人类权力意志（“阐释意志”，甚至“思想兴趣”）的产物，可以被认知的世界只能是一个差异的世界，也就是一个阐释的世界，因为在人们对世界的体验中所遇到的一切无非是一种阐释，世界上的事总是用人们充满主观价值的术语来阐释的。这看起来与桑塔格“反对阐释”大相径庭，但实际上在价值虚无这一点上异曲同工。凡蒂莫的阐释观认定，形而上学的“真理”只是表达了特定的个人或社会团体的主观价值，而不是神、人类或自然界不可改变的本质；作为理性主义形而上学根基的“逻辑”事实上只是一种修辞学，所以，真理与虚假、本质与表象、理性与非理性之间的界线也必须破除。凡蒂莫并对此中蕴含的虚无主义的价值观予以充分肯定。他从尼采所宣布的“上帝死了”之中推断出，所有价值的“真实本质”都是“交换价值”[28]，任何一种价值都可以被转换成或交换成任何其他特定的价值。换言之，当由形而上学的最高价值（例如上帝、理性等等）所确立起来的等级秩序崩溃时，价值系统本身就变成了一个无穷无尽的转换过程，其中没有什么价值可以表现得比其他价值更高或更可信，因为世界的各个方面（甚至存在本身）都要永远服从于更进一步的阐释过程，即价值重估过程。

应当肯定，凡蒂莫的虚无主义阐释学，在批判和颠覆西方传统形而上学和现代工具理性的价值观方面是犀利而深刻的。但是，它是一把双刃剑，它同时也指向了传统思想中一切在各个时代先进的、有普遍价值的东西，如人道主义，如近代以来民主、自由、平等等诉求，如中国儒家的仁、义、礼、智、信等伦理原则。也就是说，虚无主义价值观把中西传统中一切具有合理因素、曾经起过重大作用的价值功能和原则不加区分一律加以解构和颠覆。按照这种观点，进入文明时代以后，人类始终生存在价值荒芜之中。这难道不是十分荒谬吗?！而且，进一步推论，在后现代的今天，一切既有价值被消解了，剩下的只是无休止的价值重估、流变的过程，新的价值体系永远建立不起来，那样的社会能够存在哪怕一天吗？虚无主义到最后只能走向“无”的荒原。

后现代主义文论反对阐释这种表面价值中立、实则价值虚无的思想，在中国文艺理论和美学界并没有产生明显的影响，这是因为在当代中国主流意识形态支配的语境下，根本没有价值虚无主义的立足之地。不过，在文艺创作领域，为了逃避阐释而刻意采用某些后现代主义的创作策略，如拼贴、复制、变形、嫁接、扭曲、戏仿、反讽、怪诞、抽象化、装饰化等等，比比皆是。当然，我们并不认为凡是采用了这些创作手法的文艺作品都是反对阐释、消解价值的，但是，这中间确有持反对阐释的后现代主义立场的。应当说，这种立场对于文艺创作应有的健康向上的价值倾向性和负载的塑造人的美好心灵的社会责任，无疑是非常有害的。

后现代主义文论对当代中国文论的消极影响，肯定还不止这些，比如对现代性和启蒙理性的全盘否定，对于启蒙使命尚未完成、正在走向现代化的中国来说，似乎有些过早了，有的学者未顾及这种历史、地域、制度的差异，一味宣称中国“启蒙神话”的终结，恐怕有点历史的错位；又比如解构主义对西方“逻各斯中心主义”的形而上学传统彻底解构，不能简单地套用到对中国传统文化的批判上，对中国传统文论的许多思想、观点、术语、范畴，也不能一概直接袭用后现代主义文论加以解读和阐释，这容易犯张冠李戴、言不及义的毛病；如此等等。本文限于篇幅，不能一一展开了。

综上所述，后现代主义文论对中国当代文论的消极影响是客观存在的，我们不能掉以轻心；但是，我们也不应该否定，它对中国当代文论的创新建构和发展还有着积极影响的一面，不应该对它简单化地全盘否定，一棍子打死，而应该给予实事求是、客观公正的分析评判。这样才有助于我们自觉地反思和借鉴后现代主义文论的得失和经验教训，更好地促进当代文艺学、美学的理论创新和建设。

注释：

①② 《马克思恩格斯选集》第4卷，人民出版社1995年版，第219页，第246—247页。

③ 张旭东：《读书报专访杰姆逊："理论已死"？理论何为？》，《中华读书报》2012年12月5日。

④ 张旭东：《詹明信理论与中国现实》，《文艺报》2012年11月21日。

⑤ 阿多诺：《否定的辩证法》，张峰译，重庆出版社1983年版，第191页。

⑥⑦ T. W. Adordno, *Aesthetic Theory*, trans. Robert Hullot-Kentor, London: Continuum, 1997, pp. 5–6, p. 2.

⑧ 德里达：《多重立场》，佘碧平译，生活·读书·新知三联书店2004年版，第95页。

⑨⑩ 克里斯蒂娜·豪威尔斯：《德里达》，张颖、王天成译，黑龙江人民出版社2002年版，第96页，第165页。

⑪ 方克强：《文艺学：反本质主义之后》，《华东师范大学学报》2008年第3期。

⑫ 《马克思恩格斯选集》第1卷，人民出版社1995年版，第46页。

⑬ 王洪岳：《精神建构的彷徨和出路——兼与王建疆先生商榷》，《探索与争鸣》2012年第4期。

⑭ 孙周兴选编：《海德格尔选集》，上海三联书店1996年版，第358—406页。

⑮ Jacques Derrida, *Margins of Philosophy*, trans. Alan Bass, Chicago: The University of Chicago Press, 1982, p. 119.

⑯ 福柯：《词与物：人文科学考古学》，莫伟民译，上海三联书店2001年版，第506页。

⑰ Michel Foucault, "Truth, Power, Self ", in Luther H. Martin et al.(eds.), *Technologies of the Self: A Seminar with Michel Foucault*, Cambridge: The University Massachusetts Press, 1988, p. 15.

⑱ 福柯：《何为启蒙》，载《福柯集》，上海远东出版社2002年版，第538—539页。

⑲ 《马克思恩格斯全集》第46卷上，人民出版社1979年版，第410页。

⑳ Julia Kristeva, "Word, Dialogue, and Novel", in Leon S. Roudiez(ed.), *Desire in Language, A Semiotic Approach to Literature and Art*, trans. Thomas Gora, Alice Jardine, and Leon S. Roudiez, Oxford: Basil Blackwell, 1984, p. 68.

㉑㉒ 罗兰·巴特：《作者之死》，载赵毅衡编《符号学文学论文集》，百花文艺出版社2004年版，第509—510页，第510页。

㉓㉔㉕㉖ 桑塔格：《反对阐释》，程巍译，上海译文出版社2003年版，第16页，第17页，第16页，第17页。

㉗ 王岳川：《后现代主义与中国当代文化》，《中国社会科学》1996年第3期。

㉘ Gianni Vattimo, *The End of Modernity*, Cambridge: Polity, 1988, p. 22.

（2014年第1期）

风格：从历时到共时

——20 世纪中晚期关于风格问题的讨论

张　坚

1952 年，贡布里希谈到当时艺术史界普遍表现出的对“形式艺术史理想的疏远”[①]，并形成两股思潮：一是以法国福西隆为代表，延续了森佩尔和李格尔的技术与物质艺术史；二是心理学派和文化史学派，泽德迈尔和克里斯揭示出远比早年沃尔夫林和李格尔风格理论更复杂的艺术感知与人类心理的关系，而德沃夏克试图把风格分析拓展到“建构艺术与时代宗教思想活生生的联系”[②]上。曾经是沃尔夫林学生、后来又成为德沃夏克门徒的弗雷德里克·安塔尔 1949 年的时候也谈到对两位老师的看法。他认为，沃尔夫林形式分析的风格史与法国 19 世纪五六十年代崇尚“为艺术而艺术”信条的作家和诗人的想法一脉相承，同时还反映出他的以 15 世纪意大利古典艺术构图为准则的美学偏见，丰富的历史演变被缩减为一系列基本范畴或类型化的图式。[③]维也纳学派把历史因素和风格持续演变放在更显著位置，中世纪、巴洛克、样式主义得到同等程度的重视。在保持准确形式分析的同时，晚期的李格尔，特别是德沃夏克，把主题观照融入其中，他们包罗万象的视野，让艺术史成为观念史的一部分。这样的学术史评价，也成了安塔尔社会艺术史构想的一个起点。

贡布里希和安塔尔谈到的风格史的文化和社会关切，自然是当时风格史转向的征兆之一。事实上，诸如“形式”和“风格”之类术语，在 20 世纪中期，已蜕变成贫乏和苍白的鸡肋式表达，虽不能说被其他术语全然取代，却是大家想要回避却又无法回避的词汇。库布勒说，当时一些重要百科全书，诸如《大英百科全书》、十五卷本《世界艺术百科全书》甚至都没有收录“风格”词条。[④]毕竟，纯形式观照的风格史，在千方百计把时代和民族艺术景观纳入一个目的论的线性历史框架，以论证民族或国家的文化身份的同时，也抽干了艺术与生活的联系。相关的概念工具，在面对风格叙事难以涵盖的艺术现象时，往往失去分析和阐释效用。为此，风格概念受到多方质疑，迈耶·夏皮罗、阿克曼、贡布里希、阿诺德·豪泽尔、库布勒和戈德曼等学者纷纷撰文，帕诺夫斯基也发表《罗尔斯·洛伊斯散热器意识形态先驱》这样的以风格为着眼点的论述英国园林、教堂建筑和现代工业设计中的英国特性的文章，他们都试图厘清形式“艺术科学”和风格史的一般理论、方法和观念，最重要的是要清除自律风格史的历史决定论，尝试在人类学、考古学、语言学、美学、比较文学和现当代艺术创作的视野下，重新审视和界定风格史、批评理论及其与美学的关系。特别是库布勒，在福西隆的“形式生命”观念之上，以“元器物”（primer object）、“复制”（replicas）和多重时间形状的概念，促使传统自律和内向的艺术史转向一种共时性的和跨文化表达的新风格史形态，对20世纪中晚期欧美国家的艺术史和世界艺术史观念都产生了重要影响。本文拟就这段学术史中的一些代表性学者的风格思想进行分析和评述，并结合20世纪80年代初国内译介欧美近现代风格理论著述的情况和当下艺术全球化语境，尝试梳理、辨析风格观念在这场持续数十年的讨论中经历的一些变化，期望有助于理解和认识当下欧美国家艺术史的研究视野和形态。

一

1953年，迈耶·夏皮罗在《当代人类学：百科名录》（*Anthropology Today: An Encyclopedic Inventory*）上发表《风格》一文，被认为是20世纪中期风格讨论的起点。他的文章发表在一本人类学工具书中，其着眼于风格一般意义的阐发，视之为人类个体或群体艺术活动中表现出来的稳定和持续形式；之后，分别论述艺术史、考古学、文化史、历史哲学和艺术批评中的风格定义。在艺术史中，风格是一个带有品质意涵和表现性的“形式系统”（a system of forms），它让艺术家个性或艺术群体的气质显现出来[⑤]；不过，他也强调，不同领域的风格定义都是依据一个共同假设，即风格总是与特定文化的特定时期联系在一起。风格现象存在各种复杂情况，通常不是按照逻辑方式界定的。他的意思是，谈论或比较艺术品的风格特点，诸如色彩、光、明暗、肌理等，总会用一些含义模糊的词汇，因此，风格并不总是清晰和单纯的。

不过，风格的基础是艺术品，艺术品是一个表现性的形式结构。“世界上所有艺术都可以在表现和形式创造活动这样一个共同平台上得到理解。艺术现在也成了人类统一体的最有力证据。”[⑥] 所以，艺术史家和批评家是在形式、形式关系和品质三个方面来描述和比较作品的差异，减少艺术感知和理解的模糊区域。这方面，前辈学者沃尔夫林、李格尔等取得了一些成果。不过，夏皮罗文章的重点并不在此，而在于提出批判和质疑。他首先是针对传统风格论中的“同质性”（homogeneity）的假设。他认为，风格“同质性”需要有所限定，即要注意单件作品可能包含两种以上风格，一个风格时期可能存在多种风格样式的活动。言下之意，风格从来就不是纯粹的。在主导风格世界里，边缘风格也占一定位置。早期拜占庭镶嵌画里的统治者，严格按规范刻画，左右人物却包含更多自然主义处理。一些非洲雕刻的光洁逼真的头像是从粗陋和简括身形中伸展出来的。[7]个体艺术家风格前后不一的情况就更是司空见惯。多样风格交织和并存，是与艺术的社会功能，诸如宗教、世俗、乡村、城市和创作者阶层、心理状况有关[8]，当然，也有个人自由选择的原因。总之，风格动力不在于一种先在设定的抽象和神秘的精神或美学理想，“同质性”也不预示任何美学的统一体，在主导风格的内部方面，仍旧包含了复杂的、不协调的和无法完满界定的因素。对于夏皮罗的这个“形式系统”，阿克曼评价说，它是一个“风格载体”（style-vehicle），相当于索绪尔的社会性“语言”（langue），而所指涉的具体作品属于个人化的“言语”（parole）。[9]

由此，夏皮罗也认为，风格分析应更多关注创作语境，而非抽象和形而上的精神理想。他谈到艺术家个体风格的面相学解释和创作心理探索时，列举达・芬奇激发创作思维的方法，即在各种随机的斑点中读解客观形式的心理测试。被测者选择怎样的斑点，以及他在斑点中看到什么，可以揭示他的视觉心理特质。但是，这种方法不能转用于群体风格，诸如时代和民族风格的面相学解释，也不能断言某种形式结构或特质反映了一种世界观或思想模式。他甚至也不认同当时普林斯顿大学中世纪艺术史学者莫里借助时间和空间范畴来建构群体风格与世界观的联系的尝试。

夏皮罗对风格与世界观之间的纽带的警惕，与他对传统风格理论中隐含的种族主义的认识有一定关联。早在20世纪30年代，夏皮罗就警告，谈论风格要警惕种族主义危险，“以所谓民族基质来定义风格，即便这些话由奥托・帕切这样的并非纳粹党人的学者说的，也有危险性”[10]。风格动因归诸民族或种族精神特质是不科学的，风格包含了历史的多样性，不能仅凭某种主导的民族心理或精神轨迹来描述；特定时期艺术风格的特征也不能简单说成是民族心理的整体反映，最多只能说是创作这种艺术的人的一种反映。他还谈到，风格理论中的种族概念本身就已过时，被当代人类学家所嘲讽，当然，这些人类学家，主要是指他所在的哥伦比亚大学的学者。

这篇发表在人类学工具书中的论风格文章，现在已然成了大学现代艺术史和批评理论课程的必读文献之一，重要性不言而喻。但也应看到，作者其实更多是提出话题，而不是给出答案，涉及的话题包括：现代艺术对非西方艺术风格评价和审美判断的影响，风格有机统一性与异质要素的组合，二元循环风格论，材料与技术的风格史，风格与图像主题的关系，风格与精神、感知模式、世界观的关系，民族主义或种族主义的风格观念，个体性格或群体心理与风格，不同风格共存与互动，社会模式与风格等多个方面。他的最后结论是，一种适合于解决心理和历史问题的风格理论还有待于创造，有待于对形式结构和表现原则更深入的了解，有待于社会生活进程的统一理论，因为，它是由生活实践和情感活动构成的。[11]

对夏皮罗这篇文章的评价，库布勒的观点颇有代表性。他说，夏皮罗仍旧坚持传统原则，即个体和历史风格的“内在秩序”“表现性”和“历史延续性”，并且也相信，风格的表现特质是在文化表达中反映出来的。不过，他也说，上述要素包括历史的延续性，只能存在于作为个体的艺术家和他所处的社会中，就是说，风格延续与外部社会因素关联，而不是自律演变，延续性是在一种对主题态度和兴趣的变化中反映出来的，这在一定程度上把夏皮罗定位在了传统与现代变革之间。

相对于夏皮罗，阿诺德·豪泽尔是一位更彻底的马克思主义社会艺术史家，他把风格问题纳入撰述者的现实体验和社会关系表达的层面。在 1959 年的《艺术史的哲学》中，他用一个章节篇幅谈论沃尔夫林“无名艺术史”的哲学内涵。在肯定风格作为艺术的一种共同和整体的倾向，以及这种倾向的文化属性后，他又以一系列否定，把风格与历史决定论区别开来。他说：“风格不是柏拉图或黑格尔式的理念、价值标准、模式和规范。风格既不是遗传概念，也非目的性概念；它既没有摆在艺术家面前，也没有被当作一个追求目标。它毋宁是动态关系的概念，包含持续多样化的内容。它与世界计划或目的没有关系，也与个体对超自然的现实的参与无关。”[12]

同夏皮罗一样，豪泽尔视风格为一种带有浪漫哲学色彩的有机整体的形式结构，更确切地说，是一种格式塔结构。“正是格式塔心理学家第一次观察到，结构现象意味着单个要素改变后，结构仍旧存续。他们的研究成果主要用于风格分析，对于这些心理学家来说，风格就是格式塔概念。”[13]形式的格式塔观念展现出一种与历史浪漫主义哲学中的有机主义的类同性，暗示一个“给定整体”（a whole given），作为“先于”部分的东西。格式塔和有机结构的风格概念具有同等意义。正是依靠这个限制性概念，现实才得以衡量和比较，才能更清楚展现经验内容的组成部分，使得风格同马克斯·韦伯“理想类型”的概念一样，发挥一种历史功能。

对于传统风格理论，豪泽尔认为，“没有印象主义充满动感的视像，沃尔夫林为巴洛克艺术正名是不可想象的。没有表现主义和超现实主义的存在，德沃夏克对样式主义的再发现也是不可能的。也许艺术意志的整个理论和它的变体和衍生物都是时代结果”[14]。简单地说，印象派的崛起和“为艺术而艺术”的信条，是形式艺术史产生和发展的重要条件。艺术史总是紧密依存于当下艺术实践，艺术史家不可能超越所处时代的艺术表达方式，并且，他们也总是有自己的风格观念，这种观念与研究实践有关，但也受到同时代艺术的影响。

豪泽尔还特别提到从沃尔夫林、李格尔到德沃夏克的现代风格史的转向。他认为，德沃夏克的自然主义和理想主义观念史是对单向度的纯形式艺术史的反动，具备更宽广的历史材料的兼容性。在前者那里，艺术似乎总能完成它想要完成的一切，在意愿与能够之间没有距离。[15] 而德沃夏克的从中世纪理想主义到文艺复兴的自然主义，暗示了艺术的延续性，它是技术的，也是物质的，更是形式的，各种成果的取得都是自然主义观念目标的实现。但是，演变基本也是一场关乎延续性的斗争，是通过不断增长的技术水准而发展着的。豪泽尔力图发掘自律风格史的现实动因，因此，他着力阐述德沃夏克借助观念史而赋予艺术的延续性更宽广的历史视界，这也显示出他的以现实社会和文化条件为依托的风格史构想。

二

在20世纪50年代的风格讨论中，贡布里希发挥了重要作用。他致力于恢复风格“描述和规范性使用”（descriptive and normative usages）的区隔，要在形式和规范间做出区分[16]，虽然最终他也认为，无论规范性评论，还是形态学描述，都无法提供给我们一种风格理论[17]。

基本上，风格在贡布里希的论述中被归于修辞问题。这方面，他主要受到当时文学中的风格理论影响。[18] 他认为，传统艺术史以古典艺术的审美规范来定义风格，划分风格时期，意味着风格演变服从于模糊的历史决定论法则。类似说法也在诸如“一爪知全狮”[19]的文化和风格整体论中反映出来。这种理论倾向于把先验的时代、民族精神或心理特质的设定，与个别的文化和风格现象联系起来，这被他视为一种“文化整体论”的观相学谬误。他主张一种基于事实语境的探索，风格变化原因可归结到更具体方面，一是技术进步，二是社会竞争[20]，而不是神秘和必然的精神动力。并且，风格必定是在两种表达方式的选择中存在的，“没有替换的表达方式可供说话人或作者选择的话，那么，无疑也就不会有风格，同义（synonymy），就这个术语的最广意义而言，是全部风格问题的根源”[21]。作为修辞的风格，处在“选择情境”（choice situation）中，既包括社会、技术材料的因素，也与创作者的师承关系和个人接受状况有关。这种选择最终自然地显示出某种活动的规则性。总体上，一种形式风格的持续和稳定缘于其表达方式符合了特定社会群体的需求。因此，风格讨论不能用规范或本质论的方式展开，只能通过描述方式加以定义。贡布里希拒绝历史决定论，也不承认任何一种由含糊的内在法则驱动而走向特定目标的艺术创造，他主张限制风格术语的使用范围，即以描述而非“判断”或“规范”方式来谈论风格。风格史是不断变化的历史，而不是持续形式的历史，这一点，他与夏皮罗观点是一致的。当然，在涉及鉴赏活动时，他也承认，一种基于直觉的对作品整体风格特质的判断和把握，特别是对个体艺术家的某种创作禁忌的意识，在鉴别作品真伪过程中还是能发挥作用的。虽然也不能就此得出结论，这样的判断都绝对正确，但是，“造就鉴赏家的潜在的格式塔直觉把握法仍然大大优于列举特征的风格形态分析法”[22]。

1962年，时任哈佛大学美术教授的阿克曼也发表了一篇题为“风格论”的文章，这篇文章最初是为普林斯顿大学人文科学委员会“美国人文科学的总论”系列中的“艺术与考古卷”撰写的，他期望自己提出的理论能用到任何类型的艺术风格讨论中。[23]与贡布里希一样，他也把批判矛头对准传统的风格决定论。“所有重要的风格理论都是决定论的，因为，它们预先设定了一个‘演变’图式：早期风格必定走向晚期风格。”[24]在他看来，身为风格创造者和继承者的艺术家，都是个体的人，在既定情境下活动，所能了解的只有过去和当下，接受或拒绝什么是需要在这个特定情境中来认识和理解的。至于说未来，个体艺术家是不会有确定感的，这是因为“他们的继承者的行为不可预期，而他们对继承者的影响也具有偶然性”[25]。风格变化因此是由艺术家一系列复杂决定造成的，而不是取决于某一个先在的共同目标。艺术家不是为未来的艺术史而创作。阿克曼也承认，研究者可能发现，在一个时期里前后相续的作品确实存在某种延续和发展线索，但导致这种延续和发展的是艺术家在“探索未知世界过程中的各种不可预期的事件，而不是一系列按部就班走向完美解决方案的步骤”[26]。艺术史家应关注个体艺术家或作品的创作语境，并尽可能来重构它，因为“一件艺术品聚合了来自艺术家所处环境的所有方向的经验”[27]。他的最终目标是希望艺术史能从个体艺术家的想象和个别的艺术作品出发，而不是从那些主导人类与民族国家的历史力量，诸如时代精神、“艺术意志”之类观念出发，来解释风格变化。[28]他主张风格只是一种在艺术品之间建构关系的方法，这就给艺术家个人创造留出了空间，而不是把他们当成实现神秘历史目标的工具。另外，阿克曼也回避了夏皮罗的把群体或个别艺术品的风格（持续的形式、品质）寓意化的做法。

身为意大利文艺复兴建筑史家，阿克曼对艺术史理论尤其艺术史哲学和美学基础保持高度敏感。在他看来，传统风格史在战后美国日趋蜕变为一种高度专业化的实践，这在一定程度上淡化了人们对常规艺术史中隐含的形而上学的目的论和文化精英主义底色的认知。1973 年，他在《走向新的艺术社会理论》一文中抱怨美国艺术史界对理论无动于衷，在专业艺术史进程中，表现出一种超越价值判断的客观和科学态度。他指出，正是由于这种貌似价值标准的中立，偏见才更容易潜入艺术判断，而当某种偏见得到公开表达时，是会遇到挑战和讨论的[29]，也只有这样，人们才可能接近真相。所以，即便是实证主义的艺术史调查，也不可能脱离价值判断。所谓的客观风格分析和历史叙事背后，包含了深刻的价值系统，其源头在文艺复兴时期的新柏拉图主义，那种把美学价值与个人创造等同起来的观念，那种忽略艺术品的功能性和实用性转而关注其形而上精神价值的观念，从阿尔伯蒂到现代的罗杰·弗莱和格林伯格，是一以贯之的，艺术家就此与其他工匠分离开来，进入高层“博雅”（liberal arts）世界。在这里，阿克曼从对历史决定论的批判，转向一种对风格的社会根基及其与现代生活复杂联系的观照。

当然，阿克曼并不认同庸俗马克思主义的艺术社会功能的思想，因为，这样一来，艺术就没了自足地位，依据与它不相干的因素来对它进行判断，这与黑格尔主义异曲同工，同样是决定论的。他说，社会和艺术价值的分离加剧了历史与批评、内容与形式的分离。[30]而一种适用的艺术社会理论，要能让艺术以它自己的方式和语汇来服务社会。现代艺术的作用，比如立体主义，在于改变了体验真实的方式，是以一种积极方式扩展人的理解力。[31]这方面，传统的带有精英色彩的理想主义和庸俗马克思主义的风格理论都是错误的。艺术的自足性就在于它是人类经验的表达，除此之外，没有其他价值，因此，不需要一种把艺术与人类其他交流活动区别开来的哲学。艺术史面对的就是人类生活体验表达的成果，他本人涉足的文艺复兴建筑也是一种理性与情感交融的生活世界的创造。

1978 年，阿克曼《重读“风格”》一文对二十五年前迈耶·夏皮罗《风格》进行重新评述，他谈到自己与夏皮罗的微妙差别。他的观点是，在风格生命的任何阶段，都无法预测下一阶段的情形，艺术家可以自由选择放弃当下风格，而去追逐自己的梦想，这样一来，就无法解释风格的延续性了。夏皮罗显然还是关注那个作为“风格载体”的“语言”或“形式系统”的。当然，阿克曼也说，两人观点不同的原因在于研究对象，他的领域是尊崇个人原创的文艺复兴，夏皮罗的中世纪往往是风格承续现象比较突出，还可感受到社会政治和知识力量在塑造新风格方面的作用。[32]因此，夏皮罗更多表现出对不同风格的辩证对话的兴趣。

作为分析哲学家、美学家和艺术爱好者，尼尔森·戈德曼也提出了一些重要观点。他本人曾在波士顿开过画廊，20 世纪 60 年代晚期，负责哈佛大学教育学院的一个艺术认知和教育的基础研究项目。他的《风格之位置》发表于 1975 年，带有比较浓厚的哲学思辨色彩。作者不认同当时艺术史和批评领域的那种把风格简单归于表达方式的成见，后者让风格与主题、形式与内容对立起来。他说：“建筑和非客观绘画以及音乐作品都没有主题，它们的风格就不是一个如何表达主题或内容的问题，因为没有字面意义上的主题和内容。”[33]同时，他也不同意斯蒂夫·乌尔曼[34]、哈尔切[35]和贡布里希的说法，即视风格为艺术家在备选方案中的选择[36]，视之为寻找同义表达方式的活动，或当作修辞学的问题来处理。他从风格与主题、风格与情感、风格与结构、风格与签名、风格与意义等五个方面来阐述他的想法。概括起来，他认为，风格中的形式和内容、情感和知性、内在和外在、结构和非结构等因素，都复杂地交织在一起，并形成诸多特质，这些表面看起来二元对立的因素，实际上无法截然分开。“一幅画中的衣褶造型，是一种再现衣服的方法，同时，也是表现尊严、激情或沉厚的途径；衣褶可以卷曲、旋转、鼓胀和柔顺，也可让眼睛感受到一种类似岩石般恒久的隆起与凹陷的结构，可以变成一个具有和谐的确定性的载体。”[37]他希望当下风格理论能从简单的形式与内容对立的教条思维中解放出来，正视实际生活中的风格问题的复杂性和它的难以琢磨的魅力。他说：“面对一种风格时，我们的研究方法越是捉襟见肘，我们就越发需要调整，只有这样，才可能获得更深入的洞见，发现能力也会增强，而辨认风格是理解艺术品的有机组成部分。”[38]

三

戈德曼代表著作《艺术语言：探索符号的理论》（*Languages of Art: An Approach to a Theory of Symbols*）出版于 1968 年，他 1975 年的论文《风格之位置》是对既往风格讨论的总结，当然，他论及的人物不只局限在艺术史，还包括文学、语言学等。库布勒1977年的演讲“还原视觉风格的理论”（Towards a Reductive Theory of Visual Style）是对20世纪50年代以来的三位艺术史学者夏皮罗、阿克曼和贡布里希的文章的评述。同时，他也提出自己对风格的6个方面的认识，分别是：1. 风格由正在变化的行动构成；2. 风格只在受时间限制的因素中表现出来；3. 所有人类行动都有风格；4. 不同风格的同时段并存；5. 风格更多地表现为共时性，而非历时性，由变化中的行动构成；6. 没有可包揽一个时代的风格，风格无法抵御由时间引起的改变。他的结论是，风格是一个非历时性的“绵延”概念。[39]

作为20世纪中晚期风格理论转型最具代表性的一位学者，库布勒1962年的《时间的形状》提出了一个“物”的历史的共时性形式序列或系列的构想。他认为，应把传统艺术概念扩展到所有“人造物”，“人造物”世界与艺术史完全一致[40]，都是人类制造需求之物的成果，历史时间或时间形状就存在于这个造物的世界里。历史学家的任务是要发现和描绘多重时间的“绵延”。

关于时间如何在造物世界里成形的问题，库布勒提到了几个重要概念，一是“实在性”（actuality），按照他的解释，是“两次闪亮之间的黑暗，钟表嘀嗒声之间的瞬息，进入永恒时的虚无间隔，过去与未来的裂隙。……事件之间的那个虚空”等等[41]，听起来有点玄妙，但大体是指一个现实行动的契机、一个瞬间、一个风暴之眼、一个造物行动的起点、一个刺激时间形状诞生的开端。二是“形式序列”（formal sequences），由“实在性”引发的历史事件，不过就是针对“实存问题”提出的解决之道，问题有多种解决方法，相互联系的解决方法以多种途径占据时间，形成不同的形式系列。库布勒用数学概念把这个系列分为两种类型：一是“串序”（series），即封闭形式类别的组群；二是“序列”（sequence），开放的和可以无限扩展的类别，类似于有序整数的系列。[42]造物世界中的时间形状是在这个或那个形式序列或串序中存在，并在空间中铺展开来，是一个“共时性”和“瞬间性”的概念，而不是“历时性”的延续。[43]

库布勒提出的另一对概念是“元器物”和“复制”，前者指重要发明或创新，类似于数学中的素数，即除自身之外，不能被其他的自然数整除的数字，“元器物”无法拆分，其特质不能借助于先例得到解释，在历史中的顺序是不确定的[44]；“复制”是由“元器物”引发的一系列复制、繁殖、缩减、转换、变异、衍生和漂流过程[45]。“元器物”和“复制”活动预示不同的“形式序列”或“串序”，导致多重时间“绵延”的造物史的展开。至于“绵延”，本质上是一个特定需求产生和需求获得持续满足的过程。

绵延可以先后相续，也可能是跨时空的偶然交汇。比如，南非布须曼人绘画与旧石器时代晚期洞穴壁画在19世纪晚期相遇，因为它们满足了现代艺术的表现需求，融入它的“形式序列”[46]，形成绵延；而墨西哥建筑中的基督教样式转换，至少包含三种变化图式，从印第安人生活出发，有两个方面：一是本土习惯和传统的突然丢失，二是新的欧洲生产模式的逐渐获得。这中间的抛弃和更替的发生速率并不相同，而第三种变化是对于欧洲殖民者而言的，他们在16世纪初期的主导风格是一种粗放和具有强烈动感的装饰，后来被说成“银匠风格”（plateresque），当时西班牙人视之为罗马式的东西。[47]库布勒是以造物活动本身为凭依，在墨西哥建筑中看到了三种不同速率的绵延。

库布勒“风格史”着眼于空间维度的“元器物”和“复制”活动的时间形状的发现，多重时间形状依随造物活动，穿越文化和政治疆域，在整个世界延展，预示了一种关乎人类艺术创造如何在世界各地传播和流变的地理视域，同时也赋予个体艺术家自由创造的基点。“物”“元器物”“复制”“序列”“绵延”“时间形状”等都是一些祛除了历史决定论内涵的概念，缘于艺术家在过去和未来间的感悟、发现和自主选择，源头可能只是解决问题过程中的某一个并不起眼的和偶然的节点，与文化史的形而上目标没有什么联系。历史天空因此变得繁星点点了，作为星辰的“元器物”，它的出现总是充满偶然性和不可预期性，围绕它的复制活动的运行轨迹，纵横交错，速率千差万别。事实上，库布勒是以这样一些新概念取代了传统的风格史术语。在他看来，传统的风格是一种可望而不可即的东西，有点像彩虹，只有在阳光和雨雾之间才能看到。一旦走到了以为可以看到它的地方，它就消失了。而在我们认为已经把握它的时候，它却融入前辈或追随者的艺术世界里。所以，风格只能是一系列静态特点，不能把这些东西纳入时间之流，因为，这样一来，它们会立刻消失掉。[48]他的意思是，风格可作为分类工具，但不应成为人们领略艺术世界的丰富性和复杂性的障碍。

在《还原视觉风格的理论》中，库布勒做了进一步阐述。他说自己延续了夏皮罗、阿克曼和贡布里希的足迹，但希望在理论上还原风格术语。他提出的一个最重要的观点是风格的双重词源：一是希腊词“stylos”，二是拉丁文词“stilus”，后者主要与写作有关，而前者涉及柱式问题，与古地中海地区的建筑样式有密切联系。[49]长期以来，文学的风格术语掩盖了希腊术语的建筑内涵包含的组织空间的意义。拉丁文“风格”指的是时间艺术，希腊文关涉空间。因此，还原风格理论就是要把这个术语放在历时性之外，任何一种构想出来的风格类别都带有组合的特性，包含多重绵延和形式系统。他再次强调，风格只能作为静态分类工具[50]，并建议从六个方面分析风格：工艺（craft）和格式（format，尺度、形状和构图，来自书籍设计的一个词汇）；标识（signage，象征符号的复合体，适用于图像志分析）和样式（modus，mode，方式、模式，比如建筑柱式）；时段（period，带有循环往复的意思）和序列（sequence，开放和有序的系列）。其中，工艺和格式构成了形状（shape），标识和样式形成意义（meaning），时段和序列造就时间（time）。[51]

归结起来，库布勒是想要消解风格的时间延续的神话，而把它视为一个在空间中扩展的概念。至于说《时间的形状》到底有哪些不同于传统风格史的新立场，1982 年库布勒在《时间的形状的再思考》中，提到一位学者[52]对这本书五个方面的概括，认为她概括得非常简明精准，自己没有什么可修正或补充了，甚至说，他本人也不可能比这做得更好。这位学者列举的分别是：1. 需要再次把科学史和艺术史结合起来；2. 摆脱艺术创造与目的论、生物学隐喻和循环论的关联；3. 用传记和叙事方式探究艺术品之间的联系是不恰当的；4. 图像学者与形式主义学者的矛盾导致形式意义的不必要减损；5. 作为分类方法的风格概念是静态的[53]。

结　语

1977 年六七月间，美国科罗拉多波尔德举办了一次以“风格”为主题的美学夏季学会，邀请文学、音乐、美术、哲学和历史等多个人文学科的学者就风格话题发表演讲，其中，美术史学者有库布勒[54]、阿尔珀斯[55]、理查德·沃尔海姆[56]等。1979 年，这些学者的演讲文集以《风格概念》（*The Concept of Style*）为书名出版。五六十年代的风格讨论对学者们的演讲产生了影响，他们中的许多人都提到了库布勒、夏皮罗、阿克曼和贡布里希，同时，一些学者也提出了新看法，特别是阿尔珀斯。

阿尔珀斯的风格思想主要得益于加拿大文学批评家和理论家诺思洛普·弗莱历史批评的“模式理论”[57]，以及帕诺夫斯基的形式与图像的研究方法。她认为，风格概念长期以来就充满偏见。在沃尔夫林和李格尔那里，风格基本就是作品制作者和世界的心理关系，这种心理关系被认定是隐含在作品结构中的，是作品意义所在。而帕诺夫斯基把这种以人与世界关系为基点的风格阐释转换到对作品客观意义的分析上，即把作品视为一个处在特定文化场景中的客观现象，并以此为出发点来探究图像和意义的关系。他是以象征形式的研究替代风格，改变了艺术史的基本问题。阿尔珀斯是主张借鉴文学批评的“模式理论”，替代赋予历史以秩序的风格概念。在她看来，风格和图像的问题只适合文艺复兴，她要寻找的是适合于所有艺术的问题，这个问题就是“原型是什么”。她说，如果我们与世界的关系如同“原型”那样，那么，在“原型”观念下，没有形式和内容的差别，也不会排斥功能。她谈到了文艺复兴的透视发明，认为它是一种对观者、创作者和图像之间的心理和物理距离的构想。人体尺度与所处空间和器物的关系构成文艺复兴艺术体验的核心内容。而北方艺术似乎更多反映出一种对表面细节和装饰的爱好，但是，在凡·艾克的画作中，人体同样有尺度感，只是与意大利有所不同而已，这是因为画家制作方式的差别，凡·艾克是通过窥视箱来观看的，眼睛被固定在孔洞，与身体隔绝，处所和比例的感觉因此得到扩展。这种制作方式的不同使得北方绘画看上去似乎失去了尺度感。[58] 不管怎样，模式是在制作过程中的，而风格是所制作的一切，是制作者与制作传统的关系。[59] 各种模式都是创作者为自己的体验制造意义。通过模式的思考，就可以把制作者、作品和世界真实地连接起来。

詹姆斯·埃尔金斯为《格罗夫艺术词典》（*Grove Art Dictionary*）撰写的“风格”词条，对20世纪50年代以来的风格讨论进行了总结。他认为，讨论的发起者夏皮罗是特别强调艺术史中偶然事变的重要性的，并以此来破解时代精神的偏见；阿克曼文章针对的是风格史的文化决定论；贡布里希的观点受文学批评家乌尔曼和经验主义哲学家波普尔的影响，主张只在描述层面运用风格概念。不过，他似乎并不认同贡布里希的意见，而更为赞成库布勒的主张。他特别提到库布勒《还原视觉风格的理论》追溯风格概念的希腊语词源，揭示风格最初与组织空间活动相关。他认为，五六十年代参加风格讨论的艺术史家，大都认可风格分析的效用，而他给出的“风格”的临时定义为“一种在时代或人类群体中的品质的统一性”[60]，也延续了这个立场。

1996年的《艺术史的批评术语》中，编者把“风格”词条放在“交流”（communication）而非“历史”类目下，词条撰写者也认为，风格基本是一个语言学和修辞问题，他坚持贡布里希的风格描述原则。“风格是艺术史的话语问题……是一种修辞工具，过去时代的或作为个体的人的作品可以得到定义。而作为学术修辞，风格可以让过去时代无意识的创作实践进入到明晰范畴里，这样，就能对作为实体的作品进行批评和讨论。”[61] 风格意识是观者对器物的语言或描述性的回应。不过，他也觉得，虽然后现代的多元文化让人们失去了历史感，但是，风格概念还是在提醒人们关注艺术史的专业深度，如果完全抛弃它，是会面临抛弃这个专业的危险的。[62]

而事实上，风格和形式问题也成了20世纪八九十年代中国美术史论界的一个话题。当时的语境是，一方面80年代初期李泽厚《美的历程》引发的“美学热”；另一方面是“形式美”的大讨论和“新潮美术”的兴起。刚刚从“文化大革命”中走出来，文学和艺术开始展露出五光十色的魅力，学界普遍感到需要澄清一些基本艺术创作观念和美学理论问题，特别是主题和形式、艺术与时代的关系。这个时期，欧美国家近代以来的一些重要风格史、艺术批评和形式美学著作，诸如沃尔夫林《艺术风格学》、帕诺夫斯基《视觉艺术的含义》、贡布里希《艺术与错觉》、阿恩海姆《艺术和视知觉》及赫伯特·里德《艺术的真谛》等，也在这股美学热潮中被译成中文，夏皮罗、阿克曼和贡布里希的三篇论风格文章在80年代晚期被译成中文。[63]有学者还专门撰文，论述贡布里希对传统风格理论中的黑格尔主义的批判，主张摒弃以“时代精神”或“民族精神”之类的先验范畴来解释风格动机的套式，这在当时也包含批评李泽厚《美的历程》文学化地把艺术与时代风貌、民族心灵符号等同起来的做法。[64]

批判传统风格概念中的历史决定论自然是20世纪中期以来欧美国家风格讨论的重要目标，不过，这场讨论也包含了其他一些对后来产生重要影响的视角和思想。其一，否定风格与世界观、时代精神或艺术家个性的简单类比，而尝试在文化场景中探索和分析形式与图像的客观意义。风格不仅是形式，也与图像主题、材料和技术相关，不只关涉创作者，还与接受者的立场相关。其二，风格史与“物”的历史的一致性，消解风格概念中的古典价值的绝对标准和规范。其三，确认风格的共时性，弱化和否定它的历时性，主张在空间而不是时间维度上来认识和理解风格现象。了解“元器物”和“复制”如何在不同地理区域扩展、碰撞、交融、变形、萎缩和停滞，观照整个世界的艺术传播与交流的新风格史图景，形成“艺术地理学”[65]意识。其四，历史不能决定创造，但创造能够决定历史。艺术家不是历史的木偶或工具，他们面对未知世界，是依据个人判断来进行创造，这种创造不是先在的历史逻辑所能框定的。个人选择是偶然的和瞬间的。“艺术家仿佛在巨大矿区发掘，黑暗中，只能依靠之前作品开凿的隧道作为指引，但这些之前的隧道也可能把他们引到死井里；另外，那些过去被认为毫无价值的矿井，现在却可能是价值连城。探测和开采总是充满不期然的情况，旧知识在这个过程中，几乎没有什么用处。当然，新发现也可能没有价值。”[66]艺术家的自由创造是风格生命之源，任何风格观念和理论都不应成为束缚艺术家自由创造的枷锁。其五，现当代艺术创作思潮和实践既是扩展生命体验的成就，也是风格观念转型的契机和资源。艺术史致力于发现那些久已隐没的“元器物”的星辰，就此也保持了一种与现代当代艺术的内在勾连，一种多维面貌。风格是一个当下概念，然后才可能是历史概念。其六，发展和建构风格的元理论。从语言学、人类学或视觉心理学来定义和理解视觉形式与风格，意味着认同视觉形式结构的整体性，这个整体性或被归结为格式塔，或是直觉的“表现性”和“元器物”。而把风格和形式视为修辞的和艺术史写作方式的问题，是主张创作语境重构，反对决定论，其中的潜台词是古典艺术的绝对价值，只是不认为这种普遍的古典价值与时代或民族精神相关。风格的空间属性理论是以“元器物”和“复制”的共时性传播与流变为基础的，试图在全球范围内来考察人类器物史，构建超越政治和民族文化疆域的世界艺术图景。

无论如何，在当下艺术写作中，“风格”已是一个泛化表达，使用随意性较大，国内学者基于传统文论中的风格思想，宁肯用“气韵”“格调”“气派”“风度”“韵致”之类稍微古雅一点、最初与人物品评相关的词来替代它。这样做，有其合理性。但也应看到，“风格”含义泛化有其积极一面，即在一定程度上消解了原先的精英主义和欧洲中心论色彩，风格话题转向一种对生活世界的观照。除了艺术外，风格现在更多地与衣着、首饰、室内装饰、家居用品乃至发型之类的日常话题相关，与时尚交织在一起，有时也被称为一种“范”。布丰“风格即人”或中国传统“文如其人”的说法，变成了“风格就是生活，就是生活创造的新经验的表达”，这无疑也对新的艺术史和艺术批评的风格话语产生了影响。

注释：

①② 贡布里希：《艺术科学》，载范景中选编《艺术与人文科学：贡布里希文选》，浙江摄影出版社 1989 年版，第 438 页，第 439—440 页。

③ Frederick Antal, “Remarks on the Method of Art History”, *Burlington Magazine*, No. 1(1949): 49.

④㊴㊾㊿51 George Kubler, “Towards a Reductive Theory of Visual Style”, in B. Lang (ed.), *The Concept of Style*, Ithaca: Cornell University Press, 1987, p. 163, p. 168, p. 166, p. 168, p. 169.

⑤⑥⑦⑧⑪ Meyer Schapiro, “Style”, in *Theory and Philosophy of Art: Style, Artist, and Society, Selected Papers*, New York: George Braziller, 1994, p. 51, p. 58, p. 61, p. 65, p. 100.

⑨㉜ James Ackerman, “On Rereading ‘Style’”, *Social Research*, No. 1(1978): 158, 159-60 .

⑩ Meyer Schapiro, “Race, Nationality and Art”, *Art Front*, No. 2 (1936): 10-12.

⑫⑬⑭⑮ Arnold Hauser, *The Philosophy of Art History*, New York: Alfred A. Knopf, 1959, p. 209, p. 211, p. 218, p. 220.

⑯⑰ 贡布里希：《规范与形式：艺术史的风格范畴及它们在文艺复兴理想中的起源》，载《艺术与人文科学：

贡布里希文选》，第 104 页，第 132 页。

⑱㉝㊱㊲㊳ Nelson Goodman, "The Status of Style", *Critical Inquiry*, Vol. 1, No. 4（1975）: 799, 799, 799, 806, 811.

⑲⑳㉑㉒ 贡布里希：《论风格》，载《艺术与人文科学：贡布里希文选》，第 96 页，第 89 页，第 86 页，第 102 页。

㉓㉔㉕㉖㉗㉘ James S. Ackerman, "A Theory of Style", *Journal of Aesthetics and Art Criticism*, No. 3 (1962): 227, 230, 232, 233, 233, 237.

㉙㉚㉛ James Ackerman, "Toward a New Social Theory of Art", *New Literary History*, No. 2(1973): 318, 322, 328–329.

㉞ 乌尔曼风格论述着眼于文学，他的《法国小说中的风格》出版于 1957 年，贡布里希《风格》一文中，引用了其中关于"风格问题就是作家或演讲者在两种可替换表达形式之间进行选择"，以及"风格问题的根源就在于它是一种宽泛意义上的同义"的论述。

㉟ 哈尔切文章标题为《风格学与同义》。

㊵㊶㊷㊸㊹㊺㊻㊼㊽(66) George Kubler, *The Shape of Time: Remarks on the History of Things*, New Haven: Yale University Press, 1962, p. 1, p. 15, p. 30, p. 114, p. 35, p. 35, p. 42, p. 52, pp. 118–119, p. 114.

(52) 这位作者名叫普里希拉·柯尔特（Priscilla Colt），当时在代顿艺术博物馆（Dayton Art Museum）工作。

(53) George Kubler, "The Shape of Time: Reconsidered", *Perspecta*, Vol. 19 (1982): 113.

(54) 库布勒在这个会议上发表演讲《还原视觉风格的理论》。

(55) 阿尔珀斯的演讲是《风格就是你制造的一切：又是视觉艺术》。

(56) 沃尔海姆的演讲是《图画的风格：两种观点》。

(57)(58)(59) Svetlana Alpers, "Style is What You Made It, the Visual Arts Once Again", in *The Concept of Style*, p. 147, p. 155, p. 158. 虚构小说并非按照道德，而是按照英雄行动的力量来分类的。"模式"这个词是与虚构英雄在他的世界中的力量相关。由此，弗莱就有了神话的、浪漫的、高度模仿的、低度模仿的或者讽刺的模式。英雄就是言语建构的原型。

(60) James Elkins,"Style", in Jane Turner(ed.), *The Dictionary of Art*, New York: Macmillan Publishers, 1996, pp. 876–882.

(61)(62) Jas Elsner, "Style", in Robert S. Nelson and Richard Shiff(eds.), *Critical Terms for Art History*, Chicago: The University of Chicago Press, 1996, p. 106, p. 108.

(63) 夏皮罗《论风格》、阿克曼《风格论》刊载于《美术译丛》1982 年第 2 期，贡布里希《论风格》收录于《艺术与人文科学：贡布里希文选》。

(64) 范景中：《贡布里希对黑格尔主义批判的意义》，载 E. H. 贡布里希《理想与偶像》"中译本序"，上海人民美术出版社 1989 年版。

(65) Cf. Thomas DaCosta Kaufmann, *Toward a Geography of Art*, Chicago: The University of Chicago Press, 2004.

（2014 年第 5 期）

上博简《孔子诗论》“文亡隐意”说的文体学意义

徐正英

在具体评述《诗经》六十三首作品（包括逸诗）和归纳概括“风”“小雅”“大雅”“颂”四类诗旨的基础上，上博简《孔子诗论》又升华到理论高度，对文艺本质问题做了深刻揭示。诗歌的言志功能问题、音乐的抒情功能问题、文章的达意功能问题，分别为中国诗学、音乐学、文章学的核心问题，而《孔子诗论》第一简提出的，正是这三个问题，本文仅拟谈第三个问题。

一、“文亡隐意”的文本考释

整理者马承源隶定《孔子诗论》第一简孔子后三句话文本为：

> 孔子曰：诗亡隱（離）志，乐亡隱（離）情，文亡隱（離）言。

马承源又称，此三句话“可以读为‘诗不离志，乐不离情，文不离言’”[①]。这一整理成果公布之后，曾引起学术界的热烈讨论，不少专家对马氏的隶定结果提出了不同看法。因为这些不同意见直接关系到我们对文本原义的理解和理论价值的判定，所以下面不避繁琐将其中代表性的意见排列出来，并做较为详尽的考察。

马氏之外，比较有代表性的意见有：

（一）李学勤、裘锡圭、黄怀信等隶定为：“诗亡隐志，乐亡隐情，文亡隐意。”[②]

（二）廖名春、邱德修等隶定为：“诗亡泯志，乐亡泯情，文亡泯言。”[③]

（三）庞朴、周凤五、陈桐生等隶定为：“诗亡隐志，乐亡隐情，文亡隐言。”[④]

（四）饶宗颐、李零、王志平等隶定为：“诗亡吝志，乐亡吝情，文亡吝言。”[⑤]

（五）何琳仪等隶定为：“诗亡陵志，乐亡陵情，文亡陵言。”[⑥]

每种代表性意见内的不同学者对各句文意的解释和概括又有较大区别。综观各位专家对简文的隶定和阐释，其不同意见全部集中在三个“（隱）”字和简文最后的一个“”字上。

先谈前一个“”字。观图版，该字笔画、结构很清晰，马承源将其隶定为“隱”，对此，专家们无任何异议。意见纷争来自对这个字的释读上，因为《说文解字》中没有该字，也没有其右半的字。为了正确释读该字，众多专家耗费大量心血，作了深入缜密的考辨，各自做出了值得尊重的贡献。在诸多结论中，李学勤、裘锡圭、黄怀信等学者释其为“隐”的意见更具说服力，也更合情理，这一点仅从两字的外形（“隱”“隱”）便不难看出。同时，学者们在综合运用文字学、音韵学、训诂学等小学知识深入考辨该字的同时，还潜在着一个共同的指导思想，就是使该字的义解尽量向中国古代诗学的核心理论“诗言志”说靠拢，甚至连文字学家裘锡圭也不例外。他从文意和孔子心理角度分析道：“诗言志，乐抒情，文（文辞）达意，但诗文之志意不见得一目了然，乐之情也不是人人都能听出来的。孔子之意当谓，如能细心体察，诗之志，乐之情，文之意都是可知的。所以说：‘诗亡隐志，乐亡隐情，文亡隐意。’‘隐’有不可知之意。孔子说诗，也就是要明诗之志。”[7] 这一指导思想和努力方向是正确的（不过，总不免有主观先行之嫌）。因此，各位专家对该字释读的结果虽有“离”“隐”“泯”“吝”“陵”“私”多种[8]，并且正确的结论只能有一个（也许那个正确的结论在这几个字之外），但除“陵”字之解文意不大通顺之外[9]，多数训解都能帮助我们对前两句作出大致相同的理解：“诗亡离志，乐亡离情”“诗亡隐志，乐亡隐情”“诗亡泯志，乐亡泯情”[10]“诗亡吝志，乐亡吝情”[11]，可依次理解为“诗歌离不开表达思想感情，音乐离不开抒发感情”“诗歌不隐藏思想感情，音乐不隐藏感情”“诗歌不泯灭思想感情，音乐不泯灭感情”“诗歌不吝惜表达思想感情，音乐不吝惜抒发感情”。可见，这几种释读，都只不过是“诗言志”“乐抒情”的不同表述而已，并无本质区别。

再谈后一个“”字。马承源将《孔子诗论》第一简最后一字“”隶定为“言”，学术界多遵从之。而李学勤、裘锡圭等则对此提出异议，并将其隶定为“意”。理由有三：第一，因该字下部竹简缺损，看不清楚，其与后面二、三、八、十七、十九、二十、二十五、二十八共八简十处“（言）”字的下部是否完全一致不得而知；第二，后面十处“言”字顶上均无一小横，而此字顶上却有一小横，说明此字即使下半部与后面“言”字完全一致，也不能隶定为“言”；第三，该字的字形、结构上部与容庚《金文编》中的“意”字写法“”[12] 相近。应该说以“言”为“意”理由充分，

甚可信从。

同时，在李、裘二氏实证性理由之外，还可以从文意疏通角度补充两条理由：

（一）从该句句意自身的疏通看。首先，在上述“文亡离言”“文亡隐意”“文亡泯言”“文亡隐言”“文亡吝言”“文亡陵言”六种意见中，有五种意见隶定其最后一字为“言”。此五种意见中除何琳仪释“文”为“文章”外，有四种意见释“文”为“文采”[13]，依次疏通文意，当为“文采离不开发挥语言（言辞）”“文采不泯灭语言（言辞）”“文采不隐藏语言（言辞）”“文采不吝惜发挥语言（言辞）”。与前两句对应，也就是“文采发挥言辞”的意思。如此隶定和释读，该句文脉似通非通，其所表达的文意亦含糊不清。马承源甚至把《左传》中孔子引古书“文以足言”并阐发的一段话“看作是‘文亡离言’的具体解释”[14]，更是对古语意思的误读，“文以足言”是说文采能使语言的功能得到充分发挥，两者文意相去甚远。其次，李学勤、裘锡圭、邱德修以“文辞”释该句之“文”，以此解疏通该句，则为“文辞离不开语言（言辞）”“文辞不泯灭语言（言辞）”“文辞不隐藏语言（言辞）”“文辞不吝惜语言（言辞）”，可见皆不成句，远离文本本义。再次，黄怀信释“文”为“文字”，以此疏通该句，则为“文字离不开语言（言辞）”“文字不泯灭语言（言辞）”“文字不隐藏语言（言辞）”“文字不吝惜语言（言辞）”，亦不知所云。复次，何琳仪释“文”为“文章”，以此疏通该句，一种可通，三种不通：“文章离不开语言（言辞）”“文章不泯灭语言（言辞）”“文章不隐藏语言（言辞）”“文章不吝惜语言（言辞）”。其中，“文章离不开语言（言辞）”，可视为有价值的文学理论见解，但此解释能否站得住脚，还需要放到三句大语境下进行检验。最后，试借用李学勤、裘锡圭、黄怀信对该句的隶定疏通之。他们隶定为“文亡隐意”，若以“文采”之义疏之，则为“文采不隐藏文意”，即“文采”表达文意；以李、裘的“文辞”之解疏之，则为“文辞不隐藏文意”，即文辞表达文意；以黄氏“文字”之解疏之，则为“文字不隐藏文意”，即文字表达文意；若以“文章”疏之，则为“文章不隐藏文意”，即文章表达文意。显然，除“文采表达文意”意思不通之外，“文字表达文意”“文辞表达文意”“文章表达文意”皆文意豁然，尤其后两种是颇有价值的文学理论见解。但是，这三种见解能否站得住脚，同样需要放到三句大语境下统一审视。

（二）从三句文本句式和用词属性的统一看。经过以上层层否定和排除，《孔子诗论》第一简最后一句，学术界只有四种隶定和解释方式可以疏通自身文意：

1.“文亡离言”：文章离不开语言（文章是靠语言来表达的）。

2.“文亡隐意”：文字不隐藏文意（文字是用来达意的）。

3.“文亡隐意”：文辞不隐藏文意（文辞是用来达意的）。

4.“文亡隐意”：文章不隐藏文意（文章是用来达意的）。

下面将此四种意见依次纳入笔者所信从的李学勤、裘锡圭及黄怀信所隶定的三句简文中进行考察：

1.“诗亡隐志，乐亡隐情，文亡离言。”第三句与前两句明显不一致，故不可取。

2.“诗亡隐志，乐亡隐情，文亡隐意。”三句都是李、裘及黄隶定的原文，但是释“文”为“文字”或“文辞”则与前两句文意不统一。首先，“诗”“乐”与“文”的性质不统一。这里的“诗”和“乐”分别指诗歌和音乐（或乐曲），它们是两种不同的文艺类型和文艺体裁，而“文字”和“文辞”既不是文艺类型，也不是文艺体裁，“文字”在古代或泛指表意工具，或与“文辞”一样具指单音节的字，它们只是构成文艺体裁（如散文、诗歌）的一项基本要素和最小单位。故“文字”之文和“文辞”之“文”不可能在这三句排比工整、用词属性完全统一的句式中出现。其次，前两句与第三句揭示的问题性质不一样。“诗亡隐志，乐亡隐情”，即诗歌表达志意，音乐抒发情感，揭示的是这两种文艺样式的本质特征，而“文亡隐意”即“文字”或“文辞”用来表达文意，揭示的只是“文字”或“文辞”在文章（包括诗歌）写作中达意的具体功能，不涉及对文艺本质特征的揭示问题。最后，前两句的“诗”“乐”与后一句的“文字”之“文”或“文辞”之“文”，在发挥作用时实施的对象不一样。诗言志或乐抒情，指诗歌或音乐的本质特征是用来表达、抒发作诗者、谱曲者或演奏者的思想感情，也可以是读诗者或听乐者在阅读吟诵或听乐中与诗歌、音乐发生共鸣，借诗歌、音乐宣泄思想感情。其作用的对象不论是作者还是读者抑或是听者，都是人。而文字或文辞表意的实施对象则是文章本身，是物。因此，“文字”之“文”和“文辞”之“文”句亦皆不合孔子言论原意。

3.“诗亡隐志，乐亡隐情，文亡隐意。”“诗”“乐”“文”分别指诗歌、音乐、文章，它们是三种相互区别又密切相关的文艺类型、文艺体裁和文艺形式；“志”“情”“意”分别指作者的思想感情、感情、思想，它们是人类精神世界中密不可分的三种最主要的东西。故三句隶定为“诗亡隐志，乐亡隐情，文亡隐意”，且释“文”为“文章”、释“意”为“思想”，当是唯一正确的结论，最合孔子原意。诗歌言志、音乐抒情、文章表意，是孔子对当时所存在的文艺形式本质特征所作的最全面的概括。

此外，专家们对三句中每句第二个字的训读，有“亡”“不”“无”“毋”之别，因不影响文意，故不赘述。

二、“文亡隐意”说是对先秦时期诗歌之外所有文体本质特征的揭示

如前所说，所谓“诗亡隐志，乐亡隐情，文亡隐意”是说诗歌的本质是言志的，音乐的本质是抒情的，文章的本质是表意的。整体而言，所有文学艺术形式，无论是诗歌创作或吟诵，还是乐曲谱写或演奏，抑或是文章写作或口述，作者最根本的目的都是把自己的想法表达出来。那么，孔子又是为什么将诗、乐、文放在一起讨论并用“志”“情”“意”三个不同词语分别揭示其本质特征呢？依笔者理解，从浅层的原因去体认，可能是他的《孔子诗论》全文讨论的是《诗经》，而《诗经》又是配乐演唱的，尽管春秋时期受外交聘问赋诗断章之风影响，诗乐分离趋势明显，但毕竟原来诗乐一体而今还尚未完全分家，所以论诗及乐是自然之事。其在分类归纳概括风、二雅、颂四类诗歌内容特征时，也未曾忘记对每类诗歌音乐特征作附带评论，因此，最后揭示文艺本质时，诗乐并论，不难理解。但是，孔子在诗乐并论的同时，却突然加入了对文章本质的讨论，就不是用“自然而然”所能解释得了的，而是有意为之。其深层原因，很可能就是孔子想借讨论《诗经》之机将他对有史以来所有文学样式本质特征的认识都概括揭示出来，因而将诗、乐、文放在一起集中讨论，以便于区分清楚先秦时期诗、乐、文本质特征的相异之处。在孔子看来，尽管所有文学艺术创作的根本目的都是表达作者的想法，但不同的文艺样式，其本质特征、表达重点和方式并不一样，诸如诗歌的本质特征就是以表达作者理性思维的思想意志为主，表达感性的情感为辅；音乐的本质特征正好相反，以抒发作者或演奏者的情感为主，而表达思想为辅；文章的本质特征则主要是表达作者理性的思想，虽不能说完全排斥情感，但就当时已生成的散文文体看，确实基本都是纯理性的，如命、诰、盟、约、册、典、谟、判等，皆是应用性公文。合而观之，孔子对当时存在的文学文体和主要艺术门类本质特征做出了最为全面系统的概括与揭示。

所谓“诗亡隐志”，意思就是“诗言志”，即诗歌的本质是表达作者的思想感情。有关“诗言志”说的讨论，前修时贤，成果已多不胜计，无须本文再费辞饶舌。但是，大致判定“诗言志”说及其相关提法的生成顺序及时间段是本文论题无法绕开的前提。“作诗言志”的观念在西周早期已经产生，《诗经》中一批直接表明写作目的的作品即是明证，这一观念发展到西周晚期愈加明晰。[15]在“作诗言志”观念发展的同时，“陈

诗言志”的意识也逐渐增强，并在西周晚期正式提出，《国语 · 周语上》“邵公谏厉王弭谤”的著名片段即是明证。[16]春秋鲁僖公二十三年（前 637）孔子出生前 86 年至鲁定公四年（前 506）孔子 46 岁，风靡各诸侯国 130 余年的外交聘问赋诗断章之风，产生了“赋诗言志”说，该说虽始见载于《左传 · 襄公二十七年》（前 546）孔子 6 岁时，其实很可能在赋诗之风兴起不久就提出了，此语见载时“似已作为成语来引用”[17]。而《尚书 · 尧典》所载我国诗歌理论开山纲领“诗言志”说也当是这个赋诗断章时代的产物[18]，只是它的提出晚在“赋诗言志”说之后罢了。因为“作诗言志”“陈诗言志”“赋诗言志”都是具象性质的说法，而“诗言志”虽然仅少一字，却标志着对此前各种说法和表述的兼容与融会，其将各种具象化的功能认识抽象化并提升为对诗歌这一文学样式功能性本质特征的归纳，不仅具有总结性、概括性，而且升华为理论学说，所以其晚出是很明显的。该学说提出的时间下限当不会晚于孔子时代。一则尽管《尚书》的成书时间聚讼纷纭，但《尧典》篇的写定当不会晚于春秋时期[19]；二则依事物生成的基本原理，支离零散的理论生成在先，系统完备的理论生成在后，是自然的事情，比较可见，孤立的“诗言志”说只是孔子系统化文艺本质理论“诗亡隐志（诗言志），乐亡隐情（乐抒情），文亡隐意（文表意）”的一个部分，所以其生成于孔子的文艺本质论之前而不可能生成于之后是符合历史实际的。

如此，“作诗言志”主要是言作者个人之志，这个“志”里的情感成分自然偏多；而“陈诗言志”则主要是借“献”诗、“赋”诗、“诵”诗向听政的天子进谏，其代表民意的公共成分和理性成分增多，而个人情感成分自然减少；外交聘问场合的“赋诗言志”则更是代表各自诸侯国的国家意志，赋诗者的个人情感要绝对服从国家理性，即便偶有赋个人志意之例，也是与政治任务一致的政治怀抱，否则，就会断送自己的政治前途，赵文子预测郑国大夫伯有“将为戮”即其例[20]，故其情感成分几乎可以忽略不计。融合各种说法提炼升华而成的“诗言志”说，则比此前任何一种提法的涵盖面都要广泛，作诗者、读诗者、陈诗者、歌诗者、赋诗者、诵诗者、听歌赋诵诗者等等，所有人的思想情感都囊括在内。同时，宽泛的“诗言志”说又主要兼有“作诗言志”和“赋诗言志”两大主块，并且本身又是“赋诗言志”时代的产物，因此“诗言志”的“志”在理性的志意思想占主导地位的同时，感性的情感成分亦占一定比重，称“诗言志”指诗歌的本质特征主要是表达作者的思想感情，应符合该学说的实际。当然，其“情”的比重是有限度的，后来《毛诗大序》一面称“在心为志，发言为诗”，一面又称“情动于中而形于言”，将“情”与“志”合称并举，孔颖达《左传正义》更直接解为“情志一也”，则只能代表后人对诗歌本质特征的体认，并不符合“诗言志”说产生时期的原意。而如前所说，孔子的“诗亡隐志”说可视为已有“诗言志”说的另一种表述，其贡献就在于变“诗言志”说的孤立提出为与“乐亡隐情”说、“文亡隐意”说相提并论，以便全面体认并划清诗、乐、文各自本质特征的分界。正因为三者并论，“诗亡隐志”说才会让人明确无误地体认诗区别于乐、文的本质特征就是表达作者理性志意思想为主，抒发感性情感为辅，不会有“诗言志”说后来所引发的如《毛诗大序》和孔颖达志、情并举或其他志情、对立等种种歧解论争现象的发生，因为解作志、情并举就逾越了“乐亡隐情”之界，解作有志无情就逾越了“文亡隐意”之界。

所谓“乐亡隐情”，其揭示的音乐的本质特征就是以抒发谱曲者或演奏者的情感为主，以表达其理性的思想志意为辅，这一揭示无疑是符合音乐艺术形式的实际的。江苏丹徒背山顶出土的早于孔子的春秋墓编钟中，有一件纽钟铭文“我以夏（雅）以南，中鸣媞好，我以乐我心”[21]，对音乐的乐心功能做了揭示，可视为其从理论上对音乐抒情性本质特征的间接指陈。也许孔子“乐亡隐情”说是此“乐心”说进一步发展的结果，就是说“音乐抒情”说的理论可能不是由孔子首创的。相对而言，音乐虽亦表达作者的思想，但它的形式是抒情性的演奏，不论什么内容的音乐，即便是孔子认为尽美而未尽善的带有征伐内容的《武》乐，其演奏也都主要是抒情。不论创作者、演奏者还是听者，演奏的情感，受到的感染，都主要是非理性的。孔子之所以说君子人格修养需要经历“兴于诗，立于礼，成于乐”[22]三个阶段，主要也是看重音乐对人类心灵非理性的陶冶作用。所以，音乐与诗歌的区别性表达，主要就是抒情性表达，是以抒发情感为主，表达思想为辅。这既是音乐与诗歌的区别，也是艺术与文学两大门类本质特性的区别。

所谓“文亡隐意”，是说文章的本质特征是表达作者的志意思想，那么，什么是文体之“文”？如何界定文体之“文”的范围？这是学术界争论了很长时间而又一直未能梳理清楚的问题，但不是本文要展开辨析的问题。其实，简文的意思很明白，认为除了诗歌样式之外，当时已经产生的所有书面和口头的文体样式，都可统称为“文”，近似于今天所说的广义的文章（当时还没有独立的文学散文产生）。在孔子看来，和作诗、赋诗、唱诗一样，写文章或口头表述也是表白想法，但与作诗、赋诗的“言志”不同的是，后者主要指可以理性地将想要表达的意思直接表述清楚，并且越直接、越条理、越明白甚至越简易越好。这里所说的直接表达并非否定文采，是否直接表达与要不要文采不是一个概念。这种表白，虽不可能完全排斥情感，但是按孔子之意则是越理性越好，其与诗歌的区别在于理性主导的程度。孔子对文、诗、乐本质特征的概括与揭示，似乎是以情感成分的多少来区分的，即文章的本质特征主要是理性表达思想而较少涉情；诗歌的本质特征则是以理性表达思想为主，而以抒发情感为辅；音乐则是以抒发情感为主，而理性表达思想为辅。在文史哲不分、学术著作繁盛而文学散文尚未正式独立、文体多应用性、以《诗经》为主的诗歌作品被打上礼仪色彩的春秋时代，孔子对这些文艺样式本质特征的揭示，是符合当时的文学实际的。不容忽视的是，简文三句话的出现本身就说明孔子已对有史以来至他那个时代所存在的所有文学样式和主要艺术样式的本质特征，形成了自己的基本看法和理论认识，其系统性、全面性和准确性超越时人，理论贡献不可小觑。

三、“文亡隐意”说是对文章本质特征的最早揭示

如前所论，简文的“诗亡隐志”说，其实是当时已有“诗言志”说另一种方式的表述；“乐亡隐情”说则可能是此前音乐“乐心”说发展的结果；而“文亡隐意”说就不同了，它则是由孔子首创的。其首创性至少表现在三个方面。

（一）此简文与传世文献中孔子的言论共同使“文”具有了文章的含义。关于“文”在先秦时代的含义，学术界讨论很多，兹不赘述。大体说来，由广到狭无非就是文化学术、文献、文采、文辞、文字等等，但少有学者认为先秦的“文”具备“文章”的义项（唯见何琳仪将此简之文释为“文章”，而却又将“意”误隶为“言”了）。当然，如上结论，多是归纳“文”在先秦文献中使用实例基础上研究得出的，因此颇有道理。本来孔子明明已有了文章意识和文章概念，但学术界因主观上认为文章概念汉代才有，所以便尽量曲解而避之，致使不少结论似是而非。据传世文献可知，孔子早已明确讲到文章概念了，只是未被重视罢了。《论语》中记孔子关于“文”的言论二十五次，杨伯峻在《论语译注》中解文献十一次，文采六次，文辞一次，文饰二次，谥号三次，周文王二次，但是，有两处归错了类。一处是《颜渊》篇“君子以文会友，以友辅仁”[23]，此处的“文”绝不能理解为“文献”或“文化学术”，而只能理解为“文章”，在“文章”大行其道的孔子时代，君子只能以文章会朋友（论述见后）。尽管此语出自孔子弟子曾子之口，而以孝著称的曾子表述的应该就是孔子的意思，代表了孔门对文的认识。第二处是《卫灵公》篇，孔子称：“吾犹及史之阙文也。”[24]这里的“阙文”之“文”，亦当是“文章”，他是在庆幸自己还能读到史书中存疑的文章内容。另外，为人

们所熟悉的《公冶长》篇子贡对老师所作“夫子之文章，可得而闻也，夫子之言性与天道，不可得而闻也”[25]之评价，其中的“文章”一词杨伯峻解为“文献学问”，有增字作解之嫌。“文章”要么解作“文献”，而作“文献”解则不成句；要么解作“学问”，而作“学问”解又没有依据，“文章”从未作“学问”解。再说，学生对“文献学问”怎么能“闻”？宋邢昺《论语注疏》释为“夫子之述作威仪礼法”[26]，即使按邢氏的注疏去理解，不管是口头的“述”，还是书面的“作”，在当时都可视为创作；不论口述或写作的是“威”或“仪”，还是“礼”或“法”，从文体的角度讲，都应是“文章”。这里的“文章”，就是指孔子的口头讲章，因为孔子自称“述而不作”，今文经学家归在孔子名下的多部经典皆存在争议。今天研究《论语》《孟子》的散文特征，实际上研究的都是孔子、孟子口头表述之文的特征，而不是他们写出的文章特征。子贡用的是“闻”而不是“读”，只有讲出来的才能“闻”听到。子贡是说老师的口头讲章，我们可以听得到，但他关于性和天道的讲章，我们听不到，也就是孔子没有明说过。如上传世文献中的“文”“文章”和出土文献中的“文”合观，说明孔子及弟子们最早为“文”赋予了“文章”含义。

（二）简文还为“文”赋予了区别于有韵之诗的其他所有无韵文类统称的散文文体意义。因为诗歌有韵便于记诵，在文字产生之前就已产生并代代口耳相传，而散文由于无韵，不便记诵和相传，只能在文字产生之后记录下来才算正式产生。如殷商时代的甲骨文，就至少已经有了九种文体的存在，至西周铜器铭文，已有占、命、卜、记、诰、训、约、铭、律、颂、文书、盟、劾、诉状等十几种文体在使用，同时，西周传世文献中还有与铜器铭文重复之外的誓、谟、典、祝、诔、戒、诅等文体流行。不论从文体种类上讲，还是从贵族阶级日常生活的运用频率上讲，都比有韵的诗歌要广泛得多。尽管如此，人们只顾使用，好像还没有从文体概念、文体理论的高度去总结的意识。当然，不论铜器铭文，还是简牍文字，一般都是单篇流传的，这也是造成通览归纳意识淡薄的客观因素。周平王东迁之后，随着天子王权的衰落，采诗制度消亡，因此，不同于韵文诗歌的无韵之文，也就是今天所称的广义的散文，便迎来了创作的黄金期。这就是为孟子所羡称的“王者之迹熄而《诗》亡，《诗》亡然后《春秋》作”[27]的时代。所谓“《春秋》”，这里可宽泛理解为广义的散文文类，而不必局限于《春秋》一书或《春秋》一体。值得注意的是，这个时代首先兴盛起来的是口头散文创作，随后才是对口头创作的记录，如孔子的“述而不作”，就是重在口头阐述，由学生记录、他死后学生将所记的老师言论辑在一起所成的《论语》，也就成了孔子的散文创作。这只是例子之一。其实，即便如《左传》这样的史书所记，不少也是当时的口头之言。正如董芬芬《春秋辞令文体研究》一书所称："创造一代的新文学，寻找能够自由表达思想的文学样式，春秋时人在口头语言中找到了源泉，只要能把富有表现力、灵活多变、声音铿锵和谐的口语准确地记录下来，就是高水平的'文'。春秋时代推崇'立言'、'慎言'、'言以足志，文以足言'等观念，使得时人特别重视口头的表达……除了个别篇目明确记载为文书外，《左传》、《国语》所载议论文辞，大多已经分不清哪篇来自本人的翰墨，哪篇来自史官的记录。"[28]随着口头散文创作之兴，记录亦随之而盛，庄子所始尊称的"六经"中有四经是散文即可说明其繁盛情况。归纳分类意识自当随之产生，正是时代的需要。如前笔者所推论，《尚书》的单篇文章很可能就是这个时间段被汇集成书的。汇集在一起时自然就需要为一些篇章分类命名，所以，《尚书》按诰、典、谟、誓、命、训六种文体命名，应该就在孔子稍早散文开始兴盛的时代，不可能在春秋之前。同时，《周礼·春官·大祝》"作六辞以通上下、亲疏、远近：一曰祠，二曰命，三曰诰，四曰会，五曰祷，六曰诔"[29]，对六种辞令文体所作的归纳，也当是稍早于孔子散文口头创作开始兴起的时代。

孔子之前，尽管多种散文体裁都已产生，并且有了初步归类命名的意识，如所谓《尚书》中的"六体"，《周礼》中的"六辞"，但终究没人为这些有别于诗歌的众多之体起一个总的文类或文体名称。而以《尚书》授徒、晚年读《易经》、亲定《春秋》散文经典的孔子，其贡献就在于，他在前人的基础上，适应时代需要，终得为当时颇为繁盛的众多文体取了一个与"诗"相对应的统名"文"。如此，这个早被广泛使用的"文"字，就不仅有了"文章"的含义而且还具备了文体学的含义，其价值不可低估。因为，任何事物，从存在、流行、普遍使用状态，到概括、提炼、升华出概念，都标志着对事物认识质的飞跃。孔子对广义散文文体概念的概括也不例外，它标志着春秋时代已对广义的散文文体"文"在理论上的确认，而不是现在学术界所定论的到了汉代"学""文学"仍指文化学术，"文""文章"才始指广义散文。今天的结论比实际情况晚了几百年。随着简文的重现，学术界观点的修正亦当为期不远。

（三）最早揭示了"文章"即广义散文文体"表意"的本质特征，这是传世文献和出土文献中他人从未言及且传世文献中孔子也未曾言及的，是对散文本质特征最早的原创性揭示，它标志着文章本质理论或称广义散文本质理论在春秋末期的正式确立，可称为散文本质特征理论的开山纲领，客观上还意味着以思想内容为主的文章评价标准和评价体系初步确立。

四、“文亡隐意”说后少来者

与“诗亡隐志”说演变为两汉时期的志情并举论、魏晋时期的情志并举论、六朝至清代的情志互有消长论的代代呼应不同，孔子的“文亡隐意”说可谓前无古人，后少来者，后代很少呼应者，并且没有直接运用这一概念去讨论问题的。综观传世文献，孔子在《卫灵公》篇中所说的“辞达而已矣”和《左传·襄公二十五年》追记者借孔子所引古书之言“言以足志，文以足言。不言，谁知其志？言之无文，行而不远”[30]，是谈如何用言辞表意问题，谈论的对象是散文而不是诗歌，与“文亡隐意”说谈的应该不是同一个层面的问题，简文谈的是文章“表意”的本质特征，传世文献谈的则是如何操作实践文章这一本质特征。《庄子·天下篇》所说的“《诗》以道志，《书》以道事，《礼》以道行，《乐》以道和，《易》以道阴阳，《春秋》以道名分”[31]倒是对诗乐和四种散文题材所表之意的分别概括，其中如对《诗》言诗人之志、《乐》抒中和之情、《易》表阴阳之意概括得还比较准确，但所论比孔子概括的文章本质特征理论低了一个层面，回答的不是表意特征问题，而是具体表什么意的问题。至于《荀子·劝学篇》所论“《礼》之敬文也，《乐》之中和也，《诗》《书》之博也，《春秋》之微也，在天地之间者毕矣”[32]，则更是对《礼》《书》《春秋》三种散文内容特征的评论，而非如《庄子》对其表意特征的概括。

到了陆机的《文赋》，探讨的主要是“文”的创作构思问题，其中“恒患意不称物，文不逮意”的著名言论[33]，确比前引言论向“表意”说靠近了一步，是从反面谈对文章不能表意的忧虑。但是陆机之论，毕竟不是“文表意”说，因为他这里所说的“文”，虽整体而言可以理解成文章写作，但似更应理解为具体的文辞、文句写作，故不是对“文表意”说的发展。至苏轼《答谢民师书》那段著名论“辞达”的文字，也重在说明文达意的不易，可他的落脚点是“辞至于能达，则文不可胜用矣”[34]，即讲文辞的达意问题，而不是文章的达意问题，因此，比陆机的讨论距“文表意”说又远了一步。朱熹在《朱子语类·论文》中称：“古人文章，大率只是平说而意自长，后人文章务意多而酸涩。”[35]其实还是回答的文章如何表意问题，而不是表意特征本身，好在他肯定了古代散文的“平说”，也就是认为散文的表意应该平易直白，不加修饰，这倒是在操作实践“表意”说的层面上对简文“文亡隐意”理论的一个呼应。

由此可见，自孔子首倡“文亡隐意”即“文表意”说之后，一直没有得到直接的呼应和发展，也没有对后世产生应有的影响，这是我国散文理论发展史上的缺憾，这一缺憾既与孔子言论失传有关，也与后世对散文本质特征探讨不够有关。而换个角度看，也彰显了孔子关于散文本质特征理论的原创性及其发现的可贵。

综上所述，“文亡隐意”说不仅在文体学上，也在文学史上具有重要的价值和意义。首先，“文亡隐意”说从文类上将文与诗、乐等作了区分，揭示了散文的本质特征与文体功能，标志着散文文体的独立。孔子之前，虽然作为文类的“文学”“文章”“文”等概念已经产生，但对于文学、文章、文的本质特征却没有界定。孔子已注意到有韵律之“诗”与无韵律之“文”的区别，并以含“情”成分多少，区分清楚了诗、乐、文三者本质特征的界限，符合当时抒情诗尚不发达、文学散文尚未独立的历史实际。“文亡隐意”说的提出，表明诗、乐、文一体的文艺形态已被打破，诗歌、音乐、文章已开始独立发展。其次，客观上确立了以思想内容表达为主的文章评价标准。“文”就是为了传达对人类、世界和自身的深刻认识，而为了传达意义的需要，就要特别强调“文亡隐意”。后世文章文体纷繁多样，但是每一种文体形式的出现，主要还是为了更好地“达意”。随着文章沿达意的方向发展，形成了与诗歌、音乐等文艺形式完全不同的评价标准与文论体系，促进了文学意识的觉醒。

注释：

①⑭ 马承源主编:《上海博物馆藏战国楚竹书（一）》，上海古籍出版社 2001 年版，第 123、126 页，第 126 页。

② 李学勤:《〈诗论〉简的编联与复原》,《中国哲学史》2002 年第 1 期；裘锡圭:《关于〈孔子诗论〉》，载姜广辉主编《经学今诠三编 · 中国哲学》第 24 辑，辽宁教育出版社 2002 年版；黄怀信:《战国楚竹书〈诗论〉解义》，社会科学文献出版社 2004 年版，第 18、267—271 页。

③ 廖名春:《上海博物馆藏〈诗论〉简校释》,《中国哲学史》2002 年第 1 期；邱德修:《〈上博简〉(一)“诗亡志”考》，载《上博馆藏战国楚竹书研究》，上海书店出版社 2002 年版，第 305 页。

④ 庞朴:《上博藏简零笺》，载《上博馆藏战国楚竹书研究》，第 241 页；周凤五:《〈孔子诗论〉新释文及注解》，载《上博馆藏战国楚竹书研究》，第 152 页；刘信芳:《孔子诗论述学》，安徽大学出版社 2003 年版，第 106、109 页；陈桐生:《〈孔子诗论〉研究》，中华书局 2004 年版，第 257 页。

⑤ 饶宗颐:《竹书〈诗序〉小笺》，载《上博馆藏战国楚竹书研究》，第 228 页；李零:《上博楚简校读记（之一）》，“简帛研究网站”2002 年 1 月 4 日，收入李零《上博楚简三篇校读记》，中国人民大学出版社 2007 年版，第 11 页；王志平:《〈诗论〉笺疏》，载《上博馆藏战国楚竹书研究》，第 210 页。

⑥ 何琳仪:《沪简〈诗论〉选释》，载《上博馆藏战国楚竹书研究》，第 243—244 页。

⑦ 裘锡圭:《关于〈孔子诗论〉》，载《经学今诠三编 · 中国哲学》第 24 辑。

⑧ 方铭:《〈孔子诗论〉第一简与〈诗序〉》一文云:“那么,究竟应该怎么解释‘诗亡隐志,乐亡隐情,文亡隐意’这句话,我认为‘隐’应该训为‘私’的意思,则这句话的意思就一目了然了。”说明“私”是对“隐”字意思的进一步解释,可与“隐”视为同一种意见(参见《第五届海峡两岸先秦两汉学术研讨会论文集》,内部资料,2006 年,第 74 页)。

⑨ 何琳仪解释三句话大意为:“诗歌不可使心志陵越,音乐不可使感情陵越,文章不可使言辞陵越。”笔者以为文意不通,故不取。

⑩ 这里仅是对廖名春意见的概括。邱德修解三句为:“《诗经》如果散亡了,就会泯灭了人志”“乐章如果散亡了,就会泯灭人情”“文词如果散亡了,就会泯灭文献”。笔者认为邱氏之解与文本本义相去甚远,故不取。

⑪ 这里主要是对饶宗颐、李零意见的概括。王志平释“吝”为“贪”,很有新意,然恐未必符合文本本义,故不取。

⑫ 李学勤:《谈〈诗论〉“诗亡隐志”章》,《文艺研究》2002 年第 2 期;容庚:《金文编》,中华书局 1995 年版,第 717 页。

⑬ 马承源云:“‘文’在这里是指文采。”[参见《上海博物馆藏战国楚竹书(一)》,第 126 页]周凤五释“文”为“言语文饰”云:“简文谓人心之真实情志皆反映于诗歌、音乐、言语之中,无法隐匿或矫饰。”(参见《上海博物馆战国楚竹书研究》,第 156 页)饶宗颐释“文”为写文章,云:“‘文亡吝言’者,谓为文言只要尽意,无所吝惜。”(参见《上海博物馆藏战国楚竹书研究》,第 231 页)饶氏虽释为“言”,却当“意”解,认为不吝惜语言就是让言尽意,把两个问题混同成一个问题,其释文令人费解。

⑮《诗经》中直接表明作诗目的的作品依时间顺序排列如下:西周成王时《大雅·卷阿》:“矢诗不多,维以遂歌。”西周厉王时《小雅·四牡》:“岂不怀归,是用作歌,将无来谂。”《大雅·民劳》:“王欲玉女,是用大谏。”《大雅·板》:“犹之未远,是用大谏。”《大雅·桑柔》:“虽曰匪予,既作尔歌。”西周宣王时《大雅·崧高》:“吉甫作诵,其诗孔硕,其风肆好,以赠申伯。”《大雅·烝民》:“吉甫作诵,穆如清风。仲山甫永怀,以慰其心。”西周幽王时《小雅·节南山》:“家父作诵,以究王讻。式讹尔心,以畜万邦。”《小雅·正月》:“维号斯言,有伦有脊。”《小雅·何人斯》:“作此好歌,以及反侧。”《小雅·巷伯》:“寺人孟子,作为此诗。凡百君子,敬而听之。”《小雅·四月》:“君子作歌,维以告哀。”《小雅·白华》:“啸歌伤怀,念彼硕人。”春秋初年《魏风·葛屦》:“维是褊心,是以为刺。”《魏风·园有桃》:“心之忧矣,我歌且谣。”春秋时期《召南·江有汜》:“之子归,不我过。不我过,其啸也歌。”《陈风·墓门》:“夫也不良,歌以讯之。讯予不顾,颠倒思予。”《小雅·车舝》:“虽无德与女,式歌且舞。”

⑯ 徐元诰:《国语集解》,中华书局 2002 年版,第 11—12 页。“邵公曰:……故天子听政,使公卿至于列士献诗,瞽献曲,史献书,师箴,瞍赋,矇诵,百工谏,庶人传语,近臣尽规,亲人补察,瞽史教诲,耆艾修之,而后王斟酌焉,是以事行而不悖。”可见陈诗是为进谏。

⑰ 王运熙、顾易生主编:《中国文学批评通史》一,上海古籍出版社 1996 年版,第 34 页。其所言是指《左传·襄公二十七年》中赵文子听郑大夫伯有赋《诗经·鄘风·鹑之贲贲》后,评论时所用“(赋)诗以言志”一词,“卒享,文子告叔向曰:‘伯有将为戮矣。(赋)诗以言志,志诬其上而怨之,以为宾荣,其能久乎?’”(参见杨伯峻《春秋左传注》,中华书局 1981 年版,第 1135 页)既然王、顾两人认为赵文子是将“(赋)诗以言志”作为成语来引用的,其生成和流传的时间应已不短。“赋诗言志”虽始见载于《左传·鲁襄公二十七年》,不过,各诸侯国外交聘问场合的“赋诗言志”之风则在鲁僖公二十三年(前 637)就已兴起了,一开始赋者的“赋诗言志”意识和听者的“听赋诗观志”意识就非常明确,因为他们代表的是各诸侯国的国家意志。故而,我们不妨把“赋诗言志”说的实际生成时间向前推移 92 年。

⑱ 这场盛行132年至鲁定公四年（前506）才骤然沉寂的“赋诗言志”之风，遍及鲁、晋、郑、楚、卫、齐、秦、宋等十个诸侯国，不仅深刻影响甚至主导了一个时代的政治生态，而且还深刻影响了各国贵族士人的思维方式和生活方式，“赋诗言志”“取义专对”成了莘莘学子出仕立身的基本素养和必备技能，孔子所谓“诵诗三百，授之以政，不达；使于四方，不能专对；虽多，亦奚以为”，便是最好的说明。由此推测，在“赋诗言志”之风的长期熏染下，士人贵族将“赋诗言志”意识或“赋诗言志”的说法与此前的“作诗言志”意识相结合直接发展为“诗言志”学说，并借帝舜之口说出，当是情理之中事。因此，称“诗言志”说是赋诗断章时代的时代产物应符合历史实际。

⑲ 载录“诗言志”一语的《尚书·尧典》生成时代问题是汉代以来争论最多、最难定论的学术悬案之一，竟有唐、虞、夏、周、秦、汉诸说。应该清楚的是，《尚书》的最后编成定型年代，不等于就是书中各篇的写成年代（因原为单篇流传），而各篇的写成年代也并不等于就是篇中所保存的史料生成年代（后人可依原有史料编写）。既然孔子在《论语》中几次称说或引用《尚书》，先秦典籍《墨子》《左传》《国语》等都征引过该书内容并称“《书》曰”或《尚书》“某篇名曰”，其所引内容之篇写成时间就不会晚于战国前期。再进而推之，既然孔子用《尚书》作教材，说明《尚书》核心篇的生成时间就不可能晚于孔子，王充、康有为、郭沫若、刘起釪等人甚至认为《尚书》就是孔子为给学生作教材而亲自编定的（参见王充《论衡·须颂》，载黄晖《论衡校释》，中华书局1990年版，第847页；康有为《孔子改制考》卷一二《孔子改制法尧舜文王考》，中国人民大学出版社2010年版，第261页；郭沫若《古代社会研究》，人民出版社1964年版，第78页；刘起釪《尚书校释译论》第1册，中华书局2005年版，第381页）。而《尧典》篇又是《尚书》的首篇，乃核心中的核心，其写成时间自然不会晚于孔子。

⑳㉚ 参见杨伯峻《春秋左传注》，第1135页，第1106页。

㉑ 商志醰:《江苏丹徒背山顶春秋墓出土钟铭文释证》，《文物》1989年第4期。

㉒㉓㉔㉕ 程树德:《论语集释》，中华书局1990年版，第529—530页，第878页，第1112页，第318页。

㉖ 阮元校刻《十三经注疏》，中华书局1980年版，第2474页。

㉗ 朱熹:《四书章句集注》，中华书局1983年版，第295页。

㉘ 董芬芬:《春秋辞令文体研究》，上海古籍出版社2012年版，第301页。

㉙ 郑玄注，贾公彦疏:《周礼注疏》，上海古籍出版社2010年版，第956页。

㉛ 郭庆藩:《庄子集释》第4册，中华书局1961年版，第1067页。

㉜ 王先谦:《荀子集解》上，中华书局1988年版，第12页。

㉝ 陆机撰，张少康集释:《文赋集释》，上海古籍出版社1984年版，第1页。

㉞ 苏轼:《答谢民师书》，载《苏轼文集》，中华书局1986年版，第1418页。

㉟ 黎靖德:《朱子语类》卷一三九，中华书局1986年版，第3299页。

（2014年第6期）

中国动画表演的体系

聂欣如

所谓“动画表演体系”是指动画片中人物行为呈现的基本范式系统，或者也可以说是人物表演“基本风格”或“基础形式”系统。比如在西方戏剧表演中有斯坦尼斯拉夫斯基的“体验”系统、布莱希特的“陌生化”体系等。在一般故事电影中，我们也可以看到两个基本的表演系统：一个是自然的、以人们一般日常生活作为参照的系统，另一个则是舞台表演的系统（如喜剧和音乐歌舞片这样的类型化电影）。从美学上看，这样二分的系统大致上对应了“再现”和“表现”的范畴。动画片也不例外，其表演的系统基本上也是二分的。

一、动画表演的两大体系

如果说一般故事电影的表演体系是以模仿生物自然行为为主要手段的话，那么动画则刚好相反，它是以“表现”作为其基本表演手段的，一般称之为“弹性规律”或“动画规律”。而再现的、模仿的方法，在动画表演中则被称为“仿真”或“模拟”。

（一）弹性系统的由来

动画的弹性系统究竟从何而来？这一问题迄今尚未看到比较深入的研究文章。本文并非专门研究弹性系统，只是在研究中国动画表演系统时绕不过这个问题，这里不得不进行一番思考。

一般认为，动画起源于法国人科尔，他从 1908 年开始制作动画短片。“一张画自动地一笔一笔地画好，然后在观众眼前又变了形状。线条会像条虫那样蠕动，又像许多毛线一样绞缠在一起；一个舞蹈的女人突然变成一只象……”[①] 显而易见，动画的表演从一开始已经是弹性的了。在科尔之前还有美国人勃莱克顿，勃莱克顿是逐格拍摄的发明者，他第一个把动画与真人的表演置于一部影片之中。在他1906年制作的影片《滑稽脸的幽默相》中，我们看到漫画人物吃惊时的高抬眉毛以及小狗的跳跃，尽管在动画的表现上还比较粗糙生硬，但那种试图表现弹性的欲望却一目了然。再往前找便是动画的祖师爷法国人埃米尔・雷诺，雷诺制作动画作品是在电影发明之前，他的动画作品我们今天是看不到了，从他作品的造型来看，不属于讽刺漫画，而是接近于今天的“可爱”漫画。根据电影史的记载，雷诺有一部作品名为《更衣室之旁》，其中有关海鸥飞行的镜头引起了观众的惊叹，当时的报纸披露（1895年5月15日《小时报》）：“观众对于海鸥飞翔的表演特别感到惊奇：它们向前飞着，逐渐飞远，最后逐渐不见了，景况的逼真给人一种海阔天空的幻觉。”② 而这种效果的取得，显然不是弹性的方法，“雷诺在设计他的海鸥时（可能还有他的划船者），还是利用马莱的连续照片，把它们绘成图画”③。通过摹片（逐格描摹胶片影像）取得的画面显然属于仿真，而不是弹性，由此推论，这个带有喜剧色彩的小故事，除了其中个别片段使用了仿真的手法，其余部分人物的表演有两种可能：一种是不好的仿真，也就是主观上想要仿真的表演，但是仿得不好（没有引起观众的赞叹）；另一种便是弹性化的，也就是夸张的表演。

如果是第一种推论，我们便要往后退回到勃莱克顿的作品去，但是勃莱克顿发明弹性化表演的可能性不大，因为电影史没有记载。如果是第二种，问题还是没有得到解决，不过我们无法继续在动画中寻找了。动画似乎从一开始便“天然”地具有了仿真和弹性两种表演的系统，仿真的系统比较好理解，因为照相术的发明在前，人们已经知道通过照相的方法能够获得逼真的自然图像。那么弹性表演呢？在动画之前又是什么人发明了弹性的表演呢？

由于连续动态呈现的技术到此（雷诺）为止，再往前追述便不再有可以呈现连续的、动态形象的媒体，因此我们只能考虑是因为造型的原因，使人们联想到造型如果“活动”所可能需要的动作。这样，我们便进入了漫画的领域。在漫画的领域中，很早便出现了“活动”的倾向。在中世纪，将动物拟人化是漫画（雕塑）的重要手段之一，这种人兽混搭的手法在漫画中一直沿用到今天。可以推理的是，如果将动物的行为沿用到人的身上，这个人物的行为必然是弹性的。从18世纪开始，“一种新的漫画风格——将人物形象怪诞化、畸形化的风格——已经出现”④。这一漫画风格对应的人物行为必然也是夸张的、弹性化的，我们在19世纪著名法国画家杜米埃的漫画作品中看到，他的漫画有相当一部分具有强烈的动感，他大量描绘动作之中的人物。另外，法国漫画家夏尔・菲利蓬把法国国王画成一只梨的四幅渐变画《四只梨子》⑤、德国漫画家卡斯帕·布劳恩把外交官面部表情画成七幅连续图⑥，以及柏林漫画家将德国陆军元帅弗兰格画成八幅连续变化的表情等⑦，都已经是弹性动画表现的先声。由此我们似乎可以判定，动画表演的弹性规律不是什么人发明的，而是经过漫画长时间酝酿逐渐形成的一种观念，即可以使用夸张而富有弹性意味的表现来造就两个画面之间具有连续性的关联效果。及至动画电影技术成熟，连续的画面成为活动的基本因素，使用漫画作为基本造型形式的动画便自然而然地采用了弹性化的表演。

（二）仿真体系存在的理由

动画表演仿真体系的由来我们在前面已经提到了，由于照相术的发明在先，动画毫不费力地利用了这一技术成果，但是对于这一体系在动画中的存在，长期以来都不是没有疑问的。人们会问，如果需要仿真的体系，直接使用真人拍摄的影像就可以了，何必先拍摄然后再逐格描摹，不是多此一举吗？对于这个比较复杂的问题⑧，这里仅简单说明如下：由于叙事的需要，特别是悲剧性叙事的需要，夸张的、弹性的表演，包括与之相应的漫画造型，均不容易造就相应的效果，因此制作者不得不寻求仿真表演，包括仿真造型的帮助。

从目前世界动画的格局来看，有两个动画制造大国：美国和日本。美国相对来说比较倾向于弹性的表演系统，日本相对来说比较倾向于仿真的表演系统。欧洲的动画似乎是对两者的兼收并蓄，比如法国动画系列影片《叽哩咕》（1998、2005、2012）采用的便是典型的仿真表演系统。当然，对于两大系统的使用看上去是互相排斥、具有不同美学意味的，但是在实际的使用过程中，两者却往往你中有我、我中有你，互相渗透，比如美国迪士尼公司的著名动画片《白雪公主》（1937），其中白雪公主这个人物的造型和表演便都是仿真的，而七个小矮人的造型是漫画式的，表演则是弹性的。日本动画片有一绝，其中经常会出现一个人物有两个不同的造型，一个用于一般叙事，另一个用于人物情绪变动之时（俗称“Q 版”），人物的表演也随之改变，往往在仿真造型时沿用仿真的表演，而在情绪激动出现夸张的漫画造型时，其表演也变成了弹性的系统。比如在《新世纪福音战士新剧场版：破》（2009）中，明日香（女）洗澡时发现浴室里有一只企鹅，于是光着身子跑了出来，真嗣（男）正在外面做饭，回头看到了没穿衣服的明日香，影片使用了一个夸张的红脸特写，明日香意识到自己未穿衣服，于是也有一个夸张的红脸特写，然后是她一脚将真嗣踢翻，这里使用的便是弹性的表演，与一般场合中两个人物的仿真表演大不相同。在《写给桃子的信》（2011）中，情况则与美国的《白雪公主》相似，影片主要表现的是人与鬼的故事，其中人物都采用仿真的表演，而三个鬼则使用了弹性的表演（当然，鬼是无法“仿真”的）。

弹性和仿真的表演系统对于动画来说，看起来似乎都是“自然而然”的，并未经过某人的发明创造和宣传推广，但并不是所有人都认同这点。如克拉考尔便认为弹性的系统更为接近动画的本体，他对迪士尼动画片中采用仿真的表演和造型大为不满。[⑨] 不过事实证明，这两套表演的系统尽管相差很大，但人们还是能够并乐意接受，这与动画故事所采用的题材和主题相关，甚至在两者相混淆的时候，人们也没有表示反感。

二、中国动画表演体系与其他体系的关系

当我们尝试把中国动画称为“中国学派”或“中国风格”的时候，首先认同的便是一套中国风格的表演和造型系统，这套系统与我们前面提到的动画表演的两大系统究竟是什么关系？是与之平行的第三大系统？还是在两大系统之下的子系统？这是一个很难找到确切答案的问题。

（一）中国动画表演体系的“位置”

从总体上看，中国风格的表演系统来自中国戏曲，不过中国戏曲并不能如同弹性系统和仿真系统那样可以通用于所有的对象和所有的场合。这个问题在中国戏曲自身之上便现实地存在着。梅兰芳曾对这个问题进行过认真的思考和实践。他在1913至1916年间排演过现代题材的京剧，也就是所谓的“时装京剧”，如《孽海波澜》《宦海潮》《邓霞姑》《一缕麻》等。他的感受是：“时装戏表演的是现代故事。演员在台上的动作，应该尽量接近我们日常生活里的形态，这就不可能像歌舞剧那样处处把它舞蹈化了。在这个条件之下，京戏演员从小练成功的和经常在台上用的那些舞蹈动作，全都学非所用，大有‘英雄无用武之地’之势。”[⑩] 因此，梅兰芳以后不再排演时装京剧。当然，这个问题也不绝对，京昆等程式化程度较高的大戏演时装戏较困难，但地方戏如黄梅戏、越剧、采茶戏等似乎并不那么困难，黄梅戏便排演过《徽州女人》（1998）这样大受欢迎的现代戏。当中国动画将戏曲表演的系统植入自身的时候，“古装”和“时装”的问题同样存在，这显然不是一个本体化的表演系统所应该存在的问题。

如果中国动画表演系统不属于本体化的系统，那么是否就可以归入次一级的子系

统呢？从西方动画表演的子系统来看，基本的情况也是将舞台表演移植到动画片中去，比如歌唱和舞蹈，这样的移植大致上可以分成两种：一种是照搬（仿真）舞台上的歌舞，如《真假公主》（1997）；一种是用弹性规律对舞台表演进行改造，如《美女与野兽》（1991）。这两种方法所对应的正是动画基本的表演系统，或者说是在基本表演体系中呈现出另类舞台风格的次级表演体系，它只存在于基本表演体系的局部和片断，或者只能存在于某些高度风格化动画作品中。中国动画表演系统与之不同，由于戏曲的表演高度依赖舞台，进入动画之后势必对之进行改造，因此很少看到完全仿真的中国动画表演。弹性化的系统与中国戏曲表演结合之后，呈现给观众的主要是戏曲的表演，弹性规律被溶化其中，不像西方动画片那样，弹性系统一旦与舞台表演结合，舞台表演便退而求其次，成为次要的存在。这是因为西方的歌舞表演，特别是舞蹈，主要展示的是人体动作的美感，因此舞蹈艺术也被称为肢体动作的艺术，这一艺术一旦在动画中被夸张变形，其本身所具有的美感顿时消失殆尽，只能依赖弹性规律所造就的效果，舞蹈本身所能剩余的也就是群体舞蹈的队形变化，在动画中被转换成了几何图形的排列，《美女与野兽》中的舞蹈呈现大体上就是这样的场面。因此，从次级子系统的角度来看，中国动画的表演明显要超越“次级”这样的概念，具有独立的意义。

看来，中国动画表演的系统既不是基础的，也不是次级的，而是介乎于两者之间的。我觉得似乎可以把中国动画表演的系统称之为“有限表演系统”或“中国化表演系统”，使之区别于西方的基本表演系统和次级表演系统。

（二）中国动画表演体系的“性质”

中国动画表演体系从属性上来说，与弹性系统相类似，都是非现实的表演系统。中国动画表演系统是以弹性规律为基础，以中国戏曲程式化表演为主要形式的表演系统。王国维说：“戏曲者，谓以歌舞演故事也。”[11] 弹性规律则是以具有弹性的滑稽动作演故事。今以舞蹈化的戏曲动作取代滑稽动作（弹性化的功能尚在），遂成为中国动画的表演。

从功能上说，仿真的系统与弹性的系统完全不同。仿真表演是为了让观众“穿透”绘画符号直接抵达被描绘的那个对象，与之进行认同，这一功能与一般影像的功能相类似。弹性化表演的绘画符号不是为了让观众“穿透”，而是为了让观众将注意力保持在绘画表演的本身。从这一点来说，中国动画的戏曲化表演与之相类似，但是从表演本身所引起的观众审美感受来看，也就是从观众感官刺激的实际效果来看，两者并不一致。

从弹性规律来看，它提供给观众的是一种强烈的视听效果，弹性动作的表现在生理、物理上均超越一般正常人，因而对观众的感官具有高强度刺激，能够引起观众的兴奋。中国动画戏曲化表演也给观众以刺激，但却不是以大幅度改变一般动作的常规常理来刺激观众感官的。余秋雨说："中国传统戏曲观众的审美心理定势，以'感知—情感'为主体构架。他们要求获得显豁、凝练、优美的感知，并由感知直通情感。"[12]换句话说，中国戏曲的观众在剧场中并不是一个完全被动的受体，仅依靠感官的刺激来保持自身的注意力，他甚至可以在观看演出的过程中嗑瓜子、饮茶。但是，这样的"注意"又并不意味着观众感觉的索然无味和心不在焉，因此焦菊隐会说："观众一进剧场就以积极的态度，相当主动地参加到舞台生活里去，在戏剧进行中，他们的想象力一直是极为活跃的，他们用他们主动的活跃的想象力，去丰富和补充舞台上的生活。"[13]观众在欣赏戏曲艺术时的参与性被认为是中国戏曲的基本属性，在中国戏曲诞生之时，演员便"一边'演人物'，一边'述故事'，一边进行演述'干预'，与观众一起'戏乐'……"[14]。由此我们知道，中国戏曲具有一种独特的审美属性，这种审美在表演的现场由观众的想象和表演的对象综合而来，既不需要强烈的感官刺激作为前提，也不需要事后对于叙事的完整的理解消化。当戏曲表演的形式被移植于动画之后，戏曲艺术的这一观赏特性或多或少也被带到了动画片之中。具有强烈感官刺激的弹性化滑稽动作被取代，代之以舞蹈化的程式化动作，按照傅谨的说法，"戏曲表演身段确实有舞蹈化的因素，但是戏曲表演的舞蹈化应该是有限度的，它始终应是'做工'而不是完全抽象化的舞蹈"[15]。也就是说，戏曲中程式的舞蹈化并不是那种纯粹动作艺术的舞蹈，而是有目的地减弱了它的舞蹈性，对于审美来说，也就是减弱了动作对于感官的直接刺激，观众需要通过间离化的想象来补偿缺失的必要信息，以达到一种审美化的理解。这种舞台上的程式化被移植到动画中之后，其舞蹈性势必进一步衰减，因为动画片所提供的场景不同于舞台，基于舞台的表演还要被改造，因此我们有充分的理由认为，中国动画的表演体系尽管在媒体功能上与弹性的体系相去无几，但是在效果上或者说在美学上的指涉却大相径庭，中国动画表演的目的不是以怪诞、夸张的动作博人一笑，而是使动作带有了舞蹈意味的美感。

三、中国动画表演体系的形成

中国动画表演的系统经历了几十年的发展趋于成熟，形成了自身的体系。

（一）中国动画表演的缘起

中国动画表演始于万氏兄弟的《铁扇公主》（1941），在这部影片中，主要使用的还是弹性和仿真的系统，中国动画的表演只是在牛魔王与孙悟空、猪八戒、沙僧等人打斗的时候有所展示，其打斗的招式如同舞台上的兵器交锋，强调的是兵器与兵器的碰撞，而人物则少有运动，即便有的话也很牵强，如孙悟空在打斗中翻跟头等。一般而言，中国戏曲中“舞”的成分要远超过“打”。徐城北在谈到京剧的武打时说：“‘打’同样经历了一个由‘武’到‘舞’的发展过程。”[16] 因此，我们在万氏兄弟动画片中所看到的打斗已经不是完全照搬戏曲舞台，但舞台表演的痕迹犹在。

真正开始从系统化的角度考虑民族化的动画表演，应该说是从特伟导演的《骄傲的将军》（1956）开始的。导演事后有这样的表述：“1955 年拍摄的木偶片《神笔》和 1956 年拍摄的《骄傲的将军》，不仅在人物和背景的造型设计及表演上，大胆地从我国的传统戏曲以及造型艺术中吸取滋养并加以发展和创造，而且在人物的思想感情、生活习惯、动作姿态以及语言上都力求具有中国民族的特色。”[17]《骄傲的将军》不再如同从前那样，仅是从某一个局部或动作使用中国戏曲程式化的表演，而是在总体的人物塑造、念白、造型、音乐等各个方面都沿用中国戏曲程式化的表现，从而进行了一次把中国戏曲系统化地搬上动画银幕的有益尝试。要把戏曲表演从虚拟舞台搬上动画银幕并非易事，因为动画片所塑造的场景不再是虚拟的舞台，而是一个绘画的“实景”。从影片来看，舞台上人物程式化的动作在影片中进行了重新组合和设计，摒除了一些纯粹虚拟化的表演，而把能够表现人物心理的程式化动作加以强调和夸张，也就是弹性化，如将军拉开膀子左右摇摆不可一世的走路姿态、目中无人的仰天大笑，佞臣屈膝矮身的谄媚之态等，使之符合动画语境的表现。如果说还有什么不足之处的话，就是影片的两个主要人物都遵从了戏曲类型化的处理，将军为“净”（花脸），佞臣为“丑”，主要人物的类型化可能不利于个性化人物的塑造。国内一些动画史在谈到这部影片时，批评其有“京剧表演动画化”“京剧动画化”[18] 的倾向。在我看来，这样的批评如果是指“舞台化”尚可接受，但如果是指将京剧的程式化移植于动画则不能接受。“京剧动画化”非但不是缺点，而正是这部影片的优点，因为从来也没有人尝试将动画片的表演系统民族化过。提出这一批评者的潜意识中似乎已经有了一个动画表演系统的定见，与之不符，便是可以批评了。这恰恰遗忘了动画的表演系统说到底是文化的问题，不同民族在使用这一系统的同时都有对之进行改造，使之符合本民族审美的权利，并不存在一个放之四海而皆准的元系统。

（二）中国动画表演的成熟

万籁鸣导演的《大闹天宫》（1961、1964）是公认的中国动画电影表演系统成熟的代表作。相对于《骄傲的将军》来说，这部影片将类型化人物的处理仅赋予了一些次要的角色，如巨灵神、天兵天将等，而主要人物程式化的表演非常灵活，并不拘泥于戏曲的“行当”。如孙悟空在东海龙王那里得到金箍棒之后的笑：双手捧棒，耸肩，单腿而立，两脚交替跳跃，似乎是只有“丑”才会具有的动作；开场时头戴长翎冠翻腾而出，然后亮相的表演，则是接近武生的动作。可见这一人物已经不再受到戏曲行当的约束，而是自由地运用戏曲中所有相关的程式化表演。

除了大动作之外，一些与语言配合的小动作也充分地运用了戏曲程式化的表现。当孙悟空在花果山为没有好用的兵器发愁时，影片中有这样一段对话：

> 老猴：大王要件凑手合用的兵器嘛倒也不难，但不知大王海里可能去得？
>
> 孙悟空：什么？海里？——俺老孙上天、入地，无所不能，哪里有不能去的地方。
>
> 老猴：那就好办了。这瀑布下面直通东海龙宫，要到龙宫去一趟，哪怕借不到一件合用的兵器呢。
>
> 孙悟空：喔，有这等好事？俺老孙就不愁了。呵呵……嘻嘻……（笑），孩儿们在此稍等片刻，俺去去就回。

孙悟空在说前一段话时，先是指自己的鼻子（俺老孙），然后是指天（上天）指地（入地），然后是摆手（不能去）。在说后一段话时，拍大腿（不愁了），摆手（孩儿们），指自己的鼻子（俺），指前方（去去就回）。一般来说，“只有儿童舞蹈中才可能出现这种唱天指天，唱地指地，唱月亮、太阳比一圆形，唱快乐就用双手指着自己的两颊。此种动作常被人称作图解，用于成人的表演艺术中，殊觉令人感到滑稽可笑，然而在戏曲中则成为一种十分自然和高明的舞蹈动作”[19]。将一般表述中的姿态美化而接近于舞蹈是中国戏曲的一大特色，能够将这一特点移植于动画无疑大大提高了人物表演的风格化。类似的姿态化的表述不仅用于孙悟空，也用于其他不同的人物。

由此可见，诸如此类的戏曲“表述姿态”已经成为这部影片中动画人物表述的重要方式，影片中对这类戏曲程式的采用，与一般隶属于行当的程式有所不同，行当的程式往往只能用于行当人物，如影片中太白金星（老生）初到花果山时的理须整冠，因此采用较少，而“表述姿态”则可以用于几乎所有的人物，并且表述姿态并不妨碍行当程式的表现，两者可以相得益彰。

另外值得一提的是打斗场面。从一个故事的构成来看，无非是群体的动作表现和个人的动作表现两种，因此当这两种情景都能够做到程式化的时候，也就意味着总体表演风格的完成。个人化的表现前面已经讨论，打斗场面是群体场面中的一种，也是《大闹天宫》这部影片最重要的群体场面。从戏曲舞台的表现来说，打斗基本上已经舞蹈化，这是适合舞台表现特点的。而电影提供的不是舞台，而是“实景”，因此舞蹈化的打斗势必需要有所改变。

在《大闹天宫》中，首先是打斗人物的空间位置多变，不是在一个平面上交手，这立刻便将舞台空间与一般自然化的空间区分开了。其次是向电影学习，将更多的蒙太奇手段用于交手打斗，搏斗中观众不仅能够看到两人交手的全景，还能够分别看到个人的中近景，了解打斗者的态度。如孙悟空与哪吒的打斗中，哪吒变出巨大的三头六臂，观众可以看到哪吒在中景里得意地大笑；突然一个更大的手指出现，戳弄哪吒的三个脑袋，然后观众看到孙悟空哈哈大笑的仰视中景，全景中，孙悟空变得比哪吒更为巨大。这些手法的使用尽管可以使电影的打斗与舞台区分开来，但并不能造就程式化的特点。我们主要是在具体交手的打斗方式上看到了戏曲舞台招式的使用，比如二郎神放狗咬孙悟空，孙悟空将其绕在金箍棒上甩出去，便是舞台打斗中配角将兵器抛掷给舞台中心的演员，他（她）以自己的兵器接住后掷回的技术，不过这一技术在影片中并不是完全照搬舞台，而是有所改变，孙悟空并没有将哮天犬抛出画面，而是将它抛向天空，待它落下后将其一脚踢开。在二郎神与孙悟空的打斗中，程式化的表演也是穿插其中，并不是一以贯之。比如在两人的近身格斗中，有金箍棒的两头与三叉戟的首尾来回碰撞（两种不同器械的上端和下端彼此接触）的招式，器械在空中划出美丽的弧线，便是典型的舞台程式化的打法，但是在这一打斗招式的之前、之后都不是典型的程式化表演。之前是两人大幅度快速交换位置的开打，一般来说在舞台上不可能实现，舞台上打斗的交换位置相对来说是比较缓慢的，不可能如同电影那样灵活；之后则是表现观战的梅山兄弟目不暇接地左右晃动脑袋。由此我们可以看到，戏曲程式化、舞蹈化的打斗被非常灵活地运用在这部电影之中，既没有显示出舞台化的环境，又能够将武打的程式化表现融会其中。

中国动画学派中的中国动画表演，或者说中国动画表演民族风格的形成，可以说是以《大闹天宫》这部影片的成功作为标志的。这一成功呈现了具有中国风格的、以具有舞蹈意味的“美”为标志的人物表演系统，这是中国动画人多年探索的结晶。如人物语言中的“表述姿态”，最早是在《骄傲的将军》中出现，被用作负面人物的表演方式，然后是在钱家骏导演的《一幅壮锦》(1959)中被用在一位正面人物神仙老人的诗性话语中，然后才有了《大闹天宫》中的一般化形态，所谓“冰冻三尺，非一日之寒”。

四、中国动画表演体系的拓展

20世纪70年代末至80年代是中国动画非常积极主动地追求中国动画民族化表演风格的时代，60年代已趋成熟的中国动画表演体系在这一时期得到了进一步的发扬光大。

在动画片中，除了与孙悟空这一形象相关的影片之外，最值得一提的是王树忱、严定宪、阿达导演的《哪吒闹海》(1979)。这部影片一方面在人物的表演上继续沿用60年代以来成功的戏曲程式化动作，另一方面也在拓展程式化表现的范围。这主要表现在给哪吒这个人物设计了大量舞蹈化的动作段落，如在海滩上的红绫舞、家中庭院里的龙筋舞、金光洞中的再生舞、风火轮舞等，甚至与四海龙王大段的打斗场面皆被象征化、舞蹈化。这些舞蹈结合了戏曲人物的身段和造型，具有戏曲舞蹈的意味。戏曲研究中有人认为戏曲本身与真正的舞蹈关系不大，“戏曲舞蹈的特征是：其大部分舞蹈动作为日常生活动作的夸张和美化，其目的是用于叙事和推动戏剧情节……戏曲舞蹈之所以缺少抒情舞，是因为戏曲的抒情部分主要由唱腔来完成，不需要单纯用舞蹈动作来承担这个任务”[20]。这一说法可能对大部分的戏曲作品是准确的，但是从理论上说中国戏曲不需要抒情舞蹈则不太能够令人信服，比如梅兰芳的《霸王别姬》，便有大段的“剑舞”，昆曲《牡丹亭》中也有杜丽娘和柳梦梅大段的舞蹈(边唱边舞)，这些舞蹈都属于抒情舞蹈。因此，我们也能够看到在戏曲研究中有不同于以上观点的看法，张庚指出："戏曲的表演艺术是和歌舞相结合的，它不是直接用日常生活中的动作来表演的，而是用舞蹈来表演的。这些舞蹈动作的基本动作，归根结蒂固然是来自生活，戏曲却并不完全直接从生活来创造这种基本动作，它大量地从古代民间和宫廷舞蹈中继承表演传统。"[21] 宫廷舞蹈以及大部分的古代民间舞蹈都是标准的抒情舞蹈，说中国戏曲没有或不需要抒情舞蹈似乎是有些站不住脚的。齐如山在给戏曲舞蹈分类的时候亦有"形容心思之舞"，意指"把自己心思，或悲或怒或喜或怕等等的情形，完全用舞式表现出来"[22]。所以，完全没有理由反对将舞蹈化的表现植入动画片。可以说，《哪吒闹海》是从"美"的角度来规划这部影片的表演的，正如影片的导演们在总结中所说的，这部影片"优美动人，给人以美的享受"[23]。这从一个方面拓展了中国动画的表演体系。

阿达导演的《三个和尚》（1980）对于戏曲程式在动画片中的拓展来说具有特别的意义，因为从表面上看，这部影片的音乐并非戏曲音乐，造型并非戏曲人物造型，甚至就连人物的表演也少有戏曲化的程式。那为什么说这部影片拓展了中国动画片中的程式化表演呢？这是因为尽管我们很少在这部影片中看见具体的戏曲程式化的表演，但是所有人物的所有动作都是根据程式化的要求——"把生活动作美化和节奏化，也就是舞蹈化"[24] 来设计的。人物没有语言，所有的动作都根据音乐的节奏和旋律呈现出舞蹈感。比如小和尚下山挑水，并不绘出具体的山道，而是通过小和尚改变行走方向（从面向画右到面向画左，或者相反）的动作来表现"之"字形的崎岖山道，并且改变行走方向这一动作与扁担"转肩"（将扁担从右肩换到左肩，或者相反）的动作相配合，两个水桶于是甩出了360度的优美圆形弧线，水桶和扁担成为舞蹈的道具。再比如，火灾来临，三个和尚狼奔豕突，尽管使用的不是戏曲表演中的"圆场"步伐和身段，但三个人却在画面中跑出了一个圆形的轨迹，这又是典型的戏曲舞台表演"走圆场"的特征。人物在这部影片中的表演，其动作严格按照音乐的节奏，因此在音乐节奏突然终止的地方，人物的行为也戛然而止，成为定格，类似于戏曲表演中的"亮相"。如长和尚和胖和尚看见小庙时的眺望动作；再比如救火时长和尚急中生错，把小和尚当成一桶水"泼"了出去，小和尚停格在半空中。在人物没有动作的时候，心理动作也能够通过停格表现，如小和尚和长和尚看见胖和尚抱着水缸喝光了里面的水，极为愕然，为了表现这种惊愕，影片在音乐停止处让画面突然倾斜，于是便有了一种人物"绝倒"的意味。这种与音乐密切配合的造型表现，效果与戏曲的"亮相"类似，只不过戏曲中真人表演的亮相不能停在动作的半途，因此只能是停在一个动作做完之后，不如动画那般自由。

应该说，《三个和尚》是将西方弹性化表演体系与中国戏曲程式化表演体系的精髓天衣无缝地融合在一起的成功范例，尽管其他的影片如《大闹天宫》《哪吒闹海》等也是融合了西方的弹性体系，但是这些影片在造型上靠近中国传统，因此在保留中国风格上较为明显，而《三个和尚》是典型的漫画造型，因此中国意味的表演不能过于“外露”，从而形成了两者兼容并蓄、你中有我、我中有你的特点。从积极的角度来看，这一特点展示了中国民族风格表演体系更为开阔的前景，有一种程式化创新的意味，为后人提供了极大的想象空间。正如影片导演在总结中所言：“它确实是‘中国的’，又是新的、‘国际的’。”㉕

中国动画表演体系其实是所谓“中国学派”动画的核心，因为这一表演的体系不仅有着千年传统文化的积淀，同时也要求动画制作者具有一定深度的学养和对传统文化的理解，否则是没有可能将传统文化带入动画中的。动画这一西方舶来的艺术形式，只有从造型到表演整体上东方化了，才有可能成为我们自己的东西，否则其永远只能是一个西方的“玩意儿”。

注释：

① 乔治・萨杜尔：《电影通史》第二卷，唐祖培等译，中国电影出版社1982年版，第421页。

②③ 乔治・萨杜尔：《电影通史》第一卷，忠培译，徐昭校，中国电影出版社1983年版，第274页，第275页。

④⑤ 爱德华・福克斯：《欧洲漫画史：古代—1848年》，章国锋译，上海人民出版社2008年版，第251页，第338—339页内插图。

⑥⑦ 爱德华・福克斯：《欧洲漫画史：1848—1900年》，王泰智、沈惠珠译，上海人民出版社2006年版，第25页，第65页。

⑧ 参见聂欣如《动画本体美学：仿真的意指》，《艺术百家》2013年第5期。

⑨ 参见齐格弗里德・克拉考尔《电影的本性——物质现实的复原》，邵牧君译，中国电影出版社1981年版，第113—114页。

⑩ 梅兰芳述，许姬传记：《舞台生活四十年》，中国戏剧出版社1987年版，第280页。

⑪ 王国维：《戏曲考源》，载《王国维遗书》第10册，上海书店出版社1983年版，第75页。

⑫ 余秋雨：《戏剧审美心理学》，四川人民出版社1985年版，第347页。

⑬ 焦菊隐：《略论戏曲的民族形式和民族风格》，载中国艺术研究院戏曲研究所编《中国戏曲理论研究文选》上册，上海文艺出版社1985年版，第79页。

⑭ 陈建森：《宋元戏曲本体论》，人民出版社2012年版，第125页。

⑮ 傅谨：《二十世纪中国戏剧导论》，中国社会科学出版社2004年版，第462—463页。

⑯ 徐城北：《京剧与中国文化》，人民出版社 1999 年版，第 208 页。

⑰ 特伟：《创造民族的美术电影》，《美术》1960 年第 10 期。

⑱ 张慧临：《二十世纪中国动画艺术史》，陕西人民美术出版社 2002 年版，第 64 页；颜慧、索亚斌：《中国动画电影史》，中国电影出版社 2005 年版，第 41 页。

⑲⑳ 谢明、薛沐：《戏曲动作审美谈》，载本社编《戏剧美学论集》，上海文艺出版社 1983 年版，第 257 页，第 256 页。

㉑ 张庚：《试论戏曲的艺术规律》，载《中国戏曲理论研究文选》上册，第 29 页。

㉒ 齐如山：《国剧艺术汇考》一，辽宁教育出版社 1998 年版，第 87 页。

㉓ 王树忱、严定宪、徐景达：《入海擒龙——摄制〈哪吒闹海〉的艺术小结》，载文化部电影局《电影通讯》编辑室、中国电影出版社本国电影编辑室合编《美术电影创作研究》，中国电影出版社 1984 年版，第 105 页。

㉔ 张庚：《中国戏曲》，载《中国戏曲理论研究文选》上册，第 8 页。

㉕ 阿达：《从三句话到一部动画片——〈三个和尚〉》，中国电影出版社 1983 年版，第 72 页。

（2015 年第 1 期）

冷媒介与艺术

尤西林

一、媒介与艺术关系是信息社会的深层课题

近代以来的社会突出了技术的社会存在本体地位。技术时代最深刻的现象之一，是艺术与技术在本体层面的对立统一关系。当代社会本质上是以计算机及其互联网为技术基础的信息社会。艺术与代表信息社会技术的媒介，体现着当代社会两种深刻区别的发展模式，二者的关系因而属于信息社会的深层课题。

浪漫主义以来对技术的批判将艺术推向救世主地位。尼采的经典命题是："只有作为审美现象，生存与世界才是永远有充分理由的。"[①] 审美艺术超越技术为基础的现实生存，成为激荡不息的现代思潮。然而，艺术超越技术成为"应然"的价值诉求而缺少"实然"基础，这一"超越"失去了与技术的生存基础联系而流于无根基的抒情。与之相反，为现代技术提供语言元理论的逻辑经验主义，基于现实经验事实而称"超越"命题逻辑的语言不是知识，而是情感"态度"。"艺术是表达基本态度的恰当手段，形而上学是不恰当的手段。"[②] 虽然表达了对艺术的敬意，却同样将艺术与技术对立，而切断了艺术与技术的联系。与上述模式不同的是在艺术与技术的联系中思考各自的意义。这一方向下依次出现的三位代表性的思想家是：马克思、海德格尔、麦克卢汉。

马克思在将社会变迁机制归结于以工艺技术为核心的生产方式的同时[③]，提出了基于现实生产方式又超越现实生产方式的"美的规律"[④]。生产使用价值的技术，以其统一规律与目的的自由形式，而使劳动者在获得消费产品的同时感受到精神自由，从而可能将实用技术提升为艺术。[⑤] 然而，马克思关于技术与艺术同一性思想的历史限定是：现实的资本主义雇佣劳动是"异化劳动"；19 世纪的机械技术仍然处于大脑与肢体分离状态，技术的高度分化形态尚未趋于整合统一，因而艺术的自由主体缺乏现实的经验原型。强制性分工比异化劳动处于更深的层面，也是技术与艺术同一化更为根本的限定。[⑥] 从而，马克思的"美的规律"需要依托长时段的历史辩证运动，而更多呈现为价值理想

前景。马克思指示了艺术与技术同一化条件，其核心是自动化与社会化结合，结束直接劳动分工限制与私人占有："直接劳动本身不再是生产的基础，一方面因为直接劳动主要变成看管和调节的活动，其次也是因为，产品不再是单个直接劳动的产品，相反地，作为生产者出现的，是社会活动的结合。"[⑦] "于是，以交换价值为基础的生产便会崩溃……个性得到自由发展。"[⑧] 只有在生产技术与生产目的双重自由条件下，生产使用价值的技术活动才会同时是体验规律与目的相统一的自由感的艺术。但是，作为解放直接劳动的"社会活动的结合"技术在马克思时代尚付阙如。

海德格尔同样强调了技术不以主观好恶为转移的客观存在性质。他的批判特别是针对现代技术，称之为结构性地逼迫操控现代人与自然的"座架"（ge-stell）。自动化所代表的技术统一性质，在此具有与马克思乐观肯定相反的敌意。他明确质疑与批判了作为信息论与电子计算机基础的形式化语言[⑨]，也直接批判了电子计算机技术[⑩]。海德格尔通过返回古希腊技术与艺术同源形态的"技艺"，找到了思想入口："对技术的根本性追思和对技术的决定性解析必须在某个领域里进行，此领域一方面与技术之本质有亲缘关系，另一方面却又与技术之本质有根本的不同。这样一个领域乃是艺术。"[⑪] 立足于艺术思考并解析现代技术，成为海德格尔现代性批判思想的核心论域。《艺术作品的本源》成为海德格尔思想转折的里程碑。对凡高绘画、荷尔德林等人诗歌的存在论诠释，引导了包括技术在内的全部世界存在物向存在本源状态的还原。陶罐器皿、房舍建筑、桥梁、居住行为乃至康德哲学悬搁谈论的抽象之"物"，均复活了被科学认识与技术功用分割僵化的存在状态。艺术复活了古代自然状态的技术及其理想化的存在想象。然而，海氏的精神现象学否弃了以电子计算机为代表的现代技术基点。

麦克卢汉将从语言到货币、武器等二十六种技术统称为"媒介"，表明他已将当代社会视为媒介社会。他的第一命题"媒介即信息"，实质继承了从黑格尔以工具为经验原型的"中介"本体[⑫]，到马克思工艺技术本体论的传统。这一命题的时代新意是"信息"这一当代社会关键词。作为事物存在非实体性表征的"信息"，从香农（Claude Elwood Shannon）通信结构的一个环节要素升格为当代社会的基础概念，揭示了继以农业为代表的人力资源经济、以传统工业为代表的自然资源经济之后，以智力资源为首要依托的知识经济时代的主要特征。而将"信息"依托于工具中介的"媒介"，并将全部存在物媒介化，继而又以电子计算机作为"人的延伸"的"中枢神经"，为整合分工提供了马克思所期望的"社会活动的结合"技术："当电子技术开始发挥作用时，工业和社会极其繁复和无穷无尽的活动便迅速取得了一种统一的姿态。"[⑬] 由此揭示了当代社会最为本质性的结构：以电子计算机为中枢的媒介——信息社会。

对麦克卢汉的赞扬集中于上述结构对媒介时代的预言性揭示。如果仅止于此，麦氏只是提供了认识当代社会的一种社会科学视角。但麦克卢汉在对当代社会构成原理极富现实感的揭示的同时，不仅同马克思一样地立足于技术并给予人文主义展望（“人的延伸”），而且从艺术所代表的人文价值高度对技术做出了反思与批判，这使他进入了马克思、海德格尔所代表的思想传统：马克思基于近代机械技术谈艺术，海德格尔基于古代自然技术谈艺术，麦克卢汉则基于当代媒介技术谈艺术。

媒介塑造感官是麦克卢汉的主要思想，而强调完整感性则是麦克卢汉的基本立场。与此相关，他反复提及艺术对媒介技术的整合意义，并以电子媒介整合热媒介代表的印刷媒介为典型。其中已经可以引申出冷媒介与艺术的关系。“冷—热媒介”是麦克卢汉真正原创性的观念。冷媒介与艺术的关系并非麦克卢汉自觉意识到的论题。从冷媒介走向艺术，却又是麦克卢汉媒介思想深层的逻辑。与笼统的“技术”或“媒介”概念相比，“冷—热媒介”是更为确定而深入的基础结构，它也构成本文的基础思路框架。但与麦克卢汉相反，本文恰恰将电子媒介作为分割型热媒介的最新代表，并基于其对立面的冷媒介探索艺术的当代定位。这将不仅是对媒介时代的技术哲学批判，而且是从媒介角度对当代艺术形态及其功能的重新定位——这并非特指数字艺术，恰恰相反，而特别指向冷媒介背景下疏离电子媒介而获得艺术意味的日常生活。

二、作为媒介技术代表的热媒介及其限定

热媒介是媒介的代表，也是冷媒介的参照坐标。无论是研究媒介或是冷媒介，透彻认识热媒介都是奠基性的一步。麦克卢汉的基本解释是：“热媒介只是延伸一种感觉，并使之具有‘高清晰度’。高清晰度是充满数据的状态……言语是一种低清晰度的冷媒介，因为它提供的信息少得可怜，大量的信息还得由听话人自己去填补。与此相反，热媒介并不留下那么多空白让接受者去填补或完成。因此，热媒介要求的参与程度低，冷媒介要求的参与程度高，要求接受者完成的信息多。”[14] 这些媒介文化言语须要还原其确切技术涵义。

麦克卢汉界定冷热媒介基于现代信息论。信息论的通信论基础规定了信号—信息的技术意义亦即通信传输的功用价值：“高清晰度”即确定性，是物理学经验与逻辑

规则的统一，它保证着技术的可靠性。因而香农通信论的信息论基石即“消除不确定性”。这一原则对应于近代以来的技术职业分工与学科专业分化所塑造的理性思维特征，并由逻辑经验主义提供其哲学论证。这也就是麦克卢汉所强调的“只是延伸一种感觉”的重心所在：“一种”。热媒介最为纯粹的代表形态是工具使用说明书：对特定工具性能及其使用要点简洁而清晰的陈述。说明书排除任何感性化亦即不确定性理解，而表现出抽象理性特性。由此引申的结论是，“只是延伸一种感觉”的极端状态势必导致感觉的概念化，这意味着感性的消逝，亦即消除作为审美特质的“感性”。

“因为信息论是一种不包含意义的信息理论，同时由于信息 - 意义 = 数据，因此，数学的数据理论是一种比信息论更加合适的描述。”[15]“高清晰度是充满数据的状态”，计算机的二进制经由二值逻辑的“是”与“否”将信息形式化，进而转化为可计算处理的数据。因此，“高清晰度”亦即高度确定性，与形式化信息及其数据数量成正比。只是就这种罔顾语义、语境的形式化数据的信息而言，热媒介才是“充满数据”的大信息量信道。然而，一旦将单一感觉与定义的高清晰度形式化数据信息还原回自然语言的语境及语用，便出现了对信息清晰度与数量截然相反的两类评估尺度。

以“是吗？”反问句为例。要求确定理解的询问“是吗？”、愤怒反问“是吗?!”、明知故问的揶揄“是……吗？”，其语义之差异系于诸多不同语境语用语调，这导致脱离语用语境的形式化“是吗”语义不确定性（前引弗洛里迪称之为“随机性”）增大。这一问语开放性不确定性增大恰恰增加了多种语义信息数量。但因此同时导致形式化与数据化的计算机可传输信息量的减少，甚至阻塞为零。香农引入的信息熵，标志着与封闭结构程序对立的开放无序随机状态，却又拥有着“信源相应的信息潜力”[16]。“在字母中符号的潜在随机性越大，装置产生的信息量就越多。”[17]准确讲，是更丰富。与之相反，“一个高度结构化的、完全组织化的消息包含着较低水平的熵或随机性，或较少的原始信息，并引起一个较小的数据空缺”[18]。麦克卢汉所谓信息量大的热媒介恰恰因其单一性而包含着“较少的原始信息”。这意味着一定意义上数据化信息与人类真实的自然信息拥有两套相反的尺度。笼统说热媒介信息量大，是就香农通信论消除不确定性的单一信息传输数量而言，但这一信息的语义语境语用语调恰恰是最贫乏亦即信息量最小的。

热媒介是以计算机数据化信息为基础的现代社会主流媒介。其单一的“高清晰度”与快速传输的大信息量，成为现代化社会运行机制的技术保障。但前述比较即使局限于认知范围，也已经从信息论角度揭示出热媒介代表的信息技术与人类真实信息状态的重要差异，它不仅是数量的而且更是分布模式与处理机制的差异。为缩短这一差距，电子计算机与现代认知科学核心技术的人工智能，力图突破符号逻辑的线性（对应于冷媒介的单一性）计算，而转向对人脑神经元整体交互作用（它恰恰对应着冷媒介的弥漫整体性）的模仿。晚近的联接论模式模仿神经网络的并行分布和特定的联结方式，而被称作“人工神经网络”。互联网更以巨量联接的计算机而被麦克卢汉视为“中枢神经的延伸”[19]。

然而，电子媒介所基于的电子计算机数据化信息量依然是以二进制的比特为单位，它必然以热媒介性质的单一快速传输为基础；尤其是，即使是巨大的互联网也依然是封闭的结构，联接论以微分方程替代传统逻辑主义公理作为运算规则，但其数学极限概念的无限性不等于实在存在的无限性，哥德尔不完备定理对作为计算机哲学基础的形式化的限定依然有效。它意味着计算机不仅无法依靠结构形式消除现存信源状态的不确定性，而且人类面向未来的活动还将不断引入动态变化的新的不确定性对象。数据库来源于人脑经过计算机格式化而输入的信息，计算机系统的信息已经是柏拉图意义上的对自然语言原型的简化模仿；天文数量的数据库仍是有限的模仿性的旧信息库，电子神经中枢据此无穷编组，其质的规定仍然是既有信息的花样翻新，从而落入柏拉图所说的“对模仿的模仿”。因此，一个虚拟的人工神经中枢永远需要依赖在它之外的身—心实践与直观提供新的形式原型，这同时就是人工智能对人脑永无止境的模仿。这是本体论的限定。[20]

热媒介信息模式的本体论限定意义不仅表现为上述认知限定，强化垄断的热媒介甚至会导致对信源—信道—信宿信息整体存在的肢解与扭曲。这不仅包括前述对信息语义多义性的单一简化，而且无视信宿差异性处境的热媒介单向度信息传输，其不容置疑的单一语义信息排除了平等交流，实质是颁布令语言，从而可以通往极权主义统治模式[21]；而无视信源存在丰富关系的单一信息抽取，则成为类似以放射线测量古代遗物的信息强行逼迫索求，其对应的人际形态就是审问式暴力。均衡热媒介文化之重大从而远超出了信息质量本身的意义。

麦克卢汉的中心思想之一，是强调电子媒介的整体感性及其对分割型热媒介的整合，但却没有注意到电子媒介的构成基础恰恰是二进制的热媒介，它深层规定并限定着作为神经中枢的电子媒介。如前所述，正是这一限定成为以人工智能为核心的电子媒介虚拟世界与真实生活的本体论差异，并在电子信息空前解放人类的同时，形成其新的异化困境。因此，电子媒介并未终结近代以来的技术批判。前引海德格尔关于技术的弊病既无法依靠技术自身克服又无法在技术之外克服的思想依然是关键的。但与热媒介所代表的当代技术既关联又区别的更直接一方是冷媒介。经由冷媒介走向艺术，成为切实的一步。麦克卢汉所发现的热媒介与冷媒介关系，不仅立足于当代社会技术代表形态的媒介，而且将海德格尔基于古代生活及其词源学的艺术技术联系，更切近地推进确定为媒介自身的分化关系。海德格尔依靠艺术解析技术基本属于哲学思辨，麦克卢汉的媒介类型区分却是现实社会存在结构要素分析。依托媒介实在形态的艺术—技术论，应是对海德格尔技术—艺术形而上学的重要落实与推进。

三、冷媒介的独立地位及其最高形态的艺术

以热媒介为代表的当代信息社会，以信息化为进步，从而以热媒介信息状态为正向度价值取向的主流观念。这一存在处境，决定了冷媒介首先被视为落后或不成熟甚至失败的“差媒介”。从信息论角度看，则是信息传输不清晰、噪音或冗余量大、有用信息量小。这类冷媒介附属于热媒介而有待以热媒介为标准改进。此种冷媒介尚未独立。

“言语是一种低清晰度的冷媒介，因为它提供的信息少得可怜，大量的信息还得由听话人自己去填补。”然而，如果逆转以计算机传输效率为尺度的热媒介标准，“清晰度”是指符合或接近信源原始信息状态的程度，它恰恰基于区别于人工语言的日常自然言语。单纯的询问“是吗?”、愤怒的“是吗?!”、揶揄的“是……吗?”，在计算机二值逻辑数据化中被保留的只是其单一的共同形式，其语境语调及其包含的丰富的“意向性”语义差异则被过滤。这种失真的热媒介“清晰度”只是单一命题逻辑的清晰，信源真实的信息恰恰模糊不清了。这导致维特根斯坦后期放弃图像论，而转向麦克卢汉所说的“言语”活动的语用哲学。胡塞尔现象学的口号“回到事实本身”，也就是回到比谓词逻辑更原初的“前谓词判断”的情境直觉状态。在现象学看来，麦克卢汉的热媒介信息因其单一涵义的简化是粗糙不清晰的，那种作为“生活世界”的日常言语，才保存着作为“事实本身”的意向性“高清晰”状态。

冷媒介对自身信息清晰度的上述辩护，已从数量之争走向信息存在的本体论限定：信息的本体存在状态与热媒介的单一分割方式方枘圆凿。这一本体论限定本是古老的思想。柏拉图《斐德罗篇》中埃及泰姆斯王手指指向月亮，以此回应对文字工具的炫耀：对手指媒介的关注会转移甚至取代对月亮本身的直观。这一比喻与东方佛教流行的“认

指为月”警告惊人一致。热媒介信息作为人体延伸之“指”，却与信源之“月”本体质别。禅宗以“不立文字”与“自性”拒绝巨量文字解说的佛经热媒介传播，而创立了典型冷媒介的“公案”。“公案”从象征比喻演进为无言的“默传心印”，它要求接受者甚至以一生的经历投身“什么是佛性”的顿悟。而这种冷媒介的最高代表，是记录佛祖原始传播的完全沉默的一幅画面：佛祖拈花，迦叶微笑。与之相仿，20世纪分析哲学以典型的热媒介语言理论，否定语义含混的形而上学命题的真值。与之抗衡的海德格尔则以凡高的画与荷尔德林的诗歌揭示存在真理。艺术不约而同成为中西古今的本体显示关键。

在与热媒介对比中展开的冷媒介特性自然地趋向于艺术：不是高度定义方式，而是模糊乃至非定义；不是单一内涵，而是整体或丰富的含义；不针对特定感官，而诉诸各种感官的协同；不是无须参与交流的单向度接受，而是需要启动想象力的参与乃至再创造。这些特征在整体上显示出多数艺术论所规定的艺术特征。[22]这同时也是数字艺术关键所在。[23]

冷媒介自觉维护信源存在本体而拒斥热媒介单一分割信息，势必走向艺术。艺术成为冷媒介独立意义的最高形态：艺术非概念可穷尽的自由形式，使冷媒介的信息模糊多义获得新的方向定位，存在信息的本源状态及其终极意义，在艺术中才获得恰当的表征；艺术同时将冷媒介对受众的虚位以待转化为接受美学所强调的积极阐释与介入，艺术品成为伽达默尔阐释学的游戏场域与意义感召体。麦克卢汉全部著述文字及其思路突出的跳跃与空白，被视为马赛克镶嵌图案，麦氏思想及其著作本身成为典型的冷媒介艺术。麦克卢汉的音乐同道约翰·米尔顿·凯奇的代表作《4分33秒》，则完全是无声空白而邀请听众的想象填充。冷媒介的独立特性乃至最高形态的艺术，在此被发挥到极致。

艺术对冷媒介的典范意义，显示出以热媒介为主流的信息媒介时代艺术的社会职能：平衡热媒介不容置疑的认知陈述，警戒这种传播方式对受众个性创造性的压抑，而保持回溯信息创造源头的主体地位。艺术成为受众积极参与的动员方式以及克服单一角度思维局限而保持整体想象与创新的培养方式。

四、守护虚白：冷媒介艺术的本体境界

冷媒介以艺术为尺度导致艺术冷媒介化，或者可称之为“冷媒介艺术”。麦克卢汉以媒介—信息概括当代社会的本质，同时就将媒介社会存在化或将社会存在媒介化了。

冷媒介的生存论处境分析，是将冷媒介从媒介范畴还原回当代社会存在处境，冷媒介从而恢复了更为普遍的生存条件或生存样态性质，成为普遍化或泛化的社会存在艺术。近代独立的艺术（art）以区分于生活为特征，但从空想社会主义与马克思的劳动美学，再到技术美学乃至层出不穷的装置艺术与行为艺术等，回归生活形态的艺术追求却从未停止，而且成为当代日常生活审美化趋势，并导致近代以来独立于生活的艺术观念发生危机[24]。

在平衡热媒介的格局中，冷媒介的艺术化则提供了媒介信息环境下新的生活化艺术观念。这类冷媒介是作为潜在信源的世界万物，这类“物”与人，被道家称为“自然”。英文“nature”是作为客体对象的自然，不能表达道家本体性的“自然”。与之对应的是古希腊文的“φύσιs”，即自行涌现的自然而然存在。海德格尔后期取代“Sein”的“Ereignis”，即“无所指”的自在自性自行自然存在，也接近于道家的自然。这一类“自然冷媒介”，依照道家，他们是有权“闭关”从而无所谓“信源”的自在者。然而，现代信息论与传播学如果扩张为宇宙论，则无言的岩石或与世隔绝的隐士、物理信息或人文信息均处在联系即交流网络中，因而一切存在者都是潜在的信源，即使它们无意辐射自己的信息，而呈现为近乎零度的冷媒介。

这类冷媒介恰恰是世界最大的一群，而且将永远是最大的一群。当这类沉默的冷媒介面临声浪日益高涨的信息主义文化压迫时，它们的自我意识将会抬头。如果它们并不自认为落伍者，并不追随热媒介，甚至激进对抗热媒介，冷媒介便会艺术化。

一切不诉诸说明界定而保持着数据信息情境氛围的冷媒介行为都可以成为艺术：将巨量经验浓缩的格言，不愿简化定义、保持着丰富思路原始语境状态的晦涩语言文字，电话不完整的只言片语乃至气息，一个隽永的面容，一个字的短信回复，只有一个标点的帖子，褪尽了特定背景的老照片，一个手势，一个背影，特定语境中的沉默……与那些以热媒介为尺度而无力提供高清晰信息的冷媒介不同，所有这些有意识不将信源单一化表达清楚的冷媒介，都是自发的艺术。但是，与挑战热媒介的《4 分 33 秒》所代表的先锋派冷媒介艺术也不同，这类无言的大多数“自然冷媒介”，作为芸芸众生，它们并不对抗，而是接受信息文明并使用媒介技术，然而并不狂热，而如海德格尔所言，保持着“冷静”（die Gelassenheit，一译“泰然处之”）。这种冷静保护了信息化时代普通人（乃至全部自在事物）的尊严，并使将技术作为工具使用的从容状态成为恬淡优雅风格的生活化艺术品。如麦克卢汉所言：“只有能泰然自若地对待技术的人，才是艺术家。”[25] 与热媒介均衡相处的冷媒介不仅呈现为生活艺术，而且更为重大地展示了一种不同于技术统治的新型生产与生活方式。

冷媒介拒绝热媒介的格式化不仅保护了信源的个性，而且保护了一切存在物自主性存在。冷媒介艺术化由此进入反思现代性最深刻层面。

热媒介单一角度的清晰传播，也就是海德格尔所谓现代技术“座架”对存在之物单一角度的强行“解蔽”，亦即将事物强行规定为某一存在形态。现代技术这种解蔽不同于作为揭示真理的“无蔽”，后者在解蔽中既非单一性解蔽而是多种角度的解蔽，同时又保护着事物存在自身的完整性与自由自在，因而还具有古希腊思想源初的“隐蔽”亦即“保护”功能。与技术同源的艺术在现代依然如此：“艺术乃是一种唯一的、多样的解蔽。”[26]艺术的显示（解蔽）同时就是保护性隐蔽。值此热媒介空前解蔽世界的互联网时代，保护性隐蔽反倒成为最大难题。

信息化表面上将计算机置于时代中心，实质是经由计算机将人类空前急速地从机械性活动中解放出来，而将人类推向空前重大的责任地位，并挑战人类的特性。造就这一局势的是热媒介所代表的无所顾忌的解蔽强力。在将信息文明激进化为信息主义的当代，冷媒介—艺术所代表的隐蔽性保护或保护性隐蔽之于未来的意义，既稀声又不合时宜。保护与隐蔽，在此并非指法学涵义的个人隐私之类具体事务，也不限于保护生态环境这样急迫重大的社会科学课题，而是本体性的。用海德格尔的话说，是存在论的：“终有一天，我们将学会，从保护（Wahr）方面来思我们所使用的真理一词，并且体会到，真理（Wahrheit）乃是存在之保护（Wahrnis des Seins）……存在的牧人和无（Nichts）的看守人是同一回事。人只有在此之在（Da-sein）的展开状态（Entschlossenheit）中才能成为此两者。”[27]比开发自然更根本的人性系于现代技术已经陌生的守护性行为。

无（Nichts），作为海德格尔的核心主题之一，曾被逻辑经验主义作为样本详细分析与嘲弄。[28]但作为技术所揭示的有限性之“有”的警示对立面，这个“无”以概念象征着包括逻辑在内的技术的母体。中国大思想家更以命题形态判断：“有生于无”（《道德经·第四十章》）；“虚室生白”“唯道集虚”（《庄子·人间世》）；“上九，白贲无咎”（《易·贲》）。“无”之空间性“虚”与无色之“白”，恰恰是有形之物得以显现的底色背景乃至本体之“道”的处所，因而是最美好的征兆。绚烂之极归于平淡，中国艺术最高的意境，正是指向这一保护性隐蔽的“虚空”之“白”。[29]作为中国画最深技法也是最高境界的“留白”，显示了艺术守护虚白的本性，从而也为冷媒介提供了最高境界的注释。

注释：

① 尼采：《悲剧的诞生——尼采美学文选》，周国平译，生活·读书·新知三联书店 1986 年版，第 17 页。

②㉘ 卡尔那普：《通过语言的逻辑分析清除形而上学》，载洪谦主编《逻辑经验主义》上卷，商务印书馆 1982 年版。

③ 马克思："工艺学揭示出人对自然的能动关系，人的生活的直接生产过程，从而人的社会生活关系和由此产生的精神观念的直接生产过程。"（中共中央马克思、恩格斯、列宁、斯大林著作编译局编译：《马克思恩格斯文集》第 5 卷，人民出版社 2009 年版，第 429 页）

④ 参见马克思《1844 年经济学哲学手稿》，载《马克思恩格斯文集》第 1 卷，人民出版社 2009 年版，第 162 页。

⑤ 马克思："诚然，劳动尺度本身在这里是由外面提供的，是由必须达到的目的和为达到这个目的而必须由劳动来克服的那些障碍所提供的。但是克服这种障碍本身，就是自由的实现"，从而可以"把劳动当做他自己体力和智力的活动来享受。"（中共中央马克思、恩格斯、列宁、斯大林著作编译局编译：《马克思恩格斯文集》第 8 卷，第 174 页）

⑥ 马克思因而称前分工阶段的"中世纪的手工业者对于本行专业劳动和熟练技巧还是有兴趣的，这种兴趣可以达到某种有限的艺术感"（中共中央马克思、恩格斯、列宁、斯大林著作编译局编译：《马克思恩格斯选集》第 1 卷，人民出版社 1995 年版，第 107 页）。

⑦⑧ 中共中央马克思、恩格斯、列宁、斯大林著作编译局编译：《马克思恩格斯全集》第 46 卷下，人民出版社 1980 年版，第 222 页，第 218 页。

⑨ 海德格尔：《走向语言之途》，孙周兴译，载孙周兴选编《海德格尔选集》下卷，生活·读书·新知上海三联书店 1996 年版，第 1144 页。

⑩ 参见海德格尔《赫贝尔——家之友》，载《海德格尔诗学文集》，成穷、余虹、作虹译，唐有伯校，华中师范大学出版社 1992 年版。

⑪㉖ 海德格尔：《技术的追问》，孙周兴译，载孙周兴选编《海德格尔选集》下卷，第 954 页，第 952 页。

⑫ 黑格尔："手段是一个比外在合目的性的有限目的更高的东西；——犁是比由犁所造成的，作为目的的、直接的享受更尊贵些。工具保存下来，而直接的享受则会消逝并忘却。人以他的工具而具有支配外在自然界的威力，尽管就他的目的说来，他倒是要服从自然界的。"（黑格尔：《逻辑学》下卷，杨一之译，商务印书馆 1976 年版，第 438 页）这段话被列宁称为"历史唯物主义的萌芽"（可参见列宁《哲学笔记》，中共中央马克思、恩格斯、列宁、斯大林著作编译局编译，人民出版社 1974 年版，第 202 页）。麦克卢汉"媒介即信息"正是这种工具本体论。黑格尔："对于对象的否定关系成为对象的形式并且成为一种持久性的东西。"（黑格尔：《精神现象学》上卷，贺麟、王玖兴译，商务印书馆 1979 年版，第 130 页）麦克卢汉强调媒介并非内容而是生成内容的形式，也本于此。麦克卢汉本人未能自觉其命题的思想史渊源，这也是关于麦克卢汉研究的盲区。

⑬⑭㉕ 马歇尔·麦克卢汉：《理解媒介——论人的延伸》，何道宽译，商务印书馆 2000 年版，第 428 页，第 51 页，第 46 页。

⑮⑯⑰⑱ 卢西亚诺·弗洛里迪主编：《计算与信息哲学导论》上册，刘刚译，商务印书馆 2010 年版，第 150 页，第 151 页，第 151 页，第 151 页。

⑲ 参见马歇尔·麦克卢汉《理解媒介——论人的延伸》，第428页。

⑳ 即使是模拟型生物计算机自行演进，仍然是基于既有信息大数据样本的反馈而形成学习主体。身体与其环境的互动是心灵无法数字化的本体限定（参见休伯特·德雷福斯《计算机不能做什么——人工智能的极限》，宁春岩译，马希文校，生活·读书·新知三联书店1986年版；玛格丽特·博登主编：《人工智能哲学》，刘西瑞、王汉琦译，上海译文出版社2001年版；劳伦斯·夏皮罗：《具身认知》，李恒威、董达译，华夏出版社2014年版）。

㉑ 苏联与中国曾以“形象思维”理论解释不同于热媒介逻辑思维的冷媒介艺术，被视为严重的政治问题而遭到审查与批判（参见尤西林《形象思维论及其20世纪争论》，《文学评论》1995年第6期）。

㉒ 马克思的“美的规律”，对审美与艺术使用了“任何”（jeder）、“处处”（überall）、“全面”、“整个”等一系列全称修饰词（参见《马克思恩格斯文集》第1卷，第162页），实质即是将单一性与全面丰富性对立提升为动物与人性分野原理，它正对应于热—冷媒介。

㉓ 图像熵要求在无序熵与单一秩序之间的恰当灰度才能成像，像素越大亦即点越多则图像越逼真。这意味着与热媒介相反的取向。

㉔ 参见阿瑟·C.丹托《艺术的终结之后——当代艺术与历史的界限》，王春辰译，江苏人民出版社2007年版。

㉗ 海德格尔：《阿那克西曼德之箴言》，载《海德格尔选集》上卷，第560—561页。

㉙ 参见宗白华《中国艺术意境之诞生》，载《美学散步》，上海人民出版社1981年版。

（2015年第3期）

王国维的“忧世”说及其词之政治隐喻

彭玉平

一、王国维的“忧世”说与诗歌观念

王国维不止一次表达了对人生之“慰藉”的渴望。① 他在而立之年所作的《自序》中说：“体素羸弱，性复忧郁，人生之问题，日往复于吾前，自是始决从事于哲学。”② 其后，他的兴趣从哲学转移到文学，并非是他对获得人生慰藉的态度发生了变化，而是因为哲学的间接与抽象无法即时抚慰其忧郁之心，文学则因更契合其心性，而能给他带来更多直接的慰藉。

也许王国维对“人生”二字的强调过于突出，以至周策纵说：“静安词中实鲜伤时之作，所悲悯者要为普遍之人生。”③ 周策纵的这个结论当然值得商榷，但未尝没有被王国维“人生之问题”这一笼统提法吸引的原因在内。何况王国维的“忧生”“忧世”说确实是分别表述着的。《人间词话》云：

> “我瞻四方，蹙蹙靡所骋”，诗人之忧生也；“昨夜西风凋碧树，独上高楼，望尽天涯路”似之。“终日驰车走，不见所问津”，诗人之忧世也；“百草千花寒食路，香车系在谁家树”似之。④

按照王国维的示例，诗词中的忧生、忧世可以有所侧重。《节南山》中“我瞻”二句写贤才久被冷落，故有前路茫茫之叹；晏殊“昨夜”三句也是写才士渴望成就事业之意。两者的立说对象都侧重于个体之生命。陶潜“终日”二句和冯延巳“百草”二句，淡化了诗人的主体意识，表达了一种关怀世道时运的淑世情怀。王国维虽然以例证方式彰显了两种表达主题的差异性，但实际上忧生与忧世之间更多的是呈现出一种夹杂状态，难以厘清。

验诸王国维自身，他的忧生意识固然侧重于人生的本体，但其忧生之中实含忧世之心。这一层意思，王国维自己就已经解释得很清楚了。他在《哲学辨惑》一文中便将“人生之问题”具体分化为“宇宙之变化，人事之错综”二端。[⑤] 可见，王国维的忧生除了个体生命的独特情怀——“体素羸弱，性复忧郁”之外，也包含着自然宇宙与世间人事。他因为“忧生”而从事于哲学研究，固然希望哲学能为他释去个人之忧患，也希望能为人类社会留给他的种种疑问以合理的解释并消解掉他对世间的焦虑。他的诗词创作与他的这一段哲学研究几乎同时，如将其诗词看成单纯的忧“生”之叹，自然是不全面的。

忧生中兼含着忧世的情怀，这也是王国维对诗歌的基本定义。在《屈子文学之精神》一文中，王国维借用了席勒“诗歌者，描写人生者”[⑥] 的定义，但王国维认为进入诗歌视野的“人生”有其主观与客观两面。古代诗歌所描写者，“特人生之主观的方面”[⑦]，所以带来了中国抒情诗的发达和叙事诗的相对滞后。所谓人生之主观方面，实际上是强调个性化的情感体验和抒写；而人生之客观方面，除了“自然”的因素之外，还包括对世间社会以及群体感情的关注。他说：

> 诗之为道，既以描写人生为事，而人生者，非孤立之生活，而在家族、国家及社会中之生活也。[⑧]

事实上，王国维在分析中国南、北文学不同的时候，之所以把诗歌作为北方文学之“专有”，正是考虑到诗歌与国家、社会之间纷繁复杂的关系。因为北方派的理想在改作旧社会，所以是“置于当日之社会中”，与南方文学“树于当日之社会外”以创造新社会，形成了明显的区别。[⑨]“改作”旧社会的过程，必然与相关势力形成种种冲突，凡此皆为诗歌表现之绝好内容。王国维对此言之甚明：

> 若北方之人，则往往以坚忍之志、强毅之气，持其改作之理想，以与当日之社会争。而社会之仇视之也，亦与其仇视南方学者无异，或有甚焉。故彼之视社会也，一时以为寇，一时以为亲，如此循环而遂生欧穆亚（Humour）之人生观，《小雅》中之杰作，皆此种竞争之产物也。且北方之人，不为离世绝俗之举，而日周旋于君臣、父子、夫妇之间，此等在在畀以诗歌之题目，与以作诗之动机。[⑩]

王国维这里说诗歌与北方之关系，主要是就战国以前而言的，后世这种南北文学在文体上的差异也就越来越小并渐趋泯灭。但撇开南北文学的话题，诗歌与政治、社会的关系确实是诗歌无法回避且必须着力表现的问题。这些理论充分说明，王国维的诗歌理论并非着重弘扬孤立封闭之人生，而是强化着家族、国家及社会中之人生。这也意味着，王国维的忧生必然伴随着浓重的忧世情结。

不同的个体组成人群，不同的人群构成社会。王国维对群体感情的关注注定了“忧世”在其理论和创作中是不言而喻的一个重要目的。质实而言，王国维对“无我之境”的强调，其实也正是要求诗人能从忧生出发而带来更为宏阔的忧世主题。所以，王国维的忧生虽然包括个体的生命，但其实以“人类”为最终目的。王国维说：

> 夫美术之所写者，非个人之性质，而人类全体之性质也。惟美术之特质，贵具体而不贵抽象，于是举人类全体之性质，置诸个人之名字之下……善于观物者能就个人之事实，而发见人类全体之性质。[11]

“美术”之中，文学担当着尤为重要的使命。“发见人类全体之性质”的创作理想，使诗人的创作必须突破个体的限制。与此相对应，他的著名的“出入说”，也可以与“忧生”“忧世”说形成直接的呼应：入乎其内，侧重在感受个体而具象的生命；出乎其外，则兼赅群体与抽象的感受。只有群体的意义才能更充分地彰显世间的基本形态。可见从个体到群体，从忧生到忧世，乃是王国维考量人生的基本理路。王国维被誉为“客观的诗人”[12]，大概也是因此。王宗乐说：“他所感到的人生的悲哀苦痛不只是个人所有的，而且是世人共有的，所以他的词多思深意苦之作。”[13] 王国维的理论与创作的一致性在这一点上是大致平衡的。值得一提的是：王国维的“忧生”“忧世”说应该受到刘熙载的影响，《艺概》卷二云：“《大雅》之变，具忧世之怀；《小雅》之变，多忧生之意。”[14] 刘熙载的著述是王国维熟读深玩过的，只是刘熙载从大、小雅之“变”来区分忧世与忧生的不同，而王国维则从文学主题方面拓展了其内涵而已。

世间一直是王国维密切观察和细致考量的对象。早在 1904 年，他任职通州师范学堂时，听闻某中学校原与某佛寺相邻，因为扩建的需要，而“以官力兼并寺而有之”。王国维认为从僧侣的角度而言，如此“以强力夺弱者之所有而有之”，堪称“烈于盗贼”。所以他说：“故凡侵犯他人之生命、财产、自由者，皆社会所谥为不义，而为全社会之大谬也。”[15] 因为“义”是“社会之保障”和“个人之金城”，而王国维眼中当世“正义”之缺乏已经到了令人震惊的地步。而刊于《教育世界》第 117 号的《教育小言十二则》，则充满了对中国教育体制的担忧。略引一则如下：

> 去岁之冬，我中国学界最多事之时代也。于东京，则有留学生多数之停课；于南京，则有苏学生与赣、皖学生之争额；于苏州，则有苏、松太学生与常、镇、淮、扬、徐、海学生之争……乃以我国最有望、最可爱之学生而所争者如此，此不能不为教育前途惜者也。[16]

此足见王国维对世事关切之深。他的《论平凡之教育主义》一文的宗旨也是从“足以理万端之新政”[17]出发的。而他的《去毒篇——雅片烟之根本治疗法及将来教育上之注意》文编及《人间嗜好之研究》等文，所论话题皆在当世社会之种种弊端，其中所投入的政治关怀也是开卷可见的。

二、《人间词》《履霜词》与《苕华词》：从侧重哲学之思到彰显政治意蕴

“忧世”理论既如上述，那么，词中的王国维是否同样担荷着忧世的精神呢？答案是肯定的。先看其词集名的变迁。王国维的词集初名《人间词》，分甲、乙二稿先后发表于《教育世界》杂志。为何将词集以“人间”命名呢？按照罗振常的说法，是因为王国维“甲稿词中‘人间’凡十余见，故以名其词云”[18]。这个说法确实可以在其词集中得到切实的证明。但王国维何以如此密集地使用“人间”一词？其“人间”一词的主要内涵是什么呢？却是需要继续追问的话题。前者当然是因为王国维关心“人生之问题”而导致的。事实上，王国维词中的“人间”有不少是可以直接替换为“人生”的。以此而言，王国维所谓“人间”自然包括忧生的主题，因为“忧与生来讵有端”（《欲觅》）[19]是王国维反复说明过的。但王国维的“人间”，在绝大部分的语境中，其实是“人世”的意思，这却是需要细加辨明的。如“人间事事不堪凭，但除却无凭两字”（《鹊桥仙》）[20]、“尽撤华灯招素月，更缘人面发花光，人间何处有严霜”（《浣溪沙》）[21]、“人间曙，疏林平楚，历历来时路”（《点绛唇》）[22]等等。这些“人间”用例在意义上都大体指向“人世”。其中有的“人世”还有着非常明确的地域指称。如“人间夜色尚苍苍”（《浣溪沙》）[23]和“人间夜色还如许”（《蝶恋花》）[24]中的“人间”就分别是指北京和苏州。

王国维诗词中的“人间”不仅大部分意为“人世”，而且其诗词中有时就直接用“人间世”代替“人间”一词。如“蝉蜕人间世，兀然入泥洹”(《偶成二首》之二)[25]、“潮落潮生，几换人间世”(《蝶恋花》)[26]、“昨夜西窗残梦里，一霎幽欢，不似人间世”(《苏幕遮》)[27]等等。这些用例有力地说明，王国维语境中的“人间”往往就是“人间世”的简称。以“人间”名词集，其用意可知。“人间词”作为王国维词集名一直持续到1909年初。这一年，王国维应吴昌绶之请，以甲、乙两稿为基础，删减若干，并增加了近年所作数词，合为九十七首，仍以“人间词”为名抄示吴昌绶。

1918年6月，应沈曾植之约，王国维以抄本《人间词》为基础，斟酌选录二十四首，而成《履霜词》一集。与前诸种《人间词》刊本、抄本不同，王国维为《履霜词》专作一跋，略述其编选宗旨，并特别提到之所以用“履霜”为名，是因为“所以有今日之坚冰者，非一朝一夕之故矣”[28]。“履霜”一词出自《周易》之坤卦，即所谓“履霜，坚冰至”[29]。“履霜”是指秋日阴气凝结，故步履及霜，而随着季节的自然推移，严冬的“坚冰”也必然而至。坤卦所说重在说明自然规律之不可移易，而王国维借用其词，则显然包含着对国家社会命运的深刻担忧。所以，这二十四首词虽然是光绪、宣统年间所作，如果说彼时社会尚属“履霜”的话，到了1918年，不仅清朝消亡已有七年之久，而且距张勋复辟失败也近一年了，“坚冰”已宛然在前。王国维重编词集并以“履霜”为名，除了有彰显自己的忧世情怀之外，当也有对自己的词居然如此精准地预想到了人世发展轨迹的一种慰藉。需要说明的是，王国维以“履霜”名集，并非兴来神到，突发灵感，而是“履霜”之意久已酝酿胸中。他在1912年所作《送日本狩野博士游欧洲》诗中已经感叹地说：“履霜坚冰所由渐，麋鹿早上姑苏台。兴亡原非一姓事，可怜惵惵京与垓。”[30]因此一种盘旋横亘的心怀，六年后重编词集，王国维才能独拈“履霜”二字以浑契素来心迹。1926年4月15日，王国维在自沉昆明湖前一年多，在致刘承干信中依然说：“一别三年，恍如隔世，履霜之戚，继以坚冰，其间艰难困辱之况与夫书问阔疏之故。”[31]政治变化对他刻骨之影响可见一斑。

王国维去世后，罗振玉、赵万里等人编纂的《海宁王忠悫公遗书·外编》之《观堂外集》卷四，收录罗福成校本《苕华词》一卷。这是王国维词集的第三个名称。此集并非王国维编纂，故此集名亦非王国维自定，但王国维生前在评论自己词时用过“苕华”的寓意，编集者（很可能是王国维助手赵万里）或许曾接闻王国维绪论，故径以“苕华”名集。毛诗小序说《苕之华》一诗，乃是“君子闵周室之将亡，伤己逢之，故作是诗”[32]，而“苕华”一诗的忧世意义正是王国维曾经关注的。周策纵虽然将《苕华词》误为王国维自编，但他将“苕华词”的命名与王国维晚年“痛清社之屋，悯外患内乱，生民凋丧”的心境结合起来，倒是得其意旨的。[33]

以上从王国维三种词集名称的演变来考量王国维的忧世情怀，已可使读者得大致之印象。如果说《人间词》一名尚将忧世之心隐遁在其人生哲学之思背后的话，《履霜词》《苕华词》之名则直接凸显出王国维深沉的家国政治关怀。而且王国维对词集的更名是在中年之时，此时距填词创作的高峰期已久，而王国维却将此前沉潜在词中的忧世之意，郑重地在词集名上表露出来，这种在沉淀之后揭出的创作宗旨，也许有着更为稳实的意义。

三、闵时、忧民与伤己：王国维词中的政治隐喻

在王国维的青年时代，他面对的是怎样混乱的世间呢？此稍检历史就可大致明了，从 19 世纪末到 20 世纪初，王国维先后经历了甲午战争、戊戌政变、八国联军侵华、辛亥革命等等。这些战争和变革导引的方向是作为封建文化承载的晚清王朝日趋没落并最终沦亡，西学、新学思潮汹涌而入，政局动荡不息，社会颓然沉沦，人心涣散无依。1918 年，王国维在致罗振玉信中说：“今日百姓，殆所谓佛出世亦救不得者。”[34] 并时有“时事山穷水尽”的感慨。[35] 可见其对当世的绝望之心。周策纵曾评论其《浣溪沙》（天末同云）一首“显现世间一切险恶危机与生存挣扎之苦痛”[36]。此虽非就其词之整体而言，但确实具有一定的代表性，因为无论是在托名樊志厚的《人间词乙稿序》，还是在《人间词话》手稿中，这首《浣溪沙》一直是王国维自赏的第一首词。录词如下：

> 天末同云暗四垂。失行孤雁逆风飞。江湖寥落尔安归。
>
> 陌上金丸看落羽，闺中素手试调醯。今宵欢宴胜平时。[37]

这首词带着强烈的象征意味，“云暗四垂”“江湖寥落”喻指当时沉闷、压抑甚至凶险的社会现实，而“失行孤雁”则喻指孤独的生命个体，“逆风飞”则是就个体所在的具体而恶劣的生存环境以及其为此所做的艰辛的生存挣扎。上片渲染的情景带着惊恐的意味。下片写人，但这是一群强势而无情的人，所以这孤雁轻易就成为他们的猎物，并最终成为盘中佳肴。而“今宵欢宴胜平时”一句，写尽了强者的冷漠甚至残暴。此词表面

上虽然是写雁与人的不同命运，其实是隐喻人类社会人与人之间以强凌弱的普遍现象，而这种现象正是当时政局凌乱的一种反映。佛雏说，这是王国维用他锐利的“天眼”观察并再现出来的“下界众生的罪孽与痛苦的全部真相”[38]。王国维对纷乱世象的沉重感叹于此可见。

王国维在托名樊志厚的《人间词乙稿序》中曾将《浣溪沙》（天末同云）、《蝶恋花》（昨夜梦中）、《蝶恋花》（百尺朱楼）自誉为“高蹈乎八荒之表，而抗心乎千秋之间”[39]，显然非局限于一人一事，而带有对人类及社会命运的普遍而深刻的思考。陈鸿祥认为此三词以强者与弱者、富者与贫者、尊者与卑者“构建”了三个不同的“人间”境界[40]。这种整体把握，我认为是准确的。不过，王国维不是在主观“构建”，而是在客观“展示”这种笼罩在浊乱政局下的人世，而其宗旨则在展示之外，表达自己对此深重的忧虑情怀。

如果说王国维在自赏《浣溪沙》（天末同云）等词时，只是用“凿空而道，开词家未有之境”[41]或“意境两忘，物我一体”[42]这样抽象的语言来表述其忧世之心的话。那么，在1918年王国维新编《履霜词》抄本的最后一词，则直接寄寓了他对世道人心的感叹。王国维在将抄本《履霜词》呈教沈曾植时曾附录一信，特别提及“末章甚有‘苕华’‘何草’之意”[43]。“末章”即如下《浣溪沙》词：

> 已落芙蓉并叶凋。半枯萧艾比墙高。日斜孤馆易魂销。坐觉清秋归荡荡，眼看白日去昭昭。人间争度渐长宵。[44]

此词作于北京，时在1908年秋。从“坐觉清秋归荡荡”一句来看，当是秋思主题。不过，一般的秋思多写因季节变换而带来的人生短暂的感慨，王国维此词则别开蹊径，通过对秋日景象的对比描写来喻指宛然时处深秋的家国乱象。“魂销”是一阕之眼。这魂销不仅缘于“日斜孤馆”所处之境地的落寞，也不仅是面对清秋白日的归去与漫漫长夜煎熬的无奈，更多的是芙蓉并叶齐凋与萧艾半枯攀高形成的对比景象，激发了王国维内心对时局的联想和忧虑。正如陈永正所说：“芙蓉萎谢，萧艾得时，正是清末政治局面的写照。”[45]此词对清末政局的暗喻是一方面，直陈1918年前后王国维的心境才是更切实的。在1917年张勋复辟过程中，王国维的心境也随之起伏。王国维虽然不是实践意义上的复辟派，但在精神上是支持张勋的。张勋复辟失败后，王国维对当时军阀与民国政府曾满怀激愤，披阅这一时期其与罗振玉的通信，尽可见其心迹。1923年张勋去世，王国维时在南书房任上，曾代逊清帝溥仪撰《谕葬张勋碑文》，一方面称赞张勋“功庸著于中外，忠诚贯于日月”；另一方面也对一直以来“庶僚之阴谋”深怀痛恨。[46]这与其致罗振玉信斥责张勋失败后各派之间“人心险诈，乃至天理尽绝”[47]，同持一心。“人心险诈”的局面与此种对萧艾得时的讽刺，简直是契合无垠。周策纵以“悲天悯人”概括此词主旨，堪称的论。[48]

现在回到王国维致沈曾植信的语境之中。何以王国维要特地说明此首《浣溪沙》有“苕华”“何草”之意呢？“苕华”即《苕之华》，“何草”即《何草不黄》，此二篇乃《诗经·小雅》煞末两篇。前诗面对苕之华而“心之忧矣”，忧的是“知我如此，不如无生”[49]。后诗面对何草不黄，而“哀我征夫，独为匪民”“朝夕不暇”[50]。二诗大旨在闵时、忧民与伤己而已。毛诗小序分别用“大夫闵时”与“下国刺幽王”[51]分论二诗，可谓得之。方玉润以“亡国之音哀以思”拟之，也是读出了诗中浓重的政治感叹。[52]王国维将自己的《浣溪沙》词与《苕之华》《何草不黄》二诗联系起来，其用意自是要揭示出自己深沉的时世感叹。但此在王国维而言，也是先有对时势类似的看法，然后才与相关的词对应起来。在编定《履霜词》前半年，王国维已经在致罗振玉信中说：“《苕华》《何草》《小雅》告终，今其时矣。”[53]带着这样的政治判断，王国维才能最终将此《浣溪沙》词的地位特别地擢拔出来。

按照王国维的心性，他自然会厌倦这种混浊的时世。他在《平生》诗中曾经说过“人间地狱真无间”[54]这样带着极端情感的话，所以忧世之中，也时有避世之念，“苦求乐土向尘寰”（《杂感》）[55]，以自求解脱，只是茫茫人世，王国维难以觅到可以安心栖居的地方。我们可以对勘他刚到北京入职学部不久后的一首《浣溪沙》词：

> 七月西风动地吹。黄埃和叶满城飞。征人一日换缁衣。金马岂真堪避世，海鸥应是未忘机。故人今有问归期。[56]

上片三句言京城秋景的凌乱污浊十分形象。所以说开头两句“隐喻当时不稳定的政治局面”[57]，或者说“黄埃”一句是当时“政治气候的写照”[58]，都切合王国维的创作心境。而下片流露出来的避世而不能的无奈，也可见出其对时局的失望心情。其实，在类似的失望之余，王国维或“驰怀敷水、条山里，托意开元、武德间”（《杂感》）[59]，让想象行走在惬意的历史中；或以梦境的方式虚构其理想的生存世界，如其《点绛唇》词，以“梦中昨夜扁舟去”一语带出“萦回岛屿，中有舟行路”“波上楼台，波底层层俯”的迷离、巍峨而梦幻的世界。[60]但现实不堪，梦境也同样难以接近。此词以“断崖如锯，不见停桡处”结尾，足见其将现实的无力感也同样带进了梦里。王国维不仅忧虑现实之世界，而且忧虑虚构之梦境。

萧艾应该是较早从整体上关注王国维词中政治情怀的学者之一，其《王国维诗词笺校》曾多次揭出其诗词中的忧世特点，如评说《浣溪沙》中“人间夜色尚苍苍”一句，“殆有感于朝政之暗昧邪”。[61]又评《浣溪沙》（山寺微茫背夕曛）说：“予以为词旨即屈子众醉独醒之意。于此，弥见斯人忧世之深。”[62]皆是其例。评诗也多类此，如评《题梅花画箑》“梦中恐怖诸天堕，眼前尘埃百斛强”云：“……况此污浊世界亦未必久长乎。梦中恐怖，诸天欲堕。诗人忧世之怀，殆无涯际。”[63]此不烦一一例举。试再看一词《蝶恋花》：

> 窣地重帘围画省。帘外红墙，高与银河并。开尽隔墙桃与杏。人间望眼何由骋。　　举首忽惊明月冷。月里依稀，认得山河影。问取嫦娥浑未肯。相携素手层城顶。[64]

此词的政治隐喻就更明显。王国维在词中简直是直陈自己的政治抱负，希望能与嫦娥携手到天帝所在的层城顶（朝廷）。但王国维身处在“窣地重帘”以及帘外高及银河的“红墙”之中，桃杏虽然开尽，风华却在“隔墙”，他其实不闻春色。“人间望眼何由骋”，写尽其黯然孤寂之意。作者转而寄望于月中山河，但携手的愿望也被嫦娥“浑未肯”。有学者将王国维的这种对理想的憧憬和现实的困顿与当时的立宪风潮结合起来，或可备一解，因其中的政治内涵确实是脉息可感的。[65]

由以上之分析，可见年轻时期的王国维并未疏远政治，且时时涌动着不羁的政治遐想。不过，王国维的想象更多地体现在对清明政治的憧憬上，并非刻意追求个人政治命运的辉煌。明乎这一点，就能理解为什么王国维早年对政治及政治家带着明显的排斥情绪，而其自身创作却浸染着政治色彩的原因所在。其《人间词话》云：

> “君王枉把平陈业，换得雷塘数亩田”，政治家之言也；“长陵亦是闲丘陇，异日谁知与仲多”，诗人之言也。政治家之眼，域于一人一事；诗人之眼，则通古今而观之。词人观物，须用诗人之眼，不可用政治家之眼。[66]

王国维只是反对在诗词中明确表达其“域于一人一事”的政治目的，并非主张诗人回避抨击政治、忧患时事的话题。事实上，“长陵”二句也关乎政治，只是超乎具体人事之外而已。他自己词中的政治隐喻也是不一而足，此仅以上面简略分析已可见一斑。“可怜心事太峥嵘”（《鹧鸪天》）[67]。随着阅历的增长，王国维的忧世之念也与日俱增。1919年，他在《沈乙庵先生七十寿序》中就曾称赞沈曾植“其忧世之深，有过于龚、魏”[68]。在《东山杂记》中，王国维也认为沈曾植《秋怀》三首中的第一首“见忧时之深”[69]。凡此都可见出“忧世”说在王国维诗学观念中的重要意义。

余论：政治纬度与王国维文学之精神

对晚清朝廷的失望与对民国政府的抗拒，都是王国维心志中亟须注意的地方。他一方面钻研中西方哲学，以寻求个人生命的价值和意义；另一方面又深切地关怀当世，以诗词表露自己对政治时局的忧世之情。相比词的隐约婉转，王国维诗歌的政治色彩更浓厚，也更直接。除了《颐和园诗》《送日本狩野博士游欧洲》《蜀道难》所谓“壬子三诗”以及《隆裕皇太后挽歌辞九十韵》等明确的政治主题之外，他还在很多诗歌中直陈自己鲜明的政治态度。如其《读史二绝句》之一云：“楚汉龙争元自可，师昭狐媚竟如何？阮生广武原头泪，应比回车痛哭多。”[70]诗中痛洒悲泪的阮籍背后，当然隐着王国维的影子。而“师昭狐媚”云云显然以司马师、司马昭阴谋篡魏事喻指袁世凯以欺诈手段逼迫清帝退位之事。其实，王国维在忧世之际，也颇多救世的雄心。其早年钻研西方哲学，也是为了能在中国进行一场新的思想革命。[71]其《人间词话》之所以不避偏锋，恣意而言，也是因为怀着“因时而起，岸然救弊”[72]的动机。这也正是我们在衡量王国维词学的理论价值之时，不能忽略其现实意义的原因所在。哲学与文学固然需要互相参证，才能看清王国维所谓“人生之问题”的基本内核；而在文学之中，也需要将忧生之念与忧世之心合并来看，才能见出王国维文学之全部精神。

注释：

---

① 参见《自序二》，载谢维扬、房鑫亮主编《王国维全集》第14卷，浙江教育出版社、广东教育出版社2010

年版，第121页。

②⑤⑥⑦⑧⑨⑩⑯⑳㉑㉒㉓㉔㉖㊲㊻56606467 《王国维全集》第14卷，第119页，第7页，第98页，第99页，第99页，第99页，第99页，第31页，第658页，第668页，第646页，第661页，第644页，第648页，第648页，第705—706页，第660页，第644页，第659页，第644页。

③㉝㊱㊽ 周策纵：《论王国维人间词》，（台湾）时报文化出版事业有限公司1986年版，第36页，第36页，第42页，第5页。

④㊶66 彭玉平：《人间词话疏证》，中华书局2011年版，第389页，第164页，第335—336页。

⑪ 王国维：《红楼梦评论》，载《王国维全集》第1卷，第76页。

⑫⑬ 王宗乐：《苕华词与人间词话述评》，（台湾）东大图书股份有限公司1986年版，第29页，第29页。

⑭ 刘熙载撰，袁津琥校注：《艺概注稿》，中华书局2009年版，第219页。

⑮ 王国维：《教育偶感四则·寺院与学校》，载《王国维全集》第1卷，第136页。

⑰⑲㉕545559 《王国维全集》第1卷，第142页，第153页，第148页，第158页，第145页，第145页。

⑱ 罗振常：《〈人间词甲稿序〉跋》，载陈平原、王风编《追忆王国维》，生活·读书·新知三联书店2009年版，第15页。

㉗㉚㊹6870 《王国维全集》第8卷，第660页，第639页，第661页，第620页，第638页。

㉘ 《履霜词跋》手稿现存国家图书馆，转引自《词编》编者小序，载《王国维全集》第14卷，第639页。

㉙ 《周易正义》，载阮元校刻《十三经注疏》，中华书局1980年版，第18页。

㉛ 参见王国维致刘承干信，现藏上海图书馆。

㉜㊾㊿51 《毛诗正义》，载《十三经注疏》，第500页，第501页，第501页，第500—501页。

㉞㉟㊸㊼53 《王国维全集》第15卷，第372页，第419页，第73页，第309页，第365页。

㊳ 佛雏：《王国维诗学研究》，北京大学出版社1987年版，第136页。

㊴㊷ 樊志厚：《人间词乙稿序》，载彭玉平评注《人间词话》，中华书局2010年版，第240页，第240页。

㊵ 参见陈鸿祥《王国维全传》，人民出版社2007年版，第273页。

㊺5765 陈永正笺注：《王国维诗词笺注》，上海古籍出版社2011年版，第564页，第486页，第472页。

52 参见方玉润《诗经原始》，中华书局1986年版，第472页。

58 参见祖保泉《王国维词解说》，安徽教育出版社2006年版，第220页。

616263 萧艾：《王国维诗词笺校》，湖南人民出版社1984年版，第121页，第150页，第10页。

69 王国维：《东山杂记》，载《王国维全集》第3卷，第424页。

71 罗振玉曾有此评，参见刘蕙孙《我所了解的王静安先生》，载《追忆王国维》，第459页。

72 彭玉平：《人间词话疏证·自序》，载《人间词话疏证》，第2页。

（2015年第4期）

作为方法的文化批评

徐　岱

一、从“文化研究”谈起

曾几何时，文化研究领域门庭若市，打着这面旗帜的批评家们在文学批评界长驱直入。但关于究竟什么是文化研究，众说纷纭，莫衷一是。这个现象事出有因。约翰·哈特利曾说过，“文化研究是以各种配料混合起来的大杂烩”，并且一直是“破坏性的知识力量”[①]。但他同时也指出，通常意义上，文化研究是对大众文化或通俗文化的研究，特别是对大众社会中的大众媒介的研究。此外，它还对文化政治心醉神迷。在这里，文化政治指的是通俗文化或大众文化与高级文化或少数文化的斗争。[②]这位权威人士忘记强调的是，文化研究事实上是从文学批评中诞生的。雷蒙德·威廉斯的文化研究经典之作《文化与社会》，实质上主要是一部出色的文学研究著作。这也意味着，离开了与文学研究的这种同盟关系，文化研究将难以有效地进行。从某种意义上讲，文化研究具有双重性：政治的文学化与文学的政治性。供它施展身手的平台就是文学批评。所以马尔库斯等提出，文化研究只有通过成为文化批评，才能真正确立自身的地位[③]。因为这里不存在科学评估意义上对真理的实证性落实，只有文学批评范畴中意义阐释的合理化程度的考量。

但从文学批评方面来看，驱使其向文化研究转变的真正重要的原因另有两点。其一是作为文学批评对象的创作业绩的下降。作家阵营的迅猛壮大与作品数量的递增都无法掩盖这样的事实：我们已进入一个“后文学”时代。由于“思”的贫乏而于20世纪末开始滑入低谷的诗的声音如今更加羸弱，因为经受不住欲的诱惑而花样耍尽的小说如今也早已走到尽头。当新老大师们相继谢幕以及大小经典渐渐蒙灰落尘，人类在品尝够了精彩故事后终于厌倦了一本正经的虚构，作为一门叙事艺术的文学面临着改弦易辙的艰难选择。无论何时，真正的创造活动都意味着某种生命之重，这无疑不符合现代精神。这是一个千方百计“化轻为重”的社会，一个通行“过把瘾”的时代。所以有各路搔首弄姿的文化明星蜂拥登场和形形色色的社会“秀”才诞生。尽管他们的作品能够拥有广阔的消费市场，但由于缺少厚实的精神品格而很难引起优秀批评家的兴趣。在此情形下，批评视野向文化现象转移自然而然。因为诗性精神的实质是一种人文关怀，这种品格从不囿于所谓“纯文艺”领域，事实上常常同样也为那些按当下的文化惯例不属于文学的文化现象所分享。最为突出的例子是历史叙述与文学叙事通过故事而发生的暧昧关系。如同历史上出色的历史叙述大多因具有一种文学性而能被视为“准文学”文本，如今，一些杰出的历史文本由于其有意味的话语，比那些浅薄做作的虚构作品似乎更能给人以纯正的文学享受。

再进一步来讲，当代批评的文化转型的一个隐蔽动因，是批评家身价的贬值与身份的转变。在很长一段时期里，文学批评家充其量只被认为是文学王国的二等公民。俄国批评三巨头“别”（别林斯基）、“车”（车尔尼雪夫斯基）、“杜”（杜波罗留波夫）的声誉，就建立于他们各自对诸如普希金、果戈理、奥斯特洛夫斯基等名家名作精辟独到的艺术阐释上。但时至今日，批评家培训基地早已从文学实践第一线迁至学府高院，批评家的成长道路大多也随之而从与文学现象共生互动中游离出来。定格于经典的口味以及远离鲜活的文学实践的生涯，使他们作为职业读者的优势丧失殆尽。一方面，他们喋喋不休的高谈阔论对于时代的文学事业越来越不起作用，成了文化界的游手好闲者与多余人；另一方面，当今的批评家也已不再甘心于像前人那样定位于文人，继续以文学创造为中心扮演文学婢女的角色，充当伟大作品的清道夫，而是渴望以现代知识分子的身份发挥改造世界的影响。批评家对自我的这种重新定位使他们不再能安分守己于单纯的文学事业，投身于文化研究浪潮势在必然。因为当下为知识人们所广泛关注的文化研究，其实也就是以跨学科方式进行的关于人类社会活动的一种普泛性的理论建构。一言以蔽之：“文化研究是我们称为‘理论’的实践，简称就是理论。”④

驻足于此，也就足以对批评家们纷纷向理论工作者转型的现象做出解释。不能否认，这是文学批评适应时代的文化需求的一种积极反应。这不仅因为文学的疆域从来都未能最终确立，在某种程度上它确实像卡勒所言，是由一个特定的社会的文化认同所约定，同样也在于，当今社会已出现一种泛审美现象，正经历着一场艺术文化的膨胀，相形于纯文艺的衰败，日常生活中的审美化需求日趋扩张。这要求文学批评家放下教授、学者的架子走出纯文学的城堡，对诸如电视、广告、服饰、商场等大众传媒与社会时尚所蕴含的审美文化意义进行理论阐释，以回应时代的文化召唤。然而这种回应充其量只能是文学批评的兵分两路，而不应是以上述这种对文化的批评活动来彻底收编对文学作品的批评实践。因为日常生活的审美化并不意味着已完全剥夺了以虚构/想象文本的生产—消费为中心的文学事业的生存资格。此外，如果说一个时代的文化约定是作为一种“共时态”的演出，那么它也只能在作为“历时态”的文化传统所搭建的舞台上进行。在这个意义上，文学边际的模糊性并不意味着它没有任何自身的规定性可言，其在定量方面的不确定并不妨碍它在定性方面具有某种相对的确定。

所以，像伊格尔顿在《文学原理引论》中说的那样，到一定时候，即使莎士比亚作品的价值也可能如同今日街头的乱涂乱抹不被承认，那是耸人听闻；如埃斯卡皮的《文学社会学》那样以为，只要能让人们得到消遣、引起幻想与沉思、使之得到陶冶情操，那么任何一篇东西都可以变成文学作品，那也只是夸大其词。即使如一些结构主义者与文学社会家所以为的，一张便条或火车时刻表也有某种诗性意味与文学用途，其审美价值与真正优秀的语言艺术仍难以同日而语。提出文学没有一成不变的形而上本质，以及承认经典作品的意义常常随着时代文化的嬗变而改变，这是一回事；由此而取消文学的内在特质，将经典视作一种可以任由处置的文化现象，这却是另一回事。事实上，文学能够在现代文化中占据一隅，本身就意味着它具有自身的文化资本，那些优秀作品的绝对价值的起伏不定并不妨碍其相对价值的天长地久。只有明确指出这点，我们才能对文学批评的文化转型的现实意义做出恰如其分的肯定。在我看来，这种意义不仅仅在于扩大了文学批评的范围，更在于让一度陷入困境的文学批评得到了突围的契机。

因为当代批评的文化转型的契机除了上述的批评主客体二维之外，还体现于批评活动自身的需要，也即让文学批评设法摆脱由“新批评”所造成的实践困境。这种以文本细读为基本原则的批评方法体现了一种“自律论”文学观，它对作品的语言构成与叙述手段等的精心阐释，一度给受“工具论”文艺观折磨的文学活动带来了生机，但却付出了让文学作品处于一种封闭状态乃至意义“增熵”的巨大代价。取而代之的“新历史批评”在某种意义上意味着向“新批评”以前的传记、主题、文学史等方法的回归。它标志着文学研究的兴趣已由新批评式的对作为一种审美对象的作品的文本解读，再度转换为对作为一种社会现象的文本存在的文化解释。按照希利斯·米勒的说法，前者意味着关注于语言自身的性质与能力，后者侧重于语言同其之外的那些事物（诸如宗教、政治、经济、民情风俗等）的关系。新历史主义批评之所以被视作文化研究的一种边缘形态，便是由于它旗帜鲜明地坚持，把握那些经典作品不能离开对其最初得以形成的社会文化环境的考虑。可以认为，这是文化研究得以在文学批评领域顺利登陆的一个十分重要的诗学背景，所以，一些文学批评的业内人士对文化研究的兴起欢欣鼓舞，其初衷无疑是一种振兴批评的期待。

但时至今日，这种承诺显然还未能得以兑现。比如，虽然“新历史批评”努力地想获取“历史诗学”的品牌，但在实质上更多的只是充当着“知识社会学”的作用，其所持的“他律论”文艺观最终仍让其与声名狼藉的“工具论”文艺观眉来眼去。因为，与旧历史主义所持的历史是一件可证事实的主张不同，新历史主义视历史为一个具有建构性的共时态文本。以这种方式，新历史主义从容地消解了旧历史主义的历史 / 文学的对峙，强调了彼此通过社会意识形态这个中介环节所具有的同构性。无论是历史叙述还是文学叙事，它们共同地以故事这种叙述形式为媒介，这使任何历史学家都无法客观地归还历史真相，因为具有完整叙述结构的故事已根本不同于实际发生的事件，而成了一种话语现象。历史因此也就不仅具有与文学一样的虚构性，而且通过叙述主体的介入体现着特定时代的意识形态影响。概言之，这一批评视野所关注的就是历史事件如何转化为文本，文本又如何转化为一般意识形态，而这种意识形态又如何转化为文学“这样一个循环往复的过程”⑤。詹明信曾表示：如果每件事都是透明的，那么意识形态就不可能存在。所以在新历史批评视野里，不透明的文学作品主要是一种意识形态手段，有些学者正是据此提出，“这种批评的核心或者说它的批判锋芒所向来自‘马克思主义批评’”⑥。

不同于传统历史主义以一种还原论姿态着眼于作家在其作品里所反映的社会内容，新历史主义感兴趣的是文本中由作家的无意识活动所蕴含的意识形态内涵。所以这种批评实践并不直接针对作品的思想内容，而是将此内容视为一种表象与线索，着力于揭示隐蔽其后的潜内容，一种被作品直接表达的思想所压抑着的思想。新历史批评由此而试图掀起一种批评革命：将消费的阅读变为生产的阅读。不言而喻，对于这样的批评活动，重要的已不再是人生阅历与社会经验，而是知识储备与“构建理性主义”的修炼功夫。比如詹明信对海明威的“硬汉文学”的分析。他从希腊、西班牙和阿拉伯社会到意大利的西西里岛与拉美，指出了这是地中海沿岸各个国家由来已久的夫权社会所普遍存在的一种家庭意识形态。海明威只是成功地将它挪用来打造一种“个人神话”，以对抗让海明威式的男子之所不齿的现代资本主义商业文明对自己的可鄙的排斥。诸如此类的阐释确实精彩，批评家借作品为舞台所作的成功的文化演出也让人大开眼界。有历史以来第一次，我们发现文学批评家原来也可以像那些神机妙算的超级侦探那样，凭借自己的文化积蓄与洞幽烛微的本事发现一般人难以觉察的秘密。这些阐释的深邃复杂不仅让普通读者望而却步，同样也会让自命不凡的作家本人瞠目结舌。对于这样的文化批评高手，再伟大的作家也不过是通过其作品来接受心理分析的意识形态病人。

如此这般的批评实践无疑让文学批评终于彻底改变了以往靠作品吃饭的局面，让自惭形秽的批评家真正扬眉吐气。问题在于这种阐释对于作品是否公平。这并非说批评家所作的种种阐述同作品毫无关系，更不是否认这些阐释具有其独特的文化意义。需要追究的是：难道被提取出来的一部小说的如此这般的文化内涵，就等于其作为一部文学作品所具有的全部的诗性意义？就像我们成功地分离出一种好酒的化学分子结构，就意味着掌握了这种酒的真正秘密？结论自然是清楚的：文化研究虽然能替越来越无所作为的人文学者开辟出一小块思想市场，但其在文学批评领域里并不能包打天下。建设当代文学批评并不能只是一味地以对文化的批评取而代之，这无须赘言，因此而需要对作为一种批评的文化研究，从审美阐释学维度做出进一步的分析。

二、诗性意义的文化阐释

如同关于“文化”的定义迄今仍五花八门，在“文化研究”的旗帜下有形形色色的批评形态，除了以电视、广告、商场、表演等媒介—时尚批评外，围绕着文学展开的批评可分为“通过文学看文化”的文本—文化批评与“通过文化看文学”的文学—文化批评两大类。英国伯明翰大学当代文化研究中心学者理查德·霍加特早就指出，文学能为理解文化做出独特的贡献。因为无论文化的界定呈现出怎样的多义性，它主要是指称人类创造、传播、接受意义的活动。无论文学如何试图拒绝或间离社会势力以试图洁身自好，它也总是植根于具体的时代氛围，并因而蕴含着丰富的文化信息。这使得文化学家们可以堂而皇之地对文学作品进行文化利用，将之视为认识一个时代风尚、把握一种宗教信仰、梳理一个民族的历史传统的最佳通道。这方面的一个成功范例，便是本尼迪克特的《菊与刀》。

众所周知，这项研究是作者应美国政府制定“二战”后对日政策的需要所作。虽然限于当时的条件作者无法亲历日本，但她最终还是凭借同在美日本人的接触以及大量研读日本文学与电影等文本材料而圆满完成了任务，为推进现代日本学研究做出了重要贡献。文学所具有的文化功能由此可见一斑。但这样的研究虽说是对文学资源的合理开发，却无助于文学事业本身走向繁荣。这样的研究所告诉我们的，充其量只是关于一个社会与民族的文化信息而并非作为一种文化现象的艺术方面的东西。除非我们认为文学就是这些信息的一种文化符号，否则我们便难以视之为一种真正的文学批评实践。因为无论如何，在一部作品的社会学方面的需要之外，还存在着对其作为语言艺术的审美与诗性的需要。这就意味着存在这样的情形：不仅一部作品在文化社会学方面的某些缺陷并不影响其成为一部艺术杰作，甚至一部具有卓越的文化利用价值的小说，完全有可能从艺术性上讲是拙劣之作。前者可以从《飘》与《汤姆叔叔的小屋》的对比来证明。《汤姆叔叔的小屋》以其对当时美国社会基本矛盾的深刻揭示，成了美国南北战争的一个导火线；而在《飘》中，南方蓄奴制度成了白人男女实现自我的一道浪漫布景，但这并未妨碍这部小说成为一部伟大的文学佳作。后者可以张贤亮的《男人的一半是女人》作为案例。佛克马、蚁布思夫妇曾通过这部文本来研究文化移入现象，从比较文化的视野令人信服地指出了作为“现代性”一个例证的东西方文化传统的融合。[7] 尽管如此，却并不能掩盖这部小说在艺术上的矫揉造作。

霍加特主张，一位真正称职的文学—文化批评家决不站在“利用”文学的立场，对文学的文化分析应该尊重其文学特性，而不是将文学当作普通的文化载体。[8] 这意味着，从诗学的方面看，需要认真对待的并非只是作为一种批评活动的文化研究，而是具有真正文学意义的文化批评。如果说一般所谓的文化批评只是从文学材料来理解文化，是对文学的表征型解读，那么对文学的文化批评则是从文化的视野看文学，也即是对文学的语义学解释。从文学的立场来看，这不仅要求我们通过文化的平台进入文学，还要求批评家能将文学作为文学即语言艺术来对待。但有必要强调，即使在“文学的文化批评”的名义下，仍然存在着两种功能有别的批评形态。首先是文学社会学批评。澳大利亚学者伊安・昂指出：“文化研究中的‘文化’涉及意义与价值的生产与商谈，这是一个正在进行的过程，这个过程发生在所有社会活动领域。”[9] 所以，“文化”通常只是“社会”的另一种说法，因为文化总是存在于社会之中，是特定社会的基本建构因素。与此相应，在当下语境中关于文学的文化批评其实也就是关于文学的艺术社会学研究。诚然，将之简单地视为对传统的文艺社会学批评的一种还原，这肯定是片面的。首先，不同于以往社会学批评从基础 / 上层建筑二元结构出发的经济决定论，当今的文化—社会批评称得上是以语言 / 媒介为焦点的文化决定论。其次，不同于旧社会学批评注重单一的阶级性分析，新社会学批评倡导的是围绕权力剖析展开的阶层、种族、性别、地域等多元化阐释。但尽管如此，彼此通过“他律论”文艺观所表现出来的一种血亲关系，也同样无可置疑。

对此，威廉斯的一番话颇能说明问题：“我们不能将文学和艺术与其他的社会实践种类分离开来，以至于将文艺划属于十分独特的规律之中。”[10]症结归根到底在于如何把握文学性同社会性的关系。文学活动至少存在着三大社会维度：作家的社会性、文本的社会内容、作品通过读者而具有的社会功能。这就像丹纳所指出的：如同在化石里面有个动物，在文艺现象后面存在着人。正是人的存在的社会性通过对绝对意义上的“审美自发性”的取消，而最终决定了文艺活动的社会性；因为任何审美创造行为本质上都属于一种社会诉求，是一种人际间的精神交流。然而需要澄清的是，坚持文学的社会性与强调文学的独特品质、取消文学生产的“自发”性与承认其具有某种“自律”性，这二者并不矛盾。长期以来，一直困扰着文艺理论的就是在此问题上的非此即彼的选择遮蔽了这样一个事实：文学作为一种文化实践的独特性不在于其非社会性，恰恰就在于其作为艺术活动是一种独特的社会实践。就此而言，威廉斯的上述话语容易造成混淆视听的后果。承认文学的自律性只不过是说文学有其自身的生存依据，并非哲学、宗教、伦理、政治等社会意识形态与文化思想的零售货亭。这个原本无须赘言的事实经过理论家们的一番搅拌，结果却成了说不清理还乱的东西。但有一点无可置疑：如果由于“以各种复杂的方式把文化归结为意识形态”，英国的文化研究因此而“可以被非常容易地，可能是更为准确地描绘为意识形态研究”[11]，那么，由此而来的文学社会学首先也就是关于文学的意识形态批评，在其视野里文学依然是对社会思想做出反应的文化产品。因为“揭示思想的意识形态性质，这个观点就是社会学的基本立场”[12]。

但诚如前面我们对新历史批评的阐述，这种批评视野的诗学意义十分有限。这并非否认人类是一种带有意识形态胎记的生命存在。但在此意义上的“意识形态”，主要是阿尔都塞所说的体现为一种集体无意识的人与世界间的想象性关系。虽然这种关系根本上由人自身通过表象活动所缔造，但通常反作用于我们，作为一种社会价值观念与思想体系的生成前提发挥作用。一个具体的意识形态架构总是会受到权力阶层的压力，使之进一步“意识形态化”为一个社会集团利益的思想防御系统。或许这便是马克思当年分别以“某个阶级特有的信仰系统”与“伪意识”来界定“意识形态”的缘故。这意味着，尽管如曼海姆所言，意识形态具有“总体”与“特殊”两层涵义，但在现实语境里，其最为基本的文化功能也就是通过自觉地建构并强化一套话语系统，来为现实世界里占据权力位置的政治制度的合法性提供一种冠冕堂皇的说法。

用格尔兹的话说，“就是通过提供权威性并有意义的概念，通过提供有说服力并可实在把握的形象，使某种自动的政治成为可能”。正是在一个社会最普遍也最实在的文化导向“都不足以提供政治过程的满意形象的时候，作为社会政治的意义和态度的意识形态才变得格外重要”[13]。所以文学社会学的实质也就是关于文学的政治批评。这便是当代意识形态批评旗手伊格尔顿一直以“一切批评都是政治的”为理由，旗帜鲜明地企图使批评回到它放弃的原有的道路上去的思想背景。按照这一视野，文学的特点不过是以非意识形态的方式来表现意识形态。因为真正有分量的文学都会提出一个社会问题，而真正重要的社会问题则离不开具体的政治揭示与辩护。这样，伊格尔顿重新以“文化社会学”的名义为一种早已没落的泛政治美学招魂，重建文学对于政治的文化依附关系。但无论这种见解具有多少理论诱惑，都难以拯救其在实践上的破产：如同再先进的政治内容都不能为一部作品在艺术上的成功提供担保。

虽然我们从巴尔扎克与托尔斯泰的小说里能够发现封建主义的没落与资产阶级的崛起，但他们的作品绝不仅仅是历史之镜，革命的政治接受学不能替代一般文学读者的审美消费活动。艺术之伟大，在于其文化超越的维度。当人们能够透过时间隧道与阶级等差，为李后主的词、古希腊的雕塑、现代派绘画等所陶醉，能够清楚地领悟到凭借文化超越而实现人类生命的凝聚，这正是艺术文化的可贵所在。这既意味着，必须看到一部作品的社会学意义与审美价值并不能相提并论，也意味着应该坦然承认：虽说“在艺术作为意识形态的价值的同时又具有客观价值之间并没有什么矛盾”[14]，但对于艺术实践而言，重要的就在于为了达到这一结果，我们不能以“一切艺术都是一种意识形态”为理由，无视审美性作为一种客观价值所具有的超意识形态性。事实上这也便是作为两种不同文化实践的“诗性政治”与“党派政治”的根本区别：不同于后者围绕世俗权力而展开的拼死角逐，前者只是关于雅 / 俗、边缘 / 中心、经典 / 非经典等秩序所进行的调整与重组。

艺术文化作为一种特殊社会实践的特质，就在于对作为一种意识形态特殊的社会政治思想建构拥有某种超越性。应当从这一层面上来理解视艺术活动为审美意识形态的真实含义。以凡高的《农鞋》为例。众所周知，海德格尔曾对此作过一番让人耳目一新的吟咏，新一代批评家则做出截然不同的读解：“哲学家也许对在田间劳作的人入迷，学会赏识他们的活动，对锄草与收获之间的关系大发感慨议论。但是从早到晚手握锄头锄草掘地是一种令人汗流浃背、手起燎泡、肢体麻木的单调重复性劳动。田野里玩耍的儿童并不锄地，锄地不是玩耍，它是劳作。”[15] 但如果此画只表现对劳苦人生的“现实主义同情”而没有海德格尔所阐述的那种诗性精神，那么它充其量只能是一幅平庸之作；再进一步，如果画家站在这位论者的立场，让现实世界的沉重负荷彻底消解由某种时空距离而生成的审美意识，甚至就不会有任何如此这般的艺术创造。造就贝多芬成为一代音乐大师的品格正在于他的作品并非其不幸人生的痛苦呻吟，而是与命运所作的一种明朗的抗争。

三、文化批评与文艺理论

可见，只以现实生活为参照对作品的社会内容进行说明性的评判，导致了以意识形态揭示为聚焦点的文化社会学的诗学局限。阿尔都塞说得好：“尽管艺术和意识形态之间有特殊的联系，但真正的艺术不是一种意识形态。”[16]问题的症结在于意识形态批评所聚焦的话语 / 文本，并不就是作为审美客体的文学作品。这种意义上的文本内容已并非通常那种社会伦理、宗教、政治、经济等认识论范畴中的思想内容，是以审美个性为基础、融化于语言媒介与文体风格的建构形式中的一种精神内涵。当形式主义批评从“语言自足论”文艺观出发，指出作品里所表现的思想感情是属于语言的，无非也是想凸显这个意思。如果说这种内涵也能够被视作一种所指的话，那么在艺术作品里，以一般的思想内容为语义所指的文本只是其借花献佛的一种“能指”。这是艺术活动既是对客观的现实世界与主观的经验世界的再现，同时也是一种创造性精神的表现的原因。但必须意识到，艺术的独特品质并不在于其同一般文化形态一样反映着社会实践，而在于其通过这种“社会反映”而实现的“文化反应”。文学社会学批评的诗学局限，首先就在于以对文本的反映功能的强调而取消了对其表现意蕴的关注。这一批评视野属于一种“认识论关注”，在它看来，“文学本身即是有关人类行为的知识的主要仓库”[17]。

由此可见，通常所谓的“社会学批评”实质上是对文学的一种知识阅读而非价值阅读，由此也进一步造成其在诗学方面的局限性。就像布劳考普夫曾在其《音乐与社会》里所表示的，音乐社会学不是解释音乐实践是什么样，而是解释音乐实践的变化。因为知识阅读充其量只能让我们了解文学存在的一般条件与工艺学方面的东西，而无法深入艺术的精神内涵。倘若我们对米勒直截了当提出“社会学的种种文学理论把文学贬低成仅是占统治地位的意识形态的反映而已”[18]感到有些刺耳，那么至少难以否认豪塞尔的这一说法：“社会学所能做的全部事情就是按照艺术的实际来源，解释一件作品所表现出来的对生活的看法，而不必（也无法）说明这作品只有依赖于创造性才能被掌握的性质。”这正是让以艺术社会学研究著称于世的豪塞尔最终承认“社会学的概念并不能使我们理解艺术的本质”[19]的原因。由此可见，文化研究要想成为一种真正属于文学的文化批评，必须实行诗学转换，成为一种文化诗学。如前所述，这意味着不仅要从文化的角度看文学，还得在其文化关注中将文学真正当作文学，而非一般的社会 / 文化信息载体来对待。

在此意义上讲，像卡勒那样，将文化研究的文学意义主要概括为“坚持考察文化的不同作用是如何影响并覆盖文学作品的”和“能够把文学研究作为一种复杂的、相互关联的现象加以强化”，同样也属于似是而非之见。借用陈太胜的话说，如果以这样的方式来读莎士比亚的《奥瑟罗》，既能够认为其是“反女权”的，也可以批评它是“种族主义”的。推而广之，任何一部三流作品同一流作品一旦被作为文化研究的个案，也就不存在艺术价值方面的品质区别。因为在这样的文化批判里，艺术作品通过给予接受主体以审美享受而体现出来的文化独特性都已被忽略与取消。[20]这种结果的荒谬性显而易见，其症结在于一元化的意识形态批评。需要进一步思考的是文化诗学的建构方案。虽然这个问题在当代中国文论界引起了一定的关注，但总体来看，由于缺少深入的学理辨析，迄今为止仍处于缺乏实际操作思路的处境。即使是米勒也只是以“将是在修辞学式文学研究同当前具有不可抗拒的吸引力的文学外部研究之间作调停工作”这样语焉不详的话语为“下一时期文学批评的任务”落实方向。[21]但在我看来，摆脱这种局面的一种有效措施是从学科形态方面入手。不难注意到，“文化论”范畴里的“文化”涵义其实常常在“社会”与“人类”间游走，因为归根到底，文化现象总是落实于人类的社会实践之中。这不仅构成了文化研究的两个基本点，而且也由此形成了其两大基本形态：文化社会学与文化人类学。

作为文学的文化批评，既不属于作为文化社会学的延伸的文学社会学批评，也并非作为文化人类学的分支的、着重于对艺术现象作发生学与史前史研究的艺术人类学，而是一种以文化人类学研究为思想架构，通过借鉴其视野、方法、立场等而形成的关于文学的批评实践。从人类学的视野看文学，也就是注重从“差异”的观念对待文学活动，因为人类文化一直呈现着多元化的格局。“人类学试图寻求更切实可行的关于人的概念，在这样一个概念中，文化以及文化的多样性得到考虑。”[22]这种差异意识有助于我们对一部作品里的真正价值同表面效果做出鉴别。比如佛克马、蚁布思指出，张贤亮《男人的一半是女人》对于当时中国读者的影响，主要在于其有关性爱的那些部分，但这些章节在西方读者眼里实在算不上什么，他们对这部小说的兴趣在于当时的中国把整个农村都变成了一个劳改营这种事实。[23]而中国读者之所以对此并不在意，不仅在于已司空见惯，还由于这部作品在这个主题上的表现缺少应有的历史深度。

对差异意识的自觉不仅能让我们避免因文化视野狭窄而造成价值误读，还有助于我们更好地理解根植于不同文化语境里的文学作品。正如一位批评家所说："如果把哈克贝利·芬从他老家密西西比河挪到尼罗河、恒河或扬子江上，那么他的举动就是根本无法理解的。"[24] 此外，这种意识还有助于批评真正实现"从文化看文学"。通过这种视野，文化人类学者们成功地对长期以来被当作天经地义的文明／野蛮、先进／落后等价值区分实施解构，为许多一度被贴上"愚昧"标签的文化方式恢复了名誉；这种视野同样也能提醒文学批评，长久以来关于艺术活动的那种雅俗之分其实只具有文化形态学的功能，并不具有审美价值论上的意义。

其次，"文学的文化批评"也是对人类学在个案中进行概括、从经验上理解事实的方法的一种借鉴。人类学方法简单说来就是以田野工作为基础的民族志方法。马林诺夫斯基认为，这是现代人类学能从众多人文社会科学研究中脱颖而出的主要法宝，其特点也即注重"参与观察法"的"经验型研究"。用茨纳尔的话说："民族志告诉我们一个显明但却常常被人们忽略的道理：对任何一种陈述活动，如果忽略或轻视那些直接参加者的经验，这种陈述便不能被认为正确和真实的。"[25] 事实上，对日常生活经验的强调正是文化研究最具特色的地方。"文化"这个从耕作文明发展而来的词[26] 的基本含义是指，作为内在的情感／价值观念与外在的行为／规范模式的"复合结构"的、人类社会中整体的日常生活方式。它虽然因能为群体分享而具有公共性，但却根植于作为个体的私人经验之中。这是文化作为人类生存的"基础设施"对人类实践能够产生最为广泛与深刻的影响的原因，也是文化研究对于文学批评具有重要价值的道理。"文化"的意义生成对个体—私人生活经验的这种依赖，使之最终如雷蒙德·威廉斯所说，进入了"一个对艺术的意义和实践具有显著影响的范围"[27]。

这表明，人类学方法的实质就是反对理论，货真价实的文化理论唯一能做的就是实行自我消解。个中原因不言而喻：经验的意义就在于它的鲜活性，抽象的理论网络所能打捞的只是一些僵硬的生命化石。文化研究的目的是对表现为多元差异的文化现象做出理解，而不是让其成为关于文化的某个宏大叙述的例证。所以格尔兹反复强调：没有什么比构建一个无懈可击的理论体系更能败坏文化分析的名声了。"我们应当承认，文化阐释的一些特点使它的理论发展变得格外困难。当我们在这个领域寻找成体系的论文时立即就会感到失望，即便找到了也会感到更加失望。"[28] 在此意义上讲，打着"文化研究"的旗帜、热衷于理论的苦心经营的文论家，恰恰与文化研究的宗旨背道而驰，他们只是让一些作品在其所偏爱的理论架构里对号入座，满足于以那些作品为舞台来进行一番理论表演。克里格一语道破：这种以“政治的批评”著称的批评活动，实质是一种“怀抱着自己的帝国主义野心”的“批评的政治”，一种以反形而上学姿态出现的新的形而上学话语。[29]这种结果对于文学事业的危害无须赘言，它反过来提醒我们，真正有效的“文学的文化批评”只能是一种以经验参照的方式展开的具体批评实践。如果说“典型的人类学方法是通过极其广泛地了解鸡毛蒜皮的小事，来着手进行这种广泛的阐释和比较抽象的分析”[30]，那么对文学批评而言也就是不再端着理论家的架势，“就事论事”地从日常生活经验的语境来面对作品。只有这样，我们才能为文学批评确立一个能够进行价值阅读的切入点。

但这同时也意味着，对于文学的文化批评，最为重要的仍在于站在人类学立场上来看文学，也即能够像文化研究透过差异来把握共同的东西那样，从不同的艺术实践中来审视艺术活动的基本品质。比如，虽说“既然文学作为一种媒介差不多从有记录的时代伊始就伴随着我们，那么它的存在无疑符合某种人类学的需要”[31]，但事实上，在究竟如何对待“人的需要”的问题上，人类学审视与社会学研究的结果大相径庭。里格尔从社会学立场强调“艺术需求”作为一个社会概念的超个体性，但其实是将艺术需要囿于阶级、群体、时代等范围之中。按照这一观念就无法理解艺术文化所具有的某种超时空性。[32]与此不同，常以民族学研究出现的人类学立场一方面反对形而上学本质论的人性理念，注重处于多元文化场中的具体的人，另一方面也反对文化相对主义，强调通过对客观的文化差异与反文化的绝对差异的区分来发现人类生命内在的共同需求。

马斯洛曾指出，人类学立场提醒我们：印第安人首先是“人”也即作为个体的“人类”，然后才属于其部落。在这里，“虽然区别的存在无可置疑，但与共同点相比，差异是表面的”[33]。力主以“小写的人”代替“大写的人”的格尔兹为避免造成误解也特别重申：“我的观点不是说不存在人之所以为人的普遍性，也不是说文化的研究对揭示这种普遍性没有任何贡献”，而是倡导从文化独特性中去发现这种普遍性。他指出，从人类学者的观点看，通过对平原印第安人的勇敢、印度教徒的执著、法国人的理性、柏柏尔人的无政府主义、美国人的乐观主义等的分析，“我们将发现成为一个人意味着或能意味着什么”[34]。文化人类学对民族文化差异性的研究最终为了替发现人类的共同性铺平道路，人类学立场所强调的是：人类尽管不存在超文化的抽象本性，但却存在着某种超现实的普遍可能性。事实上这也是文化研究的独特意义。这既体现于作为文化载体的语言的特性上，也体现于作为文化的生成基础的人类生物机制上。雷蒙德·威廉斯说得好：“一个文化的范围常常是与一个语言的范围相对称，而不是与一个阶级的范围相对称。”[35]这不只是以文化的民族性取代阶级性，还意味着文化的超“意识形态特殊”性。由这种超越性所实现的人类学普遍性归根到底同人类的生物学机制相关联。

马林诺夫斯基曾提出：“个人和种族的机体或基本需求之满足，是强加于每种文化之上的一组最低条件。”因此，“任何文化理论必须从人的机体需求开始”[36]。无论我们赞同与否，有一点应无异议：人类生命的生物方面机制，是我们对一种文化选择作出价值评估的一个重要依据。因此，文化观念的提出强调的是在人们共同生活的环境中存在着“一种普遍反应”，但它主要也就落实于“人类学”方面而并非“社会学”上。所以驻足于人类学立场我们能为艺术活动成功地从意识形态樊篱中实现突围提供一个逻辑依据，从中我们也能理解古往今来那些艺术杰作能够超越时空与我们同在的奥妙。巴赫金曾谈到，面对一部优秀作品时，批评家通过“具有审美意义的形式所把握的不是什么虚空，而是顽强不息、自成规律、内蕴涵义的人生追求”。很难想象，如果这种追求不具有一种人类学意义上的普遍性，我们能够对之产生跨文化的审美共鸣。诚然，不能不承认“如同艺术常常使人联合一样，艺术也经常使人分化”[37]。但或许同样也应该意识到，在某种意义上，这也正是衡量一部作品的品质高低的一个重要依据。尽管存在着烙有鲜明民族主义与区域文化印章的艺术作品，但真正伟大的艺术总是能够为全人类所共同分享，仅仅拥有时代影响而未能经受住时间筛选的作品不可能是真正的杰作。

注释：

①② 约翰・哈特利：《文化研究简史》，季广茂译，金城出版社 2008 年版，第 110 页，第 59 页。

③ 马尔库斯、费彻尔：《作为文化批评的人类学：一个人文学科的实验时代》，王铭铭等译，生活・读书・新知三联书店 1998 年版，第 222 页。

④ 乔纳森・卡勒：《文学理论》，李平译，辽宁教育出版社 1998 年版，第 45 页。

⑤ 盛宁：《20 世纪美国文论》，北京大学出版社 1994 年版，第 264 页。

⑥⑯ 徐贲：《走向后现代与后殖民》，中国社会科学出版社 1996 年版，第 48 页，第 106 页。

⑦㉓ D. 佛克马、E. 蚁布思：《文学研究与文化参与》，俞国强译，北京大学出版社 1996 年版，第 142、152 页，第 144 页。

⑧ 周宪、罗务恒、戴耘编：《当代西方艺术文化学》，周宪等译，北京大学出版社 1988 年版，第 28、44 页。

⑨ 伊安・昂：《谁需要文化研究？》，陶东风译，载陶东风、金元浦、高丙中主编《文化研究》第一辑，天津社会科学院出版社 2000 年版。

⑩⑪㉕ 罗钢、刘象愚主编：《文化研究读本》，中国社会科学出版社 2000 年版，第 52、55 页，第 10 页，第

25 页。

⑫⑭⑲ 阿诺德·豪塞尔:《艺术史的哲学》，陈超南、刘天华译，中国社会科学出版社 1992 年版，第 15 页，第 31 页，第 6、270 页。

⑬㉒㉘㉚㉞ 克利福德·格尔兹:《文化的解释》，纳日碧力戈等译，上海人民出版社 1999 年版，第 246 页，第 42 页，第 29 页，第 24 页，第 61 页。

⑮ 肯尼斯·博克:《当代西方修辞学：演讲与话语批评》，常昌富、顾宝桐译，中国社会科学出版社 1998 年版，第 245 页。

⑰㉔ 张英进、于沛编:《现当代西方文艺社会学探索》，海峡文艺出版社 1987 年版，第 176 页，第 27 页。

⑱㉑㉛ 拉尔夫·科恩:《文学理论的未来》，程锡麟、王晓路、林必果、伍厚恺译，中国社会科学出版社 1993 年版，第 125 页，第 124 页，第 277 页。

⑳ 陈太胜:《走向文化诗学的中国现代诗学》，《文学评论》2001 年第 6 期。

㉖ 从词源上看，“文化”（culture）一词在英语里同“农业”（agriculture）与“园艺”（horticulture）关系密切。

㉗㉟ 雷蒙德·威廉斯:《文化与社会》，吴松江、张文定译，北京大学出版社 1991 年版，第 21 页，第 399 页。

㉙ 莫瑞·克里格:《批评旅途：六十年代之后》，李自修译，中国社会科学出版社 1998 年版，第 170、177 页。

㉜ 布劳考普夫:《永恒的旋律——音乐与社会》，孟祥林、刘丽华译，上海音乐出版社 1992 年版，第 170 页。

㉝ 马斯洛:《动机与人格》，许金声等译，华夏出版社 1987 年版，第 108 页。

㊱ 马林诺夫斯基:《科学的文化理论》，黄剑波等译，中央民族大学出版社 1999 年版，第 53、78 页。

㊲ 钱中文主编:《巴赫金全集》第 1 卷，晓河等译，河北教育出版社 1998 年版，第 335 页。

（2015 年第 7 期）

论汉代悲情文学的兴盛与悲美意识的觉醒

徐公持

读枚乘《七发》，惊异于其“腴辞云构，夸丽风骇”（《文心雕龙·杂文》）[①] 的同时，也在我心中留下一个小小的疑问。疑问来自该篇开首部分：两位虚拟主角出场并展开了对话，“吴客”以“要言妙道”来“发”患疾的“楚太子”。吴客的第一“发”内容是以音乐来激励振奋楚太子，以“去”其疾。他从琴的用材到制造，从乐师的弹奏到演唱，极力渲染形容其精致出色，并且请出上古音乐大师“琴挚”“师旷”“伯牙”等前来助兴，演奏出了最为动听优美的音乐，而其效果则是：

> 飞鸟闻之，翕翼而不能去；野兽闻之，垂耳而不能行；蚑蟜蝼蚁闻之，拄喙而不能前。此亦天下之至悲也！太子能强起听之乎？[②]

这里描述音乐制作的全过程很精彩，作为读者完全能够领会并且接受。但是在一个要点上却令人无法理解：那就是“吴客”在最后总括这精彩音乐境界时说了“此亦天下之至悲也”一句，他用“至悲”来形容最高级、最美妙的音乐。从常理常识出发，我们会觉得精彩美妙的音乐与“至悲”一语，在意义上是不匹配的。因为“悲”是人类诸多情感取向之一，它或许可以对音乐的情调取向作出说明，但在通常意义上，不能用来指称和褒贬音乐的总体性状和层次，更不能用来形容音乐的精美境界。这样疑问就来了：《七发》中的“悲”字是否用错了？或者枚乘原文并不作“悲”，而是后世文本流传过程中发生了文字错讹？

为此，笔者曾查阅《文选》和各种类书以及《汉魏六朝百三家集》中的《七发》文本，很遗憾，它们全都作“悲”，一处异文都没有。看来我们只能相信枚乘当初写作时就使用了“悲”字，后世流传过程中也未曾发生文字错讹。我们只有另寻出路：这个“悲”字，其意义是否另有所指？不是枚乘用错了字，也不是后人传写有误，而是作为读者的我们自己未能领悟到作者的深意？当深入阅读并思考之后，我的疑问逐渐得以开释，并且认为枚乘《七发》中的“至悲”一语并无错讹，只是它的内涵和义指具有非常规性、特异性，致使读者一时无法充分理解。而这种特异含义并非作者个人的一时奇思怪念，它有着当时文学写作风气的广泛背景，并且涉及审美观念的演变发展。在“至悲”这个小问题的背后，蕴藏着一个文学和审美的大题目。

一、一代文学悲情弥漫

叙述和抒发悲情，在我国文学中出现甚早。“女心伤悲，殆及公子同归”（《诗经·豳风·七月》）[③]、“王事靡盬，我心伤悲”（《诗经·小雅·四牡》）[④] 等等，早已载诸先秦经典。不过阅读汉代文学，其中的悲情描述仍然给予我们非常强烈的印象。作者众多，作品繁盛，可以说悲音缭绕，响彻始终，有论者称之为“盛世悲音”[⑤]，说颇确切。这现象很值得我们深思并考察。

一般文学史上经常提及的汉代悲情作品，多是下层民众之作，这是由社会生活决定的。在当时的皇权等级体制中，农民和城市下层民众居于社会最底层，他们无论在经济上还是人身权利上都是被剥夺、歧视的对象。而在灾荒或战乱以及改朝换代岁月，他们又往往成为社会破坏后果的最大承受者。所以在社会各阶层中，他们不幸最多，悲哀最甚。对此，凡有人道良知者，无不悉知其悲苦命运：“自兵起以来，转相攻击，城郭皆为丘墟，生民转于沟壑。今其存者，非锋刃之余，则流亡之孤，迄今伤痍之体未愈，哭泣之声尚闻……其为悲痛，尤足愍伤，言之可为酸鼻。”（窦融《与隗嚣书》）[⑥] 这里说到的“生民”“流亡之孤”等，都是下层民众。他们从生活体验出发，遇有机会，就不免要一吐“悲痛”之音。今存乐府歌辞中，保存了不少民间歌谣，其中情调大多以咏叹悲苦不幸生活为主。如《战城南》《饮马长城窟行》《孤儿行》《怨歌行》《古歌（高田种小麦）》等，众所周知，不烦枚举。又汉代“古诗”中不少作品如《西北有高楼》《上山采蘼芜》《悲与亲友别》《十五从军征》等，民歌特征亦颇为鲜明，而诉说苦难人生，渲染悲伤情绪，如“音响一何悲……慷慨有余哀”[⑦] 等，也是各篇的基本格调。受文化制度所制约，民间文学作品在保存和被记录方面条件严苛恶劣。尽管如此，今存汉代以悲情为主调的民间文学作品，数量仍颇可观。[⑧] 其中不少作品，感染当时，流芳后世，不乏佳作名篇。

然而汉代悲情文学，并非下层民众所专有独擅，上层人物也参与其中。即以高踞社会阶层金字塔尖的帝王而言，他们也有若干悲情作品传世，并且颇含呕心泣血之词。他们的作品尽管不是很多，但影响风气，作用巨大。这里略举数例。

首先应提及的是楚汉战争的两位主角：项羽、刘邦。他们尽管谈不上有多么高深的文学修养，但竟都是悲情文学的爱好者和践行者。盖世英雄项羽输掉了这场决战，他在垓下面对爱姬，演出了别姬的悲凄一幕：

> 于是项王乃悲歌忼慨，自为诗曰："力拔山兮气盖世，时不利兮骓不逝，骓不逝兮可奈何？虞兮虞兮奈若何？"歌数阕，美人和之。项王泣数行下，左右皆泣，莫能仰视。⑨

英雄末路，无可奈何，临终竟作起诗来，"悲歌忼慨"，"左右皆泣"。这场景自然悲剧气氛非常浓烈，麾下莫不感动，连《史记》作者司马迁行文之际，也不免深表同情。刘邦是趾高气扬的胜利者，但他建立刘汉皇朝之际，竟也悲情满怀，唱出那首著名的《大风歌》，当时"高祖乃起舞，慷慨伤怀，泣数行下。谓沛父兄曰：'游子悲故乡，吾虽都关中，万岁后吾魂魄犹乐思沛。'"⑩ 他的悲情看上去不是假装的，只是性质不同，所表达的是游子怀乡之悲。

四百多年后，与项羽、刘邦遥相呼应，在悲情文学上有所表现的也有两位帝王人物：汉"少帝"刘辩、献帝刘协。刘辩是灵帝长子，中平六年（189）四月，父死得继帝位，时年十七岁。在朝廷大乱局面下，西凉军阀董卓入洛阳专制朝政，先是将他废为"弘农王"，换胞弟刘协（即献帝）为帝，接着又要加害刘辩性命，当时情状是："山东义兵大起，讨董卓之乱，卓乃置弘农王于阁上，使郎中令李儒进酖曰：'服此药可以辟恶。'王曰：'我无疾，是欲杀我耳！'不肯饮，强饮之，不得已，乃与妻唐姬及宫人饮燕别。"⑪ 少年废帝面对毒酒，竟能强打精神，自作悲歌，其辞曰：

> 天道易兮我何艰，弃万乘兮退守蕃。逆臣见迫兮命不延，逝将去汝兮适幽玄。⑫

而唐姬亦以歌和之曰：

> 皇天崩兮后土颓，身为帝兮命夭摧。死生路异兮从此乖，奈我茕独兮心中哀。⑬

君王遭遇强臣毒杀，只能徒作悲歌。至于刘辩之弟刘协，作为末代皇帝，被曹操挟制二十余年，傀儡生涯，悲情无疑更多。如建安十九年他眼看着伏皇后被收，呼喊“我亦不自知命在何时也！……天下宁有是乎”[14]。这些绝望喊声不能算文学，但其感人程度不逊于一般诗文。

刘、项争胜之际和辩、协兄弟生活时期，正是汉代历史的首尾两端。伴随着残酷无情的政权争夺，帝王悲情发生的概率自然较多。不过在刘汉皇朝数百年“盛世”时期，帝王悲情竟也不绝于耳，这就有些不寻常。雄才大略的汉武帝即是显著的一个例证。他在位五十多年，对外开边拓地，政治、军事成就空前，汉代国力臻于极盛。其个人生活亦尽享人间尊荣富贵，除了未能飞升成仙，此外应无遗恨。然而武帝却又富于悲情，有“哀不能自止，左右尽悲”[15]等表现。他曾亲自制作悲情文学，作品还不止一篇，著名的有《李夫人诗》《李夫人赋》。据《汉书・外戚传》，李夫人受宠，因病亡故，武帝悲痛，思念遥深，遂有方士少翁，言能致其神，乃夜张灯烛，装神弄鬼，结果是“上愈益相思悲感，为作诗曰：‘是邪？非邪？立而望之，偏何姗姗其来迟？’令乐府诸音家弦歌之”[16]。诗篇意境朦胧，扑朔迷离，写出满怀悲情，显示武帝真的情商不低。《汉书》又载“上又自为作赋，以伤悼夫人，其辞曰”[17]云云，《李夫人赋》同样是一篇情意缠绵的佳作，赋中写李夫人不幸夭亡，“悲愁于邑，喧不可止兮……呜呼哀哉，想魂灵兮”[18]！

武帝之外，创造了“文景之治”的文帝、景帝，武帝之后承续盛世的昭、宣、元诸帝，还有克成了东汉“中兴”伟业的光武帝刘秀及明帝、章帝、和帝等人，他们都是生活在盛世的君主，经历和性格、作风差别很大，但都不免有悲伤、哀愁情绪发生。就史籍记载看，其内容既有关涉朝政和权力利害的社会政治性悲思，也有一些与常人类似的哀愁心情。其具体事由，限于篇幅不烦赘述。要之，这些君临天下的皇帝，以及他们的同宗诸侯王，当然还有汉初的异姓诸侯王等，同样也有不少悲情表现，说明即使是帝王一族，也是悲情文学的制作者群体。

不过下层民众与上层帝王，还不是演绎汉代悲情文学的主要角色。这一领域的主要表演者注定只能由文士们来充任。唯有文士群体的写作投入，才是悲情文学长盛不衰的保证。说到汉代文士的写作取向，其主流精神当然是与大帝国的政治、社会发展相匹配的，那就是“体国经野，义尚光大”（《文心雕龙・诠赋》）[19]、“润色鸿业”（《文心雕龙・时序》）[20]等。但是在情绪取向上悲情浓郁，也是他们写作不容忽略的一大特征。早期文、景、武三朝最重要的作家贾谊、枚乘、董仲舒、司马迁等，生活在国势蓬勃上升的大背景中，但在悲情领域都有强烈表现。贾谊曾经少年得志，几为公卿，但受到元老、大臣忌恨，被排挤出朝廷外放，先后任长沙王、梁怀王太傅，三十三岁便盛年谢世。他的最后生涯很悲惨："居数年，怀王骑，堕马而死，无后。贾生自伤为傅无状，哭泣岁余亦死。"[21] 他是在失意中哭死的。其代表作《鹏鸟赋》，主旨是"贾生既以适居长沙，长沙卑湿，自以为寿不得长，伤悼之，乃为赋以自广"[22]，然而这种"自广"做法本身就昭示了作者内心存在沉重的郁结和"伤悼"，悲情欲盖弥彰。此外，他也曾披露受伤害之心情道："悲仁人之尽节兮，反为小人之所贼。"（《惜誓》）[23]

以无限同情笔调叙述贾谊悲情生涯的太史公司马迁，自身命运亦颇悲怆。他因李陵之事，一时失言，便横遭腐刑，蒙受奇耻大辱。他对友人自述"仆以口语，遇遭此祸，重为乡党戮笑，污辱先人，亦何面目复上父母之丘墓乎？虽累百世，垢弥甚耳！是以肠一日而九回，居则忽忽若有所亡，出则不知所如往"[24]。为此，他大呼："悲夫！悲夫！"[25] 这是肺腑之音。他的巨著《史记》固然是"欲以究天人之际，通古今之变，成一家之言"[26]，而所择取描写的对象，则以历史上悲剧人物为主。除项羽之外，他倾情撰写的诸多"世家""列传"传主，包括了诸多王侯将相、文武各界杰出人物，为的是表彰他们的崇高人格和历史伟绩，然而篇章之中，他也颇渲染种种悲情人生。最为典型的如《孔子世家》。司马迁称颂一代儒宗人格、道德高尚，学识博大、精深。然而篇中以最多篇幅描述孔子周游列国、到处碰壁的经历，以及迭遭窘困、危险等场面，写出孔子"不济"的悲剧命运，还具体而微地记述孔子发出的人生感叹："美哉！水洋洋乎。丘之不济此，命也。"[27]"君子固穷。"[28]"太山坏乎！梁柱摧乎！哲人萎乎！"[29] 并且写他"因以涕下"[30]。读者阅读本篇所领会到的，就是一位伟大哲人的悲剧人生，以及传文作者寄予传主的无限同情。

孔子如此，其余如伯夷、叔齐、楚灵王、屈原、伍子胥、聂政、荆轲、韩非子、李斯等前代人，乃至韩信、彭越、英布、卢绾、陈豨、周勃、李广、邹阳、汲黯、郑当时、王温舒、主父偃、公孙弘、朱家等本朝人，司马迁都为之立传，谱写他们各自的悲剧经历。在相关各篇章中，作者使用了大量的"悲哉""悲夫""可悲"等语辞，以表明自己的立场、态度；还使用了大量的"有足悲者"[31]"悲其志"[32]"余悲伯夷之意"[33]"悲廉直不容于邪枉之臣"[34]"悲之如亡亲戚"[35] 等等，以赞其志。如说："邹阳辞虽不逊，然其比物连类，有足悲者。"[36] 甚至写《河渠书》时也要说："悲《瓠子》之诗，而作《河渠书》。"[37] 不妨说，《史记》本身就是一部悲剧性史学巨著、文学经典。

"滑稽之雄"东方朔，虽经常逗惹武帝"大笑"[38]，然而他也是悲情文学的制作者。

他曾很严肃地写道："农夫垂拱而无为，释其耰锄而下涕。悲坛畔之遭祸，痛皇天之靡济。"（《旱颂》）[39]又尝藉屈原之口说："众人莫可与论道兮，悲精神之不通。"（《七谏・哀命》）[40]西汉中、后期著名文士王褒、韦玄成、刘向等，东汉初著名文士桓谭、冯衍、杜笃、班彪等，亦皆有悲苦、哀伤之作。值得注意者，他们寄寓悲情之作主要以辞赋为体，如《洞箫赋》《显志赋》《北征赋》等，其中悲情颇有所铺张，反复渲染，给予读者的印象强烈而深刻。他们的共同心声，正如冯衍《显志赋》所云："喟然长叹，自伤不遭。久栖迟于小官，不得舒其所怀。抑心折节，意凄情悲。"[41]

东汉中叶以后，外戚、宦官轮流专权，政治腐败严重，局面每况愈下，以张衡为代表的优秀文士，面对皇室暗昧、时局多艰的现实，既有对现状的不满，又有无力回天之慨叹，遂释放出深厚忧思、幽长悲情。张衡《思玄赋》主要"感鸾鹥之特栖兮，悲淑人之稀合"，篇末"系辞"所云"天长地久岁不留，俟河之清只怀忧"[42]，最能传达出当时文士知太平无望的真实心境。《定情赋》发挥比兴传统，末句坦露心声："秋为期兮时已征，思美人兮愁屏营。"[43]《髑髅赋》面对髑髅，不禁"假之以缟巾，衾之以玄尘。为之伤涕，酬于路滨"[44]。至于"千古绝唱"[45]《四愁诗》，反复咏唱"路远莫致倚惆怅，何为怀忧心烦伤"[46]。"怀忧"竟成为当时文学创作的情绪基调。

张衡之后，由于皇权腐败更甚，东汉社会走向末路，急转直下。而文学也由"怀忧"基调，转变为更加激烈的"心愤""刺世"主旨。当时有赵壹、郦炎、侯瑾、高彪等人，或者由于境遇不佳，或者因为个性耿直，难以踏上仕进之途，融入社会主流，故而态度峻切，内心失望，而悲情不但深厚，而且更加激愤，相应的作品也从他们笔下汩汩涌出。汉末文坛，蔡邕称雄，而伯喈为文，悲音嘹亮。其代表作《述行赋》，以抨击时政为主："悲宠嬖之为梗兮，心恻怆而怀懆。"[47]矛头直指徐璜、左悺等宦官集团，而悲愤之情，充溢文句。另一篇《瞽师赋》，则全篇皆洋溢身世之悲怀："目冥冥而无睹兮，嗟求烦以愁悲。"[48]《琴赋》中又大肆渲染道："于是歌人恍惚以失曲，舞者乱节而忘形。哀人塞耳以惆怅，辕马蹀足以悲鸣。"[49]诗赋如此，文章中悲情亦多。《文范先生陈仲弓碑》《贞节先生范史云碑》《郭有道林宗碑》等，悲悼"党锢"英烈，赞颂"清流"高致，义愤填膺，悲情喷薄。至于蔡邕之女蔡琰，流落匈奴十二载，又演出"文姬归汉"，身世悲苦离奇，遂有千载传颂的《悲愤诗》。王粲《七哀诗》叙亲历汉末战乱中百姓死亡的灾难，不禁慨叹："喟然伤心肝。"[50]又《古诗十九首》，论者多认为是汉末桓、灵时期不知姓名的文士所作，它们被钟嵘誉为："文温以丽，意悲而远，惊心动魄，可谓几乎一字千金！"（《诗品》）[51]此是悲情文学所获最高评语，其经典地位，后世所仰。

鸟瞰两汉四百年文学发展脉络，大体可以得出如下结论：汉代悲情文学，呈现出作者身份上从帝王到民众的“全民性”，时间覆盖上从西汉初到东汉末的“全时性”，而且在文体运用上也表现出包括诗歌、辞赋以及各体文章在内的“全体性”。以此三“全”为标志，汉代悲情文学在先秦文学基础上有了总体性的发展。它不仅仅是普通意义上的文学写作感情取向之一，而是成为弥漫整个汉代的文坛风气，成为四百年文学史的特征性存在。

二、“悲事”出“悲情”：汉代悲情文学繁盛原因之一

人们常说“衰世多悲情”，这易于理解。但是在公认的盛世汉代，文学中居然也悲情盛行，“盛世”与“悲情”之叠合，虽然说不上是“悖论”，总是令人颇感不解。原因何在呢？

首先我们想到的，自然是历史唯物主义的反映论。有汉一代，尽管国势强盛，但在皇权官僚体制下，社会矛盾不可能消失，实际上在某些时段、特定环节还相当激烈。例如以上所述皇朝首尾两端，还有两汉中间包括新莽时期的多年战乱变故，都是社会冲突尖锐、剧烈的阶段，几乎全社会各个阶层、各种势力都卷入其中，个人受到的冲击和震动，包括生命财产的损失和精神上的打击极为严重，缘此而产生哀愁、悲伤等负面情绪，可谓理所当然。诚如史书所载：“大战七十，小战四十，使天下之民肝脑涂地，父子暴骸中野，不可胜数，哭泣之声不绝。”[52] 此其一。再者即使在真正盛世时期，皇权体制固有的社会弊端很多，尤其是权力高度垄断下的明争暗夺，财富的剥削掠夺，社会各阶层等级森严，都是历朝常态，它们制造着诸多社会矛盾和人际不公。皇朝强盛与个人幸福之间不相匹配，加上一些自然性和个人性的因素，使当时上下各阶层人士生活中，普遍存在各种不幸和缺憾，悲苦、哀伤等负面情绪遂广泛孳生。此其二。要之，盛世人生亦不免诸多悲情，由此悲情文学应运而盛，这是“悲事生悲情”的社会生成机制。

以汉代各阶层人物而论，下层民众身受各种掠夺迫害，饱尝人间疾苦，哀愁、悲苦之事自然最多，故而悲情纷至沓来，且难以排遣。包括生活穷困、饥寒交迫之悲，老幼不能抚养之悲，贫病不治之悲，亲友亡故之悲，徭役孤独之悲，远戍思乡之悲等等。上举汉代民歌中多所表现，它们基本上皆是“感于哀乐，缘事而发”[53]，兹早有定说。

帝王之悲事，其情况当然与平民有所不同。对于他们来说，悲莫大于政争失败，遭到废黜，丧失权位，以致性命不保等。上文所说项羽之悲，少帝刘辩之悲，以及西汉末平帝被王莽毒杀之悲等等。即使在平时，无所不在的权力倾轧和勾心斗角，也生发出众多的悲情、哀思。如“安帝崩，北乡侯立，济阴王以废黜，不得上殿。亲临梓宫，悲号不食，内外群僚，莫不哀之”[54]之类，皆是也。而发生于汉初的两位“赵王”（幽王刘友，共王刘恢）的悲剧故事，堪称代表性事件：

> 孝惠元年，徙（刘）友王赵。凡立十四年，友以诸吕女为后，不爱，爱它姬。诸吕女怒，去谗之于太后曰：“王曰：‘吕氏安得王？太后百岁后，吾必击之！’”太后怒，以故召赵王，赵王至，置邸不见，令卫围守之，不得食。其群臣或窃馈之，辄捕论之。赵王饿，乃歌曰：“诸吕用事兮刘氏微，迫胁王侯兮强授我妃。我妃既妒兮诬我以恶，谗女乱国兮上曾不寤。我无忠臣兮何故弃国？自快中野兮苍天与直。于嗟不可悔兮宁早自贼，为王饿死兮谁者怜之？吕氏绝理兮托天报仇！”遂幽死，以民礼葬之长安。[55]

> 吕太后心不乐。太后以吕产女为赵（共）王后，王后从官皆诸吕也，内擅权，微司赵王，王不得自恣。王有爱姬，王后鸩杀之。王乃为歌诗四章，令乐人歌之。王悲思，六月自杀。太后闻之，以为用妇人故自杀，无思奉宗庙礼，废其嗣。[56]

两起事件性质接近，情节也类似，都涉及男女私情，但本质上都是皇权内部倾轧。而两位赵王临终前都作有“歌诗”，其文学含量未必很高，但表述无奈与“悲思”，亦有价值。

需要特别提出的是，也有若干帝王，出于仁义之心，表现出对于民众的同情之悲。例如汉文帝刘恒，在位“专务以德化民”[57]，个人生活尚俭朴，不事奢华，被赞为“善人之治国”[58]。他面对“少女缇萦，自伤泣”事态，特地下诏说自己“怜悲其意”[59]，显示对弱势群体的悲悯之情。景帝对于“今百姓多上书触讳以犯罪者”，也曾表示“朕甚怜之”[60]。汉元帝是位“多材艺、善史书”[61]的儒雅君主，在位时悉知民众困苦，曾寝食不安，多次下诏表示关怀，提到“岁比灾害，民有菜色，惨怛于心”等，并说：“是皆朕之不明，政有所亏，咎至于此，朕甚自耻。”[62]当然，这种悲情多以朝政制式文章为载体，在文学史上受关注程度不高。

至于文士之悲事，则情况比较复杂。在皇权官僚社会体制中，文士居于不上不下、可上可下“夹心层”境地。文士多数有一定社会地位和经济基础的依托，他们在日常生活方面不可能比下层民众苦难更多，他们不可能有穷困饥寒之悲、劳苦远戍之悲等等。士人之悲，主要是地位之悲、处境之悲。在罢黜百家、独尊儒术的汉代，文士经受文化教育和传统熏陶，普遍怀有“学而优则仕”[63]的人生观，为进入官场博取“功名”奋斗，就是他们的生活目标。然而社会为他们提供的仕途前程却并不那么美好，甚至相当严酷。作为官僚阶层的预备队，汉代士人有机会通过权力关系引荐或者制度选拔，上升到权力圈内，成为体制中人，甚至进入皇权中枢的朝廷。然而文士的晋身之道虽然存在，其实现的可能性却并不很大，除了有高贵出身背景和官场关系强力支撑的一小部分人可以通过“荐举”捷径跻身仕途、直达朝廷外，一般文士的机会毋宁说相当小。须知汉代文士群体庞大，尤其是武帝“兴太学”[64]之后，经学兴盛，家派众多，造就了大量服膺礼乐、熟稔经典的儒生、文士。东汉中期以后，仅太学生员就经常保持数千人之众，而朝廷正式的“察举”名额却很有限。汉代正式的察举取士，从文帝时才启动，有《贤良策制》。此后每隔几年便要“诏诸侯王、公卿、郡守，举贤良、能直言极谏者，上亲策之，传纳以言”[65]。不过察举的人员名额，历来有限，史载最大的一次察举活动，在汉武帝亲政之后不久，“及窦太后崩，武安侯田蚡为丞相，绌黄老、刑名、百家之言，延文学儒者数百人。而公孙弘以《春秋》，白衣为天子三公，封以平津侯，天下之学士靡然乡风矣”[66]。“数百人”固然不少，但当时社会上的“文学儒者”“天下学士”，可是动辄以万数。管道狭窄，有幸通过的可能性自然也小。

察举途径还存在另一问题，那就是官员从中作伪舞弊。宣帝黄龙元年夏四月有诏曰：“举廉吏，诚欲得其真也。吏六百石位，大夫有罪，先请秩禄上通，足以效其贤材。自今以来毋得举！”[67]这是宣帝临终之前发布的最后一道诏令，看来他对于察举活动能否“得其真”颇表怀疑，可知事实上存在作弊行为。对于汉代察举，范晔曾评论道：“汉初诏举贤良、方正，州郡察孝廉、秀才，斯亦贡士之方也。中兴以后，复增敦朴、有道、贤能、直言、独行、高节、质直、清白、敦厚之属。荣路既广，觖望难裁，自是窃名伪服，浸以流竞；权门贵仕，请谒繁兴。”[68]东汉后期作弊更加严重，故而民间产生了那首著名的歌谣：“举秀才，不知书；察孝廉，父别居。”郭茂倩引《后汉书》曰：“桓、灵之世，更相滥举，人为之谣云云。”[69]总之，汉代察举入仕，举非其人现象不少，真正德才兼备者的仕进之途难有保障。仕途经济“俯拾青紫”[70]，这话说得太轻易了。

纵使士人有幸跻身于官僚阶层之中，他们也将受制于专横、黑暗的体制格局和复杂的人事关系。官场的陈规、陋习使得他们难以按照自己的理想模式去“立功”“立德”，理想与现实之间的落差太大，在现实中碰壁受挫屡见不鲜。司马迁这样叙述董仲舒的仕途经历：

> 为江都相……为中大夫，居舍著灾异之记。是时辽东高庙灾，主父偃疾之，取其书奏之天子。天子召诸生示其书，有刺讥……于是下董仲舒吏，当死，诏赦之。于是董仲舒竟不敢复言灾异。董仲舒为人廉直……公孙弘治《春秋》，不如董仲舒，而弘希世用事，位至公卿。董仲舒以弘为从谀，弘疾之，乃言上曰：“独董仲舒可使相胶西王。”胶西王素闻董仲舒有行，亦善待之。董仲舒恐久获罪，疾免居家，至卒。[71]

董仲舒有幸任王国相，又在朝廷任“中大夫”。他“为人廉直”“有行”，是一位正人君子，又学问突出，当时治《春秋》学者无出其右。然而所著书被挑剔，竟被认为“有刺讥”，几至处死，无端受一大打击。另一《春秋》学者公孙弘“希世用事”，因治学“不如董仲舒”，便在武帝面前进谗言，排挤董仲舒。董“恐久获罪”，便急流勇退，病免居家。其入仕经历，不亦悲乎！司马迁满怀同情地叙写董仲舒的经历，重要原因是他本人也遭遇了类似不幸。他也曾继承父业，得膺太史令重任，可谓命运一时眷顾，青年得志。但好景不长，便遭遇重大打击，终身遗恨不已。他们的经历和心态，使我们能够理解两人为何都要撰写“士不遇”之赋。其实两位都可以说是体制内人物，董仲舒的王国相，位比郡太守；太史令稍低，也秩比六百石，都是中高级官员，当时大部分文士都难以企及。连他们都强烈感到“不遇”，遑论其余文士了！

士人的仕进之途并不顺畅，而他们的内心却满怀着强烈的期待，他们几乎个个怀有“治国平天下”的宏愿，又有“三不朽”的个人志向，于是理想（当然不免会夹杂个人的名利欲望）与现实难免形成巨大反差。这使得汉代文士无论体制内外，普遍怀有一种“不遇”心态，从而酿成强烈的悲情。这里有对于社会政治生态的不满之悲，志士坚持正义、遭遇邪恶势力迫害之悲，对于个人前途的失望、迷茫之悲，大材小用之悲等等。从西汉到东汉，贾谊之悲，董仲舒、司马迁之悲，王褒之悲，冯衍之悲，张衡之悲，直到蔡邕之悲，其大体性质莫不如此。他们作品中所抒写的悲情，内容具有相当的近似性。检其代表性文句，如贾谊的“黄鹄后时而寄处兮，鸱枭群而制之……悲仁人之尽节兮，反为小人之所贼”（《惜誓》）[72]。董仲舒的“呜呼嗟乎！遐哉邈矣……

生不丁三代之圣隆兮，而丁三季之末俗。以辩诈而期通兮，贞士耿介而自束”（《士不遇赋》）[73]，东方朔的“悲虚言之无实兮，苦众口之铄金……众人莫可与论道兮，悲精神之不通”（《七谏》）[74]，王褒的“惟时俗兮疾正，弗可久兮此方。寤辟摽兮永思，心怫郁兮内伤”（《九怀》）[75]，冯衍的“悲时俗之险阸兮，哀好恶之无常……独耿介而慕古兮，岂时人之所憙”（《显志赋》）[76]，张衡的“何孤行之茕茕兮？孑不群而介立。感鸾鹥之特栖兮，悲淑人之稀合。彼无合其何伤兮？患众伪之冒真……愿竭力以守义兮，虽贫穷而不改”（《思玄赋》）[77]，蔡邕的“悲宠嬖之为梗兮，心恻怆而怀懆。乘舫舟而泝湍流兮，浮清波以横厉。想宓妃之灵光兮，神幽隐以潜翳”（《述行赋》）[78]等等。这些文句，意蕴潜相贯通，无非就是君主不明，受到奸佞迷惑、阻隔，不能充分理解并任用才士；自己秉持道义，正直耿介，然而周围充满“群小”，自己不被环境接纳，反而受到诬蔑攻击，谗谀得志而正直蒙冤，正义受制于邪恶。文士“不遇”之悲，从根本上说是体制弊端的后果体现，寓含着文士对现实的批判意识，所以它主要是一种“体制性”悲情。

此外，文士也有许多个人性质的悲哀、忧愁之事，他们自然也会动用文学手段，作出特有的反应。例如司马相如《琴歌》，述“中夜相从知音谁？双翼俱起翻高飞，无感我思使余悲”[79]等，写出男女情爱受阻之悲。又如东汉秦嘉，作为陇西郡下层吏员，奉命入朝“上计”，妻徐淑寝疾还家，而王事靡盬，仓促上路，不获面别，遂作诗赠妻，充斥凄苦之情。又如汉乐府歌辞《长歌行》：“少壮不努力，老大徒伤悲。”[80]自人生进取立场出发，感叹耗费宝贵光阴之悲。在无名氏文士所作的《古诗十九首》中，个人性悲情如感伤亲友别离、悲叹光阴速逝等内容较多，它们也丰富了文士悲情的内涵。

文士成为悲情文学主力，关键因素在于他们拥有两大特殊优势，使得他们从悲事滋长出悲情、由悲情生发出悲情文学的能量大增，远超过其他社会阶层和群体。首先，文士的社会和历史知识最为丰富，受传统文化思想熏染最为深切，不少人怀有相当的道德正义理想，期许甚高，性格鲜明，独立特行，甚至“风格秀整，高自标持，欲以天下名教是非为己任”[81]。因此他们在仕途或官场中，最易与邪恶势力发生矛盾对抗，故而悲事最易发生。又由于文士们心理最为敏感，知觉神经最为纤细，对于人格尊严最为看重，故而悲事一旦发生，他们的感知最为敏锐，而同样的“悲事”，在他们这里就易于引发出悲情，甚至产生放大效应，悲情显得格外之多而且特别强烈。其次，文士拥有表述悲情的强大能力，又喜“露才扬己”（班固《离骚序》）[82]，这大大缩短了悲情与文学之间的距离，文学成为他们悲情的自然发泄口。文学本来拥有铺陈、夸张等手段，所谓“攒杂咏歌，如川之涣”（《文心雕龙·比兴》）[83]，“文辞所被，夸饰恒存”（《文心雕龙·夸饰》)[84]，这都强化了他们在悲情言说领域的话语权，也放大了他们的影响力。

三、“以悲为乐”：汉代悲情文学繁盛原因之二

汉代悲情文学的繁盛，还与当时人们情绪体验的微妙转换相关。这就是在对“悲”的体验中逐渐获得“乐”的体验，在“悲”与“乐”互相渗透、互相转换和替代的过程中，亦即“以悲为乐”的过程中，悲情文学得到了生长发展的新动力。

“悲”（悲哀、悲愁）与“乐”（喜乐、悦乐）本来是人的两种不同情绪取向，而“以悲为乐”则将本来属于负面情绪的悲情，当作正面情绪取向来看待。这样做的本质就是要打通“悲”“哀”与“喜”“乐”的界限，将“悲”朝着“乐”的方向转移、衍化，甚至直接将“悲”转换为“乐”。由于以悲为乐，悲情的内涵得到扩展，并且部分覆盖了“乐”，使之成为一种更多正面的色彩、从而受到更多喜爱的情绪内涵，由此它在文学中能够得到更多的支撑，开辟更大的表现空间，从而有助于悲情文学的生长、发展。

汉代文学中的“以悲为乐”现象，在西汉已经出现。这又要提到汉武帝。上文已经述及他的《李夫人歌》，那是属于“悲事生悲情”的作品。此处要说的，则是其另一篇作品《秋风辞》，这一篇的写作背景和内涵情况大异：

> 秋风起兮白云飞，草木黄落兮雁南归。兰有秀兮菊有芳，携佳人兮不能忘。泛楼船兮济汾河，横中流兮扬素波。箫鼓鸣兮发棹歌，欢乐极兮哀情多。少壮几时兮奈老何。[85]

《文选》载此篇“序”提到“上行幸河东，祠后土，顾视帝京欣然，中流与群臣饮燕。上欢甚，乃自作《秋风辞》曰”[86]云云。篇中写武帝在河东泛舟游乐，“顾视帝京”“携佳人”（不是“群臣”）游乐而至于“不能忘”，可见其欢乐之“极”，心情大好，遂作此歌。从写作背景看，那纯粹是一个君主欢娱场面。然而歌辞在极写游乐之事和欢乐情绪之后，却笔锋一转，说“欢乐极兮哀情多”，这是乐极生悲。从末句“少壮几时兮奈老何”看，武帝乐极生悲的直接缘由是忽然想起自己已经年老，而日月不驻，长生乏术，他对于年龄问题感到无奈，于是发出“哀情多”之叹。不过从歌辞起句描写

“秋风起兮”“草木黄落”等看，作者是在有意引述宋玉的“悲秋”[87]之作，在娱乐活动达到“欢极”高潮之后，转写“哀情”。可见，作者是预设了由欢乐入于悲哀的情绪转换过程，他就是需要“乐极生悲”。作为盛世皇帝，在游乐宴饮“欢极”场合，居然出人意料地悲情勃发，说明他对悲情有着超乎常规的特别爱好。在他心目中，“悲”能够与“欢甚”“乐极”的总体氛围贯通、融合，由此建构出欢乐与悲哀浑然一体的情绪形态。这种悲喜交集、以悲为乐现象，在汉代其他作品中亦可看到，如乐府古辞《善哉行 · 来日》：

> 来日大难，口燥唇干。今日相乐，皆当喜欢……欢日尚少，戚日苦多。以何忘忧？弹筝酒歌。[88]

此篇属汉乐府相和歌辞瑟调曲。歌辞感叹人生多“戚”少“欢”，这是“忧”“苦”中取“乐”。但总体而言，本篇是在一次欢乐场合所作。“今日相乐，皆当喜欢”，是“喜欢”时说“戚”，是“乐”中说“苦”，也是一种试图打通“乐”与悲愁、哀苦的情绪表达。

此外在文士作品中，我们也可以看到更多以悲为乐的言说和描写。如王褒在《洞箫赋》中写道：

> ……故知音者乐而悲之，不知音者怪而伟之。故为悲声，则莫不怆然累欷，撆涕抆泪；其奏欢娱，则莫不惮漫衍凯，阿那腲腇者已。[89]

这是说听者对于洞箫音乐的态度，认为懂得音乐者对于箫音既“乐”又“悲”。“乐而悲之”，也是将“乐”与“悲”两种本来相反的情绪取向连结在一起，其实质乃是将“悲”的含义朝着“乐”的方向转移，表示一种喜爱欣赏态度。王褒在赋中又写道：“原夫箫干之所生兮，于江南之丘墟。洞条畅而罕节兮，标敷纷以扶疏。徒观其旁山侧兮，则岖嵚岿崎倚巇迤。诚可悲乎！其不安也。弥望傥莽，联延旷荡，又足乐乎！其敞闲也。”[90]这次他的描写次序倒过来了，是先“悲”后“乐”，意思当然也是“悲”与“乐”可以相互贯通。

又如东汉马融《长笛赋》序所云：

> （马）融既博览典雅，精核数术，又性好音律，鼓琴吹笛。而为督邮，无留

> 事，独卧郿平阳邬中。有雒客舍逆旅，吹笛为《气出》《精列》相和。融去京师踰年，暂闻，甚悲而乐之，追慕王子渊、枚乘、刘伯康、傅武仲等箫、琴、笙颂，唯笛独无，故聊复备数，作《长笛赋》。[91]

此是马融自述《长笛赋》的作意。他首先领会到笛声“悲”的音调[92]，又说颇喜爱其曲，“甚悲而乐之”。马融在这里将王褒的说法正好颠倒过来，成为“悲而乐之”。不过两人的意思还是近似的，都是要既“悲”又“乐”，将悲情当作“乐”（喜乐）的事物看待。“悲而乐之”也是要对悲情作正面肯定，其实质含义也就是以悲为乐。

无论王褒或马融，也无论是“乐而悲之”还是“悲而乐之”，他们都是循着“相反相成”的原理，将两种不同情绪取向之间的接近和融合，提高到了理论层面予以说明。对于汉代文学创作中萌生的这种以悲为乐现象，以及相应的两种不同概括说法，其后阮籍又给予进一步的关注，并且作了提炼归纳。他说：

> 桓帝闻楚琴，凄怆伤心，倚房而悲，慷慨长息曰：“善哉乎！为琴若此，一而已足矣。”顺帝上恭陵过樊衢，闻鸟鸣而悲，泣下横流曰：“善哉鸟声！”使左右吟之。使声若是，岂不乐哉？此谓以悲为乐也。[93]

阮籍作为文学家兼音乐家，对于情绪表达之微妙境界和变化问题，理解颇为独到深入。他注意到了“悲”与“乐”这两种情绪取向之间的互相转化和融合，总结出了“以悲为乐”命题。这显示出阮籍对于文学、音乐现象的深度思索和对于艺术、心理问题的充分理解。“以悲为乐”这个提法，应当是在王褒“乐而悲之”、马融“悲而乐之”说法基础上，将汉代以来一种重要的文化心理现象，从观念上作了准确的提炼。阮籍可谓“以悲为乐”命题的正式认可者。他之所以能对悲情问题作出以上理解，也与他的文学个性有关。阮籍本人就是创作悲情文学的高手，其《咏怀诗》八十二首，充满悲愤情怀。他对悲情的重视，诚如第七十首所云：“有悲则有情，无悲亦无思。”[94]离开了“悲”，几乎无“情”亦无“思”，还有什么文学可言？

阮籍虽然是曹魏时人，但他在《乐论》中总结的桓帝、顺帝等事迹和言论，都发生在汉代。所以“以悲为乐”命题的正式登场，也意味着对汉代悲情文学创作和理论的一个总结。由于“以悲为乐”观念的出现，强化了原来两种情绪取向之间的关联，并促进了“悲”与“乐”的渗透和转化、融合的可能性。这种转化和融合的目的，是要把“悲”当作“乐”看待。“以悲为乐”的最终结果，是“悲”的减弱和稀释，甚至消失。上举汉武帝《秋风辞》“欢乐极兮哀情多”，即是将哀情置于欢乐大背景中；而王褒《洞箫赋》“乐而悲之”、马融《长笛赋》“悲而乐之”，“悲”都只是一种被处理的题材，“乐”才是基本的目标境界。阮籍所引汉桓帝、顺帝的“以悲为乐”故事中，目标都在于“岂不乐哉”！通过这样的转换过程，悲情本来的负面性质，添加了正面情绪的色彩，这就增加了悲情在作者与读者中间的情绪亲和度，扩大了它的艺术吸引力。不过，在此也应指出，阮籍本人对于“以悲为乐”的文学观念取向，是存在一定忧虑的，他在提出这一命题时，又表达了某种保留态度。[95]

要之，“以悲为乐”创作取向和观念的建立，改变了为悲而悲的单向性情绪传达，而是要在悲情中得到愉悦，在悲哀中体验到快乐。王褒、马融的赋，还有傅毅、蔡邕等人的作品，都是“以悲为乐”文学写作的样品。当初东方朔曾说：“乐太甚则阳溢，哀太甚则阴损。”[96]他主张“哀”“乐”平衡，以实现“阴”“阳”调和。“以悲为乐”在汉代文学创作和理论中逐渐被发掘和被重视，正与其阐发的哲理相一致，体现了情绪领域的立体性取向和平衡观念，这不啻为悲情文学的发展拓展了新的天地。连武帝都积极参与到悲情文学的制作中来，可以认为他是受了这种特殊之“乐”的诱惑和激励。

四、以悲为美：汉代悲情文学繁盛原因之三

“以悲为美”，是指在“以悲为乐”基础上，关于悲情认知体验的进一步发展。两者的差异，主要体现在“乐”与“美”的不同上。如果说“乐”指的是一种情绪、感觉层次上的欢乐、喜悦态度，那么“美”则是一种超越了普通情绪层次的审美体验活动。悲情与审美体验相连结，形成悲美意识。而悲美意识的觉醒，是精神文化境界得以提升的重要标志。汉代“以悲为美”意识何时形成？我们还要回到本文开头所说的枚乘《七发》。

上文已述，《七发》中“吴客”以“天下之至悲”来描述精彩动人的音乐。但是在传统中，称赞优秀的音乐，一般多使用“美”字。这里有一个经典性的用例，那就是季札观乐。《左传》“襄公二十九年”所载季札观周乐，每歌一阕，季札几乎必先赞之以“美哉”，然后再作具体评论：

（季札）请观于周乐，使工为之歌《周南》《召南》，曰："美哉！始基之矣，犹未也，然怒而不怨矣。"为之歌《邶》《墉》《卫》，曰："美哉！渊乎，忧而不困者也……"[97]

如果枚乘沿用传统作法，《七发》中吴客就应该说"此天下之至美也"，而不应说"至悲"。所以我们从逻辑出发给枚乘此语下的第一个判断是：这个"悲"字在这里不是用它的本义（悲哀、悲伤），枚乘是在以"悲"代"美"。接下来的问题是，枚乘为何要在这里以"悲"代"美"？答案首先是：枚乘已经具有了"悲"即是"美"的观念，二者可以互代，所以他采取了这样的书写方式。其次，枚乘之所以以"悲"代"美"，还有他行文上的具体原因。在下一段中，"吴客"接着说"要言妙道"的具体内容，已经从音乐转到了美食。"吴客"从各个方面渲染、刻画美食的精彩绝伦，他也请出传说中的古代名厨和美食家伊尹、易牙等人来助兴，以形容食物的绝佳，诱发太子的食欲。最后说道："此亦天下之至美也！太子能强起尝之乎？"[98]原来枚乘并非不知用"美"字，他只是将"至美"用在这里了！枚乘在美食领域使用"至美"，应当说并无差错，因为先秦形容精妙的饮食确实也常用"美"字，如"温衣美食者，必是家也"（《韩非子·六反》）[99]、"民之说也，若孝子之见慈亲也，若饥者之见美食也"（《吕氏春秋·荡兵》）[100]等等。所以《七发》上下两节，一说音乐，一说饮食，两个场合皆可以使用赞语"至美"，但是枚乘既然在美食场合使用了"至美"，那么他在同一作品中的美音场合，就不便再使用"至美"而宁肯用"至悲"。这样做为的是避免文字重沓。

至此还应当追问一个问题：既然在音乐场合或饮食场合，皆可使用"至美"赞语，为何枚乘最终选择了用在后者而不是前者？我认为影响枚乘做出最终抉择的因素，很可能是他本人同义语语辞的储备和使用习惯。在先秦、汉代，无论音乐或饮食方面，"美"字皆为赞语之首选，所以枚乘这里面临的是两可选择。但是使用在赞美食物方面，当时可能更多、更普遍一些。"美食"一语甚至沿用数千年进入现代汉语，这也可以作为旁证。而"美音"的使用就相对少一些。于是我们最终看到《七发》文本当中，以"悲"代"美"来形容美音。

枚乘《七发》中的描写，在悲美意识发展历程上迈出了意义重大的一步。置于汉代前期贾谊、董仲舒、司马迁以及汉武帝等人制作大量悲情文学作品的背景下来看，枚乘悲美意识的树立，不是偶然现象，它标志着悲情文学发展到一定阶段必然发生的理论觉醒，是中国文学"自觉"阶段来临的前奏。尽管枚乘在《七发》中清晰地表达了以悲代美、以悲为美的观念，但他毕竟尚未对此做出完整的理论演绎。仅仅以“天下之至悲”“天下之至美”两句，尚不足以构成体系性认识。然而道路既已开辟，不愁后继无人。东汉文士傅毅，就是后继者之一。他在《七激》中通过“玄通子”说：

> 此亦天下之妙音也，子能强起而听之乎？[101]

按傅毅此篇，本身就是汉代“七”系列作品之一，其写法具有明确的模仿性，显然曾参照枚乘之作。而此二句文字，无论内容和句式、句法，几乎就是《七发》“此亦天下之至悲也，太子能强起听之乎”的复制品。傅毅是以“天下之妙音”来改写《七发》“天下之至悲”。可以认为，这是傅毅对于枚乘《七发》“至悲”的诠释。傅毅之释，揭示了枚乘所说“至悲”，实等同于“妙音”，即美好音乐之概括和总称。傅毅虽未使用“美”字，但他以“妙”代“悲”，实际上也是遵循着枚乘的思路，用正面的美妙意义来诠释“悲”字。

另一位后继者是东汉初的王充。王充并未撰写过悲情诗赋，但是他就悲情问题做过理论探讨。首先他提出，“悲”作为一种声音，不但受到人类喜爱，连鸟兽都喜欢：

> 《尚书》曰：“击石拊石，百兽率舞。”此虽奇怪，然尚可信。何则？鸟兽好悲声，耳与人耳同也。(《论衡·感虚篇》)[102]

“鸟兽好悲声”“与人耳同”，可知“好悲”是一种自然天性。这里的“悲”，显然不是狭义的悲哀情绪，而是突出了它的正面取向，其含义与傅毅所说“妙音”相似。他又谓：

> 唐虞时，夔为大夫，性知音乐，调声悲善。(《论衡·书虚篇》)[103]

这是说，上古时期的音乐圣贤后夔，所调声音，以“悲善”为准则。何为“悲善”？既悲又善，以悲为善也。王充的“悲善”之说，意味着从“真善美”中道德伦理的角度，强化了“悲”的正面性含义。王充又说：

> 盖师旷调音，曲无不悲；狄牙和膳，肴无澹味。(《论衡·自纪篇》)[104]

此说略同于上则，只是将“调声”改为“调音”，将人物由“夔”改为“师旷”。主旨谓优秀音乐，皆作“悲”声或“悲”音。这是将悲的含义作正面的扩展处理，使之成为一切优美音乐的代名词，与傅毅以“妙音”释“悲”略同。王充又论述道：

饰面者皆欲为好，而运目者希；文音者皆欲为悲，而惊耳者寡。(《论衡·超奇篇》)[105]

此则所论“饰面”，指修饰容貌，就是美容之事。所以“皆欲为好”“皆欲为悲”，实际上即皆欲为美。这是以悲代美、以悲为美的又一用例。王充又说：

美色不同面，皆佳于目；悲音不共声，皆快于耳。(《论衡·自纪篇》)[106]

此则前二句说美容，后二句说美音。“美色”与“悲音”相对为文，所以这里的“悲音”即指美音。此与枚乘《七发》中“天下之至悲”“天下之至美”情形无异。只是枚乘将“悲”“美”二字放在前后两节中对举偶文，而王充则放在同一小节中对举，距离更近了。又“悲音”既然“不共声”，可知此“悲音”不是仅指某一种“声”，而是对于众多“声”的概括。这里的“悲音”内涵，已经是复合形态，是众多“快于耳”的声音的总称。这与“悲”的原始意义已相当遥远了。这表明王充对于悲情的性质及其演变发展、悲与美在观念上的密切关联有着深入的理解。

汉末又有繁钦其人，曾谈道：“潜气内转，哀音外激，大不抗越，细不幽散，声悲旧笳，曲美常均。”(《与魏太子书》)[107] 他将“声悲”与“曲美”相提并论，“声”即是“曲”，“悲”即是“美”。其论述比王充的“美色”“悲音”之说更加专门集中，“悲”即是“美”的意义也更加明晰、直接。

王充、繁钦等人的探讨，尤其是“悲音不同声，皆快于耳”这样的论断，不但将“悲”与“美”互作融合，而且将悲情推到了凌驾一般情绪之上的地位，从而建构起明确的悲美意识。它与古希腊亚里士多德所论述悲剧的“审美快感”相比，虽然时间上晚了数百年，但有异曲同工之妙。[108] 对于汉代文士的以悲为美观念，后世文士亦多加关注，并有所论说。阮籍“林友”嵇康曾在《琴赋》中论道：

历世才士，并为之赋，颂其体制，风流莫不相袭。称其材干，则以危苦为上；

赋其声音，则以悲哀为主；美其感化，则以垂涕为贵。[109]

本赋主题在说“琴”，范围是“历世”。而检今存嵇康之前有关琴的作品，唯有马融、蔡邕两赋。可见，嵇康在篇中所说“历世才士”，主要即指马、蔡等汉代文士。篇中说琴的“声音”，提出“以悲哀为主”，又说“美其感化，则以垂涕为贵”。他这是以琴为题，论述悲与美的关系。嵇康在这里的贡献，与上述诸人不同。他认为“悲哀”“垂涕”不但“可贵”，而且符合“美其感化”的要求，这是明确认为“悲”即是“美”。如果说从枚乘到王充再到繁钦，他们主要通过以“悲”代“美”的方式来表述以悲为美观念，那么嵇康则对悲与美的同一性关系直接做出正面诠释。无疑他的诠释比枚乘、王充等人更加清晰、明确。[110]

总的来说，以悲为美的思想观念，先秦时期早已萌发，而其明确出现，则由枚乘启其端，王充、傅毅、繁钦等继其绪，在汉代基本已经成型。他们的一些具体说法，如以“至悲”代“至美”、以“妙音”代“悲音”、“悲音不同声，皆快于耳”、“声悲”与“曲美”同列等，意义不容误解，都是在论说悲与美的紧密关联和意义融合。王充说的“快于耳”是说悲美的愉悦效应；而嵇康总结汉代作品所说的“美其感化，则以垂涕为贵”，更是将悲情与“美”“感”直接结合在了一起。从枚乘到繁钦，从王充到嵇康，对于悲与美的关系理解不断深入。这既是汉代悲情文学繁盛现状的反映，也是一种理论上的反馈。而由此形成的悲美意识的觉醒，在中国美学史上具有重大意义。悲情文学作品在汉代之前早已存在，《诗经》中就有不少范例。而先秦诸子对于美的问题（如关于美的含义、范畴、功能等）亦已展开专门的论述，并达到一定深度。只是在悲与美的关系上，尚无正面触及。枚乘等汉代文士提出此问题来探讨，并且确认悲即是美。从此，悲情的审美意义和价值，被更多的文士所认识。这提升了他们创造悲情文学和艺术的自觉性。汉代悲美意识的觉醒，也给予后世文学以深远影响。例如在紧接着汉代的魏晋南北朝，文学中的悲情表现就更加引人注目，甚至成为整个时代情绪抒写的主潮。从建安文学事实上的领袖——“甚有悲凉之句”（钟嵘《诗品》）[111] 的曹操起，悲音覆盖了前期的建安、正始文学，中间的太康文学、刘宋文学，以及后期的齐梁文学、北朝文学等等，优秀作品层出不穷，如王粲《七哀》、曹植《送应氏诗》、阮籍《咏怀诗》、嵇康《琴赋》、陆机《赴洛道中作》、潘岳《悼亡诗》、左思《咏史诗》、刘琨《扶风歌》、鲍照《拟行路难》、谢朓《赠西府同僚》、庾信《伤心赋》等等。揆其缘由，固然魏晋南北朝是我国历史上公认的“衰世”，时代苦难深重，导致各阶层人士悲情特多。但悲美意识的确立和广泛传布，也是必须看到的要因。从嵇康自述“赋其声音，则以悲哀为主”，到沈约咏叹“欢因循而易失，悲由心而难拒”（《愍途赋》）[112]，再到庾信自述“不无危苦之词，唯以悲哀为主”（《哀江南赋序》）[113]，可以看出悲情对于文士具有多么“难拒”的魅力！悲美意识已经浸入他们的心灵深处，成为一种情绪的滋养、执著的信念、写作的动机，并且成为“人的觉醒”[114]的配合要素。

要之，以悲为乐，以悲为美，意味着悲情从此不再是一种“悲事”的抒发和反映，它也可以是一种人生乐趣，甚至成为一种较高层次上的审美享受。汉代观念意识和理论上的这种觉醒，对于悲情文学的写作实践，无疑能够起到推波助澜和理性支撑的作用，给予盛世悲音增添无穷魅力。汉代悲情文学的兴盛和悲美意识的觉醒，证明在古代东方，也孕育出了具有悲美特征的文化艺术优秀作品。与古希腊历史上曾经产生的伟大悲剧作品不同，它们是“意悲而远”“一字千金”的众多悲情诗文。

注释：

①⑲⑳㊼㊽ 范文澜注：《文心雕龙注》，人民文学出版社 1958 年版，第 254 页，第 135 页，第 672 页，第 603 页，第 608 页。

②㊻㊽㊾㊿ 萧统编，李善注：《文选》，上海古籍出版社 1986 年版，第 1563 页，第 1357 页，第 2025—2026 页，第 2025 页，第 1564 页。

③④ 朱熹集注：《诗集传》，中华书局 1958 年版，第 91 页，第 100 页。

⑤ 近年来有不少学者曾就此话题展开探讨，就笔者所知，即有杨树增、陈桐生、王传飞：《盛世悲音——汉代文人的生命感叹》（河北大学出版社 2001 年版）、宗亦耘：《论汉代“以悲为美”的音乐欣赏观念》（《徐州师范大学学报》2008 年第 5 期）、赵菲：《浅析汉代抒情诗歌意象的悲剧意识》（《山东省农业管理干部学院学报》2011 年第 3 期）等。

⑥⑪⑫⑬㊹㊳ 《后汉书》，中华书局 1965 年版，第 801—802 页，第 451 页，第 451 页，第 451 页，第 249 页，第 2042 页。

⑦㊿㊳㊹ 逯钦立辑校：《先秦汉魏晋南北朝诗》，中华书局 1983 年版，第 330 页，第 365 页，第 266 页，第 455 页。

⑧ 关于汉代民歌中非主流文学作品得以保存、记载的原因，可参见拙文《“礼乐争辉”与“辞藻竞骛”——关于秦汉文学发展的制度性考察》（《文学遗产》2008 年第 1 期）。

⑨⑩㉑㉒㉗㉘㉙㉚㉛㉜㉝㉞㉟㊱㊲㊲㊳㊴㊵㊶ 《史记》，中华书局 1982 年版，第 333 页，第 389 页，第 2503 页，第 2496 页，第 1926 页，第 1930 页，第 1944 页，第 1944 页，第 2479 页，第 2503 页，第 2122 页，第 2147 页，第 1775 页，第 2479 页，第 1415 页，第 433 页，第 437 页，第 427 页，第 3118 页，第 3128 页。

⑭ 《三国志·武帝纪》裴松之注引：《曹瞒传》，载《三国志》，中华书局 1982 年版，第 44 页。

⑮⑯⑰⑱㉔㉕㉖㊳52535556606162646567㊻ 《汉书》，中华书局 1962 年版，第 2852 页，第 3952 页，第 3952 页，第 3955 页，第 2736 页，第 2735 页，第 2734 页，第 1926 页，第 2120 页，第 1756 页，第 1989 页，第 1990 页，第 256 页，第 298 页，第 288 页，第 212 页，第 127 页，第 274 页，第 2852 页。

㉓㊵72737475779310110710911213 严可均编:《全上古三代秦汉三国六朝文》，中华书局 1958 年版，第 209 页，第 263 页，第 209 页，第 250 页，第 262 页，第 355 页，第 759—760 页，第 1145 页，第 706 页，第 977 页，第 1319 页，第 3097 页，第 3922 页。

㊴ 严可均编:《全上古三代秦汉三国六朝文》，第 267 页。此篇与贾谊《旱云赋》"农夫垂拱而无事兮，释其耰钼而下泪。忧疆畔之遇害兮，痛皇天之靡惠。惜稚稼之旱夭兮，离天灾而不遂"（《全上古三代秦汉三国六朝文》，第 208 页）近似，文字或有舛乱。

㊶㊷㊸㊹㊼㊽㊾767889㊿9091 费振刚等编:《全汉赋》，北京大学出版社 1993 年版，第 258 页，第 393 页，第 477 页，第 472—473 页，第 567 页，第 593 页，第 581 页，第 258 页，第 566 页，第 143 页，第 143 页，第 495 页。

㊺ 《艺苑卮言》"说部三"："平子《四愁》，千古绝唱。傅玄拟之，致不足言，大是笑资耳。"（王世贞:《艺苑卮言》，凤凰出版社 2009 年版，第 125 页）

51111 何文焕辑:《历代诗话》，中华书局 1981 年版，第 6 页，第 17 页。

63 《论语》，载《四部要籍注疏丛刊》，中华书局 1998 年版，第 2378 页。

6980 郭茂倩撰:《乐府诗集》，中华书局 1979 年版，第 608 页，第 525 页。

70 《汉书 · 夏侯胜传》："（夏侯）胜每讲授，常谓诸生曰：'士病不明经术，经术苟明，其取青紫如俯拾地芥耳！'"（《汉书》，第 3159 页）

79 关于司马相如《琴歌》，逯钦立谓："此歌殆两汉时琴工假托为之。姑附此俟考。"（《先秦汉魏晋南北朝诗》，第 100 页）按此诗见录于《玉台新咏》《艺文类聚》《乐府诗集》等典籍，渊源有自，不能遽然判定作者非司马相如。

81 此是《世说新语 · 德行》赞美后汉李膺为人之语，亦符合不少汉代文士之风度（参见余嘉锡《世说新语笺疏》，上海古籍出版社 1993 年版，第 1 页）。

82 洪兴祖:《楚辞补注》，中华书局 1983 年版，第 49 页。

87 宋玉《九辩》："悲哉秋之为气也！萧瑟兮草木摇落而变衰。"（《楚辞补注》，第 49 页）

92 古来多有"悲笛"或"笛悲"之说。如沈约《宋书 · 乐志》载《杯槃舞歌诗》即云："筝笛悲。"（《宋书》，中华书局 1974 年版，第 635 页）庾信《思旧铭》亦云："邻人笛悲。"（《全上古三代秦汉三国六朝文》，第 3941 页）

95 《乐论》又云："诚以悲为乐，则天下何乐之有？天下无乐，而有阴阳调和，灾害不生，亦已难矣！乐者，使人精神平和，衰气不入，天地交泰，远物来集，故谓之乐也。今则流涕感动，嘘唏伤气，寒暑不适，庶物不遂，虽出丝竹，宜谓之哀，奈何俯仰叹息，以此称乐乎？"（《全上古三代秦汉三国六朝文》，第 1313 页）可见阮籍对于自己总结出的"以悲为乐"，担心"悲"与"乐"在实践上无法调和，并导致负面影响。

97 《春秋左传正义》，载阮元校刻《十三经注疏》，中华书局 1980 年版，第 2006 页。

99 王先慎:《韩非子集解》，中华书局 2013 年版，第 415 页。

100 陈奇猷校注:《吕氏春秋新校释》，上海古籍出版社 2002 年版，第 389 页。

102103104105106 王充著，张宗祥校注:《论衡校注》，上海古籍出版社 2010 年版，第 112 页，第 89 页，第 581 页，第 284 页，第 582 页。

⑩⑧ 亚里士多德对悲剧性的界定是：悲剧性即悲剧的审美特性，悲剧通过对行动的摹仿以引起观众的怜悯和恐惧，产生审美快感。他认为悲剧的目的是要引起观众对剧中人物的怜悯和对变幻无常之命运的恐惧，由此使感情得到净化（参见亚里士多德《诗学》，陈中梅译，商务印书馆 1998 年版，第 32—48 页）。

⑪⓪ 这里需补说一点：本文末节“以悲为乐”“以悲为美”两部分中，提及阮籍、嵇康。两位“林友”并非汉代人物，似与本文标题“汉代”有碍。然而阮籍生于建安十五年（210），时献帝尚在位，勉强可以“汉末”人视之；嵇康生于黄初四年（223），上距汉魏正式易帜之岁（建安二十五年即黄初元年）亦仅三年。又本文所取两人相关论述，皆有涉于汉人汉事，故而牵入本文，当无大碍也。

⑪④ 关于汉魏时期的“人的觉醒”，可参见李泽厚《美的历程》，天津社会科学院出版社 2001 年版，第 13—19 页。

（2015 年第 8 期）

意与境浑：意境论的百年演变与反思

肖　鹰

“意境”作为中国古典美学的一个核心范畴，在20世纪百年来的中国美学中经历了盛衰浮沉。在这一百年中，意境范畴的学术史经历了下面四个阶段：20世纪前半期，是“意境”的现代诠释—标举阶段；20世纪50—60年代，是“意境”的意识形态阐释—批判阶段；20世纪70年代末—90年代中期，是“意境”的文化溯源—重构阶段；20世纪90年代后期至今，是在全球化语境中的“意境”的质疑—反思阶段。追溯这四个阶段的演变，我们可以看到，意境范畴的百年学术史深刻地映现了当代中国政治、文化的风云变幻。

一、“意境”的现代诠释—标举阶段

众所周知，意境范畴的专题研究，肇始于王国维在《人间词话》中对“境界”概念的标举。他说：“词以境界为最上。有境界则自成高格，自有名句。”[①] 在王国维之后，以朱光潜的《诗论》和宗白华的《中国艺术意境之诞生》为代表，“意境”（“境界”）被标举为中国诗歌乃至整个中国艺术的核心范畴——艺术本体，“意境”研究则成为中国古典美学研究的主线。

明清以来，评论诗词，学者更频繁使用与“境界”相近似的一个词：“意境”。王国维在《人间词话》中仅一次使用“意境”（《人间词话》第四二则）。王国维为什么特别标举“境界”？就诗学而言，这出于他对严羽推举“兴趣”、王士禛推举“神韵”的否定。他认为，论诗词，“兴趣”和“神韵”，“犹不过道其面目；不若鄙人拈出‘境界’二字，为探其本也”（《人间词话》第九则）。但是，王国维标举“境界”还有更深刻的原因，即他将诗词艺术的创作与作者人生境界的创造和升华相联系，并且认为前者是后者的体现。在《人间词话》等文学论著中，他一再谈到诗人的“胸襟”“人格”“气象”“格调”对诗词境界创造的始基和根本作用。当然，最突出的是他提出了著名的“成大事业、大学问者三境界”说：

> 古今之成大事业、大学问者，必经过三种之境界：“昨夜西风凋碧树。独上高楼，望尽天涯路。”此第一境也。“衣带渐宽终不悔，为伊消得人憔悴。”此第二境也。“众里寻他千百度，回头蓦见，那人正在，灯火阑珊处。”此第三境也。（《人间词话》第二六则）

冯友兰在评述《人间词话》时说：“哲学达到的全部精神状态应该称为境界，艺术作品所表达的可以称为意境，《词话》所讲的主要是艺术作品所表达的，所以应该称为意境。”[②] 此说表达了冯友兰对“境界”概念在中国传统中的精神本义的充分理解。“境”“界”两字原指国界、边疆，汉代开始出现连用，后因魏晋以来佛经翻译的广泛运用而流行。但“境界”一词的社会化流行，当始于宋代理学对这个概念的儒学改造，即将它界定为“哲学达到的全部精神状态”。朱熹曾说：“武夷亦不至甚好，但近处无山。随分占取，做自家境界。春间至彼，山高水深，红绿相映，亦自不恶。”[③] 其中所谓“自家境界”，自然是从儒家所追求的人生境界立意。王国维不用“意境”而用“境界”，其诗学主旨也是着眼于人生境界。就此而言，冯友兰主张应将《人间词话》中的“境界”调整为“意境”，就有违王国维倡导“境界”说的初衷了。

王国维倡导诗词要成为人生境界的提升和彰显，并不是原样祖述中国传统诗学的“诗言志”或“文以载道”观念。他说：“有造境，有写境，此理想与写实二派之所由分。然二者颇难分别。因大诗人所造之境，必合乎自然，所写之境，亦必邻于理想故也。”（《人间词话》第二则）这直接来自席勒所说的素朴的诗歌和感伤的诗歌在人性概念下统一的观念。席勒认为，素朴诗歌模仿自然，感伤诗歌表现理想，体现的是人性的两极，而人性的根本观念是包括这两极的。两种诗歌具有的诗意的程度越高，它们就越是走向统一和融合，因为“真正的美必然既和自然一致，又和理想一致”[④]。把自然与理想结合的诗学观念引入中国诗学，并且将之作为诗歌境界的核心内涵，这赋予“境界”说在核心处的积极的、理想的人本主义精神，从而使之具有与儒家的“文以载道”诗学和道家的“妙悟体无”诗学相区别的意义。因此，王国维“境界”说明确展示出文学革命先驱的气质。

朱光潜继承了王国维用“境界”概念定义诗歌的观点。他认为诗歌构成的是“一种独立自足的小天地”，用“境界”来称呼它，比“兴趣”“神韵”和“性灵”都更有概括性。[⑤]但是，他并没有沿着王国维的“自然与理想结合”的路线定义“境界”。对于诗的“境界”，朱光潜给出三个方面的定义：第一，诗的境界是直觉见出的一个独立的整体意象。“一个境界如果不能在直觉中成为一个独立自足的意象，那就还没有完整的形象，就还不成为诗的境界。一首诗如果不能令人当作一个独立自足的意象看，那还有芜杂凑塞或空虚的毛病，不能算是好诗。古典派学者向来主张艺术须有‘整一’（unity），实在有一个深理在里面，就是要使在读者心中能成为一种完整的独立自足的境界。”[⑥]此论是明确地用克罗齐的直觉说论诗。直觉是对客体的全神贯注的直观。因为主张直觉说，朱光潜就将传统诗学所推崇的沉思和联想降低为诗歌的“酝酿”活动，而排斥在诗的创造和欣赏之外。第二，诗的境界是意象（景）与情趣（情）的契合。“情景相生而且相契合无间，情恰能称景，景也恰能传情，这便是诗的境界。”[⑦]以“情景交融”论诗，本是中国诗学的一个传统命题。朱光潜的新贡献是用西方的移情说（和内摹仿说）来解释“情景交融”，他的解释突出了诗的境界的创造性、个性化和变化的无限性。第三，诗的境界是主观与客观的统一。朱光潜认为，情趣是诗的主观方面，意象是诗的客观方面，诗的境界的创造，就是作者将主观情趣化为客观意象的过程。他借用尼采的悲剧理论来解释，这即是激烈的酒神精神接受沉静的日神洗礼而净化为美的形象的过程。“没有诗能完全是主观的，因为情感的直率流露仅为啼笑嗟叹，如表现为诗，必外射为观照的对象（object）。也没有诗能完全是客观的，因为艺术对于自然必有取舍剪裁，就必受作者的情趣影响。”[⑧]基于这三点，我们可以说，朱光潜的诗学是继王国维之后对传统诗学的深度西化，其成果是将中国诗歌的“境界”转化为立足于西方现代诗学而具有普遍意义的“诗的境界”。

与朱光潜大致同时，宗白华也在运用“境界”概念指称艺术本体，而以“意境”限指艺术家的“意识状态”。但不久后在《中国艺术意境之诞生》一文中，宗白华明确使用“意境”概念指称中国艺术本体（最高境界），反而只是在抽象普遍的意义上使用“境界”于艺术界定，即“艺术境界”。[⑨]为什么他要在“境界”之外以“意境”特指中国艺术本体，甚至不顾及自己早期对“意境”的限定性使用？他在写于1944年的《中国艺术意境之诞生（修订稿）》中增补了“引言”，说道：

现代的中国站在历史的转折点。新的局面必将展开。然而我们对旧文化的检讨，以同情的了解给予新的评价，也更显重要。就中国艺术方面——这中国文化

> 史上最中心最有世界贡献的一方面——研寻其意境的特构，以窥探中国心灵的幽情壮采，也是民族文化的自省工作。希腊哲人对人生指示说："认识你自己！"近代人对我们说："改造世界！"为了改造世界，我们先得认识。[10]

这段话非常明确地表明，宗白华选择"意境"指称中国艺术本体，是出于在现代历史转折点上民族文化自省的初衷。他认为中国艺术意境是中国文化"最有世界贡献的一方面"，主张在改造中国文化之前先要认识到这一点。这种明确的民族文化自省意识奠定了宗白华与朱光潜对待中国艺术截然相反的态度：在王国维之后，朱光潜引用西方资源将中国诗学观念普世化，而宗白华却在中西对峙的语境中越过王国维，对传统中国艺术给予新的评价。这就无怪乎与朱光潜在《诗论》中要将其"境界"概念溯宗到王国维不同，而宗白华却对王国维始终深缄其口。

以《中国艺术意境之诞生（修订稿）》为代表，宗白华对"意境"做了如下论述：第一，意境是艺术家创造的"'情'与'景'（意象）的结晶品"。他说："艺术家以心灵映射万象，代山川而立言，他所表现的是主观的生命情调与客观的自然景象交融互渗，成就一个鸢飞鱼跃，活泼玲珑，渊然而深的灵境；这灵境就是构成艺术之所以为艺术的'意境'。"[11] 第二，意境是一个境界层深的创构。"意境不是一个单层的平面的自然的再现，而是一个境界层深的创构。从直观感相的模写，活跃生命的传达，到最高灵境的启示，可以有三层次。"[12] 宗白华认为，意境不仅不限于对景物的客观模仿，也不限于生动传神，而是必须达到对宇宙生命（道）的体悟和象征——最高灵境的启示。第三，意境的创构根源于中国人特有的宇宙观。"中国人的最根本的宇宙观是《周易传》上所说的'一阴一阳之谓道'。我们画面的空间感也凭借一虚一实、一明一暗的流动节奏表达出来。"[13] 宗白华认为，正是基于这种宇宙观，中国人的空间意识不仅是虚实相生、动静一体，而且是时空合一的。这种空间意识决定了中国人的基本的心灵境界和艺术境界。"所以我们的空间感觉随着我们的时间感觉而节奏化了、音乐化了！画家在画面所欲表现的不只是一个建筑意味的空间'宇'，而需同时具有音乐意味的时间节奏'宙'。一个充满音乐情趣的宇宙（时空合一体）是中国画家、诗人的艺术境界。"[14] 第四，意境是虚实结合的无限的艺术境界。宗白华特别强调意境构成的虚实结合特征，指出"虚和实的问题，这是一个哲学宇宙观的问题"[15]。他认为，"虚实结合"是超越了儒道对立的中国人共同的宇宙意识。"他们都认为宇宙是虚和实的结合，也就是易经上的阴阳结合。"[16] 对于宗白华，意境构成的虚实结合特征的重要意义在于，它是中国艺术境界与西方艺术境界的根本区别。相对于中国意境构成的虚实结合，西方艺术境界是由立体模仿构成的。虚实结合，使中国艺术意境的创构是虚灵而物我浑融的，它呈现全幅的天地；立体模仿，使西方艺术境界的构成是写实而物我对立的，它呈现单个的对象（人体）。

宗白华主张“意境是‘情’与‘景’（意象）的结晶品”，与朱光潜“境界是情趣与意象的契合”相近，两人都秉承传统文论的“情景交融”说。但是，朱光潜所谓“意象”，指的是艺术家情趣的外化而成的艺术形象，而宗白华所谓“景”（意象）指的是映射了艺术家心灵的自然景象。宗白华说：“艺术意境的创构，是使客观景物作我主观情思的象征。我人心中情思起伏，波澜变化，仪态万千，不是一个固定的物象轮廓能够如量表出，只有大自然的全幅生动的山川草木，云烟明晦，才足以表象我们胸襟里蓬勃无尽的灵感气韵。”[17]因此，对于宗白华，意境创构的“情景交融”，并非普遍的“情趣与意象的契合”，而是特定的中国人的心灵与“大自然的全幅生动的山川草木”的融化。“所以艺术境界的显现，绝不是纯客观地机械地描摹自然，而以‘心匠自得为高’（米芾）。尤其是山川景物，烟云变灭，不可临摹，须凭胸臆的创构，才能把握全景。”[18]正因为这样，意境的创构必须有两个前提：一方面，艺术家要在大自然的万千气象中陶冶胸襟、培植天机；另一方面，艺术家要化景物为情思，化山川草木为心灵的象征（意象）。

与宗白华明确主张意境创造的自然意识不同，朱光潜主张诗境的创造是“作者将主观情趣化为客观意象的过程”。因此诗境的创造有两个要点：第一，感受情趣而能在沉静中回味，即提炼、净化情趣；第二，将情趣外射为观照的对象（意象），即情趣的客观化。因为对诗歌的创造有不同的认识，他们对诗歌存在的形态的认识也是不同的。对于宗白华，艺术意境是一个虚实相生、生气活跃的无限世界。他说：“我们（的）宇宙即是一阴一阳、一虚一实的生命节奏，所以它根本上是虚灵的时空合一体，是流荡着的生动气韵。哲人、诗人、画家，对于这世界是‘体尽无穷，而游无朕’。”[19]对于朱光潜，诗的境界是一个独立自足的意象：“凝神观照之际，心中只有一个完整孤立的意象，无比较，无分析，无旁涉，结果常致物我由两忘而同一，不知不觉之中人情与物理互相渗透。”[20]

在20世纪上半期，王国维、朱光潜和宗白华对意境的现代性诠释和标举，出于应对中国文化现代转型的需要。王国维将席勒的理想的浪漫主义诗学注入意境（境界），使之成为新的诗歌精神内涵；朱光潜以克罗齐、尼采和里普斯诸人的美学来改造意境（境界）概念；与此二人不同，宗白华则是在中西对比之中，通过对意境的哲学特质的探寻，揭示出意境的创造是中国文化史上最中心最有世界贡献的一方面。

二、“意境”的意识形态阐释—批判阶段

1949年之后，中国经历了以国家文艺政策的形式推行全国文艺理论的马克思主义化改造。在这种意识形态背景下，源自中国古典美学的意境说被中国学者们小心回避了近十年。这不仅因为意境说包含着浓重的“主观主义”色彩，而且因为它与源自西方的典型理论（更不用说恩格斯进行马克思主义改造后的典型论）并不合辙。但是，在50年代下半期“古为今用，洋为中用”“百花齐放，百家争鸣”的政策导向下，对中国古典美学遗产的重新发掘，又成为一个新的学术动向。在此背景下，李泽厚发表了《“意境”杂谈》[21]。

李泽厚在这篇《“意境”杂谈》中以黑格尔式思辨在恩格斯的艺术典型论原理下系统阐释意境论。他说：

> 艺术的生命、美的秘密就在这里。就在：有限的偶然的具体形象里充满了那生活本质的无限、必然的内容，“微尘中有大千，刹那间见终古”。艺术正是这样把美的深广的客观社会性和它的生动的具体形象性两方面，集中提炼到了最高度的和谐统一，而用“意境”“典型环境中的典型性格”这样一些美学范畴把它呈现出来。

这是李泽厚关于艺术本质的看法，基于这个看法，他认为诗画中的“意境”与小说戏剧中的“典型环境中的典型性格”是“美学中平等相同的两个基本范畴”，原因在于“它们同是‘典型化’具体表现的领域，同样不是生活形象简单的摄制，同样不是主观情感单纯的抒发；它们所把握和反映的是生活现象中集中、概括、提炼了的某种本质的深远的真实。在这种深远的生活真实里，艺术家主观的爱憎、理想也就溶在其中了”。他指出，“意境”和“典型”都包含两个方面：生活形象的客观反映方面和艺术家情感的主观创造方面。前者是“境”，后者是“意”，“‘意境’是在这两方面的有机统一中所反映出来的客观生活的本质真实”。他进一步将“境”分为形与神，“意”分为情与理，并说“在情、理、形、神的互相渗透、互相制约的关系中或可窥破‘意境’形成的

秘密”。

在用典型论诠释意境论时，李泽厚的黑格尔式思辨表现在三个方面：第一，把传统对“意境”范畴的“意”与“境”二分诠释进一步划分为两对四分的诠释：情—理，形—神。这种四分法的诠释，不仅使“意境”范畴内涵的丰富性和矛盾性得到进一步的阐释，而且无所不包地容纳传统诗学遗产。在具体论述中，李泽厚几乎将自刘勰至袁枚的重要诗学理论都纳入“意境”范畴下，并赋予高度的统一性。第二，把传统对情、理、形、神的论述完全纳入典型论的阐述体系中，认为它们的基本特色是或从创作或从欣赏、或从主体或从作品的角度要求艺术“深刻地去反映生活”。在解释传统的形—神观念时，李泽厚说：“通过艺术，人们认识的远远不只是‘眉睫之前’的那个形象本身，而是获得对实际生活的感受。生活本身的深广的客观社会性质通过眼前的这个生动的具体形象展开出来了，生活的韵味通过这‘神似’的形象传出来了。”而对于传统的情—理观念，他则解释为：“艺术家的情感等主观因素必须有它的客观规定性，是与生活本质相一致相符合的主观。只有这样的主观，在艺术创作的意境塑造中才能起它可能起和应起的作用——忠实地去把握住客观，反映出客观，把握反映出那种深远的生活的本质、规律和理想。”第三，明确规定以“反映生活本身的深广的客观社会性”为核心的意境四概念（形、神、情、理）的统一性。李泽厚认为，形统一于神，情统一于理，这两对概念又统一于“生活本身的深广的客观社会性”。他用刘勰的话表述这个统一体系说：“‘神用象通，情变所孕；物以貌求，心以理应。’这四句对创作‘神思’的总结，也可以作为我们这里对艺术‘意境’的分析的总结。因为它已把主观的‘情’‘理’（‘意’）与客观的‘形’‘神’（‘境’）的互相制约的辩证关系精炼地概括了：生活的风神必须通过形象来表现，主观的情感在这里起了催生的作用；虽然对象必须根据事物的外部形貌塑造出来，但其深入的本质却已早为心灵所把握和领会。”

李泽厚对“意境”范畴的典型论诠释，是对它进行彻底的唯物反映论改造。这种改造在为“意境”范畴提供“古为今用”的合理化论证的同时，也清洗掉“意境”范畴原有的中国古典美学的独特内涵。在他的论述中，把刘勰的“神思”说、司空图的“象外”说、严羽的“兴趣”说、王士禛的“神韵”说和袁枚的“性灵”说纳为一体，本身就有很多问题，而且笼统地将这些诗学观念的意旨都归结为“要求深刻地去反映生活”，显然是不符合这些观念的传统意义的。李泽厚对刘勰“神用象通，心以理应”一句的解释，也与其原意相悖。“神用象通”之“神”，绝不是李泽厚所谓“生活的风神”，而是指艺术创作思路，即所谓“神思”；“心以理应”之“理”，也不是李泽厚所谓“事物的深入的本质”（或“深远的生活的本质、规律和理想”），而是艺术家内心的“神与物游”的心理活动，即所谓“思理”。李泽厚作上述解释是为了赋予这两个概念“客观社会性”从而实现对“意境”范畴的“典型论”改造。这种“古为今用”，实质上是以今换古、即旧瓶装新酒的做法。李泽厚运用经他改造的“唯物反映—典型论”的“意境说”对朱光潜“境界说”的“主观唯心主义”进行了批判。李文的意识形态批判开风气之先，引导了学术界对王国维的“境界说”的唯物反映论批判和典型论改造。[22]

在《“意境”杂谈》中，李泽厚将“意境”的本质等同于艺术的本质。他认为“‘意境’是经过艺术家的主观把握而创造出来的艺术存在”，“它们所把握和反映的是生活现象中集中、概括、提炼了的某种本质的深远的真实”。他不仅将意境范畴的独特内涵抽象掉了，而且将意境范畴的外延扩大到整个艺术领域。他指出，对意境范畴的系统分析“不但需要深入到中国古典艺术理论和作品的遗产中去追寻探索，而且还更需要结合今天艺术创作和理论批评工作中的许多问题来论说”。李泽厚在这里阐述的是将“意境”范畴泛艺术化的主张。程至的撰文表示反对这种泛艺术意境论。他说：“以意境作为评价一切文学艺术作品唯一的尺度，那是不对的。这实际上，就是把文学艺术作品中意境的独特性取消了……我们不能要求所有的绘画或别的艺术作品，都有意境。意境只是某种艺术作品的意境，而不是所有艺术作品中共同的不可缺少的要素。”[23]应当说，在 20 世纪中期的中国学术背景上，反对用典型论同化意境范畴，反对将意境泛艺术化，主张意境具有与其他艺术类型不同的特点，是难得的艺术见识。但在当时意识形态批判氛围的压力下，更多的学者认同或附和李泽厚以“唯物反映—典型论”为核心原则的泛艺术化意境论，关于意境理论的学术讨论是不可能真正展开的。

三、“意境”的文化溯源—重构阶段

20 世纪 70 年代末期，中国社会进入经济改革和开放的新时期。这个变化为中国学者重新开启了走向学术研究的前提。80 年代上半期，意境论研究呈现空前繁荣的景象，不仅发表了数百篇专题论文，而且当时所有重要的美学、文艺理论学者都参与了意境问题讨论；当然，更为重要的是，研究论题从意境范畴的历史根源、意境的文化属性、意境的美学特征，到意境与典型的比较、意境与现当代艺术创作的关系等都涉及，并且进行了相当深入的研讨。应当说，80 年代中期以后至今的意境研究，主要受惠于这个阶段的研究成果，此后新的研究工作主要是将既有的研究成果细致化、强化或转换性运用。

对意境概念的语义史溯源，在20世纪80年代早期，较有代表性和影响的是范宁的《关于境界说》[24]一文。这篇文章对“境界”一词的语义史做了考辨，指出“境界三义”：其一，“境界”一词形成于汉代，指“疆土界线”；其二，后来佛经译者借用“境界”，“把一个原指实体的词用以表明抽象的思想意识和幻想”；其三，人们受佛学的影响，把人生经历视为“虚中有实，实中有虚”的“境界”。“把现实的说成非现实的，客观存在变成了主观意象。境界这个词起了变化，诗人和词人也逐渐使用起这个词，这样境界就闯进文学创作的园地。”范宁特别赞同唐代王昌龄的“诗有三境”说，认为“诗的三境”正符合他说的“境界三义”。他说：“他（王昌龄）这里所说的物境，和境字的原始意义，指疆土范围，自然景物，大体是相同的。情景和境字的引申义人生经历，生活感受，是符合的。意境和想象、幻想中的事物也是一致的。这就是说‘诗有三境’和境字的三个意义是对得上号的。”换言之，范宁根据王昌龄，将诗的境界划分为描写景物的“物境”、表达人生感受和情意的“情境”、由想象和虚构形成的“意境”。但他又认为“自唐以来，关于境界，说来说去，只是一个实境和虚境的问题”。物境是实境，情境则“有实有虚”，而意境则是虚境。范宁还将他关于实境与虚境的划分与王国维的“写境—造境”说相联系，意谓实境即写境、虚境即造境，并且据此认为“这造境和写境的提出，总结了唐宋以来境界说的基本内容”。

范宁的境界说溯源，试图用自己的“虚实两境界”在王昌龄的“三境界”和王国维的“两境界”之间架设桥梁，包含着对“二王”观念的含混运用，是并不成功的。但是，《关于境界说》特别强调意境与其他诗境的区别，明确主张意境的特质是王昌龄所言“张之于意，而思之于心”，并用“境生象外”（刘禹锡）、“象外之象”（司空图）和“趣远之心”（欧阳修）来解释，这是20世纪80年代继宗白华意境本质论的先声。范文更值得注意的是，作者明确指出，诗境观念在唐时兴起，根本原因不是佛学渗透，而是唐人反对齐梁诗歌“彩丽竞繁，而兴寄都绝”[25]，主张诗歌要表现真情实感，即要有寄兴。“寄兴就是寓思想感情于景物形象中，也就是兴象。”[26]基于这个认识，范宁特别重视王国维对诗歌境界的情感真实性的要求。王国维说：“境非独谓景物也。喜怒哀乐，亦人心中之一境界。故能写真景物、真感情者，谓之有境界。否则谓之无境界。”（《人间词话》第六则）范宁指出，王国维论境界，“把真与境界串联在一起，比前人只讲境界有虚有实，就更进入了一步”，“是王国维在境界说上的一个重要贡献”。范宁还指出，王国维之所以标举“境界”为中国诗词之本，就在于王国维主张境界是真实性与形象性的统一。范宁说：“境界是文学的形象性和真实性的结合，才成为‘本也’。”[27]范宁从真实性着眼解释王国维境界说，并称其为对境界说的“一个重要贡献”，是真得王国维精髓的，但范宁此论在后来的王国维研究中并没有得到重视，许多对王国维境界说的批评很大程度上都是基于忽视了他关于境界真实性的主张，而不少学者把他的境界说归于叔本华禁欲主义美学，更是因为完全忽视他主张唯有“写真景物、真感情”才可称为“有境界”的论说。

在20世纪80年代的意境理论重构运动中，揭示并强化意境构成中的“虚实结合”和具有超越意蕴的审美特征是学术主流，因此，通过宗白华阐发的意境论的道、易、禅资源被引申和张扬。袁行霈的《论意境》[28]一文，指出“意境是指作者的主观情意与客观物境互相交融而形成的艺术境界”，这是援用传统通行的“情景交融”的诗学理论定义意境，但它得到的回应是批评多于认同。张少康的《论意境的美学特征》[29]一文指出，只讲意境是情景交融、主客观统一的艺术形象，只揭示了意境作为艺术形象的一般规律，还未揭示出意境的特殊规律：“中国古代艺术意境的基本特征是：以有形表现无形，以有限表现无限，以实境表现虚境，使有形描写和无形描写相结合，使有限的具体形象和想象中无限丰富形象相统一，使再现真实实景与它所暗示、象征的虚境融为一体，从而造成强烈的空间美、动态美、传神美，给人以最大的真实感和自然感。我国古代艺术意境的这种基本特征的形成是和老庄与佛教的哲学和美学思想的影响有密切关系的。”张少康明确指出，无论依据古代文艺家的论述，还是通过对古代诗歌创作的分析，“诗歌意境的特殊性最主要的就表现在‘境生象外’这一点上”。

在20世纪80年代中期以后，作为以“境生象外”“虚实结合”界定意境的总结性阐述，叶朗的意境说不仅明确主张将意境的思想根源确定为老子开拓的道家哲学，而且特别强调将作为一般艺术本体的“意象”和作为中国古典美学独特范畴的“意境”作区分。叶朗认为，意象的基本特征就是“情景交融”，是任何艺术作品都应当具有的特征；意境是特殊的意象，在具有一般意象的共同规定的同时，它的独特性是“境生于象外”：“‘意境’不是表现孤立的物象，而是表现虚实结合的‘境’，也就是表现造化自然的气韵生动的图景，表现作为宇宙的本体和生命的道（气）。这就是‘意境’的美学本质。意境说是以老子美学（以及庄子美学）为基础的。离开老、庄美学，不可把握‘意境’的美学本质。”[30]叶朗以“境生于象外”定义意境，就是着重揭示意境的本质是以表现宇宙本体生命（道）为目的，“就要突破具体的‘象’，因为‘象’在时间和空间上都是有限的，而‘道’是无限的”[31]。

认为意境主要来自佛学的影响并且形成于唐代，是80年代以后对意境范畴史研究的较为流行的看法。许多人都看到唐代既是诗境观念形成并流行的时代，也是佛学昌盛、禅宗中兴的时代，因此不仅认为禅境与诗境在形成方式和表现形式上有共同点，而且认为前者正是后者的催生因素和学术资源。蒋述卓的《佛教境界说与中国艺术意境理论》[32]一文是一篇表达这种看法较有代表性的文章。在该文中，蒋述卓以“佛教教义最基本的观点，是主张宇宙间一切事物都是因缘和合而生，彼此相缘相依而共存的”论点立意，引述自唐代以来学者诗人的言论，论证“（佛学理论）在与中国文化认同与消融的基础上，终于培养出了中国艺术意境理论这朵灿烂的艺术哲学之花”“艺术意境是由艺术家心灵与客观物境相融彻之后而产生的一种精神产品”。

佛理中的“心法不二”“色空不异”确与中国古代诗境论说可互相借喻，以严羽《沧浪诗话》为代表，宋人“以禅喻诗”采用的即是借喻理路。但是，佛学境界观与中国诗境观有着根本的精神区别，佛学不仅讲“万法唯心”，而且讲“万境皆空”，而中国诗境不仅讲“思与境偕”（司空图），而且讲“深得其情”（王昌龄）。持意境佛学论者，把王昌龄和皎然的诗论中的“取境”（取相）溯源甚至类同于佛学“取境”。从佛教的根本教义讲，境生于妄执攀缘，是“令心造作”“役心为业”，是迷误。“外境随情而施设，故非有如识；内识必依因缘生，故非无如境，由此便遮增减二执。”[33]在佛学中，“取境”（取相），即“心外取境”“执于心外之境”，是一个否定术语，全称为“妄取境界”。“一切法空故无相可取，种种取相皆为虚妄。”[34]佛学修行指归，不是“取境”（取相），而是心境寂灭。“心寂故无取境，寂故无起。”[35]王昌龄和皎然论诗境创作（取境），所主张的是与佛教境界观相背离的、主动积极的态度，是“置意”之下的“深穿其境”（王昌龄）和“精思”之后的“意静神王”。他们的诗境创作观的哲学渊源，与其说来自佛学境界观，不如说来自老庄的“凝神静观”和《易传》的“仰观俯察”的体认精神。王昌龄论“诗有三境”和皎然论“辩体有一十九字”，均无一涉及佛学观念（“空”“色”等佛学概念均无）。皎然说：“为文真于情性，尚于作用，不顾词彩而风流自然。”[36]这是明显违背佛学“心境寂灭”的境界观的。

21世纪初，张节末的系列文章提出了更为极端的看法，即认为意境就是佛教空观中国化的诗歌产物。他认为佛教空观的介入，直接屏绝了中国诗歌传统的比兴、联想，阻绝了抒情之路，使诗境成为“纯粹现象”的“刹那直观”。他说：“在中国古代诗歌中，绝妙、最有深度的诗思不假道于比兴，也不走象征一路。中国古人的诗歌经验，最让人击节叹赏的，是刹那间的感悟。它固然是一种心境，不过，作为纯粹现象，它却建基于针对自然之物声色动静的刹那直观。”[37]我们知道，任何诗歌都不可能真正成为“纯粹现象”的“刹那直观”。皎然说：“夫诗者，志之所之也。”[38]“纯粹现象”当然是排除或寂灭一切“志”（情意）的“空境”。张节末以王维小诗为其所主张的“纯粹现象”意境诗作的代表。但是，即使是张节末文中用作特别典范的王维小诗《华子冈》（“飞鸟去不穷，连山复秋色。上下华子冈，惆怅情何极”[39]），不仅在后两句表现了诗人王维难以“寂灭”的意绪，而且前两句以动见静、即色悟空的“立意”（皎然所谓“志之所之”）也是显然可见的。就此我们可以说，张节末以佛教“空观”作诗歌意境的唯一基石，并且以为意境就是“纯粹现象”的“空境”，不仅极度窄化了诗歌意境（依此，绝大多数中国古诗被排斥在意境范畴之外），而且是将诗歌意境抽象为水月镜花式的想象之物。

四、颠覆与反观——王国维意境说再检讨

进入21世纪，在王国维倡导意境论（境界论）百年之际，意境论遭到“颠覆性”的挑战。考察这些挑战，我们发现，历经百年现代学术拓展的意境说需要应对三个基本问题的检讨。

其一，意境说的传统属性与现代学术的关系。王一川指出，意境说在现代风行无可否认的是“它适时地满足了现代中国人在全球化时代重新体验古典性文化韵味的特殊需要”“意境与其说是属于中国古典美学的，不如说是专属于中国现代美学的”“它的出现，为急于在全球化世界上重新‘挣得地位’的中国人，铺设出一条与自身古典性文化传统相沟通的特殊通道”。王一川此说是在传统属性与现代学术的二元对立中，将意境说归入了他试图建立的“通向中国现代性诗学”的叙事体系。[40]针对他的识判，我们要提出的问题是：意境说究竟是在传统与现代的二元对立中立于现代一极，还是现代学术对传统资源的反思创进——因此不是伪今为古？

从解释学的立场看，一切学术研究，无论对象是古是今，均不可能彻底摆脱学者的学术视野的局限，因此解读总是误读—— 一切历史都是当代史。如果因为意境说显示了倡导者的现代学术视野而将之归判入“现代美学概念”而非“古典美学概念”，这不仅意味着现代学术对古典诗学的研究是不可能的，而且意味着“古典诗学”是不可能有任何发展变化的“永恒之物”。在这个地球上，这种“古典诗学”显然是不存在的。

其实，作为现代意境说的开拓者，王国维和宗白华等人对于自己标举意境说的现代学术立场，是具有清醒自觉而且并不讳言的。王国维标举“境界”为诗词本体，明言是“鄙人拈出‘境界’二字”，这就是申明他所论意境说并非附庸或挪用古说，而是经历了自己的斟酌提炼的。如本文前述，宗白华在《中国艺术意境之诞生（修订稿）》中申明他的意境说是立足于“现代的中国站在历史的转折点”，遵循西哲“认识你自己”的精神，检讨旧文化并作出“同情之了解”的新评价。作为意境说的现代倡导者，宗白华所表现的学术自觉本身就回应了对“意境说误解和妄加古人”的质疑。

其二，意境说的“能观”要义究竟是出于中国古典美学，还是西方现代美学？王国维说：“原夫文学之所以有意境者，以其能观也。出于观我者，意余于境；而出于观物者，境多于意。”（《人间词话》“附录”第二二则）蒋寅认为，“这段话看似脱胎于前人的情景二元论，其实思想基础完全不同。情景二元论着眼于物我的对立与融合……而王国维的‘观我’‘观物’，却有了超乎物和我之上的观者，也就是西方哲学的主体概念”[41]。罗钢则直接指出王国维此处所说的“观”就是叔本华的“直观”的“观”，王氏的意境说“是以叔本华的直观说为核心的认识论美学”[42]。就此我们要提出的问题是：“观”或者“能观”是否违背了中国传统诗学精神，而且只能是西方哲学的主体概念？

在中国思想史上，“观”是一个具有核心意义的认知和体认性概念。老子说：“万物并作，吾以观其复。”[43]《易传》说：“仰则观象于天，俯则取法于地。”[44]程颢诗说“万物静观皆自得”[45]，“观万物生意”则被规定为宋儒治学修身的基本功课。值得注意的是，“观”在中国传统思想中具有自我超越的形上意义。邵雍说：“圣人之所以能一万物之情者，谓其圣人之能反观也。所以谓之反观者，不以我观物也。不以我观物者，以物观物之谓也。既能以物观物，又安有我于其间哉？”[46]邵雍的“反观”观念，是可与西方传统的客观主义认识论类同的——客观化并不是西方认识论的特权。中国传统形上意义的“观”思维，对中国诗歌的创作和理论，均具有深刻的影响。王昌龄说：“欲为山水诗，则张泉石云峰之境，极丽绝秀者神之于心，处身于境，视境于心，莹然掌中，然后用思，了然境象，故得形似。”[47]皎然说：“夫诗者，众妙之华，六经之菁英。虽非圣功，妙均于圣。彼天地日月、元化之渊奥、鬼神之微冥，精思一搜，万象不能藏其巧。”[48]将王、皎之说与王国维在论境界（意境）时的“能观”之说比较，我们可以见到前后精神上的内在传承，而且三者均渊源于中国传统哲学观物思想。

佛教的观照是觉悟性空的“止观”。“无发无碍即是观，其性寂灭即是止。止观即菩提，菩提即止观。”“但了能观之心，所观之境各各性离，即妄心自息，此名为止，常作此观不失其照，故名为观。斯则即止即观，即观即止，无能所观是名止观。”[49] 叔本华的“直观说”，是严重受到佛学“止观”影响而反西方传统认识论的，因为它既不承认观照对象是一个具有客观意义的认识对象，也不同意观照活动中的主客二分。尽管叔本华用柏拉图哲学核心概念“理念”来定义直观对象，但对于叔本华，这个理念因为本性无意义而类同于佛学的“实相无相”。叔本华说：

> 用句富有意味的话说，我们完全消逝在这个对象中；换言之，我们忘记了我们的个性、我们的意愿，而仅仅是作为纯主体继续存在着，是这对象的一面明镜，因而好像对象是在人的感知之外存在的；这样，我们不再能够将直观者与直观活动区分开来，而是两者合为一体了，因为整个意识完全被一个直观的对象充满和占据了。[50]

将王国维的“能观”等同于叔本华的“直观”或西方哲学的主体概念，是缺少学理依据的附会。王国维的“能观”思想，显然是秉承中国传统哲学—美学的，他对诗词“有我之境”与“无我之境”的划分，直接脱胎于邵雍“以我观物”与“以物观物”划分。邵雍说：“以物观物性也，以我观物情也。性公而明，情偏而暗。”[51] 王国维说：“有有我之境，有无我之境……有我之境，以我观物，故物皆著我之色彩。无我之境，以物观物，故不知何者为我，何者为物。”（《人间词话》第三则）当然，与邵雍以物观物求“无我”的性理不同，王国维的无我之境，就表述而言著染了禅宗的“智与理冥，境与神会，不分能证所证”[52] 观念，但是究其实质是一种深契道学精神的主客不分、物我融合的诗意境界。

就中国诗歌创作而言，“能观”是“取境”的要件，是意境创造的基础，“原夫文学之所以有意境者，以其能观也”，王国维此说是抓住了意境理论的要害之论，而且切合了中国诗学传统的命脉。“能观”的实质，就是从日常叙述和表达飞跃到诗歌艺术表现，即意境（境界）的创造。正是在这个意义上，王国维才主张“境非独谓景物也。喜怒哀乐，亦人心中之一境界”（《人间词话》第六则）。“能观”，当然必须有一个超越对象的观者作为前提；但“能观”的目的却又是创作“意与境浑”的诗境。王昌龄、苏东坡等前人和王国维都深刻认识并且揭示了意境创作中的“能入能出”的辩证关系：“入乎其内，故能写之。出乎其外，故能观之。”（《人间词话》第六〇则）蒋寅因为王国维的意境论“有了超乎物和我之上的观者”而认定王氏持西方哲学的主体概念，由此表现的正是对中国传统诗歌创作和诗学理论“无我说”的理想抽象和严重曲解。

其三，“意境”的本质是什么？它能否成为中国传统诗学的核心概念（“本”）？蒋寅说：“这种基于西方哲学思想的文学观，不仅给王国维的文学理论带来主体性的视角，还促使他从本体论的立场来把握意境，赋予它以文学生命的价值。所谓‘文学之工不工，亦视其意境之有无，与其深浅而已’。前人用‘意境’论诗，言意境高卑广狭深浅，而不言有无意境，以有无意境论文学，即赋予‘意境’以价值。这正是王国维对‘意境’概念最大的改造或者说曲解。”[53]蒋寅此说除了从“意境西来”立论否定意境说外，还根本否定了“意境”具有中国诗学内涵（价值）。在这里我们面对的问题是：以中国传统诗学着眼，究竟应当怎样认识和定义“意境”？

考察王国维以前古人论诗对“意境”一词的使用，大概可归结为四个层面。其一，指称诗人的胸襟气度。纪昀说：“古人培养其根柢，陶镕其意境，而后得其神明变化。”[54]其二，评点诗句。陆时雍说：“每读韦（应物）诗觉其如兰之喷，‘海上风雨至，逍遥池阁凉’，意境何其清旷。”[55]其三，对诗词整体评价。万时华说：“此诗（《蒹葭》）意境空旷，寄托玄澹，秦川咫尺已宛然，三山云气，竹影风声，邈焉如仙。”[56]其四，对诗人创作风格的整体评价。杨伦说：“放笔为直干，抒写淋漓，势若江河之决，子美晚年五古另有一种意境。”[57]自唐至明清，“意境”不仅逐渐成为中国诗学的一个熟语，而且具有日益发展为一个中国诗学核心范畴的趋势——在与“声律”“文气”“格调”“气魄”“风骨”等诗学概念的对举中，意境被赋予更高的诗学价值，甚至具有诗词美学价值的统率意义。陆时雍说：“大略意境既成，则神色自传，声调即不烦而合矣。此第一上流。”[58]尤其值得注意的是，“意境”具有的多层面的精神意蕴被揭示出来。潘德舆说：“神理意境者何？有关系寄托一也，直抒己见二也，纯任天机三也，言有尽而意无穷四也。”[59]以前人的意境论说作对照，我们可以明确判定王国维境界（意境）说是真正秉承中国诗学—美学传统的现代学术产物，而绝不是如蒋寅所说“以古代术语命名了一个外来概念”。

张少康在批评袁行霈“只讲意境是情景交融、主客观统一的艺术形象，还并没有揭示出意境的特殊本质来”[60]时，将袁行霈的意境观念的最早渊源上推到王国维。王国维说：“文学之事，其内足以摅己而外足以感人者，意与境二者而已。上焉者意与境浑，其次或以境胜，或以意胜，苟缺其一，不足以言文学。”（《人间词话》“附录”第二二则）张少康及许多学者都以此作为王国维只认识到意境的普通诗歌属性而没有认识到意境的独特属性的代表性论述，王国维所提出的“意与境浑”则被识同为“情景交融”，并被作为与这些学者所认定的意境基本特征“境生象外”相对立的观念。针对张少康所代表的学术批评，厘清“意与境浑”与“情景交融”的学理关系，把握“意与境浑”的真实内涵，就涉及对王国维意境理论的基本认识，进而言之，也涉及对意境本质的认识和界定。

在中国诗学传统中，以道家“大象无形”（老子）和“唯道集虚”（庄子）的哲学观念为引导，中国诗学衍生出追求超越言象的意蕴。这种意蕴的审美特征，用严羽所言就是“羚羊挂角，无迹可求”[61]的虚灵境界，也就是“境生于象外”。明清学者以“意境”评诗，通常有“意境超旷”“意境深微”“意境闲远”“意境清远”“意境旷逸”等评述。这些说法，都是揭示意境的超越虚灵的意味。王国维说：“古今词人格调之高无如白石，惜不于意境上用力，故觉无言外之味，弦外之响，终不能与于第一流之作者也。”（《人间词话》第四二则）“格调”是指诗词的声律音韵等形式美品格，与之相对，“意境”是以精神寄兴为核心的诗词境界。王国维批评姜夔“不于意境上用力”，实质是指姜氏徒于诗词形式美追求，而缺少精神意蕴开拓。这是《人间词话》中唯一直接使用“意境”一词的一则词话。从这则词话可见，王国维对于意境具有超越直观形象的意蕴是有明确意识的，所谓“言外之味，弦外之响”，当然就是“境生象外”的意境。那么，王国维为什么不援用既有的“境生象外”而独自提出“意与境浑”作为意境的核心定义呢？

要回答这个问题，我们须先回顾古人的相关论述。举例如下。列子：“心凝形释，骨肉都融，不觉形之所倚，足之所履，随风东西，犹木叶干壳，竟不知风乘我邪？我乘风乎？”[62]柳宗元：“洋洋乎与造物者游，而不知其所穷，引觞满酌，颓然就醉，不知日之入。苍然暮色，自远而至，至无所见，而犹不欲归，心凝形释，与万化冥合。”[63]权德舆：“凡所赋诗，皆意与境会，疏导情性，含写飞动，得之于静，故所趣皆远。”[64]苏东坡：“陶潜诗‘采菊东篱下，悠然见南山’，采菊之次，偶然见山，初不用意，而境与意会，故可喜也。”[65]“心凝形释，与万化冥合”，是出于道家哲学的天人观念，它倡导的是物我两忘而复归于天人一体的浑然境界。正是经由这种天人观念的孕育，中国诗学追求“意与境会—境与意会”的诗歌境界。意境的本质就是王国维在《人间词乙稿序》中所揭示的“意境两忘，物我一体”，即“意与境浑”（《人间词话》“附录”第二二则）。王国维用“意与境浑”定义意境的核心本质（最高品格），不仅是对中国诗学核心精神的张扬，进而言之，也是对中国天人观念的张扬。由此可见，王国维的批评者将“意与境浑”等同于一般诗歌具有的“情景交融”（以及“主客统一”）属性，是缺少细致深入的学术辨析的看法。

刘禹锡说：“诗者其文章之蕴邪，义得而言丧，故微而难能；境生于象外，故精而寡和。”[66]引文可见，刘禹锡论诗的美学特征（文章之蕴），是意（义）和境并举的，进而言之，是主张意境统一的。明代朱承爵说：“作诗之妙全在意境融彻，出音声之外，乃得真味。”[67]朱说秉承刘论而发挥。当代学者论意境，单独标榜“境生于象外”而偏废“义得而言丧”，是对刘禹锡诗说观的割裂。本文前面述及，范宁指出王国维境界说的重要进步是把“真实性”作为境界的核心。王国维强调意境中真实性的核心意义，实质是弘扬中国诗学的“寄兴”传统，这是与唐宋以来意境说兴发的深层动机一脉相承的。从其《人间词话》等著作可见，王国维坚持主张，意境的超越性是与其真实性统一的，两者统一于人生的理想境界。王国维自述诗词创作时说：“余自谓才不若古人，但于力争第一义处，古人亦当不如我用意耳。”[68]“力争第一义”就是对人生理想境界的诗意开创（这与他批评姜夔“不于意境上用力”一致）。“意与境浑”，是中国天人合一精神背景下的超越性和真实性统一的诗歌境界；“境生象外”，则是对诗歌意境“有虚有实”的表象的描述。象以本生，本以象显，意与境浑，则自然境生象外。陶渊明诗名句“此中有真意，欲辩已忘言”，就其本体而言是“意与境浑”——“此中有真意”，就其表象而言是“境生象外”——“欲辩已忘言”。王国维论意境，立意于“意与境浑”而不言“境生象外”，乃是因为“意与境浑”才是直探意境之本，而“境生象外”不过“道其面目”。对于中国传统诗学的独特精神，王国维以“意与境浑”概括诗歌意境的本质，既是方法论意义上，又是价值论意义上的探本求源。范宁说王国维意境（境界）说“比前人只讲境界有虚有实更深入了一步”，其深刻真义就在此。从《人间词话》标举“境界为本”，到《人间词乙稿序》申明“意与境浑”，以“意境”替代“境界”，王国维在范畴和义理双至的意义上完成了意境说建构。王国维意境说是中国诗学—美学从传统向现代转型的奠基之作。

总结本文研讨可见，经过后世学界百年努力，由王国维开启的意境理论研究，得到了很大程度的丰富和深化。但从基本学理阐发看，真正超越王国维论述的意境理论似未出现。回顾百年学术历程，我们应当更谨慎地对待王国维在百年前的学术创见，对其境界（意境）理论的认识，还有诸多需要纠正的严重误解。更准确地说，21 世纪的中国诗学乃至于中国美学研究，有一个从王国维再出发的必要课题。

注释：

① 王国维：《人间词话》，徐调孚注，王幼安校订，载况周颐、王国维《蕙风词话·人间词话》，人民文学出版社1960年版。以下凡引此书皆只随文中注明。

② 冯友兰：《中国哲学史新编》第6册，人民出版社1989年版，第191—192页。

③ 朱熹：《答陈同甫书》，载《晦庵集》第36卷，台湾商务印书馆1983年版，第687页。

④ F. Schiller, *Friedrich Schiller's Work*, Vol. 8, London: John C. Nimmo, Ltd., 1903, p. 25.

⑤⑥⑦⑧⑳ 《朱光潜全集》第3卷，安徽教育出版社1996年版，第50页，第52页，第54页，第65页，第53页。

⑨ 在后期论著中，如《中国诗画中所表现的空间意识》《中国古代的音乐寓言与音乐思想》，宗白华又有以"境界"指称中国艺术本体的现象；然而在《中国美学史中重要问题的初步探索》中，则"意境"与"境界"混用。可见，在宗白华看来，"意境"与"境界"并无严格区别。

⑩⑪⑫⑬⑭⑮⑯⑰⑱⑲ 《宗白华全集》第2卷，安徽教育出版社1994年版，第356页，第358页，第362页，第434页，第431页，第455页，第455页，第360页，第361页，第438页。

㉑ 李泽厚：《"意境"杂谈》，载《美学旧作集》，天津社会科学院出版社2002年版，第300—316页。

㉒ 参见张文勋《从〈人间词话〉看王国维的美学思想实质》，《学术研究》1964年第3期。此文是20世纪50—60年代之交对王国维意境说作意识形态批判的代表性文章之一。

㉓ 程至的：《关于意境》，《美术》1963年第4期。

㉔㉖㉗ 范宁：《关于境界说》，《文学评论》1982年第1期。

㉕ 陈子昂：《与东方左史虬修竹篇序》，载周祖譔编选《隋唐五代文论选》，人民文学出版社1990年版，第70页。

㉘ 袁行霈：《论意境》，《文学评论》1980年第4期。

㉙㊿ 张少康：《论意境的美学特征》，《北京大学学报》1983年第4期。

㉚ 叶朗：《中国美学史大纲》，上海人民出版社1985年版，第276页。

㉛ 叶朗：《说意境》，《文艺研究》1998年第1期。

㉜ 蒋述卓：《佛教境界说与中国艺术意境理论》，《中国社会科学》1991年第2期。

㉝ 玄奘：《成唯识论》卷一，载《大正新修大藏经》，河北省佛教协会2009年版。

㉞ 迦叶摩腾：《大智度论》卷四三，载《大正新修大藏经》，河北省佛教协会2009年版。

㉟ 释法藏：《大方广佛华严探玄记》卷二，载《大正新修大藏经》，河北省佛教协会2009年版。

㊱㊽ 李壮鹰校注：《诗式校注》卷一，人民文学出版社2003年版，第118页，第1页。

㊲ 张节末：《比兴、物感与刹那直观——先秦至唐诗思方式的演变》，《社会科学战线》2002年第4期。

㊳ 李壮鹰校注：《诗式校注》卷二，第140页。

㊴ 陈铁民校注：《王维集校注》第2册，中华书局1997年版，第415页。

㊵ 王一川：《通向中国现代性诗学》，《北京师范大学学报》2001年第3期。

㊶㊸ 蒋寅：《原始与会通："意境"概念的古与今——兼论王国维对"意境"的曲解》，《北京大学学报》2007年第3期。

㊷ 罗钢：《意境说是德国美学的中国变体》，《南京大学学报》2011年第5期。

㊸ 朱谦之:《老子校释》，中华书局2006年版，第65页。

㊹ 高亨:《周易大传今注》，齐鲁书社1979年版，第559页。

㊺ 程颢、程颐:《二程集》上卷，中华书局1981年版，第482页。

㊻㊿ 邵雍:《皇极经世书》，卫绍生校注，中州古籍出版社2007年版，第506页，第529页。

㊼ 陈应行:《吟窗杂录》卷四，中华书局1997年版，第207页。

㊾ 释延寿:《宗镜录》卷九/二〇，三秦出版社1994年版，第102、220页。

㊿ A. Schopenhauer, *The World as Will and Representation*, Vol. I, trans. E. F. J. Payne, New York: Dover Publication, 1966, pp. 178–179.

(52) 普济:《五灯会元》下卷，苏渊雷点校，中华书局1984年版，第1239页。

(54) 纪昀:《纪文达公遗集》卷九“序”，上海古籍出版社2003年版，第357页。

(55) 陆时雍:《唐诗镜》卷三〇中唐第二，台湾商务印书馆1986年版，第609页。

(56) 万时华:《诗经偶笺》卷四，上海古籍出版社2003年版，第181页。

(57) 杨伦笺注:《杜诗镜铨》卷一九，中华书局1962年版，第942页。

(58) 陆时雍:《唐诗镜》卷一〇盛唐第二，台湾商务印书馆1986年版，第385页。

(59) 潘德兴:《养一斋诗话》卷一，朱德慈辑校，中华书局2010年版，第9页。

(61) 郭绍虞校释:《沧浪诗话校释》，人民文学出版社1983年版，第26页。

(62) 《列子》卷二，中华书局1985年版，第18页。

(63) 《柳宗元集》第3册，中华书局1979年版，第763页。

(64) 郭广伟校点:《权德舆诗文集》，上海古籍出版社2008年版，第527页。

(65) 苏轼:《仇池笔记·东坡志林》卷五，上海书店1990年版，第12页。

(66) 刘禹锡:《董氏武陵集纪》，载周祖譔编选《隋唐五代文论选》，人民文学出版社1990年版，第229页。

(67) 何文焕辑:《历代诗话》下册，中华书局1981年版，第792页。

(68) 滕咸惠校注:《人间词话新注》(修订本)，齐鲁书社1986年版，第29页。

（2015年第11期）

审美论回归之路

周　宪

中国有句老话，叫作“三十年河东，三十年河西”。此话是说风水轮转，时尚递变。三十年前人们疯狂地迷恋和拥抱的新事物，三十年后便被人淡忘；反之，曾经过时的老东西如今竟会流行起来。这大约是好东西看多了也难免审美疲劳所致。其实，文学理论的发展亦复如此，河东河西的交替逻辑也时有所现。

晚近在各种理论文献中有一个使用频率不低的词汇——“回归”。在诸多“回归”之中，“审美论回归”尤为值得注意。2011年美国学者卡勒来华演讲，他概括了西方当代文学理论中六个最新的发展趋势，其中之一他名之为“回归审美”①。其实，早在卡勒做出这一概括之前，这一诉求已以不同方式有所体现了。比如即使在“法国理论”②如日中天时，身为布拉格学派和英美新批评重要人物的韦勒克，就明确发出了抵制解构主义、重归审美主义的吁求，时间上可以追溯到1983年。③

那么，一些令人好奇的问题便出现在面前：为何会提出审美论回归？他们厌倦了什么理论的长期宰制？审美论回归的诉求或趋向对理解当下文学理论、艺术理论和美学理论有何启示？要搞清这些问题，得从审美论的历史说起。

一、审美论溯源

历史地看，审美论是现代性的产物。具体说来，今天意义上的审美观念及其美的艺术的观念，是启蒙运动的产物。就此而言，有三个时间节点值得特别关注。第一个节点出现在1746年，那一年法国神学家巴托明确提出了“美的艺术”的概念，他具体区分了三种艺术，即实用艺术、机械艺术和美的艺术。在他看来，美的艺术有别于前两种艺术的唯一特征，就在于它给人们提供了某种情感愉悦，没有任何其他实用功利目的，而实用艺术和机械艺术则不然。在他看来，可以称之为美的艺术的只有五种：音乐、诗歌、绘画、戏剧和舞蹈。[④]第二个节点出现在1750年，德国哲学家鲍姆加通明确提出了建立美学学科的设想。依照他的看法，美学旨在研究人的感性经验，而最集中体现这一经验的是美的经验，而美的经验就是艺术的经验。[⑤]巴托针对具体艺术现象，发现了某种特殊类型的艺术，而鲍姆加通则着眼于哲学理论，迫切感到要建构一个专门的知识系统来研究艺术及其审美经验。两者虽然是在法德各自独立发展起来的，但是它们前后相差几年，此刻正值启蒙运动发展的高峰时期，其内在关联是显而易见的。用韦伯的宗教社会学视角来审视，我以为正是现代性的分化导致了美的艺术和美学的出现。

按照韦伯现代性理论，现代社会的显著特征之一就是分化。宗教和世俗的分化，社会与文化的分化，导致了现代社会及其文化的建构。他特别讨论了价值领域的分化，尤其是经济、政治、审美、性爱和智识五个价值领域分道扬镳。审美作为一个特殊的领域，一方面脱离了宗教教义和兄弟伦理的制约，把艺术形式及其感性经验解放出来；另一方面，艺术及其审美也和经济、政治、科学等价值领域明确区分开来，审美有自己的价值标准和评判方式，这就是艺术和美学的自我合法化的。以往统辖一切的宗教的、道德的标准不再适合于艺术，艺术确立起了自己的价值评判标准。[⑥]

其实，韦伯后来所描述的现代性的分化，在德国古典哲学中早已有雄心勃勃的探究，这就是第三个节点，即康德三大批判的面世。在巴托和鲍姆加通之后三四十年间，作为启蒙运动集大成者的伟大思想家，康德建构了庞大的批判哲学体系，确立了认知、伦理和审美相区分的启蒙哲学，分别处理人类的认识、意志和情感问题，涉及真、善、美。关于这一点，新康德主义者文德尔班总结得很准确：

> 这里就证明了康德最新取得的心理划分模式对于他分析处理哲学问题有权威性意义。正如在心理活动中表现形式区分为思想、意志和情感，同样理性批判必然要遵循既定的分法，分别检验认识原则、伦理原则和情感原则。……据此，康德学说分为理论、实践和审美三部分，他的主要著作为纯粹理性、实践理性和判断力三个批判。[⑦]

进一步值得深究的是，康德在其判断力批判中，系统地确立了现代美学的基本原则，对后来西方文学理论、艺术理论和美学理论具有奠基性作用。特别是他关于美及其趣味判断的四个规定：美的无功利性，美的普遍性，美的合目的性，以及美的必然性。这四个规定既是启蒙理性原则在美学中的体现，又是对审美活动中趣味判断的基本原则的界定。可以毫不夸张地说，现代审美论无论其理论主张如何差异，都会以某种方式回到康德美学的基本观念上去。当然，康德美学也隐含着一些内在矛盾，它们预示了后康德时代美学理论发展的内在张力，预示了各种理论抵牾纷争的不同发展路向。

与理论上的自觉相比，西方现代艺术的发展更加有力地推助了审美论的崛起和成熟。历经新古典主义、浪漫主义、现实主义，到了现代主义时期，审美论便成为艺术最具引导性的观念。唯美主义强化了审美至上和艺术自主性的观念，用詹明信的话说，艺术自主性成为现代主义的意识形态。王尔德宣布了唯美主义三原则："艺术除了表现它自身之外，不表现任何东西"；"一切坏的艺术都是返归生活和自然造成的"；"生活模仿艺术远甚于艺术模仿生活"。[8] 基于这三条原则，"为艺术而艺术"就成为理所当然的了。从唯美主义到印象主义再到抽象主义，审美至上性和艺术自主性的追求达到了登峰造极的地步，纯粹性便成为一切艺术的理想境界。纯艺术、纯诗、纯音乐、纯戏剧等一系列有关艺术纯粹性的观念成为艺术家们追求的目标。这里有一个很有趣的现象，在黑格尔美学中，历史与逻辑的统一具体化为三种艺术史类型，即象征型、古典型与浪漫型，它们又对应于建筑、雕塑、音乐等不同艺术门类。黑格尔以绝对精神发展为逻辑，认为从建筑到雕塑再到音乐有一个从物质性向精神性提升的逻辑。"适宜于音乐表现的只有完全无对象的（无形的）内心生活，即单纯的抽象的主体性。……所以音乐的基本任务不在于反映出客观事物而在于反映出最内在的自我，按照它的最深刻的主体性和观念性的灵魂进行自运动的性质和方式。"[9] 换言之，音乐因其特有的精神性或主体性，在黑格尔美学中具有很高的特殊地位，也成为浪漫主义艺术和美学的主导概念。唯美主义更是如此，佩特那句被广为引用的格言就是例证："一切艺术都在持续不断地追求音乐状态。"象征主义诗人瓦莱里明确提出了"纯诗"概念，很美的诗就是很纯的诗，是音乐化了的诗，"在这种诗里音乐之美一直继续不断，各种意义之间的关系一直近似谐音的关系"[10]。不但诗歌追求音乐状态，后来的抽象绘画也把音乐看作很高的艺术境界，并在画家中出现了相似的说法，即认为抽象绘画的最高境界充满了音乐性。相较于诗歌和绘画，写实与模仿往往遮蔽了艺术的纯形式，而音乐的抽象性或非描写性为审美至上性和艺术自主性提供了一个样板。如果我们把音乐的纯粹性与汉斯立克的音乐美学结合起来，纯粹性的乐音运动更加明晰地体现出音乐的纯粹性本质，音乐与描写无关，与模仿无关，与情感无关，它只是乐音的纯形式的运动而已。"音乐作品的美是一种为音乐所特有的美，即存在于乐音的组合中，与任何陌生的、音乐之外的思想范围都没有什么关系。"[11]

进入20世纪，如福柯所言，形式主义成为一个强大的思想潮流。从俄国形式主义到布拉格学派到英美新批评乃至法国结构主义，有个一以贯之的逻辑，那就是对语言的诗意形式的高度关注，而对其他许多历史的、社会的、心理的或政治的问题则漠不关心。俄国形式主义者日尔蒙斯基的话最具代表性：“形式主义世界观表现在这样一种学说中：艺术中的一切都仅仅是艺术程序（即技巧——引者注），在艺术中除了程序的综合，实际上根本不存在别的东西。”⑫ 后来雅各布森用系统结构和“主因”概念来规定。这个主因也就是使文学成为文学的文学性。文学性具体推证为三个命题：文学有别于其他文化形式的特点在于其语言特性；文学语言有别于其他语言在于其语言的诗意用法；语言的诗意用法是文学理论批评的唯一对象。所以雅各布森直言：“如果文学科学试图成为一门科学，那它就应该承认‘程序’是自己唯一的主角。”⑬ 布拉格学派和英美新批评尽管具体表述有所不同，但这个基本理念可以说一以贯之。

自18世纪启蒙运动以来，经过哲学和美学上的审美至上和艺术自主性观念的合法化论证，从唯美主义到抽象主义的发展，再到20世纪上半叶形式主义理论的完善，审美论基本确立了自己的主导地位。但是好景不长，进入20世纪60年代，动荡不定的文化和急剧转变的社会，彻底颠覆了审美论的主导地位，取而代之的是各种消解审美取向的激进文化政治主张。

二、文化政治论

伊格尔顿认为，文学理论在20世纪有两个时间节点尤为值得注意，一个是1917年，一个是20世纪60年代后期。前一个节点说的并不是十月革命，而是那一年俄国形式主义的代表人物什克洛夫斯基发表了《艺术即技巧》一文，拉开了审美论或形式主义的大幕；后一个节点是讲60年代爆发的欧洲学生运动，尤其是发生在1968年的法国“五月风暴”。至此，“法国理论”登上了历史舞台。

何谓“法国理论”？根据美国学者布莱克曼的概括，“法国理论”即是“云集于后结构主义和后现代主义名下的那些思想家及其著述：诸如巴特、德里达、克里斯蒂娃、拉康、福柯、德勒兹、南希和利奥塔”⑭。其主要特征如巴特的传神说法，“理论”意味着“某种断裂，某种激增的碎片特性……它是一场旨在劈开西方符号的战斗”，“随着能指的支配，理论在不断地消解着所指”。⑮ 布莱克曼认为，这一理论特色就是排除种种“呈现为独断论、本原、决定论以及拒不承认多元性”的理论，并以话语、差异、他性、去中心化、缺场和不确定性等概念，来对抗普遍主义、本原、在场、根基论、神学和元叙述，这些俨然已成为“法国理论”的标记。[16]如果我们对“法国理论”做更为宽泛的理解，那么，它还应包括阿尔都塞、布尔迪厄、列维纳斯以及一大批女性主义者。令人好奇的是，这场“旨在劈开西方符号的战斗”如何导致了“某种断裂”呢？照我的看法，那是因为它终结了西方审美论传统，由此造成了理论发展的深刻断裂，形成了从审美论向文化政治论的转向。

这里，我关心的一个问题是，“劈开西方符号”怎么会和文化政治扯上关系呢？在这个方面，我认为福柯的话语理论最具代表性。话语论表面上看是对现实的语言规则的分析，但它隐含着的一个重要诉求则是通过语言分析，揭示出看不见的权力与知识的共生、共谋关系。

福柯认为，人类一切认知活动都发生在话语中，以至于霍尔用一句话来概括他的思想——“一切均在话语中”。那么，话语又是什么呢？话语不是抽象的语言，而是人们现实的语言活动。人对自然、社会、自我的认识都是通过话语而形成的。简单地说，所谓话语就是以语言构成的一组陈述，它不是自然而然地构成的，而是历史地、社会地和文化地形成的。话语构成有一系列的规则，说什么、怎么说、为何这么说都有严格的规范，即福柯所说的“话语的关系体系”。话语论要研究的正是这个关系体系。“这些关系是话语的极限：它们向话语提供话语能够言及的对象，或者更恰当地说，它们确定着话语为了能够言及这样或那样的对象，能够探讨它们，确定、分析、分类、解释它们所应该构成的关系网络。这些关系所标志的不是话语使用的语言，不是话语在其中展开的景况，它们标志的是作为实践的话语本身。”[17]这就意味着，一个社会中说什么、怎么说都不是自然而然的，而是有某种看不见摸不着的“关系体系”在后面支配着人们的话语。更重要的是，每个社会都有其支配性的话语，它们占据了宰制和压抑其他话语的优势地位，因而形成了主导话语，而这些主导话语往往又是借着真理（求真意志）和知识（求知意志）的名义行使其支配权的。福柯写道：

话语范围的分析是朝着另一个方向的：就是要在陈述事件的平庸性和特殊性中把握住陈述；确定它的存在条件，尽可能准确地确定它的极限，建立它与其他可能与它发生关联的陈述的对应关系，指出什么是它排斥的其他陈述形式。人们不用在明显的东西下面寻找另一话语的悄悄絮语；而是应该指出，为什么这个话

> 语不可能成为另一个话语，它究竟在什么方面排斥其他话语，以及在其他话语之中同其他话语相比，它是怎样占据任何其他一种话语都无法占据的位置。这种分析所特有的问题，我们可以如此提出来：这个产生于所言之中东西的特殊存在是什么？它为什么不出现在别的地方？[18]

经由福柯指点迷津，我们社会文化中那些看似自然的话语就显得不自然了，因为其后隐含着复杂的权力—知识共生共谋关系。对文学艺术研究来说，福柯曾多次表达了他的一个根深蒂固的观念，那就是在文学艺术作品中谁在说并不重要，重要的是为什么这么说，也就是话语的"关系体系"是如何支配着诗人、作家或艺术家这么言说的。[19]

其实，福柯的话语论并不是一个全新的理论。如果我们把这一理论与马克思主义经典作家关于意识形态的理论结合起来，便可以发现其中复杂的知识谱系学上的关联，只不过福柯强调从语言实践角度来解析，与经典马克思主义强调物质实践的理路有所不同而已。马克思早就指出了统治阶级的统治思想是如何形成的。他认为，在物质力量上占统治地位的阶级必然要在精神上占据统治地位。那么，统治阶级是如何获得其统治思想的呢？马克思发现这里有一个典型的修辞转化，那就是把统治阶级自己的利益或思想描绘成全社会成员的共同利益和具有普遍意义的思想。[20]意大利马克思主义者葛兰西进一步发展了经典马克思主义的意识形态理论，指出统治阶级是通过教育、新闻、舆论等社会体制，把马克思所说的修辞转化为社会大众的默认或认可，进而实现其文化上的领导权。伊格尔顿后来把马克思主义的意识形态理论与福柯的话语论相结合，对统治阶级的统治思想是如何运作的做了更加准确的界说："意识形态通常被感受为自然化的、普遍化的过程。通过设置一套复杂话语手段，意识形态把事实上是党派的、有争议的和特定历史阶段的价值，呈现为任何时代和地点都确乎如此的东西，因而这些价值也就是自然的、不可避免的和不可改变的。"[21]

俄国形式主义、布拉格学派、英美新批评和法国结构主义对语言符号诸多理论的奠基，一方面导致了审美论或形式主义的刻板化，另一方面，这些在语言符号方面所积累的理论资源也面临着新的转型。德里达的解构主义和福柯的话语论恰逢其时地引领了这个转型，文学艺术的研究不再拘泥于语言形式的审美层面或形式层面的分析，这些语言研究的资源被解构主义或后结构主义思潮所利用，转向了新的文化政治层面。这个转向既和1968年"五月风暴"的激进立场相契合，又与当时在西方社会兴起的民权思潮相融合。更重要的是，随着教育和文化的普及，来自社会中下层阶级和少数族裔的新一代人文学者进入知识生产场域。他们有别于前代学者的文化观，更加关注边缘、少数、底层和非西方文化艺术，关注这些文化艺术如何受到“欧洲白人中产阶级男性异性恋”这一统治阶级的统治思想的压制和排斥。于是，文学艺术和美学研究场域中，文化政治的讨论便成为压倒一切的热门话题，艺术形式分析和审美价值的讨论已经成为过时的话题。在这方面，可以说文学理论始终走在最前列，后结构主义所引领的各种激进理论都在文学理论中试用、发展和变异，文学理论成为20世纪60年代以来最为激进的思想试验场，新历史主义、文化研究、性别研究、女性主义、后殖民主义、东方主义、酷儿理论、生态批评、同性恋批评、动物理论……大凡新奇的理论都在文学理论中留下了深浅不一的印迹。而美学、艺术理论等知识领域一方面显得相对滞后，另一方面又明显地受到文学理论激进思潮的影响。英国艺术史家布莱森的一段话可以佐证：“这是一个可悲的事实：艺术史的发展总落后其他的人文学科研究……当过去的三十年，文学、历史、人类学等研究都相继做出了重大变革，艺术史学科依然停滞不前毫无进展……逐渐退到人文学科的边缘地带……唯有彻底检讨艺术史的研究方法（那些操控着艺术史家标准的活动、未被言明的假设），情况才会有所改善。”[22]

从马克思到葛兰西到福柯再到伊格尔顿，有一个文化政治理论发展的内在逻辑和知识谱系，当它与20世纪60年代以来的社会政治思潮相契合时，便成为文学艺术和美学研究的主潮。除了福柯，德里达的解构分析方法、巴特的文本论和神话论、克里斯蒂娃的符号分析、拉康的后结构主义精神分析、利奥塔的后现代主义理论、布尔迪厄的趣味的社会批判等，为文化政治分析提供了有效的理论武器。它们尽管主张各异，但都隐含了一个共同的假设，那就是历史上的文学艺术作品，特别是那些经典之作，往往潜藏着统治阶级的统治思想。不过这些统治思想往往是以自然的、普遍的和不可改变的面目呈现出来的，使得人们很少产生怀疑。而“劈开符号”就可以揭橥这些统治阶级的统治思想是如何占据统治地位的，揭露其他文化和风格是如何被压抑和排斥的。比如，在布尔迪厄那本著名的《区隔：趣味判断的社会批判》中，把趣味视为一个阶级和社会地位的区隔概念，其实并不存在全社会所有人共有的趣味，如他所言：“趣味是分类性，它把人们区分为不同类型。”[23]原因很简单，因为趣味是通过教育习得的，在一个存在着复杂阶级分层的社会里，不同的人接受不同的教育并习得不同的趣味。今天欧洲流行的所谓审美趣味，不过是中产阶级文化表征而已。由此布尔迪厄揭示了启蒙运动以来资产阶级的审美趣味是如何形成的，是如何产生欧洲中产阶级的文化习性的。这就是前面我们提到的“欧洲白人中产阶级男性异性恋”主导的文化或意识形态，亦即马克思所说的统治阶级的统治思想。

晚近文学理论、艺术理论、美学和文化研究中最热门的概念是“身份认同”（identity）。这个概念是具有高度包容性的，它与人们对他们是谁以及什么对他们有意义的理解相关。具体说来，认同的主要来源包括性别、性别倾向、国际或民族以及社会阶级（吉登斯）。[24]晚近的法国理论，特别是福柯的话语论对身份认同研究具有重要的方法论意义。根据话语论，人们对社会和自我的认知都是通过话语而建构起来的，因此，身份认同并不是一个一成不变的刻板范畴，而是处在不断的建构过程中。这方面，霍尔的认同理论最具代表性，它反映了身份认同研究新的方向。霍尔依据福柯的话语论，力图把“我是谁”的本质主义追问，转变为“我会成为谁”的建构主义追问。“成为谁”就是通过自己的话语实践来建构自己，于是，文学艺术便成为身份认同建构的一个有效路径。按照这一理路，文学艺术研究不外乎两个方面，其一是揭露过往的作品中统治阶级如何确立其身份认同并扩展为全社会的共识；其二是借助新的话语实践来建构自己新的身份认同，并努力获得相应的文化权益。于是，批评家们一股脑地变成“种族—性别—阶级批评家”[25]，他们先入为主的研究兴趣就在身份认同，具体化为种族、性别和阶级等。文学艺术的研究不再是审美价值和艺术分析，转而成为一个文化政治的战场，一个表明自己政治立场和意识形态倾向的辩论场所。至此，可以说文化政治已经一边倒地压制了审美论，并由此改变了文学理论、艺术理论甚至美学理论的地形地貌。

三、审美论的回归与反击

也许是厌倦了文化政治的讨论，也许是人们需要重新思索文学艺术，时至今日，审美论重又崛起，再次回归理论场域的中心。当审美论回归时，我们听到的是对理论或法国理论一片唱衰的声音，诸如“理论终结”（詹明信）、“理论之后”（伊格尔顿）或“后理论”（麦奎连等），这些说法都隐含了一个判断，法国理论风光不再。

理论方向的变化其实是其发展的内在逻辑，河东河西的轮转反映了理论家和批评家们价值取向和研究兴趣的转移。雅各布森的“主导”论认为，每个时代的理论都有某种“主导”趋势，20世纪上半叶的主导理论是审美论，而下半叶占据主导地位的理论则是文化政治论。[26]以威廉斯的“主导”“新兴”和“残存”三种文化形态的结构关系来描述，可以说20世纪上半叶的主导性理论是审美论，而文化政治论则是一个新兴理论；下半叶则颠倒过来，文化政治论占据上风，而审美论则沦为残存理论了。[27]历史地看，可以说审美论一直存在着，只不过在解构主义盛行的语境中，它不再处于理论的中心，而是渐渐处在比较边缘的地位了。审美论的回归就是重新回到理论的前台和中心。

正像后结构主义对审美论的一些核心概念釜底抽薪一样，审美论也是通过对它及其形态各异的文化政治论基本观念的反驳来重新确立自己合法性的。那么，审美论是如何批判后结构主义来确立审美的重要性呢？概括起来有如下几个方面。

首先是对种种语言建构论的批判。从结构主义到后结构主义或解构主义，在语言学转向的哲学大背景中，德里达的“分延论”和福柯的“话语论”开启了语言建构主义思路，并成为一切文化政治论最上手的批判武器。福柯的“一切都在话语中”、德里达的“一切均在文本中”，最典型地代表了这种观念。文学艺术被视为一种话语实践，被作为一种建构性的文化，所以就可以逆向解析书写或话语，进而读出隐含其后的种种文化政治意味。韦勒克早在20世纪80年代初就开始批判这一理论主张，他写道：“文学研究可以融入一般文化的和社会的历史，这个古老的看法如今正在被一种全然不同的忧虑所取代。这种新理论宣称，人是生活在一个与现实无关的语言囚牢之中。”[28]韦勒克认为后结构主义无疑是夸大语言的建构功能，将现实—语言—主体关系简化为语言—主体关系，不但把语言看作塑造社会生活的力量，而且规定为是决定历史进程的力量。它否认自我并无视人的感性生活，这也就否认了心灵与世界的关系要比语言更重要的事实。所以，批评家热衷于在理论和批评中把玩各式各样的语言游戏。韦勒克抓住了这个理论的牛鼻子：所谓“在场的形而上学”批判，亦即对任何终极的、本原的和本质的东西的消解。

> 德里达拒斥了他名之为“在场的形而上学”的整个西方思想传统，所谓“在场”意指此一传统所依赖的诸如存在、上帝、意识、自我、真理和本原等的终极概念。德里达提出了一个有悖常理的理论，即书写先于言语，这种观点经不起儿童的反驳，也经不起成百上千种无书面语记录的口语的反驳。[29]

假如这种奇谈怪论只是某个饱学之士的个人想法，倒也无伤大雅；令韦勒克感到惊讶的是，它居然会引发众人仿效形成如此广泛的影响，最终解构了我们赖以思考的知识和真理概念。“解构主义理论游离了现实和历史。令人感到矛盾的是，它走向了一种新的反审美的象牙塔，走向了一种新的语言学孤立论。”[30]另一位美国文学理论家克里格也尖锐地指出，解构批评的模式抨击审美统一是一个神话，坚持认为词语习惯于挣脱诗人的审美控制，脱离各种联系，逃向不确定性，从而漫无目的地播撒。他断言，解构主义实际上是一种“失败的诗学，一种反诗学”[31]。其实这里有一个很有趣的现象值得考量，尽管韦勒克等人抨击德里达、福柯夸大了语言符号功能的建构主义很有道理，但是，如果我们仔细回顾一下19世纪的形式主义理论，它们对语言符号的赞美较之后结构主义亦有过之而无不及。所不同的是形式主义的审美论强调的只是语言诗意用法或它的审美特征，而后结构主义则把语言或话语的建构性推广到人类社会和文化的一切层面，这样再反观文学和艺术时，语言的诗意和审美属性便荡然无存了。这正是审美论回归力图要重新夺取的一个阵地，回归语言的诗意本质或审美特性。

其次是对文本论的反思与批判。我们知道，后结构主义一个重要成果就是其文本论，这一理论最具代表性的表述就是巴特所谓“从作品到文本”。在巴特看来，作品是一个无生命的印刷物，而文本才是现实语言活动的产物，随着“作者之死”的宣判，文本遂脱离了作者对意义的掌控，这就把作品意义生产的权力从作者发还给了广大读者，文本意义便具有了无限丰富的生产可能性。这就是巴特和克里斯蒂娃所说的“文本性”或“文本的生产性”。值得注意的是，提倡文本生产性与其审美价值和形式价值的生产毫无关系，人们追随后结构主义大量生产的是文本的文化政治意义。更有甚者，后结构主义认定有机统一等审美原则，实际上与总体性的专制密切相关，这就把政治领域的讨论直接横移到文学艺术领域。克里格在论证审美论回归时，特别指出了解构主义关于审美的统一性趋向于总体性专制的看法是荒谬的，他反过来论述了审美原则的多样性和包容性，审美的统一是一种多样统一，并不拒斥丰富性和多样性，反倒构成了一种社会其他领域所不具备的包容性。[32]其实，在后结构主义那里，文本是一个充满了矛盾的概念。一方面，从福柯到德里达再到巴特，都在放大语言或话语功能的同时，也放大了文本的功能，德里达的“一切均在文本中”就是一个典型的表述。另一方面，通过否定作者及其意图，通过对“在场的形而上学”的批判，文本所具有的权威性也被消解了。韦勒克对此有系统的反思，他认为后结构主义理论否认了文本的权威性，一味强调读者或批评家解释共同体的作用，赞赏各式各样的误读，也就彻底抛弃了作品固有的意义和价值而走向了相对主义和虚无主义。他还毫不留情地批判了康斯坦茨学派的接受美学和费什的读者反应批评，特别指出了读者反应批评的危险主张：“不存在错误的阐释，也不存在用于文本的规范，所以也就不存在某个对象的知识。”[33]我以为，审美论对后结构主义的这一点批评有其合理性，审美原则简单地与政治上的总体性专制勾连显然是悖谬的。如果我们把目光转向法兰克福学派，可以发现该学派其实正是把审美作为人类社会的理想形态，这一观念继承了德国浪漫主义和启蒙运动的理念，因为在康德、席勒、谢林和黑格尔这些古典哲学家看来，审美带有令人解放的性质。阿多诺从卡夫卡、勋伯格和贝克特独特的艺术表现形式中，看到了颠覆我们惯常的刻板思维的可能性[34]；马尔库塞则直言艺术的形式即“现实的形式”，体验贝多芬和马勒的无限悲痛，用柯罗、塞尚和莫奈的眼光看世界，“这些艺术家们的感觉曾经帮助过这个现实的形式”的实现。更重要的是，艺术独特的表现形式“是对既定生活方式的控诉和否认”。最终，要消除的不是艺术，而是作为艺术对立面的那些虚伪的、顺从的和安慰人的东西。[35]由此来审视后结构主义对审美原则的否定，我们至少可以得出一个初步的结论，那就是审美原则包含了丰富的内容和多种可能性，审美统一性原则必然走向总体性专制的看法是缺乏根据的。但是，审美原则是不是也有值得反思的地方呢？这就涉及下一点。

最后是关于审美论的精英主义文化观及其价值判断。我们看到，后结构主义式的文化政治论，总是以宽容和民主为切口，引入民粹主义观念，直指精英主义的文化观，在颠覆精英主义文化的同时放弃了文学艺术研究的审美价值判断。或者说，提出了全然有别于传统审美价值判断的另一评价系统。依照布尔迪厄的分析，所谓高雅的审美趣味不过是中产阶级教育和文化习性的表现，它并不是全社会所有人的普遍诉求，与中下层民众的趣味迥然异趣。这种对精英主义的解构实际上消解了启蒙运动以来所确立的文化理念和价值观，韦勒克对此提出了深刻的质疑，他分析晚近后现代主义的影响，伟大的文学经典与通俗侦探小说之间的差别日趋模糊，精英主义被视为过时的对传统的坚守，价值评判被当作一种压迫或排斥的手段，这些都是对伟大文学传统及其审美价值的公然漠视。审美论的一个核心思想就是理直气壮地提倡审美价值判断，“稍加反思便可揭示价值评判乃是文学研究的基本任务。伟大的艺术和真的垃圾之间确有一道难以逾越的鸿沟”[36]。克里格从另一个角度捍卫了文学艺术的审美价值，他认为后结构主义者以及强烈吁求社会改革的批评家们，误认为审美只是某个有闲阶级的自娱自乐，具有某种保守和逃避的色彩，所以审美作为某种奢侈品必须被放弃，克里格认为这既不合情也不合理。不同于韦勒克恪守精英主义立场，克里格从另一个角度论证了审美的重要功能。他认为当前文学研究中有两种对抗的理论取向，一种是审美论，一种是意识形态论，后者正是通过强调意识形态分析而抛弃了审美论。面对这一状况克里格提出了一种潜在的危险，即鼓吹意识形态分析的人会不会用某种意识形态来压制其他意识形态（比如审美意识形态）呢？由此他明确提倡一种反意识形态路径：

文本的对抗意识形态解读法，把文学视为不受话语通常会有的逻辑限制和修辞限制，这种解读法所产生的持久影响有赖于它所获得的反讽力量，因而有赖于无限宽广的文学素材和彼此冲突态度，一旦赋予文学这种对抗意识形态的特许权，文学就会认可这些毫无限制的素材和彼此矛盾的态度。[37]

克里格虔信，后结构主义及其意识形态批评，其实暗含了以某种意识形态来压制或排挤其他思想的文化暴力，而审美论的方法就是以对抗意识形态的解读方法，来赋予文学更为宽广的素材和彼此冲突的态度。换言之，在克里格看来，正是文学的审美特性赋予它对差异和矛盾的宽容，抵制了某种意识形态的强权，使文学成为一个包容万象的想象性世界。这里，我们看到一个有趣的现象，审美自主论受到解构主义及其文化政治论批判，是因其资产阶级精英主义的排斥性，因其曲高和寡的文化领导权而缺乏民主性，是因其对差异和地方性的不宽容等。但在克里格等人的反驳中，却是以其人之道还治其人之身的方法，直击意识形态批评的压制性和不宽容，反衬出审美作为文学本性所具有的多样性和宽容性。这种反思和批判说实话是值得我们关注的，审美价值判断的复杂性也不是一个精英主义标签就可以打入冷宫的，审美论对审美价值的拓展性界说，从根本上维护了审美的尊严与合法性。

四、审美回归的理论主旨

“审美论回归”是由一些不同理论主张构成的思潮，它既不是一个严格的理论体系，也没有明确的纲领和学派。审美论回归之所以值得关注，首先是它作为理论生态某种缺失的必要补充，经过后结构（解构）主义、新历史主义、后现代主义、文化研究、女性主义、后殖民主义等新理论的轮番冲击，文学艺术研究的地形图早已面目全非，文化政治的争议沸沸扬扬，文学范畴被扭曲和夸大了，而文学艺术自身的问题和特性完全被忽略了，理论家和批评家们争相扮演政治批评家的角色，文学艺术的知识生产变成了政治辩论。文学艺术自身独特问题的缺场导致了反向作用力的出现，于是审美论再次回到了知识场域的前台。其次，晚近跨学科、多学科和交叉学科成为时尚，文化研究消解了文学艺术的诸多边界，去分化和模糊界限的文化实践和理论思考，消解了文学艺术同日常生活事物之间的区别。因此，从该研究对象到研究方法，作为一门独特学科的文学理论和艺术理论甚至美学，都变得眉目不清性质不明了。社会学、政治学、人类学、符号学、文化史、思想史、心理学等多种学科的渗透与交叉，也在相当程度上改变了文学理论和艺术理论的属性。文学艺术研究场域的学者不再拥有形式、文体和审美分析的独门绝技，而是努力和哲学、社会学、历史学等行业竞争，恶补各种各样其他学科的知识，讨论各式各样的非文学问题（从政治体制到国际贸易不一而足）。文学艺术的研究者慢慢地从“专家”演变为“杂家”，表面繁荣之下暗含着严峻的学科危机，文学理论、艺术理论和美学的学科合法化遭遇到前所未有的挑战。回想当年新批评在北美崛起，原因之一就是确立文学理论学科的合法化，通过细读和形式分析确立作为一门学科的独立性与方法论。我想晚近审美论的崛起与当年新批评的立法者角色有相似的作用。

那么，晚近出现的审美论有哪些值得关注的理论主张呢？

文学艺术的本质或特性是晚近审美论倾力探究的难题。我们知道，俄国形式主义的一个重要发现就是所谓的“文学性”。历史地看，这个概念有其重要性，它通过语言的诗化技巧运用而区别于其他语言现象。但是，这个概念也有其先天局限，它把文学视作一个孤立的、自在的和自足的语言系统，使得文学作品与写作和阅读都无关系。新批评更加明确地亮出“意图迷误”和“感受迷误”两把刀，于是武断地切断了文本与主体的关联，转而集中于“文本自身”的研究。经过近一个世纪的理论发展，审美论重新聚焦文学的本质特性。我发现，经过后结构主义的塑造，晚近关于文学独特性的看法有不少新的进展，俄国形式主义、布拉格学派和英美新批评比较狭隘的文学性界定被许多新的富有创意的观点所取代。晚近英国学者阿特里奇的“文学事件独一性”理论，就是吸纳了后结构主义的合理资源后对文学特性所做的新探究。在阿特里奇看来，文学是一个操演（述行）性的事件，作者写作出文本，文本再经读者解读，都是主体参与的事件，事件是打开新意义和新体验的扭结点和聚会空间。从这个角度看，文学文本不是一个物，而是一个或多个“行动—事件”：

> 文学作品“是”什么：一个阅读行动，阅读事件，它从未完全与一个或多个写作行动—事件相分离，正是写作使得一个潜在的可读文本出现了，它也不会完全脱离于历史的偶然性，正是由于进入其中，文本才为人们所期待，也正是在其内，文本才被人们所阅读。作品不是一个物，而是一个事件，这种说法也许是不言自明的，但这种不言自明说法的涵义却一般并不为人们所接受。[38]

这个理论明显可见德里达、巴特、南希等人的影响，却又和文学独特本质特征的审美论追求相一致，它在一个全新的基础上对文学独一性做了富有创意的新解。“文学事件独一性”这一表述不但揭示了文学不可能还原为物质性的特征，很像巴特对文本的解说，而且还规定了文学的偶然性和可能性。阿特里奇强调，文学的独一性总是和平庸的、刻板的、凝固的东西相对立的。独一性在事件中每一次都会呈现出异样性和新颖性，这就像一个人的签名，虽有固定的格式，但每签一次都会有所不同。[39]从俄国形式主义的文学性到阿特里奇的“文学事件的独一性”，我们可以瞥见晚近审美论崛起需要注意的一个特点，那就是向前看的未来导向，即充分汲取一切对审美论有益的当代理论资源，在一个全新的语境中更加开放和系统地重构审美论。当然，相较于阿特里奇这样新一辈学者，一些老派学者在批评后结构主义的同时，不断地唤起某种向后看的怀旧心态，期待着重新返归传统的审美论。比如韦勒克就相当怀念布拉格学派和英美新批评的黄金时代，克里格甚至直言，当他进入文学研究领域时，形式主义和新批评所提出的诗性与文学性，给他很大的启迪。通过对诗歌语言偏离正常语言用法的陌生化效果的探究，揭橥了文学和诗学对规范刻板语言方式的颠覆，进而鼓励读者们去培育自己特殊的语言反应机制，抵制僵化的阅读。比较两种不同的取向，向前看与向后看实际上构成了当代审美论回归的内在张力。单纯地回到传统审美论的“向后看”取向不是审美论发展的最佳路径，比较起来，阿特里奇的“向前看”更有发展前景，因为它一方面反思了传统审美论的优长和局限，特别是考虑到如何避免其局限而获得新的推进；另一方面，它又汲取了后结构主义等学派的有益理论资源，进而为探讨文学艺术特性找到一些新的视角和方法。比较一下阿特里奇的“文学事件独一性”和雅各布森的“文学性”，不难发现西方文学理论对文学特性理解的进步和深化。

与上述工作密切相关的另一种关切，是如何使审美的、诗意的和形式的观念再次合法化，如何使这些曾经重要的概念重新处于理论思考的中心。自古希腊以来，关于审美的一些原则，从有机统一论到诗意语言形式论，再到艺术结构封闭性原则等，成为文学艺术分析的方法论。经由启蒙运动到浪漫主义，德国古典哲学家和浪漫主义艺术理论家合力确立了审美在文学艺术场域的中心地位。但是随着文化政治论对审美理论的解构性分析，将其与精英主义、意识形态、阶层区隔、统治阶级统治思想或文化领导权的混为一谈，审美的、诗意的和形式的不再是普遍有效的范畴，不再处于文学艺术研究和理论思考的中心，甚至变成一个“问题概念”。审美回归论的一个重要工作就是把审美及其相关观念的重新合法化，并再次置于文学艺术研究的中心位置。

让审美重归文学艺术知识生产的中心，首先要为审美正名。在这方面，当代审美论是通过两个路径论证审美合法化的。其一是回到启蒙精神及其伟大遗产。我们知道，后结构主义对启蒙理性精神做了解构性破坏，最著名的文献就是福柯的《何谓启蒙?》。重回启蒙首先就是清理被后结构主义歪曲误解了的启蒙美学遗产，重温并重释康德、席勒等人的美学思想。在这一点上，无论是老一辈审美论者，还是新一代审美论者，都赞成继承启蒙美学的理念与方法。这里也有“向前看”和“向后看”两种不同取向：或是回到以往对启蒙美学精神的传统理解上去，如韦勒克和克里格都强调康德和席勒美学精神的传统理解；或是反思后结构主义质疑启蒙精神的某些合理因素，对启蒙美学精神做出新的阐释，这在新一代学者中比较流行，比如重新阐释康德的审美无功利和美的普遍性原则，重新界说席勒的审美冲动的人文主义内涵等。其二是回击后结构主义强加给审美的过度政治化阐释，指出这些对启蒙美学精神理解上的谬误。前文提到了克里格对后结构主义关于审美非但没有导致总体性专制，反而是提供了一个宽容的理想场所，就是一个典范性的回击。审美论的崛起在努力回到启蒙运动及其浪漫主义的美学基本原则时，意在把曾被剥夺并宣判无效的审美权利发还给文学艺术，并以此来抵抗过于意识形态化的解读。克里格说得好：“拒绝文学概念要比崇拜文学更加危险。今天，与那些剥夺审美权利的人截然不同，我们非常需要文学那种对抗意识形态的力量，来防止我们当前的知识型变成以手段的理论化来僵化自己的东西，它才是我们努力要挣脱的某种话语。”[40] 我注意到晚近审美论的一个重要发展，那就是在恪守启蒙美学精神及其美学原则的同时，不是简单化地对审美“去政治化”，而是尽力保持审美与政治、形式主义与现实主义、美学原则与社会关切之间的平衡。詹姆斯在讨论法国文学理论晚近形式回归的趋向时指出，新形式主义在努力追求包含历史理解或政治承诺，努力保持理论反思和细读、特定作家研究和重要取向的语境化之间的平衡。[41] 这一点非常重要，这是当下审美论不同于历史上审美论的一个关节点。如果说传统的审美论确有走向纯形式和精英主义的可能性的话，那么，经过了各种文化政治论的批判和重构，今天的审美论已不再是唯美论，而是包容了许多政治意涵的新的审美论，它一定程度上实现了审美与政治的平衡。也正是在这个意义上说，重归启蒙精神的审美论，并不是简单地回到启蒙原点，毋宁说是在正反基础上的合式重返，是螺旋上升后的重返启蒙。

审美论关注的第三方面是文学艺术的形式，这一关注典型代表是所谓“新形式主义”。或许我们也可以说，新形式主义的崛起代表了审美论的强势登场。在英语学界，新形式主义是在对新历史主义的反思中渐臻形成的。从后结构主义（尤其是福柯）到新历史主义，其间的知识谱系关系是显而易见的。新历史主义不再关注审美分析，而是热衷于各种不同文本或文献与文学文本的参照、关联和互证，因而把视线转向了意识形态分析，转向诸如身份认同、权力、领导权、他者、表征等概念。当这样的研究走到极限时，越来越多的理论家和批评家发现："他们（学文学的研究生和本科生——引者注）很少或完全没有形式主义或文体学批评方面的知识，对美学也不熟悉。即使他们相信自己所学的任何东西是值得追问的，但他们却往往沉溺于对某些当代理论家的模仿拷贝之中，盲目地而非充满洞见地接受这些理论家的观点。"[42]针对这一文学研究和教学窘境，新形式主义提出了重返形式分析，提倡一种"为形式而读"的方法。[43]有学者指出：对新形式主义来说，最好的情况是，展现出某种对启蒙的批判观念和实践的高度关注，特别是启蒙对那些作为经验可能性条件的形式方法的高度关注，诸如文本的、审美的或其他方法。对新形式主义来说，最坏的情况是，它使自己努力挽救的病情继续恶化了，即那些对立的、宗派的、实用主义的或工具性的阅读，趋向于塑造或维系自由中产阶级主体，诸如自主的、自明的、复杂的但并不冲突的主体。[44]新形式主义其实并不是一个统一的理论派别，甚至不像法国理论那样有一些一呼百应的思想领袖，而是包含了诸多立场观念差异，但都强调文学研究要回归文学形式层面。如果说文化政治论是隐含了某种文学艺术研究的政治承诺的话，那么，新形式主义则有一个鲜明的审美承诺或形式承诺。那就是要把抽象政治概念式的枯燥分析转化为感性的审美体验式的阅读。如莱文森所言："以某种审美的或形式的承诺来建构新形式主义，努力抵御某种认知的、伦理的和司法的承诺所引发的不和谐。"[45]一方面，新形式主义主张回到启蒙思想家的基本观念上去，特别是康德、席勒等人的美学思想，并把形式作为一个富有生产性的概念；另一方面，新形式主义针对后结构主义以来的历史，以更为宽容的格局来重新清理形式主义知识谱系的轨迹：俄国形式主义、布拉格学派、英美新批评、结构主义、解构主义、新历史主义、后结构主义等等，从中发现新形式主义的理论资源，因此许多暂时被忘却或边缘化的理论家又被重新定位和阐释。不难发现，新形式主义不是一种简单回归过去的主张，而是把过去和现在甚至未来的不同维度都置于理论的建构之中。在传统的对形式和审美概念的理解基础上，新形式主义汲取了晚近后结构主义等理论的某些养料，在传统形式理解的基础上，大大拓展了形式的内涵。

最后，由"为形式而读"引发的进一步的问题是，如何使文学艺术的理论和批判避免抽象枯燥的理论概念的分析，重返文学艺术研究所特有的愉悦体验。不难发现，"理论终结"和"理论之后"的"后理论"，正在改变自己的研究策略和方法，关注审美体验式的分析与阐释。早在20世纪60年代文化政治论登场之时，桑塔格就举起了“反对阐释”的旗帜，强调文学研究应拒斥抽象的理论化而回归感性体验。[46]审美论再次提出了文本分析的审美体验而非政治概念解析的重要性，强调文本审美层面的细读愉悦，这就使得文学艺术的研究和批评更加接近审美而非思辨。经过法国理论的洗礼，理论先行和理论宰制已经成为文学艺术研究的大趋势，没有理论的文学研究和艺术研究被认为是低层次的，缺乏思想的生产性。但是如何把思想的生产性与审美体验性两者完美结合，始终是文学理论、艺术理论甚至美学理论的关键环节。审美论的一个重要取向就是使研究向审美倾斜，恢复文本细读的审美愉悦，用克里格的话来说，就是文学研究具有某种“对抗意识形态”的功能。在这样的理论和批评的思考中，审美体验和审美判断成为不可或缺的环节。在有条件地接受各种“后主义”对差异和边缘的宽容之后，审美论仍旧坚守审美体验和审美价值是非常重要的，当然，今天审美论所提倡的审美体验及其判断不再是狭隘的、独断论的和排他性的，但坚持某种审美价值标准却是显而易见的。

最后，我用克里格的一段话作为本文的结语：

> 研究文学的价值在于通过向我们揭露总体化之危害，进而揭秘了意识形态（以及否定的意识形态）。想想在艺术领域之外碰到的那些僵化的话语，我只能寄希望于它们也受到艺术话语的熏陶。文学性的艺术服务社会最重要的是它对读者别的阅读经验的熏陶：通过引导那些顺从的读者学会完整阅读的方法，去领会文本语言游戏性以及文本的虚构性，进而帮助他们在各种表面上看来并非“文学”或“审美”的文本中，发现这种游戏和这些虚构。
>
> ……我提倡一种文本，它具有超越周围话语环境限制去创造的力量，具有使那些顺从的读者感到惊奇的力量。确切地说，被意识形态批评解读的文本所匮乏的正是这种令人惊奇的力量。审美无需回避政治；事实上，我们有理由在美学与政治意识之间确保某种关联，虽然这一关联并非那么令人放心地牢固。如今在这一关联中也有了某种抵抗意识形态总体化强制的因素；不只是抵抗某种意识形态，而是抵制依附于意识形态的褊狭性（哪怕不是总体的封闭性）。席勒以后，我们现在已把解放的意识当作审美本身，如果是这样，那么作为政治动物的我们沉浸在审美之中时，甚至用审美来超越时，我们就都会感到愉悦。[47]

注释：

① 乔纳森・卡勒:《当今文学理论》(英文),《文艺理论研究》2012年第4期。

② “法国理论”(French Theory)是英语学界的一个说法，用以描述以后结构主义或解构主义为代表的法国理论。

③ René Wellek, “Destroying Literary Studies”, *The New Criterion*, Vol. 2, No. 4 (December 1983): 1–8.

④ Abbe Batteux, *Les beaux-arts réduits à un même principe*, Geneva: Slatkine Reprints, 1969.

⑤ 鲍姆加通:《美学》，简明、王旭晓译，文化艺术出版社1987年版。

⑥ H. H. Gerth and C. W. Mills (eds.), *From Max Weber: Essays on Sociology*, Oxford: Oxford University Press, 1946, pp. 340–343.

⑦ 文德尔班:《哲学史教程》下卷，罗达仁译，商务印书馆1996年版，第732—733页。

⑧ 王尔德:《谎言的衰朽》，载赵澧、徐京安主编《唯美主义》，中国人民大学出版社1988年版，第142—143页。

⑨ 黑格尔:《美学》第三卷上册，朱光潜译，商务印书馆1979年版，第332页。

⑩ 瓦莱里:《纯诗》，载伍蠡甫主编《现代西方文论选》，上海译文出版社1983年版，第29页。

⑪ 汉斯立克:《论音乐的美》，杨业治译，人民音乐出版社1980年版，第14页。

⑫⑬ 转引自日尔蒙斯基《论“形式化方法”问题》，载维克托什克洛夫斯基等《俄国形式主义文论选》，方珊等译，生活・读书・新知三联书店1989年版，第362页，第360页。

⑭⑮⑯ Warren Breckman, “Times of Theory: On Writing the History of French Theory”, *Journal of the History of Ideas*, Vol. 71, No. 3 (July 2010): 339–340, 340, 340.

⑰⑱ 福柯:《知识考古学》，谢强、马月译，生活・读书・新知三联书店1998年版，第57页，第33页。

⑲ Cf. Michel Foucault, “What is an Author?” in James D. Faubion (ed.), *Michel Foucault: Aesthetics, Method, and Epistemology*, London: Penguin, 1998, p. 222.

⑳ “统治阶级的思想在每一时代都是占统治地位的思想。这就是说，一个阶级是社会上占统治地位的物质力量，同时也是社会上占统治地位的精神力量。支配着物质生产资料的阶级，同时也支配着精神生产的资料，因此，那些没有精神生产资料的人的思想，一般地是受统治阶级支配的。”“事情是这样的，每一个企图代替旧统治阶级的地位的新阶级，为了达到自己的目的就不得不把自己的利益说成是社会全体成员的共同利益，抽象地讲，就是赋予自己的思想以普遍性的形式，把它们描绘成唯一合理的、有普遍意义的思想。”(马克思和恩格斯:《费尔巴哈》，载《马克思恩格斯选集》第1卷，人民出版社1972年版，第52—53页)

㉑ Terry Eagleton, “Ideology”, in Stephen Regan (ed.), *The Eagleton Reader*, Oxford: Blackwell, 1998, p. 236.

㉒ 转引自Pam Meecham和Julie Sheldon《最新现代艺术批判》，王秀满译，(台湾)韦伯文化出版公司2006年版，第xxii页。

㉓ Pierre Bourdieu, *Distinction: A Social Critique of the Judgement of Taste*, trans. Richard Nice, Cambridge: Harvard University Press, 1984, p. 6.

㉔ 参见吉登斯《社会学》，李康译，北京大学出版社2003年版。

㉕ John Ellis, “Critical Theory and Literary Texts: Symbiotic Compatibility or Mutual Exclusivity?” *Pacific Coast Philology*, Vol. 30, No.1 (1995): 117.

㉖ 参见雅各布森《主导》，载赵毅衡选编《符号学文学论文集》，百花文艺出版社 2004 年版。

㉗ Cf. Raymond Williams, *Problems in Materialism and Culture*, London: Verso, 1980.

㉘㉙㉚㉝㊱㊵㊼ René Wellek, "Destroying Literary Studies", in Daphne Patai and Will H. Corral (eds.), *Theory's Empire*: *An Anthology of Dissent*, Princeton: Princeton University Press, 2005, p. 43, p. 44, p. 45, p. 46, p. 47, pp. 29–30, p. 30.

㉛㉜ Murray Krieger, "The Current Rejection of the Aesthetic and Its Survival", in Herbert Grabes (ed.), *Aesthetics and Contemporary Discourse*, Tubingen: Gunter Narr Verlag, 1994, p. 22, p. 22.

㉞ T.W.Adorno, *Aesthetic Theory*, trans. C. Lenhardt, London: Routledge & Kegan Paul, 1984, p. 280.

㉟ 参见马尔库塞《作为现实形式的艺术》，载伍蠡甫、胡经之主编《西方文艺理论名著选编》下卷，北京大学出版社 1987 年版，第 725 页。

㊲ Murray Krieger, "The Current Rejection of the Aesthetic and Its Survival", in Herbert Grabes (ed.), *Aesthetics and Contemporary Discourse*, p. 29.

㊳㊴ Derek Attridge, *The Singularity of Literature*, London: Routledge, 2004, p. 59, pp. 63–64.

㊶ Alison James, "Introduction: The Return of Form", *L'Esprit Créateur*, Vol. 48, No. 2 (2008): 3.

㊷ Daphne Patai and Will H. Corral (eds.), *Theory's Empire*: *An Anthology of Dissent*, New York: Columbia University Press, 2006, p. 9.

㊸ Susan Wolfson, "Reading for Form", *Modern Language Quarterly*, Vol. 61(2000):1–16.

㊹㊺ Marjorie Levinson, "What is New Formalism?" *PMLA*, Vol. 122, No. 2 (2008): 562, 562.

㊻ 参见苏珊·桑塔格《反对阐释》，程巍译，上海译文出版社 2003 年版，第 3—17 页。

（2016 年第 1 期）

"上帝住在细节中"

——阿比·瓦尔堡图像学的思想脉络

吴　琼

阿比·瓦尔堡，20世纪艺术史领域最具崇高品质的英雄。可直到今天，人们对他的印象仍停留于一些神秘而模糊的碎片。他是现代图像学的创始人，可比起学生辈的潘诺夫斯基在图像学领域的盛名，他死后享受的孤独算得上是伟大的孤独。很长一段时间里，在极为有限的圈子以外，他的著作和思想少为人知，更别说和他形成实质性的对话。直到20世纪末，当西方艺术史界出于方法论变革的需要回头去清理艺术史的德语传统时，瓦尔堡才重又进入人们的视野。人们像发现了新大陆似的纷纷到他那里发掘宝藏。他的被湮埋多年的文集终于再版，有关他的传记和专著也不断面世，尤其最近十多年，经由迪迪-于贝曼、乔尔乔·阿甘本等人的创造性阐释，"回到瓦尔堡"正成为一种潮流。

一

在西方，常常有人把瓦尔堡和比他小一辈的本雅明放在一起做比较。确实，这两人有许多相同的地方：他们都忧郁而敏感；都热衷于收藏具有历史和文化价值的物品；都对古代文化的衰败或者说神圣灵氛的消失怀有某种忧惧，因而都怀着一种末世般的救赎心态去打捞历史的碎片和残迹；都喜欢用交错的视线看待现代性的问题，喜欢在时间（记忆女神图集）或空间（巴黎拱廊街）的异质并存中对现代性做考古式观照。然而他们之间也有本质的不同，比如同为犹太身份，在精神取向上，本雅明更多犹太教底色，而瓦尔堡显然是异教信奉者；本雅明对未来仍怀有弥赛亚主义的渴望，瓦尔堡则把希望寄托于异教过去在现代的复活；本雅明对拱廊街的超现实主义研究，至少表明他还是一个现代人，或者说是一个站在现代和过去的门槛上前后张望的"闲逛者"，而瓦尔堡是地地道道的“古人”，毕生都在想着从古人那里为现代文明的精神分裂找到康复方案；还有，本雅明是一个有着“密谋”冲动的思想家，而瓦尔堡只是一个学者，一个想要在“好邻居”的迷宫里实施知识爆破的文化炼金术士。

也许有点让人惊讶：“好邻居”原则正是瓦尔堡的工作方式。身为银行家族的长子，瓦尔堡自己提出放弃长子继承权，条件是他可以随意购买自己想要买的书。最终，瓦尔堡用自己的藏书创建了一个极为私人化的图书馆，这个图书馆没有采用通行的编目方法，而是按“好邻居”原则将藏书组织成了一个流动的历史记忆库。[①] 所谓“好邻居”，就是当你有一个疑难——比如艺术史上的疑难——需要解决的时候，答案往往不在你想要找的那本书上，而可能在与之相邻的那本书中。当然，相邻的那本书一般不是艺术史的书，而是哲学史、宗教史、语言史、神话甚或关于魔法与占星术的书，这些书围绕某一中心理念或主题被组织在一起，形成了一个相互差异又相互毗邻的互补的世界。更重要的是，这些书的位置和关系并不是固定不变的，每当所关注的问题发生了转移，瓦尔堡就会像巫师用魔法召唤幽灵一般，按照“好邻居”原则来重建图书的关系。

“好邻居”原则不仅是瓦尔堡的图书目录学，也是他处理图像时的工作原则。据说他在研究古代艺术品目录的时候，喜欢把感兴趣的题目附带评论一起写在卡片上，然后按复杂多变的分类系统将它们分装在卡片盒里，并随自己思路的变化而不断改变或重组系统。这样，不同图像之间可以围绕某一主题形成一个互文性的语境，他晚年的“记忆女神图集”就是运用“好邻居”原则的最佳范例。

今天，我们很容易把“好邻居”原则同跨学科研究联系在一起。的确，瓦尔堡的图像学研究具有跨学科的性质，但这仅仅是“好邻居”原则所带来的一个结果，而不是它的核心价值。对瓦尔堡而言，“好邻居”原则更像巫术中的相似律：因为某一主题甚或某一个细节上的重叠，我们就可以在一系列来自不同领域的对象之间建立起能量交换和能量生产的关系，就可以让存在于另一时空中的对象在当下时空中幽灵般地复活。也就是说，“好邻居”原则是一种文化史原则，其本质就在于通过历史或文化碎片的重组来启动心灵在异质时空当中的运动。通过这一原则，通过把来自不同时代或不同文化实践领域的图像纳入“好邻居”的系统，可有效地消弭艺术史自行设定的种种学科界限，用瓦尔堡自己的话说，可有效地“扩展”艺术史作为文化史的“方法论边界”，并改造艺术史作为文化史的基本问题域。

如果说“好邻居”原则是瓦尔堡为图像建立互文性语境的工作方式，那么，立足于细节的症状式阅读就是他处理图像的核心技术。与同时代维也纳的艺术史家不同，瓦尔堡很少从单纯形式或知觉的层面去讨论艺术作品的风格，在他的理解中，风格并非美学意义上的纯形式结构，而是一个需要在历史语境中进行透视的文化存在；也与潘诺夫斯基不同，瓦尔堡不满足于把图像本身的主题和意义当作一个有待破译的所指库，他所关注的是意义或价值在图像史和文化史中的传递与变形。总之，作为一位图像学家，瓦尔堡没有把图像视作其形式和价值已然凝定在此的、自足的在场之物，相反，图像之于他只是通向文化深处的中介，图像是时代文化的症状，而图像与文化是通过隐秘的精神象征联系在一起的，在此真正重要的一点是，这些象征常常不是存在于对图像显层的意义呈现起着主导作用的形式或主题中，而是存在于图像的某些特殊细节中。

这些特殊的细节是什么？它们是图像的附饰，是散布在文本边缘、游离于主题之外、看似无关紧要的文本要素，例如维纳斯随风而动的秀发、女神的衣饰和褶纹、仙女躲避追逐时滑脱的衣装等等，瓦尔堡称之为“附属的运动形式”（accessory forms in motion）——既是所再现的对象的附属，也是图像本身及其主题的附属。在图像中，细节也常常是艺术家表现其修辞技巧的场所，是一种隐秘但又富于巧智的“言说”，有的时候，它还是艺术家用来展示其高超的图绘技艺或巧妙的心智运作的手段。但如果认为瓦尔堡关注细节仅仅因为它们是体现艺术家美学和艺术趣味的附属物或修辞术，那就大错特错了。对瓦尔堡而言，细节是文化因子的载体，是情感表现的原型式结构，因而也是文化遗传的密码。许多时候，它可能恰恰是图像及其历史的真理所在，就像瓦尔堡在一句格言中说的：“上帝住在细节中。”②

那么，细节与图像整体是什么关系呢？不妨做一个比附，尽管它看起来有点突兀：如果可以把图像视作一个梦一样的结构，那图像的细节和图像的形式及主题就犹如弗洛伊德所讲的梦的隐义和显义，前者是无意识的凝缩和变形，后者只是意识的投影和伪饰。细节是图像的症状，也是文化的症状，所以在瓦尔堡那里，很少对图像做总体的形式或风格分析，他总是从细节入手，总是通过细节阅读来展开文化史论述，并且这一阅读和论述往往不是依循图像总体本身的主题或题材，而是在它们之外沿着细节的文本语境另行开辟阐释的空间。

当然，不是所有的细节都具有阅读价值，对瓦尔堡而言，真正的细节必须是承载了文化情感结构、具有文化情感表现力的对象。细节固然在图像之中，可细节的价值却在图像之外，换句话说，细节与它所要表现的价值之间是一种隐喻或象征关系。瓦尔堡对细节的强调恰恰就是基于细节对于自身以外且被时代文化所共享的某个东西所具有的表现价值，这一强调将对图像阅读产生一系列颠覆性的效果：相较于细节作为文化情感表达的隐秘通道所承载的表现能量，传统艺术史家在图像可见性的层面阅读到的那些主题和形式风格反而成了真正的附饰——细节的附饰；相对于细节的价值不在于它的可见性而在于可见性之外的某一隐秘本质来说，瓦尔堡赋予了细节阅读一种幽灵性的特质，对他而言，细节与其说是对某个可见物的再现，不如说是一个缝合点——历史或时间的缝合点，文化的缝合点，因而也是历史、时间和文化在这里幽灵般返回的场所。这一切将意味着，细节与它所依附的图像本身的关系是离间的，它不是为补足、完善图像而存在的修辞，而是蛰伏在图像的间隙来捕捉时间幽灵的机器。

明确了瓦尔堡的工作方式和阅读技术之后，现在可以看一下他的问题意识。瓦尔堡一生的学术关注点可以用一句话来总结，那就是古典文化精神的传递及其图像变形，对接到他最为关注的 15 世纪意大利文艺复兴的语境中，就是古典文化与文艺复兴的相遇，或者用他自己的话说：古代世界对于文艺复兴的艺术文化而言究竟意味着什么？

这个问题一定程度上是由“文艺复兴”的概念引发的。从瓦萨里甚至之前的佛罗伦萨人提出“艺术的再生”，到布克哈特对“文艺复兴”的现代界定，虽然各自的理解存在这样或那样的分歧，但都留下了两个焦点性的问题：“复兴”与古代的关系，比如所复兴的古代人文传统究竟有没有经过现代的创造性阐释，如果有，那么这个阐释的本质是什么；以及文艺复兴与中世纪的关系，比如文艺复兴到底是中世纪的断裂还是中世纪基础上的现代演变。这两个问题在布克哈特那里有明确的回答：文艺复兴是古代文化的复兴，但它对古代的返回是现代个人主义基于自身需要而对传统的挪用；在古代与文艺复兴之间是黑暗的中世纪，或者说中世纪处在双重断裂的位置。布克哈特的观点在 19 世纪下半叶差不多作为定论为人们所接受，在他之后，只是偶尔有人——作为 19 世纪初德国浪漫派“中世纪渴望”的回响——想要修正他对中世纪的看法，以重建文艺复兴和中世纪的历史关联。

瓦尔堡对古代文化命运的关注同样受到这个话题的牵引，不过，他的解决方式与众不同。他把两个问题合并为一个问题，并对问题的实质给出了新的理解：文艺复兴对古代的返回，不是事实层面上的知识传统或图像传统的继承和改造，而是古代文化在现代的传递和变形；文艺复兴只是“古代”在其时间进程中的一个历史环节，古代—中世纪—文艺复兴应作为一个文化整体来理解。就艺术文化而言，图像或图像的某些细节既是古代用来表达其生命冲动的载体，也是传递古代精神的媒介，在文艺复兴人那里，不论艺术家或赞助人，图像正是他们与古代发生神秘共振的场所，它在再现某一宗教、神话或世俗场景的同时，总是通过细节来叠置时间的褶层，让过去和现在在这里相遇，而艺术史家的任务就是要透过图像的这个间隙去寻找激起共振的力量。

二

1893年，瓦尔堡以波提切利的两幅名作《维纳斯的诞生》（1486）和《春》（约1482）为研究对象完成了他的博士论文。在文中，瓦尔堡旁征博引，自如地穿梭在自古至今的文字文本和图像文本之间，为波提切利的创作还原出了令人信服的历史文化语境，为图像的细节表现建立了令人信服的文本学链条。而他真正的问题——就像论文副标题“论意大利早期文艺复兴的古代概念”所提示的——是为了探究：“古代”到底是什么东西引起了文艺复兴艺术家们的兴趣？

瓦尔堡的分析完全立足于富于表现性的图像细节：女性形象的姿态和衣饰，尤其是微风吹拂下女神们飘逸的秀发和充满动感的衣裳，即所谓“附属的运动形式”。但他真正感兴趣的不是这些细节表现的美感形态，而是它们在图像中以此种形式出现的历史语境。瓦尔堡从纵向和横向两个方面对细节表现进行了语境建构。

比如《维纳斯的诞生》。纵向上，波提切利对维纳斯诞生场景的细节描绘有直接的创作源头，那就是他的好友、同属美迪奇家族文人圈的诗人安杰罗·波利齐亚诺的一首诗作，而波利齐亚诺在诗中对那一场景的想象性描绘又是模仿了古希腊诗歌集《荷马颂诗》（*Homeric Hymn*）[③]；站在水边迎接维纳斯的春神的形象细节——华美的衣饰、动感的姿势、微风在衣装上形成的褶纹——来自波利齐亚诺的另一首诗，而后者又是对奥维德《变形记》中天神朱庇特劫持欧罗巴的场景的模仿。至于横向上，则有同时代来自不同领域的艺术家对相同动机的表征：“内容相关的一系列作品——波提切利的绘画、波利齐亚诺的诗歌、弗朗西斯科·科罗娜的考古式罗曼司、波提切利圈子的素描、费拉里特的艺词敷格——揭示了那时人们根据自己对古代的认识而形成的一股潮流，就是每当要用外部运动来表现生命的时候，就求助于古代世界的艺术。”[④]

《春》也是这样。纵向上，画作中“美惠三女神”的形象可追溯到阿尔伯蒂在《论绘画》中的描述，而阿尔伯蒂的古代源头是古罗马哲学家小塞涅卡的《论幸福》；画幅右边躲避西风之神追逐的“花神”形象来自波利齐亚诺的《奥菲欧》的追逐场景，而波利齐亚诺又是“借用了奥维德笔下阿波罗向达芙妮逐爱时的描绘”[⑤]；至于维纳斯的形象，则是从波利齐亚诺的田园诗得来，而后者的描写又是取自古罗马哲学家卢克莱修，因为卢克莱修在《物性论》的开篇称维纳斯是春天的女神，在她出现的时候，万物都萌芽滋长起来，宁静的天空也散发出灿烂的光辉。横向上，和《维纳斯的诞生》一样，波提切利的绘画、波利齐亚诺和洛伦佐·德·美迪奇的诗歌、曼特尼亚画派的素描等构成了运动动机在艺术表现中的共时态。

纵向上建构的是图像的文本学链条，横向上建构的是图像共时态的互文语境，通过这一建构，瓦尔堡揭示出，古代吸引文艺复兴艺术家的东西就是古人在艺术——诗歌、悲剧、石棺浮雕等——中对运动中的生命的表现，15 世纪的艺术家每当要表现运动中的生命形象的时候，就会向相邻的古代文本求助，并在细节中将其运动的动机转换为处在运动中的生命的“附属形式”。

关键是，15 世纪的艺术家为什么如此迷恋“附属的运动形式”？此时的瓦尔堡似乎主要在技术的层面考虑这个问题。他说，佛罗伦萨艺术圈之所以特别偏爱“附属的运动形式”，是因为他们把这视作“古代影响的试金石”。⑥ 在论文的最后他还说，“古代”并不要求艺术家放弃来自自己的观察的表现形式，它只是引导艺术家去关注“所有艺术的最大难题”，那就是“捕捉运动中的生命形象”。⑦ 因此，如果古代的影响导致人们不加省思去浅表地重复运动的动机，那不是古代的错，而是艺术家的错，是他们缺乏处置力所致。在这个方面，“波提切利可以说是做得最娴熟的”⑧。

然而，瓦尔堡也试图从情感表现的方面来说明这个问题。论文最后一章是对两件作品尤其《春》的创作背景的分析。这个背景涉及青春、美、爱、死亡和哀悼，其故事与美迪奇家族卷入的一段令人感伤的罗曼司有关。不过，瓦尔堡在这里真正要说的是那个美的幻象，那个在两幅画中借时序女神“春”的形象表现的、被瓦尔堡称作“仙女”的现实的模特西蒙内塔·卡塔尼奥·韦斯普奇。西蒙内塔出生于热那亚，很年轻的时候就嫁到佛罗伦萨，她的美貌令佛罗伦萨的男人倾慕不已，美迪奇家族的洛伦佐兄弟也十分迷恋她。但红颜薄命，“仙女”在 1476 年 23 岁的时候病逝了。她死后，洛伦佐曾模仿但丁为她写了好几首悼亡诗，波利齐亚诺还以她和洛伦佐弟弟的罗曼司为素材创作诗歌。波提切利也是“仙女”的倾慕者之一，曾画过多幅她的肖像，甚至在她去世多年以后，仍以她为原型创作画中的形象。⑨ 其实，不论在波利齐亚诺和洛伦佐的诗歌中，还是在波提切利的画作中，瓦尔堡强调，西蒙内塔都是“理想化”的对象。她是罗曼司的诱因，是激起欲望的对象，是在欲望的过度投注中被升华到“仙女”位置的理想形象，更确切地说，她是美的幻影，是永久失去的、不可企及的对象在情念驱动下的幻化，所以这个对象在哀悼者那里总会唤起一种哀婉的情感。但这并不意味着波提切利在图像再现中必须以哀婉的形态来呈现人物，他只需通过图像、通过那些表现生命运动的附属形式来为委托人即洛伦佐们建立一个回忆的通道，让他们在“移情”的作用下自然生发出哀婉的情感。而这正是波提切利在表现技艺上胜他人一筹的“娴熟”之处。瓦尔堡说，尽管波提切利的个人气质更倾向于赋予人物形象“梦一般的、消极的美”“宁静的美”，可是在必要的时候，他可以利用他人（波利齐亚诺）的建议，通过“无生命的附属形式的表面运动”来创造“具有张力的生命形象”，以表达人物的“内在情感”。[10]

三

毫无疑问，仅从技巧追求和个人化的情感表现来说明“附属的运动形式”是不够的，瓦尔堡真正关心的是这一形式的文化价值，即15世纪的艺术文化采用古典动机来表现生命运动的历史心理，这正是他接下来的写作所努力的方向。在此瓦尔堡的思考有一个逐步突破的过程，而每一次突破都伴随有方法论的转移和概念的重塑。

首先是对弗朗切斯科·萨塞蒂的研究。萨塞蒂是美迪奇家族在欧洲的银行业务合伙人，1480年，他委托画家基朗达约用自己的守护圣徒圣方济各的生平装饰其在佛罗伦萨圣三一教堂的私人礼拜堂。这是一组杰出的作品：在其中的祭坛画《牧羊人的礼拜》中，画家大胆采用来自北方弗莱芒的图绘风格描绘牧羊人的装束；而在湿壁画《教皇核准方济各教规》中，画家不惜牺牲历史的真实性，不仅将两百多年前发生在罗马的事件置于当下佛罗伦萨的背景中，还把委托人和美迪奇家族的成员引入宗教场景中。但也正是这种风格“引述”和时空错置，引起了瓦尔堡的兴趣，因为这与其说是艺术行为，还不如说是文化行为，而他所要关注的就是这一行为背后的情感结构。

1902年，瓦尔堡以《教皇核准方济各教规》为对象写作了论文《肖像艺术与佛罗伦萨资产阶级》。如同向前辈布克哈特致敬一般，瓦尔堡一开始就忠实地遵循文化史原则讨论了赞助人与艺术家及其创作的关系：“佛罗伦萨早期文艺复兴文明有一个再明确不过的事实，即艺术品的制作应归功于赞助人和艺术家的相互理解，它们自一开始就是委托人和执行者协商的结果。”[11]但瓦尔堡接下来就转向了自己的问题：艺术家和委托人以明显的时空错置来处置图像描述的事件乃是佛罗伦萨资产阶级的精神渴求所致，更确切地说，他们这样做是为了解决古典与现代、基督教与异教、信仰与欲望在内心深处造成的纠结和冲突。在这里，图像作为调和这些冲突的手段发挥着巫术般的功能：

> 美迪奇家族统治时期的佛罗伦萨市民把全然不同的理想主义角色——中世纪的基督徒、浪漫主义的骑士或古典式的新柏拉图主义者——同世俗的、务实的、异教的埃特鲁斯坎商人统一在一起。这个谜一般的物种既充满基本的生命力，又能让它们和谐相处，且乐意接纳每一种心理驱力来扩展其精神活动的范围，任其自由地发展和运用。他在每个领域都拒绝那种“非此即彼”的迂腐的约束，这不是因为他无法欣赏各样的差异性本身，而是因为他认为它们是可以调和的。由此而来的艺术产品就成了教会与世俗之间、古典古代与基督教现代之间的调和物，且集中全部的热情投身到大胆的、充满活力的实验中。[12]

1907年，瓦尔堡又在《弗朗切斯科·萨塞蒂的遗训》一文中对上一篇论文的思想做进一步发挥。他指出，萨塞蒂作为典型的文艺复兴人，在他身上最为典型地体现了佛罗伦萨资产阶级的内心冲突，即一方面是务实的、追求成功和商业利益的世俗英雄主义，另一方面又是敬畏上帝的宗教信徒。这种内心冲突不仅直接刺激了各种委托项目的产生，还将在图像中借符号化的行为来对其做想象的和象征的解决，在这一过程中，个人的心理纠结被转换为一种文化范式，务实主义和理想主义的冲突可通过“古代”和“中世纪”的并置而得到和解。就像萨塞蒂，他一方面把圣三一教堂的礼拜堂献给自己的守护圣徒圣方济各，用湿壁画再现圣徒的生平，另一方面又在写给儿子的遗训中祈愿异教的命运女神的护佑，还在盛放他的石棺的壁龛浮雕中模仿罗马石棺对古希腊神话英雄墨勒阿革洛斯之死的狂乱悲号；同时，萨塞蒂还让自己以人马怪的形象和圣经中的牧羊人大卫并列出现。瓦尔堡分析说，在这里，异教神灵是“世俗能量”的体现，命运女神对萨塞蒂这样的文艺复兴人来说既是一种激励，又是一种制服，但其主旨就是作为“能量的象征”激励人们勇敢地行动，出现在图像和遗训中的异教神灵作为图像与情感范型发挥着协调“‘中世纪’的上帝信仰和文艺复兴的自我信仰”[13]的功能。瓦尔堡强调异教和基督教的形象及主题的并置体现了文艺复兴人“博大心灵内部的有机体极性”，反映了自我意识觉醒的年代人们对“积极的内心平衡”的渴望[14]。

有关萨塞蒂的两篇论文虽然主旨一样，但瓦尔堡的思考已经出现了根本的变化。对礼拜堂湿壁画的研究还主要是布克哈特式的文化史路径，而对遗训的研究已经转向了历史心理的探寻，在那里已经出现了“能量”“情感范型”的概念。这一转变大约发生在1905年。

1905年，瓦尔堡完成了一篇篇幅短小的论文：《丢勒与意大利的古代》。论文的主题依然是“古代对早期文艺复兴艺术的风格演变的影响”[15]，并依然从纵向和横向两个方面建构了丢勒的素描《俄耳甫斯之死》（1494年）的图像谱系和互文语境。所讨论的这件作品，瓦尔堡在博士论文中就已经提到过，但现在，他对那一充满情感张力和运动感的样式给出了新的定义，把它称之为“pathosformel”（emotive formula，情感范型），并认为古希腊人为类似的悲剧场景设定的“情感姿势语言”（emotive gestural language）就是它的前身，而文艺复兴艺术家对俄耳甫斯之死的各种描绘也充分表明：“这类考古式的、真实的情感范型……已在文艺复兴艺术圈扎根。”[16]

瓦尔堡对自创的这个复合词“pathosformel”并未给出一个明确的定义，其字面上的含义就是情感表现范式，但在他的理解中，“pathos”不是一般意义上的情感，而是与受难、非理性、激情相关的生命冲动，是一种原始的、具有本体价值的生命情态；“formel”也不是一般意义上的形式，而是具有普遍价值、可在时间中重复的表现范式，是传递人类原初的情感结构的符号。因此，情感范型是非理性冲动的符号化，是具有情感价值的符号对原始的非理性冲动的一种制服，也是原始情感在历史性中的实现。瓦尔堡说：“古代发自内心的声音——文艺复兴人对此了然于胸——与形象一起发出和谐的鸣奏。俄耳甫斯之死不只是纯形式趣味的画室母题：它代表着狄奥尼索斯传奇幽暗的神秘剧，它充满激情地、熟练地通过古人的语言体验着古人的精神。”[17]因而，情感范型不是单纯的形象或形式，而是情感能量的固化，是心理症状的结构化，就像迪迪-于贝曼说的：“情感范型不应按照身体姿态的语义学或符号学来理解，而应按照心理症状学来理解。情感范型是某一心理时间可见的症状——身体的、姿势的、被展示的、被描画的——不可还原为修辞学的、情感的或个体的转变的简单暗示。”[18]

从“附属的运动形式”到“情感范型”，名称的这一改变意味着瓦尔堡已经从图像范式的文化史描述转向了一种深度心理学的探究。这一探究最终在1912年罗马国际艺术史大会上被进一步明确。在这次会议上，瓦尔堡发表了题为“费拉拉无忧宫中的意大利艺术和国际星相学”的演讲。一上来他就说：“这里的问题是，古代世界的影响对早期文艺复兴的艺术文化而言意味着什么？”[19]演讲的最后，他再次回到这个问题，并对它做了一个总结性的陈述：

> 我在此从事如此特立独行的、急就章式的尝试，意在向我们艺术研究的方法论边界——不论是材料上还是空间范围上——的扩展发出呼吁。
>
> 迄今为止，由于缺乏足够普遍的进化范畴，妨碍了艺术史将它的材料运用于

有待写作的“人类情感表达的历史心理学”。由于过度唯材料至上或过度的神秘倾向，我们这门年轻的学科还无法形成自己的全景式历史观。它不断摸索着，试图在政治史的框架和天才论教义之间找到自己的进化理论。我希望，我关于费拉拉无忧宫湿壁画的阐释方法可以表明，图像学的分析可以自如地进行，而不用担心边界的拘制，它可以把古代、中世纪和现代世界视作一个连贯的历史整体，把最纯粹的和最实用的艺术当做具有同等表现力的文献加以考察。我也希望表明，通过把这种方法用于照亮某个独特的幽暗时代，可以使伟大的、具有普遍性的进化过程在其相互关联中得到阐明。[20]

“人类情感表达的历史心理学”，这个表述本身就像一个凝缩装置，它正是“好邻居”原则孜孜以求的多个知识扇面的摺合。比如这里的“情感表达”，其直接的启示来自达尔文的《人和动物的情感表达》，在这本书中，达尔文比较了人与动物在情绪、情感表达上的表情和姿势差异，瓦尔堡将这一物种表现理解为原始的、原型式的，因而他所谓的“情感表达”不是日常意义上的，而是原初的、具有普遍的象征意义的生命情态。然而，瓦尔堡的这个概念还深受尼采的影响。在《悲剧的诞生》中，尼采用“日神精神”和“酒神精神”描述古希腊人的生命冲动，瓦尔堡则将这一二元结构理解为人类最基本的情感结构，他认为，人类的情感表现是具有极性的，用尼采的话说，或是阿波罗式的沉思或理性的观照，或是狄奥尼索斯式的牺牲或非理性的沉醉，但更多的时候是两者的结合，是在两极之间的摇摆，这使得人类的情感表现总具有某种张力结构，是一种独特的哀婉式的激情。把尼采式的哀婉的情感结构和达尔文式的物种情感表达摺合到一起，就构成了“情感范型”的概念。因此，瓦尔堡的所谓“人类情感表达的历史心理学”，其实就是情感范型在人类文化历史进程中的演变，而他所谓的艺术史方法论边界的“扩展”，就是以图像为中介、借助历史文献和图像志资料并运用“好邻居”原则去对情感范型的演变做考古式的考察，就像他对费拉拉无忧宫壁画的星相学动机的考察所显示的那样。

情感范型是一种具有极性特质的、悲怆性的、关联着人类原始情感结构的表现形态。可为什么人类的情感表达会呈现为极性结构且最终形成情感范型呢？尼采—达尔文式的解释还基本停留在情感—符号的表现主义和象征主义层面，对瓦尔堡而言，要建立艺术史“科学”，还必须对它的方法论边界进行扩展。再一次，他诉诸“好邻居”原则，从人类学那里找到了深化问题的路径。

四

"一战"后期，因不堪战争创痛记忆的折磨，瓦尔堡被送到精神病医院接受治疗。1923 年，为向医生证明自己已经康复，他在医院面对病友做了一次有关美洲印第安人蛇仪式的学术演讲。[21] 这次演讲可以说是瓦尔堡的思考走向最后成熟的标志。由于人类学角度的引入，人类情感表达的历史心理学获得了"科学"的支撑，其概念体系也发生了改变。[22] 现在，情感范型的概念被纳入"古代遗存"（Nachleben der Antike）的范围重新思考，其演变的"历史"或"时间"维度则可通过"文化记忆"得到说明。

瓦尔堡说，自然力量对人类的威胁和毁灭总会在人类心理上留下印痕，那就是记忆。记忆并非消极的印象记录，它是一种动力性的能量，具有对外部世界的超人力量进行"定向"的功能。人类正是凭借记忆的功能，以寻找替代的方式来克服对超自然力量的原始恐惧。人类文化就是从这种替代运作中产生的，例如原始人的神话和宗教仪式就是在记忆的作用下对自然力量的模拟。瓦尔堡认为，模拟是一种具有极性特征的行为：一方面，它的情景再现可唤起人类对自然力的原始感受，是恐惧记忆的想象性重现；另一方面，人类正是在反复的模拟中让威胁与自己保持距离，以形成对破坏性力量的理性认知。人类情感表现的极性结构就是这种模拟行为的产物，在瓦尔堡的理解中，极性不仅是人类情感表现的基本结构，也是人类文化的基本结构，甚至人类文明进程的不同阶段也体现了极性结构的特征，例如美洲印第安人的文明正好"处在逻辑和巫术之间，象征就是他们的定向手段。他们处在就近获得战利品的原始人与筹划和等待行为结果的文明人之间，他们把象征内置到自身与世界之间"[23]。

人类最初在神话和巫术中以极性的方式来定向自身与世界的关系，并在这个过程中形成了极性的情感结构。进而，当人类以形象创造的方式来表达其极性情感的时候，当人类学会用图像的象征来定位自己的情感取向的时候，艺术就产生了。在晚年为"记忆女神图集"准备的"导言"中，瓦尔堡用哲学—人类学的话语解释了艺术的起源：

> 当人类学会在自身与外部世界之间有意识地创造距离的时候，也许就是人类文明的创造行为的标志。当这个区间成为艺术生产的基础的时候，那种距离意识就具备了条件去实现持久的社会功能，比如当它在沉浸于对象和保持超然克制之间有节奏地来回变动的时候，表明它是在图像的宇宙学和记号的宇宙学之间摇摆；它作为心理定向手段的充足和失败则暗示了人类文化的命运。以一种特殊的方式，

集体记忆和个体记忆成为在宗教的世界观和数学的世界观之间摇摆的艺术的帮手。记忆虽然不能创造绝对完美的理智空间，却能强化或安静的沉思或狂热的崇拜的倾向，以调和行为中极端的心理极性。……在想象力的领会行为和理论的观察行为之间，是与对象的触觉相遇，进而被反映到雕塑或绘画中，这就是我们说到的艺术行为。一方面是反混乱的功能——之所以这么说，是因为艺术作品会有选择地描绘对象的轮廓，另一方面是要求观者以祀拜般的虔诚凝视所创造的偶像，这一二元性会让人类理智陷入困境，而这个困境正是文化要科学地研究的对象，后者将把在本能驱力和理性行为之间进行图像区隔的心理史当做自己的主题。[24]

从心理学意义上的情感极性结构到人类学意义上的文化和艺术极性结构，这就是瓦尔堡对作为文化科学的艺术史研究做的方法论扩展。由于人类学的介入，曾经的历史心理学问题获得了新的阐释维度。现在，情感范型表达的是人与世界的创伤性相遇，它是原始情感的一种视觉固化，是对威胁性的力量的模拟和调节。艺术行为已不仅仅是一种社会化的行为，而且还是一种具有巫术般功能的人类学行为，它是对人与世界原初的创伤性相遇的模拟，是那一原始经验的固化，但也是对它的一种制服，一种防御，或者说一种“治疗”。进而，由于方法论边界的扩展，现在，艺术史作为文化史不只是在可见性层面去厘定艺术和社会文化情境的关联，而是要从艺术的深层结构出发去探究人类集体记忆的传递和变形，是要在文化无意识的层面考察心理能量的配置。

瓦尔堡认为，极性结构固然具有历史的普遍性，但在每一历史时期，它的表现形态总是会依据时代的社会文化情境而出现变异或变形，因此，要建立有关人类情感表达的“历史心理学”，就必须对那一变异机制给以说明。“社会记忆”和“古代遗存”两个概念就是为此服务的。

“社会记忆”，又叫“集体记忆”，是充满能量的情感的储存方式，比如原始人在秘密宗教仪式上迸发的情感、那些或痛苦或狂喜的情感体验以及与之相伴随的姿势语言，会转化为记忆能量储存下来，进而人类以各种文化的方式赋予它们象征的形式，这些保存了原始能量印迹的象征形式代代传递下去，后代的人们只要看到它，被储存的原始情感就会通过社会记忆被激活。就像古典时代的希腊人，他们在悲剧中模拟和象征地再现秘密仪式的情感，还在雕塑和绘画中赋予它们可见的定型，使它们成为“情感范型”，后代的文艺复兴人每当要表达内心相互冲突的情感能量的时候，这些积淀在记忆中的情感范型就会被唤醒，成为他们的情感表达手段。

然而，每个时代的社会记忆在体验古代的情感能量的时候并不是照单全收，而是有所选择、有所损益，有些能量可能会被记忆定向所强化，而有一些可能会被遗忘，然后在别的历史时代又被激活，这种能量传递机制最终使得情感范型在时间的河流中总是呈现为一种瓦尔堡称之为“Nachleben der Antike”（古代遗存）的形态。

“Nachleben”这个词在其他语言中很难准确地对译，英语世界一般将其译作“survival”（遗迹，残存），但又用“revival”（复活，再生）对它做补足性说明。也就是说，它一方面有幸存物或残留物的意思，另一方面又有复活、重生的意思。比如文艺复兴，笼统地称它是古典文化的再生，这是不恰当的，因为古典的情感范型在古典时代终结之后并没有完全消失，而是以各种变形或变体的形态留存在各时代的文化言说和再现系统中。迪迪-于贝曼曾对瓦尔堡的这个概念有过精彩的分析，他在一篇论文中说：

> “历史心理学吗?”这意味着遗存的时间是一个心理时间。我们需要把这个假设同时置于几个层面来理解。首先，所选择的遗存的动机一定具有巨大的心理能量：忧伤的表征，欲望的动力学，道德寓意，哀悼的形象，占星术的象征等等。其次，遗存的领域是风格、姿势和象征，它们是异质的空间和时代进行交换的矢量。最后，遗存的程序只能依照原初事实表现自身的心理过程来理解，因为这两者具有同质性的基础。[25]

按照迪迪-于贝曼的理解，“遗存”是历史性在某个时刻的在场或返回，因而它根本上是时间/时代的问题，就像他在另一个地方说到的：“遗存的图像是一种已经失去其原初的使用价值和意义然而又在某个特殊的历史时刻如幽灵般返回的图像：这是一个‘危机’的时刻，一个证明自身的潜伏性、坚韧性、活力或者说‘人类学黏附力’的时刻。”[26]确切地说，这也是用图像来表征、网罗或捕获症状的时刻，是症状在强迫重复中获得平复的时刻。

即便在今天看起来，瓦尔堡的思想仍具有一种特别的灵晕，他的非理论的碎片化论述总是充满神学般的微妙和方法论的玄机，这恰好迎合了人们对艺术史学科的“知识型”变革的渴望。最近十多年出现的“瓦尔堡复兴”，很大程度上就是人们对其思想的理论潜能的重新发现。例如，阿甘本把瓦尔堡建立在人类学基础上的艺术史方法论扩展称之为“无名的科学”（nameless science），迪迪-于贝曼则把瓦尔堡的“古代遗存”概念和细节阅读技术结合在一起，发展了图像文本作为症状性文本的思想。但对于瓦尔堡本人，他提出这些极具诗学想象力的概念，更像是为了激活内心的古代幻象来为现代文明的精神分裂提供救治的方向。他晚年的“记忆女神图集”就是为此而做的一次冒险尝试。

1924 年，从精神病医院出来的瓦尔堡回到汉堡，迅即和助手扎克斯尔一起全身心投入到“记忆女神图集”的计划。直至 1929 年他去世的时候，这个疯狂的计划似乎仍未完成。实际上，它更像一个不可能完成的计划，就如同瓦尔堡对待自己的精神分裂，他用一个自我指认的治愈证明了治愈的不可能性。某个角度说，图集计划是从疯癫的另一面——看似理性的一面——对不可治愈性的再次指认。

瓦尔堡生前对图集有多个版次的编排，每一版的木板和图片数量各有不同。现在一般说的都是最后一版，它由 63 块大小约 150cm × 200cm 的木板构成，木板用黑布覆盖，黑布上面贴着数量不等的黑白照片，其中大部分是艺术史的图片，但也有地图、文献和手稿复印品以及同时代报纸杂志的照片。63 块板各有自己的序号，但有些序号占用了两块木板，而有些木板上列有多个序号。按照图集研究者克里斯托弗·约翰逊的分类，63 块板子共有九个大的主题系列，它们分别是：

序号 A、B、C：宇宙学—谱系学序言

序号 1、2、3：古典宇宙学

序号 4、5、6、7、8：艺术“表现价值”的古典“模型”

序号 20、21、22、23、23a、24、25、26、27、28—29：希腊天文学思想在希腊化、中世纪阿拉伯、中世纪和文艺复兴欧洲的占星学想象中的传递和降级

序号 30、31、32、33、34、35、36、37、38、39、40、41、41a、42、43、44、45、46、47、48、49：文艺复兴尤其 15 世纪晚期艺术中古典“表现价值”的“遗存”

序号 50—51、52、53、54、55、56：文艺复兴尤其 16 世纪艺术到马奈时期的“反转”、上升和下降

序号 57、58、59、60、61—64：维吉尔、丢勒、鲁本斯和北方的“翻译”

序号 70、71、72、73、74、75：巴洛克的过度和伦勃朗的调节

序号 76、77、78、79：最后的“反转”：广告和变质[27]

图集计划的核心依然是情感范型的前世今生，或者说图像作为文化记忆与社会记

忆的容器是如何在历史的时间和空间中承载或表达人类的情感冲突与生命能量的。不过，这一图像学主题现在被赋予了一个具有人类学特征的框架：人在宇宙中的位置以及人对宇宙、世界和自我的认识。提供这个框架的是作为整个图集“总论”的A、B、C三块板：A板又是总论中的总论，它用三幅照片——宇宙图、地图、族谱——点出人类学的主题；B板呈现了不同时期、不同文化对宇宙及人在宇宙中的位置的认识，是人类的宇宙观念在不同文化情境中的投射；C板呈现了人类对宇宙空间的知识型转变，即从宇宙学模型到占星学想象再到现代科学的空间征服。就这样，以时间和空间作为经纬，以人类宇宙观的投射和自我认知作为焦点，以图像和文字作为社会或文化记忆的媒介，瓦尔堡建构了一个各界面相互交叉叠置的人类学—图像学艺术史叙事。

更重要的是瓦尔堡的叙事逻辑：首先是总论（A、B、C），然后分别是古典宇宙学（序号1到3）和古典艺术（序号4到8）对“知识”范型和“表现”范型的创建，接下来分别是两个范型从古代到中世纪到文艺复兴时期的演变（序号20到29；序号30到49）。再往下是情感范型进一步的变形、退化和反转，从文艺复兴到早期现代再到高级现代（序号50到56和序号76到79）构成了时间性的维度，从南方到北方（序号57到64和序号70到75）构成了空间或地域性的维度。这当然只是一个叙事逻辑，而我们的阅读可以依照这一逻辑从不同的方向开始，并会因此获得不同的意义。比如，如果按序号顺序往下读，读到的将是古代表现范型的谱系学延展；可如果从后面的序号开始做逆向阅读，又会得到一幅用图像史呈现的现代性考古学。但不论怎么阅读，整个图集都应看作一个用相互关联的主题贯穿起来的整体。即便对于每块板子中的单幅图片，也应当将它们纳入图像系列的整体逻辑来加以理解，例如女性形象、身体运动和附属形式就是在系列中出现得最为频繁的图像要素，它们构成了图集基本的句法功能单位。

毫无疑问，“记忆女神图集”是瓦尔堡最后的症状性文本。在那里，一方面是悲怆的、哀婉的情感范型的“强迫重复”，如同受到压抑的创伤记忆总是在某些危急时刻以退化或升华的形式不断返回一样，瓦尔堡在创建了情感范型的古代源头以后，就将它们置于文化史的不同时刻，让它们作为时代文化的症状显现，以各种变形或退化的形式幽灵般地出没于图像的间隙。而另一方面是与悲怆的形象形成对比的“仙女”图像，它们常常如胜利女神一般自由地穿行在图像所表征的空间内部，它们是梦幻一般的精灵，是抚慰的象征，对瓦尔堡而言，还是不可治愈的症状的另一面。

注释：

① 有关瓦尔堡图书馆的历史，可参见扎克斯尔的回忆文字（扎克斯尔：《瓦尔堡图书馆的历史》，载范景中主编《美术史的形状：从瓦萨里到20世纪20年代》Ⅱ，中国美术学院出版社2002年版，第605—621页）。

② Cf. E. H. Gombrich, “Aby Warburg: His Aims and Methods: An Anniversary Lecture”, *Journal of the Warburg and Courtauld Institutes*, Vol. 62 (1999): 268.

③ 《荷马颂诗》是古希腊佚名作者创作的33首赞美奥林匹斯诸神的诗集，因采用荷马史诗的音步，故被后人称为“荷马颂诗”。其中有一首是献给阿芙洛狄特（维纳斯）的。

④⑤⑥⑦⑧⑩⑪⑫⑬⑭⑮⑯⑰⑲⑳ Aby Warburg, “The Renewal of Pagan Antiquity: Contributions to the Cultural History of the European Renaissance”, trans. David Britt, Los Angeles: The Getty Research Institute for the History of Art and the Humanities, 1999, p. 108, p. 121, p. 104, p. 141, p. 141, p. 141, p. 187, pp. 190–191, p. 242, p. 249, p. 553, p. 555, p. 555, p. 563, pp. 585–586.

⑨ 不过，至于她在波提切利的画中究竟是维纳斯的原型还是春神的原型，艺术史家对此说法不一。

⑱㉕ Georges Didi-Huberman, “Dialektik des Monstrums: Aby Warburg and the Symptom paradigm”, *Art History*, Vol. 24, No. 5 (2001): 622, 621.

㉑㉓ Aby Warburg, “A Lecture on Serpent Ritual”, trans.W. F. Mainland, *Journal of the Warburg Institute*, Vol. 2, No. 4 (1939): 277–292, 282.

㉒ 有关人类学，尤其泰勒（Edward B. Tylor，1832—1917）的人类学与瓦尔堡的关系，可参见Georges Didi-Huberman, “The Surviving Image: Aby Warburg and Tylorian Anthropology”, *Oxford Art Journal*, Vol. 25, No. 1 (2002)：61–69。

㉔ Aby Warburg, “The Absorption of the Expressive Values of the Past”, trans. Matthew Rampley, *Art in Translation*, Vol. 1 (2003): 276–277.

㉖ Georges Didi-Huberman, “Preface to the English Edition”, *Confronting Images: Questioning the Ends of a Certain History of Art*, Pennsylvania: The Pennsylvania State University Press, 2005, p. xxii.

㉗ Christopher D. Johnson, *Memory, Metaphor, and Aby Warburg's Altas of Images*, Ithaca: Cornell University Press and Cornell University Library, 2012, pp. 11–12.

（2016年第1期）

艺术史的人文主义基础

——再论海德格尔—夏皮罗—德里达之争①

沈语冰

一

关于海德格尔—夏皮罗—德里达之争，国内已有不少学者做过介绍和评述。这些介绍的通常模式给人的印象是：在海德格尔和德里达这两位哲学大师之间，艺术史家夏皮罗的形象看上去不算高大。那些对海德格尔和德里达的哲学着迷的青年学者和研究生，大多固恋和执著于心目中两位神明般的哲人的崇高形象，对任何胆敢为艺术史辩护的做法不仅会嗤之以鼻，而且还会表现出极端的智性迷狂。好在本文不是对海德格尔—夏皮罗—德里达之争的一个详尽的读解，更不是为夏皮罗正名——好像艺术史家夏皮罗真的需要在哲学家中正名似的——而是一个极为简略的提要，重点在于提供一个论述背景，以便澄清艺术史与哲学的界分，进一步揭示夏皮罗作为一个艺术史家的深沉关切。而这些关切恰恰是德里达的哲学读解所错失了的。

本人对德里达那篇宏文的印象，与国内学者的已有介绍略为不同。本人不仅没有先后出场的时间序列的印象——夏皮罗针对海德格尔、德里达针对夏皮罗——也没有德里达主要是在批判夏皮罗的印象。恰恰相反，在本人看来，德里达的主旨仍是解构西方强大的形而上学传统，特别是声音（言语）居先于文字（语言）的逻各斯中心主义的传统。在这个悠久的传统里，海德格尔显然是最后一位大师。德里达对两位“西方著名教授”的分析和评论的篇幅就证实了笔者的印象：大体上，海德格尔在那个文本中占据了约三分之二的篇幅，夏皮罗占据约三分之一；海德格尔的名字出现了 240 次，夏皮罗出现了 172 次。

德里达的那个文本用的是对话体，可是他却没有标明其中哪一位是德里达本人，哪一位（或多位）是德里达的对话者。在欧洲的对话体哲学书写中，柏拉图的对话录堪称典范。在柏拉图笔下，苏格拉底的对话者大多头脑简单、学问不好（比如格劳孔），对苏格拉底的问题只能答以最简单的“是”或“不”。但是辩证的——柏拉图的那类对话是辩证法的出处——双方的观点是清晰的，角色的分工是明确的，整个对话的推理过程是事先设计好了的，也是读者能够追踪和复原的。但是，面对德里达的那个对话，笔者费了许多时间想把他们之间的对话理出个头绪来，至少想要弄明白，哪些话是德里达本人说的，哪些则出自他的对话者之口。本人也试着尽可能把德里达的话归在一起，以便找到其中的推理线索，或至少是前后相承的逻辑关系来。但是，我发现这一点根本没有可能。不仅没有可能确定德里达说了哪些话，他的对话者说了哪些话，也没有可能将德里达的话前后关联起来，或者将其对话者的话前后关联起来。甚至，没有可能确定在这场对话里究竟有几个对话者。

有个念头突然闪过，我不禁哑然失笑：这样做本身就是可笑的，是可笑的逻各斯中心主义的陋习。那种想把哪些话归入哪家之口的做法，难道不是与德氏文本嘲笑海德格尔和夏皮罗硬要将鞋子系于谁的名下（是一个农民，还是一个城市居民？再具体一点，是一个农妇，还是画家凡高本人？）一样可笑吗？想从德氏文本中读出前后一贯的逻辑，不是正好犯了德氏所反对的逻各斯中心主义的基本立场吗？

当人们不再忙于猜测究竟哪些话是德氏本人的、哪些话又出于他的对话者（哪怕是他虚构的对话者）时，他们可能才会有兴致阅读这一德里达本人称其为“多角谈话”（polylogue）的文本，而不再关心是谁说的话，也不再关心他和 / 或他们是否前后矛盾。反正它是众语喧哗，一些话语的碎片，本身就不以逻辑论证来说服读者，而是以碎片性的直觉来影响人。

二

德氏文本一上来就指出，海德格尔在其《艺术作品的本源》讲演稿里，差不多开篇即说，让他举“一双鞋子为例”：“田间的农妇穿着鞋……农妇站着或走动时都穿着这双鞋。”

夏皮罗则说：“它们显然是艺术家本人的鞋子，而不是一个农民的鞋子。”

德氏文本反问道：“他俩——我是指夏皮罗和海德格尔——从哪里获得他们的确信，即这里是一双鞋子的问题？”[②] 它接着问：“在这种情况下，一双鞋是什么，他俩是打哪儿得到的想法，凡高画了一双鞋？没有任何东西能证明这一点。”[③]

相反，德氏文本立刻断言：那两只鞋子很有可能不是一双鞋，不管是农民鞋还是艺术家本人的鞋，它们只是两只不成双的鞋。“当鞋子被搁置一旁，空空如也，暂时或永久弃之不用，显然从脚上脱下，被带在身边，有鞋带却没系上，一只与另一只总是不打结……那么，某种事件就发生了。”

> 是的，让我们假定两只（有鞋带的）右鞋或两只左鞋。它们不再构成一双，那么，整件事就开始，我不知道该怎么说，开始以怪异、令人忧虑，或许还是唬人的，略带恶毒的风味，斜睨或跛行。凡高的某些鞋子有时候就给我这样的印象，我怀疑夏皮罗和海德格尔是否为了让自己安心，就过于急切地让它们变成一双。根本未及反思，就把它们当作一双鞋，以此来安慰自己。④

接着，德氏文本提出了一系列十分尖锐的问题：“因此当人们确定鞋子的归属时，当他将鞋子归还或复原时，他是在干嘛？当他在确定一幅画是谁画的，或者在确定一位签名人的时候，他是在干嘛？特别是，当人们费了老大劲将所画的鞋子（在绘画中）确定为那幅画的假定的签名人的时候，或者，相反地，当人们抗议它们的归属的时候，他是在干嘛？”⑤

尽管，从德里达的角度看，这些问题似乎根本无从回答（事实上也不需要回答，它们只是修辞格中的反问法，答案早已隐含在问题之中）。不过，有意思的是，从夏皮罗的角度看，人们却有可能回答这些问题，尽管夏皮罗本人可能觉得完全没有这个必要。夏皮罗的意旨，当然不是单纯驳斥海德格尔弄错了鞋子的主人（不妨这么说），而是从他这个艺术史家的视野确定艺术作品、特别是静物画作品与画家的个人关系；进而，又将这一层关系推进到艺术与艺术家个人的关系（而不再是黑格尔——海德格尔亦然——所说的艺术与时代精神或民族精神的关系）。这一点第三部分将重点展开。

德氏文本在这个时候提到了一个插曲，即这篇文章是夏皮罗为纪念其同事兼友人戈尔斯坦教授而写的。戈尔斯坦，正如德氏文本所描述的那样，是一个犹太人，1933年纳粹兴起后被驱逐出国，其后经阿姆斯特丹前往纽约，就职于哥伦比亚大学。

> 此中存在着许多东西需要释放、归还、复原，即使还不是赎罪的话。很有可能夏皮罗没有满足于仅仅向一个逝者表示感谢，因为是他给了他所读的东西（海德格尔《艺术作品的本源》），他还出于对他的同事、伙伴和友人，一个流放者、

> 移民、城市居民的回忆，提供了，
>
> ——一个分离的部分，一只割下来的耳朵，但是是从谁身上割下来的耳朵？
>
> ——被取回、快速移走，或者从一个共同的敌人身上，或者，在任何程度上都是从共同敌人的共同话语中，扯下来的一双。
>
> 对夏皮罗来说，而且也以真理的名义，这是一桩再次发现其双脚的事情，一桩取回鞋子，以便让正确的双脚穿上它们的事情。首先通过断言那些鞋子是一个移民和城市居民的，“是艺术家的，而直到那时他一直生活在小镇和城市里”，事情后来变得异常复杂，因为事实是，这些移民从来没有停止过发出乡村的、手艺人的和农民意识形态的话语。⑥

这段话被打断了两次（如果这是三个人在对话），或者被打断了一次（如果这是两个人在对话，第三段重新回到第一段那里）。总之，这就是我大段引用、尽量想保持原样的缘由。

接下来，德氏文本重构了夏皮罗与海德格尔通信的情景：夏皮罗询问海德格尔他在《艺术作品的本源》一文里所提到的那幅凡高的画究竟是哪一幅，海德格尔非常善意地答复说是他 1930 年在阿姆斯特丹的一次展览上看到的。夏皮罗根据那年展览的图录，确定他所说的是哪一幅，然后攻击海德格尔弄错了鞋子的主人。不管这个重构是否有意思，从其字里行间的意思不难看出，夏皮罗有意“构陷”海德格尔。

在我看来，这是德氏文本批评夏皮罗的两个主要观点之一：一个德性缺陷（另一个是说夏皮罗持有学院派艺术史家的那种教条，一种智性错误。详下）。因为，这是德氏文本的诛心之论，即穷究夏皮罗的不良动机。整个事件，仿佛都是夏皮罗给海德格尔下的一个圈套。然而——

> 我将回到我的问题：它们是分离的……其中一只与另一只是分开的，没有任何东西能证明它们形成一双。如果我的理解是对的，没有一个标题称这幅画是“一双鞋”。而在别的地方，在一封夏皮罗引用过的书信里，凡高谈到了另一幅画，称它为“一双旧鞋”。难道不正是这种“不是一双鞋”的可能性……不正是这种虚假的配对的逻辑，而不是虚假的同一性的逻辑，构成了这个陷阱？我越看这幅画，它看上去就越不可能行走……⑦

这里的意思似乎是在说，夏皮罗想要“构陷”海德格尔，但这需要一个前提，即那幅画本身就是一个陷阱。因此，想要“构陷”海德格尔的夏皮罗本人，也落入了这幅画本身的陷阱之中。不过，这一点却遭到了德氏文本里的某个对话者模棱两可的否定。

——是的，但是事情真要这样的话，那“不是一双鞋”就必须有可能，而这种可能性，我得说，是一种非常有限的可能性，几乎不可能。更有甚者，即使凡高曾经给这幅画取名为“一双鞋”……那也不会改变它的任何效果，不管这种效果是有意还是无意追求的。⑧

这位对话者先是提出那“不是一双鞋”的可能性不是没有，但确实非常小。接着又提出作者的命名不会改变画面的效果。后面这一点当然是现代或后现代迷们所耳熟能详的：“意图的谬误”“作者之死”“文本之外一无所有”。但是这位对话者又将作品的效果提到了重要位置，好像在确定作品的主题上，甚至连作者的命名也无济于事，重要的只是作品的效果。问题在于，效果在不同的读者或观众那里，几乎不可能是一样的。因此，问题就回到了原点：你说凡高的鞋子看上去是两只左鞋，而我却说那明明是一双嘛！

让我们提一个天真的问题——这种提法必定已经超越德氏文本所规定的“从效果上判断”，或单纯从文本里作出推断，因为这已经诉诸文本之外的世界：

凡高究竟有没有可能画两只左鞋？

从理论上说，这种可能性当然是存在的（例如，凡高无意中拿错了鞋子——假定他房间里有不止一双鞋子，他碰巧将两只左鞋做了拉郎配；或者，他有意制造一个恶作剧，故意画了两只左鞋，设下了一个陷阱，正如德氏文本所说的那样，仿佛只是为了制造哲学家们和艺术史家之间的一场论战）。但是，这种可能性是极其微小的，正如德氏文本中的其中一个对话者已经指出的那样。然而，即使是极其微小的，只要在理论上存在着“那不是一双鞋”的可能性，那么，德氏文本在批判海德格尔认为那是一双鞋，并将主观想象投射进那双鞋（农民鞋）方面，同时又在批判夏皮罗认为那是一双鞋，但犯了同样的错误（武断地断言那是艺术家本人的鞋子）方面，至少是有理由的。而且，凭了理论上的这一点可能性，德氏文本就足以质疑海德格尔和夏皮罗在认定“那是一双鞋”这一点上的笃定和确信。但是，仅凭理论上这一点可能性的论说力，到了现实中，究竟还剩下多少？一旦我们走出单纯的文本——这一点必定是德里达所否定的，在他看来，文本之外一无所有——它的说服力和有效性还剩多少的问题，对德里达来说无疑将是致命的。因为，从根本上说，它如同古代怀疑论者的命题，只有在质疑独断论者和迷信论者方面，才有一定的有效性。也就是说它的效力只在否定性方面。至于它本身能够提供多少关于现实的正面论说，这本身就是可怀疑的。而且，从逻辑上看，一个绝对的怀疑论者也将面临那个克里特岛的说谎者的悖论。一个绝对的解构论者同样如此。

最近出版的《梵高传》有多处涉及凡高所画的鞋子。例如：

> 离开科尔蒙工作室以后，文森特不得不画他弟弟收集的小型裸体石膏像。像在纽南的时候一样，他孤独地坐在画室的器物之间，画一些充分折射出他的挫折和遗憾的静物画主题。在一双磨损的靴子里，他发现了完美的隐喻；他以在教堂街画鸟巢的那种忧郁和深思的笔触，画了这双靴子，就好像它正渴望着在荒野里行走的那份自由。⑨

他也在绘画中反复思考同一个黑暗的想法，为安戈斯蒂娜所画的鲜花作品打上了一个句号。他选择了一种特别在晚夏季节开放的花卉，画了一张三联画。将它们放在一起，它们表现了——在文森特那喜欢隐喻的头脑里，它显然是有意想要表现的——对那个灾难性的夏天的叙事。它们第一次成为他的主题：向日葵。他曾以一种沉思而反省的目光，观看空空如也的鸟巢被遗弃，破破烂烂的靴子跋涉过的徒劳无功的旅途，如今他以同样的眼光打量这些盛开的花朵。⑩

> 与左拉或都德不同，文森特不可能报道或想象别人的生活，也不可能感受到别人的痛苦或欢乐。无论是画他的靴子还是画他的安乐窝，躺在海滩上的船只，路边的蓟类植物，或是围着桌子吃饭的一家人，所有这些作品都是他观看自己内心的窗户。“我总是感到自己是个旅行者”，他八月份写信给提奥说，当时他第一次打算画咖啡馆。“要去某个地方，某个目的地。”⑪

这些传记“事实”表明，鞋子或靴子在凡高那里拥有独特的隐喻意义，它们的信息是清楚无误的。所有这些细节又与这部新传记所刻画的凡高形象循环论证：在凡高那充满了隐喻的头脑里，他所选择的几乎每一个绘画主题，都具有独特的意义。

请别误会我会天真到认为一部传记所写到的这些“事实”，足以否定凡高所画的

"不是一双鞋，它们很有可能是两只左鞋"之类的哲学高论。我只是想要说明：哲学家或怀疑论者所断言的东西之少，并不比艺术史家或传记作者所断言的东西更多。

本质上讲，这是两类不同性质的工作：正如哲学家们和怀疑论者们忙于解构或怀疑一样，艺术史家和传记作家们则忙于建构某种东西。但是，如果没有这些建构，解构就没有任何着落。当然，没有解构，任何建构也就有可能忘掉其"建构"的事实。

诚然，我一点也不想论证，德氏文本在指责海德格尔和夏皮罗的笃定和确信这一点上有什么过错。我的观点只是：它是并且只是以一个怀疑论者的口吻，来指出那些教条论者和迷信论者的缺陷。因此，在这么说时，德氏文本仍然是有理由的：

> 如果说夏皮罗指责海德格尔不顾这幅画的内在和外在语境，以及八张画有鞋子的画充满差异的连续性，那么，夏皮罗本人也应该避免一个完全相应的、对称的、类似的鲁莽之处：那就是不顾海德格尔那篇长文的语境，在没有防范措施的情况下，从他的文本中孤立出二十来行文字，将它们从夏皮罗根本不想知道的框架中粗鲁地扯下，迅速攫住它们，然后以一种海德格尔在声称那双"农民鞋"时一样的神定气闲来诠释它们。[12]

我也不断言德氏文本在批评海德格尔这一点上有什么过错：

> 然而，假如思之路上这一"后退一步"被设想为退回到"主体"背后，那么我们该如何解释将一幅画中的鞋子归属于这样一个确定的"主体"，那个农民，甚至，那个农妇的那种天真、冲动、前批判的做法呢——正是这一密不透风的确定归属的行为及其决定性，指引着论绘画与"真理"的整个演讲？正如我刚才所做的，我们大家都同意称这种姿态是天真的、冲动的和前批判性的吧？
>
> ——是的。[13]

我已经说过，德氏文本对海德格尔这位在其看来仍是欧洲最后的形而上学家的批评，实在是该文本最主要的任务。相对来说，夏皮罗并不是他的主要目标，因为比较来说，经验主义的教条，早已不再是西方哲学所要反思的中心命题了。德氏文本感兴趣的是，海德格尔是如何在批判西方哲学（这里主要是指中世纪拉丁哲学和近代形而上学）时，又不自觉地陷入在场的形而上学的。我们都知道海德格尔那个著名的断言，"当词失去言说（la parole）时，思之根基也一并失去了”[14]。海德格尔在这里断言的是，当欧洲中世纪拉丁哲学家在翻译希腊哲学时，只翻译了那些希腊词（语言），却遮蔽了伴随着那些词语的鲜活的希腊经验（言语）。我们也都熟悉或者过分熟悉海德格尔那个更著名的断言：自此之后，西方历史就陷入存在之被遮蔽的命运之中，整个近代则处于这种黑暗的顶端。然而，海德格尔本人却没有意识到，他自己仍然落在“在”的形而上学的阴影里！这一点正如德氏文本所说的：

> 我感兴趣的，最终是要弄明白，何以从某种角度看，我总是发现海德格尔论凡高的这个片断是荒唐可笑而又可怜可悲的。所以，这真是夏皮罗正确地称之为“投射”的那种十足天真。当他那学院式写作的高度严肃感，其语调的正经和堂皇让位于“图画的呈现”（bildliche Darstellung）时，人们感到的远不止是失望。人们对他像一个消费者那样匆匆忙忙转向一种再现内容，对其悲情的重负，对他描写的那种八股式的琐碎（既超负又贫乏），所感到的远不止是失望，而且人们永远也不会知道这个段落是否真的围绕着一幅画、“真实”的鞋，或是画外的意象中的鞋子忙得团团转；人们对框景的粗鲁，对切割的任意和野蛮，对划等号的堂而皇之的自我确信：“一双农民鞋”之类，感到的远不止是失望！他是从哪里得到这些信息的？他又是在哪里解释过这类事情？因此，人们不免失望，而且忍俊不禁。[15]

比较而论，德氏文本只对夏皮罗“他显然是作者本人的鞋子”等过分确定的用词提出了批评，“人们会奇怪一个专家会使用这种教条的和前批判的语言”。在收入《艺术的理论与哲学》的那个文本里，夏皮罗将“They are clearly pictures of the artist’s own shoes, not the shoes of a peasant”中的“clearly”改成了“most likely”。因此，仅就这一点而论，德里达对夏皮罗的批评，已经发挥了作用。但是，德氏文本对夏皮罗“三个教条”提出的其他批评，在我看来，却没有任何实质性的意义。

德氏文本所谓的夏皮罗“三个教条”是指：1. 画出来的鞋子可以真正隶属于，也可以真正复原为一个真正的、可确定的和可命名的主体；2. 鞋子就是鞋子，不管它们是画出来的鞋子，还是“真的鞋子”，它们是而且只是鞋子，只是它们所是的东西，而且首先适用于穿在脚上；3. 脚（不管是画出来的脚、鬼魂的脚还是真脚）则只能隶属于一个身体。[16]

德氏文本认为这三个教条中没有一个是站得住脚的。然后，它列举了画家马格利特的作品《红色模特》(*Red Model*)(这件作品画了一双“鞋子”，却从“鞋子”上长出“脚趾”来)，说明：1. 图画并不是任何事物的简单图像，它只是符号。作为符号，其意义只在于符号的差异之中，而不是与外部事物的对应关系中。2. 图画并不是一个单纯的符号能指(例如鞋子)，可以确定其所指。相反，符号是一条不断滑动的能指链，而所指(例如鞋子之所以为鞋子者，即为脚所穿)这一点永远无法确定。3. 图画只能是飘浮的能指，它不一定隶属于一个身体(譬如它可以隶属于一只假肢)。

这些当然是极妙的论辩。但它却是“哲学的”，而不是历史的。从历史上看，马格利特晚于凡高足足半个世纪，他那些从“鞋子”上长出“脚趾”来的符号，是超现实主义怪念或形而上学思辨的结果，与凡高努力在画布上营造真实的再现努力、强烈的情感表现以及满脑子的隐喻性表达，是风马牛不相及的。

三

那么，夏皮罗撰写《作为个人物品的静物画：一则关于海德格尔与凡高的札记》(以下简称《札记》)的真正用意是什么呢？如果我们不想落入“意图的谬误”，那就只能从夏皮罗文本的效果，更确切地说，在诸文本中反复出现的重点所形成的效果，来加以说明。

夏皮罗关切的第一个要点，也许是海德格尔的这样一个观点：艺术是真理的自行设置，与艺术家无关。海氏的这个观点当然可以追溯到柏拉图甚至更早。在柏拉图关于文艺作品创作的那个著名的“回忆说”和“神灵附体说”里，艺术作品的诞生一直被认为与艺术家无关。在近代，类似的艺术理论可以在黑格尔那里找到。在黑格尔的时代精神说和民族精神说里，艺术成了精神在其上升通道里的一种临时形式(正因为如此，它最终要被哲学所取代)。

海德格尔仍然走在这条道路上。在《艺术作品的本源》里，海德格尔说：“然而，作品自身是可以通达的吗？若要使这成为可能，也许有必要使作品从它自身以外的东西的所有关系中解脱出来，从而使作品只为了自身并根据自身而存在。而艺术家的独到匠心的意旨也正在于此。作品要通过艺术家进入自身而纯粹自立。正是在伟大的艺术中(本文只谈论这种艺术)，艺术家与作品相比才是无足轻重的，他就像一条为了作品的产生而在创作中自我消亡的通道。”[17]

夏皮罗对这一传统——柏拉图主义—黑格尔主义—海德格尔主义——的批评，采取了一个史学家而非哲学家的方法，即提供具体的历史叙事而不是思辨论述。他从艺术作品的画种 / 题材、主题、风格三方面，论证了艺术史上某些独特的题材、主题和风格是如何产生的。我们且以静物画（题材）、苹果之为静物对象（主题）以及塞尚独特的苹果静物画画法（风格）为例，来呈现夏皮罗的思路。

夏皮罗曾多次论及静物画作为一个画种以及绘画的主要题材类型在西方绘画史中的出场。起初，静物画只是神话和历史题材画或人物画的背景。17 世纪后，静物画开始脱离上述画种，成为独立的门类。黑格尔和丹纳都曾就静物画的产生做出过不乏机智、但基本上大而无当的思辨臆测。马克思主义学者以及被称为“艺术社会史家”的学者，也对静物画产生的历史条件提出过有益的思考。尽管夏皮罗在方法论上以开放和不拘一格著称，他也曾熟练运用马克思主义和艺术社会史的方法，对西方艺术史上的若干论题做出过至为精妙的研究。但是，他不同意在静物画的产生与近代资产阶级社会的历史条件之间作简单的类推。因此，在《塞尚的苹果：论静物画的意义》一个非常著名的段落里，他指出：

> 我不打算探讨这样的问题：西方艺术中的静物画的流行在多大程度上取决于资产阶级的观点；他们对动产的强烈兴趣，以及喜爱具体而实用之物的天性，使得静物画成了艺术中一个受人欢迎的主题。……即便资产阶级已经统治了数个世纪，对作为主题的静物画、风景画的高贵性及其与历史主题画一样重要的信念，似乎也已经成为一种艺术中的民主化的趋势之时——这种趋势赋予了日常世界及其环境以积极意义——即便如此，静物画也没有讨得中产阶级艺术赞助人的欢心。⑱

这个著名的插入段落表明，夏皮罗既说明了静物画的诞生，与近代资产阶级社会有关，但也充分意识到社会条件与艺术题材之间并非简单的决定和被决定关系。跟他的其他两个关切相比（详下），夏皮罗在这一点上针对海德格尔的意图并不十分明显，即使是在《札记》这篇直接批评海德格尔的论文中，也是如此。但是，对于海德格尔提出的艺术与艺术家无关论，夏皮罗的观点可谓针锋相对。

《札记》对海德格尔的批评，至少涵盖了三个层次：第一，海德格尔未能确认他所提到的凡高画有鞋子的画究竟是哪一幅，仿佛任何一幅都揭示了同一个真理；第二，海德格尔弄错了凡高画有鞋子的静物画的对象的性质：海德格尔认为它是农民鞋，更确切地说，属于农妇鞋；第三，即使海德格尔选对了对象（例如选了一双真正的农民鞋而不是凡高本人的靴子），他也误解了静物画的一个首要特征，即它作为个人物品的性质。

对于这三个层次中的第一、二层次，下文还将展开讨论。与眼下论题更加相关的是，海德格尔认为艺术品乃是真理的自行敞开；与作品相比，艺术家根本无关紧要，“他就像一条为了作品的产生而在创作中自我消亡的通道”。对此，夏皮罗当然不同意。他提出：

> 即使如此，海德格尔仍然错失了绘画的一个重要方面：艺术家在作品中的存在。在海德格尔对绘画的解释中，他忽略了靴子的个人性和面相学特征，正是其个人性及其面相学特征使得靴子成了对艺术家来说如此持久和吸引人的主题（更不必说它们与作为油画作品的画作的特殊色调、形式及笔触构成的表面之间的私密关系了）。[19]

这里，我们似乎提前进入了下一个论题，即作品与艺术家个人的关系。但是，在另一处，同样是在处理静物画（作为艺术品）与艺术家（作为人类）之间关系的更为宏阔的视野中，夏皮罗精确地指出了这一点：

> 然而静物画，与风景画一样（有时候比风景画更甚），总意味着一种隐含的人类在场。每一幅静物画不仅拥有作为一个整体的独特的表面；被再现的对象在其与观众的关系中，既能从它们所能满足的欲望中获得意义，也能从它们与人类身体的类似及关系中获得意义。带乐器的静物画指的是音乐家；桌子上有水果和美酒的静物画令人想起晚餐或宴会；书本和纸张是代表作家、学生或学者的静物，可能在他的肖像画中找到它们的位置。古老肖像画中的小物件，能弱化一个空荡荡的空间的素朴严峻，使环境变得富有人情味，最终成了作为被描绘的个体领域的印记。它们乃是一种生活方式的象征或纹章。[20]

因此，夏皮罗确立了艺术（作品）与艺术家（作为人类）之间的关系。不仅如此，他立刻确立了作为静物画的艺术作品与艺术家（作为个人）之间的关系。例如，关于从静物对象（或主题）的选择中可以见出艺术家个性的著名论述，使我们看到了夏皮罗对静物对象与艺术家个性之间关系的精彩描述：

在吸纳静物画的每一个现代画派中——立体派、表现主义、野兽派、新客观派、新古典派以及最近的绘画——人们可以从画家所选择的对象中发现某些与个体艺术家的风格和心境富有启发性的对应关系。……人们很容易从其最经常绘制的静物对象中辨别莱热（Leger）与格里斯（Gris）、马蒂斯（Matisse）与毕加索（Picasso）、苏丁（Soutine）与伯纳尔（Bonnard），因为这些对象通常构成每位艺术家高度个人的、不变的集合。[21]

再进一步，夏皮罗继续调整艺术品与艺术家之间的关系，将它们聚焦到作品风格与艺术家个性之间。以塞尚对静物对象苹果的处理为例：

塞尚长期对静物的沉思默想，或许还可以被看作是一种内向性格的游戏；他为他的再现艺术找到了一个客观领域，在那里他感到自足、从容、无所挂碍、不需要被他人引起的冲动和焦虑所打搅，却能带来活色生香的感受。体态稳定，却总是处于不停的变化中，色彩强烈，而又能为那小小的、圆滚滚的形式提供无限精微的色调变化，塞尚的静物画成了一个世界的典范；他在那孤独的桌面上小心翼翼地建立这个世界。就像那些战术家们在指挥桌上通过摆弄一群玩具兵而展开想象中的厮杀，他也在他多变的地形中排定自己的王国。或者说，塞尚的静物画也可以比作一局孤独的对弈，艺术家总是为他每次自由选择的棋子寻找最有利的位置。[22]

这样，夏皮罗就从艺术的题材（或画种）、主题和风格三个层层递进的层次，提供了对静物画独立或诞生的历史说明，这些说明不仅在学理上越过了柏拉图主义、黑格尔主义和海德格尔主义的樊篱，更是在具体的历史叙述中，捍卫了艺术史的人文主义基础。[23]

夏皮罗关切的第二个要点，或许针对的是海德格尔的如下观点：艺术作品是真理的原始发生的基本方式之一，是一个民族进入历史的方式，与个别艺术家无关，更不必说个别艺术家的人格和气质了。在《艺术作品的本源》里，海德格尔详细论证了这个观点，将艺术作品视为与建国、宗教、哲人之思同等重要的真理的原始发生方式。海德格尔说："每当艺术发生，亦即有一个开端存在之际，就有一种冲力进入历史中，历史才开始或者重又开始。在这里，历史并非指无论何种和无论多么重大的事件的时间的顺序。历史乃是一个民族进入其被赋予的使命中而同时进入其捐献之中。历史就是这样一个进入过程。"㉔

夏皮罗数次批评过海德格尔的这类虚妄之言。在九十岁高龄所作的《再论海德格尔与凡高》的结束段落里，夏皮罗写道：

> 在新版本中出版一个从这些书页的边缘处得到的脚注的选本时，编辑追随作者的指示，选择了那些能够澄清文本、自我批评，或是能引起人们对海德格尔思想的后期发展的关注的重要段落。由于海德格尔的论点从头至尾都指向作为一个阶级的人们的鞋子，而不是一个独特个人的鞋子——他不止一次地说过那鞋子属于农妇——人们就很难明白这个脚注的必要性在哪里。在面对晚近的质疑时，难道他希望确认他的形而上学诠释仍是正确的，即使那双鞋子曾经属于凡高？㉕

当艺术被说成与艺术家个人无关时，诸如"种族""民族""阶级"等等的集体名词就会大行其道。而且，正如20世纪下半叶以来，对欧洲极权主义思潮及行动的反思和批判中早已出现的大量论述所表明的那样，种族主义、民族主义和集体主义言论，已经带来了20世纪整个人类所遭到的最严重的危害。夏皮罗在评论艺术史学科中的风格理论的这一脉思想时，曾以简洁有力的语言概括了这一深沉关切：

> 世界观或思想情感方式乃是风格中长期不变因素的来源的理论，常常被表述为一种种族或民族特征的理论。我早已提到过沃尔夫林或李格尔著作中的这些概念。这些概念在长达一百多年欧洲论艺术的书里反复出现，在提高民族意识和种族情感方面扮演了一个非常关键的角色。艺术作品成了祖先的情感世界具体而微的证据。德国艺术就其本性来说就是紧张而非理性的，其伟大性取决于对种族性格的效忠之类的长期说教，对于将这些特征当作人民的命运加以接受来说，无疑起到了推波助澜的作用。㉖

在所有不厌其烦地宣讲要将德国民族性当作德国人民的命运来接受的学说中，海德格尔理论恐怕当仁不让、独占鳌头。与其针锋相对，不如强调艺术风格与艺术家个人之间的关系，则是夏皮罗全部艺术史研究的出发点。

我曾在另一个语境里提到夏皮罗《塞尚的苹果：论静物画的意义》这一辉煌的个人秀被著名艺术批评家希尔顿·克雷默（Hilton Kramer）等人公认为夏皮罗的炫技性表演。在这篇公认的力作中，夏皮罗一反陈陈相因的形式主义—现代主义言说（所谓塞尚的苹果里什么也没有，除了形式），论证了在塞尚将苹果当作一个主题本身来加以再现的习惯中，“存在着一种潜在的色情意义，一种被压抑的欲望的无意识象征”。除了它在出色运用精神分析理论方面的示范价值外，这篇论文在揭示塞尚静物画，特别是其以苹果为对象的静物画的意义方面也堪称独步：

> 正是静物画在其艺术中的核心地位这一点，激励我们更为彻底地探索他对静物对象的选择。当我们将他笔下的静物对象与其同时代的或者后来画家笔下的静物对象加以比较时，他的选择带有十分强烈的个人色彩，而不是“偶然”的这一点才显得更加清晰了。很难想象塞尚的静物画会画享乐主义者马奈笔下的鲑鱼、牡蛎和芦笋，也难于想象塞尚会画凡高笔下的土豆、向日葵和靴子。塞尚的苹果或许也会出现在其他富有创造力的画家的笔下；但是，在塞尚的所有静物画中，苹果都是一个十分突出的习惯性母题，而在其同时代其他画家的作品里，它们却是偶然的，通过不同的语境及其他伴随物来获得不同的品质。[27]

《塞尚的苹果》与《札记》差不多同时发表，说明夏皮罗对艺术风格与艺术家个人之间的关系问题的思考是持续一贯的。特别是静物画乃是艺术家个人物品的观念，深化了他关于作品与艺术家个人关系的一般性思考。这种深化的思考，在《札记》里体现得最为明确。

在关于海德格尔与凡高的前后两则札记里，夏皮罗都援用过高更讲述的、两个略为不同的关于凡高画鞋子的故事的版本。在第一个《札记》的结尾，夏皮罗指出：

> 高更在阿尔看到的是哪一张画有单双靴子的画，还不清楚。他将它描述为紫色调的，与画室的黄色墙壁形成对比。但这无关紧要。高更的故事尽管写于数年之后，而且带点文学色彩，却确认了以下本质事实：对凡高来说，那双靴子是他自己生活中一个值得纪念的物品，一个神圣的遗物。[28]

在同一个《札记》里，夏皮罗还援引福楼拜的话，表明了同一种观点："我的同事约瑟夫·马谢克（Joseph Masheck）提醒我注意到了福楼拜的一封书信，里面讲到了他对旧鞋子的感知，他把它们视为一种个人物品——一个人类境况的明喻。"[29]

在《再论海德格尔与凡高》里，夏皮罗再次强调指出：

> 人们可以将凡高画有其靴子的油画描述为这位艺术家视为、感知为他本人一个重要部分的对象的图画——他就像面对一个镜像一样面对他自己——他选择、拈出并仔细地安排它们，也是为了他自己而画它们。在这种独特的艺术观念中，在对普通干净，事实上还是舒适、自信而又包裹得过于严严实实的对象的描绘中，难道不存在艰难的人类处境中的悲情那私密、个人的一面，以及对这种悲情的自白和表现吗？厚涂的颜料实体黏稠而厚重，幽暗的鞋子从阴影向光线中显现，不规则、生硬的图案，以及延伸到靴子侧影外令人吃惊的松弛而扭曲的鞋带，不都是凡高对鞋子那古怪看法的构成性特征么？[30]

本书的其他篇什也提供了有关这一论题的大量佐证。例如，在《批评家弗罗芒坦》一文开篇伊始，夏皮罗就提出了这一重大主题：

> 早在弗罗芒坦之前很久，作家们已经明白，一幅画乃是一件个人物品，但是这一洞见一直维系在某种未经阐明的笼统之中。在《比利时与荷兰的老大师们》里，它开始变得具体、可证、亲切，变成一个提出问题和上下求索的领域，特别是在有关鲁本斯和雷斯达尔的优美章节里。在这里，经过反反复复的观察，我们终于确信无疑地看到，一幅画的笔触和感性材料乃是最伟大成果的精神之物。[31]

促使夏皮罗关注作为批评家的弗罗芒坦——作为艺术家，弗罗芒坦并不十分成功——的地方，正是他超前于同时代绝大多数画家和批评家的地方：他对艺术品与艺术家人格之关系的认识。而且，"与其他批评家一样，他在这样的尝试中领先于那些研究肌动行为和幻想的个人面向的实验心理学家们"。夏皮罗是这样说的：

> 弗罗芒坦对绘画中人格的追溯，有时候暗示了某个科学目的，仿佛他在寻找心理学规律似的。当然，这些规律是任何声明要从创作者的性格来解释其作品品

质的说法中都预设了的东西。弗罗芒坦甚至从雷斯达尔的艺术特点着手，通过小心翼翼的笔触和问题，试图重建很少为世人所知的艺术家的性格。他认为，一幅画乃是作者的心智状态在创作它的时刻的可靠线索。与其他批评家一样，他在这样的尝试中领先于那些研究肌动行为和幻想的个人面向的实验心理学家们。[32]

实验心理学家们，以及更宽泛地讲，那些依赖并促进了视觉艺术的心理学研究的史学家们，恐怕不会断言、也没有能力断言他们的心理学研究能够提供对艺术品以及艺术品背后的那个艺术家人格的最终证据。因此，尽管夏皮罗并不反对视觉研究的心理学取向，但他本人的研究，仍然或多或少地建立在对艺术品的风格及其与艺术家人格关系的解释之中。在说明批评家弗罗芒坦的主要方法时，他在说弗罗芒坦，当然也在说他自己："在确信一件作品的艺术肌理乃是判断的最后材料时，他并没有排斥艺术的其他方面，把它们当作与批评性决定不相关的东西。……如果说只有艺术作品是重要的，那为何还要如此麻烦去探索它们背后的那个艺术家的人格呢？……对艺术作品中的人格的感知，也许是发现作品肌理的一种手段，一把掌握某些微妙差异与和谐的钥匙，对一双不能感受到体现在色彩中的人性的眼睛来说，这些东西是毫无意义的。"[33]

艺术史家努力在艺术家的人格中，发现其作品的特殊肌理，又从其作品，特别是其作品的物质质地、手段和风格中，去重建个别艺术家的人格。应该说，这是一种循环。但这种循环并不一定是无意义的。当其向不断的解释开放时，它其实是一种典型的解释学循环，也是人文学科的方法论基础。因此，夏皮罗不仅一般性地将艺术品与艺术家的人格联系起来，而且特别地将这种关系落实于对艺术家所使用的特殊媒介的特征、物质质地和风格、手段之中。这不仅是夏皮罗全部艺术史著述的基本特质，也是他对作品和艺术家的分析中最富有卓识的地方。

夏皮罗深沉关切的第三个要点，可能与海德格尔的下列观点有关：艺术品是真理的开启，不仅与个别艺术家无关，而且也与个别艺术品无关。是这件作品还是那件作品，从根本上说无关紧要，它们敞开的是同一个真理。海德格尔说："我们姑且选一个普通的器具——以一双农鞋作为例子。为了描绘这样一件有用的器具，我们甚至用不着展示实物。它是人人皆知的。但由于在这里事关直接描绘，因此最好还是为大家的直观认识提供点方便。要做到这一点，一个图像的展示足矣。为此我们选择凡高的一幅著名油画来作例子。凡高不止一次地画过这种鞋。"[34]

夏皮罗立刻反驳道："海德格尔教授注意到凡高不止一次地画过这些鞋子，但是他没有指出他所说的究竟是哪一幅，仿佛不同的版本是可以互换的，每一幅都敞开了同一个真理。”[35]

从海德格尔的角度看，不仅选择凡高哪一幅画有鞋子的画在这里无关紧要，而且，是选择一幅画有鞋子的画，还是提供一双鞋的实物，在解释器具的器具存在问题上，同样是无关紧要的。在这一点上，德里达对夏皮罗的批评当然是有效的。然而，让我们换个角度。从夏皮罗的角度来看，事情将会怎样？夏皮罗当然无法同意海德格尔的两个“无关紧要”，对他来说，每一件艺术品都是一个独特的物品，需要个别对待。尽管一个艺术家的全部作品无不打上这个艺术家人格和个性的烙印，带有一个艺术家的面相特征，但是每一件作品都是独一无二、不可置换的。

在《札记》里，他已经指出过每一幅画的不可置换性。在《再论海德格尔与凡高》里，他更是提到了凡高不同时期绘画风格的演变，以及这些不同风格的作品的不同意义：“他的风格有一定的特征范围，依据不同场合、作画时刻的不同心境，以及他对非同寻常的主题的不同兴趣而发生变化。我在这里的目的不是解释其风格的显著变化，当他从荷兰转移至巴黎，然后到阿尔，最后又到圣雷尼的精神病院的时候。但是我注意到了——为了避免误解——这位艺术家在完成他那双破破烂烂的靴子的画作时那种紧张的态度。”[36]

在其他文本里，夏皮罗同样强调了每一件作品的独特性，而且将能够辨析这种独特性当作一个优秀批评家的品德。例如，在《批评家弗罗芒坦》里，夏皮罗指点道，弗罗芒坦有能力比较鲁本斯《基督上十字架》与《基督下十字架》的优劣，而且令人信服地指出，第一幅更为高级，也更能体现鲁本斯的特色，但是另一幅却更加完整，得到更为完美的实现。接着，夏皮罗指出：

> 这是艺术批评中极其深刻客观的类型，能看到一个艺术家成就中的不同表现，不仅能够辨别不同作品之间的差异，还能辨别同一件作品中不同面向或局部之间的差异。而这正是我们有时候在波德莱尔的批评中看不到的东西。……弗罗芒坦的注意力更具探索性，从长远看或许也更有启示性。他所发现的不完美之处，时常与完美之处一样富有教益；它们也属于艺术家的人格，从而有助于我们更好地理解这种人格，更好地发现其毋庸置疑的成功所达到的高度。[37]

这样，夏皮罗不仅摆脱了黑格尔有关艺术的时代精神和民族精神的泛泛之论，而且也与海德格尔关于作品与真理的更为玄妙的思辨撇清了关系。正如我在前文已经指出的，这显然是夏皮罗对艺术史学科的人文主义基础的捍卫。而他的这种捍卫，相对于贡布里希直截了当地批判黑格尔主义以及潘诺夫斯基明确地列出人文主义的敌人一览表而言，反倒显得不那么急切。[38] 因此，我才断言，夏皮罗的关切是深沉的；正因为这个缘故，它们才常常为读者所误解。

注释：

① 本文是笔者为迈耶·夏皮罗《艺术的理论与哲学》（沈语冰、王玉冬译，江苏凤凰美术出版社 2016 年即将出版）所撰写的“译后记”的第二、三部分。有删节。

②③④⑤⑥⑦⑧ Jacque Derrida, “Restitutions of the Truth in Pointing”, in *The Truth in Painting*, trans. Geoff Bennington & Ian Mcleod, Chicago and London: The University of Chicago Press, 1987, p. 261, p. 264, p. 265, p. 266, pp. 272–273, pp. 277–278, p. 278.

⑨⑩⑪ Steven Naifeh & Gregory White Smith, *Van Gogh*: *The Life*, New York: Random House, 2011, p. 518, p. 549, p. 636.

⑫⑬⑭⑮⑯ Jacque Derrida, *The Truth in Painting*, p. 285, pp. 286–287, p. 288, pp. 292–293, pp. 313–314.

⑰㉔㉞ 海德格尔：《艺术作品的本源》，载《海德格尔选集》，孙周兴译，上海三联书店 1996 年版，第 260 页，第 298 页，第 253 页。

⑱ 迈耶·夏皮罗：《塞尚的苹果：论静物画的意义》，载《现代艺术：19 与 20 世纪》，沈语冰、何海译，江苏凤凰美术出版社 2015 年版，第 29 页。

⑲㉕㉖㉘㉙㉚㉛㉜㉝㉟㊱㊲ Meyer Schapiro, *Theory and Philosophy of Art*, New York: George Braziller, 1994, p. 139, p. 150, p. 86, p. 140, p. 145, p. 146, p. 104, p. 105, pp. 114–115, p. 135, pp. 146–147, pp. 108–109.

⑳㉑㉒㉗ 迈耶·夏皮罗：《现代艺术：19 与 20 世纪》，第 32 页，第 30 页，第 35—36 页，第 34 页。

㉓ 在这个问题上，潘诺夫斯基对艺术史学科性质的论述最有代表性（参见潘诺夫斯基《作为人文学科的艺术史》，曹意强译，范景中校，载曹意强、麦克尔·波德罗等《艺术史的视野——图像研究的理论、方法与意义》，中国美术学院出版社 2007 年版，第 3—17 页）。

㊳ 特别参见贡布里希《理想与偶像》，范景中等译，上海人民美术出版社 1990 年版；潘诺夫斯基：《作为人文学科的艺术史》，载《艺术史的视野——图像研究的理论、方法与意义》，第 3—17 页。

（2016 年第 1 期）

中国现代派诗歌的幻象性诗学与拟喻性语言

吴晓东

在中国现代诗歌众多的群落中，20 世纪 30 年代以戴望舒、何其芳、卞之琳为代表的现代派诗人贡献了最成熟精湛的诗艺。现代派的时代可以说是中国现代文学史上并不常有的专注于诗艺探索的时代，诗人的创作中颇有一些值得反复涵泳的佳作，其中的典型意象、思绪、心态已经有了艺术母题的特质，进而生成了独特的诗学语言。这使现代派诗歌以其艺术形式内化了心灵体验和文化内涵，从而把诗人体验到的社会历史内容及其构想的乌托邦远景，通过审美的视角和形式的中介投射到诗歌语境中，使现代派诗人的历史主体获得了文本审美性的支撑。

现代派诗人群在中国现代诗歌史上之所以成为具有相对成熟的诗艺追求的派别，原因主要是诗歌意象世界与作家心理内容的高度吻合，以及幻想性的艺术形式与渴望乌托邦乐园的普遍观念之间的深切契合，最终生成为一些具有原型意味的艺术模式和诗学语言。本文试图分析的是诗人在艺术世界中所创造的幻象性诗学与拟喻性的语言。

一

学界通常把何其芳的《画梦录》和鲁迅的《野草》等写作体式称为“散文诗”。从文体学的角度看，现代散文诗传统与法国象征派诗人波德莱尔的《巴黎的忧郁》有极深的渊源。《巴黎的忧郁》又称“小散文诗”，它为散文诗这一文体赋予了新的活力。此后，洛特雷阿蒙的《玛尔佗萝之歌》、兰波的《地狱中的一季》以及马拉美的《呓语》等都受到波德莱尔的影响，进一步发展了现代欧洲文学的散文诗传统。[①] 因此，波德莱尔为散文诗这一体式奠定了特殊的题材领域。日籍英国评论家小泉八云曾这样评价波德莱尔：

> （波德莱尔）坚信诗化的散文也可以使用于某些特殊的题材而取得良好的效果——这些题材例如梦幻，遐想，人在孤独寂寞中，没有外界的活动干扰他的冥想时的思绪，等等，他的随笔、小品全是这些遐想、梦想和幻想。[②]

有中国现代评论家也认为："波德莱尔的散文诗，就只有在叙述简短的梦幻时最为适宜。"[③] 这些观点都试图说明散文诗与冥想、梦幻之间具有某种对应性。

中外的现代散文诗创作都表明这一体式与"梦"之间深缔的因缘。鲁迅的《野草》有大半篇幅都写到梦，其中有七篇直接以"我梦见"开头。唐弢的散文诗集《落帆集》中第一篇即为《寻梦人》，整部作品也堪称作者的梦幻之旅。何其芳在《画梦录》代序中说："我很珍惜着我的梦，并且想把它们细细地描画出来。"[④] 这就是《画梦录》题目之所由来。

在何其芳这里，更值得分析的是他如何画梦。他在《梦后》一文中这样写道：

> 孩提时看绘画小说，画梦者是这样一套笔墨：头倚枕上，从之引出两股缭绕的线，象轻烟，渐渐向上开展成另外一幅景色。叫我现在来画梦，怕也别无手法。不过论理，那两股烟应该缭绕入枕内去开展而已。[⑤]

传统绘画小说对何其芳画梦的方式起了很大的影响。他自己的小小的革新（"那两股烟应该缭绕入枕内去开展"）也使人想到《枕中记》和"游仙枕"的古代传奇故事。

而梦所禀赋的形式感是令何其芳着迷的重要原因，正像他在《画梦录》中将唐传奇《南柯太守传》改写为《淳于棼》，更关注做梦本身而把原作的主体部分——淳于棼的梦中情节—— 一笔掠过一样。在这里，"做梦"甚至比梦的内容更重要，也更有意味。现实中的淳于棼只睡了短短的半个下午，但梦中却倏忽间经历了一生。这正是梦的形式本身固有的特征和魅力。梦因此是英国美学家克莱夫・贝尔所谓的一种"有意味的形式"[⑥]。

何其芳对梦的"形式意味"本身的关注，有着对艺术形式的自觉，这种自觉有时甚至超越了对内容的重视。正像何其芳在《梦中道路》一文中所说的："渐渐地在那些情节和人物之外我能欣赏文字本身的优美了……我惊讶，玩味，而且沉迷于文字的彩色，图案，典故的组织，含意的幽深和丰富……我喜欢读一些唐人的绝句。那譬如一微笑，一挥手，纵然表达着意思但我欣赏的却是姿态。"[⑦] 也正像影响了何其芳的小说家废名说过的那样："人生的意义本来不在它的故事，在于渲染这故事的手法。"[8] 而梦恰恰是"故事"与"手法"的浑然一体，是一种包含了内容的形式。梦由于它固有的形式特征而倍受中外艺术家青睐，由此成为在诸多文本中得以微观化、形式化以及具体化的诗学范畴。

对中国古典文学传统的态度和选择构成了中国现代文学30年中持续面对的问题线索。"五四"激进的反传统主义姿态尽管极大地影响了现代作家对文学传统的判断与评价，但依然有相当一部分作家对古典文学几千年的璀璨光影频频回眸。到了20世纪30年代，对传统文学的吸纳与借镜成为与现代主义、左翼政治、新都市文化兴起同样值得重视的文学思潮。在诗歌领域，一同就读于北京大学的"汉园三诗人"卞之琳、李广田、何其芳对古典诗文中的幻异与含蓄美学的反顾尤为引人注目。其中何其芳在散文诗《画梦录》中对中国古代志异文本的改写最具文学审美姿态的症候性，从中可以探讨现代作家为何选择古典文本、古典文本怎样进入现代语境以及传统经由何种路径被现代化等堪称重大的文学史议题。

1912年生于四川的何其芳，在童年时代奠定了他与古典文学最早的渊源。何其芳回忆说，在他12岁到15岁的私塾教育中，"教会我读书的……是那些绣像绘画的白话旧小说以至于文言的《聊斋志异》"[9]。虽然何其芳后来被看作20世纪30年代现代派诗人群体中的一员，但他与诗友卞之琳一样，追求在诗歌的现代意绪中深藏古典文学的旨趣。何其芳名噪一时的散文诗集《画梦录》更是深刻地浸润了中国古典文学的氛围。其渊深的古典情趣、梦幻般的迷离语境都令人联想到中国古代的志异传统。其中一篇与书名同题的散文诗包括三个独立的故事：《丁令威》《淳于棼》以及《白莲教某》，是对这三篇古代志异故事的改写。《丁令威》取材于《搜神后记》，《白莲教某》取材于蒲松龄的《聊斋志异》，而直接处理梦的题材的《淳于棼》取材于唐传奇《南柯太守传》，是《画梦录》中写得最出色的一篇。

从何其芳改写后的《淳于棼》可以看出，他把《南柯太守传》中淳于棼梦里的大段内容都省掉了。淳于棼在梦中从蚁穴进入槐安国，娶了公主，出守南柯郡……这些梦中情节是原来故事的主体部分，却被何其芳几句话带过。这种大幅度的删减或许出于何其芳对李公佐这部小说最有魅力或者说最具想象力的部分之体认。《南柯太守传》中淳于棼的梦中故事固然精彩，但小说最有独创性的尚不是梦中故事，而是主人公梦醒后从蚁穴中穷究根源的部分。鲁迅在《中国小说史略》中称这一部分"假实证幻，余韵悠然"[10]，而何其芳最感兴趣的也恰恰是这一部分。改写后的文本侧重的是淳于棼梦醒后对梦的回顾与自省，是其“浮生若梦”的心理体验和感悟：

> 在那梦里的国土我竟生了贪恋之心呢。谗言的流布使我郁郁不乐，最后当国王劝我归家时我竟记不起除了那国土我还有乡里，直到他说我本在人间，我瞢然想了一会才明白了。[11]

何其芳在省略原著中大量梦中情节的同时，突出的正是这种亦真亦幻、庄生梦蝶般的体验本身，堪称是对李公佐原著精神的精准提炼和把握。

中国古典小说的叙事时间一般都遵循线性时间，即按照故事发生的前后顺序来讲故事。时间有如一条没有中断的直线。《南柯太守传》的叙事时间正是如此。而何其芳的《淳于棼》则打破了原来的叙述顺序。改写之后的文本被何其芳用空行的方式分为五个部分，如果按原作的时间顺序排列，应该是第四部分排在最前面，这是原作中最先发生的事件。按这种原作的叙述顺序重新排列《淳于棼》，顺序如下：

> 第四部分（淳于棼大醉在宴席上）
> 第二部分（淳于棼惊醒在东厢房的木榻上）
> 第一部分（淳于棼弯着腰在槐树下）
> 第三部分（淳于棼蹲着在槐树下）
> 第五部分（淳于棼徘徊在槐树下）

如果我们不熟悉李公佐原来的故事，会很难弄清何其芳改写之后故事时间的先后顺序，但这种打乱时间顺序的写法显然是何其芳的有意为之。何其芳既然是在“画梦”，那么打破线性时间显然更符合梦的逻辑。梦的时间往往是非线性的、无序的。在何其芳这里，线性时间的打破不仅是叙事方式的改变，也是故事背后的时空意识的重塑。线性时间是历时性的，遵从逻辑因果律，把事件看成有内在因果关系的连续体，从而是由发生到发展再到结局的有规律的过程。人们往往就是借助于因果律来把握事件的内在规律。而《淳于棼》表现的则是一种共时性的时间观，是时间结构的空间化。作家可以在叙事时间中自由出入，就像进入一个大厅，四周有无数的小房间，他可以任意进出，完全不必考虑顺序。何其芳也正是这样重新组合了故事的时间段，使时间遵循于梦的逻辑，从而具有了一种心理性质，成为文本中的想象性的存在。

《淳于棼》的改写还突出了原作中具有思辨性的相对主义哲学意识，即《淳于棼》概括的“大小之辨”和“久暂之辨”：

> 淳于棼的想象里蠕动着的是一匹蚁，细足瘦腰，弱得不可以风吹，若是爬行在个龟裂的树皮间看来多么可哀呵。然而以这匹蚁与他相比，淳于棼觉得自己还要渺小，他忘了大小之辨，忘了时间的久暂之辨，这酒醉后的今天下午实在不像倏忽之间的事。[12]

在淳于棼忘了“大小之辨”与“久暂之辨”的同时，何其芳却体悟到一种源于庄子的相对主义时空意识。这种时空相对性的理念正是《南柯太守传》内含的哲学主题。李公佐笔下的“梦中倏忽，若度一世矣”即反映了这种“久暂之辨”。《丁令威》中仙界时间与尘世时间的对比也透露出这种时间之维的相对性，而“大小之辨”的主题则浓缩在蚁穴王国的惊人想象中。梦中的槐安国实际上是由蚁穴所构成，这种蚁穴中的王国，使人联想到庄子笔下蜗牛角上为争夺领土而战的两个国家。在《淳于棼》中，主人公觉得自己比一只蚂蚁还要渺小，作者何其芳也正是借助人物的这种心理感受强化“大小之辨”的哲理体验的。《画梦录》的第三篇《白莲教某》所本蒲松龄之《白莲教》亦反映了这种“大小之辨”：

> 堂中置一盆，又一盆覆之，嘱门人坐守，戒勿启视。去后，门人启之，见盆贮清水，水上编草为舟，帆樯具焉。异而拨以指，随手倾侧；急扶如故，仍覆之。俄而师来，怒责曰：“何违吾命？”门人立白其无。师曰：“适海中舟覆，何得欺我？”[13]

如果把何其芳《画梦录》中的三篇看成一个整体，那么其中具有贯穿性的文学母题正是这种相对主义的哲学意识。

何其芳改写的《画梦录》三篇中的梦同时还具有一种双重性。它一方面是何其芳的梦，另一方面也是中国古人的梦，堪称叠合在一起的梦中梦。三篇古代原型作品的共同特征是奇特的想象力所赋予文本的幻想性，因而为何其芳的“画梦”系列提供了艺术前提。这种想象力表现出古典文学具有一种穿越历史时空的超然性，在千百年后仍然诱惑着中国现代作家。如果说何其芳选择散文诗的形式是受了法国象征派作家梦幻传统的影响，那么他对中国古典梦境的移植，则是沉迷于古代志异故事的神异色彩之中。

心理学家荣格把梦看成承载种族集体无意识的重要原型，他认为梦中深藏着一个民族长久积淀的心理内容。那么同样可以说，中国作家一旦进入梦的世界，民族的集体无意识就会浮出水面。梦构成了承载着中国古代作家集体无意识的美学范畴和艺术母题。庄周梦蝶、黄粱一梦、楚襄王梦遇神女、苏轼的“人生如梦”、汤显祖的“游园惊梦”……更不用说曹雪芹《红楼梦》的集梦之大成。中国文学中梦的范畴已然成为一个极为丰富的研究课题。

建基于这一艺术母题之上，何其芳的《画梦录》传达的也正是典型的中国式古典美学趣味，体现了本土文化悠远的背景和潜在的制约力。其中的时间意识、相对主义倾向、浮生若梦的情怀、学仙成道的观念、齐谐志怪的神异，都显示了古典传统的深层集体无意识内容。借助于画古人的梦，何其芳得以生活在一个遥远的历史时空之中，他进入了中国古典文学由想象力构成的世界，也使自己进入了传统的集体无意识的深处。[14]

二

作为一种诗学范畴，梦体现出的核心的诗性功能是幻象性，而它在 20 世纪 30 年代现代派诗中，也表现为一种幻象性的存在。它是按照不同于现实生活的另一些逻辑组织起来的，譬如想象和幻象的逻辑。这使得现代派诗歌文本中，充溢着一种奇丽的幻想色彩。

譬如何其芳的《梦歌》：

> 梦呵，用你的樱唇吹起深邃的箫声，
> 那仙音将展开一条兰花的幽路，
> 满径散着红艳的蔷薇的落英，
> 青草间缀着碎圆的细语的珠露。[15]

何其芳的梦大都是幻美的梦，诗人把梦拟人化了，梦的“樱唇”吹起的箫声中，展开的是类似于所谓通感的“音画”世界：仙音中的兰花幽路、青草间细语的珠露，声音与视觉融为一体，使这一梦的场景带有繁复而绮丽的美感。何其芳最初收入《汉园集》里的

《关山月》也是一首写梦的诗作：

今宵准有银色的梦了，
如白鸽展开着沐浴的双翅，
如素莲在水影里坠下的花片，
如从琉璃似的梧桐叶流到
积霜似的鸳瓦上的秋声。
但渔阳也有这银色的月波吗？
即有，怕也凝成玲珑的冰了，
梦纵如一只满帆顺风的船，
能驶到冻结的夜里去吗？[16]

诗人并没有描绘他的梦的具体内容，只是竭力渲染梦的幻美色彩，烘托一种“银色”的朦胧气氛。排喻的运用，把银色的梦牵引到一个宁静而空幻的世界。每一个意象都是具体可感的，但组合在一起则叠印成一个空灵而超感的幻象空间。这正是何其芳刻意营造的诸多梦幻文本所共通的特征。散文诗《画梦录》《梦后》《秋海棠》，诗歌《夏夜》《休洗红》《圆月夜》《梦后》……一系列文本都把读者引入“迷离”的“梦中道路”。这些梦境并不以它们具体的场景描绘取胜。事实上，何其芳也很少刻画逼真而直观的梦境。在这些梦境中，他执迷的是一种氛围和情调，是梦能够把他引向幻美世界的功能本身。正如捷克学者马立安·高利克评价的那样：

（何其芳）对仅仅作为夜间的一种现象的梦不感兴趣。他感兴趣的是自己醒时的梦幻，或其他人的文学之梦。而通向它们的道路无非是出色的意象和艺术作品，此外并无其他的实际目标。

他对“梦中道路的迷离”的爱一度主要是对一种他周围世界中和他内在的自我中美妙、迷人的现象的形式的喜爱，而表现在纤弱的文学作品中。[17]

可以说，使何其芳沉醉其中的，与其说是梦的内容，不如说是梦的形式。这是一种承载幻象的最有效的形式，因此，对梦中道路的求索，也就是把幻象世界作为一种艺术的乃至生命的存在方式来刻意追求。

梦作为一个幻象世界的自足性还体现在它具有自身固有的逻辑。正如保罗·瓦雷里说的那样："幻想，如果它巩固自己而支持一些时候，它便替自己造出器官，原则，法则，形式，等等；延续自己的，固定自己的方法。"[18] 这证明了所谓的幻想和想象并不是漫无边际的遐想和空想，它自身也要求并生成一种法则和形式，具有自己的幻象的逻辑。一方面，这种幻象的逻辑应成为构筑诗歌想象的作为"语言整体的原则"；另一方面，这种原则又必须具体化地落实到每一幻象文本中去。

幻想世界凭借的媒介和载体是诗人编织的意象网络。这种幻想世界的意象性再一次证明了诗人与其想象之物间的镜像关系。一方面，诗人必须捕捉可感的直观意象编入诗歌的能指网络；另一方面，又需要把这些具体可感的意象推置到一个遥远的非现实的地方，正像一个镜前的事物同时又获得它镜中的影像一样。这一方面印证了萨特的主张："通过想象可以创造出一个变形的、非现实的、幻想的、飘渺的世界，一个一旦同现实存在中的荒诞和恐惧相接触就会被粉碎的世界"[19]，恰如希腊神话中的纳蕤思，一旦接触水面，自己的水中幻影就会破碎；另一方面，想象同时也是"在世界中行动的一种方式，当我们想象的时候，我们仍然是在存在的世界里行动。萨特的存在主义认为，和我有关的一切，都是属于这个世界的行动，因为我们不幸被抛进这个世界，我们的一举一动都属于这个世界"[20]，这就是想象和幻象的某种本质特征，一端连着飘渺的乌托邦乐土，另一端却维系着存在的现实世界。而所谓的幻想世界最终仍不过是现实世界的一种假想性折射而已。

尽管意象领域的意义在于使梦幻的虚无缥缈的存在获得负载者，从而使乌托邦境界实体化，但幻象的逻辑还体现为一种超感的特征。一般而言，具象化的事物往往诉诸感官世界，一个可感的意象通常可以在视觉、听觉、味觉或触觉诸感官层面加以确证，它首先是一种感性的存在。然而幻象却强烈地要求指向无限，指向神秘域，因此它同时又是超越感性的。在此意义上，一个虽然隶属于现实世界的具体可感的意象同时构成了某一深层现实的象征。这种深层现实，纪德谓之"观念"，兰波称之"未知"，波德莱尔叫作"幽昧而深邃的统一体"[21]……无论名称是什么，都恰恰是幻象所处理的疆域。在一定程度上，幻象的这种具有超越性的逻辑要求诗人像临水的纳蕤思那样，对飘渺的幻影采取非功利的静观态度，一种保持距离的沉思与冥想。这有如张若名在评论纪德的象征主义美学时指出的："一旦摆脱了感官世界的束缚，诗人的精神就会自由起来；一种具体清晰的幻想，像幻觉一样，会占据他的思想，这样幻想支配着诗人，并被他结晶成美：诗就这样悲剧般地诞生了。诗人只有通过幻觉才能把握住超感官的世界，揭示象征派诗人追求的那种无限美的秘密。”[22]

三

卞之琳当年为何其芳、李广田以及他自己三人的诗歌合集《汉园集》写过一个题记，其中有段话耐人寻味：

> 我们一块儿读书的地方叫“汉花园”。记得自己在南方的时候，在这个名字上着实做过一些梦，哪知道日后来此一访，有名无园，独上高楼，不胜惆怅。可是我们始终对于这个名字有好感，又觉得书名字取得老气横秋一点倒也好玩，于是乎《汉园集》。[23]

诗集得名于“汉花园”，但它是个有名无实的地方。如果说诗人当初“在南方时候，在这个名字上着实做过一些梦”，那时着迷的或许是名字下面一个实体的“园”的存在，那么，当知道了有名无园，却依旧“始终对于这个名字有好感”，以至于移用为书名，可以说诗人执著的只能是表象的存在本身了。

这使人想起一句为莎士比亚酷爱的拉丁谚语：“昔日的玫瑰存在于它的名字之中，我们有的只是这个名字。”往日的玫瑰凋零了，后来者已经无法拥有它的实体，无法再领略它的芳香和色泽，只能拥有作为符号的玫瑰。

“汉花园”也恰似昔日的玫瑰留下的名字。而卞之琳的这段题记在无意中提示了现代派诗歌的一个艺术特质：诗人拥有的不过是一个想象性的王国。他们无法占有甚至无法反映客观世界本身，他们所能把握住的，只能是一个关于世界的表象，或者说一个表象的世界。

从那句“昔日的玫瑰”的古谚中，我们多少能感受到一种命定般的无奈和怅惘，正像卞之琳发现“有名无园”所感到的“不胜惆怅”一样。从这种惆怅出发，诗人构筑的表象世界或许不失为对已经失却的玫瑰或者并不存在的花园的一种想象性补偿。而想象的逻辑在于，一旦诗人全身心地沉溺于幻想，他就会替幻想制造出一个纯粹的具有自足性的表象王国，它悬浮在真实的世界之上并且完全可能取代真实世界的存在。从此，诗人的喜怒哀乐就可能维系在这文字符号组成的表象世界中，恰如何其芳说的那样：

“我从陈旧的诗文里选择着一些可以重新燃烧的字。使用着一些可以引起新的联想的典故。一个小小苦工的完成是我仅有的愉快。”[24]

何其芳这段自白也透露了他选择表象的一种尺度，即从陈旧的诗文里选择“可以重新燃烧的字”或“可以引起新的联想的典故”。古典诗文中的意象成为选择的重心所在，或许因为封存在古典文本中的意象有一种古旧的美。正像“昔日的玫瑰”意谓着一个可以用想象填补的已逝的时空一样。卞之琳选择“汉园”当书名的原因之一，也正在于它的“老气横秋”，从中诗人大概联想到和遥远的汉代相关的一切诗文和典故。

废名的长篇小说《桥》也可以被看成一个诗人所构筑的表象的世界。《桥》的意义在于它不仅是一个十足的幻美世界，同时它自身也在营造一种表象世界应有的诗学法则。如《桥》中的《黄昏》一章：

> “有多少地方，多少人物，与我同存在，而首先消灭于我？不，在我他们根本上就没有存在过。然而，倘若是我的相识，哪怕画图上的相识，我的梦灵也会牵进他来组成一个世界。这个世界——梦——可以只是一棵树。”
>
> 是的，谁能指出这棵树的分际呢？[25]

在废名的观念领域中存在两个世界，一是由“多少地方，多少人物”组成的客观存在的世界，一是他的梦灵组成的梦的想象世界。废名显然对实存着的现实世界甚感困惑，倾向于认为他们“首先消灭于我”甚而断言“他们根本上就没有存在过”。这也许并不能上升到什么唯心论的世界观来判断废名的思想，更准确地说，废名真正关注的是经过梦灵变形的世界，即一个表象化的世界。这个世界，废名又称之为“梦”，而他拟想的“一棵树”则是呈现这个梦的世界的表象形式。

的确，“谁能指出这棵树的分际呢”？它并不是客观世界里的一棵实实在在的树，而只是废名梦的世界中的一个抽象化的符号，但它又不是对梦的世界的如实模拟，无法代表梦的全部，只是它的一个标志或表象。我们只能通过这棵梦中之树去依稀感受废名多少有些玄学色彩的梦的世界。如果把废名的全部梦境笼统地视为一个所指，那么这棵树则是它的能指化的表征。对废名来说，他真正能把握到的，只是这一能指的表象形式。而他的小说以及诗歌世界，总体上也呈现为一个由能指的延宕所生成的无数能指编织的网络。再以他的《十二月十九夜》为例：

深夜一枝灯，
若高山流水，
有身外之海。
星之空是鸟林，
是花，是鱼，
是天上的梦，
海是夜的镜子。
思想是一个美人，
是家，
是日，
是月，
是灯，
是炉火，
炉火是墙上的树影，是冬夜的声音。[26]

诗人的思绪由“灯”的意象延伸开去，继而想到“星之空”，接下来便为“星之空”拟想了接连四个比喻：“鸟林”“花”“鱼”“天上的梦”。然后诗人又联想到“海”与“思想”，下面的一连串比喻都可以视为诗人为“思想”构筑的表象世界。整首诗便是以联想方式串织的一系列“能指”，它们都是具象的，可以在现实世界中找到对应的美好的事物，然而被诗人并置在一起，总体上却给人以一种非现实化的虚幻感。可以说诗人把这些事物表象化了，它们表达的，只是诗人的一种观念、一个思想的闪念，或是一个梦灵牵动的世界。一系列美好的现实意象最终指向的却并非现实世界，而是一个想象世界，这就是废名笔下现实与表象两个世界之间的诗学法则。

“能指”的角度对于把握现代派诗人的核心诗学特征有决定性意义。一代耽于想象世界的诗人在对大千世界的幻想和憧憬中最终把握到的只是能指化的符号，而占有能指只意味占有表象世界，至于表象背后构成意义支撑的现实世界，诗人还远未能触及。正如废名在《十二月十九夜》这首诗中所昭示的，诗人似乎已把宇宙中一切美好事物都纳入怀抱，但诗人所拥有的，仍只是“玫瑰的名字”而已。或许可以说，现代派诗人正是一代“玫瑰之名”的迷恋者，这和纳蕤思沉溺于水中的影像具有同一性。这不仅表明了现代派诗人总体上的艺术趣味和美学倾向，而且还昭示了他们与客观现实世界之间的深层关系。这是一代难以介入现实、难以融入社会的诗人，他们只能在对想象世界的占有中感到封闭的自足性。他们以表象世界与现实世界相抗衡，于是表象世界不再是真实世界的如实反映，而只是梦的世界的具象。只有相信自己拥有世界，自己是社会和历史的主人时，诗人才会幼稚地相信自己创造的艺术品能够忠实地反映世界并同时能动地改造世界。而现代派诗人的艺术天地则是对现实的逃逸，它们是自我封闭的表象世界。正像希腊学者阿弗叶利斯评价象征主义与神秘主义的艺术手段：

> 这种封闭式的表现手段说明了诗人与其周围环境之间存在着巨大的隔阂，以及他们对社会上庸俗的艺术情趣和低下的文化水准的鄙夷。神秘主义的表现手段是对现实社会的反叛，它使诗人找到了完全摆脱迂腐和邪恶的自我天地。迄今为止，几乎所有封闭式的表现手段都出自这种心态。[27]

现代派诗歌的封闭性也同样出自与社会隔膜的心态。这使诗人更趋向于在想象的天地中编就一些幻美的表象，一些“玫瑰的名字”，一些“镜花水月”。

四

从本质上说，现代派诗人执著的乐园是一个精神性的王国，是一个幻想的乌托邦的存在。没有人真正到过那里，也没有人能逼真地复现它的形状。它只是诗人想象中一种拟喻性的存在。当一个“辽远的国土”[28]无法在现实世界中找到对应的范型，从而无法具体地进行描述的时候，诗人只能采取一种幻想性与比喻性的方式来呈现。这时的诗歌在语言维度上就无法脱离譬喻和象征。从这个意义上说，现代派诗歌的语言是一种隐喻和象征化的语言。

批评家瑞恰慈认为：“所有的语言终极都具隐喻的性质。”[29]如果说这是从终极的意义上界定语言的隐喻性质，那么现代派诗歌则是在实践性和具体性层面印证着语言的隐喻性。现代派诗歌总体上构成的是波德莱尔式的“象征的森林”[30]，这象征的森林由一系列隐喻性意象编织而成，并最终指向一个“理想国”意义上的幻境的生成。“辽远的国土”无形中统摄着这些隐喻的最终指向，并使现代派诗人笔下的意象世界超脱于日常语言而获得独立性。

捷克汉学家普实克曾这样评价鲁迅散文诗《野草》创作上的“明显的特征”：

> 第一个是隐喻的独立发展，这些隐喻同促成它们的最初动机相分离，开始具有自己独立生命，只受艺术想象模式的美学原则支配。在这里也体现着现代欧洲诗歌以及其他艺术形式的原则。㉛

可以说，隐喻是具有独立的生命的自足体。它具有自我生成的美学机制，即一种类比联想，从而建立起从意象到意象之间更内在的维系。将普实克对鲁迅《野草》中的隐喻特征的归纳用来分析现代派诗歌，也同样有效。在现代派诗人开始拟想出第一个比喻之后，就如同一只上了发条的表，自己没法停下来，只能按比喻的逻辑自行发展，或者像普实克说的那样，“只受艺术想象模式的美学原则支配”，从而构筑起一个具有独立生命的比喻世界。

以戴望舒的《眼》为例：

> 在你的眼睛的微光下，
> 迢遥的潮汐升涨：
> 玉的珠贝，
> 青铜的海藻……
> 千万尾飞鱼的翅，
> 剪碎分而复合的
> 顽强的渊深的水。
> 无渚崖的水，
> 暗青色的水！
> 在什么经纬度上的海中，
> 我投身又沉溺在
> 以太阳之灵照射的诸太阳间，
> 以月亮之灵映光的诸月亮间，
> 以星辰之灵闪烁的诸星辰间？
> 于是我是彗星，
> 有我的手，

有我的眼，
并尤其有我的心。[32]

这是一个令人为之目眩的隐喻的世界。诗人把“你的眼睛”拟喻为潮汐涨落的“海”，从而建立一个最核心的比喻，一个连锁的排喻的基点，以下文本意象的衍生，便从“海”的比喻出发，按喻体自身固有的逻辑和特质铺排开来。“玉的珠贝”“青铜的海藻”“飞鱼的翅”组成了一个瑰丽的海的世界，而飞鱼的“翅”“剪碎分而复合的水”则是一个潜喻，诗人由翅膀联想到剪刀，从而才有“剪碎”的奇想。诗人在这里省掉了联想的桥梁，但读者仍可以把握住这一由“翅”出发的潜喻的内在脉络。接下来，诗人继续想象自己沉溺在由太阳、月亮和星辰组成的宇宙中，“我是彗星”的明喻便顺理成章地升腾出来。这一连串拟喻的衍生过程，也是一个自足的意象网络的组织过程，一个读者（甚至是作者）迷失在色彩斑斓的比喻世界之中而忘掉诗人最初的写作动机的过程。或许读罢这首《眼》的读者很难一下子领悟到诗人的主导动机，而更震惊于诗人富于奇想的拟喻。这大概称得上手段对目的的超越，从而使拟喻的艺术想象模式上升为文本的客观目的。

戴望舒堪称是营造比喻王国的艺术大师。他的《寻梦者》《我底记忆》《我思想》《秋蝇》《灯》《古神祠前》……都是自足的拟喻空间，标志着现代诗人的想象翅膀所能飞抵的限度。另一个现代派诗人卞之琳也有拟喻的佳构，如《鱼化石》《白螺壳》《圆宝盒》等。这是《圆宝盒》的拟喻世界：

我幻想在哪儿（天河里？）
捞到了一只圆宝盒，
装的是几颗珍珠：
一颗晶莹的水银
掩有全世界的色相，
一颗金黄的灯火
笼罩有一场华宴，
一颗新鲜的雨点
含有你昨夜的叹气……[33]

相对于戴望舒的《眼》，这首《圆宝盒》的拟喻的脉络是清晰可辨的。诗人从“圆宝盒”的意象出发，展开三个并置的比喻：水银、灯火、雨点，从而使幻想之物“圆宝盒”的世界丰富起来，在联想的空间获得具形。这首诗在语义层面并无晦涩可言，值得我们深究的是它的幻象性。无论是戴望舒的《眼》中那“迢遥的潮汐升涨”的“海”，还是卞之琳幻想从天河里捞到的“宝盒”，都给人以一种遥远的感受，一种幻想中不可企及的“天上”之感。它们最终维系的是“辽远的国土”这一总体上的乐园譬喻。如果说任何时代的文学史都称得上是在语言维度和文本领域重建作家主体与世界之间的比喻关系和象征关系的历史，那么现代派诗人则重建了一个具有幻美性的譬喻世界、一个想象中的世界图景、一个语言的乌托邦。现代派诗歌的语言是隐喻和象征的，这不仅仅取决于对英美意象派以及法国象征派艺术的借鉴，也不仅仅取决于他们技巧上的自觉，而更决定于他们试图以拟喻的方式为自己梦想中的乐园赋形，并遵循隐喻自身固有的艺术逻辑赋予这个天上的乐园以具体的秩序。

1936年底，曾以画梦名噪一时的何其芳写下了《送葬》：“形容词和隐喻和人工纸花/只能在炉火中发一次光。”[34]隐喻如同人工纸花一般，只是人为的和技巧的结晶，尽管它也能在炉火中闪烁炫目的光芒，但终究是拟想中的幻象。《送葬》标志着诗人何其芳已经意识到他的“扇上的烟云”的虚幻和飘渺。决定埋葬自己“忧郁的苍白色的少年期，一个幼稚的季节”[35]的何其芳，在这一时期已经倾向于认为文学的“根株必须深深地植在人间”[36]，这使他首先必须诀别的是隐喻中的幻想王国。

这一代诗人真会忘怀他们精心建构的拟喻中的“辽远的国土”吗？这必定很难，就像人的初恋不可能被完全遗忘一样。只要世界上存在现实和理想两个国度，只要这两个国度存在着无法弥合的裂隙，只要人类还没有进入自由王国，只要人类还存在着想象的本能，那么在人类的语言，尤其是诗人的语言中，拟喻的方式就将永远存在下去。

戴望舒在《古神祠前》一诗中写道：

古神祠前逝去的
暗暗的水上，
印着我多少的
思量底轻轻的脚迹，
比长脚的水蜘蛛，
更轻更快的脚迹。

从苍翠的槐树叶上，
它轻轻地跃到
饱和了古愁的钟声的水上
它掠过涟漪，踏过荇藻，
跨着小小的，小小的
轻快的步子走。
然后，踌躇着，
生出了翼翅……

它飞上去了，
这小小的蜉蝣，
不，是蝴蝶，它翩翩飞舞，
在芦苇间，在红蓼花上；
它高升上去了，
化作一只云雀，
把清音撒到地上……
现在它是鹏鸟了。
在浮动的白云间，
在苍茫的青天上，
它展开翼翅慢慢地，
作九万里的翱翔，
前生和来世的逍遥游。[37]

20世纪30年代以后，中国文学史中很难再见到现代派诗人在天马行空的想象中呈示的具有纯美色彩的“辽远的国土”，当我们读到这首戴望舒的拟喻诗章时，我们的心灵很难不为之隐隐悸动。

注释：

---

① 参见普实克《〈中国现代文学研究〉导言》，载《抒情与史诗——中国现代文学论集》，郭建玲译，上海三联书店 2010 年版，第 54 页。

② 小泉八云：《波德莱尔》，孟修译，载《小泉八云散文选》，百花文艺出版社 1994 年版，第 238 页。

③ 卜束：《散文与诗》，《青年界》1947 年第 3 卷第 5 号。

④ 何其芳：《扇上的烟云》，载《何其芳文集》第 2 卷，人民文学出版社 1982 年版，第 58 页。

⑤ 何其芳：《梦后》，载《画梦录》，广东人民出版社 1981 年版，第 25 页。

⑥ 参见克莱夫·贝尔《艺术》，周金环、马钟元译，中国文联出版公司 1984 年版，第 4 页。

⑦㉔ 何其芳：《梦中道路》，载《何其芳文集》第 2 卷，第 63—66 页，第 66 页。

⑧㉕ 废名：《桥》，载《废名集》第 1 卷，北京大学出版社 2009 年版，第 569 页，第 489—490 页。

⑨ 何其芳：《我们的城堡》，载《何其芳文集》第 2 卷，第 105 页。

⑩鲁迅：《中国小说史略·唐之传奇文（下）》，载《鲁迅全集》第 9 卷，人民文学出版社 2005 年版，第 87 页。

⑪⑫ 何其芳：《画梦录》，载《何其芳文集》第 2 卷，第 32 页，第 33 页。

⑬ 蒲松龄：《聊斋志异》上卷，上海古籍出版社 1979 年版，第 240 页。

⑭ 如果从审美的意义上比照，则似乎难以判断古典文本和何其芳改写的现代文本孰优孰劣。这种审美判断的得出最终要求从语言学的角度进行对比，从中才可以看出现代汉语自身特有的审美机制和功能。

⑮ 何其芳：《梦歌》，载《何其芳文集》第 1 卷，第 13 页。

⑯ 何其芳：《关山月》，载《汉园集》，上海书店 1993 年版，第 16—17 页。

⑰ 马立安·高利克：《中西文学关系的里程碑》，伍晓明、张文定等译，北京大学出版社 1990 年版，第 198—200 页。

⑱ 瓦雷里：《文学（二）》，戴望舒译，载《戴望舒全集》散文卷，中国青年出版社 1999 年版，第 564 页。

⑲ 转引自韦勒克《批评的诸种概念》，丁泓、余徵译，四川文艺出版社 1988 年版，第 345 页。

⑳ 杰姆逊：《后现代主义与文化理论——杰姆逊教授讲演录》，唐小兵译，陕西师范大学出版社 1986 年版，第 213 页。

㉑㉒ 张若名：《纪德的态度》，生活·读书·新知三联书店 1994 年版，第 53 页，第 57 页。

㉓ 卞之琳：《〈李广田诗选〉序》，载《人与诗：忆旧说新》，安徽教育出版社 2007 年版，第 213 页。

㉖ 废名：《十二月十九夜》，载《废名集》第 3 卷，第 1585 页。

㉗ 阿弗叶利斯：《一个废墟的研究者——评塞弗里斯的诗》，刘瑞洪译，载《现代世界诗坛》第 2 辑，湖南人民出版社 1989 年版，第 59 页。

㉘ 戴望舒：《我的素描》，载《戴望舒诗全编》，浙江文艺出版社 1989 年版，第 65 页。

㉙ 转引自刘若愚《中国诗学》，赵帆声、周领顺、王周若龄译，河南人民出版社 1990 年版，第 155 页。

㉚ 语出波德莱尔诗集《恶之花》中《应和》一诗："自然是座庙宇，那里活的柱子 / 有时说出了模模糊糊的话音；/ 人从那里过，穿越象征的森林，/ 森林用熟识的目光将他注视。"（郭宏安译）

㉛ 转引自张杰《鲁迅：域外的接近与接受》，福建教育出版社 2001 年版，第 306 页。

㉜ 戴望舒：《眼》，载《戴望舒诗全编》，第 122 页。

㉝ 卞之琳：《圆宝盒》，载《十年诗草（1930—1939）》，安徽教育出版社 2007 年版，第 22 页。

㉞ 何其芳:《送葬》，载《何其芳文集》第1卷，第53页。

㉟㊱ 何其芳:《刻意集·序》，载《何其芳文集》第1卷，第119页，第123页。

㊲ 戴望舒:《古神祠前》，载《戴望舒诗全编》，第99—100页。

（2016年第1期）

文艺研究

1979—2018

四十年论文选

第六卷

金宁 主编

文化艺术出版社
Culture and Art Publishing House

目录

第六卷

“变风变雅”与春秋文学的精神转向

傅道彬

“变风变雅”的提出，意味着经学家已经敏锐地感觉到春秋时代的文学发生了巨大的精神转变。《礼记·乐记》将“变风变雅”又称为“新乐”，“新”与“变”正是春秋文学的主要特征。

经、史学家对风雅之变的指责与诟病，往往遮蔽了我们对春秋文学历史突破的认识。春秋时代不仅仅是经学家描绘的王纲解纽、礼崩乐坏的乱世，更是新的人文思想和艺术思想的一次精神升华。春秋诗人的情感不再是宗教礼乐背景下的中庸、平和与简单、自信，而是变得凌厉急切、心事重重，哀怨抗争的诗人形象渐渐清晰起来；诗的主题由民族的集体语境下的宏大历史叙事和英雄赞美，转向个人的命运、遭际基础上的世俗生活展现和内在情感抒发，拓宽了艺术的表现空间；在审美上，不再是雍容、冲淡的写意式的宏阔描写，而开始了铺陈写实的表现方式：一群普通的城邦君子替代了半人半神的英雄形象，生动活泼地出现在春秋文学的历史舞台上。于是，春秋文学以一种新的面貌呈现出来。

一、风雅之“变”与春秋文学的精神格局

“变风变雅”一词最早见于《诗大序》：

> 至于王道衰，礼义废，政教失，国异政，家殊俗，而变风变雅作矣。国史明乎得失之迹，伤人伦之废，哀刑政之苛，吟咏情性，以风其上，达于事变而怀其旧俗也。故变风发乎情，止乎礼义。发乎情，民之性也；止乎礼义，先王之泽也。[①]

“变风变雅”是指以《诗经》为代表的周代诗歌从早期雍容平和、乐观向上的盛世之

音，向春秋时代以落寞无奈、哀怨感伤为主题的情感抒发的文学转变。《诗大序》是从批判的角度提出“变风变雅”这一概念的。所谓“变”，第一，是时代之变。变风变雅的时代特指自厉、幽开始的西周晚期，历经平王仓皇辞庙、草草东迁的社会动荡，最终发展至王纲解纽、诸侯称霸的春秋时代这一历史时期。《诗大序》认为这是一个王道衰落、礼义废弛、政治失序、邦国改制、家室变俗的时代。第二，是文学之变。文学是记录时代的，历史的变革强烈影响着文学思想的变革。诗人们面对着沧海桑田般的社会变化，感伤于道德伦理的衰微，哀叹于政治环境的严酷苛刻，悲从中来，以诗讽喻，力图以诗的形式记录历史，表达强烈的抗争与愤懑情绪。第三，是心灵之变。王室东迁，地坼天崩，带给诗人们强烈的心理震荡。早期简单的昂扬、自信转化为春秋复杂的悲凉、忧伤，在苍凉的心态中怀念着西周盛世。西周雅、颂诗篇情感上的从容不迫、含蓄平静，被变风变雅的质疑问难、哀怨感伤替代了。

风雅之“变”是相对于风雅之“正”提出的，“正”“变”相对，与“变风变雅”相对的概念是“正风正雅”。在经学家的眼里，正风正雅是《诗》之“正经”。郑玄《诗谱序》谓：

> 文武之德，光熙前绪，以集大命于厥身，遂为天下父母，使民有政有居。其时《诗》：风有《周南》《召南》，雅有《鹿鸣》《文王》之属。及成王，周公致太平，制礼作乐，而有颂声兴焉，盛之至也。本之由此，风雅而来，故皆录之，谓之《诗》之正经。②

在郑玄的阐释里，“《诗》之正经”之“正”，具有这样的历史与形式特征：

第一，正风正雅突出以赞美、歌颂为中心的思想主题。颂诗以歌颂为第一要义，所谓“颂者，美盛德之形容，以其成功，告于神明者也”③，经学家论《诗》，只有变风变雅，而无所谓变颂④，因为颂诗以赞颂为本，自然属于“正经”。而《大雅》《小雅》中的许多诗篇也以颂赞为情感基调，既有像《生民》《公刘》《绵》《皇矣》《大明》等记录周民族历史、歌颂民族历史上具有里程碑意义的伟大事件和创世英雄的诗篇，也有像《鹿鸣》《四牡》《皇皇者华》《常棣》《伐木》等叙述伦理生活、歌颂宗法制度下社会成员之间相互友爱之情的诗篇，其表现的政治生活有小、大之分，但情感基调都是颂扬、赞美的。《周南》《召南》是国风中属于正风正雅的典范诗篇，体现的是西周初年周公、召公教化之地的淳朴风俗，充满了对周、召故地被“文王之化”的怀念与崇敬。赞美、歌颂或讽刺、哀怨，成为判定诗之正、变的标准。按照《诗谱》划分，国风中的二南诗二十五首、《小雅》从《鹿鸣》到《菁菁者莪》十六首、《大雅》从《文王》到《卷阿》十八首，共五十九首，属于正风正雅。

第二，正风正雅承担着礼乐教化的政治使命。儒家的文学理论特别强调诗的教化意义："正得失，动天地，感鬼神，莫近于诗。"[⑤] 诗具有艺术和审美上直指人心的力量，这使其更容易担当起转移人心、改变风俗的政治使命："先王以是经夫妇，成孝敬，厚人伦，美教化，移风俗。"[⑥] 儒家之所以重视二南，是因为二南代表了西周盛世温柔敦厚的诗风教化。郑玄《诗谱》认为："其得圣人之化者谓之《周南》，得贤人之化者谓之《召南》，言二公之德教自岐而行于南国也。"[⑦] 二南区别于十三国风，是因为其体现着西周礼乐教化的深刻影响。正风正雅诗篇有礼乐仪式上的神圣性与庄严感，颂诗在对神灵、祖先的虔敬中，且歌且舞，形容肃穆。《礼记·经解》谓："入其国，其教可知也。其为人也，温柔敦厚，诗教也。"[⑧] 古代思想家从来不把诗乐当成简单的娱乐形式，而寄托着转移人心、提升情感、淳化风俗的政治目的。

第三，正风正雅代表着中正、平和的传统美学精神。中国古典美学反对偏激过度，主张中正、平和，中和就是生命永远处于适度而不过分的运动状态。风雅之正，"正"是情感上不对立、不过度，"中者，不偏不倚，无过不及之名"[⑨]。"和"是生命中多种元素、多种形式的有机综合，与"和"相对的概念是单一世界的"同"。周代思想家提出了"和实生物，同则不继"[⑩] 的命题，认为生命的产生是不同性质的物质相互包容、相互平衡的结果，而排斥其他事物单一的"同"，则什么都不会产生。古典诗乐正是要通过不同性质的事物之间的"和"，寻找到对立事物之间相互支撑、相互包容的"中"的平衡点。《尚书·舜典》谓："帝曰：'夔，命汝典乐，教胄子，直而温，宽而栗，刚而无虐，简而无傲。诗言志，歌永言，声依永，律和声。八音克谐，无相夺伦，神人以和。'"[⑪] 直与温、宽与栗、刚与无虐、简与无傲，是相互矛盾、相互否定的人格特质，传统经典不是将事物的冲突、对立激化成此消彼长、你生我死，而是通过融合折中、彼此调节，化戾气为祥和，由此进入化境，生生不息。

这种审美的"A 而 B"和"A 而非 B"的艺术境界，恰恰是孔子等思想家称赞的"乐而不淫，哀而不伤"[⑫]、正风正雅的艺术品格。诗要表达或是快乐或是忧伤的自然情感，但又要控制在礼乐文明允许的合理而适度的范畴里，尽情而不放纵，自然而不过度。《左传》"襄公二十九年"吴季札观乐对《诗经》的评论是以"中和"为审美评价标准的，其论颂诗曰：

> 至矣哉！直而不倨，曲而不屈，迩而不偪，远而不携，迁而不淫，复而不厌，哀而不愁，乐而不荒，用而不匮，广而不宣，施而不费，取而不贪，处而不底，行而不流。⑬

这十四个排比句跌宕起伏、不一而足，不把任何一项情感推向极端，从多个角度详尽地表达了对情感的从容平和、形式的流动有序的艺术追求。这与二南诗的“乐而不淫，哀而不伤”精神是一致的。颂诗的审美品格与风雅之“正”的艺术追求也是相通的。

“变”是“正”的反动，到了变风变雅，正风正雅所包含的颂扬赞美的思想主题、温柔敦厚的礼乐教化以及中和平正的审美追求，都被打破了。这打破的过程，也是新生的过程，变风变雅挑战了周代宫廷的传统艺术精神，形成了走向世俗的审美品格。

“新乐”是经典对变风变雅的另一称谓，《礼记·乐记》记载了魏文侯与孔子弟子子夏关于“古乐”和“新乐”的讨论：

> 魏文侯问于子夏曰：“吾端冕而听古乐，则唯恐卧。听郑、卫之音，则不知倦。敢问古乐之如彼，何也？新乐之如此，何也？”子夏对曰：“今夫古乐，进旅退旅，和正以广，弦匏笙簧，会守拊鼓，始奏以文，复乱以武。治乱以相，讯疾以雅。君子于是语，于是道古。修身及家，平均天下。此古乐之发也。今夫新乐，进俯退俯，奸声以滥，溺而不止，及优、侏儒，獶杂子女，不知父子。乐终，不可以语，不可以道古。此新乐之发也。今君之所问者乐也，所好者音也。夫乐者，与音相近而不同。”⑭

魏文侯与子夏讨论的“古乐”与“新乐”关系问题，本质上就是正风正雅与变风变雅的关系问题。尽管子夏竭力维护古乐，强调风雅之正，但从他对“新乐”攻击性的言论里，我们依然可以看到一种新的、充满生机的诗乐艺术对传统的挑战。其一，新乐不再像古乐那样理性地承载道德教化的神圣内容，而转向追求感官和欲望的刺激，刻意卸载艺术的教化功能，而一味顺乎人情，陷入非理性的酒神沉醉。子夏认为古乐承载着“修身及家，平均天下”的教化内容和政治使命，而新乐则“进俯退俯，奸声以滥，溺而不止，及优、侏儒，獶杂子女，不知父子”，这种纵情放浪的音乐打破了礼乐的道德限制，陷入冲破伦理、打破秩序、消解神圣的感官享乐中。其二，新乐在情感表现上不再是西周盛世里优雅、虔敬的颂歌，而转向不可遏止的乱世幽怨的抒发。《乐记》根据情感的表达，把音乐分成“治世之音”“乱世之音”和“亡国之音”，认为治世之音“安以乐，其政和”[15]，乱世之音“怨以怒，其政乖”[16]，而亡国之音“哀以思，其民困”[17]。据此，他们把属于变风变雅范畴的郑、卫之音当成了乱世之音、亡国之音：“郑、卫之音，乱世之音也，比于慢矣。桑间、濮上之音，亡国之音也，其政散，其民流，诬上行私而不可止也。”[18]子夏将盛世之音称为“德音”，而将周代衰微以来的音乐称为“溺音”，所谓“郑音好滥淫志，宋音燕女溺志，卫音趋数烦志，齐音敖辟乔志”[19]。从正风正雅的思想情感审视，一切背离了颂赞的诗歌，都成了乱世之音。其三，新乐在审美形式上并不一味地坚守中正、平和，而转向激越和放任。孔子批评郑风，子夏评论新乐，都以“淫”字为口实。淫，就是过度、放任、不收敛。在审美上，经、史学家特别强调对人自身欲望的节制和收敛，而变风变雅恰恰是在这一点上冲破法度，一任情感与欲望的自由发展、不加束缚。这也是古乐与新乐的区别。古乐庄重谨严，须正襟危坐、端冕而听，久而久之常常令人神情木然、昏昏欲睡；而新乐则自由任性、毫不节制，因此总是让人充满激情、不知倦怠。

风雅之变的本质是春秋文学的精神之变，是传统风雅精神向新的风雅精神的转变。摆脱了西周强大政治统治和思想控制的诗人们，带着怀疑和自信的复杂心理走上历史舞台，以新的眼光审视世界。一种自然的而不是骄矜的、个人的而不是集体的、忧伤的而不是和乐的、写实的而不是夸饰的新的文学不断发展、成熟。

二、从宏大历史叙事到日常生活展现

维柯曾说：“荷马以前已有三个诗人时代。首先是神学诗人们的时代。神学诗人们自己就是些英雄，歌唱着真实而严峻的神话故事。其次是英雄诗人们的时代，英雄诗人们把这些神话故事窜改和歪曲了。第三才是荷马时代，荷马接受了这样经过窜改和歪曲的神话故事。现在对远古历史运用玄学批判的方法，即对最初各民族自然形成的一些观念进行解释，也可以用来说明和分辨戏剧诗人们和抒情诗人们的历史，而过去哲学家们所写的这方面历史都很暧昧而混乱。”[20]维柯是把古希腊早期文学分成神学诗人时代、英雄诗人时代和荷马时期的戏剧和抒情诗人时代。神学和英雄诗人时代文学的主题充满了对神灵的敬畏和对英雄的崇拜，属于这一时期的诗“歌唱着真实而严峻的神话故事”。

正风正雅是以“歌唱着真实而严峻的神话故事”为主旋律的，描述着早期民族历经波折、艰难创业、走向辉煌的历史，塑造了一大批半神半人式的民族英雄人物。变风变雅告别了盲目的英雄崇拜和宗教自信，而转向世俗生活的具体表现和社会生活的全景描绘，具体的、写实的、世俗的、感伤的文学成为主流。

（一）从宏大历史叙述到世俗生活的具体描绘

西周早期的雅、颂诗篇以描绘宏大的历史题材、歌颂民族历史上英雄人物见长。以《大雅》所谓“正大雅”为例，十八篇诗篇共同组成了周民族从后稷以农业兴国，到公刘迁豳，古公亶父居岐，季历受命，文武革命，直至周公作典、成王训诫的历史，讲述的正是周民族从小到大、由弱及强的发展。每个篇章看起来短小，而十八篇诗歌组合起来，世代讲述，组成了一个气势恢弘的史诗乐章。由于受到一些文学史家的影响，我们注重的仅仅是《生民》《公刘》《绵》《皇矣》《大明》等五篇史诗。其实经学家所说的十八篇“正雅”，共同组成了周民族的史诗，讲述的是一个民族集体的故事，描写的是一个民族兴旺的历史过程。

西周雅、颂诗篇叙述的是民族集体的历史兴衰，而较少关注个人情感的喜乐悲欢。正风正雅体现着周代统治阶级的正统思想，代表着周代上层贵族倡导的主旋律。从民族立场出发，西周雅、颂诗篇塑造了一组震撼人心的民族英雄群像，如后稷、公刘、古公亶父、季历、文王、武王、姜尚等在周民族发展史上发挥重要作用的英雄人物。他们或是开创了整个民族的生产、生活方式；或是带领周民族冲出异族的欺凌和包围，迁徙到一个新的领地，从而为民族发展赢得生机；或是为周民族开国奠定思想、文化基础；或是在殷周革命中建立卓越功勋。在正风正雅的诗篇中很少关注平凡人，很少表现男耕女织、男欢女爱的世俗生活。

而变风变雅却在神圣的王朝崩溃之后，淡化了宗教生活的严肃、虔敬，开始面向朴素的世俗生活，以一种新鲜、活泼的语言讲述日常生活，使得诗歌站在了现实生活的土壤之上，充满了世俗生活的情趣和普通人物的心灵悲欢。世俗生活不像宗教生活那样气韵非凡，却因其普通而自然生动、丰富多彩。变风变雅最具风采的正是对世俗社会生活的全面记录。

变风变雅以自然的笔触描绘出春秋时代耕耘、征役、祭祀、歌舞、爱恋、宴饮等世俗生活场景，描绘出春秋各个城邦全面的社会生活图画。如：

女曰鸡鸣，士曰昧旦。子兴视夜，明星有烂。将翱将翔，弋凫与雁。

弋言加之，与子宜之。宜言饮酒，与子偕老。琴瑟在御，莫不静好。

知子之来之，杂佩以赠之。知子之顺之，杂佩以问之。知子之好之，杂佩以报之。（《郑风·女曰鸡鸣》）[21]

鸡既鸣矣，朝既盈矣。匪鸡则鸣，苍蝇之声。

东方明矣，朝既昌矣。匪东方则明，月出之光。

虫飞薨薨，甘与子同梦；会且归矣，无庶予子憎。（《齐风·鸡鸣》）[22]

这两首以“鸡鸣”为题的诗篇，一首出自《郑风》，一首出自《齐风》，主题大致相同。两首诗的对话来自夫妻深闺的床笫之间，平白亲切，充满生活情趣。郑国猎人丈夫说不是东方既白，而是启明星的光明。而齐国官员丈夫的回答则更诙谐生动，竟然说听到的不是上朝的声音而是苍蝇的嗡嗡声，不是天光大亮而是月色晶莹。面对耍赖的丈夫，猎人的妻子好言相劝，以获取猎物、烹制佳肴来哄劝丈夫起床狩猎。齐国官员的妻子面对赖床的丈夫则显得有几分责怪、几分娇嗔。“虫飞薨薨，甘与子同梦”，既然你不肯起床，那就索性一起睡；“会且归矣，无庶予子憎”，耽误了上朝，受到责怪，你可不要埋怨我。诗中情话依依，仿佛是一幕幕现实生活剧，情态毕现，将普通夫妻间纯洁自然的情感世界和朴素温馨的生活描绘得细腻传神。诗中两位不同职业的丈夫在妻子面前都任性耍赖，率真自然，毫不矫情。而两位妻子或温婉柔顺，或泼辣顽皮，却都表现出对丈夫的款款深情。

变风变雅的写实成就体现在将笔墨集中到具体生活来描述：或从宏大的生活森林里掇拾一花一草、一枝一叶，感受自然的清新；或从恢弘的历史进程中剪裁一两个琐细的场景，展现具体的生活画面，滴水映日，见微知著，从细小走向广大，由具体展现整体。这比泛泛的宏大叙事更具有真实的力量。《静女》中的那个娇羞的少女，带给恋人的竟然是从郊外采摘的一束白茅草（荑），而诗人也觉得格外美丽：“匪女之为美，美人之贻。”[23] 再如《齐风·卢令》：

卢令令，其人美且仁。

卢重环，其人美且鬈。

卢重鋂，其人美且偲。[24]

诗歌赞美了猎人的健美仁厚和骁勇矫捷，不过却是从猎犬脖子上“喤喤”作响的铃铛引发的。诗人善于捕捉细节，于细微处引发对具体生活的描绘。变风变雅中大量的短小篇章，常常就是某个生活细节的描绘。《王风·君子阳阳》一诗仅八句，深情地描绘了意气飞扬的君子，他只用一个“左执簧，右招我由房”[25]的动作，即左手秉持起舞的乐器，右手轻轻一个手势，便让多情的少女心花怒放了。《郑风·狡童》中描写的仅是一对热恋中男女的一点小矛盾：“彼狡童兮，不与我言兮。维子之故，使我不能餐兮。”[26]一个小事件却反映了一个大的爱情主题，这比泛泛地、抽象地表现男女爱恋更有感染力。

（二）从有限的宫廷世界到社会生活的全景展现

正风正雅尽管表现出史诗般的宏大、崇高，但笔墨还是集中在狭小、有限的宫廷世界，很少表现下层人民的生活。变风变雅没有了史诗式的崇高，却将文学从宫廷带入了世俗生活的广阔舞台。隆重、盛大的宗教礼典由于天命意志的弱化在春秋社会不断世俗化、艺术化，宗教的意味逐渐弱化，渐渐成为单纯的歌舞艺术形式。如《陈风·宛丘》：

> 子之汤兮，宛丘之上兮，洵有情兮，而无望兮。
> 坎其击鼓，宛丘之下。无冬无夏，值其鹭羽。
> 坎其击缶，宛丘之道。无冬无夏，值其鹭翿。[27]

宛丘本来是陈国的祭祀中心，这里呈现的不再是虔诚的宗教祭祀，而是世俗的人间歌舞。在高高的宛丘之上，舞者敲鼓击缶，手持彩色羽毛的舞具，自由奔放地起舞，一年四季，经冬历夏，吸引了观赏者的爱慕。在诗人深深的爱慕中，宗教神圣的内容被朴素、真挚的爱情所代替，充满了世俗的快乐。“东门之枌，宛丘之栩。子仲之子，婆娑其下”[28]，东门宛丘，树阴如盖，美丽少女，婆娑起舞，甚至到了“不绩其麻，市也婆娑”[29]的程度。这样的描绘里，已经很难见到宗教礼乐的沉重和庄严，反而充满了发自心底的淋漓、酣畅的生命歌唱。

农业劳动是周人的基本生活方式，也是《诗经》经常表现的生活内容：“倬彼甫田，岁取十千。我取其陈，食我农人。自古有年，今适南亩。或耘或耔，黍稷薿薿。攸介攸止，烝我髦士。”[30]一望无际的田野上，禾麦无边，丰收在望。从周代官员视察的目光中，可以看到田野上农夫们或是除草、或是培土，谷麦生长得格外茂盛。《小雅·甫田》特别描写了古老的馌礼风俗：

以我齐明，与我牺羊，以社以方。我田既臧，农夫之庆。
琴瑟击鼓，以御田祖，以祈甘雨，以介我稷黍，以谷我士女。
曾孙来止，以其妇子。馌彼南亩，田畯至喜。[31]

风，即风俗，即教化，即社会生活的总体风貌。《孔子诗论》云：“邦风其纳物也，溥观人俗焉，大敛材焉。”[32] 国风容纳了广泛的社会生活，描绘了周代各个诸侯城邦的风土人情，以现实主义的艺术笔法向我们展示了一幕幕生动具体的世俗风情画卷。

世俗生活是人类的基本生活状态，也最能显现人的精神世界。一个人无论多么伟大，都不能离开朴素的日常生活，因此真实而细致地表现日常生活代表着文学的历史进步。变风变雅中宴饮诗展示着色彩斑斓的世俗生活，也显示着春秋贵族的礼仪风雅。《小雅》多是一般贵族的生活描绘，《鹿鸣》为《小雅》之首，诗中的“我有嘉宾，鼓瑟吹笙”[33]“我有旨酒，以燕乐嘉宾之心”[34] 正是士大夫们宴饮之乐的主题。

通过《小雅》，我们可以了解到春秋贵族宴饮生活的富庶、祥和。他们过着奢华的生活，席间是“清酒百壶”，佳肴有“鲙鲨”“鲂鳢”“采亨瓠叶”“炮燔兔首”“炰鳖鲜鱼”“维笋及蒲”。这是春秋风雅精神的物质基础。《小雅·宾之初筵》对宴饮生活的描写，则更注重细节的刻画，更加生活化：

宾之初筵，左右秩秩。笾豆有楚，殽核维旅。
酒既和旨，饮酒孔偕。钟鼓既设，举酬逸逸。[35]

宴会刚刚开始，一切按礼仪规定展开，杯盘摆放整齐，美味陈列有序，钟鼓舒缓悠扬，宾主温雅举杯，所谓“宾之初筵，温温其恭。其未醉止，威仪反反”[36]。而一旦进入陶醉境界，便是忘我，便是任意，便是忘记一切礼仪：“宾既醉止，载号载呶。乱我笾豆，屡舞僛僛。”[37] 这幅景象很容易被理解为诗中的狂欢跨越了礼乐的界限。其实，按照《乡饮酒礼》的规定，“礼终乃宴”[38]，即先礼后宴，先依礼而行，主要包括献酒与作乐礼节，最后进入宴宾阶段。礼的部分要恭谨，宴的部分要放松。宴会的高潮部分是“无算爵，无算乐”[39]，即饮酒不计量，音乐无限度，任意而行，醉而后止，尽欢而已。这是礼乐背景下的饮酒精神，是有限度的精神放松，因此这里描绘的酒醉之后、帽子歪斜、舞姿踉跄，“是曰既醉，不知其邮。侧弁之俄，屡舞傞傞”[40]的生活场景，其本质是符合礼乐精神的。这样的记载真实再现了春秋时代的社会生活。

爱情是人类的基本情感方式，也是诗歌的永恒主题。正风正雅里表现的常常是合乎礼仪规范的婚姻，而不是源自生命的爱恋，缺少了一点超越世俗的浪漫和激情。春秋时代，典范的城邦文明不仅政治上突破了西周王朝的束缚，更重要的是春秋人精神的突破和跨越，一种王权之外的自由思想开始成长，连人的爱情也呈现出自由、浪漫的特征。变风变雅的爱情诗突破了正风正雅的温和，以一种率性、自由的特征表现出来，有着大自然的纯朴、清新。如《郑风·野有蔓草》：“野有蔓草，零露漙兮。有美一人，清扬婉兮。邂逅相遇，适我愿兮。”[41]旷野茫茫，碧草青青，草尖上滚动着晶莹、浑圆的露珠。恰在这时，一位眉目清扬、婉转动人的姑娘，从散发着自然清香的旷野上款款走来，诗人与露珠一般晶莹的姑娘不期而遇，一种不可遏止的爱慕情愫油然而生。整首诗灵气飞扬，清新流畅，毫无造作。那种源自生命深处的真诚，是《诗经》爱恋诗的显著特征。再看《鄘风·桑中》：

> 爰采唐矣，沫之乡矣。云谁之思，美孟姜矣。
>
> 期我乎桑中，要我乎上宫，送我乎淇之上矣。[42]

这首诗是所谓“桑间、濮上之音”的代表，也描述爱恋情感。在城邦的郊外，诗人一边劳作，一边想起心中的佳人，“期我乎桑中，要我乎上宫，送我乎淇之上矣”之类的甜蜜往事，接踵而来，层层展开，一气呵成。诗的韵律悠扬、音节铿锵，宛是一首快乐的爱情交响曲。

（三）从英雄崇拜到城邦君子塑造

在《诗经》对世俗生活的描述中，最精彩的是众多普通人物的刻画。正风正雅侧重表现的是那些带领整个民族走出苦难、走向辉煌的英雄，他们总是天赋异禀、生而不凡，很少展现个人情感的波澜和心理活动。变风变雅则更多描写各种各样的普通人，他们或是征夫、或是猎人、或是牧人、或是耕者、或是宫廷卑微的官吏、或是寄情山水的隐逸者、或是相思的恋人、或是哀怨的弃妇……林林总总，不一而足。他们以“君子”相称，但是已经不像正风正雅中的英雄那样高大完美、肩负使命，而是有了更多的世俗追求，遇到生活的挫折常常表现得哀怨嗟叹、牢骚不平。

以农业文明为核心的周民族与以草原文明为核心的猃狁民族之间的战争是周代文学的重要主题。变风变雅的一些篇章里也写到战争的苦难与艰辛：“匪兕匪虎，率彼旷野。哀我征夫，朝夕不暇。”[43]但战争的苦难却没有使春秋人的精神衰退，反而愈加着力于表现一种积极从军、昂扬向上的尚武精神。如《秦风・无衣》：

岂曰无衣？与子同袍。王于兴师，修我戈矛，与子同仇。
岂曰无衣？与子同泽。王于兴师，修我矛戟，与子偕作。
岂曰无衣？与子同裳。王于兴师，修我甲兵，与子偕行。[44]

整首诗情绪饱满、格调明快，没有在战争面前的恐惧迷茫、不知所措，而是忠于国家、敢于承担，彼此召唤着、鼓励着走向战场。这种充满爱国主义精神的诗篇，对后来中国人在民族斗争面前具有巨大的精神鼓舞和示范作用。变风变雅在战场上、征途上活跃的都是抒情主人公“我”，都是生动的个人，而不是模糊的集体。

变风变雅中隐逸诗篇的出现，标志着春秋时代已经有了成熟的隐逸群体。《卫风・考盘》云：

考盘在涧，硕人之宽。独寐寤言，永矢弗谖。
考盘在阿，硕人之薖。独寐寤言，永矢弗过。
考盘在陆，硕人之轴。独寐寤言，永矢弗告。[45]

盘，是木制盘形的打击乐器。[46]涧溪畔、山弯旁、平原上，高大健硕的诗人敲击着木盘，徜徉其间，任意歌呼，洋溢着天真、自然的气派。隐逸者不仅有着挺拔、健朗的身姿，更有一种充实、自信的精神。他们以艺术歌唱的姿态对抗着世俗世界的侵蚀。《魏风・十亩之间》谓：“十亩之间兮，桑者闲闲兮。行与子还兮。十亩之外兮，桑者泄泄兮。行与子逝兮。”[47]朱熹注云：“政乱国危，贤者不乐仕于其朝，而思与其友归于农圃。”[48]厌倦了尘世的喧嚣，诗人又想起了十亩宅院、青青桑田，想起了田园里的自由往来、惬意自适，于是呼朋引伴，隐逸山水，回到田园。这应是最早的“归园田居”。

三、从盛世长歌到“我心忧伤”

西周初期，天下初定，周人政权在手，心雄万丈，整个社会处于相对稳定、平和的礼乐秩序中，宗周贵族们时时流露出睥睨天下的自信，其音乐风格也表现出雍容、舒缓的庄严。所谓“治世之音，安以乐”[49]“颂者，其乐安而迟，其歌申而荡，其思深而远，至矣”[50]。

（一）西周雅、颂诗篇和乐、平静的心理世界

颂诗源自西周宫廷，自然带着宫廷庄严、宏大的气象，反映着周初政治家健朗、平和的心绪。《清华大学藏战国竹简》中的《耆夜》《周公之琴舞》记载了西周初年盛大的礼乐颂诗活动。《耆夜》的背景是武王八年讨伐黎国，大胜而归，周人在庙堂之上举行盛大的饮至礼，舍爵庆祝。期间周武王、周公旦、召公奭、毕公高、辛公甲、吕尚父等在周代建国事业中建立赫赫功勋的政治家悉数登场，君臣互敬，上下和乐，武王“夜爵酬毕公，作歌一终曰”[51]：

> 乐乐旨酒，宴以二公。恁仁兄弟，庶民和同。
> 方臧方武，穆穆克邦。嘉爵速饮，后爵乃从。[52]

整个过程君臣互敬、上下和乐，洋溢着自信而从容的欢乐气氛。而饶有兴味的是，周公举杯之际，忽有蟋蟀跳跃于庙堂，周公触景生情，托物寄情，将时光流转的感慨与“好乐无荒”[53]的劝戒结合在一起。而《周公之琴舞》[54]更是体式宏大，诗有九启，每首诗后以“乱曰”收束全篇，其中成王所作“元纳启”，与《周颂·敬之》大意相同，是周颂的代表性诗篇，诗人的心态是明朗、温润的，充满“学有缉熙于光明”[55]的积极向上精神。

孔子称赞二南诗的重要原因是认为其“乐而不淫，哀而不伤”，即情感平和中正，符合周代礼仪规范。二南诗里的君子们愉悦快乐，沉浸于安闲、平静的幸福祈祷中。虽然他们的生活也有忧伤，但总体上还是平静的，情感的波动很小。即使有“采采卷耳，不盈顷筐。嗟我怀人，置彼周行”（《周南·卷耳》）[56]的忧伤，或者是“谁谓雀无角，何以穿我屋？谁谓女无家，何以速我狱”（《召南·行露》）[57]的抗争，但都是贵族生活的轻轻叹息，或者是一时间的生活波折，宛如宁静水面上荡起的一丝涟漪，转瞬即逝。对于

生活优渥的贵族而言，岁月波缓潮平，风轻云淡，难留痕迹。

（二）春秋诗人的天命质疑与精神动摇

神圣的天命观念的动摇，是春秋人精神迷茫的思想基础。"天"字在《诗经》中共出现了九十七次，在《周颂》和正风正雅中还是正义的庇护苍生的化身，是人们顶礼膜拜的对象。如："天保定尔，俾尔戬谷。罄无不宜，受天百禄。"（《小雅·天保》）[58]上天护佑苍生，人世间一切福禄都是上天带来的。因此颂诗充满了对"天"的敬畏与颂扬，小心翼翼地匍匐于神圣的"天"的意志下，虔诚地表达着"秉文之德，对越在天"（《周颂·清庙》）[59]、"燕及皇天，克昌厥后"（《周颂·雍》）[60]的虔敬之情。而在变风变雅中，"天"的意味发生了根本转变，神圣的"天"不仅不再降福人间，甚至制造灾难，带来祸患，"已焉哉，天实为之，谓之何哉"[61]？

变风变雅中的"天"是冷峻的、严酷的，人间的混乱、饥馑、黑暗，都来自上苍的惩罚。在宗周灭亡、王室衰微的现实面前，周人以天命为支撑的思想宫殿也崩塌了。"靡神不举，靡爱斯牲。圭璧既卒，宁莫我听"[62]，无论周人怎样祈祷，怎样祭祀，怎样竭尽所有，上天已经听不到他们的呼唤和诉求，他们由此陷入了空前的精神绝望。

（三）春秋诗人"我心忧伤"式心理格局的形成

强盛的西周王朝曾是周人引以为豪的记忆，而至春秋时代，地坼天崩、沧海桑田，昔日巍峨的宫殿已经变成禾麦离离的田垄。与之同时，西周王权的天命思想和神权观念也倒塌了，一种巨大的精神迷茫和心灵忧伤，在变风变雅中弥漫开来。如《王风·黍离》：

> 彼黍离离，彼稷之苗。行迈靡靡，中心摇摇。
> 知我者，谓我心忧；不知我者，谓我何求？悠悠苍天，此何人哉！[63]

这是春秋人心灵世界的典型呈现。《王风》是东周京都洛阳的作品，按照郑玄的解释，此时的东周已经衰败："于是王室之尊与诸侯无异，其诗不能复雅，谓之王国之变风。"[64]《黍离》是《王风》的第一篇，《王风》这一称谓本身就意味着一种天地翻覆的巨大变化，有一种历史巨变的沧桑感。与西周人相对平静、波澜不惊比起来，春秋人的精神世界波起云诡、笼罩着浓重的迷茫情绪，巨大的悲凉和忧患笼罩在心头，形成了中国诗人在王朝更替、世事兴衰的历史过程中《黍离》之悲的心灵模式。沧海桑田的巨大变化引发诗人如醉如噎的心灵悲痛，连行进的脚步也变得迟缓、沉重，诗人禁不住追问苍天，是谁制造了如此深重的人间苦难？“知我者，谓我心忧；不知我者，谓我何求？悠悠苍天，此何人哉！”这是王风的基本情感基调，也是整个春秋时代诗人的情感基调。

风雅之变首先是诗的情感世界的变化。“有兔爰爰，雉离于罗。我生之初，尚无为。我生之后，逢此百罹。尚寐无吪。”（《王风·兔爰》）[65]他们感叹生不逢时，遭遇了忧患丛生的时代。所谓“我生之后”，就是平王东迁之后。自此，传统风雅精神的自信与坚定，被怀疑、悲凉的心态替代。西周贵族诗中雍容、祥和的风范渐渐远去，哀怨、不平的声音成为变风变雅的主旋律。

比起国风来，《小雅》由于汇集了更多离政治更近的下层士大夫的作品，因此更多抒发的是对政治不公的怨愤。“溥天之下，莫非王土。率土之滨，莫非王臣。大夫不均，我从事独贤。”[66]《北山》的这种牢骚、哀怨，不是一般意义上的怨怒，而是有着明确的思想指向。“大夫不均，我从事独贤”不啻为一种新的诗人宣言，将“我”与众人、与世俗的世界区分开来，倾诉内心的不平。这标志着一种独立的、抗争的、哀怨的、批判的、屈原式人格的诞生，锋芒直指整个强大的世俗世界。诗的末尾，罗列了诸多不公正现象：

> 或燕燕居息，或尽瘁事国，或息偃在床，或不已于行。
> 或不知叫号，或惨惨劬劳，或栖迟偃仰，或王事鞅掌。
> 或湛乐饮酒，或惨惨畏咎，或出入风议，或靡事不为。[67]

这是春秋宫廷政治生活的真实展现。诗人叠用十二个“或”字，排比中有对比，不平之气，蕴积已久，一气呵成，不吐不快。尽管比起所谓“正风正雅”，不那么温柔敦厚，却揭示了世俗世界的种种劳逸不均、苦乐不平，具有超越时空的力量。

失去了宗教庇佑的天空，变风变雅更集中于个人命运的描写，表现在巨大民族灾难里孤苦无依的士人们的挣扎和哀叹，笔墨集中于个人的内心世界，力图通过细致的心理描写揭示出沉淀在诗人情感深处的悲伤与绝望。“我心”一共在《诗经》中出现了四十六次：在被称为“正风”的《召南》中还有“亦既觏止，我心则说”[68]的诗句，表现出由悲而喜的心理活动，而在变风变雅中，“我心”成了忧伤、悲凉的代名词，这恰好反映了春秋时代诗人的心理状态。如：

载驰载驱，归唁卫侯。驱马悠悠，言至于漕。大夫跋涉，我心则忧。(《鄘风·载驰》)[69]

正月繁霜，我心忧伤。民之讹言，亦孔之将。(《小雅·正月》)[70]

踧踧周道，鞫为茂草。我心忧伤，惄焉如捣。(《小雅·小弁》)[71]

昊天孔昭，我生靡乐。视尔梦梦，我心惨惨。(《大雅·抑》)[72]

“我心忧伤”成为变风变雅的习惯用语，这正揭示出春秋人孤苦无依、无可奈何的典型心境。尽管引发诗人心理变化的原因是多方面的，或为情爱，或为生存，或为家国，或为个人，然而情感的基本旋律都是抑郁、忧伤的。春秋时代的历史巨变在诗人心中刻下鲜明的印记，时代风云蕴积成浓重的心理云雾，使得他们很少开怀大笑，时时流露出内心的抑郁不展。这对中国文学影响深远，甚至可以说，“我心忧伤”是中国古典诗人的基本心理原型。

四、从庄严夸饰到自然写实

宏大的历史叙事和集体性的情感抒发决定了以雅、颂为代表的西周文学的崇高审美品格。康德认为：“崇高是一切和它较量的东西都是比它小的东西。”[73]沿着这样的思维线索，就会发现，越是通向往古，崇高的美学特征就越鲜明。古希腊神话里的人物，无不具有非凡的超人性格，大都是勇敢的冒险家和强悍的征服者。中国神话虽然不像希腊神话那样体系严密，但仍然张扬着人类创始之初的恢弘气势和非凡能力。女娲补天、夸父追日、大禹治水等等，在天地开辟、鸿蒙蛮荒的宏伟时空里讲述着人类的不屈精神和顽强意志。一切现代艺术都无法重复原始艺术的宏大气象，一切世俗的事物在神话世界非凡的想象力面前都显得琐碎而渺小。

正风正雅的崇高性审美追求源于史诗的艺术土壤。史诗是上古时代崇高美学精神的典型体现，其历史叙事的宏大庄严、超越众生的英雄人物塑造，决定了它必须在广阔的历史空间里展开，必须营造恢弘的艺术氛围，其精神品格是充满自信的，其表现笔法是浑厚粗犷的。这正是崇高美学的显著特征。

《诗经》中三颂、《大雅》等古典史诗审美的崇高性，主要体现在天命的信仰、英雄的崇拜和宏大历史事件的叙述。在经学家那里，所谓风雅之“正”恰恰是源于风雅对诗的颂扬传统的继承。三颂诗喜欢用大、高、洪、荒、长、巨、百、万等描绘硕大无朋的自然景象，而很少对枝蔓琐屑的生活场景和无关紧要的历史人物进行描写。高山、长河、大海、巨流、莽原、田野、阡陌等雄伟的空间意象和洪荒高古、生生不息的时间观念，共同勾勒着一种具有崇高、悠远审美精神的图画，给人以摄人心魄的力量。

与崇高美学相伴的另一艺术特征是审美的夸饰性。夸饰是崇高的延伸，只有通过渲染、夸饰，才能表现出神灵的奇异、英雄的非凡和历史的宏大。我们看到的原始艺术常常体现出某种变形、夸张、放大的特征，动物和人物是局部夸张的，而不是简单地描摹现实。中国青铜时代的饕餮形象特别引人注目：“周鼎著饕餮，有首无身，食人未咽，害及其身，以言报更也。”[74] 原始艺术的狞厉之美源于原始宗教精神，以近乎狰狞、威严的形式表现宗教的神秘、恐惧，并以此来威吓人类的灵魂，使人匍匐于神坛之下。正风正雅继承了原始宗教艺术的美学精神，将狞厉和张扬转为崇高与夸饰。故事的神奇宏大、英雄的自命不凡、时空的悠远高古以及刻意保持着的与大众的精神距离，共同构成了正风正雅俯瞰苍生式的自信，体现着崇高和庄严。

以变风变雅为代表的春秋文学，从原始浪漫主义的精神写意向古典现实主义的写实手法转变。1923 年出土于河南新郑的莲鹤方壶，代表了春秋时代写实艺术的典型风格。其最为精彩的部分是盖顶仰起的双层莲瓣和伫立于莲芯之上展翅欲飞的立鹤。它们所展示出的这种清新自由、生动活泼的意境，一扫前代装饰工艺肃穆、刻板的风格，寓示着新的艺术精神的诞生。郭沫若指出，莲鹤方壶的艺术风格已迥然有别于殷商、西周，在盖顶莲瓣中心立一张翅之鹤，全然超出了西周以上神秘、凝重的氛围，显露出清新的气息。“此鹤突破上古时代之鸿蒙，正踌躇满志，睥视一切，践踏传统于其脚下，而欲作更高更远之飞翔。此正是春秋初年由殷周半神话时代脱出时，一切社会情形及文化精神之如是表现。”[75] 郭沫若描述的既是莲上之鹤，也是春秋时代青铜艺术的总体风格与审美趋向。从“半神话”状态下挣脱出来的春秋艺术，摆脱了早期艺术俯瞰苍生的狞厉、夸饰，而走入世俗生活，以一种清新、写实的面貌呈现出来，代表着一种新的美学转向，标志着中国艺术风格的一个新的开端。

（一）以“赋”为特色的写实成就

变风变雅艺术上最大的收获，即是自由写实主义美学风格的成熟。与青铜礼器对

动物和图腾逼真的描绘相比,《诗经》的细腻写实风格更多地表现在对人的描摹刻画方面。如《卫风·硕人》:

硕人其颀,衣锦褧衣。齐侯之子,卫侯之妻,东宫之妹。邢侯之姨,谭公维私。

手如柔荑,肤如凝脂。领如蝤蛴,齿如瓠犀。螓首蛾眉,巧笑倩兮,美目盼兮。[76]

这里对庄姜的描写,不再是西周诗篇中简单的历史背影,而是具体、周到的形象刻画。这种人物形象的细致刻画代表了春秋时代写实艺术的真正成熟。以往研究者说到《诗经》的艺术成就,往往只强调“比兴”。其实,真正能代表春秋文学时代进步的是“赋”,是以铺陈其事为艺术手段,对社会生活全面的表现和对人物细致而真实的刻画。如《鄘风·君子偕老》:

君子偕老,副笄六珈。委委佗佗,如山如河。象服是宜,子之不淑,云如之何?

玼兮玼兮!其之翟也。鬒发如云,不屑髢也。玉之瑱,象之揥也,扬且之皙也。胡然而天也?胡然而帝也?

瑳兮瑳兮!其之展也。蒙彼绉絺,是绁袢也。子之清扬,扬且之颜也。展如之人兮,邦之媛也。[77]

这首诗是对一位出身高贵的妇女的工笔式细腻刻画,笔墨集中于她的装饰。首章写其发簪上珠玉摇动,行走之间,鲜明灿烂,有一种山河般的宁静、庄重。次章写其美发乌黑,两耳垂玉。尾章写其外罩轻纱,姿态曼妙。整首诗精雕细刻、反复铺写,由上而下、由外而内,层次分明,表现出高超的描摹艺术。如果说《硕人》长于写人的话,那么此诗则善于状物,通过装饰、佩戴展现人的内在精神。不过二者都注重自然美的追求:硕人的形象有种自然、清新的美,而此诗也公开声明“鬒发如云,不屑髢也”,崇尚自然的一头乌发,不屑于用假发伪饰自己。崇尚自然也是春秋美学的重要特色。

变风变雅写实能力的增强,还表现在细节描绘上。有两点特别引人注意:一是写人的目光。如《卫风·硕人》云:“美目盼兮。”《齐风·猗嗟》亦曰:“猗嗟昌兮!顾而长兮。抑若扬兮，美目扬兮。巧趋跄兮，射则臧兮。猗嗟名兮！美目清兮。仪既成兮，终日射侯，不出正兮，展我甥兮。”[78]如果说《硕人》描写的女性目光黑白分明、顾盼生辉的话，那么《猗嗟》描绘的男性目光澄澈而富有神采。春秋文学对眼睛的描述不仅着眼于形式的美丽，更注意表现神采的光芒。眼睛是代表心灵的，这样的目光是春秋人的心灵展现，也是一种古典美学的精神象征。二是对手的描绘。原始雕塑艺术很少表现手部，其对女性的刻画往往夸张地表现乳房、臀部、女阴等女性特征。亚里士多德认为手是人类最重要的器官，“手似乎不是一种工具，而是多种工具，是作为工具之工具。因此自然把这种用途最广泛的工具即手赋予那种最能获得最多技艺的动物即人”[79]。一个人或是贵族，或是平民，或是不劳而获，或是风雨劳作，都可以通过手体现出来，因此，手可以说是人类的第二张脸。但是在艺术上，手又是最难刻画的器官，因为它汇聚了人类太多的生活和审美信息。能够生动地展现文学的、艺术的手，正反映了人类思想和艺术的进步。说到《诗经》中的手，人们自然会想到《硕人》的“手如柔荑”，美丽的手，纤细洁白，未经风雨，宛若初生的白茅嫩芽，这是一双春秋贵族高贵、优雅的手。《魏风·葛屦》则描绘了一双劳动者的手：“纠纠葛屦，可以履霜。掺掺女手，可以缝裳。要之襋之，好人服之。”[80]“掺掺女手”构成了整首诗的中心意象。这双手可以缝制抵御严寒的衣裳，不仅有美丽的形式，更具有历经沧桑、饱经风雨的深刻生活内容，呈现出更多超越自身的意味。

（二）从外部历史叙事转向内在心理描绘

文学史也是心灵史，从外部的宏大历史的集体叙事转向个体心灵世界的描绘，是春秋文学的重要转变。《柏舟》是“变风”的第一首诗，也是一首典范的抒写心灵的诗篇，描绘了诗人黄河九曲般的情感曲折和心灵咏叹。整首诗只开篇一句“泛彼柏舟，亦泛其流”[81]交待抒情的环境背景，其余都是围绕诗人内心郁结和情感波澜展开的。诗人要抒发的是绵绵不绝的“隐忧”。“隐忧”是难以言说、无法排遣的情愫，因此必须聚焦于隐秘的心灵世界才能得以呈现。因为“愠于群小”[82]，即与身边一群势利小人发生了冲突，诗人遭受了“觏闵既多”[83]“受侮不少”[84]的无情打击，遭受了亲人的无情背叛（“亦有兄弟，不可以据”[85]）。无尽的孤独和痛苦咬啮着诗人的心灵，他捶胸顿足、呼天抢地（“寤辟有摽”[86]）。然而，在灾难和痛苦面前，诗人依旧坚守理想、矢志不移，发出了“我心匪鉴，不可以茹”[87]“我心匪石，不可转也；我心匪席，不可卷也”[88]的时代呐喊。这是屈原式的为追求美政理想九死不悔的精神原型，是古代爱国志士苦恋情怀的思想源头。

《小雅·正月》宛若一部宏大的交响乐，以言情、写心为主，全面展示了诗人国破家亡之际巨大的心理忧伤，一种《离骚》式的难以排遣的心灵苦痛回荡在天地之间。诗中“心”字出现了八次，诗人通过“我心忧伤”“忧心京京”“哀我小心”“忧心愈愈”“忧心惸惸”“心之忧兮”“忧心惨惨”“忧心殷殷”[89]等忧伤心态的铺写，塑造了忧思家国、质地问天、孤苦哀号的抒情主人公形象。从“赫赫宗周，褒姒灭之”[90]的诗句看，这是典型的春秋诗人心理世界的展现。全诗以心理活动为线索，环环相扣，层层推进，细致地展现了诗人内心的悲苦、纠结、挣扎与无奈。诗的抒情建立在正月繁霜、万物凋零的历史环境中，这不仅是时令、物候的变化，更是凄风苦雨、生不逢时的政治象征。整个社会风雨飘摇，朝廷上下谣言四起、小人横行，政治空间逼仄到让人窒息的程度：“谓天盖高，不敢不局。谓地盖厚，不敢不蹐。”[91]诗人同屈原一样遭受了君主的误解和同僚的排挤。“彼求我则，如不我得。执我仇仇，亦不我力。”[92]国家急难时，求贤若渴；一旦我入宫廷来，待我傲慢，弃置不用，诗人陷入了“心之忧矣，如或结之”[93]的无尽苦痛之中。诗人也有《离骚》式的上天入地、上下求索：他追问父母，为何把我生在这样一个乱世？他追问天地，为何不能让我挺直胸膛？最后，诗人绝望地发出了“哿矣富人，哀此惸独”[94]的呻吟。可以说，诗人的绝望是屈原式的，这首诗已经开启了屈原式的情感模式。

“变风变雅”这一概念是由经学家从否定意义上提出的，但我们看到的并不是王朝式微带来的精神沉沦，而是一场由政治革命引发而波及思想、主题、风格、审美等广泛领域的文学革命。风雅之变对后来的中国文学产生了重要影响。每当形式主义泛滥的时候，人们总是标举风雅精神，特别是变风变雅精神。因为风雅之变的批判精神、自然写实手法，比起所谓正风正雅更有力量、更有成就。文学史上每一次经典阐释，都不是简单的回忆过去，而是有着更为重要的现实意义。

注释：

---

①②③⑤⑥⑦㉑㉒㉓㉔㉕㉖㉗㉘㉙㉚㉛㉝㉞㉟㊱㊲㊵㊶㊷㊸㊹㊺㊼55 56 57 58 59 60 61 62 63 64 65 66 67 68 69 70 71 72 76 77 78 80 81 82 83 84 85 86 87 88 89 90 91 92 93 94 《毛诗正义》，载阮元校刻《十三经注疏》，中华书局1980年版，第271页，第262页，第272页，第270页，第270页，第264页，第340页，第348页，第310页，

第353页，第331页，第342页，第376页，第376页，第376页，第473页，第473页，第405页，第405页，第405页，第484页，第484页，第484页，第484页，第346页，第314页，第501页，第373页，第321页，第358页，第598页，第277页，第288页，第412页，第583页，第596页，第310页，第561页，第330页，第329页，第332页，第463页，第463页，第286页，第320页，第441页，第452页，第554页，第322页，第313页，第354页，第356页，第296页，第296页，第296页，第296页，第296页，第296页，第296页，第296页，第441页，第441页，第441页，第441页，第441页。

④ 宋代严粲、王柏等依变风变雅之说，顺势提出“变颂”之论，以《鲁颂》为变颂，不知风雅之变非体之变，而是神之变。颂以“美盛德”为根本，不存在所谓正、变之分，故“变颂”之论应者寥寥。

⑧⑭⑮⑯⑰⑱⑲㊾ 《礼记正义》，载阮元校刻《十三经注疏》，第1609页，第1538页，第1527页，第1527页，第1527页，第1528页，第1540页，第1527页。

⑨ 朱熹：《四书章句集注》，中华书局1983年版，第17页。

⑩ 左丘明：《国语》，上海古籍出版社1978年版，第515页。

⑪ 《尚书正义》，载阮元校刻《十三经注疏》，第131页。

⑫ 《论语注疏》，载阮元校刻《十三经注疏》，第2468页。

⑬㊳ 《春秋左传正义》，载阮元校刻《十三经注疏》，第2007页，第2021页。

⑳ 维柯：《新科学》，朱光潜译，商务印书馆1989年版，第480页。

㉜㊿ 马承源主编：《上海博物馆藏战国楚竹书·孔子诗论》，上海古籍出版社2001年版，第129页，第127页。

㊴ 《仪礼注疏》，载阮元校刻《十三经注疏》，第985页。

㊻ 《说文》：“盘，承盘也，从木般声。”（段玉裁注：《说文解字注》，上海古籍出版社1988年版，第260页）

㊽ 朱熹注：《诗集传》，中华书局2011年版，第84页。

(51)(52) 李学勤主编：《清华大学藏战国竹简》一，中西书局2010年版，第150页，第150页。

(53) 清华简《耆夜》中周公歌诗，又见于《诗经·唐风》。

(54) 李学勤主编：《清华大学藏战国竹简》三，中西书局2012年版，第132—134页。

(73) 康德：《判断力批判》上，宗白华译，商务印书馆1996年版，第89—90页。

(74) 许维遹：《吕氏春秋集释》，中华书局2009年版，第398页。

(75) 郭沫若：《新郑古器之一二考核》，载《殷周青铜器铭文研究》，科学出版社1961年版，第116页。

(79) 《亚里士多德全集》第5卷，苗力田译，中国人民大学出版社1997年版，第131页。

（2016年第2期）

鲁迅对庄子的另类叙述

孙　郁

一

鲁迅对庄子的态度似乎不能以通常的逻辑来描述。郭沫若第一次系统阅读鲁迅的作品时，就发现了鲁迅与庄子的深切关联。他那篇《庄子与鲁迅》[①]以诗人的视角发现了鲁迅词语库中庄子的成分，使得二者之间的关系被一点点打捞出来。

不过，鲁迅文章对庄子词语的采纳，不是摄取其理，而是借力而行，使汉语能够具备更多的弹性。较之同代人整理国故时的一般性表达，他更喜欢运用庄子式的诘问之语。这主要是因为《庄子》内在的丰富与词语的飘逸，比腐儒的文章高妙甚多。庄子对后世士大夫的一个重要影响，是从圣人的阴影里走出来，看到人的认知能力的局限。他批评孔子的迂腐之处，多奇异之思，且比老子更为深入。老子说："绝圣弃智，民利百倍。绝仁弃义，民复孝慈。绝巧弃利，盗贼无有。"在庄子眼里，老子的看法还有些暧昧，他直接将矛头指向孔子："圣人不死，大盗不止。剖斗折衡，而民不争。"[②]庄子认为孔子思想衍生出一种妄见，过于执著仁术而偏离自然之境，只有回归平淡、无我的状态，方可以呈现自己的本质。因为远离世俗，便见到常人难见之景、稀有之物，神接上苍，思通无极。在阐释自己思想的时候，庄子毫无孔老夫子正襟危坐之气，而是放逐自己，在高远的天地间徜徉。青年鲁迅的词语表达，有着庄子的这种气质。

晚清一代学人对庄子的思考多延续古人的思路。到了严复那里，庄子研究发生了变化，他把个性精神引入自己的视野。[③]章太炎则在此基础上另有心得，于《齐物论释》《庄子解故》等作品中表达了自己崇仰的自由精神。这思路在"五四"那代学人中得到继承，黄侃、钱玄同以及周作人身上都可看出章太炎的影响。

章太炎谈庄子，一是从音韵训诂入手，二是参照佛理。前者在《庄子解故》中有所发扬，后者则在《齐物论释》里发挥得淋漓尽致。青年鲁迅曾随章太炎学习《庄子》，对章太炎的精神核心颇为熟悉。章太炎解庄子，有两点让人印象深刻：首先是

“自证”的价值，“以不知知之”；其次是“圆音胜谛，超越人天意识”[④]。将个人主义的概念托出，已有了近代精神的特点。章太炎的思路在一定程度上影响了鲁迅。当鲁迅译介尼采的时候，苦苦寻找对应的语言而不得，《论语》过于正经，《史记》滞于苍润，《老子》多是逆反，唯《庄子》略似一二。《察罗堵斯德罗绪言》的起笔就颇多《庄子》与《列子》之气。[⑤]要想用先秦的文体来比附尼采，且有玄奥之姿，唯庄子的思想资源可以借鉴。庄子的文辞以相对主义的方式表述大小之辨、虚实之别、有无之分。他最大的优长是没有腐儒的酸气和伪道学的痕迹。在先秦文献里，就想象力和智性的表达而言，能出其右者真的寥寥。

“五四”那代人取庄子的意象而用，目的不一。胡适在梳理中国哲学史的时候，看到庄子思想里进化论的因素。郭沫若则把浪漫主义的情思和《齐物论》相接，甚至在其间读出斯宾诺莎的气味来。[⑥]和他们不同的是，鲁迅对待庄子有复杂的一面，他关于人与物、个体生命与外在世界的关系的思考，带有一丝德国浪漫主义诗学的痕迹。他介绍的人物甚多，其中尼采、叔本华、斯蒂纳都有浪漫主义诗学的背景，而这些人的气质在中国的对应者，恰是庄子。这使他的生命体认与庄子有相通的一面，比如看到道德化言语的虚妄、发现希望的无望、意识到无有的真义……然而鲁迅不是脱离了痛感的逍遥，而是带着沉重的体验前行。庄子在说理的时候，拔身而出，飞至旷野之上，云雾间无累地飘动，何其潇洒；鲁迅却不能忘记自身的忧患，眷恋着火燎的土地，凝视着民间的疾苦。这是他们的区别。不会逃逸苦楚的鲁迅，选择的恰是与庄子相反的路径。

有意味的是，鲁迅不是论述先秦诸子的时候使用了这样的表达方式，而是在与尼采及欧洲浪漫主义诗人相遇时，现出庄子的余影。他一面借鉴庄子的语境，一面又在意象中消解庄子的思想。这在方法论上与许多人相反。也由于这种歧义化的表达，他意识到汉语的限度。这种限度恰是章太炎在解读庄子时就遇到的一种困难。

鲁迅笔下的庄子，很少词章之学层面的心得，看重的是思想史层面的明暗之色。《破恶声论》对于“白心”的论述，乃是庄子意象的幻化。《摩罗诗力说》中的一些思想与庄子亦有接近之处。[⑦]鲁迅在介绍摩罗诗人的时候，背后德国哲学的气息暗自流动，而能够转化出其妙意的正是庄子的智慧。摩罗诗人背后的哲学思想，在鲁迅的表述里和庄子的思想多交叉之处，例如，“其人虽生，而人生之道失。文章不用之用，其在斯乎”[⑧]。这无疑是一种古老智慧的延伸。鲁迅早期文言文写作中的庄子笔意，与尼采、雪莱、拜伦、普希金、莱蒙托夫的诗文介绍交织在一起，无意中有了对庄子的重新发现。木心认为，尼采诞生之前，中国的庄子已具备了类似的精神。[⑨]这也为鲁迅以尼采的眼光看庄子，以及以庄子方式瞭望尼采等浪漫主义诗人，提供了一种逻辑佐证。以尼采的眼光来阅读庄子，鲁迅提供了与清末民初的学人完全不同的精神视角。

二

对尼采和庄子的双重发现，使鲁迅站在特别的起点上。不过鲁迅留学时期对浪漫诗学的热情其实很短，很快就有了问题意识的转移。辛亥革命后，当改造中国的意识浓烈的时候，空幻的感觉似乎不再能满足鲁迅的需要。在这种选择过程中，他渐渐与德国浪漫诗学的遗绪产生分歧，也连带看到了庄子传统的有限性。而刺激鲁迅远离这两种传统的，正是其直面现实的冲动。

浪漫主义诗学与庄子思想对于过去、未来都有精妙的论述，而如何应付当下却缺乏富有启发性的建议。当鲁迅沉入西方浪漫主义诗学的深处后，不久就意识到庄子遗产与西方摩罗诗人遗产的差异，思维也因之跳出章太炎的格局。新文化运动初期，庄子的词汇在他的文章里开始减少。此后在学术著作《汉文学史纲要》中，他已经没有了当年发现庄子的兴奋，反而显得异常冷静，庄子的局限也被清楚地勾勒出来。[10]老庄思想对于国人解决精神的焦虑的确颇有帮助，但无法激发人心的宁静之思，也带来精神的消极性。在儒与道之间，道家思想给国民精神带来的负面值可能更大。老子无为而治，根底在治人，还有以柔克刚之味。到了庄子那里，“知其不可奈何而安之若命”“坐忘”“无是非”等观念则带来诸多问题。这在两方面直接导致人的精神变化：一是隐士精神的出现，使进取精神受挫；二是道教文化中自我保护、长生不老等意识使国民日益堕入黑暗的泥淖。鲁迅说：“人往往憎和尚，憎尼姑，憎回教徒，憎耶教徒，而不憎道士，懂得此理者，懂得中国大半。”[11]他其实是看到国民性中道教思想的阴影之重。

对于那时候津津乐道谈论庄子的人，鲁迅并不以为然。细究深因，不是如何评价庄子的问题，而是他们叙述庄子的方式存在漏洞。民国文人论述庄子，要么拘泥于儒者的词章之学[12]，要么以今人的思想进行比附[13]。鲁迅意识到其间一些根本问题。他不喜欢以儒家思想解释庄子，以为易流于虚伪。而道家思想则无承担地遁入虚无，也非人生哲学可取者。韩愈、苏轼论述庄子思想时都看到其与孔子的关系。[14]庄子的文章多以孔子学说为参照，或反其道而用之，或以儒学为基点建立自己的精神逻辑。钱钟书在《管锥编》中说庄子“援儒入道”并非没有道理。[15]到了胡适那里，以进化论讨论庄子则显得格格不入。非有天马行空的雄姿和超越流行思维的气魄不能进入庄子世界的本然之所。

近代的庄子研究未能超越清代的治学传统。有清一代直到民国，对庄子的读解形成了诸多流派，林云铭、吴世尚、宣颖、胡文英、刘凤苞等学者都有佳作传世。一些学者的点评在读书界颇有反响。王闿运言及庄子的传统，销魂于儒学之乐。刘凤苞说："圣人在乎，朴笔最奇，语意更呆，却是惊人之句。"[16] 吴世尚《庄子解》对空写、实写、半写、全写的总结，亦多美学的价值。这些并不能唤起鲁迅的审美快慰。他对于古老的文论不能翻出新意的反感，在文章里常常流露出来。

鲁迅思考国故的当下命运时，以为老调子已经唱完。这其实也包括今人的调子，他以为这里的问题尤深。中国现代文人的话语逻辑难以解析文化遗产的精要，因为这种话语还是奴隶的话语。对鲁迅来说，重点不是停留在原典本身，而是关注其流变给后世文化带来的负面资产。儒家的进取精神凝固到官本位的结构里，则化为奴性的附庸；庄子的逍遥之游在不得志的文人那里，退化成隐士之趣；佛教的慈悲善行被吃教的俗人占据，这些都是历史暗影流变的结果。所以，鲁迅批评儒家，多着眼于士大夫的形态；抨击道家思想，以进取的民魂为参照；而面对释迦牟尼的遗产时，揭示的是假信者的外衣，给骗人者以无地自容之痛。理解了此点，我们会发现鲁迅欣赏庄子批判儒家的机智，但不流入虚无之境；其作品有大音希声之象，而不忘苦楚中的呐喊。在儒、道、释之间，鲁迅不是皈依于谁，而是看到文化遗产被扭曲时的一种苦境，尝试从被压抑、扭曲的世间开出一条新路。这种摄取与选择，是现代知识分子不同于传统士大夫的重要标志之一。而尼采、马克思主义的某些理念使鲁迅绕过传统的方式而抵近前人遗产，这给其思想带来了奇异之色。

三

庄子思想在人格方面对中国士大夫的影响很大。荀子说庄子"蔽于天而不知人"，可说点到穴位。然而，庄子能够在儒风习习的环境中，以超脱的态度看人看世，确有自由的快慰。鲁迅在《写在〈坟〉后面》里承认自己背负着沉重的鬼气而不能解脱："就是思想上，也何尝不中些庄周韩非的毒，时而很随便，时而很峻急。"[17] 鲁迅中了庄子的毒，至少在审美的层面可以得到证实。

鲁迅对庄子遗产的盲点一直心存警惕。儒家的复古与道家的出世，使国人在思考问题与看人看世时，唯独遗漏了当下。这个思路在民国初年依旧。保守主义者对于过去的神往，浪漫主义者关于未来黄金世界的瞭望，都各自有其真意与理由。庄子的“无是非”说，否定了当下的是非，把眼光放到虚妄之所，自然不能解决日常生活中的难题。所以，中国文化的问题是，学者论述中美妙的东西殊多，独独对现实问题交了白卷。鲁迅植根于当下的理念，其实是在填补这个认知的空白。

在直面当下的时候，鲁迅清醒地意识到自己工作的有限性：一切不过是一种过程，自己只是过程中的一个环节，但做好这个环节却是殊难之事。他后来与绅士们有隙、与“第三种人”争论，原因就是他们的论述离开当下棘手的问题，跑到了庄子式的自得其乐之中。现实是最好的教师，在流氓与政客横行的时候，自由之梦与超脱之梦都不能落到实处。

《起死》是鲁迅唯一一篇关于庄子的小说。与以往小说里的悲慨沉郁之风不同，这篇小说带有其杂文的一贯风格，情节与故事背后乃是鲁迅思想的悖谬式表达。有学者已经注意到鲁迅在《起死》中表达的对古代文化的态度，可以解释其思想与老庄哲学的差异性。[18] 这篇小说颇为滑稽，荒诞里呈现出“无是非”思想的可笑。人活在当下，飘渺的存在不能帮助自己。庄子最终不得不向别人求救来摆脱困境，这个尴尬的过程使原有的思想也随之破产。

鲁迅笔下的庄子被漫画化了。开篇就是荒蛮之地，庄子嘴里念念有词，举止滑稽可笑。他本来觉得生死无常，生即是死，死亦是生，虚无的感觉弥漫在思想深处。他突然发现一具骷髅，于是善心大发，但善心不得善报，遂入迷津之中。现实发生的一切，须以现实的办法处理，在恶的力量主宰世界的时候，古人的教义变得可笑。鲁迅意识到了这种可笑，他看庄子的方式受到卢那察尔斯基《被解放的唐·吉诃德》的影响。[19] 卢那察尔斯基对唐·吉诃德的善良所带来的悖谬，做了透彻的表达。鲁迅借此讽刺了庄子，是当下的紧张感在起作用。因为从现实的斗争出发，才能感受到告别迂腐思想的必要。

卢那察尔斯基处理唐·吉诃德的荒谬之态，乃阶级理论介入的结果，是为了证明革命的正当性。唐·吉诃德也是善心大发的人物，但他所帮助的人却极为险恶。卢那察尔斯基通过唐·吉诃德这个人物，对超阶级的爱展开批判。鲁迅在写庄子的时候，隐去了阶级话语，但其思想深处有这种意识的投射是一看即知的。《起死》所表达的观念有现实的因素，但他没有把意识形态的语境扩大化，反而诞生了一种批判现实的哲学。俄苏文学的重要元素被他隐蔽地引入对中国古代文化的叙述中。

在鲁迅眼里，庄子哲学被传播后，至少在两类人中看出负面的影子：一类是其小说中的阿Q相，一类是其杂文中不断批判的所谓自由主义文人。阿Q的无特操、健忘、精神胜利法，就是丧失现实判断力的表现。遁入精神幻相，自我也就消失了。而自由主义文人则纷纷从域外搬来美妙的理论。表面上看，民主、自由等观念都很好，但当下如何争取民主与自由的问题却没有解决。自由主义者只是梦中追索，不知如何面对残暴的政权。而鲁迅则以为除了战斗，余者还并非切迫的选择。

《起死》里的庄子已经脱离了古典文献中的原型，添加了荒诞性。鲁迅既借用了《齐物论》的语言，又把中国自由派文人那矛盾、孱弱的影子镶嵌其间。小说中的庄子因善获窘，人性恶的一面暴露出来。按照庄子的理论，人间无是非可言，一切都是相对的，但在被逼无奈的时候，庄子却要请一个警察为自己脱身。这里揭示的深层原因是：人的言行不能统一。庄子的理论大而无当，连基本问题都不能解决。最终，他只能无可奈何地面对当下的窘迫。

这让人想起新月派等人的选择，儒雅绅士的思想虽与庄子相去甚远，但一味做善事、讲高明的学理，最终落入国民党专制主义的陷阱，却与鲁迅笔下的庄子极为相似。[20]在《起死》里，有对道家思想个别观点的根本性颠覆，但作者的用意则是批评自由主义文人的自相矛盾。取庄子之形直指现代文人之魂，多重影子的交织，方有这一奇妙的文本。理论如果植根于实际，则有自己的熠熠光彩。二者脱节的话，就只能落得尴尬之境。

鲁迅的态度在这里表达得极为明确，古代遗产在现代一些文人那里已经落入精神自欺与自恋的境地，而外来思想如果不深入到泥土里，照例不能处理自己的难题。鲁迅不仅对古人的学说感到失望，对今人的思想亦有不满的地方。他觉得现实的复杂与险恶只能以现实的理性去处理，既要存学者的良心，又要有市侩的手段。[21]对善有善的办法，对恶有恶的招数。胡适、周作人、林语堂都不懂得此点。在鲁迅看来，当时有殉道感的青年，倒比中国所谓的圣哲们要高明许多。

鲁迅看庄子，有点像庄子看孔子，幽默里的嘲笑乃是一种智性的攀援。他的《起死》在无意中重复了《庄子》原著里的某些意象。有学者指出："庄子刻意虚构孔子和盗跖的会见故事，孔子见盗跖等于自入虎口，但当了生命的危险，却留下一个无伤大雅的笑话。"[22]这仿佛是一个轮回，后人笑前人之愚，有甚于前人对后人的开启之趣，这是在智者的世界里才有的现象。不过，鲁迅在精神深处其实受益于高尔基对托尔斯泰的盲点的议论。在主编《奔流》的时候，他编译的一些俄国理论文章中有不少是关于如何面对文化遗产的思考。高尔基看出旧派作家的盲点[23]，普列汉诺夫发现了唯心派的短板，卢那察尔斯基则对所谓自由派文人有攻击性的言语。相较于德国哲学，鲁迅对这些人的思想更感兴趣。他不翻译德国的批评文章，而通过德语译介俄苏的批评作品，实在与其内心的需求有关。他在欧洲知识分子与中国士大夫的缺陷里，也发现了自己的缺陷。纠正这问题的办法，也许恰是俄国的那些思想资源——以现实的经验来判断是非，而非教条主义地面对问题。鲁迅把庄子描绘成自己思想的受害者，就如同人道主义者成了自己主义的受害者一样。在俄国革命的时代，高尔基等人的选择有自己的策略，其中存在着明显的武断。不过鲁迅避开了那些武断的话语，在人生多层次的体验里看到混沌的思想对现实的无效。古人的价值在于对古代环境的准确判断，能否以其解析变化了的时空是一个疑问。鲁迅在自己体验的过程中得到的并非象牙塔里的结论。

四

在这个意义上，我们才能够理解鲁迅何以批评施蛰存向青年推荐《庄子》和《文选》。这个中国现代文学史上的争论，在今天已经不是谁是谁非的问题，乃是文化心理的一种差异性的呈现。从这个案例讨论鲁迅的文化观，倒可以向我们印证他内心的本色。

1932 年，《大晚报》征求给青年看的书目，施蛰存推荐了《庄子》和《文选》，希望青年写作时要有一点古典文学的修养，增加一些词汇量。从文章学的角度来看，这样的观点未必不对，阅读《庄子》和《文选》也是知识积累的需要。然而鲁迅那时候正处在围剿之中，以为给青年的应当是战斗的、革命的思想资源。而且他当时正在翻译来自俄苏的文学作品，恰处于与古老的士大夫话语告别的时期，其对施蛰存进行批判就是必然的了。

鲁迅在《感旧》一文里，对施蛰存的用意并非不理解，但他以为在新文学中创造新的思绪与表达更为重要。这篇文章不过是一种提示，并无多少恶意。施蛰存在反驳的文章里把问题指向个人的喜好，层次自然与鲁迅不同，道理也并非蛮横。然而鲁迅在争论里则表达出这样的观点：以导师的口吻指导青年其实有危险。刘半农成名后，不再像新文化运动初期那样提倡新文学，而是以学者的身份指点江山，不免有旧文人的习气。

鲁迅以为，创造新的文学乃当下的任务，远离古老的语态，以现代人的精神创造新的文章，才是应当提倡的使命。这背后的意识形态语境是显而易见的。施蛰存在致黎烈文的信中无奈地说出“此亦一是非，彼亦一是非”[24]的感叹，遂引出鲁迅这段话：

> 糊涂主义，唯无是非观等等——本来是中国的高尚道德。你说他是解脱，达观罢，也未必。他其实在固执着，坚持着什么，例如道德上的正统，文学上的正宗之类。[25]

争论的过程，表面上是关于《庄子》和《文选》，其实是关于知识分子在建设文明社会的过程中应担当的责任。在国民党政府的统治下，批判专制独裁在鲁迅看来殊为重要。此间，《现代》杂志上一些“第三种人”的文章再次引起鲁迅的不满，使他联想起庄子的“无是非”观。鲁迅对于骑墙文人的批评，延伸了其思想的固有之意。

鲁迅反对“糊涂主义”，这可以解释他何以疏远庄子的学说。在针对施蛰存的判断上，他自然存在误读。施蛰存在文章学的层面思考《庄子》和《文选》的价值，有其特别的考虑。鲁迅则从思想的层面出发，看到了背后更为复杂的隐含意义。他认为“第三种人”的观念是一种与现实脱节的自慰。离开尖锐的矛盾而谈自由，实际上存在问题。施蛰存后来回忆说，鲁迅怀疑自己向国民党献策，但对“第三种人”来说这其实是不可能的。[26]在鲁迅判断中，大谈不偏不倚的人，转向后往往很快就有新的价值皈依，庄子的思想自然也就破产了。这是鲁迅对复杂形势的切身体会。对于施蛰存本人来说，鲁迅所言甚重，但就思想而言，在残酷的斗争年代，这样的联想有其逻辑的必然性。

考察鲁迅的思路，应主要在对现实的理解层面注意其与一般自由主义文人之间的分歧。他早年喜欢尼采的当下意识，对于暧昧的思维多有不满。而克尔凯郭尔“信仰不是一种知识而是自由行为”[27]的理念，与其精神有共鸣之处。熟悉德国思想的鲁迅，早年对于尼采情有独钟，后来则欣赏马克思主义的审美思想，这些都改变了他对中国传统文化的理解方式。晚年的他没有逗留于德国18世纪以来的哲学中，主要是不满浪漫主义哲学的遗风，觉得内中空幻的东西殊多，反而是俄国改变世界的行动比空想更为重要。他从左翼文学对于传统的态度里，吸取了整理旧遗产的思路，这些都在他的杂文里多有体现。

德国哲学家对于本国浪漫主义哲学的批评，在马克思及其同代人那里都有所表现。马克思主义者认为浪漫主义丰富了文学，但在认识世界的时候，则显示了另一种幼稚病。狄尔泰、尼采、齐美尔、施本格勒都有浪漫派的遗风。[28]鲁迅早期的气质里也有这种因素的闪烁，但不久他就转向了新的思想资源。他晚年在德国表现主义与达达主义的美术家那里，看到了空想主义所没有的现实表达的紧张感和逼人的改造世界的冲动，那些画面与情思比尼采的高蹈更有切肤的感觉。信念与审美的可能性不能代替现实的可能性。现实的可能性会丰富浪漫主义哲学所没有的表述空间，而他以为唯有新的知识阶级才有可能这样处理问题。

可以看出，鲁迅与施蛰存等人的冲突不能在传统语境中得到解答。施蛰存看到《庄子》可贵的地方，恰是鲁迅所云的盲点之所在。鲁迅的认知逻辑总是基于生活体验与现实思索，自然有别于庄子传统和中国的自由主义文人。问题不在于庄子价值的有无，而是以什么样的眼光和心态去言说庄子。鲁迅以为在权力者控制舆论和绞杀自由的时候，读书人倘没有是非观而一味以古董装点门面，不仅无助于对古典文化的阐释，而且会把错误的话语逻辑运用到文学与思想当中。而他以为，新的知识阶级应外在于那种老式的话语逻辑。如果没有这种新式的话语逻辑，读书人极有可能滑落到士大夫与绅士的队伍中去。围绕《庄子》和“第三种人”的争论，本质上流露出鲁迅对于新式知识分子可能会堕落的警惕。

所以，脱离了时代的语境很难理解鲁迅的庄子观，而鲁迅思维方式的超凡脱俗也是同时代与后来的知识分子理解他最为困难的地方。如果从学术的眼光看，他关于庄子的描述未尝没有可商榷之处。历来喜欢庄子的读者其实是寻找精神的解脱，试图在其词语里进入虚幻之境，而现实焦虑也由此得以缓解。陶渊明于平静里得庄子笔意，浑然不觉中进入神异之境。阮籍、嵇康对于世风的反对，借用的恰是庄子的自由理念。李白诗歌的翻滚摇曳之状，深处印有《逍遥游》的痕迹。苏轼的诗文，于世俗里见空蒙之色，日常生活里竟也留有仙气。到了曹雪芹那里，借庄子思想寻找精神的慰藉，成了主人公贾宝玉的选择。[29]然而鲁迅完全不同于传统的文人，他的基本价值理念和人生观都外在于庄子的世界，他在别类的时空里走进庄子，又出离庄子。出出进进之间，其实完成了现代知识人精神的自塑。

鲁迅思想的最为核心之处，乃战士精神，即以反抗、争斗之姿处理生活中的焦虑。苏轼的哀怨可以从诗文的奇异中得到缓解，生活中不得不多一些妥协。曹雪芹写贾宝玉与林黛玉，解脱的方式只能是遁入空门或者死亡。然而鲁迅处理现代困境的方式，却是与现实纠缠中的搏击。这是他精神奇特的地方，庄子哲学对于他只有审美的意义、学术的意义，却没有应对存在的当下性的意义。在庄子空缺的地方，恰可以领略到其精神上的一个逻辑点。因了这个逻辑点的存在，他在远离庄子的笔意后开启了自己的精神之路。

以直面人生的方式建立与恶世之关系，鲁迅毫不妥协地和遗老斗、与西崽斗、跟伪士斗，便有了精神的奇景在。现代人的精神哲学也于此诞生出来。我们看鲁迅的精神选择，其实有着孔子、老子、庄子所没有的东西，这恰是其思想具有现代意识的体现。庄子的思想，对于国人更多的是逃离困苦的慰藉，鲁迅的思想则对于人们应对现实苦难有极大的帮助。庄子可以让人在无人之地神游，摆脱尘世的苦恼。鲁迅则使人在绝望之渊前保持清醒，于无路的地方走出新路。[30]这两个遗产，都影响了后世的读书人。鲁迅的重要性在于绕过传统的思维方式和价值态度，在自我的跋涉里建立知识人与现实联系的通道。这个通道不是遁逸的逍遥，而是肩住黑暗闸门的自我牺牲，以自我的消失换来青年的解放。鲁迅在精神的层面嵌入了自我承担感和殉道意识。直面现实、与黑暗一同消亡，这才有了耶稣式的悲壮之气。李泽厚在《中国古代思想史论》中赞佩鲁迅对于老庄的态度，都是心心相通的高明之论。这个话题延伸起来讲，就与现代知识分子与士大夫之间的分野的话题联系密切了。

注释：

① 郭沫若：《庄子与鲁迅》，载《沫若文集》第 12 卷，人民文学出版社 1959 年版。

② 晚清以来，许多学者讨论老子与庄子，都发现了类似的逻辑，谢无量、梁启超都有相关的论述（参见谢无量《中国哲学史》，载《谢无量文集》第 2 卷，中国人民大学出版社 2011 年版，第 129 页）。

③ 参见方勇《庄子学史》第 3 册，人民出版社 2008 年版，第 321 页。

④ 参见章太炎《齐物论释》，载《章太炎全集 · 齐物论释、齐物论释定本、庄子解故、管子余义、广论语骈枝、体撰录、春秋左氏疑义答问》，上海人民出版社 2014 年版，第 63 页。

⑤ 参见鲁迅《察罗堵斯德罗绪言》，载《鲁迅译文全集》第 8 卷，福建教育出版社 2008 年版，第 73 页。第一个看到鲁迅译笔的庄子气的是徐梵澄（参见徐梵澄《〈苏鲁支语录〉缀言》，载《古典重温》，北京大学出版社 2007 版，第 32 页）。

⑥ 参见刘剑梅《庄子的现代命运》，商务印书馆 2012 年版。

⑦ 田刚：《鲁迅与中国士人传统》，中国社会科学出版社 2005 年版，第 151 页。

⑧ 鲁迅：《摩罗诗力说》，载《鲁迅全集》第 1 卷，人民文学出版社 2005 年版，第 73 页。

⑨ 木心：《庖鱼及宾》，载《素履之往》，广西师范大学出版社 2007 年版，第 7 页。

⑩ 鲁迅：《汉文学史纲要》，载《鲁迅全集》第 9 卷，第 377 页。

⑪ 鲁迅：《小杂感》，载《鲁迅全集》第 3 卷，第 556 页。

⑫ 陈寅恪评价刘文典《庄子补正》时，对其颇为认可，认为体现了传统研究的优势（参见刘文典《庄子补正》上，中华书局 2015 年版，第 2 页）。

⑬ 参见梁启超《〈庄子·天下篇〉释义》，载《梁启超文存》，江苏人民出版社 2012 年版，第 648 页。

⑭ 钟泰：《庄子发微》，上海古籍出版社 2002 年版，第 1 页。

⑮ 钱钟书：《管锥编》第 2 卷上，生活·读书·新知三联书店 2000 年版，第 95 页。

⑯ 转引自李波《清代〈庄子〉散文评点研究》，学苑出版社 2013 年版，第 334 页。

⑰ 鲁迅：《写在〈坟〉后面》，载《鲁迅全集》第 1 卷，第 301 页。

⑱ 参见高远东《鲁迅对于道家的拒绝》，载《现代如何“拿来”——鲁迅的思想与文学论集》，复旦大学出版社 2009 年版，第 38 页。

⑲ 参见孙郁《鲁迅的暗功夫》，《文艺争鸣》2015 年第 8 期。

⑳ 鲁迅：《新月社批评家的任务》，载《鲁迅全集》第 4 卷，第 163 页。

㉑ 鲁迅：《通讯》，载《鲁迅全集》第 3 卷，第 26 页。

㉒ 颜翔林：《庄子怀疑论美学》，人民出版社 2015 年版，第 166 页。

㉓ 参见高尔基《托尔斯泰回忆杂记》，郁达夫译，《奔流》第 1 卷第 7 期。

㉔ 参见鲁迅《答“兼示”》，载《鲁迅全集》第 5 卷，第 380 页。

㉕ 鲁迅：《难得糊涂》，载《鲁迅全集》第 5 卷，第 392 页。

㉖《施蛰存全集》第 1 辑第 2 卷，华东师范大学出版社 2011 年版，第 277 页。

㉗ 克尔凯郭尔：《哲学片段》，翁绍军译，商务印书馆 2012 年版，第 110 页。

㉘ 加比托娃：《德国浪漫哲学》，王念宁译，中央编译出版社 2007 年版，第 14 页。

㉙ 参见冯其庸《瓜饭楼重校评批〈红楼梦〉》上，辽宁人民出版社 2005 年版，第 329 页。

㉚ 学者卫俊秀对于庄子与鲁迅的研究甚深，20 世纪 50 年代后流放到乡下，几十年的劳改生活没有垮下来，支撑其思想的一是庄子哲学，二是鲁迅精神。这成了他直面苦难、不畏艰险的依傍者（参见卫俊秀《卫俊秀日记全编》，山西古籍出版社 2007 年版）。

（2016 年第 3 期）

论《金瓶梅词话》的“镶嵌”

黄　霖

《金瓶梅词话》成书有一个显著的特点，即“镶嵌”了前人书籍中的大量文字。这在小说行世时，袁中道等就注意到“乃从《水浒传》潘金莲演出一支”[①]。至1930年，有署名“三行”者发现《金虏海陵王荒淫》也是《金瓶梅》的“蓝本”[②]。四年后，涩斋发表文章明确指出：“《金瓶梅》一书，并不完全是创作的，好多地方是抄旧有的话本，有的地方尚改头换面，有的地方则直把原文搬将过来。”[③]之后，许固生、吴晓铃、吴晗、赵景深、郑振铎、冯沅君、叶德均等陆续补充其镶嵌的材料。在此基础上，韩南完成了《金瓶梅探源》一文，全面地综合与钩稽《金瓶梅》的素材来源，取得了集大成的优异成果。之后，虽有学者也陆续有所发现，但只是一些局部的补充。韩南研究的可贵之处，还在于并没有将《金瓶梅词话》所镶嵌的材料仅仅看作“本事”或“史料”，而是也看到了这种“探源”工作有助于“人们对作者的写作方法和意图的探求”[④]，也即文学性的研究，可惜他未及细论。后来者中也有人零星谈及这些镶嵌的文学价值，但总体上只是顺便带及而已。实际上，《金瓶梅词话》的镶嵌是中国文学史上一种特殊的创作手法，正确认识这种镶嵌，不但对理解它的文学创造意义重大，而且对我们今天如何研究《金瓶梅词话》也至关重要。

一、《金瓶梅词话》的镶嵌是一种特殊的艺术创造

假如现在有一个电脑软件来给《金瓶梅词话》“查重”的话，肯定会轻易得出“抄袭”的结论，因为这部小说确实有大量的对于原著未经或基本未经修改的抄录。但这些抄录一经作者天衣无缝、恰到好处地镶嵌到独特的构思蓝图之中，便发生了一种神奇的变化，成为一部全新作品之中的有机部分，于此可见作家的点铁成金之力，可赏作品的脱胎换骨之妙。这种抄录，就是一种艺术的创造。

这种袭用前人的作品而能作出另类诠解、创造出全新作品的现象，在我国古已有之。最典型的莫过于集句诗之类，因为它们全是集合前人的句子后拼凑而成的。再如一些"剥皮诗"也是如此，如唐代李涉的《题鹤林寺僧舍》："终日昏昏醉梦间，忽闻春尽强登山。因过竹院逢僧话，又得浮生半日闲。"[5] 后来经宋代诗人莫子山调换了句子的位置，本来一首抒发闲情逸致的诗却一变为讽刺庸僧的诗："又得浮生半日闲，忽闻春尽强登山。因过竹院逢僧话，终日昏昏醉梦间。"[6] 这不是一种全新的创造吗？至于在文备众体的小说中，引用前人的一些诗词歌赋、情节故事来抒情写景、叙事写人，也屡见不鲜。这里要区别的是，长篇通俗小说中有"世代累作型"与"镶嵌创新型"的不同。像《三国志演义》《忠义水浒传》之类，它们有一个原始故事很早就存在了，后来长期在民间流传，不断有人加以修改或丰富，后来终于由一位作家将它写定。这类作品就是"世代累作型"（称"世代累积"不甚确切）的。而《金瓶梅词话》等，先前没有一个基本的故事框架，作家经过独立的构思之后，在自己设计的情节布局和人物形象的蓝图上镶嵌了前人的一些作品，这就是"镶嵌创新型"的作品。《金瓶梅词话》的镶嵌不过是服务于个人独创的一种艺术表现手法而已。

《金瓶梅词话》开头入话即抄了前人的一首词：

> 丈夫只手把吴钩，欲斩万人头，如何铁石打成心性，却为花柔？请看项籍并刘季，一似使人愁，只因撞着虞姬、戚氏，豪杰都休。[7]

这首词原为宋卓田所作，见于蒋正子（一作蒋子正）《山房随笔》。《全宋词》引《古今合璧事类备要·外集》卷五七，题作《眼儿媚·题苏小楼》。此词也为《清平山堂话本·刎颈鸳鸯会》的入话词。将《山房随笔》《清平山堂话本》与《金瓶梅词话》相校，即可见《金瓶梅词话》的文字与《刎颈鸳鸯会》相近，且《金瓶梅词话》紧接此词之后有一段论"情色二字"的文字，也是抄自《刎颈鸳鸯会》，可见《金瓶梅词话》的开头是镶嵌了《刎颈鸳鸯会》的文字。但是，它又不是完全照抄，而是有所取舍与修改。最明显的是，《刎颈鸳鸯会》的入话本有一诗一词，在词"丈夫只手把吴钩"之前，还有一首"眼意心期卒未休，暗中终拟约秦楼"[8] 的律诗被删去不用。《刎颈鸳鸯会》写的是两个女性偷情而致两对情人双双被害的短篇故事，用这首诗入话比较切题。《金瓶梅词话》尽管也有一些偷情的情节，但内容远比这丰富，假如将这首诗也抄在前面，就显得有些狭隘，不能统括全书的内容。《金瓶梅词话》之所以选取了《刎颈鸳鸯会》的入话而又删去一首诗，就是为了用“丈夫只手把吴钩”与一段有关“情色”的议论来突出全书的主要内容，为小说的主题服务。

在更多的场合，《金瓶梅词话》在抄录前人作品时，作了若干修改，这更能看出作者的匠心。这里且以一则《水浒》故事为例。天都外臣序本《水浒传》第二十四回有这样一段文字：

> 却说本县知县自到任已来，却得二年半多了。撰得好些金银，欲待要使人送上东京去，与亲眷处收贮，恐到京师转除他处时要使用。却怕路上被人劫了去，须得一个有本事的心腹人去便好……当日便唤武松到衙内商议道：“我有一个亲戚，在东京城里住，欲要送一担礼物去，就稍封书问安则个。只恐途中不好行，须是你这等英雄好汉方去得。你可休辞辛苦，与我去走一遭。回来我自重重赏你。”[⑨]

《金瓶梅词话》第二回则改成：

> 却说本县知县，自从到任以来，却得二年有余，转得许多金银，要使一心腹人，送上东京亲眷处收寄，三年任满朝觐，打点上司……当日就唤武松到衙内商议道：“我有个亲戚在东京城内做官，姓朱名勔，见做殿前太尉之职。要送一担礼物，稍封书去问安。只恐途中不好行，须得你去方可。你休推辞辛苦，回来我自重赏你。”[⑩]

这段话，粗看两书差不多，但已略有修改。《水浒传》只是要武松将好些金银送与亲眷处收贮，准备以后转除他处时使用，三年后具体怎么使用，没有明说。而《金瓶梅词话》将前面说得比较模糊的“转除他处时要使用”，明确地改成了“打点上司”也即贿赂，后面又明确地说明了要打点的就是当朝大奸“见做殿前太尉之职”的朱勔，加强了全书暴露朝中“卖官鬻狱，贿赂公行，悬秤升官，指方补价，夤缘钻刺者骤升美任，贤能廉直者经岁不除，以致风俗颓败，赃官污吏，遍满天下”[⑪]的主题。

在人物形象塑造方面，《金瓶梅词话》抄录酒令、相书等来展示人物的性格，预示各人的命运，就是一大创造。第二十九回写吴神仙为西门庆、吴月娘等众妻妾及西门大姐和春梅共九人一一相面，最后吴神仙给众人所下的判词，一般都是从当时社会上流行的诸如《神异赋》《麻衣相法十三部位总要图》《人相篇》《女人凶相歌》《纯阳相法入门》等本本上抄来的。下面，我们就抄一段吴神仙给西门庆相面的描写，另用括号摘录有关相书的语言，以作对照：

西门庆听了，满心欢喜，便道：“先生，你相我面何如?”神仙道：“请尊容转正，贫道观之。”西门庆把坐儿掇了一掇。神仙相道：“……吾观官人，头圆项短，必为享福之人；(《人相编》卷二：“头短圆，福禄绵绵”“头上方圆额又平，定是富贵有高名”。)体健筋强，决是英豪之辈；天庭高耸，一生衣禄无亏；(《神异赋》：“天庭高耸，少年富贵可期。”)地阁方圆，晚岁荣华定取。(《神异赋》：“地阁方圆，晚际荣华定取。”)此几桩儿好处。还有几桩不足之处，贫道不敢说。”西门庆道：“仙长但说无妨。”神仙道：“……两目雌雄，必主富而多诈；(《神异赋》：“两目雌雄，必主富而多诈。”注：“目一大一小曰雌雄。有如此，虽然财富，必多谲诈。”)眉抽二尾，一生常自足欢娱；(《神异赋》：“眉抽二尾者，谓眉首尾清秀如新月也。其人多恋花酒，一生喜乐相也。”)根有三纹，中岁必然多耗散；(《神异赋》：“根有三纹，中岁必然多耗散。”)奸门红紫，一生广得妻财；(《神异赋》：“奸门青紫，必主妻灾。”)……又有一件不敢说：泪堂丰厚，亦主贪花；(《神异赋》：“眼堂丰厚，亦主贪淫。”)谷道乱毛，号为淫杪。(《神异赋》：“谷道乱毛，号作淫秒。”注：“粪门乱毛，由膀胱气盛而生，此人必多淫。”)且喜得鼻乃财星，验中年之造化；(《神异赋》：“鼻乃财星，管中年之造化。”)承浆地阁，管末世之荣枯。(《神异赋》：“承浆地阁，管尽末年。”)”⑫

从中可见，吴神仙给西门庆相面所下的断语是搬用了《人相篇》《神异赋》等书上的现成文字，却自然而正确地描写了西门庆的外貌、性格与命运。其他八人，也都是借用了相书上的语言来点出她们的主要特征，预示了她们的最后归宿。这种表现手法的妙处，张竹坡早就看出，他批道：

此回乃一部大关键也。上文二十八回一一写出来之人，至此回方一一为之遥断结果，盖作者恐后文顺手写去，或致错乱，故一一定其规模，下文皆照此结果此数人也。此数人之结果完而书亦完矣，直谓此书至此结亦可。⑬

后来,《红楼梦》第五回写到了太虚幻境中的《金陵十二钗正册》《金陵十二钗副册》《金陵十二钗又副册》的判词以及《红楼梦十二支曲》,第二十二回又写了各人所制的灯谜都成“谶语”等等,其表现手法明显是从《金瓶梅词话》写相面、写酒令那里学来的。清代哈斯宝评《红楼梦》时曾说:“我读《金瓶梅》,读到给众人相面鉴定终身的那一回,总是赞赏不已……《金瓶梅》中预言结局,是一人历数众人,而《红楼梦》中则是各自道出自己的结局。”[14]另外,还有一点不同:《红楼梦》的曲词与谜语是作者的创造,而《金瓶梅词话》中的吴神仙判词与酒令,都是抄来的。用抄来的文字描写人物,其实也有它的难处与妙处。

有时候,《金瓶梅词话》抄了一段话,不但刻画了不同人物的不同心情与性格,还推动了故事情节的开展。第七十三回写孟玉楼生日,当众姊妹安席坐定后,月娘吩咐小优唱一曲《比翼成连理》。西门庆这时心中只想着去世的瓶儿,哪有心情去听《比翼成连理》,即吩咐:“你唱一套《忆吹箫》我听罢。”这套曲很长,《词林摘艳》《雍熙乐府》《北宫词纪》等都收录了。《金瓶梅词话》借小优的演唱,抄录了十五行文字。当两个小优从“忆吹箫玉人何处也,今夜病较添些”起,唱到“我为何在家中费尽了巧喉舌,他为我褪湘裙杜鹃花上血”时,潘金莲看破西门庆是在怀念她的情敌李瓶儿,嫉妒之心猛然而起,当即在席上故意把手放在脸上,这点儿、那点儿羞西门庆,说道:“一个后婚老婆,又不是女儿,那里讨杜鹃花上血来?好了没羞的行货子!”就与西门庆在席上只顾拌嘴起来。这时的月娘还对金莲有些看不上,便道:“六姐,你也耐烦,两个只顾且强什么!”劝她出去陪客人。西门庆也到前面去陪吴大舅、应伯爵等人喝酒。到二更方散时,金莲出来看着西门庆走进吴月娘的房间,就悄悄地走到窗下偷听。当听到月娘对白天两个唱曲的有所不满时,金莲就蹑足潜踪地掀开帘儿进去,又发作道:“你问他,正景姐姐吩咐的曲儿不教他唱,平白胡枝扯叶的,教他唱什么‘忆吹箫’‘李吹箫’,支使的一飘个小王八子乱腾腾的,不知依那个的是。”这时,潘金莲巧妙地将吴月娘引在西门庆的对立面,以争取她的支持,接着又劈头盖脑地大批西门庆和李瓶儿道:“哥儿,你脓着些儿罢了。你的小见识儿,只说人不知道。他是甚‘相府中怀春女’?他和我多是一般后婚老婆!什么他为你‘褪湘裙杜鹃花上血’,三个官唱两个喏,谁见来?孙小官儿问朱吉,别的多罢了,这个我不敢许。可是你对人说的,自从他死了,好应心的菜也没一碟子儿。没了王屠,连毛吃猪。空有这些老婆,睁着你日逐只睐屎哩!见有大姐在上,俺每便不是上数的,可不着你那心的了。一个大姐怎当家理纪,也扶持不过你来?可可儿只是他好来!他死,你怎的不拉掣住他?当初没他来时,你也过来，如今就是诸般儿称不上你的心了。题起他来，就疼的你这心里格地地的，拿别人当他，借汁儿下面，也喜欢的你要不的，只他那屋里水好吃么？”经潘金莲的一批一挑，吴月娘的心动了，开始倒向了她这一边，到最后潘金莲不由得冲出了心底的一句话：“到明日，再扶一个起来和他做对儿么？贼没廉耻撒根基的货！”这是因为她敏感到如意儿有可能被西门庆再扶起，成为她争宠道路上的又一障碍。一曲《集贤宾》，就这样经过反复皴染，把西门庆对李瓶儿的眷恋与对潘金莲的无奈，潘金莲对李瓶儿的嫉妒与对吴月娘的利用，吴月娘被潘金莲的打动而对西门庆的不满，写得丝丝入扣。[15]不但写出了潘金莲的“骄极满极轻极浮极”（张竹坡批语）[16]与西门庆、吴月娘的一时情态，而且又括进了如意儿，推进情节的展开。张竹坡在《读第一才子书金瓶梅法》中说：“蕙莲才死，金莲可一快；然而官哥生，瓶儿宠矣。及官哥死、瓶儿亦死，金莲又一大快。然而如意口脂，又从灵座生香，丢掉一个又来一个。”[17]小说的故事也就这样一环一环地向前推进。

一般说来，《金瓶梅词话》镶嵌时，将诗、词、曲、赋或一段故事用在一处，个别的诗词在重复使用时也往往是完整的，但对于故事情节，则有时分拆在多处，这更见作者的良苦用心。比如，《水浒传》的故事，就被多处借用。不过，它作为一部长篇小说，本身故事情节丰富，分用多个情节也可理解。使人感到诧异的是，有时一部短篇小说，竟也被《金瓶梅词话》多次袭用来塑造多个人物。比如《警世通言》中的《张主管志诚脱奇祸》[18]一篇，《金瓶梅词话》在塑造金、瓶、梅三个主角时，竟都袭用了它的情节与文字。比如，《张主管志诚脱奇祸》中写到小夫人“是王招宣府里出来的”，长得“新月笼眉，春桃拂脸”[19]。而潘金莲是“九岁卖在王招宣府里，习学弹唱”“长成一十八岁，出落的脸衬桃花，眉弯新月”[20]。两者何其相像！《张主管志诚脱奇祸》中的小夫人有“一串一百单八颗西珠”[21]。李瓶儿财产中最值钱、最引人眼球的也是“一百颗西洋大珠”[22]。当然，《金瓶梅词话》袭用《张主管志诚脱奇祸》最多的笔墨是有关春梅的描写。小说写春梅叫养娘于晚上送衣服与五十两大元宝给李安、李安回家听母亲的教导后装病出逃等等基本情节都是照抄的，却镶嵌得十分融洽。除金、瓶、梅三人之外，《张主管志诚脱奇祸》中对媒婆的刻画及小夫人的鬼魂投靠张主管的韵语，在《金瓶梅词话》中描写王婆与韩爱姐时都被借用，于此足见《金瓶梅词话》的作者镶嵌手段还是相当灵活与高妙的。[23]

二、镶嵌的疏误影响了《金瓶梅词话》的艺术声誉

假如从大的方面来看,《金瓶梅词话》在中国小说艺术发展史上，贡献极大。如它使小说面向现实，能进行客观的描写，塑造的人物走向立体化，情节开展有一个网状的结构，使用的语言注意口语化、个性化等等，说它是一部里程碑式的作品并不过分。但假如仔细阅读的话，不免遭到诸如凌乱、矛盾、浅薄等等诟病，究其原因，很大程度上是由于它在镶嵌过程中的疏误造成的。这种疏误，约有以下三类。

问题最严重的是第一类：前记后忘，顾此失彼。这类现象的特征是，作者在前面镶嵌了某部作品的某个部分，有时为了适应创作的需要，作了某些改动，而到后面抄用此书的另一部分时，却忘记了前面改动的成分，于是就产生前后矛盾的现象。这种现象，一般是在袭用有较多情节的小说时居多。比如《金瓶梅词话》第一回，写潘金莲与武大婚后居家及武氏兄弟相见等故事，基本上抄自《水浒传》，然为了展开故事的需要，作了一些改动或增补，至少出了三个明显的错误。第一个问题是，武大居处阳谷还是清河的错乱。《水浒传》写武氏兄弟为清河县人氏，武松醉酒伤人，逃到清河县以北的沧州柴进处，一年后回清河县看望哥哥，却先来到阳谷县地面，打虎，做都头，遇到了从清河县搬来的哥哥。《水浒传》这样描写，在地理方位上已有问题，因为武松从北方的沧州到清河，根本不会经过清河以南的阳谷。《金瓶梅词话》作者或许因此而将清河、阳谷两县倒换，写成武松兄弟原是阳谷县人，武大是后来才搬至清河的，武松从沧州回来就先到阳谷，后至清河。谁知这样一换，漏子更多。且看《金瓶梅词话》开始写道：“（武松）在路上行了几日，来到阳谷地方。那时山东地方，有一座景阳岗。”这里的景阳岗明明是在山东的阳谷县，可是打完虎后，武松被猎户们送去领赏的县衙门竟一下子变成了河北的清河县：“知县见他仁德忠厚，又是一条好汉，有心要抬举他。便道：‘虽是阳谷县人氏，与我这清河县，只在咫尺，我今日就参你在我这县里，做个巡捕的都头……’。”[24]这样，一会儿把山东阳谷的景阳岗移到了河北的清河，一会儿又把不同州郡、并非邻县的阳谷、清河两县说成“只在咫尺”，真是十分混乱。第二是武大家住在紫石街还是县门前的错乱。《金瓶梅词话》第一回写到张大户死后，主家婆“怒令家童将金莲、武大即时赶出，不容在房子里住。武大不觉又寻紫石街西王皇亲房子，赁内外两间居住，依旧卖炊饼”[25]。后来，由于一些风流子弟的骚扰，武大在紫石街住不牢，听了老婆的话，“当下凑了十数两银子，典得县门前楼，上下两层，四间房屋居住”[26]。可是到第三回抄《水浒传》时忘记了武大已经搬到了县门前，却还是写“西门

庆刮刺上卖炊饼的武大老婆，每日只在紫石街王婆茶房里坐的”[27]，将武大的住所仍然定在紫石街。第三，《金瓶梅词话》中的武大家多了一个《水浒传》中没有的十二岁的“小女迎儿”。如在第八回写潘金莲因西门庆一个多月不来，盼得急了，拿迎儿出气，写得非常精彩，所以添加迎儿这个人物是有用处的。可是在第六回写武大被害死后，西门庆与潘金莲“不比先前在王婆茶坊里，只是偷鸡盗狗之欢，如今武大已死，家中无人，两个恣情肆意，停眠整宿”[28]，把家中还有个迎儿忘掉了。这些应都是《金瓶梅词话》镶嵌时所产生的明显的纰漏。

还有一类是由于作者镶嵌时着眼一点、不计其余所致。这往往是抄录诗、词、歌、赋时产生的。诗、词、歌、赋的语言本身比较含蓄，容量较大，读者可作多方面理解。《金瓶梅词话》抄用时，往往只看到其内容有某一点与正文相合，就引来作回前诗，或在正文中间作写情写景、烘托气氛等用，而不去考虑所引文字是否完全相合。这就使一些读者感到遗憾，认为有的所引诗词与上下文完全不能搭界，再加上传抄过程中产生的豕亥鱼鲁，以致怀疑作者的文化水平。比如第五十九回，写西门庆与郑爱月云雨后，抄了《怀春雅集》中的一首诗：

带雨尤烟匝树奇，妖娆身势似难支。
水推西子无双色，春点河阳第一枝。
浓艳正宜吟君子，功夫何用写王维？
含情故把芳心束，留住东风不放归。[29]

这首诗与原文相校，有几个异文误字，这里且不去细论。原诗是一个相国千金与一个世家子弟偷情媾欢后小姐赠给情人的诗，如今用在一个嫖客与妓女身上，让人就觉得不伦不类了。

另外有些镶嵌重复出现、来源集中，这就显得作者腹笥不丰，也给读者带来不良印象。比如天都外臣序本《水浒传》第二十三回写酒家劝武松过景阳岗时要结伙白日而行，武松听了，误认为：“你留我在家里歇，莫不半夜三更要谋我财，害我性命，却把鸟大虫唬吓我？”这时，插入诗一首：

前车倒了千千辆，后车过了亦如然。
分明指与平川路，却把忠言当恶言。[30]

这首诗用在这里还是比较确切的。而《金瓶梅词话》将这首诗用了三次：第九回、第十八回、第二十回。其中第一次就用得不太好。当时写潘金莲刚进西门家，她百般讨好吴月娘，以致“把月娘喜欢的没入脚处，称呼他做‘六姐’，衣服首饰拣心爱的与他，吃饭吃茶和他同桌儿一处吃。因此，李娇儿等众人见月娘错敬他，各人都不做喜欢，说：‘俺们是旧人，倒不理论；他来了多少时，便这等惯了他，大姐好没分晓。’”[31]文章写到这里，突然嵌进了这首诗。显然，作者的用意是将李娇儿等众人的话当作“忠告”，但由于小说没有接着写吴月娘如何将众人的话“当恶言”，况且李娇儿等人的话也只是发牢骚而已，不太有“忠告”的味道，所以一般读者读到这里就会觉得这首诗嵌在这里有点莫名其妙。后面两次，虽然用得还比较合适，都是说明吴月娘的“忠告”被西门庆当作“恶言”，但靠得那么近，很容易使读者产生重复之感。

重复感的产生还由于作者取材的来源有时过于集中。梅节曾指出：“《雅集》不到三万字，就采录了二十多首诗文，而又集中用在从五十九回到八十回这二十一回某些人和某些事上。其中第七十八回五首，七十二、七十七回各三首。”[32]比《怀春雅集》选录得更多的是《水浒传》，据我在《〈忠义水浒传〉与〈金瓶梅词话〉》一文中的统计，《水浒传》中的人物，除西门庆与潘金莲外，还有宋江、柴进等二十五个同名。至于故事情节，一般人认为《金瓶梅词话》只与《水浒传》的第二十三回至二十七回有关，其实远不止此，两书相同或相似的描述至少还有十二处，其他如《金瓶梅词话》中生辰纲、参四奸等描写，也显然与《水浒传》有关。至于韵文，据十分粗略的统计就有五十四首被引用。[33]除《水浒传》之外，如《如意君传》《宝剑记》及《词林摘艳》《雍熙乐府》等采录得也比较多。假如处理得好（如《张主管志诚脱奇祸》），也不会使人产生重复、厌烦感；假如处理得牵强，而又比较集中、靠近，就会给读者留下不良印象。不过总的说来，《金瓶梅词话》作者的阅读面还是相当广泛的，全书镶嵌的素材来源还是比较充分的。

《金瓶梅词话》在镶嵌的过程中产生了这样或那样的问题，主要是由于作者创作理念的局限造成的，又加上成书仓促，篇幅较长，难免就有纰漏与不足。想想经过“披阅十载，增删五次”[34]精心雕琢的《红楼梦》也还有不少矛盾与疏误的话，也就不难理解、不必苛求了。

三、镶嵌为《金瓶梅词话》研究者布下层层迷网

《金瓶梅词话》镶嵌的成败得失自可讨论，而它对后来研究者制造了麻烦，布下了迷网，却是不争的事实。这主要是由于它所镶嵌的原始材料的出处未曾注明，我们现在苦苦考索而得的只是部分而已，不少原始文本久已亡佚，谁也搞不清楚它究竟抄用了多少文字，这就无法全部分清楚哪些是镶嵌的文本，哪些才是作家的语言，也正因为不能正确认识镶嵌的问题，往往会在这里迷了路。下面就几个重要的问题谈谈我的看法。

（一）成书问题

《金瓶梅词话》究竟是集体创作还是个人创作，争论不少。对集体创作说论证得最充分、最有代表性的莫过于徐朔方《〈金瓶梅〉成书新探》。这篇文章下了很大功夫，为论证《金瓶梅词话》是累积型集体创作，徐氏列举的理由有十余条之多，有的每一条下又收罗了好多例子，概括起来，约有三点：其一，它是一部“词话”；其二，行文有粗疏、重复以及颠倒、错乱之处；其三，抄引前人作品极多。我看了这三点，觉得一条也不能证明是集体还是个人创作，因为不论是集体还是个人创作，以上现象都可以产生。那么徐朔方为什么觉得理由很充分呢？他的推理逻辑是这样的：“它是词话”，就“不是个人创作”。它抄引了前人大量的作品，并产生了种种粗疏的现象。这正是词话等由书会才人、说唱艺人等“世代累积型的集体创作”的基本特征，“个人创作出现明显的抄袭现象，那是不名誉的事”。为此，他强调《金瓶梅词话》镶嵌的都是前人作品的“平庸部分，艺术上成功的描写都是它的创作”。因此，《金瓶梅词话》就是集体累积型的作品而不是个人创作。[35]这样的推理至少有两个问题：一是其前提就是武断的，因为“词话”与“集体创作”之间没有必然联系，个人创作的“词话”也存在。二是镶嵌之作未必就是集体之作，也可以出自个人之手。《金瓶梅词话》中也有不少镶嵌是十分精彩而不平庸的，反之，个人创作同样可以产生重复、错乱与抄袭等问题。《金瓶梅词话》的作者把前人作品中的个别片段汲取过来，作了某些改动，融化到自己的作品中，这完全是一种个人创作的过程。所以，不能正确地理解与看待《金瓶梅词话》的镶嵌问题，就会在成书问题上走入迷途。

（二）作者问题

在研究《金瓶梅词话》的作者是什么地方的人时，分析其文本所用的语言与所写

的习俗等当然是一条路径。我早年也热衷于此，但后来想想，假如没有搞清楚小说中哪些部分是镶嵌的、哪些部分是自创的，胡子、眉毛一把抓，是不能解决任何问题的，甚至完全可能作出错误的判断，将被镶嵌的前人作品中的语言当作《金瓶梅词话》作者的语言。比如，现代最早用方言来考证作者的戴不凡就陷进了这条迷途。他在《金瓶梅零札六题》中说："改定此书之作者当为一吴侬。此可于小说中多用吴语词汇一点见之。"[36]可惜的是，他举的一些所谓是吴语的例子不少是《金瓶梅词话》从《水浒传》中抄来的。例如《金瓶梅词话》第二回"武松便掇杌子打横"等的"掇杌子"，第九回武松对郓哥道"待事务毕了"等的"事务"，都是《水浒传》中原来就有的，故不能以此说明《金瓶梅词话》作者的用语。[37]早在1982年我写《〈忠义水浒传〉与〈金瓶梅词话〉》一文时，就提出应当注意这个问题。可是时过三十多年，不少人还是在不分辨是作者语言还是镶嵌文字的情况下，随便掇拾几个词语来证明《金瓶梅词话》作者是何方人氏，真是有点"可怜无补费精神"[38]。

（三）情节问题

《金瓶梅词话》的情节开展常有违背常理的错乱缺失和回目的文辞与内容不符之处，日本小野忍与千田九一翻译《金瓶梅词话》时，以及魏子云撰《金瓶梅札记》时均指摘甚多。日本阿部泰记还写过《论〈金瓶梅词话〉叙述之混乱》，后徐朔方在《金瓶梅成书新探》一文中也指出了不少。这种现象之所以产生，多数是由于作者在仓促成书过程中，东拼西凑地镶嵌所造成的。前面所举的镶嵌《水浒传》所造成的武大居所与迎儿问题讹误因有原本可对，故能使人知其所以然，但大量的看来是镶嵌的文字已无原始文本可证，故只能凭推测判断了。比如《金瓶梅词话》第十七回宇文虚中参本的邸报中开列王黼、杨戬手下的人犯有：董升、卢虎、杨盛、庞宣、韩宗仁、陈洪、黄玉、贾廉、刘成、赵弘道等，要将这些人"俱问拟枷号一个月，满日发边卫充军"。在这份名单中，并无"西门庆"的名字，可是西门庆见了这份邸报竟"魂魄不知往那里去了""惊损六叶连肝肺，唬坏三毛七孔心"[39]，急忙派人进京去打点。第十八回科中开列的名单上其他人名除贾廉换了王廉之外都不变，后面就加上了"西门庆"及另一个显然胡乱加上去的"胡四"，于是西门庆派去的来保花了五百两金银请礼部尚书将"西门庆名字改作贾庆"[40]，使西门庆逃过了一场灾难，将故事的叙述接上了榫。这里，看来前面的邸报是抄来的，中间本无"西门庆"之名，后来为了让西门庆派人去京打点等故事有个交待，就加了个将"西门庆"改成"贾庆"的情节。当然，事实是否如此，在没有文献可征之前只能猜想。看来，镶嵌的粗糙，无疑会使情节的组织产生这样、那样的问题。

（四）人物性格问题

《金瓶梅词话》中有的人物性格前后明显不一致，且这种不一致没有一个令人信服的演变、过渡迹象。最突出的是李瓶儿，前面是一个心狠手辣、口舌如刀的淫妇，后面却一变为性温心软、忍气吞声的富婆，假如说这种性格的变化符合生活的逻辑，是高度真实的，那未免令人感到勉强。因为李瓶儿不同于西门庆，西门庆尽管是个恶棍，但写他“仗义疏财，救人贫难”[41]并不与他性格的主色调相对立。正像写曹操之“奸”，与写他的“雄”完全可以统一，都是为了显示其性格的复杂性。李瓶儿也不同于韩爱姐。韩爱姐从一个权门管家的小妾到一个落魄的私娼，再成一个彻底守节的少妇，其性格的变化有脉络可寻。而李瓶儿从狠毒到软弱，从极其贪淫到性趣淡薄，将其性格的主色调来了个天翻地覆的变化，而又没有将这种变化的脉络显现出来，这实在是一个问题。对此，现在有各种各样的解释，比较流行的是用弗洛依德的理论，认为李瓶儿嫁给西门庆后，作为一个女性的本能的欲望得到了满足，于是就变得温顺和善起来。我起初也觉得这种理解有点道理，但后来想想也不尽然。李瓶儿到西门家后，首先遭到了一番冷落与一顿马鞭，尽管后来“情感”[42]了西门庆，但家中还有一个明显占着上风的一心想“霸拦汉子”的潘金莲，更何况西门庆一直在外边吃野食，她什么时候得到了如前半部她所贪求的本能的满足？所以，这种解释充其量只是用一种西方理论来套用中国小说实际的尝试而已。后来读到日本川岛优子的论文，从小说的结构与成书问题的角度来探讨李瓶儿前后性格不一致的原因，认为《金瓶梅词话》与《三国演义》《水浒传》一样，其成书是由几个小故事串联而成，所以并不太重视整个形象的一贯性、必然性。[43]她的这个观点，使我恍然大悟，因为换句话说，这就是镶嵌所致：前半部的李瓶儿是根据一部小说改写而来，后半部的李瓶儿又是根据另一部小说改写而来。如果不这样假设，还有什么更合理的解说呢？所以说，在分析《金瓶梅词话》的人物形象时，我们也必须从镶嵌的迷宫中走出来。

其他如《金瓶梅词话》中年序的错误、称谓的混乱等等都与镶嵌问题有关。不关注镶嵌，将使有些研究误入歧途，如上述想通过一般地摘录几个方言语词来解决作者的出生或籍贯的研究就是典型的例子。再如有人根据第二十一回西门庆与众妇人行令时所引的《西厢记》语词，就认为作者对《西厢记》异常熟悉，甚至据此来研究作者所据何种版本的《西厢记》而推定作者是谁等等，也完全是被镶嵌所迷惑。其实，《金瓶梅词话》在这里完全是直接镶嵌了当时社会上流行的酒令而并非从《西厢记》文本征引而来。这些酒令，在一些日用类书中可以非常方便地找到。我看到的大陆所有研究《金瓶梅词话》中的《西厢记》的文章，几乎都犯了这一错误。总之，镶嵌问题对于《金瓶梅词话》研究非常重要，不可不知，不可绕过。但困难的是，目前《金瓶梅词话》中还有大量的文字不知它镶嵌自何书，镶嵌时又是否有所修改。要彻底了解它的镶嵌情况，事实上已无可能，我们的研究必须从事实出发。因此，我觉得有必要再一次提醒大家：我们的《金瓶梅词话》研究必须注意它的镶嵌，千万不能被镶嵌遮蔽了眼睛。

注释：

①　袁中道：《珂雪斋集》，上海古籍出版社1989年版，第1316页。

②　三行：《金瓶梅》，《睿湖期刊》1930年第2期。

③　涩斋：《〈金瓶梅词话〉里的戏剧史料》，《剧学月刊》1934年第9期。

④　徐朔方编：《金瓶梅西方论文集》，上海古籍出版社1987年版，第2页。

⑤　李涉：《题鹤林寺僧舍》，载彭定求等编《全唐诗》，中华书局1960年版，第5429页。

⑥　白珽：《湛渊静语》卷一，文渊阁《四库全书》本。

⑦⑳㉔㉕㉖　兰陵笑笑生：《金瓶梅词话》第一回，古佚小说刊行会1933年影印本，第1页，第10页，第4、8页，第11页，第12—13页。

⑧　洪楩编：《清平山堂话本》，中华古籍刊行社1955年版，第119页。

⑨　施耐庵等：《水浒全传》，人民文学出版社1954年版，第363—364页。该本底本是天都外臣序本《忠义水浒传》。

⑩　兰陵笑笑生：《金瓶梅词话》第二回，第1页。

⑪　兰陵笑笑生：《金瓶梅词话》第三十回，第5页。

⑫　参见小川阳一《日用类书研究明清小说》，（日本）研文出版1995年版，第228—233页。

⑬　兰陵笑笑生著，张竹坡评：《彭城张竹坡批评金瓶梅第一奇书》第二十九回，清康熙间刻本，第1页。

⑭　哈斯宝：《新译红楼梦回批》，亦邻真译，内蒙古人民出版社1974年版，第22页。

⑮　兰陵笑笑生：《金瓶梅词话》第七十三回，第3—8页。

⑯　兰陵笑笑生著，张竹坡评：《彭城张竹坡批评金瓶梅第一奇书》第七十三回，第2页。

⑰　张竹坡：《批评第一奇书金瓶梅读法》，载《彭城张竹坡批评金瓶梅第一奇书》卷首，第7—8页。

⑱　《警世通言》目录此篇题作《张主管志诚脱奇祸》，正文题为《小夫人金钱赠年少》。《京本通俗小说》题《志诚张主管》。《警世通言》虽晚出，然其所叙习俗、语言近宋元话本，当出自旧本。《金瓶梅词话》成书时镶嵌了其旧本的若干故事与文字，而《京本通俗小说》现学者多认为是伪本。

⑲㉑ 冯梦龙编:《警世通言》,上海古籍出版社 1987 年版,第 3、4 页,第 11 页。

㉒ 兰陵笑笑生:《金瓶梅词话》第十回,第 7 页。

㉓ 韩南:《〈金瓶梅〉探源》,载《金瓶梅西方论文集》,第 12 页。

㉗ 兰陵笑笑生:《金瓶梅词话》第四回,第 6 页。

㉘ 兰陵笑笑生:《金瓶梅词话》第六回,第 3 页。

㉙《怀春雅集》,载《古本小说集成:花阵绮言》,上海古籍出版社 1994 年版,第 830 页。

㉚ 施耐庵等:《水浒全传》,第 344、345 页。

㉛ 兰陵笑笑生:《金瓶梅词话》第九回,第 3 页。

㉜ 梅节:《瓶梅闲笔砚——梅节金学文存》,北京图书馆出版社 2008 年版,第 70 页。

㉝ 黄霖:《〈忠义水浒传〉与〈金瓶梅词话〉》,载湖北省社会科学院文学研究所、湖北省水浒研究会编《水浒争鸣》第 1 辑,长江文艺出版社 1982 年版。

㉞ 曹雪芹:《脂砚斋重评石头记庚辰本》,国家图书馆出版社 2013 年版,第 11 页。

㉟ 徐朔方:《〈金瓶梅〉成书新探》,《中华文史论丛》1984 年第 3 期。

㊱ 戴不凡:《小说见闻录》,浙江人民出版社 1980 年版,第 137 页。

㊲ “掇杌子”,见《金瓶梅词话》第九回,第 6 页,《水浒全传》第 411 页;“事务”,见《金瓶梅词话》第二回,第 2 页,《水浒全传》,第 364 页。

㊳ 王安石:《韩子》,载李壁笺注《王荆文公诗笺注》,上海古籍出版社 2010 年版,第 1313 页。

㊴ 兰陵笑笑生:《金瓶梅词话》第十七回,第 5—6 页。

㊵ 兰陵笑笑生:《金瓶梅词话》第十八回,第 3—4 页。

㊶ 兰陵笑笑生:《金瓶梅词话》第五十六回,第 1 页。

㊷ 兰陵笑笑生:《金瓶梅词话》第十九回,第 1 页。

㊸ 川岛优子:《李瓶儿论》,(日本)《九州中国学会报》2005 年第 43 卷。

(2016 年第 4 期)

柳宗元书法造诣与承传论略

尚永亮

柳宗元（773—819），字子厚，中唐文学家、思想家，也是颇有造诣的书法家。关于前者，人已熟知，相关论著亦已汗牛充栋；关于后者，却知者不多，更乏深入研究。考其原因，约有二端：一是子厚文名太高，书名或为之所掩；二是其书法作品罕有传世者，世人无由睹其真貌。缘此之故，遂致精光遮蔽，谭艺有阙。本文搜检史料、梳理脉络，拟在前人基础上，择其学书经历、书友交往、论书诗作、书法渊源与承传诸端稍予论略，以期书家子厚之风貌得以有所呈现。

一、子厚早年之“工书”与书法交往

子厚早年即嗜书、识书、工书，这在他涉及书法的为数不多的几篇文章中有所透露。如《报崔黯秀才书》云：

> 凡人好辞工书者，皆病癖也。吾不幸蚤得二病。[①]

据此可知，他“工书”不仅“蚤”（按：即“早”），而且非常痴迷，宛如“病癖”。早到什么时间呢？这由两则材料可以推知：

其一，《亡姊崔氏夫人墓志盖石文》谓：“夫人……善隶书，为雅琴，以自娱乐，隐而不耀。”[②] 这里的崔氏夫人，即嫁给崔简、卒于贞元八年（792）的子厚长姊，其特长之一是擅长隶书。而子厚自幼即与其姊“居京城西田庐中”，在“太夫人教古赋十四首，皆讽传之”[③] 的同时，无疑也会受到长姊的书法影响。因而，他对书法特别是隶书的爱好可能在少年时代就养成了。

其二，《与吕恭论墓中石书书》云：“仆蚤好观古书，家所蓄晋魏时尺牍甚具，又二十年来，遍观长安贵人好事者所蓄，殆无遗焉。以是善知书，虽未尝见名氏，亦望而识其时也。”[④] 该文作于元和四年（809），据其“二十年来”一语上推，二十年前为贞元五年（789），其时子厚十七岁，初入科举之途，次年参加省试。如此看来，至迟在试进士之前，子厚即与书法结缘，不仅有家藏“甚具”的“晋魏时尺牍”朝夕相伴，而且“遍观长安贵人好事者所蓄”之书法藏品，以至“殆无遗焉”。大概正是这样一种长期的观摩、熏陶、习练、辨识，使得年轻的子厚既善书又“善知书”，即使不知作者姓名，亦可据字之形貌定其年代。

进一步看，《与吕恭论墓中石书书》针对吕恭托人送来的一方墓石拓片，辨析指出：“今视石文，署其年曰‘永嘉’，其书则今田野人所作也。虽支离其字，犹不能近古。为其‘永’字等颇效王氏变法，皆永嘉所未有。”[⑤] 这里，子厚将一方被视为四百多年前之“石书”指认为“今田野人所作”的赝品，其依据之一，便是石书中“永”字乃王羲之变汉魏质朴古拙为自然流美书风后之产物，而非永嘉时期（307—312）所当有。这种判断，既需要丰富的历史文化知识，更需要“观千剑而后识器”的眼光。孙琮《山晓阁选唐大家柳柳州全集》卷一谓：“子厚可为神鉴。”[⑥] 焦循批《柳文》卷四亦云：“非见多不能辨识也，于此文知柳子辨古之识。”[⑦] 凡此，均见出子厚于文史、书法方面久所蓄积的素养和功力。

子厚早年既已“工书”“善知书”，则其在永贞元年（805）遭贬离开长安前必有相应之书法交往。如所熟知，刘禹锡作为其“二十年来万事同”[⑧] 的挚友，早在贞元九年（793）即与子厚同榜进士，此后又同于贞元十九年（803）任职御史台，并于两年后的永贞元年一起参加了王叔文领导的革新运动，其间交往甚密。更重要的是，刘禹锡也喜书善书，并作《论书》一文，力驳“书足以记姓名而已”的观点，认为书居六艺之一，既宜求工，更宜求居上品。[⑨]《书史会要》卷五谓禹锡“工文章，善书”[⑩]；卢携《临池妙诀》载其与子厚同学书于皇甫阅，一为“及门”，一为“入室”[⑪]，可见二人书法同出一门，旨趣相合。刘禹锡有《谢柳子厚寄叠石砚》一诗，开篇即云：“常时同砚席，寄此感离群。”[⑫] 所谓“同砚席”，或指其自贞元九年进士试以来之共同经历，或指二人同学书法于皇甫阅之往事；所谓“感离群”，当指二人因事分离，柳赠“叠石砚”予刘，以寄离思，并寓用功书法的劝勉之意。据《刘禹锡全集编年校注》考证，此诗为“贞元十五年或稍前作”，因“禹锡贞元十六年免父丧，入杜佑徐泗、扬州幕”；而自二人同登第后，“柳丁父忧，贞元十二年方应博学宏辞科，时刘又请告东归，故有‘离群’之叹”。[⑬] 这就是说，此诗大抵作于贞元十二年至十五年（796—799）之间。倘此一系年无误，则柳、刘早在贞元前、中期二十余岁时，便已有了在书法上的交流、切磋和砥砺。

在现存极少的相关文献中，还有一条子厚与日本留学生橘逸势交流的记载值得重视。[14]据撰于日本仁安元年（1166）之《续群书类从·橘逸势传》载：橘逸势等人“留住唐国，历访名哲，受业学之。唐中文人呼为橘秀才”[15]。这里只说橘逸势在唐时“历访名哲”，未提及与子厚的交往；而据沈曾植《海日楼札丛》卷八《日本书法》引《杂家言》谓：“日本书法，始盛于天平之代，写经笔法有绝妙者。……释空海入唐留学，就韩方明受书法，尝奉宪宗勅补唐宫壁上字。所传执笔法腕法有：一，枕腕，小字用之；二，提腕，中字用之；三，悬腕，大字用之。橘逸势传笔法于柳宗元，唐人呼为橘秀才。”[16]这便具体涉及了空海、橘逸势的师法对象，即韩方明、柳宗元。

据考，空海、橘逸势等于日本桓武天皇延历二十三年（804）三月癸卯奉敕渡海赴唐，并于是年底到达长安。而这一年为唐德宗贞元二十年，其时子厚正任监察御史里行之职，应有充分条件与橘逸势相识并交往。至于空海受法之韩方明，为子厚同时人[17]，于书法理论特别是用笔之法颇有心得，曾撰《授笔要说》，自谓“昔岁学书，专求笔法。贞元十五年授（按：当为‘受’）法于东海徐公璹，十七年授法于清河崔公邈”[18]。则其传授笔法于空海，当属可信。另查《新日本书道史》、《中田勇次郎著作集》之《橘逸势》、《日本书道辞典》，均记述橘逸势向柳子厚学书事，后者更引《弘法大师书流系图》谓：“橘逸势受书法于柳宗元。”[19]尽管著者对其事之准确度未下定论，但在原始资料阙如的情况下，以上文献将橘逸势学书的对象指认为柳子厚而不是其他书家，似已透出通过先后传承而延续下来的历史信息。倘若据此作一依据尚不充分之推论，则认为橘逸势、空海在居留长安的一段时间里，曾分别向柳宗元、韩方明等学习书法，而且都取得了不俗的成就，似大抵可得其仿佛。据成书于阳成天皇元庆三年（879）的《日本文德天皇实录》卷一载：橘逸势“犹妙隶书，宫门榜题，手迹见在”[20]。这条史料，一方面说明橘逸势隶书精湛，曾题额宫门；另一方面，也与前述文献互为补充，为橘、柳二人在书法特别是隶书一体上的交流提供了旁证，为中日书法交流史留下一段佳话。

二、子厚南贬后之书法精进与柳刘论书诗

永贞元年（805），子厚因参与革新遭失败，被贬永州，从此在远离京城的南荒之

地谪居十年。这十年中，身在逆境的子厚于品尝痛苦之余，一方面发愤为文，写出了大量哲学、文学精品，另一方面，在“舍恐惧则闲无事”[21]的日子里，自然会在书法一途上用心用力，以求精进。

需要注意的是，子厚此期的书法取向又有变化，在工于隶书的同时，兼擅章草，并逐渐以此名家。据与子厚同时稍后的赵璘《因话录》载：

> 元和中，柳柳州书，后生多师效，就中尤长于章草，为时所宝。湖湘以南童稚悉学其书，颇有能者。[22]

这里说的“元和中”，自然是指子厚遭贬后置身永、柳二州的十余年时间；“尤长于章草”，说明子厚书体多样，而于章草最为擅长。所谓“章草”，唐张怀瓘《书断》谓其为“隶书之捷”[23]，即由隶书之简捷写法演变而成，存隶意而草化，虽草仍具法度，字字区别，不相勾连，运笔少顿挫而多圆转，是盛行于东汉魏晋间的一种书体。宋黄伯思《东观余论》云：“章草惟汉魏西晋人最妙，至逸少变索靖法，稍以华胜……隋智永又变此法，至唐人绝罕为之，近世遂窈然无闻。盖去古既远，妙指弗传，几至于泯绝邪！”[24]由此可知，这一书体在唐代已不受人重视，书写者甚少。然而，对于“好观古书”“家所蓄晋魏时尺牍甚具”而又“遍观长安贵人好事者所蓄”之书法藏品的子厚来说，取法先贤而不屑与俗俯仰，既是其独特心性所致，也与他早年即善隶书、具备写章草之基础有直接关系。因而，章草便成为他在谪居生活中自娱自乐、寄托心志的主要书体。又因子厚夙具书法功底，兼有过人的悟性，积以时日，锲而不舍，自然会于此体获得令人瞩目的成就。赵璘说他的章草“为时所宝”，以致“后生多师效”“湖湘以南童稚悉学其书”，容或有夸大处，但作为当时人观察所得的现象，似不会距实过远。

与赵璘所说相印证的，是刘禹锡《答柳子厚书》中的一段话：

> 禹锡白：零陵守以函置足下书爰来，屑末三幅，小章书仅千言……余吟而绎之，顾其词甚约而味渊然以长。[25]

此文作于元和三年（808），其时谪居朗州的刘禹锡收到零陵刺史崔敏函，函中附寄子厚书信及两篇新作，故禹锡有此回复。从文中表述看，子厚此信是用“小章书”即章草写成的；信笺尺幅不大（“屑末”），共三页，却多至千言（“仅”为“多”的意思，乃唐人习惯用法)。这里看似只是对事实的描述而无优劣评判，但稍加寻绎即可发现，其中寓有阅读者对书写者的敬佩之情。因为要在寥寥三页的窄小信笺上用章草写出千言，必字小而密，且须清晰流畅，颇为不易。而推测其实际情形，应是达到了赏心悦目之效果，否则，刘禹锡是不会在给书写者本人的信中专门提及信笺之大小、页数和字数的。同时，反复体悟“吟而绎之”、觉其“甚约而味渊然以长”数语，似可感觉到，其中说的不只是词意之味，也应包含书体之味。瞿蜕园笺注刘集指出：“文中‘小章书仅千言’合之外集卷七与宗元论书法诸篇，知禹锡深服其书法之精。”[26]可谓知言。

事实上，刘禹锡对子厚“书法之精”确是深有感触，并在不同场合多有表述。现存柳、刘集中，共存二人论书诗凡八首，其中柳五首，刘三首；柳为首唱，刘为赓和。约作于元和十一年(815)，时柳刺柳州，刘刺连州，盖为二人于迁谪逆境远途传递、借习书论书以慰羁思之作。下面试将此唱和之作分三组，先就与书法相关之诗意稍作梳理，后对其疑难问题进行讨论。

第一组：柳作《殷贤戏批书后寄刘连州并示孟仑二童》：“书成欲寄庾安西，纸背应劳手自题。闻道近来诸子弟，临池寻已厌家鸡。”[27]刘作《酬柳柳州家鸡之赠》：“日日临池弄小雏，还思写论付官奴。柳家新样元和脚，且尽姜芽敛手徒。”[28]

此二诗盖为刘家子弟孟、仑二童临池习书，已不满足于刘所传示之书法样式，而转学柳书，故柳有“厌家鸡”之戏，刘有“柳家新样”之答。具体来说，柳诗首尾二句皆用庾翼、王羲之事。据载：庾翼书法少时与王羲之齐名，王后大有长进，庾颇不忿，在寄人信中说：“小儿辈贱家鸡，皆学逸少书，须吾下，当比之。”[29]在此，子厚明以书法落败于王的安西将军庾翼比禹锡，暗以技巧略高一筹的王羲之自喻，借小儿“厌家鸡”之典，不无诙谐地开起了对方的玩笑。对子厚的书法优势，刘是承认的，所以在和诗中说自己虽日日督促小儿临池学书，但毕竟有“柳家新样”摆在那里，因而便尽付小儿(姜芽敛手徒)，听凭他们的选择了。[30]

第二组：柳作《重赠二首》，其一：“闻说将雏向墨池，刘家还有异同词。如今试遣隈墙问，已道世人那得知。”[31]其二：“世上悠悠不识真，姜芽尽是捧心人。若道柳家无子弟，往年何事乞西宾。”[32]刘作《答前篇》：“小儿弄笔不能嗔，涴壁书窗且赏勤。闻彼梦熊犹未兆，女中谁是卫夫人。”[33]《答后篇》：“昔日慵工记姓名，远劳辛苦写西京。近来渐有临池兴，为报元常欲抗行。”[34]

此组承前，诗意递进。柳之二诗先借汉代刘向、刘歆父子常意见不同、相互诘难，以及王献之对其父羲之书法未必服气、每存竞胜心理事(参见《汉书·刘歆传》《晋书·王献之传》)，喻指禹锡父子间之书法取向亦不无差异，借以回应刘诗“柳家新样”之说。继则扳转话头，谓当世识真者少，流俗尽皆随人之后捧心效颦，有如姜芽小儿，无复新创。刘诗一方面道及教习儿辈之辛苦，需赏勤罚懒，常加督促，一方面承接柳诗“西宾”之事，言及往年自己学书慵惰，如项籍所谓“书足以记姓名而已”(《史记·项羽本纪》)，曾求子厚为书《西都赋》以示范；而今习书兴趣日增，故欲奋起直追。其中以“元常”即三国书法家钟繇比柳，借王羲之所谓“我书比钟繇当抗行”[35]之典，表达欲与子厚并驾齐驱之意。

第三组：柳作《叠前》：“小学新翻墨沼波，羡君琼树散枝柯。在家弄土唯娇女，空觉庭前鸟迹多。”[36]《叠后》：“事业无成耻艺成，南宫起草旧连名。劝君火急添功用，趁取当时二妙声。”[37]

这两首柳诗为二人论书诗的尾声，刘无和作，大概戏谑之意已尽，而柳诗观点又平正通达，刘遂无异议也。从前诗看，子厚夸赞刘家学书诸子如东晋谢家子侄之“芝兰玉树”(《世说新语·言语》)，以此表达歆羡；又巧借左思“吾家有娇女……握笔利彤管”(《娇女诗》)诗意，不无自得地告诉对方：自家“娇女”也常练字，有时在庭院地面上便画将起来。后诗则从正面立论：首句“事业无成耻艺成”，既包含因政治失败导致的失落之感，也不无因“艺成”而产生的对自己书法成就的肯定；次句追叙二人在朝共事、挥翰“起草”之经历；后两句劝告对方“火急”习练，尽快提高，以获取被古人艳称为“一台二妙”之卫瓘和索靖那样的声名。[38]

通过对以上三组诗意的简略梳理，我们大致可以看出这样几个要点：

其一，在离开长安、困居南荒的十余年中，柳、刘二人坚持书法习练，既教习子女，又以诗论书，由此见出他们对书法的爱好和重视。

其二，柳、刘主要习练之书体当为章草，这由柳诗标举之“二妙”可约略推知。据《晋书·卫瓘传》载：卫瓘“学问深博，明习文艺，与尚书郎敦煌索靖俱善草书，时人号为‘一台二妙’。汉末张芝亦善草书，论者谓瓘得伯英筋，靖得伯英肉”[39]。既然柳以善草书知名的卫、索二人为追求目标，则其偏于章草一体，自不待言。

其三，通过长期习练，子厚的书法水平不仅有了长足升进，达到“艺成”之境，而且不满流俗，多有创新，以致被刘谓为“柳家新样元和脚”。同时，从二人诗中表述和流露的语气看，刘对柳之书法成就不无赞佩，而柳也无遑多让，言辞间充满自信。

那么，什么是“元和脚”呢？

对此，古今学人似乎都未能给出一个准确答案，但其意大抵指元和年间书体的某种新变，则是无甚异议的。据《复斋漫录》载：“‘柳家新样元和脚’，人竟不晓。高子勉举以问山谷，山谷云：‘取其字制之新。昔元丰中，晁无咎作诗文极有声，陈无己戏之曰：“闻道新词能入样，湘州红缬鄂州花。”盖湘州缬、鄂州花也。则柳家新样元和脚者，其亦此类欤？’余顷见徐仙者，效山谷书，而无己以诗寄之曰：‘蓬莱仙子补天手，笔妙诗清万世功。肯学黄家元祐脚，信知人厄匪天穷。’则知山谷之言无可疑。最后见东坡《柳氏求笔迹》诗：‘君家自有元和手，莫厌家鸡更问人。’其理虽同，但‘手’字为异。”[40]据此可知，宋人理解的“元和脚”，即是“字制之新”，或即指新变后的“捺”之笔画，盖因此笔甚像一只脚也。而所以称“元和”，亦因其新颖之故，犹如当时流行诗体之称“元和体”。至于明人杨慎认为“元和脚”是指“字变新样而脚则元和也，脚盖悬针垂露之体耳”[41]，将此“脚”视为字中“竖”画之出锋（悬针）与不出锋（垂露）者，亦可聊备一说。当然，实际情况也可能正好相反，即字为旧体而“脚”则新样，故以“元和”冠名。

与此相关的问题是，“元和脚”的发明者是谁？柳集旧注云：“柳公权，元和间有书名，‘元和脚’者，指公权也。”[42]这一说法对后世不无影响，以致一些学人常将柳公权与“元和脚”联在一起，甚至谓“柳家新样”指的是柳公权书法，“元和脚”是指柳宗元书法。[43]事实是否如此呢？答案应是否定的。因为首先，刘禹锡的《酬柳柳州家鸡之赠》是写给子厚的，联系前后诸诗看，都是围绕教习子弟及刘、柳二人关于书法的今昔因缘展开，其间有特定的话语情境，而与柳公权无干。其次，柳、刘二人与柳公权素乏交往。在现存柳集、刘集中，虽存有公权之兄柳公绰的若干信息，但找不到与公权相关的资料。[44]从其各自经历看，柳公权于元和三年（808）进士及第，其后或在朝为校书郎，或在北地幕府为僚佐，直到长庆年间（821—824）因受穆宗赏识才地位渐显，书名渐高；而柳子厚、刘禹锡二人于三年前的永贞元年即已被贬离京，长期外放，既乏与柳公权交集之机缘，也因地理上的南北悬隔，未必详悉其书法成就。因而，刘在写诗给子厚的时候，不大可能将小他数岁、素少联系且其时书名未彰的柳公权作为赞扬对象。清人何焯据《因话录》所载子厚、公权书法分别知名于元和、长庆之事认为：“是子厚先擅书名于元和之证。且未有乞书于子厚而反称公权者也。注非。”[45]瞿蜕园笺证刘集亦谓：“公权以元和三年第进士，恐名位尚未甚隆，禹锡之意仍当指宗元，未必指公权。宗元与公权虽同出西眷房（据世系表），往还似少，行径亦殊，禹锡何至于宗元之前偏誉公权，喧宾夺主？”[46]仔细想来这些话不无道理，可以采信。最后，“柳家新样”与“元和脚”实为一体二名，前者是后者之说明，后者为前者之别称，其间不容割分。

而且从刘诗所陈述的内容看，也丝毫找不到“柳家新样”指公权书法、“元和脚”指子厚书法的任何线索，因而，将“柳家新样元和脚”一分为二，恐怕是不合适的。

既然如上所析，所谓“元和脚”乃“柳家新样”之别称，而此“新样”又专指子厚之书体新变，则子厚在南贬之后，于书法诸体如隶、楷（见后文）特别是章草多所用力、避俗生新，并取得“为时所宝”的成就，便是大抵可以认定的了。子厚逝后，刘禹锡在悼念诗文中曾提及其书法造诣，并予以高度推赏。如《为鄂州李大夫祭柳员外文》：“簏盈草隶，架满文篇，钟索继美，班杨差肩。”[47]《伤愚溪三首》其二：“草圣数行留坏壁，木奴千树属邻家。”[48]前者是禹锡于元和十五年（820）代李程为子厚写的祭文，后者是禹锡于长庆二年（822）在夔州写的悼友之作，值得注意的是，诗中提及的子厚书法遗作，乃“簏盈”之“草隶”（章草即草隶之一种），可见这是子厚晚年最常使用、也最具代表性的书体。而在评说时，或谓其足以继美魏晋大书法家钟繇、索靖，或借用三国书法家张芝之名号径谓其为“草圣”，如果排除友人间拔高、谀美的成分，这应是一个很高的评价了。

三、子厚的书法承传与多元取向

与任何知识、技能均须传授一样，书法之道尤赖口授手传，方能心领神会，鞭辟入里。对此，子厚有着非常明确的自觉意识。其《与李睦州论服气书》在回忆自己“幼时尝嗜音……及年少长，则嗜书”后，举例说道：“又见有学书者，亦不得硕师，独得国故书，伏而攻之……出曰：‘吾书之工，能为若是。’知书者又大笑曰：‘是形纵而理逆。’卒为天下弃，又大惭而归。”[49]这里极堪重视的一句话，即学书若不得名师良训，便会“形纵而理逆”——得其形而不得其理，甚至与书法的根本原则相悖。所以会出现这种情况，主要原因即在于“无所师而徒状其文也。其所不可传者，卒不能得，故虽穷日夜，弊岁纪，愈远而不近也”[50]。这就是说，学书如无师承，便难以领悟到前辈书家长期积累的创作经验和不传之秘，其结果必然是费力越多，离所求目标越远。

考察子厚之习书经历，不仅早有师承，入其堂奥，而且还亲授弟子多人，其后多以书法名家。征之文献，最早记载其传承脉络的，当为中晚唐之际书法家卢携所著《临池妙诀》。该篇首序书法源流曰：

> 吴郡张旭言：自智永禅师过江，楷法随渡。永禅师乃羲、献之孙，得其家法，以授虞世南，虞传陆柬之，陆传子彦远。彦远仆之堂舅，以授余。不然何以知古人之词云尔。携案：永禅师从侄纂及孙涣皆善书，能继世。张怀瓘《书断》称上官仪师法虞公，过于纂矣，张志逊又纂之亚，是则非独专于陆也。王叔明《书后品》又云：虞、褚同师于史陵。陵盖隋人也。旭之传法，盖多其人，若韩太傅滉、徐吏部浩、颜鲁公真卿、魏仲犀，又传蒋陆及从侄野奴二人。予所知者，又传清河崔邈，邈传褚长文、韩方明。徐吏部传之皇甫阅，阅以柳宗元员外为入室，刘尚书禹锡为及门者，言柳公常未许为伍。柳传方少卿直温，近代贺拔员外惎、寇司马璋、李中丞戎与方皆得名者。盖书非口传手授而云能知，未之见也。[51]

这是一段着重于楷书源流的专论，先引盛唐大书法家张旭之言，从东晋王羲之后裔、南朝末智永禅师说起，经虞世南、陆柬之、陆彦远而至张旭，勾勒了一条由南朝至盛唐的书法传承线索。接着，卢携又据其闻见，补充陆氏父子外的另几位书家，并重点介绍张旭之后的书法传人，即韩滉、徐浩、颜真卿、魏仲犀、蒋陆、蒋野奴、崔邈、褚长文、韩方明等。其中自徐浩别分一支，其传承者则有皇甫阅乃至柳宗元、刘禹锡诸人，而柳、刘二人的书法老师，就是皇甫阅。

与《临池妙诀》可以互相补充的，是元人刘有定注郑杓之《衍极》。在叙述自智永禅师至张旭的书法线索后，刘注曰：

> 旭又得褚遂良余论，以授颜真卿、李阳冰、徐浩、韩滉、邬彤、魏仲犀、韦玩、崔邈等二十余人。释怀素闻于邬彤，柳公权亦得之，其流实出于永师也。徐浩传子琦及皇甫阅，崔邈传褚长文。韩方明受法于琦及邈。皇甫阅传柳宗元、刘禹锡、杨归厚；归厚传侄纬，纬传权审、张丛、崔宏裕。弘裕，禹锡外孙也。弘裕传卢潜，潜传颁，颁传崔纾。柳宗元传房直温。有刘埴者，亦得一鳞半甲。[52]

这段话有三点值得注意：一是盛、中唐一大批知名的书家包括颜真卿、李阳冰、徐浩、怀素、柳公权等，都与张旭有着直接或间接的师承关系；二是皇甫阅除传授书法于柳、刘二人外，还传于杨归厚。归厚字贞一，工书善医，与柳、刘二人多有交往，情谊颇深，而其最初源起，恐即与三人向皇甫阅学书有关[53]；三是将卢、郑二文合观可知，子厚本人也传授、指导了一批弟子，其中除重点提及的房直温外，还有贺拔惎、寇璋、李戎及刘埴等人。查相关文献，仅知房直温善书，曾任少卿等职[54]；贺拔惎与白敏中为同年进士，官至员外郎，曾与崔文绰、寇璋“皆以鉴阅相寻，每称伏膺虞书”，并题写过白居易《重修香山寺》诗；[55]李戎曾为忻州刺史，“以草隶著称”[56]；用卢携的话说，此数人在当时“皆得名者”。至于有人认为“柳宗元在将笔法传于方直温等人的同时，还对同房‘族弟’、后来与颜真卿并称‘颜筋柳骨’的柳公权有过影响”[57]，恐怕与事实未必相符。因为上引材料只提及柳公权书法得之于邬彤，而与子厚及其所师法的皇甫阅并无关系，因而，将柳公权与柳子厚扯在一起，缺乏文献依据。此外，将柳公权视作子厚族弟，也是错误的。今柳集有《送澥序》，其中明言：“吾黜，而季父公绰更为刑部郎。”[58]又有《送巽上人赴中丞叔父召序》[59]，亦称曾为御史中丞、时任湖南观察使的柳公绰为叔父，则公绰为子厚族叔无疑；而公权乃公绰胞弟，其年龄虽小于子厚，但其身为族叔的辈分不会改变，如何反倒成了子厚“族弟”？实际上，真正受到子厚书法影响的族弟另有其人，那就是长期陪侍子厚左右、并“善操觚牍，得师法甚备”[60]的柳宗直。在《志从父弟宗直殡》中，子厚评其书法特点是“融液屈折，奇峭博丽”[61]，亦即于字体之曲折变换见其用墨之妙，于风格之峭拔奇丽显其笔法之美。后人认为此“八字尽笔法、墨法之邃”[62]；又谓：“‘得师法甚备’云者，师应即子厚自谓。”[63]由此可见子厚之书法理论水平、赏鉴水平，以及其对从弟的传授、指导之功。

依据上引二文献，我们大致了解了子厚的书法渊源及其先后承传。如果说，智永禅师、虞世南、褚遂良等是其远源的话，那么，其近源则是张旭、徐浩、皇甫阅。也就是说，皇甫阅是柳、刘、杨的书法老师，而徐浩、张旭则给予他们以间接影响。所以，下面不妨再看一下子厚书法老师和前辈们的情况。

关于皇甫阅其人，正史无传，其他文献也很少相关资料。今所知者，一是《宝刻丛编》卷七据《京兆金石录》记载的一篇《唐赠左仆射裴儆碑》，上题“从侄次元撰，皇甫阅正书并篆”[64]，时间是建中二年（781）；二是1920年出土于洛阳龙门南郭家寨的《唐东都安国寺故临坛大德塔下铭》（简称《澄空塔铭》），上题“安定梁宁撰，侄宣德郎前秘书省校书郎阅书”[65]，时间为贞元九年（793）八月。从塔铭拓片看，体为楷书，亦即《裴儆碑》所题之“正书”。其形体方正，笔画平顺而丰腴，唯字距、行距过密，略嫌拥挤，较之其师徐浩书体的清劲简约似有不及。

至于徐浩、张旭，书名自然较皇甫阅大许多，且正史均有传。《旧唐书》本传说徐浩“工草隶”“楷隶”，朝廷“诏令多出于浩”[66]；《新唐书》本传则谓：“浩父峤之善书，以法授浩，益工。尝书四十二幅屏，八体皆备，草隶尤工，世状其法曰‘怒猊抉石，渴骥奔泉'云。"[67]曾有《论书》一篇传世。据其书于大历四年（769）之《大证禅师碑》（碑在河南登封嵩岳少林寺后）、建中二年（781）之《不空和尚碑》（今存西安碑林）看，皆为楷书，形体矫健，笔画瘦劲有力，颇具观赏性。此外，徐浩尚存书于天宝三载（744）的《嵩阳观圣德感应碑》（碑在河南登封嵩阳书院），则为隶书，笔画稍细而均匀，布局疏朗而清丽，亦为书中上品。

与徐浩有所不同，张旭以狂草知名，为人洒落不羁，挥翰醉墨淋漓，素有"张颠"之称，世存不少关于他习草的资料和传说。然而，从其传世最可靠的墨迹《尚书省郎官石记序》看，则为楷书。其字方正圆润，端庄谨严，颇具法度，向为后人所重，以致苏轼曾发为"自古未有不善正书而工于草者"之叹。[68]

如此看来，作为子厚书法近源的三位前辈均有楷书传世，其中张旭草而兼楷，徐浩亦楷亦隶亦草，皇甫阅所可见者唯楷而已。那么，作为其弟子或隔代传人的子厚在受其隶、草影响的同时，自然亦当习练过楷书。实际上，据宋人尚能见到的子厚于元和五年（810）所书《南岳弥陀和尚碑》之字体而言，即为楷书。此碑于欧阳修《集古录跋尾》、赵明诚《金石录》皆有记载，后者所记尤为详细："第一千七百三，《唐弥陀和尚碑》，柳宗元撰并正书。"[69]这里所谓"正书"，实即楷书之别名。又据范成大《骖鸾录》载其至南岳庙所见之《般舟和尚碑》，乃"子厚自书，亦有楷法"[70]。倘若以上记载不误，则子厚在工隶书、擅章草的同时，也在楷书上下过不少功夫，且用以撰写碑铭，从而表现出多元的书法取向。

此外，前引卢携《临池妙诀》还传递出一个重要信息，即"阅以柳宗元员外为入室，刘尚书禹锡为及门者，言柳公常未许为伍"[71]。这里所用二人官衔，柳为员外（即礼部员外郎），刘为尚书（曾任屯田员外郎，隶属尚书省，故以代称），故当指柳、刘尚在长安时事。这就是说，柳、刘师从皇甫阅至迟在其任朝官时即已开始，或者可以追溯到二人"常时同砚席"的贞元中前期。对二人书法水平之高下，皇甫阅的评价很明确，即子厚学艺深得师传，已然"入室"，而禹锡则仅为"及门"。有意思的是，卢携特别在此记下子厚"未许为伍"一笔，似已透露出青年子厚"俊杰廉悍""踔厉风发，率常屈其座人"之自负神态，其中不乏耐人寻味之处。[72]联系到前引柳诗"劝君火急添功用"之类的话，不难看出，柳、刘二人间书法水平的差距是一直存在的，而且这种差距，不只表现在章草上，也表现在楷书上。倘作一根据尚不足之推想，则前引刘诗所谓"柳家新样元和脚"，指的或许便是柳在楷书上的新变，而柳、刘在南荒用以教习子弟的，也应是楷书，盖因此体较便于儿童入门也。

子厚既受业于楷书之师，则必当对此一书体的相关理论有过接触和体悟。今柳集《外集·补遗》所载《永字八法颂》，似即为其承接前辈成果而又有所发展之一例。颂云：

> 侧不愧卧，勒常患平。努过直而力败，趯宜峻而势生。策仰收而暗揭，掠左出而锋轻。啄仓皇而疾罨，磔趣趞以开撑。[73]

元陶宗仪记此颂名曰《笔精赋》，其《书史会要》卷五谓："柳宗元……少精敏绝伦，为文章雄深雅健，名盖一时。善书，尝作《笔精赋》，略曰：……此永字八法，足以尽书法之妙矣。"[74] 这是最早将该文记在子厚名下的一篇文献。而据宋人陈思《书苑菁华》卷二〇引唐韩方明《授笔要说》，则称自己于贞元十七年（801）受法于清河崔邈，邈自言传笔法于张旭长史，并谓："世之所传，得长史法者，唯有得《永字八法》。"[75] 宋朱长文《墨池编》卷三亦载："张长史传《永字八法》：'侧不患平，勒不贵卧。努遇直而败力，趯当存而势生。策仰收而暗揭，掠左出以锋轻。啄仓皇而疾掩，磔趣趞以开撑。'"[76] 而清人冯武《书法正传》卷三在所录子厚《八法颂》前，还录有一篇《颜鲁公八法颂》，文字与前二者颇为不同："侧蹲鸱而坠石，勒缓纵以藏机。努弯环而势曲，趯峻快以如锥。策依稀而似勒，掠髣髴以宜肥。啄腾凌而速进，磔抑惜以迟移。"[77] 这样一来，就出现了三篇分系于不同人名下的同名颂文。其中柳、张二颂之文字虽较为接近，但亦不无差异。至于同系于子厚名下之文，冯武《书法正传》与陶宗仪《书史会要》、郑杓《衍极》所载也小有出入。此外，陈思《书苑菁华》卷二在论及"散水法"口诀时，曾谓："柳宗元《笔精赋》云：'水散幽纵，《黄庭》宗之'是也。"[78] 则其所引《笔精赋》内容又与陶宗仪《书史会要》所载不同。

那么，面对上述关系错综、记载纷纭的史料，应如何判断其是非正误？笔者以为：由于相关早期文献的缺失，不少唐代书史真相已难以准确还原，但基本可以认定的是：其一，子厚曾作《笔精赋》一篇，其中既涉及永字八法，亦有关于散水法的论述，后人或将涉及八法者单独拈出，遂有《永字八法颂》的命名；其二，柳之《笔精赋》与张旭所传《永字八法》有承接关系，而与颜真卿《八法颂》显有区别，二者不可相混；其三，子厚对"永"字的写法素有研习和体悟，具备承接张说并进一步发展的条件。

考诸书史，"永"之一字最为特殊，盖因此字将汉字之点、横、竖、勾、撇、捺、折等笔画悉数囊括，练熟此字，即可奠定书法基础，故历来受人重视，相关之八法亦当起源甚早。陈思《书苑菁华》卷二引《禁经》谓：“八法起于隶字之始，自崔、张、锺、王传授，所用该于万字，墨道之最不可不明也。隋僧智永发其指趣，授于虞秘监世南，自兹传授，遂广彰焉。李阳冰云：昔逸少工书多载，十五年中，偏攻永字，以其备八法之势，能通一切字也。”[79]八法是否在“隶字之始”即已起源或可再议，但至王羲之（逸少）已“偏攻永字”，得其法理，却是大体可信的。此后，自王羲之“传授至于永禅师，而至张旭始宏八法，次演五势，更备九用”[80]，其法遂大备。据此而言，张旭于“八法”贡献最多，其始作《永字八法》也最有可能。

然而，《永字八法》由张旭始作，并不妨碍子厚在其基础上于所作《笔精赋》中抄录并予修订。依据大致有三：

其一，对照上引柳、张二文，用字虽大致相同，但其间仍存若干差异。如张之“侧不患平，勒不贵卧”，柳作“侧不愧卧，勒常患平”；张之“趯当存而势生”，柳作“趯宜峻而势生”。其中或颠倒位置，或改易文字，均可见出不同的思考。因而，说柳赋是在张颂基础上的发展，并非无据。

其二，从前述书法渊源看，子厚师事之皇甫阅，原是受法于徐浩、张旭的，认真算起来，张旭实为子厚之师祖。作为再传弟子，子厚或由皇甫阅处传习八法，或直承前辈师尊之书法理论而稍加改易，以求一脉延续，光大师门，当在情理之中。清人冯武《书法正传》卷五指出：“此八句书家皆作柳宗元语，不知其本出于张旭也。盖宗元传八法于皇甫阅，阅传之徐浩，浩传之旭。古人授受渊源，毫发不乱如此。”[81]说的正是这种情况。

其三，子厚曾在前引《与吕恭论墓中石书书》中围绕伪石书之“永”字细加辨析，谓“‘永’字等颇效王氏变法，皆永嘉所未有”，可见他对“永”字颇为精熟，通晓其古今变化；加之他谪居永州十年，对地名中之“永”字必更有切身体悟，故闲暇之际，将前辈书家之《永字八法》拿来反复研探，续写翻新，未为不可。至于有论者据子厚《与吕恭论墓中石书书》得出“柳宗元鄙弃永字笔法之说，益可证此文非柳文”的结论，恐难以服人。[82]因为似乎恰恰相反，在柳《书》中，作者陈述的只是“永”字写法变化的一个事实，其间丝毫看不出“鄙弃”的意味，反倒因其对永嘉前后“永”字笔画变化之深透了解，更具备了续作《笔精赋》亦即俗传《永字八法颂》的条件。

余 论

综上所言，可以看出，在唐代书法发展史上，柳子厚作为一个中间环节，一方面上承张旭、徐浩、皇甫阅诸师，下传房直温、贺拔惎、寇璋、李戎、刘埴等弟子（包括其从弟柳宗直），由此构成一条大致清晰的承传脉络；另一方面，在书法理论上，也借助其《笔精赋》，延续并一定程度上发展了张旭的观点，具有承上启下之地位。

子厚精敏博识，眼力甚高，不仅对魏晋以来之书法藏品多所观摩、品味，洞晓其发展变化，善辨其优劣真伪，而且通过长期习练，深知用墨、用笔之浓淡、轻重、曲折，故其评鉴书艺别具卓识，得“尽笔法、墨法之邃”；在实践中不满捧心效颦之世俗风习，而能以“识真”之胆气，勇于创新，至有“柳家新样元和脚”一体。需要指出的是，子厚特重师法传承，强调在传承中得其理，得其神髓，他所提出的因不得硕师致使“形纵而理逆”的观点，已接触到书法之形神、表里等核心问题，接触到由技进道的问题，虽仅寥寥数语，却吉光片羽，弥足珍贵。

就子厚的学书历程言，其早期习练之字体，大概主要是隶书和楷书，而到了后期亦即置身南荒之后，更多的精力则放在了章草一体，并取得了被“后生多师效”“为时所宝”的成就。虽然如此，但其素所习练之隶、楷二体并未废弃，只是相比起章草来，使用的频率可能要少一些，知名度也要逊色一些而已。换言之，其章草更多地用于友朋间的往来书信及著述写作之中，而隶、楷可能多用于为人题字、撰碑等较正式的场合。前者相对私密，后者较为公开；前者多切于实用，后者则需应时随俗。前者因其私密性、实用性，可以随意挥洒，不拘格套，故最得子厚赏爱，也因习练、使用多而较易取得成就；后者则因其公开、应时之特点，有时不得不束敛个性，按部就班，因而似并非子厚之所长，也就难得有大的突破。不过，这里同样存在一个悖反现象：子厚所赏爱、用功的章草一体，因其私密性及身为“僇人”、长期投荒之特殊遭遇而受到传播时空的限制，故影响范围和仿效者多在“湖湘以南”；此后，随着书写者的亡故，其遗墨很快便荡然无存了。相比之下，反倒是那些以楷体等“正书”书写的碑铭，因刻于坚石、立于名所而得到稍长久一些的保存。[83] 但这些书体，却未必能够代表子厚的真正水平。

那么，该如何评价柳子厚的书法造诣呢？欧阳修有言：“右《般舟和尚碑》，柳宗元撰并书。子厚所书碑世颇多有，书既非工，而字画多不同，疑喜子厚者窃借其名以为重。”[84] 他认为子厚《般舟和尚碑》所书不工，字画也不尽一致，故评价不高；至于他怀疑为伪作，似有为子厚书法开脱之意，而实际情况恐未必如此。[85] 与欧阳修观点相近，王观国亦谓："观国尝于南岳山间见此子厚二碑，详观之，乃子厚南贬时书也。子厚书体格虽疏静，好藏锋，类崛笔书，然在唐未可以名家，故唐史及唐人文集未尝言其善书。大抵士人文章称著，则并其书亦为世所贵重。子厚尝以文称于朝矣，及其南贬也，湖湘以南士人慕其文章，又学其书，此古今之常态也。《因话录》谓柳氏有此二人，盖奖饰子厚之过耳。"[86]细味其言，体格"疏静，好藏锋，类崛笔书"是一意，"在唐未可以名家"、唐史等"未尝言其善书"是一意；南贬后士人"学其书"是一意，而学书因"慕其文章"又是一意。其间数度转折，似已将子厚排除于唐代一流名家之外。而对《因话录》将柳子厚与柳公权并列的做法，王亦不认可，谓其有过奖之嫌。实事求是地说，欧阳修、王观国等人都是一流的鉴赏家，又是亲眼见过子厚书法之人，排除因个人审美倾向导致的差异，其说法还是足资参考的。因为在名家如林的唐代书家中，子厚的楷书究竟能占据一个什么地位，我们实在难以必言。然而，需要指出的是：无论欧阳修，还是王观国，所看到的毕竟只是子厚留存至宋的一、二碑文，仅凭此即遽下断语，恐有片面之嫌；更重要的是，他们据以评价的仅为子厚楷书，至于更能代表子厚书法水平的章草，唐以后之人恐怕是难以置喙的。换言之，只有亲眼见过子厚章草的同时代人的评价，才最具权威性。缘此之故，我们不能不将前述赵璘、刘禹锡等人的评说，作为综合判断柳子厚书法造诣的最终依据。

注释：

①②④⑤⑥⑦㉗㉛㉜㊱㊲㊳㊾ 尹占华、韩文奇校注：《柳宗元集校注》，中华书局 2013 年版，第 2214 页，第 844 页，第 2074 页，第 2074 页，第 2078 页，第 2080 页，第 2862 页，第 2866 页，第 2867 页，第 2869 页，第 2871 页，第 1591 页，第 1676 页。

③ 柳宗元：《先太夫人河东县太君归祔志》，载《柳宗元集校注》，第 826 页。

⑧ 柳宗元：《重别梦得》，载《柳宗元集校注》，第 2806 页。

⑨⑫㉕㉖㉘㉝㉞㊻㊼㊽ 瞿蜕园笺证：《刘禹锡集笺证》，上海古籍出版社 1989 年版，第 537—538 页，第 1471 页，第 265—266 页，第 267 页，第 1421 页，第 1425 页，第 1426 页，第 1422 页，第 1535—1536 页，第 1011 页。

⑩(74) 陶宗仪：《书史会要》，载卢辅圣主编《中国书画全书》第三册，上海书画出版社 2009 年版，第 581 页，第 572 页。

⑪(71)(75)(78)(79)(80) 陈思：《书苑菁华》卷一九引，载《中国书画全书》第三册，第 98 页，第 98 页，第 104 页，第 12 页，第 13 页，第 104 页。

⑬ 陶敏、陶红雨校注：《刘禹锡全集编年校注》，岳麓书社 2003 年版，第 12—13 页。

⑭ 按：橘逸势，新、旧唐书《东夷传》及《册府元龟》、《文献通考》等皆作“橘免势”，而日本《文德实录》《续群书类从》等文献均作“橘逸势”，今从之。

⑮ 续群书类从完成会编：《续群书类从》第八辑上《传部》卷一九一，1927 年。

⑯㊷ 沈曾植撰，钱仲联辑：《海日楼札丛》卷八，上海古籍出版社 2009 年版，第 338 页，第 330 页。

⑰ 现存韩方明资料甚少，除其自述贞元十五年、十七年受法于徐琦、崔邈外，《集古录》尚载宝历元年（825）八月所立《唐新开隐山六洞记》为“唐都防御判官侍御史内供奉吴武陵撰，防御衙推韩方明八分书并篆额”（《宝刻丛编》卷一九引），可知其卒年在子厚之后。

⑱《御定佩文斋书画谱》卷三，文渊阁《四库全书》本。

⑲ 参见平山观月《新日本书道史》，（日本）有朋堂 1961 年版，第 282 页；中田勇次郎《中田勇次郎著作集》第五卷，（日本）二玄社 1985 年版，第 361 页；小松茂美《日本书道辞典》，（日本）二玄社 1987 年版，第 282 页。

⑳ 藤原基经等纂：《文德实录》，载《增补六国史》卷八，（日本）朝日新闻社 1940 年版。

㉑ 柳宗元：《答吴武陵论〈非国语〉书》，载《柳宗元集校注》，第 2070 页。

㉒ 赵璘：《因话录》卷三，上海古籍出版社 1979 年版，第 84 页。

㉓ 张彦远：《法书要录》卷七引，载《中国书画全书》第一册，第 82 页。

㉔ 黄伯思：《论书八篇示苏显道》，载《东观余论·法帖刊误》，《中国书画全书》第二册，第 141 页。

㉙《南齐书》卷三三《王僧虔传》，中华书局 1972 年版，第 597 页。又，《南史》卷二二《王昙首传附僧虔传》所载同。

㉚ 按：“尽”，全部付予之意；“姜芽敛手”，比喻儿童细嫩小手握笔状。孙月峰评点《柳柳州全集》卷四二云：“姜芽不得来历，疑即谓五指捉笔如姜芽状耳。”瞿蜕园解此句谓禹锡“不得不敛手矣”（瞿蜕园笺证：《刘禹锡集笺证》，第 1422 页），恐不确。

㉟《晋书》卷八〇《王羲之传》，中华书局 1974 年版，第 2100 页。

㊳㊴《晋书》卷三六《卫瓘传》，第 1057 页，第 1057 页。

㊵《苕溪渔隐丛话》后集卷一一引，人民文学出版社 1962 年版，第 77 页。

㊶《艺林伐山》卷一九，文渊阁《四库全书》本。

㊷《柳河东全集》卷四三，中国书店 1991 年版，第 469 页。

㊸ 参见朱关田《中国书法史·隋唐五代卷》，江苏教育出版社 1999 年版，第 173—184 页。

㊹ 如柳集卷二四《送澥序》《代柳公绰谢上任表》；刘集卷一七《举开州柳使君公绰自代状》，均与柳公绰有关。另据《金石录》卷一〇，刘禹锡所撰《山南西道驿路记》《唐赠太师崔陲碑》，均由柳公权正书。但此二碑分别立于开成四年（840）、会昌元年（841），其时禹锡已入老境。故不能以此证明二人早年有交游。

㊺ 何焯：《义门读书记》卷三七，中华书局 1987 年版，第 668 页。

㊾《柳宗元集校注》，第 2114 页。按：“年少长”，《校注》作“年已长”，据四库本《柳河东集》改。

㊿ 柳宗元：《与李睦州论服气书》，《柳宗元集校注》，第 2114 页。

51 陈思《书苑菁华》卷一九、御定《佩文斋书画谱》卷三、倪涛《六艺之一录》卷二七六引，文字略同，唯陈书作《临妙诀》（《书苑菁华》卷十九引，《中国书画全书》第三册，第 98 页）。

52 郑杓：《衍极》卷一《至朴篇》，《历代书法论文选》，上海书画出版社 2014 年版，第 409 页。张彦远《法书要录》卷一《传授笔法人名》云：“智永传之虞世南，世南传之欧阳询，询传之陆柬之，柬之传之侄彦远，彦远传之张旭，旭传之李阳冰，阳冰传徐浩、颜真卿、邬彤、韦玩、崔邈，凡二十有三人。文传终于此矣。”文字与此小异。

㊾ 今柳集尚存《奉酬杨侍郎丈因送八叔拾遗戏赠诏追南来诸宾二首》，刘集则存有《春日书怀寄东洛白二十二杨八二庶子》《寄杨虢州》《祭虢州杨庶子文》等。

㊿ 参见《书史会要·补遗》。又，《册府元龟》卷一六二谓其于开成年间任职刑部郎中。

55 分别参见陶宗仪《古刻丛钞》引米芾《书史》、御定《佩文斋书画谱》卷二八引《金石略》。

56 司空图：《书屏记》，载祖保泉、陶礼天笺校《司空表圣诗文集笺校》，安徽大学出版社2002年版，第219页。

57 蔡显良：《对唐代楷书笔法渊源与传承的再认识》，《文艺研究》2011年第8期。蔡说显系源于朱关田《中国书法史·隋唐五代卷》所谓“柳公权书法乃出于柳氏家学”“其书出自同房族兄柳完元”等说法，而未细核。

60 61 柳宗元：《志从父弟宗直殡》，载《柳宗元集校注》，第820页，第820页。

63 章士钊：《柳文指要》上，载《体要之部》卷一二《墓表志》，文汇出版社2007年版，第335页。

64 陈思：《宝刻丛编》，载《历代碑志丛书》第一册，据十万卷楼刊本影印，江苏古籍出版社1998年版，第498页。

65 参见高慎涛《〈唐东都安国寺故临坛大德塔下铭〉考释》，《西夏研究》2015年第4期。

66 《旧唐书·徐浩传》，中华书局1975年版，第3759页。

67 《新唐书·徐浩传》，第4966页。

68 王鏊：《题张长史郎官厅壁记》引，载《震泽集》卷三五，文渊阁《四库全书》本。

69 金文明校证：《金石录校证》卷九，广西师范大学出版社2005年版，第163页。

70 范成大：《骖鸾录》，载孔凡礼点校《范成大笔记六种》，中华书局2002年版，第55页。

72 韩愈：《柳子厚墓志铭》，载马其昶校注，马茂元整理《韩昌黎文集校注》，上海古籍出版社1986年版，第511页。

73 《柳宗元集校注》外集《补遗》录自《全唐文》，第3398页。又，冯武《书法正传》卷三录柳宗元《八法颂》与此同，唯首句“愧卧”作“贵卧”。然冯氏于题下小注又谓：“或曰张旭传。”

76 朱长文：《墨池编》，载《中国书画全书》第一册，第229页。

77 81 冯武：《书法正传》，载《中国书画全书》第十四册，第13页，第24—25页。

82 《柳宗元集校注》之《永字八法颂》下《辩证》，第3401页。

83 柳子厚所存石刻文字，除宋人提及的《般舟和尚碑》等数篇外，还有传为柳作《龙城录》所载《罗池石刻》之残存拓片（又名《龙城石刻》《剑铭碑》）。然古今学者多谓为伪作（参见陶敏《柳宗元〈龙城录〉真伪新考》，《文学遗产》2005年第4期），故本文暂不论列。

84 欧阳修：《唐柳宗元般舟和尚碑》，载《集古录》跋尾卷八，《历代碑志丛书》第一册据槐庐丛书本影印，江苏古籍出版社1998年版，第84页。

85 赵明诚、章士钊等均认定此碑为子厚所书。

86 王观国：《柳子厚书》，载《学林》卷七，中华书局1988年版，第228页。

（2016年第4期）

从“艺术”到“艺术界”

——艺术的赋魅与祛魅

彭　锋

“艺术”是一个历史和文化概念，在不同的历史阶段和文化背景中，它的含义不同。从 18 世纪以来，艺术经历了从赋魅到祛魅的重要转变。具体说来，现代艺术概念的确立是对艺术的赋魅，当代“艺术界”概念的确立则是对艺术的祛魅。了解艺术从赋魅到祛魅的变化，有助于我们调整关于艺术的诸多看法，对艺术理论的建构、艺术史的书写、艺术批评和艺术创作的实践等等，都会产生重要的影响。

一、艺术概念辨析

在《艺术作品的本源》中，海德格尔展开了对艺术作品的本质之源的追问，把我们带入了由艺术家来定义艺术品、由艺术品来定义艺术家的循环之中，并且告诉我们，只有诉诸让它们获得各自的名称的艺术，才能走出循环。[①] 尽管海德格尔带来了关于艺术的最深邃的思考，但是他并没有对艺术概念做必要的澄清，这就会让人误以为他关于艺术的思考是适用于所有时代和所有文化的。而在某些特定的时代和文化中，对艺术家和艺术品的界定并没有海德格尔想象得那么复杂，甚至有可能根本就没有海德格尔意义上的艺术概念，从而有可能完全架空海德格尔的艺术之思。维特根斯坦就对不同概念之间的区别有清醒的认识。他发现像“游戏”之类的概念并没有固定的本质，我们是根据一些交叉重叠的相似将某种事物归入游戏之中。维特根斯坦将这种概念称为“家族相似”概念。[②] 受到维特根斯坦的启发，新维特根斯坦主义者将艺术视为家族相似概念。被归入艺术之中的各个门类之间没有共同的本质，只有一些交叉重叠的相似性，因此对艺术进行定义是不可能的。[③] 如果艺术没有共同的本质，海德格尔式的对于艺术本源的追问就成了无本之木。

在新维特根斯坦主义者的基础上，迪基对艺术概念做了更进一步的澄清。通过对比“金子”与“单身汉”这两个概念，迪基发现它们是两种不同的概念，它们的确立方式和使用范围都有所不同。前者属于科学概念，后者属于文化概念。④ 金子是原子序数为 79 的金属，这个概念的含义是科学家发现的，它的含义不受文化的限制，不同文化圈的人们对金子有相同的理解。单身汉则不同。“单身汉”的含义不是科学家发现的，而是使用某种语言或者属于某种文化的人们共同约定的。在某些文化圈中，“单身汉”指未结婚的成年男人；在另一些文化圈中，“单身汉”也包括离异而尚未再婚的男人；还有一些文化圈子，“单身汉”还可以包括已婚而没有孩子的男人。由于约定不同，不同文化圈的人们对“单身汉”有不同的理解，它不能像“金子”那样被不同文化圈的人们共同使用，换句话说，当“单身汉”一词在跨文化语境中使用时需要解释，否则就会引起误解。总之，科学概念的含义是由科学家发现的，它们的适用范围不受文化圈子的局限；文化概念的含义是由同一文化圈子中的人们约定的，它们的适用范围受到文化圈子的局限。艺术不仅是像单身汉一样的文化概念，而且是高度精细的文化概念，或者说它指的是一种高度精细的文化形式，它比单身汉更加充满歧义。特别是艺术不仅是一种分类概念而且是一种评价概念，而评价不可避免地带有主观色彩，因此艺术的内涵比单身汉的内涵更不易确定。识别某物是否是诗歌、绘画、雕塑、建筑、音乐、舞蹈、电影、摄影等等，比识别某物是否是艺术要容易得多。一幅绘画可以因为优秀被称为艺术，也可以因为拙劣而被称为垃圾，但是无论是被称为艺术还是垃圾，都不妨碍它是一幅绘画。评价因素的加入，让艺术概念变得更加难以捉摸。如果我们将艺术视为一种内含评价因素的文化概念，就不会要求它像科学概念那样内涵确凿。艺术可以因为时代、文化，乃至个人的趣味的不同而含义不同。

如果仔细分析起来，我们今天的艺术概念，可以说是源于欧洲的现代性的产物。18 世纪欧洲美学家发现有类事物以美或者提供审美经验为目的，因而把它们称为“美的艺术”（fine art）。所谓“美的艺术”，就是我们今天通常所说的“艺术”（art）。今天再没有人固执地要求在“美的艺术”和“艺术”之间进行区分，以至于人们想当然地以为“艺术”概念古已有之。实际上，所谓“美的艺术”或“艺术”概念，是 18 世纪才在欧洲确立起来的，并随着欧洲现代性向其他文化的蔓延而传播开来。⑤ 因此，艺术概念是特定历史阶段的产物。在 18 世纪之前，没有今天的艺术概念。或许在未来的某个时间，今天的艺术概念还会变化乃至消失。

经过上述简要分析，我们发现艺术概念具有某些特殊性：首先，艺术概念既是分类概念又是评价概念。作为分类概念它依据的不是本质，而是交叉重叠的相似。作为评价概念，它会因审美趣味的不同而不同。其次，“艺术”是一个文化概念，它的内涵不是发现的，而是约定的，它在跨文化传播的时候是需要解释的。最后，“艺术”是一个历史概念，在不同的历史阶段含义不同。今天通行的艺术概念是在 18 世纪欧洲确立起来的，具有明显的现代性的烙印。

二、现代艺术概念与艺术的赋魅

现代艺术概念在欧洲的独立过程，实际上就是艺术的赋魅过程。在这个赋魅过程中，艺术家由工匠转变为天才，艺术品由人工制品转变为膜拜对象，艺术生产由一般劳动转变为创造，艺术欣赏由一般消费转变为鉴赏。在宗教神祇衰落之后，艺术被一场新的造神运动奉为神明。

不少美学史家观察到，现代艺术概念的兴起与基督教的衰落有关。比如，克里斯特勒在梳理创造概念的历史时发现，现代艺术概念的确立与创造由神的领域进入艺术的领域密切相关。“对于绝大部分西方思想史来说，创造的能力被独占地或主要地归之于上帝，只是在严格限制的或隐喻的意义上被归之于人类制作者或艺术家。只有在 18 世纪后期以后，也就是伴随着浪漫主义运动的最初鼓动，诗人和艺术家开始被认为是出类拔萃的创造者，这种观念强势地贯穿了整个 19 世纪直至 20 世纪。”[6]

诗人和艺术家取代上帝成为创造者，是艺术赋魅的重要表现。由于艺术家凭借一己之力就能创造出神迹一般的作品供人顶礼膜拜，因此借助神力的灵感概念逐渐让位给基于自身的天才概念。柏拉图在解释诗人为何能够创作和吟诵优美的诗句时采用了灵感说，认为是诗神凭附于诗人，夺取诗人的理智，借诗人之口来说诗神的话。[7] 根据灵感说，诗人和艺术家的创造力源于外在的神力，与自己的才能无关。但是，到了 18 世纪现代艺术概念确立的时期，灵感说让位给了天才说。根据天才说，艺术家的创造能力内在于艺术家自己，而且是一种根深蒂固或者与生俱来的能力。康德给天才下了一个这样的定义：“天才是给艺术提供规则的才能（自然禀赋）。由于这种才能是艺术家天生的创造性能力而且就其作为天生的创造性能力而言本身是属于自然的，因此我们也可以这样来表达：天才就是天生的内心素质，通过它自然给艺术提供规则。”[8] 康德还进一步从四个方面神化了艺术天才，其核心思想是：天才的创造是独特的典范，既自由又必然。[9] 如果我们结合康德的美学思想整体来看，就会发现只有天才艺术和自然才符合他对美的定义。

康德的天才理论神化了艺术创作，休谟的趣味理论则神化了艺术欣赏。康德认为艺术创作没有规则，天才的艺术家就是艺术创作的规则；休谟则认为艺术鉴赏没有规则，理想的批评家就是艺术鉴赏的规则。在谈到“趣味无争辩”的情形中，理想的批评家的趣味就是趣味的标准。休谟主张，理想批评家要具备五个条件：精致的敏感或想象力、欣赏优秀艺术作品的实践、进行广泛比较、破除一切偏见以及健全的理智。[10]尽管休谟试图找到趣味的标准，但是他实际上给出的却不是趣味的标准，而是鉴赏家在实际的批评活动中如何培养自己的鉴赏力的一些原则，这“一系列的资格限定，不是对趣味的判断，而是对鉴赏家的判断”[11]。休谟将艺术欣赏的标准交给理想的批评家，如同康德将艺术创作的标准交给天才的艺术家一样，都是艺术赋魅的必要环节。经过赋魅之后，艺术成了难解之谜，借用本雅明的术语来说，艺术具有神秘的“灵韵”[12]，只有少数优选者才能窥见其中的奥秘，普通大众只能顶礼膜拜。由此可见，艺术与宗教之间的确具有某种平行关系，蔡元培“以美育代宗教”的主张绝非空穴来风。[13]

在19世纪欧洲尤其是英国，出现了一种将宗教与艺术结合起来的潮流。比如，弗莱瑟就观察到，维多利亚时期出现了许多宗教—审美理论，它们试图将基督教的主张与美、道德与艺术等等调和起来。[14]在20世纪的抽象绘画运动中，我们可以看到由艺术与宗教的融合走向以艺术替代宗教的趋向。根据戈尔丁的研究，抽象绘画的先驱蒙德里安曾经是布拉瓦茨基夫人创立的神智论的狂热追随者，因为神智论主张宗教与艺术是平行的，承认它们二者的目的都是通向超越性的存在。在蒙德里安看来，神智论和抽象绘画是相同的精神运动的不同表达形式。蒙德里安明确地说：“新艺术是解除了压迫的旧艺术……在这种意义上艺术变成了宗教。”[15]随着蒙德里安发展出他的纯抽象风格，他开始拒斥神智论的某些内容，而将艺术视为宗教或者用艺术来取代宗教，因为蒙德里安认识到，神智论者绝不可能获得真正的体验，因而“绝不可能体验到真正的、完满的人类和谐”[16]。正是因为认识到神智论的某些不足，蒙德里安开始用艺术来取代宗教，因为艺术比神智论还要纯粹，因而比神智论乃至比任何现实的宗教形式还要像宗教。“作为人类精神的纯粹创造，艺术被表现为在抽象形式中体现出来的纯粹的审美创造。”[17]对于蒙德里安的这种转变，戈尔丁做了这样的总结：“总之，对蒙德里安来说，艺术开始成为宗教经验的替代者。”[18]由此，我们也就不难理解，为什么贝尔在他的《艺术》中会强调艺术与宗教是一对双胞胎。[19]通过与宗教的结合和对宗教的取代，现代美学完成了对艺术的赋魅。

三、艺术界概念与艺术的祛魅

已经有不少学者开始反思艺术中的“创造”和“趣味”概念，试图消解环绕艺术的神秘光环。他们注意到，现代艺术概念与资本主义艺术生产和消费体制的确立有关。比如，柏克就指出，现代艺术概念与艺术品市场之间有着密切的关系。随着艺术品市场由私人委托体制向匿名的潜在购买体制的转变，艺术家只是针对潜在的购买者工作，而不再直接针对具体的委托人工作，不用考虑委托消费者的具体要求，从而可以按照自己心目中的美的理想进行创造。更重要的是，由于不能根据劳动工作量来定价创造，在“创造”名义下可以极大提高作品的价格，这也是艺术家偏爱创新的重要原因。换句话说，创造是艺术家抬高作品价格的幌子。总之，由于资本主义艺术生产和消费体制的确立，一种脱离实际考虑的、以美的表现和自由创造为核心的现代艺术观念才应运而生。[20] 与柏克着重解构“创造”概念相应，舒斯特曼着重“趣味”概念。经过对休谟的趣味思想的分析，舒斯特曼得出结论说，休谟根本就不想寻找真正的趣味标准，而且他自己也认识到这样的趣味标准根本不可能存在，休谟的目的是努力证明对享有特权的人的趣味的追随，是其他所有人的自由自愿的行为。舒斯特曼得出了与布尔迪厄类似的看法，趣味理论实际上是资产阶级抬高自己的趣味进而累积自己文化资本的阴谋。[21]

不过，给艺术魅惑以致命一击的，是20世纪后半期确立的“艺术界”理论。与柏克、舒斯特曼和布尔迪厄等人研究18世纪和19世纪的艺术和趣味思想不同，艺术界理论是针对20世纪的艺术，特别是20世纪后半期兴起的当代艺术。甚至可以说，艺术界理论是在当代艺术实践的刺激下发展起来的。在艺术界理论流行之前，本雅明已经观察到机械复制艺术消解了艺术的“灵韵”。当代艺术的发展表明，艺术灵韵的消失不仅因为新技术的加入，更重要的是因为艺术观念的变革。

首先让我们做一点词语上的辨析。这里所说的“艺术界”与通常所说的“艺术世界”不同。通常所说的“艺术世界”，指的是艺术的内部世界。比如，通过阅读，我们可以进入曹雪芹的《红楼梦》的艺术世界；通过观看，我们可以进入凡高的《向日葵》的艺术世界；通过聆听，我们可以进入贝多芬的《第九交响曲》的艺术世界。我们还可以将它们简称为曹雪芹的艺术世界、凡高的艺术世界、贝多芬的艺术世界。这种艺术世界是内含在艺术作品之中的，是由艺术家建构起来的、由观众欣赏和发现的世界。但是，艺术界理论中的“艺术界”与此不同，它指的是艺术的外部世界，不是艺术要再现的、作为题材的外部世界，而是包围着艺术作品的外部世界。而且，这个包围着艺术的外部世界又不同于汉语中由艺术家组成的协会意义上的“艺术界”。艺术家协会意义上的“艺术界”，主要由艺术家构成。艺术界理论中的“艺术界”比艺术家协会意义上的“艺术界”要抽象一些，如果将它降低到具体层面，它的构成成员也要广泛得多，艺术家只是其中的一小部分。

为了强调“艺术界”的特殊含义，丹托专门造了一个新词即“artworld”。1964年，丹托发表了他著名的《艺术界》一文，阐述了一种全新的艺术界理论。丹托明确指出，艺术界不是内含在艺术作品之中的审美世界，而是环绕在艺术作品之外的“理论氛围”。这种理论氛围主要是由艺术理论、艺术史、艺术批评等等对艺术作品的解释构成的。[22]这种意义上的艺术界不具备任何欣赏价值，没有人会审美地陶醉在这种艺术界之中，只有与艺术有关的专家能够识别或者认识这种艺术界。换句话说，艺术界只是认识对象而不是审美对象。然而，这种毫无审美价值可言的艺术界，却主宰了艺术的是与非。某物是否是艺术品，既不看它的特征比如优美或新异，也不看它的功能比如令人愉悦或者催人奋进，而是看它是否被理论氛围所环绕，是否置身于艺术界之中。换句话说，决定某物是否是艺术品，不是只看该物，而是要看围绕该物的理论氛围，即由艺术批评家、艺术理论家和艺术史家等等做出的关于该物的理论解释。丹托有一个著名的说法，即哲学对艺术的剥夺。也就是说，理论解释取代了艺术创造成为艺术中的决定因素。这是丹托在20世纪60年代的纽约所发现的一种新艺术，他称之为“艺术终结之后的艺术”“后历史阶段的艺术”或者“当代艺术”。丹托明确地说，当他1964年看到沃霍尔展出的《布里洛盒子》时，就明确意识到艺术终结了，代之而起的是哲学解释。由此，丹托让我们重新回想起黑格尔在19世纪提出的“艺术终结”一说。沃霍尔等人的艺术实践表明，两个完全一样的东西，一个可以是艺术品，另一个却是寻常物，其中的关键既不在于艺术家的创造，也不在于该物品的珍贵，而在于围绕该物品所做出的理论解释。由此，在艺术界中扮演关键角色的，不再是艺术家，而是理论家。是理论家的解释，让寻常物变容为艺术品。丹托的艺术界理论，不仅让艺术品显形为寻常物，而且让艺术家显形为平常人，围绕在艺术之中的魅惑被驱散了。

但是，丹托在给艺术祛魅的时候却制造了新的魅惑，一个更加玄秘的哲学魅惑。尽管丹托强调围绕艺术品的理论氛围是由艺术理论家、艺术史家和艺术批评家从外面赋予的，不是从艺术品中生长出来的，也是艺术家预留下来的，但是他又强调这种理论解释不是任意的，理论家们没有点石成金的本领，可以通过理论解释将任何一个寻常物变为艺术品。艺术品仍然有所意指、有所关涉，理论家们关于艺术品的所有解释都必须与它的意指和关涉有关。由此，丹托的艺术界理论与传统美学理论之间的平行关系就被揭示出来了：根据传统美学，艺术品的美感是由欣赏者或公众感觉到的；根据丹托的艺术界理论，艺术品的寓意是由理论家或专家揭示出来的。如果我们把美感替换为寓意，把公众替换为专家，就能发现丹托的艺术界理论与传统美学理论之间的相似性。

迪基敏锐地指出，丹托的艺术界理论是传统艺术理论的最后残余。传统艺术理论的最大失误，就是从特征或功能上去定义艺术。丹托强调艺术引发理论解释，与传统美学强调艺术引发审美经验或者道德教化一样，都在艺术的功能范围之内。在迪基看来，所有基于特征或功能的定义都是落后的定义，只有基于程序的定义才是先进的定义。由此，迪基改造了丹托的“艺术界”概念。在丹托那里，“艺术界”是由艺术理论、艺术史和艺术批评构成的理论氛围，因而是一个艺术学概念；到了迪基那里，“艺术界”是一个由艺术家、批评家、公众、艺术机构、新闻媒体等等构成的社会或圈子，它是一个社会学概念。迪基将自己的理论称作“艺术体制理论”。

从 20 世纪 70 年代开始，迪基就致力于建构他的艺术体制理论，用艺术界来界定艺术，可以说是当代艺术理论中从社会学的角度给艺术下定义的先驱者。迪基将自己关于艺术的定义称为“程序定义”，以区别于传统的“特征定义”和“功能定义”。所谓“特征定义”，是从艺术品所具有的外显特征方面去定义，比如艺术品是美的。所谓“功能定义”，是从艺术品所发挥的功能方面去定义，比如艺术品都是令人愉快的。“程序定义”则既不涉及艺术品的特征，也不涉及艺术品的功能，而是从某物变成艺术品需要经过的程序方面下定义。在迪基看来，某物要成为艺术品，必须至少经过两道程序。由此，他给艺术下了一个这样的定义：“一个艺术品在它的分类意义上是（1）一个人造物品；（2）某人或某些人代表某个社会体制（艺术界）的行为所已经授予它欣赏候选资格的一组特征。”[23] 直白地说，某物要成为艺术品，首先必须是由人制作出来的东西，尤其是由艺术家有意作为艺术品来制作的东西；其次，它必须被艺术体制或艺术界接受。经过这两个程序的东西就是艺术品，否则就不是，不论这个东西具有怎样的功能或者特征。

迪基的这个定义引起了广泛的争议。为了回应各方面的批评，他对自己的艺术定义做了一些修正，最终提出了一个更为完善的定义。这个定义是由如下五个命题组成的：1. 艺术家是有理解地参与制作艺术品的人；2. 艺术品是创造出来展现给艺术界公众的人工制品；3. 公众是这样一类人，其成员在某种程度上准备好去理解展现给他们的对象；4. 艺术界是所有艺术界系统的整体；5. 艺术界体系指的是一种将艺术家的作品提供给艺术界公众的框架结构。[24]迪基的这个由系列定义组成的艺术定义，也没有获得各方面的满意。比如，有人认为这个定义明显存在循环论证。[25]有人不满迪基的定义过分突出了艺术界作为立法团体所发挥的作用。[26]尽管迪基的艺术定义存在或这或那的缺陷，但他坚持从社会学的角度去定义艺术，这至少给我们提供了一个界定艺术的角度。迪基强调，我们应该像文化人类学家研究人类现象那样去研究艺术。[27]也就是说，要从外部而不是内部去界定艺术。“外部定义”，指的是通过文化人类学家的调查研究从外部去发现艺术的定义性特征。“内部定义”，指的是艺术学家从内部去规定艺术的定义性特征。迪基认为，程序定义或外部定义只具有识别功能或者分类功能，而不起评价作用，它只是标明某物是一件艺术品，而不意味着是一件好的艺术品或一个好东西，不涉及个人的趣味和偏好，不涉及艺术的神秘内涵。丹托那个依然具有神秘气息的“理论氛围”，被迪基驱散了，艺术界中充满了权力的运作、分配和交易。不过，尽管迪基的艺术研究借鉴了许多社会学的方法，但他毕竟停留在哲学的范围之内。换句话说，他只是在做推论，没有用观察和数据来验证他的理论。如果我们将他与丹托比较，就会发现他们各有所长。身兼批评家的丹托依据社会学的观察，发现了萦绕着艺术的哲学理论；纯为哲学家的迪基依据哲学的推理，发现了主宰着艺术的社会体制。他们两人都是一半跨进了社会学，将另一半留在哲学之中。由于哲学理论本身所具有的神秘性，迪基并没有完成对艺术的最终祛魅。

差不多与迪基同时，贝克提出了他的艺术界理论。与迪基采用丹托铸成的专有名词“artworld”不同，贝克采用了日常英语中已有的词汇“art worlds”。所谓“艺术界”，在贝克看来，就是由一群人根据对行事惯例的共识结成的网络或圈子。这个人际网络可大可小。比如地区性诗歌圈子或实验性戏剧团体，相对来说规模较小。好莱坞电影圈或者百老汇音乐剧圈，相对来说规模较大。因此，与丹托和迪基使用单数“artworld”不同，贝克用的是复数“art worlds”。贝克不是对艺术界现象作抽象的哲学概括，而是从社会学角度去观察和研究各种各样具体的艺术界。通过对众多艺术界的考察，贝克消解了各种有关艺术家和艺术品的神话。从艺术界的角度来看，艺术不是由艺术家独自创造的，而是由在其中扮演各种角色的众多成员共同完成的。[28]正如亚历山大评论的那样：“作为看待艺术的方式，贝克关于艺术界的观点是强有力的，事实上也是激进的。他瞄准的是我们关于艺术的最基本的观点：艺术由艺术家创造。他认为，艺术由很多人，由艺术界，而不是艺术家创造。贝克赞同人们拥有不同的才能，但他辩驳说，在这里，艺术家并不特别，并不像关于艺术家的权威意识形态所认为的那样。很多拥有不同才能的人，都对艺术活动、最终艺术产品的建构做出了贡献，但他们中的大多数并没有得到承认。认为艺术品由特定的人创造的思想是一种社会建构——如同其他社会惯例，人们视为当然，并简化了实际情况。”[29]艺术界是一种或松散或紧密的社会群体或者圈子，社会上存在各种各样依据特定规则和共识建立起来的圈子。对于艺术界或者艺术圈是如何运转的，怀特夫妇以印象派的崛起为例做了一个很好的个案研究。怀特夫妇通过考察发现，印象派的崛起与19世纪末法国艺术圈的变化密切相关。换句话说，除了艺术发展的内部动力之外，社会变迁带来的推动更为重要。学院的衰落和批评家的兴起，是印象派崛起的关键。自从17世纪中期以来，法国艺术圈就由学院所统治。皇家绘画和雕塑学院由资深的艺术家构成，负责艺术教育和艺术评价。参加学院组织的年度展览，特别是在展览上获奖，是艺术家获得成功的敲门砖。印象派并不是学院喜欢的风格。按照法国艺术家的成功惯例，印象派画家不可能获得成功。但是，19世纪剧烈的社会变革导致艺术生产和消费方式发生变化，印象派可以绕过学院获得成功，可以公开挑战学院的权威。怀特夫妇告诉我们，这些变化主要体现在三个方面：第一，艺术家队伍发生了变化。19世纪下半期，越来越多的艺术家从外地涌入巴黎，他们带来了不同于学院的创作方法。第二，新兴的资产阶级开始购买作品。这些作品不是安置在教堂、共同或其他的公共空间，而是挂在自己的家里。学院欣赏的大尺幅和宏大主题的作品，明显不适合挂在家里。具有相对较小的尺幅、日常生活的题材、明快的颜色、个性化的语言的印象派作品，满足了新兴资产阶级的要求。第三，印象派的作品不是通过学院展览进行传播和分销，而是通过新兴的艺术批评家兼艺术经纪人销售给资产阶级。于是，在学院系统之外，出现了一个批评家—经纪人系统。与学院维持正统不同，批评家兼经纪人推崇个性；与学院集体决策不同，批评家兼经纪人习惯单干。为了吸引更多的购买者，批评家喜欢发表独特的艺术主张，培养收藏家的趣味，让他们确信他们买到的作品是独一无二的，因而也是最有价值的。总之，法国艺术界学院圈子的衰落和批评家兼经纪人圈子的兴起，是印象派获得成功的关键。[30]

迪马乔以波士顿艺术界的形成作为案例，说明艺术界是如何与其他社会团体区分开来的，对我们理解艺术界的社会学特征也很有启发。[31]根据迪马乔的研究，在19世纪初期，波士顿还没有艺术界，高雅艺术与通俗文化混杂在一起。到了19世纪末，波士顿的上流社会开始建构他们独特的文化领地，将高雅艺术从通俗文化中分离出来。其中的关键举措就是建立非盈利机构，将高雅艺术交付给非盈利机构，让通俗艺术继续留在商业圈子里。于是，艺术界就逐渐独立出来，并且成为上流社会的文化身份标志。[32]

艺术界是由各种成员和要素组成的，如果不能从复杂的构成成员和要素中总结出某种规律，对艺术界的研究就难以进行。葛瑞斯伍德发现，尽管艺术界的构成成分非常复杂，但它的重要元素只有四个：艺术产品、艺术创作者、艺术消费者和更广阔的社会。葛瑞斯伍德认为，这四个要素之间的六根连线，就构成了艺术界的基本关系。这种关系理论，被葛瑞斯伍德称为“文化菱形理论”。葛瑞斯伍德解释说：“文化菱形是一种说明性图形，促使人们更全面地理解文化客体和社会世界的关联……要完全理解一个特定的文化客体，需要先理解所有四个要点和六条连接线。”[33]

在葛瑞斯伍德的文化菱形的基础上，亚历山大增加了一个要素，即艺术分配者。由此文化菱形的全部要素就不是四个，而是五个。但是，增加的要素并没有改变菱形结构，也就是说没有让文化菱形变成文化五边形。增加的艺术分配这个要素，不占据任何一个角，而是被植入菱形的中心，让艺术与社会、作者与消费者之间的关系不再是直接关系，而是经过中介之后才能发生联系。

在葛瑞斯伍德的简单菱形图中，由于没有居中的分配者做中介，作者与消费者、艺术与社会之间的关系是直接的。这种直接关系，必然会将艺术家的创作与艺术品的分配混淆起来，忽视艺术传播的重要作用。亚历山大指出：“艺术即传播。艺术必须从创作者手中传递到消费者手中。这意味着，艺术需要由一些人、组织或网络来进行分配。我们将看到，分配体系的形态决定了哪些艺术会被传递，以及传递的范围。”[34]而且，这个嵌入的分配要点，还让艺术客体与社会之间的联系变得复杂起来。“这根连接线和其他连接线不同，并不是真实的关联，而只是一个隐喻，它提醒着我们那些过于简化的反应和塑造取向的缺陷。换句话说，文化菱形意味着艺术和社会之间的关联永远都不会是直接的，它们必然一方面受到艺术创作者，另一方面受到接受者的中介。”[35]

亚历山大等人的艺术社会学研究，既解构了丹托艺术界理论中残留的艺术的魅惑，也解构了迪基艺术体制理论中残留的研究的魅惑。从社会学的角度来看艺术，环绕艺术的各种神秘光环即刻黯然失色。与美学力图发掘艺术固有的特性不同，社会学无情地解构这些特性。正如英格利斯指出的那样，“社会学对于理解艺术问题有所助益的关键思想之一，就是我们不应该从外表来看待‘艺术’一词并且不加批判地接受它”[36]。在通常情况下，我们会把王羲之书法、李白诗歌、曹雪芹小说、莎士比亚戏剧、凡高绘画、贝多芬音乐、罗丹雕塑视为艺术，而且认为这些艺术有明显的艺术性或者本质，其他的东西则没有艺术性而被排除在艺术之外。艺术的灵韵让艺术品显得不同寻常。但是，大多数社会学家都力图解除这种灵韵的魅惑，否认被公认为是艺术品的东西具有内在的、永恒的艺术性。对于社会学家来说，“艺术”只是一个标签，被某人贴在他喜欢的东西上。某物被贴上艺术的标签，有可能是偶然的，是权力阶层的偏爱的结果。社会学家更喜欢考察艺术的标签是如何加在某物之上，对于该物的本质、对于艺术标签的内涵，则没有多大的兴趣。大多数社会学家倾向于认为，艺术标签的授予，不完全是艺术的分内之事，而是社会权力斗争的结果。统治阶级授予自己偏爱的事物以艺术的标签，而将其他阶级喜爱的事物贬低为低级趣味而排除在艺术之外。因此，艺术品只是社会构造的产物，没有内在的价值和本质。由此，萦绕在艺术品之上的神圣光环，在社会学的视野里就不再生效。

与艺术作品类似，艺术家也是西方现代性的产物。特别是发生在19世纪欧洲的浪漫主义运动，将艺术家捧上了神坛，在诸神退隐的时代扮演神祇的角色。艺术家的才能、癖好、任性都被神化为上天的恩赐，处于常人无法企及的高处。但是，社会学家喜欢解构浪漫主义给艺术家编造的神话。在社会学家看来，艺术品从来就不是由某个天才无中生有创造出来的，而是团队合作的结果。艺术家的才能，只能解决某个环节的问题，不能解决所有的问题。其他环节的问题，需要拥有其他才能的人来解决。尽管解决的问题不同，但不能以此来证明艺术家的才能高人一等。如果我们放开眼光，就会发现具有同样才能的人，在某个历史阶段、某种文化中被奉为艺术家，在另一个历史阶段、另一种文化中被贬为手艺人。[37]

总之，社会学家喜欢在分类意义上使用“艺术”一词，尽量避免赋予它某种内在的、固有的价值。为了尽量保持中立，有些社会学家宁愿用“文化产品”和“文化生产者”，而不愿用被神化了的“艺术品”和“艺术家”。让艺术现出原形，是艺术社会学家的乐趣所在。

注释：

---

① 有关论述参见海德格尔《艺术作品的本源》，载孙周兴选编《海德格尔选集》上，上海三联书店1996年版，第237—238页。

② 有关论述参见维特根斯坦《哲学研究》，汤潮、范光棣译，生活・读书・新知三联书店1992年版，第44—50页。

③ Cf. Morris Weitz, “The Role of Theory in Aesthetics”, *The Journal of Aesthetics and Art Criticism,* Vol. 15, No. 1 (Sept., 1956): 27–35.

④㉗ George Dickie, "Defining Art: Intension and Extension", in Peter Kivy (ed.), *The Blackwell Guide to Aesthetics*, Oxford: Blackwell Publishing, 2004, pp. 45–62, p. 55.

⑤ 对于现代艺术概念的确立过程的详细考证，参见 Paul O. Kristeller, "The Modern System of the Arts: A Study in the History of Aesthetics", in Peter Kivy (ed.), *Eassys on the History of Aesthetics*, Rochester: University of Rochester Press, 1992, pp. 3–64。关于现代艺术概念在日本的传播及其影响，参见青木孝夫《日本近代化与艺术的变迁》，金颖译，《文艺研究》2001 年第 1 期。

⑥ Paul O. Kristeller, "'Creativity' and 'Tradition'", in *Eassys on the History of Aesthetics*, p. 67.

⑦ 参见柏拉图《伊安篇》，载《柏拉图文艺对话集》，朱光潜译，人民文学出版社 1959 年版，第 8—9 页。

⑧⑨ Immanuel Kant, *Critique of Judgment*, trans. Werner S. Pluhar, Indianapolis: Hackett Publishing Company, 1987, p. 174, pp. 175–176.

⑩⑪ David Hume, "Of the Standard of Taste", in Dabney Townsend (ed.), *Aesthetics: Classic Readings from Western Tradition*, San Francisco: Wadsworth, 2002, p. 112, p. 103.

⑫ 本雅明的观点详见本雅明《机械复制时代的艺术》，李伟、郭东编译，重庆出版社 2006 年版。

⑬ 关于蔡元培"以美育代宗教"的思想，详见《蔡元培美学文选》，北京大学出版社 1983 年版，第 180 页。

⑭ Hilary Fraser, *Beauty and Belief: Aesthetics and Religion in Victorian Literature*, Cambridge: Cambridge University Press, 1986, p. 1.

⑮⑯⑰ Piet Mondrian, *The New Art-the New Life: The Collected Writings of Piet Mondrian*, eds. & trans. Harry Holtzman and Martin James, Boston: Da Capo Press, 1986, p. 319, p. 169, p. 28.

⑱ John Golding, *Paths to the Absolute*, London: Thames & Hudson, 2000, p. 15.

⑲ 贝尔:《艺术》，周金环、马钟元译，中国文联出版公司 1984 年版，第 54 页。

⑳ Cf. Annie Becq, "Creation, Aestheitcs, Market", in Paul Mattick (ed.), *Eighteenth-Century Aesthetics and the Reconstruction of Art*, Cambridge: Cambridge University Press, 1993, p. 252.

㉑ Cf. Richard Shusterman, "Of the Scandal of Taste", in *Eighteenth-century Aesthetics and the Reconstruction of Art*, pp. 110–111.

㉒ 最早关于"艺术界"的论述，参见 Arthur Danto, "The Artworld", *The Journal of Philosophy*, Vol. 61, No. 19 (1964): 571–584。

㉓ George Dickie, *Art and the Aesthetic: An Institutional Analysis*, Ithaca, NY: Cornell University Press, 1974, p. 34.

㉔ George Dickie, *The Art Circle*, New York: Haven, 1984, pp. 80–82.

㉕ 关于迪基定义中的循环论证的概述，参见 Robert Stecker, "Definition of Art", in Jerrold Levinson (ed.), *The Oxford Handbook of Aesthetics*, Oxford: Oxford University Press, 2003, pp. 147–148; Nëol Carrol, *Beyond Aesthetics: Philosophical Essays*, Cambridge: Cambridge University, 2001, p. 81。

㉖ 有关批评可参见 Richard Wollheim, *Painting as an Art*, Princeton, NJ: Princeton University Press, 1987, pp. 14–15。

㉘ 贝克关于艺术界的集中论述，参见 Howard Becker, *Art Worlds*, Berkeley: University of California Press, 1982。

㉙㉞㉟ 维多利亚 · D. 亚历山大:《艺术社会学》，章浩、沈杨译，江苏美术出版社 2013 年版，第 84—85 页，第 70 页，第 71 页。

㉚ Cf. Harrison White and Cynthia White, *Canvases and Careers: Institutional Change in the French Painting World*, New York: Wiley, 1965.

㉛ Cf. Paul DiMaggio, “Cultural Entrepreneurship in Nineteenth Century Boston: The Creation of an Organizational Base for High Culture in America”, in Richard Collins et al (eds.), *Media*, *Culture and Society: A Critical Reader*, London: Sage, 1986.

㉜ 关于这两个案例的评述，参见 David Inglis, “Thinking ‘Art’ Sociologically”, in David Inglis and John Hughson (eds.), *The Sociology of Art*: *Ways of Seeing*, New York: Palgrave Macmillan, 2005, pp. 24–26。

㉝ 葛瑞斯伍德（Wendy Griswold）的观点转引自维多利亚·D. 亚历山大《艺术社会学》，第 69 页。

㊱㊲ David Inglis, “Thinking ‘Art’ Sociologically”, in *The Sociology of Art*: *Ways of Seeing*, p. 11, pp. 15–18.

（2016 年第 5 期）

艺术对文字的运用和滥用

——论“八五新潮”中的“汉字”艺术

汪民安

“八五新潮艺术运动”中出现了各种各样的团体和流派。这些团体和流派有自己的宣言，有自己明确的艺术主张，甚至也有相近的作品风格和主题。正是这样，人们会说，有一个以文字（汉字）作为主题的艺术潮流。这指的是当时几位活跃的艺术家谷文达、吴山专和徐冰的探索。不过，尽管都是针对着汉字，但他们的主题和趣味完全不同。他们重新将汉字作为工具捡起来，但是却“射”向了完全不同的方向。更重要的是，这几位艺术家并未形成一个团体。除了“文字”是一个共同的主题外，他们之间并没有其他的密切联系。这些对文字的艺术探索，是“八五新潮艺术运动”中至关重要的作品——它们注定成为中国当代艺术的经典。我们要探讨的是，这几位艺术家是如何在他们的作品中激活、运用和质询汉字的。

一

谷文达的工作是被杜桑所鼓舞的。他明确地宣称他崇拜杜桑：“在西方现代艺术中，我认为杜桑是最伟大的。他是现代艺术的掘墓人……他把艺术推到了一个极端，所以很难打倒他。”[①] 而他的理想就是要在中国完成杜桑已经完成的事业。他说：“把中国如此悠久的传统绘画艺术推到某个极端，使它无法再向前走了。那时我也许就不再画画了。”[②] 谷文达试图终结中国画的传统。他曾经是国画家，受到过严格的训练，甚至也学过篆字，他在书法和国画两方面都受过正统的训练。就是说，他在中国的艺术传统中浸泡过。因此，由他来终结这个传统就非常合适。但是，如何来终结这个传统呢？

谷文达将汉字——在某种意义上也可以说是书法——作为攻击的目标。汉字及其书写方式和绘画同属于一种传统，它们在漫长的历史中形成了特定的规范和风格。中国文化的精髓或许就埋伏在汉字的构型以及对它的书写中，谷文达正是从这两个方面来展开攻击的。

他的灵感来自“文革”期间的大字报书写。大字报既是一种内容的展示，也是书写的展示，是书法的展览。它们铺天盖地，布满在户外，具有一种天然的露天展览的氛围，是一个城市不断更迭的连续的大众展览，是书写的“百科全书”。大字报的语言铿锵有力、激动人心、力透纸背，具有一种不可遏制的激情。这种激情使得书写成为战斗的武器，成为匕首和炸弹。同时，也使得书写本身成为一种独特的前所未有的书法政治。在大字报上面，有很多被圈起来加以着重强调的字词，有很多被打上了“×”而受到诋毁的字词或姓名，也有很多特殊的文字被涂上了特殊的颜色加以强调。这种来自民间的书写，它们是匿名的（尽管有些有署名，但在大字报的汪洋中，即便署名也成为一种“匿名形式”）。这甚至有一种波普艺术的意味。或许是为了从无数的大字报的竞争中脱颖而出，或许是因为文字自身的限制性，或许是这些匿名的书写者发明了一种新的书写形式：用各种图案符号来加强表意，用色彩来加强表意，用字体大小的配置来加强表意，用各种不合规范的标点来加强表意。结果就是，这些大字报“里面有很多语法错误、文字错误，因为他们是没有受过很好教育的工农兵写的大字报。所以当时我认为，‘文革’这段时间，中国的当代的书法中最有创造力、最有活力的，真正用自己的信仰去写的，那就是这些劳苦大众、工农兵的书法——大字报书法”[③]。事实上，正是这些书写错误，才产生了力量。这些错误产生出一种强烈的颠覆性，一种批判性的质疑，一种天真和莽撞的对抗性，一种和正统经典针锋相对的粗野。

谷文达发现了这些错误的魅力。这些书写错误有各种各样的表意潜能。对大字报而言，书写错误完全不妨碍它的表意，大字报甚至在一些文字上画“×”，表达强烈的激情，或者说表达文字所无法表达的激情。所有这些都被谷文达捕捉到了，他要从这些错误着手，他也要让书写错误产生出强大的爆炸性。对大字报而言，书写错误是盲目的，但是产生了效果；对谷文达而言，他的书写错误是故意的，他竭尽所能地发明了各种各样的书写错误，他借助这些错误来产生颠覆和对抗的效果——只有错误，才能摧毁传统；只有错误，才能反抗；只有错误，才能戏谑；只有错误，才能爆炸。我们在某种规范和真理的范畴内待得太久了，无论是政治规范还是道德规范，无论是艺术规范还是身份规范。现在，错误就是对规范的总爆炸。对于 20 世纪 80 年代的某些艺术家来说，前卫的姿态就是犯错误的姿态。

谷文达选择的是文字的错误。文字和书写或许是最规范和严密的地带。文字和书写的规范如同法律一样不容挑衅，它如此完善，甚至没有灰色的地带。因此，对文字的挑衅就显得尤其刺目。谷文达用文字的错误来挑衅各种规范。但用错误来挑衅是纯粹的挑衅吗？文字的错误是纯粹的错误吗？或者说，谷文达是为错误而错误吗？这完全是被“文革”大字报所启发出来的错误吗？或者更恰当地说，这种错误难道没有它的合法性吗？事实上，谷文达一直在为这种错误寻找合法性，在哲学中寻找，在他的篆书经验中寻找，在他对文字的思考中寻找。他相信，文字自身蕴含着表意的矛盾。他从维特根斯坦（而不是德里达）那里获得启发，文字和语言并非能够确定无疑地揭示世界的奥妙和知识，或许有一种知识是文字和语言永远难以恰当地解释和指明的——既然这样，文字又在何种程度上能够表明自己是正确和恰如其分的呢？也就是说，为什么不应该给予错误的文字以某种合法的权利呢？

不仅如此，谷文达发现：“对于我们现代人来讲，真篆字与伪造的篆字从识辨字的角度来说是如出一辙，同样不可阅读……如果我们将不能识辨的真篆字与伪造的篆字作为历史与文化的载体来理解，那么历史和文化，我们毕竟能辨认真伪吗？……我们的语言学家如此废寝忘食地企图破译古埃及古玛雅文字，但是我们会有诠译？就是我们对古文字有诠译也仅仅掌握了当时的社会需要和著者的动机，而非还原历史。……如果我们还想了解客观的宇宙和还原我们的文明史，我们的语言文字能担当吗？”[④] 对文字——哪怕是所谓的真文字——的不信任溢于言表。因此，当他面对不可阅读的篆书时，真和假、对和错的界线崩溃了。这就让他放手去大量地制造伪字和错字。在他这里，伪字和错字，一方面是对传统的颠覆，另一方面也是一种哲学的探讨：真伪的界线在哪里？真的文字是如何获得其合法性的？文字表达能力的极限何在？文字到底是一种表达，还是对表达的限制？到底是一种风格书写，还是对意义的展示？文字与文字的组织机制何在？谷文达的作品，都是以错误的文字来探讨这些表意问题的。

就像大字报一样，他也在他的《我批阅的三男三女所写的静字》中，将“静”字画上了红“×”和黑“×”，画上了圆圈，如同是大字报中的某个被处理过的字单独拔出来然后将它放大一样。同时，这几个“静”字也是学生书写的——这些学生费尽心机地写出来的“静”字，被作为老师的艺术家用水进行冲洗，即“破墨”，然后施以朱批，将它们叉掉或者圈起来。这不仅是对学生作业的批改和指点，也是对文字的攻击、戏弄和嘲讽，对作为书法和表意的文字的双重嘲讽。这是对大字报书法的回应，也是对它们所体现出来的攻击性的“致敬”。不仅如此，谷文达还用伪汉字来刻制图章，以文字书法为介质来画画，来做各种类型的作品，甚至来发表文章和宣言（他的《非陈述的文字》是绝妙的“错误”的百科全书。他用各种古怪的方式——错字、莫名其妙的断句、标点、拼音、自制的符号和文字——来陈述他的艺术思想。当然，结果可想而知）。他制造出各种各样的文字游戏：正字和反字，拆字和拼字，艺术字和实用字，对字和错字，谐音字和漏体字，手写字和印刷字，书法字和公文字，伪篆字和真篆字，等等。他想方设法地将它们勾连起来，他让它们出现各种各样的组合、并置、戏仿，让它们尽情地、畅快地游戏。文字成为他作品的主角，在宣纸上，在画布上，在印刷物上，在图章上，在各种媒材上。文字同它们所置身的媒介物一道，以“错误”的方式出场：有时候是单独的文字出场，有时候是作为画面的要素出场，有时候以书法的面孔出场，有时候作为装置的组成部分出场，有时候以诗文的要素出场，还有时候以论文的句子出场。它们的错误得到了夸张和肯定——从各个方面被夸张和肯定。“错误”越是醒目、越是机智、越是大胆，作品就越具有挑衅性。

事实上，谷文达在想方设法地制造出各种传统艺术所难以接受的语法和文字错误。他也因此成为传统的最激进的捣毁者——因为他看上去还借用了传统的媒介，看上去还在同水墨打交道，看上去是将传统作为目标进行攻击——他在西安美术馆的展览实际上是“体制内”的展览，是配合一个关于传统水墨画研讨会的展览。⑤这更加剧了他的攻击性。这种种错误，这错误的种种出场方式，就质疑了传统的书法、传统的水墨画、传统的印章、传统的诗词、传统的文章——它们将所有的既定文化和艺术建制推翻了——哪里有文字的用武之地，哪里就有谷文达的摧毁目标。他实现了他的目标，传统中国画在他这里到了尽头——就像他所认为的杜桑将西方的绘画传统终结了一样。谷文达创造出来的这些错误千变万化，呈现出一种难以穷尽的活力和生机。真理通常只有一个，而错误却可以无穷无尽。谷文达在展示他的杜桑式的颠覆的同时，也展示了他各种各样的幽默。

二

不过，谷文达并不是唯一从“文革”大字报的癫狂中吸收营养的人。吴山专也从这里获益。如果说，谷文达是将“文革”大字报处理文字的方式（叉和圈等）进行了挪用的话，吴山专则挪用了大字报的整个形式，挪用了大字报的总体视觉感，挪用了大字报的红海洋风格（这也许是他触及的大字报风格）。

吴山专故作姿态（或者说是装模作样）地相信那里有百分之七十五的红、百分之二十的黑、百分之五的白。他强调了它们的色彩、体积、构造风格，强调了大字报所显现出来的总体性。他暴露出来某种景观兴趣，也就是说，他要抓住的是大字报的视觉效果。他把它们从记忆中召回。不过，他过滤了“文革”大字报的内容，那些富于激情的20世纪六七十年代的狂热争辩。大字报对吴山专来说只是一种视觉记忆，也就是说，他并不是对大字报的完全复制，而是将那些政治话语转换成时下的话语——他所在的此时此刻的话语。尽管同样是挪用大字报，但是挪用这一行为对谷文达来说，是为了对经典进行亵渎和诋毁；而对吴山专来说，挪用更多的则是要表达对当下的讽喻，对周遭处境的讽喻。他找到了他所置身的80年代的一个恰当展示：不是实物的展示，而是标语的展示。实际上，80年代对前一时代的承接和断裂在此同时展示了出来。这实际上是两个时代的粘贴，六七十年代的形式被注入了80年代的内容。两个时代就此挤压在一个平面，两个时代彼此陌生而又熟悉，两个时代既对立又交织。在这里，吴山专远远超越了当时以“文革题材”为主题表现的艺术作品。“伤痕美术”将“文革”作为控诉和反思的对象，这时，“文革”是作为一种悲剧的形象和题材而出现的。但是，吴山专放弃了这样的对待“文革”的方式，他攫取了“文革”的形式，用他的说法，他是“倒过来歌颂‘文革’形式的”[⑥]。但是，大字报的激进内容和巨大的批判力量被摒弃和抽空了。在此，纯政治的书写形式被转变为一种艺术的创造形式，政治的激烈展示变成了日常生活的平淡宣示。“文革”既不是被一笔勾销，也不是遭到猛烈批判，而是以这样的方式渗透到80年代中来。在此，不仅仅是六七十年代和80年代被勾连在一起，政治、艺术和日常生活在这个新的作品中也有一种复杂的勾连。它们在这个创造性的游戏中快速地转换了自己的语义。也可以说，政治、艺术和日常生活同时获得了自己的新语义。

就此，人们在吴山专这里看到了大字报，但是却没有看到大字报的激烈情绪，没有看到大字报的政治喧嚣，而是看到了无聊的日常陈述，看到了80年代的墙上书写。同六七十年代不一样，80年代（在某种意义上，这种书写持续至今）墙上的书写，是最凡俗的书写，最简洁的书写，最突兀的书写——它没有语境，它是单纯的信息或者口号；它无私密性，无战斗性，也无叙事性。它如此的平凡和司空见惯，以至于它强行包围着人们但却又令人对其熟视无睹——无论是个人的书写还是公众的书写。这种书写甚至也有其特殊的美学风格和表意风格。这些公开的墙报形式，其内容形形色色：广告、提醒、推销、宣传、告示、表白，甚至种种发泄和谩骂——墙上的这些公开文字，光天化日地展示，挤进人们的记忆中——吴山专说他受到了它们的侵袭，从而要将它们记载下来。它们既是一个时代的话语，也是一个时代的物质性证据——它们就在墙上，并依赖于墙面，醒目地置身于墙面。它们和墙面同属于80年代。吴山专通过这些墙上的书写来接近这个时代，记录它，捕获它，表述它。在这个意义上，他并非不是一个现实主义者。每个时代都有每个时代的话语，每个时代都有每个时代的墙上口号——吴山专将80年代最常见的标语口号，或者说，他目力所及的常见标语口号叠拼在大字报上面。各种标语性的口号并不组成一套叙事，而是凌乱地毫无章法地任意展示。每个句子（标语）都有每个句子（标语）的独立世界——它们在大字报上构成了一堆毫无关联的碎片。但是，这些碎片在另一个层面上却又构成了历史的总体。我们正是通过这些没有关联的碎片，捕捉到80年代的某种总体性。吴山专眼中的80年代就由这些墙上的碎片句子编织而成。各种各样的时代欲望出现在这里，各种各样的纷乱景观出现在这里——总体性正是通过各种各样的单子要素的并置而呈现出来的。这同此前六七十年代的大字报完全不一样，对那时而言，大字报是一篇檄文，一个具有书写和论述特征的文本。而吴山专的大字报，则具有波普艺术常见的拼贴特征——它并非论述性的。

吴山专表达出了对日常生活的强烈兴趣。人们有各种各样记录时代的方式：有物质的记录，有人物的记录，有叙事的记录，而吴山专则是对记录的记录，是对一种墙上记录的记录，他直接将这些记录截取过来。也就是说，他找到了一种恰当的记录方式，一种大字报的记录方式，一种红色——或者用他更有深意的说法，一种赤色的记录方式。他把它们复写下来，对它们进行随意的组织和编码。这些句子的书写者是匿名的，与其说是某个作者的诉说，毋宁说是一个时代的表白，是一个时代在说话。因此，这些话语是一个时代的素材，同时也是他作品的素材，这些素材不仅构成了大字报的内容，还构成了大字报的“画面”，是大字报这个画布的画面。它们被大字报的框架形式进行组织。大字报将这些话语转化为作品的素材，将它们置放在红色纸张的海洋中，置放在红色构架中。80年代众多的平凡句子，被挪用到了六七十年代的表意框架之中。在这个过程中，大字报失去了它的“庄重性”，变成了作品的背景框架，而那些墙上的书写内容则失去了它们的平凡性，而变成了永恒的非凡内容。不仅如此，吴山专将大字报重新布置为一堵纸墙，因为这面墙上全部是日常生活的提示性口号，艺术便从某种高深和精英的立场后退。我们就此能看到波普的意味——它甚至就是拼贴绘画，只不过图案变成了文字——这是有关文字的拼贴画，以文字为素材的拼贴画。在此，大字报和书写编织在一起并各自改变了对方，它们是一个新的难以分解的总体，一个新的创造品，一个特殊的专有之物：它是装置，是绘画，是书法，是文本——它是这所有的混乱综合。

就此看来，吴山专也偏爱书写（他早期甚少画画，他将之归结为他绘画能力的不足），在80年代他的作品基本上都与书写和汉字相关。他就将这些汉字的书写称为“绘画”。他这样说的出发点是：“断定我们的目的在于用美的眼光看中文的印刷体及中文在世界语言家族中的特殊现象，认为中文字本身即可成为艺术品。”其特点是，“凝结了超人的想象，魔术般的构造，合理的完整布局”。但是，这需要跟书法区分开来，书法是书法家根据自己的理解，以表现的方式将汉字书写在某物上。而吴山专强调，中文字本身就是一种美，它无须借助额外的个人书写就可以构成一件艺术品。⑦因此，吴山专直接挪用了汉字本身，而不是使其书法化——当然也不是像谷文达那样，对书法进行挪用或攻击。吴山专感兴趣的是汉字的构造本身，他在作品中总是强调汉字，总是将汉字醒目地暴露出来。他不仅将这些墙上的书写内容置入到大字报的框架中，而且也将这些汉字做了特殊的字体处理：他偏爱黑体字，偏爱那些庄重、严肃、古板的黑体字；它们一旦被书写成红色，就变得更有力量，更加醒目。吴山专在大字报上写下了他日后著名的“今天下午停水”等句子，还有“老王，我回家了”“爱国卫生运动”“最后的晚餐”等等，它们来自各种各样的通知、发票、存根、广告等等，也就是说，它们直接来自80年代的日常生活。这些书写在大字报上杂乱地拥挤在一起，毫无等级和章法，它们有时候相互覆盖，仿佛就是挤在真实的墙上一样。一方面它们暴露了时代的征候，另一方面，这些汉字本身也构成了一种“画面”，构成了吴山专所宣称的“我们的绘画”。

不仅采用大字报的形式，吴山专还选取“今天下午停水”这样一个最常见的提示，虚构了一个超级写作文本。如同他在大字报上所做的杂糅拼贴一样，在这个以“今天下午停水”命名的书写文本中，融入了各种各样毫不相关的片段，它们凌乱地拼贴在一起，人们在这里根本无法找到一个线索或者头绪。这些句子随机地编织在一起，就像街头不同的涂鸦混淆在一起一样。吴山专在“书”中（如果说这还是书的话）突然插上一段来谈论他的这个文本：“本书《今天下午停水》，很多故事与故事，句子与句子，看起来毫无关系，如同西班牙海鲜鸡腿米饭中的各种成分：对虾，青豆，香蕉，鸡腿，米饭，盐。”⑧这是对这本“书”的形象说明。一个没有缘由的大杂烩，它容纳了一切，而又没有任何有机性，如同一堆垃圾的随意堆砌。但是，作者似乎有充分的信心，似乎这个文本有一种特殊的味道——接下来的话就与上述这段说明看起来有一种莫名其妙的相关性：“‘味道为什么好？’厨师轻松地答道：‘感情，人的感情。’英国厨师。”这个文本中充满了诸多这样莫名其妙的谵妄之语。吴山专在写作的过程中经常发出这样清醒的自嘲：“本书有‘天南地北，海阔天空’，‘文不对题’，笔到意不到的文病。

1992年。”[9]

吴山专像一个精神病人一样没完没了地嘟囔。如果说这本“书”有什么规范的话，那就是打破一切书写规范的规范，是弃一切规范而不顾的规范。这是一种超现实主义式的自动写作，写作者好像让自己的意识处在某种失控状态，像是处在催眠状态中的写作。他似乎单纯是在凭借手来写作。因此，写作的任何律法解体了，这是纯粹的书写，或者说，这就是一种“写”本身。写，是这个文本的唯一动力，也是唯一目标。写作仅仅是一种在场，一种唠叨、磕巴、幻觉、癫狂。因此，这个文本保持了一种写作和谈话的任意性——它只需要持续下去，只需要有不停的词语运动，只需要记录自己的任何偶发性想象或者回忆。写作是一个漫长的计划，但这个计划与写作内容毫无关联，而仅仅是关乎写作本身的。即写作就是持续，就是要不断地写，要永恒地写，要没有修改没有审查地写；可以没完没了地写，可以永不停息地写，可以没有选择目标地写；可以像孩童、疯子、家庭主妇、无赖流氓、政客、公务员、现代诗人、评论家那样写。各种写作角色都登场了，吴山专扮演了各种各样的写作者。这本“书”谈论了一切，但是什么也没有谈论；提供了无数的信息，但是没有任何确切的信息；用了各种各样的写作手段，但是，好像除了信手涂抹之外毫无手段；提供了无数的文本方向，但是却让人们最终迷失了所有的方向。人们迷失在这些琐碎、歇斯底里和神秘的唠叨中，就像迷失在一个精神分裂者的谵妄语言中一样。最终，人们在这里感觉到的只是一堆文字的废料、文字的堆砌、文字的极限活动。吴山专宣称，他探讨的是写作的民主化进程，所谓的“写作的民主化”，就是任何东西都享有被写作的权利，任何东西都不能被删掉。写作“就像公共垃圾箱一样，你没有任何权力拒绝扔进来的东西”[10]。这就使得他长达二十多年的断断续续的写作达到了一种无限膨胀的状态。因为总是偶然写起，在不同的时间写，在不同的纸上写，既有手写的，也有打印的，还有草图式的写作，因此，文本没有一个排序的规则，它们像报纸一样，“东一块西一块的”，当它要以一本书的形式“出版”的时候，他只好将文本的排序交给了负责打印的四个女孩——“哪个先打由她们决定”[11]。

吴山专这样的写作耗费经年。他变换各种方式来延长他的写作，他煞有介事地在《今天下午停水》这个文本的基础上，还添加了一个“诗本”和一个“注本”，即以诗歌的形式和注释的形式来重写这个文本。这基本上都是写作的异想天开和恶作剧。事实上，吴山专的这类探索意图十分明确，和当时激进的以反叛传统小说为目标的作家不同，吴山专的写作植根于艺术计划之中，他没有前者那样强烈的文学意图，他的意图是艺术的。也就是说，他的写作是一种艺术行为，而不是文学行为。我们要强调的是，他始终是以艺术家而不是作家来完成这个写作计划的，这是他的“红色幽默”系列的自然延伸。他的创作是文字的增殖过程：先是对文字（汉字）的构造感兴趣，然后是对大字报文字的书写感兴趣，再是对墙上的日常文字感兴趣，后来是对墙上文字的突兀表意感兴趣，最后就是对各类文字表意产生了强烈的兴趣。因此，这个文本源自他对文字的兴趣，而不是源自他对文学的兴趣。尽管它看起来是一部激进的实验小说。或者，我们也可以这样说，这就是一部激进的实验小说，一部带有魔幻和荒诞性质的小说，但是它的发源地是墙上的各种各样的书写性告示。这是从一个非文学途径而来的文学写作。在这里，它和最激进最实验性的小说汇合了，甚至可以说，这是20世纪80年代最激进的小说，一部反小说的小说，一部让作家先是目瞪口呆继而会放声大笑的小说。或许，没有作家也没有评论家会承认这是一部小说（我没有看到文学评论界对此的任何意见）。但是，我们还是要说，这是一部作为当代艺术作品的小说。小说和当代艺术在此以一种绝妙的方式结合在一起了，它是以文学作品的形式出现的当代艺术作品。也可以说，它是用当代艺术的行为方式去从事文学写作——写作本身就构成一种行为。写，不停地写，这一写的行为较之写什么重要得多。就此，这部小说的目的，不是让人去阅读，而是用来展示；不是寻求大量的读者，而是去寻找一个藏家；不是在图书市场上流通，而是让某个收藏家或者美术馆收藏在密室之中。最根本的是，它不是去寻求文学的永恒，而是去寻求艺术的不朽。

三

不过，徐冰此时的想法则更加激进。吴山专试图写一部令人不忍卒读的“书”——他长年累月地写，毫无计划地写。而徐冰此时则在思考另外的事情。

徐冰不是要写一本具有实验性质的书，不是要在书写内容上、在句子或者句法上进行激进地挑衅，而是试图来制作一本书，制作一本令人震惊的书，以制作一本书来颠覆书的概念。徐冰明确地表明了自己的出发点：“这本书不具备作为书的本质，所有内容是被抽空的，但它非常像书。这本书的完成途径，必须是一个‘真正的书’的过程。这本书的每一个细节，每道工序必须精准、严格、一丝不苟。”[12]徐冰对于制作过程非常重视。他相信：“这件作品的命运，取决于整个制作过程的态度，假戏真做到了不可思议的地步，艺术的力度就会出现。”[13]

制作过程和最后的形态同等重要，这个过程非常复杂和专业，徐冰正是在这里感受到这个作品对他本人的意义。但是，什么是假戏真做呢？徐冰的工作在20世纪80年代的时候看，颇有几分冷静的疯狂。他自己的说法是：当这个想法涌现的时候，他激动不已。事实上，这个作品和整个80年代的气质具有很大的差异。具体地说，徐冰试图制作一本毫无意义的书，一本没有任何信息的书，一本完全没有人能够获得哪怕是丝毫信息的书——但是，从形式上来看，这本书看起来完全是一部书。如何来完成这个任务呢？徐冰的想法是：制造四千个假汉字（因为人们通常使用的真实汉字就是四千个）。他的要求是：这些字看起来是汉字，具备汉字构造的一切特点和形式，但在任何的汉语字典上根本找不到这些字。这就是说，它们仅具有汉字的构型，但从未真正地现实化为汉字，从未进入汉字的事实王国。为了让这些字看起来就是逼真的汉字，或在最大程度上像汉字，徐冰研究了汉字的构造规律，研究了汉字的“本性”。他参考了《康熙字典》，根据研究出的“规律”和“本性”来编造汉字。一旦决定了这些“汉字”的构型，徐冰就开启了他的编撰工作——刀刻汉字。“精致的刀锋划开新鲜的木面，每一刀都是一个决定，这是一种与物质的交谈，只有我们才有的。你面对的是‘没有内容’，所以它不干涉你，思维无边地游走，不含多余的杂念。坐在那里，空气已经很充实了，不需要任何音乐。”[14]

对这些字的雕刻因此就有了一种修炼的意味。修炼是在漫长的时间中进行的，没有长久的时间谈不上修炼。修炼也意味着心无旁骛地从事一项改变自己而不是改变世界的活动。或者说，修炼是一种自我的技术。大体可以说，修炼主要有两种形式。一种是潜心地准备和训练；人们天长日久地持续一件行为，在这个过程中主体逐渐地获得某种能力，以便在关键时刻镇定自若，能应付各种危机——这是一种实用的修炼；这种修炼旨在改造自己、塑造自己和完善自己，从而消除自身的缺陷和不足来应对各种风险。还有一种修炼，它并不是让自己获得某种能力，相反，这种修炼恰恰是剔除自己的能力，剔除自己的各种念想和欲望；它的目标不是强化自己的主体性，而是缩减自己的主体性，丧失自己的主体性。修炼的目标都是为了抵制各种危机和干扰，但前一种修炼是强化自身来抵制危机；后一种则是放弃自身，放弃各种杂念，从而将外界以及外界所引发的所有危机和干扰视作“空无”。在此，修炼不是让自己变得更强大，而是让自己失却自己，让自己放逐自己。在这个意义上，徐冰首先将自己长时间的雕刻创作看作一种修炼。这个作品也使得他和整个80年代的各种激进的艺术运动保持了距离。

他独自一人，花了一年时间将自己关在一间小屋子里孤独地从事造字和雕刻：“当今的艺术这个行当成了一个竞技场，我在这里要什么呢？”[15]因此，这样一种工作，对于徐冰来说，就是一种逃离，是在一种“僻静处”去寻找别样之物。不过，这种持续的孤独工作，并没有让他感到寂寞，而是感到一种隐秘的快乐。而快乐越是隐秘，快乐就越是巨大。这种雕刻的工作一旦启动，就并不需要费脑筋，只是需要花时间。而“人生的核心命题是‘渡过’，就是如何把时间用掉的能力”[16]。艺术在此是以修炼的方式，以自我技术的方式出现的——这和80年代的气质迥然不同。对于整个80年代而言，艺术就是要发出噪音——噪音是炸毁一切规范的火药。

不过，这个作品的展出地点和展出效果却并不僻静——尽管这些虚构的汉字本身充满了沉默。它们在中国美术馆大张旗鼓地展出，这些虚假的汉字在这里被醒目地展示。[17]它们徒有汉字的外表，让人们逼近它、分辨它、凝视它、质疑它。目光现在停驻于汉字，不是停驻于其神秘的美学风格（就像书法一样），而是停驻于其真理本质。徐冰的这些假字令人们重新去发现汉字的真理——汉字独一无二的象形特征、汉字的历史形成、汉字的各种人造规范——汉字从来都是一种人工制品，每一个汉字的确定都是历史的结果。徐冰迫使人们去思考汉字的偶然性和必然性：为什么有些笔画的组合幸运地获得了自身的表意能力，而其他的组合则无此机缘？人们所津津乐道的汉字，其特有的象形能力难道不也充满着偶然性？这种偶然性同索绪尔所指出的能指和所指之间的纯粹偶然性关系有何不同？无论如何，我们在这里看到了汉字所特有的偶然性和必然性的游戏：它有一个构造规律，但在这个规律中有广阔的地带供人们起舞；它有自己的形象，但是这个形象充满着无数的可变性——正是这样的汉字特征使得徐冰的这些假字看上去非常自然，它们需要细细地辨析。语言文字的能指和所指游戏结束了。在此，汉字的历史形成，它特有的偶然性和必然性的游戏，它的指代和象征能力，以及它所特有的图像学，就是这样通过制造假的文字来触及的。对汉字的思考恰好不以任何一个汉字为例。虚假的汉字显现了汉字的真理，这是有关汉字真理的神话学。

这些虚构的汉字正是在真理意志的敲打下而暴露自身的。正是因为虚构性，它才获得关注；正是因为虚构性，它才获得强烈的存在感；正是因为虚构性，它才获得特有的图像学——虚构性不仅没有让它失效，没有使其被勾销，而是相反地让它获得注目、永恒和尊严。也许，人们只有观看书法展览的时候，才会像这样如此仔细地审视这些文字。而这些假字同书法文字被注目的理由完全不同。对书法文字而言，人们试图寻找它的美学和风格。而这些虚假的汉字是出于一种寻找意义的欲望而被仔细地打量的。但是，一旦意义从这里被驱逐，文字的形式就获得了彻底的自主，图像从意义的废墟上升腾起来。意义的驱逐一方面产生了阅读的焦虑，而另一方面，这些无意义的虚构汉字则组成了一个纯粹的图像，没有表述，没有声响，只有它们彼此之间的沉默部署。在这个意义上，这是假的汉字，同时这也是真的图像，是抽象绘图。在此，绘画是文字的假象。绘画和文字展开了一种微妙的游戏：当它是文字的时候，它绝不可能是绘画；当它是绘画的时候，它绝不可能是文字。

但是，徐冰的意图并不是试图来制造（绘制）一张画，一张以文字作为游戏的绘画。徐冰归根结底是要完成一部书。这是一部书的写作，写作过程就是制作过程。在此，写作不是一种脑力的艰苦工作，而是一种手的技术劳作。书成为手的雕刻过程而不是书写过程。在此，书的问题被推到了醒目的位置。什么是书？书有其体制、管理、规范和神话。书是文字的集合体，而文字总是有它的意义。就此，书写和书都是表意和记录，都是可阅读之物。事实上，自 20 世纪以来，人们用各种方式来颠覆书的神话。或许，我们也可以说，20 世纪的哲学、文学和艺术的一个重要迹象就是要来打破书写的表述和再现能力，人们强调语言的不及物性和不可再现性：语言是巨大的沉默客体，语言是模糊的喃喃低语，语言是蹊跷的矛盾游戏，语言是意义无边无际的永恒放逐。人们也用文学的方式来质疑书，人们搜索出无意识，人们可以肆意地运用错乱、剪辑、歧义和密语来挑衅书写的意义呈现——20 世纪诸多的不朽之作是因为它的不可阅读性。最后，人们也直接来质疑一本书的规范、体制和秩序，人们拆散书、重组书、否定书，人们玩弄书的游戏，书的版式、排列、顺序等固有的规范都成为游戏的对象。所有这些，都在试图埋葬意义，埋葬书的记录和表述能力，埋葬书的神话。

这就是书的终结运动。徐冰是书的终结运动最显赫的尾声。事实上，他并没有去埋葬书的体制和规范，恰恰相反，他巩固这个规范，维护书的传统，他以一种特有的方式向书致敬——他一丝不苟，耗时耗力地完成了一本书。最后的书，最后书的形态，完全符合传统书的经典形态，这是徐冰的理想之书。他苦行僧般的虔诚投入令人感到，这是对传统书的敬畏而不是亵渎。这是对书的致敬。但是，越是对书保持虔敬，他的方式就越是对书充满了挑衅：这本庄重之书完全是由虚构的汉字组成。对于 20 世纪各种挑战书本的人而言，无论他们的态度如何激进，书还是由各种既存的文字构成的。尽管会有各种各样的文字游戏，尽管偶尔也会发明不存在的文字，但是，这些被发明的文字还是被赋予了一种特别的意义，人们能够对这些文字进行解释——它们也期待着被解释。无论是作者还是读者，都试图对文字和意义猜谜——哪怕根本没有谜底。事实上只要有文字的存在，总是有意义的痕迹忽明忽暗地闪现。一个庞大的解释学传统就是针对这种晦暗的文字和意义而出现的。但是，徐冰的书则拒绝了这样的解释学。假汉字的发明，使得书的表意性被彻底抽空，文字表意的通道被彻底堵死。这是彻头彻尾的无意义。一本形式上的庄重典雅之书却被抽空了一切意义，抽空了一切解释。人们无法解释和阅读这本书。

徐冰花费了四年时间来完成一本没有任何意义的书。这是对书的质疑抑或是对书的重新定义？徐冰让我们意识到，较之意义的传达而言，一本书难道不也是一种体制吗？书，难道不是由书名、署名、封面、纸张、文字、书册等物质形态构成的吗？它难道不是一种刻印之物吗？也就是说，书不是一种制作的程序吗？但，这样的物质之书，一旦没有意义，或者更具体地说，一旦书没有一个真实的表意文字，一旦不能被阅读，它还能算书吗？在此，最根本的问题是，什么是书？在书页的组装和意义的表达之间必须有一个勾连和妥协吗？

这是徐冰的“天书”所提出来的问题。但它并不需要回答。人们会说，形形色色的书不计其数，每本书讲述的都是不一样的内容，每本书都有自己独一无二的意义，每本书都是不同文字的不同组合。它们之所以在“书”的名义下统一起来，就是它们都符合书的印制体制，符合书的物质形态。在这点上，徐冰制作的当然是一部书。尽管是一部不可阅读之书。即便有太多的超出了同代人的难以阅读之书，但徐冰的激进之处在于，他的书会超越所有时代而无法阅读，它是永恒的没有谜底的谜语。它的卓越之处就在于，这是一本超越了一切时代的永恒之书。这不是因为它说出了人类的超越一切时代的永恒真理，而是因为它没有说出任何真理因此超越了一切时代。这是“天书”的意义：它被耐心地写作（制作）出来，而不讲述一切。

人们要问，这样不表述的书其目的何在？写作难道非要讲出什么吗？再一次，写作在这里就是一种生存的技术。对许多人而言，写作不是意图交流和表述，写作是摆脱厄运甚至是摆脱死亡的方式。写作并不是寻找读者，而是为了自己巨大的快乐。在这个写作过程中，徐冰什么也没有写出来，但是，他却感到享受，“享受着一种自认为的，封闭的崇高感”[18]。这是许多作家的特征。卡夫卡说，不写作，就难以生存下去。写作是为了救赎。在这个意义上，人们可以为所欲为地写，人们可以不顾一切地写，人们可以用各种方式写。对许多作家而言，写作是制造句子、制造情节、制造观念，也可以是相反地，诋毁句子、诋毁情节、诋毁一切观念。对徐冰而言，写作就是造字，就是模拟真字，就是在真字和假字之间的翻转、追逐、调情和戏仿。写作不是笔和纸张的游戏，而是刀和木板的游戏；不是语言和意义的游戏，而是真和假的游戏，是虚拟和现实的游戏。

这样的“天书”，会期待什么样的读者呢？它根本就拒绝读者。它除了使现在的读者焦虑、困惑和愤怒之外，它在寻求未来的读者吗？这样的书，这样以“古书”面貌出现的书，注定是一本未来之书。一部书最令人好奇的是它的未来命运。书总是比它的作者活得长久，没有任何人能掌握书的未来命运。人们可以想象（也只能想象），在未来的某一天，徐冰的“天书”或许会摆放在图书馆中，摆放在被浩瀚图书塞满的书架上，同其他的书混淆在一起，它并置在所有的书中并不显赫。或许，人们在无数的书中会偶然发现这本奇特之书，人们会对它做出各种各样的研究。或许，人们会把它当作一本神秘之书或占卜之书去破译它；或许，人们会被它的年代、版本、时间和历史记录弄得精疲力尽；或许，人们会将它看作一个时代或者一种文字的再发现证据而进行喋喋不休的争论；也或许，它被作为毫无价值的废书，作为一本恶作剧的书，作为一部书的赝品而被轻蔑地毁灭。

结　语

为什么汉字会不约而同地成为了几位重要艺术家的主题？或许是因为汉字特有的表意性，汉字本身的象征功能和图像色彩，汉字自身的历史演变轨迹，汉字所蕴含的特有的思维模式，以及最重要，汉字有自身特有的书法形式——汉字携带着丰富的文化和历史内涵，它构筑了自身的神话学。所有这些，都使得艺术家有强烈的冲动去处理汉字。而文化反思是整个 20 世纪 80 年代的知识趣味，艺术家将目光对准汉字，正是这种文化反思的一个侧面。我们在这里看到，汉字的神话以不同的方式被去神秘化：谷文达的书写“错误”解除了汉字的真理神话；吴山专绵延不断的“废话”解除了汉字的表意神话；而徐冰的“天书”，不仅同时解除了汉字的真理神话和表意神话，而且，还解除了关于书的神话。

注释：

①② 费大为：《向现代派挑战——访画家谷文达》，《美术》1986年第7期。

③⑩⑪ 史建：《谷文达访谈》，载费大为编《'85新潮档案》1，上海人民出版社2007年版，第29页，第269页，第269页。

④ 谷文达：《我的水墨历程：探索，实验与建立中国当代观念水墨艺术》，参见http: //fashion.ifeng.com/art/news/detail_2010_09/12/2491102.0.shtml。

⑤ 谷文达的这个画展于1986年6月22日至7月1日在西安的美术家画廊展出。

⑥ 吴山专：《关于“文革”中的艺术》，载《'85新潮档案》1，第355页。

⑦ 吴山专：《我们的绘画》，《美术思潮》1987年第1期。

⑧⑨ 吴山专：《今天下午停水》，载《'85新潮档案》1，第555页，第460页。

⑫⑬⑭⑮⑯⑱ 徐冰：《我的真文字》，中信出版集团2015年版，第127页，第127页，第135页，第134页，第134页，第135页。

⑰ 徐冰的展览“析世鉴”于1988年10月在中国美术馆展出。

（2016年第5期）

中国当代艺术的萌芽

——以张晓刚早期艺术思想及其表现手法为例

吕　澎

一

从 20 世纪 50 年代起，新中国油画大致接受着俄罗斯巡回画派和苏联社会主义现实主义绘画风格的影响，尤其是在 1956 年马克西莫夫到北京授课培训之后，中国的画家们开始非常熟悉“苏式”的表现风格和创作路径。艺术家张晓刚出生在 1958 年，当然，他也熟悉并赞叹过俄罗斯巡回画派的油画技法，但对苏联绘画的那些政治功能和文学特征没有兴趣。他在四川美术学院经历了严格的学院基础训练，但他的本性与“讲述现实中的故事”或“塑造结实的形象”的要求相去甚远。大约是 1979 年下半年，学校图书馆开放对西方美术画册的阅览，张晓刚对此充满兴致，开始热衷于没完没了地去翻看那些当时被称为“现代派”的作品。他写道：

> 在那个沸腾的时代中，我的状态可算一个标准的“学生”，对所有的东西都充满着好奇，随时准备全力吸收。（在）当时班上的同学们已进入艺术家状态开始创作时，我却对图书馆中不断进来的新画册更充满欲望。那时很多新画册进来，有的因为只有一本，学校就将画册放在玻璃柜中每天翻一页。我和有着同样兴趣的同学，如叶永青等人就去每天用速写本临摹一页，现在我还保留着一本当年临摹的后印象派作品的彩色小图。就是这样有一年多的时间开始逐步喜爱上西方现代艺术，从“后印象”开始到“青骑士”，课堂上再也画不进去苏派的素描和油画了。但同时自己的自信心也一天天地起来，到了大四时，已是班上的“现代派”，而对当时班上的同学们（创作的）在全国已红火的批判现实主义作品，我只有崇敬的心。①

那是学习绘画的年轻学生初次翻看西方艺术画册的年月，之前，差不多有三十年的时间，美术学院的师生几乎很难看到一本欧洲（西方）美术的书籍。这种“稀有性”在画家高小华的回忆中也有过描述：

> 说起看资料，看画册，就想起了川美油画77级进校之初，为此而闹的一场“风波”，由于“文革”的扫荡，美院在重启校门之际，像样的国内外画册已所剩无几，因此，看画册成了一种“特权”，学生自然是没有资格的。就因为此，自命不凡的77级学生哪里能受得了这等“歧视”？于是由本人策划了一回“请愿”活动：我们首先贴出大字报，然后罢课、罢饭，其实我们的诉求目的很简单，我们要学习，要提高，我们要看画册和资料！……就这样，学校开放了图书馆。记得我们怀着无比喜悦的、胜利的心情排队等候，轮流看画册的那一刻，感觉是多么的幸福！按校方新规定：看画册必须戴上专发的手套，并且不忘再三告诫：不准撕、损画册！②

在一本记录为1978年9月5日开始使用的速写本里，有张晓刚从当年到1980年期间完成的一些小稿子。在短短不到两年的时间里，这本速写本中的内容就呈现出明显的变化。《牛虻》是这个时候最早开禁的影片之一，这部由伏尼契小说改编、拍摄于1955年的苏联电影，让那些刚刚能够观看到国外形象的中国年轻人激奋不已。他们阅读过小说，不同程度地为书中亚瑟的那种飞蛾扑火般的革命激情所感染，并在内心中去对应自己的某种理想主义情怀。革命、爱情、误解以及牺牲，这些要素足以为刚刚脱离枯燥的“文革”艺术环境的美院学生提供有效的感受与表达的冲动。1978年10月10日，张晓刚画出了电影中的一个情节，这里，由乌托邦式的革命作为背景的爱情成为构图的兴趣焦点，看得出，此时张晓刚的能力与技术还在苏联社会主义现实主义绘画趣味的笼罩下。他通过想象与记忆用已经学到的技术画下了不少部电影中的镜头与情节，包括几代人都非常熟悉的《钢铁是怎样炼成的》中的保尔 · 柯察金那冷峻、潇洒而洋溢着革命情怀的瞬间。有时他也在速写本里记录一些创作构思。张晓刚最早的创作草图是《青春》（1978），这个作业获得了85分，其创作思路与“文革”创作非常接近，是他在学校带领同学们去一个矿场体验生活的结果。其他一些小草图，也很明显地透露出人们所熟悉的情节性主题创作对他的影响，主题的来源也是当时的新闻报纸与主流的宣传内容，例如《粗中有细》和《献给最可爱的人》等。不过，在那幅大致勾画于1979

年上半年的“强烈的夕阳毫不留情地直射”的稿子里，也透露出一丝忧郁的情怀，无论张晓刚当初是否意识到，这时刚刚暴露出来的对“迷茫”的感受在以后不断地被以转换的方式加强和保持。三十多年后，在一次谈到肖全“我们这一代：历史的语境与肖像”摄影展中出现的《易知难》这件作品时，张晓刚说，《易知难》“可以浓缩为那个时代女性肖像的典范。她不是名人，但是易知难脸上的忧伤，是今天的人们脸上不会有的。那不是小忧郁，是信仰刚刚开始缺失的年代，人们脸上普遍有的怅惘。后来，资本社会开幕，那样的神情就消失了。当我们拥有太多，也就没有了纯粹的欢乐和忧愁”[③]。在这幅小草图里，张晓刚写下了一句问话——“前途在哪里？渺茫，是谁把我们甩在这座荒山上”。尽管是知青题材，不过草图还是表明了他对知青生活中一种低调的精神状况的敏感。

对于张晓刚这代人来说，“上帝死了”之后的“迷茫”的精神状态开始在一丝丝地显露，直到20世纪80年代中期，当他们阅读了大量的西方著作之后，这样的精神状态变得深沉、普遍而不可救药。不过，在1979年的秋天之前，张晓刚的视觉经验还是在俄罗斯巡回画派的影响范围内，也显然通过画册与杂志上那些印刷质量不佳的图片对巴比松画派尤其是米勒的绘画[④]发生过十分浓厚的兴趣。这年暑假，张晓刚从重庆回到昆明，与毛旭辉、叶永青等人第一次去了距离昆明不到两百公里的圭山。从一些年龄更长的画家那里，他们听说了这里的大糯黑村特别适合于写生画画，这个主要是撒尼人生活的小村落淳朴而安静，这里的乡土风情让他们很快着了迷，甚至将这个小山村视为“巴比松”[⑤]。与艺术家朋友们去过多次圭山的聂荣庆，对处在70年代末期的这个村落以及当时艺术家们表现出的惊愕有过近乎神话般的描述：

> 散落在喀斯特地形中的撒尼山村，有着中世纪时代一般的石块农舍，细高歪斜的烟叶烤房，竟有几分像欧洲乡村的教堂。户与户之间有着世世代代脚步抛光的石板小径，村子周围是喀斯特石灰岩的黑石头山峦。弥漫在山头和农舍之间的是红得像染料一般的红土，生长在红土地上的植物，树木就像在这幅画面中刻意营造的优美线条。每天清晨，家家户户的羊就会在领头羊铃声的带领下沿着石板小径到山上觅草。夜幕降临，微醺的汉子就会把自己心仪的女人拖到夜色中。女子们也就半推半就，夜晚总会听到石板路上有拖拉时鞋子与石板的摩擦声。除了村头的高音喇叭偶尔传来几声村委会的通知，这个村子里的一切都几乎和这个时代无关。撒尼人是彝族的一个分支，撒尼男人生性刚烈，热爱斗牛。撒尼女人黑

俏俊美，喜欢刺绣，有着与汉族截然不同的韵味。[⑥]

聂荣庆是这样记录1979年暑假的圭山访问的：

他们来到糯黑村子的时候，正值夏天。圭山夏天的傍晚是最美丽的……身着阿诗玛服装的撒尼少女带着牧归的羊群翩然而至，羊群的铃铛声飘向远方。他们被眼前这个优美的山村惊呆了。

毛旭辉在前面带路，拿着介绍信去找大队长，请他们为来这里体验生活的艺术校院的大学生们安排食宿。那时村子太穷，村子也负担不了这么多人，就把他们几个人分配到三个小队里的人家吃饭。睡觉的地方就在村子的仓库里。没有床。叶永青和张晓刚就睡在一个大箱子上。"糯黑"在撒尼人的语言里的意思是天黑了才吃饭，所以村里人收工收得很晚，等到做完饭已经是晚上八九点钟了，糯黑村子很穷，几乎没有灯，那些场景跟梵高（Vincent Willem van Gogh，1853—1890）的《吃土豆的人》那幅画几乎一样，大家吃的也大都是土豆和有一点米的苞谷饭，基本没有肉，但是有苞谷酒……然后一直到全体喝醉。一帮人手里捏着石头，打着电筒回仓库睡觉。因为村子里很多狗，看见外来的人就咬，这些外来的学生走路的时候，书包里都要装几块石头用来撵狗。[⑦]

对原始、淳朴的地方产生浓厚的兴趣，是这个时期艺术家的一个普遍特点。实际上，这种感受与家住四川成都的同学例如周春芽、何多苓以及一大帮年轻画家去阿坝藏族羌族自治州的草原或者凉山彝族自治州的彝族村子写生画画有着相似的心理动机，他们完成的那些在趣味上倾向于原始和淳朴的绘画的确也与巴比松画家的作品风格有些接近。在经历了单调、严酷的"文革"之后，艺术家们几乎是本能地渴求着温馨与淳朴，他们在感觉上的这种变化与人们试图抛弃政治桎梏、重新寻求真实的内心需要的心理相吻合。所以，当第一次到达圭山时，这些具备视觉敏感性的美院学生便试图在这个淳朴的村落风景中寻找到符合巴比松画家笔下的情调：从构图到色彩直至造型。而张晓刚，则更试图在山村里找出从杂志上看到的米勒绘画的痕迹。这也说明，在1980年之前，张晓刚所受到的欧洲绘画的影响主要来自写实画家，当然包括像巴比松画家以及米勒这样的画家。实际上，我们在张晓刚后来的毕业创作组画中仍然能够感受到米勒的影响：厚重的造型、褐色的调子以及宗教般的情绪。可以说，相对于所受的"苏式"绘画教育，张晓刚开始处在某种“过渡”中。这种过渡非常自然、有趣，与20世纪二三十年代前往欧洲留学的画家例如林风眠、刘海粟等人的艺术转变颇有类似。有时，这样的转变会在一幅画，或者一个阶段的作品系列中看到。对此，张晓刚有过这样的自我判断：

> 当时中国整个艺术圈仍在苏派的一统天下中，我们说是去“写生”，实际上去找与法国巴比松画派和俄罗斯巡回画派相似的构图、色调，包括绘画的情调等。这样的“写生”自然是件很困难的事，因为要在云南的红土、蓝天与野性的自然中画出“灰调子”“优雅的诗意”实在是有点勉为其难。这包括我后来几次再去圭山，也同样如此，在被它的红土、石头砌成的房屋，条形的树干，羊肠小道打动的同时，却又在四处寻找那些不断熟悉起来的大师作品的影子。也许糯黑就是这样一个神奇而又中性的地方，它使人的联想和幻觉总能有一个落脚处。一方面，我对当地的民俗风情，质朴原始的生活方式兴趣不大；另一方面，我又总是要被这散发出的独特的宗教般的宁静、富于音乐感的树木、小道和行走的人与羊等所感动。⑧

大自然影响着艺术家们的感受与调色板，云南的阳光，的确影响着这里的画家的色彩与表现方法。很多年以后，2003年，毛旭辉将早于50年代出生的那一代昆明风景画家的风格定名为“外光派”。那些并非学院派的画家的作品之所以成为以后毛旭辉等人的话题，是因为在早期，那些“外光派”画家对50年代出生的现代主义艺术家的早期绘画生涯产生过影响。“外光派”有一个不能被忽视的名单：苏新宏、裴文琨、裴文璐、肖嘉禾、沙璘、蒋高仪、陈崇平、甘家伟。聂荣庆在他的《护城河的颜色》里这样描述：

> 20世纪70年代的昆明，依然是一个边地小城。城市规模与20世纪40年代末期相比较变化不大。除了中苏蜜月期修建的带有苏联社会主义风格的所谓“十大建筑”外，城市建筑和自然环境几乎没有受到任何破坏。阳光在同一个时间依旧会从婆娑的树叶之间透下来投到了斑驳的黄墙上。生活在这个城市的艺术家总是会找到他们想象中的风景和情调。40年代末及50年代出生的人，对于西方艺术的向往和学习，基本上都是从画册和苏联电影中得到。于是他们把这个城市中散落的红瓦黄墙绿窗的洋房，去作充满异国情调的绘画构图。从洒落在西坝苗圃、滇

池岸边的绚丽阳光中，去体会俄罗斯巡回画派色彩之美。

昆明西华园苗圃以及滇池边上的海埂，是那时几乎所有昆明这样画风景的艺术家写生、交流的地方。……在昆明画画的人习惯春天画圆通山的樱花海棠，夏天画苗圃的景致，秋天画云大校园银杏落叶，冬天画翠湖雪景。在高原昆明，这些景物的颜色与低海拔地方不一样，显得色彩很不真实和不入调子，非常不容易画，而外光派却有自己的一套处理技法，毛旭辉刚开始画不好的色彩，在外光派艺术家的指点下立刻可以准确地表现出阳光变化的感觉。⑨

二

在各自上了大学之后，张晓刚与毛旭辉（1978 年就读于云南艺术学院美术系）之间的通信加强了他们之前的友谊和对艺术讨论的热情，他们通过书信讨论各自学校的教学尤其是同学们的绘画。不过，在这个时期，来自各方面的种种影响非常微妙，艺术家之间的交流大致也限于用笔趣味与写实范围内的方法。当曾经留学法国的老一辈画家吴冠中的绘画以及发表在《美术》杂志上的文章引导着画家们朝着形式主义装饰绘画方向发展的时候，毛旭辉与张晓刚却对“伤痕绘画”中的悲剧性的气质感到颇为认同。尽管曾经影响不小的丁绍光是毛旭辉的老师，但在后者看来，丁绍光嘴里的毕加索仅仅是一种形式上的变形大师，缺乏内在的感染力。无论如何，在大学生活初期，张晓刚与他的朋友毛旭辉的艺术知识仍大致限于写实绘画，他们在假期去到丽江或者别的地方写生，也不过是带着有限的俄罗斯—苏联以及巴比松画派的感染，即便对现代主义有了丝丝了解，但是，他们对原作几乎没有任何的体验。这的确带来困惑：灿烂的阳光如何与那些大师作品中微妙而深厚的色彩发生实践上的联系呢？写实绘画要表现的前后关系与空气的感觉如何在不影响强烈的阳光感受的透明性上得以贯彻？这是种矛盾，除非摆脱写实绘画的方法。在每一次的外出旅游写生时，他们都遭遇过这样的问题。

但是，在也许是完成于 1979 年夏天之后的那些小稿子上，我们开始看到了明显的趣味变化。那是前面提到的，张晓刚与他的同学周春芽、叶永青不断到图书馆翻看画册并临摹其中印象派作品的时候，速写本上开始留下了对德加、凡高、马蒂斯、高更以及其他一些印象派画家的临摹的小稿子。与之前的色彩小稿子相比，这些法国印象派画家显然唤起了张晓刚内心的欢乐。例如德加的《舞女》，它点燃了这个柔弱的昆明人的心花，张晓刚是如此有兴趣而轻松地临摹了德加的一幅《舞女》。不间断地翻看和临摹的结果是：张晓刚渐渐失去了对之前“苏派”的那些结实素描与浑厚色彩，以及巴比松画派那样的文学性的温馨叙述的兴趣。作为同学的叶永青也记录过当时到图书馆翻看画册的情景：“那时学校图书馆几乎看不到画册，唯一的一套《世界美术全集》要经过任课教师同有关人士申请后组织全班洗手后才能去饱看一次。后来学校把画册锁在玻璃柜中陈列，每天翻一页，我和张晓刚带上水粉欣然前往，虔诚地临摹下每一页名画的色调和构图。”[10] 前述张晓刚、高小华的回忆与叶永青在 1993 年完成的《心路历程》中的相关陈述完全呼应。

在 1980 年的课堂素描和色彩作业中，张晓刚已经表现出非常娴熟的造型能力和技巧，以及对色彩的把握。但是，那些主要的需按俄罗斯—苏联体系要求完成的作业也许是张晓刚作为学生的最后交代。之前，他还学习过罗马尼亚画家博巴[11] 的那一套技法，博巴的方法比马克西莫夫的更加概括与具有形式感，是 20 世纪 60 年代不少浙江美术学院的老师和学生学习的范例。但是很快，随着画册的翻阅和临摹，随着再次前往圭山写生，任何一类的写实风格——俄罗斯巡回画派、契斯恰科夫体系、马克西莫夫、博巴以及巴比松画派，均在凡高黄色的灯光、高更直率的平涂以及德加潇洒的笔触的冲击下，渐渐消失了，印象派们对张晓刚和他的几个朋友给予了明确的告诫与提醒，至少，张晓刚的调色板上的颜色发生了明显的变化。

这是一个人们获得解放，并渴望进一步解放的时期，任何一个举动与提示，都可能唤起人内心的愿望。两三年前还在观看《决裂》(1975)、《欢腾的小凉河》(1976)这类充满政治斗争的影片，可是到了 1979 年，学校的广播里已经放出了人们喜爱的《小花》中的主题曲，看到了《苦恼人的笑》《生活的颤音》和《天云山传奇》这类通过展现人性与温情来批判“文革”的电影。对于张晓刚以及他的那些充满活力的同学来说，《安娜·卡列尼娜》《悲惨世界》《红与黑》《简·爱》这类小说及被改编的电影则显然更具吸引力，这些仍属现实主义体系的名著，其中关于人性与爱以及对不公正和邪恶的反抗，已经脱离了故事的原初语境，而成为中国学生可以感受到的一种精神滋养。那些脱离了情节仍然还保持在他们记忆中的词句，又往往会被有意无意地借用来表达任何相应的精神状态与情绪。在当时的一封书信中，张晓刚这样描述《简·爱》中的句子给他带来的别样感受：

感谢草原！感谢那干燥的风！使自己在深厚、博大的暖流之中，产生了不能

> 抑制的爱，像简·爱说的：“发现了上帝！”我想，只要地层里有岩浆在翻滚，总会找到一个适当的火山口，而艺术的力量不正是在这“流泻”之中而获得永生了吗？[12]

这样的句子容易让我们回忆起女主人公对罗切斯特所讲的话。

在张晓刚这代人那里，借用与转义，构成了对西方文明的理解，尤其是对西方现代思想的理解。这样的感受、理解、体会以及模拟，构成了那个年代的普遍风气。77、78级的大学生们从那些新华书店仓库里搜检来的旧书中，从那些已经没有了封面、书壳被翻烂的印刷品里，从开始再次公演的旧电影和星星点点的艺术与文化展览活动上，极力地去了解这个世界。在他们看来一切都是新的，即便是那些几十年前拍摄的图像已模糊不清的“老片子”。对刚刚脱离“文革”桎梏的年轻人来说，即便是18、19世纪文学艺术中所包含的精神与价值观也是崭新的。叶永青生动地讲述过当时如饥似渴的年轻人在不断看到西方艺术时所表现出的那种应接不暇的状态：“今天我沉浸于中世纪圣坛画、乔托以及巴赫的宁静与安详，明日我会赞叹德拉克洛瓦的热烈、《罗马喷泉》的华丽或者安格尔的雅致高贵、莫兰迪的恬淡超脱，也许还会着迷于马格利特的诡秘和克利的智慧、雷东的诗质、蒙克的忧郁。”[13]这种状况几乎发生在美院大多数学生的经历中。

1981年下半学期是学生准备创作的时间，一直持续到次年的1月。指导教师魏传义对创作教学的要求仍然是“延安时期‘大鲁艺’的好传统”，他强调学生要走向社会。在《谈油画七七级毕业创作教学》一文中魏传义说，要去“熟悉工农生活，学习工农的思想感情，发掘艺术矿藏，了解工农群众的审美兴趣和需要，然后才有可能创作出反映时代精神的为人民所欢迎的作品。这是延安鲁艺所开创的好传统”[14]，重点显然是在“坚持革命现实主义道路”。但同时也指出，学校对同学们究竟到哪里去实习和体验生活没有限制，而是“让他们根据自己的生活基础和创作构思，自选生活点，提出初步计划，经任课老师同意后，分别深入到生活中去观察、体验、搜集素材，进行创作（画成草图）。然后按规定时间带回学校再行审稿和定稿”[15]。

1981年夏天，与张晓刚同去阿坝草原的是周春芽。作为艺术上有共同趣味的朋友，也是张晓刚按自己感觉从事创作的支持、鼓励者，对他有必要在此稍作分析。周春芽是版画系的学生，在进入“川美”之前曾在成都五七艺术学校受过严格训练，绘画技法上已经是同学中的“高手”。他也参与过“伤痕”题材的创作，例如与高小华联合绘制连环画《血染的早晨》，表现“文革”武斗中兄弟间厮杀的悲剧（也许是兴趣不够，或是学校空气发生了变化，这次合作没有最终完成）。与张晓刚一样，周春芽似乎对写实路径没有兴趣，在翻阅了学校图书馆的国外画册之后，他对印象派及其之后的现代绘画很快入迷。1978 年，还对写实绘画的光表现出浓厚兴趣的周春芽，在一幅描绘英文教师的肖像画里对阳光与微妙的环境反光给予了津津乐道的处理，可是，在 1980 年完成的风景画《小桥》中，笔触与构图却已经非常简略而富于形式感了。版画系的教学结果通常导致学生具备高度且明快的概括能力，这对于理解和学习现代艺术倒是一个很自然的路径。之前，周春芽已经去过一次草地，他拍摄了不少藏族小孩的照片，结果是完成了参加全国青年美展的《藏族新一代》（1980）并获得奖项。按惯例这幅作品有着政治正确的主题：藏族儿童在社会主义国家兴高采烈地去学校读书。但周春芽感兴趣的是藏族地区的人与自然间与生俱来的淳朴气息。结果，他没有去关注人物的视错觉效果——就像他的“伤痕绘画”的同学们那样——而是去表现由那些物理载体所唤起的感受，仅仅用粗放的笔触和调和不充分的色彩去表达他感受到的一切。周春芽后来解释他的创作心情时这样说：

> 当我离开体验生活的草地以后，很多具体的事情很快就淡忘了，留下来的只有草地上强烈、浓厚的色彩，藏民纯朴而粗犷的形象，以及贯穿这些色彩和形象的线条……我希望自己能天真纯朴地接触自然，像初生小儿那样看世界。[16]

和共同去图书馆翻看画册一样，张晓刚与周春芽一块去了草地，周一定告诉过他的油画班同学张晓刚：藏区的一切是那样地惬意和适合作画，草原能够让自己画出自己想画的那种画。在那里停留了两个月，大自然给出的滋养让张晓刚完成了三百多幅速写和二十多幅油画。所有的一切都是在兴奋、愉快与激情的状态下进行的，在阳光灿烂的草地上与纯朴的环境里，张晓刚感受到了一种彻底的展开，景象不是圭山那样的温馨，广袤深远的地平线与起伏的地貌具有一种需要打开心扉的气象，他开始将内心的感受真实地表达出来。

回到学校后张晓刚开始了他的创作。尽管，他已经感觉到自己的那一套来自印象派等现代绘画影响的方法不会被教师们所青睐，但他还是决定坚持满足自己的内心愿望，去完成一组让自己认可的作品。他创作出的“草原组画”一共九幅：《休息中的藏族妇女》《行走的藏女》《母与子》《在屋顶》《暴雨将至》《两个母亲的对话》《天上的云》《母与子（二）》，以及《羊群远去》。在这组画里，粗犷的造型与带有褐色基调的色彩，的确让人容易感受到藏区人物的特点，可是，概括而滚动的笔触的灵感的确来自张晓刚心中的“夸父”凡高。九幅作品描绘的情节与内容不尽相同，但共同特征是清楚的：妇女的形象以及她们健康、强悍的体魄，粗大的笔触简洁地涂抹出了丰硕的乳房。在一份早期的私人文件里，张晓刚这样解释《天上的云》：

> 真纯、挚切而充满了神奇色彩的梦境，一切正处于将知未知的混沌状态之中，青春期的觉醒，对性的渴望和未来的遐想，此时的人虽然在旁人眼里显得可笑，但确实是最幸福的，也许这正是我希望通过《天上的云》这幅画所要表达的意图。[17]

对这类潜意识的内在欲望，张晓刚似乎觉得可以在印象派和现代绘画中找到非常恰当的表现方法。

无论如何，从张晓刚、毛旭辉、叶永青以及周春芽的艺术“变迁史”中可以看出这些正在走向现代艺术的学生对“苏派”绘画的断然放弃，以及对欧洲传统和现代艺术的迅速接受。与老一辈艺术家不同的是，20 世纪 50 年代出生的这些年轻人是在迅速的理解与判断中走出来的，他们对过去有感受，但不眷念，因为他们已经发现了新的世界。与不少热心藏族题材的画家（如艾轩）不同的是，张晓刚虽然被视为早期“生活流”艺术家中间的一员，他对少数民族题材的兴趣并不在表面的猎奇，他关注他们生活中内在的纯朴性，但却根本不愿意将这种纯朴性局限在风情与物理特征的描绘上。尽管他曾经在米勒和其他法国画家那里找到过一种神圣的自然性——发自内心并与灵魂有关的自然性，可是，张晓刚的视觉经验已经发生了根本改变，他很快就意识到在湛蓝的天空以及强烈的阳光下的红色土地与巴比松式的自然是截然不同的，印刷品中的印象派早已提示了他必须重新观看眼前的世界。的确，张晓刚从凡高这个“精神病人”那里感受到了某种一致性，即心灵的颤动是最为重要的。1981 年，画家的文字已经明显地透露出艺术家必须保持的警惕性，他热爱自然的一切，并且感情至深，但是，他会小心翼翼地躲避自然给那些没有感知力的人所容易带来的俗气：

> 我终于看到了海的草原！每一个绿色的波浪，都以其优美的旋律和深厚的意蕴把你吞没！纯净而丰富的世界，托住你的灵魂，拉宽、拉长、拔高……强悍固然是藏族的一大特点，但我更迷醉的是从他（她）们脸上传达出的某种风味，我不愿像其他人那样去“深入他们的生活”，所谓“风俗”对人来说毫无意义。不能

忘记自己是作为一个画家来这里的，更重要的是眼睛和心灵。保持距离，得到的是艺术的感觉和适合自我气质表现的形式。[18]

但是，张晓刚“试图将在草原上体验到的粗犷线条和浓郁的色彩，敦厚沉重的造型表达出来”[19]的努力并没有获得学校的认可。在给周春芽的一封信中，张晓刚表达了他的紧张与不安：

今天是11月15日了，时间过得真快。我的第七张油画已近尾声，明天即可炮制第八幅。形势大变，这两天我已经有预感，这次毕业创作学校不会给我好脸看。前两天主任专门到教室里来看我的画，我不在。他看了后说越来越怪了，像这样的画，哪里去寻知音？谁又愿意给展出？大骂了一通后走了。前天晚上审稿，我们寝室的构图被全盘否定。W老师的脸色马上来了一百八十度的大转弯……[20]

“W老师”就是班主任魏传义。魏传义早年参加过中央美术学院的油画训练班（“马训班”），接受的是马克西莫夫的油画技法训练与绘画趣味培养。他对张晓刚的那些笔触粗放、缺乏文学性，甚至也没有人物刻画的毕业创作感到失望，他或许对张晓刚这类缺乏学院造型结构的绘画根本就不赞同。对于张晓刚来说，尽管他的同学们画出了一幅幅具有震撼性的作品，也仍然不能够吸引他朝着他们的方向作画，他似乎是本能地感觉到自己的艺术道路与他们不同。他在紧张与不安中坚持着自己的艺术表现。在1982年第3期的《美术研究》上，魏传义发表了前文提到的《谈油画七七级毕业创作教学》，文中他详细地介绍了学生们的毕业创作情况，介绍了罗中立、朱毅勇、程丛林、高小华、莫也、杨谦，甚至也介绍了在思想与技法上并不突出的其他一些学生的创作，却只是将张晓刚的名字和作业一提而过。老师的不认可，这当然让张晓刚感到苦恼与焦虑，在那个职业必须通过国家来统一分配、社会还不能够支持自由艺术家生存的时期，毕业创作是否获得充分的肯定乃至高分，和未来的工作与出路密切关联。

幸运的是，在1982年四川美术学院第一次赴京展览中，张晓刚的毕业创作《天上的云》还是获得了展出。这是一个开风气的时期，尽管美术界的大多数人思想仍被禁锢，现代艺术理论还没有获得广泛的传播。但是，转折性的十一届三中全会所确定的政治方向已经给予了文学艺术领域以发挥自由的空间。就在1979年，《美术》5月号上发表了吴冠中的著名文章《绘画的形式美》，这篇强调艺术形式重要性的文章在引起轩然大波的同时，也有效地支持了那些愿意接受并开始实践现代艺术的艺术家们。这位终于有了讲话机会的前辈画家提醒说：要注意美，注意形式与节奏，要有自己的风格。他完全不在意前一年在中国美术馆举办的法国19世纪农村风景画展览中的写实倾向，他说：

> 美，形式美，已是科学，是可分析、解剖的。对具有独特成就的作者或者作品造型手法的分析，在西方美术学院中早已成为平常的讲授内容，但在我国的美术院校中尚属禁区，青年学生对这一主要专业知识的无知程度是惊人的！法国十九世纪农村风景画的展出在美术界引起的不满足是值得重视的，为什么在卫星上天的今天还只能展出外国的蒸汽机呢！广大美术工作者希望开放欧洲现代绘画，要大谈特谈形式美的科学性，这是造型艺术的显微镜和解剖刀，要用它来总结我们的传统，丰富发展我们的传统。[21]

张晓刚也许并不满意吴冠中的看法。因为在他看来，欧洲画家，尤其是凡高这类画家打动他的是精神性的东西，这不单单是一个所谓“形式美”的问题。可是，在这个时候，现代艺术仅仅被认为是形式主义的艺术，而之前的主题性绘画被认为是具有思想性与艺术性的。因此，一个强调形式或者“形式美”的时期，不过是为了争取艺术创作的自由，是打开禁忌而充分拥抱人类文明的阶段。吴冠中在这个时候率理论家之先而提出“形式美”问题，是批判“文革”艺术思想、争取创作自由的进一步表述，这自然也给予那些试图按照自己的想法与感受从事绘画的年轻人以鼓励。

实际上，对张晓刚的艺术的鼓励还直接来自当时唯一的权威美术类杂志《美术》的编辑。1981年10月，《美术》杂志编辑夏航和栗宪庭到四川美术学院观看了学生们的创作，两位编辑在学校召开的创作研讨会上对张晓刚的创作给予了强烈的支持。考虑到张晓刚的老师对他的毕业创作方法一开始就不认可，这两位编辑的支持性意见对其创作作业最后得以通过确乎起到了决定性的作用。回到北京后，栗宪庭给张晓刚写了一封信，告诉这位还没有最后完成组画的年轻学生：《美术》将发表他的作品。这使张晓刚激动不已。在还没看到这份杂志之前，张晓刚就写信告诉了他的好几个朋友：他的作品将要被发表。在这个时期，一位年轻艺术家的作品如果能够获得在《美术》杂志发表的机会，就已经意味着获得了巨大的成功。在给毛旭辉的信中，张晓刚激动地说：“我对这飞来的横福半天回不过神来。”[22]很快，《美术》1982年1月号发表了“草原组画”中的《暴雨将临》，同时还配发了编辑夏航的一篇文章。这位老编辑是这样评价张晓刚毕业创作“草原组画”的：

> 他画的人，好像不符合流行的审美趣味，因为人物动势比较夸张，骨骼也显得过于粗大。但是，从为画面“感情”服务这一点来看，变形与夸张都是合理的。在《暴雨降临》这幅油画里，那些律动的线条，和乌云、草场一齐构成紧张、激动不安的气氛，连远处奔跑的牛群和扔在草地上的娃娃，也为主题增添了生命力和表现力。[23]

当这一期《美术》杂志到了张晓刚手中时，这位毕业生已经毕业离校，他被分配回到昆明。

三

视觉传递给大脑的信息，在经验的支持下很容易转换为相应惯习的文字与图像，那些少数民族题材和描绘农村形象的作品，从全国青年美展开始逐渐增加。在参观四川美术学院第一次赴京油画展览时，四川出生的著名将军张爱萍写了一首诗：

> 西蜀兴文采，
> 尝心入画丛。
> 寓中高格调，
> 乡土意味浓。[24]

这位喜好文墨的老军人在他的诗中使用了“乡土”一词，这首先是因为罗中立的大巴山作品唤起了他对家乡的眷念之情。

在 1982 年的毕业展上，罗中立创作了“故乡组画”，强化了“乡土”的色彩与风情。几乎同时，龙全完成了《基石》，朱毅勇完成了《山村小店》，这类作品都被认为属于对记忆的追寻与对家乡的怀念。高小华在他的关于“伤痕美术”的回忆文章里，甚至将青年美展视为“乡土写实主义绘画”时期的滥觞，因为，在展览中有不少作品通过农村和少数民族题材的创作提供了一种人道主义的温情。在之后的几年里，程丛林、何多苓以及不少四川画家在他们后来的创作中都通过描绘少数民族的生活与形象积累了“乡土”艺术的分量。但是，这种凭借画家过去的经历和朴实的感受的艺术倾向，很快就被更多的追随者转变为一种具有甜俗而猎奇倾向的画风，并在80年代的一段时间中经常出现在港、台的画廊里。

实际上，“乡土绘画”（实际上，这应该是“生活流”的另一种表述）这一命名并不像“伤痕绘画”这个概念那样，有明显的边界与清晰的内涵。虽然，与“伤痕美术”相似，“乡土绘画”也在寻求“真实”，不过，“伤痕美术”是在历史与现实中而“乡土绘画”却是在自然与人性中寻找真实。由于四川画家在80年代初期的创作题材，一些北方的批评家便频繁使用“乡土”一词来模模糊糊地描述西南地区的绘画，但很快人们对“乡土”这一概念的使用就变得不确定和缺乏说服力。的确，1978年在中国美术馆举办的法国19世纪农村风景画展览中的农村题材及其现实主义的淳朴手法对当时的中国艺术家产生了影响，而这种影响再结合起人们试图恢复基本的人道主义同情心这个努力，便很容易地唤起了那些欲求重新认识艺术问题的艺术家的内在需求。批评家栗宪庭回忆过这次展览中巴斯蒂昂·勒帕热（Juies Bastien Lepaze，1848—1884）的《垛草》给人留下的深刻印象：

> 《垛草》引起观众强烈的反响，因为我们从来没有见过《垛草》那么精细的技法。而且在“法国19世纪农村风景画作品展览”之前，中国没有过大型的西方绘画作品展览，加上大家基本上都没有出国经验，看原作和印刷品是完全不同的效果，看的人心里都会感到强烈的震撼。㉕

这里所说的“震撼”，不过是作品描绘手法上的朴实与不追求戏剧性主题这类特点所给予观众的感受。“乡土”潮流的代表性艺术家陈丹青的“西藏组画”正是这个展览重要影响的结果之一。陈丹青在谈到《朝圣》这幅描绘藏族虔诚朝圣者的画作时说了这样一番话：

> 有人要我谈谈怎样在这幅画里表现了对人民和生活的感情，对社会现象和民族命运的关注。倘要在这个命题上发挥，我也许能写好几页，但这恰恰是我不愿意多说的东西……如果观众能够不期而遇地被作品的真实描写和人道感所打动，感到“这就是生活，就是人”，那就是我最大的愿望了……有人叫好，说我揭露并

谴责否定了这种可怕的落后愚昧现象。我的回答是否定的。我讨厌用绘画去揭露什么。有人说我对他们抱着深切的同情和怜悯，也未必……[26]

在湖北，尚扬的《黄土高原母亲》（1983）同样被认为是乡土绘画的重要作品。实际上，所谓“乡土”，指的就是一种新的关于真实的态度，一种必须重新认识自然与人的观点，那些题材来自西藏或者凉山少数民族地区的题材之所以与之有关，是因为从一开始，画家们就试图从那些没有经过文明污染的地方找寻到已经消失了的艺术的纯粹性，找回内心的真诚。

回到张晓刚。事实上，他对那些“甜腻”的绘画没有丝毫兴趣，在他看来，重要的不是什么“乡土”，而是内心，是一种超越视觉表面的情怀。

确实，在毕业前的最后半年里，张晓刚受到了草原与大自然强烈的感染，使他全力投入到毕业创作中。他完全抑制不住草原在自己的内心唤起的激情，他写信告诉他的一个个朋友，说他在一幅幅地完成他的“草原组画”，感叹草原给予他的灵感与刺激。他告诉周春芽：“草原上刺烈的紫外线、干燥的暖风没有在我的心灵中消失，在草原上获得的印象与自我的一些情感交糅在一起，生长出一些新的风味。”[27]他告诉他的朋友：“感谢草原！把单纯、深厚的情感给予了我，使自己埋葬的力量自无声的流动中，渐渐地苏醒。”[28]也许这个时候是他刚刚经历感情挫折的时候，他也写信告诉毛旭辉，正是草原给予了他经受打击的力量：“我再次经历了感情上的风起云涌，在复杂的狂澜中，自信和意志常常都在经受着最大的考验。幸而草原上那干燥沁人的风，感人心扉的造型和单纯深厚的色彩时时都在敲打着自己的心窗，迫使自己不致一味地痛苦和烦恼……”[29]这是这位即将毕业的美院学生直到1981年12月底所保持的基本心态，草原、暖风以及唤起的情感占领了张晓刚的内心世界。

这里，我们需要归纳涉及对“真实”的理解上的微妙差异。“伤痕美术”对真实的追求来自艺术家对自己曾经亲历的事件的重新认识，来自对历史与经验的重新判断，这就是为什么高小华、程丛林等人对题材及其有立场判断的戏剧性更为热衷的原因。而罗中立的《父亲》却将真实的重点放在更为恒定的形象判断上。例如在他看来，大巴山生活的农民所具有的朴实面孔是需要表现的真实，当艺术家与这些农民有相当长的共同生活的经历时，他认为他在每天看到的农民脸上发现了一种真实，这使得艺术家宁可认为“父亲”有着时间皱纹的脸庞比红彤彤的健康形象更为恒定而有力，以致“父亲”被用来象征属于这个时代所有人的“父亲”身份——这是罗中立关于真实的看法。而在何多苓那里，真实来自自己的感受，没有早年在凉山的经历，美国画家怀斯的《克里斯蒂娜的世界》就对他不会产生导致其创作的特殊影响。因此，在很大程度上讲，让人们联想到怀斯作品的《春风已经苏醒》是何多苓“寻找自己”的结果。怀斯的“草地”的确带动了何多苓早年“仰望星空”的感受和记忆，正是这样的感受和记忆才是其寻求真实的最初出发点。实际上，何多苓对开始广为流传的现代主义形式非常了解，他需要表现的不是他的同学或者同时期别的画家那样的“历史故事”或者刺激眼睛的强烈的“色彩”，而是一种抽象的宇宙观念，只是，就像艺术家本人所说的那样：“我奉行一种在抽象主义指导下的具象主义，或者说是有具象外观与物质表现的抽象主义。”[30]

然而，正如我们在张晓刚对草原的感受以及赞叹中发现的那样：真实就是自己的内心，是尽可能摆脱社会问题的联想并往往在淳朴的大自然中才能够生发出来的内心激情。要唤起这样的激情就必须排除任何现实的干扰，就像德国画家弗兰兹・马克那样，用一个动物的眼睛去观察世界，用纯洁的心去体会世界。实际上，这是乡土绘画真正的初衷——艺术家在远离龌龊的都市生活的乡村和大草原，在那些与自然尽可能接近的村落中去找寻真实。那时的张晓刚当然属于这个队伍中的一员。属于之后到凉山画彝族的何多苓、程丛林以及描绘藏民的陈丹青、描绘黄土高原母亲的尚扬这个队伍中的一员。但是，张晓刚因其内在的本性和印象主义的感染，则是让笔触听凭于内心的需要，而不是跟随眼睛观看到的对象的引导，直接滑向了表现主义的风格。因此，张晓刚这时的表现主义是“乡土绘画”中的一支——他的同学周春芽也有短暂的“乡土”经历，例如《藏族新一代》或者《剪羊毛》——他通过笔触而不是精致的形象来呈现“乡土”的本质含义。同时，正是这种对真实的态度，使得张晓刚之后更加朝着具有心理风暴特征的超现实的表现主义方向发展。而之后在全国泛滥的“乡土风”，却因为局限于“乡土”的视觉效果或肤浅的“纯朴美学”而流于具有商业趣味的矫饰主义。

的确，这期间他与朋友们谈论最多的事情还有此前提到的毕业分配。他在1981年12月16日的信中带着侥幸与希望告诉毛旭辉，《美术》杂志社1月份要发表他的作品，他希望这个“飞来的横福”“对毕业分配能起到一些积极的作用”。可是，之前他已经知道了不少学校教授对他的看法，认为他的画是“搞怪派”“不美”“没有感受，学别人又没有学像”，如此等等。所以，在这个时期的书信里，张晓刚不时表现出对毕业分配的焦虑。

这时的中国，计划经济仍然占据绝对地位，商品经济的推动以及人力资源与资本的流动要在大致十年之后才渐渐显现——只有在市场经济里，个人对工作与生活的选择才具有可能性。当时，大学生毕业之后的去向，取决于各个城市或地区不同政府主管机构人事部门的计划与安排。对于美术学院的毕业生来说，大学、画院、出版社以及其他与文化艺术有关的机构与单位是他们的去处。可是，对于一位在学校并不受青睐的毕业生来说，指望学校的高评价推荐并据此被分配到理想的工作单位，几乎没有可能性，更不用说留校当教师了。[31] 在这样“不清不楚”的状态下，张晓刚毕业了，按照“哪里来哪里去”的基本政策，他被首先安排离开学校回到了昆明，他被告知要耐心等待人事局安排工作的通知，这样的经历，都是唤起日后的张晓刚内心的虚无情绪并将其推向表现主义风格的具体原因之一。

1981 年 12 月中旬，张晓刚写信告诉毛旭辉：

> 现在我正开始画第九幅油画《羊群远去》，进展还较顺利。在这之前，我曾经远离了自我的真切感受，而趋于失败，差点丢了画笔。为此专门到南充去玩了几天。面对长江那执拗地、不息地奔流，看着那大船埋着坚强的头颅不断地破浪而上，船夫们发自内心的阵阵号子声，使自己重新意识到只有自己的力量才是最可信赖的。[32]

《羊群远去》是“草原组画”的最后一幅，仍然是草原的生活与风情。描绘的是收获结束的黄昏，健壮而丰满的藏族女人带着孩子，在做地头上的最后收拾——这多少让人联想到米勒。羊群朝着远方走去，渐渐消失在地平线。远处透露出美的夕阳。造型、笔触以及色彩所呈现出来的虔诚态度，成为他和朋友们不断交流的艺术看法的美学印证。也许，由于这幅画是在一个即将离开学校的心情下完成的，“羊群”远去的地方既是它们的家，也可能是暴雨肆虐的荒原。这里，人的命运意识已经浮现，天真与纯朴正随着羊群的归途而去，张晓刚无意间将这个草原晚归的情境视为他的心境的一个象征：未来是迷茫的……

注释：

---

① 张晓刚：《自述》（未刊稿）。

② 高小华：《中国现代美术史中的“伤痕绘画”》，载吕澎、孔令伟编《回忆与陈述——关于 1949 年之后的中

国艺术和艺术史》，湖南美术出版社2007年版，第160页。

③ 张晓刚：《信仰危机与分裂生活》，http: //news.astron.net/20150103/n698475.htm/。

④ 在20世纪五六十年代的中国，米勒表现农民的题材受到官方的强调。

⑤ 路南县隶属于昆明市，距离昆明市区一百多公里，因为整个地区基本被喀斯特地形所覆盖，尤其以世界遗产公园石林享誉天下，1998年10月更名为石林县。这里曾是画家黄永玉为撒尼叙事长诗《阿诗玛》创作木刻插图的灵感来源地，电影《阿诗玛》的外景也取自糯黑村和额冲衣村。画家姚钟华、丁绍光等也经常到这里画画。叶永青回忆说，1977年他从孙景波的作品《人勤春早》中第一次看到了撒尼少女，在蒋铁峰的作品里看到了石林与圭山。进入“川美”之后第二年，他与毛旭辉及张晓刚为了创作而体验生活决定去圭山写生。圭山“是云南前辈画家姚钟华们和外来采风的一个写生基地。村民里有一些接待外地干部和艺术工作者下乡的经验。可以安排在老乡家搭伙和在公房中住宿”（叶永青，未刊稿）。

⑥⑦⑨ 聂荣庆：《护城河的颜色——20世纪80年代的昆明艺术家》，人民美术出版社2015年版，第80—82页，第82—83页，第39—43页。

⑧⑰⑱⑲ 引自私人文件。

⑩ 叶永青：《心路历程：叶永青文集》，载《时间的穿行者》，中国青年出版社2010年版，第23页。

⑪ 博巴（Eugen Popa, 1919—1996），罗马尼亚画家与美术教育家。曾于1960年至1962年在浙江美术学院举办过油画训练班，是1949年后继马克西莫夫之后的第二位外国油画教师，方法与趣味上与马克西莫夫不同，他的风格在中国曾产生过一定的影响。

⑫㉒㉙㉜ 张晓刚：《致毛旭辉》（1981年12月16日），载《失忆与记忆：张晓刚书信集（1981—1996）》，北京大学出版社2010年版，第17页，第18页，第16页，第16—17页。

⑬ 参见叶永青《心路历程：叶永青文集》，载《时间的穿行者》，第24—25页。

⑭⑮ 魏传义：《谈油画七七级毕业创作教学》，《美术研究》1982年第3期。

⑯ 周春芽：《我画油画》，《美术》1982年第4期。

⑳ 张晓刚：《致周春芽》（1981年11月15日），载《失忆与记忆：张晓刚书信集（1981—1996）》，第9页。

㉑ 吴冠中：《绘画的形式美》，《美术》1979年第5期。

㉓ 夏航：《看画点滴》，《美术》1982年第1期。

㉔ 转引自四川美术学院校史编纂委员会编《四川美术学院校史（1940—2009）》，西南师范大学出版社2010年版，第149页。

㉕ 栗宪庭口述，刘晋锋采写：《栗宪庭：经手编发油画〈父亲〉——“中国前卫艺术的教父”回忆80年代经历的人与事》，《新京报》2006年4月27日。

㉖ 陈丹青：《关于〈朝圣〉》，《美术研究》1981年第1期。

㉗ 张晓刚：《致周春芽》（1981年11月1日），载《失忆与记忆：张晓刚书信集（1981—1996）》，第4页。

㉘ 张晓刚：《致卫星的信》（1981年11月29日），载《失忆与记忆：张晓刚书信集（1981—1996）》，第13页。

㉚ 何多苓：《信念——人的自然与自然的人》，载《天生是个审美的人》，生活·读书·新知三联书店2011年版，第29页。

㉛ 张晓刚也曾参加过1980年1月的“野草画展”，这个展览中作品主题与表现之大胆，让重庆观众吃惊，一些作品在风格与表现上类似1979年北京星星画展中的作品。

（2016年第5期）

论“晚期风格”的艺术

丁 宁

西塞罗对人的晚年有过颇为乐观的看法，认定与晚年相伴而来的智慧理性和精神美德好处多多，生命的长寿就是一种充满学识与美德的生活所带来的回报。[①] 斯达尔夫人则说得更为具体：“老年人不再能受到内心情绪的感奋，却充满着各种各样忧郁的思想。这是一个追忆往事的时期、怀念昔日的时期、眷恋曾经爱过的一切的时期。那从青年时代起就同炽热的激情结合在一起的伦理情操却可以一直保持到生命的终结，使人们仍然看到那掩盖在时光的阴暗绉纱后面的生活图景。”[②] 移之以论，在一些晚期风格的艺术品中确实有颇多可以印证的地方。

爱德华·萨义德曾有过一本专门论述艺术品“晚期风格”的著作[③]，其流传及其实际影响巨大。不过，他的关注范围主要限于其偏爱的音乐作品。事实上，不光是音乐作品具有“晚期风格”，在其他的艺术样式中，如戏剧[④]、诗歌等，也同样存在着特殊的“晚期风格”[⑤]。诚然，在当代流行文化中，青春无敌。可有意思的是，已经有学者讨论所谓的“第三年龄”的概念，意在探究文化明星在其晚年的特殊魅力与影响。[⑥]

其实，在美术史的领域里，有关“晚期风格”的讨论也早已有之。在 1550 年问世的瓦萨里的《名艺术家传》一书中，我们可以读到这样的句子：“艺术就如人自身，诞生、成长、衰老和死亡。”安东·玛丽亚·扎内蒂（Anton Maria Zanetti）则将此艺术生命周期的思想具体扩展到了对某种艺术史历程的总体把握。他在论述威尼斯艺术时，就分出了五个特定时期：出生期（12、13 世纪）、成长期（15 世纪）、成熟期（16 世纪）、衰败期（17 世纪）和重生期（18 世纪）。[⑦] 如果说像扎内蒂这样的笼统描述有助于理解 12—18 世纪的威尼斯艺术的发展脉络与特征的话，那么，法国批评家罗格·德·俾勒（Roger de Piles）则在受到菲利波·巴尔迪努奇（Filippo Baldinucci）对手法主义艺术的描述的启发后，揭示了个人风格发展的原因所在，认为在艺术家的生涯里有三个风格时期：“首先，风格是从其老师的风格中衍生出来；其次，依照其自身的趣味形成自己的风格，而且蕴含着表明其才华和天赋的真正标尺；最后，这种风格通常会蜕化成所谓的手法（maniéré），因为一个画家在充分研究大自然之后就会迷醉在习惯中，而不再顾及大自然了……”也就是说，艺术上的手法化，矫揉造作甚至怪异化等，就是艺术家年迈过程中普遍而又不可避免的结果。以提香为例，他的晚期风格就是一种习性化的结果。[8]不过，此话用在提香身上，或许引申过远，实在有点言重了。

一

事实上，并非只有那些高寿的艺术家，如达·芬奇、米开朗琪罗、提香、普桑、伦勃朗、安格尔、透纳、塞尚等才有其晚期风格，那些并不长寿的艺术家也可能拥有晚期风格。如果他们意识到生命易逝并因之自觉地竭尽全力创作的话，那么，其生命后期的作品也大抵属于晚期风格了。印象派画家马奈的寿命并不长，活了仅仅51岁而已。可是他的《伯热尔大街丛林酒吧》（1882，伦敦考陶尔美术学院美术馆）却别有深意。[9]有些细节确是颇耐人寻味的，例如，吧台女的双手姿势令人想起他的《死去的基督与天使们》（1864，纽约大都会艺术博物馆）一画中基督的双手，而吧台女右手上出现的贵重手镯，则又往往意味着该形象本身可能是重要的女性人物（如他笔下给予自己生命的母亲、给予第一次性体验的青楼女子）。但要指出的是，不少艺术家生命的终结往往是由于意外事故、致命疾患的突然降临而导致的，因而，他们未必会在活着的时候有晚期风格的自觉意识以及相关作品。

晚期风格的艺术创作情形是因人而异的，有的因为精确掌控力的下降、对以往实践中积累的惯例的过多依赖、记忆力的模糊、视力的下降、情感的弱化或迟钝等，就可能不再有值得称道的作品传世了。像雷尼（Guido Reni）这样的巴洛克画家到了“生命之冬”，令人意外地偏爱起较为清淡的风格，这究竟是因为他注意到了同时代的大师（尤其是卡拉奇）的作品在完成后不久就变得黑乎乎的事实而有意这么做，展现了一种对自己作品的预见能力，还是由于视力下降，晚期风格的降临而不合时宜地、着魔似地大量使用白色，使作品变得过于轻飘或过于松散，我们尚不能完全确定，也有可能是两种因素都在起作用。[10]艺术家变得年迈，就会影响他对自我的感知，而由此产生的一系列或隐或显的变化又会影响艺术家的实践，并在其作品上留下相应的印记。进入50岁时，普桑的体质有了变化，他的手开始发抖，甚至有神经错乱的先兆。60岁时，他的手抖得更加厉害，这在其钢笔画《风景中的两个隐居者》（圣彼得堡爱尔米塔什博物馆）

中显而易见[11]；更为微妙的则是由此引起的心理因素，他不再敢碰油画笔了。确实，一些艺术家的晚期作品曾引来过争议，或由于过于令人失望，最终遭遇了被清除的命运。1545年，彭托尔莫（Jacopo da Pontormo）获得了美第奇家族的科西莫一世的秘书和管家皮尔弗朗西斯科·里奇欧（Pierfrancesco Riccio）的重要委托，为佛罗伦萨圣洛伦佐大教堂的唱诗班的空间位置创作一组系列壁画，主题为“最后的审判”与“大洪水”。此项工程在不被外界所知的情况下，进行了11年多，直到里奇欧去世。尽管同时代的人有过一些赞誉，譬如诗人贝内代托·瓦尔奇（Benedetto Varchi）曾在一首十四行诗中称，画家将“我们的时代”带入了一种新的古典时期，走上了“一条从未有人涉足的秘密通道，通往一种从未有人目睹过的辉煌”。可是，这绝未成为压倒一切的颂词。事实上，科西莫一世的反应就不是那么积极，而瓦萨里的观感则是一片迷茫。因而，有人甚至认为瓦萨里本来就不应该将彭托尔莫写入自己的《名艺术家传》，大多数人则是完全不喜欢彭托尔莫在圣洛伦佐大教堂留下的形象群。艺术家巴乔·邦迪奈利（Bacchio Bandinelli）说得很是直来直去，认为彭托尔莫如果还活着的话，是不敢走出门的。[12]于是，彭托尔莫生平中的最后一件作品就被看作他最糟糕的作品，也是文艺复兴晚期最不受欢迎的作品之一，直到1738年时被彻底地粉刷和覆盖，成了艺术家不应该在太老的时候从事大型创作的著名例证。[13]其实，这种归咎于年迈的说辞听上去似乎还有点冤，因为，彭托尔莫为里奇欧作画时才年届51岁，而去世时也不过是61岁而已。[14]倒是圣洛伦佐大教堂真正是一个艺术经典气息十足的地方，里面有诸如布鲁内莱斯基、多纳泰罗和米开朗琪罗等人的作品，要在同一屋顶下与这些重量级的艺术大师进行较量，无疑为下下策。不过，彭托尔莫的圣洛伦佐大教堂壁画事件确实引出了艺术史上的一个重要问题，即针对个体艺术家晚年创作的成就如何评价，尤其是如何衡定其晚年所隐含的风险。1584年，作家与批评家拉斐罗·博尔吉尼（Raffaello Borghini）的《休闲》（*Il riposo*）一书问世，是瓦萨里《名艺术家传》第二版出版16年后的又一重要著述，据说确立了当时艺术史写作的标准，同时因为讨论了一些瓦萨里回避、忽略或遗忘的问题，也是对《名艺术家传》的重要补充。此书是在佛罗伦萨著名的艺术赞助人伯纳多·维奇耶蒂（Bernardo Vecchietti）的山居休闲别墅展开的4个知识分子的对话录，书名也由此而来。其中，作者借西里加蒂（Sirigatti）之口，最先挑明了年迈与创作关系问题的症结所在：

雕塑与绘画都是难度极大的艺术，需要严格的判断、锐利的眼光以及千锤百炼的手头功夫，而所有这一切都会随着时间弱化和耗损。因而，每一个雕塑家和画家年轻时学习，壮年时获得好评，而到了年迈时就要退出公共艺术品的创作。而且，行将离世，就要将心灵转向天堂。人们注意到，既然所有人的行为都努力向上以达到一种确定的目标，那么，当人最终攀登到某一高度时，通常还想前行，然后才会下山。因而，我们看到的许多出诸能人之手的作品若完成于年岁趋老时，与其早先创作的那些作品所显出的优雅和美就有了很大差异。[15]

参与讨论的诸位大概觉得意犹未尽，就提到了另一位艺术家布隆齐诺（Agnolo Bronzino），认为他在圣洛伦佐大教堂创作的壁画尽管有不少裸体的部分，却依然受欢迎。[16] 可是这一说法马上遭到反驳，有人认为此画恰恰是他应该停止作画的年龄上完成的。因而，毫不奇怪，画面的构图、造型的立体感、人物的状态以及色彩的运用等都有不尽人意之处。[17] 依照美术史家贝伦森（Bernard Berenson）的说法，布隆齐诺作为彭托尔莫的弟子，除了对肖像画把握得出类拔萃外，并没有装饰性壁画方面的才情。因而，在他的笔下，裸体形象显得缺乏物质性与精神性的意味，无论构思和着色都没有美感，裸体只不过是裸体而已，即便是他的《基督在地狱》（1552，佛罗伦萨主教堂博物馆）也是如此。“无意义的裸体的喧哗，对米开朗琪罗的彻底漫画化”是贝伦森入木三分的批评。[18] 问题是，是否要对所有艺术家的晚期创作都采取一种悲观主义的态度呢？

二

客观地说，艺术家晚年的创作并不都会像彭托尔莫在圣洛伦佐大教堂的壁画那么糟糕。有意思的是，多纳托·克雷蒂（Donato Creti）在博洛尼亚的圣卢卡圣母堂画完《圣母子与诸圣徒》（1745）签名时，就没有忘记再加上自己的年纪“74 岁”，原因显然与艺术家的自豪有关。丁托列托画下西方油画尺寸最大的巨作《天堂》（约 1592，威尼斯总督宫）时，也是 74 岁高龄。1594 年，丁托列托进入人生最后一个年头，完成大幅油画《最后的晚餐》（威尼斯圣乔治马焦雷教堂）时已是 76 岁了。

安格尔 82 岁那年画了《土耳其浴室》（1862，巴黎卢浮宫博物馆），他在画面左下角留下了这样的签名：“J. 安格尔画。1862 年，82 岁。”不过，这并不是他的最后一幅画作，因为画家活到了 87 岁，而且，在 84 岁那年依然宝刀不老，画下了《俄狄浦斯与斯芬克斯》(1864，巴尔地摩市沃尔特斯艺术博物馆)。此画接近于罗浮宫版《俄狄浦斯与斯芬克斯》(1808)和伦敦国家美术馆版的《俄狄浦斯与斯芬克斯》(1826—1828)，但是，其尺寸、构图以及细节等多有差异。其实，《土耳其浴室》的创作构思为时颇长，反映了作者对女性裸体形象及其理想美的兴趣与表达欲望。大约在1817年(安格尔34岁)，画家就从英国贵族出身的作家玛丽·沃特利·蒙塔格夫人的书信中一瞥东方公共浴池里佳丽们裸体沐浴的风情，并将几个片段抄录在自己的笔记本上。[19]1828年，安格尔画了《小浴女》(巴黎卢浮宫博物馆)，是后来所画的《土耳其浴室》的雏形。1852年，画家应德米多福伯爵之约开始画《土耳其浴室》。1859年，长方形构图的《土耳其浴室》得以完成，在同年12月交付给了拿破仑王子。当时的画面是长方形，这可以摄于1859年10月7日的照片为证。但是，王妃克洛蒂尔德坚持认为画中的裸体过多。于是，1860年初，此画被退回给了画家。在随后的几年里，安格尔在画中做了一些修改，而且将长方形的画面改成了圆形，签署的年份为1862年，而事实上，1863年时还做了一些修改。艺术史学者大都认为，此画是艺术家集大成式的作品，其中最显眼的人物是前景处背对观众的鲁特琴演奏者，她实是《瓦宾松浴女》(1808，巴黎卢浮宫博物馆)及《大宫女》(1814，巴黎卢浮宫博物馆)的形象移植。此画几乎把艺术家创作生涯中最为重要的形象(包括油画与素描稿)都合二为一了，同时，女性裸体与东方风情也融合在一起。画作显然是想象与投射的产物，这也许就是他为此画不雇用任何模特的原因所在。

英国浪漫派画家透纳从1835年(60岁)直到去世，他的体质虽然处在下降阶段，但是，这并不意味着这一时期他虚弱得无法画画了。事实上，直至19世纪40年代，透纳的创作依然极为活跃。以往的研究者常常将其1845年以后的作品看作无节制的、古怪的和拒人以千里之外的，甚至他的挚友批评家约翰·罗斯金也不予好评。如今已经有学者经过深入研究认为，其晚期的画作中弥漫的奔放与恣意的气质，特别富有现代性的意味，影响了印象派艺术家的观念，理当属于其最高的艺术成就的一部分。[20]

被批评得很厉害的提香也是一个可圈可点的显例。尽管人们很难弄得清楚提香到底活了多少年，有人认为是103岁，也有人估算为74岁，不过令人好奇的是，提香似乎喜欢把自己的年龄说得大一点，以此提升自己威望，增加要求报酬时讨价还价的灵活度——这恰恰与一般的艺术家常常要将自己的年龄压低一点的做法背道而驰。连米开朗琪罗都会暗中抱怨老年的问题，显出了忧郁的症状。提香则从1548年开始就公开倚老卖老了。如今，美术史学者的共识是，提香的年龄当在81到87岁之间。[21]这完全算是高寿的艺术家，而且，他后期的作品展示了又一种高龄与创作的迷人关系。依伯纳德·贝伦森的看法，提香晚期的肖像画较诸以前成熟时期的作品，甚至显得更有力度。画家越到后来越是对现实有更坚实的把握，同时也在技艺上有所推进。提香真正的伟大之处就在于能够营造宏大现实的视觉效果。他的做法是，在几乎不强调轮廓线的同时，突出色彩之间的和谐性，并有意显出大而有力的笔触。无疑，他的魅力尤增，譬如他的《智慧》（约1560，威尼斯国立马尔西安那图书馆）甚或《牧羊人和林中仙女》（1575—1576，维也纳美术史博物馆）依然在证明他创造美的形式的力量不减丝毫。晚期的提香与早期的提香，《圣母升天》（1516—1518，威尼斯圣方济会荣耀圣母教堂）的作者同《巴科斯和阿里阿德涅》（1520—1523，伦敦国家美术馆）的作者之间的差别，犹如莎士比亚的《仲夏夜之梦》与《暴风雨》的差别一样。提香和莎士比亚的艺术生涯如此相同，并非偶然。他们都是文艺复兴时代的产物，都经历了相似的变迁，同时都是自己时代的最高和最完全的表达者。从历史的宏观角度看，提香乃绘画领域里唯一表现了几乎整个文艺复兴时期的艺术家，而且，他晚期的作品透出奇妙的“现代性”，影响到了法国印象派的绘画。[22]诚然，与一些艺术家相似，晚年提香为了怀旧也重新画了一些以前画过的作品，但是，细究起来，并不像有些学者所推测的那样是单纯为了赢利。因为，有些作品甚至是交付给举足轻重的人物的，譬如红衣主教亚历山德罗·法尔内塞、皇帝马克西米利安二世、费迪南德皇帝、阿尔巴公爵、巴伐利亚公爵等。看得出来，这些作品的品质与其早期的作品相比，显得略微简略，但是，作品出色的关键在于人物形象依旧生气勃勃、神采飞扬。学者们注意到，在提香生命的最后10年里，虽然在用色的鲜亮度与形体的明确度方面有所削弱，这也许是因为眼力和体力不如从前的缘故，但是，其艺术的理想化程度却丝毫不降，甚至发展出一种有所变化的风格，即用色范围缩小、笔触简略以及强调悲剧性等。[23]他画过三种版本的《塔奎恩和路克瑞莎》（1568—1571，剑桥大学菲兹威廉姆博物馆；16世纪70年代，波尔多美术博物馆；1570—1576，维也纳美术学院），或可作为印证。提香在其生命的最后阶段常常重画以前画过的作品。[24]譬如，他在去世前约4年时就开始重画《扣上荆棘冠的基督》（1572—1576，慕尼黑古代绘画陈列馆），其早期的同名画作诞生于1542年，尺寸更大，现藏于巴黎卢浮宫博物馆。显然，耶稣蒙难是画家晚年十分在意的主题，而这些作品（包括《扣上荆棘冠的基督》）中都弥漫着强烈的戏剧性力量，与其说它们斤斤计较于自然的再现，还不如说是明显地偏向于直抒胸臆，因为，此时的艺术家比以往任何时候都更为深切地体会到画面上的悲剧意味。比较而言，提香后期的作品在艺术处理上也确实有所不同。

以《扣上荆棘冠的基督》为例，1542年版的用色较为细腻、明亮、舒缓，而70年代版的则更为粗放、凝重、急促；画中的空间也有不同，因为前者在一种景深很浅的位置上安排各种人物而有了一种紧张感（至于在门上安置提庇留·凯撒的半身像，则直接言明了基督教的背景，因为正是提庇留声讨了基督，与此同时，提香也与文艺复兴时期的其他艺术家通常所做的那样，在向古典的罗马艺术表达一种敬意），在70年代版中，空间的景深度更低，人物几乎要挤出画面，令人直视起来陡增紧张感。托马斯·普特法肯则十分敏感地注意到了提香晚年神话题材作品中的激情特点，认为“在其生命的最后的二十五年（或更长的时段）里，提香只要有可能，就会越来越着力于强烈的情感效果，用颜料传达人的恐惧与怜悯、磨难与死亡等的痛苦……由此，人们可以在其最后的神话场景中找到这一抱负的最终体现”[25]。这当然是一种个人风格的发展，既有年迈的影响因素，也有其艺术走向的内在逻辑力量。

因而，相对早期的成熟风格与晚期风格是否有一种内在的连贯性，常常是艺术史学者关注的焦点问题。贝尼尼是巴洛克雕塑大师，力量感、动态感自是其作品的显要标志。那么，他的晚期风格又是怎样的面貌？斯坦尼斯罗·法兰斯切蒂（Stanislao Fraschetti）是最先研究贝尼尼的学者。他在《贝尼尼：生平、创作与时代》（1900）一书中有过饶有意味的表述：“在这位伟大艺术家晚年的灵魂里涌入了一种强烈的神秘感。此时，他已接近死亡，只梦想那些为了基督而奉献流血胸膛的半裸殉道者的形象，那些在充满痛苦的狂喜中受难而虚弱、无力挺过去的圣徒，以及最后恰恰是天主教最具有悲剧性和力度的表现等。”[26] 从中我们不难看出，贝尼尼晚年的创作虽然有异于早期，但是，内在的发展脉络与提香的情形相似，依然是清晰可辨的，只是悲剧性的倾向更为强烈了。具体到艺术品本身，有哪些特点是对应于上述的倾向的呢？美国学者欧文·拉文在其20世纪50年代的博士论文中用了一种特别的角度，即“雕塑泥稿”来分析艺术家前后的风格。绝大多数的雕塑泥稿保有艺术家自己的印记，而最后的定稿作品却反而有可能含有助手们的劳作结果。所幸的是，贝尼尼晚期的雕塑泥稿留下了数量颇为可观的一手资料。[27] 如果比较一下其早期的雕塑泥稿《圣朗吉努斯》（1630—1635，哈佛大学福格艺术博物馆）与晚期的雕塑泥稿《受祝福的卢多维卡·阿尔贝托尼》（1674—1671，伦敦维多利亚和艾尔伯特博物馆），人们就会发现，这两件泥稿都有着贝尼尼一以贯之的风格特征，即1. 错综复杂的衣物褶皱和平滑的肌肤之间的强烈对比；2. 整体的流畅性，而这与衣褶的起伏闪光有关；3. 仿佛来自人物内里的动感；4. 雕塑每一部分都在诉说的情绪状态。再对比另一件雕塑泥稿《带铭文的天使》（1667—1668，哈佛大学福格艺术博物馆），尤可证实这种风格上的连贯性。[28]当然，前后风格有一种一致的轨迹，并不等于说其间就没有任何的差异或深刻的流变。

英国美术史家肯尼斯·克拉克在其1972年出版的小册子《艺术家变老》中曾精辟地指出，如果说诗人到了老年已大多不再动笔的话，那么，画家和雕塑家却不尽然，那些伟大的艺术家都有惊人一致的共同特点，即有着“一种孤离感，一种神圣的愤怒感，同时，发展成了我所谓的超验悲观主义；对理性的不信任，以及对本能的信从……如果我们从相对比较专门的风格的角度来看老年艺术的话，那么，我们就会从中发现一种对写实的规避，对已然确立的技巧的焦躁，以及对完全一体的处理手法的渴望，仿佛绘画成了一种有机体，其中每一分子都分享一种整体的生命”[29]。克拉克所描述的为作品追求“整体的生命”，确实是艺术家晚期创作的重要特点，因而是特别值得深长思之的。美国艺术心理学家鲁道夫·阿恩海姆表达了相似的观感。他引用了80多岁的艺术家汉斯·里希特（Hans Richter）回想和描述莱奥内尔·费宁格（Lyonel Feininger）晚期作品展所给予他的深刻印象的话：

> 很难说这里还留下了什么“主题”。透过画面的澄澈，作品已经不再关注这里是否有一片天空、一片海洋、一叶风帆或一个人物。在这里，一位年老艺术家的智慧正在诉说，对他而言，对象世界已经在他面前脱去了伪装。洞察这个世界以外的东西，既内在于这个世界又超越这个世界，正是一种涅槃的整体性，而艺术家本人所托付的就是一种无在（nowhere）的创造性。这就是那些图像所言说的东西。一种没有声响而又挥之不去的声音，一个能在这种几乎神圣的领域里予以表达的人。[30]

在这里，阿恩海姆实际上是引导我们去关注晚期风格中微妙而又深刻的变化，即对精神性的追求。艺术家在乎的已经不是对对象世界的客观描摹，而且，似乎在感悟一种宇宙感，哪怕一粒沙、一朵花、一座山、一泓水等都可能是意义超越的契机。莫奈晚年画的睡莲系列与其说是一种物象的记忆的存留，还不如说是对物象的体悟的升华，以至于最后给人一种绵绵禅意，也即产生一种不被限定的意义域（无所不往的创造性）。按照艺术家自身的说法，“如果非要找到一种关联的话，那么，就选古代日本吧：他们纯净的趣味总是令我倾倒；而我认可那种以影子唤起在场感和以片断引出整体感的美学含义”[31]。

三

谈论晚期风格，不能不提到“天鹅之歌”的问题。“天鹅之歌”一语，出自民间传说，是天鹅临终时的美妙歌声，喻指艺术家生平中完成的最后一件作品。不过，实际论定的话，是不无难度的。以凡高为例，公众颇愿意将其《有乌鸦的麦田》（1890，阿姆斯特丹凡高博物馆）看作最后的作品，艺术史专家则认为《树根与树干》（1890，阿姆斯特丹凡高博物馆）才是其最后的遗作，而且，不仅整体难以作再现的辨认[32]，双方形的组合构图也显得极为独特，可能预示了后来的抽象绘画以及德国表现主义绘画的诞生[33]。当然，凡高毕竟是意外身亡，假以时日，谁又能预测这位不羁天才的最后一幅画的风采呢？这里讨论的依然是有晚期风格意识的艺术家的最后作品。可以想见，并非所有的“天鹅之歌”都会令人满意，艺术家的主观努力与作品的实际状况时常会有出入。普桑最后的画作《阿波罗与达芙涅》（1664，巴黎卢浮宫博物馆）还来不及画完就献给了红衣大主教卡米拉·马斯米，但是，沃尔特·弗里德兰达却发现，画中的造型与心绪是一种没有活力的“静寂”[34]，而这与普桑以往的风格是有差别的，也就是说，作品本身并非达到艺术家完全的期望或控制的结果。

但凡鸣唱“天鹅之歌”时，艺术家总是心仪极度的华彩。新古典主义大师大卫的《被维纳斯和美惠三女神卸械的马尔斯》（1824，布鲁塞尔比利时皇家艺术博物馆）或可作为一个例证。此画尺幅巨大（308cm × 265cm），题材也是有相当难度的神话故事，大卫从 73 岁（1822）流亡布鲁塞尔时就开始画，请过若干位重要的模特（甚至包括王子的情人），花费 3 年多的心血，终于完成这一气势撼人的杰作。不过，毕竟年龄不饶人，擅长写实的画家还是留下了一些照顾不及的地方，例如美惠三女神或拿着弓箭、头盔、盾牌，却无处可放，或拿着琼浆玉液递给双手拿着武器的马尔斯。此时，战神甚至无法含情脉脉地回应举着鲜花的维纳斯……

在雕塑领域里，贝尼尼最后奉献于世的作品是《救世主半身像》（1679，诺福克克莱斯勒博物馆），很是符合那种集大成的意味。此时的艺术家已经 81 岁了，专注于“永恒的安宁”而非俗世的荣耀，同时，他渴望在闭上眼睛之前对他的重要赞助人瑞典女王表达一份谢意。于是，他以极大的热情创作了《救世主半身像》，称这是自己最喜欢的作品，并在遗嘱里写明是献给女王的。[35] 可以推想，以年过八十的体力来雕琢一块大理石，会是何其艰辛！

绘画方面值得注意的“天鹅之歌”是提香的一件巨作。依照 17 世纪的画家出身的传记作家卡罗·利多菲（Carlo Ridolfi）的描述，提香临终之前画的作品《圣殇》（1576，威尼斯美术学院美术馆）原本是为自己的墓而准备的，当时艺术家可能已经86岁甚或91岁了。这幅巨画（352cm×349cm）如同祭坛画的形制，赢得了艺术史学者的由衷赞叹。英国学者约瑟夫·克罗和意大利学者乔万尼·卡瓦尔卡塞勒曾经这样写道："实在令人惊讶的是，一个如此高龄的人居然能用线条将构图如此完美地整合起来，思想如此高远，表现如此有悲剧性……我们看到的是一只从不感觉疲倦、也不知道发抖的手所驾驭的画笔留下的诸种画迹。在我们面前展示激情的人物及其面容是与提香一起成长起来的，有风华正茂时在所有的画布上体现的那种清新的田园气息、后来成为最爱的创造时的那种更为成熟的魅力以及饱满的形态，以及最后阶段压倒一切的阳刚写实等。"[36]此画是向来善于用光的大师向光明世界进行告别的一种尝试，与其《圣母升天》形成了一种极为鲜明的反差。作为信徒，提香在画中布置了种种复活的暗示（基督的死亡、闪闪发光的马赛格上的鹈鹕形象等），但此时，画中的整个基调是与黑暗或夜晚联系在一起的。而且，当画家画这一幅画时，威尼斯正处在一场令人恐怖万分的瘟疫中。某种意义上说，这或许是画家为自己以及儿子奥拉齐奥能幸免于难而作的一种视觉祈祷，因而也与其时代有直接的关联了。可惜此画在当时并未来得及完全画完，是由其追随者帕尔马·乔维内（Palma Giovine）最后做的润色。帕尔马大约在1570年进入提香的工作室。提香允许该弟子可以在身旁看着自己作画，可谓特许的恩惠了。[37]因而，由帕尔马来承接最后的润色任务显然是合情合理的。不过他竟然郑重其事地在画面正下方留下一段拉丁文的铭文："提香未竟之作 / 帕尔马恭敬完成 / 向上帝奉献此作。"[38]其实，帕尔马添加的部分并不多，我们从X光透视中可以看出，他仅仅是在提香留下略图的地方画了一个飞翔的天使，最后又在那些画布的接缝处上了光。学者们尚不能完全确定帕尔马是否加工了画上方山形墙的部分。[39]不过，此画可以深究的地方颇多。例如其中的自画像问题。1877年时，克罗和卡瓦尔卡塞勒针对提香的这幅画作，指出其中有画家本人以及儿子奥拉齐奥的形象。[40]在画面的右下方，靠着石狮的小碑上绘有父子俩跪着祈愿圣母拯救的形象。不幸的是，提香的祈祷并未应验，两人如同威尼斯三分之一的人口（5万多人）一样，相继在瘟疫期间离开了人世。[41]尽管我们不太确定跪在圣母与基督前并用左手牵着基督左手的人究竟是谁，因为没有什么特征可以让我们确指其人，但是，人们往往是将其视为圣杰罗姆的，原因仅仅在于他的形象与提香所画的其他作品中的圣杰罗姆有点相似。此外，他的形象也与提香的一幅晚期《自画像》（约1562，马德里普拉多博物馆）颇为接近。其实，跪着的形象在威尼斯宗教绘画中并不鲜见，而且常常就是捐赠人。此时提香自己成了祈求者。画家原本是要将此画用在自己在教堂中埋葬的位置的，因而如果画中圣杰罗姆形象实为提香本人，这并不令人意外。[42]当然，我们今天在博物馆里面对此画是否就是面对作品的原貌的问题，还是要打上问号的。因为此画除了提香弟子的添笔，更有后代很多修复者留下的诸种痕迹，有些显然是偏离作品原貌的。毫无疑问，如果提香存世的时间更长一点，此画无论是在整体感还是细节方面，都会显得更加完美。

在艺术创造领域里，或许会是“夕阳无限好”的境地，或许也未必尽然。即便是达·芬奇，到了 65 岁（1517）时，也无法画油画了，只能画些素描，令人扼腕不已。然而，米开朗琪罗到了 80 多岁时还参与了罗马圣约翰教堂的设计。虽然已经风烛残年，疾病缠身，可是艺术家在给赞助人科西莫·德·美第奇大公的信中仍然写下了这样的句子：“只要我不外出，当全力以赴。”[43]令人读之不免动容。

确实，晚期风格的艺术恰如一种异彩纷呈的光谱，扑朔迷离和丰富深刻的程度超乎人们的想象，其洞开的正是一种令人兴味盎然的探究空间。

注释：

---

① Cf. Marcus Tullius Cicero, *Cicero on the Art of Growing Old*, trans. Herbert Newell Couch, Providence: Brown University Press, 1959, p. 10.

② 斯达尔夫人：《论文学》，徐继曾译，人民文学出版社 1986 年版，第 122 页。

③ Cf. Edward W. Said, *On Late Style: Music and Literature Against the Grain*, New York: Pantheon Books, 2006.

④ Cf. Russ McDonald, *Shakespeare's Late Style*, Cambridge: Cambridge University Press, 2006.

⑤ Cf. Erin Campbell (ed.), *Growing Old in Early Modern Europe: Cultural Representations*, London: Ashgate Publishing Company, 2006.

⑥ Cf. Barbara L. Marshall and Momin Rahman, “Celebrity, Ageing and the Construction of ‘Third Age’ Identities”, *International Journal of Cultural Studies*, Vol. 18, Issue 6, November 2015.

⑦⑧⑩⑪⑫⑬㉑ Cf. Philip Sohm, *The Artist Grows Old: The Aging of Art and Artists in Italy, 1500-1800*, New Haven and London: Yale University Press, 2007, p. 143, p. 145, pp. 161-165, p. 61, pp. 105-106, p. 106, pp. 83-85.

⑨ Cf. Jack Flam, “Looking into the Abyss: The Poetics of Manet's *A Bar at the Folies-Bergere*”, in Bradford R. Collins (ed.), *12 Views of Manet's Bar*, Princeton: Princeton University Press, 1996.

⑭ 毫无疑问，何时为“老年阶段”的概念，在不同的历史阶段里是有着不同的理解，不可一概而论。在 16—17 世纪的意大利，人们认为 40 岁是一个人完全成熟的年龄，而 60 岁以上就是老年的阶段（Cf. Creighton Gilbert, “When Did a Man in the Renaissance Grow Old?” *Studies in the Renaissance*, 14 (1967) : 7-32）。

⑮⑰ Cf. Lloyd H. Jr. Ellis, *Raffaello Borghini's Il Riposo*, Toronto, Buffalo and London: University of Toronto Press, Scholarly Publishing Division, 2007, pp. 137–138, p. 138.

⑯ 此处当指《殉道者圣劳伦斯》(1569)，作者年值 66 岁。

⑱ Cf. Bernard Berenson, *The Florentine Painters of the Renaissance*, New York and London: G. P. Putnam's Sons, 1909, p. 82.

⑲ Cf. Wendy Leeks, "Ingres Other-Wise", *Oxford Art Journal*, Vol. 9, No. 1 (1986) : 29–37; Ruth Bernard Yeazell, "Public Baths and Private Harems: Lady Mary Wortley Montagu and the Origins of Ingre's Bain Turc", *Yale Journal of Criticism*, Vol. 7, Issue 1 (Spring 1994): 111–138.

⑳ Amy Concannon, Brian Livesley, Sam Smiles et al., *The EY Exhibition: Late Turner : Painting Set Free*, London: Tate Publishing, 2014, p. 14.

㉒㉓ Cf. Bernard Berenson, *The Venetian Painters of the Renaissance*, New York and London: G. P. Putnam's Sons, 1894, Chapter XIII, p. 93.

㉔ Cf. Robert C. Davis and Beth Lindsmith, *Renaissance People: Lives That Shaped the Modern Age*, Los Angeles: The J. Paul Getty Museum, p. 209.

㉕ Thomas Puttfarken, *Titian and Tragic Painting: Aristotle's "Poetics" and the Rise of the Modern Artist*, New Haven and London: Yale University Press, p. 189.

㉖ Stanislao Fraschetti, *Il Bernini, la sua vita, la sua opera, il suo tempo*, Milano: U. Hoepli, 1900, pp. 418–419.

㉗ Cf. Irving Lavin, *The Bozzetti of Gianlorenzo Bernini*, Ph. D dissertation, Harvard University, 1955.

㉘ Catherine M. Soussloff, "Old Age and Old Age Style in the 'Lives' of Artists: Gianlorenzo Bernini", *Art Journal*, (Summer 1987): 115–121.

㉙ Cf. Kenneth Clark, *The Artist Grows Old*, London: Cambridge University Press, 1972, pp. 21–22.

㉚ Cf. Rudolf Arnheim, *New Essays on the Psychology of Art*, Berkeley, Los Angeles and London: University of California Press, 1986, p. 293.

㉛ Cf. Charles F. Stuckey (ed.), *Monet: A Retrospective*, New York: Scribner, 1985, pp. 266–267.

㉜ Cf. Jan Hulsker, *The Complete Van Gogh: Paintings, Drawings, Sketches*, Westminster (MD): Random House Value Publishing, 1986, p. 476.

㉝ Cf. Wouter van der Veen and Peter Knapp, *Van Gogh in Auvers: His Last Days*, New York: The Monacelli Press, 2010, p. 164, p. 242.

㉞ Cf. Walter Friedlaender, *Nicolas Poussin: A New Approach*, New York: Harry N. Abrams, 1966, p. 86.

㉟ Cf. Irving Lavin, "Bernini's Death", *The Art Bulletin*, Vol. 54, No. 2 (June 1972): 160.

㊱㊵ Joseph Archer Crowe and Giovanni Battista Cavalcaselle, *Titian, His Life and Times*, London: J. Murray, 1877, Vol. II, pp. 412–413, pp. 411–414.

㊲ Cf. Sheila Hale, *Titian: His Life*, London: Harper Press, 2012, p. 652.

㊳ Cf. Joseph Archer Crowe and Giovanni Battista Cavalcaselle, *Titian, His Life and Times*, London: J. Murray, 1877, Vol. II, p. 411.

㊴㊷ Cf. Bruce Cole, *Titian and Venetian Painting, 1450–1590*, Boulder and Oxford: Westview Press, 1999, p. 210, p. 211.

㊶ Cf. Joseph Archer Crowe and Giovanni Battista Cavalcaselle, *Titian, His Life and Times*, Vol. II, p. 412; Robert

C. Davis and Beth Lindsmith, *Renaissance People*: *Lives That Shaped the Modern Age*, p. 209; http: //www.theguardian.com/culture/2002/sep/07/art.

㊸ Michelangelo Buonarroti, *I*, *Michelangelo*, *Sculptor: An Autobiography through Letters*, edited by Irving and Jean Stone, from the translation by Charles Speroni, Garden City: Doubleday, 1962, p. 264.

（2016 年第 7 期）

强制阐释的独断论特征

张 江

强制阐释论提出以后[①]，引起学界的关注和讨论，一些专家学者，包括多位国外学者，对强制阐释的定义及其所指提出了诸多不同意见[②]。其中一个主要问题是，如何认识和对待文本。依据20世纪西方文论一些流派的基本倾向，许多学者主张，不存在文本自身的意义和作者意图，即使有，也无阐释的可能和必要。一切文本都是历史的，时代及其接受者的当下理解，决定文本的存在和意义。笔者目前的结论是，从阐释的结果辨别和定义强制阐释是困难的。强制阐释的要害不在文本阐释的结果，而在阐释的路线。所谓“阐释”，作为理解和解释的手段及实现方式，可以从阐释者的哲学偏好和认识路线上找到其动力和倾向。经过深入考察和辨识，笔者认为，强制阐释的哲学发生根据，是从古希腊缘起，被莱布尼兹—沃尔夫体系推向极端，再由康德及后来者给予颠覆性批判的独断论哲学。就强制阐释的原点定义看，“背离文本话语，消解文学指征，以前在的立场和模式，对文本和文学作符合论者主观意图和结论的阐释”[③]，从哲学和认知方式的视角评判，其独断论的特征明显。特别是因为场外理论的征用，阐释者从既定理论目的出发，利用文本证明理论，强制或暴力阐释成为必然，否则，难以实现阐释的目的。由此切入，可以从一个新的角度辨识和认知强制阐释，回答各方的质疑。

一、独断论的线索性回顾

所谓独断论，作为一种思维方式，自有哲学以来，就始终伴随其发育和生长，深深植根于人类认知理性之中。从古代希腊的赫拉克利特把“逻各斯”引入认识论，强调理性的绝对作用，到近代莱布尼兹—沃尔夫哲学，力图以抽象、片面、孤立的思维规定认知客观对象，尽管其间几经反复，独断论始终占据主导地位，从根本上决定了西方哲学发展的基本走向。直至18世纪末叶，康德因休谟的怀疑论而警醒，对独断论哲学给予有力批判，逐步引导西方哲学实现了由独断哲学向批判哲学的转向。进入20世纪，西方当代哲学以其“最为神秘、最为强大的基础，就是它对一切独断论，包括科学的独断论所持的怀疑主义”[④]，彻底冲击和瓦解了近代哲学的思想路线和思维方式，使独断论完全失去存在的根基和可能，怀疑主义、相对主义最终占据主导地位。对此，国内有学者判断：“一旦康德的批判哲学被确立起来，独断论哲学就从根本上被抛弃了，虽然在康德之后，独断论哲学还有局部的复辟，虽然在康德以后不读康德的人仍然会停留在独断论的哲学思考中，独断论哲学已经一蹶不振了。”[⑤]但是，问题并不这样简单。作为唯理论的遗产，独断论虽然不再为当代哲学所关注，也很少有人愿意以独断论的方式表现立场，但不可否认的事实是，因为人类对自身理性的无限信任，因为人类执着顽强地对宇宙包括人类自身普遍性、必然性的认知追求，独断论的误入很难克服。

20世纪的西方当代文论，从脱离文艺本体开始，先是作为一种“批判的理论”，进而衍生为“理论”，尤其是那种号称没有文学的文学理论，再回到文学场内，以阐释的强制性和暴力性再现独断论幽灵，让人们对独断论的历史和当下生出诸多新的认识和思考。需要强调的是，独断论不仅是一种哲学思想的概括，而且是一种思维方式的总结。这种带有素朴信仰印记的认知方式，至今依然深刻影响甚至统治着我们。强制阐释，作为一种理解和解释手段，虽然可以无关任何一种具体的哲学思想，却能无限制地运用于任意理论和意志的阐述与发挥，而阐释者却可能未有察觉。从历史谱系说，强制阐释古已有之且延绵至今，既无哲学渊源上的指认，也无阐释学理论的最后确证，因此，我们必须努力揭示它的哲学与认识论根源，确立消解并阻断强制阐释的哲学根据。这对于构建一种既防止独断论，也克服怀疑论，并与当下盛行的相对主义、虚无主义的阐释理论相区别的批判阐释理论，具有基础性意义。

二、理论的能力及可能的边界

强制阐释的根本方式，是从理论出发，以理论为目的，用理论裁剪对象，用对象证明理论。如此阐释路径，必然产生一个根本性问题，即理论本身的能力，或者说某种理论阐释对象的能力，是否经过检验和证明；理论阐释对象的可能范围和限度是否有边界。在康德看来，沃尔夫独断论的核心问题是，对人的认识能力的可能限度未经考察，就截然断定理性认识的确定性和唯一性，仅靠知性去理解和阐释一切。对理性的盲目信任，以知性的空洞思维为基准，让理论阐释的可能与限度无限扩张，用理论强制对象，显示了知性与理论的极端霸权。同时，独断论以为，理性可以无障碍地认知对象，无须经验和实践，仅以理论就可以揭示一切，包括上帝和灵魂。强制阐释以同样的方式展开、呈现自己，以为仅仅依靠理论就可以无限地认知世界，包括认知纯粹的精神现象，找到和揭示对象的本质，进而达到真理性认识。所谓“只靠反思的作用即可认识真理，即可使客体的真实性质呈现在意识前面”[6]，准确地描述了强制阐释的独断论特征，显示了两者之间几无区别的相似性和一致性。

当代西方文论的诸多重要学派和代表人物，经常是自觉地采用强制阐释展开理论，使独断论获得新的存在形式。海德格尔在《艺术作品的本源》中，深入讨论了凡高的著名油画《鞋》。按照杰姆逊的说法，“在凡高那里，这最初的内容，我想就是农业生活中的苦难，完全的贫瘠，和农民们最原始的体力劳动的痛苦”[7]。但是，在海德格尔的哲学中，这幅经典的写实作品，却被衍化为一个抽象的哲学转喻。他那段著名的评论美丽而煽情，努力注释着“海德格尔总带有点神秘主义”的存在论观点。[8]面对这一经典画作，海德格尔给予了新的理论“重构”，他断然决定，凡高笔下的鞋子是一双农妇的鞋；这双鞋注满了农妇生活与劳作的艰辛，甚至她分娩时的痛苦；这双鞋子把土地与世界，或者说是物质与历史联系起来，表达了存在主义哲学的深刻意义。海德格尔的如此“决定”，是不是可以看到独断论的思维和阐释的强制？我们说海德格尔“决定”这是一双农妇的鞋，不是误用。从思维方式上看，他的“决定”是思想家个体的决定，而无任何对话和商榷。而且仅仅因为是这样一个强制性决定，才使下面的玄妙结论成为可能。杰姆逊对此很是疑惑：“海德格尔确认——谁也不知道为什么——这是一双农妇穿的鞋。”[9]且不论以后有人确证这双鞋不是农妇的鞋而是城里人的鞋，又有人确证这双鞋只是艺术家凡高本人的鞋，且不是同一双鞋，但阐释者依然这样“决定”。仅就海德格尔的阐释方式说，他表现出对自己既定理论的信任：这个理论具有解释这件艺术作品的可能，进而可以无限扩张地阐释任何对象。从抽象的理论出发，根据理论的需要，主观地生硬裁剪或重构对象，使客观对象服从理论，成为理论的证明，这种路径本身就是独断的、强制的。我们有理由质疑，如同他毫无根据地认定凡高笔下的鞋子是农妇的鞋子一样，海德格尔如何认定他的理论就一定是适合于阐释这幅画的理论，进而也是能够阐释一切物质和精神对象的理论？近代哲学高扬理性的旗帜取得了辉煌成就，但却因为把它推向极端，最终蜕化为对理性的迷信。理性以其无所不能的能力打倒了上帝，也无可奈何地导致了独断，最终打倒了自己。

尽管当代西方哲学主流坚决主张并努力超越独断理性的束缚和影响，但是，独断的传统是西方哲学两千多年的根基，是人类思维取向集约和一统的基本方式，理性的独断因此而无法完全被阻断和割舍。康德是独断论的死敌，但是，他在理性领域为自然立法，在实践领域为道德立法，在美学领域为审美立法，到头来还是未能摆脱思辨的独断。我们可以纵览 20 世纪的哲学，诸多主义和学派，哪一个学说没有独断天下的企图？海德格尔用“存在”、用“烦”统辖人的本质，这是不是一种独断？这种独断体现在文学批评上，其霸权和强势几乎一览无余。对海德格尔的文学批评，韦勒克就有此类分析。他尖锐地指出：“海德格尔对狭义文学批评最为著名的贡献，是他对荷尔德林、里尔克和特拉克尔作品的解释，他为其所用地认为，这些诗人证实了他本人的理论学说。”[10] 他认为，海德格尔的具体评论手法，“在诸多情况下，应该得出的结论是，这些文本他很快便束之高阁，以便插入他本人的思想和语汇”[11]。对荷尔德林诗歌的解释，完全是一种“为己所用，作为印证他本人的思想情感的佐证”[12]；“他是以一己之见，强加于一位引人入胜的历史人物，对于我们合理地欣赏和理解一位伟大诗人来说，乃是一种不利之举”[13]；“海德格尔将自己的哲学理论强加于上述文学作品和人物”[14]，“诗歌之于他，不是一个语言和形式的结构，而是认识‘存在’的一种神秘色彩的看法表态”[15]。我们应该注意到，韦勒克多次判断海德格尔的诗歌批评其实是“为己所用”；他两次使用“强加”这个语汇给予质疑，这显然不是随意之举。从理论出发普遍阐释一切精神现象和作品，以理论为根据去寻找“事实”反过来证明理论，韦勒克的“为己所用”和“强加”，是对强制阐释最生动的注解和说明。[16]

三、认识的出发点和落脚点

以理性把握对象，基点在对象。理性认识应该以实践和经验为基础，考察对象的客观存在及其实际。无论这个对象是物质的还是精神的，它们的实在状况，从表象到结构再到本质，一言以蔽之，也就是对象本身，是全部认识的出发点和落脚点。脱离对认知对象的实际把握，脱离具体经验和实践的基础，为了理论的需要而歪曲经验和实践，歪曲认识的对象，并且再造对象，使对象服从理论，是独断论的传统。对此，黑格尔评论说，“思想进而直接去把握对象，再造感觉和直观的内容，把它当作自身的内容，这样自以为得到真理，而引为满意了”[17]，可谓一语中的。这里有两点需要强调。

一是理论脱离经验而直接把握对象，以为思想可以把握事物的本身，这正是诸多西方文论、诸多学派的通病。笔者曾指出，场外理论的征用，是当代西方文艺理论生成的主要方式。特别从20世纪初，以弗洛伊德为代表的精神分析学说侵入文论领域以后，多种理论都是从文学场域以外进入场内的。这些理论的出处大抵来源于三个方向：与文学相关联的人文学科理论；为现实政治、社会、文化运动服务的理论；自然科学领域诸多规范理论和方法。这些理论在进入文学场内以前就已经生产并成熟，理论的创造和使用者征用这些理论侵入文学，其动机和目的不在文学和文本的阐释，而在利用文学证明和张扬理论，在用思想“把握事物的本身”[18]，这必然决定理论过程的独断方式：脱离经验直接把握对象，以理论为根据直接修订对象。对于此类路向，弗洛伊德主义的生产与征用最为清晰。弗洛伊德是精神病医生，其理论操用于文学以前，他的主要著作已经完成，基本理论和方法在精神病研究与治疗上取得了成绩。弗洛伊德关于“无意识”“力比多”以及“梦的解析”“俄狄浦斯情结”等基本观点，是他精神分析理论的主要构成，产生于他本人有关文学的著作完成以前，对文学研究是一种理论的应用，或者说是“移植”，是弗洛伊德对其精神分析理论本身的文学阐释。其中，既有开拓文学研究空间和场域的正面作用，也不可避免地产出生搬硬套、简单移植的强制阐释。特别是后来的文学批评，广泛移植这个理论，用这个理论去“普适”大批本无此意的历史文本和文学经验，对理论的有效性造成极大伤害。这种脱离文学实践和文本实际、以场外理论直接把握文本的方式，其独断性和强制性不言自明。

二是以理论强制对象，也就是“认为事物的真实性质就是思想所认识的那样”[19]。安贝托·艾柯曾用文艺复兴时期的神秘主义对兰花的阐释来说明过度诠释。艾柯举证，神秘主义的符指论者从他们的既定理论出发，“致力于去寻找一些‘踪迹’，即能揭示出隐秘关系的一些可见线索”[20]。这些怀抱神秘主义的符指论者为了认证自己的理论，对野生的兰花具有两个球茎大做文章，认为兰花的两个天然球茎与人的睾丸之间在形态上有令人惊异的相似之处。就是从这个相似性出发，他们进一步推进到对于不同关系的认同：“从形态的类似推到功能的类似。于是兰花就被认为是具有生殖器官的神秘特征（因此，兰花同时又以其性淫而为世人所知）。”[21] 从艾柯论述的初衷看，他是把这个例子作为过度诠释的表现来论证的。但是，从阐释的路线分析，上述对兰花的阐释，其源头是神秘主义符指论的理论需要，是从神秘主义立场出发，去寻找对象和根据，证明神秘主义符指论的正确。在这里，我们不评价神秘主义及其符指论的荒唐，仅从对兰花阐释的认识路线看，它是一种从既定的主观意图出发，为意图寻找证据进而证明意图的进路，认识的起点是理论而非客观事物，其落脚点不是阐释对象，而是证明理论。从此立场出发，阐释者无论在哪里都可以找到对象，都可以任意阐释，用思想剪裁事物、剪裁现实，让事物和现实服从思想、证明自己，从而实现“事物的真实性质就是思想所认识的那样”。

表述到这里，我们能够更确当地理解上述黑格尔话中的三层意思。一是“再造感觉和直观的内容”；二是“把它当作自身的内容”；三是“这样自以为得到真理，而引为满意了”。这三个判断意味深长，包含了关于认识和对象关系的意义认定，对强制阐释的独断论特征做出最明晰的注解。强制阐释以理论为标杆阐释文本，文本符合理论则无须多言，而当文本与理论相悖、无法说明和证明理论时，强制阐释的根本方式是，重新移植和构造文本，使文本符合理论，这就是“再造感觉和直观的内容”。强制阐释再造文本内容，还要在思想和理论上反复辩护，这个再造的内容就是文本的内容，是文本自身具有的实在，并用这个实在否定文本的真实，甚至把这个再造的内容冠名于文本的原创，认定这个再造就是文本原创者的意图。强制阐释的偏执与顽固，更表现于对阐释本身的自信与满足，自认为经过阐释者的强制，不仅理论得以证明，而且解放了文本，同时证明了阐释，如此三重获得就是“得到真理”——当然是“自以为”——而且“引为满意”，因为这样就可以实现理论的自我构建和循环。对这种“认为思想可以把握事物的本身，且认为事物的真实性质就是思想所认识的那样”的独断论，黑格尔笑谈“乃是教人单凭秕糠去充食物”[22]。

四、片面的知性执着

“狭义的独断论，则仅在于坚执片面的知性规定，而排斥其反面。独断论坚执着严格的非此即彼的方式。”[23] 这也是强制阐释的典型特征。其表现有两个方面。

一是就单一的独立理论阐释而言，几乎每一种理论都坚持只有自己的阐释才是正确的，完全地否定和排斥其他理论阐释的优长。有些激进的政治理论主张的文学应用更是如此。在这一点上，每一个学派、每一种批评方法都坚定地认为，唯有自己的分析和结论是正确的，断然否认历史和当下其他理论和批评的正当性、合理性。弗洛伊德用俄狄浦斯情结对古希腊悲剧《俄狄浦斯王》做重新阐释时，完全否定以往阐释者的判断和分析，坚决否定这是一部表现命运与人的自由意志相冲突的悲剧。他说：“如果说《俄狄浦斯王》这一悲剧感动现代观众的力量不亚于感动当时的希腊人，其唯一可能的解释只能是，这种效果并不出于命运与人类意志之间的冲突，而是在于其所举出的冲突情节中的某种特殊天性”[24]，正是这种天性决定了悲剧的结果，决定了千百年以后，这部古希腊悲剧依然可以感动天下。至于这种猜想或解释是否合理，以至于可以溯及千年既往，仍然可以讨论。但弗洛伊德的决绝判断和态度，强加于文本的“唯一可能的解释”，让我们感觉他的盲目自信与独断。关于他的另一个例子则令人体会得更加深刻。弗洛伊德认为，达·芬奇笔下蒙娜丽莎的神秘微笑是恋母情结的效应。他由达·芬奇梦中的秃鹫形象说起，联系秃鹫尾巴撞击艺术家嘴唇的记忆，抓住秃鹫为单性动物的定性，认定蒙娜丽莎的微笑源自达·芬奇本人的“恋母情结”。尽管他可以为自己留下后路，说这个情结和冲动对达·芬奇本人也是隐藏的，但事实却是，弗洛伊德所凭以立言的证据“秃鹫”是一个翻译上的错误。达·芬奇梦中的飞鸟应该是“鸢”而非“鹫”。因为这个错误，弗洛伊德全部立论的根据彻底塌陷，判断和推论无法成立。令人奇怪的是，这个错误弗洛伊德生前是知道的，但他至死没有纠正这个错误，坚持着自己失去根据的立论和判断。我们无法推测弗洛伊德如此态度的理由。然而，“坚执片面的知性规定，而排斥其反面”，“坚执着严格的非此即彼的方式”，维护哪怕是错误的理论根据和结果，强制阐释的独断性可以被清晰地认知和把握。当然，我们可以讨论“理论的精神，是全身心投入的精神，是论战的精神，是低着头一条死胡同走到黑的精神”[25]，这种理论的执着和信仰值得肯定。但让我们疑惑的是，“低着头一条死胡同走到黑的精神”有没有边界？譬如，对莎士比亚某文本的阐释，是不是可以任意地阐释开去，无论怎样的阐释都可以一条死胡同走到黑，譬如像伊格尔顿所调侃的那样让莎士比亚“认为自己在描写核战争”[26]？知性的偏执，思想的独断，是不是对理论精神的曲解？从现代西方哲学的走向看，诸多理论家对近代哲学中所表现的理性万能和理性独断的倾向进行了有力抗争。弗洛伊德的非理性研究就是其中的重要力量。他的精神分析，注重非理性的影响，证明无意识的作用。这本是对理性独断论的最有力反抗。但是，他的非理性研究不能超越理性，正如荣格所言：“我们关于无意识所说的任何东西，其实就是意识对于它所说的东西。性质上完全不可知的无意识是通过意识并根据意识的术语加以表述的，而这是我们唯一所能做的事情。我们不可能超出这一点。”[27]然而，可悲的是，在理论的扩张和膨胀中，非理性研究也无可避免地坠入理性的独断。“在哲学中常有这种情形，把片面性提出来与全体性并列，而固执一种论断、一种特殊的、固定的东西，以与全体对立。但事实上，片面的东西并不是固定的、独立自存的东西，而是作为被摒弃了的东西包含在全体内。”[28]黑格尔的劝告，值得我们深思和总结。

二是就各学派与理论而言，相互否定和隔绝几乎是一种常态。一种理论的出现，通常是对过去理论的反叛，而这种反叛却是把洗澡水同婴儿一道泼出去的形而上学。“知性形而上学的独断论主要在于坚执孤立化的片面的思想规定。”[29]形式主义排除庸俗社会学的干扰，聚焦于文本，具有极大的合理性。但是，就此完全否定社会历史批评，只对文本做语言形式的阐释，并认定这才是真正文学的阐释，就把合理性蜕变为独断性。解构主义力图打破二元对立的思维方式，打破逻各斯中心主义的强大统治，这是具有思想解放意义的重要变革。但是，由此彻底否定客观世界的一般存在方式，否定物质与精神现象的本质规定，本意是打破独断，却无可挽回地滑向独断。接受美学历史性地提示了读者对文本和文学的建构意义，但是，因此而确定文学的历史就是作品的接受史，这就滑向谬误。文学史不也是创作史，而且首先是创作史吗？没有创作哪里有接受？这个判断本身就是一种决绝否定其他有效理论的独断。不仅具体的理论学派如此，就是大的理论思潮也难逃此运。学界概括的20世纪文论的两大转向，即非理性转向和语言论转向，都是对历史和传统的反抗，都是企图构建新的理论学派以开拓当代文论更广阔的话语空间。愿望是好的，但非理性转向彻底否定理性，以非理性、非逻辑为中心，以“意志”“直觉”“无意识”为主词，甚至以自由意志主宰人类理性，虽然有益于当代文论的变化和更新，但也因为其过度膨胀与扩张而取代理性、取代正常思维，使当代文论的合法性、有效性受到质疑。人们有理由追索，如果作为人类存在的最高标志理性，让位于动物同样具有的本能非理性，非理性的认知范式是否还可以有效地认知世界。语言论转向也是如此。从形式主义开始，布拉格学派、语义学及新批评，到结构主义特别是符号学，虽然具体理论和观点各有不同，但大体上都是以语言论为中心，专心集中于文本自身，对文本的生产语境，对文本的历史传承统统放弃不议，“作者死了”一类的极端口号，诱导文论偏好完全坠入另一个极端。细节上的真理，整体上的谬误，是20世纪文论流派频繁迭起又极速陨落的根本原因。“对于知性的规定，我们似乎比较固执一些。我们总把它们当作固定的，甚至当作绝对固定的思维规定。我们认为有一无限深的鸿沟把它们分离开，所以那些彼此对立的规定永远不能得到调节。”[30]这对强制阐释的独断性的认识，让人有醍醐灌顶之感。

五、数学的方法等同于哲学的方法

前文提到，独断论的根源可以从以莱布尼兹为代表的德国唯理主义论起。作为唯理论者，莱布尼兹“从未放弃这种观点：宇宙是一个由数学和逻辑原则统率的谐和整体，因而数学和形而上学是基本的科学，论证的方法是真正哲学的方法”[31]。后来的沃尔夫则更进一步，直接“把哲学的方法同数学的方法等同起来”，认为“经验的事实会符合理性的演绎”，而不是理性演绎符合经验事实。[32]套用数学、物理的方法生硬地阐释文学，这是一些西方文论学派的基本特征。

应该承认，唯理论的传统直至今天仍然深重地影响甚至统治着我们，这与自然科学所取得的重大成就及其有力地改变世界的事实，有着极大的关系。自然科学取得的成就，使它的研究方法，即从个别出发找到一般，进而提升规律，生产普遍有效知识的思维路径，早已“进化”为深入人心的世界观、方法论。“真正的知识是普遍必然的，不是建立在经验的原则之上”“宇宙是一个数学逻辑的体系，只有理性能够阐明”的理念[33]，不仅是自然科学的信念，而且是社会科学、人文科学的信念，甚至是认识和把握精神现象一般方法，也当然成为文学理论和批评的普遍性追求。检索20世纪西方文论，没有哪一个学派不是以绝对的理性概念去构建自己的理论体系的，包括那些标榜自己如何努力打破逻各斯中心主义的学派，其最终目的仍然是以没有中心为中心，走上莱布尼兹—沃尔夫的独断论老路。特别是把数学的方法等同于文学的方法，简单照搬某种数学或物理学模式，打造普适的批评方法，更是与独断论无异。

这种逻各斯中心主义的努力，大体可以分为两个方向。一是符号学一类具体方法的努力。其基本方式是，模拟甚至照搬已有的数学、物理方法，构建新的文艺理论和批评模式，企图把文艺理论做成“可以引出必然结论的科学”[34]。从科学史的意义讲，符号及其符号系统首先是一种数学思想和方法。胡塞尔用“符号——数学理论的外衣”[35]指出数学对哲学的影响，他进一步指出，因为哲学在古代起源的时候就想成为科学，成为有关存在者的宇宙的普遍认识，但是，“这种新的理想只有按照新形成的数学和自然科学的典范才是可能的”[36]。毫无疑问，莱布尼兹—沃尔夫唯理论与独断论的企图，是与这个基本判断相连续的。在如此传统的严格规制下，当代西方文论很难挣脱裹挟，难免生出同类理想和愿望，用数学的方法等同文学的方法，比如文学符号学，对此我们应该给予充分理解。格雷马斯的符号矩阵就是一个典型。这个理论或者说方法，就是搬用具体的数学、物理方法，将文学叙事推演上升为简洁、精准的公式，以构造一个能够包罗全部文学叙事方式的普适体系，使文学理论研究和批评公式化、模式化。对此，格雷马斯的解释是："要谈论意义并谈出点有意义的东西简直比登天还难。谈论意义唯一合适的方式就是建构一种不表达任何意义的语言：只有这样我们才能拥有一段客观化距离，可以用不带意义的话语来谈论有意义的话语。"[37] 如此说来，数学、物理方法，特别是数学符号的抽象方法，当是实现"谈论意义"的最好方法。二是系统论、控制论、协同论，以至用前沿的量子力学理论构建文学理论与方法的企图。前三种理论曾经时髦过，像风暴一样席卷而过，只是还没有被广泛理解与接受就已陨落，到如今几乎沦为笑柄。

至于用各种前沿的物理学观念和方法构造文学理论，20 世纪末所谓"索卡尔事件"的教训犹在眼前。索卡尔对各种后现代主义理论滥用数学方法确证解构主义和相对主义理论的固执给予揭露和抨击。对此，笔者不在此进行评说，但有一点可以确信，简单挪用现代数学、物理方法构建文艺理论，尤其是强制阐释具体文本，无论如何是需要认真反思的。这里的核心问题是，精神现象与物质现象的本质差别。物质现象是脱离人的主观意志而独立存在的，物质运动的规律可以被客观地研究和确定，最终以数学的形式给予精准表达；由客观规律所决定的运动结果可以被预见，在一定的空间和尺度内可以被重复，尤其是人工重复，这是科学研究得以成功的基本要素。精神现象则完全相反，它以人的主观创意为根据。这种主观创意无法测量和规定，而且创意的结果不可预见，更不可重复。

用规律、定则、公式把握精神现象，本身就是不科学的。对文学而言更是如此。文学活动是最具创意的精神活动。文学得以生存和发展的基点只有一个，这就是独创性或原创性。而人的精神的独创性恰恰不是公式和算子能够规约的，原创性的价值就在于不可重复。所谓"学我者病，似我者死"就是这个意思。作为文学的理论，可以研究和发现文学独创性的生成机制，生成的历史条件和传统，却无法预见和规约独创性本身。文学永远不能是公式，用符号和公式推演文学不可能成功。硬要如此演绎，也无法去除人的意志的安排，因为它由演绎者的创意所决定。詹姆逊在阐释格雷马斯符号矩阵的应用时说，对一个由四项因素构成的符号矩阵而言，"实际上我们却常常只能说出一个特定的概念应有的四个位置中的三个；最后一个，也就是 $\bar{s}$，则是我们要破译的一个密码或解开的谜"[38]。由此就可以理解，他在用符号矩阵阐释中国古代小说《鸲鹆》的时候，为什么把最后一个算子也就是 $\bar{s}$ 苦心定义为"人道"。这就告诉我们，表面上看，符号学的方法似乎是客观的、公式化的，是不受人的意志影响的，而实际上，这完全是错觉。“符号系统的判断，能指模式的选用，不可能不受分析者的观念的支配，这正如朱丽娅·克里斯特娃所说，意识形态将‘在最后阶段决定它的有效性或它的真实性’。”[39]一语道破符号学及诸多文学场外数学、物理方法的本质，后者必然产生的强制阐释的机制和结果。

结　论

从认识论的意义说，任何阐释都是某种认识路线的反映。以上论及独断论的四种表现形态，是强制阐释的哲学和认识论基础，强制阐释依据这个基础发生阐释功能。独断论与强制阐释的关系是，以独断论为基础的强制阐释，在阐释学谱系上可以是一种理论；以强制阐释为展开的独断论，在阐释过程中可以是一种方法。两者互为依托和因果：独断论的立场，需要和运用强制阐释的方法；强制阐释的方法，巩固和实现独断论的立场和目的。我们应该讨论，在人类理性活动中，独断论是否可能彻底杜绝。如果可能，强制阐释是否就会消失；如果不能，强制阐释是否将必然存在。作为强制阐释的命名者，强制阐释论的提出，我的本意并非要构建新的、统一的理论和批评体系，而是希望在精神现象范畴内，对人类理性及理论本身的有效能力及范围，进行有限的检视和批判。当代西方文论中一些学派和思潮的强制阐释方式，只是此类检视的一个具体现象而已。我们的视野应该进一步扩大，从独断论的剖析切入各方面的理论，如政治的、历史的、经济的、法学的理论等等，对人类实践和有效经验的强制阐释，都应在检视和批判之列。当然，这是学术意义上的批判。期望此文有抛砖引玉的效用。

注释：

①②③　张江：《强制阐释论》，《文学评论》2014年第6期。

④　汉斯－格奥尔格·伽达默尔：《哲学解释学》，夏镇平、宋建平译，上海译文出版社1994年版，第128页。

⑤　俞吾金：《西方哲学发展中的三大转向》，《河北学刊》2004年第3期。

⑥　黑格尔：《小逻辑》，贺麟译，商务印书馆1980年版，第94页。

⑦⑧⑨　杰姆逊：《后现代主义与文化理论》，唐小兵译，北京大学出版社1997年版，第182页，第183页，第184页。

⑩⑪⑫⑬⑭⑮ 雷纳·韦勒克：《近代文学批评史》第 7 卷，杨自伍译，上海译文出版社 2009 年版，第 152 页，第 158 页，第 159 页，第 161 页，第 162 页，第 163 页。

⑯ 韦勒克使用的“强加”，英文为“impose”，“强制阐释”的英译“imposed interpretation”，在译义上两者是同义的。

⑰⑱⑲㉒㉓㉘㉙㉚ 黑格尔：《小逻辑》，第 94—95 页，第 96 页，第 96 页，第 96 页，第 101 页，第 101 页，第 101 页，第 94—95 页。

⑳㉑ 安贝托·艾柯等著，斯特凡·柯里尼编：《诠释与过度诠释》，王宇根译，生活·读书·新知三联书店 2005 年版，第 52 页，第 52 页。

㉔ 弗洛伊德：《释梦》，孙名之译，商务印书馆 2011 年版，第 258 页。

㉕ 安托万·孔帕尼翁：《理论的幽灵——文学与常识》，吴泓缈、汪捷宇译，南京大学出版社 2011 年版，第 8 页。

㉖ 特雷·伊格尔顿：《二十世纪西方文学理论》，伍晓明译，北京大学出版社 2007 年版，第 68 页。

㉗ 荣格：《分析心理学的理论与实践——塔维斯托克讲演》，成穷、王作虹译，生活·读书·新知三联书店 1991 年版，第 3—4 页。

㉛㉜㉝ 梯利：《西方哲学史》下册，葛力译，商务印书馆 1979 年版，第 131 页，第 145 页，第 141 页。

㉞ 涂纪亮编：《皮尔斯文选》，涂纪亮、周兆平译，社会科学文献出版社 2006 年版，第 219 页。

㉟㊱ 胡塞尔著，毕迈尔编：《欧洲科学的危机与超越论的现象学》，王炳文译，商务印书馆 2001 年版，第 67 页，第 83 页。

㊲ A. J. 格雷马斯：《论意义——符号学论文集》上册，冯学俊、吴泓缈译，百花文艺出版社 2005 年版，第 3 页。

㊳ 弗雷德里克·詹姆逊：《语言的牢笼——马克思主义与形式》上，钱佼汝、李自修译，百花洲文艺出版社 2010 年版，第 151 页。

㊴ 怀宇：《译序》，载皮埃尔·吉罗《符号学概论》，四川人民出版社 1988 年版，第 3 页。

（2016 年第 8 期）

中国电影史研究的主体性、整体观与具体化

李道新

迄今为止，海内外的中国电影史研究已经取得令人瞩目的成果，特别是研究的理论和方法，也呈现出丰富性和多样化的局面。总的来看，以美国、日本或旅居美国、日本的华人学者为中心，在跨国电影研究的框架下，海外中国电影研究已经形成“华语电影”“白话现代主义与中国早期电影”以及“帝国史视野里的中日电影关系”等三种主要论域并在中国电影学术界引起反响；而在中国内地，随着一种整合海峡两岸与香港电影在内的中国电影通史的出现，一种以断代、专题或口述、考证等为标志的中国电影微观史写作也在持续不断地展开；有关“民国电影”“沦陷电影”“中国电影发展史”以及“重写中国电影史”的各种论说，无疑已经成为当下中国电影不可忽视的“显学”之一。

正是在对目前的海内外中国电影史研究进行反思和批评的基础上，有必要通过对“中国”“电影”和“历史”等关键词的辨析，提出中国电影史研究的主体性、整体观与具体化等议程。事实上，这也是中国电影史研究在研究主体、研究观念与研究方法等领域进一步深入讨论，并努力寻求突破的重要途径。

一、中国电影史研究的主体性

跟中国电影早就是一种跨国电影一样，中国电影研究也是一种跨国的国别电影研究。作为跨国电影的中国电影，其“中国”的属性并非不言而喻；而作为跨国国别电影研究的中国电影研究，其“中国”的属性及其研究主体的特性同样值得关注。特别是在当下，中国电影研究已经成为海内外人文学科的重要对象之一，更是需要检视和反思中国电影、华语电影与跨国电影研究中的难题和问题，通过跟西方文化观念和欧美电影理论所构筑的话语权力进行对话与商讨，在全球化语境里重建中国电影历史研究

的主体性。

诚然，在欧美（电影）学术界，与后现代主义和后殖民主义相伴而生的，是在解构西方自我主体、权力主体和身份主体之时，对以好莱坞为代表的西方文化霸权进行深入反思和批判。从解构主体性的角度解构文化霸权，当是后现代与后殖民的题中之义。这也必然导致二元论的、本质主义的主体性哲学的式微。[①]但问题的“吊诡”正在这里。当把电影研究和电影史研究置放于全球化与民族国家及其文化问题的交互平台上进行学术考量之时，弗雷德里克·杰姆逊（Fredric Jameson）所言的那种看起来“没完没了”的“悖论”就会出现。根据杰姆逊的分析，美国在与欧洲、日本尤其第三世界或其他任何一个国家的关系中，总是存在着一种“根本的不对称性”，亦即总有一种把“全球性的”与“民族文化性的”事物混杂起来的倾向；美国文化与其他文化之间，同样存在着一种“根本的不平衡”；在新的全球文化里，也根本没有“势均力敌”的情况；好莱坞所代表的“文化生产力”与“大众文化生产模式”，在民族国家及其文化里，有时甚至可以用来“反抗”国内霸权和最终形成的外部霸权。[②]霸权本身成为霸权的反抗，民族国家及其电影的历史，也就被顺利地编织在美国或以好莱坞为主线的世界电影史里。在这种情况下，中国电影史往往成为“世界电影史”的后缀或附注，甚至成为一种相对于美国电影的“被动”“边缘”和“他者”的存在。

这也就意味着，跟大多数人文学科和社会科学一样，在电影研究和电影历史研究领域，西方文化观念和欧美电影理论所构筑的话语权力仍然如影随形。仅就电影历史研究而言，西方中心主义尤其美国中心主义更是或隐或现、无所不在。跟“非西方”相比，西方电影学术界或许更能体会到这一点。正如斯皮瓦克（Gayatri C. Spivak）、霍米·巴巴（Homi K. Bhabha）以及萨义德（Edward Wadie Said）等人所揭示的，在对“弱者”“边缘”或“他者”“属下”的民族国家电影的关注中，民族国家电影史只有以其显著的差异性被征引、被框定、被曝光和被打包才能获得被动言说的机会；对于电影和电影史来说，随着二元论的、本质主义的“主体性”的被解构，主动表达或向中心挑战的民族国家论述，也面临着一同被解构或流散无着的命运。当然，“非西方”以至“非美国”的电影研究和电影史写作，也在不断寻求独特的话语方式并努力构建自身的主体性。[③]

在这方面，周蕾（Rey Chow）的《原初的激情——视觉、性欲、民族志与中国当代电影》（以下简称《原初的激情》）与张真（Zhang Zhen）的《银幕艳史：都市文化与上海电影 1896—1937》（以下简称《银幕艳史》）都是值得讨论的重要案例。

在《原初的激情》一书中，周蕾超越单一学科界限，对中国文化和文化间的“翻译”进行民族志探索，并对《老井》《黄土地》《孩子王》《红高粱》与《大红灯笼高高挂》等当代中国电影予以批判性考察。[④] 对出生于香港、求学并任教于美国的华裔学者而言，电影为周蕾提供了“赖以传述纯粹属于主观感受的话语构架”以及最初接触《黄土地》时所感受到的强烈的情感震撼。正是基于这一“震撼”体验，以及基于当代中国电影作为一种后现代的自我书写或“自我”民族志，并在多重意义上也是后殖民时代文化间“翻译”这一基本认知，周蕾发现，当代中国电影“原文”的虚构故事——“我们世界的暴力”，其实并不是通往东方或西方的“原文”，而是通往在后殖民世界得以生存的途径。文化间的“翻译”也是一种世俗而非纯粹和神圣的光亮，如果非西方文化想要在当代世界占有一席之地，也就必须服从于它。当代中国电影有意识地通过对中国的“异国情调化”和将中国的“肮脏秘密”暴露给外面的世界，中国导演是暴力的翻译者，而中国文化正是经由这种暴力被“最初”装配在一起。在其银幕令人目眩的色彩中，女性的原初者既揭露了腐朽的中国传统，又滑稽模仿了西方的东方主义。她们是天真的符号以及耀眼的“连拱廊”，通过她们，“中国”得以跨越文化、旅行到不熟悉的观众之中。[⑤] 显然，在周蕾的观念中，“中国”“民族”“当代中国电影”等“非西方文化”概念，都是在“服从”于西方、外国（或世界）及其（电影）媒体的过程中才获得“暴露”“跨越”和“名声”的。而以《老井》《黄土地》《孩子王》《红高粱》与《大红灯笼高高挂》等为代表的“当代中国电影”，作为一种“非忠实性”的“忠实性”自身，不仅是使“中国”得以“生存”“存活”和“繁盛”的关键，而且在给“民族文化”带来“名声”的过程中“偿付了债务”。在这里，只有以西方文化及其话语权力为中心，对“当代中国电影”的阐释才能获得一种学理上的合法性。[⑥]

不同于周蕾对作为“边缘”的中国电影历史与现状的“无视”以及对西方人文理论的权力认同，张真的《银幕艳史》不仅拥有更加明确的电影理论构架和相对清晰的电影历史脉络，而且试图在对西方理论的反思中寻求一种沟通中西方不同价值的批评空间，并由此形塑一个独特的电影历史文化研究的跨国主体。这部同样以英文发表的著作，曾获得美国现代语言协会（MLA）的高度评价：“《银幕艳史》一书将立刻成为经典。这部活泼、严肃、且充满原创性的学术著作对中国默片领域进行了重新构建。它是出现在华语电影研究的跨国领域兴起之际的一部振奋人心的新作。”[⑦] 确实，作为一个出生于上海，求学于上海、瑞典、日本和美国并在美国和中国任教的华裔学者，张真在处理中国电影、华语电影和跨国电影及其认同机制时更加自主、开放和灵活。在对基本概念的讨论中，她意识到“早期电影”在欧美和中国语境下有着不同的指涉，在历史断代上也存在着差异，从而提醒默片时代在世界电影景观中的“异质化”和发展的“不均衡性”；与此同时，把电影看作文化生产的重要成果和一个更为广大的媒介生态之中流通和消费的文化产品，试图在更为广阔的文本和互文系统中进行美学分析和符号释义；而在理论资源上，更是广泛关注米莲姆·汉森（Miriam Hansen）的“白话现代主义”、汤姆·甘宁（Tom Gunning）的“吸引力电影”以及李少白、郦苏元、胡菊彬、王德威、叶月瑜、彭丽君等海内外各家学者的观点，最终聚焦于“白话性”电影文化和中国现代性的重要命题。[8] 可以说，理论与方法的中外融合和自觉自省，使张真的著述获得了某种被确认为“经典”的可能性。

但站在历史文化与国族电影的立场上，张真的研究仍然值得商榷。这不仅是因为在张真的讨论中，所谓“‘正统中国影史著述’对‘早期电影’的评价‘大致是负面的’”这一判断还有待进一步认真地辨析，而且是因为，张真对20世纪90年代初中外学者“开始重新评价早期中国电影”的努力，给予了“仍然暴露出他们历史意识的片面性和方法论上的贫瘠”的不同寻常的严厉指责。在评价郦苏元、胡菊彬的《中国无声电影史》时，态度也是明确的：“中国电影资料馆为纪念中国电影百年的到来而策划的《中国无声电影史》是内地学者综观早期中国电影的第一本重要的专门著述，但是，该书仍然桎梏于同样的进化论史观，尽管它重新发掘了许多以往被贬低和遗忘的电影人、制片人、演员和他们的代表作。”而在探析晚近两本相关的英文著作即胡菊彬的《投射国族影像——1949年之前的中国电影》（2003）与彭丽君的《在电影中建立新中国：左翼电影运动1932—1937》（2002）时，也得出“均没有作出重要的理论突破”和“过于狭隘地纠缠于电影的民族性及政治性”的结论。[9] 对“重新发掘”电影历史的方式和成果的不够重视，对所谓“进化论史观”的强烈摈弃，特别是对中国早期电影史学的核心问题亦即“电影的民族性及政治性”的超越愿望，使张真旗帜鲜明地走向了一条唯有将中国早期电影放置到“电影现代性”的大环境中才能得到有效阐释的理论和方法之途。在张真的著述里，电影在白话现代主义及推进新的人类感官机制的形成方面厥功至伟并令人怀想，而以《劳工之爱情》《银幕艳史》《夜半歌声》以及武侠电影潮流、软硬电影之争等为重要标志的中国早期电影，其“现代性”论述也终于成功替代此前一以贯之的“民族性”和“政治性”议题。

问题在于，被纳入“白话性”电影文化与中国现代性分析框架里的中国早期电影，其研究者的主体性也发生了巨大的位移甚至根本的转换。这种状况，同样经常发生在海内外的中国电影、华语电影与跨国电影研究之中，笔者曾在相关文章里予以讨论。[10]当然，不同的研究主体，其主要观点和阐释路径也会有所不同，但普遍选择放弃中国电影的“民族性”和“政治性”，在文化多元主义和跨国电影的分析框架中将作为“民族电影”的中国电影纳入世界电影（其实主要是美国电影）的一般议程，这样的跨国主体性也并非主体间性所期待的主体之间的平等、交流和共生，更没有在整体的、具体的中国电影历史书写中生成或定位新的主体性。

可以看出，在海内外的中国电影史研究中，主体性问题从未消失，而是以不同的形态存在于不同的中国电影历史写作实践中。事实上，中国电影史研究的“民族性”和“政治性”，跟其内蕴的“跨国性”和“现代性”一样，始终是中国电影研究者无法回避也不可或缺的重要议题，正是在持续不断地“挖掘”、探讨和争鸣之中，中国电影里的“中国”属性才能得到明示，中国电影史研究的中国主体性才能得到彰显。厚此薄彼是权宜的策略，扬此抑彼也非明智之举。

在这里，中国电影史研究的“主体性”和“主体间性”，并非直接出自西方思想家的思考，而是更倾向于在当前的全球化语境里，在“主体间性”或“后主体性”的框架中，讨论“主体性”，强调主体之间的交互、对话和沟通，摆脱简单的二元对立、强大的单方认定、静止的本质主义甚或意义耗散的话语游戏，希望真正进入中国电影的学术语境，认真面对中国电影史的具体问题，并根据电影历史本身的丰富性、复杂性甚至矛盾性及其各自不同的呈现，在反复重审“主体”的过程中创建新的“主体性”或“主体间性”。

这就意味着一种有关中国电影史研究的“中国主体性”的重建。鉴于电影自身的媒介文化特质及其欧美霸权历史，电影一开始就是跨国的、“现代性”的，但在某种意义上，自始至终也是国家的、“民族性”的。国族电影有自身的历史，国族电影研究也在不断建构之中。在海峡两岸与香港，国族电影更是在“中国主体”“台湾主体”与“香港主体”认同方面显现出欧美电影无法遭遇的流动性和多样性。这也是中国主体性重建的特殊背景。也许需要类似“跨国民族电影”这样的概念才能打破“国族电影”或“民族电影”给予人们“单一”“线性”“进化论”的刻板印象。这也同时意味着，并不存在着二元对立的、本质主义的“中国主体性”。

跟华语电影论述和跨国电影研究相比，跨国民族电影史更能体现中国电影史研究的中国主体性。通过对美欧的电影史学理论及其相关的世界电影史、美国电影史和各个国别电影史写作实践进行学术史考察，便会发现一种以欧美电影尤其是美国电影为中心的价值导向和叙述脉络。这当然跟美欧知识界总是试图在美国电影史与（世界、国别）电影史之间建立根本性联系的一般倾向颇有渊源，但也往往因为，美欧国家的电影史研究主体经常把电影史仅仅理解为电影制作的历史，也有不少电影史学者无意也无力观照亚洲、非洲和拉丁美洲等第三世界电影的生产和消费。然而，对以美国及好莱坞为中心的"全球文化"的警惕，与对民族国家文化传统及电影历史的热爱，以及由此引发的精神诉求和身份认同，也使包括法国、意大利、英国、波兰等在内的欧美电影史尤其是日本、印度、韩国、巴西、西班牙等各民族国家电影史里的国族想象，逐渐演变成当下电影史构建的重要趋势。一种在民族国家框架里对跨国电影和民族电影予以经济和文化双重整合的跨国民族电影史，也正在成为电影史话语的主导性力量。

而迄今为止的中国电影史研究，在海内外相关理论与许多学者的共同推动下，已经取得了令人瞩目的新进展。一种新的中国电影史研究，正在跨国民族电影史的框架里呈现出令人期待的中国主体性。

二、中国电影史研究的整体观

作为一种理解宇宙和认识世界的哲学观念与思维方式，整体观在中西语境里具有不同的阐释路径。跟古希腊哲学重视物质与时空的具体分析不同，中国传统哲学倾向于连续性的无限的有机整体观，其基本特征可主要归纳为天人合一的整体结构、生生不息的整体功能与和谐稳定的整体目标。[11] 黑格尔和马克思关于历史与逻辑一致的思想原则，也通过纵向性与横向性的理论考察，试图抵达对整体性的全面把握。[12] 整体观在哲学史领域的重要意义当然是不言而喻的。在历史学领域，整体观也有其源远流长的学术传统，并成为学科发展不可替代的理论资源。历史研究中的宏大叙事，如汤因比（Arnold Joseph Toynbee）的文明形态史、斯塔夫里阿诺斯（Leften Stavros Stavrianos）的全球史等等，也是历史整体观的直接体现。即便海登·怀特（Hayden White）的后现代历史叙事学，也在对 19 世纪历史哲学的整体观照中，讨论重建历史意识与伟大诗歌、科学和哲学关怀之间的联系。[13]

仅就 20 世纪以来中国人文学科的一般状况而言，整体观之于世界通史 / 中国通史、20 世纪中国文学 / 中国新文学等，也已付诸实践并在一定程度上引发研究范式的变革。在历史学界，从章太炎到吕思勉、钱穆和周谷城等，便以富有创建的通史写作推动了近代中国的史学革新。其中，周谷城一直强调，世界通史并非国别史之总和，需要注重全局，注重世界各地之间的相互关系；研究历史而不能把握历史的完整性或完整的统一体，则部分的史实真相也最不易明白。在1939年编纂的《中国通史》“导论”中，周谷城提出了“历史完形论”；1949年出版的《世界通史》三卷本，周谷城则以整体视野编纂世界通史，最早对“欧洲中心论”提出公开挑战，明确指出，要编纂世界通史，“首先考虑到的一个大问题，是怎样得出一个客观存在的统一整体”[14]。经过几代历史学家的努力探索，尤其是20世纪80年代中期以后，中国史学界终于形成一种独具特色的“整体史观”。跟西方学者的“全球史观”一样，“整体史观”通过全球视角和宏观史学的研究方法，从总体上考察世界历史，它们也都具有“世界为一全局”的观念，反对“西方中心论”或“欧洲中心论”，并试图站在人类发展的高度，超越国家和地域的界限，在重视文明的多元性和多样化的同时，凸显人类历史发展的整体性。[15]

20世纪80年代中、后期以来，在中国文学史、戏剧史、电影史等研究领域，整体观和整体史观也得到凸显。这是一个与同时期欧美的文学史研究尤其欧美的中国文学史写作同中有异的学术潮流。正是在“重写文学史”及对中国现当代文学研究进行反思和批评的基础上，陈平原、钱理群、黄子平提出了“二十世纪中国文学”概念，开始将“现代文学”与“当代文学”视为一个整体，亦即一个中国文学走向并汇入世界文学总体格局的过程，以及一个在东西方文化的大撞击、大交流中从文学方面（与政治、道德等诸多方面一道）形成现代民族意识（包括审美意识）的进程。[16]与此同时，陈思和更是明确地将“整体观”当作一种研究方法，将新文学当作一个开放性的整体，在新文学与世界文学的整体框架中拓展中国文学的研究视野。[17]在戏剧史研究领域，丁罗男也倾向于采用20世纪中国戏剧的“整体观”视角，试图通过整体性的历史考察，把20世纪以来的中国戏剧置放在更大的时空范围里加以系统分析。[18]这些努力，确实促使人们重新认识了丰富复杂的文学、戏剧现象及其内在联系和演变过程，并由此省视既往的研究惯性，从而深刻地改变了中国的文学史研究格局。[19]

诚然，作为一种历史编纂方法论，无论整体史观，还是通史观或全球史观，从一开始就面临着来自研究者自身及各个方面的挑战，存在着许多没有解决或很难解决的问题。以后结构主义、后现代主义为标志的当代史学，发现历史总是一系列断裂的碎片而非连续的整体。尤其在欧美学术界，文化史、文学史等领域的“整体性”经常被当作一种不可能的因而不受欢迎的研究对象，后现代主义思潮下的新文学史，更是被理解为片段、异质和非一致性的文学史。20世纪中国文学/中国新文学整体观研究，作为20世纪80年代的理论产物，自然带有特定时期的思想背景和文学观念，在理论与实践上存在着较为严重的脱节现象，甚至“无法真正弥合中国现当代文学史的种种裂隙、分化和纠缠”，也“无法完成重建一种‘整体性’的文学史的重任”[20]。即便如此，还是需要继续从“整体观”的角度反思历史写作和文学史编撰。在这方面，张英进便以中、英学术界文学史甚至电影史的“整体观”为专门对象进行讨论，提出了以比较文学史视野重新进行反思的可能性。[21] 而从改革开放以来至今，中国学术界数量众多的各种文学史的出现，仍然是文学史整体观的一种直接体现，例如，杨义提出了“重绘中国文学地图”的主张。[22]

在一个分工日益细化、学科严重分割、认同充满裂隙的时代，“整体观”这种试图发现多方联系、努力寻求物我（主客体）之间深刻统一性的思想观念和研究方法，确实仍然需要有意张扬，其有效性也是值得期待的。特别是在当今的全球化、网络化语境里，随着理性主义的消退，面对碎片化的知识状况和经常冲突的价值观念，更加需要从宇宙和世界、历史和文化的整体观上进行深广而又统一的解释，需要从更大的叙述框架出发，整合文化、文学、戏剧和电影的历史。

对于中国电影史研究来说，“整体观”的提出也是学科发展的必然。如前所述，中国电影史研究虽然在微观史述与通史写作等方面取得了令人欣慰的成果，但仍然需要正视因历史和现实所造成的中国电影的独特境遇及其两岸格局和国族意识，需要搭建一个跨代际、跨地域的时空分析框架，并在后现代主义与后殖民主义、文化认同与国族认同的张力之间，确立中国电影史研究的整体观。

迄今为止，中国电影史研究的理论和实践，已经为这种整体观的提出和确立奠定了初步的基础。近些年来，电影研究中的电影观念已经发生了很大转变。一般来说，主要从此前针对影片的文本、作者和类型的研究，逐渐转向了针对电影作为文化产品从生产到消费的整体面向的研究。不仅如此，“重写电影史”的呼声没有削弱，反而极大地促动了中国电影史研究在各个层面更加具体和深入的探索。据不完全统计，仅从2010年左右以来，由中国大陆机构和部分学者公开出版的、跟中国电影史研究相关的著述近百种，数量之多、内容之广、开掘之深，都能令人联想起20世纪80年代以来的20世纪中国文学 / 中国新文学 / 中国现当代文学研究，但也呈现出与其不同的学术格局。

其中，在中国传媒大学出版社出版的“西南大学电影学书系”里，余纪主编“民国电影专史丛书”收入杨燕和徐成兵著《民国时期官营电影发展史》（2008）、彭骄雪著《民国时期教育电影发展简史》（2008）和严彦和熊学莉等著《陪都电影专史研究》

（2008）等著述，分别填补了民国时期官营电影、教育电影和陪都电影研究的空白。南京艺术学院研究院民国电影研究所主办了“南京电影论坛”（2013、2014、2016）并主编了《民国电影与民国范儿》（中国电影出版社2015年版），也对民国电影概念、民国电影研究以及各种具体的民国电影现象进行了集中的分析和探讨。除此之外，在“国民政府”与“民国电影”范畴里，有关中国早期电影研究的学术成果，还有顾倩著《国民政府电影管理体制（1927—1937）》（中国广播电视出版社2010年版）、闫凯蕾著《明星和他的时代：民国电影史新探》（北京大学出版社2010年版）、臧杰著《民国影坛的激进阵营：电通影片公司明星群像》（中央编译出版社2011年版）、钟瑾著《民国电影检查研究》（中国电影出版社2012年版）、汪朝光著《影艺的政治：民国电影检查制度研究》（中国人民大学出版社2013年版）、陈洁编著《民国电影艺术编年》（江苏美术出版社2014年版）与史兴庆著《民国教育电影研究：以孙明经为个案》（中国传媒大学出版社2014年版）等。显然，作为一种具有特殊意义的断代史和地域史，“民国电影”势必为重写中国电影史带来新的可能性。正如郦苏元所言，它在“突破”传统研究框架基础上，从“新的角度”，以“新的思维”，“开辟中国电影史学新生面”。[23]

事实上，对1949年以前中国电影即中国早期电影的关注，仍然是中国电影史研究最为重要的学术增长点。可以说，中国电影史研究的各种观念、方法以及问题和禁忌，都在早期电影研究中得到过较有意义的尝试。由中国电影出版社出版、陈犀禾主编的“上海电影研究文丛”，收入黄望莉著《海上浮世绘：文华影片公司初探》（2010）、徐红著《西文东渐与中国早期电影的跨文化改编（1913—1931）》（2011）、王艳云著《海上光影：中国早期电影中的上海影像研究》（2013）、褚亚男著《历史变迁与文化转型：昆仑影业公司发展研究》（2013）等上海早期电影研究著述，试图把对早期电影历史的考察跟对上海城市文化的分析联系在一起。傅红星主编《中国早期电影研究》（中国电影出版社2013年版），收入中国电影资料馆2012年10月在北京举办的第一次大规模的中国早期电影论坛论文近100篇，不仅为中国电影史研究注入新鲜的源源不断的活力和动力，而且大大地“拓展了中国电影史研究的领域和视野”[24]。另外，秦喜清著《欧美电影与中国早期电影（1920—1930）》（中国电影出版社2008年版）、刘小磊著《中国早期沪外地区电影业的形成（1896—1949）》（中国电影出版社2009年版）、胡霁荣著《中国早期电影史（1896—1937）》（上海人民出版社2010年版）、王艳华著《“满映”与东北沦陷时期的日本殖民化电影研究：以导演和作品为中心》（吉林大学出版社2010年版）、陈刚著《上海南京路电影文化消费史（1896—1937）》（中国电影出版社 2011 年版）、黄德泉著《中国早期电影史事考证》（中国电影出版社 2012 年版）、金海娜著《中国无声电影翻译研究（1905—1949）》（北京大学出版社 2013 年版）、张育仁著《抗战电影文化论》（中国社会科学出版社 2013 年版）、张华著《姚苏凤和 1930 年代中国影坛》（北京大学出版社 2014 年版）、吴海勇著《“电影小组”与左翼电影运动》（上海人民出版社 2014 年版）、贺昱著《文学与电影的上海时代（1905—1949）》（陕西人民出版社 2014 年版）、中国电影资料馆编《盘丝洞 1927》（世界图书出版公司 2014 年版）、虞吉著《大后方电影史》（重庆出版社 2015 年版）、万传法著《想象与建构——“现代性”视野下的早期中国电影叙事结构研究》（中国电影出版社 2015 年版）以及逄增玉著《满映：殖民主义电影政治与美学的魅影》（人民出版社 2015 年版）、钟大丰和刘小磊主编《“重”写与重“写”：中国早期电影再认识》（东方出版社 2015 年版）等著述，均以相对开阔的学术视野、丰富多样的知识背景和不可多得的历史意识，进一步推动了中国早期电影史的研究进程。

值得注意的是，随着中国电影史研究的不断拓展，中国内地的台港电影史以及海峡两岸电影关系史研究，也在最近几年呈现出新的局面。周承人、李以庄著《早期香港电影史（1897—1945）》（上海人民出版社 2009 年版），许乐著《香港电影的文化历程（1958—2007）》（中国电影出版社 2009 年版），张燕著《在夹缝中求生存——香港左派电影研究》（北京大学出版社 2010 年版），谢建华著《台湾电影与大陆电影关系史》（人民文学出版社 2014 年版），钱春莲、邱宝林著《恋影年华：全球视野中的话语景观——大陆、香港、台湾青年电影导演创作与传播》（复旦大学出版社 2014 年版），孙慰川著《后“解严”时代的台湾电影》（商务印书馆 2014 年版）与苏涛著《浮城北望：重绘战后香港电影》（北京大学出版社 2014 年版）等，均是中国内地学者研究台湾、香港电影的重要成果，不仅从一个侧面丰富和补充了台、港电影史的研究面向，而且在中国电影史各重要地域、各族群认同之间建立了更为紧密的关联性。

除此之外，由中国电影资料馆与电影频道节目中心合作立项、陈墨和启之主编、民族出版社 2011 年出版的“中国电影人口述历史丛书”，收入周夏主编《海上影踪：上海卷》、张锦主编《长春影事：东北卷》、边静主编《影业春秋：事业卷》与李镇主编《银海浮槎：学人卷》。中国电影出版社 2014、2015 年出版的“中国电影人口述历史丛书”，继续收入陈墨主编《花季放映：陕西女子放映人》、檀秋文主编《银海沉浮录：罗艺军口述历史》、边静主编《三秦影事：陕西电影人口述历史》、张锦主编《长春大业：东北电影人口述历史》等。生活·读书·新知三联书店 2014 年出版启之主编

《倾听心灵：中国电影人口述研究论文集》。中国电影人口述历史的引入和展开，打破了主流电影史的框架，拓展了话题领域，扩充了资料文献，还在口述历史的理论与实践上做出了有益的探索，其学术价值已经超出了中国电影史研究本身。

同样，最近几年来，在中国电影出版社出版的丁亚平主编《电影史学的建构与现代化：李少白与影视所的中国电影史研究》（2012）以及陈犀禾、丁亚平、张建勇主编《重写电影史向前辈致敬：纪念〈中国电影史发展史〉出版50周年学术研讨会论文集》（2013）等著述中，通过对程季华、李少白、邢祖文及其撰述的《中国电影发展史》的纪念、致敬，以及反思、批评，进一步对中国电影史研究的理论与方法以及“重写中国电影史”等问题，进行了颇有针对性的探讨和争鸣。饶曙光著《中国电影市场发展史》（中国电影出版社2009年版）、丁亚平著《中国当代电影史》（中国电影出版社2011年版）与金丹元等著《新中国电影美学史（1949—2009）》（上海三联书店2013年版）等，也是中国电影专题史、断代史继2005年左右“百年影史”出版热潮之后的重要收获。

然而，为了在此基础上进一步推动当下的中国电影史研究，研究主体仍有必要搭建一个跨代际、跨地域的时空分析框架，在后现代主义与后殖民主义、文化认同与国族认同的张力之间，确立中国电影史研究的整体观。也就是说，需要在已有的“中国无声电影”“沦陷时期电影”“民国电影”“中国早期电影”“十七年电影”“新中国电影”与“新时期电影”“中国当代电影”等领域进行更加深入细致的考察，并在这些不同的断代史及其历史分期之间寻找并建立某种深切的关联性。同样，需要在“上海电影”“大后方电影”与“台湾电影”“香港电影”等领域，进行更加丰富多样的观照，并在这些不同的地域及其空间格局之中，比较并生发中国电影的多重景观。除此之外，需要在“华语电影”“粤语电影”“闽南语电影”与各少数族群语种电影，如赛德克语电影、蒙古语电影、维吾尔语电影、藏语电影等领域，展开更多具体而微的分析，并在多语种现实及其国族意识和文化认同的基础上，将海内外中国电影整合在一起。

这样的中国电影，将在历史的语境里不断重返、确证和选择，并在各种对象与动因之间反复比较、对话和交流，也将会超越一般意义上的“资料汇编”或“大事编年”的电影史模式，改变单一、线性的“纪念碑式”电影史框架，在历史的碎片和观念的噪声中重新确立电影史的信念，重构一种整体性的中国电影历史叙事。

三、中国电影史研究的具体化

当然，为了避免主体性与整体观在中国电影史研究过程中可能带来的简单化、抽象化和观念先行、以论代史等弊端，还应极力主张一种具体化的中国电影史研究，亦即尽可能回到历史现场并充分关注中国电影本身的丰富性、复杂性甚至矛盾性，将一个多世纪以来中国电影整合在一种差异竞合、多元一体的叙述脉络之中。

具体而言，如果把历史理解为人类为了理解现在、预见未来而用以诠释过去的文化实践的方式、内容和功能的整体，那么，历史研究就既是一种时间经验的意义形成，又是一种建立认同的文化实践。按德国历史学家约恩·吕森（Jörn Rüsen）的历史思考，只有孜孜不倦地寻求平等运用、互认差异与理解分歧的原则，才能在20世纪人类危机的回忆与复杂主体的实践中拯救历史被迫中断的意义。[25] 为了在历史学的知识与理性以及想象和叙事之间极力融通、寻求跨越，也有必要认真看待历史叙述必须真实的合理要求，倡导一种实证的、具体的、从微观出发以把握宏观大局的研究方法，并在广泛的跨学科研究和跨文化交流中，为后来者高擎一把照亮未知道路的火炬。

秉持这样的历史观念，在中国电影史研究领域，就需要在坚持中国主体性与历史整体观的前提下，直接面对并尝试讨论许多悬而未决的具体问题。

首先，具体化的中国电影史研究，需要尽可能回到历史的现场，在史料、考证、辨析以及微观电影史、断代电影史和地域电影史领域不断垦拓，但更需要具有20世纪全球历史与世界电影跨国运动的视野，超越相对细碎的或单纯的由政治意识形态主导的历史分期与地域分割，寻求一个较长时段的、跨越地域的电影史分期方案。为此，倾向于在尊重电影作为文化与产业交互作用的媒介属性，以及海峡两岸与香港、澳门及其电影历史的总体状况的基础上，以1949年和1979年两个特别的时间节点为界限，将中国电影史划分为战争（1895—1949）、冷战（1949—1979）与全球化或后冷战（1979—2015）三个历史时期；从内忧外患与民族电影的筚路蓝缕、冷战格局与四地电影的文化政治、全球语境与两岸电影的交流合作三大段落，将一个多世纪以来中国电影的反殖民化运动、后殖民化体验和全球化拓展整合在一起。

具体化的中国电影史研究，需要正视19世纪末期以来海峡两岸与香港、澳门等在帝国主义、殖民主义和后殖民主义、后现代主义历史背景下，因战争、冷战和全球化（或后冷战）而导致的主权更易、主体转换与认同困扰，认真反思此前中国电影史研究中大而化之的民族情绪和较难克服的意气用事，在冷静的历史观点和适当的历史框架中，深入研讨日据时期的台湾电影（1895—1945）、英皇治下的香港电影（1895—1997）以及东北沦陷的“满映”（1937—1945）、北平沦陷的“华北电影”（1937—1945）与上海沦陷的“中联”和“华影”（1941—1945）等等，并将其纳入中国电影史叙述的整体脉络之中。值得参考的是，在面对殖民地宗主国亦即日本主导下成长的韩国早期电影时，韩国电影史大都没有刻意遮蔽这一段历史，而是采用了电影制作者“居住地归属说”，把居住生活在韩国的日本人在韩国制作、依据韩国文化和社会风俗习惯并主要放映给韩国观众的电影当成韩国电影。[26]而针对日本、英国、葡萄牙等国实行殖民式统治时期特定地域里的中国电影，海内外学术界尤其是中国台湾、香港和日本电影研究者，均进行了较为深广的研究，更是值得予以充分的关注。[27]殖民主义时期沦陷区电影的历史，是中国电影史上的“黑洞”，必须在具体化的研究中一步一步地澄清事实，辨析正误，疗愈创痛。

与此相关，帝国主义、殖民主义和后殖民主义、后现代主义在中国的后果，特别是冷战和全球化（或后冷战）时期海峡两岸与香港、澳门的政治分立和制度差异，造成了中国电影在地域认同、国家认同、民族认同和文化认同及其相互关系等方面显现出前所未有的多样性和复杂性，有的时候还充满了难以调和的矛盾与冲突，但通过追根溯源、条分缕析与愿景描绘，也总是能够获得身份的归属和历史的共识。在台湾文学史领域，王德威也曾经指出，从一个广义观照现代文学的动机来看，1949 年是一个“历史的共业”，大家都在这个情境之下成长、阅读、写作、思考。即使从一个大历史的角度，台湾代表了 20 世纪中国历史经验中“被抛掷出去的那一块”的一个所在，它的文学表现其实是和中国大陆的表现“息息相关”的。台湾当时的作家包括了 1949 年以后从大陆移民到台湾的新移民作家，还有在台湾出生成长的第二代外省或是本省作家，这 20 年的台湾文学，完全“弥补”了 20 世纪中国文学史的不足。台湾文学对中国传统及“五四”文学、文化的传承有它的积极意义，它可以刺激我们“重新思考 20 世纪中国文学变动的整体历程”[28]。可以说，跟文学相比，台湾电影更是与中国大陆“息息相关”，台湾电影史当然是我们“重写中国电影史”不可或缺的重要环节。诚然，台湾的“离散”和“认同”问题及其在电影中所呈现的“心结”和“冲突”[29]，同样是需要具体分析和认真考量的。

香港、澳门电影也是如此。香港回归前后迄今，港人的国家认同和身份认同都已发生变化，正在逐渐国产化的香港电影，也面临着来自文化、产业等多方面的挑战。香港学者列孚便通过香港人“自认中国人”的比例不断下降，但却在关键时刻“挺身而出”“强调中国人身份”的现象，认为香港人是中国人里面“特殊的一群”，香港电影也是广义中国电影中“特殊的电影”。在他看来，中国元素从来没有在香港电影里消失过；在中国文化层面上，香港电影也可以视为“地域文化”的一种表现。[30]中国电影史里的香港电影，确实需要在对香港地域文化和历史经验进行具体而微的分析中予以更加全面、深入的阐释。

在处理中国电影与外国电影之间的关系时，也需要调整此前简单化的“刺激—反应”模式，尽量从双向互动与对话交流的角度，理解外国电影在中国和中国电影在外国及其独特的意义生成过程，并将现场解说、配音译制和字幕翻译等沟通方式，与电影周、电影展、电影节等节庆活动，以及合拍片等深度合作当成中外电影交汇的平台，在更加丰富多样的跨国语境里拓展中国电影史的研究视域。与此相应，中国电影史里的少数民族（或原住民）母语电影（如蒙古语电影、藏语电影、维吾尔语电影、赛德克语电影等），甚至包括一部分特定区域方言电影（如香港粤语片、台湾闽南语片等），由于各种原因，大多仍未走出产业委顿和市场困境，也没有或很难在以普通话（或国语）为中心的中国电影史写作中占据应有的地位。这就需要在“重写中国电影史”之时，充分估量少数民族（或原住民）母语电影与特定区域方言电影之于中国电影的文化价值和历史意义，为作为跨国、跨民族电影的中国电影寻求更加开放、广博的表意空间。

注释：

① 张其学、姜海龙：《主体性的式微与文化霸权的解构》，《学术研究》2010 年第 3 期。

② 弗雷德里克·杰姆逊：《对作为哲学命题的全球化的思考》，载弗雷德里克·杰姆逊、三好将夫编《全球化的文化》，马丁译，南京大学出版社 2002 年版，第 54—80 页。

③ 参见李道新《跨国构型、国族想象与跨国民族电影史》，《当代文坛》2016 年第 3 期。

④⑤ 周蕾：《原初的激情——视觉、性欲、民族志与中国当代电影》，孙绍谊译，（台湾）远流出版事业股份有限公司 2001 年版，第 13—16 页，第 261—293 页。

⑥ 周蕾的著作影响较大，在中国学术界也经常面临争议。其中，有学者指出：“周蕾以民俗电影为对象的后殖民主义研究，既无视边缘的历史与现状，又以边缘的立场偏激地批判国族政治意识，呈现出典型的‘理论殖民’特征。”（陈林侠：《海外华人学者的中国电影研究形态、功能及其反思》，《文艺理论研究》2009 年第 6 期）

⑦⑧⑨ 张真：《银幕艳史：都市文化与上海电影 1896—1937》，沙丹、赵晓兰、高丹译，上海书店出版社 2012

年版，中译本腰封，“导论”第1—26页，“导论”第1—26页。

⑩ 主要参见李道新《重建主体性与重写电影史——以鲁晓鹏的跨国电影研究与华语电影论述为中心的反思和批评》，《当代电影》2014年第8期；李道新、车琳《“华语电影”讨论背后——中国电影史研究思考、方法及现状》，《当代电影》2015年第2期。

⑪ 高晨阳：《论中国传统哲学整体观》，《山东大学学报》1987年第1期。

⑫ 陈修斋、徐瑞康：《试论哲学史研究中的整体观》，《现代哲学》1991年第4期。

⑬ 海登・怀特：《后现代历史叙事学》，陈永国、张万娟译，中国社会科学出版社2003年版，第369—427页。

⑭ 周谷城：《我是怎样研究世界史的》，《历史教学问题》1982年第3期。

⑮ 赵文亮：《整体史观与中国的世界通史编纂》，《世界历史》2011年第6期。

⑯ 黄子平、陈平原、钱理群：《论“二十世纪中国文学”》，载《二十世纪中国文学三人谈》，人民文学出版社1988年版。

⑰ 陈思和：《中国新文学整体观》，上海文艺出版社1987年版。

⑱ 丁罗男：《二十世纪中国戏剧整体观》，文汇出版社1999年版。

⑲ 刘勇、姬学友：《20世纪中国文学整体观的实践难题——以“跨代”作家个案研究为例》，《文学评论》2007年第3期。

⑳ 杨庆祥：《“整体观”：建构与反思》，《当代作家评论》2010年第4期。

㉑ 张英进、雷俊：《历史整体性的消失与重构——中西方文学史的编撰与现当代中国文学》，《文艺争鸣》2010年第1期。在这篇文章里，张英进还明确指出：“文学史作者的主体性意识对重新审视文学史学的问题起着至关重要的作用：我们必须重新评价在文化、意识形态和学术生产等不同领域中得到承认或得以继续、抑或遭到否认或遗弃的主体位置。”

㉒ 杨义：《重绘中国文学地图——杨义学术讲演集》，中国社会科学出版社2003年版。

㉓ 郦苏元：《民国电影史研究随想》，载南京艺术学院研究院民国电影研究所主编《民国电影与民国范儿》，中国电影出版社2015年版，第3—8页。

㉔ 饶曙光：《后记》，载傅红星主编《中国早期电影研究》下，中国广播电视出版社2013年版，第509—517页。

㉕ 约恩・吕森：《历史思考的新途径》，綦甲福、来炯译，上海人民出版社2005年版。

㉖ 例如，韩国电影振兴委员会编著《韩国电影史：从开化期到开花期》（周健蔚、徐鸢译，上海译文出版社2010年版，第29—30页）与金钟元、郑重宪《韩国电影100年》（田英淑译，中国电影出版社2013年版，第53页）等著作，都是如此处理。

㉗ 例如：日本学者佐藤忠男著《炮声中的电影：中日电影前史》（リブロポート，1985）、崛润之和菅原庆乃编著《越境的映画史》（关西大学出版部2014年版）、香港学者邱淑婷《港日电影关系：寻找亚洲电影网络之源》（香港天地图书有限公司2006年版）等。

㉘ 李凤亮：《二十世纪中国文学研究的整体观及其批评实践——王德威教授访谈录》，《文艺研究》2009年第2期。

㉙ 在宋惠中、刘万青主编《国族・想像・离散・认同：从电影文本再现移民社会》[（台湾）巨流图书股份有限公司2010年版]“推荐序”里，洪泉湖指出：“在台湾，不同移民群体的离散和认同所造成的问题，向来是多数人心中的‘结’。从最早的原住民和汉人之间的土地争夺、文化渗透，到闽南人和客家人间的语言隔阂、社会地位差异，再到第二次世界大战结束，台湾光复以后的外省人与本省人（主要是闽南人

和客家人）间的权力失衡，最后到当代主流社会（主要是本省人与外省人）对新移民的疑虑和偏见，都一次又一次地造成彼此间的心结，甚至产生冲突。所有的台湾人，都必须面对这些心结与冲突，去思考台湾未来的出路。"

㉚ 参见家明主编《溜走的激情：80年代香港电影》，香港电影评论学会2009年版，第58—76页。

（2016年第8期）

实践论美学的思想精髓和理论价值

王元骧

一

实践论美学自20世纪50年代末在我国出现，就一直被学界热切关注。不单实践论美学的拥戴者，就连它的批判者也因为这思想来自马克思的著作而投入大量的精力去进行研究。但是到了20世纪末，随着思想解放运动的深入开展，质疑之声也随着蜂起。在这些质疑声中，也有许多对实践论美学未作深入研究的随声应和者。所以，要想正确评价实践论美学，首先要对之作深入的研究和准确的理解。

美学这门学科源于西方，是20世纪初由王国维引入我国的。回顾西方美学思想发展的历程，我们不难发现，它的观念也是随着历史发展而不断地在变化着。从大的方面来看，它最初几乎都受古希腊本体论哲学致力于探求世界的本原和始基的思想方式的影响，集中探讨的是，美是什么？它的根源何在？不论是毕达哥拉斯学派的“数”，还是柏拉图的“理念”，或是奥古斯丁的“上帝”，不论是从唯物的观点，还是从唯心的观点（古代的唯心论一般都属于客观的唯心主义），都把美看作独立于人而存在的一种物质属性或精神属性，都属于客观论的美学。这种研究思想一直延续到19世纪。随着西方哲学从本体论向认识论转移，美学研究的思维方式也逐渐发生变化，从原先从客观世界探寻美的原因，转向从主观世界找美的原因，从“事物为什么是美的”，转向“我为什么能欣赏美”。夏夫兹博里的“内在感官说”、休谟的“趣味说”都反映了这种认识思路上的转向。到了19世纪，出现的立普斯的“移情说”、布洛克的“距离说”、克罗齐的“表现说”等，更是把这种主观论的美学思想推向高潮，使美学研究从美论、美的本体论、本质论转向美感论、审美经验论和审美心理学。这是学界对于西方美学思想发展线索和脉络的一种共识。

但这当中，许多人都忽视了还有一种“审美关系论”的存在以及它对后世美学思想发展的影响。它首先是由狄德罗提出的。他在谈到“美在关系”时，说“我把凡是本身含有某种因素，能够在我的悟性中唤起‘关系’这个概念的，叫做外在于我的美；凡是能唤起这个概念的一切，我称之为关系到我的美”。这就从根本上改变了人们在研究美的问题上的思路，表明美不是一种孤立的东西，它既不完全是离开人而存在的，也不完全是为人的主观意识所规定的，它只有在主客体的关系中才能说明。这种关系可以从两方面来看。从空间关系上看是情境性，他以高乃依的悲剧《贺拉斯》中老贺拉斯说的“让他死！”为例说明这个问题。这部悲剧写贺拉斯三兄弟与敌方作战，二人战死，其中一人为了诱敌佯作逃跑，老贺拉斯闻讯以为他畏战而逃，十分气愤说了这句话。狄德罗认为，如果脱离语境作孤立的理解，“这句话本身既不美也不丑”；若是了解了剧中的语境，那么“这句原先既不美也不丑的回答就逐渐变美，终于显得崇高伟大了”。从时间关系上来说是历时性，表明在儿童和成人、野蛮人和文明人、原始人和现代人之间，对于美的评判是不同的，“对于儿童来说，只要稍有一点对称和模仿的痕迹，便能得到他们的赞赏使他们欢愉；而对于成人来说，却需要宫殿和巨大的作品才能使他们惊叹；野蛮人看到玻璃耳坠、黄铜戒指、铜铁手镯便着了迷，而文明人只为高度完美的作品着迷；原始人把美丽、华丽等词滥用来称呼小屋、草屋和仓房，而现代人却只用它们来称呼人类才能的最高创造”，所以只有“把美归结为对关系的感觉，才会获得自古以来美的发展史”。[①] 虽然对这些关系，狄德罗主要从“关系到我”这方面、从个体的心理的方面来理解，但较之于客观论和主观论美学，显然更接近真理。特别是对于时间性关系阐述，在某种意义上可以说显示了历史唯物主义美学观的萌芽。

“实践论美学”就是按历史唯物主义的实践观，特别是马克思的《1844 年经济学哲学手稿》中的思想，通过对关系论美学的改造而创立的。它最先体现在发表于 1955 年第 2 期的苏联《哲学问题》上万斯洛夫的《客观上存在美吗？》和 1956 年同一杂志第 4 期斯托洛维奇的《论现实的审美性》(两文同年被译介到我国)。它们都根据马克思所创立的历史唯物主义原理，特别是从《1844 年经济学哲学手稿》所论述的生产劳动使自然界的“人化”和人的“对象化”的理论中获得启示，来说明人与现实“审美关系”的发生和发展的原因。如万斯洛夫认为“在马克思列宁主义以前的直观唯物主义的美学学说中，通常是承认美的客观性的，然而以往对这个范畴的考察却脱离了人们的社会历史实践”，而这种社会历史实践在马克思看来就是物质生产劳动。它“具有两方面作用：一方面，人在这个过程中改变着、改造着自然界，在利用自然规律的基础上使自然界满足人的需要；另一方面，人也改变着自己，发挥自己的能力和力量，使自己成为创造活动的主体”，这种体现着人的本质力量的“人化的自然”就是“美”。这表明所谓“美”就其本质来说，就是人在活动中利用自然规律来实现自己目的、满足自己需要而创造的，是由合规律性和合目的性的统一所形成的一种审美价值的载体，是人自身本质力量的一种确证。所以“美虽然是客观存在的，即存在于人的意识之外的，但它只对人才存在，因为感受、理解和评价美的能力，是只有人才有的能力，这种能力是在人们的社会历史实践中发现和发展的。因此，在对美的看法中，始终是不仅反映出现实现象的客观属性，而且还表现出人的社会本性，表现出人的受社会制度制约的需要、意愿、理想”，是客观性与主观性的统一。[②] 由于在历史唯物主义哲学中，实践主体所指的不是个人主体而是人类总体，所以这里所说的“主观性”不同于狄德罗的关系说中的个人性和个别性，而是“社会性”，是从社会历史文化的角度来理解的。当时，我国美学界继 1955 年对胡适的主观唯心主义思想进行批判以后，朱光潜检讨自己以往的主观唯心主义美学思想，引发了美学大讨论。李泽厚受此启发，结合与朱光潜和蔡仪的辩论，在 1957 年《人民日报》和《哲学研究》上分别发表了《美的客观性和社会性》《关于当前美学问题的争论——试再谈美的客观性和社会性》等以实践的观点为指导的美学论文，来阐述自己的观点并对朱光潜和蔡仪的思想开展批评。因而李泽厚也就成了我国实践论美学的开创者和代表人物，尽管他在晚年背叛了实践论美学。

以我之见，在当时各派美学思想的论争中，实践论美学之所以脱颖而出，显然是由于它比其他学派更接近真理，因而也很快在我国美学界流传开来，成为我国的主流美学。它的价值就在于为我们的美学研究找到一个科学的理论依据和思想原则。但是从学术理路上说，由于它所研究的不是具体的审美对象和审美经验，而是为了解决两千多年以来人们所疑惑的“美是什么”、它何以会是美的问题，要说明的是属于亚里士多德所说的对于事物“原因”亦即产生某种现象的根由，即“何以是”这个本质定义的回答。[③] 因而到了新时期，随着市场经济的兴起，我国的社会思潮逐渐从社会本位转向个人本位，从理性转向感性，加上生命哲学、现象学哲学、存在主义哲学的先后介入以及在我国理论界的影响的不断扩大和加深，美学研究也从热衷对美论、对美的本质等形而上问题的探讨，转向对审美经验和个人审美心理等形而下问题的研究，以至于实践论美学被不少学者视为客观论美学和认识论美学，并予以批判和否定。这虽然是社会潮流的驱使，但也与人们对实践论美学的思想精髓，对“实践”概念的内涵尚缺乏准确、贴切的理解有关。所以，要正确理解实践论美学，还得从“实践”概念说起。

其实，我国美学界对于“实践”这个概念的认识，在 20 世纪五六十年代美学大讨论时就存在着很大的分歧。这当然与这个概念的内涵的多重性有关。虽然从哲学上来说，它的基本精神就是与“知”（认识）相对的“行”，但又可以从本体论、伦理学、创制学等方面作不同的理解。“本体论”所探讨的是世界的本原与始基的问题，它是古希腊哲学所关注的根本问题，但由于古希腊哲学把世界的本体看作永恒不变的，“认为永恒的东西有生成是荒谬的”[④]，所以“实践”这个概念在古希腊哲学中一般只是属于伦理学和创制学研究的领域，在当时的本体论中是没有地位的。直到马克思主义，才把它视为人类生存活动的最基本方式——物质生产劳动引入对世界本体的阐释，并把它作为认识论的基础来进行研究。我们所说的“实践论美学”的致思方向，只能是按历史唯物主义的思想对人与现实的审美关系的形成和发展的缘由的一种追问。这决定了实践论美学就性质来说只能是属于马克思主义的社会存在本体论美学。但在 20 世纪 50 年代我国的美学论争一开始，这种精神似乎就不完全被人理解。虽然人人都谈论“实践”，但却并没有形成共同语言。如朱光潜就是从创制学的角度把它理解为只是一种艺术生产（制作）活动。这是由于他早年信奉的是克罗齐的“表现论美学”而导致的。克罗齐认为艺术是“直觉的表现”，它完全属于心灵活动，“直觉就其为认识活动来说，是和任何实践活动相对立的”[⑤]，这里所说的“实践”就是指艺术的传达和制作活动。新中国成立以后，朱光潜在学习马克思主义、批判主观唯心主义美学观，清算自己以往的美学思想的过程中，一直把克罗齐的表现论美学作为反思和批判对象。但由于缺乏辩证的思想，在批判克罗齐否定艺术创作过程中传达的地位时，又把制作活动和构思活动对立起来，在提出艺术“重点在实践”的时候，把意识活动说成是唯心主义美学所遗留下来的一个须经重新审定的概念，而将“实践”缩小为只不过是艺术制作活动。[⑥]所以他所说的“实践”与实践论美学所指的“实践”的精神已经完全不可同日而语。

所以，要真正理解实践论美学的思想精髓，就应该按社会存在本体论的精神，把实践视作人与现实的审美关系、包括审美客体与审美主体形成的现实根源来看待。是否承认这一点，也就成了自 20 世纪 90 年代以来对于实践论美学的认识和评价的分歧所在。其中，以潘知常和杨春时为代表的“后实践论美学”，对之完全采取否定和排斥的态度，认为它承认美的客观属性，把美视为美感的对象，没有走出我国百年来美学研究中一直坚持的主客对立的二元结构，而把审美活动中的非理性、超理性的因素排除在外，从而断言它是一种“客观论美学”和“认识论美学”。[⑦]

这判断我认为是不正确的。因为我们通常所说的“实践”，都是与“认识”相对而言的，如果说认识是一种思维活动，是在人的感觉经验基础上，通过概念、判断、推理，把感觉经验上升为普遍知识，使之与现实世界趋向二分，那么，实践则是一种行为动作，是人们按认识所揭示的客观规律性，通过自己的意志努力在对象世界实现自己的目的来满足自己的需要的活动。这不仅突破了主客二分而使之回归统一，而且正是由于实践才使人在知识世界之外又形成一个价值的世界。这种价值包括物质的和精神的两方面。物质价值是人的自然需要的对象，在物质关系中，支配人的活动的必然规律，这里人与动物并没有什么不同；精神价值是因人的文化需要而产生的，它体现着人的情感、意志和愿望，是人的生活从必然世界进入自由世界而出现的，唯此，才使人的生活与动物从根本上区别开来而有了自己的精神家园。这种精神价值的存在方式大致有两种：属于理性形态的是哲学、价值学、人生学、伦理学、教育学、美学等；属于感性形态的就是美，即存在于对象世界中的自然美、社会美和艺术美。它虽然以直接诉诸人的感觉、体验和想象等感性的形式出现，但却体现着人们对人生的期盼和向往，使人在经验生活中看到一个超越于经验生活之上的世界，从而通过对人的情感的陶冶来促进人的全面发展和人格的提升。在当今这个物欲横流的社会，它可以达到抵御人的物化和异化、使人摆脱必然而进入自由、实现人性的复归的作用。所以美也往往被人视为自由的象征。这就是我们按实践的观点所找到的对美的社会的根源和自身价值的一种认识，以及据此对美的本质作出与历史上各种美学观念所不同的理解与解释。

然而作为当年我国实践美学的主要代表，李泽厚对实践论美学这一思想精神并没有在美感论中贯彻进去。为了说明美的社会性也是客观性，他完全否定了“花美”与“花红”这两种判断之间的区别，按一般认识论的观点推论出“美是不依赖人类主观美感的存在而存在的，而美感却必须依赖于美的存在而存在。美感只是美的反映，美的模写”[8]，这就把价值意识与事实意识完全混同了。虽然他后来自己也承认这些论断“非常粗陋、简单”，但根本原因在我看来并非像他自己说的只是“未做心理学的描述和分析”[9]，而是没有认识到美作为一种“人化的自然”、一种相对于人的精神需要而存在的精神价值，唯有以“评价”的方式才能把握。美感就是以情感体验，以及在意识中通过想象对审美客体的改造、加工而构成审美意象的方式，对审美客体所做的一种评价。从根本上说，心理学在美学中的地位就是建立在对审美评价的心理机制这一认识的基础上的。这说明，李泽厚当年的论著只是以马克思的《1844年经济学哲学手稿》为依托，停留在对以万斯洛夫等人为代表的苏联社会派美学思想的复述和阐发上，还没有完全融会贯通而形成自己统一的、完整的思想体系。我们对他的美学思想的肯定，主要是着眼于当年围绕着美的本质开展的美学大讨论中，他把马克思主义的实践观点引入对美的本质的阐述中，在批驳主观论美学和客观论美学方面所做的贡献。

但是，我们也不能因此而无视实践论美学是一种美的哲学的事实，它只不过为我们研究美学问题提供了一个科学的哲学基础，要使之发展成为一个完整的美学学派，还需要深入审美心理学、审美文化学等理论空间。“后实践论美学”把它归为客观论美学和认识论美学来予以否定，显然是由于不理解马克思主义的“实践”内涵、实践论美学的理论精髓，特别是它在美的本质问题上的重大贡献而造成的误判。

二

对于“后实践论美学”来说，这种误判是不足为奇的；问题在于，有些在美学研究中力图坚持实践观点的学者，也把实践论美学视作客观论美学和认识论美学，认为它是排除了人的主观因素，以至于与美、与人对美的自由创造和欣赏处于格格不入的状态，是阻拦着美学理论迈向具体生动的美感经验的冷冰冰的抽象说教。这就有些令人难以理解了。因为实践论美学从人类产生实践过程所形成的人与现实的审美关系中理解美的本质，把美看作一种“人化的自然”，就表明美作为一种精神价值的载体，不只由人的活动所创造，带有人的活动的印记，而且它只能是为人而存在，从而从根本上与把美看作只是一种物的自然属性的古典美学区别开来。这怎么能说是客观论美学？那显然是受这些年来我国美学界流传的审美经验论、审美现象学和审美心理学的影响，试图回避对美的本体和本质问题的哲学探讨，把美学问题完全视为美感论和审美心理学思想在起支配作用。所以，它们虽然在主观上与“后实践论美学”试图完全推翻实践论思想的指导、另起炉灶不同，但殊途同归，都通过否定美的哲学、美的本体论和本质论来淡化美的客观性和社会性，而把研究的视界完全转向审美心理学。我在 2011 年写的《“后实践美学”综论》中对之已作过初步的评述，现在看来，可能有些地方尚未说得准确、透彻、到位，所以我在这里想再作些补充说明。先从“新实践美学”说起。

“新实践美学”的代表作是出版于 1999 年的邓晓芒、易中天合撰的《黄与蓝的交响——中西美学比较论》，它承认“实践是主客观的统一”，认为“生产劳动是主观统一于客观”，而审美活动和艺术活动则“客观统一于主观”，这两者不能混为一谈，这是值得考虑的，但是却忽视了辩证法所主张的“统一是相对的，对立是绝对的，在对立面的对立统一中并不排斥双方相对独立地位”的思想，而在提出“审美活动是客观统一于主观”时，完全否定了审美客体的相对独立的地位，把“美的问题”完全归结为“审美心理的问题”，认为“马克思把‘实践’看作人的本质力量的打开了的书卷，看作感性的人的心理学，这一实践论观点给了我们打开真理之门的钥匙。如果能与中国古代重情感、重体验的美学传统结合起来，将有可能造就出一种‘中国式’的马克思主义美学体系”。这就是他们撰写这本书“最终所要达到的目的”。[10]

既然“美的问题”只是一个“审美心理的问题”，那么，“新实践美学”也像“后实践论美学”一样，把以早期李泽厚为代表的实践论美学都视为客观论美学。因为李泽厚认为，美不在物的自然属性，只有当物在人的生产劳动过程中与人发生了某种关系，成为“人化的自然”之后，才有可能成为美的对象，它体现着人的活动的印记，这就是一种主客观的统一。由于这里“人”是按历史唯物主义观点所理解的人类总体，所以作为界定“人化的自然”的人，相对于实际审美活动中的作为审美主体的个人来说，是一种社会的、客观的存在，是作为类的存在的社会的人，因而有时也把美表述为“自然性与社会性的统一”。我认为，这种理解是符合唯物辩证的思维方式的。而“新实践美学”认为，李泽厚“为了从实践观点坚持美的客观性，他从实践中排除了人的主观因素，使之成为一种毫无能动性的、非人的、实际上是费尔巴哈所认为的那样‘丑恶’的实践”[11]。这显然是由于它无视审美对象作为“人化的自然”对于审美活动中的个体的人来说也是客观地存在着的，把美的问题看作只是审美心理的问题，按朱光潜的“心物统一”的思想而把主观性仅仅看作个人的审美情趣来理解实践美学主张的“主客观的统一”的内涵造成的。因为，按朱光潜早年所推崇的克罗齐的表现论美学来看，“直觉”就是“表现”，美就是由直觉创造出来表现个人的主观情趣的。他后来把克罗齐的美学思想作为反思和批判的现象，但他的思维方式似乎一直没有跳出克罗齐的窠臼。所以在谈到美是“主客观的统一”的时候，始终只是从意识的领域把主客视作为“心与物”的关系而不是实践领域的人与自然的关系，只是通过“移情”而不是生产活动而达到的。这与“新实践美学”在谈到休谟时说的他“把人的一切有关对象的知识都化为人的感觉，否认人能认识在他之外的认识对象，甚至对这个客观对象的存在本身都表示怀疑”，“美不在事物本身的属性，它只存在于观赏者的心里”[12]如出一辙。“新实践美学”认为，“朱光潜敏锐地看出，正是对艺术的这样一种实践的理解，可以和中国传统美学的‘移情’观点挂起钩来，同时又使移情说的哲学基础有可能立于历史唯物主义之上。应当说，看到这一点，是朱光潜对我国当代美学的最大贡献”[13]，这就等于宣称了“新实践美学”不是关系论，而是主观论美学。

“移情说”认为美不在对象本身，而在灌注了主体生命和情感的活动的形象，它是对象与自我、心与物的统一体。这在某种意义上也可称为“自然人化说”，但是与马克思从物质生产角度解释为生产劳动着的人的本质力量的对象化不同，而是审美主体情感、意志的对象化；前者是从社会历史、生产劳动的角度来说的，后者是从个人心理、精神活动的角度来说的。“新实践美学”也意识到这一点，所以它吸取“移情说”的观点，在提出“情感的对象化过程就是按美的规律塑造”的过程、“对象化的情感就是美”[14]时也很警惕自己走向表现论美学，除了竭力从人类物质生产劳动的背景上来说明审美意识和艺术的起源之外，还从内容上强调“自我意识和对象意识的同格结构”，这里“对象意识同一于自我意识之中”[15]，强调它主张“对象化了的情感”就是美，把“美的问题归结为审美心理的问题”也就是把“审美心理的问题归结为人的本质问题”[16]。这里的审美心理学“不仅仅是一个普通心理学、实验心理学问题，乃至作为一般社会学分支的社会心理学问题，它是一个意识形态学和精神现象学问题，它必须上升到人的哲学（哲学人类学）才能为自己找到正确的答案”[17]。书中用了很大的篇幅来论证美感为何起源于生产劳动以及审美情感的社会性的内容、在审美活动中个人情感与社会情感的同一性，似乎这样就可以使移情论和表现论建立在实践论的主客观统一的基础上。但我认为，这只不过是从思辨领域解决的抽象的统一（同一）性。因为按唯物辩证的观点来看，“统一”总是与“对立”相对而言的，所以在主客观的统一中，并不排除它的对立面的存在。我们对于事物性质的认识，也必然“包含着有差别的规定”，“相异律与同一律并无矛盾”。根据这一原理，“具体的同一性”也必然是一种“矛盾的同一性”，它对“自身反映正同样反映对方，反过来说，反映对方也同样反映自身”[18]，任何一方都是由对方的存在所规定的，如视觉的内容是由物体所规定的，听觉的内容是声音所规定的，“人的感觉、感觉的人性，都只是由于它的对象的存在，由于人化的自然界，才产生出来的”[19]，离开了对方就不是现实的、具体的主客观的统一，而只不过是抽象、思辨的解释。“新实践美学”在解释这个问题时，就陷入了这个窘境。所以，从“美是客观统一于主观”这个本属于价值评判的命题中，推论出“主观中就已包含客观的内容”，而把它强调到绝对的地位，来否定审美对象的客观存在，把美学看作只是一个审美心理学的问题，也就从根本上否定审美关系的社会历史内容以及它随着客观现实发展而发展的可能性。我认为这并不是一条按马克思的实践思想来研究和解释美学问题的道路。

在这一点上，“实践存在论美学”似乎也存在着同样的问题。“实践存在论美学”的代表作是出版于2008年的朱立元的《走向实践存在论美学》。如果说“新实践美学”

的核心思想是“移情论”，那么“实践存在论美学”的核心思想是“生成论”，亦即认为美不是预成的，是在人的活动中生成的。我在原则上赞同这个观点，但认为，对于“生成”，不能仅从个人、心理的观点理解，还应从社会历史的观点方面来看。

实践论美学是从社会历史的观点出发，认为美是人类在物质生产劳动中由于改变了人与自然的关系而使自然得以“人化”所致。而“实践存在论美学”则主要从个人心理的观点，认为美是在人们实际的审美活动中“当下生成”的。所以，它反对从社会存在论的角度把实践理解为物质生产劳动，不仅按海德格尔的存在主义哲学思想把实践理解为个人的生存活动，甚至认为审美活动本身也是一种实践。因而认为在美的问题上，就应该像海德格尔在批判传统形而上学时所说的，不应该像追问“存在是什么”那样去追问“美是什么”，“假设存在已经存在”；若是那样，“就是把存在变成固定、现成的了，传统的主客二分的认识论美学的症结也就为此”。所以它认为在审美活动中，“一切都是随缘而发状态和当下生成中”，都只能从审美心理来说明[20]，“从逻辑上说，不论‘审美主体’还是‘审美客体’（包括美）都是在审美关系确立之后，在审美活动中当下现时生成的，没有一个早已存在的固定不变的主客体”[21]，并以海德格尔说的当《莎士比亚全集》没有被人欣赏时，它与茶缸、土豆一样只是具有同样物性的物，和杜夫海纳说的，当博物馆关闭后，那里的画就不再是审美对象[22]等言论来说明。

这是值得商讨的。要说明这个问题，有必要把我们平时往往混同使用的“客体”（object）与“对象”（target）这两个概念作进一步区分。我认为“客体”是一个哲学的、泛指的概念，指在人类实践活动中所建立的与社会主体相对的客观事物，而“对象”则是一个心理学的、特指的概念，只有当客体在实际活动中与个人的知觉、情感和意志发生关系，它才能成为对象。如果这一区别能够成立的话，那么，实践论美学所讨论的“美”主要是就与人类主体相对的审美客体而言，在实际的审美活动中，它还只能说是一种潜在的审美对象；只有当它在实际审美活动中与人的感觉相遇、被心灵接纳，成为出现在个人意识中的审美意象时，才能成为实在的审美对象。审美活动是一种以情感体验形式对审美对象所作的评价活动，它不像一般的认识活动那样，只是以认识事物的事实属性为目的；它所捕捉到的对象总是经过审美主体情感的选择、加工，带有鲜明的主观意趣。从这个意义上说，离开了个人的感觉和体验等心理活动，也就不会有审美意象的发生。王阳明曾说：“你未看此花时，此花与汝心同归于寂，你来看此花时，则此花颜色一时明白起来，便知此花不在你的心外。”[23]这话以往被人们视为站在主观唯心主义立场做辩解，不过我认为，用来说明审美意象的发生倒是挺确切的。它既说明在审美活动中，只有当外界的事物与人的感官相遇、为我的感知和情感所接纳，才能在人们心中“明白起来”，成为我的审美对象；但又没有以“对象”来否定“客体”，否定这审美意象是以客观世界里存在的审美客体为依据加工和创造的。所以，没有被阅读的《莎士比亚全集》、博物馆关闭后的绘画，它们既然不再与人形成一种实际的主客体关系，就像王阳明说的处于“与汝心同归于寂”的状态，自然也就不可能成为出现在人的意识中的审美对象，但要是完全排除了这承载美的信息的客体，审美活动也就失去了依凭，无法产生。

所以从唯物辩证的观点来看，承认在审美活动中作为客体的现实美的存在，并不等于就是二元论，因为在审美意象的形成过程中，它还须使主客体从对立走向统一。这样看来，认识论美学的局限并不在于它承认美的客观属性，审美意识根源于审美对象，而是在于它没有认识到审美是情感体验形式所表达的评价活动，分不清它与一般认识活动的区别，把审美对象完全等同于物理映像，无视在审美活动中由于主观意识的加工和创造所造成的映像的变异，这就导致主客体永远处于二分对立的状态。所以，对于“生成论”，我认为不能仅从审美心理学的角度把美看作只是在个人审美活动过程中“当下、即时生成的”，而同时应该从美的哲学和社会学，美的本体论、本质论角度，看作在人类实践活动过程中历史地生成的。只有历史地形成了人类与自然的审美关系，才会有个人对于这种自然美的感知、体验和欣赏的能力，才会出现谢灵运、王维、孟浩然的山水诗，董源、范宽、黄公望的山水画。尽管这些作品风格各异，都带有作者个人审美感知、体验和想象的独特印记，某种意义上都是作者个人独特的发现和创造，但无不是以历史地形成的人类与自然的审美关系中客观对象为基础和前提，从根本上说不失为是对现实美的一种反映。

这正是实践论美学向我们揭示的真理。若是把这思想视为现成论和客观论，视实践论美学是客观论美学、认识论美学，为反对二元对立而否定审美对象的客观存在，那就必将使美学研究从一个片面走向另一个片面。

三

以上分析表明，虽然实践论美学只是一种本体论、本质论美学，它远不足以用来说明丰富复杂的审美现象，还需要我们在这一研究的基础上进一步向审美心理学、审美现象学方面推进，使两者获得有机的结合，但若由于实践论美学重视对美的本体、本质的探讨，而将它归为客观论美学、认识论美学，并以反主客二分为由而否定它，完全以审美心理学取而代之，那么，我们的美学的内容不仅将是不完整的，而且还很可能失去科学的基础，重走回头路。在今天，坚持实践论美学对于美的本体和本质的探讨在美学研究中的基础地位，至少有以下两个方面的意义：

第一，使审美判断具有客观的基础和依据，避免美学研究走向主观主义和相对主义。

审美活动是建立在人们感觉经验的基础上的，但由于客观世界所存在的美本身的丰富性、多样性，以及审美主体的人生经历、文化教养、性格特征以及兴趣爱好的独特性，对于美的感知和判断也必然会因人而异，不像一般认识活动，特别是科学认识那样有着统一的客观标准而可以彼此互证。例如鲜花虽美，但人们的爱好却很不相同，陶渊明爱菊、林和靖爱梅、周敦颐爱莲、郑思肖爱兰……对于作家作品等艺术美也是同样。如欧阳修喜欢李白、不喜欢杜甫，认为李白“天才自放，非甫可到也”[24]；而王安石喜欢杜甫、不喜欢李白，说杜甫“兼人所独专”，而“白之诗歌，豪放飘逸，人固莫及，然其格止于此而已，不知变也”[25]。本·琼生对莎士比亚作了极高的评价，说他是“时代的灵魂”，“我们所击节称赏的戏剧元勋”，“他不属于一个时代而属于所有世纪”[26]；而伏尔泰对莎士比亚的作品竭尽嘲讽之能事，说他的作品是“烂醉的野人凭空想象的产物”[27]。歌德非常讨厌雨果，说他的作品“完全违反自然本性，毫不真实”[28]；而托尔斯泰对雨果的作品却大为称赏，说他的作品“传达出把人们引向团结和兄弟情谊的感情”[29]。类似事实，不胜枚举。但这只能限制在“偏爱”的范围之内，若是发展成为一种“偏见”，那就不值得肯定了。所以休谟提出“趣味无争辩”时，也只是认为趣味（审美判断力）可以因人而异，而对于偏见则提出了尖锐的批评，认为“必需有高明的见识才能抑止偏见”，“理性尽管不是趣味的基本组成部分，但对于趣味的正确运用却是不可缺少的指导”[30]。而要想找到理性的评判标准，唯一的客观依据也只有美的本体和本质。

因此，在审美活动过程中，由于主客体在刹那间的直接契合所产生的那种当下、即时的愉快，我们也只能看作一种对于美感的现象学的描述，而且一般也只出现在属于鲍桑葵所说“浅易的美”，那种“表面看来差不多为人人觉得愉快的东西相合的”，“给予普通的‘身—心’以一种明显的、直截了当的快感”的美[31]，主要是在“优美”的感知过程中；至于对那些他所说“艰奥的美”，如对崇高甚至怪诞滑稽的判断，就未必切合。因为对于崇高感，如康德所说，它一般是由痛感、恐惧感转化来的，往往“经历着一个瞬间的生命力的阻滞”，继之才使“生命力更加强烈的喷射”而使人“不只是被吸引着同时又不断反复地被抗拒着”，从而激发人的一种“超越任何感官尺度的心灵力量”，把人“从有限而引向无限”，“在人的内心激起超感性的使命的感觉”。由于它不可能仅凭感觉经验直接产生，所以他把它称为“消极的快乐”[32]。但在具体的审美活动过程中，美作为一种精神价值，不仅是由评价活动所裁定的，带有鲜明的主观选择的性质，而且当主体的这种选择为社会所认同之后，反过来又会在客体中固着下来，转化为客体的价值属性，成为主体从事价值评判的客观依据，以致人们误以为美是由审美主体的思想情感所赋予的，而无视客体自身的价值和价值客体对评价活动的制约性。这就决定了只有当主观评价与价值客体达成一致，才能使评价具有社会的普遍有效性。我们说“美是自由的象征”，使人从欲望的束缚和强制中解放出来，而使情怀得以开拓，人格得以提升，摆脱必然而进入自由，这就是人与现实的审美关系发展到今天，人们对美的价值属性所做的一种裁定。所以评价活动，包括审美判断的思想路向，尽管从形式上看是从主观到客观，是以客体能否满足主体的某种需要为标准，但从实质上看却是从客观到主观，以客体自身的价值属性为依据和制约，一切主观的尺度说到底都是由客观的尺度内化而来的。人与现实的审美关系，就是这样在主客互动中求得发展的。所以，尽管在审美感知过程中，作为审美对象而出现的审美意象总是经过人们的主观意识所加工创造的，但是，凡是为社会所普遍认同的，它总是以客观世界所存在的审美客体为依据，总是建立在对审美客体的性质的把握的基础上的。我们不能以审美客体在主体审美感知、体验中所产生的变异性为理由来否认审美客体的客观性。所以，就对审美意象的产生而言，朱光潜的“美是主客观的统一”说似乎比“新实践美学”的“移情说”、“实践存在论美学”的“生成说”更接近真理。他认为客观事物（即他所说的“物本身”“感觉材料”“物甲”）只有经过“美感经验过程”“欣赏和创造阶段”而成为“物的形象”（即他所说的“物乙”或我们所说的“审美意象”），才能成为审美对象[33]，它虽然已不是“物甲”，但作为“物乙”的原料客观存在着，而并没有把主客观完全对立起来，或借“主客统一”之名以主观性来否定客观性。只是由于他把作为审美意象的美和作为审美客体的美混为一谈，以致在当年围绕着对美的本质问题的论争中，被人理解为他把美视作由主观意识所创造，从而被当作主观唯心主义观点批判。这在今天是需要我们本着实事求是的精神来予以鉴别的。

第二，使美的深层内涵得到充分的揭示，避免审美判断仅仅停留在表象层面而流于肤浅。

人们对美的感知是建立在感觉、体验的基础上的。感觉不同于思维，它不仅始终驻足于表象，是未经理性分解而对对象所作的一种整体把握，而且还能激发人的想象和联想，把“简单的知觉表象”加以融合成为“复杂的知觉表象”[34]，使知觉表象的内涵得以拓展。维柯在研究原始人的思维方式时发现，原始人的逻辑思维尚不发达，他们在感知自然时总是凭借联想律，从自身出发，“把有生命的事物的生命移植给无生命的物体，使它们具有人的感觉和情欲”，所以在他们的语言里，“大部分涉及无生命事物的表现方式都是从人体各部分以及从人的感觉和情欲那里借来的隐喻而形成的”[35]。这种未经主客二分的源始性意象，在理性的观点看来虽然是幼稚的、原始的，但却使人与世界的关系保持着原本固有的丰富性和生动性，于是被维柯称之为“诗性智慧”。即使在逻辑思维占优势的文明人那里，它在审美活动中仍然得到延续。这种由联想所造成的“复合知觉的表象”不仅丰富着审美意象的内容，而且经过历史的选择，还会在审美客体中积淀下来，成为审美客体的社会文化内涵，使得审美客体总是在不同程度上负载着一定时代和民族的伦理意识和社会风尚，带有鲜明的民族性和地域性。我国古代美学思想中所流行的“比德说”就足以说明这一点。“知者乐水”，是因为水“泉源溃溃，不释昼夜，其似力者；循理而且行，不遗小间，其似持平者；动而之下，其似有礼者；赴千仞之壑不疑，其似勇者；障防而清，其似知命者，不清以入，鲜洁而出，其似善化者；众人取平，品类似正，万物得之则生，失之则死，其似有德者；淑淑渊渊，深不可测，其似圣者；通润天地之间，国家以成，是知者所以乐水也”；而“仁者乐山”，是由于“山巃嵸礧嶵，万民之所观仰，草木生焉，众物立焉，飞禽萃焉，走兽休焉，宝藏殖焉，奇夫息焉，育群物而不倦焉，四方并取而不限焉，出云风通气于天地之间，国家以成，是仁者所以乐山也”[36]。这就是以近似的联想为依据的。此外，像我国古代画论中把梅、松、柏（或竹）称为“岁寒三友”，把梅、兰、竹、菊名为“四君子”，也都是着眼于它们的品性与人的坚贞不屈的节操的相似性。观赏者在欣赏它们时，也不是把它们只当作一种自然物，而总是连带着它们身上的文化意蕴来理解和接受的。这在西方被称作“隐喻”或“象征”，如鸽子象征和平、绵羊象征驯顺、玫瑰象征爱情、百合象征圣洁等等。它在观赏者内心所产生的效应如同康德所说“我们称建筑物或树木为壮大豪华，或田野为欢笑愉快，甚至色彩为清洁、谦逊、温柔”，就是“因它们所引起的感觉和道德判断所引起的心理状况有类似之处”而更使我们情感愉快。[37]

这还只是就自然审美的文化内容方面而言。而美的艺术不只是对审美客体的一种消极、机械的反映和模写，它向读者和观众所传达的是经过作家心灵所改造和加工过的审美意象，其中无不体现作家按自己的人生经验对客体的体验、理解所引发的想象和联想成分，这就使“平凡的”自然“由于艺术家通过他自己的理解将变得深广”[38]。所以许多优秀的作品，如曹雪芹的《红楼梦》，鲁迅的《阿Q正传》《药》，但丁的《神曲》，海明威的《老人与海》，卡夫卡的《城堡》等等，我们都可以从中感受到作家个人体验和理解所赋予的某种隐喻和象征的意义。只要这种表现不是为追求隐喻义和象征义而牺牲对象本身的丰富性和生动性，而使喻体与本体之间流于直接单一，显得过于浅露，而影响人们对于审美对象本身的感受和玩味，把它变为抽象概念的符号，或者像象征主义那样认为诗所表现的真实在于“另一个世界”，那么，它无疑会充实和丰富我们对审美意象的感受，同时也决定了我们对文艺作品的欣赏不是按逻辑的方式，而是以感悟的方式领略的，就像夏丏尊在谈到作为媒介的文学作品的语言时说的，“在语感敏锐的人的心里，‘赤’不单解作红色，‘夜’不单解作昼的反面，‘田园’不单解作种菜的地方，‘春雨’不单解作春天的雨。见了‘新绿’二字，就会感到希望、自由的化工，少年气概等说不尽的情趣，见了‘落叶’二字，就会感到无常、寂寞等说不尽的意味……真的生活如此，真的文字也如此”[39]。所以歌德说凡是“优秀的作品，都探测不到底”[40]，尽管对美的感知往往如同电光石火，往往是在刹那间不经思索发生的，但这并不排除思维活动在审美活动过程中的地位和作用，特别是对于那些鸿篇巨著来说，就更非仅凭直觉感悟所能深入把握的。豪泽尔说过，“对艺术作品内涵因素的把握不是廉价的、毫不费劲的。这是一项艰巨的任务，是一种严峻的智力和道德的测验”[41]。严羽在谈到阅读《离骚》时特别强调：“读骚之久，方知真味，须歌之抑扬涕洟满襟，然后为识离骚。”[42]这就需要我们对作品在沉潜涵泳中反复品味，否则对于美的感知只能停留在它的浅表层面，很难把握它丰富的深层内涵，甚至只是一种假象。舒曼就曾经这样告诫人们：“切勿凭最初的印象来判断作品的好坏，你起初感到中意的东西不一定都是好的，大师的作品需要仔细研究。许多作品，你要在各方面成熟之后才能明了。”[43]

所以，我们在承认从经验层面，从审美心理学、审美现象学维度研究对于美学的重要意义的同时，也必须看到，为了建立完整的美学理论并使之走向科学，唯有把审美心理学建立在美的哲学的基础之上而使两者有机地结合起来才有可能。这就是我所要说明的实践论美学的理论价值之所在。

注释：

---

① 狄德罗：《关于美的根源及其本质的哲学探讨》，张冠尧、桂裕芳译，载《狄德罗美学论文选》，人民文学出版社1984年版，第25、29、33—34页。

② 伏·万斯洛夫：《客观上存在着美吗？》，高叔眉译，载《美学与文艺问题论文集》，学习杂志社1957年版，第2—5页。

③④ 亚里士多德：《形而上学》，载苗力田主编《古希腊哲学》，中国人民大学出版社1990年版，第517—518页，第176页。

⑤ 克罗齐：《美学纲要》，朱光潜译，载《美学原理美学纲要》，朱光潜、韩邦凯、罗芃译，外国文学出版社1983年版，第213页。

⑥㉝ 朱光潜：《论美是客观与主观的统一》，载《朱光潜美学文集》第3卷，上海文艺出版社1983年版，第63页，第81页。

⑦ 参见潘知常《生命美学论稿：在阐释中理解当代生命美学》，郑州大学出版社2002年版；杨春时《生存与超越》，广西师范大学出版社1998年版。

⑧ 李泽厚：《论美感、美和艺术》，载《美学论集》，上海文艺出版社1980年版，第18页。

⑨ 李泽厚：《论美感、美和艺术·补注、补记》，载《美学论集》，第33、51页。

⑩⑪⑫⑬⑭⑮⑯⑰ 邓晓芒、易中天：《黄与蓝的交响：中西美学比较论》，人民文学出版社1999年版，第400—401页，第386页，第159、160页，第388页，第418页，第436页，第400页，第435页。

⑱ 黑格尔：《小逻辑》，贺麟译，商务印书馆1980年版，第250、251、259页。

⑲ 马克思：《1844年经济学哲学手稿》，中共中央马克思、恩格斯、列宁、斯大林著作编译局编译，人民出版社1985年版，第83页。

⑳㉑㉒ 朱立元：《走向实践存在论美学》，苏州大学出版社2008年版，第298—299页，第305—306页，第303页。

㉓ 王阳明：《传习录》下，载吴光、钱明、董平、姚延福编校《王阳明全集》，上海古籍出版社1992年版，第107—108页。

㉔ 欧阳修：《李白杜甫诗优劣说》，李逸安点校《欧阳修全集》第5册，中华书局2001年版，第1968页。

㉕ 转引自胡仔纂集、廖德明校点《苕溪渔隐丛话》前集卷六，人民文学出版社1962年版。

㉖ 本·琼生：《题威廉·莎士比亚先生遗著，纪念吾敬爱的作者》，卞之琳译，载杨周翰编选《莎士比亚评论汇编》上，中国社会科学出版社1979年版，第11、13页。

㉗ 伏尔泰：《〈塞米拉米斯〉序》，载《莎士比亚评论汇编》上，第335页。

㉘ 爱克曼辑录：《歌德谈话录》，朱光潜译，人民文学出版社1978年版，第247—248页。

㉙ 列·托尔斯泰：《什么是艺术？》，丰陈宝译，载《列夫·托尔斯泰文集》第14卷，人民文学出版社1992年版，第305页。

㉚ 休谟：《论趣味的标准》，载《古典文艺理论译丛》第5辑，人民文学出版社1963年版，第11页。

㉛ 鲍山葵：《美学三讲》，周煦良译，人民文学出版社上海分社1965年版，第44页。

㉜㊲ 康德：《判断力批判》上卷，宗白华译，商务印书馆1964年版，第84、97页，第203页。

㉞ 威廉·冯特：《人类与动物心理学论稿》，李维、沈烈敏译，浙江教育出版社1997年版，第305页。

㉟ 维柯:《新科学》，朱光潜译，人民文学出版社 1986 年版，第 180 页。

㊱ 向宗鲁注解:《说苑校证・杂言》，中华书局 2009 年版。

㊳ 黑格尔:《美学》第 1 卷，朱光潜译，商务印书馆 1979 年版，第 215 页。

㊴ 叶圣陶:《文学作品的品鉴》，载《叶圣陶论创作》，上海文艺出版社 1982 年版，第 136—137 页。

㊵《歌德的格言和感想集》，程代熙、张惠民译，中国社会科学出版社 1982 年版，第 75 页。

㊶ 阿诺德・豪泽尔:《艺术社会学》，居延安译编，学林出版社 1987 年版，第 138 页。

㊷ 严羽:《沧浪诗话・诗评》，普慧、孙尚勇、杨遇青注，中华书局 2014 年版。

㊸ 罗伯特・舒曼:《舒曼论音乐与音乐家》，陈登颐译，人民音乐出版社 1960 年版，第 221—222 页。

（2016 年第 9 期）

美育三义

杜　卫

“美育”是审美教育的简称，由18世纪的席勒在《关于人的审美教育的书信》（我们一般翻译为《美育书简》或《审美教育书简》）中所创。1901年，蔡元培在他的《哲学总论》中提到了“美育”[①]，一直沿用至今。尽管这个概念是由德国人在18世纪提出来的，但是人类关于美育的思想却源远流长，王国维的《孔子之美育主义》一文就是以席勒的美育理论阐发中国孔子美育思想的典范之作。而且，席勒之后，欧美国家论述美育的论著并不多见，远不如研究艺术教育的多，但是在中国，美育研究方兴未艾。“美育”还经常出现在党中央、国务院的重要文件中，实施美育成为国家意志。美育作为一种独特的人格教育伴随着儒学传统延续至今。中国的美育思想最为丰富，而且这种思想在很大程度上就是中国美学最独特的精神传统。进入21世纪，美育回应时代需求，又具有了新的意义。本文立足当代，打通古今中外美育理论，概括地阐发美育的三个主要意义。

一、美育作为感性教育

美育最基本的含义就是感性教育。席勒首创的美育是“dieästhetische Erziehung”，这里的“ästhetische”来源于鲍姆嘉通创造的新词“Aesthetica”（这个词后来被译为“美学”），其本义是感觉学、感性学。所以，席勒首创的“美育”一词，本义就是感性教育。20世纪上半叶，席勒美育理论引入我国，当时的学者往往把它和康德美学一起论述。由于席勒继承了康德提出的人类主体意识三分法，即知、情、意（情对应于人的审美、艺术活动），再加上我国儒学中心性之学的深刻影响[②]，他们就直接把美育理解为“情感教育”[③]。把美育定位于情感教育是有其合理性的，极具中国特色。但是，情感教育相对于感性教育，意思虽然很相近，可是范围有所缩小。特别是“情感教育”的提法不能标示美育的现代性意义，即针对感性受压抑、人性脱离自然而要求恢复人的感性，实现人性的内在和谐。因此，还是提“感性教育”更符合席勒的本意，也能体现美育话语的现代性。20世纪末，伊格尔顿曾评论说：“美学是作为有关肉体的话语而诞生的。……审美关注的是人类最粗俗的，最可触知的方面，而后笛卡儿哲学（post-Cartesian）却莫名其妙地在某种关注失误的过程中，不知怎的忽视了这一点。因此，审美是朴素唯物主义的首次激动——这种激动是肉体对理论专制的长期而无言的反叛的结果。”[④] 席勒提出美育正是要在理性占主导的文化和教育中保护和发展人的感性，使人能重新获得感性和理性的协调平衡，重建和谐完整的人格。所以，美育是作为现代性命题提出的，其宗旨是保持人的感性自发性，保护生命的活泼和原创力，维护人与自然之间天然的、肉体化的联系；其本义是感性教育，即在理性教育的同时，促进人的感性方面（如感知、想象、情感、直觉乃至无意识等）的发展。

席勒的美育概念是基于他关于美的观念和人性的观念的一致性，“从人性的概念中一般地推导出美的普遍概念”，同时“与人性的理想一起我们同时获得了美的理想”[⑤]。人性的理想在现实中已被破坏，具体地说，就是理性压抑感性，造成了人性分裂，因此需要美育来恢复人性的和谐。他指出，“欲求占了统治地位……利益成了时代的伟大偶像……哲学家的探索精神把想象力也撕成了碎片，艺术的领域在逐渐缩小，而科学的范围却在扩大”；现代人的人性被分解，“成了碎片”，“无法发展他生存的和谐……把自己仅仅变成他的职业和科学知识的一种标志”[⑥]。接着，席勒揭示了造成这种状况的原因“正是教养本身给现代人性造成了这种创伤”，其要害是理性的过度扩张和等级、职业的严格区分，从而使得人的本性的内在纽带断裂，“致命的冲突使人性的和谐力量分裂开来”[⑦]。同时，席勒又从历史必然性的角度分析了造成上述人性分裂状况的深层原因。他说，那种状况适用于处于“文明进程中”的任何民族，“因为所有民族在通过理性回归自然之前，都无一例外地会由于理智的过度敏感性而远离自然”[⑧]，其结果是“我们的本性成了文化的牺牲品”[⑨]。席勒这种对于现代性的深刻批评，展现了他提出美育的时代性意义，即现代化进程对人性的破坏源自感性的缺失或被压抑。他提出美育问题的着眼点是，在理性逐步占据主导的世界里，恢复和确认感性的地位和价值，重建与理性相协调的感性世界。他指出，理性为了精神性的追求而剥夺了人的自然本性，为了统一的人格而抽去了具体生存状态里个体生命的多样性和丰富性。这其实就是启蒙理性的片面性，而美育正是为了纠正启蒙理性的片面性而为时代所需要。他写道：“认为一切知性启蒙所以值得重视只是在于它对于性格的反作用，这是不够的。在一定程度上这种启蒙还要由性格出发，因为必须经过心灵才能打开通向头脑的道路。感受性的培养是时代最急迫的需要，这不仅因为它是一种改善人生洞察力的手段，而且因为它本身就会唤起洞察力的改善。”[10] 在席勒看来，理想的人格就是既有统一的理性，又有丰富多彩的个性特征；既能从事哲学思考，又能创作艺术；既充满力量，又温柔；既有理性的成年性，又有想象的青春性。为此，他指出：“我们有责任通过更高的教养来恢复被教养破坏了的我们的自然（本性）的这种完整性。”[11] 这就是说，席勒在承认启蒙理性的合理性的同时，着重揭示和批判它的弊病和危害，并认为要用一种新的文化策略来修正文化发展的方向，使之朝着更合乎人性的方向平衡协调地发展。虽然席勒主张建立一种感性与理性平衡和谐的人性，但是，针对当时的现状，席勒提出美育的重点是恢复感性，消除启蒙理性的片面和专制，由此克服人性的分裂。

席勒的美育理论，奠定了美育概念的基本含义是感性教育，其基本的教育内容是艺术。席勒还把美育同德育、智育和体育相并列，确立了美育在教育大格局中的重要地位。这是席勒关于美育作为感性教育的逻辑的阐述。同时，任何理论都是历史的、具体的，也就是说，任何有价值的理论总包含着对当下具体问题解决的特定意向，而席勒关于感性教育阐述的历史具体性主要包含以下三点意义：1. 美育肯定感性对于人的生存和发展的价值；2. 美育以恢复和发展人的感性为任务；3. 美育的理想或者说目标是人性的完满，也就是人的全面发展。这三点更加凸显了美育作为一个现代性概念的深刻含义。从今天来看，席勒关于美育作为感性教育的论述要义并没有过时。

美育作为感性教育，着眼于促进个体的审美（感性）发展，激发生命活力，提升情感境界、培养创造力，最终与其他教育一起服务于人的全面发展目标。这是美育区别于其他教育的根本特征。离开了感性，就谈不上美育。然而，当前我国学术界和教育界虽然也开始意识到知觉、想象、情感、直觉等感性素质具有重要价值，但对人的感性素质的研究不够，在整体上重视更不够。许多人还是停留在“文以载道”的观念上来看待美育，有意无意地把美育作为以艺术的形式灌输抽象道德的途径。人们对于儿童青少年的教育，总希望在生动活泼、情意盎然的形式之中，注入某种微言大义，似乎这才是教育的唯一追求。殊不知，美育所追求的就是生动活泼、情意盎然本身。人们对于美育的价值，总希望在“动之以情”之后，还有一个所谓的“晓之以理”。殊不知，美育追求的就是“动之以情”本身。正是在那样的观念指导下，我们大、中、小学的艺术课堂里，老师往往会引导学生在美妙的艺术作品中发现“深刻的”“抽象的”道理，最终还是把丰富多彩的感知和想象世界无情地抹去，似乎前者更有价值，后者只不过是一种引子。这种片面追求理性的观念还得到某些心理学的支持，如皮亚杰的认知发展心理学，就是把个体心理的成长描述为从感知到逻辑思维的发展历程。然而，这种描述不仅不全面[12]，而且也仅仅是针对认知的发展，而非人的全面发展，因此无法提供观察个体发展的全面观点。问题的根源还在于教育领域的“唯智主义”以及相应的应试教育。教育绝不仅仅以发展智力为唯一目标，更重要的是要开发受教育者生存发展所必需的潜能。一个人的愉快、崇敬、狂欢、痛苦、焦急、悲哀等内心体验，个体情感的压抑或满足、敏锐或麻木、丰富或枯竭，对于他的生存质量均有十分重要的意义。个体生存的完满不仅仅在于他有道德、有智力、有健康的身体，也不仅仅在于有财富、有权力、有名誉，而且还在于有丰富的情感需要和满足，有敏锐的生存感受。一个情感麻木、枯竭或压抑的人，即使其他方面十分富足，他的个体人格也不会有全面的发展，其生存也不会完满、幸福。[13] 再则，我们身处一个以创新引领发展的时代，青年的创造力与他们的感知、想象、情感、直觉等感性素质有着深刻的内在联系，美育作为感性教育，对于发展国民创造力、推动创意产业发展具有重要价值，感觉迟钝、想象贫乏、情感枯竭的一代，一定是缺乏创造力的一代。对此，我们应该有及时的清醒认识。

美育作为感性教育，并不是非理性的教育，更不是排斥理性的教育，美育所要发展的感性是和理性相互协调、相互包含、相互促进的感性。这是席勒美育观的深刻之处。人的感性固然与肉体、生理息息相关，但美育要发展的感性不等同于本能欲望，也不仅仅限于感官活动，它不脱离肉体却又超越了生理层面，包含了精神的维度，因此，它是一个贯通了肉体和精神的个体性概念。我们可以把这种感性称为“丰厚的感性”，既有感性的丰富性，又有人文深度。它是以深度体验为核心的感性素质，蕴含着文化积累和精神积淀，是与理性相互协调、相互包含的。美育发展感性，就是既要保护和恢复天然感性的活泼生动，又要使之丰富和提升，具体地说，就是要使感性包含认识深度、道德意识和生命境界。因此，作为感性教育的美育与“跟着感觉走”“过把瘾就死”的非理性文化有着质的区别。具体地说，美育所发展的“丰厚的感性”可以从以下五点来认识。

第一是生存的具体性，即个体性。人的生存，就其活生生的状态而言都只能是具体的、个别的。美育尊重每一个个体的个性存在，致力于发展具有丰富内涵的个性，并使个体在美育活动中充分发挥主体性。这可以说是美育作为感性教育的最具现代性的意义，也是美育作为素质教育重要组成部分的要义所在。

第二是肉体性。这里讲的肉体性不是纯生理学范畴，而是指人性、人格中与生理有直接关联的方面，如感觉（感官）、知觉、想象、情感、直觉等等。在审美、艺术活动中，精神性因素总是直接与生理因素相贯通，那是一种内在的关联。[14] 尼采讲美学是应用生理学，仅就审美与人的生理方面的密切联系来说是很中肯的。我们这里讲感性，就是充分地肯定美育与个体生理、心理的直接联系，强调美育对个体从无意识、本能欲望到纯粹精神意识的贯通式的整体性影响。

第三是生命活力。感性以人的本能冲动和情感过程为特征，感性的发达意味着生命活力的充沛。文明人日渐远离自然，理性的发达和物质生活的富足使人的感性萎缩，生命活力渐渐丧失。这种近代以来所出现的文明病态，已受到不少学者、艺术家的关切。康德对“力的美”的注重、席勒对“激情”的偏爱、狄德罗对“粗糙的自然”的肯定、尼采对“酒神精神”的推崇、凡高对原始冲动的展示、鲁迅对“摩罗诗力”的向往等等，都显示出在现代文明境遇中对感性的生命活力的重新确认。我们这里讲感性教育，就是强调美育对于保护和提升个体如童真般的生命活力的意义，并确认美育对于发展个体创造力的重要作用。

第四是以体验为核心的一种心理能力。人的感性方面的能力主要包括感觉、知觉、想象、情感、直觉，它们在审美、艺术活动中作为综合性的直觉体验能力和情感交流能力起作用。直觉体验能力是个体的一种深度感受性，亦即生存体验，是个体的自我和价值观念形成的基本条件，情感交流能力对于人与人之间的非语词化的沟通和理解至关重要，因此，这些能力的高低直接关系到个体的生活质量。直觉体验能力在认知领域也有特殊作用，特别是在创造性工作过程中往往发挥着关键作用。美育作为感性教育，就是要促进人的感性能力的发展。[15]

第五是体现于直观形式中的观念意识。观念意识并不仅仅体现于概念之中，还体现于形象、话语等直观形式，从而有别于理论形态。这种感性的观念意识又被称作“审美意识形态”。直观形式中的观念意识往往比概念形式中的观念意识更丰富、更真实，而且经常先于理论概念而对人们的心灵和风尚产生深入细微的影响。审美意识形态直接表现为审美趣味和审美观念，它们又与一定的政治观、道德观，特别是人生观有或隐或显的联系，体现为一定的人生理想、生活态度和价值取向。我们讲美育是一种感性教育，就是强调美育以其特殊的方式对个体的审美趣味和审美观的影响。

作为一种感性教育，美育具有鲜明的特征和独特的功能，是其他任何教育形态所无法替代的，美育的感性教育价值随着时间的推移还会越来越得到显现。

二、美育作为人格教育

美育，就其目标而言，就是培养全面发展的人。美育的这种人文性集中体现在其作为人格教育的维度。所以，如果说以感性教育界说美育是偏重于美育的根本特征，那么，以人格教育界说美育，则是偏重于美育的根本目标。

人格是人的各种能力和素质的综合，是人之所以成为人的各种特质的总和。美育的特殊性在于，它不仅能够促进人的感性发展，而且有助于人的其他方面的发展，特别是道德发展。席勒在《美育书简》中写道："有为健康的教育，有为认知的教育，有为道德的教育，还有为审美能力和美的教育。最后那种教育的目的是培养我们整个感性和理智的力量达到尽可能全面的和谐。"[16] 而且，美育能够为人的各种精神能力和素质的充分发展提供基础和助力。正如席勒所说，美育的目的不是单独地促进某一种心理功能的发展，而是通过在内心中达到审美状态以使各种心理功能达到和谐。他把这种审美心境称为"零状态"，认为它虽然不能对认识和道德带来直接和实际的成果，但却为一切能力的充分发展提供了可能的基础。[17] 这种观点的深刻性在于把人性的完整与人的各种能力的发展统一起来。只有在个性生命完整和谐的状态下，各种精神能力才可能充分健康地发展起来，并达到互相协调。因此，整个教育过程都必须充分保证受教育者各种潜能的发挥，应该充分调动主体的各种能力，使个性生命保持旺盛的活力和创造性。因为，从事认识、实践、道德等活动的能力都是各种心理功能综合的产物，只不过它们的结构方式有所不同。思维能力的发展和意志力的发展都离不开感受力、想象和情感等感性心理功能的发展，只有完整的个体生命才具有真正的能动性和无穷的创造力。各种专门能力脱离了人格完整性而片面发展，不仅会给个体生命的发展带来不幸，而且这些能力的发展也不会持久。这方面的一个典型例证来自达尔文在其《自传》中的自述："到了30岁，或30多一点，各类诗歌，诸如弥尔顿、格雷、拜伦、华兹华斯、柯勒律治和雪莱等人的诗作给了我很大的乐趣，我甚至像一个中学生似的从莎士比亚的剧作中获得强烈的快感。……以前，绘画也给我相当大的乐趣。但是，经过许多年后的今天，我不能容忍一行诗……对绘画和音乐的兴趣也差不多丧失了。……我的思想几乎已成了机器，只会机械地从无数事实和材料中剔出一般规律。"[18] 这也从反面为人的各种能力发展的整体协调性原理提供了支持。

以感性体验的方式培养人格，是中国传统儒家一直倡导和践行的，由此形成了悠久而丰富的美育思想。孔子说："兴于诗，立于礼，成于乐。"[19] 对此，王国维评价说，孔子教人“始于美育，终于美育”。所谓“始于美育”，就是孔子讲“兴于诗”，而且还带领学子“玩天然之美”，其目的就是“平日所以涵养其审美之情”。所谓“终于美育”，就是“成于乐”，由此养成“无欲”“纯粹”之“我”，进入“无希望，无恐怖、无内界之争斗，无利无害，无人无我，不随绳墨而自合于道德之法则”的境界。[20]这种礼乐教化的传统随着时间的推移有所变化，但传统儒家对人格养成却一直延续着重视从感性入手、注重情感体验、实现教养内化的原则。所谓“潜移默化”“陶冶性情”“怡情养性”等等都是不脱离感性、不断深化感性、持续提升生命境界的教化方法。这个原则和方法植根于一种信念，那就是人格教育的内在性。孔子曾言：“知之者不如好之者，好之者不如乐之者。”[21]尹焞注称：“知之者，知有此道也。好之者，好而未得也。乐之者，有所得而乐之也。”[22]这里从“知”到“好”再到“乐”的层层递进，恰恰是一个由外在性向内在性递进的过程。对于道，只有“有所得”，也就是内化了，才会有“乐”，这是发自内心的。也就是说，要教化人，仅仅使人知道一些道理还是不够的，而是要使人心悦诚服地接受这些道理，内化于心，并以听闻和践行这些道理为快乐，这才算是达到了目的。在《郭店楚墓竹简》中，有“仁型于内谓之德之行”“义型于内谓之德之行”“礼型于内谓之德之行”“智型于内谓之德之行”“圣型于内谓之德之行”“教，所以生德于中者也”这样一些把外在之理转化为人的内在之性的表述，也十分强调“乐”和“德”的内在联系。[23]这是儒家突出教化内在性的经典文本。《礼记·大学》中讲：“大学之道，在明明德，在亲民，在止于至善。……古之欲明明德于天下者，先治其国；欲治其国者，先齐其家；欲齐其家者，先修其身；欲修其身者，先正其心；欲正其心者，先诚其意；欲诚其意者，先致其知。……物格而后知至，知至而后意诚，意诚而后心正，心正而后身修，身修而后家齐，家齐而后国治，国治而后天下平。”[24]这里的“明明德”与其后的“意诚”“心正”都追求教化的内在性。到了明代，王阳明在讲“孝”时指出，对父母问寒问暖不能是礼节性的，而要出于诚心，出于孝心：“这都是那诚孝的心发出来的条件。却是须有这诚孝的心，然后有这条件发出来。”[25]这个“诚”强调的是带有深度情感体验的孝道，它是内化于个体内心深处的。反之，只是迫于礼节，虚情假意地“尽孝”，那还是不孝。因此，教人孝道，也就必然要使孝道以感性的方式（具体地说就是情感体验）深入人心，使人诚心诚意地践行孝道。这种以感性的方式使教化深入人心，使之内在化，形成了中国传统教育的十分重要而独特的思想和实践，而这种思想和实践在一定程度上是美育。因此可以说，中国是具有深厚美育传统的国家。

正是基于这样的传统，在20世纪初西学东渐时，不少知识分子不约而同地选择了美学，选择了美育。中国现代美学的第一代大美学家王国维、梁启超、蔡元培，都同时是大名鼎鼎的学问家或政治家或教育家。王国维、梁启超还是清华国学研究院导师，蔡元培曾担任过国民政府教育总长、北京大学校长等重要职务，地位很是显赫，其著述的影响也很深远。他们的美学十分重视审美、艺术对人、社会的功能性价值。他们不仅论述美育理论，强调美育的重要性，而且倡导美育。系统地构建了中国现代美学的朱光潜，尽管专门论述美育的论著不多，但他的美学却被称为“美育理论”[26]。相比之下，欧美美学家中有比较系统美育理论的就是席勒，其他美学家很少涉猎美育问题，论述审美和艺术的功能价值的理论也不多。进入20世纪，欧美国家研究艺术教育的论著比较多见，美育论著很少。在我国，不仅研究美育的论著越来越多，而且党中央和国务院多次强调要加强和改进美育，实施美育已经成为国家意志，这在全世界都非常罕见。究其原因，还是和我国注重以感性方式实施人格教育的传统有密切关系。

席勒美育思想的引入，一方面拓展了中国知识分子的视野，接受了现代美学的一些观念，另一方面促使中国美学家回顾本国文化传统，逐步确立中国自己的美育传统。在这方面，王国维是第一人。在《孔子之美育主义》这篇历史性的美育文献中，王国维首先指出人生之痛苦和社会之罪恶皆源自“一己之利害”，也就是物欲、私欲，后引用康德、席勒、叔本华的理论来说明只有美能够消除物欲和私欲，因为“美之为物，不关于吾人之利害者也。吾人观美时，亦不知有一己之利害”。所以，美能够“使人达于无欲之境界”。这种无欲的境界是道德的基础：“故泰西自雅里德勒以后，皆以美育为德育之助。”这种传统到了席勒而“大成其说”：“故审美之境界乃物质之境界与道德之境界之津梁也。”[27]接着，王国维以他所理解的德国美学家的理论来阐释孔子的思想：“今转而观我孔子之学说。其审美学上之理论虽不可得而知，然其教人也，则始于美育，终于美育。”他又指出：“且孔子之教人，于诗乐外，尤使人玩天然之美。故习礼于树下，言志于农山，游于舞雩，叹于川上，使门徒言志，独与曾点。……由此观之，则平日所以涵养其审美之情可知也。”[28]最后，王国维写道：“美之为物，为世人所不顾久矣！庸讵知无用之用，有胜于有用之用者乎？”[29]这里的“无用”指的是美、审美、艺术这些无关利害的精神性对象。那个“用”指的是什么？就是养成道德人格，从而达到从心所欲不逾矩的自由道德境界：“一人如此，则优入圣域；社会如此，则成华胥之国。”[30]简言之，王国维所说的“无用之用”就是以无利害性的审美和艺术来消除国人的物欲、私欲，使之养成道德人格，由此建成理想社会。

王文也体现了其早期研究美学和文学的方法论特征，即“取外来之观念，与固有之材料互相参证”[31]，这既是把欧洲现代美育思想引入我国的过程，也是重新发现并确立中国美育传统的过程。对于后者，我们以前关注得不够，忽略了中国现代美学和美育理论形成的过程实际上还包含着重新理解并逐步确立国际视野中的中国美学和美育传统的过程。尽管我国具有悠久而深厚的美育传统，但是，在席勒美育思想引入之前，它是潜在的、分散的，也是未被命名的。王国维开启了确立我国美育传统的思想和学术历程，所以，发表于1904年的《孔子之美育主义》堪称创建中国美育传统的历史性文献。它确立了我国美育传统的基本思想格局，那就是以情感教育为核心，以去除物欲和私欲为手段，以养成道德人格为目标。此后蔡元培的“以美育代宗教”、梁启超的“趣味教育”等理论，都基本上在这个格局之中。再后来，朱光潜除了在《谈美感教育》中提出“美育解放”说之外，也没有脱开这个思想格局。2015年颁布的《国务院办公厅关于全面加强和改进学校美育工作的意见》，开头关于美育性质和作用的表述，也十分鲜明地继承了中国美育传统：“美育是审美教育，也是情操教育和心灵教育，不仅能提升人的审美素养，还能潜移默化地影响人的情感、趣味、气质、胸襟，激励人的精神，温润人的心灵。”[32]这里，美育被十分清晰地定位于人格教育，且特别关注道德人格的养成。而在关于学校美育工作的总体要求中，明确提出了“把培育和践行社会主义核心价值观融入学校美育全过程，根植中华优秀传统文化深厚土壤，汲取人类文明优秀成果，引领学生树立正确的审美观念、陶冶高尚的道德情操、培育深厚的民族情感”[33]等等，进一步明确了学校美育的德育导向。

美育必然包含与德育的内在联系，这种联系既有学理上的，也有实践方面的。从学理上看，美育与德育的联系源自美与善的联系。“美与善在本质上具有内在一致性，都反映着对象对于人的意义和价值。”[34]美不仅具有感性的外观，也具有理性的内涵，这个内涵在相当程度上就是善，离开了善的内涵，美就无法被理解。所以康德提出了“美是德性—善的象征”[35]的著名论断。这种对于美与善的内在一致性的认识，在古今中外的美学史上比比皆是。具体到人的发展，道德状态是从审美状态发展而来的，道德修养建立在审美的基础上。柏拉图曾指出，对儿童进行音乐教育，可以使他在理智尚未发达的时期养成和谐的心灵和恰当的情感态度，“等到他们的理性发达了，他们会发现这些东西和理性是和谐的”[36]。这意味着道德教育始于美育，目的在于发展“儿童的最初德行本能”，达到心灵的和谐。在柏拉图看来，美育达到的心灵和谐与德育达到的理性秩序是一致的，而前者是后者的必要基础。因为，“整个心灵的和谐就是德行”[37]。席勒也指出：“道德的人只能从审美的人发展而来，不能由自然状态中产生。”通过审美的心境，自然的人已经高尚化，所以，“我们只要给他以重大的推动，就能使审美的人获得理智和高尚的情操”[38]。曾经做过大量心理学研究的朱光潜也主张，审美是道德的基础，因为情是理的基础。这种以情为本的思想既有西方学术思想的影响，更是来源于儒家原典。在《乐的精神与理的精神》一文中，他把礼和乐看作儒家思想系统的基础，认为儒家在这两个观念的基础上构建了一套伦理学、教育学和政治学。乐的精神是“和”，礼的精神是“序”；二者不仅内外相应，而且相辅相成。而关键在于，乐是礼的内在性：“乐的精神在和谐，礼的精神在秩序，这两者中间，乐更是根本的，因为内和谐外自然有秩序，没有和谐做基础的秩序就成了呆板形式，没有灵魂的躯壳。内心和谐而生活有秩序，一个人修养到这个境界，就不会有疵可指了。讲到究竟，德育须从美育做起。道德必由真性情的流露，美育怡情养性，使性情的和谐流露为行为的端正，是从根本上做起。惟有这种修养的结果，善与美才能一致。”[39]朱光潜还继承了美育涵养德行的儒学传统，提出了与情感相通融的道德概念“问心的道德”：“人类如要完全信任理智，则不特人生趣味剥削无余，而道德亦必流为下品。严密说起，纯任理智的世界中只能有法律而不能有道德。纯任理智的人纵然也说道德，可是他们的道德是问理的道德（morality according to principle），而不是问心的道德（morality according to heart）。问理的道德迫于外力，问心的道德激于衷情，问理而不问心的道德，只能给人类以束缚而不能给人类以幸福。”[40]我们由此可以看到朱光潜以现代西学对于传统心性之学的一种现代性转换，这里讲的还是教化的内在性，正是这种内在性的追求才要求以情为本。

我国传统的人格教育思想在今天仍具有鲜活的生命力，是值得我们深入研究并借鉴的。健康人格的培养，甚至道德人格的养成，绝不能简单倚仗由外而内的、生硬的灌输，如此的人格教育只能培养出人格分裂或虚伪的人。我国的人格教育传统是要把做人的道理、道德的原则通过情感体验的方式内化于人的内心深处，使人心悦诚服地领悟，然后诚心诚意地践行。当代美育在这方面大有可为。当然，传统的人格教育思想也有历史局限，需要在新的历史条件下不断丰富和更新。首先，传统人格教育主要关注道德人格养成，与指向人的全面发展的现代美育观相比，还有待拓展。当代作为人格教育的美育应该扩展为人文素养的培育，不仅要加强人生观、价值观的渗透，还要加强人类优秀文化的熏陶。此外，要通过具体的审美和艺术活动，发展学生的社会性，培养学生的情感性交流、理解的能力和社会交往能力。其次，作为人格教育的美育观，对于美育发展人的审美素质和能力缺乏关注，更不能全面把握其规律和方法，从而不能揭示美育的特殊任务，如果把它作为美育理论就缺乏系统性和独特性。我们当前需要深入研究美育的独特目标、具体任务和实施方法，使美育理论有一套自己的话语体系和实践性。最后，传统的人格教育美育观缺乏现代性含义。即使是20世纪初接受席勒美育思想的中国现代美学家，对席勒美育思想中突出的现代性意义也注意不够，如对感性价值肯定不够、对发展个性比较忽视、对美育弥合感性和理性对立的作用认识不足等。随着我国现代化进程不断深入，美育理论的现代性价值越显重要，有必要对人格教育思想作进一步更新，使之适应新时代的要求。同时，作为人格教育的美育观具有深刻的人文精神，但是，对美育促进人的创造力发展还缺乏认识，唯独朱光潜在《谈美感教育》中有所涉及。这方面需要特别予以重视。

三、美育作为创造教育

我们身处一个创新的时代。2006年1月9日，胡锦涛宣布中国未来十五年科技发展的目标：2020年建成创新型国家，使科技发展成为经济社会发展的有力支撑。2016年5月30日，习近平宣布我国科技事业发展的目标是，到2020年时使我国进入创新型国家行列，到2030年时使我国进入创新型国家前列，到新中国成立一百年时使我国成为世界科技强国。他指出："科技创新是提高社会生产力和综合国力的战略支撑，我国发展必须依靠创新。"[41]创新已经成为我国最重要的发展战略之一，创新发展已经成为我国"五大发展理念"之首。

创新的关键在人才，人才的基础在教育。而培养具有创新意识和能力的人才，美育具有非常重要的作用。表面上看，科技创新和以艺术为主要途径的美育似乎沾不上边，然而，不仅艺术与科技有着深刻而紧密的联系，而且审美和艺术活动本身对于儿童、青少年创造力的发展具有积极的促进作用。一个著名的例子来自哈佛大学的"零点项目"。这个项目于1967年立项，起因是1957年苏联先于美国成功地把人类第一颗人造地球卫星送上太空，而美国大批专家学者多次考察苏联后经过研究认为，与苏联相比，美国的科技教育是先进的，但艺术教育落后，造成科技人员创造力低下，需要专门进行研究，从而加强艺术教育。随着这个项目研究的深入，艺术和科技之间的联系越来越得到揭示。美国国会1994年3月通过了克林顿政府提出的《2000年目标：美国教育法》，在美国历史上第一次将艺术与数学、历史、语言、自然科学并列为基础教育核心学科，即相当于我们中学的主科或大学的基础性必修课程，这引起了很大的反响。[42]英国也在20世纪后期就把基础教育中的艺术教育称为“创造性艺术教育”（creative art education），而从2013年颁布的各类艺术教育课程大纲可见，英国已经把培养学生的创造力作为艺术教育的核心任务。翻开英格兰教育部制定的各类艺术教育课程大纲，“创造性”是最突出的关键词，如《美术和设计课程大纲》开头就这样设定课程的“学习目的”：“美术、工艺和设计体现了某些人类最高品质的创造性形式。优质的美术和设计教育应该在让学生掌握一定知识和技能的同时，让学生投入到实验、构思和创作他们自己的美术、工艺和设计作品，并在此过程中给予他们启迪和质疑。随着学生的进步，他们应该能够对美术和设计作品进行批判性思维，并提高其更缜密的理解力。他们还应该了解美术和设计是如何反映并塑造了我们的历史以及对我国文化、创造力和繁荣的贡献。”[43] 对创造力培养的重视，为英国的科技创新和创意产业发展提供了基础性的动力。据《二十国集团（G20）国家创新竞争力发展报告（2015—2016）》黄皮书评价，英国的国家创新竞争力仅次于美国，位列第二。英美的创新竞争力方面全球领先和对艺术教育的高度重视，是值得我们重视并借鉴的。

长期以来，我国的美育理论比较重视人格培养，对于美育促进创造力发展的功能认识不足。1998年，在教育部颁布的《面向21世纪教育振兴行动计划》中，培养创新能力得到了重视：“美育不仅能培养学生有高尚的情操，还能激发学生学习活力，促进智力的开发，培养创新能力。”[44] 这是政府首次把培养创新能力列为美育的主要任务之一。在2015年颁布的《国务院办公厅关于全面加强和改进学校美育工作的意见》中，“激发想象力和创新意识”也被列入“指导思想”。[45] 这些都既顺应世界潮流，也符合美育规律。但是，这些要求还没能及时、具体、突出地体现于国家艺术课程标准。这就需要我们深入研究美育促进学生创造力发展的巨大作用以及规律和方法，并开展多学科参与的实验和探索，积极推动我国美育课程的进一步改革。

美育促进感性发展，培养与理性协调和谐的丰厚的感性，促进人格的协调平衡，使个体生命充满活力，具有持久的创造性。审美和艺术是人类创造性发挥得最为充分的领域之一，美育，特别是其中的艺术教育，是开发和培养儿童青少年创造性的最佳教育形态。创造力可分为两个层面：一个层面是指专门的创造能力，如发现与解决新问题的思维能力，发明与制作新事物的实践能力等；另一个层面是指不断实现和更新着的生命活力，是健康的个体生命的基本特质与能力。后者是创造力的最基本内涵，又是前者的基础与源泉。教育对人的创造力的开发和培养，特别是在基础教育阶段，应该更加重视创造力的基础和源泉的方面。马斯洛曾要求区分“特殊天才的创造性”和“自我实现的创造性”，后者“首先强调的是人格，而不是其成就，认为这些成就是人格放射出来的副现象”。这里所强调的是“自我实现创造性的表现或存在的品质，而不是强调其解决问题或制造产品的性质”[46]。因此，自我实现的创造性实质上是指全面实现人的潜能的能力和状态，即生命的完美。美育发展创造力的功能主要在于激发和丰富个体生命，使之具有自发涌现的创造欲望和动力、高度灵敏与发达的创造能力和自觉的创新意识。具有审美创造力的人，不仅能够不断开创生命的新境界，而且具备思维和实践等方面的创造力（包括创造技能）发展的良好基础。

创造力发展的关键期在童年。儿童时代是生命力勃发的时期，也是创造性发展最自由、最迅速的阶段。对儿童来说，创造是一件自然、自发和充满乐趣的活动。马斯洛曾写道：“几乎所有的儿童，在受到鼓舞的时候，在没有规划和预先意图的情况下，都能创作一支歌、一首诗、一个舞蹈、一幅画、一种游戏或比赛。”[47]在这方面，丰子恺漫画给我们提供了丰富生动的实例：用两把蒲扇搭成一辆自行车，一个男孩跨在上面，快乐地“骑”着（《瞻瞻的车·脚踏车》）；给凳子的四条腿分别“穿”上鞋子（《阿宝两只脚，凳子四只脚》）；神情专注地用一堆积木造成一座建筑物（《建筑的起源》）。儿童可以在成人感到平淡无奇的地方发现无穷乐趣，创造新奇的意义。儿童就如同艺术家一样，有“第三只眼”，能够化陈腐为神奇。那是因为“孩子们尚保有天赋的健全的身手与真朴活跃的元气”[48]。阿恩海姆则说：“我想不出有什么艺术与艺术创造中的基本因素是在儿童作品中看不到其萌芽的。”[49]另一位心理学家通过对“自我实现者”的观察得出结论：“他们的创造性在许多方面很像完全快乐的、无忧无虑的、儿童般的创造性。”他们至少在独创性和自发性这两个方面“或者保留了、或者恢复了孩子般的天真”[50]。虽然儿童的创造力并不能为社会带来直接有用的成果，但它是创造力发展的人格基础和内在动力。事实上，任何有独创性的作家、艺术家、科学家、发明家都在童年时代就具有了不同于常人的创造力。

然而，儿童那活泼的创造力并非自然而然地得到发展，多数人往往在成长过程中部分地或几乎完全地丧失了生命中的创造活力。正如歌德所言：“倘若儿童能按照早期的迹象成长起来，那么我们就都是天才了。但成长并不仅仅是发展而已。……过了一定的时期之后，这些能力与机能表现就根本不复存在了。”[51]因此，教育应当对儿童珍贵的创造天性和活力加以保护，并促进其成长。发展心理学的研究表明，儿童在 4 岁到 7 岁时“是极富创造性的。对于所有的孩子来说，这个阶段正是最自由的阶段”[52]。但是，这种状况不能持久。英国艺术评论家里德在综合了一些心理学研究成果的基础上提出，在 11 岁前后，由于单一性和分解性的逻辑思维能力的发展，儿童的表现性、综合性和造型性的创造能力开始衰退，甚至丧失。[53] 这表明创造力的培养应特别重视早期的开发，并在关键的发展阶段和衰退期要特别予以保护。

培养儿童创造力的最佳途径是美育。因为以自由创造为本性的审美、艺术活动可以充分保障儿童创造性的表现，并促进其发展。儿童创造性的表现具有审美或泛审美表现的性质，它是个性化的、想象的、造型的、自由的、富于情感色彩的、专注和投入的、注重过程的和愉悦的，这些都具有审美创造的特征。儿童身心投入的艺术活动又集中体现了创造力的所有主要特征。美国教育心理学家托兰斯曾列举了体现创造能力的特殊行为，它们包括："能在不受刺激的情况下，占用自己的时间；超过指定任务；提出简单的为什么或怎么样之外的问题；提出不同的工作方法；不怕新的尝试；尽管教师正在讲课或提供指导，他仍乐于进行设计或描绘图画；即使他显得与众不同，但仍作一个观察者，不介意结果，而且乐于对熟悉的事物进行实验，而非熟视无睹。"[54] 这些特征都可以在作为美育过程的儿童艺术活动中见到。有创造性天性的儿童就是儿童艺术家，作为艺术家的儿童便是有创造性的儿童。美育在发展儿童艺术心灵的同时，也发展着他们的创造力。而且，有连贯性的美育可以使个体在成年之后仍保持着活泼健全的"童心"，使创造力持续发展。

美育发展创造力的功能可以概括为以下三点：

第一是解放无意识，保障自发性。创造性的发生与发展固然离不开对象世界，但在主体方面，创造性的源泉和动力却来自深层心理。美国心理学家阿瑞提深入研究了创造过程，认为它是由原发过程和继发过程结合而成的第三级过程。所谓原发过程，就是心灵的无意识活动方式，体现为原初冲动；所谓继发过程，则是意识处于清醒状态下，使用正常逻辑时的活动方式。上述两种过程的特殊结合是构成创造力的根本原因。他指出，创造的精神并不拒绝原初的心理活动，而是以一种似乎是"魔术"般的综合把它与意识的逻辑过程结合在一起，"从而展现出新的、预想不到的而又合人心意的情景"[55]。马斯洛也认为，"对于理解创造力（以及游戏、爱、热情、幽默、想象和幻想）的源泉来说，比压抑冲动要紧得多的是原初过程"，深层心理是人的"一切欢乐、热爱和能力等的源泉；而且……也是创造的源泉"[56]。因此，开发和培养创造力的教育应该通过激发创造性的深层源泉，为创造性的发展提供活力，在这一点上，美育具有独特的作用。由于美育过程是情感自由解放的过程，具有解放无意识并使之得到适当释放和文化提升的功能，从而能减轻对深层心理活动的压抑与束缚，使之不断受到激发，保持旺盛的活力。创造活动的自发性正源自深层心理冲动的自由涌现，在自由的审美活动中，深层心理获得了自由表现的机会。这种表现的另一层意义在于使深层心理进入意识或前意识层面，并与之融合，从而形成完整的创造性机制，即原发过程与继发过程的有机融合。在某种意义上说，创造性程度的高低取决于这两种过程相互转化的灵活性，即意识层面与无意识层面的沟通程度。美育恰恰具有促进它们相互沟通和转化的功能，艺术创作和欣赏的灵感状态正是这种沟通和转化的产物。

第二是发展心灵的独创性。创造总是个性化的，独创性是它的一个基本要素。美育是鼓励独创性的教育，如果说智育和德育在一开始主要是要求儿童接受一些已知的知识和普遍的规范、法则和定理，那么，美育则始终把个性化的探索和发展心灵的独创性放在首位，充分鼓励独创，保证个性表现的自由。在美育过程中，探索新事物和新方法、产生新感受和新经验、表现新观念和新题材不仅不受到压制，而且受到保护和激励，这对于形成追求独创性的兴趣、自觉意识和价值观念十分有利。独创性的表现源于独立的观察力和心灵敏感性，这种素质或能力的培养首先要求儿童与事物的原初形态保持直接的接触，从而在独自的观察中形成自己观察和感受世界的能力和方法。事实上，从事物的原初形态中发现新东西就是创造过程的开端。美育过程充分鼓励学生从自己的观察和感受出发，自己构思、创作艺术品，自己选择、评价他人的艺术品。美育保证了儿童与事物原初形态的直接接触，并鼓励他们大胆地自由地尝试表现的内容和方式，这就能有效地促进他们创新意识的养成。

第三是促进直觉能力的发展。直觉能力是创造性的重要因素，它是生命完整性的体现，作用于问题的建构和解决的整个创造过程。许多有关创造力的研究结果表明，直觉能力是具有创造力的一个先决条件。[57]直觉能力就是整合外来信息和内心经验，给它们赋予秩序，使之形成一个整体性意象的能力。一些有创造性成果的科学家常常把这种综合能力叫作“直觉”，由于这种直觉创造的意象不仅有均衡、对称、简洁等多样统一的结构，而且富于情感意味，所以科学家们又把它称为“美”（或“科学美”）。事实上，创造性直觉的综合性与审美能力的构造性具有一定的同构关系。在审美过程中，知觉、想象和情感体验均具有将感觉材料和情感经验整合成为有机整体、创造出审美意象的能力。因此，以培养审美能力为主要任务的美育内在包含着发展创造性直觉能力的功能。从个体发展的角度来说，儿童几乎生而具有整体性的反应能力[58]，但在以后的发展中却逐渐丧失或被压抑了。而美育却为保护和发展这种能力提供了有利的条件。即使是成人，经常投入美育活动也有助于直觉综合能力的发展，许多伟大的科学家都有浓厚的艺术兴趣和较高的艺术能力，就是一个例证。创造性的综合能力是依靠自由联想瞬间发现事物间新奇联系的能力，凭着这种想象力，人们能在似乎毫无联系的事物之间发现它们的内在关联，这就是新发现产生的基础。自由联想能力的培养也可以在美育过程中进行，因为审美想象正具备自由联想的特征，它脱离了联想的惯常进程，从而创造出崭新的意象，这在神话、童话和魔幻作品中表现得最为显著。儿童在艺术创作和欣赏中，可以使自由联想的灵活性、广阔性和丰富性得到提高。

直觉是创造性思维的基本形式，直觉能力的发展对于科技创新具有十分重要的作用。一些创造性科学家都以自己的切身体验说明了直觉与科学创造的直接联系。爱因斯坦说："我信任直觉。"[59] 玻恩强调指出："实验物理的全部伟大发现都是来源于一些人的直觉。"[60] 有趣的是，这些伟大科学家往往把科学发现的直觉与审美直觉直接关联，甚至认为科学美往往是科学家发现新问题、激发进一步探索的激情和选择新的理论范型的重要因素。[61] 热爱音乐的爱因斯坦甚至说："在科学的领域里，时代的创造性冲动有力地迸发出来，在这里，对美的感觉和热爱找到了比门外汉所能想象得更多的表现机会。"[62] 正是由于科学中的创造性直觉具有审美的性质，所以，爱因斯坦称迈克尔逊是"科学中的艺术家"[63]。而迈克尔逊则说，他的实验选题"要求研究者有着学者的分析的智慧、艺术家的审美知觉和诗人的形象性语言"[64]。霍夫曼则认为，爱因斯坦"是个科学家，更是个科学的艺术家"，他的方法在本质上是"美学的、直觉的"[65]。这些事例都说明，加强美育对于培养创造性思维至关重要。[66]

我国美育教学的改革，要根据审美育人的特殊规律和发展学生创造力的要求，进行教学组织和方法的变革。审美是个性化特征较为突出的过程，美育教学应该在教师的组织和引导下，让学生充分投入各种审美活动中去，要尽可能多地给他们提供个性化体验、自由尝试和充分表现自我的条件，并对每个学生的个性予以充分的尊重。这样才能够最大限度地激发学生的主动性和积极性，有利于学生在自由、宽容的氛围中发展他们的创造力。我国近几年去英美国家考察艺术教育课程的教师，感受最深的一点就是学生在艺术课堂上的自主性和积极性。[67] 同时，要遵循美育的特点和培养创造力的要求，调整美育课程评价方法。审美和艺术由于其感性和个性特征突出，很难有一个简单划一的评价标准，美育的评价也是如此。因此，美育教师应该在思想内容健康向上的大前提下，充分尊重学生个性化表达和创造的自由，而且应该给那些有创意的学生以更多的鼓励，目前尤其应该把创造性作为美育教学评价的一个重要指标。要改变以模仿和记忆为主的评价方式，切忌千篇一律的评价标准，更不能以教师个人的好恶来扼杀学生的独创性。

注释：

① “美育者教情感之应用是也”（蔡元培：《哲学总论》，载中国蔡元培研究会编《蔡元培全集》第 1 卷，浙江教育出版社 1997 年版，第 357 页）。

② 关于这个问题的论述，详见杜卫《论中国现代美学与儒家心性之学的内在联系》，《文学评论》2015 年第 4 期。

③ 例如王国维说“美育者一面使人之感情发达，以达完美之域”（王国维：《论教育之宗旨》，载姚金铭、王燕编《王国维文集》第 3 卷，中国文史出版社 1997 年版，第 58 页），朱光潜说“美感教育是一种情感教育”（朱光潜：《谈美感教育》，载《朱光潜全集》第 4 卷，安徽教育出版社 1988 年版，第 145 页）。

④ 特里 · 伊格尔顿：《美学意识形态》，王杰、傅德根、麦永雄译，广西师范大学出版社 1997 年版，第 1 页。

⑤⑥⑦⑨⑪⑰㊳ 席勒：《美育书简》，徐恒醇译，中国文联出版公司 1984 年版，第 95 页，第 37—38、57 页，第 50—51 页，第 48 页，第 56 页，第 111—112、116—119 页，第 118 页。

⑧⑩⑯ Friedrich Schiller, *On the Aesthetic Education of Man: In a Series of Letters*, trans. Reginald Snell, New York: Frederic Ungar Publishing Co., 1954, p. 37, p. 50, p. 99. 由于同徐译本在理解上略有差异，故引用英译本。

⑫ 艺术的认知功能越来越受到确认（详见艾略特 · W. 艾斯纳《艺术与心灵创造力》，朱珺译，中国社会科学出版社 2016 年版，第 1—12 页）。

⑬ 杜卫：《美育论》，教育科学出版社 2014 年版，第 22 页。

⑭ 详见朱光潜《文艺心理学》，载《朱光潜美学文集》第 1 卷，上海文艺出版社 1982 年版，第 72 页。

⑮ 关于美育培养人的感性能力和素质，详见杜卫《论审美素养及其培养》，《教育研究》2014 年第 11 期。

⑱ M. Rader & B. Jessup, *Art and Human Values*, New Jersey: Prentice-Hall, 1976, p. 286.

⑲ 《论语正义 · 泰伯》，载《诸子集成》第 1 册，上海书店 1986 年版，第 160 页。

⑳㉗㉘㉙㉚ 详见王国维《孔子之美育主义》，载《王国维文集》第 3 卷，第 156—157 页，第 155—156 页，第 157 页，第 158 页，第 157—158 页。

㉑ 《论语正义 · 雍也》，载《诸子集成》第 1 册，第 126 页。

㉒ 朱熹：《四书集注》，岳麓书社 1985 年版，第 115 页。

㉓ 详见孙熙国、肖雁《知“道”，成“道”与行“道”——对〈郭店楚墓竹简〉儒家“德”论的一种解说》，《哲学研究》2007 年第 12 期。

㉔ 《礼记正义 · 大学》，载阮元校刻《十三经注疏》下，浙江古籍出版社 1998 年版，第 1673 页。

㉕ 王阳明：《传习录》上，载吴光、钱明、董平、姚延福编校《王阳明全集》上，上海古籍出版社 2011 年版，第 3 页。

㉖ 阎国忠：“朱光潜虽以绝大部分精力讨论文艺创造与欣赏问题，但其真正的落脚点却在审美教育，他的著述，从《给青年的十二封信》开始，几乎篇篇都离不开审美教育。”（阎国忠：《朱光潜美学思想及其理论体系》，安徽教育出版社 1994 年版，第 159 页）

㉛ 陈寅恪：《王静安先生遗书序》，载《金明馆丛稿二编》，生活 · 读书 · 新知三联书店 2001 年版，第 247 页。

㉜㉝㊺ http: //www.moe.edu.cn/jyb_xxgk/moe_1777/moe_1778/201509/t20150928_211095.html.

㉞ 彭立勋：《西方近代启蒙美学家的“美善统一分殊”论》，《学术研究》2010 年第 11 期。

㉟ 康德：《判断力批判》，邓晓芒译，人民出版社 2002 年版，第 200 页。

㊱㊲ 《柏拉图文艺对话集》，朱光潜译，人民文学出版社 1963 年版，第 300 页，第 300 页。

㊴ 朱光潜：《音乐与教育》，载《朱光潜全集》第 9 卷，第 144 页。

㊵ 朱光潜：《给青年的十二封信》，载《朱光潜全集》第1卷，第44页。

㊶ http://www.chinadaily.com.cn/interface/toutiaonew/53002523/2016-05-31/cd_25553796.html.

㊷ 参见徐丽麾《艺术教育的迁移价值——从哈佛大学的〈零点项目〉谈起》，《艺术研究》2007年第1期。

㊸ http://www.gov.uk/government/publications/national-curriculum-in-england-art-and-design-programmes-of-study.

㊹ http://www.moe.edu.cn/publicfiles/business/htmlfileo/moe/s6986/200407/2487.html.

㊻㊼㊾ A. H. 马斯洛：《存在心理学探索》，李文湉译，云南人民出版社1987年版，第131—132页，第124页，第124页。

㊽ 丰子恺：《儿女》，载《缘缘堂随笔集》，浙江文艺出版社1983年版，第29页。

㊿ Cf. T. Munro, *Art Education: Its Philosophy and Psychology*, New York: Liberal Arts Press, 1956, pp. 79–80.

51 转引自H. 加登纳《艺术与人的发展》，兰金仁译，光明日报出版社1988年版，第28—29页。

52 H. 加登纳：《艺术与人的发展》，第332页。

53 H. Reed, *Education Through Art*, London: Faber and Faber, pp. 165–166. 关于创造性衰退的问题，还可参见加登纳《艺术与人的发展》，第333—338页；V. Lowenfeld and W. Briton, *Creativity and the Growth of Mind*, New York: Macmillan, pp. 242–244。

54 V. Lowenfeld and W. Briton, *Creativity and the Growth of Mind*, p. 66.

55 详见S. 阿瑞提《创造的秘密》，钱岗南译，辽宁人民出版社1987年版，第14—15页。

56 A. H. 马斯洛：《存在心理学探索》，云南人民出版社1987年版，第128页。

57 参见A. H. 马斯洛《存在心理学探索》，第126—127页；S. 阿瑞提《创造的秘密》，第69页。

58 例如，加登纳认为，“儿童到了三四岁时，其完形知觉已经相当成熟了”；罗斯指出，儿童赋予音响材料以结构的能力在3至7岁这一阶段就形成了（分别见H. 加登纳《艺术与人的发展》，第201页；M. Ross, *The Aesthetic Impulse*, Oxford: Pergamon, p. 129）。

59 62 许良英、赵中立、张宣三编译：《爱因斯坦文集》第3卷，商务印书馆1979年版，第70页，第373页。

60 M. 玻恩：《我这一代物理学》，侯德彭、蒋贻安译，商务印书馆1964年版，第183页。

61 参见库恩《科学革命的结构》，李宝恒、纪树立译，上海科学技术出版社1980年版，第129页。

63 许良英、赵中立、张宣三编译：《爱因斯坦文集》第1卷，第100、561页。

64 转引自周义澄《科学创造与直觉》，人民出版社1986年版，第275页。

65 赵中立、许良英编译：《纪念爱因斯坦译文集》，上海科学技术出版社1979年版，第229页。

66 关于美育促进创造力发展的问题，本人曾在两篇文章中有过论述：《美育与创造力的发展》，《教育研究》1991年第8期；《美育与创新教育》，《教育研究》1999年第9期。

67 参见李静《面向未来与创新的艺术教育——英国中小学艺术教育改革的研究与启示》，《外国中小学教育》2010年第12期；谭坤、梅凯《英国学习考察与艺术教育反思》，《艺术与设计》2011年第5期。

（2016年第11期）

何谓世界文学?

方维规

早在19世纪上半叶，歌德就宣称世界文学时代已经在即，期望人们促进这个时代的到来。这在当时不过是对文学未来的憧憬。然而，兴起于19世纪的比较文学，摆脱不了欧洲中心主义。20世纪以降，比较文学的发展备受争议，尤其经过批评理论的形塑之后，越来越脱离文学本身，从而陷入学科危机。当前重提世界文学，当为应对危机局面的尝试。这种学术范式转换，固然是文学研究自身发展的一种趋势，也意味着以人文研究来回应当代世界日益加剧的种族、阶级和文化冲突。各种矛盾因素无疑构成地方性与普世性之间的张力。如何通过把握这一至关重要的张力关系，重新打开理解“世界文学”的思想方式，是当今世界学术研究的核心议题之一。

纵观各家论说，我们常能见到一些广为流传的说法，如歌德是“世界文学”（Weltliteratur）一词的创造者，首次提出这个概念；再如，歌德是一个真正的世界主义者，具有全球视野。从已经发现的材料来看，这些说法不足为凭，却深入人心，甚至成了一些“名家”的定见，脱口而出。回望中国学界，由于缺乏深入研究，只能人云亦云，且常常不得要领。资料性错误和以讹传讹的现象屡见不鲜；还有一些说法，不知历史依据何在，或曰不知来自何处。本文试图对“世界文学”概念的起源和发展以及相关问题做一个较为系统的梳理：从当代“世界文学”论争说起，追溯历史并围绕歌德来厘清一些至今仍有重要意义的命题，最后回到世界文学的当代发展，以及一些与之颉颃的观念和新的趋势。

一、“世界文学”难题，或众说纷纭的“世界文学”

20世纪90年代以来，围绕“世界文学”观念展开了一场深入的理论探讨[①]；并且，“世界文学”概念成为新近关于“全球文学”（global literature）国际论争的焦点。打上歌德烙印的“世界文学”概念，曾被持久而广泛地接受。最迟自60年代起，这个概念逐渐遭到批评，原因是其思考文学时的（常被误认为源自歌德的）精英意识，以及世界文学设想虽然超越了民族框架，却只能基于这个框架才可想象。“一般来说，所谓普世性，只要不仅是抽象，只能存在于地方性之中。”[②] 如今，不少人喜于“世界的文学”（literatures of the world）之说；这个概念虽然还勾连着世界文学的“经典性”，却是一种全然不同的想象或纲领。

莫非这就是我们时代纷乱的“整个世界”（tout-monde），如来自加勒比的法国诗人和文化评论家格里桑（Édouard Glissant）所说的那样，“一个没有可靠车轴和明确目标的世界”[③]？或许也是在这个语境中，才会有人说当今“世界文学包括什么”尚无定论，就连“世界文学实际是什么”也莫衷一是[④]，或用斯坦福大学意大利裔教授莫雷蒂（Franco Moretti）的话说，世界文学“并非一个客体，而是一个难题”[⑤]。

21世纪开初，莫雷蒂和达姆罗什（David Damrosch）这两位美国学者开始全面探讨“世界文学”概念。[⑥] 莫雷蒂的论文《世界文学猜想》（2000）的出发点是，比较文学领域的世界文学始终有其局限性，时至今日才成为包罗世界的体系。他早在《近代欧洲文学的分布概要》（1994）一文中就已设问：“就在这个概念诞生之初，歌德的文化梦必然会迅即令人发问：世界文学，人道主义文学？或是帝国主义文学？”[⑦] 显然，莫雷蒂的论述充满后殖民理论色彩。他又在《世界文学猜想》中接续这一思想，将世界文学与国际资本主义相提并论：

> 我想借用经济史的世界体系学派之基本假设，即国际资本主义是同一而不平等的体系，有着中心和边缘（以及亚边缘），被捆绑在一个日益不平等的关系之中。同一，而不平等：同一文学，即歌德和马克思眼中的单数的世界文学（Weltliteratur），或更应说是一个（相互关联的诸多文学组成的）世界文学体系，但却有悖于歌德和马克思所希望的体系，因为它太不平等。[⑧]

在认识论层面，他基本上显示出二元对立的思维模式：中心和边缘，源文化（出发文化）和目标文化。知识和文化的传输总是单向的，作品和作家总被归入两类文化中的一种，不同板块相向而立。在他看来，这种以西欧为中心的世界文学，不符合歌德世界文学的世界主义标准。可是，莫雷蒂所理解的并不是歌德的世界文学（关于这个问题，我在后面还将详述）。莫雷蒂的一个著名观点是，世界文学并非全球化的产物，它一直都存在，18 世纪则是世界文学的分水岭。他在《进化论，世界体系，世界文学》（2006）一文中，从进化论的视角阐释“世界文学”概念：

> “世界文学”术语已有近二百年的历史，但我们依然不知道何为世界文学……或许，我们一直瘫痪于一个术语下的两种不同的世界文学：一种产生于 18 世纪之前，另一种晚于前者。“第一种”世界文学由不同的“地方”文化交织而成，其特征是显著的内在多样性；歧异常会产生新的形式；（有些）进化理论能够很好地解释这个问题。……“第二种”世界文学（我倾向于称之为世界文学体系）被国际文学市场合为一体；它展现出一种日益扩张、有时数量惊人的同一性；它变化的主要机制是趋同；（有些）世界体系分析模式能够很好地解释这个问题。[9]

受布罗代尔（Fernand Braudel）的“长时段”（longue durée）理论和沃勒斯坦（Immanuel M. Wallerstein）的世界体系理论（world-systems theory）的启发，莫雷蒂提出了“世界文学系统”（world literary system），主张借助进化论和系统理论来研究世界文学。

与莫雷蒂较为抽象的理论形式相比，达姆罗什对（世界）文学的流通过程以及翻译和接受的意义等问题的思考，不但更为具体，而且拓展了问题的视域。他在《什么是世界文学？》（2003）中论述了相关问题。这本已被译成多种语言的论著，已在很大程度上影响了人们对世界文学的认知。书中的三个部分，“流通”“翻译”和“生产”，试图让人看到一部文学作品成为世界文学的过程。

科彭（Erwin Koppen）曾经指出：“如同文学研究者运用的大部分概念和范畴，世界文学也没有一个可靠的定义或内容精准的界说。”[10] 的确，要给世界文学下一个精准的定义，似乎很难；常见的界定是世界文学不是什么。达姆罗什做了尝试，给出了他的定义，并产生很大影响：1. 世界文学是民族文学间的椭圆形折射（elliptical refraction）；2. 世界文学是从翻译中获益的文学；3. 世界文学不是一套经典文本，而是一种阅读模式：一种客观对待与我们自身时空不同的世界的形式。[11]

我们可以视之为三个成分松散组合的定义，亦可视之为从三个不同视角给出的三个定义。不论哪种情况，流通是根本所在：“我用世界文学来总括所有在其原文化之外流通的文学作品。它们或是凭借翻译，或是凭借原本语言（很长时间里，维吉尔……以拉丁文形式被欧洲人阅读）而进入流通。”[12] 换言之：“我们不是在来源文化的中心与作品相遇，而是在来自不同文化和时代的作品所构成的力场中与作品相遇。”[13]围绕这些与定义相关的问题，达姆罗什还有诸多表述，这里不再赘述。

达姆罗什在具体研究中已经走得很远，悉心探索世界上那些向来被人忽略的文学，但在米勒（Gesine Müller）看来，达姆罗什终究摆脱不了“他者”和“自我”范畴。[14]这当然是坚定的“世界的文学”鼓吹者的立场。米勒的批判意图是明确的：尽管一些美国学者为了顺应全球化趋势，努力重新打开歌德的“世界文学”概念，或曰继续运用这个概念，却使之屈从于应时的全球化。这就会出现一种不可避免的状况，就连达姆罗什那看上去不落窠臼的模式，最终还是拘牵于中心和边缘之两极。这对“世界的文学”设想来说是成问题的，这一设想中居无定所的文学之特色，正在于消弭国族与世界的两极状态，立足于第三空间，而这不是达姆罗什所要的。达氏书中最引人入胜之处，是其尤为注重翻译和接受的意义，可是没能克服“西方”（“our values”[15]）与“其余”（被“我们”接受的各种文化）的两极状态。[16]

从达姆罗什对世界文学的各种定义以及他的实际研究来看，米勒的评判有失公允。达姆罗什说：“大多数文学作品都未能在其本土之外觅得知音，即使是在如今这样一个大开放时代，世界文学的标准也是很有偏向性的。”[17]他看到了文学传播的实际状况，而且不回避事实。迄今的实际状况是，西方国家的大多数读者对其他地方的文学所知无几；尤其是那些用弱势民族语言写成的作品，至少是没被译成英语或其他重要欧洲语言的作品，它们在世界上传播并成为世界文学是极为困难的。我们需要努力改变这种状况，达姆罗什这么做了。高利克（Marián Gálik）的判断是客观的，他认为达姆罗什值得称道之处在于，他反对早先欧裔美国比较文学学者的向心追求，主张离心研究，呼吁美国同行至少应当拓展视野，旨在——他援用了巴斯奈特（Susan Bassnett）的观点——“接纳全世界的比较文学研究实践”[18]。的确，我们不能把“其余”这一欧洲中心主义的遗产与关注“其余”混为一谈。

十多年来的世界文学论争中，用法语写作的意大利人卡萨诺瓦（Pascale Casanova）的《文学的世界共和国》（*La République mondiale des lettres*），着实掀起不少波澜。此书影响巨大又颇受争议，从而成为当代所有世界文学思考的话题之一，也是这场论争的重要参考书目之一。她说巴黎乃世界文学之首都，并认为有其历史依据：“强调巴黎是文学的首都，并非法国中心主义，而是审慎的史学研究的结果。在过去的几百年里，文学资源十分罕见地集中在巴黎，并导致其文学的世界中心这一设定逐渐得到认可。”[19]本来，确实如她所说，书中的不少观点有其历史依据，但在全球化的今天，这一观点中无法掩盖的法国中心主义延及欧洲中心主义，这本——如第二版前言坦承——非常“法国”的书频繁受到指摘，本在情理之中。同样很有名的是普兰德加斯特（Christopher Prendergast）的同名文章，见之于他主编的《世界文学论争》（2004）一书。他几乎动用了所有权威之说，批驳卡萨诺瓦的论点。[20]

强调歌德“世界文学”概念中的人文主义理想，这是很常见的。然而，这种理想主义视角晚近遭到质疑，卡萨诺瓦的说法便与这种理想主义视角相对立。她认为：歌德倡导世界文学之时，正值德意志民族带着新秀姿态闯入国际文学领地之际，为了与法国文学抗衡，歌德很懂得在德意志疆土之外占领文学市场。[21] 科赫（Manfred Koch）[22] 和沃尔夫（Norbert Ch. Wolf）[23] 完全不认同卡萨诺瓦的看法：一方面，她把世界文学看作文化资本相互倾轧和排挤之所；另一方面，她错误判断了提出“世界文学”概念的时期：1827 年的德意志文学早已不是羽毛未丰，那是天才辈出的时代，歌德也已是那个时代欧洲无出其右的文豪。[24] 至少在晚年，他已在整个欧洲拥有膜拜群体。经由斯达尔夫人的评述，他已在法国、英国、斯堪的纳维亚、波兰和俄罗斯名声大振。

新近在美国颇为活跃的倡导“新”世界文学的学者，多少受到解构主义、后殖民、后现代理论的影响。比克罗夫特（Alexander Beecroft）的论文《没有连字符的世界文学：文学体系的类型学》[25]，旨在回应莫雷蒂和卡萨诺瓦的观点。他认为，莫雷蒂过于依赖自己所擅长的小说研究，而小说只是文学的一部分；卡萨诺瓦的《文学的世界共和国》则存在历时和空间上的局限。比克罗夫特强调“文学是全世界的语言艺术品”[26]，并提出六种文学生产模式。[27] 阿普特（Emily Apter）的新著《反对世界文学——论不可译性的政治之维》（2013），从标题便可得知其挑衅性。她以解构精神，试图提出自己的世界文学理论。[28] 她的一个基本观点是：“近来许多复兴世界文学的努力，都依赖于可译性之假设。其结果是，文学阐释未能充分考虑不可通约性亦即不可译性。”[29] 人们应充分认识翻译的语言挑战，且不能忽视跨文化翻译中复杂的“政治地形”。作者在该著“导论”中解释了自己的意图：“《反对世界文学》查考各种假设，即翻译与不可译性是文学之世界形式的本质所在。”[30] 她的解构主义批评带着一种末世预言，即（西方）世界文学的丧钟已经敲响，就像整个星球一样。[31]

从上述概览性的论述中可以见出新近的世界文学论争之色彩斑斓的景象。[32] 欧美关于这个概念的论争，似乎还未终结。在结束这一节论述的时候，我想介绍斯堪的纳维亚的日耳曼语言文学家、冰岛大学翻译学教授克里斯特曼森（Gauti Kristmannsson）所发现的一种“奇怪”现象。他批评指出：翻阅新近关于世界文学的英语研究文献，我们不难发现一种现象，即德语文献很少被引用，歌德、赫尔德、马克思、恩格斯而外，奥尔巴赫也还常见，可是最新成果几乎都被忽略。[33]这或许与语言能力有关，但又不全是语言问题，二者在对“世界文学”概念的认识上或许也有差异。若是翻阅相关德语研究文献，人们可以看到同样现象，只是方向相反：对英语研究成果的利用也是相当有限的。“德国学者或许觉得自己在这个（歌德）领域‘门里出身’？”——这是克里斯特曼森的设问。但他就此提出假设：英语世界更多解构色彩的研究方向在德国学界被冷淡对待，在于后者更推崇建构取向。[34]本文的很大篇幅，则试图反复追寻歌德论说，旨在厘清相关问题，并在此基础上考察当今。

二、“世界文学”概念的“版权”及其历史背景

“世界文学”概念的高歌猛进，总要追溯至文豪歌德，这也是学术研究中的惯例。一个术语如此紧密且一再地与一个人牵连在一起，委实不多见。歌德曾长期被看作“世界文学”一词的创造者，不少人脱口而出“世界文学”概念为歌德首次提出。这一说法是有问题的。尽管新近的研究已经另有他说，但是常被忽略；而一些顾及新近研究成果的人，未必都能清晰地再现历史。另外，不少学者论述歌德“世界文学”概念时，不愿或不忍心看到其时代局限，他们主要强调这一“歌德概念”的全球视野。[35]是否能作如是观，是本节试图辨析的问题，当然还会涉及其他一些相关问题。

无疑，“世界文学”概念不能只从歌德说起，还得往前追溯。约在三十年前，魏茨发现维兰德早在歌德之前就已用过这个词，见之于他的贺拉斯书简翻译修订手稿（1790）。对此，歌德当然无从知晓。维兰德用这个词指称贺拉斯时代的修身养成，即罗马的“都城品位”，也就是“世界见识和世界文学之着色”（feine Tinktur von Weltkenntniβ u. Weltlitteratur）。维兰德在修订稿中用“世界文学”替换了原先译稿中的法语“politesse”（礼俗）。此处“文学”乃见多识广的“世界人士”（homme du monde）之雅兴[36]；此处“世界”也与歌德的用法完全不同，指的是“大千世界”的教养文化。无论如何，已经没有理由仍然把“世界文学”一词看作歌德之创，也不能略加限定地把它看作歌德所造新词，如一些学者依然所做的那样。持这一观点的人一般认为，这个概念于1827年在歌德那里获得了世界主义语义。从已经发现的材料来看，这个观点也是靠不住的。

“世界文学”这个有口皆碑的所谓“歌德概念”，不只是在维兰德1790年手稿之前，更是在歌德起用这一概念之前五十四年就已出现！施勒策尔早在1773年就提出这个概念，将之引入欧洲思想。[37]当时任教于哥廷根大学的施勒策尔是那个时代最著名的德意志史学家之一，其影响不限于德意志疆土。他也是最早关注北欧的德意志学者之一，著有《北方通史》（*Allgemeine nordische Geschichte*，1771）。他于1773年发表另一论著《冰岛文学与历史》[38]，书中写道：

> 对于整个世界文学（Weltlitteratur）来说，中世纪的冰岛文学同样重要，可是其大部分内容除了北方以外还鲜为人知，不像那个昏暗时代的盎格鲁—撒克逊文学、爱尔兰文学、俄罗斯文学、拜占庭文学、希伯来文学、阿拉伯文学和中国文学那样。[39]

没有证据显示歌德读过或没有读过施勒策尔的著作。事实是，这个概念及与之相关的普世主义，已在1773年出现，早于歌德半个世纪。“世界文学”概念并非一个文学家或文论家的首创，而是出自一个历史学家之手，带着历史学家的目光。将冰岛文学这一“小”文学与七种“大”文学相提并论，折射出启蒙运动的巨大动力，旨在推进世界文学的现代观念。[40]

毋庸置疑，歌德对“世界文学”概念的确立和流传做出了重大贡献，而说这个概念最初并不源自歌德，还有更深层的思想根源。这里不只涉及这一词语本身，而是孕育和生发世界文学思想的思潮。一个重要贡献来自赫尔德。在施勒策尔发表其《冰岛文学与历史》同一年，赫尔德与歌德、弗里西（Paolo Frisi）、莫泽尔（Justus Möser）一起主编的《论德意志艺术》（*Von deutscher Art und Kunst*）出版，其中不仅载有狂飙突进运动的宣言，亦鼓吹民族文学或人民文学。

“民族文学”（National-Litteratur）概念首先见于德语，第一次或许见于瑞士神学家迈斯特尔（Leonhard Meister）的书名《论德语的历史和民族文学》（1777）[41]。在这之前，赫尔德已在其残稿《论新近德意志文学》（1767）中论及“民族文学”（Litteratur einer Nation[42]）。那个时期出现了不少“德意志”刊物或文集，以凸显德意志文化认同。[43]赫尔德坚信具有“根本意义的生活形态中，一个民族的精神、语言的精神和文学的精神是高度吻合的”[44]。另外，他透过莪相（Ossian）的诗，宣称庶民中亦有文学宝藏；彼时歌德当有同样见解。赫尔德界定民族文学时，歌德也还徜徉于民族文学。历时一年半的意大利之旅（1786—1788），才改变了歌德的文化视阈，他也随之告别了文化民族主义，逐渐获得“世界”视野。

卡萨诺瓦在其《文学的世界共和国》中指出，民族文学思想主要由赫尔德倡导并产生重大影响，从德语区传遍欧洲并走向世界，此乃所谓“赫尔德效应”㊺。“民族文学”与“世界文学”这两个概念相辅相成：前者是后者最重要的组成部分，而没有后者，前者只能是地方的；没有比照对象，民族文学也就失去了与世界上重要作品媲美的可能性。赫尔德也是世界文学的精神先驱之一，他的著述明显体现出民族文学与世界文学的关系。㊻饶有趣味的是，“世界文学”概念的发祥地，还处在国族形成（nation-building）过程中。㊼

歌德《诗与真》（1811—1812）中的一段话，是世界文学讨论中的一段名言，讲述他 1770 年在斯特拉斯堡与赫尔德的相遇：

> 他（按：指赫尔德）在其先行者洛斯（Robert Lowth）之后对希伯来诗艺之极有见地的探讨，他激励我们在阿尔萨斯收集世代相传的民歌。这些诗歌形式的最古老的文献能够证明，诗艺全然是世界天资和人民天分，绝非个别高雅之士的私人禀赋。㊽

这段语录中的“世界”，常被歌德研究者看作其世界文学思想的序曲，这当然不无道理。可是，若无赫尔德，这个概念在歌德那里或许不会获得如此重要的意义。赫尔德在这个概念形成之前，就已怀有同样的思绪。另外，我们在其早期著述中常能见到“世界命运”（Weltschicksal）、“世界历史”（Weltgeschichte）、“世界事件”（Weltbegebenheiten）、“世界变化”（Weltveränaderung）、“世界公民”（Weltbürger）等概念。㊾

“世界文学”概念不只囿于自己的实际意义，它还连接着更宽阔的历史和体系语境，同其他一些近代以来与“世界”二字组合而成的重要概念密切相关。“世界—”概念旨在涵盖某种存在之整体，例如康德的“Weltanschauung”（世界观）、谢林的“Weltseele”（世界灵魂），均属整体论的理想主义。㊿1770 年至 1830 年有一股强劲的“世界”热，一些同属普遍主义的概念脱颖而出，其中有许多今天依然很重要的观念，以及一些今天还被看重的价值观与全球思维方式。也是自 18 世纪 70 年代起，歌德时常谈及世界，“世界诗歌”（Weltpoesie）、“世界文化”（Weltkultur）以及“世界历史”“世界灵魂”“世界公民”“世界事件”等词语组合，常见于他的言说。就世界文学而言，歌德很早就认识到文学场的某些特有规律，使得交流过程成为特殊的文学景观，可是这要到很久以后亦即19世纪20年代末期才被他明确描述。而在19世纪早期的法国，席勒的《奥尔良的姑娘》（*Die Jungfrau von Orléans*，1801）的法文本译者德谢（Jean J. Derché），最先提出了欧洲文化网络意义上的“文学世界主义”[51]。

最后，我们还须提及施特里希（Fritz Strich）在歌德研究的标志性著作《歌德与世界文学》（1946）中所强调的视角，即个人经历对歌德世界文学思想的发展起了很大的催化作用：

> 歌德感到特别惊奇，自己那些隐居状态中创作的作品，完全是为了释放自己，为了自己更好的养成而写的，最后居然能在世界上产生如此巨大的反响，接连不断地传到他这个年迈文学家的耳里。这一世界反响有益于他的身心，让他感到幸福，从而成为他呼唤和促进世界文学的最重要的动机，要让所在都有他这种福祉。[52]

三、莫衷一是，或歌德对“世界文学”的不同理解

“世界文学”是晚年歌德最成功的用词之一，不仅很快在德意志土地上站稳脚跟，也在外域获得很大反响。歌德诸多文论著述，足以见出他对世界上相去甚远的文学之百科全书式的通览：从近东和远东文学，到欧洲古代经典、中世纪和当代民族文学，他的涉猎程度令人惊叹。此外，歌德的大量译作不仅译自欧洲常见语言（希腊语、拉丁语、法语、西班牙语和英语），还经由各种途径涉及《旧约》和《可兰经》、阿拉伯古典诗歌、古代冰岛神话诗集《埃达》，还有摩尔、塞尔维亚和其他许多民歌。最后还有他在《东西诗集》（*West-östlicher Divan*，1819）和《中德四季晨昏杂咏》（*Chinesisch-Deutsche Jahres-Jaures-und Tageszeiten*，1829）中对波斯和中国诗歌的颇具创造性的接受。弗里德尔（Egon Friedell）在其专著《近代文化史》中刻画了歌德个性的一个基本前提，使他自己得以成为世界文学理念的楷模：

> 没有什么能真正损害歌德，这是他的天性：汲取优良的和劣等的、高尚的和

低贱的、陌生的和熟识的养分，他却依然是他；如同人的肌体，摄取和消化完全不同的食物，总在培育同样的细胞，歌德如此造就的还是歌德，没有什么能长久地阻碍他的生长。[53]

无人能像尼采那样凸显歌德如何超越其生活时代的民族界限："从任何角度来看，歌德都超脱于德意志人，迄今依然如此：他永远不属于他们。"尼采在其《人性的，太人性的》（1876—1880）中如是说：

如贝多芬超越德意志人作曲，叔本华超越德意志人潜心哲学，歌德则超越德意志人创作《塔索》和《伊菲格尼》。只有极少数精英能跟得上他，古典、生活和游历锤炼之人，超然于德意志本性的人：歌德自己只愿如此。[54]

再回到"世界文学"概念。兰平（Dieter Lamping）在其论著《世界文学之思：歌德的设想及其腾达生涯》中指出：

（歌德）在不同场合用过这一表述，却都只是简短提及而已。细看他的零散说辞，很快就能见出，他对"世界文学"有着不同的理解，即便他清晰地偏向某种理解。[55]

歌德究竟偏向哪种理解，似乎并不容易完全弄清。查阅相关研究文献，同样很难厘清思路，就像兰平所强调的那样，可是他并不悲观：

这种多义性有点令人困惑，尤其是文学研究者采用这一表述时所理解的完全不同的含义，总是援恃歌德。然而，歌德关于世界文学的诸多说法，完全可以理出一个合理的头绪。[56]

兰平之说能够成立。自 1827 年初起，歌德开始并多次在书评、文章、信件和交谈中明确谈论"世界文学"[57]。他在晚年极为关注欧洲报业的兴起，尤其是法国的文学刊物，其中又特别赏识 1826 年创刊的浪漫派刊物《全球报》（*Le Globe*），并时常摘录和翻译该报文章。[58]歌德对自己的剧作《塔索》被译成法语甚是欣喜。他在 1827 年 1

月15日的简短日记中，第一次写下"世界文学"字样："让舒哈特记下法国文学和世界文学。"[59]他又在1月26日给哥达（Johann F. Cotta）的信中说："我们现在必须特别关注外国文学，人家已经开始关注我们。"[60]次日，他在给作家和翻译家施特赖克福斯（Adolph F. Streckfuβ）的信中表达了他的信念："我相信，世界文学正在形成，所有民族都对此感兴趣，因而都迈出了可喜的步子。"[61]（顺便说一句：许多"世界文学"论者，尤其是中国学者，喜欢说歌德是在阅读中国文学时才第一次说出"世界文学"[62]，这是讹误！）

也是在1827年初，歌德在《艺术与古代》[63]杂志第6卷第1册转载了《塔索》译者迪瓦勒（Alexandre Duval）的两篇书评，一篇简介出自《商报》（*Journal du Commerce*），另一篇出自《全球报》，迪瓦勒盛赞歌德为楷模。歌德最后在评论这两篇书评时写下如下结语，第一次公开说及"世界文学"：

> 我转载法国报刊上的讯息，目的绝不在于记起我和我的工作；我在指向一个更高的目的，我就稍微谈一下这个目的。人们到处都可听到和读到，人类在阔步前进，还有世界关系以及人际关系更为广阔的前景。不管这在总体上会有何特性……我仍想从我这方面提醒我的朋友们注意，我坚信一种普遍的世界文学正在形成，我们德意志人可在其中扮演光荣的角色。[64]

最后，歌德于1827年1月31日在与爱克曼（Johann Eckermann）的谈话中表达了后来闻名遐迩的观点：

> 我喜欢纵览域外民族，也劝每个人都这么做。民族文学现在已经算不了什么，轮到世界文学时代了；现在每个人都应出力，促成其尽快来临。[65]

法国《全球报》于当年11月1日援引歌德之说，但将歌德的"世界文学"概念替换成"西方文学或欧洲文学"（littérature occidentale ou européenne），这在很大程度上符合歌德"世界文学"的原义。换言之，他当初想象的世界文学是欧洲文学，如他主编的杂志《艺术与古代》第6卷第3册（1829）的题旨明确显示的那样："欧洲文学，即世界文学"（Europäische, d. h.Welt-Litteratur）。[66]

毫无疑问，歌德是一个极为开放的人，但他有着明确的等级观念。"中国、印度、埃及之古代，终究只是稀奇古怪之物”，他如此写道，“自己了解并让世界了解它们，总是一件好事；但它们不会给我们的品德和审美教育带来多少助益”。[67]他建议自己的秘书里默尔说：“您还是留在希腊地区吧，没什么比那里更好；那个民族懂得如何从千百朵玫瑰中提炼出一小瓶精油。”[68]显然，歌德无法超越他所生活的时代，他既没读过道家经典，也不知道全球文化促进的早期形式，就如印度经济学家阿马蒂亚·森（Amartya Sen）批判西方文化帝国主义时经常提及的那样。阿马蒂亚·森最喜欢举的例子是今天藏于大英博物馆的佛教《金刚经》。该书由鸠摩罗什从梵文译入汉语，用中国印刷术制作。这一全世界最古老的完整印刷书籍，几乎在古腾堡《圣经》之前600年就奠定了图书时代。

德意志文学家对古希腊的钟爱是众所周知的，这在温克尔曼之后仿佛成了德意志人之文学认同的组成部分。这种认同感颇为强烈，甚至可被看作“民族”而非“跨民族”之感受[69]。歌德在同爱克曼的谈话中如此解释自己的思想：

> ……但在赏识外国事物时，我们不能固守有些奇特之物并视之为典范。我们不必认为来自中国或塞尔维亚的东西就是这样的，也不必这样看卡尔德隆或尼伯龙根；而在需求典范之时，我们始终必须返回古希腊，那里的作品总是表现完美之人。其他一切事物，我们仅须历史地看待；如可能的话，从中汲取好东西。[70]

偏偏是歌德这位“世界文学”旗手，固执于欧洲古典精神，似乎让人难以理解，但我们无须惊诧，那是时代的局限。就连那个时代最重要的梵语专家威廉·洪堡（Wilhelm von Humboldt），也对歌德关于印度诗歌的负面评价表示赞同：

> 我无法从中获得趣味，依然坚持我的观点，希腊、罗马之物所拥有的高度和深度、素朴和多彩、分寸和适度，谁都休想企及，我们永远没有走出此道的必要。[71]

洪堡在其印度研究达到巅峰之时，还在书信中坦言：

> 我希望能有机会好好说一下，希腊语和希腊古代依然是人类精神所能成就的最精粹境界。人们可以称誉梵语，但它不及希腊语；很简单，就语言而言，这会是我永久的信念。[72]

我们不应忘记，歌德是在78岁高龄，也就是去世前五年，倡导“世界文学”思想；他更多的只是顺带提及，且不乏矛盾之处，并非后来的比较文学所要让人知道的系统设想，且把“世界文学”看作这个专业的基本概念。[73]歌德所用的这个概念，绝非指称整个世界的文学。并且，他的世界文学理念，所指既非数量亦非品质，既不包括当时所知的所有文学，也不涉及各种民族文学的经典作品，基本上只顾及德意志、法兰西、大不列颠和意大利文学，间或稍带其他一些欧洲国家的民间文学，偶尔也会谈论几句欧洲以外事物。[74]艾田蒲（René Étiemble）也曾指出，仍有学者论及见之于歌德观点的“德意志中心主义”[75]。博南凯普（Anne Bohnenkamp）甚至说，今人所运用的这个因歌德而发迹的术语，多半“与歌德对这个概念的想象几乎没有共同之处”[76]。

四、“世界文学”VS“全球文学”：何为经典？

当今对歌德之世界文学论说的讨论颇为活跃。原因很简单：“世界文学”是当代围绕“全球文学”的国际论争的焦点之一，而各种讨论多半从歌德的“世界文学”概念说起，或追溯至歌德并探寻这个概念在他以后的发展。可是，“没有一种世界文学定义获得普遍认同”[77]。一方面，歌德的世界文学思考被当作理论，从而被过分拔高。另一方面，人们开始诘问，这个“歌德概念”究竟指什么？人们能用它做什么？歌德曾把正在形成的世界文学看作历史快速发展的结果，而他所说的“这个高速时代和不断简便的交流”[78]和由此而来的“自由的精神贸易”[79]，在国际化和全球化的今天，达到了他无法想象和前所未有的程度，并在很大程度上影响了当今的世界文学观念，这也是“全球文学”观念的时代基础。在一个全球化的世界，语言和国族的界限对于思想已经在很大程度上失去意义；政治、社会、经济和文化上的国族界限，仿佛只是为了被跨越而存在着。

在不少人指出歌德式“世界文学”概念的欧洲中心主义蕴含之后或同时，人们又试图重新启用这个概念，为了在今天的意义上赓续世界主义传统，抵御全球化的连带弊端。当今世界许多地方所推崇的“世界文化”概念，不仅为了描述一个因全球化而改变的世界，亦体现出批判性介入。而介入的一个依据亦即中心观点，来自歌德所强调的世界文学成于差异而非同一。[80]柯马丁（Martin Kern）在《世界文学的终结与开端》一文中，较为深入地探讨了这个问题。他在“地方性和全球性的对立”语境中，提出如下问题:“在不断交流、相互影响和文化、语言四处弥漫的同质化压力之下,地方的独特性如何幸存?”[81] 非常明确,他的理论依据已见于该文题词,即奥尔巴赫(Erich Auerbach)所言“世界文学思想在实现之时即被毁灭”[82]。奥尔巴赫哀叹世界上文学多样性的丧失,从而诘问歌德的世界文学理念究竟还在多大程度上适合我们这个时代。交流的根源在于差别,已经占有则无须交流。不同文学之间的调适,使交流失去了丰沃的土壤。因此,人们必须更多挖掘不同文学的差异性和多样性。[83] 柯马丁诟病与歌德理念背道而驰的最新发展:“对歌德而言,世界文学作为文化实践保证了各种当代文学文化相互启发和影响,然而它在今天却面临变为全球文学的威胁。全球文学并不关心文学文化来自何处,而是屈从于全球化市场的压力。”[84] 因此,他认为“世界文学和全球文学的二分,已变得十分紧迫。如果世界文学成于他异性、不可通约性和非同一性,那么全球文学确实是其对立面:它在单一的、市场导向的霸权下强求一律,抹除差异,出于某种同一性而非他者性将他者据为己有”[85]。当然,对于“全球文学”还有其他许多论说。

目前(西方)学界有一个共识,即“世界文学”概念不能理解为所有文学的整体,亦非世界上最佳作品之经典。世界文学是普遍的、超时代的、跨地域的文学;若要跻身于世界文学,必须是超越国族界限而在其他许多国族那里被人阅读的作品。施特里希在七十年前提出的观点,即“只有超越国族边界的文学作品”[86] 才能成为世界文学,今天依然有效;或如达姆罗什广为人知的说法,将世界文学描写为“在原文化之外流通的文学作品”[87]。可见,世界文学在很大程度上成为一个视角问题:文学不再归于国族这一亚属体系,而首先要从国际文学场出发,以此划分不同文本和写作方法的属性和归属。若以当代多语种、多文化的斯拉夫文学为例,我们可以看到,亚属体系不仅超越了国族语境,甚至理所当然不从国族出发,一开始就是杂糅的。[88] 高利克论述杜里申的“文学间性板块”(interliterary centrism)理论时所涉及的地中海区域文学,可以很好地用来说明这种现象。[89] 跨语言、超国界现象亦见诸缘于政治关系的集团利益而生发的区域文学。狄泽林克(Hugo Dyserinck)在论述东欧巨变之前杜里申倡导的“社会主义文学的综合”时早就指出,“我们能够在那里看到一种超国界的、由单一文学组成的多国整体模式,从东欧的立场出发”[90]。

当代“世界文学”概念,首先不再强调国族归属。这对文学研究来说,也就意味着重点转移,告别按照语言划分的国族文学的比较研究。研究重心在于揭示诸多文学及其场域之间的关联和界限。弗莱泽(Matthias Freise)对“何谓世界文学”的理解是:

其核心问题是普适性与地方性的关系。这一论题提示我们，可以用关系取代本质主义视角来观察作为现象的世界文学。我认为，世界文学必须作为一种网状关系，而非一组客观对象，比如一组文学文本来理解。这些关系的中心问题之一，就是普世性与地方性之间的张力。我们把客观对象和诸关系按照不同系统鉴别分类，世界文学的不同理解首先就从这种差异中产生。理解作为关系的世界文学，提醒我们关注其过程性。世界文学并不存在，而是在发生。[91]

我们再回到“全球文学”。其诉求是从全球视角出发，打破文学生产中的中心与边缘的界线，也就是一开始就应在跨国族的架构中思考文化生产的发生和形成。语言多样性和更换国家（居住地）对写作产生深刻影响，并且由此产生的文学分布于世界上的不同语言、文化和地域。就文学生产而言，国族文学的界限尤其在西方国家不断被消解，新的文学形式不时出现，很难再用惯常的范畴来归纳。在欧美国家，我们几乎到处可以看到杂合文学，也就是不只属于一个国家的文学，如德国的德 / 土文学，见之于土耳其裔移民女作家欧茨达玛（Emine Sevgi Özdamar）和蔡莫格鲁（Feridun Zaimoglu）那样的作家；又如出生于罗马尼亚的德国女作家、诺贝尔文学奖获得者米勒（Herta Müller），介于罗马尼亚和德国之间，她以写作德裔罗马尼亚人在苏俄统摄东欧时的遭遇著称。

政治和社会的变化常会给人带来时空上的重新定位，这在当代常与全球化和跨国发展紧密相连，即所谓“走向世界”。当代斯拉夫文学的转向，随着社会主义制度的崩溃和随之而来的社会转型而发生，许多文学文本不再拘囿于国族的单一文化和单一语言的文学传统。黑蒙（Aleksandar Hemon）的写作语言是英语和波斯尼亚语；金亚娜（Yana Djin）和卡波维奇（Katia Kapovich）的写作语言是英语和俄语；青格尔（Gala-Dana Zinger）的写作语言是俄语和希伯来语；居住在苏黎世和因斯布鲁克两地的克罗地亚女作家拉吉西奇（Dragica Rajčić）在其作品中发展了外籍劳工德语；尤里耶夫（Oleg Jur’ev）和马蒂诺瓦（Ol’ga Martynova）的写作语言是俄语和德语；马尔科维奇（Barbi Marković）将奥地利作家伯恩哈德（Thomas Bernhard）的小说《步行》（*Gehen*）译入贝尔格莱德的 21 世纪塞尔维亚语。这些现象既会在文本内部也会在其所在的文学和文化场域造成“混乱”，但也释放出创新之潜能。[92] 当今世界的许多作家，不会感到自己只属于某个单一文化，他们有着全球认同。这是一个非常典型、到处可见的现象，它与旅行和国际性相关。这些作家作品的明显特色是语言转换和多语言，以及对于世界各种文化的多元视角，从而带来社会及学术聚焦的移位，突破了以往语言、文学、历史（文化）的三维组合。[93]将作家团聚在一起的，不是他们的来源地、语言和肤色；团聚或分离作家的，是他们对世界的态度。

论述世界文学，不可能不谈“经典”或曰“正典”。那些在全世界得到广泛传播、在世界人民眼中具有重要意义的有声望的作品，可被看作世界文学，这基本上依然是一个共识。歌德使用的“世界文学”，是指超越民族的世界主义精神所创作的文学。对歌德来说，不是每一部在世界传播的作品就必然属于世界文学。能够获此殊荣的关键是文本的艺术价值及其对世界上众多文学的影响（在歌德那里，“超越民族的世界主义精神”中的“世界主义”，如前所述不完全是今人理解的“世界主义”，他的“世界”偏重“欧洲”）。

德国文学理论家从来就有神化歌德及其“世界文学”意义的倾向，这有其深层根由。人们时常谈论如何克服国族文学思维，旨在抛弃“往后看的‘老式德意志爱国主义’艺术”[94]。这当然完全可以与歌德在1827年1月底和爱克曼谈话时的那段关于民族文学和世界文学的语录联系起来看。格森斯（Peter Goβens）在其论著《世界文学：19世纪跨国族文学感受的各种模式》（2011）中的思考，基本上也注重这一思想层面。联系歌德与爱克曼的谈话，他写道：

> 一件艺术作品的当代成就……不仅取决于创作者的技艺以及他对国族艺术的意义。靠技巧和文学作品的愉悦价值所赢得的声望是短暂的，这对世界文学思想没有多少意义。这里更为关键的问题是，作家及其作品是否成功地破除了国族文化的界线并诉诸文学艺术实践。[95]

这里或许可以见出本雅明关于作品通过翻译而“长存”（Fortleben）的说法。葡萄牙作家、诺贝尔文学奖获得者萨拉马戈（José Saramago）说过一句精辟之语：“作家用其语言创造国族文学，世界文学则由译者造就。”[96]他的世界声誉便得归功于四十五位译者。格森斯则说：“作家唯有看到其跨国族角色，才能在作品生成之时就把握住使作品成为世界文学组成部分的机会。”[97]

另外我们又必须看到，什么作品可被列入世界文学行列，要在这方面获得普遍认可的范畴和看法是相当困难的，不同国族或人民因为文化差异而对文学的意义所见不同。在西方世界，“经典”一词从来就给人一种不言而喻的固定想象：它首先是指古代作家和艺术家的历史作品，这些作品及其作者被视为审美楷模，在“经典”（classicus）意义上被归入“上乘”。后来文学时代遵循苏格拉底和亚里士多德审美准则、效仿他们并创作出重要作品的作家，亦被称为“经典作家”。当然，世界文学还须经得住不同时代的考验并被看作重要作品。

德国著名文学批评家勒夫勒（Sigrid Löffler）的《新世界文学及其伟大叙事者》（2013）[98]一书，呈现的完全是传统“经典”的对立模式，赋予世界文学新的含义。作为20世纪60年代的非殖民化以及过去三十年全球化的结果，一种全新的、非西方的文学破土而出。作家的不同文化认同已是常态而非例外，勒夫勒的著作正是抓住这种现象，介绍她所理解的新的世界文学最重要的代表作家，将其作品归入当代各种政治文化冲突地带。在她看来，今天的世界文学不是西方、欧美的文学，而是源自那些太长时间受到忽略、创造力和创造性都在爆发的地方。世界文学是全球文学，是当代真实可信、叙述真实故事、发出鲜活之声的文学，是游走于不同语言和文化之间的人、往昔殖民地后裔和冲突地区的难民所写的后国族文学、移民文学。“游牧”作家是不同世界之间的译者。新的世界文学取自文化混合、冲突和生存题材，如跨国迁徙、自我丧失、异地生活和缺乏认可。应该说，勒夫勒对“世界文学”“杂合”等概念的运用并不十分明晰，该书标题宏大，但其结构安排亦即选择标准和重点放在英语文学；她的“世界文学”局限于殖民帝国瓦解后的遗产，认同危机成为创作灵感的源泉。这些都不是没有问题的，现实世界实在大得多。尽管如此，勒夫勒的主导思想却是明确的，而且具有进步意义。其实，她的“新世界文学”就是不少人新近倡导的“世界的文学”。

一般而言，“世界文学”和“世界的文学”这两个概念多半是在明确的不同语境中被运用：若说“世界文学”依然意味着作品之无可非议的重要性，那么，“世界的文学”则更多地指向世界上那些不怎么有名、却能展示新方向的文学；它们不同凡响、颇有魅力，却还未在读者意识中占有重要位置。也就是说，“世界的文学”未必就是审美和经典意义的上乘之作，或得到广泛接受的作品。谈论“世界的文学”，人们面对的是浩繁的书卷，无数作品和文化传统，难以把握的界线，并在挑选时怀有开放态度。[99]

余　论

歌德没有关于世界文学的理论，这个概念的神秘效应，在很大程度上缘于一个事实：它拒绝所有固定界说，就连歌德自己也回避言简意赅的界定。他的世界文学设想的中心意义，首先意味着文学的国际交流和相互接受。他曾强调说："不能说各民族应当想法一致，他们只需相互知道，相互理解，还要——设若他们不愿相互热爱——至少学会相互容忍。"[100]在诸多关于"世界文学"观念的著述中，我们一般能见到的是歌德的乐观态度及其相关言论，不了解或被遮蔽的是他最迟自1831年起的否定视角，至少是怀疑态度。歌德也告诫过，人们不能只看到正在形成的世界文学的积极意义："若随着交通越来越快而不可避免的世界文学逐渐形成，那我们对这样一种世界文学不能期待过多，只能看它能做到什么和做到什么。"[101]

写作此文的目的，不仅旨在钩稽"世界文学"概念的——借用比较文学曾经喜用的说法——"事实联系"（rapports de fait），也在于呈现它在当代的最新发展。我们可以看到一些跨语言、超国界的文学走向，全球化过程中的世界认同、文学运行和经典化的生成条件，以及还未完成的概念化过程。在这一世界背景下，当代"中国文学走出去"的口号和实践，显得有些不合时宜，我不愿用不少人眼中的"民族主义焦虑"形容之，但要指出，它违背文学之国际传播的一般规律。文学接受基本上是"拿来"，"接受"往往是主动行为，全世界都是如此。"输出"之一厢情愿，欲速则不达，本在意料之中。与此相伴的是一些学者切盼的比较文学"中国学派"。我要问的是：何在？一些学者一味强调"中国性"的说法，与世界潮流格格不入，与新的"世界文学"理念格格不入，也与"全球文学"或"世界的文学"理念格格不入。对于这些问题的讨论，详见笔者新近的另一篇文章。[102]

注释：

① Cf. David Damrosch, *What is World Literature*?, Princeton: The Princeton University Press, 2003; Pascale Casanova, *The World Republic of Letters*, trans. M. B. DeBevoise, Cambridge, Mass. and London: Harvard University Press, 2004, pp. 46–47; Emily Apter, *The Translation Zone*: *A New Comparative Literature*, Princeton: The Princeton University Press, 2006; Mads Rosendahl Thomsen, *Mapping World Literature: International Canonization and Transnational Literatures*, New York: Contiuum, 2008.

② Matthias Freise, "Four Perspectives on World Literature: Reader, Producer, Text, and System"（参见"思想与方法"国际高端对话暨学术论坛"何谓世界文学？地方性与普世性之间的张力"会议文集，北京师范大学文学院，2015年10月16—17日）。该文集的许多论文，作者都在会后做了修改或补充，与会议文集中的文字常有出

入，甚至不见于会议文集。因此，本文援引的会议论文只写作者和文章名，不写页码。

③ Édouard Glissant, “ Àpropos de Tout-Monde. Ein Gespräch mit Ralph Ludwig”, Tout-Monde: Interkulturalität, Hybridisierung, Kreolisierung: Kommunikations-und gesellschaftstheoretische Modelle zwischen “alten” und “neuen” Röumen, hrsg. von Ralph Ludwig & Dorothee Röseberg, Bern: Peter Lang, 2010, S. 10. 路德维希（R. Ludwig）和罗泽贝格（D. Röseberg）很好地解析了“整个世界”的要点（同上，第 9、10 页）：格里桑观察当今世界的主导观念，是用正面理解的乱世模式来取代负面的全球化趋势。乱世中差异力量之间的关系不再是等级关系；新的关系不是僵化的，而是处在不断变化之中。“整个世界”之说的经验基点是巴比伦式的交往和语言的多样性，抽象地扩展至社会模式，“整个世界”意味着拒绝狭隘和偏见，拒绝文化的等级观念以及僵化的社会秩序。

④㉛㉞㉟ Martin Kern, “Ends and Beginnings of World Literature”（“何谓世界文学？”会议论文）。

⑤ Franco Moretti, *Distant Reading*, London: Verso, 2013, p. 46.

⑥ Cf. Franco Moretti, “Conjectures on World Literature”, *New Left Review*, Vol. 1 (2000): 54–68; David Damrosch, *What is World Literature*?

⑦ Franco Moretti, “Modern European Literature: A Geographical Sketch”, *Distant Reading*, London: Verso, 2013, p. 39.

⑧ Franco Moretti, “Conjectures on World Literature”, *Distant Reading*, p. 46.

⑨ Franco Moretti, “Evolution, World-Systems, Weltliteratur”, in Gunilla Lindberg-Wada (ed.), *Studying Transcultural Literary History*, Berlin: de Gruyter, 2006, p. 120.

⑩ Erwin Koppen, “Weltliteratur”, in: *Reallexikon der deutschen Literaturgeschichte*, hrsg. von Klaus Kanzog und Achim Masser, Berlin: de Gruyter, 1984, S. 815.

⑪⑫⑬⑮ David Damrosch, *What is World Literature*? p. 281, p. 4, p. 300, p. 70.

⑭ Cf. Gesine Müller, “*Einleitung*: *Die Debatte Weltliteratur-Literaturen der Welt*”, in: *Verlag Macht Weltliteratur*: *Latein-amerikanisch-deutsche Kulturtransfers zwischen internationalem Literaturbetrieb undübersetzungspolitik*, hrsg. von Gesine Müller, Berlin: Tranvía-Walter Frey, 2014, S. 7.

⑯ Cf. Gesine Müller, “Einleitung: Die Debatte *Weltliteratur-Literaturen der Welt*”, S. 7–8.

⑰ David Damrosch, “Frames for World Literature”（“何谓世界文学？”会议论文）。

⑱ Cf. Marián Gálik, “Some Remarks on the Concept of World Literature after 2000”（“何谓世界文学？”会议论文）。

⑲ Pascale Casanova, *The World Republic of Letters*, pp. 46–47.

⑳ Cf. Christopher Prendergast, “The World Republic of Letters”, in Ch. Prendergast (ed.), *Debating World Literature*, London and New York: Verso, 2004, pp. 1–25.

㉑ Cf. Pascale Casanova, *La République mondiale des lettres*, Paris: Le Seuil, 1999, p. 64.

㉒ Manfred Koch, *Weimaraner Weltbewohner. Zur Genese von Goethes Begriff* “*Weltliteratur*”, Tübingen: Niemeyer, 2002.

㉓ Norbert Christian Wolf, “De la littérature nationale à la littérature mondiale: la trajectoire de Goethe”, in: *Champ littéraire et nation*, hrsg. von Joseph Jurt, Freiburg: Frankreich-Zentrum, 2007, pp. 91–100.

㉔ Cf. Joseph Jurt, “Das Konzept der Weltliteratur-ein erster Entwurf eines internationalen literarischen Feldes?” in: “*Die Bienen fremder Literaturen*”: *der literarische Transfer zwischen Großbritannien*, *Frankreich und dem deutschsprachigen Raum im Zeitalter der Weltliteratur* (1770–1850), hrsg. von Norbert Bachleitner, Wiesbaden:

Harrassowitz, 2012, S. 31–32.

㉕㉖ Alexander Beecroft, “World Literature without a Hyphen. Towards a Typology of Literary Systems”, *New Left Review*, Vol. 54 (Nov.–Dec. 2008), pp. 87–100, p. 100.

㉗ 关于比克罗夫特的世界文学思想，另可参见其新著：Alexander Beecroft, *An Ecology of World Literature: From Antiquity to the Present Day*, London: Verso, 2015。

㉘㉙㉚㉛ Emily Apter, *Against World Literature: On the Politics of Untranslatability*, London: Verso, 2013, p. 6, p. 3, p. 16, pp. 320–342.

㉜ 关于新近围绕“世界文学”之颇为广泛而持久的争论，除了上文已经提及的著述外，亦可参见：Christopher Prendergast (ed.), *Debating World Literature*, London: Verso, 2004; Theo D’haen, David Damrosch and Djelal Kadir (eds.), *The Routledge Companion to World Literature*, Milton Park, Abingdon, Oxon: Routledge, 2012; David Damrosch (ed.), *World Literature in Theory*, Chichester, West Sussex: Wiley-Blackwell, 2014。

㉝ 克里斯特曼森在此所说的现象，亦见于中国学界。大卫·达姆罗什、刘洪涛、尹星主编的《世界文学理论读本》(北京大学出版社 2013 年版)里，原作几乎英语文献一统天下。

㉞ Cf. Gauti Kristmannsson, “Die Entdeckung der Weltliteratur”, in: *Übersetzer als Entdecker: Ihr Leben und Werk als Gegenstand translationswissenschaftlicher und literaturgeschichtlicher Forschung*, hrsg. von Andreas F. Kelletat und Aleksey Tashinskiy, Berlin: Frank & Timme, 2014, S. 352–353.

㉟ 不少学者，如“思想与方法”国际高端对话暨学术论坛“何谓世界文学?”的与会者佛朗哥、达姆罗什、张隆溪等人，不承认歌德谈论世界文学时的欧洲中心主义倾向，强调歌德的世界主义。

㊱ Cf. Hans J. Weitz, “ ‘Weltliteratur’ zuerst bei Wieland”, in: *Arcadia* 22 (1987), S. 206–208.

㊲ Cf. Wolfgang Schamoni, “ ‘Weltliteratur’-zuerst 1773 bei August Ludwig Schlözer”, in: *Arcadia* 43, Nr. 2 (2008), S. 288–298. 沙莫尼在文中指出，斯堪的纳维亚学者克里斯特曼森已于 2007 年在其论文《德意志文学中的北欧转向》(Gauti Kristmannsson, “The Nordic Turn in German Literature”, *Edingburgh German Yearbook*, Vol. 1, pp. 63–72)中指出施勒策尔起用“世界文学”概念。其实，施勒策尔使用“世界文学”一词的关键语录，已见之于伦皮基发表于 1920 年的专著《19 世纪以前的德意志文学研究史》(Sigmund von Lempicki, *Geschichte der deutschen Literaturwissenschaft bis zum Ende des 18. Jahrhunderts*, Göttingen: Vandenhoeck & Ruprecht, 1968, S. 418)。

㊳ August Ludwig von Schlözer, Isländische Litteratur und Geschichte, Göttingen, Gotha：Dieterich, 1773.

㊴ Cf. Wolfgang Schamoni, “ ‘Weltliteratur’ -zuerst 1773 bei August Ludwig Schlözer” , S. 289.

㊵ Cf. Gauti Kristmannsson, “Die Entdeckung der Weltliteratur” , S. 359–360.

㊶ Leonhard Meister, *Beyträge zur Geschichte der teutschen Sprache und National-Litteratur*, London：typographische Gesellschaft, 1777.

㊷ Johann G. Herder, “Ueber die neuere Deutsche Litteratur. Erste Sammlung von Fragmenten. Eine Beilage zu den Briefen, die neueste Litteratur betreffend (1767)” , in：*Sämtliche Werke I*, hrsg. von Bernhard Suphan, Berlin 1877, S. 148.

㊸㊹ Cf. Manfred Koch, *Weimaraner Weltbewohner. Zur Genese von Goethes Begriff “Weltliteratu*r”, S. 89, S. 116.

㊺ Cf. Pascale Casanova, *The World Republic of Letters*, pp. 75–81.

㊻ Cf. Andreas F. Kelletat, *Herder und die Weltliteratur. Zur Geschichte desübersetzens im 18*. Jahrhundert, Frankfurt: Peter Lang, 1984.

㊼ Cf. Joseph Jurt, "Das Konzept der Weltliteratur-ein erster Entwurf eines internationalen literarischen Feldes?", S. 23.

㊽ Johann Wolfgang Goethe, Dichtung und Wahrheit, in: *Sämtliche Werke. Briefe*, *Tagebücher und Gespräche*, 40 Bde., hrsg. von Friedmar Apel, Hendrik Birus et al., Frankfurt: Deutscher Klassiker Verlag, 1986–1999, Bd. 14, S. 445. 以下简写为 Goethe, *Sämtliche Werke. Briefe*, *Tagebücher und Gespräche* (*FA*)。

㊾ Cf. Gauti Kristmannsson, "Die Entdeckung der Weltliteratur", S. 355.

㊿ Cf. Bernard Franco, "Comparative Literature and World Literature: From Goethe to Globalization"（"何谓世界文学?"会议论文）。

51 Cf. Galin Tihanov, "The Location of World Literature"（"何谓世界文学?"会议论文）。

52 Fritz Strich, *Goethe und die Weltliteratur*, Bern: Francke (1946) 1957, S. 31.

53 Egon Friedell, *Kulturgeschichte der Neuzeit*, München: dtv, 1976, Bd. 2, S. 883.

54 Friedrich Nietzsche, *Menschliches*, *Allzumenschliches*, *in*: *Sämtliche Werke. Kritische Studienausgabe*, hrsg. von Giorgio Colli und Mazzino Montinari, München: dtv, 1980, II, S. 448–449.

55 56 Dieter Lamping, Die Idee der Weltliteratur. Ein Konzept Goethes und seine Karriere, Stuttgart: Alfred Kröner, 2010, S. 11, S. 11.

57 歌德在二十处说过"世界文学"，见施特里希的系统梳理：Fritz Strich, *Goethe und die Weltliteratur*, S. 369–372；另见 Xavier Landrin, "La semantique historique de la Weltliteratur: Genèse conceptuelle et usages savants", *L'Espace culturel transnational*, ed. Anna Boschetti, Paris: Nouveau Monde Editions, 2010, pp. 96–99。

58 歌德与《全球报》关系密切，这是他观察世界的窗口之一。从他保存的《全球报》可以确定，他无疑读过其中 295 篇文章；并且，202 篇文章中留有他的勾画记号（Cf. Heinz Hamm, *Goethe und die französische Zeitschrift "Le Globe". Eine Lektüre im Zeitalter der Weltliteratur*, Weimar: Böhlau, 1998, S. 15）。

59 *Goethe: Werke* (*Weimarer Ausgabe*), München: dtv, 1987, Bd. 11, S. 8.

60 "Goethe an Cotta" (26.01.1827), *Goethe: Werke* (*WA*), Bd. 42, S. 27.

61 "Goethe an Streckfu?" (27.01.1827), *Goethe: Werke* (*WA*), Bd. 42, S. 28.

62 关于此说，见王宁《丧钟为谁而鸣——比较文学的民族性和世界性》(《探索与争鸣》2016 年第 7 期)："今天的中国读者们也许已经忘记了歌德读过的《好逑传》《老生儿》《花笺记》《玉娇梨》这样一些在中国文学史上并不占重要地位的作品，但正是这些作品启发了年逾古稀的歌德，使他得出了具有普遍意义的'世界文学'概念。"

63 1816 年创刊的《艺术与古代》(*Ueber Kunst und Alterthum*）是歌德去世前 16 年中广交文友、相互交流的重要刊物。三分之二的文字出自歌德之手，这是他的杂志。另外，他认为翻译和评论外国文学是其刊物的任务，该刊不仅报道外国文学动态，也持续介绍德意志作品在外国的接受状况。

64 65 70 101 Goethe, *Sämtliche Werke. Briefe, Tagebücher und Gespräche (FA)*, Bd. 12, S. 356, S. 952, S. 225, S. 866.

66 Goethe, *Sämtliche Werke. Briefe, Tagebücher und Gespräche (FA)*, Bd. 22, S. 724–725。关于歌德起初论及"世界文学"概念的情况，参见 Hendrik Birus, "Goethes Idee der Weltliteratur. Eine historische Vergegenwärtigung", in: *Weltliteratur heute. Konzepte und Perspektiven*, hrsg. von Manfred Schmeling, Würzburg: Königshausen & Neumann, 1995, S. 11–12。

67 Goethe, *Sämtliche Werke. Briefe*, *Tagebücher und Gespräche (FA)*, Bd. 13, S. 175.

68 "Goethe an Riemer" (25.05.1816), *Goethe, Sämtliche Werke. Briefe, Tagebücher und Gespräche (FA)*, Bd. 7, S. 594.

⑲ Cf. Gauti Kristmannsson, "Die Entdeckung der Weltliteratur", p. 362.

⑴ "Wilhelm von Humboldt an Goethe" (15.05.1821), in: Goethe, *Briefwechsel mit Wilhelm und Alexander von Humboldt*, hrsg. von Ludwig Geiger, Berlin: Bondy, 1909, S. 247–248.

⑵ "Wilhelm von Humboldt an Friedrich Gottlieb Welcker" (Anfang 1826), in: Wilhelm von Humboldt, *Briefe an F. G. Welcker*, hrsg. von Rudolf Haym, Berlin: Gärtner, 1859, S. 134.

⑶ 关于"世界文学"在比较文学研究中的运用，参见 Xavier Landrin, "La semantique historique de la Weltliteratur: Genèse conceptuelle et usages savants", *L'Espace culturel transnational*, pp. 79–95。

⑷ Cf. Joseph Jurt, "Das Konzept der Weltliteratur-ein erster Entwurf eines internationalen literarischen Feldes?", S. 43–44.

⑸ Cf. René Étiemble, *Essais de littérature (vraiment) générale*, Paris: Gallimard, 1974, p. 15.

⑹ Anne Bohnenkamp, in Goehte, *Sämtliche Werke. Briefe, Tagebücher und Gespräche (FA)*, Bd. 22, S. 938.

⑺ David Damrosch, "Frames for World Literature"（"何谓世界文学?"会议论文）。

⑻⑼⑽ Goethe, *Sämtliche Werke. Briefe, Tagebücher und Gespräche (FA)*, Bd. 22, S. 427, S. 957, S. 491.

⑽ Cf. Fawzi Boubia, "Goethes Theorie der Alterität und die Idee der Weltliteratur. Ein Beitrag zur neueren Kulturdebatte", in: *Gegenwart als kulturelles Erbe*, hrsg. von Bernd Thum, München: Iudicium, 1985, S. 272.

⑿ Erich Auerbach, "Philologie der Weltliteratur", in: *Weltliteratur: Festgabe für Fritz Strich zum 70. Geburtstag*, hrsg. von Walter Muschg und Emil Staiger, Bern: Francke, 1952, S. 39.

⒀ Cf. Erich Auerbach, "Philologie der Weltliteratur", S. 39–50.

⒃ Fritz Strich, *Goethe und die Weltliteratur*, S. 14.

⒄ David Damrosch, *What is World Literature?* p. 4.

⒅ 围绕这个主题，德国吉森大学（Universität Gieβen）于 2014 年 11 月 13—14 日举办了一个学术研讨会："作为世界文学的当代斯拉夫文学：杂合局面"（Slavische Literaturen der Gegenwart als Weltliteratur. Hybride Konstellationen- Über die neuere Entwicklung der slavischen Literaturen）。关于斯拉夫文学的最新发展，参见 *Die slavischen Literaturen heute*, hrsg. von Reinhard Lauer, Wiesbaden: Harrassowitz, 2000。

⒆ Cf. Marián Gálik, "Some Remarks on the Concept of World Literature after 2000"（"何谓世界文学?"会议论文）; Ivo Pospíšil and MilošZelenka (eds.), *Centrisme interlittéraire des littératures de l'Europe centrale*, Brno: Masarykova universita, 1999; Dionýz Ďurišin and A. Gnisci (eds.), *Il Mediterraneo. Una rete interetteria*, Roma: Bulzoni Editore, 2000.

⒇ 胡戈・狄泽林克：《比较文学导论》，方维规译，北京师范大学出版社 2009 年版，第 68 页。

(91) Matthias Freise, "Four Perspectives on World Literature: Reader, Producer, Text, and System."

(92) 参见"作为世界文学的当代斯拉夫文学：杂合局面"会议文集；另参见 Reinhard Lauer (Hrsg.), Die slavischen Literaturen heute。

(93) Cf. David Damrosch, *What is World Literature*? Ottmar Ette, *ÜberLebenswissen. Die Aufgabe der Philologie*, Berlin: Kadmos, 2004; Mads Rosendahl Thomsen, *Mapping World Literature: International Canonization and Transnational Literatures.*

(94) Dieter Lamping, *Die Idee der Weltliteratur. Ein Konzept Goethes und seine Karriere*, S. 66.

(95)(97) Peter Goβens, *Weltliteratur. Modelle transnationaler Literaturwahrnehmung im 19. Jahrhundert*, Stuttgart: Metzler, 2011, S. 24, S. 24.

(96) Wolfgang Runkel, "Im Wort stehen", in: *Die Zeit*, Nr. 43, 10/97, S. 14.

⑱ Sigrid Löffler, *Die neue Weltliteratur und ihre großen Erzähler*, München: C. H. Beck, 2013.

⑲ Cf. Gesine Müller, "Einleitung: Die Debatte *Weltliteratur-Literaturen der Welt*", S. 10–11.

⑩ 方维规：《理不胜辞的"世界情怀"：世界文学的中国声音及其表达困境》，待刊于《探索与争鸣》。

（2017年第1期）

《“锻炼锻炼”》：从解读之争到阐释之变

——赵树理短篇名作再思考

赵　勇

赵树理的短篇小说《“锻炼锻炼”》自 1958 年 8 月发表于《火花》杂志后，学界对其评价可谓发生了戏剧性的变化。1959 年，《文艺报》以《文艺作品如何反映人民内部矛盾》为题展开“读者讨论会”，先是分两期（第 7 期与第 9 期）发表读者来稿十一篇，随后（第 10 期）又刊发著名作家王西彦的长文《〈锻炼锻炼〉和反映人民内部矛盾》，使这场讨论显得有声有色。与此同时，这场讨论不仅延续到《文艺报》之外的其他报刊，也扩展到学术界，引来著名学者唐弢为赵树理其人其作的辩护。这是《“锻炼锻炼”》引发热议的第一阶段。20 世纪八九十年代，学界对《“锻炼锻炼”》的关注度不高，但由于董大中与陈思和的重新解读，使这篇作品的阐释发生了逆转。这应该看作《“锻炼锻炼”》接受史上的第二阶段，也是至关重要的一个阶段。21 世纪以来，“重读”《“锻炼锻炼”》的论文不断见诸学术刊物，这在赵树理的小说解读中并不多见。而尤其值得注意的是，这一阶段的解读除少数研究者有新的角度外，大部分论文延续的还是第二阶段的阐释模式，由此可见这一阶段的解读影响之大。本文主要聚焦于《“锻炼锻炼”》被解读的第一、二阶段，梳理其主要观点，呈现其种种症候，思考其阐释框架，并在此基础上试图提供笔者对这篇作品的理解。

一、政治意识形态阐释框架下的解读之争

当我们思考《“锻炼锻炼”》第一阶段的讨论时，首先值得关注的是《文艺报》的编者按语。此按语指出：“这篇小说在读者中引起了很不相同的反应：有些读者热烈地欢迎这篇小说，认为小说真实地反映了 1957 年整风运动中农村生活的一个片断，具有典型意义，并且已经产生了推动生活前进的积极作用；有些读者却认为这篇小说歪曲了

现实生活。我们认为对这篇小说的估价和分析，涉及文艺创作如何反映人民内部矛盾、如何描写生活中的落后现象、如何运用讽刺等问题。这些是目前文艺创作中、文艺作品的阅读和欣赏中普遍存在的问题，我们企图通过《锻炼锻炼》以及其他类似作品的讨论，对这一问题作进一步探讨。"[①] 从这个按语可以看出，这篇小说刊发后确实引发了热议，并形成正反两种意见。而设计出《文艺作品如何反映人民内部矛盾》这个题目并在按语中进一步强调此问题，亦可看作《文艺报》对这次讨论的规范和引导。

无论从哪方面看，这一讨论的题目都是政治意识形态的产物。因为早在 1957 年 2 月，毛泽东就在最高国务会议第十一次（扩大）会议上作了题为《关于正确处理人民内部矛盾的问题》的讲话，随后，这篇讲话在 1957 年 6 月 19 日的《人民日报》上公开发表。毛泽东对这一时期的基本判断是"革命时期的大规模的急风暴雨式的群众阶级斗争基本结束，但是阶级斗争还没有完全结束"，国内的主要矛盾由敌我矛盾变为人民内部矛盾。两类矛盾的性质不同，解决的方法也不一样，"前者是分清敌我的问题，后者是分清是非的问题"。具体言之，解决人民内部矛盾要采用"团结—批评—团结"的公式："从团结的愿望出发，经过批评或者斗争，分清是非，在新的基础上达到新的团结。"[②] 当年 4 月 27 日，中共中央发出《关于整风运动的指示》，决定在全党进行一次以正确处理人民内部矛盾为主题，以反对官僚主义、宗派主义和主观主义为内容的整风运动。5 月 2 日，《人民日报》发表社论《为什么要整风？》，指出在社会主义改造基本完成后，"人民内部矛盾已经在我国历史舞台上代替敌我矛盾而居于主要地位"，"要在全国采取扩大民主生活，扩大批评和自我批评的办法，使领导者和群众之间的矛盾变得容易发现和容易顺利解决"，最终"使领导者同群众打成一片，使人民内部的关系面貌一新，使官僚主义、宗派主义、主观主义、老爷架子，大大减少"[③]。随后，全党的整风运动逐步展开。

这便是《"锻炼锻炼"》面世时的历史语境。也就是说，虽然小说写于 1958 年 7 月，却依然是赵树理配合政治形势，进而想在"政治上起作用"[④] 的产物。关于这一点，赵树理并无避讳之意，他不但在小说开头部分明确了故事发生的具体时间（1957 年秋），而且差不多在《文艺报》讨论《"锻炼锻炼"》的同时，在《火花》杂志发表了《当前创作中的几个问题》，表达对创作问题的看法。这篇长文谈及四个问题，其中第二个问题即为如何表现人民内部矛盾。值得注意的是，当赵树理谈及自己的小说时，他认为《李有才板话》既有敌我矛盾，又有人民内部矛盾，而《三里湾》则是"作为人民内部矛盾写的"。《"锻炼锻炼"》也是如此：

> 再如《"锻炼锻炼"》这篇小说，也是因为有这么个问题，就是我想批评中农干部中的和事佬的思想问题。中农当了领导干部，不解决他们这种是非不明的思想问题，就会对有落后思想的人进行庇护，对新生力量进行压制。这种现象虽然不是太普遍的，但在过去游击区和后解放的地区却还不太少。这是一个人民内部矛盾问题，王聚海式的，小腿疼式的人，狠狠整他们一顿，犯不着，他们没有犯了什么法。可是他们思想、观点不明确，又无是无非，确实影响了工作进展。对于他们这一类型的人，我觉得最好的办法是把事实摆出来，让他们看看，使他们的思想提高一步。现在各地虽然都已经公社化了，但这类思想还是存在着的，我认为写写还有用处。[⑤]

如此看来，无论当时的历史语境还是作者的写作意图，都大致决定了这篇小说的主题，也在很大程度上规定了它的阐释走向，即这是一篇通过呈现农村整风问题、揭示人民内部矛盾的小说。而从我们能看到的对这篇作品的讨论中，大部分讨论者也都遵循了这一阐释框架。例如，刘金指出："这篇小说的突出的优点，还在于它真实地反映了人民内部的矛盾……作者对于那些落后人物的揭露和讽刺，是尖锐的、辛辣的、淋漓尽致的，但又是善意的、恰如其分的，与对待敌人不同的。这一点很重要。这不仅是作者对于内部矛盾的态度问题，而且是对于矛盾的深刻理解和正确把握问题。理解得不深，把握得不稳，就会把两类矛盾混淆起来，就会使内部矛盾不像内部矛盾，倒像敌我矛盾，或者干脆使矛盾变质。"[⑥] 而王西彦则在分析作品后指出："就《锻炼锻炼》所反映的人民内部矛盾而论，赵树理同志对生活的熟悉和理解，是远较我们深刻的，至少我个人的情况是这样。"[⑦] 由此可以看出，一旦采用这一阐释框架，所阐释出来的文本意义便大致等于作者输入作品中的意涵，这也意味着小说在读者层面形成的客观接受效果与赵树理的主观创作意图大体吻合。这是阅读过程中的顺向接受，也是赵树理所希望达到的预期效果。

但并非所有读者都能如此接受，尤其是当他们发现这篇小说存在问题时，就越过人民内部矛盾的阐释框架，进入了敌我矛盾的思维方式中。这就不得不提到武养撰写的那篇著名的批评文章《一篇歪曲现实的小说——〈锻炼锻炼〉读后感》了。作者认为，《"锻炼锻炼"》描述的故事和塑造的人物是不真实的，这主要体现在：（一）群众（主要是妇女）不真实。"在作者的笔下，除了高秀兰这个理想的进步妇女外，读者看不到农村贫农和下中农阶层的劳动妇女的形象，所看到的只是一大群不分阶层的、落后的、自私到当小偷的懒婆娘。难道这就符合农村现实吗？难道这就是农村妇女的真实写照吗？”（二）干部不真实。这个社的主要领导人本来应该是“党的化身”和“党的政策的具体执行者”，“然而在作者的笔下，他们却成了作风恶劣的蛮汉，至少是严重脱离群众的坏干部”。当杨小四动不动就拿“送到法院去改造”威胁劳动妇女时，“它给予读者的印象不是社干部与社员的关系，而是民警与劳改犯的关系，所不同的只是这些干部没有武器罢了”！但对于这些“惯用捉弄、恐吓、强迫命令”的领导干部，作者却“给予极大的支持和同情”，“与其说作者在歌颂这种类型的社干部，倒不如说是对整个社干部的歪曲和诬蔑”⑧。

在《“锻炼锻炼”》的讨论中，并非只有武养提出了这样的批评意见，只是他的观点更富有刺激性和挑战性，以至于为赵树理辩护者都没办法绕道而行，只能先反驳其观点之错误，后正面阐发作品立意之正确；或者总体上肯定作品之好，局部上指出杨小四的工作方法存在问题。但实际上，反驳武养的观点和为赵树理辩护并非没有难度，于是这场讨论也就呈现出值得进一步思考的种种症候。

今天看来，武养的批评文字无疑有那个年代的上纲上线之辞，其中的荒谬之处自然无须多言，但就其阐释框架而言，他与正方显然又是一奶同胞，并无本质区别。因为所谓的“坏干部”，“作风恶劣的蛮汉”，干部与社员的关系是“民警与劳改犯的关系”等，既是武养看出来的东西，也是敌我矛盾关系模式的表述。也就是说，当武养解读《“锻炼锻炼”》时，他是要把赵树理的写作意图与作品的客观效果拽入敌我矛盾之中，而辩护者则力图把它们拉回到人民内部矛盾之内，无论是前者还是后者，都脱胎于毛泽东的那篇讲话，也都隶属于政治意识形态的总体阐释框架。只要遵循着这种阐释框架，双方就只能在二元对立的关系模式（如真实 / 不真实、歪曲 / 不歪曲等）中讨论问题，进而形成非此即彼的选择。这种阐释框架近似于按图索骥，图外的样子既然已被索骥者事先屏蔽，他们也就无法从小说中解读出更多的东西了。

因此，第一阶段的这场争论虽然表面上看是正方取得了胜利，因为与反方相比，正方毕竟人多势众，且有重量级人物出场，但这种胜利只意味着小说在“政治上起作用”的层面具有合法性，并为赵树理的这一创作主张恢复了名誉。同时，这种胜利只意味着暂时压制了反方的声音，却并不意味着彻底解决了反方的问题。而事实证明，在《“锻炼锻炼”》接受史的第二阶段，处于潜伏状态的反方问题又有了重新出场的机会。

二、民间意识形态阐释框架下的解读之变

随着1978年赵树理冤案的平反昭雪，对赵树理的阅读与研究进入一个相对活跃的时期，但在20世纪八九十年代，《“锻炼锻炼”》的关注度却很低，这多少有些奇怪。而这种语境也恰恰凸显了董大中、陈思和关注该小说的重要意义：他们一前一后，重新解读又相互呼应，建构了一种新的阐释框架。不过，我们在充分肯定其阐释价值的同时，也应该意识到它存在的问题。

董大中能够意识到《“锻炼锻炼”》的价值所在，应该是情理之中的事，他是国内最早研究赵树理的学者之一，在《赵树理全集》的编纂、赵树理资料的搜集与整理、赵树理传记与年谱的撰写等方面做了大量工作。或许正是这些积累，才促成了《赵树理和他的〈“锻炼锻炼”〉》（1981）一文的写作和发表。这很可能是“文革”后对《“锻炼锻炼”》全面评价的首篇论文。在“文革”期间，这篇小说被视为写“中间人物”的“大毒草”，赵树理被认为是写“中间人物”的“祖师爷”[⑨]，董文全面肯定这篇小说就有了为它平反的意味。而力论“中间人物”刻画的成功，力论作品并未丑化农民也并未污蔑社会主义，则是董文的核心思想。这是对《“锻炼锻炼”》的拨乱反正，也符合那一时期的总体社会氛围。

总体来看，这篇文章依然没有完全摆脱第一阶段的阐释框架。首先，作者依然“把描写干部的工作方法当作这篇小说的重点”；其次，作者认为《“锻炼锻炼”》的历史功绩，“除了它所塑造的深刻的艺术典型以外，还在于它及时提出了文艺作品如何正确反映人民内部矛盾这样一个重要问题”[⑩]。这实际上是对1959年争论中正方观点的某种重复。值得重视的是作者对赵树理一封书信（1956年夏天写给长治地委负责人）的引用。赵树理在信中说：“有些干部的群众观念不实在——对上级要求的任务认为是非完成不可的，而对群众提出的正当问题则不认为是非解决不可的。又要靠群众完成任务，又不给群众解决必须解决的问题，是没有把群众当成‘人’来看待的。”[⑪]虽然这一引用依然是为了说明干部的工作方法问题，但赵树理所谓的“没有把群众当成‘人’来看待”显然对董大中构成了极大震动，于是，被他简化的赵树理的说法——“把人不当人”——也就进入他的记忆结构，成为他后来进一步思考这篇小说的重要依据。[⑫]

这就需要提到董大中写于20世纪80年代、出版于90年代的《赵树理评传》（此书版权页中标明1986年10月第1版，却是1990年10月第1次印刷）。在涉及《“锻炼锻炼”》时，作者先是更详细地引用了赵树理1956年的信中内容，接着说明赵树理

在“大跃进”中为何没有写出《续李有才板话》，进而认为《“锻炼锻炼”》是“作家在‘大跃进’初期所奏出的一支很不和谐的调子”，因为这一次他看出了这篇小说中存在着如下矛盾：第一，农村工作中的主要问题本来应该是“命令太死板”“把人不当人”，但小说却归罪于小腿疼、吃不饱一类人的存在。第二，争先农业社的社员不积极劳动本来是由信中所说的“命令太死板”造成的，但小说中问题的根源却来自王聚海。第三，杨小四等干部用计谋整人的做法，“与其说他们在做思想教育工作，不如说他们导演了一场闹剧，一场作弄人的把戏。要说‘把人不当人’，只能是杨小四等几个青年干部。奇怪的是，小说批评的主要是王聚海，不是杨小四”。有了这些发现之后，董大中分析作家的创作方法与世界观是否发生矛盾，认为二者“既矛盾又不矛盾”，因为两种现象最终统一到了作家的创作思想中：“把事实摆出来……这既是小说中人物的做法，也是作家自己的做法。他给有关领导同志写信，采取这种方法；写小说，同样采取这种方法。”而通过这番解读，作者最终发现这篇小说存在着两种生活逻辑：“表层的逻辑，就是争先社的整风过程；深层的逻辑，只有联系作家自己对农村形势的认识和评价，才能够看出来。”至于1959年那场关于《“锻炼锻炼”》的讨论，实际情况是正方只看到了表层逻辑，“认为小说在正确反映人民内部矛盾上创造了经验”；反方则“看到的是深层逻辑，把小说所‘摆出’的争先社人们都不好好劳动、偷盗成风、干部作风生硬等‘问题’，说成作者对‘现实’的‘歪曲’”[13]。

在《“锻炼锻炼”》的接受史上，这样的解读可谓一次重大突破。董大中采取文史互证的研究方法，第一次发现了这篇小说的主要症候：在小说文本之外，赵树理对农村问题已经形成了自己的重要认识——“命令太死板”和“把人不当人”，但当他写小说时，这些问题却退隐在幕后，取而代之的是王聚海那种“和事不表理”的问题。杨小四本来应该是批评的对象，但赵树理却把他塑造成一个正面人物，这样，若把杨小四与“把人不当人”联系起来，又会产生某种错位。更重要的是，董大中已意识到武养其实是看到了这篇小说的深层逻辑，只不过是囿于当时主流意识形态的思维方式，采用了一种上纲上线的批评话语。

尽管董大中的症候阅读颇富成效，但他的立论比较谨慎。比如，他没有把小说内外的作者表达等同起来，而是仅仅把它们看作一种矛盾或错位。几年之后，这种解读被陈思和大大推进了一步。陈思和敏锐地意识到赵树理现象及其问题的重要性，尤其是当他把“民间”概念引入文学史观念，并在1994年发表了那篇改变中国当代文学史认知模式的重要论文《民间的浮沉：从抗战到文革文学史的一个尝试性解释》时，赵树理现象便成了他思考的对象，《“锻炼锻炼”》也成为他重点评析的文本。于是，在简要描述了一番赵树理的创作过程和心路历程后，陈思和特别指出：

> 大跃进以后，在放“文艺卫星”的狂潮中，编造民歌是极为吃香的，赵树理本想写《李有才板话》的续编，结果却用极其曲折的笔调写出了欲哭无泪的《锻炼锻炼》。这是一篇赵树理晚年绝唱，他正话反说，反话正说，明眼人都能看出，他揭露的仍然是农村基层干部中的“坏人”，那些为了强化集体劳动和割资本主义尾巴的基层干部，不但作风粗暴专横，无视法律与人权，而且为了整人不惜诱民入罪，把普通的农村妇女当作劳改犯来对待，而纵容支持这批农村新型干部为非作歹的，正是极左路线下的国家机器和权力，像“小腿痛”、“吃不饱”这些可怜的农村妇女形象，即使用丑化的白粉涂在她们脸上，仍然挡不住读者对她们真实遭遇的同情。这篇小说从表面文本上看，等于是把西门庆写成英雄，把武大郎写成自私者，但从文本潜在的话语里，真实地流露了民间艺人赵树理的悲愤心理。[14]

这里的分析虽然并未展开，却是评论《“锻炼锻炼”》的重要文字。作者在引用了小腿疼大闹社办公室的一段描述后，又进一步评论道：“这个文本很复杂，哪一方仗势欺侮农民不把人当人？哪一方无权无势，告状无门，处处被欺凌？现在经过“文化大革命”浩劫的读者当然是能够明白了。虽然作家当时主观倾向仍站在主流意识形态的一边，但在他的笔底下，民间发出了极其激越、刻毒的不平之声，小腿疼最后几句从心底里迸发出来的咒骂，在我读来，正是‘时日曷丧，予及汝偕亡’式的现代变风。联系1958年极左路线在农村造成的灾难，这种民间的声音真正体现了现实主义的胆识勇气。”[15]可以说，这一前一后的两段论述相映成趣，构成了陈思和对《“锻炼锻炼”》的主要解读。

那么，又该如何对待陈思和的这一解读呢？具体到《“锻炼锻炼”》这一文本，我倾向于把它看作对董大中先生观点的一种拓展。因为陈文虽然没有正面引用董大中的相关论述，但从其他引用中可以看出，陈思和读过《赵树理评传》一书，这很可能意味着董书关于《“锻炼锻炼”》的相关论述也引起了陈思和的注意，激发了他的进一步思考。所不同者在于，董书有了新发现后还显得有些犹疑，而陈文则明确把所谓的“深层逻辑”拓展为“潜在话语”，并提出了一种崭新的解释。因此，尽管陈思和并未言及1959年的那场讨论，但无论从哪方面看，他的思考与表述都可看成对武养观点的反转。也就是说，武养是在“歪曲现实”的层面指责赵树理把干部描写成了“坏干部”，把干部与社员的关系描写成了“民警与劳改犯”的关系，而陈思和则在“如实反映”的层面肯定赵树理如此描述基层干部中的“坏人”“诱民入罪”具有合理性，并“体现了现实主义的胆识勇气”。前者从反面批判，后者从正面解释，在这一反一正之间，我们可以看到对《“锻炼锻炼”》的文本阐释已发生了根本性变化。

这种变化的原因自然可以罗列出多种，但我以为更值得关注的是阐释框架的位移。如前所述，1959 年的那场讨论基本上是政治意识形态阐释框架中的拉锯战，至 20 世纪 80 年代，董大中开始跳出这种框架，但并未形成新的阐释框架。直到陈思和运用“民间”“民间文化形态”和“民间隐形结构”等概念讨论从“抗战”到“文革”这段文学史时，新的阐释框架才初具规模。这一框架或可称为民间意识形态阐释框架。其中，“民间是与国家相对的一个概念，民间文化形态是指在国家权力中心控制范围的边缘区域形成的文化空间”[16]。而民间隐性结构则可理解为高度政治化的文学文本中无法去除的民间叙事模式，它们乔装打扮，演变为《沙家浜》中的“智斗”、《红灯记》中的“道魔斗法”、《林海雪原》中杨子荣与栾超家在性格上的互补关系。而赵树理及其小说正是被纳入这一阐释框架中，才被赋予了更为重大的意义。于是在陈思和的重新阐释中，我们看到赵树理被看作“典型的民间文化正统论者”，并被定位成“民间艺人”；而三仙姑艺术魅力的胜利“也就是民间文化的胜利”，小腿疼的怒骂之语，则被看作民间发出的激越且刻毒的“不平之声”[17]。在民间意识形态的阐释框架中，这种解读无疑相当精彩，它释放并确认了赵树理所坚守的民间文化的意义，也彻底把《“锻炼锻炼”》这篇小说从原来的阐释怪圈中拯救出来，并第一次以如此清晰的方式承认了其正面价值。这种价值既有赵树理曲笔书写的“揭露”之功，又有民间反抗政治（国家权力）的不平之鸣。这样，《“锻炼锻炼”》不仅在赵树理的写作史中非常重要，而且也成为中国当代文学史上不可多得的重要作品。

正是基于这一认识和判断，陈思和在其后来主编的《中国当代文学史教程》中不仅规范了“民间文化形态”和“民间隐形结构”等关键词的意涵，从而让该书凸显了民间意识形态的总体阐释框架，而且以“民间立场的曲折表达：《锻炼锻炼》”为题设计专节内容，进一步把原来论文中的相关思考转换成教材中的论述。教材除补充赵树理写作《“锻炼锻炼”》前后的一些背景材料外，还对小说进行了更详细的分析，但其基本观点与此前的论文并无多大出入。值得注意的是，编者也让后来的场景或赵树理的说法参与了这篇小说的解读。例如，在引用群众批斗小腿疼的一段描写后，编者写道：“在后来几年发生的‘文化大革命’中，群众批斗会是变相的刑场，它使每一个参加批斗会的群众都失去人性，成了盲从暴力的帮凶。从小说的情节发展来看，是干部们诱民入罪，然后利用群众的盲目性来整治落后的农民。”[18] 凡此种种，都给人如下感觉：如果说论文中的相关论述还显得比较零散的话，那么经过教材的重新梳理后，对这篇小说的分析就更加完整和圆融了，对赵树理的定位也就更加准确了。

必须指出，随着20世纪90年代以来干群关系的再度紧张，随着“钓鱼执法”的频频曝光，陈思和等学者在干部诱民入罪、横行霸道、为非作歹等层面解读《“锻炼锻炼”》，无疑是大快人心的。它不只是接通了赵树理此前小说中“坏干部”的形象系列，而且能让人产生诸多现实联想，这就更显示了现实主义文学的真实性乃至预见性。但也必须指出，从董大中到陈思和，这种解读在给人带来诸多启发的同时，也带来了种种困惑：第一，“把人不当人”固然是赵树理的思考和说法，但能否直接对应于小说中的杨小四并对他形成相关判断？能否把杨小四等人直接归入农村基层干部的“坏人”系列？第二，小腿疼大闹社办公室时固然骂过“谁给我出大字报叫他死绝了根！叫狼吃得他不剩个血盘儿”，但这种骂法能否上升到“民间”的高度，把它看作一种“激越、刻毒的不平之声”？第三，把赵树理写作这篇小说前后的某些说法作为一种解读依据是否有效？究竟应该如何理解赵树理在小说内外的话语策略？第四，这篇小说能够呈现出所谓的“正话反说，反话正说”的主观意图和客观叙事效果吗？我们应该怎样面对赵树理的叙述话语？第五，相对于政治意识形态阐释框架，民间意识形态的阐释框架既体现了知识分子的批判意识和人文关怀，也体现了阐释的进步，但这一阐释框架是否也放大了“民间”的抵抗功能，以至于阐释者把诸多“读者意义”添加到“文本含义”之中，最终形成了某种过度阐释？这些问题并不容易回答，但我依然试图勾勒一二，提供我对《“锻炼锻炼”》的一种理解。

三、《“锻炼锻炼”》之我见

赵树理说，《“锻炼锻炼”》是“半自动写的”[19]，或者也可把它看作“赶任务”之作。当时《火花》杂志向赵树理约稿，并希望他在当年六月写出一篇小说，以便发表在八月号上。但由于赵树理正沉浸在《灵泉洞》的写作中，迟至七月上旬还未交稿。于是，时为《火花》杂志副主编的韩文洲亲自前往长治催稿。赵树理碍于情面，只好中断《灵泉洞》的写作，花两天时间赶写出了这篇小说。[20]

这就意味着《“锻炼锻炼”》是急就章。从“赶任务”的角度看，虽然赵树理是这方面的老手，且曾经“赶”出了著名的《登记》，但《“锻炼锻炼”》似另当别论。因为按照赵树理的写作习惯，这一素材或“问题”虽然很可能早已装在他的脑子里，但如何提炼出小说主题，或许赵树理想得还不是十分清楚。而在催稿的情况下，他又不得不尽快写出这篇作品，就造成小说的写作意图不甚清晰，主题呈现也略显含混。陈思和说“这个文本很复杂”，我以为这是原因之一。

更复杂的是，《“锻炼锻炼”》写于1958年，所写的事情发生在1957年，而恰恰是在1956年和1959年，赵树理写出了几封后来被学界认为极其重要的书信。在1956年写给长治地委书记的信中，赵树理把农村问题概括为七种：（一）供应粮食不足；（二）缺草；（三）缺钱；（四）命令太死板；（五）买煤难；（六）基本建设要求太急；（七）地荒了、麦霉了。在此基础上，便形成了那个有些干部“把人不当人”的著名判断。[21]在1959年写给邵荃麟、陈伯达的信中，赵树理除反映此前说过的老问题外，还涉及“大跃进”、公社化后带来的新问题，而核心问题则是在抓好生产的同时如何“抓生活”，“使群众有钱花、有粮吃、有工夫伺候自己”[22]。但在《“锻炼锻炼”》中，这些问题都没有呈现。

为什么没呈现？这大概是赵树理的难言之隐。在他的公开表达中，我们看到他说过这样的话：“对浮夸，我真恨死了，这是从五六年开始的，我能写上十来八万字，但目前还不能写，外国人要翻译。”[23]所谓“不能写”，自然是当时的客观形势造成的，赵树理即便坚守现实主义的创作原则，也没办法再往前迈进一步。而另一个人们常常忽略的原因是，对于这种农村中存在的更严重的问题，作为党员作家的赵树理又自觉地用党性原则来约束自己，不去触碰那些与党的路线、方针、政策不一致的东西，这是另一种意义上的“不能写”。赵树理的儿子赵二湖曾如此评论其父亲：“在他身上，有两个原则是不可突破的：一是和党保持一致；二是不胡编乱写，实事求是。那个时代，这二者本身就是个自相矛盾的东西，赵树理也始终在这种矛盾中纠结、苦恼着。越到后期，这种纠结就越多地反映在其作品中，不批评他认为该批评的东西，但要歌颂他要歌颂的东西（套不住的手，实干家潘永福等等）。”[24]我以为这是知人论世之言。这就意味着，虽然赵树理写作《“锻炼锻炼”》时很可能意识到农村的主要问题并非他小说中所写的问题，但“不能写”阻止了他的主要问题意识，“不批评他认为该批评的东西”也成为无法摆到桌面上公开谈论的一个为文原则。

那么，又该如何理解赵树理小说之外的那些表达呢？这就是我所谓的内外有别[25]，即在文学作品之内，赵树理的呈现往往是有原则、有分寸的，而在文学作品之外，他会以直来直去、言辞峻急的风格向上级反映农村问题。因为他觉得这样做既是为农民说话，又是在尽党员之责，且通过的是一条合理合法的组织渠道：“我之所以好向有关领导方面提建议，原因也正在这里。一个共产党员在工作中看出问题不说，是自由主义，到处乱说更是自由主义，所以只好找领导……老实说，在那二年，我估计我这个党员的具体作用就在于能向各级领导反映一些情况，提出几个问题，在比较熟悉的问题上也尽可能提一点解决问题的具体建议。我觉得只要能及时反映真实情况，协助领导及时解决必须解决的问题，也算是对党的一点贡献。”[26] 这就意味着，在文学场域之外，赵树理已完成了他在文学中没有完成的表达。这样，赵树理也就形成了两套截然不同的话语：其一是文学话语，它通过所谓的“问题小说”公之于世，温柔敦厚且最大限度地符合主流意识形态的要求，其功能是让广大读者受益，有“劝人”之效；其二是非文学话语，它通过书信等形式向上级主管部门反映问题，其读者是少数领导，不公开发行，咄咄逼人，具有强烈的“直谏”色彩。这两套话语并非井水不犯河水，而是会呈现出复杂的交叉互动之状，但一般来说，“直谏”式的非文学话语不大容易进入“问题小说”。一个值得深思的现象是，农民缺粮、缺钱、吃不饱既是当时的现实状况，也是 1956 年赵树理写信时的主要内容，但在《“锻炼锻炼”》中，“吃不饱”却变成用来调侃落后人物李宝珠的外号。由此看来，“直谏”时的吃不饱虽也进入小说中，但它已变成了无法指称现实状况的空洞能指。也可以说，一旦把现实中最严重的问题写入小说，它就完全变形走样，只是变成了小说中的富有喜剧色彩的情节设计，却彻底脱离了现实世界的悲剧情境。

如果明白了赵树理的这一话语策略，理解《“锻炼锻炼”》也就变得相对容易了。作为一篇“问题小说”，赵树理显然想继续通过这篇作品呈现他所发现的人民内部矛盾，并要“批评中农干部中的和事佬的思想问题”。我以为这既是赵树理本来的写作意图，也是他删除了那些“直谏”式问题之后所能呈现的“最严重”的问题。在这一写作意图下，他设计了一组人物：正面人物是社副主任杨小四、高秀兰等；反面人物是落后社员小腿疼、吃不饱等；中间人物是主任王聚海。在故事的讲述中，叙述者对反面人物的情感态度最为明确，不仅透露了小腿疼“疼法”之秘密、吃不饱“装饿”之伎俩，而且不时以讽刺的口吻讲述两人的所作所为。这种讲述方式与作者的写作意图是一致的，通过杨小四与小腿疼的矛盾冲突，既教育落后群众，也批评和事佬王聚海。而对于中间人物，叙述者的语气则相对平和，并没有像表现小腿疼那样对王聚海讽刺挖苦，而是一切通过事实说话，并让支书事后以旁敲侧击的方式批评王聚海。在所有人物中，最不易看出的是叙述者对杨小四等人的价值评判与情感态度。小说中，杨小四、高秀兰等无疑是作为正面人物（社会主义新人）出场的，但他们的工作作风正如1959年那场讨论中许多人所看出的那样，存在着简单粗暴的毛病。叙述者对于他们的那些做法不置可否，而只是通过支书之口形成了一个模棱两可的评价："这些年轻人还是有办法！做法虽说有点开玩笑，可是也解决了问题！"[27]这种隐而不发的态度、模糊其词的判断或许也反映出作者的某种困惑。也就是说，在面对反面人物和中间人物时，作者是心中有数的，于是能够爱憎分明，但对于作为新生力量的正面人物，他还有点儿拿捏不准，无法形成合适的评价尺度。这样，他便只好把他们的做法和盘托出，不做评价。

既然赵树理对杨小四们态度暧昧，是否就可以把他们归入农村基层干部中的"坏人"之列呢？我以为这样做似不妥当。周扬在1980年固然说过："赵树理作品中描绘了农村基层组织的严重不纯，描绘了有些基层干部是混入党内的坏分子，是化装的地主恶霸。"[28]这一论断成为陈思和论述中的重要依据，但在周扬的上下文中，此论断主要针对的是赵树理1949年以前的作品，并不能以此判断他后来的小说。这倒不是说1949年之后现实生活中的坏干部就绝迹了，而是说赵树理出于种种考虑，坏干部已不再是他笔下的主要描述对象。

如果结合杨小四与小腿疼的矛盾冲突，或许我们对前者的定位会更准确些。在赵树理塑造的人物画廊中，小腿疼无疑属于三仙姑、二诸葛、糊涂涂、常有理、铁算盘、惹不起谱系中的人物形象。这一谱系中的人物通常既有其可爱之处，又有与其外号相吻合的毛病。所谓的毛病往往是赵树理浓墨重彩的用笔之处，而是否可爱，可爱的程度如何，则既取决于人物的性格与行动，也取决于这一人物与其他人物发生冲突的程度。《"锻炼锻炼"》中，赵树理对于小腿疼的描述毫不客气：她端起婆婆的架子，"要留儿媳妇，给她送屎尿"；她自称小腿疼，却是"高兴时候不疼，不高兴了就疼"；她爱占小便宜，其名言是"拾东西全凭偷，光凭拾能有多大出息"。可以说，赵树理在让她出场时已把不少人性之病与美学之丑涂抹在她脸上，可爱的程度已降至最低点。尤其是当她大闹社房时，其吵架之烈与骂人之狠，更是显示出一副农村泼妇的嘴脸。对于这样一个得理不饶人、没理闹三分的农村妇女，王聚海那种"和事不表理"的做法无疑是行不通的，恰恰需要杨小四这种不按常理出牌的愣头青才能有所成效。可以说，他给小腿疼出大字报，又用计谋让小腿疼的自私自利思想彻底暴露，其实就是剑走偏锋、不按常理出牌的一种体现。以知识分子悲天悯人的视角看，这种做法既不人道，又有仗势（国家机器）压人（弱势群体）的意味，更是为提升到“诱民入罪”的高度提供了口实，但它却大体符合民间的日常生活伦理：卤水点豆腐，一物降一物。于是，当小腿疼最终败下阵来时，表面上看是她对法院、乡政府等国家权力机关心怀忌惮，实际上是她不占理，最终变成了理屈词穷者。而是否占理和讲理，几乎就是民间日常生活中最高的伦理评判尺度，也是赵树理小说中经常思考的问题。有研究者指出：“赵树理小说中重复出现最频繁的主题是‘理’与‘势’的关系以及如何‘说理’的问题……‘理’是什么，或者是否有‘理’，‘把得住理’，合‘理’，则是赵树理小说情节的落脚点。”[29]我以为这是赵树理研究中的重要发现。而在《“锻炼锻炼”》中，“没理占三分”“老嫂你是说理不说理？要说理，等到辩论会上找个人把大字报一句一句念给你听”“有理没理常常敢到社房去闹，所以比吃不饱的牌子硬”“有理没理总想争个盛气”等话语，也常通过叙述者或人物之口说出，这意味着“理”依然是这篇小说的重要声部，或者也可以说，“理”才是潜伏于这一文本中的“民间隐形结构”。

由此看来，对杨小四的定位显然涉及对小腿疼的评价问题。如果我们承认小腿疼是得理的一方，那么她就代表着某种民间正义，她对杨小四的抗争也就有了正面价值。但在赵树理的描述中，小腿疼的所作所为既不符合当时的政策主张，也不符合乡间伦理。她固然不是什么恶人，但也绝不是什么善茬。因此，杨小四对她的捉弄和整治或许就可理解为以毒攻毒。他的做法自然是比较“愣”，也敢下手，但也唯其如此，他才能够成为小腿疼的克星，可以解决王聚海解决不了的问题。我相信，这也是赵树理写作这篇小说的用意之一：因为“他们没有犯了什么法”，“狠狠整他们一顿”自然“犯不着”，因此，所谓的“送法院”云云只是吓唬之词，并未形成实际行动。这种“整法”一方面借助于整风运动，这是不得不完成的政治任务；另一方面又基本上限制在民间道德法庭的审判上。我以为这也是赵树理能够认可的“整风”之法，否则他写这篇小说干什么呢？赵树理后来说：“农村大队是把‘吃不饱’‘小腿疼’当作讽刺教育的对象，说自己队里哪些人是‘小腿疼’等等，说明这样写还是有作用的。”[30]所谓“有作用”应该就是“政治上起作用”落到了实处，这是赵树理的初始目的，也是他希望看到的效果。

结　语

在《“锻炼锻炼”》解读的第一阶段，大部分解读者都是在政治意识形态的阐释框架下进行的，这是那个年代解读文学作品的基本特征，自然存在着诸多弊端。但这种解读也并非一无是处，因为它除了具有一种阐释的现场感之外，还可以近距离地释放赵树理的写作用意，找到作家写作意图和读者阅读效果之间的契合点。在这种解读中，武养等人的观点是对此作“反向阐释”的代表，虽不能说全无道理，但我以为把它看作政治意识形态阐释框架之下的过度阐释，似较合理。

第二阶段的解读反转了武养的观点，把其“歪曲现实”看作对现实的“如实反映”，这既是民间意识形态阐释框架的功劳，也是知识分子人文关怀的胜利。这种解读不啻是一次革命，其重要意义不言而喻，但也并非没有问题。这主要体现在：赵树理在1956年以后确实对农村问题有许多看法，由此形成的“悲愤心理”也可以成立，但这种看法主要体现于他在文学场域之外向领导提意见的书信中，而写小说时，无论是赵树理的本来用意还是当时的客观形势都让他删除了自己看到的大问题，置换成了文学作品中的小问题。这样，《“锻炼锻炼”》本身也就不大容易形成所谓的“表层逻辑”和“深层逻辑”“显在话语”和“潜在话语”。实际的情况是，“深层逻辑”和“潜在话语”在小说文本之外，却又很难说它们直接进入小说的人物和故事情节设计中。这样，“深层逻辑”和“潜在话语”便只能作为理解这篇小说的参考，而不宜参与到小说的解读中来。借助于文本之外的“深层逻辑”和“潜在话语”（如“不把人当人”），再借助于解读者“压在纸背的心情”，把小说文本之外的“意义”添加于文本之中，这种解读在知识分子的话语体系中固然显得“政治正确”，却也容易拔高赵树理的写作境界，形成新的阐释误区。

因此，《“锻炼锻炼”》作为“问题小说”，其重要性并不在于揭示了当时现实生活中存在着怎样严重的问题，而恰恰在于它是一篇成问题的小说。因为无论从哪方面看，这篇小说都意味着他晚年写作困境的开端。从此之后，他虽然也勉为其难地写过几篇小说，但基本是在“不批评他认为该批评的东西，但要歌颂他要歌颂的东西”这一写作框架中运行的。这是赵树理写作的悲剧，也是一个作家在那个时代所能完成的最后使命。

注释：

① 张庆和：《文艺作品如何反映人民内部矛盾——读小说〈锻炼锻炼〉等》，《文艺报》1959年第7期。

② 毛泽东：《关于正确处理人民内部矛盾的问题》，载《毛泽东选集》第5卷，人民出版社1977年版，第375、365、369—370页。

③ 《为什么要整风？》，《人民日报》1957年5月2日。

④ 陈荒煤：《向赵树理方向迈进》，载黄修己编《赵树理研究资料》，知识产权出版社2010年版，第177页。

⑤ 赵树理：《当前创作中的几个问题》，载《赵树理全集》第5卷，大众文艺出版社2006年版，第304页。

⑥ 刘金：《也谈〈锻炼锻炼〉》，《文艺报》1959年第9期。

⑦ 王西彦：《〈锻炼锻炼〉和反映人民内部矛盾》，《文艺报》1959年第10期。

⑧ 武养：《一篇歪曲现实的小说——〈锻炼锻炼〉读后感》，《文艺报》1959年第7期。

⑨ 参见董大中《赵树理和他的〈"锻炼锻炼"〉》，载《赵树理研究文集》中，中国文联出版公司1996年版，第60页。

⑩ 董大中：《赵树理和他的〈"锻炼锻炼"〉》，载《赵树理研究文集》中，第64、68页。

⑪ 转引自董大中《赵树理和他的〈"锻炼锻炼"〉》，载《赵树理研究文集》中，第65页。

⑫ "把人不当人"曾是董大中在《赵树理评传》中谈及这篇小说时的一个重要论据。笔者与董大中在2016年11月通过电子邮件讨论这篇小说时，他也频繁提到"把人不当人"，故有此推断。

⑬ 董大中：《赵树理评传》，百花文艺出版社1986年版，第292—296页。

⑭⑮⑯⑰ 陈思和：《民间的浮沉：从抗战到文革文学史的一个尝试性解释》，载《鸡鸣风雨》，学林出版社1994年版，第41页，第54页，第26页，第33、52、54页。

⑱ 陈思和主编《中国当代文学史教程》，复旦大学出版社1999年版，第47页。

⑲㉖ 赵树理：《回忆历史 认识自己》，载《赵树理全集》第6卷，第473页，第471页。

⑳ 韩文洲：《作品·作家·作风——向赵树理学习记略》，载董大中《赵树理年谱》，北岳文艺出版社1994年版，第496—497页。

㉑ 赵树理：《给长治地委的信》，载《赵树理全集》第4卷，第479—481页。

㉒ 赵树理：《公社应该如何领导农业生产之我见》，载《赵树理全集》第5卷，第351页。

㉓㉚ 赵树理：《在长春电影制片厂电影剧作讲习班的讲话》，载《赵树理全集》第6卷，第41页，第41页。

㉔ 赵二湖：《我对赵树理研究的一点认识和期望》，《太行日报》2016年9月11日。

㉕ 关于"内外有别"更详细的论述，参见赵勇《在文学场域内外——赵树理三重身份的认同、撕裂与缝合》，《文艺争鸣》2017年第4期。

㉗ 赵树理：《"锻炼锻炼"》，载《赵树理全集》第5卷，第220—241页。文中所引《"锻炼锻炼"》原文皆出于此。

㉘ 周扬：《〈赵树理文集〉序》，载《赵树理研究文集》上，第31页。

㉙ 李国华：《农民说理的世界：赵树理小说的形式与政治》，上海书店出版社2016年版，第29页。

（2017年第9期）

在中国发现批评史

——清代诗学研究与中国文学理论、批评传统的再认识

蒋　寅

从 1983 年我第一次参加中国古代文学理论学会的年会，在寻找古代文论民族性的主题下听到的各种对古代文论民族特色的概括，到三十年后在“失语症”或丧失话语权的令人沮丧的反思中听到的对古代文论“异质性”的强调，虽然心态和出发点完全不同，但思维方式和得出的结论却惊人地相似。明明是一个尚未登台的无交流状态，却被偷换成没有声音的判断。香港学者黄维樑的这样一个感慨，竟似成为中国文论不言自明的判词：“在当今的西方文论中，完全没有我们中国的声音。20 世纪是文艺理论风起云涌的时代，各种主张和主义，争妍斗丽，却没有一种是中国的。”① 经过一番追根溯源的反思，这笔账很大程度上被算到中国文论传统头上，于是在反思传统的名义下对传统文学理论和批评形成的三个以偏概全的结论，在很长一段时间内主导了我们对传统的认识。以至于今天，当学人一谈到中国古代文论的传统，就不觉陷入这些先入为主的观念之中。

一、关于中国文学理论、批评的三个偏见

虽然三个偏见作为老生常谈随时都能听见、看到，但为了避免给人无的放矢的印象，我还是花了很大力气来搜集证据，以致本文延宕多年方得成稿。按照我的归纳，三个偏见表达为这样一些判断：

（一）中国文学批评属于感悟式、印象式的

早在 20 世纪 30 年代，朱光潜在欧洲留学期间写作《诗论》，就提出了“中国人的心理偏向重综合而不喜分析，长于直觉而短于逻辑的思考”的论断。② 长期以来，这一

结论框定了后人对传统文学理论和批评基本性格的认识，限制了人们全面认识传统的视野。四十年后美国加州大学叶维廉又在1971年写作的《中国文学批评方法略论》一文中指出："中国的传统批评中几乎没有娓娓万言的实用批评，我们的批评（或只应说理论）只提供一些美学上（或由创作上反映出来的美学）的态度与观点，而在文学鉴赏时，只求'点到即止'。"[3] 虽然他并不否认中国传统文学批评的功能和价值，但对事实的认定明显与朱光潜的论断如出一辙。而且这并不只是他们一两个人的看法，许多老辈学者都这么认为。先师程千帆先生在1979年3月的日记中，记下他比较中西文艺理论得出的认识，以为中国文论"科学性、逻辑性不强，随感式的，灵感的，来源于封建社会悠闲生活"[4]。几十年过去，至今学界的一般看法仍是"西方美学偏于理论形态，具有分析性和系统性，而中国美学则偏于经验形态，大多是随感式的、印象式的、即兴式的，带有直观性和经验性"[5]。叶维廉举的例子以司空图《二十四诗品》为代表，虽然当代学者有不同的看法和评价，但仍同意以诗话为主体的中国诗学具有这样一些特点：1.类比与譬喻式的论诗方式；2."语录"与"禅语体"式的批评话语；3."以诗论诗"的独特文体。[6] 这些特点概括了今人对中国古代文学理论、批评言说方式的理解。

（二）没有成系统的理论著作

这种论断也由来已久。1924年，陈荣捷就断言："中土之文学评论，实不得谓为有统系的研究，成专门的学问。"[7]1928年出版的杨鸿烈《中国诗学大纲》也认为："中国千年多前就有诗学原理，不过成系统有价值的非常之少，只有一些很零碎散漫可供我们做诗学原理研究的材料。"[8] 朱光潜《诗论》则说："中国向来只有诗话而无诗学……诗话大半是偶感随笔，信手拈来，片言中肯，简练亲切，是其所长；但是它的短处在零乱琐碎，不成系统。"[9]1977年，台湾学界曾有一场关于批评方法的论争，以夏志清与颜元叔为对立双方的代表。夏志清认为当下的文学批评太过于注重科学化、系统化，且迷信方法，套用西洋理论往往变成机械的比较文学研究；颜元叔则反驳说，夏志清是"印象主义之复辟"，并认为中国传统的文学批评，如诗话、词话都只是印象式的批评，主张批评应该基于理性的分析，而不应只停留在直觉层面和对作家传记的了解上。两人的对立观点引发了有关中国古代文学批评是不是主观的、印象式的论辩，议论蜂起，见仁见智。[10] 但最终大家都承认，"中国文学批评确实比较没有系统，缺乏分析与论证，似乎较为主观。这点，颇令人沮丧"[11]。中国大陆文学理论家则往往在中西比较的视野下认定："西方的诗学理论有较强的系统性，而我国传统的理论则较为零散。因为西方传统理论重分析、论辩，当然就表现出很强的系统性；而中国的诗学理论批评重感受、重领悟，所以往往表现为片言只语。”[12]《中国诗学批评史》的作者陈良运也说中国诗学“缺少全面的、系统的诗学专著，诗人和诗评家关于诗的发展史及诗的创作与鉴赏等方面的见解与阐述，多属个人经验式和感悟式的，尚未自觉地进行理论建构和实现整体把握”[13]。非古典文学专业的学者尤其会认同这种看法，如周海波《中国现代文学批评史论》第一章就认为，中国古代批评家“从朴素的整体观念和直觉阅读感受出发，构筑了一个漫不经心的缺少严密逻辑推导和理性特点的批评框架。在批评文体专事记载阅读偶感和某种体验，是一些人生碎片的集合”，“而过分简单化的语句，又使人感到古典批评的某种空白艺术，那些零散的、断片的词句，在表达自己的批评思想时有些躲躲闪闪，而微观批评方法和考据式的方法，使整个批评文体缺少综合性”，因而“中国古典文学批评较之西方文学批评，主要缺少那种富有哲学精神的理性色彩”。[14] 至于西方学者，限于自己接触到的少量文献，更容易产生一个印象：“大多数有关诗歌及其本质的讨论都见于有关具体的诗歌或对联的文章、书信或附带性言论的上下文之中；全面、整体性的理论著作往往是例外。从严格意义上讲，中文中确实没有与在内含与结构上系统表述的‘理论’（theory）一词相对应的术语。于是，有必要提请注意的是，在言及中国古代诗歌理论时，人们所讨论的不外乎是某种不言而喻的样式，或以极有特点的词汇和论述策略重新建构起来的系统，而非概要分析样式的系统（synoptic models）。”[15] 这些议论足以代表当今对古代文论作为知识形态之特征的认识。

（三）缺少真正科学意义上的理论范畴，没有严格意义上的理论命题

这一判断似乎出现得较晚，也许其部分指向已包含在上面第二个偏见中，所以我只见到《中国文学理论》的作者刘若愚曾说过：“中国传统之诗评每散见于诗话、序文以及笔记、尺牍之中，咳珠唾玉之言有余而开宗明义之作不足。纵有专著，亦多侧重诗人之品评次第，或诗句之摘瑜指瑕，或诗法之枝节推敲，而少阐发明确之概念与系统之理论。”[16] 季广茂也认为，中国诗学“缺少真正科学意义上的理论范畴，没有严格意义上的理论命题，更不能严格地论证自己的结论，它更喜欢以比喻性的策略展示独特的内在感悟。这是一种典型的东方式诗学，不是西方意义上的理论，它展示出来的是东方式智慧而不是西方式的智力”[17]。这种看法应该是有普遍性的。曾对传统文论范畴意蕴的赋予、限定、派生和衍变的方式做过精彩论述的吴予敏也认为“传统文论并无意于运用概念范畴建构一个自足的批评—理论话语系统”[18]。如果要为这种判断寻找理据的话，汪涌豪《范畴论》指出的古代文论范畴涵义模糊性的两个表现——“一是用词多歧义，没有明确界说；二是立辞多独断，缺乏详细的论证”[19]，也可引为佐证。这都是关于中国古代文论话语特征的一种普遍认识。

上述三种判断当然不能说是完全错误的或者违背事实的，谁都知道，任何老生常谈都必定包含着某些一般意义上的正确知识。如果它们指涉的对象都只限于唐宋以前的文学理论和批评——论者作为例证举出的文献，清楚表明其立论的基础是唐宋以前的资料——那也可以说大体不错。但如果要将元明清文论和批评都包括进来，就未免唐突了。我所以称上述论断为偏见而不是谬见，就是说它们是部分正确同时含有很大偏颇的判断，在说明一部分事实的同时遮蔽了另一部分事实——也未必是刻意遮蔽，只不过是不了解而已。只要我们认真调查和阅读一下元代以来尤其是清代的文学批评文献，就会获得不同的印象，得出不同的结论。

二、清代诗学提供的另一种历史认知

自近代以来，批评史乃至文学史研究被一种先入为主的价值观所主导，始终是前重后轻、前实后虚，对明清以来的大量文献关注不够。本来，传统总是距离最近的那部分对我们影响最大：对沈德潜影响最大的是王渔洋、叶燮而不是钟嵘、皎然，对王国维影响最大的是纪晓岚、梁启超而不是刘勰、严羽。但我们谈论传统时却总是有意无意地忽略了这一点，总是将《文心雕龙》《诗品》《诗式》《二十四诗品》《沧浪诗话》作为古典文论的代表，顶多再加上《姜斋诗话》《带经堂诗话》《原诗》《艺概》。这个传统序列，说它不能反映古代文学理论和批评的面貌，当然是不妥的；但若认为它能全面反映古代文学理论和批评的面貌，就更有问题，起码说存在很大的缺陷和偏颇。清代文学家程晋芳《正学论》论及治宋学者未尝弃汉唐，而治汉学者独弃宋元以降的问题，曾有言：

> 唐以前书，今存者不多，升高而呼，建瓴而泻水，曰：“我所学者，古也。”致功既易，又足以动人。若更浸淫于宋以来七百年之书，浩乎若涉海之靡涯，难以究竟矣。是以群居坐论，必《尔雅》《说文》《玉篇》《广韵》诸书之相砺角也，必康成之遗言，服虔、贾逵末绪之相讨论也。古则古矣，不知学问之道，果遂止

于是乎？[20]

这是讥讽治汉学者仅抱着秦汉以上有限的文献，螺蛳壳里做道场，不知后代学问的发展。既然清代经学家已意识到，不了解晚近的著述，只在有限的秦汉文献里打转，就不可能有经学的进境。如今研究古代文学理论和批评，不了解明清以来的丰富文献，又怎么能全面、正确地理解中国文学理论、批评的传统呢？

元明清三代的文学理论和批评文献一直处于半沉睡状态中，相比古代文学其他领域，文献整理工作明显滞后。毕生致力于搜集古代文论资料的郭绍虞曾说清诗话有300多种，吴宏一《清代诗学初探》（牧童出版社1977年版）后附“清诗话知见书目”也著录300多种，让学界误以为清诗话就是有限的这么些书。可根据我《清诗话考》（中华书局2007年版）的著录，见存书籍已达1052种，待访书553种，计1605种。再据杜泽逊主编《清人著述总目》（未刊稿），可增见存书36种，待访书140种，总数达到1781种。这个数目是明代以前诗学文献总和的几倍！再加上众多的文话、赋话、词话、曲（剧）话、小说评论，清代文学理论和批评著作将达2000种以上。我不清楚整个欧洲在这近270年间是否出版过如此众多的文学理论、批评著作？欧洲学者若忽视同一时期的书籍，就不可能产生韦勒克《近代文学批评史》这样的巨著。然则我们在忽略清代文献的情况下写作的文学理论史和批评史，究竟能在多大程度上反映中国文学理论和批评的传统，实在很让人存疑。

有清近270年帝祚，不仅是中国古代封建社会的末期，也是传统文化的总结期。在浓厚的学术风气下，文学理论和批评也步入一个崭新的时代。我多年研究清代诗学所得到的一个基本认识，就是只有到清代，中国文学理论和批评才真正成为一门学问。我曾将清代诗学的学术特征和历史意义概括为这样一段表述：

> 中国古代诗学的理论框架到明代已告完成，清代诗学的贡献主要是在内容的专门化、细节的充实和深描，其成就不是基于一种创造性的冲动，而是基于一种征实的学术精神。清代诗论家不再满足于将自己对诗的理解、期望和判断表达为一种主张，而是努力使之成为可以说明的，可以从诗歌史获得验证的定理。大到一种观念的提出，小到一个修辞的揭示，他们不仅付以多方的论述，而且要在历史的回溯中求得证实，从前人的诗歌文本中获得印验。清代诗学著述因此而显出浓厚的学术色彩，由传统的印象性表达向实证性研究过渡。[21]

梁启超曾将有清一代学术的基本精神概括为“以复古为解放”，而“其所以能著著奏解放之效者，则科学的研究精神实启之”[22]，这也就是章太炎所说的“一言一事，必求其征”[23]。在清代严谨的实证学风熏陶下，清代的文学研究表现出学术性、专门性、细致性的特点，清代诗学丰富的历史经验与实践成果足以纠正今人的三个偏见，让我们重新体认中国文学理论和批评的固有传统。

三、清代诗学实践与传统的再思

传统不是一个僵死的东西，它永远存续于生生不息的诠释和建构中。由三个偏见支撑的一般认识主导着当今对古代文论、批评传统的诠释和建构，而清代诗学经验和实践的加入，必将在很大程度上改变我们现有的对传统的认知。

首先我们要注意，清代诗论家绝不像喜欢炫博的明人那样大而化之地泛论诗史，他们更多地致力于对专门问题进行持续而深入的探究，在诗人传记考证、语词名物训释、声调格律研究、修辞技巧分析各方面，都有远过于前人的杰出成果。前人研究诗学，目的主要在于滋养自己的创作；而清人研究诗学，却常出于纯粹的学术兴趣。一些很专门的问题，会引起学人的共同关注，各自以评点、笔记乃至诗话专著的形式发表见解。比如反思明代复古思潮所激发的唐宋诗之争，“泛江西诗派”观主导下不断涌现的江西地域诗话[24]，古音学复兴所催生的古近体诗歌声调研究，性灵论思潮引发的学人之诗与诗人之诗的辨析等等，都是清代诗学史上的重要现象。古诗声调之学，自康熙间王士禛、赵执信肇端，在乾、嘉浓厚的考据风气中得到更细致的推进。到道光年间，郑先朴《声调谱阐说》终于以彻底的量化分析避免了举例的随意性和结论的不周延性[25]，至今看来仍是很有科学精神的研究。像这样以精确的数学模型来统计、分析一个文学现象，验证一条写作规则的研究，在清代以前是难以想象的。类似例子还可以举出李因笃对杜甫律诗字尾的研究。《杜诗集评》卷一一引朱彝尊评云：

> 富平李天生论少陵自诩“晚节渐于诗律细”，曷言乎细？凡五七言近体，唐贤落韵其一纽者不连用，夫人而然。至于一三五七句用仄字，上去入三声少陵必隔别用之，莫有叠出者。予尚未深信，退与李武曾诵少陵七律，中惟八首与天生所言不符：其一《郑驸马宅宴洞中》诗叠用三入声，其一《江村》诗叠用二入声，

其一《秋兴》诗第七首叠用二入声，其一《江上值水》诗叠用三去声，其一《题郑县亭子》诗叠用三去声，其一《至日遣兴》诗叠用二去声，其一《卜居》诗叠用三去声，其一《秋尽》诗叠用三入声。观宋、元旧雕本，暨《文苑英华》证之，则“过江麓”作“出江底”，江不当言“麓”，作“底”良是；“多病”句作“但有故人分禄米”，“夜月”作“月夜”，“漫兴”作“漫与”，“大路”作“大道”，“语笑”作“笑语”，“上下”作“下上”，“西日落”作“西日下”。合之天生所云，无一犯者。[26]

尽管他们的统计或因标准的歧异，与当代学者的研究结果不太一致[27]，但讨论问题的方式是实证性的，用归纳法将问题涉及的全部材料一一作了验证。仇兆鳌《杜诗详注》卷一《郑驸马宅宴洞中》也曾引述李因笃的说法，举出具体版本覆验其结论，所举篇目虽较朱彝尊为少，但讨论更为扎实。汪师韩《诗学纂闻》针对有人提出五古可通韵，七古不可通，杜甫七古通韵者仅数处的结论，检核杜诗，知杜甫通韵共有十一例，又考唐宋诸大家集，最后得出结论：“长篇一韵到底者，多不通韵；而转韵之诗，乃有通韵者。盖转韵用字少，故反不拘；不转韵者用字多，故因难见巧。”[28]这种实证精神后来一直贯穿在清代诗学研究中，即使一个细小的论断也要将有关作品全数加以覆按、统计。这种追求精密的实证态度成就了清代诗学的学术性，也构成了中国诗学批评非印象式的实证的一面。

其次我想指出，如果只看诗话和诗选中言辞简约的评点，的确容易对中国古代文学批评产生零星散漫、语焉不详的印象。但这只是问题的一方面，清代还有一些很典型的细读文本。比如金圣叹选批唐诗、杜诗，徐增《而庵说唐诗》，一首诗动辄说上几百字甚至上千字；吴淇《六朝选诗定论》说《易水歌》，多达1200字；佚名《杜诗言志》、酸尼瓜尔嘉氏·额尔登谔《一草堂说诗》，也是类似的解说详尽的杜诗评本。为举子示范的大量试帖诗选本，解析作品更细于普通的诗选。最近我在湖南省图书馆看到一种麓峰居士辑评《试帖仙样集裁诗十法》，乃这类书中的极至之作。每首诗都从描题、格、意、笔、句、字、韵、典、对、神气十个方面来讲析，故曰裁诗十法。[29]不难想象，一首诗经这十法分析就像经十把刀剖析一样，其意义和表现形式将被解剖得多仔细！

这种详细的解说、评析正是古典诗歌批评的原生态，其方法论核心就是许印芳所说的：“诗文高妙之境，迥出绳墨蹊径之外。然舍绳墨以求高妙，未有不堕入恶道者。”[30]因此古人研讨诗艺和诗论惯于从作品的细致揣摩入手，日常披览和师生讲学莫不深细。可是最后形成文字，为什么又这么零星和简约呢？台湾诗学前辈张梦机的解释是：“在过去，这种被我们认为印象式的批评，能大行其道，可见得当时创作者、批评者、读者之间，借这类文字相互沟通时，并没有遇到我们今天所遭遇的不可理解的障碍。那是因为在过去，创作、批评、阅读是三位一体的，因此古人能在不落言诠的情况下，会然于心。”[31]这么说当然是有道理的，我还想再补充一个理由，那就是出版的艰难。古代雕版印刷非常昂贵，即使是王士禛这样的达官也难以承受。除非像周亮工、张潮、金圣叹这样的家有刻工或兼营出版，否则市场价值不高的诗文评是很难上梓的，甚至誊抄也价格不菲。考虑到这一点，一般诗文评点只保留最精彩的部分，就很容易理解了。

但以上两个解释都绝不意味着简约一定与随意漫与的印象式批评相联系。清代诗学除了作品细读与新批评派的封闭式阅读可有一比外，作家批评也呈现出细致和实证的趋向。一些兼为学者的诗人，写作诗话之审慎、细密就更不用说了。赵翼《瓯北诗话》卷四专论白居易，第七则评“香山于古诗律诗中又多创体，自成一格”，所举计有：1. 如《洛阳有愚叟》五古、《哭崔常侍晦叔》五古“连用叠调”作排比之体。2.《洛下春游》五排连用五“春”字作排比之体。3. 和诗与原唱同意者，则曰和；与原唱异意者，则曰答。如和元稹诗十七章内，有《和思归乐》《答桐花》之类。4. 五言排律“排偶中忽杂单行”，如《偶作寄朗之》中忽有数句云：“历想为官日，无如刺史时。”下又云：“分司胜刺史，致仕胜分司。何况园林下，欣然得朗之。”5. 五七言律“第七句单顶第六句说下”，如五律《自题酒库》第七句“此翁何处富”忽单顶第六句“天将富此翁”说下，七律《雪夜小饮赠梦得》第七句“呼作散仙应有以”单顶第六句“多被人呼作散仙”说下。6. 五排《洛下送牛相公出镇淮南》自首至尾，每联一句说牛相、一句自述，自注：“每对双关，分叙两意。”7. 以六句成七律，李白集中已有，而白居易尤多变体。如《樱桃花下招客》前四句作两联，后两句不对；《苏州柳》前两句作对，后四句不对；《板桥路》通首不对，也编在六句律诗中。8. 七律第五、六句分承第三、四句，如《春晚咏怀赠皇甫朗之》：“一岁中分春日少，百年通计老时多。多中更被愁牵引，少里兼遭病折磨。”赵翼不仅抉发出这些创格，还肯定它们都属于“诗境愈老，信笔所之，不古不律，自成片段”，虽不免有恃老自恣之意，要之可备一体。[32]这样的批评还能说是印象式的吗？放在今天或许要被以新理论自雄者鄙为学究气吧？

与这种学术色彩相应的是，清代诗学在理论与批评两方面都清楚地显示出学理化的自觉，实践的理论化和理论的实践性时刻盘旋在论者的意识中。今人每每遗憾中国古代缺乏“成系统的理论著作”，所谓成系统的理论著作，如果是指《文心雕龙》那样条理井然的专著，那么南宋魏庆之《诗人玉屑》已可见系统的诗歌概论之雏形。元代以后类似的汇编诗法层出不穷，如近年因《二十四诗品》辨伪而为人关注的怀悦刊《诗家一指》以及朱权《西江诗法》、周叙《诗学梯航》、黄溥《诗学权舆》、宋孟靖《诗学体要类编》、梁桥《冰川诗式》、王槚《诗法指南》、谭浚《说诗》、杜浚《杜氏诗谱》、题钟惺纂《词府灵蛇》等等，其中有的在清代仍占据蒙学市场很大份额。乾隆间朱琰曾提到，署明代王世贞编的《圆机活法》是坊间翻印不绝的畅销书。[33]清代所编的这类诗话起码有四十多种，较重要的有费经虞辑《雅伦》、伍涵芬辑《说诗乐趣》、佚名辑《诗林丛说》、张燮承辑《小沧浪诗话》等，而以游艺辑《诗法入门》、蒋澜辑《艺苑名言》、徐文弼辑《汇纂诗法度针》三种最为流行，书板被多家书肆辗转刷印，我在《清诗话考》中分别著录有十五、十四和十八个版本行世。

这类书籍都是编者从自己对诗学知识框架的理解出发，汇编前代诗论而成。以游艺《诗法入门》五卷为例，卷首“统论”辑前人泛论诗法之语，卷一“诗法”包括诗体、家数及诗学基本范畴，卷二“诗式”选古今名人诗作示范各种诗歌体式，卷三为李、杜两家诗选，卷四为古今名诗选，四卷外别有诗韵一册。这种“诗法＋诗选＋诗韵”的结构，是清代蒙学诗法、诗话的典型形态。王楷苏《骚坛八略》、钟秀《观我生斋诗话》则是清人新撰之书的代表。此类诗话向来不为诗家所重，但在我看来却有特殊的价值，从中可以窥见编者总结、提炼历代诗学菁华的自觉意识。如游艺《诗法入门》卷一总论部分，采入元人《诗法家数》“作诗准绳”及《诗家一指》“诗家十科”所归纳的诗学基本概念，使古典诗学的概念系统骤然变得清晰起来。晚清侯云松跋张燮承《小沧浪诗话》说“虽曰先民是程，实则古自我作”[34]，一语道破这类汇编诗话对于建构古典诗学传统的重要意义。这类书籍在当时都非常普及，像今天的教材一样占据初级阅读市场的很大份额，主导着普通士人的诗学教养。没有人会说今天的各类教材是不成系统的知识，那么对古代这种教材式的蒙学诗话又该怎么评价其系统性呢，如果我们能正视其存在的话？

由于诗家不重，藏书家不收，这些曾非常普及的蒙学诗话大多亡佚，少数若存若亡，自生自灭，于是中国诗学中数量庞大的“成系统的理论著作”就落在了当代研究者的视野之外。而众目睽睽的精英诗话，又总是以不袭故常、自出创见为指归，意必心得，言必己出，于是一条一条就显得孤立而零星，常给人不成系统的印象。尽管如此，清诗话中仍不乏思维缜密、明显有着条理化倾向的作品，赵翼《瓯北诗话》就不用说了，贺裳《载酒园诗话》也是很有系统性的一种。此书卷一论皎然《诗式》“三偷”，共十则，以古代作品为例，说明：1. 古诗中的“偷法”有“或反语以见奇，或循蹊而别悟”的效果；2.“偷法”一事，名家所不免；3.“偷法”每有出蓝生冰之胜；4.“偷法”意不相同者，不妨并美；5. 蹈袭得失有不同，系于作者见识；6. 聂夷中诗多窃前人之美；7.“偷法”妙在以相似之句，用于相反之处；8. 诗有同出一意而工拙自分者；9. 历代对“偷法”的态度不同；10. 诗家虽厌蹈袭，但翻案有时更为拙劣。将这十条稍加整理，就是一篇内容相当全面的《摹仿论》。论柳宗元的部分，也同样是涉及多方面内容的作家论。类似这样的作品，虽还保留着诗话固有的散漫形态，但内容已具有清晰的条理。这很大程度上得益于清代严谨学术风气的熏陶。

如果我们的眼光不是局限于体兼说部的诗话，而是扩大到更多的文献部类，那么清代诗学就有许多有系统、有条理的作品进入我们的视野，包括序跋、书札甚至专题论文。清代别集卷首所载的序跋和文集中保存的诗序，最保守地估计也有一二十万篇。文集和尺牍集保存的论诗书简，是比诗序更真实地反映作者诗歌观念的文献。金圣叹的诗学理论主要见于尺牍，黄生的《诗麈》卷二是与人论诗书简的辑存，侯朝宗《与陈定生论诗书》是较早全面论述云间派诗学及其历史地位的诗史论文[35]，焦袁熹《答钓滩书》则是迄今所见最全面地论述“清”这一重要诗美概念的长篇论文[36]，黄承吉《读关雎寄焦里堂》诗附录寄焦循书也是对“诗之大要，情与声二者”的全面陈述[37]。明清之交以及后来刊行的各种尺牍集中收录了大量的论诗书简，是尚未被有效利用的重要资料。书札之外，清人文集中还每见有各种诗学专题论文，最著名的当然是冯班《钝吟文稿》所收《古今乐府论》《论乐府与钱颐仲》《论歌行与叶祖德》，翁方纲《复初斋文集》所收《神韵论》《格调论》《唐人律诗论》《杜诗“精熟文选理”理字说》《韩诗“雅丽理训诰”理字说》《黄诗逆笔说》《李西涯论》《徐昌谷诗论》等文。王崧《乐山集》中的《诗说》三卷在当时也小有名气。至于像柴绍炳《柴省轩文集》中的《唐诗辨》《杜工部七言律说》，刘榛《虚直堂文集》中的《西江诗派论》，干建邦《湖山堂集》中的《江西诗派论》，许新堂《日山文集》中的《乐府诗题考》，陈锦《勤余文牍》中的《论赵秋谷声调谱》，吴昆田《漱六山房全集》中的《拟文心雕龙神思篇》，郭传璞《金峨山馆乙集》中的《作诗当学杜子美赋》《建安七子优劣论》等论文，还有待于我们去披阅发掘。这类专题论文无疑是清代学术专门化的产物，也是清代诗学独有的文献资源，注意到这批文献的存在将改变我们对古代文学理论和批评著述形式的认识。

说到底，对中国古代缺乏成系统著作的遗憾，纯粹缘于对中国文学理论、批评文体形态及言说方式多样化的漠视。有关各类文学评论资料的价值，学界已有认识[38]，但各类文献在诗学体系中承担的功能还很少为人注意[39]。不同文体的诗学著作，谈论诗歌的方式和态度是不一样的，在诗学体系中的建构功能也各有所长。选本使作品经典化，评点负责作品细读，目录提要完成诗学史的建构。而序言则多借题发挥，或阐发传统诗学命题，或借古讽今，批评时尚和习气。王士禛便每借作序发挥司空图、严羽的学说。清初诗家对宋诗风的批评，乾、嘉诗家对“穷而后工”的阐说，也很常见。书信通常是系统阐述自己的诗学观念并用以往复辩难的体裁。沈德潜、袁枚往复论诗书简针锋相对地表明其理论立场，是个著名的例子，也是研究其诗学观念的重要材料；李宪乔与袁枚、李秉礼往来论诗书简[40]，则是尚未被人注意的珍贵史料。李重华《贞一斋诗说》首列“论诗答问三则”也像是论诗书简的辑存，很详细地论述了音、象、意三个要素，神运、气运、巧运、词运、事运五种能事以及学诗的步骤。[41] 这种有针对性的答问，往往包含从定义到分析、论证的完整过程，当然是很严谨的理论表述，如同一篇专题论文。一些诗论家喜欢用设问的方式提出问题，然后有针对性地阐述自己的诗学见解，于是成为很有系统的理论著作。叶燮《原诗》是个典型的例子，《四库全书总目》敏锐地指出它是“作论之体”[42]，可见前人对文学理论的不同表述方式是有清晰意识的。不了解或忽视古人对文学理论、批评文体的掌握，而仅向资闲谈的诗话体裁要求严密的逻辑体系或学术化表达，无异于缘木求鱼。相反，多加注意那些数量丰富的论诗书简以及《载酒园诗话》《瓯北诗话》之类的作品，注意不同诗学文本在言说方式和批评功能上的差异，或许会改变我们对中国古典诗学缺乏成系统著作的偏见。同时再考究一下，我们印象中的那些成系统的西方文论著作又是产生于什么年代，在 17 世纪之前，西方又有多少那样的理论著作？或许我们对许多老生常谈的判断都要重新斟酌，是否还可以那么言之凿凿？多年来中西文学、文论比较，其实十分缺乏年代概念，当学者们提到中国时，往往是在说 13 世纪以前的中国，而说到西方时，却又是在说文艺复兴以后的西方。文艺复兴以后的西方，年代相当明代中叶，文艺复兴“三杰”和“前七子”同时，伏尔泰、狄德罗和袁枚同时，柯尔律治发表那本结构散漫的《文学传记》时，张维屏已在两年前完成了《国朝诗人徵略》初编十卷。沈德潜去世的次年，黑格尔刚出生。康德发表《判断力批判》时，翁方纲正在将他最崇敬的前辈诗人王渔洋的诗学著作编刻为《小石帆亭著录》，后者在一百年前已阐发了那种后来被命名为印象主义的艺术理论[43]……或许我们可以说，中国人不是不会那样思维或那样言说、那样写作，只有那些希望成为或正在担任教授的人才会去那样写书，而中国最杰出的文人恰恰都不在学校里，而在担任各种行政职务。所以，关于文学理论的著述形式差异问题，与其求之思维方式，而不如求之教育制度、文人生存方式。

最后我想说，认为中国文论缺少科学和严格意义上的理论范畴和理论命题，也是一个经不起质疑和检验的偏见。多年来一直致力于古代文论体系建构的学者吴建民在《古代文论“命题”之理论建构功能》一文中已指出，命题是古代文论家表述思想观点的重要方式，是古代文论体系建构的基本因素。[44]我不仅赞同他的观点，更想强调一下，丰富的概念和命题乃是中国古代文学理论和批评最显著的特点之一。读者只要检核一下《文心雕龙辞典》（中华书局 2009 年版）或拙纂《原诗笺注》（上海古籍出版社 2014 年版）后附“索引”，相信就会同意上述判断。

古典诗学概念的系统化，至迟到元代杨载《诗法家数》“作诗准绳”——立意、炼句、琢对、写意、写景、书事用事、下字、押韵及佚名《诗家一指》“诗家十科”——意、趣、神、情、气、理、力、境、物、事，已奠其基，只不过不太引人注目，直到清初游艺《诗法入门》辑录其说，才成为普及性知识。在明代诗学论著中，诗论家开始对前人提出的诗学概念加以美学的反思，并尝试联系特定的创作实践来诠释其审美内涵。通过神韵、清、老等诗美概念的研究，我发现它们的美学意涵都是到明代胡直、杨慎、胡应麟手中才得到反思和阐发的。所以，要说诗文评概念的模糊性，在元代以前的文献中或许较为常见，明代以来这种情形大为改观，清诗话中对概念的玩味和阐释已变得经常化和普遍化了。在撰写《清代诗学史》第一卷时，我曾注意到，陈祚明《采菽堂古诗选》使用的基本审美概念约有 135 个，组成双音节复合概念近 600 个。如此繁富的批评术语固然能显示陈祚明过人的审美感受力，但这还只是表面现象。更能说明问题实质的是，他用这些术语评诗时，常伴有对术语本身的精当品鉴和辨析。比如评谢朓《治宅》“结颇雅逸”，顺便提到：“雅与逸颇难兼，雅在用词，逸在命旨。”评王僧孺《为人述梦》含有对“尖”的品玩：“写虚幻能尽情若此，中间如以字、方字、极字、恣字，俱是梦境，故有趣。然太尖太近，直接晚唐。诗诫尖，能尖至极处，中无勉强处，无平率处，便自成一种，亦可玩，郊、岛不能也。古人用意，何尝不尖，但不近耳。”评陈后主云：“人才思各有所寄，就其一时之体，充极分量，亦擅一长，况清丽如六朝者乎？六朝体以清、丽兼擅，故佳。丽而不清，则板；清而不丽，则俚。人以六朝为丽，吾尤赏其清也。”[45]如此细致的辨析不能不说是长年读诗、评诗的经验所凝聚的带有规律性的认识，具体的审美感悟已得到理论提升，形成概念群的意识，并对概念的内涵、外延有清晰的把握。

在这样的理论语境中，甚至以定义的方式来诠释诗文评概念，在清诗话中也不乏其例。汪师韩《诗学纂闻》论述“绮丽”“诗集”“杂拟杂诗之别”“通韵”等问题，繁征博引，细致辨析，一如今日的专题论文。王寿昌《小清华园诗谈》卷上“条辨”则阐释了有关诗格和诗美的基本概念、命题44个，一一举诗例印证，使读者易于体会。如释志向曰：

> 在心为志，发言为诗。志淫好辟，古有明征矣。且如魏武志在篡汉，故多雄杰之辞。陈思志在功名，故多激烈之作。步兵志在虑患，每有忧生之叹。伯伦志在沉饮，特著《酒德》之篇。刘太尉（琨——引者注，下同）志在勤王，常吐丧乱之言。陶彭泽志在归来，实多田园之兴。谢康乐志在山水，率多游览之吟。他如颜延年志在忿激，则咏《五君》。张子同（志和）志在烟波，则歌《渔父》。宋延清志在邪媚，因赋《明河》之篇。刘梦得志在尤人，乃作看花之句。凡此之伦，不一而足。惟杜工部志在君亲，故集中多忠孝之语。《曲礼》曰“志之所至，诗亦至焉”，不信然乎？故学者欲诗体之正，必自正其志向始。[46]

如此行文虽不同于严格的定义样式，但通过引证、举例，大体也阐明了概念和命题的内涵。遇到性情、真、自然、含蓄、逸这些内涵丰富的概念，还会从多个角度举例说明，使其内涵得到全面的展示。这方面的个别例子更多，足以让人惊异老生常谈中竟留有偌大的阐释空间，同时为清人的理论开拓能力所折服。在明清两代的序跋中，刻意阐发旧有命题的文字最多，凡“诗以道性情”“兴观群怨”“温柔敦厚”“穷而后工”“真诗”“诗有别才”乃至咏物的“不粘不脱”“不即不离”等等，无不被反复诠释和借题发挥过。即以“诗史”为例，钱谦益《胡致果诗序》从国变史亡、诗可徵史的角度对“以诗存史”提出一种极致的理解[47]；黄宗羲《万履安先生诗序》又从诗乃精神史所寄托的角度，指出藉诗可以考见史籍不载的“天地之所以不毁，名教之所以仅存”的精神变迁[48]；方中履《誉子读史诗序》则从正史作为权力话语的角度，揭示“君臣务为讳忌，予夺出于爱憎”的倾向性[49]，说明以诗论史得以存公论在民间的意义。如此深刻而多向度的阐发，岂能说没有严格意义上的理论命题？许多理论命题甚至显示出超前的历史眼光和理论深度。

总之，当今学界流行的三个偏见，都是在说明唐宋以前古代文论部分事实的同时，置元明清三代更为丰富、深刻的文学理论和批评成果于不顾的片面结论，对于古代文学理论、批评传统的认识很不完全，未能注意到明清以来文学理论、批评的长足发展所带来的言说方式、著述形态和话语特征的变化，以及由此形成的强有力的学术潮流及发展趋势。这一缺陷在妨碍正确认识传统的同时，也影响到当代中国文学理论和批评的自我认同乃至自身建构的信心。当我们对传统抱有上述成见，就会切断现代中国文学理论、批评与传统的血缘关系，将所有具备现代性的特征都视为西学的翻版，视为无根的学问而丧失理论自信。这又不可避免地涉及无处不在的现代性问题，跌入中国内部有无自发的现代性的理论窠臼中。这不就是理论的宿命吗？问题的答案只能在对晚近文学理论、批评史的深入研究中找寻。

四、如何确立中国文论的理论根基和言说立场

相信上面对清代诗学的有限回顾已足以让我们对中国文学理论、批评的传统产生新的认识，甚至改变上述三种偏见。美国历史学家保罗·柯文（Paul A. Cohen）曾提出“在中国发现历史”，中国文学理论、批评史也同样存在一个重新发现的问题。所谓“发现”，不是为了获取一个中国中心论的立场，而是要建立起中外文论对话的平台。清代文献的长久被忽视，已使中国文学理论、批评的传统变得模糊不清，现有的认识含有很多片面的判断。我近年致力于清代诗学史研究，很大程度上正是针对这一学术现状，希望通过清代诗学史的全面挖掘和建构初步勾勒出中国文学理论、批评走向现代的历程。作为研究古代文论和批评史的学者，虽未必像许多文学理论家那样为创新的焦虑所压迫，但对古代文论和批评史研究是否能为当今的理论创新提供有益的资源还是反复思考的。经过多年的考察，我相信中国古代文论有其独到的特点，足以和当代西方文学理论构成印证、互补的关系，因此有必要确立自己的理论根基和言说立场，同时树立起必要的理论自信。

这说起来容易，做起来却相当困难。先师晚年日记中谈到“古典文学批评的特征”，认为“体系自有，而不用体系的架构来体现，系统性的意见潜在于个别论述之中，有待读者之发现与理解”[50]。相信这也是许多前辈学者的共识，它与上述三个偏见的立论角度和立场都是完全不同的。不是说没有什么什么，而是说有什么什么，但需要去发现和理解，发现和理解正是建构的过程。当今流行的三个偏见和上文的辩驳都是很

表面的判断，发现和理解是更为深入的认识、更为深刻的判断。而就目前海内外学界而言，对古代文学理论、批评的研究是整个古代文学领域最为薄弱的环节。著有《中国文学批评》的美国芝加哥大学费维廉（Craig Fisk）曾指出："在所有中国文学的主要文类中，文学批评显然是最不为世人所知的。"[51]罗格斯大学涂经诒也说，研究中国文学批评与诗歌、小说和戏剧相比有着明显的劣势，那就是文献分散的困难："除了一些系统的文学批评著作，像《文心雕龙》《诗品》和《原诗》之外，大多数中国批评思想都散落在不同作家的被称作诗话、词话、书话和个人书信及偶然的评论中。"[52]我本人也觉得古代文学理论和批评对研究者来说是难度最大的领域，不仅要掌握文、史、哲甚至医学等各种学问，还需要对外国文学理论和批评有所知解，这才能在较广阔的视野中确立诠释和评价的参照系。"在中国发现批评史"很大程度就立足于这一基础之上。

对于西方文论是否适用于中国文学研究，在海峡两岸暨香港学界都有不同的意见。我的看法是肯定性的，了解西方文论首先可以认识到中西文学观念有许多共通之处。比如布鲁姆提出的"影响的焦虑"，就启发我由此理解中唐作家的创新意识及后人对此的评价。迄止于明代，论者对中唐诗的评价都着眼于格调取舍，清代批评家开始体度作家的写作意识。如吴乔《围炉诗话》指出：

> 初盛大雅之音，固为可贵，如康庄大道，无奈被沈、宋、李、杜诸公塞满，无下足处，大历人不得不凿山开道，开成人抑又甚焉。若抄旧而可为盛唐，韦、柳、温、李之伦，其才识岂无及弘、嘉者？而绝无一人，识法者惧也。[53]

毛奇龄《西河诗话》论元稹、白居易诗也指出：

> 盖其时于开、宝全盛之后，贞元诸君皆怯于旧法，思降为通侻之习，而乐天创之，微之、梦得并起而效之……不过舍谥就疏，舍方就圜，舍官样而就家常。[54]

所谓"识法者惧也""皆怯于旧法"，不就是影响的焦虑吗？吴乔（1611—1695）、毛奇龄（1623—1716）这里揭示的中唐大历、元白一辈作者慑于前辈的成就而另辟蹊径的心态，比英国诗人爱德华·扬格（1683—1765）1759年发表的致塞缪尔·理查森书还要早几十年。扬格信中谈到，为什么独创性作品那么少，"是因为显赫的范例使人意迷、心偏、胆怯。他们迷住了我们的心神，因而不让我们好好观察自己；他们使我们的判断偏颇，只崇拜他们的才能，因而看不起自己的；他们用赫赫的大名吓唬我们，因而腼腼腆腆中我们就埋没了自己的力量”[55]。唐代诗人的意识明显与此不同，赵翼《瓯北诗话》卷三也曾揭示韩愈有意求奇的动机及其结果：

> 韩昌黎生平所心摹力追者，惟李、杜二公。顾李、杜之前，未有李、杜，故二公才气横恣，各开生面，遂独有千古。至昌黎时，李、杜已在前，纵极力变化，终不能再辟一径。惟少陵奇险处，尚有可推扩，故一眼觑定，欲从此辟山开道，自成一家。此昌黎注意所在也。然奇险处亦自有得失。盖少陵才思所到，偶然得之，而昌黎则专以此求胜，故时见斧凿痕迹，有心与无心异也。其实昌黎自有本色，仍在文从字顺中，自然雄厚博大，不可捉摸，不专以奇险见长。恐昌黎亦不自知，后人平心读之自见。若徒以奇险求昌黎，转失之矣。[56]

赵翼不仅揭示了韩愈诗歌艺术的出发点、艺术特征及与杜甫的区别，最后还点明韩愈的本色所在、评价韩愈应有的着眼点。以“影响的焦虑”为参照，更见出赵翼批评眼光之透彻。归根到底，一种新的理论学说，不管它是东方的还是西方的，都能提供一个新的观察文学的角度、说明文学的方式。克里斯蒂娃发明的“互文性”理论，用一个意味着文本关联的概念，将用典、用语、因袭、模仿、拟代等众多文学现象统摄起来，可以方便地说明其共同特征。热奈特发明的“副文本”理论也一样，用这个概念可以方便地将作品的标题、小序、自注等作为同类问题打包处理。同理，刘勰《文心雕龙·论说》提出的“参体”概念，与书论的“破体”概念联系起来，也可包揽所有指涉文体互参的现象。[57]在这个意义上，无论哪国哪种文学理论都可以为人类既有的文学经验提供一种诠释角度和评价方式。我们进行中西比较也好，阐明古代文论的特有价值也好，不是像一些学者成天挂在嘴上的要争夺什么文艺理论的话语权，而是要实现人类文学经验的沟通、理解和交流。这种交流只能以发现和理解为前提，更需要以发掘和诠释为首要工作，类似于将考古发现的金币兑换成当今硬通货价格的估量和兑换。

这种理论的对话和交流所产生的影响并不是单方向的，中国文论在接受外来知识、观念启发的同时，也会激活自己固有的理论蕴藏，触发其思想潜能的生长，反哺影响者。我在借鉴“互文性”理论考量中国古代诗论中的模仿和其他文本相关性问题时，发现古人基于独创性观念的规避意识同样也造成一种互文形态，或许可称为“隐性互文”，对古典诗学的这部分现象和理论加以总结，就可以对现有的互文性理论做一个重要的补充。[58]由此可见，在中外文学理论的对话和交流中，彼此共通的部分固然有着印证人类共同美学价值的功能，而彼此差异的部分更能激起互补的需求而使知识增值。因此我们对古代文学理论的研究，就有必要更多地留意其理论思维和批评实践异于西方之处。据我的粗浅观察，中国古代文学理论和批评的独异之处主要有三点：一是象喻性的言说方式，二是丰富的审美味觉概念，三是多样化的批评文体。

中国文学批评的象喻式表达，自 20 世纪 30 年代就被钱锺书《中国固有的文学批评的一个特点》一文触及。后来学者们称之为印象批评、形象批评或意象批评[59]，若参照古人的说法则可名为“立象以尽意”，是古代文学批评中常见的方法。同样是论品第，英国诗人奥登《19 世纪英国次要诗人选集》序言说“一位诗人要成为大诗人，则下列五个条件之中，必须具备三个半左右才行”：1. 他必须多产；2. 他的诗在题材和处理手法上，必须范围广阔；3. 他在洞察人生和提炼风格上，必须显示独一无二的创造性；4. 在诗体的技巧上，他必须是一个行家；5. 就一切诗人而言，我们分得出他们的早期作品和成熟之作，可是就大诗人而言，成熟的过程一直持续到老死。余光中《大诗人的条件》一文曾引述其说，将它们概括为多产、广度、深度、技巧、蜕变。[60]清末诗论家朱庭珍《筱园诗话》也曾区分诗人的品级，但是用意象化的语言来形容其艺术境界。伟大诗人和二、三流诗人的差别，分别用五岳五湖、长江大河和匡庐雁宕、一丘一壑之胜地来譬说。比如：

> 大家如海，波浪接天，汪洋万状，鱼龙百变，风雨分飞；又如昆仑之山，黄金布地，玉楼插空，洞天仙都，弹指即现。其中无美不备，无妙不臻，任拈一花一草，都非下界所有。盖才学识俱造至极，故能变化莫测，无所不有。孟子所谓“大而化，圣而神”之境诣也。[61]

概括起来说，相比大家的“变化莫测，无所不有”，大名家“已造大家之界，特稍逊其神化”，名家“自擅一家之美，特不能包罗万长”，小家则“亦能自立，成就家数”，但气象规模终不大。彼此之间的差别和区分不同品第的尺度都很清楚，其中同样也包含了广度、深度、技巧、蜕变四个要素（没有提到多产，这是不言而喻的），但属于画龙点睛，论说的主体还是譬喻的部分，以意象化的语言展现了不同品第所企及的境界，一目了然且给人深刻印象。在中国古代文论和批评中，象喻式表达遍及文学的所有层面，直观地把握作家、作品的整体风貌是其所长，可以弥补细读法的条分缕析所导致的“只见树木不见森林”的偏颇。

关于中国古代诗文评丰富的审美味觉概念，正像中国饮食异常丰富的口味，几乎不需要论证。中华大地广袤的疆域和众多的民族所培养的多样文化，造就了中国古代文学无比丰富、细腻的审美味觉，经过有效的分析和理论总结，足以充实人类审美经验的数据库。负载这些经验的表达方式，同样丰富多彩，且与儒家“游于艺”的精神相通，给文艺批评增添了若干娱乐功能。最早对诗文评的源流加以宏观描述的《四库全书总目·诗文评》小序写道：

> 文章莫盛于两汉，浑浑灏灏，文成法立，无格律之可拘。建安、黄初，体裁渐备，故论文之说出焉，《典论》其首也。其勒为一书传于今者，则断自刘勰、钟嵘。勰究文体之源流，而评其工拙；嵘第作者之甲乙，而溯厥师承，为例各殊。至皎然《诗式》，备陈法律；孟棨《本事诗》，旁采故实；刘攽《中山诗话》、欧阳修《六一诗话》，又体兼说部。后所论著，不出此五例中矣。[62]

这里虽然辨析了古代诗文评的类型和历史，但远未触及其丰富的理论、批评形式，直到张伯伟《中国古代文学批评方法研究》一书才就选本、摘句、诗格、论诗诗、诗话和评点六种基本形式做了透彻的梳理。具体到批评文体，还可以举出若干更有特色的类型。龚鹏程曾举出南朝钟嵘所创《诗品》、唐张为所创《诗人主客图》、宋吕本中所创《江西诗社宗派图》、清舒位所创《乾嘉诗坛点将录》四种[63]，起码还可以补充：1. 纪事。古来传有自宋计有功《唐诗纪事》到近人邓之诚《清诗纪事初编》的历代诗歌纪事之作。2. 句图。也是一种摘句，但又不同于摘句批评。郑樵《通志·艺文略》著录《九僧选句图》一卷，系辑宋初九僧名句而成，后有高似孙《文选句图》、王渔洋摘施闰章句图等戏仿之作。3. 位业图。清代刘宝书撰有《诗家位业图》，也是非常独特的一种批评体裁，系仿陶弘景《真灵位业图》而编成的历代诗家品第图。虽名为仿陶弘景，实则取法于张为《主客图》，又易以佛家位业，列“佛地位”至“魔道”共九等，“以见古今诗家境地之高下，轨途之邪正”[64]。作者对各家等第理由时有说明，但启人疑窦处殊多。要之，这类图录正像《点将录》一样，无非都是游戏之作，对于诗学研究的价值恐怕还不及《诗品》和《主客图》。衡以当今接受美学的观点，也不妨视为一个时代人们心目中古今诗人的排行榜。近代以来范烟桥、汪辟疆、钱仲联、刘梦芙等运用《点将录》的形式批评晚清直到现代的诗词创作，仍旧不乏批评的效力和趣味，且追仿者不绝，足见诗文评文体自身就具有特定的艺术性，诗文批评本身也具有创作的性质。谁能说《文心雕龙》式的骈文和“体兼说部”的诗话，不是一种骈文、随笔写作呢？

当今中国大陆的文学理论界，无不对话语权的缺乏耿耿于怀，同时急切地寻求理论创新之路。“古代文论的现代转换”是许多学者的希望所寄，将古代文论与当代西方文论相融合，由此孕育出新的理论学说，也是一部分学者执着的信念。但我很怀疑，理论创新是否能从既有理论的组合或融合中实现。旧知识的融合仍然是旧知识，大概难以像化学反应那样形成新的知识。文学理论的创新只能萌生在文学经验的土壤中，只有创作经验的总结和抽象才可能形成理论的结晶。因此，我不认为古代文学理论和批评史研究能直接推动今天的理论创新，但相信完整地认识古代文学理论和批评的传统，可以为古代文学研究提供一个本土视角及相应的诠释方式。柯文《在中国发现历史》一书开篇就提到：“中国史家，不论是马克思主义者或非马克思主义者，在重建他们自己过去的历史时，在很大程度上一直依靠从西方借用来的词汇、概念和分析框架，从而使西方史学家无法在采用我们这些局外人的观点之外，另有可能采用局中人创造的有力观点。”[65]这种遗憾也是中国文学史研究应该避免的。同时，全面认识古代文学理论和批评的传统，理解古代文学理论与创作、批评实践的互动关系，可以促使我们正视近代以来的文学经验，在古今、中外视阈的融合中发掘具有独特意义和规律性的问题，从中提炼有概括力的理论命题。这样，文学理论的创新便不难期待了。这就是我理解的文学理论创新之路，愿提出来质正于同道。

注释：

① 黄维樑：《〈文心雕龙〉“六观”说和文学作品的评析》，《北京大学学报》1996年第3期。

②⑨ 朱光潜：《诗论》，北京出版社2005年版，第1页，第1页。

③ 叶维廉：《从现象到表现：叶维廉早期文集》，（台湾）东大图书公司1994年版，第116页。

④㊿ 徐有富：《程千帆沈祖棻年谱长编》，南京大学出版社2013年版，第288页，第637页。

⑤ 转引自叶朗《中国美学史大纲》，上海人民出版社1985年版，第14页。

⑥ 方汉文：《当代诗学话语中的中国诗学理论体系——兼及中国诗学的印象式批评之说》，《兰州大学学报》2010年第3期。

⑦ 陈荣捷：《中国文学批评》，《南风》1924年11月第1卷第3期。

⑧ 杨鸿烈：《中国诗学大纲》，台湾商务印书馆1976年版，第7页。

⑩ 参见沈谦《文学批评的层次——从夏志清颜元叔的论战谈起》，《幼狮文艺》1977年4月第45卷第4期。

⑪ 龚鹏程:《细部批评导论》,载《文学批评的视野》,(台湾)大安出版社 1990 年版,第 390 页。

⑫ 黄药眠、童庆炳主编:《中西比较诗学体系》,人民文学出版社 1991 年版,第 24 页。

⑬ 陈良运:《论中国诗学发展规律、体系建构与当代效应》,载钱中文主编《文学理论:迈向新世纪》,山东人民出版社 1997 年版,第 483 页。

⑭ 周海波:《中国现代文学批评史论》,上海人民出版社 2002 年版,第 20—23 页。

⑮㉛㊾ 王晓路主编:《北美汉学界的中国文学思想研究》,巴蜀书社 2008 年版,第 1—2 页,第 64 页,第 32—33 页。

⑯ 刘若愚:《清代诗说论要》,载《香港大学五十周年纪念论文集》第 1 辑,香港大学 1964 年版,第 321 页。

⑰ 季广茂:《比喻:理论语体的诗化倾向》,载《文学理论:迈向新世纪》,第 572 页。

⑱ 吴予敏:《论传统文论的语义诠释》,《文学评论》1998 年第 3 期;李旭:《关于中国古代美学范畴和范畴体系建构问题》,《江西社会科学》2003 年第 5 期。

⑲ 汪涌豪:《中国古代文学理论体系范畴论》,复旦大学出版社 1999 年版,第 81 页。

⑳ 程晋芳:《正学论》四,载《勉行堂诗文集》,黄山书社 2012 年版,第 694 页。

㉑ 蒋寅:《清代诗学史》第 1 卷"绪论",中国社会科学出版社 2012 年版,第 19—20 页。

㉒ 梁启超:《清代学术概论》,东方出版社 1996 年版,第 7 页。

㉓ 章太炎:《检论》卷四"清儒",载《章太炎全集》第 3 册,上海人民出版社 1984 年版,第 479 页。

㉔ 张寅彭:《略论明清乡邦诗学中的"泛江西诗派"观》,《文学遗产》1996 年第 4 期。

㉕ 有关清代古诗声调学说的研究,参见蒋寅《古诗声调论的历史发展》,载陈平原等主编《学人》第 11 辑,江苏文艺出版社 1996 年版。

㉖ 此说又见于朱彝尊《曝书亭集》卷三三《与查德伊编修书》,有关探讨参见蒋寅《清初李因笃诗学新论》(《南京师范大学学报》2003 年第 1 期)。

㉗ 据简明勇《杜甫七律研究与笺注》[(台湾)五洲出版社 1973 年版]统计,杜甫 151 首七律中,上、去、入三声递用的例子只有 56 首,占总数的三分之一。

㉘ 汪师韩:《诗学纂闻》"通韵",载丁福保辑《清诗话》,上海古籍出版社 1978 年版,第 449—450 页。

㉙ 麓峰居士辑评:《试帖仙样集裁诗十法》卷首,清咸丰六年(1856)刊本。

㉚ 许印芳:《诗法萃编序》,载《丛书集成续编》第 158 册,上海书店出版社 1994 年版,第 243 页。

㉛ 张梦机:《鸥波诗话》,(台湾)汉光文化事业公司 1984 年版,第 80 页。

㉜ 赵翼:《瓯北诗话》卷四,载《赵翼全集》第 5 册,凤凰出版社 2009 年版,第 33 页。

㉝ 朱琰辑:《诗触自序》,清嘉庆三年(1798)刊本。

㉞ 侯云松:《小沧浪诗话跋》,载贾文昭主编《皖人诗话八种》,黄山书社 1995 年版,第 371 页。

㉟ 周亮工辑:《赖古堂名贤尺牍新钞》卷九,清宣统三年(1911)国学扶轮社石印本。

㊱ 此文收在中国社会科学院文学研究所藏《此木轩文集》稿本中,内容可参见蒋寅《古典诗学中"清"的概念》(《中国社会科学》2000 年第 1 期)。

㊲ 黄承吉:《梦陔堂诗集》卷二,燕京大学图书馆 1939 年版。

㊳ 参见杨松年《中国文学评论史编写问题论析》第二章"诗论作品范围之检讨",(台湾)文史哲出版社 1988 年版;张伯伟《中国古代文学批评方法研究·下编》,中华书局 2002 年版。

㊴ 我只见到宇文所安《中国文论:英译与评论》"导言"(王柏华、陶庆梅译,上海社会科学出版社 2003 年版,第 6—10 页)提到这一点。

㊵ 李宪乔:《凝寒阁诗话》，载《高密三李诗话》，山东省博物馆藏抄本；李宪乔:《与李秉礼论诗札》，浙江浙商拍卖有限公司2011年春季艺术品拍卖会图录，2014年8月14日，http: //auction.artxun.com/paimai-57109-285542246.shtml。

㊶ 郑方坤记其尝从李重华问诗学，告之曰:“夫诗有三要，发窾于音，征色于象，运神于意，三者缺一焉不可。”又谓:“诗之在人也，其始油然而生，其终诎然有节，要惟六义为其指归。故凡艳冶流荡与夫怪僻险仄之调，宜无复慕效焉。”（郑方坤:《本朝名家诗钞小传》卷四“贞一斋诗钞小传”，马骏良辑《龙威秘书》本）知此言殆即答郑方坤之问。

㊷62 纪昀等:《四库全书总目》，中华书局1965年版，第1806页，第1779页。

㊸ 关于王渔洋“神韵”诗学的印象主义倾向，可参见蒋寅《王渔洋“神韵”的审美内涵及艺术精神》(《中国社会科学》2012年第3期）的论述。

㊹ 黄霖、周兴陆主编:《视角与方法：复旦大学第三届中国文论国际学术研讨会论文集》，凤凰出版社2013年版，第135—139页。

㊺ 陈祚明:《采菽堂古诗选》，上海古籍出版社2008年版，第657、796、940页。

㊻ 王寿昌:《小清华园诗谈》，上海古籍出版社2016年版，第1762页。

㊼ 钱谦益:《牧斋有学集》，上海古籍出版社1996年版，第800—801页。

㊽ 黄宗羲著、陈乃乾编:《黄梨洲文集》，中华书局1959年版，第346页。

㊾ 方中履:《汗青阁文集》卷上，清康熙间刻本。

53 吴乔:《围炉诗话》卷三，载郭绍虞辑《清诗话续编》，上海古籍出版社1983年版，第533页。

54 毛奇龄:《西河诗话》卷七，载张寅彭选辑《清诗话三编》，上海古籍出版社2013年版，第842页。

55 爱德华 · 扬格:《试论独创性作品——致〈查理士 · 格兰狄逊爵士〉作者书》，袁可嘉译，人民文学出版社1998年版，第85页。

56 赵翼:《瓯北诗话》卷三，载《赵翼全集》第5册，第22页。

57 蒋寅:《中国古代文体互参中“以高行卑”的体位定势》,《中国社会科学》2008年第5期。

58 蒋寅:《拟与避：古典诗歌文本的互文性问题》,《文史哲》2012年第1期。

59 参见黄维樑《诗话词话和印象式批评》，载《中西新旧的交汇：文学评论选集》，作家出版社2013版，第3—20页；廖栋梁《六朝诗评中的形象批评》，载《文学评论》第8集，（台湾）黎明文化事业公司1984年版，第21页；张伯伟《中国古代文学批评方法研究》，第198页。

60 余光中:《大诗人的条件》，载《余光中谈诗歌》，江西高校出版社2003年版，第44页。

61 朱庭珍:《筱园诗话》卷二，载《清诗话续编》，第2241页。

63 龚鹏程:《中国文学批评史论》第五章“诗歌人物志——诗品、主客图、宗派图与点将录”，北京大学出版社2008年版。

64 刘宝书:《诗家位业图》“例言”，清光绪十八年（1892）张善育刊本。

65 保罗 · 柯文:《在中国发现历史——中国中心观在美国的兴起》，林同奇译，中华书局1989年版，第1页。

（2017年第10期）

声音与“听觉中心主义”

——三种声音景观的文化政治

周志强

现代声音技术的发展，为现代音乐娱乐产业的发展和繁盛提供了基本条件和必要支持。而人们对于声音问题的关注，常常以声音本身的社会与文化意义为核心，大都会忽略声音的技术形态对于声音编码的关键性作用，也因此对于声音的研究会被看作一种“听觉的研究”。事实上，早在被听到之前，声音就已经被定向处理和编码，并且以适合倾听的方式批量生产。在这里，表面上“被听到”的声音，实际上是“制造听觉”的特殊技术政治程序的后果。

我在这里试图从声音与听觉的关系问题入手，选择摇滚乐、流行音乐和梵音音乐作为研究的对象，考察和分析声音文化政治的编码方式与生产机制，以及这种机制随社会生活变迁而呈现的文化逻辑。按照此一思路，我所说的声音，尤其是这里所选取的声音，都是可以脱离肉身而得以“自我保存”的声音，即通过违背其现场性而获得现场性幻觉的声音。这种可以自我保存的声音，已经构成了一种“文化”，这种文化的作用就是不断地创造倾听者的自我感觉，从而最终把外界隔绝出去。在声音的生产和传播的过程中，“排斥”和“允许”构成了其根本性的文化政治逻辑，而与之相应，自我与外界形成了现代人基本的无意识认知框架。创造一个“内在的空我”，并借机创生了一种可以不断被需要的“声音物品”，“声音”被赋予了一种神圣的意义：它可以导入心灵，回归纯真，回到你的所谓“真正自我”的经验里面去。这种对于“回归幻觉”的创生恰与现代社会之“退行”或“退化”的症状相互印证。在声音技术创生的音乐文化景观中，这种“退化”趋向于对“被关注的自我”的经验想象，而这种“退化”则表现为人们总是喜欢以情感的生活命题取代社会的现实命题的趋势，或者不妨称之为“伦理退化症”。

一、“声音文化”还是“听觉文化”?

与眼睛相比，人类的耳朵并没有外部保护和遮蔽的系统。眼帘低垂以至关闭，如果不是特定的表意诉求，那就是一种对信息的拒绝姿态。这种拒绝极其有效，甚至在我们观看恐怖片的时候，很多人觉得只要闭上眼一切恐怖的事情就都不会继续发生。相对而言，我们的耳朵是永远张开的，即使其内部的肌肉具有细微的自我听力保护的机能，但是它依然只能被动地接受着外部信息，没有拒绝的能力。生活在极地的因纽特人长期处于安静的环境之中，对于突然而至的响声也就缺乏适应的能力，从而很容易听力受到损伤。[①]

从这个角度说，耳朵更容易被暗示和控制。一旦人类进入睡眠，视觉不再起主导性的作用，而听觉则依旧在“默默无声”地接受着信息。只要允许耳朵听到的声音源源不断出现，那么耳朵也就无止无休地被动接受，从而更易于被特定意识形态的意义表达反复占用，甚至可以达到无所不在的地步。一个到处充满特定声音的空间，也就是一个到处可以占用耳朵进行文化政治活动的空间。在集体主义占据上风的时代，“高音喇叭”更是充当了严肃的国家宣判与正义凛然的话语通告的角色，也由此变成了无所不在的空间的统治者。在电影《阳光灿烂的日子》(1995)中，以高音喇叭声音为背景的片头曲《祝毛主席万寿无疆》超越了环境中的杂音而规定着画面的意义。人们的喊叫声、游行队伍的锣鼓声、鞭炮声、哨子声、卡车的马达声以及飞机的轰鸣声，都无法遮蔽这个声音的主导性存在。不同的场景，被这个声音串联在一起，构成一组极其富有文化隐喻意义的镜头。这个高昂的声音显示出声音现象背后隐含的“等级”。那些被反复灌输于耳膜的声音，自然而然地成为人们想象一种生活的核心媒介，而生活的杂音被人们当作没有意义的信息轻松掠过。

这也就表明了这样一个问题：声音的制作与编码，与其说是对听觉的服从或者对应，毋宁说是对听觉的“霸占”或者“盗用”。征服听觉，而不是声音与听觉进行生理性的配合，构造了声音文化的重要现象。

在“听觉文化”正在成为显学的时刻，我主张进行“声音文化研究”，或者直接进行“声音政治批评”[②]。在我看来，声音政治批评的提出是建立在声音文化发展的基础上的。

这并不仅仅是一个“概念之争”，还是尝试提出一种学科研究的方向性问题。对于这个议题，王敦曾提出过质疑:

> “声音”和“听觉”是不是可以互换的概念？与声音概念对应的，是“噪音”还是“寂静”？声音的本体，与语言修辞的“声音”“口吻”“声口”的关系如何？符号、表征、艺术创造等的机制，如何得以通过声音来运作？并如何通过听觉感知来表意？过去通过音乐学来讨论音乐，与现在经由文化研究、文化人类学、传媒学来讨论声音，有何异同？讨论文学修辞和文学叙事的声音、听觉，能否与讨论实际的声音、听觉发生学理上的关联？身体、形象、语言、符号表意、修辞、时间、空间等，如何在声音、听觉里得到展现？留声机、电话、麦克风、KTV、广场舞，这些不同的声学技术和社会利用方式，能否帮助回答人文社会科学有关现代性转型、社区分化等许多大问题？③

他通过详细的语义考证和话语考辩，得出结论认为，“sound studies”应该翻译为“听觉研究”，而不是直接翻译为“声音研究”。他提出：“应该考虑听觉经验是如何被塑造的，而不是死死盯住声音本身。这些求索的中心，应该是围着具备听者身份的人本身，而不仅仅是他‘听到了什么’。在‘听到了什么’之外，‘谁在听’‘怎样听’以及‘为什么听’，都是值得思考的问题。”④ 作为国内具有代表性的听觉文化的研究者，王敦的这个看法也代表了主流的观点。目前来看，国内大部分学者的论文皆以“听觉文化”作为研究主题词。除了王敦所强调的观点之外，我觉得也有另一种考量，即“听觉文化”可以成为与“视觉文化”相对照的概念，这样，就能够“顺便”提出所谓“听觉文化转向”（实为“转向听觉文化”）的命题，与此前的“视觉文化转向”相互印证，起到良好的激活新的学术兴趣点的效果。

对于王敦所设想的听觉文化研究应该更注重主体规训和主体能力研究，我认为这反而不仅有可能令“sound studies”陷入技术手段的困境，也会误入另一种“歧途”：仿佛声音的文化政治是由听者主导的。这其实是一个现象性的误区，人们确实通过自己的耳朵处理声音的信息，“听觉文化研究”也强调这种“倾听”其实是人的耳朵被规训的一种途径和方式，但却依然存在把社会学的问题交给心理学或者人类学来解决的危险。我认为应该把王敦的问题置换成这样的问题：声音怎样编码自身？它如何修改和霸占“听”并怎样内在地规定着“听的方式”？声音是怎样生产“听的欲望”的？它的这种生产本身培育了什么样的“倾听主体”？

事实上，在今天消费主义文化政治逻辑主导下的时代，没有任何倾听乃仅仅因为主体的诉求而发生：“倾听”是一个被声音文化工业生产出来的产物，这个结论应该是毋庸置疑的。也就是说，生产声音的机制，也就是生产“听”的机制，耳朵的顺从性和声音的侵略性是二位一体的“圣父”，而带有侵略性的“声音”，作为生产与接收的关键性的中介物，是“sound studies”之核心。

简单地说，“听觉”表面上是一个生理性存在，究其生理学基础而言，声音只有经过听觉之后才会真正实现或生成[5]，但是，这仿佛是儿子由父母生产，却并不由父母决定其性格一样，声音形成于听觉，但却由人与社会的复杂活动来规定其内在意义和特征。与之相应，恰恰因为声音是由听觉最终完成的，所以声音才有机会创造这样的结果：听觉信息（声音）是由声音编码（在被耳朵听到之前就已经完成的程序）制造出来的一种“幻觉”。概言之，“声音”（一种预先设定了其编码方式，即特定的声音振动频率、震动幅度、时间长度与特定文化信息巧妙结合，并形成符合特定要求的修辞形态）创生了“听觉”（一种由耳朵的开放性和特定的接收心态而产生的信息幻觉）。

二、非场所：现代声音技术的文化政治

任何声音都是有音源的，这就意味着“声音的现场性”至关重要。法国学者德里达讨论“语音中心主义”正是基于这样的考虑：声音的发生永远也无法摆脱它对音源的依赖，所以记录语音就等于回到现场：“‘意识’要说的不是别的，而只是活生生的现在中面对现在自我在场的可能性。”[6] 很多场合，听到声音就意味着与音源同在，所以对于声音来说，它总是与稳定的时空暗中锁定在一起，这就为声音产生现场感提供了感受基础。用声音来证明在场，声音就意味着与君同在、与上帝同在。语音中心主义理所应当地发生，因为声音保证了原初意义——逻格斯的完整和真实。所谓的语音中心主义，从声音的角度来说，就是声音的存在本身变成了逻格斯存在的保障，于是声音本身就成为关键性的命题。在这里，声音与听觉完成了文化的合谋，即“我听故我在”。

无形中，声音变成了肉身的象征，也就是说，声音让听者感受到活生生的发声者的气息与经验，仿佛与之面对面交流。在这里，语音中心主义暗示了这样一种场景：那个伟大的布道者，那个圣人，将其声音、气口留在了这里，宛若与你同在！尽管声音来自各种各样的音源，风声、雨声、鸟鸣、水起，但是，声音的“肉身”依旧是声音文化政治的基础——如果不是因为肉身之间的声音交流，怎么会有对大自然各种声音信息的文化理解和感悟？

有趣的是，现代声音技术的发展恰恰是向着另外一个方向进行：努力让声音脱离其发生的现场，变成一种“不在场的在场”，即声音越来越有条件摆脱其与现实音源——或者说就是德里达所强调的逻格斯——同在的状况，独立成为一种可以随意编码的文化产品。

简单说，声音的文化政治来自这样一种技术趋势：声音可以脱离发出声音的“肉身”而独立存在。在这里，关键性技术是声音与人的分离，即人的声音，不仅仅是说话，还包括演奏、说话交流时的大自然的背景音等等，可以离开声音发生的瞬间和空间而借助于其他载体存在和传播。

事实上，早于现代声音技术的“不在场的在场”现象已经发生过了，这就是文字对声音的记录。象声词和字母文字，隐含的努力就是令声音摆脱其发生的时刻而恒久占有时间。但是声音之真正获得其“物性形态”，而不仅仅只是“存活”于空气等物质元素的震动与耳膜的听力复原的过程中，是根源于现代声音的录制技术。在1877年，爱迪生发明了一种能把声音留在蜡制设备中的东西，这就是最早的留声筒。有趣的是，爱迪生丝毫不觉得这个发明具有什么特殊的意义，他无法想象，正是这个发明可以在未来产生出一种文化工业：流行音乐，并进一步导致录音机、电影和电视机文化的发生和延展。大约在爱迪生的发明十年之后，德国的艾米尔·伯利纳创造了蜡盘留声机，即用扁平的圆蜡盘代替蜡质圆筒，刻录和制作“声音波纹”。到了1925年，贝尔研究所研制出Vitaphone留声机。这些发明很快就应用到了电影播放的活动中。于是，电影中的人物影像与留声机里的声音有机结合，创造出了新的幻觉：人物和声音被技术性地编码在一起，从而创造了具有现场感的“非现场”。

我干脆用“non-place”（非场所）这个概念来描述声音技术所创造出来的新的空间幻觉形态，也就是说，声音技术可以让声音“摆脱”其场所和空间的限定，从而让人的身份、气息和光晕只凝聚为一个可以被不断叠加、编排和合成的新的场所空间幻觉。

有学者这样介绍奥吉的非场所理论：“奥吉认为，相对于传统人类学里所研究的那些人类学场所（anthropological space），在当代城市大量建造的是无数的‘非场所’（non-place）。人类学场所定义了社群所共享的身份、关系与历史，如祭祀空间、村社的广场、小镇的教堂等等。这种场所是在社会流动性非常低的前现代时期经由社群与空间长期的互相塑造中形成的，这类空间具有交织的共同记忆与共同物质环境。‘非场所’是指那些在快速现代化过程中不断涌现的新设施——主题公园，大商场，地铁站，候机楼，高速公路，各种城市中的通过性空间。‘非场所’打破了空间与人自身身份之间的长期磨合所形成的关系。人与‘非场所’之间的关系受契约与指令的控制……”[7]事实上，声音技术的发展，尤其是数字声音技术的发展，归根到底让声音逐渐摆脱其“场所性”。只有特定的声音和空间场所相互交融，才能创生特殊的生活气息或神秘内涵。在录制专辑《生命中的精灵》（1986年，台湾滚石唱片公司）时，李宗盛专门录制了自己生活中的汽车声、雨声，尝试用声音技术赋予其专辑一种生命的灵韵。但声音的发生与其所发生的生命活动之间，已经再也无法搭建呼吸相应、生息相连的关系。现代声音技术已经发展到了这样的地步：一切声音都是自由而独立的，而一切倾听都变成了这种整齐划一的声音制作流程的幻觉。

在这里，声音与其发生空间或场所的分离，就让我们的耳朵可以“自由选择”只属于自己个性需求和欲望的声音。不过，声音的制作技术空前发达，但是允许进入耳朵的声音却日益单调。我曾讨论过我们倾听的同质化和单一化的状况，在看似丰富多姿的各种各样的歌曲唱法之间，我们慢慢学会了躲避具有危险性的声音，以一种去社会化内涵的方式使用倾听，声音由此变成一种让每个人都获得独立自我幻觉的重要方式。[8]

抛开那些理论的枝枝蔓蔓，不妨这样说，现代声音技术的文化政治归根到底是这样一种文化政治：它把声音按照听觉的欲望进行编码，却伪装自己依旧是来自现场的真实记录；同时，它将声音与耳朵的结合转换为凝固的自我空间，从而创造出一种最贴近肉身（比如耳机）的“非场所”，这种“非场所”也就将自我固定在“自我的幻觉”之中，给了“自我”这个本来不应该被感知到的东西可以被感知的“形式”。

显然，声音技术让声音与耳朵在心理欲望的层面上更为贴合，也更符合倾听的各种要求。“悦耳”变得越来越容易，排斥“刺耳”也变得更加简单。一种所谓的语音中心主义正在暗度陈仓，变成消费主义时代的听觉中心主义，而这种听觉中心主义并不是因为听觉的生理改变而实现，反而是由声音的制作技术完成的一次声音对人的成功“欺骗”与文化“霸占”。

三、摇滚的革命性幻觉

很久以来，人们坚定不移地相信摇滚是一种激进社会革命之声。在《声音与愤怒》一书中，作者详细讨论了摇滚与社会变革诉求之间的关系，与此同时，他也质疑摇滚是否能真正带来社会的革命。[9]这其实已经显示了这样一种两难的焦虑：摇滚的愤怒之声，既是人的愤怒的表达，又是现代声音文化政治背景下被制造出来的声音愤怒。

简单地说，作为“人声”，摇滚怒气冲冲，制造着带有强烈反抗气息的噪音，以此抵制资本主义理性话语中对于声音秩序的意识形态规范；而这种怒气冲冲的摇滚其实依然无法彻底摆脱被制作为“物声”的趋势，它终究是在现代声音技术的文化政治规划中形成和生产的产品。于是，对于摇滚来说，“人声”（制造噪音、轰炸耳膜、撞击习惯等）与“物声”（扩音设备、电贝司、合成器、录制音轨等）构造了摇滚声音内在的基本矛盾。

换句话说，摇滚的魅力是这样一种魅力：它虽然处于声音的“非场所”围困之中，却努力营造出具有强烈生命气息的场所与空间的存在感。这是一场看似由摇滚歌手来激活的社会革命的行动，却暗含着声音文化政治的内在撕扯与斗争。摇滚的魅力也就内在地处于这样的境地：它只要反抗自身，就可以反抗遏制主义和资本主义意识形态。

鲍勃·迪伦在他的著名的乐曲《答案在风中飘荡》中这样唱道：

一个人要抬头多少次
才能够看见天空
一个人要有多少耳朵
才能听见人们哭泣
到底要花费多少生命
他才能知道太多人死亡
答案，我的朋友，在风中飘荡
答案在风中飘荡

在这首被赋予了追求和平、反对战争的意义的作品中，鲍勃·迪伦用略带沙哑和伤感的声音，搭配了口琴和木吉他，唱出了一种寓言式的主题：人们的哭泣已经无法被耳朵听到，我们到处听到的都是自己想要听到的声音。“答案在风中飘荡”，既是永无答案的意思，也是答案无处不在的意思。民谣的婉转多姿和摇滚的桀骜不驯，在这首名曲中进行了完美的结合。民谣的纯真被用来制作属于摇滚的纯粹和真实的幻觉，而懒洋洋的摇滚元素正好为歌曲带来了沮丧而压抑的愤怒冲动。事实上，摇滚和民谣从来都是互为能指、相互依存的。在《创造乡村音乐》中，彼得森生动地描绘了“乡村音乐”的“本真性”是怎样被“制造”出来的情形。所谓乡村摇滚，并不是我们想象的仅仅是淳朴的歌声与简明的乐器，以及那些听起来非常令人怀旧的旋律这么简单。乡村音乐的“本真性”乃是一系列复杂而有效的制作程序的成果。[⑩]同样，摇滚的“本真性”诉求与其不可摆脱的商业化道路之间，不仅没有隔着千山万水，反而近在咫尺且唇齿相依。张铁志这样描述20世纪60年代摇滚的革命行动之后歌手四分五裂的局面：

> 也有人说，60年代的革命终究是失败了。政治上，强烈对抗反叛运动的保守主义从那时开始取得霸权；音乐上，流行音乐则进入更商业化、体制化的阶段，音乐工业手边新音乐能量的技巧更强大了。还有人会将摇滚作为青年亚文化的武器吗？[⑪]

事实上，摇滚的噪音具有吊诡的双重性：抵制遏制主义与顺从声音技术政治。摇滚破坏声音，却无法破坏声音技术所创造的政治图景。摇滚创造破坏既定的同质化生活的幻觉，却无法破坏声音生产和制作的单一化趋势。这形成了摇滚乐身上总是存在的那种莫名的焦虑和沮丧不安的感觉。刺耳的嘶喊与悦耳的沙哑，交替出现在摇滚歌手的歌喉之中。这两种声音的交织隐喻了摇滚与声音技术所决定的摇滚的命运。在轰轰烈烈的社会运动中，革命变成了遥远的20世纪的激情记忆，而留给摇滚的却是永远存在的那种抵抗的幻觉与没有对手的不服输精神。

显然，单纯坚持刺耳的嘶喊与毫不客气地走向悦耳的沙哑，显示出了两种不同的摇滚歌手的命运。窦唯和汪峰由此形成了鲜明的对照。

在窦唯的声音中，平静的激情被压抑成激情的吟唱，其声音路线无形中形成了一种对电子声音和技术的拒绝路线。尝试使用“人声”代替“物声”，这是窦唯歌声坚守的堡垒。在《幻听》（1999）中，窦唯使用了吉他、贝斯、鼓、梆子（木鱼）、铃鼓，各种声音纠缠撕咬、互相激活，创造出一种黑色而激动的情绪。歌词逐渐离开了窦唯的摇滚，歌手嗓音的呼啸成为引导听者曲折转换心境的路途。而《希望之歌》（1991）中，“蔼—噢—噢”的使用，已经令歌曲的意义一脚踏空，成为无所凭寄的生活感受的表达。窦唯的声音成为20世纪80、90年代理想主义激情消失的哀歌。声音本身的属性与那个时代散落的愿望，都成为窦唯摇滚激变的内在支撑。

简单地说，摇滚在它还是摇滚的时候，并没有获得如此丰富的声音韵律，而窦唯的声音则成为摇滚消失时刻摇滚个性的最好的证据。窦唯成为摇滚不再是摇滚的哀悼。这使得这种声音吊诡地成为它曾经存在的消失的表征：窦唯用这种不一样的声音挣扎，证明了摇滚曾经对声音技术政治反抗的意义。

与之不同，从20世纪末开始，汪峰日益致力于嗓音的沙哑感与器乐的厚重丰富之间的嫁接勾连。在汪峰的声音里面，我们感受到了摇滚声音由肉身的场所或空间的挣扎转向“非场所”的制作逻辑。汪峰的声音携带一种抽象的痛苦感和微甜的沮丧意味，这种声音不再像窦唯那样追求一种只属于自己时代的个性，而是要创造一种充满个性的“共性”。在这里，汪峰更多地在制造一种关于声音的仪式，而窦唯则更多地表达声音的意识。

在汪峰的声音仪式里，这个世界不再是要不要变革的主张，而是要如何接受的诉求。摇滚和革命的联姻，在汪峰这里完全变成了摇滚与生活的巧妙结合。每一次嘶哑的歌喉，唱出来的不再是崔健时代的愤怒，也不再是罗大佑歌声的沉重而理性的批判，而是一种隐含着“私奔”冲动的激情。只有无处可逃的时候，人们才会使用“私奔”的想象来给自己提供离开的幻觉。汪峰的歌声把摇滚嘶喊所蕴藏的一点超越世俗生活的悲情，变成了令自己神清气爽的呼喊和放松。

然而，无论是窦唯还是汪峰，都是在摇滚消亡的时刻，从摇滚现场转到“专辑”之路的印证。事实上，对于嘶喊的执着，可以看作用声音创造现场的恒久努力。摇滚演出的现场注重声音的爆炸、激烈与分裂，完美的声音和器乐的搭配，都不属于摇滚乐的生产瞬间。而专辑却是另外一种逻辑。没有比摇滚现场更具有声音政治的抵抗性意义了，但是也没有比摇滚专辑更富有反讽的意味了。失去了现场，嘶喊将变得毫无生气；而失去了专辑，嘶喊又可能与街头古惑仔的杀伐之声并无二致。

事实上，现场、录音室与声音的挣扎，共同参与了摇滚声音文化景观的制造。当人们讽刺汪峰失去了摇滚精神的时候，却忘记了摇滚从来就没有真正具有过这种精神。在声音技术政治的图景中，可能摇滚是最桀骜不驯的孩子，却因为其桀骜不驯，给了现代声音的文化政治增添了丰富的注脚。

相对来说，摇滚至少还在尝试发声与空间的对话和连接，至少还在坚持人声本身的感染力和冲击力，而流行乐则是“人机共声”的婉妙“儿女”。

四、流行乐的“人机共声”与现实隔离

如同摇滚乐的千姿百态，流行乐也千变万化。不过，对于声音设备的依赖，却是

流行乐根深蒂固的品性。俗歌俗语与人之常情，这自然是流行乐永恒的主题。但是，流行乐之不同于民间小调小曲的根本原因，在于其唱法必须借助于声音技术设备才能实现和完成。

按照这样的思路，与摇滚对于肉身和现场的执着不同，流行乐的声音追求的是一种“贴耳的悦耳”。借助于这样的声音幻觉，流行乐把人与各种各样的生活声音“隔离”，并生产出声音的商品：只有特定的声音才是属于自我而具有可卖性的声音。

所谓“贴耳”，指的是流行乐总是致力于创造一种耳边声音的努力，而不是摇滚那样制造迎面而来的感觉。在人的听觉行为中，存在一种“听觉—发音”循环的现象：人只能发出他所能听到的声音。[12]这就有了听觉被发音暗中引导的问题。在很多时候我们发现，半熟悉的歌声容易引发人们的关注。赵勇在研究街头歌手的时候发现，人们听到熟悉的声音的反应，总是比听到陌生的声音的时候更容易产生认同。[13]“听觉—发音”循环原理可以很好地解释这种现象，因为熟悉的声音首先激活了发音的愿望，进而让倾听变得可能。流行乐的魅力恰恰与这种容易激活的发音冲动紧密相关。当邓丽君的歌声依托清晰的录制设备于夜深人静响起在耳边时，每一句柔美的“呼唤”都仿佛可以在我们的心头荡漾。邓丽君的声音登陆之时，中国大陆刚刚走出“文革”，当时的人们还习惯于集体大合唱、男高音或者女高音的声音，这是一些“无性”的声音，声音中性化使得私人隐秘情感的意味丝毫不存在，于是邓丽君的纯美之声就不仅仅关乎于诗意的浪漫，还是当时人们用耳朵选择的“情感的启蒙”。邓丽君的声音贴耳而生，如同跟我们喁喁私语，它所唤起的发音冲动归根到底是一种说出自己内心深处的情感微澜的冲动。

尽管经由罗大佑、李宗盛和周杰伦的层层改造，华语流行乐已经显示出与邓丽君的卿卿我我截然不同的境界，但是这种“贴耳的悦耳”却始终是其内在核心。所谓“悦耳”并不仅仅是听觉的主观感受，更是声音生产和制作时要遵循的声音频率与振幅规律，音色与频率的巧妙结合会形成“悦耳”的感受。不同的器乐也就有了相应的“悦耳”的频率。比如，一般来说，乐器中的大提琴、小提琴、圆号、钢琴等振动频率与其音色的搭配，会被听觉感觉为声音悦耳；少采用偏执性的高音和低音，也会比较悦耳。[14]事实上，华语流行音乐的发展之路，恰恰是逐渐放弃怪癖的声音而以唯美主义的声音为指归的道路。当李宗盛代替罗大佑之时，俗语歌词逐渐取代了诗语歌词，声音中的嘶哑和狂喊也就变成了沙哑和呼喊。在零点乐队推出的专辑《永恒的起点》(1997)中，“你爱不爱我”这句口号式的呼喊，喊出了华语流行音乐对于激情的使用的“正确方式”：曾经激荡心中的愤怒和表达抗争冲动的嘶喊，被悄悄置换成关于爱情和人生的深情呼喊。周晓鸥的这一声“你到底爱不爱我”，不仅情感充沛，而且激活了“听觉—发音”循环的冲动，很快就成为街头、浴室和卡拉 OK 的“第一喊声”。

这种“贴耳的悦耳”，正是流行乐与声音技术长期“磨合”最终慢慢形成的编码默契。在《流行音乐的秘密》一书中，新西兰学者罗伊·舒克尔比较详细地描述了乐器、声音录制技术、音乐承载技术和音乐声音格式技术的发展，对流行音乐内在品格的影响和推动。麦克风和电子扩音技术的出现，不仅形成了通俗音乐，也形成了流行音乐的秘密：“声音颗粒”，也即倾听流行音乐的核心元素。而整个声音技术的发展，从立体声到环绕声，再到高清格式与无损格式，都在极端地强调声音的纯粹保真。[15] 这种趋势，令流行乐最终成为一种在声音中感觉自我的方式。

耳机插入耳朵，这个世界就被隔绝在我们的经验之外，换句话说，只有自我独处的时刻才是真正的自我时刻，耳机的作用在于让“自我”这个原本具有哲学抽象内涵的东西变成我们可以清晰感受到的生活现象。流行乐的“人机共声”旨在让耳朵“着迷”，技术制造出来的声音借由这个永不会关闭的器官直接进入每个人的灵魂深处。在此之前，从来没有这样的体验，一个仿佛来自神秘地方的纯粹干净的清晰声音单独与我呢喃细语。这种体验的美妙足以抗拒任何不属于这种声音程序的频率。于是，流行乐不动声色地把我们固定在这种幻觉中：倾听音乐才会真正感觉到自我。

事实上，艺术被看作自我心灵的真实呈现，这种观念自资本主义的审美意识形态发生之后就坚定不移地主导着我们的感受方式。可是，当流行乐把自我仅仅作为一个不声不响的倾听主体进行围困的时候，也就无意中彻底把自我抽空。自我就只是一个瞬间的体会，而瞬间就是一切，就是永恒！这种观念一旦在声音的技术政治中确立起来，就会成为普遍性的艺术消费观念：人生不过就是由瞬间的意义构成，除此之外的理想，都是无稽之谈。

不妨说，流行乐鼓励了这样一种意识：声音把自我关闭在自己的生活之外才会有真正的自我生活。这种意识归根到底不过就是一种市侩主义和实用主义的生活意识的苟合：只要自己的感觉好了，一切就都 OK 了！

在这里，流行乐的声音制作，说白了就是隔离而自我的生产逻辑，即只有有效隔离外界的噪音，才能真正具有属于自我的时刻。这充分体现在降噪技术的广泛使用中：从影视图像减少颗粒的降噪，到声音处理时尽量把外界和声音隔离起来的降噪，都是视听技术中的重要命题。声音的降噪，简言之，就是把流行乐的声音作为唯一值得保留的声音，而把现实生活的声音视为干扰音、杂音或噪音。这有点近似于英国学者尤瑞所讲的“游客心理”：游客凝视隐含一种“离开”的意识；游客们只把旅行中的日子看作生命的自由和真谛，而把日常工作和生活看作没有任何值得关注的现象。[16]旅游者需要“离开”，而流行乐则许诺“隔绝”。在流行乐的领域，声音越来越倾向于成为“声音拜物教”：声音像神一样统治我们的感觉，让我们把一切非纯粹的、形态各异的声音都看作对真正的生活精神的干扰和侵犯。于是，人们越来越自觉地困在唯美主义的悦耳声音之中，保持着对于非同质化声音的排斥。2014 年一首名为《周三的情书》的歌曲在“中国好歌曲”上被演唱。歌手用云南方言的语调和生硬刻板的节奏，反复吟唱：

这三十多年来

我坚持在唱歌

唱歌给我的心上人听啊

这个心上人

还不知道在哪里

感觉明天就会出现

这首歌的魅力在于，演唱者自己用口琴和吉他伴奏，并以方言和说唱的方式形成了话筒前面“肉声真嗓”的感觉。这种感觉与歌曲要表达的那种沮丧失落中寻找希望的感觉相互配合，形成了富有寓言性的声音：疲倦而强打精神的自我激励，匆忙而压抑的底层劳动者生活，两者被这个声音拼接在了一起。这种声音形象与流行乐制造出来的“唯美主义的耳朵”有着明显的差异。于是，当我把这首歌给诸多学生和朋友听的时候，大部分人都无法理解地质疑说：这怎么能叫作“歌曲”呢？

显然，“人机共声”的流行乐，已经改变了人们的倾听意识。只有那些看起来让人们可以陷入纯粹悦耳和清晰干净的声音才是可以倾听的音乐。声音技术让今天人们的听歌经验与几十年之前的经验迥然不同了：人们在被技术处理得异常悦耳无杂音的声音倾听中把自己与外面的世界彻底隔绝开来。正是流行乐的“人机共声”创造出来这样一种主体或自我：除了我自己空空荡荡的体验，其他的都不重要；声音让唯美悦耳进入心灵，于是心灵就只容纳那些悦人耳目的东西。

不妨将这个被流行乐的声音政治催化出来的自我主体称为“空我”，而这个空我日益趋向于陷入心灵的幻觉，呈现一种“除我之外别无一物”的精美的利己主义形象。

五、梵音的“空我”与“去声音化”

流行乐之空我制造的极端形态，就是梵音音乐。平静委婉，无处不在，流行乐的演唱主体在梵音中被慢慢消解。很多时候人们听流行音乐会关注“谁在唱”，对王菲或徐佳莹的声音辨识成为听歌的一种消费理念。可是，梵音致力于用一种包容一切而生生世世的宿命的声音，掩盖演唱的个性。它一方面借助种种宗教气息和神秘旋律制造出平静而智慧地了悟人生真谛的经验幻象，另一方面它却在“人机共声”的时代把声音物化，抽空一切现实意义，而只在其中存放抽象意义。

在这里，“放空”成为梵音构建与日常生活经验沟壑的关键性概念。放空自己才能真正体会人生，这样的生活意识背后隐含了流行乐所生产那种隔绝一切才是真我的诡异幻觉，于是，梵音的繁盛乃空我之泛滥的必然后果。

在网上流传的一段甘肃靖远庙会的视频中，人们穿着道袍佛裟迎接“神像”的时候，一曲《太阳最红毛主席最亲》在喇叭里被反复播放，小小的乡镇庙宇立刻被这个声音变成了与伟寺宏观意蕴相通的空间。这首歌曲的内在意义和旋律起伏都被抹平，男女中音，丝弦相和，既不是所谓的平和中庸，也不是什么淡定从容，而就是无不声色地“念歌”。

于是，这种声音无形中就把这个场所中的人们都变成了一个抽象存在的人，“非场所”的力量在于可以瞬间让其间的人变成惯性行为者。声音的物化在此被精辟图示：梵音是高度抽象化了的声音物质，它坚定不移地把倾听者与其俗世生活隔绝，从而让这种声音内化为一种意识，通过这种意识，内心的想象性关系取代了人们的现实关系，用神灵的痛苦取代俗世的困境。

无论王菲还是李娜，甚至齐豫，无论是《心经》还是《太阳最红毛主席最亲》，不仅声音被同质化、平面化，它演唱的经书或红歌也消解了原初的意蕴和内涵。

有学者用一首歌曲《花房姑娘》（1989）的三种唱法描述了华语歌曲的三个有趣的时代：

> 1989年，中国大陆摇滚乐坛的“教父”崔健的专辑《新长征路上的摇滚》收录了歌曲《花房姑娘》。崔健在演唱中采取了一种断点式的声音处理，每一个音节仿佛都是从胸腔中挤出来一样，短促、有力，与吉他松散的惬意和萨克斯流畅的婉转形成了鲜明的对照。他用粗粝而略带破坏性的嗓音、切分式的发音方式与歌

词中“花房姑娘”的温情意象形成了一种抵抗的张力，用一种桀骜不驯的姿态，挣脱一切温情脉脉的束缚。

2000年，以高亢清亮的嗓音而著称的台湾歌手林志炫在自己的专辑《擦声而过2》中翻唱了这首《花房姑娘》。林志炫用自己一贯的清亮高昂的声线令崔健《花房姑娘》中那个充满躁动不安和“离开”冲动的“主体”悄然逝去。无论是专辑封面上的歌手形象，还是林志炫那招牌式的华丽高音，都让《花房姑娘》成为一种柔情的向往之地，他用一种尾音的处理，呈现出一种连绵和缱绻的情绪。于是，即使在歌手唱着“我就要回到老地方，我就要走在老路上”的时候，崔健歌曲中的悖离姿态也已经被一种充满柔软的不舍和幽怨情调所置换。

2010年，一名来自东北的歌手赵鹏，在自己名为“低音炮”系列的专辑中再次翻唱了这首《花房姑娘》。吉他被低音贝司取代，加上低音鼓和指板以及歌手宛如耳边絮语的声音，不仅那个挣扎在柔情围困与出走冲动中的声音形象已经荡然无存，连慵懒的情感指向也已经找不到了，剩下的只是旋律、低音音效以及人声之间的无限协调。[17]

旋律、低音音效以及人声之间的无限协调，这正是梵音声音的文化逻辑。事实上，赵鹏的唱法，表达的是对声音播放设备的尊重，而不是向这首歌曲的内在精神致敬。这正是梵音的声音秘密：声音已经华丽致美至极，意义也就衰微空虚至极。

梵音文化政治的吊诡也在此呈现：梵音通过声音的扁平化来创造一种“去声音化”的奇特效果。这让我们有理由把今天的流行音乐看作以“梵音”为最终目标形态的东西：梵音乃流行乐之最高形态，因为正是梵音的“去声音化”，才让一种毫无意义的意义释放出来：一种琐碎无聊之极的“我的意义”，在这里被顽强表意。

于是，音乐的声音政治完成了一个整齐的故事段落：声音技术从独立的编码开始，终于成功完成了对耳朵的驯化——声音终于创造了这样一种倾听：听，却听不见。

六、“听，却听不见”：听觉中心主义与伦理退化症

在1995年的一首名为《贝多芬听不见自己的歌》歌曲中，齐秦这样唱道：

贝多芬听不见自己的歌

我想听歌不一定要用耳朵

这算是对现代声音政治的一种富有意味的反思：真正的歌曲耳朵已经听不见了，而我们能听见的都不过只是“听歌”。只要“听”就好了，而不一定要“听见”，“听且有所见”不再是今天声音政治所追求的，“听”是重要的，声音的意义是次要的。

于是，我们遭遇了一种吊诡的“听觉中心主义”：听就好了，就有了消费，就有了满足，何必“见”？“语音中心主义”是用声音创造“面对面”的“见”的幻觉，现在，“听觉中心主义”只追求“听”。

在这里，“听觉中心主义”暗含三个含义：

从声音的技术制作的角度来说，声音日益摆脱人的外在物的特性，而是以“非场所”的形式，围绕耳朵的听觉中心展开。扑面而来的摇滚，终究被贴耳倾诉的流行乐代替，并最终成为梵音无所不在的绕耳旋律。这是一种所谓的听觉的自我中心主义，呈现出“向心”的倾向：“这个幻觉时而与困扰、受折磨的感觉相连，时而与某种内心的充实与平和有关，感觉与整个宇宙连成一体……”⑱

从人们的听觉感受角度来说，声音的一切编码和制造，都是为了让我们的耳朵陷入倾听之中却什么也听不到的状况。也可以反过来说，听觉中心主义让倾听变成这样一种行动：听却听不见，听见却没有在听。“任何人，无论在哪里，只要转动一个旋钮，放上一张唱片，就可以听他想听的音乐……人可以听见却没有在听，正如一个人看见却没有在看。缺乏积极的努力和获取的喜悦导致了懒惰。听众陷入了一种麻木之中。”⑲

进而，从听觉塑造的角度来说，听觉中心主义则表明这样一种现象：倾听这种行为可以暗中规范和驯化我们感受世界的基本方式，这是一种把个人的感觉看作第一位的基本行为。听觉中心归根到底就是“自我中心”。对于自我的征服，在倾听活动中变现为：通过征服感觉来最终征服思想。

“非场所”、听而不见与听觉驯化，这正是声音文化政治隐含的三种主题。

显然，现代声音技术以其独特而有效的编码逻辑，显示了对自我意义的侵犯、渗透、改造和创生的能力。这不仅仅呈现出声音文化景观与生活景观的新形态，也最终提醒我们认识到声音文化研究与听觉文化研究的不同内涵。这就必然形成所谓的“伦理退化症”问题，即声音技术的文化政治导向这样一种态度：人们退回到伦理的领域来解决和认识政治经济学所主导的世界。

所谓“退化”，来自弗洛伊德的“回归”（regression）概念。大部分条件下这个词被翻译为“退行”，指的是一种特殊的心理现象：当一个人遇到困境或处于应激状态，往往会放弃已经掌握了的理性生活技术和方法，而退回到童年生活的欲望满足方式中来应对。所以，弗洛伊德相信，成年人生活的很多方面都包含了对早年经验的回归。比如，我们常常说“恋爱中的人是傻的”，这可以看作一种回归作用：恋爱者往往呈现出童年经验的生活习性，表现得仿佛回归到早期的心智功能之中。就“回归”的意思来说，它既包含了回去、回返、回归的意思，也具有退化的意思。我在翻译伊利·扎列茨基（Eli Zaretsky）的著作《政治的弗洛伊德》（*Political Freud*）一书时，将其翻译为“退化”，主要因为这个概念可以用来表达对这样一种现象的反思：当代大众社会中出现了一种把社会性的矛盾转换为情感性的矛盾来处理的趋势，即用“退回”到伦理生活中来想象性地解决社会性矛盾的趋势。[20]

事实上，“声音拜物教”正在促成这种伦理退化。“在商品逻辑和资本体制的推动下，‘声音’开始变成一种‘纯粹的能指’，用千差万别的差别来去差别化，用种种色彩斑斓的个性来塑造普遍的无个性，正是这种特定的抽象的声音，才如此丰富多样灿烂多姿，而又如此空洞无物、苍白单调。”[21] 而这种声音拜物教要构建的正是这样一种效果：情感被神圣化，也就因之而与人的现实境遇隔绝；思想被抽象化，也就消解了声音的具体政治语境；同时，道德被普遍化，即变成可以指责任何问题的武器。在这里，现实和人的关系被彻底颠倒了过来：梵音正在致力于启发我们，去用人的内心的生活取代人的外在的生活。

注释：

①⑫⑭⑱ 米歇尔·希翁：《声音》，张艾弓译，北京大学出版社2013年版，第48页，第39页，第51—52页，第32页。

② 在与中国人民大学王敦博士的对话中，我首次提出“声音政治批评”的命题。值得注意的是，所谓“声音政治批评”中的“政治”，指的是“一个社会中的重大资源的分配方式。而一个社会资源的重大分配当中，我们至少可以分成两个有趣的层面，一个层面就是可见的层面，如现实生活中的政治权力；另一个层面则是无形的层面，如维持权力结构可以在一定时期内稳定地生存下去的观念，也就是说，我们的观念背后有一些影响我们观念的东西，我们的行动被我们的观念所支配，但是谁来支配我们的观念呢？那就是意识形态。观念和审美，也是一个社会的重大资源，怎么分配这种资源，也是一种政治”。该对话经过李泽坤整

理，以“寂寥的‘声音政治批评’与‘听觉文化’”为题载 2017 年 3 月 23 日《社会科学报》。

③④　王敦：《“声音”和“听觉”孰为重——听觉文化研究的话语建构》，《学术研究》2015 年第 12 期。

⑤　王敦曾详细举证了声音乃听觉之完成现象（参见王敦《“声音”和“听觉”孰为重——听觉文化研究的话语建构》）。

⑥　雅克·德里达：《声音与现象》，杜小真译，商务印书馆 2010 年版，第 9 页。

⑦　谭峥：《“非场所”理论视野中的商业空间——从香港垂直购物中心审视私有领域的社群性》，《新建筑》2013 年第 5 期。

⑧㉑　周志强：《唯美主义的耳朵——“中国好声音”、“我是歌手”与声音的政治》，《文艺研究》2013 年第 6 期。

⑨⑪　张铁志：《声音与愤怒——摇滚乐可以改变世界吗？》，广西师范大学出版社 2011 年版，第 25—27 页，第 45 页。

⑩　理查德·A. 彼得森：《创造乡村音乐：本真性之制造》，卢文超译，译林出版社 2017 年版，第 247—264 页。

⑬　赵勇：《草根歌手的两种命运：以“中关村男孩”为例》，《艺术评论》2011 年第 9 期。

⑮　相关论述，参见罗伊·舒克尔《流行音乐的秘密》，韦玮译，世界图书出版公司 2013 年版，第 41—53 页。

⑯　约翰·尤瑞（John Urry）：《游客凝视》，杨慧、赵中玉、王庆玲、刘永青译，广西师范大学出版社 2009 年版，第 3 页。

⑰　参考闫桢桢没有公开发表的读书报告《人的困境与现代社会的文化》，感谢她授权允许我使用这段材料。

⑲　罗伊·舒克尔：《流行音乐的秘密》，第 48—49 页。

⑳　Eli Zaretsky, *Political Freud: A History*, New York: Columbia University Press, 1983, pp. 8–9.

（2017 年第 11 期）

李渔《耐歌词》新论

杜书瀛

一

李渔主要以传奇、曲论、小说名世，长期以来，他作为诗人、词人、散文家的成就被遮蔽、忽视了。其实，李渔的诗词、散文也很出色，我的《戏看人生——李渔传》（作家出版社2014年版）已有所陈述。李渔的诗，特别是词，至今没能被人们广泛阅读，殊为可惜。近期，趁编辑、注评《李笠翁词话》（即《窥词管见》）之机，我顺带将李渔的《耐歌词》加以校注，附于卷末。本文主要对李渔词作的基本情况和艺术特色作简要介绍和评论，以与读者共赏，并就教于方家。

据考，李渔生前亲手编定的词集有两种版本[①]：一种是康熙十二年（1673）夏编定并由翼圣堂印行的《笠翁一家言》初集中的“诗余”，收录了他此前也就是63岁以前所填的词作，其中绝大多数是小令，仅有三首中调和一首长调。另一种是李渔词作的总集《耐歌词》，分为小令、中调、长调三部分编排，共368首。这两部词集都非以年编次，而是以词调长短为序。《耐歌词》并不在李渔自己编定的《笠翁一家言》初集和二集之内[②]，而是有单行本，大约在康熙十六七年由李渔亲自编定并交给翼圣堂刻印。李渔为《耐歌词》撰写了“自序”。雍正八年（1730），芥子园主人将李渔的诗文、《闲情偶寄》、史论、杂著等作品汇集在一起（不包括传奇），重新编为《笠翁一家言全集》出版，其卷八为词作总集（即《耐歌词》），但标为《笠翁余集》。我读到的是国家图书馆藏翼圣堂刻《耐歌词》，并参阅了中国社会科学院文学研究所藏芥子园本《笠翁一家言全集》之《笠翁余集》。这次校注，主要依据的就是上述两个本子，并参照了今人整理的《李渔全集》本。[③]

前些年，我的一位在淄博的老友发现了一部手抄本笠翁词（见图1），首页从《南乡子（第一体）》之《寄书》起，下有“松龄之印”（阴刻篆书）和“蒲氏留仙”（阳刻篆书）两方钤印。

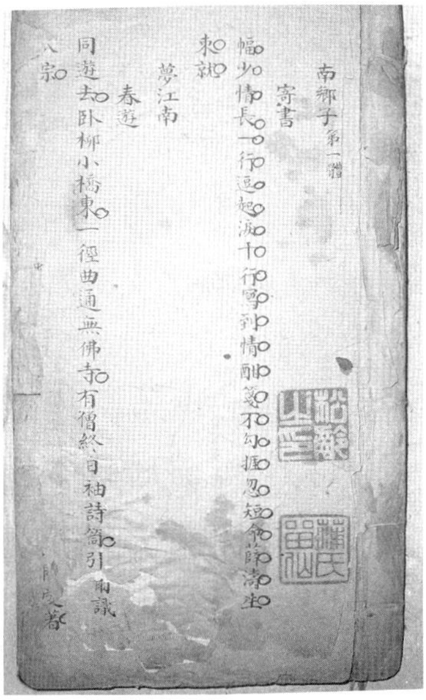

图 1　手抄本笠翁词

我把这两枚钤印照片发给蒲松龄研究专家马瑞芳看，她于 2017 年 5 月 27 日给我的电子邮件中说：“印章与现存的两枚很像，是否当初刻的初稿？蒋维崧老师在就好啦！《聊斋志异》手稿也有非蒲松龄亲笔，未及比对。”已知蒲松龄印章，据我了解，有蒲松龄七十四岁时请人作的画像上的六枚钤印[④]，有“文革”期间红卫兵从蒲松龄坟中挖出来、现存淄川蒲松龄博物馆的四枚[⑤]。画像上六枚钤印中之“蒲氏松龄”和“柳泉小景”与坟中出土的四枚实物印章中之“蒲氏松龄”和“柳泉小景”，十分相像，但又不完全相同。据蒲松龄十三代孙蒲伟业考索：二者“貌似形离”，主要差异有：“蒲氏松龄”章中草字头局部顶天，钤印中全部顶天；“氏”（篆体字）字底部不同；“松”字下部“口”字不同；“龄”字中“令”字不同。“柳泉小景”中的柳树等三处不同。也许原本它们就不是同一印章。

马瑞芳说手抄本上的钤印“与现存的两枚很像”，即与现知蒲松龄数枚印章中的两枚很像，或是初刻稿。研究者称，蒲松龄印章的刻制，有的是同窗好友李希梅刻赠，有的是自己所刻，有的是两人合作而为，其刻制年代始于青年时期。这么长时间刻制的印章，肯定有不少。蒲伟业搜集到的二十枚不过是其中一部分而已。经过比对，我认为手抄本上的钤印，不在已知的蒲氏印章之内。然而，即使手抄本笠翁词上的钤印不像通常大家看到的印章，也并不能断定说不是蒲松龄的印章，因为它们或如马瑞芳所说，是“当初刻的初稿”，或是新发现的蒲松龄名章。倘若是，蒲氏印章又增加了两枚，这就为蒲松龄研究增添了新的资料。

这个手抄本字体工整，每首词都用墨笔标了句读圈点，清晰好读。我将它与《耐歌词》对照、研读多时，初步做出如下判断：

第一，因为笠翁词手抄本乃蒲家祖传之物，上面印有蒲松龄的两方图章，所以它真实可信。从两方钤印看，此抄本应该是蒲松龄在世时手藏笠翁词集；从字迹看，可能是蒲松龄手笔——《耐歌词》于康熙十七年（1678）印行时，蒲松龄不到四十岁，如果手抄本是蒲松龄亲为，也许那时的笔迹与康熙五十二年（1713）蒲氏 74 岁为画像题跋时的笔迹有所不同。当然，手抄本也有可能并非蒲松龄亲笔，而是请人代为抄写（马瑞芳说《聊斋志异》的部分手稿“也有非蒲松龄亲笔”），然后由蒲松龄盖章保存。这需要有关专家进一步研究鉴定。无论如何，仅从手抄本上郑重钤印、精心收藏看，蒲松龄十分喜爱笠翁词。

第二，该抄本依据的应该是康熙翼圣堂印行的《耐歌词》。手抄者按自己的爱好对《耐歌词》有所选择：不是从《耐歌词》的首页《小令·花非花》开始，而是从《南乡子·寄书》开始；后面各调，也有所舍弃，《耐歌词》共368首，手抄本大概不足300首。经过对照，抄本与《耐歌词》原刻本顺序完全一致，文字亦与《耐歌词》非常一致。抄本略去了绝大部分眉批，但也保留了个别眉批，其中就有《浪淘沙》词的余霁岩和冯青士眉批，而这两则眉批为《笠翁一家言》初集本所无，而只《耐歌词》本所有。于此可见，抄本依据的肯定是翼圣堂《耐歌词》刻印本或其翻刻本。

第三，手抄者精心阅读体味，标了句读和圈点，而且我发现至少在四个地方作了夹批，鉴赏力颇高。我认为这些夹批有可能出自蒲松龄之手，也有可能不是蒲松龄亲笔而是抄写者所为（因为手抄本的字迹毕竟与蒲松龄74岁在画像上亲笔题跋的字迹有差别，需要有关专家进一步考证、鉴定）。但不管怎样，它们都是蒲松龄那个时候的文人所新加的批语而非《耐歌词》原刻本所有，而且颇为精到。如《春风袅娜·送年家子游蜀》夹批云：“深情苦口乃有此词，读之字字药石、语语肺腑，作者交谊之笃，于斯可想见矣。”⑥所以，这些夹批亦很可贵（见图2）。这次整理，我将它们补充进《耐歌词》，使其300多年来首次呈现在广大读者面前。

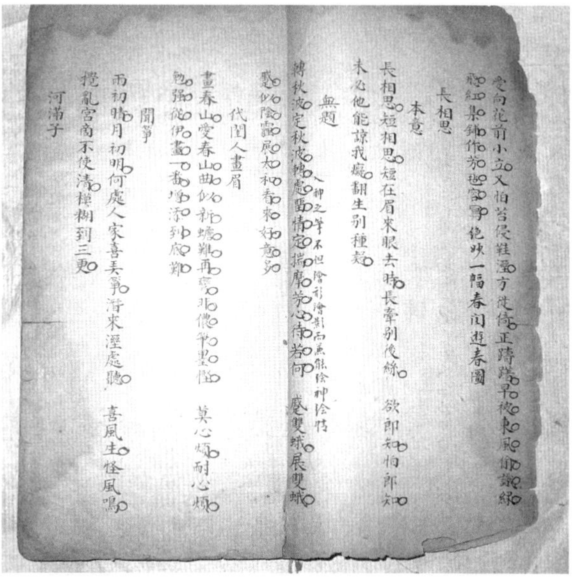

图2　手抄本笠翁词夹批

二

下面谈我对《耐歌词》的阅读。

在《耐歌词》自序中，李渔首先描述了近年来文坛发生的变化。此序是研究明末清初词体复兴的重要史料[7]，应当引起学界重视。在这篇自序的最后，李渔引述了苏东坡调谑郭祥正的故事以自嘲：

> 予谓是书无他能事，惟一长可取，因填词一道，童而习之，不求悦目，止期便口，以"耐歌"二字目之可乎？所耐惟歌，余皆不耐可知矣。昔郭功父自诵其诗，声震左右，既罢，问东坡曰："有几分来地？"东坡曰："七分来是读，三分来是诗。"予词之耐歌，犹功父之诗之便读，然恐质诸东坡，权其分两，犹谓七分则有余，三分尚未足，又将奈何！

虽然此处乃笑谈，但李渔也自道出了其词的一个重要特点："便口"，即耐歌、耐读，朗朗上口。这与李渔作为著名传奇作家的素养有关。传奇是要唱出来的，他深谙音律，不但深谙传奇（当时主要以昆腔演唱）唱腔的音律，而且深谙词的平仄韵律，撰写过《笠翁词韵》一书，因此，他的词自然会便于诵读、便于歌唱。这主要体现在两个方面：一是便于诵读，即平仄韵律中规中矩，诵读起来顺口，且朗朗有金玉之声；二是便于歌喉演唱，犹如现代的流行歌词，配上曲子即可畅行城乡，绝不会拗折天下人嗓子。李渔的词，在语言上大半如是。

当然，仔细阅读《耐歌词》，你会觉得李渔的词绝非他所自谦的"所耐惟歌，余皆不耐可知矣"，而是除了外在形式上的"便口"、耐歌、耐读，从内容上或者从内在意蕴上说，更是有着可圈可点之处。总体而言，李渔的许多词应该是清初词中的精品，他应该属于张德瀛《词徵》中所谓清初词坛上"尽祛有明积弊"从而促成"一变"的词人之一。李渔的大部分词，明朗晓畅，清新自然，对晚明纤弱、委靡的词风造成了有力冲击。而且，李渔是清初文坛上的大家，是一个成熟的有自己标识的作家，读者从《耐歌词》会看到，其中的词大都打着"李渔"的标签，具有"李渔"式的鲜明特色和独特风格。

三

《耐歌词》的第一个显著特色是平民化、生活化、口语化，概言之，即通俗化。在

《窥词管见》第十则中，李渔明确主张："诗词未论美恶，先要使人可解。白香山一言，破尽千古词人魔障——爨妪尚使能解，况稍稍知书识字者乎？"从某种角度说，唐宋以来存在一些相互对照、差别显著的词风。单就"雅"与"俗"两种词风而言，宋代周邦彦、姜夔诸人清丽、精雅之词风，吴文英琢字炼文、大量用典、不惜陷入"掉书袋"以成深文雅致之词风，宋末张炎大力倡导的"雅正"之词风，以及清初朱彝尊等标榜的所谓"春容大雅"之词风，皆尚"雅"斥"俗"。而李渔词，突出的却是一个"俗"字。[8]

李渔的词，大都写的是人们生活中的寻常事，说的是寻常百姓的话。他的词也大量运用口语，平易亲切，自然流畅，绝不忸怩作态，亦绝不装腔作势，如同与邻居寻常说话，家长里短，轻松自如。胡适在"五四"时期为了提倡白话文，说宋人所写的一些词是"白话词"，其《南宋的白话词》写道："词的进化到了北宋欧阳修、柳永、秦观、黄庭坚的'俚语词'，差不多可说是纯粹的白话韵文了。"[9]这话不足为训，不能依此认定北宋词是所谓"白话韵文"，不过李渔的许多词确有"白话词"的味道。如《三字令 · 闺人送别》："临别话，怕愁伊，不多提。提一句，泪千垂。望君心，如妾愿，早些归。归得早，你便宜，免重妻。生儿女，早和迟。没多言，三字令，与君知。"再如，《迎春乐 · 望春不至》："春风不见侬家面，闻去岁，将他怨。有情也学无情汉，些个事，将人叛。空闲着秋千侣伴，空冷却有花庭院。须约人心同转，倚着门儿盼。"还有《阳台梦 · 护花》中的"惜花非是将花惜，做些样子教人识"等等。这些词句，没有读过书的老太太也听得懂且易被打动。读李渔词，令人想起敦煌曲子词的平民和口语风味儿，如写孟姜女哭长城的《捣练子》九首之一："孟姜女，杞梁妻，一去燕山更不归。造得寒衣无人送，自得自己送征衣。"[10]词产生初期，一些文人词似乎也沾染了民间词的神气，如中唐白居易的《忆江南》："江南好，风景旧曾谙。日出江花红胜火，春来江水绿如蓝，能不忆江南。"[11]刘禹锡的《潇湘神》："湘水流，湘水流，九疑云物至今愁。若问二妃何处所，零陵芳草露中秋。"[12]流丽而通俗，读之，气息和畅，如沐春风。有些宋词，也非常口语化，如曹组《相思会》："人无百年人，刚作千年调。待把门关铁铸，鬼见失笑。多愁早老。惹尽闲烦恼。我醒也，枉劳心，谩计较。粗衣淡饭，赢取暖和饱。住个宅儿，只要不大不小。常教洁净，不种闲花草。据见定、乐平生，便是神仙了。"[13]向镐《如梦令》二首之一："谁伴明窗独坐，我和影儿两个。灯烬欲眠时，影也把人抛躲。无那，无那，好个恓惶的我。"[14]有的，即使不是全词，个别句子也十分口语化，如女词人魏夫人（名玩）《系裙腰》的最后三句："我恨你，我忆你，你争知。"[15]

李渔填词也像他作诗为文一样，总是善于从寻常生活、平易事物之中找趣、找美。别人觉得稀松平常、毫无诗味、正眼不屑一看的事，他却能发现趣、发现美，获得艺术灵感。他甚至能把别人弃之如敝履的东西魔术般变成艺术品，化腐朽为神奇。在他笔下，处处都有意趣，处处皆是美。

在李渔那里，日常生活中的一切，皆可入词。例如，遇到霜雾连朝的天气，菊残蟹毙，这时惜花嗜蟹的李渔不胜怅惘，遂顺手填词，以之解嘲："嗜蟹因仇雾，怜花复怒霜。无穷好事为天荒，一度掷秋光。造物将侬负，还令造物偿。急开梅蕊续秋芳，不许蛰无肠。"（《巫山一段云·霜雾连朝，菊残蟹死，不胜怅惘，赋此解嘲》）《临江仙·偶过狎鸥亭，见花竹扶疏，入座良久，不知主人为谁，戏题斋壁而去》，则是一篇记录游踪的日记："看竹何须问主，狎鸥妙在忘机，唤侬入户是黄鹂。为怜庭卉寂，拉取路人陪。半晌流连已足，去防谢客人归，问谁疥壁几时挥？季春初二日，湖上笠翁题。"旅次中，他听说邻家的丈夫回来了，也写出一首非常有趣的词："怪邻家，远人初到，笑声乍起如哭。下机只问郎饥饱，不管封侯迟速。催人浴，忒觉得，远归似娶郎芬馥。旅怀忌触。奈此等声音，实难卧听，忙起觅残烛。烧来读，又被惊风寒竹，如雷震响空谷。离人何罪今如此，合受天人涂毒。呼睡仆，凭仗汝梦中先把归装束。邯郸漏促。任釜内黄粱，自翻斛斗，莫问几时熟。"（《摸鱼儿·旅邸闻邻家夫至》）别人向他借钱，也可入词。《归朝欢·友人子向予贷钱兼索诗，口占以答》："且酌一尊花下酒，莫启一声杯外口。最愁听处是无钱，若还我有君先有。君呼侬作叟，自云二十才余九。过来人，不堪回首，曾识章台柳。纵有诗篇入君手，也代娼家封酱瓿。不如两命总相方，或能安分将贫守。莫言君妇丑，问高邻，尽称佳偶。君自轻箕帚。"生病也能成为他的词料，《昭君怨·病后作》曰："知为吟诗生疢，三日不吟加瘦。诗病仗诗医，代参蓍。诗与病成知己，引入膏肓不死。越瘦越精神，类松筠。"

借用刘熙载《艺概》中评苏轼词的话，李渔词亦是"无意不可入，无事不可言"[16]。众所周知，词在苏轼手里，以诗为词，大大扩展了词的题材；至辛弃疾，以文为词，词的题材得到彻底解放，所有束缚扫除殆尽。我觉得，在李渔那里，他的生活有多宽广，词的题材即有多宽广。只是，他是个"卖赋糊口"的文人，故其词作的题材虽说很广，也在"卖赋糊口"的生活范围之内。经国大事、战场厮杀等等非他生活所及，他的词笔自然难以涉及，我们不能对李渔作不切实际的苛求。

四

李渔填词，不但善于从寻常生活、平易事物之中找趣、找美，而且善于出新、出奇。这是《耐歌词》的第二个显著特色。他在《窥词管见》第五则中说："文字莫不贵新，而词为尤甚。不新可以不作，意新为上，语新次之，字句之新又次之。所谓意新者，非于寻常闻见之外，别有所闻所见，而后谓之新也。即在饮食居处之内，布帛菽粟之间，尽有事之极奇，情之极艳，询诸耳目，则为习见习闻，考诸诗词，实为罕听罕睹，以此为新，方是词内之新，非齐谐志怪、南华志诞之所谓新也。人皆谓眼前事、口头语都被前人说尽，焉能复有遗漏者？予独谓遗漏者多、说过者少。唐宋及明初诸贤，既是前人，吾不复道；只据眼前词客论之，如董文友、王西樵、王阮亭、曹顾庵、丁药园、尤悔庵、吴薗次、何醒斋、毛稚黄、陈其年、宋荔裳、彭羡门诸君集中，言人所未言，而又不出寻常见闻之外者，不知凡几。由斯以谭，则前人常漏吞舟，造物尽留余地，奈何泥于'前人说尽'四字，自设藩篱，而委道旁金玉于路人哉！词语字句之新，亦复如是。同是一语，人人如此说，我之说法独异。或人正我反，人直我曲，或隐跃其词以出之，或颠倒字句而出之，为法不一。昔人'点铁成金'之说，我能悟之。不必铁果成金，但有惟铁是用之时。人以金试而不效，我投以铁，铁即金矣。彼持不龟手之药而往觅封侯者，岂非神于点铁者哉？所最忌者，不能于浅近处求新，而于一切古冢秘籍之中，搜其隐事僻句及人所不经见之冷字入于词中，以示新艳，高则高，贵则贵矣，其如人之不欲见何！"他的朋友方绍村评曰："细玩稼轩'要愁那得工夫'及'十字上加一撇'诸调，即会笠翁此首矣……笠翁著述等身，无一不是点铁，此现身说法语也。钟离以指授人，人苦不能受耳。"

李渔确是"点铁成金"的能手。譬如《减字木兰花 · 田家乐四首》，从农家的日常生活获得艺术灵感，找到出新、出奇之点，如他的友人何醒斋所说："笠翁一生歌舞场中，能现老农身说法。"如："父耕子读，一岁秋成诸事足。风雨关门，除却看花不出村"；"鸡豚自养，酒出田间鱼在港。客至陶然，款待何尝费一钱"；"黄牛不畜，畜来又早生黄犊。才可儿骑，力逐风生又负犁"。特别有意思的是，李渔把农家的茅草房也写得如此有味道："黄茅盖屋，每到秋来增几束。增过三年，只戴黄茅不戴天。邻居盖瓦，三岁两遭冰雹打。争似侬家，风雨酣眠夜不哗。"陆丽京眉批："茅屋之胜瓦，全在风雨无声，阴晴一致。此语未经人道，又被笠翁拈出。王安节评：直到极处。"这不是从平易之中出新、出奇的例证吗？李渔词中还有很多这样的例子。

五

《耐歌词》的第三个显著特色，是词中充满了“谐趣”。李渔的词笔，无论抒情还是写意，都浸透着诙谐、幽默，什么都可以拿来开玩笑，包括佛祖如来。如《秋夜雨·友人性酷嗜饮，每逢岁首，礼僧伽一月，因断荤酒，代作此词解嘲》：“问予岁饮几何日？一年三百三十。因何无足数？为断酒、除荤期月。如来算帐宜清楚，寿百年、应该加一。只吃自己食，并未扰、阿弥陀佛。”

李渔的词，处处谐趣盎然。为什么我要在这里突出一个“谐”字？因为李渔的许多词表现出来的不是一般作家和诗人的所谓情趣或意趣，而是别有风味。他的许多词，以诙谐、幽默出之，情、意中充满着或轻松或辛辣的喜剧色彩。这是他作为喜剧大师带给《耐歌词》的一大特质，同他的传奇、小说中一以贯之的喜剧特色相近。如《月照梨花·忆梦》：“春睡愁晓，偏闻啼鸟。梦极分明，被他颠倒。性急再拥寒衾，杳难寻。朦胧犹记仙人道，授伊秘稿，是必藏好。早知未别梦先阑，趁在邯郸拆来看。”把一个人好梦被啼鸟打断时的心态，写得如此诙谐有趣，下阕尤其是神来之笔。再如《虞美人·问情》：“不知情是何人造，沁骨弥心窍。当年作俑岂无人，好倩阎罗天子代勾魂。问他人各分男妇，何用心相顾？些儿孽障古传今，那得绣针十斛，刺他心！”谁人无情？李渔友人冯青士评曰：“天下人多事，固为多情，然无情不成世界。”汤显祖《牡丹亭》全由一个“情”字而起、而终，感人肺腑，催人泪下，但那是从正面抒情，你可以为此感动得涕泪横流，只是其中并无诙谐或幽默。曹雪芹《红楼梦》写贾宝玉与林黛玉之爱亦如是，只有实实在在的情之苦。在这首词中，李渔则用戏谑之口吻写情，他要追讨情之作俑者，“好倩阎罗天子代勾魂”，且欲以“绣针十斛”刺作俑者之心，让人在啼笑中体味情之“沁骨弥心窍”的魅力和“罪孽”。

李渔的有些词，非常善于描绘心理，但是又带有一层喜剧色彩。如《生查字·春游书所见》写一个青年女子春游时的隐秘心态：“谁家窈窕儿，面色芙蓉腻。游伴偶相同，越显眉峰翠。忽地遇鸳鸯，羞怯思回避。无数好儿郎，妒杀他家婿。”杜于皇批曰：“惯能写人心曲。”然而我们应该体味到，这心曲是带些酸味儿的。《生查字·闺人送别》写为情郎送别时的微妙心理：“郎去莫回头，妾亦将身背。一顾一心酸，要顾须回辔。回辔不长留，越使肝肠碎。早授别离方，睁眼何如闭。”王安节评曰：“无限苦情数笔勾出。”其实，李渔的特别之处不在于写出了目送情郎时的“无限苦情”，而在于写如何想法解除这目送时的“无限苦情”：送别时，你何不闭上眼，不去看他啊！读之，既令人感动又惹人发笑。李渔同这位痴心女子开了个玩笑。

李渔常常以玩笑之笔墨写人的微妙心曲。如《钗头凤·初见》写青年人相亲：“郎心幻，风流惯，初来未许将人看。屏风塞，纱窗隔，中庭端坐，茶汤羞吃。客、客、客。才窥见，神情变，眼光直射如飞电。明相揖，私相识，窥人不见，赞声难得。贼、贼、贼。”胡彦远评曰：“此必作者少年场实事，非贼口亲招，不能尽此狡狯。”再如《唐多令·蛩》，写秋虫以自己的叫声引起“离人”的愁绪和思乡之情，而它又如此调皮，死缠着“离人”不放，“明识离人听不得，偏侧近，独眠床”；当离人“趋避入回廊”时，它“随人脚又长。月明中，倍觉凄凉。怎得梦魂离却汝，声断处，即家乡”。李渔一生，半在旅途之中，想必此词是他的亲身体验，但是应该看到，他体味出来的是喜剧味道的离人之苦。

李渔对女儿们的心态也把握得极为细腻、生动，独特之处在于充满诙谐、幽默。如《减字木兰花·闺情》：“人言我瘦，对镜庞儿还似旧。不信离他，便使容颜渐渐差。裙拖八幅，着来果掩湘纹縠。天意怜侬，但瘦腰肢不瘦容。”余怀评曰：“宁叫身敝，不愿色衰。情至语，谁人解道?”总之，在这类词中，李渔总给它们加上些喜剧的酸味儿。

诙谐、幽默使李渔的词味道更加醇厚。《耐歌词》不仅耐歌、耐读，而且让你在笑中长久琢磨、体味。其《忆秦娥·立春次日闻莺》曰：“春来了，枝头寂地闻啼鸟。闻啼鸟，多时不见，半声亦好。黄鹂声最消烦恼，杜鹃声易催人老。催人老，由他自唤，只推不晓。”他的许多词，读了不但令人会心一笑，而且如饮绍兴老酒，觉得后劲儿十足。正如吴梅村为他的那首《竹枝·春游竹枝词》十二首之一“新裁罗縠试春三。欲称蛾眉不染蓝。自是淡人浓不得，非关爱着杏黄衫”所作眉批曰：“‘淡人浓不得’，读之三日口香。”

六

李渔是一位语言大师。普通人看来平平常常的语言，在他笔下不知怎的就会变得如此有魅力，像磁石般吸住你的眼睛不放。很少有人像他那样纯熟地将语言玩弄于股掌之上，随意而为。如《行香子·汪然明封翁索题王修微遗照》：“这种芳姿，不像花枝，像瑶台一朵红芝。娇无淫态，艳有藏时。带二分锦，三分画，七分诗。沈郎病死，卫郎看杀，问人间谁可相思？吟腮自托，欲捻无髭。有七分愁，三分病，二分痴。”何醒斋眉批曰：“前后十二分，谁人能道？”汪然明乃江南名士，明末即誉满江湖，李渔寓杭州时，是他“不系舟”的座上客，两人成忘年交。王修微乃江南才女，汪然明的红颜知己，为李渔所熟知。王修微的早逝令人痛惜。汪老先生为王修微遗照索题，李渔饱含感情赋词一首，乐而不淫，情深而词谐。特别不可思议的是，李渔竟然在其中写出了“前后十二分”：前是“带二分锦，三分画，七分诗”，后是“有七分愁，三分病，二分痴”，文字玩到这种程度，真乃绝妙好辞。

即使给李渔带上重重枷锁，他也能把舞跳得美妙无比。譬如《满庭芳·十余词，吴梅村太史席上作》，词中限有十个“余”字：“酒人余香，花多余态，都因人有余情。尽欢竭量，客不剩余醒。只怪酒徒恋罚，余残滴，不使杯倾。觞政后，余波复起，刻烛待诗成。江淹才尽后，余葩落地，那有金声。笺长余尺幅，留待佳评。但羡病余残叟，不告乏，力气犹胜。若更使从头赋起，余兴尚堪乘。”这不仅是文字游戏，而且写出了情趣，充分显示出李渔的文字功夫。

李渔具有艺术天赋，艺术感觉之敏锐极为难得。如《忆秦娥·离家第一夜》“昨愁不夜，今愁不晓”、《忆秦娥·春归二首》之二“春归矣，绿归山色红归水”、《减字木兰花·闻雁》“压背霜浓飞不起”等词句，皆以敏锐的艺术触觉，把那种非常微妙的感觉把握住并表露于笔端。

李渔于词，有创作、有理论，值得称道。在当时，就有许多名家对李渔的词倍加赞赏。吴梅村除说李渔词“读之三日口香”之外，又评其《捣练子·惜花》“花片片，柳丝丝。天为春工费不赀。一岁经营三日尽，直呼天作荡家儿”曰：“惜花妙语。封姨有口，何从致辨。”顾梁汾评李渔《花非花·用本题书所见》“花非花，是人血。泪中倾，恨时泄。鹧鸪声里一春寒，杜鹃枝上三更热”曰：“石破天惊，得未曾有。”陈天游评李渔《南乡子·寄书》“幅少情长，一行逗起泪千行。写到情酣笺不勾，捱咒；短命薛涛生束就”曰：“归怨薛涛，情思飘忽。”今天的读者也一定能从李渔词中找到乐趣，获得美的享受。

七

按照传统的说法，词是“艳科”。自唐及宋以至李渔生活的清初，词的题材、路向、格调、风貌虽然几经扩展、变化，而“花间”词风在词史上从来没有断过。自称“登徒子”的李渔，其部分词作的确富有“艳科”味道，描写“艳语”“艳情”，可谓得心应手。这些作品，格调不高，难称佳作。当然也并非他的所有写男女之情的词都不可取，与当代某些写“艳情”的文学作品相比，也许并不多么可厌，不过是人性的某种常情、常态而已。

当然，李渔也有部分词是在不同场合下的应酬之作，甚至是逢迎干谒之作，读之，令人觉得俗不可耐，甚至能嗅到某种臭味儿，如他写给康熙年间炙手可热的权臣索额图的词。这不能不说是李渔人品上的瑕疵。当然，设身处地，也应对李渔予以同情的理解。李渔作为一个“卖赋糊口”、靠到处“打秋风”以维持生计的文人，逢迎干谒是他生活中的无奈之举。须知，在生活困境的逼迫下，连杜甫也不能免俗：“朝扣富儿门，暮随肥马尘。残杯与冷炙，到处潜悲辛。”（《奉赠韦左丞丈二十二韵》）[17] 而李渔的好处是能够坦诚地披露自己这种不太高雅的内心世界，并不掩饰自己的那个“小”。就此而言，他比那些满嘴仁义道德、满肚子男盗女娼的伪君子要好不知多少倍。在《多丽·过子陵钓台》中，他把自己同严子陵比较了一番：“过严陵，钓台咫尺难登。为舟师，计程遥发，不容先辈留行。仰高山，形容自愧；俯流水，面目堪憎。同执纶竿，共披蓑笠，君名何重我何轻？不自量，将身高比，才识敬先生。相去远，君辞厚禄，我钓虚名。再批评，一生友道，高卑已隔千层。君全交未攀衮冕，我累友不恕簪缨。终日抽风，只愁载月，司天谁奏客为星？羡尔足加帝腹，太史受虚惊。知他日，再过此地，有目羞瞠。”读此词，反觉李渔坦率得十分可爱。正如他的女婿沈因伯在评《过子陵钓台》时所说：

> 妇翁一生，言人所不能言，言人所不敢言，当世既知之矣。至其言人所不肯言与不屑言，则尚未之知也。如“朋友虽亲终让嫡，我费杖头人亦费”“最愁听处是无钱，若还我有君先有”等句，皆人所不肯言者。此词累累百余言，无一字不犯人所耻。人皆不屑，而我屑之，岂非诧事？然人所不肯言、不屑言者，皆其极肯为而极屑为者也。但诚于中，而必不肯形于外者何哉？欲知妇翁之为人，但观其诗文即燎然矣。

读李渔词，可窥见他的真率人格。李渔的词，在清初词坛应该有一席之地。

注释：

① 关于这个问题，我同黄强教授进行过交流。他 2017 年 4 月 13 日给我的信中说："李渔生前亲手编定的词集有两种版本：一种是《笠翁一家言》初集本，其中《诗集》卷七的下半卷（上半卷收七言绝句）与卷八收入词作，目录及正文均标目为'诗余'。此本于康熙十二年夏编定，收入的绝大多数是小令，可以肯定是其康熙十二年夏以前所作令词的全部作品，仅有 3 首中调和 1 首长调，但这些词都不能确定是以年编次的。另一种是《耐歌词》，系李渔词作的总集，分小令、中调、长调三部分。也就是说，李渔没有'以年编次'的'诗余'。"黄教授对李渔生平、著作有深入研究和认真考证，他的意见是可信的。

②《笠翁一家言》二集是康熙十七年戊午（1678）编辑出版的。李渔生前可能并未编辑出版过全集，这需要进一步考证。

③《李渔全集》（浙江古籍出版社 1991 年版）第 2 卷第 374—503 页为《耐歌词》，编者选了多种版本进行汇校，做了很好的工作，但个别地方也有疏漏。如第 401 页《春光好》之三"寄语满城箫管"的"箫"，误为"萧"；第 414 页《杏园芳·春色》题下作者自注："以下和方邵村侍御春词二十首"之"二十首"，误为"十二首"等等。

④ 此画像悬挂于蒲松龄故居的聊斋正房，据蒲松龄后人蒲伟业破译，画像上的六枚印章分别是"绿屏斋"（阳刻，长方形）、"卧云"（阴刻，长方形）、"奉天"（阴刻，方形）、"启闵"（趋于阴刻，八棱形）、"蒲氏松龄"（阳刻，圆形）与"柳泉小景"（阳刻，方形）。

⑤ 蒲松龄墓中出土的四枚印章是"松龄留仙"（阳刻篆书，方形）、"留仙"（阳刻篆书，方形）、"蒲氏松龄"（阳刻篆书，圆形）、"柳泉小景"（阳刻柳树、小桥、人物，图寓柳泉，方形）。

⑥ 本文所引李渔词话、词及相关评语，皆据笔者整理，即将由中国社会科学出版社出版的《李笠翁词话》（附《耐歌词》），为避烦琐，以下仅随文注调名、篇名等。

⑦ 参见拙著《评点李渔：〈闲情偶寄〉〈窥词管见〉研究》，东方出版中心 2010 年版，第 418—420 页。

⑧ 有人认为李渔词的主要特点之一是"雅俗相和"（骆兵：《浅者深之，高者下之——论李渔〈耐歌词〉雅俗相和的艺术特色》，《南都学坛》2002 年第 3 期）。我觉得，李渔虽然说过"词之腔调则在雅俗相和之间"（《窥词管见》第二则），但就其主导词风而言，可用一个"俗"字概括。"雅"或"雅俗相和"的词，李渔虽有，但不是主导。

⑨ 胡适：《南宋的白话词》，《晨报副刊》1922 年 12 月 1 日。

⑩⑪⑫ 张璋、黄畬编校：《全唐五代词》，上海古籍出版社 1986 年版，第 895 页，第 121 页，第 99 页。

⑬⑭⑮ 唐圭璋编校：《全宋词》，中华书局 1965 年版，第 1039 页，第 1971 页，第 348 页。

⑯ 刘熙载：《艺概·词曲概》，上海古籍出版社 1978 年版，第 108 页。

⑰ 彭定求等编：《全唐诗》，中华书局 1960 年版，第 2252 页。

（2017 年第 12 期）

中国画史中的图、画之辨

刘成纪

在中国绘画史上，“图”与“画”是一对既各自生成又相互纠缠的概念。其中，“图”就其作为动词而言，指对一件事情的反复考虑和谋划；就其作为名词而言，则指图像和图画。“画”也兼有动词和名词的双重特性。作为动词，它指筹划、计划，也指画画；作为名词则指绘画作品。两者合而言之，“图”与“画”作为动词，因兼有谋划、筹划的意思而词义相近；作为名词，一指图像，一指绘画，则具有共同的视觉形象特性。正是因此，在中国漫长的艺术史中，这两个概念长期语义重叠，相互混用。比如单件的绘画作品，画家习惯于以“图”相称，如《洛神赋图》《步辇图》《匡庐图》《清明上河图》《长江万里图》《富春山居图》等。但是某一类型的画，人们又往往称之为“画”，如山水画、花鸟画；同时也可能称为“图”，如美人图、春宫图等。那么，在“图”“画”之间，到底是否存在表意差异？厘清这一差异，对于认识中国艺术史到底有什么独特的意义？下面我尝试回答这一问题。

一

从中国艺术史看，“图”与“画”的词义纠缠起于先秦，到两汉时期达到高峰。同时在汉代，两者也开始出现语义分离的征象。这种纠缠与分离，预示着绘画作为一门独立的艺术，以汉代为其肇端；同时也意味着本文对于图、画关系的辨析，主要依托于汉代文献。

第一，就“图”与“画”作为一般动词而言，都指考虑、谋划、计划、策划之类的心理意图，但就其词义的表现层次来讲，“图”居于词义的深层，“画”则居于词义的显层。从“图”到“画”，表现出心理意图通向实践的渐进性。如司马迁《史记·龟策列传》记云：“会上欲击匈奴，西攘大宛，南收北越，卜筮至预见表象，先图其利。”[1] 班固《汉书·高帝纪》云：“天下即安，豪杰有功者封侯，新立，未能尽图其功。”[2] 这里的“图”表现出当事人对达到某一目的的潜在心理欲求。与此比较，“画”作为计划，则是“图”的具体化，距离某一目的的实施更近了一步。如《史记·荆燕世家》：“高后时，齐人田生游乏资，以画干营陵侯泽。”[3]《史记·淮阴侯列传》录韩信语云：“臣事项王，官不过郎中，位不过执戟，言不听，画不用，故倍楚而归汉。”[4] 这里的“画”，均具有实施计策、计划的意思，是人的内在心理意图付诸实施的直接前奏。以秦末楚汉争霸为例：当时，无论刘邦和项羽都有打败对方的强烈意图，这种意图具有潜在性和恒久性，而韩信的“画”则是具体的实施计策或计划。这样，“图”与“画”虽然表面看来具有表意的一致性，但其词性却具有从心理深层向表层进而向实践不断浮现的特点。换言之，“图”与“画”具有连续关系，前者构成了后者的心理基础和背景。

第二，在秦汉时代，“图”与“画”作为与艺术活动相关的专指动词，都指图画、画图或画画，但两者表意的深邃性存在差别。如在汉代文献中，有许多“图”“画”连用的组合词，像《淮南子·兵略训》：“兵之所隐议者，天道也；所图画者，地形也。”[5]《汉书·金日磾传》：“日磾母教诲两子，甚有法度，上闻而嘉之。病死，诏图画于甘泉宫。”[6] 这里的“图画”，显然意味着表象方式从“图”到“画”的渐次显现，或者从肖像绘制的深层意图向具体成像技术的实践性过渡。于此，“图”与其作为一般动词时显现的特性一样，构成了“画”的基础和背景。同时，在汉代相关文献中，图与画相分离的用法也很多，如司马相如《天子游猎赋》：“莲藕觚卢，奄闾轩于，众物居之，不可胜图。”[7]《后汉书·李恂传》：“（李恂）持节使幽州，宣布恩泽，慰抚北狄，所过皆图写山川、屯田、聚落百余卷。”[8] 这里之所以单用“图”，原因在于它并不像画一样，以对事物的纯然审美表现供人观赏，而是有深层的认知目的。换言之，图是本质的、内容的、认知的，画是表象的、形式的、审美的。图与画相比，存在于表意的深层。在制图和画画之间，制图具有奠基性。它一方面需要通过画获得审美表现，另一方面画也需要图作为其背后的依托。

第三，在秦汉时代，“图”与“画”除作为动词使用外，也均具有名词性，共同指代视觉图像，但比较言之，“画”作为名词指代图像所占的份额要远远大于“图”。如《汉书·景十三王传》记云：“（刘去）其殿门有成庆画，短衣大绔长剑。”[9] “（刘海阳）置酒请诸父姊妹饮，令仰视画。”[10] 王充《论衡·须颂篇》：“宣帝之时，画图汉烈士，或不在于画上者，子孙耻之。”[11] 但更多情况下，“画”只有与“图”或“像”联用时才能获得名词性。如《汉书·外戚传》："观古图画，贤圣之君皆有名臣在侧。"⑫王充《论衡·别通篇》："人好观图画者，图上所画，古之列人也。"⑬《后汉书·朱穆传》注引《谢承书》云："穆临当就道，冀州从事欲为画像置听事上。"⑭另外，东汉末书法家仇靖有《黾池五瑞画像》文。⑮按照王充"图上所画"一句的暗示，在图与画的关系中，图明显是基础性的，或者说画是以图为背景形成的视觉表现。在画与像的关系中，像则是画的最终呈现形式，或者说像的在场使画获得了确定性。这样，在图、画、像三者之间，画具有将图导向像的中介性质。同时，画的这种中介性质也鲜明地体现在"画图"这一组合词中。在汉代乃至先秦"画图"联用的案例中，"画"都是动词性的。如《庄子·田子方》讲到"宋元君将画图"⑯，这里的"画"与"图"的关系就是动词与名词的关系。《汉书·张汤传》记"千秋口对兵事，画地成图"⑰，则更直观地道出了图不但是画的前提，而且是画的最终成果。由这种分析看，在中国先秦两汉时期，画作为中介，它或者背靠着图指向像，即"图→画→像"；或者以图为产生背景，最终又以图为结果，即"图→画→图"。无论哪一种方式，均意味着画是中介性的，不具有独立价值。但同时，从上引《汉书·景十三王传》和王充的《论衡·须颂篇》，又可以看出它在某种程度上获得了对绘画的独立名词性指称。这种双重特点，正是汉代绘画艺术在独立与非独立之间游移的证明。

第四，在汉代，"图"与"画"是一对具有高度非对称性的概念。两者之间不是并置关系，而是包含与被包含的关系。关于"图"这一概念的指涉范围，南朝宋光禄勋颜延之曾讲："图载之意有三：一曰图理，卦象是也；二曰图识，字学是也；三曰图形，绘画是也。"⑱按照这一界定，图在南北朝时期包含了周易卦象、文字书写和绘画三种形式，绘画只是其中的一个类别。由此反观两汉，图涵盖的范围更广，绘画在其中占据的份额则更小。这中间，卦象和文字书写的图像性质暂且不论，但就颜延之所列的"图形"而论，汉代除了绘画尚显模糊的面目之外，大量存在的是一些非艺术图像，如天文图、地图、图谶、符箓等，绘画只是这一庞大图像体系的组成部分或衍生物。关于图与画之间的这种包含与被包含关系，英国学者柯律格曾讲："在明代，所有的画都可以归属于一个更大的图的范畴，而非所有的图都可以归属于画的范围。"⑲也就是说，直到明代，中国绘画也没能独立于图像。一个对象若是画则一定是图，若是图则未必是画。如果对这种在中国历史上一直持续的图、画关系作出历史追溯，秦汉时期建构的庞大图像体系无疑是具有奠基性的。

第五，中国秦汉时期对图、画之间层级关系的确立，最根本地奠基于河图洛书传说对图像本源的神化，这一神化使图获得了不可动摇的本体论根据。自先秦始，在中国人的文明起源观念中，河图洛书即被赋予了人文肇始的意义。如孔子《论语·子罕》云：“凤鸟不至，河不出图，吾已矣乎！”[20]《易传·系辞上》：“河出图，洛出书，圣人则之。”[21] 到汉代，这种观念则被进一步神化或谶纬化，成为汉儒关于中国文明起源的最具正统性和主流性的解释。但进而言之，按照《易传·系辞上》的讲法，河图出自黄河，洛书出自洛水，那么这河图洛书就进一步有个来处的问题。对此，两汉儒家解释如下：

《易》曰：“天垂象，见吉凶，圣人象之；河出图，洛出书，圣人则之。”刘歆以为伏羲氏继天而王，受《河图》，则而画之，八卦是也。禹治洪水，赐《洛书》，法而陈之，《洪范》是也。(《汉书·五行志》)[22]

天下太平符瑞所以来至者，以为王者承统理，调和阴阳，阴阳和，万物序，休气充塞，故符瑞并臻，皆应德而至……德至则黄龙见，醴泉出通，河出龙图，洛出龟书，江出大贝，海出明珠。(《白虎通德论·封禅》)[23]

夫河出图，洛出书，圣帝明王之瑞应也。(《论衡·感虚篇》)[24]

图出于河，书出于洛。河图、洛书，天地所为，人读知之。(《论衡·雷虚篇》)[25]

河图洛书，皆天地神言语，所以教告王者也。(郑玄《六艺论》)[26]

在中国文明史上，伏羲画卦是一个标志性事件，它意味着古圣先王以八卦形塑世界，是人为自然立法或建立秩序的起点。伏羲因此被推崇为华夏人文始祖，图像（八卦）之于中国文明则获得了历史本体论的意义。但是伏羲画卦之说，自身存在着一个难以克服的哲学矛盾，即他以八卦为自然和人类立法，但他自身作为自然和人类的组成部分，则存在着一个谁为他立法的问题。据此，要解决这一矛盾，就必须在人类之外找到一个绝对的他者，这个他者就是对包括伏羲在内的一切人类都有效的神。上面列举的河图洛书、天降祥瑞之说，都是将八卦图像的首创权交给了人类之上的神性之天。据此看中国历史上的图像本体论以及图与画的关系，就必须进行重新排序。也就是说，其中的图是本体性的，它首先来自神赐或天道自然的给予；八卦则是次生性的，它由伏羲仿效河图而画出。换言之，唯有河图才是自然天成的图，而包括伏羲画卦在内的一切人工图像都只能是后发性的画。按照这种对图、画关系的定位，图必然因神学的支持而具有神圣性，因其哲学的超越性而具有存在的高度，因其对自然的全面统摄而在宇宙论层面无所不包，因其占据了无法还原的文明起点而获得深邃的历史感。与此相比，伏羲画卦只能是这一神性之图的现象剩余，而后世的一切绘画作品则至多不过是影子的影子、摹仿的摹仿罢了。

二

以上，我主要从词性变化、概念范围、图像本体论三个角度分析了中国社会早期对图、画关系的认识。其中，词性变化对图、画关系的影响，可参照许慎和段玉裁对这两个字的解释。如许慎《说文》释“图”云：“图，画计难也。”段注：“《左传》曰：‘咨难为谋。’画计难者，谋之而苦其难也。《国语》曰：‘夫谋必素见成事焉而后履之。’谓先规画其事之始终曲折，历历可见，出于万全，而后行之也。故引伸之义谓绘画为图。”[27]段玉裁的这段释义首先强调了“图”的动词性，即心理谋划的艰难。在他看来，这与画家在绘画之前为谋篇布局而殚精竭虑的情形相一致。一个有趣的案例是，汉昭帝元凤元年（前80），大将军霍光因为遭到上官桀、桑弘羊等大臣的弹劾而“止画室中不入”[28]。这个“画室”，到底是指大臣的谋画之室，还是指被绘画装饰的房舍，就产生了理解上的巨大困难。三国时期的《汉书》注家如淳曾解释道：“画室，近臣所止计画之室也，或曰雕画之室。”[29]也在两种释义之间采取了模糊立场。可以认为，在汉代，“画室”一词之所以在“计画之室”和“雕画之室”之间难以做出准确辨识，根本问题在于“画”在“谋画”和“绘画”之间的词义游移。当然，也正是这种游移，显示了绘画活动必须以人的心理图谋为前提的特性，从而为理解绘画的心理动因和创作实践的关系理出了一条道路。

就“图”与“画”的差异而论，许慎对“图”的解释是“画计难也”，对“画”的解释是“介也。从聿，象田四介，聿所以画之”[30]。这种解释一方面说明了“图”与“画”具有表意的一致性，即无论处理社会政治事务还是分割田地，都需要谋画，都需要未雨绸缪式的前期心理准备，另一方面也说明两者存在表意深度和广度的差异。比较言之，“图，画计难也”，说明由“图”指称的谋划活动具有心理的难度和深度，在表意上侧重内容；而“画”（为田地划出边界）则具有形式分割的意义，它的表意范围存在于事物（田地）的表层，具有更强的形式性和实践性特征。前文说图居于人心理活动的深层，画居于人心理活动的表层，原因正在于此。同时，“图”可以表达人的一切谋画活动，具有表意的一般性，“画”则具体指田产的划界或谋画，这意味着两者虽然同为谋划，但它们之间却存在着包含与被包含的关系，即图可以包括画，画是图的组成部分。在汉代，之所以图像和绘画相比是一个更具内在表意深度和广度的概念，根本原因也在于“图”与“画”在指称人的心理活动时就已经存在差异。

近世以来，随着图像学研究的展开，中国传统“图”与“画”的表意差异已引起学术界的注意。如柯律格认为，“图”：“该字的语义学范围使得任何单独的英语单词都似乎不够确切。作为动词，‘图’可以有一系列的意思：‘希望、期待、计划、设计。’”[31]作为名词，它可以指称地图（map）、图画（picture）、图示（diagram）、肖像（portrait）、图表（chart）、绘画（painting），似乎涵盖了人类所有的视觉表现形式。[32]与“图”的这种表意广度相一致，其表意深度和高度更值得注意，即在心理层面，“图”代表了人心理深层具有艰深性的精神预谋；在哲学层面，它以八卦的原始图像构成了世界秩序的本体论基础；在神学层面，河图是自然神灵的给予，它神奇地从河水中横空出世，成为对天地宇宙的神秘图示。这些特性，均非一般绘画所能企及。

从中国秦汉历史看，图的如上特点，使其在与画的比较中占据了压倒性的位置。概言之，“图”作为动词，居于人心理活动的深层，而画则居于显层；“图”作为名词，它的表意范围涵盖了一切图像，而画只是其中的组成部分；图是对事物的全貌呈现，画则是对事物的局部呈现；图触及事物的内在本质，画则仅涉及事物的表象；图是内容性的，画是形式性的；图在本源上是自然的神性给予，画则是人工性的摹拟或制作工艺；图是人识读、知解的对象，画是人观看、鉴赏的对象；等等。当然，也正是有这些重要的差异存在，在中国秦汉历史中，人们向来重图而不重画。比如地图、天文图、图谶等分别主导了中国社会早期人的地理时空观念和形而上的神性欲求，而绘画则至多在粉饰太平、润色鸿业等可有可无的层面显现价值。也正是因此，在中国社会早期，绘画活动总是与社会地位低下的画工联系在一起。其中即便有士人参与，也不过像书法、辞赋一样被视为可有可无的雕虫之技。东汉蔡邕曾讲：“汉之得人，数路而已。夫书画辞赋，才之小者，匡国理政，未有其能。”[33]这种对绘画的价值判断，代表了汉代的主流价值观，也意味着图与画在这一时代的价值差异仍判若云泥。

但是汉代以降，中国图像艺术的发展史，在某种程度上可视为图与画的价值发生重大翻转的历史。这种翻转的发生首先源于图之神性的丧失和世俗化，其次源于画摆脱了对图的依附，逐步获得了独立价值。就第一点而论，在中国历史上，汉代是崇信天人感应、阴阳消息的时代，这种信仰使其将图（如图谶、河图）神圣化，并作为一切人事活动的指引。汉代以后，图谶仍然存在，但它更多流行于民间社会，知识阶层一般趋于理智清明。河图等也常常被知识阶层谈及，但它基本上已从神学回归到了哲学。这种现象可称为图像的去魅或去神圣化，其直接的后果就是图像对现实事务和人精神生活的影响力下降。尤其唐、宋之后，中国的雕版印刷技术开始普及，由此开启了一个图像的世俗时代。与此相对应，中国绘画自魏晋始，逐步摆脱了对图像的依附而获得独立价值。在这一新的背景下，绘画越是具有形式性，就越能彰显美的纯粹性；越是关注事物的表象，就越能为人的精神植入提供便利；越是祛除神性，便越能彰显人性。也就是说，图像靠自然原真性而获得的认知价值，靠宗教暗示而获得的象征价值，在这里似乎被绘画追求的个体精神价值取代。据此来看，魏晋以降中国绘画艺术的发展过程，应算是艺术家的价值取向不断向内转的过程，或者主体性心灵不断成为艺术立法者的过程。比较言之，图的价值标准在自然，画的标准在人的心灵。有了这个新的标准，绘画不但不会因为它无益于“匡国理政”而被视为“才之小者”，反而会因它摆脱了政治神学的纠缠而成为文人重要的精神寄寓形式。

清代画家龚贤在其《云来深树图》题跋中讲：

> 古有图而无画。图者，肖其物、貌其人、写其事，画则不必。然用良毫珍墨施于故楮之上，其物则云山、烟树、危石、冷泉、板桥、野屋，人可有可无。若命题写事则俗甚，荆、关以前似不免此。至董源出而一洗其秽，尺幅之间，恍若千里。[34]

在这段话中，龚贤的“古有图而无画”之论，讲述了图在中国社会早期占据主导地位的事实。在他看来，图的功能在于写实，也正因此易流于庸俗。绘画则是不必写实的，它只以心灵表现为圭臬，云山、烟树、危石、冷泉无一不是心灵的象征。据此来看，中国艺术史中的图、画之变，是中国艺术从自然走向心灵、从神性走向人性这一过程的必然选择，两者之间的价值翻转则正是整个社会价值发生主体性转向的必然反映。

三

但耐人寻味的是，中国画自其发端至近现代，却一直保持着以“图”自名的漫长传统。这到底是上古图像记忆留下的艺术残迹，还是要借与历史保持一致而使绘画续存一种久远的神圣性？确实值得思考。同时，在中国画史中，虽然自魏晋以降中国绘画有日益心灵化、审美化的趋向，但我认为，它仍然是广义的图像的组成部分。或者说，图的历史纵贯中国绘画史，所谓“古有图而无画”或者中古以降图、画分离的讲法，只是现代人用后发的艺术观念重构历史的产物，并无法改变图像观念对中国画史的整体覆盖和持续影响。简论如下：

首先是中国画以“图”自称的问题。就前文关于“图”“画”概念的比较可以看出，图比画传达着更深邃的精神意图，具有表意的内在深度和传达人的世界经验的广度，同时与世界的自然和神性本源（河图）更相切近。就此而言，画家明明画的是画，却自称其作品为“图”，显然不仅仅是对历史称谓的沿袭问题，而是存在着为其作品赋予更高人文价值的企图。在中国画史上，历代画家和画论家无不试图在审美之外抬高绘画的价值。如曹植云“存乎鉴戒者，图画也”[35]，这涉及绘画的伦理价值；陆机云“丹青之兴，比雅颂之述作，美大业之馨香”[36]，这涉及绘画之于国家政治建构的意义；颜延之讲“图画非止艺行，成当与易象同体”[37]，这涉及绘画与天地万物的哲学对接；张彦远讲“古先圣王受命应籙，则有龟字效灵，龙图呈宝。自巢燧以来，皆有此瑞。迹暎乎瑶牒，事传乎金策。庖牺氏发于荥河中，典籍图画萌矣”[38]，这涉及绘画的神性本源问题。这中间，无论是社会伦理、国家政治，还是自然哲学和神学，都最终使绘画溢出了文人雅赏的边界，具有和人的世界经验等量齐观的性质。据此来看，自上古至现代，中国画家之所以称其作品为“图”而非“画”，并不仅仅是一种历史习惯，而是为了在审美之外，使其作品展现出更深邃、更宏阔、更高远的价值。画家从不认为自己仅仅是一名丹青妙手，而是兼具伦理学家、政治家、哲学家乃至神学家等种种更崇高的职分。也就是说，在中国画史上，图被赋予的神圣性和价值多元性，使图、画之辨从根本上关涉到对绘画这门艺术的价值深化和拓展。当然也唯有如此，才能使长期以士人自许的画家摆脱“艺行”的限定，在职业中找到通达家国天下、人神之思的崇高感。魏晋以降，虽然这种宏大的价值关怀相对弱化，但它仍然是中国画家关于自身定位的最重要依据。画家之所以持之以恒地称自己的作品为“图”，则正是将绘画艺术的价值无限外向放大的意图使然。

其次是中国早期图画的价值显现问题。从艺术史看，虽然今人已习惯于从画（drawing / painting）的维度认识图像的历史，并将审美价值作为其核心价值，但如上所言，在古代中国，图与画并没有截然分界，画以向图趋近作为最终目标。像中国夏商时期青铜器上的纹饰图案，其审美价值固然存在，但更重要的价值却是要对出行者起到地理引导作用[39]，同时充当中国早期国家一统观念的视觉标识物[40]。换言之，认知、审美、象征三种价值，对于认识中国早期图像艺术缺一不可。同时，即便真正意义上的绘画，其价值也不仅仅止于审美，而是有其意义的无限开敞。如《周礼・考工记》："画缋之事，杂五色。东方谓之青，南方谓之赤，西方谓之白，北方谓之黑；天谓之玄，地谓之黄。"[41] 在此，青、赤、白、黑、玄、黄与天地四方对应，这就使原本艺术（或工艺）色彩学的问题获得了宇宙论的意义。就此而论，在中国早期艺术史中，不但将图（如青铜器纹饰图案）理解为画是狭隘的、浅薄的，而且即便是画（"画缋之事"），仅仅理解为现代意义上的绘画也极大减损了它溢出审美之外的意义。

再次是如何看待魏晋以降中国画的向内转问题。比较言之，中国秦汉以前绘画的图像表现是外向的，即绘画在外向映射中成为天地自然图像的组成部分。魏晋以降，中国绘画逐步成为人心灵的映像形式。但即便在心灵维度，无论是写神、写意，还是呈现意境、境界，绘画所彰显的无非是人的内宇宙的图景，其寄寓的精神也远远不是"审美"一词所可概括。也就是说，秦汉以前绘画对外部世界的象征性摹写和魏晋以降对人心灵宇宙的呈现，从两个侧面开启了中国艺术从画走向图的道路，即绘画通向自然和人心灵之图的媒介意义要远远大于绘画自身作为艺术的自律意义。另外，即便我们认可中国中古以降绘画的向内转意味着艺术摆脱图像而自律，这也难以概括中国后半段画史的真实状况。比如有宋一代，《宣和画谱》将绘画按题材分为十门，即道释、人物、宫室、番族、龙鱼、山水、畜兽、花鸟、墨竹、蔬果[42]，其中真正能够体现心灵化趋向的至多有山水、花鸟、墨竹三项。同时，即便山水、花鸟之类的文人题材，在宋代也没有被心灵化，而是将写实发展到了登峰造极的程度。[43] 也就是说，是认知而不是审美构成了这一时代艺术的真正特性，绘画作为图像的认知意义仍具有奠基性。至于中古以降图画分离或两者关系发生翻转的看法，只不过是后世文人画家以后发的艺术观念重建了历史罢了。

最后需要指出的是，本文对中国艺术史中图、画关系的辨析，并不仅仅是满足一种历史兴趣，而是具有鲜明的现代指向。19 世纪末以降，以德国人阿比・瓦尔堡为先导，对视觉艺术的图像学研究已经成为当代艺术研究的最大宗。这一研究法基本搁置了对绘画审美鉴赏价值的关注，而将其作为认知或识读的对象，以探寻其中隐藏的历史奥秘和哲学象征意义。于此，绘画被图像化。同时，大量传统上无法被纳入艺术史范围或被置于艺术史边缘地带的图像，则因艺术边界的拓展而被作为艺术来看待，所谓绘画艺术则因此泛化为图像艺术或视觉艺术。按照巫鸿的讲法，“这种把美术史‘历史化’的努力可以被看成是对传统美术史的解构，但其结果却并没有导致这门学科的消失或缩小，而是出乎意料地引起了它的迅速膨胀。换言之，新一代的学者们并没有退入被重新定义后的‘为艺术而艺术’的缩小范围，而是把更大量的‘非美术’的视觉材料纳入以往美术史的神圣场地，其结果是任何与图像（image）有关的现象——甚至是日常服饰和商业广告——都可以成为美术史的研究对象……这些研究题目不再来源于传统的艺术分类；对它们的选择往往取决于研究者对更广泛的人文、社会和政治问题的兴趣。因此这些题目从本质上说是‘跨学科’的，其长处在于不断和其他人文和社会学科互动，对美术史以外的研究领域提供材料和施加影响”[44]。以此为背景，当代影像技术的进展已使人的生活世界整体成为图像世界，甚至如海德格尔所言：“世界图像并非意指一幅关于世界的图像，而是指世界被把握为图像了。”[45]至此，绘画向图像的放大，就不仅仅是关乎艺术的问题，而是关乎人的世界观的哲学问题。由此反观本文关于中国画史中图、画关系的讨论，就不仅仅是对中国绘画史研究的深化和拓展，而且也是在中国本土艺术史中为现代图像学研究寻求理论支持并建立源流关系的重要尝试。

注释：

①③④ 《史记》，中华书局 1999 年版，第 2441 页，第 1598 页，第 2034 页。

②⑥⑨⑩⑫⑰㉒㉘㉙ 《汉书》，中华书局 1999 年版，第 43 页，第 2228 页，第 1851 页，第 1854 页，第 2930 页，第 2014 页，第 1081 页，第 2212 页，第 2212 页。

⑤ 何宁：《淮南子集释》，中华书局 1998 年版，第 1081 页。

⑦ 龚克昌等：《全汉赋评注》，花山文艺出版社 2003 年版，第 124 页。

⑧⑭㉝ 《后汉书》，中华书局 1999 年版，第 1137 页，第 993 页，第 1349 页。

⑪⑬㉔㉕ 黄晖：《论衡校释》，中华书局 1990 年版，第 851 页，第 596 页，第 249 页，第 308 页。

⑮ 严可均辑：《全后汉文》，商务印书馆 1999 年版，第 807 页。

⑯ 郭庆藩：《庄子集释》，中华书局 1961 年版，第 719 页。

⑱㉟㊱㊲㊳ 张彦远：《历代名画记》，俞剑华注释，上海人民美术出版社 1964 年版，第 3 页，第 5 页，第 4—5 页，第 131 页，第 1—2 页。

⑲㉛㉜ 柯律格:《明代的图像与视觉性》,黄晓鹃译,北京大学出版社2011年版,第10页,第119页,第118页。

⑳ 李学勤主编:《论语注疏》,北京大学出版社1999年版,第129页。

㉑ 李学勤主编:《周易正义》,北京大学出版社1999年版,第290页。

㉓ 陈立:《白虎通疏证》,中华书局1994年版,第285页。

㉖ 郑玄:《六艺论》,陈鳣辑,中华书局1985年版,第3页。

㉗㉚ 段玉裁:《说文解字注》,上海古籍出版社1981年版,第227页,第117页。

㉞ 张连、古原宏伸编:《文人画与南北宗论文汇编》,上海书画出版社1989年版,第32页。

㊴ 按《左传·宣公三年》:"昔夏之方有德也,远方图物,贡金九牧,铸鼎象物,百物而为之备,使民知神、奸。故民入川泽、山林,不逢不若。螭魅罔两,莫能逢之。"(李学勤主编:《春秋左传正义》,北京大学出版社1999年版,第602—603页)也就是说,夏鼎上的纹饰图案,意在增进人民对未知世界的了解,具有博物学和旅行指南的性质,认知意义大于审美意义。

㊵ 刘成纪:《陶铜审美之变与中国早期国家的形成》,《郑州大学学报》2016年第4期。

㊶ 张道一:《考工记注译》,陕西人民美术出版社2004年版,第221页。

㊷《宣和画谱》,载于安澜编《画史丛书》第2册,上海人民美术出版社1963年版,第5—6页。

㊸ 虽然当代艺术史家习惯于肯定宋画的写意特性和当时文人画的价值,但事实上逼真的图像摹写却仍具有奠基性。如沈括《梦溪笔谈·书画》记云:"欧阳公尝得一古画牡丹丛,其下有一猫,未知其精粗。丞相正肃吴公与欧公姻家,一见曰:此正午牡丹也。何以明之?其花披哆而色燥,此日中时花也;猫眼黑睛如线,此正午猫眼也。有带露花,则房敛而色泽;猫眼早暮则睛圆,日渐中狭长,正午则如一线耳。"(沈括:《梦溪笔谈》,张富祥译注,中华书局2009年版,第177—178页)这段话虽然是在谈古画鉴赏,但却鲜明地透露出宋画在纤毫处求真实的艺术取向。这一取向在宋代院体画中得到了登峰造极的体现。

㊹ 巫鸿:《美术史十议》,生活·读书·新知三联书店2008年版,第7—8页。

㊺ 海德格尔:《林中路》(修订本),孙周兴译,上海译文出版社2008年版,第78页。

(2018年第3期)

论陆游、杨万里的诗学歧异

莫砺锋

一

在南宋诗坛上，陆游与杨万里是成就最高、影响最大的诗人。后人并论陆、杨，往往意在褒贬、扬此抑彼之间，遂难免偏颇。比如陆、杨在当时诗坛上均享盛名，时人褒扬陆、杨之语，不知凡几。褒扬陆游者如姜特立《应致远谒放翁》："呜呼断弦谁续髓？风雅道丧骚人死。三山先生真若人，独将诗坛壁孤垒。"[①] 周必大《次韵陆务观送行二首》之二："议论今谁及，词章更可宗。"[②] 楼钥《谢陆伯业通判示淮西小藁》："四海诗名老放翁。"[③] 赵蕃《呈陆严州二首》之一："一代诗盟孰主张……可不一登君子堂！"[④] 苏泂《三山放翁先生生朝以筇竹杖为寿一首》："声名固自盖天下。"[⑤] 戴复古《读放翁先生剑南诗草》："茶山衣钵放翁诗，南渡百年无此奇。"[⑥] 刘克庄《题放翁像二首》之一："譬宗门中初祖，自过江后一人。"[⑦] 褒扬杨万里者如姜特立《谢杨诚斋惠长句》："今日诗坛谁是主，诚斋诗律正施行。"[⑧] 项安世《又用韵酬赠潘杨二首》之二："四海诚斋独霸诗。"[⑨] 王迈《山中读诚斋诗》："万首七言千绝句，九州四海一诚斋。"[⑩] 袁说友《和杨诚斋韵谢惠南海集三首》："四海声名今大手，万人辟易几降旗。"[⑪] 周必大《跋杨廷秀赠族人复字道卿诗》："执诗坛之牛耳。"[⑫] 细味上述言语，都是对陆、杨诗名的赞美，并无轩轾。可是有论者却举上引姜特立诸人称扬杨万里之语来证明杨万里在当时的诗名胜于陆游，并说："注意，南宋一代似乎还没有人将陆游的名字摆在杨万里之上，更没有称陆游'四海独霸'之类的话。除了赵蕃、苏泂等人评语眼高之外，有地位影响的评论家如周必大、刘克庄等人说话都有保留。"[⑬] 其实"四海独霸"不过是个比喻的说法，与"声名固自盖天下"等句并无实质性的差异。且如姜特立既称陆游"独将诗坛壁孤垒"，又称杨万里"今日诗坛谁是主"，两者又有什么高下之分？至于说"有地位影响的评论家"，在南宋首推朱熹。朱熹与陆、杨二人相交皆笃，但他仅说过："放翁之诗，读之爽然，近代唯见此人为有诗人风致。"[⑭] 又说："放翁老笔尤健，在今当推为第一流。”[15]对杨万里之诗则未置一词。难道这就足以证明陆游的诗名胜于杨万里吗？

除了诗名高低之外，陆、杨的人品也是后人集中评说的一个话题。对于杨万里的人品，后人似乎是同声赞扬，不必缕述。对于陆游的人品，则颇有讥议。有意思的是，这两种评价有一个交叉点，就是陆游为韩侂胄作《南园记》之事。四库馆臣为杨万里《诚斋集》所撰提要中的议论最具有代表性：“南宋诗集传于今者，惟万里及陆游最富。游晚年隳节，为韩侂胄作《南园记》，得除从官。万里寄诗规之，有‘不应李杜翻鲸海，更羡夔龙集凤池’句。罗大经《鹤林玉露》尝记其事。以诗品论，万里不及游之锻炼工细。以人品论，则万里倜乎远矣！”[16]言之凿凿，实为捕风系影之谈，于北山的《陆游年谱》、邱鸣皋的《陆游评传》对此均有详实的考辨。[17]为免词费，我们综合二家之论作一简单说明。首先，陆游的《南园记》以及同样是为韩侂胄所撰的《阅古泉记》原文具在，正如于北山所云：“无非描叙山林泉石之奇，宴饮游观之盛，并未溢出一般游记之范围；且期之以‘许闲’‘归耕’，微讽私悰，更昭昭在人心目，亦何‘隳节’之可言！”[18]其次，韩侂胄其人，虽有独擅朝政及排斥异己等劣迹，但并非十恶不赦之窃国巨奸，当其主持准备开禧北伐之时，辛弃疾等爱国将领都甚感兴奋，一向力主抗金复国的陆游为何一定要拒之于千里之外？再次，所谓杨万里“寄诗规之”的《寄陆务观》一诗，作于绍熙五年（1194），下距陆游作《南园记》之庆元六年（1200）或七年（1201），尚有六七年之久，杨万里不应未卜先知。最后，常被后人用来对比并贬低陆游的杨万里坚拒为韩侂胄作《南园记》以及杨万里闻知韩氏北伐之消息忧愤而卒等事，虽见于《宋史》[19]及《续资治通鉴》[20]，其实皆本于杨万里之子杨长孺于韩侂胄身败名裂后上献朝廷之“私家记载”[21]，并非实录，不能用作贬低陆游的史料。事实上，陆、杨二人虽然晚年出处态度有异，但人品俱无可议之处，于北山的《陆游年谱》与《杨万里年谱》记二人事迹甚详，班班可考。庆元元年（1195），韩侂胄始专朝政。开禧二年（1206），韩侂胄发动北伐失利，次年被杀。在这十年之间，陆游于嘉泰二年（1202）被召为实录院同修撰兼同修国史，次年修孝宗、光宗两朝实录毕，即请求致仕返回山阴，此后至死未曾入朝。嘉泰四年（1204），陆游获封山阴县开国子、食邑五百户（虚封）。开禧三年（1207），又获封渭南伯、食邑八百户。杨万里则于绍熙三年（1192）就已辞职归隐，其直接原因是得罪了丞相留正与吏部尚书赵汝愚（二人皆为韩侂胄之政敌），当时韩侂胄尚未专权。及至韩氏专权之后，杨万里虽一再请求致仕，却直至庆元五年（1199）方得获准，其间且于庆元四年（1198）进封吉水县开国子、食邑五百户，于嘉泰四年晋封庐陵郡侯、食邑一千户，至开禧二年即杨万里去世当年，尚获封宝谟阁学士，赐衣带鞍马。相比而言，杨万里在韩侂胄专权时期从朝廷得到的待遇并不低于陆游，我们固然不能因此而指责杨万里，但又怎能称赞杨万里如何痛恨韩侂胄并从而讥刺陆游之人品呢？

上述两点本来与本文的主旨无关，但是人们在评价陆、杨二人之异的同时往往会受其影响，以至于出奴入主，难得公允，故须略作说明。下文将集中探讨陆、杨二人在诗学上的歧异，不再枝蔓。

二

从表面上看，陆游与杨万里的诗学思想都立足于儒家诗论，其实却有相当显著的歧异。杨万里身为著名理学家，曾遍论六经，其中有《诗论》一篇曰："天下皆善乎？天下不能皆善，则不善亦可导乎圣人之徐，于是变而为迫。非乐于迫也，欲不变而不得也。迫之者，矫之也，是故有诗焉。诗也者，矫天下之具也。"又曰："盖天下之至情，矫生于愧，愧生于众，愧非议则安，议非众则私。安则不愧其愧，私则反议其议。圣人不使天下不愧其愧，反议其议也。于是举众以议之，举议以愧之，则天下之不善者，不得不愧。愧斯矫，矫斯复，复斯善矣。此诗之教也。"[22]这是对儒家诗论中关于"美刺"也即诗歌社会教化功能之观念的沿袭与强化，不过汉儒论及"美刺"时是以"美"为主、以"刺"为辅，杨万里则变而以"刺"为主。今人或以为"杨万里则大力提倡'下以风刺上'的批评，企图借助诗歌文学的特殊功能，形成一种自下而上的群众性批评"[23]，此话当然不错，但我们也应注意到以下两点：一是儒家诗学原有更加丰富的内涵，在"美刺"之外，儒家也重视诗歌的抒情述志、泄导情绪等作用。杨万里主张的"下以风刺上"仅相当于孔子所云"兴、观、群、怨"中的一个"怨"字，也就是仅在儒家诗学中择取一端以立论，未免偏颇。二是杨万里所倡导的"举众以议之，举议以愧之"，只是上古时代《国风》《小雅》之类"集体创作"的诗歌才可能具备的社会功能。作为理学家的杨万里在以《诗经》为论说对象的《诗论》中这样说，当然并无不妥。但在诗歌创作早已成为个体行为的南宋诗坛，此种议论可谓食古不化，无的放矢。

有论者认为"杨万里的诗歌创作，的确努力实践上述的理论纲领"[24]，这种观点缺乏事实支撑。杨万里诗中对于南宋强敌压境、朝廷屈辱求和的社会现实是有所反映的，如《初入淮河四绝句》之哀痛国土沦丧、恢复无望；《过扬子江二首》之讥刺苟安求和、有失国体；《宿牧牛亭秦太师坟庵》之批判秦桧弄权误国，均为南宋爱国主义诗歌中的佳作。但是在现存作品总数达到四千二百多首的杨万里诗中，此类例子实属凤毛麟角，以至于凡是想在诗歌思想内容方面赞扬杨万里的论者，所能举出的例证总是包括上引诸诗在内的一二十首作品。至于南宋的其他社会弊病，特别是君臣之昏庸、朝政之阙失等黑暗面，杨万里诗中基本没有涉及，所以张瑞君在其《杨万里评传》第二章中专设"寓意深刻的政治诗"一节，虽举出八首作品作为例证，却难惬人意。比如该书引《九月十五夜月细看桂枝北茂南缺未经古人拈出纪以二绝句》之二："青天如水月如空，月色天容一皎中。若遣桂华生塞了，姮娥无殿兔无宫。"且解曰："第二首以姮娥、玉兔隐喻南宋统治者，微语讽刺，言南宋有被金人消灭的危险。诗人忧心忡忡，担心国运但出语曲折，耐人寻味。"[25]这样的解说似属过度阐释。张著所以会有如此失误，根本原因是杨万里诗中实在缺乏合适的例证。从绍熙三年（1192）归隐到开禧二年逝世，杨万里的十五载晚年生活基本上都在韩侂胄专政时期。其子杨长孺《请谥状》云："先臣万里历事四朝，遭逢若此，每思报国，念念不忘。自奸臣韩侂胄窃弄陛下威福之柄，专恣狂悖，有无君之心。先臣万里，常愤怒不平。既而侂胄平章军国事，先臣万里惊叹忧惧，以至得疾。"[26]今检杨集，此十五年之诗作结集为《退休集》，共存诗七百二十首。诚如于北山所言："诚斋晚年诗作，多见饮酒赏花，怡情适性，孤芳自赏，引退炫高，及于朝政时事者绝少。"[27]试举其绝笔诗《端午病中止酒》为例："病里无聊费扫除，节中不饮更愁予。偶然一读香山集，不但无愁病亦无。"[28]是诗作于开禧二年五月初五。据杨长孺所言，两天之后，杨士元"五月七日来访先臣万里。方坐未定，遽言及邸报中所报侂胄用兵事。先臣万里失声恸哭，谓奸臣妄作，一至于此，流涕长太息者久之"[29]。如杨长孺所言属实，则此时杨万里对韩侂胄兴兵北伐之事深恶痛绝。今检《宋史》，韩侂胄定议伐金事在嘉泰四年正月。至开禧元年（1205）四月，武学生华岳上书谏止用兵且乞斩侂胄。同年五月，金主闻知宋朝将用兵且为之备。开禧二年四五月间，宋军已收复新息、虹县等地，五月七日方下诏伐金。所谓"邸报中所报侂胄用兵事"，当指下诏伐金而言。但对于用兵之议，杨万里应早已知晓。今观其《端午病中止酒》诗，心态平静，全无"愤怒不平"之痕迹。《退休集》中的其他诗作，也大体如此。对此，我们只能有两种合理的推测：一是杨长孺所言之"愤怒不平""惊叹忧惧"出于虚构或夸张；二是杨万里根本不想用诗歌写作来实行"下以风刺上”。无论如何，杨万里关于“下以风刺上”的诗学主张并未付诸实践，它的意义仅仅存在于理学家的理论言说之中。

陆游的情况有所不同。陆游虽然也被后人列入《宋元学案》，且与杨万里同属于“武夷学案”和“赵张诸儒学案”[30]，但事实上陆游与这些学案的关系相当松懈，他在当时并不以理学家著称。不但如此，陆游对南宋理学家空谈性理的学风深为不满，他在《唐虞》一诗中讥讽那些自诩独得千年不传之秘而实际上偏离儒学传统的理学家说：“大道岂容私学裂，专门常怪世儒非。”[31]陆游没有写过像杨万里《诗论》那样的理学专论，但他服膺、崇尚儒家诗论。从孔子的“兴、观、群、怨”之论到汉儒的《诗大序》，陆游都是心领神会、念兹在兹[32]，所以陆游对儒家诗学的把握是从整体上着眼的。他说：“盖人之情，悲愤积于中而无言，始发为诗。不然，无诗矣……盖诗之兴本如是。”[33]又说：“古之说诗曰言志。夫得志而形于言，如皋陶、周公、召公、吉甫，固所谓志也。若遭变遇谗，流离困悴，自道其不得志，是亦志也。”[34]这些言论强调诗歌最重要的本质是抒泄内心郁积的悲愤之情，并指出诗歌最重要的功能是用强烈的情感内蕴感动读者，使读者或叹息流涕，或悠然意消，也即获得心灵的默契或震撼。在此基础上，陆游对儒家关于诗歌功能的思想也是从整体着眼的，他为友人诗集作序云：“穷当益坚，老当益壮，丈夫盖棺事始定。君子之学，尧舜其君民，余之所望于朋友也。娱悲舒忧，为风为骚而已，岂余之所望于朋友哉！”[35]“尧舜其君民”一语，意义重大。它一方面是对孔子论诗歌功能时所云“远之事君”[36]之言的深刻领悟；另一方面是对杜甫“致君尧舜上”[37]之人生理想的拓展、延伸。在南宋小朝廷苟安一隅、朝野士气萎靡不振的时代背景中，陆游此论具有深刻的现实意义。

从表面上看，陆游没有像杨万里那样强调“下以风刺上”，但事实上陆游在对儒家诗学思想的整体性领会中已经包含此种精神，所以他在诗歌创作中对社会现实的反映和对朝政国策的批评都远胜杨万里。为了便于比较，我们仅以陆游在开禧北伐前后的诗作为例。开禧元年，南宋朝廷紧锣密鼓地准备北伐，年过八旬的陆游作《残年》云：“遣戍虽传说，何时复两京？”[38]又作《客从城中来》云：“客从城中来，相视惨不悦。引杯抚长剑，慨叹胡未灭。我亦为悲愤，共论到明发。向来酣斗时，人情愿少歇。及今数十载，复谓须岁月。诸将尔何心，安坐望旌节？”[39]及开禧二年北伐取得小胜，陆游作《观邸报感怀》慨叹无缘亲预此役：“却看长剑空三叹，上蔡临淮奏捷频。”[40]又作《赛神》欢呼胜利：“日闻淮颍归王化，要使新民识太平。”[41]又作《闻西师复华州》希望迁居收复的关中地区：“西师驿上破番书，鄠杜真成可卜居。”[42]又作《记梦》记录梦中参加北伐之事："征行忽入夜来梦，意气尚如少年时。"[43]应该指出的是，陆游支持北伐是他一贯的政治主张，与韩侂胄的决策并无因果关系，所以当开禧三年宋军北伐不利，吴曦叛宋被平，和议复兴，并导致韩侂胄被杀后，陆游作《书感》表示对韩侂胄定策北伐的支持："一是端能服万人，施行自足扫胡尘。"[44]又作《雨晴》表示对和议的担忧："淮浦戎初遁，兴州盗甫平。为邦要持重，恐复议消兵。"[45]又作《书文稿后》哀叹韩侂胄的悲惨下场："上蔡牵黄犬，丹徒作布衣。苦言谁解听，临祸始知非。"[46]上引陆诗是否像今人所谓"好谈匡救之略"的"官腔"[47]呢？非也。试看作于开禧三年之秋的《观诸将除书》："百炼刚非绕指柔，貂蝉要是出兜鍪。得官若使皆齐虏，对泣何疑效楚囚。"[48]"齐虏"乃用汉初齐人刘敬之典，因谏止刘邦阻击匈奴，刘邦骂曰："齐虏以口舌得官，今乃妄言沮吾军！"[49]邱鸣皋说："陆游此诗语重意切，振聋发聩，一针见血地指出了朝廷任命将领的弊端，特别是预言这次北伐无疑将是一个失败的结局。"并举出多个实例，然后说："这些事实，皆可证明陆游《观诸将除书》中的指斥是正确的、有先见之明的。这些将领们不是百炼钢，而是韩侂胄的'绕指柔'，他们头上的'貂蝉'不是用兜鍪换取的，而是靠吹牛拍马，即如汉高帝所说的'以口舌得官'。"[50]这个分析非常准确。可见，陆游对开禧北伐既感兴奋，又有忧虑，对于一位久居乡村、年至耄耋的诗人来说，这真是难能可贵。这说明陆游始终用诗歌作为指责时弊、批评政治的工具，这是对儒家诗论"下以风刺上"之精神的真正继承。

三

杨万里论诗，格外重视外部环境的触发作用，他说："我初无意于作是诗，而是物、是事适然触乎我，我之意亦适然感乎是物、是事，触先焉，感焉随焉，而是诗出焉。我何与也？天也。斯之谓兴。"[51]论者解曰："所谓'物'，不仅指自然界的山水草木、禽兽鱼虫，更重要的是指人类社会生活的人和事。而且，即使是自然景物，在诗中也实际是人化的自然——同样是人类现实生活的有机组成部分。客观之'物'，即现实生活矛盾斗争的刺激，是引发诗人创作激情爆发的第一推动力。"[52]表面上归纳得十分周全，但是"所谓'物'"云云，实为以偏概全，因为杨万里明明说"是物、是事"，"是物"即指论者所谓"自然界的山水草木、禽兽鱼虫"，"是事"才是指"人类社会生活的人和事"，丁是丁，卯是卯，不可混为一谈。作为一个重视"下以风刺上"的理学家，杨万里当然不会忽视诗歌与现实社会的关系，他相当重视人生遭遇尤其是苦难人生对诗歌的激发作用，他曾高度评价远谪南荒对胡铨诗歌的重大影响："其为诗盖自牴斥时宰，谪置岭海，愁狖酸骨，饥蛟血牙，风呻雨喟，涛谲波诡，有非人间世之所堪耐者，宜芥于心而反昌其诗，视李杜夜郎、夔子之音，益加恢奇云。"[53] 他甚至认为李白长流夜郎、苏轼贬谪惠州的人生经历是天公诱发其诗歌灵感的有意安排："诗人自古例迁谪，苏李夜郎并惠州。人言造物困嘲弄，故遣各拾一处囚。不知天公爱佳句，曲与诗人为地头。诗人眼底高四海，万象不足供诗愁。帝将湖海赐汤沐，堇堇可以当冥搜。却令玉堂挥翰手，为提椽笔判罗浮。"[54] 上引二例或可视为杨万里对于"是事"的具体阐释，但是毋庸讳言，此种言论在杨万里的诗论中仅是偶一见之。杨万里更加重视、反复论说的诗歌源泉则是"是物"，也即由山水景物与草木虫鱼构成的大自然。其《下横山滩头望金华山》云："山思江情不负伊，雨姿晴态总成奇。闭门觅句非诗法，只是征行自有诗。"[55]《寒食雨中同舍约游天竺得十六绝句呈陆务观》云："城里哦诗枉断髭，山中物物是诗题。欲将数句了天竺，天竺前头更有诗。"[56]《送文黼叔主簿之官松溪》云："此行诗句何须觅，满路春山总是题。"[57]《丰山小憩》云："江山岂无意，邀我觅新诗。"[58]《答章汉直》云："雨剩风残忽春暮，花催草唤又诗成。"[59]《戏笔》云："我诗只道更无题，物物秋来总是诗。"[60] 不胜枚举。

陆游论诗，同样重视外部环境对诗歌的触发作用，他说："天之降才固已不同，而文人之才尤异……若夫将使之阐道德之原，发天地之秘，放而及于鸟兽虫鱼草木之情，则畀之才亦必雄浑卓荦，穷幽极微，又畀以远游穷处，排摈斥疏，使之磨砻龃龉，濒于寒饿，以大发其藏。"[61] 这与杨万里兼重"是物、是事"的观点如出一辙。同样，陆游也非常重视"是物"即山川风物对诗歌的激发作用，其《初冬》云："病衰自怪诗情尽，造物撩人乃尔奇！"[62]《舟中作》云："村村皆画本，处处有诗材。"[63]《题萧彦毓诗卷后》云："君诗妙处吾能识，都在山程水驿中。"[64]《予使江西时以诗投政府丐湖湘一麾会召还不果偶读旧稿有感》云："挥毫当得江山助，不到潇湘岂有诗！"[65] 然而，陆游更重视的却是社会环境也即诗人的人生遭际对诗歌的激发感兴，我们在上文已有所论证。更明显的例证如其《感兴》云："离堆太史公，青莲老先生。悲鸣伏枥骥，蹭蹬失水鳞。饱以五车读，劳以万里行。险艰外备尝，愤郁中不平。山川与风俗，杂错而交并。邦家志忠孝，人鬼参幽明。感慨发奇节，涵养出正声。故其所述作，浩浩河流倾。"[66] 诗中虽然说到"万里行"和"山川"，但重点显然不在山川风景而在险艰备尝的人生经历。其《游锦屏山谒少陵祠堂》又云："古来磨灭知几人，此老至今元不死。山川寂寞客子迷，草木摇落壮士悲。文章垂世自一事，忠义凛凛令人思。夜归沙头雨如注，北风吹船横半渡。亦知此老愤未平，万窍争号泄悲怒。”[67]诗中虽然说到“山川”和“草木”，但重点显然在于杜甫对国步艰难和个人不幸的强烈愤慨。正因如此，当陆、杨二人说到自然景物对诗歌的感兴作用时，往往有扬此抑彼之异。杨万里《晚寒题水仙花并湖山》云：“老夫不是寻诗句，诗句自来寻老夫。”[68]《晓行东园》云：“好诗排闼来寻我，一字何曾撚白须！”[69]强调的是外物对诗人的引导作用。陆游《秋思》则云：“诗情也似并刀快，剪得秋光入卷来。”[70]《过灵石三峰》云：“拔地青苍五千仞，劳渠蟠屈小诗中。”[71]强调的是诗人对外物的掌控运用。

陆、杨二人的创作实践也显示出同样的歧异。杨万里作诗时不但师法自然，而且常将自然写成具有生命、充满灵性的主人翁。例如《彦通叔祖约游云山寺》：“风亦恐吾愁寺远，殷勤隔雨送钟声。”[72]《晚望二首》之一：“夕阳不管西山暗，只照东山八九棱。”之二：“万松不掩一枫丹，烟怕山狂约住山。”[73]《玉山道中》：“青山自负无尘色，尽日殷勤照碧溪。”[74]《岭云》：“天女似怜山骨瘦，为缝雾縠作春衫。”[75]陆游虽也喜爱山水，但他吟咏山水时始终以主人翁的姿态来观照客观景物。例如《杂赋》之五：“骑驴太华三峰雪，鼓棹钱塘八月涛。”[76]《秋思》之二：“山晴更觉云含态，风定闲看水弄姿。”[77]《阆中作》之二：“莺花旧识非生客，山水曾游是故人。”[78]《闲适》：“早曾寄傲风烟表，晚尚钟情水石间。”[79]同样是写行舟看景，杨万里的《夜宿东渚主歌三首》之三云：“天公要饱诗人眼，生愁秋山太枯淡。旋裁蜀锦展吴霞，低低抹在秋山半。须臾红锦作翠纱，机头织出暮归鸦。暮鸦翠纱忽不见，只见澄江净如练。”[80]陆游《初发夷陵》却云：“雷动江边鼓吹雄，百滩过尽失途穷。山平水远苍茫外，地辟天开指顾中。俊鹘横飞遥掠岸，大鱼腾出欲凌空。今朝喜处君知否，三丈黄旗舞便风。”[81]前者是以自然为主体、诗人为客体，是自然主动在诗人眼前展示各种美景。后者则相反，诗人对着江山指挥如意，自然仅是诗人抒发主观情志的背景。同样是写大风，杨万里的《檄风伯》本是诗人讨伐自然的戏作，但诗中的大自然却是威武勇猛，尽占主动的优势：“峭壁呀呀虎擘口，恶滩汹汹雷出吼。泝流更着打头风，如撑铁船上牛斗。风伯劝尔一杯酒，何须恶剧惊诗叟。端能为我霁威否？岸柳掉头荻摇手。”[82]陆游的《大风登城》虽亦渲染了狂风之猛烈，但只是用来衬托诗人登城远眺、志在复国的强烈情志：“风从北来不可当，街中横吹人马僵……我独登城望大荒，勇欲为国平河湟。才疏志大不自量，西家东家笑我狂。”[83]同样是纪行诗，杨万里的《惠山云开复合》云：“二年常州不识山，惠山一见开心颜。只嫌雨里不子细，仿佛隔帘青玉鬟。天风忽吹白云坼，翡翠屏开倚南极。政缘一雨染山色，未必雨前如此碧。看山未了云复还，云与诗人偏作难。我船自向苏州去，白云稳向山头住。”[84]常州、无锡皆是通都大邑，皆有无数历史遗迹，但诗人的目光只对着青山白云。陆游的《山南行》则云：“我行山南已三日，如绳大路东西出。平川沃野望不尽，麦陇青青桑郁郁。地近函秦气俗豪，秋千蹴鞠分朋曹。苜蓿连云马蹄健，杨柳夹道车声高。古来历历兴亡处，举目山川尚如故。将军坛上冷云低，丞相祠前春日暮。国家四纪失中原，师出江淮未易吞。会看金鼓从天下，却用关中作本根。”[85]诗中虽也写到平川沃野、麦陇桑畴等自然景物，但全诗的重点显然是风土人情与历史遗迹，从而充满人文色彩，洋溢着强烈的主观情志。

在以抒情述志为主要性质的诗歌传统中，杨万里的创作倾向显然是一种创新，从而使其诗呈现新鲜、独特的风貌。陆游的创作倾向则体现出对传统诗学精神的自觉体认和遵循，从而不如杨诗之震眩耳目。但就诗歌史意义而言，二家虽有异同，却并无高下之分。就像一条滚滚东流的江河，歧分九派的支流与奔腾直下的干流都是其组成部分，观水者固应顾及全貌，但无须强作轩轾。

四

陆、杨二人俱享高年，且至死作诗不辍，他们的创作道路都很漫长。更有意思的是，二人的创作过程中都发生过明显的诗风转变，而且本人对此都有清晰的体认。无论从他们对诗风转变过程的自述还是其作品所呈现的实际变化来看，陆、杨的诗风转变都是我们观察其诗学歧异的重要角度。

陆游一生中重要的诗风转变只有一次，诗人在《九月一日夜读诗稿有感走笔作歌》中自述其过程云：“我昔学诗未有得，残余未免从人乞。力孱气馁心自知，妄取虚名有惭色。四十从戎驻南郑，酣宴军中夜连日。打球筑场一千步，阅马列厩三万匹。华灯纵博声满楼，宝钗艳舞光照席。琵琶弦急冰雹乱，羯鼓手匀风雨疾。诗家三昧忽见前，屈贾在眼元历历。天机云锦用在我，剪裁妙处非刀尺。世间才杰固不乏，秋毫未合天地隔。放翁老死何足论，广陵散绝还堪惜。”[86]此诗作于绍熙三年（1192），所述之事则发生于二十年前即乾道八年（1172），也即诗人 48 岁从戎南郑时。杨万里平生诗风多变，宋末的方回甚至说“杨诚斋诗一官一集，每一集必一变”[87]。杨万里多种诗集的自序云，其诗风转变多达四次，其中最重要的一次见于《诚斋荆溪集序》：“戊戌三朝，时节赐告，少公事。是日即作诗，忽若有悟，于是辞谢唐人及王、陈、江西诸君子，皆不敢学，而后欣如也。试令儿辈操笔，予口占数首，则浏浏焉无复前日之轧轧矣。自此每过午，吏散庭空，即携一便面，步后园，登古城，采撷杞菊，攀翻花竹。万象毕来，献予诗材。盖麾之不去，前者未雠，而后者已迫，涣然未觉作诗之难也。"[88]此序作于淳熙十四年（1187），所述之事则发生于九年之前即淳熙五年（1178），也即诗人52岁任常州知州时。从上述引文来看，二人的诗风转变过程非常相似：都是由生活中某种经历的触发，从而在瞬间发生了宛如电光石火般的思维突变，并促使其诗歌创作实现了大幅度的飞跃。但是仔细推敲，二者形同实异，或可说异大于同，它们鲜明地体现了陆、杨二人的诗学歧异。

对于陆、杨二人的诗风转变，笔者曾分别撰文讨论[89]，为避重复，本文只对其歧异之处进行论述。首先，使二者产生转变的触媒不同。陆游虽然自幼向往从军杀敌，但直到从军南郑，才初次接触到紧张、热烈的戎马生涯，特别是初次领略到豪纵奢华的军营生活，打球阅马、纵博痛饮的豪壮举动使他精神激昂、意气风发，而浏漓顿挫的舞姿与急节繁音的乐曲也与雄放诗风有相似的美学倾向，他突然发现最适合自己的诗风倾向是雄浑奔放。杨万里则不同。他48岁出知漳州，49岁改知常州，均居家待阙，51岁那年的五月到常州任，次年年初即"戊戌三朝"就发生了"忽若有悟"的诗风转变。在"戊戌三朝"的前后，杨万里的生活经历并无明显的变化，使他"忽若有悟"的契机不过是"时节赐告，少公事"，也即比较闲适。在他"忽若有悟"之后的创作背景不过是"步后园，登古城，采撷杞菊，攀翻花竹"，这与其从前的生活内容并无多大改变。相对而言，陆游的诗风转变激发于崭新的生活经历，其中的因果关系相当清晰。杨万里的诗风转变或是源于创作经验的积累，他本人的表述则语意朦胧，缺乏清晰的逻辑关系，令人难以捉摸。

其次，陆游的诗风转变在其创作实践中留下了清晰的痕迹。在他从军南郑突然悟得"诗家三昧"之后，陆诗中确实出现了雄浑奔放的风格倾向，主要体现于一系列七言古诗。他48岁作《游锦屏山谒少陵祠堂》，49岁作《三月十七日夜醉中作》《九月十六日夜梦驻军河外遣使招降诸城觉而有作》《金错刀行》《胡无人》《晓叹》，50岁作《长歌行》（人生不作安期生）、《涉白马渡慨然有怀》《离堆伏龙祠观孙太古画英惠王像》《登灌口庙东大楼观岷江雪山》，51岁作《谒诸葛丞相庙》《楼上醉歌》，52岁作《中夜闻大雷雨》《题醉中所作草书卷后》《夏夜大醉醒后作》《夜读东京记》，53岁作《关山月》《出塞曲》（佩刀一刺山为开）、《战城南》《楼上醉书》《秋兴》（成都城中秋夜长），

54 岁作《眉州披风榭拜东坡先生像》《醉中下瞿塘峡中流观石壁飞泉》《冬夜闻雁有感》，55 岁作《出塞曲》(千骑为一队)、《雨夜不寐观壁间所张魏郑公砥柱铭》《弋阳道中遇大雪》，56 岁作《拟岘台观雪》《醉中怀江湖旧游偶作短歌》《五月十一日夜且半梦从大驾亲征尽复汉唐故地见城邑人物繁丽云西凉府也喜甚马上作长句未终篇而觉乃足成之》……正是这些雄浑壮丽、豪宕奔放的七古奠定了陆游诗歌的主导风格。这样的七古在陆游早期作品中没有出现过，却如此集中地涌现在他“诗家三昧忽见前”之后的数年间，这有力地证明其言不虚。

杨万里的诗风转变也留下了痕迹，但远不如陆诗那般清晰。大体言之，杨万里在“戊戌三朝”之后的创作有两点重要的新气象：一是更加注重从自然中汲取灵感，对自然的直接感知力也有所提升。二是诗风更加生动活泼，且多谐趣。这二者的主要载体便是七言绝句，所以杨万里在“戊戌三朝”以后的作品中七言绝句的比重明显增加。杨万里此前 11 年的诗作集为《江湖集》，共收诗 735 首，其中七绝 311 首，所占比重为 42%。此后 5 年间的作品结集为《荆溪集》《西归集》《南海集》，共收作品 1087 首，其中七绝 714 首，所占比重为 65%，提升幅度较大。杨万里诗风的变化是逐渐发生的，许多体现着上述风格倾向的七绝代表作都作于“戊戌三朝”也即杨万里 52 岁之前。例如《过百家渡四绝句》作于 37 岁、《闲居初夏午睡起二绝》作于 40 岁、《都下无忧馆小楼春尽旅怀二首》作于 41 岁、《夏夜追凉》作于 42 岁、《小池》作于 50 岁等等。这说明杨万里诗风的转变实为一个渐变过程，从 51 岁到 56 岁的五六年间则是这个过程中比较关键的环节。杨万里 61 岁为《诚斋荆溪集》作序时回顾往事，把发生于 52 岁“戊戌三朝”偶得灵感的情况说成一次颇带神秘色彩的诗风突变，此说非常引人注目，其实是不无夸张的。

总之，陆游与杨万里当时齐名，彼此之间也互相推重，但其诗学观念与创作倾向都相差甚大，这是南宋诗坛复杂局面的典型事例，值得我们深入探讨。

注释：

①②③④⑤⑥⑦⑧⑨⑩⑪ 傅璇琮等主编：《全宋诗》，北京大学出版社 1998 年版，第 24113 页，第 26699 页，第 29484 页，第 30679 页，第 33929 页，第 33570 页，第 36603 页，第 24081 页，第 27278 页，第 35785 页，第 29962 页。

⑫ 曾枣庄、刘琳主编:《全宋文》第230册，上海辞书出版社、安徽教育出版社2006年版，第429页。

⑬ 胡明:《诚斋、放翁诗品人品谈》，载《古典文学纵论》，辽海出版社2003年版，第305页。

⑭ 朱熹:《答徐载叔》，载《晦庵先生朱文公文集》卷五六，朱杰人等主编《朱子全书》第23册，上海古籍出版社2002年版，第2649页。

⑮ 朱熹:《答巩仲至》之一七，载《晦庵先生朱文公文集》卷六四,《朱子全书》第23册，第3108页。

⑯ 永瑢等:《四库全书总目》卷一六〇，中华书局1962年版，第1380页。

⑰ 于北山:《陆游年谱》，上海古籍出版社2006年版，第461—462页；邱鸣皋:《陆游评传》，南京大学出版社2002年版，第232—235页。

⑱ 于北山:《陆游年谱》，第462页。

⑲《宋史》，中华书局1977年版，第12870页。

⑳ 毕沅:《续资治通鉴》卷一五七，中华书局1957年版，第4246页。

㉑㉗ 于北山:《杨万里年谱》，上海古籍出版社2006年版，第661—663页，第661页。

㉒㉖㉘㉙㉛㉝㉞㉟㊱㊲㊳㊴㊵㊸㊹㊼㊽㊾㊿⑩⑫⑭⑱ 辛更儒:《杨万里集笺校》，中华书局2007年版，第3373—3374页，第5145—5146页，第2254页，第5146页，第2841页，第3319页，第911页，第1356页，第1008页，第278页，第295页，第349页，第716页，第1484页，第1922页，第140页，第157页，第444页，第822页，第1365页，第822页，第648页，第3260页。

㉓㉔㊾ 顾易生、蒋凡、刘明今:《宋金元文学批评史》，上海古籍出版社1996年版，第289页，第289页，第292页。

㉕ 张瑞君:《杨万里评传》，南京大学出版社2002年版，第87页。

㉚ 黄宗羲:《宋元学案》，中华书局1986年版，第1198、1199、1426、1433页。

㉛㊴㊵㊶㊷㊸㊹㊺㊽⑲ 钱仲联等主编:《陆游全集校注》第7册，浙江教育出版社2011年版，第75页，第39页，第157页，第165页，第226页，第221页，第282页，第308页，第363页，第305页。

㉜ 莫砺锋:《陆游对儒家诗学精神的实践》,《学术月刊》2015年第8期。

㉝㉞61 钱仲联等主编:《陆游全集校注》第9册，第385页，第392页，第389页。

㉟ 钱仲联等主编:《陆游全集校注》第10册，第177页。

㊱ 何晏等集解、邢昺疏:《论语注疏》卷二〇，北京大学出版社1999年版，第374页。

㊲ 杜甫:《奉赠韦左丞丈二十二韵》，载杨伦《杜诗镜铨》卷一，上海古籍出版社1998年版，第25页。

㊳64 65 70 钱仲联等主编:《陆游全集校注》第6册，第466页，第35页，第397页，第180页。

㊻ 钱仲联等主编:《陆游全集校注》第7册，第398页。按，钱仲联注引《南园记》“公之志岂在于登临游观之美哉？始曰‘许闲’，终曰‘归耕’，是公之志也”，并谓“此游诗之所谓‘苦言’也”，甚确（钱仲联:《剑南诗稿校注》卷七四，上海古籍出版社2005年版，第4070页）。

㊼ 钱锺书:《谈艺录》，中华书局1984年版，第132页。

㊾《史记》，中华书局1959年版，第2718页。

㊿ 邱鸣皋:《陆游评传》，第248页。

62 76 钱仲联等主编:《陆游全集校注》第8册，第271页，第88页。

63 钱仲联等主编:《陆游全集校注》第5册，第170页。

66 钱仲联等主编:《陆游全集校注》第3册，第209页。

67 77 78 85 钱仲联等主编:《陆游全集校注》第1册，第193页，第344页，第192页，第179页。

⑦1⑧1⑧3 钱仲联等主编:《陆游全集校注》第 2 册，第 230 页，第 193 页，第 144 页。

⑧6 钱仲联等主编:《陆游全集校注》第 4 册，第 24—25 页。

⑧7 李庆甲整理:《瀛奎律髓汇评》，上海古籍出版社 1986 年版，第 44 页。

⑧9 参见莫砺锋《陆游诗家三昧辨》和《论杨万里诗风的转变过程》，载《唐宋诗歌论集》，凤凰出版社 2007 年版。

（2018 年第 8 期）

1933年：杂文的政治与修辞
——论《鲁迅杂感选集》及其周边

董炳月

在中国现代思想史与文学史上，1933年因为《鲁迅杂感选集》的出版而占有重要位置。这一年7月，瞿秋白编选的《鲁迅杂感选集》在上海由青光书局出版。瞿秋白是中国共产党早期核心人物之一，1931年在中共六届四中全会上遭受王明“左”倾机会主义的排挤，离开权力中心，潜伏上海从事文化工作。因生活处于隐蔽状态，姓名、身份、住所均不能公开，所以《鲁迅杂感选集》的编者署名“何凝”，序言结尾处的写作地点亦假书为“北平”。瞿秋白在异常生活状态下编选当时中国文坛最具影响力的作家鲁迅的杂文集，此事本身就意味深长。《鲁迅杂感选集》的编辑、出版，是“五四”文学革命和20世纪20年代后期革命文学论争的结果，并且使鲁迅与瞿秋白合写杂文成为可能。两人的思想观念、现代政治与现代文学的关系、现代杂文与杂文美学的形成等问题，均可从《鲁迅杂感选集》及相关事实中得到有效解读。本文的解读主要从三个方面入手：一是《鲁迅杂感选集》的政治性，二是鲁迅与瞿秋白的合作杂文，三是两人对杂文文体的认识。

一、瞿秋白对“政治鲁迅”的建构

瞿秋白编选《鲁迅杂感选集》是在1933年3月至4月上旬，当时他住在上海北四川路底施高塔路东照里的亭子间。鲁迅在1933年4月5日写给出版人李小峰的信中说：“我的《杂感选集》，选者还只送了一个目录来，须我自己拆出，抑他拆好送来，尚未知，且待数天吧。”[①]可见此时杂文集的选目已经确定。一周后的4月13日，鲁迅在写给李小峰的信中说“《杂感选集》已寄来，约有十四五万字”[②]，可见此时编选工作已经完成。1932年之前鲁迅共出版杂文集七册，《鲁迅杂感选集》就是瞿秋白从这七册杂文集中选出 75 篇编辑而成的。不过，该书名之曰“鲁迅杂感选集”，却不能单纯作为鲁迅的作品来阅读，因为其中有瞿秋白的介入，包含着瞿秋白的主体性。瞿秋白为阐述自己的鲁迅观撰写了 16000 余字的《鲁迅杂感选集序言》（以下简称《序言》），所选篇目也是基于其鲁迅观与政治文化立场。换言之，这些杂文的作者是鲁迅，但《鲁迅杂感选集》的“作者”是瞿秋白。《鲁迅杂感选集》由两部分内容构成：一部分是瞿秋白的《序言》，另一部分是鲁迅的杂文，因此，该书的思想蕴涵存在于两部分的对话关系中。因此，该书存在着二重主体性——鲁迅的主体性与瞿秋白的主体性。书中的鲁迅并非自在的鲁迅，而是瞿秋白理解、选择、呈现的鲁迅。

瞿秋白编选《鲁迅杂感选集》，建构的主要是“政治鲁迅”。《序言》作为“鲁迅论”，开头就旗帜鲜明地强调文艺的政治性，指出：

> 革命的作家总是公开地表示他们和社会斗争的联系；他们不但在自己的作品里表现一定的思想，而且时常用一个公民的资格出来对社会说话，为着自己的理想而战斗，暴露那些假清高的绅士艺术家的虚伪。高尔基在小说戏剧之外，写了很多的公开书信和“社会论文”（publicist article），尤其在最近几年——社会的政治的斗争十分紧张的时期。[3]

瞿秋白在这里阐述的是一种政治文学观（或曰“革命文学观”），他以高尔基为例并且引用卢那察尔斯基的话，表明其所受苏俄文学的影响很大。这种政治文学观是瞿秋白“鲁迅论”的基点，基于此，他发现了鲁迅杂文所具有的历史性与现实性的双重政治价值，即《序言》所说“现在选集鲁迅的杂感，不但因为这里有中国思想斗争史上的宝贵的成绩，而且也为着现时的战斗”，进而提出《序言》的核心问题——“鲁迅是谁?”

就这一问题，瞿秋白自问自答，通过细致的阐述，归纳出两段著名的鲁迅定义：

> 鲁迅是莱谟斯，是野兽的奶汁所喂养大的，是封建宗法社会的逆子，是绅士阶级的贰臣，而同时也是一些浪漫谛克的革命家的诤友！他从自己的道路回到了狼的怀抱。

> 鲁迅从进化论进到阶级论，从绅士阶级的逆子贰臣进到无产阶级和劳动群众的真正的友人，以至于战士，他是经历了辛亥革命以前直到现在的四分之一世

纪的战斗，从痛苦的经验和深刻的观察之中，带着宝贵的革命传统到新的阵营里来的。

这样，瞿秋白建构起自己的“政治鲁迅”，关键词是“阶级论”“战士”“革命传统”“新的阵营”等。《序言》最后将鲁迅的革命传统归纳为四条——最清醒的现实主义、“韧”的战斗、反自由主义、反虚伪的精神，而且给每一条都加了着重号，但更应注意的是，这四条被置于“革命传统”与“集体主义”的大框架下。进行这种归纳前，瞿秋白说：“历年的战斗和剧烈的转变给他许多经验和感觉，经过精炼和融化之后，流露在他的笔端。这些革命传统（revolutionary tradition）对于我们是非常之宝贵的，尤其是在集体主义的照耀之下。”可见，“集体主义”是基本的政治理念，相继的四条不过是实现这种政治理念的路径或手段。

瞿秋白论述四条鲁迅传统的论据是杂文，即其“政治鲁迅”是用杂文建构起来的，因此，《鲁迅杂感选集》所选杂文大多含有战斗性与阶级性，尤其是20世纪20年代后期革命文学论争之后的杂文，如《无花的蔷薇》《记念刘和珍君》《文学和出汗》等。个别缺乏政治正确性的杂文虽然入选，但瞿秋白做了批判性分析。例如《序言》中的这段话：“这些早期的革命作家，反映着封建宗法社会崩溃的过程，时常不是立刻就能够脱离个性主义——怀疑群众的倾向的；他们看得见群众——农民小私有者的群众的自私，盲目，迷信，自欺，甚至于驯服的奴隶性，可是，往往看不见这种群众的‘革命可能性’，看不见他们的笨拙的守旧的口号背后隐藏着革命的价值。鲁迅的一些杂感里面，往往有这一类的缺点，引起他对于革命失败的一时的失望和悲观。”研究者已经指出，这一批评是针对《鲁迅杂感选集》所收的《太平歌诀》的。[④]《太平歌诀》一文写于1928年4月10日，不仅指出了民众与革命者的隔膜、民众的麻木，而且批评革命文学家不敢、不愿正视这一事实。这篇杂文的主题与鲁迅的短篇小说《药》相近。但是，在瞿秋白看来，此文表现了鲁迅的“个性主义——怀疑群众的倾向”和“对于革命失败的一时的失望和悲观”。这种批判性分析，显然是为了给将从《鲁迅杂感选集》中读到这篇杂文的读者打预防针。朱正认为《鲁迅杂感选集》未收鲁迅的《随感录 · 四十八》《战士和苍蝇》等文“未免有点可惜”，并且指出：“《三闲集》里的《“醉眼”中的朦胧》和《我的态度气量和年纪》，是当年革命文学论战中的重要文献。就因为文章所批评的成仿吾、钱杏邨都是瞿秋白的同志，这两篇瞿秋白就没有选入了。”[⑤]应当认为，瞿秋白的这种取舍同样是由其基本的政治文化立场决定的。

《序言》作为“鲁迅论”，其方法论特征是历史化——将鲁迅思想作为历史过程来把握、呈现。《鲁迅杂感选集》所收杂文的编排方式直观地呈现了这一特征，75篇杂文用编年的方式排列（1918年至1932年），以展示双重的历史——“五四”之后15年间的“中国思想斗争史”与鲁迅本人的思想发展史。前引两段有关鲁迅的定义，两次使用“进到”一词，以强调阶级论的、战士的、革命传统的鲁迅是“进到”的结果。瞿秋白的这种“鲁迅论”可以称为“进到论”，它作为方法论是更深刻意义上的历史化。这是因为，在价值判断层面，“进到论”包含着相对化、否定性评价，即“进到”之前的鲁迅被相对化甚至被否定。那个鲁迅相信进化论，虽为“绅士阶级的逆子贰臣”，但尚未“进到”为无产者的友人或战士。瞿秋白将《太平歌诀》这种缺乏政治正确性的杂文选入《鲁迅杂感选集》，大概是为了证明“进到”之前的鲁迅曾经有过“个性主义——怀疑群众的倾向”。因为同样的原因，瞿秋白强调“新兴阶级的文艺思想”在推动鲁迅“进到”（思想转换）方面发挥的重要作用，肯定了创造社、太阳社对革命文学的倡导。《序言》说：“新兴阶级的文艺思想，往往经过革命的小资产阶级作家的转变，而开始形成起来，然后逐渐的动员劳动民众和工人之中的新的力量。集中新的队伍，克服过去的‘因袭的重担’，同时，扩大同路人的阵线……创造社的转变，太阳社的出现，只在这方面讲来，是有客观上的革命意义的。”《序言》还进而引用鲁迅在《三闲集·序言》中的话：“我有一件事要感谢创造社的，是他们‘挤’我看了几种科学底文艺论，明白了先前的文学史家们说了一大堆，还是纠缠不清的疑问……以救正我——还因我而及于别人——的只信进化论的偏颇。”[⑥] 这样就把对于鲁迅思想来说具有决定意义的抛弃进化论归功于曾经与鲁迅论争的创造社、太阳社了。在这里，瞿秋白表明了他对那场论争的基本态度。

基于《序言》的主旨和方法论来看《鲁迅杂感选集》的篇章结构，能够发现，不仅编年体的形式是为了展示双重历史与鲁迅的“进到”过程，对《二心集·序言》的处理方式也同样是基于这种构思。《鲁迅杂感选集》所收文章中有十篇选自《二心集》，其中《二心集·序言》被置于《鲁迅杂感选集》的最后。鲁迅为自己的著作撰写的序、跋之类多有杂文性质，可以作为杂文来阅读、处理，《二心集·序言》亦然。就写作时间而言，这篇序言也应当排在最后。将它与瞿秋白的《序言》结合起来读，会发现二者之间的深刻关联。《二心集·序言》写于1932年4月30日，谈到“左联”成立之后的文坛状况：

> 而这时左翼作家拿着苏联的卢布之说，在所谓“大报”和小报上，一面又纷纷的宣传起来，新月社的批评家也从旁很卖了些力气。有些报纸，还拾了先前的创造社派的几个人的投稿于小报上的话，讥笑我为“投降”，有一种报则载起《文坛贰臣传》来，第一个就是我……去年偶然看见了几篇梅林格（Franz Mehring）的论文，大意说，在坏了下去的旧社会里，倘有人怀一点不同的意见，有一点携贰的心思，是一定要大吃其苦的。而攻击陷害得最凶的，则是这人的同阶级的人物。他们以为这是最可恶的叛逆，比异阶级的奴隶造反还可恶，所以一定要除掉他。我才知道中外古今，无不如此，真是读书可以养气，竟没有先前那样“不满于现状”了，并且仿《三闲集》之例而变其意，拾来做了这一本书的名目。然而这并非在证明我是无产者……只是原先是憎恶这熟识的本阶级，毫不可惜它的溃灭，后来又由于事实的教训，以为惟新兴的无产者才有将来，却是的确的。⑦

在这里，鲁迅自认“叛逆”，表达了鲜明的政治态度。“贰臣”本是对手丢给他的恶名，但他欣然接受，并将《二心集》的命名作为自己“贰臣”的宣言行为。瞿秋白把握了鲁迅思想、立场的转变，并且拿过“贰臣”一词，反其意而用之，以表述鲁迅的本质。也就是说，瞿秋白在《序言》中提出的重要界说“绅士阶级的逆子贰臣”，本来是鲁迅本人在《二心集·序言》中的自我定位。由此可见，在结构的意义上，瞿秋白是将《二心集·序言》作为《鲁迅杂感选集》的“跋”来使用的。这个“跋”与瞿秋白本人的《序言》遥相呼应，形成一个完整的结构，将那七十四篇杂文嵌入其中。这些杂文历时性地展示了鲁迅思想的发展过程，那个过程的终点就是《二心集·序言》这篇充满政治性、阶级性的“宣言”，而其中的政治性、阶级性，正是瞿秋白在《序言》中阐述的。事实上，瞿秋白在《序言》中明确将《二心集·序言》看作鲁迅本人完成思想转变、立场转变的“宣言”。前引那段“进到论”之后，瞿秋白作为论据引用的就是《二心集·序言》中的“只是原先是憎恶……新兴的无产者才有将来”这段话。

瞿秋白的《序言》与75篇鲁迅杂文构成的《鲁迅杂感选集》作为“政治文本”展示着“政治鲁迅”。不言而喻，“政治文本”与“政治鲁迅”之所以能够被建构起来，前提是鲁迅及其杂文本身具有政治性。但是，政治性绝非鲁迅的全部，如果没有瞿秋白的主动选择与建构，这种形式的“政治文本”与“政治鲁迅”不会出现。而瞿秋白能够进行这种建构的决定性因素，是其政治家身份。他是基于特定的政治立场，用自己的眼光和方式去发现、选择、把握、凸显鲁迅的政治性。在这个意义上，他编选《鲁迅杂感选集》是一种自我确认行为——通过编选鲁迅杂文确认自己作为革命家、共产党人的政治文化身份。在《鲁迅杂感选集》中，鲁迅的政治性与瞿秋白的政治性相重叠，成为二重政治性。这是《鲁迅杂感选集》二重主体性的基本内涵。

二、“非个人作者”的诞生

在《鲁迅杂感选集》出版的1933年，瞿秋白执笔的杂文有14篇用鲁迅的笔名在报刊上发表，其中12篇收入鲁迅的杂文集。人民文学出版社2005年版《鲁迅全集》的注释者对这12篇杂文做了如下说明：“……十二篇文章，都是1933年瞿秋白在上海时所作，其中有的是根据鲁迅的意见或与鲁迅交换意见后写成的。鲁迅对这些文章曾做过字句上的改动（个别篇改换了题目），并请人誊抄后，以自己使用的笔名寄给《申报·自由谈》等报刊发表，后来又分别将它们收入自己的杂文集。”[⑧]这意味着这些杂文的作者的非个人性（集体性）是瞿秋白，也是鲁迅。在这些杂文的写作过程中，瞿秋白在“鲁迅化”、鲁迅在“瞿秋白化”，于是写作行为的个人性被超越，成为“集体主义”行为。

那么，这种非个人作者的诞生为何可能？这是怎样的作者？回答这些问题要回到这些杂文本身。首先要注意的是这些杂文的写作时间，其中6篇写于3月，5篇写于4月，1篇写于10月，即前11篇写在瞿秋白编选《鲁迅杂感选集》、撰写《序言》的过程中，而且有4篇写在《序言》完稿后的第3天。《序言》是4月8日完稿，4月11日一天瞿秋白就写了4篇杂文。其次要注意的是杂文的内容，其中8篇是批判、讽刺国民党政府的对内高压、对外妥协，3篇是批判胡适等“正人君子”出卖灵魂、帮凶帮闲，每一篇都具有鲜明的阶级立场与政治批判性。这正是瞿秋白在《序言》中所阐述的。这些杂文对于国民党政府的批判与讽刺表达了《序言》的阶级论立场，对于胡适等“正人君子”的批判则是对《序言》阐述的四项鲁迅精神（尤其是“反自由主义”与“反虚伪”）的实践。所以，对瞿秋白来说，12篇杂文的写作与其《鲁迅杂感选集》的编选、《序言》的写作，不仅是共时性的行为，而且是同质性的行为。

此外，这些杂文与同一时期鲁迅的杂文保持着思想与艺术上的深刻一致。两人合作的《王道诗话》写于3月5日，就在同一天，鲁迅写了杂文《文学上的折扣》。这两篇杂文主题不同，但讨论问题时使用的“文学（文艺）—社会（国家）”框架相同。四天后，瞿秋白撰写《曲的解放》，依然使用这一框架。《最艺术的国家》开头第一句话借自鲁迅杂文《论照相之类》(《鲁迅杂感选集》收录了此文)，且整篇文章都是从中引申出来的。鲁迅4月10日写了两篇杂文——《〈杀错了人〉异议》与《中国人的生命圈》，前者揭露统治者用民众的鲜血将自己“浮上总统的宝位去”[⑨]，后者呈现中国人生命圈的悲剧性——苟活于帝国主义的轰炸和本国政府的轰炸之间。次日，瞿秋白写了杂文《内外》《透底》，表达同样的主题。不仅如此，鲁迅4月29日所作杂文《文章与题目》进一步发挥了瞿秋白《内外》一文对反动政府的批判。《文章与题目》一文“原题是《安内与攘外》”[⑩]，与《内外》一文的题目几乎相同。瞿秋白4月11日撰写的另两篇杂文《关于女人》与《真假堂吉诃德》，署鲁迅的笔名“洛文”发表于6月15日《申报月刊》第2卷第6号，因为是同时写作、同时发表，在社会批判这一点上完全一致，甚至可作为同一篇文章来阅读。前者批判“正人君子”对女人的无理责难，后者则揭露政府的虚伪。必须注意的是，前者与鲁迅的思想高度一致。1925年鲁迅在杂文《论睁了眼看》中就讽刺歌咏烈女以掩盖“遭劫”事实的现象，1934年1月8日所作杂文《女人未必多说谎》也是批判社会对女性的偏见。《真假堂吉诃德》呈现的清醒的现实主义精神，正是《序言》阐述的鲁迅传统之一。12篇杂文的最后一篇《中国文与中国人》对白话文的肯定、对文言文的讽刺，符合鲁迅一贯的阶级论语言观。要言之，从政治立场、思想观念到表现手法（表现手法的问题将在本文第三节详论），这些杂文都是“鲁迅式”的，处于同一时期鲁迅杂文的体系之中。因此，其中的九篇收入鲁迅的《伪自由书》时，能够与鲁迅自己的杂文保持高度一致性、完整性。

相同的思想观念与政治立场是合作的基础，于是，在写作过程中个人性的作者退出，阶级性、政治性的集体作者登场了。作者是谁已经不重要，重要的是表达阶级性的政治诉求。在这一点上，这些杂文的写作与瞿秋白的《序言》再次发生深刻关联——实践了《序言》褒扬的集体主义观念。对鲁迅来说，修改这十二篇杂文并用自己的笔名发表，则成为“脱离个性主义”的实践。这些合作杂文是用何家干、洛文等笔名发表的，因此这几个笔名不应看作鲁迅个人的，而应看作鲁迅与瞿秋白共有的。当它们收入著者姓名署“鲁迅”的杂文集时，作者已经包含了瞿秋白，即具有了集体性。鲁迅通过这些杂文重构了“自我”，将阶级观念、集体主义精神内在化于“自我”之中。这在本质上也构成了对瞿秋白在《序言》中所下的“鲁迅”定义的呼应。这种群体性、阶级性对于个人性的超越，正是1930年前后革命文学倡导以来左翼文学的普遍要求。例如蒋光慈在《关于革命文学》一文中就说：“革命文学应当是反个人主义的文学，它的主人翁应当是群众，而不是个人；它的倾向应当是集体主义，而不是个人主义。”⑪ 丁玲于 1931 年发表的中篇小说《水》就典型地体现了这种创作倾向。

瞿秋白写杂文却用鲁迅的笔名发表，意味着他本人是将这些杂文作为鲁迅杂文来写的，即他在摹仿鲁迅、将自我“鲁迅化”。否则，他完全可以用“何凝”之类的笔名发表这些杂文。事实上，此时他本人的杂文写作并未停止⑫。瞿秋白的“自我鲁迅化”非常成功，得到了鲁迅的认可。鲁迅不仅用自己的笔名发表了瞿秋白执笔的杂文，后来编《伪自由书》《南腔北调集》时也没有在序言或后记中对合作情形进行说明。不仅如此，在《伪自由书·后记》中，他甚至自认《曲的解放》一文的作者。对鲁迅来说，这种情形是罕见的。仅仅是在“五四”时期，他与周作人有过少量类似的合作。例如《热风》所收随感录第 37、38、42、43 篇，是由周作人撰写、鲁迅署名发表的。但那时他刚刚登上新文坛不久，合作对象也是自己的亲弟弟。而 1933 年的鲁迅已经取得了巨大的创作成就，成为文坛盟主。这说明鲁迅本人同样把那些杂文看作自己的作品，证明着瞿秋白“自我鲁迅化”的成功。

瞿秋白的“自我鲁迅化”能够成功，不仅需要前述与鲁迅思想观念、阶级立场的一致，并且需要熟悉、掌握鲁迅杂文的修辞方式。从这里，能够看到他编选《鲁迅杂感选集》的另一重意义。对于杂文作者瞿秋白来说，编选《鲁迅杂感选集》并撰写《序言》的过程，既是其理解并展示鲁迅思想本质的过程，也是其学习鲁迅杂文修辞手法的过程。事实上，《序言》的写作本身就大量借用了鲁迅杂文的修辞手法——特别是比喻的手法。《序言》中苍蝇、蚊子、落水狗的比喻都来自鲁迅杂文，瞿秋白创造性地使用了“狼”的比喻，简洁而又形象地呈现了鲁迅的民间性、叛逆性与战斗性。这些手法同样被用于那 12 篇杂文的写作。

三、杂文文体之于鲁迅、瞿秋白

对于鲁迅和瞿秋白来说，文体意义上的“杂文”为何物？这是他们明确意识到并用理论阐述和创作实践两种形式进行回答的问题。鲁迅对于杂文文体的理解是二元性的，有广义与狭义之分。其广义的杂文是指体裁具有边缘性、模糊性的文章，甚至是指多种体裁的混合。1925 年至 1933 年，他编选杂文集时混用的多种概念，即呈现了这种广义性。《热风·题记》将《热风》所收文章称为“短评”，《写在〈坟〉后面》又将《坟》所收论文、短评统称为“杂文”，曰：“人生多苦辛，而人们有时却极容易得到安慰，又何必惜一点笔墨，给多尝些孤独的悲哀呢？于是除小说杂感之外，逐渐又有了长长短短的杂文十多篇。”⑬ 在这里，“杂文”是指小说、杂感外长短不一的文章。《二心集·序言》将书中所收文章称为“杂文”，而《南腔北调集·题记》则是“杂感”“杂文”“短评”并用，甚至将序、跋纳入其中：“怪事随时袭来，我们也随时忘却，倘不重温这些杂感，连我自己做过短评的人，也毫不记得了……两年来所作的杂文，除登在《自由谈》上者外，几乎都在这里面；书的序跋，却只选了自以为还有几句可取的几篇。”⑭ 即使是在直接将杂文的概念用于书名的1935年至1936年，广义的杂文依然是鲁迅所谓杂文的重要一义。1935年至1936年，他编定了杂文集《且介亭杂文》《且介亭杂文二集》，在《且介亭杂文·序言》对杂文做了如下解释：

> 其实“杂文”也不是现在的新货色，是“古已有之”的，凡有文章，倘若分类，都有类可归，如果编年，那就只按作成的年月，不管文体，各种都夹在一处，于是成了“杂”。分类有益于揣摩文章，编年有利于明白时势，倘要知人论世，是非看编年的文集不可的……况且现在是多么切迫的时候，作者的任务，是在对于有害的事物，立刻给以反响或抗争，是感应的神经，是攻守的手足。⑮

这里所谓的杂文是多种文体的混杂，实质上取消了杂文作为一种文体的规定性。

但是，在功能的层面上，鲁迅对杂文有清晰的表述，于是其杂文又有了狭义文体概念的性质。他在《徐懋庸作〈打杂集〉序》中称赞徐的杂文“和现在切贴，而且生动，泼剌，有益，而且也能移人情”⑯。这里存在着他对杂文的狭义理解。由这种理解可以发现上引《且介亭杂文·序言》中那段话的内在矛盾。“立刻给以反响或抗争”“感应的神经”“攻守的手足”这种功能，并非一切文体都能发挥。换言之，那段话中包含着广义的杂文向狭义的杂文的转换，二者的分界线就是“况且”一词。这种对于功能性（即时性、实践性）的追求，不仅决定着鲁迅对杂文文体的理解，而且使鲁迅没有拘泥于杂文的文体，而是直接开始写作行为。在其写作实践中，杂文作为一种文体获得了完整性与主体性。

与鲁迅相比，瞿秋白的文体意识更为自觉，其《序言》中即包含着杂文文体论的内容。他称杂文为“杂感”，并在文体层面论述鲁迅杂文，指出：

> 鲁迅的杂感其实是一种“社会论文”——战斗的“阜利通”（feuilleton）。谁要是想一想这将近二十年的情形，他就可以懂得这种文体发生的原因。急遽的剧烈的社会斗争，使作家不能够从容的把他的思想和情感熔铸到创作里去，表现在具体的形象和典型里；同时，残酷的强暴的压力，又不容许作家的言论采取通常的形式。作家的幽默才能，就帮助他用艺术的形式来表现他的政治立场，他的深刻的对于社会的观察，他的热烈的对于民众斗争的同情。不但这样，这里反映着五四以来中国的思想斗争的历史。杂感这种文体，将要因为鲁迅而变成文艺性的论文（阜利通——feuilleton）的代名词。自然，这不能够代替创作，然而它的特点是更直接的更迅速的反映社会上的日常事变。

这里两次使用了“文体”的概念，并且从不同侧面对杂文进行定义，是新兴文体（出现于近二十年间），是“社会论文”，有政治立场，能迅速反映现实，具有战斗性，作家的幽默才能赋予其艺术形式等等，并称之为“文艺性的论文”。瞿秋白使用的概念是“杂感”而不是“杂文”，应当有政治与文体两方面的原因。首先，在他编选《鲁迅杂感选集》之前的数年间，鲁迅因写杂文而遭受讥讽。鲁迅在《三闲集·序言》中说：“看看近几年的出版界，创作和翻译，或大题目的长论文，是还不能说它寥落的，但短短的批评，纵意而谈，就是所谓‘杂感’者，却确乎很少见。我一时也说不出这所以然的原因。但粗粗一想，恐怕这‘杂感’两个字，就使志趣高超的作者厌恶，避之唯恐不远了。有些人们，每当意在奚落我的时候，就往往称我为‘杂感家’，以显出在高等文人的眼中的鄙视，便是一个证据。”[17] 瞿秋白在这种情况下编选《鲁迅杂感选集》，有鲜明的指向性，即肯定“杂感”的位置并发扬光大之。这是一种政治性、战斗性的姿态。所以，他在《序言》中用“蚊子和苍蝇”比喻那些鄙视鲁迅写杂感的人。其次，结合瞿秋白强调杂文文体迅速反映现实的功能来看，“杂感”概念的使用可以理解为对“感”的强调。这种“感”就是即时性，就是现代杂文诞生时的名称之一“随感录”中的“感”。

鲁迅与瞿秋白二人杂文文体观的一致之处很明显。其一，都将杂文作为“文学”来认识，同时将其与“创作”相区别。如前所引，瞿秋白在《序言》中将“杂感”置于革命文学的范畴中讨论，称之为“文艺性的论文”。鲁迅亦直言：“杂文这东西，我却恐怕要侵入高尚的文学楼台去的。”[18]“创作”的概念是鲁迅与瞿秋白给杂文下定义时的重要维度，是与杂文相对的概念。在他们的论述中，“创作”是名词而非动词，是文体范畴。1932年年底，鲁迅从《野草》《呐喊》《彷徨》《故事新编》《朝花夕拾》五本书中选取二十二篇，编成《鲁迅自选集》。他在《鲁迅自选集·序言》中说："够得上勉强称为创作的，在我，至今就只有这五种。"[19]由此可见，他将小说、散文、散文诗划入"创作"的范畴，而杂文不在其中。结合上述五部作品来看，"创作"与杂文的差异，一在于是否有非现实的虚构，二在于是否有距离感、超然的写作心态。鲁迅的"创作"范畴显然被瞿秋白接受了。前引《序言》中的那段话即两次使用"创作"这一概念，而且《序言》在描述"五四"落潮期文坛状况的时候引用了《鲁迅自选集·序言》中"有的高升，有的退隐"那段话，表明瞿秋白确实读过《鲁迅自选集·序言》。其二，他们都认为杂文具有及时、迅速地反映现实生活的功能。鲁迅表述为"立刻给以反响或抗争……"，瞿秋白表述为"它的特点是更直接的更迅速的……"这也是他们将杂文与"创作"区别开来的原因之一。其三，他们都认为杂文是具有战斗性与批判性的文体。

问题是，既然杂文这种文体不同于"创作"，那么它如何成为"文学"？关于该问题，鲁迅少有具体论述，而瞿秋白在《序言》中则将鲁迅杂文作为"文艺性的论文"的范本，论述得清晰、充分。在瞿秋白的论述中，杂文的"文艺性"主要基于"作家的幽默才能""艺术的形式"与典型化三方面的因素而形成。前两点是他在《序言》中谈及文体的时候提出的，典型化则是他在论述鲁迅杂文的批判性时提出的："不但'陈西滢'，就是'章士钊（孤桐）'等类的姓名，在鲁迅的杂感里，简直可以当做普通名词读，就是认做社会上的某种典型。"那么，何谓"幽默"？对此瞿秋白未做具体论述，但结合《序言》对鲁迅杂文的论述来看，其所谓"幽默"大概就是用机智的比喻达到揭露、批判、讽刺的效果。所谓"艺术的形式"，结合其杂文写作实践来看，当为杂文使用小说、诗歌或戏剧的表现形式。

在对杂文文体的理解方面，鲁迅与瞿秋白之间存在着对话关系。瞿秋白的"典型"说即被鲁迅所接受。鲁迅在《伪自由书·前记》中介绍书中所收杂文时说："然而我的坏处，是在论时事不留面子，砭锢弊常取类型，而后者尤与时宜不合。盖写类型者，于坏处，恰如病理学上的图，假如是疮疽，则这图便是一切某疮某疽的标本，或和某甲的疮有些相像，或和某乙的疽有点相同。而见者不察，以为所画的只是他某甲的疮，无端侮辱，于是就必欲制你画者的死命了。例如我先前的论叭儿狗，原也泛无实指，都是自觉其有叭儿性的人们自来承认的。"[20]这篇"前记"写于1933年7月19日，与《鲁迅杂感选集》的出版几乎同时。这里的"类型"显然是瞿秋白所说的"典型"，即瞿秋白对鲁迅的评述转化为鲁迅的自我认知。将近两年之后，鲁迅的"讽刺"论依然打着这种

“典型论”的印记。他在《什么是“讽刺”？——答文学社问》中说：“我想：一个作者，用了精炼的，或者简直有些夸张的笔墨——但自然也必须是艺术的——写出或一群人的或一面的真实来，这被写的一群人，就称这作品为‘讽刺’。”[21]用精练的笔墨写出“或一群人的或一面的真实”的过程，只能是典型化的过程。

不过，对待“幽默”，鲁迅与瞿秋白的态度有明显差异。鲁迅明言：“我不爱‘幽默’，并且以为这是只有爱开圆桌会议的国民才闹得出来的玩意儿，在中国，却连意译也办不到。”[22]他并非否定“幽默”本身，而是认为中国没有“humour”意义上的“幽默”。鲁迅此言写于1933年8月23日，即《鲁迅杂感选集》出版一个月后，因此客观上与瞿秋白《序言》中所说的“幽默”构成了对话。八个月之后，他在《小品文的生机》中依然认为中国有“滑稽”而无“幽默”。此文用戏剧中丑角、黑头等角色做比喻，讽刺文坛乱象，说：“单是黑头涎脸扮丑脚，丑脚挺胸学黑头，戏场上只见白鼻子的和黑脸孔的丑脚多起来，也就滑天下之大稽。然而，滑稽而已，并非幽默。或人曰：‘中国无幽默。’这正是一个注脚。”[23]这里的“或人”当为鲁迅本人。瞿秋白所谓的“幽默”，大概类似于鲁迅的“讽刺”或“冷嘲”。

瞿秋白在《序言》中阐述的、鲁迅杂文体现的杂文文体特征，在12篇合作杂文中鲜明地呈现出来。如前所述，《王道诗话》《曲的解放》《最艺术的国家》诸文都使用了“文学（文艺）—社会（国家）”的论述框架。每一篇都篇幅短小、语言精练，有匕首、投枪的风格。具体到修辞层面，主要使用了两种手法：

其一是直接采用文学作品的形式。《王道诗话》讽刺胡适的粉饰太平、为反动政府张目、自欺欺人，最后是以四首打油诗（每首四句）作结。第一首曰：“文化班头博士衔，人权抛却说王权，朝廷自古多屠戮，此理今凭实验传。”既讽刺了胡适的博士头衔，又讽刺了他从美国导师杜威那里输入的实验主义。第四首曰：“能言鹦鹉毒于蛇，滴水微功漫自夸，好向侯门卖廉耻，五千一掷未为奢。”[24]这是讽刺胡适到长沙讲演拿了湖南省政府主席何键高额酬金（实为400元而非5000元）。《曲的解放》则采用戏曲形式，编了一出杂剧《平津会》，用生、旦、丑三个角色讽刺政府的消极抗日。《迎头经》同样讽刺政府的消极抗日，最后用《诗经》“赋”的手法写了四句诗：“‘惶惶’大军，迎头而奔，‘嗤嗤’小民，勿向后跟！”[25]这里模仿了《诗经·卫风·氓》的句式。此类诗歌、戏剧形式，显然就是瞿秋白在《序言》中所说的“艺术的形式”。在这些杂文中，瞿秋白就是“用艺术的形式来表现他的政治立场”。

其二是创造性的比喻。这种比喻将揭露、批判、讽刺等多种功能有效地寓于直观的形象之中。以《最艺术的国家》一文为例，文章开头就是那句名言："我们中国的最伟大最永久，而且最普遍的'艺术'是男人扮女人。这艺术的可贵，是在于两面光，或谓之'中庸'——男人看见'扮女人'，女人看见'男人扮'。表面上是中性，骨子里当然还是男的。"[26]这里对于"艺术"的表述简洁而又形象，但这种"艺术"立刻被转换成"喻体"——多种虚伪的社会现实，获得了尖锐的批判效果，尖锐的批判因这种精彩的比喻、机智的转换具有了文学之美。《大观园的人才》一文亦然。这篇杂文是从大观园的压轴戏刘姥姥骂山门写起，将大观园转换成国民党政府、刘姥姥转换成政府官员后，批判的锋芒不仅指向政府的虚假宣传，而且指向对日本侵略的不抵抗政策："现在的压轴戏是要似战似和，又战又和，不降不守，亦降亦守！这是多么难做的戏。"[27]

与小说、诗歌、戏剧等文艺体裁相比，杂文更直接、更迅速、更深刻地介入现代中国的历史进程，与报纸、杂志等现代媒体的关系也更为密切。在此意义上，杂文是中国新文学史上最具现代性的文体。回到那个原初性的问题——何谓杂文？关于这个问题，新文学研究界似乎至今没有"标准答案"。但是，对于鲁迅、瞿秋白来说，答案十分明确。《鲁迅杂感选集》和那12篇杂文就是经典性的现代杂文范本，清晰地展示着杂文概念的内涵与外延。

结语："武器"与"艺术"的统一

在身份层面，瞿秋白对鲁迅的认同是政治家对文学家的认同。在此基础上他发现了鲁迅杂文的价值。面对鲁迅的作品，他没有选择《呐喊》《野草》等"创作"，而选择了杂文，这是因为杂文本身的政治性、现实性与实践性，其政治立场决定了这种选择。如果选择"创作"，则难以像选择杂文这样有效地展现"中国思想斗争史上的宝贵的成绩"，甚至有可能展现鲁迅"非政治"的一面——如《野草》表现的心灵隐秘。在鲁迅研究史上，《鲁迅杂感选集》的出版是划时代的。后来毛泽东的"鲁迅论"是在瞿秋白《序言》的脉络上进行的，继承了瞿秋白的论述逻辑，更加强调鲁迅的政治价值与革命价值。[28]

对于1933年的鲁迅来说，《鲁迅杂感选集》的出版以及合作杂文的发表意义重大。在此前的革命文学论争中，鲁迅受到后期创造社和太阳社的批判，甚至被视为"资本主义以前的一个封建余孽""二重性的反革命的人物""不得志的Fascist（法西斯蒂）"[29]，随后又因写杂文而被自由主义阵营否定了“文学家”的地位。在这种遭受双重否定的状态下，瞿秋白作为共产党领导人、文艺理论家，阐述了鲁迅的政治正确性和杂文的价值，同时否定了两个阵营对鲁迅的否定。《鲁迅杂感选集》的出版对鲁迅晚年的文学活动产生了巨大的影响。与瞿秋白合写多篇杂文是在 1933 年 3、4 月，7 月中旬，他就把当年 1 月至 5 月的杂文编成了杂文集《伪自由书》。翌年 3 月，又把 1933 年 6 月至 11 月的杂文编成杂文集《准风月谈》。就是说，在 1933 年这一年，鲁迅出版了《鲁迅杂感选集》，并撰写了《伪自由书》《准风月谈》两册杂文集中的杂文，这三册杂文集均与瞿秋白直接相关。1934 年至 1935 年鲁迅对于小品文、讽刺、幽默等问题的大量讨论，同样是在杂文的范畴之内进行的。

《鲁迅杂感选集》的出版甚至促使鲁迅重构自己的文学观。鲁迅留日时期在仙台弃医从文是为了用文学改变国民的精神，其文学观从一开始就有自觉的社会功利性，其文学是工具性的。文学的工具性与艺术性持续冲突，最后导致“文学无用论”的出现。1927 年 4 月 8 日，他在讲演中说：“一首诗吓不走孙传芳，一炮就把孙传芳轰走了。自然也有人以为文学于革命是有伟力的，但我个人总觉得怀疑，文学总是一种余裕的产物，可以表示一民族的文化，倒是真的。”[30] 即使是在承认存在着“革命文学”的情况下，他依然将文艺的社会功能相对化。1928 年年初，鲁迅讽刺李初梨主张的“由艺术的武器到武器的艺术”，实质是在坚持文学艺术的主体性与独立性。鲁迅说：“这艺术的武器，实在不过是不得已，是从无抵抗的幻影脱出，坠入纸战斗的新梦里去了。但革命的艺术家，也只能以此维持自己的勇气，他只能这样。倘他牺牲了他的艺术，去使理论成为事实，就要怕不成其为革命的艺术家……现在创造派的革命文学家和无产阶级作家虽然不得已而玩着‘艺术的武器’，而有着‘武器的艺术’的非革命武学家也玩起这玩意儿来了，有几种笑迷迷的期刊便是这。”[31] 在 1928 年 4 月 4 日写给董秋芳的信中，鲁迅说得更明白：“我是不相信文艺的旋乾转坤的力量的，但倘有人要在别方面应用他，我以为也可以。譬如‘宣传’就是。”[32] 这里对于“艺术”“文艺”的强调，必然会削弱文学的“武器”（工具）效能。但是，这种“武器”（工具性）与“艺术”（文学性）的矛盾同样是鲁迅本人长期面对的。所以 1933 年《鲁迅杂感选集》出版前后，他和瞿秋白才强调“创作”与杂文的差异。这种差异是不同文学体裁的社会功能的差异。那么，对于以文学为职业参与社会生活的人来说，“武器”与“艺术”如何有效地统一？换言之，如何既有效地干预社会生活又保持“文学”的状态？正是在“武器”与“艺术”的交叉点上，杂文的特殊价值凸显出来。当具有投枪、匕首功能的杂文被界定为文学的时候，文学干预社会的功能得到了最大限度的发挥，功利性与艺术性达到了最大限度的统一。在此意义上，成为杂文作者，是怀有强烈社会责任感的文学家鲁迅的最佳生存方式。强调杂文是文学而又将“杂文”作为“创作”的差异性概念，体现了鲁迅重构“文学”概念的冲动。正是在《鲁迅杂感选集》出版一年之后的 1934 年 8 月，他撰写《门外文谈》，阐述了以大众启蒙为宗旨的政治性、阶级性文学观。在此文的第十节，他写道：“首先是说提倡大众语文的，乃是‘文艺的政治宣传员如宋阳之流’，本意在于造反。”[33] 这里的宋阳即瞿秋白。鲁迅在重构文学观的《门外文谈》中提及瞿秋白决非偶然。

众所周知，鲁迅曾抄录清人何瓦琴的一副对联送给瞿秋白——“人生得一知己足矣，斯世当以同怀视之”。这副对联表达的认同感是多层面的、深刻的，其丰富内涵只有结合《鲁迅杂感选集》及相关事实才能理解。鲁迅赠送这副对联大概是在 1933 年 2 月，那正是瞿秋白研读鲁迅杂文、开始编选《鲁迅杂感选集》的时候。

注释：

---

① 鲁迅：《330405 致李小峰》，载《鲁迅全集》第 12 卷，人民文学出版社 2005 年版，第 387 页。

② 鲁迅：《330413 致李小峰》，载《鲁迅全集》第 12 卷，第 387 页。

③ 何凝（瞿秋白）：《鲁迅杂感选集序言》，载《鲁迅杂感选集》，上海青光书局 1933 年版，第 1 页。文中所引《鲁迅杂感选集序言》均出于此，着重号为原文所有。

④ 徐允明：《棘地荆天两代人——鲁迅和瞿秋白：隔膜与相知》，载陈铁健等编《瞿秋白研究文集》，中共党史资料出版社 1987 年版，第 260 页。

⑤ 朱正：《瞿秋白：“鲁迅是封建宗法社会的逆子”》，《北京青年报》2016 年 9 月 25 日。

⑥⑰ 鲁迅：《三闲集 · 序言》，载《鲁迅全集》第 4 卷，第 6 页，第 3 页。

⑦ 鲁迅：《二心集 · 序言》，载《鲁迅全集》第 4 卷，第 194—195 页。

⑧ 《鲁迅全集》第 5 卷，第 51—52 页。关于十四篇杂文的写作、修改、发表情况，参见丁景唐、王保林《鲁迅和瞿秋白合作的杂文及其它》，陕西人民出版社 1986 年版。

⑨ 鲁迅：《伪自由书 ·〈杀错了人〉异议》，载《鲁迅全集》第 5 卷，第 100 页。

⑩ 鲁迅：《伪自由书 · 文章与题目》，载《鲁迅全集》第 5 卷，第 129 页。

⑪ 蒋光慈：《关于革命文学》，《太阳月刊》第 2 期，1928 年 2 月。

⑫ 参见张华主编《中国现代杂文史》，西北大学出版社 1987 年版；王尔龄《论瞿秋白的杂文》，载《瞿秋白研究文集》，第 246—251 页。

⑬ 鲁迅：《坟 · 写在〈坟〉后面》，载《鲁迅全集》第 1 卷，第 298 页。

⑭ 鲁迅：《南腔北调集·题记》，载《鲁迅全集》第 4 卷，第 428 页。

⑮ 鲁迅：《且介亭杂文·序言》，载《鲁迅全集》第 6 卷，第 3 页。

⑯⑱ 鲁迅：《且介亭杂文二集·徐懋庸作〈打杂集〉序》，载《鲁迅全集》第 6 卷，第 301 页，第 300—301 页。

⑲ 鲁迅：《序言》，载《鲁迅自选集》，天马书店 1933 年版，第 4 页。

⑳ 鲁迅：《伪自由书·前记》，载《鲁迅全集》第 5 卷，第 4—5 页。

㉑ 鲁迅：《且介亭杂文二集·什么是"讽刺"？——答文学社问》，载《鲁迅全集》第 6 卷，第 340 页。

㉒ 鲁迅：《南腔北调集·"论语一年"——借此又谈萧伯纳》，载《鲁迅全集》第 4 卷，第 582 页。

㉓ 鲁迅：《花边文学·小品文的生机》，载《鲁迅全集》第 5 卷，第 487 页。

㉔ 瞿秋白：《伪自由书·王道诗话》，载《鲁迅全集》第 5 卷，第 51 页。

㉕ 瞿秋白：《伪自由书·迎头经》，载《鲁迅全集》第 5 卷，第 66 页。

㉖ 瞿秋白：《伪自由书·最艺术的国家》，载《鲁迅全集》第 5 卷，第 91 页。

㉗ 瞿秋白：《伪自由书·大观园的人才》，载《鲁迅全集》第 5 卷，第 125—126 页。

㉘ 参见田刚《毛泽东与鲁迅："文艺与政治的歧途"》，《文史哲》2012 年第 2 期。

㉙ 杜荃（郭沫若）：《文艺战线上的封建余孽——批评鲁迅的〈我的态度气量和年纪〉》，《创造月刊》第 2 卷第 1 期，1928 年 8 月 10 日。

㉚ 鲁迅：《而已集·革命时代的文学——四月八日在黄埔军官学校讲》，载《鲁迅全集》第 3 卷，第 442 页。

㉛ 鲁迅：《三闲集·"醉眼"中的朦胧》，载《鲁迅全集》第 4 卷，第 65—66 页。

㉜ 鲁迅：《文艺与革命》，载《鲁迅全集》第 4 卷，第 84 页。

㉝ 鲁迅：《且介亭杂文·门外文谈》，载《鲁迅全集》第 6 卷，第 101 页。着重号为原文所有。

（2018 年第 9 期）

本雅明与李格尔：艺术作品与知觉方式的历史变迁

陈　平

李格尔与本雅明相隔一代人，前者是大学教授，一位自称从事“客观”历史研究的象牙塔学者；后者是批评家，一位被现代性浪潮裹挟流离的自由撰稿人。他们的身世与经历有着天壤之别，但也有不少相似之处：两者都英年辞世，令人扼腕（李格尔 47 岁便因病谢世，本雅明自杀之时仅 48 岁）；在各自领域中他们都是分水岭式的人物，但身后都较迟被英语世界接受[①]；在当下他们仍是学界热议的话题，其影响力持续发酵[②]；最后，他们在方法论上分享了某些共同的理念与思路。其实，早在求学期间，本雅明就阅读了李格尔的著作并表示了认同，后来这种潜在的影响反映在他各个时期重要的批评文本中。[③] 可惜的是，在国内大量对本雅明研究的论文论著中，鲜有提及这两位思想家之间的关联。揭示出这种联系，或许可以为我们理解本雅明增加一个维度。

一

在本雅明的心目中，李格尔是他那个时代最重要的美术史家。本雅明在其一生的著述中，多次提及李格尔的著作以及他的“艺术意志”概念。所以，说李格尔对这位批评家产生了持续性的甚至终身的影响，并不为过。只是这种影响像一条红线，隐藏于本雅明文本的背后，若隐若现，不易为人注意。那么，本雅明对李格尔的接受始于何时？这可以追溯到他的学生时代。

本雅明 20 岁进入弗莱堡大学攻读哲学，从那时起，他便与视觉艺术结下了不解之缘。他崇拜歌德，而歌德本人也是一位业余画家。他前往意大利做“教育旅行”，游历了米兰、维罗纳、帕多瓦与威尼斯，还到了维琴察，参观了帕拉第奥设计的建筑，而这位文艺复兴的建筑大师也是歌德最钟爱的。1921 年本雅明买下了保罗·克利的绘画《新天使》，一直将它珍藏于身边。他后期甚至还撰写过中国画展的评论。[④] 这种对于视觉艺术的热爱，使他培养起了一种有别于其他文学批评家的独特的知觉方式，即善于将对客观世界的感知与思考以画面的形式即思想图画（Denkbilder）呈现在读者面前。⑤这也使他从一开始便破除了文学研究与艺术科学的界限，十分关注艺术史研究的最新进展。

1915 年，本雅明转入慕尼黑大学学习，同年听了沃尔夫林的讲座。沃尔夫林当时在德语国家艺术史界的影响可谓如日中天，名气超过了李格尔，他的大作《美术史的基本概念》也是在这一年出版的。但本雅明听完讲座后，对作为一名教师的沃尔夫林留下了极差的印象。他在致友人的一封信中写道：

> 我没有立马搞明白沃尔夫林想做什么。现在我清楚了，我们在这里遇到了我在德国大学中所遇到的最具灾难性的活动。他绝不是一个了不得的天才人物，质言之，他的艺术感觉并不比常人高明，但仍试图运用他个人的所有能量与资源（这与艺术没有任何关系）来对付此事。结果他便有了一种理论，这种理论把握不了本质的东西，不过就其本身而言或许要比完全不动脑筋思考强一些。由于沃尔夫林的能力不足以公正地对待其对象，他分析艺术作品的唯一手段便是吹捧拔高，即一种道义感。实际上，如果不是因为这一点，他的理论甚至可能有某些成果。他不看艺术作品，他感到有义务去看，要求人去看，将他的理论看作是一种道义行为。他变得迂腐、荒唐、紧张，从而毁掉了他的听众的自然禀赋。⑥

无独有偶，与本雅明同年出生的潘诺夫斯基，也是在 1915 年听了沃尔夫林讲座后感到了失望。潘氏在同年发表的一篇文章中指出，沃尔夫林的风格理论是一种现象描述，并不是对风格变化的解释。和潘诺夫斯基一样，本雅明也转向了李格尔。早在 1916 年，本雅明便在自己的文章中采用了李格尔理论体系中的术语。⑦那段时间，也是本雅明批评理论的形成期。他的博士论文以“德国浪漫派的批评概念”为题，提出了浪漫主义者将批评置于艺术作品之上的重要观点。在接下来的学术研究与批评实践中，本雅明将李格尔的美术史方法论作为自己写作的一个重要参照系，这一点尤其反映在他 1929 年的一篇书评中，此文题为“活力尚存的几本书”。他盛赞李格尔的《罗马晚期的工艺美术》（以下简称《罗马晚期》）是一部“划时代的著作，具有预言式的确信感，用表现主义（它出现于二十年之后）的敏感性和洞察力来理解罗马晚期的文物，与‘衰落时期’的理论决裂，从原先人们所谓的‘退回到了野蛮的状态’中，看出了一种新的空间体验，一种新的艺术意志。同时，这本书最明显地证明了，每一个重要的学术发现，都导致了方法论上的革命，而且无任何有意为之的痕迹。的确，在最近的四十年中，没有一部美术史著作取得过如此实实在在的、在方法论上富有成果的影响”[⑧]。

本雅明对李格尔和沃尔夫林的评价形成了强烈的反差。我们会问，《罗马晚期》究竟是一部怎样的书？何以被本雅明称作一部“划时代的著作”？

此书是李格尔应邀为奥地利皇家教育部的一个文化项目而作，此项目旨在调查奥匈帝国境内的古代工艺美术文物。原计划写两卷，第一卷论罗马晚期艺术，第二卷论民族大迁徙时代的艺术，但只完成了第一卷，出版于1901年。此书初版为大开本豪华精装，具有皇家出版物气派。不过它之所以成为美术史学的一座里程碑，大体有以下几方面的原因。首先，李格尔突破了项目的限制，将讨论范围扩展到造型艺术的所有门类，正是此文促成了有史以来第一部罗马晚期美术史，而且正是李格尔发明了“罗马晚期”（又称“古代晚期”）这一概念，这是他对西方历史分期的一个特殊的贡献；其次，此书为美术史家与艺术鉴定家提供了形式分析与风格研究范例，对大学美术史学科和博物馆工作大有助益；再次，也是令本雅明感兴趣的，这是一部方法论著作，李格尔通过对作品的形式分析，揭示了知觉方式的历史变迁，并通过“艺术意志”的概念，将知觉方式与“世界观”即宗教、哲学观念挂起钩来，创造了一种独特的美术史阐释结构；最后，此书立足于当下的历史研究，挑战了传统的古典审美观念，为人们普遍认为不美的、无活力的罗马晚期艺术辩护，体现出美术史的批评维度。

在李格尔之前，自然循环论主导着美术史叙事。在瓦萨里与温克尔曼的笔下，艺术的发展就如同自然万物，经历着出生、成长、衰老与死亡的循环周期。罗马艺术是希腊艺术的衰退，手法主义与巴洛克是盛期文艺复兴艺术的衰退，艺术家的晚期作品是壮年作品的衰退。李格尔不相信这种神话。他认为美术史不存在什么衰退，罗马晚期的艺术其实也是此前古典艺术的合逻辑的发展，只是时代变了，人们的世界观乃至知觉方式也随之改变，艺术意志便朝另一方向发展。它给现代人以“衰落的印象”，是因为：

> 我们的现代趣味只是用主观批评来判断手头的文物，这种趣味要求从一件艺术品中见出美与活力。反过来，衡量作品的标准就要么是美，要么是活力……因此，本书意欲证明，从艺术总体发展的普遍历史观点来看，《维也纳创世记》与弗拉维王朝—图拉真时代的艺术相比是一个进步，也只能是进步；而从狭隘的现代批评标准来判断，它似是一种衰落，而这衰落从历史上来说是不存在的：确实，

若无具有非古典倾向的罗马晚期艺术的筚路蓝缕之功，现代艺术及其所有优越性是绝对不可能产生的。[9]

为了证明艺术史发展的统一性，李格尔从大量作品的形式分析中，归纳与构建了从触觉到视觉的知觉发展图式。古人对周围的世界抱有一种不确定感，总是希望塑造出具有强烈触觉感的艺术形式，这是一种近距离的观看方式；随着人类掌控自然力量的增强，现代人仅凭视觉便可把握世界，这就是远距离的观看方式。李格尔找到了罗马晚期艺术与现代艺术的相似与相异的特点：这两个时期的艺术都是建立在远距离观看的、视觉的知觉方式基础上，都欣赏瞬间的光色效果，区别就在于空间中各要素的关系：现代艺术要将空间中的形状相互联系起来，人物与环境之间要有过渡；而罗马晚期艺术则是将人物与人物、人物与基底（背景）隔离开来，所以给人造成了生硬的印象。李格尔指出，如果不囿于成见，以当时当地人们的知觉方式与审美标准去观看罗马晚期的艺术作品，就会获得截然不同的印象："在比例丧失之处，我们却发现了另一种形式的美。它表现于严谨的对称性构图，我们可称之为结晶式构图，因为它本身就是无生命原始材料的最初与永恒的主要形式，也因为它相对来说最接近于抽象之美（物质的个体性）。"[10]

其实，作为一位大学的美术史教授，李格尔本人也是一位传统学者，对古典价值深信不疑，这一点可在他的前一部著作《风格问题》（1893）对古典纹样的由衷赞美中见出。他在这里并非反古典，而是强调任何一个时期的艺术都是人与周围环境关系的反映，因为"人要将这世界表现为最符合于他的内驱力的样子"[11]，所以不能用统一的古典标准来衡量。但或许令他本人始料未及的是，基于作品的纯视觉研究竟然颠覆了传统的价值观。

由于其强烈的论战性与当下性，李格尔的书获得了表现主义批评家的 ·片喝彩。奥地利艺术批评家赫尔曼·巴尔（Hermann Bahr）对李格尔推崇备至，他说李格尔的书是"继歌德的色彩学以来最令我激动的"，并提出李格尔以"艺术意志"的观念将艺术史从森佩尔机械式的解释中解救出来，"使艺术科学成为了一种精神科学"[12]。同样，李格尔的"艺术意志"概念，也在表现主义批评家沃林格的著作《抽象与移情》（1907）和《哥特形式论》（1912）中响起了回声。

年轻时代的本雅明就生活在这样一种精神氛围之中，他立志要成为德国文学唯一真正的批评家。他从"艺术意志"概念中看出了李格尔的批判精神，并将他引为知音。

世界变化的速度正在加快，没有什么是一成不变的，批评家要将一切置于批判的眼光之下进行重新审视。

二

我们可以将本雅明1925年完成的申请大学教职的论文《德意志悲苦剧的起源》（以下简称《悲苦剧》）看作他将李格尔理论运用于文学史研究的尝试。这篇才华横溢的论文，由于教授们“完全看不懂”而未被接纳，从而断送了本雅明的大学“学者”之路，使他成了一名自由撰稿人。

西方悲剧，无论在理论上还是实践上都拥有深厚的古典传统，而本雅明研究的悲苦剧（Trauerspiel）则是德国巴洛克时代的一种寓言剧，一直被正统文学史家视为一种无聊的、无价值的戏剧形式，代表着传统悲剧的衰落。本雅明将注意力从经典作品，如歌德、荷尔德林的戏剧，转向这种寓言的或破败的悲剧作品，这一转变发生在阅读李格尔之后。在美术史写作领域中，从艺术英雄的颂歌式写作，转向长期被忽略、被边缘化的艺术时期或艺术作品细节的研究，正是世纪之交发生的重大转向。李格尔专注于罗马晚期艺术与荷兰团体肖像画；瓦尔堡对文艺复兴绘画中的古典母题着了迷；美术鉴赏家莫雷利则将目光投向了画面上不起眼的细节之处——画家不经意的寥寥数笔透露出了真迹的信息。本雅明受到启发，将目光锁定于被边缘化的这种巴洛克戏剧形式上，从认识论的高度，对古典悲剧与德意志悲苦剧的本质进行了界定。德国悲苦剧产生于反宗教改革与三十年战争期间，在表现内容上与古典悲剧大为不同。它取材于历史而非神话传说，其主角是暴君而非神话英雄，所以不能以古典悲剧的英雄主义与道德主义的标准来衡量。本雅明要开创一种讨论艺术作品与艺术形式的全新方法，通过对具体作品的形式分析，洞悉艺术作品的哲学内涵和存在意义。他在文中明确提出了“哲学式批评”的概念：

> 如果对结构中细节的生命没有一种直觉的把握，所有对于美的热爱只不过是一场虚梦而已。结构与细节归根到底总是承载着历史。哲学式批评的目标就是要表明艺术形式有如下功能：将构成每件重要艺术作品之基础的历史内容转化为哲学真理。材料内容转化为真理内容使得效果降低了，从而早先迷人的吸引力随年

> 代流逝而减弱，融入了再生的基础，在这再生中，所有短暂的美完全被剥去，这作品作为一座废墟而矗立着。[13]

“哲学式批评”的概念与他之前在《论歌德的〈亲和力〉》一文中提出的批评主张是一致的，即在“评论”与“批评”间做出区分：“批评（critique）探求一件艺术作品的真理内容，而评论（commentary）则探求它的题材内容。”[14]也就是说，批评的主旨不是对艺术作品的实际内容进行梳理与归纳，而是要让被人长久忽略并遭到误解的艺术形式呈现出来，揭示出其哲学内涵与意义。所以，本雅明放弃了大学教授治文学史惯用的语文学方法，首先将悲苦剧定义为艺术哲学中的一个“理念”，而“这理念是单子——简而言之，这就意味着：每个理念都包含了世界的图像”[15]。只有深入作品内部，具体分析这种戏剧的形式结构与细节构成，才能揭示出悲苦剧这一“理念”的奥秘，把握其之前与之后的历史。

本雅明敏锐地抓住了悲苦剧的形式本质就在于寓言，换句话说，寓言成了巴洛克的形式法则与思维方式。在他眼中，这种巴洛克时代特有的带有废墟与碎片特征的戏剧形式，无论是人物，还是诸如台词、道具、场景等戏剧形式设计，都充满了寓意性，而这一切并非出于编剧者的主观喜好，而是后宗教改革时代“艺术意志”的表现：

> 因为与表现主义一样，巴洛克与其说是一个拥有真正艺术成就的时期，不如说是一个拥有不懈之艺术意志的时期。一切所谓的衰落时期都是这样。艺术中最高的实在便是孤立的、自足的作品。但有些时代，精雕细刻的作品只有亦步亦趋的追随者才做得出来。这些时代是艺术“衰落”的时期，是艺术“意志”的时期。因此，正是李格尔设计出这一术语，专门指罗马帝国最后时期的艺术。就形式而言，是意志可以达到的，而一件制作精良的单件作品则是意志所不能达到的。巴洛克在德意志古典文化崩溃之后拥有了现实意义，其原因就在于这意志。除此之外还应加上对强有力的语言风格的追求，这种风格使它足以表现暴烈的世界事件。[16]

本雅明寻绎着德国悲苦剧中风格细节的有特色的表现，试图揭示艺术形式背后宗教的、政治的和精神的种种面向。另外，当下性也成为本雅明历史研究的出发点。他指出，当代人之所以能够理解历史上的悲苦剧，正是因为在语言的运用上，巴洛克时代与当下的表现主义时代是相通的。充满激情的、夸张的语言便是这两个时代共同的特色。

正是两个时期所共有的东西，成为本雅明艺术作品观念的核心所在。也就是说，具有特色的作品并不一定具备“美”的表象，艺术中所体现的最高现实性就是独立自足的作品本身。

就在《悲苦剧》于1928年公开发表后不久，本雅明在一篇简历中谈到了此书的主旨：他要通过对于艺术作品的分析，破除19世纪学科之间的樊篱，以求开创一种整体性的学术研究进程。而这种对艺术作品的分析，就是要“将艺术作品视为它那个时代宗教、形而上学、政治与经济倾向的一种整体性表达，不受任何地域概念的限制”；他接着宣称，在《悲苦剧》一文中他已经“大规模地实践了这一任务，这是与李格尔的方法论观念，尤其是他的艺术意志的理论相关联的”。[17] 这就很清楚了，李格尔的著作在本雅明的心目中成了跨学科文化征候学的一个范例。

三

本雅明的批评范式与李格尔方法论的密切关系，还鲜明地体现在他20世纪30年代初撰写的一篇书评中，此文即《严谨的艺术科学：关于〈艺术科学研究〉第一卷》[18]。《艺术科学研究》是维也纳大学一批年轻学者编辑出版的一份年刊，他们自称是李格尔理论的传人，史称“新维也纳学派”。年刊第一辑出版于1931年，其中收入了林费特（Carl Linfert）撰写的一篇论建筑素描的文章，此文表明了本雅明《悲苦剧》的影响。林费特是本雅明的好朋友，年刊出版后即赠送了一本给他，本雅明立即回了信（1931年7月18日），还为此撰写了一篇书评，投给了《法兰克福报》，但未发表。林费特也是该报的撰稿人，他后来弄清楚了文章未发表的原因：编辑不理解本雅明对沃尔夫林形式主义的批评，对他关于李格尔工作的介绍感到困惑，也不能理解他为何要去研究那些琐碎的内容，强调边缘现象。本雅明根据林费特探得的消息修改了书评，勉强删去了某些冒犯性的段落。1933年6月30日，此文终于以他的笔名霍尔兹（Detlef Holz）发表在该报的文学副刊上。[19]

在文章的开头，本雅明注意到新维也纳学派转向了“单件作品的研究”，认为沃尔夫林虽然在《古典艺术》（1898）一书中提出“要回到更为具体的艺术问题上”，但并不成功，因为“他自己的修养也是在19世纪末期的这种状况中形成的”[20]。本雅明在文中列举了该年刊上发表的安德烈亚斯、帕赫特、林费特的三篇专题研究，并表示了赞赏，因为这些美术史家尊重那些被人忽略的“琐屑之物”与“边缘作品”。他还谈到，格林（Hubert Grimme）几年前发表的关于《西斯廷圣母》的文章从一幅作品中最不显眼的地方进行调查研究。接下来，本雅明将这一特色追溯到李格尔：

> 因而，由于这类研究（关注于物质性），故这种新型美术学者的先驱并非是沃尔夫林，而是李格尔。帕赫特对帕赫的研究“是对那种漂亮的描述形式的一种新尝试，而李格尔熟练把握住从个别作品向其文化和智性功能的转变，则为这种描述形式提供了范例，这尤其可以在他的著作《荷兰团体肖像画》中看到”。还可以参考李格尔的《罗马晚期的工艺美术》，这主要是因为这本著作具有典范性地表明了这样一种事实：严肃的同时也是有勇气的研究，是不会不去关注其时代的重要问题的。今天阅读李格尔主要著作的人，会想起此书与本文开篇所引沃尔夫林的段落几乎是同时写的，也将会怀旧地认识到，那种早已隐秘地活跃在《罗马晚期的工艺美术》中的力量，将会在十年后的表现主义中浮现出来。[21]

本雅明在这里赞扬李格尔将对个别作品的研究引向了更广阔的社会，引向了作品的文化与智性功能，预示了他本人后来在《机器复制时代的艺术作品》一文中对视觉媒介的社会文化批评。在书评的后半段，本雅明以林费特关于建筑素描的研究为例，阐明了边缘作品研究的意义。我们知道，建筑素描作为独立的绘画品种，与建筑师的建筑绘图无关，也不是画家笔下供人观赏的建筑风景画。它的功能并非单纯供人“观看”，而是为观者提供感受建筑空间效果的机会，其传统可以追溯到文艺复兴时期建筑师与艺术家绘制的各种“理想城”。在巴洛克时期和新古典主义时期，意大利和法国出现了大量的建筑素描，这些作品大多由建筑师或装饰家描绘，其夸张的构图与丰富的空间想象力、极富感官吸引力，在欧洲风靡一时。本雅明注意到，对于美术史研究者来说，这是一个全新的和未被触及的图像世界。更为重要的是，林费特并未停留在一般的背景综述与归纳分类上，而是发掘出了这些处于边缘地带的作品背后的时代意义，即艺术表现形式与社会智性取向之间的关联：

> 然而，在林费特的分析中，形式问题和历史情境紧密结合着。他的研究所涉及的“时代，是一个建筑素描开始失去其主要的和决定性表现特征的时代”。但这种“衰退过程”在这里多么一目了然啊！建筑景观是如何地开放，包括了它们的

> 核心象征、舞台设计以及纪念碑！这每一种形式都依次指向以十分具体的形式呈现在研究者林费特眼前的那些未被认知的方面：如我们从《魔笛》中得知的文艺复兴时期的象征符号、皮拉内西关于废墟的奇思异想，光明会（Illuminati）的庙堂等。此时以下这一点就很明显了，这位新型研究者的特点并非体现于“包罗万象的整体”“综合性的情境”（这已很普通），而是体现于在边缘领域内挥洒自如的研究能力。这本年刊所收录的这些作者，是这种新型研究者中最严谨的代表，是这一研究领域的希望。[22]

随着时过境迁，这些建筑素描湮没无闻了，它们对于现代观者而言已经十分陌生，专业艺术史研究者也不一定都能了解。像林费特在文中提到的洛可可设计师梅索尼耶（Juste-Aurèle Meissonnier）、巴洛克晚期建筑师尤瓦拉（Filippo Juvara）等人，则更不为研究者所注意了。有学者指出，本雅明所说的《魔笛》的象征符号，可能是指建筑师欣克尔（Karl Friedrich Schinkel）1816年为该剧设计的舞台布景，他本人甚至可能还看过配有欣克尔式舞台布景的《魔笛》演出，因为这些布景在柏林国家剧院一直使用到1937年。[23]此外，本雅明文中提到的18世纪意大利建筑师皮拉内西（Piranesi）的古罗马废墟图、法国建筑师布莱（Etienne-Louis Boullée）的大都会图书馆以及牛顿衣冠冢等建筑素描，都是一百多年后人们淡忘了的经典的新古典主义作品。这些作品，凝聚了丰富的古典文化记忆，同时也混合了创作者的浪漫想象，以精致的手法和夸张的形式语言，创造了极富魅力的意象。但是到了19世纪，随着自然主义技术的进步（摄影术的发明），这种意象甚至这种绘画类型无可挽回地衰落了。富于诗意与文化记忆的建筑素描，已被建筑事务所的现代制图法取代。正是新维也纳学派的美术史家的工作引起了本雅明的共鸣，难怪当本雅明读了林费特送给他的这本年刊后，他立即回信说，他们所做的工作与自己存在着许多相似之处。从本雅明在以上引文中对于建筑素描处于“衰落”境地的感慨中，我们似乎隐约听到了“灵韵”的弦外之音。

四

“灵韵”（aura）是本雅明批评的核心概念，既用于文学批评也用于视觉文化批评。由于它的含混与神秘的性质，引发了大量讨论，而国内学者尤其纠结于挑选一个适当的译名。比如对它做语源学探究，指出它在希腊语和拉丁语中意为“呼吸”“空气的吹拂”；或者提出可将它追溯到古代医学理论，意指癫痫或歇斯底里发作前的一种焦虑不安的症状。此外，这个术语还被附加了不少风马牛不相及的背景，如肖勒姆的犹太神秘主义、活力论、神智论；甚至还有人将它与中国艺术的“气韵”概念联系起来。笔者认为，语源学追溯是必要的，但这个术语历经千百年，到本雅明笔下已经成了一个哲学与美学范畴，恐怕就不可能再还原到其古代的含义。本文仍沿用学界常用、也相对合理的译名“灵韵”。

我们不妨将“灵韵”理解为一个与知觉心理学相关联的概念，它明显指向通过视觉观看所引发的一种具有“统觉”特征的心理体验与联想。本雅明将它与知觉方式的历史变迁联系起来，或许正是在这一点上可以见出与李格尔知觉理论的某种关联。就像“艺术意志”的含义在李格尔的前后著述中有着微妙的变化一样，在本雅明的写作中，“灵韵”一词在不同的时期和不同的语境下，其含义也有着微妙的差别。本雅明最早是在一份大麻实验报告（1930 年 3 月）中提到了“灵韵”：“我关于这个主题（灵韵的性质）所讲的一切，都是针对通神论者的论战。我发现，他们缺乏经验与无知，令人厌恶……首先，真正的灵韵出现在所有事物中，而非像人们想象的那样只出现在某些种类的事物中。”[24] 可以说，这一概念是流行于通神论者、术士或神秘学者话语中的一个术语，本雅明利用了它，但要将它与通神论的神秘概念撇清干系，以便在机器复制时代重构往昔失去的经验。正如芝加哥大学教授汉森（Miriam Bratu Hansen）所指出的：“本雅明很清楚，在这场智性与政治的赌局中，将灵韵的意义限制在美学传统的专有领域中，从而作为一个衰落现象将它历史化，是将此术语引入马克思主义争论的唯一办法。而这场智性的与政治的赌局，会使它作为一个哲学范畴而合法化。”[25]

本雅明在不同的语境下对“灵韵”所下的定义，反映了他心目中这一概念的不同面向，以及与李格尔理论若隐若现的联系。第一种定义出现于《摄影小史》（1931）中：

> 灵韵究竟是什么？一种奇妙的时空编织：一段距离的独一无二的表象，无论离得有多近。夏日中午休息时分，目光追寻着地平线上的群山，或一截在观者身上投下阴影的树枝，直到此刻此时，化作它们表象的一部分——这就意味着吹拂出那群山、那树枝的灵韵。[26]

如何理解这时间与空间的编织？远处的群山与近处的树枝构成了空间的维度，而“此刻此时”则平添了时间的维度。时空交织在一起，在观者内心形成了一种无意识的“统觉”，一种“独一无二的表象”，让人产生在时空上都遥不可及的感觉，哪怕它们就近在当下，近在眼前。而这“表象”（appearance）便是“灵韵”。在后来的《机器复制时代的艺术作品》一文中，本雅明举出自然对象的灵韵来说明历史对象的灵韵，对这“时空编织”给出了进一步解释。在此文第三节中，这段文字几乎一字不差地出现了：

> 上文所提出的关于历史对象的灵韵概念，可以用关涉自然对象的灵韵加以有效地说明。我们将自然现象的灵韵定义为一段距离的独特现象，不管这距离有多么近。夏日午后，如果你在休息时眺望着地平线上的山脉，或注视着在你身上投下阴影的树枝，你便能体验到那群山或那树枝的灵韵。㉗

正如我们在博物馆中的体验，隔着玻璃凝视一件古物，我们会感觉到这件作品蒙上了一层灵韵，伸手可触，但又感觉它离我们十分遥远，有如夏日午后眺望远山：时空维度奇妙地实现了转换。在这里，本雅明给我们描述了一种远距离观看的感知方式，它与往昔相联系，仿佛往昔的作品与我们之间既有的时间距离，转化成了一种空间距离，但这不是物理意义上的距离，而是心理上的距离。这就令人想起了李格尔在描述罗马晚期作品时所使用的一对术语：近距离观看与远距离观看。当然，李格尔是用这对知觉概念来分析图画要素之间的形式关系，而本雅明则为知觉活动增添了历史与文化的维度，揭示了距离远近在心理上的转换。

第二种定义是将“灵韵”解释为一种感知力（perceptibility），它能够赋予对象或作品以“回看我们的能力”，这见于他后期的批评文章《论波德莱尔的几个母题》（1939）：

> “感知力”，如诺瓦利斯所说，“就是一种注意力”。他心里想到的这种感知力，除了灵韵的感知力之外，不会是其他任何东西。因此，灵韵体验的基础，就在于对无生命的或自然的对象与人之间的关系做出换位的反应，这种反应在人类各种关系中是司空见惯的。我们看着的那个人，或那个感觉到被人看着的人，反过来也看着我们。感知我们所看对象的灵韵，就意味着赋予它回看我们的能力。㉘

也就是说，当我们观看一幅经典绘画或早期摄影作品时，由于我们了解这作品背后发生的事件以及后续的影响，于是便与作品中所表现的对象处于一种位置互换的关系中：我们观看画中对象，这对象仿佛也在回看着我们，向我们诉说着什么。这种心理体验就构成了作品的“灵韵”。观者通过观看走进画面，同时画中人物也走进观者的情感世界。在《摄影小史》中，本雅明举了一个例子，摄影师朵田戴与他的未婚妻在结婚前拍了张照片，后来妻子在生下第六胎之后不久便自杀了。“在照片中，可以看到她与他在一起，他好像挽着她，但她的眼神却越过了他，沉溺于一种不祥的距离之中。”[29]灵韵这一不祥的预感维度，属于一种视觉无意识。照片记录了过去某个加了密的瞬间，它向未来的观者开口说话。所以，我们可以将“灵韵”理解为一种知觉媒介，它定义了画中人物形象的凝视。反过来说，观者是否能体验到作品的灵韵，取决于是否拥有这种感知力，也就是注意力。

本雅明在阐述“灵韵”概念时，将作品与观者的心理接受联系起来，或许心中想到的正是李格尔《荷兰团体肖像画》中的经典论述，毕竟他熟悉这本书。正是在此书中，李格尔首次将“注意”以及“凝视”的概念引入美术史研究，从而建立了一种基于“观者”的美术史：“美学（是）部分对整体的关系，是各部分之间的关系，（它）并不考虑对观者的关系。对观者的关系构成了艺术史。其总体原则构成了历史美学。”[30]李格尔从绘画构图的角度，将荷兰团体肖像画与意大利宗教绘画进行了对比：意大利绘画展示出一种主从关系，往往以主要人物作为统一构图的元素；而在荷兰团体肖像画中，人物均处于平等地位，其“注意”的心理状态起到了统一画面的作用，而画中人物“凝视”的目光则是将作品与外部（观者）建立起联系的主要手段。当观者观看画面时，画中的人物仿佛在与观者互动，进行着情感上的交流。在传统的理性主义知觉方式中，主体与客体是泾渭分明的，而现代知觉方式发生了变化，主客体处于平等交流的关系之中。[31]

“灵韵”的第三种定义指对象的一种本真性、独有性和不可复制性，它有如一种难以表述的、非同寻常的物质，如轻纱薄雾般笼罩在对象上，将它封存起来。本雅明在《论波德莱尔的几个母题》一文的第十一节开始时指出：

> 如果我们用灵韵来指在非意愿记忆中自如地簇拥于某一知觉对象周围的那些联想的话，那么就一件实用器物来说，与灵韵相似的东西，便是对熟练的手所遗留下的痕迹的体验。建立在应用照相机以及一系列类似机械装置基础之上的技术，扩展了意愿记忆的范围，通过这些装置，技术使意愿记忆能够将任何时间发生的

事件以声音与视像的形式永久记录下来。因此，技术便代表了手工实践处于衰落状态之社会的种种重要成就。[32]

“非意愿记忆”（mémoire involontaire）与“意愿记忆”（mémoire volontaire）是普鲁斯特《追忆似水年华》研究中的一对术语：前者不是一种有目的的回忆，而是一种更接近遗忘的状态，一些微不足道的细节或物品会使往昔的场景浮现于观者眼前；而后者则正相反，是一种有意识的回忆，现代技术手段使之变得既方便又快捷。所以，我们可以将前者理解为“非理性记忆”，将后者理解为“理性记忆”。本雅明在他1929年撰写的《普鲁斯特的形象》一文中精辟地评说了这部小说的写作特色：“普鲁斯特并非按照生活的本来的样子去描绘生活，而是把它作为经历过它的人的回忆描绘出来……对于回忆着的作者来说，重要的不是他所经历过的事情，而是如何把回忆编织出来……”[33]这便回到了本文前面引文中的“奇妙的时空编织”。本雅明将“非意愿记忆”与“灵韵”的概念联系了起来：服饰或家具等物品笼罩着灵韵，与使用它们的人之间形成了一种转喻关系。谢林的外套上所笼罩着的灵韵，源于这外套与穿着者的体格与相貌长期存在的物质关系，并非来自其独一无二的精巧手工。所以，灵韵具有回溯往昔的索引维度，它更多地是指过去的幽灵投射到现在。

那么，本雅明以“灵韵”这一概念想要说明什么？作为一种心理经验、一种联想、一种感知力，之所以变得可视，其前提是什么？他的答案是，正是基于摄影术的复制技术，成就了灵韵的感知，也导致了“灵韵的衰退”（decay of the aura）。

五

本雅明所谓“灵韵的衰退”的著名论断，基于知觉方式及其表现媒介的历史分析。一个时代有它自己的知觉方式，而艺术所采用的媒介及特定的表现形式，正是这种感知方式的具体体现，正如悲剧之于古希腊、史诗之于原始民族、镶嵌画之于中世纪。往昔的作品，其本真性、权威性与不可复制性，就像光环一样笼罩其上，令人产生怀旧的、神圣的、遥不可及的感觉，这便是“灵韵”的真正含义。这种心理感知的条件，是观者处于“凝神观照”“注意”的接受状态。而机器复制时代的知觉方式，则涉及事物普遍的平等感，这种感觉需要的是瞬时性与复制性，它分散了观者对客体的注意力。在这种新的知觉方式下，作品的神秘“灵韵”便蒸发了。在《机器复制时代的艺术作品》第三节开篇，本雅明又回到了李格尔：

> 在漫长的历史时期中，人的知觉方式随着人类整个存在方式的变化而变化。人的知觉的构成方式，其得以实现的媒介，不仅是由自然条件决定的，而且取决于历史的情境。公元5世纪，随着大规模的人口迁移，见证了罗马晚期工艺美术与《维也纳创世记》抄本的诞生，不仅发展出了一种有别于古代的艺术，而且也出现了一种新的知觉方式。维也纳学派的学者李格尔和维克霍夫，抵抗着埋没这些晚期艺术形式的古典传统的重压，最先从这些艺术形式中得出了关于那一时期知觉结构的结论。然而，尽管这些学者目光深远，但仍局限于表明构成罗马晚期知觉特征的重要的形式印记。他们没有试图——或许没有想到——展现这些知觉方式变化所体现的社会变迁。现在的条件，对于做出类似的洞察来说更为有利了。如果能从灵韵的衰退这方面来理解当代知觉媒介的变化，便有可能表明其变化的社会原因。[34]

沿着李格尔的基本思路，本雅明将电影媒介视为一种新的知觉方式的代表、现代艺术意志的体现。不过，在李格尔止步的地方，他继续向前推进，要通过“灵韵的衰退”来考察其社会基础、表现媒介的变迁。

这种新的知觉方式从何而来？本雅明认为它有一个社会基础，即大众。大众是现代性的主要特征，从工业化中，从工作与闲暇中，从生产与消费中产生出来，具有了社会意义，带来了新的知觉方式。本雅明指出，其实这种知觉方式的出现要先于电影甚至摄影的发明：“诸如19世纪出现的大量观众同时注视着绘画作品的现象，是绘画危机的一个早期征候，这一危机，绝不是单单由摄影术引起的，而是艺术作品相对独立地对大众产生的吸引力所引起的。”[35]也就是说，摄影以及后来的电影并非引起新的知觉方式的原因，而是大量观众同时观看的结果，而这些新媒介顺应时代而出现，打开了新的视觉与启示的可能性，成了新的知觉方式的恰当表现形式。它们的发明势在必行，因为原有的媒介已不能满足大众的需求。在这里我们可以看出，李格尔提出“艺术意志”与一个社会的世界观之间的密切联系，也提出了观者的接受问题，而本雅明则进一步考虑到了作为社会组织的接受方式问题。

本雅明对于接受的关注，引导他提出了两极的发展概念：崇拜价值—展览价值。

他在文中指出："对艺术作品的接受与评价有不同的面向，主要有两种极端的类型：一种着重于作品的崇拜价值，另一种则强调作品的展览价值。"[36]崇拜价值基于宗教仪式，因为艺术生产源于仪式用具（偶像）的制作；后来宗教衰落了，崇拜价值又以对美的世俗崇拜的形式出现。而展览价值则基于另一种使用价值，随着艺术作品的大量复制，"一旦本真性的标准不再适用于艺术生产，艺术的整个功能就被翻转过来。它不再基于仪式，而是建立在另一种实践的基础上——政治"[37]。也就是说，艺术作品具有了政治价值，成为政治的工具。"崇拜—展览"发展轴似乎扮演了李格尔"触觉—视觉"轴的角色：艺术在这条轴线上的位置，是由某一历史时刻的人性的存在方式所决定的。

不过，与早期的《悲苦剧》相比，《机器复制时代的艺术作品》不再是一部学术性的历史论著，它并未论及艺术内部的历史发展，而是一篇旨在揭示现代视觉文化本质与特征的批评檄文。毕竟，与李格尔不同，本雅明的历史观是非线性的，是反进步论的。他写作此文的目的并非对艺术风格进行历史的追溯，而是将历史作为一个参照系，让往昔的经验为理解当下的文化情境服务。所以，"当下"是他研究往昔的动机所在。在他眼中，往昔只能作为一个图像，它稍纵即逝，又被瞬间抓住，以片断与废墟的形式呈现出来。他的工作就是要将这些图像连缀与装配起来，激发人们对当下的思考。而李格尔则是一位乐观的实证主义者，将自己的研究聚焦于被认为衰落的罗马晚期艺术，从作品的形式特征入手，论证其风格发展的内在逻辑，但其着眼点仍然是整个美术史的前后一致性。因为在李格尔的线性史观中，各个时代的艺术意志，只是构成整个美术史的一个个不可或缺的环节而已。由此看来，与其说本雅明是对李格尔理论的被动接受，毋宁说是一种主动挪用。不过，我们必须看到，李格尔之被挪用，说明他的艺术意志理论本身也具有强烈的批判色彩。

本雅明是在无可奈何地为灵韵唱挽歌吗？是，又不是。他处于那个动荡与危险的年代，敏锐地从人们忽略的"边缘现象"，从人们不经意的身边物品，从现代城市的角落，寻觅知觉方式变化背后的社会存在方式的变化，并将这种变化的源头追溯到 19 世纪，甚至追溯到摄影术发明之前。他让我们接受这一变化，理解与思考这一变化，在创造适应新时代大众艺术媒介的同时，也警惕它被政治滥用。

注释：

① 李格尔的主要著作《罗马晚期的工艺美术》直到20世纪80年代才被翻译为英文；本雅明略早些，于20世纪60年代末在北美登陆，20世纪70年代中期之后其著述被大量译成了英文。

② 近三十年来，以本雅明为主题的研究协会、年鉴、展览、网站等，加上不计其数的论文、专著与传记，形成了一个名副其实的“产业”[Cf. Noah Isenberg, “The Work of Walter Benjamin in the Age of Information”, *New German Critique*, No. 83 (Spring-Summer, 2001): 120]。另外，近年来西方学界对李格尔的热情一直未减，时有新的研究成果出版（ Artur Rosenauer and Peter Noever (eds.), *Alois Riegl Revisited: Contributions to the Opus and Its Reception,* Vienna: Austrian Academy of Sciences Press, 2010; Diana Reynolds Cordileone, *Alois Riegl in Vienna* 1875–1905: *An Institutional Biography,* Surrey & Burlington: Ashgate Publishing Limited, 2014 ）。

③ 西方学界于20世纪70年代至80年代后期注意到本雅明与李格尔的关联性，参见莱文《瓦尔特·本雅明与艺术史理论》[Thomas Y. Levin, “Walter Benjamin and the Theory of Art History”, *October,* Vol. 47 (Winter, 1988): 80]。

④ 见本雅明《法国国家图书馆中国画展》（以法文刊于《欧罗巴》1938年1月15日），载《迎向灵光消逝的年代：本雅明论艺术》，许绮玲、林志明译，广西师范大学出版社2004年版，第152—158页。

⑤ 这个词有各种译法，如“思维图像”“思想图像”甚至“意象”（见本雅明《单行道》，王涌译，译林出版社2014年版，第106页）。根据《现代汉语词典》，“意象”一词已有固定含义，即“意境”，指文学艺术作品通过形象描写表现出来的境界和情调。所以笔者试译为“思想图画”，意为以画面呈现出来的思想材料。

⑥ 出自本雅明致友人拉特（Fritz Radt）的信，引文转译自莱文《瓦尔特·本雅明与美术史理论》[Thomas Y. Levin, “Walter Benjamin and the Theory of Art History”, *October,* Vol. 47 (Winter, 1988): 79]。

⑦ 据本雅明选集的英文版编者詹宁斯（Michael Jennings）查考，本雅明采用李格尔术语的两篇早期文章为《论中世纪》（Über das Mittelalter）和《德意志悲苦剧与古典悲剧中语言的意义》（Die Bedeutung der Sprache in Trauerspiel und Tragödie）[Cf. Thomas Y. Levin, “Walter Benjamin and the Theory of Art History”, *October,* Vol. 47 (Winter, 1988): 78]。

⑧ 本雅明：《活力尚存的几本书》（Walter Benjamin, “Bücher, Die Lebendig Geblieben Sind”, in Gesammelte Schriften, Ⅲ, Frankfurt am Maim: S. 170）。

⑨⑩⑪ 李格尔：《罗马晚期的工艺美术》，陈平译，北京大学出版社2010年版，第6—7页，第55页，第266页。

⑫ Hermann Bahr, *Expressionismus,* Munich, 1918。转引自赫尔曼·巴尔《表现主义》，徐菲译，生活·读书·新知三联书店1989年版，第56—61页。

⑬⑮⑯ Walter Benjamin, *The Origin of German Tragic Drama*, trans. John Osborne, London & New York: Verso, 2003, p. 182, p. 48, p. 55.

⑭ Walter Benjamin, “Goethe’s Elective Affinities”, in Marcus Bullock and Michael W. Jennings (eds.), *Walter Benjamin: Selected Writings,* Volume 1: 1913–1926, Cambridge, Massachusetts & London: The Belknap Press of Harvard University Press, 1996, p. 297.

⑰ Walter Benjamin, “Curriculum Vitae (III)”, in Michael W. Jennings, Howard Eiland and Gary Smith (eds.), *Walter Benjamin: Selected Writings*, Volume 2, Part 1: 1927–1930, Cambridge, Massachusetts & London: The Belknap

Press of Harvard University Press, 2005, pp. 77–79。此简历的中译本见本雅明《德意志悲苦剧的起源》，李双志、苏伟译，北京师范大学出版社 2013 年版，第 325—328 页。

⑱ Walter Benjamin, "Rigorous Study of Art: On the First Volume of the *Kunstwissenschaftliche Forschungen*", trans. Thomas Y. Levin, *October,* Vol. 47 (Winter, 1988): 84–90. 此文中译本见本雅明《严谨的艺术科学：关于〈艺术科学研究〉》第 1 卷，载陈平编选《维也纳美术史学派》，张平等译，北京大学出版社 2013 年版，第 264—271 页。

⑲ 此处资料出自 Thomas Y. Levin, "Walter Benjamin and the Theory of Art History", *October,* Vol. 47 (Winter, 1988)。

⑳㉒㉓ 本雅明：《严谨的艺术科学：关于〈艺术科学研究〉》第 1 卷，载《维也纳美术史学派》，第 265 页，第 271 页，第 271 页（注 22）。

㉑ 本雅明：《严谨的艺术科学：关于〈艺术科学研究〉》第 1 卷，载《维也纳美术史学派》，第 268 页。莱文的英译本包括了第一稿的全部文字，将当时正式发表时删除的段落用尖括号括起来置于正文中，而将增加的文字置于注释之中。此处引文删去了尖括号。

㉔㉕ Miriam Bratu Hansen, "Benjamin's Aura", *Critical Inquiry*, Vol. 34, No. 2 (Winter 2008): 336, 337–338.

㉖㉙ Walter Benjamin, "Little History of Photography", in *Walter Benjamin*, *Selected Writings*, Volume 2, Part 2: 1931–1934, Cambridge, Massachusetts & London: The Belknap Press of Harvard University Press, 2005, pp. 518–519, p. 510.

㉗㉟㊱㊲ Walter Benjamin, "The Work of Art in the Age of Mechanical Reproduction", *Illuminations*, New York: Schocken Books, 2007, pp. 222–223, p. 234, p. 224, p. 224.

㉘㉜ Walter Benjamin, "On Some Motifs in Baudelaire", *Illuminations*, p. 188, p. 186.

㉚ Margaret Olin, "Forms of Respect: Alois Riegl's Concept of Attentiveness", *The Art Bulletin*, Vol. 71, No. 2, (Jun., 1989): 286.

㉛ 关于李格尔《荷兰团体肖像画》的观者理论，见拙著《李格尔与艺术科学》第五章"艺术与观者"，中国美术学院出版社 2002 年版，第 151—186 页。

㉝ Walter Benjamin, "The Image of Proust", *Illuminations*, p. 202.

㉞ Walter Benjamin, "The Work of Art in the Age of Mechanical Reproduction", *Illuminations,* p. 222. 本雅明的这篇名文在国内有众多译本，笔者注意到几乎所有译本都将此段引文中的"Vienna Genesis"错译成"维也纳的起源""维也纳风格"等等，其实这里指的是藏于维也纳的一部早期基督教抄本《维也纳创世记》。关于这部抄本的背景，参见维克霍夫《罗马艺术》中译本（《罗马艺术：它的基本原理及其在早期基督教绘画中的运用》，陈平译，北京大学出版社 2010 年版）的"译者前言"。

（2008 年第 11 期）

老子玄言之美寻微

黄克剑

老子由非“可道”之“道”而创行“不言之教”(《老子》二章)[①]，然而这非“可道”之“道”与“不言之教”终究是借重五千言娓娓道出的。而且，其虽有“美言不信”(八十一章)之说，可那些贬黜“美言”之言却别具一种美的风致。这煞似难以消解的扞格隐含着非同寻常的衷曲，探其所由，或可多少发见个中的幽趣。

一、悖论中的拓辟

道其非“可道”或言其“不言”俨然已构成一种悖论，但老子正是从这里辟出了一条为“希言自然”(二十三章)而置喙的蹊径。

诸子蜂起的春秋、战国之际，其时代运遇通常被一言以蔽之为“礼坏乐崩”。不过，这“坏”“崩”既然不在于礼乐之仪节、形式的佚遗或阙略，而在于行此礼乐者的精神愈益衰萎以致礼乐颓败为藏污纳垢的伪饰，那么它亦正可被称之以司马迁所谓“周秦之间，可谓文敝矣”[②]之“文敝”。“文敝”，用孔子的话说即“文胜质则史(饰)”(《论语・雍也》)[③]，用老子的话说则是“大道废，安有仁义；智慧出，安有大伪”(十八章)。孔、老对“文”之于人的意义的所见不同，其对克除“文敝”之途径的选择亦大异其致。孔子匡救“文敝”走的是“文质彬彬”的路，此即使“文”在“质”中内化或“质”在“文”中养润，从而使“文”与“质”配称相应；老子矫除“文敝”走的却是弃“文”以“复朴”的路，亦即所谓“绝圣弃智”“绝仁弃义”“绝巧弃利”以“见素抱朴”(十九章)。换一种说法，对于孔子来说，“文”并不必然导致“文敝”，为他所引以为教的“诗”“礼”“乐”皆属于“文”的范畴，因此儒门教化也被归结为“兴于诗，立于礼，成于乐”(《论语・泰伯》)；对于老子来说，凡人为之“文”必至于趋伪而成“敝”，他的“不言之教”只在于“法自然”而“为天下浑心”(四十九章)——

取法自然以使天下人心归于浑朴。“名”“言”出自人为而非发之于“自然”，其既然系属于人文，在究竟的意味上便必当为老子所排拒。

老子凡径直称述“不言”，必相应申之以“无为”。《老子》二章有谓“圣人居无为之事，行不言之教”，其四十三章亦谓“不言之教，无为之益，天下希能及之矣”，前者关联着“无为”说“不言”用以标举“圣人”，后者关联着“不言”说“无为”则在于对世人作切直的劝导。因此，在老子这里，“不言”乃“无为”的应有之义，而“无为”在其透彻处必至于“不言”。实际上，凡人之所为总有所谋求，谋求必及于用思，而离开了语言——概念、判断、推论等——的运思则全然无从想象。这“言”“思”的相即不离决定了“不言”与“无为”的相契相印。老子学说之要旨或可简洁概之以“无为”，因此，从“无为”与“不言”的相契相印看，其由倡导“无为”所成之教正可贴切地称作“不言之教”。

不过，老子所主张的“不言”终是由“言”述说的。正像老子以“法自然”之“道”诱导人于“无为”“无事”“无味”，乃要人“为无为”（以“无为”为其所为）、“事无事”（以“无事”为其所事）、“味无味”（以“无味”为其所味）（六十三章），他的如此“言”其“不言”正可以说是“言不言”；“言不言”或以“不言”为“言”，倘借用后来庄子的一个说法，即是所谓“言无言，终身言，未尝言；终身不言，未尝不言”（《庄子·寓言》）[④] 的“言无言”。“言不言”或“言无言”是言说的自相抵牾，这自相抵牾固然表明了老子在无以规避的言说境遇中的无奈，但它也逼使老子对“不言”或“无言”之旨不得不有所“言”时另取一种言说方式——此言说以其对通常言说或常规言说的歧出而令人骇异。

就见之于书写的文献而论，老子之前的《书》《礼》、史乘（如晋之《乘》，楚之《梼杌》，鲁、燕、宋等国之《春秋》）等文字记述，大体可视为常规性言说，而《易》（后世所谓《易经》）、《诗》之文则多为非常规性言说，但同为非常规性言说，《诗》重在讽咏以澡雪情志，《易》重在启示以指点迷津。

老子著《道德》之文——《老子》——于《易》《诗》之言说皆有鉴采，其属意于人心之启示而指归则在于世人之情志向着浑朴的还复。然而，须得指出的是，《易》大约创生于殷、周之际，《诗》中最早的篇章当出于周初，而其他诸篇则大都是春秋中叶之前的作品，因此可以断定，《易》固然尚在“命”意识的笼罩下以筮问利害相关之吉凶休咎为能事，而《诗》的某些篇章即使有对“德”的称颂，也还不曾对这“德”的价值在独立于功利考量的意义上有所自觉。《老子》却不同，先前关联着功利计较的

“命”意识在五千言的字里行间已荡然无存，称“道”而谈的那种“生而弗有，为而弗恃，长而弗宰”之“玄德”（五十一章）或“不德”（不为德而德）之“上德”（三十八章），至此成为终极眷注的焦点。这心灵眷注之重心由“命”而“道”的转换，使同样诉诸非常规性言说的《老子》有了比《易》（后世所谓《易经》而非《易传》）、《诗》更虚灵的不牵绊于尘累的境界。

诚然，老子在把一种“淡呵其无味也，视之不足见也，听之不足闻也，用之不可既也”（三十五章）的境界启示于世人时，并未经意于言称之美，但这“言不言”或“言无言”——未尝不可谓之“玄言”——却不期然生发出别一种美。此非为美而美之美更具自然之风致，其约略应和于“天地有大美而不言”（《庄子·知北游》）[5]的那种“大美”。

二、隐喻之灵韵

诚如刘勰所言：“老子疾伪，故称‘美言不信’，而五千精妙，则非弃美也。”[6]《老子》五千言之美，除其独特的节奏、韵律外，最可探玩者便是运用自如而不着形迹的隐喻。隐喻是一种言此喻彼以发起感悟、引动灵思的示意方式，老子言其“不言”却又欲使既出之言不至于为闻其言者所执着，遂选择此一往往用于诗章的示意方式以缀言。

老子“不言”之“言”悉皆辐辏于“道”，而“道”之为“道”本身即是一个耐人寻味的隐喻。“道”字不见于甲骨文，但甲骨文中已有“道”的异构字“衍”。此后，“衍”亦沿用于石鼓文。宋人薛尚功、明人杨升庵皆释石鼓文“衍”为“道”，而近世甲骨文学家严一萍亦称：“此‘衍’字当读如《礼·学记》‘道而弗牵’之‘道’。（郑玄）注：‘道，示之以道途也。’正为卜辞‘衍王’的诂。是‘衍’即‘道’，为‘导’之本字也。”[7]“衍”（卝）从“行”从“人”，而“行”在甲骨文中写作“卝”，究其形意，原为人于十字路口寻路或辨路而行；同样，“道”从“辶”从“首”，而“首”指代“人”，“辶”即“辵”，与“行”（卝）同义，因而其义亦在于寻路或辨路而行。寻路或辨路涉及所行方向的选择，所以，“衍”或“道”自始就隐含了朝向某一方位的“导”的意趣，而这又正可与唐人陆德明所谓“‘道’本或作‘导’”[8]之说相印证。作为老子立论之最高范畴的“道”，自是由“道”字所指示的那种寻路或辨路而行的事象升华而来，此升华使人于十字路口寻路或辨路而行这一可感之经验事象用以喻示老子对“文敝”中的世道人心的引导。

“道”字的初始之意关联着一个可描述的事象，而一旦转换为“形而上者谓之道”（《易 · 系辞上》）那种运思范畴，其于后世传衍越久，个中寓意反倒变得越是晦昧难识。倘能返本溯源，借着前者对后者的隐然有所譬以触悟后者，则后者之幽趣义旨可由之探一缕消息。隐喻在此所起的作用固然首先在于启示，而与之相伴的亦分明有一种诗意之美。

老子之“道”导人于“自然”，此即所谓“道法自然”。但正如王弼所说：“自然者，无称之言，穷极之辞。”（《老子道德经注》二十五章注）[9]“自然”既已至于“无称”而“穷极”，便很难对其诠之以言辞，老子遂时而借“朴”相喻其谛旨。因此，对“文敝”的悉以摈绝，老子也称之“见素抱朴”或“复归于朴”（二十八章）。今人自可将“朴”理解为通常流于口头的“质朴”，但“朴”的价值导向在老子这里对人为的拒斥要彻底得多。“朴”，也是一个隐喻，这在“朴散则为器”（二十八章）的云谓中吐露得分外明显。作为喻体的“朴”，原指未着于人之刀斧的那种木，以其喻说作为喻指的“自然”，“自然”之意亦可谓之天然——此天然即庄子相对于“人”（“人为”）而说的“天”：“牛马四足，是谓天；落（络）马首，穿牛鼻，是谓人。”（《庄子 · 秋水》）[10]不曾留下人施以绳墨、锯刨等加工痕迹的木（“朴”），对于人说来，尚不成“器”；然而，人一旦对其有所施为，原初之“朴”便不复存在，而被加工制作的木遂变而为人所用的器物，此即谓之“朴散则为器”。老子在既已“朴散”的人文现实下规劝世人“复归于朴”，由可直观的“朴”而说“复朴”所启迪于人的是弃置人为而以“自然”为然。如此启迪“法自然”的道理不仅易于世人对其真正有所领悟，而且也使老子不得已的言说显得生动、灵快而富于美感。

为了使“朴”——它在老子这里由隐喻升华为一个运思范畴——在人们心中留下更真切的印象，老子在称述“恒德乃足，复归于朴”的同时也以“恒德不离，复归于婴儿”（二十八章）喻示同样的理趣。“婴儿”亦是隐喻，而且是对于人说来更亲切、更富有感染力的隐喻。婴儿天真无邪，决无贪欲与机心，以其为喻比以“朴”为喻更可打动人心。与“恒德不离，复归于婴儿”意致全然相侔，老子尚有“含德之厚者，比于赤子”（五十五章）之喻。关于“赤子”，近世西方哲人尼采曾有这样的赞辞：“赤子是纯洁和无怀，是一个新的起始，一个游戏，一个自转的轮，一个初始的运动，一个神圣的肯定。”[11]诚然，如此之赞述中有着这位权力意志论者的“超人”祈愿，但仍不妨借来体会为老子所向慕的那种以“朴”为价值取向而引“婴儿”“赤子”为之喻的虚灵不昧的人生境界。

“道”“朴”“婴儿”“赤子”等只是老子“言”其“不言”时所用隐喻的几个范例，这类隐喻于五千言中随处可见，难以一一枚举。然有些隐蔽难辨而于解悟老子玄旨分外切要者，仍值得着意寻玩。例如，出现在《老子》“道经”首章中的“始”：“无名，万物之始也；有名，万物之母也。故恒无欲也，以观其眇；恒有欲也，以观其所噭。两者同出，异名同谓，玄之又玄，众眇之门。”“万物之始”的“始”，历来总被注家释为发端或肇始，这似乎并无差池；但“万物之母”的“母”既然为万物之所由生，其亦未尝不可以视为万物之发端或肇始。若如是，“始”“母”之义瞢然不分，“无名”与“有名”便可能混为一谈。谛审“无名，万物之始也；有名，万物之母也”之句脉，“母”固当是一隐喻，“始”亦当为相应之另一隐喻；而且，由喻体和喻指的关系看，“始”与“母”当如“无名”与“有名”一样有其甚深的差异。考两字之本义，《说文》训“母”为“从女，象褱子之形，一曰象乳子也”，其释“始”则谓“女之初也，从女”[12]。“女之初”为处女，其与“母”这一“褱子”或“乳子”之女可以同是一女，却又可分别为未为母之女与既为母之女，因此，以之喻说“两者同出，异名同谓”便至为贴切。这贴切乃在于，以二（未为母之女与既为母之女）而一（同为一女）这一喻体，相喻“两者”（“无名”“有名”）终究“同出”（同出于“道”）这一喻指，不仅把一种极为深刻、幽婉的理致表达了出来，而且也使这绝佳的表达因更少些言筌的圭角而透现出某种盎然的灵韵。

三、“惚恍”之诗意

命题式的判断或界说性的表述往往讲求用语含义的明确、清晰，而《老子》通篇似乎都在规避这类言说。的确，在否定或遮诠意义上，老子出言并不含糊，如“道，可道也，非恒道也；名，可名也，非恒名也”（一章），“不上贤”“不贵难得之货”“不见可欲”（三章），“兵者不祥之器”“兵者非君子之器”（三十一章）……但在肯定或表诠意义上，老子于大关节处则多取恍惚不定之辞。置辞以恍惚，并非因着态度的暧昧，更非有意故弄玄虚，乃为着使所欲言之境不至于由于言而失却其本有的那种圆融。恍惚之言在言者与闻言者之间留下了足够大的心灵由碰撞、辨断而达于默契的空间，在其调动起想象以给人异样的启示外，它也因此而散发出浓郁的诗意。

“形而上”的“道”原不可言，老子“强为之容”（十五章），于是便有了如下之说：“道之（为）物，唯恍唯惚。惚呵恍呵，中有象呵。恍呵惚呵，中有物呵。窈呵冥呵，其中有情呵。其情甚真，其中有信。”（二十一章）“道”非物，称“道之为物”是拟物以论“道”；“道”非可确指，却又于“恍惚”之中如如而在。恍惚中的“道”仿佛“有象”“有物”，但这只是拟“象”、拟“物”之谈，其“有”乃“恍惚”之“有”；窈冥中的“道”俨然“有情”“有信”，然而，这也只是拟“情”、拟“信”之谈，其“有”亦终究不过是“窈冥”之“有”。“恍惚”“窈冥”之“有”几近于“无”，所以老子又说：“视之而弗见，名之曰微；听之而弗闻，名之曰希；捪之而弗得，名之曰夷。三者不可致诘，故混而为一。一者，其上不皦，其下不昧，寻寻呵不可名也，复归于无物。是谓无状之状，无物之象，是谓惚恍。”（十四章）“道”，以其不可目睹而以“微”形容之，以其不可耳闻而以“希”形容之，以其不可触及而以“夷”形容之。为“微”“希”“夷”三者所形容的相对于万物之“多”的那个“一”，不像任何有形之物那样其上受光而明亮，其下背阴而黯昧，也不像任何有形之物那样有轮廓可辨、有边际可寻。它难以名状，倘以寻常之物相比量，甚至可谓之“无物”，但这“无状之状，无物之象”的“无”毕竟不是一无所有。一如谓“道”之“有”只是“惚恍”之“有”，这里谓“道”之“无”亦只是“惚恍”之“无”；“恍惚”之“有”，“有”而还“无”，“惚恍”之“无”，“无”而还“有”。可见，“道”终究不可以形而下范域之某物的有、无相喻。这里欲说“道”这一“形而上者”，非谓其“恍惚”而“有”却又“惚恍”而“无”则难以置辞。用于形而下者的言称不可用于形而上者，但不把相应于形而下者的言称用于形而上者，则形而上者无从言喻，老子措辞“恍惚”之苦心于此或略可有所契会。出语“恍惚”本在于借既处于言说中的形而下者启示那外之于言说的形而上者，然而，未期于“恍惚”之辞的那种朦胧之美却也因此被牵带了出来。

王弼注“恍惚”谓：“无形不系之叹。”（《老子道德经注》二十一章注）[13]倘以“无形不系”领会“恍惚”，五千言中“恍惚”之处正多，尽管未必悉皆径称“惚恍”或“唯恍唯惚”。比如，“道”也被这样摹写：“道冲，而用之又弗盈也。渊呵，似万物之宗。挫其锐，解其纷，和其光，同其尘。湛呵，似或存。”（四章）“道”因其虚澹无形而作用却未可穷尽，乃被叹之以“渊呵，似万物之宗”（深沉静默呵，似为万物之宗本）；“道”也因其挫抑锋芒、消弭纷争、柔和光曜、不标异于尘世，又被叹之以“湛呵，似或存”（隐而不见呵，似又久已存在）。“渊呵”“湛呵”在把人引向真切时，也把人引向空濛，“似万物之宗”“似或存”在给人似乎确凿的印象时也示人以非可捕捉的灵动。试图使“道”借言喻而呈露却又终究不至于为言喻所误，老子的启示性言喻中总有几分诗意的飘忽。

“恍惚”而诗意飘漾之语用以摹状“无状之状”的“道”，也用以描绘“微眇玄达，深不可识”的“善为道者”（十五章）。老子如此叹赏这种于尘垢中难得一见之人的行止：“豫呵，其若冬涉水；犹呵，其若畏四邻；严呵，其若客；涣呵，其若凌释；沌呵，其若朴；混呵，其若浊；旷呵，其若谷。”（十五章）冬日徒步涉水，其冰冷彻骨可想而知；欲进又止，止而却进，进止中的那一份犹豫记录着切己之生命考量的亲切。质言之，冬日涉水犹豫于进止，以一种柔缓呼应着自然，其既无矫饰之情，亦决不逞强而为，于此略可想见“善为道者”体道而行的那种心态与状貌。四邻相处贵于自然而和睦，亦难于自然而和睦；刻意以求和睦不免与自然相违而落于虚饰，不以和睦为意则又可能失却和睦于不觉中。于是，善于处理四邻关系者便难免心存一份“畏”、一份忧虑。有了这份“畏”或忧虑，遂又难免踌躇——一种经意于和睦与不经意于和睦之态度间的踌躇。这踌躇模糊了经意与不经意的界限，消解了致意于四邻和睦的那种执着之存心。“若客”那样的端谨、庄重（“严”）出于自然，“若凌释”（像冰凌消融）那样的舒徐、散逸（“涣”）亦出于自然；刻意的庄重或刻意的舒散会失却庄重或舒散之真切，全然不经意于庄重或舒散则又可能无庄重或舒散可言。“善为道者”往往在庄重而舒散、舒散而庄重的张力下不再有某种或拘泥于庄重或偏执于舒散的锋棱。“若朴”（如同未见刀斧削斫的朴木）那样原始朴茂（“沌”），“若浊”（如同浊水）那样浑沦不分（“混”），却也“若谷”（如同山谷）那样空旷能容（“旷”），这些则是对“善为道者”浑厚而无藻饰的质地、同尘而不孤高的气象、冲虚而能博纳的胸臆的摹绘。“豫”“犹”“严”“涣”“沌”“混”“旷”皆为义旨尚多有游移余地之辞，而配以“若冬涉水”“若畏四邻”“若客”“若凌释”“若朴”“若浊”“若谷”，则呈露出种种看似明切却已经更趋朦胧的境象，由此等境象譬况“善为道者”所修道行的“微眇玄达”自是极具引人探玩的启示性，而与之相映协的则是字里行间掩不住的盈盈诗意。

“惚呵，其若海；恍呵，若无所止”（二十章），这是老子对其自怀之“愚人之心”的嗟叹，却也是他对其终究复归于“不言”的言说韵致的喻示。

四、“正言若反”之诡晖

《老子》中，还有一种个性卓殊而富于美感的启示性辞语，这类辞语的特征用老子自己的话说即是“正言若反”（七十八章）。

让言说在看似自相抵牾的造句中道出一种超出常理的玄趣，其往往会有出人意想的喻示效果，也由此会生发某种奇诡之美。这类“若反”之“正言”，较典型者有如下述：“明道如昧，进道如退，夷道如类。上德如谷，大白如辱，广德如不足，建德如偷，质真如渝。大方无隅，大器免成，大音希声，大象无形，道褒无名。”（四十一章）此处以“明”称“道”，却又说此“明”如“昧”；以“进”称“道”，却又说此“进”如“退”；以“夷”（平正）称“道”，却又说此“夷”如“类”（不平）。其以“明”而“昧”、“进”而“退”、“夷”而“类”这样的看似扞格不入的措辞，所要启导于人的是“道”的如此运作：“道”以其“明”烛物临人并非像日月对人间的径直朗照，它所取的方式幽微隐默而渺然若无，其亦明亦隐，即“明”即“隐”，这“明”“昧”既然相与为一，自当称之谓“明道如昧”；“道”以其“进”而有似鼓风之“橐籥”（风箱），“虚而不屈，动而愈出”（看似空虚却充气不尽，越是鼓动越出而不穷）（五章），此橐籥之动不正在于“进”必有退么？“道”亦进亦退，即进即退，循“道”则“退其身而身先，外其身而身存”（七章），这“进”“退”既然相与为一，亦自当称之谓“进道如退”；“道”以其“夷”（平正）而一任万物之自然，万物因之得以“自化”“自正”（五十七章），然万物毕竟参差不一（“类”），“道”既以其“夷”任万物各个自生自成，而此“夷”见于万物却又必至于物各自异致而似有不平，这亦“夷”亦“类”、即“夷”即“类”的“夷”“类”相与为一，遂又未始不可称之谓“夷道如类”。言“道”如此，论“德”亦然。以“上”称“德”，却又说此“上”如“谷”之低下；以“大白”（至洁）称“德”，却又说此“大白”如有垢之“辱”（污）；以“广”（盛）称“德”，却又说此“广”如“不足”；以“建”（健）称“德”，却又说此“建”如“偷”（苟且）；以“质真”（至真）称“德”，却又说此“质真”如“渝”（变而污）。其以“上”而“谷”（低下）、“大白”而“辱”（污）、“广”（盛）而“不足”、“建”（健）而“偷”（苟且）、“质真”（至真）而“渝”（变而污）的看似自相抵触的话语，所要晓示于人的是“德”——“上德”“玄德”——的如此品格：其至上至高，却如众水所归之谷而低幽虚澹，上之为上乃在于其谦下，此高尚与谦下相与而一之，自当谓之以“上德如谷”；其至白至洁，却又不避天地间之垢辱而和光同尘，此高洁与甘于含垢受辱相与而一之，亦自当谓之以“大白若辱”；其至广至盛，却总能觉识到自身之不足，此广盛与不足相与而一之，遂亦可谓之以“广德如不足”；其至为健旺，却不务争竞而于时物似有苟且，此至健与不争相与而一之，遂又可谓之以“建德如偷”；其至真至确，却像是唯恐有变以至于沾染垢污，此质真与唯恐发生染垢之变的相与而一之，遂又未始不可谓之以“质真如渝”。如此之“德”，如此之“道”，诚堪以“大”称叹，于是老子则又有其别一种眼目的比况：可称叹以“大”的“道”“德”，若比之于“方”，其方乃至大之方以至于方不成方而为“无隅”之方；若比之于“器”，其器乃至大之器以至于器不成器而为“免成”（无成）之器；若比之于“音”，其音乃至大之音以至于音不成音而为“希声”（无声）之音；若比之于“象”，其象乃至大之象以至于象不成象而为“无形”之象。“方”“器”“音”“象”皆为可称之名，但“大方”非方、“大器”非器、“大音”非音、“大象”非象，“道”（其发用为“德”）以其“大”——“弥纶而不可极”（王弼《老子指略》）[14]——而无名可称，此即所谓“道褒（大）无名”。

“明”而“昧”、“进”而“退”、“夷”而“类”、“上”而“谷”（下）、“大白”而“辱”（污）、“广”而“不足”、“建”（健）而“偷”（苟且）、“方”而“无隅”、“器”而“免成”（无成）、“音”而“希声”（无声）、“象”而“无形”的措辞是奇谲的，老子借着由此造就的语境对“道”与“德”难以常语表诠的奥旨作了曲尽其致的抉示。这位言其“不言”者的意属，固然在于启悟与之有缘契的闻道者，但句脉中所含语词的相反相成却也使“若反”的“正言”透现出迷人的诡晖。当寓于其间的幽趣终于为人所解悟时，那隐伏着的不无迫力的美也把一种异乎寻常的快感带给了人们。

“正言若反”之语，五千言中不乏其例。所谓“众人皆有余，我独匮，我愚人之心也，湷湷呵。俗人昭昭，我独若昏呵。俗人察察，我独闽闽呵……众人皆有以，我独顽以鄙”（二十章）；所谓“曲则全，枉则正，洼则盈，敝则新，少则得，多则惑”（二十二章）；所谓“上德不德，是以有德；下德不失德，是以无德”（三十八章）；所谓“物或益之而损，损之而益”（四十二章）；所谓“甚爱必大费，多藏必厚亡”（四十四章）；所谓“大成如缺”“大盈如冲”（四十五章）；所谓“是以方而不割，廉而不刺，直而不肆，光而不耀”（五十八章）；所谓“是以圣人终不为大，故能成其大”（六十三章）；所谓“不以其无争与？故天下莫能与争”（六十六章）等，无不属于“若反”之“正言”。在诸多“若反”之“正言”中，除“明道若昧”之类的喻“道”之语外，最可玩索者当是涉及“圣人”——老子心目中“为道”（四十八章）境界至高而可期之为邦国、天下之理想治理者——的章句。例如：“圣人退其身而身先，外其身而身存。不以其无私与？故能成其私。”（七章）“是以圣人之能成大也，以其不为大也，故能成大。”（三十四章）“圣人”作为治人者或邦国、天下的治理者，自是“身先”之人，亦即为众人所推尊而为百姓前导之人，这样说固然可谓“正言”，但老子所要强调的是，“圣人”之所以能“身先”只在于他能谦退待人，能“退”而为他人着想。此“退其身”似与“身先”相反，然而正是这“若反”使那“正言”深刻化了，“正言”遂因此成为“若反”的“正言”。“退其身而身先”如此，“外其身而身存”同样如此，“以其不为大”而“能成大”亦复如此。忘我（“外其身”）之人反倒因此成为可叹之以“大”（“成大”）的人。与此略相侔，老子也以更其“若反”之“正言”说到为人所拥戴的“社稷之主”和“天下之王”：“是故圣人之言云，曰：受国之诟（垢），是谓社稷之主；受国之不祥，是谓天下之王。”（七十八章）

“社稷之主”“天下之王”是地位至高而身份至为显赫的人物，但老子托始“圣人”告诫说，这样的人物须受得起“国之诟（垢）”“国之不祥”。这“受国之诟（垢）”“受国之不祥”即是要在一国以至天下的范围内“居众人之所恶”（八章），亦即是要在国家、天下的治理中“以其言下之”“以其身后之”（六十六章）。唯其“下之”“后之”，方可“上民”“先民”以为民之表率而“以无事（无为）取（治理）天下”（五十七章）。毋庸说，老子是在借重“圣人”启诱那些现实中的邦国、天下治理者修“德”践“道”，从而自勉以“我无为而民自化，我好静而民自正，我无事而民自富，我欲不欲而民自朴”（五十七章），但与如此之致思相应和，“正言”却又“若反”的构词也使“美”有了莅临的机缘。这正像所言“不为大”而能“成大”，言者在此非为美反倒成全了言之美。

结　语

老子之“道”取法于“自然”而以复“朴”为归止，践修此“道”必至于奉行“不言之教”。欲使“不言之教”终可达于“为天下浑心”的目的，则须对其有所言称、敷演以化导更多的人。对这原当“不言”的不能不言，使老子不得不另辟一条言喻的蹊径，于是勉为撰述的五千言中比比皆是隐喻之辞、恍惚之语及“正言若反”的诡谲之谈。

隐喻之辞、恍惚之语、“正”而“若反”之言挫去了语词在通常运用中的那种锋芒，使其涵义变得曲隐、婉转而别具况味。这陌生化的构词方略冲决着与俗常的遣词造句习惯一体的思维定式，激发起人的丰赡的意象和联想，在把一种可契悟而不可把捉的境地或趣致启示于人时，也使忘神于其中的人得以获取一种不曾预想过的美的陶染。

当老子说“知者弗言，言者弗知”（五十六章）时，他是在重申他的“道，可道也，非恒道也；名，可名也，非恒名也”的断案，亦是在重申与“无为之事”相辅为言的“不言之教”的规诫，但无论怎样，说出“道”非可道已是在道“道”，说出“不言之教”已是在言那“不言”。这似乎是逻辑上的一个死结。不过，我们无从想象老子对这仿佛不可解的死结不曾察觉，也无从想象对不可道、不可言者毕竟有所道、有所言的老子果然如他所谓乃“弗知”之“言者”。其实，倘能同情理会老子在言说上的尴尬，我们或可借佛家所说“究竟”与“方便”二义对之予以开解：老子是在究竟意味上主张“不言”的，但为了说明何以“不言”他亦取方便之法门以为言。从究竟与方便的分别处看，老子言其“不言”仍可说是思致自洽的，当然这自洽唯在五千言的语境下。与之相应，老子所说“信言不美，美言不信”（八十一章）也并未妨碍他让可信的玄言不失其美——既然玄言只是为着究竟处的“不言”而言，这方便之言正可以是美言。

唐代诗人白居易曾吟《读老子》以质疑“知者弗言，言者弗知”语，其云：

言者不知知者默，此语吾闻于老君。
若道老君是知者，缘何自著五千文。[15]

今试用其韵别为一诗，略申老子本怀以为本文作结：

言者不知非戏论，此中玄默老君闻。
老君若不是知者，身后何留道德文。

注释：

① 本文所引《老子》皆据黄克剑《老子疏解》（中华书局 2017 年版），下文仅注章次。

② 《史记·高祖本纪》，载上海古籍出版社、上海书店编《二十五史》，上海古籍出版社、上海书店 1986 年版，第 44 页。

③ 本文所引“十三经”皆据阮元校刻《十三经注疏》(中华书局1980年版),下文仅注书名、篇名。

④ 郭庆藩:《庄子集释》,中华书局1961年版,第949页。“终身言,未尝言”,郭氏本“未尝”后衍一“不”字,今据刘文典之考订删之(参见刘文典《庄子补正》,安徽大学出版社、云南大学出版社1999年版,第757页)。

⑤⑩ 郭庆藩:《庄子集释》,第735页,第590页。

⑥ 范文澜:《文心雕龙注》,人民文学出版社1958年版,第537页。

⑦ 严一萍:《释道》,载于省吾主编《甲骨文字诂林》,中华书局1996年版,第2273页。

⑧ 陆德明:《经典释文·尔雅音义》上,载黄焯汇校、黄延祖重辑《经典释文汇校》,中华书局2006年版,第839页。

⑨⑬⑭ 楼宇烈:《王弼集校释》,中华书局1980年版,第65页,第52页,第196页。

⑪ 尼采:《查拉图斯特拉如是说》,楚图南译,湖南人民出版社1987年版,第24页。

⑫ 许慎:《说文解字》,中华书局1963年版,第259、260页。

⑮ 彭定求等编:《全唐诗》,中华书局1960年版,第5150页。

(2018年第12期)

从“白石诗草”看齐白石“诗画同源”

——兼谈艺术史的“百年公论”

夏中义

一、题解：“诗画同源”与白石性灵结构

有的人早走了，却仍活着，活在不朽的史册中。其实，历史也往往要借非凡的人格符号，来向后世讲它曾经的恢宏与悠远。大画家齐白石与20世纪中国美术史的关系，即是如此。

在标志百年水墨高峰的大画家中，齐白石的名字别具魅力。首先，与吴昌硕（1844—1927）、潘天寿（1897—1971）、张大千（1899—1983）相比，齐白石（1864—1957）最高寿，活到了95岁，其委身艺术的时间也最绵长，纵贯清末、民国、中华人民共和国三个时段；其次，就个体命运而言，齐白石的生平曲线之逶迤奇崛也颇具传奇。他出身湖南湘潭的贫寒农家，9岁上山砍柴牧牛；13岁下田扶犁；15岁后学木匠及木版雕花；20岁在故里撞见乾隆年间翻刻的《芥子园画谱》并从此痴迷于画；27岁始拜师从艺而成乡间画匠以养家糊口；40岁后耗八年五出五归游历陕西、北京、江西、广西与广东，饱览半个中国山水；55岁因惧故园兵祸骤起，被迫迁居京城卖画为生；60岁时生涯出现转机，陈师曾携其花卉山水赴日本展览卖出善价，爆红东瀛，后流播巴黎。而他作为大画家俨然独步天下、大红大紫，是在90岁之后：1953年1月被国家文化部授予“人民艺术家”尊号，同年10月当选中国美术家协会主席，1956年又被推举到世界和平理事会而荣获1955年度国际和平金奖。

齐白石在1957年遽归道山前所获的国家级与国际性殊荣，当是同属大师级的吴昌硕、张大千、潘天寿等所未及。这是1949年后才有的艺术史叙事。吴昌硕逝于1927年；张大千1949年正在印度办个展，后始终漂泊海外，再落叶台湾；潘天寿作为百年水墨的奇峰崛起而成壮观，则是1960年前后的事，还谈不到与之平分秋色。于是，艺术史也就不免天降大任，选择了齐白石成为“文革”前象征中国水墨的经典人格符号，

他那银髯飘飘、道袍霭霭、目光慈祥若佛的线描肖像（被做成邮政小型张）飞遍长城内外，大河上下。若就享誉朝野的文化知名度来说，当年怕是谁也比不上的。

面对齐白石留下的苦尽甘来的人生履历，想必见智见仁。在坊间眼中，他无论作为将生命抵押给艺术的巨匠，还是作为荣禄兼具的成功人士，其命运已够圆满且美丽，他梦想得到的几乎全兑现了，或许没想得到的竟然也得到了，还有什么遗憾呢？但他在生前为其画集所写的一段自序，却又流露了另番夙愿。有识者既可将它读作他写给艺术史的郑重遗嘱，至察者则可从中听出隐衷：艺术史对齐白石未必不存亏欠，因为他一直在等历史对其终身成就有个经得起证伪、能真正知晓其诗画之底蕴、至少能让齐自己信服的“百年公论”[①]，然“今将百岁矣”，他叹未等到。请读下文：

> 予少贫，为牧童及木工，一饱无时而酷好文艺，为之八十余年，今将百岁矣。作画凡数千幅，诗数千首，治印亦千余。国内外竞言齐白石画，予不知其究何所取也。印与诗，则知之者稍希。予不知知之者之为真知否？不知者之有可知者否？将以问之天下后世……予之技止此，予之愿亦止此。世欲真知齐白石者，其在斯！其在斯！请事斯。[②]

其实，评论家王朝闻已在1952年1月8日《人民日报》刊文称齐白石为“杰出的画家”“人民的画家”[③]。这似是在预告中央政府翌年将授予他崇高名誉。笔者无法确认齐白石当时是否读过此文，但推测若是读了，恐也不免皱眉：“予不知知之者之为真知否？”这里暂不坐实王朝闻哪些论断或难令他笑纳，只指出一点，即这篇七千字长文在围绕“齐所以成为齐白石”时，通篇套用的是当年盛行的苏联理论模式之“立场”“方法”“观点”，来穿凿其花鸟写意之“为何画”“怎么画”“画什么”，却几乎忘了“白石诗草”（下简称“诗草”）这一珍贵文献。殊不知齐白石所以成为大画家，其经典水墨杰作全属他六十岁始“衰年变法”之硕果，“变法”长达十年（约1920—1930），这与齐自谦“予之画稍可观者，在七十岁先后”[④]恰好对接。“诗草”之精妙，正在于齐白石将他经历“变法”时的幽邃心迹（动机、憧憬、情思、灵感）悉数诉诸其间。故任何对艺术史负责的评论家若“欲真知齐白石者”，却又漠视“诗草”这一诗性存在，无异于缘木求鱼。

如上史述，旨在提示“天下后世”：艺术史若真能不辜负齐白石所愿，而对其卓越贡献给出靠谱的“百年公论”，一条很值得探索的路径，当是从系统研读“诗草”开始，去考辨他怎样“诗画同源”，进而潜入大画家的心灵洞穴，去烛照其丹青所以垂范千秋之奥秘。这或许正是他生前一再叮嘱“其在斯！其在斯！请事斯”之本义。

艺术史若能给齐白石一个“百年公论”，笔者以为关键即取决于学界真正读通“诗草”，理由则在“诗画同源”这四个字。“源”，即“外师造化，中得心源”之“源”。

不妨说，将“诗画同源”四字放在齐白石身上，还真熨帖。这不仅因为他的题画诗大多辑入了“诗草”，还因为他对诗甚自负，实在是画名太高，遂令其诗名变低。⑤按他的自我排序，当是“诗第一，印第二，字第三，画第四”⑥。尽管其他画家（如张大千）或书法家（如林散之）也标榜自己“诗第一”，然艺人之诗真能写得像齐白石一般通透蕴藉且具思理筋骨者也不多见。故他有理由咏叹“画手能诗未易寻”⑦；且明确主张：“读书然而方知画。”⑧

欲知白石画，必先读其书（诗与自传），似是不二法门。齐白石所说的“知”，不仅仅指在浅层次了解他“画什么”（题材），更是指在深层次洞察他“怎么画”（方法）及其“为何画”（动力）；甚至学界还应通过细深考辨其心路历程，系统破译一位乡间画匠最终历练成艺术巨匠的精神密码。评论者若连齐白石“衰年变法”时的幽邃心境还未体恤，也就很难替艺术史给出“百年公论”。谁想回答白石画在艺术史的位置或分量，谁就必先考察齐白石作为一个“人”，究竟怎样活成了艺术史“人物”。

齐白石比世上任何人都有资格“自述”他是怎么从“齐纯芝”（派名）活成了“齐白石”（艺名）的。他将他个人艺术史及生命史每一拐点的心得，都留在自传与诗集中了。但这些诉诸传记与韵文的“自述”史料纵然珍贵，又终究是经验性、碎片化的。白石毕竟是白石。他可以用画或诗来创造奇迹，但他无力用史论来阐明奇迹。世界美术史曾出现康定斯基那样的“两栖类”奇才：一方面作为艺术家，他能创造出令传统惊诧不已的现代抽象画；另一方面作为理论家，他又破天荒地让听觉性“音阶”与视觉性“色谱”牵手，借此来佐证其抽象画之美学构成的正当性。齐不是“两栖类”。作为纯艺术家，他只能绘声绘色地见证奇迹，但无法“历史—逻辑”地论证奇迹。这就亟待后学能从这堆纪实及诗性文献中，读出此史料与彼史料之间应有的内在关联，如此由点及线、由线及面、由面走向立体，一个活生生经得起历史检视的艺术人格整体，也就可能被学术地还原，这就离白石老人所企盼的“百年公论”不远了。事情或许正是这样，谁能真正解读他的性灵内存即读懂其“心源”，“百年公论”之根也就埋在这里了。

这就是说，若侧重与美术史案（而非诗学）的关系，则“诗草”的最大亮点，莫过于它珍藏着齐白石如何从乡间画匠转型为艺术巨匠的人格密码或性灵结构。也就是说，若能“历史—逻辑”地解析这一由“伤时”“抚魂”“乐生”“立身”诸意向所有机合成，且作履带式自循环的性灵机制，嗣后再去看那些足以表征水墨史奇迹的经典花鸟写意，为何在 1927 年吴昌硕之后，只能出自齐白石的丹青妙手，也就有案可查，亦有根可寻了。

二、因“伤时”郁积“离乱乡愁”

白石性灵结构元素之一，是因“伤时”郁积“离乱乡愁”。

所谓“伤时”，当指齐白石 1917 年因畏惧湘中兵祸匪灾、随时可能被葬身横逆，而不得不迁居京华，不久便哀叹世厄时艰，已经很难返乡省亲了。乍看，这与他后来修炼为水墨巨匠几无关系，然命运之吊诡却暗示，若无 1917 年的离湘赴京，他可能最终老死在星塘杏坞，仍不过是草根画匠而永远与巨匠无涉。从这意义上说，艺术史还真当“感念”当年军阀混战，一记无形的大巴掌无情地将齐赶到了皇城根。不得不承认，这便是齐白石开始挨近艺术史门槛的人生转机。当时他还木然不觉，然命运会让他渐渐地觉知其角色在潜移默化。史家所谓“国家不幸诗家幸”，这就轮到齐白石了，“国家不幸画家幸”。改用老子的说法，是“福兮祸所伏”。

齐白石当时自然无力从时世之“祸”读出“福”之启示，只是“伤时”不已，究其因，也无非是草根对其生命之想象的贫困。他不是李鸿章，故“面对三千年未遇之大变局”，他不会有以生死报国的壮怀。他也不是陈散原，凭栏一派风云气，胸口自不会涌起“耻作神州袖手人”的羞辱。齐白石在 1917 年选择“北漂”，说白了，首先是避危趋安，活下来再说。他确实没想到，这京湘异地双程“八千里路云和月”、有家难回所郁积的“离乱乡愁”，竟成了他日后能转为艺术巨匠的最丰饶、最纯美、最醇厚的创作能源或“第一内驱力”。

以此为导向，再去读“诗草”，任何人皆会敏感诗中频频闪爆、最扎眼的一对词语，即“离乱”与“乡愁”。

先看“离乱”。比如“离乱重逢今沾臆”[⑨]、“离乱心情万事空”[⑩]、“故乡离乱难归日”[⑪]、“书生那可终离乱”[⑫]、“异乡也复愁离乱”[⑬]、“不怪年来离乱日”[⑭]。“离乱”有时被改作“乱离”：比如“生长清平老乱离”[⑮]、“乱离翻抱有家忧”[⑯]、“道消年日乱离时”[⑰]、“学诗何不乱离先”[⑱]、“乱离犹说李龟年”[⑲]、“乱离身世道先高”[⑳]、“乱离谁念寄萍堂”[21]、“乱离时节故乡山”[22]、“乱离终日无人到”[23]、“乱离身世任浮沉”[24]、“乱离犹见此才思”[25]、“乱离思弃价谁论”[26]。“离乱”还被简缩为“乱”：比如“家山兵乱久无书”[27]、“世乱身衰重远行”[28]、“愁绝于今变乱时”[29]、“果木何心伤劫乱”[30]、“世乱园荒再种难”[31]、“青鸟也知伤变乱”[32]、“湘乱求安作北游”[33]。

续看“乡愁”。与“离乱”相比，诗语“乡愁”的内涵更具沧桑感，宛如一株由数代人酸泪浇灌、几经雷暴摧折、伤痕斑斑竟未倒下的百岁苍榕，颤巍巍地全赖“魂断家山”“慈恩难报”“埋骨何处”这三组意象，像三柱气根一般苦苦支撑。

“魂断家山”：比如“衡湘归路漫漫，南望无际云寒。看尽世间风景，不如两字家山”[34]；再如“家山久别最伤神，故友书来一断魂。垂老杖藜归访旧，七千余里画中人”[35]；又如“又道湘军上战鞍，劫灰经惯渐心宽。料君一物难携去，数叠青青屋后山”[36]；更如“画里风光感慨同，衡峰七二梦难通。老僧再作看山画，添个湘潭白石翁”[37]。

“慈恩难报”：比如“不解吞声小阿长，携家北上太仓皇。回头有泪亲还在，咬定莲花是故乡（自注：莲花，家山名）”[38]；再如“水边篱下锁红霞，秋老星塘处处花。安得能成归去梦，入门先见阿娘爷”[39]；又如“夕阳乌鸟正归林，南望乡云泪满襟。家报乍传慈母病，可猜疑处更伤心（自注：家书已越半月始到，今日存亡可猜疑）”[40]；更如“黄泉碧落总茫茫，反哺追思泣两行。我与君家同此恨，昨朝犹刻悔乌堂（自注：刻印）”[41]。

“埋骨何处”：比如“细看斯册感星塘，万壑千丘总断肠。山水无灵佐清福，老年衡岳变他乡”[42]；再如“拖筇北上复何求，我亦中年万事休。老鬼画符时不合，故山埋骨死犹忧”[43]；又如“岳色湘流可断肠，近乡心情更凄怆。世间是处堪埋骨，不必余年死故乡”[44]；更如“衡湘空费卜平安，生既难还死更难。向后有人收白骨，荒烟孤冢向香山（自注：香山有万安公墓，吾决买穴埋骨）”[45]。

三、因“抚魂”渴望“故园清趣”

白石性灵结构元素之二，是因“抚魂”渴望“故园清趣”。

因京湘异地、身心分栖所酿成的“离乱乡愁”恰似一缸苦酒，几乎浸润了齐白石的后半生。然他同时也是善于舒解内心郁结的智者。其法子便是“抚魂”。“抚魂”不是“安魂”。宗教学上的“安魂”，是讲究在终极关怀层面安顿心灵，这就亟须信徒对教义不仅有所信，且要用生命去践履信仰：把信仰注入日常人伦中去无怨无悔地操作，即使可能因此招致俗世的误解乃至误伤，信徒也要对自己的选择说出含泪的肯定。齐白石的自我“抚魂”够不上这价值性，它是偏向心理性或工具性的。这就是说，若还想在远离湘潭的京师潜心于艺，他就不得不尝试自我心理调节，而切忌长年累月地把自己困于老泪淫淫的怨艾心境，“背人终日泪丝丝”[46]。于是亟待做的第一件事，就是得为其导流“离乱乡愁”设“泄洪口”。“问君能有几多愁？恰似一江春水向东流。”这是李煜的传世名句，也是这位亡国之君自我排泄其噬心耻辱的经典案例。

齐白石的自我“抚魂”之法有两个：吟诗，作画。

吟诗也分两种：一是读名家的诗；二是自己来写。齐白石心仪南宋陆游诗，曾自述“多愁时节即读放翁诗，觉愁从舌端出去也”，转换成七言即“老把放翁诗读熟，不教肠里独闲愁”[47]。这已是在当诗人，自弹自唱了。

至于作画，表面看这只是齐白石的行家本事，其实不尽然。若设身处地揣摩他当初居京时的作画动机，除却谋生，另一更强劲的内驱力，乃在自我“抚魂”，那被乡愁缠得太惨的苦魂，实在太渴望有双高手用线条与构图去作长效抚慰了。或许他也明白最应该为谁而画，或在挥毫泼墨时扮何角色最值得，这一切似可从他落在每幅画上的签名见出端倪。在为纪念他一百四十周年诞辰推出的《齐白石画集》两卷本中（人民美术出版社 2003 年版），上卷收集 1919—1936 年齐居京时的花鸟写意计 70 幅，署名有一显著特点，即嵌入故乡地名（“杏子坞”“星塘”“白石铺”）暨楼名（“借山吟馆”“寄萍堂”“八砚楼”）之词素的落款竟达 44 个，其中以“白石”系列为最多，计 33 个（分别为“白石”11，“白石山翁”12，“三百石印富翁”7，“白石翁”“白石山人”“白石老人”各 1）；其次是“借山”系列，计 4 个（分别为“借山吟馆主者”3，“借山翁”1）；与此并列者是“寄萍（濒）”系列，也有 4 个（“寄萍堂主者”“寄萍堂上老人”“老萍”“濒生”各 1）；另外，签署“星塘老屋后人”“杏子坞老民”“八砚楼老人”各 1。[48] 总之，“人在京师心在湘”也。

那么，齐白石“画什么”？或曰其“抚魂”所渴望的花鸟写意之母题何谓？这就得解释“故园清趣”四字的含义。“故园”，当指他生于斯、长于斯，到五十五岁才割爱远离的湖南老家；“清趣”，则指其心中的老家印象所弥散的“清平天籁”之情趣。一般人容易将此“清平”与词牌“清平乐”相连，其实彼此有异。“清平乐”三字，泛指唐宋士大夫的业余娱乐，属“清闲之乐”（含狎妓之类）。而齐白石对“清平”的注释是

“生长清贫幸太平”[49]。那是半世纪多的故乡日子留给他的总体印象：虽属草根农家子清白而贫困，然亦耕亦读的日常生息总算太平，几无“阶级苦”也无“家国愁”，反倒常有乡间“文青”的想入非非，嗜“闲游”，“无事出门三十里，赤泥山下听流泉”[50]；更有“常怪秋风最多事，横吹落木乱泉声”[51]。近乎“天籁”。

“故园清趣”之实质乃“怀旧”。故乡之“清平天籁”对居京者来说已远隔天涯，却无碍其“虽不能至，心神往之”。“虽不能至”，让他很受伤（此谓“伤时”）；“心神往之”，反倒唤醒了在画家心底沉睡甚久的故乡印象，如山泉扑腾，沛然从肺肝间涌泻（此谓“抚魂”）。这用齐白石的七言来说，是“年少清平欢笑事，等闲赢得泪盈眸”[52]。

也许“酷评家”会挑剔画家“怀旧”并无实用性，纯属“望梅止渴”或“画饼充饥”。但对齐白石来说，“怀旧”绝对是对“抚魂”有心理疗效的妙方。这是真正的“对症下药”。“无用之用”若对路，即“大用”。因为只有“怀旧”，才可能使画家对以前不在意的故乡风物，恍然悟得该好生珍惜；或对以前甚讨厌的故土乡音，幡然惋惜其难得。齐白石儿时曾牧牛，横笛弄斜阳，哪会在乎“三里壕边路，藤花喷异香”[53]呢；后居京嗅着空气有藤花香，才“偶闻香气更思家”，才悔悟“借山四野皆藤海，樵牧何曾认作花”[54]，只怪自己昔日鼻子不专业、不懂审美了。他少年时居家读书，曾嫌家母纺纱有噪音，而今也心肠变软，洞明世事无常、慈亲不再：“年少厌闻难再得，葡萄荫下纺纱声。”[55]

这般看来，“怀旧”还真像炼金术能化陈腐为神奇，能把忆念中未必值钱或闪光的元素蓦地镀上金。从心理学角度看，大概“怀旧”本是某种“非自觉审美”（艺术行为属“自觉审美”）。“怀旧”实是过来人对生命的故地重游。未经坎坷，心底还不曾有沉甸甸厚土的人，便不配有滋有味、有哭有笑地“怀旧”。但“怀旧”不是检察官，它不会去复审所有档案，却总是有意无意地绕开结痂的创伤，尽捡些温暖、迷人，或虽伴苦楚却伤神不伤心，或干脆否极泰来的往事。[56]这也就与美丑交错、荣辱纠缠的世务俗趣拉开了距离。“怀旧”所以有“潜审美性”，就因有“洁癖”，它会本能躲避世俗经验中的苦痛或丑陋。

由于齐白石“怀旧”常诉诸诗画，故也就比日常“怀旧”更讲“洁癖”。比如他屡将牧童生涯吟成一曲铜铃伴唱的温情牧歌[57]，却从不写牛蹄踏出的乡间小道若逢雨季即泥泞不堪，随时会迎面溅着牛粪。此即讲“洁癖”所致。但缘于爱屋及乌，转眼又会鬼差神使地念及牛粪的别具风味，那是因为老家常在炉边用风干的牛粪煨芋头，其“香扑鼻”[58]，令画家至晚境仍垂涎欲滴。

"怀旧"在此似又成了魔术师，否则牛粪明明有异味，为何又偏让它煨出美味？更引人寻味的是，尽管题画诗一再点赞牛粪有功于美味，然他在画芋头时却从不让其在画上露脸。这是否表明，诗与画虽同源于白石性灵，但就艺术类别而言，却又不得不受制于各自的古典尺度？看来道理即此。这大概是文人画研究中，颇具国粹特点的"性相近，习相远"现象。所谓"性相近"，是说齐的题画诗与水墨画面所以常能水乳交融到纯青之境，是因为它们以白石性灵为同一源头。所谓"习相远"，则是说诗与画毕竟分属两种形构不一的艺术系统。诗讲究意象，意象是非直观的，其审美效应需通过读者的心智性（非官能性）再造想象功能，即在内心唤起符合诗句所描写的情状才会兑现；画则讲究造型，是直观的，直接冲着观者的眼球（官能性）去的。这就决定了画非比诗更讲"洁癖"不可。诗里嵌"牛粪"一词无伤大雅（词作为符号具心智性，与读者的官能隔了一层），然画是绝不准深棕、暗绿的污秽色块去弄脏观者双眼的。

在题画诗与水墨画之间，那种因"同源异构"所生发的张力效应，并不囿于艺术伦理界面。若回到"抚魂"与"故园清趣"的关系框架，人们将发现，那种"同源异构"之"诗—画"互缠互补，说白了，很可能是白石性灵在无意中所形成的、以"故园清趣"来实施"抚魂"的长效机制。这一"大胆设想"宜落到"木芙蓉"身上去"小心求证"。

"木芙蓉"（简称"芙蓉"）作为对故园的艺术隐喻，常在齐白石的笔下露头。它须扮饰两种角色，如长了两张不同气质的脸：（一）它若作为诗性意象，则其脸部将伴随氛围变异而流露或闪烁异样神情，美学上堪称"时间性广延"；（二）它若作为水墨造型，则其脸部表情会像雕塑被定格在画面，单纯而沉凝，美学上可说是"空间性特写"。"木芙蓉"在"诗草"里，委实像"性格演员"，能在四种情境中传递不同的心迹。

情境一："记得移家花卉来，老夫亲手傍门栽。借山劫后非无物，一树芙蓉照旧开。"这是齐白石居京"得家书，喜芙蓉正开"[59]，欣然而口占七绝，想必"芙蓉"的此时表情是春风乍笑，乐不可支。

情境二："衰老始知多事苦，乱离翻抱有家忧。相怜只有芙蓉在，冷花残雨傍小楼。"[60]这是齐白石在京又被乡愁缠上了，缠得孤寂而凄怆，甚忧年迈慈亲被冷落乡间，又无计插翅想归即归，孝心便顿时冷得像被淫雨淋残的"芙蓉"，偎着老屋的墙角寒颤不已。

情境三："廿年不到莲花洞，草木余情有梦通。晨露替人垂别泪，百梅祠外木芙蓉。”[61]“莲花洞”是家山莲花峰的一个景点，“百梅祠”是齐白石在家乡当画匠时为盐商画山水赚了320两银子后租的一栋祠堂[62]，暗忖自己从1917年离家，已有整整廿年未游故地了，即使寡情如草木恐也不免哀伤得归梦连连，宛若祠堂外的那株没睡好的“芙蓉”，直到天蒙蒙亮还在替久违的老户主滴泪。

情境四：“红云耀目隔秋塘，倒挂芙蓉照水光。独立微风天欲暮，近人野鹭一双双。”[63]这是画家大器晚成后的欣悦如夕照红云，将故园秋塘也映成金色池塘，连老家“芙蓉”也忍不住“倒挂”来俯首分享这辉煌得让人些许晕眩的“水光”。刹那间，天地变成一片祥和的天籁，独立晚风的髯翁忍俊不禁地挨近那一双双正在热恋的野禽，也没惊动其美梦。

恰巧，齐白石70岁前真画过一幅“芙蓉倒挂照水光”的水墨画，题为“芙蓉游鱼”[64]，高136厘米，宽34厘米，画幅上方倒垂一枝墨叶芙蓉，丰满、妩媚得像龙门佛面，正定格在拈花一笑、慈目微垂这一瞬。画幅下方则有一尾游鱼，仿佛嗅着水畔芙蓉的芬芳，故翻身欲跃，在画面划出一道弯弯的、纤巧的墨色弧线，瞠目张嘴，颇想一口吞下这天上掉下的国色天香。若记得“芙蓉”本是他隐喻其故园静好的诗性符号，而“鱼”又与“余”（我）谐音，那么用“游鱼—芙蓉”象征背井漂泊的画家半辈子如一日地将家园悬在胸口的心灵故事，实在是极深挚、极生动，冥契得天衣无缝。

眼下再来比较“芙蓉”在诗、画里的两张不同的“脸”，也就泾渭分明。若曰“芙蓉”作为诗性象征宛若故事主角会随剧情跌宕而转换神态，或笑或啼或泪或嗔，那么“芙蓉”作为水墨造型，也就“绚烂归于平淡”，非笑非啼非泪非嗔，而内敛或纯化为定于一尊的“庄重的静穆”。

现在可问：“芙蓉”在扮演诗性意象时，能灵光四射地表现人性之窃喜、怨哀、饮泣及欢悦，为何“变脸”为水墨造型后，便一概沉凝为某种生命清供般安详的暖色？或问：那些曾让齐白石苦不堪言或喜形于色的心灵喧哗与骚动，究竟被弄到哪儿了？因水墨造型的空间性定格（白石不涉“动漫”）无法容纳诗性意象的时间性广延，这诚然是一种有说服力的理据。但若回到他那活泼泼的心路历程，这又何尝不是在让诗、画“抚魂”时能双管齐下，发挥各自疗效呢？说白了，也就是令诗主要承担心理“泄洪”功能，将有可能搅得他魂不守舍的心灵杂音全排泄掉；待惊魂渐复静谧，便转令水墨绘出足以“抚魂”的“故园清趣”。这么看来，“抚魂”实是一出齐白石自导自演的心灵史剧，剧情的波澜起伏是由诗担纲，最后的格言式谢幕则由画来定格。

与剧情的起承转合、丰盈烂漫相比，格言当因洗练而隽永。此即“绚烂归于平淡”

之真谛。故“平淡”肯定不属“寡淡”，更准确的命名当是“冲淡”。西学中能与“冲淡”相对应的概念是“静穆”。朱光潜将“静穆”尊为“诗的极境”，那是因为“一般人的情绪好比雨后行潦，夹杂污泥朽木奔泻，来势浩荡，去无踪影。诗人的情绪好比冬潭积水，渣滓沉淀净尽，清莹澄澈，天光之影，灿然耀目”[65]。这在无形中又印证了“芙蓉”作为水墨造型在齐白石那里确比其诗性意象更显晶莹玉洁，其味隐深。

想必这也是齐白石愿认同的。有诗为证：“幽人生不辰，干戈阻乡井。何如池内鱼，闲嚼芙蓉影。”[66]这简直是在替《芙蓉游鱼》图作自注。甚至索性提示观者，宜把那条瞠目张嘴的游鱼读成是它正像文士名媛一般在优雅地嚼着“芙蓉影”。毋庸说，那条“闲嚼芙蓉影”的鱼，即已坠入乡恋的画家本人。可以想象，当他笔下游出咀嚼花影的鱼，其内心实已从“离乱乡愁”的牢笼走出，转而陶醉于“故园清趣”，恍惚中，不仅觉得美丽的故乡仿佛从未走远，而是一直杨柳依依地活在脑海，而且当他在画嚼花影的鱼儿时，其慵懒飘逸、欲辨忘言的心境，似与其1917年前在故乡观鱼时也不见得有大异：“丁巳年前懒似泥，杖藜不出借山西。细看鱼嚼桃花影，习习春风吹我衣。”[67]差异只在昔日“桃花影”，而今换了“芙蓉影”。当他将象征“故园清趣”的“芙蓉影”噙在嘴角越嚼越津津有味，这表明画家已将“乡愁”嚼成了“乡恋”，苦酒被熬成美酒，其“抚魂”奏效了，那颗险些被“伤时”揉碎的白石性灵也就被艺术地自我救赎。

四、因“乐生”寄怀“雁红余霞”

白石性灵结构元素之三，是因“乐生”寄怀“雁红余霞”。

所谓“乐生”，有两层含义。一是“自我选择”。齐白石当初选择画匠只是意欲“谋生”。然他60岁后画画则更在“乐生”，庆幸水墨艺术实是他最喜欢、最适合、最能为其人生活出情致乃至意义的归宿，即花鸟写意既是其职业（挣钱手段），也是专业（才艺修炼），更是事业（值得无怨无悔地抵押后半生）。二是“自我实现”。马斯洛把“自我实现”置于个体需求之最高端，是因为没有一种行为能比如下境界更具感召力，那就是把自我生命潜能的开发过程，变成自己的理想人格的实现过程，即不仅见证我确实很适合扮演某角色，而且证明此角色由我扮演将会扮演得很不一样，甚至历史将为此而改写。齐白石在70岁前后即已“自我实现”，这很快乐。

白石“乐生”，若落到坊间嘴里，不离“名利”二字。也不宜说不对。

先说“利”。齐白石不讳言其“泼墨涂朱笔一枝，衣裳柴米赖撑支”[68]。甚至有这样的事，家境窘得揭不开锅时，他赶紧再去画几幅送琉璃厂换钱，“买米呼煤虑岂无”，“昨宵灯下画三株”（果树）[69]。齐白石画画越到晚境越不甘为稻粱谋，“居然强作风骚客，把酒持螯夜咏诗”[70]，这才是他最想过的日子。诚然，所以有此底气，“不信人穷为作诗，晓窗展卷夜灯迟”[71]，或“徐徐入室有清风，谁谓诗人到老穷”[72]，说到底，是因自信能“大器晚成”后也果然“晚成大器”，其画时能卖出善价。又有诗为证：“几朵霜花贵百缗，价高殊不逊黄金。油盐煤米皆能换，何必专餐苦落英。”[73]更有：“黄金从来有价，白玉自喜无瑕。多谢秋风得力，一齐吹到吾家。”[74]

再说“名”。齐白石也不讳言他初栖京师，颇少人瞧得起他（陈师曾、梅兰芳、徐悲鸿除外），画扇面每帧只售两银圆，也甚少人问津。“六十年华两鬓斑，从无姓字落人寰。”[75]然熬到70岁前后，终于交大鸿运了。故里星塘自古不出公卿，然乡里不会想到那昔日牧童、雕花匠后来竟成艺术巨匠，仅愿拜他为师学艺者少说也逾三千，这若在先秦年间，是孔夫子才享有的尊荣。“疏狂哪可作人师，门客三千姓不知。”[76]对此盛况，他一时还不适应。有叫“碧崖”的追随者实属其弟子的再传弟子，然大诚难却，齐欣然嘱题：“借山门客几三千，碧崖得在三千外。”[77]还有弟子名“泊庐”，齐想诱他学石涛画，“泊庐”笑曰“吾师乃指南针也”，这更让齐享受得合不拢嘴：“天不忌人享名誉。”[78]齐白石确有资格为其艺术人生而自豪：“吟声不断出簾栊，斯世犹能有此翁。画里贫居足夸耀，屋前犹有旧邻松。”[79]他也确实成了中国美术史上堪称吴昌硕以后“本纪级”的擎天栋梁。1904年王国维说“生百政治家，不如生一大文学家”[80]，这当是就经典作家对民族乃至人类的审美贡献而言。基于齐白石对中国水墨艺术的现代境界而论，后学也可说，生一大画家，胜过百政治家。他对这一点似也不避嫌，反倒有另种不无尊严的“自嘲”：

何用高官为世豪，雕虫垂老不辞劳。
夜长镌印忘迟睡，晨起临池当早朝。
啮到齿摇非禄俸，力能自食匪民膏。
眼昏未瞎手犹在，自笑长安作老饕。[81]

“晚岁破除年少懒，谁教姓字世都知。”[82]齐白石活到这份上，真火了，想不火也难。他是一位有幸能在晚境亲证其生命的太阳，庄严、缓缓地落在艺术史巅峰的仁者。仁者寿。李商隐名句“夕阳无限好，只是近黄昏”，这位晚唐诗人把“黄昏”写得很凄美，缘由之一当是他活得也挺凄美，且英年夭折，连齐白石的一半也没活到。对齐来说，他是“夕阳无限好，正值近黄昏”。未到晚境，其艺术生命之太阳何曾这般让他心醉不已？也因此，其晚年最令老眼微熏的诗性意象也就是“落日余霞”。“落日”是自我生命象征，“余霞”既是家山名，又恰好隐喻其辉映中国水墨史卷的传世光华。比如“砚田犁未歇，落日照东厢”[83]；再如“落日余霞世界，深林丛树人家”[84]；又如“晚来更有堪夸处，天际余霞在板桥”[85]；还如“千仞余霞山，杜鹃花蕊繁。春深一夜雨，红过那边湾”[86]；更如“年来何处不消魂，江上惟得夕照痕”[87]。唐人名句“半江瑟瑟半江红”（白居易），对古人来说或许只是风景；然对齐白石来说，不啻是实实在在的生命诗境。

说罢“乐生”及“余霞”，现在请本章标题中的“雁红”出场。

“雁红”作为齐白石花草题材之原型，本名“雁来红”，俗称“老少年”“老来少”“老来红”。齐白石自注“北地草木迟者四月始生。老来少迟草也”[88]，似含“愈活愈年青”或“愈活愈有活力”之义。有人将“雁来红”名列齐白石花草类题材排行榜（计78种）榜首[89]，这是有眼力的，惜语焉未详。既未考辨湘衡原也遍布此草，齐白石为何在1917年迁京前不曾涉笔，反倒在1927年后尤为青睐；也未追问历代文人画（从徐渭、石涛到吴昌硕）所热衷的“梅兰竹菊”，为何不及“雁来红”被他“情有独钟”。其实，这对问题若被纳入白石性灵结构元素之三（框架）也就不再是问题。因为“雁红余霞”既然是齐白石赖以寄托“乐生”情怀的艺术隐喻，更进一步，“雁红”既然是其心中最能与“落日余霞”这一诗性意象标配的水墨造型，那么，如上疑虑也就将被澄明。

本文曾说诗性意象与其相应的水墨造型之关系，宛如剧情（叙事）与谢幕（定格）之关系。也可倒过来说，水墨造型所凝结的含义若简约得像谜面，则其谜底的丰富性当由相标配的诗性意象来呈示。齐白石特别器重“雁来红”，理由有三：“野生”“迟艳”与“脱俗”。这皆可从其“雁来红”题画诗中觅得依据。

（一）“野生”。诗据一：“墙边篱下自生根，夏雨萌芽渐渐深。秋后余红遍天下，东风未受半时恩。”[90] 诗据二：“愁风苦雨香还溢，冷露严霜色更佳。一角短墙人迹绝，有时犹惹蝶蜂来。”[91]

“墙边篱下自生根”“一角短墙人迹绝”这两句皆在感念此草系“野生”，齐白石心犹戚戚焉。“野生”，似特刺身世之贫寒，因其从艺既不及陈师曾是名门之后家学渊源，也不及徐悲鸿在法国名校镀过金，学历很硬。相比之下，齐白石从草泥画匠孤苦走来，无所依傍，难免有“野路子”之嫌。

（二）“迟艳”。诗据一：“老根遥看认作霞，群芳有几傲霜华。陶潜未赏无人识，颜色分明胜菊花。”[92] 诗据二：“芙蓉凋尽菊花残，老转红颜似汝难。草木何心苦修炼，笑他人世说仙丹。”[93]

“雁来红”之“迟艳”，想必与齐白石心里那句悄悄话最投缘：谁笑到最后，谁笑得最好。若以画画为职业，他五十五岁才晋京混饭吃，未免太姗姗来迟。然以画画为事业，又是一辈子的事。故艺术史意义上的竞争，与其说像奥运选手的同场竞技，毋宁说更是艺术家在跟自己较劲，看谁能不辞朝夕地将自身潜力挥洒到极限，一不小心，其个体极限也就可能成了艺术史在给定时空所抵达的峰值，这人也就历史地成了标志该高峰的人格符号。故当齐白石说他七十岁前后的花鸟写意才有“稍可观者”，言下之意，实指当时比他“更可观者”几近于无。无怪，他会那般在意“雁来红”之“迟艳”，因为它竟能在百花纷谢的季节“秋根愈冷愈精神，霜叶如花正占春”[94]，这不正是他最想要的命运写照吗？也因此，他会直觉“雁来红”对他有一种莫名的亲缘性，以致会情不自禁地用第二人称“汝”（你）来称呼“雁来红”。体恤像“汝”那般越活越俏地“老转红颜”真的很难，甘苦如何，大概也只有齐白石才有切己之悟。

（三）“脱俗”。诗据一：“过尽西风草木凋，严霜九月尚余苗。精神却比黄花胜，独有黄花上市挑。”[95] 诗据二：“世爱莲花与牡丹，骄人容色艳长安。衰翁费尽胭脂饼，犹作寻常众草看。”[96]

艺术接受的“辩证法”或许即此：当你呕心沥血地为艺术史奉献了独创作品，艺术史迟早会记住你的名字；但作为代价，你也可能会失却受众对你的共时态认同。当你斗胆疏离坊间的审美俗套，坊间对“脱俗”的处罚，也就是远离你不睬你。这也就解释了齐白石那般深挚倾心的“雁来红”，当初京城并不买账。因为审美对绝大多数人来说，不过是想以最小代价来换一份心情而已，他们只肯为取媚其套路的对象掏钱。当受众只认同莲花、牡丹或秋菊时，尽管把“雁来红”抹成胭脂色，人家也不愿去解读画家倾注其中的非凡匠心。故齐白石也就要忍受“脱俗”所带来的冷落。“尘世只夸篱下菊，爱花还是折腰人。”[97] 这是艺术史横在创新与俗套之间的一道栅栏。齐白石在审美上大体不媚俗。

“野生”“迟艳”“脱俗”的“雁来红”为何令齐白石一见钟情？因为舍此再也找不着能更好寄托“落日余霞”情怀的象征载体，关于“雁来红”选择的谜底基本如此。依此谜底去回应他为何不沿袭历代文人画的“梅兰竹菊”与他在 1917 年赴京前为何不画

"雁来红"，也就真相大白：对前者，那是因为他不认为"梅兰竹菊"能在题材上寄怀自己的晚晴诗意；对后者，则是因为1917年前的他远未活到"齐白石"这一份上，故也就不会垂青"雁来红"。齐白石享大名后，后人贞儿曾致函他："南岳下雁来红倒乱成趣，惜阿爷不见。"[98]在儿孙辈看来，齐与"齐白石"是同一人，叫"阿爷"；但在艺术史视野中，"衰年变法"前后的齐白石似非同一存在。

五、因"立身"有赖"老夫经营"

本章将聚焦这一议题：齐白石出名虽晚，但终究是一位在世即跻身艺术史的人物，且在生命的最后三十年（1927—1957）总体上能守住"大画家"清誉，这容易吗？若大不易，则又要问：能让他始终律己如一的定力何在？或曰，在艺术史已将其水墨精品视作珍贵遗产之后，学界能否多长一只心眼去透视这一艺术遗产背后，是否还有一份更值得后人去勘探的珍稀人格遗产？此即本章欲解析的白石性灵结构元素之四：因"立身"有赖"老夫经营"。

历史人物从来没有生而伟大的。巨人所以显得伟大，根子是在大凡巨人也属平凡的血肉之躯，然他却愿为自由人格理想（角色自期）预支人生成本，而不像坊间那般汲汲于世务俗趣一辈子，几十年下来，彼此境界不啻霄壤。齐白石之人格理想核心是"立身"，内涵是为他所预设的艺术史形象活出足以安魂（有别于"抚魂"）的意义暨生命重量（近乎信仰）。

齐白石"立身"之实质既是"角色自期"，这就异质于儒家"修、齐、治、平"讲义里的"修身"。儒家"修身"讳言个体性"角色自期"，更强调任何个体皆须化约为宗法—皇权系统所统辖的臣民，故个体活成什么模样，原则上不让"角色自期"，倒更可能尚在母腹就已被"角色他设"了。

从"诗草"揳入，可窥齐白石之"立身"气度宽博沉毅，重心是落在"艺术本位"四字。

"艺术本位"，是说齐白石将水墨写意当作其生命最重要的选择，那是迁京后才萌生的价值转向，其诗云："自经丁戊名心减，画箇江楼听雨声。"[99]"丁"是"丁巳"（1917），"戊"是"戊午"（1918），意谓在乡间当画匠时名利心甚浓，坊间让画什么，他就画什么。然迁京后内心悄悄地变了，似已听到某种迥异于世俗的清音如春雨点滴，在滋润人格更新意念。用马斯洛的说法即“自我超越”。这大概与他幸逢陈师曾有关。陈氏1922年力荐齐白石水墨画，爆红日本，令后者终生感恩。他还极在乎陈师曾的人品，很可能正是其高贵活法，才启示齐白石也应活出一个“大画家”才有的生命范式。齐白石这般仰慕陈师曾：“无功禄俸耻诸子，公子生涯画里花。人品不惭高出画，一灯瘦影卧京华。”[100] 陈是名门长孙却无官场浊气，最瞧不起于国无功却食禄无耻的诸公，作为贵族公子宁肯清清白白地卖艺于市，“一灯瘦影卧京华”，这是何等令人肃然起敬的活法。偌大世间能执着地活出高尚的人甚少，但齐白石显然动心了，他也想这般活：“古树秋深馀瘦影，大江东去四无人。”[101] 这让人联想陈师曾之弟陈寅恪也有两句诗：“一生负气成今日，四海无人对夕阳。”[102] 从陈师曾到齐白石再到陈寅恪，堪称“异曲同工”。说“异曲”，因师曾、白石是“艺术本位”，寅恪是“学术本位”；说“同工”，则指他们皆不屑汲汲于世俗功名。

就这般活到老，画到老，用自己创新的水墨技法，画自己心爱的花草禽虫，不问西东，情有独钟，“足恃于内，无求于外”，甚好。齐白石想必对此活法也自信满满：“食叶虫肥然自足，采花蜂苦蜜方甜。书生余习终难舍，人笑愚公老更颠。”[103]

不得不说，扎根于“角色自期”的“艺术本位”作为一种生命样式，其取向是对儒生道统的价值位移或叛逆。齐白石对这点看得极透。尽管他偶尔也会谦词“雕虫误我剑雌雄”[104] 之类，然内心从不认以官位赢取“富贵”有吸引力，否则他就不会反复地微词“富贵”。诸如“富贵不如贫贱好”[105]、“富贵何如隐逸高”[106]、“富贵何如把酒壶，昔人沉醉却非愚”[107]、“等闲富贵若浮云，日日挥毫寄此身”[108] 等。

齐白石不仅自律如此，且还教诲儿孙也应像他一般读书识理，以维系“布衣之尊”[109]，而不是俗气地被儒家教义牵着鼻子走。他会给儿孙讲巢由故事。巢由即巢父和许由，是上古史上一对背景模糊的传说人物，皆与一个终隐不仕的传说相系。白石说巢由后悔其姓字被朝廷获悉，朝廷请他出山做官，巢由不从，且嫌那些请他出山的话残留在耳廓很脏，恨不得用涧溪水来洗刷；更夸张者是怕涧溪因此被污染，让下游的牧牛误饮，牛肠也不清洁。[110] “卖画买书非下谋，读书须识有巢由。吾儿不负乃翁意，宁为儿孙作马牛。”[111] 简言之，“儿孙识字知翁意，不必官高慕邺侯”[112]，可鉴齐翁用心之良苦。

这就从根子上决定了齐白石不愿随世播迁，他更愿把自己想象成巢由式的隐者，大隐隐于皇城根。“寄萍三道栅栏开，小院春深长绿苔。尽日关门人不到，檐前鸦鹊不惊猜。”[113] 他对京城寓所的写照，还有“东院一株柳，荫凉生户牖。终岁足音无，六月蝉声有”[114]。正因其寓所迹近陶潜的五柳居“心远地自偏，而无车马喧”，故“檐前鸦鹊”

与“六月蝉声”便自享其悠闲天籁之节奏而不被惊扰。这诚然也是他想为自己设制的、更适宜“大画家”心境的日居空间：“此间合著幽人住，花鸟虫草得共闲。七尺低檐三丈竹，一湾流水数重山。”[115]他或许明白类似活法在中华诗史也不无先例，故当他咏叹“隐隐远山低，荒烟接断堤。无人来此境，明月过松溪”[116]，这就颇有王维的味道；当他吟哦“箬笠蓑衣兴未阑，一篙如铁不知寒。今朝又欲之何处，万径无人雪满山”[117]，这简直是在步柳宗元的后尘。

“我欲卧游无路迹，白云铺地没人烟。”[118]若天地真的晴朗万里，这也就是齐白石最想过的日子。但他又未必天真如此，分明警觉到“城南邻叟”[119]已在嫉恨其出类拔萃了。想当初，那群势利者才不把乍抵京的齐白石当回事，眉宇间写满倨傲。没想到这位湘籍“北漂”还真出人头地：一幅扇面在琉璃厂开价至六银圆已颇体面，然齐白石的水墨被弄到东瀛竟尺纸售价盈百，这就让“城南邻叟”顷刻心理失衡行为失态了。“一枝乌臼色犹鲜，尺纸能售价百千。君我有才招世忌，谁知天亦厄君年。”[120]齐白石这首悼念陈师曾的诗，也是在感慨世态炎凉；更何况他“衰年变法”，要点之一，就是用粗笔写意的“墨叶红花”来扬弃工笔技法，斗胆“一笑前朝诸巨手，平铺细抹死功夫”[121]，这就更让“城南邻叟”受不了。“山外楼台云外峰，匠家千古此雷同。卌年删尽雷同法，赢得同侪骂此翁。”[122]“城南邻叟”们因齐的横空出世（“峰高如削世间稀”[123]）而哀感自己所稔熟的古板技法似被判死刑，故若不举世皆呼杀，才反逻辑。

齐白石说，“吾画不为宗派拘束，无心沽名，自娱而已。人欲骂之，我未听也”，“自有心胸甲天下”。[124]他自有大胸襟，若对“城南邻叟”的鸡虫碎语不能等闲视之，也未免小看自己了。这是“战略性”。至于“战术性”，不讳言他心底对此辈小人也有微澜，不然他不会对故里亲人这般坦呈：“名大却防人欲杀，年衰常梦鬼相招。”[125]

这实在是一个特立独行者皆须直面的生存窘境：你有权雄心勃勃地想在此岸活出彼岸，但鉴于你的存在太伟岸而又让此岸的俗世觉得刺眼，不自在或不舒服了，他们也就会不让你活得自在或舒服。怎么办？齐白石不会无端地服软或苟且，但也不取吴昌硕式的刚性抗拒：既然俗世听不懂吴的晚年睿智，吴也就不屑与俗世对话。[126]相比较，齐白石倾向于柔性婉拒：虽说防人之心不可无，也无妨拿捏分寸，讲究“度”，不至于让人家太难堪。这就是说，齐白石在讲“立身”（人格战略）之同时，也颇讲“经营”（处世战术）。“经营”一词也就因此穿插在其晚年诗篇中。诸如“老年一笔费经营”[127]、“形容苦乐经营甚”[128]、“一辈经营昔画中”[129]、“经营与俗异酸咸”[130]、“多少经营画得成”[131]等。乍看这串“经营”大多涉及笔墨之匠心，但若对齐白石言及处世的题画诗读得更透些，你会恍悟他在审视世况时的用心，实含比技法“经营”更幽邃苦涩的“经营”。

齐白石这般写“芙蓉双鱼”：“不为人世寄相思，那识江间布网丝。满地是非全不晓，芙蓉花下一双鱼。”[132] 卿卿我我的双鱼竟不识江湖网丝密布，岂不凶险？他又这般写“鹰”：“连年看汝立，嘴爪世所稀。杀气层霄上，飞搏众岭低。天高安有网，树下旧无鸡。饱足忘金弹，昂首未肯飞。”[133] 此“鹰”颇具潘天寿式的“一味霸悍”、鸟瞰天下之壮怀逸思，然齐白石却在为它捏一把冷汗：能在事业上飞得极高的一世之雄，往往是在栖枝小憩时不幸饮弹。因此他情愿认同“八哥”寡言有正当性：“不如鹦鹉语言乖，好马金人（涂金雕像——作者）口不开。幸得羽毛无所取，筠笼有食可飞来。”[134] 貌不出众，不吸引眼球，反倒享有高幸存率。因此他甚至劝人“休笑因何卧地苗”，虽无艳技高挑，然安全，“大风吹不着花梢”[135]。故“种花不必高三尺，高转多危撑亦难”[136]。齐白石由此引申到人，人怕出名猪怕壮，人在世“越无人识越安闲”[137]。他不怕可能被人误读成世故老夫（颇像在阴森权争中韬光养晦的老子，或偷活草间时苟营的农夫），其本意不过是想活得简洁些，“退一步、天地宽”而已，不去强求那不属于己的世界，从而省下更多心力暨精力献给艺术。读其《示儿辈》，即明此义：

> 扫除妄想丝毫事，省却人间分外愁。
> 画虎不成先画犬，呼龙不到再呼牛。
> 山中曲木犁堪就，城上残砖砚可谋。
> 村北老馋穷过我，一生只为强相求。[138]

耐人寻味的是，这些意在有限人生中安顿不朽的水墨世界的生存智慧，有时竟也巧妙地诉诸画面，如《倒枝梅花》：“花发无辞天意寒，一生香在雪中山。年深自有低心日，不欲教人仰首看。”[139] 有识者可从中读出齐白石的幽幽哲思，其分量绝不亚于艺术本身；读不出哲思者也会点赞其梅枝有拟人巧思。或许大艺术家比一般艺匠非凡的地方就在有“异量之美”[140]，且善于将灵魂般凝重的义谛，用颇寻常的语式（构图）轻逸地表出，此即“言近旨远”“雅俗共赏”之谓也。“旨远”，指向灵魂之辽远，“雅”也；“言近”，指向官能之笑纳，“俗”也。齐白石所以能在活着时便跻身中华水墨先人祠，而与陈淳、徐渭、石涛、朱耷、吴昌硕并排站在艺术史之屋脊，然又有其不易化约的特征，大概还在其花鸟写意真正艺术地做到了既大雅似大俗，或似大俗实大雅。

笔者不敢说，上述评价就是齐白石临终前最期盼的艺术史“百年公论”。但从“白石诗草”去考辨他的“诗画同源”，从而诚实地厘清其如何从草泥画匠演变为艺术巨匠这一心路历程（“伤时”→“抚魂”→“乐生”→“立身”），怕是齐白石在九泉下也肯含颔默认的。

注释：

---

① 齐白石晚年一再强调“百年公论”四字。比如“向后百年公论出，此时当有大惭人”（齐白石《代书答雪庵上人》）；“雕虫岂易世都知，百载公论自有期”（齐白石《门人画得其门径，喜题归之》诗两首之一）；“从来毁誉是非，并时难下定论，等到百年以后，评好评坏，也许有个公道”（《白石老人自传》）；“非闇仁弟论定，古今画蟹者神形具似能有几人，非闇心炘于余，未足千古评定也”（齐白石题画蟹）。依次参见王振德、李天庥辑注《齐白石谈艺录》，河南人民出版社 1984 年版，第 18、18、33、74 页。

② 《齐白石画集》“自序”，载《齐白石谈艺录》，第 11—12 页。

③ 王朝闻：《杰出的画家齐白石——祝贺齐白石的九十三岁寿辰》，载《王朝闻文艺论集》第 1 集，上海文艺出版社 1979 年版，第 166、157 页。

④ 齐白石与胡佩衡论画，参见《齐白石谈艺录》，第 15 页。

⑤ 比如“画名惭愧扬天下，吟诗何心并世知”；再如“料汝他年夸好句，老夫已死是非无”；又如“草间新咏无人见，留与山灵好护持”；还如“何须苦读三千卷，好句都从天分来”。依次参见《齐白石诗集》，广西师范大学出版社 2009 年版，第 39、43、49 页，以及《齐白石诗集》，漓江出版社 2012 年版，第 265 页。广西师大版与漓江版之区别，是在前者辑集齐白石 1932 年前的诗（含《借山吟馆诗草》《白石诗草二集》八卷），后者辑集白石诗至 1952 年（即包括《白石诗草续集》）。本文引文出处若注《白石诗草续集》者，皆以漓江版为本，其他以广西师范大学版为本。

⑥ 齐白石语，参见《齐白石诗集》（广西师范大学版）出版说明。

⑦ 齐白石：《冯臼庵逸画题词》，载《齐白石诗集·白石诗草续集》，第 276 页。

⑧ 齐白石：《题曾默躬画》两首之二，载《齐白石诗集·白石诗草续集》，第 248 页。

⑨ 齐白石：《题画寄樊樊山先生京师并序》，载《齐白石诗集·白石诗草二集》卷一，第 42 页。

⑩ 齐白石：《丁巳十月初十日到家，家人避兵未归，时借山仅剩四壁矣》，载《齐白石诗集·白石诗草二集》卷一，第 43 页。

⑪ 齐白石：《望雨》，载《齐白石诗集·白石诗草二集》卷一，第 71 页。

⑫ 齐白石：《怀人》，载《齐白石诗集·白石诗草二集》卷八，第 208 页。

⑬ 齐白石：《见人画松泉似家山物题之》，载《齐白石诗集·白石诗草续集》，第 248 页。

⑭ 齐白石：《题〈循环图〉四首》之四，载《齐白石诗集·白石诗草续集》，第 269 页。

⑮ 齐白石：《看云》，载《齐白石诗集·白石诗草二集》卷一，第 45 页。

⑯㊵ 齐白石：《昔感》，载《齐白石诗集·白石诗草二集》卷一，第 48 页，第 48 页。

⑰ 齐白石：《次韵某生食竹米饭》，载《齐白石诗集·白石诗草二集》卷一，第 49 页。

⑱ 齐白石：《岩上老人以诗见赠，次韵答之》，载《齐白石诗集·白石诗草二集》卷二，第 67 页。

⑲ 齐白石：《画折枝花》，载《齐白石诗集·白石诗草二集》卷三，第 84 页。

⑳ 齐白石：《题大滌子画像》，载《齐白石诗集·白石诗草二集》卷三，第 102 页。

㉑ 齐白石：《避难》，载《齐白石诗集·白石诗草二集》卷四，第 120 页。

㉒ 齐白石：《门人临余借山图感为题句》，载《齐白石诗集·白石诗草二集》卷四，第 132 页。

㉓ 齐白石：《题画山水》，载《齐白石诗集·白石诗草二集》卷五，第 137 页。

㉔ 齐白石：《星塘老屋图》，载《齐白石诗集·白石诗草二集》卷五，第 146 页。

㉕ 齐白石：《食蟹》，载《齐白石诗集·白石诗草二集》卷六，第 174 页。

㉖ 齐白石：《前题并序》，载《齐白石诗集·白石诗草续集》，第 243 页。

㉗ 齐白石：《中秋夜》，载《齐白石诗集·白石诗草二集》卷二，第 72 页。

㉘㊿⑤ 齐白石：《葡萄下说往事》，载《齐白石诗集·白石诗草二集》卷三，第 87 页，第 87 页。

㉙ 齐白石：《见吴缶庐画忆星塘》，载《齐白石诗集·白石诗草二集》卷三，第 91 页。

㉚ 齐白石：《食柿》，载《齐白石诗集·白石诗草二集》卷三，第 103 页。

㉛ 齐白石：《题画竹》，载《齐白石诗集·白石诗草二集》卷四，第 121 页。

㉜ 齐白石：《梅花》，载《齐白石诗集·白石诗草二集》卷七，第 187 页。

㉝ 齐白石：《十一月望后避乱迁居于东交民巷》，载《齐白石诗集·白石诗草二集》卷八，第 207 页。

㉞ 齐白石：《登西山绝顶南望》，载《齐白石诗集·白石诗草续集》，第 273 页。

㉟ 齐白石：《〈龙山访旧图〉题词四首》之一，载《齐白石诗集·白石诗草续集》，第 246 页。

㊱ 齐白石：《癸亥七月十九日，闻家山大战，慨然题壁》，载《齐白石诗集·白石诗草二集》卷四，第 129 页。

㊲ 齐白石：《题释瑞光秋山远眺图》，载《齐白石诗集·白石诗草二集》卷四，第 132 页。

㊳ 齐白石：《避乱携眷北来》，载《齐白石诗集·白石诗草二集》卷二，第 76—77 页。

㊴ 齐白石：《自题红蓼红菊》，载《齐白石诗集·白石诗草二集》卷四，第 113 页。

㊵ 齐白石：《得家书，挥泪记书到之迟》，载《齐白石诗集·白石诗草二集》卷七，第 190 页。

㊶ 齐白石：《应人诗集征题词，即书集后两首》之二，载《齐白石诗集·白石诗草续集》，第 249 页。

㊷ 齐白石：《题陈明明山水画册》，载《齐白石诗集·白石诗草二集》卷四，第 124 页。

㊸ 齐白石：《望云并序》，载《齐白石诗集·白石诗草二集》卷二，第 59 页。

㊹ 齐白石：《近乡》，载《齐白石诗集·白石诗草二集》卷二，第 64 页。

㊺ 齐白石：《示往后裔孙》，载《齐白石诗集·白石诗草二集》卷八，第 218 页。1957 年齐白石葬于北京西郊魏公村湖南公墓。

㊻ 齐白石：《画秋海棠》，载《齐白石诗集·白石诗草二集》卷二，第 60 页。

㊼ 参见《齐白石诗集·白石诗草二集》卷八，第 208 页。

㊽ 参见《齐白石画集》上卷，人民美术出版社 2013 年版，第 15—82 页。

㊾ 齐白石：《忆少年》，载《齐白石诗集·白石诗草二集》卷八，第 211 页。

㊿ 齐白石：《忆往事》，载《齐白石诗集·白石诗草二集》卷八，第 211 页。

⑤① 齐白石：《近乡》，载《齐白石诗集·白石诗草二集》卷二，第 64 页。

⑤② 齐白石：《望云并序》，载《齐白石诗集·白石诗草二集》卷二，第 59 页。

⑤③ 齐白石：《画藤花》，载《齐白石诗集·白石诗草二集》卷三，第 91 页。

⑤④ 齐白石：《借山馆外野藤花》，载《齐白石诗集·白石诗草二集》卷三，第 89 页。

⑤⑥ 参见夏中义《怀旧》，载《倾听生命》，知识出版社 1995 年版，第 10 页。

㊼ 齐白石七绝《牛》:“星塘一带杏花风，黄犊出栏东复东。身上铃声慈母意，如今亦作听铃翁。”(自注：余幼时时常牧牛，祖母令佩以铃，谓曰：“日夕未归，则吾倚门，闻铃声则吾为炊，知已归矣。”)(载《齐白石诗集・白石诗草二集》卷七，第191页)

㊽ 齐白石:《画芋》，载《齐白石诗集・白石诗草二集》卷三，第97页。

㊾ 齐白石:《得家书，喜芙蓉正开，得二绝句》之一，载《齐白石诗集・白石诗草二集》卷六，第169页。

61 齐白石:《归梦》，载《齐白石诗集・白石诗草二集》卷八，第205页。

62 参见《白石老人自传》，齐璜口述，张次溪笔录，人民美术出版社1962年版，第45页。

63 齐白石:《闲眺》，载《齐白石诗集・白石诗草二集》卷七，第182页。

64 齐白石《芙蓉游鱼》图，中国美术馆藏，载《齐白石画集》上卷，第27页。

65 朱光潜:《诗的主观与客观》，载《朱光潜全集》第3卷，安徽教育出版社1987年版，第365页。

66 齐白石:《池上观鱼》，载《齐白石诗集・白石诗草二集》卷六，第174页。

67 齐白石:《观鱼》，载《齐白石诗集・白石诗草二集》卷六，第174页。

68 70 齐白石:《夜吟》，载《齐白石诗集・白石诗草二集》卷六，第171页，第171页。

69 齐白石:《题画果树》，载《齐白石诗集・白石诗草二集》卷六，第159页。

71 75 齐白石:《喜岩上老人过借山》，载《齐白石诗集・白石诗草二集》卷一，第47页，第47页。

72 齐白石:《拟画借山图》，载《齐白石诗集・白石诗草二集》卷五，第137页。

73 齐白石:《画菊》，载《齐白石诗集・白石诗草二集》卷四，第112页。

74 齐白石:《画黄白菊》，载《齐白石诗集・白石诗草二集》卷四，第112页。

76 齐白石:《题艺术学堂学生画刊，兼谢学堂赠余泥石像三首》之二，载《齐白石诗集・白石诗草续集》，第270页。

77 齐白石:《题黄壁崖画卷》，载《齐白石诗集・白石诗草续集》，第266页。

78 齐白石:《泊庐以仿石涛山水画求题》，载《齐白石诗集・白石诗草续集》，第280页。

79 齐白石:《题借山图》，载《齐白石诗集・白石诗草二集》卷五，第146页。

80 王国维:《教育杂感・文学与教育》，载《王国维文学美学论著集》，北岳文艺出版社1987年版，第51页。

81 齐白石:《自嘲》，载《齐白石诗集・白石诗草二集》卷二，第78页。

82 齐白石:《因外客索画，一日未得休息，倦极自嘲》，载《齐白石诗集・白石诗草二集》卷八，第206页。

83 齐白石:《自嘲》，载《齐白石诗集・白石诗草续集》，第288页。

84 齐白石:《题画山水》，载《齐白石诗集・白石诗草二集》卷五，第152页。

85 齐白石:《画渔家晒网图》，载《齐白石诗集・白石诗草二集》卷四，第126页。

86 齐白石:《怀家山四首》之二，载《齐白石诗集・白石诗草续集》，第286页。

87 齐白石:《题画》，载《齐白石诗集・白石诗草二集》卷五，第137页。

88 齐白石:《老来少》注释，载《齐白石诗集・白石诗草续集》，第272页。

89 郎绍君:《下笔如神在写真——齐白石的花鸟画》，载《齐白石画集》上卷，第1页。

90 齐白石:《老来少》，载《齐白石诗集・白石诗草续集》，第272页。末句“东风本受半时恩”之“本”，疑为“未”之误植，故改。参见齐白石《画老来红末句》“未受春风一点恩。”(载《齐白石诗集・白石诗草二集》卷四，第122页)

91 93 97 齐白石:《老来少兼菊花》，载《齐白石诗集・白石诗草二集》卷四，第122页，第123页，第123页。

92 齐白石:《画老来少》，载《齐白石诗集・白石诗草二集》卷四，第122页。

94 齐白石：《画雁来红》，载《齐白石诗集·白石诗草二集》卷四，第 122 页。

95 齐白石：《老来少》，载《齐白石诗集·白石诗草二集》卷八，第 216 页。白石自注：“燕京卖花挑上从无老来少。”

96 齐白石：《画老来红》，载《齐白石诗集·白石诗草二集》卷四，第 123 页。

98 齐白石：《老少年》自注，载《齐白石诗集·白石诗草二集》卷四，第 123 页。

99 齐白石：《作小幅补东堂之破壁》，载《齐白石诗集·白石诗草二集》卷五，第 143 页。

100 齐白石：《题陈师曾画幅》，载《齐白石诗集·白石诗草二集》卷四，第 109 页。

101 115 116 齐白石：《题画山水》，载《齐白石诗集·白石诗草二集》卷五，第 145 页，第 137 页，第 138 页。

102 陈寅恪：《忆故居并序》，载《陈寅恪诗集附唐篔诗存》，清华大学出版社 1993 年版，第 40 页。

103 齐白石：《岩上老人以诗见赠，次韵答之》，载《齐白石诗集·白石诗草二集》卷二，第 67 页。

104 105 129 齐白石：《同邑菊影能诗，余友王仲夸许之，余因得相见。戊寅秋，忽寄呈六绝句于京华，次韵答之六首》，载《齐白石诗集·白石诗草续集》，第 267 页，第 267 页，第 267 页。

106 齐白石：《明年八十记事四首》之四，载《齐白石诗集·白石诗草续集》，第 269 页。

107 齐白石：《食蟹开瓮》，载《齐白石诗集·白石诗草续集》，第 271 页。

108 齐白石：《邵逸轩国画研究所周年征诗文，赠三绝句》之二，载《齐白石诗集·白石诗草二集》卷八，第 215 页。

109 齐白石：《题画菜》，载《齐白石诗集·白石诗草二集》卷三，第 101 页。

110 齐白石《〈巢父洗耳图〉题句》：“从来高士说巢由，应悔因尧姓字留。洗耳下流如果浊，牛肠清洁亦千秋。”（载《齐白石诗集·白石诗草续集》，第 245 页）

111 齐白石：《作诗以慰如二之周密》之二，载《齐白石诗集·白石诗草二集》卷二，第 69 页。

112 齐白石：《煨芋分食如儿移孙》，载《齐白石诗集·白石诗草二集》卷一，第 51 页。

113 齐白石：《檐前》，载《齐白石诗集·白石诗草二集》卷七，第 188 页。

114 齐白石：《东院》，载《齐白石诗集·白石诗草二集》卷七，第 199 页。

117 齐白石：《题某女子临雪江归钓图》，载《齐白石诗集·白石诗草二集》卷五，第 136 页。

118 齐白石：《题张大千为友人黄子林临石涛黄山图》，载《齐白石诗集·白石诗草二集》卷四，第 128 页。

119 齐白石：《纪事》，载《齐白石诗集·白石诗草二集》卷二，第 79 页。

120 齐白石：《师曾亡后，得其画扇，题诗哭之》，载《齐白石诗集·白石诗草二集》卷七，第 194 页。

121 齐白石：《题山水画》，载《齐白石诗集·白石诗草二集》卷五，第 138 页。

122 齐白石：《画山水题句》，载《齐白石诗集·白石诗草二集》卷五，第 135 页。

123 齐白石：《家山杂句》之六，载《齐白石诗集·白石诗草二集》卷五，第 147 页。

124 参见《齐白石诗集·白石诗草二集》卷四，第 127 页。

125 齐白石：《答家乡故人》，载《齐白石诗集·白石诗草二集》卷七，第 199 页。

126 参见夏中义《吴昌硕：梅石写意的人文性》，载《百年旧诗　人文血脉》，上海文艺出版社 2017 年版，第 30 页。

127 齐白石：《京师杂感》十首之一，载《齐白石诗集·白石诗草二集》卷一，第 46 页。

128 齐白石：《题〈循环图〉四首》之二，载《齐白石诗集·白石诗草续集》，第 269 页。

130 齐白石：《门人杨泊庐临余〈借山图〉册十余开，求题记》，载《齐白石诗集·白石诗草续集》，第 276 页。

131 齐白石：《冯臼庵去后五年，陈梓嘉得冯画，寄燕求题》，载《齐白石诗集·白石诗草续集》，第 277 页。

⑬② 齐白石：《书双鱼题句》，载《齐白石诗集・白石诗草二集》卷八，第 212 页。

⑬③ 齐白石：《鹰》，载《齐白石诗集・白石诗草二集》卷七，第 189 页。

⑬④ 齐白石：《八哥》，载《齐白石诗集・白石诗草二集》卷七，第 186 页。

⑬⑤ 齐白石：《卧开菊》，载《齐白石诗集・白石诗草二集》卷四，第 111 页。

⑬⑥ 齐白石：《题张雪扬小竿撑菊画幅》，载《齐白石诗集・白石诗草二集》卷四，第 111 页。

⑬⑦ 齐白石：《门人为画小像，友人以为未似，余自戏题一绝句》，载《齐白石诗集・白石诗草二集》卷二，第 69 页。

⑬⑧ 齐白石：《示儿辈》，《载齐白石诗集・白石诗草二集》卷一，第 45 页。

⑬⑨ 齐白石：《倒枝梅花》两首之二，载《齐白石诗集・白石诗草二集》卷三，第 84 页。

⑭⓪ 钱锺书诗云："譬如豪杰人，异量美能备。"（钱锺书：《游雪窦山》，载《槐聚诗存》，生活・读书・新知三联书店 2002 年版，第 42 页）

（2018 年第 12 期）

附录

《文艺研究》四十年

（1979—2018）

论文目录

1979年

理论

文学

戏剧

电影

音乐·舞蹈

美术

外国文艺

文艺漫谈

回忆录

报道

文艺资料

1980年

理论

文学

戏剧

音乐·舞蹈

美术

外国文艺

文艺漫谈

文艺资料

1981年

理论

文学

戏剧·曲艺

文学

戏剧·曲艺

电影·电视剧

音乐·舞蹈

美术·摄影

外国文艺

其他

1983年

理论

文学

脚踏坚实的土地　叶蔚林（1·41）
谈作家的功底　韩少功（1·44）
思索与探求——致友人书　孙健忠（1·46）
扩大生活的视野　张步真（1·49）
论王梵志诗的口语化倾向　张锡厚（1·66）
关于陈毅一首诗，一封信及其他——文艺札记　阿英（1·127）
创作的体验　冯骥才（2·99）
谈冯骥才的创作　夏康达（2·106）
我报告了他　他报告了我　祖慰（2·112）
漫话几个作者和他们的作品　王蒙（3·49）
作家需要知识　唐弢（3·85）
柏山和他的小说集《侧影》　夏征农（3·87）
小说的白描手法浅探　高尔纯（3·139）
一节历史掌故，一个宗教寓言，一篇小说　钱锺书（4·4）
诗无达诂　张隆溪（4·13）
预言式的梦在《埃涅阿斯纪》与《红楼梦》中的作用　杨周翰（4·18）
试论欧洲十四行诗及波斯诗人莪默凯延的鲁拜体与我国唐代诗歌的可能联系　杨宪益（4·23）
中国新诗中的现代主义——一个回顾　王佐良（4·27）
西方现代派诗与九叶诗人　袁可嘉（4·37）
新时期文学存在着，发展着　刘梦溪（5·46）
从兵团到文坛　蒋子龙（5·51）
苦求美的振荡　祖慰（5·55）
我的理解与困惑——致陈建功　何志云（5·61）
尝试与希望——答何志云　陈建功（5·68）
茅盾与外国文艺思潮流派　黎舟　阙国虬（6·52）
巴金创作中的女性形象　陈丹晨（6·62）
晨昏随笔　邵燕祥（6·131）
建安诗风的衍变　陈祖美（6·135）

戏剧·曲艺

努力开创戏剧创作新局面　周巍峙（1·4）
美丑与爱憎　王朝闻（1·76）
美哉丑贼　魏明伦（1·85）
丑之艺术特征和审美形态　苏国荣（1·93）
相声小札　沈彭年（1·135）
漫话布莱希特与中国　杨立（1·137）
论中国戏曲导演　阿甲（2·31）
改编《西厢记》的设想与实践　马少波（2·42）
布景艺术三题　龚和德（2·53）
当代西方舞台设计初探　胡妙胜（2·66）
舞台是表演场所　薛殿杰（2·80）
从《哈姆莱特》演出谈形式多样化　吴光耀（2·87）
论程砚秋　李一氓（3·4）
归工与变法　徐城北（3·91）
谈京剧现代戏音乐创作　刘吉典（3·133）
真实与创新——看剧断想　钟艺兵（4·103）
“动作一律”可以突破　戴剑平（4·119）
一个承先启后的努力——读《中国大百科全书·戏曲》卷　颜长珂（4·141）
谈谈弗洛伊德心理分析学派喜剧理论　陈瘦竹（5·115）
喜剧中的“智慧”　远帆（5·122）
阳友鹤艺术创造的特点　刘双江（5·128）
海阔凭鱼跃　天高任鸟飞——谈吉剧创建和发展　宋振庭（6·89）
贵在自知——吉剧应注意的几个问题　王肯（6·92）
“吉丑”探索　刘中（6·96）
努力形成吉剧艺术风格——从事吉剧导演工作的体会　张奉生（6·100）
谈吉剧的群众基础和时代精神　关德富　李改（6·106）
前进中的新剧种——吉剧　华迦（6·110）
吉剧作家王肯　安葵（6·113）

电影·电视

创造新时代更美的电影　陈荒煤（1·12）
学习与掌握电影美学十分必要　袁文殊（1·17）
“电影的美”三题　黄宗江（1·18）
电影观念应多样化　邵牧君（1·20）
电影艺术特性略谈　张柔桑（1·22）
银幕上的《茶馆》　叶家铮（2·119）
创作电影《骆驼祥子》音乐的一点体会　瞿希贤（2·124）
拍摄场余音——《天云山传奇》导演片语　谢晋　石维坚（3·11）

音乐·美术

其他

1984年

理论

电影·电视

文学

戏剧

1985年

电影

文学

戏剧

音乐·美术

研究之窗

控制论、信息论与表演　一韦（1·139）

电影与美学、艺术学　霍军（1·140）

关于社会主义文艺性质、范围问题的讨论　兰杰（1·142）

对“创作方法”规定性提出新的意见　楚天（1·143）

要研究通俗文学　香云（1·143）

钱学森谈美学、文艺学　香云（2·137）

《哲学与现代派艺术》　井勤荪（2·137）

纪录电影的语言问题　李芝芳（2·139）

电影与社会学　霍军编译（2·140）

小说观念的变化与理论研究　常蕴（2·141）

美国文学批评从“灰姑娘”到“舞会皇后”　许飞（2·142）

苏联学者看美国电影评论的变化　方驰（2·143）

文艺批评威望降低的原因　凡齐（2·143）

“全方位观照”说　艾月（2·144）

运用系统论研究文艺　朱丰顺（3·134）

运用信息论研究文艺与美学　野桃（3·135）

运用控制论研究文艺与美学　紫川（3·137）

《短篇小说的符号学》　安迪（3·138）

“写意戏剧观”的讨论　王家乐（3·140）

电影与心理学　霍军（3·141）

陕北秧歌渊源新探　大德　宁佑（3·143）

应当采用社会主义现实主义的方法　湘云（3·144）

关于“戏曲化”的争鸣　吴重霄（4·133）

文学研究思维空间的拓展　刘再复文　艾月摘（4·134）

电影与文化人类学　冈田晋作　霍军译（4·135）

女权主义的电影理论　关山译（4·137）

《电影美学》　A. 齐斯作　李芝芳译（4·138）

从艺术符号论到艺术信息理论　川野洋作　心峰编译（4·140）

《艺术控制论——推理与幻想》　贾赛厄·赖卡特作　陈飞龙译（4·142）

节奏并非 Rhythm　何昌林文　陵幼摘（4·143）

从热学方法看审美结构　陶代汉文　思文摘（5·135）

一个新的格局：“二十世纪中国文学”研究　成西摘（5·136）

电影与符号学　冈田著作　霍军译（5·137）

音乐的创造　莫蒂斯·卡斯作　钱岗南译（5·139）

物理学与芭蕾舞　欧建平编译（5·140）

大众传播媒介对儿童的影响　杨子迪编译（5·142）

伍蠡甫的《欧洲文论简史》　介未（6·130）

潜意识的能动性　杨春鼎文　隋者摘（6·131）

语义信息与审美信息——符号的信息结构　川野洋作　李心峰编译（6·132）

电影学　浅沼圭司作　霍军译（6·135）

欧美文学中的东方表现手法　李廷基作　默编译（6·137）

计算机与舞谱　T. W. 卡尔弗特，J. A. 兰迪斯，J. 查普曼作　刘建一摘译（6·138）

1986年

理论

关于马克思主义哲学和文艺学美学方法论的几个问题　钱学森（1·4）

心理学方法在美学和文艺研究中的运用　张玉能（1·12）

文艺控制论初探　陈飞龙（1·20）

深入探讨方法论　努力发展文艺学——武汉文艺学方法论学术讨论会综述　李心峰（1·25）

“先锋”艺术与近、现代西方文化精神的转移——现代派、超现代派艺术研究之一　何新（1·91）

文学与疾病——比较文学研究的一个方面　维拉·波兰特（1·125）

美在创造中　蒋孔阳（2·4）

中西审美体验论　胡经之　王岳川（2·14）

中国传统艺术中的柔性精神　远帆（2·32）

王朝闻美学理论的系统透视　刘再复　林兴宅（2·42）

创作自由和文艺工作者的社会责任感　《文艺报》评论员（2·53）

现代自然科学方法和辩证思维　周来祥　姚文放（2·82）

朱光潜晚近美学思想评述　邹士方　王德胜（3·4）

蔡仪美学思想的新发展——读《新美学》改写本　涂途（3·14）

文学

电影·戏剧

音乐·美术

研究之窗

1987年

理论

文学

电影・电视・戏剧

美术

研究之窗

1988年

理论

文学

戏剧·戏曲

美术·摄影

音乐·舞蹈

研究之窗

1989年

理论

文学

电影・电视・戏曲

美术・音乐

其他

研究之窗

1990年

理论

文学

戏剧·电影

美术

傩文化艺术

研究之窗

1991年

理论

文学

戏剧・电影

美术

研究之窗

1992年

理论

文学

戏剧・影视・曲艺

美术 · 音乐 · 舞蹈

楚艺术研究

研究之窗

1993年

理论

文学

戏剧・曲艺・影视

美术・音乐

研究之窗

1994年

理论

文学

戏剧·电影

美术·音乐

研究之窗

1995年

理论

文学

戏剧・电影・音乐

绘画・书法・建筑

研究之窗

1996年

理论

文学

戏剧·电影·音乐·舞蹈

绘画·书法·建筑

1997年

理论

戏剧・电影・音乐・舞蹈

文学

绘画 · 书法 · 工艺

研究之窗

1998年

理论

戏剧·音乐·舞蹈

文学

美术・书法

研究之窗

1999年

理论

文学

戏剧·舞蹈·电影

美术

《文艺研究》创刊20周年专稿

2000年

理论

文学

戏剧·电影·音乐·舞蹈

美术

海外专稿

2001年

文艺学·美学

文学

戏剧·电影·音乐·舞蹈

美术

服务于时代和人民的艺术 —— 评王琦的木刻艺术 李允经（5·114）

还艺术本原 —— 意大利超前卫艺术给我们的启示 邵大箴（5·119）

李格尔与“艺术意志”的概念 陈平（5·123）

作为美术文化观照的美术史学 —— 关于全球化背景下美术史研究的思考 罗世平（5·131）

重识中国彩陶艺术价值 程金城（6·107）

人类审美文化与永久魅力 —— 彩陶文化对华夏文明的影响初探 林少雄（6·115）

中国彩陶纹饰的人类学破译 户晓辉（6·124）

中国彩陶花纹之迷 蒋书庆（6·132）

海外专稿

关于文化研究的对话 —— 约翰·罗访谈录 约翰·罗 王逢振 谢少波（1·137）

2002年

文艺学 美学

重温“百花齐放，推陈出新”的题词精神 —— 在庆祝中国艺术研究院建院50周年座谈会上的讲话 孙家正（1·4）

放眼未来 任重道远 —— 在庆祝中国艺术研究院建院50周年座谈会上的致辞 王文章（1·7）

百年中国美学六题 聂振斌（1·48）

西方20世纪文学传统论的形式论倾向 姚文放（1·59）

审美人类学与马克思主义美学的当代发展 王杰 海力波（2·4）

再论浪漫主义与现代性 张旭春（2·12）

分析美学对维特根斯坦的误解 彭锋（2·22）

挪用、反抗与重构 —— 当代文学与消费社会的审美关联 陈晓明（3·4）

大众化与文化民族性的重建 —— 社会理论视野中的1958—1959年新诗讨论 陶东风（3·17）

大众文学的系谱 朱国华（3·31）

生态批评：发展与渊源 王诺（3·48）

保护传统艺术 弘扬优秀文化 —— 在抢救和保护中国人类口头和非物质遗产座谈会上的讲话 王文章（4·4）

文化研究与反学科的知识实践 罗钢 孟登迎（4·14）

当代中国文化批评的社会功能 张德明（4·20）

文化研究：学科抑或策略？ 周宪（4·26）

文化研究与知识分子角色 王逢振（4·33）

文化批评理论的跨语境转换问题 徐贲（4·38）

文化批评与非象征 —— 表现性写作 肖鹰（4·44）

原始思维与中国古代文论的诗性特征 李建中（4·50）

“美”起源于“味觉”辨正 陈良运（4·57）

生态批评的知识空间 鲁枢元（5·4）

试论生态美学 曾繁仁（5·11）

生态主义：人文主义的终结？ 赵白生（5·17）

陶渊明的人文生态观 王先霈（5·24）

论宗白华中国美学理念的形而上学品格 张节末（5·28）

中国古典诗学的二元体系 王小舒（5·35）

言意之辨发生的历史及其文学阐释 张强（5·42）

在言词与意义之间 —— 施莱尔马赫解释学的解构之维 金惠敏（5·49）

对“理论热”消退后美国文学研究的思考 盛宁（6·5）

文学的终结与文学性蔓延 —— 兼谈后现代文学研究的任务 余虹（6·15）

论文学话语与语境的关系 冯黎明（6·25）

文学

技术之网的反生态倾向与文艺的生态危机 张皓（1·9）

高新科技背景下文艺功能的变迁 张荣翼（1·13）

科技进步与艺术发展矛盾关系断想 董学文（1·18）

信息革命对经典艺术的召唤 张杰（1·22）

时代与艺术发展的矛盾 聂运伟（1·26）

新技术革命与新艺术革命 冯黎明（1·29）

对科学技术发展的人文思考 龚育之（1·33）

科技腾飞与艺术终结 —— 关于高新科技与艺术的几个问题 毛崇杰（1·40）

戏剧·电影·音乐·舞蹈

美术

2003年

文艺学·美学

文学

学者访谈

综合艺术

美术

书评

2004年

专稿

文艺学·美学

文学

综合艺术

造型艺术

访谈

书评

2005年

专稿

当代批评

文艺学·美学

学科反思

比较文学与文论

文学

争鸣

论坛

电影

综合艺术

造型艺术

艺术现场

访谈与对话

书与批评

2006年

专稿

当代批评

理论专题

文艺学·美学

文学

争鸣

论坛

综合艺术

造型艺术

访谈与对话

书与批评

2007年

专稿

当代批评

理论专题

文艺学·美学

文学

论坛

综合艺术

造型艺术

2008年

当代批评

文学

综合艺术

造型艺术

访谈与对话

书与批评

2009年

专稿

纪念《文艺研究》创刊三十周年

理论专题

当代批评

文学

综合艺术

造型艺术

访谈与对话

书与批评

2010年

理论专题

当代批评

文学

综合艺术

造型艺术

访谈与对话

书与批评

2011年

专稿

理论专题

当代批评

文学

综合艺术

造型艺术

访谈与

书与批评

2012年

专稿

理论专题

当代批评

文学

综合艺术

造型艺术

访谈与对话

书与批评

2013年

理论专题

当代批评

文学

综合艺术

造型艺术

访谈与对话

书与批评

2014年

专稿

理论专题

当代批评

文学

综合艺术

造型艺术

访谈与对话

书评

2015年

理论专题

当代批评

文学

综合艺术

造型艺术

2016年

当代批评

文学

综合艺术

造型艺术

访谈与对话

书评

2017年

专稿

理论专题

当代批评

文学

综合艺术

造型艺术

访谈与对话

书评

2018年

专·稿

理论专题

当代批评

文学

综合艺术

造型艺术

访谈与对话

书评